U0836402

王　尧　林建法　**主编**

中国当代文学批评大系

一九四九—二〇〇九

卷　一

郭冰茹　**编选**

苏州大学出版社

图书在版编目(CIP)数据

中国当代文学批评大系：1949～2009：全6卷 / 王尧，林建法主编；郭冰茹等编选. —苏州：苏州大学出版社，2012.6
ISBN 978-7-5672-0081-4

Ⅰ.①中… Ⅱ.①王… ②林… ③郭… Ⅲ.①中国文学－当代文学－文学评论－文集 Ⅳ.①I206.7－53

中国版本图书馆 CIP 数据核字(2012)第106349号

中国当代文学批评大系：一九四九—二〇〇九

卷一

王　尧　林建法　主编

郭冰茹　编选

策划　沈海牧　朱绍昌　倪浩文

责任编辑　姚鹤鸣

苏州大学出版社出版发行
(地址：苏州市十梓街1号　邮编：215006)
丹阳市兴华印刷厂印装
(地址：丹阳市胡桥镇　邮编：212313)

开本 787 mm×1 092 mm　1/16　印张 200.25(共六卷)　字数 3 790 千
2012年6月第1版　2012年6月第1次印刷
ISBN 978-7-5672-0081-4　定价：500.00元(全六卷)

苏州大学版图书若有印装错误，本社负责调换
苏州大学出版社营销部　电话：0512-65225020
苏州大学出版社网址　http://www.sudapress.com

王 尧 林建法

中国当代文学批评的生成、发展与转型

——《中国当代文学批评大系(1949—2009)》导言

关于“中国当代文学六十年”不同层面与角度的学术研究,成为近年来学界相对集中的一项工作。无疑,“中国当代文学六十年”并非严格意义上的文学史概念,但在文学与政治的内在关联逻辑中,这样的命名也为研究中国当代文学史提供了一个契机,它不仅是现实语境催生的结果,也是当代文学研究新的学理基础形成以后的反映。作为中国当代文学重要组成部分的文学批评,不仅与创作构成了互动,成为中国当代文学发生、发展与转型的关键因素之一,文学批评自身的学术史意义也十分重要。以大系的方式,呈现六十年代文学批评的基本面貌,是我们参与反思中国当代文学六十年的一种方式。

一

当代文学批评在由“现代文学”向“当代文学”的过渡中,发挥了特别重要的作用,体现了中国当代文学制度形成过程中“社会主义文学”的本质要求。这与晚清以后的“现代批评”之于“现代文学”的作用大致相同,在新文学的产生和发展过程中,文学批评一直被赋予重要地位,这种地位在当代史上的某些时期几乎到了极端。而批评的历史经验表明,夸大、扭曲和贬低文学批评的作用,都是导致文学发展失常的因素。

作为一种文学实践活动的批评,从20世纪40年代的延安解放区开始就预设了中国当代文学的发展路径(这个预设,承接了30年代左翼文学思潮,这一点从周扬和冯雪峰等马克思主义文艺理论家当年的文论便可看出)。尽管对“社会主义文学”的认识六十年来发生了深刻的变化,但在相当长的时间内,文学批评承担了阐释中国当代文学制度核心价值的功能。

1949年在北平召开的第一次文代会,通常被视为“中国当代文学”的开始。周扬在《新的人民的文艺》报告中,明确提出了批评是实行对文艺工作的思想领导的重要方法:“建立科学的文艺批评,加强文艺工作的具体领导。”周扬报告中的观点源自毛泽东《在延安文艺座谈会上的讲话》所论述的思想,“文艺界的主要的斗争方法之一,是文艺批评。”周扬指出,“现在的情况是十分缺少批评,特别是切实的、具体的、有思想的批评。文艺工作中批评的空气太稀薄了。广大读者由于缺乏正确批评的引导,对作品的选择就成了自流的状态。许多青年作者由于缺乏正确批评的帮助,在写作上只好自己摸索,有时就要走一些本来可以避免的弯路。文艺界的团结也由于缺乏必要的批评,有时就成为无原则的团结。我们必须在广泛的文艺界统一战线中进行必要的思想斗争。必须经常指出,在文艺上什么是我们所需要提倡的,什么是我们所要反对的。批评必须是毛泽东文艺思想之具体应用,必须集中地表现广大工人群众及其干部的意见,必须经过批评来推动文艺工作者相互间的自我批评,必须通过批评来提高作品的思想性和艺术性。批评是实行对文艺工作的思想领导的重要方法。”周扬也提到了通过批评来提高作品的思想性和艺术性,但他的论述和结论都强调的是“批评是实现对文艺工作的思想领导的重要方法”。在中国共产党领导的革命斗争中,文艺以及文艺批评在“思想战线”的这一位置及其作用一直受到重视,并且决定了当代文学发生和发展的基本脉络。因此,文学批评被置于一个特殊而重要的位置上,承担着阐释党的文艺政策并进行思想斗争的功能。

在20世纪50年代初期,批评发挥了“思想斗争”的作用,但也因其“偏向”而带来了消极的影响。1953年9月,胡乔木在第二次全国文代会党员大会上,传达毛泽东主持中央政治局会议讨论周扬报告的意见时,反复讲中央领导要鼓励创作,反对粗暴批评:“对文艺创作采取鼓励、保护的方针,才能繁荣文艺。批评是为了鼓励士气,发展建设性的批评,反对领导创作中各种各样的粗暴态度。”周扬在第二次文代会的报告《为创作更多的优秀的文学艺术作品而奋斗》,体现了发展建设性的批评、反对粗暴批评的精神。此时,已经历了文艺界对电影《武训传》的批判。报告认为,对文艺创作中资产阶级、小资产阶级思想倾向以及粗制滥造、不负责任的现象的批评,是十分重要的,“没有这种批评,我们的文学艺术就会陷于停滞或走入歧途”。但报告同时指出了批评工作中应当纠正的“偏向”,态度和方法两个方面的偏向,特别提到了第一种偏向:“有些批评家往往没有把整个倾向是反人民的作品和有缺点甚至有错误但整个倾向是进步的作品加以区别,没有把作家对生活的有意识的歪曲和由于作家认识能力不足或是表现技术不足而造成的对生活的不真实的描写加以区别,而是在批评的时候一律采取揭露、打击的态度。”而这样的批评,对文学艺术、对作家都造成了伤害,“报刊上所发表的一些粗暴的、武断的批评,以及在这种批评影响下所煽起的一部分读者的偏激意见,再加上文艺界的领导方面对文学艺术创作事业缺少关心、帮助和支持,这就使不少作家在精神上感到了压抑和苦恼。这种情绪是需要设法转变的。”这样的论述显示,即便在强调文艺批评的“思想斗争”作用时,也仍然没有偏废文艺批评作为文艺的批评的功能,而如何保持这样一种平衡,初期困扰着文学批评界。

当时所意识到的这些“偏向”曾经有所纠正,但在1957年以后,这些偏向却不仅没有得到遏制,反而有所加剧,到了20世纪60年代中期以后,随着党的指导思想的“左”倾,文艺批评成为阶级斗争的工具,到“文革”时期达到极端。文艺界的领导人对文艺批评的要求,也逐渐突出了意识形态领域思想斗争的需要。周扬在1958年的讲话中,清晰、明确地论述了文艺批评在意识形态领域中的特殊意义:“文艺理论批评是思想斗争最前线的哨兵。阶级斗争形势的变化,往往首先在文艺方面表现出来,资产阶级思想对我们的侵蚀,也往往通过文艺。资产阶级思想来影响无产阶级,无产阶级思想要打击资产阶级思想,前哨站往往是在文艺方面。延安整风前后是如此,建国以后也是如此。文艺战线上的斗争,是阶级斗争的生动反映;文艺理论批评是实现党的文艺政策的有力工具。”在另外一篇讲话中,周扬又把“文艺批评的方法”视为文艺战线上的“思想斗争”的主要方法:“文艺战线上的思想斗争,主要就是采取思想批评、文艺批评的方法,用马列主义毛泽东思想及其关于文艺的学说来批评一切错误的文艺思想和作品,以巩固和扩大马列主义文艺思想的领导地位。”这个论述并没有超出主流文艺思想对社会主义文学与文学批评的本质理解,但越来越多地把文艺批评与社会关系中的阶级与阶级斗争联系在一起。1958之后,除了对资产阶级思想的批判之外,又重点突出了文艺批评对修正主义思想的批判。

在这样的大框架中,我们就不难理解文学批评因为其鲜明的“政治目的性”,而在文学生产中的重要作用。周扬在谈到“正确的”和“错误的”文艺批评的区别时强调:“正确的文艺批评,就是通过对于作品的研究、分析和评价来帮助读者、观众正确地理解和欣赏作品,接受其中有益的影响,而消除其有害的影响。错误的文艺批评则是相反。马克思主义的文艺理论批评,和所有其他工作一样,要为劳动人民服务,为社会主义建设服务。因此,它的主要任务是促进社会主义文学艺术的更大发展,促进文艺与广大劳动人民的更进一步的结合,鼓励文艺事业中的一切新成就,批评文艺领域内一切不利于人民,不利于社会主义的东西。文艺批评的政治目的性,必须十分明确而坚定。如果文艺批评不注意作品的思想内容,不能辨别作品中的倾向好坏,不为创作发展的正确方向斗争,那么这种批评就没有什么价值了。”但“政治目的性”并不是文学批评的全部,它决定了当代文学批评必须是马克思主义的文艺理论和批评,但文学批评仍然有自己的任务:“马克思主义文艺理论和批评,必须是创造性的,战斗性的,必须同我国的文艺传统和创作实践密切结合;必须以促进社会主义文艺的发展为主要任务。文艺理论,不是什么别的东西,而是对于各个时代文艺创作经验的总结。马克思主义的文艺理论,就是运用马克思主义的观点,来总结文艺创作的经验。我们的文艺批评,就是根据马克思主义的文艺观点来研究,分析和评价各个具体的创作成果。"这个任务也包括建立"新的美学观点":"关于文艺理论批评工作,应该注意建立新的美学观点的问题。""文艺的特点,就是唤起美感的形象,来用共产主义精神教育人民,并培养人民新的审美观念。"这里所讲的"美学观点"仍然是从意识形态的特殊性出发的。

到20世纪70年代末到80年代初,文学批评仍然在当代文学制度中发挥着特殊作用。在由"文革"到"新时期"的过渡中,文学批评一方面参与"拨乱反正",另一面又引领新的文艺思潮、推动创作主潮的形成。虽然文学批评作为"思想斗争"的武器,在近三十年来也有所使用(近三十年文学批评的历史也因此具有某些复杂性),但由于重新处理了文学与政治的关系,批评更主要的是回到了文学本位。在一个既有所延续又有所变革的文学制度中,文学批评的意识形态性不再成为一个主要的问题,通过"思想斗争"等引领文学思潮、推动创作的方式基本终结。

20世纪90年代以后,文学制度在经历了80年代的变革之后处于相对稳定的状态。国家意识形态仍然对文艺批评保持着特定的要求,但文学批评选择的自由性和多样性也逐渐增强。批评来自消费主义意识形态的干扰,在某种程度上已经超出国家意识形态对文学批评规定性的影响。当代文学的社会、政治、经济与思想文化背景都发生了巨大变化,文学批评从原先的高处落下后如何定位,倒成为一个新的问题。

二

中国当代文学发生的历史语境以及中国当代文学制度最初形成和发展的特点,也使"批评家"成为一个特殊的身份。在1944年的《马克思主义与文艺》的序言中,周扬提到这本书的内容分为五辑:意识形态的文艺;文艺的特质;文艺与阶级;无产阶级文艺;作家、批评家。这是一本比较系统地介绍马克思主义文艺理论的书,"批评家"与"作家"并列,其地位之重要由此可见一斑。

我们都注意到,像现代文学史上李长之那样的职业批评家在当代文学史上长时期鲜见,甚至可以说在20世纪五六十年代并无职业的批评家,姚文元在50年代的出现或许只是个例外。现代学者如朱光潜、李健吾等也从文学批评活动中消失,茅盾因其文学史上的特殊身份成为少有的由现代延续到当代的作家兼批评家。这样一个特点,与文学创作和批评的"一体化"不无关系,因为当代批评的意识形态性,确实使许多现代批评家在当代失去了思想的能力;而另外一个重要原因,也因为文学批评的“在场”性，现代批评家对当代文学也失去了对话的可能。这后一种因素其实也不能忽视。

当解放区文学成为当代文学的方向和直接背景后，来自解放区的或者左翼阵营的批评家就具有了一种“先天性”的话语权。如周扬、冯雪峰、何其芳、邵荃麟、侯金镜、张光年等，都是集革命者、领导者、理论家与批评家于一身的。他们的文学批评，构成了当代马克思主义文艺批评实践活动的主体部分。中国当代文学批评的复杂性，在这些批评家的活动中充分反映出来。在整体上说，这些理论家批评家是党的文艺政策的权威阐释者，其批评的得失往往取决于政策的正确与否，文艺批评的大势在很大程度上受其影响；但在另一方面，这些批评家又因其不同程度地熟悉艺术规律，堪称内行，常有真知灼见，有些批评家也从艺术良知出发提出过一些“不合时宜”的论点。因此，这一代批评家的特征和命运也是五六十年代文学批评的特征和命运。他们在20世纪50到70年代的沉浮，显示了当代文学在社会现实中的际遇，也成为当代中国知识分子命运的一个缩影。所以，回到历史语境中，分析他们身份的多重性以及他们思想结构的矛盾性，是研究当代文学批评史特别是1979年之前的文学批评史的一个重要内容。

关于文学批评队伍的问题，1953年冯雪峰在《关于创作和批评》中有诸多批评。他认为文艺领导部门和文艺团体一向不注意批评工作，还没有比较有素养的、有研究的、愿意为批评工作而奋斗的、称得上优秀的批评家，而批评工作的队伍也就更说不上。冯雪峰对批评队伍这样评价说：“我们这几年的批评工作，是由各个文艺部门的领导同志们的理论文章、一部分偶然写点批评文章的同志们的文章、各杂志报刊的编辑同志们的文章和一部分读者的文章组织而成的。”这就是当时批评队伍的基本状况。在冯雪峰看来，这些文章“空论和教训的话居多，而有深刻的研究和具体分析的文章是很少。有些批评文章，即使说的话没有什么错，但只在几个理论公式上绕圈子，简直触不到实际问题的边儿，因此也起不了什么实际的作用；稍好的一些批评具体作品的文章，也只是感想性的批评。”冯雪峰的主要观点，和这一年周扬在第二次文代会上的报告精神是吻合的，他也特别指出了简单化、粗暴批评的危害，“我们还没有造成一种实际的批评力量，帮助我们创作走向健康的、现实主义的发展道路，以完成文学批评的创造性任务”。“相反地，批评上的主观主义的错误，反现实主义的错误，反而影响了创作的健康发展。”他指出“简单化”、“武断”的批评，“常常根据违反艺术规律的公式，而且态度总常常是轻率的、横暴的、随意否定这个肯定那个的批评。是对于读者和作者都有损害的”。

冯雪峰在谈到批评的现状以及对批评的期待时，充分反映了前面说到的这一代批评家的双重性。他指出，不是从作品出发，而是从概念、公式出发，写这类批评的人“还缺少马克思主义的常识，也缺少现实主义的常识；同时也可以看出对于文艺作品也是不太研究的，并且对于艺术也似乎缺少敏感，有时甚至连生活的情理都不大懂得似的”。但冯雪峰同时又提到了政治价值的问题，这一代文艺理论家批评始终在政治与艺术之间牵扯、斟酌。这就不难理解，为什么他们这一代文艺工作领导人即使懂得艺术也未能摆脱时代局限：“同时如果我们不承认作品的政治价值，只有在具有相对的艺术性，即内容与形式相一致的时候才能表达出来，那么，作品的艺术性问题，也当然要被我们忽视了。”“这样，我们的批评工作。就还不能够在作品的具体分析和研究的基础上面，树立起现实主义批评的有力的主潮。”他提出要把社会主义现实主义的批评建立起来，解决文学批评问题的落脚点在促进现实主义的发展上。这一代中的一些批评家，在80年代虽然放弃了文艺为政治服务的思想，但始终注意文艺与政治关系的“辩证性”，这不仅反映了历史经验影响之深刻，也说明了那一代批评家在文学活动中对自己的政治信仰的坚持。

在文学批评队伍中，“读者”和“编者”也是文学批评活动中两个不可或缺的概念。“读者”在当代文学生产中的意义非同寻常。1950年丁玲主持起草的《（文艺报）编辑工作的初步检讨》所列《文艺报》缺点之一就是“读者对象偏重于作者与文艺工作者，对广大的文艺爱好者和一般读者的重视不够”。《文艺报》作为最重要的理论批评刊物，“读者”在20世纪五六十年代文学批评中的特殊性十分明显。具有“工农兵”政治身份的“读者”的“来信”，通常适时地从另外一个层面上规范和警示作家的创作，也为文艺界领导者对创作的训诫提供契机。这一过程，在20世纪50、60和70年代是非常复杂的，当代文学制度一方面训练和造就了“读者”。另一方面，“读者”又以一种特殊的力量对文学创作施加影响。在多数情形下，“读者”和“领导者”的取向是一致的，甚至有些“读者”是“领导者”的化身。20世纪80年代初期，《文艺报》仍处于鼎盛时期，“读者来信”也曾经影响到批评的话题，比如，关于“现代派”的讨论等。“读者”的批评活动在当代文学批评中的独特意义在80年代中期以后逐渐消失，文学与主流意识形态关系的变化以及文学批评的专业化都使原来意义上的“读者”失去了空间；而“接受美学”中的“读者”概念则和我们这里所说的“读者”不同。在网络兴起以后，“网友”对文学的批评，则形成了媒体批评时代的另外一种“读者”身份。

“编者”的角色在文学批评活动中的意义同样是不能忽略的，“编者按”作为一种独特的批评文本，往往更多地反映在方向的设计和思潮的引导上，并且通常会被视为透露和预示文艺发展新动向的主要方式。“编者”的这一种作用，在20世纪70年代末到80年代中期十分明显。像《人民文学》、《中国》等杂志，其“编者按”（或者类似的文字）在新时期文学变革的潮流中都曾领风气之先。

在文学批评完全成为主流意识形态话语的转述之后,个人的批评活动在一段时期被集体写作代替,"文革"时期的"写作组",也曾经是文学批评活动中一个特别的现象。在"文革"结束不久,"写作组"在对林彪、"四人帮"的批判中仍然是一种有效的集体写作形式,但随后不久,这样一种集体写作形式很快消失。从70年代末到80年代初,文学批评作为个人性的创造活动逐渐生机勃勃,批评家的"主体性"问题在文学批评活动中变得愈发重要。

20世纪五六十年代的非职业批评家因其与文艺政策阐释、文艺思潮斗争、文艺运动紧密关联而不可避免地给文学带来了双重影响,在历史由"文革"过渡到"新时期"的阶段,这种带有权威政治的批评活动,仍然显示了其特别的意义,这一个特点在70年代末80年代初非常显著。此类批评活动在反思历史之中,既清算了既往的错误,也开辟了一个新的批评时代,在这个过程中,这些主导和参与了20世纪五六十年代文学制度建立的特殊的批评家们,也完成了自己心路历程的转换,转换的程度决定了他们在历史变革时期作用的大小。从"伤痕文学"争论开始,到质疑"文艺为政治服务"的口号等,最终影响了争论的方向并且在理论上开辟了新时期文学发展路径的文论,也多数出自文艺界领导者兼作家、理论家之手。周扬的作用是显然的,在新时期初期,茅盾、夏衍、贺敬之、张光年、陈荒煤、林默涵、冯牧等人的文论也起到了重要的作用。

到了20世纪80年代中期以后,新的文学秩序基本形成,文学批评阐释文艺政策的功能逐渐弱化,文学思潮和文本的新素质,对批评家的思想素质、知识谱系、表达形式的要求也不同于以往。那些经历过重大文艺运动,参与设计当代文学发展方向的具有多重身份的批评家,完成了历史任务,因特殊经历和身份形成的权威在文学批评活动中的影响力逐渐式微。在新的文学秩序形成过程中,这些具有多重身份的批评家也面临着思想、理论与方法的危机,其中一些人的文学批评成为妨碍文学发展的负面因素。

20世纪80年代以后,职业的阅读和职业的批评变得越来越重要,批评家不可避免地成为一个独立的角色,新的批评群体出现,这是文学批评回到常态的开始。在后来关于20世纪80年代文学的论述中,批评与创作的良性互动,是最为动人的历史记忆之一。和五六十年代的文学批评家不同,这个时期开始崛起酌批评家重视自我与个性,"我批评的就是我"说辞的广为流行,突出了在"主体性"成为关键词后,文学批评与整个当代文学制度的关系发生了重大。解放了的思想、生动的经验以及个人才情,成为20世纪80年代批评家的基本特征。

在20世纪80年代,作家协会的批评家和学院的批评家可以说是二分文学批评的天下,从批评的冲击力量来看,前者并不比后者逊色。在批评家与作家的互动方面，作家协会（包括文学期刊）的批评家甚至更为出色。但是，随着整个文学制度和学术制度的变化，20 世纪 90 年代以后，学院在知识生产方面拥有的优势逐渐显现出来，学位制度和职称制度开始改变批评家的身份。这个变化就是文学研究的学科化和批评家的学者化，在一些高校，即使是充满真知灼见的当代作家作品论甚至不被视为学术论文。从现象来看，学院的青年学者已经成为批评家中的多数，而学院外的学者式的批评家有的改换门庭成为大学里的专职教授，有的在联合申报学位点的过程中成为大学里的兼职导师。这个现象的背后，并不完全排除经济的因素，众多大学的年薪制对身在大学之外的批评家多少有些诱惑；但重要的是，今天的文学批评比起 20 世纪 80 年代来更需要学术背景与学科群体的支撑。20 世纪 90 年代以来，大学的批评家在文学界的影响逐渐加大，文学的影响又重新和学术制度联系在一起，现在的批评家差不多清一色是“学院”出身了，20 世纪 80 年代初中期批评家身份的分野基本消除。

20 世纪 60 年代以来，文学批评家从在当代文学制度中以阐释文艺政策、进行思想斗争，到在学院体制中将文学研究学科化，当代文学批评始终无法避免制度的影响。也许从大的方面来说，批评家身份的变化以及研究对象的转换，意味着在新的学术制度中文学批评的秩序正在重新建立。这是一个重大的转变与契机，但文学批评仍然处于前景未明的时期。

三

批评作为一种实践性的文学活动，它最终还是要落实在对作家作品的阐释与研究上。如果粗线条地说，当代文学批评所起到的一个基本作用是为创作主潮的形成推波助澜，而当代文学史的研究和写作也通常是对文学创作的叙述与阐释。

以“现实主义”、“社会主义现实主义”、“革命的现实主义与革命的浪漫主义相结合”和“革命现实主义”为创作原则，从 20 世纪 50 年代初到 80 年代初，文学批评在作家作品的研究方面，其实有大致相同的轨迹，只是背后的意识形态因素有所不同。在“现实主义”的基本原则规范下，文学批评重视的是“暴露社会现实的真实关系”的作品。这一基本的立场和方法到了 20 世纪 80 年代在“现实主义”和“现代主义”大讨论摆脱了意识形态之争以后，论述的对象和对文学主潮的概括逐步放弃了原先单一的视角，20 世纪 80 年代关于“伤痕文学”“反思文学”“改革文学”“寻根文学”“先锋文学”以及“新写实主义小说”的概括，颇能反映这已演变的特征。

对“革命叙事”作品的阐释，是“十七年”时期文学批评的中心。在这个过程中，陆续确立了体现“社会主义文学”性质和遵守“社会主义现实主义”创作原则的作家作品，也以此批判了一些作家作品，而无论是肯定还是批评或者批判，都与一些重要的理论问题和思潮关联，所以，这个时期的文学批评往往不是纯粹的作家作品论。文学批评通过对“革命叙事”的阐释，不仅对作家作品作出了价值判断，也初步确立了当代文学的“整体性”特征和当代文学的基本秩序。这些特征和秩序到了60年代中期以后部分受到质疑，而到了“文革”，“十七年文学”被称为“文艺黑线专政”，那些初步形成的判断和论述系统被颠覆，以“革命样板戏”为话语霸权的文学创作，开始重构当代文学的“经典”。

20世纪80年代的文学批评既承担着对历史的重新评价也即所谓“拨乱反正”，又介入当下创作，是在“解构”与“建构”的交叉过程中完成批评话语模式的转换的。在今天看来，无论是对“十七年文学”还是“文革文学”，批评的任务并未完成。80年代“纯文学观”的形成，暂时完成了对“十七年”、“文革”时期的文学价值判断，但也忽视了历史本身的复杂性，而且也在一定程度上将文学与现实的关系作了简单化的处理，这种忽视和处理给80年代以后的文学创作和批评都带来了不少困扰。在80年代文学的进行过程之中，我们概括出的那条线索：“伤痕文学”“反思文学”“改革文学”“寻根文学”“先锋文学”以及“新写实主义小说”，其实也是将文学置于历史和现实的变动之中完成的，而不是恰恰相反；同样重要的是，这条线索也反映了文学的“整体性”是变动不居的，并没有始终如一、贯彻到底的“主潮”。90年代以后，文学观念的分立和多样，以及文学与社会和市场经济的复杂关系，都使得批评难以对文学创作做出主潮式的概括和揭示。

显然，批评的遮蔽与发现，成为当代文学批评的一种常态，对此产生影响的则是观点、方法与背后的政治。在政治标准第一、艺术标准第二的历史阶段，政治是发现与遮蔽的依据；在这个标准放弃之后，而如何理解“艺术”或者是“文学性”又是发现和遮蔽的依据。而无论是采取什么样的标准，我们现在都意识到其背后的政治还在起着重要的作用。叶维廉早在1979年的论文中就说：“某一个批评家或某一个阶级的批评家所删略的并非不足轻重；它之所以被删略，往往是因为当时的垄断意识形态把它排斥了；换言之，它被某一种特殊的历史解释摒诸门外。但另一个不同时期对历史的新解释则有可能使这些被删略的因素作为显性的范畴而重新出现。”所以，我们不仅可以看到共时态中批评对相同对象判断的差异，而在历时态中，批评对作品的重新阐释与判断更是常态。

在发现与遮蔽、方法的差异之外，我们还要说到另外一个问题，就是批评如何揭示文学的“关联性”。在当代文学的内部，其实是存在不同的文化背景与审美意识的，如何在这种差异之中找出关联性，在今天仍然是个难题。如果缺少这种关联性，批评所揭示总是局部图景。这样一个难题或许应该在文学理论和文学史研究中解决。文学批评不仅受到批评理论的影响，也是以特定的文学理论为资源展开的。在某种意义上说，如果没有文学批评对文学生产的最初介入、对经典的初选，也就没有文学史写作。至少可以说，今天的当代文学史写作是在文学批评的累积基础上完成的，而当代文学经典的最终确定，是文学批评之后，文学史研究和写作所要解决的问题。

四

考察六十年文学批评的历史，无疑需要讨论当代文学批评范式的建立和转型，也就是批评话语模式的转换问题。现在通常以1979年为界，将当代文学划分为两个三十年，前后的变化大致说来是从政治范式到审美范式的转换。在1986年出版的《中国新文艺大系（1976—1982）》（理论二集）的"导言"中，朱寨认为这个时期的文学批评"在伟大的历史转折中叶发生了历史转折性的变化"，这个变化被描述为："文艺批评在拨乱反正中又重新回到了健康发展的轨道上，文艺批评成了真正文艺的批评"，"为文学创作的主潮推波助澜"，"探索美的前程"。所谓回到"真正文艺的批评"，是之于"非文艺"的、也即作为阶级斗争工具和从属于政治的批评而言的，而"真正文艺的批评"势必要"探索美的前程"。这样一个描述，初步揭示了批评范式转型的轨迹。

中国当代文学批评范式是在马克思主义文艺批评的全面展开中建立的。现代文学批评如果作为一个广泛的概念，那么20世纪三四十年代的马克思主义文艺批评成为中国当代文学批评发生和发展过程中的主要范式。这样一种批评范式的建立，是解放区文学扩大为当代文学、当代文学确定为社会主义性质所规定的。什么是马克思主义文艺批评？周扬原则地说："马克思主义的文艺理论，就是运用马克思主义的观点，来总结文艺创作的经验，特别是总结社会主义文艺创作的经验。我们的文艺批评，就是根据马克思主义的文艺观点来研究，分析和评价各个具体创作的成果。"不仅文艺批评是这样，马克思主义的立场、观点和方法也成为人文社会科学研究的依据。

文艺理论家邵荃麟在1948年的论文中，谈到了什么是"马恩文艺批评的出发点"："我们首先看到的，即是马克思、恩格斯对于任何作品——不管是同志的、同路人的或古代的作品——总先从这样一点入手，即是客观地去考察一件作品中间所反映的社会阶级关系，是否符合于历史现实；或是它所达到的某种正确程度。""暴露现实的真实关系，这是马恩对于作品的一个基本要求，这也是现实主义的基本要求。""把文艺批评作为无产阶级斗争的武器和这个斗争的一个组成部分，在世界无产阶级文学史上是从马克思恩格斯开始的。""马恩的这种批评方法，是根据于他们的那科学的唯物史观的学说"，即文艺史作为阶级的意识形态而存在。邵荃麟认为，马恩的这种批评方法与精神,是中国文学"迫切需要"的。

邵荃麟的这个解读,突出了马克思主义文艺批评在中国实践的基本方面:考察作品所反映的社会阶级关系;暴露历史现实的真实关系即社会阶级关系,是现实主义的基本要求;文艺批评是无产阶级斗争的武器。毫无疑问,马克思主义文艺批评,也强调文艺批评对"艺术的特殊性"的重视,早在20世纪30年代,周扬介绍苏联吉尔波丁等倡导的"社会主义的现实主义"时,他就指出:"虽然艺术的创造是和作家的世界观不能分开的,但假如忽视了艺术的特殊性,把艺术对于政治,对于意识形态复杂而曲折的依存关系看成直线的,单纯的,换句话说,就是把创作方法的问题直线地还原为全部世界观的问题,却是一个决定的错误。""艺术的特殊性使批评家负了这样的义务,就是:他不但要发见作家的创作的阶级的和思想的意义,而且也非发见他的艺术的价值,他的才能的程度不可。"他以恩格斯批评"青年德意志派"、称赞维尔特为例,说明"这位科学的社会主义的创始者对于文学的技巧是给予了怎样的注意"。1953年,冯雪峰在谈到当时的文艺批评存在的问题时,也特别说到了对于作品的艺术性的分析和评价问题:"在我们的批评中,对于作品的艺术性的分析和评价,是特别的少。这是我们批评工作中最大的一个缺点,同时也是简单化的、主观主义的错误的一方面的表现。因为分析作品的艺术形式是更加需要细心,更加需要一定的艺术修养,要懂得创作,尤其需要客观的态度;而这些,在我们的批评工作上是很缺乏的。"所以,历史的、美学的,是当代中国马克思主义文艺批评的基本特征。

社会阶级关系、真实性原则、斗争工具和艺术价值这些要素构成了当代中国马克思主义文艺批评的基本方面,在一个总体性的结构中这些要素处于怎样的位置就决定了当代文学批评的状况,而对此发生决定性影响的则是如何处理文艺与政治的关系。"文革"结束以后,对文艺与政治关系的重新理解和定位,是近三十年文学变革发展诸多问题中的核心问题,从20世纪80年代的"去政治化"到近些年来又有学者提出"再政治化",显见这个问题又以新的特征呈现出来。即便是在20世纪五六十年代,马克思主义文艺理论家也反对狭隘地理解艺术服从政治的关系,但为什么不能处理好这个问题?周扬曾经明确地反对狭隘地理解艺术服从政治的关系,反对把这个原则简单化,反对要求作家去反映每一个具体的政策:"我们现在所说的政治是一个非常广泛的概念。列宁讲得很清楚:政治就是阶级和阶级斗争之间的关系。又说:政治就是无产阶级为反对世界资产阶级求得自己解放的态度。这里说的世界资产阶级,当然也包括我们今天所反对的帝国主义。艺术是不是服从了政治,看他采取什么态度,或者说采取什么立场。只要采取了这样的态度或立场,即反对世界资产阶级,去削弱和清除他们的影响,求得自己在政治上、经济上和思想上的解放,所有这样的作品都是对政治有利的。"周扬认为这个理解已经是广泛的,但在阶级和阶级斗争之间的关系上解释政治，在当代也就不可能处理好文艺与政治的关系。不能否认，阶级和阶级斗争在历史上一个时期曾经是主要矛盾，但是“八大”以后，对阶级斗争的认识已经发生变化，中国社会主要矛盾已经发生变化。这是马克思主义文艺批评的当代实践与社会现实和文学的一个错位。而在1958年以后，对修正主义的批判成为一个主导性的话题。周扬在《建立中国自己的马克思主义文艺理论和批评》中，提出了新形势下文艺理论批评工作的具体任务是，“一、继续深入地对文艺领域内的资产阶级思想，特别是修正主义思想进行批判；二、正确地总结社会主义文艺运动的经验，着重研究本地区群众和专家的创作，给以正确的评价；全面地批判地整理和研究我国文艺遗产，着重整理和研究本地区民间文艺遗产。”20世纪50年代末期以后，马克思主义文艺批评转向对修正主义思想的批判，这也是当代文学或者当代文学批评进程中的一个转折点。

现实主义问题，通常被视为马克思主义文艺批评的基本问题。当代马克思主义文艺批评，在很长时期内等同于“现实主义批评”，在20世纪五六十年代，受苏联文艺思潮的影响，又归结为“社会主义现实主义批评”。社会主义现实主义一度被规定为作家必须拥护的创作原则，后来又有所调整。周扬曾经说过这一变化。“社会主义现实主义则是创作方法的新发展。它继承了现实主义和浪漫主义的好东西。”“我们有一个经验，第二次文代大会时，我们的章程中有一条‘必须赞成社会主义现实主义’，但第三次文代会时这一条就取消了，规定‘凡是拥护社会主义的作家都可以参加作家协会’。”当代文学批评始终把现实主义当作创作主潮，并以此评论作家作品推动创作发展，在20世纪80年代中期之前现实主义批评成为主要的批评话语模式，这对中国当代文学影响深远。现实主义也因此被赋予了更多的意识形态性，这样一个状况一直延续到20世纪80年代初期关于“现代派”、“现代主义”的讨论中，80年代文学变革的结果，是“现实主义”与“现代主义”二分天下，是选择现实主义还其他创作方法不再被视为政治立场。现实主义创作和现实主义批评，仍然保持了强大的活力，但马克思主义文艺批评已经不等同于现实主义批评了。在考察马克思主义文艺批评的中国实践时，我们可以看到，当代中国的马克思主义文艺批评，其实也充满了矛盾和分歧。“写真实”、“现实主义深化论”、“现实主义——广阔的道路”、“反题材决定论”、“写中间人物论”等所引发的争论和批判，就反映了批评界对现实主义理论的不同认识。而矛盾和分歧，也构成了当代马克思主义文艺批评变革与发展的内在张力。

如何看待文学的“外部关系”与“内部关系”，也是考察当代马克思主义文艺批评的一个重要问题。在马克思主义文艺批评中，“内部关系”其实也是一个重要的概念，但是在以社会阶级关系为出发点的批评中，“外部关系”的研究是优先于“内部关系”的。在20世纪60年代编写《文学概论》时，周扬就提及到顺序问题：“关于文学概论研究的对象、内容。要讲两个方面：文学的外部关系——文学与社会生活的关系，基础、上层建筑与政治的关系；文学的内部关系——内部结构。我倾向于从外部关系讲起，从一般到特殊，当然，从形象讲起也行，形象是文学的特点，阶级性就体现在形象里面。”“内部关系”也受到重视，但强调的仍然是“外部关系”，“文艺批评可以单独搞一章，它是根据文艺的外部关系和内部结构来进行的，以此先要把文艺在社会中的位置、地位、作用摆好，再来分析内部结构，位置没摆好，先谈内部结构，就会把文艺当作一个孤立的、高于一切的东西。”周扬的这个思路，其实是当代马克思主义文艺批评的一个写照。在这样的位置之中，“内部结构”的研究也就常常有名无实了。经过20世纪80年代的过渡，20世纪90年代以后，文学批评一度把“内部结构”的研究置于优先的位置，顺序倒了过来。

马克思主义的文学理论批评中国化的实践，催生了社会历史批评，考察文学的社会现实关系成为一个基本的阐释模式，这种关怀现实的方式在今天仍然有巨大的生命力。马克思主义文艺批评被庸俗化和发生“左”倾的主要原因，是主流文艺思想和一些批评者把“现实的真实关系”等同于政治—阶级关系。在“文革”结束以后，这种思想与批评方法被检视，马克思主义文艺批评也回到正常的轨道上，历史—美学的批评方法一时兴起。

五

1978年《文学评论》组织撰写的《拨乱反正，开展创造性的文学研究与文学评论工作》一文，在批评话语模式转型之际，比较早地提出了文学评论“创造性”的几个方面：要敢于创新，创无产阶级之新，为无产阶级而创新，要提倡以马列主义、毛泽东思想为指导的创造性的文学研究和评论；要大力提倡艺术形式、风格的自由发展；要冲破“禁区”，在学术问题和文艺问题上没有什么“禁区”；要允许犯错误改正错误，在学术问题和文艺问题上，尤其需要民主；在文学评论、研究工作中，一定要严格区分政治问题和学术问题。这些方面的要求，涉及了当代文学批评的关键问题，反映的正是文学批评范式转型过程中的学术期待。

批评范式的转型是新时期文学的一个部分。文艺界的拨乱反正，在强调马克思主义文艺理论和文艺批评对发展社会主义文艺具有“关键性”意义的同时，也认识到：我们面临着马克思主义经典作家包括毛泽东同志所没有遇到的新情况和新问题，我们不能要求革命导师的著作对当前文艺工作的一切问题提供现成的完整的答案，要根据自己的切身经验，联系当前的实际，探索和解决当前文艺实践中所出现的新情况和新问题。这两者形成了“坚持”和“发展”的辩证关系，影响着文学批评的大势。在20世纪80年代和90年代初期,文学思潮中的斗争与批判,都与如何理解“坚持”和“发展”密切相关。

文学批评范式转型所处的“实际”也即“新情况”、“新问题”大致是:以经济建设为中心的中国特色社会主义;文艺为政治服务为阶级斗争服务的口号被取消;第三次伟大的思想解放运动发生;现代化的想象改变了既往的社会主义文化想象;文化热、美学热兴起;西学再次东渐;文学新思潮新探索蔚然成风,逐渐形成了“纯文学”思潮与文学观,等等。在这个新的语境中,文学批评仍然是关怀现实的一种文学实践活动,但获得了独立性,在阐释作家作品时既是思想解放运动的一个部分,又初步完成了新时期文学的经典化工作,引领文学思潮的发展。和以前的批评不同,20世纪80年代的文学批评,与其他话语空间有了更为密切的联系,并且成为吸收西学传播新知的重要载体。在这个过程中,批评家的个性与才情,也前所未有的得到张扬。

哲学与文化思潮对创作、思潮和批评的影响是巨大的。启蒙主义、西方马克思主义、实证主义、弗洛依德主义、存在主义、后现代哲学、现象学、解释学哲学与文化思潮等,在很大程度上改变和重塑了文学创作与文学批评的哲学基础。从现实主义到现代主义再到后现代主义的交替与并存,文学观念变化巨大,其中以小说观念的变化为甚,对创作与批评都产生了深刻影响。它在整体上表现为文学与现实关系的理解,具体到小说的内容、形式、语言、人物、时空观、叙事等方面都呈现了不为我们熟悉的新素质。这些影响了批评的价值判断。批评家选择什么,看重什么,重点阐释什么,又放弃什么,与此关系很大。我们可以发现,文学批评的关键词和知识谱系在20世纪80年代已经开始重构,以前那些耳熟能详的阶级、阶级斗争、倾向、立场、世界观、政治、革命、现实生活、内容、题材等逐渐被置换,代之而起的是现代化、启蒙、人性、人道主义、主题、自我、形式、本体、存在等。处于“历史”与“语言”方法之间的文学批评,在这个时期仍然显示的人文学科的特征,批评学科化的趋势在孕育之中。

众所周知,近三十年来,西方新的批评理论层出不穷,文学批评越来越成为一门独立的学科。20世纪90年代以后的中国当代文学批评,基本上吻合了这一潮流。在经历了短暂的回潮和停滞之后,当代语境的种种构成因素此起彼伏,“学术”代替“问题”成为90年代以后的一种现象。文学研究与文学批评的学科化趋势越来越明显,而学科发展的大背景则是人文学科与社会科学的此消彼长。“语言学转向”对当代文学批评的影响,从“文学是人学”到“文学是语言学”命题的转换,即可见出一斑。传统文学批评受到了“走向科学”的形式主义的挑战。从俄国形式主义批评、英美新批评、结构主义到各种符号学理论等,虽然各有侧重,但都重视文本的客观性,试图从形式(语言)入手分析文本,这样一种路径也由批评转向文学史研究。此外,弗洛依德的精神分析学、荣格的原型理论以及现象学、阐释学、接受美学等批评理论也影响着当代文学批评。20 世纪 90 年代的文学批评留下“语言学转向”的深刻印记，批评在一段时间被认为缺席、失语或者无力，与这个转向有很大关系。

但是，在文学批评“语言学转向”一段时间以后，回归历史的倾向又开始出现。无论是西方，还是在中国，都出现了这一倾向。毫无疑问，西方批评理论对此的影响是明显的，而中国的理论批评界也因为“中国问题”的呈现，重新思考和处理文学与现实的关系，文学批评关怀现实的方式发生了变化。如前所述，文学与社会关系（现实关系）的考察是马克思主义文艺批评的传统。在形式主义批评并未终结的情况下，马克思主义文艺批评、女权主义批评、新历史主义特别是文化研究的兴起，使阶级、政治、意识形态、社会、历史等概念重返文学批评的实践活动。在“重返八十年代”、何谓“纯文学”以及关于“文学性”的讨论中，社会的、历史的批评重新活力，并由此带动了对整个中国当代文学史的重新思考。在重新强调文学与现实的关系之后，“再政治”的提出，以及文化研究中“阶级”概念，都为马克思主义文艺批评的“再中国化”提出了新的问题。但是，“再政治化”不应当是回到“阶级和阶级斗争之间的关系”这样的政治中。

我们所叙述的这样一个批评范式转换的轮廓，通常被描述为从历史到语言再到历史的“批评的循环”。这样一个循环的线索，其实只是一个大致的态势，在不同的阶段，有许多问题和方法其实是缠绕和相辅相成的。显而易见文学批评留下了方法转换的印记。无论是重“历史”的还是重“语言”的批评，或者出于两者之间的，都给文学批评带来了新的生长点。但同样显而易见，成熟的批评范式并未形成，范式的转换更多的是批评理论的运用，西方批评理论轮番登场，而中国传统文论在当代批评中可否创造性转换仍然只是一个命题而不是实践。更为突出的问题是，批评与创作、批评与读者、批评与现实之间的互动始终没有达到一个好的状态，这常常使批评实践成为一种“圈内”运动。

批评范式的转型，尽管到目前为止并未使中国当代文学批评成为一门独立的学科，但是，批评范式转型的启示是清晰的：当代文学批评能否最终成为一门独立的学科，取决于文学批评能否形成中国化的批评理论和如何确立关怀现实的方式。

六

以上对中国当代文学批评六十年的考察和讨论，是本大系编选的基本想法与思路。这一工作从 2008 年初开始酝酿，到 2009 年上半年基本完成编选工作。

大系按照十年一个阶段划分，编选了六卷，也就是 20 世纪 50 年代、60 年代、70 年代、80 年代、90 年代和新世纪十年，每卷 50 万字左右的篇幅，分别由郭冰茹、王尧、季进、张新颖、何言宏、张学昕编选。主编对大系的总体框架和各卷的编选提出了原则性的建议，各位编者以史家视野、创造性的劳作完成了编选工作。主编在最终定稿时，对各卷入选的论文有所增删。因为社会政治原因，文学批评中有不少论文在今天看来价值取向未必正确，但在当时是重要的论文，因此既不能遗漏，但又要有处理的办法。大凡此类文章，均加上题解，作说明和简要的分析，力求为读者提供一个正确的价值判断。相关各卷的编者在《编后记》中也对有关问题做了必要的说明。

这个大系虽然集中了集体的智慧，但缺点错误在所难免，尤其是批评文本浩如烟海，定有遗珠之憾。

——原载《文艺理论研究》，2010年第5期

凡　例

1. 大系收录新中国成立后至2009年的文论共200余篇，按发表时间分为6卷编次。为全面体现当代文学批评的发展全貌，酌收一些特殊历史时期有过重大影响的负面文论。

2. 为保留当时文章原貌，立此存照，除对明显文字舛误、漏字和衍字分别用“( )”“〔 〕”进行括改外，其余异形词、异译词等在相关规范出台前出现的，佥予保留。

3. 标点写法（特别是特定名词是否添加引号）、数字写法、时间写法、文献著录格式以及详略等，甲时甲貌，不能简单地以今约古。在编辑时，大系遵从篇内统一的原则，酌参当时新闻出版要求，尽量体现历史真实。

4. 大系对一些特殊的作者以及当时冠署非常见笔名的作者，酌加简介和括注；如原稿署有写作地点以及讫稿有时间、作者附记的，也径予保留，以便揭橥实况。

5. 一些人物访谈类文章，原稿有用“▲”“■”代替不同人名的，为统一计，仍使用人物原名。

6. 每卷卷末设“编后记”，概述编录思想，以俾读者更好把握要义。

目 录

何其芳

一个文艺创作问题的争论

前一些日子就听说上海有一个文艺创作问题的争论，最近才读到了八月二十二日到九月十日上海文汇报上的一些有关这个争论的文章。先是文汇报在报导上海剧影协会开会欢迎文代大会话剧电影代表的新闻里，发表了陈白尘先生的报告的要点，其中有这样一条："文艺为工农兵，而且应以工农兵为主角，所谓也可以写小资产阶级，是指在以工农兵为主角的作品中可以有小资产阶级，资产阶级的人物出现。"冼群先生写了一篇文章来表示不同意这样的意见，认为如果站在无产阶级的立场上，也可以写以小资产阶级的人物为主角的作品。接着陈白尘先生自己也写了文章，说明报上发表的要点和他的说活有出入，他原来是这样说的："和工农兵在社会上已经取得了主人公的地位一样，在文艺作品中他们也应该取得主角的地位。因之，在整个文艺创作里讲，专门写知识分子、小资产阶级的作品不应该占有太多的份量。"其次，"在一般作品里，也不一定是专写工农兵的；城市小市民，知识分子等等也出现的。但问题在于着重在哪儿——也就是说，应该谁做主角呢？应该是工农兵，而不是小资产阶级。"因此，他说同冼群先生的意见基本上也并没有什么冲突。但文汇报上的讨论还是继续下去了，并且主要还是争论这样一个问题：小资产阶级的人物可不可以作为文艺作品中的主角。一种意见说可以，不过应该少写，批判地写；一种意见说绝对不可以。

这就是这个争论的情形的极其简略的叙述。粗粗一看，这个争论中的问题是很简单的，容易回答的。最初报上发表的陈白尘先生的报告中的那一个要点是有可议之处，但后来他自己的说明就比较完全了。的确，在这个新的时代，在为人民服务并首先为工农兵服务的文艺新方向之下，中国的一般文艺作品必然要逐渐改变为以写工农兵及其干部为主，而且那种企图着重反映这个伟大时代的主要斗争的史诗式的作品中也必然要出现代表工农兵及其干部的人物，并以他们为主角或至少以他们为其中的一个最重要的方面的主角，而不可能只以小资产阶级的人物或其他非工农阶级的人物为主角。但是,这也并不等于在全部的文艺创作中就不可以有若干篇以小资产阶级的人物或其他非工农阶级的人物为主角的作品。

在这个讨论中,好几篇文章都有些只强调一个方面,因此就呈现出来了这样一个错综的现象:对于这个具体问题回答得比较适当的,对于新时代的文艺新方向的根本精神却有些把握得不够;对于新时代的文艺新方向的根本精神把握得比较紧的,却又对这个具体问题回答得不大适当。

第一种意见可以举张毕来先生的文章为代表。他承认这样一个文艺历史上的事实,各个阶级社会的文艺常常就是以这个阶级社会的统治阶级的人物为作品中的主角,但他又引用艾青同志在十年前所写的《诗论》里面的话,“问题不在写什么,而在你怎样写”;并以哲学上的唯心论与唯物论的世界观的不同,“在于他们的世界‘观’的不同,并非他们所观的‘世界’之不同”为根据,断言“写什么,比较地是属于寻找题材的问题,怎样写,乃是作者的立场、态度问题”。他认为无产阶级的人物应该多写,肯定地写,小资产阶级的人物应该少写,批判地写,大资产阶级的人物应该更少写,否定地写,但他的理由却是“因为新的,是正在形成中的东西,很多人还不很了解,为了加强他们的了解,坚定他们的信心,使他们加倍努力,必须多写。旧的,是长年久月的存在,大家早已了解,再加上国民党露骨而精彩的表演,比起新的来,较多为人民所熟知”。显然地,这样的意见是表现出来了作者对于毛泽东的文艺新方向还认识得不够的。

“问题不在你写什么,而在你怎样写”,这样一个文艺见解是过去不少的文艺家都曾经有过的,并且也不是没有某一方面的理由。但这样的说法并不完全,尤其不适合今天的情况。劳动人民从来就是创造世界创造历史的主人公,但过去他们处于被统治阶级的地位,过去的文艺家由于阶级和时代的限制,不可能认识这一真理,因而主要只能描写他们自己的阶级的人物和他们比较接近的阶级的人物。现在我们是处在一个根本和过去不同的时代,中国的劳动人民团结其他民主阶层胜利地进行了翻天覆地的人民民主大革命,并已经作了新国家新社会的统治者。如果我们自己就是中国的劳动人民的一部分,如果我们对于中国的劳动人民抱着火焰般的热情,为什么我们不去写他们呢?这不是说明了写不写他们不仅是一个题材问题,而且正是一个立场问题吗?自然,对于有些文艺家说来,也有这样的情形,主观上是热爱他们的,但不熟悉他们,因此不能写他们。但是,在这种情况下面,到底我们是投身到他们里面去熟悉他们,还是以“问题不在你写什么,而在你怎样写”为理由而只写我们所熟悉的人物呢?所以,在今天还来强调这个片面的文艺见解,正等于否定毛泽东主席在延安文艺座谈会上的讲话中所提出来的到工农兵中去的号召。艾青同志的《诗论》还是在延安文艺座谈会以前(一九三九年)写的,这些年来他的文艺见解已经有了很大的改变,我相信他自己也不会还保持这样一个见解了。以哲学上的两种世界观的如何产生来证明这个文艺见解,那是比拟不伦,而且张毕来先生那种对于两种世界观的如何产生的看法本身也是不完全的。作为哲学家的观察对象的世界只有一个,作为文艺家的描写对象的人物在阶级社会里却本来就有不同的阶级。况且哲学家所观察的世界虽然客观上只有一个,但唯心论者和唯物论的世界"观"的不同,也正是由于他们所观的"世界"之不同。唯心论者只看到了世界的一个部分的客观存在,即人的意识的客观存在,因而错误地认为整个物质世界只是存在于人的意识里面;唯物论者却看到了世界的全体,并且看到了部分和全体的关系,因而正确地认识了世界的本质是物质的,人的意识也不过是发展到高度完善的物质的产物,即人的脑子的产物。

至于说无产阶级的人物应该多写,是因为它是"新的,是正在形成中的东西,很多人还不很了解",那又表现出来了张毕来先生对于中国的无产阶级也还认识得不够。中国无产阶级和它的政党中国共产党领导中国进行了二十八年的坚(艰)苦卓绝的斗争,已经把自己锻炼得十分强大,因而才有可能取得今天这样的基本上解放了全中国的大胜利,这不是近在眼前的事实吗?怎样能说还是"正在形成中"呢?是的,虽然如此,还有"很多人还不很了解",但我们的文艺作品要以写工农兵及其干部为主的根本原因并不在于此,而是在于工农兵及其干部本来就是推翻旧中国和建设新中国的斗争中的主要人物的缘故。大资产阶级即官僚资产阶级的人物应该少写,根本原因也并不在于它是"旧的,是长年久月的存在,大家早已了解",而是在于他们本来就是走向灭亡的阶级的缘故。张毕来先生在这里没有说明小资产阶级到底是"新的"是"旧的"还是别的什么,但把他的这种以大家了解不了解作为少写或多写的根据的说法应用到写小资产阶级上来,那就更难于说明问题了。也一定有很多人还不很了解小资产阶级的,为什么张毕来先生说要少写呢?

和这不同的第二种意见是强调文艺为工农兵,强调文艺作家与工农兵结合以改造自己的,但因此就断言绝对不可以把小资产阶级的人物作为作品中的主角。这样的文章我读到了两篇,一篇是乔桑先生的,一篇是左明先生的。乔桑先生首先从现实本身来说,认为"小资产阶级本身是动摇的","在革命过程中,本来就是从属的地位",而"工农阶级是中国民主革命的主力",因此,"文艺如果是反映现实,指导现实的话","作家们如果愿意忠实于现实,或者说愿意更集中的表现现实,无论怎样,小资产阶级和资产阶级的人物只能出现于以工农兵为主角的作品里"。就是为了教育小资产阶级也只能这样,"不把工农阶级摆在第一位","根据什么来教育?在作品中用什么人物来教育"?其次,他又认为"文艺的主角""是不应以说话多,或者出现的场面多来确定,是应以在作品主题上占的份量来衡量",虽然"文艺的主角在作品中往往也说话多，也时常出现”，因此，被洗群先生举出证明可以把小资产阶级知识分子作为作品中的主角的《民主青年进行曲》，乔桑先生却认为说它是写小资产阶级的戏是不妥当的，“如果是这样，那剧中领导学运的党的干部——大刘与何迈，你能说他们是小资产阶级！难道在主题的表现上他们不是主角？像这样忽视革命主力的论断是值得检讨的”。左明先生也认为“要把小资产阶级作为作品中的主角是绝对不可以的，纵然是在以小资产阶级知识分子的转变为主题的故事里也无例外”。他说，“道理很简单，不仅我们的文艺写作要为工农兵服务，所有一切的一切也都是要为工农兵服务”。除了这个“很简单”的“道理”而外，他又还讲了一点具体的道理：“所谓小资产阶级知识分子的转变是要走向与工农兵结合的道路”，“应该而且必须是在长期的与工农兵结合的实践中克服缺点，挖掉病根，虚心学习的结果，是要在工农兵的生活、意识、思想、情感的具体教育之下才有可能”，因此，“写小资产阶级知识分子的转变便不应该以写小资产阶级，写他们的生活、意识、思想、情感为主，必须着重写出工农兵的生活、意识、思想、情感。着重写出如何在这些具体的教育之下改造了一个小资产阶级的知识分子。而主角，自然不是单纯的小资产阶级，他必然是一个由小资产阶级转变过来的工农兵，或已经丢掉小资产阶级立场向工农兵靠拢中的革命的知识分子了”。很显然地，这些意见里面有一部分是包含着真理的。但是，我们应该知道，“任何真理，如果把它说得过火，大吹特吹，超出了它实际上所能应用的限度以外，便可以弄成荒谈谬论”。这些意见虽还不能说已经达到“荒谈谬论”的地步，在许多地方已经有些过火了，因之就在理论上和事实上都有些说不通了。

小资产阶级的确都是有两面性，即一方面有革命性，另一方面又有动摇性的。他们在政治上可以跟资产阶级走，也可以跟无产阶级走；他们在思想上可以接受资产阶级的影响，也可以接受无产阶级的影响。他们的确并不是革命的主力。但他们都受帝国主义者、封建阶级和官僚资产阶级的压迫这一基本事实，就决定他们只有参加无产阶级领导的人民民主革命才能获得解放；同时革命的经验证明，在他们参加革命以后，大多数都能接受无产阶级思想来改造他们自己。所以，毛泽东主席在《中国革命与中国共产党》里面说，“小资产阶级是革命的动力之一，是无产阶级的可靠的同盟者”，在《论人民民主专政》里面说，“人民民主专政的基础是工人阶级、农民阶级和城市小资产阶级的联盟，而主要是工人和农民的联盟”。这些，正是存在于中国的实现（现实）中的一个重要的情况。乔桑先生说，文艺如果要反映现实，作家如果要忠实于现实，就绝对不能以小资产阶级的人物为作品中的主角，是在理论上找不出确切的根据的。文艺作品，由于是以形象的方法反映现实，就只能择取人类生活的一部分，而且往往是很有限的一部分来描写。那种比较全面地反映现实的作品也只能是包括得比较广泛并着重地描写了一个时代的主要斗争的作品。这样的作品在今天的中国自然是只能以代表工农兵及其干部的人物为主角或至少为其中的一个最重要的方面的主角（这也就是说，有些时候这样的作品也未始不可以把小资产阶级的人物或甚至其他非工农阶级的人物为其中另外一个方面的主角）。这样的作品自然是我们最希望产生的。但是，除此而外，也必然会有很多比较片段地反映现实的作品。这些作品或者只是写了今天的主要斗争的一个断片，一个侧面，或者只是写了一些次要斗争，次要人物，或者以主要斗争为背景，但却着重地写了次要斗争，次要人物，等等。在这些作品里面自然我们也希望多产生那种反映主要斗争的，即使是一个断片，一个侧面。但总也还是会有一些反映次要斗争，次要人物或以这为主的作品，这种作品就自然会以小资产阶级的人物或甚至其他非工农阶级的人物为主角。这种作品是否写得忠实于现实，关键并不在于什么人是主角，而在于是否能够写得正确。至于说作家们要更集中地表现现实就不能以小资产阶级的人物为作品中的主角，如果乔桑先生说的"更集中"就是要反映这个时代的主要斗争的话，那倒基本上是对的。但说反映次要斗争的作品就不能起一部分指导现实的作用，以小资产阶级的人物为主角的作品就连小资产阶级的读者也不能教育，那就又不对了。如果能够通过作品中的人物正确地生动地写出小资产阶级的特点和命运，写出他们的政治觉醒和思想改造，又为什么不能就以这样的内容和这样的人物来教育人呢？

乔桑先生还企图确定一下到底什么是作品中的主角。这样作对于讨论是有益的。不然，各人对于主角的解释不同，那怎能把问题讨论清楚呢。不过他说作品中的主角应根据"在作品主题上所占的份量"来确定，但他却没有说明什么叫"所占的份量"，只是说主角不一定"说话多，或者出现的场面多"，这是既不明确又不妥当的。文艺作品的主角就是作品的主题或作品的主要故事通过他或他们来展开的人物。既然作品的主题或主要故事是通过他或他们来展开，那就必然要比较集中比较着重地来描写他或他们，因而就必然要在作品中出现得比较多（当然，这并不能反过来说，出现得比较多的就一定是主角，有些辅助人物也出现得比较多的）。过去的规模较大的作品，特别是现在企图反映群众运动群众斗争的规模较大的作品，往往不能只是一个主角。但不管作品中是一个主角或几个主角，他或他们都必然是被比较集中比较着重地描写，因而就必然是出现得比较多的人物。乔桑先生所论及的《民主青年进行曲》是一个经过多次修改，至今尚未最后定稿的剧本。由于这个剧本写得不够集中，它里面的主角到底是什么人是容易发生争论的。但根据它在文代大会时演出的脚本看来，简单地说它是写小资产阶级的戏固然不完全恰当，简单地说它主要是写"领导学运的党的干部"的戏那是更不恰当的。这个反映一九四七年五·二〇前后北平学生运动的剧本,它的主题是企图反映在对国民党反动派及其狗腿子的斗争和对小资产阶级的过“左”思想与中立思想的斗争中,在共产党的领导之下,非党的积极分子和中间分子都提高了一步。非党的积极分子的提高主要表现在他们对于中间分子的团结争取上;中间分子的提高主要表现在他们改变了他们的中间立场、中立思想上。在团结争取中间分子问题上,正确方面的主要代表人物是何迈,贺百里,错误方面的主要代表人物是冯文辉。在中间分子的改变问题上,主要代表人物是方哲仁。因此,如果一定要在这个剧本里面找出主角来的话,那就应该是何迈,贺百里,冯文辉,方哲仁。何迈,孟大姐和大刘是共产党员,是一个学校里面的学生运动的领导者。贺百里,冯文辉,方哲仁却不是共产党员。大刘的总的领导自然也是写到的,但是这个剧本里面却不像比较露面的领导分子何迈那样被着重地描写,甚至还不如孟大姐那样被描写。孟大姐在团结争取中间分子和其他活动上也是被描写得较多的,但整个说来,在剧本里还是一个次要人物,一个补充何迈的人物。因此,大刘和孟大姐都不能算是这个剧本里面的主角。像这样的戏,怎样能说它里面的主要只是“领导学运的党的干部”呢?在一切描写有共产党的领导的群众运动群众斗争的作品中,都可能而且应该出现共产党员,并写出他或他们的领导作用。如果这样的作品都说它主要是写共产党员的,它里面只有共产党员是主角,那不是就不可能有或很少可能有以普通工人,普通农民,普通兵士为主角的作品吗?乔桑先生的错误是从这里发生的:他把整个现实斗争中的重要人物和一个具体作品中的主角混为一谈了。在整个现实斗争中,共产党员自然是重要人物;在一个具体作品中,共产党员却可以是主角,也可以不是主角。这是决定于这个作品的主题或主要故事的。比如大刘这样的领导人物,在当时的整个学生运动中他是重要的,可能比那个比较露面的领导分子何迈重要,比一般积极分子贺百里,冯文辉自然更重要,但在《民主青年进行曲》里面他却反而不如他们重要,不是主角,这是因为《民主青年进行曲》这个戏并没有着重写大刘这样的领导人物的活动,思想或其他,而比较着重写了比较露面的领导分子和积极分子的活动、思想的缘故。根据这样的分析,《民主青年进行曲》就正是一个反映次要斗争,次要人物的作品,就正是一个主要以小资产阶级里面的青年学生为主角的作品,但它是不是就不忠实于现实,就不能教育人呢?不是的,因为它的内容基本上是好的,正确的,它就成为一个相当忠实于现实并能够教育人的成功作品之一了。

五四运动以来的新文艺作品,写小资产阶级知识分子的在数量上很多(或甚至是最多),但其中优秀的一部分也主要还是小资产阶级民主派的思想内容。它们在过去曾经或多或少地起了推动知识分子和青年学生走向革命的作用,但要用来教育今天的知识分子和青年学生却已经十分不能胜任了。今天必须以比较严格的马列主义和毛泽东思想的观点来写，才可能写得忠实于现实，才可能教育读者。根据这样的观点来写小资产阶级知识分子，其中最重要的一个问题就是他们与工农兵结合的问题。因此，左明先生强调写小资产阶级知识分子的转变（应该是指思想上从一个阶级到另一个阶级的转变而不是指仅仅政治倾向上的转变）必须写到工农兵，必须写到工农兵对他们的具体教育，这些都是很对的。但因此就说不能以写小资产阶级知识分子的人物为主，就有些过火了。左明先生又说，这种写小资产阶级知识分子的改造的作品，最后的结果是他们变化为工农兵或革命知识分子（应该说是无产阶级知识分子）因而也就不能说是以小资产阶级的人物为主角，这也是有些勉强的。在改造以后，他们自然是无产阶级的一部分，但这样的作品既然从他们未改造以前写起，难道未改造以前的那一段就不算了吗？这样的作品应该说还是写小资产阶级知识分子的，写他们的改造问题的。

这就是我对于小资产阶级的人物可不可以作为文艺作品中的主角这样一个争论的分析和意见。

毛泽东主席在延安文艺座谈会上的讲话中所规定的文艺方针，文艺政策，是一个十分完整的方针和政策。这种完整性正是表现了无产阶级思想的高度的科学性。谁要是只抓住其中的某一点而忽略了它的根本精神或加以不适当的夸张，都是不对的。只看到为人民大众里面包括有为小资产阶级这一内容，而不认识或不强调今天的文艺家必须与工农兵结合，必须改造自己，改造文艺，那就实际上等于并没有接受这个新方向。认识了强调了为人民大众里面应该首先为工农兵这一根本精神，但因此就简单地过火地以为一切具体文艺作品都绝对只能以工农兵为主角，那也是一种不适当的应用。

为什么今天在上海有这样一个争论呢？文汇报上的讨论是接触到这一问题的，而且对于争论中的问题的提出也有不同的看法。冼群先生说："从北平回来，好些朋友和我谈到一个问题——'以后除了工农兵以外，是不是还可以写知识分子，小资产阶级呢?'朋友们仿佛很为这个问题所困惑，急于寻求一个解答。"因此，他认为"使这问题展开一次广泛的讨论，而且得出一个明确的结论来，这样，就不仅只我个人可以获益匪浅，对很多朋友也都会有些帮助的。"陈白尘先生却说："为什么独独担心于知识分子，小资产阶级'是不是还可以写'？为什么就不担心于如何与工农兵相结合等等问题？从问题的提出，就显然潜伏着避重就轻，投机取巧的隐衷。"因此，他认为"在此时此地——今日的新解放了的上海，对于小资产阶级知识分子的描写，与其从'可不可以'这方面来提问题，倒不如把它和工农兵列在一起来确定它'一定的适当的位置'更为重要。"左明先生认为这个问题是可以提出的，但他也说："这一问题之所以被很多作者们关心而终于正式的提出，我认为是有其阶级的思想意识的根源的。这些好多作者关心这一问题,正说明了他们还没有能够摆脱小资产阶级知识分子的思想意识的支配,不自觉的做了旧思想意识的俘虏。”而乔桑先生就更激烈了一些,他说:“在这个新解放地区的上海,由冼群先生——你,来提出‘小资产阶级可以作文艺的主角’,这问题就值得考虑。”

是的。“是不是还可以写知识分子,小资产阶级”这样一个问题之所以为许多作者所关心,以至达到困惑的程度,是反映了一定的阶级立场,阶级利益的。直到今天,中国的作者们,特别是新解放区的作者们,绝大多数都曾经是或现在还是从地主资产阶级的家庭出身的或小资产阶级知识分子。他们所熟悉的一般是他们自己的阶级,他们所从出身的阶级以及和这些阶级比较接近的阶级,总之,并不是工农兵。现在全国发生了如此迅速、如此巨大并且如此深刻的变化,这个变化不能不在全国的文艺界里面产生空前未有的影响或波动。为人民服务并首先为工农兵服务的文艺新方向直接提到了新解放区的文艺工作者的面前,并且这已不仅是一个理论问题而更是一个行动问题。这里就产生了一个矛盾,一个困难:许多作者的最拿手的本事并不一定就是今天的中国人民特别是工农兵及其干部所最需要的。这样就自然会发生“是不是还可以写知识分子,小资产阶级”这样一个疑问和困惑。左明先生也作了和这大体相同的分析。我想这样的分析是符合实际的。

但我们对于这个疑问和困惑应该采取什么样的态度呢?并且如何去解决呢?

说这个问题就不应该提出,是不对的,因为这不能解决问题。说小资产阶级的人物虽说还可以写,但绝对不可以作为作品中的主角,是不能说服人的,因此也并不能解决问题。说小资产阶级的人物可以写,并且也可以作为作品中的主角,不过应该少写,批判地写,也还是比较表面的回答,还不能从根本上解决今天许多新解放区的作者所共有的这个疑问和困惑。

凡是一个并不只是个别的人感到而是相当数量的人共同感到的问题,是值得我们去认真考虑一下的。如果这又是一个思想性质或理论性质的问题,公开提出来讨论是有益处的。为人民服务并首先为工农兵服务这样一个无产阶级的文艺路线,要原来在旧社会活动的广大的新旧文艺工作者都在思想上彻底地接受并在行动上认真地实践,那是一定要有一个过程的。因为这种思想上彻底地接受和行动上认真地实践本身就包含一个阶级变化的问题,就是从非无产阶级的文艺工作者变化为无产阶级的文艺工作者的问题。而且由于过去的情形不同,现在的认识和努力不同,文艺工作者的这种阶级变化的过程,是一定有或长或短的不同的。但一切不反对人民不反对工农兵并企图在文艺上有所成就的文艺工作者都必须认识,只有经过这样一个阶级变化,只有经过深入工农兵、深入实际斗争,经过学习马列主义和学习社会来完成这样一个变化,才可能真正成为这个新的时代的优秀的人民文学家人民艺术家。不然，说要为工农兵服务是空谈，说要站在无产阶级的立场上来写小资产阶级也是空谈的。因此，要从根本上解决许多新解放区的作者所共有的创作上的疑问和困惑，在领导方面说来，主要是一个进行工作的问题；在这些文艺工作者本身说来，主要是一个觉悟和努力的问题。领导方面应进行的工作也就是帮助他们提高觉悟，帮助他们作正确的有效的努力。

10 月 23 日写完

——原载《文艺报》1949 年第 1 卷第 4 期

周　扬

新的人民的文艺

伟大的开始

要把毛主席一九四二年在延安文艺座谈会讲话以来，最近七八年间解放区文艺的全部发展过程及其在各方面的成就和经验，作一简要而又概括的叙述，实在不是一件容易的事。这个文艺是如此年轻，充满了强烈无比的生命力，它又在广大群众的考验中积累了如此丰富的经验，以至我们还没有来得及将这些经验加以全面的研究、总结和提高。但有一点是肯定的：文艺座谈会以后，在解放区，文艺的面貌，文艺工作者的面貌，有了根本的改变。这是真正新的人民的文艺。文艺与广大群众的关系也根本改变了。文艺已成为教育群众、教育干部的有效工具之一，文艺工作已成为一个对人民十分负责的工作。

"五四"以来，以鲁迅为首的一切进步的革命的文艺工作者，为文艺与现实结合，与广大群众结合，曾作了不少苦心的探索和努力。在解放区，由于得到毛泽东同志正确的直接的指导，由于人民军队与人民政权的扶植，以及新民主主义政治、经济，文化各方面改革的配合，革命文艺已开始真正与广大工农兵群众相结合。先驱者们的理想开始实现了。自然现在还仅仅是开始，但却是一个伟大的开始。

毛主席的《在延安文艺座谈会上的讲话》规定了新中国的文艺的方向，解放区文艺工作者自觉地坚决地实践了这个方向，并以自己的全部经验证明了这个方向的完全正确，深信除此之外再没有第二个方向了，如果有，那就是错误的方向。

解放区的文艺是真正新的人民的文艺，这可以从以下几个方面来观察和说明。

新的主题，新的人物，新的语言、形式

新的主题、新的人物象潮水一般地涌进了各种各样的文艺创作中。我就《中国人民文艺丛书》所选入的一七七篇作品（包括歌剧、话剧、小说、报告、叙事诗等）的

主题,作了一个粗略的统计:

写抗日战争、人民解放战争(包括群众的各种形式的对敌斗争)与人民军队(军队作风、军民关系等)的,一〇一篇。

写农村土地斗争及其他各种反封建斗争(包括减租、复仇清算、土地改革,以及反对封建迷信、文盲、不卫生、婚姻不自由等)的,四一篇。

写工业农业生产的,一六篇。

写历史题材(主要是陕北土地革命时期故事)的,七篇。

其他(如写干部作风等),一二篇。

由以上统计,可以看出解放区文艺面貌的轮廓,也可以看出中国人民解放斗争的大略轮廓与各个侧面。民族的、阶级的斗争与劳动生产成为了作品中压倒一切的主题,工农兵群众在作品中如在社会中一样取得了真正主人公的地位。知识分子一般地是作为整个人民解放事业中各方面的工作干部、作为与体力劳动者相结合的脑力劳动者被描写着。知识分子离开人民的斗争,沉溺于自己小圈子内的生活及个人情感的世界,这样的主题就显得渺小与没有意义了,在解放区的文艺作品中,就没有了地位。"五四"以来,描写觉醒的知识分子,描写他们对光明的追求、渴望,以至当先驱者的理想与广大群众的行动还没有结合时孤独的寂寞的心境的作品,无疑地(的)是曾经起过一定的启蒙作用的。但现在,当中国人民已经在中国共产党领导之下,奋斗了二十多年,他们在政治上已有了高度的觉悟性、组织性,正在从事于决定中国命运的伟大行动的时候,如果我们不尽一切努力去接近他们,描写他们,而仍停留在知识分子所习惯的比较狭小的圈子,那么,我们就将不但严重地脱离群众,而且也将严重地违背历史的真实,违背现实主义的原则。

解放区文艺工作者为与广大工农兵群众相结合,曾作了极大的努力。在火线上、在农村、工厂中,都有他们的足迹。他们积极地参加了战争,参加了土地改革、生产运动。他们经过了不少的磨练。在此特别值得表扬的是,许多部队文艺工作者直接参加战斗,与战士们完全打成一片,在火线上进行了战壕鼓动演唱,有的就在战场上流了最后一滴血,他们值得我们崇高的尊敬和永久的纪念。

解放区文艺工作者学习了马列主义、毛泽东思想,参加了各种群众斗争和实际工作,并从斗争和工作中开始熟习了、体验了中国共产党、中国人民解放军与人民政府的各项政策,这就是解放区文艺所以获得健康成长的最根本的原因。所以,很自然地,我们的作品充满了火热的战斗的气氛。我们已经有了若干反映抗日战争、人民解放战争与人民军队,反映农村各种斗争,反映劳动生产的比较成功的作品。中国人民解放军(抗战时期的八路军、新四军)所进行的战争,是中国历史上前所未有的真正人民的战争,它取得了人民的全力支援和他们在各方面斗争的配合。这个战争的群众性质，在我们的许多作品中反映出来。马烽、西戎的《吕梁英雄传》，赵树理的《李家庄的变迁》，袁静、孔厥的《新儿女英雄传》，邵子南的《地雷阵》（以上小说），胡丹沸的《把眼光放远点》（话剧），马健翎的《血泪仇》、《穷人恨》（新秦腔），柯仲平的《无敌民兵》（歌剧），晋冀鲁豫文工团的《王克勤班》（歌剧），战斗剧社的《女英雄刘胡兰》（歌剧），洪林的《一支运粮队》（小说），记录了农民在反对日本侵略者、反对国民党反动派的武装斗争以及其他各种形式的斗争中的英雄事迹。刘白羽的《无敌三勇士》《政治委员》，华山的《英雄的十月》，李文波的《袄袖上的血》，韩希梁的《飞兵在沂蒙山上》（以上小说、报告），战斗剧社的《九股山的英雄》（话剧），直接反映了人民解放军战士的无比的英雄气概和对革命事业的无限忠心。反映农村斗争的最杰出的作品，也是解放区文艺的代表之作，是赵树理的《李有才板话》。其次，王力的《晴天》，王希坚的《地覆天翻记》，丁玲的《太阳照在桑干河上》，立波的《暴风骤雨》，马加的《江山村十日》（以上小说），李之华的《反翻把斗争》（话剧），都在一定规模和深度上反映了农村减租减息和土地改革的运动。贺敬之等的《白毛女》（歌剧），阮章竞的《赤叶河》（歌剧）及长诗《圈套》，赵树理的《小二黑结婚》，菡子的《纠纷》，孔厥的《一个女人翻身的故事》，洪林的《李秀兰》，康濯的《我的两家房东》（以上小说），则是以封建社会中受压迫最深的妇女为主人公，展开了农村反封建斗争的惨烈场面，同时描绘了解放后农村男女新生活的愉快光景。以劳动生产为主题的作品，可以举出曾流行一时的小秧歌剧《兄妹开荒》《动员起来》，傅铎的《王秀鸾》（歌剧），欧阳山的《高乾大》，柳青的《种谷记》，草明的《原动力》（以上小说），陈其通的《炮弹是怎样造成的》（话剧），鲁煤等的《红旗歌》（话剧）及电影剧本《桥》。历史题材方面，有描写陕北土地革命故事的有名长诗《王贵与李香香》（李季），歌剧《周子山》及高朗亭的《雷老婆》等短篇。

所有以上作品反映了中国人民如何在反对民族压迫与封建压迫的各式各样的斗争中，克服了困难，改造了自己，产生了各种英雄模范人物。我们的许多作品写了真人真事，例如《一个女人翻身的故事》《李国瑞》、《女英雄刘胡兰》，等等。这种情况正表现了新的人民时代的特点。我们是处在这样一个充满了斗争和行动的时代，我们亲眼看见了人民中的各种英雄模范人物，他们是如此平凡，而又如此伟大，他们正凭着自己的血和汗英勇地勤恳地创造着历史的奇迹。对于他们，这些世界历史的真正主人，我们除了以全副的热情去歌颂去表扬之外，还能有什么别的表示呢？即使我们仅仅描画了他们的轮廓，甚至不完全的轮廓，也将比让他们湮没无闻，不留片鳞半爪，要少受历史的责备。因此写真人真事是不应当笼统地去反对的。应当肯定：写真人真事是艺术创造的方法之一，只要选择的对象是适当的，而又经过一定艺术上的加工，是可以产生不但有教育意义而且有艺术价值的作品的。苏联的《夏伯阳》不就是很好的现成的例子吗？

英雄从来不是天生的，而是在斗争中锻炼出来的。人民在改造历史的过程中，同时也改造了自己。工农兵群众不是没有缺点的，他们身上往往不可避免地带有旧社会所遗留的坏思想和坏习惯。但是在共产党的领导和教育以及群众的批评帮助之下，许多有缺点的人把缺点克服了，本来是落后分子的，终于克服了自己的落后意识，成为一个新的英雄人物。我们的许多作品描写了群众如何在斗争中获得改造的艰苦的过程。在斗争中，也只有在斗争中，人的精神品质，我们民族的勤劳勇敢的优良性格，才能得到充分的发展。以描写妇女的作品来说，从《白毛女》《赤叶河》中的女主人公到《一个女人翻身的故事》中的折聚英，《王秀鸾》一直到《女英雄刘胡兰》，在精神上不知经历了多少世纪呵！在这么一个长距离中，不知流了多少眼泪，多少血！描写部队中落后战士转变的作品，是特别具有教育意义的。它们反映了我们的部队所进行的阶级教育、民主教育的卓越成效，同时反过来又推动了部队的教育。杜烽的《李国瑞》（话剧），鲁易的《团结立功》（话剧），白桦的《杨勇立功》（歌剧），刘白羽的《无敌三勇士》，都是在这一方面获得成功的作品。描写农村中二流子转变的，有马健翎的《大家欢喜》（歌剧）及其他许多同样题材的短剧。《红旗歌》则反映了在生产竞赛中工人的两种不同的劳动态度及工厂管理人员两种不同的工作作风，落后的工人终于在代表正确作风的管理人员的耐心教育与关心之下，改变了自己的旧的劳动态度，而成为生产中的新的积极分子。

中国新文化运动的最伟大的启蒙主义者鲁迅曾经痛切地鞭挞了我们民族的所谓“国民性”，这种“国民性”正是帝国主义、封建主义在中国长期统治在人民身上所造成的一种落后精神状态。他批判地描写了中国人民性格的这个消极的、阴暗的、悲惨的方面，期望一种新的国民性的诞生。现在中国人民经过了三十年的斗争，已经开始挣脱了帝国主义、封建主义所加在我们身上的精神枷锁，发展了中国民族固有的勤劳勇敢及其他一切的优良品性，新的国民性正在形成之中。我们的作品就反映着与推进着新的国民性的成长的过程。对人民的缺点，我们是有批评的，但我们是抱着如毛主席所指示的“保护人民，教育人民”的热情态度去批评的。我们不应当夸大人民的缺点，比起他们在战争与生产中的伟大贡献来，他们的缺点甚至是不算什么的，我们应当更多地在人民身上看到新的光明。这是我们所处的这个新的群众的时代不同于过去一切时代的特点，也是新的人民的文艺不同于过去一切文艺的特点。

解放区文艺的内容是新的，而且也正因为内容是新的，在形式方面也自然和它相适应地有许多新的创造。这首先表现在语言方面。“五四”以来，进步的革命的文艺工作者不止一次地提出过与讨论过“大众化”“民族形式”等等的问题，但始终没有得到实际的彻底的解决。直到文艺座谈会以后，由于文艺工作者努力与工农群众相结合，努力学习工农群众的语言，学习他们的萌芽状态的文艺，“大众化”“民族形式”的问题就自然而然地得到了解决，至少找到了解决的正确途径。解放区文艺作品的重要特色之一是它的语言做到了相当大众化的程度。语言是文艺作品的第一个因素，也是民族形式的第一个标志。赵树理的特出的成功，一方面固然是得力于他对于农村的深刻了解，他了解农村的阶级关系、阶级斗争的复杂微妙，以及这些关系和斗争如何反映在干部身上，这就使他的作品具有了高度的思想价值，另一方面也是得力于他的语言，他的语言是真正从群众中来的，而又是经过加工、洗炼的，那么平易自然，没有一点矫揉造作的痕迹。在他的作品中艺术性和思想性取得了较高的结合。除了赵树理以外，许多文艺工作者，特别是做过群众工作的文艺工作者，都在语言上有不少的创造。

解放区文艺的另一个重要特点之一，就是和自己民族的、特别是民间的文艺传统保持了密切的血肉关系。小说方面，《李有才板话》；诗歌方面，《王贵与李香香》；戏剧方面，《白毛女》《血泪仇》。这些在群众中比较最流行的作品都是如此。《白毛女》《血泪仇》，为什么能够突破从来新剧的纪录，流行如此之广，影响如此之深呢？其主要原因就在：它们在抗日民族战争时期尖锐地提出了阶级斗争的主题，赋与（予）了这个主题以强烈的浪漫的色彩，同时选择了群众所熟习的所容易接受的形式。《白毛女》是在秧歌基础上，创造新型歌剧的一个最初的尝试。文艺座谈会以来，文艺工作者在搜集研究与改造各种民间形式上，都做了不少的工作。其中最主要的收获是秧歌，我们在农村旧秧歌的基础上创造出了新的人民的秧歌，它的影响现在已遍及全中国。此外，绘画方面，解放区的木刻、年画、连环画等，都带有浓厚的中国作风与中国气派，如大家熟知的古元，彦涵、力群等人的木刻，华君武、蔡若虹的漫画。音乐方面，也产生了许多在群众中广泛流行的民歌风的歌曲。我们对待旧形式，已不再是简单的“旧瓶装新酒”，而是“推陈出新”，这是完全符合一个民族的文艺发展的正常规律的。鲁迅曾经说过：“旧形式是采取，必有所删除，既有删除，必有所增益，这结果是新形式的出现，也就是变革。”鲁迅的这个预言在解放区是已经初步实现了。现在没有人会说《李有才板话》《王贵与李香香》是旧形式，秧歌是旧形式，相反地（的），它们正是我们所追求所探索的新形式。过去我们把封建阶级的文艺看成旧形式，是对的，但把资产阶级的文艺看成新形式，却错了。后一种看法是来源于盲目崇拜西方的心理，而又反过来助长了这种心理；说得不客气，这是一种半殖民地思想的反映。对于人民的文艺来说，封建文艺的形式也好，资产阶级文艺的形式也好，都是旧形式。对于两者我们都不拒绝利用，但都要加以改造。在民族的、科学的、大众的基础上，将它们改造成为人民服务的文艺，这就是我们对一切旧形式的根本态度。对民间形式，也是如此。

解放区文艺从民间形式学习了许多东西，今后还要继续学习，这是没有疑问的。但这并不等于说除了民间形式以外，一切外来的形式都不要了，或者不重视了。不，完全不是这样。我们十分重视而且虚心接受中外遗产中一切优良的有用的传统，特别是苏联社会主义文学艺术的经验。我们采用民间形式是不断地加以改造和发展的，例如，秧歌舞从模仿工农兵的新的动作而发展出“生产舞”“进军舞”一类的新式舞蹈。任何外来的艺术形式，一经用来表现中国人民的生活和斗争，而且为群众所接受，那末，它们必然逐渐变形为自己民族的人民的艺术。工农兵群众和干部接受新东西的能力是很快、很大的。郭沫若的《屈原》，茅盾的《清明前后》、《腐蚀》，以及国统区许多优秀的有思想的作品，都在解放区获得了广大的读者，对他们起了教育的作用。

解放区的文艺，由于反映了工农兵群众的斗争，又采取了群众熟习的形式，对群众和干部产生了最大的动员作用与教育作用。农民和战士看了《白毛女》《血泪仇》《刘胡兰》之后激起了阶级敌忾，燃起了复仇火焰，他们愤怒地叫出“为喜儿报仇”“为王仁厚报仇”“为刘胡兰报仇”的响亮口号，有的部队还组织了“刘胡兰复仇小组”。文艺与人民、与政治的关系是达到了如此密切地步，解放区文艺工作者不能不充分地考虑与重视观众读者要求和反映并且把全心全意为他们服务，当作自己光荣的愉快的任务。

工农兵群众的文艺活动

解放区的文艺，除了专业文艺工作者的创作活动以外，还有工农兵自己业余的文艺活动，解放区人民由于政治、经济上的翻身，文化上也开始翻身，因而广大的工农兵群众积极地参加了文艺活动，并表现出了惊人的创造能力。

在人民解放军部队里面，继承着红军时代的优良传统，文艺成为政治工作的有力武器，无论练兵、整训、行军、作战，战士们自己搞俱乐部、鼓动棚、墙报、火线传单、阵地画报和战壕演出等，反映他们自己的生活和斗争，这些在战士当中已形成了广泛的群众性的运动。这里只随便举几个例子：在东北锦西阻击战中，四野某纵队从战士们创作的枪杆诗、火线传单、快板等等里面选印了七十一种，二万五千多份，战士们在战壕里抢着阅读，并且根据这些内容进行检讨、挑战、比赛，又随时根据情况，创作更多新的快板诗歌来教育大家和鼓励斗志。二野某部队在淮海战役中，枪杆诗、战场传单也创作很多，仅他们选印出版的就有二十九首，近两万字，他们的诗传单并且经常与画结合，传单画成为战士们最心爱的东西，他们二十八团有个战士看了表扬英雄的画，便下决心：“我也要争取上小画报。”另一个战士在战场上中了敌人的燃烧弹，想起小画报上的画，马上滚在地下，果然火熄了，他说："小画报救了我的命。"此外，在华北、华东、西北，战士诗和战士画同样活跃，作品数成千上万。陕甘宁出版的《战士诗选》就包括一百多首较好的诗歌。在战士创作的枪杆诗中，是有很多优秀的作品的，比如《打仗要打新一军》：

砍树要砍根，
打仗要打新一军。
兵对兵，
将对将，
翻身的好汉，
那有打不过抓来的兵？

打垮新一军，
杜聿明门牙去一根。
三气周瑜周瑜死，
三气杜聿明放悲声。

生铁百炼成钢，
军队百战无敌挡。
敲掉蒋介石的老本钱，
我军主力更坚强。

这是何等的英雄气概，何等的充满信心！这样的军队怎么能够不打胜仗？下面再引两首：

八二炮，你的年龄真不小，
可是威信很不高。
这次进攻的机会到，
不能再落后了！

——《不能再落后了》

我的七九枪，
擦的亮堂堂，
这次去反攻，
拚命打老蒋。

——《我的七九枪》

前一首诗中所说的八二炮，据说后来经过包括该诗作者在内的全班战士的精心耐苦研究，果然提高了效力，后一首诗的作者在战场上真的喊着“我的七九亮堂堂”，勇敢无比地向敌人冲去。艺术和战争是如此密切地联系起来了。

连队的戏剧歌咏运动，一般地采取小型演唱的形式，效果也是很大的。兵演兵，本连人演本连事，演完戏就拿戏上的事联系检讨自己，“就象拿镜子照自己的脸，有了灰就赶快洗掉；再查自己的思想，生了毛就赶快在大队里晒晒”（东北某部战士语）。就是这样，广大的连队文艺运动，在部队的文艺工作团与宣传队的帮助指导之下，随着人民解放军走遍广大的战场，表现了战士们丰富的创造性，产生了很多优秀的作品和无名的作家。

在农村，农民的文艺运动，具有更广大的规模和影响。在老解放区，农村剧团是非常之普遍的，有的地方，甚至村村都有。他们的活动一般带有季节性，新年就是他们的艺术节。他们自编自演，他们写的大都是他们本村的事情，而且紧密配合着当前的中心工作，主人公就是他们自己。这些作品虽然大都以民间旧形式为基础，但都或多或少地经过了改造，成为多样的群众文艺的新形式。这是真正农民自己创造的戏剧，他们所产生的节目是数以千百计的。各地所已出版的农村剧团的剧本，只不过是挑选出来的极少一部分；有很多且是没有文字记录的。这些作品对发动农民斗争，推动农村生产，教育与改造农民自己，发生了直接的立即的效果。农民把新秧歌叫“斗争秧歌”，在土改运动中，把很多戏叫作“翻身戏”，这实在是很正确的称号！秧歌舞秧歌剧已成为群众生活中不可缺少的部分。自然，农民不仅在戏剧，而且也在其他文艺形式上，都表现出他们的丰富创造力。特别是在土地改革中，农民创作了无数的翻身诗歌，其中包含了不少的民间艺术的珍品。例如：

集镇观（道士庙），
好地方，
松柏树长在石板上。
揭开石板看，
长在穷人脊背上。

——《揭开石板看》

这是一首多么含意深长充满力量的诗！

进了地主门，
饭汤一大盆，
勺子搅三搅，
浪头打死人。
窝窝长了翅，
饼子生了鳞，

使的碗不刷，
筷子拉嘴唇。
支钱不支给，
说话吹打人，
这样的日子没法混！

——《进了地主门》

为人莫借印子钱，
一年借，
十年还，
剩个尾巴算不算？
“不算！不算！”
过上几年脸一变，
又算你三万二万！

——《印子钱》

这对地主高利贷者的讽刺又是多么痛快淋漓！

我们不但搜集与发现了农民诗歌，并且也发现与培养了民间艺人，如说新书的，陕甘宁有韩起祥，华北有王尊三，他们都是说书的能手。各解放区都做了许多改造民间艺术与民间艺人的工作，例如华北冀鲁豫地区，训练了七百一十多个艺人，组织了各种研究会，到最近为止，两年来创作唱词、剧本、年画等六七十种。

工人业余的文艺活动，由于过去我们没有大的城市，现在才开始不久，但也已经取得了一定的成绩和经验。现在工人秧歌队已遍及各城市、工厂、铁路、矿山。天津解放不过半年，已有了四十左右的工厂文娱组织，多数厂有壁报，有不少的职工通讯员、职工画家，据统计直接参加文艺活动的约五千人左右。工人在创作上已开始显露了他们的才能。由于工人文化水平较高，政治觉悟较快，今后工人的文艺活动必将获得迅速的更大的开展。

广大工农兵群众的参加文艺活动，给解放区文艺灌注了新的血液，新的生命。解放区文艺是由专业文艺工作者的活动与工农兵群众业余的文艺活动两个方面构成的。工农兵群众不但接受了新文艺，而且直接参加了新文艺创造的事业。工农群众蕴藏的革命精力，一经发挥出来，是吸之不尽、用之不竭的，同样地，他们在艺术创造上也能发挥出无穷的精力和才能。发动群众创作的积极性，就成为了普及工作的最重要的条件。专业文艺工作者一方面指导群众创作，一方面又从群众创作中吸取营养，以丰富和提高自己的创作。对群众创作采取轻视或不关心的态度是错误的，这种态度在文艺座谈会以后有了基本的改变。但是另一方面，在指导群众文艺活动的时候，必须注意群众文艺活动的业余的特点，以不妨碍工农群众的生产（部队则是战斗）为第一条原则。我们的文艺既然是为政治服务，具体地说，就是为战争、为生产服务的，那末，文艺就应当推动战斗，生产，而决不应妨碍战斗、生产。因此，在农村必须注意季节性而不要过分地强调“经常性”，在工厂注意生产的集中性、纪律性，在部队注意战斗的环境和特点。有的农村、工厂剧团提出“演戏不误生产”作为团规的第一条，这是很对的。在文艺活动方式上，必须采取小型活动方式，而克服与防止铺张浪费演大戏的偏向。一时一刻不能忘记，开展群众文艺运动，主要是为了教育工农兵群众，提高他们的政治觉悟、战斗意志和生产热情，决不是为群众文艺而群众文艺。文艺脱离了当前的政治任务与群众的需要，是既不能普及又不能提高的。

旧剧的改革

要发展新的人民的文艺，必须肃清为帝国主义、封建主义、官僚资本主义服务的文艺及其在新文艺中的影响，采取适当步骤和方法改造尚在民间流行的封建旧文艺。经过文艺座谈会以后，文艺上的“洋教条”是吃不开了，但是以旧戏为主的封建艺术，虽然经过了若干改革的努力，仍然有它很大的市场。旧剧是中国民族艺术重要遗产之一，和广大群众有密切联系，为群众所熟悉所爱好，同时旧剧一般地又是旧的反动的统治阶级用以欺骗麻醉劳动群众的一种阶级斗争的工具，因此改造旧剧是一个非常重要的任务，也是一个非常复杂的思想斗争。我们对于旧剧采取了从思想到形式逐步加以改革的方针。一方面，我们反对将旧剧看成单纯娱乐的工具，盲目地无批判地鼓吹旧剧，或者对旧剧的技术盲目崇拜，在“掌握旧技术”的口号下，实际拒绝对旧剧的改革；另一方面，也不主张对旧剧采取行政手段加以取缔，因为群众喜欢旧剧，是一个思想问题，而凡是关涉群众思想的问题是决不能依靠行政命令的办法所能解决的，同时也应看到，群众觉悟提高了，旧剧的市场自然而然地就会缩小。改革必须从实际出发。首先对于旧剧目，应以是否符合人民利益为标准全部加以审定。对人民有害的剧本，必须加以限制，应向群众揭露它的反动内容，使旧戏班自动不演，群众自动不看。对人民有益的剧本，例如表现反抗封建压迫、反抗贪官污吏、歌颂民族气节、歌颂急公好义等等，这些都是旧剧遗产中的合理部分，必须加以发扬。旧剧把中国民族的历史通俗化了，但它是通过封建统治阶级的意识将历史歪曲了，颠倒了，我们的任务就是要恢复历史的本来面目，用历史唯物主义的观点来创作新的历史剧，使群众从旧剧中得来的一堆杂乱无章的历史知识，得到新的科学的照耀。几年来，我们创作了《逼上梁山》《三打祝家庄》等剧本，它们的价值，主要就在标示了京剧向新的历史剧发展的方向。

当然，旧剧，特别是京剧以外的各种地方戏，经过改造之后，也一样能够表现现代的生活，而且应当向着这个方向发展。新秦腔、新越剧、新评戏都证明了这一点，并且表现了可观的成就。

要改革旧剧，必须团结与改造旧艺人。在新的人民政权下，旧艺人的社会地位是大大提高了，他们中间的大部分都愿意改造自己，愿意取得新观点、新方法，从思想上艺术上提高自己。在毛泽东文艺思想指导下，新旧艺人不但结成了统一战线，而且这个新旧的界线将逐渐消除。

为提高作品的思想性、艺术性而奋斗，
创造无愧于伟大的中国人民革命时代的作品！

以上我把文艺座谈会以来解放区文艺的面貌作了一个轮廓式的叙述。必须承认，解放区的文艺工作是有成绩的。但能不能因此就自满起来呢？我们是丝毫没有可以自满的理由的，我们的文艺工作还远落后于革命形势的发展与革命任务的需要。文艺战线比起军事战线所达到的水平来是相差很远很远的。

现在全国革命已取得基本胜利，中国正迈入一个广泛地从事经济建设、政治建设、国防建设和文化建设的新历史时期。我们的文艺工作者必须继续深入群众、深入实际，积极参加人民解放斗争和新民主主义各方面的建设，并通过各种艺术形式更多地更好地来反映这个斗争和建设。国家建设的过程基本上就是一个变农业国为工业国的过程。过去因为我们工作重心在农村，我们的作品反映农村斗争、生产的，就占了最大的比重；反映工业生产和工人阶级的作品非常之少，到现在为止，较好的还只有《原动力》《红旗歌》几篇。工人阶级、农民阶级和革命知识分子是人民民主专政的领导力量和基础力量，我们的作品必须着重地来反映这三个力量。解放区知识分子，经过整风和长期实际工作的锻炼，在思想、情感、作风各方面都有了根本的改变，他们已经相当地工农化了，我们的作品中应当反映他们的新的面貌。自然，文艺可以描写一切阶级、一切人物的活动，工农兵的生活和斗争也只有在与其他阶级的一定关系上才能被完全地表现出来。但是重点必须放在工农兵身上，这是没有问题的，因为工农兵群众是解放战争与国家建设的主体的缘故。

工农业生产建设的主题将获得新的重大的意义。但是建设也决不会和和平平地进行的，建设本身就是斗争。一方面，武装的敌人虽然打败了，但暗藏的敌人还在时时企图破坏我们，特别破坏我们的工业建设，我们必须加倍警惕；另一方面，工人阶级与资产阶级虽然在"公私兼顾、劳资两利、发展生产、繁荣经济"的总目标上是大体一致的，但他们之间存在不可调和的矛盾，却也是不可否认的事实，而文艺作品则必须揭发社会中一切的主要矛盾和主要斗争。

革命战争快要结束，反映人民解放战争，甚至反映抗日战争，是否已成为过去，不再需要了呢？不，时代的步子走得太快了，它已远远走在我们前头了，我们必须追上去。假如说在全国战争正在剧烈进行的时候，有资格记录这个伟大战争场面的作者，今天也许还在火线上战斗，他还顾不上写，那末，现在正是时候了，全中国人民迫切地希望看到描写这个战争的第一部、第二部以至许多部的伟大作品！它们将要不但写出指战员的勇敢，而且要写出他们的智慧、他们的战术思想，要写出毛主席的军事思想如何在人民军队中贯彻，这将成为中国人民解放斗争历史的最有价值的艺术的记载。

我们的作品是有思想内容的，因为它们反映了人民的斗争、人民的思想、意志、情绪，但思想性还不够，必须提高一步。一切前进的文艺工作者必须站在象黑格尔所说的时代思想水平上；今天具体地说，就是站在马列主义毛泽东思想的水平上。只有如此，才能获得独立地观察、分析与综合各种生活现象的能力，也就是，艺术上概括的能力。只有如此，才能将多方面地、深刻地反映生活与明确地、坚持地宣传政策，两者统一起来，不致于为了宣传某一具体政策而歪曲了生活中的基本事实，或者为了生活的局部的细节的真实，而模糊了基本政策思想。只有如此，才能更有力地表现积极人物，表现群众中的英雄模范；克服过去写积极人物（或称正面人物）总不如写消极人物（或称反面人物）写得好的那种缺点。只有如此，才能不但反映群众中的情况和问题，而且反映领导上的情况和问题。反映与批评领导思想作风的，如象苏联《前线》那样的作品，我们是十分需要的。而要能够写出这种作品，就必须自己有较高思想水平，同时又熟悉各种领导干部（包括高级干部在内）的作风、思想、性格。文艺座谈会以后，文艺工作者深入到了工农群众中去，开始学会了描写工农群众，这是很大的收获，现在又还必须学会描写工农兵干部，特别是领导干部。一切问题要从群众与领导两方面的角度去观察，这样我们就会看得更全面，因而作品的思想水平就必然会更高。

为了创造富有思想性的作品，文艺工作者首先必须学习政治，学习马列主义毛泽东思想与当前的各种基本政策。不懂得城市政策、农村政策，便无法正确地表现城乡人民的生活和斗争。政策是根据各阶级在一定历史阶段中所处的不同地位，规定对于他们的不同待遇，适应广大人民需要，指导人民行动的东西。每个个人的命运，都被他所属阶级的地位，以及对待这一阶级的基本政策所左右的，同时也是被各个具体政策本身或执行的好坏所影响的。在人民民主专政的新社会中，人民已成为自己命运的主人，他们的行动不再是自发的、散漫的、盲目的，而是有意识的、有组织的、按照一定目标进行的；这就是说，他们的行动是被政策所指导的，人民通过根据他们的利益所制定的各种政策来主宰着自己的命运。这就是新的人民时代不同于过去一切旧时代的根本规律。因此，离开了政策观点，便不可能懂得新时代的人民生活中的根本规律。一个文艺工作者,只有站在正确的政策观点上,才能从反映各个人物的相互关系、他们的生活行为和思想动态、他们的命运中,反映出整个社会各阶级的关系和斗争、各个阶级的生活行为和思想动态、各个阶级的命运。作品的高度思想性主要就表现在对于社会各阶级的相互关系和斗争的深刻的揭露。一个文艺工作者,也只有站在正确的政策观点上,才能使自己避免单从偶然的感想、印象或者个人的趣味来摄取生活中的某些片断,自觉或不自觉地对生活作歪曲的描写。“以感想代政策”,对文艺创作来说,也是有害的。

当然,文艺作品对政策的宣传,必须从实际出发,而不是从政策条文出发,必须着重反映各地各部门领导干部执行政策的各种不同的情况,各阶层群众对于政策的各种不同反映,群众接受我们党和政府的政策变为他们自己的政策的整个曲折复杂过程,只有这样,文艺才能真实地反映情况、发现问题。因此文艺工作者学习政策,一方面是将政策作为他观察与描写生活的立场、方法和观点,但同时他又必须直接深入生活、深入群众,具体考察与亲自体验政策执行的情形,否则,不但不可能产生真正的艺术创作,而且也不可能对政策有真正的理解。同时,文艺工作者还必须学习马列主义基本理论与中国革命的总路线、总政策,只有这样,才能对各个时期各个地区的各种不同的具体政策作连贯起来的思索和理解,不致在宣传某一具体政策时发生偏差,而损害或降低艺术作品的思想性。

作品的艺术水平也必须提高。必须承认现在解放区的作品还远没有达到形式上完成的程度,我们必须学习技术。但我们又必须反对与防止一切技术至上主义(例如技术与思想分开,盲目崇拜西洋技巧等等)、形式主义,必须确立人民文艺的新的美学的标准:凡是“新鲜活泼的、为老百姓所喜闻乐见的中国作风与中国气派”的形式,就是美的,反之就是丑的。

现在摆在一切文艺工作者面前的主要任务就是创造无愧于这个伟大的人民革命时代的有思想的美的作品。

仍然普及第一,不要忘记农村

今天文艺工作,是提高为主呢?还是普及为主呢?这个问题必须明确地加以回答:就整个文艺运动来说,仍然是普及第一。这不只是因为全国胜利,新解放区扩大了,对那些地区的群众必须首先做普及工作,例如工厂文艺工作就必须用大力去进行;而且也因为老解放区普及工作的基础还不巩固,普及的面也还不够广大。现在我们整个工作的重心已由乡村移到城市,如果我们进了城市,就忘了农村,那原来打下的那点基础都可能垮台的。近两年来,农村旧剧的风行已是足够我们警惕的一种威胁。毛主席在《新民主主义论》中早就说过:“大众文化,实质上就是提高农民文化。”在最近发表的《论人民民主专政》中又说了："严重的问题是教育农民。”因此，我们必须利用有了现代城市和交通的一切优越条件，采用各种方法，继续对农民进行普及的工作。继续深入地开展农村剧团及其他文艺的活动。老解放区农村戏剧运动是有较良好的基础的，必须对原有农村剧团加以整顿和充实，对旧子弟班加以改造。此外并应组织与改进说书。组织与发动群众创作，同时从上而下地供给他们以足够的可用的剧本和歌词。各地方剧团应建立与农村剧团的经常联系，采取典型培养、示范演出、定期轮训等方法帮助他们，把帮助与指导农村剧团作为自己的主要任务之一。除了农村原有艺术活动以外，还应将各种新形式的艺术推广到农村去，例如我们的电影，在条件许可下就应在农村大量放映。

在城市，我们必须开展工厂文艺的活动。我们进入城市的时候，向工人介绍了在农民艺术形式基础上发展起来的新秧歌，向工人宣传了农民如何受地主剥削，他们如何起来进行斗争，农民在抗日战争与人民解放战争中作了多么重大的贡献，使工人阶级认识农民这个永久同盟军的重要。我们还要告诉工人，城市必须用一切方法帮助农民，不但供给他们工业日用品，而且还应供给他们精神食粮。我们在农村工作的同志，自然同时也必须向农民宣传工人阶级如何为恢复和发展工业生产而流汗奋斗，要如何依靠工人阶级，使中国从农业国变为工业国，以及工人阶级为什么是中国人民革命的领导阶级。我们必须用事实证明给农民看，城市是在帮助他们，设法满足他们物质与精神的需要。这样才可以促进与巩固工农的联盟，使城乡不但在经济上互相合作，而且在文化上也互相交流，并且通过农村合作社及一切其他方法继续帮助农民在文化上翻身，以最后打垮封建文化的阵地，这也就是新民主主义文化革命、文艺革命的最终目标。

一切文艺工作者，包括专家在内，必须时时将眼光放在工农兵群众的文艺活动上，注意研究群众文艺活动的情况与问题，把指导普及作为一切文艺工作者无可推脱的共同的责任。这个指导工作不能是零零星星的、附带的、可有可无的，而必须是有计划、有系统的、用全力去做的，这样，才能满足普及的需要，也才能达到提高的目的。

有计划有步骤地改革旧剧及一切封建旧文艺

旧剧（包括京剧及其他地方戏）不但在新解放城市中而且在老解放区的农村中，还有极大的势力，这是开展普及工作所不能忽视的。一切封建艺术，从旧剧到小人书，都必须改造。京津两地的经验证明，群众是欢迎演新内容的京剧与地方戏的，旧剧人也愿意而且正在积极排演新的节目。现在的问题是新剧本太少，因此，改革旧剧的中心关键就是供给足够的可用的新的剧本。为此，必须组织广大旧艺人和新的文学戏剧工作者亲自动手创作或修改剧本，人民政府和文艺领导机关，则对他们加以指导和必要的协助。

在改革旧剧上，一方面要防止急躁态度，另一方面则必须反对不适当地强调旧剧（主要是京剧）艺术上的“完整性”，强调掌握技术的困难，因而不敢大胆突破旧剧形式的那种错误的保守观点。

在毛泽东文艺思想的指导之下，发动与依靠旧艺人的协同努力，旧剧改造的工作一定可以收到新的成果。

建立科学的文艺批评，加强文艺工作的具体领导

需要批评，已成为大家一致的呼声。现在的情况是十分缺少批评，特别是切实的、具体的、有思想的批评。文艺工作中批评的空气太稀薄了。广大读者由于缺乏正确批评的引导，对作品的选择就成为了自流的状态。许多年青作者由于缺乏正确批评的帮助，在写作上只好自己摸索，有时就要走一些本来可以避免的弯路。文艺界的团结也由于缺乏必要的批评，有时就成为无原则的团结。我们必须在广泛的文艺界统一战线中进行必要的思想斗争。必须经常指出，在文艺上什么是我们所要提倡的，什么是我们所要反对的。批评必须是毛泽东文艺思想之具体应用，必须集中地表现广大工农群众及其干部的意见，必须经过批评来推动文艺工作者相互间的自我批评，必须通过批评来提高作品的思想性和艺术性。批评是实现对文艺工作的思想领导的重要方法。

为有效地推进解放区文艺工作，除了思想领导之外，还必须加强对文艺工作的组织领导，适当地解决文艺工作者在他们的工作中所碰到的许多实际困难和问题。这次大会后将成立全国文学艺术界的统一机构，这对广泛团结全国各方面的文艺工作者共同致力于新中国文艺的建设事业，将起重大的作用。我们相信，这次大会以后，新中国的人民的文艺必将有更大的开展，在中国文学史上将放出万丈光芒来。

——原载《中华全国文学艺术工作者代表大会纪念文集》，1949 年 7 月

茅　盾

目前创作上的一些问题[①]

同志们提出的很多问题,都很重要。说来实在很惭愧,各位所提到的作品,大多数我都没有读过,空空洞洞要来发表议论是很困难的。今天各位所提的问题,都不是一朝一夕发生的,也不是一个地方或少数人所遇到的,范围广泛,性质复杂,必须经过反复深入的讨论,才能作出总结,今天如果就来做总结,即使是初步的总结,也是冒昧而鲁莽的办法。我们不宜急于作结论。但是,在作结论之前,仍应充分交换意见。现在我就讲讲自己的感想。刚才大家所讲的,归纳起来,主要的问题是:

一、真人真事与典型性的问题。

二、形式与内容的问题。

三、完成任务与政策结合的问题。

四、浪漫主义与现实主义的问题。

五、如何学习与提高的问题。(如文学语言问题、公式化问题、结构的定型化、人物的定型化、人物的典型等问题。)

这几个问题中,浪漫主义与现实主义是个中心问题,回头由周扬同志来讲。

一、关于真人真事与典型性的问题,好多同志有这样的感觉:作品的人物又要真人真事,又要典型性,似乎不能两全似的,照理论上说来,人物的典型性之构成,在于概括(高尔基论及典型性时,曾再三指出),既要概括,就不能用真人真事。然则真人真事与典型性果真有冲突么?事实上并不如此。例如苏联的《铁流》、《夏伯阳》、《青年近卫军》等作品,其中主人公都是真人,写的也真有其事,但你能说人物的典型性不够吗?当然不能。所以写真人真事也可以有典型性,问题是在于怎样写。如果取材狭窄而呆板,完全要符合于那真人的一切生活,而不善于找出他生活上最典型的特征,并加以灵活的处理,那么结果,有了真人,而典型就差些了。

① 此文是茅盾在人民文学杂志社举行的“创作座谈会”上的讲话。题目是《文艺报》发表此文时加的。

最进步的创作方法,是社会主义的现实主义的创作方法。高尔基为这一创作方法所下的解释,基本要点之一就是旧现实主义(即批判的现实主义)加上革命的浪漫主义。而在人物描写上所表现的革命浪漫主义的“手法”,如用通俗的话来说,那就是人物性格容许理想化,——但要注意,这不是空想的理想化,如十九世纪的旧浪漫主义所为,而是植根于现实基础的理想化,亦即是比现实提高一步。这一个原则,应用到写真人真事,也就是说,我们写真人真事的时候,在真人的性格上是可以提高一步的。也就是说,写一个真人的性格,不宜用拍照的方式,而要表现。这样就可使典型性强烈。这样的办法有没有实例呢?有的,例如法捷耶夫的《青年近卫军》。在《苏维埃文学》上曾有一篇文章分析《青年近卫军》中的人物,说这些人物虽是真人,但法捷耶夫同志却把苏联青年最优秀的品质都集中表现在那几个人身上了,因此比之仅仅把那几位少年英雄(真人)照样不改地描写出来,更富于教育的作用。同时,也因为是把苏联青年最优秀的品质集中地表现在那几个真人的身上,所以这些真人的性格也就是典型的。《青年近卫军》这样的处理真人真事与典型性的方法,是值得我们学习的。为什么我们不用这样的方法去写战斗英雄、劳动英雄,等等呢?

我们都知道,现实主义的创作方法基本原则之一就是:写典型的环境中典型的人与事。如何能够在纷纭的社会现象中找出这些典型来,而不迷失在纷乱错综的表现中,这在作者,一方面基本上果(固)然是一个思想问题,又一方面却也是一个技术问题,即剪裁问题。通常我们说,某人观察力尖锐深入,能从现象的表面,透视到它的本质,因而所写成的作品富于思想性,为什么他的观察能那样尖锐而深入呢?这用通俗的字句来回答,就是“他思想有基础”,或者是“他有思想”。如果说得明白些,那就是他的头脑是受过辩证唯物论与历史唯物论的训练的。我在上面说,这在基本上是一个思想问题,就是这个意思。可是也许有人要问:巴尔扎克并没受过辩证唯物论与历史唯物论的训练,然而他的观察也能尖锐深入,这又当作何解释呢?这就触到了另一问题,即生活经验的丰富。这一个问题的重要性,不下于认识的问题,生活经验丰富了,对于观察之深入,是有帮助的,然而倘使没有正确的宇宙观,则其深刻仍有限度。再回过去说,看得到,看得深了,而写出来的东西不能相称,一书之中,有精辟处,亦有不少芜杂处,——这样的作品我们亦常常看到。这又是为了什么呢?一般说来,这是因为作者不懂得“剪裁”。所谓“剪裁”,是一个技术问题,然而同时也不能说他仅仅是一个技术问题:“剪裁”之是否得当,也和思想的深度有关系。

二、完成政治任务的问题。如何能使一篇作品完成政治任务而又有高度的艺术性,这是所有的写作者注意追求的问题。如果追求到了,就能产生伟大的作品。如果两者不能得兼,那么,与其牺牲了政治任务,毋宁在艺术性上差一些。当然,严格而言,这句话是不太科学的。今天暂不讨论这一句话所能引起的若干问题,今天单说:“赶任务”是否必要呢? 为了“赶任务”,作者不得不写他自己认为不成熟的东西,是否值得呢? 我以为是必要的,也是值得的。“赶任务”之为必要,想来大家都能够知道,不用多说。我们不但应当不以“赶任务”为苦,而且要引以为光荣。因为既然有任务要交给我们去赶,就表示了我们文艺工作者对革命事业有用,对服务人民有所长,难道这还不光荣么? 我相信我们革命的文艺工作者不会发生错误观念,以为“赶任务”是损害了文艺的什么尊严的。没落的统治阶级当其在思想战线上连守势都不能维持下去的时候,往往想用什么“超现实”“超阶级”“与政治无关”等等烟幕来迷糊目标,并麻痹群众;他们把文艺说成多么清高,而以服务政治为亵渎了文艺的尊严。这种谬论,当然我们是知道得明明白白的。所以我相信,革命的文艺工作者不会把“赶任务”看做是一件苦差使。但在另一方面,我们也不能不承认,由于“赶任务”而使作者不得不写他自己认为尚未成熟的东西,这在一位忠于文艺的作者也确是有几分痛苦的。在这一点上,我有我个人的一点看法,现在讲出来给各位做参考。

我以为我们不能有粗制滥造的居心,但也不宜过于雄心勃勃,若非传世之作便绝对不写。滥造是不应该的,但有时为了革命的利益,粗制实未可厚非。这就是为了“赶任务”便不得不写你自己认为尚未成熟的东西。当然这说不上传世不朽,但确能完成任务,如果为了追求传世不朽而放弃了现在的任务,那恐怕不对。至于有些作品在当时所起作用确实很大,而事过境迁,再看似亦平平,这其中的主要原因,恐怕还是典型性不够,思想性不够,而不能说凡“赶任务”的作品由于受了时间和环境的限制(即是题材之狭窄性),所以只能在彼时彼地起一定的作用,而不能流传较为广远且久长。

三、内容与形式。这是个老问题,需要我们一辈子去钻研的。内容决定形式,这是一个真理,不用再讨论了。从文学发展的历史来看,封建阶级和资产阶级,在文学形式上都是有所继承,有所创造,但亦有所破坏,我们继往开来,自亦不能不有所继承,有所创造,有所破坏,目前我们的文艺形式,可说是正在继承、创造与破坏的开端,亦即是在三者的交叉点,我们不是没有原则,这原则就是一方面要吸取旧形式的合理部分,一方面要加以改造,而把它提高一步。在此时期所应引以为戒的,倒是太性急地把形式立即定型化起来,而不怕“百家并起”,五光十色。

最后,再就文学的语言问题略述鄙见。有的同志以为完全用地方语来写作不大合适,因为这在作品的普遍性上有阻碍。另一种看法则相反,以为惟用方言才能使老百姓看得懂。我以为两者都有所偏。我们可以用方言,问题是在怎样用。试举《静静的顿河》来做例子。这一部小说的对话,用了很多顿巴斯的方言,但只用于人物的对话内,本文的叙述描写部分却不用,这是很可以让我们取法的。中国的《水浒》也用这方法。大凡人物的对话用了方言,可以使人物的面貌更为生动,做到了“如闻其声”。准此类推,作品中的知识分子人物就应当让他说知识分子的话。这正如作品中的工农,不应当有知识分子的谈吐,同一理由。中国旧小说中的杰作,对于人物的对话,都很费苦心,什么身份的人说什么腔调的话,很有分寸。如《红楼梦》则男子说话的口吻和女子不同,精细到这样地步!一个人物要写得他活,适如其份的说话的腔调是很重要的一个条件。文学语言一般都放在形式问题里来讨论,今天是带便讲一讲,只触及人物的对话一项。事实上,现在文学语言这一问题,不少纷(分)歧的意见,而且关连到对于普及与提高的看法,不过今天不宜拉扯得太多,有机会时应当有一次座谈会专门来讨论它。

——原载《文艺报》1950 年第 1 卷第 9 期

阿 垅

论倾向性

一

艺术和政治,在我们是一元论的。

一九四九年十月十七日,在上海,在文学座谈会上,对于文学和政治的关系这一个问题,西蒙诺夫是这样回答中国文学家和新闻工作者的,他说:"我以为文学和政治结合是没有这样的事的。这不是化学,所以,两种不同的原素的问题,是无从谈起的。比较恰当地说,可以把文学比拟为一个蛋,而政治,是像蛋黄那样包含在里面的。"

这是说:艺术和政治,不是"两种不同的原素",而是一个同一的东西;不是"结合"的,而是统一的;不是艺术加政治,而是艺术即政治。

从西蒙诺夫底答复里,首先,很明显地,我们可以看出来,是现实主义和为艺术而艺术的"艺术"的对立。其次,从这个基本见解出发,虽然比较曲折一些,但是还有问题存在,而我们所看到了的,是一元论和二元论以至多元论的对立,是机械论和辩证法的对立,是形式主义或者公式主义和现实主义的对立。

二

如同托尔斯泰所说的:"一切的艺术是宣传。"

如同普列汉诺夫所说的:"无论怎样的作品,都不能够是并不包含着一些思想的要素的东西。即使那作品好像毫不措意于思想吧,而只是依靠著形的技巧而成的地方,那'无思想底'的这事本身,就可以看做包含着特殊的思想的。就是,那意思,是在表明着一贯的世界观之不必要的。"

西蒙诺夫也说:"我以为对生活没有一定的看法的作家是没有的。"又说:"我们认为政治是文学底动力,而作家应该就是政治家。"

在《人间喜剧》底序文中,巴尔扎克同样说:“作家底法律,就是使他成为一个作家的那种东西,就是使他——我大胆地说——等于或者高于一个政治家的那种东西,那种法律就是他对于人生的诸般问题的判断,他对于原则的坚持。”

人,不但是一个一般的自然人,而且还是一个一定的“社会人”。

我们是生活和行动在一定的历史当中,一定的社会当中,一定的生产关系当中,和一定的阶级利益当中。那么,对于世界,对于事物,对于人生,对于事变,对于政治、经济,以至对于道德、艺术,自然而然就有而且应当有我们底一定的见解,一定的要求。任何人都是如此,所不同的,只是这个那个地、这样那样地、或大或小地、或多或少地把这个见解和要求表达出来;但是如果是在基本上的话,所有的这样的见解和要求,却不得不是一种一定的见解、一定的要求。这样,在文学上,无论那是意识的,或者不意识的,进步的和反动的,以至为艺术而艺术的,无可逃避也无可争辩的事情是,那里面,总是有着一定的政治倾向或者思想倾向的。

我们知道,鱼是离不了水的;但是,重要的是,鱼是离不了一定的水的,淡水鱼是淡水鱼,咸水鱼是咸水鱼,热带鱼是热带鱼。如果鱼也像人类一样有一种思想的话,那么,淡水鱼就会排斥海水,咸水鱼也会咒诅死海,热带鱼则将歌唱热带气候而反对南冰洋和北冰洋了。

托尔斯泰和巴尔扎克实在都是这样的。在巴尔扎克的场合,创作方法和阶级意识就是这样尖锐地对立着的;但是,这里的问题,并不在“现实主义底伟大的胜利”;而是在:这个巴尔扎克,即使是一个“伟大的现实主义的艺术家”,即使“他底伟大的著作,是对于崩溃得不可救药的高等社会的不断的挽歌”;然而他底“阶级同情和政治成见”,又到底是一定的,可悲地,他“在政治上是一个保皇党”而不是别的。

自由只是一个相对的概念,艺术自由也是这样。而且不但如此,在阶级社会里,统治阶级底意识形态,还是支配的意识形态,艺术自由这个醉人的概念也就这样。它是资本主义社会的产物,而且反映了和反映着资本主义社会的东西。怎样?当然,在淡水中,淡水鱼是自由的。怎样?当然,淡水鱼底“自由”等于“淡水”。于是,阶级的意识形态,常常被给与了一种为全人类所追求的,等于永恒真理的,那样的形式,如同赛茨所说的一样;而且,“如果意识上的欺骗,确然构成了一种武器,而经常被剥削阶级利用而进行社会斗争的话,那么,那种欺骗,总是伴随着自欺的——即一个阶级对于它本身的那种错觉。”淡水鱼坚信着:淡水是全鱼类底“永恒真理”,是一切水族底“永恒真理”,甚至也是两栖类底“永恒真理”了呢。

所以,弄得加米叶,毛克莱又生气又绝望地说:“金钱的问题和艺术的问题密切地联合着,艺术批评家也没有办法。”

在《哲学底贫困》中,马克思更真实地说:“最后,在从前,人类以为不能够出让的东西，都成为交换即买卖的目的物，成为能够出让了的，那样的时代到来了。那就是——从来只有传授而决没有交换、只有赠与而决没有卖掉、只有取得而决没有购得的那种东西，即道德、爱情、意见、科学、良心等等，所有一切方面的东西，现在都成为交易的目的物了的这样的时代。这是普遍的腐败之时代，什么事情都看在金钱底面上的时代。用经济学上的话语来说，则这是，精神的，物质的，所有一切方面的事物都成为贩卖价值，都运送到市场上去以求得那最正当的估价的时代。”在《共产党宣言》中，他和恩格斯又一语道破地说：“它（资产阶级——垅）把人底个人的才能变成了交换价值。”大家保卫“贩卖价值”呀！上帝保佑“交换价值”呀！……

什么是自由呢？——金钱！什么有自由呢？——金钱！自己就是金钱！在资本主义社会中，物质的，精神的、一切的事物，如果不是金钱本身，也就是它底化身；艺术自由者，归根结底，那也正是金钱底金属光彩，金钱底金属声音。那么，这个金钱本身，就正是具有一种倾向性的。作为这个金钱底化身之一的自由，包括艺术自由，无非也是一种倾向性吧。

在《党的组织和党的文学》中，列宁也辛辣地说：“生活在社会中而要脱离社会而自由，那是不可能的。资产阶级的作家、艺术家、女演员底自由不过是对于钱囊、对于收买、对于豢养的秘密的（或者是伪善地乔装改扮的）依赖而已。”对于淡水鱼，——怎样？如果它硬是不相信，或者还是不承认，好得很，那就请它跳到岸上来尝尝味道，或者蹦到天上去显显身手，——在那里，如果它找不到“自由”，也将找到了“秘密”。梦想“脱离”了水而能够“自由”的鱼啊！……

在《在延安文艺座谈会上的讲话》中，毛泽东也说：“在现在世界，一切文化或文艺都是属于一定的阶级，一定的党，即一定的政治路线的。为艺术的艺术，超阶级、超党的艺术，与政治并行或互相独立的艺术，实际上是不存在的。在有阶级、有党的社会里，艺术既然服从阶级，服从党，当然就要服从阶级与党的政治要求，服从一定革命时期的革命任务，离开了这个，就离开了群众的根本需要。”

所以，列宁高呼：“打倒无党派的文学家！打倒超人的文学家！”而且正确而决断地主张：“文学事业应该成为整个无产阶级事业底一部分，应该是一个统一的、伟大的社会——民主主义机器底‘齿轮和螺蛳（丝）钉’，这机器是由整个工人阶级底全部觉悟的先锋队所推动的。文学事业应该成为有组织的、有计划的、统一的社会民主党底工作底组成部分。”

这就是党性的原则。

我们底文学底倾向性，就是这个党性；也就是一种阶级性，一种思想性。

是不是有自由呢，到底？我们的回答是有的。如果河水是鲫鱼底自由，那么，海水也就是鲸鱼底自由了。

一方面,如同列宁所说的,社会主义者暴露艺术自由底虚伪,是“为了拿真正地——自由的、公开地和无产阶级相联结的文学来对抗那虚伪地——自由的、事实上却是和资产阶级相联系的文学”的。

另一方面,列宁又说:“无可争辩的,文学事业比一切都少有可能服从于机械的平均,标准化,多数统治少数。无可争辩的,在这种事业里无条件地需要保证个人的创造性、个人底好尚之广大的原野,思想和幻想、形式和内容底宽泛的原野。这都是无可争辩的,可是这一切只是证明,无产阶级党底事业底文学的部分不能够奉行故事地和无产阶级底党的事业之其他部分一视同仁。”但是,“所有这些并不能够推翻那种对于资产阶级和资产阶级的民主派是怪异而奇特的原则——文学的事业应该必然地和一定地成为和社会民主党底其他部分紧相联系的部分。”

政治是一定的,然而艺术又是多样的;倾向性是必然的,然而“写、说”又是自由的。——如果认识必然,自然就有自由。

“真正地——自由的”自由和“虚伪地——自由的”自由,就是这样对立着。我们知道,提出艺术自由,是为了否定倾向性的。正是这样,在这个否定倾向性的过程中,就暴露了而且确定了这种艺术自由底一定的倾向。这个艺术自由,本身就证明了它是一个倾向。所谓艺术自由,不过是资产阶级底秘密之一,即既是“欺骗”,又是“自欺”。

一个上升的阶级,一个革命的党,一个新兴的文学潮流,一个进步的作家,总是正面地、“公开地”提出倾向性来的;为什么?就因为它是上升的,革命的,它是前进的,他是进步的,整个历史和人民都支援着它,响应着它,鼓动着他,它就有权利要求,他就有力量说话。但是,资产阶级底另外一个秘密,一个更大的秘密是,那是一个没落的阶级,一个反动的王国,一种颓废的思想,一群多余的作家即一群“多余的人”;由于它们和他们底没落、反动、绝望以及无聊,而整个历史和人民又敌对着它们,制压着他们,它们已经没有了正当的权利也没有了青春的生命,他们已经失去了要求的理由和发言的勇气,于是,它们和他们就梦幻地为艺术而艺术,就假哭假笑地有了艺术自由的主张,即侧面地或者幕后地保卫自己,保卫那个资产阶级底利益。

三

譬如吧,赖曼在《国家艺术与怀疑论》中,对于苏维埃文学,对于苏联作家,是作了怎样的非难了啊。那么,他又是怎样主张的呢?他说:在战争当中,他和他底伙伴们,“曾经热烈地坚信我们有权批评,有权反对遵从道德,我们有权在应该热情的时候忧郁,有权描绘倚傍在园墙上的零乱的玫瑰和柳枝上的鱼狗,有权写我们底情人底性的蛊惑,写我们童年和学生时代的大的小的把戏,和其他一切和战争并无直接的关系的东西。”

赖曼是一个现代主义者。是杰出的现代派的诗人之一。是在西班牙内战中参加过国际纵队的人物。如同艾略忒、奥登、斯班特一样，现代派的诗人们，在开始的时候，好像多多少少是那样带有一种社会主义的色彩的。但是，怎样？这些好像反对资本主义的老爷的人，其实还是资本主义的少爷的身份。一种家庭之内的吵闹，互相吵闹的，并非敌人而是亲人。由于父代底衰落，子代负担了这一份衰落，这个负担使他们成为叛逆，要求出路，有了一种战斗的俨然的姿态。如果不是衰落而是荣华，这种家庭的悲喜剧那就不会有了，而骨肉之间也将完全相反会充满祥和之气的啊。这种吵闹，本质上，并不是子代对于父代的革命，不过是少爷对于老爷的怨恨；门阀破落了，世界崩溃了，父代给子代的遗产不是无价的珍宝而是可怕的债务；子代从父代得到的不是兴隆的事业而是倒楣的命运；那么，当然应该怨恨，而且只有怨恨。所以，这种怨恨，与其说是“革命”，不如说是同情；因为，在那里，确确实实地，他们所有的是一种一定的血缘关系。他们所做的，很像革命，却是责备，他们所唱的，很像战歌，却是哀歌；不是打倒家庭而是苦恼自己，好像反对现在却是留恋过去。所以，当真正有革命的大风暴袭来的时候，由于子代和父代底阶级利益到底不是不一致的之故，年青的和老年的往往就共同作战，而且，这些少爷比那些老爷常常更勇猛作战。

是这样，艾略忒之流终于对于所谓共产主义的威胁签了大名，发布了战书。

是这样，现代派的诗人们终于抛弃了社会学的术语而拥护了为艺术而艺术的“艺术”。

是这样，赖曼非难了苏联作家，非难了苏维埃文学，非难了苏联底战争文学即苏联底卫国战争。

回答赖曼底非难的，有不少的苏联作家。在答复赖曼的时候，苏尔柯夫这样说：“在战争期间，我们并没有为了似是而非的理论之故而沉迷在那里面，我们也没有辩护我们有权在应该热情的时候忧郁。如果我们写到了玫瑰，那就是，因为洒滴在玫瑰上的是人类的热血而不是露水；如果我们写到了翡翠鸟或者百灵鸟，那就是，因为战争使鸟雀们丧失了巢穴。我们底情人是兵士，卷入了战争的火焰中而内心给爱人的回忆所温暖着的兵士。在我们底千百万的人民受难的时候，如果我们不这样来作，我们会把自己当做逃兵。在伟大而悲惨的那些年月里，我们参加了伟大而悲惨的大事件。……顺从着我们底内心的自然的趋向……我们尽力地把我们底艺术提高到了一个战争底严肃而英勇的高度；而这个战争，是在最崇高、最有诗意的理想底名义之下进行的。”

如同前面所说的，只有苏维埃的文学和作家能够勇于提出倾向性的命题来。作为现代派的诗人的赖曼，这种勇气是不可能有的。他们，从来不会正面地提出文学底倾向性的问题来；不，相反，在他们底战斗正面上，却是可耻的为艺术而艺术，伪善的艺术自由，反动的现代诗，等等。不，实在，他们又侧面地或者幕后地把它提了出来了。所以，在赖曼的场合，那些“忧郁”呀，“零乱的玫瑰”呀，“性的蛊感（惑）”呀，那里面所有的，并不是别的，也还是一种倾向。而苏尔柯夫底“玫瑰”、“翡翠鸟”、“情人”，一样是一种倾向，但是却是完全不同的一种倾向。赖曼，在他的场合，只是要求着苏维埃文学底放下武器，而敌对着苏联作家所特有的那种倾向罢了。

所以，普列汉诺夫在《艺术与社会生活》中说：“艺术家和对于艺术的创造具有直接的兴趣的人们底为艺术而艺术的倾向，是在他们和围绕着他们的社会环境之间的那个绝望的、不调和的基地之上产生的。”而“对于艺术的所谓功利的见解，即企图在那个作品上面加以关于生活现象的判断的倾向，以及常常随之而起的那种乐于参加社会斗争的觉悟，却是在社会底大部分和多少对于艺术的创造具有实际的兴趣的人们之间有着相互的同情的时候产生的。”

此外，他又说：“浪漫派虽然叛逆着资产阶级底趣味和习惯，而对于资产阶级的社会构成，却并没有什么反对。”“作为一般的规律，浪漫派的人们，虽然一方面叛逆着资产阶级底庸俗，而另一方面，对于指示出来社会改造底必然的社会主义的体系，却同样怀着非常的反感。浪漫派的人们，对于社会组织，并不想有什么变革……”。

普列汉诺夫虽然是说的浪漫派；但是，对于现代派，以至所有一切为艺术而艺术的流派，却接触到了一个基本上是共同的那种东西。所有这一切，实际上，都不是为了反对资产阶级而是拥护他们自己底阶级利益，即都是为了反对社会主义而不是拥护人民政权的。

那么，“自欺”也罢，“欺骗”也罢，所谓为艺术而艺术的“艺术”和主张，也就不得不是一种一定的倾向。

四

但是，一切把艺术和政治对立起来的，包括公式主义、教条主义在内，都不是一元论，而是二元论甚至多元论。

在《党的组织和党的文学》中，列宁就已经说过：“我们远不想宣传一种什么单调的制度或者用几个决议案来解决任务。不，在这个领域内公式主义是最说不上的。”

在《在延安文艺座谈会上的讲话》中，毛泽东也说：“又是政治标准，又是艺术标准，这两者的关系怎么样呢？政治并不等于艺术，一般的世界观也并不等于艺术创作的方法论。……我们的要求则是政治与艺术的统一，内容与形式的统一，革命政治内容与尽可能高度的艺术形式的统一。缺乏艺术性的艺术品,无论政治上怎样进步,也是没有力量的。”又说:“学习马列主义,不过是要我们用辩证唯物论和历史唯物论的观点去观察世界,观察社会,观察文学艺术,并不是要我们在文学艺术作品中写哲学讲义。马列主义只能包括而不能代替文艺创作中的现实主义,正如它只能包括而不能代替物理科学中的原子论、电子论一样。空洞干燥的教条公式是要破坏创作情绪的,但是它们不但破坏创作情绪,而且首先破坏了马列主义。教条主义的马列主义并不是马列主义,而是反对马列主义的。”

而且提出:“因此我们既反对内容有害的艺术品,也反对只讲内容不讲形式的所谓‘标语口号式’的倾向,我们应该进行文艺问题上的两条战线斗争。”

艺术和政治的统一,形式和内容的统一,是毛泽东底艺术观的一元论。“文艺服从于政治,”“政治并不等于艺术,”是毛泽东底艺术论的辩证法。

但是,怎样?公式主义和教条主义,看起来,好像政治太多,要求政治更多;实际上,在艺术问题上,如果没有艺术,也就谈不到政治。

因为,如同倍林斯基所说的:“艺术首先应当是艺术,然后它才可能是某一时代和社会底精神和方向底反映。”又说:“美是艺术底必要的条件,没有美,就不会有、也不能够有任何艺术。这是一条公理。”

因为,如同车尔尼息夫斯基所说的:“美在我们心理上所唤起的感动,是一种光明的、幸福的感情,和那种面对着我们底爱人所唤起来的感情相似;所以,它必须包含着一些对于我们是亲爱的东西,而这种亲爱的东西是人生。”

从相对的角度,伏隆斯基认为:作为一个作家,并不是“学到了政治问题就算了事的,还得更进一步。教我们底十几个文学团体,专门发表有韵的报纸论文,这有什么意思呢?”

为什么“缺乏艺术性的艺术品,无论政治上怎样进步,也是没有力量的呢?”——

因为,首先,如果我们要读哲学和政论,那我们是会直捷了当地去找了哲学或者政论来读的,用不到兜一个圈子从文学作品去读它们。何况,由于文化水平的限制,尤其由于政治成见的限制,还有由于趣味方面的限制,对于哲学和政论,很有不是会读的或者不是愿读的人们存在着。然而,由于艺术是艺术,是“美”,是“亲爱的东西”,在政治倾向、思想倾向相同的人,给他们读了,可以最好地作为休息,即最好地保证生活,最好地补充思想以至昂扬思想;在政治立场、思想立场相异以至相反的人,给他们读了,也可以无形地进行批判,或者有力地进行斗争;在政治要求、思想要求不多、不深或者毫无的人,给他们读了,就可以亲切地开始教育,最初地唤起觉醒,委婉地达到鼓动,广泛地扩大组织。艺术,它是亲密的谈心,而不是干燥的说教,它渗透到人们底灵魂而征服了那个灵魂,它感染了人们底感情而组织了那个感情,它从“美”的条件获得艺术效果,从“亲爱的东西”发生艺术力量;而这样的一种一定的艺术效果和艺术力量,也正是那个一定的政治效果和政治力量。艺术本身就是我们底武器。而且还是“人类灵魂的工程。”但是,一到公式主义、教条主义的场合,对于艺术和政治,却把它们当做“两种不同的原素”了,像把它们“结合”起来,却把它们分离开来了,即把它们对立起来了;结果,由于否定了作为政治底形式之一的艺术,也就否定了政治本身,——已经失去了影子的人,他底存在是很困难的。

想一想,为什么毛泽东要说“我们的要求”是“革命政治内容与尽可能高度的艺术形式的统一”呢?

想一想,为什么毛泽东又说:“教条主义的马列主义并不是马列主义,而是反对马列主义的”呢?

关键就在这里,问题也在这里啊。

公式主义、教条主义不是一元论的。它是机械地对立了艺术和政治的,那么,它应该是机械论;它是技术地看待艺术形式的,那么,它又应该是技巧论或者形式主义;它是概念地处理着政治问题的,那么,它还应该是观念论。

公式主义、教条主义出发于一定的概念之中,而又局促于这个概念之内,决不是政治太多啊,而是根本没有政治罢了;看起来,那很像是内容上的多吧,而实则是表面上的多罢了。这样多法,是徒然的。

如同王朝闻在《为政策服务与公式主义》中所说的:“公式主义的来历,不仅不是作家太看重宣传,相反的,是他宣传的责任感的薄弱——不顾效果。公式主义不是由于为政策服务,而是作者没有理解如何为政策服务。”因为,在艺术的场合,那里面的政治,明明白白地,既不是表现为一定的哲学的形式的,也不是表现为一定的政论的形式的,而只是表现为一定的艺术的形式的,也必须是表现为一定的艺术的形式的;这样,在这个场合,是必须通过一种艺术的形式,于是,它才能够凸出它那政治底本质。

他一面说:“共产党的政策,是群众愿望的最集中的表现,同时也是现实内部矛盾最尖锐、最深刻的概括。它是群众斗争经验及其思想的总和,它是现实发展方向的预示。不懂得政策,就不能真正担任教育群众这伟大的任务和避免选择主题之盲目性。不懂得政策,就不易对于复杂多变的现实社会得到正确的理解,同时也就很难恰当的运用夸张、删除、单纯化等等艺术必要的表现方法。”

但是,另一方面,他又说:“政策之于作家,只是一种认识生活的引线,一种推动力,而不能把它当为万应灵丹,不能以为有了政策便有了一切,不能以为懂了政策条文而不熟悉政策在现实生活中的体现过程,和政策可能推动它向前发展的客观情况,只把这条文装裱一番,‘形像化’一番,就算给政策服务。这样做,就不能产生好作品。因为艺术价值低，宣传作用也要削弱。”而“能否避免公式主义，要以作家有无丰富的生活准备或深刻的再生活的活动来决定的。”

除此之外，如果作家对于政治缺乏那种强力的要求和深入的追求，即，这个个人的要求，和历史和人民底深广的要求之间，或者，两者还缺少更强有力的脉络，或者，还没有完全溶解在里面而达到饱和的状态，就那样写出作品来的话，恐怕也是不会怎样成功的。因为，如果它并没有通过自己底感动，它也就极难激起别人底感动来，如果它还不可能使自己感动，它当然是不可能反而使别人感动的。

这里，是一个思想要求的问题；即战斗要求的问题，思想性的问题。

公式主义、教条主义，总是一套公式的艺术形式，总是一堆教条的艺术内容，那是没有什么思想性的。

政治概念既不等于政治内容，也不等于思想性。

五

歌德说：“一个诗人需要一切的哲学，但是，在那作品中却必须把它避开。”这里，难道是否定了哲学或者思想性的么？“避开”得了么？而且，如果那不是一元的，什么又是这个“一切的”呢？

卢那却尔斯基在《苏维埃国家和艺术》中，首先这样说：“只有浸透在我们底世界观里的艺术，这才能够造成真正的煽动艺术。”但是，在《马克思主义的文艺批评底任务》中，他却从新地揭示了普列汉诺夫底“规范”，说：“一切露出的思想、露出的宣传底向那里面的侵入，却常常是所与的作品底失败的意思”；“被纯政论的要素所充塞的文艺，即使那判断是怎样地出色的吧，也大抵是使读者冷下去的。”因为，那种东西，却是一种“大的、冷的团块，而凸出在这个液体里”的；因为，“内容在作品中，”必须“由形象地被熔解了的辉煌的金属的形相所铸成”。

和毛泽东底说法，“缺乏艺术性的艺术品，无论政治上怎样进步也是没有力量的，”这里是完全一致的。

恩格斯，在他给哈克耐斯的信中，也明白地说：“我决不责备你，怪你没有写一部纯粹社会主义的小说，那就是一定要在小说里面，宣布作者底社会思想和政治思想。我完全不是这样想法。作者底意见愈是不露锋芒，对于艺术作品也就愈好。”

艺术的构成要素是形象。一个作家底艺术的思维，是一种形象的思维；一部作品所有的思想性，又必须通过形象，或者，同化于形象，化身于形象，或者，从形象生发出来，反映出来，——然后向人们提出。

其次，一种概念，包括政治概念，和活生生的现实，以及活生生的人，又是有着一种一定的距离的。概念，如果那不是和现实互相排斥的，不是对于人完全虚伪的，到底，从艺术到政治，那也是毫无力量的，没有效果的。艺术，首先的条件是真；这个概念，却不是真，既不是思想的真，就没有艺术的真，也不是政治的真。

如同阿尔马助夫在《论文学底倾向性》中所说的："我们已经说过，倾向性是作家底思想内容。但是，对于倾向性却可以有不同的理解，有的时候，也可以被认为是艺术家以之证明他底思想的人物的构造的。换一句话说，就是一个作家为了迁就一种预先拟就的观念，而对于现实所作的歪曲。"但是，"我不否认苏联作家当中有一些人构造人物以适应他们的思想，这样的作家是有的。不过，他们底'赤裸裸的倾向性'底出现和存在，并非由于他们是苏联作家，而是由于他们是坏作家，坏的作家在任何国家、任何文学中都是有的。"

"赤裸裸的倾向性"，原来，在一般的场合，总是那种"歪曲"、虚伪或者空洞而已。

在《德国底革命和反革命》中，马克思更指出"倾向"底虚伪和虚伪底根源来，说："在德意志底文学上，蒙受了由于一八三〇年的事变而陷全欧洲于政治激动的影响。几乎当时的一切作家，都宣传着一种生硬的立宪主义或者一种粗野的共和主义。这逐渐地养成了一种风气，特别是二、三流的作家们，一定采用引人注目的政治讽刺以弥补自己底作品底粗糙。诗、小说、批评、戏剧，一切的文艺作品，都充斥着所谓'倾向'少带些反政府色彩的怯弱的表现。"

或者，那是"对于现实所作的歪曲"，或者，那是"怯弱的表现"。这是，不但在"任何国家"中，而且在"任何文学"中，不但在暴露的场合，而且在歌颂的场合，"都是有的"啊。这，如果把问题提到本质上来，如果把作家追寻到根底上去，一切，都有着相通的一面，即：作为一个作家的人，他对于时代的完全虚伪！——对于才有政治概念而还没有实际生活的人，这或者还是应当谅解的，也许还是多少可喜的，因为这正是他向实际生活突进的第一步；而对于有了实际生活而还是只有政治概念的人，尤其对于毫不触摸实际生活而又专门玩弄政治概念的人，那就只有说是虚伪或者"歪曲，"因为他们活在现实中而没有深入现实，活得虚浮或者麻痹，因为他们说着"现实"而并不要现实，说谎和做假！

我们可以看看鲁迅。鲁迅是一个战士又是一个诗人。他底杂文，所有的，即使是政论的形式，但是，他底巨大的思想力底光芒，他底革命的战斗意志底灼热，却使这个形式达到了最高的诗。说到小说，他已经在《阿Q正传》里创造了对于我们是如此熟悉、如此亲切的一个典型，阿Q。《阿Q正传》里所有的并不是什么"露出的思想、露出的宣传。"但是，当我们好像和阿Q在随便交谈的时候，我们就接触了而且接受了鲁迅底思想。

至于倾向或者思想要怎样表现出来，本来，也是一个早已解决的问题。

在给哈克耐斯的信中，恩格斯主张："我心目中的现实主义，甚至毫不依赖作者底观点，就能够把它自己显示出来。"

在给闵娜·考茨基的信中，又这样说："但是我以为倾向不可以特别地明指出来，而必须从状态和行动中流露出来。"

在《俄国文学史序》中，高尔基也认为："把思想用血肉装扮起来，它就获得比哲学或者科学更广泛而普遍的感召和说服的力量。"血肉本身就是思想。思想产生于血肉，而且活于血肉。

六

但是，这里还存在着别的一些问题。即：除了一种进步的、正确的倾向性，和除了那些反动的以及虚伪的倾向性，如同罗森达尔在《论文学底意识性和倾向性》中所提出的，还有那种他把它叫做"假的倾向"的东西。这种倾向，所以是"假的"，因为它是违反了历史发展底一般的规律的，凝固于阶级意识底一定的约束的，和历史运动底方向有着矛盾，和现实的真实互相对立，而且，和一个天才底精神勇敢和艺术力量磨擦着，和这个艺术家底真挚纠葛着，而又徒然使他空想地信仰着，热病地希望着，那样的一种东西。这种意识倾向，如同罗森达尔所说的，是一种"带着生活的客观真实散布开来的意识倾向，是要把矛盾带进艺术作品里去的，艺术家无论怎样伟大，这些矛盾总是要在他底作品里面出现的。"对于一个作家，这也就是主观要求和客观现实对立着，世界观和世界感对立着，世界观和创作方法对立着的。作为这一论点底最好的例证的，有俄罗斯最伟大的作家托尔斯泰。在这个托尔斯泰，一方面，既是"俄国革命底一面镜子，"别的一方面，又到底是"不抵抗主义"的，无政府主义的，"基督教社会主义"的，民粹派似的，悲观主义的，——就是这样的，无情的、可哀的矛盾！

但是，还有另外的情形，即一个作家底思想意识底转变的情形。在《论文学底自由》中，赛茨认为："由于知识和教育，思想家有的时候能够被提高到理解别的阶级和整个社会的程度。"这不是说，他是一个"生活的观察家"，他"超越了一切的阶级"；而是说，他有可能接近另一阶级之内的更为进步的东西，而对于本阶级底那狭隘的实际的生活却有了更为尖锐而深刻的批判力量，"他底社会的、历史的和道德的观念扩大了。"只有这样的一种人，他"甚至可能越过了那统治的阶级界限而走向被屈服的、被压迫的阶级。"但是，这里也有两个一定的条件：或者，一种强烈的反抗运动，已经存在于处于严重的腐化过程之中的统治阶级底内部了；或者，由于他热爱真理而富于勇气，由于他面向真实，——他才能够理解客观的历史真实，才能够为了人民底利益和人类底进步，而从他底旧的阶级获得解放，确定了他底新的倾向。

七

不过,为了反映阶级斗争,为了进行思想斗争,作为一个作家,除了要善于掌握倾向性,还必须善于掌握敌情。

所以,高尔基说:"小说家,总比自己底一些倾向要更广阔些,这正是为了他所拥护的思想底最大的说服性,他不得不把这个思想放在一些敌对的思想底圈子里,而且,这样一来,虽然那是在歪曲的形式里,他却使我们认识了他所敌对的是什么。"

那么,"不入虎穴,焉得虎子?"——

所以,他反复地说:"因此——小说是阶级倾向底宣传底强大的和具有高度的阶级性的手段,同时,它迫使一个作家,不论自己底企图怎样,顺便地指了出来那些和他自己作为这个或者那个社会集团底思想代表所宣传的东西毫不相干以至互相对立的倾向和事实。"

八

艺术底思想性,作品底倾向性,决定于作家底思想要求和作品底思想内容。

罗森达尔说:"艺术家,也像任何人一样,是自己的时代和阶级底儿子。他透过特定的阶级利益而观察现实,这种利益,他不是自觉地熟稔而加以保卫,就是不自觉地把它吸进了自己底身上。"

如果我们是"无产阶级的革命的功利主义者",那么,对于历史和人民底那种要求,——也正是作家自己底一个要求,首先就要把它真实地表现出来,本质地表现出来,现实地表现出来,集中地表现出来,宽阔而且深远地表现出来。能够这样的话,作品底思想性那就自然被提高了。如果倾向性底凸出正是思想内容底丰满,那么,高度的艺术性和革命的政治内容也就解决了矛盾而归结于统一。

九

如果我们是鱼,——那么,我们大概就不会有什么倾向性了吧,这么一种的争论也就没有多少的必要了吧?但是,列宁说过:"一切的比喻总是跛足的。"鱼到底有没有倾向性?这在我们是一点也不知道的。但是我们究竟是人而不是鱼。而且我们早已说过了,我们还是一个一定的"社会人"啊。我们是正面地看世界和事物的,我们始终追求现实而且向这个现实负责;我们是预见了未来的,我们把握着历史发展的规律而且为它保证了必然的胜利前进。那么,我们:是不但具有了明确的倾向性,而且十分乐于把它庄严地向世界宣布出来!

从《共产党宣言》开始,我们就已经有了共同的鲜明的旗帜!

从一九二一年七月一日,我们就已经有了中国战场自己的总司令部!

我们是无产阶级先锋队,我们底文学事业是"整个无产阶级事业底一部分"底"轮齿和螺蛳(丝)钉",我们底作家是文化斗争——思想斗争——艺术斗争的现实斗争底赤忱的战士,为了实现新民主主义——社会主义——共产主义的社会而斗争!

我们结束了几千年的封建制度和封建主义,结束了近百年来的帝国主义侵略史,结束了二十年代以来的军阀、官僚、豪门、特务、卖国贼和流氓头子底铁血统治;我们底中华人民共和国旭日一样辉煌鲜丽地在欢呼的人类面前升了起来,我们底勤劳、英勇、智慧而善良的人民在地球上带着主人的笑容站了起来,我们以崇高而真挚的友爱和苏联和东欧各新民主主义国家一同相处于和平、民主的大家庭之中,而且,我们有最好的理想、最真的信心、最大的毅力去争取美好的未来,去赢得光荣的未来!

我们是爱国主义者:为了人民解放和民族解放,我们曾经无情地和以蒋介石为首的压迫人民、出卖祖国的国民党反动派血战,这个战争现在是胜利了!我们又曾经无畏地和侵略中国土地、奴役中国人民的帝国主义国家苦战,不久以前是和赤裸裸的日本帝国主义者,最近一次是和蒋介石们底主子、导演、帮凶,即执行美国帝国主义者底奴化中国的政策的代表团、顾问团、幕后人物和先遣兵团,这个战争现在也是胜利了!不过,事情我们也是完全明白的:封建势力底残余是还存在着的,殖民地意识的渣滓是还存在着的,对于一切的吸血鬼、食人生番、寄生虫、懒汉、伪善者、道德败坏者、冷血动物,对于所有的自由主义者、机会主义者,对于那种"国家主义"者和"民族主义"者,对于所谓"世界主义"者,我们必须继续奋战,还有一段路程。我们爱祖国,是因为我们本身就是人民,我们底祖国爱,就是人民爱;我们相信我们能够战胜,而且我们必然战胜!

我们是国际主义者:为了人类解放,我们爱社会主义底祖国苏联,爱东欧各新民主主义国家,爱殖民地底战斗的人民,爱资本主义国家内部的无产阶级兄弟和进步人士;我们底国际爱,是我们底阶级爱、人类爱,是我们底兄弟爱、同志爱和战友爱,是我们底事业爱和革命爱,而且它也正是对于世界帝国主义集团和世界剥削阶级的我们底深切而震荡的憎恨!我们坚决保卫世界和平!我们坚决打击战争贩子!

我们是战斗者、工作者、实践者和行动者,而我们又是理想主义者:我们底笔就是我们底枪!而我们底歌声则透出了我们底未来!

我们既敢于梦想未来,而又乐于沉入现实生活:我们在现实生活中生长,在现实生活中前进,我们为了未来生长,向着未来前进;我们和人民一同呼吸,和历史一同生长,和人民一同愿望和信仰,和历史一同胜利和前进!我们在人民底真实的血肉中体验现实生活，在历史的美丽的愿望和信仰中追求未来，我们生活得真挚、勇敢、深沉、宽阔，我们生活得好，而且要生活得更好，而且要生活得最好！我们是这样投入了生活，开拓着生活；是这样从人民中汲取了艺术的形象，从历史中获得了创造的力量；是这样提高了我们底思想性，是这样创造出来自己一代的人民的形象。

那么，让我们热爱地歌颂新的人民，尽情地欢呼新的政权，庄严地提出新的人物底新的品质，让我们祝福人和赞美人，装饰人和装饰世界，让我们沉醉于创造的劳动，让我们亲切地感到和见到未来。

毛泽东底旗帜，鲁迅底方向，就是我们底倾向。我们底文学属于人民和历史，为人民服务，为政治服务。

1950,1.14。天津，新疆路

——原载天津《文艺学习》1950 年第 1 卷第 1 期

黄　裳

杂文的复兴

为了争取革命的胜利,巩固胜利的成果,批评和自我批评都是重要而有效的武器。这样,在文艺工作者当中,自然会记起他们过去曾经运用过很久、向鲁迅先生学习得来的那种武器——杂文来。

杂文是什么呢?照瞿秋白在《鲁迅杂感选集序言》里的说明,那种文体"其实就是一种'社会论文'——战斗的'阜利通'(Feuillefon)。"它是一种文艺性的论文,它的特点是更直接更迅速地反映社会上的日常事变。

这一种文体的运用,在过去国民党反动派统治之下是曾经有过极辉煌的成果的,也尽了它的战斗的最大的任务。解放以后,大家都在怀疑:是不是杂文的时代已经过去了?问题似乎并未得到结论,然而事实则是杂文的沉默。

因为杂文是和时代结合的最密切的武器,那么,跟着时代的发展,它的形式自然得变。过去的说话绕弯子,是不得已的事。不过杂文的最重要成功,还不是隐晦曲折,而是在它的锋锐,能一笔下去可以刺着时弊的要点。鲁迅先生的成就,就是这样。尽管话谈得隐曲,主题是鲜明的,给读者的印象是有力的。这需要的是高度的才能和技巧。因而,就会有很多让人民大众不易看懂的作品出现。这样的写法,在现在,自然是不需要的了。

其次,杂文的特质之一是讽刺,这中间也包含了冷嘲。对站在同一战线上的战友的批评,那就不会是冷嘲。或者可以用"热讽"这个成语来说明吧,这应该是一种含着浓烈的热情的讥讽,目的是想纠正过失、改善工作的现状,这和对敌人无情的打击是有着根本上的差异的。举一个实例。前几天皖北救灾的主持人从乡下到上海来,在公开的集会上报告当地的灾情和施救的情形。当这位飘拂着灰白的胡须的老人说完极为惨重的灾情以后,他提出了对当局的"生产救灾"的口号的意见,他说,现在灾民事实上已经都饿得睡在地上无法转动了,还是先救灾,生产则是能够坐起来有了力气以后的事。

这并非嘲讽，也不见对生产救灾这个正确的口号的诽谤。

也许因为这几句话是在极端悲痛的情况之下说的，所以只使人感动。然而效果总是相同的，他用了极浅显而深刻的话，说明了一种事实。

我觉得这就是杂文的路，是出发于热爱、有积极性的杂文的路。

我们又必须防止怎样的流弊呢？还是用个例子说明吧。

过去国民党反动政权也有所谓“国民参政会”、“参议会”之类的组织。那里面的参政员参议员们有些也可算“杂文好手”，在报上记载出来的“花絮”之类就更像“杂文”了。

但是，他们是站在什么立场说话的呢？滥骂一通，搔了痒处，让受残害的人民痛快一下，结果是群众受了麻痹，冲淡了斗争的情绪，这结果又是怎样的呢？

所以，如果要复兴杂文，就必须要站稳了立场，抓住了论点的积极性和建设性，不要流于“淡话”，人民大众是不要听淡话的了。

——原载《文汇报》1950 年 4 月 4 日

艾 青

谈工人诗歌

——关于工人写的诗和写工人的诗

太阳出来满天红，
毛主席是工人的大救星。

桃花落了杏花开，
毛主席领导工人站起来。

光明大路向前走，
毛主席和工人手拉手。

走遍南北和东西，
天下都拥护毛主席。

带头的人儿人人敬，
工人都跟毛主席闹革命。

我引了上面这一首诗，作为我的文章的开头，用来说明两种情况：

中国历史上空前未有的工人诗歌创作活动的普遍展开，是和人民解放战争的胜利分不开的，是和工人阶级的政党——中国共产党的领导、人民的领袖毛泽东同志的领导分不开的。

从大部分工人诗歌的形式上来看，工人群众创作的最初阶段，是从摹仿解放区近年来所流行的民谣体的诗开始的，上面这首诗所采用的，就是西北一带的民歌“信天游”的形式。

歌颂共产党，歌颂毛主席，歌颂政治协商会议，歌颂人民政府，是刚解放的工人诗歌创作中占十分重要的题材。《太阳出来满天红》《太阳一出满天红》《恩人就是共产党》《太阳照进众人家》《毛主席好比太阳光》《工人对着太阳笑》，等等，都是歌颂的诗篇。

工人的这种歌颂，是采取毫无保留的、非常果断的、非常大胆的态度的；工人阶级是以全身心来拥护革命，把自己整个投进革命的队伍中去的：

不怕天翻和地覆！
不怕大海起洪波！
红旗握在劳动人民的手，
大家跟着红旗走！

——东坊：《共产党恩情实在多》

声音多么宏（洪）亮！多么坚决！这就是前进阶级的声音，这可以说是大革命的进行曲。

过去是三朝四代苦无边
今日是拨开乌云见青天

——潮清：《北石坑》

原来是垂头丧气的人们，如今能昂首阔步、高声谈笑地走在街上了；原来在厂房里愁眉苦脸的人们，如今喜笑颜开了；原来唉声叹气过日子的人们，如今大声歌唱了。

红光照遍满天下，
工人对着太阳笑。

都是因为：

毛主席，政治高，
领导人民光明道……

——赵坚：《工人对着太阳笑》

工人阶级拥护自己的领袖，因为他最关心工人阶级的事业，关心它的现状和它的前途。工人阶级对自己的领袖产生了最高的信任和最真挚的感情：

话越说来越没完，
眼泪顺腮往下淌，
过去工人好比沟里草，
毛主席好比太阳光。

昨晚做梦真欢喜，

梦见咱们毛主席，
毛主席紧紧握住我的手，
让我好好保身体。

——王滨：《毛主席好比太阳光》

这是非常深沉的一种爱。这种爱，掺和着由衷的感激，这种感情，只有身受过无穷的压迫，一旦得到了解放的人才能体验到。

在进行反恶霸斗争中的农村，在进行土地改革的农村，农民阶级曾产生了大量的歌颂共产党、歌颂人民解放军、歌颂毛主席的诗篇；在解放了的城市里，工人阶级也产生大量的歌颂的诗篇，原因很简单，就是因为“从前工人当牛马，今天工人做主人”，从前工人受尽了压迫和侮辱，有话无处说，有苦无处诉，而现在工人取得了政治地位，取得了发言权，工人阶级有了自己的报纸和杂志，在文化上取得了提高的机会，在创作上得到了鼓励。

“今儿盼，明儿盼，盼望人民政府快出现”，工人阶级热烈地祝贺中国人民政治协商会议的召开，热烈地祝贺中华人民共和国的诞生。在人民共和国里，工人阶级是领导阶级。这是说，只有工人阶级才能团结各个革命的阶级去战胜各种敌人、克服各种困难，只有工人阶级才能在共和国的建设事业中起带头的作用，因为工人阶级是受压迫最重、革命的要求最迫切、政治觉悟最高的阶级。工人们的政治的敏感，使自己能非常迅速地觉察到新的政权的性质，非常热烈地拥护它。

一九四九年十月一日这个伟大的日子，将是我们人民永念不忘的日子！这一天，人民共和国的第一面国旗，在首都的天空中升起，毛主席在天安门上宣读了中央人民政府成立的公告。万人在欢呼啊！一连好几天，首都在欢乐的浪潮中荡漾！

那些日子，全国报纸杂志上都有无数歌颂的诗篇。工人群众也写了许多祝贺的诗，热烈地歌颂新中国的诞生。有的诗是写得很出色的，例如下面这首诗：

金线缠来银线扎
大红的灯罩贴金花
红灯糊好为什么
天安门上高高挂

红灯高来红满天
四面八方齐来看
又照近来又照远
照耀着人民四万万五千万

红灯红来放光明
好比那天上的北斗星
不怕雨来不怕风
新中国挂上了翻身灯

红灯最数那个亮
一盏那红灯挂中央
照见了咱们领袖像
毛主席你比那红灯亮

——牛小白:《红灯颂》

"金线缠来银线扎,大红的灯罩贴金花",何等鲜丽夺目的诗！这首诗的艺术性是很高的。诗里的词句和谐自然,情感真挚,比喻恰当,音韵很美:"又照近来又照远,照耀着人民四万万五千万","不怕雨来不怕风,新中国挂上了翻身灯";而最后的"毛主席你比那红灯亮",更充分地流露了中国人民对自己的领袖的尊敬。这是诗歌中学习民间形式比较成功的一首诗。

工人群众在解放初期的创作活动中,诉苦占了很重要的素材。帝国主义、封建主义、官僚资本主义的联合统治,把中国变成了一个大地狱,广大的劳动人民是这个无边的大地狱的冤魂。"人人都说黄连苦,工人苦楚谁知道","几年的苦水有几缸",这些句子,都很沉痛地申诉了旧日的悲惨的境遇。

社会变革的情形,在工人群众的创作里所反映的,也是很丰富的。许多作品常常从回忆开始,叙述了自己所身受的帝国主义(日本和美国)、汉奸、国民党反动派、旧的劳资关系中的工厂主、官僚政府的军队、宪兵、警察、工头、旧式的商店的掌柜、老板娘等重重的压迫,生活的困难,家庭的惨象以及疾病、失业、饥饿、流浪、监禁、毒刑等等。而在作品的后半部或结尾的地方,突然变换了调子,城市解放了,敌人被打垮了,工人得到了自由,工作得到了保障。许多作品就是这样地写出了新旧社会的强烈的对照。或许有人以为这是一种"公式",却不想这正是中国社会在这次大革命中的巨大而又普遍的真理。而真理是既不应该隐瞒,也不怕重复的。我这样说,并不是为创作中所已经存在的若干公式主义的倾向作辩护;我这样说,正是为了肯定这种变化必须在一切文学创作中有所反映,而且,要求有更多的好作品来继续反映,同时要求有更全面、更深刻的反映。假如我们的文艺创作没有反映这种历史性的巨大的变革,我们将要在本身感到遗憾,也将要在未来的日子受到责备。

在《工人对着太阳笑》这首诗里,写出了一个汽车修理厂的工人的经历:

七月七,卢沟桥,

日本鬼子来侵略，
大小官，挂洋刀，
强奸烧杀不得了。
进城门，要弯腰，
鞠躬不笑挨一脚；
抓工人，修铁道，
一不小心树上吊，
灌凉水，把皮剥，
实在残忍不忍瞧……

抗战胜利了，日本帝国主义投降了，工人们以为能过好日子了，却想不到“东头去了豺狼，西头来了蛇蝎”（潮清：《小杏花》），工人们失望了：

国民党来了更糟糕，
大飞机，天空叫，
“劫收大员”全来到，
见仓库，贴封条，
工厂大门也锁了；
洋魔术，变得妙，
前门遮眼后门捞；
不办公，满街跑，
物资换钱入腰包；
大饭庄，全满着，
花钱如水大好佬；
姐夫来当总务课，
会计位子舅子要；
外甥做了副官长，
茶壶也挂盒子炮；
一人两个姨太太，
不要大衣要皮袄；
狗男女们不害臊，
专把工农来剥削；
扣工资，把捐要，
买了银元买金条；
太太上海去玩耍，

电话去订飞机票；
工人家中缺柴米，
父母妻子哭嚎啕；
月底工资没领到，
街上粮米又涨了；
这一群，坏家伙，
工人血汗吸干了……

——赵坚：《工人对着太阳笑》

叙述了帝国主义和国民党的残暴、荒淫、贪污以及工人受他们压迫的情形，全篇用的是口头语言，写的是日常所见的事物，调子也很明朗，有些诙谐，念起来很畅快。

下面是一个小铁匠回想自己解放前所受欺压和痛苦的生活：

我是一个小铁匠，
过去生活真凄惶，
学徒三年一百圆，
挨打受气熬到完。

徒满经理不给钱，
说咱做饭打过碗，
闹病歇工吃过药，
洗澡剃头都扣钱。

俺听这话好伤心，
三年洋罪要白扔，
强装笑脸见经理，
求他可怜施大恩。

经理圆胖象个球，
说话贼横像只牛，
说俺是个穷骨头，
不如他的小叭狗。

经理的狗吃肉汤，
工人家里啃团糠，

顶星披月累个死，
穷棒子没见过太阳光。

去了吃的没有穿，
三九穿着破单衫，
老婆叫来孩子喊，
穷人的灾难在冬天。……

——王滨：《毛主席好比太阳光》

这是一个小灵魂受折磨的记录。这样的小灵魂，在过去是最卑微的，“说俺是个穷骨头，不如他的小叭狗”，“顶星披月累个死，穷棒子没见过太阳光”。在旧社会里，这类“小伙计”是受尽封建剥削的。

一个煤矿工人，很沉痛地描写了解放前的工人家庭的悲惨的景象：

小山旁，土垄上
　三根竹竿两片席，
搭成一间小棚房，
　外面放着锅一张；
这是一个工人的家，
　夫妻俩带个小儿郎。
“妈妈饭熟了么？
　我的肚子饿的得慌！”
孩子躺在干草上，
　一面哭一面嚷。
一个衣服破烂的女人，
　蓬着头发脸儿黄，
两道泪痕挂腮上，
　没到锅边先叹气，
锅里啊！无米煮饭稀水汤。

　孩子太小不懂事，
不知妈妈苦心肠，
　小嘴一嘟眼含泪：
“我不吃这野菜汤！”
　好孩子不要闹，

妈妈伤心你不知道,
　爸爸被国民党抓去啦!
哪里去弄米和粮?……

——王悟非:《爸爸回来啦》

工人阶级所受的痛苦远远超过这些作品里所记录的。

就像我们的部队,经过了回忆和诉苦运动,提高了作战的意志一样,工人阶级通过对于旧社会的回忆和诉苦,经过了共产党的教育,经过了新的现实社会所提供的各种例证,提高了阶级觉悟,提高了对革命的认识,提高了在新的政权中本阶级的领导身分(份)的认识,提高了在公营企业中的主人翁的感觉,因而也改变了劳动态度,改善了自己和工厂管理人员之间的关系,加强了生产的积极性,改进了技术,发挥了无比的创造力:

铁树现在开了花
痛苦日子过完了
工厂主人是咱们
国家大事咱参加

——王滨:《毛主席好比太阳光》

工人们,情绪高
增加生产像赛跑

——赵坚:《工人对着太阳笑》

工厂赛过自己的家
干起活来劲儿大

——潮清:《小杏花》

工人和国家的关系,和生产的关系,和工厂的关系已起了根本的变化——原来是被奴役的,而现在变成主人了。

国民党,小日本,
小日本,国民党,
十六斤大锤代代重。
来了毛泽东,
大锤是十六斤,
抡起大锤轻如风!

——潮清:《北石坑》

很简单的几句话。把解放前和解放后不同的情绪写出来了,同样的一个大锤,却有两种不同的感觉:一个是“十六斤大锤代代重”,一个是“抡起大锤轻如风”。

两条臂膀千条筋,
开出石头变成金……

——潮清:《北石坑》

用鲜明的形象,写出富有生命力的、劳动者的体魄和劳动的成果。

打铁!打铁!真热烈!
大榔头上,小榔头下,
叮咣(当)叮咣(当)合成“胜利大合唱”……

——铁匠刘:《咱们就是钢铁》

这声音里充满了金属互相碰击的声音,闪出耀人的光焰!

劳动阶级是热爱劳动的,爱劳动是劳动人民的崇高的品质。劳动阶级只有当劳动成了奴役的时候,只有当劳动成了被剥削的源泉的时候,才是憎恨劳动的;一旦劳动成了改变自然、改变社会、创造公共的幸福的源泉的时候,劳动阶级就对劳动产生了热情。解放了的工人群众,在各个大小城市,在各种企业部门,都展开了大规模的生产竞赛的热潮。工人诗歌的创作中,占有特别大的篇幅的是歌颂劳动、反映各个工厂的生产热潮、赞美劳动英雄和生产规模的诗篇:

红炉冒火光,打铁像战场;
重的赛大炮,轻的赛机枪。
红铁锤锤打,一火一火强。……
化铁炉,呼呼响,
生铁焦煤一起放,
不多一时化成汤,
拿起铁勺朝沙型灌,
一会变成好模样。

——李庶勤:《红炉冒火光》

人们能清楚地感觉到生产的紧张的场面,文字也健康有力,使人好像听到了铁锤打在铁砧的声音……

在化铁炉的旁边,在金属的碰击声里,升起了熊熊的火焰,强烈地照耀着人们;在各种生产的大竞赛里,涌现了无数的劳动英雄和生产模范,他们的劳动热情和创造的光辉,也强烈地照耀着各个生产部门。下面是一首歌颂英雄和模范的诗里的一段对话,记录了被选为英雄和模范的两个工人的心情:

英雄和模范,

工人见了面。
我给你斟碗茶，
你给我点颗烟。
好象久别的朋友才见面。
赛张飞说：
“如今的世道，
好比明灯塔，
照得四方亮晶晶，
照得我脸面红。”
小诸葛说：
“你脸上红，
是灯塔照明了道，
生产上加足了劲。
我脸上红，
是灯塔指明了方向，
创造工具有贡献。”
赛张飞说：
“咱们好比是灯泡，
共产党好比是电源，
他给咱送了电，
咱才放光明。”
小诸葛说：
“咱们好比一朵花，
共产党好比看花人，
他给咱多浇水，
咱才开出漂亮的花。”……

——田林：《赛张飞和小诸葛》

所用的许多比喻都很新鲜。被奖励的劳动英雄没有产生骄傲的情绪，他们把自己的功劳归于“世道好比明灯塔”，“照得我脸面红”，归于“共产党好比是电源，他给咱送了电，咱才放光明”，“共产党好比看花人，他给咱多浇水，咱才开出漂亮的花。”

辛大明和沈彭年合写的《小芬和小桂》，是一首好诗。

诗里写两个年轻的女工：

一双绿竹筷，

整整是两根，
小芬和小桂，
比这还要亲。
穿衣穿一样，
吃喝都不分，
上工一道上，
下工就谈心。
手艺一般好，
技术一样精，
青年团团员，
思想一样新，
同看细纱车，
干活好精神，
全是突击手，
时刻不离分。……

她们所在的一队，得到了奖励，别的队不甘落后，可是"规矩摸不着"，需要她们去领导，厂里就决定从小芬和小桂两人中抽一个去，她们俩不愿分离，谁也不肯去。后来经过"管理员"的启发教育，她们变了：

天上一块云，
二人动了心，
没说也没笑，
心里想事情！

两个人经过思索，又谁都争着要去了。就是这么简单的一件事，却写得很生动，两个人的心理、仪态都显现在诗里。这首诗反映了工人阶级的思想变化，个人与集体之间的关系，这是正在萌长着的新的思想感情。

整首诗都很明快、流畅、新鲜。叙述和刻划也配合得很恰当。虽然是采用"五言体"，却通俗易懂，念出来听得清，没有什么滥调。结尾也很好：

俩（两）人把头点，
互相把歉道，
脸儿红一红，
互相笑一笑。

它勇敢地突破了我们从许多诗歌中所常常见到的公式化的结尾。

热情的、乐观的、朝气蓬勃的工人阶级，热爱祖国、热爱劳动、对新中国充满希望的工人阶级，打断了帝国主义、封建主义和官僚资本主义的镣铐锁链的工人阶级，挺起了健康的躯体，排列在中国革命队伍的前列。这个阶级的日益壮大，政治觉悟的日益提高，富有建设热情和创造性，具有强烈的团结互助的集体主义的精神，是我们共和国从非常落后的农业国走向崭新的工业国的最可靠的保证。

和劳动生活相结合，工人群众的诗歌已产生了新的表现形式，这可以说是完全新的形式，里面所采用的也是工人群众的日常的语言，音节清楚，念起来很好听。例如：

你打锤，我把钳，
叮噹！叮噹！一锤一锤往里钻！
钳把稳，锤打准，
那怕煤墙硬又坚。
装火药，点引线，
轰，咣(当)，哗啦……
满洞尽是烟。
冒着烟，往里钻，
一筐一筐背入罐①，
呼噜，噜，噜，噜……
推到下把钩②。
咣，咣，电铃响，
镐车滚滚转。
摘钩挂钩不迟延，
装罐笼更不慢，
一班出他二百四十罐③。

——王景椿、厉春交：《采煤》

很生动地写出了采煤时的情景。这首诗的形式和音韵都是很活泼的，读了感到很新鲜。又如：

达秃达秃……
　　在很远的地方就可听到它在响。
达秃达秃……
　　轮盘不住的转动，

① 罐，即煤车。
② 下把钩，即井下停车场。
③ 一班八小时，二百四十罐合一百四十四吨。

像战斗一样的紧张。

达秃达秃……

一张连一张的从滚筒中吐出来，

马上就要发到每个地方。

达秃达秃……

达秃达秃……

起先是张光滑滑的白纸，

转瞬间已经是满载新闻的纸张。

达秃达秃……

你——传播着胜利的消息，

解放大军胜利渡过长江，

南京、镇江都解放。

消息一天比一天好，

解放军一天比一天强。

达秃达秃……

经过你传播——世界拥护和平的力量在飞跃的成长。

达秃达秃……

经过你介绍出的英雄、模范是大家的榜样。

达秃达秃……

经过你指导着革命的胜利，

劳苦大众的解放，

千万只眼睛在盼望在盼望……

达秃达秃……

你似颗星，

照耀着前方后方，

——万人都见着你的光芒。

达秃达秃……

你再加把油，

促成——

全中国、全人类早日解放！

——黄璞：《印刷机器的歌》

从这首诗里可以看出：工人从劳动生产中感受到的东西，在寻找用新的形式去表现。这首诗里的印刷机的声音“达秃达秃”一共重复了十一次之多，这是很大胆的,但并没有使人感到单调,它夹杂在参错不齐的诗行中间,反而加强了机器在转动、一页一页的印刷品不断地翻出来的感觉。

这首诗的排列也是新的,它把机器的转动声提高两格,夹在有时一行、有时两行——多至五行的中间,机器的转动声是一个韵,所有其它的诗行又是一个韵,就这样把自己在机器的转动声里心里所想的一切表现出来。

和硬凑的押韵的概念化的词句相反,产生了一种用很朴素的感情、采用十分平易的比喻、把自己的情绪抒发出来的形式,例如下面的一首诗,是长辛店机械厂的一个小学生写的:

阵阵的黑烟,
　　从高大的烟囱里吐出来,
两旁屋里的机器一齐奔忙。
　　劳动英雄们正在赶修炮车,
工作情况如同战场。
　　烟慢慢的升高了,
和天边的云相连了,
　　我们的生活和生产
也渐渐提高了。

所有这些,都向我们提示了一点:根据工人阶级自己的生活,根据工人阶级自己的思想和感情,有产生新的诗歌形式的很大的可能性。有些人常常欢喜抽象地考虑诗歌形式的问题,把诗歌形式问题,不是解释得很神秘,就是理解成绝对化,结果反而把问题搞得很复杂。形式问题只有服从内容的要求的时候,才能适当地解决,不然的话,都会变成纸上谈兵,空发议论而已。

当然,工人诗歌中也还存在着不少缺点。

中国工人阶级不但在政治上、经济上长期处于被压迫的地位,同时也在文化上长期处于被压迫的地位;工人阶级的大规模的文学创作活动,是在解放后才开始的,这是说,历史是很短的,而这些作品大都是在劳动之余利用休息的时间写成的。我们一方面对工人的诗歌创作已经获得的成绩应该有足够的评价,另一方面也应该指出存在于工人的诗歌创作中比较显著的一般的缺点,只有这样才能使这个带有最大的群众性的创作运动继续发展,在质量上提高一步。

工人的诗歌创作是从摹仿老解放区近年来所流行的歌谣体的诗歌开始的。有的采用"信天游"的格式,有的是"五言体",有的是"七言体",有的是《三字经》的格式,采用比较多的是快板的格式。这种摹仿,是初期创作中不可避免的现象。运用这些比较现成的格式,也的确大大地帮助了工人群众能迅速地掌握了工具,及时地把自己的声音表达了出来。但同时,却也使工人群众的诗歌创作中沾染上了我们在学习旧有各种文艺形式时所已经产生的不好的成分。

很多诗歌,是套用旧形式,里面没有什么比喻,常常把一些勉强押韵的句子拼凑起来,这样,就使人看了不能感动。

许多诗都是这样来开头的:“老乡们,听我言”,“诸位市民请细听”,“同志们,听我言”,“诸位同志听我言,我把南厂谈一谈”;或者是:“解放好,解放妙”,“生产好,生产妙”,“汽车好,汽车妙”;有的是:“我叫×××”,“我姓×,叫××,有句话儿对你们说”,“数来宝,数来宝,××水灾表一表”,“工友们,我来言,听我把企业公司造纸厂的‘挑战台’来表一番”;有的甚至是:“公鸡喔喔啼,好日自今始”,“姐姐妹妹,听我良言:咱要检讨,何处不善”。

套用这些调子,使工人群众在创作的时候忽略了创造的努力;没有创造,就没有新鲜的气味,也就留不下比较深刻的印象。文学艺术,尤其是文学艺术中的诗歌是应该最富有创造性的东西。写诗歌的人应该不断地注意使自己的作品常常给人们一些新的东西。而发现新的东西,是必须从新的社会、新的现实生活中经过仔细观察和深刻体会才能做到的。

有些作品,虽然表面上看起来没有什么毛病,但是作者没有把要写的材料加以提炼,就象一块铁矿,没有在熔炉里化成火焰,也没有放在铁砧上给以再三的锤打锻炼,它还是一块生铁。例如:

工厂里今天放假,
到大嫂家去一趟,
看看她现在的生活怎么样。
我一进门便看见——
一个五六十岁的老人,
拿着铅笔和一本旧账,
一笔一笔的写着,
好像纳鞋底的针一样……

这里只有最后一句是经过艺术的加工的,其他都是纯粹的散文的叙述,虽然很朴素,但在短短的一首诗里,这样的句子一多了,就叫人看了感到淡而无味了。

还有一种作品,只是简单地、无可奈何地把生产过程记录了下来,里面看不出作者的情绪的起伏,这样的作品,也缺少感动人的力量。

而最重要的是,在目前的工人诗歌中,还没有写出过去工人阶级和压迫它的各种敌人的斗争的作品。中国工人阶级在中国近代革命中扮演了头等重要的角色,但在创作中还没有被表现出来。也很少写出当前各种运动中的斗争,新旧管理方法的斗争，新旧工作作风的斗争，新旧观念的斗争，新旧技术的斗争，新旧生产方法的斗争……只有从各方面来反映斗争，才能提高我们的创作的教育作用。

尽管工人的诗歌创作中还存在着上述的一些缺点，尽管工人的诗歌在目前还是属于萌芽的阶段，一般地说，思想和技术都还不是很丰富的，对于事物的刻划也不够深刻，但由于它是从前进阶级的生活土壤中所产生出来的，具备了先天的最优越的品质。如果能得到很好的照料和殷勤的灌溉，将会萌长出非常郁茂的新林，就从现有的成绩上看来，也已经在我们面前展示了非常光明的远景。必须指出，工人诗歌得到了这些成绩，是有许多下厂工作的同志和报纸编辑同志的劳绩在里面的。今后，希望有更多的文艺工作者能帮助工人群众的创作，有耐心地、负责任地帮助工人群众的创作。

中国的工人阶级已产生了自己的诗歌。这些诗歌，是新中国文学创作中十分重要的收获。这些诗歌，一般都采用了比较庄严的主题，它们感情健康，声音宏（洪）亮，传达了新中国的胸廓里强盛的呼吸和有力的脉搏。看了这些诗歌，感到一种巨大的力量在摇撼着我们，好像千百个马达在震响——新中国在前进！

让我们为工人诗歌的成长到繁茂而祝贺吧！

1950年4月20日草成

——原载于《人民文学》第2卷第1期，1950年5月

冯雪峰

谈谈杂文

现在有不少的人,提起这样一个问题:我们今天还需要不需要杂文呢?我觉得,我们能够肯定地回答:我们今天是需要杂文的,而且非常需要杂文的。不过,问题却又在:我们需要的是怎样的杂文呢?就是说,怎样的杂文,才是今天人民所需要的,才能成为为人民服务的一种必要的、很好的工具?

这个问题,本来是很明白的。毛主席在一九四二年就已经有过很明确的指示了。但是,这个问题,现在时常有人反复地提起,同时杂文现在也不很发达,这证明对于杂文的观念现在还有些混乱,毛主席的指示也恐怕还没有被普遍地、深刻地引起注意。

我觉得,先可以指出一种偏见和一种狭隘的心情。就是,现在还有那样的人,他们只把鲁迅的杂文、或者鲁迅式的杂文,才看成为杂文的。他们以为不谈杂文则已,要谈杂文,就只有鲁迅的杂文,或只有鲁迅那样的杂文,才能算是杂文的。凡是手腕不及鲁迅那样高妙的,固然不用说,不配称为杂文;不及鲁迅那样深刻和尖锐的,也固然不用说,不配称为杂文;甚至于不象鲁迅的有一些文字那样曲折和隐晦的,也不配称为杂文。总之,一切不象"鲁迅笔法"的,就都不配称为杂文。而且,最主要的,是所谓鲁迅笔法,又被他们缩小到很小很小的一个框子里,几乎只限于曲折、隐晦和反语之类;好象鲁迅此外更多的那些更伟大、更广阔、更雄健的,对于鲁迅也更为重要更为基本的东西,就不是鲁迅的笔法和鲁迅的特征了。大概说来,就是这种说法。但是,我想这是一种很大的偏见,一种不能再继续的错误。因为把鲁迅的笔法和特征缩小到如此地步,是完全错误的;别的且不说,首先就要把鲁迅这样一个伟大的作家,简直降低到第三四流的小作家了。

再者,这种偏见,我觉得又一定不得不和一种狭隘的、不健康的心情相结在一起的。可以说,那就是这样的一种心情吧:只爱曲折的、隐晦的和反语的文章,而不爱明白浅显和大声疾呼的、直剖明析和大刀阔斧的文章;有如某种因为心情不愉快而有些反常的人一样:他们爱那种使人感到不大适意的阴霾的天气,却偏偏不爱太阳很好的晴天。这种心情,要把自己限制在一种狭小的主观里,将阻碍自己的发展;就是说,阻碍和大时代、和广大人民大众去接近。同时,这种心情,实在也和鲁迅的伟大精神有很远很远的隔离。

我想,这种偏见和这种心情,鲁迅是不能负责的。但我觉得,现在对于杂文的态度上,以至对于一般新的人民文艺的态度上,是还有人抱着这种偏见和这种心情的,并且坚持着这种偏见和这种心情的。我在这里,不想分析这种偏见这种态度的原因,只想指出重要的一点:就是由于不能跟时代前进,而和人民群众有很大的隔离,这才产生这种偏见和这种心情的。可以说,是小资产阶级个人主义的思想在作最后的挣扎。于是,这种偏见,如果相当地普遍的话,那就要发生对于杂文的发展很不好的影响,因为它将要或多或少地否定了杂文应当随着时代的跃进而发展。这种偏见,是一种文艺上的形式主义的偏见。以为杂文的好处,杂文之所以为杂文,就在于它的曲折、隐晦和反语。以为这是杂文的永远的艺术性;在曲折、隐晦、反语,诸如此类,和艺术性之间下了一个等号,并且把这个等号加以永久化。这是把文艺形式和时代根据完全分割开来了;把文艺的情况从时代的要求、政治的条件、人民的需要完全脱离出来了。于是,把形式和所谓笔法,给以超时代的、超社会的孤立化。所以,这是有害的形式主义的偏见,是一种反人民的态度。

我以为这种偏见和这种态度,要妨碍我们从根本上和全面性地学习鲁迅。要妨碍我们正确地承继和发展鲁迅的伟大革命精神和他最宝贵的文艺遗产。这种偏见和这种态度,又无异是对于毛主席的正确指示的一种抵制。至少,抱着这种偏见的人是要感到毛主席的话是不很顺耳的了。总之,对于杂文,是带来了一些混乱的观念的。

其次,我觉得,应该同时指出一种相反的态度,那也是很有关系的。就是,有的人,也以为杂文就总是那种弯弯曲曲、隐隐晦晦、不胜其烦的东西;于是简单地说:"杂文是早已经过去了。"毫不加(假)思索地否定了杂文在现时的需要和应有的发展。这类人同样以狭隘的观点看杂文,这一点是和前一类人几乎相一致的,可以说他们"盲从"了前一类人的意见罢。可是,他们就根据这种看法来反对杂文、否定杂文,那也同样是错误的。因为过去的杂文决不都是弯弯曲曲、隐隐晦晦的东西。我们只能说其中很有一部分是弯弯曲曲、隐隐晦晦的;而如果有谁要当作例证,说鲁迅的杂文就全部都是弯弯曲曲、隐隐晦晦的东西,那我就觉得这是一个武断,他一定没有多读过鲁迅的作品,而对于鲁迅实在是一个极大的冤枉。当然,鲁迅的杂文有一部分是弯弯曲曲、隐隐晦晦,却是千真万确的事实,然而决不是全部!而且,尤其重要的,是鲁迅的弯弯曲曲,隐隐晦晦,乃是他的时代的反动派压迫他如此的,并非鲁迅甘愿如此,并且对于鲁迅这是一种大苦痛。鲁迅自己就几次几次地说过,他不得不用“曲笔”。这句话中间,含有多少的辛酸和愤怒!同时这句话,他也是为了请求读者的原谅和理解而说的。那时候,是丝毫没有言论自由,连人民生命都丝毫没有保障的极端的白色恐怖时代;就是列宁所说的不得不以“可恶的伊索寓言式的”言语来写作的那种专制暴虐的时代;和我们现在的人民民主时代,是不可同日而语的。再者,鲁迅的一般文字,对于文化水平不很高,和比较缺少中国历史知识,特别是不熟悉帝国主义侵进中国以后的中国人民的革命斗争的史实的人,也是不很容易很快地全般理解的。但这决不是鲁迅有意写得难懂。鲁迅还是竭力要写得明白的,他越到后来就越竭力避去“曲笔”,只要环境许可。他只有在万不得已的时候才曲曲折折、隐隐晦晦,甚至吞吞吐吐。当然,这种不得已的时候,却实在是非常的多,所以有的时候就连隐晦的文章他也不能写,那时候他就只好沉默了。我们看见,对于当时好多问题和许多时事,鲁迅都是一言不发、一声不响,可是,并非鲁迅不想响,或者无动于衷,而是他没有自由、没有可能说话,即使用了隐隐晦晦的“曲笔”。这是我们应该原谅鲁迅的;尤其我们读他的文章,也就应该有细心研究以求理解他的“曲笔”的真意的责任。假如专责备鲁迅,那也太不体谅鲁迅了。一般的说,鲁迅的文字也并非那么不容易懂,假如我们先研究一番中国的历史和鲁迅时代的情况。我们要知道鲁迅的杂文都是为了当时当地的战斗而写的,而他当时的读者对象主要的是进步的学生、青年和知识分子。鲁迅并没有为杂文而杂文,就是说为艺术而艺术;不用说,更没有为曲折而曲折、为隐晦而隐晦,为反语而反语,或为讽刺而讽刺。鲁迅是为了当时革命战斗的需要而写杂文的,所以他的文章也是各种各样的。这样说来,我以为,这些都必须分别清楚,才不至于粗鲁地一笔抹煞了鲁迅的伟大功绩和他给我们开辟的道路。所以,弯弯曲曲,隐隐晦晦的杂文,是的确应该过去了;因为那样的时代是已经过去了,但并非一般广泛的杂文已经过去了,因为现在就有着广泛的和迫切的需要。

于是,同样以狭隘的主观的观点看杂文,因而否定了杂文,以为杂文在现在没有需要了的人,我觉得也是带给了杂文一些混乱的观念的。

我是说,以上这两种态度,都是不正确的。而正确的态度,是毛主席的指示。

毛主席在一九四二年说:

> 把杂文和鲁迅笔法仅仅当作讽刺来说,这个意见也只有对于人民的敌人才是对的。鲁迅处在黑暗势力统治下面,没行言论自由,故以冷嘲热讽的杂文形式作战,鲁迅是完全正确的。我们也需要尖锐地嘲笑法西斯主义和中国的反动派,但在给革命文艺家以充分民主自由,仅仅不给反革命特务分子以民主自由的陕甘宁边区及各敌后的抗日根据地,杂文形式就不应

该和鲁迅一样,可以大声疾呼,不要隐晦曲折,使人民大众不易看懂。如果不是对于人民的敌人,而是对于人民自己,那末,"杂文时代"的鲁迅,也不曾嘲笑和攻击过革命人民和革命政党,杂文的笔法也和对于敌人的完全两样。对于人民的缺点是需要批评的,我们在前面已经说过了,但必须是真正站在人民的立场上,用保护人民、教育人民的满腔热情来说话。如果用对付敌人时所需要的刻毒手法来对付同志,就是把自己站在敌人的立场上去了。我们是否废除讽刺?有几种讽刺:有对付敌人的,有对付朋友的,有对付自己队伍的,三种态度各不相同。我们并不一般废除讽刺,但必须废除讽刺的乱用。

这些话,说得最明白了。这是正确的根本原则,不但是关于我们现在对于杂文应取的态度,而且是关于杂文在今天应有的形式、内容和精神。

我们今天仍旧需要杂文,就是必须适合于今天人民所需要的那种形式、内容和精神的杂文,如象毛主席所说。而且,还是跟着时代和环境而发展,为当时人民所需要的东西,那就不但今天,而且将来还是要发展的。

所以,我以为现在非常必要的,是给杂文以一个正确的概念和一个应有的广大的宽度。

本来,照杂文这个名词的含义来看,或者照我们的一点文学史常识来看,或者甚至照我们一般人的直觉来看,杂文就决不是狭小的东西,而是包容很大的、很广泛的东西。鲁迅也曾经说过:"其实'杂文'也不是现在的新货色,是'古已有之'的。凡有文章,倘若分类,都有类可归,如果编年,那就只按作成的年月,不管文体,各种都夹在一处,于是成了'杂'。"(《且介亭杂文·序言》)这是说杂文的渊源和它的广泛性;它决不是某种文体或笔法所能范围和固定的。拿中国的文学史来说,那么,例如在古代,先秦诸子的文字就都是最好的、最本色和最本质的杂文。这是中国文学史上散文的正统。在中国文学史上称作"古文",也有称作"平文"的,就是指的现在所说的散文,是和堆砌的骈文相对称而说的;而其中居有主要地位的是议论文和带有议论文性质的叙述文。这所以能够在中国散文上居了主要地位,就因为它能够"言之有物"或者比较的"言之有物"。就是说,它有思想或者比较的有思想。这种散文,一般是以议论为主体的,同时具有很高的或者比较高的艺术性。

在外国也是如此的,也是"言之有物"的散文才是散文的正统。自柏拉图的对话录、西塞禄①的演说、蒙泰纳②和培根的哲学随笔、伏尔泰和别林斯基的政论、普希金

① 亦译作西塞罗,Marcus Tullius Cicero(106—43B. C.),古罗马政治家、演说家、哲学家。——编者注

② 通译蒙田,Michel Eyquem de Montaigne(1533—1592),文艺复兴时期法兰西思想家和散文作家。——编者注

和海涅的旅行记和评论，一直到高尔基的社会论文，基希和爱伦堡的报告文学、小品文和批评论文，都是最好的和最本色，最本质的杂文。

在人类最伟大的革命导师们中间，马克思列宁主义的创造者和发展者中间，如马克思、恩格斯、列宁、斯大林等人的著作中，以及毛主席的著作中，在那科学的著作和研究的巨著之外，那些散篇的政论和演说，则尤其是具有我们所要求的杂文所应该具有的那种最高的本质的，这是当然的，因为这些政论和演说，那思想内容固不用说，就是在那形式、笔法或语气上，也最高度地发扬了对人类社会的热烈的爱和憎，对敌人的尖锐嘲笑、刻毒讽刺和无情的攻击，对人民和革命朋友的无限深厚的爱和满腔热情的。这些伟大导师的文字都富有非常强烈的艺术性，因为他们是人类历史上最杰出的思想家、政治家，又都是最本质的人民诗人，如象我们所读到、所感到。

我觉得，我们现在这样地看杂文的本质和它形式的源流与范围，是没有人能够反驳的。我以为这才是正确的看法。也许我很违背了时下流行的一般说法了，但我觉得只有这样才合于客观的事实，就是说在客观上它原来是这样的。这样看来，杂文的天地实在是最为广大的，没有别的任何一种文学形式，能有杂文这样包容得广，能有这样可以运用自如和直接明白地表现思想和感情。

中国新的革命战斗的杂文，起源于“五四”，尤其鲁迅把它发展到了秦汉以来大部分的散文所不能比拟的新的高峰，无论在战斗性上或艺术性上，这不是偶然的。同时也并没有把它狭隘化或缩小起来，或者使它脱离现实而成为空虚的东西。却是完全相反，杂文的形式和作用是非常扩大了，尤其把它当作了现实的战斗武器而以革命的思想性使它内容充实起来了。因为“五四”是社会革命、思想革命和文学革命的时代，这个革命就新生了杂文，而杂文即用来进行这个革命，从“五四”以来只要多少有些价值的、或多或少起过革命作用的杂文，那内容就大多是现实的、战斗的；形式是灵活的、有力的，而且是多样的。各人有各人的笔法和优点，一人也有各种不同的体裁。鲁迅在先就自己有随感录、短评，杂感、论文之分，后来才统统称之为杂文。我们只要想一想象鲁迅这样一个伟人的革命启蒙主义的思想家，他的那么丰富、广阔和深刻的思想，就几乎全部——至少最主要的部分，都表现在它的杂文中，而又表现得那么明确和深厚，可见在鲁迅那里杂文的天地就是非常广大的。

除“五四”当时作家和鲁迅的以外，瞿秋白同志的杂文就还辉煌地存留着。此外当然还有可列举的作品和作家，但这里不详说了。

要而言之，这些事实都非常浅显，说明我们对于杂文需要有一个正确的概念和广阔的看法。

以上所说的这样一个广阔的看法，我觉得也并不妨碍我们对于杂文的战斗性的要求。而是正好相反。广阔的看法，恰恰是用来说明战斗性、思想性、政论性，这些才正是一切杂文的生命。也就是说，“言之有物”是一切杂文的生命。正因为杂文是用于现实战斗的工具，对社会、对政治、对一切现实问题，有所主张也有所批评，适合随时随地的需要而出现的东西，所以它也最为形形式式，各种各样，有不同的时代的特色，有不同的社会和民族的特色，有个别作者的各别的特色。形式是多种的，笔法也是各人各时不同的，风格也各有所优长。我们怎么能够以狭隘的观点和狭隘的主观的爱好，去概括这样一个广大的天地呢？

其实，在我们，因为从“五四”以来有它反帝国主义和反封建主义的战斗传统，在形式上也有它强健的发展，所以对于杂文的概念是已经够明确的了；对于它的价值和需要，人民是已经承认了的。那就是，大家都知道，它包括一切政论性的散文、思想性的散文、社会批判性的散文。这在新文学上，不但已经有它革命的、战斗的、艺术的坚实基础，而且还有它远大的发展前途，如果我们好好地注意它和提倡它。

在今天，人民需要的是新的革命的杂文。也就是说，人民正需要杂文，正需要新的革命的杂文。为着巩固和完成人民民主专政，为着新民主主义经济和文化的建设，为着肃清帝国主义所留的影响和反对它的新阴谋并保卫世界和平，为着肃清封建主义的残余思想和反动派的一切残余势力与思想余毒，为着团结人民和发扬人民创造力与劳动热情，杂文是有它用武之地的。

我们需要许许多多的、革命已经胜利的、人民民主专政时代的鲁迅！

我们需要在这一方面也有许许多多的毛主席的学生，文章能够写得象毛主席那样好的人！

照我们的理想，我们报纸上的社论和短评，都能经常有好象出于毛主席手笔的那样的好文章。我觉得，杂文的发展，主要的恐怕还要靠专门文学家之外的评论家、主笔、记者、著作家和一般写作者。

照我们的理想，我们报纸的副刊和许多旗帜鲜明的刊物，都应该以富有思想性和艺术性的生动精干的杂文，而活泼和活跃起来。我觉得，照杂文的社会机能和文艺性能说起来，作家们是负有充实副刊这类园地的责任的。但一切能够写作的人们都有这样的责任和权利。

可是，新的杂文，在人民民主专政的时代，却完全不需要隐晦曲折了。也不许讽刺的乱用，自然并非一般地废除讽刺。它能够大声疾呼和直剖明析了。而首先必须站在人民的革命立场上。对于人民和革命朋友必须满腔热情，并且必须以人民大众的语言说话，为人民大众所容易懂得。现在是最有利于写杂文，也最有利于把杂文写得好、写得出色的时代，因为政权已经拿在人民自己的手里，一切民主的、进步的、革命的论说家、诗人和著作家，都已有充分的言论自由，不必再用可怜的、或列宁所说“可恶”的伊索寓言式的奴隶语言来说话了。但自然，并非说一切譬喻和寓言的这种很好的人民文艺形式就没有价值、没有用处了。最主要的,是我们能够用明白丰富的语言来表现明白丰富的思想,而且表现得痛痛快快、淋漓尽致的了。

我们可以也应该学习一切古今中外的好的思想家、政论家和大作家。但首先需要学习马克思列宁主义和毛泽东思想。学习政治和政策。学习中国历史和中国社会。学习人民的生活和语言。因为我们的杂文必须有明确坚定的人民立场,必须有有益的思想,必须有社会和历史知识,必须懂得政治和政策,必须熟悉人民的生活,必须用人民的语言来写。

毛主席的例如《反对党八股》那篇文章,我们特别应该学习。这篇文章应该成为写杂文的人的座右铭。同时,毛主席的这篇文章以及他的许多文章,就正是现在我们所需要的杂文的最好的范本。

鲁迅也还是我们应该学习的。毛主席就已经教导我们如何去学习鲁迅而使我们得到无穷的益处。我觉得,我们首先应该学习他终生不屈不挠的革命精神和坚定明确的人民立场。学习他对于敌人的势不两立的无情的攻击和刻毒讽刺。学习他对人民和青年的无限深厚的爱和满腔热情和自我牺牲精神。学习他对社会现象和社会意识的解剖分析的深刻和彻底。学习他的思想的明白、精确、透彻和尖锐。学习他的丰富的历史知识和社会知识;学习他的调查研究和观察的认真不苟且。学习他在批评上的具体性、形象性、典型性。学习他的胸怀的壮阔、气魄的雄伟和丰厚的诗的情绪。学习他的文艺为着现实革命的战斗、文艺服务政治、并为革命的需要而磨炼和创造新的文艺武器的那种精神,等等,等等。我们应该学习的鲁迅的伟大优点,也不是一时所能数说得尽的。但只有他的文字上的那些隐晦和曲折,虽然很值得我们去研究,却完全没有去学习的必要了,更不用说去模仿了。这本来就是鲁迅自己所深恶痛绝的,正象列宁所说“可恶的”,在黑暗势力统治下面的奴隶头额上的烙印。一切的隐晦,在今天都是坏的东西,对于我们是完全不需要的。隐晦并不完全同于含蓄或简洁;而含蓄和简洁也必须完全明白,才能发生含蓄和简洁的力量。我们现在也完全没有为欺骗敌人而用转弯抹角的“曲笔”的那种必要了;同时,不得已的有意的曲折,和对于客观事物或问题有时必须细微曲折地分析的那种曲折,是完全两回事情。分析问题,有时不得不细微曲折,以便把问题弄清楚;那样的曲折是必需的、不可废除的;但那样的曲折也是为了明白,能够做到明白,也必须做到明白的。这和不必要的曲折是不相同的,所以,在黑暗时代是完全出于不得已,而在人民民主时代却完全属于不必要的那种曲折,都应该一概废除。鲁迅的反语和讽刺,正如毛主席所证明,在鲁迅并没有乱用,他只是用来对付敌人的。鲁迅的这个立场,我们特别应该学习。再者,我觉得,鲁迅的讽刺的真实性和精确性,以及讽刺的强有力和譬喻的高妙,我们也应该学习的。

此外,他文字手腕的高强,民族性的、人民性的风格,以及采用大众俗语,我们都应该学习的。

我觉得,应该和鲁迅一同提起的是瞿秋白同志,他的杂文也是值得学习的,尤其在明朗、流畅和尖锐的方面。

总之,我的意见是,在今天,为了人民的需要,为了巩固和完成我们国家的人民民主专政,为了新民主主义经济和文化的建设,我们是有必要和可能好好地把杂文发展起来的。

1950年6月19日

——原载《文汇报》1950年6月30日

于　晴

读孙犁的新作《风云初记》

一

孙犁的新作——长篇小说《风云初记》(文艺建设丛书之一,人民文学出版社出版),描写冀中平原上的一个农村,在抗日战争风云初起的时候,它的生活中所起的变化。作者出色地画出了这个苦难的、美丽的平原上农村生活的图景,生动地描写了许多不同性格的人物,他们的纯朴、勇敢的优良品性和蓬勃的战斗热情。这个作品,和作者的另外一些作品一样,有着浓厚的生活气息和抒情的风格。

作品的情节开始在一九三七年。国民党地方政府和匪军连同家眷和财物仓皇南逃,把平原丢在日本侵略者带来的灾祸底下,人民嘲笑、责骂着国民党匪军的逃窜,自发的抗日的怒火在他们心头燃烧起来。这时候,共产党领导的抗日军队来到这里,于是,在党的响亮的号召下,平原上扬起了抗日的旗,农民们、农村的青年和妇女们组织起自己的队伍,走向保家卫国的战斗岗位。随着战争的到来,人们的生活剧烈地变化着。在人民准备和民族敌人战斗的同时,农村中的阶级斗争——抗日人民和汉奸地主的斗争也正火热展开,组织起来的农民战胜着反动分子的阴谋破坏,投入了艰巨伟大的战争。

无疑地,这样的历史事件是应当严肃地来表现和尽情地歌颂的。《风云初记》这个作品,通过了对于冀中平原一个农村的各阶层生活的描写,告诉了我们:人民的抗日力量,是怎样在共产党的领导和组织下,在和内外敌人的斗争中发展壮大起来的。它告诉我们:中国农民是怎样摆脱着他们身上的重重锁链,开始走向解放的道路。

作者歌颂着劳动人民深厚的爱国主义的感情;歌颂着他们向旧世界、向敌人进攻的英勇姿态,和他们所具有的优秀的品格;歌颂着党与抗日军队和人民血肉相连。这些,都使《风云初记》有着积极的思想意义。

二

作者选择了这样一个地方——抗日战争爆发的十年前，曾经有过一次为共产党所领导的农民暴动的村庄，来展开作品的情节，并不是偶然的。这里的农民生活在水灾、旱灾和地主剥削的“风险的海里”，为了生存，他们曾起来战斗，虽然他们最后失败了，但却经历了斗争的锻炼，革命的种子已经在他们中间深深埋下了，党在农民中有着深刻的影响。作品所选择的环境，是能够比较典型地来表现人民革命运动是在怎样的基础上发展壮大的。

在作品的一开始，作者就引着我们走进这个多难的美丽的平原上的农村，引着我们走进那些可爱的人物的生活中去。

作者生动地写出了抗日战争初起时农民的抗日情绪，这些描写表现着抗日战争是怎样地在深厚而广泛的群众基础上进行的。作者带着深情，歌颂着农民的爱国主义和他们与抗日军队之间的骨肉感情。作者这样描写着农民妇女为战士做军鞋，支援抗日部队：

> ……她们这是第一次给卫国保家的战士们做的针工。……这些人穿上她们的针线，在战场上抗击进犯乡土的敌人。她们在夜晚丈夫和孩子睡下以后，掌起灯来做到鸡叫。她们在货郎担上选择顶好的鞋面，并且告诉掌柜：这不是给自己的丈夫做，也不是给自己的孩子做，是给抗日军队做的。她们手里扬着鞋面回家，就像举起小小的一面坚决抗日的旗帜。所有的人望着她们，她们自己觉到了荣耀，在众人心中引起了钦佩。

这深藏在人民心中的爱国主义思想感情，是我们战胜一切侵略者的力量的源泉。作品中许多人物身上，都有着这样的感情。作者写着，老农民高四海，怎样在抗日政府的号召下，为了抵抗敌人，去破坏道路：

> 这老人的头发半秃半白，用全身的力量挖掘着。他的地是一块窄窄长长的条道地，满共不过五个垅儿宽，他临着道儿，一并排连挖十二个大沟，差不多全部牺牲了自己的小麦，他的沟挖得深，铲得平……他全身冒汗，汗气从沟里升起，围绕他在的头顶……

同样的许多描写，反映着群众的抗日决心和在斗争中的自我牺牲精神。同时，其他的许多人物，除了汉奸分子，就是国民党军队的逃兵，农村中“黑道上的朋友”，也都有着一致抗日的要求。人民对于乡土和祖国的爱，使他们有勇气去粉碎敌人的进攻。

《风云初记》中的有些人物被刻划得非常鲜明生动。尤其是对于农村青年男女的描写，有时是更为细致的。

春儿,这个没有母亲,也失去了父亲的音讯的农村的贫苦少女,“她能记忆起十年前的一次暴动,是为了穷苦的人们”,这个女孩子,热情勇敢,对于生活总是充满希望。她有着坚强的抗日的心:“只要打败了日本,叫我拿出什么来也行!”对于汉奸地主的阴谋破坏,她是这样愤怒,勇于向他们斗争。她带着深深的情感,给抗日战士们做军鞋,她做的是“全村拔尖的顶漂亮的一双”,还在鞋底上绣出她的名字。她鼓动她的情人去参加抗日队伍,而自己,领导起妇女自卫队,掮着锋利明亮的红缨枪去操练,准备战斗。在抗日的热潮里,她是锻炼得更加坚强了,最后,她提出了入党的要求。在这个人物身上,作者集中地表现着农民青年的一些优秀的品性,她所走的,正是许许多多农村的青年所走的道路。

显然,在自己的生活实践中,作者是有意识地去挖掘这样的人物的美好的灵魂的,他热爱这些人物身上的良善而又勇敢的品性,在作品中赞颂他们。作者是这样描写着“小做活的”芒种——一个纯朴的青年农民的:

> ……有一棵庄稼,倒在大路上,他想:“这么大的毯子,糟蹋了真可惜了儿的!”扶了起来。车道沟里有一个大甩洼:“后面的车过来,一不小心要翻了哩!”把它填平。走到一个村口,一个老汉推着一小车粮食上堤坡,努着全身的力气,推上一半去,又退了下来,他赶上去帮助。到街里,谁家孩子栽倒了,他扶了起来,哄着去找娘。

这个有着好心肠的青年,当他开始觉醒,摆脱那多少代来农民的“长年吃不饱穿不暖的血汗生活”的时候,他又是勇敢的,他不畏惧敌人的恐吓,终于参加了抗日队伍。作者所描写的,正是无数个农民青年共同经历着的命运,而他们,只有在共产党的领导底下,才有了自己幸福的未来。

作者在斗争的发展中,处理着人物性格的成长。我们看到,这些人物的思想行动,从来不是被作者的公式的和主观的意图所摆布,而是自然的和合乎情理的。当她还没有经历过斗争的时候,春儿还只是一个农村中平常的女孩子,在妇救会成立大会上,人家叫她说话,她“红着脸死也不肯说”;后来到地主家去分配做军鞋,进门时她还“心里有些发怯”;但是,当她与汉奸地主作过斗争,在抗日政府里控告了汉奸地主,得到胜利以后,她就变得勇敢了,成为这个村子的妇女领袖。这种发展,在人物的描写中是很自然的,在这发展中,我们看到了生活中间的一些根本的变化。

作者热爱这些人物,在向读者展示他们美好的心灵的时候,是灌注着自己的情感的,这使作品有着抒情的气氛,这种气氛,有时能使人更亲切地感到人物的呼吸,感到平原上的风霜雨露对你是这样的亲切和熟悉。

三

《风云初记》真实地反映着抗日战争初起时,农村阶级斗争的面貌。作者描写了一个拥有三顷多地的、与汉奸张荫梧有勾结的地主田大瞎子。这个农村中反动势力的代表,他仇恨农民,仇恨群众的抗日运动,惧怕着农民起来的时候,他的罪恶统治就要不保,于是他不断地阴谋破坏,但他的打算失败了,人民已经组织起来,有了自己的抗日政权,和他进行斗争,终于,连他自己也感到,“从此大势已去,江山难保”了。

作者正确地处理了民族斗争和阶级斗争之间的关系,说明着农民们是怎样在和内外敌人的斗争里站立起来的。

领导着农民进行胜利的斗争的,是党。《风云初记》的主人公之一的共产党员高庆山,是一个十年前农民暴动的领袖,暴动失败后,他到江西去,参加了二万五千里长征,抗日战争开始时,他回到了家乡来了。群众把希望寄托在党和他的身上。虽然,在作品中,高庆山这个人物的形象是不够丰满的,但作者也能较好地写出了党怎样组织着、教育着群众,写出了群众对于党的热烈的爱戴。作者描写高庆山和群众在一起的场景:

> 高庆山抱起一个小孩子放在车上推着,走一截路又换一个,年轻的母亲都高兴的(地)说:
>
> “快下来!叫你叔叔歇歇!”
>
> 老年人们又叹息着说:
>
> “唉!真是共产党能教导人呀,你们看这些行事和言谈。……怎么样啊,庆山?日本鬼子过来了吗?”
>
> 高庆山说:
>
> “不要紧,过来就打他,不能叫他站住!”
>
> “可得打呀!”老婆儿们说:“你大伯大娘的老命都交给了你了啊,孩子!”
>
> “大家组织起来一块打!”高庆山说。他一路走着,宣传着,动员着,使得五龙堂全村的人,心里又亮堂,又快乐。

这些场景生动地写出了党和抗日军队与人民的血肉相连的关系,这正是我们得以战胜一切凶恶敌人的无穷的力量。

《风云初记》的作者,并没有故意在作品中安排十分曲折的情节,而是以许多人物的画面,组成了平原上战斗生活的图景,使我们感到了在这生活中所含有的思想意义。

四

读完了这个作品,也还有一些地方不能令人满意。这些弱点,还不是轻微的和枝节的，而是关系着作者的生活态度和创作思想的。

正如前面所说，作者对于他所描写的人物有着热爱，歌颂着他们品格中一些优美的东西。但是作者的挖掘显然还是不够的。可以看到，对于那种日常生活中的感情，作者的描写往往是比较细致生动的，譬如说，关于在恋爱中青年男女的心情，作者可以写出他们心头细微的感触，但是，在一些重大的政治事件上作者对于人（物）心理面貌的刻划，比较起来，就显得有些单薄无力了，譬如说，抗日政府成立，作者就没有更好地去描写它在广大群众心目中深刻的影响。可以看到，作者还不善于更好地去描写革命人民内部的思想斗争，高庆山的父亲对抗日军队的武器和人力能否打胜日本表示怀疑时，仿佛只要高庆山的一席话，就消除了怀疑，这样的表现是无力的。

同时，我们还感到，作者虽然也倾心地写出人物的一些美好的性格，但是，这样的人物还只是使人觉得可爱，他们的身上，却还缺少一些什么。譬如说，作者写出了芒种的良善和纯朴的感情，但在这个青年人的身上，我们却不能更多地看到他对于生活的远大的理想。作者并没有更好地给一些先进的新的人物以超乎常人的智慧和思想，而这些却应该是为他们所具有的。高庆山就是一个例子，他在作品中，被表现得不像他应有的那样英勇智慧，还缺乏一个久经锻炼的革命者的气魄和思想力量。由于这样，就不能使读者对这些人物有更高的崇敬，更好地把他们作为自己前进的榜样。

作品中有些人物的描写是不成功的。高庆山的妻子秋分，在十年前就是一个共产党员了，但是，作者在写到她的时候，却只是过多地去抒写她思念丈夫的种种情绪，写她如何“在小屋的西南角栽上一排望日莲，叫它们站在河流的旁边，辗转思念着远方的行人……”，而完全没有描写她关心过群众的斗争，这样的人物，是暗淡无色的，作者的处理是不恰当的。

还应该指出，作者在描写抗日干部李佩钟——地主田大瞎子的媳妇，进步知识分子——的时候，流露了一种不够健康的感情。作者带着深深的同情，写到这个女人的由于婚姻问题而引起的痛苦，但对于这样一个在思想上未经很好改造的知识分子的旧的思想感情，却没有进行必要的批判，甚至在有些地方，作者在感情上和这个人物是有着共鸣的。譬如说，这个“女县长”在那样紧张的、关系着全县人民的命运的工作中，在她心头常常涌起的却是“女人的青春的一种苦恼”。作者描写她在夜里工作完毕后，她心头的感受：“……睁开眼睛，从窗纸的小破口，她看见有一个很大的流星，斜过天空坠落了，像泻下了一滩水银，照着全院明亮。”这是一种怎样“怅惘”的感觉！而作者却是当作一种美好的感情来抒写的。

作品中的这些弱点和不正确的处理，就在一定程度上减弱了这个作品的主题所应有的丰富的思想。

从这些弱点和不正确的处理中，可以看出有一个共同的根源，那就是在生活实践中，作者还不够有更高的政治热情，还不能更好地在重大的政治事件中，在生活的矛盾的尖端，去考察、研究他的人物。——只有在这样的时候，才能看到人物性格的更光辉的素质。作者还缺乏高度的政治敏感，使他能够更好地去挖掘和体验人物崇高的品性。而且，正是因为这样，作者对于自己所有的一些不够健康的感情，也没有能够得到进一步的批判。我以为，对于像孙犁同志这样有着比较长期的斗争生活和写作才能的作家，我们是应当提出较高的要求的。

——原载《文艺报》1951年第5卷第3期

陈 涌

萧也牧创作的一些倾向

近几年来，我们文艺工作的重心由乡村转移到城市，我们有了一些新的成就，但也还存在着许多问题，例如，有一部分的文艺工作者在文艺思想或者创作方面产生了一些不健康的倾向，这种倾向实质上也就是毛主席在延安文艺座谈会讲话中已经批判过的小资产阶级的倾向。它在创作上的表现是脱离生活，或者依据小资产阶级的观点、趣味来观察生活，表现生活。这种倾向在现在还不是普遍存在的，但它带有严重的性质，是值得我们加以研究、讨论的。

萧也牧同志的一部分作品，主要是短篇《我们夫妇之间》和《海河边上》，可以作为带有此类倾向的作品的例子。

这两个短篇都写于一九四九年的下半年，它们都曾在读者中间发生过较大的影响，其中赞誉的词句我们是听到过很多的，有的说前者是我们模范的作品，因为它证明了即使是"一件很平凡的事"，也能发现"有现实意义的主题"，亦即"两种思想斗争和真挚的爱情"①。

的确，文艺作者往往需要从"一件很平凡的事"发现"有现实意义的主题"的，但首先还要看是什么样"平凡的事"，是否能表现"有现实意义的主题"的"平凡的事"，而且还要进一步看我们怎样去表现它。《我们夫妇之间》，写的的确大都是平凡的事，并且作者也的确打算从平凡的事里发现有现实意义的主题。一对出身不同的夫妇，知识分子出身的丈夫和工人出身（更恰当地说是农民出身）的妻子，他们在共同生活中思想感情发生了分裂，后来又重新得到结合，作者是打算从这具体事件里表现知识分子与工农结合的问题的。

这作品有一些写得真实、令人感动的地方。例如，为了一个穷苦的小女孩无端

① 一九五一年四月七日光明日报副刊《文学评论》上发表的白村"谈《生活平淡》与追求《轰轰烈烈》的故事的态度"。

被人猜疑有偷窃行为，那个做妻子的便感到愤慨、苦痛，这时候，我们会感觉得到站在我们面前的的确是一个具有天然的阶级感情的工人；而当她由于工作中的急躁情绪受到批评时，她的那种勇于接受批评的态度，也是普通的知识分子不易做到的。在这里，作者真实的表现了工人干部的一些特点。

但除了这少数地方外，作者又怎样描写了他的人物和他们的相互关系呢？

作者用了大部分的篇幅来描写这个工人干部和她丈夫的一些争论。在作者笔下，他们争论不休的，大都是些“平凡的事”，但也正如作者自己也不只（止）一次的（地）意识到的，都是些非原则的日常生活的琐事，例如丈夫认为吃饭最好在比较堂皇的饭馆，而妻子却为了节省坚持去饭摊；丈夫认为应该抽烟而妻子却为此不满，因为她打算替小孩子做一件小褂；丈夫在得到稿费以后打算买皮鞋、香烟和冰淇淋，而妻子却在她丈夫实现这计划之前，暗地从他枕头下把钱拿走，寄给了她的母亲……值得注意的是，这些事情几乎都在他们中间掀起了轩然大波，而作者也总是绘声绘影地、一丝不苟地跟踪描写这一切细节的。但试问，这些“平凡的事”能表现多少“有现实意义的主题”呢？难道知识分子和工农结合过程中间发生的问题，便是这类问题么？

应当说，作者在这些地方是把知识分子与工农干部之间的“两种思想斗争”庸俗化了的。

而且首先，那位叫李克的，经过长时间锻炼的知识分子干部，怎么一进了城，见了有花的地毯、沙发、爵士音乐便发生动摇，便感到“新的生活开始了”呢？我们的干部又何其脆弱！我这样说也并不是打算否认我们有少数像李克这样的干部存在，而且，对于这类人物加以批判，对于广大的干部并不是没有教育意义的。但是辩证法告诉我们，一切都是有条件的，除非作者同时正确地表现了李克这种思想产生的各种条件，否则，人们会以为这就是我们干部中间普遍存在的现象，客观上是歪曲了现实的。

对于那位女工人干部，也应该有同样的看法。如前面已指出过的，作者一面写出了她某些工人的优点，但又写了她经常为了日常的琐事而争吵，而且这后一方面在这作品里是占主要地位的。问题只是作者自己也正如那位批评者一样以为这也可以表现“有现实意义的主题”。依据作者的介绍，这位女干部是“贫农山身，她十五岁就参加了革命，在军火工厂里整整做了六年工”，曾经领导过别的女工反对日本人的“扫荡”，也领导过女工在工厂失火时抢救机器，后来还当了晋察冀边区的模范，对于这样一个经过长时间锻炼的干部，就算她身上还带着一些农村的狭隘保守的观念，也怎么可以描写成为一个经常为了一些非原则的日常生活的琐事而争吵的人？

但我们的作者正是这样的描写了她的。

作者特别聚精会神地加以描写的她的许多形象,往往是令人难堪的。在作者笔下,我们这位女主角经常满口令人不忍卒听的骂人的话,例如“你是什么思想,光他妈的会说漂亮话!”“放你妈的臭屁!你别讽刺人啦!”而且还有更甚于此者。依据作者的描写,我们这位女干部是在进了北京之后好久才停止了使用那些骂人的口头语的。当然,依据这种看法,这位女干部如果不到北京,这个缺点大约是很难纠正,而且在农村里,像她一样的人,一定是很多的了。

但这种看法是正确的么?在差不多三十年以前,鲁迅先生便曾经严厉地批判过类似的思想,他说:“现在有些作品往往并非必要而偏在对话里写上许多骂语去,好像以为非此便不是无产者作品,骂詈愈多,就愈是无产者作品似的。其实好的工农之中,并不随口骂人的多得很,作者不应该将上海流氓的行为,涂在他们身上的。即使有喜欢骂人的无产者,也只是一种坏脾气,作者应该由文艺加以纠正,万不可再来展开,使将来的无产阶级社会中,一言不合,便祖宗三代的闹得不可开交。”(“辱骂和恐吓决不是战斗”)鲁迅三十年前说过的这段话,对于我们的作者,还是有现实意义的。

作者还有许多实际上是把我们这位女干部丑化了的描写,例如写到她嫌饭馆吃饭太贵,拉了丈夫到饭摊去吃饭,作者特意写了这样一段:

“大概她见我(即他(她)的丈夫——摘引者注)老不说话,怕我生气,就格外要了一碟子熏肉,旁若无人地对我说:‘别生气了!给你改善改善生活!’”

而在另一段,写到丈夫对于农村的灾荒、对她的家庭不关心因而她生气了时,作者写道:

“……冷不防,她一伸手,一指头直通到我的额上:‘没良心的鬼!你忘了本啦!这十年来谁养活你来着?’”

被作者这样绘声绘影地描写的我们这位工人出身的女干部,会给我们一种什么印象呢?我以为作者是应该知道,只有过去的讽刺小说才能有这种写法的。

当然,作者也可以辩解说,小说里所有关于这位工人干部的形象,都是通过她的知识分子的丈夫的眼光来表现的,而作者后来是表示批判她丈夫的看法的。但实际上,形象的力量总是远超过作者另外宣布的“态度”的力量,作者更真实的态度,是在他的作品的形象里面的。无论作者后来宣布什么,也是不能改变这位女工所给人的印象的了。

我们再来看《海河边上》。这是描写解放以后城市工人生活的作品。作者主观的目的大约是描写解放后工人自由快乐的生活,描写他们新的合理的婚姻关系。一个叫大男的男工,和一个叫小花的女工从小就生活在一起,共同身受过许多苦难。虽然彼此都并没有明白的表示,但他们是互相爱恋着的。但由于一些误会,大男却常常感到小花心里爱着一个也是从小和他们在一起的叫宝才的工人,他为此常常发生嫉妒的感情。直到后来,他从小花口中知道了宝才已经和另一个女工结婚,他的疑忌才算消释,他和小花才正式的表白了彼此的爱情。

这便是这个短篇的梗概。由于作者巧妙的布局和对恋爱和对一些生活细节的细心的描写,这作品是很能吸引读者的。但这作品不能不令人感到有相当浓厚的小资产阶级气氛。在这里,最吸引作者注意,而且也写得最津津有味的,是年青工人大男和小花的恋爱,而他们的恋爱,以至他们的个性,都是加上了许多知识分子的趣味和想像的。作者写到他们从小就曾被看作"小两口子",长大了更是形影不离,他们所做的事儿乎都是一样的,"马小花参加了剧团,张大男马上也参加了。张大男参加了生产互助组,马小花也就报了名。马小花参加了青年团,张大男马上就申请入团……"不但这样,他们甚至外表也简直十分相像:

"旁人以为他们是兄弟俩;这样,这两个人的相貌仿佛也极相似了:都是细高条,长眼毛,直鼻梁,脸面虽然都有点清瘦,可是看起来——特别是他们那眼神,忽撩忽撩的,显得很清爽,很聪明……他俩穿着一个样式的网球鞋,胸前别着一个样式的毛主席像……如果再仔细看看他俩别在胸前的那'服务证',才知道是说差了——男的姓张叫大男;女的姓马叫小花,分明不是一家子。"

几乎整篇小说,都是用类似的笔调写成的。

作者描写了这样一个场面:小花给大男提意见。小花说,大男"生产上、工作上、学习上都不赖,除了不好学习;就是生活上还有两个小缺点,"那两个"小缺点"呢?"第一,你好抽烟,又浪费又有味儿……"第二,"值不得一提——看你那小褂,谁像你呵?太拉塌(邋遢)啦!"于是作者接着描写大男的反应说:

"大男不好意思地笑了!心里有一种又高兴又难为情的滋味儿!"

这的确是写得"细致入微"的,但这样的"细致入微"有助于我们真实的了解工人的生活、工人的感情么?我想,读者是不应该不表示怀疑的。

特别令人注目的是,这位被称为"生产上、工作上、学习上都不赖"的年青工人,许多地方都表现得十分狭隘,十分缺少领导阶级的人物、新国家的主人公的感觉的。在作者的笔下,他经常为一种嫉妒、猜忌的狭隘的恋爱感情所支配,所捉弄的,例如当小花在他面前提起宝才的好处时,他便不能忍受地说:

"我怎么就比上他了?我是个老几?人家又机灵,又有能耐,又是青年团的小组长,小伙儿又长得漂亮!"

即使在他参加了青年团以后,为了小组不分配他和小花竞赛,他便拒绝参加竞赛。下面是为了这件事情他和小花发生争吵的一段描写:

"这时候,小花忍不住说了话了:'嗨!看你那个样子!连点团员味儿也没有!'

大男就火儿啦:‘你行你行！你有团员味儿！你有团员味儿！你跟李宝才挑吧！’小花也不让他,说:‘你得记着你是个团员,你知道团员的责任是什么?’大男说:‘我没有那好记性,我不知道！’”

便是这样的一个年青工人,青年团员,当他知道家里要另外替他娶亲,而小花也含糊其词(辞)地劝他听家里话的时候,他便“混(浑)身发冷”,“两眼一动不动的盯着流水说:‘小花,我宁愿死！’”我们看看,作者所表现的这个年青工人,这个青年团员的精神世界是何等狭窄！他的觉悟程度又何等低下！如果我们要想在这里实在找寻一个领导阶级的人物、一个新国家主人公的特点,他是不能不大失所望的！

自然,作者也描写到大男后来终于参加了竞赛,并且得到了很好的成绩。但应该一提的是,大男起初那样坚决地拒绝竞赛,后来忽然又那么积极地参加了竞赛,到底是一种什么力量推动他那样做,我们是不很清楚的。

显然,在这个作品里也和在《我们夫妇之间》一样,主要问题并不在于能否描写日常生活,描写恋爱事件,主要的问题是在于能否正确地去描写。经过日常生活,经过恋爱的事件,也可以表现新人的品质,新社会的特点。

一个熟悉工农的思想感情和工农并无间隔的作者,他是不会给《我们夫妇之间》的女主角以那些粗恶、丑陋的形象的;同样的,他也不会像《海河边上》那样描写工人的性格和生活。《我们夫妇之间》虽然也真实地描写了因而也肯定了那女主角的那种天然的阶级感情,但正如毛主席所说的,小资产阶级出身的知识分子“在某些方面也爱工农兵,也爱工农兵出身的干部,但有些时候不爱,有些地方不爱,不爱他们的感情,不爱他们的姿态……”,我们的作者所以集中和夸大的描写了我们女主角的日常生活的作风、习惯,应该在这里得到说明。

至于《海河边上》所描写的工人的生活、感情,实际上只是小资产阶级式的生活、感情。在这里,作者似乎还没有考虑到应该分别什么样的生活、感情是属于小资产阶级的,什么样的生活、感情是属于工人阶级的;事实上他是把一个小资产阶级出身的知识分子所想像、所向往的生活、感情加到工人的头上了,这结果使他这个作品许多地方仍然逃不出毛主席说过的“衣服是工农兵,面孔却是小资产阶级”这个范围。

我们还应当记得,写了《我们夫妇之间》和《海河边上》的萧也牧同志,还写过不少并不包含这类思想问题的作品。例如他最初的集子《山村纪事》一般说来是一个好的集子。虽然,读者也会感觉到,经历过异常复杂、壮烈的斗争的解放区农村,还要求比这集子更丰富和更坚实的作品。作者在这里所接触的面还是不够宽广的。但无论如何,这集子表明,作者对农民是有热情的,因而他能够亲切地描写着农村里的平凡的人物,描写着农村的风习、气氛。并且从这里,我们也可以感觉得到抗日、减租、土地改革过程中解放区农村的变动。

这集子包括一九四三年的作品,可见作者已经有过相当长的创作生活,也可见他曾经过了较长的革命生活的锻炼,但他到了近年还写了像《我们夫妇之间》和《海河边上》包含着小资产阶级思想情绪的作品,这也许是令人感到惊奇的吧。但这事情正好说明,小资产阶级出身的文艺工作者的改造是长期的,一个忘记了警惕自己的人,在特别复杂的城市的环境下,便特别容易引起旧思想情感的抬头,也特别容易接受各种外来的非无产阶级思想的影响。

因此,研究和讨论《我们夫妇之间》和《海河边上》这样的作品,我以为是有意义的。

——原载《人民日报》1951 年 6 月 10 日

丁 玲

作为一种倾向来看

——给萧也牧同志的一封信

也牧同志：

两个月以前吧，我曾收到你给我的一封信，希望我约你一个时间来谈谈你的“创作”问题。这事我一直放在心上；可是当时有些事，接着我又离开北京到南方去了。等我回来，就看到报刊上对于你的创作，已经展开了批评，听说你还有些苦闷。那么，我就更觉得我应该再仔细读读你的作品，向你有些建议才好。趁着我这几天还没有动手做别的工作，我便又读了你的《我们夫妇之间》、《海河边上》、《爱情》和长篇小说《锻炼》。

从什么地方说起呢？我想把时间拉回去一年，从去年的夏天说起吧。那时《我们夫妇之间》才发表不久，有人向我说这篇小说很获得一些称赞，很多青年人都喜欢。我就曾经和康濯同志说，这篇小说很虚伪，不好，应该告诉你，纠正这种倾向，不要上当。当时我知道康濯同志把我的意见，以及他自己的意见，告诉过你，不过没有引起你的重视。那时我们（我这说的是《文艺报》的几个编辑同志）还并不打算对你有所批评。我个人更不想在报纸上公开来批评你的作品。理由很简单，我那时还以为你的作品影响并不大，尤其是在我们所接触的范围里，就更明显，而且觉得对于你也需要鼓励多于批评。可是后来，慢慢地觉得情形不同了。你的作品，的确不只在青年读者中有影响，我们也从另外一些作品中，看出这种倾向来。最明显的例子，是重庆《新华日报》上登载的卢耀武同志的《界限》。卢耀武同志那篇小说，描写一对共产党员的夫妇，也是为了一些极平凡的琐事，极无原则性的琐事，在夫妇之间，闹了一场风波，但作者却把那吵嘴的性质，也安排成为思想斗争和自我批评了。那篇文章，当时在重庆就受到批评。依我看，《界限》比起《我们夫妇之间》来，却老实的多了。它的毛病，它对于干部的歪曲，对于现实生活的歪曲，都还是用比较直爽的表现方法，是容易看得出毛病来的。那时重庆方面，对这篇小说进行了严格的批评，却没有把你的作品联系起来讨论。但据最近我们收到重庆的来信,说那个时候,也讨论到《我们夫妇之间》了的,不过因为是北京刊物登载的作品,他们不愿随便发表意见。再后,你的这篇不好的作品,却被许多“专家”们欣赏了。你的作品,在某些地方有了更大的市场,在上海被搬上银幕,一个又一个(听说《锻炼》也曾有人想改为电影)。你的作品,已经被一部分人当着旗帜,来拥护一些东西,和反对一些东西了。他们反对什么呢? 那就是去年曾经听到一阵子的,说解放区的文艺太枯燥,没有感情,没有趣味,没有技术等的呼声中所反对的那些东西。至于拥护什么呢? 那就是属于你的小说中所表现的和还不能完全包括在你的这篇小说之内的,一切属于你的作品的趣味,和更多的原来留在小市民,留在小资产阶级中的一些不好的趣味。这些东西,在前年文代会时曾被坚持毛泽东的工农兵方向的口号压下去了,这两年来,他们正想复活,正在嚷叫,你的作品给了他们以空隙,他们就借你的作品而大发议论,大作文章。因此,这就不能说只是你个人的创作问题,而是使人在文艺界嗅出一种坏味道来,应当看成是一种文艺倾向的问题了。为了保卫人民的文艺,现实主义的文艺,在一种正常的情况下前进,因此陈涌同志有了对你的批评。这是非常好的。当然,陈涌同志很谨慎,他的确还没有击中你的要害,但跟着,许多读者也对你有起批评来了,不管这些批评有没有说透彻,但热情地关心这些问题,这对于你,对于文艺批评工作,都是有好处的。因此,我也更觉得有责任来发表点意见。我也不会说得很透彻,但希望于你,于问题,都有一点好处。如有不妥的地方,也愿提出来大家讨论。因此,我把这封信公开发表。

现在让我们直接谈作品本身吧。你是看过旧戏的,旧戏里,常常看得到有两个丑角,在台上出洋相,一个大丑角尽量戏弄一个小丑角,并以此去博得观众哈哈大笑,直把小丑角的洋相出尽了,两个人才互相笑笑,来完结这场小噱头戏。《我们夫妇之间》,实际就是这种情形。你先替李克同志在鼻子上擦了一些白。李克一出场,就不正派,是一个坏知识分子,而且作者还在那里敲着小锣,叫道:“看呀,这小子真不像人呀,他一听到爵士音乐就发松了呀! 你们看他那么得意呀!”这个李克,跳了一阵加官之后,在他后边出场的,却是工农出身的张同志,张同志从始至终,是被幕后的导演(作者)和大丑角李克奚落够了的。有些地方,好像是在说她好,说她坚定,说她倔强,但这种地方,实际又是在说她缺少文化,窄狭,无知,粗鲁。譬如写了她在刚进城时,骂那些爱打扮的女人,后来却又说她并不是那样固执的,她已经在某些观点上和生活方式上有了改变。什么改变呢? “她还在小市上也买了一双旧皮鞋,逢是集会,游行时就穿上,回来,又赶忙脱了,很小心地藏到床底下的一个匣里……”作者这样形容了她还不够,还必得让李克说一句风凉话:“女同志到底是爱漂亮的!”再如这位女同志,一边正经地在说:“同志,狭隘的保守观点要不得。”这好像是在表扬她,可是那个鼻子擦了粉的大丑角李克,就在旁边说:“哈哈,她又学了一套新理论呀!”这种手法,从作品开头,一直到末尾,到处都是,把这个工农出身的女干部形容一顿。陈涌同志所引过的那一段,也是一个很好的例子。凡是形容她的时候,都很具体,形象,生动,一写到她“好”的时候,作者也好,李克也好,总要在旁边插科打诨地嚷道:“嘿,看呀,她居然会这样说了,她进步了呀,她呱呱叫呀。”一直到最后,当把这个女主角出够了洋相之后,还要让人哭笑不得的来这样一个镜头:“她说完了,叹了口气,把头靠到我的胸前半仰着脸问我……我为她那诚恳的深挚的态度感动了!我的心跳了!我向四面一望……微风拂着她那蓬松的额发,她闭着眼睛……我忽然发现她怎样变得那样美丽了呵!我不自觉的俯下头去,吻着她的脸……”

一般的趣剧,我们是不反对的,丑角戏也不反对,旧戏里常有借丑角来说出许多旁人不敢说出的真理。所以如同相声之类,我们今天还是欢迎的,只要真正能严肃地对待它,就可以产生好的讽刺文学。但《我们夫妇之间》又不是这种形式,它俨然地在那里指点人们应当如何改造思想,如何走上工农分子与知识分子结合的典型道路。它表面上好像是在说李克不好,需要反省,他的妻子——老干部,是坚定的,好的,但结果作者还是肯定了李克,而反省的,被李克所“改造”过来的,倒是工农出身的女干部张同志。所以,当我第一次读这篇小说,和最近再读的时候,最使我不愉快的,就是这种虚伪的地方。(《锻炼》也使人同样有这种感觉)

李克实际上是个很讨厌的知识分子。他最使人讨厌的地方,倒不是他有一些知识分子爱吃点好的,好抽烟,或喜欢听爵士音乐的坏习气,或是其他一般知识分子的缺点。最使人讨厌的是:他高高在上地欣赏他的老婆的优点哪,缺点哪,或者假装出来的什么诚恳的流泪了哪,感动了啦,或者硬着脖子,吊着嗓门向老婆歌颂几句在政治上我是远不如你哪,或者就又像一个高贵的人儿一样,在讽刺完了以后,又俯下头去,吻着她的脸啦……李克最使人讨厌的地方,就是他装出一个高明的样子,嘻(嬉)皮笑脸来玩弄他的老婆——一个工农出身的革命干部。但假如你要责备他的时候,作者萧也牧又会跑出来说:“我是说李克不行,他还需要很大的改造,我并不是当一个肯定的人物来写的。”也牧同志!在这里,也许你也是真心地想对李克有所批评,但事实上,你却的确是很能干地玩了一个花头!你这篇穿着工农兵衣服,而实际是歪曲了嘲弄了工农兵的小说,却因为制服穿得很像样而骗过了一些年青的单纯的知识分子,正迎合了一群小市民的低级趣味。这种迎合,我觉得你个人也应负责,应该早就有所警惕的。

什么是小市民低级趣味?就是他们喜欢把一切严肃的问题,都给它趣味化,一切严肃的、政治的、思想的问题,都被他们在轻轻松松嘻(嬉)皮笑脸中取消了。他们对一切新鲜事物感受倒是敏快的。不过不管是怎样新的事物,他们都一视同仁的

(地)化在他们那个旧趣味的炉子里了。

工农出身的革命女干部,我们也见过的。我以为其中最典型的人物,莫如李凤莲同志。李凤莲就是一个挨打受气的童养媳出身,参加革命后做女工,由于她的阶级觉悟,当了工作模范,劳动英雄。她从偏僻的山沟里,到了大城市哈尔滨、沈阳、北京,解放沈阳时,她在工厂里做军代表。城市给她的印象,一点也不是对于一些细小生活上的反感,而是在强烈的主人翁的感觉中,使她兴奋。她学习了党的城市政策,她的责任感促使她如饥似渴地去学习许多新鲜而复杂的事件。因此,她在同志之间,是彬彬有礼,诚恳谦虚。在工作方面,决不退却。我同她在东北时住在一块,出国时又在一道,那里会是像你所描写的那么一个雌老虎似的泼妇样子呢。你怎么能把当着典型来写的一个工农出身的女干部,写成是偷了丈夫的稿费往家中去寄钱的呢。所以说,你所描写的人物,在表面上你是替她们打扮了一下的,但这种打扮不过为的是出乖卖丑(出丑卖乖)。因此说你是不喜欢这个工农出身的女干部的,并不过分。你如果真的爱这种人,你就应该去写李凤莲、李秀真、戎冠秀、刘胡兰这一类的人,你就会写一些真真可爱的人。当然,你可以正面批评她们某些缺点,只要你是严肃的,真真从心里尊敬这些人。或者你的确看见过像你所描写的这种无修养的工农分子,你并不爱她,并不喜欢这种极不典型的个别分子,那么你为什么要写她呢,为什么又要把她装扮起来,给她插上正确的革命干部的旗子,出她的洋相呢?

再说你所欣赏的李克同志吧。李克也完全不是老解放区的知识分子的典型。他一点都不像是经过抗日战争、解放战争的知识分子出身的干部。如果解放区的知识分子出身的干部,至今还像李克同志那样有这种趣味和情调,那么就不能说明解放区的政府、共产党、毛主席对他们的苦心教育。解放区的知识分子,大部分都有过很好的改造,成了优秀的劳动人民的战士,小部分虽还残留着一些弱点,但基本上也不是李克同志那样的了。李克完全只像一个假装改造过,却又原形毕露的洋场少年。也牧同志,你为什么要欣赏这样一个人物,而且还拿他作为今天知识青年的指路标呢?你在晋察冀边区住过不少年,也做过群众工作,经过各种锻炼,为什么一到北京就又让李克这样的人物在你的作品中洋洋得意呢。仅仅为了这点,我也很替你难过。

因为你首先擢取的人物不对头,而又只是描写一些夫妇之间的生活细节,所以与你企图说明的主题:知识分子与工农干部结合的问题,就成为很不恰当的了。要写这样的主题,材料是很多的,你为什么偏要写这样一对夫妇呢?我想这是同你所熟悉的,作为你小说人物的模特儿的一对夫妇有关的。那我要问你,你对于你所采用的模特儿真的觉得是工农结合的典型吗?那不会是的。如果说你真对这模特儿感觉兴趣的话,那也只不过因为你是太同情,太喜欢那男主人公李克罢了。

原封不动的或动得非常少的小资产阶级的知识分子,他总是不甘寂寞的。他也革命,但如果他在广大的工农兵队伍里找不到群众时,他就又要回到小资产阶级的行伍里去找群众了。或者,他在工农兵队伍中做个不十分为人注意的战士感觉艰苦时,他也就容易驾轻就熟地回到小资产阶级中去出风头。也牧同志,你是有人民的读者的,你过去的一些短篇散文,就有过一些读者,我曾是你的一个读者,在阜平抬头湾时我曾把这个意见告诉过你。你应该不放弃这些读者,而要教育那些比较讲求趣味的读者,却不是迎合他们。他们向你唱的赞歌,虽说好听,可是你不应该就被蒙蔽呀,我记得,康濯同志在这点上,也曾向你进过忠言。

在我们的作家中,文艺写作者当中,的确还有人往往只看见生活中的缺点。他天天希望自己能写出伟大作品,然而却看不见伟大人物的伟大的生活变革。他只在繁琐的生活中找缺点,而且还喜欢将自己的色调涂上去。我们的读者中,目前也还有一些喜欢看缺点的人,他们也说喜欢工农兵,喜欢劳动模范、战斗英雄,喜欢革命干部。但是你写得好了,他们说不现实,不亲切,你一写缺点,其实是歪曲现实,他们就大加赞赏,说这个不公式化,有“人情味”。这些人好像也很关心文艺,却只是站在他们的旧观点旧趣味上来“欣赏”文艺。也许他们别的方面都很“革命”了,制服穿得挺好,然而就是这种“艺术的欣赏”,却还没有改变。如果这只是个人的欣赏,也就算了,他可以在故纸堆中去找安慰的,但事情不是这样简单,在这部分人中间,有的却要来争取群众,争取思想领导。因此他必定得宣传些什么,鼓吹些什么,宣传那些抽象的,没有阶级观点的所谓“艺术性”,“技巧”,“人情味”,“文艺也可以为小资产阶级”;反对些什么呢,反对他们所认为的枯燥、单调、粗糙,他们决不能说工农兵不好,只会说工农兵长相不好,没有文化,可笑,还有许多缺点,还应该有自我批评。他们也不能说他们自己就好,只说像他们那个样子,像《我们夫妇之间》那个样子,才是典型的工农兵。这些,正就是毛主席所说的:“小资产阶级出身的人们,总是经过种种方法,顽强地表现他们自己,宣传他们自己的主张,要求人们按照小资产阶级知识分子的面貌来改造党,改造世界。”我们老早读过这些话,也懂得,可是我们在这种倾向面前,却缺少警惕,讲究朋友关系,爱面子,怕得罪人,无原则的团结,大家不说。有些人自己也弄糊涂了,跟着喊“我们主要的问题是技巧”;更有些人回复到原来的地位上去了,看见自己还有那么几个穿得很漂亮的油头粉面的“群众”,倒很得意咧。

也牧同志,我一口气同你谈这许多,只在想帮助你思考你的作品的问题。你是有写作能力的,希望你老老实实地站在党的立场,站在人民的立场,思索你创作上的缺点,到底是在哪里。群众的眼睛是亮的,就是那些曾属于你的读者,也会有些变化的,尤其是知识青年,他们在很快的进步着,他们很快就会丢开你,而且很快就会知道来批判你的。只要你想通了你的错误,的确老老实实的努力改造自己,相信你可以写出好作品来。你过去的一段生活，并不白废，而且只要加以正确的利用，就还是可以生产利息的。我诚恳地希望你不要轻飘飘地来看待文艺界同志们对于你的批评。

敬礼！

丁　玲

——原载《文艺报》1951 年 8 月第 4 卷第 8 期

何其芳

驳对于武训和《武训传》的种种歌颂

一

《人民日报》五月二十日的社论号召大家重视电影《武训传》的讨论，并且公布了一个不同程度地歌颂武训或者歌颂《武训传》的论文和书籍的目录。

这些论文和书籍的内容实在是很使人吃惊的。许多作者把武训歌颂为"为人民服务的革命者"，说"他的阶级立场始终很稳定"，说他"'鞠躬尽瘁，死而后已'，甘心'做无产阶级和人民大众的牛'"，说他"坚(艰)苦不拔的全心全意为人民服务的崇高精神和行动，是永垂不朽而值得学习的榜样"。① 和这相关联，有些作者又特别歌颂武训的"坚定的意志"和"恒心"，说那是"不倒翁精神"，说那是"艰苦卓绝百折不挠的韧性战斗精神"，表现了中国农民的"顽强坚决奋斗的伟大力量"。② 而对于武训的总的评价，则说他是"历史上"的"英雄人物"之一，"农民阶级的先觉者"，"农民劳动模范"，"他典型地表现了我们中华民族的勤劳、勇敢、智慧的崇高品质。热爱他也可以热爱我们的民族，提高了民族的自信和自豪"。③

这真是如《武训传》的编导者孙瑜先生在他的电影小说的开头和收尾所描写的，"庄严神圣的赞诗高唱入云"。

评论界的歌颂还不止于此。除了狂热地歌颂了武训而外，许多作者还用种种理由来歌颂电影《武训传》。他们说"编导通过了武训这样一个典型的人物，典型的事迹，说明了中国人民的斗争的一些弯弯曲曲的道路"。他们说这个影片"在暴露地主

---

① 引文见蒋星煜《〈武训传〉与中国封建社会》，《育才学校师生谈〈武训传〉》，《武训画传》孙瑜序，赵恒《由武训和周大这两个人物谈起》。

② 顾愍祖《看了〈武训传〉的一些体会》，紫光《武训传》，鲁男子《关于武训不是我们好传统的商榷》。

③ 罗维《武训传》，《武训画传》李士钊序，《武训画传》孙之儁序，孙瑜《编导〈武训传〉记》。

阶级罪恶方面”,可以配合“我新解放区正在进行”的“土地改革”。他们或者说这个影片“对今后工农教育的开展上是有帮助的”。其中有一个作者更说,“我们无论从甚么角度去看它,都可以得到满意。”①是不是也有对这个影片表示不满足的呢?也有。但在前一时期,那是不满足它歌颂武训还歌颂得不够,如董渭川先生,认为这个影片“遗漏”了许多“足以增强其感人力量”的材料,尤其不应该最后使观众“感觉‘义学’之不解决问题”。如杨雨明和端木蕻良先生,责备“编导把武训完全写成一个逆来顺受的人物”,“常常是把那反抗的武训放在次要的地位”。如李歆先生,也说“有好些地方把武训丑角化”,对于“这样一个伟大人物,用这样的方法处理”,“不大恰当”。②

一直到今年三月,在党已经对这个影片表示了意见以后,报纸上才开始出现批评武训的文章。但这种最初的批评主要还只是指出武训软弱、妥协、消极,常常下跪,不是革命者,不是好传统;并且如《人民日报》社论所说的,虽说批评了武训的一个方面,仍然歌颂他的其他方面。歌颂得最少的也仍然肯定了他修建义学的行为和动机。而且这种很不彻底的批评遭到了反对。有的说,武训并不软弱,“他的给人下跪,请人踢打,爬在地上任人骑”,“正是积极到极点”。有的说,影片已经“深刻地批判了”武训的这些“缺点”,“从历史唯物主义的观点出发”,虽然武训“脱离不了属于农民的一些弱点”,“但这一切并不妨碍他成为一个伟大的人”。③

在这些作者面前,武训真成了一个“不倒”的偶像。不仅是为他辩护的人,就是有些企图批评他的人,也好象对这个人物带着一种奇异的迷信。

二

然而迷信敌不住科学。偶像终于倒了下来。所有那些高唱入云的“赞诗”都成了歌颂者们的自己的讽刺。因为只要我们对事实略加考察,就会知道武训不过是一个可耻的投降封建阶级的人,武训的道路不过是从游民到高利贷者、从高利贷者到大地主、从大地主到封建义学兴办者的道路。

武训虽说出生(身)于贫苦农民的家庭,曾经作过短时期的雇工,但二十一岁以后就成为一个乞丐。有的材料说他有时也还做一点零工。但他主要的生活来源并不是依靠劳动,而是依靠行乞。三十岁的时候,他把分家分来的三亩地变卖成钱,加上他行乞积的钱,一起放债。从此他又成为了高利贷者。代他放债的人,据和他“少

---

① 时伟文《评〈武训传〉》,戴伯韬《看了〈武训传〉之后的意见》,项若愚、魏兆兰《对〈武训传〉的意见》,夙隽《〈武训传〉观后》。

② 见他们所作的《由教育观点评〈武训传〉》,《论〈武训传〉》,《我看〈武训传〉》。

③ 鲁男子《关于武训不是我们好传统的商榷》,程庆华《关于〈武训传〉》。

居邻村，长游其学校"，自称对他的行迹"知之较真"的刘子舟说，一个是堂邑县柳林镇的杨模民，满清的文进士；一个是馆陶县塔头村的娄峻岭，满清的武进士。"此二公者，一方之望，两县富绅"。① 用现在的话说，就是两个大地主，大豪绅。他放的债，《山东通志》上说，"岁以三分计息"。《碑传集补》上更说，"朞年而后，子母相侔"。所以"愈积愈多，利上生利"，"陆续置地"，"至光绪十二年冬，统计典买地二百三十亩有零"；典买地剩下的钱财用来创办义学，不够，才又把历年所置田地的租子捐为义学的经费。② 这还只是他在堂邑的财产，在临清，武训又曾买宅房一座，买铺房一座，当铺房一座，当田地六亩，另外还放出银子六百两二分二厘，每年进利银一百余两，放出零钱一千余吊。③ 从这些并不完全的材料看来，武训到晚年已经是一个财产跨两县的大地主。他和一般大地主仅有的不同，不过是他用这些财产办了所谓义学。

剥削阶级中的人用他的财产办学校，并不是只有武训一个。在《清史稿》的《孝义传》里面，除了武训而外，就还有两个捐钱办学校的人。一个是叶成忠，原来也是农民出身，也曾作过雇工，后来成为小贩，成为商人，成为资本家。他办过义塾、学校、医院和其他所谓慈善事业。另一个是杨斯盛，原来是泥水匠，他廉价买了上海滩上的荒地，后来地皮大涨价，就成为富翁。他也办过学校、医院和其他所谓慈善事业。根据《清史稿》上所说的情形，这两个人所办的学校的学制和课程已经带有资本主义学校的性质。如果这些材料可靠的话，这两个人所办的学校在当时还有一定的进步意义。而武训所办的义学却彻头彻尾是封建主义的学校，完全是反动的性质。

所谓义学本来就是封建社会里面的为反动统治服务的教育制度之一。《清文献通考》的《学校考》里面说，雍正时候，"官学义学，弥布中外"。张謇在"谊演义丐武训事迹"里面说，"当时世界看得最大者书院，其次义学"。请求满清王朝旌表武训的当时山东巡抚张曜，这个残酷地屠杀当时的农民暴动武装捻军和西北回军的刽子手，《清史稿》上说他在西北"所至创立义塾"，在山东又曾"建海岱书院于青州，绎洙泗书院于曲阜"。这可见这种书院和义学正是封建统治者辅助屠杀的一种有力工具，和屠杀合起来，正是他们的"一文一武"。武训兴办义学的动机也本来就是封建主义在他头脑里的反映。李光家的《武训先生的一生》这样叙述了他最初的动机："如果我要能念书识字……你看，多么受人家尊敬呢！"刘子舟的《义学正武公传》说明他决心要办义学，是由于他"雇工于馆陶县薛店村张老辫家"，张"三年而不与其值"。曾经在他办的义学里教过书的贾品重，也在《武善士训墓志铭》中说，武训"沿

① 刘子舟《义学正武公传》。其他材料"杨模民"作"杨树坊"，可能一是名，一是字。

② 郭春煦请求上司旌奖武训的公文。

③ 临清州士绅张泚等请转详存案禀。

门求食,辄大言曰,‘吾愿创建义学数处,岁请名师,俾十数邑生童,咸来肄业,学优则仕’”,这可见他的动机是羡慕地主阶级,并以为他的被压迫仅仅由于没有封建文化,因而企图办义学,也即是企图使更多的人可以廉价地取得当封建统治者的奴才的地位。所以他后来办的义学,主持人是豪绅地主,教书的也是进士,举人,拔贡。[①] 这些人所教的自然都是封建经典,封建教条。教出来的学生,可以夸耀的也只能是“每科岁考,学生入泮帮增补廪者,不下一二十人”。[②]

正因为武训所办的义学的性质是这样,所以当时的劳动人民和地主阶级对他采取了两种截然不同的态度。当时的农民对武训本人及其活动都是轻蔑嘲笑的。他们给他取了一个外号,“豆沫”。陈恩普作的《武训先生兴学碑文》中说,“土人戏呼为豆沫,言其糊涂也。”杨应时在《书武训先生事》中也解释说,“鲁人以菜豆和水磨汁,煮而为粥,谓之豆沫。鲁人呼粥为‘糊涂’,讥先生无知无能也。”李光家的《武训先生的一生》也记录了当时的庄稼汉的鄙视,他们骂武训“没刚性”,“真脓包”。有的传记说,武训办成义学后,贫苦农民拒绝送子弟去上学。这是很合乎情理的。对于贫苦农民,最迫切的问题是被剥削得肚子吃不饱,并不是什么识字不识字。而且在这样的人家,小孩子也是一个半劳动力。[③] 当时的地主阶级的态度却和这完全相反。不但堂邑、馆陶两县的富绅代他放债,而且另外还有两个地主穆书五、郭芬各给他捐两亩地作义学地基,堂邑县令郭春煦大加奖励,山东巡抚张曜也赏他二百两银子,“赐之黄布钤印缘簿,又命司道钤印捐赀”,而武训遂“从此遍谒历任学院及邻邑厅州,求其钤印缘簿之上。邻近士夫见其功之成也,亦莫不倾囊相助”[④]。后来满清王朝的学部侍郎裕德路过临清,又给他捐了二百两银子。最后,由于张曜和后一个山东巡抚袁树勋的请求,封建阶级的最高统治者满清皇帝也在他生前和死后给以两次表扬。一次是准立“乐善好施”牌坊,一次是将他的事迹宣付国史馆立传,准入堂邑、临清、馆陶三县乡贤祠,并得建忠义专祠。

许多人歌颂的武训的“坚定的意志”和“恒心”的秘密就在这里:不仅他脑子里有着封建主义的深刻的影响,而且更重要的是他背后有着整个地主阶级的精神上和物质上的支持。

---

① 李伯骥《武训先生祠堂记》:“延四方绅耆经理学务。”刘子舟《义学正武公传》:“聘请寿张崔孝廉准,聊城顾进士仲安,博平曹孝廉连枝,清河滕拔贡绣封,贾孝廉品重,历年主讲其中。”

② 刘子舟《义学正武公传》。

③ 刘子舟《义学正武公传》:“数县学生数十百里负笈来学。”能够数十百里负笈来学,也可见并非贫苦农民子弟。

④ 刘子舟《义学正武公传》。

三

事实是如此雄辩地说明了武训的“行乞兴学”的真相。这本来应该受到一切有人民大众立场的人的唾弃。然而我们的许多作者却竟至分不清为封建地主阶级服务的教育和为人民服务的教育的区别,也分不清游民和劳动人民的区别。

马克思和恩格斯曾经多次地讲过他们对流氓无产阶级的看法。《共产党宣言》上说:“流氓无产阶级,这些旧社会最下层的腐朽的消极产物,在有些地方也被无产阶级革命吸引到运动中来,可是,由于他们的整个生活地位,他们更倾向于出卖自己作反动阴谋活动的工具。”《法兰西阶级斗争》上说:“他们大部分属于流氓无产阶级,这种人在一切大城市中形成一个和产业无产阶级严格不同的集团,它是小偷和各式各样的犯罪者之补充所,以社会的残屑为生活,没有一定职业的人,流浪汉,无家无室的人,虽然跟其所隶属的国家的文明程度而有所不同,但决不会抛弃其流氓根性。”《德国农民战争》的序言上说:“流氓无产阶级,这种一切阶级的堕落分子的残渣,在大城市中建立他们的大本营,是一切可能的同盟者中最坏的一种。他们是绝对贪利绝对无耻之流。如果法国工人在每一次革命中,曾经在许多房屋上写着:杀死盗贼!并且真的枪毙了一些,他们这样作,并不是出于保护财产的热心,而是因为他们正确地认识到有去掉这种人的必要。每一个利用这种流氓作护卫或者依靠他们支持的工人领袖,只是以这种行动证明自己是工人运动的叛徒。”象武训这样生于一八三八年,死于一八九六年的旧中国的农村里的乞丐,虽然还不是近代的大城市中的流氓,但正如流氓无产阶级和产业无产阶级有着严格的不同一样,他和经常从事劳动的贫苦农民也有着根本的区别。他的生活地位同样决定了他的贪利和无耻。人们所歌颂的他的“苦行”不过是他的贪利和无耻的一种表现形式。

武训所经历的时代是民族斗争和阶级斗争都很尖锐化的时代。这样的时代,必然一方面要出现爱国志士、民族英雄和农民暴动的领袖,另一方面要出现汉奸、卖国贼和可耻地为反动统治服务的奴才。在汉民族的地主阶级里面,出现了曾国藩,左宗棠、李鸿章那样一些给满清王朝当走狗、残酷地镇压太平天国革命和当时其他农民起义的人物既然不足为怪,那么在农村的游民当中,出现武训这样一个狂热地拥护封建文化、并且以放高利贷和向地主阶级屈膝来取得宣传封建文化的地位的小角色就更不是什么“奇迹”。从游民到高利贷者,从高利贷者到大地主,这不仅满足了武训兴办封建义学的志愿,而且也同时解决了他个人的生活问题。所以这并不是什么如有些人所歌颂的“自我牺牲”的道路,而是名利双收,身分地位大为提高的道路。封建统治阶级所提倡的忠孝节义故事,常常带有一种神话式的夸张和虚构。那些说武训办成义学以后还是和以前一样过叫化子生活的传说也就是这一类的神话。正如古代的那种“飞去飞来宰相衙”的隐士一样，这个“叫化子”后来已成为豪绅官僚的席上宾了。所以他死的时候，并没有象据说他曾经唱过的一首歌谣所说的，“路死路埋，街死街埋”，而是在临清地主施善政家里“寿终正寝”的。而且他死了以后，堂邑、馆陶、临清三县官绅全体执绋送殡。① 孙伏园先生曾经写过一篇《竖鼎》，他本来的用意是赞扬武训，但却无意中说破了一个真理，他说，学中国或外国的“古圣先贤”需要牺牲，而且有时要牺牲生命，但当武训却不需要牺牲。他说，“天下的母亲都可以放心，天下的妻子也都可以放心，如果你的儿子你的丈夫追随了武训先生，他将来一定可以和武训一样寿终正寝，政府所备的一切刑具都可以封存国家博物院。”与武训同时代的许多太平军、捻军和其他农民起义军的领袖、士兵牺牲了生命，古今中外的许多革命者都牺牲了生命。这种牺牲是光荣的，非常有价值的，因为他们推动了历史的前进。象武训这种连反动统治阶级的一根毫毛都不敢去触动，只知道屈膝乞怜的人，的确是说不上需要什么牺牲的。

在电影《武训传》里扮演武训的赵丹先生告诉了我们一个故事。为了扮演武训，他曾到武训的家乡去过一趟。他要当地的人给他找一个模特儿来。“他们替我从各村里找来几个所谓武训的后辈或徒弟，其中有一位简直以武训第二自居。这一批武训的事业‘承继者’，使得我厌恶、害怕。其为名利熏心的庸俗气，借行乞兴学为幌子的不事劳动的二流子，几乎连最起码庄稼人的气味都失掉了。我觉得这些人物是会伤害了真正武训的气质的。”②这就是赵丹先生的幻想和现实发生了矛盾的故事。这种矛盾证明赵丹先生的幻想错了：从这些人物身上正可以窥见真正武训的气质。

武训在临清办的义学，后来改名为临清私立武训小学。这个学校在一九三四年曾经出版过一本《武训先生九七诞辰纪念册》。那时候，韩复渠（榘），马鸿逵都是这个小学的名誉校董。这个纪念册上，不但有北洋军阀段祺瑞，吴佩孚等人的捧场的题词，而且有蒋介石、汪精卫、李宗仁、白崇禧、戴季陶、黄郛、张群、何成濬等很多国民党反动派头子的歌颂。蒋介石赞武训为“独行空前，仁乎义协，允无愧于坚苦卓绝”。汪精卫说他“廉顽立懦”。李宗仁、白崇禧一致地佩服他“有始有终”，“毕生如一”。这些反动派头子的对于武训的赞语对我们今天许多歌颂武训“坚苦卓绝”，“三十年如一日”的人，是一种何等尖锐的讽刺呵！何成濬作的那首歌，更还有一点有趣味的“想象”。他说，“假使武公生至今，从我国民革命军”，“学到奉化蒋公生活新，必能压倒一切当世英”；然后他就痛痛地骂了一通当时的教育界。他说，“公不见今之神圣教界亦昏昏，不重儒圣重钱神，争夺校权互轧倾，薪俸欲多利欲赢。若令一

① 张默生：《武训传》。

② 《我怎样演武训的》。

读先生传,能勿愧悚汗衣巾!”这几句话泄露了反动阶级表扬武训的秘密。原来他们是希望人家饿着肚子给他们当奴才。① 武训,虽然后来也未必是饿着肚子,总算是一个很廉价很卑贱的奴才的榜样。他曾经唱过这样一首歌:

不用格拉不用套,不用干土垫磨道!

武训就是这样以牛马自居,而且自夸比牛马还要廉价。还有一个自言在他手创的学校毕业的人说,武训为了“博得雇主的欢心,在推磨时和牛马似地戴上蒙眼,学着牛马的鸣声,很兴奋地推磨”②。象这种卑贱得使人呕吐的人,正是充分具有马克思和恩格斯所说的那种贪利、无耻、很容易把自己出卖给反动派作工具的流氓根性。我们的许多作者却说他是“革命者”,是“全心全意为人民服务”,是中国历史上的“英雄人物”,是中华民族和中国劳动人物的“崇高品质”的代表者,这是何等不可容忍的对于中华民族、对于中国历史、对于中国劳动人民、对于毛泽东思想、对于爱国主义、对于一切革命者的侮辱!

斯大林在《辩证唯物主义与历史唯物主义》上说:

> 有各种各样的社会思想和理论。有旧的思想和理论,它们是已经衰颓,并为社会上那些衰颓着的势力的利益服务的。它们的作用就是阻碍社会发展,阻碍社会前进。同时又有新的先进的思想和理论,它们是为社会上的先进势力的利益服务的。它们的作用就是促进社会发展,促进社会前进,而且它们愈是确切地反映着社会物质生活发展的需要,便能获得愈加巨大的意义。

我们对于历史人物及其活动的评价也只能依据这样的科学的标准,看他是为衰颓着的势力服务还是为先进势力服务,看他是阻碍社会发展还是促进社会发展。中国历史上有许多民族英雄和革命领袖,有许多伟大的军事家、政治家、科学家、文学家和思想家,这些人物或者直接间接地推动了历史的前进,或者对于中国的文化有可贵的贡献,我们应该表扬的是这些人物,而绝不是象武训这样一个旧中国的农村里的残渣。以为对于历史人物的评价可以没有严格的科学的标准,可以不顾当时的社会情况和他的活动的实际内容及其结果,而就简单武断地或者牵强附会地随便肯定,不管用着什么样的革命词句,都绝不是历史唯物主义,而正是反历史唯物主义!

---

① 《人民日报》五月三十一日有一封读者来信,说一九四四年,敌伪统治者曾对流离失所的朝城中学学生说,“朝城青年要做第二个武训,要白手起家,立武训那样的不朽之功。”一九四六年,国民党反动派曾对曲阜“反饥饿”运动中的学生说,“只要做出象武训那样行乞兴学的事业来,在社会上便自会有出路的。”和这可以参看。

② 汪濂泉《武训先生的精神》。

四

武训这样的人,根本就不应该为他摄制什么传记片。

替电影《武训传》辩护的人说,它已经对武训有了“深刻”的“批判”。编导者孙瑜先生也说,“武训在影片里批判和歌颂并行”①。

孙瑜先生在电影小说《武训传》的第一节捏造了一个新中国的女教师来歌颂武训:“咱们别小看了武训。他在那个时候,他的脑筋可是一点也不封建,不顽固呀!”在最后一节,他又借这个女教师的嘴说:“武训老先生为了穷孩子争取受教育的机会,和封建势力不屈服地、坚韧地斗争了一辈子。可是他这种个人的反抗是不够的。他亲手办了三个义学,后来都给地主们抢过去了。所以,单凭念书,也解救不了穷人。周大呢——单凭农民的报复心理去除霸报仇,也没有把广大的群众组织起来。在当时的那个历史环境里,他们两个人都无法获取决定性的胜利。”“我们纪念武训,要发愤用功来迎接文化建设的高潮,要认识他的勤劳勇敢的、典型的中华民族的崇高品质,要学习他全心全意为人民服务的忘我精神。”

这就是他的“批判和歌颂并行”的概括的说明。另外在电影小说《前言》、《武训画传》序、《编导〈武训传〉前后》、《我怎样表现武训的‘梦’》、《编导〈武训传〉记》等文章里面,他除了反复地宣传他这样的看法而外,还有如下的补充:“武训是一个平凡的、受损害的农民”;“影片里批评了他的改良主义和个人英雄主义的思想作风”;可以“配合土改政策”。

很显然,孙瑜先生的这些自我宣传是影响了许多评论者的。后来的许多对于武训和《武训传》的歌颂差不多都是孙瑜先生的这些文章的翻版。但是,我们还要评论的已经不是他的歌颂,而是他的所谓“批判”了。

旧日的那些有关武训的记载,虽然也难免有一些粉饰,但仍然看得出来他是为地主阶级所衷心欢迎并积极支持的人物,仍然看得出来他的从游民到高利贷者、从高利贷者到大地主的道路,孙瑜先生编导的电影却首先掩盖了这个真相。武训在二十一岁以后就不是一个劳动者,而成为依赖社会的剩余劳动过寄生生活的游民和直接剥削别人劳动的高利贷者了,孙瑜先生却说他“是一个平凡的、受损害的农民”。武训是满脑子的封建思想,孙瑜先生却说他“一点也不封建”。武训从来不曾有过对于地主阶级的任何反抗,而只是下跪,下跪,再下跪,孙瑜先生却说他“和封建势力”“斗争了一辈子”,却说他有什么“个人的反抗”和“个人英雄主义”。武训所办的义学本来只能由豪绅地主来主持,而且是他自己跪求他们来主持的,孙瑜先生却说什

① 《武训画传》序。

么“后来都给地主们抢过去了”。武训本来是一个保守的封建统治拥护者，孙瑜先生却说他的保守主义是“改良主义”。武训本来对于任何地主阶级的支持都是感激涕零的，电影上却说武训居然不愿接受满清皇帝赏给他的牌坊和黄马褂。武训办义学的目的本来就是为了上义学的学生将来可以做官，可以爬到人民头上去，电影上却说武训听了他的学生读书读到“学而优则仕”，竟对义学发生了怀疑，当时的封建统治阶级从地方上的豪绅一直到满清皇帝，本来都是真心真意地支持武训，表扬武训的，电影上却说他们并不欣赏他，只是不得已的利用。

再也不能作别的解释，只能说这样的对于武训的“批判”正是一种歌颂。

电影《武训传》上还捏造了一个太平军的战士周大，说武训和他是“一文一武”，肯定他们都是农民的反抗，“批判”他们都不能获取决定性的胜利，并且把周大和他所领导的农民队伍歪曲地写为只是烧杀。诚然，太平军的武装斗争和当时其他的农民起义最后是失败了。历史上很多农民战争也常常最后是失败了。但是，它们虽然失败了也是应该歌颂的。毛泽东同志说：在中国封建社会里，只有这种农民的阶级斗争、农民的起义和农民的战争，才是历史发展的真正动力。因为每一次较大的农民起义和农民战争的结果，都打击了当时的封建统治，因而也就多少推动了社会生产力的发展。”因此，农民暴动和农民战争正是封建社会里面农民最革命的表现。象武训那样刚好走着相反的道路，刚好处于另一个极端的人，怎样能够和太平军的战士相提并论呢？把这样两种根本不同的人相提并论，对于太平军的革命战士就是一种莫大的侮辱，而对于武训却是一种粉饰到极点的抬高。何况电影里面把武训写得更令人同情，而周大却成了只知道烧杀的“响马”。根据历史材料，太平军的纪律是很好的，并不乱烧乱杀。而且象电影里面所描写的张举人那样的恶霸地主，那完全是应该杀的，周大杀了他又有什么可以非难的呢？这实在是对于中国农民暴动和农民战争横加污蔑！

再也不能作别的解释，只能说这样的对于武训的“批判”也正是一种歌颂。

这种带根本性质的歪曲和粉饰，这种在所谓“批判”掩盖之下的歌颂，是比过去封建统治阶级的表扬更有毒害的。所以有一位已经对于提倡武训感到怀疑的先生，看了电影以后又重新肯定他还值得学习①。所以有些观众虽然讨厌武训老是下跪，也还是不能明确地看出他到底是一个什么样的人物。

孙瑜先生和赵丹先生都说他们给武训编剧本或者扮演他，和陶行知先生很有关系，陶行知先生提议过为武训写剧本。② 的确，武训在进步的文化界教育界的影响，

① 马侣贤《〈武训传〉观后感》。
② 《编导〈武训传〉记》，《我怎样演武训的》。

是和陶行知先生的提倡分不开的。一九二八年,陶行知先生在他编的《平民千字课》里面就介绍了武训的故事,说他是个“好人”。一九三四年,他在《武训先生九七诞辰纪念册》上的题词,又说武训是“古今来”“最难得”的“奇男子”。一九四一年,他创办的育才学校因为经费困难,他发起“新武训”运动。从这以后,育才学校每年都举行武训诞辰纪念会。一九四五年,他曾把段承泽编的《武训先生画传》的文字部分译成英文出版,介绍给苏联、加拿大、印度、英国、美国的教育界。这一年冬天,他曾作《武训颂》,说武训“无靠背”。他又发表一篇题目叫作《武训先生解放出来》的文章,说他只是一个“平凡而伟大的老百姓”,如果中国四万万五千万人都成为武训,“那么不但是普及教育干得成功,而且在二三十年内创造出一个独立自由平等幸福进步的新中国也并不太难。”①所以,应该说硬要把武训“拉回人民大众中来”是始于陶行知先生,在国民党反动派的黑暗统治下,陶行知先生后来的提倡武训,即使如有些人所说的,可能有一种利用的意思,但更主要的还是由于他对于武训的认识错误,由于他的思想里面有着重大的弱点。

最初的陶行知先生,本来是一个改良主义的教育家。他认为“乡村教育”“是立国的根本大计”。他认为“乡村教育关系三万万四千万人民之幸福,办得好,能叫农民上天堂;办得不好,能叫农民下地狱”。他那时所讲的“社会改造”也是空洞的,没有革命内容的。他说,“我们要把这个原有社会的恶习惯,坏事情,统统把它革除,把我们心中理想的新社会实现出来。”而这所谓“理想的社会”,“国民党员”“自然抱着三民主义的理想社会”,“无政府党员”“便以一种无政府社会理想做根据”,在他看来都是可以的。② 所以在他办的晓庄学校里面,他对共产党员、国民党员、国家主义派的活动一视同仁。他认为不管是什么党派的人,只要为农村教育服务都是好的。一直到晓庄学校被封闭,其中的革命学生被屠杀,他自己也被通缉,尤其是九·一八、一·二八事变发生以后,他才逐渐地倾向革命,参加当时的救亡运动,他的教育主张也才带上了进步的政治色彩。③ 陶行知先生就是这样地从改良主义走到了革命的民主主义。他后来更完全拥护中国共产党的政治主张和它所领导的中国人民解放事业,自己积极参加民主活动,而且在和国民党反动派的尖锐斗争中献出了他最后的生命。这正是我们尊敬他的地方,也是他虽然错误地提倡了武训,却和武训

---

① 以上根据李士钊《我看〈武训传〉电影》,马侣贤《〈武训传〉观后感》,孙之儁《武训画传》序,李士钊编《武训画传》,《民主》星期刊第九期。马侣贤《〈武训传〉观后感》中说陶行知先生发起“新武训”运动为一九四三年,但据《行知教育论文选集》中《育才二周岁前夜》,《育才学校》中附录《陶行知先生大事年表》等材料,应为一九四一年。

② 以上见《行知教育论文选集》中的《试验乡村师范学校答客问》(一九二六年),《中国乡村教育之根本改造》(一九二六年),《湘湖教学做讨论会记》(一九二八年)。

③ 以上根据戴白韬《回忆陶行知先生》。

根本不同的地方。上海大众美术出版社出版的《武训》连环画,说他是"武训第四",也是对陶行知先生的一种侮辱。但是,就是到后来,他的整个思想体系仍然和马克思主义有着很大的距离,他观察事物的方法还常常不是辩证唯物主义和历史唯物主义的方法,他还没有能够完全抛弃他过去接受的资产阶级改良主义的影响。① 他为什么在逝世的前一年,还那样热心地提倡武训,是只能从这里找到解释的。

陶行知先生的这种思想上的弱点,也正是今天许多歌颂武训和《武训传》的作者所同有的弱点。武训的影响侵入革命的文化界教育界虽然和陶行知先生的提倡很有关系,但更根本的原因也仍然还是要在我们自己身上去寻找。

五

在对于武训和《武训传》的歌颂中,暴露出来了有些作者的改良主义的思想。虽说武训本人的道路是一个保守的封建统治拥护者的道路,连改良主义也说不上,但这些作者却是首先把他幻想为一个改良主义者,然后给以满腔同情的。电影《武训传》把不识字的人描写为在地狱里受尽各种酷刑,并且最后被张举人的笔赶下苦海;把穷孩子能够念书这件事情描写为从地底飞上了天,飞上了"五色祥云围绕着白玉的杏坛",并且恶霸张举人再也不能作威作福,只有翻跌下去。这虽说是写的武训的幻想,但编导者却是十分同情十分着力地去写了这种幻想的。在这里以及在电影其他许多描写武训热中于封建主义的文化教育的地方,实在看不出有什么对于改良主义的"批判"。所以有的评论者就居然作出了这样的结论:"当被压迫者也学得知识,有了文化之后,举人老爷的'如刀之笔'再也不能继续作恶了。"②这就是说,被压迫者的解放可以通过教育达到,并不必经过革命手段,经过强力行动,经过旧政权的推翻和新政权的建立,经过旧的生产关系的推翻和新的生产关系的建立。

在对于武训和《武训传》的歌颂中,暴露出来了有些作者的抽象地看问题的思想方法。这种抽象地没有阶级观点地看问题的思想方法,毛泽东同志曾经在延安文艺座谈会上的讲话中早就批评过了。但这一次许多作者却重复了这种错误。当时延安的有些文艺工作者要追求什么超阶级的爱,抽象的爱,抽象的真理,抽象的人性;这一次许多作者却异口同声地歌颂了抽象的牺牲,抽象的艰苦,抽象的坚定的意志,抽象的恒心,抽象的文化教育。

---

① 这里应该附带说明,一九四六年陶行知先生逝世后,为了追悼他,我曾写过一篇《陶行知先生的教育学说》。现在看来,这篇文章有很大的毛病。当时只强调了陶行知先生的教育学说中的革命性和人民性那一方面,而且强调到不适当的程度,因而不能使读者看出陶行知先生的教育学说和马克思主义还有着原则的区别。陶行知先生的教育学说虽然是处于逐渐发展、逐渐进步之中,有一些个人的创见,而且对于旧中国的半封建半殖民地式的教育有一种破坏作用,但整个说来,还是带有很多片面性,不大科学的。

② 史果《〈武训传〉半解》。

在对于武训和《武训传》的歌颂中，还暴露出来了有些作者对于事物看不见它主要的东西，根本的东西，“只见树木，不见森林”。这些作者只看见了《武训传》开头描写了一个恶霸地主，就说它“深刻地形象地揭露”了“中国封建社会中剥削阶级与被剥削阶级间的尖锐矛盾”①，可以配合土地改革，却看不见这个影片从头到尾歌颂了一个封建统治的拥护者，而且它虽说开头描写了一个恶霸地主，后来却出现了一些好象“颇为不坏”的地主。所以这个影片只能散播对于改良主义以至对于地主阶级的幻想，说它可以“配合土地改革”，或者说它可以“帮助开展工农教育”，都是很错误的说法。至于有些作者还从更为枝节的地方来肯定这个影片，说它显示了什么“阶级友爱的伟大”②，那就更是只看见“树木”上的一片叶子，而看不见整个“森林”了。

所有这些思想，都是资产阶级和小资产阶级所共有的。值得注意的是，这些反动思想或错误思想都以马克思列宁主义的词句出现。尤其令人吃惊的是有些共产党员也积极地参加了歌颂。毛泽东同志在《整顿学风党风文风》的演说中，曾经号召共产党员提高嗅觉，“对于任何东西都要用鼻子嗅一嗅，鉴别其好坏，然后才决定欢迎它，或者抵制它”。从这次对于《武训传》的评论看来，我们只有承认我们许多同志的嗅觉还是很不高。由于革命在全国的胜利，马克思列宁主义成为人民民主中国的领导思想，许多善于适应这种新情况的反动思想或错误思想必然会以新的面貌出现。共产党员应该能够辨别它们，并向人民群众揭露，使人民群众不至于被它们引导到错误的道路上去，这样才能巩固人民民主革命的伟大胜利，并保证它顺利地向前发展。因此，思想批判的工作在今天就特别重要。而要提高我们的嗅觉，提高我们的思想批判能力，首先我们自己就必须努力学习理论，从马克思列宁主义的著作中学习理论，也从《武训传》的批判这一类活生生的思想斗争中学习理论。

1951 年 6 月 5 日夜写完

作者附记

这篇文章写于武训历史调查团的《武训历史调查记》发表之前。根据当时所能见到的书面材料，我在这篇文章的第二节中作了一点关于武训生平的叙述。这只能是很不完全的。现在将《武训历史调查记》中的一些有关材料，特别是有出入之处，补记于下：

一、武训十六七岁时曾在张变征（即张老变，或张老辫）家做过一年或两年的雇工，以后即行乞。因此，他正式行乞的时候大约将近二十岁。行乞以后所谓有时也

① 蒋星煜《〈武训传〉与中国封建社会》。

② 凤隽《〈武训传〉观后》，顾慰祖《看了〈武训传〉的一些体会》。

还做一点零工，其实只有铡草和推磨两项，而且不过是要饭时候所表演的节目。

二、杨树坊并非文进士。根据堂邑县柳林镇的"崇贤义塾"石碑上刻的首事人名单，他是"岁贡生候选训导"。

三、武训在堂邑有地，在馆陶有地，在临清也有地，合计三百多亩。所以他不只是财产跨两县，而是财产跨三县。

四、武训办的"崇贤义塾"经班学生，绝大多数是地主成分，其余是富农或商人，没有中农和贫雇农，蒙班学生也绝大多数是商人和比较有钱人家的子弟，中农和贫雇农成分的极少。

五、武训的绰号"豆沫"的意思，与其说是"糊涂"，不如说是"没有骨头"，"没有一点刚气"。

六、满清封建王朝虽然准许武训自行建立牌坊，但实际上只挂了一个"乐善好施"的匾额。当地群众说，武训曾着人抬着这块匾在柳林镇上游街数日。

1952 年 1 月 19 日夜

——原载《学习》1952 年第 4 卷第 5 期

冯雪峰

《太阳照在桑干河上》在我们文学发展上的意义[①]

丁玲的这一本为广大读者所重视的作品，是我们一个重要的收获；我现在想来谈一谈的，也就是关于这一个收获在我们文学发展上的意义。

这本小说，大家都明白，是写土地改革的，它的内容，读者都熟悉。这里不必再叙述。但我们现在要来谈论它，就不能不回想起它的情节和内容来。因此，我也得先讲一讲我的印象。

大家都记得，小说是从一个后来被“马马虎虎”“划成了富农”的富裕中农顾涌开头的。这个顾涌，作为象他这样的一个富裕中农，是被作者写得很成功的，还有一个胡泰，富农兼小商人，是顾涌的亲家，在小说中关系很少，但轮廓是清楚的。这两个人是小说中出现的富农及接近富农的富裕中农的人物。这是作者所布置的一条线索，在这条线索的开头我们就注意到几点：第一，顾涌从他的亲家胡泰家里，同他的大女儿回到自己的村子暖水屯去，是驾了一部胶皮轮车的，这部胶皮轮车不仅联系着胡泰和顾涌两人的阶级意识，而且也联系着当时的环境与时代，因为这原是胡泰听到了土地改革的风声，怕被没收而偷偷地叫顾涌带回来寄存的。这正是蒋介石想进攻解放区，而我们正在开始并要迅速完成这一带地区土地改革的时候。第二，顾涌和他的大女儿一路上谈的是路旁的肥沃的土地和庄稼，而这个顾涌是以怎样地羡慕的、含着无尽止的欲望的眼光望着这一带的土地呵。第三，以顾涌和村中的恶霸地主钱文贵的亲戚的关系，也展示了这个富裕中农与恶霸地主之间的矛盾。作者从这条线索开始，以舒徐的富有诗意的笔，深刻地展开着这个富裕中农的灵魂的同时，也就布成了影响及于全书的一种气氛，使你感觉着地主、富农、中农、贫雇农各自对于土地的深切的关系，感觉着他们之间的阶级的矛盾，感觉着时代与环境的空气（暖水屯的土地改革是比它的四邻村庄稍后开始的，因此在开头它被一种暴风雨的

① 本文是根据作者为编《论文集》（第二卷）而作过较大改动的修订稿。

预感笼罩着，就在这种预感中村中各阶级人物开始展开出来了)。

恶霸地主钱文贵，这是一条重要的线索，因为钱文贵是暖水屯地主阶级的代表人物，是村中农民要斗争的主要对象。他联系着全村中所有的人物，并且也从他身上反映着当时的时局。为了展开这个有政治意识和谋略才能的地主的阶级的性格和特征及其活动，作者特别替他创造了一个人物——小学教员任国忠。这个充当地主分子的狗腿子的小知识分子，作为独立的一个人物也写得相当成功的，但他主要地是为了钱文贵，一部分也为了地主李子俊而创造的。还有钱文贵的侄女黑妮，是作者主要地为了雇农程仁而创造的，但一部分也为了钱文贵。地主江世荣及“破鞋”白娘娘也因为和钱文贵有联系而显得重要。在这条线索上，作者展开了农民阶级与地主阶级的主要矛盾，同时也展开了地主与地主之间的矛盾及地主们的家庭生活。

但我们特别注意到，对于这个诨名赛诸葛的奸诈的地主钱文贵，作者既没有把他丑角化，也没有把他写得非常的穷凶极恶。作者只是依照这一类型的恶霸地主原有的实际情况来处理，同时在描写中也尽力守着严格的现实主义的态度。作者写这个人物写得成功，证明她对于农村有深刻的观察与分析，因为这一个“深谋远虑”的恶霸地主，早已有“应变”的准备，使自己成为“军属”，并且收买了村干部，态度又镇静而且表面上显得“开明”。同时他土地也不多，而他秘密进行的破坏活动也不算最为穷凶极恶的，连土改工作组的组长文采都被骗而把他看成为中农了。然而只有他，沉重地压在农民群众的心头，他们甚至于不敢提到他的名字。正是钱文贵，才是地主阶级几千年来的统治权力的缩影，同时也正是他，才是一条还没拔除的、通到国民党反动政权去的蔓藤的根。这个缩影和这条根，就是农民们的种种个人的顾虑、变天思想、宿命论观念的现实根据。而农民们的种种个人的顾虑，变天思想、宿命论观念，也都要成为地主阶级还存在的“威势”而起作用。所以，钱文贵，虽只是一个中等的恶霸地主，他的势力可并不小，因此，我觉得，作者在依靠其它具体的条件之外，又着重地从地主阶级权力在人们心理上的这种影响来看问题，这种观察是深刻而正确的。作者描写这个地主时着重地注意到这种影响，描写农民时也着重地注意到这种影响，并且都写得深刻，这是这部小说及其人物写得成功的重要的原因之一。农民和钱文贵的面对面的斗争，是在一直以后的事情。钱文贵开头就进行破坏活动，当初农民们也还不知道，但农民们也都在开头就在心底里感觉到了这是他们主要的故人。因此，阶级斗争，很早就在两方的心理上开始着，而后一步一步紧张起来。我以为，作者这样安排，很符合于实际情况，同时也带来艺术上的效果，逐步展开她的主题，使这个阶级斗争的发展过程能写得很深刻。

地主江世荣的面目及其在地主阶级中的地位，也是写得明确的。不仅因为他和钱文贵属于同一阶级，而且因为他和钱文贵相互勾结，所以他是属于钱文贵的势力。

本身不是地主分子的“破鞋”白娘娘，被写在小说中，不仅为了写社会，为了表示这是旧社会的一角；同时也不仅为了写地主，而且也为了写斗争，为了写农民群众。她在小说中是有机的存在；她联系着地主阶级，也联系着农民群众，而且在阶级斗争中也有她的作用，她和小学教员任国忠是占的同等地位。

地主李子俊，写得极少；但这个地主是怎样一个人，读者是明了的。不过，非常写得出色而成功的，还是李子俊的老婆。全书中，有好几个人物写得最有特色，这就是其中的一个。

但是，钱文贵的侄女黑妮，我却觉得没有完全写好。对于这个人物，作者的注意力似乎有一点儿偏向，好象存有一点儿先入之见，要把这个女孩子写成为很可爱的人以赢得人们（书中人物和我们读者都在内）的同情，但同时，关于她与钱文贵的矛盾的联系和这个性格的社会根据及其本身的矛盾，却不够加以充分的注意和深刻的分析。因此，这个人物和小说中故事的联系虽然是有机的，但说到以她的性格去和她的环境、事件及别的人物相联系，则其有机性就不够充分和深刻。作者描写人物，一般都能把人物内心的矛盾作为客观现实的矛盾之反映去写，所以大都不把人物性格的发展脱离事件与客观的矛盾斗争的发展而孤立地表现，这是作者写性格成功的根本方法。这方法，我们平日就称为现实主义的方法。作者差不多对所有人物都能这样做到，但对于黑妮，我觉得她没有完全做到。

再说第三条线索，是从区委会派下来的土地改革工作组。工作组的组长文采，是一个不务实际的、完全不接近群众因而非常不了解群众的浮夸的知识分子。其他两个青年，杨亮与胡立功，虽然也缺少经验，但能够比较地深入群众，逐步地了解了村干部和农民群众以及全村的实际情况。作者固然用了工作组来展开农民群众斗争的步骤，但也借助于杨亮、胡立功与组长文采之间的意见的分歧，来烘托农民群众的思想与情绪以及斗争的困难与阻碍的症结之所在。这三个人物都写得生动，而且作者对于文采的批判和对于其他两人的描写，对于读者也都有教训的意义，但我们可以看得出来，作者在这部小说中是不以写这些干部为主的，这些人物在这部小说中只是被放在次等地位上的角色，关于他们，我们的印象也是深刻的，但可以不多谈了。

全书最主要的一条线索当然是以张裕民（暖水屯党支部书记）、程仁（农会主任）、赵得禄（副村长）、张正国（民兵队长）、董桂花（妇联会主任）以及其他许多人组成的一群村干部，他们是农民群众的领导人物。这些干部和农民群众是这部小说的主角。作者生动地描写了所有村干部以及和他们相联系的许多农民。谁都知道，这部小说是以写农民（村干部当然在内并为其代表者）为主的。

在这条主线上，作者深刻地解剖了张裕民、程仁以及其他许多人的思想意识，使干部们与农民群众展开了自我思想斗争。作者把农民的这个思想斗争的胜利，看得和对地主斗争的胜利同样重要。作者的中心意图是写农民，但更正确地说，是写农民怎样在斗争中克服自己思想中的弱点而发展和成长起来。在这里，作者在社会的深广的基础上写了农民因自觉而发展的力量。我们知道，假如在反动政权还在高压地统治着的时代与地区，那么，农民起来斗争不容易，主要是因为他们自己的力量还不够，但在已经解放，并且经过几次斗争的地区，他们的力量要斗倒地主阶级是绰绰有余，可是斗争仍不容易发动起来，这时候就最容易了解他们脑子中的个人顾虑、变天思想和宿命论观念等包袱的实质及其势力了。这些思想上的包袱，无疑一方面是有历史的根据，一方面又是现实上地主阶级的势力还存在的反映。所以，要拔除这些思想，自然必须要拔除现实上的根，斗倒地主阶级，但必须用农民自己的力量去斗倒它。如果不是农民自己觉悟，用自己力量去斗倒，则即使地主们已被打倒了，而农民们的脑子里还有变天思想等存在，那就是地主阶级的势力还残存在农民的脑子里。这样，要斗倒地主阶级真不是一件简单的事情，第一，不能由别人代替，而必须由农民群众亲自动手，第二，要农民亲自动手，则农民就非在现实上进行阶级斗争的同时，也在自己脑子里进行阶级斗争不可了。只有脑子里的阶级斗争也胜利了，农民才算真的觉悟了，同时也才算是真的绝对地打倒了地主阶级了。作者对农村社会与阶级关系及农民思想有深刻的了解，对党在土地改革中的群众路线的指示也有深切的体会；所以，从以土地的关系决定了农村的阶级关系这一个根本点出发，关于人们对于土地的依存性的深刻，关于地主阶级从各方面对于农民的影响与束缚，关于农民的斗争的出发点及其力量的来源，以及关于各阶级各阶层的人们相互关系的复杂性，都能够有具体而深入的分析与描写。作者对于农民们，了解得深刻，是由于她同时了解了土地改革这阶级斗争的复杂性与深刻性的缘故，她在社会的、历史的深广基础上和生活的复杂关系中，去看阶级斗争及农民自身的思想斗争的展开，于是农民群众的面目及其很实际的力量就亲切地展开在我们面前了，使我们只觉其真实，而找不出其夸张或虚假的地方。

从写人物说，作者的精神也更其贯注在农民干部和群众的身上。以个别的形象而论，几个主要人物，如张裕民、程仁、赵得禄、张正国、李昌等人，都以真实而有各自的特色的性格给予我们深刻的印象。而农民妇女中的董桂花和周月英，则实在写得生动、出色，使读者不能不叫好。但我们可以看得出来，比起写个别人物，作者是更其注意写一群人。除了对于张裕民和董桂花，作者多给他们一些分析、叙述与描写，使读者觉得她在写他们以外，对于其他一切农民群众，读者都没有这样的印象，只觉得作者在分析斗争的发展，描写斗争的发展，而并不是在写人物。但就是对于张裕民、董桂花，也只是因为故事需要他们出场的时候多一点，所以作者用笔的机会也就多一点的缘故,作者也并不曾为了要写他们而使他们多出场。可是,虽然作者没有对各别的人多写,而几乎所有的这些农民干部和群众,不管重要不重要,只要在书中出现过,即使占的篇幅极少,都能留给我们清楚的印象:就是说,几乎所有的人都有清楚的个性,这确实是作者成功的地方。

自然,这是因为人物多的缘故。人物少,就自然可以对每个人都多写了。就是人物多,假如布局不同,则至少对于主要人物仍可以多写。这是由作者根据需要决定的,我们也不是要谈这一类问题。

我觉得可注意的,是这样一种精神:显然,作者写人是为了写斗争,也就是为了写社会或写生活;就是说,写人是服从于写社会或写生活的目的,在这里,就是主要地服从于写农村阶级斗争(土地改革)的目的。文学作品必须写人,如果没有写人,则这样的作品的价值是很低的;但必须写人仍然是因为人的内容是社会,是人在生活着,人在斗争着的缘故。社会上的一切都是经过人的。在文学上,不写人就写不出社会来。所以,文学上的所谓形象,主要的是指的人。这样,无论文学的目的,或文学的手段,都规定了一种必经的道路,就是:从社会和生活的基础上,从斗争的发展上,去写人。这是文学的任务,也是文学的根本的方法,也就是现实主义的创造典型性格的方法,如恩格斯规定的有名的公式("典型环境里面的典型性格")所指示的。《太阳照在桑干河上》这本小说,作者在写人物上面,已经相当成功地掌握了现实主义的方法了。

我们现在,有不少的作者还不善于写人,还不能写出富有生活或社会内容的真实的人来。同时又有不少的教人如何写性格的非现实主义的见解还在发生影响,例如有的是教人找外在的特征去写个性,而把个性和典型性分离开来,并且只限于个人的身体上的外表或没有什么意义的细小的习惯(如个子长短肥瘦与说话时爱摸衣扣子之类)。有的则脱离社会目的也脱离实际生活地谈典型。这两种说法都会使人物——典型,脱离其应该反映的社会本质,特别会使个性脱离社会意义。因此,我觉得象《太阳照在桑干河上》的作者这样写人物,是值得我们注意的。

其实,这也是最实际的办法。照我看来,作者在这方面有这么显著的成就,不外是:对生活有比较深入的体验,对社会有过研究,看人看得比较多而且比较熟悉他们,比较知道他们的生活和斗争,他们在斗争中怎样行动和思想、起什么作用,于是在社会与生活的基础上,在斗争的发展中,去写他们。我看,作者很遵守这一条规律:人物性格的发展要一步一步跟着斗争的发展,要紧紧地联系着斗争;人物的特征只选用其重要的、有社会内容的,而凡是和斗争的发展规律不相符合或没有有机地需要的行动、说话与思想,都不勉强放进人物身上去,否则就是不适合,失去有机性或多余了。但如此说,人物并不是处在被动的地位上,这是用不到解释的,因为斗争是人在进行的,而人是在矛盾斗争中发展的。这样,人物就能反映他的社会的本质而构成他的典型性了。

作者笔下的人物都有个性,也或多或少地都达到了典型性。典型性就在个性中表现出来,也当然只能在个性中表现出来。所以能够有个性又有典型性,只是根据一种平常的办法,就是:一个一个的人我们看多了,我们就看出了他们的个性,同时也看出了他们的共同性(阶级性是其主要的内容),他们的写个性写典型性,都同是根据你所知道的现实的人物。只要你是根据现实的人,写出他来,当然就有个性也有典型性;而你越写得好,那么,典型性也就越明显越深刻了。

作者还没有在这本小说中带来非常成功的典型人物。但是,她已经现实主义地写了真实的人。这是我们文学成长上不可少的必要的基础和第一步,也就是高大的典型人物的创造所必需的基础和第一步;同时也不能否认这本书中已经有不可磨灭的典型。对于我们现在的文学水平和文学能力,达到这必要的基础与第一步,意义是重大的。

加以这些真实的人,是农民群众。如果作者只会写文采似的知识分子,而不会写农民,那我们就不象现在这样注意了。又如果她成功地写了钱文贵,写了李子俊老婆,又写了顾涌及其两个女儿,却不能成功地写出张裕民、程仁、赵得禄、张正国和董桂花、周月英等人来,那我们也同样不象现在这样注意了。

还有一层,我们是把作者的这个显著的成就,当作我们文学上一些成就的一种代表看的。近十年以来,我们的社会主义的现实主义文学在成长着:几个比较优秀的作家,已经逐渐能够写真实的人,丁玲的这一本小说是这一方面的一个更为显著的成就。我们注意到这一个成就,同时也注意到了所有比较优秀的作家们的成就,为的是要肯定与发展我们文学上正在成长着的这种现实主义。这个作者在这本书中应该做而没有做到或做得不充分的地方,假如留心找起来,除出前面已指出的关于黑妮的描写外,那也一定还会有的,但我们注意的是根本的路线。

此外,还有一点,我们也注意到了,就是在这本小说中,作者是根据于农村阶级斗争的内在的联系,把党的领导(即无产阶级的领导)和农民自身的斗争相结合,当作农民之阶级的要求及其革命力量成长的历史条件来写的;这样,就是说,党的领导就不会被写成为对于农民没有内在的历史联系的外在力量了。这也是这本书很重要的一个优点。(为什么很重要呢?就因为有不少人只从表面上认识到没有共产党的领导,农民就不能翻身,于是甚至于会把农民看成为纯粹的被解放者,好象农民是本来不革命、不斗争似的,却没有认识到农民阶级是革命的、斗争的阶级,无产阶级——共产党的领导就是农民阶级在这时代所以起来斗争的一个历史条件,所以无产阶级——共产党的领导对于农民的革命斗争是有内在的历史联系的。这样,要认识共产党的领导的必要性，就必须认识工农两阶级相互间的这种内在的历史联系，就是说，必须认识工人阶级的领导及工农联盟是有其强固的内在的历史联系的必然性的，而不可以认识为两种相互没有内在的历史联系的外在力量的相加。）

这样，在这一条主线上，我们看见的，是作者在写真实的社会与真实的阶级斗争的基础上，写出了一些真实的农民，一些有典型性的人物。

组成这小说的最后的一条线索，是县委会的宣传部长章品。他来到暖水屯既很晚，而停留的时间又很短，我想，作者不过请他来在已经堆积如山的柴草上擦一根火柴罢了；就是说，作者用了章品的口，最后指出了农民的真实的历史性的胜利，因此，章品虽然是一个对于暖水屯土地改革斗争有头等作用的指导者，同时作者也用了不多的笔墨就把他的高贵的品质和可爱的性格生动地写出来了，但他仍然不是这部小说的主角，——主角是村干部和农民群众，我已经说过。

以上就是我对于这本小说的印象，当我回想全书的内容和述说我的印象的时候，也不能不时刻感觉到作者的可说已经到了高强地步的艺术的表现手腕。没有她的艺术表现的高强手腕，当然就没有这一本小说的象现在这样的成就。作者在这本小说中，用的可以说是油画的手法。但是，在以语言的彩色涂抹成的画面上，景色的明丽还是居于第二位的，那居于第一位的是形象性的深刻、思想分析的深入与明确、诗的情绪与生活的热情所织成的气氛的浓重等。全书当作一幅完整的油画来看，虽说还不是最辉煌的，但已经可以说是一幅相当辉煌的美丽的油画了。

对于这种油画式的表现手法，和对于炭画式的表现手法，我们在语言上的要求，应该采取有分别的态度，我也希望作者更多注意语言的洗练、明朗和大众化等功夫，但必须同时保证刚才所说的这些艺术上的优点不受牺牲。对于这作品，我个人是首先注意到它的油画性的形式以及它的诗的性格，象书中“果树园沸腾起来了”这一章，这样美丽的诗的散文，我相信没有一个读者读了不钦佩的，这是在我们现在还很年轻的文学上尚不多见的文字。

总之，这部作品，带来了象我们已经接触到的这样的真实性和艺术性，使它对于我们伟大的土地改革，也已经在一定的高度上成为一篇史诗了，虽然它的规模并不宏大，写成之日又在全国大部分地区都还没有被解放，也就是大部分地区都还没有进行土地改革的时候。

说是在一定的高度上，当然有这意思，对于我们伟大的土地改革来说，如果说是应该有史诗来记录它，那么，这部作品，当然还不是最辉煌的巨大的史诗。因为我们的国家是这样的大，全国解放后进行土地改革的地区是这样广阔，所牵涉到的社会关系是如此复杂，这个阶级斗争的历史意义又是这么巨大。——对于这样伟大的土地改革，现在人民还在期待着能够更综合地、更高瞻远瞩地反映它的全部的纵横关系和它的全貌的作品的出现，这是我们可以理解的。但这里，主要的是人民对于文学的更高的要求的表示。

我们现在已经出版的几种写土地改革的作品，也都已经为人民所重视，而且人民重视土地改革这样伟大的题材，根本上还是因为重视我们这样的伟大的历史时代的缘故。只要能够反映我们的历史时代，则这样的作品将都有史诗的意义，人民所重视的也就是这样的作品。因此，象《太阳照在桑干河上》这作品，对于我们所以是一个重要的收获，就不仅因为它是几部写土地改革的作品中更为优秀的一部，在一定的高度上反映了土地改革，而且还因为这标记着我们的文学在反映现实的任务上已经有一定的成就和能力，标记着我们文学的一定的成长的缘故。

以上就是我对于这部作品的印象和看法。

那么，什么是这部作品在我们文学发展上的意义呢？在上面，我的意见也差不多都说了。

我认为这一部艺术上具有创造性的作品，是一部相当辉煌地反映了土地改革的、带来了一定高度的真实性的、史诗似的作品；同时，这是我们社会主义现实主义的在现时的比较显著的一个胜利，这就是它在我们文学发展上的意义！

这部作品的这个现实主义的成就，主要地表现在这几点上：第一，从对于人民的生活与斗争的深入的观察、体验与研究出发，对于社会能够在复杂和深广的基础上进行具体的和比较全面的分析，而排斥那从概念（不管那一类概念）出发以及概念化的道路。第二，从写真实的生活和社会的要求出发，对社会的内在的矛盾斗争的复杂关系进行具体的分析，同时也这样地分析人的思想与行动及相互关系，以写真实的人，从而奠定了现实主义的典型创造的基础。第三，艺术的表现能力已达到相当优秀的程度。

因此，这个现实主义的成就，对于我们文学发展的意义，可从两方面看：

一方面，这本作品的成就只是更为显著的，而决不是孤立的。我们现在的一些优秀的和一些更年轻的有前途的作家们，各人都在社会主义文学上有或多或少的建树；我在这里也不必一一列举作者和作品的名字，有成绩的这些同志们一定每一个都知道自己是在这里面的。因此，这有代表或标记社会主义现实主义文学的初步的成长的意义。

这些作家都是毛泽东同志亲自教育、改造、培植出来的。自然，我们这里说的社会主义现实主义，是从鲁迅所奠定的“五四”新文学的现实主义发展而来的；后期的鲁迅，就是辉煌的社会主义现实主义者。但从延安文艺座谈会以来毛主席亲自的教育和培植，对于我们社会主义现实主义文学的生长，是起着决定性的作用的。

又一方面，我们目前文学创作界依然有脱离生活和脱离群众的现象，同时也存在着反现实主义的、主要是概念化的创作路线。不少空洞说教的理论和不少简单化的批评,也在赞助和“开辟”反现实主义的、主要是概念化的创作路线。这是一条有害的、我们应该反对的创作路线。因此,把《太阳照在桑干河上》以及别的一些比较成功地反映了现实的作品的现实主义的创作方法与路线,加以明确化,则在我们纠正目前创作与理论批评中的反现实主义的错误倾向的工作上,也是有作用的。

1952 年 5 月 14 日,北京

——原载《文艺报》1952 年第 10 期

(1952 年 5 月 25 日)

舒 芜

致路翎的公开信①

路翎：

作为一个会在错误的道路上同行了好久的老朋友，我写这封信给你。

对于我们过去在文艺上所走的道路，解放三年来，在党的教育之下，从实际工作中反复思索，今天，我已经能够毫不犹豫地断言：那是根本错误的，是与毛泽东文艺路线背道而驰的。我们曾经长期地宣传它，在当时国民党统治区的一部分小资产阶级知识青年当中，有过相当的影响。其结果，主要的就是脱离群众，脱离实践，拒绝思想改造，反而要通过文艺，按照小资产阶级的面貌来改造世界。因此，今天我们不可逃避的责任是：一定要把它摆到群众面前来，彻底地清算它。

从去年年底开始，从几种报刊上面，连续看到一些对你的批评。这说明了你在解放以后，还在发展着过去的错误，到了极严重的程度。所批评的你那几本最近出版的书，我都没有看过。但是，我相信是批评得对的。因为，你的那一套思想，曾经是我们共同的东西。我早就期待你公开地表示态度，坦白地承认错误，诚恳地接受真理。直到现在，你还是缄默。我愿意相信你是在深刻的检讨过程当中，希望这封

---

① 原文刊发时的编者按：《人民日报》曾于六月八日刊载了《长江日报》上舒芜的《从头学习〈在延安文艺座谈会上的讲话〉》一文。在这篇文章中，舒芜检讨了他于一九四五年发表在《希望》上的《论主观》一文的错误观点。这种观点表现在文艺创作上，是片面地夸大"主观精神"的作用，追求所谓"生命力的扩张"，而实际上否认了革命实践和思想改造的必要。《希望》这个刊物是以胡风为首的一个文艺上的小集团所办的；舒芜自己所指出的错误，其实是这个小集团所共同的。舒芜曾在检讨中说：当时还有几个人，都曾经有同样错误的思想，并指出路翎就是其中的一个。

对于路翎的一些作品和对于这个小集团的错误思想，在报纸刊物上曾先后进行过一些批评。这里发表的舒芜的《致路翎的公开信》，进一步分析了他自己和路翎及其所属的小集团一些根本性质的错误思想。这种错误表现在：以小资产阶级的个人主义的"斗争"当作革命道路，而否认工人阶级的领导；片面地、过分地强调"主观作用"，实际上这"主观"却是小资产阶级的主观，其实就是强调小资产阶级的作用，企图以小资阶级的面貌来改造世界。这种错误思想，使他们在文艺活动上形成一个小集团，在基本路线上是和党所领导的无产阶级的文艺路线——毛泽东文艺方向背道而驰的。

我们发表这封公开信，目的是帮助路翎等人检查自己的文艺思想，改正自己文艺思想上的错误倾向。

信可以帮助你在党的教育之下早日得到应有的结论。

我们过去在错误的道路上，曾经是最亲密的朋友。让我们在真理的道路上重逢，重新携手前进吧！

第一，我们过去一切错误的出发点，是硬要把自己倾向革命的小资产阶级个人主义追求过程，当作“正确”的革命道路。

解放以前，我们都曾经过一番奋斗，而倾向于革命。这是事实。但是，在旧中国那样的半殖民地半封建社会，小资产阶级作为一个阶级来说，其参加革命的原始动机，就是为了保存将失去的、或挽回已失去的私有财产。因此，小资产阶级知识分子之倾向革命，思想上反映着他们的阶级本质，基本上就是由于不能忍受封建买办法西斯主义的窒息，想借革命来发展其个人主义。他们在理论上，就是说，在口头上，很容易接受马列主义。但在实际上，他们是自然而然地把马列主义变成适合于个人主义的东西。所以，一个小资产阶级出身的知识分子，参加革命营垒多年，满口马列主义，而实际上还是一个个人主义者，这在中国是很常见的。这也是思想改造问题为什么具有那样迫切性的缘故。

这个改造，必然是一场严重的斗争。就是说，那种个人主义的追求，一定坚持不肯让位给工人阶级集体主义思想。我们的错误，就是硬要把自己那种小资产阶级个人主义的追求肯定为正确的革命道路。我们首先肯定自己的思想，认为和工人阶级思想并没有什么本质之别，只有程度之差；认为我们的方向是完全正确的，问题只在如何坚定地一直走下去。我们也没有否认自己思想中的个人主义，但认为不过是零星不成体系的残余，而那已经形成了的“正确的主流”，就能够把它们战胜。所谓“正确的主流”，其实还是那曾经推动我们倾向革命的小资产阶级个人主义的进步要求。我们正是一贯抱着这个东西当作宝贝，鼓吹它的方向，以为这就是走上工人阶级立场的方向。

其实，小资产阶级的进步要求，不管它“进步”到如何程度，“要求”得如何强烈，终归是小资产阶级的东西，个人主义的东西，是属于资产阶级思想体系的。其所以是进步的，当然主要的是因为它使得那些进步的小资产阶级分子，有接受工人阶级领导并进而被改造的可能。可是，这并不是它本来的目的，不是它本身就是含有工人阶级思想因素。它不过是把那些进步的小资产阶级，在半殖民地半封建社会的条件之下，推到那么一个客观地位，就是客观上非密切地跟着工人阶级走就没有别的出路，因而思想上也就不可避免地受着很多工人阶级思想的影响那样的地位。到了这个地位以后，他们之得到改造，就主要地靠着工人阶级思想的教育，靠着所受到的工人阶级思想影响在外力帮助之下的壮大抬头，而决不是靠着原来那种小资产阶级进步要求的推动。那原来的进步要求，到了这个关头，倒是立刻显露出个人主义的本质，与工人阶级思想抗争，成为思想改造的障碍；通常所谓“进步包袱”，便是指此而言。

但当时，我们竭力鼓吹这个“进步要求”，说它按其本身的性质和规律一直发展下去，就可以推动大家走上工人阶级立场。我在“论主观”和其他论文里面，那样用尽力量来鼓吹，摭拾许多马列主义的词句来掩盖着的所谓“主观作用”，主要内容就是这个东西，带有极大的疯狂性、偏激性。我们竭力要发扬它，这就是说，小资产阶级知识分子要解放自己，只须使自己更加成为疯狂偏激的小资产阶级，就能成功，无须乎什么工人阶级领导。

当时就有不少批评，说我们是抗拒思想改造。我们大为不服。我们说：明明是这么“沉痛地”批判着个人主义，还要说是抗拒思想改造，真不知从何说起！的确，你的《财主底儿女们》，就充满着这种“批判”，但是今天我们应该老老实实地承认，那里面没有一点工人阶级思想的影子；至于“批判个人主义”，“沉痛”倒是真的，因为其实是同情、悼念和辩护罢了。

你写了你的——也是当时我们大家的英雄蒋纯祖，对于小资产阶级知识青年，实际上只有一个意义：看吧！尽管他是那样一个个人主义者，那样疯狂、混乱、骄傲、专横，那样至死都缠着根深蒂固的个人主义不放；然而，仍然是多么可爱，多么英勇呀！正如你自己明白说出了的：

> 我不想隐瞒，我所设想为我的对象的，是那些蒋纯祖们。对于他们，这个蒋纯祖是举起了他的整个生命在呼唤着。我希望人们在批评他的缺点，憎恶他的罪恶的时候记着：他是因忠实和勇敢而致悲惨，并且是高贵的。（《财主底儿女们》题记）

这几句话，当时成了我们共同的骄傲的宣言。我就曾经不止一次翻看它；而每一看到，都经验着“苍凉悲壮”的——其实是甜蜜蜜的感动，因为自己也就可以因此而“忠实”“勇敢”和“高贵”起来了。到今天，应该把它和毛主席的指示放在一起来看：

> 有许多同志比较地注重研究知识分子，分析他们的心理，着重地去表现他们，原谅并辩护他们的缺点，而不是引导小资产阶级出身的知识分子和自己一道去接近工农兵，去参加工农兵的实际斗争，去表现工农兵，去教育工农兵。……他们是站在小资产阶级立场，他们是把自己的作品当作小资产阶级的自我表现来创作的，我们是在相当多的文学艺术作品中看见这种东西。他们在许多时候，对于小资产阶级出身的知识分子寄予满腔的同情，连小资产阶级的缺点也加以同情甚至鼓吹。（《在延安文艺座谈会上的讲话》）

看看吧！这一段话，特别是最后一句话，恰恰指的是谁？

你不要以为我已经忘记了我们当时在这个问题上的“基本原则”。我记得很清楚，当时我们是这样说的：这一切缺点甚至罪恶，都是在忠实、勇敢和高贵的追求过程当中产生的。走向革命，正是必须通过这样的追求，没有摇身一变的捷径。因此，不管他如何有缺点，甚至有罪恶，他的整个道路始终是忠实、勇敢和高贵的。我们说什么在批评和憎恶的时候，还应该记着他是那样了不起等等，真正的意思无非是：应该记着他是那样了不起，而对于他的缺点和罪恶，就不必照着"俗流之见"来作什么批评，自然更不应该有什么憎恶。——今天看一看吧！这不是抗拒思想改造是什么。

其实，动机和效果是一致的，蒋纯祖那样的盲目疯狂地横冲直撞，正是他的动机是个人主义的证明。其所以有那样多的恶劣表现，正是个人主义动机的必然结果。这里没有任何"忠实""勇敢""高贵"之处。真正的忠实、勇敢和高贵，应该是迅速地正视自己的错误，检查自己的错误动机，否定自己的错误道路，一刀斩断，走向工人阶级集体主义的道路。然而，我们当时却反复宣称：谁不经过蒋纯祖那样的盲目疯狂的横冲直撞的"追求过程"，其倾向革命就是"市侩投机"；谁不在革命当中继续那样地横冲直撞下去，便是"前进了几步就期待着一劳永逸"。还是再听听你自己的——也是我们当时共同的声音吧：

> 我们现在是处在一个亟待毁灭、也亟待新生、创造的时代。一切东西，一切生命和艺术，都是达到未来的桥梁。人们的生命是一个斗争的过程。……但假如这些年青的生命们前进了几步就期待着一劳永逸，艳羡起那些纸糊的宫殿和阴暗的监牢来了，那么，不管他们脸上是挂着怎样的笑容或眼泪，他们都必得被继起的人们，以那个伟大的东西的名字，重重地击倒。(《财主底儿女们》题记)

我是记得所谓"纸糊的宫殿和阴暗的监牢"何所指而言的；那主要的就是指的当时国民党统治区内的进步文艺工作者的队伍。当时我们对之非常嫉恨，不是为了它里面还有许多小资产阶级的错误，而是为了他们没有我们那个坚持错误的"忠实"和"勇敢"，为了他们总还在逐渐克服错误之中。记得我和你曾经共同欣赏过纪德所说的一句话："假如我要死，最大的遗憾是，从此再没有犯错误的可能了。"(大意如此，不知见于何书，记得还是你向我口述介绍的)由此可见，当时我们正以能犯错误为自己的"生命是一个斗争过程"的证明，还有丝毫改造思想的意思吗？

当时我们总是说：我们尽了力量，做了能够做的一切，结果只有这样：说缺点也好，说错误也好，实际上只能是这样；那么这就是脚踏实地的唯一可能的道路了，此外还能怎样呢？难道不许我们这样地走过来革命，或者是要求我们腾云驾雾不成？这完全是诡辩。没有谁要求小资产阶级知识分子在其倾向革命的过程的开始，就能够没有一点个人主义；但必须要求他们尽量迅速认清和肃清自己的个人主义。没有谁说过小资产阶级知识分子从他们的个人的进步要求出发就不能倾向革命；但必须反复指出，他们只有愈益克服其个人主义，才愈能真正走近革命。没有谁要求腾云驾雾;但必须要求尽量少走不必要的弯路。总之,小资产阶级知识分子倾向革命的过程中,犯错误,走弯路,都是很难免的;正因为如此,对于这些错误和弯路就更要实行严肃尖锐的批评,为的是尽可能把它们减少;决不能像我们当时所做的,反而歌颂它们,甚至还补充得更多一些,画出一条九转三弯、千回百折的路线图,指为唯一必由的脚踏实地之路,倒是指责正确的道路为“腾云驾雾”,为“市侩投机”。这样,实际上只有使自己离革命越来越远罢了。

第二,我们为了辩护自己,不仅把群众自发的革命要求,夸张为革命的基本动力,否定了党的领导,而且照自己的面貌去涂改群众的面目。

当时我们既是十分欣赏自己那种“追求过程”,把其中一切错误和弯路都当作宝贝,并决心沿着个人主义的道路继续那样“追求”下去,我们就进一步鼓吹群众的自发的革命要求,千方百计证明它就决定了革命的道路,就是革命的基本动力。用意很显然:看吧,大家都是这样,不单是我们!大家都是自己要革命,就革命;要怎么革,就怎么革;道路就在这里,此外还有什么天外飞来的道路呢?

这一方面的工作,你做得最多。在你十年来的作品中,绝大部分写的是“工人”和“农民”。你的一贯的主题是:他们有着“强烈的革命要求”,所以革命的基础就在这里,革命的主要动力就在这里,最重要的是,革命的道路也就决定在这里。而这些所谓“强烈的革命要求”,你特别强调,都是“从实生活的深处产生的”,都是没有或极少有政治自觉,都是与任何明确的政治认识不发生关系的。不但如此,你还一再告诉读者,那些政治自觉和政治认识之类,常常只是虚伪的教条;只有这种“盲目自发”的“革命要求”,才比什么都重要。

我也从“理论”上与你呼应。我把这种“盲目自发”的“革命要求”,也拿来作为我的“主观作用”的内容。我竭力证明,“主观作用”不但是我们知识分子的,而且是广大群众的。我明确地把“主观作用”和“思想体系”对立起来。甚至于还构成了一套“宇宙观”,在其中,古往今来,东西南北,总是这个“主观作用”在“燃烧”,推动着一切的进行。我反复鼓吹,最重要的是要大家都去向群众“汲取”这个“主观作用”;至于政治觉悟之类,我说,不是太少,而是太多,不是急需提高,而是提得太高了。这种主张之显然为资产阶级夺取领导权开辟道路,是无须证明的。

我们当时故意混淆了两个完全不同的问题:一个是,群众是否要求革命;另一个是,群众是否能够自发地知道要有什么样的革命和应该怎样革命。我们从第一个问题之当然肯定的答案,就扯到第二个问题,说也应该是当然肯定的答案。每当在这一点上受到批评的时候,我们就反应过来咬定批评者是轻视群众,是把群众看作机械傀儡,连革命要求都没有,是“圣人不仁,以百姓为刍狗”的心肠。

其实,人民群众之所以是人民群众而不是反动派,当然都由于他们的社会经济地位，决定了他们有不同程度的革命要求。这一点是没有任何问题的。我们自以为有着深刻的理论根据，其实就是这一点。然而，让我们仔细考察一下吧：

首先是农民。他们有着强烈的反封建要求，多少世代以来，就梦想着土地、民主与和平。但是，他们从来不能单靠自己的力量，来开辟一条正确的胜利的革命道路。仅仅到了今天，工人阶级的领导，才破天荒地为他们指出一条胜利的道路，而把他们从封建剥削之下解放出来。每一个做过土地改革工作的干部都知道，在整个农村反封建斗争过程中，我们以工人阶级政策思想向他们进行教育，是多么艰苦的过程！土地改革完成了，如果让他们自流地发展下去，他们就会走向资本主义的道路。因此，领导他们组织起来，引导他们走向互助合作的道路，又是农村工作中的迫切任务。还不说将来实行机械化和集体化的严重的改造过程。

其次是小资产阶级。他们也迫切地要民主，要自由，要平等。但是，他们所能提出的“最好”的革命纲领，也不过是一些无法实行的空想的社会主义。而在实际上，如果他们不在工人阶级领导之下来革命，便只有跟着资产阶级走，那结果就会发现：所要的是极端民主，得到的是资产阶级专政；所要的是他们的个人自由，得到的是资产阶级对工人群众也对他们进行无限剥削的自由；所要的是无政府主义的平等，得到的是在资产阶级面前俯首帖耳的屈辱的命运。

至于中国的民族资产阶级，尽管和帝国主义封建主义有矛盾，却从来独力担当不起反帝反封建的任务，更不用说。

不但如此，决定工人阶级革命道路的，也不是工人群众的原始的自发的革命要求。列宁曾经异常尖锐地指出：

> 是资产阶级的思想体系呢，还是社会主义的思想体系呢，这里没有什么中间的道路（因为人类没有创造出什么“第三种”思想体系，并且在充满阶级矛盾的社会里，绝对不会有非阶级或超阶级的思想体系）。因此，对于社会主义思想体系的任何轻视与任何离弃，都是加强资产阶级思想体系的。人们谈论什么自发性。但工人运动自发的发展过程，正是趋向于受资产阶级思想体系的支配，正是照着（Credo）纲领进行，因为自发的工人运动也就是工联主义的运动，也就是纯粹职工会的运动，而工联主义正是表明工人受资产阶级思想的奴役。（《列宁文选》，莫斯科中文版，二一〇—二一一页）

看看吧！连工人群众的自发的“革命要求”，如果离开了工人阶级的思想体系，也要有这样严重的后果！

你会反问：“集中起来，坚持下去。”怎么讲呢？是的，我们曾经长久纠缠着这一点，自以为掌握了雄辩的理由。这个我完全记得。正因为记得，所以三年来在实际工作当中,时时处处发现它是那样的诡辩,那样的似是而非。就按照前面的分析来说,请问:当集中起来的时候,对于农民群众那些复仇性的要求,平均主义的要求,分散性与狭隘性的要求,单纯发家致富的要求,乃至"吃大锅饭"的要求,把它们怎样处理呢?对于小资产阶级群众那些极端民主化的要求,个人自由主义的要求,乃至那种疯狂性与破坏性的要求,把它们怎样处理呢?还有工人群众那些经济主义的要求,工联主义的要求,又把它们怎样处理呢?是不是把它们也一概"集中起来"呢?(这里还没有说到资产阶级那些"自由发展"的要求之类)可见一定要有一个工人阶级的思想体系,即马列主义、毛泽东思想的体系,工人阶级政党正常的政策思想体系,工人阶级先锋队的高度自觉性的体系。

实际上,三十年来,党的伟大光荣正确的领导,使得工人阶级先锋队的高度自觉性,已经不仅仅是理论上的存在,而且是在克服群众自发性的过程中日益壮大起来的现实中的领导力量,根本地决定了生活的面貌和进程。当时我们如果真正要实行我们所标榜的口号:"发掘人民的力量",那么首先应该发掘的,正是这个先进的积极的自觉的力量,表现它怎样领导生活前进,怎样集中群众的革命要求,怎样开辟胜利的道路,怎样由于它的领导——完全由于它的领导而把群众的无穷无尽的力量发挥出来。

我们所做的,正好相反。我们专一去"发掘"那些"自发的力量",标准是离开自觉性越远越好。至于那早已非常壮大的自觉力量,我们是看不见的。偶一看见,避之唯恐不速。避不开的时候,就加以嘲弄,把它涂抹成虚伪可笑的东西。你在短篇小说《女工赵梅英》里面,让一个据你说是"积极分子"的女工,对于工人阶级的爱国主义的崇高自觉,施以那样的辱骂:

> "又是这一套,阿弥陀佛,又是这一套。我背几句给你听听怎么样?——我们工人阶级是国家的主人,"她于是摇头晃脑说了起来:"老百姓翻了身,现在不是国民党反动派,前方战士替我们打仗,我们要支援前线!"她一口气大声说着,然后她说,"我背的怎么样?不差吧?"得意地笑起来了。(转引自陆希治的《歪曲现实的〈现实主义〉》,载《文艺报》六十二期)

这完全不是偶然的。在你的作品中,这样的例子是一贯都有的。

记得我们在重庆的时候,所有的谈话,除掉闲谈而外,只谈一件事,就是对于所谓"教条主义",施以深恶痛绝的攻击。究竟当时我们所指为"教条主义"的是什么呢?最主要的就是指的一切实际生活当中比较明确的政治自觉性的表现而言。苏联《文学报》专论《文学语言中的几个问题》里面,完全正确地指出:

> 我们的文学大大地扩充了描写的范围。它不仅掌握了私人的情感世界,而且掌握了丰富他内心世界的社会实践。我们的现代人不思索政治问题,不谈论政治问题,是不可设想的。曾经是少数人的财产的政论式的语

言,无限地扩大了自己的范围了。不仅在报告中,而且在日常的谈话中,苏联人都涉及了重大的现代性的问题:从自己工厂或者集体农庄所关心的事谈到世界大事。这一切都使他深深地激动,被他热烈地感受着,并且获得生动的表现形式。(引自《新华月报》第三十号)

但是,在我曾经看过的你的解放以前的全部作品当中(解放以后的都没有看过),这样的政治语言是从未出现过的。偶或有之,那是作为嘲弄的资料,故意给以拙劣僵硬的表现形式,力图证明其为虚伪,要使读者看了只有厌恶之感。只有《云雀》里面那些知识分子的梦呓式的语言,才是我们当时认为真实可爱的东西。

当时我所写的那些论文,说来说去,也都是为了攻击所谓"教条主义"。因为本身究竟也是"理论"之故,所以还不能干脆地宣布什么思想体系都不要,像你在谈话中常常明确主张过的那么样。有时也提出过,例如《论主观》里面就有一点。但究竟感到太不能自圆其说,所以没有多发挥。我只是竭力鼓吹所谓"生活根源",说是任何正确的理论,都有它的"生活根源",因此人们必须从"生活根源"来掌握理论和发展理论,否则就是"教条主义"。这完全不是"理论与实际结合"的意思。我的真正的用意,不过是说,理论里面所有的,群众的"盲目自发"的生活当中都有。理论无论怎样好,其实并不能给生活增加什么东西。群众并不需要什么理论,在其自发的行动中本来就走着正确的道路。而我们所要做的,最主要的也就是向这种"盲目自发"的生活"深入"下去,丢开理论,然后,假如要锦上添花的话,再搞搞理论也是俯拾即是,容易得很的。十分显然,这是和你那种对于政治自觉性的嘲弄态度正相呼应的。

实际上,正如刚才说过,不但当时,而且三十年以来,工人阶级先锋队的高度自觉性,早已成为现实中日益壮大的领导力量。尽管我们竭力避而不见,毕竟避不了。尽管我们多方嘲弄,毕竟也不能总是嘲弄下去。因此,必然地就要进一步,索性干脆把自己那些盲目性疯狂性硬往群众身上装,把小资产阶级的色彩硬往社会生活的面貌上涂去。在你的笔下,十年来出现过不少"工人"和"农民",其实都是我们自己的化身。陈家康同志曾经批评《财主底儿女们》,说其中好像没有一个神经正常的人,整个的像一个疯子世界(记忆中大意如此)。当时我们谈起,还颇不以为然。今天看来,确是一针见血的话,可以对你的全部作品统统适用。

毛主席早就指出,小资产阶级知识分子写起工农兵来,"衣服是工农兵,面孔却是小资产阶级"。这样的结果并非偶然,而是代表着小资产阶级在政治上的狂妄的企图。毛主席也尖锐地分析了这一点:

小资产阶级出身的人们总是经过种种方法,也经过文学艺术的方法,顽强地表现他们自己,宣传他们自己的主张,要求人们按照小资产阶级知识分子的面貌来改造党,改造世界。

我们恰恰就是毛主席所指斥的那样的人们，而你十年发展下来，竟至于写出《祖国在前进》那样的公开为资本家捧场的剧本，这也证明毛主席的警告："'同志'们，你们那一套是不行的，无产阶级和人民大众是不能迁就你们的，依了你们，实际上就是依了大地主大资产阶级……"是多么具有英明远见。——路翎，错误再不能坚持下去，实在已经太危险了。

第三，我们为了援引同调，辩护自己，不但歪曲了群众的面貌，而且涂改了历史的真实。

我们为自己的小资产阶级道路制造出"群众基础"之后，以为未足，于是又进一步替它制造出"历史根据"。

我们特别努力证明一个荒谬的命题，所谓"进步与进步总是相通的"；具体内容，就是对于历史上的伟大的进步人物，特别是文化方面的，竭力模糊他们的阶级性，把所谓"进步"抽象化，简直变成类乎道学家所谓"道统"那么样的东西。这样，就把他们变成都是那一脉相承的"进步"的代表，先后之间只是程度上的差别，而无本质上的不同。正如孟子所说："先圣后圣，其揆一也。"对于他们的阶级性实在抹煞不了的时候，就特别强调"阶级的烙印"这句话，把它歪曲地理解为真的只像用外力在什么东西上烙了一个印一样，仍然只是外形上的变化，内容本质还是没有什么不同。

我们特别努力在鲁迅身上做这个工夫。其实，鲁迅的思想发展，是从一个革命民主主义者进到共产主义者，从掌握进化论到掌握马列主义，原是十分清楚的，他自己也多次分析过的。承认这个，无损于他的伟大，而且正是构成他的伟大的主要内容之一。固然，其所以能够实现这个发展，仍有其内在的原因，即在其还是一个革命民主主义者的时候，思想当中已经潜伏有一种逐渐加强的、势必要否定当时的思想体系的因素。但在这个否定还没有实现之前，这个因素的存在，无论如何总没有改变其思想体系的性质。如果承认了这个前提，进而分析那因素如何存在，如何发展，如何由于马列主义理论和人民革命实践的教育而找到出路，就使得整个思想进入新的阶段，那是完全必要的。那样做，可以帮助大家更深刻地了解，一个伟大的思想家，怎样主动地追求真理，以及为群众所掌握了的真理怎样指引思想家解决了他要解决而总不能自力解决的问题。我们所做的不是这样。我们一知半解地知道一点有那样因素存在，于是就拿它作成根据，来把那整个思想体系的性质都否定了，硬说鲁迅当时虽不自觉，却已经站在工人阶级立场。我们不惜多方穿凿，牵强附会，把鲁迅早期作品中某些明明表现了民主主义的局限性的地方，都硬解释成"客观上"符合于马列主义。这样，他就仿佛成了所谓"天纵之圣"。即此一点，便是违反马列主义的。

在这方面，我发表的意见比你多。至于你的看法，从当时的谈话中可以知道，也是一样的。你认为，人们"斤斤较量"那些历史上的伟大人物的阶级性，只是把他们的意义弄得“非常狭隘”。这样的意思，你曾经多次谈起。后来，我还把它写在《论主观》的附注里面。除此以外，最实际地表现了你的认识的，是在接受文学遗产的问题上的态度。你对于托尔斯泰，除了他那些显然反动的宗教思想之外，可以说是无任何批判地接受。《财主底儿女们》，实际上就是企图用托尔斯泰的眼睛来看中国，企图把抗日战争前后的中国的现实，硬装到“战争与和平”的框子里去。抗日战争中的英雄的中国人民，就因为你硬要把他们写成反拿破仑战争中的俄罗斯人民的缘故，结果不知成了什么东西。你自命阐明了抗日战争为什么是人民的力量所支持的这个问题。实际上，读者很难看到这一点；看到的倒只是人民在无组织、无领导、几乎是被遗弃的状态之下，各自分散，进行着悲惨无望的挣扎。而你还要一再指给读者看，说就是这个力量支持着战争。托尔斯泰的阶级本质，决定了他不管怎样热爱人民，怎样力图表现人民的力量推动历史，终于不能站在人民群众当中的先进觉醒部分的水平上来彻底解决这个问题。而你对于他的无批判的接受，就使得中国人民的英雄面貌，在你的笔下被歪曲到极其严重的程度。

十分显然，我们之所以这样做，只是为了得到一个结论：既然历史上的进步道路，就是那么一道线地通下来，那么，我们也就可以从已有的“进步”，一直线地进到工人阶级立场上去。而实际上，既是相通的，既是一直线的，则进不进到工人阶级立场上去，也是无所谓了。

为了使这个结论更为圆满，我更进而建设了一套唯心论的“历史观”。我的“论主观”，就是叙述这个“历史观”的：所谓“主观作用”，自古至今，一脉相承，成为历史上一切“进步力量”的一贯的内容，也贯穿了它们之间的直线式的关系。任何时代的进步力量，都是这个“主观作用”的滔滔不绝的长流中的一段，看起来似有先后之别；实则，“抽刀断水水更流”，连先后也无法真正区分。这样，则分析什么阶级性之类，殊无所用其纷纷；还是赶快多去“汲取”一些；并为了“饮水思源”，索性逆流而上吧！

所谓“主观作用”，在这里，恰好相当于资产阶级历史观里面那些“永恒正义”、“绝对理性”之类的东西。以它为中心的“历史观”，在方法上也一定会是资产阶级进化论的，而不会是辩证法的。回想当时阅读和谈话的情形，理论方面，我们对于伏尔泰、康德、黑格尔、安尔巴哈，较之马克思、恩格斯、列宁、斯大林；文艺方面，对于托尔斯泰、巴尔扎克，较之高尔基、法捷耶夫，实在都热心得多。这样，我们自己已经充分证明，把小资产阶级“进步要求”当作宝贝，结果并不是走向工人阶级立场，只是一直“进”到资产阶级麾下去。

第四，我们在文艺思想上，根据资产阶级思想体系的指导，形成了按照小资产阶级面貌来改造世界的完整的一套。

像以上所说，我们已经从各方面把小资产阶级个人主义的道路，肯定为“正确”

的革命道路。这样,我们就不但不接受改造,而且妄想按照自己的面貌,把全世界都改造过来。我们主要的武器是文艺。因此,我们就形成了一套相当完整的、在资产阶级思想体系指导之下、按照小资产阶级面貌来改造世界的文艺思想。

我们的主要论点如下:

首先,客观世界对于我们简直是不存在的,至少是毫无意义的,如果它不会"融入"我们的"主观精神"里面。这是贯穿一切的基本论点。这所谓"主观精神",从你的作品当中,可以十分显然地看出,就是最典型的疯狂盲目的个人主义精神。对于我们,文艺的作用,不是改造主观世界使之符合于客观世界,倒是"汲取"客观世界来做我们那种小资产阶级的疯狂盲目性之"养料";不是引导人们的思想感情走向现实,倒是把现实消失于小资产阶级的思想感情当中。我们也说什么"主观精神"要"楔入"世界,要"拥抱"世界,那只是要把自己的色彩硬往世界上涂。我们也说什么"主观精神"在"拥抱"世界中会"受伤流血",那只是表示我们要蛮干到底,悍然不接受客观事实的教训。我们经常从许多伟大的作家那里引证一些话,例如"对于所写的对象必须有热烈的爱憎"之类,来证实自己的主张。其实,那是说的作家的创作实践与社会实践必须一致,在作品中所拥护的和反对的,必须真正是他在实践中热烈的爱着和恨着的,或者说,必须真正是他以革命实践来表明了爱和恨的。那所谓热烈的爱憎,正是要引导作家真正深入客观世界的规律性,不是要把世界拉进作家的"主观精神"。明确地说,就是一个阶级立场的问题。至于我们,既离开了作家的社会实践,又从不明确地把阶级立场问题摆在第一位,而只是抽象地孤立地来谈这个爱憎,那是与原意毫无一致之处,只有把它严重地歪曲了而已。

其次,群众的力量,集体的力量,对于我们也是不存在的;我们只是鼓吹所谓"人格力量",在这个名词下面公然贩运极端个人主义的一套货色。对于这个"人格力量",我们好几个人用了千言万语来说明,结果都不如你在《〈求爱〉后记》里面一句话说得清清楚楚:"人们应该以自己的精神来说明客观世界,而不该沾沾自喜或随波逐流。"那时,在我们看来,真理的道路永远是需要一个人一个人地各自去开辟,真理本身也永远要一个人一个人地各自去创造。"我"才是真理的标准和根源;任何真理,不管它怎样早已为千百万群众所掌握,总还要成为"我"的东西,对于我才有意义。不是"我"应该去到那已经掌握了真理的群众当中,向他们学习,成为他们之一分子,而是真理应该来到"我"这里,听候"我"赋予以"人格力量"。不是在真理的指导之下,才可以变"旧我"为"新我";而是要在至高无上的"我"的点化之下,才可以变"死真理"为"活真理"。看吧,又不仅是上段所说的主观唯心论,简直已经发展到这样恶劣的唯我论了。

再其次,对于文艺工作者的实践的问题,我们根本把它取消。我们甚至于连"实践”两个字都极少提起,只说要“深入生活”。怎样深入生活呢?我们又说:哪里都有生活,一切生活都是相通,随处深入下去都有所得。更进一步,我们又特别强调日常平凡生活,才是“最实际的生活”;其具体内容,就是小资产阶级知识分子那些极其狭隘的私生活。这样一来,所谓“深入生活”者,恰恰成了脱离群众,逃避实践,缩在小资产阶级的蜗牛壳里,缩得越深越好了。当时我们就自命是在“深入生活”,今天回想起来,实际上只是在神经质和夸大狂:把一些知识分子私生活中的繁琐问题,夸大成无以复加的了不起的意义,疯狂地在其中“追求”一番,又来歇斯底里地“痛苦”或“欢乐”一番,总之眼光只在自己鼻子尖上打转,浸透了自大和自私;然而还要粉饰起来,居然好像是在“决定着人类命运”的模样。如此而已。当时为我们所欢呼的你的剧本《云雀》,的确就是我们自己那些“深入生活”的情况的反映。今天再看看罢,拿来和英雄的人民的壮丽的生活比照一下罢,真是所谓“成个什么样子”!

最后,以上一切必然归结到一点,那就是把文艺和政治分开,把艺术性和政治性分开。我们的文艺思想,既是在资产阶级思想体系指导之下,处处按照小资产阶级面貌改造世界为目的,必然就和工人阶级政党处处以按照工人阶级面貌改造世界为目的的政策领导,格格不入,背道而驰。当时我们诡辩道:不是文艺不为政治服务,问题是在怎样服务;不是不接受党的领导,问题是怎样接受。其实,接受领导还有什么“怎样接受”?如果领导而只能解决“做什么”的问题,不能解决“怎样做”的问题,那又能算是什么领导?所以,当时我们提问的方式,就暴露出,我们是这样狂妄地看的:党没有能力领导文艺,还是我们才懂;我们愿意合作帮忙,接受领导可不成。前年我们在北京会面,我说我们进入新社会后迫切需要从政策的观点认识生活,你大为反对,主张还是要从“直接认识生活”开始。今春鲁煤同志来参加土地改革,据他说,他离京前不久,也和你辩论过这个问题,你坚持政策对于文艺工作者认识生活并不重要,因为它对于生活是“外部的东西”。还不必从理论上去分析,单单上面所说的这些事实,就足够证明过去我们那一套文艺思想,确凿无疑地是在文艺上拥护资产阶级领导而拒绝工人阶级领导、拒绝党的领导的思想,是“文艺与政治合作”、即《武训传》中的“一文一武”思想,总之是直接对抗毛泽东文艺思想。

至于我们过去文艺思想中其他的错误表现,例如始终轻视普及工作,轻视群众的萌芽状态的文艺,在内容与形式的关系上完全抹煞了形式的反作用等等,还有很多,都是由上述四个基本错误论点产生的。

第五,我们的错误思想,使我们在文艺活动上形成一个排斥一切的小集团,发展着恶劣的宗派主义。

解放以来,我从实际工作中反复体会到一个真理:所谓与群众结合,完全不是什么抽象的道理,也不是凭自己主观的宣布要结合就成,而是有着一个客观上最基本的标准,就是要看对于党的具体领导采取什么态度。人民群众的团结,必然只能团结在工人阶级先锋队的周围。党的领导在哪里,群众就在哪里。因此,凡能在具体的工作上,经常地、密切地、真诚地、毫无保留地拥护党的领导,就一定能和群众密切结合;否则,任何脱离党的领导,都必然是与群众脱离;任何与党的领导背道而驰,都必然是与群众背道而驰。这是完全肯定的,毫无例外的,不会有任何改变的。

过去我们既如上文的分析,根深蒂固的资产阶级小资产阶级文艺思想,使我们对于党的文艺政策领导,完全采取对抗的态度。这样,我们必然的要形成一个文艺上的小集团,与广大群众完全脱离,与进步文艺队伍完全脱离,打击一切,排斥一切,互相标榜,自吹自擂,"文章总是咱们的好","你们算得什么东西"。这样地发展着极其恶劣的宗派主义。当时,以胡风为核心,常在《希望》杂志上发表作品的我们这几个人,确实形成了这么样的一个文艺小集团。然而,当时我们每一听到"宗派主义"、"小集团"这些字样,就比什么都更引起我们的勃然大怒,忿然力争,证明了恰好是刺着痛处。

我们当时的小集团活动,首先是竭力抗拒党在文艺上的具体领导。我们不从正面,也不敢公开来进行。我们的方式,和一切"干部偏差"论者一样,是把党的文艺政策,与代表着党来执行政策领导的具体的人分开,说前者是好的,只因为后者不好,所以实行起来完全不是那么一回事。我们一贯在谈论中,竭力把几位文艺上的领导同志,描写成度量褊狭、城府深隐、成天盘算个人势力的模样,这其实恰好是我们自己的面貌。我们更以小资产阶级的腐臭庸俗的眼光,向后看而不是向前看,以己之心,度人之腹,念念不忘并津津有味于文艺运动历史上的某些"掌故",用了鲁迅所说的"后街老虔婆"式的方法,把延安文艺座谈会以后解放区的整个的伟大的人民文艺运动,都解释成某几位领导同志用以打击某一个人的花样。这样,在文艺工作上,就好像无所谓原则,无所谓党的领导,只有混乱一团的私人恩怨纠缠;而党的文艺工作里面,也好像无所谓原则,无所谓组织,无所谓组织领导,可以任由一两个人随便胡来,假公谊以报私仇,居然风动全国,而竟没有人过问。只有我们那个小集团,才是"为坚持原则而斗争",才是唯一的光明,中流的砥柱。尤其严重的是,我们还以这一套竭力去影响当时国民党统治区内的青年,使他们当中确曾有一部分人跟着我们在文艺工作上远离党的领导,力图"八仙过海,各显神通"。当时有些小刊物的纷纷出版,其实质就是如此。

如果说,当时我们抗拒党在文艺上的领导,还是暗中进行的,还只限于私下口头谈论;那么,我们对于当时文艺上的进步力量的一概排斥,就是公然地进行,无所顾忌。在我们谈论中,当时文艺界里面,除了我们自己一伙之外,几乎没有一个人不是要不得的。在发表的文字中,我们借口批评,用了所谓"公式主义"和"客观主义"两顶帽子，抹煞不了当时国民党统治区内除我们自己之外的所有较好的作品；不管那作品如何确曾起过相当的作用。当然也有一些确是应该批评的坏作品，但我们并非用的工人阶级思想，而是用资产阶级小资产阶级思想来批评，倒是更加扩大了资产阶级小资产阶级思想的影响。至于解放区的作品，文字上我们报以沉默，私下谈论中则认为都不值一提。搞来搞去，中国之大，仿佛除《希望》杂志之外就没有文艺一样。而且，我们对于许多进步文艺工作者的批评，那种嘲笑辱骂的态度，有时简直近于对待敌人。当时已经有很多意见，指出我们的态度太坏。我们全不在意反说不应该计较态度问题。今天我们应该懂得了，态度问题实在是非常重要的，所谓立场，所谓敌友分明，正是要从态度上看出来。

我们互相标榜，自吹自擂，到了肉麻的程度。我们几个人，差不多都写过互相吹捧的文章。今天我回想起来都要脸红，可是当时大家都安然受之，没有一个人觉得不对。我们也正是这样地害了自己，弄得目空一切，飘飘入云，完全不知道天高地厚。当时我们因为有了一部分小资产阶级的读者，就得意忘形起来，时常说这些就是“新生的力量”，仿佛“未来”已经在我们的手里。可是，十年过去了，睁开眼睛看一看吧！当时，胡风说：“时间将会证明，《财主底儿女们》的出版是中国新文学史上一个重大的事件。”这不仅是他一个人的话，而是代表着当时我们共同的信念的。但今天，时间所证明的是什么呢？除了我们自己和当时读过的人之外，恐怕已没有人听过它的名字。

我们当时的宗派主义，使我们对于进步文艺工作者的队伍，采取不合作的态度，避之唯恐不急（及）。当时，在我们的谈论中，用了无限轻蔑的口气，称之为“文坛”，亦即你所指的“纸糊的宫殿”。当时在所谓“文坛”上，缺点诚然是不少的；但从总的方面来说，毕竟是以一个进步文艺队伍的资格，在进行着反抗国民党统治的各种文艺活动与政治活动，成为当时国民党统治区内民主运动中一支重要的力量。即使说是“文坛”吧，它的扩充壮大显然是对革命有利的。应该首先肯定这一点，积极参加进去，和大家一起来求缺点的消除。然而，当时我们却是昂头天外，生怕“沾（玷）污”了自己一样。老实说，我们那个小集团，也何尝不是一个小“文坛”？我们真正的意思，虽然大家在谈论中都不曾说过，但那一套做法，客观上证明了不过是要另占山头，自辟门户罢了。那时我们常常以“不上文坛”作为自己并非宗派主义的证明，其实这正是宗派主义的最典型的表现。

当时我们自己明明是像以上所说的那样进行小集团活动，发展着那样恶劣的宗派主义，我们却反过来咬定，除了我们之外，别人都是宗派主义。解放以来，我在实际工作中多次看到，简直可以说是一个规律：自己愈是宗派主义，愈要大喊大叫地指别人为宗派主义，特别是指组织领导上为宗派主义。这样的叫喊，目的当然很多，而最突出的一个，就是为抗拒批评找到一个方便的武器。你批评我么？你过去和我有怎样怎样的私怨，现在无非藉端报复；至于批评本身，为是为非，这就无考虑之必要了。我们过去，一贯地正是这样的做法。试回想一下，这样多年中，我们接受过谁的批评？对谁的批评稍稍认真考虑过一次？只有我们自己一伙人，彼此之间往往有些争论，因为只是大同中的小异，所以还可以谈一谈。但是，一到涉及根本问题，立刻又无讨论之余地了。

我从解放以来，在党的教育之下，一直努力在认识自己过去的错误，也许今天能够算是完成了第一步：就是能够承认过去确是完全错误的。至于进一步予以分析批判，当然还不够得很。这封信里面，就会有认识得不对的地方，希望得到大家的帮助。因为已经写得太长，而且是专对你写的，不可能详细地说到对于过去几个朋友的每一个人的意见。但是，可以说，这里所说到的，都与他们每一个人有关。我诚恳地希望他们都能早日向过去的错误道路“决绝的告别”。

最后，还要引用毛主席的一段话：

> ……在群众面前把你的资格摆得越老，越像个“英雄”，越要出卖这一套，群众就越不买你的货。你要群众了解你，你要与群众打成一片，就得下决心，经过长期的甚至是痛苦的磨练。

过去我们就是这样，眼里不但没有工农群众，甚至进步知识青年读者群众里面的大多数，我们也毫不关心。我们把我们的少数读者，视为“上帝的选民”，只要听到他们的赞美，就心满意足。其实，当时他们之所以会受到我们的影响，其中一部分固然因为我们能出售各种“马列主义”的外衣，小资产阶级穿起来很合身，可以借此免于改造；但是，也有一部分本来确有改造的要求，听我们说得天花乱坠，认识不足，遂为我们所欺，真的以为在当时国民党统治区内来说改造就只有这样。到今天，后一种人一定早已觉察到这个欺骗，找到正确的道路；就是前一种人，我相信也大抵能由实际的教训，知改造之不容逃避，而翻然改图。至于广大工农群众，随着政治经济上的翻身，正在进行着同样胜利辉煌的文化翻身。他们对于一切问题，当然包括文艺思想问题，都是有力的裁判者；而党的领导是他们的意见的高度集中。我们过去的错误，在群众的雪亮的眼中，已经清清楚楚。我们向群众学习，努力认识自己过去的错误还来不及；怎能继续坚持自己的错误，还要向群众逞“英雄”？长期深入群众中去，用斗争的火焰猛烈地烧毁过去的一切，然后得到新生吧！一切群众以外的道路，都是走不通的。

1952 年 6 月 22 日写成于南宁
9 月 11 日改订于北京
——原载《文艺报》1952 年第 18 期

周　扬

社会主义现实主义

——中国文学前进的道路①

伟大的苏联文学在中国人民的生活中占有重要的地位,并给与(予)了中国文学以巨大的影响。

中国人民,不论在解放之前或者在已经取得伟大胜利之后,总是经常地从苏联文学中吸取斗争的信心、勇气和经验。在这个文学中,我们看到了世界上从所未有的一种最先进的、美好的、真正体现了人间幸福的社会制度,看到了人类最高尚的品格和最崇高的道德的范例。苏联文学的强大力量就在于:它是站在共产主义思想的立场上来观察和表现生活,善于把今天的现实和明天的理想结合起来,换句话说,它的力量就在社会主义现实主义的方法。

社会主义现实主义,现在已成为全世界一切进步作家的旗帜,中国人民的文学正在这个旗帜之下前进。正如中国新民主主义革命是无产阶级社会主义世界革命的组成部分一样,中国人民的文学也是世界社会主义现实主义文学的组成部分。毛泽东同志在《新民主主义论》中,关于"五四"新文化运动,曾经说过:

> "五四"运动是在当时世界革命号召之下,是在俄国革命号召之下,是在列宁号召之下发生的。

在《论人民民主专政》中,毛泽东同志更深刻而明晰地述说了俄国十月革命对中国人民的意义。他说:

> 中国人找到马克思主义,是经过俄国人介绍的。在十月革命以前,中国人不但不知道列宁,斯大林,也不知道马克思,恩格斯。十月革命一声炮响,给我们送来了马克思列宁主义。十月革命帮助了全世界的也帮助了中

① 《人民日报》发表此文时加了编者按语:"这篇文章是周扬同志为苏联文学杂志《旗帜》写的,载于该杂志1952年12月号。现转载于此,供文艺工作者参考。"

> 国的先进分子，用无产阶级的宇宙观作为观察国家命运的工具，重新考虑自己的问题。走俄国人的路——这就是结论。

“走俄国人的路”，政治上如此，文学艺术上也是如此。

没有十月社会主义革命的伟大影响和苏联的援助，中国人民革命的历史性的胜利是不可想像的。同样，没有由十月社会主义革命所诞生的苏联文学的伟大影响和示范，中国人民文学在今天的成就也是不可想像的。

现代中国人民的文学是在中国现实生活的肥沃土壤上生长起来的，它继承了中国悠久的、丰富的、灿烂的文学遗产中的一切优良传统，并将这些传统和国家当前的新的任务巧妙地联结起来。在文学艺术的领域内，我们曾经反对了而且仍要继续反对一切盲目崇拜西方资产阶级文学的倾向。中国文学必须具有自己独特的鲜明的民族风格。但是中国文学的民族特点，决不是什么孤立的、狭隘的、闭关自守的东西，恰恰相反，中国文学可能而且应当在自己民族传统的基础上吸收世界文学的一切前进的有益的东西。

中国文学，在它整个发展过程中，就始终是以学习世界文学的先进经验来丰富和提高自己的。在各种外国文学中，俄国文学和苏联文学给了中国文学以特别巨大的影响。中国最伟大的作家鲁迅，早在一九三二年所写的《祝中俄文字之交》一文中，就以充满感激的心怀热情地描写了俄国和苏联文学对中国人民的深刻影响以及由此而建立起来的中俄两国人民的牢固的精神联系。

鲁迅回忆着十九世纪末叶俄国文学刚被介绍到中国来的情况，这样地写道：

> 那时就知道了俄国文学是我们的导师和朋友。因为从那里面，看见了被压迫者的善良的灵魂，的酸辛，的挣扎……从文学里明白了一件大事，是世界上有两种人：压迫者和被压迫者！从现在看来，这是谁都明白，不足道的，但在那时，却是一个大发见，正不亚于古人的发见了火的可以照暗夜，煮东西。

这个崇高的估价是完全符合实际的，因为在文学作品中对阶级的矛盾和斗争的深刻揭露和描写，极大地帮助了中国人民寻求解放的道路，同时也帮助了中国文学走上革命的现实主义的道路。鲁迅自己在他的创作生活中从一开始就受到了俄国文学的益处。他在介绍俄国文学和苏联文学上做了模范的工作。他十分出色地翻译了果戈理的《死魂灵》和法捷耶夫的《毁灭》。

中国革命的民主的知识分子，从最老的一代起，几乎都或多或少地接触过俄国文学并为它所深深吸引。俄国文学之所以具有特别的吸引力，就在它表现了俄国人民如何为争取人类崇高理想而对人民的压迫者、奴役者作了坚忍不拔的斗争，表现了俄国人民的爱好自由的、智慧而勇敢的民族性格。不论是普希金和果戈理、托尔斯泰和屠格涅夫、契诃夫和高尔基,在中国读者的心目中是如同本国的作家一样亲近的;他们笔下的人物,对于我们也是一样地亲近。俄国古典文学作品中的人物,虽然有的,像俄国的伟大批评家杜布洛留勃夫所曾正确指出的一样,还缺少足够的行动的力量,但这些人物却总是和他们周围丑恶的现实不相容的,热烈地追求自由和光明的,正是在这点上,对当时中国先进的民主的知识分子给与(予)了极大的启示和鼓舞。

高尔基在中国读者中享有了任何外国作家所无法比拟的最崇高的地位。读了他的《海燕》和《鹰之歌》,我们感到了一种真正俄国的革命气魄。读了他的《母亲》,我们第一次在文学中看到了战斗的俄国工人阶级的性格,这种性格可以作为世界工人阶级的光荣榜样。

法捷耶夫同志说:"在中国人民和俄国人民的性格中,有很多东西是相近的"。这种相近毫无疑问是由于两国人民曾处于类似的历史条件,因为两国人民都曾为争取自己民族的独立和自由而作了长期的斗争。我们为中苏两国人民在性格上的这种相近而感到自豪。

由于中国人民的历史性的胜利,为鲁迅所歌颂的中苏两国人民早已心心相印的"文字之交",就在一个完全新的条件下获得了空前的开展和更进一步的巩固。现在苏联的文学、艺术和电影已经不只是作为中国作家和艺术工作者的学习的范例,而且是作为以共产主义思想教育和鼓舞广大中国人民的强大精神力量,成为中国人民新的文化生活的不可缺少的最宝贵的内容了。苏联的作品,如《铁流》《毁灭》《士敏土》《静静的顿河》《被开垦的处女地》《钢铁是怎样炼成的》《青年近卫军》《日日夜夜》《俄罗斯人》《前线》等,早已为中国广大读者所熟习。苏联的文学作品中所描写的苏联人民的高尚典型,已经不仅被千千万万的中国读者所热爱,而且永远活在中国人民的心中了。保尔·柯察金、丹娘、马特洛索夫和奥列格已经成为我国无数青年的表率。

使我们感到特别高兴的,是年青的新中国的文学、艺术和电影的作品在苏联受到了重视,它们的思想和艺术价值得到了苏联读者、观众的推崇。丁玲的《太阳照在桑乾河上》、周立波的《暴风骤雨》、贺敬之、丁毅的《白毛女》获得一九五一年斯大林奖金,使中国人民和中国文艺工作者感到极大的光荣。这是对于我们中国作家的一个最高酬报,而更重要的,也是对我们中国作家的一个鼓励,鼓励我们写出更好的作品。

中苏两国之间正在日益加强的文化交流,对帮助中国文学艺术的发展,具有重要的意义。这个意义还不只是文学上的,同时也是政治上的。大家都知道,伟大的中苏友谊是保卫东方和世界和平的最重要因素,而进一步加强中苏文化交流也就是进一步巩固这个伟大友谊的良好方法。

摆在中国人民，特别是文艺工作者面前的任务，就是积极地使苏联文学、艺术、电影更广泛地普及到中国人民中去，而文艺工作者则应当更努力地学习苏联作家的创作经验和艺术技巧，特别是深刻地去研究作为他们创作基础的社会主义现实主义。

目前中国文学，就整个说来，还不完全是社会主义的文学，而是在社会主义现实主义指导之下社会主义和民主主义的文学。毛泽东同志在《新民主主义论》中十分明确地指出：

> 新民主主义的政治、经济、文化，由于其都是无产阶级领导的缘故，就都具有社会主义的因素，并且不是普通的因素，而是起决定作用的因素。
>
> 我们在政治上经济上有社会主义的因素，反映到我们的国民文化也有社会主义的因素。

判断一个作品是否社会主义现实主义的，主要不在它所描写的内容是否社会主义的现实生活，而是在于以社会主义的观点、立场来表现革命发展中的生活的真实。我们的许多作品，例如上述得奖的丁玲等同志的作品以及赵树理和其它（他）作家的一些作品，都是描写农民的生活和斗争的。但这些作品却不是农民文学或一般民主主义的文学，而是社会主义现实主义的文学。因为在这些作品中，作者并不是以普通农民的或一般的民主主义的观点而是以工人阶级的社会主义的观点来描写农民的，他们以工人阶级的眼光观察了农民的命运，表现了在共产党领导之下农民的从事革命斗争，他们的生活地位的变化和思想觉悟的过程。他们歌颂了农民无穷无尽的革命毅力，同时也批评了他们的各种保守的、落后的心理、意识和习惯。描写了农民的翻身，实际也就是描写了工人阶级对农民的领导。作品中的农民的积极分子和共产党员，已经不是普通农民，而是在农村的工人阶级的先锋队。描写人民解放军和人民志愿军的作品，在人民战士的身上体现了爱国主义和国际主义的高度的结合。

我们的国家正进入大规模经济建设的新的历史阶段。政治、经济、文化生活中的社会主义的因素无疑地将日益增长。在工业生产战线上，工人阶级是站在国家的领导阶级的地位，他们的高度的劳动热忱是和他们的社会主义的觉悟分不开的。在农村中，农民将逐步走上农业生产合作的道路。知识分子和青年学生正受着马克思主义世界观的教育。这一切就将要为文学上的社会主义现实主义提供日益扩大的现实的基础。

自然，中国要变为社会主义的社会，还需要经过一个相当的过程。虽然社会主义经济是整个国民经济的领导力量，并正在以可惊的速度发展着，但在广大范围内，中国目前仍可以说是一个小生产者的国家。在中国还有资产阶级存在,这种情况反映到文学上,就是文学中资产阶级、特别是小资产阶级思想的广泛影响以及由此产生的社会主义现实主义者对于小资产阶级、资产阶级影响的强烈斗争。

必须承认,今天中国的社会主义现实主义文学还是远不够成熟的,它还在成长的过程中。这主要地是因为中国作家的马克思列宁主义的修养,生活经验和艺术造诣都还不够的原故。这就使得我们向苏联社会主义现实主义文学学习成为更加必要了。

那末,究竟向社会主义现实主义学习一些什么,以及如何去学习呢?

社会主义现实主义首先要求作家在现实的革命的发展中真实地去表现现实。生活中总是有前进的、新生的东西和落后的、垂死的东西之间的矛盾和斗争,作家应当深刻地去揭露生活中的矛盾,清楚地看出现实发展的主导倾向,因而坚决地去拥护新的东西,而反对旧的东西。因此当我们评论一篇作品的思想性的时候,主要就是看它是否揭露了社会阶级的矛盾——这种矛盾是无微不至地表现在生活的各方面的——以及揭露是否深刻。任何企图掩盖、粉饰和冲淡生活中的矛盾的倾向,都是违背现实的真实,减低文学的思想战斗力,削弱文学的积极作用的。

三年来,中国人民在抗美援朝的英勇斗争中,在土地改革以及其它各种社会改革运动中,在经济的恢复和建设中,获得了伟大的成就,在国家建设的各个战线上出现了无数的英雄模范的人物和事迹。这是我们的文学首先应当加以表现和歌颂的。但是同时必须指出:三年来我们的国家在毛泽东同志和中国共产党的领导之下所获得的巨大成就是从克服了重重的巨大困难得来的。中国人民一方面要继续和帝国主义进行斗争,另一方面要开始大规模的国内的和平建设。在我们国家,广大的分散的小生产者的存在是和国家工业化的要求相抵触的;人民意识和生活中残留的旧思想、旧习惯,例如农民的自私保守观念,是和人民日益提高的政治觉悟相抵触的。我们的有些作家往往不敢去描写现实中的困难和矛盾,而不知道,表现我们国家的成就,就是要表现克服困难的艰巨的过程。我们的有些作家往往把革命的乐观主义简单化、庸俗化了,把胜利的得来写成非常容易。他们接触到生活中的矛盾的时候,不但不敢去展开它,并且把它冲淡,磨平,为的避免犯“错误”。这样,他们就把生活的奔流写成了风平浪静或者仅有微小的波澜了。

法捷耶夫的《毁灭》叙述了内战时期的一支游击队的故事,这支游击队打到最后只剩下了十九个人,但从他们的不可征服的革命意志和信心来看,他们仍然是胜利的。因此,这篇作品感动读者的东西,就不但丝毫不是失败的情绪,而恰恰是顽强的革命乐观主义的精神。对于他的《青年近卫军》,也同样可以这样地说。“疾风知劲草”,只有在克服巨大的困难和矛盾中,才能显示出革命乐观主义的真正力量。

要表现生活中的新的力量和旧的力量之间的斗争，必须着重表现代表新的力量的人物的真实面貌，这种人物在作品中应当起积极的、进攻的作用，能够改变周围的生活。只有通过这种新人物，作品才能够真正做到用社会主义精神教育群众。我们的作家，一般地还不善于描写新的人物，对于描写旧的人物和事件倒是比较更为娴熟的。新的人物往往缺少性格，作家们常常是只描绘了新生活的外表，新人物的共同的政治的轮廓而没有深入地刻画出他们的个性，他们的心灵。这样，就造成了我们的许多作品的缺乏生命、枯燥无味和公式主义的毛病。苏联的文学创造了正在建设共产主义世界的完全新的人物的形象，这是特别值得我们的作家去学习的。

向苏联文学的社会主义现实主义学习，对于我们，今天最重要的，就是学习如何描写生活中新的和旧的力量的矛盾和斗争，学习如何创造体现了共产主义高尚道德和品质的新的人物的性格。

许多优秀苏联作家的作品，在这一方面都是我们学习的最好的范本。斯大林同志关于文艺的指示，联共中央关于文艺思想问题的历史性的决议，日丹诺夫同志的关于文艺问题的讲演，以及最近联共十九次党代表大会上马林科夫同志的报告中关于文艺部分的指示，所有这些，为中国和世界一切进步文艺提供了最丰富和最有价值的经验，给与(予)了我们以最正确的、最重要的指南。

我们向苏联文学学习，决不妨碍，而是恰恰相反，正足以帮助我们的文学继承和发扬自己民族的优秀传统。中国文学的现实主义传统是历史久远的。“五四”以来革命的民主主义的现实主义，以鲁迅为代表，则在中国文学史上开创了一个新的时代，并准备了向社会主义现实主义发展的条件。

鲁迅的现实主义精神，主要表现在他对于旧中国的黑暗的仇视和对于新中国的热望和追求，以及他的是非分明，爱憎热烈的原则的态度上。他创造了阿 Q 的典型，一方面，对他的被侮辱与被损害寄予了充分的同情，另一方面，对他的不觉悟的致命的弱点给与(予)了沉痛的鞭挞。

中国古典作家的许多现实主义作品，也都真实地描写了社会斗争，刻画了人物性格。六百年以前所产生的中国第一部伟大的小说《水浒》，就深刻地描写了农民对封建官僚地主的斗争，这个斗争，尽管带有它的不可避免的落后性和原始性，却达到了如此高度的形式：反叛的农民们建立了自己的根据地　　梁山泊，组织了自己的军队和政府。在《水浒》中刻画了一百零八个英雄，许多都是具有完全不同的个性的典型人物。另一部伟大的小说《红楼梦》中所创造的男女人物共达四百四十八人之多。这在世界文学史上也是罕有的现象。今天的中国文学应当把中国古代文学的这个善于描写斗争和性格的优秀传统很好地加以继承和发扬。新的社会主义现实主义的文学，只有当它有意识地、自然也是批判地吸收了自己民族遗产的优秀传统的时候，才能成为真正的人民的文学。

因此，我们必须以本国人民的生活和自己民族的文学传统为依据，向先进的苏联文学学习。追踪在苏联文学之后，我们的文学已经开始走上了社会主义现实主义道路；我们将在这个道路上继续前进。

——原载《人民日报》1953年1月11日

何其芳

现实主义的路，还是反现实主义的路？[①]

对胡风同志在会上的检讨，我是很不满意的。并不是说他完全没有检讨，不，他也检讨了个别的重要问题。但是，胡风同志的文艺理论上的错误并不是个别的，而是在许多原则问题上有一系列的错误。胡风同志没有提到这样的思想高度来进行自我批评，反而把自己的文艺理论描写为基本上是正确的，只是在个别问题上看法有错误，只是在做文艺理论工作的时候有某些技术性质的缺点，具体作品的批评写得太少，文章里面的语言又常常缺乏明确的科学性，等等，因而可能引起一些误解。这是不符合实际的情况的。我感到很不满意，又还因为胡风同志在北京准备这个检讨，已经有两个多月之久，并且许多同志都给他提过意见。如果他认真考虑这些意见，应该能够检讨得比较好一些。

胡风同志是很早就参加革命文艺活动的文艺工作者。他一直坚持反帝反封建反国民党的立场，这是首先应当肯定的。他的文艺思想也曾接受过一些马克思主义的文艺理论的影响。然而，在文艺的某些根本问题上，他却一直保持着资产阶级和小资产阶级的观点，他所接受的马克思主义的文艺理论的词句，常常不过是用来掩蔽他的许多错误观点的实际的阶级性质，使它们具有一种革命的面貌。在一些根本问题上分不清无产阶级思想和资产阶级小资产阶级思想的区别，在延安文艺座谈会以前的革命文艺界，本来是相当普遍的现象。胡风同志的错误的严重性在于他在毛泽东同志的《在延安文艺座谈会上的讲话》发表以后，并不用它来检查和改造自己的思想，仍然积极地宣传他那些错误观点，用它们来和革命文艺的新方向对抗。这样，他和他的支持者实际上就成为一个革命文艺界内部的反对派了。毛泽东同志说："小资产阶级出身的人们总是经过种种方法，也经过文学艺术的方法，顽强地表现他们自己，宣传他们自己的主张，要求人们按照小资产阶级知识分子的面貌来改造党，

① 一九五二年十二月十一日在胡风文艺思想讨论会上的发言。

改造世界。”胡风同志的文艺理论的实质就是这样。

胡风同志的文艺理论牵涉的问题相当多，我这个发言不可能接触到全部有关的问题，只打算集中批评一下他对于现实主义的理解。胡风同志常常标榜着革命的现实主义。在一九四八年写的《论现实主义的路》里，他把他自己的理论活动描写为一贯正确，一贯坚持革命的现实主义，好像他和他的几个伙伴简直就是革命的现实主义的化身，而且只此一家，别无分店。因此，分析一下他所主张的“现实主义”到底是一种什么性质的“现实主义”，和毛泽东同志所说的无产阶级现实主义相距有多远，而且它会引导文艺青年走到什么地方去，我觉得是很必要的。以这为中心，虽然不可能接触到他的文艺理论所涉及的一切问题，却可以说明其中的一些带根本性质的错误。

一 在文艺创作上，具有最后决定性的因素到底是作者的生活实践，还是作者的“主观精神”？

胡风同志在检讨中说，他是承认生活实践对于作家的重要的。他引用了一些他过去讲到生活实践的话。我想，进步的资产阶级的和小资产阶级的文艺理论家大概都会承认生活实践的重要吧，何况胡风同志还曾经受过一些马克思主义的文艺理论的影响，哪能不在有些时候，以至在一般的情况下，抽象地讲一讲生活实践的重要呢？判断一个文艺理论家是不是彻底的唯物论者，是不是真正的马克思主义者，关键并不在这里，而在他论述作者的生活实践和作者的主观这两者的关系的时候，到底把什么看作对于创作具有最后决定性的东西。在这个问题上，胡风同志的回答却是唯心论的，把作者的“主观精神”看得更根本的。

一九三七年，胡风同志曾经写过这样一段话：

> 如果一个作家忠实于艺术，呕心镂骨地努力寻求最无伪的、最有生命的、最能够说出他所要把捉的生活内容的表现形式，那么，即使他像志贺似地没有经过大的生活波涛，他底作品也能够达到高度的艺术的真实。因为，作者苦心孤诣地追求着和自己底身心底感应融然无间的表现的时候，同时也就是追求人生，这追求的结果是作者和人生的拥合，同时也就是人生和艺术的拥合了。这是作家的本质的态度问题，绝对不是锤字练（炼）句的功夫所能够达到的。如果用抽象的话说，那就是，真实的现实主义的创作方法，能够补足作家底生活经验上的不足和世界观上的缺陷。
>
> （《密云期风习小记》九九——一〇〇页。下点是我加的——其芳）

这段议论是有感于日本作家志贺直哉的创作态度的严肃而写的。提倡严肃的创作态度本来并没有什么不对,然而胡风同志却把创作态度强调到这样的程度,比生活经验还重要,这就非常错误了。现实主义可以突破作者的观点的限制,这是恩格斯曾以巴尔扎克为例子说明过的。但是,胡风同志却不想一想,它的原因是什么。仍以巴尔扎克来说,这正是由于他非常熟悉当时的法国社会,非常熟悉那些必然没落的贵族和逐渐得势的资产阶级,因而他如实地描写这个社会及其中的两个阶级的人物,结果就不能不和他的阶级同情和政治偏见相违反。如果像胡风同志所说的生活经验不足,作家的现实主义从哪儿来呢?又如何能够补足他的世界观上的缺陷呢?这种奇谈只能证明胡风同志连现实主义的基础是什么都不清楚。现实主义的基础只能是生活,但胡风同志却说是创作态度。在这段话里,他还有一个奇怪的论点。他把作家的创作生活和作家的全部生活等同起来,因此达到了这样的结论:忠实于艺术就是忠实于人生。写作自然是作家的生活的一个部分,但我们常常说的作家的生活,习惯上都是指他的写作以外的社会实践,这才是他的创作的原料的来源。如果一个作家只在写作中去"追求人生",那是"追求"不出多少东西来的。只有艺术至上主义者才是这样。

我引用胡风同志这段很早的议论,是因为其中包含的错误后来不但没有改正,而且得到了发展。在抗日战争爆发以后,他在有些论文里居然认为"作家对待生活的态度"就是"创作底源泉"(《剑·文艺·人民》一五一页),作家的"自我扩张"就是"艺术创造的源泉"(《逆流的日子》二五页)。有一次,一些文艺青年问他:"作家写进作品去的是不是非自己亲身经历过的不可?道听途说的材料是不是也可以写的?"他回答:"道听途说的材料也可以,问题在于你能不能用你底精神力量从那些材料里面取出有生命的活的东西。"(《在混乱里面》二三页)诚然,作家在作品里所写的东西并非一切都必须直接经历过。果戈理的《死魂灵》的题材是普希金告诉他的。托尔斯泰的《战争与和平》所描写的是他还未出生以前的俄国的社会和历史。法捷耶夫的《青年近卫军》所描写的斗争他并没有亲身参加过。然而,果戈理能够把乞乞科夫和种种类型的地主写得那样生动,那样深刻,正是由于他平常观察过许多与他们相类似的人物。托尔斯泰虽然能够根据对于书面材料的研究来写某些历史场面,历史人物,但他那部小说里最经常出现或者说最有个性的人物仍然是以他熟悉的人为模特儿。法捷耶夫除了到他所描写的英雄们的家乡去作过调查访问而外,还依靠他过去在那一带地区作过党的工作,还依靠他青年时代参加过游击队,而且他对于那种具有高贵品质的苏联青年男女早有很多了解。总之,一个成功的作品的最基本的东西还是离不开作者的生活经验。胡风同志对于文艺青年,不着重地指出这个真理,却认为最后决定于一种神秘的东西——"精神力量"。他在另一篇文章里,说到了五四以来的新文艺的斗争精神。他说:"这种精神由于什么呢?由于作家底献身的意志，仁爱的胸怀，由于作家底对现实人生的真知灼见，不存一丝一毫自欺欺人的虚伪。我们把这叫做现实主义。”（《在混乱里面》五八页）这也许就是他所说的那种“精神力量”的具体内容吧。我们且不说这种说法是如何缺乏阶级观点，仅仅从他把这些东西当作现实主义的同义语，就可以看出他对于现实主义的理解是何等不科学了。

胡风同志的这样的观点，是直接和毛泽东同志的《在延安文艺座谈会上的讲话》相反的。毛泽东同志说，人民生活是文学艺术的“唯一的源泉”，“此外没有第二个源泉”。他又说，“马列主义的一个基本观点，就是客观决定主观，就是阶级斗争和民族斗争的客观现实决定我们的思想感情，但是我们有些同志却把这个问题弄颠倒了，说什么一切应该从‘爱’出发……这是表明这些同志是受了资产阶级很深的影响。”胡风同志把作家的主观强调到这样的程度，认定它是最后决定创作的东西，以至说它就是创作的源泉，这正是把问题弄颠倒了，也正是表明他受了资产阶级很深的影响。然而胡风同志在毛泽东同志的这个关于文艺科学的著作发表以后，不但不改正这种错误的观点，而且采取更加尖锐的方式来进行宣传。一九四五年十二月，他在他所主编的杂志《希望》上，发表了这样一段卷头语：

> 对于没有生活就没有作品的问题，人们举出来的例子总是这样说：高尔基如果没有在俄罗斯的底层里混过，高尔基就不会写出那样的作品，今日的苏联，不，今日的世界也没有那样的一个高尔基。但有一个更重要的问题人们没有提出：俄罗斯当时有多少码头工人，多少船上伙伕，多少流浪子，为什么在这之中只出了一个高尔基？高尔基有没有天才我们不能肯定，但高尔基能够用自己的脑子非常辩证法地去认识，去溶化，去感动，并且把自己整个的生命都投入这个伟大的感动中是铁一样的事实。这就要看自己的主观条件来决定了。在这里，我很高兴举出一个例子：就一块磁石说吧，磁石在主观上决定自己是磁石之后，它就能够吸收了。不然，对于一块石头，钢铁也要失去存在的价值！中国的作家直到今天还说自己没有认识生活，没有和生活发生关系，我觉得这将不免是一类嘻（嬉）皮笑脸的态度。其实，中国作家（尤其是年青的）早就和生活紧紧配合了，问题是缺少许多像磁石一般能够辩证法地去吸收的脑子。磁石和钢铁是两种对立条件的存在，人们要说我是观念论者也不可能！……
>
> 东平（一九三八）

一九四八年九月，他在他所写的《论现实主义的路》里面，重又引用了这段话，并且说，从这段话，“我们听到了革命的现实主义传统底呼声”（原书一五——一七页）。这段话虽然是丘东平同志写的，但在延安文艺座谈会以后，在毛泽东同志指出了革命的文艺工作者对于工农兵及其干部“不熟,不懂,英雄无用武之地”,号召他们“必须长期地无条件地全身心地到工农兵群众中去”以后,胡风同志却一次再次发表这段不正确的话,目的何在呢? 这不显然是利用一个牺牲了的同志的片面的见解,来反对革命文艺的新方向吗? 这段话的不正确是很明显的。它提出这样一个问题:“俄罗斯当时有多少码头工人,多少船上伙伕,多少流浪子,为什么在这之中只出了一个高尔基?”好像这只能引向这样一个结论:最后决定作家的成就的并不是他的生活,而是他的主观条件。但是,我们也可反问一句:“俄罗斯曾经有多少现实主义的作家,多少伟大的头脑,为什么一直到了高尔基才能写出那样丰富那样深刻的反映下层人民的作品?”这就证明了真理还是在这里:高尔基的成就虽然并非仅仅由于他曾经在俄罗斯的底层里生活过,他的天才,他的刻苦努力,他的接受革命思想,都是和他的成就分不开的,但说到最后,最根本的条件还是他的生活经验,他的社会实践。丘东平同志并不是理论家而是创作家,这段话又写于一九三八年,它的不正确是无足奇怪的。奇怪的是胡风同志到了一九四八年还把它当作武器来保护他自己的错误。

我们是辩证唯物主义者,我们并不否认作家的主观条件的作用,思想修养与艺术修养,生活态度与创作态度,以及作家的才能,都是对于他的成就有一定的决定意义的。但是,观念形态的文艺作品既然是客观现实的反映,一个作家就必须首先经历了丰富的生活,然后才可能有充足的创作原料,然后他的修养也好,创作态度也好,才有用武之地。因此,在种种条件之中,到底什么最根本呢? 一个马克思主义者必须作严格的唯物论的回答:不可能是任何别的东西,只能是作家的生活经验,作家的社会实践。

然而胡风同志的回答却和这相反:不是作家的生活实践,而是他的“主观精神”。这就是他所主张的“现实主义”的第一个特点。

二　对于今天的革命作家,是否无论什么生活都一样有意义?

作家的生活实践对于他的创作具有最后决定的意义,这是一个马克思主义的文艺理论家所必须首先明确地肯定的。但仅仅肯定这一点仍然不够。还有一个必须紧跟着提出来的问题:对于今天的革命作家,是否无论什么生活都一样有意义? 在这又一个问题上,胡风同志的回答也是错误的。他认为作品的题材的差别并不重要,作家的生活的差别也并不重要。一九四五年十二月,他曾经写过这样一段话:

> 然而,文艺作品底价值,它底对于现实斗争的推进效力,并不是决定于题材,而是决定于作家底战斗立场,以及从这战斗立场所生长起来的(同时也是为了达到这战斗立场的)创作方法,以及从这创作方法所获得的艺术

力量。(《逆流的日子》一六一页)

诚然,文艺作品的价值并非完全决定于题材,还要看作者对待题材的立场和观点,还要看他在艺术上完成的程度。但是,并不能因此就否定题材的重要性,否定它对于作品的价值的一定的决定作用。文学历史上的伟大作品总是以它那个时代的重要生活或重要问题为题材。而且作家对于题材的选择正常常和他的立场有关。否认题材的差别的重要,其逻辑的结果就是否认生活的差别的重要。一九四八年六月,胡风同志为当时北京各大学的一些文艺青年办的刊物写了一篇文章,其中就明白地宣传着这样的观点:

> 在前进的人民里面,并不一定是走在前进的人民中间了以后才有诗,前进的人民和任何具体的环境也不能够是绝缘体,而是要有深沉地把握这个前进,真诚地信仰这个前进,坚决地争取这个前进的心。
>
> 因为,历史是统一的,任谁的生活环境都是历史底一面,这一面连着另一面,那就任谁都有可能走进历史底深处。因为,历史是统一而又矛盾的,另一面向这一面伸入,这一面向另一面发展,那就任谁都有可能走在历史底前面。那(哪)里有人民,那(哪)里就有历史。那(哪)里有生活,那(哪)里就有斗争,有生活有斗争的地方,就应该也能够有诗。
>
> 人民在哪里?在你底周围。诗人底前进和人民底前进是彼此相成的。起点在哪里?在你底脚下。哪里有生活,哪里就有斗争,斗争总要从此时此地前进。
>
> (《为了明天》一三七——一三九页。下点是我加的——其芳)

这更是直截了当地否认了革命作家必须到人民群众中间去,必须参加人民群众的斗争。尽管这里面用了一些好听的字,人民、斗争、前进、诗,说穿了就不过是这么一回事。这样的观点也是直接和毛泽东同志的《在延安文艺座谈会上的讲话》相反的。毛泽东同志批评了当时的延安的许多文艺工作者"只在知识分子的队伍中找朋友,把自己的注意力放在研究与描写知识分子上面"。他又说:"大后方也是变的,大后方的读者,不需要从根据地的作家听那些早已听厌的老故事,他们希望根据地的作家告诉他们新的人物,新的世界。"这就明确地指出了,生活和题材的差别并不是不重要,而是有关革命文艺的新方向的重要问题之一,然而胡风同志在一九四五年以后,在人民解放战争即将在全国取得胜利的前夕,却和毛泽东同志的指示针锋相对地宣传着这样一些错误的观点:题材并不重要,任何人的生活环境都是历史的一面,并不一定要到前进的人民中间去,写你周围的生活就可以,等等。这除了说是有意和革命文艺的新方向对抗而外,难道还可以作别的解释吗?

当然,如何实行毛泽东同志在延安文艺座谈会上提出来的新方向,在当时的国民党统治区是和当时的解放区有很大的不同的。毛泽东同志也指出来了，在国民党统治区，为工农的问题很难彻底解决，因为那些地方有人压迫革命文艺家，不让他们有到工农群众中去的自由。然而，很难彻底解决并不等于不可以寻求一定程度的解决。根据当时的条件，国民党统治区的革命作家，尤其是文艺青年，如果要扩大生活的圈子，接近下层人民，在思想上进行若干改造，建立为工农大众服务的人生观和艺术观，并不是完全没有机会和方法。至于革命的文艺理论家，对这个有历史意义的新方向更完全可以从理论原则上和具体实行的方法上作许多宣传解释工作。因此，胡风同志关于他那些错误观点的反复而顽强的鼓吹，是并不能以当时所在的地区不同来作辩解的。

在胡风同志对于生活和题材的看法中，有一点还应提出来批评一下。这就是他对于自发性的崇拜。一九四八年一月，他在一篇评电影《松花江上》的论文里说，它没有写革命的领导并不是缺点：

> 因为，即使撇开创作以外的原因不说，第一，作品底主题内容总是作者从特定现实领域摄取来的有机的构成，批评只是找寻这个有机构成底真实性或真实度，不应该强迫地加上主题内容本来还没有发展到的东西；第二，不能因为得到了理想底领导的斗争是最高形式的斗争就以为我们有权利看轻自发性的斗争；对于唯物主义者，自发性的斗争是理想转变为物质力量的信号，是理想走向胜利的基地，是对于理想的虽非老谋深算、然而是走向老谋深算的最纯真的欢呼。
>
> （《为了明天》一〇三页）

这里所说的“创作以外的原因”，是指国民党反动派的审查。如果从当时的政治条件来说明这个片子写革命的领导有困难，那也只能说这种缺点或许不能由作者负责，批评家仍必须指出这是缺点，而且是严重的缺点。胡风同志却明白地否认这是缺点，并且还从理论上来加以辩护。辩护的第一点说，对于一个作品，我们只能在它所写的范围内批评它真实不真实或者真实的程度高不高，不能批评它写没有写到什么。他不知道，写东北人民的游击队而不写中国共产党的领导，那正是在根本关键上不真实。辩护的第二点就是对于自发性斗争的热烈歌颂了。在《论现实主义的路》里面，他对自发性表示了更加狂热的崇拜：

> 发现并反映这个自发性，正是不幸置身在只有依据它才能开辟生路的大“泥沼”里面的作家底庄严的任务。（原书一二三页。下点是我加的——其芳）

这就是说，在当时的国民党统治区，人民只有依靠自发性才有出路，因而歌颂这种自发性正是当时的国民党统治区的作家的“庄严的任务”。很显然，这种说法是对于中国的革命斗争的侮辱。历史证明，国民党统治区的人民的解放并不是依靠什么自发性斗争，而是依靠高度地有组织有领导的革命战争以及其他革命斗争。而且就是当时，国民党统治区的人民的斗争，无论是非法的还是合法的，事实上也是以有组织有领导的斗争为主流。胡风同志的这种看法，完全是抹杀了中国共产党的领导作用。他在文艺工作方面拒绝党的领导，拒绝毛泽东思想的领导，是和这种极端错误的思想分不开的。

反对崇拜自发性，是马克思列宁主义理论中的一个极其重要的组成部分。列宁在他的有名的著作《做什么？》里面，曾经对崇拜自发性的"理论"作了精辟的批判。他指出："对于工人运动自发性的任何崇拜，对于'觉悟成分'作用，即社会民主党作用的任何轻视，都是——不管轻视者自己愿意与否——加强资产阶级思想体系对于工人的影响。"他又说："人们谈论什么自发性。但工人运动自发的发展过程，正是趋向于受资产阶级思想体系支配，正是照着信仰纲领进行，因为自发的工人运动也就是工联主义的运动，也就是纯粹职工会的运动，而工联主义正是表明工人受资产阶级的思想束缚。因此，我们社会民主党底任务是要反对自发性，是要工人运动脱离这种投到资产阶级羽翼下去的工联主义自发趋向，而把它吸引到革命社会民主党底羽翼下来。"①斯大林在《论列宁主义基础》里面，充分估计了列宁对于崇拜自发性的"理论"的批判的重要意义，并且对这种错误的"理论"的性质重又作了概括，说它"是机会主义的理论"，"是在实际上否认工人阶级先锋队，即工人阶级党领导作用的理论"。胡风同志所歌颂的还不止是工人的自发性，而且包括农民的自发性，小资产阶级的自发性。用不着说明，工人阶级的自发性斗争尚且只能走向受资产阶级的思想束缚，要说农民和小资产阶级可以不依靠工人阶级政党的领导，而依靠他们的自发性来开辟什么生路，那更是一种二十世纪的神话了。

胡风同志这种对于自发性的崇拜，又还表明了他对于中国人民抱着一些极不正确的看法。对于人民，他不是强调他们的"精神奴役的创伤"，就是歌颂他们的"自发性"。这两者都是由于他看不见中国人民的觉悟性。他脑子里面的中国人民还是阿Q那样的人（《论现实主义的路》一一九——一二〇页就是以阿Q来证明他的"精神奴役的创伤"说的正确）。他好像完全忘记了阿Q是四十年前的农民的形象，而且仅仅是农民的一种形象。他好像完全忘记了三十年来中国所经历的巨大的变化。

所以，胡风同志否认生活与题材的差别的重要，实质上就是否认今天的革命作家必须到工农兵群众中去，否认必须描写他们，尤其是否认必须描写他们的觉悟性，描写他们的有组织有领导的斗争，描写他们中的先进人物。

---

① 下点系作者所加。

这就是他所主张的“现实主义”的第二个特点。

三　关于思想改造和思想改造的道路

毛泽东同志说：“我们知识分子出身的文艺工作者，要使自己的作品为群众所欢迎，就得把自己的思想感情来一个变化，来一番改造。没有这个变化，没有这个改造，什么事情都是做不好的，都是格格不入的。”这是文艺工作者解决为工农兵服务问题的根本关键。在这个问题上胡风同志的看法又是怎样的呢？他的论文里是可以找到“思想改造”的，然而那是一种名存实亡的“思想改造”。

在《论现实主义的路》里，他以知识分子的辩护人的姿态讲了一通“他们在生活上和劳苦人民原就有过或有着某种联系”，“他们和先进的人民原就有过或有着各种状态的结合”之后，也承认知识分子还有缺点，还要改造。但是，怎样改造法呢？他说：

> 就那些和人民有着联系，争取着深入人民底内容的作家们说，他们的创作实践原就是克服着本身底二重人格，追求着和人民结合的自我改造的过程。

此外，他又说：

> 凭着思想要求的力量，一面和笼罩着他们（其芳注：指国民党统治区的人民）的买办性封建性的文化作战，一面深入他们的内容，坚守并创造更多也更强的实现历史要求的桥梁，不正是现实的客观条件所规定的和人民结合以及自我改造的光辉的道路吗？
>
> （以上见原书七七——八二页）

在前面我们曾经提到过胡风同志的一种早期的见解，在创作中追求表现同时也就是追求人生。现在我们可以看到，这种见解更发展了，创作实践就是和人民结合的过程，就是自我改造的过程。这岂不是一条最省事的思想改造的道路？当然，这是有条件的。像胡风同志所反对的“主观公式主义”和“客观主义”的作家们是没有资格走这条捷径的，必须是“那些和人民有着联系，争取着深入人民底内容的作家”。胡风同志这里所指的自然就是他所团结的那些人。而这，就是胡风同志给他们规定的改造的道路。至于胡风同志自己呢？也有一条道路，而且是“光辉”的道路。按照胡风同志的看法，他自己正是一直在和笼罩着国民党统治区的人民的买办性封建性的文化作战，他自己正是“深入”了“他们的内容”，因而既发现了他们的“精神奴役的创伤”，又发现了他们的“自发性”，而且他所写的文章，所编的刊物、丛书，以及他对于青年作家的帮助，都正是“坚守并创造更多也更强的实现历史要求的桥梁”。那么，他坐在他的书斋里做着这些事情，不管是重庆的“若不闻斋”还是上海的“蚓楼”,都早已是走上和人民结合的自我改造的“光辉”的道路了。那么,还有什么问题呢?和人民结合,思想情感的改造,深入工农兵,深入实际斗争,学习马列主义,所有这些对他还有什么实际的意义呢?而且这条“光辉”的道路是“现实的客观条件所规定的”,谁要敢说一声不对,谁就是“压死具体的实践道路”的教条主义者!

不难看出,胡风同志的这些看法也正是和毛泽东同志所说的思想改造及其道路相反的。毛泽东同志总是一方面肯定小资产阶级知识分子的革命性和作用,一方面又指出他们有脱离群众的恶习,有一整套和无产阶级思想相对抗的思想,因而必须经过十年八年的改造,而改造的道路只能是参加实际斗争和学习马列主义。胡风同志所讲的“思想改造”却实际上原封不动。虽说在当时的国民党统治区,知识分子进行改造的条件也和当时的解放区有着很大的不同,但基本的精神和总的道路却不可能也不应该有两样。

从胡风同志对于改造问题的看法,还可进而了解他所强调的作家的“主观精神”的性质到底是什么。既然当时国民党统治区的革命作家绝大多数都是并未经过认真改造的小资产阶级知识分子,而且按照他的理论又是不必经过认真改造的,那么他们的“主观精神”就必然只能是小资产阶级的思想情感。

小资产阶级的作家不必经过认真的思想改造,这是胡风同志所主张的“现实主义”的第三个特点。

四　民族形式和革命的现实主义的关系

还有一个和革命的现实主义有关的问题,就是民族形式。

胡风同志在一九四〇年写过一个小册子,叫做《论民族形式问题》。他这篇论文不仅企图总结当时重庆文化界在这个问题上的争论,而且把当时延安的同志们的意见一律当作批判的对象。由于那是在延安文艺座谈会以前,当时不仅在重庆,就是在延安,在这个问题的讨论中是曾出现过一些不恰当的意见的。然而,胡风同志却不过证明了这样一个事实:他的理论能力和他的企图太不相称。他对于民族形式的看法不但并不是最正确的,而且包含着一系列的错误。

他这篇论文的实质可以用一句话来说明:以强调现实主义来取消民族形式。他对于民族形式的提出的了解就首先是不对头的。他完全不理解民族形式的提出的根本意义在于推进革命文艺群众化,在于推进它和广大人民密切结合,在于使它能够发挥更大的作用。他说,“争取‘民族形式’底发展,实际上是争取‘新民主主义的内容’能够更胜利地得到艺术的表现。”(原书一〇一页)从这为了“艺术的表现”的论点出发,就达到了否定民族传统,否定民间文艺,毫无批判地崇拜外来形式的结论。

胡风同志完全忽视不同国家不同民族的文艺的形式有它自己的历史，自己的传统。他把卢卡契和弗里契的庸俗的唯物论的见解当作经典，当作立论的根据，认为文艺的风格可以直接从生活里面出来，认为只要“社会层”相同就可以借用其他国家的风格上的、体裁上的构造（原书二三——二四页）。这些谬论是一点也经不住事实的反驳的。比如胡风同志所写的东西，无论是新诗、旧诗、论文，还是散文，哪一样不是有它自己的传统（本国的传统和外来的传统）？难道他能够突然从生活中直接创造出来一种完全与过去的传统没有关系的形式或风格吗？只要“社会层”相同外国的形式就可以移植，为什么中国过去的律诗没有移植到外国去，外国的十四行勉强移植到中国却长不起来？一个国家一个民族的文艺形式的发展以及接受外来的影响，是有许多复杂的条件的，并不是这样简单。卢卡契在文艺理论上是犯过许多错误的，过去在苏联曾受到过批判，不久以前在他的本国匈牙利又受到了批判（《人民文学》第三卷第三期上发表的约瑟夫·莱维作的《论我国文学上的一些问题》，就是一篇批判他的文章）。弗里契的庸俗的唯物论更是有名的。他曾因为帝国主义时代是资本主义发展的最高阶段，于是认为在这时代将要出现艺术上最高的作品；他又曾把荷马的《史诗》置于象征派、未来派、印象派的作品之下（据尤琴作《社会存在与社会意识》）。就在胡风同志这个小册子所引用的他的话里面，也可以找到同样近乎笑话的议论。他说，生产或者社会阶级发生了尖锐的变化，诗的形式就要跟着发生飞跃的变化；而经济的基础、社会阶级的构造比较稳定的时候，诗的形式就只发生部分的、进化式的变化（原书三一页）。这正是恩格斯曾经在他《给布洛赫的信》、《给史密特的信》等文献中再三批评过的那种典型的庸俗唯物论！

由于忽视不同国家不同民族的文艺的形式有它自己的历史，自己的传统，胡风同志就完全否定了五四新文艺运动对于民族传统的继承关系，也否定了鲁迅对于民族传统的继承关系（原书三七——四二页）。他对中国封建社会的文艺，是一概抹杀，毫不加以分析的。他不知道，正如列宁曾经说过，每一个民族文化里面都有民主主义和社会主义的文化的成份，中国这样一个大民族，在她的长期的封建社会中，是不能不创造出许多杰出的文艺作品的。这些作品，正是中国古代的现实主义的代表。它们或者直接从被压迫被剥削的劳动人民中间产生，经过多次的加工，也就成为艺术上成熟的作品。它们或者从对封建统治心怀不满的古代的知识分子中间产生，对封建社会的黑暗作了有力的暴露，并且达到了很高的艺术水平。这两类作品，都是我们今天应该宝贵的。胡风同志不但在后一类作品中看不见现实主义，而且对于直接从劳动人民中间产生的作品也一律否定。他片面地强调民间文艺的封建性，说找不到封建文艺的对立物在哪里，没有“发自贰心的叛逆之音”，因而把民间文艺当作封建文艺的同义语（原书四七——五〇页）。胡风同志这种轻视祖国的文艺传统的理论，是非常错误的，是属于苏联批判过的世界主义的性质的。至于他并没有对中国封建社会的文艺（包括民间文艺）作过什么研究而就武断地一概否定，则又暴露出来了他在思想方法上的主观唯心论。

每一个国家每一个民族的文学艺术都有它自己的优良的传统。必须继承并发扬这种传统。当然，这并不是说对于外来的影响就要一律排斥。继承并发扬原有的优良的传统，同时又接受外国的先进的和有益的文学艺术的影响，这两者都是必要的。只看到一个方面都不完全。然而，文艺上的民族形式的提出，却是针对着五四运动以来的新文艺在继承并发扬民族传统上还作得很不够，因而缺少为中国老百姓所喜闻乐见的中国作风和中国气派，因而某种程度地脱离广大群众这一弱点的。民族形式提出来后，当时大体上有两种偏向。一种是强调民族传统，民间形式，然而否认五四以来的传统，否认适当地接受外来形式的必要。一种是肯定五四以来的传统，肯定学习外国的先进的文艺的必要，然而对于五四以来的新文艺的缺点认识不足，对于它的相当脱离广大群众认识不足。胡风同志的论文，是后一种偏向的极端化的表现。他以为只要强调现实主义就够了。他不知道革命的现实主义必须为千百万劳动者服务，而要为他们服务，就必须采取比较容易为他们所接受的形式。延安文艺座谈会以后，许多同志都对于这个问题有了正确的认识，批判了过去的片面的看法。然而胡风同志一九四七年三月为《论民族形式问题》这个小册子重版所写的后记中，仍然没有一句批判它的内容的话。这只能说，他是一直还坚持这些意见的。

否定民族传统，否定民间文艺，认为革命的文艺可以不和广大人民结合，这是胡风同志所主张的“现实主义”的第四个特点。

五　这样的理论会把人引导到什么地方去？

胡风同志所提倡的“现实主义”的主要特点就是这样。它是最后决定于作者的“主观精神”的，它是无论什么样的生活和题材都一样有意义的，它是并不要求小资产阶级的作家改造思想情感的，它是否定民族传统、否定民族形式、因而认为革命的文艺是不必和广大的人民群众结合的。如果说这也可算作现实主义，只能说这是反毛泽东思想的、反无产阶级现实主义的“现实主义”。

无论如何，这绝不是什么革命的现实主义。革命的现实主义，是我们对于无产阶级现实主义亦即社会主义现实主义的称呼。苏联作家同盟规约曾经对于社会主义现实主义作过这样的有名的规定：“社会主义现实主义，作为苏维埃文学与苏维埃文学批评的基本方法，要求作家对于现实从其革命的发展中真实地、历史地具体地去描写。同时艺术的描写之真实性与历史的具体性必须与用社会主义精神从思想上去改造和教育劳动人民的任务结合起来”。胡风同志所提倡的“现实主义”，不是客观现实更根本，而是作家的“主观精神”更根本，这样就不可能作到真实地、历史地具体地描写现实；不是必须描写工农兵及其有组织有领导的斗争，而是无论什么题材都一样有意义，而是歌颂自发性也非常有意义，这样就不可能从革命的发展中去描写现实；不是小资产阶级的作家必须改造自己的思想感情，必须改造自己的脱离群众的文学艺术，而是一切都可以原封不动，这样就完全说不上用社会主义精神从思想上去改造和教育劳动人民。因此，对于革命的现实主义，胡风同志所接受的不过是它的名称，并不是它的内容。

那么，胡风同志所提倡的“现实主义”是不是和资产阶级现实主义有关系呢？我觉得是有些关系的。胡风同志在资产阶级现实主义和无产阶级现实主义之间看不清楚它们的原则区别，对于资产阶级现实主义的作家极少说到他们的限制和弱点，而且以他们作为理想的目标，认为今天的革命作家还可以走、也应该走他们曾经走过的道路（《论现实主义的路》一三六页）。必须描写劳动人民，尤其是描写他们的有组织有领导的斗争，必须要求非无产阶级出身的作家改造自己的思想感情，必须使文学艺术成为千百万劳动者自己的东西，这样的内容是资产阶级现实主义所不可能提出，因而从来不曾提出过的。胡风同志很可能因为看到资产阶级现实主义没有这样一些内容，仍然产生了伟大的作品，于是就忽视了，以至否定了这样一些内容的必要和重要。他不知道，虽然资产阶级现实主义在过去的时代，能够产生一些伟大的批判性的作品，在今天还想依靠它来反映新的时代，来完成新时代所给予文学艺术的新的任务，那就非常不够或者说根本不可能了。至于企图用它来对抗无产阶级现实主义，那更是一个严重的时代错误。当然，就是已经过时了的资产阶级现实主义，也仍然是以作家的生活为根本的，仍然是常常选取它那个时代的重要的题材的。在这些方面，胡风同志既然认为作家的“主观精神”更根本，无论什么题材都一样有意义，那就连资产阶级现实主义也不如了。因此，在他的影响之下的作者，不但不能写出合乎无产阶级现实主义的要求的作品，而且在真实地反映社会生活上，在提出的问题的重要性上，是连资产阶级现实主义的长处也是很缺少的。

尽管胡风同志的文艺理论是这样一种性质的错误的理论，是在革命文艺的阵营内一贯宣传资产阶级和小资产阶级的观点，并用它们来和无产阶级思想对抗的理论，然而他却一直认为他的这种理论最正确。对于过去的国民党统治区的革命作家，除了少数几个支持他或者在他影响之下的而外，一律加上反现实主义的帽子，不是说他们是“主观公式主义者”，就是说他们是“客观主义者”。虽说过去的国民党统治区的革命文艺界是有许多缺点的，胡风同志这种完全不加区别、也不管是否恰如其分的一律抹杀一律排斥的态度，也是很错误的。这样，他就使他的文艺活动成为一种宗派主义性质的活动了。宗派主义正是脱离群众的一种必然的结果。随之而来的就是他不能不感到他自己和他的小集团的孤立。一九四六年五月在上海出版的《希望》第二集第一期上，他又借用了别人的一段话来作卷头语。这个卷头语就代表了他的孤立的感觉：

> 要真实、深湛地，毅然地。诸君所感到的，即使发现了那是和世间一般流行的观念正反对的，也不要迟疑于表现。最初，也许诸君不会被人理解。但诸君底孤立不久就会过去的。不久，会有同志们来拜访诸君。因为，对于一个人是深湛的真实的事物，那对于万人也必定是真。
>
> 所谓大师，是能够用他们自己的眼去熟视别人已经见过了的事物的人们，是能够认出对于别人是过于陈腐了的事物所含有的美的人们。
>
> 如果诸君底才品是新生的，那时候，最初诸君也许几乎找不到同志，倒是会有一大群敌人。不要失望，前者（同志）一定会胜利的……
>
> （下点是我加的——其芳）

这是引的资产阶级的艺术家罗丹的话。如果说罗丹在没落的资产阶级的社会里感到孤立，并且不怕孤立，还有一定的意义，那么胡风同志在一九四六年还用这些话来安慰他自己及其小集团的由于脱离群众而来的孤立，那就是可笑的时代错误了。虽然他那时在上海，那还是国民党统治之下的上海，但在进步的文艺界当中“一般流行的观念”却已经是毛泽东的文艺思想，为工农兵服务的思想。胡风同志公开地向文艺青年作这样一些宣传，不要怕孤立，不要考虑群众接不接受，对于个人是真实的事物对于万人也必定是真实，甚至在过于陈腐了的事物里面也含有美，这到底是什么用意呢？这难道除了说是借用资产阶级的艺术家的话来反对革命文艺的新方向而外，还能够作别的解释吗？

为什么胡风同志很早就参加革命的文艺活动，又曾经接受过若干马克思主义的文艺理论的影响，他的思想里面还有这样多的错误的东西呢？应该说明，我们有一些党的和非党的文艺工作者，虽然他们参加革命文艺活动的时间很长，仍然是缺乏对于马列主义的系统的学习，缺乏深入群众斗争的锻炼的。这样，他们就完全可以一方面接受若干革命思想和若干革命文艺理论知识，一方面仍然在许多根本问题上保持着资产阶级和小资产阶级的观点，而且把它们当作正确的东西来加以宣传。对这样的人，必须如毛泽东同志所说的，要向他们大喝一声，指出他们的错误的严重性和危险性。

《文艺报》第六十六期的《读者中来》一栏里，发表过一篇题目叫作《对胡风文艺理论的一些意见》的文章。这篇文章就具体地说明了他的文艺理论所曾发生过的有害的影响。这篇文章说，在蒋介石匪帮的黑暗统治快要崩溃的前夕，胡风同志发表了我们在前面也曾经引用过的那篇文章，强调“那（哪）里有生活，那（哪）里就有斗争，有生活有斗争的地方，就应该也能够有诗”。这种论调给一些脱离实际、脱离群众的文艺青年的弱点作了辩护，使他们对于斗争的道路的认识模糊了起来，阻挠了他们参加实际斗争和认真改造自己的思想。而在文艺创作上，胡风同志强调“精神力量”的理论也给他带来了痛苦的经验，按照那种理论写出来的作品总是失败。直到解放以后，在检查思想的过程中，这篇文章的作者才开始发现，胡风同志的文艺理论曾经严重地妨害了他的进步。因此，他根据他的亲身经验对这种有害的理论作了批评，并且最后说：“我迫切地要求对于这些错误的文艺理论进行批判！”《文艺报》的编者告诉我，他们曾经收到了许多这样的内容的读者来稿，发表出来的这篇不过是其中之一而已。从这篇文章，我们不但清楚地看见了胡风同志的文艺理论到底把文艺青年引导到什么地方去，而且令人兴奋地感到了这几年新中国的思想改造运动的伟大胜利。曾经有一些没有机会接触马列主义、接触毛泽东思想的人，他们过去把胡风同志的错误的理论当作正确的方向，然而等到他们真正接触了正确的理论，并用它来检查自己的思想的时候，他们的眼睛就开始明亮了起来，就能够对于曾经俘虏过他们的错误的理论进行批判了。

既然过去受过胡风同志的影响的人已经能够批判他的理论，他自己更应该能够作出较深刻的检讨来。一个革命的工作者，不怕曾经犯过错误，也不怕暂时还不能很好地认识自己的错误。在工作中完全不犯错误，大概是不可能的。暂时还不能很好地认识自己的错误，过一些时候，经过别人的帮助，也就认识了。最怕的是不能正视自己的错误，不能公开承认自己的错误，不能从错误中得出经验教训来。因为这样自己就不可能进步。我觉得胡风同志今天来检讨自己，是有很多便利的条件的。其中最重要的是历史已经作了结论。如果他能够用严肃的诚恳的态度来对待他的错误，我相信他是能够作出使我们满意的检讨来的。

1953 年 2 月 1 日写出

——原载《文艺报》1953 年第 3 期

邵荃麟

沿着社会主义现实主义的方向前进[①]

同志们:大会的讨论已经结束了。在四天半的讨论中,代表同志们对于周总理的报告一致的表示热烈的拥护,对于周扬同志和茅盾同志的报告一致表示同意。

周总理的报告,向我们详尽地分析了目前国内外的形势,指示了我国在过渡时期中的总路线,并且指示了文学工作者如何为贯彻这总路线而努力的具体任务,使我们不仅对于当前现实形势,我们国家的伟大远景以及其发展的途径,有了更明晰和正确的认识,并且对于文学工作在这个新的历史时期的实践方向和内容以及与此相联系的创作方法上的一些主要问题,也获得更明确的理解。正是在这种认识提高的基础上,大大地提高了文学工作者创作的信心,鼓舞了我们前进的勇气和热情,加强了我们的责任感和在党领导下团结一致为发展创作事业服务国家建设而努力的积极精神。我们的代表大会的召开,恰恰紧接着政治协商会议全国委员会扩大会议和中央人民政府委员会讨论了过渡时期经济建设总路线之后,因此,使我们能够根据这个总路线的精神来讨论和决定今后文学的任务,取得丰富的收获。这是这次代表大会最主要的成就。对于这个成就,我们应该首先衷心感谢党中央和周总理对于文学事业深切的关怀、支持和英明的指示。

大会各小组对于周总理的报告以及周扬同志和茅盾同志的报告都进行了详细而热烈的讨论。各小组的意见,大致可以归纳为下面四个问题。

一、文学工作者如何为贯彻过渡时期的总路线而努力

周总理的报告中指出,从中华人民共和国成立到社会主义改造基本完成,是一个过渡时期,在这过渡时期中党的总路线就是:“要在一个相当长的时期内,基本上实现国家的社会主义工业化和对农业、对手工业、对资本主义工商业的社会主义改

① 在中国文学工作者第二次代表大会上的总结发言。

造。”我们国家将经过这个过渡时期而走入社会主义的社会。同志们，这是多少年来我们所梦想着的社会呵，现在这已经不是遥远的梦想，而是我们共同奋斗的具体目标了。四年以前，人民政治协商会议所通过的共同纲领中，已经确定了这个总路线的基本原则；四年来我国各方面民主和社会改革工作已经为这个伟大历史任务创造了有利的条件。我们坚信，这个伟大目标是一定能够胜利地达到的，因为我们有马克思列宁主义学说的武器，有党和毛主席的英明领导，有全国人民高度的政治觉悟，有苏联的慷慨无私的援助，有全世界爱好和平人民的支持。我们怀抱着坚定不移的信心为这个伟大的目标而奋斗，但是同时我们也认识到，要达到这个目标并不是一帆风顺的，而是要经历相当长时期的艰巨和复杂的斗争。我们应该充分估计到这个斗争的艰巨性和复杂性。因而必须更加倍来提高我们战斗的力量。

作为思想战线上重要一翼的文学，在这个社会主义改造的过渡时期中的基本任务，就是要以文学艺术的方法来促进人民生活中社会主义因素的发展，反对一切阻碍历史前进的力量，帮助社会主义基础的逐步增强和巩固，帮助社会主义改造事业的逐步完成。

这就是说，我们的文学要用社会主义的思想感情，用我们民族的革命传统精神，用革命的乐观主义和爱国主义，来鼓舞、教育全体劳动人民，积极地发挥其创造精神和劳动热忱，为社会主义工业化而奋斗；培养人民中间特别青年中间共产主义的道德品质，以这种道德力量来帮助社会主义改造事业的加速推进；同时我们的文学要以阶级斗争的精神教育人民去克服工人阶级队伍中间的资产阶级思想的影响，去说服广大农民和手工业者，在加强工农联盟的基础上自觉自愿地，向社会主义前进，去教育资产阶级和小资产阶级的爱国分子服从社会主义的改造；我们要在联合的条件下对资产阶级进行思想斗争。要批判各种各样对于社会主义改造抵抗的思想，坚决地打击一切敌视社会主义改造的反动思想。工人阶级思想和资产阶级的思想斗争将是社会主义改造时期中思想斗争的主要内容。

同时，我们必须毫不松懈地，努力铲除帝国主义封建主义的思想的残余影响，对国内和国外的、公开和隐蔽的一切反动思想作斗争。

这就是文学战线上在过渡时期中所担负的思想教育和思想斗争的主要任务。我们的文学要以生动的艺术形象充分地去表现和发扬新社会的力量，同时也要坚决地去揭露和打击垂死的旧社会的残余力量。我们要教育人民摆脱旧社会生活的羁绊，看清沿着社会主义前进的道路，并为这个前途而积极奋斗。

文学艺术在思想教育和思想斗争上的巨大作用，是通过文学艺术所特有的艺术感染力量而取得的。这样的思想教育和思想斗争工作显然不可能依靠抽象的原理或者主观的想像，而只有依靠对于革命发展中的现实生活本身的认识和对于现实生活的真实描写,来达到服务于政治的目的。这即是说用对于我们人民生活的真实和具体的描写,和以上所说的思想教育和思想斗争任务结合起来,这就是我们目前社会主义现实主义文学所要求的内容。

因此,为了使文学能够更好的(地)服务于过渡时期的总路线,首先就是要求我们用社会主义现实主义的方法来创造出更多更好的,各种样式的,适合于人民各种不同文化水平的作品。作品就是我们自己的武器。周总理的报告中特别强调了艺术实践,即是鼓励我们要更积极去展开艺术的创作活动。各小组的讨论中,大家一致的强调了这个精神,一致表示要积极创作。文学战线上士气的旺盛是这次大会的主要收获之一。

在讨论总路线时,大家更深刻的体会到文学与政治的关系。要创造出更多更好的作品,离开党的政策、路线是不可能的。中央所指示的过渡时期的总路线是根据于目前阶段我国社会发展的客观法则,因此也就是指导我国社会发展的唯一正确的路标。文学工作者如果离开这个总路线,也就是离开了现实生活的方向,离开了文学上的现实主义。苏联作家协会的章程中指出:"文学,其艺术技巧,其思想和政治的充实性与实际动力底成长的决定条件就是:文学运动与党和苏维埃政权底当前政策问题的密切和直接的联系,作家之参加积极的社会主义建设,以及作家对具体现实的精细和深刻的研究。"这对于我们是十分重要的经验。我们必须更认真地去学习和研究和总路线和有关的各种问题,以它作为我们创作的指针;并且应该大力去宣传总路线的精神。我们同时也体会到,学习党的政策和路线,必须与生活实践相结合。在讨论过程中,许多同志结合着自己深入工厂、农村、部队的经验来研究总路线的精神,得到很大的启发。这证明了从实践中才能更好认识政策的内容,才能更正确的理解文学与政治的关系。

我们认为,学习党的理论政策,深入生活实践,观察、体验、分析研究生活,提高艺术修养这些条件的很好结合,是创造出更多更好的作品的基本前提。

在讨论总路线中间,我们也基本上澄清了个别同志中间过去对于政治的一些不正确或不清楚的看法,如关于新民主主义过渡阶段的性质和任务,关于工农联盟等等,也克服了个别同志中间一些保守思想,和对于社会主义改造的斗争复杂性过低估计的看法。大家一致感觉到我们是责任重大的,为了使我们能够担负起这重大的责任,首先应该加强自己政治上和艺术上的锻炼。

二、关于社会主义现实主义在中国文学上的发展问题

我们的文学要服务于社会主义的改造事业,我们必须进一步发展社会主义现实主义的方法。在大会以前各地的同志们都曾经进行了关于社会主义现实主义的学

习,并且得到一定的收获。为了使我们不仅是从理论上,并且结合着中国革命文学运动的实践,来研究一下它的发展过程,是十分必要的。

周总理的报告中间,向我们提出来关于“五四”以来中国文学的历史估价问题,对于我们理解现代中国文学史和目前创作问题上是有重大意义的。我们体会周总理这个指示的基本精神,是要我们从历史发展的观点上去看问题,不要忽视历史的传统。这是马克思主义者研究问题的科学方法。自然,关于“五四”以来中国文学的估价,毛主席在《新民主主义论》和《在延安文艺座谈会上的讲话》中早已有了明确的指示,但是一部分同志,对于这些指示还缺乏具体科学的研究,因而对于社会主义现实主义在中国文学上的发展问题产生了一些混淆的理解,由于这样,也就产生了对于社会主义现实主义一种神秘化的看法。经过周总理报告以后,大家对这个问题的看法明确了,因而也就打破了对于社会主义现实主义那种“高不可及”的神秘看法;另一方面,也消除了一种“妄自菲薄”的心理;因而也就自然地提高了大家对于当前文学工作的信心。这应该认为是这次大会的另一重大收获。

在讨论中,大家明确地认识了,社会主义现实主义的方向,是“五四”以来中国新文学运动的基本方向。因为“五四”以后,中国革命已经是新民主主义的性质。“五四”运动中中国人民的基本政治要求,就是彻底地不妥协地反帝国主义和反封建主义,而能够领导这个斗争的,不可能是软弱动摇的中国资产阶级,而只能是新兴的工人阶级。同样,在文学上能够真实地反映中国人民这种彻底地不妥协地反帝国主义和反封建主义的要求、愿望、和实际斗争的,能够反映出中国人民现实生活的发展方向的,能够在思想战线上坚持这种反帝国主义反封建主义斗争的,能够坚持文学上现实主义的精神的,也不可能是软弱无力的资产阶级的文学,而只能是在工人阶级思想领导下的人民大众的文学。工人阶级领导的人民革命的要求和创作上现实主义的要求相结合,这就构成了社会主义现实主义的倾向。

也有些人以为“五四”时期文学上所反映的个性解放等思想,岂不是资产阶级的文学思想吗？但事实所证明的是:个性解放的要求,已经不是帝国主义时代半殖民地的中国资产阶级的那种妥协的改良主义思想所能解决得了,而只有在工人阶级领导的反帝国主义反封建主义的斗争中才能真正解决。毛主席告诉我们:“‘五四’运动的杰出的历史意义,在于它带着为辛亥革命所不曾有的姿态,这就是彻底地不妥协地反帝国主义和彻底地不妥协地反封建主义。”而“五四”运动之能够具有这种性质,则是因为俄国十月革命的胜利,给中国革命知识分子带来了中国民族解放的新希望。“五四”以后,中国共产党人领导的共产主义文化思想,已经“以其新的装束和新的武器联合一切可能的同盟军,摆开自己的阵势,向帝国主义文化和封建主义文化展开了英勇的进攻。”“五四”时期的新文学运动开始接受了这种思想的影响,也是在这种思想影响下使它能够继承中国几千年来古典文学的伟大的现实主义传统，和吸收世界进步文学的现实主义精神。由于这样，就使“五四”时期中国新文学中开始产生了社会主义现实主义的因素；也由于这样，决定了中国新文学的发展只有沿着社会主义现实主义的方向前进，而不可能有其他的方向。自然，当时资产阶级的文学也有它的方向的，但是那不是现实主义的方向，它只能引导文学走到改良主义、妥协投降、走到颓废主义、唯美主义、形式主义以及各种各样堕落的、反现实主义的道路上去。胡适之、梁实秋等人所走的道路就是这样的道路，而最后是走到帝国主义和蒋介石的怀抱里去了。

由此可见，只有工人阶级的思想领导的反帝反封建的人民大众的文学，才能正确地反映人民的现实生活和斗争，才能正确地发挥其教育人民指导现实的任务。由此可见，“五四”以来新文学发展的方向，不能不是社会主义现实主义的方向。只有沿着这个方向前进，现实主义才有不断发展；不沿着这个方向前进，现实主义的发展是不可能的。

但是，我们说社会主义现实主义是“五四”以来中国革命文学的基本方向，说“五四”时期的文学中已经有了社会主义现实主义的因素，并不等于说“五四”时期的进步作品，都已经是社会主义现实主义的作品了。社会主义现实主义的文学，是从萌芽的状态随着革命的发展而逐渐发展成长的。它不可能是一天早晨从天上掉下来的。主要的一点，就一个革命知识分子当他从开始接受共产主义思想的影响，到他成为一个共产主义者，他的立场，世界观和创作方法，都需要经过一定时期的锻炼和发展。正如斯大林同志所说，一个作家，只要忠实于生活，他一定会成为一个马克思主义者。我们许多前辈的作家，就是沿着这样的道路走过来的。其中最杰出的就是鲁迅。

鲁迅在“五四”初期，已经开始接受了共产主义思想的影响，虽然当时他还不是一个共产主义者。鲁迅“五四”初期的作品中所反映出来的最杰出的精神，就是最彻底的不妥协的反帝国主义和反封建主义的精神。也就是说在他的作品中最正确地反映了“五四”运动的杰出历史意义。鲁迅这种战斗的现实主义精神是和当时党的要求，和中国劳动人民的要求是完全一致的。鲁迅在政治和文学的方向上，坚决反对资产阶级的改良主义和妥协思想。他坚持人民的方向，并且教导着青年向这个方向走去。他告诉我们，路是人走出来的。而这条路实质上就是在工人阶级思想领导下的反帝反封建的，人民大众的道路，也就是文学上向社会主义现实主义前进的道路。鲁迅所以具有这种精神，是由于他是人民中来，参加了社会斗争的实践，他深刻而透澈地理解了中国人民的历史和生活，他和其他革命知识分子一样，接受了俄国十月革命胜利的影响，并且他最深刻地接受了中国古典文学的现实主义传统，接受了中国人民几千年来坚强不屈的斗争精神和经验。他自己就是这种坚强不屈斗争精神的化身。毛主席说:“鲁迅的骨头是最硬的,他没有丝毫的奴颜和媚骨。这是殖民地半殖民地人民最可宝贵的性格。”正由于这样,鲁迅成为“五四”新文化运动的旗手。他在和一切反动、妥协、投降势力斗争中,引导中国革命知识分子和青年,朝着工人阶级所领导的革命方向前进,朝着文学上的社会主义现实主义的方向前进。由于他对于人民对于生活对于历史的高度的忠实,必然地使他后来成为共产主义者,成为中国最伟大的社会主义现实主义的作家。

在第一次国内革命战争时期中,鲁迅所领导下的左翼文艺运动,是“五四”以后中国社会主义现实主义文学进一步发展的时期。但在这个时期,社会主义现实主义的文学,基本上也还是在萌芽的状态。鲁迅在《黑暗中的中国文艺界现状》一文中说:“在中国,无产阶级的文艺运动,其实就是唯一的运动,因为这乃是荒野中的萌芽,除此以外,中国已经毫无其他文艺。”在他“对于左翼作家联盟的意见”中又说:“……无产阶级文学,是无产阶级解放斗争的一翼,它跟着无产阶级的社会势力的成长而成长……”鲁迅这些科学的卓越的分析,对于我们来理解“五四”以来文学的历史估价问题,是极有帮助的。这就是说,中国工人阶级所领导的文学运动,是中国革命文学运动唯一的,基本的方向,这个文学运动是伴随着工人阶级所领导的革命运动的发展,从萌芽时期而逐渐发展和成长起来的。

在鲁迅领导下的左翼文艺运动时期,愈来愈多的革命作家走向社会主义现实主义的文学道路上来。在这同时,全国各地工农民主政权地区中也开始产生了工人和农民自己的文艺运动。这就为后来抗日战争时期中社会主义现实主义更进一步的发展准备了基础。在左翼文艺运动时期中,我们文学中社会主义现实主义的因素是进一步发展了,而同时也从革命知识分子的身上带来了各种各样非工人阶级的思想意识。这种思想意识成为社会主义现实主义文学继续发展的障碍。延安文艺座谈会正是根据“五四”以来革命文学运动的发展的基础和在这个发展过程中所带来许多缺点和问题必须解决的情况下召开的。毛主席《在延安文艺座谈会上的讲话》的引言中说:“在‘五四’以来的文化战线上,文学和艺术是一个重要的有成绩的部门。革命的文学艺术运动,在十年内战时期有了很大的发展。这个运动和当时的革命战争,在总的方向上是一致的,但在实际工作上却没有互相结合起来,这是因为当时的反动派把这两支兄弟军队从中隔断了的缘故。抗日战争爆发以后,革命的文艺工作者来到延安和各个抗日根据地的多起来了,这是很好的事。但是到了根据地,并不是说就已经和根据地的人民群众完全结合了。我们要把革命工作向前推进,就要使这两者完全结合起来。”延安文艺座谈会的召开,就是为这个目的,也就是为了解决文艺工作者为群众与如何为群众的根本问题,这也就是社会主义现实主义的根本问题。毛主席把马克思列宁主义的文艺学说和中国革命文学实践上的具体问题结合起来,确定了中国社会主义现实主义文学运动的指导方针。在延安文艺座谈会以后,革命文艺工作者实践了毛主席的文艺方向,因而产生了更多优秀的社会主义现实主义的作品。延安文艺座谈会无疑是标志了“五四”以来中国革命文艺运动发展的新阶段。

延安文艺座谈会以后,中国社会主义现实主义文学有了更大的发展。但这同样不等于说,当时一切具有进步倾向性的文学作品,都已经是社会主义现实主义的作品了。在文学战线上首先应该划分的,正如周扬同志报告中所指出的,是人民和反人民的界线。而在为人民的文学中间,则无疑是以社会主义现实主义的文学作为主流。在当时就全国范围来说,还有许多进步作家,由于没有经过思想改造的过程,并不能一下接受或掌握社会主义现实主义的方法。所以毛主席说:“我们是主张社会主义现实主义的,又有一部分人不赞成,这个团结的范围会更小些。”而现在经过全国的解放,我们的社会基础已经发生了根本的变化,全国的文艺工作者经过文艺整风和学习,情况是有很大不同了。原来不能接受社会主义现实主义的,现在是能够或者愿意接受了。原来和工农兵很疏远的,现在是接近或愿意接近了。虽然在今天我们中间仍然有一部分人,还不能说是已经站在社会主义的立场,但是他们是热情地愿意站到社会主义的立场来的。这就是为什么我们要在现在把社会主义现实主义作为我们一切进步作家的创作和批评的最高准则,作为我们一切进步作家共同努力的方向和目标而提出来。

所谓最高准则的意思,绝不意味着要排斥一切还不是社会主义现实主义的文学。恰恰相反,正是为了要积极地耐心地帮助和引导这些愿意为人民服务的作家,逐步走向这条道路上来,和工人阶级一同前进。而对于工人阶级的作家来说,则更应该朝这个方向积极努力,以提高自己创作的水平。在这个问题上我们必须遵照毛主席所指示的有团结、有斗争、有批评的方针,来继续发展我国社会主义现实主义的文学。

周总理的指示是教我们要以历史唯物论的观点,以理论与实践相结合的方法去研究问题,教我们尊重和研究我们自己文学的传统——不仅是“五四”以来的革命文艺的传统,并且包括我国几千年来伟大的文化传统;因为“五四”以来的革命文艺传统正是继承古典文学的现实主义传统而发展过来的。我们应该首先把这个观点明确起来。至于“五四”以来的文学作品中间究竟哪些作品是代表社会主义现实主义的,哪些作品又是代表什么主义的等等问题,那是文学史家和批评家的长期的工作,而不是大会上所应该和能够解决的问题。而即使对文学史家和批评家来说,也必须是根据具体作品做细致和科学的分析,而不可能简单地采取贴标签的办法来决定的。

对于我国文学上社会主义现实主义发展过程有了较明确的认识,因而对于目前如何进一步发展社会主义现实主义的问题也就容易明确了。在这个问题上,大家一致同意周扬同志和茅盾同志报告中所指出的原则,即是必须从实际的创作水平出发,从每一个作家在思想上和艺术上的发展情况和特点去要求他们,反对脱离实际,把社会主义现实主义方法变成死的格式。而在另一方面,我们必须强调锻炼自己的立场,不断的改造自己的思想,提高自己的艺术修养。我们既然要以文学去服务社会主义的改造事业,那末首先就不能不是努力使自己成为一个社会主义者或更优秀的社会主义者。我们不要妄自菲薄,当然也不允许妄自尊大;我们不要把社会主义看成"高不可及",也不能把它看成"唾手可得";我们不能割断历史传统,也不要混淆社会主义与过去的现实主义的区别。重要是在于学习和实践。正如茅盾同志报告所说的,社会主义现实主义必然是通过不断的学习和思想斗争而发展的。

社会主义现实主义不仅不是神秘的,而且也不是像有些人所想像那样狭隘的,庸俗的,似乎它只能描写某一些主题和题材。事实是,社会主义现实主义文学是具有最广阔的内容,和最多样的风格与形式的。自然,社会主义现实主义的文学,必须服从于政治,必须为工农兵服务,这是不可动摇的。但是在这个原则下,正如列宁所指示的,"在这种事业里必须无条件地保证个人的创造性,个人的爱好的广大范围,思想和幻想、形式和内容的广大范围。"我们目前许多作品的内容和形式,虽然和解放以前相比,是广阔了,丰富了,但和我们的现实生活相比,和群众所要求的相比,确实还是太狭隘了,太单调了。当我们讨论总路线问题时,大家都感到祖国的前途是何等广阔美丽,我们现实生活是何等丰富多采(彩)。我们为什么不能更广阔地去表现呢?基本的原因还在于我们的生活不够丰富,视野不够远大,思想性还比较薄弱,因而在创作时候,常常被一些固定的概念所束缚。为了克服这种缺点,我们应该更努力向生活的各方面去学习。不要被固定的概念所束缚,要大胆地去表现各种各样的主题和题材,要创造多种多样的形式和风格。我们完全同意周扬同志所指出的,在文学上同样应该实践毛主席所指示"百花齐放"的方针。我们希望同志们能更多的注意这一问题。

三、发展社会主义现实主义文学的几个实践问题

在讨论周扬同志和茅盾同志的报告中,接触了发展社会主义现实主义文学上的几个实践问题。其中第一个问题就是创造人物典型的问题。

社会主义现实主义文学所要求的,是政治性和艺术性统一的作品,也就是艺术描写的真实性与具体性和以社会主义精神教育改造人民的任务相结合的作品。这

种结合的关系，主要是通过艺术形象的创造而表现。因为艺术的政治教育力量必须是通过艺术形象的感染力量而取得。作家在创造人物时，注入他自己对于其人物的爱或憎。他以这种爱或憎去感染读者，去教育读者拥护什么，反对什么。这就是作家的党性和他对于读者教育作用的具体表现。而其教育力量的强弱和教育内容的正确与否，则是决定于其艺术形象的真实性的程度和作家的政治认识。马林科夫同志说："典型是党性在现实主义艺术中的表现的基本范围。"这是最精辟地说明了文学艺术的政治性与艺术性统一的关系。

为了反对目前创作上概念化公式化的倾向，我们应该把创造人物形象的问题，特别是创造英雄人物形象的问题，作为创作上首要的任务提出来。

关于英雄人物的创造问题，过去曾经引起很多的争论，经过这次大会讨论了周总理和周扬同志、茅盾同志的报告以后，这个问题基本上是解决了。

我们认为在这个问题上，先要把问题的提法弄明确。过去许多讨论中间，常常把问题纠缠在写英雄人物应不应写缺点的一点上。这样提法是不能解决问题的。周扬同志报告中已经指出了这一点。我们认为，首先要明确创造英雄人物的目的是什么？其次是根据什么去创造？

目的是很清楚的。我们文学的任务，既然是以社会主义精神去教育人民，去培养人民中间新的道德品质，去教育他们为创造新生活而斗争，那末就不能不要求我们作家创造出各种明朗而生动的，足以为人民作榜样的，先进人物的艺术形象，使人民群众能够从他们身上感到必须向他们学习的高尚品质，从他们身上，看到新时代的伟大理想，从他们身上得到鼓舞和振奋，得到亲切的感受。这样的英雄在现实生活中是新生活的积极建设者，在我们文学中也就不能不是主要的典型和主要的人物。这种英雄形象对于人民，特别是对于年青一代所起的巨大教育作用是难以估计的。像苏联作品中被大家所熟知的保尔·柯察金、卓娅和舒拉、马特洛索夫等等，在全世界人民中间是教育出多少和他们一样的人，为全人类革命事业培养了多少新生力量。社会主义现实主义文学的伟大功用就在于此。读者之所以欢迎这样人物，正是因为这种英雄人物是反映了我们新社会力量的本质。所以马林科夫同志说："现实主义艺术的力量和意义就在于：它能够而且必须发掘和表现普通人的高尚的精神品质和典型的、正面的特质，创造值得做别人的模范和效仿对象的明朗的艺术形象。"

无论从政治意义来说，或是从现实主义的要求来说，创造正面的英雄人物不能不是我们目前创作上首要的任务。

我们是根据什么来创造这样的英雄人物呢？能不能根据党员八条标准来描写共产党员呢？能不能根据三大纪律八项注意来描写解放军战士呢？能不能先规定

了人物表,然后去找求对象呢？能不能便宜地去找求现成的“典型”呢？谁都知道是不可能的。唯一的根据就是现实生活。毛主席告诉我们:“革命的文艺应当根据实际生活,创造各种各样人物来帮助群众前进。”这是现实主义的根本原则。

根据实际生活来创造英雄人物,是不是等于客观主义地按照实际怎样就怎样写呢？也不是的。毛主席说:“文艺作品中反映出来的生活都可以而且应该比普通的实际生活更高,更强烈,更有集中性,更典型,更理想,因此就更带普遍性。”当作家从现实生活中观察、体验、分析、研究了各种各样英雄人物,进入到创作的过程时候,他一定要经过概括和集中。他凸出其人物的某些方面,而舍弃其另一些方面。他所凸出的东西,一定是属于最充分最尖锐地足以表现人物的社会本质的东西;他所舍弃的,一定是属于非本质的,和主题无关的不必要的东西。而在同时,作者一定是注入了他自己对于其人物的热爱和理想,即是日丹诺夫同志说的“通过他的人物不仅表现今天,而且展望到明天,不是烦琐地、死板地、不是简单地描写‘客观的现实’,而是要从革命的发展中去描写。”作者并且一定要赋予他人物以鲜明的,特定的个性。这才叫做“创造”。这样的描写,不仅不会减弱人物的真实性,恰恰是增强了人物的真实性。只有这样的描写,才能使作品的英雄人物比实际的英雄更高,更强烈,更有集中性,更理想,更典型,因而也有更大的教育意义和作用。因此在创造英雄人物的时候,有意识地舍弃实际英雄人物身上某一些非本质的缺点,是完全允许和必要的。那种以为不写缺点就会失去英雄人物的真实性的看法,固然是完全错误的,而那种以为实际的英雄人物有多少优点多少缺点就必须无选择地照样描写,也不是正确的。

从现实生活出发,从革命的发展中去描写,也就是说要从现实生活的斗争中去描写。英雄之所以成为英雄就是因为他是英勇的斗争者。这个斗争包括对敌人的斗争,对人民中间中落后现象的斗争,也包括英雄人物的自我斗争。并不是所有英雄人物都没有缺点的,但是他是能够克服其缺点的。描写这种克服的过程当然是可以的,但是这种描写的目的,也正是为了显示英雄人物所具有的高尚品质和道德力量。而以这种品质和力量去教育人民。我们决不能把这种自我斗争描写成像资产阶级文学中所描写的两重人格的分裂。这种两重人格的人物,决不可能是我们社会中现实主义的英雄人物的典型。

作家创造英雄人物是要有目的的。这个目的必须是通过现实生活的认识和艺术的创造去达到。杜布罗留波夫说:“不是生活遵循文学的标准,而是文学适应生活的方向。”我们应该记取这句名言。

对于反面人物落后人物的描写,也是必要的,同样是有目的的。我们文学不仅要教育人民去肯定什么,同时也教育人民去否定什么,即所谓“鞭挞昨天的残余”。

这种描写同样是根据于现实生活中存在着这种敌对的力量和落后的现象。反面人物的典型是代表旧社会残余力量的本质，人民中间的落后现象是反映着旧社会力量对于新生活的残余影响。这种先进与落后的斗争，新生的与垂死的事物的斗争，构成了社会斗争的内容。现实主义的文学，就是要求去表现这些生活的斗争，从斗争中教育人民应该怎样，不应该怎样，教育他们摆脱旧社会的影响，向新生活前进。

有些同志提到，描写人民生活中的落后人物落后现象，会不会违反政策，会不会引起不好的效果？这是应该看作者所站的立场和所取的态度。如果作者是站在非人民的立场，采取暴露人民的态度，那当然是错误的，是违反政策的。反过来说，如果是站在人民的立场，用批评与自我批评的态度，来教育人民克服缺点，则这种效果是正面的也是革命所需要的。社会主义现实主义文学不是小资产阶级的暴露文学，当然也绝不是粉饰现实的文学。现实主义的文学必须"大胆地表现生活的矛盾和冲突，必须善于使用批评的武器，把它当做一个有效的教育工具。"

另一方面，对于人民的敌人，我们是应该坚决地予以揭发和打击。对于反动人物形象，作者是以猛烈的憎恨去描写的，从而增加人民对于他们的仇恨。描写敌人和描写人民内部的落后分子应该有所区别。即是毛主席说的："对于革命的文艺家，暴露的对象，只能是侵略者、剥削者、压迫者及其在人民中所遗留的恶劣影响，而不能是人民大众。"

在描写反面人物或落后人物的同时，也必然是表现了我们生活中足以战胜这些障碍的正面力量，社会主义现实主义的文学就是要教育我们人民成为生气蓬勃、相信自己的力量、能够战胜任何困难和阻碍的人。

第二个问题，是作家深入生活问题。作家要创造出真实的艺术形象必须深入生活。生活是创作的唯一泉源。

所谓"深入"，不仅仅是深入到工厂、农村或部队，而更重要的是要深入到群众日常生活的思想感情中去，深入到他们心灵中去。作家既然被叫做灵魂工程师，那末不是深刻地理解群众心灵中的东西，不是从他们心灵中得到深刻的感受，他就不能很好担负起灵魂工程师的任务。自然，首先是作家的立场问题。立场不同，就会格格不相入。但是作为一个文学家还必须具备对于生活的热爱，对新事物的敏锐感觉，对于生活的远大理想。没有这些，就很难从生活中获得深刻的感受，很难产生强烈的艺术冲动。作家要以他作品中的人物去感动读者，首先他自己对于其所要描写的人物不能不有强烈的感动——为他们欣悦，为他们痛苦，为他们振奋，为他们愤怒。这样作品才会有艺术的感染力量。这种感受，不是小资产阶级知识分子狂热的冲动，或所谓抽象的生命力之类，而是作家从"火热的斗争"实践中，从他对于生活更深刻的认识中培养出来的革命的思想感情，和群众真正相结合的思想感情。一个作家要在创作上达到这种境界，他必须用革命者高度的党性积极参加群众斗争，和群众打成一片，从斗争中去观察、体验、分析、研究各种人物的生活、行动、思想、感情、心理状态。否则，如果只在群众生活中东张西望，搜集材料，那就不是深入生活，至多是入而不深，也就不会有多大的收获。

要从生活中得到深刻的感受，仅仅依靠于"体验"是不够的。我们同意茅盾同志报告所指出的，必须把观察、体验、分析、研究统一起来，并且和参加斗争实践结合起来，还必须把某一方面的生活知识和各方面的社会生活知识，和一定的历史知识结合起来。这是需要比较长时期的锻炼，因为生活知识总是不断地累积、不断地丰富。因此对于作家来说，选取一个长时期的生活根据地，是有必要的。这个根据地的一切人物，一切生活是他所最熟悉的。他不一定长期固定在那里，但是这个根据地应该是他的"故乡"。他经常回到这个"故乡"，和它有深切的"乡情"。丁玲同志昨天发言中，提到作家应该在群众中间有些堂兄堂弟，表姐表妹。这是说得很生动，很切实的。关于深入生活的问题，我们应该永远铭记着和深切体会毛主席指示我们的话："中国的革命的文学家艺术家，必须到群众中去，必须长期地无条件地全心全意地到工农兵群众中去，到火热的斗争中去，到唯一的最广大最丰富的源泉中去，观察、体验、研究、分析一切人，一切阶级，一切群众，一切生动的生活形式和斗争形式，一切文学和艺术的原始材料，然后才有可能进入创作过程。"

第三个问题，是批评问题。这是发展创作事业上一个重要环节。日丹诺夫同志说："没有批评，任何的组织，连文学组织在内，是会腐朽的。"因此，在鼓励创作发展创作的同时，我们应该以同样的信心和热情来鼓励批评发展批评。在小组会上，有同志说，作家与批评家好比一辆车子的两个轮子，必须相辅而行。这就是说，作家与批评家应该很好的合作，提倡这种精神，改进作家与批评家的关系，对于目前我们文学工作是十分必要的。为要发展批评工作，应该发扬作家与批评家之间一种同志式的对于创作或批评作品的自由讨论。批评家应该以热情的态度去帮助作家，作家也应该以热情的态度去欢迎批评。创作和批评的基本方法都是社会主义现实主义，其目的都是为了教育人民。作家是以其作品中的艺术形象去教育人民认识生活，而批评家则是通过对作品的科学分析，去帮助人民更深刻地理解作品中所描写的生活的意义。高尔基要求批评家应该根据那由直接观察了澎湃的生活过程而得到的事实去评论作品的主题、性格和人物的相互关系，这是十分重要的。因此，批评家不仅要了解作家的创作过程，体会创作的甘苦，并且要了解社会的生活和群众的思想感情。批评家有责任去培养和提高人民的艺术欣赏能力。在这点上说，也就是负担了指导文学普及的任务。

为了鼓励和发展创作，批评家应该注意保护和鼓励创作的积极性，而从作家来说,也同样应该以勇于听取批评,勇于听取不同意见的精神,去鼓励批评的积极性。批评和自我批评是工人阶级一切事业的重要武器,任何人都应该去掌握它,因此作家自己也应该和必须积极地参加批评工作。发展批评工作不仅仅依靠批评家并且也依靠作家,正如发展创作不仅仅依靠作家并且也依靠批评家一样。

第四个问题,是文学形式问题。这个问题在诗歌小组和通俗文学小组中讨论得多一些。关于诗歌形式问题,是好久以来被讨论着的一个较复杂和专门的问题,这需要有更多时间更多专家去好好研究。但不论什么样式的文学,要创造和发展我们民族的形式,这个原则问题是没有不同意见的。文学形式和其内容一样,其源泉总不外是人民的生活。“人民生活中本来存在着文学艺术原料的矿藏。”因此首先应该根据我们各民族人民的生活、语言、风俗、习惯,根据他们所喜闻乐见的现有文学形式,随着他们生活内容的改变与文化的提高而予以发展和提高。自然,我们还必须继承我们民族古典文学艺术中的优美形式而予以发展,因为古典文学中的优美形式也就是从古代人民生活的东西中创造出来和发展过来的。轻视继承古典传统是错误的,但是继承也并不等于硬搬。继承只是作为我们创造的借鉴,而决不能代替创造。所以我们要求“推陈出新”。在创造民族形式上,我们也同样应该向世界进步文学艺术吸收适合我们需要的东西。我们的文学形式应该是多样的,丰富的,不断创造和发展的,所以我们要求“百花齐放”。

文学形式中最主要的是语言,关于语言问题,茅盾同志报告中说得很清楚;特别提醒我们应该正确地认真地照着毛主席在“反对党八股”中的指示去做,就是:第一、要向人民群众学习语言;第二、要从外国语言中吸收我们所需要的成份;第三、还要学习古人语言中有生命的东西。为了丰富我们的语汇,保持文学语言的纯洁性,我们在这方面是应该作更多努力的。

最后一个问题是接受文学遗产问题。我们同意周扬同志报告中关于这一问题详尽的分析。对于目前发展创作任务来说,尤其要求我们每一个作家,特别是在这方面接触较少的青年作家去认真地学习我国伟大的古典作品。应该把这种学习和研究看作是发展我们社会主义现实主义创作的重要条件之一。

整理和研究民族文学遗产是一件重要的工作;但同时还应该把古典作品有计划地普及到群众中去。现在的一般青年对于祖国古典文学作品的阅读是很不够的。除了国家文学出版机关出版这些作品以外,作家协会以及它的刊物还应该注意指导群众去欣赏阅读这些作品,对这些作品作通俗的介绍、注释、分析和评论,并且使整理研究的提高工作和普及的工作结合起来。

四、改进文学工作领导问题

各小组讨论中,同意茅盾同志报告中所提出的关于改组“全国文协”为中国作家协会的建议，并且同意他所提出的关于作家协会的任务。

文学工作领导上一个中心环节，就是如何帮助作家去积极发展创作。一切工作应该环绕着这个中心而进行。在发展创作上首先是加强对思想的领导。作家协会应该以种种方法，包括组织创作，领导学习，发展批评，培养干部，指导普及工作，研究文学遗产，介绍国际的先进文学作品与创作经验等等，为提高文学思想水平与艺术水平，促进创作事业的繁荣而奋斗。作家协会应该有一定的，有专人负责的各种机构去担负上述的具体工作。作家协会在领导创作工作上，应该尽量的了解作家创作过程中的各种问题各种困难，给予作家以政治上、思想上和物质上的必要帮助，并且应该随时地综合、研究作家的创作经验。因此需要继续组织作家深入生活，需要组织各种的讨论会和报告会，需要尽可能的办好刊物，加强作家与读者群众的联系。

在小组会和大会发言中，同志们提出作家协会应该有指导普及和培养青年作家的机构，应该有研究古典文学的机构，这是完全有必要的。同志们还提出要发展电影文学和话剧的创作，要重视儿童文学。这都是今后组织创作上的重要任务，应该提交大会将要选出的作家协会新的领导机构去执行，并要求我们大家予以支持。

作家协会的领导方式必须采取社会方式。文学创作是一种个人的独立的精神劳动。各个作家在工作上有他自己独特的风格，因此不允许机械的平均和划一。但是工人阶级的文学事业又是在党领导下的一种集体的社会事业。我们是集体主义者。必须遵守集体主义的原则，服从党的领导。我们的工作必须是有组织有领导的，而这种按照艺术的规律，组织和领导方法又必须和行政机关的组织与领导方法有所区别。它应该从思想上领导作家去展开创作的自由竞赛和互相帮助，对于作品的自由讨论和健全的批评与自我批评，凭借这样的方法来促进创作力量的顺利成长。在这方面，我们的经验还不够，我们必须更多学习苏联文学工作的经验，作为我们的借鉴。

文学事业既然是有组织的，因此就必须有许多做组织工作的同志，如编辑工作者、出版工作者、教育工作者和作家协会的机关工作者。他们的工作是同样有重大意义的。通过他们的工作，才能使文学事业成为广泛的社会活动。否则文学战线将成为涣散的战线。因此对于担负这样工作的同志的劳动，应该同样尊重和鼓励；担负这样工作的同志也应该重视他们自己工作的意义和责任。大家都是为着繁荣文学事业，服务国家建设的共同目标而奋斗。为着马克思列宁主义的思想事业的胜利而奋斗。

经过这次大会，改组了我们团体以后，我们相信，我们的工作是会有进步的。我们的文学事业是会繁荣起来的。但是我们今后的工作中，也还会遇到许多新的困难，也还会有许多缺点。我们的事业也不是一帆风顺的。要克服这些困难和缺点，改进我们的工作,需要有一定的过程。这首先要求我们新的领导机构认真地担负起它的责任,也要求我们全体会员同志们共同努力。

以上就是根据大会各小组的意见,经过主席团讨论后综合起来的一个发言。也许有些遗漏的地方,有些不周到的地方,希望同志们指正。

我们认为,这次大会是有重大收获的。为了使大会的精神贯彻到我们实际工作中去,我们应该更积极的行动起来,为我国新的历史时期的新的任务而奋斗。

——原载《人民文学》1953 年第 11 期

韦君宜

从儿童文学作品中看到的几个问题

最近，我看了五十来本全国解放后出版的儿童文学作品。这些作品多数是上海和天津出版的，一般都印行了六七千册，多的印到几万册。加起来，它们该影响了几十万个小读者。

这些作品大都以战争为题材，其中大部分是写抗日战争时期或第三次国内革命战争时期老解放区儿童团的站岗、放哨、查路条等等工作的。一部分描写了抗美援朝的斗争。也有少数作品是描写解放后儿童们的新生活的。读完这些作品以后，我觉得，在我们的儿童文学创作上，实在有些值得注意的问题。

有些作品简直是连最低限度的常识也没有，其不近情理已到可惊的程度，例如写三百年前的农民组织集体生产、歌唱集体劳动，写两个儿童打垮了全村人民所打不垮的恶霸，写兔子咬死了狮子之类，……这些都不必详细讨论了，这里只提两个在这些作品中普遍存在的问题。

第一，关于描写革命战争中的儿童团的作品中的问题。

描写革命战争和战争中的儿童团的作品，本来是应该使今天的儿童们得到教育的，尤其是它如果能通过作品里活生生的英雄形象鼓舞孩子们，在孩子们的心里分清楚应该爱什么和应该恨什么，培养他们为伟大的事业而献身的志愿，这些作品会收到很大效果。然而，要做到这样，这些作品就必须是能感动人、能深入人心的，从生活中提炼出来的艺术作品。我所见到的这些儿童文学作品却不是这样，除了少数(如《鸡毛信》、《铁姑娃》)以外，基本上都是道听途说的一些故事。有些作者不但没有参加过当时的战争，没有去过他所写的老解放区，可能对自己所写的事情甚至都没有访问过。有一个写“人民军队孩子”剧本的作者就公开地在书上声明，这本书是根据报纸上的新闻改编的。大部分作品中的敌人，无非都是叫个“野性三郎”、“龟次郎”之类的名字，说几句“八格牙路”。大部分作品中的儿童团，无非都是站岗放哨，不要敌人的洋糖。别的什么活动也没有，什么想头也没有，什么话也不会说。这些作品只有一个类似写得很拙劣的电影说明书所写的故事。有的就连故事也编得很不合情理,例如有一本书里说:日本军官叫儿童团员种西瓜,儿童团员给种了苦瓜,直到瓜熟了日本军官才看出来等等。

一些描写土地改革的作品,也是一样。看样子作者都不像参加过土地改革或看见过土地改革的。有些甚至是根本歪曲政策的,例如有本叫做《翻身年》的作品,写斗争和尚。还有一本叫《寂寞的风箱》的,写和尚还俗参军戴红花之类。

并不是说,把报纸上好的通讯加以改编,使儿童比较容易看懂,是不可以的。许多同志对朝鲜通讯采取了这一作法,也有改编得好的。我想,这种改编应当以使儿童理解原作为目的,应当是基本上按照原作,让儿童知道朝鲜战场上发生了这许多他们所应该知道的事情。但是,如果把报上通讯或别的旧书上翻来的关于过去革命战争的零碎记载拿来改头换面一下,甚或自己随便幻想捏一下,就算是文艺作品了,这是自欺欺人的事。像上举的"野性三郎"、"龟次郎"、儿童团员种苦瓜之类,那既不是改编的通讯报导,又很难说是文艺作品。假使这些作者是写来准备给大人看的,他们敢不敢于把这样的东西印出来呢?假使一个作者根本没有到过老解放区,没有见过战斗部队,也没有和任何有战斗经历的人接触过,单凭道听途说,或自己幻想,他敢不敢于写一部以老解放区战争生活为题材的小说,拿来出版呢?我想,一般还是不至于的。但是,在儿童文学作品里我们就看到了这样的现象。这说明了什么?只能说明有些同志对于儿童文学作品的一种看法:这些都是哄孩子的;写写这些,是可以不当一回事的,可以马马虎虎粗制滥造的;写这样的作品用不着生活,可以只凭几个概念。在这些同志看来,对一般文艺创作的一些基本要求,可以不适用于儿童文学的创作。

写儿童文学作品是不是可以用不着生活?这是我们首先要弄清楚的。我想,这个问题实在就是:我们是不是可以用虚伪的东西来培养出儿童真正崇高的品性?是不是可以喂点草给孩子吃,就使孩子长成一个健壮的大人?答复应该是否定的。不管我们在创作上的造诣如何,但是,要写出好的作品来,首先必须反对这种认为儿童文学作品可以粗制滥造的态度。我们读过苏联的一些以战争生活为题材的儿童文学作品,像《团的儿子》、《文件》、《铁木儿及其伙伴》、《卓娅和舒拉的故事》等,这些作品,不但孩子们要读,成年人也爱读。它们把真实的斗争展示在孩子们眼前,里面出现的人物,如同一切优秀的作品中的人物一样,是有血有肉的。他们斗争着、生活着、思想着,同时又对这个世界怀着愉快的希望,成年人都被这些真实的形象所吸引而感到我们的事业更可爱了,我们的理想更可爱了。要写出这样的作品,需要的准备工作决不少于写一部给成年人读的作品,也许还得更多花些精力。这种劳动既要深刻地理解自己所描写的事物,同时还得敏锐地体会儿童的思想感情,懂得怎样去影响他们,帮助儿童用他们的眼睛正确地认识复杂的生活现象。因此,创作儿童文学作品,和创作一般文艺作品一样,首先要求作者具有严肃的创作态度,要深入生活、理解生活,要懂得自己所写的究竟是怎么一回事。

第二个问题,是那些以解放后的儿童生活为题材的作品中反映出来的。我惊异地发现,许多作品,不约而同地都在描写孩子们的“思想改造”,写他们在开坦白会、检讨会,批评斗争。在许多作品中出现这样的场面:一个孩子因为拿了或被怀疑拿了别人的钢笔,或是有“不接近群众”等缺点,于是被大家加以耻笑、讽刺、批评、斗争,甚至被骂做“不要脸,赶快坦白吧”(《一支金星笔》——这篇作品在其它方面是有可取之处的。)“老面皮”、“不要脸,偷书贼”、“就是反动派”(《黄大宝变好了》),使他容身无地。最后来一个思想转变。还有一些,则描写儿童们像大人一样参加土地改革、农村勤务、站岗放哨、捉拿地主和特务。有一本叫做《时刻准备着》的,写一个儿童当了特务,后来如何如何自我斗争,痛苦地进行改造。另一本写着:一个儿童在打堤中挑的土比大人还多。还有一本写抗美援朝的,写一个儿童在课室口口声声公开大吹美国的强大,原子弹的厉害,“北朝鲜”一定要灭亡,简直像个公开的反动派宣传员。后来一下子转变了。读了这些作品,真没有别的话可说。我们只想劝一劝写这些作品的人们,这些作品不是干别的用的,是教育我们的儿童的,写作时起码要稍稍学习一下关于儿童教育的基本方针和知识,然后再动笔才好。

儿童是还没有成熟的一代,对于儿童,我们的责任是教育他们,培养他们。加里宁同志曾经对于教育下过一个定义:“在我看来,教育是对于受教育者心理上所施行的一种确定的、有目的的和系统的感化作用,以便在受教育者的心身上,养成教育者所希望的品质。”苏联共产主义青年团关于少年先锋队的决定中曾指出:“少年先锋队组织的全部工作,是必须要以苏维埃爱国主义的精神,以对社会主义与共产党全心全意的忠诚来教育儿童。少年先锋队组织所负的使命是要协助教师培养小学生那种对学习与公众有益的劳动的社会主义态度,帮助学生好好地学习;发展他们的探索精神、求知欲、坚持性、爱劳动的精神和积极参加学校集体生活的兴趣。”这就是说:我们有责任去培养孩子,使他们身上渐渐生长起新的优秀品质;有责任去启发孩子,使得在他们心目中还不会明确的生活目标开始明确起来。这是栽培幼苗的工作,幼苗需要和风细雨。对孩子不能采取粗暴的办法,不能用对待成人的办法去对待孩子,尤其不能乱搬成年的知识分子中间思想改造的办法。那样搬是彻头彻尾错误的。因为,成人们,尤其是旧知识分子们,受了几十年的旧影响,旧的思想根深蒂固,不把旧根尽力挖出来,新的东西是进不去的。孩子们则不具备这种情况。孩子们的淘气、闹别扭、决不能与成年知识分子的封建思想、崇美思想之类相比,他们的思想还没有形成什么体系,变成什么“主义”(有一本书在序言上就提出要改造孩子的“个人主义”，真是荒谬透了），也没有多深的“根”，因而，对他们是栽种、培养的问题，不是“挖根”、改造的问题。至于辱骂别人为“不要脸”之类，更简直是对待敌人的态度，就是在成人的思想改造中间，也决不能如此干法。其错误更不用说了。把孩子当作成人来使用，给加上过重的非他们体力智力所能胜任的工作负担，这也是对孩子们的健全成长没有好处的。孩子们的参加社会活动，主要还只能看成是一种教育。

这类道理，在从事教育工作和儿童工作的同志说来，本来应当是早已烂熟的了。对于我们儿童工作中的成人化倾向，对于小学校里乱开检讨会、坦白会，对于小学生过重的社会活动，四年来我们的教育部门和少年儿童队领导机关都曾再三纠正过；党的报纸、教育刊物、青年刊物也曾再三揭发批评过。但是不幸这许多写儿童文学作品的同志似乎就对这些属于儿童教育基本常识范围的东西也还没有涉猎过，因而写出这些恰恰是助长了错误倾向的东西！把这些东西在孩子们中间广泛发行，这所起的会是什么影响？最近报纸上刚刚报道过的，重庆一个少年儿童队员陈世文因被怀疑偷东西，而遭到追逼斗争，终于自杀。那些追逼斗争的场面，不正是和我们这些作品里的场面一样的吗？

孩子们要学习、要成长，要向好的学，也要把一些不好的毛病改掉。但是，他们所循的轨道是和大人不相同的。要怎样善于引导孩子们成为优秀的、能担当起将来建设社会主义重大任务的全新的人，这是一门非常深刻、非常细致、不容有半点马虎的学问。能够以生动的形象来引导孩子的作品，将是具有高度艺术价值的作品。我们读到《马列耶夫在学校和家里》、《一年级小学生》，谁都会感到快乐地跟着书里的小主人公走进了他的世界，跟着他成长着，探索着，睁着好奇的明亮的眼睛看着周围的新奇世界，渐渐学会许多东西，改掉一些毛病。看得见社会主义新人的品质在他身上渐渐生长起来。在我国，这几年最受孩子们欢迎的创作，如《罗文应的故事》，它的基本优点也是这样的。

孩子们需要大量的文艺作品，需要文艺界许多同志把为孩子写作当作自己重要的任务。但是，我们必须要求担任这个重要任务的同志们严肃慎重地考虑，要认识到自己的工作对我们国家的下一代负着责任，这群读者正是在他们一生中最容易受外来影响的年龄，究竟该给他们一些什么。我们知道这样的话：“每个妇人都会生孩子，但并不是每个妇人天然地都会做母亲。”做一个孩子的母亲尚且不能“生而知之”，还要学习；要写出教育无数孩子的作品来，就更不是只要能随便动笔连缀成篇就可以了的。我们有权利要求这些同志，对于生活、对于艺术、对于儿童教育、对于国家的文化教育政策进行深入的学习。

同时，我们也应当要求批评家和出版家对这些儿童文学作品给予注意。否则，将会有一些极坏的东西在孩子中间随便散布，而还没有多少人知道。例如我看到碧野所写的一本《小共产党员》，这本书中写的那个“小共产党员”（一个部队的小通讯员）的主要事迹，就是睡懒觉，不上操，打人，违犯部队纪律，偷香烟，臭骂同伴，无理侮辱比自己年长的战士，接受任务时撒赖不干，人家吃饭时他睡觉，人家睡觉他要吃饭。后来仅仅因为被俘后“脾气倔得像条牛”，不服输，而误打误撞的摸了敌人一门山炮，立了功。刚立了功马上又开了两天小差，受了伤在医院也是大吵大闹不守纪律，最后就因为在战场上不愿离开营长，而被批准为共产党员。这本作品的恶劣，实在令人不能容忍。这样的“小共产党员”要孩子们去学习，真要把孩子都学成小流氓了。但是这样的书居然印行了好几版，毒害了上万的孩子。为了我们的孩子，对类似这种情形，我们大家都不应该沉默！

——原载《文艺报》1953 年 13 号

蓝　翎　李希凡

关于《红楼梦简论》及其他

一

红楼梦是我国二百年来流行甚广而且影响很大的古典现实主义杰作。去年作家出版社整理出版了这部作品，是一件非常有意义的工作。使优秀的祖国文学遗产“真正为全体人民所有”，成为全体人民的精神财富，这正是人民出版机关的光荣任务之一。

同时，对于文艺工作者来说，除此之外还有另一层意义，那就是说，中国古典现实主义文学在艺术成就上发展到红楼梦时代，又达到了一个新的高峰。因此，学习和继承红楼梦艺术创造上的成就，对于提高我们的文艺创作也是有极大意义的。

那么，对于红楼梦的研究者来说，无疑问的，新版本的出版，也起了有力的督促作用。那就是说，现实向红楼梦研究者提出了严肃而富有战斗性的任务：正确地分析评价红楼梦，使它从各种谬说中解脱出来，让广大人民更好的去欣赏它，让文艺工作者正确的去学习它，也就成为当前最迫切的任务了。

红楼梦一向是最被人曲解的作品。二百年来，红学家们不知道浪费了多少笔墨，不仅他们自己虚掷了时间，也把这部伟大杰作的真实价值推入到五里云雾中湮没了。所以直到现在，这些各种各样的谬说还在影响着一部分读者对于红楼梦的正确认识。新版红楼梦出版后，在各个刊物上陆续出现了一些评论文章，对旧红学家们的种种谬说作了一些批判，同时也提出一些新的见解，这种工作是及时的、有益的。但是正因为这是一件有意义的工作，也就必须以严肃认真的态度和正确的观点方法来对待它。只有这样，才能有力的击中旧红学家们的要害，作出科学的结论来，否则，不但会使战斗显得软弱无力，而且会产生新的不良影响。

《新建设》一九五四年三月号发表了俞平伯先生的《红楼梦简论》，就红楼梦的“传统性”“独创性”和著书情况作了全面的分析和介绍。其中某些见解和方法，较之他的《红楼梦研究》一书跨进了一步;但评价红楼梦的基本观点仍旧是前书的继续与发挥。作为两个年轻的红楼梦的爱好者,我们愿就《红楼梦简论》及其他有关问题提出一些意见。

二

红楼梦出现在清朝的乾隆盛世,并不是偶然的现象。乾隆时代正是清王朝行将衰败的前奏曲。在这一巨变中注定了封建官僚地主阶级不可避免的死亡命运。这恶兆首先是由腐朽的封建统治集团内部的崩溃开始。曹雪芹就生在这样一个时代,他的封建官僚家庭在这时代的转变中崩溃了,使他不得不过着贫苦的生活。自然,作为在富贵荣华中生长起来的曹公子,在"贫穷难耐凄凉"的生活中,对"当年笏满床"的盛世是不无惋惜怀念的。作者通过书中许多人物的对白,时常流露出追怀往昔的哀感,这正是作者世界观中矛盾所在。像其他的伟大现实主义大师一样,曹雪芹的同情虽然"是在注定要灭亡的那个阶级方面",但是他从自己的家庭遭遇和亲身生活体验中已预感到本阶级必然灭亡的历史命运。他将这种预感和封建统治集团内部崩溃的活生生的现实,以完整的艺术形象体现在红楼梦中。把封建官僚地主内部腐朽透顶的生活真实的暴露出来,表现出它必然崩溃的原因。作者用这幅生动的典型的现实生活的图画埋葬了封建统治阶级的悲剧命运。尽管这是一首挽歌,也丝毫未减低它的价值。

我们认为要正确的评价红楼梦的现实意义,不能单纯的从书中所表现出的作者世界观的落后因素以及他对某些问题的态度来作片面的论断,而应该从作者所表现的艺术形象的真实性的深度来探讨这一问题。因为"我们在观察一个艺术家时,不是把他当作一个理论家来看待,而是把他当作现实生活现象的体现者"①。文学发展的历史也启示了我们,有些古典作家所创作的现实主义作品往往和他的宇宙观很不相称,甚至有着极明显的矛盾。但是,由于作者忠于现实生活的描写,战胜了他自己的阶级同情和政治偏见。如恩格斯评论巴尔札(扎)克时所说的"他看出了他所心爱的贵族的必然没落而描写了他们不配有更好的命运……,这一切我认为就是现实主义最伟大的胜利"②之一。曹雪芹也正是以这样的胜利写出了伟大的杰作红楼梦。

因此,也只有从现实主义创作的角度上来探讨古典作家的倾向性才能得出正确的结论。恩格斯说:

> 倾向应当是不要特别的说出,而要让它自己从场面和情节中流露出来,

---

① 杜勃罗留波夫选集(第一卷)第二六八页。

② 马克思、恩格斯、列宁、斯大林论文艺第二二页。

同时作家不必把他所描写的社会冲突的将来历史上的解决硬塞给读者……

如果它能真实地描写现实关系……纵然作者没有提供任何明确的解决，甚至没有明显的(地)站在那一边，这部小说也是完全完成了自己的使命的。①

俞平伯先生未能从现实主义的原则去探讨红楼梦鲜明的反封建的倾向，而迷惑于作品的个别章节和作者对某些问题的态度，所以只能得出模棱两可的结论。他在《红楼梦简论》中说："他(指作者)对这个家庭，或这样这类的家庭抱什么态度呢？拥护赞美，还是暴露批判？细看全书似不能用简单的是否来回答。拥护赞美的意思原很少，暴露批判又觉不够。先世这样的煊赫，他对过去自不能无所留恋；末世这样的荒淫腐败，自不能无所愤慨；所以对这答案的正反两面可以说都有一点。"

俞平伯先生这样的结论并不是偶然的，它是《红楼梦研究》一书否认红楼梦倾向性的论点的进一步的发挥。在该书《红楼梦的风格》一章中大大赞扬了所谓红楼梦"怨而不怒"的风格之后，俞平伯先生曾把红楼梦与水浒对比了一下，说"我们看水浒，在有许多地方觉得有些过火似的，看红楼梦虽不满人意的地方也有，却又较水浒的不满少了些。换句话说红楼梦的风格比较温厚，水浒则锋芒毕露了"。这意思也就是说水浒有鲜明的反封建的倾向性，"愤激之情，溢于词表"，因而惹起了俞平伯先生的不满。而红楼梦却具有"怨而不怒"的温厚含蓄之风。依照俞平伯先生的论断"怨而不怒的书，以前的小说界上仅有一部红楼梦，怎样的名贵啊！"因此"物稀为贵"就成了俞先生最高的文艺标准。从这种反现实主义的批评观点出发，势必会得出那样模棱两可的结论。

水浒和红楼梦在古典文学的成就上各有其不可抹杀的价值。但从鲜明的政治倾向性来看，无疑问的，水浒是一部描写伟大农民战争的作品，它歌颂了农民英雄反抗封建统治者的英勇斗争，深刻的暴露了封建统治者残酷剥削人民的罪恶，从敌对的阶级斗争中揭发了统治者的腐败和人民的痛苦。它较之红楼梦从统治集团内部暴露其罪恶，却是更加沉重地打击了封建制度。毛主席告诉我们：文艺批评有两种标准，一个是政治标准，一个是艺术标准。在"任何社会中任何阶级，总是以政治标准放在第一位，以艺术标准放在第二位的。……无产阶级对待过去时代的文学艺术作品，也必须首先检查它们对待人民的态度，在历史上有无进步意义，而分别采取不同态度。"②

俞平伯先生离开了现实主义的批评原则，离开了明确的阶级观点，从抽象的艺术观点出发；本末倒置的把水浒贬为一部过火的"怒书"，且对他所谓的红楼梦的

① 马克思、恩格斯、列宁、斯大林论文艺第二十七页。

② 毛泽东选集(第三卷)第八九一页。

“怨而不怒”的风格大肆赞扬，实质上是企图减低红楼梦反封建的现实意义。

但是，问题的严重性还不止于此，俞平伯先生不但否认红楼梦鲜明的倾向性，同时也否认它是一部现实主义作品。在《红楼梦简论》中他把红楼梦的内容分作“现实的”、“理想的”与“批判的”三种成分，而“这些成分每互相纠缠着，却在基本的观念①下统一起来的”。所谓“基本观念”，也就是俞平伯先生在《红楼梦的传统性》一节中很明白的确认过的“红楼梦的主要观念是色空”。既然红楼梦是“色”“空”观念的表现，那么书中人物也就不可能是带着丰富的现实生活色彩的“典型环境里的典型性格”，而是表现这个观念的影子。即像俞平伯先生所说“这些人，若大若小，男男女女，生旦净末丑脚色各异，却大伙儿都来表演这整出戏叫‘红楼梦’”。这也就是说，红楼梦不是现实主义作品，而是生旦净末丑脚所表演的一出戏。

也许俞平伯先生曾说“色”“空”观念是红楼梦中原有的，并非己创。是的，我们也承认此说有所本，甚至也承认作者的世界观有着虚无命定的色彩。书中许多地方明显的表现出了这一点，这也正是作者世界观中矛盾之所在。但如前面已经提到的，评价一部文学作品绝不能简单化的以作者世界观的某些落后因素为依据下断然的结论，而要看作者是否忠实于现实生活的描写，以及他的世界观对其创作的影响程度。

我们从这一原则出发来探讨红楼梦所得出的结论与俞平伯先生恰恰相反，曹雪芹之所以伟大，就在于现实主义的创作方法战胜了他落后的世界观。红楼梦不是“色”“空”观念的具体化，而是活生生的现实人生的悲剧。人们通过作者笔下的主人公的悲剧命运所获得的教育不是堕入命定论的深渊，而是激发起对于封建统治者及其全部制度的深刻的憎恨，对于肯定人物宝玉黛玉的热烈同情。所以把红楼梦解释为“色”“空”观念的表现，就是否认其为现实主义的作品。

俞平伯先生既然把红楼梦的内容归结为“色”“空”观念，因此也就必然会引出对人物形象观念化的理解。在《红楼梦简论》中说“书中人物要说代表作者那一个都能代表他，要说不代表作者，即贾宝玉也不能代表他”。这意味着人物形象不是作者从现实生活中概括创造出来的，而是作者思想观念的演化。这说法实际上是《红楼梦研究》中某些论点的发挥。例如，俞平伯先生在该书以极大的篇幅讨论钗黛问题，甚至从偶合的表现形式上论证二者在作者的心目中的地位是平等的，无所偏爱的，二者都体现着作者所理解的美，可以构成一个综合的典型。即像俞先生所说“两峰对峙双水分流，各尽其妙莫能相下，必如此方拯情场之盛，必如此方尽文章之妙”。但俞先生所给我们的根据却除钗黛合为一图合咏一诗和一些拼凑起来的形式主义

---

① 下点系作者所加。

的考证外,就只有红楼梦曲引子上的"悲金悼玉的红楼梦"一句。俞先生解释说:"是曲既为十二钗而作,则金是钗玉是黛是很无可疑的。悲悼犹我们所说惋惜,既曰惋惜,当然与痛骂有些不同吧。"

显然这种解释未免牵强附会。依照红楼梦十四支曲,这首是曲引子来推断,我们得出这样一个结论:作者所要悲悼的是全体年轻一代的悲惨结局,而最主要的是宝玉黛玉,因此金玉之非原指钗黛,则甚明显。

不过,最充实的论据还是作品本身。就以红楼梦十四支曲子而论,在俞先生所引证的《红楼梦引子》之后,明明有一首《终身误》,清楚的说明了作者对宝黛的态度。

> 都道是金玉良缘,俺只念木石前盟。空对着山中高士晶莹雪,终不忘世外仙姝寂寞林。叹人间,美中不足今方信:纵然是齐眉举案,到底意难平。(第五回)

自然,俞平伯先生并没忽略此曲,然而他所感到有趣的却不再是作者对黛玉的态度问题,而是钗黛次序的先后问题,于是就轻轻的用"'终身误'是钗黛合写"一句话把内容回避了。

俞平伯先生想标奇立异,用这种形式主义的论据来否定旧红学家们左黛右钗之说,自然,旧红学家们对红楼梦这场恋爱纠纷说过很多龌龊的牵强附会的话。但是,即使在前八十回中也表明了宝玉不爱宝钗而爱黛玉,这却是不容否认事实。关于这个问题,俞先生即使再费几十页文章的考据,来勉强把钗黛合为一人,也是不能说服读者的。

我们并不想多从考据学的观点来批评俞先生。俞先生这种论点的不能立足,最主要的是对现实主义文学形象的曲解。

无疑的,宝玉和黛玉是作者所创造的肯定人物形象,他们是封建官僚家庭的叛逆者。他们反对礼教传统,蔑视功名利禄。他们在这样的共同的精神生活中相爱起来。尽管他们的恋爱和生命的结局是悲剧的,但他们却以此向封建礼教表示了抗争,他们的思想已从原阶级的体系中分离出来,向封建礼教发出了第一声抗议。

薛宝钗的形象则与前二者恰好相反,他(她)是封建官僚地主家庭所需要的正面人物,宝黛所叛逆所反对的正是薛宝钗所竭力肯定的。俞先生用了很多考据工夫,企图向读者证明作者和宝玉都爱宝钗,从未贬过她。我们虽没有去考据这个问题,却在三十二回碰到了一段非常生动的描写,宝玉很明显的贬宝钗且将她与黛玉相比。

> ……湘云笑道:"还是这个性情改不了。如今大了,你就不愿意去考举人进士的,也该常会会这些为官作宦的,谈谈讲讲那些仕途经济的学问,也好将来应酬事务,日后也有个朋友。没见你成年家只在我们队里,搅些什么?"

宝玉听了,大觉逆耳,便道:“姑娘请别的姊妹屋里坐坐,我这里仔细腌臜了你知经济学问的人——”袭人道:“姑娘快别说这话,上回也是宝姑娘说过一回,他也不管人脸上过得去过不去,他就咳了一声,拿起脚来走了。宝姑娘的话也未说完,见他走了,登时羞的满脸通红,说又不是,不说又不是。——幸而是宝姑娘,那要是林姑娘,不知又闹的怎么样,哭的怎么样呢。提起这些话来,宝姑娘叫人敬重,——自已过了一会子去了。我倒过不去,只当他恼了。谁知过后还是照旧一样。真是有涵养,心地宽大的!谁知这一位,反倒和他生分了。那林姑娘见他赌气不理他,他后来不知赔了多少不是呢。”宝玉道:“林姑娘从来说过这些混账话不曾?要是他也说过这些混账话,我早和他生分了!”……(第三十二回)

这不用解释就可以明显的看出什么是宝黛的恋爱基础,什么是钗黛两个人物形象的本质差别。从文学形象内涵的意义来讲,这是两个对立的形象。可是,经过俞先生一综合,便调和了其中尖锐的矛盾,抹煞了每个形象所体现的社会内容,否定了二者本质上的界限和差别,使反面典型与正面典型合而为一。这充分暴露了俞先生对现实主义人物创造问题的混乱见解。

如果说这两个人物(钗黛)可以是作者理想的意中人的综合表现,那么红楼梦中的全部生旦净末丑的角色,也完全有可能是作者思想的演化,既如此,也就怪不得可以统一在“色空”的基本观念上了。

我们这样表述俞平伯先生的论点固然过于粗糙,但却符合他的论点的逻辑发展。总之,俞先生是以反现实主义的唯心论的观点分析和批评了红楼梦。

三

俞平伯先生的唯心论的论点在接触到红楼梦的传统性问题时表现的更为明显。

俞平伯先生也承认红楼梦有其不可忽视的传统性,认为它对“唐传奇”与“宋话本”来说,是“接受了、综合了、发展了这两个古代的小说传统。”这结论似乎很正确,可是俞先生又用什么观点又从那(哪)些方面来论证红楼梦的传统性呢?现在我们就俞先生“传统性”中的论据逐条的加以分析一下。

一、在《红楼梦研究》中,俞先生认为“红楼梦之脱胎于金瓶,自无讳言”,而《红楼梦简论》正是以此出发来论证红楼梦的传统性。俞先生认为“红楼梦的主要观念是‘色’‘空’”,而“给它以最直接的影响的则为明代的白话长篇小说金瓶梅”。并说这“色空”观念“明从金瓶梅来”。但我们以为金瓶梅是托宋朝事来暴露明朝新兴商人兼恶霸官僚的腐朽生活的现实主义杰作,而红楼梦则是没落的封建官僚地主阶级的挽歌。后者在创作方法上受前者的影响是可能的,而且也是必然的。但是,后者决不可能是脱胎于前者,不仅从书中找不到任何根据,就连俞平伯先生自己也考证出红楼梦是曹雪芹的自传体小说,那么这"脱胎"又从何说起呢?不加具体的分析,而确定红楼梦从金瓶梅那里承继了抽象的"色空观念",这首先就从理论上否定了二者是现实主义作品。这种所谓"继承"根本不是什么文学的传统性。如果真有这样的所谓"传统性",这些伟大作品也就不成为现实主义杰作,而却变成了超时间的表现抽象观念的万能法宝了。这种荒谬绝伦的奇谈,对红楼梦金瓶梅以及中国古典现实主义文学的发展,都是极其显著的歪曲。

二、俞平伯(先生)又举红楼梦五二、二六、二三诸回宝黛引用西厢来谈情以及写作方法上的某些相似处为例,而认为这是红楼梦"源本西厢"的文学传统性。

自然,我们承认红楼梦作者确实是受了西厢记很大影响,但是不是就可以把这种影响认为"源本西厢"呢?我们以为一部古典作品,它可能而且也必然综合了前时代优秀文学传统的影响,但更根本的它是现实主义作品,它源于现实,而绝不是源于某一作品,否则,就根本谈不到是现实主义作品。尤其是俞平伯先生在这里所举出的例证,虽然是"最特出的三节",但是那(哪)一节也不足以说明西厢记与红楼梦的传统关系。

红楼梦有许多地方引用西厢记,这是事实。但这种引用以俞平伯先生所举的例子来论,只是为了丰富作品情节,强化人物性格,更深的向读者揭露人物的精神世界,使人物形象更突出、更明朗。宝黛大谈西厢记是为了表达他们被封建礼教禁锢在内心的爱。他们与张君瑞崔莺莺是很像(相)似的人。在他们的生活条件下,这种情感是不能用真实的语言表达出来的。如果这就是文学的传统性,那么,一部最坏的作品,假若能引用一些著名作品的原文,当然也就可以说它是继承了这些名著的文学传统了。假若真这样,这种传统是没有什么价值的。

所谓"脱胎于金瓶",所谓"源本西厢",其传统性的概念不过如此。

三、不但如此,俞平伯先生认为"红楼梦还继承了更古的文学传统,并不限于说部,如左传史记之类,如乐府诗词之类,而《庄子》《离骚》尤为特出",并举二一、二二、六三、七八诸回以证之。实际上像妙玉之赞庄子等例子,犹宝黛之谈西厢,乃人物性格的自然流露,并非是作者的文学观。俞先生的这种说法,不知是在谈作者的文学修养还是谈文学的传统性。我们以为首先明确文学上的术语和概念对俞先生来说还是必要的。

四、此外,俞先生还以红楼梦中与西厢记、西游记、水浒、金瓶梅等书某些在写作方法上相似的情节,来论证红楼梦的传统性,认为它是从这些书"脱胎换骨"而来,或与某书是"一脉相连的",甚至说仅从"隔花人远天涯近"就演化成一段情节。这实质上和我们上面所分析的俞先生的文学上的许多唯心论见解,是真正的"一脉相连的”，我们不想再多加分析。

总之，俞平伯先生在论证传统性问题时一再解说：“它不是东拼西凑，抄袭前文，乃融合众家之长，自成一家之言”。但从俞平伯先生的实际分析里，我们却只能得出红楼梦作者是个抄袭专家的结论，至于什么是红楼梦的传统性，却没有一个清楚的概念。

但究竟什么是红楼梦的传统性呢？

我们认为文学的传统性意味着现实主义创作方法的继承与发扬，人民性的继承与发挥，民族风格的继承革新与创造。而最根本的是艺术的美学态度问题，即它与现实生活的关系。从这些方面去探讨红楼梦的传统性就容易接触到问题的中心。

红楼梦的辉煌成就与它以前的古典文学传统有着极密切的关系。

红楼梦继承并发展了古典文学特别是小说中人民性的传统。它以前的小说有不少是暴露性的作品，如话本中的某些“小说”与明代最伟大的小说金瓶梅。这些作品所暴露的社会罪恶虽也相当的深刻，然而它的广度还嫌不够。但到了红楼梦，作者深刻的揭示出封建官僚地主阶级的生活内容，并进而涉及几乎封建制度的全部问题。作者真实的描写了这一阶级生活的基本特点：残酷的剥削，无情的统治，伪装的道学面孔，荒淫无耻的心灵。这些生活形象本身有着充分的人民性。人们藉此了解了封建官僚地主阶级的本质。但俞平伯先生却认为“虽褒，他几时当真歌颂；虽贬，他何尝无情暴露”。显然的这与其对待红楼梦的倾向性的论点一样，只从局部的态度而不从完整的形象去分析，只从作者的世界观去衡量他对本阶级的态度，而不是从其世界观与创作方法的矛盾去分析红楼梦客观的人民性，这是纯粹的庸俗社会学的见解，而不是科学的艺术社会学的见解。

红楼梦所具人民性的传统还表现在作者创造并歌颂了肯定典型。他把封建制度的叛逆者与蔑视者宝黛作为理想的人物，特别肯定他们的爱情，这也体现着作者对封建制度的忽视与反抗。所以，当他预感了自己主人公的恋爱要出现悲剧的结局时，他的偏爱也就更明显了。他准备给黛玉以死亡的下场，来显示他为现实所不容；让宝玉以出家摆脱现实的束缚，显示这“逆子”不回头的精神。自然，俞先生对这问题是有另外一种看法的，在红楼梦研究一书中，他对宝黛将来结局曾作了很多考证，他的结论是黛玉因体弱而夭折，宝玉为贫穷而出家。表面上虽然是斥责高鹗续书笔法的拙劣，但实质无非仍是企图减低红楼梦反封建的现实意义。我们认为宝黛的恋爱悲剧正是封建官僚地主家庭统治的必然结果，作者通过了这悲剧性的结局，显示了宝黛为爱情而作的不妥协的抗争。很显然作者一贯是肯定他的主人公们的爱情的，但俞平伯先生却认为作者“对恋爱性欲，十分的肯定，如第五回警幻仙姑之训宝玉；同时又极端的否定，如第十二回贾瑞之照风月鉴”这是把恋爱与性欲看成抽象的超一切的纯生物主义的，将宝黛的恋爱悲剧与贾瑞的“恋爱”悲剧混为一谈。贾瑞那种荡子式的无耻行为应该加以极端的否定。作者是借这一事实暴露这封建大家庭男女关系的腐烂。作者的头脑清楚,是非分明,他肯定了宝黛的真正的爱情,同时也贬责了“贾端(瑞)式的兽情”。如果他真的肯定了“贾瑞式的‘恋爱’”,反而会是他的耻辱,俞先生把二者混为一谈,似乎要同情都该同情;要否定都该否定,偏一则不公平,这实质上只能是俞平伯先生自己的逻辑。

我们认为,红楼梦作者是通过历史的连续性的典型人物的创造达到了这一点。林黛玉与崔莺莺、杜丽娘①等历史典型是同类型的。她们都渴望着真正的爱情,倔强的反抗一切的束缚,这些形象就带有人民性反抗性,时代愈近,其积极意义也就更充分,反抗性也就会更强。宝黛恋爱悲剧性的结局,正是这一历史的连续性的典型发展的最高峰。作者如果对这类典型的传统性缺乏了解,就很难在林黛玉身上概括的更深更广更高。

连续性的典型在文学发展的历史上是不罕见的,如俄罗斯文学中“多余人”的形象。从奥涅金、彼丘林、奥勃洛摩夫、罗亭、巴札洛夫、克里·萨姆金等形象中,可看出人民性的发展的一方面,对“多余人”批判的愈深刻,人民性也就愈强。这启示了我们,说红楼梦的肯定典型有历史的连续性是不会有错的。红楼梦在创造历史的连续人物典型时,的确继承了古典文学的传统,肯定典型创造的愈完美充实,它的人民性就愈强。

红楼梦的传统性还体现在作者对现实主义创作方法的忠实,他要写出他所理解的生活的真实面貌来。第一回石头与空空道人的对话就明显的说出了这一点。

> 空空道人看了一回,晓得这石头有些来历,遂问石头说道:“石兄,你这一段故事,据你自己说来;有些趣味,故镌写在此,意欲问世传奇。依我看来:第一件无朝代年纪可考;第二件并无大贤大忠理朝廷治风俗的善政。其中只不过几个异样女子——或情,或痴,或小才微善——我纵然抄去,也算不得一种奇书。”石头果然答道:“我师何必太痴!我想历来野史的朝代,无非借汉唐的名色,莫如我这石头所记,不借此套,只按自己的事体情理,反到新鲜别致。况且那野史中,或讪谤君相,或贬人妻女,奸淫凶恶,不可胜数。更有一种风月笔墨,其淫秽污臭,最易坏人子弟。至于才子佳人等书,则又开口文君,满篇子建,千部一腔,千人一面,且终不能不涉淫滥。在作者不过要写出自己的两首情诗艳赋来,故假捏出男女二人名姓,又必旁添一小人,拨乱其间,如戏中小丑一般。更可压(厌)者,‘之乎者也’,非理即文,大不近情,自相矛盾,竟不如我半世亲见亲闻的这几个女子,虽不敢说,强似前代书中所有之人,但观其事迹原委,亦可消愁破闷。至于几首歪

① 《还魂记》之主人公。

诗,亦可以喷饭供酒。其间离合悲欢,兴衰际遇,俱是按迹循踪,不敢少加穿凿,至失其真。① 只愿世人当那醉余睡醒之时,或避事消愁之际,把此一玩,不但洗了旧套,换新眼目,却也省了些寿命筋力,不比那谋虚逐忘。我师意谓何如?"(第一回)

从这一段话里,也充分反映出红楼梦作者的现实主义创作的见解,曹雪芹虽有着某种政治上的偏见,但并没因此对现实生活作任何不真实的描写与粉饰,没有歪曲生活的真面目,而是如实的从本质上客观的反映出来。作家的世界观在创作中被现实主义的方法战胜了,使之退到不重要的地位。这也是承继了中国古典现实主义作家所最可宝贵的传统,使红楼梦达到了现实主义的新高峰。②

俞平伯先生不是从这些方面去探讨红楼梦的传统性,而是单纯的以考证其中某些情节或文字和古书相似或受其影响来论断其传统性,这证明俞先生根本不了解什么是文学传统性的内容。

在这里,俞平伯先生可能提出反驳的意见,认为他的论断是以脂砚斋的评注为依据的。当然我们也认为脂砚斋的评注是研究红楼梦十分可贵的材料,然而脂砚斋是从文学类比的批评角度去评论红楼梦,它根本不能当作曹雪芹的文学观,何况"脂评"还有些不科学的成分在内呢。退一步讲,即使脂砚斋所提供的材料都是非常好的,但以俞先生的这种观点去运用它,也很难在传统性问题上有科学的阐发。

四

以上就是我们从文学创作的角度,提出了对《红楼梦简论》及其他有关问题的一些看法。

俞平伯先生在《红楼梦研究》中对旧红学家进行了批判,在《红楼梦简论》中也曾对近年来把红楼梦完全看成作者家事的新考证学派进行了批评,这些批评自然都有一定的价值。但是,我们也不能不指出,从《红楼梦研究》到《红楼梦简论》,俞先生研究红楼梦的方法基本上仍旧是因袭着旧红学家们的考证观点,并在"简论"一文中更进一步的加以发挥。考证的方法只能在一定的范围内活动,辨别时代的先后及真伪。但俞先生却已经把考证观点运用到艺术形象的分析上来了,其结果就是得出了这一系列的反现实主义的形式主义的结论。

五四前夕于北京

——原载《文史哲》1954 年第 9 期

---

① 下点系本文作者所加。

② 此处并非专论红楼梦之传统性,只为驳俞平伯先生的见解而写,故内容从略,将另撰专文论述。

侯金镜

评路翎的三篇小说

《洼地上的“战役”》(《人民文学》一九五四年三月号)

《战士的心》(《人民文学》一九五三年十二月号)

《你的永远忠实的同志》(《解放军文艺》一九五四年二月号)

路翎曾经到朝鲜战场,在中国人民志愿军中生活了一个时候,参加和体验了伟大的抗美援朝的斗争。以后,他就陆续地写出了一些作品,其中有一些是写得比较好的,像在一九五三年所写的几篇散文和小说《初雪》,这几篇作品是有积极意义的,因之也是应当受到欢迎的。但是同时也发表了一些作品,像《洼地上的“战役”》、《战士的心》和《你的永远忠实的同志》却有着严重的缺点和错误,对部队的政治生活作了歪曲的描写。我自己,作为一个读者和人民军队的政治工作人员,有责任指出在以上作品中间的错误和缺点。尤其是这几篇作品在部队中间已经发生了不好的有害的影响,那么就更有必要把我的感想和意见提供给作者和文艺界的同志们来共同研究,以廓清那些影响。

路翎在《洼地上的“战役”》里安排了朝鲜姑娘金圣姬和志愿军兵士王应洪的恋爱故事,从中展开了纪律和爱情的冲突,并且想从这冲突的发展和解决当中描写兵士王应洪和他的班长王顺的精神状态,从而表现他们的国际主义和爱国主义精神。

我想,恐怕许多读者都知道,这种爱情是为部队的政治纪律所不容许,是不利于战斗,因之也是和国际主义的精神实质相背驰的。想通过这样与纪律相抵触的事件来描写中朝人民用鲜血结成的友谊是不可想像的事情。但是作者却热衷于这个特殊的事件,一定要让作品的主人公们的国际主义精神和战斗热情,在爱情中燃烧起来。

不过作者也知道,部队的纪律是玩忽不得的,于是对爱情故事的展开就下了苦心来经营,把爱情的主动安放在金圣姬那一方面,细腻地描写这个姑娘简单而又赤诚纯朴的心地，和火热的一往情深的不可遏止的感情，使读者对金圣姬的爱情不能不同情，不感叹。对爱情的另一方面又是怎样写的呢？兵士王应洪在理智上似乎一直没有接受金圣姬的爱情，他曾经退还了她第一次爱情的赠物，可是当他发现了第二次赠物——绣花手帕的时候，“他顿时心里起了惊慌甜蜜的感情”（第一〇页），在一种匆忙而又偶然的情况下把手帕收留了。这种“惊慌甜蜜的感情”又把爱情的线索联结起来，爱情没有中断，又向前发展了。

爱情还影响了第三者——班长王顺，他和王应洪进行了谈话，提醒王应洪不要犯纪律，但是“他心里也还是一种模模糊糊的他也说不出来的感情”，金圣姬的爱情又使他想起自己的家庭，“使他感到模模糊糊的苦恼”（第六页），后来侦察班出发的时候，金圣姬哭起来，王顺“回头望着她，叹了口气”，想道：“这姑娘呀，我也不是没有妻子儿女的人，这叫我怎么才能跟你解释呢？”（第九页、一〇页）连队的指导员，在爱情迹象已经很明显的时候，到金圣姬家里帮助碾麦子，他不但不向她讲明部队的纪律，负责地、积极地讲清道理，使她放弃这爱情，以免以后发生更大的痛苦，反而“也因了这姑娘的忧愁而有些不安”（第九页）。

就这样，作者把由于爱情所引起的几个人的纤弱的感情写得千丝万缕，百无聊赖。于是爱情和纪律的冲突在这几个人的心灵深处就暗暗地、却又是有力地展开了。

现在，再让我们跟作者一道来看这矛盾是怎样解决的吧。

王应洪在胸前口袋里揣着绣花手帕——这爱情的象征，和他们的班一道出发到敌后侦察去了。抓了俘虏，打胜了一个洼地上的“战役”，后来他和班长王顺一道掩护战友们撤退，被截留在敌后。天亮了，他俩躺在一条长满野草小花的小沟里隐蔽起来。在这四面无援的十分紧急的情况下，矛盾的一个方面，爱情的力量上升了，在他俩的心里发生了巨大的影响。

他俩躺在湿泥里，班长王顺的“眼前出现了那姑娘的闪耀着灿烂幸福的面貌”（第一七页），而且，“说来奇怪，他所担心，所反对的那个姑娘的天真的爱情，此刻竟照亮了他的心”（第一八页），王应洪在假寐中看到金圣姬在天安门前舞蹈，舞蹈完了，“金圣姬扑到母亲跟前，贴着母亲的脸，说：‘妈妈，我是你的女儿呀！’……于是他坚强而快乐……①”（第一九页）还有“说来奇怪”的是，王应洪把绣花手帕的事情向班长汇报了，班长王顺说：“回去我汇报给连部，我想连部会同意你收下的，②……在这件事情上，没有哪个同志会批评你不对的。”（第一八页）班长王顺又折下小沟

---

①② 下点系作者所加。

边的金达莱花插在王应洪的衣袋上,“并且开玩笑的(地)说[①]:‘替咱们那姑娘带朵花去,气死敌人吧。’”(第二〇页)在王应洪提出要牺牲自己掩护班长,让班长一个人爬回自己的阵地的时候,班长王顺“忽然微笑着非常柔和地说:‘你还想着金圣姬那姑娘不?’”虽然接着也写到王应洪要表示没有爱上那姑娘,但是班长王顺却把金圣姬“巧妙地拖到他的论据里面来,他迫切地希望打动这青年战士的心,使他放弃那些苦痛的思想”。(第一七页)

故事发展到这里,个人温情主义已经战胜了集体主义,和纪律相抵触的这种爱情已经冲破了纪律的约束,“照亮了”他俩的心,并且帮助他俩生长了不可战胜的力量。

故事发展到这里,已经把作品中的人物和读者引导到这样的逻辑中去:似乎纪律不能成为大家自觉遵守的、成为战斗生活的一个部分,成为人民军队的集体主义的最高表现,成为保证战斗胜利的一个决定因素。相反的,纪律却成为强加到战斗生活中的一种冰冷无情的东西。如果发展着与纪律观念相抵触的自由主义思想和温情,不但不会影响战斗,反而可以使兵士们的国际主义爱国主义思想燃烧起来。班长王顺机械地要求部属执行纪律,但是在困难的时候他就用爱情的力量向部属和自己做政治工作,用爱情来鼓舞战斗。

王应洪牺牲了,而同时“鼓舞”他们前进的爱情也破灭了,故事结束时的感情就不能不是阴暗的。这也正是为什么有些读者对这悲剧式的结果久久不能释然于心的缘故。这篇作品实际上在某些读者的心灵深处也形成了一个“战役”,在那里攻击了工人阶级的集体主义,支援了个人温情主义,并且使后者抬起头来。

路翎在这几篇作品里努力追求着的,是一种什么样的动力使中国人民志愿军产生了超人的力量,在三八线上站住了脚,并且打败了美国帝国主义呢?

《洼地上的“战役”》是接触到这个主题的。但是,作者无论怎样描写王应洪的勇敢和自我牺牲,描写王应洪牺牲以后金圣姬的坚毅和自持,但是由于作者立脚在个人温情主义上,用大力来渲染个人和集体——爱情和纪律的矛盾,前者并且战胜后者的结果,无论如何也无法弥补金圣姬心灵上的创伤,无法改变在战争中丧失了个人幸福,而造成的个人悲剧。这种把人民军队所进行的正义的战争和组成人民军队的每个成员的理想和幸福对立起来的描写,是歪曲了士兵们的真实的精神和神圣的责任感,也是不能鼓舞人们勇敢前进,不能激发人们对战争胜利的坚强信心,不能照亮王应洪和他的战友,以及青年读者们的前进道路的。

《战士的心》也是企图表现这个主题的。它从头到尾描写一个战斗的进程,这个

---

① 下点系作者所加。

进程又是用发起攻击、冲锋肉搏、追击、爆破等十分紧张激烈间不容发的场面来构成的。路翎通过这些场面去发掘兵士们的精神状态和他们的思想本质。

作者对人物的描写方法是：差不多每一个人物在完成一个艰巨的任务或是在紧张的情况下面，都做一次有关个人幸福和个人痛苦的回忆，然后这个回忆就产生了战斗的力量。

敌人的密集火力阻拦了我们一个班的前进道路，兵士廖卫江跃上交通沟向前冲击。这时候他的脑子里闪过了“姐姐在地里拔草、黎明时候的田地，邻家的姑娘的调皮的大笑，以及姐姐的家屋门前……清澈的小河……”于是他的紧张的头脑里忽然闪过了一个鲜明激动的思想：“将来他要回到家乡，要再去摸鱼……”，而且“这思想恰恰是在远远地看见了大地堡的火力点，强烈地意识到战斗的紧张的时候出现的”。[1]（第一一页）

兵士张福林在冲锋的时候，他想到“如果他牺牲了，他的年轻的妻子当然要痛苦起来……谁来帮助她收割呢……在间不容发的瞬间里[2]……生活里的最好的东西就来到自己的心里……心中，闪耀着他的健壮、快乐的妻子的亲爱的脸……”（第一三页）

兵士吕得玉只有一个九岁的女儿，所以他和敌人肉搏的时候，脑子里才出现一个被敌人炸死的朝鲜女孩面影，这个面影又“和他过去的回忆交织在一起”。（第一五页）班长吴孟才似乎是没有家的，那么，什么力量支持着他呢？廖卫江牺牲了以后，他忽然发现他臆测的廖的唯　的亲人　　守寡的姐姐的面貌，正是他二十几年所想像的母亲的面貌，于是“他心里非常安静了”，并且对自己说：“母亲啊，保卫你！”（第一八页）作者从吴孟才死去多年的母亲的联想上，非常牵强地给吴孟才的心灵找到了通向国际主义和爱国主义的桥梁。

兵士张福林在向敌人攻击的时候想到牺牲后妻子怎么办，谁帮助她收割。作者对个人幸福憧憬的描写已经发展成为动摇了。作者大概不知道在战斗中产生了这种想法，是要发生犯罪行为的。新入伍的兵士们由于缺乏战斗经验，在战前战后可能产生恐惧心理，但是在千钧一发的把全付心灵和意志力量都投入到战斗当中的时候，这样具体地想到死、老婆怎么办，他是会举不起自己的武器而临阵脱逃的。作者是怎样解决这个可怕的想法并把他引导到集体的战斗行动中去呢？兵士张福林又继续想道：“一定会有人来帮助她收割的，是的，这一切原来是很简单的[3]。”（第一三页）作者也无能为力了，“一定会”和“很简单”根本不可能给张福林增加什么力量，

---

① 下点系作者所加。
② 下点系作者所加。
③ 下点系作者所加。

作者的描写已经成为无可奈何的解嘲了。

等到路翎对人物的精神状态作更深的发掘的时候，就又回到他创作的老路上，个人幸福的追求形成了个人热狂和个人对生活的冲击：他写廖卫江：“儿童时代的生活，他留下了凄惨的、长期饥饿的记忆”，但是“出现在他心里的却完全不是这个”，“他意识到自己的青春和流注在他底胸膛和四肢里的热烈的生命”，“一阵欢喜的颤慄，使他非常单纯地面对着迫近着他的危险和死亡。”（第一一页）作者自己又堕入到主观主义，神秘主义的泥沼中去了。

从以上的举例，我们可以看出来，在作者的笔下，志愿军兵士们的精神生活的境界是怎样的狭窄，这种心境和他们的高贵的品质、高度的阶级觉悟与大无畏的自我牺牲的行为是怎样的不相称。

许多战斗英雄不止一次地向我们阐述过：由于祖国现实生活日新月异的面貌、伟大的社会主义建设，人民的理想一天天变为现实，把每一个人、每一个家庭的命运和国家的建设紧密地联结起来，同时也把中朝人民不可分割的战斗友谊紧密地联结起来，正是这一些才给了人民军队的军官和兵士们以最大的鼓舞，才成为人民军队战斗力量取之不尽用之不竭的源泉。这种阐述不是抽象的公式，而是一切斗争，一切工作的宏大的背景和动力，它对每一个斗争、每件工作都有决定的影响。也许这种影响有时不是直接的，而是曲折地、通过各种斗争的特殊的形式表现出来的，但是如果在生活中间感受不到这种影响，或是在作品中不能深刻地表现出这种影响，那么他就不能正确地反映今天的现实生活。路翎的作品中就恰恰把这一影响放在无关重要的位置上，而孤立地、突出地描写个人的幸福或痛苦的体验，似乎只有这种个人的内心体验才是推动人们前进的决定的力量。

孤立地描写个人内心的世界，是不可能表现出志愿军的伟大理想和坚强的信念的。沉湎在个人意识里面，是产生不出集体主义和爱国主义思想来的。个人意识决不能成为集体主义和爱国主义的出发点，否则，小生产者就用不着经过经济上和思想上的改造，只要他们固执着个人幸福，那么就可以自发地走向社会主义，就可以生长共产主义的品德了。加里宁在论“共产主义教育”中曾说过：

> 共产党员之慷慨赴义，并向敌人喊出：“我虽死，但我们的事业永远活着”这种充满深刻信心的语句，决不是偶然的。在这片刻间，他本人的身心已与团体完全融成一片。在他看来，团体的利益高于一切，为了团体的利益不惜一死。正是这样的自觉意识，使苏维埃人成为大无畏的战士。（青年出版社版，第二三五页）

我们的爱国主义思想基础是在个人幸福与整体利益的一致上，而且是在不断克服各种个人意识的斗争中产生的。热爱一条小河、小河里的鱼、健壮的妻子，不一定就是爱国主义，只有把这一些和“团体的利益”发生紧密的、不可分割的联系，它们才发出爱国主义的光辉，才能给人以勇敢战斗、自我牺牲的力量。但是路翎的作品却不是这样，他抽去了集体主义和阶级觉悟的巨大的力量，而代以渺小的甚至庸俗的个人幸福的憧憬，并且把它当做人民军队战斗力量的源泉，可以说路翎的这几篇作品是宣传了个人主义的有害的作品。如果读者们遇到困难的决定关头果真像路翎的小说所描写的那样尽想着个人的一切，那么，我可以断定，所产生的决不是战胜困难的坚强意志，而会是一种相反的力量，这就是犹豫、动摇、萎靡不振和退缩不前。

《你的永远忠实的同志》对兵士之间政治生活的描写，也有着很大的歪曲。化学迫击炮连班长朱德福是个参军十年负过七次伤的老战士，因为不愿做炮兵，不安心。班里面的同志大部分也是新手，思想都不稳定。只有张长仁是一心一意的老炮手，但是他对新调来的赵喜山不满意，因为赵喜山浮躁，常常指指划划。而班长朱德福因为过去和赵喜山一起工作过，赵又年轻，所以一开始对赵喜山有些偏爱、姑息。这样，就在他们几个人之间发生了不团结现象，展开了思想斗争。

一次执行战斗任务的时候，班长朱德福因为兵士张长仁没有回答他的质问，就吼叫起来，接着他自己觉得不该这样吼叫，又激动地跑到连部去要求调动工作，但是看到连部在开会，也觉得自己太莽撞，于是坐在坑道口上发起痴来。以上是发生了困难的时候的表现。在顺利的时候，炮打得很准确，他又飞跑着、在泥泞里滑着、喊叫着，向班里的同志们“分散他的香烟，对这个人那个人都摔一根，急急忙忙的，有的就落在泥里了。”（第二一、二页）

而他又怎样对待同志们的缺点，怎样领导他们呢？“他决心去找张长仁谈一谈”，并且提出大家都是党员，应该帮助年轻的赵喜山。谈话的结果不好，于是“这以后的几天，朱德福就不再和张长仁谈什么，他的神色很冷淡。”（第一七页）在检讨会上，张长仁批评了他，但是他却“神色非常痛苦的站在一边，一句话也没说。”（第一八页）“会后张长仁和刘喜山争吵起来的时候，他心里又升起一股压制不住的怒气，全身颤抖着吼叫着申斥赵喜山，使赵喜山觉得事情是这样的意外和不可理解。”他为什么要吼叫呢，作者解释道：“他要对革命、对战争负责。”（第一九页）在这个时候张长仁却发现了班长在困难中显出了他的正直无私的心肠，“心里突然出现了抑制不住的欢乐的感情。”年轻的赵喜山睡着了，“大声的呼噜着，显然那一场风暴完全过去了。”（第二〇页）……于是，大家团结了，愉快地战斗着。

纠纷在个别谈话中、在会议上，都不能解决。大家在工作中彼此都不能互相了解，也不愿想到了解。可是却在冲动、吵嘴、大声呵斥的情况下解决了，在任性、神经质的叫喊、任凭自己感情泛滥的情况下互相了解了。

不论这样的事情在部队中是普遍的还是偶然的，路翎是歌颂了这样的“政治生活”,以为这样反常的、歇斯底里式地发泄他们的感情,正是兵士们真实的纯朴的感情的流露。各种非组织意识自发地在那里互相斗争,是不必按照组织原则,不必经过严肃认真的批评和自我批评,就可以达到政治上的团结,就可以在同志们的心灵中间架起阶级友爱的桥梁来的。很明显,这种歌颂是错误的。作者把小资产阶级集团之间人和人的相互关系硬塞到有高度的阶级政治觉悟和严格的组织纪律生活的人民军队中间去了。

只看到部队生活的一些表面现象,是无从理解它的本质的。碧野的“我们的力量是无敌的”曾犯了这样的错误,路翎今天又来重复它。应该懂得:人民军队并不是农民、工人、知识分子等成员的数量上的总和,再加上一些部队的独特的生活模式,人民军队的本质方面,有一个十分重要的特点,就是部队所特有的、表现于部队生活各方面并且通过各种条令规定起来的历史传统作风——忠于祖国、忠于人民的高度责任感,中国共产党坚强的有高度威信的领导,严肃自觉的纪律观念,军民一致和官兵一致,强烈的荣誉感等等。这种历史传统从各方面深刻地影响着部队每一个成员的战斗、生活和他们的精神状态,虽然在每个成员身上所表现的程度有所不同,但也是一定要发生影响,部队的政治工作就从各方面来加深这个影响。不理解、或是不去认真研究这一方面,就不可能真正地热爱人民军队,就无从正确地表现人民军队,所创造的军官和兵士的形象就会是空泛的、貌合神离的,不可能有历史的深度,甚至会像路翎那样歪曲了他们的形象。

路翎这几篇作品在主题思想上所以有严重的错误和缺点,最重要的原因,就是违反生活的真实,以自己的臆测来代替生活,以自己不健康的感情代替作品人物的思想情绪的违反现实主义的倾向。

路翎的作品中许多细节也都是不真实的,例如《洼地上的“战役”》中侦察排在深夜侦察二线上的自己人,摸自己的哨。实际生活中也许会有这样的个别事件发生,但这事件是应该受到严厉的斥责,并且应该被认真学习和贯彻条令的正规的方法所代替的。但是路翎却通过它来歌颂侦察兵的机智和哨兵的勇敢。

《战士的心》一开始为了刻画兵士张福林缺乏锻炼和不沉着,使他弄响了敌人的照明雷,一个连已经暴露在敌人面前了,副连长就擅自决定提前五分钟发起攻击。在现代化作战的情况下,这种违犯纪律的决定是会使他的连全部牺牲在自己炮火下面,而这炮火是在发起攻击的时候,用来摧毁敌人的前沿阵地的。

类如这些不真实的情节就降低了人物和事件的描写的准确性,读者也有必要来指出细节中的任何最小的错误和疏忽。但是这究竟是次要的,严重的问题是作者对人物精神状态的歪曲,以主观的错误和幻想代替现实生活发展规律的倾向。

《洼地上的“战役”》就是一个典型的例证。这个畸形的不真实的故事,如果说前半段还有些耳食(闻)或目见的依据,等到王应洪和王顺隐蔽在小沟里的时候(这个小沟离山头上敌人的地堡仅仅三十米),除了一开始描写他弄一些杂草小花进行伪装,王应洪曾提出用自己的生命来掩护班长撤退以外,用了几乎占整个小说五分之一、约五千字的篇幅去描写他们谈话金圣姬、怀念家乡和梦寐。爬伏在那阴湿的小沟里,这种时时刻刻都有生命危险,而兵士们神圣的责任感,又要求他们必须集中一切注意警惕任何变化的紧张情况,在路翎的笔下却是"耀着阳光的五月的天空下面",似乎比在自己的阵地还要安详和平静。到这时候人物已经变成了傀儡,只剩下作者的幻想在作品里驰骋了。

《战士的心》里面,干脆就在冲锋、追击、肉搏的时候,给每一个人都塞进一段冗长的回忆。离开了紧张的战斗着的环境,离开了人物的行动,使情节和人物的精神状态分离,战斗也写得支离破碎。兵士们的责任感,和在各种情况突然变化下面的勇敢机智,都被抽象的架空的心理描写所代替了。这种把战斗和人物的行动当做躯壳来塞进作者抽象的观念的做法,正是所谓"追求自己所空想出来的结构与人物"的描写方法,和创造典型环境中的典型人物的现实主义的创作方法是相背离的。

兵士们是自觉地拿起武器进行战斗的,战斗进程中的千变万化迅速地在他们心里反映出来,甚至在最紧张的冲锋肉搏中也不是没有心理活动的,脑子里也不是真空的。但是不要忘记了兵士们是在进行战斗,作者首要的任务是要在对敌矛盾的展开中描写兵士们的行动和由这行动所直接引起的心理活动。而不应像路翎那样,把他自己的非工人阶级的思想情绪,硬塞到最可爱的人的心里,把他们崇高的品质,写成庸俗的、不健康的、甚至是丑恶的。

这几篇作品说明了路翎还没有彻底抛弃他的错误思想和错误的创作方法。所以希望路翎在继续深入生活和认真地改造自己的过程中,能彻底纠正错误的思想和错误的创作方法,写出真实地反映现实的、健康的、正确的、有益于广大读者的好作品来。

最后,我也恳切地表示,欢迎路翎继续到人民军队中深入生活,创作反映人民军队的斗争和生活的作品,使它们有助于人民军队的政治工作,成为鼓舞军官和士兵们勇猛前进的力量。

——原载《文艺报》1954 年 12 号

康 濯

评《〈不能走那一条路〉及其批评》①

一

今年一月出版的《文艺报》第二号上，发表了李琮同志的文章《〈不能走那一条路〉及其批评》。这篇文章对李准同志的短篇小说《不能走那一条路》及有关这篇小说的一些批评，作了一个类似综合性的评论和报导。大家知道，李准同志的这篇小

① 《文艺报》发表此文时，加了篇幅较长的编者按语，表示康濯在此文中"对于《文艺报》编辑上所提的意见是完全对的，我们接受这些批评"。

"编者按"认为，《文艺报》"在评论工作上，最主要的缺点，是在发扬文艺作品的政治的、社会的影响上努力得很不够，首先是注意得很不够；同时，根据目前现实的可能条件和群众的实际要求，根据我们逐渐在提高的文艺水平和日益在活跃起来的青年作者们的具体情况，来鼓励和促进创作的蓬勃发展，也显然是努力得非常不够的，而且可以说，在这方面是特别缺少细心的研究和注意的。我们的创作固然还不是已经在蓬勃地发展，还远落在读者的要求之后；但我们的评论工作，还更分明地落在读者的要求之后，也落在创作和创作发展的要求之后。这不仅是指评论文章的数量少，首先是指评论的质量不高，特别是指评论者对于创作的热情和积极态度常常是非常不够的。评论工作固然有它的成绩，但有些评论却是脱离生活的实际和政治的要求，也脱离被评论的具体作品的实际的"。"那就是往往不根据作品的具体成就和它在实际（现实）生活上的意义去分析作品，而是根据评论者屡次在应用的某些公式和教条去要求作品"。"《文艺报》编辑工作上所常犯的错误的根源，就在于我们编者自己常有上述的脱离政治和脱离实际的倾向"。"康濯同志批评本年《文艺报》第二期上发表的李琮同志文章时所提出的意见，首先对于我们改正上述的缺点和错误，有很好的帮助"。

"第一，康濯同志这篇文章中所提出的对于文艺作品所具有的社会的、政治的意义和效果，特别在当前有重要意义的政治性的作用，应该首先给以积极的肯定、充分的评价和及时的宣传，这是完全正确的。其次，对于正在陆续出现的新作者，尤其是比较长期地在群众的实际生活中、相当熟悉群众生活并能提出生活中的新问题的新作者，应该给以应有的热烈的欢迎和支持，这也是完全正确的。再其次，和这两点相关联，指出评论文艺作品不应该根据公式和教条，而应该根据生活和作品的实际，这也当然是正确的"。"至于包含有显明的缺点和错误的李琮同志的文章，我们未经过和李琮同志讨论及修改就发表出来，这当然首先要由编者负责"。"编者按"还认为，"关于于黑丁同志的文章，我们觉得，康濯同志的意见也是对的。于黑丁和苏金伞同志热烈地介绍和称赞李准同志的这篇作品，是应该的，正确的。于黑丁同志文章的缺点是在于作了过分的评价和有某些不切实际的地方，如康濯同志文中所指出。但李琮同志的文章却把这缺点夸大为原则性的错误，并且缺乏根据地联系到中南和河南的整个文艺领导上去，这一点，我们编者竟没有注意到，这更是《文艺报》编辑工作上所不应有的疏忽和错误。"

说自从去年十一月在《河南日报》发表以后,三四个月以来,已经被全国的许多报刊转载和推荐,在读者当中产生了较大的影响,并给目前正在各地展开的关于国家总路线的宣传起了积极的作用。对于这样一篇小说,《文艺报》——作为以评论和报导全国文艺工作为自己的主要任务的刊物,适时地发表了文章——特别是发表了类似综合性的评论和报导,应该说,这是自然的,也是应该的事情。

也正因为如此,李琮同志的文章就必然要引起我们严肃的关心和注意。

李琮同志对李准同志的小说及其有关的一些批评,作了怎样的报导、评论和估价呢? 很可惜,这篇文章虽也在某些个别部分不无一定的优点,但整个地说,我以为是轻率的、有错误的。

二

《不能走那一条路》是描写一个虽然参加了互助组、但对旧的、习惯的道路仍然更为熟悉的农民宋老定企图买地,却由于遭到了他的儿子、共产党员东山及社会舆论的反对而变更了主意——通过这样一个故事,反映了目前我国农村中社会主义思想如何与农民的资本主义自发倾向进行斗争并获得胜利。小说发表以后,首先是一些农民和农村干部热情地表示了自己衷心的欢迎。《河南日报》发表了一些读者的来信,有的农村青年读了《不能走那一条路》之后,感到应该学习东山的模样,并抛弃了买地的思想,提高了社会主义的觉悟。有的县的干部会议也从这篇小说受到了启发和教育。中南及河南文艺领导方面给予了这篇作品以应有的重视,并适时地进行了评介和推广的正确的工作。至于小说的作者李准,则是一个开始学习写作还不到一年的新人。但从他所写的关于他的创作经验的短文中可以看出,他是一个相当熟悉农村生活、具有政治敏感和艺术表现能力的有希望的作者。

这篇小说为什么会产生这样的影响? 我认为,这是任何人评论作品的时候应该首先考虑的问题。毛主席《在延安文艺座谈会上的讲话》当中谈到文艺批评的标准的时候,就曾明白地指示过:检验一篇作品的好坏,必须要看它的社会效果。李琮同志是考虑了这个问题的;他在文章的开头就介绍了小说从领导与群众方面得到的重视。但是,李琮同志所给予这篇小说的评价,却与他自己介绍的小说的社会效果显得很不相称——不只是程度上的不相称,而是基本精神上的不相称。

"作者企图通过宋老定想买地、东山反对、宋老定被说服这样一些事情,来反映当前农村生活中的重大矛盾——社会主义和资本主义的两条道路的斗争,及前者在斗争中的胜利。作者想在作品中反映当前现实生活中重大、尖锐的问题,这是很好的。"这是李琮同志对于作品主题的分析;这个分析是对的。接着,李琮同志又说:"这作品也使读者感到作者对生活有比较真切的感受。作者对于主要人物宋老定的描写是比较真实、生动和具有特征的。”在例(列)举了作品中关于宋老定的某些比较真实、生动的描写后,李琮同志说,作者对宋老定的描写,是“接触了一个习惯地沿着旧的道路向前走的农民的内心,这样的人物在今天的农村里是有他的代表性的。”这些也都说得不错。此外,李琮同志还谈到“整个作品写得也很朴素,语言也比较生动和简练,使读者读起来感到相当亲切;特别在看多了概念化的、内容贫乏的作品的时候,这样的作品就更容易为读者所喜爱。”最后,李琮同志还赞扬了几句中南和河南文艺领导上在向农民宣传国家总路线的时候,将这个作品改编成各种艺术形式,作为宣传材料广泛普及的一些措施——李琮同志对于这篇小说的成就方面的具体分析和评价,就是这些。

这就发生问题了。李琮同志对于作品中主要人物的分析,仅只说到“接触了一个习惯地沿着旧的道路向前走的农民的内心”为止;那末,宋老定在整个作品中的结局是怎样的呢?是“习惯地沿着旧的道路向前走”了呢?还是他的资本主义思想被社会主义战胜了呢?而且不论哪一个结局,又是经过怎么样的过程,通过怎么样的形象的力量达到的呢?李琮同志说的作者所“企图”表现的主题,到底完成了没有呢?文章中都缺乏具体分析和回答。显然,李琮同志认为,宋老定从打算买地到不买地并且借钱给张拴的整个外部的和内部的斗争过程,也即是作品中社会主义战胜资本主义的整个过程,是写得不好或是写得概念化的。但是,如果情形真是这样,如果一篇描写社会主义思想与资本主义思想进行斗争的作品,没有具体地真实地描写出前者对于后者必然战胜的话,那末李琮同志自己所介绍的这篇小说的社会效果,又是从哪里来的呢?那末,想买地的农民读了这篇小说以后,为什么没有仍然去买地,而是受到了教育,不买地了,并要坚决走社会主义道路呢?

自然,这一连串的问题,李琮同志也是注意了的。他在分析这篇小说三个缺点的第二点的时候,这样说:“作品中斗争的开展,在东山来说,完全依靠的是讲一般的道理;斗争的解决,在宋老定来说,则完全是依靠对于过去的回忆,……这样就使人感到,要使农民克服自发倾向,……只消说些道理,回忆一下过去,就可以办得到的。”

原来我没有说错,李琮同志的确认为作品中社会主义的力量在斗争的开展与解决当中是描写得不好的,概念化的。但我不同意这个看法。我并不是只从作品的社会效果来机械地讲斤论价,我的根据是李准同志的小说的本身。

因此,我不想研究李琮同志在分析作品的第二个缺点时所说的作品对宋老定的描写“使人感到,要使得农民克服自发倾向,走上社会主义的道路,是不需要互助合作运动的实际的、长期的教育”;与他在分析第一个缺点当中所说的宋老定是一个参加了互助组的“热爱劳动的朴实的农民”,“只要有进一步的教育,他一定会提高自己的觉悟”——这二者的说法有无矛盾；这两段话在精神上至少是不完全一致的。此外，我也不想多谈“斗争的解决，在宋老定来说”，是不是就只完全依靠了对于过去的回忆；实际上，这方面除了东山和社会舆论对宋老定的影响外，作者也交代了一点宋老定对互助组的进步的认识（如知道互助组使他粮食够吃，互助组能多打粮等），并不“完全是依靠对于过去的回忆”的。我这里想多谈几句的，是对于李琮同志所谓“过去的回忆”的看法。

首先，我想李琮同志是清楚在过去的土改当中，农民自己起来诉过去的苦，是曾经产生了怎样惊天动地的力量的。而对于获得了解放的农民，“在现实生活已经前进了一大步而且继续前进的道路已经更明确了的时候，启发农民再回忆一下过去的痛苦，就会比过去的诉苦引起更深更广的思想变化，会使农民更坚决地抛开走旧道路的一切打算，更勇敢地克服一切困难，艰苦奋斗，在大家一同富裕的新道路上不断前进。”（去年十二月三十日《人民日报》社论）这是说明，启发农民回忆过去，其意义实际就是启发他们通过个人的与本阶级的整个历史道路，来提高到社会主义的觉悟水平上来。同时，这个回忆的学习是有工人阶级领导的，又是活生生而不带任何教条味道的；而农民“都是实际主义者，都是务实的人”（列宁），所以这个回忆也正包含着李琮同志说的对农民的“实际的、长期的教育”，也就必然产生物质力量，而决不能像李琮同志“只消……回忆一下过去”那么轻描淡写来估计的。

其次，“过去的回忆”在生活中也决非像李琮同志的观念“只消……回忆一下”那么没有份量；实际上，回忆的本身也就是活生生的现实的斗争。我们不论在土改或宣传总路线与粮食统购的工作中，启发农民回忆，决不会随便拉着一个老汉往地下一蹲，对他说：“你回忆一下过去吧！”我想李琮同志如果到了农村，也不会这样进行工作的。农民回忆过去，往往是在现实斗争中自然地有领导地发生以至成为前进的力量的。而李准同志的小说在处理宋老定回忆过去的细节的时候，也恰恰正是这样。

小说处理宋老定打算买地去找过去给地主当过账房的王老三的时候，作者首先合情合理地描写了“老定讨厌王老三挤眉弄眼地说话”；接着，王老三说：“再买个十几亩，能飘养住个长工，就雇个长工。”老定想着：“我真的要雇长工吗？我是扛了十八年长工的人呀！”“他走出王老三大门后，他想起来王老三过去给地主跑着买地也是这股子劲，他又想起在朱家扛活时……他狠狠地吐了一口唾沫说：‘去你娘的吧王老三，你是专会浮上水！”再往下，老定踱到麦场里，看着自己的麦垛慢慢大了，可又看着张拴的麦垛小了，并想起张拴的孩子……这是“只消……回忆一下过去”吗？不，这正是真实地刻划了宋老定在现实生活斗争中的形象，因而这一段描写是有力量的。

再从李琮同志所引苏金伞同志文中描写宋老定转向新道路的三个回忆场面来看。一是宋老定“谈起了过去,原来他也卖过地”。这是为什么谈起的呢?是共产党员东山在现实斗争当中有意识地引起的。再一个是宋老定“在张拴地里,看见了从前和他一块受过苦的张拴他爹的坟”。宋老定是在什么时候看见这个坟的呢?是不是在随便路过的时候?不是,而是作者刻划着老定在现实生活中“沿着地边走起来,想步步看究竟这块地还有二亩四分没有”的时候,于是看见坟,于是才回忆起来的。三是老定偷听儿子和打算卖地的张拴的谈话,这一段也描写了现实生活对于打算迈上资本主义道路的宋老定所进行的斗争:共产党员的儿子对张拴的关心和教育,对处在错误边沿上的父亲的体贴,张拴对宋老定的看法,等等。因此,这三个场面虽也如李琮同志所说“都是回忆过去的痛苦”,但却都是合情合理地通过对于生活的真实的描写来处理,并且自然地组成了小说当中矛盾斗争的展开和结局,因而就产生了力量和社会效果——岂能轻率地说这仅仅是“只消……回忆一下过去”的!

因此,我认为宋老定这个人物描写得比较真实、生动,不仅如李琮同志说的对于人物沿着旧道路走的方面是如此,即使在刻划人物经过痛苦的斗争以至抛开旧路迈上新路的过程也大体是如此。这是一个比较完整的人物;也可说是在今天的农村中富有一定典型意义的人物。而这个人物的创造,也就是作品的主要成就之一。

作者还描写了另外的人物。宋老定的儿子东山,作为社会主义思想的代表者,也是一个重要的人物;作者通过东山的老婆秀兰的说话,这样描写了东山:“平时你见他连句话也不说,亲父子爷们没有坐到一块说过话。你饭一端,上街了。衣裳一披,上乡政府了。你当你的党员,他当他的农民,遇住事你叫他照你的话办事,他当然和你吵架!”我们的农村中是有这样的党员干部的。而我上边摘引的一段话,是当东山在考虑跟父亲进行斗争的步骤时,与自己的老婆一道在批评与自我批评当中发生;这一个互相批评的场面,也有一点生活气息。你看,当东山检讨了自己对要卖地的张拴没尽到责任以后,“看着秀兰嘴撇得像个菱角,就用指头捣着她的额头说:‘亏你是个青年团员!’‘你别动手么!’秀兰拨开他的手说,‘我问你,你既在我跟前要枪哩,为啥不在咱爹跟前说?’”接着,秀兰就批评了东山,说了我在上边摘引的那段话。“她说着嘴一撇一撇的。东山笑着说:“‘你倒给我上起课来了。’不过他心里可挺服气。”这不是多少表现了一对年青夫妇的新的形象么?此外,东山从说话中引起他爹对自己卖地的痛苦的回忆,动员长山老头与信贷社借钱给张拴,而且正面批评教育张拴——在这个场面里,东山并对张拴说到他爹:“我爹总是打不通思想。他今年六十多了,我也不想叫他生气,他受了一辈子苦,弄几个钱自然金贵。”“我爹这二年也有转变。……”这样看来,东山这个正面人物虽不如宋老定那样刻划得好,但也仍然被创造得具有生活真实的气息和新的人物的轮廓。李琮同志说东山“完全依靠的是讲一般的道理"，"描写是很概念化的，软弱的"①。"精神状态是处于被动的、应付的地位，我们看不到他的性格和面貌，也感受不到他对于旧事物积极进攻的精神。"这显然都不完全符合作品的实际。

此外，作品中还描写了张拴这个人物。这里先不谈张拴的资本主义思想行为是否就如李琮同志说的比宋老定"更为严重"；我只想说，作为一个次要的人物，李准同志对张拴也还是作了一些起码的安排的，如尽想"吃飞利"对他的打击，如东山等给他的教育和帮助所引起的转变即是。还应该提起的，是作品中对宋老定打算买地的一些社会舆论的压力，如长山老头对他的讽刺，又如他自己也为想买地的事交代儿媳妇说："不用扯旗放炮的，不要弄得谁也知道了。"这种舆论也是目前农村中的真实情况；而这个压力，也从侧面烘托了斗争的必然胜利。

通过这些分析，我认为，前面所引李琮同志在关于这个作品的主题思想时所说的作者的"企图"，李准同志是大体完成了的。特别因为作品描写的是目前我国人民最关心的重大事件之一——国家总路线贯彻当中有关农业社会主义改造的一个主要问题，而且是及时地正确地提出了与解决了问题；因而这是一个值得重视的作品；其次，通过以上的分析，我们感到这篇小说是从生活出发的，有着相当的真实性，刻划出了某些相当生动的艺术形象；因而这是一个现实主义的作品。正因为如此，这个作品对人民的政治教育意义就比较大，也就必然获得它的社会效果。这样的作品是值得鼓励和赞扬的。而作者李准又是一个新人，这就更值得鼓励和赞扬。《人民日报》转载这篇小说时所加的鼓励和赞扬的按语，就严肃地说明了党对这个作品的恰当的评价。

三

《不能走那一条路》有没有缺点？有。李准同志对共产党员东山这个正面人物的刻划到底还不够生动，正如作者自己在谈他的创作经过时所说，东山的"性格不够鲜明"，"写得比较概念些"②。其次，作品中对互助合作运动所给予已经参加了互助组的宋老定的影响，虽有提示，但不够明显；对张拴的批判也不够充分。此外，作品第五节描写从侧面给宋老定以社会主义的幸福前途的影响，这一段由于没有紧密地结合作品中展开的斗争生活的实际，因而与整个作品中朴素的、生活的气息显得有些不调和、生硬（《人民文学》在转载这篇小说时删去了这一段）。我想提到的缺点就是这些。

① 下点系作者所加。
② 下点系作者所加。

为了帮助读者和作者(哪怕是刚刚出现的新作者),为了文艺创作的健全发展,即使是对于一篇受到重视的好作品,指出其缺点也是必要的。问题在于指出缺点的同时,必须区别缺点的性质。是细节上的?还是总的倾向上的?这在《斯大林给费里克斯·康同志的信》中,对我们已有明确的指示。《不能走那一条路》的缺点,如我上边所指,显然都只是细节上的、次要的。这里又不能不再提起李琮同志的文章:他的轻率和有错误,当然不在于他指出了小说的缺点;而在于他所指出的小说当中的缺点是不中肯的,不确切的,因而就不适当地贬低了作品的价值。

请看事实。李琮同志对小说着重指出的第一个缺点,"是对于张拴的处理上的不当"。据李琮同志说,宋老定是一个"正直、俭省、热爱劳动的朴实的农民",并且是早就参加了互助组的;而"张拴是一个不肯好好从事农业劳动,尽想'吃飞利'的人";二者都有自发资本主义思想,因而比较之下,就认为张拴的情况"更为严重"。我觉得,李琮同志对于宋老定和张拴的分别的各自的看法虽没有错,但他这一"比较"就有点不大妙;而在"比较"之后所发挥的观点,却更是不合乎作品的实际和生活的实际的。李琮同志!你当然知道农民的本质是作为劳动者的革命性和作为私有者的落后性这一点,而宋老定恰好正是在这一点上有其典型意义;你并且也正确说过作者所描写的宋老定"是……有他的代表性的"。那末李准同志在作品中批判地描写了这样一个有代表性的人物①,不是很好了么?为什么非要硬跟张拴比较一下呢?莫非李琮同志不懂得这只是一个短篇小说,不懂得作品中主要人物与次要人物的地位及应该赋予的轻重?其实,只要指出在作品的细节方面对张拴批判不够就适当了的呀!否则,如果要比较的话,那末放高利贷——农民自发倾向的另一个表现,是不是也要比较一下呢?作品中提到的那个张拴的妹夫拿钱放账,而且天天来要账,并跟张拴"惹得脸青脸红",可见这个人至少也缺乏农民阶级之间的同情心;那末,照李琮同志的比较法,岂不是这个连名字都没有的人物更值得好好批判一下么?但如果有谁提出这样的要求,我怕李琮同志也要骂为荒谬的吧!可是,拿宋老定和张拴来比较,不也同样是荒谬的么?

再说张拴这个人物。我认为从张拴没有劳动习惯这一点来说,他是比较缺乏农民的本质的。当然,从实际生活出发来看;张拴也应该说是在另一方面有其代表意义;但即使是这样,张拴和宋老定也不过各自代表着不同的特点,也不过是如李琮同志所说,"同时存在,并且相互联系的",我实在找不出张拴的情况到底有何根据比宋老定"更为严重"。事实也许相反,张拴这类人因为不好好劳动,在农村往往更容易孤立;而宋老定的落后思想,由于其另一方面的正直和劳动,倒还可能获得某些同情

---

① 下点系作者所加。

与支持，因而也就更需要热情的和耐心的教育。我当然不是在这里反过来说宋老定的情况比张拴“更为严重”，我只是说，李准同志着重描写了宋老定，实在是完全有理由，完全不应该得到什么责备的。

也许还可以再退一步看看。假定事实上张拴的情况的确比宋老定要“更为严重”；但是作者由于对宋老定较熟悉与较理解而偏偏着重写了他，并且写得还不坏，那末，李琮同志的批评是不是就对了呢？那岂不成了“不顾各个作家的不同生活经验和写作能力而任意地像对待小学生似地给他们规定题目”（周扬：《为创造更多的优秀的文学艺术作品而奋斗》）了么？原来即使是那样也不对！更何况情形又根本不是那样呢！

李琮同志还指出了作品的其它所谓重要缺点——主观地、对一个短篇小说额外地要求写什么“互助合作运动的实际的、长期的教育”，这也是不切合生活的实际和作品的实际的，从教条公式出发的、主观主义的批评方法。

四

李琮同志在文章中并着重批评了于黑丁同志《从现实生活出发表现人物的真实形象》一文（同时也提到了苏金伞同志的《读〈不能走那一条路〉》）。这两篇文章当然都可以批评。日丹诺夫说：“没有批评，任何的组织，连文学组织也在内，是会腐朽的。”这说明不管是对创作或是对批评，都同样不可缺少批评。但同时，这也说明了批评的目的和它所要达到的效果，不是阻碍文学事业的正常发展，而是帮助文学事业更健全地生长和繁荣——而这也应该是我们检验一篇批评文章是否正确的原则。

于黑丁同志的《从现实生活出发表现人物的真实形象》一文，我认为对《不能走那一条路》作了基本上正确的评价。他的文章也有毛病，这主要地并不在于他没有提到这篇作品的某些缺点，而在于他对这篇作品的成功方面给予了过分的夸大的估价。比如他说作者创造了几个正面的“典型人物”，因而就首先对东山和秀兰这两个正面人物的创造，给予了不切实际的赞美。如说秀兰“用心灵的声音在向宋老定这一类的人物宣战”，说作品中新的人物“拥抱了这新的世界，时时在为这新的世界说话”，对作品中多少显得有些生硬的一段关于前途的谈话，说这“是把我们引到更高的境界”等等。

尽管如此，于黑丁同志的文章恰当地肯定了作品的主题思想，肯定了作品的真实性，分析了作品中人物的形象、作品中展开的冲突和矛盾以及作品的语言；并且从作者是一个新人这一点出发，充满热情地鼓励了、赞扬了这一篇小说，因而于黑丁同志文章的主要的基本的方面是好的，对读者、作者和文学事业应该说是有益的。至于文章的缺点，只不过是如我前面所指出的有些过分与不恰当及某些部分不切实际而已。

此外,苏金伞同志的文章基本上也是正确的。

而李琮同志则认为于黑丁同志和苏金伞同志的文章都不是实事求是的,特别在对一个新作者的鼓励和帮助上,犯了“拔苗助长”的错误。正因为他把这个问题提到这样原则的高度,因而他就把他所认为于黑丁同志和苏金伞同志文章中的错误与中南和河南的整个文艺领导联系起来;认为“中南和河南的文艺领导方面对《不能走那一条路》的作者的帮助上,还有不是实事求是的地方”。这样,李琮同志的批评的错误就不但在于把于黑丁同志文章中的某些缺点夸大了,而更重要的是在对中南和河南的整个文艺领导作了轻率的、缺乏根据的指责。李琮同志把中南与河南的文艺领导方面以及于黑丁等同志对李准作品的鼓励,说成是对于青年写作者的“拔苗助长”的有害办法。但据我看来,目前对青年作者的鼓励和实际帮助还不够得很;在这种情况下,把于黑丁同志文章中的缺点和“拔苗助长”相提并论,显然是不妥当的。

五

现在我们可以看到:《〈不能走那一条路〉及其批评》,虽也指出了李准同志的小说的某些优点,但整个的态度是冷淡的,因而对于这样一个很值得鼓励的新的作家的作品,没有给予恰当的评价;相反,李琮同志倒是着重地热中于对小说的个别缺点的指责和批评。

批评一篇作品(即使是好的作品)的缺点,是可以的而且需要的;问题在于:李琮同志的批评本身是不科学的,不实际的,没有考虑作品的实际与生活的实际,仅仅武断地从教条公式出发,因而,就不顾作品所已获得的社会效果而不适当地贬低了作品的教育意义和艺术价值。

我们的批评应当努力发现、鼓励和培养群众中生长的年青的作者,鼓励一切作家表现当前现实生活当中最迫切的、重大的、尖锐的问题。而李琮同志的文章的整个精神,则恰恰缺乏对于年青作者和表现当前现实斗争的作品所应有的热情的、欢迎的态度。我们的批评必须是实事求是的;教条主义的批评方法,不但不能帮助作者更进一步去接近生活的真实,而适足以引导作者走向公式化、概念化的道路。李琮同志的批评就恰恰犯了这样的毛病。

于黑丁同志的文章中不切实的地方当然是可以批评的,但因为李琮同志自己的批评态度和批评方法是有错误的,因而对于黑丁同志的批评也就不可能正确了。

根据毛主席的指示,我们的批评必须首先考察一个作品的政治效果和社会需要,考察这个作品对于生活的真实性。因此,只要一个作品的政治教育意义较大并且反映了生活的真实,那末,即使它在艺术上还有某些粗糙,我们也是应该热情地加以肯定的——这就是我们的批评政策和态度。因为我们的批评是为了鼓励创作,为了鼓励作家的积极性,而不是为了别的。让我们看看高尔基在一九三〇年发表的《论文学》上的几句话吧!“有人肯定说,我们年青的文学没有创造出文字造型艺术的巨匠。我们修正说:它还来不及创造……它存在还不过十年,而这种年龄,如果产生出巨人,倒是一种反常的现象。说青年作家们的技巧还不高强,这是我们同意的,然而我们却不想贬低对它的评价……”我觉得,这些话是值得我们的批评工作者重视的。

末了,我感到《文艺报》发表李琮同志的文章,也是不够慎重的。《文艺报》在批评工作上有着不少显著的成绩,因而获得了全国文艺工作者的重视。正因为如此,在人民正向我们迫切要求描写有关目前国家总路线的生活的作品,而我们的创作又并不很繁荣的时候,《文艺报》原是应该对《不能走那一条路》给以热情的恰当的鼓励,如像《人民日报》所作的那样的。

我并不以为《文艺报》上的每一篇批评都必须作到完完全全与十全十美,因为这是不实际的要求。但李琮同志的文章既是类似综合性的评论和报道,那就不能不慎重。《文艺报》在发表李琮同志文章的同一期上,还同时并列地发表了《读〈初雪〉》与《评〈淮河边上的儿女〉》两篇批评。仅拿紧挨着李琮同志的文章排列的巴人同志的《读〈初雪〉》来说,我觉得,作为巴人同志个人的一篇《读书随笔》,《文艺报》未始不可以发表,然而这篇“随笔”却把《初雪》评价得完美无疵,说它“是表现了生活的最高真实”,因而“就是诗”;这显然是过分的不恰当的赞扬。但是,《文艺报》的编者在发表指责于黑丁同志的批评缺点的文章时,为什么竟看不出巴人同志的文章也恰恰具有同样的缺点呢?这就不能不使人感到奇怪了。我想,《文艺报》当然是无意地把李琮同志和巴人同志的文章偶然放在一起的。然而编辑工作上的这种安排,却反映了《文艺报》编辑思想的混乱,并且有可能混淆与模糊我们的批评政策——我这样的一个感觉,也愿意提请《文艺报》考虑。

1954 年 3 月 28 日,北京郊外

——原载《文艺报》1954 年第 7 期

冯雪峰

论《保卫延安》的成就及其重要性

杜鹏程作的长篇小说《保卫延安》的出版,从我们文学工作上说或从人民的文艺生活上说,都是有重要的意义的。读者们也许不大注意这样的作品在我国今天文学的成长上反映了什么意义和问题,但每一个读者打开这本书,只要读下去,他就会觉得它的迫人的鼓舞力量,会很自然地振奋和紧张起来,会引起好像不是在欣赏艺术作品,而是被引到紧张的实际的战斗生活中去了似的心情来。读者对于这书所描写的英雄们,也一定会强烈地引起像书中陈兴允旅长说过的那种意识和感情来,觉得受着深刻的感化和教育。书中第六章第五节中,陈兴允旅长曾经这样地描述过我们的战士们:

> 我们的战士,把自己的全部生命、青春、血汗,都交给了人民事业。他们即使去赴汤蹈火粉身碎骨,也积极自动毫无怨言。一个人,望着他们就不知道什么叫艰难畏惧。一个人比比他们,就觉得自己贡献太少,就觉得自己站在任何岗位上都不应该有什么不满意。
>
> 人面对他们,还有什么个人打算,那会羞愧而死!

这种鼓舞人的力量,当然并不只限于它所描写的个别英雄的。全书都充满着令人振奋的力量。但是,这种鼓舞力量说明什么呢?

这是怎样的一本书呢?

这本书的成就,它的精神,作者的创作精神,以及这本书对于我们的意义,等,我以为就都有引起我们注意的必要。

这本书的杰出的成就,我觉得是无疑的。它描写出了一幅真正动人的人民革命战争的图画,成功地写出了人民如何战胜了敌人的生动的历史中的一页。对于这样的作品,它的鼓舞力量就完全可以说明作品的实质,精神和成就。

这部作品,大家将都会承认,是够得上称为它所描写的这一次具有伟大历史意义的有名的英雄战争的一部史诗的。即使从更高的要求或从这部作品还可以加工的意义上说，也总是这样的英雄史诗的一部初稿。它的英雄史诗的基础是已经确定了的。我们读者的亲切的感受，也就是可靠的证明：在它强烈而统一的气氛里，在它对于战争的全面而有中心的描写里；这么集中地、鲜明地、生动有力地激动着我们的是这样的革命战争的面貌，气氛，尤其是它的伟大的精神。

作者以战斗的精神，写出了这样的革命战争，于是作品就具有迫人的鼓舞力量。

在作品中，作者究竟掌握了什么呢？

我们看一看罢。

我们读过全部作品就会觉得，作者是确实掌握了这次战争的精神的。最要紧的，是他掌握了这次战争所以胜利的关键和依靠来达到胜利的全部力量，掌握了这次战争的根本的和主要的精神，于是也就掌握了它的全面的精神。作者能够这样掌握，用不到解释，当然是由于他全面地研究和掌握了这次战争的全部发展过程的缘故。

我们阅读的时候就会深刻地感到，在全部作品中，作者所追求的，确信的，要以全身的力气来肯定和歌颂的，就是这次战争胜利的关键和达到胜利的全部力量。作者集中精神而全力以赴地来体现和描写的，也就是这次战争所以达到如此辉煌胜利的那种精神和力量。于是，作者不能不让全部篇幅都去描写党中央和毛主席的英明领导和指挥以及人民解放军和革命人民群众的坚（艰）苦卓绝的革命英雄主义精神。这种在作品中所表现的作者的创作精神，我们也不得不承认，对于他的作品是最根本的，这是这部作品成功的关键。

为什么这种精神是最根本的呢？我们可以从这次战争的实际情况来加以说明；如果我们要史诗地来描写这样的战争，那也可以从史诗的任务来加以说明。

我们都知道，这次战争的胜利，是在党中央和毛主席对于战局的正确分析和估计以及对于战争的英明指示和领导，毛主席的亲自指挥，人民解放军的坚苦英勇的作战，陕北解放区人民的忠诚团结，全国人民解放军在各战场的配合作战，全国人民的同情等因素之下取得的。这些主要的因素也是人民解放战争中每次胜利的共同的原因。但是，每一次的胜利都在说明，党中央和毛主席对于每次战争任务的正确规定和对于战争进行的正确指示，以及坚定而灵活地掌握了毛主席战略思想的指挥员的正确指挥，乃是胜利的关键。同时也是每一次胜利都在说明，在党所指示而人们为它而奋斗的战争任务的鼓舞之下，在正确的指示、领导和指挥之下，所有胜利的因素于是就能够最高度地发扬出来，最高度地结合起来，而造成必定胜利的伟大力量，并且表现出在人民解放战争历史上屡见不鲜的那种最辉煌、最模范的革命战争的精神。

这次战争，由于蒋介石以十倍于我当时在西北的人民解放军的兵力来进攻延安和陕北解放区而发生;当时的延安是中共中央所在地,是民主的圣地,是当时中国的头脑和心脏,是人民胜利的象征;蒋介石企图给中共首脑部和西北人民解放军以重大的打击,以挽救反动势力的灭亡。但这时候,全国形势已经在转移,因为这正是蒋介石从一九四六年七月开始的向全国各解放区的全面进攻,已经被粉碎的时候,人民已经在八个月中歼灭了敌人七十一万人,敌人的武装力量和人民武装力量的巨大悬殊的情况已经有很大改变。敌人这时候(一九四七年三月)开始的重点进攻,即集中力量向山东解放区和陕北解放区进攻,在客观上正反映着全国形势将有更快更大的发展,蒋介石将更快走到灭亡,因为全国各战场上人民军队的力量是在上升,敌人的力量是在下降;但在这样的历史关头,将起决定性作用的仍然是人民如何战胜敌人的问题。当时党中央和毛主席正确地分析了全国形势和全国敌我的力量,认为在全国人民解放军的配合作战之下,在西北战场也有粉碎敌人进攻的可能,于是就英明果断地规定了这次战争的最艰巨的历史任务,不仅要不让敌人占到一点便宜,而且要以少于敌人十倍的兵力在陕北歼灭敌人,以争取战局和历史的新的发展。后来事实完全证明,党中央和毛主席的这种精神对于当时战局发展和历史发展所起的作用,实在是非常巨大,十分突出的。党中央和毛主席的这种精神和对于战争任务的规定、对于战争进行的指示和领导,以及毛主席的亲自指挥和彭德怀将军的实际负责指挥,是这次战争达到如此胜利的关键。自然,关键并不是一切,也不是事物的全部根本,它只是事物根本的一个方面;然而关键,具体地和根本地决定着一切并联系着一切方面。这次战争经过的具体情况,说明了一切使战争达到胜利的力量,都是围绕着这次战争的如此艰巨的明确的历史任务、正确的领导和英明的指挥,而最高度地鼓舞起来,发扬出来,结合起来的,于是造成了这样一种非胜利不可的伟大力量的合奏的。伟大中国人民的坚(艰)苦卓绝的、战胜了一切困难的革命英雄主义和大无畏精神,也是这样地发扬出来的。

如果我们要求有描写这样的革命战争的史诗,那就必须描写出这样的革命战争的精神。这样的革命战争的伟大精神,永远都值得歌颂,永远都有提高人们的英雄气概,鼓舞人们自我牺牲地、庄严伟大地奋勇前进的力量。

在这样的史诗主题的面前,作家的创造性当然不是表现在被动地服从事件的外表的真实上面,然而一定表现在如何去真正掌握到事件的本质及其根本的、重要的精神上面。作家的无限的创造性仍然要在掌握现实和表现现实上面发挥出来;就是说,这样的史诗的作者的创造性将在对于事件的深入的彻底的认识和正确的全面的掌握上面,在概括的能力和集中的、突出而生动的描写(英雄人物的创造)上面,在热烈而强有力的、启发人的歌颂上面,高度地发挥出来。作家的创造性不仅不会受限制,而且是最受着他所要描写的对象的鼓舞的,因为对象的精神最能激发人们的战斗和创造热情。但这样,作家就必须真正掌握到对象的伟大精神,并且作家自己必须有足够的热情和英雄气概,才能描写出这样的战争,才能歌颂这样的战争及其英雄们。这种对于事件的正确掌握以及战斗性的歌颂态度,就是英雄史诗所必需的精神。

我们如果要史诗地描写保卫延安战争,也就只有真正掌握了它所以胜利的关键和全部力量,才能有根据地真正体现出这一次战争及其全面的精神,才能描写出这样的战争,描写出人们的力量怎样发挥出来,描写出这种辉煌的、模范的人民革命战争的精神。同时,只有这样地描写,才能反映出战争发生和进行时的时代脉搏,使作品能够以强烈的真实的历史感觉去启发读者进入历史现实里去,使他(读者)的感受能够更深刻。我们要知道,保卫延安战争的胜利不是平凡的胜利;这是克服了多少难于克服的困难的胜利,同时是推动了历史前进的胜利。抓住了这次战争的艰巨性和它的困难环境以及胜利的辉煌巨大,就最能够唤起人们对于这历史事件的亲切的感觉和强烈的感情,以推动他们去认识历史怎样在革命的推动之下发展过来,去认识党和毛主席的领导以及人民的英雄坚(艰)苦的斗争怎样带来了革命的胜利,从而得到鼓舞和教育。

这部作品是这样地去掌握这次战争的精神的,因此,它能够描写出这次战争的伟大精神。我们可以指出来,这部作品成为一部英雄史诗,成为一部有力地描写了党中央和毛主席对于革命战争的英明领导和指挥,描写了人民解放军和人民群众的战胜一切困难的革命英雄主义的书,是和作者掌握这次战争以及如此强有力地肯定它的伟大精神的这种方法和态度分不开的。

这就是我们从作品中所看见的作者所掌握到的东西以及作者的创作精神。

作者所掌握到的东西,是否已经在艺术上体现了出来呢?我们觉得是已经体现出来的。作品的成就就是证明,它的强烈而丰满的鼓舞力量就是证明,作品所实现的辉煌的艺术形象就是证明。

由于作者掌握住现实的全面和核心,并且信心不移地集中精神去描写根本的、主要的东西,就使作品能够统一地、有中心地展开对于战争的全面的描写,能够在一条主干上布开丰盛繁茂的革命战争生活的枝叶,能够把许多动人的情景织在一块彩色鲜明强烈的、夺目而不乱目的织锦里。

作品描写了战争有关的各种人,但都统一在一种精神里,统一在必须克服任何的困难,必须使战争胜利的精神里。在这幅如何达到胜利的图画中,从党中央,从毛主席,从总指挥彭德怀将军,一直到部队的炊事员、勤务员,一直到陕北解放区的妇女和儿童,都有自己的地位和任务,都为胜利所不可缺少;同时,力量和作用虽有大小之分,主要和次要之分,又因为统一在一个意志里而各人都显得突出和鲜明。

最有关系的，是作者掌握了这次战争胜利的关键和全部力量，也就使他掌握了在战争中人们精神发展的关键和规律，掌握了典型创作的法则。我们看见，作者是从人物对于现实斗争的作用上去抓住人物精神发展的关键，以展开对于人物的灵魂及其全面性格的描写的，这样，就使他能够在集中的和广阔的基础上进行典型的创造。

不用说，正如作者能够掌握战争胜利的关键和全部力量，是他研究和掌握了战争的全面情况及其全部发展过程的结果，他要能够掌握在战争中人们精神发展的关键和规律，也完全必须熟悉和了解这些人们在战争中的斗争行为及其思想感情的实际情况。实际上，了解到什么是战争胜利的关键和全部力量，也正是了解了在战争中人们的斗争和思想感情的实际情况的结果。我们所说的，就正是对于这种情况的深刻的全面的了解，而在描写时紧紧地抓住从实际情况中所掌握到的关键和规律。我们研究了在这次战争中人们的实际情况就可知道，党中央和毛主席对于战争任务的规定和对于战争的领导，不仅动员、鼓舞、决定和支配着人们的行动，而且也是动员、鼓舞、决定和支配着人们的思想感情的；因此，掌握党中央和毛主席的精神（指示和领导）、战争的任务、英明的指挥、战争的艰巨性及其胜利的过程；是为了掌握人物的精神和性格所完全必需的。在实际上，所有指战员以及和战争有关的人民群众的思想感情，他们的切身要求和对敌人的仇恨心，克服困难的英雄气概和自我牺牲精神，坚决的意志和胜利信心，以及人民军队的一切优良的精神传统和老解放区人民的一切特点，等等，等等，就都是在战争的历史任务和胜利的要求之下而极度地发扬起来的。没有一个人的精神品质，只要他是在这样的战争中，无论优点和缺点，能够不受战争的考验、锻练（炼）、提高和改造。

因此，作者描写人物，都根据这次战争的艰巨性、战争发展及其巨大胜利的要求，都使人物服从这样的要求。然而他所描写出来的人物的性格，都是深刻的、丰满的、生动的。这次战争就完全要求着它所要求的人物。在战争中，所有人们都不能不服从战争的要求；正因为服从战争的要求，就把力量和精神发挥出来，而成为这样的战争所要求的这样各种各样的人物。作者掌握了现实的真实情况、关键和规律，因此，他所描写出来的人物，都是和战争精神一体的，都作为战争的一个脉搏而存在，都是战争精神的体现者，都是胜利的创造者。

作者这样地去掌握人物，我已经说过，是有利于他在集中的和广阔的基础上进行人物的创造的，所以只会使人物性格的历史基础和典型性更明确，而并不会消除了人物的个性。和在实际上一样，每一个人都是战争的一个脉搏，但每一个脉搏都是从每一个活的心脏发出来的。实际上，这样的革命战争就在要求着每一个人都必须有一个活的能够感应全体行动的心脏。（作家掌握人物性格发展的规律，只要这是全面地具体地从现实生活中掌握来的，只要他不借助于概念化，是决不会消除人物的个性，而只会使个性在典型中更生动；这是不用说的。）

当然，我们说的，是作者掌握和描写人物的这种现实主义的精神和史诗的精神；而并不是说，这部作品中的人物都已经是高度的典型人物。

作品中有些人物显然还没有加以充分的典型化，但作者创造人物的这种精神是贯彻到每一个人物的描写的。而且这部作品确实成功地、辉煌地创造了像周大勇、王老虎、李诚、卫毅等这样的人民英雄的典型。关于彭德怀将军的这一幅虽然还不够充分的，然而已经传达了人物的真实精神的生动的肖像画，是我们文学上一个重要的成就。李振德老人也是一个能使读者长久留有人物的明确和深刻的印象的人民英雄的典型人物。而其他，从陈兴允族长，一直到勤务员小成，以及游击队里的李玉山等，为数不少的人物，虽然都还留有加以更突出描写的余地，但都是完全真实的、鲜明生动的、使人感动的人物。要之，从人物描写上说，这实在是一部能够让英雄战士们如他们在实际战场上一样地活跃起来的书。

作者描写的彭德怀将军的肖像，如果作为文学作品中的典型人物来看，当然是还不够充分的；作为鼓（彭）德怀同志的崇高精神以及在这次战争中所表现的全部力量和作用的反映来看，也同样是还不够充分的。这里作者所留下来的余地，是在这部作品中描写彭德怀将军的分量还占的太轻一点，还可以通过对于这位人民将军的描写更多地反映党中央和毛主席的精神，还可以更集中、更突出地描写这位将军忠实于毛主席的战略思想而又有创造性的指挥，对于这位将军性格上的突出而深厚的人民性也还可以在现在描写的基础上更展开。这是我们感觉得到的。

但作者留下了这样的余地，如果他还不是一个成熟的天才的艺术大师，那也是完全尢怪的。我们读者也可以替他解释：第一，更多、更全面、更直接具体地描写这样的人物的精神和历史性的特征，那确实是不容易的，还有待于我们文学能力的更高的成长。第二，作者对于党中央和毛主席的精神，主要的是采取间接的描写方法，即从对于战争发展的描写和对于所有这些人物的描写中去反映党中央和毛主席的精神。作者并不以对于彭德怀将军的描写，为作品结构上的核心。作者自己的结构，是以当时从山西调过来作战的两个纵队中的一个纵队为主线，更具体地说，是以这个纵队中的一个连及其连长周大勇为主线的，因此，作者在人物的描写上就把重点放在周大勇等人的身上。

彭德怀将军是一个伟大的人民勤务员，一个伟大的模范的共产党员，是毛泽东同志的始终共患难同甘苦的亲密的战友之一，是最忠实于毛主席的战略思想而又能创造性地运用于实际指挥的我们光辉的高级将领之一。彭德怀同志所具有的人民的、共产党员的高贵的道德品质，是在党内外和全体人民解放军中都是闻名的。他的在长期革命斗争中所锤炼成的性格中，最富有中国劳动人民传统的优良品性；例如劳动人民的朴厚，博大，真诚和正直，天然地甘于清苦的物质生活和“人饥己饥”的精神，大无畏的英雄气概和虚怀若谷的大学问家似的谦逊精神，严肃而慈爱，等等，是浑然一体地形成这个人的性格的各种特征。他是以这样的精神品质来矢志不移地为人民服务，为共产主义事业服务，最深刻地把中国劳动人民的优良精神和共产主义的党性结合起来的一个模范的人民英雄；是在毛泽东同志的伟大精神和党的事业团结之下的我国现代新型的革命家中的一个。他是这样的一个人物：你在他的面前，如果你是一个善良老实而愿意终身为人民服务的有出息的人，即使你是第一次碰到他，即使他不说一句话，只是默默地向你看一眼，你也会立刻觉得他是最爱护你和最会帮助你的一位严师和最可靠、最可信的赤诚朋友。他对于普通的同志和普通的战士，始终是一个严父，又是一个慈母。人们跟他在一起，或者听到他的名字，什么时候都会引起一种不容易说出来的敬爱和亲密的发展。（我们知道，在我们党员的修养上和我们部队的优良精神传统的培养上，毛主席、朱总司令和党中央可敬爱的人物以及高级将领们的精神品质上的影响，当然是起着非常巨大的作用的。）

要把这样的高级将领的精神和性格，全面地充分地描写出来，以造出一座巨大的艺术雕像，是只有天才的艺术大师才能办到的。作者当然还只是一个开始在成长的、尚未成熟的天才；显然，在这样的对象面前，作者首先就不会不引起像书中陈兴允旅长在这个人物面前时的那种心情来，觉得自己有些渺小，还远没有足够的能力去体会这个人物的一切。但正由于作者的这种崇敬的心情和这个人物时刻都使人觉得最可亲近的那种感觉的推动，作者终于以端正的、老老实实的、但也是深刻而有概括力的笔法和清楚明确的线条，画出了这一幅肖像来。

作者的直接描写，主要的是限于和陈兴允旅长的接触时的场面，同时只限于两方面的事情。即一方面，描写了他对于敌情的冷静、全面、精细的分析和正确、果断的判断；描写了他如何不把敌人的凶焰放在眼下，然而一秒钟也不许他自己和他的部队有轻敌的观念和情绪；描写了他如何留心和熟悉敌人的优点和弱点以及自己部队的每一个人的思想情绪，如何使敌人陷于错误而处于被动的地位；描写了他如何教育指挥员们不要急躁而要忍耐、要有全战局的观念，如何耐心地、具体地思索一切问题和一切问题的一切方面，也反复地教育和帮助指挥员们去精细地思索和理解一切问题和一切细小的事情；描写了他如何事先替指挥员和战士们想到了大的和小的困难，如何具体地指示他们去克服这些困难，如何随时提醒指挥员们去避免一切可能的错误，去留心每一个战士的草鞋带，以免跌交；描写了他如何重视在战场上一个士兵的作用，如何反复地教育指挥员们去牢记“消灭多少万敌人，是从消灭敌人一个哨兵，一个班开始的”的原理，又如何愿意倾听指战员们的意见和信任群众的创造性，等等。同时，也描写了他在战场上的沉着、从容以及平实无奇得像一个普通老兵的那种神情。

又一方面，描写了彭德怀将军和普通人民群众的关系，描写了他和一个普通战士或当时在困难环境下的普通群众同甘苦的情形，描写了他诚心诚意地“像扫帚一样供人民使用”的精神。陈兴允旅长曾经转述过他的话：

我们要像扫帚一样供人民使用；而不要像菩萨一样让人民恭敬我们，抬高我们，害怕我们。菩萨看起来很威严、吓人，可是它经不住一扫帚打；扫帚虽然是小物件，躺在房角里并不惹人注意，但是每一家都离不了它。

他自己是完全自自然然地这样实行的，并且也这样地教育他的同志们。

作者的这些描写，所造成的虽还不是一座巨大的艺术雕像，然而也已经真实地表达了彭德怀将军的崇高精神。

作者画出了彭德怀将军的这一幅肖像，使这部英雄史诗更生色，更有重量；同时，这个成就，对于我们今天的文学事业也有意义。

作者对于周大勇，是集中地描写的，是把他作为一个连营级的指挥员，也作为一个普通的战士来描写的；周大勇是连长，后来被提拔为营长，但在他的身上集中着我们军队中的普通战士的精神、人民战士的精神，也集中着普通革命人民群众的精神。

周大勇、王老虎、李诚、卫毅、张培等，都是作者把连、营、团级的指挥员、政治工作人员和普通战士们在这次战争中所发扬的精神，在他们身上加以集中描写的人物。他们都是典型人物，都是这次战争的伟大精神之突出的体现者、胜利的突出的创造者、战争的最强的脉搏。

我们在周大勇身上，能够强烈而亲切地感觉到在战争全过程中战士们的思想情绪。从周大勇所属的这个纵队西渡黄河来作战的时候起，即从作品开头起，读者可以强烈地感觉到，这样的军队是完全以对于人民解放事业的忠诚和坚决战斗到底的精神武装了起来的，尤其是以保卫延安战争的正义性、参加这样战争的光荣感和在毛主席亲自指挥之下的胜利信心，以及对于敌人的无限的仇恨，武装了起来的。战士们越走近延安一步，他们也越为对于敌人的仇恨和对于保卫延安、保卫党中央、保卫毛主席、保卫人民的民主幸福生活的神圣的正义感情所燃烧。待到这个纵队已经到达了延安正东八十里的甘谷驿镇，正集结在该镇西面的山沟里待命时，却传来了我军撤出延安的消息，这时候就差不多每一个人的灵魂都在自己神圣的正义感情和愤怒的煎熬里极端地痛苦着了。我们看一看当连长周大勇向战士们传达了消息时的情形罢，作者的描写显然是很真实的：

周大勇……他平时开言动语嗓门总是宏（洪）亮的，可是目下讲话开头说了声：“同志们……”喉咙里就憋了一团东西。他看不见战士们，听不见风吼声，也不知道自己要讲什么。停了一两分钟，直到教导员提醒他，他才从牙缝里挤出了这几个字："我军退出延安……"

战士们像听到什么命令一样，哗地一齐站起来。

五六分钟的时光，讲话、听话的人，都不作声。大伙都轻轻地短促地呼吸着，像是只要有一个开口，或有人咳嗽一声，就有什么好大的东西要猛烈爆炸。

一阵阵的大风，沉重地滚转过山头、沟渠呜呜地吼叫着。风沙漫天，天昏地暗。

猛然，一个战士打破让人耐不住的闷气，问："我们党中央和毛主席住的延安……可真的……说呀，连长！"

会场鸦雀无声，战士们呼赤呼赤地出气，心脏孔咚孔咚跳动像擂鼓一样响。他们都两眼发黑，脑子里轰轰作响，脚下的土地像春天的雪在化消着。

周大勇也像木头人一样站在那里，脑子里乱成一片。他觉得，好像有谁用铁锤敲着他热腾腾的心。滚热的眼泪，忽撒撒地落下来！

有人低声哭了！眨眼工夫，全场人都恸哭起来。有的战士还跺脚，抽噎着哭。眼泪滴在手上，胸脯上，冰冷的枪托上！

张培看周大勇讲不下去，他走到战士们面前。他要说话，可是好一阵也说不出话。他寻思：人民解放战争打了八个多月，难道我们放弃的地方少吗？有许多战士亲眼看见自己的家乡放弃了，可是谁淌过一滴泪呢？自己参加人民军队十年开外，也没见过战士们这样哭过！……

张培一清二楚地知道我军退出延安的目的和意义，可是这一刻他和战士们一样，眼里滚着泪花子。他声音抖动地说："同志们，坐下！同志们，我们确实退出延安了……"

战士马长胜站起来，喊："报告！……延安是我们的……我们党中央和毛主席在延安住了……延安……党中央……毛主席……。"他用拳头猛烈地捶打自己的胸膛，像是胸膛里有什么东西要爆炸似的。

张培压制着自己涌动的感情，强忍住眼泪，说："同志们，党中央安全地撤离延安。同志们放心，旅首长传达说：毛主席还继续在陕北指挥全国人民解放战争，并亲自指挥我们；毛主席和我们在一起……"

二班长马全有猛地站起来，喊："报告！教导员，我说一句话。我……我们共产党员，革命军人，没日没夜从山西赶来，赶来……赶来保卫党中央，保卫毛主席，保……保卫延安……如今……我们算什么共产党员呢？

算什么革命战士?”

一个战士喊:“教导员!为了我们毛主席……下命令呀!去拚,去跟敌人拚呀!”

战士们雷一样的声音爆炸开来:

“拚呀!拚呀!”

“我们豁出来咯!拚呀!”

“拚……拚……拚……”

“为党中央……我们……去收复延安……去……去……”

“为毛主席……”

“去呀!……去呀……”

“党中央……毛主席……毛主席……延安……”

…………

哭声变成喊声,喊声变成一片宣誓声。大风越刮越大,宣誓声也越来越高。

张培说:“同志们,不要难过,不要流泪,听我说。同志们!我们爱毛主席,我们就应该……”

战士们一哇声地喊:“保卫党中央……保卫毛主席……”

喊声像滚雷一样响。山头上、沟渠中滚转的大风,把这吼声带到远方去了。

(以上引用,中间略有省节。——引用者)

“党中央……毛主席……延安……”这声音喊出来的,是怎样神圣的感情呢!

关于延安,关于这个历史性的延安,作者在第一章第三节中曾作了一段最优美的描写,这里我不引用了。这一段诗的散文,是我们所看见过的描写延安的文字中最美丽、最动人的文字。作者所描写的是人们心灵中的延安,因而也是最真实的延安。这样,他就写出了这个历史性的延安,同时也写出了人们的灵魂。

这就是战争开始时战士们实际的思想感情,也是指挥员们实际的思想感情。了解这种实际的思想感情,是我们了解人物的灵魂和性格所必需的,也是体会这次战争的精神所必需的。作者根据人们的这种实际思想感情来开始和展开关于周大勇和其他人物的描写,这是和他要掌握人物的力量的要求完全相一致的。

周大勇是一个连长,一个指挥员,同时也仍然是战士中的一个。在我们革命的军队中,指挥员和战斗员的思想感情本来是完全相通的,因为战斗的目的和意志是完全一致的。指挥员们也都保持着战斗员们的特色,因为指挥员们的优秀精神就是从普通战斗员的精神中提炼和提高起来的东西;无论指挥员和战斗员都来自人民群众,都为党的教育、部队教育和革命斗争所培养和锻炼,同时大部分指挥员就都是从战斗员中成长起来的。在周大勇身上,普通的然而英勇非凡的战士的特色尤其鲜明;他是我们人民战士的一个典型。他的性格的成长,体现着一个普通的勇敢的战士怎样成为一个英雄和出色的指挥员的成长,而尤其体现着一个普通人怎样成为一个不能摧毁的坚强的革命战士的成长。周大勇成长的具体历史,反映着人民革命的一长段艰苦斗争的历史。他是红军长征时投军的,那时他还只是一个十三岁的孩子,而在他投军前,他已经吸了革命的乳液,尤其是喝够了革命受挫折后的灾难的苦液;在投军后,党和部队的教育以及一次一次的艰苦斗争把他逐渐炼成了具有铜筋铁骨和钢的意志的人。他的成长也可以说明:他是那种除了自己的部队就没有另外的家,也不相信还会有比这更好的另外的家的人中的一个。在这些人的心目中除了党,人民,祖国,人类实现社会主义理想,就再也没有别的什么了。在他们,唯一快乐、光荣的事情,就是为人民而战斗,而牺牲。这样的人,看起来诚然是单纯的,然而却是内心最富有的人,是真正有信仰的人,是体验着党性的人。因为他们最深刻和最密切地联系着人民的苦难和希望;他们任何一个行动和思想,都会先去体会党的意志(为人民服务)。他们是亲身地体验着被压迫劳苦群众的切身要求的,也是亲身地体验着劳苦群众只有在党领导之下团结起来斗争才能解放自己的实际的革命道路的;因此,无产阶级的理想,党的领导,人民的胜利,就成为他们的最坚强的信仰力量,这使他们在敌人和困难面前成为大无畏者。这是真正的人民战士和英雄,是千锤百炼出来的英雄,而不是仅仅立了一两次功的英雄;这样的英雄,只要在内心上不失去和人民,和党,和自己部队的英雄;这样的英雄,只要在内心上不失去和人民,和党,和自己部队的联系,不失去信仰力,是无论放到什么地方去都不会被毁灭的。在这部作品中,作者所描写和歌颂的英雄和战士,在根本上就都是这样的人物。那些经过长期的锻炼和考验而已经成长为出色的指挥员的人物固不用说了,像老炊事员孙全厚和周大勇连的许多老战士也不用说了,就是李明山和宁二子,甚至连宁金山,也正在逐步被教育和锤炼成为这样的战士。又如卫生员三牛,勤务员小成,他们是周大勇八、九年前的影子;在我们的部队中这样的少年又怎能数得完呢?

周大勇就是这样的人民战士和英雄中的一个典型人物。作者是确实写得成功的。

这样的人,当听到敌人接近党中央和毛主席住的延安时,自然全身心都要给“惨厉的痛苦和愤怒”煎熬着的;这样的人,也自然会本能地以自己的身体去挡住敌人的子弹对于儿童和妇女的射击的;这样的人,更不用说,无论在怎样的强敌中冲锋陷阵,也不会稍露怯色,无论受了怎样的重伤,陷于昏迷状态中,也不会失去战斗的意志的。这样的人,也是时刻能够接受人民的教育,党的教育,部队的教育,时刻在提高自己,时刻在成长中的。在这部作品中,作者全面地写了周大勇的这样的性格和他在这次战争中新的结结实实的成长。

作者为了展开对于周大勇以及王老虎、马全有等等这一群人的英雄性格的充分的描写,除了各章都有描写外,还特别选择了周大勇连和自己部队失去联络而单独跟敌人艰苦作战的情景,写了第五章《长城线上》整整的一章;我们觉得,这一章在全书的现在这样的结构上是统一的,而在这次战争的艰巨性和气氛的表达上也还是有作用的。最有关系的,是在这样的描写中,周大勇等人的性格就确实能够最充分地展开了。把这样紧张的、接连不断的、以少数人对抗多数敌人的不可想像的战斗,加以充分的描写,我们觉得,无论为了真实地表现这次战争的精神,为了人物的典型化,都是有用的,而且是有必要的。读者也许会觉得作者写得太多了,可以和应该加以压缩;我在几次阅读时也曾几次想过可否压缩的问题。但我们仍然觉得,在现在这个样子的这部作品中,加以压缩是不容易的,而且会有损害的;这些人物就是这样的人物,他们的战斗就是这样的战斗;为了要充分真实地描写他们,我们不得不同意(而且佩服)作者的这样的描写。我们仍然会读下去,要读下去,这样人物有力量使我们不能不读下去。我们读的时候,心是紧张的、跳动的,——同时也确实几次引起过以为周大勇等人很快就会摆脱敌人了罢这样的念头。可是,我们仍然不愿停止地一口气读完了这一章,而人物的重量,也就让我们真正感觉到了。

这样,由于全书各章的描写以及这一章的这种充分地描写,周大勇(和王老虎等这一群)的人民战士的形象就确实强有力地在艺术上描写出来了。

关于王老虎,我们可以不多谈,要之,这是大家知道的我们军队中许多惊人的战斗英雄在艺术上的一个不曾加过怎样夸大的写真。我们军队中许多全国闻名的英雄的战斗事迹,确实是像王老虎这样惊人,甚至还有比这更惊人的;这部作品写了这样一个人物,给我们这些永远光辉的战斗英雄描下了一幅图影。王老虎性格中有最可贵的纯朴和坚毅的精神;他还正在成长着,还要更坚强起来,这在书中是有描写的。

在这部作品中,加以最充分的描写的,除周大勇外,还有一个李诚。这个典型人物被创造出来,也是这部书的一个重要的成就。

这是可以代表中国人民解放军中政治工作干部的坚苦卓绝精神的一个典型人物;是那些真正不知辛苦、不知疲倦地惊人地工作着的政治工作人员的一个生动的灵魂;是一个以特殊材料造成的——然而完全可以了解的——真正的共产党员的一幅图影。

从这个人物身上,人们能够最深切地了解到为什么党的政治工作是我们部队的生命和胜利的保证,以及怎样地使它成为部队的生命和胜利的保证。在这里,我们就看见我们从红军时代起在长期中所创造出来和积累起来的部队中政治工作的传统和一些模范的图型(形)。但是,这些工作,正如这部作品所成功地、出色地描写的这样,在我们的部队里决不是生硬或枯燥的,而是部队的活生生的精神生活,是使战士们的思想感情和整个灵魂活跃起来、发展起来、提高起来、相互团结起来和相互友爱的力量;我们的政治工作是部队的深刻、活泼、愉快的生活的组织者,是战士们的自觉和一切生活的意义、一切力量的启发者。这样的政治工作就决定了人民军队的性格,它不仅是战士们都有政治自觉的部队,而且是战士们都有文化生活、都有相互关心和友爱的温暖而深刻的精神生活的部队。这样的政治工作也培养出这种工作所要求的我们工作者的最艰苦的革命英雄主义的精神,像这部作品中所写的李诚、张培等人这样的精神。这样的工作者是战士们的首长和教师,同时又是战士们的亲密的同志、朋友、保姆和勤务员。(在我们部队里,政治工作是每一个共产党员和普通战士都要做的;同时,每一个军事指挥员也都负有政治工作的责任,正如政治工作人员也要负责军事指挥一样。我这里说的政治工作人员是指例如连指导员、营教导员、团政治委员等等负有政治工作主要责任的人。)这部作品鲜明地描写了我们部队在连部中的党的政治工作;这些描写,为了反映部队生活,或者为了反映这次战争的精神(这次战争的胜利以及我们每次战争的胜利都是和书中所写的这样的政治工作分不开的),都是必要的;而为了描写像李诚这样的人,当然更是必要的。可是,这部作品能够反映了这样的政治工作(也就是部队的政治生活和精神生活),是因为作者真正写出了我们政治工作的精神,真正写出了战士们的政治生活,真正写出了可叹服的我们的政治工作人员的精神。作者当然是为了写人们的战斗精神和这样的战斗的人们,而不是为了写一些政治工作的事例,这是用不到说的。这样,作者就写出了李诚这样的人物,写出了我们政治工作的精神和政治工作人员的灵魂,把这些人们的惊人的革命英雄主义的品质,最生动地从一个人物的身上刻划出来了。把政治工作者写得这样深刻、充分、突出、动人,——这也是我们在别的描写我们的战争和我们部队生活的作品中还不曾看见过的。

作者能够创造出李诚这一个典型人物,也是由于作者最充分地描写了李诚这类人的那种不知辛苦、不知疲倦的,真正是非凡的工作精神的缘故。如果我们读者自己的精神没有深入到人物和我们部队的这种精神里去,那我们也会觉得作者写得太多了。并且还会奇怪:怎么能有这样的人,能有这样的精力,真正连吃饭睡觉的时间都没有,只是工作,工作;而且一个人能够注意和知道那么多的事情,战士们随时发生的任何一个小问题,一件小事情,任何一个战士的情绪的变化,他都注意到,他都知道,而他的指示和解决问题又都迅速,正确,使人信服。但我们如果进入到这种人物的精神及这样的部队和当时战争的环境中去,就会觉得作者写的一切都是最真实的；这些人就是拿这样的精神在工作，就是用这样的具体工作在保证战争的胜利。我们读下去，读下去，也就一步一步地感到了李诚这个人物的深刻性和生动惊人及其重量了。

我想，有的读者也许还会觉得，作者太把李诚这个人物写得可敬可畏，却似乎不是一个可亲可爱的人了。就是说，李诚什么时候都是这么严格地要求别人，什么时候都这样严肃，而对于同志们的困难以及缺点或弱点却太缺乏体贴心或同情心了。或者说，李诚是一个最严格地要求自己的人，是一个真正以身作则的人；可是他太像要求自己那样要求别人了，别人会觉得有些吃不消，觉得他是一个缺少温暖的人。他什么时候都在指出同志的缺点，头头是道地加以批评；同时又时刻在对同志们指出任务，简直不让同志们对工作能有稍稍马虎一下或偷懒一会儿的可能。他确实有些“克人”。但是，这种严格的要求（对己对人）和看来缺少对同志的体贴心的态度，即使真的是这样的人的性格上的一种缺点，那也只是一种表面上的、不重要的现象；也就是说，这不是重要的缺点，至多是工作和斗争紧张时谁都不可避免的缺点。在这个人物的根本精神上，即以这个人物的灵魂而论，我们觉得，他不但是应该被崇敬的人，而且也是可亲可爱的性格。凡是受过革命的训练，真正忠实于人民事业的人，都知道这个道理：革命是无论什么时候都是只有在坚决克服困难中前进的，因此，对于困难表示软弱的态度就是对于革命的罪恶；同时，每一个人都有缺点和弱点，这是可以了解的，也应该了解的，但为了革命，必须以坚决的态度去克服自己和别人的缺点和弱点，如果对于缺点和弱点采取不坚决克服的、婆婆妈妈的温情的态度，那也是对于革命的罪恶。李诚就是富有这种精神的人物，就是在党的教育，革命的训练，工作和战斗的要求之下所培养出来的一个新的革命者的性格。我们觉得，作者是掌握了这个人物的精神和性格的。这个人物是可敬可畏的，然而也是可亲可爱的；他的严肃的精神和严格的要求，发生于革命的任务以及他的革命的意志和对于工作的责任心，但也发生于他对于战士们、同志们的爱和热情，以及对于人民和祖国的爱和热情。读者完全可以感觉到，在李诚的内心里蕴藏着对战士、对部队、对党和人民的火似的热情；而对于同志们，也经常保持有像张培那样温暖可亲的心境的，只是他的表现方式和张培不同罢了。但这是革命者的热情和爱；不用说，一切懒惰者，一切散漫者，一切自由主义者，一切保持有小资产阶级软弱性的人，仍然会觉得他是缺少温暖的；可是，战士们却是敬他又爱他，周大勇在心底里敬服他、学习他，更在心底里爱他、感激他；别的人们对他也如此。要之，李诚是一个新的人，一个模范的革命干部的性格。

作者在艺术上真正体现出了这样的一个革命英雄主义者的性格，一个党的政治工作者的性格，我重复地说，这是这部作品的一个重要的成就。

关于卫毅,作者写得并不多,但作者也深入人物的内心掌握住了人物的精神及其英雄的性格,并且已经在艺术上把人物的精神和性格都体现出来了。这是一个令人爱慕的动人的英雄人物。张培也是写得成功的,他的精神和个性也是读者不容易忘记的。

陈兴允旅长,作为一个能干、坚决、勇猛的我们的优秀指挥员,是显得真实而生动的,但作为一个艺术上的人物而论,并从这个人物在书中的重要关系而论,我们会觉得重量仿佛还太轻一点似的。其实,作者写到陈兴允的地方已经不少;我们只能说作者写得还不够有力罢。但虽然如此,这个人物还是显得真实而生动的。旅政治委员杨克文,团长赵劲,指导员王成德,等,也都是鲜明生动的人物。

孙全厚是我们部队中炊事员、饲养员以及其他勤务人员中的感动人的无名英雄之一。李振德老人是革命根据地人民不屈不挠和以自我牺牲精神克服困难的一个英雄形象。

在这部作品中,作者让宁金山的故事和他的性格也占了一个地位,是有意义的。

此外,马全有、李江国等等一群生龙活虎的战士以及其他的人,都可以说是生动鲜明的。我们觉得,这是一部让这些战士和英雄能够如他们在战场上一样活跃的书,是在英雄人物的创造上打了一个胜仗的书。

所有人物在作品中都作为这次战争的一个脉搏而跳动,同时都有自己生动的面目和个性。由这些人物和全部作品所反映出来的革命英雄主义精神,也是具体的,最富于实际精神的;它是普通人所不可企及然而却是普通人在革命斗争中所表现出来的,因而它也最能感动人和鼓舞人。

以上就是我对于这部作品的看法和主要的印象;我相信这样的印象也是大多数读者都会有的。

作者的描写手腕也已经达到了高强的地步,全书大部分在描写上都是深刻有力的,有不少地方还描写得特别精彩。语言,总的说来,是能够适应所要表现的内容和全书的思想情绪以及气氛的要求的。因此,全书的语言也显得生动、有力、有深刻性、有节奏、有时富有诗意,使我们觉得这书中的语言已具有和作品所要表现的内容及精神相一致的性格。

但也是从整部作品来说,它显然还可以写得更精练些。如果更精练些,它的艺术性也一定更提高,更辉煌。以这部作品所已达到的根本的史诗精神而论,我个人是以为可以和古典文学中不朽的英雄史诗(例如《水浒》、《塔拉斯·布尔巴》、《战争与和平》等)比较的,但在艺术的技巧或表现的手法上当然还未能达到古典杰作的水平。也就是说,在艺术的辉煌性上,还不能和古典英雄史诗并肩而立。但这部作品有使它的艺术性更提高而达到更辉煌,以至接近古典杰作水平的可能性和基础,因为它已具有坚实的英雄史诗精神，同时在艺术描写上留有今后可以一次一次加以修改和加工的余地。如果作者愿意并认为有必要，在将来是可以再加工的，主要的就是使作品的结构能够更适合于一些主要人物之更集中的描写，以使作品更能在人物的集中描写上去反映战争的精神。这种加工，以及全书描写上更精炼些，我觉得是完全可能的。

但是，即使再加工，也不是在现在，应该在作者的才能更成长和成熟的时候。我们现在应该先满意于这样的成就。

这样，这部作品对于人民的文艺生活和我们的文学工作都有重要的意义，是很明白的。

首先，这部作品由于它的内容和它的鼓舞力量，对于读者的教育影响无疑将是深刻而广大的。它出版还不久，已在引起读者的注意。文学作品的这种革命的鼓舞和教育作用，是最为我们所看重的。对于这部作品，我们就应该热心地把它介绍给一切能读和愿读的人，使读者的范围再推广。当然不仅这部作品，一切好的作品都应该被介绍给广大的读者，使文学作品的读者一天一天地扩大；而有鼓舞力量的好作品，更应让它很快就拥有最多数的读者。

其次，这部作品带给我们今天文学的意义，又显然是不小的。我们已经有不少反映人民革命战争（我的意思是从红军时代一直到最近的抗美援朝战争的一切革命战争）的作品，其中有写得比较优秀的，也有写得极平常的，但都为读者所欢迎，起了鼓舞教育的作用；从艺术成绩上说，这些作品的总的成就也是显著的；在我们十年来的文学成绩上，这些作品就占了很大的比重。但真正可以称得上英雄史诗的，这还是第一部。也就是说，即使它还不能满足我们最高的要求，也总算是已经有了这样的一部。这当然是一个重要的收获；同时这不仅说明我们走的路是正确的，而且也说明我们的文学能力在逐渐成长起来，已经能够真正在艺术上描写新的人民英雄。我们知道，这部作品的作者——比较起来说——还是一个年轻的作家，他的艺术修养并不比我们许多作家高；他的这部作品显然是在我们年轻文学的已有的成就的基础上写出来的。他的——现在看起来已经不是平凡的——才能，也是和我们许多作家一样，在我们的文学运动中逐渐培养起来的。具体地说，我们文学上近年来现实主义的一些成就，以及我刚才说过的许多描写人民革命战争的作品，都是帮助了这部作品的成就的。（这里且不谈鲁迅和苏联文学对于作者的并不例外的鼓舞和影响。）这是说，我们的文学能力是一般地逐渐提高起来的。而这部作品，比起许多已有的描写人民革命战争的作品来，又是大大地前进了一步；它给我们的现实主义文学带来了新的成就，主要的就是它真正在艺术上成功地描写了我们的人民英雄。这个成就是重要的,是有推进我们创作的作用的。

我们必须承认,在这部作品之前,我们许多作品所创造的英雄人物,虽然都有多少成就,但究竟还不能说已经在艺术上真正有力地、成功地反映了英雄人物,究竟都还不能给读者以深刻的、强有力的、持久的鼓舞力量。我们只要把许多作品和这部作品,比较地读一读,就会得出明白的判断。这样,这部作品是我们新的成就;这个新的成就,对于我们创作所以重要,是因为创作正面人物,即描写先进分子或英雄人物,乃是我们的现实主义——社会主义现实主义文学的最根本的任务;同时,这个任务是艰巨的,要求着作家们的战斗的精神和真正的创造性。这部作品在英雄史诗上的成就,在我们创作上就有一种新纪录的意义;它的显著的创造性,显然有推进我们现实主义创作运动的作用。(用不到解释,这决不是说创造反面人物的典型和发展讽刺文学,就不是我们现实主义创作运动的极重要的任务。)如果我们联系到更切近一些的问题,则例如目前在作家们中间关于描写英雄人物就有各种问题在提出来,也存在着不正确的、非现实主义的倾向;这部作品就显然能够很有力地回答了一些问题。

再其次,我们觉得作者的战斗的创作精神,确实是最可宝贵的。大家可以判断,这部作品的成就,和作者对于这次战争的亲身体验分不开,同时也和作者掌握现实的精神不可分离。作者曾经比较长期地在部队里工作,曾经参加过多次的战斗;在这次保卫延安战争中,作者就是在战斗部队里参加工作的。这是作者写这部作品的主要的资本。但如我们在前面已经分析过,作者掌握现实的正确的、现实主义的方法和精神,也是这部作品成功的一个根本原因,而作者对现实和创作的那种战斗的态度,还更加重要。作者是全身心地在体验、肯定和歌颂这次战争的伟大精神的,他和战争的精神之间没有任何的隔离;他在创作时,也仍然是在和战争同呼吸,同跳动的。作者描写英雄人物,完全深入人物的灵魂中去,和人物同跳着脉搏,并以自己的意识到或不意识到的全部热情去肯定和体现他所认为应该肯定的东西;这样就使作者能够把革命人物的灵魂和精神真正体现了出来。这种对于生活的无隔离的精神和战斗的态度,是我们最需要的精神,也是现在我们不少作家还缺少的精神。

总之,这部作品的成就和它的创作精神,都值得引起我们今天文学界的注意和重视。

1954 年 7 月 18 日

——原载《文艺报》1954 年第 14、15 期

路　翎

为什么会有这样的批评？

——关于对《洼地上的“战役”》等小说的批评

我的小说《洼地上的“战役”》(《人民文学》一九五四年三月号)、《战士的心》(《人民文学》一九五三年十二月号)、《你的永远忠实的同志》(《解放军文艺》一九五四年二月号)等受到了下列的批评：

晓　立:《从“瓦甘诺夫”联想到〈洼地上的“战役”〉》(上海《文艺月报》一九五四年五月号)

侯金镜:《评路翎的三篇小说》(《文艺报》一九五四年第十二号)

宋之的:《错在哪里?》(《解放军文艺》一九五四年八月号)

荒　草:《评路翎的两篇小说》(上海《文艺月报》一九五四年九月号)

刘　金:《感情问题及其他》(同上)

这些批评中间,侯金镜同志的文章是提纲式的,提出了总的范围和结论,宋之的、荒草等同志的文章则是从各种角度,用各种说法来扩大和加深这个结论。

这些批评认为小说《洼地上的“战役”》是一个“恋爱故事”,是“纪律与爱情的冲突”,是“宣扬个人主义”、“攻击了工人阶级集体主义”的(侯金镜)。这些批评的一个共同的基本观点是:朝鲜姑娘金圣姬对志愿军战士的感情,战士们对这个感情所反映的人民的愿望的同情,以及战士和家乡、亲人的感情联系,等等,都是“个人主义”、“渺小的甚至庸俗的个人幸福的憧憬”、“决不能成为集体主义和爱国主义的出发点”(侯金镜)。这些批评曲解了小说的主题,并且用武断的口吻来达到他们的结论,例如侯金镜同志说:“不过作者也知道,部队的纪律是玩忽不得的,于是对爱情故事的展开就下了苦心经营,把爱情的主动安放在金圣姬的那一面……使读者对金圣姬的爱情不能不同情……”这就是说,作者原意是反对纪律,但不敢公开反对;朝鲜姑娘金圣姬对志愿军战士的感情,不过是作者为了反对纪律所下的“苦心经营”;读者对这个感情“不能不同情”,是作者“苦心经营”的结果,等等。用着这种方法,批评家达到了小说是“攻击工人阶级集体主义”等等结论。批评家们的态度更是十分横暴的,这在后面我将简单地提到。总之,我认为,这种批评直接地违反了党的思想原则和道德原则,因而是不能令人容忍的。

解放以来,我的描写工厂生活的小说和剧本,以及我的解放前的一些作品,都受到了类似的批评。我曾就那些批评中的主要的两篇写过我的意见和对作品的初步检查投寄《文艺报》,希望能从事讨论,但当时《文艺报》却简单地拒绝发表,连任何具体意见都没有。由于这次的批评比以前的更集中,更有系统,性质更严重,并且由于这次批评是承继着以前对我的批评的论点和方法的,所以我觉得我应该试着把我的意见说出来。

因为我的批评家们是以滥用政治上的结论的方法来代替了创作问题的讨论的,这些政治上的结论显然有首先弄清的必要,所以这里也没有能谈到我的创作上的缺点问题。这里也不可能谈到批评家们对我的小说的许多枝枝节节的曲解;因为这些曲解是从对小说的主题的曲解而来的,所以这里只能围绕着小说的主题提出一些说明。

批评家们说,小说《洼地上的“战役”》是一个“恋爱故事”,它的主题是“爱情与纪律的矛盾”,它到底是不是这样呢?

“读者对金圣姬的爱情不能不同情”,是由于什么呢?是由于作者所“苦心经营”的她的毫无社会内容的、抽象的“赤诚纯朴的心地,火热的一往情深的不可遏止的感情”吗?

金圣姬母女的感情到底是什么一个现实内容呢?

第一,朝鲜人民在他们的困难和英雄的战斗里热爱着在抗击美帝国主义的行动中和日常的艰苦劳动中都帮助了他们的中国人民志愿军。这种以共同的战斗目标为基础的同志爱和亲人爱的感情,充满着景仰和感激,激发着自我牺牲的精神,在一个年轻的姑娘身上就有可能发展到爱情的高度。金圣姬母女为战争付出了牺牲,付出着忠诚的劳动,这样的人民对志愿军战士是会抱着更热烈的感情的。她们的感情的发生和发展,表现了部队和人民,中国人民志愿军和朝鲜人民的血缘关系。——这就是小说里所写到的爱情的社会内容。没有社会内容的爱情在现实中是不存在的,也不可能成为创作的题材。把这种爱情的社会内容取消,把任何爱情都当做是一般的“男女私情”和孤立的“个人爱情”,我的批评家自己的观点正是庸俗的、机械的、实质上是资产阶级的观点。

第二,金圣姬母女的感情,又包含着人民对于胜利,对于和平劳动的幸福生活的要求和信心。在反抗美帝国主义,热爱解放了的祖国的强烈的感情里面,正是包含着对和平劳动的将来的渴望。解放了的人民的和平劳动的要求,原是正义的反侵略战争的基础,而和平劳动的幸福生活,又正是反侵略战争的目标。金圣姬母女的感情,表现着解放了的朝鲜人民在战争中对将来的坚定的、乐观的、毫不犹豫的信心。血腥的帝国主义疯狂地想要扼杀人民的愿望,但它却不能达到目的,在它的残酷的侵略之下,人民的愿望和信心只有锻炼得更坚强。把这种和平劳动的愿望的现实的斗争内容取消,认为在战争中抱着和平劳动、重建生活的愿望和信心就是“战争的旁观者”、“个人主义”,我的批评家自己的观点实际上正是庸俗的、机械的、违反现实的观点。

简单地说,上述的两个互相关联的内容就是金圣姬母女的感情。小说里写着,金圣姬对战士的感情既然发展为爱情,那么,在它的面前,一个战士倘若走入迷误,产生错误的行为,——战士们对这个抱着高度的警惕——那是“严酷的战争任务和军队的纪律所断然不能容许的”(小说第六页)。对战士说来是如此;而对这个姑娘本人,那就不是军队内部的战争任务和纪律的问题,而是她,反侵略战争中的人民,必须承受战争的锻炼的问题;如果她不能承担这个锻炼,犯了错误,那才是“和国际主义精神背道而驰”的。这就很显然,金圣姬母女的感情的根本的内容和基础决不能是“和国际主义的精神背道而驰的”。读者,首先是作者“不能不同情”的,正就是由于这个感情的内容和基础,同情了这个,正就是控诉了和这个对照得鲜明尖锐的美帝国主义底侵略和残暴。难道同情了这个,反而会使读者反对小说里所提出的警惕,即这个感情如果不能承受战争的锻炼,就会使得战士和她自己都犯错误吗?

但读者,首先是作者“不能不同情”的,还应该不仅仅是这个感情所包含的内容本身,而更是这个感情在现实斗争里所经受的锻炼,在产生它的基础上提升为更高的东西。这种感情从战争的现实和崇高的精神产生,但也因为战争现实和一种更崇高的精神——战士们为人民而战的自觉精神——它被接受又不被接受。它被接受的是人民对志愿军的热爱和人民的愿望,它不被接受的是爱情:在战争中它会导致错误。这是一个实际问题。

小说表现了战争对金圣姬的感情的锻炼和教育,在现实斗争面前金圣姬的感情转变为坚强的斗争意志。读者,首先是作者,不能不同情的,正是这个。通过这个锻炼,年轻的朝鲜姑娘将更懂得仇恨敌人,将更鲜明地理解到,反抗血腥的帝国主义,需要付出怎样的代价,将更明白中国人民志愿军战士的崇高品质,将更理解中朝人民用鲜血结成的友谊的深刻的内容,并将更坚强地看到她的祖国的未来,看到志愿军战士为之流血牺牲的人民的未来。

金圣姬的感情的产生、发展及结果,它所反映的现实斗争的内容,难道是“和国际主义精神背道而驰”的吗?读者,首先是作者,对这一切“不能不同情”,难道不正是导致了反对敌人,警惕迷误,坚决为人民的愿望而斗争的结论,反而会导致“反对纪律”的结论吗?

在战士的这一面,由于对战争的献身志愿,由于自觉的纪律精神,他不接受这爱情;但却因人民的感情和愿望而更深刻地感觉到自己的责任和他所从事的战斗的意义。他毫无犹疑地献出自己的鲜血以至生命,他自觉地从事这正义的战斗,因而就从摆在他面前的这种爱情的旁边走过,一直向前走去,倘若对这爱情发生了感情,就自觉地克制这种感情,拖(抱)着对人民的深刻的感情走向战场。从这种感情他不是什么都不感觉到的,他从这里面感觉到人民的热爱,人民的愿望,痛苦和仇恨,他为这个而战。他的每一个行动都和人民联系着,他流在战场上的鲜血是闪耀着和平事业和阶级事业的光辉,也就是他的祖国,他的亲人和朝鲜人民对他的感情;这鲜血对人们说明,他是为了他的祖国;他的亲人,为了朝鲜人民,其中也包含着那个他虽然不接受,但却感谢着的爱情。这鲜血说明了他的行动的正义性;这鲜血号召人们牺牲自己,为全体人类的幸福而斗争。这样的战士,他的崇高的精神,不仅教育了那个拖(抱)着爱情的姑娘,也教育了千千万万的人民。

小说所反映的就是这样的历史现实的内容。小说写到了金圣姬母女对战士王应洪的感情,通过这一点也正是表现了小说的主题:人民的愿望和血腥的帝国主义的根本对立,以及我军战士的自觉精神。

可是在我的批评家这里这却变成了“恋爱故事”、“纪律与爱情的冲突”以至“攻击工人阶级集体主义”了。

金圣姬母女的感情的矛盾发展的内容是全部被我的批评家们否定的,他们把金圣姬母女斥为“个人主义”者。

金圣姬母女是带着热爱祖国、热爱志愿军,渴望胜利、渴望和平劳动的感情出现在小说里的。我们可以说,单纯的金圣姬,正是一个用她的生活里的艰苦的劳动,对战士们的感情,抢着替战士们洗衣服并为慰问战士们而表演的行动,以及在这表演里表现出来的人民的坚决意志,表现了对敌人的仇恨,一面却用她的对和平劳动的将来的信心来轻蔑了血腥的帝国主义的。(批评家斥责她是“战争旁观者”!)不可能设想人民会在残酷的战争面前低头,在毁灭面前害怕,对重建自己的生活不敢存着希望。这个金圣姬,小说里的形象统一地表现着,她对生活的希望和信心正是和对敌人的仇恨,对志愿军的热爱;对祖国的将来的信心结合着的。她向祖国献出了亲人,并生活在危险和困难中,但她仍然“宝贵她的青春”;或者说,因此她更“宝贵她的青春”。她和战士们“一起大笑起来,每一次都要笑得流出眼泪。……在战线附近,在敌人的炮击声中,这样天真快乐的姑娘是特别使人高兴的。”这种笑声不是对于敌人的轻蔑是什么?在她看来,志愿军战士远离家乡和亲人,是为她的祖国,为她而战,忍受痛苦以至流血牺牲的,她的心里会发生什么感触?她的心里充满着崇敬和景仰，也被激发了一种自我牺牲的感情，纵然知道她的爱情不可能实现——当然不可能是不希望它实现——并且这爱情会带来痛苦，也仍然感激着，爱着那个她觉得是优秀的战士。由于爱情，她不可避免地幻想着许多东西，但由于她对战争环境的认识，她深藏着她的感情，仅仅用抢着或偷着替王应洪洗衣服和赠送礼物来表达她的感情。但这种感情仍然被注意到了。战士不能接受，她也明白这个，于是她的感情更深藏了。小说里写着："那姑娘望望她的母亲又望望王顺，一句话也不说，红着脸把那袜套接了过去，又低着头继续吃饭了。以后一切就显得很平静，没有什么事情了。"她"一句话也不说"，不正是表明了她已认识到战士不能接受，而她对这个并不怨尤吗？在慰问战士的演出会上，由于别的姑娘们对王应洪的友善的态度，她的脸上就闪耀着"辉煌的幸福神情"。爱情不能实现她已明白，为什么还会觉得幸福？因为她觉得，纵然爱情不能实现，她所爱的这个对象仍然使她光荣，他所从事的正义事业使她觉得光荣。战士走了，她偷偷地赠送了纪念品。纵然爱情不能实现；但她仍然暗暗地希望他知道并记念着她的感激，她对他为了她的祖国，也是为她而战表示感激。她和她的母亲"日日夜夜"地望着前沿，想着那些亲爱的战士们——她的感情把她带到对战争的更深切的关注里去。她希望亲爱的战士们归来，并相信他们会归来；这是对于胜利的渴望和信心，但同时，她的幼稚的感情幻想着，将来，战争结束了，亲爱的战士能接受她的爱情——她觉得军队的纪律也不至于反对这个的。然而她的幻想立刻就受到了现实斗争的教育，这教育就是：这不是纪律不纪律的问题，这是血腥的帝国主义的问题。由于这血腥的帝国主义，战士即使不牺牲也不能接受她的爱情。战士自觉地遵守纪律，原是因为他自觉地追求着战斗任务。为了战斗，爱情是应该牺牲的，正如同生命是应该牺牲的。所以，主要的，摆在金圣姬面前，也摆在人们面前的，是为和平而战的血战的道路。牺牲流血是痛苦的，但人们如果要前进，就必须承受锻炼。亲爱的战士流在战场上的鲜血使她感到了什么？她从这个听见了什么号召？——这鲜血号召她前进，为全体人类的幸福而斗争。这就是小说结尾的形象的意义。小说的结尾写着：王顺想说一些话。那些庄严的语言来到他心里了，"可是金圣姬一下子站了起来，对他伸出手来……这姑娘的手在一阵颤抖之后变得冰冷而有力，于是王顺觉得不再需要说什么了。"

然而，批评家们，例如侯金镜同志，却是用着这种方法来向读者"介绍"这个内容，并达到他的结论的：

> 王应洪牺牲了，而同时"鼓舞"他们前进的爱情也破灭了，故事结束时的感情就不能不是阴暗的。这也正是为什么有些读者对这悲剧式的结果久久不能释然于心的缘故。这篇作品实际上在某些读者的心灵深处也形成了一个"战役"，在那里攻击了工人阶级集体主义，支援了个人温情主义，并且使后者抬起头来。

“不能不是阴暗的”！在批评家看来，这“不能不是阴暗的”、“悲剧式的结果”有两个原因，一个是战士牺牲了。这显然是一种“无冲突论”的见解：流血牺牲“不能不是阴暗的”，于是不能描写流血牺牲。但流血牺牲又不可避免，于是就把它说成是完全或立刻就可以“释然于心”的。然而，流血牺牲却是不可能使人们完全或立刻就“释然于心”的，正是这个使人们更深刻地感到和血腥的帝国主义的誓（势）不两立，激发着人们的仇恨和斗争意志的。这是一般而论，而我的小说里所描写到的牺牲，却又正是在崇高的战斗精神、激发的对敌仇恨、危急的战斗环境中的充满着胜利的信心的牺牲。优秀的战士的牺牲当然会使他的战友和亲人“不能释然于心”，但和这个同来的却是更坚强的战斗意志。批评家认为牺牲“不能不阴暗”，他想必以为这是会使士气颓丧的，那么，他到底是怎样理解人民军队的“不怕流血牺牲”的本质的？其次，战场上牺牲了成千成万的英雄的这个现实，人们为牺牲了的战友而“久久不能释然于心”的这个崇高的阶级感情，以及人们因这而更坚决地战斗的这个现实，难道批评家没有看见么？难道这一切都是“不能不是阴暗”的“悲剧”么？不难看出，认为“牺牲”就“不能不阴暗”的批评家，是不愿正视流血牺牲的现实斗争的，不难看出，批评家是抱着怎样的一种“无冲突论”的见解。

“不能不阴暗”的“悲剧”的第二个原因，是“‘鼓舞’他们前进的爱情破灭了”。——前面已经指出，批评家认为这是作者的“苦心经营”。战士们从金圣姬的爱情感到人民的热爱和愿望，用崇高的感情来看待这爱情，这在批评家看来是用爱情来“鼓舞”战斗，而且这种“鼓舞”是被这样理解的，即：努力战斗吧，努力战斗回去就可以谈恋爱去了。而金圣姬在伟大的斗争和战士的自我牺牲面前所受到的教育，她的感情的内容和过程里反映了人民的愿望和血腥的帝国主义的誓（势）不两立，在批评家这里就变成了“个人主义”，而且变成了“爱情破灭”。难道批评家在人民所遭受的牺牲和所承受的锻炼里竟然看出了一个“破灭”么？

“读者久久不能释然于心”——人们不希望看见亲爱的战士的牺牲，觉得这样优秀的人牺牲了可惜，人们不希望看见人民遭受苦难，免得金圣姬母女及一切朝鲜人民的遭遇使人痛心，人们希望一切优秀的人都能幸福地活着，一切美好的希望都能实现，这种感情不是很正当的么？然而血腥的帝国主义却和这不能两立，只要帝国主义存在，就会有流血，有不幸，对这个现实人们能“释然于心”么？对优秀的人们的牺牲，对人民的痛苦，对血腥的帝国主义的存在；如果人们能“释然于心”，那革命斗争还能教育人么？——小说在人们的感情上所唤起的这个效果，难道不正是达到了更坚决地反对帝国主义，保卫和平的结论么？未必批评家以为在战士的流血牺牲及人民的痛苦面前是可以或应该“释然于心”的么？

作者也正是这样“久久不能释然于心”的。优秀的战士为了我们全体的幸福而献出了自己，人民的生活遭到了帝国主义的毁坏，这种毁坏仍在继续；我们大家如果工作得不好，就有负于英雄的战士；我们大家都应该正视现实，正视流血牺牲，并且从这里继续前进。可是批评家所“久久不能释然于心”的，却是“不能不阴暗”的“悲剧”。不难看出，批评家是抱着怎样的一种“无冲突论”的见解。

爱伦堡在《作家与生活》一文里说过：

“我本来不打算写《暴风雨》的。为什么我还是写了呢？我觉得，死者是有发言权的。我常常思念那些未能从战场上归来的亲人和朋友……就对自己说：‘这些人已经不能描写他们曾怎样生活、怎样战斗、怎样死亡的了’……

“我接到许多读者来信。他们都为《暴风雨》中的主角谢尔盖死亡而不平。对于一个作家来说，描写幸福，当然要比描写不幸愉快得多。我时常羡慕狄更斯。在他的小说里人们也都受苦受难……但是在故事的结局，总归都是大团圆，在舒适的灯光之下，主人公们坐在圆桌旁边开心地回忆着过去的苦难。……现在再来看谢尔盖的命运，在胜利之后，我们很少有那样没有空位的圆桌子；大家都知道，我们为了把世界从法西斯的兽行中拯救出来是付了什么样的代价，而英雄们的坟墓并没有把我们压倒，而是把我们鼓舞起来了。

“请大家再把狄更斯小说的那些幸福的结局好好想一下吧。当他的主人公们坐在圆桌子旁边开心的时候，而在他邻居的家里依然有人在那里摧残着儿童。……

“是和那些许许多多在战争中失去了自己的亲人的个人的悲痛分不开的。当人们注视着圆桌旁边的空位的时候，也就想起了他们的悲痛——他们的牺牲，为使千千万万人的命运变得更幸福一些而作的牺牲。这就是(暴风雨)的‘不幸的’结局和狄更斯那些小说的‘幸福的’结局根本不同之点。

“传达苏维埃人世界的那个复杂的管弦乐队，不能只限用某些管乐。不能简化人们的内心生活，从内心生活中抽出它的那些亲切的考验或悲哀。……”

描写了牺牲，就“不能不是阴暗的”，这就是批评家的认识和逻辑。

读者“不能释然于心”——这是批评家根据着这种“阴暗”所看到的作品的“悲剧”的效果。而为了证实这“悲剧”效果是作者“苦心经营”的金圣姬母女的感情是不值得同情的，就得把她们斥为“个人主义者”。于是就“攻击了工人阶级集体主义”。——这就是这种批评的方法。不难看出，这是怎样地歪曲了作品的内容。不难看出,这是怎样的主观主义和彻头彻尾的“无冲突论”。

批评家的另一个“个人主义者”,就是金圣姬的母亲。这个“个人主义者”是怎样的呢?她比她的女儿承受了更多的艰苦和牺牲,媳妇在战争中牺牲,儿子送上了前线。然而这些牺牲都不曾压倒这个六十多岁的老人;她为战士们做事情,像慈爱的母亲一样对待战士,这一切都是根源于她对战争的认识和对将来的坚强不屈的信心。毁灭和鲜血不曾吓退她。她赞同她的女儿的和平劳动的乐观希望,赞同金圣姬对志愿军的感情。当王应洪谢绝了金圣姬的赠礼的时候,班长想要解释几句军队的纪律,她立刻“辩解着说:她才不相信这个!这并不是随便接受老百姓的东西呀!她并且指指响着炮声的前沿的方向说:这还能分家吗?金圣姬姑娘为什么不该感谢这年轻人呢?”这就是她的认识。(批评家斥责说:“个人主义”、“反对纪律”!)在王应洪替她劈柴,而她抚摩着王应洪的时候,她“含着泪看着这年轻人——她仿佛觉得他已是她家庭里的人了,并且她甚至想到了,当她的当人民军的儿子从前线回来时,将要怎样高兴地和他们家里的这个亲人见面。”她的这种感情难道不正是表现了对志愿军的亲同骨肉的热爱以及对胜利的毫不犹豫的乐观的信心?(批评家斥责说:“个人主义”!)她确信战争会胜利,儿子会回来,将来会重建她的生活,——在这么一个老人面前,血腥的帝国主义也不过是幻想了一场罢了。人民永不屈服,胜利和重建生活对于这老人是一个极自然的简单的真理。我们需不需要指出,虽然她也知道王应洪不会真的成为她家里的亲人,她的这种感情的性质也不会改变?我们需不需要再指出,她的这种感情反映了人民的生活愿望和血腥的帝国主义的根本对立?

金圣姬是解放了的朝鲜人民,她的命运和她的祖国的命运密切相联。中国人民志愿军的正义事业是和她的祖国的正义事业结为一体的,因而在她的头脑里就产生了一些激动的感情和想像。小说里写着:“可是王应洪却完全没有注意到这个,这个年轻人的全部心思都集中在练兵的工作和未来的战斗任务中。使得这姑娘对王应洪发生感情的重要原因,正就是王应洪的这种热诚。他帮她家做的劳动最多……金圣姬那姑娘,……心里满是感激,从这感激就产生了一种抑制不住的感情和想像了。”这就是说,正是王应洪对战斗的坚决意志和对人民的态度——对正义的事业的忘我的精神,感动了她。不是这年轻人会对姑娘们献殷勤,也不是别的什么琐碎的东西感动了她,而是他的为和平事业,也是为她的祖国而战的热情感动了她。这个明明白白的内容,就是批评家所说的作者的“苦心经营”。

人们不妨说金圣姬的感情是幼稚的。事实也正是这样。但这感情的基础却决不能遭到污蔑或歪曲。不能够设想,一个对祖国的命运没有深刻感触的女孩子,一个对志愿军所从事的正义事业没有理解的女孩子,会热爱志愿军,并且这种热爱会发展成爱情的感情。如果对正义的事业没有感情或理解,是会对外国军队抱着敌意，至少是要把外国军队当作路人的，这难道还不明显么？而一个乡村里的女孩子首先是不会去爱一个外国人的。是什么力量使得金圣姬觉得王应洪"已经不是生疏的外国人"了呢？正是这种对于祖国命运的感触。不用说，也有普通的环境里的普通的男女感情，而从旧社会残留下来的事物里，是会发生卑鄙的私情，也会产生简单的或不正当的男女关系的——为了一点点物质利益，为了享乐，去随随便便地"恋爱"。我的批评家们以为"个人主义"的金圣姬的感情到底和这些有没有根本的区别呢？我的批评家们是否以为，金圣姬对王应洪的感情，相等于拖住战士不让他上前线去的行为？

我的批评家们抹煞了小说的内容，更是抹煞了这一根本事实：作者所警惕的，正是金圣姬的幼稚感情可能走入迷误，作者所歌颂的，正是金圣姬的感情所由以产生的基础，更是她所经历的锻炼和所达到的结果。我的批评家们抹煞了，爱情是有各种各样的社会内容并产生各种各样的行为，并达到各种各样的结果的，他们以为凡爱情就是简单的男女私情，以为通过金圣姬所受到的教育和锻炼来歌颂现实斗争就是歌颂男女私情；我的批评家们只看见金圣姬的爱情的幻想的一面，却没有看见这些幻想是建立在什么样的感情基础上，更没有看见这幻想被什么样的现实斗争所教育。我的批评家们抹煞现实，更是抹煞了小说之所以描写这一爱情的感情的发生、发展、及结果，正是为了强调这一真理：个人的命运必须服从祖国的命运。

在现实里面，当这一类的事情发生的时候，人们可能怎么处理它们呢？

我们可以设想各种态度。第一种态度是：这种感情可能使战士和她自己都走入迷误，因之是纪律所警惕着的，倘若发生错误的爱情事件，那就是战争任务和纪律所不容许的，但却并不因之忽视这种感情所反映的国际主义感情和人民的愿望，而是指给这感情和愿望以正确的道路——在战争中经受锻炼的斗争的道路。第二种态度是：这种感情既然是反映了国际主义感情和人民的愿望的，因此战士在它的面前走入迷误也算不得错误，如果纪律不容许，那就是纪律不对。第三种态度是：既然这种感情倘若使得战士在它的面前走入迷误，是纪律所不容许的，因而这种感情的基础也根本是错误的，"和国际主义精神背道而驰"。

我的批评家们断定我是主张第二种态度的。我的批评家们不相信有第一种态度，而以第三种态度来反对他们所臆造出来的作者的态度；这就是问题的实质。不，我的批评家们以为我比第二种态度还要糟一些，因为他们认为金圣姬的感情里是连热爱志愿军的感情都没有的，仅仅是一般的男女私情，而作者是主张金圣姬和王应洪去一般地恋爱恋爱，并反对纪律的。在这里，我想我的批评家们的态度是很鲜明的了。既然纪律不容许战士在金圣姬的爱情面前走入迷误，那么产生金圣姬的爱情的基础也一定是根本错误的，——这逻辑真也十分简单。在现实斗争里，人们到底怎样处理问题呢？人们会用纪律来教育并约束自己的战士，同时对那个姑娘说：你的感情我们相信是正当的，因为你所爱上的并不是美帝国主义，而是中国人民的战士，可是你要知道，战斗任务比一切都重要，如果战士和你恋爱了，就会妨碍部队，妨碍战斗；虽然你并不想妨碍这，更不是想拖住他，但这到底是会产生妨碍作用的，所以你应该把你的感情转到坚强的斗争感情上去。我想，现实斗争里的人们，是会这么说的。作者所描写的战士们虽然并未直接这么说——因为金圣姬的感情还并未发展得那么尖锐，基本上还是藏在心里的——但他们的态度却是表示了这个的。而小说又正是通过了形象而说出了这个的。但我的批评家们对这个金圣姬是怎么说的呢？

我的批评家们给这个金圣姬加上了什么样的罪名啊："个人主义"、"和国际主义精神背道而驰"以至于"大观园里的闺秀"、"龌龊的灵魂"、对正义战争的"破坏行为！"（宋之的）——宋之的同志，你在什么地方当场捉住了她的"破坏行为"的？你有什么权利污蔑她是"龌龊的灵魂"，判决她是"破坏者"呢？

小说里所描写的战士们，也是被批评家们斥为"个人主义者"和"龌龊的灵魂"的。

战士们为和平而战。为和平而战的崇高志愿，具体地表现在战斗行动中，也表现在现实生活里的、战士和人民的联系和对人民的深刻感情之中。战士们珍贵那两母女的热爱志愿军的感情，同情人民的和平劳动、重建生活的愿望，但对这愿望抱着更深刻的见解；虽然不能接受金圣姬的爱情，但却被这爱情所代表、所反映的事物所感动，从而更感觉到自己们的战斗的意志和价值。

在金圣姬送走亲爱的战士们的那个哭声里，班长王顺有些什么感触？这哭声里岂不是包括了对亲爱的战士们，特别是那个心爱的战士的悬念，包括了对志愿军的亲同骨肉的感情？这哭声里岂不又正是震颤着对敌人的仇恨，对祖国和乡土所遭受的创伤的痛苦，对于失去了的和远离着的亲人的怀念，和对于胜利、对于将来的渴望？人们或许可以说，这个哭声搅乱了战士们的感情。或许这会搅乱一点感情，金圣姬自己也是想到了战士们走了以后才迸发出来的。人们也会指出，这个姑娘的感情过于单纯，事实也正是如此。但归根结底，这个哭声激发了什么感情？王顺想到："这姑娘呀，我也不是没有妻子儿女的人，这叫我怎么跟你解释呢？"这以前他也想到："她的心地是这样简单，她怎么能知道摆在一个战士面前的严重的一切呢？"王顺的这种心情反映了他的立场，一方面，不能接受这天真的爱情本身，一方面，同情并珍贵这爱情所反映、所表现的事物，并且同情这年轻的姑娘不懂得战争。他的这种心情含有对这天真的爱情的一种批评：我也有妻子儿女，为了人民的事业，我提都不提到这个，难道你反而以为我会不了解你的感情和愿望以及它们所包含的事物吗？

我比你更懂得人民的生活愿望，可是你却不懂得战争，不懂得战士们走向战斗的严重心情。——这叫我怎么跟你解释呢？你应该理解，正是战士们的为和平而战的庄严的心愿才使得你爱了他，也正是这个才使得我的战士不能接受你的爱情；你还不完全懂得自己的感情，我们是比你抱着更深刻的对生活的感情的，所以懂得应该怎样对待你的爱情。王顺没有直接解释，但战士们的行动本身，小说的内容，都鲜明地解释了这个。在王应洪负重伤，而他们被截留在敌后的时候王顺有这样的心情："你要知道我爱他并不比你差，我更爱他，而且，你看，我决不是你所设想的那种不通情理的冷冰冰的人。"这就是说，你以为我不了解你的感情和愿望，可是事实又如何呢？你爱他，可是你的感情是幼稚的，而我，当然是严格，可是这却是更现实，事实上是更爱他的，为了战斗。我们不接受你的爱情，决不是因为我们对你的爱情里所包含的对志愿军的热爱和人民的愿望不了解，恰恰相反，我们对这个比你自己感受得更多更深，所以能够在更高的要求上来回答你的天真的爱情。

小说就是通过这个内容，通过战士们在战场上所战胜的考验，表现了我军战士为和平而战的正义性，表现了血腥的帝国主义和人民的愿望的根本对立，表现了人民的愿望必须在血战中去争取实现。

为了保证战斗，军队的纪律不容许战士和老百姓妇女恋爱。然而，不容许和老百姓妇女恋爱丝毫也不能等于是不容许对产生这爱情的基础，即人民的热情和愿望，痛苦和仇恨怀着同情。然而我的批评家们却认为纪律既然不容许恋爱就等于是不容许对人民的愿望抱着同情，按照他们的观点，同情了人民的愿望，就等于是犯错误。因此，他们得出了纪律是冰冷无情的结论。

在小说里，纪律问题是在班长王顺的警惕心里被提到的："他相信王应洪不可能出什么岔子，但……对于这一类的事情，老侦察员一向是很冷淡的，他还有一种简单的成见，就是，如果这一方面没有什么，那一方面也一定不会有什么的。因此他渐渐有点疑惑了。他觉得，年轻人总难免的，他刚离开温暖的家不久，……可能他不知不觉地对金圣姬流露了什么。在军队的严格纪律和严酷的战争任务面前，这是断然不能被容许的。"王顺在警惕着。但他又看到了金圣姬的感情的纯正和单纯，从她的感情感到了对志愿军的热爱和和平劳动的愿望，注意到王应洪和她之间实在没有什么不好的事情。因而，当他班里的一个战士汇报说王应洪可能已经有了超越纪律所容许的行为的时候，他觉得不符合事实。但他的警惕心因此更强了。这感情的两个方面是很明显的，一方面是同情金圣姬的纯洁和热诚，一方面是对这种感情的可能走入迷误抱着警惕。他找王应洪谈了一次话，结果证明了，正如他所希望和相信的，王应洪实在并没有什么事情，甚至都没有注意到金圣姬的爱情。于是他想："这年轻人说的话也是真理，为什么不相信自己的同志呢？"在这个过程里，被批评家们斥为军阀式地执行纪律的王顺，正是比我的批评家们更理解纪律的实际意义，更明白这纪律的自觉基础和精神实质，不仅没有把纪律当做“冰冷无情”的，而且是实事求是地相信并启发他的战士的自觉性的。王应洪在他的教育和帮助下抱着高度的自觉和对战斗任务的忠诚，就使他更爱他了。他这样感觉着：“这年轻人被这样的爱情包围着，可是自己不觉得……一心只是想着在战场上去建立功绩。……遥远的和平生活……已经把那纯洁、心地正直、勇敢的年轻人交托给他了，在他的带领下，这年轻人正在大步走向战争……”和平生活，祖国、亲人，已经把新战士王应洪交给他，献给战争了——这就是他在这个事件的过程里所感觉到的这个战斗的意义：保卫和平。

他确信了这青年的自觉和忠诚。小说里写着：“这一点是确实的：因为那个姑娘的不可能实现的爱情，以及王应洪对这爱情的极为单纯的态度，他就更爱这年轻人了。”我的批评家们因为王应洪对爱情的单纯的自觉态度而得出纪律是“专制无情”的结论来，但班长王顺却因他的战士的自觉而更爱他了，在这里，班长王顺是比我的批评家们更能区别什么是军阀式的横暴的纪律，什么是人民军队的纪律，以及这纪律的自觉基础，和从这产生的对同志的关怀的。经过了血战的考验之后，他更确信王应洪的自觉和忠诚。王应洪在临出发战斗的匆忙中发现了金圣姬塞在他衣服里送给他的纪念品，收留了下来，在战斗过后，在班长对他的鼓励和表扬中，他却想起了这件事，觉得这件事做得不对，于是就向班长汇报。班长这时就劝他留下。

正因为他汇报了，所以劝他留下。新战士在经过了日常生活里的考验之后又经过了战场考验，而且即使在此刻也并未忘记把这件事向上级汇报，他的忠诚和自觉获得了绝对的证明，因此对他在这件事上可能走入迷误的顾虑已不存在，这是一。环境不同了，因而金圣姬的爱情现在已不是实际的麻烦事，它在此刻，在这个战场上，在浴着鲜血的战斗中，在王应洪生命垂危的时间，已经显露了它的根本的意义：人民热爱志愿军，人民要求胜利，要求和平幸福。因此王顺觉得，“他所反对的那个姑娘的爱情，此刻竟照亮了他的心”，他的老战士的信念——反对那个爱情，正是为了战斗——又一次在血肉的实感里证实了，这是二。金圣姬的爱情本身是不能实现的，但“在将来，他们终归会给这姑娘奋斗出一个和平生活来”，他更深刻地感到了对于朝鲜人民的使命，这是三。这就是这手帕，这纪念品在这里所引起的意义。班长王顺，是比我的认为纪律是“专制无情”的批评家们更懂得，什么是军阀式的纪律，什么是人民军队的纪律及其精神实质和自觉基础；更懂得在不同的具体情况下所应采取的具体的（而不是机械的）态度，而且更懂得区别什么是纪律所不容许的爱情，什么是对同志的关怀及对人民的感情的。

王顺同情人民的愿望，但作为一个身经百战的老战士，战斗任务是他的感情里的绝对主要的事情。他一般地当然是把自己的生活遭遇撇开不谈的——“对于这一类的事情，老侦察员一向是很冷淡的”——可是这却不等于说，他的感情里根本没有这个，因而人民的愿望和他没有血肉的联系。他曾因金圣姬母女的感情而感触到遥远的国内的和平生活，而人民的愿望，包括他自己的亲人的愿望的暂时还不能实现，使他觉得苦恼（批评家们斥责说：“个人主义”！）并更意识到自己的责任。他抱着老战士的保护妇女儿童的情绪和自豪的感情，觉得金圣姬不懂得“摆在一个战士面前的严重的一切”，这严重的一切就是他的责任——不是个人的生与死，而是整个战斗的胜利与失败。（宋之的同志说：“战争要死人”这么一个简单的道理还不懂得么？但是，摆在一个战士面前的，不单是一个生与死的问题，这一点，宋之的同志是应该知道的。）这种责任感和自觉精神也表现在他对王应洪的关系上。他对王应洪严格，对年轻人的可能走入迷误抱着警惕，在军事工作和日常生活中都以纪律观念来教育新战士。在现实中正也是这样的，一个新参军来的战士，在革命队伍中所受的第一个教育就是纪律教育——建立在阶级事业的基础和阶级友爱的精神上的纪律教育。正因为这教育是建立在阶级友爱上的，所以这教育中深藏着无微不至的同志的关怀。我的批评家们实际上是把纪律看做“专制无情”的东西的，因为他们否认了在严格的态度下面的同志的关怀，甚至把这种同志的关怀认为是“个人温情主义”，而加以排斥，这样，他们就只能把纪律当做“专制”或“冰冷无情”的了。

在战场上，班长王顺以机智无畏的精神带领着新战士完成了任务，这一战斗表现着他的乐观的性格，而在被截留在敌后的极端困难的情况中，这无畏的乐观性格和高度的自觉精神就更强烈地表现出来了。他带着负伤的王应洪在敌后爬行，当王应洪要求牺牲自己掩护他出险的时候，他就用“别说话，纪律！”这句简单的话来启发和教育他。后来，王应洪情绪激动，不肯吃一点东西，为了度过白天，继续战斗，班长就说：“纪律，你是祖国的好青年，你是人民的好战士，吃这半个馒头，这是纪律。”这些话是严格的，因为他的见解对王应洪说来应该是上级的命令，但这些简单的话里又流露着深刻的感情；在这里，在“纪律”两个字的下面，难道不是震颤着深刻的阶级友爱，对两个人共同经历的生活和战斗的道路的提示，和对于坚决战斗到底的乐观的信心的提示？在这两个字下面，难道不正是表现了对下级的严格和无微不至的关怀？然而我的批评家们，当他们看见严格的时候，就说这是用“冰冷无情”的纪律来“胁迫”战士，而当他们看到了对同志的关怀的时候，就说这是“个人温情主义”。在这严重的情况面前，王顺不仅不失望，反而比平常更为乐观沉着。他用革命部队的传统来启发王应洪，他说：“咱们部队就是这样的，一代传一代，一代比一代强——咱们的这个英勇顽强的老传统。我带着你这也不是为了你，这是为了咱们全军，为了人民和党的事业，你为什么要难过呢？”“咱们革命战士，共产党员青年团员，不是这么容易就够本的哪。战场上多少同志流血牺牲才培养出咱们来的……”这些话的内容是什么？在这个关头，是什么一些事物出现在王顺的心中？十分显然，他自己在革命队伍中多年所受到的教育，牺牲了的战友的面影，在一切严重关头支持人、鼓舞人的英雄传统出现在他的心中。在这个关头，对忠诚的新战士的深刻的阶级感情也出现在他心中。他提到了金圣姬。他提到这个是为了通过王应洪的切身体验以人民的希望来启发王应洪，同时，在目前的具体环境中，他提到这个还有着一种潜在的心理内容：想要了解一下经过了血战、负了重伤的王应洪对过去的事情的看法，作为一个上级，这对于他是重要的，同时通过这而表示他对王应洪的信任，在危险中这种信任也是重要的。及至明白性格很楞（愣）的王应洪不很了解他的意思和用意，甚至可能误会他的用意，他就“巧妙地把金圣姬姑娘也拖到他的论据里来了”，“巧妙地”避免了误会，直接地把他的意思说出来了：“咱们也是为她，为老大娘而战斗的，朝鲜人民的血海深仇还未报，就够本？”——通过王应洪的切身体验，用人民的仇恨和愿望来鼓舞他。作为一个上级，如果不是由于深切的信任，他是不会提到金圣姬的；他的“非常柔和的口气”表示了他的信任，他说：“你还想着金圣姬那姑娘不？”这样的内容是：你大概不会想着吧，可是我却从她想到了许多事情。这个内容和这个口气表示说：我像这样来提到这个问题，这就证明我在这个问题上已经对你绝对信任了。因之，一方面是通过王应洪的切身体验，提高这个体验，用人民的仇恨和愿望来教育王应洪，一方面又是用上级的乐观的信任来鼓舞他。在这一心理活动中，老战士呈显（现）出对下级、对战友的深刻的感情。在这里，班长王顺，是比我的把纪律看做盲目服从的代用语，不相信战士的自觉的批评家们，更懂得什么是军阀式的纪律或机械的纪律，什么是人民军队的纪律及其自觉基础，因而更懂得什么是纪律所不容许的爱情，什么是对同志的关怀和信任的。在这个关头，人民的感情和愿望就也出现在王顺的心中。他想到了金圣姬对生活的希望，并带着鲜明的愉快心情把它拿来“和眼前的处境对比——眼前是毫不容情的战争，他们躺在敌人阵地上的这个泥沟里”。——这一对比显出了他的战斗的鲜明的意义。这一对比带来更强的乐观情绪。他毫无怨尤地忍受痛苦，为人民的希望而战斗。他觉得他对金圣姬，也就是对人民，负着一种道义上的责任。对金圣姬本人说来，他觉得他反对了她的爱情正是为了战斗，那他就更有责任带着王应洪战斗得更好。——通过这一切，在王顺的形象里表现老战士和人民血肉相联的伟大的自觉精神。

然而，我的批评家们，例如侯金镜同志，却是这样地向读者“介绍”了这些内容并达到他的结论的：

> 在这四面无援的十分紧急的情况下，矛盾的一个方面，爱情的力量上升了，在他心里发生了巨大的影响。

“在十分紧急的情况下”，“爱情”上升，反对纪律。多么简单明了的逻辑呀！

> 故事发展到这里，已把作品中的人物和读者引导到这样的逻辑中去：似乎纪律不能成为大家自觉遵守的……相反的，纪律却成为强加到战斗生活中去的一种冰冷无情的东西。……班长王顺……用爱情的力量来向部属和自己做政治工作，用爱情来鼓舞战斗。

“故事”到底“发展”到哪里去了呢？批评家处处都不忘记读者，并力图把读者“引导到这样的”“似乎”“逻辑”里去，并且这次甚至把作品中的人物也“引导”到这“逻辑”里去了：作者反对纪律。同情人民的感情和愿望，即相等于要去恋爱，反对纪律；对经过考验的部下的忠诚和自觉表示信任，是反对纪律；用人民的愿望和仇恨来教育部下，是“用爱情来做政治工作”，即反对纪律。批评家的在“爱情”、“纪律”这两个名词上做文章的方法，真是发展到极致了。批评家并且说，“作者用了五千字来描写王顺和王应洪谈论金圣姬，怀念家乡和梦寐”，而另一位批评家荒草同志，就补充着侯金镜同志的逻辑而认为，班长王顺以前只是“黑着良心”才不同意战士去恋爱，而现在则表示“忏悔”了。就是这样的批评！

至于“用爱情来鼓舞战斗”，批评家一再提到，这里顺便说一下。我们假定说吧，倘若一个战士有了爱情，但这爱情不但没有使他违反纪律，反而使他从集体主义的理想上被这爱情所鼓舞，这难道是很坏的事情吗？批评家以为“用爱情来鼓舞战斗”是一个很可怕的大罪名，不难看出，这实在是暴露了批评家的在“左”的名词下面的资产阶级观点。批评家否认了人民中间的纯洁的、和集体的战斗目标结合为一的爱情，以为爱情是卑鄙的罪恶的事情，只能偷偷地掩藏起来的。

再回到我们的题目上来吧。在王顺对王应洪的谈话之后：

> 他的眼前出现了那姑娘的闪耀着灿烂的幸福的面貌。……他怜惜她不懂得战争，怜惜她的那个和平劳动的热望，他觉得他真是甘愿承担战争里的一切残酷的痛苦来使她获得幸福。

这种感情“似乎”是反对纪律的？这种感情是“用爱情来做政治工作”的？到底是由于什么原因，批评家要这样横暴地歪曲这一切呢？

另一个被批评家们斥为“个人主义”的“龌龊的灵魂”的，新战士王应洪，是怎样的一个内容呢？

在开始的时候，王应洪一心一意地渴望未来的战斗，因此甚至根本未注意到金圣姬对他的感情。金圣姬母女的感情只是使他想到“现在他是一个志愿军的侦察员，是在为他的受苦的、慈爱的母亲和这受苦的、慈爱的老大娘而战斗”。在他知道这件事之后，别人对他的误会使他委屈，他想：“明天一早起来替不替老大娘挑水呢？”看见那两母女在深夜里的艰苦劳动，他就想：“不挑对不起人，坚决要挑！”对朝鲜人民的深刻感情战胜了琐碎的顾虑。但他对金圣姬的态度却变得生硬了。“他于是觉得苦恼。她一点过错也没有,为什么昨天要那样对待她呢?……可是这种情形是不能这么继续下去的……他向班长汇报……建议他们班搬一个家,可是他又觉得,无缘无故地搬了家,就更对不起这两母女了。他于是希望快点上阵地去。”全心全意地渴望战斗,他急于要避开这种麻烦事情;这种情况弄得他很不安,他心里就有了“惊慌的甜蜜的感情”——这是年轻人的幼稚感情,说甜蜜,因为他对这爱情不能不抱着感激,说惊慌,因为这爱情是他所不能和不愿接受的。“对这种感情他有很高的警惕”,但他缺乏生活经验,态度变得更不自然了。他急着要参加战斗,在临走的前一天,替老大娘家里的所有的缸里挑满了水,“他觉得他不会有很多时间来帮助她们了,——没有这些帮助,她们是会困难一点的。……对这一段生活,充满了感激的心情。”感激什么?感激他在这一段生活里学会了战斗本领,感激那两母女对他们的热情和照顾,感激他终于要去战斗了,金圣姬的感情没有影响他,他克服了许多困难。

由于对战斗任务的积极追求,在班长的帮助和关怀下,这年轻人对这个爱情就采取了这种自觉的鲜明的态度。然而,我的批评家们说,这个“个人主义”的王应洪没有接受金圣姬的爱情仅仅是因为纪律在束缚着他!但是,假定说,即使他发生了爱情,而纪律帮助着他克制了这种感情,这又有什么不好呢?难道纪律的必要性不正在这里吗?而王应洪没有发生爱情,他绕过了金圣姬的爱情,勇敢地走向战斗,这不正好证明了他所受到的纪律教育在实际斗争中所产生的积极作用么?为了纪律,即为了战斗任务,爱情是应该牺牲的,正如同生命是应该牺牲的,战士王应洪自觉地认识到了这一点。除非是把纪律看成是“盲目服从”的代用语,不承认战士的自觉,那才会像我的批评家那样认为纪律是“冰冷无情”的。

上了阵地,临出发战斗前,他意外地又发现了金圣姬塞在他衣服里赠给他的手帕。他心里又有了那种“惊慌的甜蜜的感情”,“第一个念头是想汇报给班长”,但“现在这么忙,马上要出动了,等完成任务回来再说吧”。——“当然这时候他是想留下这条手帕。”这就是这年轻人的还不够成熟的证明。纵然他不接受这爱情,但临出发到敌后去的激动心情使他想留下这个纪念品。他的这个被斥为“个人主义”的行动的内容在小说里是这样表现着的:“认真说来,班长的这个和平常不同的立正的口令,才是他的军事生活里的第一课,特别因为他怀里揣着一条绣花手帕,这也才是他的明朗的人生道路上的第一课。”这就是说,上级的命令使他充满了庄严的战斗意识,但他还不成熟,离开了和平生活——这手帕对他现在就是这和平生活的象征——面对着战争还非常激动,他将要在战争里受到锻炼和考验。因为这,所以班长的庄严的口令,战斗的号召,“也才是他的明朗的人生道路上的第一课。”“他的慈爱的母亲给了他的童年许多温暖,这手帕又给他带来了他所不熟悉的模糊而强大的感情”,这就是说,他还是幼稚的,这模糊而强大的感情,就是他感触到他是被他母亲所代表的祖国人民和金圣姬所代表的朝鲜人民爱着,就是以前不曾像这样地感触到的对祖国人民和朝鲜人民的感情,就是对金圣姬的爱情所反映,所代表的人民的愿望的感情,就是这个战斗的意义。在日常生活中,有些事情是很平常的,但在投入战斗的时候,这些很平常的事情就显出了深刻的意义。人们保卫着它们。于是:“他现在要代表母亲,也代表那个姑娘——不论他对她如何冷淡,这一点是毫无疑问的——为祖国,为世界和平而战,这一切感触、思想、感情,都出现在班长的那个立正的口令中,或者说;因那个立正的口令而出现了,这立正的口令使他全心全意地觉得满足和幸福。”在上级的庄严的战斗号召面前觉得幸福,在这庄严的号召下涌起了为祖国、为人民的血肉的感受,因而觉得幸福。

然而,这在我的批评家们这里却是一种“个人主义”的“个人动机”。他们说,王应洪收留了这个纪念品,就证明了他已经接受了金圣姬的爱情,不过“冰冷无情”的纪律使他不敢公开恋爱而已。小说里的“班长的这个立正口令……也才是他的明朗的人生道路上的第一课”,这个内容,据我的批评家说,原来是“祖国人民的教育,党的教育,对他来说,都不是最重要的,作者说,他怀里揣着的这条手帕,‘才是他的明朗的人生道路上的第一课。’……爱国主义国际主义的思想基础不是别的,而只是男女的爱情……”(荒草)原来是“作者说”的!小说里的这句话在文法结构上并无错误,我的批评家到底是没有看清楚呢,还是故意删去了“班长的这个立正的口令”,臆造了一个“作者说”呢?显然,批评家也知道,班长的临出发前团参谋长来检查工作时的立正的口令,战斗的号召,以及这战斗号召在王应洪心里唤起的为祖国为人民的感触,正是代表党的教育等等的,犹如王顺过去对新战士的教育和关怀是代表党和上级的一样,所以批评家就把这删去了,而飞快地跑到“男女爱情”上面去。就是这样的批评!

是的,王应洪有过甜蜜的惊慌的感情,他也想到和梦到过金圣姬。但这种年轻人的幼稚的感情是反映了什么一些内容,是和什么一些内容结合着的呢?是和对于他先前对金圣姬的过分生硬的态度的抱歉结合着的,是和金圣姬的表演里的那个“人民军之妻”在轰炸下的“悲愤的、坚毅的神情”结合着的,是和为人民复仇的英雄理想结合着的,是和“上级给了我重要的任务”,向敌后出发结合着的,是和对毛主席的神圣感情结合着的。但我的批评家们却说,这是反映了纪律对他的“冰冷无情”的束缚,这是表现了他在纪律的束缚中的苦恼,等等。抓着“爱情”“纪律”四个字来做文章——就是这样的批评!

在班长王顺的教育和带领下,王应洪通过了战场考验。年轻人的幼稚感情发展成为战士的坚强感情,什么东西在他身上是根本的,重要的,什么东西在他身上是偶然的,不重要的,经过考验而明确起来了。当然,他还没有能成熟到像王顺那样,但对战争的崇高意识在他的身上是根本的。于是:“他的那种年轻人的惊慌而甜蜜的幼稚心情,已经被激烈的战斗和对任务、对班长的严重的意识所抹去,似乎是在他心里一丝一毫也不存留了。他所不满足的仅仅是他没有能及时地掩护班长出险,此外在他的生活中就不再需要别的什么东西了,何况那个他从来也没有想到过的爱情”。这个负着重伤的年轻人,迫切地要求掩护班长出险,觉得只要能做到这个,就是最大的幸福,即使牺牲了生命也毫无遗憾——就是这样的崇高的战斗意识和阶级感情。

这就是这整个事件的过程,这就是青年战士王应洪的性格的成长过程。

这就是批评家们所斥责的“个人主义”和“龌龊的灵魂”。

我的批评家们在“左”的言词上兴奋了起来,抹煞了作品所描写的现实的根本内容,歪曲了王应洪的崇高的自我牺牲精神,并抹煞了这个牺牲精神在小说的内容上所表现的思想意义:牺牲个人,为全体人类的幸福而斗争。我的批评家们,把这个“可怜的王应洪”(宋之的)拖到他们的森严的法庭上来,用着得意的“左”的言词,对这个从普通人民的血肉感受走到了集体主义的战士加以尽情的辱骂和判决——就是这样的批评!

这样地抹煞和歪曲了小说的内容之后,我的批评家们,例如侯金镜同志,就用这样强制的口气来宣布他对作者的判决:

> 作者无论怎样描写王应洪的勇敢和自我牺牲,描写王应洪牺牲以后金圣姬的坚毅和自持,但是由于作者立脚在个人温情主义上,用大力来渲染个人和集体——爱情和纪律的矛盾,前者并且战胜后者的结果,无论如何也无法弥补金圣姬心灵上的创伤,无法改变在战争中丧失了个人幸福,而造成个人悲剧。……

好一个“无论怎样”“无论如何”!第一个“无论如何”,根据批评家对小说的歪曲,那意思应该是这样理解的,无论你怎样描写战士的英雄主义和金圣姬的坚强,我也要说你是宣传个人主义。无论怎样你也逃不出我的手掌心。这个“无论怎样”是不讲理的。这里又是简单的文字魔术,“无论怎样”,“但是”,于是又是“大力渲染”。试问,既然“大力渲染个人和集体的矛盾”,并且用个人来战胜集体,宣传个人利益至上,那么,这个“无论怎样”的勇敢和自我牺牲,坚毅和自持,又是哪里来的呢?按照侯金镜同志的“逻辑”,它们必然是“个人战胜集体”的结果,然而世界上竟然也有什么一种“个人战胜集体”的自我牺牲吗?

第二个“无论如何”,就更是奇特。“无论如何也无法弥补金圣姬心灵上的创伤,无法改变在战争中丧失个人幸福!”说得对。我只想补充一点:金圣姬的——就借用批评家的说法——“心灵的创伤”，是血腥的美帝国主义带给她的，她将长久地记得这个“创伤”——她将从这个痛苦里恢复过来，她将在往后的战斗道路上变得更乐观，更坚强，她将得到幸福的生活，但是，她却毫无疑问地会永远记着伟大的现实斗争所给她的这个教育。正是这“创伤”唤起她的“坚毅和自持”，即坚强的战斗意志，使她在往后的生活道路上，永远要怀着感激来记起今天的这个伟大斗争，以及她所经历的锻炼，而获得新的力量。批评家抹煞这个，却叹息着“个人幸福”“永远无法弥补”，这是什么意思呢？难道批评家以为金圣姬将永远记得的，不是神圣的斗争教育，而是“冰冷无情”的纪律使她失去了“个人幸福”吗？可是批评家的逻辑的奇特性还不能在这里，这逻辑的奇特性是在于：因为“个人战胜了集体”，纵然坚毅和自持，也“无法改变在战争中丧失了个人幸福”，因而作者宣传了“个人悲剧”。批评家同志，你是不是以为，战争必须流血牺牲，必须付出代价，许许多多的“个人幸福”，许许多多的家庭必然被毁，为了反抗侵略，人们必须在战争中经受锻炼，这个客观现实是可以改变的呢？血腥的帝国主义之所以必须反对，难道不正在于它毁灭了批评家以“左”的言词来轻蔑的千千万万人民的幸福吗？批评家同志，你是不是又以为，描写了这种牺牲，同情了这种牺牲，歌颂了通过这牺牲而前进的战斗意志，不仅不能达到必须更迫切地反对血腥的帝国主义的结论，反而是使人们感叹纪律无情，感叹个人幸福的丧失，于是使人们躲到个人幸福里去，因而宣扬了“个人主义”呢？那么，你是不是以为，必须排斥对这种牺牲的同情以及因这而来的对敌仇恨，才算是“立脚”在集体主义上面，只要这样一来，在战争中说什么“个人”幸福也不会丧失，什么代价也不需付出？而如果竟然付出了牺牲，就变成了“个人战胜集体”，就变成了“不能不是阴暗”的“悲剧”？这样来理解现实斗争，“悲观主义”究竟是谁呢？是作品中的人物和作者呢，还是批评家自己？

批评家的这种强词夺理的逻辑后面，是存在着一个基本观点的：对人民的愿望和仇恨、痛苦和牺牲的同情，“无论怎样”，“无论如何”，都是“个人主义”。

我的批评家们在对我的这篇小说的批评里，都贯穿着这个共同的基本观点。按照他们的观点，金圣姬的爱情这一感情，战士们对这个感情所反映的人民的愿望的同情，以及战士们和家乡、亲人的感情联系等等，统统都是“个人主义”、“个人意识”、“渺小的个人幸福的憧憬”、“决不能成为集体主义和爱国主义的出发点”。侯金镜同志并且接着说：“否则小生产者就用不着经过经济上思想上的改造了。”这是题外的话，然而，这是对于总路线，对于“小生产者”的社会主义改造的怎样的一种理解呢？我想，正如党的总路线所指示的，小农经济的落后性，以及由这而来的农民思想上的保守性和个人意识，是需要逐步地加以改造的。然而，既要改造，如果农民在小农经济下面所切身经历的痛苦，以及农民的作为劳动者的感情；统统都被“左”的言词说成了“个人意识”，不能作为接受工人阶级领导的“出发点”，出发点又到底在哪里呢？排斥了这个，工农联盟作为基础的意义又在哪里呢？

这是题外的话。我们这里所说的是对敌斗争中的人们和家乡的感情联系。但我的批评家的理论却是建立在这种理解之上的，所以这里顺便说一说。而且，从这里也可以看出，我的批评家是怎样地喜欢滥用——因而是歪曲——政治上的结论。

我的批评家们的基本观点是：集体主义和爱国主义的内容是和战士们和家乡、亲人的感情联系对立着的。按照他们的观点，描写了战士对于和祖国的斗争现实结合着的家乡、亲人的感情，就是描写了个人和集体的对立，就是宣扬个人主义。

一个众所周知的真理：在个人生活和集体利益发生矛盾的时候，拒绝服从集体，就是个人主义。但这个真理却在我的批评家们这里被简单地歪曲成了：凡是个人生活的，都是个人主义的。

一个众所周知的真理：如果不抱定牺牲个人的决心，就不能成为一个革命战士。但这个真理却在我的批评家们这里被简单地歪曲成了：凡是和家乡、亲人有着感情联系的，就不是革命战士，就是个人主义者。

一般地说，牺牲这一切——家庭、亲人、爱情、以至于生命——并不等于说这一切没有价值，对这一切没有感情。人们付出牺牲，正是为了保卫这一切——首先保卫和这一切血肉关联的事物：人民、集体、祖国。正因为这一切是可贵的，所以这牺牲才是崇高的。为了保卫这可贵的一切不受敌人蹂躏，为了保卫这个正是有着自己的亲人、爱情、生命在内的祖国，为了保卫这个给了人们以幸福生活和光明希望的祖国，人们走向战场。人们的家庭和爱情，当然是属于个人的，但就其对整体的关系而言，它又是整体的不可分割的一部分。人们正是因为了解到这一点，才能为整体的利益而奋斗，产生集体主义的感情。在敌人面前，在祖国受到了威胁的时候，个人的命运和祖国的命运更是不可分割了——何况这是解放了的中国和解放了的中国的劳动人民？这样，人们从事着战斗，更爱自己的家乡和亲人，正是更爱祖国；更爱祖国，正是更爱自己的家乡和亲人。“抗美援朝、保家卫国”这个神圣的口号难道不正是包括了这个内容么？

然而我的批评家们的观点却是：家乡、亲人，是属于个人的，对这种“个人”的事物抱着感情——不论是什么性质的感情——就和集体矛盾，就是个人主义。就是这样的教条主义。

一个战士走向战场，他不正是保卫他的母亲么？在敌人面前，他的母亲和他的祖国难道可以分得开来么？然而，在我的批评家看来，说保卫母亲，这是“个人动机”，“个人意识”。当然，说保卫自己的妻子儿女，那更是“个人私情”了。

一个刚从普通人民来的新战士，他一般地是通过着自己的生活实感而感受着敌我的界限的，他一般地正是从自己的血肉感受的基础上接受革命的教育，向阶级事业的伟大理想前进的。而一个久经锻炼的老战士，他则是已经从这纯朴的感受上前进了，由于革命组织和革命斗争的多年的教育，他的对于阶级事业的感情已经不是新战士的那种理想的追求状态，而是成为他的血肉了。他的整个的心灵感受着革命事业的远大目标。这是和新战士有区别的。但是很显然，这决不等于说，他不曾从生活的血肉感受的基础上接受革命的领导和教育而走向远大的目标，他的对阶级事业的感情没有血肉的感受作基础，因而他和人民的生活感情找不到血肉的联系。不可能设想，我们的战士牺牲了自己的一切，原来是因为他们对自己的生活根本毫无感情。更不可能设想，当人们保卫祖国的时候，不对家乡和亲人抱着更深刻的感情，建立在集体主义爱国主义基础上的崇高感情。——然而批评家们却把这种感情和拒绝牺牲个人的狭小的感情混为一谈了。人们在战争中流血牺牲、忍受痛苦、承担考验，原是因为人们热爱生活。人们通过了战争的锻炼和考验，走向集体主义的远大目标，其结果并不能是在思想上来否定生活里的事物，而是在更高的思想感情上来看待这些，对这些抱着更宽阔更深刻的感情和理解，更明白生活的意义和价值。然而我的批评家们的基本观点却是：集体主义是排斥这一切的。我的批评家们把现实简单化了，他们片面地认为，既然战争要求人们牺牲个人生活，那么这个人生活和集体就是根本矛盾的；他们抹煞了，正是因为人们在牺牲着个人生活，这个人生活才能更深刻地被统一在集体主义里面，人们也才能对它抱着更宽阔更高的感情。

我的批评家们从教条主义出发，把集体主义变成了虚无主义。

这就是我的批评家们的观点的实质。

从现实来看，问题又如何呢？

在现实当中，在保家卫国的战斗中，成千成万的祖国的青年响应号召走上前线，人们和家乡的感情联系正就是和祖国的感情联系。人们想到家乡和自己的生活，首先想到的就是旧社会所受的苦，今天和未来的光明——祖国的现实的根本内容。为什么而战？为了不再像过去那样受苦，为了今天的光明。通过切身的遭遇，人们想到千千万万仍然在受苦的其他的人民，通过切身的遭遇，人们宝贵新的生活，感到祖国伟大。这当然是一种朴素的状态，但这却是人们从事伟大战斗的出发点，政治工作止是以这为基础，阶级觉悟止是从这个出发点上提高的。这种切身的遭遇，这个广大人民在苦难中争取解放，在解放后追求光辉的幸福生活的现实，恰恰正是“集体主义和爱国主义的出发点”。

如果劳动人民从旧社会残酷压迫下获得解放，感激新生活，热爱呈显了新气象的家乡，都是“个人意识”，都必须排斥在爱国主义的内容之外，这爱国主义到底成了什么？难道必须克服掉对家乡的热爱，割断和祖国的根本的血肉联系，六亲不认，这才能有爱国主义么?

我的小说里也正是写了这一点:人们的命运和祖国的命运的一致;人们和祖国的血肉联系;以及从这里出发,人们走向集体主义的远大目标。关于王应洪:“他的母亲是很爱他的,他小的时候,看见他生病咽不下和着糠和榆树叶子的窝窝头,母亲就偷偷地哭。……在他参军的时候母亲流下了眼泪又微笑,说:‘我这儿子没有叫国民党土匪打死,今天怎能不乐意他去哇!’”——两个时代的对照。对过去的仇恨和对新的国家的感情。广大人民的爱国主义的朴素的,但却是根本的内容。关于王顺:他想到他女儿最近上学了,“他清楚地看见,认得一百二十一个字的小姑娘在他耕种过的田地边上跑过,还背着一个书包,——这个他在中间度过了将近二十年的受苦的日子的家乡,这个生了他、养育了他,用地主的皮鞭迎面地抽击过他的家乡,从来没有这么亲爱过!”——两个时代的对照。从前地主用皮鞭抽他,现在家乡这么可爱,他在保卫朝鲜人民的同时也保卫着它。于是他“更深、更鲜明地感觉到了他所从事的战斗的伟大的意义”——集体主义和英雄主义的感情。在小说《战士的心》里,战士吕得玉:“他被国民党军队抓着离开家的时候,两岁的女儿抱着他哭喊,叫板凳绊着跌倒在地上……在崔善姬和她的祖母(朝鲜人民)被炸死后,他默默地把自己的一辈子想了两天,觉得自己是够终生做一个人民战士,奋斗到底的,于是提出了入党的申请。”——从切身的遭遇感到自己的命运和人民的命运一致,因而前进到高度的集体主义的感情。在小说《你的永远忠实的同志》里,关于班长朱德福:这个多年来从来不提到他的家庭的老战士接到了他的在旧社会里饱受摧残的儿子的来信,儿子在信里说:“爸爸同志:你是抗美援朝的功臣。”——战士的家属对于战场上的人们的带着强烈的爱国主义感情的尊敬。于是朱德福觉得:“在经历了多年的残酷的战争,知道了世界上的许多事情,知道了朝鲜人民的痛苦,懂得了对敌人的极大的仇恨之后,他是会更深地爱他们的。”——在爱国主义国际主义的精神里,更热爱生活。于是他请张长仁替他写信给儿子,他说:“那不算啦,卖那个老干啥?就说,这三等功不算啥,爸爸要帮助解放朝鲜人民,保护朝鲜孩子,保卫世界和平,完啦回来见你,就这!——告诉他,爸爸在入朝的时候,在公路上抱过一个朝鲜孩子,没吃的,孩子哭,爸爸也流过服泪,行啦!”——在集体主义英雄主义的感情上来看待自己的生活,并以此教育亲人。

我想这点摘引就可以说明问题了。这里描写的是这样的战士,他的命运和祖国的命运一致,他的对家乡、亲人的感情正就是对祖国的感情,他从自己过去所受的苦感到朝鲜人民今天所受的苦,他在斗争的教育下产生着崇高的集体主义感情,他保卫世界和平,决心为革命奋斗到底。

为什么我的批评家们要污蔑这一切呢?

侯金镜同志说:“热爱一条小河……并不一定就是爱国主义,只有把这一切和‘团体的利益’发生紧密的、不可分割的联系,它们才能发出爱国主义的光辉……但是路翎的作品却不是这样,他抽去了集体主义和阶级觉悟的巨大力量,而代之以渺小的甚至庸俗的个人幸福的憧憬,并且把它当做人民军队的战斗力量的源泉,可以说路翎的这几篇作品是宣传个人主义的有害的作品。”

这种批评是怎么一回事呢?

我以为,第一,批评家的这段话里的论点,是用来掩饰他的实际上的基本论点的:和家乡的感情联系就是“个人主义”,“不能成为爱国主义的出发点”。

要不就是,第二,如果这段话里的论点是批评家的真正的认识,那么批评家在这里就是对我的小说作了武断的臆造。上面举的例子一眼就可以看明白:我到底是不是描写了人们和集体的不可分割的联系,是不是写了集体主义和阶级觉悟的力量,然而,批评家把这“抽去了”,“代之以个人的庸俗的憧憬”。批评家公然把这“抽去了”,却说是作者抽去了,因而作者“宣传个人主义”。那么,到底是怎么一回事呢?是批评家在“左”的言词下过于兴奋,因而搞错了呢?还是批评家在这里臆造出这种结论来以蛊惑人心呢?

如果是臆造,那就是弄清事实的问题,如果不是臆造,那么,十分明显,我的批评家们自己正是把“正义的战争和每一个成员的幸福对立起来”(侯金镜)的。按照他们的在具体分析里所应用的逻辑,正义的战争就不包括每一个成员的幸福和希望,因而就不能激发人们对生活的更深刻的感情。按照他们的逻辑,人们对家乡的感情等于是一种要开小差从战场上逃跑的感情。他们否定了战士对祖国的最根本的感情,却又说:“祖国现实生活的日新月异的面貌……把每一个人,每一个家庭的命运和祖国建设更紧密地联结起来”(侯金镜)。——既然紧密地联结起来了,那么战士对他的家乡的日益幸福的生活的感情为什么又是个人主义呢?但这里的问题是,既然战士和祖国的最根本的联系都被否定了,既然把人民过去受苦,今天获得幸福的这个祖国建设的根本的现实基础都作为和集体矛盾的“渺小的个人憧憬”否定了,哪里又能有什么“紧密地联结起来”呢?

顺便说一下,在侯金镜同志的批评文章里,摘引我的小说里的字句的时候,所有的和被摘引的句子联结着的例如“毛主席的笑容”、“想到毛主席”等字句都是被删去的。十分显然,批评家不希望读者知道,我的小说中的人物是对毛主席抱着神圣的感情的,批评家只希望读者到处都看到我的小说里的“个人主义”。然而批评家同志,你是不是认为,在战士的心灵里,对毛主席的感情是不能和对家乡、亲人的感情联系起来的呢?批评家荒草同志正是确凿地回答了这个问题的,荒草同志说,作者把毛主席和战士的、人民的生活并列起来,“正是作者对个人主义的爱情的用力歌颂”。批评家们就是用这种方法来进行他们的批评的。

或许我的批评家们指的是现实中的和这根本不同的另一种情况:在战争里恐惧,发生“右倾保命”情绪,“想家”。——可是这和上面所例(列)举的内容有什么关系呢?

在小说《战士的心》里,新战士张福林初上战场,害怕,不够坚决勇敢,那根源就是在内心里面有着某些个人顾忌。作者描写了,他经过炮火,看到了别人的英雄行为,于是觉得羞耻,克服了他的顾忌。可是侯金镜同志却认为作者是歌颂这种个人顾忌,把它“当做推动人们前进的力量”的。而且他还把这种个人顾忌和前面所例(列)举的战士和家乡、亲人的感情联系等同起来,用来作为他的批评的例证。这种批评,到底是由于过分性急,连作品都不曾仔细看一看,还是由于别的什么原因呢?但总之,我的批评家们认为一切战士,只要家乡、亲人的形象在他的感情里一出现,不论那是怎么出现法,出现的是什么一个内容,都是卑鄙的个人主义,要开小差的证明。像这样,我的批评家们是怎样理解现实,以及许许多多以战争生活为题材的现实主义作品的呢?例如,对苏联展览馆里的那一幅激动人心的油画,波·米·聂门斯基的《怀念那些遥远的亲近的人们》——一群红军战士在灯光下看着妻子和小孩的照片,批评家要怎么说?我们的报纸杂志上在宣传当了模范的志愿军未婚妻,也有这样的剧本上演,批评家们是否也认为这是宣传个人主义呢?

在全国人民代表大会上,郝建秀发言说:“回想解放前,我们工人被人到处瞧不起……我小的时候拾煤渣,人家叫我‘小黑鬼’。为了生活,我几乎跑遍青岛所有的纺织厂,人家都不要我。现在……我亲身体验到作为中华人民共和国的劳动人民是多么幸福。我因此更加爱我们祖国。”

这是否也是“个人幸福或痛苦的体验”、“渺小的甚至庸俗的个人幸福的憧憬”、“个人意识”、“决不能成为集体主义和爱国主义的出发点”?

简单地说,我的几篇小说,关于我们的战士,是想要说出这样的话来:我们的英雄战士是有血有肉的人,他们对生活、对人民抱有深刻的感情;正因为抱有这样的感情,他们才能如此热爱人民,同情遭受侵略的朝鲜人民的苦难和希望,走上为和平而战的庄严道路,在革命组织的领导下,在革命斗争的教育下不断提高他们的集体主义、英雄主义精神。我们的英雄战士牺牲了自己的一切,并非因为他们不爱这一切,但他们在斗争中是以更宽阔的感情来看待这一切的;流血牺牲并不是轻而易举的,并不是不痛苦的;但在革命组织的领导下,在革命斗争的教育下,人们在战场上克服着痛苦,承担着考验,战胜了敌人,夺取了祖国的幸福生活、这流血牺牲就变成了崇高的幸福感情。因此,我们这些生活在和平建设中的人们,应该比先前更懂得和平建设的生活的可宝贵。我又想说出这样的话来:我们的英雄战士从我们的人民中来，他们从自己的切身的遭遇感到祖国的伟大，在革命组织的领导下，接受了革命斗争的教育，克服痛苦，承担考验，百炼成钢；他们是我们的同志、兄弟、亲人，他们是以血肉之躯承担了战争的考验的，因此，他们所做到的一切，都是我们这些同样生活在党的领导和教育下的人们可以，而且应该学习着做到的。我自己，是在我们的战士们面前受到了这种教育的，我想，读者同志们倘若同意我的小说里的某些内容，当也是感到了这一点的。

我想，我的批评家们所不同意，所责备的，也正是这一点。我的批评家们，由于他们对现实和对文学创作的教育作用的教条主义的理解，不愿作者说出以上的这些话来。我的批评家们以为这些不应该让我们的读者知道，他们以为，倘若说一个战士原是爱着他所牺牲的那一切的，因为认识到伟大的阶级事业他才能决然牺牲这一切，因此，他在战争中是对生活是抱有更深刻的感情的，那就是资产阶级思想，就是歪曲英雄形象，并且如果说流血牺牲并不是不痛苦的，要成为一个革命战士必须战胜痛苦，就会吓退读者。不是么，他们斥责作者是"宣传悲观主义"。他们实在也并不是不知道这些，但他们却希望交给读者以一种一喊口号一说道理就得来的胜利，或者，他们即使承认战争是有痛苦需要克服，也顶多承认那是自然环境和战争的物质条件所造成的痛苦，而不承认这中间的人们的思想感情里的斗争及考验的过程——要成为一个革命战士就必须通过的血肉的锻炼过程，他们以为这才是"乐观主义"或"社会主义现实主义"。这，实质上当然正是一种"无冲突论"。他们不乐意让读者知道，我们的战士原是普通人民——原是我们大家的兄弟、亲人，战士们在革命斗争的教育下所做到和达到的我们也可以而且应该学习着达到和做到；他们不乐意让读者了解，流血牺牲固然痛苦，但战士们既然在革命斗争的教育下以血肉之躯承受了战争考验，战胜了痛苦，我们也可以而且应该学习。正因为他们觉得说战争里的人们是在承受和克服痛苦就是歪曲英雄，所以他们觉得战场上的英雄行为绝非我们大家所能学习，他们觉得战士的英雄感情不是在克服痛苦、承担考验、战胜困难的斗争过程里成长起来的，而是天生的，因而不是普通人民的感情所能理解的。

批评家们站在这种脱离现实的主观主义的"高处"，就审判了我所描写的战士们，宣称他们是"个人主义"和"龌龊的灵魂"。我的批评家们对现实斗争难道抱的是正视现实的斗争精神而不是错误的回避现实的态度么？我的批评家们对现实斗争中的战士难道抱的是集体主义精神而不是高高在上的横暴的态度么？

这还是指的这种批评的理论所直接达到的结果而言，事实上，由于批评家们的横暴的态度，这种批评已经达到了毫无道理可言的程度。这里举一个简单的例子。

在我的小说《你的永远忠实的同志》里，描写着，班长朱德福负伤到医院后"心里非常乱，迷迷糊糊地吵着要回部队去"。"朝鲜医院的女同志们给他输了大量的血才救活他”。“他发现他的周围全是妇女们,她们给他输血,他难过起来了,而那个朝鲜女医生……告诉他,她的丈夫是人民军战士,去年就牺牲了。从这时起他就变得安静,无论做什么事都要看看女医生的脸。……”

战士负伤后因不能再战斗而觉得痛苦,朝鲜女同志们的国际主义精神和朝鲜人民的苦难所给他的教育帮助他克服了这种痛苦,这简单明了的内容是不需要什么分析的。但是荒草同志却这样地向读者歪曲和捏造了这个内容:

当他知道朝鲜女医生也是因为战争而失去夫妻之爱的牺牲者,知道她是一个需要夫妻之爱的人,他才安静下来,从她那里获得了“精力”;当他因为女医生的夫妻之爱而想到了“新的生活”……

作者明明白白地说的是国际主义精神和人民的苦难,简单明了到了仅仅是没有直接说出这些词句来,因而,要说这是批评家误解了这个内容,那是没有可能的;要说批评家的教条主义太严重,除非作者直接说出“国际主义精神”等等来,他就不能理解作品理解现实,那也是没有可能的。然而批评家却一连来了三个“夫妻之爱”!

从教条主义出发的对我的小说的曲解,沿用着侯金镜同志的“抽去了”的办法,在荒草同志这里,已经发展到了狂暴的捏造罪名的程度了。

批评家这么做,目的何在呢?

我想,也可以看看苏联文学里关于这一切写过一些什么,来作为我们的参考。我想,苏联人民虽然和我国人民有着风俗习惯各方面的差异,但人民的感情的性质却不可能有根本差异的。

在西蒙诺夫的《日日夜夜》里,女主人公安娘在炮火中渡过伏尔加河的时候说:“你知道我多大年纪?十八岁……我连什么也没有见过,什么也没有见过。我梦想学习——也没学习过。梦想去莫斯科,到各地去——哪里也没去过。我又梦想……梦想爱个男人,嫁个丈夫——连这也没有做到。所以我有时害怕,非常害怕,害怕忽然间一切都不会有了。我一旦死去,就什么也不会有了。”

批评家们怎么看法?这是多么的“个人主义”,多么浓厚的“个人意识”、“个人动机”、“渺小的个人幸福”!这是多么的“对正义的战争的悲观情绪和待死心情”(荒草)呀!然而,加里宁却赞扬过这个描写,说它表现了战争中的人们的“常情和心绪”。这种心情恰好表现了人们深刻地知道他们在保卫什么。在小说《日日夜夜》里,大家知道,安娘和沙布洛夫的爱情从这里开始,构成了小说的主要情节,而这个安娘,在小说里是一个英雄的妇女形象。

就在发表了宋之的同志的文章《错在哪里?》的同一期《解放军文艺》上,有一篇苏联短篇小说,叫做《战士与将军》。一个战士买了一个玩具藏在背包里,预备将来带给他的儿子。连长发现了,命令他扔掉。“命令就是法律”,这战士不满意这连长,很痛苦，不知如何是好。师长来了，注意到这件事，让他把玩具留下了。战士于是感谢将军，觉得将军是懂得战士的感情的。以后战士就在炮火下救了将军。而将军让战士留着玩具，是因为自己也有个儿子，对这很同情。战士负伤后，将军来看他，带来了一把玩具小马刀，并且说："我也有像你的小孩那么大的孩子，我给他买了一把小马刀，可是我不知道什么时候能回去，所以就把这小马刀带给你的儿子吧！……"

批评家们怎么看法？这是多么"庸俗"，"个人温情主义"，"以父子之爱的个人主义代替集体主义"（荒草）呀！然而，很有意思的是，这小说刊载在发表了宋之的同志的批评的同一期刊物上，好像是专门为了反对宋之的同志的理论而刊载出来的。

在卡萨凯维奇的著名的中篇小说《星》里，描写了老军人的情绪：

> 派人去干危险的工作，在谢比钦科上校本是家常便饭，今天他却有点怜惜这位特拉夫金了。他情不自禁地想说几句通常当一个父亲或母亲派儿子去干一件危险工作所说的话。……

在我的小说里，描写了班长王顺对新战士的同情，受到了各种指摘。我的批评家们是否以为这里的这位上校的情绪也是"个人温情主义"？

在《星》里面，又写着：

> 谢比钦科上校怀着一种保护人的温柔态度对待女性。在他的心坎里，他认为妇女不适宜作战，但他并不因此就蔑视她们，像许多别人那样，倒是用一种深知作战艰苦的老兵的怜爱去同情她们。

在我的小说里，描写了班长王顺的保护妇女儿童的情绪和老兵的自豪情绪，他"怜惜"金圣姬"不懂得战争"，受到了批评家们的各种指摘。这种军人对待妇女的情绪到底是"个人温情主义"么？

在《星》这本小说里，描写了女报务员卡佳爱上了英雄的侦察员特拉夫金。特拉夫金拒绝和冷淡了她的爱情。他和侦察员们到敌后去了。女报务员和他在报话机上联系，在通话中间也暗示这爱情。"'我们热烈地拥抱你。……你了解我的意思吗？你怎么了解的？'——'我了解你的意思。'特拉夫金回答。""特拉夫金在无线电中对她那最后几句话的答复是什么意思呢？他所说的'我了解你的意思'，只是一句平平常常的答话，……还是包含着某种神秘的意义？这个念头比其他一切念头更使她激动。她觉得，被致命的危险包围之后，他变得比较柔和些，比较通达普通人情了。他在无线电里的最后的话便是这种转变的结果。……"这就是说，她觉得他是终于接受她的爱情了。然而英雄的侦察员们不可能回来了。无线电沉默着。这姑娘就坐在那里，一直到反击的炮声响了，大家都不等待并且忙别的事去了，她还坐在那里等待，并呼号着侦察员们的代号："星！星！星！"

这表现了什么呢？英雄的侦察员们舍弃了爱情而投入战争，献出生命，在小说的结尾，这爱情还在那里等待着。小说对这一爱情的命运表示了无限同情。我的批评家们是不是也要用他们的“逻辑”判决判决呢？

十分明显，对祖国和人民的命运抱着感情的人们，是会看出来，在战争里人们牺牲了极为宝贵的一切，这种牺牲是应该唤起人们对侵略者的痛恨和对生活的热爱的。这小说的形象难道不正是对于人们的爱情的深刻的表现吗？难道那个失望的爱情不会达到反对法西斯侵略，反而会达到不要抵抗侵略，大家赶快回去恋爱的结论吗？然而我的批评家们正是达到了这种结论的。按照我的批评家们的观点和“逻辑”，女报务员坐在那里，是在反对人们进行卫国战争，是卫国战争使她不能达到恋爱的目的：多么卑鄙的个人利益！

小说的结尾，在“远方的大炮雷鸣声中”，牺牲了的特拉夫金的母亲来信了，母亲在信里说：她已经找到了他的笔记本……将来他进学校会非常有用；她很喜欢他热爱科学，她找到了一些旧图样，她和某某姑母把它们嘲笑了一番……母亲强烈地渴望和平并期待儿子归来，然而就在此刻儿子已经牺牲了。这一反映了人民的和平要求、并表示了对侵略战争的痛恨的形象，在认为“牺牲不能不阴暗”的批评家看来，会得出什么结论？

特拉夫金的战友在看到这封信时哭了：“战争快点结束才好！……不，我没有疲倦，我不是说我疲倦了……”

这痛恨侵略战争，渴望和平的声音，在我的批评家们这里，会得到怎样的毁灭性的罪名呢？这岂不是会被很简单地说成“反对卫国战争”吗？

在我的小说《战士的心》里，战士廖卫江在战斗中心里“闪过了毛主席的笑容，闪过了生活里的许多亲切的、熟悉的感情……”一再地受到了指摘，叫做“个人幸福和个人痛苦的回忆”，“个人主义”。请看一看《普通一兵》吧。马特洛索夫卧倒在敌人火力点跟前，“现在随便一粒子弹都能打倒他”。

> 许多清楚的和迅疾的念头，像闪光一样飘了过去，这些念头都是和他的充满不安，然而是幸福意味的生活有关的。他想起了故事中的话：田野里的罂粟花为什么开；想起当他和林娜站在土岗上……想起了领袖的训言……想起……许多城市和乡村在盼望着……于是……一种不能克制的力量充满了筋肉。恐怖没有了。

这就是我们英雄的典范，马特洛索夫的心理过程。按照批评家们的见解，这是“干脆在冲锋……的时候，给每一个人都塞进一段冗长的回忆”（侯金镜）。而且，在马特洛索夫这里，既然“这些念头都是和他的……生活有关的”，那当然是“个人意识”，从“个人意识”里“产生了战斗的力量”；从“个人意识”出发来战胜恐怖！按照我的批评家的观点和逻辑，这一切是不是应该这样解释？

大家知道，苏联文学里这一类的例子是不胜例（列）举的。我的批评家们是如何理解这一切的呢？是不是对这一切也要加以斥骂呢？

我的批评家们对于我的几篇小说的内容的理解是错误的。我的批评家们从事先做好的结论出发，把作品按照这种结论的要求倒装上去，有的就干脆从捏造出发。我的批评家们的态度是十分粗暴的。

这里简单地举一点例子。

宋之的同志认为，战士王应洪在负伤后因没有能及时地掩护班长出险而痛苦，抱定决心要掩护这个教育了他、带领了他、信任他、热爱他的班长，终于因掩护班长而牺牲，是一种“宿命的个人主义”。宋之的同志的逻辑是这样的：“为什么一定要死呢？表面的原因是要掩护班长出险。内在的心理因素是因为他很痛苦。……为什么这样痛苦呢？据作者的描写，是因为他‘难过极了，意识到自己拖累了班长。……”从这里宋之的同志就达到了“宿命的个人主义”的结论。

搞了半天，“表面的原因”是我要掩护班长，“内在的心理因素”是因为我很痛苦，人们都期待这个逻辑找出什么新鲜的“个人主义”来，可是——为什么要痛苦呢？因为我没有能及时掩护班长。那么，“表面的原因”和“内在的心理因素”有什么不一样的地方呢？绕了半天，想找出一个“个人主义”来，原来“据作者描写”想要掩护班长，据批评家说就是“个人主义”。就是这样的“宿命主义”的逻辑。

宋之的同志认为，班长王顺“甘愿承担战争里的一切残酷的痛苦”来使人民获得幸福的心情是“个人背十字架的美丽幻想”。原来在宋之的同志看来，志愿军战士牺牲自己为人民谋幸福的心情竟是这样的！宋之的同志作出这种判决来的目的何在呢？是不是以为志愿军战士不应该有自我牺牲的精神，有了这种精神就等于“美丽的幻想”的基督徒呢？

宋之的同志认为，当王应洪在敌后的危险中提出由自己掩护班长出险的要求时，班长王顺为了防备敌人听见说话的声音，掩住了王应洪的嘴巴，这一内容，是“说句笑话……倒像是袭人在脉脉含情时，掩住了宝玉的嘴巴似的”。

大家都可以看得出来，这“说句笑话”是对流血斗争的现实和崇高的阶级感情抱着怎样轻薄的心，作了怎样的污蔑。

宋之的同志喊叫着：“可怜的王应洪，可怜的作者，可怜的读者呀！”

大家知道，在我们的革命事业里，批评是为了以同志的精神帮助别人——宋之的同志的这种作风难道和这种精神有丝毫共通之处么？读者对我的小说有某些同感，虽然宋之的同志以为他们这是错了，但也应该用分析去说服他们的，为什么为了嘲笑作者，就对读者也一律加以轻浮的嘲笑呢？

在小说《你的永远忠实的同志》里，作者描写了，全班在战前因不安心干炮兵工作这个问题而不团结，展开着思想斗争，开过会之后，问题仍未彻底解决，于是班长朱德福激动地批评了性情浮躁、看不起炮兵工作的赵喜山，并在这个问题上作了自我批评。侯金镜同志说："作者把小资产阶级人与人之间的相互关系硬塞到……人民军队里去了。"侯金镜同志是不是以为，在革命队伍中只有在开会的时候才能有批评与自我批评，而日常生活中的批评与自我批评就是"小资产阶级集团的人与人的关系"呢？刘少奇同志在《关于中华人民共和国宪法草案的报告》里指出："在一切国家机关的会议上和日常活动中，都要充分地发扬批评与自我批评。"显然的，侯金镜同志为了否定我的小说，也就粗暴地抹煞现实和违反原则。

批评家荒草同志对作品进行了许许多多的歪曲和捏造，我在前面已举出过一点例子。这样的例子在他的文章里是很多的，但仍然有一些是必须指出的。

在小说《你的永远忠实的同志》里，班长朱德福负伤后请炮手张长仁替他写家信，有这么一段话：

> "好！"他说，看了张长仁一眼……"后面加上一笔，说你看到我了，不必告诉他我残废了……告诉他也行。"他说，眼睛里闪耀着一点微笑，"你说，上级将来要分配我新的工作。"

荒草同志是这样来对读者"介绍"这几句话的内容的："他要张长仁预先扯个谎'安慰'他儿子，说是，'将来上级要分配我新的工作'。……"

"安慰"两个字打上了括弧，好像是作者的原文。作者在什么地方写了这个"要张长仁预先扯个谎安慰他儿子将来上级要分配他工作"的呢？荒草同志的意思显然是，朱德福认为，也就是作者认为，上级是不会分配负伤的战士新的工作的，不过需要骗一骗军人家属而已。然而，大家都知道，我们的国家对负伤的战士是无微不至地照顾着的，小说的这一点内容也正是反映了这个。荒草同志的这种捏造目的何在呢？

同一小说里，朱德福负伤后"他自己深知道这一点，他不能脱离部队，脱离战斗而生活。躺到病床上去他要寂寞……他觉得他还没有完成任务，而在一个老军人看来，完成任务就是永远战斗。"

荒草同志说：朱德福负伤后"十分悲观，软弱……'怕躺在病床上去寂寞'……"

是小说里的这几句话写得不明白，批评家看不清楚吗？然而批评家就是这样找出了作者的"悲观主义"来的。但是，这却是对这个老战士的终身献身革命部队的志愿作了怎样的污蔑！

同一小说里写着，班长朱德福在最初因为留恋步兵，不熟悉炮兵技术，不安心。新调来的他的老部下赵喜山也不尊重炮兵，班里不团结。全班的骨干，一心一意的老炮手对这些有意见，于是展开了思想斗争。为了战斗任务，即最高的集体利益，进行着思想斗争。

荒草同志说："张长仁曾经反对过朱德福对赵喜山的毫无原则的过分迁就和溺爱，双方甚至因此闹了许多勾（钩）心斗角的纠纷，这原因实际是，一则他不了解朱德福之姑息、纵容赵喜山，是由于他十年来缺少夫妻、父子之爱，内心痛苦，情绪悲观；二则朱德福……赵喜山不了解张长仁也是一个缺少圆满的男女爱情而需要'温暖'的人。"

"勾（钩）心斗角"、"夫妻之爱"、"父子之爱"、"情绪悲观"、"男女爱情"……

这小说是在《解放军文艺》一九五四年二月号上发表了的，许多读者大约也看过。批评家的这种公然捏造的目的何在？

侯金镜同志在摘引了小说的几句话之后就说："似乎纪律不能成为大家自觉遵守的"，通过这个"似乎"，马上就说："攻击了工人阶级集体主义"。宋之的同志说："仿佛金圣姬的不幸……是由于中国军队的纪律"，通过了几个"仿佛"，就宣布作者"非难纪律的专制无情"。当然，看来最初是有点犹豫的，因为金圣姬的"不幸"，到底不能是由于军队的纪律，这大家都是明白的；但立刻就变得坚决而森严了。当然，比起荒草同志的这种直接的捏造来，这又似乎好一点，中间还有一点"逻辑"的过程。

根据着这些"逻辑"，这些武断，这些捏造，批评家们下了什么样的一些结论呢？

除了已经引用过的那些结论以外，这里我想提出两个结论。

一、宋之的同志在经过了几个"仿佛"之后就认为作者的立场是："如果不需要对美帝国主义的侵略进行反击"，一切就会很好了。

这是想向读者控告，作者是反对抗美援朝战争的。侯金镜同志说作者是"苦心经营"，宋之的同志说作者"巧妙而顽强"，这就是说，这反对抗美援朝而且是有意识的。

二、荒草同志说：作者在"歌颂一种对祖国和人民事业的反抗情绪"。

这是在指控反抗祖国，反抗人民的罪行。

把这种罪名拿来加在作者的头上的目的是什么？

这是要使作者什么话也说不出来的。但我仍然要说一说，是因为我相信党和党所领导的革命事业，我也相信我自己是在为了革命事业而工作，我想我们的文艺界的前辈们，我们的作家同志们，我们的读者同志们都会感到，这里已不是我个人的作品遭到污蔑，以及我个人的遭遇的问题——我不能理解，批评家们的目的到底何在——这里已经是对文学事业的严重威胁，对革命事业的损害。

批评家们的横暴是有原因的。

刘金同志的批评文章里的话就可以说明这个。他说，有的同学为路翎不平，写了文章替路翎辩护，投寄到文艺刊物去了，刘金同志说："只是可惜我至今没有见到那篇论文。"但刘金同志的那篇小文章却大家都看见了，他说，我的这篇作品发表了之后，"有人捧场，有人赞美，甚至有人专函祝贺"。他说这是"大量的未经改造的小资产阶级知识分子"。他说，对侯金镜同志的文章有人不同意，那是"小资产阶级的……不满和叫喊，本质上就是这么一回事。"——显然，有的读者对这几篇小说存在着不同的意见，就是批评家们的横暴的原因之一。在这种气势下，非常直接了当，凡是赞同过我的作品的，都是"未经改造的小资产阶级"，凡是不同意批评家们的意见的，都是"小资产阶级的叫喊"。刘金同志的话是有恐吓读者的性质的。这里我顺便声明一下，我接到过一些读者同志们，主要是部队读者同志们的诚恳的来信，但批评家们所指控的这些罪名与读者同志们无关，因为他们并不是来响应批评家们所指控的罪名的，他们是相信着从我的作品里所感到的正面的东西的。我没有接到过专函祝贺的来信。刘金同志用这种"深知内幕"的口气来吓唬读者，是不正当的。

由于这种横暴的气势，我的批评家们就充满了"左"的激情，他们在作品的任何词句，任何形容词里都可以找出"资产阶级"以至"反抗祖国"的罪名来。这种批评的危害性是很显然的，它严重地摧残着文学创作的生机。在这种批评面前，文学作品非放弃它的以丰富的生活形象来教育人的职能不可，非放弃它的文学的语言，表现内容的多样的风格不可，文学作品里的人物也不能按照他们的性格和具体感情来说话和思想，而非要说大家都说过的，报纸上在说着的话不可。

我的批评家们是以"立法者"的姿态来说话的。

> 等级观念、畏惧上级的现象在批评界里还相当普遍地流行着。……人们常常把……批评看做是"上级指示"的反映，某些文学戏剧界"内行人士"，正是用这种所谓受到"指示"的影响，来解释批评家对某些艺术家的有系统的批判和对另一些艺术家的有系统的赞扬。
>
> 把"我"换成了"我们"，用"大家的"看法、意见、和所说的话来遮盖自己个人的……态度……这样一来，这位批评家就仿佛是用"自己已签了名的这篇社论"的全部笔调，宣布自己是站在某种"立法者"的高度来讲话的。……不论写作任何文章，我们的批评家也总是要以成千上万……的读者的名义："观众（读者）希望看见"，"观众（读者）不希望看见"……（苏联《戏剧杂志》专论《论批评》。载《剧本》月刊九月号。）

我的这篇文章不可能过多地牵涉到枝节问题。我想我已指出这些批评对现实、对作品的教条主义的歪曲，这种教条主义是危害文学事业的。我想我已指出，这些批评的态度是十分横暴的。

这一切都是严重地违反党的原则的。

这就是我对这些批评的初步意见。

最后，我想说明一点。我这篇文章，是就批评家们所下的政治结论来提出我的意见的。在这篇文章里我没有具体地讨论创作上的问题。批评家们所下的这些政治结论使我觉得太沉重了，它们是有首先弄清楚的必要的。在例如“反抗祖国”这一类的政治结论面前来讨论创作问题，是困难的。

但是，这决不等于说，我的作品会没有缺点。我的创作上的缺点是存在的。我想，几年来对我的批评，基本上都是以政治结论和政治判决来代替创作上的讨论的，对那些政治结论，我是不同意的，但这些批评里也有一些地方是接触到了创作上的问题的，这些是能够帮助我的。我的认识是，如果批评是指责了作品的政治错误，指责对了，作者就应该检讨，以求改正错误；作者不同意，就应该说明。如果批评是指责了艺术创作上的缺点和错误，作者就应该虚心地、实事求是地研究，把这种批评作为今后创作实践上的帮助。我想，每一个诚恳的作者，都应该这样。过去在这一点上我是努力这样做，但做得显然还不够的，今后我应该更严肃地这样做。因此，现在的这篇文章，我只是对批评家们所下的政治结论表示了意见，我的意见提供同志们参考；我同时诚恳地希望着严肃的、同志的、实事求是的批评，帮助我前进。

1954 年 11 月 10 日，北京

——原载《文艺报》1955 年第 1、2 期合刊，第 3、4 期

陈　涌

《财主底儿女们》的思想倾向

——兼评胡风的若干观点

《财主底儿女们》是路翎在全国解放以前最主要的作品，胡风在这本书的“序”上一开头便预言说，“时间将会证明，《财主底儿女们》的出版是中国新文学史上的一个重大事件”。胡风认为，它“可以堂皇地冠以史诗的名称”，“整个现在中国历史能够颤动在这部史诗所创造的世界里面”的。这样，研究这部作品，便不但对于理解路翎，而且对于理解胡风的思想，都有很重要的意义了。

《财主底儿女们》所表现的生活的背景是从一·二八到苏德战争。主要的人物是一个正在崩溃、没落和分化的旧家庭的一群男女。作者大约正是要通过这些人物的变化来反映当时的历史的变化的。这部作品在描写旧家庭的崩溃和没落的部分，独立起来看，在艺术上有不少可取的地方，有不少足以说明作者的才华的表现。在艺术的表现方法上，在这里也和作者其他一些作品一样，当作者遵照着现实主义的原则，真实地平易地刻划人物的心理的时候，便往往显露出艺术的光彩，但当作者违背了现实主义，无限制地追求人物心理的复杂性，以致反而模糊了对于人物心理的规律性的认识的时候，它便变成暗晦的，不可解的了。也就因为这样，一些并不为作者特意“突击”的次要人物，如蒋淑珍、蒋淑华、蒋秀菊、陈景惠、黄杏清、汪卓伦、蒋少祖等等，却反而更多地表现出作者的长处，而对于作者特别关切因而特意“突击”的主要人物蒋纯祖，却反而有许多地方显得错乱，以至难于为读者所把握。关于这点，路翎自己是多少意识到的，他在“题记”里说：“我特别觉得苦恼的是：当我走进了某一个我所追求的世界的时候，由于我对这某一世界所怀的思想要求和热情的缘故，我就奋力地突击，而结果好像夸张、错乱、迷惑而阴暗了：结果是暴露了我的弱点。”似乎在《财主底儿女们》之前作者还没有过这种怀疑自己的实际上是违背现实主义的创作方法的表示，因而这就是路翎的一个进步的表示。

这篇文章并不打算谈到这部作品的一切方面，特别引起我们注意的是这部作品的根本思想。这部作品实质上是一部狂热地歌颂资产阶级个人主义思想的作品。

从前面的简单的介绍里我们也可以看到,不能说这部作品没有部分真实地反映了现实,但作者的根本思想,资产阶级个人主义的思想,是和胡风所说的“史诗”、“整个现在中国历史能够颤动在这部史诗所创造的世界里面”这样的目标直接对立的。

在这部作品里,正是许多现实生活的最本质的因而也是最重要的事物,是被作者颠倒了或者歪曲了的。我们从下面的分析里便会看到,这部作品的主要人物蒋纯祖,就其根本思想说来,是一个反动的资产阶级个人主义的知识分子,但正是对于这样的一个人物,作者虽然有些地方也带着批判的态度,但在根本上,却是完全肯定的。资产阶级个人主义的知识分子成了作者心目中真正的英雄人物,并且成了作者心目中的他那个时代的真正的英雄人物。而对于蒋纯祖周围的许多有进步的政治倾向的人物,作者则加以嘲笑和歪曲,对他们采取否定的态度。

如果说,作者在他以前的一些主要是反映工人、农民的及其他被压迫者的作品里,也或多或少地表现了作者的资产阶级的个人主义的思想,那么,在这部主要地(的)是反映知识分子的作品里,这种个人主义思想便找到了更直接、更完成的表现形式。

一

从旧家庭分裂出来的蒋纯祖主要的活动是从抗日战争爆发以后开始的,以他为主要人物的《财主底儿女们》的下卷的事件的进行也从抗日战争的爆发后开始。蒋纯祖在抗日战争爆发以后经过了一个时期的流亡的生活,经过了上海、南京、九江、汉口等等城市,特别是在南京与九江之间和几个流散的士兵和工人一起流浪的日子,使他体验到许多为他过去从未体验过的在动荡的时代里的形形色色式的生活。后来他在汉口参加了一个剧团,不久又随剧团到了重庆。蒋纯祖后来曾经在四川的一个农村的小学里教书,以后因为这个学校受到封建势力的破坏,他便和他的朋友一起离开了。这时候他已经患着极深的肺病。他是正当苏德战争爆发的那一天死去的,那时他又回到他曾经教过书的乡村,目的是去会见他的爱人万同华。

蒋纯祖的经历本来对于抗日战争时期许多青年知识分了都并不是生疏的。许多和他年龄、出身类似的知识分子都在抗日战争的动荡的生活里变化和成长。但蒋纯祖这个人物使我们感到格外突出的是:他在精神上自始至终都充满着最激烈的矛盾、痛苦、冲击以至于狂乱,而且这一切往往真是瞬息万变的。资产阶级和小资产阶级的知识分子充满内心矛盾,这本来是带有一般性的,从我们的文学作品里也一再的认识了这些知识分子。但这种矛盾在蒋纯祖身上表现得特别激烈,特别尖锐和复杂,在中国的一般的小资产阶级的知识分子身上还是很少见到的。

蒋纯祖实际上是一个极端的个人主义者,狂热的自我崇拜,要求彻底的个性解放和个性自由,反对任何束缚,任何道德观念,任何思想体系和"人生教条",他使自己和整个社会对立起来,但也因为这样,他便不能不感到,他周围的一切都是他的敌人,他周围的一切对他都是压迫。事实上,越是夸大自我,夸大个人的力量、个人的主观精神的知识分子,便不能不同时越感到自己的孤独、单薄、无力和空虚。蒋纯祖的矛盾所以带着特别激烈特别尖锐和复杂的性质,原因正在这里。

作者自己曾经说过,蒋纯祖这类人物,是有着"理想主义式的高超的个性,那种负荷着整个时代的英雄的性质,那种特殊的忧郁病"的。在这简短的话里,作者对他这一类的人物的态度便已经是很清楚了的,原来他是那种"高超"的、代表着整个时代的英雄人物。作者在给予这个人物的形象的时候,便在这方面给人更加强烈的印象。例如:"他比一切人更爱自己,更爱美丽的雄大的未来","他,蒋纯祖,决不谦逊,能够飞得怎样高,都要飞得怎样高","他感到自己有高贵的思想,有成为人间最美、最强的人物的可能"……最令人惊奇的是,在他病重,意识到自己很可能死去的时候,他还发生这样的"英雄"思想:

> 整整半个月,蒋纯祖整天关在房里,写作着。他觉得,在他从人间离去的时候,他必需留下一个光荣的遗迹;他觉得,他必需惊动他的后代,使他们感激而欢乐;他觉得,在将来的幸福的王国里,必需竖立着他的辉煌的纪念碑;他觉得,他必需赶紧地生活,在一天之内过完一百年。在这种热烈而冷静的状态里,迫近了真实的生命,并且迫近了真正的光荣……

便是这样的一个作者带着无比的严肃和激动的心情来描写的"理想主义的高超的,负荷着整个时代的英雄的性质"的人物。就从这里,我们便清楚的(地)看到,盲目的个人崇拜,强调自我,企图用个人的"主观"的力量去战胜一切便是蒋纯祖的中心思想,便是蒋纯祖一切行动的出发点。当然,这样的一种思想在现实生活里是不能不遇到阻力的,于是,蒋纯祖便不能不从一开始到他死的那一天都在和他的这个"英雄"思想的阻力进行搏斗。

从旧家庭出来的蒋纯祖,对那个旧家庭是并不留恋的,他可说是它的叛逆,对他过去的生活采取蔑视的态度,这是和蒋家的好些男女,其中包括他的几个姐姐和他的一个哥哥并不相同,和现代中国出现过的许多叛逆的资产阶级和小资产阶级的知识分子是相同的。例如他的哥哥蒋少祖,虽然也曾经对这个旧家庭叛离过,参加过一些进步活动,但在得到了相当的地位以后,便又开始回到过去的平静的生活。蒋纯祖已经决定地和这个封建主义的家庭分手。他是这个封建主义的家庭的浪子。他既不幻想也不可能得到那种许多人都幻想着的平静的幸福的生活。他正是以蔑视和攻击一切过去和现在的违背他的意志的秩序而表现出他的性格的特色的。“我不再承认一切传统和一切道德,我需要自由”。从这一段虽然不是针对自己的家庭,却是针对着一切家庭的话里我们可以看出:

> 这个时代的一切结婚,一切家庭,一切这种堂皇的理论,都是虚伪而卑劣的。它们掩藏,并且装饰无耻的色情。在先前的时代,色情赤裸着,这个时代却半赤裸着,这个时代迅速用一切名义和理论来掩饰色情。人们只谈工作,只谈生活的严肃的需要,人们变得更无耻。

蒋纯祖是从他强烈的个人意志和热情出发来批判他所不满意的现实的。因此他便不能不常常否定一切,使自己和整个社会对抗。这种带着虚无主义、无政府主义色彩的个人主义的反抗,当他面对着封建主义以及其他一切旧时代的丑恶现象的时候,它也能发生一定的批判的作用。五四以后中国曾经出现过一些这样的知识分子,而且蒋纯祖自己也证明这点。

但如果说,在五四时代,不但整个社会一切问题主要地都归结为反对封建主义以及旧社会的一切丑恶现象,而且因为当时无产阶级还比较的幼小,有不少个人主义的知识分子,他的斗争锋芒事实上往往主要的都还是针对着封建主义以及旧时代的一切丑恶现象,那么,在蒋纯祖生活着的时候,情形便不同了。虽然反封建主义仍然是当时中国革命斗争的主要内容之一,但这时候无产阶级的力量已经十分强大,并且早已成为中国政治生活的决定因素。在这时候,一个否定一切,和整个社会对抗,带着虚无主义和无政府主义色彩的个人主义的“英雄”人物,如果不但不改造自己,而且还坚持自己的资产阶级个人主义的立场,便不能不同时明显地对抗两种斗争十分尖锐的力量——以大地主大资产阶级为代表的反动力量和以无产阶级为代表的革命力量,而且,主要的锋芒实际往往只是对着后者了。蒋纯祖的命运也不能不是这样。

个人主义者自己不能首先感觉到,无产阶级力量的发展,无产阶级思想影响的扩大,对于个人主义是一个严重的威胁。蒋纯祖便强烈地感觉到无产阶级的思想威力对他的冲刷和压迫,他不时感受到,“压迫着他的,是这个时代的机械的独断的教条……”,“他的主要的对象,是压迫着他的那些冰冷的教条,和一切鼓吹、夸张、偶像崇拜。”这里虽然有着隐约其辞、“奴隶语言”、“伊索寓言”,但意思还是十分明白的。

路翎在《财主底儿女们》的“题记”,胡风在“序”里都一致认为蒋纯祖这个人物是“忠实和勇敢”或者“忠实而勇敢”的。的确,在这里我们便看到了蒋纯祖的这种个人主义的“忠实和勇敢”,或者“忠实而勇敢”了。因为,路翎和胡风等人在他们的理论著作里不敢直率地承认的,蒋纯祖在这里却直率地承认了:由于感受到无产阶级思想(用他的话来说是“机械的独断的教条”,是“冰冷的教条”)的“压迫”,所以这个思想便成为他这个个人主义者的“主要的对象”,成为他这个个人主义者的压迫者、敌人。

在《财主底儿女们》下卷里,有时是通过蒋纯祖,有时是作者自己出面,在许多地方都对所谓“机械的独断的教条”或“冰冷的教条”肆行攻击。有时“机械的独断的教条”或“冰冷的教条”被改用了“公式的观念”或者其他什么类似的说法。例如在第八章里,便有着非常集中的表现。

这里写的是蒋纯祖还在重庆的剧团里的一段生活。这是一个进步的剧团。不管作者自己采取什么态度,从他的描写里我们可以断定,这里的许多活动都受了革命的影响。例如,这个剧团常有“检讨会”,在这里写到的一个“检讨会”里,团长王颖的发言便这样批评蒋纯祖:“……蒋纯祖同志,在生活和工作里面,表现了小资产阶级个人主义的根深蒂固的毒素……”,从他整个发言里我们都可以看到,他至少在主观上是用无产阶级的尺度来批评剧团的其他同志的。作者还提起过,在剧团里,“有一个影响最大的带着权威的神秘色彩的小集团存在着”,并且还提到有一个在这个“小集团”里的团员,由于把秘密性的文件随意给一个女同志看而犯了错误。虽然作者在写到这些的时候都并没有好意,但读者有理由从这一切肯定这个剧团有党的组织活动,至少是有在党的领导下的还带着秘密性的组织活动。但这个组织,在路翎笔下,实际上却真是成了进行宗派活动的“小集团”,这个组织,这个“小集团”,任意打击或抬高他们认为应该打击和抬高的人。主要是由于这个“小集团”的一些人和蒋纯祖在恋爱方面有了冲突,便对蒋纯祖“布置了一个残酷的打击”。上面我们引用的团长王颖的话,就是在这个“残酷的打击”的会场上说的。

作者对于这个剧团团长王颖,一开头便这样介绍说:

领导者王颖是在那个最高原则里训练得较为枯燥,或善于克制自己的人。

如果读者还没有看到过我们前面关于王颖以及关于这个剧团的政治倾向的介绍,也许会感到这个“最高原则”的意思有点含混,但在看了前面的介绍之后,我们便会知道,这“最高原则”其实就是“机械的独断的教条”、“冰冷的教条”的同义语。而经过这个“最高原则”训练的王颖,根据作者的描写,不但十分枯燥呆板,同时又是一个虚伪,人格分裂的家伙。作者这样描写这个人物:

> 他是这个社会,这个时代的青年,他有他的欲望蛊惑和痛苦。他所崇奉的那个指导原则,是常常要引起他的自我惶惑的,但现实的权威使他战胜了这种惶惑。较之服从原则,实际上他宁是服从权威。权威者以为一切事都逃不过自己的眼光和力量,以为别人的错失是难以饶恕的,因为他认为即便自己处在别人的那种地位也决不会犯错;他有勇壮的心情。人类常以别人的缺点为快乐,常常是,别人的堕落,就等于自己的升高;在敌对的

空气被各种原因造成以后，这种顽强的感情，就成为王颖的行为的主要的动机了。

接着作者还说到，王颖是“一个很贫乏的梦想家”，“心灵贫乏的人，甘于这种分裂”，“他的每一句话都带着肯定的，全知的，权威的印象”。等等。

难道还用得着解释么？难道作者的意思还不够明白么？这个被“最高原则”训练出来的人，原来就是这样的！原来“那个指导原则”，或说是“最高原则，是根本不适合于‘这个社会，这个时代的青年’的”，一定要“崇奉”它，结果便只能和王颖一样，弄得人格分裂，卑鄙可耻！

而这便正是作者在这部作品里表现出来的对于革命思想，实际上是对于无产阶级思想的观点！

在作者的笔下，王颖的周围很少比较可取的人。例如胡林“是一个缺乏心力，容纳着一切种类的黑暗思想，在权威的庇护下体会着自我的无限忠诚，因此这些黑暗思想毫不自觉的青年”。而张正华，“他的愉快是一种奴才的品行”，他是一个“缺乏心力”的人，而更重要的是：“他，张正华，信仰这个时代的这种庄严的命令，确信各人的弱点真是如他们所批判的那样”。

在这些地方，中心的问题还不是作者如何描写了胡林、张正华，或者其他什么人，中心问题是在于，在作者看来，胡林的“黑暗思想”，是在“权威庇护下”的，也就是前面说过的那个“最高原则”的“权威”庇护下的；中心问题是在于，作者的所以嘲笑了张正华，是因为张正华竟相信革命组织内部的“批判”，亦即相信批评与自我批评！在这里，作者对于革命的批评与自我批评采取了怀疑和否定的态度，是再明显不过的了。

在这第八章，还有一段话，是作者概括了他对这个剧团的成员的看法的：

> 这是这个社会，这个时代所产生的个人主义者。剧团里的人们，多半是这种个人主义者。经验较多，而失去了那种强烈的热情的人们，就常常显出投机的面貌来。而那些缺乏心力，容纳着一切种类的黑暗的意识而不自觉的青年们，亟于一劳永逸地解脱自身的痛苦，亟于获得位置，就体会出对最高的命令的无限的忠诚来，抓住了这个时代的教条，以打击别人为自身的纯洁和忠贞的证明——人们本能地向痛苦最少，或快乐最多的路上走去，人们不自觉投机以拯救自己；这些青年们，在人生中，除了这种充满忠诚的激情以外，再无法拯救自己；……

你看，“机械的独断的教条”、“冰冷的教条”、或者“最高原则”，在这里是变成了“这个时代的教条”了。而青年们的所以“抓住”它，都是因为投机，因为要想达到个人的卑鄙龌龊的目的，对于信仰革命思想，信仰马克思主义思想的青年，对于马克思主义的运动,还有比这更恶毒的诬蔑么?

前面两句话:“这是这个社会,这个时代产生的个人主义者”,作者原来的意思是指蒋纯祖。看来作者同时也批判蒋纯祖的个人主义了。但比起这些在“权威庇护”下,在“最高原则训练”下的人物来,蒋纯祖在作者笔下真是纯洁得多,高贵得多了。蒋纯祖至少没有口是心非、人格分裂。作者在任何地方都表现出蒋纯祖是“真诚”的,即使他虚伪的时候也“真诚地”感到自己的虚伪,他并不对自己掩饰自己的罪恶。只有那些在“权威庇护下”、在“最高原则训练下”的口是心非、人格分裂、投机取巧的人才真正是虚伪的!

二

在这个剧团里,除了蒋纯祖以外,作者只写了一个真正可以肯定的人物,这就是一个年纪较大的叫沈白静的,这个沈白静据作者自己介绍,他也是属于那个“小集团”的,但“他是经验丰富的,冒过多次生命危险的坚贞的人”。这当然是好的,拿像这样的一个经过严酷的生活锻炼的人作为正面人物,是任何人都不会反对的。但如果我们把他来和王颖这类的人加以对照,便不禁会发生这样的疑问:为什么作者在这里要把在生活中锻炼出来的人去和“在那个最高原则里训练”出来的人对立起来呢?

这并不是偶然的。这里正包含着作者对于革命的理论与实际的关系的观点。作者在这部作品里许多地方都表现出这样的观点:革命的理论(当然,他用的是“机械的独断的教条”、“公式的观念”等等)是不适合于现实生活的。它不但不是反映现实生活,而且是违背现实生活的,为了真正认识生活,便应该抛开这个理论到生活中去。在下卷的十五章里,作者写到经过了三年的农村生活之后又回到了重庆的蒋纯祖,又和一些进步的文化界的人——“信仰着公式的观念”的人接触。在作者看来,蒋纯祖是“早就超越了”这些“公式的观念”了。“石桥场三年的生活,使他走进了这个时代的冷静的深处”。既然这样,就难怪他完全看不起那些“信仰着公式的观念”的人了。

但我们还看到更明显和更进一步的说法:

> 那个叫做人民的力量的东西,这个时代,在中国,在实际的存在上是一种东西,它是生活着的东西;在理论的抽象的启示里是一种东西,它比实际存在着的要简单、死板、容易:它是一种偶像。它并且常常成了麻木不仁的偶像,在偶像下面,跪倒着染着夸大狂的青年,和害着怯懦病的奴才们。

这也是作者自己出面说的。作者说这一段话时是没有任何保留的条件的。这不很明白么,“这个时代,在中国”,在理论的,抽象的启示里对于“人民的力量”的认识都是“比实际存在的要简单、死板……”的，换句话说也就是不符合实际，违背实际的，错误的，这样，“这个时代，在中国”，还有什么真正的理论，真正的马克思主义呢？

而且问题还不只在这里。问题还在于：这类错误的、不符合实际、违背实际的理论或“抽象的启示”，竟成了“偶像”，而且“常常成了麻木不仁的偶像”，而许许多多相信这些“理论”或“抽象的启示”的，都成了“跪倒着染着夸大狂的青年，和害着怯懦病的奴才们”！

在读者还没有读到这一段话以前，大约还没有想到，路翎对于马克思主义，对于马克思主义者和信仰马克思主义的进步青年的疯狂的蔑视和仇视，有时居然到了这种程度的！

当然，对于胡风的小集团说来，否定理论，否定马克思主义的背面便是自发论，或者说，胡风的小集团正是用自发论来取消和对抗马克思主义的。路翎在他的全国解放以前的创作里，歌颂自发性，歌颂所谓“人民的原始的强力”，便成了他的一个十分重要的主题。在这部《财主底儿女们》里，也不乏这类思想。而且，它更“理论”化了，更概括和更集中了：

> 蒋纯祖，好像回顾往昔一样，透过这些时代的某些鼓吹、夸张、和偶像崇拜，就能够看见真实了。他想，一个兵士出征，一个农民离开故乡，一个工人在工厂与工厂之间辗转，在集体的生活里，得到了关于自己的命运的自觉，这是第一步。然后是复杂的，精神和物质的一切；有的停止，有的破灭，有的生长。这是一个巨大的运动，需要无穷的热情和创造；知识分子们，应该摒弃一切鼓吹、夸张、和偶像崇拜，走到这种生活的深处去。

这段话是紧接着前面那一段反对“这个时代，在中国”的“理论”和“抽象的启示”说的，这其实也是“抽象的启示”，不过是针对前面他所反对的“抽象的启示”所提出来的“抽象的启示”。

在另一个地方，作者还通过蒋纯祖提出一个更简洁的公式：

> 革命运动是从人民大众底苦闷爆发出来的！最高的艺术是从心灵的苦闷产生的……

当然，这在他看来是唯一正确的公式，而不是“公式的观念”的“公式”。

马克思主义说，工人阶级的自觉是工人阶级接受了马克思主义影响的结果，蒋纯祖却说，经过如此这般的工人农民的生活的经历便“得到了关于自己的命运的自觉”；马克思主义说，人们的思想的变化和发展的过程都是合规律的过程，而工人阶级的“生长”过程是从“自在阶级”到“自为阶级”的生长过程，蒋纯祖却说，“复杂的，精神和物质的一切”！马克思主义说，“没有革命的理论，便没有革命的运动”，蒋纯祖却说，“革命运动是从人民大众的苦闷爆发出来的！……”试问，“这个时代，在中国”,还那(哪)里去找比这更针锋相对地反对马克思主义的“抽象的启示”呢?

蒋纯祖的反对理论,反对马克思主义,他的政治思想的基础是自发论,而哲学思想的基础则是资产阶级的唯心论。而且,一个个人主义者,他是天然地同时是一个唯心论者的。蒋纯祖常常感到,压迫着他的,是这个时代的机械的独断的教条,和那些短视的,自以为前进的官僚们:“他,蒋纯祖,从不承认人是历史的奴隶和生活的奴隶。”在蒋纯祖看来,承认了理论,承认了反映不依人的意志而转移的历史和生活的客观法则便等于“承认人是历史的奴隶和生活的奴隶”,因此,人如果要自由,要不做“历史的奴隶和生活的奴隶”,便应根本撕碎和根本抛掉那些可恶的理论,尤其是客观地反映不依人的意志而转移的历史和生活的法则的马克思主义理论,即“机械的独断的教条”!

蒋纯祖是根本不承认不依人的意志而转移的历史和生活的客观法则的存在的。明白了这点,我们就会明白蒋纯祖为什么在那一次受到王颖的“残酷的打击”里,这样慷慨激昂的骂王颖他们了:

> 你们是最无耻的宿命论者!你们向上爬,你们为了革命的功名富贵,你们充满虚荣心和一切卑劣的动机……

在这里,别的一切都是明明白白的,比较费思索的是这个“最无耻的宿命论者”。大约“最无耻的宿命论者”意思是和“历史的奴隶和生活的奴隶”差不多的,而王颖他们,曾经受过“最高原则的训练”,是“历史的奴隶和生活的奴隶”,是“最无耻的宿命论者”无疑了。

明白了这点,我们就可以明白蒋纯祖夸大自我,夸大个人的力量,个人的主观精神一类思想的主观唯心论的性质了。而这类思想,路翎自己以至于整个胡风小集团,和蒋纯祖是完全一致的。

既然否定革命理论,否定马克思主义,对于在马克思主义影响下的过去国民党统治区的进步的思想界,当然也是采取否定的态度的。在这部作品里,有时是通过蒋纯祖,有时是作者自己出面,对当时的进步的思想界、文化界作了许多讽刺和挖苦的描写。这里是一个例子,作者是自己叙述蒋纯祖的思想,那时蒋纯祖还在重庆:

> 他几乎妒嫉(嫉妒)他周围的一切人,每一个新人物的出现都逃不过他的冰冷的观察。这里是那些掮客们和知识青年们常常出现的处所,他觉得他们都是王颖那一类的人,说着空泛的理论,追逐虚荣或权力,不感觉到别人的生活。这正是那些热情的理论膨胀到最高点的时候,以集体或未来的名义,到处出现着戴桂冠的个人。这些人们使得那些明星,那些导演和剧作家同样地戴上了这个时代的桂冠。

在这里,问题并不是当时的进步的思想界、文化界有没有缺点,甚至有没有严重的缺点,问题是在,如果根据作者在这个作品里所描写到思想界、文化界的情形来看,这个思想界、文化界可说是一场糊涂,是黑暗、昏聩到极点了的。而且在读着这类描写的时候,人们会常常感到,胡风和路翎向来反对他们所认为的"客观主义"和"主观公式主义",几乎是不遗余力的,看来他们是最主张倾向性,同时又是最主张倾向性必须不着痕迹地自然流露出来的了。但从这部作品的许多例子看来,路翎这类倾向也往往是直率地、露骨地、迫不及待地倾泻出来的。

但也有比较"形象"的例子。在下卷的第九章里,作者嘲笑和痛骂了一位剧作家:

> 这位剧作家,是有过一段光荣的历史的,所以他现在觉得他的地位巩固了。在中国,地位是顶神奇的东西。这位剧作家,在年青时代的一些幼稚的、然而热烈的作品之后,就变成了用公式来创造剧本的这个时代的戴着桂冠的宠儿了。这位剧作家是干枯了,目前他写着打仗游击队(原文如此——摘引者注),以后他写后方,中间他弄点讽刺,或者滑稽,他称它为喜剧,最后他就以无限的感激来表扬自己了。……

我们不去猜测或者考证这位"剧作家"在作者是否实有所指。我们着眼的是,既然是这样的一位"干枯"了的剧作家,竟会成为"这个时代戴桂冠的宠儿",在这里,值得怀疑和否定的难道只是这位剧作家,而不是主要地(的)是"这个时代"?这个道理,正如在那个"最高原则"训练下的王颖,而是那个为首的"最高原则",是一样的。

在读完了所有这一切的表现之后,人们只能得出这样的结论,作者在这里对于马克思主义思想、对于革命者以及在马克思主义思想的影响和指导下的一些活动都进行了不怀好意的嘲笑和攻击。

三

但如果认为蒋纯祖在这里特别重视生活,特别重视实践,那也是太过于天真了的。蒋纯祖的个人主义思想,自发论思想,资产阶级的唯心论思想,是渗透到一切方面的。一个根本否定理论的人,也不可能正确的看待生活,何况蒋纯祖是这样强烈的个人主义者。

我们来看看前面提起过,为蒋纯祖自己夸耀不置(止)的"使他走进了这个时代的冷静的深处"的"石桥场的(底)三年的生活"吧。首先,蒋纯祖到底是用一种什么态度,什么观点,什么身份来看待生活的呢?转述大足以伤神,还是看作者自己的介绍吧:

> 乡场上的生活,头绪是非常复杂的。整个的是非常的忧郁的。蒋纯祖

的那种英雄式的梦想，很难适应这一切。在他的周围，有朴素的优秀的乡下女儿，他看得出他们的好处，但不需要这种好处；有庸俗的乡场贵族的男女，他简直不知道他们怎么配是他，蒋纯祖的敌人；有昏天黑地的地主，他无法在他们身边坐五分钟；有一切怪诞的人，一切不幸的生活，他不知道怎样才能忍受。……

这就是说，蒋纯祖对乡场生活的无论哪一方面，无论哪一阶层都有距离，都不能找到自己的精神的依托，他一点也没有改变，仍是以一个个人主义者的姿态在乡场上出现的。

作为一个个人主义者，蒋纯祖对于封建势力是憎恨、反抗的。当时蒋纯祖所在的乡场正被封建势力顽强地盘据(踞)着。面对着这样的现实，蒋纯祖反抗的锋芒暂时是主要地向着周围的封建势力了。依靠他自己以及他周围的一些接近的人的热情，他在这里很做了几件令整个乡场震动的事。其中最能显示蒋纯祖的特点的便是他援救一个女学生李秀珍。

李秀珍是石桥场小学的十七岁的女学生，她母亲要把她作为一个发财的工具，并且决定了以两千块钱的代价将第一夜卖给一位少爷。当然，此后还会有第二夜和第三夜。这事情使蒋纯祖以及另外的几个教员大为震怒。因为在他们中间一时又筹措不到两千块钱来援救这位不幸的少女，后来他们便召集了全校学生开了一个大会，蒋纯祖在会上发表了热情的反封建的演说，许多学生都感动得哭了，后来许多学生竟包围了李秀珍的母亲，又骂又打。当时的秩序是可想而知了。但李秀珍还是终于被她母亲带了回去。过了许久，有一次蒋纯祖他们看见了曾经使他们十分同情的李秀珍穿着艳装，像一个贵妇人一样地坐在滑竿上从他们身边经过……

总之，蒋纯祖实际上仍然是一个个人主义者，一个"到民间去"的启蒙者的姿态在石桥场这个地方出现的。他憎恨丑恶的封建势力，同情农民和其他被压迫者的痛苦，但毫不了解反对封建势力、解除农民和其他被压迫者的苦痛的真正的道路。在对待被她母亲出卖的李秀珍这件事情上，作为用个人主义的方式来反抗封建势力的蒋纯祖的空虚与无力，是充分地表现出来了。

那么，蒋纯祖已经走到了的"这个时代底冷静的深处"在那(哪)里呢？

蒋纯祖在学校里比较亲近的人，都是有点"怪诞"的人。例如自己不顾一切地卖田兴学，而岳母抽大烟、妻子迷恋赌博的张春田，据说也是一个"极端地仇视理论"的"无政府主义者"，他后来是完全破产，并且弄得十分潦倒了，但仍然热衷于教育；而另一个教员赵天知，"他是穷苦的农家的儿子"，"他的经历是可惊的"，"他结过两次婚，两次都非常奇特，他并且多次地从敌人的刺刀下逃生"，"他是猛烈的，狡猾的，放纵的人"。在石桥场小学被破坏，大家走散以后，他的思想和作风就更奇特了。"赵天知穿得很破烂,但神情很兴奋。他仍然想挺(铤)而走险。他在城里的各个微贱的处所有着复杂的关系,有几天他想学算命,有几天他想拉黄包车;有几天他想把自己卖给附近乡场上的一个富户,代替这个富户的儿子去当壮丁。蒋纯祖事后知道,他果然去尝试了,因为价钱太低,没有成功。……"

这真是一个可以纳入"无双谱"里的人物。但是,平常蔑视一切,自高自大惯了的蒋纯祖和他们在一起却是融然无间的。而且不但这样,他们对他的友情总是使他"感激和兴奋",甚至使他"流下了感激的悲悔的眼泪"的。

我们看到,厌倦了都市的虚荣和享乐,并且在那里感受到各方面的沉重的压力的个人主义者的蒋纯祖,在孤僻的乡间里的朴素的友情以及人们的原始的幼稚性里找到自己暂时的理想和安慰。

但对于蒋纯祖这一切,作者在表现的时候总是带着这样激动、激赏和充满热望的心情。在我们看来,蒋纯祖在石桥场的活动以及他和张春田和赵天知的关系,是如我们在前面的介绍和分析那样,但在作者看来,蒋纯祖这一切都变成是最理想、最庄严、最神圣的了。在石桥场小学受了破坏以后,作者这样总结了他对蒋纯祖的看法道:

> 对于蒋纯祖们啊,在这个斗争,和流亡里,他们是始终听取着这个时代的壮烈的呼号,和它的光荣的命令:"前进!"

在这里,我们清楚地看到,作者正是把蒋纯祖那种个人主义的反抗和斗争,看作是最理想、最庄严、最神圣、最能代表这个时代的反抗和斗争。

四

但正是这位"忠实而勇敢"或者"忠实和勇敢"地站在极端的个人主义立场来对抗无产阶级的力量的蒋纯祖,却是比任何一个普通的小资产阶级的知识分子都更善于屈服于虚荣和享乐,屈服于庸俗和浅薄的所谓人生的欢乐。他是最不能抵抗情欲的诱惑的,在这方面,他有过许多和他的"高超的理想主义"完全不相称的表现。在表现到这些方面的时候,作者可说是比较客观并且是带着批判的态度的。虽然在他的批判的态度里还是保留着这样大的同情和热望,以致令人明显地感到即使在这样的时候,作者对蒋纯祖的感情,也和其他时候对他所切齿痛恨的"在最高原则训练下"或者"信仰着公式的观念"的人的感情截然不同。

但不管作者的态度如何,在这些地方,我们便看到了一个背离人民,使自己实际上站在人民的反对方面而孤立起来的个人主义的知识分子的内心的绝望和空虚。一个像蒋纯祖那样猛烈地反抗马克思主义思潮,反抗以无产阶级为代表的社会的前进的力量的人,是不可能真正有理想,有能够坚定自己的真正的力量的。蒋纯祖的所以不只(止)一次地在情欲里沉沦,主要的原因是在这里。

当然,我们也看到蒋纯祖在这种时候也还有着痛苦和矛盾。他为极浅薄庸俗的情欲所吸引,但他并不是不知道这一切的性质。而且正如前面提到过的,蒋纯祖是“真诚”的,他并不对自己掩饰自己的罪恶。正如有一次他自己所表白的一样:“我所做的,都是我所反对的。”

蒋纯祖和高韵的关系,可说是一个典型的例子。

高韵也是和蒋纯祖一起在剧团里工作的一个团员,她是一个轻浮、浅薄,但长得很有点漂亮的女子,但蒋纯祖爱上她了,并且和她一起到外地去旅行,在一个旅馆里同住在一起。“蒋纯祖不愿意相信是她的美丽的,灼热的肉体的力量蛊惑了他,他认为还应该有什么,于是他在心里痛苦地创造。”蒋纯祖对高韵的行动的每一步都意识到它的阴暗的性质,但他又自始至终都无力阻止自己继续推进这种关系。在这里,有的只是肉体的诱惑,没有爱情,没有任何青春的诗意的色彩。他的心情是矛盾、痛苦、沉重、阴暗,不断地感受到一种什么力量的压迫的。

这里是他们动身去旅行的一个镜头,我们从这里清楚地看到他们的真实的心境:

> 下船的时候,高韵说他(她)有些发慌;接着她说,这似乎是由于饥饿,她简直不知道怎样才好。她撑开纸伞,看着蒋纯祖。蒋纯祖有了阴暗的心情,他觉得一切都在压迫他。
>
> “饿就吃东西——怎么说简直不知怎样才好?”他愤恨地说。
>
> “有什么好吃呢?”高韵忧郁地问。
>
> 蒋纯祖咬着嘴唇。……他必须向高韵表现出他的意志来,他必须设法使她振作起来。……

就从这样的一种日常的关系里我们也看到个人主义者的蒋纯祖的精神的危机。事实上,如果蒋纯祖认许了那个现在的但属于过去的生活秩序,他可以坦然地在肉欲的生活里沉没,如果他不是失掉了支配自己的力量,他便可以不屈服于这种肉欲的诱惑。但蒋纯祖现在是这两方面都不是。他正浮沉于自己的内心的光明与黑暗之间。

便是这样的一个经历着严重的精神危机的蒋纯祖,他的矛盾较之一般小资产阶级的知识分子更为激烈、更为尖锐和复杂,是很自然的。

在这部作品里我们常常看到,由于没有能力确定自己应该过的生活,蒋纯祖常常在精神上没有出路,濒于绝望与狂乱——

> 我不能生存了,我毁灭了,一种盲目的力量把我毁灭了!但是虚荣、名誉、成功、爱情、友谊,我什么都不要,都不配要!现在是生与死,简单得很!

整部《财主底儿女们》关于蒋纯祖的部分，都充满了蒋纯祖这个人物的精神上的矛盾、冲击、奔突和狂乱。在这里，不断的（地）抓扑又不断的落空，不断的幻想又不断的破灭，是荒唐的自信和最可耻的低头，都同时而又反复地出现在这个人物身上。在这里我们清楚地看到了一个在现实生活中失掉了稳固的基地，被抛出了历史的正常的轨道之外的个人主义的知识分子的形象。

> 他每天都迷失，他似乎是在渴望，并且追求迷失，他每次都冲了出来。黑暗的波涛淹没了一切，他只在最后的一点上猛烈地撑拄着。……但显然的，由于他的这种性格，由于他的特殊的赤裸，——今天，这一分钟，他站在这个立脚点上，明天，在他的无情的分析里，这个立脚点便崩溃了——他的道路，特别危险，特别艰难。

的确，这样的个人主义的道路，是“特别危险，特别艰难”的，连作者也意识到这点。也因此，作者在另一个地方里称蒋纯祖的道路是“凶险的、英雄的道路”。这是近于真实的了。作者自己的心情，个人主义者的历史命运，在这里都得到很好的暗示。

五

人民的力量，无产阶级的力量，毕竟太强大了，即使是一个个人主义者，他也不能不感到它的存在，不能不承认它的前途和威力，不能不常常意识到，背离了人民，背离了这个真正推动历史前进的力量，是苦痛，是没有出路的。当蒋纯祖和高韵在一起，正在为情欲所支配的时候，他不能不同时感到“悔恨，痛苦，他觉得全世界在反对他”。“是的，这个时代有无数的人去死，而我说自由，过着这样的生活！”不能不同时感到，“这里是青春，这里埋智要起来反抗，这里有人生活里面的，或这个时代里面的最高的东西监督着，这里没有快乐和诗意”。在这里，我们也可以说感到了这个人物的良心的跳动。也就因为这样，这个人物也有时会被人民的力量所吸引，“人民”这个庄严的名字也会在他的心里颤动，他有时也为了看到自己和人民的距离而感到痛苦和不安。

> 在怀疑底狂风暴雨里，有一些夜晚极可怕地度过去了。他想他应该为人民，为未来工作，但在这中间他看不到一点点联系。他想过一种真实的生活，但他不能知道这种生活究竟是什么。……
>
> 他想，一切是好的，一切是有价值的，但他，假如得不到个人底光荣，便不能承认这些美好和价值；假如得到，那又从根本上就是虚伪的，还是不能看到这些美好和价值。他不能在他们底客观的，原来的样子上看见他们，因为对于他，假如他不存在，一切便也不存在。但他底存在——假如不是

最丑恶的，便是最不幸的：他祈求个人的成就和光荣。……

这的确令人感到蒋纯祖的矛盾和苦痛，为了自己的个人主义，为了自己远离人民而发生的矛盾和苦痛。但问题正在于蒋纯祖身上的那种多少有积极意义的矛盾，是并不持久的，当然便更看不到他的实际的努力。而且往往正是一个顽强的个人主义者，没有真正放弃自己的顽强的个人主义，却把自己想像成为一个忠诚的革命者，一个已经和人民站在一起的人。蒋纯祖便是这样的。当他听到别人谈到第一次国内战争时期牺牲了的革命党人，他会很自然、很热情、并且一点也不惭愧地把这些牺牲了的英雄称作他的"英雄的前辈"的。在这时候，如果他有一点惭愧，有一点苦痛，或许对他会更有意义一些。但他这一下子是因为过于兴奋而这样健忘，以致他完全忘光了自己过去的所作所为，忘光了他许多时候实际上都是反对他的"英雄的前辈"的。这除了说明了个人主义的知识分子的不稳定性，还能说明什么呢？

但在另一个时候，蒋纯祖甚至感到自己已经和人民"同在"了：

> 这个时代，以及那无数的勇敢的人民，他们底斗争、流血、死亡、和他，蒋纯祖同在——这是一种难于描写的切实的感觉，谁懂得这种感觉，谁便懂得这个时代……

蒋纯祖一面这样想着，一面却低声唱着"圣母颂"，唱着"Are maria……我底圣母啊！"

这样地和人民"同在"，只能说是在蒋纯祖自己脑子里存在的。而且，一方面是这样空虚，这样贫乏，以至只能求助于那位"圣母"，另一方面又确确实实地宣布他和人民以及他们的斗争、流血等等"同在"了，这不是一个绝大的矛盾，绝大的讽刺么？

但即使在这类地方，作者也没有忘记在蒋纯祖身上涂抹上一层斑斓的色彩，也没有减低对于蒋纯祖的那种庄严的敬重的感情，原因就在于，蒋纯祖始终是作者心目中的真正的英雄人物。

但如果我们不去理会作者涂抹的那一层斑斓的色彩，而用马克思主义的观点去加以考察。我们便看到，在这里，除了表明知识分子的不稳定性，知识分子的空虚与贫乏之外，却还有着真实：它终究是人民的力量强大的一种反映。这就是说，人民的力量已经这样强大，以至像蒋纯祖这样的一位个人主义者，有时也不能不在自己的主观上把它和自己联系起来，并且在想像里相信他已经和他们站在一起了。

正是在人民的力量已经这样强大的中国，一个知识分子，如果他发现自己和这个时代和人民隔绝了，被这个时代和人民所抛弃了，或者预感到要被抛弃了，他是会为自己的孤独、恐惧而痛苦的。那种只有在他自己脑子里存在的以为已经和人民在一起了的想法，到底是容易消退的。虽然作者没有明确地表示出这点，但我们看到蒋纯祖在临到生命快要终结的时候，还"有着恐怖的、厌恶的情绪。他觉得自己是被抛弃在什么肮脏的地方，他厌恶这种肮脏，他觉得他是走在荒野里……"，蒋纯祖必得寻求一种精神上的支柱，否则他是难于无憾地离去的。"他暂时还不能逃脱，因为，将有一种无比的、纯洁而欢乐的光明要升起来，——必需这种光明照耀着他底道路，他才能逃脱。"

他便这样在自己的生命快要终结的时候确信那种"光明已经从地平线上升起来了"，"他比以前任何时候都更爱着自己，他所期待，所确信的那个光明在他底眼前升了起来，给他照明道路：海水，闪着波光"。便是这样的一些朦胧的、难以捉摸的希冀和幻象。但后来他的一个朋友孙松鹤给他带来了苏德战争爆发的消息，他却突然觉得，这正是他所期待的了。"蒋纯祖觉得，这个战斗和抵抗，正是他所等待的；好久以来他便等待着什么，现在他明白他等待的是什么了。""他明白他所等待的是什么：他在阴霾中等待暴风雨；他等待着那给他以考验，并给他解除一切苦恼的某一件庄严的东西。于是他快乐地觉得一切问题都不存在了。"

蒋纯祖一下子就毫不困难地把自己全部，把自己的思想愿望和热情都和苏联人民的斗争联系起来了，而且还要证明，这正是他所一直追求着，期待着的。似乎用不着多加解释，这里除了仍然清楚地说明像蒋纯祖这样的知识分子的狂热性和不稳定性，是不能说明任何其他更多的东西的。

而且，在当时也和现在一样，全世界人民，包括中国人民和苏联人民在内，都不希望战争，而蒋纯祖却这样激动地欢迎战争。到底什么样的一种思想使蒋纯祖对战争采取这样的态度呢？这简直是令人十分疑惑的。

后来蒋纯祖发生了这样的一个思想："即使苏联人民失败了，即使这样，我，我们，也不能失败！"

这个思想是符合于我们所熟悉的那个蒋纯祖的。这里以格外明快的形式表明了，个人主义者的蒋纯祖对苏联人民是这样缺乏了解和缺乏信心，而对于自己，对于"蒋纯祖们"，也同样地缺乏了解，却有着令人难以置信的盲目的自信。

也就因为这样，虽然我们在蒋纯祖临终的最后几分钟里看到他又出现了过去也曾出现过的应该受到同情的内心斗争，这个内心斗争比起过去来是有着较为明确的意向。当他听到别人朗读斯大林给苏联人民的文告的时候，他感到，"这些言词，以及对照着这些言词的他自己的一生的荒废和自私震撼着他。""他告诉自己说：他一起忘记了这些人们。这是卑怯和罪恶。"他也想到了他过去在江南平原流亡时候所表现的罪恶、卑怯和自私。

但在这里，有多少是不仅不是暂时的热情和兴奋，而且还能够在行动里看到的呢？

如果说，判断一个小资产阶级的知识分子的是否"真诚"，不能只看他的言词，而主要地要看他的实践,那么,对于像蒋纯祖这样强烈,这样狂热的个人主义的知识分子,难道不更需要这样么?

但蒋纯祖是死了。关于这个问题我们无从在实践里加以证实。但有一点是可以断定的,即使蒋纯祖不死,他的那种精神上的矛盾、痛苦、冲击以至狂乱,也并不会因为他有过这样的一些美好的心愿便会停止了的。即使蒋纯祖已经决心真诚地要走和人民结合的道路,这也只能是一条长期地残酷地和自己的个人主义作斗争的道路,这条道路是要比普通的小资产阶级的知识分子走过和走着的道路更为复杂曲折得多。事情只能是这样,事情决不会和他许多时候的想法那样美好和轻易的。

六

但正如前面已经提起过的,由于路翎往往违背了现实主义的方法,无限制地去追求人物心理的复杂性,以致反而模糊了对于人物心理的规律性的认识,使得读者感到暗晦,难解。蒋纯祖这个人物便有不少这样的情形。有些地方,在作者笔下的蒋纯祖的心理简直不可能为读者所领会,有些地方,蒋纯祖的心理变化,他从这一点思想转变到另一个思想,读者很难领会它的原因,很难捉摸它的来踪去迹。仿佛人的心理活动变成了突然的、神秘的、没有客观的规律性可寻的。本来蒋纯祖这个人物已经够复杂、混乱的了,作者的这种表现方法则更加〔地〕深了他的复杂和混乱。当然,熟悉路翎的创作的人会知道,这类倾向,并不是只有在《财主底儿女们》里才出现的。

因此,人们往往必得十分吃力地清除了包围着作品的人物的那一层混沌的瘴雾,才能使他的人物的真相显露出来。为了认识蒋纯祖这个人物,有许多地方也需要这样去做。我们前面所叙述和分析的蒋纯祖的思想,已经是经过这篇文章的作者的理解的结果,并不是它本来在艺术的表现便采取了这样明确的形式。读过这部作品的人都会感到,在作品里本来面目的蒋纯祖,就算是当作一个个人主义知识分子来看,他的许多表现也是缺乏真实性的。

由于不同的世界观的基础,社会主义现实主义的作家和不是社会主义现实主义的作家,即使对于同一对象,他们的看法也会不同,他们所能达到的真实的程度,一般地说,也是有区别的。但是,一个不是社会主义现实主义的作家,当他是有着较大的客观性和较少主观性的时候,他就可能在较大的程度上真实地反映现实。路翎的蒋纯祖这个人物的所以有许多地方的表现缺乏真实性,是因为他在这些地方不但和社会主义现实主义没有共同之点,而且它根本违背了一般的现实主义的法则。

在许多地方必须清除了由于作者违背一般现实主义法则的表现方法而带来的混沌的瘴雾之后才能看到的蒋纯祖的特点,便是前面几节里叙述和分析的特点。

蒋纯祖这个人物的精神状况客观上反映了中国革命胜利以前一个时期中国国内中间阶层知识分子的状况。这个时期，中国最反动的阶级——大地主大资产阶级和中国最革命的阶级——无产阶级的力量都十分强大，他们之间进行着特别激烈和复杂的斗争，在这种时候，正是处于这两个阶级之间的中国的中间阶层的知识分子也同时特别猛烈的受到这两极的吸引和冲击。蒋纯祖在精神上特别激烈的矛盾、痛苦、冲击和狂乱，从这里得到了解释。

如果拿蒋纯祖去和五四时期文学上的知识分子例如巴金的“家”里的觉慧加以比较，问题便会更为清楚。觉慧这个人物也是一个从旧家庭里反叛出来的资产阶级和小资产阶级的知识分子，他也有他的矛盾和局限性，这也是很显然的。但作为一个五四时期的反叛封建主义的正面人物，他单纯、勇敢、乐观，有着对于自己的目标的确信和思想的一贯性，这是反映了五四时期革命的知识分子的积极的精神的。他没有蒋纯祖那种复杂激烈的矛盾、痛苦、冲击和狂乱。蒋纯祖显然是缺乏觉慧那种由于对于目标的单纯、确定的认识而来的单纯确定的性格的。

五四时期中国国内资产阶级和无产阶级的矛盾还没有像后来发展的那样尖锐和复杂，觉慧当时还只知道一个目标，反对旧家庭，反对封建主义，无产阶级的存在还没有进入他的认识，他还感觉不到它，还没有考虑到自己对待这个阶级的态度的问题。但在蒋纯祖，情形便不同了，旧家庭和封建主义他是反对的，但同时，无产阶级也已经是站立在他面前的强大的存在，他不能不感受到觉慧所从未感受到的这个强大的阶级对他的牵引和冲突，在这时候，他不考虑到对这个阶级的态度，是不可能的了。在这时候，一个资产阶级个人主义的知识分子可能放弃自己的资产阶级个人主义的立场，站到无产阶级这方面来，也可能坚持自己的资产阶级个人主义的立场，乱视站立在他面前的无产阶级。如前面的分析里已经看到的，蒋纯祖是属于后面这一种。蒋纯祖不能不对中国这个社会的两极，最反动和最革命的势力同时作战，而且往往主要地是对无产阶级这方面作战。

同是资产阶级的个人主义的知识分子，觉慧和蒋纯祖却有极大的差别，这种差别决定于两个历史时期的差别。在这里，我们看到了资产阶级和小资产阶级个人主义的知识分子的历史“命运”，如果觉慧这种个人主义的知识分子在“五四”时期的主要的斗争锋芒还是针对着反动势力、封建主义因而表演着积极的革命的作用，那么，顽强地坚持自己资产阶级个人主义立场的蒋纯祖，他的主要的斗争锋芒是无产阶级因而表演着反动的作用了。因此，我们就应该说，在根本上，蒋纯祖对于觉慧说来，是一种倒退的现象，是对于后者的一个反动。

毛泽东同志说过：“任何没有无产阶级化的小资产阶级分子的革命性，在本质上和无产阶级革命性不同，而且这种差别往往可能发展成为对抗状态。”（《毛泽东选集》第三卷,一〇一四页)在这里,我们找到了认识从觉慧到蒋纯祖这个变化的关键。

但正是胡风和路翎自己,顶多还加上胡风小集团的分子,而不是别的任何人,极力歌颂《财主底儿女们》这部作品和蒋纯祖这个人物。正如前面也提到过的,胡风是认为"整个现在中国历史能够颤动在这部史诗所创造的世界里面"的,在这部"史诗"里,"我们看到了封建主义的悲惨败战,凶恶的反扑,温柔的叹息,以及在伪装下面再生了的丑恶的形状,我们看到了殖民地性个人主义的各种形式,一直到被动物性主宰着的最原始的形式,一直到被教条主义武装着的最现代的形式。在这中间挣扎着忠实而勇敢的年青的生灵(们),虽然带着错误甚至罪恶,但却是凶猛地向过去搏斗,悲壮地向未来突进。"而路翎自己则说:"我不想隐瞒,我所设想为我的对象的,是那些蒋纯祖们。对于他们,这个蒋纯祖是举起了他的整个的生命在呼唤着。我希望人们在批评他的缺点,憎恶他的罪恶的时候记着:他是因忠实和勇敢而致悲惨,并且是高贵的。他所看见的那个目标,正是我们中间的多数人因凭信无辜的教条和劳碌于微小的打算而失去的。"

看法是这样一致,而且连字句也几乎相同。总而言之,蒋纯祖在他们心目中是一个真正的英雄人物,同时也就是这个时代的真正的英雄人物。因此,在这里,是他们自己,而不是别人,说出了他们,说出了胡风、路翎、蒋纯祖之间的根本思想的一致性。事实上也是这样,我们环顾路翎所有的作品,是再也找不到第二个,作者对他像对于蒋纯祖一样寄予那样大的希望,付出那样大的热情和艺术劳动来创造的人物了。胡风和路翎在前面那些简短的表白里也没有忘记他们认为的"教条主义者"或者"凭信无辜的教条"的人。蒋纯祖正是因为他傲然地站在他们认为的"教条主义者"或"凭信无辜的教条"的人中间才更为凸现的。这就是胡风和路翎对于蒋纯祖这样的顽强的个人主义者的基本态度。

《财主底儿女们》这部作品,反映了路翎在全国解放以前几乎全部观点:世界观、人生观、政治观以至于艺术观。所有这些观点,其根本之点在整个胡风的小集团以及附和胡风小集团的人都是共同的。这就是胡风的小集团对于这部作品赞扬备至,甚至连在他们主编的刊物的广告上也称为"现在中国的百科全书"、"中国的《约翰·克利斯朵夫》"的真正原因。

在根本的思想性质上,在现代中国文学里还找不到和《财主底儿女们》相当的作品。只有像俄国的阿志巴绥夫的《沙宁》这样的作品才是比较和它接近的。大家知道,阿志巴绥夫的沙宁这个人物正是反映了俄国一九〇五年前后资产阶级个人主义知识分子的反动的,这些资产阶级的反动的个人主义的知识分子对日益壮大的无产阶级的力量表现着极大的恐惧和仇视。尽管所处的环境以及各自的表现方式都有着很大的不同,但在恐惧和仇视无产阶级的力量这个根本之点上,蒋纯祖和沙宁却并没有什么不同的。

蒋纯祖那种狂热的个人主义思想在中国并不是偶然的、孤立的现象。它正是急剧的尖锐的中国社会矛盾的产物。他反映了现代中国的一部分资产阶级个人主义知识分子的动向。尽管在个人的教养、个人的特征、经历等等方面，胡风、路翎和蒋纯祖有着千差万别，但在狂热的资产阶级个人主义这点上，在（至少是当时）恐惧和仇视马克思主义，恐惧和仇视无产阶级的力量这点上，他们也是并没有什么不同的。

当然，路翎也并不是所有的作品里的问题都表现得这样尖锐的。路翎的整个十多年的创作历程，有过许多曲折和变化。但是一个作家即使只写过一部这类的作品，也就大大地值得引起大家的注意的了。关于路翎的其他创作的问题，我打算在另一篇文章里加以研究。

——原载《人民文学》1955 年 4 月号

公　木

关于青年诗歌创作问题的发言

这个提纲,是听了一些诗人的意见,特别得到蔡其矫同志、沙鸥同志的直接协助,才写成的。不过,它仍然是属于个人发言性质,材料很不完整,论点难免错误。用意只在引起大家讨论,不正确或不充分的地方,希望大家批评和补正。

一

伟大的时代应该产生伟大的诗篇。

开国以来,在党中央和毛泽东同志领导下,在总路线的灯塔照耀下,我们经历了翻天覆地的土地改革,进行了胜利的抗美援朝,又开始了规模宏伟的社会主义经济建设,出现了国内各民族空前团结的盛况。最近几个月,由于农业合作化运动的飞跃发展,接着在全国范围内涌起了社会主义革命高潮。一个历史的新时期开幕了。

祖国和人民向诗歌提出号召:要产生出能歌唱这新时代的新诗人,要产生出富有思想力量和艺术生命的表现历史重大事件的新诗篇。

是的,做(作)为对这个号召的回答,诗人们的声音是太微弱、太羞涩了。但是,用不着失望!请听吧:是青春火热的歌声,是清新健康的歌声,从四面八方唱起来,越来越响亮,越来越真切。他们一步一步走来,补充到了诗人的行列里。他们是热情蓬勃、英姿焕发的青年歌手。他们来自各种斗争的岗位上,来自农村,来自战场,来自车间,来自矿井,来自扰攘的工地,来自幽静的课堂,来自繁华的城市,来自偏远的边疆。他们各自从肺腑里发出饱含着深情的声音,合唱出新世纪的乐章。他们是诗歌战线上的生力军,他们给诗歌带来朝气和力量。

谁能够不感到幸福和骄傲,因为他们成长在这人类的理想开花的历史时期,因为他们生活在这毛泽东的阳光照耀的新国家。战斗的风暴带领着他们由一个胜利走向一个胜利,社会主义建设的光辉又扩大他们的眼界,使他们看得更远更远。当他们看到无数先烈付出生命和智慧铺平了从黑暗的过去通向美好的未来的大道,当他们发现他们自己正沿着英雄们的足迹前进，他们的心脏怎么能够不沉浸在激情里跳动起来呢？

诗歌就是这样产生的。

对于几年以来涌现出的青年诗人们的作品，冠以伟大这字眼，假如我们还会感到不安，甚至还会引起哗笑；那么，至少可以公允地把它们称为战斗的诗歌和建设的诗歌。而这些岂不都是伟大诗篇行将诞生的前奏吗？“山雨欲来风满楼”，虽然我们暂时还不能感受到山雨浇身的痛快淋漓，但是呼啸而来的疾风已经敲打着门窗在报信了。

检阅一下诗歌战线上的新生力量，听一听他们汹涌澎湃的歌声：他们的作品反映了近年来的历次重大事件，包括抗美援朝、工业建设、农村变革、国防和边疆建设，歌颂了各个斗争岗位上的先进人物和各民族的新生活，也唱出了青年一代的远大抱负和保卫和平的胜利信心，而贯穿这一切的是对于党、对于领袖、对于祖国的热爱与颂扬。无论从内容的丰富性和主题的广阔性来看，无论从他们在艺术上所达到的成就来看，都是十分令人欢欣鼓舞的。

抗美援朝和一般部队生活是青年诗歌的重要源泉之一。

抗美援朝运动对诗歌的影响是巨大的。属于青年一代有才华的诗人，有许多是受了这正义的炮火洗礼和伟大的国际主义教育而涌现出来的。他们随着战士的步伐前进。与战士一同成长，自己的思想感情起了变化，对现实有了较深的理解，从那里吸取到新的力量，产生了抒情诗。

未央是他们里边成就较突出的一个。我们只读过他九首短诗，却留下了最强烈的印象。他的诗的最大特点，是善于以朴素的语言，用自白的方式，来表现战士丰富的内心生活和崇高的精神面貌。《祖国，我回来了》一诗，诗人以独特的自白，从内部揭示出中国人民志愿军的精神品质，抒写他爱国主义和国际主义的热烈感情，给读者以巨大的感动。对和平生活的热爱和对侵略强盗的憎恨，像熊熊的火焰一样，燃烧在《平常的事》《我的良心》《唾弃的和崇敬的》《朝鲜三颂》这些诗篇里。《枪，给我吧！》在短小的形式中赋予巨大的内容，以朴素的语言描写惊心动魄的场面，依旧是用独白的方式，亲切地表达战士的钢铁意志和乐观精神。《他还不是英雄》，写的是战场上普通的战士和平凡的事情，而诗人却从平凡中体认出那“纯白得像雪，炽热得像火的感情”，从普通战士身上看出英雄的事业，显示了人民军队有觉悟的战士的本质。从这些诗中，可以看出：作者深入生活底层，认真观察与深刻思考，把握生活现象的本质意义，毫不矫饰地说出自己的真实感受。诗人发自灵魂深处的独白，却正是万千人民战士的心声。因此，未央的诗，主题意义广阔深刻，而表现形式又集中有力。诗中刻画出先进战士的形象，使用的是富有思想力量的词句。他的语言富于表现能力，在体现作品的思想意图上也起着重要的作用。

胡昭的诗集《光荣的星云》，包括18首短的抒情诗和1首叙事诗，都是反映朝鲜战争生活的。作者以敏锐的感觉，亲切的笔触，年轻人火热的情感和丰富的想像，形成了他清新的诗的风格。作者善于抓住片断的或细小的印象，揭示出重大的深刻的意义，比如《军帽底下的眼睛》，就是从活动在火线上的女护士一对闪动的眼睛，触发出战士保卫祖国、打击敌人的自觉和决心；在《播种》一诗中，他从四个人在播种的图景里发现出中朝两国不可分离的像一个家庭般的友谊。在叙事诗《朝鲜的女儿》中，塑造了“朝鲜的卓娅”仁红的英雄形象，这形象使敌人和叛徒战栗，使人民和战士鼓舞。

朝鲜战场上的诗，朴素而有真实感，收在“青年诗歌选集”中的，还有耐因、田苏、梁艾克、布哈拉等人的作品，都在不同程度上反映出战场的生活和志愿军的高贵品质。

张永枚的两个诗集《新春》和《海边的诗》。大部分诗都是取材于战场和部队生活。《新春》包括抒情短诗24首，大都“诞生在风雪的行军途中，诞生在朝鲜的防空洞里”，写的是在朝鲜战地的感受，其中描绘了许多生动而鼓舞人心的形象，《将军》一诗表现了人民志愿军的英雄气概：

> 将军骑着一匹枣红马，
> 乘风飞到黄草岭下。
> 鬼子的炮弹都为他让路，
> 偷偷地躲到一边去爆炸。
>
> 将军登上黄草岭的峰顶，
> 高山流水都来接受命令；
> 只要他昂头高呼一声前进，
> 朝鲜的石头也会飞向敌兵！

《杏树》一诗以极平凡极细小的题材，表现出战斗中的朝鲜人民英勇不屈的精神；《屋檐下》一诗通过一个短小片断的生活图景，深刻地表现出具有巨大意义的中朝友谊的主题。《海边的诗》大部分是歌唱边防和海防战士的诗，其中《在黑色的岩石上》《是谁第一个迎接了黎明》《五眼井水》等篇，都是又刚健又优美的。这些诗真实地表现了战士纯朴的感情和优秀的品质，有鲜明的诗的意境，感染力是很强的。张永枚的诗具有着新鲜而又热烈的特点，在前进的道路上，年青的诗人已经显示出优异的才能。

韩笑的诗集《从松花江到湘江》包括了由1949年到1952年所写短诗22首。这些诗表现了南下大军为解放全国而战斗的决心，反映了在行军途中鱼水相关的军民关系；这些诗对伟大的祖国和祖国强大的武装力量，也作了热情的歌颂。

歌唱部队生活和正义战争，是几年以来、特别是前几年，青年诗歌的重要主题。而中国神圣的领土——台湾仍然被美帝国主义霸占着这样的事实，更自然而然地给这歌声增添上激昂的音调。何开的《我的号声冲过波涛》，以坚决的声音唱出战士积极要求解放台湾的战歌，徐怀中的《骑兵巡逻队》和王予的《一颗明亮的星》，表达了边防和海防战线上忠于职守的战士的心情。布林贝赫的《心之歌》是一首为保卫人民利益而准备献身的雄壮的歌，运用丰富的联想和富有民族特色的比喻，亲切地展开主题，是感人的。曹俊的《再见吧，战友们！》真实地表达了转业军人纯朴的感情和豪迈的气概，每一段每一行都闪烁着战士崇高品质的光彩。广大士兵用民歌、快板和其他短小形式写了无数无数的简单明了而又坚定有力的诗歌，发表在宿营地的墙报上，或在行军时贴在枪杆上，表达出人民战士纯朴的感情和豪迈的气概，闪烁着人民战士高贵品质的光彩。被称做快板大王的解放军某部排长牛成明是他们中的极为优秀的作者。

反映抗美援朝和解放战争的诗歌，将经得起时间长流的冲洗而永不褪色，它们会长久地有力地鼓舞着保卫真理和正义的和平战士前进。

祖国社会主义工业建设正在突飞猛进。烟囱的丛林向天空喷放出白色的云朵，武装着风钻和电锹的矿工队伍向地层深处进军，勘察队的男女队员们追遂着苍鹰和浮云在沙漠里在荒山中踩出人行的道路，在喧嚣的工地上抹掉了昼与夜的界限长年不停地歌声沸滚、电火飞进，从车间、从矿井、从每一个建设的现场，无时无刻不在产生着新的事迹和新的人物。这些都要求诗歌给以充分的反映。

以工业建设为主题的诗歌，是几年来在年轻的诗歌中增加的新旋律和新色彩。

在一些优秀的反映工人生活和工人的建设热情的诗歌里，大部分是从工人中生长出来的新作者的作品。李学鳌是其中较有成就的一个。他在不久以前还是一个普通的印刷工人，在党的培养和新生活的感召下，他开始写作。最初，他采用快板的形式，配合任务写些短小的诗歌，经过两年多的刻苦练习，已逐渐能够写出简练集中的诗篇来了。最近他的第一个诗集即将出版，选在《青年诗歌选集》中的两首诗：《写信慰问志愿军》和《印工之歌》，就足以说明他在写作上成长的过程。这两篇诗，格调虽然不同，而真实地表现工人的感情则是一样的。北京第一机床厂的车工温承训，在努力于诗歌写作方面，和李学鳌经历着完全相同的道路，接受快板和民歌的影响是非常显著的，而健康明朗则是他们共同的特点。温承训今年还不到22岁，由于他刻苦努力，已经写出了相当数量的好诗。在《夜班》《我爱这生活》《钢铁工人的心》《优胜流动红旗》《动人的音乐》等诗篇中，写出了工人阶级的自豪和建设社会主义祖国的信心。他热爱自己的劳动生活，因为：

振奋人心的音乐悦耳动听，
各种机器的转动汇成雄壮的歌声。
我的心啊！随着它的节拍跳动，
生产也伴着这进行曲的节奏上升。
……
新机器的淡蓝色美丽鲜明，
电镀的手柄比月亮更亮更晶莹。
这是我们共同创造的结晶，
我感到幸福，因为那里面有我一份劳动。

——《我爱这生活》

在诗人听起来，只有“生产交响曲”，才是最“动人的音乐”：

汽笛是这合奏的序曲，
清脆的声音在晨空里传播震荡；
它宣布了一天劳动的开始，
跟着火球似的太阳缓缓升到天上。

几千人的脸上泛着红光，
几千个马达同声歌唱。
这就是雄壮的生产交响曲，
是一篇永远也奏不完的乐章。

——《动人的音乐》

由于具体的劳动实践，由于上“夜班”，现实生活引起了他的独特感受，对祖国产生了亲切的情感，诗人歌唱：

圆圆的月亮吐着清光，
从窗外悄悄向我凝望：
“看见吗？我们和你一样，
白天休息，晚上发光。”
…………
像个正在发育的姑娘，
时刻都改变着俊美的模样。
祖国啊！亲爱的祖国，
你日日夜夜都在飞速成长！

——《夜班》

在一些短小的诗篇里,诗人给我们塑造了许多动人的人物形象:在《我们的老英雄》一诗里,作者以深深的敬意,热情地歌唱了一位勤劳的杂工;《质量模范》,写出一个谦逊、纯洁的女工;《第一次也是末一次》,描摹一个第一次生产出废品的姑娘的心情,是巧妙生动的。最近在北京日报(2 月 20 日)刊载的《跳动的心脏》,以火焰般的热情欢呼祖国飞跃发展,表现出诗人对劳动对人民的真挚感情,也表现出诗人的眼界更加宽阔了。在这些诗篇里都表现出:感觉细腻新鲜,文字也朴素自然,有真实的感情和比较完整的构思,温承训的进步是迅速的。上海电话工人樊福庚,用他激昂的声音,歌颂劳动和劳动中的人,表现出工人阶级的自觉和主人翁感,他歌唱:

每竖立一根天线杆,架设一根铜丝线,
我们总像海涛般激动;
青年天线工人的心啊,
早就随着电波飞翔在祖国美丽的天空。

——《天线工人之歌》

《日夜灌溉》一诗,在构思上虽然还有缺陷,而做(作)为一个电话工人,由生产实践中亲身感到新旧社会的本质区别,诗人深刻地认识了劳动的真实意义,对祖国发出了衷心的歌颂:

让我变成一只电话铃,
为祖国的春天日夜歌唱;
让我变成一部自动机,
　把来自四面八方的捷报传得更快!
不!让我还当个工人,
　新中国的电讯工人,
用我宝贵的青春,
　把社会主义花朵日夜灌溉!

这声音是多么嘹亮、健康!收在《青年诗歌选集》中的其他工人作者如郑成义,李怀发的诗,也都真实地表现了工人的思想感情。

邵燕祥的作品,取材比较广泛,而以反映工业建设的诗引起普遍的注意。他的诗最大的特点是表现了青年建设者的自豪心情、远大理想和不怕一切困难的革命热情。他的声音充满青春朝气,充满单纯而快乐的前进精神,仿佛是发自整个一代青年心中的对新生活的颂歌。他已经出版过三个诗集:《歌唱北京城》《到远方去》和《八月的营火》,另外,还发表一些短诗,散见于各报刊,他的写作是比较勤恳的。在他的作品中,《我们爱我们的土地》《在大伙房水库工地上》《我们架设了这条超高压送电线》《十二个姑娘》《我们的钻探船轰轰隆隆(轰隆轰隆)的响》等篇,都是反映祖国社会主义建设的。他的诗具有时代的特征,选取的题材和主题都有重大的意义,写作的目的性很鲜明,饱满的政治热情洋溢在每一诗行中,有着很大的鼓舞人心的力量。

雁翼的诗集《大巴山的早晨》,包括着29首短诗,都是描绘和歌唱在宝成铁路修筑中出现的新人物和新事迹。诗中充满着"让高山低头,叫河水让路"的英雄气魄。《给剑门山》一诗,以气吞千古的声势,唱出:"高空的山鹰展翅为我们鼓掌吧,看!我们向大山挥动了钢铸的利剑。"在向困难、向大自然进军中,诗人以亲身的感受,记下了动人的故事,给读者留下了深刻的印象。这里边有"献绳"的老人,他献出了受尽苦难保藏起来的红军打成的"通过陡岩的粗绳":有"一位老指挥员",二十年前他就在这里战斗过,现在他又回来"……带领大军赶着群兽搬家,整个山岳也听从他的命令,他让群山让出道路,大军过处高峰拦腰削平";有为了架桥工程去扫除水底顽石,不惜献出"生命"的"来自扬子江畔的青年人",而他的"生命"终被同志们的"体温唤醒";有"用脚踢开了崖腰浮云"的"带路老人",有用"火热的胸膛融解油管的冰"的"女电机手",有保卫着理想的比钢铁还硬、比松柏还挺直的"青年的民兵队员"……众多的英雄形象是感人的。在《红百合花儿为谁开放》一诗中,作者巧妙地把现实同一个神话传说结合起来,来说明通过工人的热情劳动,正在把理想变为现实。作者是不久以前才从部队转到铁道工程方面,与英雄人物一起,投身于征服天险的伟大事业,多彩的生活经历,培育了他写诗的才能。

逐步实现社会主义工业化是我国完成社会主义建设的主体,以钢铁的声音,唱出建设的歌,是我们年轻一代新诗人光荣而又重大的任务。假如我们搜集并认真研究一下出现在各厂矿工地黑板报上的大量快板诗和工人诗歌,我们就会清楚地认识到:新诗歌应该在或将要在什么基础上前进。上面举出的几个年轻诗人的诗,也正指出了这个方向。

中国农村,几年以来,经历了巨大的变化。在伟大的土地改革之后,是一连串为提高产量而进行的各种建设和斗争,而波澜壮阔的农业合作化运动,又把五亿以上的农民,在党的领导下,卷进了带有世界意义的社会主义革命高潮。这个运动,使他们第一次清楚地看见了自己的将来,使中国的情况起了一个根本的变化,首先是带来了农村生活的崭新面貌。健康地发展着的有关五亿以上农民、也有关全中国人民的生活和命运的斗争和事件,当然要求在诗歌中得到反映,也必然会成为年轻诗人们所最关心的题材和主题。

在一些反映农村生活的青年诗人中,严阵是比较有成就的。他的诗集"淮河上的姑娘",为我们展开了农村的新画幅,介绍了形形色色的农村的先进人物:有"站在那座红色的山巅把牛角吹响”的“柳林农业社的老司号员”；有“穿着一身绿色的军装”复员归来的老红军战士；有永远被人们怀念着的弹奏三弦琴的老人；有“响鞭划破黎明”的“扶犁的那个姑娘”；有“在这夜晚的村边放哨”的刚刚复员的荣誉军人；有被锄麦的姑娘们“顺口编着歌儿来赞颂”的“年轻的测量员”；有“用高粱秆试制一些粗糙的模塑”的“未来的农业家”；有在防汛时期“把整个身子都塞进漏洞中间”的“杨湖青年”……在“老张的手”一诗中，作者选择了一些有意义的细节，集中在一双手所做的事情这一焦点上，用富有力量的语言，把千百万农民的代表——老张的半生叙述出来，并达到感人的效果。《在清泉边》一诗，是写爱情的主题，但也表现作者自己处理题材的手法，他在这里放进了今天农村重要的生活现象，以新的情节带来魅人的力量。《金色的凤凰》，写一个十八九岁的姑娘，一个普通的青年团员，做了农业生产合作社的社长：

……每天姑娘总起早把钟来敲，
震人心肺的钟声就像凤凰在叫；
人们望着巨岩上她那美丽的衣裳，
就像有一只彩凤在伸展翎毛。

这样，她就同传说中的“金色的凤凰”联系起来了，这种联想是巧妙而优美的。严阵在诗歌创作上的主要特点，是注意人物和情节的刻划，每首诗大都包含着一个动人的故事，带有叙事诗的性质。作者如果意识到这一点，并在这个基础上提高一步，真正的叙事诗就可以产生出来。

韩笑的诗集《歌唱韶山》，包括抒情诗20首，都是取材于韶山农村的生活。在这些诗篇里，歌颂了“支部书记”，他有着淳朴而美丽的理想：“我想当个集体农庄的主席”；歌颂了“我并没有下火线”的转业军人，他“胸前奖章金光闪闪，军装褪色我仍然爱穿，锄头扛在肩膀上，好像还是扛枪杆”；歌颂了接到丈夫在治湖工地立了特功喜报的毛大嫂：“腊梅花开在她背后，春风吹在她的脸上”；歌颂了一心“申请加入基干团”的民兵班长李海山：“他是我们乡里的好青年”……作者用饱满的情绪歌唱阳光照耀下的农村，通过对毛泽东故乡先进人物的歌颂，为展现在人民面前的美好将来献出了衷心的礼赞。《春天交响曲》一诗，以欢乐的调子唱出了中华人民共和国颂歌，把自然、生活、劳动、战斗以及当前有表征性的各种重大事件，通过爱国主义的激情，集中概括在诗篇中，是使人感到兴奋鼓舞的。

苗得雨是一个从13岁就开始写诗，一直在北方的农村里长大的青年诗人。他的诗有的像歌谣，有的像快板，有的像民间小凋，有的像山东快书，都是土生土长的，有泥土气息，和农民生活有密切的联系。他以他的诗歌做武器，参加了抗日反蒋的斗争，参加了土地改革运动；开国以来，他又歌唱了农村的新生活。在《观景》一诗

中,他歌唱:

土地呀是生活的根,
土地呀是农民的心。
打破了地界根连根,
结成了一家心连心。
心心相印加劲儿干,
齐心改造咱农村!

在《拖拉机下地》一诗中,他歌唱:

机器叫起来,
好似沉雷平地轰;
人们斗起来,
好似元宵赛花灯!
……
机器轰轰响,
好比告诉咱:
旧的道路已走完,
家乡的模样要改变:
开机器代替挥牛鞭,
机器响代替牛叫唤,
肥苗子代替“细麻线”,
大仓屯代替小瓦罐。

对新事物的歌颂,用的是有民族特点有农民色调的语言和形象,这是苗得雨作品的可贵的特征。假如年轻的农民诗人对现实生活的观察能够再深刻些,在艺术表现方面再求集中和洗炼,那么他的诗将会在人民中、特别是农民中受到更大的欢迎。

何理也是一个生长在农村的青年,诗集《唱一唱农村》共收短诗63首,都是反映解放后的农村现实生活的。从中可以看到伟大的抗美援朝运动、全民普选、宪法的公布等等重大政治事件在农村里引起的热烈反响,以及农民怎样沿着党的总路线走向合作化的道路,走向幸福生活。作者善于用短小的民歌形式,唱出他新鲜的感觉和愉快的心情,比如:

月亮光儿瞅沙滩,
大哥背谷在河边。
手里拿着柳条篮,
“总路线”本子放里边。

大哥头上流满汗，
颗颗汗珠掉进篮。

——《大哥背谷在河边》

蚕嚼桑叶
　　刷刷响，
姑娘们上山
　　去采桑。
姑娘们这里
　　摘个叶，
春蚕伸腰
　　长了长。

——《养蚕》

对于农村的新事物，作者是富有敏感的，比如：

花瓣上的露珠
　　滚滚掉，
眼眶里的泪珠
　　出眼角——
因为他年纪小，
　　不给选民票。

——《泪出眼角》

诗集中这类小诗，有很多是好的，像《春忙歌》《放鸭姑娘》《不怕》《选民证》《互助组员高声喊》《卖粮》《哥嫂》《幸福之家》《冬天的农村》，等等，都是用民歌的基调，以朴质的感情，简洁的诗句，清新的风格，歌唱出他对农村的热爱，对新生活的赞美。

像苗得雨、何理这样的农民诗人，在农村中是很多的，由于我们的论述是侧重了青年的缘故，就没有提到陕西的王老九和广东的李昌松——他们的诗似乎是更受欢迎的。此外，假如我们注意一下最近发表在各地文艺报刊上的歌唱农业合作化运动的民歌、民谣、快板和短诗，我们就会发现一个更繁荣的百花盛开的诗歌园地。新的有才能的青年诗人将会大批大批由这条道路上走来，这是可以预期的。

边疆建设和民族友谊的主题，在青年诗人的作品中也得到热烈的反映，一般的它们又往往和部队生活的题材相结合着。这是由于在中国历史上破天荒地出现了全国统一的局面和民族团结的盛况，人民部队开赴边疆，又参加了边疆建设的现实所决定的。各兄弟民族中的优秀诗人，他们大都参加了这个建设和斗争，为这种现实生活所感染,也唱出了许多动人的歌,给中国新诗歌增添了丰富的色彩。

把部队生活和边疆建设结合起来歌唱的,几年以来,出现了许多有才能的诗人和优美有力的诗篇。其中顾工、梁上泉、白桦和闻捷的成就都是比较突出的。

顾工的诗集《喜马拉雅山下》,包括有24首短诗,都是作者在康藏高原工作时亲身的生活感受。它集中反映了人民解放军战士在康藏高原建筑公路时战胜自然,克服种种困难的真实生活,歌颂战士们的英雄品质;同时,它也反映了康藏地区藏族人民建设祖国的热情,以及他们的新的精神面貌,歌颂了民族大团结。诗人最大的特点是:使用流畅有力的语言,发出明朗响亮的节奏,来抒写对祖国、对边疆的热爱,洋溢着革命的乐观主义精神。在《秀丽的油画》一诗中,以轻快乐观的调子,借自然的手笔,"把边疆抹成一幅秀丽的油画";《在世界屋脊的土地上》,歌唱了劳动和民族友谊,通过劳动正在干寒薄瘠的高原播种上果树、菜蔬和小麦,播种上希望,而将要开放幸福和友谊的花朵;诗人还歌唱了"抱着一架钻眼机"的战士,歌唱了发辫上戴一朵小红花的藏族姑娘,歌唱了"暴风雨中的女医生";"在宿营的时候",在山腰的草地上架起帐篷,收音员在小桦树上支起天线,收听北京的广播,诗人写道:

是谁伴奏似的哼出鼻音,
　　引起了一片震动深谷的欢唱。
云山雪岭顿在眼前消失,
　　每个人都像靠在天安门旁。
空中出现了一道彩虹,
　　像从北京挂到这里的山峰;
它很像我们正在修起的公路,
　　使边疆每根血管都和首都相通。

诗人生活工作在美丽的康藏高原,用热情和汗水培育边疆的繁荣与幸福;却又无时无刻不在怀念着北京,而北京正是祖国的象征啊!祖国和边疆被一道彩虹联结起来了,这是诗人的艺术幻想,它不也正是全体边疆战士的心情吗?

梁上泉也是出现在康藏高原上的部队诗人。他的诗,不只在内容上反映了藏族人民的幸福生活和筑路部队的英勇劳动,而且在语言风格上也富有藏族民歌的地方色彩。《姑娘是藏族卫生员》,通过深刻的构思和有趣的对话,描绘出藏族人民对新事新人的欢迎和敬爱。另外,《牦牛队的姑娘》《山谷的一夜》《高原牧笛》《金桥,通车了》《登布达拉宫》《地上的银河》《这里夜夜平安》《吻》等诗,都是直接取材于藏族人民生活,歌颂党带给藏族人民的美好生活的。在"吻"一诗里,诗人写一位藏族妇女抱着病儿到新建的医院去,一面走一面吻着自己的娃娃,眼里噙着泪花,而当她一步一步走近医院时,情绪却一点一点起着变化,最后两节是:

阿妈,你擦干了眼泪,
是不是要说心里话?
笑脸却紧贴着明净的门窗,
像吻着白胖胖的娃娃。

呵! 你吻吧吻吧!

雀儿山低下了积雪的峰顶,
雄鹰也收起了健壮的翅膀
我们肃立在你的墓前
把崇敬的心意献上

从雪山采来松枝柏叶
从草原采来怒放的牡丹
和着我们深切的怀念
细心编织成美丽的花圈

你以吻孩子的母亲,
在吻自己的医院,
在吻自己的祖国呀……

对儿子的疼爱,变成为对医院的感激,这实际上也就是对祖国的颂扬,这合乎生活真实的内心变化,正表现出藏族人民对新生活来自心灵深处的满足,以及她们热爱祖国的真情实感,这形象是感人的。《里程碑》《征服山》《雪地炊烟》《家乡的声音》《邮车从远方来》《孩子陪伴着我》《谒张福林墓园》等,则是表现康藏筑路部队生活的诗篇,其中描写了英雄部队的英勇劳动;描写了在长征时曾到过高原并写下誓言:"英雄一定要回来"的将军;描写了普通的可爱的战士,战士的爱情、幻想、克服困难的顽强精神和对藏族人民的无限关怀。《谒张福林墓园》一诗,以沉重的调子,来凭吊一个伟大的共产主义战士,他是在抢修康藏公路时献出自己生命的英雄,诗中流露着崇敬而又亲切的真实情感,是一首极深刻的感动人心的悼诗:

有着共产主义理想的人
他的生命是永远年轻——
当唱着"打通雀儿山"的时候
我们依然听见你宏(洪)亮的声音

当车队开过险峻的石峡
人们都指点着你钢钎的遗痕
好像你还哼着河南梆子
听见你燃放大炮的响声

你生前的决心书
还揣在战友们的身上
你的模范奖旗
时刻在增加新的荣光

你从内地带来的五色菜种
已撒遍高原、撒遍边疆
在雪线上开花结实
传播着灿烂的理想

你那百发百中的小炮
已架在喜马拉雅山上
炮口像永不疲乏的眼睛
在国防线上警惕地守望……

雀儿山呵,把你的头颅高仰
雄鹰呵,任你展翅飞翔
我们英雄的张福林
还屹立在战斗的岗位上

梁上泉的诗由于接受藏族民歌的影响,增加了浪漫主义成分,当然是与现实主义相结合的浪漫主义成分。这是诗人的最大特点。如果能够再加深与生活的联系,使它得到正常的发展,这也是极为可贵的特点。

星火的《路》和组诗《金色的拉萨河谷》也是反映藏族人民新生活的诗篇,以轻快的调子,唱出藏族男女欢乐的心情。

白桦在文学上的成就是多方面的,他写小说、写剧本,他也是有才能的年轻诗人。他的诗集《金沙江的怀念》,包括19首抒情短诗,歌颂了边防战士为保卫祖国和各族人民而进行的英勇战斗,反映了各族人民对边防军的热爱以及兄弟民族的新生活。《金沙江的怀念》一诗，抒写金沙江两岸人民对于贺龙将军的怀念，将军在十八年前率领十万红军抢渡金沙江，给当地人民留下了深刻影响；诗中反映了十八年来人民生活中发生的巨大变化，歌颂了今天新人的成长和各项建设事业的飞跃发展。《寄给北京的礼物》一诗，巧妙地运用了爷爷和孙儿孙女们对话的形式，叙述出边疆人民对祖国的信任和对劳动的热情。《山野里的货郎》是一首用明快清丽的语言写成的充满着生活气息的诗篇，反映出党的光芒像太阳一样照耀在各族人民之间，成为光明和幸福的源泉。《送别》是一首情歌，但却不是普通的情歌，它以丰富的想象，歌唱了藏族人民要求学习文化的愿望，在表现技巧上是成功的。白桦的诗有着巧妙的联想和优美的意境，诗人善于以生动的语言，多彩的色调，新鲜的风格，来抒发他年轻的火热的情感。

闻捷是中国诗坛上的一颗新星，一出现就闪烁着耀眼的光芒。他是1955年才发表作品的，一年来我们连续读了诗人的《吐鲁番情歌》《博斯腾湖滨》《哈萨克牧人夜送千里驹》《水兵的心》《果子沟山谣》《撒在十字路口的传单》等诗篇。诗人的独创性主要表现在：他以新颖的富有民歌情调的风格、优美朴实的艺术形象的语言，反映了新疆哈萨克族、蒙古族人民的新生活和新的精神面貌，具有浓厚的生活气息，流露着诗人对祖国对边疆的深情热爱。《哈萨克牧人夜送千里驹》是一首具有浓厚抒情意味的叙事诗，诗的故事是：在一个黄昏，大风暴闯进古米什垦区的上空，部队的一匹良马"千里驹"由于马棚倾倒跑掉了，经过9天一直没有找到，正在人们感到失望的时候，哈萨克牧人父子俩把"千里驹"送回来了，老牧人叙说送马的经过，就构成这首叙事诗的情节。情节是很简单的，而它却生动地刻划出老牧人的崇高形象和他全家人可爱的性格，极其正确地体现了哈族人民对解放军的敬爱心情，表现着他们之间融然无间的亲密关系。很显然，在充满着民族隔阂和仇恨的旧时代里，是不能设想有这种事情发生的。《吐鲁番情歌》和《果子沟山谣》是两组关于爱情的诗篇，他歌唱的是解放了的劳动人民的爱情，是与劳动紧密相结合着的爱情，在这里，诗人对青年男女在爱情上的忠贞态度和崇高品质给予了热烈颂扬，对人民的内心世界作了深入的细致的探索，这就深深地给这些爱情诗歌烙上了时代的标志，并通过那些鲜明的动人的艺术形象，表现出诗的构思的完整性和明确性。在《博斯腾湖滨》的组诗中，以牧歌的情调，描绘了蒙族人民在和硕草原上获得的和平幸福生活，表达了他们想用自己的双手进一步把草原建设成人间乐园的"志愿"，并以生动、真实的形象表现了他们保卫草原和祖国的决心。所有这些诗篇都是优美的、感人的、令人难忘的。

周蒙的《马头琴奏起来了》《十月草原的夜》，也是以牧歌情调，歌唱草原人民的美好生活，反映草原人民的远大理想的诗篇。也给人以新鲜的感觉。

兄弟民族的青年诗人,都是用着自己民族特有的语言和风格,来歌颂伟大的祖国和领袖,歌颂边疆的建设和人民的新生活。蒙族美利其格的《草原上升起不落的太阳》,僮族凌永宁的《我快乐、我歌唱》,都是属于这一类的歌词和诗篇,产生过优秀的诗人和革命家黎·穆特里夫的维吾尔族和新疆各族人民中,是有着悠久的丰富的诗歌传统的,几年以来,不断从天山南北发出健康的响亮的歌声,给全国人民很大鼓舞;铁衣甫江的诗集《和平之歌》,清新明朗,包括着许多好诗,汉译本很快就要出版了。

兄弟民族的故事诗,更加丰富了我们的诗歌园地。藏族丹正公布的《拉伊勒和隆本措》,僮族韦其麟的《玫瑰花的故事》,都是具有民族特色的故事,为许多读者所爱好所欢迎的。其中青年诗人韦其麟的《百鸟衣》,更远远地前进了一步,它自从发表以来,已经引起了人们的广泛注意。作者根据家乡的一个美丽传说作了艺术加工,成功地运用群众的语言和民歌的风格(比喻、起兴、重复、浪漫色彩的夸张等等),塑造了古卡和伊娌两个可爱的人物形象,一对勤劳、善良、机伶(灵)、能干的男女青年,他们通过种种困难,主要依靠自己坚贞的爱情和劳动的智慧,终于战胜伸出魔手的土司,而得到自由。这传说反映出劳动人民在极端困苦的生活条件下对爱情的渴望、对幸福的幻想,而又确切地指出了如果要得到渴望和幻想中的爱情与幸福,就必须对黑暗的封建统治进行斗争。这诗篇富有感人的魅力,显露了作者写诗的才能。它是近年来新诗歌的可贵的收获。

社会主义建设为青年展开了无限美好的前途,也交给青年以重大的责任。刘家骥的《理想,展开了翅膀》和肖镜的《走向生活》,都表现了青年人的远大理想和豪迈气概,真实地反映了青年一代为崇高的事业献身的精神和对祖国的热爱。

青年的诗歌也参加了保卫和平的斗争。石方禹的《和平最强音》,发表在抗美援朝运动的初期,真实地反映了中国人民保卫和平的意志和对和平力量的无限信心。诗人在这诗篇中,广泛地描绘了全世界人民为保卫和平而进行的斗争,具有雄伟的气魄和真挚的感情;诗人也以激昂的声音,歌唱新生的祖国。爱国主义和国际主义的结合,正是诗中思想力量的所在。感情越强烈,思想也就越深刻;形象越鲜明,感染力也就越大。石方禹的诗篇,完全证明了这道理。《和平最强音》是几年以来最成功的诗篇之一,它的发表标志着我国新诗歌的发展所达到的水平。它的叱咤风云的巨吼,使战争贩子发抖,而对于广大读者,则是有力的鼓舞,并将长期引起回响。

以保卫和平为主题的诗歌,近几年来虽然也出现了一些,并且都发挥了一定的战斗作用;但比起和平运动在全世界上发展的规模来,比起我们大国地位在运动中所起的重要作用来,我们的诗歌在这一方面所作的努力还是太不够了。做(作)为生力军的青年诗人们,应该更多更多地向这一战线吹起进军号。

这个叙述极其简略，极不完全，也许还有重要的遗漏。——是的，地上的花采不尽，天上的星数不清。这里只是指出一个大概的轮廓罢了。

就从这大概的轮廓当中，我们也可以看到：一大批有才能的诗人正在成长着，有的已经成长起来了。在祖国目前随着经济建设的高潮而到来的文化建设高潮中，他们组成了诗歌的行列，热情蓬勃地参加了建设和斗争，并且给读者以年轻火热的振奋鼓舞的力量。因此，那些叫喊“衰落呀！”“不振呀！”等等对诗歌创作的悲观主义论调，是完全没有根据的。

当然，对既有的成就，我们还远远不能满意；因为我们的诗歌创作还远远落后于生活现实，远远落后于群众要求。创造出无愧于我们这个时代，无愧于我们的祖国和人民的作品，创造出强有力的思想上和艺术上有充分价值的真正冠以伟大这个形容词而可以心安的诗篇，还需要全体诗人忠诚的劳动和不懈的努力。大批大批青年歌手的涌现，带着他们的青春热情参加并充实了我们的诗歌阵线，这是一支强大的生力军。毫无疑问，他们将推动我们的诗歌大步前进。不过，他们既然是新兵，一般说来，对生活理解就难免不深不透，对技术掌握就必然不精不熟，进一步加紧学习与锻炼，就成为他们迫切的任务了。

二

从成功中总结经验，从失败中吸取教训，是推动一切事业前进的必要方法和重要原则。因此，让我在青年诗歌创作领域里，研究一下好诗是怎样产生的，还存在着什么缺陷，应该是十分有意义的。把这看来是属于正负两极的问题放到一起来讨论，是由于所谓好诗和有缺陷的诗实际上往往是存在于一起的缘故。正如苏尔科夫于1951在第二次全苏青年作家代表会议上的报告“苏维埃的青年诗歌”中所说：“即便是在一些非常好的诗集里，也还是可以找到许多不好的诗篇，甚至在一些非常好的诗篇里，也还是有许多不好的诗行。”把这话借用到我们这里来讲，也是完全适当的。

诗歌创作和其他各种形式的文学作品的创作同样，从构思到完成，从最初胚胎到最后定型，是一个紧张复杂的劳动过程。把这个过程神秘化是唯心论，把这个过程简单化也不能说明问题。做(作)为一个劳动过程，对不同的作者说来，不论还有多么不同的习惯和特点；对同一作者的不同作品说来，不论还会有多么不同的情况；而它总是有规律可循的。不过，一般地谈诗歌创作过程，研究它的规律性，纵然十分必要，却不是我们所面临的课题。我们的要求只是从创作过程的几个基本环节上，研究一下几年来我们青年诗歌创作中存在的问题，以便从中总结经验，吸取教训。

当我们检阅了几年来青年诗歌创作以后，我们就再一次地更明确地感觉到深入群众斗争生活对于诗歌创作的重要性。

好诗,战斗的诗和建设的诗,是从哪里产生的呢?在战火纷飞的朝鲜战场,在新生的边疆,在沸腾的工业建设中,在经历着根本变化的农村。这正是充满着新与旧的紧张斗争的丰富多彩的生活现实。正如毛泽东同志所说:"人民生活中本来存在着文学艺术原料的矿藏,是自然形态的东西,是粗糙的东西,但也是最生动、最丰富、最基本的东西;……它们是一切文学艺术的取之不尽、用之不竭的唯一的源泉。这是唯一的源泉,因为只能有这样的源泉,此外不能有第二个源泉。"(《在延安文艺座谈会上的讲话》)。诗人如果不跃身进入这生活源泉中,那就等于没有矿石和原料的空炉体,纵然是上好质量的自动化的鼓风炉或马丁炉,也是喷放不出钢铁的花朵来的。

有的论者曾散布一些谬论,说什么"诗是自内而外的",说什么"并不一定是走在前进的人民中间了以后才有诗",说什么文学艺术创作是"主观战斗精神"的"自我扩张",并且宣称"自我扩张"就是"艺术创作的根源",或者说"作家对待生活的态度"就是"创作源泉",这些统统是情绪化的语言,是反科学的。奇怪的是当我们批判了这些反动的文艺思想以后,仍然有不少青年提出写诗、特别是抒情诗是否需要深入生活的问题。他们说,写诗不像写小说和戏剧那样要描写现实生活和人物形象,只要写出自己的真实感情就行,因此主要依靠灵感和想象,不必一定深入生活。你瞧,这不过是把"主观战斗精神"之类换了一种说法:灵感和想象,而且,这是多么陈旧的说法啊!

是的,谁也不否认灵感和想象,尤其写诗,它们都是非常重要的。但是,怎么能把它们同深入生活割裂开来,对立起来呢?

提出这类问题的人往往引用艾青同志讨论中的话:"灵感是诗的受孕"。而他们又仿佛认为灵感是一种莫明(名)其妙的神秘的东西,它说不定哪一会儿降临,真好像古代传说中说的有个女子梦见太阳入怀便怀了孕,或是到野外踏了一个巨人的脚印便怀了孕一样,于是他们就等待着这种偶然的机遇。但是艾青同志在诗论中明明还说:"灵感是诗人对于外界事物的一种无比调协,无比欢快的遇合;是诗人对于事物的禁闭的门的偶然的开启。"这里的所谓事物或外界事物,也就是现实生活;假如没有这些又怎么来"遇合"和"开启"呢?马雅可夫斯基说过,他有时一首诗的胚胎只是源起于"节奏的回声"。这似乎纯粹是属于灵感了。可是马雅可夫斯基只是讲的一首诗的胚胎,诗人在写某一首诗时,完全有可能由于某一点偶然的感触,这原是极复杂的现象,不会是"千篇一律"的;而整个说来,马雅可夫斯基光辉诗篇的产生则绝不能脱离开十月革命的内容和苏维埃生活的基础;即使像诗人所自述的那"回声",在本质上也是某种情调所积累的结果,而这"情调"又必然是采摘自生活之树上的枝叶,否则,它是不能成长为诗篇的。所以,归根结蒂(底),灵感还植根于生活的土壤,正如尼·奥斯特格夫斯基所说,“我只相信一条:灵感是在劳动时候产生的。”青年诗人未央在《生活永远是诗歌的土壤》一文中说:“灵感并不能凭空产生,它应该是在熟透了的生活基础上猛然射出的喷泉,应该是原因深远的火山的爆发。”(《文艺学习》第三期)这话是完全正确的。如果不深入群众斗争生活,只坐在稿纸面前期望灵感的到来,那比“守株待兔”还渺茫。

关于想象也是同样。没有想象,只凭看到什么就写什么,那将难于进行艺术概括,也不容易塑出艺术形象。艾青同志诗论说:“想象是思维织成的锦彩”。缺乏想象的诗是不会有光彩的。但是,这样说决不意味着可以把第一性的生活抛掉,单靠想象,就能写出诗来。仅仅是躺在草地上仰望天空,展开想象的翅膀随着白云飞翔,结果是白云飞去了,脑袋还留在自己脖子上,除了发昏或发胀以外,大约不会有什么其他变化。想象的图景是借知觉所得到的材料和借记忆所保持的材料建造出来的,只有具备了丰富的经验和广博的知识的条件,想象才能高度发展。诗的想象力,就是诗人在选择生活中的事实和现象时的臆想的能力,就是诗人创造形象的能力。而诗人通过想象创造出来的形象,决不应该是脱离生活逻辑的幻象,它必须仿佛是给我们描绘出了现实的精华或者生活的真实。艾青在诗论中还说过:“想象是经验向未知之出发;想象是由此岸向彼岸的张帆远举,是经验的重新组织。”没有生活基础,也就没有想象能力;没有贮放上火药的爆竹,是既点不响也放不起焰火来。年轻诗人温承训看到天边一片红云的流逝,引起他对保住车间流动红旗的联想,因而写出了《优胜流动红旗》,这当然还是由于他有劳动生活经验的缘故。是的,想象是艺术、尤其是诗所不可缺少的素质,更由于它往往是同人的期待和渴望,也就是同人的感情相联系着的,它不但给作品增加光彩和色泽,而且显示立场和倾向。而这些岂不还是从生活中形成或被生活所决定的吗?所以,依靠生活呢还是依靠想象呢?问题无论怎样提出,答案只有一个:依靠生活。如果长期脱离了群众的斗争生活,诗人的想象力也便会枯萎的。他只能展翅飞翔在生活琐事或个人悲欢的狭小天地,像母鸡“飞翔”在鸡窝与鸡架之间一样。

这些一般的道理,完全可以从几年来青年诗歌创作中得到印证。许多有才能的年青诗人都是从部队中产生出来的:未央、张永枚、顾工、梁上泉、白桦、韩笑……他们不只反映抗美援朝和部队生活,而且反映边疆建设和农村生活。未央深入连队时与战士打成一片,对战士的思想感情有了较深的体会,自己的思想感情也起了变化,他因为努力工作,得过两枚军功章。张永枚由朝鲜战场转移到海防前线,他的诗大都产生在行军途中或防空洞里,他生活在战士的行列,创作在战斗的环境,那些为保卫祖国、为解放台湾而风餐露宿、赴汤蹈火的英雄们给他以感召,使他深深激动:“不会唱歌的也唱歌,不会弹琴的也拨弦。”梁上泉是西北军区公安军政治部文工团的创作员,他曾先后在川陕边区、云南边防前哨、雪山草地随军剿匪,又在康藏筑路部队及少数民族地区体验生活。顾工也亲身在康藏建设部队中工作,参加西北、西南的建设,与英雄人物们在一起,心中充满着丰富的抒情感受。顾工自述他的诗大部分都写于“康藏的工地上,雀儿山的积雪中,行军歇脚的时候,刚支起来的帐篷里”。是的,这些地方正是产生好诗的沃壤。韩笑从军,从松花江到珠江,几乎走遍了全国,又做(作)为组训民兵的工作员到毛泽东同志的家乡——韶山去工作。白桦也是随大军南下,深入西南,生活在少数民族地区。此外,李学鳌、温承训、樊福庚都来自工厂,他们本身就都是工人;严阵、苗得雨、何理都来自农村,或参加了农村的工作。……有才能的青年诗人,都和生活中重大事件同时行动,在生活中有深切的感受,锐利的观察。所以他诗中所表现的思想感情才得以与广大群众息息相通,才获得了真实的生命。

创作实践证明了:祖国丰富多彩的生活实际是诗人灵感的源泉;正因为诗人站在了现实的坚实的土地上,所以才能够展开想象的翅膀了(瞭)望到更加美好的未来。

而青年诗人在创作上存在的主要缺陷,也正是由于对生活拥抱不够紧、经历不够多,理解不够深而产生的。这种缺陷,即使是上面刚提到的这些有才能的诗人们也在不同程度上存在着。

从作品来看,未央同士兵的结合是比较密切,受战争的锻炼是比较深刻的。但是生活面不广,这就给他带来了限制,当他写《台湾,是中华人民共和国的!》,当他写《歌唱你,祖国的十月》,就显得不够有力。前者几乎是一些概念的堆积,后者拉得很长,却露出空虚。做(作)为一个战士,一个青年,一个真诚的诗人,在这些重大事件的面前,他确乎是激动了!当他想到解放台湾的战斗,他要表示他的愤怒和决心;当庆祝国庆五周年的时候,他要“唱一支歌”。但是他缺少更丰富具体的生活实感,这给他造成很大的局限。诗人说:“每年十月,对着你雄伟的步履,我像小孩子似的,睁大着眼睛”,而下面却举不出在每个“阶梯”上的有代表性的有本质意义的事实,下面的三节诗,如果仔细分析一下,是凌乱的:

一九四九年十月,
队伍正行进在湘桂边境。
宣传科长
用粉笔在岩石上写:
“毛主席万岁!
中华人民共和国万岁!”

我清楚的记得，
战士们一路欢呼歌唱，
一气赶了九十八里的路程。
也是十月，
和同志们一起，
我曾经小孩子似的，
在朝鲜土地上，
和欢呼战场上的胜利同时，
我欢呼祖国农民分得了土地，
欢呼成渝铁路通车，
欢呼祖国“三反”的胜利，
欢呼祖国稻米的丰收。

也是十月，
我和同志们一起。
我曾经小孩子似的，
欢呼祖国的第一根无缝钢管的诞生，
欢呼我们的指路明灯总路线。

这里，除了1949年10月的印象是具体的，有实感的以外，从1950年到1953年的《也是十月》，写的是模糊的。写诗不是写历史，需要概括集中，不需要把重大事件逐年登记；但是，“在向社会主义顶峰攀登的长途上，祖国啊，你又登上了第五个阶梯”，诗人是需要通过形象唤起读者同样的感触的。这要求落空了。在后两节诗里，不只是事件和前后次序凌乱，而且诗人的感受是不深切的，因此不能引导读者一同“欢呼”。这当然主要还是生活经历不丰满的缘故。

张永枚的创作所反映的生活面比未央广，但却不够深，这使他的才能还没有能够得到充分发挥。年轻诗人的诗富于色彩，不少诗句含有生动的形象，但往往免不掉噜嗦累赘的缺点，有时只写出一个优美的情节，却不能深刻地显示出事物的本质意义。我们可以举出《洗衣队》和《五眼井水》两诗作例。前一首写年轻姑娘们的心情还能曲折入微，写到“张大娘，李二妈”，就完全是概念化的了；比如“就像战士们擦枪杆，半点灰尘也不留”，老太婆嘴里怎么能说出这种语言？后一首原是一首好诗，有新鲜的构思，有优美的意境；可是到直接描绘“未婚妻”与“边疆战士”的精神面貌时，就只剩硬梆梆的抽象议论了；比如“为了我们的爱情，为了祖国的光荣，我会忠实自己的职责，祖国的一滴水也不让敌人尝！”这种对话是没有感人的力量的。这些都说明诗人还不能走进人物的内心世界去,这是生活浮泛不够深入的表现。当我们读了诗人的手稿《椰子树下》(叙事长诗)的时候,这种感觉就更加明确:诗人对生活耕耘的不深,理解的不透,在塑造人物形象方面,是无能为力的。

最近,在《中国工人》(第二期)上刊载严阵的新作:《下班钟敲过以后》。写的是下班钟敲过,青年工人离开炼铁炉,"回家就换上了一套新装……急忙奔出炼铁厂的大门"(一开始就露出破绽:难道工人的家会安在炼铁厂的大门以内吗?)去到山边的一棵枫树下会"一个农村姑娘":

姑娘紧握着青年的大手,
两眼圆溜溜地直看着他:
"请祝福我,祝福我吧,
从今天起我已经是农业合作社的社员啦!

自从毛主席的指示下来以后,
我们庄上马上就组织起来。
你看,顺着我的手看去呀,
那面合作社的红旗是你以前没有见过的吧?"

青年抚动着姑娘的黑发,
两眼亮睁睁地直看着她:
"请你祝福我,祝福我吧,
我们刚刚订出了新的炼铁计划。

自从伟大的五年计划公布以后,
我们马上就组织了青年突击队,
你看,顺着我的手看去呀,
那红光冲天处又出了一炉铁水!"

随后就"暮色在山边上涌起……,晚风……倾听着他们道别",青年向姑娘保证:"今后我们一定炼出更多的铁,制造无数新式农具供给你们农业社";姑娘又向青年保证:"今后我们一定增产更多的粮食;供给同你一样劳动着的工人兄弟。"应该说,这是一首完全由臆想出发,没有一点生活内容的诗。诗中的生活图景当然容许通过想象来创造,但是却不能像这样把零件拼凑成一架机器似地来拼凑,这里的零件就是概念。堆积概念,脱离生活,缺乏真实的感情,诗中的人物形象就如同纸扎的人,是不可能感动读者的。如果诗人不注意蓄积生活知识和生活经验,如果诗人长期不能从现实中得到营养,硬要从脑子里挤出诗来,那不会比从棉花里挤出水还容易些。硬挤出诗来,就难免产生像这样没有生命的作品。

我们还想论述一下另一青年诗人邵燕祥。邵燕祥在新出现的诗人当中,写作较多,成就较大,这是大家所公认的。但是,在他相当多的诗篇里,也存在着空泛和草率的倾向。他的诗有一种青年的豪迈气概,这是可贵的;不过在他歌唱建设者的诗篇中,所流露出来的思想感情总是和工人还隔着一层。无论诗人直接出场,还是隐身在幕后,人们仍然会清晰地辨认出:这是一位洋溢着热情的知识青年的声调,即使用最强音喊出"我们!"——"我们架设了这条超高压送电线";"我——们!","我们,正是我们!","我们,我们,正是我们!"……但是工人自己是不会用这样的口气说话的:"我们是时代的骄子,伟大的后人的先人。"在《五一节寄自鞍钢》一诗中,一再宣称:"我们是光荣的鞍山人",很容易听得出这是扮演出的"鞍山人"的口气。在诗篇中激响着的,当然是诗人自己的调子,这并不奇怪;可是,时代的歌手,岂不是应该唱出广大工农群众的声音来吗?二者是应该谐调无间完全统一的。而这一点,年轻诗人邵燕祥还没有办到。这正是他接近生活、接近群众不够的表现。热情如果不能扎根在深厚的生活土壤里,就难免结出空泛和草率的果实。《在矿井的底层》就是这一类作品,它是臆想的和概念的,没有生活气息,不能给读者以感动。最近发表在《人民文学》(二月号)上的《大雪飘飘》,也使人感到缺乏激动人心的力量,诗人似乎并没有被沸腾着的农村生活现实所感染,因而也不能感染读者,诗中所写的完全是可以坐在办公室里"推理"出来的图景。必须指明,这是不健康的发展趋势,继续下去将会陷进形式主义的迷宫里。这是一条死胡同。就在这胡同口上止步吧,并且及早转回身!诗人的岗位应该在沸腾的十字街头。

以上四位,在近年来新出现的诗人中已经引起了相当广泛的注意,他们都很有才能,都作出了很好的成绩。我们举出他们作例,决不是说生活基础薄弱这缺陷只存在于他们的作品里面。不是这样。如果全面考察一下,就会发现:这是普遍存在着的问题。

这是一条公律:凡是臆造的、没有生活根子的、从概念出发而写出的诗,都必然空洞而枯燥。因为诗和一切艺术同样,它必须以特殊的具体的事件来反映普遍的真实的生活,这特殊的具体的事件只能得自实际生活,即使它是通过灵感得到的,即使它是依靠想象创造的,都必须符合于生活的真实,不能凭空捏造。形象只能从生活中摄取,不能从脑子里杜撰。没有在生活中受孕绝对产生不出有生命的诗篇。

生活是广阔而又丰富的。如何进一步深入它,理解它,把握住其中的典型的东西,通过一些具体的具有重要意义的生活片断的描写,来充分表现出充满着运动和斗争的生活本质,是每个诗人应该经常考虑的问题。不但要注意生活的深度,还必须尽可能注意生活的广度。业余文学创作者,业余诗歌创作者——这是一个很正常的有深刻意义的名称,尤其对于青年同志说来是如此。一走上人生的长途,就成为专业的作家或诗人,如同把种籽撒向天空,这是最大的大幸。但是,一个从事业余写作的人,除了懂得和做好他本职的工作,熟悉和理解他周围的人物以外,还必须有远大的眼光和宽阔的胸襟,要通过社会活动,通过组织生活,通过政治学习,通过旅行参观,通过各种方式,懂得和做好更多更多的事,熟悉和理解更多更多的人。要把生活的深度和广度很好地配合起来,统一起来。井底之蛙难以触到时代的脉搏,而飘浮的游丝也经不起风浪。

当我们检阅了几年来的青年诗歌创作以后,我们就再一次地更明确地感觉到诗人的政治觉悟与党性锻炼,诗人的内心世界与精神面貌对诗歌创作的决定意义。

有了生活,如何进一步认识和理解生活,如何进一步选择和概括生活,如何进一步从生活现象中把握住主流或本质的东西——而这一切也就归结为如何创造典型形象的问题,则主要取决于诗人的精神力量和思想品质。(这里,我们暂时把表现手段的问题留在后面讲)。不能把经历与修养理解为不相关的两回事,斗争生活贫乏而内心世界丰富,这是不可想象的;而经得多见得广也还不等于就是思想深刻感情饱满。怎样把诗人的主观与时代的现实的客观建立起精神联系,并不断从生活源泉中吸取营养,以丰富和提高诗人的精神面貌,这还是一个修养问题。我们说,诗人在诗歌创作中所表现出的才能,他的独创性和独特性,主要是他的品质和人格、他的思想和感情的反映,也就是在现实的斗争生活中他为自己作品所作的选择和达到的理解的反映。健康的革命的诗篇,必然是健康的革命的诗人所写出的。正如李昂诺夫在全苏第二次作家代表大会上所说:"只有在自己的灵魂里有火,才可能把别人的灵魂点燃起来;只有自己个人有了智慧,才能使一切需要这种智慧的人丰富起来;只有纯洁的人,才有权利教导别人学习社会主义美德。"

提高政治觉悟,加强党性锻炼,丰富内心世界,美化精神面貌,就是一个诗人的成长过程,而且这个过程永无终点,直到自然的手伸来向他索回生命为止。

不要误解为只要思想正确,立场坚定,有相当的认识事物的能力就够了。当然,这些都是需要的。一个好的诗人必须同时也是一个前进的思想家,他应该具有人民的思想,具有共产主义的思想。否则是不能认识因而也很难反映我们这个时代的。但仅仅这样提出问题还远远不够。诗歌创作和其他各种样式的艺术创作同样,不是以公式,不是以赤裸裸的抽象概念,而是用鲜明的、具体感性的、激动人心并给人以美感的形象来再现生活的本质和主流方面。虽然也有哲理诗,但它不是哲学论文;虽然也有政论式的诗,但它不是政治论文;它们区别于一般论文的地方,除了形式上的特点,除了语言的色泽和音响以外,更重要的是它们还反映出具有显著个性的诗人的形象。毫无疑义，政论式的诗是抒情诗，从广义来看，哲理诗也是抒情诗。——诗歌总不外抒情和叙事两种。在叙事诗中要求创造出鲜明的个性化的性格，要求创造出体现着某一类人的共同特征的典型形象，这是容易理解的；而在抒情诗中怎么样呢？人们往往以为抒情诗只是发抒某些感触，描绘某些印象，不存在创造典型形象的问题。这是误会。公式化、概念化、标语口号化的毛病，在很大程度上正是从这种认识下产生的。其实，当诗人通过自己真正的抒情诗篇，在热烈地评价生活事件，激情地抒发胸臆，倾吐衷心的哀乐，显示明确的爱憎，向读者真诚地打开自己的心灵的时候，他的品质、性格、思想、感情……整个内心世界和精神面貌，不是必然会显露在读者面前吗？那么，这个抒情人物——诗人自己，当然也就是抒情诗中所塑造的人物形象了。诗人，做为人民的歌手，手触时代的脉搏，他应该成为自己作品中塑造的正面人物的典型形象。而正面人物的典型形象是不得依靠标语口号，是不会由于简单的宣告，就能够在作品中树立起来的。正面人物的典型形象必须通过对于充满着运动和斗争的生活现实的本质意义的揭发，而突现出我国社会主义革命与建设中先进战士的特征。诗人如果对生活采取旁观的态度，如果对人民挂起伪善的面幕，在他的诗篇中，即使穿插上曲折的情节和复杂的故事，也不过是出现一堆死气沉沉的没有血肉的木偶假人，富有艺术生命的人物形象是创造不出来的。所以，诗人不能是旁观者，不能是伪善者，他必须是真正的战士，人民的战士，他必须是先进的人物，模范的人物。只有这样的人物或这样的战士，他的品格、修养、精神力量，才得化为血肉，在他的诗篇里闪烁着光芒。

因此，在诗人面前，永远摆着一个加强品格修养，提高精神力量的任务。伊萨柯夫斯基说："初学写诗的人在学习中首先要作为一个人成长起来，使自己的人格成长起来。"又说："诗人是人民精神文化的体现者与创造者，他实在没有权利做一个落后的、没有教养的、不积极的人。他应当比一个普通的公民知道得更多，他应当看得更远，他应当更充分更深入地从各方面去理解和认识生活"（《谈诗的技巧》55 页》）。伊萨柯夫斯基把这些称做诗的"秘密"。

年轻一代的新诗人，都是接受了党的教育，接受了马克思列宁主义的教育，参加了伟大的社会主义革命与建设。在丰富多彩的斗争生活中成长起来的。每个人在前进道路上走出的远近，决定于他接受教育的深浅。不论在创作中还存在着多少缺点，他们所取得的成绩是和他们思想觉悟的提高，政治热情的昂扬分不开的。

邵燕祥曾自述过他开始写工业建设的题材，起决定作用和有指导意义的是他参加了关于总路线的学习。这个学习，提高了他的政策水平，在他面前打开了一个新境界，这是他原先所不曾注意也不够熟悉的东西。他热情洋溢地走进"一朵一朵浓烟，一片一片雾"的钢都鞍山，走进"浓浓的油漆味阵阵扑人"的第一汽车厂，走进

"一声声爆破震天动地响"的大伙房水库工地，于是卡车、钻探船、超高压送电线、电焊的光芒以及年轻的司机、女推土机手、建筑工人、女润滑工……便成了他诗的灵感的源泉。虽然对生活的深入不够，也给他创作带来了限制；但是他的强烈的政治热情，青年豪迈气概与高度爱国主义精神仍然使他的诗篇发出汹涌澎湃的声音。这就证明诗的创作才能不是孤立存在，而是与诗人的整个内在面貌有机地密切地联系着。

车工温承训刚满二十一岁，已经写出相当数量的优美的诗篇。有歌颂新人新事的，也有讽刺生活中坏现象的，大都朴素、清新，有生活气息。温承训的创作才能是从那(哪)里来的呢：(?)他成长在新中国，又有工人的劳动生活，他和千百个工人在一起，付出自己的智慧，使用自己的车床，勤恳地操作，已经五年多了；这是一方面。而这些也是千百个工人共同的情况，对于诗人来说，更重要的是爱憎分明的生活态度，不论对新人新事的歌颂或是对落后现象的鞭笞，诗人都表现出对祖国、对人民、对时代、对生活的无限热爱与乐观向上的真实情感——望到天边一片红云流逝，引起他保住车间流动红旗的联想；朝鲜实习工人离厂回国，引起他深切的眷恋祝福而自然流露出工人阶级的国际主义精神；设备科长期拖延不修理车床上坏了的"石泵"，诗人便"像铅块压住心窝一样，向那些对国家财富漠不关心的人投掷出火样的愤怒"……这些情感都发自诗人内心，是和他爱国主义思想、对美好未来的向往联系着的。诗人只要是真诚严肃地对待生活，便必然积极热情地干预生活，这从温承训所写的诗篇里都可以得到证明。所以在诗歌创作的途程中，年青诗人虽然还在起点上，可是已经显示出：他写诗的灵感深深扎根在生活的土壤中，他写诗的才能是和他在政治上、在工作上、在生活上的前进精神密切结合着。他的前途是宽阔而远大的。

我们不过顺手举出两位最年轻的诗人作例。其实所有有成就的诗人都是为祖国的社会主义革命建设服务，为保卫世界和平与人民的幸福生活服务；一切好的诗歌都是宣传爱国主义思想，都必然与党的号召合拍；一切富有思想性的诗篇一定都具有强烈真挚的政治热情，这热情来自诗人"切身的、个人的"真实感受，而又与时代精神、与人民要求相共通。比如未央的《祖国，我回来了》，张永枚的《还乡曲》，都是以切身的个人的感受表达了先进战士的共同情感，并且表现出深刻的爱国主义思想。

但是，缺少饱含着热情的有血有肉的深刻思想，使作品拉杂空洞，苍白无力，仍然是目前青年诗歌创作中相当普遍存在着的缺陷。归根结蒂(底)，这原是由于思想水平低，认识能力差，诗人的精神刀锋不够犀利，剥不开生活现象的硬壳，把捉不住事物的主流或本质意义，这就大大降低了诗篇的感人力量和教育作用。

让我们举苗得雨的诗作例吧。我们读了包括着诗作41首的《苗得雨诗选》,深深感到诗人是有农村生活经验的,对于中国新旧农村生活的不同,诗人也有一些切身的感受,正是这些使他得到诗的丰产。但是,苗得雨的诗,大部分都是拖长拉沓,表面叙述,很少富有思想力量的诗句,不能给人留下持久的印象。比如《两个互助组》一诗,长达85行,反映出什么内容呢?只记述了刘老壮组"办法多",李老安组"少经验",最后证明:"不看情况不分工,呼呼隆隆平面拥",这种干法"用不上劲儿白费工!"写出这首诗,如果只是念给李老安组的几个组员来听,对他们进行宣传教育,那是可以的;但作为一首诗印出来,读者就有权利向诗人发问:你打算告诉我们些什么东西呢?《密植玉米丰收》一诗,长达123行,只讲了密植玉米的操作技术:"增施十五斤过磷酸钙,捎带一车净麦粮。这些宝法才得来,专攻粒结大棒。"如果作为农业技术常识讲话,那是可以的;但作为一首诗发表出来,读者也就有权利向诗人发问:你打算告诉我们些什么呢?……这样,是写不出好诗来的。真正的诗篇,必须在每一行里注入真挚的感情,必须能够引起广大读者的共鸣。——这取决于诗人"放进生活素材(作品的基础)中的那种精神上的诗的贡献。"(伊萨柯夫斯基《谈诗的秘密》)。苗得雨的许多诗,是比较缺乏这些东西的。所有客观世界中典型的、具有特征性的事实和现象(包括互助组和密植玉米)都完全可以进入我们的文学,我们的诗歌。但是,只有在它们唤起一种活生生的、积极发展着的、不重复的个性化的感情的时候,它们才变成为抒情诗。这种不重复的个性化的感情,也就是一篇抒情作品的内在中枢和基础。所谓从平凡的生活现象中发现出诗的意义,就是在这个基础上把握住这个内在中枢。这是诗人给现实增加的新东西,是诗人的创造。

最近,我们看了一些年轻诗人的手稿,其中有许多是有才能的优美的诗篇。但是更多的诗是缺乏有力的深刻的思想。这缺陷可以说是相当普遍的。

比如,小学教师丁霖,是喜欢写诗的,也发表过像《寄边防军》(《解放军文艺》)那样比较好的诗。但在他的手抄本里却有不少像下面的作品:

晴朗的四月的深夜
明亮的银白的月光
我躺在床上
窗口吹进来一阵诱人的芳香

这是什么花
在夜间开放
我从窗口看去
一片白茫茫的月光

我走到外面
想找那放射香味的树
香味像突然消失了
只有风吹叶子沙沙作响

我重又躺在床上
窗口又吹进来那股香味
再看去,还是那银光盖着大地
我猜想是一棵紫丁香

——《我猜想是一棵紫丁香》
(一九五五年四月二十五日)

这是怎么一回事呢?如果看作是诗人的一种感觉,也是莫明(名)其妙的;如果说是诗人在传达一个印象,也还是模糊不清的。读过之后,猜想不出诗人为什么写它,不能了解诗人想说明什么。在诗里面,如果没有广阔的概括,没有感人的句子,只表达一个转瞬即逝的个人的印象,这是没有意义的,更何况作为一个印象也还不够明晰。很可能作者曾读过一些在敌伪统治时代泛滥在报刊上的无病呻吟的滥调,这影响是极不健康的。作者另一首短诗《在紫丁香下面》,也是四节十六句,前三节的内容是:"在……宿舍前面,有一片翠绿的竹林,紫色的丁香花儿,伴在它的身边",诗人很想"折上一枝,放在我床前",最后一节是:

那坐在竹林下面的青年在思索什么
那枝头上飞着的小蜂怎不敢落下来
我决不能去折这大家所爱的花朵
但我想那怕站一会在这紫丁香花的下面

(一九五五年四月二十三日黄昏)

这诗也是思想贫乏,感情空虚。什么动机推动诗人写出这几行诗句呢?如果说用意在提倡爱护公共财物,那就太简单,如果说还象征着什么,那么,是什么呢?

像这样的作品,在报刊上纵然不多见;但是从大量的手抄稿中看,还是有一定代表性的。仅仅是传达这种或那种感觉和印象,描绘这种或那种图画和场景,没有时代的影子,没有明确的思想,是它们共同的特点。学习写诗的人,如果从这种写法开始,那就是从起点上就误入歧途了。这说明作者还缺少写诗的基本修养。

思想性不单单取决于题材或主题。也有的接触到了重大的题材和迫切的主题,但像一壶微温的水,诗人却无力把它煮开,这还是诗人心灵的火不旺的表现。比如,曾写过许多好诗的青年诗人鲍明路，最后写了这么一首诗：

任你用什么计算器
也难于计算出来
这一分钟我们的祖国
究竟往前飞了多少里

就是最高明的摄影师
对于一天一个样儿的
波澜壮阔的场面
也将会感到无法拍摄

凭你是精明的记者
拿着小本本到处跑
也不能一条条记下
所有珍贵的消息

明天的历史教科书
将会这样告诉孩子
在一九五六年的一月
祖国飞到了社会主义

《飞》

（一九五六年二月二十四日）

诗中讲的是祖国进入社会主义的问题，概括了农业合作社运动，资本主义工商业的社会主义改造以及社会主义工业化，等等，题材是重大的，主题也有迫切的政治意义。但是，在这样的题材与主题面前，却显露了诗人的无可奈何，无能为力：前三节只论述了祖国的飞跃的变化，却没有指出什么时代特征，一般说在任何时代，远自周秦，近到民国，祖国都在不停止地变化着，历史学家讲封建社会长期停滞，那只是相对的说法。巨细不遗，全部记录这变化，那是不可能办到的，摄影师和记者当然不胜任；自然更不是计算器所能计算出来的了。所以这些诗句所讲的只是些二加二等于四的道理，读者不能从中更多知道些什么。到最后一节，诗人作了一个并不算正确的判断："在一九五六年的一月，祖国飞到了社会主义。"这是对于党在过渡时期总路线的歪曲，很难说由新民主主义向社会主义过渡，是在一九五六年一月完成了。在"明天的历史教科书"上，大约也不会"这样告诉孩子"吧。这歌颂是无力的，缺少思想性的。

在前面我们曾论述过抗美援朝运动对于我们诗歌创作的巨大影响，有许多令人惊心动魄的诗歌曾经从朝鲜战场上产生出来。但是，他们也读到过一些坏诗，其中有这样一首：

英雄屹立在纪念塔上
枪尖正指着南方
风吹向他指的地方
云涌向他指的地方

英雄永立在英雄塔上
塔旁的花儿凋了又长
祖国对他望了又望
——英雄呀，回来吧

英雄立在塔上昂头挺枪
也不回头看看亲娘
——祖国，我不回来了
我要给朝群人民看守成熟的庄稼

——昌耀《我不回来了》

作者主观意图是要歌颂牺牲在朝鲜前线的英雄，语言也是精练的。但是，诗人心灵的力量不够，缺乏深刻的人道主义的乐观主义精神，对英雄的牺牲，他实际上怀着一种淡漠哀伤情绪，而却勉强振作精神，代替英雄喊出："祖国，我不回去了"。无论是祖国对于英雄，还是英雄对于祖国，那种真实的崇高的感情联系，读者都不能从诗篇得到理解。按常理而论，英雄在正义战争中失掉了生命，却获得了永生，英雄以伟大的国际主义精神离开了祖国，却长留在祖国；祖国以有这样的英雄为骄傲，英雄以保卫祖国和正义而献身为光荣。而诗人的感受怎样呢？在诗人的创作幻想下："祖国对他望了又望，——英雄呀，回来吧！"这是感伤忧郁的调子；而"英雄……也不回头看看亲娘，——祖国，我不回来了！"这是轻飘做作的感情。整个说来，是对英雄形象的歪曲，对战士与祖国关系的错误理解。处理重大深刻的主题，对我们每个人说来，都是一件光荣而艰巨的任务，是不应该用这种不负责任的态度轻率从事的。我们怀疑：引起作者写出这首诗的动机，可能是未央的《祖国，我回来了》发表以后，故意来作反面文章。要是这样，那是不严肃的，那就自然不能严格而深刻地发挥他的主题。

最后,我们还想再举郑成义的两首诗分析一下。郑成义是上海的印染工人,有丰富的生活经验,近年来曾写出了一些有内容的好诗,他已编好第一部诗集,这里引用的是我们建议他从集子中撤出的两首;一首是《如今的机器真稀奇》:

如今的机器真稀奇,
身上亮晶晶,
脸上笑嘻嘻,
开动起来快如飞,
叫唤的声音轻又细。
从前的丝光机,
专门爱淘气,
出活出的少,
边还拉不齐;
现在产量高了一倍,
它服服贴贴随人意。
从前的染缸染四卷布,
一天到晚不停机;
现在一天染十卷,
爽爽快快讨人喜。
缝布机,印花机,
还有那染色机……
嘿!完全变了脾气。
你说这是啥道理?——
从前是机器管人,
现在是人管机器。
工人发挥了创造力,
老牛能够当马骑.
废铁能变活机器。

看得出,诗人是想着歌唱解放后先进工人的社会主义劳动精神,但是却变成了对机器的歌颂。关键所在,是诗人对于新旧社会的变化,对于工人在新旧社会所处地位的不同,不能用鲜明的具体感性的给人以美感的形象表现出来,他只是概念化地解释:“从前是机器管人,现在是人管机器。”不对,从前与现在的本质区别,并不在人与机器的关系上,而是在人与人的关系上。从前的机器是剥削者用以吸取工人血汗的工具,现在的机器是工人用以发挥社会主义劳动热忱创造人民财富的工具,工人由厌恶机器改变为爱护机器是自然的。诗人不能通过诗的形象揭露这种本质意义，那还是认识生活的能力不够的表现；因此，写出的诗就成为干巴巴的概念化的了。这种缺陷更突出地表现在另一首题作《多谢无痛分娩法》的诗里。诗共七节，前六节叙述了女工秀云结婚、生娃娃的过程，最后一节是：

母子二人俱平安，
多谢无痛分娩法。
看这娃娃白又胖，
日后福气一定大。

这是完全没有思想内容的。——写诗，是一种创造性的劳动，不能把生活现象平铺直叙出来就算完事，必须通过切身的、个人的真实感受，透过现象认识本质，从平凡事物中揭露出重大意义，既不能无中生有，又确乎看到了别人没有看到的东西，而且善于用准确生动的形象语言把它讲出来。这就要求诗人内心里确乎要有健康的真情实感，经常注意培养这种真情实感。不是随便碰到什么（就算是无痛分娩法吧），就顺手取来编个顺口溜一唱，这不能算是诗。

何理是一个年轻朴质的农民诗人；但是，在他的诗集里也有不完全健康的作品：

玻璃窗外飘雪花，
大嫂炕上纺棉花。
大哥卖线回了家，
工人隔窗笑哈哈。

——《夫妻搞副业》

这是对小生产者、小农经济的歌唱，是对农村生活的自然主义的反映。这情调是应该避免的。

从以上的评述中，可以得出这样的结论：

诗人必须是走在生活前面的人，必须以自己时代最先进的思想武装起来，必须具有新时代建设者的精神品质，必须努力掌握马克思列宁主义世界观。必须这样，他才能够深刻理解新人物，才能够与同时代的先进战士谈话，才能够唱出时代的歌声。

一切好的诗歌都必然宣传爱国主义思想，都必然与党的政策一致、与党的号召合拍，诗人的党性在诗篇里反映出来，就如同他的健康在面容上反映出来，他的面容在镜子里反映出来一样。

诗歌不可缺少感情，不可用简单的思想分析与表面的现象罗列代替诗。真挚的感情与先进的思想是一致的。别林斯基说：“情感……是由思想引起来的。……凡是有情感的作品，便不可能没有思想。自然，情感愈是深挚，思想也愈深刻；反之亦然。……每一行都有思想,因为每一行都有情感……只要作品是艺术作品的话,有此而无彼是不可能的。”感情不够真挚,是由于思想不够深刻而来的。

诗中抒情人物的思想情感必须借描绘诗人切身的个人的真实感受而表现出来。而这个诗人自己的切身的个人的真实感受,又必然是和人民群众相共通,和时代精神相一致。诗中的“我”总是诗人自己,同时又是千百万人的“集体”。诗人如果失去了和人民的联系,如果摸不到时代的脉搏,那就是艺术生命的死亡。

优秀的诗人和优美的诗篇,都在一定程度上符合这里提出的要求;而在诗歌领域里存在着的缺陷,最主要的则是由于不能符合甚至违反了这些要求而产生出来的。

当我们检阅了几年以来青年诗歌创作以后,我们就再一次地更明确地感觉到:持续不断地积年累月地以镂骨呕心的精神,在表现技巧上、特别在语言上用功夫,对于诗歌创作的重要性。

构思如果和表现手段脱节,其结果只能产生可钦佩的意图,却产生不出激动人心的形象。而“诗人应当使自己的思想和哲理的思考成为诗,应当用艺术形象的语言表现它们,只有那时,诗人的思想才会具有艺术感染力。”(武尔贡:《苏联人民的文学》上册126页)。把诗歌创作简单化为技术锤炼,那是形式主义的理解;而把技术锻炼从诗歌创作中排除,那将会使作品暗淡无光。正如内容决定形式,形式和内容不可分离地统一着,考虑表现手法、特别语言的运用,是与诗的构思同时到来的,它就是构思的一个组成部分、一个重要环节。假如诗人被某件事情所感动,它在诗人的意识中、心灵中、整个身心中激荡起一种情绪,诗人要把这情绪写进诗歌里去,也就是要把自己对这件事情的理解、看法写进诗歌里去,把自己的思想和感情写进诗歌里去,这同时他必然会联系考虑到怎样写法,用什么语言来写。当他一时还找不到适当的方法和形象的语言来表现这种内心的情绪时,那种情绪仍还是缥缥缈缈,像没有凝为雨滴的云,飘忽不定;直到寻出适当的语言以后,它才算逐步明确起来。无论是夹杂着雷霆闪电的狂风骤雨,还是伴随着燕飞花笑的清风细雨,总之,云凝为雨才会落到地面上,内心的情绪凝为诗句,才会写在纸面上。这中间还要经过推敲、琢磨、剪裁、修改,最后作品完成了,那种引起要写这作品的意念(对生活事件的看法、理解,也就是诗人的思想、感情)才算完全定型。

诗人要把所看见的东西,所想到的东西,在意识中结晶了的东西,用准确而个性化的语言表现出来,不是一件容易的事情,创作就是克服困难的过程,对每一首诗的完成都是如此。毫无困难地写出满意的作品,这情形是不多见的。因此,诗人必须在表现技巧上,特别是语言上肯下工夫,不吝惜汗水和脑汁。古人说:“文章出苦心”,正是这个意思。

要诗篇富于魅惑力,就是使它能充分地传达情绪,抓住读者,使读者自自然然随着诗人一同愤怒、流泪、激情、欢乐,那就必须花费苦心,努力寻找能够打动读者心弦的、亦即能够引起读者必要的情绪、必要的心境的节奏、词汇,语句。这就是杜甫说的“语不惊人死不休”。是的,必须用这“死不休”的精神与毅力去寻找能够震动人心的语言,在语言的汪洋大海中去找出那唯一的适当的字眼。这需要苦功,正如古人所说:“吟安一个字,捻断数根须”,“为求一字稳,耐得半宵寒”。而马雅可夫斯基的话对我们更是富有教育意义的启示:

诗歌的写作——
如同镭的开采一样
开采一克镭
需要终年劳动。
你想把
一个字安排得停当,
那就需要几千吨
语言的矿藏。

苏尔科夫说:“我真想奉劝诗人们把这几行诗贴在自己写字台的前面,用以勉励自己和周围的同志”。这话也如同说给我们听,我们也应该同样照办。

必须从日常用语的砂石里淘炼出真金,必须从群众语言的矿藏里开采出镭。

我们从许多年青诗人写出的优美诗篇中,看出他们是在注意了对表现技巧的追求,注意了语言的尽可能精炼。韦其麟的“百鸟衣”,具有浓厚的抒情色彩,散发着清新气氛,这当然是来自诗人强烈的生活感受与丰富的想象,但也同诗人注意吸收群众的语言,学习运用民歌的表现手法,是分不开的。在塑造这种民间传说的人物形象时,采取民歌的风格,就使形式和内容完全谐调,就使诗篇获得了它的造型美。写边疆、写草原、写农村、写爱情的诗歌,从民歌中吸取营养,运用得恰当,往往会取得很好的效果。闻捷的大部分诗篇,都给我们树立了成功的榜样。许多年轻诗人在沿着这条道路走来,并向前行进着。石方禹的《和平最强音》,以青年热情的火焰,把政论的言词熔铸为具有巨大鼓动性的诗句,概括了人民中国开国后一年间全世界的重大事件,义正辞严地指斥和平的敌人,人类的敌人:“不许战争!”这是诗人以人民的名义发出的“命令”。它雷霆般的声音和巨人般的气魄与其题材的广阔性和主题的重要性是完全相称的。没有一句是标语口号,因为没有一句不包含着饱满的诗意,这是宏伟的诗篇。我们当然不能把它的风格标准化;不过写政治抒情诗,也就是政论式的诗,它这种形式无疑的应该给予重视。由于它感情热烈,节奏响亮,朗诵起来一定会有好的效果。在这一方面,马铁丁的某些诗篇也可以给我们有益的启示。同样,许多青年诗人在沿着这条道路走来,并向前行进着。

在我们有才能的青年诗人中,像未央、邵燕祥、白桦、张永枚、严阵、雁翼、顾工、梁上泉、胡昭、韩笑、温承训……都在表现出某种独创性和独特性,形成着自己的风格。这当然决定于他们每人都有一定的不同的生活感受,——切身的个人的真实的生活感受;而怎样表达这生活感受,怎样雕塑自己的心灵,在这一方面,他们显然也都付出精力在试探摸索。这才是他们各人都能够形成或接近形成自己的风格的原因;虽然他们还存在着共同的缺陷有待于进一步克服——这就是诗的语言一般的还远远不能算精炼。

是的,缺陷还普遍存在着,最突出的是语言不精炼。

比如,在我们十分优秀的诗人写的算是相当成功的诗篇里,竟出现了像以下这样不确切的诗句:

敌人的坦克大炮,
并没有战胜我们,
结果还不得不
坐着十轮大卡车逃跑。
彭德怀将军一声令下,
我们就用两条腿
撵过了他。

——未央《我们的武器》

这里,"坐着十轮大卡车逃跑"的是谁呢?当然是"敌人",这是由常识判断出来的;要是依照语法看,则应该是"敌人的坦克大炮",这就讲不通了。另外,"撵过了他",——"他"指什么人?当然也是"敌人",这仍然是由常识判断出来的;如果按着标点及语法看,则应该是"彭德怀将军",这就更讲不通了。并且既然指的是敌人,似乎应该是"他们",而不是"他"。这些诗句都是禁不起推敲的,它们的含义很不确切。

比如在另一位十分优秀的诗人写的也算是相当成功的诗篇里,竟出现了像以下这样别扭的诗句:

她们上班去比别人早,
她们下班走比别人晚,
她们爱劳动就像爱学习,
她们守纪律就像守时间。

——邵燕祥《十二个姑娘》

我们不谈"上班……比别人早,下班……比别人晚"是否合乎生活真实(做为参加基本建设工程的润滑工人，理应和其他工人同时上班下班），只就语言来看："她们上班去"，"她们下班走"——读起来多么拗口！这"去"和"走"两个字是多余的。下两句以"爱学习"形容"爱劳动"，以"守时间"形容"守纪律"，意思都含糊不清。在同一首诗里，后面还有这样四句：

好啊，她们就这样成了工人，
就这样站到了润滑工的岗位上
像工人样地劳动，像学生样地学习，
把建设社会主义的事业扛上肩膀。

读者不禁发问："像工人样地劳动"是什么意思呢？她们既然"成了工人"，既然"站到了润滑工的岗位上"，不"像工人样地劳动"，又能够怎样劳动呢？至于"像学生样地学习"，在这一节诗里是缺少来由，没有具体内容的。

比如，单单为了照顾节奏和韵律的关系，在许多有才能的诗人手下，竟写出像下面这些诗句：

前人栽树后人凉，
把幸福留给朝鲜下一代。

——张永枚《中朝友谊林》

不要聚宝盆和摇钱树，
单要和庄稼打成片！

——严阵《一生一世一个心眼》

模范师傅，英雄徒弟，
江水和你们一同歌唱，
带着自己的歌来到了这里，
这是一曲改造自然的大交响！

——雁翼《献歌》

一切希望过的，
我们都能办到！
即使我们要展翅飞翔，
白云也要裂开一条蓝色的大道。

——白桦《青年骑手之歌》

这些都是在近年来出版的优秀的诗集里摘引下来的，为了经济篇幅，只各摘引一句。把这"后人凉"、"打成片"，"改造自然的大交响"、"裂开一条蓝色的大道"（且不说怎样能够在"大道"上"展翅飞翔"），写进诗篇，岂不很像让不谐调的噪音出现在乐曲里，使不经意的墨渍滴落到画面上吗？它们是很能破坏艺术效果的。为了证明语言的不纯洁和不修炼决不是偶然的和个别的现象，我们再从顾工的诗集中摘引几句作例：

等到拖拉机的履带滚来，
苍白的旷野会变得更加地（的）鲜艳

——《在世界屋脊的土地上》

早晨，只有雪鸡在清脆地啼鸣，
傍晚，只有河水在哗哗地发音。

——《喜马拉雅山下的书信》

有个孩子的笔迹好像蜘蛛在爬行，
但他的话语却比鹦鹉还动听。

——同前

必须说明：青年诗人顾工在掌握语言技巧上，一般还比较熟练；但正如这里所列举，“河水在哗哗地发音”，是违反语言习惯的，好像只是为了凑韵脚；“比鹉鹦还动听”，不只在语法上不通顺，而且以鹉鹦的叫声来比喻孩子的话语也不够恰当，更何况这是有“笔迹”可寻的孩子“书信”上的话语，怎么能够联想到“鹦鹉”呢？至于把“苍白”与“鲜艳”之间用“更加”来联系起来，这图景的变化就使人难以想象。

语言的芜杂，使人眼花缭乱，绝对不仅仅是语法修辞的问题；它更主要的是由于形象与构思的脱节，违反高度集中的表现手法。我们可以举出顾工的《暴风中的女医生》一诗来作简单分的：这是一首七十五行的抒情诗，主旨在歌颂一位热心为藏族人民接生治病的女医生，对藏族人民说来，她是“毛主席派来的救命恩人”，她由于得到藏族人民的真诚友谊而深深感动；“啊！怎么康藏高原并不寒冷！”这中间似乎还暗暗包含着颂扬民族团结的主题。总之，这一些企图都是好的，诗句也都流畅响亮。但是，问题却产生在它的写法上。它完全采用了电影艺术的表现手法——把一系列先后发生的、彼此不连贯的、内容不相同的各个活动场剪接组织起来。——我们并不是想树立一条清规戒律；不允把这种电影艺术的表现手法用来写诗。可是，这里既不是主要诉诸观众视觉的银幕，也不是长篇钜制的叙事诗，它是一首短的抒情诗，用了这种叙述方法，就几次把读者引进迷乱中。一开始读者看到：

暴风吹暗了明静的天空，
天空下飞舞着洁白的衣角；
黄沙掩盖住无垠的荒野，
荒野中隐现着红色的药包。

女医生在暴风中由远而近，诗人还插叙了一句，这就是“刚从藏民的胸前摘下听音器的女医生”。读者渐渐看清楚了，女医生被暴风吹打得东倒西歪，睫毛下沾满着灰

尘;但一下子又换了一个镜头:

起伏的土坎子上隆起木屋,
屋顶上的经幡在风中呼啸。
一个把婴儿兜在背上的妇人,
正在搬移着快被吹散的麦草。

读者陷入迷惑里:怎么回事呢?女医生那里去了?不忙,她已经被獒犬发现了。于是女人向她高唤:"安姆极啦!你好!"热情地邀她进屋来看看她所接生的孩子。女医生婉言谢绝了:"现在我要赶回医院,免得病人等得心焦。"而下面并不是医院,却出现了:

杂乱的荆棘丛中拉着帐篷,
篷顶被狂风吹得猛烈的波动。
一个缝缀着牛皮靴的老人,
正在把细牛筋穿进针孔。

怎么回事呢?又不见了女医生。不忙,往下看——啊,在风沙中有个温和的笑容,老人兴奋地举起针线高叫:"安姆极啦!你好!"热情地邀她进帐篷来看看瞎眼医好后他所做的新皮靴。女医生婉言谢绝了:"现在我要赶回医院,别让病人把我久等。"而下面还不是医院,却出现了:

背风的石岩后面有间矮屋,
拥挤的羊群正把木门顶撞。
一个圈住了牲畜的壮汉,
在用氇氇堵住灌风的小窗。

女医生又不见了。当然,随后就又显现出来。又是相同的一套话。最后女医生说:"现在我要赶回医院,别让病人等得心慌。"然后这才:

女医生走进了散发着温暖的医院,
　又推开了只有平静呼吸声的房间。
花瓶里插满了大朵的洋菊、鸢尾……
　几个护士正在把那花下的枝叶修剪。

随后是向女医生献哈达,女医生感动的场面。到这里,读者不禁怀疑:女医生那样匆匆忙忙赶回来,到底是为了什么事情呢?这个问题,最后似乎得到了回答,但却非常无力:

女医生坐在藏胞的病榻旁边,
　又在精神焕发地作着诊疗。

这就是这首诗的梗概。试想一想:像那些木屋、经幡、麦草、帐篷以及石岩、矮屋、羊群、小窗等等形象，难道是为诗的构思所必需的吗？如果不采取这样分散的而是用比较集中的方法来表现诗的主题，使读者的视线一直不离开女医生，让她在行进中碰见妇人、老人、壮汉，在谈话里（或通过医生的内心活动）交代清楚彼此的关系，这七十五行岂不是还可以再缩短吗？写诗，当然也不一定非以短为妙；不过像原诗这样一而再、再而三地把读者的视线打乱，扑朔迷离，不可捉摸，这种写法终是值得商讨的。

有时形象与构思脱节，主要是由于构思不完整，以致使形象混乱，结果是纵然在一首好诗中也不免夹杂上一些累赘的诗行或多余的段落。这可以举樊福庚的“日夜灌溉”一诗作例。这首诗我们在前面曾论述过：做（作）为一个电话工人，作者通过这首短诗本来表现出了他的真实的生活感受；可是，在构思上还是有缺陷的，因而语言就不免噜嗦。一开头前三句几乎是不需要的；接着第二节就更成问题：

八年前，
　我刚踏进电话公司，
看见一位老师傅，
终日伏在机器旁，
用生命把机器灌溉，
像匹瘦弱的马，
还要遭到主人的无情鞭笞。
他不时仰头望望我：
——唉，你也会变成这样的，
　那怕你多年轻可爱！

这个老师傅的形象是在说明什么呢？是在说明旧社会的老工人都在忍气吞声为主人做牛马呢？这显然是对工人阶级的歪曲反映。更使人不解的，这位老师傅在诗里一闪即逝，他与下面的叙述有什么关系呢？一点关系也没有。如果说：“我曾经立下心愿，要把机器当亲人看待”，是由于受了这位老师傅影响的缘故；但是那“像匹瘦弱的老马，还要遭到主人的无情鞭笞”的形象怎么能发生这样的影响呢？总之，这整整一段十句，和全诗是贴不到一起的，它们之间没有有机的联系。这样，如果把前十三句删去，似乎是并不会减少什么，相反可能是更完整一些。

构思不完整，以致使形象混乱，不能给读者以清楚明确的印象，还可以举出吴晨笳的《送别》一诗作例：

桥下是朝霞映红的水流，
女教师送别她的学生来到桥头；
去年她送走的第一批学生，

也在这石桥旁边分手。

远了,学生们回头向她挥手,
远了,她低头望望桥下的水流;
明年、后年、一年又一年……
她摸摸路旁那些她亲手栽下的杨柳。

十年后,南风吹动路旁的浓柳,
在那蓝天白云底下,
在她梦里也想不到的地方,
建设者们会在偶然触起的回忆里祝福她。

如果她经过一个陌生的城市,
从人山人海的车站上,
有人在久久端详之后招呼了她
她们在欢笑声中将有美妙的回想。

如果有一个她似乎熟悉的名字,
出现在她翻开的报纸上,
想了又想,终于叫了一声:“啊!”
她又一次感到无比的骄傲和舒畅。

女教师是应当歌颂也值得歌颂的。但这诗却使读者感到虚伪、勉强,主要原因是诗人的情感与诗中抒情人物的情感没有统一起来,诗人不能带领读者进入女教师的心灵中去。产生这种为诗人始料所不及的消极效果,是由诗的第二节开始的:“明年、后年、一年又一年……”以至“十年后”,是诗人的幻想呢?还是女教师的遐思呢?二者本来应该是统一的,而这里显然是游离开了。最初,女教师“低头望望桥下的水流”,又含情脉脉地“摸摸路旁那些她亲手栽下的杨柳”,似乎是表明女教师在内心里有所活动,她挥手送别了以自己知识的乳浆养育出来的学生,看他们一步步走去,心里想着:明年、后年、一年又一年像桥下的水流,这些学生都成长起来像她亲手栽下的杨柳。但是“十年后……”云云,又似乎只是诗人的幻想。才教出了两班毕业生的女教师,一般是不会想得这么远的。井掘深了自然有水,才掘了两铲子就坐下来为地下可能冒出的清泉而陶醉,这是不近人情的。所以后三节不过是诗人的虚构,有矫揉造作的痕迹。这样,一首诗就被分为两截,前后不通气。诗的构思不明确,女教师的形象没有树立起来,因而诗篇就没有感人的力量,二三两节个别词句的意义也就显得晦涩。由此可证:表现技巧的无力,基本上还是由于对生活理解的不深,对生活缺乏深刻理解,甚至理解错误,怎么能塑造出女教师的光辉形象来呢?

缺乏统一的构思,文字不精练,不能把诗行组成一个整体,不能使诗篇完美和谐,不能集中有力地表现主题,不能塑造出完整的感人的形象……这些彼此相关联的缺陷,在青年诗人的作品中,是普遍存在着的。克服这些毛病,使自己变成为精通本行业务技巧的熟练歌手,必须付出忠诚的劳动,勤练苦修、多炼多修。不怕失败,并勇于探求:现实的多样化,题材的多样化,内容的多样化,都要求形式的多样化,体裁的多样化,表现手法和风格的多样化。诗歌永远是朝向未知世界的旅行,个性和创造永远是诗的法则,应该尽量扩大题材的范围,尽量表现新的有广阔意义的主题,应该写得更加多变化,不要为自己制造束缚的绳套……当然,并不是说诗人不需要考虑形式问题。相反,诗人们必须注意加强诗歌和人民的联系。创造"新鲜活泼的、为中国老百姓所喜闻乐见的中国作风中国气派的"新诗歌的民族形式,仍然是有待于通过创作实践来加以解决的课题。为此,我们必须向悠久丰富的民族传统学习,向古典诗歌、民间诗歌学习,学习驱使语言和韵律的技巧。这也是我们青年诗人们所最感不足的一方面,需要努力补上这一课。

从前面这简单的论述中,可以看出:语言技(艺)术、思想感情、生活感受决不是彼此不相关的三个问题,而是统一在同一创作过程中的几个基本环节。正由于祖国丰富多彩的生活现实,激发了诗人们汹涌澎湃的政治热情,所以才唱出响亮雄壮的歌声。青年的诗歌队伍就是这样形成起来,并参加了我们的诗歌战线,许多优美的诗篇,富于鼓动性和战斗性的诗篇,也正是这样产生的。而缺陷也不外来自这三个方面:语言的冗长杂乱和表现技巧的粗疏无力,直接原因是由于思想的浮浅和热情的不足,更基本的根源则是生活的贫乏并与广大人民缺少联系。最根本的问题是生活的底子不深。诗人的才华,只有当他同生活,同人民的创造性活动发生紧密联系的时候,才得表规出来。

诗人们!跃身投入群众火热的斗争生活中去!不是走马观花,不是浮光掠影,而是像毛泽东同志指示我们的:"必须到群众中去,必须长期地无条件地全心全意地到工农兵群众中去,到火热的斗争中去,到唯一的最广大最丰富的源泉中去,观察、体验、研究、分析一切人,一切阶级,一切群众,一切生动的生活形式和斗争形式,一切文学和艺术的原始材料,然后才有可能进入创作过程。"(《在延安文艺座谈会上的讲话》)。让我们以行动来实践这永远放射着光辉的教言,使我们的歌声更加健康和响亮起来吧!

三

周扬同志在《建设社会主义文学的任务》报告中说:“我们希望诗人们加强和人民的联系,带着自己的得意之作到群众中去朗诵,和群众的感情互相交流,并且从群众那里吸取灵感和力量。同时诗人们向自己的民族传统学习,仍然是我们的新诗真正群众化的关键问题之一。如果诗人经常考虑到群众的爱好,又能经常从我国古典诗歌,民间诗歌那里学到驱使语言和韵律的技巧,那么,我们的新诗歌就会在广大群众的口头上互相传诵,变成真正人民自己的诗歌”。

这里提出了加强和人民联系,向民族传统学习两个问题。同时二者又是紧密结合着的,向民族传统学习仍旧是为了加强和人民联系。关于深入群众斗争生活对诗歌创作的重要意义前面已经谈过了,这里着重谈一谈向民族传统学习的问题。

诗歌的民族传统是什么?应该怎样学习?学习什么东西?这些都是很广泛很复杂的问题,我们只能一鳞半爪地漫谈漫谈。

所谓中国诗歌的民族传统,应该指的是三千年来中国诗歌的古典现实主义传统和五四以来逐渐形成的社会主义现实主义传统。无论五四前或五四后又都包括着民歌的传统。这传统的确是悠久丰富的,割断不得,也否定不了。我们,做(作)为伟大的社会主义革命时代的青年歌手,不能对这个传统闭起眼睛或扭过头去,而是要把继承和发扬它的责任担负起来。我们应该以此感到自豪和光荣。

中国诗歌的古典现实主义是怎样的呢?

产生于原始社会的劳动诗、劳动祭歌、祖先颂歌,不必说了;就从《诗经》算起,三百篇中大部分诗,特别是其中所搜集起来的人民的讴歌——闾巷风谣,大都反映了一定的历史事件,反映了阶级斗争和现实生活,它们无疑是现实主义的作品。屈原的《楚辞》,在表现手法上虽然富于浪漫主义色彩,但它深刻地反映着现实的矛盾,并表现出不妥协的斗争勇气,在基本精神上是现实主义的。在汉魏六朝的乐府诗中,不但广阔地记载了人民的生活情况,而且成功地塑造了像刘兰芝、花木兰这样为后人所熟悉的人物形象。唐代大诗人杜甫、白居易,无论在艺术观上,无论在创作方法上,更是有意识的现实主义者;即被现代人称为浪漫主义者的李白,在他精神的积极方面,也是和现实主义相通的。而中国文学的现实主义更为发展,则在宋元及其以后,即所谓市民文学或平民文学开始有显著的发展的时代。陆游、辛弃疾的诗篇里洋溢着爱国的热情;关汉卿、王实甫等大诗人,不只写了许多抒情小诗(散曲),而且写了许多大部头的诗剧(杂剧);像《西厢诸宫调》、《刘知远诸宫调》等长篇叙事诗,也在这时期出现了;在这些伟大的诗篇中反映着更复杂的社会生活,创造出更生动的人物形象。明清以来的民歌、弹词、大鼓书,更广泛地流传在人民中间,为老百姓所喜闻乐见。直到清朝末年的黄遵宪，不但在题材上开拓了诗的境界，而且在他的诗中极富于反帝爱国的精神，他是旧民主主义革命时代的代表诗人。

我们以天体旅行的速度，对于中国诗歌做了一个极为疏略的回顾，目的在于说明：在我国古典诗歌的历史上是富有现实主义传统的。依照冯雪峰同志的说法，我们把这种现实主义叫做古典现实主义。

自然，这并不是说在我国诗歌的历史上没有反现实主义的作品。反现实主义作品是有的，而且很多。他们可以概括分为两类：一类是内容空虚，对于现实采取虚伪态度，向封建统治者阿谀奉（逢）迎，歌功颂德；又一类则是和地主官僚士大夫的颓废、享乐、虚无主义、悲观主义或逐世主义等等没落思想相联系着的。前者一般是以汉朝以后的所谓儒家思想为指导；后者往往沉缅（湎）在所谓道家或释家的思想里。而为封建统治者服务的儒释道三家，精神是相通的。凡此一切，都是必须批判而不能接受的遗产——如果也算是遗产的话。但胡风夸大这消极面，企图以糟粕的垃圾堆掩埋历史的精华；胡适把泥沙掺在真金里，企图混淆是非以歪曲真实的面貌。我们不是单单从数量上，而是从真实的价值上，来看待我们伟大的民族遗产。我们当然要经过选矿的功夫，排除掉杂质，从矿石中提炼出发光的金属来。

不过，当谈到中国诗歌的现实主义和反现实主义问题时，切不可简单从事。正如高尔基所说："文学上有两种基本的潮流或倾向，就是现实主义与浪漫主义"。中国三千多年的诗歌发展也基本上是被这两种潮流或倾向支配着，并且交互地渗透着的。高尔基又说："在浪漫主义中，我们必须区别出两个完全不同的倾向。一个是被动的浪漫主义——粉饰现实，努力使人与现实相妥协，或使人避开现实，在自己内心世界中作无益的躲避，使人沉溺于人生命运之谜，爱、死等等思想中，把人牵引到不能用思辨直观所能解决，而必须由科学来解决的谜里。积极的浪漫主义，则企图强固人们对生活的意志，在人们心中，唤醒对现实及现实的一切的反抗心"。（《我的文学修养》）。这原则也可用来考察中国诗歌中的浪漫主义的倾向。中国诗歌中的浪漫主义的倾向，从大体上说，也有被动的和积极的两种，即粉饰现实或逃避现实与反抗现实或变革现实两种。以上所谓中国诗歌中那些空虚虚伪的阿谀奉（逢）迎、歌功颂德的作品，以及那些颓废、享乐、虚无、悲观、或逐世主义的作品，都可以概括在所谓被动的浪漫主义倾向中去。但中国诗歌中也有非常出色的积极的浪漫主义，从屈原以来所有的大诗人，差不多都赋有这种积极的浪漫主义的精神。

这里，就应该注意，考察过去诗人的倾向的时候，必须作具体的分析。因为每个诗人的倾向大都不是很简单而是相当复杂的。常常是一个诗人有现实主义倾向，也有浪漫主义倾向，并且有时是积极的浪漫主义，有时是被动的浪漫主义。这种相当复杂的情形，都交错地在他作品的思想、手法和风格上而表现出来。比如李白，假如说他基本的精神是要求个人的“自由”，这种潜意识是与封建的制度、礼法相对立的，是健康的、积极的；但这种“个人主义”的“解放思想”，其来源，不论有多么复杂，归根结蒂(底)，都是前资本主义的，是基础于商品经济的生产方式的商业资本的发展而形成，并受着商业都市的深广影响。因此。这种“个人主义”思想正如它的基础一样，只是处在萌芽状态，是潜意识中的，自在的，矛盾的，它和封建地主官僚的颓废享乐思想，并未绝缘。所以在他诗篇中的浪漫主义，积极的和被动的倾向，也是同时存在的。

但是，中国诗歌的历史，也和世界各民族的诗歌历史同样，在现实主义和浪漫主义两种潮流或倾向中，更基本的是现实主义。因为诗歌，做(作)为文学的样式的一种，它是属于上层建筑的意识形态，无论什么时代，都不能不是客观现实或社会生活的反映。从诗歌赖以发生发展的社会基础出发，也从诗歌倾向赖以发生和发展的社会根源出发，积极的浪漫主义，其用心也是在反映现实和改造现实，这是和现实主义相同的，所以积极的浪漫主义在基本上就和现实主义相通，它很自然地要和现实主义结合在一起；正如高尔基所说：“优秀的艺术家中，现实主义和浪漫主义是常常结合在一起的。”(《我的文学修养》)因此，我们可以把它作为现实主义的一种根本性的精神与特色而概括在现实主义里面去。

诗歌的历史证明，现实主义并不排斥浪漫主义，而且一定赋有浪漫主义精神。诗歌的历史证明，凡是能够和现实主义相结合，带给诗歌以非常高度的理想性的浪漫主义，总是积极的，鼓舞人们斗争和前进的浪漫主义，而不是被动的浪漫主义。在中国诗歌中，这种和现实主义相结合的积极的浪漫主义精神是很丰富的。这正是中国诗歌的古典现实主义传统的一般特征之一，是我们应该继承和发扬的。

其次，我们历代伟大的诗人，都是热爱生活，熟悉生活，有深广的生活体验和丰富的生活知识。这是一切诗歌创作特别是现实主义诗歌创作的源泉。比如屈原，他遭到奸邪的排挤打击，无以容身，本可以远走高飞，另谋出路，这在他所处的时代原是极平常的。他在《离骚》中也曾自述过，灵氛这样劝他：“……思九州之博大兮，岂惟是其有女？曰(爰)勉远逝而无疑兮，孰求美而释汝？何所独无芳草兮，尔何怀乎故宇”？于是他也试着去“历吉日兮吾将行”。但走着走着，“陟升皇之赫戏兮，忽临睨夫旧乡；仆夫悲余马怀兮，蜷局顾而不行。”他为什么这样念念不忘君国？原来主要还是舍不得楚国的人民啊！在《抽思》里诗人就曾回答过这个问题：“愿摇起而横奔兮，览民尤以自镇。”在屈原的诗篇里，处处流露着对人民生活的关怀。而诗人对民歌、传说、神话是那么熟悉，以至随手引用它们作为他进行诗歌创作的工具或素材，这也证明他的生活知识的渊博。又比如陶潜、杜甫、白居易，都是在多方面接触了并关怀着人民的生活。至于宋元以后的伟大诗人，像关汉卿、王实甫、孔尚任等，从他们的作品中可以看出他们的生活经验和生活知识是极端丰富的，上自王侯将相，下至贩夫走卒，以至士农工商，医卜星相，三教九流，他们没有不接触的。正是因为这样，所以他们才能通过形象，把生活的真实复制出来；也正因为这样，所以他们的作品，才能获得不朽的艺术生命。从而这些出于我们伟大诗人之手的光辉的诗篇，才对我们不止具有文献价值，而且具有美学意义，它们感人的魅力永不消亡，并将随着历史的发展，不断获得新的意义。那些把伟大诗篇认为是“把思想穿上衣裳，赋以血肉，而使之形象化”的说法是不正确的。因为诗歌的思想性只有通过内容的具体性才得表现出来。诗歌的思想就如同人的生命，不是把生命赋以形体，而是富有生命力的形体；不是把思想加以形象化，而是富有思想性的形象。诗歌缺少思想性，就如同王府井大街玻璃橱窗里的衣裳架子。

这并不是说世界观对于古典现实主义诗人是不重要的。世界观永远是创作的基石。不过我们分析诗人的世界观，亦即他的思想、立场和倾向性，不能受诗篇的“表面思想”所迷惑，而要突入其“艺术感觉”所捕捉的形象世界里去，因为这样才能发现诗人内心的思想、感情。判断一位诗人的思想、立场和倾向性，不是根据他的表面或宣言，而是根据他塑造的形象。

而“文学形象几乎永远大于思想，它表现有着复杂的精神生活的人，在矛盾的情感和思想中的人”（高尔基）。这是因为作为现实主义作品原料的现实生活，对诗人个人的主观倾向具有着一定的抵抗力，而诗人在其塑造的形象中，可能还没有用理性分析它们以前，便已不自觉地表现了它们内在的意义。这就是为什么诗人在解释生活与在叙述生活时往往存在着距离，而后者总是高于前者。我们生长在今天是幸福的，我们得能为马克思列宁主义，为共产主义世界观所武装，有条件因而就必须努力消灭这个距离；但古典现实主义的诗人不可避免地受着历史的局限，因而也就不可避免地产生世界观的矛盾，而烙印在他们的诗篇中。我们阅读研究这些诗篇，就有责任发现那没有完全为诗人明确获得的所描绘的事物的意义，也就是那隐藏在诗人意识之中的思想。对于屈原、陶潜、李白、杜甫、白居易，以及一切伟大的诗人的辉煌诗篇，不是正需要用这种方法来理解吗？

只有用这种方法和观点来阅读和研究伟大的古典现实主义诗篇，它们丰富的人民性才得被发现出来，才能被理解得真切和正确。诗歌中的人民性这一概念是有一定历史内容的，它随着诗歌的发展而不断改变着。对于我们的古典现实主义诗歌来说，它应该是意味着对人民生活的某方面的反映，或表现着人民的思想感情和要求的东西，以至在作品中揭露现实的矛盾，提出具有普遍人民意义的问题。像那些直接由农民或平民中产生的民歌、弹词、大鼓书等，大部分是反映人民的痛苦和欢乐，希望和梦想，反抗和斗争，是富有人民性的，这不消说了。就是那些杰出的诗人，当他们根据自己的生活感受进行创作时,也主要是反映着人民的思想感情的,像屈原的《离骚》、《九章》是和昏庸统治者斗争的;杜甫的"三吏"、"三别",白居易的《秦中吟》是代表人民鸣不平的;至于宋元以后,在诗歌作品中所反映的人民性就更加深刻了,《西厢记》具有鲜明的反对宗法礼教的态度;《救风尘》对薄情寡义的商人给以深刻揭露和辛辣讽刺,而处在社会底层的妓女则被表现为刚强、智慧和善良的象征;《桃花扇》揭露了明末昏聩腐败的政治,表现了明确的民族意识与爱国思想,《人境庐诗草》不但表现了反帝爱国,以至突破君主立宪的政治思想,而且提出了对诗歌创作的革新主张。……这些有代表性的诗人们的世界观虽然有着一定的局限性,但是从他们作品中的艺术形象看,对于现实社会的矛盾,则都采取着不掩饰和不妥协的态度,并寄同情于代表新生力量的方面。

通过真实的生活感受,塑造出生动的艺术形象,从而表现出高度的思想性和深刻的人民性,是中国诗歌古典现实主义传统的又一个特征。在这一意义上,我们继承和发扬古典现实主义传统,则意味着很好体会伟大诗人的创造精神,从中学习表现技巧与塑造形象的方法。

再次,中国诗歌的古典现实主义,是前资本主义或封建时代甚至更早期的产物。这是由中国封建社会长期停滞的历史条件决定的。但历时两千多年的中国封建社会,虽说长期停滞,却并非一潭死水,平静无波。而是处在不断变化和发展中,农民革命的烽火频仍不息,社会思想的演进非常复杂,生活经常动荡,斗争十分激烈,人民在文化上的创造力是很强的,因此,历代诗歌都有发展和变化。

做(作)为特定时代的意识形态的表现,诗歌总是植根于社会生活,又由社会生活所孳生,这就是现实的决定性;而一切特定时代的意识形态形成时,总不会是"异军突起"的偶然现象,正如马克思所说,它必须"使用前时代所遗留下的材料",诗歌也不能例外,这就是历史的继承性。但"召唤过去的亡灵来为自己努力,向其借用名称和声誉以及它的外衣,以便披着古老的外衣,说着借来的词句,把世界史的新场面,送上舞台"。这也就是说:"亡灵的唤起,并不是为了要模仿旧物,而是为了赞美新的斗争。"(《拿破仑第三政变记》)历史的继承性最后是服从于现实的决定性的。诗歌历史的发展变化也自然要遵循着这一规律。

此外,也要注意,现实主义诗歌在历史上有它根本的优越性,就在于它反映了客观的现实,从而内容充实,艺术有生命。因此,现实主义创作方法的持续性,是和现实主义作品生命的长久性相联系着的。而且,现实主义既然因反映客观现实而成立,则它比较地不隔离人民生活,因此也比较地容易受人民生活上和文化上的创造的影响,吸收人民的创造到诗歌中来。这只要想一想"里巷歌谣"之与《诗经》的关系,民间祭歌、神话、传说之与"楚辞"的关系,"齐楚燕代之讴"之与乐府诗以至汉魏古诗的关系，南北朝民歌之与齐梁诗以至唐诗的关系，就够了；至于词、曲、诸宫调、弹词、大鼓书……又那个不是来自“民间”，甚至有的还一直流行在“民间”呢？而这些岂不是给了宋元以来的现实主义诗歌创作以丰富的营养吗？所以，现实主义创作方法的发生、持续和发展，也是和它所反映及直接吸取的人民的创造性分不开的。

而现实主义诗歌的历史继承性，特别是现实主义创作方法的持续性，就不可避免地在内容和风格上产生了民族传统和民族形式。毛泽东同志所说的“新鲜活泼的，为中国老百姓所喜闻乐见的中国作风和中国气派”，在诗歌上乃是经过长期的发展而形成的。如果不追溯诗经、楚辞、汉魏六朝乐府、唐诗、宋词、元曲、诸宫调，以及明清以来弹词、大鼓书、民歌，等等，怎么能谈得民族形式的创造呢？当然民族形式决不是停滞不前的，决不是一成不变的，它最后是由新的现实所决定的。但是，如果割断了历史继承性，则现实的决定性也将无从表现出来。我们不是民族复古主义者，今天的民族形式当然不是简单地模仿古人。但胡风把“五四”以来的新文艺、新诗歌和民族的文艺传统、诗歌传统一刀两断，把它看作是“截然异质的突起的飞跃”，是“累积了几百年的，世界进步文学传统的一个新拓的支流，”显然是片面的。是的，世界进步文学传统确是“五四”新文学运动来源之一，我们应该把惠特曼、歌德以及欧洲其他诗人给予郭沫若和他以后的许多诗人的影响加以充分估计；但是，假如没有中国古典现实主义的伟大传统，没有从诗经，楚辞到明清民歌的传统，单凭“移植”，就能开发出这么“一个新拓的支流”来，这是可以想像的吗？

“五四”以来的新诗歌，比起古典诗歌来，确乎是一个“飞跃”，这是由于“从五四以来，社会主义理想一直是鼓舞一切正直的进步的作家的精神力量。许多进步作家的作品真实地表现了中国人民为实现民主主义革命而进行的各种形式的斗争。由于整个世界进入了社会主义革命的时代，中国民主革命是工人阶级和共产党所领导的，在这个民主革命中社会主义因素是具有决定作用的因素，同时又由于许多进步作家逐渐掌握了共产主义世界观和社会主义现实主义的创作方法，因此在他们作品中表现出了日益明显的社会主义倾向。”（周扬:《建设社会主义文学的任务》）这些都是“五四”以前所没有，而为“五四”以来中国现实所决定的。在诗歌方面，这就形成了由郭沫若开始的新传统，蒋光慈、殷夫、臧克家、柯仲平、艾青、田间、何其芳、袁水拍、李季、阮章竞……都是属于这个传统的。这就是中国诗歌的社会主义现实主义的传统。

中国诗歌的社会主义现实主义，当然是也只能是中国诗歌的古典现实主义的继承和发展。割断这种继承性，必然会损害诗歌与人民的联系。不幸的是在新诗歌的发展上并不是没有走过弯路，很长时期在诗歌创作实践上有忽视民族传统的表现，这就使着重新提出继承和发扬诗歌的民族传统问题,仍然具有现实的迫切的重大意义。

在这一意义上,继承和发扬我国诗歌的古典现实主义传统乃是继承和发扬它和民间诗歌的紧密联系而又富于中国作风和中国气派的传统。而这也正是中国诗歌的古典现实主义的另一重要特征。

上面我们已经简单论述了中国诗歌的古典现实主义传统有些什么基本特征,有些什么东西是我们应该继承和发扬的。在这里我们还必须补充提一提:对待古典诗歌,目前流行着一些什么错误看法,必须怎样才算正确。

在青年诗歌创作者和爱好者当中,对待古典诗歌的不正确态度,大约有这么四种:一是完全否定,认为那里边既然没有马克思列宁主义,又没有社会主义理想,就没有什么值得学习的东西,比起古代诗人来,现在的我们是高明多了。二是完全肯定,认为现在的新诗歌还根本没有定型,只有古典诗歌才是好的,从内容到形式,特别是形式上,应该完全模仿古典诗歌。三是简单化,认为古典诗歌中都有一定的“窍门”,学习古典诗歌。就是找“窍门”,这个“窍门”一旦找到了,写作能力就可以立竿见影地提高。四是神秘化,认为我们和古典诗歌之间有一条不可逾越的鸿沟,只能望洋兴叹,它是高不可攀的。这四种态度都不对,都违反批判地接受遗产,必须向前看而不是向后看的精神。其实每一个诗人都需要有高度的文艺教养和文化教养,应该尽可能地懂得各种科学知识,如果对于自己民族的诗歌传统都不能刻苦学习,正确对待,要使自己成为一个有高度修养的人,岂不是很困难的吗?茅盾同志在“培养新生力量,扩大文学队伍”的报告中,号召青年作者要注意学习文艺理论和古典文学,我们以为对青年诗人们说来,系统地阅读和研究中国古典诗歌,是符合茅盾同志所提出的要求的。

系统地阅读和研究古典诗歌的重要性何在呢?

毛泽东同志《在延安文艺座谈会上的讲话》中,于论及文艺创作时,在正确地指出了人民生活是“一切文学艺术的取之不尽,用之不竭的唯一源泉”以后,又说:“有人说,书本上的文艺作品,古代的和外国的文艺作品,不也是源泉吗?实际上,过去的文艺作品不是源而是流,是古人和外国人根据他们彼时彼地所得到的人民生活中的文学艺术原料创造出来的东西。我们必须继承一切优秀的文学艺术遗产,批判地吸收其中一切有益的东西,作为我们从此时此地的人民生活中的文学艺术原料创造作品时候的借鉴。有这个借鉴和没有这个借鉴是不同的,这里有文野之分,粗细之分,高低之分,快慢之分。所以我们决不可拒绝继承借鉴古人和外国人,那怕是封建阶级和资产阶级的东西”。这里说得很清楚,借鉴不借鉴是大有不同的,有文野、粗细、高低、快慢之分。但是文学创作(自然诗歌创作也包括在内)必须以此时此地的人民生活为源泉,必须从现实出发;借鉴决不能毫无批判地硬搬和模仿。

那么,这文野、粗细、高低、快慢之分是怎样来的呢?为什么又必须借鉴呢?这个问题,我们在前面已经作了回答,因为文学创作特别是诗歌创作,在语言的使用、韵律的安排以至风格的形成、素材的选择、形象的塑造等等方面,都是有继承性的。正是这样,所以才能够和必须创造出民族形式来。当然我们要革新,而不是保守;但创造新的东西必须从旧的起点出发。列宁曾说:"我们必须保存那些美好的东西,拿它来做模范,从它再出发,即使它是陈旧了的东西。为什么我们要背弃那真正美好的东西,不拿它来作更为进一步发展的起点,而唯一的理由就是因为它是陈旧了的东西呢?为什么我们要崇拜新的东西,把它当作是我们该崇拜的上帝,而唯一的理由就是因为它是新的呢?这一切都是无聊的,万分无聊……"(《马克思主义与文艺》205—206页)。这原则是完全可以适用于我们今天的诗歌创作的。这关系着新诗歌能否群众化的问题,也关系着新诗歌能否进一步提高艺术技巧。在这里,诗歌的真正群众化和艺术技巧的提高,完全是统一的,而不存在任何矛盾。那些把向古典诗歌学习认为就会使新诗歌"带上僵尸气味",不过是扑(捕)风捉影的说法,是经不起实践印证的。

系统地阅读和研究古典诗歌,不仅仅是为了学习语言和表现技巧,对我们说来,应该还有着更高的目的,就是理解和认识诗歌的本质和特性,以及它的发展规律,更好地掌握它,更正确地推动它前进。

不应该只是对个别诗人、个别诗篇做孤立的观察、玩赏,这样作只能得一些零乱的表面的印象;必须把伟大的诗人、杰出的诗篇放在一定的历史条件下,摆在一定的社会地位上,来进行研究、分析,这样做才能达到真正的理解。我们必须从对各个历史时期诗歌现象所造成的感性认识,推移出理性认识,从对具体的作品分析中,综合出抽象的理论。毛泽东同志说:"我们的实践证明:感觉到了的东西,我们不能立刻理解它,只有理解了的东西,才更深刻地感觉它。感觉只能解决现象问题,理论才解决本质问题。"(《实践论》)这在新诗歌运动的实践中也是完全可以得到证明的。我们只有学习和掌握了中国诗歌发展的历史,才能够对于当前的诗歌问题提出正确的解决意见。

比如,当我们了解了原始诗歌产生于劳动呼声,诗歌的节奏、韵律,乃是由劳动本身的节奏、韵律所派生,是随着社会实践的变化而变化的,特别是随着音乐的发展而发展的;那么,我们就懂得了那些把诗歌创作当作神经痉挛、打喷涕(嚏),把诗歌的节奏、韵律看做来自呼吸、脉搏,反映着人的生理现象,永恒不变等等说法,不过是唯心主义的神秘主义的谬论。

比如,当我们了解了自从唐宋以来,随着市民阶层的兴起,社会生活的更趋复杂化，诗体已开始向着解放、自由的趋向发展；那么，如果企图把今天的诗歌定型为五、七言，九、十言，或是多少顿，诸如此类，都不过是主观的偏好。

比如，当我们了解了中国诗歌自从渡过原始阶段，就逐渐分做诵诗和歌诗两个支流，互相平行，又互相渗透，演进下来；那么，就可以判定：在今天也应该有产生于现实基础上的新歌诗与新诵诗，诗歌的民族形式问题，应该由这里出发去寻找解决方案，那些企图把歌从诗中分别出来加以剔除的想法，是不正确的。

比如，当我们了解了虽然在商周古代，由于特殊的社会条件，没有产生出伟大的史诗，而在宋元以后，随着市民文学的兴起，长篇叙事诗却以诸宫调、弹词、大鼓书等形式发展起来了；那么，就不难理解，如果认为中国诗歌只有抒情诗的传统，没有叙事诗的传统，是不符合事实的，而在今天从事新叙事诗的创造，也正应该从曲艺和民歌中吸取有益的营养。这当然只有经过创作实践才能更加明确起来。

这里，我们只是顺便举例，存在于目前诗歌创作与诗歌运动中的问题，当然远远不只是这些；至于我们对这些问题的看法更不一定正确。不过，可以肯定，要找出正确的答案，必须还要对中国诗歌的传统做进一步的探讨。在我们青年诗人面前摆着这样一个任务：深入学习马克思列宁主义，应用这一放之四海而皆准的普遍真理来解决诗歌创作与研究中存在和发生的问题，并结合对诗歌创作与研究的实践，来进行马克思列宁主义的深入学习。让我们首先在古典诗歌的探讨中，努力实现这一结合吧。

年青的有才能的诗人们，要努力使自己成为一个有高度修养的人，要认真提高自己的文艺素养和文化素养，应该学习的东西是多方面的；在这里，我们只提出了系统地阅读和研究中国古典诗歌的问题，是因为继承和发扬诗歌的民族传统更直接地关系着当前的创作实践。是的，中心的问题是繁荣创作，写出更富有思想力量与艺术生命的诗歌，来回答党和毛泽东同志对我们的关怀，来回答祖国和人民对我们的期待，是我们光荣而艰巨的任务。

我们正处在人类的春天，我们的祖国正以迅猛的步伐沿着社会主义大道飞快前进，时代的声音、人民的声音在号召，让我们发出更响亮的青春火热的歌声来吧！

1956 年 4 月

——原载《公木文集》第 6 卷

陆定一

百花齐放，百家争鸣①

中国科学院院长和中国文学艺术界联合会主席郭沫若先生，要我来讲讲中国共产党对文艺工作和科学工作的政策。中国共产党对文艺工作主张百花齐放，对科学工作主张百家争鸣，这已经由毛主席在最高国务会议上宣布过了。执行这个政策，我们已经有了部分的经验，但是我们的经验还是很少的。我今天所要讲的，是个人对这个政策的认识。今天到会的都是自然科学家、社会科学家、医学家、文学家和艺术家，有共产党员，也有各民主党派的和无党无派的朋友。你们当然能够了解，这个政策对于我国文学艺术和科学研究工作的发展，对于你们所从事的工作，有何等重要的意义。我的了解如有不对的地方，希望大家不吝指正，使我们的共同事业能够顺利发展。

一、为什么提出这样的政策？为什么现在才着重提出这样的政策？

我国要富强，除了必须巩固人民的政权，必须发展经济，发展教育事业，加强国防以外，还必须使文学艺术和科学工作得到繁荣的发展，缺少这一条是不行的。

要使文学艺术和科学工作得到繁荣和发展，必须采取"百花齐放，百家争鸣"的政策。文艺工作，如果"一花独放"，无论那朵花怎么好，也是不会繁荣的。拿眼前的例子来说，就是戏剧。几年以前，还有人反对京戏。那时，党决定在戏剧方面实行"百花齐放，推陈出新"的政策。现在大家都看到，这个政策是正确的，收到了巨大的效果。由于有了各剧种之间的自由竞赛和相互观摩，戏剧的进步就很快。在科学工作方面，我国也有历史经验。我国在两千年前的春秋战国时代，学术方面曾经出现过"百家争鸣"的局面，这成了我国过去历史上学术发展的黄金时代。我国的历史证明，如果没有对独立思考的鼓励，没有自由讨论，那末，学术的发展就会停滞。反过

① 一九五六年五月二十六日在怀仁堂的讲话。

来说,有了对独立思考的鼓励,有了自由讨论,学术就能迅速发展。春秋战国时代同现在的情况是大不相同的。当时,社会是动乱的,学术方面的“百家争鸣”是自发的而没有有意识的统一领导的。现在,却是人民自己打出了自由的天地,人民民主专政已经建立起来而且巩固起来了,人民要求科学工作的迅速发展,因而自觉地对科学工作进行全盘的规划,并采取“百家争鸣”的政策来促进学术工作的发展。

我们又要看到,在阶级社会里,文学艺术和科学工作毕竟要成为阶级斗争的武器。

这个问题,在文学艺术的领域里,是比较明显的。文学艺术中有一些显然有害的东西。胡风就是一个例子。诲盗诲淫的黄色小说又是一个例子。“打打麻将,国事管他娘”,“美国月亮比中国的圆”这些所谓文学作品又是一些例子。把这样的有毒的文艺,同苍蝇、蚊子、老鼠、麻雀一例看待,加以消灭,是完全应该的。这对文艺只有好处,没有坏处。所以,我们说,有为工农兵服务的文艺,有为帝国主义、地主、资产阶级服务的文艺。我们所需要的,是为工农兵服务的文艺,为人民大众服务的文艺。

在哲学和社会科学的领域里,阶级斗争也是比较明显的。胡适的哲学观点,历史学观点,教育学观点和政治观点,大家都批判过了。批判胡适,这是阶级斗争在社会科学领域里的反映。这个批判,以及对梁漱溟先生的批判,是完全应该做的。对其他资产阶级唯心主义的哲学派别和资产阶级社会学的批判,也是应该做的。

在自然科学领域里,虽然自然科学本身没有阶级性,但自然科学工作者却是每个人都有自己的政治立场的。从前,在一部分自然科学家中间,有过盲目崇拜美国的思想。在一部分自然科学家中也有所谓“非政治化”的倾向。批判这些坏东西也是完全应该的。这种批判,也就是阶级斗争的反映。

我们还必须看到,文学艺术和科学研究,虽然同阶级斗争密切有关,可是它和政治终究不是完全相同的。政治斗争,是阶级斗争的直接的表现形式,文艺和社会科学,可以直接地表现阶级斗争,也可以比较曲折地表现阶级斗争。以为文艺和科学同政治无关,可以“为艺术而艺术”,“为科学而科学”,这是一种右的片面性的看法,是错误的。反之,把文艺和科学同政治完全等同起来,就会发生另一种片面性的看法,就会犯“左”的简单化的错误。

我们所主张的“百花齐放,百家争鸣”是提倡在文学艺术工作和科学研究工作中有独立思考的自由,有辩论的自由,有创作和批评的自由,有发表自己的意见、坚持自己的意见和保留,自己的意见的自由。①

我们所主张的自由,是同资产阶级民主主义所主张的自由不同的。资产阶级所主张的自由,只是少数人的自由,劳动人民是没有份或者很少有份的。资产阶级对劳动人民是实行专政的。现在美国的好战分子标榜什么"自由世界",在那个"世界"里,好战分子反动派有一切自由,而卢森堡夫妇却被处以死刑,因为他们主张和平。我们是主张不许反革命分子有自由的,我们主张对反革命分子一定要实行专政。但是在人民内部,我们主张一定要有民主自由。这是一条政治界线:政治上必须分清敌我。

我们所主张的"百花齐放,百家争鸣",是人民内部的自由。我们主张随着人民政权的巩固而扩大这种自由。

人民内部是一致的又是不一致的。我国已经有了宪法,遵守宪法是人民的义务,这就是人民内部的一致性。这就是说,爱祖国,拥护社会主义,是全国人民都应该一致的。但是,人民内部也有不一致的地方,在思想上有唯物主义和唯心主义的分别,这种分别,在阶级还存在的时候会有,在阶级消灭以后还会有,一直到共产主义社会还会有。在阶级还存在的时候,唯物主义和唯心主义之间的矛盾表现为阶级的矛盾;在阶级消灭以后,只要还存在着主观和客观的矛盾,还存在着先进和落后的

---

① 几位科学家来信,认为应该防止对百家争鸣的政策在认识上发生偏向。现在把科学出版社杨肇燫先生的来信摘要发表在这里。

杨先生的信说:

"百家争鸣的方针毫无疑问是完全正确的。但在实际上对这一方针的认识似乎要防止很可能有的某些不正确的偏向。

"顾名思义,争鸣的应当是多少可以称为'家'的。可是有一些人往往安于浅赏,偶有一'得',便沾沾自喜,不肯深入钻研,不肯脚踏实地去做学术工夫,以致陷入泥坑而不知返,反而坚持错误,在真理面前还不肯低头。最显著的例子,就是经常有不少的人不肯相信(其实是不肯艰苦学习)已经公认为证明了的为什么用圆规和直尺三等分角是不可能的,为什么永动机是不可能的,而偏偏要白费时间和脑力去发现奇迹。这种把精神智慧消耗于毫无意义的、明明注定要失败的企图上的人,为数恐不在少。其中有些人恐不免是由于要想隔夜成'家',一'鸣'惊人,不愿去走崎岖的学习途径。如果向他们建议去下工夫进行学习已有的结论,根据经验,很可能他的答复会轻松地说,那是资产阶级学者的理论,是'唯心'的!

"与上面所说的情形相仿,经验告诉我们,有些人,尤其是工程师和技术工作者,由于业务上的客观情况,不大有机会去接触相关的文献,因此就不努力去查文献或向人请教,而径自苦心孤诣地去研究一个问题,并且得出了正确的结果,可是很不幸,他还不知道早已有人甚至在几十年前就已经作好了。

"要真正成'家',要喤喤善'鸣',是需要经过一段长时期艰苦钻研和实践的历程的。这一点对百家争鸣起码应该具备的正确知识,似乎有必要着重予以指出。否则,今后各研究单位、各高等学校将会收到很多'家'各'鸣'其'鸣'的发现或发明,还得花费不少宝贵时间予以审阅,还得小心翼翼地耐烦地说明其不可能,或指出其已有前人作过。这样,作者的精力固然白费了,审查人的精力也是白费的。但如果对百家争鸣具有正确的认识,至少可以减少精力的浪费,进一步还可化无用为有用。"

杨先生和好几位别的科学家关于防止对"百家争鸣"发生误解的意见,是经验之谈,是有道理的。这种误解,这种偏向,是应该防止的。——作者

矛盾,还存在着社会生产力和生产关系的矛盾,那末,唯物主义和唯心主义的矛盾在社会主义社会和共产主义社会中也还将存在。唯物主义和唯心主义之间,是有斗争的,而且这种斗争将是长期的。共产党人是辩证唯物主义者,当然主张宣传唯物主义,反对唯心主义,这是不可动摇的。但是,正因为是辩证唯物主义者,正因为了解了社会发展的规律,所以共产党人主张必须把人民内部的思想斗争同对反革命分子的斗争严格地区别开来。在人民内部,不但有宣传唯物主义的自由,也有宣传唯心主义的自由。只要不是反革命分子,不管是宣传唯物主义或者是宣传唯心主义,都是有自由的。两者之间的辩论,也是自由的。① 这是人民内部的思想斗争,同对反革命分子所进行的斗争是不同的。对反革命,应该镇压,应该打倒。对人民内部的唯心主义的落后思想,应该进行斗争,这个斗争也是尖锐的,但这个斗争是从团结出发的,是为了克服落后,加强团结。对于思想问题,想用行政命令的办法来解决,是不会有效的。只有经过公开辩论,唯物主义的思想才能一步步克服唯心主义的思想。

在艺术性质的问题上,在学术性质的问题上,在技术性质的问题上,也会有意见的不同。这种意见上的不同,是完全容许的。在这类性质的问题上,发表不同的意见,进行辩论,进行批评和反批评,当然是自由的。

总而言之,我们主张政治上必须分清敌我,我们又主张人民内部一定要有自由。"百花齐放,百家争鸣",是人民内部的自由在文艺工作和科学工作领域中的表现。

我们现在已经完全有条件来实行"百花齐放,百家争鸣"的政策了。

我们现在的情形是怎样呢?

第一,社会主义改造在全国基本地区内已在各方面取得决定性的胜利,剥削制度将在今后几年内在这些地区被消灭。一切原有的剥削者将被改造成为自食其力的劳动者。我国即将成为没有剥削阶级的社会主义国家。

第二,知识界的政治思想状况已经有了根本的变化,并且正在发生更进一步的根本变化。这在周恩来同志关于知识分子问题的报告中已经说得很详细。在这里,让我略为回顾一下最近的一次斗争。

最近的一次斗争,是反对资产阶级唯心主义思想的斗争。在这次斗争中,广大的知识分子表现得很好,进步很大。

---

① 有人以为,在我国不应该有宣传唯心主义的自由。也有人以为,既然有宣传唯心主义的自由,那末唯心主义者就应该有无限的宣传自由。这些看法,都是出于误解。以宗教为例来说,在我国,各种宗教都有自己的教堂、寺庙、刊物、出版机关,还有训练传教干部的学校,这些都是自由的而且受到国家的保护的。但是,为了有利于无神论者和有神论者之间的团结,避免发生冲突起见,无神论者不到教堂、寺庙里去做反宗教宣传,有神论者不在教堂、寺庙以外的公共场所进行宗教宣传,这里,无神论者和有神论者双方在宣传上的自由又是有限度的。——作者

在这个斗争中,我们学术界的主要锋芒,集中在胡适和胡风这两个反革命分子身上,他们不仅思想上是唯心主义者,而且政治上是反革命分子。此外,还对梁漱溟先生的哲学和社会政治观点,对文艺界中的个人主义的资产阶级思想等等进行了批判。现在大家都可以看得见,这种斗争对于推动社会主义改造的发展是必要的,因而这个斗争是正确的。

在这个斗争中,中共中央曾经指示,必须坚决反对阻碍开展学术批评和讨论的思想,这些思想表现为:对资产阶级"名人"的偶像崇拜,认为他们是"权威",不能批评;对青年的马克思主义的学术工作者采取资产阶级贵族老爷的态度,对他们实行压制;某些党员以"权威"自居,不许别人批评自己,不进行自我批评;某些党员因为"怕破坏统一战线""怕影响团结"不敢批评别人;某些党员因为私人友情或情面的关系,对别人的错误不去批评,甚至加以掩护。中共中央指出,必须坚持这样的原则:在学术批评和讨论中,任何人都不能有什么特权;以"权威"自居,压制批评,或者对资产阶级错误思想熟视无睹,采取自由主义甚至投降主义的态度,都是不对的。同时,中共中央又指示,学术批评和讨论,应当是说理的,实事求是的。这就是说,应当提倡建立在科学基础上的尖锐的学术论争。批评和讨论应当以研究工作为基础,反对采取简单、粗暴的态度。应当采取自由讨论的方法,反对采取行政命令的方法。应当容许被批评者进行反批评,而不是压制这种反批评。应当容许持有不同意见的少数人保留自己的意见,而不是实行少数服从多数的原则。对于在学术问题上犯了错误的人,经过批评和讨论后,如果不愿意发表文章检讨自己的错误,不一定要他写检讨的文章。在学术界,对于某一学术问题已经做了结论之后,如果又发生不同的意见,仍然容许讨论。中共中央又指示:在进行对资产阶级错误思想的批判和学术问题的批评和讨论时,应当坚持党的统一战线政策和团结改造知识分子的政策。应当把在思想上坚持资产阶级错误观点的人,和虽有这种错误观点但是倾向于唯物主义的人区别开来,分别对待。应当分清政治上的反革命分子和学术思想上犯错误的人。学术思想上有严重的资产阶级错误观点的学术工作者,只要政治上不是反革命分子,都应当保障他们获得适合于他们的工作岗位,保障他们有可能继续进行对于社会有用的研究,尊重和发挥他们对社会有用的专长,并将这种专长传授给青年,同时鼓励他们积极参加学术的批评和讨论,实行自我改造。

这些指示,保证了我们在反对资产阶级唯心主义思想和开展学术批评的工作中不犯重大错误。现在检查起来,这个斗争基本上是做得对的,在分寸的掌握上也大体是对的。但错误和缺点还是有的。例如俞平伯先生,他政治上是好人,只是犯了在文艺工作中学术思想上的错误。对他在学术思想上的错误加以批判是必要的,当时确有一些批判俞先生的文章是写得好的。但是有一些文章则写得差一些,缺乏充分的说服力量,语调也过分激烈了一些。至于有人说他把古籍垄断起来,则是并无根据的说法。这种情况,我要在这里解释清楚。

我们回顾一下,再看现在。那末,现在的情形已经同过去有很大的不同了,如果在一两年前,资产阶级唯心主义还有很大的市场,胡风之流还在思想战线上猖狂进攻,很多知识分子不能辨别什么是唯物主义思想、什么是唯心主义思想,不知道资产阶级唯心主义思想对社会主义事业有什么危害,那末,今天我们思想界已经大有进步。

现在,有些部门对胡适、胡风的反动思想的批判工作的原定计划还没有做完,肃清暗藏的反革命分子的工作也没有做完。凡是没有做完的,应该贯彻进行到底,不可以半途而废。因为只有把这些工作做好了,才能为今后的很多工作创造出有利的条件。在这个斗争中还必须再三强调团结占全体人数百分之九十几的好人,包括落后的分子在内,共同对反革命分子进行斗争。

第三,我们还有敌人,国内也还有阶级斗争,但是敌人特别是国内的敌人已经大大削弱了。

敌人是谁呢?在国外,有以美国好战分子为首的帝国主义侵略势力,在国内,有盘据(踞)台湾的蒋介石集团,还有其他残余的反革命分子。这些就是我们的敌人。对这些敌人,仍然必须继续坚决斗争,不能松懈。

第四,全国人民政治上思想上的一致性大大增强,而且还在继续增强之中。

正是估计到这样的情况,所以中国共产党中央现在着重提出了“百花齐放,百家争鸣”的政策,就是要我们在文艺工作和科学工作方面,也把一切积极因素都调动起来,更好地为人民服务,为繁荣我国的文学艺术而努力,为使我国的科学工作赶上世界先进水平而努力。

现在,我们许多自然科学工作者正在政府领导之下草拟关于自然科学发展的十二年的规划,哲学和社会科学的十二年发展规划也正在拟定的过程中。制定和实现这些规划,是我们科学界的光荣任务。贯彻“百家争鸣”的方针,是完成这个任务的一个重要保证。

二、加强团结

“百花齐放,百家争鸣”,既是为了动员一切积极因素,所以又是一个加强团结的政策。在什么基础上的团结?在爱国主义的基础上,在社会主义的基础上。团结起来干什么?建设社会主义的新中国,并且同内外敌人作斗争。

有两种不同的团结。一种是机械服从的团结,一种是自觉自愿的团结。我们所要的,是自觉自愿的团结。

我们的文艺界科学界是不是团结的呢？是团结的。同中华人民共和国开始建立的时候比较起来，文艺界和科学界在团结方面是大有进步了。社会改革的工作和思想改造的工作，是我们所以能有今天这样的坚固团结的原因，否认或忽视这一点是不对的。但这决不是说，我们的团结已经十全十美了。团结方面还有缺点。

缺点在那（哪）里？首先在于有些共产党员忘记了毛泽东同志的指示，忘记了宗派主义的害处。工作中的成绩，往往会使一些人冲昏头脑，居功自傲的情绪就会发展起来，宗派主义的情绪就会发展起来。

毛泽东同志在一九四二年，在《整顿党的作风》一文中说：

“我们的许多同志，喜欢对党外人员妄自尊大，看人家不起，藐视人家，而不愿尊重人家，不愿了解人家的长处。这就是宗派主义的倾向。这些同志，读了几本马克思主义的书籍之后，不是更谦虚，而是更骄傲了，总是说人家不行，而不知自己实在是一知半解。我们的同志必须懂得一条真理：共产党员和党外人员相比较，无论何时都是占少数。假定一百个人中有一个共产党员，全中国四亿五千万人中就有四百五十万共产党员。即使达到这样大的数目，共产党员也还是只占百分之一，百分之九十九都是非党员。我们有什么理由不和非党人员合作呢？对于一切愿意同我们合作以及可能同我们合作的人，我们只有同他们合作的义务，绝无排斥他们的权利。一部分党员却不懂得这个道理，看不起愿意同我们合作的人，甚至排斥他们。这是没有任何根据的。马克思、恩格斯、列宁、斯大林给了我们这样的根据么？没有。相反地（的），他们总是谆谆告诫我们，要密切联系群众，而不要脱离群众。中国共产党中央给了我们这个根据么？没有。中央的一切决议案中，没有一个决议说是我们可以脱离群众使自己孤立起来。相反地（的），中央总是叫我们密切联系群众，而不要脱离群众。所以，一切脱离群众的行为，并没有任何的根据，只是我们一部分同志自己造出来的宗派主义思想在那里作怪。因为这种宗派主义在一部分同志中还很严重，还在障碍党的路线的实行，所以我们要针对这个问题在党内进行广大的教育。首先要使我们的干部真正懂得这个问题的严重性，使他们懂得共产党员如果不同党外干部、党外人员互相联合，敌人就一定不能打倒，革命的目的就一定不能达到。”（《毛泽东选集》第三卷八二七—八二八页）

大家都知道，几年以来，我们在文艺界科学界中，曾在党内进行了几次反宗派主义的斗争。这种斗争，在卫生工作部门中，在自然科学研究部门中，在文学艺术工作部门中，在社会科学工作部门中，都曾经进行过。我们还要继续进行这种斗争，并且号召在文艺界和科学界工作的党员，都起来注意克服宗派主义。

在斗争过程中，我们摸索出了几条经验，现在要来说一说。

（一）大家都知道，自然科学包括医学在内是没有阶级性的。它们有自己的发展规律。它们同社会制度的关系,仅仅在于:在不好的社会制度之下,这些科学要发展得慢些,在较好的社会制度下就能发展得快些。这些本来是在理论上早已解决了的问题。因此,在某一种医学学说上,生物学或其他自然科学的学说上,贴上什么"封建""资本主义""社会主义""无产阶级""资产阶级"之类的阶级标签,例如说什么"中医是封建医,西医是资本主义医","巴甫洛夫的学说是社会主义的","米丘林的学说是社会主义的","孟德尔——莫尔根的遗传学是资本主义的"之类,就是错误的。我们切勿相信。犯这种错误的人,有的是因为宗派主义的思想,有的却因为要强调学习苏联的先进科学而强调得不恰当,不自觉地犯这种错误的。对于这种种不同的情况,都要分别对待,不能一概而论。

在指出上述错误的同时,我们也要指出另一种错误。这种错误就是否认巴甫洛夫学说和米丘林学说是重要的学说。犯这种错误的人,又有不同的出发点。有的是因为政治上有反苏情绪,因而连苏联的科学成就也要加以否认。有的是因为学派不同,不能心服。前者是政治观点问题,后者是学术思想问题,也要不同对待,不能一概而论。

(二)对于文学艺术工作,党只有一个要求,就是"为工农兵服务",今天来说,也就是为包括知识分子在内的一切劳动人民服务。社会主义现实主义,我们认为是最好的创作方法,但并不是唯一的创作方法;在为工农兵服务的前提下,任何作家可以用任何自己认为最好的方法来创作,互相竞赛。题材问题,党从未加以限制。只许写工农兵题材,只许写新社会,只许写新人物等等,这种限制是不对的。文艺既然要为工农兵服务,当然要歌颂新社会和正面人物,同时也要批评旧社会和反面人物,要歌颂进步,同时要批评落后,所以,文艺题材应该非常宽广。在文艺作品里出现的,不但可以有世界上存在着的和历史上存在过的东西,也可以有天上的仙人、会说话的禽兽等等世界上所没有的东西。文艺作品可以写正面人物和新社会,也可以写反面人物和旧社会,而且,没有旧社会就难以衬托出新社会,没有反面人物也难以衬托出正面人物。因此,关于题材问题的清规戒律,只会把文艺工作窒息,使公式主义和低级趣味发展起来,是有害无益的。至于艺术特征问题,典型创造问题等,应该由文艺工作者自由讨论,可以容许各种不同的见解,并在自由讨论中逐渐达到一致。

文艺界已经有了戏剧方面实行"百花齐放,推陈出新"的经验。这是很宝贵的经验。现在的问题是把"百花齐放"的政策推行到一切文学艺术部门去。

(三)在哲学和社会科学领域中,工作成绩是大的。但正因为如此,宗派主义的危险也就大了。如果不及时注意,可能发生思想僵化的严重后果。建国以来,在广大知识分子中宣传马克思列宁主义,进行思想改造运动,进行反对资产阶级唯心主义的斗争和肃清暗藏的反革命分子等工作,都是对的,必要的,而且有成绩的。但是,还应该看到阴暗面。有一些党员,产生了把哲学和社会科学的学术工作垄断起来的思想,自以为是,看不见甚至忘记了别人的长处,看不见别人的进步,听不得批评的意见,自己永远以先生自居,把别人看做是永远只配当自己的学生,看做永远只能是个唯心主义者或资产阶级学者。这就非常危险了。这样下去,个人就有堕落的危险,哲学和社会科学的事业就会死气沉沉,停滞不前。这些同志应该赶快停止陶醉,放谦虚些,多听些别人的批评,多做些学问,多向党外人士请教,同他们好好合作,以免哲学和社会科学的事业受到损失。

鉴于建国以来已经将要七年,虽然还有一些人坚持唯心主义的思想,坚持资产阶级的思想,但是,很多人已经有了很大进步。应该考虑在哲学和社会科学的研究工作和教育工作中,依照情况,逐步改组力量,改变有些原来是错误的和原来并不错误但现在已经过了时的制度和办法,以便动员一切积极因素,发展我国的哲学和社会科学事业。哲学和社会科学是极重要的科学部门,所以一定要把工作做好。

这里要附带谈谈近代史问题。近代史是社会科学中极其重要的部门,但是近年来成绩不多。据说,大家在等待中共中央编出一本党史教科书来,然后根据党史教科书来写各种近代史。现在请你们不要等待了。中共中央不准备编党史教科书,只准备陆续出版党的大事记和文件汇编。我们的近代史学工作者,应当独立地研究近代史中的各种问题。在近代史的研究中,也应该采取百家争鸣的政策,不应该采取别的政策。

去掉宗派主义,团结一切愿意合作或可能合作的人;去掉垄断想法,去掉过多的清规戒律,实行"百花齐放,百家争鸣"的政策;不要专为自己为本部门本单位的利益打算,多多帮助别人,帮助别部门别单位;去掉骄傲自大,自以为是,实行谦虚谨慎,尊重别人。这样,就可以去掉我们过去团结中的缺点,大大地加强团结。

我们希望党外的文艺家和科学家也来注意加强团结的问题。周恩来同志在《关于知识分子问题的报告》中有一段话,我要在这里复述一遍。

"在一部分知识分子同我们党之间,还存在着某种隔膜。我们必须主动地努力消除这种隔膜。但是这种隔膜常常是从两方面来的:一方面是由于我们的同志没有去接近他们,了解他们;而另一方面,却是由于一部分知识分子对于社会主义采取了保留态度、甚至反对态度。在我们的企业、学校、机关里,在社会上,都还有这样的知识分子:他们在共产党和国民党之间、中国人民和帝国主义之间不分敌我;他们不满意党和人民政府的政策和措施,留恋资本主义甚至留恋封建主义;他们反对苏联,不愿意学习苏联;他们拒绝学习马克思列宁主义,并且诋毁马克思列宁主义;他们轻视劳动,轻视劳动人民,轻视劳动人民出身的干部,不愿意同工人农民和工农干部接近;他们不愿意看见新生力量的生长,认为进步分子是投机;他们不但常常在知识分子和党之间制造纠纷和对立，而且也在知识分子中间制造纠纷和对立；他们妄自尊大，自以为天下第一，不能够接受任何人的领导和任何人的批评；他们否认人民的利益、社会的利益，看一切问题都从个人的利益出发，合乎自己利益的就赞成，不合乎自己利益的就反对。当然，所有这些错误一应俱全的人，在现在的知识分子中是很少数；但是有上述一种或者几种错误的人，就不是很少数。不但落后分子，就是一部分中间分子，也常有以上所说的某一些错误观点。胸怀狭窄、高傲自大、看问题从个人的利益出发的毛病，在进步分子中也还不少。这样的知识分子如果不改变立场，即使我们努力同他们接近，他们同我们之间也还是会有隔膜的。"

这就是说，为了加强团结，要求共产党员的努力，也要求非共产党员的努力。

个人主义，门户之见，在文艺界科学界中也是存在的。新老科学工作者之间的隔膜，也是存在的。这些不好的东西都应该去掉。我们相信一定能够去掉的。只要共产党员做出榜样来，同非党员一起努力，问题的解决是会顺利的。

三、批评问题和学习问题

"百花齐放，百家争鸣"，对批评工作来说，就是批评的自由和反批评的自由。

现在的批评，有的令人害怕。如果不令人害怕，就又往往淡而无味。这个问题该怎样解决呢？

批评有两种。一种是对敌人的批评，所谓"一棍子打死"的批评，或打击式的批评。另外一种是对好人的批评，这是善意的同志式的批评，是由团结出发，经过斗争，来达到团结的目的的。这种批评，必需顾全大局，采取多说道理，与人为善的态度，而不能用《阿Q正传》中假洋鬼子的"不准革命"的态度。

不论前一种批评或后一种批评，都要依靠研究。不是看到一点就写，而是看了很多想了很多才写。

有一种想法是错误的，就是认为批评一定是打击的。在延安时期有个反革命分子叫王实味，后来又有一个反革命分子叫胡风，他们是用"杂文"和别的形式来攻击党和人民政权的。对于这些反革命分子，报之以打击，当然是应该的。但如果在人民内部也用这种打击的办法，就是错误的了。

对好人的批评，我想介绍四篇文章：1. 毛泽东：《改造我们的学习》；2. 毛泽东：《整顿党的作风》；3. 毛泽东：《反对党八股》；4. 人民日报：《关于无产阶级专政的历史经验》。前三篇，是对王明、博古两同志的批评，这两人在当时是犯了重大错误的同志；后一篇是对斯大林同志的批评，斯大林是既有大功劳，又有大错误，而功劳多于错误的同志。看了这些批评，就会知道，可以有这样的批评，既不是过火的打击，也不是不痛不痒，而能使很多人得益的批评。可以看的（得）出，写这样的批评，是经过了怎样的刻苦研究工作。这种批评，正是我们所应该提倡的。

攀登科学和艺术的高峰是很困难的工作。所以困难，因为这里只能实事求是，不能有一点调皮。我们应该给科学家和艺术家以充分的支持。凡是老老实实做工作的科学家和文艺家，在我们这个社会制度之下，是只应受到支持，不应受到打击的。独立思考，进行复杂的创造性的劳动，完全不犯错误是不可能的。第一，单是知识不足，有时就会使人作出错误的判断。第二，把本来是正确的东西夸张了，看得太绝对了，也会犯错误。列宁说过："只要向前再多走一小步，——看来仿佛依然是向同一方向前进的一小步，——真理便会变成错误。"(《"左"派幼稚病》第十章)有一些人，对进步的事物很拥护，只是太性急了一些，因而犯了错误，常常是属于这种性质。第三，有些人犯的是唯心主义的错误，但是犯唯心主义的错误也并不是什么稀奇的事情，因为"人的认识并不是直线(也不是循着直线进行的)，而是那无限地近似于螺旋形的曲线。这曲线的任何一个断片、截片、小片，都可以转化(片面地转化)为独立的、完整的直线，而这一直线(如果只看见树木而不看见森林)就会导引到泥坑，导引到僧侣主义(在那里统治阶级的阶级利益把它巩固起来)"。(列宁：《黑格尔〈逻辑学〉一书摘要》二一九页)在认识发展的过程中，思想的僵化，孤立地看问题(所谓"钻牛角尖")和片面地看问题，都会引导到唯心主义的错误。

好人犯错误的事是常有的。完全不犯错误的人在世界上是没有的。应该把这种错误同反革命的言论严格区别开来。对这种错误的批评只应该是与人为善的，只应该是平心静气来说道理的，只应该是顾全大局，从团结出发达到团结的目的的。对于犯了错误的人，应该积极帮助他改正错误。受到批评的人也根本不用害怕。

错误是容易犯的，但是错误必须要改正得愈快愈好，坚持错误就会造成很大的损失。对被批评的人来说，真理是应该坚持的，别人批评得不对，可以表示不同的意见；但错误是应该改正的，别人批评得对，应该虚心接受。公开承认错误，揭露错误的原因，分析产生错误的环境，仔细讨论改正错误的方法，这对于一个政党来说，是郑重的党的标志，对于个人来说，也是实事求是的标志。犯了错误，接受批评，就是接受别人对自己的帮助，这对于自己，对于我国科学事业和文学艺术事业的发展是只会有好处，不会有什么坏处。

学习方面，要继续在自愿的基础之上组织对马克思列宁主义的学习，同时，要广泛地学习知识，对古今中外，对朋友，对敌人，都要批判地学习。

学习马克思列宁主义，在广大的知识分子中已经成为热潮，这是一种好现象。马克思列宁主义的科学理论，是人类的最高智慧，是放之四海而皆准的真理。从前有人以为，马克思列宁主义是不适用于中国的，这种说法已经完全破产了。没有马克思列宁主义的科学理论作为指导，我国的革命胜利是不能设想的，我国的各种建设,包括科学和文化的建设在内,要取得巨大的成就和迅速的发展,也是不可设想的。

但是,在学习马克思列宁主义这个工作中,也有许多缺点和错误,主要的是教条主义的倾向。

十五年前,即一九四一年五月,毛泽东同志写了《改造我们的学习》,后来,一九四二年二月,又写了《整顿党的作风》和《反对党八股》。这三篇文章,是延安整风运动的基本文件。延安整风运动,是反对主观主义,主要地反对教条主义的一个思想运动。这是五四运动以后我国一次最伟大的马克思主义思想运动。教条主义,在我国民主革命时期中几乎断送了我国的革命,它是马克思列宁主义的大敌。这个痛苦的经验我们要牢牢记住。我们还必须深深警惕:如果用教条主义的态度来研究学问,如果用教条主义的态度来领导文艺工作和科学研究工作,那是一定要失败的,因为这种态度是完全违反马克思列宁主义的实事求是的态度的。

我愿意趁这个机会,向我们的文艺家、科学家,郑重介绍毛泽东同志的《改造我们的学习》、《整顿党的作风》、《反对党八股》三篇文章,和中共中央六届七中全会"关于若干历史问题的决议"。我希望每个文艺工作者和科学工作者,都把这几篇文件精读几遍,以便了解教条主义同马克思列宁主义的分别何在,为什么教条主义是马克思列宁主义的大敌,为什么必须坚决地同教条主义进行斗争。

我们要广泛地学习知识。

我国有很多的医学、农学、哲学、历史学、文学、戏剧、绘画、音乐等等的遗产,应该认真学习,批判地加以接受。这方面的工作不是做得太多,而是做得太少,不够认真,轻视民族遗产的思想还存在,在有些部门还是很严重。

接受些什么遗产和怎样接受遗产呢?

如果要从现在的观点看来十全十美的东西,才作为遗产来接受,那末,就没有什么东西可以接受的了。相反,如果无批判地接受文化遗产,这便成了"国粹主义"了。

对我国的文化遗产,我们提议采取这样的方针:要细心地选择、保护和发展它的一切有益成分,同时要老老实实地批判它的错误和缺点。现在,我们的工作在两个方面都有缺点。对我国文化遗产中的有益成分,有粗心大意一笔抹煞的倾向。这是当前主要的倾向。昆剧《十五贯》的演出,告诉了我们,那种认为昆剧里没有有益成分的说法是错误的。戏剧如此,其他文艺部门和科学研究部门是否也有类似的现象呢?应该说是有的。这种现象是应该改正的。同时,我们也发现了对文化遗产的缺点错误不加批判,或者加以粉饰的现象,这不是老老实实的态度,所以也是应该改正的。

文艺工作者和科学工作者,要向人民去学习。人民的智慧是无穷无尽的,人民中间有很多宝藏还没有被发现，或者发现了还没有好好利用。举医学为例来说，从前，针灸、气功疗法等都是被看不起的，现在才被看得起了。可是，像正骨、推拿、草药等民间的医疗方法，现在还没有引起足够的重视和注意。再举音乐和绘画为例来说，这两个部门对民族遗产是不够重视的。凡是有这种情况的，都应该改正过来。从民间来的东西，常常是不系统化的，没有从理论上加以说明的朴素的东西，有的还带着所谓“江湖气”，带着迷信的色彩等等。这是不足为奇的。科学工作者和文艺工作者的任务，不是去鄙视这些东西，而是要去学习，细心选择、保护和发展它们的有益成分，使之成为科学的东西。

我们要有民族自尊心，我们决不能做民族虚无主义者。我们反对所谓“全盘西化”的错误主张。但这决不是说我们应该自大，拒绝学习外国的好东西。我国还是一个很落后的国家，我们要花很大的努力向外国学习许多东西，我们的国家才能富强。民族自大，无论在什么情况下都是不对的。

我们应该向苏联学习，向人民民主国家学习，向世界各国人民学习。

向苏联学习，这是正确的口号。我们已经学了一些，今后还有许多应当学习。苏联是世界上第一个社会主义国家，世界和平民主阵营的领袖，它的工业发展速度最快，对社会主义建设有丰富的经验，在科学方面也已经有不少重要部门赶上和超过了最先进的资本主义国家。这样的国家，这样的人民，当然值得我们好好学习。不向苏联学习，是根本错误的。

但是，在学习苏联的时候，我们的学习方法必须不是教条主义的机械搬运，而是要结合我国的实际情况。这一点必须引起注意。否则，也会使我们的工作受到损失。

除了向苏联学习以外，还要向各人民民主国家学习。各人民民主国家，都有自己的长处，许多国家在工业和科学技术方面比我国进步，也有些国家在其他方面比我国进步，这些都是值得学习的。自高自大是不应该的。

苏联和人民民主国家以外的世界各国的人民，他们是在不同的社会制度和国家制度之下。社会制度国家制度会有变化，但人民却会永远生存和发展下去。他们所以能够生存和发展，都不是没有原因的。凡是他们的长处，不论属于文艺科学的，属于风俗习惯的，或者属于其他种类的，我们都应该批判地加以学习。这里也不应该自高自大。

除了朋友之外，我们也要向敌人学习，不是学习他们的反动的制度，而是学习他们的管理方法和科学技术中的有价值的东西。这种学习，目的是加速我国的社会主义建设的发展，以便更有力量来防止侵略和保卫世界和亚洲的和平。

还要说一说党员应该向非党员学习知识的问题。我们不少党员是在知识上有缺陷的。非党员缺少马列主义的基本知识,但对于许多热心学习马克思列宁主义的非党员的朋友来说,那是过去的事或者将要过去的事了。他们之中很多的人已经把这个缺陷补足了,或者将要补足了。这个问题已经提出了,也已经在解决之中了。现在要提出的问题,是党员应该注意补足自己的缺陷了。办法只有老老实实向懂得的人去请教,去学习。非党员的知识分子,绝大部分学习得很努力。共产党员向他们学习各种知识的时候,不应落后。这也是学习问题里的重要的一条。

“百花齐放,百家争鸣”这个政策提出来之后,有许多问题会逐步跟着提出来,要求解决。希望大家考虑这方面的问题。今天只讲些原则问题,请大家加以指正。

1956 年 6 月 6 日修正

作者附记

讲话之后,收到了郭沫若先生等七十二封来信,有的是个人写的,有的是集体写的,有的对讲稿提出了意见,有的发表了自己的感想。这些宝贵的来信,给了我很大的帮助。我在这里敬致谢意。

作 者

——原载《人民日报》1956 年 6 月 13 日

何　直〔秦兆阳〕

现实主义——广阔的道路

——对于现实主义的再认识

在学术问题的研究上，有意见应该说出来，如果说错了，可以衬托出别人正确的意见来；只要多少有一点道理，就可以起抛砖引玉的作用——这就是我写这篇文章时的心情。

我想以文学的现实主义问题为中心，来谈一谈教条主义对于我们的束缚。

一

文学的现实主义，不是任何人所定的法律，它是在文学艺术实践中所形成、所遵循的一种法则。它以严格地忠实于现实，艺术地真实地反映现实，并反转来影响现实为自己的任务。它是指人们在文学艺术实践中对于客观现实和对于艺术本身的根本的态度和方法。这所谓根本的态度和方法，不是指人们的世界观（虽然它被世界观所影响所制约），而是指：人们在文学艺术创作的整个活动中，是以无限广阔的客观现实为对象，为依据，为源泉，并以影响现实为目的；而它的反映现实，又不是对于现实作机械的翻版，而是追求生活的真实和艺术的真实。

这是现实主义的一个基本的大前提。现实主义的一切其他的具体原则，都应该是紧紧地依据这一前提来产生。如果离开了这一根本性质的前提去考虑一些更具体的问题，则所谓现实主义，所谓创作方法，它的意义就含糊了，狭小了。

现实主义文学既是以整个现实生活以及整个文学艺术的特征为其耕耘的园地，那么，现实生活有多么广阔，它所提供的源泉有多么丰富，人们认识现实的能力和艺术描写的能力能够达到什么样的程度，现实主义文学的视野，道路，内容，风格，就可能达到多么广阔，多么丰富。它给了作家们以多么广阔的发挥创造性的天地啊！如果说现实主义文学有什么局限性的话，如果说它对于作家们有什么限制的话，那就是现实本身、艺术本身和作家们的才能所允许达到的程度。

当然,现实主义文学也有它自身的衡量标准。不过,我们在寻求这种标准的时候,同样地也不应该忘记了前面所说的,现实主义的那个基本的大前提。正因为是在这样的前提下来掌握它的评判标准,所以现实主义文学必须首先有一个标准,那就是当它反映客观现实的时候,它所达到的艺术性和真实性,以及在此基础上所表现的思想性的高度。现实主义文学的思想性和倾向性,是生存于它的真实性和艺术性的血肉之中的。

但是,这里就发生了一个很重要的问题:仅仅根据上述那个基本的大前提就已经够了吗?

虽然你主观上认为自己是尊重现实和依据现实的,是以现实生活为你的创作源泉的,是追求艺术的真实性的,但是,正因为客观现实是太广阔太复杂了,而艺术的创造性的途径也是太广阔太复杂了,所以作家在认识现实和表现现实时就要碰到很多困难。怎样才算是真实的艺术的呢?怎样才可以达到真实的艺术的和高度的思想性呢?怎样才能够分辨各个作品和各个作家所达到的不同程度呢?这也就是说,所谓真实性和艺术性这一目标,其本身仍然过分空阔,不够具体,难以把握。古往今来有多少作家用其毕生的精力探索过这种现实主义的具体途径啊!他们有不少人成功了——找到了自己的现实主义的路径,给我们留下了浩如烟海的不朽的杰作。因此,必须从他们的经验里给现实主义提炼出一些比较具体的规律和原理来。

我们知道,正是在这一点上,马克思和恩格斯给我们作了许多有名的阐述。恩格斯有几句简明扼要的话:"照我看来,现实主义是除了细节的真实之外,还要正确地表现典型环境中的典型性格"——在现实主义文学领域内,这其所以是有名的原则,是因为,一方面,它是根据现实主义是以现实生活为土壤、为目的而又不是生活的翻版这一大前提发生出来的;其次,而且它确定了怎样把现实生活集中地表现在作品里的最合理的艺术的途径(或者说是"方法");因而它也最充分地阐明了、同时也是最充分地适合于艺术的特点。也就是说,恩格斯的这一原则给艺术性和真实性规定了一个最确切的途径,它不但没有缩小现实主义文学发挥其艺术的创造性的范围。相反地(的),它给作家指明了一条充分地发挥其创造性的道路。

但是,后世的人们却并不以已经总结出来了的这些原则原理为满足。因为,在整个文学事业的领域中,还有很多问题需要找到门径。例如:如何去正确地深刻地认识生活呢?如何才能"正确地表现典型环境中的典型性格"呢?怎样才算是典型的怎样才算是不典型的呢?当历史、当现实生活已经起了空前的变化的时候,文学的现实主义本身是不是也应该有所发展,或者,对于现实主义的一些具体原则是不是应该重新加以规定呢?当人们检阅某一时期文学创作的情况而发现了什么问题时,很自然地就要提出一些新的论点,怎样提法才是对的呢?……

所有这些问题,都是不可避免地应该被提出来的。正因为这样,人们才需要不断地进行探索,不断地与各种各样的错误思想进行斗争。而且,人们在不断的探索和斗争中,确实也曾经找到过一些正确的、或比较以前进了一步的答案。不过是,这些答案有的是从现实主义本身,有的是从整个文学事业的发展方向,有的是从文学与现实的关系,有的是从政治的角度上提出来的。提出的角度虽然不同,但对于上述这些问题的回答却是都有意义的。

例如,学习马克思主义可以提高作家们认识生活的能力——这一点现在大概是不可动摇的真理了吧?那些反对学习马克思主义的人,实际上也就反对了世界观对于现实主义的指导作用和制约作用,也就是反对应该更加清醒地认识现实的现实主义原则。又例如,应该把文学事业从资产阶级的金钱、名誉以及所谓艺术至上主义等等的桎梏下解放出来,以便作家们真正能够自由地进行创作,能够充分地发挥其创造性,使得文学能够更加充分发挥其认识现实和影响现实的作用,——这大概也是没有什么疑问的问题吧?又例如,当劳动人民基本上已经成了自觉的历史的创造者,时代的主人翁,正在为改变自己的命运而进行巨大的、惊心动魄的斗争之时,而我国的文学事业,我们的作家,却长期地存在着一个致命的弱点,即没有很好地与政治结合起来,与群众结合起来,因而妨害了作家们创造性地表现历史的真实,妨害了文学事业的发展;在这样的时候,毛主席提出了“在延安文艺座谈会上的讲话”的方针,难道不是对文学事业起了决定性的推动作用吗?而且,无疑的,它的基本精神今后将仍然要在我们的文学事业里起着异常深刻的影响。此外,在整个文艺问题上,还有多少重要的论述,对于解决一系列的美学问题,以及如何去分析一个作家或一部作品,如何充分发挥现实主义的能动性,都有其重大的意义。

但是,只要我们认真地去回忆一下,就可以发现,在最近若干年来,在许多有益的工作的同时,我们新的文学事业里确实也存在着以下的一些不正常的情况:或者是,有关现实主义的新的原则被提出来了,却是不够科学,意义很含混;或者是,对于一些正确的原则作了不恰当的引伸(申)和片面性的解释,使得真理越过了与实践的生动的关系,而变成了僵硬的套子;或者是,在一定的时候提出了不很确切的口号,而解释它的人们又把它进一步引伸(申)到了绝对化的地步上去……总之,在提出这些问题、解释这些问题、作出这些规定之时,本来应该是为了使得对于现实主义的遵循途径更加具体明确,实际上却离开了现实主义的大前提,因而反倒形成了对于现实主义的束缚和误解,给文学事业造成了很多教条主义的清规戒律,因而妨害了文学的现实主义原则的发挥,妨害了作家的创造性的发挥。

二

我想首先从社会主义现实主义的定义谈起。

如果说这一定义的提出有其历史意义的话，那就是：它标志着现实主义文学发展到了一个新的历史时期——一个更清醒更自觉的时期；它提醒作家应该用自觉的社会主义的眼光去看取新的现实生活，以便能够更好地把握真实和表现真实。但是，自从这一定义在苏联作家协会的章程上被确立以后，正如西蒙诺夫在第二次苏联作家代表大会上的报告中所提到的，在苏联出现了不少的庸俗论者对它作了错误的解释。例如，认为社会主义现实主义与旧现实主义相反，它“只是肯定的现实主义”，而不同时是批判的现实主义。西蒙诺夫说，这就是无冲突论的发源地。此外，还有人认为社会主义现实主义也规定了文学的风格本身，也就是它只允许一种文学风格存在。

所有这些对于社会主义现实主义定义错误的或片面的解释，当然是这些解释者本身的过错，但也不能不说与这一定义本身的不够科学有关。在这里，为了省事，我想仍然先引用西蒙诺夫的一段话来作为说明：

> 在第一次代表大会上通过的我们的会章里，对于社会主义现实主义方法的本质给了最简洁的定义。那里面这样说：
>
> “社会主义现实主义，作为苏联文学与苏联文学批评的基本方法，要求艺术家从现实的革命发展中，真实地、历史地和具体地去描写现实。”
>
> 这个定义是完全正确的，经得起时间的考验，并且表达出我们的社会向文学作品提出的最主要的要求的实质。
>
> 但是在会章里接着这样说：
>
> “同时艺术描写的真实性和历史具体性必须与用社会主义精神从思想上改造和教育劳动人民的任务结合起来。”
>
> 我觉得，这……第二句是不确切的，甚至反而容许有歪曲原意的可能。它可能被了解为一种附带条件：是的，社会主义现实主义要求艺术家真实地描写现实，但是“同时”这种描写必须与用社会主义精神从思想上改造人民的任务结合起来；那就是说，好像真实性和历史具体性能够与这个任务结合，也能够不结合；换句话说，并不是任何的真实性和任何的历史具体性都能够为这个目标服务的。正是对这条定义的这种任意的了解在战后时期在一部分我们的作家和批评家的作品里特别经常地发生，他们借口现实要从发展的趋向来表现，力图“改善”现实。①

我完全同意这段话，但我觉得还应该对这一定义的不合理性作几点补充：

首先，如果认为“艺术描写的真实性和历史具体性”里没有“社会主义精神”，因

① 引文下点系本文作者所加。

而不能起教育人民的作用，而必须要另外去“结合”，那么，所谓“社会主义精神”到底是什么呢？它一定是不存在于生活的真实和艺术的真实之中，而只是作家脑子里的一种抽象的概念式的东西，是必须硬加到作品里去的某种抽象的观念。这就无异于是说，客观真实并不是绝对地值得重视，更重要的是作家脑子里某种固定的抽象的“社会主义精神”和愿望，必要时必须让血肉生动的客观真实去服从这种抽象的固定的主观上的东西；那结果，就很可能使得文学作品脱离客观真实甚至成为某种政治概念的传声筒。

其次，这所谓“社会主义精神”既是作家主观上的一种观念，那么，它必定是作家的世界观的一部分。作家的世界观对其创作实践的影响作用是不是存在于“艺术描写的真实性……”之外的呢？任何有成就的作家都可以证明说：不是的。这里所说的世界观，当然是马克思主义的世界观。马克思主义的世界观，是在现实主义艺术创作的过程中，在认识生活和形成形象以及写成作品的过程中，起着有机的、自然的、血肉生动的作用。也就是说，作家的思想——世界观，是在探索、认识、反映客观真实时，伴随着形象思维，起其能动性的作用，因此，这种作用是有机地表现在艺术的真实性里面，是无须乎在艺术描写的真实性之外再去加进或“结合”进一些什么东西去的。①

再其次，所谓“从现实的革命发展中真实地、历史地和具体地去描写现实”，所谓“艺术描写的真实性和历史具体性”，从文字含义上和从习惯上，我们都可以把它与“典型环境中的典型性格”这一原则联系起来进行了解。恩格斯正是在批评哈克纳斯没有从革命的发展中去描写工人，因而说她写得不够真实——正是在这样的时候、在这样的意义上提出“典型环境中的典型性格”这一原则来的。确实，在我们今天的时代里，离开了革命发展所给予人们生活的复杂影响，离开了现实在革命发展中的面貌，是难以想像如何去描写典型环境中的典型性格的。反之，如果离开了典型化的方法，也就很难去描写革命发展中的现实，很难去达到艺术描写的真实性。这里所说的典型的方法，当然不仅仅是描写人物性格的方法，而且是指对于各种文学形式及其创作过程中所应用的一个广泛的方法。但是，由于社会主义现实主义的定义规定，在“从现实的革命发展中真实地……描写现实”时，又要求“同时艺术描写的真实性……必须与用社会主义精神……教育人民的任务结合起来”，于是，我们又不能不怀疑，所谓从“现实的革命发展中……描写现实”，所谓“艺术描写的真实性和历史具体性”，既是似乎可以与思想性（所谓“教育……人民的任务”）分离，自然也就可以与典型问题分离；因为典型性与思想性本来是分不开的，因为现实主义

① 下点系作者所加。

文学本来是将文学描写的艺术性、真实性、思想性,与典型问题和典型化的方法紧密地有机地溶合在一起的。

除此以外,我们还可以举出一些其他方面的理由来对社会主义现实主义的定义提出疑问,例如:从这一定义被确立以来,从来还没有人能够对它作出最确切最完善的解释,常常是昨天还被认为是很正确的解释,今天又被人推翻了。又例如,所谓旧现实主义,也并非绝对的只是批判的现实主义。而且,对于今天资本主义世界里某些现实主义作家的作品,以及中国五四以后的某些作品,人们都很难说明它们是哪一类现实主义的作品。因此,想从现实主义文学的内容特点上将新旧两个时代的文学划分出一条绝对的不同的界线来,是有困难的。①

因此,我认为,如果从时代的不同,从马克思主义和革命运动对于人类生活的巨大影响,从现实主义文学已经发展到了对于客观现实的空前自觉的阶段,以及由此而来的现实主义文学的某些必然的发展,我们也许可以称当前的现实主义为社会主义时代的现实主义。我们可以、而且应该号召作家学习马克思主义,改造自己的思想意识,使得文学能够更好地反映现实和影响现实。我们也可以用其他的方式去探讨文学实践中不断地提出来的一些新的课题。但是,当实践的经验还很不丰富的时候,就我认为,企图在几句简单的词句里对于社会主义革命时代的现实主义和现实主义文学作出硬性的规定和说明来,这是很困难的,因而也是不聪明的。

三

我其(之)所以要研究社会主义现实主义定义的缺点,是因为由这一定义所产生的一些庸俗的思想,在我们中国还跟另外一些性质相同的庸俗思想结合起来了,因而更加对文学事业形成了种种教条主义的束缚。这些庸俗思想,就是对于《在延安文艺座谈会上的讲话》的庸俗化的理解和解释,而且主要表现在对于文艺与政治的关系的理解上。

文学事业是人民的革命事业的一部分,应当为政治服务和为劳动人民服务,这应该是没有疑问的事。从古以来就没有所谓无倾向性的文学,所谓纯艺术的文学,更没有没有人民性的所谓“现实主义”文学。特别是在我们这人民民主革命和社会主义革命的时代里,在这阶级斗争异常尖锐的时代里,特别是针对着那些所谓艺术至上主义者、脱离政治脱离人民的个人主义者、人性论者等等,提出文艺为政治服务与为劳动人民服务等原则来,是具有重大意义的。在这样的时代里,如果作家们企图游离于伟大的群众斗争和重大的社会变化之外,把自己卷(蜷)缩在知识分子狭小

① 下点系作者所加。

的个人主义的生活圈子和思想领域里，他怎么可能脚步坚实地走上现实主义的道路呢？怎么能够反映出人民的和时代的真实面貌来呢？怎么可能不去作小资产阶级的自我表现呢？怎么可能不歪曲现实呢？为政治服务和为劳动人民服务，是从政治上提出问题，它应该是作家的世界观的一部分，但它同时也是要求现实主义文学走向更加完美——更加提高其对于现实和对于艺术的自觉性。只有具备了这种最起码的为政治为人民服务的观念，在这样的时代里，作家才有可能严肃认真地参加到群众的火热斗争中去改造自己，才有可能严肃认真地去探索、去实践文学的现实主义的道路，才有可能认识真实从而反映真实。这一问题的提法，与社会主义现实主义定义的提法是截然不同的。它没有任何对于现实主义原则的矛盾，也没有对现实主义本身强制性地加进什么东西去，更没有给人一种这样的印象：让某种"精神"——某种思想或愿望离开艺术的真实性而变成纯粹抽象的东西，并反转来用之去作用、去改变艺术的真实性。相反地，它是号召作家去改造自己的思想意识，去学习马克思主义，去与人民——与现实结合，从而使作家能够获得现实生活的源泉，能够用先进的世界观在艺术思维里起血肉生动的作用，能够探索出一条充分发挥创造性的、现实主义的道路。

一切的非政治倾向都是对文学事业不利的。一切艺术至上主义者的文学都实质上是反现实主义的。这早已为我国五四以后文学发展的历史所证明了。

几年来，我们在执行这一方针时获得了很大的成绩，使得我们的文学真正成了人民大众的文学，因而把我们的文学向前推进了一大步……但是，关于这一方面我不想详细谈它，我所要谈的，是我们在执行这一方针时发生了一些混乱思想，而这些混乱思想又是跟社会主义现实主义的定义所反映出来的不科学的思想相一致、相结合、相助长的。也就是说，这种混乱思想主要表现在对于文艺与政治的关系的理解——即怎样为政治服务和为人民服务的问题上，同时也就表现在对于现实主义的特点，对于文学艺术的特点的认识上。

文学艺术怎样为政治服务和为人民服务呢？在考虑这个问题的时候，首先应该考虑到这是一个长远性的总的要求，是针对着文学艺术脱离政治、脱离群众等等落后现象而提出来的要求，是一个加强文学艺术对于客观现实的自觉性和战斗性的要求，是一个改造作家的思想意识（世界观）的要求。为了很好地实现这一原则，必须经常注意加强作家们与现实生活的联系，加强作家们思想意识的锻炼，必须充分发挥文学艺术的特点和现实主义原则，充分发挥作家们的政治热情和对于现实生活的敏感性。

一切进步的杰出的文学作品都有着强烈的思想倾向和政治倾向，这早就证明了文学在为政治服务的问题上具有必然性和极大的能动性。但是，我们也应该看到，这些作品其所以有如此巨大的说服力，还是由于作者忠实于客观真实并充分地表现了客观真实，充分地发挥了文学艺术的特性，而达到了高度的艺术性和真实性；当然，这跟他们世界观的积极因素也是分不开的。它们决不单纯只是“配合”某种任务的作品，因而这些作品就具有长远的社会意义，是高度现实主义成就的艺术品。在这一点上，高尔基的《母亲》可以说是我们的榜样。此外，我们还不妨以十月革命以前的一部特殊的作品为例：车尔尼雪夫斯基的《做什么?》，可以说是一部很明显地宣传某种社会理想的作品，但是这部作品的主要的成功之处和令人信服之处，还是在于它成功地描写了几个真实的典型的人物性格。其中的拉赫美托夫和薇拉·巴夫洛芙娜等主要人物，正是当时俄国许多爱国的、寻求社会出路的知识分子的典型代表。车尔尼雪夫斯基一生的经历，就证明了他自己就有着他所写的人物的气质。

更进一步说，文学艺术是不是有可能为当前的每一个政治任务服务呢？一个有高度政治热情和对于生活十分敏感的作家，他是不可能对于当前的生活变化抱冷淡态度的，他是会自觉地去干预当前的生活的。我们知道，正是在这一点上，伟大的战士鲁迅和高尔基给我们树立了光辉的榜样。我们新时代的每一个作家都应该学习他们的精神，使自己的一生成为一个战斗的人生。但是，当我们向文学向作家们作这样要求的时候，也不能不考虑到其他一些比较复杂的情况和问题，那就是：首先，必须考虑到，文学艺术为政治服务和为人民服务应该是一个长远性的总的要求，那就不能眼光短浅地只顾眼前的政治宣传的任务，只满足于一些在当时能够起一定宣传作用的作品。其次，必须考虑到如何充分发挥文学艺术的特点，不要简单地把文学艺术当做某种概念的传声筒，而应该考虑到它首先必须是艺术的、真实的，然后它才是文学艺术，才能更好地起到文学这一武器的作用；即或是一篇杂文，一段鼓书，一篇特写，也不要忘记了它的文艺性。此外，还必须要考虑到各种文学形式的性能，必须考虑到各个作家本身的条件，不应该对每一个作家和每一种文学形式作同样的要求，必须要尽可能发挥——而不是妨害各个作家独特的创造性，必须少用行政命令的方式对文学创作进行干涉……①

高尔基和鲁迅一生的战斗历程就充分说明了这样事实：他们的一切政论、杂文以及文学创作，都是深刻地认识了客观真实，从而反映了客观真实的结果。他们的政论和杂文都是抓住了敌人和落后现象的最基本的特点，并用其特有的文艺性的笔调将其揭发出来并予以打击。他们不是告诉人们某种工作过程、生产过程，也不是去替某些政策条文作简单的注解。他们更不是机械地去配合每一个工作任务。他们是在打击敌人，是在教导人们如何认识生活并如何去生活，以及为生活而战斗。

---

① 下点系作者所加。

说“政治标准第一”，是因为，自古以来没有无倾向性的文学；是因为人民所需要的是那种为自己的利益服务的文学。但是，并不能由此得出结论，以是否配合了每一个临时性的政治任务为文学作品的最重要的标准；也并不能由此得出结论，说是艺术标准并不重要。政治标准和艺术标准必须统一。怎样统一呢？不是要求艺术消失于一般性的、抽象的政治概念之中，也不是要求政治与艺术的生硬的简单化地“结合”，更不是只要艺术而不要政治，而是要求作品的思想性和艺术性的统一，为了很好地达到这样的统一，作家就必须尽可能做到世界观与创作方法、形象思维与逻辑思维的有机的结合，使这种统一开始于对于生活真实的认识和把握中，以及艺术的真实性的创造中，也就是开始于作家对于现实生活的政治热情、敏感性、自觉性、创造性、战斗性之中。

政治标准第一，也并不等于说，作品中的任何成功或错误，作者任何文艺思想上的倾向，都应该从政治上去找原因。文学创作是一种极其复杂的精神劳动。诗与科学的高度结合，是我们所应该达到的目标，但并不是那么容易达到的目标。尽管一个人的政治修养很高，他却很可能缺乏艺术的修养和才能，因而不一定能够写出好的文艺作品来。作者的主观愿望与主观认识和他的作品的客观成就常常有着这样那样的距离。作者的世界观虽然对他的创作活动有着指导作用和制约作用，但世界观并不是决定他的创作活动的唯一条件，作者对于生活知识的积累，作者的艺术修养、经验、才能，也都是一些很重要的条件。[①] 艺术的形象思维本身，也有其极为复杂的特征和能动性。因此马克思主义只能包括而不能代替现实主义的创作方法。

如果违背了或缩小了现实主义真实地反映现实然后才能影响现实的大前提，如果忽视了或违背了现实主义文学的艺术特征，如果忽视了各个作家本身的某些情况，而单纯从主观愿望和政治概念出发，简单地想用艺术去图解政治，那结果必然只会产生虚伪的概念化公式化的东西，或者类似普通宣传品式的东西；那就甚至于连最适宜于迅速反映当前生活的短小的文艺形式，也是很难写得比较精彩的。

须知，宣传品固然需要，也有它独特的重大的价值，但它究竟不能代替艺术作品。那种类似宣传品的所谓文学艺术作品，当它的艺术性越低而公式化概念化的气味越浓时，当人们不是干脆把它当做宣传品而是当做艺术品来接受时，人们甚至会对这样的艺术作品产生厌恶的情绪。这就不单降低了艺术品的作用，如果把它当做宣传品的话，而且也降低了宣传品的作用。人们愿意听政治报告和读理论书籍，而某些概念公式的影片却没有人看，就充分证明了这一点。

长期这样片面地机械地强调文学艺术配合任务，其结果必然是：即或在某种程

---

① 下点系作者所加。

度上为当时具体的政治服务了，即或用政策和工作方法等等去对人民多少起了一点宣传作用，却没有产生出更多更好的文学作品。这就使得文学艺术没有能够更深刻、更广泛、更长远地去对人民的精神品质起影响作用，并且使得人民在生活里不能得到更加满足的艺术享受。这损失是看不见的。这样，就与最初的目的相反——贬低了文学艺术为政治服务的作用。

当然——我再说一遍——我们每个作家都应该学会迅速反映现实的本领，而且也应该有这种热情，但是，这是说，我们应该学会更好地使用文学这一武器，而不是让我们忘记了这一武器的特点和性能。

正因为我们在这些问题上有一些糊涂观念，于是，就发生了多种多样的、在一些具体问题上的混乱思想，例如：不应该写过去的题材呀，过多地从是否配合了任务来估计作品的社会意义呀，出题目作文章并限时交卷呀，必须像工作总结似的反映政策执行的过程呀，以各种工作方法为作品的主旨和基本内容而忘记了人物形象呀，不应该写知识分子呀，不应以资本家或地主富农为作品中的主要人物呀，作家最激动和最熟悉的“过去的题材”不要写而硬要去写那些不激动不熟悉的东西呀，生活本身就是公式化的呀，离开了形象及其意义去找主题思想呀，用行政命令的方式去领导创作呀，政治加技术（艺术）呀……还有：我提倡写新人物，你就不应该写落后人物呀；如果你写了落后党员，就是“歪曲共产党员的形象”呀；创造新人物最好是按照几条规则来进行呀；大家都习惯地把人机械地分成先进人物与落后人物两大类呀，写先进人物不应该写他有缺点和一定要写缺点呀；机械地把生活内容分成主要矛盾和次要矛盾，并用之作为衡量作品的标准呀；把对作品的批评变成对作家的政治鉴定呀；文艺刊物都机械地忙于配合当前任务呀……还有：你说描写新英雄人物才是“社会主义精神”呀，我又说反映矛盾冲突才是“社会主义精神”呀；而他又说人道主义精神才是“社会主义精神”呀……

所有这些问题都有其共同的特点：都是在不同的程度上企图把复杂万状的现实生活和生动的创作规律简单化图解化；都以为自己是在掌握社会主义现实主义的原则，而实际上是在不同的程度上离开了、缩小了、曲解了现实主义原则；都以为自己是在强调文学的政治性思想性甚至于艺术性，而实际上却是在不同的程度上降低了文学的政治性思想性和艺术性。

并不是说所有这些问题在每个人身上都是同样存在着的，如果是这样，那就把教条主义的力量估计得太大了，那就无法说明我们的文学事业为什么还在发展，为什么还会获得相当大的成绩；但不能否认这类思想在每个人身上都存在着这样那样的不同程度的影响。自然，也不是说某些问题不需要在一定的时候提出来谈，问题在于：或者是，大家都引经据典，却很少刻苦用功地研究生活实际和创作实际，不是争论不清,就是迷信权威;或者是,有些问题提出来以后也收到了一些好的效果(例如打击了某些资产阶级的文艺思想和错误的创作倾向),但常常总是提得不够确切、全面和周密,总是生硬地搬用某些文艺理论;特别是一联系到对于具体作品的评价和分析时,就不够准确和公正,因而产生了副作用……总之,这些问题和情况都曾经一阵风又一阵风地、全面地或部分地吹过我们的文艺领域;都曾经使得不少的作家、批评家、文艺爱好者、业余作者、新生力量和原有的力量等等忙于看风行事并互相影响;有些人并且曾经按照流行的样式制造过各色各样借以吓人的帽子,而且一直到现在也并不是完全失掉它们的威力。

"也许你把我们的文坛描写得太糟糕了吧?"——一定会有人要提出这样的问题来质问我了。不。首先,我在这里不是在谈论我们的成绩和优点,而是在专门谈论我们的缺点。而且我平常在各种各样的场合里也曾经听到过不少不满意我们文学现状的言论,只不过是见于口传比见于文字的要多得多。几年来大家不是一直都在嚷叫着反对概念化公式化吗?这种反对难道是无的放矢吗?只要看一看今年的全国话剧会演就可以知道了:在四十九个剧目中,大部分都是在上述那样一类混乱思想的支配下写出来的。一小部分企图突破而且确实有所突破的剧本,也并未达到应有的水平;会演以后,也并未给我们留下几个经得住时间考验的剧本。而我们人民的戏剧事业(包括传统剧中的话剧成份)的历史,应该是用千来计算它的发展年代的,而且它的水平曾经是多么高啊!难道是因为现在这些剧作者们都没有才能吗?当然不是的。难道别的艺术部门(例如电影)就没有程度不同的类似的情况吗?

是的,几年来确实有一些具有独立见解的作者写了一些好的文学作品,受到了广大读者的欢迎。此外,几年来也出现了一大群新的作家,他们都写了一些较好的作品,都很有发展前途。从整个看来,我们的文学事业是一种发展的趋势,我们也正在努力克服存在着的一些缺点,这都是不错的。但是,只要看一看几年来出现的一些好作品有几部无愧于我们的时代,就可以知道文学水平的现状是不能令人满意的了。而且,对于所有这些受读者欢迎的作品,又出现过几篇真正很有见解的评论文章呢?那么,除了大家不够努力以外,是不是还有别的原因呢?

这种思想混乱的情况,跟教条主义在其他方面的表现一样:总是主观地片面地去考虑问题,总是机械地搬用条文而忘记了实际。它在文学领域内是忘记了或支解了作为文学实践的规律的现实主义和生活实际。

如果说文学创作上带普遍性的公式主义倾向,不是跟文艺思想上带普遍性的教条主义倾向有关系,那是说不通的。那么,我们怎么可以不正视这个问题呢?为什么不可以解除这些思想上的束缚呢?

四

除了社会主义现实主义的定义，以及文艺为政治服务等等问题上的教条主义表现以外，还有另外一些与此相联系的教条主义的表现。

马林科夫在联共十九次党代表大会上的报告里曾经说过这样的话："现实主义艺术的力量和意义就在于：它能够而且必须发掘和表现普通人的精神品质和典型的、正面的特质，创造值得做别人的模范和效仿对象的普通人的明朗的艺术形象"。[①] 在更早以前，日丹诺夫也说过类似的话。他们提出这样的问题也许是有他们的目的和意义。不过，毫无疑问，这也正像苏联的其他文艺理论一样，被我们的作家们和批评家们很表面地接受过来了，而且发生了深刻的影响。日丹诺夫的话常常被我们引用。我们通常所说的"写新人物"，实际上就是指的写普通人当中的先进人物。由于这种影响跟我们自己种种的教条主义思想接合起来了，例如，由于我们曾经片面地强调歌颂光明，片面地含糊地理解了所谓"社会主义精神……教育……人民的任务"，就产生了我们自己的无冲突论；又由于我们片面地机械地解释了为工农兵服务的方针，就缩小了我们观察生活和选取题材的范围；又由于我们习惯于机械地用文学去对人民群众进行一般的宣传，于是大家都只去注意那些普通的面貌相似的人物形象，[②]只去注意那些对各种具体政策表示态度的人物，只去注意一般性的所谓新品质和落后思想。再加上大家都怕犯错误，都习惯于看风行事，都习惯于模仿别人的"窍门"，于是，作家们就更加失去了大胆想像、大胆创造、追求艺术风格以及深刻地凝视生活的习惯，而只是去注意那些大家都可以看得见的平平常常"平均数"似的东西。这，不能不说也是我们的作品陷于一般化公式化的一个极其重要的原因。

在文学作品里，有看起来极为普通的普通人的典型形象。这是随便翻开一本书就可以找得到的。但也有看起来极不常见，而实际上是普通人的形象。劳动人民每个人都是很普通的人。但是作为一个作家，不但要看得见他们的普通的一面，也要看得见他们身上和他们生活里那种一般人所注意不到的、深刻的、因而也是似乎不大普通的东西。把一般人习以为常但并不注意也不理解的东西突现在一般人面前，这正是一个作家发挥其独特的创造性的一个重要方面，是每一个现实主义者所应该追求的一种本领。须知，即或是那些写普通人和普通事的作品，如果写得具有深刻的真实性，具有作者的独创性，它也会不可避免地有其不同于一般的特异的色彩。例如，《被开垦的处女地》里面所写的，都是普通农民和普通的集体化的过程吧？但

---

①② 下点系作者所加。

是,其中的很多人物不都是有其特异的色彩吗?在鲁迅的《祝福》、《孔乙己》等等作品中,虽然人物都是平常的,普通的,然而作者独特而深刻的眼光和感情,和独特的文学风格,却赋予了这些人物和整个作品以多么独特而深沉的东西啊!在世界文学的范围内,这样的例子是举不胜举的。问题是:作家一方面把这些人当做普通人看待,另一方面呢,又不是以世俗的眼光,而是以深沉的眼光去看待现实生活。

而且,我们这些普通人难道就不可能有独特的命运吗?文学就不可以描写这种独特的、甚至是极为特殊的命运吗?如果按我们通常所流行的观念和说法,把葛利高里这一普通的有特殊命运的人物称为所谓"反面人物",那么,为什么就不可以写这样的"反面人物"呢?而且,为什么对于所谓"正面人物"就不可以写他的独特的一面呢?白毛女不是一个有特殊命运的普通人物吗?不正是因为这样,《白毛女》才能够深深地激动我们吗?在我们多年的革命战争当中,有多少极为普通而同时又极为独特的人物啊!有多少夏伯阳式的、郭如鹤式的、诸葛亮式的、张飞李逵式的人物啊!我们这急速变化的时代,正是出现奇人奇事的时代;我们这把散漫的人群组织起来进行斗争的时代,正是出现许多杰出的群众代表的时代;我们这集中地表现各阶级人们意志的时代,正是出现许多杰出的英雄和出奇的坏蛋的时代;我们这个性解放和感情奋发的时代,正是人们充分表现其性格特点的时代。我们放弃了多少创造具有光彩的典型性格的机会啊!我们的批评界和舆论界甚至于不允许作家在写作上有一点新鲜的试探。记得前几年有一位作者写了一篇《柳堡的故事》——是一篇非常激动人心的爱情故事和阶级斗争的故事,是一个令人信服的现实性极强的故事,然而某些批评家却以八路军不准恋爱为理由,批评它"不典型",会起坏的影响,以致这篇作品从此就湮没无闻了。

而且,从广义上说,只要是人,就都是普通的人,因为他们都有普通人所共有的思想、感情、欲望、习惯的特点。诸葛亮可算是一个特殊人物吧?他的地位、经历、智慧、学问,都是普通人所难以企及的。但是,"三个臭皮匠,合成一个诸葛亮"——只要想一想这句话,就可以知道多少年来人民一直是怎样在羡慕和学习他的智慧。这样文学上的例子是还可以举出很多来的。这是因为,所有这些特殊的人和事,都有与我们这些普通人相通之处。因为无论多么特殊的人也是人。因为我们每一个人都不是绝对没有智慧的木头,而且我们又都有着变得更聪明一些的愿望,因此,诸葛亮的特殊的智慧跟我们普通人是相通的。

取消了所有上述那些带特异性和深厚性的色彩以后,也就取消了作家的个性和创造性了,所剩下的自然就只有"某种统计的平均数"了,自然就只有一般的和平庸而浅薄的了,自然就不去作艺术的追求了,自然也就没有了艺术的魅力了。即或是去描写那些本来是很惊人的新英雄人物,也会在我们的笔下失去其内心的、个性上的、生命的光彩。这就是为什么我们的很多作品都差不多的原因。这种差不多的现象本身倒是十分特别的:不少作品都是风格相同,语言相同,事件类似;许多面貌相同的人物和故事不断地在许多作品里重复出现;大家都去写那些婆婆妈妈的情节事件;大家的优点都是"朴素的","自然的";大家都"反正没有错误"。如果这些作品的题目下边没有作者的名字,你是不容易猜出它的作者来的。在这样的情况下,批评家没有小辫子可抓了,于是就只好抓一个"公式主义"之类的总辫子了。然而公式主义最初是大家兴出来而且是大家都不许违反的,也许这些抓辫子的批评家最初也曾有意无意地提倡过公式主义吧?于是大家都想在作品的平凡的细节上去惨淡经营,企图通过这类烦琐的细节描写来克服概念化。于是许多人都多多少少地苦闷起来了,大家——批评家、作家、编辑人员、领导和被领导——都互相有这样那样的意见了。

我绝对不是在这里提倡作家们形式主义或自然主义地去搜奇猎异,搜奇猎异和大胆的独创性之间的区别,就在于作品是否有着内在的真正的真实性。我是主张要扩大现实主义的创造性的范围,[①]主张更深入一步去了解现实主义的特点,主张我们的作家们从千万条教条主义的绳子下解放出来!

近两年来我们虽然也不断地谈到艺术特征和形象思维之类的问题,但是,有多少人曾经去研究过、提倡过某个作家或某部作品的"艺术特征"呢?对于艺术的创造性的追求,是否曾经受到应有的重视呢?我们的文艺批评总是说着流行的一般化的语言,总是在一般化地阐述作品的思想意义或反对某种偏向,而对于一些创造性的萌芽的东西则不去注意扶持,有时是默不作声,有时反而因为它不合乎当时的风气和习惯而去打击它——常常不是首先看到了并肯定它的创造性的一面然后再去指出缺点,而是首先去夸大它的缺点。除了前面提到过的《柳堡的故事》以外,还有,例如对于陈其通的《万水千山》,就有人曾经企图用主要矛盾次要矛盾一类的公式去否定它。大家都似乎不约而同地认为,所谓"艺术分析",就是对作品的结构、语言、风格、形象的完整性生动性等等方面的承认或否认。却很少有人想到,批评家应该是一个思想家和艺术的鉴赏家,不仅是对于书本子的"思想家",而且是对于现实生活的思想家,而且是对于艺术科学的思想家。如果离开了对于形象的典型性的探讨,离开了对于生活的深刻解剖,离开了对于作家的个性和创造性的认识,也就离开了现实主义,又怎样确切地判定结构、语言、风格、形象等等的好坏呢?那结果,如果不是用教条去硬套作品,如果反对了教条主义的粗暴批评,就只好各人凭各人的感觉和感想去进行批评了,于是批评就变成剧场散戏以后的"走廊上的声音"了。最近不

① 下点系作者所加。

是还有人在报纸上发表文章，为了安慰作家们不要害怕批评，而提倡感想式的批评吗？

现在不光是作家们害怕批评，就连批评家们自己也在害怕批评呢！如果说在过去，批评曾经是非常简单地武断地说这是典型而那是不典型，那么，现在的批评就学得乖巧些了，是含糊其词（辞）地不去接触典型问题了。现在，是我觉得这篇作品有优点有缺点，你觉得那篇作品有优点也有缺点，他对第三篇作品也有同样的感觉。[①]没有一个批评家敢于、或者能够将两三部题材相同的作品，或两三部作品中类似的人物加以比较，并且得出有见解的结论。……于是，又有人在反对批评工作上的“五十度的微温”了，实际上是又在提倡教条主义的“尖锐”了。

这样，创作上的教条主义和批评上的教条主义，创作上的一般化和批评上的一般化，正是一对双生姐妹，而且是一对不很和睦的姐妹。

五

在文学艺术的广阔天地里，正像在其他一切学术性和非学术性的问题上一样，一切这样那样的教条主义都是有害的。就连马克思、恩格斯在文艺问题上的许多名言，我们也决不应该当做教条来脱离实际地、片面地加以理解和应用。恩格斯自己就曾经说过这样的话：“不把唯物论的方法当作研究历史的指导线索，而把它当作现成的公式，将历史的事实宰割和剪裁得适合于它，那末唯物论的方法就要适得其反了”（见《致保尔·恩斯特》）。我想，在应用任何文艺理论的时候，也应该抱这种态度才对。

就拿什么是典型、怎样创造典型、怎样处理典型环境中的典型性格等等问题来说吧，我们只要约略回忆一下古往今来的一些有名的作品，就可以证明：任何人也不应该、也不可能给这些活生生的问题定出一个死板而狭小的公式来；任何人如果想对这些作品试一试教条主义的本事，他只能碰壁而回。

谁看见过堂·吉诃德这样的人？他想凭自己单人匹马去拯救世界，去建立功勋。他把自己所碰见的任何东西都想像成敌人，都想对之施加武士的威力。他跟风车打仗，把羊群想像成魔鬼的阵营。世界上真的有过这样的人吗？这是真实的吗？这是典型的吗？然而，这一形象决不只是讽刺了愚蠢的武士精神。堂·吉诃德式的人道主义，堂·吉诃德式的幻想，堂·吉诃德式的征服世界的愿望，我们不是一直到现在还常常看见它们的变像（相）的存在吗？在我们经常所反对的各种各样的主观主义当中，不是也常常有堂·吉诃德式的主观主义吗？表面看起来，塞万提斯是编

① 下点系作者所加。

造了一个多么荒诞不经的故事啊,然而,当我们阅读这个故事的时候,却禁不住要认为堂·吉诃德是一个有血有肉的活生生的人物。而他所处的环境则是寂寞的,充满了残忍和不平的,可悲的,而另一方面它又充满了生活的诱人的力量。它使我们能够理解它,使我们觉得这正是堂·吉诃德所生活的世界——这世界似乎必定会出现像堂·吉诃德这样的人,虽然表面看来在这个环境里只有一个堂·吉诃德这样的人。

谁在生活里常常看见阿Q这样的人?别人把他的头往墙上碰,他被迫承认自己是豸虫,然而转过背来他又"儿子打老子"了,又精神胜利了。他无往而不被侮辱与被损害,但他无往而不精神胜利。肤浅的读者只是觉得他好笑,正直的读者为他悲哀,而有头脑的读者却要流泪,要愤怒,甚至要自惭,最后要挺身起来有所行动。难道鲁迅是编造了一个荒诞不经的故事吗?难道这个故事只是——像有些批评家所说的——鞭挞了当时的某种国民性,或,鞭挞了当时劳动人民不觉悟的麻木状态吗?是的,但又不仅如此。阿Q这一人物,正像其他许多概括性很大的人物形象一样,远远地超出了它的时代和它的空间,超出了这些批评家、甚至于鲁迅自己给它所规定的范围。阿Q精神在我们今天的生活里并没有被彻底地清除掉。扩大来看,阿Q精神的基本特质,是私有制的社会生活,是阶级压迫的关系,是人与人之间的敌对关系,所产生的一种莫可奈何的、可悲可笑而又未尝不可恨的人的特质。[①] 它是世界性的。有谁考虑过人们骂人和诅咒人的起源和原因吗?这难道不是一种带有普遍性的精神胜利的表现吗?而且,在作品中,在阿Q所生活的环境里,实际上是无人不有一些阿Q精神,这一点就充分说明了阿Q精神的普遍性,也就说明了阿Q与他的环境之间深刻而合理的关系的一个方面。

在无产阶级所领导的革命斗争里,无论是在苏联也好,在中国也好,中农虽然有很大的动摇性,一般的却都是跟着革命走的。但是肖洛霍夫却在那部篇幅浩长的《静静的顿河》里,写了一个反革命到底的中农的形象。难道这是典型的真实的吗?这部作品及其主要人物的意义何在呢?我想在这里引用一段尼古拉耶娃的话来加以探讨:

> 把典型解释为"数学平均数"的批评家,对他们所解释下了的这种绝非常见的性格的生命力是想不通的。……对葛利高里的绝无仅有的悲惨命运的深刻的艺术确实性是困惑莫解的。这些批评家企图用肖洛霍夫的天才的力量来解释他们所不易理解的这种性格底说服力:说什么肖洛霍夫的天才,竟如此伟大,甚至像葛利高里·梅列霍夫非典型的形象在他的勾勒

---

① 下点系作者所加。

之下居然也会如此的令人信服。

但是，肖洛霍夫的天才和力量并不在于他能把非典型的性格刻划得令人信服，而恰巧是在于他创造了真正的典型，创造了并非是最普遍的死板的照像，而是那种能最充分、最尖锐地反映出最伟大的现实现象底性格。

葛利高里·梅列霍夫是旧时未成立集体农庄以前的哥萨克人底代表人物。梅列霍夫形象的典型性在于它是最充分、最鲜明和最尖锐地表现了列宁曾多次写到过的关于农民的两重性。肖洛霍夫小说中人物的两重性，表现在以下各方面：在于人物的性格上、他的政治意图中、和他的全部命运的极端矛盾性。这个人物是充满着内心冲突的、是复杂而矛盾的，正像肖洛霍夫通过葛利高里·梅列霍夫的形象所描写的当时社会力量的矛盾而复杂一样。

……

作家以其杰出的艺术的天才力量，通过梅列霍夫而表明了在农民处于决定自己命运、决定跟谁走的历史时期表现得特别尖锐的农民自发势力底全部复杂性和矛盾性。在这个真正的典型化中也就蕴藏着形象的生命力底秘密。

（《论艺术文学的特征》）

由此我们可以想见，一些教条主义的批评家在这种有独创性的作品面前是表现了怎样的束手无策的窘态。

但是尼古拉耶娃这段话虽然说得很好，却也未见得完善。第一，不错，《静静的顿河》里是充分表现了当时历史时期“特别尖锐的农民自发势力底全部复杂性和矛盾性”，而这种复杂的矛盾也反映在作为农民的葛利高里身上，我们读这部书时确实是不断地被这些尖锐复杂的社会形态和人物命运所激动。但是，尼古拉耶娃忘记了，肖洛霍夫所写的是顿河哥萨克地区，作品中充分揭示了这一地区人民的特点，这些特点更加深化了矛盾的复杂性和尖锐性，也就更加显示了葛利高里这一人物的合理性。第二，当我读这作品的时候，除了被那些农民自发势力的尖锐复杂的矛盾冲突所激动以外，也为葛利高里这一人物强烈的生活欲望、令人惊叹的勇敢和才能——也就是说，为他的个性，以及这一个性与其悲剧性命运的关系所激动。也就是说，我们被作品里清楚地显示着的一个内在的思想线索所激动：不管你是怎样有强烈生活欲望的人，不管你是一个多么才力充沛的人，如果你走上了与历史与群众相背谬的道路，你也只会得到悲剧的下场。这，应该是被一切类似葛利高里的人当作教训来接受的。这应该也是作品的力量的一个重要方面吧？简单地用所谓阶级分析的方法，或教条主义地套用某种公式，是不能完满地解释这些问题的。

此外，我们还可以举出很多似乎“不好解释”或“出人意外”的作品来，例如，当苏联革命胜利了以后，法捷耶夫却写了一部一个游击队的毁灭的故事。《红楼梦》里的环境，似乎是一个产生忠臣孝子的环境，然而却十分合理地出现了贾宝玉这样很特殊的叛逆的性格。……

现实主义的文学创作，是一种多么富于创造性的劳动啊！它是现实主义的，但它甚至于可以用看起来是荒诞不经的人物和故事去表现深刻的现实内容。它甚至可以真实到近于虚幻的地步。它有多么广大的发挥想像的余地啊！它的集中、概括、夸张——它的典型化的方法能够发挥到何等惊人的程度啊！

六

只要仔细地去思索一下，你就可以知道，无论哪一本不朽的杰作，无论哪一个成功的作家，都是有着这样那样的独创性的。正因为这样，所以常常发生这样的情形：一本好的作品出版以后，除了被一些反动的批评家们百般地毁谤以外，也同时被一些教条主义者所曲解，有的甚至于有被埋没的危险；如果不是有真知灼见的批评家挽救了它，就一定是由于它在广大的读者的土壤里生了根，任何有意无意的扼杀才不能使它真的变成“失败的作品”。有的作品甚至一直流传了若干年以后，人们一直还在研究它，还没有一个有真知灼见的人能够把它各方面的成就和特点分析得十分透彻。所以作家研究和作品研究就成了一种专门性的学问。这些作家和作品，总是在内容上、艺术方法上、技巧上、风格上，给文学的总宝库里带来一些新鲜的独特的东西。有些作品，因为有其高度的独创性，所以多半都有其绝对的不可模仿的性质，它们在这个世界上只能够出现一回；它被一般读者所接受，使一般人感动，但它绝对不是一般化的东西，相反地(的)，却正是因为它们有其独创性的一面，从此世界上只有一本《阿Q正传》，一本《堂·吉诃德》，一本《静静的顿河》，一本《水浒》和《三国》；也只有一个鲁迅，一个曹雪芹，一个高尔基，一个托尔斯泰……从此人们只可以向这些作品和这些巨人学习到一些东西，人们只可以从另外的新的途径上去赶上他们，但人们绝对不可以完全模仿他们的老路而能够达到他们那样高的水平。只有那些平庸的一般化的作品，才会无数次地重复出现，而一些平庸的批评家则最善于替这些平庸的作品找到“成功的原因”。

我并不是在这里提倡好高骛远的毛病。“志大才疏”同“因循懒惰”是同样要不得的缺点。正因为伟大的先辈们已经用其毕生的精力胜利地完成了他们的道路，正因为他们是可以学习而不可以模仿的，所以我们必须加倍努力地在文学的园地里走出自己的新路来。我们每个人不一定都能够达得到他们那样的水平，但我们只有看着前人的业绩，脚踏实地地走去，庶几才会有一点成绩。这个作家或那个作家，由于各人的生活经历、修养和气质、艺术个性种种条件的不同,你喜欢这样的风格,他喜欢那样的风格,你喜欢着眼于这样的生活素材,他欢喜解剖那一类的人物和事态,张三立志于塑造一群新英雄人物的群像,李四又可能有兴趣于写讽刺作品,王五却愿意用革命的人道主义精神贯串他的创作道路,还有人一辈子只愿意写一些短小的抒情诗,而另外的人则又有多方面的才能……这是不能而且也不应强求一致的。正因为文学的现实主义是一个无限广阔的发挥创造性的天地,所以任何人也不应该用他的死硬的教条给人们画出一条固定不移的小路来。一切正确的理论都只能帮助作家找到通向高度成就的现实主义道路,但决不能够代替作家自己对于现实主义途径的探索。

现实主义其所以不同于其他的流派,就在于它是用积极的态度去面对现实,去追求生活的真理,去追求艺术的真实性和创造性,以达到在最大的程度上反映现实并影响现实。因此它的道路比任何艺术流派的道路要宽阔得多。通向生活的真实的道路,只能说大的方向是一致的,只能、而且只应该是殊途同归。而生活的真实与艺术的真实之间,有紧密的联系,却又有着极大的差别,和极其宽大的可供作家回旋其创造天才的余地。并不是现实主义的每一个具体内容和具体方法都已经固定化了,或者是都已经完整得无以复加了。它还要向前发展。还有许多新的重大的课题需要我们去作许许多多辛勤的探索,例如:新英雄人物的创造问题,如何写新的讽刺作品,个人的命运如何与集体的命运关联起来,如何表现有组织的人们的组织性的活动,如何反映巨大的工程建设,如何描写巨大的军事行动,如何正确地处理科学技术在人们生活中日益增长的关系……对于所有这些问题,首先是要通过创作实践去摸索出经验来,而不应该首先去忙于制造各种各样的教条主义的框子。

摆在我们面前的还有一个最大的困难,那就是今天的现实生活发展得比任何时候都快——快得使人看不清楚,使人来不及思索,自然也就更加来不及抓住我们所要抓住的东西。因此,所谓创作,是何等的困难!也正因为这样,我们才容易习惯于去寻找一些现成的套子,去求得教条的帮助,而这正是教条主义能够抓住我们的一个重要原因。也正因为这样,如果我们想要探索出自己的道路,想要去反映我国伟大现实生活的万分之一,想要使得我国新的文学达到世界文学的高峰,那就应该付出多少时间和精力啊!然而,一想到这些,就又不禁要令人想到下面这样的情况了:我们的作家队伍太小了,而大多数人都是常年地担任着文艺部门中各种各样的工作;于是,搞创作需要请“创作假”,需要突击;有的人为想得到写作的机会而日夜不安;有的人很幸运地“轮”到了写作的机会,却一边写,一边在生活中,一边发愁时间太短写不出来;真正想努力干的人无时间干,一小部分有时间写也有时间“下去”的人,则浮在那里白白地浪费时间;不光是很少人有时间写,也很少有人有时间好好儿学习业务;不光是没有时间读一读古典名著和外国作品,而且很多人都既无时间也无热情去读本国当前出版的一些作品。谁真正在那里刻苦努力地作艺术的追求呢?有几个人真正抱定了反映我们这伟大时代的志愿呢?有几个人在准备去写一部革命战争的史诗呢?有几个人不是偶然去赶一赶某种运动的浅水浪头呢?然而,又有几个人能够偶然去赶一赶浅水浪头呢?

我绝对不是文学的组织工作的取消论者,不,文学工作中绝对没有行政组织工作是不行的。但是,我觉得,正因为我们的人数太少,而应作的事情又太多,所以我们不能不"看人行事",不能不首先抓住最主要的环节——创作,让更多的人有时间去创作——不重视创作,那就是作文艺工作而忽视了实际,这与教条主义也未尝没有极为复杂的关系。

我觉得,教条主义对于文学艺术的束缚,这不光是中国的情况,而且是带世界性的情况。也许正因为它是带世界性的情况,所以才更加难以克服吧?

让我们勇敢地从自身的教条主义的束缚下解放出来吧!让我们大胆地刻苦地来进行百花齐放吧!我们是生长在一个有深厚现实主义传统的国家里,我们历史上曾经出现过多少伟大的现实主义大师啊!他们每一个人都是带着新的创造,新的宏大气魄走出来的,都是突破了若干陈规走出来的。让我们学习他们的榜样吧!

——原载《人民文学》1956 年第 9 期

周　扬

关于当前文艺创作上的几个问题①

应该老实说，对于一些大问题，如社会主义现实主义问题，典型问题，没有很好的研究，这里只把自己的看法作为交换意见和同志们谈一谈。

最近中央提出了“百花齐放，百家争鸣”的方针，也许同志们不大感觉到这个问题，但在一些老科学家和老作家中，是引起了欢欣鼓舞的情绪的。而且不但在中国，就是对全世界也有很大的影响，全世界都在注意着这个问题。很自然，这和苏共第二十次代表大会提出对斯大林的批评有关。不管这个批评的本身怎样，它有一个很大的好处：就是思想解放，迷信破除。斯大林是最被人尊敬的，并且在今天还是一样被尊敬的，但就是这样的人也不是没有错误的，对他也不可以迷信。我们不否认对于斯大林的批评在全世界引起了很大的混乱，但这个混乱现在看起来不是主要的，主要的是收获。我们是在这样一个状况下提出“百花齐放，百家争鸣”的，所以得到了世界上特别是东欧国家的非常强烈的反应。不知道同志们是否了解，他们搞得很厉害，在波兰和捷克斯洛伐克，有些人甚至连社会主义现实主义也不赞成，认为这是错误的，认为这个看法是斯大林提出来的，还是二十年代的东西，不一定适合于今天。又认为捷克在解放以后没有出过好作品，说苏联自从提出社会主义现实主义创作方法以后也没有好东西。捷克有几位作家甚至认为不要提什么主义，艺术就是艺术。像这样的一些议论，正在他们国内公开讨论。所以批评斯大林的好处是揭开了盖子，让大家独立去思考，因为今天的共产主义者已经成熟到这样的程度，社会主义的力量已经可以允许这样独立地去思考，公开地发表自己的意见。也正因为这样，所以在提出“百家争鸣”的方针后，立刻获得了大家的赞成，不但是中国国内赞成，就是外国也赞成。南斯拉夫的同志碰到我的时候说：陆定一同志的报告很好，但有一

① 本文是作者一九五六年八月十日在中国作协文学讲习所关于文艺创作问题的讲话记录，当时未正式发表。作者虽说是“交换意见”，实际上提出了不少新鲜的、令人深思的看法。

点,在报告中还是讲社会主义现实主义是最好的创作方法,对于这一点他们不满意。他说他们也是站在社会主义的立场的,但是不赞成社会主义现实主义就是最好的创作方法。在我们,过去有些同志不但承认这是最好的方法,甚至认为是唯一的创作方法。再来看看苏联的反应。有人问米丁对于陆定一同志的报告的意见,他认为对于社会主义现实主义,好像还肯定得不够。米丁是苏联有名的大哲学家,他的看法是很有代表性的。这说明我们提出了"百花齐放,百家争鸣"以后,一方面获得了各方面的欢迎和拥护,同时其中也有不少问题引起了争论。比如我们主张可以有宣传唯心主义的自由,米丁就是不同意这样的看法。不知道同志们是否认为:唯心主义可以自由宣传,而我们又是反对唯心主义的。这是不是矛盾呢?是不是去年的气候跟现在大变了呢?不是的。其实,在今天不能不让唯心主义自由。苏联也是一样:有宗教,允许宗教自由,就等于允许有宣传唯心主义的自由,除非不让宣传宗教,所以实际上在苏联也是有宣传唯心主义的自由的。既然如此,倒不如像我们这样漂亮一点,承认它的自由。

关于"百花齐放",的确是有很大的意义的,我们现在正研究这个问题,在文艺工作的许多方面,都准备要改变一下做法。"百花齐放"这句话最初是从戏曲方面提出来的,提出来以后,毛主席写了八个字,即"百花齐放,推陈出新"。我们现在理解"百花齐放,推陈出新",就是各种艺术互相竞赛。提出了"百家争鸣"以后,有的同志认为也应该加四个字,比如郭沫若先生认为争鸣应该有目的,不然也许会混乱,主张加上"实事求是"四个字,意思是不能乱争,要求真理。还有一位民主人士提出加上"去伪存真"四个字。我说这些意见都是很好的,但后面的字还是不加的好,我们的"争"是有目的的,我们争的是真理,争的结果真正的真理一定会出来。"百花齐放"虽然最初是从戏曲方面提出来,并且要"推陈出新",照我想,不但在戏曲方面要这样,同时还应该推行到各个艺术部门中去。

要在艺术方面蓬勃地放出花来,得解决几个问题。花,它总是要在一定的土地上生长,有两种东西是艺术的花开放的必要条件,一个是生活,还有一个是传统。对于作家、艺术家来说,只有通过人民的生活,才能很好的放出花来。为什么"百花齐放"提出后戏曲方面会获得那么大的发展,当然,这与政策方针有关;但是不能不指出一点:对于戏曲方面的粗暴和干涉,是在所有的艺术部门中最厉害的。可是花还是放出来了,昆曲的《十五贯》,就是一个最显著的例子。还有一个重要的原因:它的根扎得很深,它在人民的生活中早就有了很大的影响。所以对作家,应该解决他们对生活和对传统的关系问题。所谓"推陈出新","陈"就是传统,"新"就是社会主义,我们是在建设社会主义的文化,要求这两个问题——生活问题和传统问题在艺术里面都能解决得很好。这是一方面。另一方面,要使花开得好,还要有一个适宜的气候,可是现在的气候并不十分适宜,阻碍了花的成长。这是因为有几种东西在作怪:一个是教条主义,一个是宗派主义,还有一个是领导方面对于文学艺术所采取的行政方式。这三个东西是妨碍“百花齐放”最严重的东西,假如我们能把教条主义、宗派主义和领导方面的行政方式去掉,作家能够同生活和传统结合,那一定可以做到真正的“百花齐放”。根据上面所说,结合同志们提的问题,今天谈三个问题。(一)作家对生活和典型的认识问题,(二)如何对待传统的问题,(三)对于文学艺术的行政领导问题。

同志们提出的都是关于社会主义现实主义的问题,就是解决作家同新生活的关系,同人民的关系的问题,也就是艺术应该反映社会主义时代这样一个问题,看来同志们对这个问题是比较偏重的。对于这个问题有没有教条呢?有的,包括我自己在内,而在苏联则更多。现在我们一方面要感谢苏联,他们给了我们很多的作品和理论,使我们得到很大的帮助;可是对有些东西,我们做了机械的搬运,没有看出它是教条主义。为什么有些国家的作家对社会主义现实主义那么不满意,这有它一定的原因。我们不能因为这样就武断地说这些作家都是资产阶级的,他们的看法就是资产阶级思想,这里面有进步作家,也有共产党员,他们就是对这方面有反感。在中国,艺术理论上的教条主义方法,完全是搬的苏联那一套,至于东欧国家,比我们还要搬得厉害,几乎是苏联怎样讲的,他们也就怎样讲。所以要注意。对于社会主义现实主义的学习,决不能陷入教条主义的泥潭。

但是,我们的创作是否需要一个方向呢?同志们自己也可以研究一下。我现在的想法:社会主义现实主义这个口号不应该去掉,社会主义现实主义是人民艺术发展的新方向,为什么我们要反对这个新方向?社会主义现实主义继承了世界文学艺术中最优秀的现实主义传统,继承了来做什么呢?来表现人类为实现社会主义和共产主义而进行的伟大的斗争,来反映这个伟大的斗争。这样一种继承了过去好的传统,为反映人类走向社会主义和共产主义进行伟大斗争的文学艺术的新的方向,又有什么不对呢?我看不出有什么不对的地方。有一位南斯拉夫的同志遇到我的时候说:“你给苏联《旗》杂志写过一篇谈社会主义现实主义的文章,现在你们提出了‘百花齐放,百家争鸣’,你是否准备修改你的意见?”我说,我写的那篇文章可能有些错误,但提出“百花齐放,百家争鸣”不一定和社会主义现实主义有矛盾。所以我们应当肯定社会主义现实主义这个方向,肯定我们的文学是社会主义的和现实主义的。在这个问题上我们毫不犹疑。同时,也应该肯定苏联的文学是社会主义和现实主义的,不管你怎样批评它,它在世界仍是起了很大的影响的。现在有些同志只看到苏联文学的一些公式化、概念化的缺点,采取全盘否定的态度,而没有从正面去看它有更多的好东西教育了全世界的人。中国有那么多的青年从苏联的文学作品中获得益处,这难道不是好的吗？所以对于苏联的文学,我们还是要肯定,我们今后还是要向他们学习,当然不是教条主义式的学习,至于它应当克服缺点,应当进一步提高,那是另外一回事。对于社会主义现实主义的应否肯定,同志们没有提出这样的问题,如果有怀疑的话,可以大胆的提,不要害怕提了会被当作是政治思想问题。

根据以上所说,我们应该把社会主义现实主义了解为一种新的方向,而不能把它当作教条,或者当作创作上的一种公式。不然的话,就有很大的危险。但是,过去乃至于现在,在我们的创作上是存在着把社会主义现实主义当作教条和公式的情况的,苏联也是如此。社会主义现实主义不是有一个定义吗。现在有些人对这个定义是很不满的。"从现实底革命发展中真实地,历史地和具体地去描写现实。同时艺术描写底真实性和历史具体性必须与用社会主义精神从思想上改造和教育劳动人民的任务结合起来。"这个定义很可能是也许就是斯大林拟定的,所以现在波兰、捷克斯洛伐克和南斯拉夫有些人对社会主义现实主义的反感,还加上了一个对斯大林的情绪在内。

这个定义是否有毛病呢？如果一定要挑毛病是可以挑得到的。定义后面所指的相结合,好像是把社会主义的精神从艺术的真实描写之外加进去的。实际上在革命——这个革命当然是社会主义和共产主义的革命——的发展中,一定有社会主义和现实主义,也就是说,在对现实的真实的描写中本来就有社会主义和现实主义。所以后面的相结合的那句可以不要。又如有人指出定义里面对于文艺的特点说得太少,文艺创作要创造典型,要在典型环境中描写典型性格,斯大林的定义里面就没有关于典型的,而典型恰恰是艺术的特点,要挑毛病,这也可以算上。同志们挑了没有？我想可能是不敢去挑,其实是研究学问的话,任何人的毛病都可以挑,连毛主席的东西也可以挑,这不是什么政治思想问题,在学术上完全可以不同意别人的看法和保持自己的意见。当然,也不能随便去挑毛病,随便去反对,应当用脑筋,有自己独立的见解。

不管定义有没有问题,我觉得我们不必去强调它,不要把它搞得太狭隘。我们过去对作家有这样的情况:作家应该这样写,不应该那样写,定得死死的。这对作家有很大的害处。他写得真实不真实,艺术造诣高不高,可以根据社会反应来判断,可以由人民群众来判断,把社会主义现实主义定为很固定的创作方法,那没有什么好处。事实上,一个有才能的作家,决不会按照创作的定义或规律去从事创作,只有低能的没有生活的人,才会按照教条去写,而这种作家也确是有的,他觉得如果不按照教条写,而是按照生活写,按照特殊的感受和特殊的经验写的话,就好像不合创造的公式,就会被人批评。我们认为社会主义现实主义只是指示人们一个方向,引导艺术朝社会主义的方向走。至于具体的方法,决不是立一个定义所能规定得了的。作家不是按照创作的定义去进行创作的,而是按照生活的逻辑去进行创作的。生活的逻辑是怎样,有时候作家自己也不能作主。一个作家,如果真正忠实于生活的素材,当然还没有写到纸上,还在他脑子里酝酿,逐渐融化成为作品的胚胎。这时,作家自己也不能指挥人物,它已经成为客观的东西,它一定只能按照生活的逻辑来发展,而不能按照定义或批评家和理论家的要求来发展。我没有实际创作的经验,但这可以说是一种创作上的常识,谁也不能否认的。当然,这必须作家对生活的感受和观察是正确的,如果不正确,那就会相反的写出歪曲的东西来。

把社会主义现实主义当作创作的教条和公式的害处,还在于对不是社会主义现实主义的作家起了排斥的作用,因为他们不合乎教条。不是社会主义现实主义的作家,在世界上多得很,因为这样,就不能跟他们建立正确的关系,只有打击他们,而不是在创作上互相合作。我们认为社会主义现实主义是最先进的倾向和最好的创作方法,但这并不等于世界上除此以外就再没有别的好的文学,要么就是社会主义现实主义,要么就是反社会主义现实主义,不应该是这样的。在苏联,在一个相当长的时期内对别的东西完全看不起,特别是在一九四八年批判了世界主义以后形成的一个倾向,就是苏联第一,对于其他国家的东西,差不多只有批评和反对,很少加以肯定,什么都是俄国第一,有一个时期甚至把沙皇的侵略都说成是好的,总而言之俄国的一切都好。这样的做法现在看起来是有偏向的。比如对批判的现实主义,现在已经承认它同社会主义现实主义是朋友,而在过去就不是这样讲的。除了批判的现实主义外,还有一个形式主义,对这两个东西我们应该给予恰当的估价。

批判的现实主义对现实是不满的,是暴露的;但同时它也不同意社会主义。我们是首先看它对旧社会的暴露,还是看它的不赞同社会主义?应该是首先看它对旧社会的暴露。像安得烈那样的作品,使人看不见社会主义的前途,但是可以使人看到资本主义的前途,这是好的,人们对资本主义不相信,慢慢的就会相信社会主义。所以苏联过去对批判的现实主义的估价是不够的。

再说形式主义,这是苏联反对得最厉害的。对于这个东西,似乎也可以研究一下,是不是"形式主义"里面一点好的东西都没有。我觉得至少有一些现象值得注意。有不少革命的作家、艺术家,在政治上是进步的,有的还是共产党员,可是在艺术上是形式主义,有所谓超现实主义,如毕加索,马迪斯,在绘画方面还有所谓"抽象派",完全是追求一种形式,在音乐方面也有同样的现象,大概是因为这几种艺术的形式的因素比较重。对于这些是否要一笔抹煞,是否这里面就没有一点可取的地方。对于这个问题的看法就是在苏联也并不是一致的。比如爱伦堡,他就喜欢这类追求形式的画,他跟我说你们中国的招贴画是最坏的,为什么会坏,因为学了苏联。他说苏联的画是照相,他认为中国最好的是齐白石的画,说这才是真正描绘现实的。

我虽然不懂画，但对这样在追求形式方面是否还有可取的地方，总觉得还是一个问题，值得我们考虑。

不能使社会主义现实主义这个东西成为一块铁板，成为向别人学习的障碍。苏联的社会主义现实主义一方面反对形式主义，另外一方面又不承认别的国家的文学有可取的地方，估价很低。过去它对中国这样的国家的文学，从来没有给予社会主义现实主义的评价，只说是革命的或进步的文学。对于资本主义国家的作家，只要不是现实主义的，就用“形式主义”打过去。总之，门关得紧紧的。这种现象最近两年来才有了改变，在苏共第二十次代表大会上才提出要向别的国家学习。事实上也是如此。每一个民族，每一个国家都有它自己独特的可取的东西。所以我们决不能把社会主义现实主义狭隘地理解为是一种教条；它是一个指路的方向，只要是忠实于生活的人，自然会慢慢地走到社会主义方面来。但是，当社会主义思想还没有成为作家的血肉和灵魂时，勉强地要他表现社会主义思想，恐怕是很难的。资本主义国家说苏联的作家要有党性，萧洛霍夫回答得很好，他说：是的，党性对我们苏联作家说也就是良心。要党性变成作家的良心，变成作家的灵魂，脑子里处处都是党的影子，而不是勉强的外来的“党性”，在这方面是不能丝毫作假的。

社会主义现实主义和社会主义现实主义以外的艺术流派所存在的不正常的关系（只有打击，没有合作；只教训别人，不向人家学习），这恐怕也是一种教条主义的表现。我们中国也有这样的情况。很多新文艺工作者，开口就是社会主义现实主义，对于那些“五四”时代的老作家，对于老艺人，对于国画家，统通都瞧不起，其实他们有很多东西值得我们好好的（地）去学习。不知道我们文学讲习所的同志有没有这样的情形，以为看了一些苏联的小说小册子就行了，如果这样，那是大错而特错的。苏联的东西决不是我们所要学习的全部，这只是要学习的一部分；我们要向自己民族的优秀传统学习，要向我们的老作家学习；要向世界的文学学习。

对于社会主义现实主义，我还有一点感觉，就是对浪漫主义强调得好像不够。高尔基把浪漫主义作为社会主义现实主义的一个因素和一个部分包括在里面，这是很好的，把浪漫主义和现实主义这两个向来都是对立的概念统一了起来。但是我又觉得，浪漫主义在历史上也是一个流派，并且是一个独立的流派，浪漫主义作为一个独立的流派，对它的估价似乎还不够，过去在这方面有些忽略，提倡得比较少。中国艺术家的传统中自然主义比较少，中国的文学作品创造了许多典型（关于典型问题，我们下面还要谈到），可惜我们过去在对典型的讨论中很少接触到中国的典型。在中国的传统里有这样一个特点：即现实主义和浪漫主义比较结合在一起，我们看一些中国的戏曲，艺术上的魅力是非常强烈的，很容易使人感动。为什么现在有些新的作品看起来非常枯燥，而古代的作品那么敢于想象。有很多国际友人看了中国的画和中国的戏曲,常常提出这样两点批评:第一,认为中国的画和戏剧特别是话剧,自然主义很浓厚,过分的模仿了苏联,第二,中国的画家和戏剧家为什么不向自己的传统学习,他们认为中国自己的传统中有许多很好的东西。

我们的文学和戏曲里面浪漫主义丰富得很。而且我们还感觉不出它是不现实的,相反的以为是很现实的。为什么?因为它表现了人民的愿望和理想,对于在旧社会里不可能得到实现的理想和愿望,采用了幻想的方法,这种幻想给了人民很大的鼓舞。要举例子的话不知道有多少。像梁山伯祝英台化蝶的故事,活着的时候不能如愿,死了以后还要化蝶在一起,这是多么美丽的幻想。又如《窦娥冤》,这是关汉卿的名作,现在不大演了,感染力也是非常强烈的,将来应该拿出来演。又如《活捉王魁》,王魁是一个陈世美型的人物,他考中状元做了官,就抛弃了原来的爱人,结果她死了以后变成鬼去活捉王魁。中国戏曲处理这样的事通常有两种办法:一种是出清官,如包公、况钟之类,替人民泄不平,但是不平的事是那么的多,光靠几个清官解决不了,所以又有一种采取完全的幻想——变成鬼也要报仇,这表现了人民对旧社会旧制度的愤懑,过去认为戏里出鬼是宣扬迷信,其实出鬼的戏有很多是好的。再说中国的绘画,有些人瞧不起,挑剔它没有明暗,不合透视原理等等。中国画强调神似,讲究"精神",主张神形兼备,要能传神。这里的"神"能不能说它是唯心主义呢?我看是不能这样说的,这个"神"也可以看成是典型。所以我看中国的艺术中确是有很多好东西的,浪漫主义就是一个例子,它是和现实主义完全结合在一起的。

总之,对于社会主义现实主义,我们要反对把它当做教条,不要去推敲它的定义,这对我们是毫无益处的。但是,必须肯定它是一种方向。至于对作品的具体评价,可以从他对生活的反映深刻不深刻,生动不生动,概括的深度如何等方面去看。过去的经验是值得我们研究和学习的,无论是社会主义现实主义作家的经验,外国的和中国的作家的经验,都可以去研究,但不要使它成为教条,成为捆在我们身上的"绳子",不要被社会主义现实主义的定义的"绳子"捆住。

对于典型问题(这里说的典型,当然是社会主义现实主义里面的典型)也同样存在着教条。我觉得文学界有两个问题可以好好讨论(不一定要作结论):一个是典型问题,还有一个是传统问题。在讨论时,不要去引用苏联的条文。我们自己有那么多的典型,为什么不去研究?诸葛亮不是一个典型吗?李逵不是典型吗?杨四郎不是典型吗?鲁迅以及现代作家的作品中不是也有许多典型吗?所有这些,统通可以来研究一下,不必去考虑定义,中国的典型不一定同外国的典型完全一样,我们要解放一下,我们要独立地去研究,不要钻在定义里面,马林科夫不是下了一个定义么,现在被推翻了,我们还没有马林科夫高明,而且那时候斯大林还在,大概也是经过斯大林同意的。所以追求定义没有什么好处,先研究自己的问题,把这两个问题——

典型和传统问题在文学界讨论半年一年,这里面是有着分歧意见的。

要创造典型,这不会错,可以说是普遍的真理,文学作品一定要创造典型。同时,我们提出要创造先进人物即正面人物的典型,这话错了没有?我看应该说也是没有错的。因为创造新时代的正面人物的典型,过去从没有人做过。所以这样提完全正确的。现在一般作品中写的人物,大体上都是工人、农民以及比较下级的干部(高级干部写得比较少),写这样一些人应当说是正确的。我们现在写的方面还不够广泛,还应当写学生,写商人,应该在今后克服这种现象;但我们写群众,写劳动人民,还是我们今后的主要方向。特别对于我们青年作家,这是时代所给予的任务,过去的作家包括"五四"时代的作家都没有写过的我们来写。正因为过去没有人写过,所以要求不要太高了,最初写群众的作品中,里面有灵魂,也有趣味,但正如毛主席所批评的是"小市民"的灵魂。我们强调艺术上写个性,但如果不去研究新的个性而企图以旧的个性来代替,那一定会失败。所以我们现在正走在困难的路上,我们看到了群众,我们的作品中也反映了群众。但是我们只反映了一个模模糊糊的影子,反映了一个外表的轮廓(当然,这里面又有反映得比较清楚或模糊之分),我们现在的问题是到群众中去,把他们的千变万化的个性找出来,不仅是写群众的外表,而且要写出群众的内心,不是写一堆堆的群众,张三李四,无所不包,看多了会忘记;而是一个个地方出来。我想写新的人物应该是我们最主要的任务,因为这是从前没有过的,而艺术作品也只有这样才能产生作用。决不能因为写新的人物比较难,就去改写别的东西。

写新人物既然要肯定,那么毛病在什么地方呢?毛病在于我们只强调写新的人物,好像就不必写落后的或中间状态的人物了。这是有偏向的。艺术世界和现实世界一样。应该有各种不同的人物,我们可以强调写新的个性,新的人物,但不等于只要写新的个性、新的人物,更不等于写新的个性就是没有个性,好像新的人物一切都是好的。所以现在最主要的是写出新的个性来,这是我们时代的任务,但是我们的作品没有完成这个任务。

就是在我们的实际生活中也有这样一个问题,即所谓抹煞个性(这在最近已开始注意了)。我们过去强调集体主义、爱国主义,强调纪律性,反对个人主义,于是许多英雄人物出来了。如黄继光、罗盛教等,这对人民有教育作用。是它积极的一面。但是也有它阴暗的消极的一面:因为反对个人主义连个性也反对掉了,因为强调集体主义把个人的事情忽略掉了,只承认党性,不承认个性,这可以说是我们这几年来实际上的倾向,这种倾向多多少少地反映到文学作品中来,于是就有些公式化。强调集体主义和反对个人主义、分散主义,这是对的,我们今后还要继续强调。可是不能忽略了另一方面,所谓"大公无私",好当然好,但这只是理想,不大可能办到,所以毛主席说要“大公有私”，这就对了，这才是辩证的。先是公，后是私，个人利益要服从集体利益，但不能把个人利益一笔取消。所以，个人利益和集体主义的关系的正确解决，党性和个性的关系的正确解决，和我们文学作品有很大的关系。又如青年团组织和大、中、小学，现在已开始注意了，过去也是存在这样的问题的。青年有一点个人的表现都不行，有一个青年学俄文，渐渐的练习翻译投稿，得到了稿费，青年团的组织就斗争他，说这是个人主义的表现，只图个人利益，一直到这个青年被迫放弃俄文为止。试想学俄文又有什么不好呢？像这样的例子可以举出很多，总之，它不让你有个性，不让你发表不同的意见，在开会的时候都是说一样的话。从这里，可以看出我们作品的公式化和概念化，是反映了一定的社会风气，因为作家认为这样是对的，所以也就这样反映了。现在我们最重要的是要反映个性，而且要有新的个性。旧的和个人主义相联系的个性，我们过去的文学作品中写得不少，而我们现在是要创造社会主义的新个性，它和旧的个性是不同的。旧的个性是和社会对立的，凡是好人，像林黛玉、贾宝玉、梁山伯、祝英台、罗亭、皮喀林等，都是同社会对立的、都是同社会不可调和的，要么被迫害而死，要么就妥协投降，只有这两条出路。我们所要写的新的个性当然不是这样，但是谈谈容易，写起来就难了。新的个性和周围的人可以有不同，但他不是对立的，新的个性应该在新社会里面有很大的作用。这里要指出：新社会里面也有旧的东西，需要作者敏锐的去观察和选择。过去的教条主义是要写光明，忘记了新东西里面也可能掺杂很多旧东西。比如现在的官僚主义，这不是旧东西吗？而且新东西和旧东西结合起来，往往比旧东西还要厉害，假如在新民主主义制度里面搞进了旧东西，它的危害性就远远要超过资本主义制度，现在的官僚主义者要做起坏事来，群众无法逃避，而且也不能抵抗，从上面一直到村干部，大小报刊一齐发动，谁能吃得消？所以我们要注意，做错任何一件事都会害死人。还有是否新的东西都是好的呢？这作者也要好好考虑，新的东西不一定都是好的，我们不能忽略旧的残余还存在，再说新的东西不一定都经得起考验，公式化和概念化也是新东西，还不是经不起考验吗？所以作者要仔细观察哪些是旧的残余，哪些东西全然是新的，但是并不合理，它是一时的产物，副作用很大，它不是真正有生命的东西。

我们现在要培养新的个性，在教育方面提出要因才（材）施教，全面发展，要发挥个人的特长。过去提倡模范班，提倡先进集体，每个人都要求是五分，都要五分能否做得到？可以做到的，但是这样一来个性被抹煞了，有些特长就不能发挥了。所以不但在文学上，就是在文学上，就是在社会生活中，也存在着抹煞个性的现象，忽略了党性和个性、集体和个人的正确解决。“百花齐放、百家争鸣”的提出，对于我们个性的发展有很大的好处，大家可以讲话，各人可以有自己独立的见解。为什么苏联把这些问题联系到个人崇拜,这是值得我们注意的。什么事情都由斯大林想好了,好像斯大林想的决不会有错误,于是大家都可以不去想了。中国也有这样的现象,过去延安有这么一句话:“天塌下来有毛主席”,这样大家可以不想了,但毛主席一个人又怎样想呢?不是这样,应该大家都想,就我们文学工作者说,不要因为是搞文学的,就只想文学方面的,也要想国家大事,有自己的见解。毛主席经常教导我们的有两条,即:“坚持真理,修正错误”,是真理一定要坚持,有错误就应主动纠正,不要等人家批评你时才去检查。总之,写新的个性是非常重要的,在文学方面还有一个特殊任务,就是帮助社会上培养新的个性,使人们受到影响。所以讲到典型问题,下面这些问题就很值得注意,即:新时代的个性和旧时代个性的区别,新的个性和社会的关系是怎样,旧的个性和社会的关系又是怎样。可惜我们在研究典型的时候很少注意到,这一方面因为我们对新的个性不熟悉;还有一方面,就是社会上有这样一种空气,好像新的个性可以不要,具体表现在作品的一般化和简单化上。

从写个性联系到典型,我看我们对典型的了解,恐怕也有些问题。现在一说起典型,常常拿高尔基所说的话来作为定义,即把许多同一个阶层的人的共同特征概括起来放在一个人身上成为典型。我觉得我们搞创作的人,最好不要这样教条式地去理解,因为这个说法有时候会产生毛病,仿佛典型就是共同的特征,劳动人民是勤劳勇敢的,先进人物是大公无私的。于是在写一个先进人物时,就把勤劳勇敢、大公无私统通找来,放在他身上。我们不能承认这就是典型,典型决不是把共同的特征抽出来加在一起,这样简单的加法是害死人的,是违反生活的真实的。这样去理解典型,使得作家在观察生活时看不见个别的东西。他在创作上只追求共同的抽象的东西,他不是把人当作一个活的整体看待。最大的危害性在这里。

我们在创作上应当去观察个别事物,把个别事物看透了,然后再从个别的事物中找出一般性的根本性的东西来。有时要观察的不只是一个个别事物,而是应该在观察许多的个别事物中,找出带有根本性的东西来。所以一个作者最重要的是去观察个别事物,而不是去找共同的特征,我们要根据自己的观察,歌德说:“观察个别事物的能力,就是艺术的生命”,有些作品的公式化、概念化,就是因为忽略了这些。对于个别事物的观察应该达到透彻的程度。如果你能把一个个的人看透了,差不多也就可以创造典型了,如果这个人有艺术才能的话。而我们既没有看透人,同时也不准备去看透人,只是找些共同的特征加起来,那当然是假的,因为世界上没有这样的人。我最近把十几年前译的那本《生活与美学》重新校对了一下,那本书虽然不能说它完全正确,但二十七岁的人能写出这样的东西来,的确是天才的著作,对于我们来说只有惭愧。车尔尼雪夫斯基对典型的看法很有独特的见解,他不同意典型就是很多共同的特征加起来,他举了一个例子:把人身上的精华加起来决不是典型,比如酒精，它是酒里面最好的东西，是酒提炼出来的，但是酒一旦变成了酒精，就不再是酒了，酒是可以喝的。我们看到谁喝过酒精没有？所以以为典型是把最好的东西加起来的看法是错误的，实际上它已经变质了。如同酒的变成酒精一样。我们现在创造的典型或人物，像到(倒)有些像，但不是活的，不是真实。所以在这个问题上我们应该改变一下和解放一下：就是去观察个别事物，深入地去观察，反复地去观察，无数次地去观察，然后再在他身上找出共同性和根本性的东西。观察一个不够，就观察二个、三个……，把着重点放在观察个别事物上。事实上，一般的东西离开了个别就没有一般。在每一个个别中都有一般，只有把他观察得很深刻了，他身上的个人主义，他身上的旧社会的影响……都被搞出来了，而且是很完整的，这时，再根据你自己的见解，根据从他身上找出来的东西给予恰当的评价。周遐寿(即周作人)写了一本书，《文艺学习》批评他不注意典型等等，最近《人民日报》上又有人写文章批评《文艺学习》的那篇文章，我是同意《人民日报》的批评的，周作人是鲁迅的兄弟，对鲁迅青年时代的事情当然比较熟悉。从他的书所介绍的来看，可知鲁迅年青时接触的农民并不太多，也没有像我们那样到各地去观察和体验生活，就是因为鲁迅观察得深刻，对于那些农民有感情，同时他自己有新的思想，所以能创造出典型来。鲁迅并没有去找什么共同特点来概括成为典型，不但鲁迅没有这样去做，所有世界的大作家都不是这样做的，因为这是违反创作的规律的。那末为什么我们要抓住这个东西不放呢？高尔基说那句话的意思，是说一个人观察得多了，深刻了，自然就能找出共同的东西来，并不是说原来就有一个共同的东西在。要到每个人身上去找出来，简单的加在一起。如果是这样，那是主观主义的创作方法，是公式化、概念化的创作方法。所以对同志们来说，一个是注意个性，注意新的个性；还有一个是注意个别事物，这是最重要的。

黑格尔这个人可以说是最大的唯心主义者，但他对艺术的看法有些地方是很深刻的，他反对把一般和特殊对立起来，他认为一般的东西都是在特殊之中的，离开特殊就没有一般的东西，而我们现在恰恰相反。他在一本书里讲了一个很有趣味的故事："有一个哲学家，喜欢搞抽象的东西，习惯了抽象，脑子里面什么都是抽象的。一天他病了。医生诊治了以后劝他多吃水果，于是他的仆人给他送来一些水果，大概总是樱桃、苹果之类，他拿着水果说这是水果吗，水果是这样的吗？"我们现在对典型也有这样的情况，那个哲学家拿着水果不知道是水果，要找世界上没有的那种抽象的水果，而我们都在找没有那种典型的典型，这是很好笑的。还有歌德的一本书——《爱克曼的谈话》①——中(我看的是原文，不知道译本译得怎样)，在这方面

① 现译为《歌德谈话录》。爱克曼辑录，朱光潜译，人民文学出版社，1978年9月。

比许多理论家讲得还要好,爱克曼是歌德的秘书,经常纪录歌德的谈话,写这本书时歌德已七十五岁,这里面对于文学艺术、自然科学等等方面的一些意见,有许多是很成熟的,值得我们深思,究竟是大作家的毕生经验,他非常强调个别事物,在这一点上,我认为他是现实主义者。他说只有你仔细的深刻的观察过和想象过,那么写出来的东西就没有谁能模仿。因为没有一个人会和你有同样的经验,作同样的观察和想象。同时,他认为任何个别事物中决不会没有共同的东西。所以我们要改变方法。不要去找共同特征,这个东西是没有的,正如世界上没有抽象的水果一样。这里提出注意个别事物这一条,作为一个建议供大家参考。当然,这也不等于说理论就不要学了。

"典型"表现一个时代的特征,不能够离开阶级,也不能离开阶级,也不能离开时代,这是对的。但是我们不能抽象地了解典型就是阶级性,就是阶级的特征,这是不对的。典型是表现在一定的阶级基础上的东西,但不只是这个阶级有,别的阶级也有。比如,阿Q是人民阶级的,可是表现在阿Q身上的"精神胜利法"难道说也是人民的?所以对于典型不要理解为阶级的特征,因为实际上要比阶级的特征广泛得多。这个阶级和那个阶级是互相影响的,统治阶级影响被统治阶级,被统治阶级也可以影响统治阶级,比如被统治阶级起来革命以后,统治阶级中有一部分进步的就会转变过来。还有时代的特征,我们不能超越历史,有时候人民的意志也可以在封建统治阶级身上表现,比如《说唐》《杨家将》等,文学价值不高,但它们在戏曲里面经过一代一代的人民艺术家的创造,形成了许多典型,在这些典型身上,表现了人民的东西。人民的意志也可以从资产阶级身上表现出来。比如纳赛尔,现在是全世界最注目的人物,他是反对共产主义的,但埃及人民的力量加在他身上表现出来了。他的表现是不是偶然的?不是的。因为社会主义的世界已空前壮大,国际上有强大的苏联和中国存在,所以他才有反对帝国主义的力量。我们分析典型不能拘泥于教条和定义,就说纳赛尔,他是资产阶级,按照教条,资产阶级一定要向帝国主义投降,可是纳赛尔并没有这样,如果我们光根据教条而离开时代背景——苏联和中国的存在——去分析,那是得不出答案来的。所以我们对于典型的分析,不能离开时代特征,不能离开阶级间的相互影响,也不能离开个性的特征。

我们不要把这个问题看得很简单化,要深入地观察,比如要写农民,你去观察个别的农民。一个不够,再观察两个,观察南方的农民不够,再到北方去观察,但总要有一两个农民跟你非常熟悉,什么话都敢跟你讲,然后你才能写农民,才算观察透了,不然就不能写。作家要创造典型,就要熟悉到这样的程度,不然的话,随便你看多少理论,歌德的也好,高尔基的也好,马克思的也好,都是没有用的,理论可以帮助我们怎样去观察人,怎样去研究时代背景和阶级背景,至于他究竟是个什么样子,还得根据你自己的观察。观察了以后,你可以根据马列主义来解释,解释不通,可能在观察中有片面性,那末就再去观察,如果观察结果硬是这样,你就可以放开这些理论,按照你观察的生活的真实去写。我们必须服从生活,生活是第一的。

有同志提出陈毅同志讲过社会主义现实主义是理想的,说这和苏联的定义不同。这很容易理解,毛主席在延安的时候就说过社会主义和共产主义是我们最高的理想,最美妙的理想。我们不要去追究这些定义,定义从来不可能是完全正确的,列宁说:定义是最唯心的东西,因为社会的生活很难用一二十个字来概括,一概括的话,就必有漏洞。不要因为我们的定义和苏联的定义不同,就认为是个问题,不同就让它不同,有两个定义就让它有两个定义,甚至没有定义也可以,反正社会主义是好的,现实主义是好的,至于怎样来解释,可以有不同的看法,等到时代过去,到了共产主义的时候再来作结论,看哪个对哪个错。在现在应该放弃这个包袱,你只去深入观察,从个别事物中去发现特点,看哪些东西是属于他个人的,哪些东西是有社会意义的,对于他的行为可以根据马列主义来作解释,但你首先要了解他的行为。我们不要以为观察一个人很容易,不是这样,对你自己最好的朋友,甚至于自己的爱人,你敢说了解他的一切吗?如果你过早的说了解他的一切,都是要上当的。了解一个人可难了,他脑子里面有些什么,打的是好主意还是坏主意,是高尚思想还是卑劣思想,你能绝对正确的判断吗?恐怕是不见得的,一定要观察多了,深了,才会慢慢的清楚起来。所以歌德不主张青年作者写长篇,因为长篇作品是整个时代的概括,青年对社会只能有一部分的感受,不可能知道得很全面,所以写短篇还可以,有多少东西就写多少东西,如果没有东西硬写的话,结果一定会把原来是好的东西也糟蹋掉。所以在这个问题上,我们一定要绝对尊重生活。

关于传统问题。(因为时间关系,只能讲得简单一点。)总的说来,我觉得我们在文学艺术方面对传统的注意是不够的。尽管注意了传统戏曲,昆曲也出来了,国画也出来了,但是轻视遗产、排斥遗产和以粗暴的态度对待遗产,在目前还是存在的。如果不解决这个问题,我们的文学艺术就不能前进。或者至少前进起来非常缓慢。

就文学来说,和戏剧有些不同,它是斗争过来的。现在可以说完全是新文学,但是有没有新问题呢?有的,比如对"五四"的传统就不够尊重。"五四"尽管有这样的偏向,过分地强调了外国的东西,但这不是主要的,主要的是革命的一面。同时"五四"也继承了它以前的传统,鲁迅先生不必说了,像郭沫若、茅盾、老舍等"五四"作家,他们读的旧书比我们多得多,恐怕我读的旧书又比你们多些,说到生活经验、斗争经验,可能你们是超过了他们,在读书这一方面,在继承传统方面,恐怕是一代不如一代的(我说得很不客气,可能你们读的书也很多)。现在青年中有这样的倾向:只看苏联的书,对中国旧东西知道得很少,有的不知道《西厢记》是什么,有一个大学生考中国文学史(采用口试的方式),老师问到《红楼梦》里的薛宝钗,这个大学生答得很好,但再问他薛宝钗这三个字怎样写,他竟写不出来。大学生不知道薛宝钗三个字怎样写,一开口就是社会主义现实主义,可见我们对传统的东西是太不重视了。

关于戏曲方面的传统问题,复杂得很,这里就不说了。总而言之轻视传统在今天是主要的。我是主张继承传统的,但检查起来我恐怕还有些调和,究竟身上外国的东西多些。传统问题对自己还没有很大的感觉。过去对那些轻视传统的倾向没有去作斗争。在文学方面,赵树理有些意见是偏的(我当面也提过),他把“五四”的传统和中国旧的传统划了一条鸿沟,他总认为“五四”以来的文学是知识分子的文学,“五四”没有把它以前的很多民间的好东西接受下来,而我们今天又只接受了“五四”的传统。这个说法是偏激的。但也值得我们注意。现在的情况就是这样,凡是西洋没有的,总要想尽办法把它去掉,我们没有办法,就干脆让它唱对台戏,比如,单独设立一个国画院,又如有一个戏剧学院,再来一个戏曲研究院。培养打鼓的,打鼓的是西洋没有的,于是它在中国也就失去了地位,好像可以不要,由西洋的东西来代替。西洋的东西可以吸收进来。油画是西洋的,我们吸收进来,这很好;但为什么不让彩墨画得到同样的发展呢?话剧、歌剧很好;但为什么一定要它来代替京剧和地方戏呢?外国有歌剧、舞剧,我们的京戏有歌有舞,这是我们的特点,西欧的国家还应该向我们学习,为什么我们就不承认它是歌舞剧呢?为什么西洋没有打鼓这样的打击乐器,我们就一定要取消它呢?以为这样就提高到世界性的水平了!实际上就是对外国东西无批判的硬搬的艺术教条主义,对于这种教条主义,这几年来我们没有很好的批判。现在当权的人,包括宣传部长、宣传处长、文化局长、艺术剧院的院长等等,几乎都是西洋艺术训练出来的。这当然并不坏,但这样使他们有一个成见,更恰当的说是形成了一种习惯,就是把中国的艺术看得低些。什么都是外国的好,戏要看歌剧、话剧,音乐要听交响乐。像我这样的人还算是有觉悟的,对传统的东西喜欢,但是喜欢得不够。这种风气如果不改变,会得到一个非常痛心的结果:毁灭我们的传统和遗产,使我们的后代不知道自己的先人曾经创造过如此丰富的艺术。

我们不能犯这样大的罪恶,让民族的传统毁灭在我们的手里。当然,应该消灭封建的遗毒,剔除传统里面的糟粕;但是好的东西不应当消灭。不但不应当消灭,而且要加以继承和发扬。试问打鼓的有什么阶级性呢,打鼓的是封建落后的吗?彩墨画在运用色彩上也许比油画更好些。为什么一定要抹煞它,不让这种有民族特色的表现方法存在呢?难道放在画架就一定好,放在桌子上画就不行吗?要知道这些正是我们传统的民族的特点。有些人也承认我们的传统里面有现实主义和人民性,但忽略了它的特点,这是非常错误的。

现在在文学方面也很少注意传统问题,研究民间文学和民族传统好像只是大学教授的事,跟搞创作的人不相干,这个风气要改。曲艺这个东西是过去赵树理再三呼吁过的,我原来对它也不够关心,现在想起来心里很不安。其实任何一种艺术都有它的特点,曲艺主要继续了中国散文的传统,它是群众所喜欢的表示形式之一,最近准备在这方面鼓励一下,把它们整理好的东西赶紧印出来。还有诗歌方面,像格律诗这个东西,是否应该继承成为今天诗歌里面的一个流派,这是值得我们考虑的。难道说从诗经一直下来到唐宋的诗词里面就完全没有可以继承的东西吗?恐怕不是这样的。所以关于传统问题,特别是它的特点。它是民族艺术发展的规律,每一个民族的艺术都有它自己的特点和发展规律,我们向外国学来了不少东西,同时外国的东西也确实给了我们不少的好处。我们应该承认这一点。但是外国的艺术有它的特点和发展规律,企图以外国东西来代替中国东西,忽视了自己的特点和发展规律,这也是非常错误的。

必须指出:中国艺术的发展规律有自己的特点。许多地方如果按照外国的说法就讲不通,就说民族问题吧。斯大林的定义是有了资产阶级以后才有民族,如果按照这个说法,我们中国要到一九四九年才有民族,因为资产阶级民主主义革命到这时候才成功,而以前好像就没有民族了?事实上不是如此。中国从汉代开始就有民族了。又如最近《学习译丛》上登了一篇苏联作家的论文,他认为现实主义是在文艺复兴以后有的,也就是说在有了资产阶级以后才产生的。这样一来,中国就成了问题,好像中国过去就没有现实主义了。不要忘记中国是在东方。西方国家与国家之间的规律还比较相同。而东方在一个相当长的时间内是和西方割断的,东方和西方文化上的交流,还是近百年来的事情,特别是"五四"以后的事情。而西方的文化很高,他们经过了资本主义,有的已经达到了社会主义。现在我们古代的文化和西洋的文化碰头了,问题就在这个碰头上。在我们吸收的时候,还是把自己的一切取消,把西洋的全部搬过来,还是一方面吸收他们的优点,参考他们的经验,另一方面把我们的传统找过来,发扬自己的特点?我认为一定要找自己的规律,找自己的特点!中国这样大的国家,有着几千年的悠久历史,而且这个历史从来没有中断过,怎么能够在我们这一代把它割断呢?对于西洋的规律,我们可以承认它是科学的,但不一定能适合于东方。我们必须找出自己的规律和自己的特点来,西洋的东西也要,自己的东西也要,我们自己民族的东西吸收了外来的经验和技术后,应该是使得它更丰富,而不是变形和消灭。

除了艺术的规律和特点外,还有一个方法问题。我们承认他们表现的方法是科学的,但这是根据他们国家的经验,他们的经验可以参考,但不一定完全适合于中国的情况。比如史坦尼斯拉夫斯基的表演体系好是好,但如果原封不动地搬到中国的戏曲中来,也是不合适的。不能认为人家的方法是科学的,自己的方法是不科学的,于是就拿人家的东西硬套,有了这种思想,按照这种做法搞下去,最后会把我们的艺术在形式上完全成为外国的东西,所剩下的只有一个内容,而内容中国可以这样写,外国也可以这样写,这样,我们的艺术就没有自己的特点了。特点不一定是封建的。认为打鼓的不好,格律诗不好,曲艺不好,彩墨画不好,难道这些东西是封建的吗?这实际上是一种固执的偏见,是对西洋东西的迷信。我们可以展开争辩,主张这些东西不好的人,不妨写文章发表,公开谈一谈。我相信是讲不出什么道理来的,再不好也是自己民族的东西,难道起码的爱国主义和自尊心都没有吗?起码的创造力——把自己的传统发挥一下的能力都没有吗?一定要学西洋吗?简直太不上进了!我们要在一切学外国的影响下解放出来,把这当做一个方向:你们如果写成《水浒》那样的东西,就是你们的成功,如果写成苏联的小说那样,就是你们的失败,因为那样写就不能表现中国的现实。尤其艺术和别的东西不一样,它要保持自己民族的特点和风格,对于传统问题过去也提过,但提得不够有力,大家好像都忘记了似的。现在我们要很有力量的提一下,号召大家起来反对洋教条!

最后谈一谈关于领导问题。

假如我们把传统问题解决了,推出了"陈",就要进一步去"出新",让艺术放出社会主义的花朵来。我们现在正处在一个过渡时期:自己的民族传统继承下来了,我们要进一步去完成产生社会主义的艺术的任务。领导方面在完成这个任务起保障作用。要起到保障作用,主要是对艺术不采取行政的手段,反对教条主义,反对宗派主义。

不能否认,我们存在着严重的宗派主义,新文艺工作者对老艺人,新画家对国画家,新作家对老作家都有那么一种"优越感",你们党外的都是落后的,我们是新的,我们是共产党员。这种排斥传统的宗派情绪,实际上恐怕比我们想象的还要严重。我们来看看几个协会的情况。美术家协会的主席齐白石,他是国画家,是九十多岁的老头子,连话也说不清楚了,摆在那里只是一块牌子。下面的副主席如江丰、蔡若虹、吴作人等,都是搞新画的,没有一个国画家。戏剧家协会的主席是田汉,田汉本人是比较注意传统的,并且还有梅兰芳、程砚秋等。但是下面办事的干部都是共产党员,洋得很,没有一个搞戏曲的。音乐家协会的情况也大致相同。我们上面已经够厉害的了,下面的还要厉害,有些新文艺工作者就有那么一股骄气,不讲道理,强不知为知,开口就是我们是共产党,我们是社会主义现实主义,我们要学习苏联先进经验,就这样把那些老人吓住了。谁敢反对共产党?谁敢说不要学习苏联先进经验?我们要反掉这种宗派主义!要使那些国画家、曲艺家、民间音乐家……在社会上都有地位，并且不是作为名义上的牌子，而要使他们真正有权。甚至我们可以考虑自由办刊物，不必将一些刊物都成为各个协会的机关刊物，定得死死的（当然，这个问题我们还要研究）。这样可以解放创造力，让各种艺术流派在社会里面有充分发表的自由，打破目前这样的沉闷状态。当然，目前的状态是长期以来形成的，从全国解放以后，经过抗美援朝、土地改革、三反五反、反胡适等一系列的运动，这些都是必要的，对这一点我们丝毫不能怀疑。把帝国主义和资产阶级搞臭了，资产阶级完全孤立了，然后我们再来自由讨论。有人问为什么去年把资产阶级唯心主义打得那么凶，而现在又允许资产阶级唯心主义自由？要知道不把资产阶级唯心主义打一下，就根本谈不到什么自由讨论，学术界思想界被唯心主义统治了，还讨论个什么？所以首先要推翻唯心主义，然后才能有讨论自由。

总起来说：领导方面要搞掉教条主义和宗派主义，要搞掉行政方式。许多问题如典型问题、传统问题，让大家去自由讨论，一时作不了结论也没有关系。也许有人问这样发生了问题怎么办呢？过去是北京方面怎么说或怎么办，就照着怎么做或怎么办；现在得改变一下，让自己去想，你认为是怎样就是怎样。比如典型问题，不管陈毅怎么说，马林科夫怎么说，恩格斯怎么说，他们说的都很重要，但还得你自己去想。

解决了作家和生活的关系，解决了典型上的问题，克服了轻视传统的倾向，反掉教条主义和宗派主义，才能使艺术界的创造力充分地发挥出来，才能真实地反映生活，表现我们民族的特点和风格，才能去掉作家和艺术家们思想上和精神上的顾虑，才能充分发挥他们艺术上的独创性。

1956 年 8 月 10 日

——原载人民文学出版社《周扬文集》第二卷，1985 年

秋　耘〔黄秋耘〕

不要在人民的疾苦面前闭上眼睛

曾经有人预言过：十二年后，在这土地上，谁都不会有忧愁，除非他送给爱人的礼物没有被接受；谁的脸上都不会有眼泪，除非他在看一个动人的古典剧或是笑得太过分。

在十二年后的生活中，是否真的没有忧愁和眼泪，谁都不得而知。但，至少在今天来说，这样的“天堂”还仅仅是一个幻想。即便是在已经实现了社会主义的苏联，也仅仅是一个幻想。

可是，有些艺术家却过分天真地把这样的幻想当成现实，而且在艺术作品中反映出来。比方我们在电影中所看到的农业生产合作社，几乎个个都是牛羊满圈，五谷丰登；每家农户的餐桌上都摆满了鱼肉；每个农村姑娘都穿上了崭新的花布衣裳。其实这种情景和我们今天的农民一般的生活水平还是有相当的距离的。

对于一个艺术家来说，病态的悲观主义是可怕的，廉价的乐观主义也同样有害。在目前我们的文学领域内，后一种思想情况似乎更为值得注意。

只要是常常深入到生活中去的人，谁都会看到这样或那样的民间疾苦。好些人有眼泪，并非因为笑得太过份(分)，而是因为困难和不愉快的遭遇在折磨人。谁也不能否认，今天在我们的土地上，还有灾荒，还有饥馑，还有失业，还有传染病在流行，还有官僚主义在肆虐，还有各种各样不愉快的事情和不合理的现象。作为一个有着正直良心和清明理智的艺术家，是不应该在现实生活面前，在人民的疾苦面前心安理得地闭上眼睛，保持缄默的。如果一个艺术家没有胆量去揭露隐蔽的社会病症，没有胆量去积极地参与解决人民生活中关键性的问题，没有胆量去抨击一切畸形的、病态的和黑暗的东西，他还算得是什么艺术家呢？

难道说，我们写了生活中的阴暗面，就会伤害了我们所衷心拥护的社会主义制度么？不会的。社会主义的朝霞是光辉灿烂的，只要是头脑正常的人，决不会把部分的黯淡当作满天阴霾。更何况我们揭露了生活中的阴暗面，正为的是要消灭它。

难道说,我们写了生活中的阴暗面,就会破坏了我们艺术作品中的美感或高尚情操么?不会的。一切丑恶的、令人不愉快的事物之所以必须在现实主义艺术作品中表达出来,只因为在我们的生活中确实有这些东西存在。现实主义的艺术不能诽谤生活,但是也不能逃避真实或粉饰生活。车尔尼雪夫斯基在他底美学研究中就已经得到这样的结论:艺术作品里的美必须是从真实地反映生活中得来,美就是生活。虚假的美,正如硬挤出来的爱情一样,只有叫人恶心,它比人世间最丑恶的东西更丑。

一切顾虑都是多余的,一切拿来作借口的理由都是站不住的。作为革命的文学家艺术家,我们必须和人民共一个身体,同一个灵魂,和人民结下生死不解之缘,和人民"同歌同哭"。浅薄的乐观和冷漠无情的生活态度都必须改变,而代替之以对人民命运无比的关切;逃避现实的怯懦心理必须克服,而代替之以坚持真理的战斗精神;对个人利害的打算必须割弃,而代替之以高度的政治责任感和艺术良心。只有这样,我们才能道出人民的衷曲,写出人民的爱憎喜怒,离合悲欢;只有这样,我们才不至在人民的欢乐面前一味嘻(嬉)笑,而在人民的疾苦面前闭上眼睛,保持缄默;只有这样,我们才能创作出真实地反映我们这个时代而且也无愧于我们这个时代的作品。

——原载《人民文学》1956 年第 9 期

《文艺报》评论员〔钟惦棐〕

电影的锣鼓

前几个月,当音乐方面正在讨论民族形式问题,戏剧方面正在讨论《琵琶记》和《如兄如弟》的时候,有人便发问:为什么电影这样沉寂?难道电影已经没有问题了?

但十一月间,电影的锣鼓就响了。

电影的锣鼓先从上海方面敲起来,是有道理的。这里是我国电影的发祥之地和我国著名电影艺术家们的汇集之区。经过七年的岁月,使他们足以辨明,电影——这一群众性最广泛的艺术,究竟该怎样才是。按照过去的经验,无疑应该丢掉一些东西,但亦需要保留一些东西,而其中最主要的是电影与观众的联系,丢掉这个,便丢掉了一切。

这场锣鼓,也正是从电影与观众这个点子上敲起来的。在上海,《一件提案》的上座率是百分之九,《土地》是百分之二十,《春风吹到诺敏河》与《闽江橘子红》是百分之二十三。另据北京《光明日报》的报道:从一九五三年到今年六月,国产片共发行了一百多部,其中有百分之七十以上没有收回成本,有的只收回成本的百分之十。纪录片《幸福的儿童》竟连广告费也没收回!

这就找到了检验问题的标准。为什么,文艺为工农兵服务的方针明确了,工农兵及一般劳动人民的生活水平也有了显著的提高,而国产影片的观众却如此不景气!这是否就同时暴露了两个问题:一、电影是一百个愿意为工农兵服务,而观众却很少,这被服务的"工农兵"对象,岂不成了抽象?二、电影为工农兵服务,是否就意味着在题材的比重上尽量地描写工农兵,甚至所谓"工农兵电影"!

事态的发展迫使我们记住:绝不可以把文艺为工农兵服务的方针和影片的观众对立起来;绝不可以把影片的社会价值、艺术价值和影片的票房价值对立起来;绝不可以把电影为工农兵服务理解为"工农兵电影"。

"工农兵电影",至今还是件"事出有因,查无实据"的事情,而其含义又是十分暧昧。它可以解释做电影为工农兵服务,也可以解释做电影只能描写工农兵。但按其实践效果检验,它的教条主义和宗派主义的性质是明显的。其所以是教条主义的,便在于它把党提出“文艺为工农兵服务”的正确指示僵化了,并且作了错误的解释;其所以是宗派主义的,便在于它企图以此去分别中国过去的电影,把那些电影,统称为“小资产阶级的电影”。把那些影片,统称为“消极片”!

这种只要现在不要过去的作法,无异是拒人于千里之外。演员孙景璐喊出:“最重要的是关心人”!上官云珠认为:“这些年来,在我们厂里有些演员都没有受到应有的重视,甚至还有一种很不好的气氛,认为有些来自旧社会的演员,今天还没有能力创造出新的人物形象。”舒适说:“一九五五年未拍《南岛风云》之前,上官也是被积压的一员,在偶然的机会下主演了《南岛风云》。片成后,她扮演护士符若华很成功。于是上官开始忙起来了。……像上官这样有能力的演员,过去独当一面的演员,大大小小有才能的演员,我们剧团里多的是,潜力非常雄厚,不过是没有被发掘罢了。”而导演孙瑜,则提出了“尊重电影的艺术传统”。而所谓“传统”问题,在这里实际表现成为对人的看法。对“电影圈”内如此,对“电影圈”外也如此,老舍的“救救电影”,便说明了这些年来关起门来搞电影的方法是行不通的。

上海《文汇报》在十一月份发表的二十四篇文章,就问题的性质看,可分作两类:一是属于电影的组织领导的,即以行政的方式领导创作,以机关的方式领导生产;一是属于电影的思想领导的,这便是中国电影的传统问题,题材偏狭问题,与所谓“导演中心”等问题。

领导电影创作最简便的方式,便是作计划,发指示,作决定和开会,而作计划最简便的方式又无过于规定题材比例:工业,十个;工农,十五个,以及如此,等等。解决创作思想问题,则是“决定”最有效,局里的、部里的、或某某负责人说的,不听也得听。一年一度的学习会,再加上一个总结,便什么问题都解决了。至今有人觉得电影界的学习空气不浓厚,但这种一年一度的传道方法,如何能使大家懂得持久的,日积月累的学习的必要呢?

这种以行政方式领导创作的方法,完全可以使事情按步(部)就班地进行着,而且条理井然,请示和报告的制度都进行得令人欣慰。但是最后被感光在胶片上的东西却也如请示、报告、开会一样索然。广大观众不欢迎这类国产影片,岂不是并不需要太高深的理论也可以明了的么?

电影事业管理局,顾名思义,是代理国家管理全国电影事业的行政机构。但这些年来,这里除了讨论剧本等等之外,一个剧本该发多少稿费,一个电影导演在拍完影片之后该给多少酬金,纸带录音机可否改做磁性录音机,也通通要呈请批准。但往往又是影片要开拍了,剧本没有批准,影片都拍完上映过了,酬金发不下来,纸带录音机只需稍加改动,便可产生更好的效果,但是为了要等待电影局统一全国的技术规格,这样的改变便成为不可能。

但是问题还在于:为什么会有关于“狗”,关于“黑框眼镜”,关于“敲门”和关于“道谢”的干涉?为什么会有“人物统一规格”?为什么“审稿制度繁复”?(以上均见《文汇报》的讨论)这在于我们有许多领导人对列宁所说的:“电影是教育群众的最强有力的工具之一”,“在所有的艺术中,电影对于我们是最重要的”理解的不很正确。因为它重要,深怕它搞不好,也就出现了像《祝福》电影中鲁四老爷教阿牛描红的情景。关心过多,也就往往变成干涉过多。

这并不是说列宁的说法是不对的,也不是说不需要关心、不能有任何干涉。而是说,电影既是最重要的,既然它和群众有着最密切的联系,对它的领导须注意符合电影创作和生产的规律。违背了这种规律,即不尊重列宁在另一地方所说的:“文学事业最不能机械地平均、标准化,少数服从多数。无可争论,在这个事业上绝对必须保证个人创造性、个人爱好的广大空间,思想和幻想、形式和内容的广大空间……”管的人越多,对电影的成长阻碍也越大。事实证明,当一九五一年文化部门成立电影指导委员会时期,领导力量比任何时候都强大,但结果,却是全年没有一部故事影片!

国家也需要对电影事业作通盘的筹划与管理,但管理得太具体,太严,过分地强调统一规格,统一调度,则都是不适宜于电影制作的。

关于中国电影的传统问题,至今有人表示怀疑,有人则十分肯定。此二者,我们以为是值得继续讨论的。但退一步说,中国电影便是没有传统,那么,中国的电影工作者,从“明星”到“联华”,到“电通”,到“昆仑”、“长城”,是否也还有些比较好的经验呢?在制片,在组织创作,在编剧、导演、演员、摄影、发行等方面,是否也还有许多值得学习的东西呢?

我们的回答是肯定的。只有某些具有宗派主义情绪的人,才是急于要把这些一脚踢开!而且希望踢得愈远愈好,不然就似乎要妨碍什么!

说过去的一古脑儿都对,不会妨碍什么,这也不见得。但它首先要妨碍的,岂不正是这种宗派主义的情绪和作法么?孙景璐在上影厂工作了六七年,居然连领导者也不知道她还演过《日出》里的翠喜和小东西,而且演得很好,这样不了解人,如何谈得到尊重!而最重要的,目前有许多有经验的电影艺术家不能充分发挥出创作上的潜力,而只能唯唯听命于行政负责人员的指挥,尚未进入创作,已经畏首畏尾,如何谈得到电影艺术的创造?没有创造,如何谈得到电影事业的繁荣!

艺术创作必须保证有最大限度的自由,必须充分尊重艺术家的风格,而不是“磨平”它。所谓“导演中心”,乃是指为了克服当前导演在摄制组工作时感觉婆婆过多而且过严,某些艺术描写的细节都要遭受干涉的情景而言。祥林嫂手中的鱼掉不掉？何时掉？这完全是创作人员，首先是导演自己的事。如果这样的事都须由行政决定，要导演干什么？“导演中心”自然还有组织影片创作，团结电影艺术家们在一起工作并逐渐形成创作核心形成流派的意义。但它绝不是说，电影文学的基础对导演不具有约束的意义。影片的风格就其最根本的意义上讲，是由电影文学剧本所提供，而由导演所完成的。

目前，我国电影生产体制正在进行改组工作，其方向，就是为了使得它更加适合于电影制作的规律。但其中，电影演员的培养和使用，是特别值得加以注意的。它牵涉到，电影制片厂应不应该有自己的演员？如果应该有，对他们怎样使用和培养？如果不应该有，对他们怎样安排？

在当前的锣鼓声中，以改善电影演员工作的锣鼓为最响。这是因为他们在电影艺术干部中人数最多，问题积累的也多。但目前有个更加具体的问题，即电影制片厂是否应有上百的职业电影演员？没有，制片厂将会感到成天向文化部打报告之苦，向剧院借演员之苦；而能否借到，尚是问题。但为了省掉这些麻烦，便使人数众多的电影演员们终年甚至数年“失业”，终年甚至数年过着惶惶不安的生活。既不能工作，又不能学习，白白地浪费掉自己的青春！即便是说，演员们终年都在摄制组，演技是否就能够有效的提高，这也还是个问题。很早便有人说过：电影绝不培养演员。因为演员在镜头前面的活动时间总是很短的。能够真正培养演员、锻炼演员的场合还是在舞台上。

我们不以为问题的结论便是如此。但这却是个很值得研究的问题，需要提请文化主管部门来认真考虑的。

电影的锣鼓敲起来了，许多电影工作者对我国当前电影工作的弊端提出了中肯的批评和建议，这是党的“百家争鸣”的政策的最好的收益，也是我国电影新的繁荣的征兆。文化主管部门亦准备对此采取一些有效的措施。但组织措施不能同时解决许多创作理论上的问题，也不能够说当制片生产体制一经改革之后，所有电影工作者的电影文化水平便能够立刻大大提高。因之我们很希望这讨论还能继续深入下去，真正为我国电影事业打开一个新的局面。

——原载《文艺报》1956 年第 23 期

巴　人〔王任叔〕

论人情

我碰到过一些长期参加革命战争的老战士，很有些文化教养的，可不欢喜看新的戏剧，不论是歌剧或话剧；但很欢喜看古典剧，不论是京戏、川剧或越剧。问原因，他们说是新剧中出现的东西，在他们生活中碰到的够多了，而且政治气味太浓，人情味太少。也碰到过一些一直干革命工作的职业革命家，他们常看些新的文艺作品，他们认为有些作品不合情理，就只是唱"教条"。文艺界里老前辈，一碰面论起当前的文艺作品来，也说缺少人情味。三方面人的意见，几乎都是一样的。"人情"、"情理"，看来是文艺作品"引人入胜"的主要东西。难怪古人说："世事洞明皆学问，人情炼（练）达即文章"了。

我是不大懂得世故，因而也是个不通人情的人。平常对描写身边杂事，充满些人情味的东西，也不大爱看。近年来很少写"作品"，别人的这些议论也不大关心。但偶一想起，仿佛也有所感悟似的。我自己就最讨厌重读一遍自己的论文集子之类，有时竟想把它们丢到毛（茅）厕里去。但偏有出版社要我修改订正出版，在我以为：人生之苦莫过于这个苦差使了。为什么有这么的心境呢？怕就是我的文章，只有教条，没有人情味，连自己也不要看了。这真是值得一思、再思而三思的事了。

在我们的生活里也常常碰到同样的事。

我有些青年朋友。他们大都是资产阶级或地主家庭出身的。而在解放以后，他们又都是革命干部：有的是青年团员，有的还是共产党员。在土地改革时期和三反五反运动时期，他们为了同地主或资本家的父亲或兄长划清思想界线，几乎采取同一的"战略战术"：断绝家庭的来往。不管父亲或兄长怎么写信来"诉苦"，一概置之不理，表示自己立场的坚定。就是运动过去，父亲和兄长也接受改造了，还是不理；甚至于他们生活有困难，也不愿意给半个钱。但他们内心，并不是完全这样"坚定"的，有时也会想起父亲和兄长对他们的爱抚，而至于偷偷下泪。想写封信去问问消息，又恐组织上怀疑他们，被整为失掉立场。——有个青年同志曾告诉我这一种心境。他是把“划清思想界线”，理解为同家庭“断绝一切关系”了。我告诉他：共产党同资产阶级一定是划清了思想界线了吧，但共产党却偏同资产阶级来往得很密切，为的要使他们接受社会主义的改造。为什么你不可以利用自己对父亲和兄长的感情，劝说他们向人民低头，坦白自己的罪恶或过错，并且从此以后，放弃压迫和剥削，重新做人呢？

这是很明显的：能“通情”，才能“达理”。通的是“人情”，达的是“无产阶级的道理”。划清思想界线，就是通过“人情”来贯彻“阶级立场”。

这一生活上碰到的事，怕同我们有些文艺作品中所碰到的现象相同。我们有些作者，为要使作品为阶级斗争服务，表现出无产阶级的“道理”，就是不想通过普通人的“人情”。或者，竟至于认为作品中太多人情味，也就失掉了阶级立场了。但这是“矫情”。天下的事情是人做的。不通人情而能贯彻立场，实行自己的理想的事是不会有的。“矫情”往往是失掉立场，也丢掉理想的。

那么，什么是人情呢？我以为：人情是人和人之间共同相通的东西。饮食男女，这是人所共同要求的。花香、鸟语，这是人所共同喜爱的。一要生存，二要温饱，三要发展，这是普通人的共同的希望。如果，这社会有人阻止或妨害这些普通人的要求、喜爱和希望，那就会有人起来反抗和斗争。这些要求、喜爱和希望，可说是出乎人类本性的。而阶级社会则总是抑压人类本性的，这就有阶级斗争。我看，事情就是这样的。

其实，无产阶级主张阶级斗争也为解放全人类。所以阶级斗争也就是人性解放的斗争。文学史上最伟大的作品，总是具有最充分的人道主义的作品。这种作品大都是鼓励人要从阶级束缚中解放出来。或悲愤大多数人民过着非人的生活，或反对社会的不合理、束缚人的才能智慧的发展，或希望有合理的人的生活，足以发扬人类本性。这种作品一送到阶级社会里去，就成为捣乱阶级社会秩序的武器。但正是这些东西是最通达人情的。人情也就是人道主义。

因之，我想如果说，我们当前文艺作品中缺乏人情味，那就是说，缺乏人人所能共同感应的东西，即缺乏出于人类本性的人道主义。

也许有人以为这样的说法，是十足的文艺上的“人性论”。我以为不是。文艺必须为阶级斗争服务，但其终极目的则为解放全人类，解放人类本性。忘记这一点是不行的。描写阶级斗争为的叫人明白阶级存在之可恶，不仅要唤起同阶级的人去斗争，也应该让敌对阶级的人，看了发抖或愧死，瓦解他们的精神。这就必须有人人相通的东西做基础。而这个基础就是人情；也就是出于人类本性的人道主义。本来所谓阶级性，那是人类本性的“自我异化”。而我们要使文艺服务于阶级斗争，正是要使人在阶级消灭后“自我归化”——即回复到人类本性，并且发展这人类本性而日趋丰富。

说这是“人性论”吗？那么还是让我们来看一看马克思和恩格斯说的话吧。在这里，我就不能不“教条”一番了。

列宁在《马克思和恩格斯〈神圣的家族〉一书摘要》中有下面一段“摘要”：

> 有产阶级和无产阶级同样是人的自我异化。但有产阶级感到自己在这种自我异化中是满足的和稳固的，它把这种自我异化看做自己的强大的[①]证明，并在异化中获得人的生活的外观[②]。而无产阶级则感到自己在这种异化中是被毁灭的，并在其中感到自己的无力和非人生活的现实。这个阶级，用黑格尔的话来说，就是在被唾弃的状况下对这种状况的愤恨[③]，这种愤恨是由这个阶级的人类本性和它的生活状况之间的矛盾必然地引起的，这个阶级的生活状况是对它的人类本性的公开的、断然的、全面的否定。

那么，无产阶级要求解放还不是为的要回复它的人类本性，并且使它的人类本性的日趋丰富和发展吗？而我们的文艺上的阶级论者似乎还不理解这个关键。

而且，事实上无产阶级之所以能够而且应当解放自己，就是“由于在已经形成的无产阶级身上实际上丧失了一切合乎人性的东西，甚至丧失了合乎人性的外观；由于在无产阶级的生活条件中现代社会的一切生活条件达到了违反人性的顶点；由于无产阶级身上，人失去了自己，同时他不仅在理论上意识到了这种损失，而且还由于不可避免的、无法掩饰的、根本不可抗拒的贫困[④]的逼迫，不得不直接地愤怒地反对那种非人性。”而无产阶级必须起来斗争，就是要“消灭集中表现在它自己的处境中的现代社会的一切违反人性[⑤]的生活条件”，从而来“消灭自己本身的生活条件”，使自己本身成为真正的人，回复了人类本性。

那么，我们有什么理由反对在为阶级斗争服务的文艺作品中，应该有更多的人情味，并且使作品中的阶级战士闪耀着更多人性的光辉呢？

如果说，我们当前文艺作品中最缺少的东西，是人情，是出于人类本性的人道主义，那么，其原因，怕还在于我们机械地理解了文艺上的阶级论的原理了吧！

人有阶级的特性，但还有人类本性。“魂兮归来，我们文艺作品中的人情呵！”

——原载《新港》1957 年第 1 期

①②③ 下点系作者（列宁）所加。

④⑤ 下点为本文作者所加。

李希凡

评《组织部新来的青年人》

1956年9月号《人民文学》发表了王蒙同志的一个短篇《组织部新来的青年人》,这是一篇题材非常新颖的小说。他大胆地接触了人们还不大接触过的生活领域,提出了人们需要认真思考的问题,因此,小说立刻引起广大读者和文艺界普遍的重视,这是不足怪的。也正是因为这个缘故,尽管这篇小说本身也存在着严重的问题,值得认真思考,而人们却不是一下子就容易觉察到的。不过,人们究竟是有嗅觉的,新奇的感觉只能发挥短时间的作用,于是,一场热烈的争论开始了(《文艺学习》连续两期发表了不同意见的讨论)。有些同志对这篇小说的思想内容提出了某些怀疑,自然这些怀疑还并没有压倒一片震耳欲聋的颂扬的声音。

王蒙虽对于广大读者说来,还是一个新名字;对文艺界来说,却并不是陌生的人,因为远在去年的全国青年创作者会议期间,人们就在谈论着他的最近在《文汇报》连载的《青春万岁》了。我在这里丝毫没有意思否定王蒙同志最初发表的这个短篇。正像有些同志所说的,"在打破公式化概念化风气的作用上,在作家干预生活的勇敢和热情上",《组织部新来的青年人》,无疑的,是显露了它的锋芒的。同时,作者的清新洗炼的文字,巧妙的构思,以及在个别人物——像刘世吾的塑造上,确实是"在作为一个新作家而展开将有更大的成就的可贵的里程上",闪耀着他的独特风格的光辉。

然而,一篇作品成功的关键,难道就仅仅在于这些方面吗?《组织部新来的青年人》激烈地批评了一个党委机关,一直具体化到北京的一个党区委,甚至在它隐射的锋芒上,还不止于此。因而,人们在评价这篇小说的时候,严肃地考虑它的政治效果,是符合它的特点的。

我不否认,王蒙同志通过林震的眼睛揭露出来的这个党区委的工作上的灰尘,是具有一定的真实性;也不否认,王蒙同志在对于韩常新、刘世吾,尤其是刘世吾的性格创造上,确实是给人们展开了一幅复杂的生活画面。在我们的沸腾的社会主义建设生活里,的确存在着刘世吾这样的人。他们多年来在党的斗争生活里经历了很多,然而,经验并没有更好地加强他们的党性锻炼,使得他们对于工作、对于生活永远保持着布尔什维克改造世界的激情,他们深陷在条文、数字和事务的泥坑里,激情消失了,精神衰退了,“于是,他不再爱也不再恨。他取笑缺陷,仅仅是取笑,他欣赏成绩,仅仅是欣赏。”在他的精神状态里,滋长着可怕的冷漠,逐渐形成了他的“就那么回事”的处世哲学。于是,他容忍了韩常新这种虚浮浅薄的干部,他听出了他的汇报里面的虚伪的声音,却“并不深入追究”,甚至还加以欣赏:“大笑起来,说:‘老韩……这家伙……真高明……’”。他容忍了王清泉这个十足的官僚主义分子。他明明知道他的错误的严重性,而却等待着“条件成熟”。就这样他容忍着工作中的缺点和错误,然而,他却又不是一个懦弱无能的人,他“一下决心,就可以把工作作得很出色”,正因为这样,他的工作是有成绩也有缺点,而且这缺点就“散布在工作的成绩里面”,像“灰尘散布在美好的空气中,你嗅得出来,但抓不住”。这个性格在小说中确实是透过复杂的生活面貌显示出来它的特色,因而,我们可以看出,作者对于他所观察的这个生活面和这类人的精神面貌,是有一定了解的。其他像韩常新这样的人物,“充领导他会拉长了声音训人,写汇报他会强拉硬扯生动的例子,分析问题,他会用几个无所不包的概念;于是,俨然成了个少壮有为的干部,他漂浮在生活上边,悠然得意。”这个性格虽然在艺术描写上有些小丑化了的缺点,在生活中却也有一定的真实性。应该承认,作者在这些方面,不是浮光掠影地而是富有生活意味地反映了我们党的工作中的某些消极现象,然而,如果作为一篇完整的作品来要求,人们要看到的,不仅是人物性格某些侧面的真实感人,而且要追溯产生这些性格的根源。只有正确地表现出人物性格产生的典型环境,对于读者才能更加具有说服的力量。很可惜,作者只完成了艺术创造的一半工程,在典型环境的描写上,由于作者过分的“偏激”,竟至漫不经心地以我们现实中某些落后现象,堆积成影响这些人物性格的典型环境,而歪曲了社会现实的真实。

这个懒散、忙乱,充满了灰尘的事务主义的组织部,存在着这样严重的问题,很久很久得不到解决,在小说艺术形象的整体里,却是这样表现着:对于区委副书记兼组织部长的李宗秦来说,似乎是因为“李宗秦身体不好,他想去作理论研究工作……作组织部长只是挂名。”而区委正书记“周润祥同志工作太多……所以他管的也不多。”对于区常委会来说,“新党员需经常委会批准,常委委员一听开会批准党员就请假。……公安局长参加常委会批准党员的时候老是打瞌睡……”没有人来过问这个组织部的工作,“一个缺点,仿佛粘在从上到下的一系列的缘故上。”而这个充满了灰尘的组织部,居然也还向市委作过示范报告。人们不可能从这种揭露性的描写里,得出第二个结论,结论只有一个,在党中央所在地,党的生命核心的北京,党的工作的各个环节,和站在这些环节上的所有领导干部,都是大大小小的官僚主义者,都是粘结成这个区委组织部工作错误的"一系列的缘故"。根据作者的描写,这种现象还不仅存在于这个组织部,这个区委,甚至于市委,而是普遍地存在于我们党的机关里:"这也是一种相当普遍的不正常的现象,有一批老党员,因为病,因为文化水平低,或者因为是首长爱人,他们挂着厂长、校长和书记的名,却由副厂长、教导主任、秘书或者某个干事做实际工作"。

《组织部新来的青年人》的两位评论者说:"写真实,是社会主义现实主义的生命核心","去病和苦口"(原文载《文艺学习》今年1月号)的作者也坚决地肯定,对于《组织部新来的青年人》无论从哪方面说,都"证明了作者是从丰富纷繁的实际生活里汲取主题直到每一个细节的。"我直到现在,还弄不懂他们所说的真实,究竟有多么深刻的意义?而我所理解的艺术的真实,尽管有着高度的概括性,它却不能脱离历史的真实。文学作品所创造出的艺术形象,如果没有生根在真实的典型的历史和现实的环境中,那就谈不到真实,而只是对于艺术真实的歪曲。我们不需要"粉饰太平的颂歌",因为这种颂歌是不真实的,是虚伪的,这是公式化、概念化作品的死路一条;然而,用罗列现象的方法,来表现我们伟大现实生活的落后面,也同样不能取得"真实"的生命,不能为它的人物性格找到和现实环境的真正的有机关系。很显然,《组织部新来的青年人》,却正是用的这种罗列现象的方法。它用党内生活个别现象里的灰色的斑点,夸大地组成了黑暗的幔帐,想用这"从上到下一系列的缘故"遮掩党内生活的真实面目,为刘世吾、韩常新们的性格找出现实的根据,却歪曲了现实。人们为什么没有理由怀疑,王蒙所描写的,不是一个布尔什维克党的组织机构,而是一个旧的陈腐的官僚机关。因为"从上到下一系列的缘故",都是形成王清泉、刘世吾、韩常新的官僚主义的因子。党没有内在的生命力,只靠一个匹马单枪的"青年英雄战士"的闯入,才能和这个官僚集体进行奋战。而这个战士所依靠的,既不是领导的支持,也不是群众的协力,却只是一本小说:"拖拉机站站长和总农艺师"。这一切,难道和我们党的工作,党内斗争的真实面貌,有什么真正的类似之点吗?

对于革命工作中的落后现象,需要尖锐的批评和讽刺,需要用批评和讽刺的烈火烧掉它们,但是,即使运用讽刺的艺术手法,也不能离开真实。鲁迅曾经说过:"'讽刺'的生命是真实;不必是曾有的实事,但必须是会有的实情。所以它不是捏造,也不是诬蔑;既不是'揭发阴私',又不是专记骇人听闻的所谓'奇闻'和'怪现状'"。很明显,《组织部新来的青年人》的作者在他运用讽刺和批评的艺术手法的时候,已经离开了这种真实,他把我们党的工作、党内斗争生活,描写成一片黑暗、庸俗的景象,从艺术和政治的效果来看,它已经超出了批评的范围,而形成了夸大和歪曲。

我这样批评王蒙同志歪曲了我们时代的典型环境的描写,并不等于否认我们的时代可以产生刘世吾、韩常新们。否则,我们就不能回答,为什么在同一时代的典型环境里会产生不同的人物性格,甚至是完全对立的性格。一个人物的性格,是在现实的和历史的交互错综的关系里形成的,因而,它在不同的环境里,也会有不同的变态。这可以从现实关系里给它找出原因来,而更重要的是只有从它的历史形成的素质里,才能找到恰当的解释。以刘世吾来看,他有过革命斗争的历史,受过严酷的革命考验,在一般的情形下,他在蓬勃前进的社会主义建设工作中,应该更能燃烧起革命的激情,和党与祖国一起前进;可是,恰恰在他半生精力以赴的理想得到实现的环境里,他的激情消失了,他的精神衰颓了,而且滋长着对于生活的可怕的冷漠。王蒙同志的回答是:现实生活中的一系列的消极现象,纵容和促成了他的冷漠。我却以为,这并不能说明这个性格的真正的形成原因——为什么刘世吾是这样而不是那样?为什么刘世吾的性格这样发展了而没有那样发展?现实生活的落后面,固然可以给他一定影响,但生活的主流也同样可以给他更大的冲击,因此,从现实生活中解释这种性格,必须密切联系形成这种性格的历史的因子——深入探索刘世吾性格的个人品质、阶级品质,和浮沉在生活里的自我改造的各种因素,通过艺术形象的具体描写,才能使这个性格生根在现实环境里,赋予他以真实的生命。可是,王蒙并没有为他的人物找到这把钥匙,却醉心于夸大现实生活阴暗面的描写,以致形成了对于客观现实的歪曲。

值得人们深思的,还有林震这个人物在一部分知识青年中所引起来的热烈反响。这些青年认为林震是娜斯嘉式的人物,他们异口同声地说:"林震是我们的榜样"。"去病和苦口"的作者,还把林震和刘世吾的矛盾归结成是"新与旧的矛盾,是先进与落后的矛盾,是党内积极因素与消极因素的矛盾,是促进社会发展与'促退'社会发展的矛盾"。从整个作品来看,王蒙确实是把正面的积极的力量集中在林震的身上。矛盾和斗争是由对立双方的纠葛组成的,和刘世吾冷漠的性格相对照,和整个区委的"恰如一池死水"的人们相对照,作者着重地描写了林震的"朝气勃勃,追求真理,勇于干预生活"的性格。就是这个刚刚入党两三年的人,不仅没有政治经验,而且从来没有做过党的工作的人,匹马单枪地打进区委,揭发了区委工作中的严重的错误和缺点,无往不利地和一切官僚主义者进行奋战。

因此,具体地探索构成作品基调的这个矛盾的性质,是和分析林震的性格特点分不开的。我以为,有些《组织部新来的青年人》的评论者,把林震的许多个人品质作为什么"党内积极因素","党的力量"的"无可辩驳的证明",也并不比他们所批评的庸俗社会学高明多少。因为从艺术形象本身所显示出的特点来看,实际上林震的性格在斗争中的表现,是非常软弱的。反对通华麻袋厂厂长官僚主义者王清泉斗争的胜利,是借助于工人们在"北京日报"的揭发。艺术形象所反映出的真实的矛盾,是表现在林震的个人品质和其他人物性格的对待生活的不同态度上面。作者是企图通过林震热爱生活的激情和他的“丰富的精神面貌”，来对照地批判刘世吾、韩常新的冷漠、虚伪和卑琐的。而林震的性格也恰恰是在他的日常生活里，显示出来他的独特的情调。如果揭开人们灵魂的秘密之宫，有些青年朋友也恰恰是从这个角度上来肯定和欣赏林震的。林震“现在二十二岁，他的生命史上好像还是白纸，没有功勋，没有创造，没有冒险，也没有爱情——连给某个姑娘写一封信的事都没有做过。”但“每天照样很早起来玩哑铃，还是照常给人以‘单纯’的甚至‘天真’的印象”。梦想热烈地战斗，痛快的生活，这本来是我们时代的青年的特色，对于林震的性格来说，也是真实的。可是，令人奇怪的是，作者的爱抚的眼光，始终专注在他的主人公的这些性格特色上面。描写他独特的爱好，描写他的唯有和赵慧文的性格相通的稚气、单纯和孤僻。直到作者通过刘世吾的嘴告诉我们：“一个布尔什维克，经验要丰富，心地要单纯”的时候，我才恍然大悟，原来这就是布尔什维克的“心地单纯”。正是为了表现这种“心地单纯”，作者才赋予了有着复杂性格的刘世吾以“林震式”的性格侧面。请看下面这段描写：

> 他（刘世吾——作者）紧挨林震坐下，又半闭起眼睛，“当我读一本好小说的时候，我梦想一种单纯的、美妙的、透明的生活。我想去作水手，或者穿上白衣服研究红血球，或者作一个花匠，专门培植十样锦……”他笑了，从来没这样笑过，不是用机智，而是用心。

对于刘世吾的这个性格侧面，显然由于它也保持着林震式的“单纯”和“天真”的特性，作者是肯定的，并且对于他在平素的生活里没有这样“用心”，感到非常的遗憾。如果不是我理解错误的话，这也就是布尔什维克的心地单纯了。我还弄不懂什么叫做布尔什维克的“心地单纯”，但是，我敢肯定地说，无论是林震的青春、追求、碰壁都只能和乐曲相通的单纯，和强加给刘世吾的这种富有梦幻色彩的单纯，或者赵慧文的性格所表现出来的那种谜一样的单纯：“明天一早就见面了，我们各自投身在伟大而麻烦的工作里边。然后晚上来找我吧，我们听美丽的意大利随想曲。听完歌，我给你煮荸荠，然后我们把荸荠皮扔得满地都是”，这些高尚、淡雅不同流俗的美，这些超然于现实生活的诗化的狂热的梦想，并不是布尔什维克的对待生活的“现实主义”的态度，相反的，却和过去的偏（褊）狭的小资产阶级灵魂王国里的人生观和审美趣味，大有相通之处。我相信沿着这条生活道路前进的林震、赵慧文们，永远不会从现实生活中找到“满意”的答复，他们“追求真理”的结果，最大的可能是回到刘世吾的老路上去：冷漠地对待生活，而却在小说里寄托着自己的“美丽的憧憬”。因此，对于广大知识青年来说，林震的榜样，林震的“孤芳自赏”的狂热的梦想，如果不是在逐步求得改造的意义上，而是在生活发展的真实的意义上，它就不会引导我们时代的青年进入实际的战斗生活，也不会有助于培养他们的布尔什维克的党性。而很显然，王蒙同志不是在前者的意识上，而恰恰是在后者的意义上，把这位《组织部新来的青年人》介绍给我们的广大青年读者的。

自然，我们无权干涉作者"选择什么人做自己作品的主人翁，充当矛盾的双方，寄托自己的爱憎"，因为这"毕竟是作者的自由"，然而，我们遗憾作者和评论者的却是，他们企图用这些东西来混淆布尔什维克的党性，用这超乎常人的"心地单纯"，来代替布尔什维克的战斗的党性，并且把有着这种精神面貌的林震、赵慧文们，作为党内斗争的"积极因素"硬塞给我们，这就不能不使我们从政治效果上严肃地考虑到，它将引导知识青年走上一种什么样的战斗道路，它将给党的工作带来一种什么样的结果了。

如果这还不足以说明林震、赵慧文们的性格和精神全貌，那么，再看看他们的一段"暧昧"的爱情关系吧（请作者和评论者们原谅，因为艺术形象所给予我的感受，使我只能这样称呼它）！

在读过这篇小说第一遍以后，我还弄不明白，作者为什么在这种复杂的纠葛里，还加上了这样一段爱情插曲。直到读过第二遍、第三遍，尤其是仔细揣摩了小说最后一段对林震的心理描写：

> ……当赵慧文也做了同样坦率的表白以后，当她仍然把他当做亲密的朋友，当她说出人与人之间需要热情，当她宣布了自己今后力求进步的计划以后，她的一举一动，她的心灵，反而显得更加可爱了，一股真正的爱情的滋味反而从他的内心深处涌出来了！……不，她是有丈夫的人，不会爱他，他也不应该爱她。……人，是多么复杂啊！一切一切事情，决不会像刘世吾所说的："就那么回事"。不，决不是就那么回事。正因为不是就那么回事，所以人应该用正直的感情严肃认真地去对待一切。

我才明白，原来问题的关键却在这里：作者是企图通过这个爱情纠葛的插曲，和"就那么回事"的处世哲学相对照，丰富他的主人公们的精神境界，突出他的主人公们的"崇高的思想感情"。

那"一只柔软的手落在肩上"的情景，那倾听着"提琴奏出的诗一样的主题"的共同度过的难忘的夜晚，那两次送别在"黑暗中闪光"的眼睛，那为了林震"第一次穿上"的"暗红色的旗袍"，那有特殊含义的临别赠言："今天的夜色非常好，你同意吗？你嗅见了槐花的香气了没有？平凡的小白花，它比牡丹清雅，比桃李浓馥，你嗅不见？真是……"这一切，对于"没有冒险，也没有爱情"的林震，多么富有他所梦想的浪漫谛克的"诱人"的情调啊！怨不得会"留下对于相逢者的纯洁和美好的记忆，虽然淡淡，却难忘。……"

我不想否认，林震和赵慧文产生这种感情的可能性和合理性，因为这种感情和他们的性格本质是相通的。问题是作者站在一个什么样的立场上来描写它，很明显，正像我在上面所说的，透过艺术形象所显示出来的作者的态度，是怀着无限艳羡和同情的眼光来描写它的，而且是用它来和“就那么回事”的处世哲学相对照，作为他的主人公们的丰富崇高的感情境界介绍给读者的。然而，人们从这里所感受到的，难道不是一种似曾相识的陈腐老调和淡淡的哀愁吗？那么，这种感情境界，究竟是在什么样的幅度上“表现”了我们革命时代的青年，是可想而知了！

娜斯嘉式的匹马单枪的“英雄战斗”，小资产阶级对于“现实”不满的偏激情绪，和交织着悲喜剧矛盾的爱情冒险，这一切就是作者热情歌颂的“纯洁”和“美好”的林震、赵慧文们的性格，并且据说在他们身上，作者给予了“无可辩驳的党的力量”。但是，我却不能不说，王蒙同志的这篇小说，和围绕着小说展开争论的焦点，给予我的深刻的感受：那就是小说的主要缺点和小说的赞颂者们的言论，都表明着一种值得注意的不健康的倾向。这种倾向只能用毛主席的一段值得我们反复深思的名言来概括：“小资产阶级出身的人们总是经过种种方法，也经过文学艺术的方法，顽强地表现他们自己，宣传他们自己的主张，要求人们按照小资产阶级知识分子的面貌来改造党，改造世界。”

用这些话来要求一个青年作家，也许有人认为是过苛了些。但是，作为一种倾向来看，这却是值得作者注意的。“组织部新来的青年人”，在它的客观的艺术效果上，向人们提出了一个值得认真考虑的问题：是用小资产阶级的狂热的偏激和梦想，来建设社会主义和反对官僚主义，还是用无产阶级的大公无私的忘我的激情和科学的“现实主义”的态度，来建设社会主义和反对官僚主义？在这样一个根本性质的问题上，我以为作者王蒙同志是和他的人物林震一致的。

有人说造成这一切结果的，是由于作家观察生活能力的不足。这自然是其中的原因之一。但是，很明显，更根本的原因是在于，作者是从什么样的立场和观点上认识生活和看待生活的。王蒙像他的英雄林震一样，“对于党工作者（他是根据电影里全能的党委书记的形象来猜测他们的）的生活，充满了神圣的憧憬。”因此，当他实际的观察和体验了这种生活，看到了其中的缺点和错误，于是，“神圣的憧憬”，立即转变成否定一切的偏激，这正表明了小资产阶级认识问题的主观主义的两面性。尽管这是一个“陈旧”的问题，但是，如果作者不把这个问题“立足点移过来”，不“把自己的思想感情来一个变化，来一番改造”，那么，就不仅“什么事情都是做不好的，都是格格不入的”，而且也不可能创造出任何有益于人民的作品来。

1957.1.26 于京郊

——原载《文汇报》1957 年 2 月 9 日

洪　钟

《星星》的诗及其偏向

《星星》诗刊是在党提出“百花齐放、百家争鸣”的方针政策之后创刊的。现在，虽然它仅仅出刊了两期，却引起了文艺战线上普遍的注意。我们认为：“星星”的出刊和它的某些偏向，乃是当前文学艺术客观现实在特定地区和特定刊物上的反映。当前我们的文学艺术战线上积极的因素，《星星》上有所表现；落后的、消极的东西呢，《星星》上也表现得较为突出。

我们的社会主义文艺事业成长过程中不可能没有错误和缺点的。但问题还在于，要以什么样的态度来对待已发生的错误和缺点：是敢于正视错误和缺点的危害性、扔掉历史的负担，发扬积极因素、欢欣鼓舞地向前走呢，还是把错误和缺点当作“正确”的东西，把不合人民需要、不合社会主义需要的东西“敝帚自珍”起来，让旧时代的包袱压得自己直不起腰来，使自己不能前进一步呢？——的确，这是我们应该考虑的问题。

我们的时代是个光辉灿烂、欣欣向荣的时代。我们的社会是个万众腾欢、载歌载舞的社会。对中国人民说来，旧时代的苦恼已经一去不返了，我们正生活在“石头也要歌唱”的时代里。社会主义的热情、集体主义的温暖、共产主义的道德品质给予了我们每一个人以青春的活力。这种青春的活力，使我们兴奋，使我们鼓舞，我们不禁要“手之舞之，足之蹈之”地歌唱起来了。今天是中国人民的感情空前昂扬的时代，中国人民生活在诗一样的热情之中。

时代需要诗，人民需要歌唱。

革命的知识分子是接近人民的，他们曾经常感受到人民的脉搏和呼吸。在神圣的、严峻的社会主义建设的任务面前，人民所感受到的喜悦、愤怒、悲哀、苦恼、快乐，也一样使他们受着激动。诗人的歌喉，首先要唱出人民的心声；诗人的笔触，首先要抒发人民的感情。诗人是生活于人民之中的。在时代需要诗，人民需要歌唱的现实情况下，作为阶级的感官、耳朵和眼睛，阶级的神经末梢的诗人，他应该首先唱出人民的歌声。

《星星》诗刊是在这种特定的现实条件下创刊的,在这种意义下,它的出刊是值得欢迎的。又因为,它有了这种文学发展的客观实际作基础,所以《星星》上就出现了一些能够反映祖国新的面貌,抒写了人民群众感情的好的诗篇。

《娄山短歌》是一组热情的、激动人心的短诗。作者丁戈在这些短诗里歌颂了劳动人民修筑川黔铁路的热情和自豪感。诗人形象地写出了:人民以怀念故乡的热情,奔向亲娘娄山,想把每座山峰和岩石,都亲吻一番。人们要叫娄山看看打通剑门山的大锤,人们要叫乌江看看十三次跨过嘉陵江的草鞋。诗人热情地抒写了铁路修建工人的磅礴气概;叫高山大河闪开。你嫌这种感情过于粗犷了吗?不,诗人还在人民的感情中发现了细腻的、优美的东西:白发苍苍的老人,冒着酷寒,用两支(只)发烫的手,拉了工人去喝家酿,在火堆边,使人感到亲人的心更热。更别致的,诗人还细腻地描绘了一支野兔的遭遇:这里是开山机怒吼,那里是新桥在建筑,这里是铁锤和钢钎在唱歌,那里开山的炮声在轰鸣。它心慌意乱,左逃右窜,终于被震死了。通过这个小生物的遭遇,形象地描绘了一幅宏伟的劳动的图景。

彝族青年诗人吴琪拉达的《孤儿的歌》是首感人的、悲切的、哀怨的对罪恶制度控诉的长诗。这首长诗叙述了孤儿阿基给土司当奴隶的悲惨命运。诗人虽然描写了阿基受饥受寒的苦痛生活,然而他更着力地以浪漫的手法,抒写了阿基的梦:那种深刻的、令人难忘的亲子之爱,那是多么生动、亲切、摇撼读者的心弦哟。阿基成长了,他亲眼看见土司的杀人放火,他知道这是罪恶,这就促成了他内在的"人的觉醒"。诗人形象地叙述了他逃往山岗(冈),都住不下去,一心想找太平山。在山岗(冈)上,他偶然发现他妈妈背过的诗,诗人在这里更细腻地抒写了他对于母亲的热爱,并由此而产生的对土司的仇恨。这时,土司及其随从追赶上来了。阿基说服了土司的兵弖,他满怀仇恨,扑向土司,和他一道摔下岩去了。这首长诗给人们塑造了一个热情的、英勇的先进彝民的形象。这首诗写得简练、细腻、生动,艺术的完整和感情的饱满,都算是上乘之作。应该指出,这应该算是兄弟民族文学创作中的一朵鲜花,不可等闲视之。

山莓的《泉水边》,是首优秀的情诗。作者以熟练的诗的构思和凝炼的语言,给我们描绘了一幅迷人的图画:维吾尔青年男女在泉水边的相爱。作者描写这种相爱的情景时是不同凡响的。诗人独特地,也是巧妙地用红莲、苹果花、蜜蜂、菱草、水、水珠、银杯这些物象组成了绚丽的图画。在这幅图画里,生动地蕴藏着男女青年质朴的热爱的感情。

曼子的《刚启封的嗓音》,无论从内容,从形式看,都是充满了时代感情的好诗。虽然不免有人嫌这首诗粗犷,但读者却能通过纸面,深深地感到时代的心脏和脉搏的跳动。诗人在这里,热情地歌颂了祖国建设的飞跃发展,使人从诗篇里感到民族自豪和国际主义的阶级友谊。诗人也愤怒地揭露了敌人的丑态,使人感到敌人的渺小,无耻和卑鄙。这是号角样的、战鼓式的、充满了时代前进节奏的好诗。盲目否认马雅柯夫斯基形式的人,在这首热情澎湃的诗面前应该深思。

周良沛的《致一个佧瓦山上的士兵》,是首雄壮的、热情的抒情诗。在诗篇里,诗人生动地描绘了一幅幅迷人的云南边疆的图画。那风暴、云雾、灌木、山岭、草房、葵花、星光……诗人的笔下写得那么优美,组成了一幅带着边疆情调的图画。通过这些图画,诗人抒写了一个战士对另一个战士深刻的真挚的怀念,那怀念里充沛着亲切的同志的感情;在这种感情下,诗人热情地歌颂了一位边防战士的崇高形象和边防战士与祖国和平建设凝成一体的血肉般的感情。

李华飞的《弹筝的老人》,抒写了一位老艺人在新旧社会里不同的遭遇。诗人以生动、流利、精练的语言,准确地勾勒了一位弹筝老艺人的形象和他的艺术造就。作者热情地同情他在旧社会那不幸的遭遇,热情地歌颂了他在新社会的新生,以及他在新社会和国际间所享受的荣誉。这首诗的描绘力量,达到了造塑艺术的境界。读过这首诗以后,使我们如见其人、如闻其声。

除了以上所举的,不管在政治思想上和艺术造就上都算是相当优秀的诗篇以外,《星星》还刊出了另一些较好的诗篇。如白峡的组诗《矿山纪事》,杨大茅的《军邮员之歌》,李修飞的《垦荒队诗抄》,然冰的《界石》,野谷的《我们的小组》,刘岚山的《重庆集中营诗抄》等。

这些诗篇的共同特点是:艺术上是比较完整的,它生动地反映了祖国的新面貌,也形象地抒写了人民群众的思想感情。人们从这些诗里,可以得到爱国的热情,当前幸福生活的面影,人们忘我劳动的激情,和中国人民内心世界的优美。应该说,这些诗是能使人受到鼓舞、受到教育的。应该说,这是诗歌创作上的进步倾向,这是当前文艺实际的一面:作家与人民群众结合了,并愿意致力于社会主义文化建设反映到《星星》诗刊上所形成的优点,这是《星星》诗刊应该继续发扬光大的东西。

现在,我们来看:文艺客观实际中的消极因素和落后倾向,在《星星》诗刊上是怎样突出表现的?

我们的生活现实虽然在向社会主义、共产主义前进,但灰色的思想总跟不上常青的生活。

谁能说:今天我们的头脑中已经没有非无产阶级的思想渣滓?谁能说:今天我们的思想里已经没有资产阶级、小资产阶级的生活偏见、政治偏见和艺术偏见?

谁是清醒的唯物主义者,谁就不能否认这一现实生活和思想发展的真理:非无产阶级的成见和偏见,我们常常不自觉地因袭下来了。它成为我们思想上的重荷,拖住我们,使我们不能向前迈进一步。文学创作上的消极因素和落后倾向,就是这种思想战线上的客观实际的表现形式之一。

“星星”诗刊上的某些爱情诗和抒情诗的偏向,突出地说明了这一种坏的倾向。

我们不反对写爱情诗,但我们反对色情诗,反对恋爱至上主义者的爱情诗。我们是清醒的唯物主义者,我们认为爱情不是超然物外,独来独往的东西。爱情是和人们的生活,人们的生活理想分不开的。鲁迅说:“生活要有目的,爱情才有所附丽。”我们反对用不健康的爱情观点来写爱情诗。

爱情和色情的界限在哪里?

色情的东西是以官能的感觉,官能的享受为描写的中心,色情的东西给人以官能的刺戟(激)。色情的东西不把相对的一方当作人,而只当作发泄兽欲的工具。色情的东西不把爱情当作人的美的高尚的感情看待,而把爱当作赤裸裸的、生物的、兽性的冲动。

曰白的《吻》把女人当成什么?诗中只看见她颊上的酒窝,只看见鲜红的嘴唇。女人在这里只成了享受的对象。这首诗里的醉醉、蜜蜜、吻吻,只描写了官能的感觉、官能的享受和给人以官能的刺戟(激)。这不是色情诗是什么?有人说,这首诗是灵魂深处的声音。可惜他没有说明这是什么人灵魂深处的声音。我现在可以把它说得明白一点,这首诗是市侩俗物灵魂深处的声音,是腐朽的资产阶级灵魂深处的声音。

男女相爱,不但有接吻,还有床笫之间的事。但不是所有的东西都能够成为文学描写的对象的。如果把床笫之间的事,绘声绘色地描写下来,哪成什么艺术呢?就连神经健全的资产阶级艺术家也要摇头的。可见,生活中有什么,就应该描写什么的观点是荒谬的。我们进一步还可以问:爱情生活是丰富的、广阔的,为什么曰白独独对官能享受的东西感到十分有趣,而把它当作特写镜头来描绘?难道这还不足以暴露曰白的市侩俗物的邪恶观点吗?

当然,写接吻的诗并不一定都是色情诗。但以色情的观点来写接吻的诗或赞美爱人容貌的诗,就一定得是色情诗。以市侩俗物的观点来写“爱情”的诗,也必定是色情的诗。

色情的东西不能给人以美感,它只能给人以官能的刺激,给人以性的冲动。色情的东西遗害青年,流毒甚深,在楚止黄色书刊运动中,大家已经有所体会。说《吻》是老鼠、苍蝇,并非过份的贬辞,而替《吻》辩护的说法,反倒暴露了他的精神状态的卑劣和低下了。

舒占才的《大学生恋歌》,是宣扬恋爱至上论的坏诗。那位大学生成天只写爱人的名字,千次万次,一张纸又一张纸,他却认为这才是无价宝。而另一位大学生成天只看到一位姑娘和别人的相爱,自己流涎三尺,可望而不可及(即)。男女相爱中的高尚感情和生活理想,这里没有一丝影影;反倒是神经失常的恋爱充塞了字里行间。这种资产阶级的恋爱观点,是和人民群众的恋爱,没有任何共同之处的。这种爱情诗,是和人民群众的感情没有任何相通的地方。我们不需要这种爱情诗。

我们不反对抒情诗抒写个人的感情。但关键的问题是:诗人的感情和人民的感情有没有相通的地方,诗人小我的感情是不是放在人民的大我之中,诗人是以什么样的立场、观点来思想的,来感受的。

流沙河的《草木篇》抒写了他自己的感情,但他自己这种感情和人民的感情,从头到尾,没有一点相似之处。

他感受到:他置身的地方是座花园,主人是冷冰冰的,群众是献媚的百花,还有可恶的攀龙附凤的藤,还有披着美丽彩衣的毒菌。说明白一点,这座花园是官僚主义者、谄媚者、趋炎附势者、贩卖毒素者的大杂院。诗人是憎恨、鄙视、蔑视这座花园的。

诗人把他的理想寄托在什么东西上呢?是那孤憐憐站在平原上,至死也不肯向谁弯腰的白杨;是那全身披上刺刀,被主人趋逐出花园,在沙漠里繁殖子女的仙人掌;是那不用媚笑引诱蝴蝶的,把自己悄悄地许给冬天的白云的,笑得最晚的梅。

这就是说,在今天社会里,"正直的"人的遭遇是很不幸的:像是生在沙漠里,没有得到春天的抚爱,只在冬天发笑,他们都是孤怜怜(零零)的。而生活在春天,生活在花园里的,全是一批混蛋。

如果说:作者的意图是在暗示,这就是新社会的缩影,那就不能不说这是对多少年来志士仁人们所朝夕渴念的社会主义制度的绝大的污蔑与诽谤。说这种思想实质是反动的、反人民的,有什么过份呢?几千年相沿的人吃人、人压迫人的剥削制度已经在新中国的土地上一去不返了,正在社会主义制度下过着美好生活的人民,是不能忍受这种颠倒黑白、混淆是非的污蔑和诽谤的。

如果说,作者的创作意图并不是那么大,他写的只是他在某个机关的亲身感受。那我们就要问:你的感受准不准确呢?领导上是否真的都是官僚主义?群众是否都是献媚的人?你干么(吗)要那么孤傲呢?如果碰上落后的事物,就是官僚主义吧,你是采取工人阶级、人民群众的立场,与之坚决斗争呢?还是采取决绝逃避的态度呢?很显然,作者在这里所表现的立场观点,是和人民大众的集体主义没有任何相似之点的。《草木篇》反倒把作者自己的小资产阶级的偏激、狂热、片面、孤傲的观点全部暴露了。这种个人主义的思想在社会主义建设中的危害性和反动性,还有什么值得怀疑的吗?

应该指明:《草木篇》中所宣扬的反人民,反集体主义的思想,在今天的社会里谁最欢迎呢？是暗藏的敌人和已被消灭阶级中的心怀不满的分子，他们的境遇、感受、心境和希望，不是正和白杨、仙人掌、梅一样的吗？我要请作者考虑考虑这篇作品的客观效果。

也应该指明：凡有和集体主义思想抵触的人，凡有抱着个人主义思想和感情的人，凡有保存资产阶级、小资产阶级的生活偏见、政治偏见和艺术偏见的人，他们也能在《草木篇》里找得到共鸣。相互影响的结果，彼此都会加重了思想上的包袱，这对于要向社会主义迈进的人，不是累赘吗？《草木篇》思想的反动实质，应该说是没有什么怀疑的了。

还应该指出：石天河的《你们的刀》，也是一篇感情很不健康的诗。作者在诗的开头绘声绘色地描写了英法侵略者的刀的犀利，给人以恐怖之感。但他并不紧接着去揭露英法侵略者的罪恶，作者的感情来一个三百六十度的大转弯；接着他举出了希特勒的刀，叫英法侵略者不要怕，说希特勒的刀已被埋葬了。作者的主观意图我们虽然可以理解。但从诗的构思和感情着力点看，却看出了作者在诗中所表现出来的感情立场，在敌我之间还表现得动摇，不坚决。

《星星》诗刊中还刊出了一些缺乏诗的构思，平庸的，艺术拙劣的诗作，如梦渔、鲁青的《晨风》。以上说明了文艺客观实际中的消极因素和落后倾向，在《星星》诗刊上突出的表现。因为这个原因，《星星》才受到公众舆论的批评和社会的责难。

为什么文艺客观实际中的消极因素和落后倾向，在《星星》诗刊上表现得特别突出呢？这是由于党的这个科学艺术方针政策提出以后，那些原已蛰伏的资产阶级和小资产阶级的艺术偏见、政治偏见和生活偏见，以为时机已到，便又蠢蠢欲动。加上《星星》编者对"百花齐放、百家争鸣"的方针的理解有错误，编辑思想相当混乱，给这些消极的落后的东西开了方便之门。

有人公开写文章诽谤方针提出前的文艺战线是坟场。有人沾沾自喜说：方针提出以后，创作就解冻了。

我们觉得这样的观点和说法是很荒谬的。尽管我们的文学创作还落后于现实、落后于群众的需要，但我们的文苑决不是一片荒原坟场，一片冰天雪地，则是任何人不能闭着眼睛说瞎话的。站在人民立场的人都看得清楚这样的事实：我们的文学创作在发展，我们的文艺事业正逐步走向欣欣向荣。

那么，在过去，有没有东西被禁止、被冻结住了呢？我们说：有的。封建主义的、帝国主义的、买办法西斯的思想垃圾，为了革命和群众的利益，是应该被禁止、被冻结的。资产阶级、小资产阶级的思想和观点，是应该受到批判的。

有人说：你们过去是教条主义统治，庸俗社会学君临一切。今天批评《星星》，就是教条主义向《星星》围剿。

我们说，这种说法彻头彻尾带着阶级的偏见。我们过去的情况如果真像你说的那样，人民的文艺早就没有生命了；事实上人民文艺并没有枯萎，可见教条主义和庸俗社会学并非主流和统治。当然，我们决不姑息教条主义和庸俗社会学，我们今天要反，将来还要反它。但是我们要请你别把正确的批评当作教条主义和庸俗社会学。如果有谁要借反教条主义和庸俗社会学之名，而实际上进行反对马克思列宁主义的美学，反对文艺为政治服务，反对文艺为工农兵和革命知识分子服务的方针的勾当；打着艺术特殊性的旗帜，以进行各式各样的反人民、反现实的文艺活动的话，人民是决不容许的。

有人说：社会主义现实主义还在讨论之中。这种阶级偏见反映到《星星》的稿约中就是：明显地没有表示欢迎社会主义现实主义。有人说：现在诗歌形式不多样化，问题在于妈妈太少了，只有一个社会主义现实主义的创作方法。他主张，只要儿子能够为人民服务，不必追究妈妈的成份。应该多有些妈妈。

应该指出，这也是带着明显的阶级成见的看法。你怀疑社会主义现实主义是否存在，可是人民都热爱高尔基、马雅柯夫斯基、法捷耶夫、阿托尔斯泰、费定、肖洛霍夫的经典作品，客观实际完全粉碎了你的怀疑。你对于身体健康、思想进步的妈妈怀疑，你要求妈妈多多益善。可是如果把身体和精神都不健康的妈妈接来了，妈妈再多，也一定生不出好儿子来。

“百花齐放、百家争鸣”的方针政策是不能用资产阶级的自由主义的观点来曲解的。不能用摆杂货摊子的方法来敷衍百花齐放，不能用凑拼盘的办法来点缀百家争鸣。

根本的问题是：要为社会主义的文化建设而放，为社会主义文化建设而鸣。这是一根中轴线，离开了它，就要形成混乱了。如果容许反对社会主义的东西出现，让它放，让它鸣，如像《草木篇》和《吻》之类，其结果，势必阻碍人民社会主义意识的成长，而让小资产阶级、资产阶级的个人主义意识滋生，其流毒足以祸国殃民，决非危言耸听的了。

要放、要鸣，应该有基础，要站稳工人阶级和人民大众的立场，要以服从社会主义利益，为工农兵及革命知识分子服务，为我们的基本方向。

有些诗人对方针政策的理解有错误，一心以为在解冻了。把阶级偏见解放出来了。因此就写出了像《草木篇》和《吻》那样的坏诗。有些人用阶级偏见去欣赏那些坏诗，因而拍手赞成，为之辩护。

《星星》诗刊的编辑方针、编辑思想，也是卷入了放弃了立场、观点的乱放、乱鸣的漩涡中去了的。因此给小资产阶级资产阶级的偏见，让出了一部分阵地。

现在，就应该让混乱结束的时候了。

死的拖住活的,我们现在还甘愿让这些思想渣滓弄昏我们的头脑,迷乱我们的视线,阻碍我们的前进吗?

《星星》第二期的面貌虽然大有好转,但编辑思想的清理,还显得不很彻底。《编后草》中那些含混、模棱的话就是明证。我们欢迎《星星》的编者大胆地摆脱消极和落后的东西,把积极因素发扬光大起来。

《星星》的经验教训,反映了思想战线上的客观现实。它不但对于《星星》的编者有教育意义,即对其他报刊编者、文艺工作者、思想战线上的战士以及正在进行革命意识锻炼的人,都有不同程度的教育意义,要防止消极因素和落后倾向的泛滥,要随时警惕着,注意克服它。另一方面,要毫不犹豫地发扬积极因素,向社会主义迈进!

——原载《红岩》1957 年第 3 期

陈其通　陈亚丁　马寒冰　鲁　勒

我们对目前文艺工作的几点意见

我们几个同志在欢度新年的时候,回顾了一下一九五六年在文学艺术战线上的工作,一致认为党中央提出的"百花齐放,百家争鸣"的方针,给社会主义的文学艺术事业带来了新的繁荣和无限的创造性,这对我们文学艺术工作者来讲是一种莫大的幸福。但在目前有一些文艺刊物上的一些评论,是不能令人满意的,我们愿意坦率地提出来讨论,虽然不成熟,也还来不及作深入的理论探讨,而只是把问题提出来,作为抛砖引玉,但这却是出自对社会主义文学艺术事业的责任感。

(一)在过去的一年中,为工农兵服务的文艺方向和社会主义现实主义的创作方法,越来越很少有人提倡了。有些人认为描写工农兵题材太狭窄,企图用"题材广泛论"来代替为工农兵服务的文艺方向;有些人认为国家已进入社会主义建设的新时期,只需要强调"百花齐放,百家争鸣",为工农兵服务的方向就可以不必强调了。有些人认为社会主义现实主义的创作方法既然不是唯一的,也就不必坚持了,甚至认为社会主义现实主义未必正确。对于一向认为正确而且一向指导着我们创作了不少优秀作品的社会主义现实主义创作方法,不仅产生了动摇,而且觉得这样提法和对它的解释是教条主义的,给我们艺术的创造性带来了束缚,造成了公式化概念化,因此,就企图取消"社会主义"只提"现实主义",或者用"社会主义时代的现实主义"这一模糊的概念来代替它,我们认为这种怀疑论和取消论是小资产阶级艺术思想的产物。在党的"百花齐放,百家争鸣"的方针下,可以允许不同的艺术思想与创作方法存在,但作为一个党的文艺工作者必须坚持和宣传为工农兵服务的文艺方向和社会主义现实主义的创作方法,因为它不一定对一切人都是正确的,而对我们却是唯一正确的。在"百花齐放,百家争鸣"的口号下,不是放弃它,而是要坚持它,不是对某些怀疑论者、取消论者默不做声,甚至随声附和,而是应该高举起自己鲜明的旗帜,压住阵脚进行斗争,否则,那就不是"百家争鸣",而是社会主义的文学艺术队伍自动地、消极地掩(偃)旗息鼓了。

（二）过去的一年中一直在大张旗鼓地反对"公式化、概念化"，并且也有一定的成绩，这是应该肯定的；"公式化、概念化"应该反对，因为它给我们文艺工作者造成思想的僵化和艺术的衰退，这也是对的。但在反对的中间却有些界线不清的地方，因此，使反对"公式化、概念化"的斗争，被一些人误认为或者利用来反对艺术应为政治服务、艺术要有高度思想性、艺术应作为教育广大人民的武器的借口，有意无意地把"公式化、概念化"与政治斗争对立起来了。好像只要一谈文学艺术的思想性，一从政治上去分析某些作品的教育作用，一写具有较大政治意义的主题，就都要被称为"公式化、概念化"。结果如何呢？真正反映当前重大政治斗争的主题有些作家不敢写了，也很少有人再提倡了，大量的家务事、儿女情、惊险故事等等，代替了描写翻天覆地的社会变革、惊天动地的解放斗争、令人尊敬和效法的英雄人物的足以教育人民和鼓舞人心的小说、戏剧、诗歌，因此，使文学艺术的战斗性减弱了，时代的面貌模糊了，时代的声音低沉了，社会主义建设的光辉在文学艺术这面镜子里光彩暗淡了。甚至使有些小品文失去了方向，在有些刊物上反映社会主义建设的光辉灿烂的这个主要方面的作品逐渐少起来了，充满着不满和失望的讽刺文章多起来了；当然，讽刺也需要的，但不划清维护社会主义制度和打击社会主义制度的界线，就会是不真实的、片面的和有害的。我们反对"公式化、概念化"，但是，必须把文学艺术的思想性与"公式化、概念化"分清楚，必须把艺术加工不够、作者表现能力不足和"公式化、概念化"分清楚，否则一律反对，就会把"政治"反掉，把反映当前重大政治斗争的热情反掉，落入庸俗的、描写个人的生活琐事和抒发个人感情的圈子里去。我们不要以为"政治"少了就可以避免"公式化、概念化"，一个作家任何时候都必须有饱满的政治热情和对人民的责任感。

（三）"百花齐放"的方针使我们的文学艺术在过去一年中放出了一些令人喜爱的花朵，这是不可否认的。但只有百花才能齐放，而不只是某一种花，其中最主要的又应该是新的、社会主义现实主义的、在人民新的生活的土壤上开出的花朵。问题就开始在这里发生了，自从提出"百花齐放"以后，有许多人只热衷于翻老箱底，热衷于走捷径去改编旧的，甚至有个别人把老祖宗留下的宝贵遗产稍加整理就冠上自己的名字去图名求利。当然，发扬我们的民族艺术遗产，充实上演剧目是十分需要的，但不能认为这就是最好的，这就是我们艺术花朵的全部，反之在民族艺术的基础上创造新的、社会主义艺术之花任何时候都应该是我们的首要工作。老花虽不败，新花则更有生命力，这种只注意开老花不注意开新花，不注意去培植和保护新花的"百花齐放"是不完全正常的。因此，在"百花齐放"中，还是应该以提倡创造新花为主，开放新花为主。新花不一定一开就美，也可能色彩不艳，枝叶不全，但毕竟这是具有最大希望和新的生命力的花朵。

这就是我们回忆一九五六年的一些感想，在这里坦率地提出来就教于大家。

——原载《人民日报》1957年1月7日

陈　辽

对陈其通等同志的“意见”的意见

陈其通、陈亚丁、马寒冰、鲁勒四同志合写的文章《我们对目前文艺工作的几点意见》在一月七日人民日报刊出以后，我怀着很大的兴趣反复地读了几遍。我认为其中有不少有价值的意见，对目前的文艺工作是有好处的。例如：应该积极提倡为工农兵服务的文艺方向和社会主义现实主义的创作方法；应该更多更好地创作以现代人民斗争生活为题材的作品。这些意见都是好的。但是在陈其通等同志的“意见”中，同时还包含着一些不正确的意见，这些不正确的意见可以归结为对目前文艺工作、即对去年党中央提出了“百花齐放，百家争鸣”的方针以后的文艺工作，作了片面的因此是不正确的估计。由于陈其通等同志对目前文艺工作状况的估计基本上是错误的，因此上述某些原则上是正确的意见（这是他们从对目前文艺工作状况的估计的基础上提出来的），也就大大减弱了它们的说服力。不仅如此。陈其通等同志的某些不正确意见，还对目前文艺工作中的新气象和刚刚滋生出来的新芽，起了泼冷水的作用。因此，我觉得对他们所提出来的一些问题有加以澄清的必要。

陈其通等同志在文章开始对目前文艺工作的主要成就很原则地说了这么一句（也仅仅是这么一句）：“党中央提出的‘百花齐放，百家争鸣’的方针，给社会主义的文学艺术事业带来了新的繁荣和无限的创造性”。但在具体地估计目前文艺工作状况的时候，却得出了一系列的不符合实际的、含有悲观怀疑态度的结论。陈其通等同志断定，“在过去的一年中，为工农兵服务的文艺方向和社会主义现实主义的创作方法，越来越很少有人提倡了。”“真正反映当前重大政治斗争的主题有些作家不敢写了，也很少有人再提倡了，大量的家务事、儿女情、惊险故事等等，代替了描写翻天覆地的社会变革、惊天动地的解放斗争、令人尊敬和效法的英雄人物的足以教育人民和鼓舞人心的小说、戏剧、诗歌，因此，使文学艺术的战斗性减弱了，时代的面貌模糊了，时代的声音低沉了，社会主义建设的光辉在文学艺术这面镜子里光彩暗淡了。”“充满着不满和失望的讽刺文章多起来了”。“自从提出‘百花齐放’以后，有许多人只热衷于翻老箱底,热衷于走捷径去改编旧的,甚至有个别人把老祖宗留下的宝贵遗产稍加整理就冠上自己的名字去图名求利。”请看,这就是陈其通等同志对目前文艺工作的状况描画出来的一幅图画。“糟得很!”这就是陈其通等同志对目前文艺工作状况的实际的总估计。

但是实际情况究竟是不是这样糟呢?现在让我们检查一下陈其通等同志的论断,看看究竟有多少正确性。

首先是关于“在过去的一年中,为工农兵服务的文艺方向和社会主义现实主义的创作方法,越来越很少有人提倡了”的问题。

去年上半年,党中央提出了“百花齐放,百家争鸣”的方针以后,全国各地文艺报刊关于“百花齐放,百家争鸣”的方针,讨论得多一些,反映热烈一些,而对为工农兵服务的文艺方向和社会主义现实主义的创作方法谈得少一些,这是事实。但这也是一种自然的、必然的现象。因为要在实际工作中贯彻“百花齐放,百家争鸣”的方针,就必须大张旗鼓地进行宣传,以打破一部分文艺家、科学家的各种各样的顾虑,扫除实施这一方针时的各种各样的阻力,使这一方针广泛地深入人心,为胜利贯彻这一方针创造条件。各个文艺报刊对这一方针的宣传、提倡给以较多的篇幅,而对文艺工作上其它原则性问题,暂时谈得少一些,这是十分正常的。我们没有根据在这样短的时间中就匆忙地作出“越来越很少有人提倡”社会主义现实主义的结论。

事实上,关于社会主义现实主义创作方法的讨论,去年下半年还是进行着的。可以说,文艺界对于这一创作方法的实质,它和以往的现实主义的继承、联系和区别,它的先进性的具体表现,鲁迅和我国现代作家作品中的社会主义现实主义因素等等问题,在这一时期作了比较认真的深入的研究。单拿去年全国各地文艺报刊纪念鲁迅先生逝世二十周年中的文艺论文来说,即有不少篇论文是接触到鲁迅先生作品中的社会主义现实主义这一论题的。当然,在去年探讨和研究这一创作方法的时候,有人认为社会主义现实主义创作方法未必正确,有人提出了社会主义时代的现实主义的“模糊概念”(见“意见”),但是既然提倡百家争鸣,这些不同意见的提出,就是非常合乎规律的自然现象,根本用不着大惊小怪。我们可以用充分的论据来批判这些论点,我们可以拿社会主义现实主义这一创作方法的客观存在和发展来证明这些论点的缺点和错误,我们可以平心静气地说明我们自己的看法,让读者明白真理是在我们这一边,但是我们却不应当不说明任何理由,就给这些同志扣上这样一顶大帽子:“这种怀疑论和取消论是小资产阶级艺术思想的产物。”(见“意见”)这种扣大帽子的方法,决不能有助于问题的解决。据我看来,认为社会主义现实主义创作方法未必正确的何直同志的论文《现实主义——广阔的道路》(载人民文学一九五六年九月号)和提出社会主义时代的现实主义这一“模糊概念”的周勃同志的论文《论现实主义及其在社会主义时代的发展》(载长江文艺一九五六年十二月号),尽管有不少论点是值得商榷的,但是从论文中看出,这两位同志确实对社会主义现实主义的创作方法问题作过认真的研究。为了批评他们的论点,就需要进行同志式的科学的论辩,而不需要禁止提出问题。

至于为工农兵服务的文艺方向,过去一年来是否越来越少有人提倡了的问题,我的看法基本上和对前一问题的看法是一样的。我们不能说过去对这一文艺方向的宣传和提倡就做得很好。在批判胡风文艺思想以前,有不少文艺工作者信仰或者内心同情胡风的反动文艺思想就是一个例子。我们也不能说过去一年来对于为工农兵服务的文艺方向已经越来越少有人提倡了。因为这也并不符合事实。不说别的,就在去年十一、十二月间讨论国产电影片的问题的时候,就有不少同志客观而公正地指出:过去执行为工农兵服务的文艺方向的成绩不容抹煞,今后为工农兵服务的文艺方向也不容动摇。可见,宣传和提倡为工农兵服务的文艺方向的同志去年也大有人在,而并不是越来越少!

由此可见,陈其通等同志这一论断是片面的、武断的,与去年文艺工作和文艺评论工作的实际情况不符。

其次是关于“真正反映当前重大政治斗争的主题有些作家不敢写了,也很少有人再提倡了”的问题。

这一论断更经不起我们的文艺工作现实的检验。不错,在最近时期的创作题材中,家务事、儿女情、惊险故事是比过去多了,但是还不能由此就匆忙地得出反面的结论。打开《人民文学》、《解放军文艺》、《长江文艺》以及其它各地文艺刊物来看,只要翻一翻目录,也就可以知道,去年我们的作家还是写了不少反映当前重大政治斗争的作品,它们反映了“翻天复(覆)地的社会变革、惊天动地的解放斗争、令人尊敬和效法的英雄人物”。拿大家熟悉的《人民文学》来说,过去一年不是曾经发表过像《在桥梁工地上》《本报内部消息》《爬在旗杆上的人》这样尖锐地反映当前重大政治斗争的主题的震响着时代声音的作品吗?《总有一天》《永不熄灭的火焰》《粮食的故事》等等大受读者欢迎的小说,难道不是描写“翻天复(覆)地的社会变革、惊天动地的解放斗争、令人尊敬和效法的英雄人物”吗?即以陈其通等同志应该非常熟悉的《解放军文艺》来说,在去年几期刊物里,就曾登出了“反映当前重大政治斗争的主题”的小说《无风浪》,以及像《杨根思》《熊熊的火焰》《白兰花》等等比较优秀的戏剧、特写和诗歌。

又次是关于“充满着不满和失望的讽刺文章多起来了”的问题。

对于这一论断,我认为不仅是不符合实际情况的问题(这是用不着多说的),而且还包含着足以妨碍作家今后积极创作的一些消极因素在内。因为,“不满”犹可说;作者对现实生活不满,也可能是为了要求比现实生活更美好的生活。但“失望”却简直是难以想像了。对我们的现实生活“失望”,那么,严重的问题就来了:作者到底“希望”什么样的生活呢?因此,陈其通等同志这一论断,无异是对讽刺文作者的一种恐吓。这一论断如果不予批判,默认它是正确的话,那么,它将大大伤害我们的作家和广大业余写作者的信心和勇气。举一个我亲自接触到的例子来说。有一位同志,他原打算写一个讽刺剧,但在他看了陈其通等同志的文章以后,他不打算写了。他对我说:“这个剧本不能写了。现在是说写讽刺文的作者,‘充满着不满和失望’,下一步呢?那还不是可以想见的吗!”当然这位同志把个别同志的意见当作党的意见,是一种错误。但陈其通等同志的这一论断确实有可能在一些作者思想上产生副作用,这也是可以肯定的。不是吗?还在“百花齐放,百家争鸣”的方针开始宣传的时候,就有某些同志怀疑这究竟是不是党的长时期的方针,会不会只是某种暂时性的“策略”。现在陈其通等同志的这一论断,不正好加重了他们原有的顾虑了吗?

必须肯定,去年一年来,小品文、讽刺文增多了,这是一种好现象。这是广大作家和业余写作者响应党的号召的积极表现,是文学艺术战斗性的表现,作为党的文艺工作者,我们应当鼓掌欢迎。在这些讽刺文章中,也有少数的小品文和讽刺小说有片面性的缺点,作者分不清什么是本质和现象,分不清什么是应该肯定的,什么是应该保护的,采取了否定一切的态度,以致文章的矛头不仅刺痛了现实生活中的疮疤,有时还伤害了现实生活的花瓣,歪曲了我们的现实生活。对于这些作品,我们应该进行有说服力量的、与人为善的批评。但是笼统地说“充满着不满和失望的讽刺文章多起来了”,却只能造成人们创作思想上的混乱。这也许是陈其通等同志所料想不到的吧?

又次是关于“有许多人只热衷于翻老箱底,热衷于走捷径去改编旧的”的问题。

对于这一问题,我们也应当加以具体分析。一般说来,自从党中央提出了“百花齐放,百家争鸣”以后,“翻老箱底”的人是多了一些,“改编旧的”的人是多了一些。这说明了党的“百花齐放,百家争鸣”的方针,教育了大家进一步地重视民族遗产。这又有什么不好呢?昆剧《十五贯》不也是改编整理出来的吗?还有像川剧《谭记儿》等。如果整理出更多一些优秀的民族遗产出来,我想是没有什么不好的。我们现在还没有足够的证据证明作家的主要方向已经离开了现在而转到过去。

总起来说,陈其通等同志之所以作出这些错误论断,是在于他们把“百花齐放,百家争鸣”的方针提出以后的文艺工作中的个别的、不是根本性的缺点,当作全面的、根本性的缺点,于是也就认为目前的文艺工作简直是“糟得很”了,是很堪忧虑的了。而我的意见是,应该正视这些缺点,但不应当加以夸大,而是要加以具体分析,找出主流。我认为,我们目前文艺工作的主流是“好得很”的,至少不是“糟得很”。在陈其通等同志的这些论断里,我似乎又看到了毛主席曾经在《关于农业合作化问题》一文中指出过的“小脚女人”的形象。去年,我们的文艺工作在党的“百花齐放,百家争鸣”的方针的鼓舞和支持下,刚刚向前迈了几大步,就引起陈其通等同志的“无穷的忧虑”来了。可是这一切和我们目前的文艺工作的迅速前进的现实情况又有什么相干呢?

——原载《人民日报》1957 年 3 月 1 日

回　春

小品文的新危机①

1933 年,鲁迅曾指出了当时的小品文,有从为"挣扎和战斗"的武器,转化为"小摆设"的危机。但后来,经过鲁迅自己和"左翼作家联盟"的努力,终于克服了这危机,把小品文保持为"文学革命以至思想革命"中的"匕首"和"投枪"。

抗日战争发生以后的二十年来,小品文发展过程中的许多问题,暂且不谈。现在,我看到小品文正面临着一个新的危机,因为它有许多矛盾尚未正确地解决。

第一,这类小品文"原是萌芽于'文学革命'以至'思想革命'的",所以,它是不民主的时代的产物。现在已经是社会主义民主的时代了;那么,这类小品文是否还有存在的理由呢? 这是根本性的问题。

第二,过去的小品文主要是对敌的,所以是"匕首"和"投枪",其特点是锋利。现在,小品文倘还有存在的必要,那么,主要地应该作为对待人民内部矛盾的治病救人的药。而药之为药,总是求其有效而不生副作用的,所以必须中正和平。但社会生活中的病,比人体的病复杂得多;而且后者是个体的,前者却往往为许多其他条件不同的人们所共有,所以,副作用可以多得很。而小品文又不大愿意失去自己的锋利的特点。这又是一个问题。

自然,中正和平并不是不可以做到的,只要面面都关照到,而且征求各色人等的意见,进行几十次的修改。但这样,文章一定会拉长,完成的时间一定会拖迟。而小品文,却给自身规定了用短小的篇幅来迅速地反映现实的任务。怎样解决这个矛盾?

第三,这类小品文同其他批评文章一样,对事不对人。但一则,事与人是很难分开的;二则,小品文要求自己有点儿形象化的味道,不同于抽象的论文。这就免不了触及具体的人的皮肤。何况,人又有种种,即就干部说,也有大小不同。看近来的报

① 原文刊发时的编者按:这篇文章提出了一些关于批评性小品文的问题。对于这些问题可以有各种不同的见解。我们发表这篇文章的目的,是希望能够引起大家的讨论。

章杂志的趋势,小品文的锋芒大都指向较小的干部,很少接触到大干部的思想作风。但小品文自己的“骄傲”,却很不愿意只给小干部充当盘尼西林。怎么办?

第四,全面性,总是要的,小品文也不例外。但小品文,还是因为“小”,又由于一些别的特性,它只能突出某一面,而暗示另一面。现在的许多人,对于全面性的要求,却真是全面极了。例如,翻开一张地图,看上面画了一个箭头,标着“北”;人们就不满意了:方向至少有四个,现在只指明“北”,东、南、西到哪里去了?片面之极!这也给小品文很大一个教训,但纠正的办法只有一条:拉倒。

第五,现在一切要求严肃和谦逊,当然是正确的。但小品文,它的天性之一则是活泼,甚至于要带点儿嬉笑怒骂,这又与许多人的所谓严肃和谦逊发生了矛盾。马克思曾说,“天才的谦逊是要忘掉谦逊和不谦逊,使事物本身突出”;而“严肃的意思应当是对待事物的严肃”。他还说:“把可笑的事物看成是可笑的,这就是对它采取严肃的态度;对不谦逊仍然采取谦逊的态度,这也就是精神的最严肃的不谦逊”。但是,小品文能够援引这些话来规定自己的风格么?照许多人的意见看来,是不能的,他们所要求的严肃是一本正经,谦逊则是一味小心。这个问题又该如何解决?

第六,小品文也是给广大群众看的,所以也要求通俗,现在许多人所要求的通俗,是字字现代化,句句北京化,而且每一个引证都必须是人人熟悉的。但是,小品文,为了给自己添一点色彩,有时不免要拉扯古人,牵涉外国,而且加一点未必是大家知道的知识进去。这就脱离了群众。

第七,还听说,现在有许多能写文章的人没有材料,而有材料的人又写不好文章。编辑部却既要有材料,还要文章好。于是,老作家退休,新作家出不来。这又怎么办?

此外,矛盾还多,不一一去说它了。

这样的许多矛盾,就造成了小品文的新危机:消亡的危机。

倘若肯定小品文在今天的社会里还有存在理由,那么,这些矛盾,是必须正确解决的。如何解决?需要认真的讨论。我个人以为,首先应当遵循“正确地处理人民内部矛盾”的原则,其次,要做到鲁迅所说,“和现在的切帖,而且生动,泼剌,有益,而且也能移人情”。

为此,现在的小品文作者,必须从头学起,在探讨真理的态度和方法方面提高自己,并保存优良的传统,克服过时的积习,使自己的作品总有点儿生活,有点儿思想,还有点儿艺术,也可以有点儿科学,而且,还应当有自己的风格。对于读者,他应当注意适应,但又要提高他们,不是一味的迁就。作者和读者要在相互影响之下,彼此促进,以致拥有材料的广大读者也慢慢地学会了写。

最后,我还希望写小品文也要做到又快、又好、又省。

——原载《人民日报》1957年4月11日

刘绍棠

我对当前文艺问题的一些浅见

毛主席的《在延安文艺座谈会上的讲话》,发表已经十五个年头了。在这十五年中,文学艺术为工农兵服务的方针,取得了辉煌的胜利,对整个人民革命事业,做出了巨大的贡献,产生了不少优秀的作品,出现了任何时代没有的这么多的作家。

“百花齐放、百家争鸣”的方针提出以后,如何认识毛主席的《在延安文艺座谈会上的讲话》的指导意义,如何在今后的文学艺术创作上体现毛主席的文艺方针,这不能不说是一个新的问题。

作为一个年青的初学写作者,写过一些被认为粉饰太平的田园牧歌式的小说,对生活的认识是很肤浅的;同时,在理论上和历史知识上都贫乏得可怜,要想对如此重大的问题发表意见,明知是自不量力的。但是在许多同志的鼓励下,几经思想斗争之后,终于激起了“初生牛犊子”式的勇气,胆大妄为地谈一谈自己的想法和看法。当然,这根本算不得是什么“鸣”的。

一

我认为,毛主席的《在延安文艺座谈会上的讲话》,包含着两个组成部分。一个是指导当时文艺运动的策略性理论;一个是指导长远文学艺术事业的纲领性理论。当然,我们不可能断章摘句地在全书中找出这两个部分,我指的是,在整个理论中所包含有的这两种意义。

当时,是怎么样的一种历史情况呢?当时正是我们的抗日战争最艰苦的年月,国民党反动派对抗日动摇,暗中进行投降叛卖活动,并有对人民采取高压政策,文艺工作者存在着脱离群众和创作脱离政治的现象。

国家存亡,匹夫有责。在当时,要求中华民族每一个人贡献出自己的一分力量,哪怕是最微小的力量。对于掌握着文学艺术武器的作家和艺术家来说,更应该积极地发挥自己的作用。而问题在于,这个武器掌握在什么人的手里,如何使用这个武器。

所以,必须对作家、艺术家们进行思想改造,要他们深入工农兵,深入实际斗争,要他们及时写出直接为抗日战争服务的作品,哪怕这些作品只是一块砖瓦,一块石头,只要它能够打击敌人就可以。

因此,当时的文艺为政治服务,就必然表现在为政策条文服务上。部队的宣传队、文工队与地方上的各种专业剧团、业余剧团上演的剧本,大多数是根据某一宣传意图所写出的作品,《兄妹开荒》恐怕就是这类作品的代表作。作家们写这种作品,理论家写文章推动作家去写这种作品,文艺领导督促作家去写这种作品,都是必须和必要的。一切为了抗战,一切为了打击敌人;给人民"雪里送炭",这是最重要的前提,其他都是次要的。

由于这些作品反映的生活有一定的时间性,由于作家创作过程的匆忙和短促,所以这些作品的艺术性一般很差,思想性也有很大局限性,因此这些作品绝大多数的艺术生命是不长的,能够保存下来的是不多的。但是,应该说,这些作品所合成的力量,有力地打击了敌人,对人民抗日战争做出了很大的贡献,它们胜利地完成了它们在一定时期的宣传鼓动作用,这是文学艺术事业的光荣。尽管没有伟大的作家和伟大的作品产生,但是在文学史上,它应该占有光辉的篇章;而且毫不夸大地说,这些众多的无名作品和无名作家,集体组成了史无前例的伟大作家和伟大作品。

在人民解放战争时期,虽然有些变化,但是在主要的方面仍然与抗日战争时期无异。

当时在提高和普及的问题上,是以普及为主的。其所以以普及为主,一方面是由于战争的需要,另一方面,也是由于当时人民的艺术欣赏力很低。人民需要的是"下里巴人",对"阳春白雪"还不能接受,作家考虑人民最迫切的需要,创作最易于使人民接受的作品,也正是一个光荣的职责。

但是,全国解放以后,人民生活发生了巨大的变化,人民欣赏艺术的机会多起来,欣赏能力也逐渐提高了。于是,只根据政策条文创作的作品,由于缺乏高度的艺术魅力,已经不能满足人民的需要;同时,生活环境的安定,使作家有充分的时间对作品进行孕育、构思和细致的艺术加工。再沿用过去的领导方式和理论思想来督促和指导作家的创作,势必只能起到"促退"而不是"促进"的作用了。

不能不承认,全国解放以后,我们的理论指导思想是守旧的,而且与之同时又深深地接受了外来的教条主义影响,在很大程度上,妨碍和束缚了文学艺术事业的发展和繁荣。于是,这就发生了读者、观众与被阅读、被欣赏的作品之间的矛盾(也可以说是人民与作家之间的矛盾);创作与理论指导思想的矛盾(也可以说是作家与理化批评家和文艺领导工作者之间的矛盾)。胡风反革命集团,正是利用我们人民文学事业的内部矛盾，利用作家对教条主义正当的不满和自身马克思列宁主义理论水平很低的矛盾，别有用心地贩卖他们那反革命的黑货，迷惑了不少群众和作家的耳目，向党和人民发动反革命的进攻。

公式化概念化的根源，就在于教条主义者机械地、守旧地、片面地、夸大地执行和阐发了毛主席指导当时的文艺运动的策略性理论，但是应该公平地说，公式化概念化的作品，在一定的历史时期，是起过积极作用的，然而在今天，它已经是有害无益的了。

文艺为政治服务，并不是表现在机械地为某一政策或某一方针的服务上，也并不是表现在根据宪法、党章和法律条文的创作上；它主要是表现在作品的阶级性、对人民的鼓舞作用以及对人民道德品质的美育作用上，也就是说，表现在人类共产主义灵魂工程的建设作用上。

要求文学艺术作品非常及时地为政策方针服务，其实是违反唯物论的基本原则的。存在决定意识。作为观念形态的文学艺术，它只有在生活中的事物已经发生和存在以后才能反映，也就是说，才能创作。而且，文学艺术的创作，需要给作家认识生活（存在），观察、体验、分析和研究生活（存在）的时间，需要给作家进行艺术形象的构思和创造的时间；因之，文学艺术的创作是必然落后于生活的发展的。那么，文学艺术作品对生活的推动，鼓舞和指导作用表现在哪里呢？前边已经说过，它主要表现在人类共产主义灵魂工程的建设作用上。

必须声明的是，我在上面所谈的“作品”，是指的那些工于塑造艺术形象的体裁的作品，例如小说和戏剧而言的；它不包括文学艺术创作中的杂文，小品以至报告文学、特写等。

当然，为了某些迫切需要的任务，根据政策方针去创作，也是应该的；并且也可能由于生活积蓄的丰富和艺术技巧的高超，写出优秀作品。但是，这并不符合艺术创造的正常规律的。因之，也就不能据此而去要求文学艺术服从和服务于某一方针政策；否则，就仍然会陷入公式化概念化的泥坑中去。

据上所述，在今天，提高与普及以谁为主的问题，可以说是非常尖锐地提出来了。当然，毛主席所制定的原理：“在普及基础上的提高，在提高指导下的普及”，是永远适用于概括和指导提高与普及的相互关系的。但是在今天，我认为，应该是以提高为主了。这不是谁主观地提出要提高，而是人民要求提高，因为人民已经不满足“小放牛”和“人、手、口、刀、牛、羊”了。用不着过多的解释，这种提高，不是从空中提高，不是关门提高，而是在普及的基础上的提高，是为普及所要求所决定的提高。

前些日子在电影问题上的争论，不正是反映出人民要求提高的强烈呼声吗？

“百花齐放、百家争鸣”的方针,不也正是为了提高文学艺术创作和学术研究的水平和质量吗?

二

毛主席的《在延安文艺座谈会上的讲话》,其所以对文学艺术事业具有永恒的指导意义,就在于那纲领性的理论,就在于它对马克思列宁主义文艺理论最深刻、最完整、最联系实践的伟大发展。

文艺为工农兵服务,政治标准第一和艺术标准第二,作家深入生活和思想改造,过去、现在以至无穷远的未来都同样具有最根本的指导意义;这些原则和定理,是不容许修正或取消的,而且也是无法修正和取消的。“百花齐放、百家争鸣”跟这些原则和定理是没有任何矛盾的;背弃这些原则和定理,也就是背弃了马克思列宁主义的阶级观点和世界观,那么,就必然会去投靠另一家——资产阶级那一家去了。结果,决不会“放”出甚(什)么“花”,鸣出甚(什)么好的名堂来的。

为工农兵服务的文艺方向,坚决不能动摇。因为文学艺术的生命源泉是工农兵群众的生活,文学艺术作品的读者和观众,是广大的工农兵群众;如果承认文学艺术是属于人民的,那就不能怀疑工农兵方向。但是,由于阶级关系的转化,知识分子这一阶层已经属于工人阶级,所以今天的为工农兵服务,实际上也就是为工人、农民和知识分子服务。当然,我们必须警惕,作家们不能由于自身是知识分子,气味相投,只是为知识分子服务;作家们应该主要为最大多数的工农劳动人民服务。

创作题材也应该有主从之分。作家应该努力去熟悉工农群众的生活,写工农群众的题材。当然,这不能用硬性规定和行政方式强迫作家去做,必须根据作家们各自不同的特点和条件,通过说服教育,使他们自觉自愿地、完全愉快地去做。必须说明,我所指的题材,并不是像陈其通等同志那样,把“家务事、儿女情”的题材跟工农兵生活的题材势不两立地对立起来。其实这种论调是可笑得很的。难道工农兵就没有“家务事、儿女情”吗?难道写工人只能写“炉火通红,机轮转动,铁锤叮当响”的题材吗?难道写农民只能写“唉咳唉咳哟,努力加油干,生产长一寸”的题材吗?难道写士兵只能写“端起冲锋枪冲呀!杀呀”的题材吗?难道能够把“家务事、儿女情”和劳动、生产、战斗截然割裂吗?

我所谈的题材有主从之分,指的是工人农民的题材应该为主,知识分子和其他阶层的题材应该为从。这也不是谁主观决定的,客观现实的本身就非常分明地昭示出来,生活的主要创造者,是工农劳动人民;组成整个社会生活的主体,是工农劳动人民的生活。

但是,我们不能因为题材有主从之分,就得出教条主义宗派主义的结论,认为

“从”的题材的写作，就没有“主”的题材的写作有价值。其实，作品的价值，最终并不决定于题材和主题的重大与否，而是决定于作品通过艺术形象所表现的思想意义和艺术感染力。谁也不能否认，不同阶层的题材对不同阶级也同样具有教育意义；《静静的顿河》对知识分子有教育意义，《苦难的历程》对工农劳动人民也同样具有教育意义。

政治标准和艺术标准的问题，也是不能容许本末倒置的。因为这是作家对文学艺术创作的阶级观点问题。否认政治标准第一，事实上就是否认艺术的阶级性，否认艺术是武器，是工具，而把艺术看做是花瓶。但是，正像前面已经说过的，这决不是像教条主义宗派主义的理论那样，认为衡量政治标准——亦即是衡量作品的思想性和教育意义，只是决定于作品题材和主题的重大与否。也正如我前面已经说过的，思想性（政治性）不通过艺术形象去完成，是根本不存在的。毛主席说：“缺乏艺术性的艺术品，无论政治上怎样进步，也是没有力量的。”没有力量的“思想性”，岂不是跟手无缚鸡之力的“勇士”一样滑稽吗？我们所应刻苦致力的，正是毛主席早就教导我们和期待我们的，“政治和艺术的统一，内容和形式的统一，革命的政治内容和尽可能完美的艺术形式的统一。”

在今天，最尖锐最突出的问题，是要求作家们，努力探索和追求尽可能完美的艺术形式——亦即是艺术性、艺术感染力和艺术魅力。因为这正是人民文学艺术事业内部矛盾反映在当前作品本身的焦点。

深入生活和思想改造，也是绝对不能动摇和怀疑的。脱离生活，或是走马看花地去生活，就不可能产生真正深刻地、真实地反映生活的作品，而且不可避免地将无所可写。即或勉强去写，也只能写些公式化概念化的东西，而终归是要被淘汰的。无源之流，迟早总要干涸。由于矛盾是绝对的，统一是相对的，所以在千年万年之后，仍然会有唯心论与唯物论的矛盾，先进与落后的矛盾。有唯心论存在，有落后事物存在，就必须进行思想斗争和思想改造。一个作家没有先进的世界观——共产主义世界观，没有正确的立场、观点，也就必然地会造成方法上的错误。所以，一个有出息的作家，一个现实主义作家，必须整个生命都永远沉浸在生活激流里，必须毫不苟且地进行思想改造；只有如此，才能产生出忠实于生活、记录时代面貌的作品，才能产生出对人民生活有意义、对人民文学艺术事业有贡献的作品。同时，要想严格地进行思想改造，就必须真正地深入生活，而要想真正地深入生活，就必须严格地进行思想改造；这个互为影响的关系，正是实践和认识的关系，是用不着多分析的。

但是，深入生活的方式因人而异，对于一个作家来说，是否深入，是要从他的作品来检验的。作家投入生活中去，正如鱼之入水，只要是在水里，它如何游泳、生存是用不着制定一个统一养育法的，生物之适应环境和改造环境，是决定于客观情况与主观条件的,作家的深入生活,也同此理。所以,深入生活担任工作固然好,但是以公民的身份,一生与人民生活在一起,直到老死,也同样是好的。至于思想改造,要采用说服的办法,而不能用压服的办法,这是我们党领导思想斗争的一贯原则,今天,这个原则就更加发展了;百家争鸣,求同存异,正是这个原则的新面貌。

毛主席的《在延安文艺座谈会上的讲话》给作家和艺术家指出了最正确最光明的方向,给作家和艺术家提供了无限宽广地、有意义地发挥创造精神和艺术才华的最大可能。“百花齐放、百家争鸣”的方针,正是《在延安文艺座谈会上的讲话》在新时代的发展,它的基本原理是没有变的,而且是永远不会变的。

三

总观过去,我们清楚地看到,由于贯彻和执行了毛主席的文艺方针,文学艺术的现实主义精神,更加广阔地、深刻地发展了,文学艺术与人民的关系空前地密切了,作品的内容也史无前例地以反映工农兵劳动人民的生活为主了,产生了众多的生根于人民土壤上的作家,我国自诗经到鲁迅的现实主义传统发扬光大了。

但是,我们也不能不客观地、实事求是地看到,由于历史环境的限制,文学创作长期服从于一定的政策方针,我们的作品的艺术建筑比起思想建筑,要差得很多。

今天,我们艺术建筑的落后现象已经完全显露出来了,为消除艺术建筑的落后现象而斗争的任务,是刻不容缓的了。“百花齐放、百家争鸣”方针的提出,正是克服艺术建筑的落后现象和推动文学艺术事业繁荣与发展的唯一方法。

必须遵照毛主席的文艺方针,深入生活,进行思想改造,树立共产主义世界观,掌握观察、体验、研究、分析生活的马克思主义的观点与方法。这些,我已经在前面谈过了。

必须研究、学习和继承现实主义传统,研究、学习和继承古典作家的艺术技巧。

继承现实主义传统,就必须清除教条主义宗派主义的理论和影响。就必须承认,只要作家具有和不断加强共产主义世界观,那么他们的创作方法是可以不同的;用定义制定一个统一的创作方法,是束缚和窒息作家的创造性的。我们既然承认世界各民族可以根据本民族的特点,通过不同的途径建设社会主义,为什么就不能承认,作家为社会主义事业进行创作的方法有所不同呢?

继承现实主义的传统,就必须真正地忠实于生活真实。这种忠实于生活真实,就是忠实于当前的生活真实而不应该在“现实底革命发展”的名义下,粉饰生活和改变生活的真面目。这种生活真实,必须具有时代的特征和时间的痕迹,而不能把一九五七年的真实等同于一九六七年的真实。但是这也不是说要摄影式地忠实生活真实,而是应该从“静”中看到“动”地忠实生活真实,不过它首先是基于“静”,而不是基于“动”。

学习古典艺术大师的艺术技巧，锤炼个人的艺术技巧，就必须考究语言的精炼、生动和音响；就必须注重反映生活的色彩和风貌；就必须注意巧妙地安排故事情节和精选最富有形象性的细节；就必须注意引人入胜的布局。总而言之，也就是必须具有“语不惊人死不休”的那种追求艺术技巧的刻苦精神。

只有这样，才是真正地正视人民文学艺术事业的内部矛盾，只有这样，才能使我们的文学艺术事业得到繁荣和发展。

——原载《文艺学习》1957 年第 5 期

钱谷融

论“文学是人学”

高尔基曾经作过这样的建议:把文学叫做“人学”。我们在说明文学必须以人为描写的中心,必须创造出生动的典型形象时,也常常引用高尔基的这一意见。但我们的理解也就到此为止,——只知道逗留在强调写人的重要一点上,再也不能向前多走一步。其实,这句话的含义是极为深广的。我们简直可以把它当做理解一切文学问题的一把总钥匙,谁要想深入文艺的堂奥,不管他是创作家也好,理论家也好,就非得掌握这把钥匙不可。理论家离开了这把钥匙,就无法解释文艺上的一系列的现象;创作家忘记了这把钥匙,就写不出激动人心的真正的艺术作品来。这句话也并不是高尔基一个人的新发明,过去许许多多的哲人,许许多多的文学大师都曾表示过类似的意见。而过去所有杰出的文学作品,也都充分证明着这一意见的正确。高尔基正是在大量地阅读了过去杰出的文学作品,和广泛地吸收了过去的哲人们、文学大师们关于文学的意见后,才能以这样明确简括的语句,说出了文学的根本特点的。

我这篇文章,就是想为高尔基的这一意见作一些必要的阐释;并根据这一意见,来观察目前文艺界所争论的一些问题。

一

文学的对象,文学的题材,应该是人,应该是时时在行动中的人,应该是处在各种各样复杂的社会关系中的人,这已经成了常识,无须再加说明了。但一般人往往把描写人仅仅看做是文学的一种手段,一种工具;如季摩菲耶夫在《文学原理》中这样说:“人的描写是艺术家反映整体现实所使用的工具”。① 这就是说,艺术家的目的,艺术家的任务,是在反映“整体现实”,他之所以要描写人,不过是为了达到他要

① 《文学原理》第24页。

反映“整体现实”的目的，完成他要反映“整体现实”的任务罢了。这样，人在作品中，就只居于从属的地位，作家对人本身并无兴趣，他的笔下在描画着人，但心目中所想的，所注意的，却是所谓“整体现实”，那么这个人又怎么能成为活生生的、有血有肉的、有着自己的真正的个性的人呢？而且，所谓“整体现实”，这又是何等空洞，何等抽象的一个概念！假使一个作家给自己规定的任务是“反映整体的现实”，假使他是从这样一个抽象空洞的原则出发来进行创作的，那么，为了使他的人物能够适合这一原则，能够充分体现这一原则，他就只能使他的人物成为他心目中的现实现象的图解，他就只能抽去这个人物的思想感情，抽去这个人物的灵魂，把他写成一个十足的傀儡了。应该说，季摩菲耶夫还是比较重视文学艺术的特征的。在他的那本《文学原理》中，有着很多精辟的见解。那本书，在苏联虽然受到很多人的非常严厉的批评和指责，但我以为这些批评和指责未必都是正确的，然而这里所提到的一点，却是一向毫无异议地为大家所接受的。在苏联是如此，在中国也是如此。正因为这种理论是一种支配性的理论，在我们的文坛上也就多的是这样的作品：就其对现实的反映来说，那是既“正确”而又“全面”的，但那被当作反映现实的工具的人，却真正成了一把毫无灵性的工具，丝毫也引不起人的兴趣了。

我这样说，是不是意味着我认为文学不能够或者不必要反映现实呢？不是的。文学当然是能够，而且也是必须反映现实的。但我反对把反映现实当作文学的直接的、首要的①任务；尤其反对把描写人仅仅当作是反映现实的一种工具，一种手段。我认为这样来理解文学的任务，是把文学和一般社会科学等同起来了，是违反文学的性质、特点的。这样来对待人的描写，是决写不出真正的人来的，是会使作品流于概念化的。

那么，究竟应该怎样来理解文学的任务，怎样来对待人的描写呢？

过去的杰出的哲人，杰出的作家们，都是把文学当做影响人、教育人的利器来看待的。一切都是从人出发，一切都是为了人。鲁迅在他早年写的《摩罗诗力说》中，以“能宣彼妙音，传其灵觉，以美善吾人之性情，崇大吾人之思理者”②，为诗人之极致。他之所以推崇荷马以来的伟大的文学作品，是因为读了这些作品后，能够使人更加接近人生，“历历见其优胜缺陷之所存，更力自就于圆满。”③这种看法并不是鲁迅一个人所独有的，而可以说是过去所有杰出的、热爱人生的诗人们的一种共同的看法。车尔尼雪夫斯基在谈到文学的作用时也这样说：“诗人指导人们趋向于高尚的生活概念和情感的高贵形象：我们读诗人的作品，就会厌恶那庸俗的和恶劣的事

① 下点系作者所加。
② 《鲁迅全集》第1卷，第201页。
③ 《鲁迅全集》第1卷，第204页。

物，就会看出所有美和善的迷人的地方，爱好所有高贵的东西；他们会使我们变得更好，更善良，更高贵。”①一切艺术，当然也包括文学在内，它的最最基本的推动力，就是改善人生、把人类生活提高到至善至美的境界的那种热切的向往和崇高的理想。伟大的诗人，都是本着这样的理想来从事写作的。要改善人的生活，必须先改善人自己，必须清除人身上的弱点和邪恶，培养和提高人的坚毅、勇敢的战斗精神。高尔基在他的一篇题名《读者》的特写中，是这样来说到文学的目的和任务的：

文学的目的是要帮助人了解他自己，提高他的自信心，并且发展他追求真理的意向，和人们身上的庸俗习气作斗争，发现他们身上好的品质，在他们心灵中激发起羞耻、愤怒、勇气，竭力使人们变为强有力的、高尚的、并且使人们能够用美的神圣的精神鼓舞自己的生活。②

而历来一切伟大的文学作品，也的确都是以赞美和歌颂好人好事，鞭挞和斥责坏人坏事为其职责的。善恶邪正的斗争，成了文学的基本主题，而且善总是战胜了恶，正总是压倒了邪。即使邪恶在作品中得胜了，但人们的同情也必然是在善和正一方面的。正像高耐依在论到戏剧的作用时所说的：“好人虽然遭到不幸，大家一定是爱他的，同情他的；坏人虽然得志，大家一定是恨他的，讨厌他的。”这是因为，作者在描述作品中的这些人物时，并不是把他们当做自己的一个工具，而是把他们当做和自己一样的人。他不能不爱那些他所认为善良和正直的人，而恨那些他所认为奸邪和凶恶的人。他和他笔下的好人一同欢笑，一同哭泣，为他们的高兴而高兴，为他们的忧愁而忧愁。而对于那些坏人，则总是带着极大的憎恶与轻蔑，去揭露他们的虚伪，刻划他们的丑态。作者就用他的这种热烈分明的爱憎，给了他的人物以生命；又通过他的人物来感染读者，影响读者。使得读者和他一起来爱那些好人，恨那些坏人。并进而鼓舞读者积极地在现实生活中帮助好人去和邪恶战斗，去扑灭邪恶，肃清邪恶。也正是为了这个缘故，人们在提到那些为我们创造了杰出的文学作品的大师的名字时，才总是怀着无限崇敬与感激的心情的。假使作家所着眼的是所谓“整体的现实”，或者像另一些人所说的是所谓“生活的本质”，“生活发展的规律”，而把人仅仅当作是借以反映这些东西的一种工具的话，那末，他就再也写不出这样激动人心的作品来，再也收不到这样巨大的效果了。

我这样说，是不是会斩断了文学与现实之间的联系，取消了文学反映生活的职能呢？这种顾虑（或者简直是对我的责难），其实是不必有的。除非作家写不出真正的人来，假如写出了真正的人，就必然也写出了这个人所生活的时代、社会和当时的

---

① 转引自《文学原理》，第18页。

② 转引自伏尔科夫：《高尔基》第11页，人民文学出版社。

复杂的社会阶级关系。因为，人是不能脱离的一定的时代、社会和一定的社会阶级关系而存在的；离开了这些，就没有所谓“人”，没有人的性格。我们从每一个具体的人身上，都可以看到时代、社会和阶级的烙印。这些烙印，是谁也无法给他除去的。曹雪芹难道是为了要反映封建社会的日趋崩溃的征兆，为了要反映官僚士大夫阶级的必然没落的命运而写《红楼梦》的吗？当然不是的。他是因为受到了对于贾宝玉、林黛玉等人（这里不谈这些人是怎样闯进他的心海里去的问题）的一种无法排解的、异常深厚复杂的感情的驱迫，才来写《红楼梦》的。但是我们通过这部作品所看到的，却决不是贾宝玉等人的个人生活史，而是当时的整个时代，整个社会。对于《哈姆雷特》《唐·吉诃德》《奥勃洛莫夫》以及《阿Q正传》等等，我们都可以这样说。

人和人的生活，本来是无法加以割裂的，但是，这中间有主从之分。人是生活主人，是社会现实的主人，抓住了人，也就抓住了生活，抓住了社会现实。反过来，你假如把反映社会现实，揭示生活本质，作为你创作的目标，那么你不但写不出真正的人来，所反映的现实也将是零碎的，不完整的；而所谓生活本质，也很难揭示出来了。所以，文学要达到教育人、改善人的目的，固然必须从人出发，必须以人为注意的中心；就是要达到反映生活、揭示现实本质的目的，也还必须从人出发，必须以人为注意的中心。说文学的目的任务是在于揭示生活本质，在于反映生活发展的规律，这种说法，恰恰是抽掉了文学的核心，取消了文学与其他社会科学的区别，因而也就必然要扼杀文学的生命。①

现在大家都已经知道把典型归结为一定社会历史现象的本质这种理论的错误了。然而，对于我们这里所论述的：把揭示生活的本质、反映生活发展的规律当作文学的任务；而把描写人仅仅当作为完成这一任务所使用的工具。对于这种理论的错误，却迄今还是习焉不察。其实，这两种错误是相互联系，其性质也是极为类似的。因为，既然把文学的任务确定为揭示生活的本质，反映生活发展的规律，而在文学中，这一任务又必须通过典型化，通过典型形象的塑造来完成的，那么，为了保证这一任务的完成，最好自然就莫如干脆把典型归结为一定社会历史现象的本质了。本来，这两种理论，假如只把它们当作结论来看，是并没有什么荒谬可笑之处的，事实上倒还是符合实际的。但现在却把它们当作一个前提，当作一个要求提出来，那就成了有害无益的东西了。因为，它们叫人们去注意一些本来不必注意的事情，结果就必然使人忽略了应该注意的事情。正如，假使我们说食物是从食道而不是从气管进入肠胃去的，这是完全正确的。但假如我们对一个孩子说：“当心！必须使食物通过食道进入肠胃，而不能使它跑到气管里去！”结果会怎样呢？结果反而会使孩子受

① 下点系作者所加。

呛,会使孩子感到吃饭是一件苦差使。这就是这种多余的好心所招致的必然结果。上述这两种理论在文艺上所引起的后果是与此颇相类似的。

高尔基一向认为消极的任务是文学所不足取的。把文艺的意义、作用,局限在反映生活这一点上,就等于是否定了文艺的存在的必要。因为,如果我们所要求于文艺的只是在于概括地反映现实现象,揭示现实生活的本质的话,那么,科学会把这些作得更精确、更可靠的。这样,文艺就失却了它作为人类精神活动的一个特殊领域而存在的意义了。然而,人们却并不因为有了科学就不需要文艺,而文艺也并没有因为科学的日益发达而渐趋衰落,可见得文艺一定是有它的特殊的、不是科学所能代替的任务的。(这种任务,在高尔基看来,就是影响人,教育人,就是鼓舞人们去改造现实,改造世界,使人们生活得更好。)而且,假如我们把反映现实当作文学的首要任务,那么,对于那些杰出的抒情诗篇,以及从个人主观的热情与理想出发的伟大的浪漫主义作品之如此为人喜爱,如此受人重视,就很难解释了。① 所以,高尔基把文学叫做“人学”,就不但说明了文学的对象是什么,而且,还把文学的对象和它的性质、特点,和它的任务、作用等等相统一起来了。我觉得,在今天,对于高尔基把文学叫做“人学”的意见,是有特别加以强调的必要的。

二

前面我们说:对于人的描写,在文学中不仅是作为一种工具,一种手段,同时也是文学的目的所在,任务所在。这是有充分的根据的。整个世界文学的历史,都可以为这句话作证。全人类共有的文学宝库,是一长列的人物的画廊,把这些人物的画像(他们或者戴着诗人自己的名字、或者叫做别的什么)从宝库中抽去,这个宝库也就空无所有了。古往今来的一切伟大的诗人都把他一生的心血,交付给了他所创造的人物,他是通过他所创造的人物来为自己的祖国、为自己的人民服务的。而我们也就根据诗人在他的作品中是怎样描写人,怎样对待人,来判定诗人的作品的好坏,判定诗人的品格的高下的。我们为什么要斥责颓废派的和自然主义的作家呢?主要就是因为他们在他们的作品中歪曲了人,诬蔑了人。而我们对于所有充满着伟大的人道主义精神的作家们,则永远怀着深深的敬仰与感激的心情,因为他们在他们的作品里赞美了人,润饰了人,使得人的形象在地球上站得更高大了。高尔基把文学当做“人学”,就是意味着:不仅要把人当做文学描写的中心,而且还要把怎样描

① 假如说这些作品之所以为我们所喜爱,也是因为它们通过作家心灵的折射而反映了现实的缘故,那末,这正好说明了文学作品原是必然要反映现实的;把反映现实当作文学的任务而提出来就没有什么积极的意义了。

写人、怎样对待人作为评价作家和他的作品的标准。①

怎样描写人，怎样对待人，这当然与作家的思想，与作家的世界观有关。但所谓"世界观"，是人的各种观点的总和，它本身是既统一而又有矛盾的。在对待每一个具体问题上，并不是全部世界观中的每一种观点都起着同等的作用，而是有主从轻重之分的。在文学领域内，既然一切都决定于怎样描写人、怎样对待人，那么，作家的对人的看法，作家的美学理想和人道主义精神，就是作家世界观中起决定作用的部分了。②

最能用来说明这一点的，莫如巴尔扎克和托尔斯泰两人的例子。

这两个人，就他们的阶级立场、政治理想来说，都是反动的。但是他们的作品，就其主要倾向来说，却是有利于人民的，却是起着进步的作用的。这应该怎样解释呢？过去，都是根据恩格斯对巴尔扎克的评论，认为是他们的先进的创作方法突破了他们的落后的世界观，把这种现象归结为现实主义的胜利。但是这种解释总不能十分令人信服。因为，这等于是说，创作方法和世界观是可以割裂的了；等于是说，一个作家对现实的理解明明是这样，但他却可以把它写成那样，而且还仍然可以是好作品，仍然可以收到影响人、教育人的效果。这即使就常识上来说，也是很难说得过去的。胡风集团就抓住了恩格斯的这一说法，极力宣扬他们的否定世界观对创作方法的决定作用的反动理论。另一些人则从作家的主观思想与作品的客观思想之间的矛盾来说明这一问题，但这仍然是说不通的。因为，作家的主观思想与作品的客观思想之间，尽管确乎存在着矛盾，但这种矛盾主要也只是深度和广度方面的互有差别，而决不会是属于全然抵触的性质。因此又有一些人企图从这两位作家的世界观的本身找寻说明。他们引证了大量的材料，来证明这两个人的世界观内部原就存在着矛盾，其中既有反动的成分，也有进步的成分；并且断定，起主导作用的还是其进步的一面。于是得出结论说：他们的创作方法是和他们的世界观完全一致的。但这依然缺乏具体的分析。究竟在他们的世界观中有哪些是属于进步的因素？又有哪些是属于反动的因素？又是根据什么理由来断定他们的世界观主要是进步的呢？狭义的世界观主要是指哲学观点而言，按照我们一般的理解，是很难把巴尔扎克和托尔斯泰的哲学观点说做是进步的观点的。

最近出版的第四册的文学研究集刊上，发表了王智量、文美惠两同志所写的两篇关于托尔斯泰的世界观与创作方法之间的关系问题的论文。这两篇文章，分别根据托尔斯泰的三部主要作品（王智量同志根据《安娜·卡列尼娜》和《复活》，文美惠同志根据《战争与和平》），从各个不同的方面去寻找托尔斯泰的世界观和创作方法

①② 下点系作者所加。

之间的具体联系,最后得出了如下的完全一致的结论①:托尔斯泰的世界观和他的艺术创作方法之间有着基本上的一致性;但是也有矛盾。这种矛盾的表现就是作品中反动消极因素所占的比重小于它们在作家思想中的比重。而造成这种矛盾的原因则是由于作家对于生活现实的忠实、对于艺术规律的严格遵循。换句话说,就是他的现实主义的创作方法的胜利。

这一结论,大家知道,并不是只在这两篇文章中才第一次被提了出来的,我们前面也已经提到过这样的看法了。但这两篇论文仍有很大的价值,这价值并不在于它们为已有的看法提供了具体的论证,使得这种看法似乎更有根据,似乎更有成为科学的结论的可能了;而是在于别的方面,属于别一种性质的。由于这两位同志研究态度的严肃,引证材料的可靠,以及分析方法的正确,因而,他们不但把我们的注意力引导到了这一问题关键所在,而且还为应该如何打开这一关键,提供了许多极为有益的线索。令人遗憾的是,他们并没有从他们的正确的分析中,得出可以得到、应该得到的结论。他们还是囿于先人之见,在一个紧要关头,就匆匆的用一个已有的现成结论,结束了更进一步的探索。我这里指的是,当他们根据充分的材料,十分令人信服地分析了托尔斯泰世界观中所存在的矛盾,指出其中有哪些是反动的因素,有哪些是进步的因素,并进一步证明他的反动思想在他的作品中所占的比重,不如在他的思想中所占的比重大时,本可以自然而然地得出关于作家的世界观与其创作方法之间的具体关系的正确结论来的;本可以明白指出世界观中的哪些因素在文艺创作中起着直接的、主导的作用,而哪些因素则只起着间接的、次要的作用来的。但这时,他们的眼睛却从已经涌出来了的结论前滑过去了。因为,他们这时忽然看见了他们出发时所预先设定了的终点,尽管这个终点并不是在他们的前面,而是在旁边的什么地方,他们也就一脚跨了过去了。最后,他们就立定在如上面所说的"现实主义创作方法的胜利"这一现成结论的前面了。

难道托尔斯泰的反动思想在他的创作过程中之所以常常受到排挤和压制,在他的作品中之所以占不到像在他的思想中所占的那么大的地位,真是由于他十分忠实于生活现实,由于他严格遵循着艺术规律的缘故吗?真是所谓现实主义创作方法的胜利吗?我看是不能这样说的。至少,这样说是不够充分,不够圆满的。

假如我们把这原因归结于托尔斯泰对生活的忠实,归结于生活真实的客观力量,就很难说明:为什么在他的作品中是那么地忠实于现实,而且往往能从生活现实中得出正确的结论来的托尔斯泰,在他的论文(哲学的和文学的)中却常常会歪曲生

① 不但他们的结论是完全一致的,就是论证的方法,以及每一个具体论点都非常类似。所以,他们虽没有说明这两篇文章之间的关系,我们却完全有理由推测,这是一种共同研究中的分工关系。因此,我在下面提到他们的论点的时候,如非必要,就不一一指出哪是属于王智量同志的,哪是属于文美惠同志的了。

活，常常会从生活中得出错误的结论来呢？难道托尔斯泰只有当他在进行创作的时候，才是忠实于生活的吗？[1] 而且，正如王智量、文美惠两位同志自己所指出的，在托尔斯泰作品中所表现出来的先进思想，并不只是存在于他的作品中，在他的思想中也是存在的。那么，可见得这里的问题，就并不是托尔斯泰为什么能有这样一些先进思想的问题，而是为什么这些先进思想能在他的作品中起主导作用，而另一些反动的思想在他的作品中却只能退居于次要的地位的问题了；而是为什么这两种思想的比重在作品中比之在思想里会起了个相反的变化的问题了。用忠实于生活这样的理由，是不能说明这一问题的。两位同志还引用了高尔基所说的、托尔斯泰在《复活》中“不能不承认，而且……几乎证实了积极斗争的正确性”，和恩格斯所说的、巴尔扎克“不得不违反他自己的阶级同情和政治偏见”这样的语句，来证明生活真实对作家的强制力量。但是，这里说的既然是托尔斯泰[2]“不能不”，巴尔扎克[3]“不得不”，那就不能单纯从客观生活一方面去解释，而是也应该，甚至是更应该，从两位作家的主观意识一方面去找寻原因的。

王智量、文美惠两同志自己也认识到“仅仅用生活或生活经验来解说作品的客观意义压倒了作者主观偏见的原因还是不够的”，他们也知道有很多这样的作家，虽然他们的生活经验很丰富，但他们创作出的作品，却并没有能超过其世界观的限制。因此，他们在生活经验的丰富和对生活的忠实以外，又提出了对现实主义艺术法则的严格遵循一点来。关于这一点，王智量同志说得很好：

> 但是在作家的艺术创造过程（而不是手艺匠式的编造过程）中，随着作品主题和情节的展开，当艺术形象开始获得了一个真实的轮廓；逐渐具有比较明确的个性，开始和它的生活环境形成一个有机的整体；并且形象和形象之间也渐渐有了基本真实的关系的时候，这时，形象在作家的笔下形成起来的个性化了的生命就会开始产生出一种力量来，这种力量就会要求艺术家在它已经获得的这种真实性和统一性的基础上把它写下去，要求它不仅考虑自己的构思，也要考虑形象本身已经开始显示出来的这种个性的完整性，而不要任意地去破坏它。这就是一种现实主义艺术的力量。这时，如果这是一位真正伟大的艺术家，他熟悉并且尊重艺术的这种规律性，再加上他笔下跃跃欲生的艺术形象带给他的兴奋和鼓舞，他便往往会顺乎这种形象本身的逻辑把它写下去，而不自觉地把自己的主观构思中某些不符合这种逻辑的东西排挤到次要的地位。这样就会出现我们所说的现实

[1][2][3] 下点系作者所加。

主义的胜利的情况。①

大家都会承认，在文艺创作中的确有这样的情形。最明显的、为大家所熟知的例子，就是托尔斯泰的《安娜·卡列尼娜》。托尔斯泰原来是想把安娜当做“有罪的妻子”而加以贬责的，但结果他却“不得不”寄给她以深深的同情，甚至还赞扬了她。然而，王智量同志对这一现象的解释，却颇有些神秘的意味。像“个性化了的生命就会开始产生出一种力量来，这种力量就会要求艺术家……要求他不仅考虑……也要考虑……”，这里所说的这种力量究竟是一种什么样的力量呢？它难道是脱离作家的主观意识而存在的吗？难道是完全不受作家的思想、态度的影响的吗？当然并不是这样的。假如王智量同志肯用一种浅显明白的、人人能懂的语言来说，就一点也没有什么神秘。不过这样一来，他所作的结论，也就必须另换一个样子了。

我们说过，在文学领域内，一切都决定于怎样描写人，怎样对待人，真正的艺术家决不把他的人物当做工具，当做傀儡，而是把他当成一个人，当成一个和他自己一样的有着一定的思想感情、有着独立的个性的人来看待的。他一定是充分尊重这个人的个性的，他可以通过他自己的是非爱憎之感来描写这个人物；他可以在他的描写中表示他对这个人物的赞扬或是贬责，肯定或是否定；正像在生活中，他可以通过自己对一个人的评价来介绍这个人一样。但他决不能把自己的意志强加到他的人物身上去，强使他的人物来屈从自己的意志。在生活中是如此，在作品中也是如此。这样一说，王智量同志所说的这种力量，就原来只是人物的性格的力量了，就一点没有什么神秘了。而所谓“熟悉并尊重艺术的这种规律性”，其实是应该说做“熟悉并且尊重他的人物的个性”的！所以，这里，重要的倒是在于作家对于人物的态度，在于作家对于人物的评价。作家对于他的人物的性格是不是够尊重的？作家对于他的人物所作的评价是不是公允的、正确的？假使作家并不尊重他笔下的人物，假使对他的人物作出了错误的评价，也就不会有所谓现实主义艺术的力量了。而对人物的态度问题、评价问题，就与其说是现实主义的问题，不如说是作家的美学理想问题、人道主义问题了。所以，我们与其把托尔斯泰之所以由原来的想贬责安娜，终于变成同情安娜，赞扬安娜，说成是现实主义的胜利，倒不如把它当做人道主义的胜利来得更恰当些，更容易理解些。一个真正的人道主义者，怎么能对安娜这样的女子，对安娜这样的遭遇，不深深的寄予同情而反加以贬责呢？任何人都可以看到，在《安娜·卡列尼娜》中，是托尔斯泰对不幸的安娜的人道主义的同情，战胜了他在妇女问题上和家庭问题上的反动思想的。

在《复活》中所表现出来的情形也是一样。

① 《文学研究集刊》，第4册，第154页。

托尔斯泰对待人民的革命斗争一贯是采取反对的态度的。虽然后来在一九〇五年的革命中,也曾表示过某些赞同的意见,但这些意见在他的全部观点中所占的比重是很小的。然而,在《复活》中,他却把革命家们主要描写为一群勇敢、正直的,"为了人民而牺牲自己的特权、自由的生命"的人。甚至,他还违反了他一贯主张的"勿以暴力抗恶"的教义,同情并赞扬起革命者的暴力斗争手段来,认为这"不但不是罪恶,而且是光荣的行为"①。为什么会这样的呢?因为,这时托尔斯泰所面对的,已经不是他自己的思想,不是什么抽象的原则、教条,不是政治主张或社会理想的问题了,而是一些具体的人的具体的行为。他看到这些革命者是"在损失自由、生命和一切人所宝贵的东西的危险中"才采取这样的暴力手段的;是在别人十分残忍地对待他们时,他们才"自然而然地采用别人用来对付他们的那同样的方法"的。一个真正的人道主义者能够对这些革命者的行动表示反对吗?在这里,又是表现出作为"暴虐与奴役的敌人,被迫害者的友人"的托尔斯泰的伟大的人道主义精神,战胜了他对革命所持的反动观点的。

不但托尔斯泰的情形是如此,就是恩格斯所评论过的巴尔扎克的情形也是如此的。

巴尔扎克虽然出身平民,却钦慕着贵族,却要在他的姓氏前加一个"德"(de)字。在政治上,他更是一个保皇党,他的同情是完全在贵族一方面的。然而,他在他的作品里,却以"最尖刻的讽刺"、"最毒辣的嘲弄"来对付他所同情的阶级;而带着"不可掩饰的赞赏"去描述他政治上的死敌。为什么会是这样的呢?那就是因为:伟大的人道主义者的巴尔扎克,决不能用别一种态度对待他笔下的人物。贵族,作为一个阶级来说,是他所同情的,寄以希望的;共和主义,作为一种政治主张来说,是他所仇恨的,坚决反对的。然而,他在他的作品里所描写的、所评论的,却既不是作为一个阶级的贵族,也不是作为一种政治主张的共和主义,而是一些具体的人和他的具体的行动。他就是根据这些人的具体的行动来确定对待他们的态度,给他们以一定的评价的。他嘲笑了应该嘲笑的人,赞扬了应该赞扬的人,而我们也因此喜爱他的作品,因此尊敬他为伟大的作家。

巴尔扎克和托尔斯泰两个人的例子,充分向我们证明:在文艺创作中,一切都是以具体的感性的形式出现的,一切都是以人来对待人,以心来接触心的。抽象空洞的信念,笼统一般的原则,在这里没有它们的用武之地。因此,在《人间喜剧》中,保皇党的巴尔扎克,天主教徒的巴尔扎克,就不得不让位于人道主义者的巴尔扎克。

① 这里以及下面引号中的话,都是托尔斯泰的《复活》中的语句,我是从王智量同志的文章中转引过来的。关于托尔斯泰对待革命的态度,也多采用王智量同志的说法。因此,我就很难逃避"入室操戈"之讥。

同样,在《战争与和平》中,在《安娜·卡列尼娜》和《复活》中,清晰地呈现在我们眼前的也是充满了对被压迫者和被剥削者的同情的托尔斯泰,而那“基督教无政府主义者”的托尔斯泰,就只能留下一个淡淡的影子了。

三

我是不是过分推崇了人道主义,过高地估计了人道主义精神的作用呢?我以为,如果是就文艺而论,那么,人道主义精神的作用,恐怕还要远比我上面所说的大得多。

一切被我们当作宝贵的遗产而继承下来的过去的文学作品,其所以到今天还能为我们所喜爱、所珍视,原因可能是很多的,但最最基本的一点,却是因为其中浸润着深厚的人道主义精神,因为它们是用一种尊重人同情人①的态度来描写人、对待人的。假如人民性、爱国主义、现实主义等等概念,并不是在每一篇古典文学作品的评价上都是适用的话,那么,人道主义这一概念,却是永远可以适用于任何一篇古典文学作品上的。人民性应该是我们评价文学作品的最高标准②,最高标准并不是任何时候都能适用的;也不是任何人都会运用的。而人道主义精神则是我们评价文学作品的最低标准,最低标准却是任何时候都必须坚持的;而且是任何人都在自觉地或不自觉地运用着的。够不上最低标准,就是不及格;就是坏作品。达到了最低标准,就应该基本上肯定它是一篇好作品;就一定是有其可取之处的。至于好到什么程度?可取之处究有多大?那就得运用人民性等等的标准去衡量了。

谁能够从古典文学作品中,举出一篇,不管是属于哪一个时代、哪一个国家的,缺乏人道主义精神的作品来呢?但是,我们却可以举出很多既不是用现实主义的创作方法写的,也并没有什么人民性和爱国主义精神的作品来。像不久以前我们的文艺界所争论的李后主的词,就是属于这一类。要在李后主的词中去找什么人民性和爱国主义精神,是很困难的,除非我们把这两个概念的含义无限制地加以扩大。但这样做的结果,就等于是取消了这两个概念的实际作用。对我们只有坏处而不会有任何好处。那么,我们应该怎样来解释有很多人喜爱着李后主的词的现象呢?如果充分估计了人道主义精神在文学作品中以及在人民对文学作品的评价中③所起的作用,这一现象就没有什么可怪了。

诚然,在李后主的诗词里,所写的都是他个人的哀乐,既没有为人民之意,也绝

---

①③ 下点系作者所加。

② 季摩菲耶夫在《论人民性的概念》一文中,因为历来“提到人民性这个概念,就习惯地指作家已达到了艺术性的最高水平”,都“把这个概念归于我们最杰出的作家”,因而,他认为:“从这个意义来说,人民性是艺术性的最高形式”。我是同意他这种说法的。

少为国家之心。亡国以后，更是充满了哀愁、感伤，充满了对旧日生活的追忆和怀恋，很少有什么积极的意义。但是，文学作品本来主要就是表现人的悲欢离合的感情，表现人对于幸福生活的憧憬、向往，对于不幸的遭遇的悲叹、不平的。它正是通过了这些思想感情的艺术的表现，而发挥其作为阶级斗争的武器的作用的。即使作家所要表现的是广大人民的生活，是广大人民的理想、愿望等等，也必须通过作者个人的感受而反映出来，否则就不成其为文学作品①。而且，每一个人既都必有其独特的生活遭遇，独特的思想感情，为什么又不能把他个人的哀乐唱出来呢？假如他唱得很真挚，很动听，为什么又不能引起我们的喜爱，激起我们的同情呢？只要这个人不是人人痛恨的恶人，一种深厚纯真的感情，不管它是对人的，对自然的，也不管它是对个人的，还是对广大人民的，或者是对国家民族的，都是能够引起我们的赞许的。因为他使得我们对人、对自然界更加接近了；使得我们更加热爱我们的生活、更加热爱我们的国家、民族了。而李后主就是不缺乏这种感情的人。王国维非常称道李后主的赤子之心，其实，岂但王国维呢？所有喜爱李后主的诗词的人，最最欣赏的，恐怕也就是他那点赤子之心。

试看如下的诗词：

又见桐花发旧枝，一楼烟雨暮凄凄，凭栏惆怅人谁会，不觉潸（潸）然泪眼低！

层城无复见娇姿，佳节缠哀不自持，空有当年旧烟月，芙蓉池上哭蛾眉。

这是为怀念昭惠后而作的。又如：

一重山，两重山，山远天高烟水寒，相思枫叶丹。菊花开，菊花残，塞雁高飞人未还，一帘风月闲。（长相思）

别来春半，触目愁肠断。砌下落梅如雪乱，拂了一身还满。雁来音信无凭，路遥归梦难成。离恨恰如春草，更行更远还生。（清平乐）

这两首据说是为思念他留宋不归的弟弟从善而作的。所有这些，感情是这样的醇厚真挚，造语是这样的清新自然，怎么能够不引起我们的喜爱，不激起我们的同情呢？更不必说那些最最脍炙人口的亡国以后所作的悲叹自己身世的作品了。

如果评价一切作品都要用人民性、爱国主义、现实主义等等标准，那么李后主的词，王维、孟浩然以及许多别的诗人的许多诗篇，就都只能被排除在古典作品之外。这样，不但会大大削弱我们的文学宝库，而且，还是违反人民的爱好，违反人民的感情的。反过来，我们对于那些颓废派的和自然主义者的作品，难道还需要先从里面

① 下点系作者所加。

去找寻一下，等到看出其中的确并无人民性、并无爱国主义精神才能加以否定吗？他们的作品的非人性和反人道主义性，是这样的鲜明、触目，每一个正常而善良的人看了，都会立即发生极大的反感而加以唾弃的。人民可能并不懂得什么叫人民性，什么叫现实主义，但是他们却都有一定的欣赏和鉴别文学作品的能力。他们的唯一的标准(往往也是最可靠的标准)，就是看作品是怎样描写人，怎样对待人的？是不是尊重人、同情人，是不是用一种积极的态度来对待人的？一句话，是不是合乎人道主义的原则的？虽然他们也不一定懂得什么叫人道主义。

这里，我就难免会遭到如下的许许多多的责难：你是不是想用人道主义的原则来抹煞、推翻人民性原则和现实主义原则呢？你这种说法，是不是一种超阶级的文学观、一种近乎人性论的文学论呢？是不是等于否认了文学是阶级斗争的武器的说法呢？

为了回答这些可能发生的责难，我必须作如下的声明与辩解：第一，如我上面所说，我决不是否认人民性原则和现实主义原则的重大意义，我只是认为这两个原则不能作为评价文学作品的最根本的和普遍适用的原则。我也并不认为人道主义原则就是评价文学作品的唯一可靠的、充分有效的标准，而只是把它当作一个最基本的、最必要的①标准。至于说到人道主义与人民性、人道主义与现实主义之间的关系，那么，我认为它决不是互相对立的，而是有着异常紧密的联系的。可以这样说，人道主义是构成人民性与现实主义的必不可少的条件，哪儿没有人道主义，哪儿也就不会有人民性和现实主义②。第二，真正的人道主义者，必然是同情被压迫者和被剥削者而痛恨压迫者和剥削者的，他必然会站在被压迫者和被剥削者一面来反对压迫者和剥削者③。所以，人道主义和阶级观点并不矛盾，和抽象的人性论倒是格格不入的。第三，文学既是人们的思想感情的反映，在阶级社会里，就必不可免地是从属于阶级、从属于政治的。它必然要为阶级斗争政治斗争服务④，不管有一些人是怎样竭力在否认这一点。但我们也不能忘记，对于大部分古典作家来说，以至对于今天在世界范围内的一些还没有消除掉超阶级的幻想的小资产阶级作家来说，是并不能认为他们是有意识地把文学当作阶级斗争的武器来使用的。我们不能混淆了我们与他们之间的区别，用我们对文学的看法，来代替了他们的看法。至于对我们的作家来说，那末，我们当然应该要求他们自觉地⑤把文学当作阶级斗争的武器来使用，而且还要要求他们有效地⑥来使用这一武器。

人道主义这一名词，今天虽然已经被资产阶级糟蹋得不成样子，虽然常常被资产阶级用来作为反对无产阶级革命，反对无产阶级专政的工具，但是我们决不能因

---

①②③④⑤⑥ 下点系作者所加。

此就抛弃了这名词，正如我们决不能因为资产阶级糟塌（蹋）了自由、民主等等名词，就不再使用这些名词一样。相反的，我们应该用力去揭穿资产阶级所作所为的反人道主义性质，用力来保卫真正的人道主义。

人道主义，作为一种思潮来说，虽是十六七世纪时在欧洲为了反对中世纪的专制主义而兴起的。但人道主义精神，人道主义理想，却是从古以来一直活在人们的心里，一直流行、传播在人们的口头、笔下的。我们无论从东方的孔子、墨子，从西方的苏格拉底、柏拉图等人的言论著作中，都可以发现这种精神，这种理想。虽然随着时代、社会等等条件的不同，人道主义的内容也时时有所变动，有所损益，但我们还是可以从其中找出一点共同的东西来的。那就是：把人当做人①。把人当做人，对自己来说，就意味着要维护自己的独立自主的权利。对别人来说，又意味着人与人之间要互相承认互相尊重。所以，所谓人道主义精神，在积极方面说，就是要争取自由，争取平等，争取民主。在消极方面说，就是要反对一切人压迫人、人剥削人的不合理现象；就是要反对不把劳动人民当做人的专制与奴役制度。几千年来，人民是一直在为着这种理想，为着争取实现真正的人道主义——马克思说过，真正的人道主义也就是共产主义——而斗争的。而古今中外的一切伟大的文学作品，就是人民的这种理想和斗争的最鲜明、最充分的反映。

在《我怎样学习写作》一文里，高尔基劝初学写作者必须学习文学史。不但要学习本国文学史，也要学习外国文学史，“因为，”他说，“文学的创造，从它的本质上讲起来，在所有的国家、所有的民族中都是一样的。”而这所谓一样，并不是指“形式上的外表的关联”，也不是指的“题材的一致”。这些是并不重要的。什么才是重要的呢？他说：

> 重要的是要使人相信，就是自古以来，到处就都张着“摄取人的心灵”的网子，而且现在还是张着的；那些在过去想把人从迷信、偏见和误解中解放出来的事情作为自己工作的人，而且现在还这样做着的人，是无论什么时候，无论什么地方都有过的，而现在还是到处都有的。重要的，就是要知道在过去想使人在愉快的琐事中得到安慰的人，而且现在还这样做着的人，是到处都有的；那些过去企图鼓起暴动来反对污秽无耻的现实的叛逆者，而且现在还这样企图着的人，是到处永远都有过，而且现在还是有着的。而最后极重要地，就是要知道这些叛逆者的工作；他们最后的目的是要向人们指出一条前进的道路，把他们推向这条大路，而且要战胜那些劝人和由阶级的国家、由资产阶级的社会所创造出的现实之丑恶平息与妥协

① 下点系作者所加。

的说教者的工作,因为这种国家和社会在过去和现在都想使得劳动的人民传染上贪吝、嫉妒、懒惰、厌恶劳动的各种最卑鄙的恶德。①

这些话,最好地说明了文学创作的动力,说明了在文学作品中一切都是从解放人、美化人的理想出发的,一切都是为了人的。同时也说明了,伟大的文学家必然也是个伟大的人道主义者。美国的进步作家马尔兹(Alben Maltz),在他的《作家——人民的良心》一文中,也指出:在文学史上占主要地位的作家,都是以"对人民的同情和热爱著称"的。他说:

怎么能不是呢?作家是一个人,他被别人的苦难感动了。假如一个作者不采取人们的生活作为素材,他将采取什么呢?假如他的心充满同情,他的智力善于探索,他的眼光敏锐——他怎么能避免描绘一个不完美的世界呢?——或者死心塌地,不再向往一个更好的世界?从有作者开始写作的日子起,人类一直过着动荡的生活,世界一直在行动或者震荡中。没有一天平静过,每天都有人受难!每天都有些人心在希望、梦想变更。②

而世界文学中的大部分作品,他认为,就是从这种基本情势中产生的。事实的确如此。我们可以看到,世界文学中的杰出作品,大概不外如下的两类:一类是对于"不完美的世界"进行揭露与鞭挞;一类是对于"更好的世界"表示向往与憧憬的。大部分的现实主义作品属于前者,一切积极的浪漫主义作品属于后者。③ 而两者的出发点,则都是基于对人民的同情和热爱,都是为了改善人民的生活,为了帮助人民争取精神上的解放。世界文学史上的伟人,差不多每一个都是像俄国的工人阶级给予托尔斯泰的光荣称号一样,是"暴虐与奴役的敌人,被迫害者的友人。"如果一个作者不是这样的人道主义者,他就决写不出能够感动人、能够为人民所喜爱的作品来。不管他是个现实主义者也好,还是个浪漫主义者也好。

伟大的现实主义者巴尔扎克和狄更斯,是伟大的人道主义者。伟大的浪漫主义者拜伦与雨果也是伟大的人道主义者。我们并不是因为巴尔扎克和狄更斯是现实主义者,才喜欢他们、尊敬他们的。同样,我们之所以喜欢和尊敬拜伦、雨果,也并不是因为他们是浪漫主义者的缘故。这四个人之所以受我们的称颂,是因为他们在他们的作品里,对剥削阶级进行了严厉的抨击,对被压迫者表示了深厚的同情;是因为他们的作品渗透着尊敬人、关怀人的人道主义精神的缘故。列宁说:"艺术是属于人民的。它的最深的根源,应该是出自广大劳动群众的最底层。它应该是为这些群众

---

① 《我怎样学习写作》,三联书店,1951 年,第 3 页。

② 《作家——人民的良心》,自由出版社,第 39—40 页。

③ 这只是就其大体的倾向而言,并不说现实主义作品就没有对于"更好的世界"的向往与憧憬,而浪漫主义作品就不会去对于"不完美的世界"进行揭露与鞭挞。

所了解和为他们所挚爱的。它应该将这些群众的感情、思想和意志联合起来,并把他们提高起来”。[①] 而把人当做人,承认人的正当的权利,尊重人的健康的感情,这种人道主义的理想就是在人民群众中有着最深的根底,最广的基础的。

假如我们承认文学是“人学”;假如我们知道文学作品的历史地位与社会意义,首先是从它描写人、对待人的态度上表现出来的;假如我们明白一切时代的进步艺术跟颓废派艺术之所以针锋相对,主要就在于他们描写人的态度的不同、对人的理想的不同;那么,我们就不会怀疑人道主义精神在文学领域内的崇高地位了。

四

不但作品的历史地位与社会意义可以从它描写人、对待人的态度上来估量,就是各种创作方法之间时区别,也可似从它们描写人、对待人的态度和方法的不同上来加以说明。

现实主义的创作方法与浪漫主义的创作方法之间的区别,是很显著的。从题材的来源,到表现的方法,以至描写人、对待人的态度、都是不相同的。要区别它们并不困难。但是,要想仅仅从题材的来源上,从表现的方法上,去说明浪漫主义与一切颓废主义的区别,说明现实主义与自然主义以及过去的现实主义与社会主义现实主义的区别,就不是那么容易的事了。它们之间的区别,是只有从它们描写人、对待人的态度上,从它们有没有人道主义精神以及是什么样的人道主义精神上,才能找到说明的。

象征主义、超现实主义、存在主义等等,作为一种文学流派来说,是颓废的;是蔑视现实、远离人生的。但象征主义者的巴勃罗·聂鲁达,超现实主义者的路易·阿拉贡,存在主义者的保尔·萨特,[②]却终于脱离了他们原来的流派,而被融合到社会主义现实主义的阵营里来了。因为,他们毕竟是一个人道主义者。他们毕竟是热爱人,热爱生活的。人道主义的火焰在他们的心头炽燃着,强烈地灼痛着他们,使他们不能不起来为保护人的尊严而与灭绝人性的法西斯主义,与反人道主义的资本主义制度斗争。就是这种斗争的热情,使他们与其他的象征主义者、超现实主义者和存在主义者区别开来了。虽然他们的创作方法,基本上并没有什么改变。

现实主义与自然主义的区别,在我们的文学理论著作中,常常说不大清楚。有许多学者甚至常常把这两个名词混用。提到一些著名的作家,如:福洛贝尔,亨利·

---

① 《马克思主义与文艺》,解放社,第206页。

② 萨特以及一些欧美的其他进步作家,在这一次的匈牙利事件中,丧失了作为一个苏联和社会主义的同情者的立场,这主要是由于他们的政治认识模糊,由于他们为一些表面现象所蒙蔽住的缘故。我们希望他们终于能认清事件的真相与实质,回到一个真正的人道主义者的立场上来。

曼,易卜生,哈代,德莱塞等人时,也一会儿把他们算做现实主义作家,一会儿又说他们是自然主义作家。茅盾在一九二九年用方璧的名字写的《西洋文学》一书,也并没有把现实主义与自然主义明白地区别开来。他把英国的狄更斯,萨克莱,和俄国的冈察洛夫,屠格涅夫等杰出的现实主义作家,都归在自然主义的总标题下。提到契诃夫时,他更用这样明白的语句说:“契诃夫是俄国文学家中最近似的自然主义者。我们不妨说他是俄国的自然主义者。”①就是在季摩菲耶夫的《文学原理》中,也有把自然主义和现实主义混为一谈的倾向。例如,他认为自然主义就是“降格的、有缺陷的现实主义”。他并且从自然主义一词的语源上来证明它是与现实主义的涵义相同的。他说:“拉丁文 Natura 是自然的意思,自然主义就是忠实于自然,在本质上也就是现实主义的意思。”他认为“文学潮流上的自然主义”,也是要“向艺术家要求忠实于生活,要求深刻地研究生活”的,因而,“它是具有现实主义的涵义的。”②在苏联,抱这样看法的,还不止是季摩菲耶夫一个人,像雕刻家凯明洛夫,艺术批评家米海伊洛夫等人,都说过类似的话。(参看布洛夫著:《马克思列宁主义的美学反对艺术中的自然主义》一文,文艺理论学习小译丛第一辑之六)这种说法,当然是不妥当的、有害的。因为,正如布洛夫所说,这样讲,不但是“宽赦了自然主义”,而且在另一方面,还“降低了现实主义”。但这种说法却并不是全无根据的。如果单就表面上、形式上来看,自然主义与现实主义的确是很难区别的。因为两者都是从客观现实出发,都是以生活本身的形式来反映现实的。左拉甚至还称自然主义为“真正的现实主义”哩。对于有一些作家,也的确很难断然把他们划入自然主义类里,或者现实主义类里。

它们之间的区别,仍旧只能从它们描写人、对待人的态度上去找寻。

现实主义者是把人当做世界的主人来看待,当做“社会关系的总和”来理解的。他是用一种尊重的、同情的、充满人道主义精神的态度来描写人、对待人的。自然主义者则是把人当做地球上的生物之一,当做一种具有一切“原始感情”——即兽性——的动物来看待的。因而是用蔑视人、仇恨人的反人道主义的态度来描写人、对待人的。布洛夫说自然主义者拒绝概括、拒绝典型化。其实,不通过概括,不通过典型化,是无法进行创作的。纯粹的“事实文学”、“照相文学”是没有,而且也不可能有的。如果是说自然主义的方法,创造不出真正的典型来,那倒是不错的。因为,自然主义者所概括的,本来就并不是人的社会关系,而是人的生物本能。他们心目中的人的典型,也并不是作为“社会关系的总和”的“人”的典型,而是作为生物学上

① 方璧:《西洋文学》,世界书局,1930 年,第 208 页。

② 《文学原理》,第 289、291 页。

的“人”的典型。当然也就不会有我们所说的典型意义了。

左拉，莫泊桑，都是有名的自然主义大师，他们都有一套自然主义的理论。但是，他们的许多作品，却并不能归在自然主义类里，而是具有很大的社会意义的。这又是什么道理呢？这就是因为，左拉和莫泊桑，毕竟是个人道主义者，无论在生活实践中，或是在创作实践中，他们都不能不作为一个“暴虐与奴役的敌人，被迫害者的友人”而出现。只有当他们不是从生活实感出发，而是从他们的错误的理论出发时，也就是说，只有当他们面对的并不是具体的、生活中的人，而是抽象的、理论概念中的“人”时，他们的作品才是自然主义的作品。因为在这种时候，他们已不再是艺术家，而是个自然主义理论家了，而他们的人道主义精神，人道主义的火焰，也就消隐了，熄灭了。

所以，假如一个自然主义者而同时又是个人道主义者的话，那么他的作品就很难成为严格的自然主义的作品，就必然要散发出浓厚的现实主义的气息来。反过来，假如一个服膺现实主义创作原则的人，而缺少人道主义的精神，他就只能成为一个自然主义者，而无法成为一个现实主义者。或者，当一个现实主义者在对待某一种人生现象，刻划某一个具体人物的时候，假如他的人道主义的热情忽然衰退下去了，那么，他的作品，也就不免要降低为自然主义的作品了。在这一意义上说，季摩菲耶夫把自然主义解释为“降格的、有缺陷的现实主义”，是有他的道理的。

因此，关于自然主义与现实主义，我们可以这样说：在它们之间，横隔着一条人道主义的鸿沟，这就标明了两者的原则性的区别。但这条鸿沟也并不是不可逾越的，例如左拉与莫泊桑，就常常跨过了它。不过，我们也应该指出，假如左拉与莫泊桑，不接受自然主义的理论，没有受到实证主义哲学的有害影响，那他们的成就，一定要远较现在所达到的为大。所以自然主义仍是我们所必须反对的。

关于过去的现实主义与社会主义的现实主义之间的区别，那几乎要比现实主义与自然主义之间的区别，更难说得清楚。按照苏联作家协会章程的规定，社会主义现实主义向艺术家提出如下的两个（有机统一的）基本要求：一、要从现实的革命发展中去真实地描写现实。二、要用社会主义精神去教育劳动人民。历来，大家就是根据这两点来对社会主义现实主义进行阐释的。但是，大家也都感觉到，这前面一点，其实并不只是社会主义现实主义的要求，过去的现实主义，也是这样要求艺术家的。不这样，就写不出历史的真实来。而且，过去有很多作品，它们对现实描写所达到的高度真实性，甚至还超过了今天一般的社会主义现实主义作品的水平；这是谁都承认的事实。譬如托尔斯泰，他要不是“从现实的革命发展中真实地、历史地和具体地去描写现实”的，他怎么能成为列宁所说的“俄国革命的镜子”呢？这后面一点，应该说是社会主义现实主义的特点了，但这实际上已越出了艺术上的表现方法的范围，因而在实践上，就发生了许多流弊。正如西蒙诺夫在苏联第二次作家代表大会上所说的：

> ……这个本意是想作明确规定的第二句是不够确切的，甚至反而容许有歪曲原意的可能。这可能被了解为一种附带条件：是的，社会主义现实主义要求艺术家真实地描写现实，但是“同时”这种描写必须与用社会主义精神从思想上改造人民的任务结合起来；那就是说，好像真实性和历史具体性能够与这个任务结合，也能够不结合；换句话说，并不是任何的真实性和任何的历史具体性都能够为这个目标服务。正是对这条定义的这种任意的了解在战后时期在一部分我们的作家和批评家的作品里特别经常地发生，他们借口现实要从发展的趋向来表现，力图“改善”现实。①

在苏联一度流行过的粉饰生活的“无冲突论”以及在社会主义阵营各国较为普遍地存在着的公式化、概念化现象，不能不说就是与这定义里面的后一句的规定有联系的。

就这样，在苏联作家协会章程中所指出的社会主义现实主义的两个基本特征，真正能够成为它的特点的，其本身却是站不住脚的；能够站得住脚的，却又不能算是它的真正特点。于是，有一些人就把社会主义现实主义给根本否定了。他们不承认在过去的现实主义之外，还另有一种叫作社会主义现实主义的创作方法的存在。抱这样看法的人，在我们中国有，在人民民主国家有，甚至在苏联也有。因此，目前在我们的文艺界就发生了这样的争论：究竟还要不要社会主义现实主义？

究竟还要不要社会主义现实主义呢？我认为还是要的。但是我并不像张光年同志一样，好像为了保卫社会主义现实主义就非保卫社会主义现实主义的定义不可。②（虽然他也说，他并不以为这个定义就是“十全十美”的，甚至还说，“要不要一个详尽的定义，究竟是次要的问题。”但就其整个精神来看，却是竭力在为这一定义，特别是其后面一句，辩护的。）这个定义，假如说它在过去曾经是必要的、有益的话，（对于这一点，我也很感怀疑。）那么，它也已经完成了它的任务，今天已是它应该跟我们“含笑告别”的时候了。我也反对那种想为社会主义现实主义另外作一个“更完美的”新的定义的企图。为文学现象下定义，总是一种不聪明的徒劳之举。特别是，假如要把这种定义当做清规戒律，来要求每一个艺术家严格遵守，那就更会流弊百出、贻害无穷。我之所以主张还是要社会主义现实主义，不但是因为社会主义现实主义的文学，的确存在着，发展着。而且还因为，这种文学正是我们的先辈所梦想

---

① 西蒙诺夫：《苏联散文发展的几个问题》，《人民文学》1955年2月，第7页。重点原有。

② 张光年同志的意见，见他所写的《社会主义现实主义存在着、发展着》一文，载《文艺报》1956年24号。

的文学，正是我们的人民长时期来所要争取实现的文学。只有这种文学，才是真正自由的文学；才是能够最大限度地满足人民精神上的需要的文学；才是能够激发起人们无比的创造潜力来的文学。虽然这种文学在今天还很年轻，还远没有起到它应该起的、能够起的作用。但也正因为这样，我们更非加紧保护它，努力帮助它成长不可。

假如我们承认，在文学史上确乎有古典现实主义和批判现实主义的存在，那么我们也就不能否认今天的社会主义现实主义的存在。假如我们说，巴尔扎克、狄更斯、果戈理的现实主义，与勒·萨日、斐尔亭、冯维逊的现实主义是有区别的话，那么我们也得说，高尔基、斯梯、林赛、法斯特的现实主义，与巴尔扎克等人的现实主义也是有区别的。事实上，关于这一点，大家也都是可以点头承认的。因为争论并不在这里。争论是在对于这种区别的来源的认识上。就是这种区别，究竟是由于创作方法的不同而来的呢，还是由于时代的不同而来？不承认社会主义现实主义是一种新的创作方法的人，就认为这种区别完全是由于时代的不同而来的；因此他们才主张用“社会主义时代的现实主义”来代替“社会主义的现实主义”的。当然，谁也不能否认，社会主义现实主义是只有在有了科学的社会主义思想以后，有了社会主义的革命运动以后，才能产生的。因而它的许多特色，正像过去的古典现实主义、批判现实主义的许多特色一样，是与时代所加于它的影响不可分的。但是，除了时代的影响而外，是不是在作家的创作方法方面，也还可以找出某种本质的不同来呢？假如把这种区别都归之于时代的影响，那么，在十月革命胜利以后的苏联的现实主义作家，就都应该是社会主义现实主义作家了，但是事实上却仍有像谢尔盖耶夫——青斯基这样的批判现实主义作家的存在。萧伯纳、罗曼·罗兰、汤麦斯·曼这样一些杰出的与高尔基同时代的作家（他们都比高尔基死得迟），也终其身没有能成为社会主义的现实主义的作家。又如，在今天的英国、美国、法国，遵循着现实主义的创作原则的作家，当然是并不在少的，但我们却只说林赛、法斯特、斯梯等少数几个人才是社会主义现实主义作家，而其余的更多的人，仍只能算是批判的现实主义作家。可见得我们是不能把这种区别的来源，完全归之于时代的不同的。

那么，我们应该怎样从创作方法上来说明社会主义现实主义与过去的现实主义的不同呢？我们知道，所谓创作方法，并不是仅仅指狭义的表现手法而言，我们是不能把它与作家的美学理想，与作家的描写人、对待人的态度分割开来的。社会主义现实主义之所以是一种新的现实主义，首先就是因为它体现了社会主义的美学理想，因为它是按照社会主义的人道主义的原则来描写人、对待人的。

社会主义现实主义的伟大奠基人——高尔基的文艺论著和创作，最足以用来说明这一点。

假如说,毁灭与死亡的主题是一切颓废派艺术底特色的话,那么高尔基底创作的特色,就可以说是对于人的歌颂,对于生活的赞美。“人的诞生”,这是高尔基早年所写的一篇短篇小说的题目,我们简直可以把这一题目当做高尔基的全部作品底总标题。高尔基心目中的“人”,是“生活的主人”,是“伟大的创造者”,是能够征服第一自然而创造“第二自然”的人。他一生的活动,就是在为促进这种“人”的诞生,帮助这种“人”的成长而斗争着的。他之所以要那么坚决地、充满愤怒地与自然主义的和颓废派的文艺进行斗争,就是因为他们歪曲了人,贬低了人,就是因为他们的作品使人丧失自信力、阻碍着新人的诞生的缘故。我们从他的小说《母亲》里,就具体地看到了一个这样的新人的诞生和成长的过程。在小说开始的时候,母亲尼洛芙娜是以一个充满着奴隶式的顺从性与被动性的角色而出现的,最后她却成了一个无产阶级革命斗争底自觉的、英勇的战士了。事实上,高尔基并不是在《母亲》中才开始来描写这种新人的形象的。譬如在一九〇一年写成的剧本《小市民》中,就出现了具有布尔什维克气质的革命无产者的形象——尼尔。甚至在他的更早的充满浪漫主义精神的作品里,就把这种新人的理想透露出来了。如一八九二年所写的长诗《少女与死神》,一八九五年所写的《鹰之歌》、《伊席吉尔老婆婆》,和一九〇一年所写的《海燕之歌》,在这些作品中所创造的一些形象身上,都“充满了为人民的幸福而决心斗争和自我牺牲的精神,充满了对集体主义,‘对人们伟大之爱’的热情”。① 这些作品都充分体现了高尔基的强烈的乐观主义和积极的无产阶级的人道主义精神。高尔基就是因为是第一个用这种无产阶级的人道主义精神来对待他的作品中的人物的,所以他就成了社会主义现实主义文学的创始人;就使得他和过去的现实主义者区别开来了。

在过去的现实主义者的作品中,人,人民,都是作为一个被剥削、被压迫者,作为一个在物质上和精神上受到各种各样的束缚和折磨的人而被同情着的。而在高尔基以及我们今天所有的社会主义现实主义作品中,人,人民,却是作为一个剥削与奴役制度的掘墓人,作为一个美好生活的创造者而被赞美着的。这就是新旧现实主义之间的最最显明、同时也是最最根本的区别;这种区别是谁都可以清楚地看得出来的。如果把这种区别完全归之于时代的影响,那就不能回答如下的问题:为什么高尔基在无产阶级革命胜利以前,在劳动人民实际上掌握政权以前,就能够把人民作为生活的必然的主人,作为旧制度的掘墓人来赞美;而另外一些作家,虽然也是现实主义的作家,却在社会主义已经在全世界的六分之一的土地上取得胜利以后的今天,还只能把人民作为被侮辱、被损害者来同情呢?

---

① 《高尔基》,《苏联大百科全书》选译,人民出版社,第12页。

所以,过去的现实主义与社会主义的现实主义之间的区别,仍旧应该是从作家描写人对待人的态度上,从作品所透露的人道主义精神的性质上去找寻的。其实,早在一九三四年,在苏联第一次作家代表大会上,高尔基就已说明了这一点了。他在那一次有名的报告中这样说:

> 社会主义的现实主义认定存在是一种行动、一种创造,它的目的是为着人类之征服自然力量,为着人类底健康和长寿,为着住在大地上的伟大的幸福,而不断地发展人类底最有价值的个别的才能。人们按照自己的要求底不断增长,愿意把大地彻底改造为那联合成一家的全体人类底美妙的住宅。①

这十分明白地说明了社会主义现实主义文学的社会主义人道主义性质。在作这报告的前一年,即一九三三年,高尔基还在《关于社会主义现实主义》一文中,号召作家同时担当起“产婆和掘墓人”两种任务来。他认为我们的文学应该“杀掉和葬送那对于人类具有敌意的一切东西”,并且在人身上培养这样一种爱情,这种爱情应该是“从对于人类创造的活力的惊异底感情中,从对于那创造着无限的劳动的集团的社会主义的生活样式的人类相互的尊敬中”发生出来的。② 这更具体地说明了社会主义现实主义应该怎样来对待人;应该爱什么,恨什么。而这样的对待人的态度,这样的爱和恨,正是社会主义人道主义精神的表现。

西蒙诺夫在我们上面提到过的他的那个报告中,通过一个具体的例子,也很好地说明了社会主义现实主义与社会主义人道主义的不可分的关系。他举的例子是卡扎凯维奇的一篇短篇小说。这篇小说里的主人公,一个青年,由于一时的胆怯没有把一个撤退的命令送到师团去,因此把这个师团葬送了。后来这个青年被判处了死刑,但是他想活,非常的想活。作者卡扎凯维奇就在这一点上集中了他的全部才力,他想打动读者的感情,使读者相信:这个青年除了使师团复(覆)灭这件事以外,一般地说是个非常好的青年,他还有一个疼爱他的母亲,而现在,他渴望着能活下去。西蒙诺夫认为:只要想象一下,对国家说来,损失一个师团具有怎样的意义?对一万个母亲——不是对一个母亲——说来,丧失自己的儿子具有怎样的意义?我们就会明白,作者把同情给予那个青年,是怎样的违背了人民的利益,怎样的远离了人民的感情!因而,西蒙诺夫断言:在这个时期卡扎凯维奇已经完全脱离了社会主义现实主义方法的实质了。③ 这里,西蒙诺夫虽然并没有使用“社会主义的人道主义”这个概念,但显然他就是因为卡扎凯维奇在他的作品中所流露出来的感情,所作出

① 《苏联的文学》,新华书店,1950 年,第 58 页。

② 林林译:《关于社会主义的现实主义》,《高尔基选集》世界文化研究社,第 5 卷第 136、142 页。

③ 见《人民文学》1955 年 2 月号,第 2—3 页。

的判断，违反了社会主义人道主义的原则，这才断定他的创作方法是已经完全脱离了社会主义现实主义的实质了的。可见，西蒙诺夫是把社会主义的人道主义精神当做社会主义现实主义方法的一种实质的。

过去，我们为了要从鲁迅的作品中去找寻社会主义现实主义的因素，就出现了各种各样的穿凿附会的说法，假如我们能从鲁迅的作品中所透露出的社会主义人道主义精神上去着眼，是不是就可以比较的有眉目些呢？

五

自从共产党人杂志关于典型问题的专论发表以后，把典型归结为一定社会历史现象本质的理论，就遭到了大家的唾弃。近两年来，报章杂志上所发表的文艺论文，差不多每一篇都要批判一下这种理论的错误。然而，事实上，这种理论却并没有就此死亡，它还拥有相当强大的潜势力。（因为这种理论其实并不是在苏共十九次代表大会以后才产生的，而是早就存在了的。不过是，在那次大会以后，它就更加取得了无上的威力罢了。）

我们不是还常常看到：因为某一篇文艺作品讽刺了某一行业、某一阶级的个别的人和事，就被认为是对这整个行业、整个阶级的讽刺而受到指责的事例吗？例如，相声《买猴儿》因为讽刺了百货公司的一个工作人员，就被认为是对所有百货公司工作人员的糟塌（蹋）。《新观察》上发表了一幅讽刺言行不一致的教师的漫画，就有读者来信指责说，这是对于可敬的人民教师的侮辱。影片《新局长到来之前》上映后，又有人写文章反对把片中的牛科长写成转业军人。最近在《文艺学习》上展开的关于《组织部新来的青年人》的讨论中，有人因为这篇小说把一个老干部刘世吾写成了一个对一切都处之泰然的官僚主义者，就指责作者"这样来刻划老干部老同志，简直是对老干部的污蔑"。① 这种论调，难道不是和把典型归结为一定社会历史现象的本质的理论相一致的吗？②

在关于阿Q的典型性问题的争论中，也可以看到这种错误的典型论确是余威犹存的。

关于阿Q的典型性问题，已经争论了好几十年了，但是直到现在，大家的意见仍很分歧。何其芳同志一语中的地道出了这个问题的症结所在："困难和矛盾主要在这里：阿Q是一个农民，但阿Q精神却是一个消极的可耻的现象。"许多理论家都想来解释这个矛盾，结果却都失败了。

---

① 《文艺学习》1956年第12期，第6页。

② 当然，造成这类现象的原因，可能是很多的；不能完全归咎于上述的错误理论。但这类现象的所以会如此经常地发生，那就不能不说是与这种理论的影响有关了。

难道这真是一个不可克服的困难,无法解决的矛盾吗?事实上一点也不是如此,对于一个没有受过错误的典型论的影响的人,是既不会感到困难,也不会觉得有什么矛盾的。为什么农民身上就不会有或者不能有消极的可耻的现象呢?是谁做过这样的规定的?你无论从实际生活中,或者从马列主义经典著作中,都找不到这种根据。这依旧是那种把典型归结为社会本质、阶级本质的观念在作祟。好像,不谈典型则已,一谈典型,就必然得是某一个特定阶级的典型。就要首先要求他必须充分体现出他所从属的阶级的阶级本质,必须符合这一阶级在当时的历史条件下的客观动向。否则,那就是非典型的,就要被认为是歪曲了这一阶级,歪曲了现实。解放初期,不是就有许多人认为:说阿Q是一个农民,是一种农民的典型,是对我们勤劳英勇的农民的侮辱吗?群众之所以会提出这种指责,正是受了理论家的“熏陶”的缘故。因此,理论家就不得不自食其果了。针对这种指责,理论家赶快声明说:阿Q只是个落后农民的典型,并不是一般农民的典型。(幸喜没有人肯自居于落后农民之列,不然,恐怕也会要有人出来抗议的。)同时,又特别强调阿Q的革命性,以期使他虽然有着那么多的缺点,终于还能配得上他光荣的农民身分。对艺术中的典型抱着这样机械狭隘的看法,这就无怪乎今天的漫画家和相声艺人之所以要常常陷于触处荆棘,动辄得咎的境地中了。

但把阿Q说成是落后农民的典型,问题依旧并没有解决。落后农民毕竟还是个农民,而且,他的落后决不是天生的,正是因为有了阿Q精神,才使他成为一个落后农民的。那么,他身上的阿Q精神,究竟是怎样产生的呢?按照阶级本质论的典型论,农民身上是决不会有这些缺点的。即使有,那也是偶然的、个别的,因而就是非本质、非典型的;就是不值得写、不应该写的。然而,我们的鲁迅先生竟然把它写了出来了,而且写得这样成功,令人无法怀疑,无法推翻。怎么办呢?理论就必须能说明这种现象。过去,冯雪峰同志是把阿Q和阿Q主义分开来看的。认为阿Q主义是属于封建统治阶级的东西,不过由《阿Q正传》的作者把它“寄植”在阿Q的身上罢了。(在他后来写的一篇关于《阿Q正传》的论文中,雪峰同志并没有提到阿Q主义的形成问题,不知他是否仍持此说。)李希凡同志认为雪峰同志这种说法,实质上仍然是“把典型仅仅看作是一定社会力量的本质的体现”的观点在作祟。但是,他自己的说法,其实与雪峰同志的说法,并无多大的差别。不过他不用“寄植”的字眼,而说是受了“统治阶级的统治思想毒害的结果①”。他说:“鲁迅通过雇农阿Q的精神状态,不仅是为了抨击封建统治阶级的阿Q主义②,更深的意义在于控诉封建统治阶级在阿Q身上所造成的③这种精神病态的罪恶,”又说:“鲁迅通过落后农民的阿

①②③ 下点系作者所加。

Q来体现阿Q精神①,这正表明了鲁迅对于这种腐朽的精神状态所给予人民危害性的发掘和强调,这是和他的革命民主主义的立场相关联的。"②足见他也是把阿Q主义主要看做是封建统治阶级的东西的。何其芳同志看出了这种说法无论在理论上在实际上都是不大说得通的,因而又提出了另外的看法。他认为阿Q精神"并非一个阶级的特有的现象",而是"在许多不同阶级不同时代的人物身上都可以见到的","似人类的普通弱点之一种"。(这最后一句是三十多年前茅盾同志的话,但为何其芳同志所同意的。)何其芳同志这种说法一出来以后,就立即遭到了李希凡同志的反驳,认为这种说法和被何其芳同志自己在同一篇文章中所批评过的"某种精神的性格化和典型化"的观点,并没有什么区别。并且指责这种看法是一种超阶级的人性论的观点。在去年年底中国科学院文学研究所举办的讨论会上,有更多的人给了何其芳同志以同样的指责。

其实,何其芳同志在提出这种看法时,是十分谨慎小心的。他虽然认为典型性并不等于阶级性,但也并不否认"文学作品所描写的阶级社会的人物"是"有阶级性"的。而且,他还指出了剥削阶级和劳动人民中间的主观主义和阿Q精神的差别所在。尽管如此,他还是免不了要受到"超阶级观点"的指责。原来,批评他的人,虽然不见得就在典型性与阶级性之间"划一个数学上的全等号",然而却都认为典型性首先是体现阶级性的。如李希凡同志一再强调,典型必须是一个特定阶级的典型。罗大冈同志认为:"典型是通过各种不同的角度表现一个阶级的特性"的。③ 钱学照同志认为:"一个典型有共性和个性,但个性是不能和共性分开的。共性是体现阶级性的;个性就是共性在特殊的时间和地点的条件下的具体表现。"④而现在,何其芳同志却把阿Q典型性格中的最突出的特点精神胜利法,说成是在不同阶级的人物身上都可以见到的人类的一种普通弱点,自然就不能不被认为是一种超阶级观点了。很明显,李希凡等同志,尽管也反对把典型"归结为一定社会历史现象的本质",然而事实上他们还是在受着这种理论的支配的。

文学作品中的典型人物,必须是一个在一定历史条件下的具体的、活生生的人,在阶级社会里,他必然要从属于一定的阶级,因而也就不能不带着他所属阶级的阶级性。这是不成问题的。譬如,阿Q是农民,就不能没有农民的特性;奥勃洛莫夫是地主,就不能没有地主的特性;福玛·高尔杰耶夫是商人,就不能没有商人的特性。但我们能不能就说,所有阿Q的特性,都是农民的共性;所有奥勃洛莫夫的特性,都是地主的共性;所有福玛·高尔杰耶夫的特性,都是商人的共性呢?把阿Q当做农

---

① 下点系作者所加。

② 《新建设》1956年4月号,第27页,重点是我加的。

③④ 见《光明日报》1956年12月30日第2版。

民的阶级性的体现者，谁都要说是对农民的诬蔑。而把奥勃洛莫夫当做是地主的阶级性的体现者，那更是对现实的严重歪曲，地主难道都像奥勃洛莫夫那样的善良仁慈吗？同样，商业资本家假如都像福玛·高尔杰耶夫那样的纯洁、真诚，那样的反对人压迫人、人剥削人，阶级斗争就真的可以熄灭了。阿Q、奥勃洛莫夫、福玛·高尔杰耶夫，以及文学作品中的所有的典型，正像我们实生活中的每一个人一样，他们身上，除了阶级的共性以外，难道就不能有他们各自所特有的个性吗？难道就不能有作为一个人所共有的人性吗？假如说，个性只是阶级性“在特殊的时间和地点的条件下的具体表现”，那么，我们也可以说，阶级性只是人性“在特殊的时间、地点和条件下的具体表现。”这样，不但否定了个性，就连阶级性也给否定掉了。

资产阶级学者说，文学是写永恒不变的人性的。这种论调当然是荒谬的，应当反对的。但反对写抽象的人性，是不是就意味着必须强调写人的阶级性呢？我看是不应该得出这样的结论来的。所谓阶级性，是我们运用抽象的能力，从同一阶级的各个成员身上概括出来的共同性。纯粹的阶级性，只存在于人们的头脑中，在实际生活中的具体的人身上是不存在的。文学的对象，既是具体的在行动中的人，那就应该写他的活生生的、独特的个性，写出他与周围的人和事的具体联系。而不应该去写那只存在于抽象概念中的阶级性。不应该把人物的活动作为他的阶级性的图解。阶级性是从具体的人身上概括出来的，而不是具体的人按照阶级性来制造的。从每一个具体的人的身上，我们可以看到他所属阶级的阶级性，但是从一个特定阶级的阶级共性上，我们却无法看到任何具体的人。①过去的杰出的古典作家，绝大多数都是不知道有阶级性这样的观念的，但是，他们却都写出了不朽的典型。而且，我们从这些典型人物身上，也可以清楚地看出这些人物所属阶级的阶级特性来。所以，在文学领域内，正像列宁所说的，一切都决定于“个别的情况”，决定于“一定典型的性格和心情的分析”。用一个抽象的阶级和阶级性的概念，是不能解决任何问题的。

屠格涅夫在谈到他自己的创作过程时，这样说：

> 起初在想象里孕育的是书中人物之一个。这些人物，在我大半都有实在人物为根据。首先使你注意的人物时常不是主角，而是副角；但没有副角作伴是不会生出主角来的。你开始对于性格，他的出身，学历，加以构思，在第一人身旁便渐渐地聚拢其他的人物来。在想象内孕育着，交叉着模糊的形象的那个时候——是艺术家最有趣的时间。随后才感觉到有将这些形象加以系住，给予定形的需要！……

① 下点系作者所加。

在另一个地方，他更明确地解释道：

譬如说，我在社会里遇见某费克拉·安得列夫纳，某彼得，某伊凡，忽然在这费克拉·安得列夫纳，在这彼得，在这伊凡的身上，有一点特别的东西，以前我从未在别人方面见到、听到的东西，使我发生惊讶。于是我对他注视，他或她使我引起特别的印象；我开始加以深思，然而这个费克拉，这个彼得，这个伊凡，随后渐渐的后退了，不知消失到何处去了，只有他们所引起的印象遗留着，渐渐的成熟。我将这些人物与别人对照相比，引他们走进不同的行动的范围内，我心里整个的小世界都是这么造成的。……随后，突然地，无从猜到地，会发生描写这小世界的需要。①

可见他的创作都是从具体的人，具体的事和具体的印象出发的。根据研究家所提供的材料，我们知道许多古典文学名著中的典型人物，在过去的现实生活中，都是有着他们的原型的。鲁迅也说，他笔下的人物大抵都有模特儿。所以，作家们都是从现实生活的感受出发，都是因为在现实生活中所看到、所接触到的具体的人具体的事打动了他，才进入创作过程的。从抽象的阶级性出发，在写作过程中处处想着这个人物的性格是不是合乎他的阶级特征，像这样的作家是很少的。——也许很多，但结果他们是决成不了作家的。

高尔基的如下一段话，时常被人们引用，差不多已成了公式化概念化作家的理论根据：

假如一个作家能从二十个到五十个，以至从几百个小商人、官吏、工人的每个人身上，抽出他们最特征的阶级特点、性癖、趣味、动作、信仰和谈风等等，把这些东西抽取出来，再把它们综合在一个小商人、官吏、工人的身上，——那么这个作家靠了这种手法就创造出“典型”来，——而这才是艺术。②

在其他地方，高尔基也曾说过类似的话。应该说，这些话是说得不顶确切的。如果从字面上来了解和接受这些话，确乎会使创作走上概念化的道路的。高尔基自己却明明并不是按照这样的方法来创造典型的；可见我们是不应该这样来理解这些话的意义的。我认为高尔基在这里是告诉初学写作的人：要创造典型，是不能专门模写一个人的；必须有想象、推测和“虚构”。这就要求作者熟悉人、熟悉生活，要求作者多观察，多分析。所以，在这几句话下面，他紧接着说：“观察的广博，生活经验的丰富，时常可以用克服艺术家对于事物的个人态度及主观主义的力量，把他武装起

① 季摩菲耶夫：《怎样创造文学的形象》，见生活书店《给青年作家》一书，第94、95页。也见《文学原理》第183、184页，译文小有出入。

② 《我怎样学习写作》，三联书店，第6页。

来。”可见,他所强调的,正是“观察要广博”,“生活经验要丰富”这层意思。

也许有人会说:作家的创作固然不应该从抽象的阶级性出发,但是,他在创作过程中,难道也可以不去考虑他的人物的阶级性,不去发掘他的人物的阶级本质吗?这不是等于说只要写个性,而可以不必写共性了吗?这样,人物的典型性,作品的典型意义,又从哪里来呢?

像这样发问的人,我相信一定是很多的。因为,正是在个性与共性的关系上,正是在作品的典型意义的来源上,大家的思想最为混乱。

在理论上,大家都知道,个性与共性是不可分割的有机统一体。但是在具体运用上,却常常把二者对立起来。例如我们常常可以听到这样的说法:典型包括个性与共性两个方面,必须同时写出人物的个性与共性,才能写出典型来。单有个性而没有共性,或者单有共性而没有个性,都不能构成典型。上面的发问者就是根据这样的理解提出问题的。其实,天下并没有脱离个性而存在的共性,也没有不体现共性的个性。因此,那种只有个性而没有共性的人,或者只有共性而没有个性的人,是不会有的。在文学创作中,也并不存在“写个性与写共性孰为重要”“在写个性的时候应该怎样同时顾到他的共性”等等的问题,这些问题,是只有在理论家的笔下才会出现的。创作家所注意的,只是具体的人和他的具体的活动。差不多所有作家的创作过程都是和前面所提到过的屠格涅夫的相类似的:因为生活中的某一个人某一件事打动了他,他对这个人这件事形成了一定的印象、看法,丰富的生活经验又使他把这个人这件事和其他人其他事联系了起来,这些人和这些事碰在一起,于是发生了种种的矛盾纠葛,搅动着作家的心魂(魄),激起了他的异常复杂的思想感情,使他无法摆脱。就是在这种思想感情的驱迫下,他才来进行创作的。他根据他的立场、观点,根据他对生活的理解和一定的美学理想,来描绘激动着他的人和事,对他们作出一定的评价。什么阶级性,阶级本质等等抽象的概念,他是很少考虑的。但是也决不会因为他的不考虑,他的人物身上就缺乏了这些东西;假如他真正写出了人物的话。水浒的作者,总该是个没有阶级观点的人吧?他在描绘他的人物时,是并不知道,也并不去考虑,他们的阶级性阶级本质等等的东西的,但是他笔下的人物,却无一不合于他们的出身、经历,无一不合于他们的阶级地位。他在有着相同的阶级本质的同一个阶层中,写出来了不是一个,而是几十个活生生的典型。假如他也接受了“写人要写阶级本质”的理论的影响,时时想着他的人物的阶级本质,那他就恐怕只能写出一个,不,甚至一个典型也写不出来了。

我这样说,并不就是认为作品中的人物可以不必在一定程度上体现出他的阶级本质的某些方面;也不是说我们在评论作品中的人物的时候,不应该从他有没有表现出他的阶级特征上去检查;相反的,我认为这些都是必要的、应该的。我只是反对把“写人要写出他的阶级本质”作为一种创作原则,作为一种向作家提出的前提要求。然而,很明显,一向大家却的确是把它当作创作原则、当作向作家提出的前提要求的。一般人都把这种“写人物要写出他的阶级本质”的理论,当作是马克思主义的理论,其实却是一种反马克思主义的,尤其是反文学的理论。马克思主义没有告诉我们人的思想、性格,与他所属的阶级之间永远保持着固定不变的关系;也没有告诉我们阶级的思想、阶级的客观动向就是阶级个别成员的思想,就是阶级个别成员的客观动向。福玛·高尔杰耶夫,葛利高里·麦列霍夫这样的人,并不只是在文学作品中才有,在现实生活中也是有着他们的根据的。因此,想用揭示抽象的阶级本质来代替刻划千差万别的个性的企图,实质上只是一种典型的机械论和庸俗社会学的观点。这里,根本没有什么阶级观点,有的只是成分决定论。①

那么,人物的典型性,作品的典型意义,从哪里来呢?

人物的所以有典型性,并不是因为作家揭示出了他的阶级本质的缘故②;作品的典型意义,也不是仅仅存在于典型人物本人的身上的。人物之所以有典型性,乃是因为在他的周围集结着各种各样的人和事;“乃是因为通过他的活动,展开了一幅广阔的社会生活的图景,概括出那一时代的错综复杂的社会阶级关系的缘故。”而作品的典型意义,也不应该仅仅从作品中的个别人物身上去找,而是应该从作品所构成的整个画面,所揭示的生活的总的动向中去找寻。阿Q之所以有典型性,难道是因为鲁迅揭示了阿Q作为一个农民(或者说落后农民,或者说流浪雇农)的阶级本质的缘故吗?《阿Q正传》的典型意义,难道是仅仅存在于阿Q个人的身上,仅仅存在于他的精神胜利法上吗?假使离开了未庄的典型环境,离开了他与王胡、小D、吴妈,以及赵太爷、假洋鬼子等人之间的关系,阿Q的典型性又从哪里产生出来呢?即使你把他的阶级本质揭露得再鲜明、再深刻些?如果《阿Q正传》的典型意义,仅仅在于阿Q的精神胜利法上,而不同时也在它对于中国半封建半殖民地时代的农村生活和阶级关系的反映上,也在它对于封建地主阶级对农民的残酷剥削和压迫的揭露上,也在它对于辛亥革命的深刻的反映和批判上,(而这些,都是通过阿Q的具体活动来完成的。)那么,这篇作品就决不会被我们这样的推崇了。

马克思主义教导我们,在观察社会现象的时候,应该运用阶级分析的方法。我们在理解和分析文学作品的时候,当然也要运用阶级分析的方法。但进行阶级分

---

① 当然,提出这种理论的人的用意是好的。他提醒作家要注意人物的阶级本质,因为只有当我们认识了一个人的阶级本质以后,才更能了解这个人。如果意思只是这样,那我是完全同意并且竭诚拥护的。但是,这样也就不必提出什么“写人要写出他的阶级本质”这样的理论来,而只须告诉作家应该熟悉人、了解人,应该透过人的阶级本质去了解人就好了。

② 概念化的作品中的人物,他的一举一动是处处合于,处处体现出他的阶级性、阶级本质来的,然而却并不能成为典型;并没有典型性。可见关键并不在这里。

析，决不是只要简单地为作品中的人物划上个阶级就算，它要比这复杂得多，艰难得多。但是我们过去在评论作品时，却就存在着这种简单的“阶级分析”方法。这难道是种偶然的、孤立的现象吗？它是与“典型必须是某一特定阶级的典型”等等的理论，密切联系着的。大家时常嘲笑那种把对某一行业的个别的人的讽刺，误认为就是对这整个行业的讽刺的人。然而这样的人，却仍旧时常要涌现出来。不久前，甚至还发生了中华护士学会总会向长春电影制片厂提出抗议的事件。原因不过是为了“长影”拍摄的讽刺喜剧片《带刺的玫瑰》中的主角，恰恰是个护士。我们难道能够过分责备中华护士学会总会吗？至少，我们在责备这个团体的时候，是不是也应该好好追寻一下根源，检查一下我们的庸俗社会学的典型论呢？资产阶级学者时常恶意地称文艺领域为马克思主义的“致命伤”，假如我们的一些自以为是马克思主义者的文艺理论家们，只知道把马克思主义关于哲学、政治、社会等等方面的理论、原则，直接转入文艺领域的话，那么，这一领域虽然不见得真会成了个“致命伤”，恐怕也就不免要成为一个多灾多难的领域了。

车尔尼雪夫斯基曾经十分明确地表达过这样的意思，他认为：艺术之所以（有）别于历史，是在于历史讲的是人类的生活，而艺术讲的是人的生活。高尔基把文学叫做“人学”，这个“人”，当然也并不是整个人类之“人”，或者某一整个阶级之“人”，而是具体的、个别的人。记住文学是“人学”，那么，我们在文艺方面所犯的许多错误，所招致的许多不健康的现象，或者就都可以避免了。

一九五七年二月八日写完

——原载《文艺月报》1957 年第 5 期

姚文元

文学上的修正主义思潮和创作倾向

一

文学是阶级的神经。不仅对于无产阶级是如此,对于资产阶级也是如此。文学的理论和创作,总是十分敏锐地反映着政治上、哲学上的各种不同的观念,十分敏锐地反映着阶级关系的变化及社会上各种阶级政治的思想的动向。每当资产阶级向无产阶级发动进攻、资产阶级企图在政治上思想上同无产阶级争夺领导权的时候,在文学领域中便会异常迅速地表现出这种斗争。解放后几次巨大的思想斗争常常都是首先从文艺运动中开始,就深刻地说明了文学中阶级斗争的尖锐性和长期性。去年匈牙利事件以后,修正主义思潮在我国有了发展。已经失掉经济基础的资产阶级右派不断地利用着每一个我们进行自我批评的机会向无产阶级进攻,在暗地里策划各种阴谋。一直发展到整风运动时,他们认为时机已到,就发起了反社会主义的总攻,工人、农民、革命知识分子奋起应战。这一个已经十分明朗的阶级斗争的形势,不能不在文学运动中深刻地反映出来。

在文学运动中,如目前正在深入开展着的大辩论所表明的那样,一部分人对于文学运动必须服从于党的领导的否定,对于马克思主义美学的基本原理的否定,对于文学的党性原则的否定,对于社会主义现实主义的否定,对马克思主义世界观对创作的指导作用的否定,对于文学服务于政治的原则的否定等等,都是修正主义思潮在文学上的体现。而且,也正如我们所看到的那样,这种表现在理论上的反马克思主义观点,对于这一时期的文学创作,也有着很深入的影响。修正主义者们所提出的各种反马克思主义文学观点和社会观点,在创作上也有不同形态的反映,使得在创作领域里出现了和反马克思主义观点相呼应的倾向。这种理论和创作的结合,形成了一股与我们社会主义文学运动相对抗或者是相背的思潮。这种情形,就其总趋势来说,正是修正主义在文学运动中的表现。

修正主义者对于马克思主义的歪曲和攻击总是集中在最根本的问题上。毛主席在“关于正确处理人民内部矛盾的问题”一文中着重地指出:“修正主义者,右倾机会主义者,口头上也挂着马克思主义,他们也在那里攻击‘教条主义’。但是他们所攻击的正是马克思主义的最根本的东西。”社会主义革命时代阶级斗争的尖锐化,使得资产阶级思潮对马克思主义的攻击集中在对于社会主义事业最有决定意义的问题上,列宁一九〇八年在同修正主义作斗争时,就曾预言到这一点:

> 凡现时我们往往仅在思想方面经历着的事情,即同那些修正马克思主义理论的人进行争论;凡现时在实践方面仅按工人运动个别局部问题暴露出来的事情,即我们与修正派间的策略分歧,以及由此而发生的分裂——这在将来无产阶级革命发生时是工人阶级一定要在更大得无比的范围内经历到的,因为无产阶级革命将使一切争论问题尖锐化,将把一切分歧都集中到对于决定群众行动有最直接意义的各点上,将迫使我们在斗争剧烈时区分敌友,抛开那些恶劣的同盟者,以便给予敌人以致命的打击。(《马克思主义与修正主义》,《论马克思恩格斯及马克思主义》,二一六页)

修正主义——右倾机会主义思潮对于社会主义文学事业的歪曲和攻击,也正是集中在最根本的原则上。这些根本的原则区别了文学中的社会主义路线同资本主义路线,如果动摇了、取消了或“修正”了这些原则,就等于抽去了马克思主义文学事业的灵魂,其结果是把文学引向资本主义的、反社会主义的道路。我们对于文学中的修正主义思潮的批判,也就着重在这些根本问题上。

自然,我们在批判这种思潮的时候,也不能过份地夸大它的影响,以致没有看见马克思主义思想同社会主义现实主义的好作品仍是我们的基调和主流,没有看见文学事业在贯彻百花齐放、百家争鸣的方针中已经取得了很大的成绩,重犯过去有些同志过高地估计资产阶级力量和过低地估计无产阶级力量的错误。同时要看到,事物是转化的,“在一定的条件下,坏的东西可以引出好的结果”。修正主义思潮是我们反面的教师,社会主义文学事业不能在温室中发展,我们在实际的政治、思想斗争中战胜了敌人,在理论上驳倒了修正主义,在创作上分辨出经验教训,社会主义文学事业便大大地前进了一步。例如丁陈集团的揭露,就极大地加强了文艺界的团结,巩固了党的领导。

因为理论上的批判已经有一些文章了,这篇文章的重点将放在创作上。在对修正主义思潮理论上的表现作一个简要的批判之后,本文就将以大部分的篇幅去分析某些作品中的思想倾向同艺术方法,并以此来反证某些披着马克思主义外衣的修正主义理论的反马克思主义性质。最后,我们想分析一下文学中修正主义思想的根源以及它在现阶段所表现的特色。

在分析这些问题的时候，我们是以毛主席的几次报告同党中央的关于进行政治上、思想上的社会主义革命的指示为指针的，而且毫不掩饰我们评价文学作品的基本态度：以政治标准（即毛主席文章中的六条标准）放在第一位，以是否有利于社会主义事业和有利于巩固党的领导放在第一位，而把艺术标准放在第二位。

二

前一个时期，从刘宾雁的特写开始，在我们文学界逐渐滋长着一种“揭露阴暗面”的理论。这种理论是站在敌视社会主义立场上提出问题来的，它打着所谓“干预生活”的旗号，好像社会主义社会同他们是对立的，他们要从外面来“干预”一下。他们险恶地说：“社会主义制度下也有阴暗面，文学的主要①任务就是揭露这些阴暗面，只有这样才能干预生活！”“歌功颂德就是粉饰生活！”右派分子则更狂妄地叫嚣起来：“文人从来就是反现状的！”于是锋芒针对社会主义制度的所谓“揭露阴暗面”的作品突然多了起来。

这里，我想举出比较有影响的两位人物。一位是冯雪峰，另一位是徐懋庸。前者在去年编辑会议上，以十分阴暗的口吻号召作家去表现“人民的痛苦”：

> 文学作品应该歌颂我们社会主义的伟大建设，鼓舞人们前进，但不能说今天人民就没有痛苦，问题在于怎样了解痛苦，在于作家本身的感情。
>
> ……
>
> 我们同志怕尖锐地提出问题。而所以形成这样，是因为作家与人民生活隔离，人民的痛苦在作家那里得不到反映，有时能反映一些，也是盲目的。

徐懋庸则号召要“不怕黑暗”，争取“民主”，把“官僚主义者”当敌人一样进行打击，直到他们“消亡”为止：

> 但官僚主义者既然还有，那么，我们就不能等到他们自动放手，才敢充分享受民主。我们现在敢于充分享受民主的表现之一，就是同官僚主义作斗争；不经过斗争，官僚主义恐怕是不肯自行消亡的。
>
> ……
>
> 不怕黑暗，也不怕太阳，那么，世上还有什么可怕的！（《不要怕不民主》）
>
> 最近全国讨论毛主席讲话的情况，证明了这一点。看报纸上，言论一放，所有的人意见纷纷，诉不满，谈顾虑，矛盾多极了，苦闷多极了；因而使

① 下点系作者所加。

得负有解决矛盾之责的人们,也“忧心如焚”,官僚主义者也不能闭目塞耳地睡懒觉了。

这是好现象,人们从此再也不能饱食终日无所用心了。现在的社会,已不是过去的社会,现在的人,已不是过去的人;现在的人愈多的(地)感到社会的苦闷,决不会消极悲观,反而会生出更好的思想来,于个人的进步和社会的进步都有益。(《苦闷》)

如果说,我们社会主义社会里还有“阴暗面”,那这一面首先就是暗藏的反革命分子、右派分子、流氓、盗窃犯同一切敌视社会主义的阶级敌人的暗地下的破坏活动,其次就是资产阶级思想在某些人的心中还严重地盘居(踞)着,他们阴暗的内心是社会主义阳光所照不到的。文学要帮助人民把这些“阴暗面”从生活中铲除掉,那就要以鲜明的党性去揭露社会主义敌人的丑恶的本质,揭露他们阴暗的活动同在伟大的社会主义事业的前进中间必遭复(覆)灭的命运,批判那些资产阶级个人主义者的个人主义的世界观。官僚主义,当然也应当批评,我们从来就主张用自我批评的精神去揭露工作中的缺点,我们反对无冲突论。但官僚主义并不是社会主义制度的产物,也并不占主要地位或统治地位,因此,不能够把犯有官僚主义错误的人都丑化成人民的敌人,或者把官僚主义描绘成统治一切的一种力量,仿佛现在我们社会中已经被官僚主义压迫得喘不过气来了。——这种歪曲的描绘正是右派分子所衷心希望的。这是“清规戒律”吗?不,这是生活的真实,在这个充满朝气的年青的如旭日才升的社会主义祖国里,不论在什么地方,官僚主义都没有合法存在的权利,官僚主义不管在某个地方或某个时候如何厉害,它决不可能永久存在,而是被当作一种旧意识旧作风的残余,被党的领导同人民群众的积极性不断地克服下去,社会主义的民主集中制,保证着劳动人民有可能发挥着最大的民主同无限的创造性,因此也就有着不断地克服官僚主义的社会条件。个别地方官僚主义者即使犯了严重的错误,但最终这个错误还是得到了纠正。凡是肯睁眼看一看八年来许多事实的人,总会证明官僚主义在我们这里在不断的斗争中克服着,党领导的整风运动的内容之一就是反对官僚主义。然而那些高喊“揭露阴暗面”的人,却把我们社会说成似乎没有“民主”,要“享受民主”,就要向“官僚主义者”争取。徐懋庸的脑子里,其实是装满了的资产阶级民主,他所要“享受”的,是一种不要集中的绝对民主。“我们就不能等到他们自动放手”,这“我们”和“他们”,就表示在根本立场上他是把自己同各级领导干部(他们当然可能有某些缺点)处于对立地位,同党的领导处于对立地位,既然“他们”不肯“自动放手”,那就只“斗争”了。于是,当社会上右派疯狂进攻,“言论一放,意见纷纷”之时,徐懋庸也就大呼“这是好现象”,“现在的人愈多的(地)感到社会的苦闷”。怎么摆脱这不是个别事件而是整个“社会的苦闷”呢,那就是要在社会主义思想之外“生出更好的思想来”。这“更好的思想”是什么？——恐怕每一个工人、农民、革命知识分子都会明白的。我们在某些“揭露阴暗面”的作品中所看到的，不就是徐懋庸所推销的反对领导、反对民主集中制的“更好的思想”吗？

至于冯雪峰，他的理论同他的内心一样的阴暗。——这是名符(副)其实的“阴暗面”。今天人民在前进的道路上有困难、有阻碍、有艰苦的斗争，但他们的心境是豪迈的，他们在克服困难中歌唱前进，“要高山低头，要河水让路！”这就是劳动人民伟大的革命英雄主义气概。他们有什么“痛苦”呢？作为个别的人来说①，当然每个人都可能在某个时候在某个问题上(如失恋，犯了错误等等)，有痛苦的感情，但作为人民，作为整个工人阶级来说，在社会主义社会中却是没有什么痛苦的。使他们痛苦的资本主义社会已经被历史埋葬了。社会主义制度同劳动人民的利益完全一致，工人、农民、革命知识分子全心全意创造着集体的幸福，也创造着自己的幸福。历史上还没有任何一代人民享受着这样美好的生活。困难、牺牲、艰苦，都压不倒我们在自己的社会主义中那种乐观的、自豪的、充满胜利信心的感情。到工厂中去看看大字报吧！工人们是用多么亲切的感情歌颂着解放后生活的提高同愤斥着人民生活“痛苦”、“国富民穷”等等谬论啊！这难道不是社会主义国家劳动人民共同的声音吗？

“痛苦”是那些不甘心自动退出历史舞台的剥削阶级分子，那些人民的敌人。我们的欢乐就是他们的“痛苦”。他们永远要“痛苦”，因为生活发展的方向同他们的主观愿望背道而驰。一切反党分子也是总感到“痛苦”的，因为他们极端个人主义的世界观同我们社会主义时代伟大的现实根本敌对，他们以自我为中心的个人欲望永远要遭到不断的破产。但冯雪峰却要我们去反映人民的“痛苦”，并且说当前我们文学的主要毛病是“人民的痛苦在作家那里得不到反映”，要作家不是“盲目”而是自觉地去表现人民的“痛苦”。这就把社会主义中劳动人民的舒畅愉快的心情抹杀了，想用没落的剥削阶级的“痛苦”阴暗的心情去代替工人阶级革命的乐观主义的感情。这同胡风的文学要着重表现人民“精神奴役的创伤”的反动理论，本质上是一样的。

和诸如此类的理论相呼应的，是近年来出现了大量的所谓“揭露阴暗面”的作品。它们据说都是要表现人民的“痛苦”的。这里，我们不妨具体考察一下。

我们首先来看一篇刘绍棠的“田野落霞”(三月号《新港》)。

这是揭露农村中某个区委机关的官僚主义的故事。但是从整个作品的气氛来看，作者根本不是站在正确的立场上同官僚主义作斗争。在刘绍棠笔下，每一个干部都是自私自利的个人主义者，不过程度不同而已。高金海，区委副书记，一个腐化

---

① 下点系作者所加。

堕落和蜕化分子；副县长张震武，一个灵魂丑恶、争权夺利的极端个人主义者；杨红桃，泼辣、受苦、孤独、倔强的女人，说她有十二年党龄，但在她身上很少看见一点共产党员的党性，倒像一个变态的知识分子的女性。就是作者企图作为正面人物来刻划的区委代理书记刘秋果，也是一个充满了小资产阶级气味的干部。

刘绍棠用个人主义的眼光去观察人物，就看不见革命干部身上的优良品质，以为天下最好的人至多也是个人孤独地“奋斗”，狂热地“斗争”，那些先进人物也一定是无政府主义色彩很浓的、凭着个人英雄主义“闯天下”的人。于是，他就照着这种“艺术感受”塑造出小资产阶级的刘秋果来代替革命者刘秋果了。

环绕着刘秋果同高金海之间的斗争，在我们面前出现了县委同区委机关的侧影。作者并没有揭开坚持原则的党员同官僚主义者的斗争（在任何时候，站在正确立场上同官僚主义所作的斗争都是原则的斗争），没有提示出党组织在同官僚主义斗争中的动态，而把这个斗争化成了争权夺利的个人主义者的咬噬，把我们党的机关描写成漆黑一团。最主要的是，作者并不是用共产主义道德来照明个别坏分子的内心的丑恶，而是用类似看待国民党党内关系的眼光来看待伟大的无产阶级政党的党内关系的。

副县长张震武的形象是更丑恶的，简直像个流氓，他一方面“发挥肚皮的积极性”大吃鸭子，笑得“肚皮都抖动起来”，一面公然教高金海“过关”的办法。当他包庇高金海的企图没有完全实现时，他辱骂县委第二副书记是“小白脸”。……这样的干部在县委中依然逍遥自在地存在着。党的组织同坏分子是“和平共居”，而坏分子在党内也竟可以保持自己的地位，那我们的党成了什么党？高金海还是“恶魔”一样地向杨红桃发威，而被作者所美化的实际上是缺乏劳动人民感情的充满小资产阶级知识分子气味的刘秋果，在这时候却同他爱人“靠得紧紧的”沉醉在美丽的晚景中游逛去了。最后的结局是十分阴暗的，高金海在田野上碰见杨红桃了：

> “为了你这臭娘儿们，我送掉了一半前程，我一辈子也忘不了你！”高金海恶狠狠地说。
>
> “我也不会忘记你这恶魔！”杨红桃握紧两只拳头，像是在荒原上抗击猛扑上来的饿狼似的，“我会看得见你的下场的！”
>
> ……
>
> 杨红桃高傲地站在饮马石上，彩色（色彩）斑烂（斓）的晚霞罩着她，在她的脚下，是终点，也是开端。

是什么的“终点”？是什么的“开端”？晚霞的余辉中站立着的“高傲”而孤独的杨红桃，究竟是一个有十二年党龄和共产主义理想的女党员，还是一个把自己的的生活同群众隔离开来的傲视一切的个人英雄主义者？事实上应该是前者，而作品中描绘的却是后者。个人主义者的力量总是孤单的,因而结束带上了阴暗的色彩,也是必然的。这篇小说艺术上也是粗糙的、拙劣的,在人物形象上明显地呈现着牵强的、虚伪的、矫揉做作的痕迹。它是一棵毒草,而不是一般的仅仅是思想上有某些错误的作品,它根本上歪曲了我们党内生活和党内斗争,里面没有一个真正是体现党的原则的人物,而把一切的人都写成资产阶级个人主义者。

类似的作品还有《本报内部消息》。这个特定的情节大家都知道的了,它曾受到一些个人主义者的激赏,据黄秋耘自己在一篇文章中说,它使黄秋耘激动得几个夜里失眠,"好像是对一个知己的朋友倾吐了自己一切心事中最大的心事"。然而这也是一个以宣扬个人主义①为思想基础的作品,从集体主义的观点去看,它的毒性是很明显的。

在我们社会主义国家里,真正②为新事物开辟道路的先进人物一定是集体主义者。也就是说,他的斗争是为了集体,受到集体(党同人民)的支持,并且同群众在一起克服了落后现象而取得胜利的。某一个先进人物遇到保守势力而陷于孤立或受到打击,不管历时多久、打击多重,这仍然只是暂时的现象,他最终必然会受到党同群众的支持,必然会得到胜利。因此,我们要真实地反映人民先进人物同官僚主义的斗争,就不能够把先进人物同整个社会环境对立起来。用人造的整个社会环境的"黑暗"来衬托出个别先进者的正确,那正是把先进人物写成脱离集体的个人主义者。我们也不能把某个先进人物暂时的受到压制描绘成仿佛是整个社会制度同社会上支配的、主要的力量对他的压制,群众都是盲目而愚蠢的,唯有他一个人是坚持真理的天才,他纯粹凭着个人力量③突破了保守势力而前进。凡是用个人主义的哲学作为作品歌颂的先进人物的思想基础的,不管这个人物的建议多么先进,主张多么新鲜,这个作品的思想倾向都是坏的。把这种"先进人物"写得越有才华,作品的倾向也越坏,因为它更加否定了集体的、社会的作用。这种描写把官僚主义夸大成为一种支配势力,抹杀了劳动人民自己掌握政权、社会主义制度支持着一切先进事物发展的这个最根本的真实。正是在这一点上,《本报内部消息》是十分突出的。

整个报社的气氛十分暗淡。官僚主义、教条主义如同一块大石一样压在每一个人的头上。总编辑陈立栋,思想是顽固、死板而僵化的,整个报社的大权掌握在他手里,他是一个压制任何合理的创见的独断独行的专制主义者。作者用漫画的手法夸大了他这一方面:"陈立栋这个人的特点就是,他促使人怀疑的不是自己的缺点,而是这个人本身存在的价值的大小。要摧毁一个人对自己的信心是不难的,从此马文元变得更沉默了。"他接连三次推翻总编室主任马文元编的四个版面的两个,他横蛮

①②③ 下点系作者所加。

地扼杀了马文元写的三篇社论，在他发怒的时候，“他的胖脸每块肉都抖动起来，而且颜色比平常更红了。”但是这样极端的专制主义者，作者又偏要把他写成十分忠实于工作、坚决执行省委指示的人：

马文元每天的工作，就是从这个电话号码（按：指陈立栋给他的电话）开始的。……比如，从省委会议上得到启示，常常使总编辑发现必须组织一版文章集中地谈一个问题——比如说准备种子或积肥。于是，十一点以后，编辑部的各个部门就都行动起来了：农业组自然是最忙，党的生活组也闲不了——需要党组织这活动的经验啊，文艺组如果不去写快板，也得采访一个什么先进人物……

作者带着深刻的讽嘲的口吻描绘这一切。作者用艺术的形象告诉我们：马文元的创造性的被扼杀，版面上的“教条主义”（加括弧的，因为作者把体现党性、指导性的社论和新闻都叫做“教条主义”）的形成，以致陈立栋那种冷酷的自信心的来源……最根本的还是在于省委对党报的领导以及陈立栋接受了党的领导。这当然是从根本上歪曲了政治生活的真实面貌的。不能说，生活中、负责干部中没有陈立栋这样独断独行的人，不能说，作者不能够讽刺这样的官僚主义者，那样说是脱离生活的实际的。但是如果把陈立栋这样的人的缺点的来源同党的指示联系起来，那就根本上不符合我们生活的真实。因为陈立栋的错误并不在于他执行了党的指示而在于他没有把党的指示同群众路线统一起来。党的领导并不会把陈立栋这样的人当作完美无缺的干部。进一步说，如果陈立栋真是一个执行省委的指示，为党工作而在思想作风上犯了官僚主义错误的干部，那如同我们在生活中经常碰到的，这样的同志也一定有他对党忠诚的一面，作者如果站在工人阶级立场上去真实地描绘这样的干部，也就应当描绘他的行动和内心中的这一面。然而刘宾雁没有，他用自己反党的眼光把陈立栋丑化了，他恨陈立栋执行党的指示，所以他就把陈立栋丑化成一个没有任何优点的人。作者在竭力假造出这样的一个公式：执行党的指示 = 官僚主义 = 独断独行 = 教条主义和党八股。同其他右派一样，他在这里攻击的不是官僚主义，而是党的领导。凡是站在党的敌对面去反对官僚主义的作品，凡是企图从党的领导同社会主义制度去找官僚主义根源的作品，不管在人物外表形象上刻划如何生动活跃。这个人物也必然是被歪曲了的、虚伪的形象。“真实”的只是作者内心的反党思想。如果把刘世吾同陈立栋比较一下，就可发现刘世吾身上还保留着相当的真实性，作者反对官僚主义刘世吾，但并没有完全把刘世吾丑化；然而在陈立栋身上，我们所看到的就只是被作者主观意图所完全涂改了的黑色的影子。

如果说，陈立栋在作品中代表着一种占统治地位的社会势力，那马文元就被描绘成这种社会势力下的牺牲者。马文元，一个职员的儿子，一个小资产阶级出身的知识分子,解放以前入党,解放以后参加了党委机关的工作——在市委宣传部中作科长。在这个岗位上,马文元慢慢地失去了他在民主革命时代的战斗性。“他学会了使用自己手下的五名科员,在办公室里越坐越稳了。”一句话,他变成一个丧失革命朝气的做一天和尚撞一天钟的人了。

生活中有这样的人。从小资产阶级的革命热情投入民主革命而在革命胜利之后变成落伍的人,在生活中还并不是个别的。我在党委机关(而且也在宣传部)工作过,我就碰到过这样的同志。从正确的观点去观察、分析、研究这样的人物的内心世界,塑造出生动的形象,那是一件很有意义的工作。这样的人在党委机关中,并不是平静无波的,日常生活中的平静在激烈的阶级斗争中被完全破坏,前进还是落后?他们在斗争中受到了严格的考验,而在尖锐的阶级斗争中也揭露出这样的同志内心深处的世界观还是一个个人主义的王国。他的个人主义的人生观同尖锐而复杂的现实生活存在着深刻的矛盾(形式不同,有的通过工作,有的通过同志关系,有的通过爱情和婚姻……),而党的思想、党的事业在他的心中已渐渐厌倦了。只有描绘出这种人物内心以各种复杂的形式存在着的个人主义,写出前进中的生活同这种个人主义尖锐的矛盾,作品才能达到真实和典型。然而刘宾雁则相反,他写成仿佛是生活本身、党的工作本身会产生马文元的这种厌倦,仿佛熟悉了党的思想、群众工作的规律会使人变得机械和顺波逐流。为了攻击党,他在叙述马文元产生厌倦思想时抹杀了他内心个人主义的发展同革命事业的矛盾,毫无根据地把党的思想工作同马文元的疲塌情绪联系起来:

> 在尖锐、复杂、变幻多端的斗争里,他所得到的是最一般、最抽象的东西。他已经掌握了他自己称为“规律”的一些概念和公式,把任何复杂的现象都纳到这里面,或者把它们套在任何事件上,自以为都能应付自如。……
>
> 于是,生活里五光十色的事件,不过是马文元自以为是早已洞悉的生活规律的插图,人们的喜怒哀乐都离不开“阶级立场”、“人生观”与“思想作风”这三条法则。……马文元能够这样处理的东西越多,也就对更广阔的生活领域失去了兴趣。

不,这不是马文元的思想,这是刘宾雁从“革新家”的皮包中掏出来硬塞到马文元头脑中去的思想!刘宾雁是多么憎恶“阶级立场”“思想作风”等等马克思主义的思想斗争的武器啊!刘宾雁是多么轻蔑地反对工作中的“规律”啊!似乎这些马克思主义的基本原理都是缚束马文元的思想的,懂得越多,对生活就越失去兴趣。然而事实正相反,像马文元这样的人,对于阶级立场、人生观等等并不是接受得太多,而是接受得太少了!他内心对于这些观念是厌倦的、抗拒的,他朦胧而顽固的觉得,最惬意的是保留一个舒适而平静的个人生活的小圈子,他对马克思主义失去了兴趣,他觉得什么“阶级立场”“人生观”等等都只是大道理,他早已听熟了,“大道理我也会讲,但解决不了我的思想问题。”他的思想渐渐迟钝了,他对看报看书引不起任何味道,上办公、下办公,晚上听听收音机,十点钟睡觉,七点钟起床——直到必然会来临的一次彻底震动他灵魂的错误。——难道生活中的马文元不是这样的吗?可是“革新家”多么恶毒呵!却硬要把马文元的个人主义的人生观说成是因为懂得阶级观点和马克思主义基本原理太多了,这样的环境使人得了“职业病”。刘宾雁所追求的,也是希望马文元去追求的“更广阔的生活领域”,并不是到火热的斗争中去,深入劳动人民的生活,克服官僚主义,同群众打成一片,用一个无产阶级先锋战士的热情来生龙活虎地对待生活,而是根本摆脱马克思主义同工人阶级思想的“个性自由”“自由思想”。更正确地说:我们是从左面,从工人阶级立场来批判马文元们的以疲塌形式出现的个人主义思想;希望他们接受党的教育下决心改造自己;刘宾雁则是从右面、从彻底的资产阶级个人主义和自由主义立场批判马文元们的个人主义还太消极①,希望他们从疲塌转向彻底抛弃马克思主义和积极地同党对立的立场。他对马文元这个人物性格刻划的全部目的就在这里,所给予人的艺术的感染的性质也是如此:不是向组织靠近,而是离开组织。黄秋耘说:“我在马文元的身上,仿佛看到了自己现在的影子”,他从作品中得到“鞭策”,在鸣放中他果然是从消极厌倦转向积极了,但这是朝资本主义方向的转变,“积极”到向党进攻。然而,这个事实又是何等深刻地证明了刘宾雁小说中“批判”马文元的反动性啊!

马文元到报社中来后,“学会了按总编辑陈立栋的思想来思考。”——他更沉默和顺从了。整个报纸似乎都被阴云笼罩着,张野,工业组组长,一个自私自利的小人,掌握着实权,钱家娴,一个因“唯唯诺诺”而入党的新党员,李鹤青,“独具只眼”的通讯特定的能手。……他们都不感觉到官僚主义。于是,一个超乎党超乎众人之上的“先知先觉”者黄佳英出现了,他单枪匹马,面对一切陈立栋和张野,展开了“英雄”的斗争!……

作者把黄佳英当作英雄的先进人物来表现的,在黄佳英身上寄托了他反对“官僚主义”的全部理想。然而黄佳英是怎么样一个人呢,那是一个被美化了的“反现状”的个人主义者。黄佳英有某些优点,热情,工作积极,但尽管作者想把她写成娜斯嘉型的人,在刘宾雁的笔下,在阶级斗争十分尖锐的中国,黄佳英却不是娜斯嘉,而是个人主义者。她一参加革命队伍,对整个组织就格格不入,“作了三年记者”,她对于领导始终抱着对抗的态度。在她看来,服从领导、根据党的指示来写新闻是一种“烦恼”和“痛

① 下点系作者所加。

苦”,她对解放后的小说(实际上是对解放后的生活)不满意,她特别不满意于解放后的人民的组织性,“为什么许多小说里把生活和人物写得平常,那么清淡又那么简单呢,好像一解放,人们都失去了强烈的喜怒哀乐的感情。……”她对于总编辑删改自己文章使之符合党的政策抱着特别的反感,是的,就是这个政策、指示使她感到“痛苦”,她反对“凡事都要等党中央做了决议才能上报”,她认为这是版面枯燥的主要原因,要“革新”则首先要从这里革起,中央、省委没有提出的原则性问题报纸可以无约束地提出,打倒“多少条清规戒律”,“让党委、政府听见群众的声音”。……

在反右派斗争已经取得决定性胜利的今天,不必详细地去解释党的领导同群众的要求的一致性的道理了,要党报脱离党的领导,其结果就是走向资产阶级方向,脱离劳动人民而被右派所篡夺。这里要指出的是:黄佳英实际上是刘宾雁的政治思想的“形象化”,刘宾雁希望同社会主义制度同党的领导反抗的,就是这样的个人主义的知识分子。——特别是尚未接受无产阶级思想的青年知识分子。个人主义同社会主义的集体主义思想之间深刻的矛盾,刘宾雁是敏锐地感到的。他采取了打击陈立栋、支持黄佳英、并鼓动马文元朝黄佳英的方向转变的方法。这篇小说,实际上是用艺术的形象显示了右派反党的基本策略。

这篇小说使我想起杜金采夫的“不是单靠面包”。这两个作品有两个共同的特点:一个是把党的领导下的民主集中制的社会生活和政治生活加以歪曲,把官僚主义夸大为仿佛是一种统治势力,压住了一切新生力量,呈现出异常阴暗的画面;另一个是,反对党的领导的都是有才华的、独往独来的最深刻的意义上的个人主义者。这种个人主义不是表现为名誉地位金钱等等,这种个人主义表现为对于集体力量同人民群众的智慧的否定和蔑视,只相信自己,同一切组织观念都完全敌对,所以同党的领导也是不可调和地对立着的。从历史的观点来看,它表示出社会主义社会中个人主义思想对向前发展的社会越来越表现它的反动性,坚持个人主义思想就可能同社会主义制度发生对抗性的矛盾。马文元、黄佳英的形象相当广泛地触发了一部分有较严重的个人主义思想的知识分子对党组织、对纪律和集体的不满,就反映了这种事实。在文学形象中竭力美化个人主义者并且使之与党和组织相对立,乃是反映了社会上资产阶级右派正在利用个人主义同社会主义的矛盾来反对社会主义的一种思想动向和斗争策略。从这里,我们深深体会到反对资产阶级个人主义的重要性。

以上两篇小说可以作为所谓“揭露阴暗面”的小说的代表,所以着重分析了它。这类小说还有好些,就不去详论。这里想把“改选”再略说几句。“改选”是一篇政治上有根本性的错误的小说,它的画面不仅阴暗,而且带着绝望的、冷漠的控诉的性质,仿佛生活中有一种无法抗拒的巨大的压力,把正直的人都压倒了,压死了。这篇小说中不仅没有工人阶级的感情(作者根本不懂得工人的感情是什么),而且把他所谓的工人阶级的坚持真理的积极性同工会的领导、也就是党的领导尖锐地对立起来。老工人郝魁山(共产党员)被描写成为工会中官僚主义的压制的牺牲者。这个老工人、共产党员——被作者写成厂中唯一代表大家的利益的人,却是一个内心衰老、行动拘谨的十分孤独的人。然而这个被作者极力赞颂的老郝死了,就在工会改选的时候死掉了。我读到最后那个带着恐怖色彩的死亡的场面,心里骤然一阵寒流涌过,特别是下面这段描写:

> "爷爷! 爷爷!"她挣脱了她爷爷僵硬的胳膊,回头看见他两眼木呆呆地瞪着,发僵的嘴唇在流着口涎,她恐惧地大叫起来。
>
> 老郝死了!
>
> 他静静地在人群的声浪里死去的。
>
> ……
>
> 按照工会法的规定,改选是在超过三分之二的会员中举行的。这次选举是有效的。新的工会委员会就要工作了。

这样的死亡的描写使人感到阴沉绝望,在这样恐惧的死亡的形象之后,是那样一个表面上语气平静而实际上是蕴藏着很大的煽动性的结尾。这好像在告诉人们:你们看,郝魁山就这样死亡了,官僚主义的、压制工人的工会不受丝毫影响,照样地工作。生活还是老样子,死的白白地死掉,作威作福的依旧在作威作福。……

我们很眼熟,好像在那里见过这种手法。回忆一下吧,啊,回忆起来了,那是在反动统治下,批判的现实主义者用过这种无言的控诉的手法来揭露黑暗的沉重和统治者的残暴。然而现在,竟有人用来对待新生的工人阶级领导的社会主义社会,把生活写得这样阴暗和绝望!

社会主义社会正在青年时代,将来还要发展到共产主义,它是历史上新生的、发展着的事物。企图夸大社会主义社会个别的缺点而把社会主义社会的领导者描绘成仿佛是没落的、同大多数人利益抵触的官僚,这是违反历史发展规律、违反事实、因而也是虚假和反动的。不管右派同右派思想如何侮蔑光明的新社会,它仍将在党的领导和工人阶级、劳动人民的维护下迅速地巩固并健康地发展起来,而躲在"阴暗面"中玩弄阴谋的鬼魅们则将被斗争的铁帚所清除,一切反社会主义的倾向和情绪也将被社会主义建设的伟大胜利所批判。

三

在爱情、婚姻等问题上,最能反映一个人内心深处的道德面貌。不仅对于作品中的人物是如此,对于作者也是如此。共产主义道德同资产阶级道德对待两性关系上的不同的态度,在文学上是以非常鲜明的对比表现出来的。不仅这样,因为爱情问题是一个社会问题，因此在爱情、婚姻的波折中，也就反映着个人同社会的关系、个人同集体的关系。

前一个时期流行着一种理论："爱情是永恒的主题，要写爱情就要写纯粹的爱情，不要用什么政治观念去代替它。"因而竟得出社会主义生活本身就妨碍"真正的爱情"产生的结论。例如张葆莘、周培桐在今年《文艺月报》一月号《谈〈三里湾〉中的爱情描写》中就用这样的观点看待新社会的爱情："当代的生活里确实存在着这种没有爱情的婚姻和缺乏爱情的爱情。"他所谓"没有爱情的爱情"，就是指姑娘们选择爱人的时候考虑到政治、文化等等条件。在剧烈地攻击了这种"条件"之后，这两位勇敢的理论家呼吁全中国的"兄弟姊妹"起来反对一切讲条件的"清规戒律"：

> 鲁达同志说的很对，很有感情："'父母之命，媒妁之言'、'五官端正，家庭富有'的那些条件的束缚刚刚废除。莺莺、黛玉、祝英台的眼泪，还不能很快地被我们女孩子们所遗忘，她们该决不甘心用这种'新型'的'条件'来约束自己的真挚情感。"我们今天的兄弟姊妹们；必须打破这些对爱情、婚姻的庸俗见解，挣开一切束缚于人的美好的愿望的清规戒律；……
>
> ……某甲之所以偏偏爱上某乙，是有其一定的内在原因的。但，这些原因和条件，绝不是用一条或几条放之四海而皆准的普遍规律所能解释得了的。相爱着的本人，在爱着的时候，绝不是自觉地先去考查某些条件，然后去爱。因为爱情是爱情，是不能用理智来代替的。只有傻瓜才会对自己的爱人发出这样的问题："你为什么爱我？"

几乎是同样观点，在《大众电影》（四月号）上被两位理论家顽强地重复了一次。在一篇向青年解释《生活的一课》的文章中，周张两人又宣传了他们的观点："爱情不一定能够很好地表现了一个人的社会价值。爱上了好人或爱上了坏人，爱情带来了幸福或不幸——这方面的规律是微妙莫测的。"

但我们暂且冒着做"傻瓜"的危险，对这种"微妙莫测"的理论作一个"探索"吧。

爱情是不是有条件的？这不是一个主观上要不要的问题，而是一个客观存在的事实。为什么某甲在同样许多对象中只爱上了某乙，而不是爱上了别人？那就是因为被爱的对象最适合求爱者内心的要求的缘故。同一阶级的人有阶级的共性，同时每个人也有自己的个性。每一个人的生活经历、性格、爱好、兴趣、思想意识……是不同的，因而爱情生活就是很复杂的、曲折的，不是简单化的。文学上表现爱情，也不能用简单化的方法。但爱情的复杂性和个人的特殊性有没有否定爱情作为一种感情，在阶级社会中必然打上阶级的烙印这个马克思主义的"普遍规律"呢？没有。不同的阶级有不同的美的观念，这种美的观念就变成挑选爱人时的一种基础。莺莺同张君瑞的恋爱没有条件吗？不然，彼此都是知道的，条件之一是"郎才女貌"。张君瑞自己就把两人的“条件”比较过:“夫人忒虑过,小生空妄想,郎才女貌合相仿……非是咱自夸奖:他有德言工貌,小生有恭俭温良。”如果莺莺是个丑八怪,或者张君瑞是一个没有才气的书生,两人就无论如何爱不起来。一个无产阶级的革命战士决不会爱上外貌漂亮但内心充满腐朽思想的资产阶级女性,如果爱上了,那也可以从思想变化上找到原因。例如丁玲同特务冯达同居就把丁玲内心最丑的一面揭出来了。保尔开始爱上冬妮亚而后来同冬妮亚的决裂,很富于典型性。它反映出工人阶级的爱情观点同资产阶级个人享受主义的爱情观点的对立是不可调和的。这一点也没有什么“微妙莫测”。说“相爱着的本人,在爱着的时候,绝不是自觉地去考查某些条件”,这是毫无根据的说法。两人相爱,不管如何复杂,总可以找到深刻的、思想感情上的共同点。神秘主义的理论,经不起实际生活的考验。

在伟大的变革时代,一切旧观念迅速地被新观念所代替。我们看到在解放以后,在人民觉悟很快地提高的情况下,对于爱情也迅速地从封建主义同资本主义的旧观念的束缚中解放出来。他(她)们考虑对象,不再是从门当户对,生辰八字,郎才女貌,家财富有……出发,而从一个人的政治态度、劳动态度……出发,这正是一个非常值得祝贺的现象。它标志着我们年青一代共产主义道德的成长。这决不是什么“清规戒律”。一个青年以爱反革命、二流子、剥削者为可耻,这有什么不好的呢?说有了这些“条件”爱情就不“真挚”了,就被“束缚”住了之类,这是不符合事实的曲解。建立在共产主义道德基础上的爱情是最纯洁最真挚的,因为它不以自私自利或单纯的美貌作基础,它不把个人爱情同社会对立起来,它以共同的理想作为婚姻的基础,因此彼此的感情是持久的、热烈的,能经历住一切艰苦的考验而白头到老。而周、张所主张的“微妙莫测”的没有任何“清规戒律”的爱情,事实上仍然有条件,那就是彼此外貌上的吸引。这种爱情观点本身就是一种资产阶级爱情至上主义的观点。贾宝玉和林黛玉,梁山伯和祝英台,他们的真挚的爱情和从残酷的封建势力下争取爱情自由的斗争感动了千千万万人,受到了崇高的评价。然而谁如果在社会主义革命时代还去学习他们为爱情而死的生活态度,因为失恋而跳进黄浦江,那他就会遭到人民的嘲笑同舆论的贬责,这只是个人主义者的毫无意义的悲剧而已。——因为今天早已不是封建社会了,今天已提出了更高的道德标准同更高的爱情观念,在这个时代,爱情至上主义是一种同无产阶级革命事业相敌对的反动思想。号召青年一代原封不动地向他们学习①,这只是忘记了历史而已。

所以,周、张两位理论家号召“兄弟姊妹”们反对新的“条件”,反对爱情生活中有“普遍规律”可循,反对人们从阶级观点去考虑爱情问题,是一种资产阶级的极端

① 下点系作者所加。

自由主义的恋爱观点。它反对的并不是什么“庸俗见解”，而是新的共产主义道德观念。它竭力想证明新社会中因为用阶级斗争观念看待爱情，所以爱情就“不真挚”了，被“束缚”了，想在爱情生活中反掉阶级观点。但是这种反对是徒劳的，新的爱情观念是不可抗拒的，它必将跟着青年一代共产主义觉悟的提高，在青年男女中日益成为普遍的思想。我们不否认，生活中有用机械的“条件”去套的现象，但这就是一种过渡性的现象，正同现在还有不少地方介绍爱人一样。美满的爱情和幸福的家庭正在共同的思想基础上不断增长着，历史上从未有过的最纯洁最真挚的爱情在共产主义思想光芒照耀下显得那样动人、那样美丽，而追求“微妙莫测”的爱情的个人主义者，他的爱情生活在每一次尖锐的阶级斗争中受到剧烈的动荡以至破灭。

仿佛是要为这种理论作注解似的，丰村在今年2月号《奔流》上发表了他的小说《一个离婚案件》。这篇小说所表示的思想同周、张的理论是惊人的一致。它主要是“证明”那些光凭“政治”去谈恋爱的恶果。男的叫小马，是先进工作者；女的叫小刘，是模范团员。他们两人的结婚是十分奇怪的——奇怪到令人难以置信的地步。他们并没有爱情——而且似乎只晓得工作，也不懂得什么叫爱情，他们的结婚是王处长一手包办的。这位处长是作者所设想的党的组织的化身，他的主张是：“两个好团员，两个有为的青年，恋爱不好么？”在两个人根本没有爱情的时候，他就把这两人找来说：

> “五一要来了，向组织上谈一谈，结婚吧。嗯，两个青年团员，政治上一致，还有什么问题呢？”

两个青年是什么样的人呢？小刘是从不考虑什么爱情的人。“她就是这样一个性格的人：她如果是和小马在恋爱，那么，就恋爱好了，她是不会逃避它的。如果她和小马不是在恋爱，那又有什么关系呢？”小马呢，是一个“决心献身于事业，决心献身于祖国的人，他唯一追求的是工作上的成就和贡献”，他根本“没有去多想过别的事情”，例如爱情等等。于是他们两人就在王处长的主持同团支书的协助下糊里糊涂的凭着“政治上的一致”结婚了，结果，在结婚那天的联欢晚会上，新郎竟因为结婚晚会是“工作以外的活动”而偷偷地溜走了，当新娘发觉新郎已经溜走而“急忙跑回他们的新的家”，却发现“新郎已经睡着了”。——于是结婚之后不久，在一连串的争吵、冲突中，两人同时坚决提出离婚。作者在最后向我们提出一个问题：

> 现在他们是离婚了，他们每个人又可能创造了新的功绩，取得了新的荣誉。但是，我们对这个离婚案件的争论，却还没有停止。……人们到底应该怎样生活呢？应该根据什么生活呢？

其实作者自己已经作出结论了，那就是政治上、工作上的积极分子，是不通人情的，谁如果把工作上的政治观点应用到生活上，就会得出悲剧的结局。但事实上我们社会中的先进工作者、模范团员同一切优秀的青年是热爱生活的，决不像这篇小说所歪曲的那样。对于工作的热爱同对于爱情的真诚,并不是矛盾的东西,我们这一代青年的爱情生活并没有因为投身于革命和建设工作而枯竭,相反地,正是在为建设社会主义的斗争中,无限地丰富了爱情生活的内容和提高了爱情的意义。斗争巩固了爱情,爱情反过来又鼓舞着青年的社会主义积极性。但这篇小说为了竭力体现政治上积极在人的个人生活上是木头人似的刻板,体现出工作和生活的对立,全心全意为革命工作如何扼杀了自己的“人性”,不惜用不近常理的夸大方法。这特别表现在男青年小马身上。这个形象是一个被资产阶级观念的哈哈镜所肆意扭曲了的怪物。他竟在新婚之夜溜出联欢会一个人在床上睡着了,他在妻子怀孕之后冷酷到理也不去理她,他“甚至于没有想到小刘”。妻子分娩以后小马也不去看她,因为“他已经把小刘怀孕和分娩这件事忘记了!”——看到这里读者也许会愤怒地喊起来:“这是个有一颗冷酷的心的流氓,不是先进工作者!”但是不,这是一个不折不扣的献身建设事业的先进工作者,作者硬要把一颗只有极端个人主义者或白痴所能有的冷酷的心塞到先进工作者的胸膛里去,而且还要反复地强调,这种奇异的冷酷并不是因为他有个人主义,而正是因为他全心全意工作才造成的①。当怀孕的小刘在床上痛苦地盼望他的关怀时,他竟说:“你又不是生病,是病住医院去!”“你知道我是怎么工作呵!”接着他在小刘剧烈的内心创痛中走向写字台,打开台灯,摊开图纸,死人不管地快乐地去搞修正一个建筑物图样的合理化建议了:——

他那么沉醉于自己的工作,他一面作图,一面竟吹起得意的口哨来,他把小刘的存在又完全忘掉了。

我仿佛听见有一种声音在冷笑:“瞧,你们自豪的合理化建议者的生活就是这样的!积极工作把人性毁灭了!”

生活中没有这样的先进工作者,这是不真实的。如果有,那是极端个人主义者而不是先进工作者,不应当把这样的人写成真正的、永远的站在工作最前线的人。然而这不是一般的由于不熟悉生活而来的不真实,而经过那种反动观念的折光的不真实。“要有真正的有感情的生活,就要反对那种全力贯注于工作的积极性!否则光凭政治,就根本不会懂爱情!”这大概就是作者想说的话。作者把我们社会主义的集体生活,表现在同个人生活相敌对的东西,仿佛社会工作是压制人恋爱的。站在这样的立场上,当然谈不到真实地描绘出青年一代丰满而健康的内心世界了。然而我们却在这里嗅到了一种熟悉的气味,那就是资产阶级个人主义者(在恋爱上表现为爱情至上主义)对于社会主义社会中新的、建筑在共同的革命政治基础上的爱情的厌恶和敌视,以及他们想用资产阶级恋爱观点摧毁爱情中的政治基础的一种企图。

---

① 下点系作者所加。

想把社会主义社会中人民全心全意地劳动的新生活同个人生活对立起来的,还有丰村另一篇爱情小说《在深夜里》(发表于去年十二月号《文艺月报》)。这篇小说在文字上相当流畅,个别的细节刻划得很动人。它描写一对青年男女的爱情波折。姑娘苏秀是搞法文翻译的,经常跟着外宾东奔西跑,忙得连打个电话给她爱人季松林(工厂的青年技术员)的时间都没有。于是她的爱人愤而提出断绝关系。作者着重刻划了繁忙的、日以继夜的工作怎样剥夺了苏秀的时间,残酷到连爱人会面的时间都没有,当他们谈都没有好好谈过一次时,她又要出发到西南去了。她终于躺在床上,"仿佛是感到沉重的压迫似的","带着异常的痛苦深深叹息着":

"一个人,什么都照顾到,什么都作得好,是多么难呵!"

虽然小说是以两人的和好作为结尾,但这表现得非常无力,小伙子是在领导上一次谈话过后就突然转变过来的,冲突在解决使人觉得勉强、不自然、不符合作品中人物性格的发展。而给读者留下最深的印象的,是我们这个社会对于一个人的工作担子压得这么重,简直是剥夺了个人恋爱的时间——也就是集体生活剥夺了个人生活的自由,似乎社会主义社会中人的公共生活同个人生活之间有一条深深的、几乎是不可逾越的鸿沟。……

这里作者所表现的,仍是一种个人主义思想——虽然表现得很隐晦。一个真正大公无私的劳动者,私生活和工作时间上的矛盾完全可能在一定的时间条件下发生,但这既不是不可调和的矛盾,也并不具有什么悲剧性的内容。然而对于个人主义者,社会主义社会确是使他感到不自由,因为人民不能允许他牺牲集体利益而满足个人的愿望,在他眼中,工作、劳动、集体生活都是一种沉重的负担,剥夺了生活的乐趣也剥夺了生活的幸福。这篇小说隐藏着的正是这种感情。

自私自利的思想感情是一种有着深远的历史根源的思想感情。地主、资产阶级统治了人类社会几千年,这两个剥削阶级的人生哲学都是极端的自私自利。小生产的个体所有制也滋长着自私保守的心理。所以,在社会生活中彻底克服自私自利的感情,需要共产主义者作长期的、艰苦的努力。而自私自利感情暴露得极其深刻的方面之一,就是在爱情和婚姻问题上。

文学作品对于爱情婚姻问题上的自私自利的感情,应当采取鲜明的批判的态度。朝三暮四,损人利已,喜新厌旧,把自己的幸福建筑在别人的痛苦上,以追求者越多为越光荣,把爱情看作满足个人私欲的工具,以金钱名誉去猎取爱情……所有这一些资产阶级视为"光荣""风流韵事",而无产阶级和劳动人民却看作丑恶的不道德的行为或念头,不管是以何种形式出现、不管在什么情况下出现或在什么人身上出现,它都应当受到批判。并没有什么"特殊的"原因可以原谅这些自私自利的思想。所谓批判,就是应当用艺术形象显示出这种念头或行为的卑劣以及它造成危害,使人们痛恨这样的观念和行为,对犯错误的人,恰如其分地描绘出他们这一面是如何损害了别人的幸福,而自己得到的最终仍是痛苦、悔恨和严厉的谴责。——同这相对照,显示出基于共产主义道德的爱情的全部纯洁和伟大。——我决不是在制造“清规戒律”,企图把生活纳进公式里,不是的,我只是指出,我们决不能在任何借口(如对象的漂亮、感情的“不由自主”等等)下美化自私自利的感情,而要与之作坚决的斗争。

但是,我们有一些作品中,却常常把应当批判的思想感情美化了,因而造成这样一种印象:仿佛爱情上的自私自利同其他方面的自私自利不同,它在某种情况下是不得已的,是“微妙莫测”的,因而是可以原谅的。这类作品支持了歌颂了爱情上的资产阶级思想,对于青年一代的道德面貌起着腐蚀的作用,作品艺术性越强,不好的影响也越大。例如《悬崖上》这样的小说,在艺术描写上是相当生动的,色彩很鲜明,但在加丽亚的处理上却有很大的问题。加丽亚明明是一个玩弄男性充满资产阶级个人主义思想的姑娘。如果站在工人阶级立场上,作者就会在描写她动人的风姿身影的同时也用艺术的语言揭露她内心丑恶的一面,然而在这篇作品中,作者对加丽亚根本没有进行批判的要求,相反地,对她的美丽却大加欣赏。作品给读者留下的印象,是加丽亚的热情、美貌、轻佻、和对男性的吸引力……引起人们的羡慕的爱压倒了对她的憎,她的外貌美压倒了内心的丑。产生这种现象的根源,显然是作者自己的思想深处就有着那种自私自利的丑恶的资产阶级个人主义的感情,并且受着那种“写真实”、否认人的感情有阶级性的胡风的反动文艺思想影响的缘故。

《东海》去年十二月号上,有一篇丰村作的《周丽娟的幸福》。周丽娟是一个部队中作政治宣传工作的女干部,她的性格,简单点说,同“美丽”中的季玉洁是一个类型的。如果说,“美丽”这篇小说“并不美丽”,那周丽娟的幸福也就决不是真正的幸福。“美丽”中把损人利己的自私自利的个人主义感情用“没有办法”“为了工作”等借口下美化了,使人们对于季玉洁内心自私的一面不但不批判,反而引起了共鸣。仿佛责任全在何秘书长的爱人不能给何秘书长以爱情上的满足。对于何秘书长那种应当批判的方面同季玉洁从自私出发的妨碍别人的爱情,反而给以辩解,给以“美丽”的外衣。而在“周丽娟的幸福”中,也把周丽娟同她的第二个爱人的个人主义感情美化了。团政委江涛同英雄营营长黎红光同时爱上了周丽娟,政委感到十分痛苦,变成了“孤独而忧郁”的人,“精神焦疲,身体很快瘦下来了,爱情把他磨折坏了。”——这里作者显然把他所十分熟悉的小资产阶级知识分子失恋时精神失常的状态“灵活运用”到解放军的身上去了。于是江涛扮演了一个自我牺牲的“第三者”的角色。周丽娟同黎红光结婚了,她同时对江涛又怀抱着感情,这本来并不是一种非常健康的心理状态,但作者却把它描绘成很自然的、健康而合理的。黎红光在一九五二年秋天在朝鲜牺牲了,一九五三年除夕周丽娟碰见了江涛,这时她已有了孩子,当她在舞池中忽然发现江涛的眼光时,她看见那双眼睛"那么惊喜而明亮,就像那饥饿的人得到了意外的饮食似的(注意这个比喻的含义!——引用者)。我的整个身心被那双眼睛吸引去了。那眼睛呵,它使我全身震颤,它使我心神不好了。"于是两人走到舞池外,这个江涛竟不先问一声她的心情、她的孩子、她的丈夫牺牲后的生活情况,在第一次同已故的战友的妻子见面时就在狂热的爱情的激动里不住地说:

"终于碰到了,终于碰到了!"……

一个月后他就提出结婚。结果当然用"特别快车"的速度结婚了。于是江涛伏在周丽娟的肩上激动得流起泪来:

"在世界上,没有比我再幸福的了!"

于是周丽娟也就得到了最大的幸福。

小说有两万多字,还有一个大尾巴,这里都不去谈它了。我们知道,解放军的团政委,是一个多么崇高、多么令人钦佩的共产主义战士啊!但这篇小说中的被作者颂赞着的团政委,那里像个政委呢?在他的感情世界里,是资产阶级个人主义的东西,他关心自己的恋爱超过关心自己亡友的妻儿;周丽娟也并没有真挚的爱情,她的爱情是虚浮的,所谓"热烈",是从小资产阶级的狂热出发的。他们的结合是在个人主义基础上的结合。不管是江涛,不管是周丽娟,以工人阶级的观点来看,都有值得加以批判的地方,但作者却美化和歌颂了这样的爱情,而且把这样的爱情叫做真正的幸福。

难道这不是宣扬资产阶级个人主义的爱情观点吗?

四

人性论或人情论,也是近年来颇为流行的理论。这种理论说:人都有喜怒哀乐之情的,我们文学之所以有公式化概念化的现象,就因为"人情味"太少,加进一点"人情味"去,好作品就出来了,就"真实"了。例如巴人[①]同志《论人情》一文中就说,现在新文艺的主要毛病是"政治气味太浓,人情味太少"。——"人情是人和人之间共同相通的东西。饮食男女,这是人所共同要求的。花香、鸟语,这是人所共同喜爱的。一要生存,二要温饱,三要发展,这是普通人的共同希望。"因此,文艺必须以这种"人人相通的东西作基础"。换言之,文艺必须以人情味作为创作的基础。与此相同的还有徐懋庸,他在文汇报上发表的《过了时的纪念》一文中,以为现在阶级快要消灭了,所以不应当再强调阶级性,而应当以"共同的人性"作基础,如果强调了无产阶级的党性、阶级性,就会变成"矫情"。钱谷融的长文"论'文学是人学'",则在人道主义的口号下来偷贩人性论。

---

① 下点系作者所加。

这种理论的特点是从抽象出发。"人情"是什么?是指人对待生活的基本的感情。人是社会的存在,在阶级社会中,人的感情(包括饮食男女在内)不单纯是一种生物学上的特性,而是带上了社会内容同阶级内容的感情。同人的社会地位没有关系的纯粹的"人情",恐怕只有在人类社会形成之前的野蛮人时代去找,那时代"饮食男女"就是为了满足食欲和性欲,可算是完全"共同的"。等到人类社会产生及进入阶级社会之后,饮食男女在不同阶级的人身上也就显出了不同的性质。资产阶级在"男女"关系上以放纵享受、荒淫无耻、玩弄异性为"人情味",在他们看来,共产主义道德和没有通奸卖淫作补充的严格的一夫一妻制就是违反"人情"的,他们以为无产阶级建筑在共同政治基础上的对爱情的忠实、专一是"不合人情",是"矫情";而无产阶级则以共产主义道德作为男女关系的基础。鄙弃资产阶级的人情味并以资产阶级的人情味为可耻。资产阶级或小资产阶级知识分子把"鸟语花香"看作人生最高的乐趣,他们"喜爱"鸟语花香,是因为陶醉在这种自然境界中可以抒发自己忧郁而带着个人主义苦闷的感情,因此常常闻花伤情,见鸟赋诗。从"鸟语花香"中回到现实斗争中来时反而有一种茫然若失的感情。而无产阶级同劳动人民则把鸟语花香当作劳动后的休息,他们的美感是健康而愉快的,他们在"鸟语花香"上的"人情味"也同资产阶级小资产阶级个人主义的"人情味"有差别。无产阶级的使命是彻底解放全人类,全体人民都要通过长期改造变成一个工人,所以无产阶级的人情是最合符大多数人民利益的人情,是未来的全人类共同人性或共同的人情的基础。然而在资产阶级、小资产阶级看来,无产阶级的人情是没有"人情味"也不符合"人性",是"矫情",他们顽强地坚持着以自己个人主义的、小圈子的"人情"为"人情味"。个人利益自觉地服从党的、集体利益么?这是"矫情",是"机械论","人不为己,天诛地灭",只有在个人利益同集体利益矛盾时发生动摇、怀疑才是合符"人情"的,这样的描写才有"人情味";爱情失恋时能够不神魂颠倒而还是把自己精力集中于伟大的共产主义事业么?这是"矫情",是没有"人性",所以作品"枯燥"了,只有在失恋时把一个革命者写成内心痛苦觉得生活在世界上没有任何味道、矛盾得想吃安眠药了,这才是"合符人情"的。从资产阶级的"人情"或"人性"出发,就觉得无产阶级同劳动人民伟大的革命品质同集体主义、大公无私的感情都是没有人情味的,他们不能理解无产阶级内心世界崇高的精神面貌。这种理论自以为提倡共同的人情,实际上是在提倡资产阶级小资产阶级的人情而反对无产阶级的人情,它同历史发展要求资产阶级小资产阶级改造成为工人阶级的这个基本方向背道而驰。我们要重温并牢牢记住毛主席的指示:"有些小资产阶级知识分子所鼓吹的人性,也是脱离人民大众或者反对人民大众的,他们的所谓人性实质上不过资产阶级的个人主义,因此在他们眼中,无产阶级的人性就不合于人性。现在延安有些人们所主张的作为所谓文艺理论基础的‘人性论’,就是这样讲,这是完全错误的。”

在社会主义革命时期人性论、人情论的重新抬头,不但是一个文艺理论问题,它以文学问题的形式反映了社会上一部分资产阶级、小资产阶级分子在思想改造中对于无产阶级思想感情的抗拒心理。无产阶级领导的社会主义革命深入到每一个人的感情上,要求每一个人改变自己以适合社会主义,但这一部分人却对于无产阶级的感情格格不入,就以无产阶级缺少“人情”为借口,希望永久地拖住资产阶级、小资产阶级狭窄自私的“人情”。批判这种思想是一个长期的阶级斗争。既然这种思想是反映着社会中某些人的思想动向,那么,在作品中也会有反映的。

前一个时期中,有一些作品为了表现“人情味”,就专门去寻找一些悲欢离合的故事和爱情生活上曲折凄清的遭遇,或者是所谓人生中“不可挽回”的悲剧,以为这样才能真正感动人,引起人们感情上的波澜。是的,这一类作品能感动人,但是,它是用一种什么感情在感动人呢?它引起了人们一种什么感情呢①?

例如“红豆”,这是一篇在知识分子中引起了相当多人同情的作品。它在艺术描写上是细腻而有吸引力的,在表现一个小资产阶级知识分子走向革命过程中内心的矛盾和痛苦,有它成功的一面。它也在客观上显示出基于个人主义的爱情在革命高潮中必将决裂。在爱情生活上,这是一个悲剧。照理说,这样的题材是应当通过对过去的批判促使人们向上、追求更美好的未来的,然而不,在读完之后,留给我们的主要方面不是江玫的坚强,而是她的软弱,不是成长为革命者后的幸福,而是使我们感到一种无可奈何的痛苦,仿佛参加了革命以后就一定得把个人的一切都牺牲掉,仿佛个人生活这一部分空虚是永远没有东西填补得了。作者通过江玫的口说:“我不后悔”,然而通篇给我们的印象却是后悔②,是江玫的永生伴随着她的悔恨,同齐虹断绝关系后无法补偿的痛苦,最后留给我们的,不是“我不后悔”,而是一个手中握着“已经被泪水滴湿了的”悔恨终身的女性的形象。……

这当然是一种颓发的、脆弱的、不健康的小资产阶级个人主义的感伤。它会削弱人们的革命意志。

作者是想刻划出这种悲欢离合的“人情”的可以设想,作者也曾经想把“我不后悔”作为主题思想,刻划出小资产阶级知识分子江玫经过种种复杂的内心斗争,在党的教育下终于使个人利益服从于革命利益,同那个反动的逃到美国去的爱人毅然断绝了关系。这种企图是好的。然而,事实上作者并未站在工人阶级立场上来描写小资产阶级知识分子的心理状态。一当进入具体的艺术描写,作者的感情就完全被小资产阶级那种哀怨的、狭窄的诉不尽的个人主义感伤支配了。这明显地表明在对齐

①② 下点系作者所加。

虹的处理和对江玫内心世界的塑造上。齐虹是一个不折不扣的反动青年,他对人民革命是仇视的,当解放大军向这个城市胜利前进时,他一定要江玫离开中国跟他到美国去,江玫不肯,他就抛下江玫走了。他对于新中国抱着深刻的憎恶,他轻蔑地回答江玫道:"我留下来? 我的小姑娘,要我跟着你满街贴标语,到处去游行么? 我们是特殊的人,难道要我丢了我的物理音乐,我的生活方式,跟着什么群众瞎跑一气,扔开智慧,去找愚蠢! 傻心眼的姑娘,你还根本不懂得生活,你再长大一点,就不会这样天真了。"这样的人内心是黑暗的。他对江玫的爱情,并不是真挚的爱情,而是一种极端自私自利的、狂热的追求个人享受的爱情,他爱的是她"粉红色指甲的小手"之类,一当爱情危及他个人利益时(要他留下),他就把爱情抛个干净。这样的人,这样的感情和爱情,是应当痛加批判的,批判的方法不是用公式化概念化的方法,而是应当揭露他内心那些卑鄙的念头,揭露出他热烈的爱情的虚假性,使人痛恨他。如果这样做,就不会引起读者对这种爱情的留恋和惋惜,而只会引起对齐虹的憎恶和对齐虹这类人物的警惕。但作者却不是这样,他虽也触及了齐虹的那种冷酷的个人主义,但却把他对江玫的爱情写得十分缠绵、十分幸福,把他写得感情非常"柔和"和"热切",并且处处地方从江玫对齐虹的留恋中反映出齐虹的爱是真挚的,齐虹(而且只有[①]齐虹)才能给她以幸福,当她的女友也是地下党员劝她同齐虹断绝时,她竟迟钝而麻木地说,"忘掉他——忘掉他——我死了,就自然会忘掉。"这就把齐虹在爱情上的丑恶面完全掩盖起来了。春日弹奏,月下照影,湖畔定情……留给人的是这种"幸福"的生活。留给人的是江玫"靠在齐虹胸前,觉得这样撼人的幸福渗透了他们,在她的灵魂深处汹涌起伏着湖水似的柔情"的图画。当革命硬把这样"幸福"的爱情生生拆散时,怎么不引起人们的惋惜和叹息呵,"我不后悔"显得多么空洞无力!

美化了齐虹的毫不值得赞美的爱情,这是作品中感伤的、不健康的思想倾向的来源。其所以如此,可能是因为作者自己对于爱情还抱着不正确的观点,以为爱情同一个人的政治品质不一定有直接关系,即使甲是反动分子,只要甲爱乙,乙也爱甲,两人就是幸福的了。如果断绝了这样的爱情,那感情上的伤痕就永不能收口。他不能看见极端个人主义在他貌似热烈的爱情背后的自私同黑暗,一个政治上反动的人要有非常真挚的爱情往往是不可能的。同样的,对于江玫,作者过份强调了她内心的创伤,其实,她应当也可能在解放了的新中国找到真正的幸福、找到比齐虹对她的爱情美满得多的爱情。初恋的波折自然会影响一个少女的心灵,但她是一个共产党员,一个无产阶级的先锋战士,她完全可能(而且在生活中也是如此)摆脱过去生活的这种影响。但作者却照自己的艺术感受把一个共产党员写得像一个没有党员气息的小资产阶级知

① 下点系作者所加。

识分子,对于反动的齐虹那么留恋,请看开头江玫拿起两粒红豆时的心情状态:

江玫知道这里面有多少欢乐和悲哀。她拿起这两颗红豆,往事像一阵烟雾从心中升起,泪水遮住了眼睛——。

这是一幅多么暗淡凄凉的图画!而作者,是抱着全部的同情在描写的,在字行中可以看出作者自己的感情的颤动。如果江玫仍不能忘掉齐虹,那就是一种同共产党员感情不相容的错误,作者应当批判她这一面;但是不,作者自己就同江玫的感情溶化了,作者没有比江玫站得更高,看到过去[①]江玫的爱情是一种小资产阶级的爱情,是毫不值得留恋和惋惜的,作者自己也被这种"人情味"沉醉了。当作者的感情同情地沉浸在人物的感情中,而这个人物的思想又是非工人阶级思想时,他会用各种方法美化事实上并不美的东西。某种正确概念的结尾,代替不了作品本身的非工人阶级的倾向。像"红豆"以及类似的作品这样来写"人情",对于人民就只能培养他们颓唐的、感伤的感情,根本不能用社会主义精神去鼓舞人民建设社会主义的积极性。

不是无产阶级的、劳动人民的人情同人性,就一定是资产阶级小资产阶级或地主阶级的人情同人性,二者必居其一。我们需要的是无产阶级的人性或人情,社会主义现实主义对于非无产阶级的人性或人情,应当采取批判的态度。如果对于那种个人主义的思想感情抱着同情或共鸣,那作品也一定会离开社会主义现实主义,离开为工农兵服务的方向。

五

上海在大鸣大放中间曾经出现过一阵"阿飞戏"的怪风,什么"阿飞总司令""阿飞轰炸机""阿飞制造厂""阿飞展览会"……一时竟有八九个之多。这些戏表面上是在讽刺阿飞,实际上除个别而外,绝大多数是抱着客观主义的欣赏的态度来演戏的,把阿飞的荒淫无耻的生活活龙活现地搬上舞台,原封不动地表演阿飞的抢劫、偷窃、侮辱女性等等"精采"手法,满口黑话、服装奇形怪状的男女阿飞神气活现地在舞台上飞来飞去,做着各种恶劣的动作……这样的"讽刺"那里是在讽刺呢?即使结婚阿飞被捉,但整个戏给人的还在宣传阿飞生活方式,这些戏当然是不能起什么好作用的,受到了舆论一致的贬责,于是很多剧团自动停演了。

对于坏现象的揭露,不能采取客观主义的态度。只有当读者或观众从揭露中引起对于坏现象的憎恨,完全压倒坏现象本身所可能引起的某种诱惑性的影响时,这样的揭露才是有意义的。因此,艺术表现上就要有选择,并不需要把丑恶行为每一

---

① 下点系作者所加。

个细节都搬到作品中去。小市民的庸俗趣味是欣赏[1]这种丑恶事物的，他们希望从戏中或作品中能够得到低级趣味的刺激，例如阿飞戏，就正投合了小市民的这种低级趣味，它本身也体现出这种城市资产阶级庸俗下流的意识。这种意识浸入到文学中，也造成某些文学作品的低级趣味同用欣赏、展览的态度对待某些坏人坏事。

陈登科[2]的“爱”是一个最突出的例子。这个小说中色情倾向的来源，就是因为作者津津有味地、甚至带欣赏性地描绘了牛玉山这个流氓的下流无耻的动作。这种动作本来是应当在揭露牛玉山丑恶的本质中不必要提到或不必要作具体细致地刻划的，但作者却细致地加以刻划了。对于牛玉山这个残忍、冷酷、野兽般的人，作者笔下在写他时却没有愤恨的感情，在写在一套接一套的玩弄女性的手段中，作者只是外形上的描写，甚至也提到他内心的“痛苦”“懊悔”，但对于他这个杀人犯内心的凶恶，作者感情上似乎没有引起一点波澜，这篇作品原来应当大声疾呼地告诉我们：“憎恨这个流氓吧！从生活中把这些毒虫彻底铲除吧！”但事实上它给我们的却是一个恶棍的丑行的客观主义展览。

所谓“写真实”的理论家们，或许会用“真实”来为这种情形辩解。但社会主义现实主义关于写真实的概念，是与这种客观主义的展示任何一种真实现象是毫不相容的。“真实地”“不加掩饰地”地描写性行为或其他下流事物只能产生色情倾向；“真实地”不加任何批判“意见”地去描写阿飞生活就一定会产生下流倾向，这个事实存在就铁一样证明只要“写真实”就会有社会主义倾向的理论的破产。无产阶级立场和自觉的马克思列宁主义世界观，对于美的事物和丑的事物的鲜明的表扬和批判，才能使作品中产生社会主义的倾向性。这同公式化概念化，同要求作品用概念化的“标语口号”来表现政治内容，是完全两回事。后者是离开了对生活的深入、熟悉、分析、研究来提出问题的，前者则是从社会生活出发，要求作者用“辩证唯物论和历史唯物论的观点观察世界、观察社会、观察文学艺术”（毛泽东）。以反对公式化概念化的为借口想反掉自觉的倾向性，是绝不可能的。

对于官僚主义、二流子等等人物的讽刺，也不能采取客观主义的态度。否则，除了混淆敌我这类错误之外，就极易变成油滑或插科打诨，失去了严肃的教育意义。健康的笑使人愉快，更深刻些的则是在笑中引起读者的思索或自省；而不健康的笑则只会使人的感情低下、转向庸俗的小市民的发泄。

《奔流》四月号上有一篇《星期天》的小说，是描写一个工厂的二流子狄方（工人俱乐部主任）一天放荡的生活。狄方是一个花花公子，心里的念头同阿飞们完全一

---

①② 下点系作者所加。

样,这种人的行为是应当予以彻底批判的。但作者并没有从批判的[①]角度来考虑艺术的构思,相反地,却用一种狄方式的语汇(即油腔滑调而带着怡然自得的语汇)来描写狄方的生活,把他的一天调情同动女人念头的生活"客观"地展览出来,而且把狄方写成一个风流自赏身材硕长引起无数姑娘羡慕的美男子,这样就反而把这种内心很丑的人物贴上了金。这原因,是因为作者对于狄方这种人,缺少从工人阶级立场出发的强烈的憎恶,因而被资产阶级意识和某些表面现象俘虏了。

作者这样描写他的外形:

> 他的一举一动,都好像经过专门训练似的,在姑娘们眼里总是那么有风度!他的头发黑黑的,既不油滑,也不散乱,总是给人一种柔顺、潇洒的感觉。他的眼睛,常常闪着愉快和热情的光,看人时又象在欣赏什么艺术品。总之,在姑娘们眼里,他好像具有一种不可抗拒的魅力。

这些语汇中带着非常明显的欣赏的[②]口吻。"给人一种感觉",这当然也是给[③]作者了,也就是说,作者用自己的感情所感受到的狄方,就是这么一个美貌而对一切女性富有魅力的美男子。然而狄方是一个什么人?极端自私自利,自封为"女人国"的"国王",他用尽心思觅集了一整本各种姑娘的照片,有"带辫的、烫头的、胖的、瘦的……凡是与他相认的人都可以在这里大饱眼福。"他星期天挑选了这个去玩弄,碰钉子之后又找那个,最后在舞池中,在姑娘环绕中找到了自己的满足……昏沉的、"陶醉"的一天过去了之后,他倒在床上睡着了,睡得"安详"而"幸福"……就是这么一个狄方,如果有工人阶级的感情,对于他的外貌是会采取讽刺的[④](从美的外表下暴露出丑)手法而不会采取欣赏的[⑤]手法的,作者的艺术"感觉"也不会只[⑥]看到外表上的美而感不到他那种作风的虚浮同自私,不会感不到他自我夸张的口气同实际上的空虚无知的矛盾和可笑。……然而作者整篇都用了欣赏的口吻,狄方肉麻地去闻"大红的"女人手帕之类的镜头也是如此。不能不使人想到,作者感情上对狄方的某些方面自觉不自觉地起着共鸣。至于这篇小说中使人感到在新社会中一个资产阶级的花花公子竟可以在我们社会中这么自由自在,把工人阶级的姑娘们写成全部是被这个下流的坏蛋的"魅力"所吸引,把工厂中的环境写在了仿佛对他非常有利,他可以横行无阻,而对于他碰壁的描写却那么软弱无力,只是暂时的[⑦]挫折和玩弄新的女性的前奏,那就不单是低级趣味问题,而是涉及对我们社会、对工人阶级根本看法了。把丑恶人物写成通行无阻自由自在,一直到结尾仍是给人以这样的感觉,仿佛我们的土壤很适合这种人物的生长,那就会形成对于社会主义社会的某种丑化的。《阿K经历记》中,就有着对于阿K的欣赏性的描绘(用的也是阿K式的语言)同对革命的组织的

---

①②③④⑤⑥⑦ 下点系作者所加。

嘲笑,好像党同革命组织是会培养出"阿K"式的无耻之徒似的。由于已经有人专门写过文章,这篇可以作为低级趣味同讽刺革命组织的标本的作品,就不去分析它了。

在前一个时期内,这一类作品的出现不是个别的。这些作品非但不能培养人民高尚的、社会主义的美感,反而借"讽刺"之名推销那些不能正面表现的资产阶级趣味。陆定一同志说,趣味也是有阶级性的,这在文学作品中也得到了证明。所谓"写真实"的理论则助长了这类作品出土的勇气。小市民的资产阶级低劣庸俗的感情是社会主义思想的敌人,我们应当不懈地同它斗争,在每一次斗争中,也不要忘记挖掉支持这类趣味的理论的根——不管它是在什么乱草的掩盖下。

六

除了上面这些之外,在作品中还有强调地表现纪律同自由的矛盾,把纪律对于革命者的约束表现成为很残酷的;有把老干部大多数写成乱搞男女关系,并且把老干部写成仿佛已经"蜕化"了,只有青年中间才有新生力量;有的根本否定苏联文学的成绩同中国新文学运动的成绩,散布对于社会主义现实主义是"此路不通"消极思想;有的歌颂青年中的个人英雄主义,把青年积极性同革命组织对立起来,用贬低组织作用的方法来提高青年的积极性,鼓吹无政府主义的情绪;有的把今天人和人的关系说成被"等级"划分了,要求绝对平均主义……这些,都是应当加以批判的。但一来这些论文和作品政治观点、文学观点上的错误很明显,直接地反映着修正主义的观点,大都已经或正在进行批判;二是篇幅有限,所以就略去了。在这里提一提,只是要求读者注意到还有一些我们没有论及的问题在。在我们讨论到的一部分的作品中,基本的思想是个人主义思想。这些作品中是从资产阶级、小资产阶级立场描写了社会主义集体同个人主义的对立,有的公然宣扬敌视社会主义的反动思想,有的不同程度上支持了个人主义思想、反对了社会主义的集体主义思想。这里反映出集体主义同个人主义的矛盾已经比过去更加尖锐化了。此外,这篇论文没有涉及诗,因为诗歌有很多特征,诗歌中的倾向是需要专门研究的。

现代文学中的修正主义思潮,有三个值得注意的特点。一个是他们把自己扮成为"马克思主义者",而把一切马克思主义的基本原理都歪曲为"教条主义",认为马克思主义世界观和自觉的党性是产生公式化概念化的原因,于是就在攻打"教条主义"同"突破公式主义的框框"的口号下来否定马克思主义,对于马克思主义进行这种或那种"修正",对于社会主义事业同党的领导进行巧妙的"批判"和否定。他们之所以采取这种策略,是为了封住别人的口,为自己取得合法的地盘。这反映出:修正主义思潮是竭力想利用我们批判教条主义来钻空子,进行鱼目混珠的勾当。其次,修正主义者总是打着"革新者""创造者""探求者""探索者""干预生活""创立新的艺术流派”这样一些招牌,他们要求“创作自由”,仿佛他们是为了在艺术上别树一帜,他们是百花齐放、百家争鸣的方针的积极执行者,所以如果谁批判他们,就是执行百花齐放、百家争鸣的方针不坚决,就是妨碍了他们的“自由”。然而这个策略也骗不了人。“百花齐放、百家争鸣这两个口号,就字面看,是没有阶级性的,无产阶级可以利用它们,资产阶级也可以利用它们,其他的人们也可以利用它们。”(毛泽东)我们是站在无产阶级立场来提出和贯彻这个方针的,因而我们要发展的是社会主义文学,要坚持的是马克思列宁主义思想同文学的工农兵方向,我们用六条标准来判别是非,对于一切反马克思主义的、反社会主义的倾向,在允许他们表现的同时,我们就一定要进行思想斗争,只有积极地、正确地进行这种斗争,我们才算真正执行了百花齐放、百家争鸣的方针。而修正主义者则是从资产阶级立场来利用百花齐放、百家争鸣的方针的,他们的所谓“创作自由”,就是要求资本主义思想倾向有自由发展不受批判的自由,就是要求有攻击、歪曲马克思主义而不受批判的自由,就是要求执行资本主义文艺路线的自由,如果他们有了这种自由,我们就没有发展社会主义文学的自由,没有坚持马克思主义思想的自由,没有坚持文学的工农兵方向同社会主义文艺路线的自由。我们决不能同意有这种同工人阶级劳动人民的根本利益相抵触的资本主义自由存在。修正主义者的什么“革新”“探求”之类,因为是反马克思主义的,所以只会使人倒退而不会使人进步,“艺术上的探索”只会“探索”到资本主义的、反社会主义的歧路上去。把这一点讲明白,他们用以迷惑一部分人的新鲜的名词就立刻显露出自己灰黑色的原形。再其次,在这次修正主义思潮中,修正主义几乎动用了一切可以动用的工具,他们从老祖宗的坟墓中搬用了许多陈旧而又陈旧的锈刀烂枪,把它涂上现代化的油彩,就向马克思主义挥舞起来了。“创作自由”就是胡秋原、苏汶之流早已在三十年代就使过的枪法,“写真实”是胡风派声嘶力竭地喊了二十多年的老调子,“揭露黑暗”是王实味、罗烽的老法宝,“人情味”或“人性论”是梁实秋用以反对阶级论的武器,这些早就被毛主席和鲁迅批驳得体无完肤了。……但幽魂不散,在这一阵泛滥的修正主义思潮中全部借尸还魂。他们还根本上抛开历史已经发展到无产阶级的社会主义革命时代这个特点,用西方资产阶级文学来作为社会主义文学的范本,要求我们的文学走资产阶级的现实主义的道路,这也是许多反对社会主义现实主义的思想敌人使过好多次的手法。老调子的复活,说明了这样一个事实:只要资本主义思想还存在,那些被批判过、甚至被批判过许多次的资产阶级理论在某种情况下也还是会一再重新出现的。我们认为是老古董了,修正主义者却认为是新产品。在思想战线上,我们还有长远的战斗任务。

文学中的修正主义思潮一年多以来有了相当的发展,同社会上的修正主义思潮一样,并不是一种偶然的现象。它有很深刻的社会根源、阶级根源同历史根源。第一,从根本上说,有资产阶级思想存在,在理论上就可能出现修正主义。经济上的社会主义革命基本完成之后,资产阶级、小资产阶级思想同社会主义的矛盾就尖锐化了,小资产阶级思想也属于资产阶级思想范畴,而资产阶级思想对于前进的社会主义事业是反动的思想。“资产阶级、小资产阶级,他们的思想意识是一定要反映出来的。一定要在政治问题和思想问题上,用各种办法顽强地表现他们自己。”(毛泽东)在经济上社会主义革命基本完成之后,资产阶级、小资产阶级思想失去了自己的基础,却还要特别顽强地表现一下自己,想同马克思主义来斗争一下,在理论上为已经失去的基础作辩解同挣扎。在文学中,就表现一部分人对于社会主义同马克思主义思想的抗拒,对于社会主义文艺路线的怀疑,对于工人阶级感情的冷淡同厌恶,对于资产阶级感情的留恋、怀念同欣赏。因而在这一时期内,修正主义思潮有了发展。第二,是因为右派分子的猖狂进攻。毛主席指出,在右派分子发动的反社会主义的斗争中,“修正主义者就是他们最好的助手”。为了反对共产党、反对社会主义社会,右派分子就主动地有意识有目的地去制造和扩大修正主义思潮,推波助澜,把修正主义思想做(作)为他们反动活动的理论上的武器,因而特别促使了修正主义思想的发展。文学界中的形形色色的修正主义的言论和许多有毒素的作品,很大一部分是出自党内外的右派分子之手。所以反右斗争一定会联系到对于修正主义的批判。第三,从历史上说,以胡风、冯雪峰为代表的一条修正主义的文艺路线,曾经在革命文艺内部散布了很多影响,并且获得了一些资产阶级个人主义者的同情。这条资产阶级文艺路线的影响还未被彻底肃清,在这次鸣放中又附在陈涌等人身上采取了进攻的姿态。文艺工作者出身于剥削阶级家庭的占大部分,除了接受苏联文学影响外也接受了许多资产阶级文学的影响,这些文学在民主革命时代有其不同的积极意义,而在社会主义革命时代还是用资产阶级进步文学的尺度来衡量、要求社会主义文学,也会表现为拉人倒退的文学上的修正主义。第四,国际上的匈牙利事件的发生,帝国主义的疯狂叫嚣同东欧国家中产生的反苏、反马克思主义同反社会主义现实主义的修正主义思潮,对于我国文学界中也是有影响的。文学界中一部分不坚定的人,受了这种思潮影响,对于马克思主义的基本原则就发生了动摇或怀疑。右派分子则抱着幸灾乐祸的态度看待这一切,梦想社会主义的文学事业也许要垮台了。修正主义思潮本来是带国际性的,它在资产阶级知识分子中很容易引起共鸣,因而国际上那股反对马克思主义文艺思想同反对社会主义现实主义的逆流,就不能不对我国文学界产生一定的影响。

以上情况说明,我们同修正主义者的大辩论还会继续一个很长的时期。在同修正主义作斗争中,党和毛主席给我们总结了一条重要的经验,就是要“力求用辩证方法。要有科学的分析,要有充分的说服力。教条主义的批评不能解决问题。”这是这一次我们同修正主义思潮作斗争时要注意的一点。教条主义并不能把修正主义驳倒,反而造成修正主义思想反扑的一种借口,只有用辩论说理的方法真正从思想上理论上把修正主义的论点驳得无立足之地以后,斗争才算取得真正的胜利。

现在,我们已经比较深刻地体会到毛主席说的"修正主义,或者右倾机会主义,是一种资产阶级思潮,它比教条主义有更大的危险性。"这句话的意义了。苏联文学的历史同我国新文学的历史都证明了这一点。丁、陈、冯反党集团的揭发同文艺界反右派斗争的深入也证明了这一点。修正主义思想最集中的是企图否定和削弱党的领导,当我们批判文学中的修正主义思潮的时候,也就不能不想到党的领导的极端的重要。

对于那些受了修正主义思潮影响的人来说,根本原因之一就是没有牢固地树立党的领导的观念。当他们遵照了党的指导、党的思想进行生活、创作时,他们的路就是正确的,工作是有成绩的;然而当他们一旦把自己看得比党聪明,想离开党的思想、党的领导去凭个人主义的才智创造什么"新"理论"新"流派时,就立刻跌入修正主义的污泥潭中,他们的写作也就一事无成,严重的变成右派,毁灭了自己的政治生命同文学生命。在形形色色的资产阶级理论的暗雾中,党的领导、党的思想是一盏不灭的明灯,光芒四射地照耀着我们前进的道路。个人是渺小的,一个作家,不管是党员或非党员,只有当他完全同党站在一起,用党的思想来指导自己的创作,从党的立场来观察和描绘生活,用党的革命精神来进行斗争,全心全意地为党的事业而献出自己的全部的精力同全部的生命时,他才能成为真正的人民的作家。

1957 年 10 月

——原载《人民文学》1957 年第 11 期

侯金镜

一部引人入胜的长篇小说

——读《林海雪原》

开国以来,我们的文学作品在读者(中)所发生的影响中,有两件不能忽视也不可抹煞的事实。其中一个是,描写新英雄人物而且革命感情充沛的作品,只要是产生在坚实的生活基础上的,哪怕还有些粗糙、加工锤炼还不够,也受到读者们的欢迎。这样的作品在读者面前展开了崭新的生活图景,他们急迫地要从那里面吸取能够丰富和提高精神生活的营养。在思想内容和艺术创造上都获得了一定成就的作品,如《万水千山》《保卫延安》等就不用说了,深印在读者脑子里的李有国和周大勇的形象,已经成为鼓舞激励他们勇往直前的力量。就是介于历史和文学体裁之间的传记《刘胡兰小传》《把一切献给党》《志愿军英雄传》,历史纪实的《志愿军一日》以及丛刊《红旗飘飘》中的若干篇章,也引起了无可计量的读者的兴趣,读者们把它们当做学习怎样生活、怎样做革命者的教科书来对待。这些作品出版以后,读者们竞相阅读、互相传阅以至形成了一种时代的风气。

另一个事实是,在描写新英雄人物的作品当中,有一部分虽然思想性的深刻程度尚不足,人物的性格有些单薄、不成熟,但是因为它们具有民族风格的某些特点,故事性强并且有吸引力,语言通俗、群众化,极少有知识分子或翻译作品式的洋腔调,又能生动准确地描绘出人民斗争生活的风貌(如《铁道游击队》《新儿女英雄传》,等等),它们的普及性也很大,读者面更广,能够深入到许多文学作品不能深入到的读者层去。

这样一些作品的出现,在我们的文学园地中并不是个别的或偶然的。军队、工厂、矿山和市镇文化馆站的阅读登记卡片,就是准确的测量计,每年都会有几部这样的作品在读者中广泛流传。我们的文学批评工作,如果不脱离广大的文学作品的读者,并且在他们中间起到积极的辅导作用,就不能无视这些作品。

《林海雪原》和前面提到的后一种作品相类似。这本书有着浓厚的传统色采

(彩)。你一翻开它,读不上几十页,就一定会被那小分队千变万化的侦察追踪、超越天险、深入虎穴等勇猛神奇的故事吸引住,被那北满的深山密林莽莽雪原的壮丽景色迷住。它虽然长达40万字,却是可以一口气读完,并被那小分队英雄业绩所惊服所鼓舞的作品。

这本书是新出现的作者曲波写的。它向读者叙述了人民军队的一支数十人的小分队怎样征服林海,踏透雪原,与数十倍于自己的国民党匪徒——所谓"中央先遣挺进军"周旋作战,终于将匪徒全部歼灭的故事。其中一个片断《奇袭虎狼窝》,是描写小分队进行的四个惊险奇绝的战斗中的一个战斗。一九五六年在《人民文学》发表的时候,读者对它就发生了很大的兴趣,急迫地希望了解小分队斗争的全貌。去年十月,《林海雪原》出版了,带着传奇色采(彩)的小分队的斗争事迹,很快就在读者中传诵开来。

对于作者,我了解得不多。仅仅从曲波在《北京日报》发表的《关于林海雪原》的自白里约略地知道,他曾在人民军队做过中级指挥员,《林海雪原》是他的第一本著作。可以想像得出来,这位在比较长的时期里参加革命战争的年轻指挥员,当然不会有充裕的时间进行文学写作的准备工作。在过去,他也许从未想到要写作品。曲波由于缺乏写作经验,在他的作品里不可免的要有弱点和不成熟的地方。例如,塑造人物的本领还不熟练、结构上拖沓、环境故事和人物性格之间有时处于游离状态、语言的使用也有庞杂不精炼(练)之处。这些弱点,显然是由于写作经验不足而带来的。不过值得注意的是,为甚么这些弱点并没有影响了这本书的魅力?为甚么这本书一出版就引起了这么多的读者的兴趣?

《林海雪原》刚刚出版了三个多月,想急于对它做出公允科学的评价是困难的,它还需要经过一段时间在读者中进行考验。可是作者的那篇自白,对于考察这本书有帮助。曲波告诉我们,他过去"每天写这本书,不感觉是坐在温暖的宿舍里,而是在林海雪原和小分队的战友们在一起"。这句话有它的特殊意义,因为作者不只是这个斗争的目击者,而且是从始到终的直接参加者,他自己就是实际生活中小分队的队长(少剑波这人物是经过作者再创造的)。他在写作时,在他脑子里所唤起的是亲身感受过的真切的回忆。他当然最熟悉这个斗争的经历,而且深切地了解它的意义。生活——产生《林海雪原》这本书的唯一源泉——对作者来说,早已有了足够的积蓄,不需要更多地依靠或借助于第二手材料。这个优越的写作条件,并不是每一个作家在写作之前都具备了的。

曲波又谈到,写这本书的时候,他不是为了甚么其它目的,譬如利用过去的一点生活本钱,企图通过文学写作来赚到名誉地位的利息等等。在《林海雪原》的扉页上,作者写着:“以最深的敬意献给我英雄的战友杨子荣①和高波等同志”。这个题辞并无矫饰或炫耀之意。因为,作者在写这本书之前,已经无数次地向人们讲述过小分队的斗争生活,他认为“应该让杨子荣同志的名字永垂不朽,传给子孙万代”。但是曲波觉得用口讲不能完全达到这个目的,“只有我一张口,顶多再加上活着的战友二十几张嘴”。是在这样一种责任感下面,曲波才把小分队的斗争写成书的。正因为如此,作者在作品里所注入的感情才坚实而充沛。

也正是为了达到这样的目的,作者就自然而然地考虑到这部作品的普及性,用甚么形式、怎样的方法来表现的问题。作者说,他“力求在结构上、语言上、故事人物的表现手法、情与景的结合上都能接近民族风格……要更多的工农兵群众看到小分队的事迹”。作者的这种努力得到了一定的成绩,成为读者喜爱这部作品的重要原因之一。

作者的自白和我们读了这本书过后的感受,至少有两点是共同的:这就是充沛的革命英雄主义的感情;接近民族风格并富有传奇色采(彩)的特色。

下面,试图就这两方面对《林海雪原》做一些探讨。

这本书的题材是新颖的题材,所描写的特殊的环境,特殊的生活和用特殊方法进行的军事斗争,是第三次国内革命战争时期东北战场的一个侧面。一九四六年是东北解放区战场最困难的年代,当时敌人囤聚在东北战场的兵力大大超过我们,土地改革在后方尚未全部完成。尤其是还有一部分国民党残匪潜藏在北满的深山密林中,人数虽不多,却威胁着土地改革的彻底完成,扰乱后方并牵制我军的一部分主力。他们像地头蛇一样十分熟悉山林的地形道路,并且分成几股,依靠进可以攻退可以死守的天险来和我们打麻雀战。对付这样的匪徒用大兵团进剿无济于事,等于“用拳头打跳蚤”。必须用精悍坚强“既能侦察又能打”的小部队,在广袤千里的林海雪原中与敌人周旋才行。这就是产生这本书的故事的缘由。像箭一样的小分队射入林海雪原以后,就要在几乎和主力完全失掉联系的情况下独立作战,克服那些不可想像的冰天雪地高山险阻的困难。这种特殊环境和特殊任务,决定了小分队当中每一个成员要发扬“孤胆”精神,不但要非常的勇敢,而且要有高度的智慧,去追寻踪迹不明而又凶狠狡猾的敌人,一股又一股地歼灭他们。小分队的革命英雄主义气概,是在这样的考验锻炼中表现出来的。

小分队的英雄战士们的性格,无论就时代历史特征来说,或就他们的成长发展来说,都没有表现得那么丰富、深刻和完整,甚至有些重要的人物在故事情节的进程是时断时续时隐时现的。但是他们的性格的一个重要方面:勇敢、智慧和战胜困难

① 据作者说,在实际生活中,杨子荣是在威虎山战斗中壮烈牺牲了的。

的坚韧不拔精神却显示得相当充分。作者的才能表现在,既能在紧张的冲突中表现人物的心理活动(这只是在一部分章节中),也表现在对于特定情境的生动刻划上——对于小分队所生活并对它进行斗争的辽阔的林海雪原,对于国民党匪徒的生活特征、习性,以及凶残狡猾绝望挣扎的精神状态,在作者的笔下,都是引人入胜栩栩如生的。

我想首先接触《林海雪原》的环境描写。这是吸引读者、引起读者兴趣的一个方面。它不仅从侧面烘托了小分队英雄战士们的革命气魄,而且给这本书平添了不少传奇色彩。

林海雪原的大自然环境是作者所着力、并且花了不少篇幅来进行创造的。本来是,一小撮不堪一击的国民党匪徒,正是凭借了天险才成为小分队的劲敌;而也正因为在这样的艰苦环境里,才突出了小分队排除万难的坚韧精神。作者用了不同的色调,从多方面描绘了林海雪原的“性格”。它有严酷肃杀的一面,巍峨险峻的九龙汇,巨石倒悬使人目眩头晕的鹰嘴山顶;表面上看来幽静,可是内里包含着阴险诡诈与杀机的河神庙;丰饶富足一望无际的绥芬草甸子,现在都成了无生气甚至是奄奄一息的大雪原……这一切构成了林海雪原严峻可怖的外貌。足以将全身血液都冻结的严寒气候;能齐腰截断大树,搅起雪龙并使它填平山谷改变地形的穿山风;发出暴烈怒吼、像霹雳、像惊涛骇浪朝大地复(覆)压下来的大风雪,这一些,又是它变化莫测的乖戾脾气。这种环境当然是冷酷而且恐怖的。但是随着小分队一次又一次的胜利,在小分队越来越昂扬的革命精神面前,大自然似乎也被驯服了,它性格中雄伟壮丽的一面也被揭开了。像被仙人的鬼斧神工造成的奶头山,威虎山(特别是战斗展开之前的夜景);像穿过长白山七里长的山洞以后豁然开朗、能够望到的水平如镜的镜泊湖;像暴风雪过后,彩霞染红整个林海的奇景(这要真正具有小分队那样的英雄气概、被深埋在大雪下面爬出来而毫无畏惧的人,才能欣赏得到的);林海雪原在宁静沉思的时候,它是多么壮丽而迷人啊!

作者又用人民的古老的传说,给林海雪原蒙上一层浪漫主义的传奇的轻纱,使读者神往,引起读者的遐想。灵芝姑娘和李鲤姑娘的传说,前一个表现了生活在这环境里的人民战胜邪恶的意志,后一个透露了善良人民美丽的理想,把大自然描绘得像仙境一样;已经逝去了的定河道人韩荣华的悲剧是真实的故事。但当回叙到他发出“十四年前霹雳重炸、十四年前山洪再发”的凄厉声音的时候,大自然也像和他在一起悲愤地呼啸。这些传说的共同特点是,人民把大自然人格化,来寄托他们的理想。到这里,大自然已经被作者赋予生命,和人民共悲苦、共欢乐了。

由于作者有发自内心的浑厚的感情,并且用雄健的笔触在这背景上涂染了浓郁的多变化的色调,就突出地表现了大无畏的革命战士的精神,——小分队斗争的意义,不只是消灭匪徒、巩固后方,而且也为了保卫能够体现人民精神的壮丽河山,不被肮脏龌龊的匪徒所玷污。小分队的精神境界也就被烘托得更高了。

这里要附带谈几句,《林海雪原》对于人民生活、人民革命精神觉醒的描写是最薄弱的部分。作者的主要描写力量都放在小分队和国民党匪徒方面了。《夹皮沟的姊妹车》一段,虽然生动地表现了森林工人受匪徒劫掠之后,在人民军队的帮助下重新建立了新生活。但展开的不过是一些场景。作为夹皮沟的代表人物李勇奇的性格,只在他开始出现的时候闪露了一下,后来并没有和故事纠结在一起而停止发展了,不能给读者以鲜明确定的印象。另外两个人物:蘑菇老人和姜青山,与其说他们是现实生活中的角色,不如把他们当做善良而坚强的劳动人民的象征、传奇性的人物,反倒更确切些。但是,虽然从性格描写的具体性方面来说是失败了,在另一方面却有了收获。这两个人物虽然不是活生生的,没有从大自然的背景后面站出来,却成了林海雪原环境的生动的陪衬。作者用了传奇的手法,夸张了被大自然孕育了的这两个人的行为和精神。无论是蘑菇老人对奶头山的神话般的描写,姜青山在茫茫雪原中突然出现,都使大自然增加了魅力,他们的"性格"象征了富有生命力的大自然的性格。

对于林海雪原的险恶形势和气候的描写,当然也有助于从侧面来烘托敌人。那些匪徒们仗持进可以攻退可以守的天险,以为万无一失,所以藐视由几十个人组成并且人地生疏的小分队,侥幸地以为小分队不但无法发现他们的踪迹,还会冻死、饿死在林海雪原里。

作者对匪徒们的描写很简洁,紧密地随着故事(敌我斗争形势)的发展揭示他们的性格。每一股敌人在作者的笔下都强悍而有威势,有在山林中作战的丰富经验,战术动作也是狡猾毒辣的。他们敢于潜藏在我军后方,孤立无援而又那样嚣张。因为都是最反动的死心塌地的敌人。从故事的开始一直到结尾,作者都把他们当做小分队的劲敌来描写,笔力丝毫未曾松懈,使读者感觉到从军事行动以至于到精神上、心理上来压服和摧毁他们,都极不容易。作者并且比较细致的、使读者可以感触到的表现这批匪徒独有的特征。他们不同于一般的国民党"官军",也不是一般的由地主恶霸所组成的还乡团武装,而具有东北"胡子"的特殊生活方式和习性:嗜杀成性,匪徒之间的关系冷酷无情,惯于长途奔袭和流窜,并且像豺狼一样在山林里行动自如等等。

作品里出现了几种不同类型的匪徒。一种是爪牙,有刁占一、一撮毛和栾警卫等人。刁占一刚出场,唱着酸溜溜的情歌,"头上戴着一顶破皮帽,掀在后脑上,帽扇没结带,扇忽扇忽,像一只老鸦在头上亮翅",就活画出他坏而松的外貌。这是个负责"接线"的小角色,你看他孤另另(零零)地一个人住在荒山里与野兽为伍,却自在得像生活在他的家里一样。“右腮上有铜钱大的一颗灰色的痣,痣上长着二寸多长的一撮黑白间杂的毛,在屋内火盆烘烤的热气的掀动下,那撮毛微微颤动”——这个绰号叫“一撮毛”的,比刁占一要毒辣得多,他为了邀大功,杀死自己伙伴的妻子,从她身上搜出“先遣图”去投奔座山雕。就是在他被小分队捕捉了以后,还阴狠地想为小分队“引路”,把小分队带进威虎山那个可怕的陷阱。栾警卫(小炉匠)在杨子荣《舌战小炉匠》那一章里写得很出色。他和杨子荣“舌战”的时候,因为失去了宝贝“先遣图”而恐惧,又由于发现了杨子荣而欣喜,在不被相信的时候又大惊失色,于是背水为战疯狂挣扎想揭破杨子荣而博得座山雕的信任。这一切都归于失败之后,“再也没法在座山雕面前尽他那徒子徒孙的革命孝心”,为了保命,又不得不向打入到威虎山的假胡彪(杨子荣)来讨饶了。这个死心塌地、狡猾而又贪生怕死的匪徒心理,是被刻划得细致入微的。

另外的一些土匪头子,作品里只表现了他们的外在特征,稍稍接触到他们性格的一个侧面。老奸巨滑(猾)的座山雕;凶狠如狼,把烧杀劫掠当做家常便饭的许大马棒;失去了实力,不得不貌合神离地向另一匪首胁肩谄笑的侯殿坤;剩下了最后的几个人仍然不死心而拼死挣扎,终于被击毙的马希山等等,这些人的性格虽然没有展开,只勾出了他们的轮廓,可是还能给读者带来匪徒生活的气氛和印象。同时像“百鸡宴”、许大马棒部下争夺虎皮的互相倾轧、大锅盔匪徒在草甸上大肆劫掠以及迂回前进和撤退等场景,做了逼真如画的描写,也能萦回在读者的脑子里。

尽管对于匪徒们的描写,在造型上还不是立体的,性格的轮廓不鲜明。可是应该承认,作者也并不是机械地去复写他们。和作品中对于自然环境的再创造一样,也注入了自己充沛的革命感情,再创造了这些敌人,对他们既有强烈的仇恨,也分明地显示了对他们的蔑视。杉岚站的屠杀,草甸子人民的痛苦,夹皮沟的战斗,这些场景里蕴蓄的仇恨情绪是高昂的。同时,作者还接触到匪徒们的信心和精神生活崩溃的一面,他们互相倾轧、争夺势力,一股匪徒被消灭以后,在另一股匪徒心里就燃起了希望的欲火,以为可以扩大自己的地盘和势力。刁占一惨杀同伙的妻子去投靠座山雕;奶头山匪徒复(覆)灭后,座山雕不只无动于衷,反而在他心里引起更加自信和狂妄的感情;大锅盔的几个匪首,不能不依附马希山,但越是危险的时候,就益发同床异梦、貌合神离……在匪徒之间连从精神上维系他们的“义气”都丧失殆尽了。这些都是生动的描写,正因为作者站得高,有充沛的革命感情,才能够把匪徒的凶残反动与精神上崩溃的特征巧妙地揉(糅)和在一起,而且令人信服地表现出来。

现在该谈到小分队的英雄战士们了。

不善于从多方面、丰富地表现人物的性格,故事和人物有时候脱了节,说明了作者艺术的经验的不足。作者也另有他的长处,自然而不生拗地安排故事情节,在人物和故事胶合得很紧的时候，作者就能够使人物活脱脱地表现出来，牢牢吸引住读者。

奶头山的胜利，决定于战斗之前的侦察工作。奸滑(猾)的栾警卫，正碰上聪明心细的杨子荣。在这一曲折的侦察行动中，让读者熟悉了杨子荣，而对着已经到手的敌人，那么沉着不动声色，证明他是有丰富侦察经验、捕捉"舌头"的能手。勇猛过人，心急胆大的刘勋苍，担负的是另一种任务，要他到茫茫林海中去找寻踪迹不明的敌人。和杨子荣的性格完全两样，他是以猛虎猎食的姿态在森林里出现的。连敌人的影子也没发现的时候，就不停地说明自己，耐住焦躁的性子。等到发现了贼骨溜滑的刁占一，他就像捏小鸡一样地捏住刁占一的脖子。这个憨厚可爱的战士，因为行动不多，不能逐渐加深读者的印象。不过，在这一章里，作者只用了几千字的篇幅，就细腻地描绘了刘勋苍的心理活动，站在我们面前的刘勋苍的性格是沉甸甸、很有分量的。

威虎山战斗是又一种类型的战斗。要依靠打进敌人内部，完成预期的准备计划，然后里应外合来进行的。这一个战斗的进程，用了将近十章、约达全书四分之一的篇幅，是《林海雪原》中最惊险神奇的一个部分。除了指挥员少剑波以外，突出地描写了深入虎穴的杨子荣和进行联络工作的孙达得。属于杨子荣的那些篇章都富有浓厚的传奇色彩。他首先要将做革命战士的自己，从外形到心理习惯都神情毕肖地化妆为匪徒胡彪，好在威虎山上得到警惕性极高的匪首的信任。他要在极短一刹那间猜透匪首变化莫测的心计，经受住座山雕出其不意的对他的"考验"。舌战小炉匠的时候，高度的勇敢沉着都不够了，还要随机应变，利用栾警卫的弱点，不露一点破绽地从精神上全部击溃他。这些情节都使读者捏着一把汗，但是作者并没有炫耀惊险的场面本身，在每一个突然变化临到人物头上的时候，作者都抓住了杨子荣的心里(理)变化，入情入理地进行挖掘。在这样紧张的情况下，不是任何人的精神都能经受得住的，作者体察入微地描写了这个英雄的战士，怎样用他的信心、坚强的意志力和智慧，使他的感情得到平衡和镇定，终于得到敌人的全部的信任，战胜了敌人。这也就有力地、动人心魄地表现了杨子荣的大勇大智的精神。

勇猛而有超人耐力的长腿孙达得，小分队为了和杨子荣取得联系，派他到威虎山脚下取出杨子荣事先藏好的"密信"。这个人来回不停地走了六天，往返有七百里的路程，而且大雪阻碍着他，他为了按时完成任务，不让两脚深陷在雪地里，迟缓他的行动，就常常躺倒下来用身体向前滚动。孙达得是刘勋苍式的人物，虽然在作品里不如后者被描写得突出，可是因为他的行动和杨子荣与小分队的命运勾连得很紧，所以也能吸引住读者，从他身上能够感觉到这个英雄战士在忠实地执行战斗任务中所迸发出的无穷尽的力量。

超越奶头山天险给小分队打开胜利道路的栾超家，是和杨子荣的性格相近，而没有前者突出的人物。作者也是让他长途跋涉，尾随坐着爬犁直下牡丹江的特务女人。这也需要栾超家身上的耐力，但他更多地发挥了自己的机灵和智慧，这是个在任何艰苦斗争中也消磨不了乐观精神的战士，他在长途跋涉中用逸趣横生的幽默娱悦自己，这一描写给栾超家这人物增加了不少生气。

少剑波是贯穿全书的中心人物。“兵分三路”的奇妙部署，消灭九彪的大胆行动，草甸子遇刺后迅速下定的变不利为有利的决心，被马希山诱入包围圈，很快挽救危局的英雄行为，特别是能够准确地利用敌人的性格和弱点（所谓知彼），充分发挥小分队的长处（所谓知己），出其不意地消灭敌人。作者花了许多笔墨表现少剑波的勇敢、智慧、果断性等品质。通过他和大锅盔匪徒所进行的迂回曲折的战斗，也还能够让读者具体地接触到少剑波性格的某些方面。这个人物和整个故事结合得很紧，成为提起所有复杂情节的“纲”，在这方面作者用的心思也很多。但是怎样通过他的独特的性格来显示这个人物是做得不够的。对于他的诸葛亮式的神机妙算，作者做了过分的夸张，在某种程度上离开了现实生活的土壤，显得矜持、不自然。读者只能佩服他，但他不能使读者感到更亲切、更可爱，和读者的感情的交流上，形成了一段不小的距离。

《林海雪原》里的这些英雄人物（以及和人物描写相关联的故事结构），如果更严格地要求起来，都还存在着不少弱点。可是我们不能不钦佩作者讲故事的能力。每一个战斗都有不同的打法，每一个英雄战士都有自己不同的遭遇和行动。作者把它们都集中地（在）一个焦点，这就是智慧——小分队所发扬的高度的智慧！而小分队完成每一个估计准确的智慧行动，又都需要超群的勇敢才能完成。《林海雪原》里任何一个英雄战士，只要他的行动和斗智斗勇的情节揉（糅）和在一起，作者就能对他的精神状态做比较具体的描写，即使作者的力量还不够，至少也可以勾出性格的轮廓，读者就会关心这个人物的命运。

还应该提到的是，作者在这些人物身上所渲染的传奇色采（彩）。小分队处在这样一种特殊的环境，特殊的斗争方法，在和敌人斗智斗勇中，故事情节的奇峰凸起和急骤变化等等，使故事本身就存在着传奇的魅力。但更重要的是，和作者所特有的表现方法有关系。一方面，在故事发展的主要线索上，他舍弃了对于日常生活的琐细描写（这在其它许多作品中都是需要的，不能丝毫贬低它的作用）；另一方面，把几个主要人物都放在重大冲突和惊险的情节中去表现，并且适度地夸大了他们的行动。在这些人身上，就必然显出了传奇色采（彩）。由于作者夸张了奶头山的环境，所以栾超家超越天险就显得神奇了。消灭九彪的战斗当然不会像书里描写的那样轻而易举，但作者描写的目的不是战斗本身，而是战斗之前少剑波的运筹帷幄，而战斗结束之后，作者又以夹皮沟人民夸大了的传说，烘托了这一进行得神速的战斗，传奇色采（彩）就更加浓厚了。杨子荣的深入虎穴，可以看得出在情节上对这个孤胆英雄做了许多夸张，但因为真实地描写了人物的心理活动，情节的夸张又和当时的环境气氛相协调，所以杨子荣的行动既使读者信服，又显出传奇性的异采（彩）。

文学语言和表现方法上的欧化，在我们当前的作品中并不是个别现象。这样的作品不但妨碍自己在群众中普及，不能准确深刻地表现人民群众的感情状态和心理状态，创造刚健清新的形式，追求新的风格，也就更无从谈起了。这正是不熟悉人民的语言，对我国古典小说的优秀传统、对民间口头文学作品不做认真研究和学习，不考虑文学作品的普及性的结果。有些青年作者的作品，不但语言欧化，而且对于人物心理的描写，对于人物性格的某些特征，也和翻译过来的外国小说相类似。这不是正常的现象。

表现方法上接近民族风格，是《林海雪原》的一个重要特色。所以曲波的努力是值得我们注意的。

曲波很注意口语化，很注意语言在表现人物的性格身份时的确切性，所以《林海雪原》的语言能够表达人物的精神。俄罗斯人有一句谚语："语言是蜜，能够粘住万物"，曲波的语言虽然还没有粘得牢牢的，却很贴近人物的性格特点。在《刘勋苍猛擒刁占一》那整个一章、"闯山急报"时栾超家的大段自白，和威虎山上杨子荣和栾警卫之间一段具有浓厚的戏剧性的对话里，从那些语言中，读者几乎看不到作者"吃力描写"的痕迹。那种干脆、利落、叮当响的语言，不但准确地刻划了人物，而且把读者完全带进为作者所设定的环境气氛里去。在描写人物的行动中来显示人物的性格，这种运用语言的方法，曲波是得力于我国的古典小说的。

在其它的地方你也可以发现，小分队的前进速度"好像汪洋大海里的一群勇猛善泳的小带鱼，冲着波涛起伏的山浪，飞速前进。圈马崮、牛犊峰等高大的浪头，好像在向着小分队相反的方向激涌，一个一个被抛到后面去了。"当小分队在山腰宿营，三几十人都住在一块吊悬着巨石的石洞里，那块巨石却被形容为牡丹峰的"一块指甲"。狂风过后，"西北天上涌上了一块乌云，向他们头顶上直压下来，它飞驰倾压的速度，使人看了就要头晕欲倒，像整个西北天塌下来一样，眼看着就要把整座大山压平，把所有的森林和小分队一起挤压成柴沐肉饼"。这一些描写是多么传神、多么有气势。写到老爷岭，作者索性用了叠句："山连山、山叠山、山外有山、山上有山、山峰插入了云端，林梢插破了天……入林两眼不见天，登峰俯首不见地。"小分队进入老爷岭之后，到哪里去找寻敌人？用这一段叠句来形容少剑波心乱如麻的感情，是很有点分量的。

这本小说的题材特点，也很有利于作者向《水浒传》《三国演义》去吸取东西。

小分队从一只来路不明的胶鞋开始,揪出了一个又一个匪徒,找到了一个又一个匪徒的巢穴。全书的故事也是一个波澜追逐又一个波澜,奇峰凸起,变化万端。几个主要战斗故事中间交错着许多小故事。在“兵分三路”准备打威虎山的时候,已经是花开三朵各表一枝了,可是作者在这时候,又从容地展开了夹皮沟人民的生活场景,使故事的血肉更丰满。在杨子荣上了威虎山以后,又插入一段《二道河桥头大拼杀》。对假定河道人的欲擒故纵中间,引出了一个韩荣华的凄厉的故事。最后的一个大锅盔战斗也是不平常的,小分队和匪徒的斗智之间,有许多出人意外的变化,使读者如在山阴道上,应接不暇。故事的枝节铺排得很多,伸展得很远,而又互相错杂,作者写来既能提得起又可以放得下,那么从容不迫。各色各样的人物就在这种故事布局下面突然而又自然的出现,作品所描写的生活幅度,也借着大小故事的串连在一起而伸展得很广。

“无巧不成书”,不回避偶然性的情节,并且利用它们突出人物的性格,吸引读者的兴趣,也是我国古典小说里所习用的手法。曲波在《林海雪原》里,也运用得很好。杨子荣在威虎山上把一切都准备停当,马上就要里应外合,接应小分队的进攻了,可是突然来了栾警卫。偶然性并不等于偷巧,对杨子荣与栾警卫二人“舌战”的描写,作者也使用了“全身解数”,表现出他在艺术描写上的真本领。不然,杨子荣给读者的印象怎么会那么深?(这里也请读者注意,小分队在午夜万籁俱寂的威虎山脚下听到的一声枪响,正是杨子荣在山上击毙栾警卫的时候。你看,作者连一个小漏洞也不让它发生,前后照应得那么紧!)杨子荣深入虎穴之前,没有引路人,凑巧小分队就捉住那个匪徒傻大个,作者不但给杨子荣找到了响(向)导,而且借着这机会又生动活现地描写了又一种类型匪徒的小爪牙。威虎山一仗刚打完,马上就来了个栾超家“闯山急报”,这当然是作者有意安排的,但我们不觉得它突兀,不真实,因为它和下一个战斗的环境又紧紧地扣在一起了。

前面曾提到过,在紧张的故事进程中,作者常常舍弃了琐细的生活,而把人物放在重大的冲突、惊险的行动中去描写。这时候,在一些节骨眼上,再插入偶然性的情节,既突出了人物,又能引人入胜;既使故事情节多变化而不呆滞,又把现实性和传奇性的两种不同的调子巧妙地融合在一起,这就使《林海雪原》的故事产生了很大的魅力。

《林海雪原》是曲波第一本书,应该说,他在一开始所迈出的步子基本上是健康的。不过也有明摆着的一些缺点,其中有的还是属于思想方面的。我要首先提出的是白茹,这个人物是失败的。白茹在作品里出现,而且占了那么多的篇幅,究竟有多少必要性,姑且不讲。至少这个人物的造型,和小分队的其他英雄战士们摆在一起是很不协调的。本来,在那样紧张的战斗环境里,对白茹这一少女初恋的感情,做那样纤细的描写，已经成为结构上的赘疣了，何况白茹的精神境界，表现在爱情上的，又是那样狭窄和卑俗。少剑波在考虑战斗，她可以去打扰，用隐晦曲折的私情去影响他，在他周围布成了缠绵的情网。作者非常爱写她撒娇，并夸张地描写她追求“小首长”的热情，似乎是有意在艰苦的战斗中抹上一笔桃红的彩色，并以此衬托出少剑波的“纯洁”胸怀，但笔调却显得轻浮，给作品无端地增加了一种教人并不喜欢的腻味。虽然作者也写了白茹的勇敢和关心大家，但也不能压倒前者的不合时宜的渲染。这也就不能不牵涉到少剑波这人物，他在白茹的爱情而又是上下级的关系所表现的矜持、不自然，也和他的英勇果断的品质格格不入。作者的意图也许是通过他们的爱情把少剑波的精神生活烘托得更丰富、更富有人情味，但效果上却损害了他的性格，这恐怕是作者所始料不及的。这种描写不但不真实，也不能引起读者的美感。在实际生活中，小分队里恐怕也不会有白茹这样性格的人物，也不可能产生这样的[1]一种爱情（若有，也应该是被批判的对象了）。作者不是从现实生活基础上进行想像和加工，而是把主观的幻想和并不健康的感情趣味硬加在作品里的。所以无论情调、气氛、语言和描写方法都与全书的格调相径庭。在这一点上，作者离开了现实主义的方法。

其它的一些缺点，则是由于创作经验不足所造成的了。

作者能够在某一两个重要情节中描写人物，使人物活起来。但这些人物差不多都是在出现了一两次、或完成了一个重大任务之后，就淹没在小分队的群体里面。像刘勋苍、栾超家到作品的后半部，就没有自己的性格了。作者也太忽略其它次要人物，在他们的身上化费的创造力量太少。譬如，在小分队奔袭威虎山的路上，也用了不少篇幅烘托情绪和环境，但用在人物身上的笔力很弱。高波给读者的印象也很淡，二道河战斗之前，他的性格没展开，没让读者认识他、记住他；在夹皮沟战斗中，作者也没有接触到这个人物心理的具体特征。所以虽然他壮烈牺牲，还不能在读者心中形成活的形象。

客观主义以及带有农民文学色彩的东西，在《林海雪原》中也时而发现。譬如，对于蝴蝶迷外形的过分夸张，而忽视了对她的性格的社会意义方面的发掘。譬如，在战斗间隙中某些战士们庸俗的取乐，这在生活中会存在的，但这不是《林海雪原》所需要的情节，和作者所要达到的目的无关，而在一定程度上损害了战士们的形象。杉岚站人民被匪徒劫掠后的场景，也有客观主义的气息。过细地描写了匪徒们怎样杀人，尸体形状的可怕，在读者的感情上所引起的恐怖多于仇恨，而恐怖是不能从积极方面给人以影响的。

---

① 下点系作者所加。

这部作品的语言，从总的方面来说是好的，能够传神，活泼而有艺术的生命力。但也有庞杂的地方、有糟粕。爱情描写的部分，因为作者离开了具体人物和环境主观地抒发自己的感情，就不是能够引起美感的语言。特别是作者插入的那一两首诗，给作品减色不少。在描绘环境的时候，也有不少地方用了“松涛呜咽，白云泪坠”、“冷月孤灯、犬吠寒星”等辞藻，这是死去了的时代的语言，它们妨碍读者进入作品所描写的环境，感受不到一点真实的气氛。

这些弱点对作品的思想性、艺术性有影响，但还没有掩盖这本书的光彩。我希望作者一方面重视自己在劳动中的收获和取得的经验，同时也能严格地对这些缺点加以检查和推敲，使在创作上跨出的第二步比第一步更坚实。把《林海雪原》当做作者很好的“开端”，而不是达到自己的“顶点”。

——原载《文艺报》1958 年第 3 期

郭沫若

浪漫主义和现实主义

在资本主义的发展过程中,一开始便产生了资产阶级的对立面——无产阶级。无产阶级的世界观和人生观,逐步发展着的马克思列宁主义,担负着改造资本主义世界的使命,早已为人类历史开辟出了新纪元。

自四十年前十月社会主义革命成功以来,全人类三分之一以上的人口在马克思列宁主义的指导下,掌握了自己的命运,每天每天都在创造着有史以来空前未有的奇迹。从文艺活动方面来说,马克思列宁主义为浪漫主义提供了理想,对现实主义赋予了灵魂,这便成为我们今天所需要的革命的浪漫主义和革命的现实主义,或者这两者的适当的结合——社会主义现实主义。

近百年来,中国虽然不断地受到西方思潮的影响,但由于逐步陷入了半殖民地的境遇,中国资产阶级始终没有把资本主义的民主革命胜任地领导起来。一直到一九一九年的"五四"运动发生,中国的文艺运动和西方的思潮发生了直接的接触。浪漫主义和现实主义这样的名词被输入了,一部分人也就对"五四"以后所出现的文艺派别贴上了这样的标签。例如说创造社是"浪漫主义派",文学研究会是"现实主义派",实际上只不过有一些近似而已。然而这样区别一下也有好处。那是表明:在中国的现代,浪漫主义和现实主义是同时并起的,浪漫主义在反帝反封建,现实主义也在反帝反封建,不足十年的期间,双管齐下,跑完了欧洲近代一二百年的历史,所谓"浪漫主义派"和"现实主义派"早已在中国共产党的领导下,根本合流,形成了一支革命的文化军队。这支文化军队,正如毛泽东同志所说,"帮助了中国革命,使中国的封建文化和适应帝国主义侵略的买办文化的地盘逐渐缩小,其力量逐渐削弱。"(《毛泽东选集》八百六十九页)这是中国的历史条件所必然形成的。中国的浪漫主义没有失掉革命性,而早就接受到明确的理想,中国的现实主义没有染上西方的颓废影响,而早就具备着革命的灵魂。特别是在一九四二年毛泽东同志《在延安文艺座谈会上的讲话》发表以后,可以肯定地说,中国无产阶级的革命文艺就有了更加明确的方向了。

认真地说,文艺上的浪漫主义和现实主义,在精神实质上,有时是很难分别的。前者主情,后者主智,这是大体的倾向。但情智是人们所具备的精神活动,一个人不能说只有情而无智,或者只有智而无情。我们可以这样说:大抵一个人在年青时浪漫主义的成分比较多,现实主义的成分比较少;壮年以后的情况便可能完全相反。因此,对于一位作家或者一项作品,你没有可能用化学的定性分析和定量分析的办法来分析,判定他或它的浪漫主义的成分占百分之几,现实主义的成分又占百分之几。文艺是现实生活的反映和批判,如果从这一角度来说,文艺活动的本质应该就是现实主义。但文艺活动是形象思维,它是允许想象,并允许夸大的,真正的伟大作家,他必须根据现实的材料来加以综合创造,创造出在典型环境中的典型人物,这样的创造过程,你尽可以说它是虚构,因而文艺活动的本质也应该就是浪漫主义。这假如和科学的研究活动对照起来看,便很容易了解:科学是更现实主义的,文艺是更浪漫主义的。其实就是科学活动也不能不需要想象,不能不发挥综合的创造性。科学研究有时候却需要你有一分的证据能说十分的话,要你有科学的预见。这是不能不依靠合乎规律的想象的。综合各种各样的研究成果来构成一种自然界所没有的东西,例如最高尖端的人造地球卫星,那也是不能不充分发挥高度的综合创造性的。因此,就是科学研究也包含着丰富的浪漫主义精神。有人说过,马克思的《资本论》是一部伟大的剧本,这话正透示着文艺活动和科学活动、浪漫主义和现实主义的不可分的同一性,或者这两者的辩证的统一。古今来伟大的文艺作家,有时你实在是难于判定他到底是浪漫主义者还是现实主义者。在这儿请让我举一些例证来说明吧。

例如,我国古代伟大的诗人屈原,那看来好像是一位浪漫主义者了。他的《离骚》,他的《九歌》和《九章》,运用了很多超现实的材料,他要驾驭云霓龙凤,驱策日月风雷,在天空中作不知止息的巡游,有时到了天堂,有时回到古代,有时登上了世界屋顶,有时又沉潜到洞庭湖的水底,在天边抚摩着彗星,在飘渺的地方和女神讲恋爱……这还不是一位百分之百的浪漫派吗?但是,他并不是为了逃避现实,去满足自己的欲望或为艺术而艺术,而是为了找寻理想和理想的人物来拯救祖国,救济民生,促进古代中国的大一统。他是完全由现实出发而又回归到现实,并完全把自己的生死都置之度外的。他所关心的事物真是包罗万象,在《天问》中他所提出的关于宇宙形成的问题,有的一直到今天我们还不能解答。这就使得我们不能不说:他同时又是一位伟大的现实主义者。

又例如,我们近代的伟大作家鲁迅,根据一般人的公认,无疑是一位现实主义者了。他的《呐喊》和《彷徨》里面所收的小说都充满着并透彻着近代现实主义的精神。有人说,鲁迅的特征第一个是冷,第二个是冷,第三个还是冷。这从表面上看来是说得过去的,他的犀利的解剖刀真是可以使你不寒而栗。但鲁迅是真正地“冷”吗?不,鲁迅并不冷!他的作品充满热情,这是大家都知道的。他的《故事新编》中的那些作品是取材于神话传说的,有的远到了开天辟地以前,全靠丰富的想象力编织成了绚烂的万花镜图卷。当然,他是借以讽刺现实的,但你能说那里不是饱和着浪漫主义的风格的吗?因此,我敢于说,鲁迅并不冷。鲁迅的冷,应该解释为不见火焰的白热。他是压抑着他的极高度的热情;而不使它流露在表面。他的冷是可以炙手的冷,是“横眉冷对千夫指”的冷,他那样坚韧的斗士是绝对不会没有极高度的热情的。因此,鲁迅诚然是一位现实主义的伟大作家,但未尝没有浓厚的浪漫主义的成分,甚至于可以说是一半对一半吧。

最显明的例证是我们的伟大领袖毛泽东同志了。他把马克思列宁主义在中国的革命实践中发展了,他是最伟大的一位现实主义者,但我也敢于说,毛泽东同志同时又是最伟大的一位浪漫主义者。他是伟大的革命家,同时又是伟大的作家、诗人。他的理论文章具有着极大的吸引力,和马克思、列宁的著作一样,其中包含着很多文学的成分。但是,毛泽东同志并不仅仅写作理论性的文章,他近年来正式发表了十九首诗词,更使中国的文学宝库增加了无比的财富。我自己是特别喜欢诗词的人,而且是有点目空一切的,但是毛泽东同志所发表了的诗词却使我五体投地。当然,也有些所谓专家,兢兢于平仄韵脚的吹〔毛〕求〔疵〕的,那真可以说是“明足以察秋毫之末而不见舆薪”。毛泽东同志的十九首诗词是革命的现实主义和革命的浪漫主义的典型的结合,这在目前是已经有了定评了。我现在且就《蝶恋花》一词来说明我的体会吧。

我失骄杨君失柳,
杨柳轻扬(飏)直上重霄九。
问讯吴刚何所有?
吴刚捧出桂花酒。

寂寞嫦娥舒广袖,
万里长空且为忠魂舞。
忽报人间曾伏虎,
泪飞顿作倾盆雨。

这词的主题不是单纯的怀旧,而是在宣扬革命。从这里可以看出:(一) 革命烈士的精神是永垂不朽的;(二) 革命家抱有革命的乐观主义,对于革命的关心是生死以之的;(三) 抱有正义感的群众(吴刚和嫦娥)对于革命和革命烈士是怀抱着无限的尊敬和同情的;(四) 革命干部和群众的关系应该像同志一样,亲密无间。这些思想仅仅用六十个字便把它形象化了。这里有革命烈士(杨开慧和柳直荀)的忠魂,有神话传说的人物;有月里的广寒宫和月桂,月桂还酿成了酒,欢乐的眼泪竟可以化作倾盆大雨,时而天上,时而人间,人间天上打成了一片;不用说这里丝毫也没有旧式词人的那种靡靡之音,而使苏东坡、辛弃疾的豪气也望尘却步。这里使用着浪漫主义的极夸大的手法把现实主义的主题衬托得非常自然生动、深刻动人。这真可以说是古今的绝唱。我们如果要在文艺创作上追求怎样才能使革命的现实主义和革命的浪漫主义结合,毛泽东同志的诗词就是我们绝好的典范。

当然,我在上面已经说过,毛泽东同志就在理论文字里面也是善于使用浪漫主义的手法,使文字增加鲜明性和生动性的。这样的例子我不多举,毛泽东同志的全部著作都是这样,请读者好好去读,好好去学。但我在这里想举一个简单的例证,以便于具体说明。那就是在《红旗》第一期中《介绍一个合作社》一文里面的这样的一句话:"至死不变、愿意带着花岗岩头脑去见上帝的人,肯定有的,那也无关大局。""愿意带着花岗岩头脑去见上帝"这个形容子句就是"至死不变"的形象化。说了"至死不变",再加上这个夸大的形象化的注语,便更加提醒了人们的注意。我想,就是右派先生,有着"花岗岩头脑"的人士,读到这儿也可能发着深省:是死心塌地的就那样"去见上帝"呢?还是把花岗岩化成朱砂印泥去见人间的上帝——人民?这是一个很简单的例子,但也就是一个很具体的说明。千言万语的抽象的说法,有时候抵不上一个具体的例证。这也就是形象思维有它的生命力的地方。

我们感谢毛泽东同志,他领导着中国共产党和中国人民,把我们从两千年的封建枷锁、一百年的殖民奴役中解放了出来,不断地鼓舞着六亿人民"鼓足干劲,力争上游,多快好省地建设社会主义",要在不太长的期间之内超过英国和美国,把中国创造成一个地上乐园;他不仅不断地发表着许许多多不朽的经典性的论著,在革命实践中发展了马克思列宁主义来教育六亿人民,还在工作的余暇发表了具有典型性的文艺作品,和经典性的著作具有同样的教育意义。而在我个人特别感着心情舒畅的,是毛泽东同志诗词的发表把浪漫主义精神高度地鼓舞了起来,使浪漫主义恢复了名誉。比如我自己,在目前就敢于坦白地承认:我是一个浪漫主义者了。这是三十多年从事文艺工作以来所没有的心情。当然,我依然不承认我是"为艺术而艺术",也有自行标榜现实主义的朋友从前确实说过这样的话,但那样的话就是不现实的。我在这里这样说,并不是要算旧账,但我们如果要重新编写"五四"以来的中国文艺发展史,我认为我们应该采取科学的方法来正视现实,像胡风、冯雪峰等人所摆下的一手遮天、一手遮地的迷魂阵,是应该彻底粉碎的了。

我们要学习毛泽东同志,学习他善于在联系中国实际中运用马克思列宁主义而使革命胜利了,而使马克思列宁主义发展了,学习他善于结合浪漫主义和现实主义的方法写出了不朽的理论著作和文艺作品。我要坦白地说,我是敬仰毛泽东同志的。我这不是盲目的个人崇拜,我是同样反对盲目崇拜的人。所谓盲目的个人崇拜是所崇拜的对象并不是真正代表真理的个人。如果是真正代表真理的领袖,如马克思、列宁、毛泽东,我们为什么不拜为老师?当然,我们这些杰出的老师,他们也还是有老师的,那就是人民。毛泽东同志说过:“只有做群众的学生才能做群众的先生”。(《毛泽东选集》八百八十六页)马克思、列宁、毛泽东,他们是把群众的智慧集中了。毛泽东同志经常告诉我们要“从群众中来,到群众中去”。他集中了广大人民的智慧,而且还尽可能集中了古今中外的有用的知识,正因为他善学,所以他善想、善说、善做、善教。他是最民主的人民领袖;而同时又是最能循循善诱的人民教师。这样突出的个人是集体主义的结晶,这不是个人突出而是集体突出。集体突出的人物在革命事业中的领导作用,我们是不能因反对“个人崇拜”而加以忽视。当然,我们不是单纯的敬仰,而是学习。学习得好,可能超过老师。我相信毛泽东同志也正是在这样期待着我们的。

然而要学习得好并不是那么容易的事,也并不是困难到不可能。学习毛泽东同志自然要学习他的著作,作为文艺工作者也要很好地学习他的诗词风格。学习诗词,自然须得在文字上锻炼,古人说过“吟成一个字,拈断几茎须”,看来要做成一个优秀的诗人,似乎要把胡子都扯光的样子。但我相信,毛泽东同志不是那样苦心惨淡去做诗的人,他那么忙,哪儿有那么多的闲时间!然而,他的诗词却做到了前无古人的地步。在这里就透露了一个秘诀,那就是在做诗之前要做人!古代的人也有人知道这一层,所谓“士先气质而后文艺”。诗词文艺是言语文字的艺术,自然不能不经过一些技巧上的锻炼,但不单纯是技巧上的问题。古今中外的诗人多得很,究竟有好几位是特出的呢?凡是特出的,我们可以肯定地说,不仅是他的诗好,而且是他的人好,或者人比诗更好。要学习毛泽东同志,当然就要学习他的为人。

毛泽东同志以身作则地曾经告诉过我们,要我们改变阶级立场。有好些同志认真地实践了,因而有成绩;但有好些同志(包含我在内)并没有认真地实践,因而没有成绩,还得认真学习。毛泽东同志的话就在《在延安文艺座谈会上的讲话》里面,请让我把它摘录在下边:

> 你要群众了解你,你要和群众打成一片,就得下决心,经过长期的甚至是痛苦的磨练。在这里,我可以说一说我自己感情变化的经验。我是个学生出身的人,在学校养成了一种学生习惯,在一大群肩不能挑手不能提的学生面前做一点劳动的事,比如自己挑行李吧,也觉得不像样子。那时,我觉得世界上干净的人只有知识分子,工人农民总是比较脏的。知识分子的衣服,别人的我可以穿,以为是干净的;工人农民的衣服,我就不愿意穿,以

为是脏的。革命了,同工人农民和革命军的战士在一起了,我逐渐熟悉他们,他们也逐渐熟悉了我。这时,只是在这时,我才根本地改变了资产阶级学校所教给我的那种资产阶级的和小资产阶级的感情。这时,拿未曾改造的知识分子和工人农民比较,就觉得知识分子不干净了,最干净的还是工人农民,尽管他们手是黑的,脚上有牛屎,还是比资产阶级和小资产阶级知识分子都干净。这就叫做感情起了变化,由一个阶级变到另一个阶级。(《毛泽东选集》八百七十三页)

毛泽东同志这种亲身的体验,说得多么深切动人!但可惜这话说了十六年了,我们好些人并没有照着这样学。当然,就在现在也还不迟,还没有"带着花岗岩头脑去见上帝",还有尽多的学习时间。在这里我深切地体会到我们目前所进行着的干部下放政策的非常正确和非常重要。由于毛泽东同志经常告诫我们应该下乡去或到工厂去"跑马观花"或者"下马观花",我最近也到张家口专区去"跑马观花"了两个星期,的确是受到了很好的教育。在工农业生产大跃进的今天,地方上的建设热情,真是热火朝天,正在排山倒海。处处都在进行水利工程,在劈开山岩,抬高河流,使河水上山。处处都在进行中小型的工业建设,边学边干,边建边产,有各种各样的产品在厂子还没建立之前便已经生产出来了。到处都是新鲜事物,到处都是诗,到处都是画,诗画的气韵生动、意想超拔,真足令人深深感动。这儿是一个大洪炉,任何人到这里你都不能不被融化。空气是蓬蓬勃勃、热热轰轰烈烈的,决没有一丝一忽的"冷冷清清、凄凄惨惨戚戚"。然而也没有丝毫的什么急躁,所谓"忙得不得开交"。大家是忙,但忙得有条理、有秩序,一边在筑堤修塘、劈山开渠,一边却在举行歌舞演出、戏剧表演。生产热情高入云霄,劳动歌声也高入云霄。把太阳当着月亮,心境安闲;把月亮当着太阳,勤劳不倦。

月下挖泥河,千担万担,
扁担儿——月牙弯弯。
咕,咕,像飞着一群大雁。

朔风呼啸,汗珠满脸,
今年多施河泥千斤,
明年增产粮食万担。

这是一首新的民歌。

东方白,月儿落,
车轮滚动地哆嗦。
长鞭甩碎空中雾,

一车粪肥一车歌。

这是又一首新的民歌。

这些信口唱出的歌辞，多么乐观，多么雍容，多么有自信，而又多么和雅、豪迈！李白、杜甫做得出来吗？但丁、莎士比亚做得出来吗？不行，他们生得太早了。这是新时代的新气息，新时代的东风。要找社会主义现实主义的新的作品，我看，就应该在农村里去找，在工厂里去找，在工地里去找。劳动人民的建设社会主义的热情泛滥成为了诗歌的大洪水。文艺作家们要学习，要找课堂，不到这儿来还到什么地方去呢？目前的大跃进时代应该说就是革命的浪漫主义时代，也应该说就是革命的现实主义时代。现实已跑在前头，只等文艺作家们去反映。我到张家口地区去，自然而然地写了几十首诗，最后一首诗的最后一句是："遍地皆诗写不赢"，完全是我的实感。那些诗不是我做的，是劳动人民做在那里，通过我的手和笔写出来的。人与人的关系是多么亲切呀！兄弟没有那样亲切，父子没有那样亲切；夫妇也没有那样亲切，一种新的关系生动活泼地洋溢着，真真正正地使个人心情舒畅。草木鸟兽，山岩矿藏，我想，怕都在感受到新时代的气息。你看，猪肉在见风长，果实在见风长，粮食在见风长，钢铁在见风长，好像都在为实现总路线而作最大的努力、最亲密的团结。

人到了这样的环境，哪能不变？就是"花岗岩头脑"也要变。以前被地主富农压在脚底下的人成了合作社的主任。盲目的少年成了劳动模范，不仅会劳动，而且会拉胡琴。年轻的小姑娘们是生产模范、扫盲积极分子，而且可以登台演晋剧，她们是在生产余暇从老艺人那里学来的。河在上山，地在献宝，只能说，目前的时代是天才的时代！这并不是不可思议，这是人民的生产力大解放，人民发挥了潜在的才能。这样的局面而且不是一时性的，而是长久的。天上的太阳有下山的时候，人间的太阳永远没有下山的时候。看来，天上的太阳在比赛中是要落伍了。一首大跃进的民歌在向太阳挑战。

太阳太阳我问你：
敢不敢来比一比？

我们出工老半天，
你睡懒觉迟迟起。

我们摸黑才回来，
你早收工进地里。

太阳太阳我问你：

敢不敢来比一比?

我想,太阳同志怕只好举起双手来笑着说:我投降了!请允许我代替太阳回答一首吧。

同志同志你问得好,
我举起双手投降了。

我因为要朝西方跑,
故有半天你见不到。

西方的情况真糟糕,
不劳动的人光胡闹。

超英,十五年不需要,
同志同志我敢担保。

根据我两个星期跑马观花的经验,我体会到干部下放政策的非常正确,而且已经在发生着很大的效果。我在地方上也看到不少下放的文艺干部和科学技术干部,他们大都已经脱胎换骨,在开始开花结实了。科学技术和生产结合了,不仅使生产提高了,科学技术本身也得到提高。文学艺术也是同样。我们同路下乡去的同志中有好几位画家,他们就从地方上的街头画中得到了灵感,画出了不少有生活气息的东西,而且促进了彼此的团结,培养了集体主义的精神,集体构思、集体作画、集体修改。据他们自己说:这在北京,是办不到的。我自己也有这样的感觉。毛泽东同志曾经说过:在北京呆久了,脑子就空了,一下地方上去,又可以装些东西回来。真是一点也不错。因此,我很羡慕下放的干部同志们,他们获得了彻底变化感情的机会,能够很快地"由一个阶级变到另一个阶级"。他们从这样的土壤里不知道要产生出多少光辉灿烂、丰富多彩的精神生产的成品!

在地方上住的日子短,只能感触到一股革命的浪漫主义的气息,故只能产生些诗歌或短小的作品。诗歌是抒情的,它更喜欢和浪漫主义握手或者拥抱。在地方上住久了,观察更仔细,体会更深入,构思更完整,便可能产生出宏伟的巨作。这就会更多地表现出革命的现实主义的风格。这样的前景是鲜明地摆在我们的面前的。

我的看法是:不管是浪漫主义或者是现实主义,只要是革命的就是好的。革命的浪漫主义,那是以浪漫主义为基调,和现实主义结合了,诗歌可能更多地发挥这种风格。革命的现实主义,那是以现实主义为基调,和浪漫主义结合了,小说可能更多地发挥这种风格。诗歌的形式会发生变革,小说的形式也会发生变革。我相信投入了大洪炉中的同志，总会把一切旧形式融化，而从新铸造出合乎时代要求、人民需要的新形式出来。这是完全可以预言的。

我们可以说，目前还是在准备阶段，灵魂工程师们首先要铸造自己的灵魂，首先要“由一个阶级变到另一个阶级”，要从资产阶级和小资产阶级的知识分子变成为无产阶级的共产主义的知识分子。毛泽东同志说，要“经过长期的甚至是痛苦的磨练”，又说，“要彻底地解决这个问题，非有十年八年的长时间不可。”(《毛泽东选集》八百七十九页)这是十六年前说的话了，有些朋友当然已经超过了“十年八年”，但在今天才决心锐意改变阶级立场的朋友，是不是可能更跃进一下呢？我看是可能的。全国都在大跃进，不容许你少数知识分子不跃进！古人说“朝闻道，夕死可矣”，今天是“一天可以抵二十年”。因此，十年的痛苦磨练可以大为缩短，当然，这并不是说:少受些痛苦，少受些磨练，而是说痛苦得深些、磨练得狠些，因而使时间省些。问题要看你是不是真正下了决心，在“鼓足干劲，力争上游”，是不是已经懂得了用“多快好省”的方法坚决走社会主义的道路，在党的领导下，贡献出自己所有的力量、智慧和生命，来从事建设。“天下无难事，只怕有心人。”

请让我们高举起总路线的红旗，在社会主义现实主义的文艺创作中，为中国文艺和世界文艺，在不太长的时期内，创造出一个新的水平！

1958年6月20日

——原载《红旗》杂志1958年第3期

卞之琳

对于新诗发展问题的几点看法[①]

为了各方面的社会主义大跃进,有意见,不等成熟就拿出来,也是应该的。这里我也就不等考虑成熟,也不顾正确与否,对于新诗发展问题,说几点看法。

一、人在青春,都会写诗,没有什么稀奇。历史上知名人物,小时候大都写过诗。只是其中有的或多或少写下了被大家记住的诗篇,甚至就以诗著名,成为诗家,有的从没有机会或者勇气把自己的习作公之于世,或者后来自己也觉得写出来的东西实在没有多大意思,甚至最后连自己都不大记得也写过诗了。一个社会处在青春时候,就像我们的社会处在大跃进今日,遍地开花,遍地皆诗,既是可喜现象,也是自然而然。当然,大部分产品,起了一时的好作用,后来会被忘记,好像被消费完了,不留下什么,可是其中却一定会产生一部分长远取用不竭的属于民族和人民的文学财富。也只有从中才会发展出来伟大的文学成就。世界各国文学史上的特别繁荣时期大都是在这个普及基础上建立起来的。举例说,没有当时旺盛的民间诗歌、民间戏剧,没有同时代许多诗人作品、剧作家作品,就不会产生莎士比亚的诗篇和剧本(诗剧)那样的艺术高峰。何况我们今日的社会发展形势不是像欧洲文艺复兴时期那样的资本主义开始抬头的形势,而是跃进到社会主义社会的形势,因此我们可以肯定我们前无古人的"新"文学就会从六亿人民的遍地歌声中一涌而出。

二、毫无疑问,我们应该学习民歌,要"开一代诗风"的时候,更应该首先学习新民歌。可是要我们学习民歌,并不是要我们依样画葫芦来学"写"民歌,因为那只能是伪造,注定要失败。顾名思义,民歌总是人民群众当中自然流露出来的心声。民歌照例是"无名氏"的产品,集体的产品(也是经过人民群众在传播中集体加工的成品)。我们学习新民歌,除了通过它在劳动人民的(思想)感情里受教育以外,主要是学习它的风格、它的表现方式、它的语言,以便拿它们作为基础,结合旧诗词的优

① 应约为辽宁《处女地》1958年7月号"关于新诗发展问题的讨论"特辑所写。

良传统、“五四”以来的新诗的优良传统以至外国诗歌的可吸取的长处，来创造更新的更丰富多彩的诗篇。我非常同意《诗刊》第4期“工人谈诗”中一位同志说的“……要注意有民歌的风格。你要用民歌的调子来写我们工人的劳动，我看也没有力量。意思是如何把民歌和我们新的内容创造性地结合起来，变成一种既继承传统又新颖的新形式”。

三、诗歌的民族形式不应了解为只是民歌的形式。就说民歌的形式，主要虽是五七言韵语的形式，也还有四六言韵语的形式。照我们今日的民族语言看来，五七言一路韵语调子便于信口哼唱（有别于按谱歌唱），四六言一路韵语调子倒接近说话方式，便于照说话方式来念（包括戏剧性的“朗诵”）。我国诗歌本来只有为了哼唱（或称“吟”）的传统，可是“五四”以来，受了外国诗的影响，为了念（包括“朗诵”）也成了一种传统。这种新传统到今天也不能说不属于我国的民族传统。而照这种新传统写出来的新诗形式也就不能说不是我国的民族形式。这种形式也不应排斥。实际上也是排斥不了的。《诗刊》今年4月号“工人诗歌一百首”中用民歌体写的诗篇至多有十首，只占十分之一。我想这不是编辑同志在编选中表现了偏见的结果。这点事实值得我们注意。

四、中外诗歌的一个共同的特色就是诗句最容易被大家记住。“五四”以来的白话新诗的一个突出的缺点就是很少诗句能为大家所记住。不容易记忆的一个原因是：还没有形成一种为大家所公认的新格律（押韵是格律的一部分；民歌体却大体上就有一种传统的格律的）。更重要的原因却是不够精炼。不够精炼主要是属于内容问题，但也包含形式问题，特别是语言问题。诗贵精炼，中外皆然，但据我看来，我国旧诗词似乎特别精炼，这也是我们的一种民族传统。

五、诗的语言和散文的语言，既应相同，也应有所不同。相同，因为都应以人民语言，以口语作为基础。不同，因为诗是更为集中的文学表现形式。

六、“读者意见”应首先注意，但不能以“读者意见”（尤其以部分读者意见）代替评论。能有大批既注意群众意见又敢讲自己的不同意见的诗歌评论文章，也应是我国诗歌大发展的一个重要条件。

1958年

——原载《处女地》1958年7月号

冯 牧

革命的战歌,英雄的颂歌

——略论《红日》的成就及其弱点

吴强同志的长篇小说《红日》出版已经整整一年多了。这部无论在篇幅上或是内容上很有分量的,以描写革命军队和革命战争为题材的作品,很快就在广大读者中间流传开来了。作为一个在军队中生活过较长时间的读者,我也谈谈自己的意见和感想。

一个爱好文学的读者,往往喜欢习惯地把他读过的好作品称作"生活的教科书"。这当然是对的。一本优秀的革命文学作品,大都是既能以它所体现的社会主义思想和情感给读者以深刻的感染,同时又能以它的真实而鲜明的艺术形象,展示给读者一片丰富而新鲜的现实生活的天地;它可以开阔读者的思想,扩展读者的眼界,增长读者的见识。因而每当我们看到一部真实地反映我们壮丽的革命史迹的新作品时,我们总是感到格外兴奋和欢欣。

革命战争历史是我国革命史的一个最重要的部分。在全国解放前的几十年间。"武装的革命反对武装的反革命",从来就是中国革命的重要标志。三次的革命战争和抗日战争是我们革命历史当中的最为光辉灿烂、最为可歌可泣的组成部分。因此,广大读者特别迫切地盼望作家们能写出广阔而深刻的反映革命战争生活的作品,是毫不足怪的。令人高兴的是,这一类创作主题,在解放以来,就经常成为我们文学创作的中心内容,而且与日俱增地提高着它们的思想和艺术水平。近几年来,除了早已在群众中获得声誉的《保卫延安》以外,我们还可以不费力地举出不少这类深受欢迎的作品。在这些作品当中,我认为《红日》是特别值得我们重视并向群众推荐的一部优秀作品。

《红日》和《保卫延安》一样,是近几年来出现的在比较广阔范围和巨大规模内正面反映我国革命军队生活和革命战争史迹的少数成功作品之一。不同于过去某些表现军事题材的作品,《红日》最引人瞩目的特色,是它没有停留在对于战争的表面和局部的观察和反映上;它跨上了一个更高的水平。作为一部文学作品,它的中心内容不是由一些富有情趣和色彩的虚构情节所组成;它的内容就是历史事件本身。作者所力图完成的任务不是仅仅叙说一些引人入胜的故事,而是把一段值得大书特书的可歌可泣的革命战争历史通过艺术构思体现在有血有肉的文学形象里。作者在整个作品里都站得很高,因此作者在作品里就不仅仅描写了悲壮激烈的战斗生活,而且也描写了宏大雄伟的战略思想;不仅仅描写了生龙活虎的普通战斗员的形象,而且也描写了光辉睿智的高级指挥员的形象;不仅仅描写了人民战士的气吞山河的革命英雄主义气概,而且也描写了革命军队中到处充溢着的深沉真挚的阶级友爱思想;它描写了前方和后方,战后和休整,军队和人民,战争与和平,仇恨和爱情……。总之,作为一部文学作品,它并不只是写出了一个普通的战场,一支普通的军队,一次普通的战役,而是把这一切方面,一切生活场景以及一切身临其境的人们的思想和行动,都自然而细密地交织在一起,构成了一幅色采(彩)斑斓的历史图卷,生动而真实地反映了我们宏伟卓绝的革命战争史诗当中的壮丽的一章。作为一个熟悉《红日》中所表现的那个历史年代的读者,我觉得尽管这部作品还存在着由于种种不同原因所形成的弱点(这一点我们以后还要讨论到),但是,这丝毫也不能掩盖住这本书中所显现出来的生活的光芒。这种光芒,不是在所有的作品(尤其是军事文学作品)当中都能够看得到的。《红日》所以首先使我发(产)生了这样的印象,是由于它使我感受到一种别的描写战争的作品中是罕见的东西。我必须承认,作者通过作品所表现出来的对于战争生活和部队生活(从巨大的历史事件到细小的生活细节)的锐敏的观察和广泛的熟悉是首先值得我们赞扬的。从作品的第一章起,接着是对于一系列的深刻而细致的部队生活以及活跃在其中的各种人物的描绘,就带给读者一种亲切而淳朴的生活实感;以后,随着更加众多的人物的出现,随着震撼人心的故事情节,以及它难于预料的发展,这种生活实感就逐渐形成了一种令人信服的力量。它使我们感到:这些人,这些事,不论是军长沈振新,还是班长杨军;是团长刘胜,还是战士秦守本;也不论是涟水撤退以后的行军,还是莱芜战后的休整;是紧张的沙河抢渡,还是惨烈的强攻孟良崮高峰之战,对我们都是那样熟悉而又那样新鲜,是那样遥远而又那样亲近,是那样平易近人而又那样可佩可敬。我认为,只有当一部作品在对人物、环境和生活细节的表现都达到了深厚而普遍的真实性的时候,它才有可能在读者思想中发生这种令人信服的力量。

除了极少部分的例外,《红日》中的艺术形象都使我感觉到,它所反映出来的生活,是那样逼似我所曾经历过的那一段生活。对于这种重现生活的高度的真实性,我认为,如果没有对于部队生活的长久而深入的观察和熟习,如果没有对于人民军队的深挚的感情,是不可能做到的。我们在这里可以以书中关于战斗场面的描写为例。《红日》描写了第三次革命战争中带有关键性的两次重要战役:粉碎敌人“重点进攻”的莱芜战役和孟良崮战役。对于这样巨大频繁的战争场面的描绘,当然首先需要对于整个战役的全貌(从军事形势、战略思想、前线指挥、政治工作到战斗行动这一切方面),有概括的理解和集中表现的能力(这一点作者是显出了他的才能的),除此之外,又由于战役是由无数次大小战斗组成的,它必须通过具体的战术指挥和战斗行动才能获得成功,因此,这就要求作者作到:必须在许多不同场合、不同条件、不同方式下来连续描写许多次不同的战斗。这是一个艰难的课题,但是,我们非常惊佩地看到,作者是如何出色地完成了这个繁重的任务。全书写得最成功、最感人的是关于描写正面战斗的那些章节。我们发现,作者非常善于运用不同的手法表现那些表面上看来大同小异的战斗场面,在他的笔下,这些战斗被描绘得各有特色,互不相同;它们看来有时使人抑郁(如涟水之战),有时使人快慰(如莱芜外围之战)。有时使人紧张(如吐丝口之战),有时使人感愤(如孟良崮山头之战)。我们也发现:作者不但是熟悉火线上的细致的生活细节(在战斗火力间隙中的那些战士之间的对话,是写得十分真实而强烈的),而且也善于把他的人物的思想行动和火线气氛十分和谐地交融在一起;他的英雄们在战斗中并不只是一群只会打枪投弹的射击手,而且是一群各有各的心理状态,各有各的生活特征的人;这些人物,也大多是在这种战斗的场合下,才使自己的形象更加高大、更加凸现出来。比如,在作品中最后的一次战役之前,我们对于几个重要的人物形象,像团长刘胜、连长石东(根)、通讯员李全,都已经有了较深的印象,已经大体熟悉了他们各自的性格,但是,如果没有作者在最后一次战斗中对于他们的有声有色的描写,让他们置身在最危急、最紧张的烈火中领受最后考验,那么他们的形象是决不会像卷终以后使我们感到的那样的血肉饱满,性格完整的。

所以我们说:作者真实地、比较完整地反映了革命战争。这种真实性和完整性,无论在表现战争规律和军事思想上,在表现解放军广大指战员上下一体的集体英雄主义精神上,在表现我军和人民间的血肉相连、休戚与共的关系上,抑或是在表现革命人民革命军队和敌人之间那种尖锐对立的阶级仇恨上,都有着生动有力的反映。

在这里,我还想着重提出的一点是,这些反映,在大多数的篇章中间,都能够贯串着一种对于文学作品来说是极可珍贵的革命热情和阶级感情。它在许多场合,都不只是从思想上感染和激励了读者,而且十分显著地丰富和加强了作品中的人物形象,作者所着重攫取和集中概括并加以表现的,大都是最能鲜明地显示人物的阶级本性的那些思想和行动。我们试就这一点对于几个主要人物作一些简略的分析。

在《红日》中间一共描写了不下五六十个人物。由于人物众多,场景浩大,因此,作者对这些人物的刻划和塑造当然只能在服从整个主题和结构的前提下而有繁有简。作者在全书中所着重塑造并获得成功的有十几个人物,他们有正面的英雄形象,也有反面的敌人形象。他们有的经常出面,像浮雕似的完整而鲜明,如军首长沈振新、梁波、团长刘胜、战士杨军、秦守本和张华峰;有的则只是像彩虹似地偶然闪现,如战士梅福如、营长黄弼、通讯员李全,其中还包括了虽然没有出场但都被写得历历如绘、如闻其声的陈毅司令员。但是,作为这些正面人物形象的坚实基础的阶级特征和阶级情感,却都是表现得十分充分,十分突出的。在作者笔下,他们都是很有特点、很有个性、有血有肉的活生生的人;这些人物所以能使读者喜爱和激动,所以受到人们的崇敬,其主要的标志和特征,是充沛在这些人物的全部思想行动中的那种无产阶级先进战士的阶级感情,这种感情决定了他们的一言一行,一举一动,决定了他们的个性当中的最重要的个性,这就是:对敌狠,对己和,对党忠。军长沈振新刚一出场,就明确地显示了自己的阶级感情:对于团长刘胜、连长石东根、战士杨军、秦守本以及别的时常接触的人,像父兄般的严峻,但也是像父兄般地体贴、关怀,充满了深情挚爱。他对于刘胜和石东根的几次谈话,虽然只是阐述了一些思想,但它们却是那样性格化地表现了他的个性,分外动人。这种个性的另外一方面的突出表现,是他对敌人、对于具体的对手匪军七十四师的蔑视和仇恨:从表面看来,他是沉着冷静的,但是,他的眼光和声音却使人感触到一种烈火般的激情,这种激情可以使同志更加坚定,也可以使敌人胆战心寒。作品中沈振新审问俘虏张小甫这一节,就非常生动地从这个角度描绘出了这个英雄人物的巨人般的身影:它甚至可以使一个最顽梗不化的敌人在刹那间像阳光下的雪人般地化成一滩水污。

这种高度的阶级感情,在沈振新这个人物身上刻划入微、合情合理,因此也就十分感人,通过这样的线索的发展,他在读者思想里越来越清晰地形成了一个可以摸得到的活跃的人物形象。这不是一个普通人物的形象,而是一个既有自己的个性、同时又具体概括了人民解放军的高度革命英雄主义精神和军事思想的高级指挥员的形象。这就对于我们有着更为重要的意义。至今,在我们有些描写战争的作品中,对于我军高级指挥员形象的塑造,往往还是比较薄弱的一环,至今,我们仍然很少看到有人能够把军长这样的高级领导者作为作品里的中心人物来加以表现;而如果一个作家想要全面和广阔地反映战争而又不得不回避开对于这类人物的正面描写,那当然会造成一种重大的缺陷。因此,沈振新这个人物的成功,也就特别值得我们高兴和庆幸。

我们再来看看另外一个成功的高级指挥员的形像:副军长梁波。如果说沈振新身上较为深刻地体现了经过长期的革命战火的锤炼、能够概括我们的高级指挥员所具有的那种共同特性;那么梁波却有着比较沈振新更为鲜明的个性。他开朗自信、乐观幽默,即使是在最严重关头也从不会失掉他的胸有成(城)府、谈笑风生的特征:

深谋远虑的头脑、时常流露出来的丰富的感情和对于周围同志深切的关心。每一个熟悉部队的人都会感到，我们过去曾经接触过许多这样的指挥员，正是由于这种人和沈振新、丁元善这样的人的卓越的劳动，才形成了我们的百战百胜、坚韧如钢的人民军队的领导核心。

那么，是不是因此我们就可以得出这样的结论：梁波这个人物比沈振新写得更生动、更突出？我认为不能这样说。因为作者在这里描写的是两类不同性格的人：他们有的比较含蓄，有的比较外露；有的比较深厚，有的比较明朗。他们都是富有生活色彩的可贵的正面人物形象。

作者能够在刻划军队高级干部上取得了成功，当然，主要的是由于作者的丰富的生活体验，但是，我以为，在这里同时应当提到的，是作者在表现人物的艺术手法上所显示出来的才能。他并没有过多地介绍这两个人物的思想和心灵的成长历史，而是经常把他们置身在具有典型性的生活环境和不断扩展着的矛盾和冲突之中，正像前面所着重介绍过的，作者经常让他们在高度的阶级意识和阶级感情中间表现自己的思想和行动。战争中的主要矛盾是敌我斗争；因此通过他们身上所表现出来的矛盾冲突自然也必须是敌我斗争；这里当然也有内部矛盾，但那主要只能表现为占居（踞）次要地位的军事思想和其他方面的先进与落后的斗争，如像沈振新和刘胜、石东根之间的斗争。关于这一点，我认为作者在分寸的掌握上是界限分明的。而我们的某些论者，却不恰当地认为这是作者在刻划人物上的缺点，有人甚至这样提出：应当在作品中的几个高级指挥员之间"展开冲突"①，似乎只有如此才能使这几个人物的形象更加突出。这自然是一种似是而非的说法；而实际的情况却是和这恰恰相反的。我们完全可以想像：如果作者在作品中用大量的篇幅放在几个军首长之间的"冲突"上，而不放在敌我斗争上，那结果会不仅仅歪曲了这几个原来描写得很成功的形象，而且会使整个作品受到严重的损伤。

这里也应当谈谈团长刘胜。我认为，作者对这个人物的刻划虽然有着过甚其辞的地方，但总的来说却应当说是写得成功的。熟悉军队的人看到这个人物，一定会发出会心的微笑，因为这个人物在人民解放军中确实有着某种程度的代表性。这是一个有缺点的英雄的形象，他的性格反映出了一种矛盾——共产主义品格和农民气质的矛盾。作者在这个人物上所取得的最大的成功是：一方面真实有力地写出了这个人物的光辉的个性，另一方面又能使他的英雄个性在不断地克服着缺点的过程中逐步趋于完整。当我们心情激奋地看到了刘胜的牺牲，我们的眼前不禁浮出了一个高大的阶级战士的身影，我们几乎忘记了他身上的那些曾经使人刺目的缺点。这是

① 石言：《〈红日〉的人物》，《解放军文艺》1958年7月号。

什么原因?这是因为作者在这个人物生活中最紧要关头的时候,集中笔力描写了他的阶级本质和阶级情感。我认为,作品中描写刘胜牺牲前指挥战斗和临危之前的篇章,是全书中艺术感染力量最为强烈的篇章。

作者在作品里用了大量篇幅描绘和歌颂了直接持枪战斗的战士们。这些士兵形象有不少是写得很有光彩、很有特点的。杨军的生活经历,就构成了全书当中那些优美的艺术构思当中的一个生要部分。描写杨军在后方医院生活以及重新回到队伍和战友见面的那几节,都有着浓郁的诗意和感人力量。这些章节之所以动人,固然是因为它们写得细腻而抒情,有着和其他那些紧张的战斗场面迥不相同的调子;但更重要的一点,也还是由于在这里正面地体现了阶级战友们的深挚感情。可爱的战士杨军一直是生活在阶级弟兄的友爱的海洋当中,这使他全身经常是充满了战斗的力量,而这力量,实际上也注入了战友们的力量;阿菊的力量,梅福如的力量,秦守本和张华峰的力量。附带在这里说一句:我们在描写后方生活这一章里,发现了虽然简略、却像彩绘般鲜明的战士梅福如的形象,这是一个插曲式的人物,但却是一个具有典型意义的幽默而明快的战士形象。

书中也用相当的篇幅刻划了敌人,而且获得了显著的成功。作者采用了迥异寻常的黯淡的色调,简洁地为我们钩(勾)画了几个具有不同特点的敌人军官的嘴脸。我们不仅仅看到了这些人的铮(狰)狞面貌,也看到了这些人的污浊的灵魂和野兽般的肺腑心肝。值得注意的是,即使是在刻划着这样的人物(包括了骄蛮刚愎的张灵甫、残酷暴戾的何莽、老奸巨滑(猾)的魏振钺等),也还是运用着那种坚实而斑驳的油画般的笔触,而不采用那种比较简易的漫画手法。因而,这些具有着深入骨髓的反动本性的人物,在作品里不但能够突出地显露了他们花岗岩般顽固的阶级本能,而且也能清楚地显示出他不同的个性——反动阶级本色的个性。

一部分作品中的人物塑造的成功,是离不开整个作品的艺术结构的成功的。所谓艺术结构,当然不是仅仅指的作品中的故事情节的组成和发展;更重要的,是表现作品所反映的生活场景和人物形象的紧密的有机的联系。这种紧密的联系,可以使作品中的生活比现实生活更加集中、更加鲜明有力。《红日》的结构是严密的,作者在思想上能够站得比较高,能够把明确的主题思想和他们创造的具有时代特性的人物和生活环境,简明而匀称地交织在一起。整个作品的情节发展是有节奏的,不论是描写战斗生活或是后方生活,部队或是人民,我军或是敌人,处处都出现了构思得巧妙的穿插手法,有疾有徐,有劳有逸,有张有弛,因此,使整个作品毫不沉闷和单调,具有一种朴素的魅人的力量。

作为一部反映了革命战争史迹的作品看来,《红日》的内容可以说是丰富而完整的;但是,如果我们从人民解放军的实际状况来加以衡量,我们就会发现这部作品存在着一个重要的弱点，这就是对于军队的政治思想工作缺乏正面和有力的描述。这也是《红日》明显地逊色于《保卫延安》的一点。有人曾指责说，作者在作品中忽视了党的领导，我认为这种指责是过于笼统的，因而也是不够准确的。作者实际上还是表现了党的领导力量；无论是通过沈振新、梁波、丁元善、龙泽或是通过其他共产党员的形象，都使我们具体地感受到了党的思想、党的力量。在这里，问题是作者没有花费应有的篇幅来正面反映军队的政治工作，而它作为一种光荣传统，是自上而下地贯串在我们军队的一切方面、一切角落当中的。我常常想，是不是由于作者把他的力量过多地放在军事生活的描述上，因而也就没有更多的余裕来正面描写政治干部和政治工作？我又曾经主观地设想：假如作者在出色地刻划了“多勇少谋”的指挥员刘胜的形象的同时，着重塑造的不是几乎相当于刘胜的缩影的石东根，而是一个军政双全的指导员的形象，情况是否会有所改变？我的回答是：那样，情况可能会有所不同，但恐怕在这一点上仍然不能达到根本的改观。问题在于：军队政治工作，是我军的灵魂，是一切战斗和工作的力量的重要的源泉。因此只有在作品中从头至尾地适当加强政治机关和政工干部的工作和生活——尽管你可以只把它作为整个结构中一条支线，才可能根本弥补作品中把多数政工干部写得苍白无力的这一缺陷。附带说一句，团政治部主任潘文藻的形象是失败的（幸而他只是出现了很少几次），这是全书仅有的不多的“败笔”中的一个。

现在再来谈谈爱情问题。必须谈到这个问题，是因为作者在作品里花了相当大的力气来描写爱情，而关于这一点，也曾经有过争论。称赞或是反对作品中关于爱情的描写的，也许都各有各的道理，但我想不管赞扬或反对，至少都应当有一个客观标准，这就是：在具体历史条件下的现实生活。有的同志认为，在我们的生活中既然有爱情，在小说中描写爱情是很自然的事情。这句话当然也有道理。不过，问题在于，一个作家不管在作品中描写什么，他所据以出发的不是什么抽象的生活，而是一种历史的具体的实际生活。也就是说：在那个特定的时代环境里，如果有爱情生活，当然就可以描写爱情；同时，在那个时候有什么样的爱情生活，就应当按照它的本来面貌并且正确的来描写它。根据这一标准，根据我自己在军队和战斗生活中的体验，我认为《红日》中关于爱情的描写，大体上并没有违背当时的时代环境和历史条件。作品中有些关于爱情的章节是健康的，真实的，比如杨军和阿菊的爱情生活，就写得相当动人；姚月琴和胡克之间的恋爱纠葛虽然只不过是被当作一种衬托而出现，但也还入情入理。另一方面，占了书中巨量篇幅的另外一些关于爱情的描写，却使我感到缺乏一种令人信服的生活真实感。我们决不反对两位军指挥员在战争中间得到热烈而真挚的爱情生活，而这种爱情生活在当时的历史条件下也并不是不可能存在的。但是，这种平静而纤细的爱情的声音，和当时当地响彻在全军上下的那种钢铁般的战斗的声音，只应当汇合成为一种和协（谐）的声音。尽管爱情是热烈的，深挚的，但它必须让人深信这是战火中的爱情；因此，它不能够也不应当是那种缠绵的、沉醉的爱情。但不幸，我们在作品中却过多地遇到了这种和当时的历史环境和人物身份都不是那样和谐的、情调略嫌陈旧的爱情。当我们满怀兴趣地读着作品，并深深地为它中间的战斗激情所吸引，当我们为作品中的英雄们的业绩而深受感动，我们同时又感到被一种过多的个人的缠绵之情所打扰，这正如同在一曲雄伟动听的交响乐之中，突然杂入了几声刺耳的不和协（谐）音，使人不禁感到一些不快和遗憾。

我有时这样想：假若作者在进行创作的时候，能够在他的原稿上适当地删节一些对于黎青和华静的抒写，只用较少的篇幅来描述她们的无足轻重的个人心情；同时，把这些节缩下来的篇幅给予旁人：主要是给予那些在战争中十分重要的人物——政治工作人员，那末，这幅色彩斑斓的革命战争的历史图卷，一定会显得更加瑰丽、更加完整；这首革命的战歌和英雄的颂歌，一定会显得更壮丽、更加动听！

——原载《文艺报》1958 年第 21 期

张光年

从工人诗歌看诗歌的民族形式问题

诗歌的民族形式问题,这是多年来引起争论的老问题了。问题虽老,因为过去只是在一个小范围里争论,没有走群众路线,所以长期解决不了。有些人怕听到这个问题,一听人提起,马上搬出一个挡箭牌:根本问题是内容,而不在于形式,云云。这话听起来很革命,但是革命革得过火了,不但革掉了艺术传统的继承性,而且革掉了新诗按照群众的需要不断革新、不断发展的必要性。持有这类见解的同志们,实际上是希望"五四"以来建立了革命功绩的、却主要是流行在知识分子圈子里的新诗,最好是原封不动;虽然这些同志明明知道,新诗和群众的关系,确实处得不大好,在民族化、群众化的问题上,新诗本身的局限性还是不小的。

1958年以来工农群众的新诗歌,以革命风格和民族风格的结合,向文艺界吹进了一股新鲜空气。群众诗歌推动着新诗起变化;新诗也欢迎着这种推动。这样,事情就比较好办了。当然也还有少数同志过分强调了新民歌在艺术形式上的局限性,他们害怕新民歌有朝一日将以五言、七言的歌谣体统一天下。我觉得这些同志没有看到群众诗歌正在迅速开拓诗学和美学的新领域,没有看到民族形式百花齐放的前景。一旦看到了,他们的见解是可能改变的。现在,新诗人中间,多数的意见是要向新民歌学习,从群众诗歌吸收一些好东西,促进新诗诗风的改变,从而创造为群众喜闻乐见的诗歌新形式。这个意见是正确的。我赞成这个意见。但是我总觉得,我们对群众诗歌在艺术革新上的意义,还是估计不足。事实上,工农群众的诗歌,还应当加上战士们的诗歌,不但在内容上探索了劳动者社会生活、精神生活的新天地(其中很多是新诗没有接触过的),而且在艺术上也开始创造出民族诗歌多样化的新形式。多年来盼望的那种中国作风、中国气派、新鲜活泼、为群众喜闻乐见的民族诗歌的新形式,由于群众的集体智慧的创造,我看是大有希望了。

这决不是说,新诗人以后就没有事可干了。也决不是说,可以忽视在普及基础上不断提高的工作了。我是说,充分估计了群众诗歌在艺术革新上已经达到的成就,进一步的艺术建设的工作就会顺利得多。

从我所读到的一部分工人诗歌,可以看出工人作者们在艺术形式上摄取和消溶(融)的能力是很强的。他们大量采用了各种民歌形式——歌谣、快板、曲艺等,同时吸收了旧诗和新诗的许多优点,创造了民族化、群众化、多样化的诗歌新形式。民歌也好,旧诗也好,新诗也好,一到工人群众的手中,都经过一定的改造,发生了推陈出新的变化。

曾经流行过这样一种论调:只有在农村里、田野里才有诗,至于在工业里面,那是找不到什么诗意的。有人干脆说:在城市和工厂里,生活本身就是散文的,你反正写不出什么诗来。在这类论调的影响下,有些作者对工业题材不那么喜爱了。其实,那完全是一种落后的偏见。在那些人的头脑里,似乎只有清风、明月、远山、红树这些远离尘世的东西,才是最富于诗意的。工人群众的诗歌,有力地驳斥了这种极端陈腐的美学观点。请看工人作者怎样从自己工厂的烟囱上找到了最新最美的诗意:

你是一支铁手臂,
高呼口号举上天;
你是一支大毛笔,
描画祖国好春天。

——上海纺织厂工人

譬如说,在建筑工人的脚手架上,也有诗吗?有的!并且有很好的诗:

脚手像天梯,
一级高一级,
直插彩云头,
俯视千山低。

——上海建筑工程局张明海

或许有人怀疑,在装卸工人十分繁重的体力劳动中,诗意大概不多吧?错了!正是在装卸工人中间,出现了黄声孝这样优秀的作者,请看他怎样诗化了自己的劳动:

一条杠子一根绳,
一声号子一把劲,
一阵汗水一舱货,
一生劳动一生荣。

——湖北宜昌黄声孝

工人诗歌把工业战线上各行各业的劳动诗化了。他们从紧张的生产斗争和阶级斗争中,从周围的人们的英雄行动中,找到了动人的诗句,从而证明了:在革命激情、劳动激情最热烈的地方,也就是美的诗意最饱满、最强烈的地方。近几年来工农群众的诗歌,把千百年来陈陈相因的、人们在生活上艺术上那一套陈腐不堪的美学观念冲毁了。新民歌里那些最新最美的诗情,那些美的形象、美的语言和构思,都说明了我国工农群众的美感是高尚的而且丰富的。一个彻底地解放人们的个性、激发人们的美感的时代,已经来到了。

正是在这种崭新的美感趣味的支配下,工人群众多方面地寻求适合表达他们的壮美诗情的新形式。

工农作者喜欢采用在群众中流行已久的民间诗歌形式——歌谣、快板、曲艺等,这是很容易理解的。它们唱起来顺口,听起来顺耳,它们本来是过去劳动人民自己创造出来的,所以至今受到劳动人民的欢迎。可是人们的生活改变了,思想感情改变了,美感、趣味也改变了,使得民歌在形式和风格上都发生很大的改变。我们说,现在群众写的民歌是新民歌,不仅因为它们的内容是崭新的,而且因为它们在形式和风格上也是新鲜的东西。

同农民的新民歌一样,工人的新民歌也经常采用歌谣体。所谓歌谣体,一般是五言或七言(当然也有三言、四言,也有八、九字、十来字一句的,也有参差不齐的长短句),大体上四句一段(当然也不尽如此),类似过去的山歌、秧歌或民间小调。可是,新歌谣内容是新的,运用了新鲜的语言和语汇,使得歌谣形式发生了新的变化。就像刚才引用的装卸工人黄声孝的那首小诗吧,你还能说它是山歌、秧歌或小调吗?对于某些沿用了旧歌谣比兴手法的新民歌,也不能这样说。工人们很喜欢说快板。农民和战士也喜欢快板诗。这种民间的朗诵体,看来更自由、更奔放一些。它的句子和段落都可长可短,既可用来抒情,也可说故事,写人物,它的发展前途是广阔的。群众的快板诗,很接近于我们所说的新诗。它本身就是一种群众化的新诗。它的节奏鲜明、音韵自然、明白如话和适于当众朗诵的优点,很值得新诗人研究揣摩,作为改进新诗诗风的参考。

工农群众的新民歌中间,也经常采用各种曲艺形式。这种形式便于说唱和表演,在晚会节目中很受欢迎。新曲艺多半是篇幅较长,音乐性、戏剧性较强的叙事诗,大鼓、单弦、快书、坠子等是常用的形式;山东快书更是工人晚会中经常用来歌唱群众中的新英雄人物的艺术手段。对于工人的新曲艺,需要专门地加以研究。在这方面,他们的艺术革新的勇气也是不小的。在旧曲艺的基础上,群众创造了一种适于歌唱新人新事的新曲艺,现在已成为新民歌的一个重要的组成部分。

工人诗歌也从旧诗里面吸收一些东西吗?是的,他们从旧诗里吸收一些东西,并且做出很有旧诗风味的新诗来。不久以前《人民日报》上,在郑重宣布超额完成全年钢产量这个大喜事的同时，就登了这样一首工人诗歌：

冲天烈火照星空，
疑是东方旭日升。
熊熊炉火放异彩，
人面钢花相映红。

——北京汽车制造厂工人于世河

作者写的是炉旁夜战的情景，大概很多人有共同的感受。这首诗基本上采取了旧诗的手法，虽然并不拘守旧诗的格律（第三句失粘）。末一句显然是唐人旧句的翻新，却反映出了炼钢炉旁的真情实感。

我不想特别赞扬这种旧句翻新的手法。现在看看另外一个例子：

钢水红似火，
能把太阳锁。
霞光冲上天，
顶住日不落。

——湖北大冶钢厂佚名

同样的题材，同样的豪情，同样看得出旧诗的影响；这首诗却更加口语化，读起来更加爽朗而有力。说是钢水的火光把太阳锁住了，因此那里有了不落的太阳，这个意思是新鲜的。总之，这是新诗，你不能说它是旧诗。

我国的古典诗词，有悠久的、光辉的传统，至今在人民中间保持着深远的影响。过去有人认为，新诗只能向外国的诗歌学习，或者顶多可以从民歌学些东西；至于古典诗词，他们认为那是“封建形式”，没有什么生命力了，不值得学习。现在大家可以看出这种论调是多么幼稚！为什么在我们的革命老干部中间，有些同志喜欢写写旧体诗词，难道这些同志是为了附庸风雅吗？当然不是。这些同志有丰富的革命感情，他们要表达自己的感情。旧诗词格律较严，要熟练地掌握这种形式，本来是困难一些。可是许多年来，有些人把新诗的形式和语法搞得非常欧化，使人更加摸不着头脑；而另外有些诗，懂是好懂了，可是淡而无味，它们也帮着搞坏了新诗的招牌。好的新诗是有的，可惜被以上两种货色所淹没了。因此有些爱好诗歌的老干部宁肯利用他们一向熟悉的旧形式来表达他们的新感情，他们觉得，把丰富的内容压缩在短小而严整的诗句中，咀嚼起来更有味道一些。这样一来，他们实际上突破了、改造了旧形式，使旧形式获得了新生命。更不必说毛泽东同志的诗词，把巨大的革命内容压缩到那样严整的艺术结晶体中，它们通体闪光，辐射出动人心魄的射线来。

工农群众充分掌握我国民间诗歌、特别是古典诗歌的丰富遗产，以至于消化它，当然还需要一个相当长的时间。可是，在民歌和古典诗歌的基础上创造生动活泼的诗歌新形式，这不只是一个理想，而是正在变成现实了；尽管这还是一个开始。

工人的诗歌，采用自由诗形式的也不少。有的同志看到这个现象，大受鼓舞，从而得出结论：可见新诗还是有前途的。谁说新诗没有前途呢？新诗很有前途，问题是它必须按照群众的需要加以改造。果然，新诗在工人作者的手中，也就不客气地加以改造了。随便节引一首吧：

用老八路的歌喉，
歌唱奋发前进的春天。
他那甩指挥棒的姿势，
仍像在战火中跃马挥鞭。

——北京石景山发电厂靳开攀

这诗写的是该厂领导干部合唱团在一个晚会上演唱时候的情景。我们似乎看到舞台上一排老干部涨红了脖子在演唱奋发前进的新歌；似乎看到指挥者粗犷的、一本正经的神态；也似乎看到台下工人们怎样压住了自己的喜笑和欢呼，屏息倾听着领导干部们不很熟练的表演。

工人写的还有一类新诗，和新民歌很少差别；也有少数新诗，刻意模仿知识分子的腔调；但是前面所举的例子，有较大的普遍性。它们的特点何在呢？撇开内容，单就语言和形式上说，它们不但和三十年代的某些刻意求新的欧化诗、自由诗大不相同，就是和常见的知识分子的新诗比较起来，也可以看出以下的特点，那就是：诗句的口语化，宜于朗诵，一听就懂；语言干净利落，很少拖泥带水的句子和大串形容词；节奏鲜明；音调铿锵。其结果就是新诗的群众化和民族化，就是新诗的推陈出新。

工人作者们采用新诗的形式写作的时候，他们并没有想到要改造新诗，正像他们没有特为想到要改造民歌一样。可是工人的诗歌活动是一种群众性的文艺活动，作者为谁写作、为什么写作，目的性是鲜明的。大部分新诗是为了登在大字报上，或为了当众朗诵，都是有所为而作的。新诗要经得住群众的考验，经得住朗诵会上的考验，那就不能不考虑到群众的趣味与好尚。工人作者本人的趣味与好尚和他的读者、听众的趣味与好尚（他们本来是一致的），决定了这些诗歌的民族化、群众化的特点。这一条经验很重要。要是新诗根本不想到群众中去过关，要是新诗人根本不想写为了朗诵、为了歌唱的诗，而只愿意写纸面上的、眼皮上的诗，焉得不使新诗本身的局限性越来越大？事物在一定条件下可能转化为它的对立面。民歌、曲艺、旧诗词这些旧形式，一经掌握在社会主义时代的劳动人民的手中，可以经过推陈出新而变成新形式。某些刻意求新的欧化诗，曾经是很时髦的新形式，但是因为它们脱离了群众，曾几何时，就变成同新时代格格不入的旧形式了。这一点，很值得我们过细地想一想。

从工人诗歌可以看出，新民歌和新诗，这两种基本的形式，正在互相吸收，互相融化，同时又相辅相成地发展着。从这里，大体上可以看到我国新诗歌的将来。人们精神生活的需要是多样化的。社会越进步，人们的文化生活越丰富。艺术形式今后不是固定不变，而是变化多端；不是越来越简单，而是越来越多彩。新诗歌在艺术形式上的总的趋向，是民族化的，群众化的，又是多样化的。

有的同志担心新民歌的“发展前途”，这种担心是多余的。他们没有看到，新民歌本身就是诗歌领域的新发展，是地平线上霞光初闪的新事物，它的发展前途是不可限量的。新民歌本身就是多样化的统一体，它采用了民间的歌谣、快板以及形形色色的曲艺形式，也吸收了旧诗词和新诗歌的某些表现手法。这一切，合一炉而冶之，冶出了一个五光十色的新事物。歌谣体的小诗，在很远的将来也将是发展不衰的。而经过改造的快板诗和某些曲艺形式，从中必然会发展出大量壮丽的叙事诗，创造出各色各样新时代的艺术典型。既然旧民歌能够创造出包罗万象的民族史诗（我国各兄弟民族都有自己的史诗）和动人心魄的英雄故事诗（例如旧曲艺里面的水浒英雄故事诗），新民歌为什么不能够呢？在新曲艺的优秀作品中，已经可以看出一些苗头了。

有的同志担心新民歌在艺术形式上的“局限性”，这种担心也是多余的。工农兵群众的新民歌，从题材上说，已经接触到当前社会生活的一切重要领域；从思想内容上说，表现了人们在生产斗争、阶级斗争、改造客观世界和主观世界过程中的崇高而丰富的心灵活动；从艺术上说，是多种样式、多种风格的百花齐放，用五彩缤纷的图画和益人神智的佳句丰富了我们的生活；从社会作用上说，它是群众自己的东西，从内容到形式都更加贴近人民，因此在人民群众中发生了巨大的影响。这些长处，恰好是值得我们认真学习的。因为从这些长处，不难相对地看到新诗的某些弱点，包括新诗在艺术形式上的局限性。当然，各种文学体裁都有自己的局限性。用几行民谣短句来塑造一个复杂的性格，描写复杂的场面和复杂的心理过程，那是办不到的。但是谁会对它提出这样的要求呢？

有的同志担心新民歌一旦用五言、七言的歌谣体统一天下，就把新诗放逐了。这种担心也是不必要的。新民歌不尽是五言、七言，也不尽是歌谣体。新民歌今后当然要大大发展，不断提高；但是它乐于同新诗和平相处，自由竞赛，互相学习，共同进步。只要新诗不是貌新而实旧，貌中而实西，貌高而实低，因此同群众貌合而神离；只要新诗肯到群众中去扎根，那就谁也不会放逐它，反而是不胜欢迎之至。必须看到，新诗正在变化中。工人作者们的新诗，替新诗打开了新门路。那样民族化、群众化的新诗，革命的新诗人们也能写得出来。过去写过，现在逐渐多起来了。近年来，许多有远见的新诗人深入群众，和群众互相唱和，互相学习。许多诗人正在改进自己的诗风,开始收到良好的效果。诗人们正在讨论如何使新诗更加适合时代和群众的需要,如何开一代的新诗风;正在讨论如何更好地学习新民歌,学习古典诗词,也从外国诗歌中吸收有用的东西,从而促进诗歌的民族形式的发展。虽然在报章杂志上,那些潦草的、不修边幅的新诗随时可以看到,但是不少诗人在命意遣辞方面,肯多花些功夫了,这些同志正在帮助挽回新诗的好名声。所有这些,都是积极的现象。群众唾弃那些远离群众的新诗,正是帮助那些联系群众的新诗健康地成长起来。

我们说群众的诗歌促进了诗歌的民族形式问题的解决,这不等于说,凡是群众的东西都是好的,都已经达到了很高的水平;也不等于说,群众在艺术形式的革新上,已经有了一套完备的经验。但是群众诗歌中的优秀作品,确实开辟了诗歌艺术的新天地,这是决不可以过低估计的。“五四”以来的新诗歌,功绩是无可怀疑的;建国以来,也出现了不少出色的作品。可是总的说来,我们新诗歌艺术的建设工作还是比较薄弱的。一篇既成、传诵天下的佳作还是不多。在诗歌中创造壮美的、使人难以忘怀的英雄形象,还有待于我们的继续努力。在这种情况下,对于群众创作已经达到的新成就,这些创作中提供的新经验,就特别感到宝贵。革命的新诗人们,最好是运用自己已经掌握的关于遗产的知识,运用丰富的创作经验(这两者都是群众作者所缺乏的),细心地研究群众在艺术革新上所已经达到的成就,加以总结提高;并且通过自己的艺术实践,做出新的榜样,把诗歌的民族形式问题解决得更好,转过来推动群众诗歌的发展与提高。我看,我国诗人们肯定能够担当这一光荣的工作。

我的意见可能有片面性的地方,希望同志们指正。

1958 年 12 月

——原载《张光年文集》第 3 卷,《红旗》1959 年第 1 期

何其芳

关于诗歌形式问题的争论

一

去年五月间,《处女地》的编者从东北到北京来,要我写一点诗歌方面的意见。我说,关于诗歌的文章我已写得不少了,没有什么新的意见可写。他一定要我随便写点什么。我只好答应想想看。交稿期限已迫近,我仍是没有什么新的意见可写。这时见到《人民文学》五月号上的公木的《诗歌底下乡上山问题》,里面凭空给我加了一顶"反对或怀疑歌谣体的新诗"的帽子。这种无稽之谈应该辩明一下,其中有些真正分歧之处也可以提出来讨论。于是我就写了那篇《关于新诗的百花齐放问题》。以后我就忙别的事情去了。完全没有想到这样一篇小文章会引起一场大风波。大约是去年十月间,《处女地》的编者又到北京来了。他对我说,他看到了最近刊物上的一些文章,它们或明或暗地是反对我的意见的;他要我找那些文章来看看,答辩一下。但十一月我就外出参观去了。回来仍忙于别的事情,一直未能好好地看那些文章。《文学研究》的同志最近也催促我答辩。这样我才就我所能找到的找来浏览了一遍。我浏览的结果,我很惊讶,原来我已经犯了这样多的原则上的"错误"了:

一、怀疑民歌,轻视民歌,否定民歌,歧视民歌,或者说怀疑新民歌,轻视新民歌,否定新民歌。给我加上这些"帽子"的是张先箴同志的《谈新诗和民歌》(《处女地》一九五八年十月号),宋垒同志的《与何其芳、卞之琳同志商榷》(《诗刊》一九五八年十月号),沙鸥同志的《新诗的道路问题》(《人民日报》一九五八年十二月三十一日)等。这第一个"帽子"已经比公木要强迫给我戴上的帽子大得多了。已经不仅是反对或怀疑歌谣体,而是怀疑、轻视、否定、歧视整个民歌,整个新民歌了。

二、主观唯心论。这也是张先箴同志给我加上的。

三、四、资产阶级的艺术趣味和个人主义倾向。这是萧殷同志在《民歌应当是新诗发展的基础》(《诗刊》一九五八年十一月号)中给我加的。这个批评家一上来就指斥我“妄图创立什么‘新格律诗’,或者‘现代格律诗’”,最后又如临大敌似地大声疾呼:“对于那些妨害新诗歌发展的资产阶级的艺术趣味与脱离群众的个人主义倾向,千万不要放松警惕,应当开展斗争。”他给我加的是两大“帽子”。为了叙述方便,姑且写在一起吧。

五、形式主义的观点。见陈骢同志的《关于向新民歌学习的几点意见》(《诗刊》一九五八年十一月号)。

六、是自觉或不自觉地对诗人和群众的结合、知识分子诗人的彻底改造或工人阶级化有所抵触。见曹子西同志的《为诗歌的发展开拓道路》(《文艺报》十九五八年二十期)。他的文章的副标题是“介绍诗歌问题的讨论”,表面上是报导,实际上却是把我和卞之琳同志的意见同雁翼同志的意见放在一起,并且断章取义地引用我的话,从而认为大有问题的。

七、影响人们不去深入群众斗争的生活。见宋垒同志的《分歧在这里》(《诗刊》一九五八年十二月号)。

八、九、是思想问题,是要不要走群众路线的问题,是要不要真正的民族风格问题,是为什么人唱什么歌的问题,是“什么时代唱什么歌”的问题。见李根宝同志的《不是形式限制问题》(《萌芽》一九五八年二十四期)。这位作者给我加的“帽子”是一大堆,到底应该算几个呢?我想,至少应该算两个吧。一是不要群众路线,二是不要民族风格。总起来是思想有问题,不愿为工农兵服务,违反时代要求。

十、十一、对民族诗歌传统的学习抱着轻视态度;不分青红皂白地强调“五四”新诗的传统。见田间同志的《民歌为新诗开辟了道路》(《人民日报》一九五九年一月十三日)。田间同志是个诗人。他给我加这些“帽子”完全不说明有何根据。我什么时候轻视过对民族诗歌传统的学习?什么时候又不分青红皂白地强调过“五四”新诗的传统?这真使人有如坠梦中的感觉了。

十二、十三、是用老眼光看待新事物;是贬低了从古典诗歌和民歌基础上发展新诗、包括从旧形式推陈出新发展新形式、新格律的创造性的努力。这样两个新的“帽子”是张光年同志新近才在《在新事物面前》(《人民日报》一九五九年一月二十七日)中给我加上的。张光年同志是截至现在、对这个争论发言最晚的一位批评家。他似乎想表现得公正一些,因此开头表示可以网开一面,说他并不认为我和卞之琳同志主观上有意轻视新民歌,但实际上他却是看到上面有些人拳法太疏,用尽全身之力向空中扑去,结果不过自己跌了一交,于是想用另一派的拳法来援助他们一下而已。不管他怎样想表现得公正一些,他的立场还是明显的。他口口声声说“何其芳同志的看法和我们的看法很不相同”,“我们和何其芳同志的分歧就在这里”,“我们和何其芳同志之间”等等。这“我们”是谁?难道这不是张光年同志自居为前面那些给我加上种种“帽子”的人们的代表吗？他整个文章不过是证明我受到种种不公正的批评都是罪有应得：如果你不是有这种错误，就是有那种错误，总之挨棍子（他美其名曰“有时还不免受到人们的误解”）“这又能怪谁呢”！

……够了。我的“错误”已经够多了。一个人如果神经脆弱一些，是会被这些批评弄得胡涂起来的。按照这些作者的逻辑，我敢说世界上的任何文章任何话语都是可以找出它的毛病来，并且给它加上种种罪名的。人要是碰到这样的争论的对手，还有什么话可说呢？还有什么可以答辩的呢？我国古代有一个故事：曾参本来没有杀人；有人告诉他的母亲，说他杀了人；他的母亲不相信，照样坐在织布机上织布；但等到连着有三个人异口同声地告诉她曾参杀了人，她却也就相信了，害怕了，扔掉梭子，翻过墙就逃跑了。“何其芳轻视民歌”，不过是属于“曾参杀人”这一类的故事罢了。

二

我重又翻看了我那篇引起风波的文章。我不能说它毫无缺点。我在后面是要讲到它的缺点的。但是，它的缺点实在和上面列举的那些“批评”太不相称了。这到底是怎么一回事呢？首先应该说，上面那些“批评”很多都是用歪曲我的论点的办法和武断的办法制造出来的。

比如，我在那篇小文章里曾写过这样几句话：

> 我们要开一代诗风，这不但是一个响亮的口号，而且是一个要富有创造性方能做到的雄举、要完成这个雄举，我们当然首先要继承我国古典诗歌和民间诗歌的可贵的传统。继承传统有一个形式上如何继承的问题。这个问题大家意见不尽相同，还可讨论。但继承传统并不只是一个形式问题。比如现在受到全国重视的大跃进歌谣和过去的革命歌谣，它们最吸引人的还并不是它们的形式，而是它们的内容表现出来了神话中的巨人式的惊天动地的征服自然的精神，反抗的精神。此外，在艺术表现方面也还有问题可以深入研究。（黑点是这次引用加上的——何其芳）

这段话的后面的意思，到了张先箴同志的手里，就被改成这样了：

> 何其芳同志的主观唯心论还表现在对新民歌的形式与内容问题的看法上。何其芳同志认为今天的“大跃进歌谣和过去的革命歌谣”之所以好，能吸引人的①，“并不是它的形式，而是它的内容表现出来了神话中的巨人式的惊天动地的征服自然的精神，反抗的精神。”（黑点是我加的，下同——

① 下点系作者所加。下同。

何其芳）

“最吸引人”被改为“所以好，能吸引人”[①]了。为什么前后都引原文，独独中间要改呢？这不明明是要歪曲别人的论点吗？经过了这样的篡改，于是就制造出来了我把新民歌的内容和形式“分裂开来”、“肯定内容”、“否定它的形式”的结论。这位作者难道是从另一个星球上来的批评家吗？为什么他和我们地球上的人这样没有共同语言呢？“最……”难道不是语法上的最高级的形容词或形容短语吗？除了“最吸引人”而外，不是还有“次吸引人”、“再次吸引人”、“三次吸引人”……吗？为什么不是“最吸引人”就成了不“能吸引人”，就成了被“否定”呢？这位作者还说：“马列主义辩证法认为内容和形式应该是矛盾统一的，不能把它分裂开来肯定谁，否定谁。”按照马列主义的辩证法，当然不能够把内容和形式割裂开来看，但在内容和形式很统一的作品之外，不是还存在着两者不完全统一的作品，即内容比较胜于形式或者形式比较胜于内容的作品吗？为什么讲了新民歌的内容“最吸引人”，就成了主观唯心论呢？这位作者还说：“只有内容，而没有形式，其内容就会是枯死的；反过来，只有形式而没有内容，其形式就是无有的、不存在的。”世界上哪里有什么“只有内容而没有形式”和“只有形式而没有内容”的东西呢？这种奇特而神秘的高论恐怕也只有另一个星球上的人才能理解和欣赏了。

也许有人说：大家不过改了你一句话，你何必大做文章呢？要知道，许多“错误”都是从这里来的呢。后来有些批评家也是在这样的歪曲我的论点的基础上建立他们的批评的。宋垒同志在他的《与何其芳、卞之琳同志商榷》中，一开头就断定我和卞之琳“轻视新民歌”。他的第一个证据也就是这样制造成的：他说我和卞之琳同志认为“新民歌主要以内容取胜，引人之处不在其形式”。他也是引了我那句话，作了这样的歪曲，然后就断定“这种看法，错误地把形式和内容机械地加以割裂”。他比张先箴同志增加了一点的，是他还批评我“对新民歌的内容也是肯定不足”，因为我只讲了那样的内容，而新民歌还有别的内容，我却没有讲到。这也是他对“最吸引人”的理解和我们地球上的人大不相同的缘故，他以为“最吸引人”就是“唯一吸引人”。后来卞之琳同志在《分歧在哪里》中作了说明，说他和我都并不轻视新民歌，也并没有否定新民歌的形式。这位批评家却既不相信别人的声明，也不相信事实，仍然强为自己的歪曲和武断辩护。他在《分歧在这里》中这样说：

> 卞之琳同志既然承认：“宋垒同志说何其芳同志和我认为‘新民歌主要以内容取胜’，大致不差。”人们就不禁要问：新民歌的“取胜”的“内容”，所以会为人们所欢迎，不正是通过新民歌的形式来表现的吗？认为“新民歌主要以内容胜”，言外之意，不就是新民歌的形式不足取吗？……如果新民歌的形式不足取，内容也就无处依附，又怎么谈得上“以内容取胜”呢？这

不是轻视以至否定新民歌的形式,又是什么呢?

这位批评家的词典和逻辑也是这样的:不是“主要”就等于“否定”;“主要以内容胜”就等于“形式不足取”,就等于“否定新民歌的形式”,就等于“轻视新民歌”。他最后还这样吓唬人:

“分歧在哪里”呢?我看分歧是不小的,不止是轻视新民歌的问题;这是诗歌发展问题上两条恰恰相反的道路。

你不承认“轻视新民歌”的“错误”吗?我把你的“错误”再加重一些:还是两条道路的斗争呢。说了一句“最吸引人的还并不是它们的形式”或者承认了一句“新民歌主要以内容取胜”,问题就有这样严重呢!

还有沙鸥同志,他在《新诗的道路问题》中把我和卞之琳同志和李亚群同志各打五十板,好像我和卞之琳同志是诗歌道路问题上的右倾的代表,李亚群同志是诗歌道路问题上的带引号的“左”倾的代表。他把我们三人的论点叙述和概括为五种说法,三种指我和卞之琳,两种指李亚群。但没有一种不是歪曲我们三人的原意的。只要把他的叙述和概括同我们三人的原话一对照就很清楚。对我和卞之琳同志的论点的第一个叙述和概括是:

一种说法是:新民歌不过是以内容取胜,形式是旧东西,不足道。

这真是青出于蓝而更胜于蓝了。宋垒同志把我的意思概括为“主要以内容取胜”,沙鸥同志就更进一步,干脆改为“不过是以内容取胜”了。

这是第一个被歪曲的论点。我的许多“错误”就是建筑在这第一个“空中楼阁”之上的。

再比如,我在那篇小文章里曾写过这样几句话:

我们说的民歌体的限制,首先是指它的句法和现代口语有矛盾。它基本上是采用了文言的五七言诗的句法,常常要以一个字收尾,或者在用两个字的词收尾的时候必须在上面加一个字,这样就和两个字的词最多的现代口语有些矛盾,写起来容易感到别扭,不自然,对于表现今天的复杂的社会生活不能不有所束缚。

这段话的最后一句,到了张先箴同志的手里,就被改为“民歌的‘基本’句法难以表现今天复杂的社会生活”了。他不但把“不能不有所束缚”改为“难以表现”,而且反过来说我自相矛盾,说我“前面说民歌的‘基本’句法难以表现今天复杂的社会生活,而后面却又说民歌能表现,而且是‘表现出来了神话中的巨人式的……’”。他好像对“对于表现今天的复杂的社会生活不能不有所束缚”这样一句普通话都不能理解似的。“不能不有所束缚”者,虽说也能表现、却多少要受些限制之谓也。不知道他读过毛主席的《关于诗的一封信》没有?毛主席说:“诗当然应以新诗为主体,旧诗可以写一些,但是不宜在青年中提倡,因为这种体裁束缚思想,又不易学。”不知道他是不是认为毛主席的这几句话也自相矛盾?为什么毛主席和过去的许多杰出的诗人都用旧诗的体裁表现了复杂的生活和思想,仍然可以说也应该说这种体裁“束缚思想,又不易学”呢?难道毛主席说了这样的话就是怀疑、轻视、否定和歧视古典诗歌吗?张先箴同志口口声声讲“马列主义辩证法”,但碰到民歌体能够表现今天的生活却又有所限制这样的矛盾统一的现象,就把辩证法忘得一干二净了。

宋垒和丁力同志比张先箴同志更进一步。他们更干脆把“不能不有所束缚”改为“不能表现现代复杂、丰富的生活”和“不能表现现代生活和复杂的思想内容”(丁力同志的篡改见他的《诗话》,《文艺报》一九五八年二十期)。这真有些像谣言的发生一样,越来越远于事实了。

这是第二个被歪曲的论点。我的许多“错误”也是建筑在这第二个“空中楼阁”之上的。

再比如,我在那篇小文章里还曾写过这样几句话:

> 今年四月号《诗刊》上发表的工人同志们关于诗的形式的意见,就不一样。有的说喜欢快板诗,喜欢民歌民谣一类的作品;有的说喜欢自由诗而不太欢迎格律体;有的说“我对于诗没有什么偏见,只要是好诗,我都喜欢,不拘形式、风格”。至于工人同志们自己写的诗,有的刊物发表的是快板诗为多,有的刊物却又主要是半自由体和自由体的新诗。近几年来,刊物上流行这样一种诗体:每节四行;但(虽)大致押韵,但不严格;每行的节奏不整齐,也不是有规律的变化,就和自由诗一样。这种体裁我叫它作半自由体。这种体裁是否好还可以讨论,但在不少写诗的工人同志中间好像也流行起来了。今年四月号《诗刊》上发表的工人作品,大多数都是这样的诗。此外,还有完全是自由体的诗。这些事实难道还不能证明在工人中间,已经有相当一部分人接受了歌谣体以外的新诗吗?

这段话是针对什么问题说的呢?是因为公木认为我们今天的新诗“还没有走出知识分子底圈子”,因而强调“每个诗人都必须学会歌谣体,必须大力写作歌谣体的新诗”,好像别的诗歌的形式一切人民群众都不能接受似的。我也认为农民容易接受歌谣体,因此我说,“说到下乡上山,即是说诗歌要到今天的农村和农民中去,我也是主张利用民歌和其他民间韵文形式的。在这个问题上本来也没有什么争论。”然而我不赞成笼统地说一切人民群众都不能接受歌谣体以外的其他的诗歌,也不赞成笼统地强调一切诗人在一切情况之下都必须写歌谣体。所以我就写了前面引的那段话,证明在工人中间有一部分是已经接受了歌谣体以外的新诗的。我写那段话的用意不过如此而已。然而到了一些批评者的笔下,却遭受到意想不到的歪曲。首先是张先箴同志这样说：

> 很显然，按何其芳同志的看法，好像民歌体已经动摇了，已经有“相当”一部分人“接受”了“我”的“自由体”和“半自由体”。我说，何其芳同志想错了。这不是工人和农民对“我”的“自由体”的“接受”与不“接受”的问题，而是民歌在新的社会形势下向前发展的必然问题。客观的发展是不能以主观愿望来代替的。同时，我们就假定工人和农民的新诗为所谓的“自由体”的诗来说吧，那末何其芳同志就可以将一些“文人学士”所创造的、你认为是“自由体”诗，和所谓的工人、农民的“自由诗”放在一块，比一比，看到底一样不一样？我看，绝对是两样的，不同的。

一个人要批评别人，总要先看看别人的意见到底是怎样。别人的意见还没有看清楚，就乱打一通，这岂不是太性急了一些吗？白纸黑字，我明白地写上了只是部分工人同志喜欢看和自己也写新诗，另外还有一些工人却喜欢看和自己也写快板诗。为什么这就是在暗示“民歌体已经动摇”呢？在这段话里，我同样明白地写上了“半自由体”是近几年来刊物上流行的，这种体裁是否好还可以讨论。为什么这就是在鼓吹工人接受了我的“自由体”和“半自由体”呢？近几年来我一共只发表过四首诗，都是试验我的“现代格律诗”的主张的，没有一首是“自由体”或“半自由体”。作家们写的“自由体”和“半自由体”的诗，和工人农民们写的同类体裁的诗，当然不会完全一样，因为到底是不同的人写的。但真就像张先箴同志说的“绝对是两样”吗？真就在体裁上、在写法上以及在其他方面毫无共同之点吗？我看还是别说得太“绝对”吧！

我叙述了一下一部分工人已经开始接受新诗这样的事实，张先箴同志认为这就是在暗示民歌体已经动摇，这就是在鼓吹工人已经接受了我的诗。到了宋垒同志的笔下，歪曲的程度就更提高了。他替我和卞之琳同志编造出这样的论点：“工人不欣赏民歌体；说明民歌体不能表现现代复杂、丰富的生活”。他又说我和卞之琳同志的“言外之意是工人不爱民歌体。这种做法也是令人遗憾的”。我看宋垒同志一点也不必遗憾，因为这“言外之意”是你自己虚构出来的。一个人对于别人的话语的“言内之意”都还常常弄不清楚的时候，我看还是不要离开别人的原意，硬去发明出一些什么“言外之意”吧！

同样是对这个问题，宋垒同志还批评我“不用阶级分析的眼光”。他说，“解放后工人中增加了大批新成分，那些带有知识分子味的自由诗，大多是学生出身的青工写的。这些青工的思想感情、个性、爱好以至语言，都曾或多或少受过资产阶级知识分子的影响，他们正在党的教育下加强思想锻炼，清除这些坏影响，许多青年工人诗作者也在努力学习新民歌，改变诗风”。《萌芽》一九五八年第二十四期还发表了电话工人仇学宝同志写的《不同意何其芳、卞之琳两同志的意见》，说我和卞之琳同志是“利用我们的缺点，来作为反对民歌的借口”，而他根据他的经验和其他工人同志的意见，却认为有些青年工人写诗接受了新诗和外国诗歌的影响就是诗风不正。然而第一，为什么说有一部分工人接受新诗就是用意在“反对民歌”呢？难道新诗和民歌就真是那样两个势不两立的生死对头吗？第二，有些青年工人写诗接受了新诗和外国诗歌的影响，我认为是应该加以具体的分析的。其中固然也可能接受了某些不好的东西的影响。但绝不能全部否定。不然，凡是接受了新诗和外国诗歌的影响都是坏事情，那今后怎么办呢？那只有不是在全国范围内禁止新诗和外国诗歌出版，就是特别禁止工人同志们阅读它们了。全国工人的文化要日益提高，要在工人同志们的阅读和写作方面划一个狭隘的范围，只准他们读民歌和写民歌，那是办不到也不应该这样想的。新诗和外国诗歌并非都是可恶的传染病。第三，按照宋垒同志的理论，“学生出身的青工”就大成问题，“用阶级分析的眼光”就要把他们划为一种特殊的工人，特别加以改造，那今后又怎么办呢？我们要日益普及教育，将来的青工会都是学生出身。难道为了保持工人阶级的“纯洁”，只有让他们永远不上学校吗？他们上了学校，读了和写了一点新诗，就叫作受了“资产阶级知识分子”的“坏影响”，我看这对于写过新诗的诗作者和青年工人，都未免是不分青红皂白，乱戴帽子。我在那篇小文章里说到有一部分工人同志接受了新诗，其实仅仅是从诗歌形式方面来讨论问题，说明五四以后新起的诗歌形式并非不能达到工人群众中去而已。无论这是好是坏，或者有好有坏，都不能推翻这样的事实和看法，也不能因为我叙述了这样的事实和看法就给我加上“反对民歌”的罪名的。

这是第三个被歪曲了的论点。我的许多“错误”也是建立在这第三个“空中楼阁”之上的。

三

我的许多批评者除了把他们的矛头集中在以上三个他们自己用歪曲原意的办法制造出来的论点而外，还异口同声地攻击我的关于建立现代格律诗的主张。他们不但反对我的这个主张，而且对它加以各种嘲笑。

张先箴同志说：“何其芳同志那样怀疑民歌、否定民歌，企图脱离民歌由‘文人学士’们自己建立一种符合现代口头语言规律、表现力更强、式样丰富的新的格律体来，或者由‘文人学士’们的‘自由体’‘半自由体’来作为新诗舶形式，那都是行不通的。”

宋垒同志说：“《处女地》七月号上何其芳、卞之琳两同志探讨诗歌发展道路的文章，都流露着轻视新民歌的观点，而把我国诗歌前途寄托在一种虚无缥缈中的‘新格律'或'现代格律'上。"他又说:"幻想和可能出现的事物必须建筑在现实的基础上,而不是空中楼阁。根据诗歌发展的情况,历来都不是先设计出格律后有格律诗,格律是在实践中形成的……何其芳和卞之琳同志抛开新民歌的形式去架空地设计一套'新格律'和'现代格律诗',把握何在?不是很难令人设想吗?"

沙鸥同志说:"一种说法是:新民歌的形式无可学习的地方,应建立一种包括古今中外的一切优点的'新格律诗'或'现代格律诗'……这是一种闭门造车的想法。当然,闭起门来是可以造车的,但这个车子群众不喜欢坐,也无法坐的。……诗人是可以作各种尝试,但空想是不行的。因为形式的发展不可能随某个诗人关起门来画设计的图样为转移,它有它的客观发展的规律。"

萧殷同志说:"抛开劳动人民所喜闻乐见的民歌,妄图创立什么'新格律诗',或者'现代格律诗',是办不到的。近年来,我们曾拜读过一些毫无民族气味的'格律诗'。在这些'格律诗'里,不仅思想感情上同劳动人民格格不入,同时在语言风格上或说话的腔调上,也同劳动人民是格格不入的。这也许正是某些人心目中的所谓'新格律诗'吧,实际上这里并没有什么'新'的格律,只不过从欧洲的'十四行诗'或者从英国'高蹈派'诗歌中剽窃了一点皮毛的形式;要不然,那就是从其它国家的诗歌中生吞活剥地抄袭了一些其它的形式而已。对于这种诗,尽管他们自己和类似他们的一群人赞赏不绝,可是劳动人民却从来不欣赏这类洋腔洋调的'诗歌'。"

我在《处女地》上发表的那篇小文章虽然没有多讲我所主张的现代格律诗的依据,但在一九五四年写的那篇《关于现代格律诗》中却是详细地讲到了的。要反对和批评我的关于现代格律诗的主张,总是应该去找来看看的。我在那里面讲得很清楚:以有规律的顿来造成节奏,必须有规律地押韵,不赞成搬运外国的无韵的格律诗,这是采取的我国古典诗歌的格律的传统;不讲究字数的整齐,只要求顿数的规律化,即是说并不一定像我国古典诗歌一样固定以两个字或收尾的一个字为一顿,而可以从一个字多到三四个字为一顿,这是采取的我国民歌的格律的传统。我所主张的现代格律诗同我国古典诗歌和民歌的形式上不同之处,主要在于每行收尾不要基本上是三个字的句法和调子,而基本上是两个字的词或短语。这是以我国现代口语的特点和五四以来多数新诗的收尾的句法为根据。对于五四以来企图建立现代格律诗的闻一多先生,我对他的努力作了一定的肯定,但对他的主张和实践又作了一些批评。我说他的主张"照顾中国的语言的特点不够,有些模仿外国的格律诗"。只是在顿数的变化的样式上,在分节和押韵的差异上,我说还可以参考外国的格律诗。这样的主张怎么能说是"虚无缥缈","空中楼阁","架空地设计","闭门造车"?这样的主张怎么能够概括为"新民歌的形式无可学习的地方",并且描写成为"建立一种包括古今中外的一切优点的'新格律诗'或'现代格律诗'"那样荒唐的空想?这样的主张怎么能说是"抛开新民歌的形式","抛开劳动人民所喜闻乐见的民歌"?这样的主张又有什么"妄"?又何以见得我心目中的新格律诗就是剽窃"欧洲的十四行诗"或"英国的高蹈派诗歌"的"皮毛的形式",再不然,就是"生吞活剥地抄袭"其它国家的诗歌的形式?我对于外国文学实在孤陋寡闻得很,从来没有听说过英国有什么"高蹈派"。法国十九世(纪)的巴拿斯派(Parnassians)曾被译为"高蹈派",这倒是有过的,但至今还没有听说他们到了一九五八年忽然改了国籍,成了英国的诗人。至于"十四行诗",过去的确有人写过。但最近几年来,我也孤陋寡闻得很,没有听说过还有谁企图用"十四行诗"来建立我国的新格律体。有的诗作者是写过十四行一首的半自由体的诗的。但一首诗写了十四行并不就是"十四行诗"体,因为它没有"十四行诗"的格律。对于文学的历史和文学的现状都这样缺少知识,却那样神气十足,这种批评家倒真是可以一言以蔽之,不过"妄"而已矣。"他们自己和类似他们的一群人赞赏不绝",他们是谁?你在哪儿听见过他们赞赏不绝?如果说不出真凭实据来,岂不成了捏造吗?

对于别人的主张毫无了解和调查,就大加反对和嘲笑,这到底算作什么呢?说它是歪曲,歪曲也还要有一点影子。就是说得客气一些,这也只能说是武断。这些歪曲和武断现在却美其名曰"讨论"或"商榷"。这到底算什么样的讨论呢?

歪曲和武断不是讨论。

截至现在,对这个争论发言最迟的张光年同志,在我的批评者中间大概要算是最有准备的一位了。他居然还看了我那篇《关于现代格律诗》。如果学他的文章的技巧,我应该首先感谢他几句,对他来一个欲抑先扬法。但我这个人是不喜欢绕弯子的。有不以为然的意见还是痛快一些说出来为好。他这篇《在新事物面前》,虽然"我并不认为""主观上有意"歪曲我的论点,但武断之处也是很不少的。比如,他给我加的一个"帽子"叫做"用老眼光看待新事物"。他所说的我的"老眼光"在他的文章中交代得不大明白,大概就是指的我这十多年来经过摸索和思索而得到的一些关于诗歌形式问题的看法吧。但这些"眼光"为什么就老了,不行了,错误了,读了他的文章我还是茫然得很。他说:"在这篇文章里,我不可能详细谈到他的现代格律诗理论的得失,同意他的哪些意见,不同意他的哪些意见,这些都留以有待吧。"得和失,同意不同意,都还没有说清楚,怎么就能够断定人家的意见是"老眼光"呢?当然,他说不详细谈,接着还是对我的现代格律诗提出了三点"初步意见"的。但读完了他的那三点意见,我仍然没有领悟我的"眼光""老"在哪里。现在就来分别研究一下他的意见吧。

第一,他说我"不相信旧形式、旧格律可以推陈出新而成为新格律:新形式"。"正是在这个问题上,何其芳同志的看法和我们的看法很不同"。因此,他就断定我认为“旧形式就是绝对地旧；新形式就是绝对地新；它们只有对立，没有统一，看不到它们互相转化的可能”，“把旧形式的利用和新形式的创造互相对立起来，在两者中间划出一道鸿沟，这既不符合事物发展的规律，也首先不符合新民歌在艺术革新上的实践”。

难道我真是有过这样的形而上学的观点吗？如果是这样，为什么我还要在《话说新诗》里说民歌体“可能有发展的前途，因而可能成为新诗的一种重要形式”呢？如果是这样，为什么我还要以我国古典诗歌和民歌的格律为依据来建立现代格律诗呢？张光年同志挑了我的两段他认为有问题的话来作为他的立论的根据：

> 他虽然认为民歌体可以在群众中发生作用，认为突破了五七言限制的民歌体可以成为新诗的重要形式之一，可是他一直认为：“民歌体也好，其他民间形式也好，尽管都可以存在，都可以发生作用，应该说这都是属于利用旧形式的范围，并不能代替和取消新的格律诗。”又说：“民歌体和其他类似的民间形式来表现今天的复杂的生活仍然是限制很大的，一个职业的创作家绝不可能主要依靠它们来反映我们这个时代，我们必须在它们之外建立一种更和现代口语的规律相适应，因而表现能力更强得多的现代格律诗”。

他这段文章所引的我第一段话，是写得有缺点的。用民歌体写作和从民歌体推陈出新，可以有几种不同的情况。第一种是完全用民歌的既成形式写作，无所提高和发展，这当然是属于利用旧形式的范围。如果只就这种情况来说，我那段话并没有错。第二种是有所提高和发展，但仍然保存民歌体的特点。这仍然可以算作民歌体，但却不应该说它是旧形式，而是新的形式之一了。第三种是吸取了民歌体的优点，但改变得比较大或很大，以至我所说的那种以三个字收尾的民歌体的特点都不存在了。这就不应该再叫作民歌体，而应该叫作现代格律诗或者其他体裁了。我那第一段话的缺点就是没有把这三种情况分别开来讲。但如果不挑这种个别字句上的毛病，按照我一贯讲的“民歌体可能有发展的前途，因而可能成为新诗的一种重要形式”这样的话看来，是不能得出张光年同志的那种结论的。有些批评者还挑剔我这段话里连用了两个“可能”，说这证明我犹豫不定，正是对民歌体怀疑和反对。我为什么要用“可能”二字呢？是因为那时虽然已经有了一些用民歌体写作成功的作品，如《王贵与李香香》和《圈套》等，但这样的作品究竟还不多。要成为新诗的一种重要形式，是还需要写出更多的成功的作品，既保存了民歌体的特点，又对于它显然有所提高的。今天怎样呢？这要看我们对于民歌、群众诗歌和新诗这样几个概念到底怎样理解。如果把大跃进中用民歌体写的群众诗歌都算作新诗，那民歌体岂但是新诗的重要形式之一，简直是处于压倒优势地位的主要形式了。如果新诗的概念不包括用民歌体写的群众诗歌，专指诗人们的创作，那就是应该说，他们写的成功的民歌体诗歌还是不够多的，还需要继续努力。张光年同志引的我第二段话，除了个别字眼用得有些过于强调之外（如“限制很大”之“很”，“绝不可能”之“绝”等），我看基本的意思并没有什么错。这段话仅仅是对民歌体和现代格律诗作了一点比较。张光年同志可以不赞成这种抑扬，但怎样能够从这段话得出“旧形式就是绝对地旧；新形式就是绝对地新；它们只有对立，没有统一，看不到它们互相转化的可能性”这样的结论呢？难道我们对不同的事物不能作比较吗？难道一作了比较就一定是把它们绝对对立起来吗？

张光年同志说我和卞之琳同志“看不到新民歌在艺术上推陈出新，化旧为新、日新又新的新面貌，看不到这是诗歌艺术上的一个新变化，新发展”。新民歌的艺术上的新东西我是要去研究的。虽然我还没有怎样研究，我也是相信有新的东西的。我也希望张光年同志不要只是这样抽象地讲。还需要认真地具体地把它的艺术上的新讲出来。诗歌艺术这个概念远远大于形式，大于体裁。在形式和体裁上，这是比较容易看清楚的，虽然我还没有怎样研究，我也要说，新民歌在这方面的变化还并不很大很显著。在形式和体裁上，我看还不能说已经“化旧为新”，并且“日新又新”。这正是由于文艺的形式有相对的稳定性的缘故。

第二，张光年同志说：“他在《关于现代格律诗》一文中说：‘在这种格律诗还没有很成熟的时候，也就是还没有产生大量的成功的作品并通过它们发生广泛的深刻的社会影响的时候，民歌体和其他民间形式完全可能是比这种格律诗更容易被接受的。’这段话很费解。”他问道：“那么，那种理想的格律诗的优越性岂不是应当打上几个折扣吗？”“它的‘现代’性岂不是又要打上几个折扣吗？”

我看我那段话一点也不费解。任何新事物，在它初出现的时候，都是不会比旧事物更能得到多数人的承认的。然而如果它真是符合科学，符合客观的需要，它最后总会得到承认。所以我说：“在文学艺术工作上，我们也必须有远见。”我关于现代格律诗的主张是否真是符合科学，符合客观的需要，那完全是可以讨论的。不过我个人至今仍然相信它有发展前途而已（当然还需要在讨论和实践中去改进）。张光年同志对于它的“优越性”和“现代性”都加以嘲笑，倒真是“以老眼光对待新事物”了。我称它为现代格律诗，不过是为了称呼的方便，以区别于古代的格律诗和民歌体，并非说它现在已经成熟，何必在“现代”二字上做文章呢？

第三，张光年同志断定我“看来他不认为在民歌的基础上可以发展现代格律诗，因为他过分强调了民歌体和民间形式的限制性，他说‘必须在它们之外’来建立他的现代格律诗。他曾经谈到‘批判地吸取我国过去的格律诗和外国可以借鉴的格律诗的合理因素，包括民歌的合理因素在内’，这和以民歌和古典诗歌为基础，当然不是一回事”。于是他就说了:“看来,何其芳同志还没有为他的现代格律诗的蓝图找到可靠的基础。没有找到实现他那美好理想的现实的途径”。这和宋垒、沙鸥同志等嘲笑我的关于现代格律诗的主张是“虚无缥缈”,“空中楼阁”,“闭门造车”,意思是差不多的。他下面还说:李季、马凡陀、柯仲平、田间、阮章竞、贺敬之等同志尝试着在民歌的基础上发展新格律,“其中有些作品几乎可以说是和何其芳同志提出的现代格律诗的基本要求相暗合,并且变化更多一些”,我却“仅仅因为他们表现了鲜明的民歌色彩,或者从利用民间形式入手”,始终不认可。“至于工农作者们在新民歌中表现的艺术革新的勇气,改造旧格律、创造新格律的努力”,我也没有给以“应有的重视”。于是他就给我加上了另外一个“帽子”了:“在实际上贬低了从民歌和古典诗歌基础上发展新诗、包括从旧形式推陈出新发展新形式、新格律的创造性的努力”。而且他说:“我们和何其芳同志的分歧就在这里。”

“看来他不认为在民歌的基础上可以发展现代格律诗”,这正是一种武断的说法。张光年同志有什么根据呢?他说,因为我“过分强调了民歌体和民间形式的限制性”,还有,我说过“必须在它们之外来建立现代格律诗”。对于民歌体和民间形式的限制,我主要是讲他们的基本句法和现代口语有些矛盾,这是事实,并不是什么“过分”强调。“必须在它们之外”云云者,意思不过说必须在民歌体这样一类的以三个字收尾的形式之外,还要建立以两个字收尾的格律诗而已。这和赞成以民歌为基础与否不明明是两个问题吗?怎么可以解释为“不认为在民歌的基础上可以发展现代格律诗”呢?这也牵涉到张光年同志对我的意见未免有曲解和武断之处了。我在《关于现代格律诗》里面没有用“基础”二字,只用了“吸取”“合理因素”的说法。如果不挑剔字句,如果不是对于“基础”和“发展”两个用语的理解很不相同,我看未必一定就和“以民歌和古典诗歌为基础”的说法根本“不是一回事”。五四以来的新诗虽说有很多成绩,但在和广大群众结合上还有问题,在民族风格民族气派上还有问题;要解决这样的问题必须首先继承我国古典诗歌和民间诗歌的传统,这是我在一九四二年延安整风运动后就一直这样认为的,这和许多同志的看法上并无分歧和争论。从这样的意义来说,我完全是赞成中国新诗必须在民歌和古典诗歌的基础上发展这样的道路的。但我对“基础”和“发展”的理解却可能和有些同志不同。我认为以它们为基础是比较广泛的说法,包括它们的以顿数整齐造成节奏、有规律地押韵、它们的富有民族特点的风格、表现方法等等都在内,并非特别指那以三个字收尾的句法和调子的特点。以三个字收尾的特点和现代口语有些矛盾,是可以改变的。可能有些同志却认为这个特点是国粹,是精华,不准改变。我认为既然叫作“发展”,就要有所改变;不管它是比较小的还是比较大的改变。因此,我所主张的现代格律诗未始不可以看作也是一种以民歌和古典诗歌为基础的发展。可能有些同志却看得狭窄一些，只有唯一的一种发展，那就是民歌体。其实，照着民歌和古典诗歌的既成形式去写作，无所提高，无所改变，那倒反而是说不上什么发展的。所以我认为这样的形式还是旧形式，不能说是新形式。旧形式、旧格律是可以推陈出新而成为新形式、新格律的，张光年同志说我不相信，那不过是他的武断而已。然而它们要成为新形式、新格律，总要真有新的地方，总要有所提高和改变。张光年同志说我所主张的现代格律诗还没有找到"可靠的基础"和"实现"的"途径"（其实我是讲得很清楚的），大概他心目中的"基础"和"途径"不过是旧形式利用和无论怎样发展也不能改变掉那以三个字收尾的特点而已。保存以三个字收尾的特点，如果有所提高，当然也是可以叫作发展的，也是可以成为新形式之一种的。而且，也未尝不可以叫作现代格律诗之一种。我并不认为只有我所主张的那种格律诗才能叫现代格律诗。我前面说过，我给它取那样一个名字，不过为了称呼方便而已。这种名词上的争论是没有意义的。张光年同志还责备我始终不"认可"某些同志在民歌的基础上建立格律诗方面的努力，想用这来证明我是排斥他们"表现了鲜明的民歌色彩，或者从利用民歌入手"。田间同志在《民歌为新诗开辟了道路》中也有类似的责备。他说，"我们是有了新格律诗的，何其芳同志的说法是'很少人尝试'。这也可见他要求在什么基础上来探索新诗的形式。"好像这就可以证明我是反对以民歌和古典诗歌为基础一样。我从来没有否认过许多写诗的同志在探索新诗的形式上的努力。对于那些探索成功的作品，如李季的《王贵与李香香》、阮章竞的《圈套》、马凡陀的《山歌》等，我都是曾加以肯定和称赞的。不仅在口头上，而且在文字上。但他们的成功是在运用民歌体方面，我所主张的现代格律诗却是民歌体以外的另一种格律诗，我怎么能够假借他们的成功来壮大我的主张的声势呢？当然；他们还写了不少半自由体的诗歌，其中有一些也是写得成功的。但半自由体和我们主张的格律诗也是有区别的，我怎么能够冒认它们和我主张"暗合"呢？难道我虽然对他们的成功作了肯定和称赞，仅仅因为没有冒认他们的民歌体诗歌和半自由体诗歌为我所主张的格律诗，就叫作"始终"不"认可"，就叫作"贬低"了他们的"创造性的努力"，就犯了错误，就受到许多不讲道理的"批评"也是咎由自取，不能怪谁吗？我说"很少人选择"我所主张的格律诗的形式"去作建立新的格律诗的努力"，这也是事实，并没有"贬低"别的同志在诗歌形式上的探索和成功。至今张光年、田间以及还有许多同志都怀疑、轻视、歧视、否定以至嘲笑、斥责我所主张的格律诗，态度文雅如张光年同志，也忍不住要用"孤掌难鸣"、"冷冷清清"这类的话来奚落我，这不正好证明了我说的那句话是事实吗？张光年和田间同志既不赞成我关于格律诗的主张，却又互相推荐他们自己的作品和我的主张"暗合"或者要我承认它们是"新格律诗"（张光年同志推荐的是田间同志的"某些诗歌"，田间同志推荐的是张光年同志的《塞上行》；《塞上行》发表在一九五八年十一月二十五日的《人民日报》第八版上，完全是旧诗词的句法和调子，毫无新格律可言，大家不妨找来看看），这又有什么道理呢？按照张光年同志的说法，一方面说很多作者的诗歌都和我的主张“暗合”，另一方面却又说我“孤掌难鸣”，“冷冷清清”，这岂不也有些自相矛盾？田间同志解放以后一直在摸索他的诗歌的形式，我是知道的。有一个时期，他企图以五七言体来解决问题。然而他写的那些五七言诗差不多都不大成功。这当然还有许多别的原因，但和五七言体的束缚也是大有关系的。有鉴于他和其他同志的这种摸索的不成功，我曾说过：“也许我的结论还是下得太早吧，我认为这些同志近几年来的试验却证明了此路不通。”那时候读者对于田间同志的诗是啧有烦言的。田间同志似乎后来也改变了他的想法，写起句子仍然较短但却主要以两个字收尾的诗来了。这以后他写出来了一些受人称赞的诗，如反映抗美援朝的《雷之歌》，《马头琴集》中的某些短诗等。这一部分诗倒的确是接近我关于格律诗的基本要求的。然而我仍不敢冒认为和我的主张“暗合”者，是因为我的主张还比较严格一些，田间同志的这一部分诗虽然很倾向于格律化，但每行的节奏并不太有规律，而且有时也并不是有规律的押韵。如果田间同志不反对，我倒是愿意用他的这一段摸索的经验来证明我的主张还是有道理的。他用口语写五七言诗，总是很难写出成功的作品来。他改用和现代口语更相适应的形式来写，却写出来了一些好诗。这当然还有许多别的原因。但形式总也是一个原因吧。柯仲平同志的诗是吸取了民歌的某些成分的，然而他有他自己特有的形式，很多都不是民歌体，更不是我提倡的那种格律诗。贺敬之同志写过一些民歌体的短诗。田间同志特别提到的他的《三门峡歌》，一首类似旧诗里面的七言古诗，一首是马耶可夫斯基体。这些诗我怎么能够不顾事实，一概认为它们是新格律诗呢？至于工农作者们对于“改造旧格律、创造新格律的努力”，这只能怪我孤陋寡闻得很，就我所读过的一部分群众诗歌而论（这自然只能是极小的一部分），我还没有看到有多少很明显的表现。他们绝大多数是采用既成的形式。有时也有自然地突破既成的形式的，但还看不出明显的新的规律来。我更无法“妄图”认为他们的“努力”和我的主张“暗合”了。一个人的主张得到很多人的赞同，“热热闹闹”，自然是很好的。但如果因为它是未成熟的萌芽状态的“新事物”，因而遭到了许多人的“老眼光”的“对待”，不但“冷冷清清”，而还要成为各种批评、轻视、否定和嘲笑的集中的靶子，这又有什么办法呢？难道胡乱地多冒认一些“志同道合”的“暗合”者，就可以粉饰和掩盖这种事实吗？

我对张志（光）年同志的三点意见简略回答如上，他的三点意见没有一点是站得住的。我看他的苦心也有些浪费。硬要从没有什么大问题的地方去找出人家的错误或者原则分歧来，那是必然要失败的。

四

对于我的“批评”的种种“根据”,只有一个论点是没有被歪曲也不是被捏造出来的。这就是我的确说过民歌体有限制。说民歌体有限制就等于怀疑民歌,轻视民歌,否定民歌,歧视民歌,这大概也是另一个星球上的人的逻辑吧。难道世界上居然有什么事物没有限制吗?一听到别人说民歌体有限制就失掉了理智或者人云亦云地跟着讲民歌体没有局限性的人,为什么连这样一点极其简单的道理都没有想一想呢?我看问题不在民歌体到底有没有限制,而在我说那些限制是否符合实际。这倒是可以讨论的。但有些我的讨伐者却硬要说民歌体没有限制。张先箴同志说:

> 语言是随着社会经济基础发展而发展,民歌又总是随着语言的发展而发展的。这说明民歌不是一成不变、死硬的,它的语言、句法是紧随着社会生产的不断地向前发展和语言词汇的不断增多丰富而随时随地的都在向前跃进着。

在“民歌体无限制”论者当中,这算是最有理论性的说法了。但这种“理论”的错误是很显然的。民歌的语言和句法真是那样“紧随着社会生产的不断地向前发展和语言词汇的不断增多丰富而随时随地的都在向前跃进着”吗?谁也知道,事实并不是这样。斯大林说过“语言有巨大的稳固性”。民歌的体裁,包括它的句法在内,也是有相对的稳定性或者很大的稳定性的。这就是为什么经过了几百年以至千余年,在汉族民歌中占压倒优势的仍然基本上是五七言体的句法和调子。这也就是为什么新民歌的内容发生了突变,但它的形式的变化却并不是很大很显著的缘故。有些批评者专门挑了一些不完全是五七言体的句法和调子的新民歌来反驳我。这何尝能够改变在汉族民歌中占压倒优势的至今仍然基本上是五七言体的句法和调子这样的事实呢?我说基本上是五七言体的句法和调子,本来就包括了一些句子突破了五七言的民歌,如陕北的信天游、内蒙古的爬山调、江苏的四句头山歌等。我认为五七言体的句法和调子的特点表现在收尾大致都是三个字上。我说的民歌体也就是指的具有这种特点的诗歌的体裁。把这种特点去掉了,民歌体和我主张的现代格律诗体就没有什么区别了。讨论问题必须有共同的概念。现在有些批评我的文章把民歌体扩大到无所不包,几乎在体裁上就没有了什么特点,然后用他们的这种民歌体来反对我的有限制的说法,这不是牛头不对马嘴吗?把民歌体扩大到无所不包,新格律体、半自由诗体、甚至自由诗体通通包括在内,用这来反对说民歌体有限制或许是方便的,但却发生了另外的问题:这样一来,岂不五四以来的新诗以及我主张的现代格律诗都一律成为民歌体了吗?那还有什么可争论的呢?

我曾说“喝令三山五岭开道,我来了”这样的句法是自由诗体。不少的批评者却硬说这还是民歌体。这就是一个把民歌体和自由诗体混淆起来的突出的例子。这样两句既没有规律的节奏，又和前面的句子不押韵，这不明明是自由诗的句法吗？这首诗的前面四句我们认为也不是民歌体。但民谣里面倒是有那样的句法的。所以我说的民歌体是比民谣体还要狭窄一些的。这并不是我故意要把它规定得很狭窄，然后好来说它有限制；而是从大量的汉族的民歌去概括它在体裁上的特点，必然就会得出这样的结果来。我这次外出参观，西安有二位同志告诉我，这首群众诗歌的产生的经过是这样："天上没有玉皇，地上没有龙王"，这两句原来出于关中。流传到安康，就增加了第三四句："我就是玉皇，我就是龙王"。有人把它投到报纸编辑部，报纸的编辑觉得意思未完，就提起笔来加了最后两句。这个事实更容易使人理解，为什么这首群众诗歌忽然以两句自由诗收尾了。我在河南登封县三官庙见到当地的农民诗人范海亮。我看了一些他写的诗歌。他差不多都是用民歌体和快板体写的。但他也写了这样一首新诗体的诗：

毛主席的两只眼睛
像天上的星星，
住在深山的人们
也看见它的光明。

"民歌体无限制"论者见到这首诗，大概又会说这也就是民歌体，并用它来反对我民歌体的特点表现在收尾大致都是三个字这样的说法了。但我却要说这绝不是民歌体，而是新诗体。范海亮同志是农村的一个生产队长，才脱盲不久。他写出这样的新诗体的诗来，未必是受到新诗的影响，也不能说他这首诗"诗风不正"。为什么一个比较习惯于民歌体或快板体的农民诗人，偶尔也会写出这样体裁的诗来呢？这也就是因为我们的现代语言中两个字的词和短语最多，如果不有意去按着民歌或快板体写，就是不受新诗的影响，也会自然而然地写出这种新诗体的诗来的。现在"民歌"二字实在有些用得太广泛了，几乎一切群众诗歌都叫作"民歌"。实际上群众诗歌并不都是民歌，并不都是用的民歌体。"民歌"应该有它的特定的概念，"民歌体"也应该有它的特定的概念。

有些批评者并不反对我说的民歌体的特点，但却认为收尾大致都是三个字也和现代口语没有什么矛盾，因而不赞成说这就是它的限制。其实这个问题是用简单的统计就可以弄清楚的。随便记录一段口语来统计一下吧，看到底是两个字的词和短语多还是一个字的词多？两个字的词最多，而在做诗的时候，却要每一句都想法配成三个字收尾，这到底算不算有些矛盾？有的批评者说：你说它们有矛盾，为什么许多民歌却又写得那样自然，毫不别扭呢？写得自然、不别扭的民歌当然有。这因为现代口语中到底还有许多一个字的词存在，把一个字的词和两个字的词或短语搭配得好,就可以克服这种矛盾。这就也是说,民歌和现代口语还有一致的一个方面。但由于两者又有矛盾,其中某些句子写得不自然、别扭的民歌也是有的。张先箴同志的文章举了一些群众诗歌作为它们的收尾并不别扭、不自然的句子。宋垒同志大为称赞,说“有说服力”。但《文艺红旗》一九五九年一月号上发表的唐再兴、郑乃臧同志的《也谈新诗和民歌》,从张先箴举的例子中就找到了别扭、不自然的句子。可见事实到底是无法抹杀的。一方面有一致性,一方面又有矛盾,正因为这样,我才认为民歌体也可以作为新诗的体裁之一而存在,但同时又还可以也应该建立更和现代口语一致的现代格律诗。有的批评者说:诗的语言和口头的语言还不一样,你为什么硬要把现代口语原封不动地搬来作诗呢?诗的语言当然和口头的语言有些差异,但它总是从口头语言提炼出来的。它们两者之间的矛盾总是少一些更好。

在民歌体有无限制的问题上,我的批评者们分为两派。一派不承认有限制,我略为答辩如上。一派倒是承认有限制的,例如宋垒和沙鸥同志。宋垒说“任何文艺样式”“都有其局限性”。沙鸥说“任何形式都有它限制的一面”,认为民歌体无限制“是不科学的”。但这两位作者也真妙得很:他们说民歌体有限制,是正确的;我说民歌体有限制,却是错误的。宋垒说:

> 但,对待局限性也有两种不同的看法:一种是由于新民歌存在局限性,就努力改善它;一种是,以局限性为理由来轻视它,吹毛求疵地把一切都看作它的“局限性”。何其芳同志恐正是后一种态度吧!

何以见得我“正是后一种态度”?到底什么时候我曾“吹毛求疵地把一切都看作它的‘局限性’”?宋垒同志努力改善民歌的理论和行动到底在哪里?我的关于现代格律诗的主张,采取民歌体的长处而又改变其有限制的部分,难道就不可以看作是想法改善它吗?沙鸥说:

> 一种说法是:民歌体有限制。这个意见有两个来源,一个来源是为了用“有限制”的说法来否定新民歌,或轻视新民歌,这显然是不正确的,如何其芳、卞之琳同志的论点就有这种倾向。另一个来源是为了探讨新民歌的作者何以在有限制的形式中能运用自如,为了探讨新民歌的如何发展。我认为这种说法是正确的,也是有益的。

何以见得我和卞之琳同志说民歌体有限制就是否定或轻视新民歌?证据在哪里?为了探讨,大概是沙鸥同志夫子自道吧?探讨的结果怎么样?谁能判断你到底是为了探讨还是为否定或轻视新民歌呢?

这两位作者的妙论真是可以入《无双谱》了。古人说,“奇文共欣赏”,这样的奇文我看是人间罕有的。他说白是白的,完全正确。你说白是白的,大错特错。奥妙何在呢?就在你的动机一定不好。一定要追问动机吗?我也可以宣布。一不是为了否定或轻视新民歌,二不是对民歌体吹毛求疵,一切的一切,都仅仅为了这是事实而已。

五

好多年来,我都是不愿意谈诗歌创作方面的问题的。我曾说写那样的文章在我是“破戒”。这是因为我本来没有多少意见想发表,再加上自己长期荒废了诗歌创作,道理讲多了近于空谈。然而我终于不免多次“破戒”。有些时候是由于某些初学写诗的年轻同志的不耻下问。有些时候是由于某些刊物的编辑同志的强迫组稿。这一次更意外,是由于许多人的“批评”。

我初学写诗的时候写的是小诗。后来又写过一个时期每行字数整齐或有规律并且押韵的诗。再后就是写自由诗了。因为爱读我国的古典诗歌,自己又写过每行字数整齐或有规律并且押韵的诗体,所以我的自由诗也并非彻底自由的,我仍然比较注意自然的节奏,而且也并不避免自然地碰上的韵脚。但一九四二年延安整风运动后,我却对这些自由诗的内容和形式都不满意了。我在一九四四年七月写的《谈写诗》中说:

> 中国的新诗我觉得还有一个形式问题尚未解决。从前,我是主张自由诗的。因为那可以最自由地表达我自己所要表达的东西。但是现在,我动摇了。因为我感到今日中国的广大群众还不习惯于这种形式,不大容易接受这种形式。而且自由诗本身也有其弱点,最易流于散文化。恐怕新诗的民族形式还需要建立。这个问题只有大家从研究与实践中来解决。

同年十月我在《夜歌和白天的歌》的《后记》里面,也说到了我在诗歌形式问题上的苦恼。对我过去的那样的自由诗,我说:

> 我担心那种欧化的形式无法达到比较广大的读者中间去。但用一种什么样的形式来代替它,则到现在这还是一个未能很好地解决的问题。

这个时期我曾试验过用五七言体写诗。这是因为在延安整风运动后,曾有同志向我们作过这样的建议的缘故。我写过几首这样的诗。记得有一首还在《新华日报》的副刊上发表过(是用真名还是笔名却记不得了)。我写的时候,总是感到别扭,不自然,几乎每句都要碰到这种句法和口语的矛盾,而且碰到这种矛盾的时候,就容易求助于一些文言的字眼和句法。这样写出来的诗当然自己很不满意。继续用自由体写,又不愿意。这种苦恼和我一九四二年以后基本上停止了写诗,也是有关系的。一九五〇年参加《文艺报》的诗歌问题笔谈,我写了《话说新诗》。在那里面,我对于诗歌的形式问题还没有很具体的主张。从快板诗到自由诗,从旧形式到新形式,只要写得好,我都是肯定的。在那里面,我也谈到了读者更习惯于格律诗;五七言的格律诗又限制很大;民歌体比严格的五七言体限制小一些,因而可能成为新诗的一种重要形式,但未必就可以用它来统一新诗的形式,也不一定就会成为支配的形式,因为它也有限制。我到底主张什么样的形式呢?我只能原则地说:新诗的形式还不可能很快地定于一;将来也许会发展到有几种主要的形式,或者也可能有一种支配的形式。这种支配的形式到底是怎样的呢?我也只能比较原则地说:它既适应现代的语言的结构与特点,又具有比较整齐比较鲜明的节奏和韵脚。再过了一二年,我才有了比较具体的建立现代格律诗的主张。一九五四年发表的《关于现代格律》,就是我这些年来考虑的结果。

我不嫌辞费地略为叙述一下我十多年来关于诗歌形式问题的看法,是为了提供我的批评者们参考。我的关于诗歌形式问题的主张是经过长时期的摸索和思考的。这些主张当然都可以讨论和批评。不过要批评这些主张,最好多作一点调查研究,真正能指出有问题的地方在哪里。

我这几年来写的关于诗歌形式问题的文章到底有什么缺点呢?主要是在我讲到我所主张的这种格律诗的时候,特别是在把它和别的诗体比较的时候,我在语气之间对于它的长处和可能有的发展前途讲得过于自信一些。我曾经说过:"我们应该以作品来建立新诗的形式。"这种格律诗的实践既然还很少,我的主张在实践中也一定还会有所补充,修正,甚至也还有可能证明它不正确,是不应该过早地作过多的吹嘘的。"桃李无言,下自成蹊",这是我们的传统的美德。我对于这种格律诗的实践,除了已经发表过四首而外,另外偶尔练习写而没有发表的也不过几首。这实在太少太少了。就在这很少的实践当中,我也感到它的音节的铿锵还是比不上我国古典诗歌。这说明还有一些问题需要探讨。距离可以和我国古典诗歌的形式媲美的路途还不知有多远,还不知要经过多少人的努力。然而却有时忍不住作了过多的和过于自信的宣传,倒并非因为这是我的主张,有些沾沾自喜,不过是希望有更多的人来相信这种主张,并且认真实践而已。对于民歌体,虽然我认为它比我主张的这种格律诗的限制较大一些,我还是看到它的优点的。在《关于新诗的百花齐放问题》中我说过:"它的最大的优点就是直接以大量存在和长期存在的五七言诗和民间歌谣为传统,广大人民很熟悉这种形式。"说这是它的最大的优点,当然还并不是它的全部优点。它音节很鲜明,很容易被记住被传诵。它基本上是五七言的句法,一方面和口语有些矛盾,是它的限制;另一方面却又使它的语言很有别于口头的和散文的语言,迫着我们写这种形式的诗的时候,不能不对于语言作很大的选择和提炼。这些优点以及其他还可能有的优点都是应该肯定的。如果更谨慎一些,也许不妨说它和我所主张的格律诗各有长短。到底谁的优点更多一些,发展前途更大一些,还是等待实践和历史来作结论吧。虽说我也未尝不可以相信我所主张的格律诗的发展前途更大。主张这两种诗体的人可以互相竞赛。就是同一个诗作者也不妨两种形式都试验,看到底哪一种更便于表现我们今天的生活。我过去偏重于提倡我所主张的格律诗,是有这样的想法:民歌体是有现成的形式可以遵循的,问题不大;而我所说的那种格律诗,却更需要创造。我说过"那些成功地建立了并且丰富了现代格律诗的作者将是我们这个时代的杰出的诗人",意思也就是在这方面更能发挥有才能和有天才的人的创造性。从中国古典诗歌看来,本来是三个字收尾和两个字收尾的传统都有的。楚辞、赋、四言诗和六言诗、词曲中的一部分句子都是以两个字收尾。然而整个说来,还是三个字收尾的占优势,特别是在狭义的诗歌中。这是可以探讨的。田间同志说:"何其芳同志认为这种诗体(其芳按:指五七言体)是建立在文言的基础上的,不是来自人民群众的语言。这就很值得讨论。"这的确还可讨论。文学史告诉我们,五七言诗是从民间诗歌来的。但为什么汉代以后的民间诗歌不是以两个字而是以三个字收尾,却不容易闹清楚了。或许三个字收尾本来就有它的某种优越性吧。我那句话说得更恰当一些,可以改为"这种诗体和文言这种书面语言更相适应"。其实我不过是要讲哪种诗体和哪种语言更相适应。并不是要说明我本来并不清楚的五七言诗的最初形成的原因。从我现在的这些想法看来,我过去对于三个字收尾的句法,是过多地看到了它的限制方面,而对于它的某些可能有的优越性是估计不足的。在这之外,我那篇《关于新诗的百花齐放问题》还有别的缺点。正在大跃进民歌风起云涌的时候,我却和公木去辩论民歌体有无限制,并且把它和我所主张的格律诗作比较,而又有所抑扬,现在看来,这本身就是不合时宜的。讲到我所主张的格律诗的时候;因为不愿意多重复《关于现代格律诗》中的话,又没有讲它和民歌体的关系,这也写得不够周密。

尽管有这些缺点,为什么就招来了这样多这样严重的"批评"呢?这就还要在我的批评者们本身上找原因了。应该说明,除了个别人看起来是意在攻击人而外,不少同志还主要是由于对新民歌的热情。他们的头脑太不冷静,一听到民歌体有限制,一听到还可能有别的形式比民歌体更好,就认为这种意见很错误,群起而攻之。其实说民歌体有限制,那是完全无损于新民歌的卓越的成就的。正如说旧诗词这种体裁束缚思想,毫无损于我国古典诗词和毛主席诗词的卓越的成就一样。还有一部分作者说他原来也是认为民歌体有限制的,现在却相信它并没有限制了,那不过是没有多用思考而已。在批评方法和批评态度上,有意或无意地歪曲别人的论点,不细看别人的意见就武断地加以否定,不讲道理,不讲逻辑,这是过去的争论中就有的。不过这一次暴露得比较厉害而已。应该说明,这并不符合我们今天的批评和讨论的要求。我这篇文章不得不花很大的篇幅来辩明许多被歪曲和被武断地否定的论点,反而投有篇幅来比较充分地说明我正面的意见,就可以看出这种批评方法批评态度实在是不利于讨论的。有些同志以为发表了这样一些文章,就算讨论得很热闹了,其实很多都不过是浪费的论争而已。截至现在,到底认真讨论了几个什么问题呢?问题深入的程度又如何呢?

当然,我也并不完全否定截至现在的讨论。除了歪曲、武断和甚至个别的攻击而外,还是提出来了一些问题,还是暴露出来了一些分歧。这些问题和分歧是可以引起一些较为深入的讨论的。

除了上面的答辩已经接触到的某些问题和分歧而外,我认为还有以下的问题是可以进一步讨论的:

一、对于新诗发展的基础的了解问题。有些同志认为只能以民歌和古典诗歌为基础,五四以来的新诗是不能作为基础的。有的同志却认为新诗也可以作为基础之一。这当然牵涉到对于五四以来的新诗的估计。但也可以看出对于"基础"的了解不同。我觉得如果是为了指明新诗的发展的方向,只能走向中国化群众化,不能继续保存五四以来的新诗的弱点,我是赞成只提新诗应在民歌和古典诗歌的基础上发展的。这样,这"基础"就带有方向性的意思在内。如果把"基础"了解为仅仅是构成形式的因素或传统,那我就觉得五四以来新诗的某些部分也未尝不可以作为今后发展的新诗形式的基础之一。我们的文学的民族形式的基础,是一个经过多次争论的问题。一九三九年一九四〇年在延安和重庆就争论过。一九四四年在延安鲁迅艺术学院又争论过。那两次的争论中出现过两种分歧的意见。一种意见主张以原有的旧形式为基础来加以发展。一种主张以五四以来的新形式为基础来加以改进。这两种意见的争论在当时是相当激烈的。一九四六年,我在《略论当前的文艺问题》中提到这个争论的时候,曾写过这样一段话:

> 就我的理解简单说来,民族形式问题实质上是一个文艺与中国广大人民结合的问题。因此,凡是符合今天中国人民的需要,能够为今天中国人民服务的,无论它是新形式或从新形式改造过来的,无论它是旧形式或从旧形式改造过来的,都是民族形式。只有这样一个最高的也是最宽的标准。形式的基础是可以多元的,而作品的内容与目的却只能是一元的,那就是只有从人民生活中去获得文学的原料,并使文学又回转去服务人民。

在争论激烈的双方看来,我这或许不过是调和的意见而已。但我却是再三考虑过的。无论以旧形式为基础也好,以新形式为基础也好,只要发展或改造得符合广大人民的需要,能够为广大人民服务,即使在形式上和风格上还有些差异,又有什么不可以同时并存呢?为什么一定非争到你死我活不可呢?如果不是就其方向而仅仅是就其样式来说,新诗的民族形式也是可以多样化的。既成的民歌体和其他民间韵文形式自然是民族形式。从民歌体和其他民间韵文形式提高发展而来的形式也是民族形式。从古典诗歌、民歌和“五四”以来好的新诗的某些成分为基础建立一种新的格律诗，如果成功了的话，也是民族形式。甚至就是自由诗，虽然我认为它今后不会是诗歌的主流，也未始不可以把它改造得更中国化更群众化一些。中国诗歌本来有长短句的传统。自由诗不过是新的长短句，而且一首一个样式而已。要紧的还是写出大家都承认的好作品来。所以这个对于新诗发展的基础的了解，同时还包括一个争论多次的对民族形式的了解问题。

二、五七言民歌体是否应该成为今后新诗的统治形式或支配形式？人工地使它成为这样的形式到底是好还是坏？我和公木的争论就有这样一个问题。徐迟同志关于诗歌问题的发言（《人民日报》一九五九年一月二十一日）说：“它可以作为表现今天的生活上一种基本形式和格律。”无论叫它作统治形式、基本形式还是主要形式，意思是差不多的。我仍是我的老意见，最好还是从比较自然的发展中去形成一种支配形式，或者同时并存两种以上的主要形式，不要急于勉强地用人工去造成这种形势。勉强地用人工去造成的形势是不能持久的。中国新诗的历史不过四十年，但风行一时的主要形式却变更过好几次了。开头是初期白话体自由诗和小诗。后来是“豆腐干”体诗。后来又是自由诗。解放后最流行的是“半自由体”。现在好像是民歌体和半自由体并盛（我这都是指诗人们的作品而言，群众诗歌当然是以民歌体和快板体为主要形式）。过去流行过的一些主要形式为什么都不持久呢？原因自然比较复杂。但恐怕当时的流行多半靠刊物提倡，并不是这种诗体真正很完美，也是一个原因。张光年同志在《从工人诗歌看诗歌的民族形式问题》（《红旗》一九五九年第一期）中说：“当然也还有少数同志怀疑新民歌在艺术形式上的局限性，他们害怕新民歌有朝一日将以五言、七言的歌谣体统一天下。”他没有说明五七言歌谣体统一天下到底是好事还是坏事。这个问题是可以讨论一下的。如果是用人工提倡的办法使五七言歌谣体统一天下，我看并非好事。道理很简单。如果五七言体就能解决诗歌的发展道路问题，五四新文学运动至少在诗歌方面是毫无意义，多此一举了。五七言体不是在五四以前早就存在吗？不是已经存在了一两千年吗？如果只是用白话写五七言体就能解决问题，那事情就太容易了。五四运动以前不但民间有五七言歌谣体，而且有些诗作者也已经开始以白话入五七言诗了。为什么这种尝试不能发扬光大，成为五四以来的新诗的支配形式呢？这并不是历史走了一段大弯路，而是以白话代替文言这样一个文学语言的大改革，在诗歌方面是必然要产生新形式，产生和这种新的文学语言更相适应的新形式的。“五四”以后，产生了一些诗歌的新形式。这些形式大体上是和新的文学语言相适应的。它们的主要缺点是和我国的传统的诗歌形式脱了节，忽视了格律的重要性。克服这个缺点的好办法我认为并不是简单地回复到从（以）五七言体统一天下的旧局面，而是通过自由竞赛的方法来建立新的格律诗。这种新的格律诗可能有一种基本形式，也可能有两种以上的主要形式。如果说民歌体(我说的是比五七言体还要自由二些的民歌体)就是新格律诗的一种，我是坚决相信还会有另外一种和现代口语更相适应的新格律诗的。

三、诗歌的前景问题。邵荃麟同志在《民歌·浪漫主义·共产主义风格》(《诗刊》一九五八年十月号)中说:"现在仿佛民歌是一家,新诗又是一家,我看将来这两家是要合并起来。中国新诗的民族形式问题,将通过这途径来解决。"沙鸥同志在《新诗的道路问题》中也说到了这样的诗歌的前景。他说,"那就是民歌体的变化与诗人们长期习惯运用的形式的变化,趋向于接近。我想新诗的形式的发展会沿着这条道路走。"他们都认为诗歌的前景是民歌和新诗的混合。我的意见不大相同。我认为民歌和新诗的完全混合是不大好想象的。如果是吸取了新诗的某些长处,但仍然保存着民歌体的特点,仍然是以三个字收尾,那它就还是民诗(歌)体。如果连民歌体的特点都消失了,那它就是新诗体。如果是民歌体的句法和调子同新诗体的句法和调子相间杂,这样(的)诗倒是过去和现在都有的,但那是一种不和谐不成熟的杂乱的形式,严格讲来,不成其为一种诗歌的形式。我的想法是:民歌体是会在今后相当长以至很长的时期内还要存在的;新诗是一定会走向格律化,但不一定都是民歌体的格律,还会有一种新的格律;格律体的新诗而外,自由体的新诗也还会长期存在。最远的前景比较难说。但民歌和新诗在形式上的特点都相当突出,不大容易混合起来。还是我说过的,文艺形式有它相对的稳定性。而且样式多一些是好事,不是坏事。

四、是否可以由作家来提倡和创造一种诗歌的新形式问题。宋垒同志在批评我和卞之琳同志的那篇文章中说:"根据诗歌发展的情况,历来都不是先设计出格律后有格律诗,格律诗是在实践中形成的;古典诗歌的格律又大都是在民歌基础上发展起来的。"张先箴同志批评我的那篇文章也讲过类似的话。他甚至武断地说:"'五四'以来的新诗,是起之于民间的歌谣。不管哪一个时代的哪一种新的诗风,没有不是来之于民间的歌谣的。"他们都是用这来反对我提倡建立我所主张的那种格律诗。我国古代的诗歌的形式大都起源于民间是事实。但五四以来的新诗并非"起之于民间的歌谣",这是常识,写批评文章是不应该弄错的。是不是无论哪个时代的哪种新的诗风,都不能从作家手中创造呢?那也不尽然。俄国和苏联文学史告诉我们,罗蒙诺索夫在俄国创造过音节和重音并重的诗体,马耶可夫斯基创造过特别适宜于朗诵的楼梯式的诗体,惠特曼和法国一些诗人创造过自由体。这些诗体都是完全成功而且今后还会存在下去的。张先箴同志一再称我为"文人学士",他似乎连今天做各种工作的干部都是属于人民的范围都不知道。这种把专业的作者和一般人民对立起来的观念倒实在是“老眼光”了。今天我们的一般人民能创造新事物，我们的专业的作者也是能创造新事物的。

我觉得这些问题和《人民日报》一月二十一日第七版公布的那些问题都可以进一步讨论。

1959 年 1 月 31 日下午

——原载《文学评论》1959 年第 1 期

郭　开

就《青春之歌》谈文艺创作和批评中的几个原则问题

——再评杨沫同志的小说《青春之歌》

现在我们大家探讨《青春之歌》这本书,意见不完全一致。一部分同志说优点是主要的,但也有些缺点,而另一部分同志也说优点是主要的,但认为缺点却比较严重。看来双方的分歧,并不是有无缺点的问题。双方提到的缺点,也基本上是一致的。主要表现在这样三个问题上:(1)对小资产阶级的感情的批判问题;(2)对知识分子的改造的描写问题;(3)对知识分子与工农的结合问题。那么分歧在哪里呢?在"严重"二字上,在缺点的性质上。一个说有些小缺陷,一个说缺陷较大,一个说缺点是艺术性的,一个说艺术性、思想性两方面的缺点都有。有人说我是后一种意见的代表者,我实在当不了这个代表,不过我还是同意后一种意见的。我没有对这本书的优点做过多的评述,这是因为这一方面已经有许多评论了,而关于它的缺点过去则谈得不多不深,所以我在发表在《中国青年》1959年第2期上的那篇文章里,着重在缺点方面谈了一下自己的一些看法,以便进一步探讨这个问题,我虽然没有系统地谈它的优点,但这并不见得就是否定这部作品,而且也不是否定林道静这个人物。我只认为作者对她的描写存在着缺点,而且严重。

在那篇文章里,因为时间和篇幅的限制,并没有谈得深入,只是提出了一些问题。现在讨论已经展开了,为了讨论得更深入一步,我现在再就下面三个问题,谈谈自己的意见。

描写共产党员必须严肃而认真

因为我说过,杨沫同志没有深刻地描写林道静的改造过程,因而没有创造出一个共产党员的典型的英雄形象。于是有人质问我,究竟应该怎样描写共产党员呢?

在说明应该怎样描写共产党员之前,先弄清共产党员是什么样的人,是有益的。共产党员是什么样的人呢?共产党员乃是人类社会中最先进的阶级——无产阶级中的先进的战士,乃是人类最积极最革命的典型,乃是要求进步的人的最光辉的榜样和最好的模范。这就是共产党员。共产党员必须集中地完美地具备无产阶级的一切优良特性与美德,不仅对党和无产阶级事业无限忠诚,有坚定的无产阶级立场,有明确的共产主义人生观,而且对社会发展有辩证唯物主义的认识,有在复杂和困难的情况下也能辨别方向、冲破困难、胜利前进的大智大勇。

共产党员不仅能付出整个身心不畏艰险地为革命工作,而且能密切地联系群众,发挥群众的积极性,任劳任怨地去完成任务,不仅不斤斤计较个人得失,而且最大公无私;不仅不为既得的成绩沾沾自喜,而且总是成绩越大越谦虚谨慎;不仅能勇敢地批评世界,而且能认真地批评自己……伟大的革命热情,结合着冷静的科学分析,严肃的原则性,结合着生动的灵活性。这就是共产党员这个人类中最光荣的称号所体现的。当人们谈到这个称号时,就联想到这些伟大崇高的品质。因此,我们就不应该随便地轻易地说到这个称号,把它庸俗化,而要庄重地对待这个称号,要保持极高的严肃性。

问题不是很明显了吗?我们应该怎样去描写共产党员呢?我想,我们应该抱着极慎重严肃的态度去描写,不轻易地把党员这个无上光荣的称号随便授予任何人。写到共产党员时,决不能敷衍了事地写上几笔交差,而必须认真负责地精雕细琢,刻划出有血有肉的不愧为共产党员这光荣称号的英雄形像。有的同志说:这样太难了。的确是不容易。本来么,作一个共产党员就不是容易的。正像少奇同志说的:"他首先要具备各种条件,下定各种决心,并经过充分的教育,才能入党,在入党以后,又须在不断的工作和斗争中继续学习与锻炼,继续提高自己,然后才能在党的领导下更好地为人民服务。因此,不是普通的工人和劳动者,更不是那些自命不凡的知识分子,就能够作一个共产党员的。而必须是他们中间最先进,最有决心的分子,才能作一个共产党员。从而作一个共产党员也就是最光荣的。"同样的,描写一个共产党员也是不容易的,不仅要有对党的热爱,有写好的主观愿望,而且要有正确的立场观点和方法,要有一定的艺术水平,再加上一定时间的努力。但是也正因为这样,如果写好了一个共产党员,也就是很光荣的。描写共产党员是光荣的事,也是困难而严肃的事。因此,就不能像杨沫同志说的那样:"我并没有害怕会写出宣扬小资产阶级不健康感情的东西。因为我想,我爱党,爱共产主义的真理,只要我的脚根(跟)站稳了,一切情形自然不会太歪曲。"这种态度我觉得是不很严肃的,而且也是不太谦虚的。不错,我们是不应该害怕写不好就不写,这就像因为害怕犯错误就不工作一样的不对。但是如果谁借口"不怕写坏",不再竞竞(兢兢)业业以"我爱党,爱共产主义的真理……"为保证,就认为自己写出的"一切情形自然不会太歪曲",这怕有些不妥当吧。听!"不会太歪曲",那么是否可以稍微歪曲些呢?我们说:不可以。

因为我们写的是共产党人,这是最伟大的典型,我们必须写出和共产党员相称的光辉形象来,才算尽到了责任,否则就会惭愧不安。至于说到歪曲,根本不行,对共产党员形象的任何歪曲都是不允许的。我们完全可以相信,杨沫同志主观上也是想创造一个光辉的共产党员的典型,作为要求进步的知识分子学习的榜样的。但是,她却缺乏足够的严肃认真的精神。我们知道,书中描写的林道静基本上是以作者自己为模特儿的。但是她没有自我解剖的精神,没有深刻地自我批判,没有勇敢地挖掘人物灵魂深处的肮脏思想。不破不立,没有彻底破除资产阶级思想,也就没有完整地树立起无产阶级思想,因此就没有能够创造出一个使人信服的,完全够标准的,堪作革命者的模范的光辉的共产党员的形象,而写成了一个小资产阶级思想情感的不很坚强的人物。虽然林道静也是一个进步的知识分子的形象,她积极地跟着党走,在党的领导下成了革命者,所以实际上也是树起了一面旗帜,但是不够鲜红,特别是把这样的人说成是共产党人的典型,作为人们学习的榜样,那就不太好了。即使不是大肆宣扬了小资产阶级不健康的情感,至少也是对这种情感表示了同情,这样难道对读者有好处吗?这样作(做)的结果,对共产党员来说,也是降格以求,即使不是对共产党员的形象歪曲,起码也不是正确的完美的描写吧!不能说这不是缺陷吧?当然,也不只是《青春之歌》中有这种情况,在许多书中都有这种情况,好像已经成了一种风气,把共产党员的称号当作一种桂冠出售,随便什么人都戴上一顶,而只要写的是共产党员,作品就成了"好作品"。至于自己创造的人物是否达到了共产党员的高度。这些作者们是想得不周到的,这是不应该的。我们不允许以共产党员作幌子,自觉地或不自觉地出售资产阶级的思想感情。我们不能把那种穿着工农衣服,戴着共产党员帽子的小资产阶级知识分子当作学习的榜样。

总之,共产党员,这是伟大而崇高的形象,不允许把他描写得庸俗化。我认为应当遵守列宁的指示"必须把党员底称号和意义提得更高、更高、更要高"。我们必须响应中央的号召,为更高的共产党员的条件而斗争。这表现在文艺工作上,就是要创造出完全合乎标准的共产党员的英雄形象。有人认为这种标准不能要求于抗日战争以前的共产党员,那时共产党员八项条件还没有订出来。不错,当时共产党员八项条件的条文,还没有订出来,但是决不能据此说,那时的共产党员是标准低的,或不够标准的。抗日战争以前所吸收的共产党员,一点也不比现在的标准低,那时候虽然没有八项条件的具体条文,但八项条件的精神实际上在那时就存在着,当时也是遵循这些原则精神来吸收党员的,现在的党员八项条件,并不是谁主观制订出来的,而是在总结历史经验的基础上提出来的。因此过去发展的党员也都是合乎共产党员的标准的。那么有没有不够标准的呢?那时情况复杂,有些地区,接受了个别不够条件的人入党的事是有过的。但是难道我们能把这些不够条件的、由于某些特殊原因而吸收入党的人作为那个时代共产党人的典型吗？显然是不能的。那时许多优秀的党员们，完全按着党指出的改革道路走下去，深入工农群众中，与工农相结合，在群众斗争烈火中锻炼，认真地进行自我思想斗争，最后终于抛弃了个人主义，进入了无产阶级先锋队的行列，成了党的中坚力量。现在我们的许多中级干部和高级干部，就是这样的典型。至于林道静，则是另外一种典型：是一个从个人英雄主义出发，由于愤世疾（嫉）俗而参加革命，企图在革命运动中把自己造就成英雄的人。她没有完全按党指出的改造道路走，她走的是这样一条道路：没有认真地与工农群众相结合，而只是和个别的进步的知识分子党员接触；没有很好地到群众斗争的烈火中去锻炼，只是看了几本书；没有认真地深刻地进行自我思想斗争，只是听了几次同志们的谈话……没有得到彻底的改造，后来也树立了一些革命理想，但很不够，而骨子里依然有许多小资产阶级思想感情。这样的人在民主革命阶段也曾起过作用，从历史的角度来看也有一定的进步性，而且当时起的作用确实很大。有个别这样的人，在组织上也入了党，但是我仍然觉得无论如何不应该把他们当作无产阶级先进战士和共产主义者的榜样去描写。

有人说："当时，林道静实际上是入党了！"我们就假设现实生活中的林道静的确入了党，也不能说《青春之歌》的描写是完全对的。因为艺术并不是现实生活的翻版，而是现实生活的集中和提高。林道静实际上是否入了党，是现实生活中的问题，不能当作艺术对象去描写。艺术上所谓的真实，只能是生活的本质。不这样理解真实，那就会掉到自然主义的泥坑里去。社会主义现实主义不仅要求真实地反映现实生活的本质，而且要用共产主义与社会主义思想教育人民，所歌颂的人物一定要是值得学习的。那么请问林道静是否值得人民群众去学习呢？恐怕不能说是一个值得学习的完美的榜样吧。

共产党员是人，有缺点，他的缺点作者当然可以写。不仅可以，而且应该描写人物性格的丰富性和复杂性。但有一点，虽然共产党员也不全一样，有特别优秀的，也有一般的，但凡共产党员都必须具备共产党员的起码条件，这一点是所有共产党员完全一致的。描写共产党员不能离开党员条件和标准的基本范围，因为既是共产党员，就不能具有与共产党员的条件不相容的缺点错误，否则，就要受处分，甚至不能当共产党员了。这个质的界线是必须遵守的。我们不应当随心所欲地去描写，而要认真地写，写好。因为共产党员现在已经在群众心目中形成了光明正确和先进的表率和象征。

当然，在现实生活中，个别不好的党员是有的，但是整个来说共产党员是好的，不然就无法理解我国几十年来伟大的历史变化。那么为什么不去写代表大多数的好党员，而去写较差的呢？当然这不是说差的就绝对不能写，可以写，但要批判地去写。肖洛霍夫在《被开垦的处女地》中对拉古尔洛夫的描写就是这样的。他不是一个十全十美的党员，犯了错误，后来受了党的处分，这样在读者就清楚地知道他为革命的忠诚是可以学习的，但他对群众的粗暴态度是错误的。但同样的情况在《青春之歌》中就不是这样，如林道静遇到困难叫苦，就是软弱的表现，作者却默默地放过去了，这就不能使读者显然地感到这是林道静不坚强的表现，而一些粗心的读者也就把林道静当作完美无缺的共产党员了，这是不好的。

描写共产党员的缺点，要少写，要批判地写，主要的是写好的方面，这样的描写，并不是把共产党员神化与美化，如要说美化也可以，共产党员本来就是美的，而且是最美的，为什么不可以写美呢？描写共产党员的美和好的方面，并不会像某些人所担心的会“偶象化和概念化，没有丰富的性格”。这样的人还认为：不管什么东西，应当有其对立面，才能有生气，才丰富多彩。那么，这样说来，开娱乐晚会的时候，是不是要抬一口棺材，躺着死人，一些人哭哭啼啼以与活人快乐的跳舞表演相对立，才能有生气呢？才不偶象（像）化与概念化呢？人物是否偶象（像）化概念化和具有丰富的性格，我看并不在于写不写缺点错误，而在于深刻地揭示生活的实质和人物的内心世界。如果没有写出人物的精神面貌，即便写了一大堆缺点错误，人物也还是概念化与没有丰富的性格。

总之，社会主义现实主义要求创造体现着严肃的共产主义党性的人物，作为人民学习的榜样，达到改造和教育人民的目的。共产党员是最能体现严肃的共产主义党性的，因此，在描写共产党员的时候，要特别注意遵守用社会主义共产主义思想教育人民的这个原则。

创造共产党员的形象，当然也可以写出身于小资产阶级知识分子的党员形象，但是有一点要说明白，知识分子入党和工人入党有原则的不同。工人入党只是提高阶级觉悟的问题，而知识分子入党则是改变阶级立场和阶级感情的问题。因此描写这样人物的时候，必须提示他们的灵魂深处原阶级留给他们的肮脏东西，批判他们的缺点，写他们清除这些肮脏思想的过程，和旧我决裂的过程。写他们向往进步和光明，树立共产主义思想的过程，总而言之，要写他们的改造过程，从原来的阶级向无产阶级先锋战士转变的过程，只有当他们改造好了，达到了共产党员应该具备的条件时，才可以写他们入党。在思想革命方面，我们也是不断革命论者。我们认为人的阶级立场、阶级观点都是可以改造的，不同阶级的人都有走向共产主义和加入共产党的可能。但是我们又是革命的阶段论者，我们认为一个人抛弃原来的阶级立场走向共产主义是一个思想革命，要分作几个阶段走，每个阶段都有其显明的质的变化。如鲁迅基本上经过三个阶段：从封建地主阶级的逆臣到进化论；从进化论到急进的民主主义者；最后由民主主义者达到了马克思主义者。描写知识分子出身的党员,必须把这些思想改造的阶段清楚地实际地写出来。这样,他的入党才是使人信服的。也只有这样,才是历史地真实地描写了知识分子的成长过程。林道静的描写之所以有缺点,主要就是没有深刻地清楚地描写这个过程。因此,就没有解答:林道静为什么参加革命,林道静是怎样从小资产阶级知识分子变成为无产阶级先锋战士的这些关键的问题。而从书中所写的情况看,林道静的思想水平只上升到了激进的民主主义者的阶段,还没有完全地上升到共产主义者的阶段,因为我们没有看见她捣毁旧我的核心——个人英雄主义的过程,因此作者虽然叫她入了党,但是人们没有清楚地感到她是一个共产党员。而且作者在林道静入党后,也没有认真地细致地描写她思想的改造,只是给了她一些重要的职务,而她还是那样软弱,工作展不开……这就更显得这个共产党员的形象不那样鲜明了,在读者心目中就不能出现一个光辉的共产党员的英雄形象,因此,不能强烈地感动人心,使人向她学习,这些都是《青春之歌》创作上的缺点。

文艺创作与文艺批评中要坚持阶级观点

阶级观点和阶级分析是马克思主义的根本方法。无论什么事离开了阶级观点和阶级分析,就无从明辨是非。可是,我们一些同志当进行文艺批评或创作时,就把这个最少不得的法宝忘掉啦,当然不是整个地忘掉,而是记得不完全,在一些问题上没有用,于是对这些问题就弄不清了,把不正确的也说成是正确的,对不该颂扬的也颂扬了,有些该颂扬的反而没有得到颂扬。这种情况在《青春之歌》的创作中和对它的批评中都有所表现,特别是在对林道静家庭出身的看法上,表现得最明显。林道静是地主阶级家庭出身呢?还是不完全是地主家庭出身呢?有些批评者认为,“她并不是完全出身于地主家庭,而和贫农有着血缘关系”。作者也借林道静自己的嘴说道:“我是地主的女儿,也是佃农的女儿,所以我身上有白骨头也有黑骨头”。这样说,就好像她的出身是双重的,既是地主家庭出身,又是佃农家庭出身。一个人出身于两个对立的阶级,我想这不大真实吧?为了说明这个问题,让我们来对林道静的出身进行一下阶级分析。

根据书中所写,我们知道林道静的父亲林伯唐是北平的大地主,他强占了热河省一个佃农的女儿——秀妮,生下了林道静。道静一岁的时候,秀妮被林伯唐的大老婆徐凤英赶了出去。从林道静记事的时候起,她的“母亲”就是徐凤英。开始林伯唐夫妇还算喜欢林道静的,在三岁以后,徐凤英自己生了个儿子,就待林道静不好了,经常打骂。不过到七岁以后,林伯唐夫妇觉得她长得不错,再识几个字,身价就更高了,于是决定把林道静送去念书,她才一直从小学读到高中毕业。而就在这时林伯唐家业倒败了,徐凤英要强迫林道静嫁给胡梦安,她因逃婚,到北戴河去找她表哥。

这样看来,林道静当然是地主阶级出身的女学生。但是作者却抓住了林道静的亲生母亲是佃农这一点,把林道静说成不完全是出身于地主阶级,她既有地主阶级成份,又有佃农的成份。这是不对的。

第一,我们是唯物论者,人的思想是在他所处的环境中形成的,不是从母胎里带来的。林道静的亲生母亲虽然是佃农,但她在林道静还没有懂事时就离开了,因此她在形成林道静的阶级意识、思想感情方面没有起任何作用。尽管后来王妈把秀妮的事告诉了林道静,但是这时林道静已是成人了,她的思想感情已经定型,听了之后,只是激起一阵愤恨,更仇视徐凤英,但并不是恨地主阶级,对她整个思想体系并无根本性的影响。

第二,在地主阶级的家庭中,所有的成员,地位并不都是一样的,一般地说大老婆和其子女总是占上风的,而小老婆及其子女则往往受压迫。所以在他们内部也形成斗争,但这只说明他们是地主阶级中的不同的个人和阶层,并不说明他们是地主阶级以外的人,依然是组成整个地主阶级的一部分,因为他们在拥护整个地主阶级利益上是一致的。所以不应当把林道静对徐凤英的愤恨反抗,看成是她异于地主阶级的表现。

林道静反抗徐凤英,只是因为徐对她不好,打她骂她,企图包办她的婚姻,她对这一切不满,她要求自由,要求自己决定自己的命运。在万不得已的时候,她竟以决裂来反抗。这表现了她在家庭关系中的一定民主要求,但这只是学校中资产阶级教育影响的结果,并不是因为她和农民有什么因缘。她和农民是没有什么因缘的,无论她对徐凤英的仇恨也好,反抗也好,依然还是同阶级内部的私人斗争,她的仇恨还是个人仇恨,并不仇恨整个的地主阶级,起码当时她是这样的。当然,这种反抗是有可能促使她和地主阶级对立起来,因此我们说这种反抗精神是可贵的。但是这决不能把她和农民对地主的反抗等同起来。这是完全不同的两种反抗。前者只是在地主阶级家庭中,儿女对父母的一种民主要求;而后者却是被压迫阶级对压迫阶级的反抗。这是阶级仇恨。正象杨白劳与喜儿仇恨黄世仁,他们不只反抗黄世仁,反抗的是整个地主阶级与其剥削制度,要求推翻现存的地主阶级的统治剥削。这是真正佃农的态度。而林道静,是连佃农的味儿也没有的,她只是反抗徐凤英,要求婚姻自由,只要摆脱了徐凤英的掌握,找到一个幸福的家,她的反抗也就结束了。这怎么能说她也是佃农的女儿,身上也有黑骨头呢?这只能被理解为给知识分子涂脂抹粉。不管作者怎样辩护,归根到底,林道静还只能是一个地主阶级家庭出身的女学生,她的出身只是地主的女儿,身上只有白骨头,决不是也不可能兼是佃农的女儿,她的身上没有一块黑骨头。

这就是林道静的出身。然而，有些同志把血缘和阶级性混淆起来了，这是不对的。阶级性是经济地位和社会环境所决定的，而血缘只是生理现象，并不影响其阶级成份。这就是阶级分析的方法。

《青春之歌》的作者过分地强调了血缘关系，把林道静当作出身于地主和佃农家庭的特殊人物，因此描写的时候就有些含糊，没有把她的改造当作是从剥削阶级的女儿到无产阶级的战士的转变，是阶级立场、观点、思想感情的转变，是脱骨换胎的转变。而认为林道静身上有黑骨头，这样当然就"容易"改造了，因此就没有写得很深刻，作者只轻轻地写了几笔，一个"无产阶级战士"就出来了。既然林道静与受压迫的贫苦人民有血缘的关系，又受后母的虐待，有先天的革命性，当然就无需太多地批判了。应该予以同情啊。作者这样认识林道静，这样描写林道静，当然是合乎她的逻辑的。这是否与阶级观点有关呢？我想是有联系的。所以有人责备作者没有比现实站得更高，是没有把林道静写得很成功的主要原因。我并不这样看。我认为杨沫同志是站得比现实高的，她是想把林道静写得比现实中的模特儿更高更集中，但是她没有对人物进行阶级分析，因而没有完全达到目的。也即使站得再高也不行。道理很明显，人在社会中的生活是错综复杂的，其真实面貌常常为一些次要的现象所遮掩，作者在描写的时候，要找到事物的本质，加以阶级分析，才会明白那是主流，那是从属的，问题的性质也就容易分清楚了。我们不能说杨沫同志不懂得阶级分析，但作者在对林道静的处理上却为林道静的模特儿的许多具体琐事所迷惑，没有抓住本质，因此也就没有能描写出质的变化，写了许多现象，但那是量的增长，始终也没有解决林道静从一个阶级到另一个阶级转变的问题，没塑造出一个真正的布尔塞维克的形象。

在批评工作上也有缺乏阶级观点的表现。有些评论《青春之歌》的文章，很少对书中的人物作阶级分析，而研究作者描写他们的成长过程是否真实，常常只是笼统地说"好"或者"坏"，其中最典型的是王世德同志写的《知识分子的革命道路》一文（载 1958 年 4 月 17 日《人民日报》），文章很长，我不想一一分析了，只就其中的一点来谈谈。当作者评述到林道静深夜去贴标语时，这样写道："这种英勇、智慧的行动，完全出之于她血液里要求革命的本性。"听，好一个"完全出之于她血液里要求革命的本性"呀！人家的"血液里"就有"要求革命的本性"，还要改造什么呢？难道是要把"要求革命的本性"改掉吗？一个地主的女儿的"血液里"有"要求革命的本性"，我真不知道世界上还有谁不要求革命的了！既然林道静的血液里有要求革命的本性，为什么又说是在党的教育、启发下才走向革命的呢？这个矛盾怎么解决呢？实际上林道静的身上只有地主阶级的女儿的血液，资产阶级知识分子的血液，在这种血液里，根本没有什么要求革命的本性，特别是没有无产阶级革命的本性。如果说知识分子的血液里有要求革命的本性，那余永泽为什么没有？所以归根到底，地主阶级出身的知识分子的血液里没有要求革命的本性，他们的革命意识是后天的，这是在他们接近了劳动人民以后，在党的启示下，要求革命的，才走上革命道路的，而且经过许多教育才能革命到底。他们和工农劳动者是不同的，后者的革命性是先天的，也就是说，是其阶级性原有的本性。所以也只有工农劳动人民的血液里才有要求革命的本性。马克思主义者总是这样看待问题的，不分什么阶级笼统地说人有革命性，是非马克思主义的。

这种缺乏阶级分析的文艺批评，在今天当然是很少的，但是也值得注意。

马克思主义者在分析问题的时候，必须要有阶级观点，但是这一点对我们某些同志来说大概还不很习惯。如说很多人喜欢《青春之歌》。这个"很多人"就太笼统了，应该加以分析。都是些什么人呢？绝大部分是知识分子、学生。工农出身的老干部和老工人，喜欢它的人就很少了，而认为它不很好的就多一些。不正视这样的事实、不加以阶级分析，只满足于一般的评述，是益处不大的。

应当正确地反映历史

文学是现实生活的反映。研究文学作品首先得研究作品所反映的生活，不正确地了解艺术作品的时代背景，就无法对艺术作品作出正确的评价。今天大家都在探讨《青春之歌》这本书，因此也就需要深入地探讨其时代背景，以辩证唯物主义的历史观点，研究和分析小说所描写和反映的历史环境。现在我们就来谈谈当时的历史情况吧。

《青春之歌》写的是"九·一八"到"一二·九"的北平学生运动，这个时期的历史真堪称"多事之秋"。在苏联十月社会主义革命的影响下，从"五四"运动开始了中国新民主主义革命，1921 年中国共产党成立后，在党的领导下，发动了第一次国内革命战争，到 1927 年春达到了高潮。但这时蒋介石叛变，反革命复辟，白色恐怖到来，革命转入低潮，但是革命的烈火并没有被扑灭，不久毛泽东同志领导的革命运动，又在井岗山等地蓬勃发展起来。日本帝国主义于 1931 年发动了九·一八事变，开始了大规模地对中国的侵略战争，占领了东北三省，亡国的危机越来越严重了，中国共产党和工农红军首先提出了组织群众反抗日本帝国主义的侵略。蒋介石卖国集团，却采取了"先安内而后攘外"的卖国政策，言抗日者为有罪，发动"文化围剿"，大批进步知识分子受到迫害。为了加紧内战，反动统治者又对人民加重捐税，中国广大的土地上出现了哀鸿遍野、民不聊生的悲惨景象。国民党发动了对苏区的"围剿"，向革命根据地发动总攻。由于当时党内"左"倾冒险主义还占着优势，造成了军事上的被动形势，中央红军决定突围北上抗日，惊动世界的两万五千里长征开始了。在遵义召开的中央政治局扩大会议,确立了以毛泽东同志为首的党中央的正确领导。中国革命出现了更新的局面。在中国共产党“八一宣言”的号召下,在刘少奇等同志的领导下,震动全国的“一二·九”青年爱国运动爆发了。“一二·九”之后,全国掀起了抗日高潮。

这就是《青春之歌》所描写的历史时代,这个时代的特点就是,一方面,国民党反动派从名义上的统一建国,到公开地对内反动压迫和对外卖国求和,使中华民族陷于内忧外患、民不聊生的危亡关头;另一方面中国共产党从失败走向胜利,从许多错误中找到了正确的路线,人民群众从亲身体验中了解到国民党反动派的实质,逐渐认识到共产党是中国的救星,不能忍受国民党反动派卖国,而靠拢共产党,于是中国革命又从低潮走向了高潮。但由于日寇的侵入,民族矛盾逐渐超过了阶级矛盾。《青春之歌》选择了这个时代的一个侧面——北平青年学生运动,描写了知识青年走向革命的道路,是很好的。但是对一部艺术作品来说,更重要的是艺术地完美地再现这个“典型环境”,通过特定历史环境的描写,完美地反映出整个时代的精神,使读者感到整个时代的脉搏的跳动,《青春之歌》在这一点上作(做)得不够。小说曾着重的写了九·一八事变后,北平学生南下示威团的活动,描写1932年以后的青年学生的抗日活动和“一二·九”青年抗日运动,这在一定程度上反映了当时的历史面貌。但是很不够。因为作者只是孤立地描写学生运动。当然《青春之歌》是描写知识分子的小说,我们不能要求它把全国各阶层的情况都写进去。但是,知识分子本身不是一个阶级,它是社会上的一个阶层,其中接近劳动人民的人,受过劳动人民的影响,思想倾向于进步了,特别是中国的知识分子,受着封建主义和帝国主义压迫,除了少数死心塌地为反动派和帝国主义服务的外,一般是向往进步的,所以毛主席说:“在中国的民主革命运动中,知识分子是首先觉悟的成分”。但是毛主席又紧接着说:“然而知识分子如果不和工农群众相结合,则一事无成。”这就是说知识分子必须与工农结合。因为他们本身不是独立的社会力量,不依附于这一阶级,就依附于那一阶级。因此我们就不能孤立地写知识分子,而应该写一些社会各阶层的情况,特别是广大劳动人民的情况,这样知识分子的活动才有了社会基础。如《青春之歌》中写了许多知识分子的抗日活动,假如有人问:他们为什么会这样呢?从书中就无法找到答案,好象这些人天生就积极抗日似的,这是不对的。实际上知识分子的抗日活动,正是全国人民抗日要求的反映。日本远在“九一八”以前就开始侵略中国了,在中国设工厂凶残地剥削中国人民,而且制造了五卅惨案……激起了中国工人的反抗。日本又实行经济侵略,日货倾销中国全国各地,使我们的民族工业遭到了惨重的打击,因而也激起了小资产阶级、民族资产阶级的反抗。这就是当时全国各阶层的反日情绪的由来。知识分子是和工人、农民、小资产阶级、民族资产阶级有着千丝万缕的联系的,不会不受影响。正是全国人民高涨的反日情绪推动了青年学生抗日活动,反过来青年学生的抗日运动,又带动了全国人民抗日运动达到高潮。这样,如果作者能适当地描写一下群众的反日情绪,不是更能衬托出学生运动的生气吗?不是会使人们感到书中所描写的学生运动更真实,更自然,更使人信服吗?可是作者对这些没有予以适当的描写,就使人感到学生是孤军作战,那时候只有学生抗日,那一段历史是学生的历史,这当然不是历史的真实。

自然,那时学生运动还没有与工农群众运动相结合,这种结合是"一二·九"以后的事。但学生和工农劳动人民的联系还是有的,如当时大学生到工人运动比较开展的长辛店给工人讲课,到北平郊区访问农民,有的大学生还下工厂当工人,等等,虽然当时不普遍,但是这些都是知识分子与工农结合的萌芽,应该去写。写了这些联系,就使知识分子生活在社会当中了,而不至于象现在小说中表现的那样是生活在知识分子的孤岛上。书里有几处也接触到了这些方面,如林道静就曾和几个工农群众发生关系。特别是在定县,农民运动起来了,本来是一个好的机会,但是作者没有着重地描写林道静和农民的关系,因而也没有表现出知识分子和工农的联系。这是小说的不足之处。

小说中对时代气氛的描写也是很不够的。在"一二·九"以前,国民党大肆镇压人民群众的抗日运动,日本帝国主义乘机侵入通县,亡国的气氛笼罩了平津,日本特务在闹"华北五省自治",日本特务头子也在北平出现了,市郊出现了日文路标……空气紧张得使人难以呼吸,处在这样一种气氛下的知识青年,谁能不热血沸腾呢?如果作者能把当时的这种气氛如实地生动地加以描写,那么就不会象现在书里写的那样使人觉得"一二·九"运动来得很突然。而会感到很自然,就象人看到了乌云而感到暴风雨一定要来临一样。这样艺术感染力就更大了,也反映了历史真实。但是作者对这一方面写得很少,只有第二部第三十章里写了一下李槐英到车站看见日本人的情形,很不够。其次"一二·九"运动是一个重要的历史事件,这部小说以描写学生运动为中心内容,却没有写好这个运动,应该说是很大的缺陷。

正因为这样,不仅小说的历史真实性受到影响,而且人物的成长也受到影响。我们知道林道静逃出来是为了争取婚姻自由,找个温暖的家庭。那么当她和余永泽结婚后,应该说,这个目的已经达到了,那她为什么还要继续走向革命呢?书里对这个问题的回答是简单的:因为她遇上了卢嘉川,卢对她讲了革命道理,介绍她看革命书籍,于是她便革命了。这是缺乏必然性的。如果她不遇上卢嘉川呢?她难道就不革命了?实际上不会这样简单。林道静的思想倾向进步,也不是凭空而来的,而是有促使她进步的客观原因。林道静当时生活在北京和北戴河,不会看不到,国民党媚日卖国,日寇虎视眈眈,人民饥寒交迫……如果作者能把这些加以描述,让林道静正视这一切,不要让她看见那些事物就跑开,而是引起她的思想斗争:为什么人民这么苦呢?这一切罪恶的根源是什么呢?当时她虽然不能马上回答这些问题,但是这种内忧外患、民贫国破的惨象必然会激起她"为了冲激这麻木的社会,不惜喷洒热血"的感情来。这样她再看革命书籍,有人给她讲革命道理,她的进步不是更自然些吗?但是作者却没有写好这些,结果使人物的成长(特别是林道静的成长),给人以一种简单化的不真实的感觉。

综合以上所说,描写共产党员必须严肃而认真,文艺创作与文艺批评中要坚持阶级观点,应当正确地反映历史,这是革命文艺工作中必须坚持的三个原则。就总的情况看,《青春之歌》中是坚持了这些原则的,但是在一些具体问题上,在个别的地方,还应该说是不够的,是有缺点的,这些缺点虽然没达到否定这本书的程度,但是也在一定程度上使作品减色了。因此当我们全面估价这部作品的时候,一方面要肯定成绩是主要的,但是也不能忽视缺点,我们要指出缺点,是为了便于克服它。

——原载《文艺报》1959 年第 4 期

茅 盾

怎样评价《青春之歌》

最近关于《青春之歌》的讨论很有意义。因为这次讨论不但提出了对于一部作品正确评价的问题,而尤其重要的是提出了评价作品时思想方法的问题。文学作品是反映现实生活的,在评价文学作品时存在着怎样的思想方法,也就意味着在对待现实生活时存在着怎样的思想方法;评价作品时的思想方法不对头,有主观性和片面性,还不过关系到理解一部作品是否正确的问题,其事比较小,但在观察、分析现实生活时思想方法不对头,有主观性和片面性,那就关系到是否能够正确地认识现实的问题,这就不是一个小问题了。我想我们应当提到这样的思想高度来看待这一次的对于《青春之歌》的讨论。

自从《中国青年》第二期发表了具有代表性的郭开同志的《略谈对林道静的描写中的缺点》以后,《中国青年》第三期和《文艺报》第二期都发表了对郭文表示不同意见的文章。(也许别的报刊上还有关于这部小说的和对郭文的讨论,可惜我限于阅读范围,未及拜读)。这几篇文章都批评了郭开同志的论点,也指出了郭开同志思想方法的主观性和片面性;我看这些批评都是正确的。为了节省读者的时间和精神,我不打算重复他们已经说过的话;我在这里只谈谈三个问题。

第一,为什么我们肯定《青春之歌》是一部有一定教育意义的优秀作品?

首先要谈到这部小说反映的是怎样的现实。

《青春之歌》所反映的,是从"九·一八"到"一二·九"这一历史时期党所领导的学生运动。毛主席在他的著作中,对于"五四"以迄"一二·九"的学生运动给予了英明的正确的评价;这是大家都学习过的。因此,要评断《青春之歌》是不是一部好作品,首先要看它是符合于毛主席对那个时期的学生运动的论断呢,还是离开了毛主席的论断?我以为《青春之歌》的整个思想内容基本上是符合于毛主席的论断的。它对于读者会发生怎样的教育作用呢?它可以帮助我们(特别是年青一代)丰富自己的对革命历史的认识,对党在特定历史时期、特定地区、特定群众中间的革命策略和方针的认识。它通过了卢嘉川、江华、林红几个英勇不屈的共产党员的形象(他们在书中虽然所占篇幅不及林道静所占的那样多,但是我们却时时感到他们的伟大的存在以及他们对林道静的巨大影响),告诉读者,党的优秀儿女曾经怎样地忠心耿耿、艰辛斗争,为革命事业、为今天的我们广大人民的幸福生活,献出了自己的生命。最后,这部小说还通过了林道静这个人物的具体事实,指出了当时的小资产阶级知识分子只有在党的领导之下把个人命运和人民大众的命运联结为一,这才有真正的出路;指出了小资产阶级知识分子必须经过思想改造才能真正为人民服务。

《青春之歌》所反映的历史事实,离开今天有二十多年了。要正确地理解这部作品,我们就得熟悉当时的一切情况,特别是当时青年学生的思想情况。如果我们不去努力熟悉自己所不熟悉的历史情况,而只是从主观出发,用今天条件下的标准去衡量二十年前的事物,这就会陷于反历史主义的错误。当我们去熟悉历史情况的时候,当然要站稳工人阶级的立场,用马列主义的观点,这才能够对于历史事实作出正确的评价;但是,光有工人阶级的立场、马列主义的观点,而不求熟悉特定的历史事实,这就叫做没有调查研究没有发言权。评论一部反映特定历史事件的文学作品的时候,也不能光靠工人阶级的立场和马列主义的观点,还必须熟悉作为作品基础的历史情况;如果不这样做,那么,立场即使站稳,而观点却不会是马列主义的,因为在思想方法上犯了主观性和片面性,在评价作品时就不可避免地会犯反历史主义的错误。

不要陷于反历史主义。这是我们读《青春之歌》时首先要警惕的。而我们之所以肯定《青春之歌》,也因为它没有反历史主义的毛病。

第二,我们怎样评价林道静这个人物?

林道静是地主家庭的女儿,然而,和她的生母一样,林道静在家中是一个被压迫者。到她长大,她过的是十分凄惨痛苦的生活;只因为她长得美貌,她的父母想把她镀点金,以便当作礼物结交权贵,这才送她进中学校,林道静的身世(还有她的生母的悲惨的命运)使她自幼就仇恨封建主义,要反抗;然而她所受的教育却是资产阶级教育,她在家庭以外所接触的人又以小资产阶级知识分子为多。因此,她有强烈的个人主义,她的反抗封建家庭是从个人主义的立场出发的。小说描写了这样一个青年女子在当时的历史条件(以及林道静自己的小环境)下,所经历的思想改造的过程——亦即从反抗封建家庭走到中国共产党所领导的革命运动的过程。

这个过程,大体上是这样的三个阶段:反抗封建家庭干涉她的婚姻自由(即逃避她家庭要她嫁给权贵的压迫),找寻个人出路,这是第一阶段;在种种事实的教训下(同时也受到她偶然接触到的共产党员的影响),她渐渐意识到个人奋斗还是没有出路,个人的利益要和人民的利益相结合,这是第二阶段;最后,在党的思想教育的启迪下,她认识到个人利益应当服从于工农大众的利益,坚决献身于革命。

林道静入党以后,有时还不免冒出小资产阶级知识分子的思想情绪,然而她究竟和那时一些混进党内的投机分子不同,她从没对党闹情绪、闹独立性,她是赤心为党的。

这就是书中所写的林道静的基本形象。

这个人物的形象是真实的。熟悉那时候的社会现实的人,特别是在那时候领导过和参加过学生运动的人,都会觉得林道静这个人物好像是见过的。因而,这个人物是有典型性的。

青年读者常常要问:林道静有什么可以供青年们学习的?

我以为这不能简单化,要分析地看待。从林道静身上,有可以供我们学习的,也有可供我们鉴戒、引起警惕的。在前者的场合,林道静是正面教员,而在后者的场合,林道静是,比方说,反面教员。什么是可供我们学习的?就是她在入党以前追求真理、坚决地进行自我改造、在敌人淫威之下坚强不屈的精神。什么是可供我们鉴戒而引起警惕的?就是她的时时流露的幻想和温情。但是,林道静的全部经历既然是思想改造,她的小资产阶级意识当然也是在批判之列的,读者理应不会受其传染,而是相反,读者会深深感到这些小资产阶级的思想意识是林道静身内的敌人,必须消灭它,从而引起警惕,检查自己有没有这些非工人阶级的思想意识。另一方面,林道静并不是知而不改,而是当她一知道这些思想情绪乃是革命之敌的时候,就坚决地要改掉它们。林道静这种自觉、自愿,坚决进行自我改造的精神,是首尾一贯的。这难道不值得今天的青年知识分子,青年学生们学习么?而且我们也还应当知道,在林道静的时代,一个要求自我改造的青年不但不会像今天那样得到鼓励,而且要受到反动政府的迫害,剥削阶级的仇视和压迫,乃至小市民的讽刺和嘲笑(甚至还会受到她的同学,同伴们的嘲笑),因此,林道静的自觉自愿地坚决进行自我改造,实在表示了她的高度觉悟和坚强意志,这是值得钦佩的;如果林道静在改造过程中还有困难,小资产阶级思想意识还时时冒出来,乃是因为她受了环境条件的限制以及历史负担的重压(她的环境条件对她的改造有多少层层阻碍,今天的青年还不容易想象到,而她的历史负担也比今天的青年要重得多,因为这是在二十年以前,旧思想的压力还非常强大),因而她的改造过程曲折而缓慢,今天的青年看了不大能理解。

以上简略地谈到了林道静为什么值得我们学习,现在打算再谈谈作者对林道静的态度。

作者当然不是对林道静采取无憎无爱的冷漠态度的。公平地说,作者对她自己所创造的这个人物是抱着同情乃至爱护的态度的。应不应该抱同情乃至爱护的态度呢?我以为是应该的。因为林道静是一个富于反抗精神,追求真理的女性。是一个自觉、自愿坚决进行自我改造、终于献身革命的女性。如果不看到这些主要的方面,而只就林道静是地主家庭的女儿、受的资产阶级教育、曾经有浓厚的小资产阶级思想意识等等,武断地判定作者对林道静的同情和爱护便是作者自己的小资产阶级立场的流露,那是十分不公平的！这种主观、片面的思想方法也成为正确理解一部作品的最大的阻碍。

还有这样的意见:在塑造林道静的形象时,作者对林道静的小资产阶级思想意识批判得不够有力,有时还表示了原谅,这是会迷糊读者的认识的;而且作者笔下的林道静"从未进行过深刻的思想斗争",因此,实际上并没有写出青年知识分子的思想改造的艰巨性和深刻的过程。

对于这样的意见,也要加以分析,不可以囫囵吞枣地完全肯定或完全否定。我也认为这本书对于林道静的小资产阶级思想意识在有些地方批判得不够有力,但只是有些地方而已,并不是全部。至于作者笔下的林道静"从未进行过深刻的思想斗争"云云,我看"从未"二字显然不符合事实。林道静之终于和余永泽分手,就是经过深刻的思想斗争的;这件事,表面上看来是男女关系,但具有深刻的思想上划清界线的意义。

应当承认:作者在描写林道静身上的小资(产阶级)意识并且描写这种小资(产阶级)意识的瓜蔓纠缠、藕断丝连的时候,是有意为之而不是作者本人的小资产阶级意识在无意中暴露了出来。为什么说作者"有意为之"？因为作者既然要描写一个小资产阶级知识分子的思想改造就不能不着力描写小资产阶级思想意识在人的行动中的表现及其顽强性;着力描写这些,正是为了要着力批判这些。如果有些地方批判得不够,这和作者的思想水平有关(就是说,作者的观察、分析不够深刻,所以批判也不深刻),也和作者的艺术表现能力有关(就是说,作者看到了,可是写不出来,或写得不好)。作家的主观意图和他的作品的客观效果不能一致,是常有的事;这便是日常生活中所谓"好事办坏"。把好事办坏的人,本身不是坏人;把作品中应该批判的东西,批判得不够有力,并不能就此断定作者是保护这些被批判的东西,或者甚至说作者本人就是这些被批判的东西。要判定作者是否是"站在小资产阶级立场上,把自己的作品当作小资产阶级的自我表现来进行创作"(郭开的话)就要以历史唯物主义观点、全面看问题,要看作品的主要倾向和主要效果。从整个看来,我以为指责《青春之歌》坏处多于好处,或者指责作者动机不好的论调,都是没有事实根据的,因而也正是引起思想混乱的。

第三,《青春之歌》有没有缺点？

不能说这本书没有缺点。可是,不能把"没有很好地描写工农群众、没有描写知识分子和工农的结合、书中所写的知识分子特别林道静自始至终没有认真地实行与工农大众相结合”(郭开的话),当作这本书的主要缺点。为什么?因为作者的意图(书的主题)并不是反映当时整个革命斗争而只打算反映当时革命斗争在城市(白区的城市)中的一条战线(即不是城市中革命斗争的全部)。这种战线就是学生运动。如果我们承认这个主题的重要意义,而且认为应当按照当时的实际情况来表现这个主题,那就不能责备作者“没有很好地描写工农群众”。有人说,学生运动既是当时革命斗争的一翼,如果在书中也写到当时的工农群众的革命斗争,那就“更站得高些”了;这话有理,可是如果这样提出要求,问题的性质就变了:从作者是否完成她自定的任务(即表现她自定的主题)变成作者应不应当限于她自定的任务。我想我们应当实事求是,从作者自定的任务来看作品的实际效果,而不应当提出更大的任务来否定作品的实际效果。所以,“没有很好地描写工农群众”,不是这本书的主要缺点。

基于同样的理由,我们可以说,如果作者布置一些合情合理,不违反当时实际的需要与可能的情节,让林道静实行了和工农的结合,那自然更好,这在当时,实际上确是有不少革命知识分子深入了工厂、农村,实行了和工农的结合的;然而我们不能说,由于作者没有这样做,林道静的思想改造就没有实现。为什么?因为林道静的从个人主义的反抗封建家庭走到献身于党,这样的思想改造的过程在书中是通过了同工农结合以外的各种各样的考验而完成的。这各种各样的考验中间果然没有现在我们所实行的知识分子和工农结合的措施,但是在当时的历史条件下,成千上万的像林道静那样的知识分子确是通过了同林道静大体相同的考验而走上革命道路的。由于历史条件的不同,我们不能硬说二十多年前在暗无天日的白区城市的青年知识分子如果没有经过像我们今天所做的和工农结合便一定不能改造思想;也正因为历史条件的不同,今天的青年不能以二十年前的林道静为例而想逃避我们今天所实施的和工农的结合。我们的责任是:向今天的青年指出这个历史条件的不同以期消除或许会有的错误想法,而不是执此一端就否定了《青春之歌》的积极意义和教育作用。

我以为《青春之歌》的主要缺点表现在下列三个方面:一、人物描写,二、结构,三、文学语言。但是这些缺点并不严重到掩盖了这本书的优点。

在人物描写方面,林道静这个主要人物写得比较细致,虽然有些地方还可以写得简洁些。但是,除了林道静,书中其他人物虽多(指小资产阶级知识分子),然而他们大都作为“道具”而存在。甚至于那个王晓燕,虽然写她的笔墨不少,而且把她的思想转变写得还细致,可是也不免作为“道具”而存在。三个共产党员是写得好的。他们是林道静思想上的引路人,政治上的引路人;可是,好像他们也只为完成引路人的任务而在书中占了一定的位置。书中有一大群的青年学生,作者曾给予相当多的描写的，就有五六个，可是他们的性格没有好多的差别。这一切，会给粗心的读者一个印象：作者把林道静作为英雄人物来描写。我却以为作者只把林道静作为万千青年走上革命道路的一个典型来写，并不把她作为一个理想的英雄人物来写的。但是因为其他人物没有写好，（一方面这也和本书的结构有关），所以林道静就特别突出，尤其在知识青年中间，她好像是唯一的先知先觉者和冲锋陷阵者。

关于结构，作者的手法有点凌乱。全书的主要结构是沿着林道静的遭遇一线发展的。然而中间又插进了一些没有林道静在场的在全书是主要的情节，例如本书第七章。这一章写得有声有色，应当是全书的重要组成部分（因为这本书是写学生运动的），可是，由于全书的主要结构是沿着林道静的遭遇一线发展，这一章就好像是一个插曲了。如果作者的确企图通过学生运动来写林道静的思想改造，而且以写学生运动为本书的目的，那么，作者把林道静布置在定县农村的一段故事是否必要就值得研究了。因为这一段使得全书结构松散。如果作者主要是企图写一个小资产阶级青年的思想改造，并不以写学生运动为目的，那么，作者倒实在应当考虑把林道静和工农结合一番。结构的凌乱也反映了作者在构思时只着眼于一枝一节而未能统观全局、大处落墨。有人批评这书的缺点是作者未能站得高些，如果"站得高些"作这样的结构上（还有人物描写上）的解释，我以为还妥当，但如果是指作者未能写出当时革命的总形势，那就是要求作者变换主题了，这未免离开了文学批评的常规了。又或者，所谓"站得高些"是指应当写出全国的工人运动和苏区的革命主力粉碎白军的进攻等等对于学生运动的影响而言，那么，作者并不是没有想到这一点，换言之，不是没有企图这样做，只是没有做好而已。这和作者的艺术概括能力有关。作者在这方面的限制，在本书的结构上也表现了出来了。但是，必须指出，本书的结构上的缺点不是什么严重的缺点。

谈到《青春之歌》的文学语言，我们会有这样的感觉；作者能够表现不同场合中的不同气氛，然而她的词汇不够多，句法也缺少变化。这就使得某些紧张的场面缺乏应有的热烈和鲜艳，某些抒情的场合调子不够柔和。尤其在描写环境（自然环境和社会环境）方面，作者的办法不多，她通常是从一个角度写，而不是从几个角度写；还只是循序渐进地写，而不是错综交叉地写；还只能作平视而不能作鸟瞰。人物的对话缺乏个性。我们不大能够从不同人物的对话中分辨出他们的不同的身份，不同的教养和不同的性格。

总而言之，《青春之歌》的文学语言不能说它不鲜明，但色采（彩）单调；不能说它不流利，但很少锋利、泼辣的味儿，也缺少节奏感；不能说它不能应付不同场合的情调，但有时是气魄不够，有时是文采不足。全书的文学语言缺乏个性，也就是说，作者还没有形成她个人的风格。

由于时间关系,这篇粗糙的小文章只好在这里结束了。也由于时间关系,不能把《青春之歌》重读一遍然后执笔,故而只能泛泛而谈,不能引证原文作具体的分析。这篇小文章的目的只是企图说明:《青春之歌》是有一定教育意义的优秀作品,思想内容上没有原则性的错误,艺术表现方面却还有须(需)要提高之处;因而,像郭开同志那样全盘否定它,而且从思想上否定它,是不对的!

1959 年 2 月 5 日、北京

——原载《中国青年》1959 年第 4 期

王西彦

《锻炼锻炼》和反映人民内部矛盾[①]

几个月前,我在《人民文学》上读完赵树理同志的《锻炼锻炼》时,内心充满喜悦,觉得这是一篇很好地反映了农村人民内部矛盾的作品。因此,最近又读到《文艺报》上武养同志关于《锻炼锻炼》的读后感,认为那是"一篇歪曲现实的小说"时,的确有些意外,而且吃惊于不同的读者对同一篇作品的看法,距离竟会这样远,真所谓"见仁见智",太不容易一致了。刚才听了几位同志的发言,大家虽然不完全同意武养同志的看法,可是也认为《锻炼锻炼》是一篇有缺点的作品,因为它把我们新农村的落后面写得太多了,不很符合现实——其实,这样的意见,仍然是重复了武养同志的看法的,不过不像武养同志那样把作品全盘否定而已。

武养同志的确是给《锻炼锻炼》以全盘否定的。你看,他举出这篇作品的三大罪状:第一,里面所写的像"小腿疼"和"吃不饱"那样落后自私的妇女,"不是占农村妇女的大多数";第二,出现在作品里的干部,如正副社主任和支书等,本来应该是"党的化身"的,在作者笔下"却成了作风恶劣的蛮汉至少是严重脱离群众的坏干部";第三,"从总的来说",作者"所持的态度是错误的",因为"支持和同情"了几个主要干部的坏作风。于是,武养同志连声发出责问道:"难道这就符合农村现实吗?""难道这就是农村妇女的真实写照吗?""这就是社干部的形象吗?""这就是农村现实情况的写照吗?"甚至认为作品"是对整个社干部的歪曲和诬蔑",等等。按照武养同志的逻辑和情绪看来,赵树理同志这次是给了读者一棵毒草,我们应该把它铲除掉才好。

那么,《锻炼锻炼》究竟是怎样的作品呢?是不是一棵应该加以铲除的毒草?在回答这个问题以前,我想谈谈文学作品怎样反映人民内部矛盾的问题。

在我们社会主义社会里,人民内部存在着矛盾,只有解决了矛盾,生活才能前进;而在前进的生活里,又会出现新矛盾,需要再给以解决,使生活继续前进。这个

① 在一个座谈会上的发言。

道理,大家都知道,用不着多说。这里就关系到这样一个问题:我们为什么要去反映这种矛盾?当然,是为了能够很好地解决它,为了促使生活前进——也就是为了保卫我们的社会主义,保卫我们的社会制度。我们就是站在保卫社会主义社会的立场上,来观察生活,发现矛盾。我们通过对矛盾现象的形象的描写,肯定生活里面的积极的东西,否定生活里面的消极的东西。在这肯定和否定中间,就无可掩饰地显露出我们的爱和憎,我们的动机和目的。我觉得,怎样反映人民内部矛盾的关键问题,就在于我们所采取的立场。

过去现实主义的作家,那些生活战斗在旧社会里的前辈,他们所写的作品,大都是暴露和讽刺:高尔基不是曾经把十九世纪资产阶级文学中的现实主义称之为批判的现实主义吗?不是曾经把这种批判的现实主义作家称之为"自己阶级的叛逆者,自己阶级的'浪子'"吗?他们揭露出自己阶级的社会生活的黑暗和丑恶,批判着这种黑暗和丑恶,因为他们憎恶它,企图否定它。他们中间写得最深刻的,已经达到了否定整个社会制度的深度。出现在他们笔下的一些被侮辱与被损害的人物,都有着洁白灵魂和善良的人性,只是因为社会制度的腐朽不可救药,才使得人们受苦遭难,甚至为非作恶。他们要证明:责任不在这些不幸的人,而在社会制度——为了援救这些不幸者,应该摧毁整个社会制度。这是我们读西欧特别是俄罗斯十九世纪现实主义作家的作品时,所能明显地感觉到的。拿我们中国的情形来说,例如《水浒》和《红楼梦》,出现在前者里面的那些武松和李逵们,不都是一些心地善良的人吗?为什么他们不得不"落草为寇"呢?出现在后者里面的贾宝玉和林黛玉,他们的爱情不是很纯真吗?为什么会落到一个悲剧的结局呢?从这些人物的遭遇,我们读者将得出一个怎样的结论?如果我们再来看看鲁迅作品中的人物,不论是农民的阿Q、闰土、祥林嫂也好,知识分子的吕纬甫、魏连殳、涓生和子君也好,他们不都是无辜的好人吗?他们的命运为什么会那样悲惨?他们身上为什么会有那么多缺点?我想,我们每一个读者都会回答——责任不在他们,而在那个可诅咒的社会,那个陷害善良的社会制度。

过去在旧社会里的作家是那样做的,他们做对了。那么,今天我们已经在新社会里了,该怎么办呢?高尔基曾经劝告青年作家们,不要把自己的注意力仍旧放在"批判的现实主义的旧轨道"上,不要像批判的现实主义者那样"专门"去描写"生活的坏现象"。高尔基的意见是很清楚的,他告诉生活在新社会里青年作家们,应该去描写新生活,去给新生活唱赞歌。这也就是一个爱憎问题,一个根本的立场问题。我们今天当然不应该再把注意力放在"批判的现实主义的旧轨道"上了。我们今天即使去描写生活里的消极现象,当然也是为了爱护我们的新活,为了保卫我们的新社会,新制度。

现在,我们就可以回到赵树理同志的《锻炼锻炼》上面来了——在这篇作品里,作者是站在怎样的立场上面的呢?我想,关于这一点,我们每一个人都对赵树理同志怀有充分的信任。就是武养同志,不是也说“在这篇作品里,作者的爱憎是很分明的”吗?这种分明的爱憎,就说明了作者正确的立场。作者把生活里面的消极现象,确定写成消极现象,而且是前进中的新社会里面的消极现象,也就是正在被克服的消极现象,而不是把它写成好事,或不可克服的社会制度的产物。我认为,如果作家有了这种正确的立场,就不会写出“歪曲现实”的作品。由于武养同志严重的指责,这一次,我又仔仔细细地读了一遍《锻炼锻炼》。我觉得,赵树理同志在这篇作品里很成功地描写了农村社会里两个落后的妇女,“小腿疼”和“吃不饱”。她们好吃懒做,损人利己。她们这种从旧社会里带来的坏思想和坏行动,不仅表现在农业生产上,也表现在家庭生活里。作者通过生动细致的刻划,对她们作了揭露。可是,作者并不是孤立地描写这样两个落后分子的,更写到了他们中间的硬牌子“小腿疼”的靠山,写到了她不仅“年纪大,创(闯)荡得早”,而且“又是正主任王聚海、支书王镇海、第一队队长王盈海的本家嫂子”——写到了在争先农业社里所以能够一直容许像“小腿疼”和“吃不饱”这样的落后分子存在的原因。原来问题都出在正主任王聚海身上。这个老中农出身的王聚海,一向“好给人和解个争端”,是个“会和稀泥的人”,虽然在抗日战争中“作各种动员工作都还有点办法”,土改中,“斗争地主还坚决”,入了党,当了社主任,但老脾气还是不改:好研究每个人的“性格”,主张按性格用人;给人们平息争端时,也主张“和事不表理”,只求能“了事”。一句话,是个不讲原则、不按照原则办事的人。因此,在他的领导和工作作风的影响下,社里就容忍甚至助长了资本主义思想。这突出地表现在关于生产和整风的问题上。季节已经到了快上冻的时候,妇女大半不上地,棉花摘不下来,花杆拔不了,牲口闲站着不能犁地。面对这种情况,支书主张用整风的办法来解决,可是社主任却有他自己的办法,“整风是个慢工夫,一两天也不能转变个什么样子;最求急的办法,还是根据去年的经验,把定额减一减——把摘八斤籽棉顶一个工,改成六斤一个工”。这就展开了两条路线的矛盾斗争——整风和采用鼓励资本主义思想的“老经验”的矛盾斗争。后者就是“小腿疼”和“吃不饱”两个落后分子的问题的根源。从这里,作者给我们指出了农村人民内部矛盾的复杂性。我们都已经知道,正在这个解决两条路线的矛盾斗争的关口上,作者让那位只知道研究性格而不能掌握原则的社主任王聚海跟支书一起到城关一个社里参观整风大辩论去了,因此,解决矛盾的责任,就落到了副主任杨小四身上。这杨小四是个青年人,他和另一个女副主任高秀兰,曾经由于年龄和性别的关系,被王聚海认为不能负责任,什么事也不让他们做,只可以跟着“锻炼锻炼”或者连锻炼也没法锻炼的。可是,这一次,杨小四却在高秀兰和另一个副支书的合作下,很快就给了“小腿疼”和“吃不饱”两个落后分子以斗争和批判,把她们的邪气压下去了……

为什么我要在这里复述一遍作品的故事呢?不用说,是为了更清楚更有力地肯定这篇作品的价值。不错,我的确只是把故事复述了一遍,并没有加以详细的分析。但即使只是这样的复述,不是就有足够的理由给作品以肯定吗?赵树理同志不愧是描写农村生活的能手,他在这篇作品里,一点也不利用叫喊和说教,却运用他那一贯的朴素的白描手法,通过生活形象的描绘和情节的巧妙安排,揭露出农村前进的生活中所产生的矛盾,给了社主任王聚海那样的人物严峻的批判和讽刺。我想,当我们读者读到王聚海从城关参加整风辩论会回来,发现社里正在开会,也不打听究竟,就主观地拿出他那套"和事不表理"的老经验来应付,结果却碰了一个不大不小的钉子时,总是禁忍不住自己会心的微笑吧?不掌握原则,却以摸别人的"性格"为能事,在社里迁就甚至助长落后思想,这样的人,当然和他的老中农的出身有关,难怪支书最后要给他指出,应该"锻炼锻炼"的不是别人,正是他自己了。我认为,赵树理同志这篇作品,是既写得生动而又深刻的。

我这样粗略的看法,也许还不能说服武养同志以及跟他抱着同样见解的同志们,因为并没有正面讨论他所举出的那三大罪状。那么,现在我们就来谈谈那几个问题吧?

首先,是多数和少数的问题。这是一种相当流行的论调,认为作家只能描写实际生活里占大多数的人物。武养同志说:"大跃进中的今天农村,或者就退到一九五七年秋末的那个时期,像'小腿疼''吃不饱'这样的典型的、落后的、自私而又懒惰的农村妇女虽然会有,但不是占农村妇女的大多数,而是极其个别的。"为什么"不是占农村妇女的大多数"的"小腿疼"和"吃不饱",就不能被当作文学作品的描写对象呢?按照这种奇怪的逻辑,那么我们就没有办法来反映人民内部矛盾了,因为,在我们的社会里,消极现象是正在被克服的现象。对一个热爱我们的社会制度和社会生活的作家来说,即使是"极其个别"的消极现象,也是眼睛里的一粒尘沙,要把它反映出来,给以批评和讽刺,使它更快地被克服。这是我们的责任,也是我们的权利。这跟那些右派分子所提倡的什么"暴露黑暗"等等,完全是两回事情,不能混为一谈。不错,赵树理同志的确写到争先农业社里那种"大半妇女不上地,棉花摘不下","摘头遍花能超过定额一倍的时候,大家也是这样来得整齐","一听自由拾棉花时,就什么事也没有了",而拾二、三遍花时,却是"说来说去",来的还是那几个人等等的现象,但这是由于社主任王聚海不能坚持社会主义原则办事的缘故,作者要通过这种种现象的描写,指明农村改革中两条路线的矛盾斗争的严重性。而且,更重要的还在于,在作品里,我们读者清清楚楚地看到,这不过是暂时现象,只要领导思想一得到改正,问题也就会得到解决的。在一九五七年那个时期,农村群众中间特别落后的分子,和特别先进的分子(作品里是以高秀兰为代表的)一样,只占少数;占多数的是中间分子,他们可以跟着先进分子跑,也可以受到落后分子的影响。这里就显示出领导思想和领导作风的重要性。这一点,正是赵树理同志所要证明的。这是指描写消极现象说。至于描写先进人物,描写生活里面萌芽状态的新事物、新因素,那自然更不能要求大多数了。

其次,是描写领导干部的问题。武养同志认为,既然是领导干部,那么"无论从哪方面说,他们都应该是党的政策的具体执行者,是贯彻党的群众路线的具体人物,在大多数情况下,在他们身上所体现的应该是党的化身"。这里,就关系到作家应该怎样描写人物的问题:按照党章或团章的各项要求去编造理想人物即"党的化身"呢,还是按照生活实际去刻划有个性的活人呢?依我看来,赵树理同志一直是走后一条道路的。也正因为这样,他才给我们写出了小二黑、小芹、李有才、铁锁、李成娘等等活生生的人物。至于《锻炼锻炼》里面有缺点的干部,王聚海是作者主要批评的对象,他的思想意识有毛病,工作作风不对头,可是他也是忠心耿耿的,也想把工作做好,并不是应该全盘否定的"坏干部"。杨小四是个年轻人,当然有些像王聚海所说的,锻炼得还不够,处理问题有些急躁,有些犯强迫命令。应该承认,在动员劳动力这件事情上,武养同志对他的批评是对的——他的确没有"通过摆出问题,发动和组织群众进行鸣放辩论,从而提高社员的觉悟,使他们自觉地上地",却采取了另一种"速效"的办法,使得解决社内存在的生产问题和整风分割开来了。这的确是杨小四的缺点。可是,武养同志的批评应该到这里为止,不能再跨前一步,加以夸大;遗憾的是,他竟因此得出什么杨小四和社员的关系,是"民警与劳改犯的关系"的结论,还指责到作者"这样描写社干部和解放了的农村妇女,的确是一种诬蔑",等等。这就未免太过火了,就远离了作品所描写的实际情况。

在这里,我愿意说一说自己的经验。去年夏天,我回到浙东家乡去,刚好碰上"双抢"(抢收抢种)大关,社里种第二季稻,领导上号召密植,可是有些社员,口头上答应了,实际却不按照规格行事:担心过密了不能发蔸。社长是我的一个堂弟,才二十来岁,工作热心,为人大公无私,不过性子比较急躁,他就亲自到水田里去巡逻,督促大家按规格密植,一遍一遍地宣传密植的好处。如果一发现社员们不按照规格密植的,他就会把已经插好的秧苗拔掉,要求重新插过;同时,口头上也威胁着说:"哪个不按照规格密植,就是违反政策,要送乡政府!"到了晚上,他跟我谈起这事,一面擦汗,一面哑起嗓说:"真没办法!对付这些顽固分子,你就是要点子强迫命令!"老实说,当时我完全没有批评他的意思,只觉得他年纪轻轻的,能够这样任劳任怨,实在难得。当然,我并不是赞成这种简单得近于粗暴的工作作风,他对政策的理解也有些片面,只是杨小四的情形引起我的联想,使我不忍把他说成是什么"作风恶劣的蛮汉"而已。年轻,经验不足,还有些急躁情绪,应付困难问题时办法还不多,容易犯强迫命令;但热心,积极,坚持原则,不能容忍坏人坏事,敢于作正面斗争——这就是杨小四！像这样的年青人，不用说还需要锻炼锻炼，从实际锻炼中使自己逐渐成熟；可是，“无论从哪方面说”，也总不能把他斥之为“蛮汉”、为以对待劳改犯的态度对待社员的民警吧？

说到这里，我们就可以进一步来讨论“作者所持的态度”是不是错误的问题了。武养同志认为，作者的错误，是对几个社的领导干部惯用捉弄、恐吓、强迫命令的作风，“给予极大的支持和同情”。我们这里，也有同志责备作者，为什么要把杨小四他们在解决问题时写成不是采取整风的办法，却采取压服的办法。文学作品的描写，究竟不就是工作方法的介绍。一篇小说和一篇工作方法介绍是不同的。作家所写的人物，是可以有优点也可以有缺点的人物，是有血有肉有个性的人物。只要设想一下，如果作者在那种情况下，把杨小四写成一个毫无缺点的完人，好不好呢？依我看，好不好还在其次，首先那就不是杨小四了。特别使我感到不解的是，武养同志从哪里看出作者在“支持和同情”杨小四的强迫命令作风呢？我却只能看出，作者的确是在“支持和同情”杨小四，“支持和同情”他的年轻、积极、斗争性强；至于杨小四的强迫命令作风，作者倒是在批评的——作者写出了他跟王聚海完全相反的缺点。不错，支书是这样说的：“这些年轻人还是有办法！做法虽然说有点开玩笑，可是也解决了问题！”这几句话的意思很明显：跟王聚海那种一味迁就的做法比起来，这些年轻人倒是坚持了原则，把“小腿疼”和“吃不饱”的邪气压下去了；但毕竟只是年轻人的办法，有点开玩笑。怎么能够从这里得出作者是在进行“对整个社干部的歪曲和诬蔑”的结论来呢？赵树理同志不过没有像有些作者那样，让支书发表一通正确的堂皇的大道理而已。

刚才有同志谈到，反映人民内部矛盾的作品，在写到正面人物的缺点时，应该把它写成“可爱的缺点”。这个意见是很好的。而且，这也是我们古典文学的传统。我们的前辈曾经创造出像李逵、武松、鲁智深那样的人物，我们读者的确喜欢他们——连同他们的缺点，有时更单纯地由于他们的缺点。刚才也有同志提起肖洛霍夫的《被开垦的处女地》，我觉得我们也的确可以好好研究这部出于大师手笔的名著，这对我们反映人民内部矛盾是很有借鉴之用的。你看，出现在《被开垦的处女地》里的人物，不论是集体农庄主席达维多夫也好，党支书拉古尔洛夫也好，村苏维埃主席拉兹米推洛夫也好，他们哪一个没有缺点呢？他们身上的缺点，有些的确是能令人感到可爱的，但也有的并不能引我们读者同样的感觉。把缺点写成可爱的缺点，这当然有助于正面人物的“正面性”；不过，有时候，作家也应该有勇气去写正面人物身上比较严重的缺点。我们就拿达维多夫作例子吧。达维多夫是一个钳工出身的下放干部，是一个党的代表，在格内米雅其村的集体农庄里，是最高的领导。可是，在残酷的阶级斗争的情况下，在富农反革命分子疯狂进行破坏的时候，他却不能抗拒放荡女人路希卡(在第一部里译成罗加里亚)的诱惑,跟她发生了关系。我们不能忘记,这路希卡是富农反革命分子铁摩菲的姘头。我不知道武养同志有没有读过这部被称为“描绘人民及其争取新生活的斗争的广阔史诗画卷”的作品。如果他读过,是不是也会认为肖洛霍夫是在进行“对整个社干部的歪曲和诬蔑”呢?可是,在我们大多数读者看来,肖洛霍夫是一个真正的深刻的作家,《被开垦的处女地》是一部有着“十分大的、复杂的、充满矛盾的、冲向前去的内容”(卢那察尔斯基语)的作品,肖洛霍夫在他的作品里一点也不掩饰前进生活中的矛盾。在他笔下的达维多夫,是一个有显著的优点,但也不免犯错误的活生生的人物。我们读者即使在他犯错误的时候,也深信他一定能够克服自己身上的弱点。事实上,到了作品的第二部里,他也的确克服了自己身上的弱点,成为一个意志更加坚定和性格更加丰富的人物。如果说到教育作用,这样的人物,岂不是很能给我们读者以策励吗?

对一篇作品,读者的实际感受和作者的主观意图可能有距离,甚至适相反对。而且,不同的读者,看法也不同,正如我在一开始时所说的,撇开文学修养上的原因,恐怕就在于对作品所描写的生活熟悉程度不同,尤其是理解程度不同。在这一点上,我要说,就《锻炼锻炼》所反映的人民内部矛盾而论,赵树理同志对生活的熟悉和理解,是远较我们深刻的,至少我个人的情况是这样。这也就是为什么,当我们评论作品时,应该采取一种谨慎严肃的态度。我们要力戒轻率和粗暴。我们太习惯于使用“难道这就符合农村现象吗”和“难道这就是农村妇女的真实写照吗”之类的诘问,太习惯于使用“这是对整个社干部的歪曲和诬蔑”之类的专断了。我们应该通过作品和对作品的讨论,来培养读者实事求是的精神和严肃负责的态度。反映人民内部的矛盾,这对我们的作家来说,还是一门新功课,一项新任务。一方面,我们的作家应该有勇气,敢于尝试,决心当闯将,能深入“禁地”;另一方面我们的读者和评论家也应该避免随便给人家戴帽子,挥棍子。读了手头这本《文艺报》(本年第七期),由郭开同志所引起的关于《青春之歌》的讨论还没有结束,又开始了有武养同志参加的关于《锻炼锻炼》的讨论,我很有些感触。能对一些有影响的具体作品展开讨论,当然很好;只要想一想,关于《青春之歌》的讨论,弄清楚了文学上多少重要问题,使多少读者获得了益处呵。不过,也说明了,在我们的评论界,曾经流行过怎样轻率而粗暴的风气,给了读者怎样的影响。可以说,关于《青春之歌》的讨论是一场对《青春之歌》的保卫战。现在,《文艺报》编辑部以《锻炼锻炼》作实例,发起关于文艺作品怎样反映人民内部矛盾的讨论;我愿意参加讨论,先来充当一名保卫《锻炼锻炼》的战士。

1959 年 4 月 23 日初稿
5 月 2 日补充写定于上海
——原载《文艺报》1959 年第 10 期

王西彦

读《上海的早晨》

1933 年《子夜》出版时,我还是一个青年学生。由于出身农村,不熟悉上海那样的大城市,对资本家们的投机取巧和勾(钩)心斗角,全然无知,更不能理解资产阶级那一套生活方式,所以在读那部反映“工业的金融的上海”的社会生活的巨著时,我碰到很大的困难,甚至连什么“空头”和“多头”之类的术语也弄不清楚;可是,情形即使这样,我还是贪婪地把它读了好几遍,而且也好象读懂了作者所要表达的主题思想:“中国并没有走向资本主义发展的道路,中国在帝国主义压迫下,更加殖民地化了”。后来,关于中国资产阶级和工人运动的知识增加了,对《子夜》的兴味也增涨(长)了。到了解放以后,我较长期地工作和生活在上海,有机会接触到工人生活,也认识了一些资本家。因此,在读《子夜》时,就有了较多的感性知识的基础。特别是在 1956 年初参加了一个时期的工商业社会主义改造工作,使我想起:二十多年前上海民族资产阶级的命运,已经有《子夜》的反映;今天有谁能来写一部反映新的历史时期里的上海民族资产阶级新的命运的作品呢?如果这样的作品写出来了,不是可以取一个叫做《黎明》的题名吗?从《子夜》到《黎明》,不正是中国革命运动的发展过程吗?

周而复同志的长篇小说《上海的早晨》(第一部)就是在这种期望里发表出来的,虽然作者在 1954 年已经完成他的初稿。不用说,我马上满怀喜悦地把它读了,而且老早就想写一点读后的感想,来表示自己的喜悦。

可以看得出,在《上海的早晨》里,作者的企图是很大的。现在摆在我们面前的这三十多万字的一厚册,还只是第一部,写的是 1951 年“三反”和“五反”运动前夕上海资产阶级向工人阶级猖狂的进攻。大家都知道,中国的民族资产阶级是一个带有两面性的阶级:一方面受帝国主义和封建主义的压迫和束缚,跟帝国主义和封建主义有矛盾;另方面却又跟帝国主义和封建主义有千丝万缕的联系,害怕和反对人民群众的革命运动。这种两面性,在《子夜》中有了很好的表现。不过,那是过去的情形。到了解放以后，资产阶级跟工人阶级的矛盾却更加显露了。资产阶级根据自己的愿望和要求，在解放后的几年里，用行贿、偷税漏税、盗窃国家资财、偷工减料、盗窃国家经济情报等“五毒”的非法行为，向国家机关和经济工作人员大肆进攻，妄图窃夺人民革命的胜利果实。当资产阶级这样做的时候，他们那种跟帝国主义和封建主义残余势力的联系，就成为他们的支持力量。可是，已经取得了政权的工人阶级和革命政党——中国共产党，怎么能容许这种反动进攻呢？而且，为了进行建设，为了实行国家工业化，必须积累资金。这种资金的积累，又必须依靠国民经济内部——首先是工业内部。一方面，是提高工业生产；另一方面，是开展节约运动，而要达到这个目的，又非跟贪污、浪费、官僚主义等“三害”进行坚决斗争不可。这种“三害”是存在于革命队伍里面的，是在革命胜利后国内阶级关系发生新的变化的情形下，一部分革命干部受到资产阶级腐朽思想的侵蚀和资产阶级有意识的“糖衣炮弹”的进攻的结果。很明显，“三害”和“五毒”有密切关系。反对“三害”和“五毒”，就是对资产阶级向工人阶级猖狂进攻的反击，就是保持和巩固工人阶级领导权的斗争，就是一个移风易俗的社会革命运动——对资产阶级来说，也就是一个改造运动，一场守法教育。《上海的早晨》所描写的，就是这场严重斗争的前哨战，就是这场斗争前夕那种“山雨欲来风满楼”的情景。

在这作品的第一部里，作者按照自己的认识，相当全面地描写了上述的情景。作者用最大篇幅来描写资产阶级的面貌、生活和他们种种罪恶活动，这是作品的一个主要方面。资产阶级有他们自己的战斗组织——“星二聚餐会”，他们就在这个组织里联络成员，团结力量，讨论战略战术，发动进攻。他们中间，分子也是复杂的，也不是没有个别比较进步的人，因此，他们内部也就有了矛盾斗争。站在资产阶级的敌对地位的，是工人阶级和它的政党。不要说这已经是工人阶级掌握政权的社会主义革命时期了，就是在《子夜》所反映的那个中国还没有摆脱半封建半殖民地的地位的时期里，在描写资产阶级的命运时，就不能不描写到工人阶级的斗争，周而复同志在他的作品里，也用了很大的篇幅描写了工人阶级的斗争和党的领导。不用说，在工人阶级内部，分子也是复杂的，也存在个别给资产阶级效劳的走狗。因此，他们内部也就有了矛盾斗争。党的基层领导干部也不是一开始就是很成熟的，起初也难免受欺骗，走弯路，总之，斗争是复杂的，我们的作者没有忽略这种复杂性。这样，这部作品就在我们读者面前呈显出它应有的丰富，使我们读者清楚地看到了斗争的各个方面，以及斗争的必然的前途。……

可是，“文学的材料是人”（高尔基），作家的任务，就在于创造有血有肉的活生生的人物，在于创造鲜明的性格，当然不是为了写人物而写人物，只是作家所要反映的社会现实，不能离开人物的刻划，因为社会现实就是人的活动和斗争，而人物性格又是社会环境的产物,所以,我们在评价一部作品——特别是长篇小说时,就要看作者在人物创造上所达到的成就怎样。现在,我就根据这个要求,来谈一谈《上海的早晨》的成功和缺陷。

作品是以资本家密商抽逃资金和阴谋攫取工会的破坏活动开始的。在第一章里,作者就描写了沪江纱厂总经理徐义德跟他的得力助手副厂长梅佐贤,在讨论了怎样抽逃资金之后,又计划怎样利用一个工人中间的走狗。这个徐义德,是上海著名的"铁算盘",园(圆)滑老练,经验丰富,而且深谋远虑。人民解放军一渡过长江,他就料定上海不保,就要他的弟弟徐义信给他运走六千锭子到香港,设立新厂,这样,国内发生什么变化,就可以有个退步;同时,他又尽量把棉纱外运,变成美金和港纱(钞),存在香港汇丰银行里,使自己站得很稳,进可以攻,退可以守。他还把原来读圣约翰附中的儿子送到香港去补习英文,准备再送到英国或美国去读书。他是把帝国主义当作自己的靠山的,香港和汇丰银行是他的退路,他还有存款在纽约,所以他自认有三道防线——第一道是上海,第二道香港,最后一道就是纽约。他有他的"苦衷":"中国近几十年来变动实在太大,我们做生意的人不得不想的远一点。这三道防线也是不得己(已)而为之,要是我能够集中资金在一个地方办厂,那发展会更大的。"此外,他的第二房太太朱瑞芳的娘家是无锡的大地主,朱瑞芳的堂兄弟朱暮堂绰号"朱老虎",过去是无锡梅村镇商团队的队长,在国民党反动派政府的军警干部训练所里受过训,参加过国民党,抗战时期又当过汉奸,做过伪区长,勾结过日本鬼子。这是像徐义德那样的资产阶级的特点——一方面不能不依赖帝国主义,另方面又跟封建地主阶级有密切的关系。因此,他明白"共产党和我们资本家是死对头,他们是代表工人阶级利益的,不会让我们讨什么便宜的。"作者就依据徐义德这种反动的阶级本性,展开对他的描写。作者在描写他目前的非法活动时,还追述到他解放前怎样利用钞票贬值来剥削工人,怎样采取缓兵之计来对付工人的罢工运动。现在,已经是解放后的第三年了,他的非法活动一直没有停止。首先,通过助手梅佐贤的努力,给他效劳的那个工人中间的走狗果然在工会改选时混进工会,当上了委员,这样就有了一个通风报信的人,工会里有什么事情就瞒不过他,而且还打算去拉拢别的人。其次,他开设在香港新厂已经开了工,前面所说的三条防线都按照他的意图实现了,还考虑到怎样把纽约的存款划到瑞士去,防止美国会冻结。再则,通过梅佐贤,他收买了一个税局驻厂的干部,一个留用人员,预先知道加税的消息。因而用加班加点的办法提前赶出两千件纱,存放在外面。等税涨了以后再卖出。最后,为了抵制中央统一收购纱布的政策,他在"星二聚餐会"里贡献政策,大家主动提出统配统销的意思,向政府要原料,向人民银行要资金,把原料供应不足和资金周转不灵的"包袱"丢给政府;同时,在自己的厂里,在给花纱布公司代纺的二十支纱里,掺进百分之十到十五用破籽制成的黄花衣，却把它叫做“次泾阳”，使得工人们大吃苦头，各个车间的生活都变得难做，甚至影响到工人们的团结；而在劳资双方开协商会议来解决问题时，他采取“拖”的办法，把希望寄托在抗美援朝运动的失败上。——作者就通过这一系列的罪恶活动，显示出徐义德那种资产阶级卑鄙丑恶的灵魂，刻划出他的狠毒，老练，工于心计。作者也写到徐义德在“星二聚餐会”里的表现，写到他在参加了“星二聚餐会”以后又想混进棉纺工会和想当人民代表的野心。作者还着力地描写了徐义德的家庭生活，描写了他的三位太太，特别是第三个太太林宛芝，以及她跟“星二聚餐会”里面的活动分子冯永祥的暧昧关系。在这里，作者揭露了资产阶级家庭生活的虚伪性。林宛芝原来是沪江纱厂总管理处的打字员，她的理想是进大学，她嫁给徐义德当姨太太，就是为了达到自己的目的；可是，徐义德不肯放她出去读书，怕她会远走高飞。她当然很苦闷，因此，就对冯永祥发生了感情。徐义德并不是不知道这种情形，不过因为冯永祥是工商界的红人，又是自己进“星二聚餐会”的介绍人，所以反而鼓励林宛芝跟他去亲近。另一方面，徐义德自己却又去勾搭另一个女人，“星二聚餐会”里面的交际花，棉纺公会的委员江菊霞。他跟她去亲近，在她面前表示他“爱”她，只是因为她是一个工业界巨头的表妹。徐义德这种对待女性的态度，也是暴露出他的资产阶级的本性的。甚至连玩古董和字画吧，徐义德也有他的哲学：只要自己喜欢，就是假的也要当做真的，不管真假，贵的一概不要；以致古董商给他取了一个绰号，叫做“徐一万”。……

从徐义德身上，人们可以看出，作者是很知道应该从多方面去描写人物的，而且也正努力这样做，所以徐义德这个人物，也就有了比较丰满的面貌。常言说得好：“湿地到处有水”，资产阶级在一切方面都是资产阶级。徐义德所有的言行，都是符合他的阶级特性的，连外貌也是如此，例如个子矮胖，容光焕发，脸如园（圆）球，下巴下垂，头上修理很整齐，油光发亮，苍蝇飞上去也要滑下来，等等。应该说，这是一个相当统一的人物，作者对他作了较多的安排，付出较大的努力，也收到较好的效果，能留给读者较深的印象。

跟徐义德相比较，他的得力助手梅佐贤的形象，就显得淡薄了些。这个外号叫做“酸辣汤”的沪江纱厂的副厂长，他的身份和行径，使人联想起《子夜》里面那个吴荪甫的爪牙屠维岳。他的确是一个屠维岳式的人物，虽然他的地位要比屠维岳高一些，能够跟徐义德一起去参加“星二聚餐会”。作者使他第一个出场，一开始还描绘了他的面貌、服装和举止，叙述了他的经历，当然是把他当作一个重要人物来写的。解放以前，他就帮助过徐义德处置工人的罢工运动。现在，他对徐义德的第一个贡献，就是布置那个工人中间的走狗打进工会去，还给那走狗出主张，教导他怎样伪装积极，骗取工人的信任。第二个贡献是用一只马凡陀手表和五十万元人民币收买了那个税局驻厂干部,从他嘴里套出了加税的消息。第三个贡献是在原棉上掺黄花衣时给徐义德卖力气,串通起来欺骗工程师、工务主任和工人。这些事情,他做起来都很轻松愉快,而且也很顺利。他当然很卑鄙无耻,是徐义德的驯服工具。作者也突出地描写了这一方面,除了上面所举的几点,还有例如他在解放前夜间趁人不备地到厂里去检查,等等,说明他对徐义德的忠心耿耿。可是,虽然作者在他身上用了不少笔墨,这个人物给我们读者的印象,总觉得不够深刻,看起来,他好像只是徐义德的一个朦胧的影子。

在资本家的群象里,能给读者最深刻的印象的,恐怕要数那个徐义德的小舅子,他的第二个太太朱瑞芳的弟弟,福佑药房的经理朱延年了。作者也给了他较多的篇幅。朱延年是一个商人的儿子,他的福佑药房是白手成家的,"他并不懂得西药,也不知道医务,连卫生常识也不比一般人高明"。这样的人,怎么能成为药房经理呢?这就全靠他那付(副)做生意的本领了。最初,他跟一个有四千元储备票存款的私营广播电台歌唱团的女团员结了婚。就靠了这笔资本,他成了西药掮客。"凭他那一张能把死人说活的嘴,和善于观察对方的意图满足对方要求的能力,他的生意越做越大"。终于,"他成了西药界一名红人"。可是,这是他过去的历史;现在他在作品里出现时,已经在1949年上海解放前夕破了产,解放后弄得连生活也发生困难了,却在姐夫徐义德的帮助下,重新恢复起他的福佑药房。这样,他就又得了一个施展本领的机会。通过他一系列的活动,作者描写了他的狡猾、虚伪、阴险、见钱眼开。从他嘴巴里,从来不会吐露出半句真话。只要有利可图,吹牛拍马,什么下流无耻的事情,都可以全无愧色地做出来。例如,刚一出场,他在姐姐朱瑞芳和徐义德面前那付(副)卑屈的样子,就在我们读者面前显露出他可憎的嘴脸。接着,作者就写到他跟他的债权人的代表柳惠光的谈判,他用"不复业"的诈术来威胁债权人,达到延期偿还债款的目的。而在福佑药房复业以后,第一笔生意就是苏北行署卫生处采购的达数亿元的药品。在这里,作者就用了集中的篇幅来描写朱延年怎样对那个来自苏北的张科长进行贿赂和诱骗,怎样使用美人计和制造假药,等等。应该说,关于这一切经过的描写,是作品里比较精彩的部分。一方面,作者给我们展览了奸商的种种罪恶活动,反映出资产阶级对革命干部使用"糖衣炮弹"的进攻;另一方面,也就刻划了那个乡村知识分子出身的张科长的面貌,描绘出他一步一步地堕入奸商的诡计的过程。通过这些描写,朱延年的形象,就变得更加清楚了。我们知道,后来,苏北方面发现药品成分不对,退了回来,朱延年又嫁祸给别人。同时,他还开始了另一笔生意——由那位张科长的介绍,他又接下了中国人民志愿军某军后勤部的采购。到了最后,他又在徐义德第三房太太林宛芝做三十大寿的生日的宴会上,拿出他福佑药房的总结书和计划书,大事(肆)吹牛,企图进行募股,准备大干一番。这样的人,有他的"抱负"和野心,自然也就有他的哲学。在送走张科长以后,他对他的助手说:"不管是共产党也好,青年团也好,只要他跨进我们福佑药房,我就有办法改造他的思想。什么前进,什么为人民服务,都是说的好听,全是骗人的假话。世界上只有一件事是真的:钞票。有了钞票,要前进就前进,要为人民服务就为人民服务。没有钞票什么也不行。古人说的好:有钱能使鬼推磨。现在只要有钞票,保险你路路通,多大的老干部也过不了这一关。这就是马克思讲的'物质基础'。"这是他教育别人的话,也是自己遵循的处世哲学。不仅在经营他的福佑药房上,就是他的先跟私营广播电台歌唱团团员结婚,后来又跟百乐门舞厅的舞女相好,目的也都是为了钱——不过,在这方面的描写,看起来有些与徐义德跟江菊霞去鬼混相雷同,虽然徐义德的目的要比朱延年更远大些,这自然是由于两个人的社会地位究竟不同的缘故。

出现在作品里的资产阶级分子,人数众多,上面谈到的三个人物,不过是其中的一方面。即以"星二聚餐会"里的成员而论,就有通达纺织公司董事长潘信诚,他的大儿子潘宏福,信通银行经理金懋廉,华东烟草公司大老板唐仲笙,利华西药房经理柳惠光,光华机器厂经理宋其文;还有那个介绍徐义德入会的冯永祥,他是华丰毛纺厂董事和永泰烟草公司副经理,又是工商联的委员;以及马慕韩,他是兴盛纱厂总经理,中国民主建国会上海分会常委,工商联委员,还是市人民政协的委员;此外还有江菊霞,她是大新印染厂的副经理,棉纺公会的委员。在这一大群工商界的核心人物里面,作者较多的描写了两个年青人,就是冯永祥和马慕韩。冯永祥的最初出场,是在徐义德的大客厅里,作者一开始就表现了他对林宛芝的兴趣。他自然是个漂亮人物,在"聚餐会"里很活跃。他有他的一套处世哲学:开会的时候,政府方面和工商联召开的会,就准时出席,并且坐在最前排,好和首长们接近接近,其他的会就"见会行事",或迟到,或根本不到;他还经常读马克思列宁主义的经典著作,因为,"现在办事没有理论吃不开"。他还能够"同情"林宛芝给徐义德关在家里的处境,把一部封面上有幅刻着渥伦斯基满足了"生活中唯一无二的欲望"之后站在安娜面前的尼柯荣·毕斯凯莱夫的木刻《安娜·卡列尼娜》送给林宛芝,把徐义德比作安娜的丈夫卡列宁,而以渥伦斯基自居,向她说:"我希望我能够分担你一点寂寞","能够使你快活,是我唯一的幸福",所以很快他就得到了她的青睐。冯永祥是资产阶级社会里的新人物。但他跟马慕韩又是很不相同的。马慕韩在"聚餐会"里跟我们读者见面时,"他从复旦大学毕业出来还不到两年,满脑筋里尽是些远大计划和个人的抱负",因此,虽然年纪轻轻的就从父亲手里继承了一个十万锭子的纱厂,却"希望跨上政治舞台,担任一名角色",以便"荣宗耀祖,乡里知名"。他参加各种政治活动,研究毛主席著作和政府政策法令,"在党与政府的教育下,他确实比一般资本家进步快一点"。他一般拥护政府的号召,在"聚餐会"里是一个进步分子。看来,作者还要更多地描写他;但在这第一部里,我们只看到他在"聚餐会"里发表一些比较进步的言论,表明他抱有政治上的雄心壮志而已。

从上面简单的介绍,不难看出,对资产阶级分子的描写,作者并没有把他们简单化,而是很注意到他们不同的经历和年龄,不同的政治态度和处世方法,甚至面貌服饰也没有忽略。这样,就给了资产阶级的生活以它应有的"丰富多彩"。记得当这部作品刚刚在刊物上发表出来时,上海有家报纸曾经以《似曾相识的人物》为题来介绍它,指出它对资产阶级分子的多样化的描写,能使读者回想起那些曾经实际存在过的形形色色的人物。这自然是这部作品成功的地方。

现在,我们就可以来看看作者对工人的描写了。在整部作品里,除了资产阶级的活动以外,工人阶级的生活和斗争,是另一个重要的方面。所以,作者刚刚开始描写了资本家徐义德和梅佐贤所进行的阴谋诡计,立刻就给我们读者展开了一幅工人生活的图景,那就是沪江纱厂细纱间挡车女工汤阿英不蔽风雨的草棚棚。这汤阿英是无锡梅村镇贫农汤富海的女儿,汤富海的东家就是徐义德的亲戚朱暮堂。在这里,作者的安排是很有意义的,表现了阶级压迫和阶级剥削的普遍性和残酷性,自然也表现了资产阶级和封建地主的关系。汤富海在朱暮堂的贪婪盘剥下,弄得倾家荡产,又被迫把十四岁的女儿汤阿英送给东家去抵债;结果,在被百般虐待之后,又继之以被奸污,而且怀了孕。为了逃出朱暮堂的魔掌,汤阿英就跟母亲到上海找同乡秦妈妈——一个沪江纱厂细纱间的接头工,就由秦妈妈的关系,汤阿英学会了挡车,最后也进了沪江纱厂,去接受徐义德的盘剥。有什么办法呢?在旧社会里,穷人的路子就是这样窄狭!可是,成为工人阶级的一员的汤阿英,命运毕竟不同了,她在解放前进厂不久就参加过对资本家的斗争,现在自然又投身在新的斗争里,因为她不是单独一个人,她是属于集体的。

很明显,作者是把汤阿英当作重点的描写对象。作者用了很大的篇幅,叙述了她的经历,她过去的悲惨命运。在汤阿英进入工厂不久,就爆发了那次要求资本家按期发钞票的罢工运动。工人们在地下党员的领导下实行"摆平"(关车)了,她汤阿英的车子却还在转动。别人责问她,她却想:"自己跨进沪江纱厂是一件多么不容易的事呀!一摆平,歇生意,上哪儿干活呢?父亲每月要等着寄钱回去用哩。"她还是停不住自己那双接头的手。直到介绍她进厂的秦妈妈过来告诉她:"别怕,歇生意有我们……",她才没有了顾虑,才跟着关车。解放初期,作品里所描写的那个时候,她的生活还是很苦的,住的是不蔽风雪的棚棚,吃饭连张桌子也没有。可是,她却成为那个隐蔽在工人中间的走狗企图拉拢的对象,因为她"是个老好人,不声不响地做工,不大活动。"在其他同志们的眼睛里,她也是个"三枪打不出一个闷屁"的落后分子。就在那次徐义德和梅佐贤在原棉里掺黄花衣的诡计里，由于断头多，生活难做，她汤阿英怀孕在身，在连续做了五天夜班之后，竟在车间里流了产，接着婴儿也就夭折了——这个在解放前受尽地主阶级的损害的人，到了解放后第三年，仍然遭受到资本家的损害。这样一个受苦人，等到“三反”运动已经开始，工厂的党团组织接受上级的指示，展开群众工作，派了团小组长来约她去参加团日活动时，她的回答却是：“呵哟，老了，团日活动是你们青年的事，我已经不够资格了”，竟推三推四地不肯去。作者一方面描写她在政治上的不开展，另方面却又描写她在生产上的积极态度，生病没有好就上工。我们读者看得出，作者要在汤阿英身上表现一个女工的觉悟过程，为了这个目的，作者又写到她那迷信命运的娘和忠厚老实的丈夫，给了她一个相适应的家庭环境。这样，就增加了人物性格发展的真实性。

工人中间的先进分子，自然是那几个共产党员。作者特别着力描写的，是支部书记余静和老工人赵德宝。余静的年纪虽还只有二十五岁，却已经在细纱间挡了八年车。她的丈夫也是个党员，上海解放前夕牺牲了。她是一个很能干的人，只要是斗争的重要关头，她就出现。解放前那场要求资本家按期发钞票的罢工斗争，她就起了很重要的作用。现在，在对付资本家阴谋破坏生产的斗争里，她接受新的锻炼。徐义德在梅佐贤的协助下，在原棉里掺进大量的黄花衣，各个车间的生活都弄得很难做，断头非常多，夜班工人的缺勤率高达百分之三十五六，像汤阿英就因过劳而流了产。问题的严重性，还表现在因此引起的工人们的不团结——因为不明白原因，加上坏分子趁机挑拨，筒摇间的工人就埋怨细纱间，细纱间埋怨粗纱间，粗纱间埋怨保全部的平车工，钢丝间又埋怨清花间拆烂污。作者在一连几章关于各个车间的混乱情景的描写里，化(花)了很大的力量，构成了作品里面另一处比较精彩的部分。在这种困难的情况里，余静的态度始终是冷静沉着的。她告诉工人，不要随便埋怨别人，“什么原因，要仔细调查调查”。她跟赵得(德)宝到各车间了解了情况，就在党支部委员会扩大会议上，分析出生活难做和原棉有关，断定资方在这上面摆下迷惑大家的迷魂阵。可是，即使这样，到了劳资协商会议上，她虽然也揭穿了配棉量的问题，结果仍然上了徐义德的当，被他把责任推给配给原棉的花纱布公司，轻轻易易地搪塞过去了。这里就表现出她的年轻幼稚，难怪要受到区委统战部长杨健的批评了。就在这一次接受上级的指示的时候，她还明白了自己工作上另一方面的缺点——发展党团组织上的保守思想，忽略了团结群众。不消说，她马上就按照上级的指示，开始改正自己的错误。我觉得，作者对余静的描写，是符合一个青年党员通过工作锻炼渐趋成熟的逻辑的。

赵德宝是个老工人，过去，他原是穿油线的，十二年前，胳臂在车子上受了重伤，治好后不能再伸直，这才改做皮花的工作。他现在是党支部的组织委员，又是新选上的工会副主席兼生活委员;照道理,应该在工人的斗争中起较多的作用。可是,我们读者只看到他最初出现时,受到那个隐蔽在工人中间的走狗的逢迎,他就觉得那人解放后变好了,“很关心工人的生活,自己做生活也巴结,工会改组,倒少不了他这样的人”。我们知道,这时正是徐义德和梅佐贤要派那败类打进工会去。接着,作者又写他怎样给工人们计算代办米和带头参加合唱队。到了各个车间因生活难做而闹不团结时,他也只跟余静一起,在了解情况时,说些“这个问题非快点解决不可,早点查出毛病就好办了”之类的话,甚至已经怀疑到什么“次泾阳”的黄花衣了,还是感到“糊涂”和“不解”。在随后召开的党支部委员会扩大会议上,他是会议的主持人,也没有什么得力的表现;只有在劳资协商会议上,他才说了很少的几句话,坚持问题出在原棉上。到了余静受到区委杨部长的批评,指出党团在发展组织上的保守思想,不注意从工人中间培养选拔,他这个组织委员还认为把群众当党员使用,“违反组织原则”。总之,我们简直看不到他身上的老工人的特点,也看不到他在斗争中发挥的积极作用。因此,这个人物并不能在我们读者脑子里留下印象。附带说一句,那个曾经在解放前参加领导过罢工斗争的党员秦妈妈,也就是汤阿英进厂的介绍人,在这次斗争里,也没有什么突出的表现,以致原来留给读者的印象,反而淡薄下去了。

在工人群众中,面貌比较清楚的,还有清花间的老工人郑兴发,他是沪江纱厂一开门就进厂的,深知徐义德和梅佐贤他们的底细,稳重,有些保守。细纱间挡车工郭彩娣,看来作者也是着力描写了的人物,写到她八岁就拾垃圾,小时候受过苦,“今年才二十二岁,因为经历多,在社会上吃的苦头不少,全靠自己的劳动来养活自己,天不怕地不怕,遇事勇往直前,逞强好胜,老练得如同三十上下的人一样”,在这一点上,她和汤阿英是一个鲜明的对比;不过,作者一方面说她“老练”,但在具体描写里,她却实在有些莽撞,性子像一把火,好像并不十分老练,跟她受苦的经历也有不十分统一的地方。此外的工人还很多,如细纱间挡车工、郝建秀工作者、团员张小玲,粗纱间挡车工吴二嫂,筒摇间挡车工谭招弟,记录工管秀芬,都能给读者留下相当深的印象,这里就不一一详谈了。

值得再谈一谈的,是那个给资本家效劳的走狗保全工人陶阿毛,在陶阿毛身上,作者所使用的笔墨是不算少的。“这个人机灵,能干,勇敢”,这是梅佐贤对他的看法。看起来,作者也很想把他这种在资本家眼睛里的特点描写出来。“陶阿毛在工人当中有很高的威信。他的威信主要是在1948年初冬建立起来的。他不但技术好——他平的车没人有第二句话讲,他人缘比他技术更好,不管那(哪)个车间的人他都合得来。比他技术稍为高明一点的人,他叫人家老师傅长老师傅短;比他本事差的,他都乐意帮别人的忙;关心别人的生活就象是关心他自己的一样。”“上海解放以前,得到大多数工人的选票,当沪江纱厂的伪工会的付(副)理事长,别人的是靠活动,或者是勉勉强强当上工会的干部,他完全是两样。”“他并不是对工人当中的政治活动一点也没有兴趣,有时兴趣蛮浓,而且做得相当出色”——这些,都是作者向我们读者所做的介绍。要通过形象写出这样一个复杂的人物,的确不是一件容易的事情。在作品里,他第一次“出色”的表现,就是出于补述方式所描写的解放前那场罢工运动。工人们都“摆平”了,徐义德和梅佐贤到厂里来解决问题,责问老工人郑兴发:“你说,是谁叫你罢工的?”正当郑兴发回答不上话的时候,陶阿毛出面了,他拍着自己的胸脯,说:“是我叫他们罢工的。”这样,他就利用了当时共产党员不能公开出面的机会,把这次罢工的领导者的身份拉到自己身上,骗取了群众的信任,随后又帮助资本家,劝告工人复了工。在这件事情上,他的确是成了功的。他是国民党反动派特地派在工厂里的,却跟原来的伪工会理事长闹不和,因此,解放以后,那个伪工会理事长被法办了。他却仍能在保全部隐蔽下来,而且仍能保持群众中间的威信。这里面应该有些复杂关系,可惜作者没有写出来。现在,徐义德通过梅佐贤来叫他打进新选的工会里去,还叫他拉拢一些人,象汤阿英等等,我们却看不出他在这些活动里有什么特殊的本领。尤其令人不解的,象他这样一个隐蔽的特务分子,为什么连在工作方法上应该“首先反对徐总经理和我,遇事站稳工人阶级的立场,公开骂我们”和“你应该用他们(指共产党员——引用者)的话讲,比方说:解放以后,我们工人的政治觉悟提高了;现在工人当家做主人啦,工人阶级要领导了,应该积极工作,努力做生活”之类的粗浅的道理,还要梅佐贤来教导他呢?而且,他跟国民党反动派特务组织的关系究竟是怎样的?从作者的描写看起来,好象他现在只是一个单干的人。他在各个车间因生活难做而发生混乱时,也只起了一些挑拨作用;在拉拢人这方面,效果也并不怎样好。这样,作为一个反面人物,就失掉他应有的复杂性,显得过于平庸,形象也嫌单薄了。

除了资产阶级分子和工人,在作品里,还有其他方面的人物。例如,区委统战部长杨健,他的爱人戚宝珍,秘书叶月芳;沪江纱厂的工程师韩云程,工务主任郭鹏和会计师勇复基;福佑药房的出纳员童进和外勤部长夏业富;还有徐义德的儿子徐守仁和他大太太的亲姨侄女吴兰珍;甚至还应该提一提那个被徐义德收买的税局干部方宇——所有这些人物,都可以看出来,他们有的虽然已经在作品里起过作用,参加过斗争,更多的却将成为以后篇幅里的重要角色。在这里不过露一露面,埋下一点尚待发展的线索,因此,我们就不多谈了。不应该忘记,现在我们所谈到的,还只是整个作品的第一部,作者只描写了那场即将来临的大斗争前夕的景象,这些人物还要在以后的斗争里显身手,受锻炼;他们的性格尚待发展,他们的形象还会继续得到丰富。我不知道曾经在这第一部里出现过的大地主朱暮堂、他儿子朱筱堂和账房苏沛霖,以后会不会再在作品里出现。我觉得那是几个有些概念化的人物,作者所描写的地主欺压农民和土地改革的场面,也是比较简单,比较一般化的。看来作者对农村生活不够熟悉,作品里不得不写到那一方面,篇幅又不允许过多,所以在描写上就显出简单和一般化的情形来了。

提起对生活的熟悉,我要在这里再谈一谈关于人物创造的问题。《上海的早晨》所描写的是一个巨大的题材,反映的生活面很广泛。出现的人物也很多,而且包括各个阶层。作者在人物刻划上付出很大的努力,也收到了一定的效果,达到了一定的成就,就象我们在前面所谈的那样。不过,使我们感到不足的是,在这些人物身上,总觉得缺少属于个人的东西。也就是说,他们体现了一定的阶级共性,每一个人的性格特征却不够鲜明、突出,因而形象也就不够丰满,缺乏立体感。我们已经说过,作者是很注意描写同一阶级里面的不同人物的,无论是资产阶级分子和工人都是如此,可是显得有些"力不从心"的样子。"我觉得人物性格不仅表现在他做什么,而且表现在他怎么做"(恩格斯),正是在这个"怎么做"的问题上,作者的描写存在着缺陷。就拿作品的主人翁之一徐义德来说,作者虽然是从各个方面来描写他的,但在每一个方面,我们读者都还可以要求写得更深入一些,更细致一些。作者在介绍每一个登场人物时,除了叙述历史,还要说明性格。这种没有力量的抽象的说明,自然是为了补助形象的不足,但我们读者总是要求更丰富的形象的,文学作品毕竟是形象的艺术。这里面,情形又有不同。作者关于资产阶级分子的描写,例如几次"星二聚餐会",特别是徐义德第三个太太林宛芝的三十岁大寿的宴会,写得相当生动。关于工人的描写,虽然在各个车间因生活难做而陷于混乱状态的那些场面也是很生动的,一般地却比较逊色。我觉得,在人物的语言上,个性化就有些不足。即使是资产阶级分子的几次聚会,各个人物的语言特点,就不很鲜明。我们都知道,高尔基非常佩服巴尔扎克在这一方面所达到的成就,赞美巴尔扎克在长篇小说《鲛皮》中,描写银行家举行盛宴,有二十多个人同时说话,造成一种混乱的喧嚷,却能听见各色各样的声音,"还看见了那些人的眼睛,微笑以及他们的动作。"语言的个性化,是人物创造上的重要手段。《上海的早晨》在这方面是有不足之处的。资产阶级分子的语言是这样,工人的言语就更缺乏生活气息了。

也许,我这样说,难免有些近于苛求。因为,这部作品所反映的生活面太广泛了,作者的生活经验总是有一定的局限性的。《子夜》的情形,不是也相类似吗?不过,这里究竟关联到一个创作方法上的问题,那就是理性的认识和感性的生活经验之间的距离。对生活的研究分析,首先要求深厚的生活经验。一个作家正确的立场观点,总得表现在丰富的生活形象里。这当然不单是指《上海的早晨》而言;不过,这部作品,在这方面的缺陷,又一次地提供了一个实例而已。

民族资产阶级的社会主义改造工作，是我们社会主义革命事业中的一个重要部分。我们的社会主义文学，应该用适当的篇幅来反映它。在过去那个时期里，我们已经有了《子夜》；现在，周而复同志的《上海的早晨》，又描写了资产阶级在这个新的历史时期里的新的斗争和命运。我想，我们每一个热爱祖国文学事业的读者，面对着这部篇幅巨大的作品，内心都会充满着感激。

《上海的早晨》（第一部）在刊物上发表出来的时候，作者曾经跟我谈起他的整个计划。这部作品，将分成四部来完成它。现在已经写出的是资产阶级向工人阶级的猖狂进攻，这第一部的最后几章，已经写到“三反”和“五反”运动，接着的第二部自然就是那一场意义重要的斗争；再往后，在第三、四部里，要写到 1956 年的工商业社会主义改造，写到资产阶级分子怎样选择自己的前途，决定自己的命运，不用说，在描写资产阶级的生活和斗争时，跟现在我们所已经读到的第一部一样，作者将给我们展开一幅祖国社会主义事业波澜壮阔地向前发展的宏伟图画。

什么时候可以全部地读到这部规模宏大的作品呢？我们以十分迫切的心情在期待着。

——原载《文艺报》1959 年第 13 期

华 夫

评郭小川的《望星空》

郭小川同志写过一些朝气蓬勃的诗篇,在青年中间发生了鼓舞的作用。可是最近发表在《人民文学》11月号的《望星空》一诗,却唱出了完全不同的调子,那调子是多么低沉,多么悲观绝望啊,它突出地反映了这位诗人灵魂深处的不健康的东西。

在一个不平凡的夜晚(作者定稿的时候,把它规定为伟大的建国十周年纪念日的前夕),诗人"站在北京的街头上,向星空了(瞭)望"。我们红色首都的沸腾的生活,欢乐的人群,还有那灯火辉煌、红光灿烂的夜景,都不曾收入他的眼底。他看到的是:宇宙无穷广大,人间十分渺小。他带着无限惆怅,写出了这样的诗句:

在伟大的宇宙的空间,
人生不过是流星般的闪光。
在无限的时间的河流里,
人生仅仅是微小微小的波浪。

这使我想起一篇我国古人的文章:"夫天地者,万物之逆旅,光阴者,百代之过客;而浮生若梦,为欢几何!"也使我想起一首外国古人的歌曲:"仰望苍空,人世多么可怜!"这是多么陈腐的感情!而《望星空》前两章着力描写的,正是这种极端陈腐、极端虚无主义的感情。按照诗人这时的悲观绝望的眼光看来,人们活着,工作着,战斗着,这一切都是没有什么意思的:"说什么:身宽气盛,年富力强!""说什么:情豪志大,心高胆壮!""我游历过半个地球,从东方到西方。""为了赞颂战斗的人生,我写下成册的诗章;"这一切一切,都不过是"流星般的闪光"而已!还不是"浮生若梦"(道家的感情)、"人世多么可怜"(基督徒的感情)吗?还有什么大革命、大建设、大跃进和国庆十年的庆祝大典呢?所以写来写去,写出了这样极端错误、使人无法卒读的诗句:"呵,星空,只有你,称得起万寿无疆!""……比起你来,人间远不辉煌。"正是在举国欢腾的日子,劳动人民热烈庆祝我们革命事业的辉煌成就,并且以"万寿无疆"的欢呼,表达自己对于心目中真正伟大崇高形象的祝福;而郭小川同志却写出了这样极端荒谬的诗句;这是政治性的错误,令人不能容忍的。

不错,《望星空》的后两章,正是力图扭转这种极端错误、极端虚无主义的思想。可是,你既然在前面两章着力渲染了所谓"千堆火,万盏灯,不如一颗小小星光亮。千条路,万座桥,不如银河一节长"的观点,紧接着,你来歌颂天安门广场、人民大会堂,长安街的灯光和桥梁,这如何能够扭转"浮生若梦"的印象呢?你刚刚在北京街头泪眼望上苍,宣泄了那种看破红尘、四大皆空的情感,"于是我带着惆怅的心情,走向北京的心脏……";说是一走进人民大会堂,"在红灯绿酒之前"(不伦不类的比拟!),喝了点"芬芳的友谊的酒浆",顿时大彻大悟,宇宙观、人生观完全改变了,这也是难以使读者置信的。所以,这首诗里的主导的东西,是个人主义,虚无主义的东西;它腐蚀了诗人自己的头脑,又在读者中间散发了腐蚀性的影响。

写过《投入火热的斗争》《向困难进军》及其他战斗性诗篇的诗人,今年新年里也曾"走上街道,袖里春风,脸上红潮。"(见《雪兆丰年》)的郭小川同志,为什么写了《望星空》这样的诗歌呢?难道果然是"一个紧要任务"的"千斤重量",压得他无法"挺直腰身"吗?事情恐怕不是这样。很可能,诗人对自己的"早就全副武装"的一面,未免过于乐观了;而对于自己灵魂深处的"远不辉煌"的东西,却完全丧失了警惕性。写出《望星空》这篇不好的诗,当然不是一个偶然现象。早在1956年,在《致大海》一诗里,这种对大自然膜拜的消极感情已经露出了苗头。诗人把大海看成他的"明哲的神圣";"为了一种神圣的爱",并且有愧于"生活的琐屑和平庸",他向大海做出了忏悔和祈求。固然人们完全可以把大海或星空用来比拟真正伟大崇高的事物,但是象"让一切寒冷者在这里得到温暖,让一切因劳累而乏困的人,在这里进入幻丽和平安的梦境。"这类的诗句,很难说它是共产主义的真正伟大崇高事物的拟人化。《致大海》一诗里,有些段落是可读的,那就是诗人对于自己头脑中的某些不洁的东西——个人主义的东西的自我解剖。但是诗人指望以大自然的"圣洁的水"来冲洗他的"污迹的心灵",那是不会有什么效果的。这些个人主义的东西没有得到洗刷,反而顽强地发展起来,而个人主义实质上是脆弱的,一遇到挫折,就不免有四大皆空之感!《望星空》一诗,就是个人主义的东西受到挫折以后的悲观绝望的表现。

郭小川同志是一个有才能的诗人,曾经写过些好的或较好的诗歌。可是一个人心灵深处的消极的、非无产阶级的东西倘使不经过认真的洗刷,它总会冒了出来,损害公众并且损害自己。对自己的世界观(宇宙观、人生观)的彻底改造,决不可掉以轻心:这是值得诗人们和作家们经常注意的一个问题。

12.6.夜

——原载《文艺报》1959年第23期

秦 牧

散文领域——海阔天空

一

散文这枝花，现在自然也和“文学树”上各个枝丫的花一样，都在开。但是平心而论，这枝花开得还是不够绚丽。我们现在所读到的散文，精粹警辟的、谈笑风生的、亲切感人的、玲珑剔透的，使你读时入了神、读后印象久久不会消失的，还是不多。趁着《新观察》改版，变成以散文为主的刊物；许多文学刊物都在注意散文的时候，我们有理由来关心，来呼吁：让这枝花开得更加绚丽些。

中国散文艺术的传统，一向是异常深厚的。经、史、子、集，子部集部里面的书，大都是散文；经史里面，也不乏精彩的散文。“唐宋八大家”，都是散文家（自然，韩愈、柳宗元、欧阳修、苏轼等同时也是优秀的诗人和词人，但他们是以散文家的身份位居八大家之列的）。到了近代，这一文学形式更曾经大大地放射过异彩。鲁迅就认为五四运动的时候，“散文小品的成功，几乎在小说、戏曲和诗歌之上。”卓越的散文作家鲁迅、瞿秋白的作品更大大地丰富了这方面的文学宝库。在一个散文创作传统如此浓厚的国家，散文创作的风气应该十分蓬勃，写散文的好手是应该十分多才对的。

散文因为形式比较短小，既能够敏捷地反映迅速变动的事物，又方便报纸刊物的及时登载；因此，散文创作风气的热烈与否，和我们社会各方面的面貌是否能够被充分地、生动地反映到文学里面来，大有关系。散文的文风怎样，也一定会影响其他体裁的文学创作。因为，如果报纸刊物经常登载的散文是十分讲究简洁精粹的话，短篇小说的作者大概也会受到影响，注意下笔时不跑野马的吧。语言繁冗无味的那一部分诗歌的作者大概也不好意思把作品随便拿出来吧。

我爱看那些警辟的散文。这个领域是海阔天空的，不属于其他文学体裁，而又具有文学味道的一切篇幅较短小的文章都属于散文的范围。它也许是文艺性的政治、社会论文和“社会科学”隔壁居住，然而一墙之隔，使这些“杂文”仍然是文学的子女。它或者是个人抒情气氛很厚的东西，和“诗歌”隔壁居住，然而一墙之隔，使这些抒情文和它的堂姊妹那叫做“诗歌”的性格嗓门，大有分别。它或者是包含着一个故事，和“短篇小说”隔壁居住，然而这“小品文”的声音笑貌，又和他的堂兄弟大有不同。它也许如实记事，也许夹叙夹议，也许气势万千，也许三言两语……样子虽然很多，它们却都属于“散文”这个家族。

那些最好的散文，有的使人想起了银光闪闪的匕首，有的使人想起了余音嬝嬝（袅袅）的洞箫，有的象明净无尘的水晶，有的象色彩鲜明的玛瑙……一切的散文形式都应该提倡，各种形式都应该尽量具有丰富多彩的内容。除了先进的思想是长期具有生命力的东西之外，内容和形式的老套、单调，任何时候都是文学创作中必须避免的毛病。

二

某些人可能有一种思想，是对散文的蓬勃发展很有妨碍的；这就是：把文学形式分列高低，总要封一个“王”，有了王之后，再区分，这个是一品大臣，那个是九品驿丞。分列高低的结果，必然有一些被列为“低”的，为这部分人，和他们影响所及的范围内，受到忽视和冷落。

鲁迅在《且介亭杂文二集》中说过这样的话：“杂文这东西，我却恐怕要侵入高尚的文学楼台去的。小说和戏曲，中国向来是看作邪宗的，但一经西洋的《文学概论》引为正宗，我们也就奉之为宝贝，《红楼梦》《西厢记》之类，在文学史上竟和《诗经》《离骚》并列了。杂文中之一体的随笔，因为人说它近于英国的 Essay，有些人也就顿首再拜，不敢轻薄。寓言和演说，好象是卑微的东西，但伊索和契开罗，不是坐在希腊罗马文学史上吗？……”

这段话，对于那些把文学样式分列高低，并对于某些文学样式认为是“雕虫小技，壮夫不为”的人们，是讽刺得可以的。

那段话指的虽然是旧日的事情，但是我们不能说，现在就连一丝儿“残余影响”也没有。

由于各种各样的历史、社会原因，诗歌、散文、小说、戏剧，各种文学样式都曾经在某些时期一度高踞过“王座”。然而用我们今天的眼光看来，在文学领域里，这种封王拜相的把戏，只能够使另一些文学形式受到冷落。写一部长篇小说自然比写一篇童话花的力气多，写一部多幕剧自然比写一首小诗吃力，然而却不能说坏的长篇小说比好的童话伟大，糟糕的多幕剧比一首精彩的小诗崇高，或者不作为具体作品而作为文学形式来说，某种形式比另一种形式高贵。最正确的态度应该是“百花齐放”。因为在表现事物上，每一种文学形式都是“尺有所短，寸有所长”的。某种具体材料，常常是用某种文学形式来表现就最好，用另外一种形式来表现味道就差些。这种情形要求我们文学工作者最好努力使自己成为多面手，如果不成，“退而求其次”，最好除了自己搞的小说、戏剧、诗歌、理论等一个“行当”之外，都经常写散文，因为这和自己的那个行当“相成”而不“相反”。散文的领域如此辽阔，象上面所譬喻的，它几乎和一切的文学形式都紧紧“毗邻”。象搞油画、版画、水彩、炭画的人都各各应该经常搞素描速写一样，从事各种文学工作的人如果都把写散文当做是当然的事情，我们的散文创作的风气就可以大大地发扬起来了。

三

对于重大的政治社会事件发表文艺性的评论，纪(记)述令人感动的新人新事，反映社会主义建设的面貌，抨击腐朽落后的事物……这些事情自然是最主要的，我们也应该有大量的散文担当着这样的使命。

然而，散文创作的内容却不应该仅仅局限在这样的范围。因为：主要的并不是唯一的，次要的也不是无足轻重的。而且“次要”的，也仅仅是和主要的相对而论才成其为次要，就它本身来说，它还是异常主要的。

这话究竟是什么意思呢？

我深深地感到：我们的散文作品内容很不够广泛，在一些文艺刊物上登的散文，题材范围尤其狭窄。经常是：只有国际小品、社会生活的评论、文艺随笔、读书笔记之类。谈天说地谈得远一点的，象知识小品、旅行记，三言两语的偶感录，私人的日记书简之类，就几乎没有。这种情形，不能说是很妥当的。这会在一定程度上削弱了散文应有的新鲜耀目的光彩。

仍得引几句鲁迅的话：“生存的小品文，必须是匕首，是投枪，能和读者一同杀出一条生存的血路的东西；但自然，它也能给人愉快的休息，然而这并不是‘小摆设’，更不是抚慰和麻痹，它给人的愉快和休息是休养，是劳作和战斗之前的准备。”(《南腔北调集》)如果说在当时那样“夜气如磐”的日子里，尚且需要“给人愉快和休息”的东西，在我们现在这样的时代，那就更需要了。

然而这一部分的作品，在报纸上还可以看到一点，在文艺刊物里，却真是少得可怜了。

有些人也许以为那样的东西，脱离政治。如果出版物里尽是那样的东西，自然可以说脱离政治，但如果配合地登载一点，并不能看做是脱离政治。如果一个人一天有一点儿时间在闲谈、下棋、看花、打康乐球并不算做“脱离政治”的话，为什么在出版物里面登一些拉杂闲谈的知识性的文章，就叫做“脱离政治”？

除了国际、社会斗争、艺术理论、风土人物志一类的散文外，我们应该有知识小品、谈天说地、个人抒情一类的散文。通过各种各样的内容给人以思想的启发、美的感受、情操的陶冶。人的辩证唯物思想不是在一天间，也不是光靠读几本硬邦邦的书就能够真正树立起来的。通过贯串着辩证唯物观点的一切东西，教育人们、影响人们，是长期的任务。在这样工作上，没有革命功利主义是不行的，然而，把革命功利主义理解得太狭隘，也是不行的。

我们应该有内容异常广泛的散文。

四

散文一般篇幅较短，篇幅短，写起来虽然有它方便的地方；但要写得短而又好，又不可避免有它的独特的要求。

一座大山上有小堆的乱石，时常无损于大山的壮观。但如果一个小园中有一堆乱石，就很容易破坏园林之美。同样的道理，短小的文章特别需要写得简洁和优美。任何的败笔冗笔在篇幅短小的文章中，时常显得格外刺眼和难于掩饰。

一切优秀的文学作品，都有赖于作者具有先进的思想、深刻广泛的生活知识，储备丰富的词汇。这些最基本的条件如果某一方面存在缺陷，就一定给作品带来瑕疵，以至失败、错误，散文无论篇幅怎样短小，对这些方面的高度要求却一点也不应该降低。

思想是一切的灵魂。那些古代流传下来的《师说》《郭橐驼传》之类的漂亮散文，人们爱读它们，并不由于它们的词藻比作者们的其他作品更加美妙，而在于，它们包含着较活泼、较有生命力的思想。只有在这个前提之下，其他的一切才活跃起来。没有思想，或者只有极庸俗低级的思想、但却拼命讲究“铺采摛文”的一些汉赋，后代人对它们所以感到如此缺乏味道，最主要的原因就在于它是缺乏灵魂的。

思想象一根线串起了生活的珍珠。没有这根线，珍珠只能够弃散在地。

我们现在读到的一切动人的散文，它们也许很有词采之美吧，也许很有点新鲜的意境吧，然而如果贯串于这一切的不是一种生机勃勃的崇高思想，那些词采、意境也不可能产生强烈的艺术感染力量。在我们的作品中，那怕是短短的一篇文章吧，一定得贯注崇高而健康的思想感情，才能够使它真正具有生命力。

对于美的事物，说声：“这真是美呀！”对于丑的事物，说声：“这真是丑呀！”并没有多少撼人的思想力量。究竟这种美和丑在作者思想上引起的具体反应是怎样的呢？只有表现了这些，才能够引起人各种程度的共鸣。而这才是真正的思想性所在。因为，对于任何东西都懂得说一声“这是物质”，并不等于具体细致地认识了那些对象。

在先进、成熟的思想的指导下，丰富的生活知识，大量的词汇就能够活跃起来了，抓住纷然杂陈的事物的主要的东西写进文章里面，又能够倾注作者的感情，突出地细致地表现它的最主要之点（文学是离不开形象的，形象的刻划总有一些场合是要求细致的，这在任何体裁的文学中都没有例外，在散文里面，也总有它要求工笔描述，以达到细腻、强烈的地方）。而作者运用的词汇呢，又是最恰到好处，栩栩传神的，这样，作品就能够比较新鲜、活泼、光彩和动人了。

为了做到这一步，要求散文作家具有丰富的生活知识和词汇。这里说的生活知识，包括广泛的直接和间接的知识；这里说的词汇，包括大量的口语和一些还有生命力的成语。要使文笔锋利简洁，非得对于语言文字有高度的敏感和驾驭能力不可。这一点对于任何文学体裁的作家都是一样的。而对于诗人和散文作家，毋宁说要求还要特别地高。

文学是通过个性表现共性的。它时常要求作者不回避表现自己。诗和散文，对作者这种要求更加显著。在“直诉胸臆”和倾泻感情的时候，如果一个作家回避表现自己，就不可能写出精采（彩）动人的文字，也不可能给人任何亲切的感受。因为他只能讲一般的道理，用一般的语言，而不敢写出具有个性的见解，具有独特风格的语言。而没有独特风格的文学作品又往往是缺乏生命力的。其实问题不在于表现“我”有什么不好，而在于这个“我”究竟是个人主义的、脱离群众的、低下的，还是集体主义的、和群众共呼吸的、崇高的？我想，真正动人的散文，那个作者的音容笑貌，是总会浮现在读者们面前的。熟练的猎人一扳枪就能够射中飞鸟，高明的医生一开刀就能正中患处。这种“指顾之间”的灵巧的动作，都是长年累月培养而成的。一篇小小的散文也许写作的时间仅仅是一两个小时，但却要求作家深厚的素养，而且不断扩大和丰富这种素养。把散文当做是“小功夫”，“掉以轻心”的写作态度，是很不利于我们散文创作的繁荣发展的。即使是怎样熟练的名作家，我们也要求他们在写作一篇小文章的时候，采取“大象搏狮用全力，搏兔也用全力”的态度。当报纸刊物有大量老练精粹的文章可读的时候，正象上面说过的，这将对整个社会的文风产生巨大的影响。

希望靠着我们大家的辛勤灌溉，使散文这枝花开得更加绚丽！

1959 年 7 月　广州

——原载《文艺报》1959 年第 14 期

冰 心

关于散文

散文是我所最喜爱的文学形式。但是若追问我散文是什么，我却说不好。如同人家向我打听一个我很熟悉的朋友，他有什么特征？有什么好处？我倒一时无从说起了。

我想，我可以说它不是什么：比如说它不是诗词，不是小说，不是歌曲，不是戏剧，不是洋洋数万言的充满了数字的报告……

我也可以说，散文的范围包括得很宽，比如说通讯，特写，游记，杂文，小品文等等，我们中国是个散文成绩最辉煌、作者最众多的国家。我们所熟读，所喜爱的《秋声赋》《前后赤壁赋》《陋室铭》《五柳先生传》《岳阳楼记》《陈情表》《李陵答苏武书》《吊古战场文》《卖柑者言》……不管他（它）是"赋"、是"铭"、是"传"、是"记"、是"表"、是"书"、是"文"、是"言"……其实都可以归入散文一类。我们的前辈作家，拿散文来抒情，来说理，来歌颂，来讽刺，在短小的篇幅之中，有时"大题小做"，纳须弥于芥子，有时"小题大作"，从一粒砂来看一个世界，真是从心所欲，丰富多采（彩）！

散文又是短小自由，拈得起放得下的最方便最锋利的文学形式，最适宜于我们这个光彩辉煌的跃进时代。排山倾海而来的建设事业和生龙活虎般的人物形象，像一声巨雷一闪明电在你耳边眼前炫耀地隆隆地迅速过去了，若不在情感涌溢之下，迅速把它抓回，按在纸上，它就永远消逝得无处追寻。

因此，写散文比做诗容易多了，诗究竟是"做"的，少不得要捉住"灵感"，要注意些格律声韵，流畅的诗情，一下子在声韵格律上涩住了！"水泉冷涩弦凝绝，凝绝不通声渐歇。"这一歇也许要歇上几天——几十天，也许歇得只剩下些断句。

但是，散文却可以写的铿锵得像诗，雄壮得像军歌，生动曲折得像小说，活泼尖利得像戏剧的对话。而且当作者"神来"之顷，不但他笔下所挥写的形象会光华四射，作者自己的风格也跃然纸上了。

文章写到有了风格，必须是作者自己对于他所描述的人、物、情、景，有着浓厚真挚的情感，他的抑制不住冲口而出的，不是人云亦云东抄西袭的语言，乃是代表他自己的情感的独特的语言。这语言乃是他从多读书、善融化得来的鲜明、生动、有力、甚至有音乐性的语言。

我认为我们近代的散文不是没有成绩的，特别是解放后，全国遍地的新人新事，影响鼓舞了许多作者。不但小说家、剧作家、诗人也在写散文，报刊上还有许多特写、通讯式的文章以崭新的面貌与气息出现在读者的面前。而且有风格的散文作者，也不算太少，我自己所最爱看的（以写作篇幅的长短为序），就有刘白羽、魏巍与郭风。

1959年7月14日北京

——原载《文艺报》1959年第14期

邵荃麟

文学十年历程

一、十年来文学巨大的变化和发展

在全国人民欢欣鼓舞庆祝伟大的建国十周年的日子里，让我们回顾一下十年来我国文学的发展，我们非常高兴地看到，我国年轻的社会主义文学在党和人民哺育之下迅速地成长和壮大起来了！它虽然还年轻，可是多么茁壮、矫健，多么朝气蓬勃！它是我国社会主义时代劳动人民自己的崭新的文学。

这年轻的社会主义文学是继承过去三十年革命民主主义文学而发展过来的。我国革命民主主义文学，从开始就由无产阶级所领导，因此在当时文化中，就已经包含着社会主义思想的主导因素。三十年来党领导下的革命文学运动的丰富经验、伟大的鲁迅的传统、国际社会主义文学的影响以及在那个阶段中就逐渐形成的无产阶级文学队伍，都为现阶段社会主义文学准备了充分的条件；特别是1942年毛泽东同志在延安文艺座谈会上的讲话，为我国社会主义文艺奠定了卓越的理论基础，指出了为工农兵服务的实践方向。社会主义文学在前一阶段的末期中已经孕育成熟了，当革命一进入社会主义阶段，它就立刻以一种生气勃勃的姿态，显示出强大的生命力量。

十年来我国文学，无论从内容和形式上，从文学运动的规模上，从文学对于人民群众所产生的影响和作用上，都有了极其巨大的变化；其进步的速度是超过以前的三十年。促使这种变化和发展的，首先当然是我国的经济基础和人民生活发生了巨大的根本的变化。十年来，我们国家从一个古老的半封建半殖民地的国家变成了世界上强大的社会主义国家；在不断的革命中，取得了土地改革、民主改革、抗美援朝、三反五反、三大改造的伟大胜利；超额完成了第一个五年建设计划，并争取在今年年底完成第二个五年计划的主要指标；在反右整风的胜利基础上，出现了1958年以来工农业生产大跃进和农村人民公社的伟大运动。这两年来工农业生产发展的速度，打破了人类历史上的纪录;人民的思想觉悟空前提高,这一切充分证明了党的社会主义建设总路线的正确性和劳动人民伟大的创造力量。新的现实赋予文学以新的任务、新的内容与形式,因而在文学事业上也展开了极其广阔的天地,出现了从来没有过的繁荣景象;特别在去年来全国汹涌澎湃的大跃进形势推动下,文学事业也有了更迅速的发展、提高和革新。目前我们的任务,正是在这个大跃进的基础上,争取更大更好的继续跃进。在这个时候,回顾一下过去十年来我国文学的发展状况,以吸取经验,是有必要的。

和群众最广泛地联系的文学

社会主义文学,正如列宁所说的,是真正自由的、和无产阶级公开联系着的文学,是替千千万万劳动人民服务的文学。我们的文学就是按照列宁的原则,坚决地贯彻执行毛泽东同志所指示的为工农兵服务的方向。尽管资产阶级为艺术而艺术的老爷们怎样讨厌这个口号,可是它却促使我们文学和劳动人民的联系达到从未有过的广泛的程度。我们的文学以艺术的真实形象去反映劳动人民的生活和精神面貌、他们的理想与愿望,从而提高他们的觉悟;我们的文学把劳动者放在最突出的主人公的地位;所以受到他们热烈的欢迎,成为他们精神生活中不可缺少的一部分。劳动群众不但接受了文学,并且直接参加了文学创造的事业。我们除了专业作家的创作活动以外,还有广泛的群众业余创作活动,在普及与提高相结合的方针下,展开了一个波澜壮阔的文化革命高潮。我们的作家和诗人不再是长年躲在书斋里的文人学士,而是投身在火热斗争中与劳动群众密切结合的战士。他们长期地在生活、劳动、斗争、学习中经历了脱胎换骨的锻炼,大大提高了自己的思想水平,扩大了生活的视野。十年来,知识分子与劳动人民的关系发生了极其深刻的变化。在十年前,除解放区以外,我们大多数作家是连和工农兵群众接触的自由都没有的。文学事业与劳动群众的广泛联系,作家与劳动人民的密切结合,应该看作是十年来文学事业上的根本变化和基本成绩。这是决定文学繁荣和进步的关键。

十年来,我们出版的新文学读物,从1950年的156种增加到1958年的2600种,为1950年的16.66倍;发行数从1950年的2147700册增加到1958年的39364094册,为1950年的18.51倍。十年来出版的文学书籍(古典作品及地方出版的群众创作在外)达12000余种(据版本图书馆的全国新书目录的统计)。全国省市以上的文学刊物,从1949年的18种,增加到1959年的86种,增加近五倍(据中国作家协会资料室的统计)。一些优秀作品的年销数,从解放初期的几万册,增加到近两年来的一百几十万册或几十万册,而在解放以前,则至多每种能营销几千册。这些数字都说明文学事业与群众的关系是怎样扩展了。与此同时,全国解放以前曾大量充斥在书肆中的那些毒害人民的封建主义、帝国主义和资产阶级的反动文学和黄色文学,早就被读者所抛弃,为社会主义的革命文学作品所代替了。由于这样,文学队伍也有很大的扩充。1950 年,全国文协的会员只有 401 人,而现在中国作家协会的总会及地方分会的会员作家,一共有 3136 人。全国作家协会的分会从 1950 年的 6 个增加到 1959 年的 23 个。全国文学研究机构从 1 所增加到 9 所。这支队伍不但数量上扩大了,质量也有了改变和提高。在文学队伍不断的(地)扩大过程中,出现了两种新的强大力量:一种是有才能的知识分子新作家和工农作家,他们中间有些人,象杜鹏程、梁斌、王汶石、胡可、闻捷、李准、曲波、杨沫、玛拉沁夫、乌兰巴干、未央、孙峻青、王顾坚、冯德英等等和工农作家中的王老九、康朗甩、胡万春、万国儒、冯金堂、刘勇、申跃中等等已经成为全国闻名的作家。他们中间很大部分都是青年作家,毫无疑问这种新生力量将愈来愈多地涌现,成为老作家的接班人。另一种人是政治、经济、军事各个战线上久经锻炼的老干部作家。他们丰富的生活和斗争经验、长期的政治文化修养,刺激了他们的创作欲望,利用业余时间写出了大批的散文、诗歌和革命回忆录。象李六如、邓洪、杨尚奎、陈农菲等等,他们的有些作品已经达到相当高的艺术水平。而在这些新的力量以外,文学队伍的后备军也迅速地扩大了。全国工厂、农村、部队中间,大学生和青年知识分子中间,建立了大量的文学小组或创作小组,热情地参加了文学活动。老作家的锻炼、改造与提高和工、农、知识分子中新生力量的涌现,使我们可能在较短时期中建立起一支真正工人阶级的强大文学队伍。

社会主义现实主义的发展

数量的发展只能说明一面,更主要的当然是文学质量的提高。十年来,我国许多作品在反映社会生活和时代精神的广度和深度方面、在人物形象的创造方面、在语言和风格方面,都可以看出显著的进步。社会主义现实主义文学在我国逐渐成熟了。

文学所反映的生活范围有了很大的扩展。社会关系与人民生活的巨大变化,自然引起人们思想、意识、心理状态的深刻而复杂的变化。这十年是我国生产空前发展的十年,也是人民思想觉悟空前高涨的十年。这一切提供文学以极其丰富多样的主题与题材,扩大了创作的源泉。象描写工业建设与工人生活、少数民族与边远地区生活的作品,在解放前是绝无仅有的,解放初期也还是为数极少的,而现在我们已经有了不少的这类作品。此外如儿童文学、电影文学创作、曲艺创作、政论杂文也有了很大的发展。我们的文学不但要迅速地反映现代生活的各方面(这是主要的,而在作品数量上也是最多的),而且还要求作家去描写民主革命时期党领导下的英勇艰苦的革命斗争过程。第一、二次国内革命战争和解放战争是中国人民一部惊天地、泣鬼神的史诗,这些斗争在反动统治时期的国民党统治区域,几乎是不可能被反映到文学作品中间来的。现在我们却需要去补足文学史上这段空白,使我们人民能够历史地去认识革命过程和当前现实的联系,从那些可歌可泣的斗争的感召中获得对社会主义建设的更大信心和热情。许多老干部作家在这方面做出了不少的成绩。

然而,不论是现代生活或过去革命斗争以及其他历史题材的描写,绝大多数作品所表现的思想感情是和当前的革命情绪紧密地相联系的,充满了革命英雄主义的色彩的。革命英雄主义——这是十年来我国文学上一个主要的基调,和过去三十年间的作品更着重于对反动统治压迫的暴露、批判和抗议,显然是有所不同了。那个时期文学中所创造的形象,更多的是受迫害与反抗迫害的农民、城市贫民与知识分子的形象或地主、资产阶级的反面人物,而现在我们作品占主要地位的,则是那些光辉灿烂的革命英雄形象和正面人物了。被读者所热烈欢迎的,也是这些英雄形象。在这里,如《保卫延安》里的周大勇、王老虎,《红旗谱》中的朱老忠,《铜墙铁壁》中的石得富,《红日》中的沈振新,《万水千山》中的李有国,《红色风暴》中的施洋和林祥谦,《林海雪原》中的杨子荣,《草原烽火》中的巴吐吉拉嘎热,《上甘岭》中的张忠发,都已经成为大家极熟悉的人物了。杨朔的《洗兵马》、刘白羽的《火光在前》、马加的《开不败的花朵》、顾宝璋等的剧本《东进序曲》、叶元的电影剧本《林则徐》、李准的电影剧本《老兵新传》以及最近描写大跃进的剧本《烈火红心》《降龙伏虎》,都成功地描写了人民的英雄斗争和英雄人物。诗歌和散文中间,这种革命英雄主义的色彩尤其显著。近几年来诗人们写下了相当动人的英雄叙事诗和富于革命浪漫主义的抒情诗,如李季的《杨高传》、田间的《赶车传》、闻捷的《动荡的年代》等长叙事诗和郭沫若、陈毅、臧克家、冯至、肖三、贺敬之、郭小川、戈壁舟、阮章竞、未央、袁水拍等的抒情诗。散文方面,魏巍的有一些作品是具有高度水平,产生了巨大艺术成果的。刘白羽、巴金、冰心、菡子、李若冰、华山、碧野、何为等都写下不少激情洋溢、诗意饱满的篇章。革命回忆录是一种新的文学样式,固然是史实的纪录,但其中有不少人物形象经过了作者的艺术加工,已经达到了典型化的高度,象邓洪的《潘虎》就是一个杰出的例子。

这种趋势是很自然的,因为我们的时代是一个英雄的时代,在文学上就要求有高昂的声音和明亮的色彩,要求有强烈的革命浪漫主义的精神。这种浪漫主义不是超脱现实生活的幻想或空洞的吼叫,而恰好是从现实生活斗争的深处所激发出来的工人阶级崇高感情。在一些较优秀的作品中,这些英雄形象不是孤立于群众之上,日常生活之外,而总是和群众生活紧密联系的,不是概念的化身而是具有鲜明的性格和个性的;他们大多数都是普通的劳动者,普通的战士、干部。在这些作品中,我们可以看到,英雄性格的描绘总是通过社会生活的矛盾斗争,从行动中发展,通过其内心活动被表现出来的。因此,资产阶级所谓"千篇一律"的攻击是没有根据的。《红旗谱》中所创造的一系列农民形象就足以说明这种情况。作者从几十年来的中国农村重重苦难和前仆后继的农民革命斗争过程中，从农民自发到自觉的过程中，从无产阶级先锋队深入农村与农民群众相汇合，从而领导了农村革命斗争的曲折过程中，深刻地描绘出中国贫苦农民的坚韧、强毅、朴直和善良的灵魂和性格。这些农民的心地是多么纯朴、忠厚，而他们的骨头又是多么坚硬。在他们的痛苦、愤怒、悲叹、仇恨的交织中和跌倒又站起来的顽强奋斗中，写出了他们那种斗争的韧性、他们的希望、欢乐的梦想。作者对于各种人物心理的描写是鞭辟入里的。每个人都有其自己独特的鲜明的个性。像朱老忠这样人物，从单枪匹马去报仇雪恨的英雄行为中，终于走向集体主义的英雄主义，成为共产党员。他的性格是在典型环境中发展的，因而达到了高度的典型性。这部小说可以说是比较全面地概括了整个民主革命时期的中国农民生活与斗争，在艺术上达到相当深度与高度的作品。

我们的一些优秀作家，始终坚持着现实主义的原则，从社会的矛盾发展中去认识现实，反映现实，创造出典型人物。毛泽东同志关于正确处理人民内部矛盾的学说，更在理论上提高了作家们的认识。因此，创造新英雄人物问题和表现人民内部矛盾问题便成为文学家经常讨论的题目。在许多作品中，显得更为突出的，是对于农村生活变化中各种新旧意识矛盾的描写。这也是很自然的。我国农村人口有五亿多，而十年来从土地改革，经过劳动互助、合作化高潮而发展到了人民公社的普遍建立；从个体经济占绝对优势到集体经济占绝对优势的状态；从消灭封建剥削残余到消灭资本主义残余的斗争；几乎是几个世纪的变化，在我国只短短十年间就实现了。这种迅速急剧的变化，必然突出地要求在文学上得到反映。在这里我们看到了赵树理的《三里湾》，看到了柳青的《创业史》第一部，看到了周立波的《山乡巨变》，看到了王汶石的小说集《风雪之夜》，马烽的《三年早知道》，沙汀的《过渡》，孙犁的《铁木前传》，李准的《不能走那条路》，刘澍德的《桥》等等。在这些作品中，大都深刻地反映了富农和富裕中农想走资本主义道路的思想，极大多数的贫雇农下中农想走社会主义道路的思想以及一部分摇摆的中农意识相互之间的复杂斗争，城乡关系和工农联盟关系的发展状况，以及这一切在人们意识、心理上，在日常生活上形形色色的反映——旧的私有意识在被克服，新的道德观念在形成，新的农民在成长。这确是一幅丰富多采(彩)的生活图画，而作家们就在这种丰富的生活基础上，创造出各个阶层正面的、反面的、老一辈的、新一辈的典型人物。这里我们看到了常有理、糊涂涂、亭面糊、梁三老汉、梁生宝、大木匠、张腊月等一系列典型人物。作家不但描写了生活中的矛盾，而且提出了他们对于社会生活的评价。这些形象，无论从思想和艺术上，一般说来都比十年前的作品达到更高的成就。当然，这不仅是描写农村生活的小说如此，在描写其他生活方面的小说或其他文学样式的作品中，也获得同样的成就。如艾芜的《百炼成钢》、杜鹏程的《在和平的日子里》、曹禺的《明朗的天》、老舍的《全家福》、夏衍的《考验》、周而复的《上海的早晨》、杨沫的《青春之歌》等，都是从各种社会生活的尖锐矛盾中创造出各色各样的典型人物和生动形象。儿童文学方面则有张天翼、严文井等人的作品。这些事实说明了，十年来我国文学上的现实主义是愈来愈成熟了。

现实生活的丰富多采(彩)，时代革命精神的高扬，文学与群众生活的密切结合，艺术方法的趋向成熟，因而也促进了文学上风格向多样化、民族化、群众化方向更健康的发展。1957年毛泽东同志十九首诗词的发表给予文学界以极大的鼓舞。毛泽东同志的诗词的那种不可企及的气势磅礴、雄伟豪迈的革命风格，不仅为诗歌界也为整个文学界树立了卓越的典范。去年来民歌的高潮，又为新诗歌开拓了广阔的道路。诗人们热情地在探索、追求、创造新的风格，新的形式，并在理论上展开了热烈的百家争鸣。郭沫若的《蔡文姬》的那种清新鲜明的风格和浓烈的民族色采(彩)，为近年来话剧界放一异采(彩)，田汉的《关汉卿》也表现了独特的民族风格。这两个剧本的最大特色，就是作者的个性在作品中得到突出的表现。小说的风格也在发展，即如十年来出现的新作家，象杜鹏程、梁斌、王汶石等，也都已经形成了各人独特的风格。文学的民族风格、民族形式、艺术技巧、艺术个性，被作家们所普遍重视了。资产阶级说社会主义文学不尊重个性，是胡说八道。事实是，革命文学的个性只有在社会主义文学的党性原则下，在作家与人民生活密切结合中才能得到最健康的发展，因而它是最自由的、具有多样风格的文学，而那些脱离现实生活，以虚伪的形象或千奇百怪的形式去创作的现代主义者、形式主义者和高呼“创作自由”的修正主义者，则恰恰是走向风格的没落和个性的毁灭。

十年来，在理论批评方面和古典遗产的研究方面，也作出了卓越的成绩，进行了对资产阶级反动文学思想一系列的斗争，展开了各种文学理论问题的百家争鸣，如周扬的《文艺战线上的一场大辩论》，总结了两条道路的斗争经验；茅盾的《夜读偶记》以及其他作家的一些研究著作，都是有科学价值的作品。

由于现实主义的发展和反映时代革命精神的要求，在文学上提出了革命的现实主义与革命的浪漫主义相结合的问题。在这大跃进的日子里，劳动人民不仅要求文学深刻地表现出他们生活的真实，并且要求表现出鼓舞他们前进的理想和激情。在我们的时代，现实与理想是相结合着发展的，理想建立于现实基础之上，而又引导现实前进。因此，一个革命的现实主义者也必然是一个革命的理想主义者。在文学上提出这个问题，是为了更好地去探讨和阐明社会主义现实主义方法中现实主义与浪漫主义的相互关系。社会主义现实主义是社会主义文学的基本方法，这是必须肯定的。它继承着古典文学中一切优良传统而予以革新和创造。所以革命浪漫主义应该是社会主义现实主义的组成部分也是早肯定了的。我国古典文学中，具有悠久和丰富的积极浪漫主义的传统，而它又常常是和现实主义相辅相成，互相吸收的。如何继承我国古典文学中这些传统，学习国际社会主义文学的经验，使我们的社会主义现实主义文学具有鲜明的民族色采（彩），并且能够更好地做到毛泽东同志所指出的，“文艺作品中反映出来的生活却可以而且应该比普通的实际生活更高，更强烈，更有集中性，更典型，更理想，因此就更带普遍性”的要求，这正是我们目前提高艺术质量的重要任务。虽然，这需要经过不断地创作实践和科学研究而予以阐明。但是绝不能错误地理解，以为提出这个问题和社会主义现实主义有什么矛盾或不一致的地方。这样理解是不妥当的。社会主义现实主义的风格、形式、体裁和表现手法是多种多样的，是在结合各个民族的文学实践而发展着的，然而却必须是牢固地建立在马克思列宁主义的美学基础之上。因此在提出这个问题的同时，我们必须防止和反对那种超现实的虚伪的浪漫主义和缺乏理想的爬行的现实主义。这些倾向都是和社会主义现实主义的原则相违背的。

十年来我国社会主义现实主义的发展是经历过和资产阶级反动文学倾向的剧烈斗争的。这里有胡风反革命集团的所谓“主观精神论”，有以秦兆阳为代表的所谓“写真实论”。前者认为现实主义的根本条件是作家超阶级的主观精神或人生态度，后者认为只有暴露社会主义生活的阴暗面才是“写真实”。这两种理论的共同特点是企图否认革命的世界观对于创作的作用，否认从社会本质去认识和反映客观事物，所以都是资产阶级唯心主义的产物，反现实主义的反动文学思想。此外我们也同教条主义、自然主义等倾向作了斗争。在第二次文代大会和中国作家协会第二次理事会上，都严厉地批评了公式化、概念化、无思想性、无冲突论、粗制滥造和粗暴批评的倾向。但是必须指出，任何新生事物的成长过程中，某些不成熟的简单化现象是难免的，所以必须善于辨别和分析；对于某些不成熟现象，问题是如何帮助它们去克服缺点和逐步提高，对于理论上的教条主义倾向，则必须批判，而资产阶级分子却总是胡子眉毛一把抓，故意夸大这些现象，来攻击社会主义现实主义；甚至说公式化、概念化就是社会主义现实主义的产物，这是可耻的诬蔑！这和目前的右倾机会主义分子企图夸大某些缺点来攻击诬蔑总路线、大跃进，如出一辙。这些经验都说明一点，即马克思主义的真理，包括社会主义现实主义在内，总是通过不断的斗争而成长和发展的。

群众创作运动的高涨

在十年来文学发展中应该占一个重要位置的，是劳动群众的业余创作活动。第一次全国文代大会上，周恩来同志就告诉过我们：“必须重视新文艺在普及方面的生长和成就，即使是一些小的生长，小的成就”。经过这十年，在这方面应该说是有了迅速的生长和巨大的成就了。特别去年来全国空前高涨的民歌运动和群众创作活动。真如高尔基所说的,“燃烧成猛烈而令人欢乐的大火”,而促使燃烧的高温,则是全国人民无比炽烈的劳动创造热情。在这种热情的鼓舞下,在人民文化生活日益普及的条件下,必然刺激了广大群众想用自己的语言和想象来表达其难以遏止的感情的欲望。尽管他们还不能立刻掌握熟练的文学技巧,但他们那种从劳动中产生的真实思想感情、那种刚健清新的风格和语言、丰富的智慧和才能,无疑是具有旺盛的艺术生命的。文学的普及工作和群众创作运动的高涨为整个文学艺术的提高奠定了广阔的基础。它是社会主义文化革命的一部分。我们必须从这个意义上,充分估计它的伟大成绩和在文学发展中的地位与前途。

从十年来群众创作运动中,可以看到它发展的一些规律。它总是在生产与革命斗争中高涨起来,总是继承着我国悠久的民间文学的传统和在提高的指导下发展的。例如在抗美援朝中,志愿军里就掀起过一个广泛的战士诗歌运动,在历次增产节约运动中,各地工矿就开展了工人文艺竞赛运动,在土改、合作化特别是去年人民公社运动中,全国农村中就出现规模壮阔的民歌运动。去年来全国民歌的高潮,是我国现代文学史上一件大事,远非汉魏乐府所能比拟。去年民歌的数量是无法统计的,但从民间文学研究会的不完全统计中所看到的,由省市以上的出版机构所编印的民歌选集就近八百种,即就其中再加以严格精选,其收获之丰盛也是旷古未有。从这些新民歌中间,显然可以看到,我国几千年来连绵不断的民间歌谣传统,经过十年来的努力,是在新的基础上空前地发展了,并且在形式风格方面进行了大胆的革新和创造。这些民歌所具有的艺术特色——形象的鲜明,音节的整齐、响亮,色彩的明朗,语言的精炼生动,大大丰富了我们的新诗歌,并且成为发展新诗的基础之一。新民歌的形式和风格决不是单调的,而是多样化的。在民歌之外,工人、农民、战士还写下了无数的新诗、短篇小说、剧本、曲艺等多种样式的文学作品。近两年来的一些较优秀的新诗和短篇小说中间,就有不少是工人、农民作家写出来的。

许多工厂、人民公社、部队正在展开工厂史、公社史、部队史的编写工作。这是一种新的尝试,由工农兵群众和知识分子结合的一种集体创作。这个工作虽然还在开始阶段,但已经出现一些很好的成果,如已经出版的《安源矿史》《万里长江》(工地史)、四川新繁县新民人民公社史《绿树成荫》《麦田人民公社史》等等。我们的劳动人民不但有了自己创作的诗,并且有了自己创作的史了。

一张白纸可以写最新最美的文字,画最新最美的图画。这确是至理名言。从十年来群众创作中,证明了劳动人民不仅在生产上,并且也在艺术创造上蕴藏着无穷的精力与才能。我们的任务则是以满腔热情,积极地、合理地引导和帮助他们,研究和总结他们的经验,在继续扩大普及的基础上积极提高。对待群众创作运动,既不容许贵族老爷式的轻视态度或向他们泼冷水,也不能违背群众的需要与自愿的原则提出过急过高的要求，以致妨碍他们的生产。在今后继续展开群众创作运动中，我们必须坚持这个原则。

我国历史上第一次多民族文学的共同繁荣

我国是一个多民族的国家，许多兄弟民族都有其自己的文化传统，但在过去反动阶级的大汉族主义统治下，各兄弟民族在政治、经济、文化上是没有平等地位的，因而在文学上也是没有平等地位的。过去一些汉人所著的文学史中就没有兄弟民族文学的篇幅。中华人民共和国建立以后，彻底废除了我国历史上民族压迫制度，各民族进入了平等、团结合作的新时代，成为一个统一的社会主义大家庭，在文学上也第一次出现多民族文学的共同发展与繁荣。有些少数民族，过去没有文字的，也制定了自己的文字，出版了自己的书籍和报纸，而那些具有悠久文学传统的兄弟民族，如蒙族、藏族、回族、维吾尔族、哈萨克族、乌兹（孜）别克族、朝鲜族和西南各少数民族，则无论在整理文学遗产上或新创作上，都取得了巨大的成就。

十年来，蒙族人民整理编印了各种民间歌谣和古典遗产，其中如《嘎达梅林》就是一部著名的英雄史诗。尤其值得提到的，是他们发现了古代伟大史诗《格斯尔的故事》的下六卷的手抄本。（共十三卷，前七卷在1716年曾在北京以蒙文出版过。）这是蒙族人民对于祖国文学也是对世界古典文学一大贡献。新创作方面，有诗人纳·赛音朝克图的诗集《我们的雄壮呼声》、长诗《狂欢之夜》、小说《春天的太阳升自北京》，玛拉沁夫的小说《在茫茫的草原上》、电影文学剧本《钢城曙光》，乌兰巴干的《草原烽火》《烈火燎原》，超克图纳仁的剧本《金鹰》，扎拉嘎胡的小说《春到草原》、安柯钦夫的短篇小说集《草原之夜》，朋斯克的小说《金色兴安岭》，和著名民间诗人毛依罕的长诗等等。

在维吾尔族的文学中，我们看到了革命诗人黎·穆特里夫的遗作诗集和诗剧的出版，当代作家祖农·哈迪尔的剧本《喜事》和小说集《锻炼》，诗人艾里哈木的《希望的波浪》；哈萨克族则整理、出版了革命领袖哈尔曼·阿克提狱中诗集《游牧之歌》，当代诗人布哈拉的《汉族姑娘》以及许多短篇小说和诗歌；乌兹（孜）别克族也产生了不少新的作品。话剧剧本和电影文学剧本方面，则有王玉胡和尤·赫捷耶夫（维吾尔族）合写的《绿州（洲）凯歌》、刘肖芜和阿和台木（维吾尔族）合写的《远方是火》等。

藏族文学被译成汉文的，有古代民间传说《泽玛姬》《草原红花》和当代诗人阿旺洛桑的《金桥玉带》、饶阶巴桑的《母亲》和大量的抒情诗歌。回族的《歌唱英雄白彦虎》和藏族的《格萨尔王传》，是最近整理出的优秀叙事诗。延边的朝鲜族的作家如李弘奎、李旭、李根全、任镐等，都创作了不少新的诗歌、小说和剧本。

值得注意的，是文化比较落后的西南各少数民族，这十年中在整理遗产工作上取得了卓越的成绩。撒尼人的《阿诗玛》和僮族的《百鸟衣》是众口交颂的优美诗篇,现在正进一步的整理、加工,此外经过整理后改编的白族的《望夫云》,傣族的《召树屯和兰吾罗娜》,都是优秀的作品。新创作方面,如傣族著名歌手康朗甩的《从森林眺望北京》,彝族作家李乔的长篇小说《欢笑的金沙江》,僮族作家陆地的小说《美丽的南方》,侗族诗人苗延秀的诗作,都是近年来的收获。

十年来各兄弟民族的民歌也取得巨大的丰收。各民族的民歌都显示其自己独特的风格,有些是比汉族民歌更加鲜艳丰满,而在这些大量民歌中间,普遍地反映了各族人民一种共同的心情——对于人民伟大领袖毛主席和中国共产党的歌颂,对于社会主义大家庭中各民族团结合作的庆幸与喜悦。

民族文学整理研究工作,也取得很大成绩。中国民间文学研究会和中国科学院都作了不少工作。值得特别提到的,是云南、贵州、广西等作家协会分会组织了大批知识青年,深入各地少数民族,结合当地群众,搜集资料,编辑了各民族自己的文学史料和民歌、故事等选集。通过群众路线,发扬民族文学的宝藏,是一项很好的经验。

目前各兄弟民族文学在全国文学战线上已经取得重要的地位。但是由于翻译人才的不足,互相交流的工作还做得很不够。这需要我们彼此支援,大力培养翻译研究人才,促进各民族间文学竞赛,互相学习互相交流经验,从而更丰富各民族文学的内容与方式,促进我国社会主义文学更迅速更全面的繁荣。

十年来我国文学的成绩是十分伟大的,发展是非常迅速的。这是马克思列宁主义在我国思想战线上的伟大胜利,是劳动人民在文化革命与建设中的伟大胜利。这些胜利和成就,首先应归功于党的领导,归功于伟大的毛泽东文艺思想和党的百花齐放、百家争鸣的政策方针的贯彻执行。在马克思列宁主义思想的共同基础上,我国的文学工作者取得了空前的团结,大家鼓足干劲,力争上游,为社会主义建设贡献出自己的才能与精力。但自然这不是说,我们可以满足于我们已有的成绩。任何时候,这种自满是不允许的。和过去相比较,我们的成绩是很大的。但从国家建设与人民的要求来说,我们作品的数量和质量还远不能适应需要,生活中有许多生动活泼的事物还没有充分地深刻地被反映到作品中来,我们有些作品和批评中间、刊物和组织工作中间还存在很多粗糙简单现象,我们的理论批评工作还没有健全建立起来,我们的作家队伍还是太小。我们不要隐瞒而要正视这些缺点,欢迎对这些缺点的善意批评。马克思主义者从来不隐瞒自己的缺点,而是用一切的努力去克服它。因此积极提高我们文学的质量,扩大普及的基础,加强作家的政治文化修养和艺术技巧的锻炼,奋勇前进,写出更多更好的作品,争取更大更好的跃进,便是我们当前迫切的任务。

二、我们取得了一些什么经验

肯定成绩是必要的,但更重要的是从这些成就中间去吸收经验,找寻规律。这需要根据大量作品和材料,作进一步的科学分析,这里只是初步地简单地提出一些个人的意见。

没有思想斗争,文学不能前进

十年来,我国文学经历过一系列的尖锐思想斗争,这些思想斗争是我国社会主义革命阶段中阶级斗争在意识形态上的反映。阶级斗争存在一天,这种思想斗争就一天不能避免。有一些人很厌倦这些斗争,听见"斗争"字样就害怕,他们总想过一些平平静静的日子,以为那样才会产生出好作品。其实这是怯弱的知识分子的空想,革命的文学从来不是温室里培育出来的花卉,而是在风霜中、革命斗争的风雨中锻炼成长的。历史上凡是文学繁荣的时期,也往往是思想斗争活跃的时期;古今中外,都是如此。尽管时代不同,斗争的内容与形式有所不同,但却可以看出,这是一条历史的规律。有人说,共产党的哲学就是斗争的哲学,一点不错,因为这个哲学正是科学地反映了历史发展规律的哲学。

十年来我国文学上的一系列的斗争,概括起来说,就是文学上资产阶级与无产阶级两条道路的斗争。它象一条红线贯穿着我国社会主义文学的历史。这些斗争的性质,有属于人民外部的敌我矛盾的,也有属于人民内部矛盾的,但都是阶级斗争在文学上的反映。

1951 年对电影《武训传》的批判是开国后文艺界第一次重大的思想斗争。它的实质是资产阶级的改良主义、投降主义与无产阶级的革命主义的斗争。这部影片描写了清代一个无聊的乞丐,想兴办"义学",宣传封建文化来取得自己的地位。而作者却对这个奴颜婢膝的人物予以热烈的歌颂,并且以当时农民革命的失败作为题材的反衬。这显然是严重地歪曲历史现实的作品,而更严重的则是当时有些报刊和作家居然对这部作品盲目颂扬,有些党员作家也丧失政治嗅觉和批判能力。因此当年5 月 20 日《人民日报》的社论,便提出了严正的批评,指出:"承认或者容忍这种歌颂,就是承认或者容忍污蔑农民革命斗争,污蔑中国历史,污蔑中国民族的反动宣传,就是把反动宣传认为正当的宣传。"这显然是一个文艺为谁服务的根本原则问题。不解决这个问题,社会主义文艺就会迷失方向。《武训传》批判以后。全国文艺界进行了一次普遍的整风学习,明确了作家的立场态度与创作的关系。

1954 年底,又展开了对俞平伯的《红楼梦》研究中唯心主义观点的斗争。这看来似乎只是一个对古典作品评价的问题,但实质上却是一场唯心主义与唯物主义的大斗争。我们知道,解放初期,唯心主义思想不仅在古典文学研究的领域内,并且在其他社会科学和文学领域内,还发生着相当大的影响,而这种思想又是和帝国主义与中国大资产阶级的代言人胡适的思想有联系的。俞平伯在《红楼梦》研究中的错误观点,即由此而来。因此,随着对俞平伯的批判,就在整个科学界、文学界中展开了对胡适的哲学、历史学、社会学和文学思想的全面批判,经过这场斗争,铲除了几十年来胡适思想的老根,在文学界、科学界,明辨了是非,划清了唯心主义与唯物主义的界限,树立了马克思列宁主义在学术思想 上的领导地位。

人们也许要问,对一个剧作家,一个研究工作者工作中的错误,为什么要进行这样大张旗鼓的批评呢?这是很明白的。无论《武训传》或《红楼梦》研究中的错误思想,都不是一个人或几个人的事情,而是反映了解放初期相当一部分知识分子的思想,它是有代表性、普遍性的,它的错误又是根本原则性的,这就和学术上一般的理论问题有所不同了。对待这种违反人民利益的原则性问题,无产阶级是绝不调和的,展开这样大规模的批判,是完全必要的。但是对于犯错误的同志,我们却是一贯采取团结——批评——团结的方针和批评与自我批评的方法,因此,经过批评以后,这两位作家,改正了自己的错误,心境愉快地和大家合作得更好,作出了一些对人民有益的工作。

在批判《红楼梦》研究中错误的同时,潜藏很久的胡风反革命集团再一次乘机向党进攻了。他们提出了三十万言的反动文学纲领,发动其集团的一切力量,企图从根本上来破坏社会主义文化建设,反对无产阶级专政,而终于被发现是一个长期隐藏在革命队伍内部的反革命集团。这就引起全国人民的巨大愤怒,这个斗争也就发展成为肃清全国暗藏的反革命分子的运动。和前两次斗争不同,这次斗争的主要性质是政治斗争,即革命与反革命的斗争,而在文艺思想上则是文艺的社会主义道路和反社会主义道路的斗争,是马克思主义与反动的主观唯心主义的斗争。胡风的文艺思想是集贝克莱、柏格森以及现代修正主义者卢卡契等一切反动思想的大成。他否认革命世界观对创作的作用,歪曲阶级斗争的理论,抹杀自己民族的文化传统,反对党的领导和工农兵文艺方向,而宣传一种自我精神扩张,向个人内心世界追求的早已破产了的个人主义哲学,并以它作为反革命活动的公开工具。这次斗争的胜利,不只是粉碎了一个反革命的阴谋,也给文艺上最反动的倾向一个致命的打击。

最近一次,则是 1957 年全国文艺界的反右派斗争和对修正主义文艺思想的批判。在斗争中,揭发了丁玲、陈企霞右派集团及其他一些文艺界右派集团的反党反社会主义活动和分裂文艺界的阴谋。这只是政治性质的斗争,而在文艺思想上则是集体主义与极端个人主义的斗争、马克思主义与修正主义的斗争。它和过去几次斗争不同的地方,是资产阶级不仅从党外,并且更主要从党内来破坏。这是阶级斗争在党内的反映。资产阶级知道光从外部进攻不够,还得从内部来夺取,这是毫不足怪的。这次斗争打败了资产阶级最大一次进攻,为1958年文学大跃进,开辟了广阔的道路。

对右派斗争的性质,是属于人民外部的敌我矛盾,但即使这样,党对于右派分子,除了那些“带着花岗岩头脑去见上帝”的人外,仍然在彻底批判以后,帮助他们积极改造,认真认识自己错误,争取他们能够回到人民中来,继续为人民服务。

在和一切资产阶级反动倾向斗争的过程中,我们也和简单、粗暴的教条主义倾向作斗争。党在文艺上向来是坚持两条战线的斗争的,但这十年中,斗争的主要方面是资产阶级反动思想,因为它是主要的危险。1953、1954年间,我们批判了陈企霞的粗暴文艺批评。这种粗暴批评,实质上是以“左”的姿态来达到右的目的,仍然是种资产阶级的思想表现。

从上述这些思想斗争中,告诉了我们一些什么经验呢?首先,它使我们认识了意识形态上的阶级斗争,是要比经济战线上的阶级斗争更长期、更顽强、更曲折。当无产阶级已经取得政权,经济的体制已经改变了,但意识形态上谁战胜谁的问题,还需要更多时间才能解决。人们头脑中的资产阶级意识不是立刻能改变过来的,大部分知识分子是愿意接受马克思列宁主义的,而另一些资产阶级知识分子,包括共产党内的阶级异己分子,则总要顽强地表现自己,要求人们按照他们的面貌去改造世界,改造党,而每当社会主义建设愈进展的时候,他们就愈着急,他们的阶级本能就驱使他们疯狂起来。胡风反革命集团的进攻恰在第一个五年建设计划公布以后,丁陈集团的进攻,恰在第二个五年建设计划公布以后,这都不是偶然的。因此,我们必须充分认识对资产阶级思想斗争的长期性、顽强性和复杂性,不能过低的估计他们的危害性,不能以为从此就可高枕无忧了。这样想法是会麻痹自己的。其次,文学艺术总是最敏锐的阶级器官,是时代的风雨表,这就是为什么十年来文学艺术界的思想斗争,比较其他文化部门更为尖锐的原因。从反右派斗争的经验中,使我们深刻地认识到,知识分子的资产阶级思想的根源是他们的个人主义。资产阶级文学给予人们长期影响的也是这个个人主义。作家如果脱离人民,他的职业是最容易滋长这种个人主义的。文学上个人主义与集体主义的斗争是现代文学中一个重大问题。这个问题不能说已经完全解决了,还需要作相当长期的斗争。马克思主义的文学只有通过这些斗争,才能证明它的正确性、真实性,才能从斗争中建设起来。正如毛泽东同志指出过的,“正确的东西总是在同错误的东西作斗争的过程中发展起来的。真的、善的、美的东西总是在同假的、恶的、丑的东西相比较而存在,相斗争而发展的。当着某一种错误的东西被人类普遍地抛弃,某一种真理被人类普遍地接受的时候,更加新的真理又在同新的错误意见作斗争。这种斗争永远不会完结。这是真理发展的规律,当然也是马克思主义发展的规律”。(《关于正确处理人民内部矛盾的问题》）十年来文学上的斗争，也就为我们证明文学发展的这条规律：没有思想斗争，文学不能前进。有破必须有立，立的工作是艰苦的，但没有破就没有立，只有在破中去求立。这是客观规律，也是基本经验之一。

有些“好心肠”的先生们，觉得这种猛烈的思想斗争是否会妨碍像文学创作那样细致的工作呢？是否会妨碍创作自由或创作情绪呢？他们说，辩论会上是产生不出作品的。是的，辩论会上确实产生不出作品，但逃避这些斗争就能产生出作品吗？我们应当告诉这些先生们，你们颇有些像契呵（诃）夫的“套中人”了，而套中人则确实是写不出作品的。事实并不如你们所想象。在批判《武训传》后，党号召作家深入生活，因而在1953年以后，就出现了一批新的作品；在批判俞平伯和粉碎胡风反革命集团以后，党又提出“百花齐放，百家争鸣”的方针，因而又出现了文学艺术上一个蓬勃的景象；在反右整风以后，更出现了文学艺术的大跃进。再往前看，鲁迅、瞿秋白等人的一生创作，尤其是他们那闪闪发光的杂文，不就是在尖锐的思想斗争中产生出来的吗？那末究竟是妨碍了还是促进了文学这种细致的创作呢？说到创作自由，是的，对于那种反革命、反人民的创作自由，人民不但要妨碍它，而且不容许它，只有这样才能有利于为人民的创作自由，才能真正贯彻百花齐放、百家争鸣的方针。对于资产主义个人主义、虚无主义、悲观颓废等等创作情绪，正如毛泽东同志说的，马克思主义是“应该彻底地破坏它们，而在破坏的同时，就可以建设起新东西来。”为什么经过这些斗争以后，作家们的创作情绪那么空前高涨呢？新作品那么多呢？这一切事实不是值得深思之吗？

孟夫子曾经说过，“余岂好辩哉，余不得已也。”可见孟夫子是不厌倦斗争的。厌倦斗争，可以说是一种脱离实际的右倾情绪。革命是不断前进的，文学总是按照历史规律而发展。如何掌握规律，引导我们文学正确地前进，这是我们头等重要的任务。

作家与群众结合是实践社会主义现实主义的基础

从十年来我国所产生的一些优秀作品中，我们可以看到一个事实，就是写下这些作品的绝大部分作家都是相当长期地生活在劳动群众中间，积累了丰富的生活经验的；在每一次思想斗争中，他们的立场十分坚定的。从十年来出现的一些优秀的新作家中，也可以看到同样的情况，他们的生活经验往往更超过于他们的文化修养。而另一方面，那些犯错误的，在政治上、道德上、艺术上堕落的人，或者小有才华而昙花一现即枯萎了的作家，则绝大部分是脱离群众脱离生活的人。这个对照是十分鲜明的。这些事实有力地证明了党历来所强调的作家与群众相结合的方针的正确性。

为什么要那样强调这个问题呢？因为文学创作的第一位工作，便是熟悉人，了解人。对于我们来说，就是熟悉和了解劳动人民。我们的无产阶级文学，由于无产阶级出身的作家还不多，主要还得依靠非无产阶级出身的作家，来充当无产阶级的代言人。对于他们来说，就比过去资产阶级作家主要描写其本阶级生活要困难得多了。他们不但在思想情感上要和劳动人民打成一片，并且要熟悉和理解他们的生活、性格和心理，要熟悉他们的语言。作家从一个阶级到另一个阶级的变化需要一个相当长期的过程。这里包括着作家自我思想改造问题，新的生活经验积累问题，以及观察、体验、分析、研究和表现能力的提高问题，才能、技巧等等只有在生活源泉的不断汲取中才能发挥其作用。譬如创造典型，如果没有深厚的生活经验和深刻地熟悉人，了解人，那是不可能成功的。党强调作家和工农兵群众相结合，就是要帮助作家彻底解决世界观，丰富生活经验和提高艺术方法，我认为作家与群众结合是毛泽东同志的群众路线在文学上的表现。它是实践社会主义现实主义的基础。

自然，这不是说，作家只要到生活中去就能保证写出好作品，好象把原料放入机器中就能生产出成品一样。这样想法是太简单了。创作是复杂的精神劳动。它要通过实践、认识和表现的过程。所以要长期地，无条件地，全心全意地投入群众火热的斗争，要学会观察、体验、分析、研究生活与人物的本领，要和群众交心，要掌握一定的文化修养和艺术技巧。作家的政治修养、生活经验、技巧修养这三者是不可分的，而实践和认识能力则是它们的基础。作家对于生活现象和周围的人物，不仅要熟悉，而且要理解，要能够做出正确的评价，对于生活要有远大的理想；对于群众斗争要有主人翁的责任感，这就需要不断提高作家的思想水平和道德品质。有些作家只是抱着搜集材料的心境到生活中，好象到森林中去找蘑菇似的；有些作家虽然下去了很久，但对群众斗争缺乏责任感或对生活深入的理解和评价能力不够，因而也就不容易有较大的成就。

在我们文学中，一个重要问题，就是政治与艺术的统一问题。解决这个问题的主要关键，我认为首先就在作家与群众相结合。什么是政治呢？毛泽东同志说过："我们所说的文艺服从于政治，这政治是指阶级的政治、群众的政治，不是所谓少数政治家的政治。政治，不论革命的和反革命的，都是阶级对阶级的斗争，不是少数个人的行为。革命的思想斗争与艺术斗争，必须服从于政治的斗争，因为只有经过政治，阶级和群众的需要才能集中地表现出来"。"正因为这样，我们的文艺的政治性和真实性才能够完全一致。"政治不是抽象的概念，而是群众实际生活中的思想、感情、意见、需要的集中表现，艺术的任务则是要用形象的方法集中地、概括地去表现它们。这样才使我们的作品有高度的政治性和高度的真实性。所谓写真实，这才是真正的真实。人们常常批评公式化、概念化。有一种奇怪的论调，说什么公式化概念化的原因是因为政治太多了。这是连政治的概念都不曾懂得。应该反过来说，还是由于政治太少了，也即是对群众的意志、生活和需要懂得太少了。公式化概念化的现象，首先是由于作家缺乏政治，对生活和人不熟悉，因而只好以概念加形象，把政治作为一种抽象的东西从人物的外部贴上去。建国初期，这种倾向比较普遍，就是因为作家还来不及熟悉新的生活、新的人。

自然，生活是源泉，如何在生活基础上加工，这还需要有艺术的概括能力，需要有表现的技巧能力。提高技巧是十分重要的，然而技巧的提高也主要是建立在作家对于生活的深入观察与概括上，对于群众语言和性格的熟悉上，否则无米之炊，虽巧妇也无能为力。在思想性与艺术性的关系上，思想性总是主导的。

我们的文学，在政治倾向上是应该一致的，而在风格、形式、体裁手法上则是多种多样的。政治倾向的一致，是反映了大多数人民群众在革命要求与意志上的一致，风格、形式、体裁的多样化是反映了人民生活的多样化和艺术兴趣的自由发展。这是统一与多样的辩证关系，作家只有深入生活，与群众密切结合，才能运用自如地掌握这个关系，在艺术上达到广度、深度与高度的一致。

文学的普及与提高的结合，我以为主要关键也在于作家与群众的密切结合。《在延安文艺座谈会上的讲话》中关于普及与提高关系的论述，显然是以作家艺术家与群众的关系作为其前提的。很明白，一个作家如果不熟悉工农兵群众的思想、感情、生活、语言，他怎样能从人民普及的基础上去提高呢？又能用什么样的提高作品去指导普及呢？作家的指导群众是从用群众生活中提炼出来的思想感情，铸成生动的艺术形象，并且以和群众平等的态度去使群众信服，而不是去教训他们，因此，首先就应当和他们思想感情打成一片，熟悉他们的语言、习惯，这是和他们相结合的基本条件。自然，作家的主要任务是写出优秀的作品去影响群众，所以他们并不可能象文化教员那样去辅导群众，但是他们也必须经常注意群众的文艺生活，这样才能更好理解群众的需要和帮助他们。

作家深入生活的方式是多种多样的，也是要根据作家的需要和自愿的原则。各个作家有其自己的创作意图，有其认识生活的不同经验和方法。应当尊重作家的志愿，而不能死板去规定。在创作事业中，最不能机械地平均和标准化。有些作家提出固定于一个地区还是不固定于一个地区好的问题，这应该由作家自己来选择。但是作家需要一个经常的生活根据地，看来是必要的。许多作家的经验也证明这一点。我们的文学，不是追随生活现象，而是要正确地对生活进行评价，和看出其前景。作家需要有高度的思想和远大的眼光，但是作家认识的高度与广度，首先是决定于他投入生活的深度。好象树根愈深，根须吸取营养的范围愈广，树和枝叶也愈高大茂盛。

作家与群众的密切结合，是说明了创作与生活源泉的关系。这是历史唯物论的观点，是文学上一条规律，也是十年来文学实践中所更加证实的基本经验之一。

百花齐放、百家争鸣、推陈出新是我国社会主义文学发展的基本途径

列宁在《党的组织和党的文学》中指出，文学事业，必须绝对保证个人创造性，保证个人爱好的广大的空间，思想和幻想、形式和内容的广大的空间，而同时它又是党的事业的一部分，必须服从于党的领导。这在资产阶级看来是互相矛盾的，而在我们看来则正是矛盾的统一。这也是前面说过的统一与多样的辩证关系。任何事物都是如此。毛泽东同志提出了百花齐放、百家争鸣，又提出了辨别香花毒草的六条标准，正是表明了这种关系。没有标准，就会形成是非不清的无政府主义，没有百花齐放、百家争鸣就会走向教条主义，妨碍文学艺术的自由发展。所以必须是结合的、统一的。正是这样，才划清了我们百花齐放、百家争鸣方针与资产阶级那种虚伪的自由主义（实际上是垄断主义）的根本的区别。我们的百花齐放是社会主义土壤上的百花齐放。社会主义文学的风格是多样的、自由的，这样就规定它必须保证作家之间的自由竞赛和自由地发挥其独创性，而这一切又必须以服务于社会主义的根本利益为前提。这是很自然的。

百花齐放、百家争鸣可以说是全部文学艺术历史发展的规律，而在我国目前又是适应于我国社会主义建设的要求，促进社会主义科学与文艺事业多、快、好、省的发展。我们的文学建设要求以更快的速度达到更高的水平，其基本途径就是百花齐放、百家争鸣的方针和推陈出新方针的贯彻执行。百花齐放不但要在当代作品中进行自由竞赛，而且还必须在传统的艺术基础上进行革新创造的竞赛。百花齐放、推陈出新，本来是对戏曲界提出来的方针，实践的结果大大发展和革新了我国多种多样的戏曲传统。这个经验是十分可贵的。我国有极其悠久和丰富的古典文学的传统，十年来在这方面做了不少工作，但如何更好地运用马克思主义的正确观点方法，继承发扬民族文学传统，还需要作更大的努力。新的文学艺术的创造总要继承自己民族的传统，吸收世界上历史上一切好的经验，加以革新创造，融会贯通，这是不易的真理，而在马克思列宁主义基础上，尤其能够发挥充分的创造性。马克思列宁主义找到了艺术发展的规律，因而赋予它以创造的最大的自由。人们常常谈到创作的个性和独创性。这种创作的个性和独创性将是怎样健康地发展呢？我以为正是由于在科学的马克思列宁主义思想基础上人们获得了对客观事物最广阔透彻的理解，突破了一切陈腐学说的束缚，解放了自己的思想，从广阔的人民生活中，从传统的经验中，从人类一切优秀的文化财富中，获得了比较、选择的自由和充分发挥的创造力量，才发展起来的。因此，个性的自由是在集体中间发展，独创性是在群众基础，传统基础上发扬。所以在作品的形式和内容上能够有最大的空间。百花齐放、百家争鸣、推陈出新的方针是促使我国文学艺术走向这样目标的基本途径。

1956年党提出这个百花齐放、百家争鸣的方针以来,在最近两年中,无论在文学、艺术、科学各个专业部门中,在群众创作与群众科学运动中,都显出了巨大的成绩。今年来,文学理论上的争鸣,尤其热烈,如关于诗歌形式问题,关于现实主义与浪漫主义问题,关于文学史问题,关于某些古典作品的评价问题的讨论;在这些讨论中,老专家和青年知识分子,都各抒己见,以平等的地位,诚挚的态度,进行反复辩论,这风气是健康的。我国人民从来没有过象现在这样发挥过高度的创造力。劳动人民有那样多的诗歌,那样多的科学技术发明和改革,人民的创造力是多么惊人啊!而继续促使这种创造力的迅速发展则有待于党的这个方针更进一步的贯彻执行。十年来文学中,这尤其是一个新的极其宝贵的经验,是促进今后文学发展的中心关键。

成绩和经验的取得,主要是由于党的领导。思想斗争、作家与群众结合、百花齐放、百家争鸣、推陈出新,都是党从实践中总结出来的政策方针。革命文学事业离开党的领导是不可思议的。为了更好的工作,首先尤其要坚持这一原则。

三、向新的高峰前进

这是祖国伟大的十年,而我们还有更伟大的将来。共产主义者是永远向前进的。我们的社会主义文学现在还年轻,然而它将迅速地变得更加强壮、更加成熟。我们现在的基础还不是很高,然而我们有决心要从现有基础上攀登世界文学的高峰。这是不容易的事情,要作极其艰苦的努力。历来文学史上的高峰,都要经过相当的准备时期而后出现。我们现在再不需要象前人那么长久的时间了,因为我们有了新的经济基础,新的社会制度,有了战无不胜的马克思列宁主义,有了中国共产党和人民伟大领袖毛泽东同志的领导。我们怀有百倍信心继续跃进,但绝不要把它看得轻而易举,力戒浮夸自满。我们应该鼓足干劲、力争上游,吸收过去的经验,克服存在的缺点,继续和一切资产阶级反动思想作斗争,和劳动人民紧密的结合,坚决贯彻党的百花齐放、百家争鸣和推陈出新的方针,继续扩大普及工作,勤修苦练,加强学习以提高艺术质量。我国社会主义文学的前途是无可限量的!

1959年9月17日

——原载《文艺报》1959年第18期

冯 牧 黄昭彦

新时代生活的画卷

——略谈十年来长篇小说的丰收

一

在谈到我国文学创作十年来的经历和成就时，我们不能不首先提到长篇小说（为了叙述的方便，也把中篇小说包括在内，下同），这是我们文学创作中质量较高、收获较大、影响较广的一个部分，也是我们的社会主义现实主义文学逐渐成熟的一个重要标志。

我们不仅在广大知识青年中间，而且在工人和农民中间，在一些久经锻炼的老干部中间，也常常会听到读者们对于我们的长篇小说的内容以及它们的主人公的命运进行着热烈的争论；甚至在遥远的外国，也有不少对于我国长篇小说深深地感到兴趣的读者，他们希望通过这些作品来认识中国人民的生活。我们的长篇小说之所以获得这样重大的成就和影响，首先应该归功于产生它们的伟大时代，归功于作为它们的主人公的人民和领导人民前进的党，当然，也不能不归功于我们许多有才华的和辛勤的作家。

我们的长篇小说最突出的特色，是反映了伟大的时代精神和鲜明的时代特点，描绘出时代生活广阔而丰富多采（彩）的画面，创造了体现时代精神的人物形象。在这种意义上，这样的作品可以说得上是无愧于我们的这个时代的，因为它们基本上完成了反映和纪录我们这个时代的使命（尽管还做得非常不够），而这样的使命，正是现代作家崇高的使命。

二

十年来的长篇小说，就其所反映的生活内容来说，大致可以分为两个方面：一个方面是中国民主革命过程中人民的生活和斗争，另一个方面是解放后在社会主义革命和社会主义建设过程中人民的生活和斗争。

中国人民的革命斗争经历了悠长而艰苦的岁月,每前进一步都付出了重大的代价。在表现英雄卓绝、不屈不挠的革命斗争方面,我们的长篇小说描绘出了丰富、深刻而生动的、震撼人心的画卷。在这一类作品中,又以反映革命武装斗争和围绕着武装斗争所进行的各方面斗争的作品占着主要的地位。在中华人民共和国诞生的同一个月里(1949 年 10 月),刘白羽发表了《火光在前》,作者以奔放的热情、饱含诗意的笔触写下了人民解放军在鄂西渡江的雄姿。其后,马加的《开不败的花朵》以不多的篇幅勾勒出蒙古草原上的一场遭遇战,比较突出地描画了一个机智勇敢的共产党员——王耀东的形象。柳青的《铜墙铁壁》通过对陕北沙家店粮站工作的描写,成功地反映出作为解放战争中整个西北战场转折点的沙家店战役的伟大图景。作者并未着重正面描写战争,但书中充满了强烈的战争气息,令人感觉到人民解放军雷霆万钧的磅礴气势和水乳交融般的军民关系;主人公石得富的形象也塑造得相当成功,给读者留下一个不可磨灭的印象。

这一时期中以解放战争为题材的长篇小说,具有强烈的艺术感染力量的是杜鹏程的《保卫延安》。这部将近三十五万字的作品,历史地、具体地描绘出人民解放战争中保卫延安的几次伟大的战役。作者所塑造的周大勇、王老虎、李诚等英雄人物形象,一个个都象金刚石般的坚强凌厉、光彩逼人,使人如闻其声,如见其人,仿佛一伸手就可以触摸到似的。作者不只描写了他们底惊天地、泣鬼神的英雄事迹,还深入到他们底内心的深处,写出了英雄之所以成为英雄的精神面貌。小说集中笔力描写的,虽然只是为数不多的几个人,但在这些人的身上,却集中了中国劳动人民勇敢、勤劳、忠心耿耿、自我牺牲等等优秀的崇高的品质,他们经得起千锤百炼的考验。这部作品还以热情充沛的调子,火辣辣的语言,笔酣墨饱地写出了英雄人物的坚强意志力量,富于革命浪漫主义的色彩。但是,作者对保卫延安战役的描写也有不足之处,主要是未能更有力地突出党中央对战争胜利的决定作用。此外,书中对于人物肉体上的痛苦也作了略嫌过多的渲染。

吴强的《红日》也是一部描写人民解放军大兵团运动作战行动的长篇小说。作品围绕着华东战场上著名的莱芜、孟良崮两大战役,写出了惊心动魄的战斗图景和可歌可泣的英雄事迹,成功地描绘了一系列的,以军长沈振新、副军长梁波、团长刘胜、战士杨军等人为代表的人民解放军指战员的人物形象。在作者笔下,几个高级指挥员的形象(主要是沈振新和梁波)是写得真实而丰满的。这不是一些普通的英雄战士的形象,而是一些既有自己的性格,同时又概括了人民解放军的高度革命英雄主义精神的、成熟的高级指挥员的形象。作品中也表现了军中其他方面的生活,在戎马倥偬、军书旁午的空隙中交织着爱情的插曲,在钢血交飞、枪炮轰鸣的间歇里沸腾着欢愉的笑声。作者在全力塑造他的英雄人物形象的同时，对敌人也作了相当真实的描写，他并没有把敌军的主将张灵甫写成一个青脸獠牙的魔影，或者是一个蠢如羊豕的窝囊废，而是把他写成一个刚愎自用、自命不凡的反动将军，这是符合人物的本来面目的。此外，对敌军师长何莽的灭绝人性，参谋长魏振钺的工于心计，营长张小甫的内心矛盾，也都刻划入微，淋漓尽致。总之，对于反面人物写得比较成功，可以算是这部作品的主要成就之一。

曲波的《林海雪原》却是一部别开生面的战争小说。它写的不是规模宏大的战斗场面，而是一支只有三十六人的小部队，以异常机智和果敢的行动，消灭了力量占绝对优势的土匪武装的故事。书中充满着传奇性的英雄事迹，紧张惊险的故事情节，赢得广大读者的喜爱，但人物性格写得较为单纯，是其美中不足之处。

反映大革命时代省港大罢工、沙基惨案、广州起义等重大事件的长篇小说，有欧阳山的《三家巷》；反映工农红军二万五千里长征的长篇小说，有陈靖的《金沙江畔》，还有他和黎白合写的《红军不怕远征难》，这两部作品都是以红军强渡金沙江前后的经历作题材的。

反映敌人统治区农村中复杂曲折的阶级斗争以及根据地和游击区农村人民的生活和斗争的作品，在我们的长篇小说中也占着很大的数量。关于前者，其中特别值得注意的是梁斌的《红旗谱》，这部小说是充满了那样震撼人心的艺术力量，那样高大丰满的人物形象，那样多姿多采（彩）的生活图景，比较全面地概括了整个民主革命时期中国农民的生活和斗争，在艺术成就上也达到了相当的高度和深度，是十年来我国文学创作中突出的收获。关于后者，陈登科的《活人塘》、张雷的《变天记》和冯德英的《苦菜花》《迎春花》都是比较出色的作品，这些作品用粗犷的笔触，表现出斗争的复杂性和艰苦性，在艺术结构上尚能做到简而不疏。关于反映少数民族地区的革命斗争的长篇作品，玛拉沁夫的《在茫茫的草原上》和乌兰巴干的《草原烽火》是比较有代表性的，前者塑造出年轻牧民铁木尔生龙活虎般的艺术形象，后者真实地写出了青年奴隶巴吐吉拉嘎热的觉醒和成长过程。两者都是出自蒙古族作家之手，因而更充满了蒙古民族特有的生活情调。

杨沫的《青春之歌》和高云宽的《小城春秋》都是专门写城市地下工作的，一北一南，互相辉映。这两部作品以明快的笔触，充沛的热情，把三十年代一些知识分子的精神面貌真挚地、精确地、巧妙地表现了出来。这些人物的性格是丰满的——有共同的时代特征，也有鲜明突出的个性——就是一个不十分敏感的读者也可以分辨得出，卢嘉川不同于四敏，而林道静也不同于秀苇，虽然他（她）们都是坚贞不屈的革命者，而且都是多少带点书生气的知识分子。李英儒的《野火春风斗古城》和陆俊超的《九级风暴》则写了两种特殊形式的地下斗争，前者写的是瓦解敌人的策反工作，后者写的是国民党招商局海员的起义行动。

中华人民共和国成立后，由于台湾及其附近的岛屿尚未解放，帝国主义的武装力量一直威胁着我们的边疆，对敌武装斗争从来没有间断过，这方面的斗争也经常反映在文学作品上。其中反映抗美援朝战争的有杨朔的《三千里江山》和《洗兵马》，陆柱国的《上甘岭》，马加的《在祖国东方》，寒风的《东线》；反映东海前线战斗的则有陆柱国的《踏平东海万顷浪》等。

我们的文学作品不仅反映现代的人民革命斗争，而且也反映历史上的革命斗争，例如写辛亥革命的长篇小说有李六如的《六十年的变迁》与李劼人在近年来才最后完成的《死水微澜》《暴风雨前》和《大波》等三部曲。

最后，值得一提的还有大量描写抗日战争时期的游击队故事的作品，其中尤以刘知侠的《铁道游击队》、冯志的《敌后武工队》、刘流的《烈火金钢》以及较早出版的袁静等的《新儿女英雄传》等最受广大读者（特别是青少年读者）的欢迎。这类作品着重于情节的惊险曲折，而人物性格则比较单薄，但由于情节引人入胜，故事性强，也有一定的教育意义，容易收到普及的效果，它们已经占领了大部分过去泛滥着黄色书刊和旧式侦探小说的阵地，在这种意义上，它们的积极作用是不容许我们忽视的。

长篇小说在反映当前的斗争和生活方面，也有显著的成绩。我们两位杰出的老作家，赵树理和周立波，都是描写农村的能手。赵树理的《三里湾》以其素有的富于民族色彩的风格，表现了在农业社会主义改造时期农村中两条路线的斗争，新旧意识的矛盾冲突，书中塑造了一系列的富裕中农的形象，像常有理、糊涂涂、范登高等，都维妙维肖，活灵活现，对中农当中的自发的资本主义思想具有批判作用。稍后一点出版的《灵泉洞》，在表现手法上吸取了评书的许多优点，而在正面人物的创造和环境的描写上面下了不少功夫，取得了一些成就。周立波的《山乡巨变》可以说是他的力作《暴风骤雨》的续篇，虽然一个写的是东北农村的土改斗争，一个写的是湖南山乡的农业合作化运动，但从其所引起的社会关系和人民生活的急剧而深刻的变化来看，农业合作化运动对于这个偏僻的山乡又何尝不是一场革命的暴风雨。这部小说在艺术描写手法上，也有其独到之处，许多章节都好象一幅幅色彩缤纷的风俗画，抒发着浓冽（烈）的乡土气息。孙犁的《铁木前传》仅仅是一部长篇（或中篇）的开端，但是我们不能不有点性急地提到了它，因为它表现出作者独特的、细腻、清新而明快的艺术风格已经达到成熟的境界，比起作者过去的作品来，显然深厚得多了。此外，李淮的《冰化雪消》、刘澍德的《桥》、欧阳山的《前途似锦》、韩北屏的《高山大峒》、李满天的《水向东流》等也都描写了农村生活变化中的新旧斗争，各自有其特色。

描写工业建设和工人生活的长篇小说，在解放前几乎是绝无仅有的，而现在，我们在这方面已经有了不少的收获。老作家艾燕在解放后一直深入工厂担任基层工作，陆续产生了一些描写工人生活的短篇作品，最近出版的长篇小说《百炼成钢》，是以鞍钢的建设为题材的，这许是一次新的尝试，但也是一次获得了重大成功的尝试。作品的主人公新型工人秦德贵，是一个相当丰满的艺术形象，像这样的艺术形象，在我们过去的文学作品中很少出现过，今天却以鲜明的面貌、饱满的精神站在我们的眼前，光是这一点，就值得在文学史上大书一笔。罗丹的《风雨的黎明》(《钢铁的河流》第一部)，也是以鞍钢为背景的，在描写工人的成长过程上，有着很成功的地方，老工人解年魁这个形象也是使人历久不忘的。杜鹏程的《在和平的日子里》只是长篇中的一个部分，今天要对整部作品作出全面的评价，自然还嫌过早一些，可是从已经发表的这一部分来看，还是很有激动人心的力量的，并且成功地创造出阎兴和刘子青这两个正面人物的形象。这部作品是一本反映宝成铁路建设工地生活的书，却以突出地反映人民内部矛盾引起人们的注意和热烈讨论。雷加的《潜力》三部曲(包括《春天来到了鸭绿江》《站在最前列》《蓝色的青枫林》)写一个造纸厂从接管、恢复生产到发展的过程，草明的《原动力》《火车头》和《乘风破浪》也反映了解放后我国重工业发展的几个不同阶段，辛雷的《万古长青》反映了长江大桥的建设，都是描写工业建设作品中的比较成功之作。

我国是一个多民族的国家。全国解放后，在党和毛主席伟大的民族政策阳光照耀下，少数民族人民从黑暗中重见天日，从苦难中获得新生，他们欢欣鼓舞地团聚在祖国大家庭中，积极参加社会主义建设事业。民族矛盾解决了，民族隔阂消除了，少数民族的社会生活也发生了根本的变化。我们的作家并没有忽略了这一光辉的现实，有不少作品都选择了少数民族和边疆地区生活作为描写的对象，其中写得比较出色并且受到了读者称道的，是徐怀中的《我们播种爱情》。这部作品，以简洁纤细的笔调、独具特色的结构、真实生动的生活场景和人物形象，反映了西藏高原在解放后艰难曲折的斗争生活，描绘了在党的民族政策照耀下，我们的民族工作干部如何历尽艰辛，终于在藏族人民中间播下了社会主义的种子。此外，郭国甫的《在昂美纳部落里》，柯岗的《金桥》，林予的《寨上烽烟》，碧野的《阳光灿烂照天山》，李乔的《欢笑的金沙江》等，也都能以它们的富有特色的内容受到了广大读者的欢迎。

周而复的《上海的早晨》反映了民族资产阶级的改造过程，目前这部作品只发表了第一部，写的是1951年“三反”和“五反”前夕上海资产阶级向工人阶级发动猖狂的进攻。我们恳切地期待着它的续篇能够早日问世。秦牧和王安友这两位作家都选择了比较新颖的题材，前者以《黄金海岸》反映了海外华侨的生活，后者以《海上渔家》反映了东海渔民的生活和斗争。

在十年来文学创作中应该占有一席重要地位的，是劳动群众的业余创作，这方面的作品，自然以诗歌和短篇小说居多，但也有若干部比较出色的长篇或中篇。例如高玉宝的《高玉宝》就在全国读者中间传诵着，发生了鼓舞的作用。张孟良的《儿女风尘记》是一部自传体的小说，也拥有不少读者。

三

在综述十年来长篇小说的成就时，我们首先不能不充分估计到它们在广大读者中所起着的重大的认识作用。千百万读者，特别是我们下一代的青年人和关心中国人民命运的外国朋友，总是通过我们的文学作品，尤其是通过我们的长篇小说，来认识我们这个时代的现实生活、我们这个时代的历史真实的。其中有些人甚至是从文学作品中得到启发和教育而确定自己的生活道路。

自然，要通过文学作品，真实地、历史地、具体地和比较全面地反映出我们这个时代的风貌，确实不是容易的事情。我们这一代人生活在一个无限光辉、同时又极其动荡多变的时代里。在过去短短三、四十年当中，我们走过了许多国家四、五百年来所走的道路；在最近十年间，我们又一下子飞跃过两个革命阶段。我们的社会生活变化得非常急剧；我们人民的精神面貌也以意想不到的速度在变化，在发展、在升华，而进入一种日益崇高、日益健全的境界。我们这片曾经是一穷二白，百孔千疮的大地时时刻刻都在改变着面貌，曾日月之几何，就改变得有时连我们自己都认识不出来，生活在和时间赛跑。生活有如一道闪电、一阵春雷，霹雳而来，稍纵即逝，因此，我们的作家必须具有"捕捉形象"的本领，探索到生活深处的勇气，与人民同甘共苦的精神，最后一点，然而却是最重要的，必须掌握马克思列宁主义的世界观，才能把那些风驰电掣的高速度建设事业，那些惊天动地的战斗场面，那些轰轰烈烈的生活图景，那些生龙活虎般的人物形象，一一纳入我们的文学画廊之中。这是庄严的使命，这是伟大的使命。

我们可以自豪地说，十年以来，我们有不少作家的确无愧于这一庄严而伟大的使命。他们不仅以散文特写、短篇小说和抒情小诗等等短小精练的形式，摄取了我们这个伟大时代的吉光片羽；而且运用了长篇小说这样体制闳深的形式，以社会主义的革命激情，光辉夺目的色彩，多种多样的艺术风格，摹描下反映时代风貌的巨幅画卷。

远溯二三十年前，一眼望不尽的茫茫积雪还压在中国的原野上。神魔鏖战，血沃中原，正是三十——四十年代间的残酷现实。从前线到后方，从农村到城市，从根据地到敌占区，北起燕云，南迄岭海，东临碣石，西至天山，到处都展开着血淋淋的猛烈斗争。这一切给我们今天的文学创作提供了极其丰富的主题与题材。我们长篇小说中的主人公,很多是善于用步枪加小米战胜了敌人的飞机大炮的指挥员和战斗员,或者是敢于赴汤蹈火粉身碎骨蔑视敌人的刑场牢狱的革命志士,这是不难理解的。正如《红旗谱》的作者所自白:“我所以写这本书,是因为那时候在党领导下的群众革命情绪非常高涨,感动了我,给了我很大的影响;……到后来,觉得这些先烈、前辈们在领导这个地区的农民斗争中,对革命贡献很大,他们的斗争事迹应该保留下来,传给下一代。这就是我写书的动机。”这自然不只是他一个人的愿望。在民主革命时期党所领导的坚(艰)苦卓越、可歌可泣的革命斗争,在当时还来不及(在国民党统治区则根本不可能)在文学作品中得到充分的反映,今天由我们来填补这一片空白,通过有血有肉的艺术形象,描绘出中国人民走过来的光荣道路,记录下中国人民革命斗争的丰富经验,毫无疑问,是责无旁贷的。况且,这些悲壮的革命斗争事迹,让今天生活在和平的日子里的人们多知道一些,也很有好处,至少可以丰富他们的精神世界,提高他们的革命警惕性和阶级觉悟,激励他们为社会主义建设而艰苦奋斗的决心。

当然,我们这个时代所迫切要求于作家的,更在于反映当前生活和斗争的各个方面。这十年来,我国农村中的社会关系和人民生活发生了翻天复(覆)地的变化。从土地改革、互助合作运动发展到人民公社的普遍建立,从一亿一千多万个个体农户发展为二万四千多个人民公社,从个体经济占支配地位到集体所有制经济占绝对优势,并且有了全民所有制经济的萌芽,从原始的耕作方法到开始使用机械化和半机械化的农具,这是何等巨大的变化。这样的巨大变化不可能不反映在人们的思想意识中,也不可能不反映在文学作品中。解放以来凡是描写农村生活的长篇巨著,几乎毫无例外的都是反映这一“巨变”的镜子。这一类作品获得了较高的艺术成就,也产生了较大的社会效果。虽然在反映时代的深度和阶级斗争的尖锐程度上,我们还不是已经做得很够了。这十年来,又是国民经济大跃进的十年,是工业和交通事业大发展的十年,油井矗立在柴达木,公路穿过了雀儿山,塞上草原奔腾着钢铁的河流,万里长江驯服于人工的堤坝,在这些史无前例的伟大建设中,工人们发挥了冲天干劲和忘我的劳动热情。这些壮丽的图影和先进人物的形象也不断地出现在我们的长篇小说中。至于其他方面的生活和斗争,社会发展中的各种矛盾,例如反革命残余势力的肃清,资产阶级工商业者的改造,少数民族的新生与觉醒,华侨回到祖国大家庭……都没有在我们长篇小说中留下空白。我们虽然还不能说,通过十年来的长篇小说,可以看到我们这个伟大时代的全貌,但从这些丰富多采(彩)的生活图景中,从这一系列各色各样的艺术形象中,至少可以窥见时代风貌的一个鲜明的轮廓了。

四

十年前，北京升起了辉煌灿烂的太阳，劳动人民坐了江山，也将要在我们的文学作品中占着真正主人公的地位。“五四”以来，我们的文学作品中虽然也有过为数不多的劳动人民的形象，但大都是以被侮辱者和被损害者的姿态出现的。以勤劳勇敢著称的中国劳动人民创造了历史，推动了革命，却没有在我们的新文学作品、甚至进步的文学作品中占一席重要的地位，留下他们的雄姿丰采（彩），这种情况在近十年来才有所改变。出现在我们的长篇小说中的人物形象，劳动人民所占的比例越来越大了，他们不仅是社会生活和斗争中的主人公，同时也往往是作品中的主人公。这些人物形象，无论在思想上和艺术上，都远远超过解放前一般作品所达到的成就。在这个基础上，又产生了具有典型意义的新英雄人物的光辉形象，而其中最突出的是《红旗谱》中的朱老忠。

《红旗谱》是以从大革命到解放战争整个民主革命时期为背景的反映冀中农民革命斗争的长篇小说。现在已经出版的仅仅是有着三十多万字的第一部。在第一部里，作者就成功地创造了一个具有历史意义的典型人物——革命农民朱老忠。

朱老忠这一典型，不仅是一个普通贫雇农的典型，更主要的他是一个兼具有民族性、时代性和革命性的英雄人物的典型。他有旧时代起义农民的那种英雄品格；他的路见不平、拔刀相助的正义感，有点象鲁智深；他的没有丝毫奴颜和媚骨的硬骨头，有点象李逵；他的勇猛向上、正直无私的气概，有点象武松；他的有胆有识、深谋远虑的能耐，又有点象李秀成。他可以够得上鲁迅先生所称为“历史的脊梁”般的英雄人物。然而，他不仅继承了古代劳动人民的优秀品质，古代英雄人物的光辉性格，而且还深刻地体现着新时代（无产阶级革命时代）的革命精神。他从单枪匹马的复仇进步到去找寻党的领导、依靠党的力量，从个人敢怒敢骂、能说能打的反抗走向有组织、有计划、有明确目标的斗争，从一个“慷慨悲歌之士”发展成为一个金刚钻般坚强的布尔什维克……这是多么曲折、多么艰苦的历程。他是跨越新旧两个时代的人物。只有在我们这个伟大的时代里，在有了无产阶级的坚强领导的时代里，作为富有反抗性的农民的朱老忠，才能走上正确的革命道路，才能从个人主义英雄主义走向集体主义英雄主义。朱老忠毕竟比他的先辈幸福得多。他的斗争是有结果的，是必然会达到胜利的。而他的先辈，不论是鲁智深也好，李逵也好，武松也好，李秀成也好，甚至他的父亲朱老巩也好，都只能轻掷头颅，在历史上留下一出壮烈的悲剧而已。

朱老忠这个典型的重大历史意义，还在于他体现了农民在党的领导下自己解放自己的革命精神。有人认为，朱老忠这个人物，可以说是概括了我们这个世纪劳动人民中父亲一辈的英雄的典型,看来并非过誉。

一颗明星的出现,预告着群星灿烂。一只燕子的降临,预告着百花齐放的春天。我们之所以特别重视朱老忠这一个典型,正因为他是我们十年来文学创作中第一颗光芒最明亮的新星,第一只羽毛最丰满的燕子。

我们着重推许朱老忠这个典型,丝毫不意味着贬低其他长篇小说所创造的典型人物和艺术形象的重大价值。在我们现有的长篇小说中,并不缺少那些光辉的英雄人物和正面人物的形象。便如《保卫延安》中的周大勇,《红日》中的沈振新,《铜墙铁壁》中的石得富,以至《青春之歌》中的林道静,《百炼成钢》中的秦德贵,《山乡巨变》中的李月辉……都以鲜明的形象,突出的性格长久地活在读者的记忆中,而为读者所深深喜爱。这些人物的性格都有一定程度的典型意义,虽则他们所达到的高度和深度各有不同。

“数风流人物,还看今朝!”不仅在现实生活中如此,在文学作品中也将会如此。肯定地说,我们这个时代的英雄人物在文学作品中是存在着的,是会留下他们的鲜明的形象的,今天虽然较少,以后将越来越多。

五

我们在长篇小说创作当中所取得的另一个显著的成就,是艺术风格上的百花齐放和蓬勃发展。如果说,我们在建国初期,还只有不多的作家在从事长篇创作,开始尝试以这种艺术形式来广阔而深刻地反映现实斗争生活,那末,在十年以后的现在,我们就可以看到,我们不但有许多作家(包括具有丰富创作经验的老作家和在斗争生活中成长的新作家)已经能够熟练地掌握长篇小说这种比较繁复的形式,创作了许多真实地、深刻地反映了时代面貌和时代精神的优秀作品,而且,通过他们的创作实践,逐渐在艺术创造上走向成熟,逐渐发展和形成了自己独特的艺术风格和艺术特色。我们可以这样说,在党的“百花齐放、推陈出新”方针的推动鼓舞下,我们的长篇小说的创作,无论在作品内容上或是在艺术风格上,都已经形成了一种百花争妍、色彩斑斓的空前繁荣的局面。我们可以不费力地列举出许多具有自己的艺术风格的作家与作品来。通过《三里湾》和别的作品,我们完全可以鲜明而具体地感触到作家赵树理的独特的艺术风格——那种像我国北方农村人民一样深厚、明朗、乐观而质朴的风格。通过《山乡巨变》,我们同样可以清晰地辨识出作家周立波的独具特点的风格:那种像南方的农村田园一样明快、幽美而纤丽的风格。同样以北方农村的斗争生活作为描绘对象,但是作家梁斌在《红旗谱》当中所显示出来的浑厚、浓烈而深沉的风格,又是那样迥异于作家柳青在他的作品中所显示出来的那种踏实、谨严的风格。同样是以社会主义工业建设为题材的作品,但我们毫不迟疑地便可辨认出:这是作家艾芜的作品,它们的委宛(婉)有致、细致生动的笔调使我们想起工笔画;那是作家杜鹏程的作品,它们的强烈明快、黑白分明的笔触,又使我们想起刀锋遒劲的木刻画。刘白羽的作品都有高亢激昂的音调,有如雄伟的战歌;而孙犁的作品则又是那样秀雅自然,宛若情感充沛的抒情诗。可以说,我们的许多作者,不但通过他们的作品塑造了许多的光彩照人的典型形象,而且通过各自的艺术特色,显示了作者的丰富多彩、多种多样的艺术性格。

一个作家在创作中能够形成自己的独特的艺术风格,这自然不是一件轻而易举的事情;鲜明的艺术风格,这是文学创作走向成熟的重要标志之一。艺术风格的形成,既包括了作家独特的生活经验、取材范围以及思想情感和艺术气质等方面的问题,也包括了作家如何成熟地、创造性地掌握艺术语言和艺术技巧、并赋予它们以鲜明的民族特色和民族气魄的民族形式问题。值得我们高兴的是:在我们许多长篇作品中间,不但可以看到许多显示了作者的不同艺术个性和精神气质的、富有鲜明特色的艺术风格,并且也可以看到:有不少作家,通过自己的劳动实践和辛勤探索,已经开始创造了从内容到形式、从情感到语言都富有民族特色的、为广大群众所喜闻乐见的民族风格。

在其中,最值得称道的作家,首先应推赵树理,可以说,在我们的擅长描写劳动人民的斗争生活的作家当中,赵树理是首先以自己的创作实践显示了成熟的艺术风格(既有民族特色,又有个性特征的艺术风格)的一位作家。赵树理是一位熟练地掌握民族语言和传统艺术技巧的能手,但他在创作上的成就,并不仅仅表现在这一点。不论是在他的《三里湾》或是其他作品中,我们都能够从中看到那种鲜明淳朴、乐观幽默的艺术风格——这种风格不仅是表现在语言形式上,而是表现在一种艺术形式和生活内容、思想气质和和艺术形象的深刻而完美的结合和统一上。这是独具特色的富有性格的艺术风格,但这又是地地道道的民族风格。周立波在他的作品《山乡巨变》中也显示了自己的鲜明而凝炼的艺术风格,它的突出特点之一,也表现在作者对于民族风格所进行的富有创造性的探索。这部作品和赵树理的作品有着迥然不同的色彩,但却响彻着同样明朗而乐观的音调。从语言形式上看,它也许会使人觉得不像《三里湾》那样蔼然可亲,但也仍然是平易近人的;在民族特色和思想情感上,它也许会使你感到其中不无雕镂的痕迹,但仍然可以使人感到一种浓厚的民族气息和地方色彩。

梁斌是一位新作家,但他并非一个初学写作者,为了完成《红旗谱》这部巨著,他可以说是进行了二十年的辛勤的艺术准备工作。因此,虽然《红旗谱》是他的头一部作品,但却是一部具有着成熟而鲜明的艺术风格的作品。应当说,《红旗谱》除了在人物形象和其他方面所取得的成就以外,在艺术风格上,在追求一种崭新的富有民族气魄的艺术特色上也取得了值得赞扬的成就。可以看出，作者在这方面的成就是和他对于我国的传统文学艺术技巧的学习和汲取分不开的。但是，作者虽然从我国的古典文学作品（尤其是《水浒》）摄取了丰富的营养，却丝毫没有为传统的艺术技巧所局囿或束缚。作者声称，他在创作中在追求一种“比西洋小说写法略粗一些，但比中国的一般小说要细一些”的写法，但他在自己的创作实践中所达到的，分明是一种既成功地汲取了民族传统作品的艺术特色，同时也适当地采取西洋小说的某些艺术技巧的统一的、富有民族气魄的艺术风格。

认真地钻研和学习我国传统文学作品，对于我国作家们在创造民族形式和使自己的艺术风格走向成熟和发展上，发生了极其显著的和深远的影响。我们可以这样说，在我们所有的优秀作家当中，几乎没有一个人不是在向我国的传统优秀文学作品汲取了养分之后才逐渐形成了自己的成熟的艺术风格。甚至还有这样的情形，有一些作家，在思想和艺术概括能力还没有达到很高的水平，但由于他们能够认真地向民族的传统艺术技巧学习，努力进行民族形式的探索，并且能够在语言上、情节上等方面掌握了民族风格的某些特色，也仍然能够创作出许多生动活泼地描绘人民斗争生活风貌的优秀的作品来。作家曲波还不能说是一位成熟的作者，他的作品的成就当然主要得力于他的丰富的斗争生活经历，但是，在艺术形式上的强烈的民族特色（它的群众化的语言，引人入胜的情节，简洁的富于行动性的描写等等），不能不是作品获得成功的一个重要的因素。

六

以上所列举的几个方面的成就，还远没有把我们十年来长篇小说所创造的成绩和价值包括完尽。所列举的作家和作品，限于篇幅和我们的阅读范围，挂一漏万，亦在所难免。当然，我们虽则已经达到这样巨大的成就，开始出现了一些概括时代的作品，创造出一些光彩逼人、扎扎实实的艺术形象，但是，如果要创作出更多的突破现有水平的、真正无愧于我们这个光辉的时代的长篇巨著，还得付出辛勤的劳动和更大的努力。

最后，且让我们引用高尔基的一段话，来作为本文的结束语吧。他说：“我觉得，全部人类历史从不曾有过这样的时代，在像十年这样短的时间内竟然涌起象凶猛波涛一般的写书的、批评的、发明的人们，这些人们昨天还是伙夫和牧人，而今天却已经在写作了。”这一段话，岂仅适用于三十年前的苏联，同样也适用于今天的中国。

1959 年 10 月 12 日

——原载《文艺报》1959 年第 19、20 期

邹荻帆

大跃进的号角，新诗歌的红旗

——读《红旗歌谣》

揭开新民歌集《红旗歌谣》，灿烂的诗页仿佛一张张留声片一样，播响着1958年的战斗者的号角。这些诗篇，反映了我国劳动人民的史无前例的改变世界的战斗，是群众的通明透亮的心窍中，喷涌出来的暖泉，歌颂党、歌颂毛主席、歌颂人民群众的创造性的劳动和智慧。

1958年是伟大、光荣的一年，大跃进从这年开始，总路线在这年制定，人民公社在这年诞生，我们两条腿迈开大步上山下乡，我们一条心敢说敢干建设社会主义。在党中央和毛主席的启示与教育下，一切有光的都在发光，一切有热的都在发热。

因此，当我们读到这本记录了群众心声的民歌集，不能不感到亲切和欣慰。

是的，我揭开它，不是把它当做一本普通文学作品来阅读的，而是当做战斗者的激越的号角，用来回击那些敌对分子和右倾机会主义者。在这激越的声音中，那些诽谤者的面色显得苍白了，而他们的声音则只是秋虫在哭泣自己的命运……

群众的行列浩浩荡荡，群众的声音轰轰烈烈。

从这些诗中，使我重温去年这一年，无可辩驳地证明这是飞跃地前进的一年。

在这些民歌中，我看见千千万万的社会主义新人：垦荒的社员，要在“硬石头上种五谷，白云上面栽仙桃”；男女老少，与历代英雄相比，“社员个个胜古人”；犁地姑娘在云中耕地，家家挂锁只留黄狗守屋；向太阳挑战，给月亮唱歌；新娘进庄，带来的是跃进计划；社长查渠，夜夜在月光下扛着铁锹；爷爷和孙儿早起挑粪，奶奶跟姐妹们都学文化……

新人所创造的新事业更如满天星斗，满地红花，满塘银鳞；人民绣出了花世界，“搬动高山塞流水”；架梯田碰天边的星星，修水库留飞鸟的影子；“天上大星对小星，社里电灯对电灯”；“扁担挑福挑不动”，技术革命车成龙；农村里“擂鼓鸣金除四害”，塞上也要唱“江南乐”；大炼钢铁，小高炉“吞下矿山吐铁山”；上山采宝，“开发山河找富源”;……

这些正是人民群众向社会主义、共产主义前进的轰轰的跫音。敌对分子和右倾机会主义者却一叶蔽目而不见泰山,两豆塞耳而不闻雷鸣,因为他们是资产阶级个人主义者。人民由于党的启发,把力量献给社会主义建设时,这种力量是伟大而光荣的。因为人们开始把力量和智慧献给集体,在历史上这是一次大的革命。高尔基把资产阶级个人主义,称之为一种“兽性”。难道不是?鸟衔草给自己筑窠,鼠偷粮饱自己的肠肚,凶兽在山谷中睁红着眼吞杀小兽,鹰鹞在丛林里用利爪撕毁禽鸟的肢躯……所谓兽性就是营筑自己的窠臼,甚至毁灭,残害成性。资产阶级个人主义者之异于禽兽者几希?而新的人则不同。正是这样,那些资产阶级的代言人怎么不惊惶失措,而企图以螳臂挡车呢?

但是1958年高亢的号角回答了这些敌对分子和机会主义者。

请听:

干劲真是大,
碰天天要破,
跺地地要塌;
海洋能驯服,
大山能搬家。
天塌社员补,
地裂社员纳。
党的好领导,
集体力量大。

这说得何等分明。集体力量之大,是由于党的领导。在党领导下的群众的智慧和力量能驯海移山,改造世界,连天塌地裂都能纳补,至于敌人的破坏,更是卵敌泰山。

这种力量,表现于社会主义建设,就是大跃进。当人们一旦思想解放,即成为无穷的物质力量。这就是为什么:

主意党拿定,
大塌我们顶。
大战定军山。
踏翻狮子岭。
修的是环山库,
挖的是连环井,
长藤结瓜河上岭!

来看吧，这不是别的，是大跃进！群众找到了一条真理，行动得好就是生活幸福。没有行动，没有幸福。行动的速度决定幸福到来的迅速或迟缓，人们为什么不要大跃进呢？在这种大跃进中，党的群众路线更是集中了群众的智慧与力量，而制定总路线，推广人民公社，这更启发了人民的智慧，组织了人民的力量，因而更推动了大跃进。

这也就是为什么人们唱着：

总路线是赶山鞭，
大山小山一起赶。
赶着大山去填海，
赶着小山垫猪栏。

总路线是劈河斧，
六亿人民当大禹。
千河万水要服人，
又淌金子又淌银。

总路线是上天梯，
九重云霄举上去。
要把天堂搬下来，
社会主义手中出。

这也就是为什么当人民公社一诞生，人们要用巨大的热情拥护它、歌唱它、而且亲手成为人民公社的创立者。人们唱着：

公社好比一只船，
东风吹起船上帆。
舵手是咱毛主席，
赶船的人六万万。

人民是革命的现实主义者又是革命的浪漫主义者。既知道“小农经济像根草，微风一吹它就倒”；“一人一条心，穷断骨头筋”，要求改变这种命运。而在党领导下组织起来的集体力量，却是箩筐虽小，泰山不够装，扁担不长，一头挑着一座山峰，两只手能提江河，稻田也能开在云中间……

所以人民用八句话深刻地唱出了一部公社发展史：

单干好比独木桥，
走一步来摇三摇；

互助好比石板桥，
风吹雨打不坚牢；
合作社铁桥虽然好，
人多车稠挤不了；
人民公社是金桥，
通向天堂路一条。

这些形象化的语言，确凿地对各阶段农业经济组织和人民公社组织作了鉴定，说明了历史发展的必然性，说明了人民的期望。广大人民是在现实中用自己作风雨表，认清党领导前进的道路的，人们为什么不走金桥，而要走铁桥、石桥甚至独木桥呢？让那些资产阶级的豺狼们，力竭声嘶地诽谤我们的人民公社吧，人们将毫不犹豫地走自己的金桥。

这些民歌产生的年代和背景就是这样：人民在鼓足干劲、力争上游、多快好省地建设社会主义的斗争中，用火样的热烈的感情和崇高的思想创作了民歌，而这种生动、深刻反映人民思想、感情和斗争的诗篇，又必定反过来大大地鼓舞人民继续前进。所以我们说这些民歌是大跃进的号角，是人民在物质和精神方面都在大跃进的铁证。这种歌声充满了地动山摇的力量，充满了勇往直前的信心，欢呼党、欢呼总路线、欢呼大跃进、欢呼人民公社！有谁反对这些吗，群众的声音就是无情的回击。

这是有着饱满热情的政治诗，在现实中开花结果的抒情诗，富有革命浪漫主义精神的叙事诗。苏轼歌颂韩愈时谓："文起八代之衰，而道济天下之溺"，以之衡量民歌，民歌则更为伟大。这有多少年代了，诗与劳动群众隔着一道鸿沟，直到毛主席在延安文艺座谈会上揭示文学工作的金科玉律，现在又见到这样精神振奋的具有新思想的民歌，千秋万世之后，当后代人们提起1958年，谈起这继往开来的一年，都将记着这些诗。它将与山河共存，与日月同辉。

当然，新兴的东西，不一定一切都是最完美的，这也正是需要我们去关心它，理解它，学习它，从而进一步提高它。对新生的东西缺乏热情，站在一旁指手划脚，这是完全错误的。用资产阶级贵族老爷的态度来贬抑它，更加是不能容许。但有的人对群众的创作活动，竟然采取了轻视鄙夷的态度。吴雁同志在《新港》上发表一篇《创作需要才能》就是如此。其实天下没有哪一件工作不需要才能，农民在农村干社会主义革命就需要很大的才能，才能就是在工作与实践中增长的。看了《红旗歌谣》，对于群众艺术上的才能，谁能不感到敬佩呢？如果把群众搞创作也以为是为的名利，这实在是"以小人之心，而度君子之腹"。只要接触过群众劳动斗争的就会知道，那些民歌创作实际是：生产队部墙头的大字报、贴在车间的生产的号召、在田头鼓动群众生产的顺口溜、被人们传抄在油印小报上的歌谣……我记得有一次，当我要一个农民诗人把他在土炉上贴的表扬炉前工的大字报拿到刊物上发表时，他反问我一句："这不已经贴在炉子上了吗？"当我向他索取过去写诗的底稿时，他莫明其妙地笑起来："谁留那玩艺儿，大字报贴过不就完了！"群众是很理解创作是为了劳动斗争的！脱离了群众实际斗争，自然也就不理解群众的创作。

想来谈一谈这些民歌的艺术特色。诚然，这儿选的民歌，是政治性与艺术性浑然一体的，灵魂和血肉是那样不可分割地组成民歌的生命。广泛深入地来谈新民歌的艺术性，还待我们继续从中开采无尽的宝藏。现在我只就我的体会，谈一谈新诗歌应从新民歌中学习的几点意见。

其一、正如前面所说的，新民歌是大跃进的产物，是人民在改造自然，征服困难，以力拔山兮气盖世之姿，大步前进中所唱的进行曲。自然，这些新民歌就真实地反映了人民的生活、思想和感情，人民的声音笑貌，人民的风格和气魄。这些新民歌唱出了我们这一代劳动人民的理论与实践、新伦理学和新美学的真理。

不是吗？谁能毫不含糊地嘲笑小农经济，谁能毅然地断定"人民公社是金桥"，谁能以冲天的干劲，敢说敢为：

干部能拿梯，
我们能上天。
干部能下海，
大海我们填。

谁能表达这种雄姿英发的人民的声音笑貌呢？他们把稻堆堆上天，而"撕片白云揩揩汗，凑上太阳吸袋烟"。

当我们读着："我就是玉皇！我就是龙王！令三山五岳开道，我来了！"的时候，就仿佛看到劳动集体主义的金刚塑象（像），他的一声呼喊，真是发聋振聩，去怯鼓勇。

当我们读着："河水急，河水慢，还得我们说了算，叫水走，水就走，叫水站，水就站"的时候，真切地看到组织起来的社会主义建设者的威力。以此制敌，何敌不摧！以此图功，何功不克！

如果说，我们某些新诗缺乏革命的浪漫主义，我想首先是在这一点上。因为它没有真正表达出群众的思想感情，不能象群众那样充满信心和勇气，与旧的决裂，向新的前进。当然，如果不是在群众的火热斗争中所产生的诗篇，也决不会有深刻的革命的现实主义。

新民歌给诗歌开辟了新道路。正如周扬同志所说的，诗劳动化了，劳动也诗化了，这种新伦理学和新美学正是新民歌的特色。

请看：

小蓬船，装粪来，
惊飞水鸟一大片。
摇碎满河星，
摇出满囱烟。
小蓬船，装粪来，
橹摇歌响悠悠然。
穿过柳树云，
融进桃花山。

这是一首何等充满诗情画意的诗，晨星未落，早炊开始，小蓬船逝入柳云桃山中，而这不过是送粪。但这是社会主义劳动，为社会主义劳动就是新的伦理学，新美学的基础也在于此。

反之：

头发梳得光，
脸上搽得香，
只因不生产，
人人说她脏。

男女情歌也只有和劳动联系才发生光彩，试看，《新媳妇走娘家》：

桃花开，
一片霞，
新娶的媳妇走娘家，
穿啥哩？
月白裤子花夹袄。
戴啥呢？
鬓角插朵白梨花。

是的，这个农村新媳妇的外形会使你看到觉得美丽，而更美的在于她头低着，“脸蛋红得象桃花”时回答哥哥的话语：

你呀你，别牵挂，
今去明就回来啦！
一不耽误社里活，
二不误俺学文化。

在新诗中，我们还缺乏这样诗的劳动化，劳动的诗化，还未能真正反映劳动人民的思想感情，这是主要之点。

其次，新民歌是民族化、群众化的作品。而这又正是特别值得新诗人学习的。

前些时日，报刊上曾讨论到格律诗的问题，对诗的形式的探讨这是一种好的现象。探讨诗的形式的目的，不外是为了最美好的内容与最美好的形式的统一（包括政治性与艺术性），在普及的基础上提高，使新诗歌更好地为工农兵服务。

这就要求新诗歌的进一步民族化、群众化。如果离开民族化、群众化的要求孤立地来探讨格律诗，那只会有一小部分人对它感到兴趣。

新诗歌的"学生腔"、"洋八股"，是它的根本性的弱点，幸而近来有了新的变化。而新民歌则具有继承民族传统，并极富新创造的特点。新民歌既有类似五言、六言、七言的诗，而又有长短疏密变化极为丰富的诗。既有象绝句一样的韵律，也有象律诗一样的对仗。喜闻乐见的形式，生动活泼的语言，读来上口，听来顺耳，容易记忆，全然中国作风和中国气派。显然，我们的劳动诗人从民间的戏曲、山歌、唱本中学习到这些，而又有所发展。

象《月下挖河泥》这首诗：

月下挖河泥，千担万担，
扁担儿——月牙弯弯。
咕，咕，象飞着一群大雁。

北风呼啸，汗珠满脸。
今年多施河泥千斤，
明年增产粮食万担。

你很难说它是某种固定形式的格律诗。譬如："今年多施河泥千斤，明年增产粮食万担"，对仗得何等工稳。象"北风呼啸，汗珠满脸"，就很有点《国风》的味道。"扁担儿——月牙弯弯"很近于词曲，"咕，咕，象飞着一群大雁。"则很像五四时期的白话诗。

至于象《架飞泉》：

劈开悬岩凿开川，
东西山上架飞泉，
流水哗哗空中走，
好似仙女弹丝弦。

这似乎象一首七言绝句，但与旧的七言绝句绝不相同，无论是诗的内容和语言都是这样。

诗歌真应该向传统的、民间的、现代的精华学习，象小高炉一样，"吞下矿山化铁山"，产生民族化的、大众化的新诗。

其三，新民歌在表达人民的思想感情生活时，是鲜明而精炼的。而这又正是特别值得我们学习的。

请读这首诗：

月儿弯弯星未落，
又打铜锣又吹角。
梦里怕是起了火，
却是社员早上坡。

张果老岩陡坡坡，
要叫荒岩变粮窝。
麻绳系在腰杆上，
口含种子手挖窝。

金子山，高又高，
金子山上白云飘，
悬岩陡坎变梯田，
社员劲头比山高。

在这里，时代的色彩，地方的色彩，劳动的色彩，劳动人民的精神状态都极为鲜明。试想要荒岩变成粮窝，这种用麻绳系腰爬上悬壁、“口含种子手挖窝”的战斗行径，多么令人振奋！我们的新诗也应当写得这样鲜明、充实而有力！

类似这样色彩鲜明的诗，在新民歌中是颇多的，如《走上鸡心岭》《架飞泉》《犁地姑娘云中走》《向太阳挑战》《妹挑担子紧紧追》《三过黄泥坡》，等等。

诗意的鲜明，不在于说得很多，写得很长。伟大的诗人常是用最集中的简练的文笔，概括一个时代的风貌，艺术的特征在于此。王安石论断孟尝君的文章不过百字，把他的历史环境、所作所为都交待得清清楚楚，一语而盖棺论定孟尝君。所以“山不在高，有仙则名”。诗更应该如此。我国传统的诗、词、曲都富于这特点，毛主席的诗词更是我们的典范。

新民歌中有很多诗用极为简练的字句，鲜明地刻画了人民的生活，譬如在《过去和今天》这一首中，写鹰脖岭地方的过去情况：

晴天地里插钢刀，
雨天泥土山下翻；
早晨稀饭照人影，
晚上月亮进了碗；
要想喝口清泉水，

半夜三更下山担；
姑娘不愿当村嫁，
十个小伙有七个光棍汉。
……

请看这样的诗句，多么形象化地描画了过去山区人民穷苦的日子，从田地的无雨的旱象、水土流失、到生活、到婚姻，那么深刻、精炼、集中，如要我写成叙事诗，恐怕千行以上，还不能如此鲜明。

在另一首诗《这间屋》中，把农村的贫苦农民历尽煎熬、闹革命，一直到农村办工业，都用一间屋中所发生的事件和变化，集中地表达出来。

另一首部队的诗《请你们爱护家》，描写一个从小就参加革命队伍的战士，要退伍还乡生产了，短小的叙事诗，把他在十年中部队给他的教育、温暖以及艰苦的战斗，都用真挚的感情、鲜明而简洁的语言表达出来了，我读着时，被感动得落下了泪。

象这种鲜明而精炼的诗，怎不令人热爱？新诗怎么不该从中学习呢？

所以《红旗歌谣》中的民歌，既是大跃进的号角，也是新诗歌的红旗。让我们热烈欢迎它的出版，从中吸取养分，鼓舞我们继续大跃进，开创我们新诗歌的宽阔的道路。

——原载《文艺报》1959 年第 19、20 期

贺　宜

为达到少年儿童文学的新高峰而努力

解放十年来，我们的少年儿童文学发展很快，成绩很大。固然，这种成绩如果和整个文艺事业的其他部门成绩相比，未必算得很突出，然而，只要回忆一下旧中国少年儿童文学创作与出版的情况，那么不论是谁，也不能不在事实面前，承认我们少年儿童文学的飞跃进展。

如果能够搜集解放前的与解放后的少年儿童文学书籍的出版数字，对作者人数，读者人数，来加以统计比较，我想这是件既有意义而又很有趣的工作。可惜还没有“有心人”做这个工作。然而，我们仍然可以用许多事实来说明少年儿童文学在这一时期内所取得的巨大成就。

最最重要的，最能说明我们党领导下的少年儿童文学取得的胜利的，是这样一个事实，那就是我们可以看到我们的少年儿童文学已经起了本质上的变化。——过去它曾经只属于少数儿童，而现在则已经属于新中国广大少年儿童读者们了；过去它曾经是孩子们的催眠剂和麻醉品，而现在则是用共产主义思想来教育孩子们的工具了。

十年来，党采取了各种办法来促进少年儿童文学的发展和繁荣。许多有利于发展少年儿童文学的具体措施拟订出来，贯彻下去。1953 年 12 月举办了少年儿童文学作品的全国评奖，对于鼓励创作起了良好的作用。1955 年 9 月，人民日报发表了《大量创作、出版、发行少年儿童读物》的社论。党发出了这个有力号召以后，立刻在全国引起对少年儿童文学工作的普通注意和深切关怀。中国作家协会积极响应了号召，为此特别发出了《关于发展少年儿童文学的指示》，要求各地分会“把发展少年儿童文学的问题列入自己经常的工作日程，积极组织少年儿童文学创作，纠正许多作家轻视少年儿童文学的错误思想，组织并扩大少年儿童文学队伍，培养少年儿童文学的新生力量，并加强对少年儿童文学创作的思想指导。”少年儿童读物的专业出版社——中国少年儿童出版社和少年儿童出版社也先后在北京与上海两地成立。

另外《中国少年》《新少年报》《中学生》《少年文艺》《少年时代》《小朋友》等全国性的少年儿童报刊也对少年儿童文学创作起了重要的组织与推动作用。

党的关怀使少年儿童文学获得了无穷力量,加快了前进的脚步。十年间,一支儿童文学的创作队伍已经形成。其中一些专门从事儿童文学创作的作家作了很大的努力,如袁鹰创作了不少优美的具有深厚感情的儿童诗,金近除写了一些朴易近人的诗歌外,还写了很多美丽的童话,陈伯吹除创作外,在儿童文学理论的探讨上尽了很大努力。他们的成绩都是很受人注意的。新的作家占这支队伍的最大多数。其中有几位可以从他们的作品中看到很难得的特出的艺术才能。像柯岩的一些出色的儿童诗,杲向真的一些生动的小说,刘厚明的某些富有演出效果的儿童戏剧,都有浓厚的儿童生活气息,受到孩子们的普遍欢迎。这些年青的作者们将成为建设我们新中国少年儿童文学的基本力量。许多知名的作家和诗人如郭沫若、叶圣陶、高士其、谢冰心、巴金、张天翼、魏金枝、严文井、靳以、周而复、周立波、马烽、康濯、袁静、魏巍、刘知侠、臧克家、田间、李季、阮章竞、袁水拍、贺敬之等等,以他们娴熟的艺术技巧,创作了很多具有深刻思想的作品,丰富了新中国少年儿童文学的宝藏,并且,他们所表现的对少年儿童一代的关怀和爱护,既鼓舞了孩子们,也感动了所有从事少年儿童文学工作的人,并且对端正某些人轻视少年儿童文学的错误思想大有帮助。

十年来,优秀的少年儿童文学创作出现了很多,仅仅那些短篇作品,就使我们有可能从1954年起,每年从中编选一部内容丰富的《儿童文学选》。而如果把从“五四”到中华人民共和国成立为止的全部优秀儿童文学作品,包括长篇创作在内,都编选在一起,怕也未必能选出像我们在一年中从短篇作品中所能选出的那么多。有谁能否认那些优秀作品对千千万万小读者的巨大影响呢?它们以健康的思想内容和动人的艺术魅力,强烈地打动孩子们的心,帮助他们正确地认识生活,帮助他们培养起好思想和好品质,帮助他们正确地认识自己——认识自己的力量和怎样正确对待生活和对待自己的优点或缺点……如果把这些优秀作品的作用跟优秀的教师在孩子们身上起的影响相提并论,无论如何也不能算是过分的。

少年儿童文学的这种成就并不是轻易取得的。在它十年的发展过程里充满着斗争,正像在我们的生活中存在这种斗争一样。这种斗争主要是两种文艺思想的斗争——无产阶级文艺思想和资产阶级文艺思想之间的斗争。

斗争是尖锐的。从解放开始,党就领导少年儿童文学一方面为了占领反动、淫秽、荒诞的读物所盘踞的阵地而斗争,一方面又坚决反对那种粗制滥造,对小读者不负责任的现象。随后又对少年儿童文学脱离政治、脱离生活、脱离儿童的倾向进行了严肃的批判。

当资产阶级右派在全国范围内向党和人民猖狂进攻的时候,少年儿童文学作者中间的右派分子也趁机搬出了许多谬论：什么儿童文学应该暴露生活的“阴暗面”呀；应该解放少年儿童的“个性”，在创作中描写他们的“萌芽爱情”呀；应该培养少年儿童的“勇敢性格”，因此需要描写他们敢于打人、骂人以及对长辈作出各种粗野鲁莽的行为举动呀；儿童文学不应该反映人民的政治斗争，反映了就会“公式化、概念化”，还可能把少年儿童培养成小老头呀；儿童年纪小，所以不应该对他们进行思想教育，否则就不符合少年儿童文学的“特点”呀，等等。他们妄图改变少年儿童文学的发展方向，取消它对少年儿童进行社会主义思想教育的严肃任务，而使它循着为资产阶级利益服务的方向去发展。党及时领导儿童文学工作者们给予反击，无情地揭露了敌人的罪恶阴谋，有力地批判了各种谬论。在斗争中，大多数作者受到了教育和锻炼，提高了思想认识，加强了自己对小读者的政治责任感和建设我们社会主义少年儿童文学的胜利信心。

就某种意义说来，十年来在少年儿童文学的发展上，广大小读者们也起了极大的督促、鼓励和推动作用。首先因为教育逐渐普及的原(缘)故，现在我们有历史上从未有过的那么多小读者，他们的呼声和要求任何人都不能忽视；其次，因为现在的小读者既聪明又“老练”，他们善于提出又正确又严格的要求。他们直率地说，他们对狭隘的主题和陈腐的题材感到厌烦，对干燥的说教和简单的故事感到不满，对贫乏的想像和空洞的思想内容感到失望。特别是由于广大少年儿童的社会主义觉悟普遍有所提高，他们有时甚至能敏锐地发现某些作品中的错误思想和问题，并提出尖锐的批评。他们要求作者们给他们更有意义、更有趣味的好书，否则，就毫不客气地予以抵制——不要看那些不入眼的书！

这是一种强大的压力。但是很好，很必要。因为它使某些自以为是的作家“叔叔”，也没法不从自我陶醉中醒过来，而去好好考虑一下怎样来回答孩子们的批评，怎样来改正一些缺点，怎样来满足孩子们的正当要求。

我们有这么多能干而又认真的小读者，坏作品是很难逃过他们的严厉批评的。而当一个作品受到孩子们欢迎的时候，他们总是最热情地赞扬它，还要对作者的劳动表示感谢。编辑部和作者们收到大量的读者来信，提到他们怎样为作品所感动，好作品给了他们多大的帮助——甚至还帮助他们改正了一些长久没有改正过来的缺点等等。这种信给了作者多大的鼓励，他怎么能不努力把作品写的更好些，以期不辜负这些天真热情公正无私的小读者的期望呢？有这样的读者，真是作者的幸福啊！然而，这样的读者在解放前是很难遇到的。

十年间，少年儿童文学出现了几种新的样式。小说、诗歌、散文、戏剧、童话、寓言、民间故事等等以外，又有了科学文艺、特写、曲艺(相声、快板等)等为孩子们所深感兴趣的几种样式。应该说,在少年儿童文学里面,这些新样式的出现不仅满足了今天小读者们日益广泛的兴趣,而且更为重要的是使少年儿童文学在完成时代所赋予的社会主义思想教育任务时,有了更多的武器。社会主义建设事业需要我们去从小培养少年儿童热爱科学的兴趣,教育他们以生活斗争和生产斗争的知识来武装自己,这样,儿童科学文艺就"应运而生"了。祖国的伟大建设和全国人民的劳动热情,敢想、敢说、敢做的共产主义风格,需要在少年儿童文学中更迅速地得到反映,这样特写就在一定程度上满足了这种需要。不但需要把孩子培养成未来的社会主义建设者和保卫者,而且还要让他们从小是积极乐观,心情舒畅,又会笑又能玩、热爱生活的孩子,这样我们就需要各种富有健康趣味的曲艺作品了。

少年儿童文学各种样式蓬勃活跃,使整个少年儿童文学创作出现了丰富多样的局面。每种样式都以它自己的特点和长处吸引了大量小读者。要充分估计我们这十年少年儿童文学的成就,自然应该衡量一下各种样式创作的具体收获,但是如果分门别类按样式逐一作周详的叙述和分析,那需要很大的篇幅,并且也非本文作者所能胜任,因此在这里只准备从作品对少年儿童所起的教育影响,来观察这一时期内我们少年儿童文学创作究竟在思想和艺术上达到了怎样一个高度。

首先,我想提到对少年儿童读者进行革命传统教育的文艺创作的情况。这方面我们有不少好作品,包括传记、回忆录、小说、诗歌、戏剧等。就它们在少年儿童中所起的广泛深刻的影响来说,无论给予怎样高的评价也不能算过分。

我们的孩子是幸福的,如同鲜花生长在自由温暖的春天花园里。从他们知事的时候起,就无忧无虑地欢度幸福的童年。一切都为了他们的幸福而准备着,仿佛生活开天辟地以来就是这样美好的。这些进行革命传统教育的作品的重要价值就在于帮助了我们的孩子认识过去,认识帝国主义和反动派的罪恶给人民造成的深重灾难,认识今天的自由和幸福并不是从天上掉下来,而是党领导全国人民经过艰苦斗争,流了无数的鲜血换取的。这样就给孩子们一种深刻的阶级教育和革命历史教育,使它们痛恨剥削阶级和一切反动派,痛恨吃人的旧社会和旧制度,因而更加会珍惜革命的果实,热爱今天的生活,而增加了向明天共产主义的伟大生活理想前进的信心和勇气。

不仅这样,重要的意义还在于这些为后代开辟了幸福道路的先驱者的远大理想,崇高的革命品质,坚强的意志和性格,革命人道主义的伟大精神,对于我们的孩子们是生活中最好的榜样。从他们身上,孩子们可以学到最最宝贵的东西,那就是在生活面前永远不向困难低头,永远不向罪恶屈服,永远和人民群众在一起,永远是目光远大、胸襟开扩(阔),为崇高的革命理想奋不顾身的这些革命品质。——这是孩子们今后奔向伟大生活目标所不可缺少的品质。而这种品质并不是先天具有,需要我们的孩子们从生活(其中包括着社会和学校的教育)中逐渐培养起来,而最后形成我们这个时代的孩子们具有社会特征的共同性格。

反映无产阶级的革命斗争，描写革命英雄的精神面貌的艰苦卓绝的斗争业迹(绩)，正是我们少年儿童文学的一个时代特色。过去的少年儿童文学还从来没有出现过这种题材和这种人物形象，只有社会主义少年儿童文学才能肩负这个光荣的庄严的任务。

我们应该满意地提到下面这些作品：传记和回忆录有吴运铎的《把一切献给党》、陶承的《我的一家》、卢大容的《和爸爸一起坐牢的日子》，梁星的《刘胡兰小传》、左林的《董存瑞的故事》；小说有杨朔的《雪花飘飘》、大群的《小矿工》、李伯宁的《铁娃娃》、刘真的《好大娘》、管桦的《小英雄雨来》、周而复的《西流水的孩子们》、马烽的《三个好朋友》；诗歌有李季的《三边一少年》和严阵的《红石》。这些作品都已成为广大少年儿童争相传诵的读物，其中绝大多数，发行数十万至数百万册。这些作品所表现的人物的思想感情和道德品质，已经深深地印在孩子们的心里。孩子们从这些英雄(不论是有名的还是无名的)作为自己的榜样，当他们遇到困难的时候，当他们发现自己的错误和缺点的时候，这些光辉的形象就涌现到他们的眼前，鼓励他们向困难作斗争，向自己的错误和缺点斗争，而他们就陡然获得了巨大的鼓舞力量，勇气倍增地向展开在前面的生活走去。

当然，感动读者的是历史和生活本身，是那些创造历史和生活的英雄人物的光辉思想和伟大人格。但是，如果作者们没有较好地完成塑造生动形象的艺术任务以表现这种生活与斗争，而能如此强烈地激动千千万万小读者的心灵，那是很难想像的。

广大小读者对这些作品的热烈爱好，以及这些作品在小读者们中深入人心的影响，应该是我们给予它们最充分估价的根据。

其次，要提到少年儿童文学在反映祖国新面貌和全国人民的生活与斗争方面的显著成绩。祖国社会主义建设事业飞跃发展和社会生活的巨大变化，特别是人民群众的智慧，劳动热情和对社会主义建设的热爱，是对年幼一代进行新爱国主义教育和共产主义前途教育的最好教材。歌颂我们的时代，歌颂我们的祖国，是人民(包括少年儿童们)对社会主义少年儿童文学的要求。而我们的少年儿童文学，完成这个任务的成绩是引人注意的。

无数小读者至今还没有忘记马烽所塑造的具有社会主义理想和坚强性格的少女韩梅梅的形象。她是同名小说《韩梅梅》中的女主人公。在某一时期，升学或是参加农业劳动曾经成为许多青、少年亟须解决的切身问题——实际是如何正确看待农业劳动的问题，韩梅梅的果断抉择和她在劳动中所表现的顽强斗争精神和她所作出的贡献，给予他们很大的启发和鼓舞。作品对这个高小毕业的少女的赞美，实际是对我们年轻一代爱好劳动的品质和社会主义思想的歌颂。

社会主义少年儿童文学必须写劳动和劳动的人，而且必须以最大的热情来写，因为在我们那样的国家中，劳动是人民幸福的基础，是人民创造性的自我表现。教育孩子们从小爱劳动，正确认识劳动的意义和价值，是少年儿童文学的一个重要任务。在正面描写劳动和参加劳动的人的精神品质的好作品中间，金近的《我做了记工员》和任大霖的《他们在创造奇迹》，是应该提到的。前者是一首朴素的诗，描写一个五年级孩子初次暂理记工员工作时的紧张而又愉快的心理，写得很自然生动。后者是一个特写，描写浙江一个农村中少年米丘林们的活动，在活动中孩子们所表现的敢想、敢做、大胆创造、刻苦钻研的共产主义风格和科学精神。这两个作品有一个共同的特色，那就是没有单纯描写一些劳动场面和技术细节，而能够比较深刻地写出了孩子们参加劳动的喜悦和劳动在孩子们思想性格上的影响。

整个社会主义建设和人民生活是气象万千、无限丰富的。因此少年儿童文学创作自然要触及与时代和生活密切相关的其他主题，其中特别重要的是关于反映新时代少年儿童幸福生活的主题。

少年儿童今天的生活和他们的精神世界是具有鲜明的时代特征的。这种时代特征就是反映在他们身上除一般的儿童心理生理特点以外的社会性格和时代精神。过去哪个时代的孩子，都没有过像今天少年儿童那样受到全社会的关注和爱护，也从来没有像今天的孩子那样高度的小主人翁自豪感和普遍的社会主义觉悟。少年儿童文学反映少年儿童自己的生活，它的意义不止是教育孩子们热爱自己的祖国，热爱自己的生活，而且是为了给他们指出生活的道路和对生活的正确态度。正是在这点上，我们的少年儿童文学起了不容忽视的积极作用。

袁鹰的诗集《篝火燃烧的时候》，金近的诗集《小队长的苦恼》，陈伯吹的散文《从山岗上跑下来的小女孩子》，杲向真的小说《小胖和小松》，任大星的小说《吕小钢和他的妹妹》，老作家叶圣陶的散文《一个少年的日记》，冰心的诗《我的秘密》，魏金枝的小说《越早越好》等等，都是深受小读者们欢迎的作品。我觉得有必要特别提一下张天翼的《罗文应的故事》和青年作家柯岩描写儿童生活的诗篇《小兵的故事》。

《罗文应的故事》曾经在广大少年儿童中间发生了深刻的教育作用。这个小说成功地塑造了一个新中国普通孩子的形象。他存在一些缺点，主要是不能约束自己——而这正是一般孩子的通病。在同学们的帮助和鼓励下，主要在罗文应自己不断的自我克制和坚持下，最后终于把缺点改正了。作者在吸引小读者们注意到自己的缺点的同时，唤醒了潜藏在孩子们内心的一种力量，那就是敢于和自己的缺点作不断斗争的坚强意志力。这样就帮助小读者们增强了改正类似缺点的信心和勇气。当这种敢于正视自己的缺点并向它作斗争的勇气，凝固为孩子们性格中一种稳定因素时，就成为孩子们生活中不断向上的重要力量。作品的思想威力就显示在这里。

柯岩的《小兵的故事》揭示了可爱的孩子们的内心世界——他们的爱和憎，他们的希望和理想，他们的快乐和失望，他们对生活的看法。作者选择了一些富有时代特征的儿童生活素材，来展现这些“小英雄”们的性格。例如描写孩子们爱玩“打仗”，但是今天孩子们“打”的“仗”的意义已经越出了单纯游戏的范围，而表达了孩子们爱祖国爱解放军的感情，和想当高尚人物的良好愿望，孩子们的这种感情和愿望，是只有在今天我们这样的社会里才能产生的。因此作者虽然写的只是一些极平常的生活现象，但是却有浓厚的时代气息。

从上述两个作品和其他许多描写儿童生活的优秀作品中，我们获得一个深刻印象，那就是这些作品的作者们都是怀着对孩子们的最大关切和热爱，都是经过了对儿童生活的认真观察和了解，都是运用了优美的，为孩子们容易了解的语言，即使在批评孩子们的某些缺点或者描写他们一些幼稚的行为时也都是亲切的善意的，丝毫没有站在一旁冷潮（嘲）热讽的意味。这是这些作品能够获得成功的主要原因。自然，作者们对孩子们的感情和态度，本身也是为我们整个社会对少年儿童一代关怀爱护的时代精神所影响、所决定的。

反映我国人民保卫社会主义建设的斗争和国际主义精神的作品也不少，可惜其中深刻的使人不易忘怀的艺术形象却并不很多。谢力鸣的《火热的心》和冯健男的《东山少年》，是描写我国人民反对帝国主义侵略阴谋，坚强保卫社会主义建设的斗争中有影响的两篇作品。《火热的心》中的孙国瑞和《东山少年》的那些少年形象已经成为小读者所熟悉和敬仰的人物了。关于表现我国少年儿童国际主义思想感情的作品也不少，给人印象最深的是袁鹰的诗《寄汤姆斯河畔》。

第三，要提到关于进行科学知识教育的一些文学作品——这就是现在习惯称之为“科学文艺”的东西。我们的孩子是祖国的未来建设者、共产主义事业的接班人，他们应该从小受到良好的科学知识教育，这种需要比过去任何时候都来得迫切。培养和吸引孩子们对科学的兴趣，是儿童“科学文艺”的一个作用，但是更重要的是，可以巩固和丰富他们在学校里所接受的科学知识，这种知识，在未来的生活中，将证明是极有价值和必不可少的。

在谈到儿童“科学文艺”创作时，任何人都不会忘记高士其的杰出贡献。这位为了科学研究而严重损害了健康的科学家暨作家，他本身的事迹是一部伟大的“科学文艺”作品。他在坏得不能再坏的健康情况下，顽强地为孩子们写出了好几本优秀的作品。《我们的土壤妈妈》《五年计划的科学故事》《时间伯伯》《揭开小人国的秘密》《太阳的工作》等，都强烈地吸引了小读者们的兴趣，并诱导他们自觉地要去叩科学宫殿的大门。特别值得注意的是，高士其的作品绝不是单纯地介绍一种知识，而总是闪烁着思想的光辉，并且充满着作者自己的激情，例如他的科学诗《手的进

化》,一开始就说:

手,伟大的手,
劳动者的手,
我赞美你!

这首诗按着马克思列宁主义的科学思想解释了手的进化,而且热情地歌颂了劳动和劳动者,使得读者不仅获得了有关手的进化的知识,而且激发了对劳动的正确感情。由于他的作品的强烈倾向性,使得"科学文艺"达到了一种更高的思想境界。

这位可敬的科学家暨作家并不是在孤军作战。在他的旗帜后面,有不少的"科学文艺"作家和年青作者。优秀的作品有迟书苍和于止的《割掉鼻子的大象》、魏寅生的《小白兔游月亮》、顾均正和于止的《一对好伴侣》、杨子江的《火星探险记》、赵沛的《黑龙湖的秘密》等等。"科学文艺"由于客观形势的需要,以及作者们积极热情的创作劳动,今后它将受到更多的注意和重视,在少年儿童文学中占更显要的位置,那是毫无疑问的。

最后,我想谈一下童话创作。所以要单独提到它,是因为它是最具有"特殊性"的儿童文学样式,而且是我国儿童文学创作中最早出现的一种样式。自"五四"以后开始,艺术童话(区别于民间童话的创作童话)的创作有它优良的传统,它曾经以冲锋陷阵的战斗姿态活跃在少年儿童文学阵地上,成为旧时代中以进步思想来教育少年儿童的锐利武器。解放以后,童话创作有了更大的发展,不论在思想内容和艺术水平上,都比解放前有很大的提高,它是少年儿童文学中一株鲜艳的迎春花。

张天翼创作了出色的长篇童话《宝葫芦的秘密》和童话剧《大灰狼》。特别是《宝葫芦的秘密》这个童话,突破了传统的形式,揭示了对我们孩子特别重要的有关劳动教育的主题。作者塑造了一个生动的形象——少年王葆。他获得了宝葫芦,——要什么有什么。但同时也获得了烦恼和痛苦。因为,不需要劳动而把别人的东西据为己有,对于我们今天的孩子绝不意味着幸福。这个童话的主人公对宝物的祈求和得到宝物以后的狼狈情况,反映了我们这个时代孩子们共同的善良愿望和对不劳而获的疾恶心理。这样童话不可能产生于解放之前,也不可能产生于以剥削阶级思想占支配地位的社会里。这是一个具有显著的社会主义思想的童话。

严文井的《唐小西在下一次开船港》也是一个很精彩的童话。它那明朗轻快的风格,生动活泼的语言,充满着儿童情趣的想象,以及曲折生动的故事,把作者的思想非常完满地传达给小读者。但是,艺术上的完美性并不是这篇作品的唯一特点,重要的是,作品帮助了那些不知珍惜时间的孩子认识时间的宝贵,并且培养他们克服缺点的顽强精神、勇敢、机智的性格,和对遭遇不幸的好人的深厚同情心。

我们还有其他的许多好童话,它们大部分还出自一些有经验的童话作家之手,例如金近，陈伯吹、包蕾等。最近在莫斯科国际电影展览会上获奖的动画片《小鲤鱼跳龙门》，就是根据金近的同名童话改编的。这个童话虽然很短小，但是很生动有趣，并且在运用童话形式来反映祖国的社会主义建设方面，作了一个很好的尝试。美中不足的是在童话创作上有成就的新作者却并不多。邓十喆的《煤神爷爷》是一篇值得注意的童话，这是根据流传在阜新煤矿区的民间传说写成的。童话作品中描写现代企业工人的生活和斗争，目前在我国还不很多。这个集子在扩大童话的题材范围和尝试触及一些全新的主题上，有它的积极意义，风格上也有它自己的特点。

我们还有很多根据民间故事再创作的童话、童话诗和童话剧。阮章竞的《金色的海螺》是一首出色的童话诗，它所反映的人民对美好生活的渴望和坚强的斗争精神，以及作品的艺术风格，给予读者深刻的印象。田海燕的童话《金玉凤凰》和董均伦的《匠人的奇遇》，依旧保持着浓厚的民族风格和民间色彩。任德耀的童话剧《马兰花》和梁彦、熊塞声的《巧媳妇》，已经在舞台上和电影中获得许多观众。

我们的少年儿童文学，十年来发展很快，成绩很显著，这是谁都能看到的事实。

自然，我们的工作也难免还存在些缺点。例如主要的问题是反映社会主义建设和人民的生活还不充分，还不够深刻；还存在某些脱离儿童生活实际的倾向；还不能正确掌握不同年龄少年儿童特点而作到适当的“儿童化”；在有些创作中存在片面追逐趣味或枯燥乏味地进行说教的两种极端倾向；有些作品的艺术质量太差，等等。这些缺点的产生，是由于我们一些作者思想水平还不高，还没有完全摆脱资产阶级文艺思想的残余影响，生活还不够丰富；也由于在作者队伍中绝大多数是一些新人，他们对少年儿童文学的特点还没有很好掌握，艺术技巧也不够熟练。当然，我们绝不能让这些缺点妨碍少年儿童文学的发展。我们能够正视缺点，并且不断克服它。

现在，有利于少年儿童文学发展的条件越来越多，越来越好了。少年儿童文学作者在党的亲切教导和培养下，在历次运动和重大政治斗争中受到锻炼，思想有了极大提高，创作热情空前旺盛，而各方面对少年儿童文学工作也逐渐重视起来，例如某些地方的作协分会加强了少年儿童文学创作的领导，许多文艺刊物也对少年儿童文学创作尽力提倡，还适当地开展一些理论评论工作等等，这些都不能不对今后的少年儿童文学创作发生有利的影响。在建国十年的今天，我们在回顾过去、展望将来的时候，为了整个少年儿童文学创作的丰收和美好的前景而感到高兴，这是完全有理由的。自然，这并不意味着我们将满足于眼前取得的成就而停步不前。不！所有的少年儿童文学作者都会以最大的劳动热情和严肃的创作态度，肩负起党所托付的“为小孩子创造大文学”的这个光荣任务，为达到我国少年儿童文学新的高峰而作不懈的努力！

——原载《文艺报》1959 年第 19、20 期

袁水拍

成长发展中的社会主义的民族新诗歌

十年来,诗歌创作,和其他文学创作一样,也有很大的繁荣和发展。全国解放,人民革命的伟大胜利,使诗人们充满了无比喜悦、感激和兴奋的心情,情不自禁地要放声歌唱。作为革命的文艺工作者,他们更有着革命的责任感,要反映我们的光辉灿烂的生活,要把诗歌作为武器为新中国服务。解放了,黑云吹散了,枷锁打碎了,我们的天地是何等广阔！诗歌有了充足的条件可以自由地到群众中去。通过大量的报刊、文学期刊、书籍等出版物,通过大字报、诗传单、无线电广播、朗诵、演出和说唱,以及作为歌词和音乐相结合,革命诗歌得到了广泛的流传。

十年来出版的诗歌集子,是很多的,印的份数也是很多的。在新诗运动初期,一本诗集往往只能印一二千本、几百本,而真正到读者手里的甚至更少。现在则一印几万册,作为歌词、唱词,通过说唱朗诵而和群众接触的,更无法统计。当然,迄今为止,诗歌和群众的结合,还是很不够的,需要加强、扩大和深入,但是已经达到的程度,无论如何是解放前所不能达到的。特别是在党的"百花齐放、百家争鸣"方针宣布以后,在整风反右派运动展开以后,在社会主义建设总路线宣布以后,在生产大跃进的形势下,诗歌创作更形成了蓬蓬勃勃的群众性运动,许多大字报以诗歌的形式出现,全国各地的新民歌风起云涌,这是"五四"新诗运动开始以来任何一个阶段所不能与之相比的。这样大量的群众创作的出现,无可辩驳地说明了中国人民是心情舒畅的,欢快的,意气风发的;他们热爱自己的国家,衷心地拥护中国共产党;他们坚信自己的光明前途。新民歌也表明了社会主义制度的优越性,表明了总路线、大跃进和人民公社的深得人心。试问哪一个资本主义国家能够产生这样大量的、充满乐观精神的民歌呢?哪一个资本主义国家的人民能够对政府和社会、生活和前途,唱出这样发自内心的、真诚的歌颂呢?

对大跃进以来的新民歌,我们党给予充分的重视和很高的评价,党领导了全国规模的民歌采集运动,召开了全国性的民间文艺工作会议。"从群众中来,到群众中去”，优秀的民歌得到了广泛的传播，日印几百万份的中央党报和各地党报，在第一版登了新民歌。中央和地方进行了编选工作，出版了大量民歌集子。最近郭沫若、周扬同志所精编的《红旗歌谣》出版了。这是社会主义时代的“三百篇”，是中国革命诗歌的瑰宝，中国革命文学的骄傲。在《编者的话》中，郭沫若、周扬同志说，新民歌是大跃进中劳动人民建设社会主义的冲天干劲的“最真切、最生动的反映”，是“共产主义文艺的萌芽”，“我们的作家和诗人将从这里得到启示”。这样的估价是完全正确的。除个别的以外，绝大多数诗人对新民歌是喜爱的、重视的。在党的启发下，去年以来诗歌界掀起了研究和学习新民歌的热潮。

在专业诗人的创作方面，十年来也有显著的成就，比较优秀的短篇创作，从1953年起，逐年编选出版，到去年为止，已出了四册（其中难免还有缺点，但这项工作是很有意义的）。在庆祝建国十周年的时候，又出版了一批十年选集，大部分是短篇诗歌：有臧克家的《欢呼集》、田间的《田间诗抄》、李季的《难忘的春天》、闻捷的《生活的赞歌》、阮章竞的《迎春橘颂》、冯至的《十年诗抄》、严辰的《繁星集》、郭小川的《月下集》、戈壁舟的《我迎着阳光》、石方禹的《和平的最强音》等。“五四”革命诗歌运动的前驱者郭沫若在开国以后经常有作品发表，最近有《长春集》、《骆驼集》等出版。长篇创作（包括整理出来、或由诗人加工的民间叙事诗）从开国到现在产生了：李季的《菊花石》《生活之歌》《五月端阳》《当红军的哥哥回来了》、阮章竞的《漳河水》《金色的海螺》、田间的《佧佤人》《龙门》《丽江行》《英雄战歌》《赶车传》第二、三、四部、李冰的《赵巧儿》《刘胡兰》、郭小川的《深深的山谷》《白雪的赞歌》《将军三部曲》、乔林的《白兰花》、戈壁舟的《山歌传》、张志民的《金玉记》、闻捷的《东风催动黄河浪》《动荡的年代》、徐嘉瑞的《望夫云》、未央的《杨秀珍》、臧克家的《李大钊》、张永枚的《白马红仙女》、雁翼的《英雄的矿山》、顾工的《龙头山》、梁上泉的《红云崖》、马萧萧的《石牌坊的传说》，以及兄弟民族诗人纳·赛音朝克图的《狂欢之夜》、苗延秀的《元宵夜曲》、韦其麟的《百鸟农》、岩迭等的《召树屯》、鲁格夫尔·扎猛等的《红昭和饶觉席那》、琶杰的《英雄的格斯尔可汗》、吴琪拉达的《阿支岭扎》、刘发俊·警亚的《季伯尔汗》等。此外，还有大合唱唱词、歌剧和诗剧。这个目录虽然远不是完全的，却已经可以看出长篇诗的创作是繁荣的了。这也是在解放前在“五四”新诗运动以来的任何一个阶段所没有的现象。除了短篇和长篇作品以外，歌曲，特别是群众歌曲的唱词，也应该列为诗歌创作的重要体裁之一而提到。十年来有许多相当优秀的歌词产生，像王莘的《歌唱祖国》、麻扶摇的《中国人民志愿军战歌》、陆原、岳仑的《我是一个兵》等。这方面已经有了一些致力较勤的诗人如放平、管桦、金帆、希扬等。说唱形式的诗歌产量也很多，从1953年起，逐年有《曲艺选》一种出版。

在解放前，新诗的专门刊物曾经创办了不少，但是几乎都是出不了几期就夭折了。从1957年起，中国作家协会主办了《诗刊》，后来，四川省文联又创办了《星星》，现继续出版中，在其他文学刊物报刊上发表的诗歌，为数更是不少。近年来，各地文学刊物还有“诗歌专号”的出版。这都说明了解放后诗歌创作是空前繁荣的。

1957年毛主席的旧体诗词十八首的发表，以及后来的《蝶恋花》、《送瘟神二首》的陆续发表，是开国以来诗歌方面的一件大事。这些作品，由于它们具有高度的思想性和艺术性，由于它们是革命现实主义和革命浪漫主义相结合的范例，发表后普遍传诵，并谱成歌曲；排成舞剧。它们给予诗歌和其他文学创作者以很大的启发。毛主席在给《诗刊》主编臧克家等同志的信中所提到的关于新旧诗问题的话，对新诗作者是很大的鼓励。

党对于诗歌工作的领导除了包含在对整个文学艺术事业的领导中以外，还表现在对新诗问题的许多具体的关怀和指导。在形式方面，提出了：“新诗应该在民歌和古典诗歌的基础上发展”的方向；党鼓励了关于诗歌形式问题的讨论，党报和各省、市党委关于收集民歌及时地发出了号召。1958年6月《红旗》杂志创刊号发表了周扬同志的《新民歌开拓了诗歌的新道路》一文，对于诗歌创作具有重要的指导意义。他指出：“一面鼓励群众的新创作，一面大规模地有计划地搜集、整理和出版全国各地方、各民族的新旧民歌，这对于我们现在文学的进一步要民族化、群众化，将发生决定的影响，它将开一代的诗风，使我国诗歌的面貌根本改变。”并说：“我们的诗人一定要深入工农群众，和群众一同劳动，一同创作，向民歌学习，向优良传统学习，只有这样，我们的新诗才有真正广大发展的前途。”最近《红旗歌谣》的《编者的话》指出了该书所收新民歌的选拔标准是：“既要有新颖的思想内容，又要有优美的艺术形式”，“着想超拔，形象鲜明，语言生动，音调和谐，形式活泼”，“是现实主义的，又是浪漫主义的”。我觉得这些话不仅是衡量新民歌的标准，同样也是衡量一般诗歌创作的美学标准。《编者的话》还再一次地强调诗人和劳动人民相结合的重要性。

我们的革命的新诗歌从来是努力着和革命的群众运动相结合的，它是在无产阶级和它的党的领导下成长和发展起来的，而资产阶级的反动的诗人则反对这一方向，他们宣扬“为艺术而艺术”的主张，散布个人主义的反动的思想、颓废的情调。革命的新诗歌作为革命新文艺的一个部分，在各个革命时期同封建阶级、资产阶级的反动的诗歌展开了斗争而取得胜利。如果从“五四”运动算起，新诗运动开始到现在，恰恰是四十年。在前三十年中，无产阶级的革命诗歌通过创作和理论，以李大钊、瞿秋白、鲁迅、郭沫若、殷夫等为代表，同反动的诗歌流派，像胡适派、新月派、象征派、现代派展开了斗争。反映了时代精神的革命诗歌在读者中发生了广大的影响，起了激发群众革命思潮的作用；而宣扬封建阶级、资产阶级思想的反动的诗歌则遭到了人民的唾弃。抗日战争以后,特别是1942年毛主席《在延安文艺座谈会上的讲话》发表以后,革命诗歌更找到了明确的方向:为工农兵服务。诗歌工作者开始深入工农兵群众。在诗歌创作中,出现了像《王贵与李香香》《漳河水》等具有民族风格的、和革命斗争相紧密结合的作品。在当时的国民党统治区,部分诗歌工作者也受到了毛主席的讲话的启示,而努力走向民族化、群众化的道路,使他们明确了为工农兵服务的方向。但是斗争一直继续着,在当时尚未暴露出反革命面目的胡风及其集团,所谓"七月派",以及受他们影响的作者,则走着另外一条相反方向的道路,那就是资产阶级个人主义的道路。他们还大量地散布反对毛泽东文艺思想的诗歌理论,使不少青年受到毒害。这斗争在解放后还继续进行,直到1955年胡风反革命集团被揭发,胡风及其"七月派"的反动诗歌和理论才受到严肃的批判。建国十年来,在诗歌方面的重大的斗争除了这一次外,还有在1957年全国整风和反右派斗争运动中,揭发了艾青等反党反人民反社会主义的罪行。右派分子通过行动,也通过诗歌创作,猖狂地向党进攻。艾青和某些右派分子和修正主义分子的作品曾经在读者中发生过一定的影响。他们在民主革命时期所写的某些作品,在当时也还发挥了积极的一面的作用。但是由于他们具有根深蒂固的资产阶级思想,拒绝改造,在社会主义革命时期,他们便越来越脱离群众,脱离革命,以至转到敌对的方面去,堕落为右派分子。他们居然在社会主义时代唱着哀悼他们自己、哀悼没落阶级、攻击新社会、攻击革命的反调。他们貌为提高艺术性,反对公式概念化,实则贩卖象征派、现代派、七月派的陈腐货色。艾青的诗论则公开地宣扬资产阶级唯心论和资产阶级文艺思想。右派分子和修正主义分子的诗歌作品和理论受到了诗歌界的批判。

在同资产阶级诗歌的不断斗争中,无产阶级的诗歌越来越繁荣发展。十年来,社会主义现实主义的诗歌阵地不断地扩大着。从"五四"时期到抗日战争、解放战争各个时期出现的诗人,有的坚持写作,创作了更多更好的作品,有的更多地为诗歌理论工作、文学研究工作或其他工作,贡献他们的力量。许多卓有成就的诗人和新出现的诗人,遵循着毛主席的指示,深入群众,改造思想,努力创造。在党的领导下,十年来,我们的诗歌的主流是正确的,坚强的、并且日渐壮大起来。

我们的诗歌是为政治服务的。在建国初期,诗人们以无比兴奋和欢快的心情歌颂了解放战争的胜利、人民革命的成功和中华人民共和国的诞生。随后,党所领导进行的历次革命运动,像土地改革运动、镇反、肃反运动、抗美援朝运动、农业合作化运动、整风反右派运动以及第一、二个五年计划轰轰烈烈的建设工作等,在诗歌中都有反映。诗人们承继着革命诗歌的传统,公开地把诗歌作为阶级斗争的武器。资产阶级修正主义文艺家常常在这一点上攻击和嘲笑我们的文学。他们硬说我们的文学、诗歌就因为和政治有密切的联系,所以产生不出好作品来,可是事实正相反,我们的受群众欢迎、得到流传、被认为是优秀的作品恰恰就是和革命政治结合在一起的,生动地深刻地反映了革命斗争的,它们正是每一次革命运动的产物。按诸“五四”新诗运动的历史,也是符合这一规律的。郭沫若的《女神》,殷夫、蒋光慈、蒲风等革命诗人的作品,就是这样的。抗日战争的烽火孕育了柯仲平、田间、何其芳、李季、阮章竞、严辰、力扬等的比较影响大的作品。田间因他的鼓舞抗战的短诗,被称为擂鼓的诗人。柯仲平的反映抗战中的工农形象的叙事诗以及解放后出版的包括一些过去所写的短篇作品,像《告同志》等,也是虎虎有生气地留下了当年的战斗的风貌。这仅仅是例子之一。其他作者的优秀作品也是如此。解放后,郭沫若、臧克家、肖三等老一辈的诗人,用他们的热情的诗笔,活跃地迅速地反映着国内外的事变,为社会主义革命建设事业,为保卫世界和平而歌唱。还有像冯至、田间、李广田、严辰、李季、阮章竞、贺敬之、徐迟、邹荻帆、张志民等也创作了反映现实生活的各个方面的优美作品。冯至的《韩波砍柴》、阮章竞《穷兄弟们站成队》,是土地改革运动中产生的动人的短诗。李季描写了建设西北的老战士和青年们。田间在解放后写作很努力,边疆、海防前线、农村、保卫和平……多方面的题材,在他的作品中出现。贺敬之的《放声歌唱》等歌颂了党和国家,他的《回延安》也是动人的。郭小川的关于青年生活的诗,在青年中受到了欢迎。徐迟赞美了边疆的建设。严辰描写了朝鲜战争中的英雄,歌颂了中朝人民的友谊。抗美援朝的伟大斗争激发起高涨的诗情,产生了像《枪给我吧!》等充满战斗的激情短诗,它的作者未央是十年来出现的许多新诗人之一。

十年来,革命诗歌的队伍壮大着,新的诗人(其中有的在解放前就开始写作了)有:闻捷、郭小川、魏巍、戈壁舟、魏钢焰、李冰、严阵、傅仇、顾工、雁翼、石方禹、梁上泉、韩笑、未央、张永枚、高缨、李瑛、金近、袁鹰、柯岩等。特别可喜的是工农出身的诗人出现了,多起来了,他们的有些作品被选入历年的《诗选》。工人诗人有温承训、李学鳌、韩忆萍、福庚、郑成义、黄声孝、孙友田等。农民诗人有王老九、刘章、刘勇等。在兄弟民族中也涌现不少新诗人,其中如傣族的康朗甩和康朗英,仫佬族的包玉堂,朝鲜族的任镐和金哲,哈萨克族的库尔班阿里,土家族的汪承栋,维吾尔族的艾里喀木·艾哈台木,蒙古族的巴·布林贝赫,藏族的饶阶巴桑等都是比较突出的。新的战士不断成长,工农诗人不断增加,这是文艺上的专业和业余相结合的方针的胜利,这只有在社会主义国家才有可能。

不管他们有的活跃在诗坛上已有三四十年的,有的还是开始不久(这名单自然是很不周全的),但是他们有显著的共同点,那就是他们都是社会主义的诗人,他们的诗歌为社会主义革命和建设服务。所不同的是他们的诗的题材,那是相当广泛的;同时他们也逐渐形成着各自的风格。在题材方面,许多人写了我国在解放后飞跃发展的工农建设事业,写了工农业建设战线上的英雄模范人物,这是很自然的事。十年来,特别是生产大跃进以来,我国的面貌大大地改变。它振奋着每一个人,而每一个人也都投入了这场轰轰烈烈的斗争。1958年,毛主席用“春风杨柳万千条,六亿神州尽舜尧”、“天连五岭银锄落,地动三河铁臂摇”的诗句生动地概括了大跃进的形势。在党的领导下,在人民的斗志的鼓舞下,作家、诗人纷纷下乡、下厂、下工地、下连队,参加劳动锻炼,参加基层工作。沸腾的生活,不能不使他们欢欣鼓舞地歌唱起来。人民公社、粮食增产、兴修水利、大炼钢铁、干部下放,成为普遍的题材,诗人们的调子空前地昂扬,他们热情地歌颂了总路线的胜利,歌颂了党中央和毛主席的英明领导。郭沫若发出了“遍地皆诗写不赢”“宇宙充盈歌颂声”的欢呼。王老九的《伟大的手》、田间的《一九五八年歌》、郭小川、闻捷、李季等为大跃进而写的诗、张志民的《社里的人物》、戈壁舟的《宣誓集》、严阵的《祖国喜事多又多》、刘勇的《跃进短歌》等歌唱了人民公社,王老九的“整顿苍天修地球”的豪语,表达了大跃进中亿万农民的壮志雄心。许多诗人写了建国十周年的颂诗。歌颂我们的党和人民,是我们诗人最光荣的劳动。

要真实地、概括地、深刻地、生动地反映劳动人民的先进的生活和精神面貌,不是由劳动人民自己来写,便是由非劳动人民出身的作家、诗人深入工农群众,去理解、去熟悉、去汲取他们的先进的思想情感,然后来写。而这些生活思想感情又有具体的内容和语言形式。既有阶级的风格,又有传统的色彩和时代的特征。有了这样的原料,才有可能提炼成为诗歌。因此,不少诗人遵循着毛主席的教导,在党的领导下,近年来进一步地努力解决深入生活和群众相结合这一根本性质的问题。近年来,阮章竞在包钢的生活已经可以看出是有收获的。他的《我的同代人》《丙班》《风砂》《冬天里的春天》等几首,是相当突出的作品。诗人写了建设工作的艰巨性,也写了工人阶级克服困难的英雄气概和必胜的决心。艰苦的环境并没有压倒建设者,相反地倒激发了人们的诗情和想像。阮章竞在他的作品中反映了他的“同代人”的革命干劲,他们的共产主义的风格,他主要写的是工人。下面这两行诗:

拿我们的工业水平,
改变世界的天秤!

表达了中国工人阶级的宏伟志愿。

李季也没有脱离群众生活。从他的作品可以看出,近年来他和建设工地,和那里的建设者,结成了亲密的关系,有着深厚的感情。这种感情不可能是一朝一夕培养得起来的,它是有来历的。李季喜欢描写农村中的在革命战争中成长起来的青年形象。从感情的真挚上,生活细节的真实上,可以看出,这些形象是渗透着作者自己的血肉的。和革命群众的深厚感情使作者在描写解放战争中的农民时,能够用这样真诚、体贴的语言来歌颂人民：

边区老百姓都受过毛主席的教育，

边区每个老百姓，都不能轻看！

这感情也使作者能够比较真实地刻划出那些建设工地上的工人、男女青年、技术人员、领导干部、转业的老战士的高贵的品质，对他们倾注了自己的爱，这不是空泛的而是真心的赞美：

我们就爱这号人，

一高兴把心都捐献。

当然，我们可以试图去探索一位诗人的革命感情的来历，但绝不能忽略这一事实：既然革命已经从民主革命时代发展到社会主义革命和建设的时代，一个作为先进分子的诗人也必须随着时代前进，成为彻底的共产主义战士，而不能有任何的停滞以至于倒退。李季在解放后不久，重新投入群众生活，投入建设事业，是完全正确的，这样就保证了诗人的思想上的进一步发展，而和时代精神相合拍。李季的作品以及其他具有同样优点的诗人的作品，再一次证明了文艺必须和群众相合的原则的正确性。

就文学的目的性——为政治服务，为群众服务——来讲，以及就怎样来达到这一目的的根本途径——和群众结合——来讲，是唯一不二的。但就写作的题材、形式、风格等等来讲，那是多种多样的。翻一翻十年来的长篇、短篇选本和单行本，我们就可以看到作者们所选择的题材的方面是广泛的。有关于工农业生产的、部队生活的，也有关于青年学生、妇女儿童生活的；有关于革命战争历史的、抗美援朝运动和海防前线的战斗的，也有关于社会主义革命运动的；有关于少数民族生活的，也有关于国际斗争、各国人民之间的友谊的；有歌颂科学发明、人造卫星的，也有关于神话传说的；有歌颂党、歌颂领袖的，也有歌颂普通人民的；有关于人民的阶级斗争、生产劳动和文化生活的，也有关于家庭和爱情生活，以及其他各方面的生活的。（比如还有描写风景的诗）。当然，群众所喜爱的描写爱情的诗是能够真正反映劳动人民爱情的优美的作品，而不是反映剥削阶级的糜烂生活和不健康的思想感情的作品。至于描写风景的诗，群众喜爱的也是合乎新时代要求，能够提高人们的思想情操的作品，而不是逃避现实的作品。过去几年中围绕着这些题材问题，无产阶级文艺思想同资产阶级、修正主义文艺思想，也是有过严肃的斗争的。

长篇叙事诗所描绘的画幅更为广阔，不少作品写了革命斗争历史，田间的《赶车传》、李季的《当红军的哥哥回来了》、臧克家的《李大钊》、闻捷的《动荡的年代》、郭小川的《将军三部曲》、乔林的《白兰花》都是如此。有些长篇已经博得读者的好评。长篇作品的猛增，表现了诗歌创作能力的跃进，诗人政治热情的高涨。长诗数量相当多,需要较多的时间的研究。用三言两语来对一部几千行的诗作评价,那是更不容易恰当的。还是以后再找机会研究吧。

除了题材而外,我们的诗歌在形式风格方面也是多种多样的。新诗、民歌和旧体诗,自由诗和格律诗,具有传统色彩的和受外国影响的,都并存发展。这是党的"百花齐放、百家争鸣"方针的体现,这方针对于诗歌有很大影响。过去旧体诗和新体诗几乎是水火不相容的,现在则并存在一本选集里,都为社会主义服务。有的原来用旧体诗写作的诗人在写着新诗,有的写新诗的诗人在写着旧体诗,有的诗人向来两种都写。毛主席的旧体诗词受到人民的普遍喜爱,改变了对于旧形式已经没有生命的看法。写旧体诗的人对新诗也在他们的作品里羼杂着新的语言和词汇,甚至口语。有一些五言诗、七言诗、四言诗、六言诗以及长短句,在内容上既分不出新和旧来;在形式上,也是很难绝对地作新和旧、古典和民间形式的区别的。这种现象应该说不是坏的,而是对于中国诗歌的发展有利的。

大跃进以来,新民歌大量产生,刺激了新诗人再一次地考虑新诗的形式问题。周扬同志对新诗在下面这一段批评,这是代表绝大多数人的意见的:"'五四'以来的新诗打碎了旧诗格律的镣铐,实现了诗体的大解放,产生了不少优秀的青年诗人,郭沫若就是其中最杰出的代表。新诗有很大成绩,为了同群众接近,革命诗人作了很多的努力。但是新诗也有很大缺点,最根本的缺点,就是还没有和劳动群众很好结合。群众感觉许多新诗没有真实地反映他们的生活、思想和情感,在这些诗中感觉不出群众自己的声音笑貌,更不要说表现劳动群众的风格和气魄了。群众不满意诗读起来不上口,特别不满意那些故意雕琢、晦涩难懂、读起来头痛的诗句,总之,群众厌恶洋八股。有些诗人却偏偏醉心于模仿西洋诗的格调,而不去正确地继承民族传统,发挥新的创造,这就成为新诗脱离劳动群众的重要原因。诗人只有向群众学习,向民歌,特别是向新民歌学习,才能为我们的诗歌打开一个新局面。"

许多新诗人在生活和创作中努力贯彻向群众学习,向新民歌学习,向古典诗歌学习的精神。过去已经作了这样的努力的人,进一步地加强努力,过去较少或不注意这一方面的,开始改变自己的诗风。在这一热潮中也有抱有抵触情绪的,但为数很少。大体上可以说,社会主义的民族的诗风已经吹红了诗坛。但是这诗风决不是千篇一律的、死板的。它是中国作风、中国气派、为群众所喜闻乐见的,也还是百花齐放的,并不排斥向外国的吸收和新的创造的。

如果是一位比较年轻的诗人用民歌的形式来写,那是不足为怪的。可是现在,像下面这样的诗:

> 太阳太阳我问你,
> 敢不敢来比一比?

……

我们摸黑才回来，

你早收工进地里。

却是郭沫若写的。这位“五四”革命新诗的奠基人的许多作品是有着民族的风格的，可是像上面这样一类民间形式的作品，在他过去的一些诗集中是难于找到的。

如果下面这样的句子出自向来写“信天游”的李季的手，那也是不足为怪的：

山丹丹花开满山坡，

延安的人民快乐多，

党中央十载住延安，

领导全国抗日战，

响亮的歌声震山河。

但是这诗的作者是曾经写过不少“十四行体”的冯至。这不能不说是十年来，特别是大跃进以来的新变化。

在吸收古典诗歌形式方面，光未然的《塞上行》、贺敬之的《三门峡歌》等可以作为例子。

许多新诗人在作着民族化、群众化的努力，但各人的风格并不都是一样的。有一字尾或三字尾的七言，也有双字尾或四字尾的七言；有近似旧体诗的七言，也有民歌体的七言；有近似旧体诗的五言，也有民歌体的五言；有七言以上的单字尾的形式，也有七言以下双字尾的形式；有单纯的单字尾或双字尾的形式，也有单字尾、双字尾的长短句混合的形式；有四言、六言、八言……，也有七言、九言……；有受旧体诗词影响的，也有受戏曲影响的、鼓词影响的；有四行一节的自由诗或者所谓半格律体，以及现代格律诗，也有受马雅可夫斯基的所谓楼梯诗的影响而同时又具有民族风格的，有较少民族风格的自由诗，也有较多民族风格的自由诗。我们的民族诗歌的传统的丰富伟大也表现在形式上，那是极其丰富多采(彩)的。从古典诗歌到民歌，我们不妨尽量选择吸收它们的长处，此外，还可向外国形式借鉴。在形式问题上，张光年在《红旗》杂志上发表的《从工人诗歌看诗歌的形式问题》一文中，有这样的估计，我想是恰当的：“人们精神生活的需要是多样化的。社会越进步，人们的文化生活越丰富。艺术形式今后不是固定不变，而是变化多端，不是越来越简单，而是越来越多采。新诗歌在艺术形式上的总的趋向，是民族化的，群众化的，又是多样化的”。

形式问题对诗歌来说决不是一个不重要的问题，要使我们的新诗歌为广大群众所接受所喜爱，使我们的新诗歌赶上古人，超过古人，使我们的新诗歌在世界诗坛上独树一帜，来丰富世界无产阶级的诗歌宝库，我们需要创造具有优美的民族形式的、思想性艺术性并高的诗歌。

形式问题也不是能够离开了内容问题来孤立地解决的。诗人首先要深入群众，了解群众的喜爱，首先要树立并且坚持诗歌为社会主义、为劳动人民服务的思想，从我们的革命历史看，新诗发展史看许多革命烈士、革命诗人，在革命斗争中，为了对反动派作战，向群众进行宣传教育，他们所创造的许多革命的优秀的诗歌，往往都是富有民族风格的，接近群众的。这里包含着一个重要的启示。比如鲁迅在《十字街头》上发表的诗、瞿秋白的《东洋人出兵》和《平津令杂剧》、夏明翰的《砍头不要紧》、刘绍南的《答敌人审问》和《壮烈歌》、彭湃的《田仔骂田公》、张剑珍、魏嫲就义时所唱的山歌、欧阳立安的《天下洋楼什么人造》、杨靖于、李兆麟作的军歌、陈然的《我的‘自白’书》等等，在肖三编的《革命烈士诗抄》中的例子也很多。可惜，在当时，大多数作品是无法广泛流传的，甚至有些是从未发表过的。只有现在我们才能把它们印出来。当时它们没有广泛传诵，绝对不能说是这些作品本身的过错，而是反动统治压迫的结果。这些作品的方向是完全正确的，这是我们的无产阶级革命诗歌的伟大的光荣的传统！现在是这些作品广泛传颂的时候了！它们将传之千古！

去年以来关于诗歌形式的讨论是很有意义的，已经明确了诗歌民族化、群众化的必要性。许多诗人在这方面的实践是有意义的，诗歌的新局面已经打开了，一代新诗风在形成了，需要更大的努力，努力深入生活和群众结合，努力学习政治和理论；向新民歌学习，努力创造，加强研究和学习古典诗歌、民间诗歌创作和理论，加强理论批评工作，进一步研究和讨论形式问题，继续开展群众性的业余诗歌创作运动！

——原载《文艺报》1959年19、20期

严文井

光明的赞歌

——开国十年文学创作选《散文特写》序

是些什么东西到处在闪光？那光亮绵延不绝，越来越强烈，照亮了我们每一个人，以致使我们许多人都感觉自己心里好像有了一个小小的太阳。

对，生活在闪着光。

这是现在，我们进入了自己的春天。

那么，在过去，在那寒冷的冬夜里，又是些什么东西在闪光？即使在那最深沉的暗夜里，也总有那么一团光亮在我们面前闪动，忽强忽弱，然而从也不曾消失。那又是什么？

对，希望在闪着光。

提起了希望，这里有一个动人的带点象征性的小故事。

一支队伍正在一个漆黑的夜里行军。过去几个月内，他们接连打了许多仗，走了很长很长的一段路程。他们又饥饿又疲劳。四周是无尽的荒野，那景象早已变得一片模糊。耳边只有不断的冷风和狼嚎的声音。走啊走啊，那些烂了脚的人互相搀扶着，渐渐落在后面了。现在到了什么地方，离宿营地到底还有多远啊？

可是，看！

前面忽然出现了一堆堆篝火。

好啊，同志们燃起的篝火！

"……篝火星星点点的，好像夜市一般。篝火现红色，接着是飘动的透亮的火焰，再上去，变成了蓝色，终于和夜色相溶，消失在夜色里了。"

那火焰，就是希望。那火焰，就是力量。疲劳好像消失了，痛苦好像减轻了。他们加快了步子，朝着那有亮光的地方走去。

过了两天，队伍又继续前进。白天过去了，接着又是那茫茫的黑夜，饥饿，疲劳，冷风，和狼叫。渐渐又有人掉队了。可是，走啊走啊，看！

前面突然又出现了那样一堆堆的篝火。掉队人心里又燃起了希望。

篝火的火焰，永远在前方飘动，鼓舞着后面的人。这只(支)队伍坚持着往前走，终于通过了那漫长的黑夜。

这是一篇关于红军过草地时的回忆录的大致内容。《飘动的篝火》，多么动人的一首散文诗啊!

这是一首对于光明的有力的赞歌。

十年来，类似这样的好散文，出现了不少。这本散文特写选集一共选进了五十六个作者的七十七篇作品。这些作品，题材和风格都很不一样，可是我觉得其中有一些重要的东西却是共同的，大体上都可以叫做光明的赞歌。

我认为这样说，并不是滥用文学上夸张的权利。

一篇散文并不一定要求有一个完整的故事。然而读了这些散文后，我却好像听到了一个有头有尾的故事。

对的，和《飘动的篝火》有些相像，这是一个关于火焰和光亮的故事。

烈火已经燃起，正在四向蔓延。光亮不绝，越来越强。就是这样一条闪闪的光带把过去和现在，又把现在和未来，连接了起来。

下面就是这个故事，这个故事的部分内容(我无法举出其中的一切重要情节)。

我们回到了二十几年前的金沙江边。故事暂且就从这里开始。

我们看见了一个石山洞子里的通夜不绝的光亮。这是毛主席的灯火。他正在指挥红军渡过金沙江。这真像一个童话。就是这个灯火，保证了革命的火焰永远不灭。就是这个灯火，后来照亮了全中国，照亮了东方。

时间逐渐过去，于是我们看见了一片光辉。

这光辉里包含着我们进军的炮火的闪亮，包含着我们忠贞的地下工作者，他们手电筒的闪亮。红色的光辉啊，这是烈士们献身的烈火。

这光辉里也加进了一个小女孩做的小橘灯的微弱的闪亮，她在最困苦的时候也相信一切都会好起来;还加进了阜平山沟里一个织布姑娘心里的闪亮，她正在纺织着别人和自己的幸福未来。

又一段时间过去了，光辉更加扩大。

什么地方又升起了一堆堆篝火。可这跟若干年前草地上的那篝火有些不一样，这是勘探队在野外举行晚餐时燃起的篝火。

是的，在我们同一片土地上已经发生了很大的变化。

于是我们看见了大戈壁上满载的载重汽车的长长的灯光，我们看见了找矿的工程师手里荧光灯的紫色的光。看守盐湖的人在他树上的小木棚里点起了油灯。佛子岭水库工地上挂起了一排排的电灯。我们最可爱的人在朝鲜的坑道里生着了木炭。北大荒被垦荒队燃起了荒火。

又一段时间过去了,光辉更加耀眼。

原野上出现了更多的火光。这又是什么篝火?不,这是农民们在“夜战”,他们在连夜兴修水库和梯田,这是无数灯笼火把的光。

看,那无数闪动的红光又是什么?那是小土炉和小高炉在炼铁。

海洋上的那一片闪光又是什么?那是不怕风浪的渔船在深夜里捕鱼。

还有,那是福建前线我们强大的炮火的闪光。炮火的闪光和沿海岸小土炉的闪光交织成一片,照红了海洋。

还有,那是夜间工地上探照灯的光带。那是荒原上新建的工厂区连成一片的温暖的灯光。那是电焊的蓝光。那是钢水倾泻时的白色的闪光。

闪光啊,你数也数不清。这就是社会主义建设,我们在大跃进。

于是,今天来了。

我们的时代闪着光,在激烈的搏斗中出现了。

我们的人,战胜了无数艰苦和困难,成长起来了。

一个无所畏惧的巨人,精神百倍地向着未来迈开了大步。

道路已经开辟,而且必然会一天比一天开阔。

以上就是这个故事。这就是我们的抒情。

因此我不能不肯定十年来我们的散文特写。

十年来,我们的散文特写作家,抓住了时代精神,注意到我们的人民,和生活的迅速变化,面向斗争,及时地参加了战斗,画了很多速写,雕了不少浮雕。数以千百计的业余作者,也写了大量特写。散文特写数量之多,是十年以前任何一个时期都不能相比的。虽然这还不等于刻画出了我们新的历史的全部丰富内容,还不能把这些篇章就叫做宏伟的史诗;但无论如何不能因此就忽视这个了不起的劳动,低估它的成绩。十年来,我们的散文,无论从质从量来看,它的成就都决不比过去小。

当然,我这不是说,在这门形式里一切都已经做得很够,每篇作品都完美无缺了。如果我们仔仔细细考察一下,一定会发现十年当中还有不少应该反映的重要的东西没被写下来,或者写了而没写好。这个园地里也还出现了一些毒草。有一部分鲜花,形式还不够完美,思想还不够深刻。也许我们还有些人不十分重视这个形式。我们也还可以要求某些作品写得更热情,更豪放一些;又可以要求某些作品写得更精炼,更含蓄一些。为了满足读者们越来越高的口味,我们可以不断地提出各种希望和要求。

有的人也许是看惯了过去的某些短小的散文,抱怨今天的散文缺少精致。这意见固然不能说毫无道理,但也要允许对事实作些辨别。除了对不同的作者的不同风格要作一些辨别外，首先，更要对生活作一些辨别。是不是只有小巧玲珑的东西才是美的？

我们有的人生长在海边，那些不生长在海边的人也有的曾经到过海边。海边有精致的东西，例如各式各样美丽的贝壳。可是除了这些东西以外，我们也还可以发现别的许多美的东西。我们用不着登上海船向大洋里航行，只要稍稍把脑袋抬起一点，马上便可以看见那卷着白沫滚滚而来的波涛。几只渔船一起一伏，渔民们正在风浪里收网。我们在沙滩上捡起了自己喜爱的贝壳，可是千万也别忘了望望远方，望望云天和波浪。光有贝壳，还不成其为海洋。

十年来，我们的散文有了很大的发展。我们应该看到这个发展。

我们新的散文已经不再限制于表现作者自己和作者自己圈子里的那些人物了。工人，农民，和战士登了场。他们不再是几个化了装的粗粗的概念。我们看到了具体的钢铁工人，石油工人，汽车司机，勘探者，伐木者，垦荒者，拖拉机手，志愿军战士，海防战士，荣誉军人，猎人，渔民，邮递员，演员，民间歌手，乡村小学教员，和其他各种各样人物的不同面貌。除了外表，我们也看到了他们的内心。我们看到了他们彼此之间的新的关系，看到了他们每一个人的新的精神面貌。他们是这样勤劳勇敢，永远不松劲，永远要跑在时间的前面。我们的散文从许多角度表现了他们的英雄主义和乐观精神，歌颂了他们的斗争和劳动，意志和理想。

我们的散文已经越出了“内地”的范围，不再限制于描写一两个大城市和作者自己的家乡了。散文作者把我们带到了许多边远的地区。于是我们看到了草原，沙漠，荒山，森林，和海洋。我们也看到了所有这些地方的变化。沙漠里出了石油，荒原上出了粮食和棉花，深山里出了各种宝贵的矿石。我们还看到了许多十年前根本不存在的城市。我们就经过许多十年前根本不存在的铁路，公路，或航空线到达了那些地方。我们的许多散文是写得这样富于色彩，这样善于表现各个地方的风土人情。我们的河山是这样可爱，我们的祖国是这样可爱。

我们的天地是在一天天扩大。我们的眼界也在一天天扩大。因此不仅我们的题材扩大了，而且我们的思想感情也丰富了，趣味也提高了；所有这些都证明我们的散文有了很大的发展。

是的，我们新的散文真正继承了过去的优秀传统，而又确实比过去有所发展。

我们也必须有所发展；否则，我们就会跟不上生活的步子。

我们特别注意到这样一件事实。

战斗的散文，在过去针对着黑暗和普遍存在的腐朽事物，它有如投枪和匕首；而现在，面向着光明和无数的新生事物，它情不自禁地唱出了热烈的赞歌。

又是投枪和匕首，又是热情的赞歌；打击了敌人，鼓舞了我们自己；于是，我们斗争着的散文自身也发出了强烈的亮光。

这个光辉的十年已经过去,又一个光辉的十年就要开始。摆在我们面前的,永远是新的生活和新的斗争。我们永远做不完,也永远写不完。斗争总在要求我们快。这个要求完全合理。那末,让我们更多的人更好地掌握一种能够迅速反映生活直接配合斗争的文学样式吧,那就是散文特写。我们必须紧紧地跟着人民和时代前进。

1959 年 9 月 12 日

——原载《文艺报》1959 年 19、20 期

卞济远

十年话剧创作的成就令人鼓舞

一

新中国成立到现在已经整整十年了，回顾这十年来的话剧创作，呈现在我们面前的，是一幅令人欢欣鼓舞的图画。十年来，剧作家在党的领导下，坚持工农兵方向，贯彻党的社会主义文艺路线，执行百花齐放、百家争鸣的方针，不断努力提高思想、深入生活、提高艺术技巧，使得话剧创作不仅在数量上、同时在质量上，不仅在思想性方面、同时在艺术性方面，都取得了重大的成就。

十年来的话剧创作继承和发扬“五四”以来话剧的战斗传统，坚持社会主义现实主义的创作原则，与当前政治斗争密切配合，为鼓舞和教育人民群众发挥了重大作用。十年来，剧作家们用最大的热情和最大的努力，首先出色地反映了我国社会主义革命和社会主义建设的新生活，歌颂了各个战线上涌现的为建设社会主义奋不顾身的先进人物。开国以后不久，就首先出现了一批描写工业建设生活的优秀剧本，如夏衍的《考验》和杜印的《在新事物的面前》，接着是李庆升等的《四十年的愿望》和柯夫的《双婚记》等。同时，描写农业战线上的斗争生活，也出现了许多优秀的作品，如安波的《春风吹到诺敏河》、胡可的《槐树庄》等。城市劳动人民的思想生活的变化和知识分子思想改造方面的主题也得到了出色的反映，如曹禺的《明朗的天》和老舍的《老须沟》《方珍珠》《女店员》《全家福》等。兄弟民族地区的生活也是剧作家创作的重要领域，值得提出的优秀作品有甘肃省话剧团集体创作的《在康布尔草原上》、苏一萍的《如兄如弟》、蒙族作家超克图纳仁的《金鹰》《巴音敖拉之歌》、武玉笑的《天山脚下》等。1958 年中，反映我国当前的社会主义建设大跃进，又出现了刘川的《烈火红心》、王命夫的《敢想敢做的人》、段承滨等的《降龙伏虎》和陈其通的《劳动人民的战士》等一大批优秀作品。

我国人民在对帝国主义和国民党反动派长期的斗争中，创造了光辉的业绩。这些史诗般的斗争历史在我国剧作家的笔下,也得到了应有的反映。十年来,特别是近几年来出现了很多成功的描写革命历史题材的剧本,如陈其通的《万水千山》、胡可等的《战斗里成长》、金山等的《红色风暴》、顾宝璋、所云平等的《东进序曲》、刘云、余凡、雪草等的《八一风暴》、傅铎的《冲破黎明前的黑暗》、杜宣的《无名英雄》、赵寰等的《南海战歌》等。从"二七"大罢工、南昌起义、工农红军二万五千里长征、到抗日战争、解放战争……这些剧本,几乎将三十多年来我国革命斗争的各个重要阶段,都作了生动的反映,组成了动人的革命历史的画廊。

我国剧作家热情地歌颂我国人民的武装力量,反映我们的武装部队在抗美援朝、国防前线和边防斗争中所取得的伟大胜利,如胡可的《战线南移》、宋之的的《保卫和平》、黄悌的《钢铁运输兵》、沈西蒙的《杨根思》、金振家、于村、李章等的《无名岛》和高德华的《三八线上》等作品,都得到了观众们的热烈欢迎。

我国话剧创作执行党的"百花齐放"的方针,题材风格样式是多种多样的。剧作家们不但以当前工农业建设和革命历史斗争作为剧本的题材,也写作了相当数量的历史题材的剧本,如田汉的《关汉卿》、郭沫若的《蔡文姬》、老舍的《茶馆》等。这些剧本在思想和艺术质量上都有相当高的水平,获得了观众的赞赏。此外,以陈白尘的《纸老虎现形记》为代表的一批时事讽刺剧,也是十年来话剧创作收获中的一个重要方面。它们尖锐辛辣地揭露了美帝国主义的战争阴谋,获得了观众的好评。反映人民内部矛盾的喜剧、讽刺剧,几年来出现了一些成功的作品,如艾明之的喜剧《幸福》、何求的独幕讽刺剧《新局长到来之前》等等。

特别值得提出的,是十年来儿童剧创作的发展。儿童剧在解放前是我国戏剧创作中最薄弱的一环,儿童剧创作是很不发达的。开国以来,随着儿童剧院的建立和发展,我们也出现了不少为少年儿童所喜爱的儿童剧作品,如张天翼的《大灰狼》、任德耀的《马兰花》、孙福田、邢野、和谷岩的《儿童团》、罗英等的《革命的一家》、中国儿童剧院等集体创作的《飞向星星世界》、王鄹、昭慧的《在河边上》、刘厚明的《夏天来了》、柯岩的《双双和姥姥》《娃娃店》、奚里德的《地下少先队》等剧本。

独幕剧创作,这十年来有十分显著的进步,不仅数量上颇为可观,而且在思想性和艺术性方面都有所提高,如孙芋的《妇女代表》、崔德志的《刘莲英》、舒慧的《黄花岭》、金剑的《赵小兰》、赵羽翔的《两个心眼》、鲁彦周的《归来》等等都是优秀的独幕剧作品。

我们将以上十年来比较优秀的话剧剧本作了简单的介绍,这当然是很不完备的。不过就从以上介绍的这些剧本来看,我们已经可以说:十年来的话剧创作是一片百花争妍、果实累累的丰收景象。我们不可能详细地逐一评论这些作品。但是,当我们提到以上这些为观众和读者所熟悉的剧本的时候,我们相信,人们的共同感觉是:这十年是我国话剧创作史上空前繁荣的十年。是在数量上和质量上都大为提高了的十年。

我们再看看我们剧作家的队伍,同样使我们兴奋。十年来剧作家的队伍有了很大的发展,不但老剧作家更为活跃,而且还增加了一大批青年剧作家,特别是从工农群众中成长了一大批青年剧作者。剧作家队伍的壮大和成长,不但是我们话剧创作发展的重要标志,而且是话剧创作发展的根本保证。以田汉、曹禺、夏衍、老舍、陈白尘等所代表的一批老剧作家,十年来在创作上都取得了崭新的成就。他们在思想上和艺术上更加成熟了,他们的热情更加高涨了,艺术的青春更加焕发了。在他们繁忙的艺术领导工作之外,辛勤地写作着。田汉同志从 1958 年起,一连写了三部多幕话剧《关汉卿》《十三陵水库畅想曲》《文成公主》。老舍同志从解放初期的《龙须沟》起,十年来一直手不离笔,接连地写了《方珍珠》《茶馆》《女店员》《全家福》《红大院》《青年突击队》《春华秋实》《西望长安》等九部多幕话剧,是十年来写作最勤奋的作家之一。曹禺同志写作了标志他创作上一个新的起点的《明朗的天》。这位才华横溢的剧作家,近年多病,病中还修改了他的旧作。夏衍同志写了表现工业建设生活的重要作品《考验》。陈白尘同志开辟了时事讽刺剧的新领域。郭沫若同志在繁忙的各种工作之余,也抽空写作了历史剧《蔡文姬》。在同样的情况下,阳翰笙同志也写作了《三人行》。欧阳予倩同志改编整理了旧作《黑奴吁天录》。可以看出,我们老一辈的剧作家,不仅在他们的工作岗位上发挥了巨大作用,用他们的艺术经验培养年青的一代;同时,在他们自己的创作实践中,也在"更上一层楼"地向前迈进。

从抗日战争和解放战争中成长起来的一批剧作家们,在这十年中更壮大起来了。他们在思想上和艺术上都表现了显著的提高。他们已成为我们剧作家队伍中的逐渐成熟的坚实的力量,成为表现我们时代的新生活和新人物的有力的突击手。以《万水千山》等作品的作者陈其通同志和《战斗里成长》《战线南移》《槐树庄》的作者胡可同志等人所代表的这样一批剧作家,他们十年来的成绩是使人感到鼓舞的。

特别要提到的是开国之后才成长起来的青年剧作家的队伍。他们是从生活中,从群众中生长起来的年青力壮的新一代。他们给我们的话剧创作带来许多新的东西,他们的创作带有浓郁的新生活气息和健康明朗的新风格,象《烈火红心》《青春之歌》的作者刘川、《妇女代表》的作者孙芋、《钢铁运输兵》的作者黄悌、《敢想敢做的人》的作者王命夫、《最后一幕》的作者兰光,以及儿童剧作者任德耀、刘厚明等同志。他们是一支人数不小的朝气勃勃的队伍。其中特别是工农群众中成长起来的剧作家和兄弟民族的剧作家的出现,更是令人兴奋的。前者可以举出《不是蝉》的作者魏连珍及《六号门》的集体作者等等；后者可以举出蒙族青年剧作家超克图纳仁，十年来他创作了多幕话剧《巴音敖拉之歌》《金鹰》和一些独幕话剧，这些剧本在兄弟民族文学中是较突出的。其他兄弟民族也成长和培养了自己的剧作家，如朝鲜族、维吾尔族等。

就是这样，十年来，我们成长了这么一支空前壮大的剧作家队伍。依靠这样一支队伍，创作了上述那一大批优秀的话剧剧本。这些剧本为我国社会主义话剧艺术的发展，为话剧的剧场艺术的建立提供了可靠的基础。不仅在城市人民群众中得到热烈的欢迎；同时，上山下乡，实现了我国话剧史上空前所未有的跟广大工农兵群众的结合。

二

从十年来的话剧创作的艺术表现来看，有哪一些最主要的成就呢？

可以用一句简单的话来概括地说明我们的一个总的感觉：十年来的话剧创作，表现了强烈的社会主义的时代精神——不管《关汉卿》也罢，《万水千山》也罢，它们都鲜明地表现了我们社会主义时代的人民的思想感情、精神状态；不管《全家福》也罢，《烈火红心》也罢，它们都生动地反映了我们社会主义时代的生活面貌。而其中特别突出的一点是，工农兵群众的光辉形象在话剧创作中的出现。我们可以说，我国的话剧创作从来没有哪个时候象这十年来这样创作了这么多的成功的工农兵的形象。我国的话剧舞台上，真正是工农兵做了主人了。在舞台上，工农兵群众只作为消极的受难者或者只作为模糊不清的光明的“象征”的那个时代已经过去了。同时，作者苦于无法表现，不得不受自然主义或概念化的束缚的那个阶段也过去了。

十年来，我们的观众不会忘记这样一些人物：《万水千山》里的教导员李有国、营长罗顺成，《战斗里成长》里的营长赵铁柱，《同志间》中的董师长，《战线南移》里的团长周金虎，《红色风暴》中的施洋、林祥谦，《南海战歌》里的军长丁威扬，《钢铁运输兵》里的汽车班长高克英，《杨根思》中的战斗英雄杨根思，《在新事物的面前》中的经理薛志刚，《妇女代表》里的农村妇女张桂蓉，《春风吹到诺敏河》里的合作社社长高振林，《刘莲英》里的女工刘莲英，《敢想敢做的人》里的张英杰，《双婚记》里的老工人鲁万春等等。这许许多多成功的工农兵群众和他们的领导人物的形象，是生气勃勃光彩夺目的，这是我们剧作家十年来所取得的成就中最值得重视的一个方面。这些生动的人物已经为我们的广大观众所熟知，成为他们的生活中的鼓舞力量或仿效的榜样了。

这一系列的成功的工农兵形象的出现，首先是我们跟胡风思想、跟修正主义斗争胜利的结果；同时也是克服了某些教条主义思想影响的结果。我们的剧作家是从无产阶级的阶级论出发，而不是从资产阶级的人性论出发。在我们的剧作家看来，工农兵群众是创造历史的主人，是光明的化身，他们和一切反动阶级的人物有本质的区别。我们剧作家的光荣职责就是把他们按照本来的面目表现在舞台上，而不允许用什么“精神奴役的创伤”去污蔑他们，用什么“人都是人”，“人都有他黑暗的一面”等等来歪曲他们。剧作家完全有理由把工农兵群众作为光辉的正面人物，作为英雄表现在他们的创作中。剧作家站在正确的立场上，可以表现他的正面人物有某些缺点；同时，也完全可以创造完美无缺的英雄人物。伟大的现实生活已经给剧作家提供了创造的真实基础。崇高的思想性，火热的创作激情和深刻的现实主义精神，使我们的剧作家不能不首先把注意力放到创造工农兵群众的正面形象、英雄的形象的方面去。十年来的成绩表明：因为提倡写正面人物、英雄人物，强调写他们的优秀品质等等，修正主义者说造成了公式化、概念化，这个谬论是彻底破产了。我们看到，一系列的具有优秀品质的英雄人物，具有活生生的性格出现在舞台上，就是在《万水千山》一个剧本中，一方面有罗顺成那样不断地克服自己身上的缺点的英雄人物，同时另一方面也有李有国那样的没有表现什么缺点而却更为生动更有光彩的英雄人物。

在克服某些教条主义思想影响的时候，我们的创作实践证明了：我们提倡写工农兵群众中的英雄人物，并不是要把所有的人物都“标准化”。说作家可以写理想人物，也不是要把所有的人物都加以“理想化”。在我们的剧作家们看来，创造我们阶级的理想人物，不是脱离现实的捏造，而恰恰是现实的发展和作家的世界观与美学理想的统一；同时，强调英雄人物，也并不排斥我们一般所说的先进人物或普通的正面人物的重要意义。在我们的话剧创作中，需要有李有国、周金虎、许国清那样的创造伟大业迹(绩)的无产阶级的革命英雄；同时也需要有张桂蓉、刘莲英那样的在新社会的教育下开始生长起来的普通劳动妇女的正面形象；同时，也完全需要有老舍剧本中的那些“平凡”的劳动者们的正面形象。所有这一切，正是我们人民群众的真实面貌的反映。这些不同的正面人物形象恰恰能使我们的观众从比较中，从各个不同的方面受到启发和鼓舞。

在克服某些教条主义影响的时候，我们的创作实践证明了：我们坚持阶级论反对人性论，完全不是把典型仅仅只看作阶级本质的抽象表现，完全不是只注意共性而抹杀个性，不是一个阶级只有一个典型。在我们的剧作家们看来，阶级论跟对艺术典型的错误理解毫不相干。无产阶级的阶级论是引导我们冲破资产阶级人性论的迷雾、去发现人的社会意义的有力武器。对我们的具体创作来说，它给我们提供了创造艺术典型的前提，而却不是代替艺术典型创造的本身。我们话剧的创作实践说明：我们的典型人物的创造，是共性与个性的统一，是通过个性表现共性的。阶级的和阶级中某一类型的人们的共同特征,通过具体的一个人的活生生的性格表现出来。同是一个阶级的人,表现出各种不同的性格。即使是表现工人阶级先锋队的成员——共产党员,也完全不是只有一个党员的典型。某一个党员的正面形象,除去体现他的作为党员的那些本质的方面以外,同样必须有他自己的具体的性格,正是这样,我们上边所举出的那许多正面人物形象,其中包括不少是共产党员,他们之所以获得成功,正是因为他们有各自不同的性格的缘故。

说我们十年来的话剧创作表现了强烈的社会主义精神,还应该提到另一个重要问题:革命现实主义和革命浪漫主义结合的问题。我们的话剧创作,从它五十几年的历史来看,可以说它是具有革命现实主义的传统,同时也具有革命浪漫主义的传统的。就基本倾向来看,在郭沫若、田汉的戏剧作品里,始终贯串着一根革命浪漫主义的红线;在洪深、曹禺、夏衍的戏剧作品里,则始终贯串着一根革命现实主义的红线。这两者在共同的革命目的下,并不是互相排斥对立,而是相辅相成并肩战斗的。这两根红线是既有各自发展的轨迹,又是彼此影响着的。

开国十年来的话剧创作,由于革命的伟大胜利和社会主义革命建设万马奔腾的时代生活的感召,革命的现实主义和革命的浪漫主义结合的精神,得到更加有利的发展,在某些话剧作品里有着明显的表现,《万水千山》便是最好的例证之一。所以,正如周扬同志指出的,毛主席提倡我们的文学应当是革命的现实主义和革命的浪漫主义的结合,一方面是“全部文学历史的经验的科学概括”,同时又是“根据当前时代的特点和需要而提出来的一项十分正确的主张”。这个主张立刻在我们的话剧作家中引起了巨大的反响。田汉的《关汉卿》《十三陵水库畅想曲》、金山执笔的《红色风暴》以及刘川的《烈火红心》等许多作品。便是话剧作家们的艺术实践的成果。

从我们的话剧作家的实践中表明:革命的现实主义和革命的浪漫主义的结合,正是我们的社会主义的时代精神、社会主义的现实生活和作家的世界观所要求的必然结果。它是现实和理想的结合。自觉地实现了这个主张,就使得我们的话剧创作从某些自然主义的束缚中解放出来,同时也使我们能从根本上克服某些知识分子气的“想入非非”的所谓“浪漫主义”。它引导我们的话剧创作更好地表现我们壮丽的生活,更充分地表现我们时代前进的步伐。

革命的现实主义和革命的浪漫主义的结合,并不是一般现实主义所要求的细节描写的真实性和一般的浪漫主义常用的某些特殊手法如夸张、传奇等等简单的混合。它根本的要求是现实和理想结合之下的更完美的典型化的表现。它首先是集中地体现在人物的形象塑造中,把现实的因素和理想的因素血肉般地结合起来;同时,在作品的英雄性格里,倾注了作者最大的激情。李有国牺牲前“让革命骑着马前进”的呼喊,施洋用真理的火点燃了工人阶级革命觉醒的那炙人的语言,可以说是响彻云霄,使人闻声而起。这正是由于这些人物形象身上体现了现实和理想结合起来了的那些典型的特征。它的理想是作家的理想,同时也是现实生活中的理想,这种理想,正是飞升起来了的现实。

正是这样,在这些作品中,在这些英雄人物的身上,总是结合着求实精神和高瞻远瞩的胸襟。他们强坚的战斗,无限乐观,在他们的眼前是未来的无限广阔的世界。他们不是概念的化身,而是具体不同的性格。是那个坚强不屈的无产阶级革命战士李有国,是那个为社会主义创立基业而充满一股子闯劲的许国清,是那个为正义代言而不顾惜脑袋的"铜豌豆"关汉卿……正是这样,我们可以说,革命的现实主义和革命的浪漫主义相结合,是表现我们时代的生活和精神的最好的方法。它是社会主义现实主义根本原则在我国的具体运用。虽然它提出来不过只有一年多的时间,但它却完全可以成为我们十年来话剧的创作原则的一个概括的说明,并且成为今后推动我们前进的巨大动力。

此外,十年来我们的话剧创作的成就,还表现在艺术技巧方面的提高。

首先是刻划人物的技巧。我们的剧本表现人物不是孤立的静止的离开斗争去描写的,而是在复杂的矛盾斗争中,在尖锐的冲突中来表现人物的性格的,人物只有在剧烈的斗争中才能显示他的全部性格、思想和品质。我们的优秀剧本总是把人物放在剧烈的斗争中——革命与反革命之间、先进与落后之间等各种不同的冲突中去表现。在冲突中,在戏剧动作的发展中显示人物,这是我们许多优秀的剧本刻划人物的一个成功的特点。《万水千山》的李有国,《战斗里成长》中的赵铁柱,《红色风暴》中的施洋以及独幕剧《妇女代表》里的张桂蓉等等人物的创造,就是例证。这些例证说明:我们的剧作家善于从现实生活中抓取具有社会意义的矛盾斗争作为戏剧冲突的基础,而不是形式主义地去假造戏剧性。一方面,是冲突中的人物性格;同时,反过来又是人物性格造成的冲突。正如高尔基所说的:"如果有了鲜明有力的性格,那末性格的冲突是不可避免的。"

在进行人物、题材、情节、细节等的典型化的提炼方面,我们剧作家的技巧也提高了。不仅老作家有高度的技巧,新作家也逐渐熟练了。我们的剧作家善于进行加工、集中和概括,选择那些具有典型意义的事物,舍弃一些非典型的偶然性的事物。在这方面,田汉、老舍、胡可等等许多剧作家,从他们的《关汉卿》《全家福》《槐树庄》等等许多作品里,人们可以找到许多成功的榜样。而象独幕剧《妇女代表》《妯娌之间》等等,同样说明了我们的话剧创作在这方面的成就。

艺术技巧提高的又一个表现是语言。十年来我们剧作家在语言方面表现了特别令人兴奋的成就。首先,剧作家深入到工农群众中学习群众的语言,并且善于选择和提炼。一方面克服了过去某些话剧剧本中学生腔和知识分子腔的缺点,使戏剧语言口语化;另一方面克服了自然主义的倾向,使得语言精炼、生动,更有表现力和诗意。老作家郭沫若、田汉、曹禺、老舍等同志和新一代的作家胡可等同志为我们的话剧舞台提供了很好的语言范本。而我们青年剧作家的作品,特别是一些成功的独幕剧中也同样表现了语言的成功。可以说,我们整个话剧创作的语言的水平是大大提高了。

三

十年来话剧创作获得这些成就的根本原因,首先是由于党的领导,由于党的文艺方针的正确指导。这是党的工农兵方向的胜利,是党的百花齐放、百家争鸣方针的胜利。十年来,我们的话剧作家在历次政治运动和思想斗争中得到了政治上和思想上的锻炼,在深入生活,与劳动人民结合中不断地改造思想感情,获得无限丰富的创作源泉,同时,我们的话剧作家刻苦钻研,提高艺术修养。老作家在艺术技巧上更加成熟,青年作家努力向老作家的经验及一切古今中外的文学和戏剧遗产学习,其中,特别是向我们民族的丰富的文学和戏剧遗产学习,这一切保证了十年话剧创作一天天地提高着它的思想水平和艺术水平,获得了令人鼓舞的成就。

当然,在欢呼十年来话剧创作的成就的同时,我们也应当看到我们话剧创作的不足之处。

十年来,固然出现了一批优秀的剧作,但是一般说来,我们的话剧对于我们沸腾的时代精神反映得不够充分,特别在典型化的程度上,舞台上还很少出现比实际生活更高、更强烈、更有集中性的典型形象。与此同时,剧作家们对当代新人物的性格的发掘,还应当做更进一步的追求。我们的话剧在表现对敌斗争方面,是如火如荼的;可是在反映人民内部矛盾方面,还没有出现十分尖锐有力的作品,而社会主义革命越是发展,越是深入,人民内部的两个道路、两条路线、两种思想的矛盾,是十分尖锐而复杂的。我们说过,话剧创作在语言和技巧方面有了很大进步,这是确实的。可是语言上缺乏提炼,缺乏韵味,以及情节、结构上缺乏剪裁,缺乏匠心的现象,还是带有普遍性的。我们相信,在党的工农兵方向和"百花齐放,推陈出新"的方针指引下,我们的话剧作者继续提高马克思主义修养,深入生活,继承传统,向外国的先进经验学习,不断地提高创作技巧,我们的话剧创作必将在十年丰收的基础上,创作出更多更好的作品,为繁荣社会主义戏剧事业作出更大的贡献。

——载《文艺报》1959 年 19、20 期

荒　煤

电影文学的迅速发展

电影故事片是电影艺术中的一个最重要的片种，它在广大群众中有非常强大的影响。一部优秀的故事片，在很短的期间就会获得千百万观众。十年来，有些优秀的故事片，如《白毛女》《渡江侦察记》《上甘岭》《平原游击队》等，都已经有一亿数千万的观众了。电影故事片不仅在电影艺术中，也在所有的艺术中，是一个最普及、最有群众性的武器。

十年来，我国电影故事片获得很大的成就，产生了许多优秀的影片。如第一部故事片《桥》到《白毛女》《中华女儿》《钢铁战士》《赵一曼》《翠岗红旗》《南征北战》《渡江侦察记》《鸡毛信》《平原游击队》《董存瑞》《宋景诗》《上甘岭》《为了和平》《母亲》《女篮五号》《祝福》《党的女儿》《永不消逝的电波》《黄宝妹》《二八河边》《林则徐》《老兵新传》《我们村里的年轻人》《风暴》《青春之歌》《万水千山》《海鹰》《绿洲凯歌》《钢铁世家》《冰上两姊妹》《春满人间》《聂耳》等等。

电影故事片获得这样巨大的成就，主要是由于党对电影事业的坚强的领导，是由于电影创作坚持工农兵的方向，坚决贯彻党的文艺方针的结果。尤其是这两年，在党的总路线的号召与鼓舞下，创作思想大跃进，生产大跃进，为庆祝建国十周年献礼，电影艺术创作者一齐努力，因而把我国艺术片创作的水平更加提高了一步。

但是，作为影响故事片的创作本身来讲，不论一部故事片的拍摄要经过多么复杂的、集体的创作过程，影片成败的关键，都是决定于文学创作的基础。

电影是一种综合的艺术。它汲取了文学、戏剧、音乐、美术、摄影等各种艺术的长处和优点，融合为一体，又通过自己独特的表现手段来反映现实。而且，电影技术科学不断地进步和发展，从无声到有声，从黑白片到彩色片，从普通影幕到宽银幕、全景银幕立体声，使得电影艺术的表现手段更加丰富，更加完美。可是，电影自己这种独特的、更丰富、更完美的表现手段，却丝毫也不能改变其综合性，排斥其他艺术；相反，电影却更需要善于汲取、融合其他艺术的长处和优点来丰富自己的手段。

但无论如何,文学总是电影的一个最重要的、决定性的因素。电影的表现手段愈加丰富和完美,就愈加需要加强电影艺术中的文学创作。

电影文学创作——电影文学剧本,是故事片创作的基础。换句话说,故事片的基础是文学。电影文学创作的思想性和艺术性,往往如此直接地影响到影片的思想性和艺术性,直接影响到影片的成败。没有优秀的文学剧本,绝不可能有优秀的影片:正如在一堆散沙上面,不可能建立一座结实美观的伟大建筑一样。

电影文学,固然是因为拍摄电影而需要,但是更准确地说,更重要的是千百万人民群众的需要和党的需要。党和人民都要求影片非常深刻而又简明易懂、生动活泼地传播工人阶级的哲学思想、党的思想和政策方针。自然,这种思想不是通过简单的、枯燥的政治说教,而是通过真实、鲜明、活生生的艺术形象所揭示的生活的矛盾,即通过性格和冲突来表现。影片的这种思想基础,首先是文学来完成和奠定的。没有文学首先完成的深厚的、丰富形象的思想基础——即没有文学剧本很强的思想性和艺术性,电影艺术创作工作者的再创造是完成不了任务的。无论多么有才能的艺术家,也不可能把一部缺乏思想性和艺术性的文学剧本变成一部优秀的影片。

十年来,这条经验被许多事实所证明。而且,任何国家的电影,如伟大的苏联电影艺术的经验,甚至资本主义国家一些优秀的进步影片,都证明这一点。且不说创作的剧本,单是根据文学、戏剧作品改编的影片来看,也能证明文学基础的重要性。例如我国根据戏剧文学作品改编的而获得成功的电影有《白毛女》《钢铁战士》《祝福》《林家铺子》《风暴》《青春之歌》《万水千山》等;苏联有《被开垦的处女地》《夏伯阳》《真正的人》《青年近卫军》《静静的顿河》《白痴》;其他国家的古典文学名著如《茶花女》《悲惨世界》《巴黎圣母院》《哈姆雷特》《罗密欧与朱丽叶》等等,都已经很多次被拍摄成动人的影片。

所以,不论作家和电影艺术家们是否充分认识到文学对电影这种深远的影响和联系,是否承认电影文学作为一种独特的文学样式,电影文学终于成长为广大群众所热爱和关怀的一种独立的文学样式了。

建国以来,年青的电影文学有了很大的发展。一支年青的电影文学创作队伍已经成长起来,如柯灵、于敏、王玉胡、海默、林杉、林艺、孙谦、艾明之、岳野、黄宗江、史超、胡苏、纪叶、林蓝等,——他们从事的创作活动主要是电影文学剧本,而且创作了一些好剧本。如柯灵的《为了和平》和《春满人间》、于敏的《桥》和《炉火正红》、王玉胡的《哈森与加米拉》和《绿洲凯歌》、林艺的《马兰花开》和《矿灯》、孙谦的《陕北牧歌》和(与成荫合写的)《万水千山》、艾明之的《伟大的起点》和(与陈西禾合写的)《黄浦江上的故事》、岳野的《英雄司机》和《水上春秋》、黄宗江的《海魂》和(与胡石言合写的)《柳堡的故事》、胡苏的《万木春》和(与吴天等改编的)《双婚记》、纪叶的《智取华山》、林蓝的《祖国的花朵》和《暴风骤雨》、鲁彦周的《三八河边》、杨沫的《青春之歌》、林杉的《党的女儿》以及(与曹欣合写的)《上甘岭》等等。

尤其可喜的,是在许多业余创作者的作品中也产生了像石鲁的《暴风雨中的雄鹰》、丁洪等的《董存瑞》、叶元的《林则徐》、工人作家胡万春的《钢铁世家》、丛深的《花逢春雨》等这样的剧本。

此外,作家们也创作了不少优秀的剧本,如老作家夏衍改编的《祝福》《林家铺子》以及与水华合改的《我的一家》、陈白尘等的《宋景诗》、青年作家马烽和西戎的《扑不灭的火焰》、马烽的《我们村里的年轻人》,邢野、羽山的《平原游击队》、李准的《小康人家》和《老兵新传》、林予等的《边寨烽火》、季康的《摩雅泰》和《五朵金花》、陆柱国的《海鹰》等。

电影导演也创造和改编了不少的剧本,如水华、王滨和杨润身改编的《白毛女》、武兆堤、苏里等改编的《钢铁战士》、张骏祥改编的《鸡毛信》《新安江上》、谢晋创作的《女篮五号》、郑君里和于伶、孟波合写的《聂耳》、凌子风等改编的《红旗谱》等。

由于导演的思想水平与艺术水平各不相同,所以根据以上这些剧本所拍摄的影片,成就也有所不同。但是,大多数优秀的剧本都已经被拍摄成为优秀的影片。这是无法否认的事实。

最近几年来,由于电影艺术片的产量迅速上增,由于艺术片质量的迅速提高,力求题材、形式与风格的多样化,也促使电影文学得到进一步的发展。电影文学创作的刊物、剧本及创作理论书籍的畅销,都证明了广大群众对电影文学的爱好和关怀。据我们了解:北京电影制片厂出版的《电影创作》和长春电影制片厂出版的《电影文学》这两个刊物,一年销售总数近百万册。许多青年文艺工作者、干部,甚至工人、农民、学生不仅都喜欢阅读电影文学剧本,积极提出意见和批评,并且积极来尝试这种复杂的创作,这实在是一个十分可喜的值得注意的现象。我们相信,不久的将来,从广大的群众中间,也和其他文学战线一样,一定会逐渐涌现出一批优秀的电影文学作品来。

关于电影文学的创作的理论探讨,近年来也有很大的进步。这是推动电影文学创作的一个重要的动力。许多文章,特别是夏衍的《写电影剧本的几个问题》,给学习电影文学创作者以很大的启发和鼓舞,对于理解和掌握电影文学的特性方面有很重要的作用。

但是,创作理论的探索还不能完全跟上创作形势的发展。例如,文学与电影的共性,文学与电影的联系以及对电影的影响,如何从古典文学作品中汲取养料以及文学作品的改编,电影文学的文学性等许多问题,还没有进行探索和展开讨论,而这些问题是非常重要的。

电影文学剧本创作,应该合乎电影的特性,这无疑的是非常重要的。我们希望和要求作者(尤其是电影编剧)逐渐地更加熟练地掌握电影特性、电影的技巧;可是,绝不能忘记,掌握电影的特殊表现手段,是为了更好地、更充分地、更深刻地来表达作品的思想内容,是为了更真实、生动地来创造人物,展开真正的性格的冲突,而不可能补救人物形象苍白无力,不能掩盖思想内容的贫乏。

不论说电影文学更接近戏剧或是更接近于小说,总之,它是要创造鲜明、生动的形象,通过性格的冲突来揭示生活中多种复杂的矛盾。这是戏剧、小说、电影创作的共同规律。

我觉得,电影剧本的文学性——指形象描绘的真实、生动、鲜明而言——愈强,作为影片再创造的基础就愈深厚。所以,既要强调电影的特性,也要强调文学性。

为了提高影片的思想性和艺术性,提高电影文学的水平,充分研究世界各国古典与现代文学的优秀作品还是十分必要的。例如,中国古典文学中那种叙述的简练、结构的完整、性格刻划的鲜明、故事情节发展的引人入胜、戏剧性强、对话的简练、深刻的心理描写借助于外形动作表现出来等,都有非常丰富的、可以学习的东西。中国古典文学作品的这些优点,以及中国戏曲传统中许多优点,对于电影的特性不但没有矛盾,而且有利于电影的民族形式和民族风格的建立。

总之,电影是综合的艺术,电影艺术的发展,必需善于从各种艺术中(特别是从文学和戏剧中)汲取有利于自己的养料,来提高和更加丰富自己特有的表现生活的手段。但这个任务首先落在电影文学创作者身上。因为文学是电影的基础。

电影文学在中国,是一个最年青的、有自己特性的一种文学样式,但是,随着电影艺术迅速发展,它也非常迅速成长和壮大起来,在我国百花齐放的文学园地里开放了许多灿烂的花朵。它年青,有自己鲜明的特性,这是它能够蓬勃发展的一个好条件;其次,它又生长在我们伟大的社会主义的百花盛开的文学园地里,可以汲取许多传统和现代文学的养料,这又可以促使它迅速壮大。

电影文学的发展和壮大,对于电影艺术片创作的发展和繁荣,有决定性的意义和作用。

我们电影艺术工作者正在响应党的八届八中全会的决议,反右倾,鼓干劲,坚决贯彻党的总路线的号召,满怀信心地在去年和今年大跃进的基础上,继续跃进,积极准备向党的四十周年献礼,创造出更多更好的有高度思想性和艺术性的艺术片,更上一层楼,攀登电影艺术的高峰!而这个准备工作,首要的条件,是要打下雄厚的强大的文学基础——要求有更多更好的,思想性和艺术性都很强的文学剧本。

我们完全相信,只要保持电影文学的优良传统:坚持为工农兵服务的方向、贯彻百花齐放、百家争鸣的方针,力求真实而深刻、鲜明而生动地创造我们伟大新时代的和近代革命历史上以至古代历史上的各种英雄形象，特别是力求迅速地有力地反映当前的现实，在党和广大的作家与群众的关怀和支持下，电影文学一定会更加发展和繁荣起来！形成电影艺术的强大的雄厚的基础。我们要创作有高度思想性和艺术性的影片，首先期待电影文学更大的发展和繁荣。

——原载《文艺报》1959 年第 19、20 期

编 后 记

王尧、林建法先生主编《中国当代文学批评大系》，邀我编选五十年代卷，我虽惶恐，但还是接受了这一任务。近几年，我常向他们请教，林老师给我布置过不少作业，完成过程中获益良多，此次参与编选大系也不例外。

我们这一代学人开始自己的学术道路时，各种理论、思潮激荡，理论的热情大于对史料文献的掌握。后来，逐渐意识到，史料之于中国当代文学学科、之于自己学术研究的意义。这次编选，我得以再次重返文学史现场，颇有“乱花渐欲迷人眼”的感觉。即便是文学批评，其丰富性与复杂性也足以让我认识到中国当代文学史的研究仍然有很大的空间，仍然有许多问题需要重新阐释，而这些都与对文献的发现、整理的进展有很大关系。在大系总体框架的规定下，本卷的编选，我主要掌握这样几点：坚持了历史价值与学术价值的统一；入选的论文能够大致呈现五十年代文学批评的轮廓；重视入选论文在研究对象、文体等方面的代表性；兼顾到与重大事件、思潮、运动和论争相关的论文。

对这段历史，我虽不陌生，但当这项工作开展之后，我还是感觉到难度很大。五十年代是当代文学的发生阶段，是社会主义文化实践的重要时期，学界对如何评价这段历史还处于共识形成的过程之中。我最初选录的范围很大，比较、斟酌之后提出了初选的篇目后，又和两位主编商量，最终确定了入选的篇目。在大系编选杀青时，我觉得遗憾、偏颇之处不少，恳请方家、读者指正。

此次编选其他各卷的先生，都是“60 后”学者中的中坚人物，和他们一起讨论、编选大系，得到指点，甚是愉快。我要向王尧、林建法先生和编选大系的其他几位朋友致谢。

郭冰茹

2009 年 8 月

王　尧　林建法　**主编**

中国当代文学批评大系

一九四九—二〇〇九

卷　二

季　进　**编选**

苏 州 大 学 出 版 社

图书在版编目(CIP)数据

中国当代文学批评大系：1949～2009：全6卷 / 王尧，林建法主编；郭冰茹等编选. —苏州：苏州大学出版社，2012.6
ISBN 978-7-5672-0081-4

Ⅰ.①中… Ⅱ.①王… ②林… ③郭… Ⅲ.①中国文学－当代文学－文学评论－文集 Ⅳ.①I206.7－53

中国版本图书馆CIP数据核字(2012)第106349号

中国当代文学批评大系：一九四九—二〇〇九

卷二

王 尧 林建法 主编

季 进 编选

策划 沈海牧 朱绍昌 倪浩文

责任编辑 郑亚楠

苏州大学出版社出版发行
(地址：苏州市十梓街1号 邮编：215006)
丹阳市兴华印刷厂印装
(地址：丹阳市胡桥镇 邮编：212313)

开本 787 mm×1 092 mm 1/16 印张 200.25(共六卷) 字数 3 790 千
2012年6月第1版 2012年6月第1次印刷
ISBN 978-7-5672-0081-4 定价：500.00元(全六卷)

苏州大学版图书若有印装错误，本社负责调换
苏州大学出版社营销部 电话：0512-65225020
苏州大学出版社网址 http://www.sudapress.com

目　录

李何林

十年来文学理论和批评上的一个小问题①

有人把文学作品分成三类：一、思想性和艺术性都高或都低的作品；二、思想性较高艺术性较低的作品；三、思想性较低艺术性较高的作品。换句话说就是：有思想性和艺术性相一致的作品，也有不相一致的作品。那么，究竟有没有思想性和艺术性不相一致的作品呢？

要解决这个问题，首先要解决什么是思想性和艺术性的问题。有人把思想性解释作“具有进步的思想”才算有思想性，有反动落后思想的作品不算有思想性，我想这是不大合适的；反动落后的思想也是一种思想，具有这种思想的作品，应该也是有思想性的。思想性不但有高低强弱之分，同时也有进步与落后，革命与反动之别。至于艺术性，有人说是：“反映生活的真实性”；反映生活越真实，艺术性就越高。又有人把艺术性理解为描写的技巧，有技巧就是有艺术性。我以为艺术性主要是反映生活的真实性，但也包括描写的技巧；要真实的反映生活也需要描写的技巧。毛主席说：“有些政治上根本反动的东西，也可能有某种艺术性。内容愈反动的作品（而）又愈带艺术性，就愈能毒害人民，就愈应该排斥。”②这里所说的“某种艺术性”，据我的体会，就是那些反动作品的某些描写的技巧：譬如结构相当完整；语言文字明白通顺，甚至漂亮华丽；故事情节安排得当，引人入胜等等。但是这种作品最缺乏的还是“生活的本质真实”的反映。虽然它可能有生活的某些细节真实的描写。凡是缺乏生活的本质的真实反映的作品，虽然有某些描写技巧，带有“某种艺术性”，严格地说都不能算是“艺术性较高”的作品。因为它们没有反映生活的本质真实。

① 原文刊发后，《文艺报》1960年第1期转载，并加编者按：“李何林同志这篇文章，题目上标出的是‘一个小问题’，实际上提出了一个大问题，一个根本性质的问题，就是文艺与政治、文艺批评的政治标准与艺术标准的关系问题。我们不同意这篇文章的观点，但是认为作者所提出的问题是值得讨论的。最近《河北日报》发表了这篇文章，正在进行讨论。我们同时把它刊载出来，希望大家就这个问题发表意见。”

② 本文所引毛主席的话，均见《在延安文艺座谈会上的讲话》。

这也就是毛主席在上面两句话的下面所说的“处于没落时期的一切剥削阶级的文艺的共同特点，就是其反动的政治内容和其艺术(的)形式之间所存在的矛盾”。这些歪曲现实粉饰现实、具有“反动的政治内容”的文艺，当然没有“反映生活的本质真实”，也就不可能有完美的“艺术的形式”，不可能有较高的“艺术性”。这是反动文艺的内容和形式的矛盾，内容不真实，也就是思想性不高。艺术性也不会高。内容不真实，它的思想的感染人说服人的力量也不会强，所以内容反动的作品，它的思想性和艺术性都不高，二者是一致的；譬如过去中国法西斯的所谓“民族主义”文艺就是如此。

那么，内容不反动而有一定程度进步或相当进步的作品，它们的思想性和艺术性是否会有时一致有时不一致呢？我认为也都一致，没有不一致的作品。例如蒋光慈的小说，乍看起来似乎它的艺术性比较低，思想性比较高：它的叙述语言里面表现了作者的进步的政治态度和一些进步的政治观点或政治概念；又每每通过人物的口说出了一些进步的政治思想或表达了一些进步的政治概念。但是它的形象和典型大多数都是没有个性的类型，不是有血有肉的，概念化的倾向是相当严重的，因而反映生活的深度和真实性都不够，对读者的教育作用和说服力量也不强，也就是思想性不高。只要概念化地表现一些正确的政治观点，并不等于思想性就高。毛主席说：“缺乏艺术性的艺术品，无论政治上怎样进步，也是没有力量的。因此，我们既反对政治观点错误的作品，也反对只有正确的政治观点而没有艺术力量的所谓‘标语口号式’的倾向。”蒋光慈的小说就是近于“只有正确的政治观点而没有艺术力量的”这一类，当然它多少还有一些艺术力量。它的艺术力量和它的思想性不高是相一致的。它的艺术性方面的“粗糙”和它的思想性方面的“粗糙”是相一致的。至于中国现代革命文学的初期，应该经过“粗糙”的阶段，蒋光慈小说在初期革命文学中所应该占有的重要地位，那是另一个问题。“粗糙”是任何新生事物必不可免的阶段，蒋光慈的小说就是这种新生事物。

又例如：五四时代和第一次国内革命战争时期的冰心的小说，是不是思想性低和艺术性高的作品呢？我看也不是的，它们二者也还是一致的：这时期冰心的小说，思想是落后的，有一些甚至是反动的。譬如在《超人》中宣传“世界上的母亲和母亲都是好朋友，世界上的儿子也都是好朋友，都是互相牵连，不是互相遗弃的”。这是抹煞阶级区别和阶级斗争的骗人的话。又如，在《斯人独憔悴》中，表现五四时代屈服于封建大官僚父亲压迫之下的两个青年，在当时也是不够典型的；一方面表现作者对于这两个青年有极微弱的同情，一(方)面也表现作者和这篇作品的反封建思想都是极微弱的，反映了当时统一战线中“资产阶级右翼”的思想。《超人》的思想是反动的，这种反动思想的思想性也是不高的，因为她把她的人物以至全篇作品当作宣传她的没有阶级性的“人类之爱”的传声筒，实际上是一篇反现实主义的概念化的作品，艺术性也是很低的。人物和故事都给读者以不真实之感，思想性和艺术性倒是相一致的，都不高。《斯人独憔悴》的人物，上面我们已经说过是不够典型的，也就是：不是五四时代的“典型环境中的典型人物”，不是五四时代英勇不屈地反封建反帝的青年的典型，像恩格斯所批评的哈克纳斯的小说《城市姑娘》的缺点一样：人物远远落后于现实了。不过《斯人独憔悴》中的两个青年虽然不是“典型环境中的典型性格”，在当时也可能还会有的，所以还有一定的真实性，相应的也有一定的艺术性。在思想性和艺术性方面，较之《超人》都要好一些；但是二者仍然是一致的。并不是一篇思想性高艺术性低，另一篇艺术性高思想性低。二者都不高。

所以我认为没有思想性和艺术性不相一致的作品。这个问题是值得讨论，并且把它弄清楚的。常常有人说：古典文学和现代文学中，都有思想性高艺术性低，或思想性低艺术性高的作品。好像李后主、李清照、李商隐、杜牧……以至徐志摩、冰心、戴望舒等等，都是艺术性高思想性低的作家；好像有一些歌谣和现实主义的古典诗歌、小说和戏曲以至有一些现代革命的文学作品，都是思想性高艺术性低的作品。有没有这样的作品呢？我们所说的“思想性”和“艺术性”究竟应该怎样解释呢？都需要讨论。

与思想性艺术性问题有些关系的问题是“政治标准第一，艺术标准第二”的问题。有人以为既然“政治标准第一，艺术标准第二”，可见思想性重要，艺术性不重要；并由此推论出：只要思想性高（革命的思想性），艺术性低也不要紧，也就是认为有思想性高艺术性低的作品了。其实这是一种误解：作品的思想性艺术性的高低问题，是否一致的问题，是一篇作品的自身内部问题；而政治标准第一和艺术标准第二，则是我们评价作品的标准；我们不管它们的思想性或艺术性都高或者都低，首先看它们所表现的政治态度和政治思想是进步或落后，革命或反动，来评价它们的好坏。这就是“政治标准第一”。毛主席说：“任何阶级社会中的任何阶级，总是以政治标准放在第一位，以艺术标准放在第二位的。”这是一个客观的历史存在。我们对于蒋光慈和冰心的小说，虽然认为它们的思想性艺术性都不高而且都是一致的，但当我们评价它们的好坏时，我们要说蒋光慈要比冰心的好一些（虽然1931年以后冰心的小说在思想和艺术方面都有所提高和进步）。这就是我们的“政治标准第一”。这是我们对于思想性和艺术性都不高的作品的评价标准。对于思想性和艺术性都高的作品，我看也是这样评价；譬如要问《水浒》和《红楼梦》究竟那一种“比较”好时，我同意“《水浒》比较好”的意见，这由于几百年来《水浒》的社会政治作用或影响比《红楼梦》好。如果《红楼梦》和《金瓶梅》比时，当然是《红楼梦》比较好了。在比较两篇作品的好坏时，我们的评价标准是这样，在就一篇作品来评价时也是这样，都是“政治标准第一”。毛主席说:“资产阶级对于无产阶级的文学艺术作品,不管其艺术成就怎样高,总是排斥的。无产阶级对于过去时代的文学艺术作品,也必须首先检查它们对待人民的态度如何,在历史上有无进步意义,而分别采取不同态度。”任何阶级首先从政治上来评价作品,这是一个历史上的客观存在。但跟着而来的是“艺术标准第二”。也仅仅是“第二”,是评价时“次要”的标准,并不等于不重要,甚至是不必要了,这就是由于思想性的高低和艺术性有密切的联系,像我们上面举例说明的。所以我们的“政治标准第一”里面,已经包含有“艺术标准”在内,不过我们不把艺术标准放在第一;事实上历史上的任何阶级也没有把“艺术标准”放在第一。

总之,我认为,思想性和艺术性是一致的,思想性的高低决定于作品“反映生活的真实与否”;而“反映生活真实与否”也就是它的艺术性的高低;艺术性不等于描写的技巧,虽然真实地反映生活需要描写的技巧。至于“政治标准第一,艺术标准第二”,是任何阶级评价作品的标准,这是另一个问题,不能把它与思想性和艺术性的关系问题混淆起来,尤其不能得出一个结论:既然“政治标准第一,艺术标准第二”,可见政治性(思想性)和艺术性是不一致的,甚至只要政治性不要艺术性了。

作者附记

这是我去年9月写的一篇短文,《新港》编辑部认为有问题,没有发表。我当时觉得没有什么问题;把题目改为《有没有思想性和艺术性不一致的作品?》,寄给了《文艺报》。过了几天,又去信说“不要发表,还须修改”,就退回来了。以后得到几位同志的批评和帮助,我才认识到这篇文章的错误,我愿意把它发表出来当作反面教材,来参加反对资产阶级和修正主义的文艺思想的斗争,在斗争中我希望而且相信能够得到改造和进步,和资产阶级、修正主义文艺思想划清界限。

我为什么写这篇短文呢?我的学生有时反映说,老师分析作品往往只有干巴巴的思想性(就是思想性也不一定讲得好或讲得对,包括我自己在内),等讲到艺术性时就话不多了;也没有把二者讲成血肉的关系,某种思想性是必须通过某种艺术性才能表现的。我想:怎样才能把作品分析得有血有肉,讲思想性时同时就讲出它的艺术性呢?因为我觉得二者是一致的,统一的:某种思想性一定要有与它相适应的某种艺术性来表现。同时,又曾听见有人说:“分析作品要作到思想性和艺术性的统一。”(大意)不也是说二者是一致的么?但是又看见有人说:编写中国文学史,除了重点论述思想性和艺术性都高,以及思想性较高艺术性较低的作家作品以外,也要选一些思想性较低艺术性较高的作家作品。(大意)这样,思想性和艺术性又是不一致的了。我平常也认为有思想性较高艺术性较低的作品,例如蒋光慈的小说;有艺术性较高思想性较低的作品,例如李煜、李清照的词和齐白石的画等。但是,我又想:究竟什么是思想性和艺术性呢?作品中有进步思想算有思想性(这是通行的用法)，有反动落后的思想，是否也可以说它有思想性？（政治性、阶级性这两个词，不都包括两方面么?）它的反动落后思想和它的艺术性是否一致呢？所说的“艺术性”，除表现技巧以外，还有别的没有？这三个字的具体内容是什么？我都不能解决。但我也勉强提出了我对于思想性和艺术性的看法，根据这种看法，得出与我自己原来看法也不相同的错误结论：“没有思想性和艺术性不一致的作品。”来表示我有一种与众不同的见解。由于《新港》编辑同志几次催稿，遂匆忙地把这个问题写成了这篇短文，提出了问题和看法，希望能够得到讨论。

文章的题目上原来没有“小”字，写好以后，觉得十年来值得研究的大问题很多，思想性和艺术性的关系问题只是一个小问题，所以就在原稿上加上一个“小”字。哪知道经过几位同志的分析和帮助，才知道这不是一个小问题，而是涉及艺术和政治的关系的大问题，是我们和资产阶级文艺思想的根本分歧所在。这是出于我的意料之外的，然而也是并不奇怪的：我的资产阶级的思想立场和世界观没有得到好好的改造，随时就会暴露出来，要违反马克思主义和毛主席文艺思想的。早点暴露出来，可能早点得到批评和帮助，早点得到纠正和改造，坏事会变成好事的。

经过几位同志的分析和帮助，我初步认识到以下四个主要错误：

一、说“没有思想性和艺术性不一致的作品”，是不符合文学史现象的实际情况的，实际情况是有“不一致”的作品。也不符合毛主席在《讲话》中所说的“我们的要求则是政治和艺术的统一，内容和形式的统一，革命的政治内容和尽可能完美的艺术形式的统一。”既然是“我们的要求”，可见还有三个不“统一”的作品。我原来把这三个不“统一”，理解为与“思想性和艺术性不一致”是两件事：我理解内容和形式的关系不等于思想性和艺术性的关系，因为艺术性包括形象和典型，已经涉及内容了。同是用无产阶级的世界观表现“革命的政治内容”的作品，例如歌颂党和社会主义的民歌的思想性的高低强弱也不一样，所以“革命的政治内容”并不等于思想性。我这些理解是错误的，毛主席所说的这三个不“统一”，就是指的思想性和艺术性的不一致。我从概念上来钻牛角尖，而且拿毛主席的话来附会我的“一致论”。这种错误的理解虽然没有表现在我的这篇短文中，但我是这样理解的，这也暴露我对毛主席著作的学习是如何的不够和错误的理解。

二、说“艺术性主要是反映生活的真实性（说“本质的真实”也好不了多少)，也包括描写的技巧”，这“反映生活的真实性”是没有无产阶级立场或世界观的，究竟是用什么阶级立场或世界观去反映生活的本质真实？资产阶级反动作家不也可以说他们反映了生活的本质真实么？我原以为要反映生活的本质真实，当然要有无产阶级的世界观，但原提法的本身是没有无产阶级的世界观或立场的。

三、说“思想性的高低决定于作品反映生活的真实与否；而反映生活真实与否，也就是它的艺术性的高低”。这样,思想性和艺术性都决定于所谓“真实性”,错误仍然在于这种“真实性”没有阶级性,看不出作家用什么阶级立场或世界观写的“真实”。而且思想性既然等于艺术性,有了艺术性也就有了思想性,有了艺术也就有了政治,不是“艺术即政治”的思想是什么呢?

四、把思想性、艺术性、真实性三者等同起来,实际是把思想性和艺术性等同起来,思想性和艺术性也就没有什么区别了;这样,不是取消了思想性,就是取消了艺术性。因而不是取消了政治标准第一,就是取消了艺术标准第二;二者等同起来了,还有什么第一第二呢?用一个标准去评价就可以了。所以,只有说:“我们的政治标准第一里面,已经包含有艺术标准在内,不过我们不把艺术标准放在第一。”那么,既然思想性和艺术性一致,说艺术标准第一里面包括有政治标准在内,不也可以么?不是修正主义是什么?所以,就这篇文章说,我有修正主义文艺思想。但我的原意是想为我们的“政治标准第一”辩护的:我们的政治标准里面已经有艺术标准,我们并不是只要政治,不要艺术;只要思想性,不要艺术性。哪知我的阶级的思想立场和世界观使结果适得其反了。我的根本问题在于我的资产阶级的思想、立场和世界观的继续加紧改造。

以上四点初步认识是很不深刻的,有一些也可能是错误的,就一并作为同志们批评的对象吧。

至于这篇短文章其他方面的错误(如对蒋光慈、冰心的评价问题,是否轻视描写技巧问题等等)还有它的危害性,在这匆促的时间内和短短的“附记”里都不可能讲了。思想检查也是在更多的听取同志们的意见后才做,要好一些。敬请同志们给以批评和帮助吧!

李何林

1960年1月4日

——原载《河北日报》1960年1月8日

冯 牧

初读《创业史》

作家柳青同志不久以前在《延河》文学月刊和《收获》上发表了他的近作《创业史》的第一部。这是作家在近几年来以实际工作者的身份(并不仅仅以作家的身份),深入农村生活以后的又一次辛勤劳动的成果,也是他在继《种谷记》和《铜墙铁壁》之后创作的、以我国西北地区农村劳动人民生活和斗争为题材的第三部长篇小说。现在我们所读到的,还只是这个气魄宏伟、规模巨大的作品的第一部,而且,据说在这部作品出版之前作者还要进行某些必要的修改。因此,现在我们自然还难于对整个作品做出详尽而准确的判断。那种全面而精当的思想和艺术上的评价和分析,恐怕只有在作品最后完成并且经过广大读者阅读的考验之后,才可能做出来。

但是,虽然如此,我觉得,对于像《创业史》第一部这样的作品,这样的虽然暂时还不能使我们窥见全貌,但从一开始就能够以它深刻的主题思想和强烈的艺术力量打动读者心灵的作品,及时地谈谈我们对于它的最初的印象和感受,仍然是一件有益的事情。

在近几年以来,我们曾经兴奋地读到过许多成功地描写了我国农业合作化运动的作品。我们有许多作家长期地生活在农村当中,并且把反映我国广大农村所发生的轰轰烈烈的社会主义革命运动作为他们创作的主要题材和内容。这一类的反映农村中两条道路的斗争,反映新旧意识的斗争和冲突的作品,已经构成了我们文学创作中的最重要的内容之一。但是,几年来在我国农村中所进行的社会主义革命群众运动,无论从它的斗争的尖锐、剧烈和复杂的方面来看,或是从它的影响的巨大、广阔和深远的方面来看,它都是那样地(的)丰富壮丽,那样地(的)深刻生动,以致使我们不能不承认这样的事实,这就是:虽然我们有着许多正确地反映农业集体化运动的好作品,但是,那种能够丰富地深刻地反映出农村社会主义革命运动的真实面貌的作品,那种能够全面地历史地描写出合作化运动在广大农村中所产生的深远剧烈的影响和变化的作品,无论从数量或质量上来看,都还是不能满足广大人民的要求的。就这一意义上来看,《创业史》在刚一发表之后立即赢得了广大读者的赞扬,也是十分自然的事。

但是,《创业史》第一部受到了读者的赞美难道仅仅由于这方面的原因吗？自然不是。《创业史》所以为人所称道,主要是由于作品所达到的无可置疑的高度的水平,由于它的深刻的主题思想和丰满的艺术形象。我觉得,虽然在《创业史》第一部当中所表现的,还只不过是全国农村进行全面社会主义改造以前的那些年月的生活,而作品当中所集中描绘的,也只不过以西北终南山麓农村中一个劳动互助组的成长和发展为中心的斗争故事,但我们却可以毫不迟疑地肯定：这部作品,是一部深刻而完整地反映了我国广大农民的历史命运和生活道路的作品,是一部真实地记录了我国广大农村在土地改革和消灭封建所有制以后所发生的一场无比深刻、无比尖锐的社会主义革命运动的作品。

《创业史》里面所反映的是农民的生活和斗争,但是它是那样气魄宏伟地为我们描写了农民的生活和斗争。在作品里,作者为我们所描绘的,并不只是一幅简略而单纯的关于农村合作化运动的平淡无奇的图画,而是一幅深刻地展示了广大农民的历史命运和前进道路的色彩鲜明的生活画卷。《创业史》第一部当中所描写的,还只是农村互助组的巩固和发展阶段,而且其中也并没有多少令人惊心动魄的事件和曲折离奇的故事。作品的情节几乎可以说是简单的：它的中心内容,只是表现了在土改以后农村中开始了新的阶级分化的时候,一个村庄里的几家农民的生活变迁和思想行动。故事是围绕着贫农出身的共产党员梁生宝所领导的互助组的巩固和发展来进行的。在新的革命运动来临之前,这个主要是由贫农组成的“穷棒子”互助组,在农村自发势力日益滋长的形势下,受到了严重的威胁和包围。这片坚持在个体所有制汪洋大海当中的社会主义阵地受到了自发势力的冲击。然而坚强的共产党员守住了阵地,在党的领导下,他们击败了自发势力的进攻,发展了集体事业,终于以实际行动为广大群众指出了前进的方向,开辟了通向社会主义的道路。故事情节确乎是平凡无奇的。但是,我觉得这丝毫也不能影响作品的丰富的历史内容和深刻的思想意义。因为作者在这里所要表现的,不只是现在人们都做了些什么事情,而是通过人们的劳动和斗争,为我们指出了生活河流的来源和去向。作者把他的作品题名为《创业史》,我想是绝非偶然的,他在作品里所描述的全部内容,不正是农村劳动人民怎样创造了和将要怎样创造着自己的事业的历史么？在解放前的世世代代里,包括作品主人公梁生宝的父辈祖辈的年代里,人们为了创造事业而奔波,而斗争。但是,人们劳碌终生所苦心追求的,只不过是一份小小的个人产业,一份能够使自己安身立命的可怜的生产资料和生活资料。但是,在旧社会里,劳动人民的这种卑微的理想,也是难于实现的。在旧社会里,大多数农民的创业史,只不过是一部劳苦史，辛酸史，一部被剥削和被压榨的历史。而在解放后的年代里，人们仍然为了创造事业而劳动，而斗争，但是，人们辛勤劳动、孜孜以求的，却已经是另外一种事业：社会主义的事业，集体劳动和共同富裕的事业，永远根除剥削和贫困的事业。并不是所有的农民都很快地懂得了这种历史发展趋向的。在他们当中，有着决心为创人民之业而奋斗的人，有着企图为创个人之业而奋斗的人，也有着在二者之间动摇徘徊的人；在他们之间，就不能不展开一场广泛、尖锐而错综复杂的斗争。在《创业史》第一部当中所集中描写的，就正是这样一场历史性的尖锐的斗争。在这里，作者把他笔下的一个村庄——终南山下的下堡村——当作了整个社会的一个缩影；并且通过了这个村子里的一些不同阶层、不同性格的人们之间的矛盾和冲突，喜悦和痛苦，团结和分化，鲜明地、刻划入微地反映了这样一场尖锐的围绕着“创业”问题上所发生的革命变革的全部运动过程。

说《创业史》这部作品能够使人感到深刻地反映了农村的革命斗争，是不是意味着这部作品的主要成就仅仅是为我们揭示了问题和矛盾，或者仅仅是描写了一些足以反映斗争过程的事件和生活图景呢？当然不仅仅是这样。我在这里所讲的深刻的斗争，并不只是指的某种不同观念的差异和冲突，某种事件的转换和发展，而且也指的是各种不同人物和不同性格之间的矛盾和冲突。因为只有通过这种不同性格的矛盾和冲突，才能真正具体地、富有说服力地表现出斗争的全部深刻性和尖锐性来。而《创业史》的作者就主要的是通过这种方法来为我们揭示了生活的丰富内容，为我们展示了这一场决定了农民生活命运的惊心动魄的历史进程的。

《创业史》当中成功地塑造了许多人物形象。在他们当中，包括了几乎是农村里各种不同阶层和阶级地位的人物的形象；他们不仅是富有阶级特征的人，而且是富有性格和个性的人。作者就正是依靠了对于各种不同性格的人物刻划的途径来完成他的再现历史面貌和时代精神的繁重课题的。比起对于故事情节和事件发展的叙述来，他更着力于对于人物的精神面貌和心理状态的描绘。关于这种作(做)法在艺术技巧上的得失，我们且不必先妄下判断，但有一点却是十分明显而确切的，就是：这种对于人物精神活动的淋漓尽致的正面描写的结果，使作品出现了一系列有血有肉的、富有现实意义的人物形象。而且，并非由于别的因素，恰恰正是由于这些描写得生气蓬勃、有声有色的人物形象，正是由于他们的性格所决定的他们的思想和行动，使我们生动地看到了农村阶级分化和阶级矛盾的鲜明图景，使我们深切地感到了广大农村历史发展法则和走向农业集体化道路的必然性。当我们读罢作品掩卷凝思的时候，在我们的思想中首先映现的，并不是什么引人入胜和新奇动听的故事情节，而是一系列活跃如生的农民人物群像。在他们当中，有农民当中的先进分子：像坚决领导农民走合作化道路的共产党员、平凡而又光辉的英雄人物梁生宝；

像具有强烈的阶级情感和高贵品质的贫农积极分子高增福；像聪明敏锐、求知若渴的新型农民欢喜。在他们当中，有坚持走资本主义道路的代表人物：像饿狼一般顽固而阴险的富农姚士杰和贪婪成性、损人利己的富裕中农郭世富。在他们当中，有突出地表现了农民的两面性的代表人物：像徘徊在集体事业和个人发家的歧路上的新中农郭振山。在他们当中，还有着许多形形色色的不同性格的人物：像美丽、勇敢和富于幻想的农村姑娘改霞；像淳厚、正直而又带有浓厚保守思想的梁三老汉；像封建意识和奴才思想的维护者、可厌而又可怜的“古时人”王瞎子；像生宝娘、任老四、梁秀兰、韩培生、拴娃等等一些各具特色的人物。这些人物，不管他们是贯串全书的主人公，在斗争中扮演了重要的角色，或者只是在书中偶然出现，只发出了流星般的闪光，却都能够在读者的思想里印下了深刻而清晰的印象。这一批或繁或简、但却同样鲜明的人物群像，构成了作品的主要内容。这些人物形象，以他们各自的命运，深深地吸引着读者，把我们带进到他们复杂而激烈的斗争中间去，使我们对他们产生了深挚的爱情，或是强烈的憎恨，或是出自关切的惋惜之情。这些人物形象，以他们之间的纷繁万端的阶级关系和阶级矛盾，为我们织就了一幅色彩斑斓、炫人眼目的农村革命斗争的广阔的生活图卷。

这些人物形象，就其思想深度和艺术创造方面来看，有不少都是值得我们来作深入的研究和分析的；但是，在其中，对于读者最富感染力和教育意义的，应当说首先是那些正面人物的形象，或者说，首先是以梁生宝为首的几个体现了我们时代的光辉思想和品质的先进人物的形象。我们以为，这几个先进的普通劳动者的形象，尤其是农村共产党员梁生宝的光辉的形象，应当被看作是十年来我们文学创作在正面人物塑造方面的重要收获。在有些反映农村斗争生活的优秀作品里，我们往往会遇到这样一种现象：这些作品相当真实地再现了合作化运动，相当成功地刻划了一些人物；但是，在它们当中写得最生动的，都大多是属于那种反映了中农的两面性和某种落后因素的农民的形象；人们也曾努力来写好农民中先进人物的形象，但它们和上述那些形象相比，却往往相形见绌。这种现象（即使是暂时的现象）说明，对于我们某些作品，如何创造农村中的社会主义新人和描绘新事物的萌芽成长，仍然是一个亟待解决的重要课题。应当说，我们从《创业史》当中，却获得了和上述截然不同的印象。这部作品里对于落后农民和反面人物的刻划是出色的，但是，作品里对于正面人物的描绘，却焕发着更为耀目的光彩。

在众多的正面人物当中，写得特别出类拔萃的，是英雄人物梁生宝的形象。

谈到梁生宝这个人物形象，就不禁使人想起毛主席的一段话来。在一篇关于合作社的通讯的按语中，毛主席曾这样写道：“现在全国农村中，社会主义因素每日每时都在增长，广大农民群众要求组织合作社，群众中涌出了大批的聪明、能干、公道、积极的领袖人物,这种情况十分令人兴奋。”①在《创业史》中给人带来了深刻难忘印象的梁生宝,不正是这种农民当中的新的领袖人物的一个生动逼真和富有典型意义的写照么?当然,梁生宝这个人物的重要意义,还不只是因为他代表了一种新生力量和新的思想,而且也在于从这个人物的思想和行动当中,使我们看到了一个血肉饱满的、真实而丰富的新人的艺术形象。在梁生宝身上,我们可以看到:一种崭新的性格,一种完全是建立在新的社会制度和生活土壤上面的共产主义性格正在生长和发展。是的,作为一个英雄人物,梁生宝在作品开头给人的印象是平凡的:他只不过是一个既没有文化又没有工作经验的普通农民。但是,生活给了他严峻的锻炼。在解放前所过的“地下农民”的生活,应当不只是考验了他的生活意志,而且也提高了他的阶级观念和斗争观念。因此,在刚一解放后,这个懂得事情还不太多的青年农民立即投身到战斗的革命队伍中来,是十分自然的事。他的阶级地位和生活经历使他很快地就抛弃了对于有些农民是很顽强的对于土地的私有观念,而接受了一种新的革命无产阶级的观念。在他身上固有的那种劳动人民的美好品德,一经和战斗的革命思想结合,就立即发出了新的耀目的光辉。而作者在整个作品中,就正是通过了对于这种新的光辉的反复的多方面的描绘,来刻划着他的典型人物形象的。他并没有让这个人物的活动占去作品中太多的篇幅,但是,通过“买稻种”、“割竹子”这样一些精彩动人的章节以及关于他在互助组工作上坚持党的路线、和一切困难进行顽强斗争的那些篇章的深刻描写,这个体现了崇高共产主义风格和新的性格特点的人物形象,就十分突出和高大地在读者眼前站立起来了。在读完作品以后,我们不能不从这个形象受到深深的感动和教益:在这个貌似平凡的普通劳动者身上,是蕴藏着多么深厚而崇高的新的思想和品格啊。那种战斗的无产阶级的风格,那种忠心为党、大公无私、坚韧顽强、朴素勤劳和乐观主义的精神品质,在他身上是表现得多么自然而单纯、又多么鲜明和丰满啊!高尔基曾经说过这样的话:“社会主义的个性,只有在集体劳动的条件下才能发展起来。”我觉得,在梁生宝身上所表现出来的全部精神状态,都体现了这种在集体事业中发展起来的、社会主义的崭新的个性。正是这种社会主义的个性,才构成了这个人物形象的富有典型意义的深刻内容。

在《创业史》中的另外一个正面人物的形象——贫农高增福的形象,也是值得我们重视的。这是一个虽然在精神面貌上不如梁生宝丰富,但同样写得光彩照人的形象。高增福是一个中年的贫农,有着比梁生宝更为长久和更为痛苦的生活经历;残酷的阶级压迫给了他一个沉默寡言的性格,他既不诉苦,也不埋怨,只是“用咬牙切

① 毛泽东:《中国农村的社会主义高潮》,第1204页。

齿的沉默来抵抗命运的一切打击”。这是一种妥协的性格吗？不是。在高增福身上你根本找不到一丝妥协的影子，渗透着他的全身的，是那种和任何剥削者决不两立的阶级本能和阶级情感。因此，虽然他缺乏独立工作的能力，但他给自己规定的生活道路却是坚定不移的。“世上只给他留下一条路——跟共产党走！”他暂时还不是共产党员，但他却一直把自己看成一个思想上“在党”的人。他所以还没有入党，一方面固然是由于有些人错误地认为他“能力低，起作用不大”，但另一方面也是由于他对于党的由衷的爱护，害怕由于自己水平低而降低了党的威信。但不管怎样，高增福所走的是一条坚定的道路——从半无产阶级走向无产阶级队伍的道路。可以认为，高增福这个人物在精神上是梁生宝的血缘兄弟；但是，不同的生活经历却使他们形成了不同的性格：一个是在社会主义阳光下茁壮成长的崭新的性格；而另一个，则是一种正在竭力从旧社会的一切精神上的负载中彻底解放出来，并且坚决走向社会主义道路的性格。

作品里还有一个重要的具有深刻教育意义的人物，这便是新中农郭振山的形象。郭振山是共产党员，是农民当中的一个精明干练、精力充沛的基层干部。他也有过自己的光荣历史：在土改时期，他是群众运动中起过骨干作用的威信卓著的积极分子，这使他一直置身于全村的行政领导职位上面；不论他自己或是他的全家都以此自豪。但是，当革命运动进入到了一个新的阶段，他的思想和他的生活同时发生了变化；现实生活对他提出了新的问题。他原是为了推翻封建制度和争取个人解放而参加到革命队伍里面来的，但现在，生活法则却迫使他必须回答这样的问题：你往何处去？是服从党和人民的意志，和人们一同走集体富裕的社会主义道路呢？还是服从个人的欲望，带领全家走个人发家致富的资本主义道路？他是珍重自己的荣誉的，这一点使他和党组织之间还存在着一种他不愿意割断的联系；但他的世界观和人生观却又执拗而顽强地把他拉向背离党的方向上去。在口头上，他是乐于拥护国家的政策法令的，但在实际上，他却是在国家开始了第一个五年计划之前就实行了他个人创家立业的小“五年计划”了；他的一切热情和精力都在为了赶上富裕中农郭世富的生活水平而奋斗。这一切不能不使他的思想充满了矛盾，不能不使这个全村最老的党员和另一个党员梁生宝之间发生了尖锐的冲突；这种冲突，虽然暂时还由于合作化运动的高潮尚未到来而没有达到正面决裂的程度；但不管怎样，坚持个人发家致富的强烈欲望已经在他思想中生根发芽；在他的头脑里，富裕中农的思想已经把他的少许的共产党员思想排挤得丧失殆尽了。等到这个徘徊在歧路上的人物在作品的最后章节里出现时，他实际上已经成了一个徒有共产党员虚名的富裕中农思想的代表者了。因此，尽管作者对于这个人物的批判和指责从始至终都还带着略嫌温和的口吻，尽管作者在作品尾声中还给了他一个重整旗鼓、改弦易辙的机会，但是，由于这个人物的心灵深处已经浸透了富裕中农的思想意识，看来是已经难于把他从那条歧路上拉回到社会主义道路上来了。在整个作品里，郭振山这个人物占据了相当重要的篇幅；在许多章节里，作者对这个人物灵魂的剖析，是深刻的、尖锐的。应当说，作者为我们塑造了一个具有典型意义的、体现了农民两面性的新中农的艺术形象。

关于《创业史》当中的其他人物，我们在这里就不准备一一加以论列了。我们所以比较详细地讨论上述几个人物，主要是由于这几个出色的人物形象能够具体地说明整个作品获得的令人欣喜的艺术成就；同时也是由于：通过对于这几个置身于阶级斗争和新旧思想斗争激流中心的人物的深入的理解，可以帮助我们理解在整个作品当中被反映得那样深刻、那样丰富的农村斗争生活和社会主义革命运动。

有人也许感到：在《创业史》当中，作者几乎是把绝大多数篇幅放在对于各种人物的身世经历和思想性格的正面描述上面了，那么，这会不会使整个作品的故事情节显得冗赘和沉闷呢？这确实是一个值得我们研究的问题。当然，我们应当承认，《创业史》在艺术结构上和艺术技巧上是表现了作家的接近成熟的艺术风格的；在作品中，对于人物个性和心理状态的刻划入微的剖析，对于农村生活场景的优美的抒情的描绘，洋溢在字里行间的充沛的政治热情，生动而洗炼的群众化和性格化的语言，这几者紧密地交织在一起，构成了作品的浑然一体和无懈可击的细密的艺术结构。但是，和这一切同时存在的另外一种情况是：作者只着力于人物精神面貌的正面描写，比较忽视情节的构思，因而给读者带来了一种事件发展比较缓慢、故事情节比较沉闷的感觉。这一缺点，不能不使作品在争取更加广泛的读者群众方面，受到一定的影响。

在人物创造方面，也还不能说已经达到了完美无疵的境地。作品里的重要人物之一改霞的性格特点，是使人感到不能满足和难于理解的。作者尽力细腻地描写了这位农村少女的细微的精神状态；但是，作者似乎是把这位纯真的少女的隐秘的思想活动渲染得有些过分了，这就使这个人物身上染上了一层和农村气质不大协调的色彩；过分纤细、过分动荡的情感多少使这个人物形象在完整和统一方面受到了一些损伤。

有一些读者感到，作品的最后部分结束得过于匆忙了。作品以实行统购统销、准备迎接社会主义改造的高潮而告终；但是，对于这个曾经震动了广大农村的重大事件，在这里解决得似乎是过于轻易和匆促了。读者原是希望能够看到关于这一事件的更为丰满和深刻的描写的。不过，这一点，对于《创业史》第一部的主题思想的完成，也许是无关宏旨的。按照作品内容的发展来看，作家原来并没有准备在第一部当中把他的笔触放在合作化运动的高潮上面的。显然，作者在作品的第一部里，并不打算把读者引上这场革命运动的高峰。第一部的任务，除了创造人物形象以外，只是为读者描绘出这场革命运动的时代背景和发展动向，只是让我们看到这场翻天复(覆)地的暴风雨来临之前的变幻的风云和隆隆的雷声，而这一任务，作者显然是已经很出色地完成了。

——原载《文艺报》1960 年第 1 期

许之乔

《红旗谱》中人民大众的人性美和人情美

一

文学艺术，总是要写人的。文学是人学。高尔基的话是对的：因为他总是从社会关系、阶级关系中认识人，评赞人，描写人。这就与资产阶级人性论者的曲解和修正，毫无共同之处。

正如人在社会里不能离开他的对象而存在一样，在反映社会的文学作品里，人就不能离开他的对象而表现：如果没有人与人的相互联系和相互矛盾的发展，既不能成其为情节故事，也看不到社会生活的具体内容了。写人，而且是要在人们的相互关系中写人，那么，就得写各有其社会属性的人性，以及人在各种社会关系中的人情。止是在人们的相互关系里所表现的人性和人情中，体现了各个不同时代、不同民族、不同阶级的各种人物的精神面貌。

在上一世纪的四十年代，马克思就说过人的本质"是一切社会关系的总和"①。马克思的这一原理，在中国革命文学的具体实践中，从"左翼"以来与资产阶级人性论的不断斗争中，到了本世纪的四十年代，更有了明确的论述和发展："有没有人性这种东西？当然有的。但是只有具体的人性，没有抽象的人性。在阶级社会里就是只有带着阶级性的人性，而没有什么超阶级的人性。我们主张无产阶级的人性，人民大众的人性，而地主阶级资产阶级则主张地主阶级资产阶级的人性，不过他们口头上不这样说，却说成为唯一的人性。"②马克思这一原理的创造性的运用和发展，就成为我们"观察、体验、研究、分析一切人，一切阶级，一切群众，一切生动的生活形

① 马克思：《费尔巴哈论纲》。《马克思恩格斯文选》(两卷集第二卷)，第 403 页。此文写于 1845 年春，1888 年初次发表。

② 《毛泽东选集》(第三卷)，第 892 页。

式和斗争形式"①的指导思想:我们的哲学和美学。

"真的、善的、美的东西总是在同假的、恶的、丑的东西相比较而存在,相斗争而发展的。"②在这个社会主义革命和民族解放革命蓬勃发展,帝国主义即将崩溃、殖民主义体系即将消灭的时代,担负着二十世纪最主要理想并使之实现的人民大众,他们的人性和人情的真、善、美,正是在和统治阶级人性和人情的假、恶、丑相比较而存在,相斗争而发展着的。这就是我们这个时代的全部诗意的源泉,是当代心灵活动最动人最广阔的领域。这样的人性和人情,对于一位置身于人民,置身于革命的作家,不写,简直是不可能的:"不写出来就是欠了人民的债,写不出来的时候,就像有一根鞭子在背上擂。"③梁斌同志的这段话,说明了《红旗谱》的创作动机,也流露了他在创作过程中的"创作激情"。并且,也正是这种"激情",决定了《红旗谱》的基调。

我们知道:梁斌同志长期的做着地方工作,熟悉农民的生活,"对农民有一种特别的亲切之感"④,越接近"就越发现他性格上的美","我常被我所熟悉的这些人物和故事所激动。"⑤"在'共青团'中,在社会科学家联盟中,在文学研究会,在飞行集会上,我遇着许多像江涛、严萍、张嘉庆这样的人物;我与他们共同工作,交好朋友,成了亲切的战友,直到如今,我还常在梦中看见他们。"⑥于是,对于这些工人阶级的可靠的同盟军——中国农民,他就"竭力想表现他们,想要创造高大的农民形象。"(《代序》)"为了悼念我的朋友及战友们,曾经无数次的掉下眼泪,是流着眼泪写完这本书的。"⑦不但如此,自从一九三五年作者写了《夜之交流》以后,到《红旗谱》出版的一九五七年——二十二年来的生活与创作过程,可以说,也就是作者的"创作激情"随着他的长期斗争而生发、成长和形成的过程。正因如此,梁斌同志的"创作激情",就有着来自革命,来自革命的群众,和他自己的革命之情的声色气魄。并且,这也决定了他在整个创作过程中的精神状态:与其说他是在"写书",不如说他是在歌颂、悼念他的乡亲、朋友、同志和战友,因而才"竭力想"把他们表现出来。当然,这些作者的乡亲、朋友、同志和战友,在小说书里,由于文学作品必要的概括,他们已经成

① 《毛泽东选集》(第三卷),第883页。

② 毛泽东:《关于正确处理人民内部矛盾的问题》,人民出版社刊,第27页。

③ 梁斌同志在一次《红旗谱》座谈会上的发言,见《文艺报》编辑部编:《革命英雄的谱系》,作家出版社刊,1959年,第2页。

④ 下点系作者所加,下同。

⑤ 梁斌:《漫谈〈红旗谱〉的创作》,见《人民文学》1959年6月号,或1959年中国青年出版社刊第八版《红旗谱》的《代序》。为节省篇幅,以后引用作者《代序》中语,只在正文中注明出处,不另注页码。

⑥ 梁斌:《我为什么要写〈红旗谱〉》,引自《革命英雄的谱系》,第100页。

⑦ 见《作者梁斌和小朋友殷国强的通信》,引自《革命英雄的谱系》,第94页。

为更完整的艺术形象了。唯其他们在书里是更完整的,这些人物对于作者,以及作者对于这些人物的“特别的亲切之感”,在整个创作过程中,就越来越鲜明,越集中,越理想。这种作者与他所歌颂、悼念的人物共患难、共甘苦的“特别亲切之感”,就《红旗谱》来说,就是作者与他的人物在共同生活、共同斗争中所产生的阶级感情:从生活到作品,作为农人,作为革命人,这些人物在三十年代灾难深重的阶级压迫中,正是以劳动人民的人性和人情,掀起了热火朝天的阶级斗争,表现了中国农民和领导他们的革命人物的精神面貌。作者与他们一同,在共同生活、共同斗争中产生了彼此间的“特别亲切之感”;这样,作为革命人,作者也正是以他的革命家的人性和人情,特别亲切地歌颂着,缅怀着,表现着这些人物的人性和人情,并且也使得读者在阅读过程中,对这些人物产生了“特别亲切”的感情。

作者把小说的第一章当作楔子。这样,“一开始就明确主题思想是写阶级斗争,因此前面的楔子也应该以阶级斗争概括全书”。同样,在这个楔子里,农民间的阶级感情,也给人以笼罩全书的预感。这就是说:随着阶级斗争的历史发展,锁井镇近百年来三代农民的性格和精神,他们“内部的团结和互相之间深挚的友情”,也在“一代比一代进步”的向前发展。朱老巩和严老祥的友情,正是在共同仇恨中共命运的阶级友情。“事儿摆着哩,三辈子下去也是仇恨。”(老祥语)但是,朱老巩“赤膊上阵”,气得呕血而死;后悔拦过他闯关东的严老祥自己也不得不闯向关东。如果说,他们的悲剧是近百年来前八十年中,有着叛逆性的老一辈农民的共同命运:“咱被他们欺侮了多少代,咳,我这一代又完了!”那么,这一悲剧在《大闹柳树村(林)》的楔子里,已经成为历史的尾声而告终;他们的性格和精神——被“欺侮了多少代”因而要反抗要斗争的人性和人情:“要记着,你久后一日,只要有口气,就要为我报仇”,却作为《红旗谱》的前奏而出现了。

阶级仇恨、反抗、和阶级弟兄“互相之间深挚的友情”,是被压迫者世代相传的人性与人情的根本。但是,对于老巩和老祥的后裔们来说,却更有新的发展:因为,近百年来前八十年的旧民主主义的革命,已为后二十年的新民主主义革命所代替;中国共产党出现于祖国的政治舞台上,决定了中国革命的发展、扩大和深化。特别是,由于一个伟大的预言鼓舞了,指导了,也展开了“星星之火,可以燎原”的壮阔形势,而它的主要阵地,就在农村。中国农民便在党的领导下,从自发而自觉的担负起民主革命的历史重任,旧的,那种朱老巩式的悲剧性性格,就要被新的,史诗般的性格代替了。朱严两家“父一辈”和“子一辈”各有个性的不同性格和精神,正是在这一阶级斗争的历史发展中成长与成熟的:仇恨、反抗和阶级友情本是劳动人民人性与人情中世代相传的、“可以燎原”的“星星之火”。然而,如果没有“燎原”的历史新形势,如果没有领导的新力量,“父一辈”看来仍然只能够走着“祖一辈”的道路。如果说,灾难深重的阶级迫害使得朱老忠认定“出水才看两腿泥”,那么,只有阶级斗争新形势下新的斗争,才能证明和实现他的这一哲学,才能使得“朱老忠成为锁井镇一带的农民群众中的旗帜”,“严家这一家”,于是也都成为“新的人物”。(《代序》)如果说,从朱严两家三代人物不同生活中,我们可以比较概括地看到中国农民的思想方式和斗争方式在历史发展中的变化与提高,那么,与此同时,我们也可以从三代人物不同性格中,看到他们的精神面貌在民主革命时期的成长与成熟。文学作品,总是要以人在生活发展中的精神品质直接感染读者的。灵魂工程师所体现的人物的灵魂,总会要影响人们的灵魂,发生教育作用的:有关《红旗谱》的座谈、评论和读者信件等都能够证明这一点。在《红旗谱》的主要阵地上,出现了众多的各有个性的革命农民,他们在生活与斗争的相互关系和敌对关系中,他们的仇恨、反抗、团结,他们在患难相共中所流露的“喜、怒、哀、乐”,既来自人民大众的阶级本性,也体现了他们深厚而又丰富的精神内容:人民大众的人性美和革命的人情美!

当然,人民大众的人性美和人情美,在《红旗谱》里,既不是什么“先天的”(遗传的),也不是什么“固定的”。朱老忠严志和不同于朱老巩严老祥,正如同“小一辈”的江涛大贵不同于“老一辈”的志和老忠一样。当然,三代之间,他们的仇恨、叛逆和共同的阶级之情,是世代相传的,是阶级矛盾的结果,是阶级斗争的传统,是社会学,而不是什么遗传学。这里,人性的阶级性的理解,和一个阶级论者所必有的历史唯物主义精神,不但没有束缚了作者对于各个不同性格各有特色的、独创性的创造,而且深化了,因而也是解放了作者对于人物性格的透彻的体验和理解。“必然”之中才有“自由”,于是,“形象的创造”,因而成了作者的“用武之地”。谁真正地懂得“人性”?是抽象论者还是阶级论者?是唯心论还是唯物论?创作实践:人物在他的阶级关系中精神面貌和内心世界多样性的性格塑造,一系列动人形象的出现,便是铁证。

如果说,仇恨、反抗与阶级内部的“团结和互相之间深挚的友情”,是劳动人民人性和人情中的主流,那么,那怕就是这一共性,也不是“千古不移”的。阶级矛盾中的仇恨、反抗、团结要求着也推动着新历史的诞生,新历史诞生的斗争过程中,锻炼了,发展了,也提高了劳动人民人性和人情的具体内容。从自发到自觉,从量到质,朱严两家三代人物的思想方式和斗争方式正是这一历史发展中的产物。具体得很,丰富得很,以至于占据了这部著作的绝大篇幅。它渗透在阶级弟兄:乡亲、朋友、同志和战友之间;渗透在家庭与家庭之间;而且,不用说,也渗透在家庭中——一般所谓“人伦”之间:渗透在父母、子女、夫妇、婆媳、兄弟、老幼,乃至情侣的相互关系中。所不同的是:在《红旗谱》中,“友谊”、“男女”和“人伦”之情的具体内容,恰恰是它的阶级性。劳动人民的人性和人情之所以美,首先就在于它的阶级本性所决定的反抗性和斗争性。正是由于共同的反抗和斗争，阶级内部的“深挚”之情，也就渗透在共患难、共生死的“朋友之谊”，“男女之爱”，“人伦之亲”和“同志之情”的相互联系中，并且随着阶级压迫和斗争的发展而深化，成为反欺诈，反迫害，反对敌对阶级的进攻，和摧毁他们的统治的有效力量。正因为这样，劳动人民的人性与人情，也在精神上以其真、善、美针锋相对的压倒了，对抗了统治者们人性与人情的假、恶、丑。既对比了他们在“朋友”、“男女”、“人伦”间相联系却又相矛盾的关系中种种“本能”和“常情”的惯性流露，也揭穿了他们的“欲念冲动”在他们的剥削、享受、生活、思想、情绪的方式中，难有止境的恶性发展。

二

尽管小说中所呈现的，是“三十年前北方的风土人情”①，由于它以民主革命时期的阶级斗争为中心，由于它以党所领导的这一革命的基本力量为主体，“北方的风土人情”中，因此也就有着概括性的普遍意义。“地方志”的色采(彩)中，也正洋溢着“燕赵多慷慨悲歌之士”的民族气概。作者是把朱严两家当作“统治者压迫之下的中国农民的代表家族”来写的，“这两家的遭遇在旧社会里是有代表性的”，那么，这两家遭遇的整个历程，也体现了有代表性的“风土人情”的变化发展过程。在这种“风土人情”里，朱老忠是其中的核心，活力——作者并且还有意识地“通过农民内部的团结和互相之间深挚的友情”，而使得“这个形象更加生动活泼，甚至在他身上发出光来”。(《代序》)

朱老忠身上——他性格中所发出的光，其实就是他在农民内部的相互关系中，也是在与统治者们针锋相对的敌对关系中所发出的，劳动人民人性和人情的精神力量。这样看来，这种精神，在农民内部，在朱严两家三代人物中，也是人人都有的。严老祥和朱老巩“互为膀臂”，由于老巩一死，严老祥便感到“孤立无援”，顾虑特多。虽然如此，但为了把虎子送走，他也抽出标枪，给他护行。“软善”中仍是有他的抗性的。被迫害者们的阶级仇恨，是他们反叛中结成“亲密友情”的基础，动力；并且，由于境地，阅历，时代的不同，各有刚柔迟速，各有各的表现和表达方式。于是“共性”中各有个性，生活中的形象是写之不尽，述之不完的。朱老忠少年逃亡，中年归来。走南闯北，长时期的熬炼，使得他已不同于锁井镇中的人物，“有其父必有其子”，但他已经不像朱老巩那样的“火爆”了。严志和告诉他：冯老兰比以前更霸道，他几乎失手打了茶壶，笑嘻嘻儿地找了块擦桌布去擦着茶水；严志和以为他“变得一点没有火性”，但他却放开铜嗓子说：“好！他更加厉害了。”赞美不共戴天之仇的仇敌的

① 《红旗手座谈〈红旗谱〉》，引自《革命英雄的谱系》，第51页。

"更加厉害",这固然是由于他有着"拿铜铡铡我三截,也得回去报这分(份)血仇"的决心,更由于一个饱经风霜而有自己期望和打算的人,肯定地相信:"出水才看两腿泥";正因为这样,他拍着巴掌,叹口长气,说老明他们告了三状输了三状的官司是不该打的。他们刚见面,输了官司气瞎了眼的老明摸到了他的胡子,就有几分感慨的说:"啊呀!兄弟,你也老了!"

朱老忠说:"不老,长了胡髭罢啦!"

朱老明说:"不老,你今年怎么个岁数儿?"

朱老忠说:"四十五啦。"

朱老明说:"四十五,不老也是半截子人了。"

老明的话使我们想到朱老巩的遗恨:"我这一代又完了!"但在朱老忠,"四十五"正好是大有可为之年。越是"冯老兰那家伙立在十字街上一跺脚四条街乱颤",他就越觉得"好"。"天塌下来",他"接着"。他跟严志和说:"有朱老忠的脑袋,就有你的脑袋,行吗?"跟老明说得尤其明白:"目前他在马上,咱在马下","事儿在我心里盛着,冯老兰就是像一座石头山压在咱的身上,也得揭他两过子。"

这里,三个不同性格,两种不同心境,然而,却只有一种共同感情:朱老忠"心里盛着"的"事儿",其实也是大家"心里盛着"的"事儿"。正因如此,"自幼儿语迟","扎一锥子不冒血"的严志和,现在,也"心动"得"流下眼泪来";朱老明本有个死"也得拉个垫背的""脾气"的:如果"咱满有理的事,这辈子翻不过案来","还能见着青天吗?"这种共同感情,长远以来,还没能够找到一个称心的谋算,因此就没得到集中的表现。只是时隐时现,分散在"大闹柳树林","对簿公堂"这类"事儿"里,或者,"盛"在人们"心"上。从社会科学角度来说,这种共同感情就是劳动人民自发性的阶级感情;从哲学角度来说,这种感情就是劳动人民的人性和人情;从文学角度看来,这种人性和人情正是劳动人民精神中的真、善、美。而在生活里,它也确实是"患难相共"的乡亲、朋友、家庭间的"深挚"之情。朱老忠"就是为这个回来的",把"心里盛着"的"事儿",一见到知心好友,就说了个明明白白。这样,他就成为"农民内部的团结和互相之间深挚的友情"的核心,成为体现他们共同愿望的活力,成为他性格中——他身上发出的光!

但是,正像一切自发性的事物都是来自生活,来自波及一切的矛盾,因此它总是采取分散的形式,而泛滥在各方面一样,锁井镇一带农民们的共同情绪和共同愿望,最初也是如此,并且各有各的缺点。随着阶级矛盾的尖锐化:冯老兰更霸道,更厉害了,"盛在"各人"心里"——因而也是分散在各方面的阶级仇恨和反抗之情,也就自发的要求集中。这里,自发正是自觉的开始。而"互相之间深挚的友情",正从这一漫长的过程中,把分散在各人心里的共同情绪和愿望,开始引向集中。朱老忠回来,第一个碰上的是“老一辈”：老奶奶正在千里堤拐角地方，“掐指计算老伴走了几年，儿子走了几天”，老奶奶“中年失掉了丈夫，老年失掉了儿子，给她带来了多大的愁苦”，认清了来的果然是虎子，她眼泪像流泉一样地说：“你一去二十多年，二十多年连个书信也不捎来。你娘虽死了，你爹也不在了，可是，老亲近邻也还想念着你呀！”老忠心里难受，要她别说了，她说：“你难受？这些年，不论黑间白日，一想起老巩兄弟，就像摘我的心！为了想念出外的人们呀，这些年来，像熬灯油一样，把我老婆子的心血都熬干了。”身经几代灾难的老奶奶，她的忧愁、不幸就是这样深重的：“真是虎狼世界呀，一个人活在世界上不容易着啊！”小井台上那两棵杨树就是她一家遭遇和她一生命运的见证：自从“老头子”栽下它们以后，不管早晨晚上，端水浇，伸手摸，两眼盯盯的盼它们长大；长得一房高了，把涛他娘娶进门来。从此以后，做活做饭，才算有了个帮手。小杨树冒出房檐了，媳妇生下了运涛，好容易当上奶奶了。小杨树长到两房高时，眼盼着它们长大的严老祥，自己却弃家远走了。她抱大了运涛，又抱大了江涛，却觉得自己老了。头上添了白发，志和又跑了。老杨树经常勾起她一生中的喜怒哀乐，她的喜怒哀乐贯穿着严家三代“人伦之亲”的全部历程，这全部历程体现了一个农民之家自远祖以来深重的忧愁和不幸中的亲人之情。运涛看到娘悲愁，说：爹顶多跑几年，还要回来的。涛他娘哭了：“你爷去了十几年呢，总也不见回来！”老奶奶在隔壁听到了，喊着：“甭说他甭说他，‘老头子’坏了良心，他把家忘了！”甭说他正是想着他，涛他娘以她的少夫妻之情体贴着老奶奶的老夫妻之情，说：“娘，别说了吧！你不是小年纪儿了，老人家也不是小年纪了。老是念叨他，老人家在关东，会心惊肉跳的。”涛他娘的人情中正体贴着另一种处境中的人情：“穷家难舍，熟地难离”，人们木是不愿离家的。所以，尽管老奶奶日常唠叨着：“没良心的，又走啦，又走啦！”她总是接着就骂道：“死王八羔子们，活阎王们，把俺家人都欺侮跑了！”所以——

运涛说：“奶奶，甭说了，一辈子的仇啊！”

江涛紧接着说：“一辈子，十辈子也忘不了！”

老奶奶拄上拐杖，走过来说：“好孩子，有这点心气儿就好。”

这就是渗透在严家三代——老夫妻、少夫妻、母与子、婆与媳、祖与孙、他们的“人伦之亲”中“人伦之情”的一切忧愁、不幸、怨恨和恩爱，他们的喜怒哀乐的基本感情。当然，这还是本世纪的二十年代，虽然比之清末民初的严老祥时代已经大不相同了，但它毕竟还是采取了“盛在心里”的分散形式。它的集中，提高，升华还有待于那一个“星星之火，可以燎原”的伟大的三十年代。当然，我们明白：小说不是历史。唯其不是历史，我们看到了在历史书中看不到的——普通人物：妇女，儿童在阶级斗争的历史中的心灵发展史。心灵，在这里的意义，就是他们的内在感情或精神世界。而这,对于读者来说,比之小说中的“故事”,就更有它的重要性。当然,故事——可歌可泣的灾难、牺牲和斗争中一件件事件的连续发生和发展,对于我们也是重要的。忘掉革命前辈在他们的灾难、牺牲和斗争中的作为,也是“忘本”,也看不到他们所体现的历史精神。但是,不论老忠、志和,不论江涛、大贵,也不论是严萍、春兰,他们所面临的社会形势已经一去不复返,他们的生活方式和斗争方式,因此不会也不可能[再]在我们的生活与斗争中再现了。正如朱老忠从朱老巩那里禀受他性格的叛逆性,运涛江涛从老奶奶那种斩钉截铁的鼓励中坚持发展他们的“心气儿”一样,激动我们,影响我们,对我们有作用的,正是渗透全书的,劳动人民“世代相传”,并且“一代比一代进步”的“心气儿”:用我们的术语来说,就是渗透在一切相互关系中的,劳动人民的人性和人情。

这种儿童时代就显现的穷孩子们的“心气儿”,到了青少年时代,就更有了长足的发展。冯老兰听说他们逮了一只出奇的鸟儿,从他的人情观看来,“我这一辈子了,没妄花过一个大钱,没有半点嗜好。就是抽一袋叶子烟,喜欢个鸟儿。”虽然他明知道“看值,它值得还多”,但他恼的就是:“我出到三十吊钱,他们还不卖给我。”至于学过“法律”,做过“军法官”的冯贵堂,从他的人情观,他的“亲子之情”,他的“法学”看来:“那个好说,咱一个钱不花,白擒来。”这个“白擒法”当然也是有根据的,这根据全部反映在李德才的人情观里。他说:“他是锁井镇上的村长,千里堤上的堤董,没的要你只鸟儿还算欺生怎么的?”“要顺情合理,别学那个拐棒子脾气!”他们的共同逻辑只有一个:庄稼人只有顺着他们的人情才叫“合乎人情”,否则就是“不讲理”,“牲口势”:“不给好说,我就回去照实说。哼,别卖后悔,走着瞧吧!”从李德才的“人情世故”看来,甚至还自以为是替孩子们着想:说是只应该,只能够这样。可是,尽管大贵才十九岁,他那“一根筋的脾气”把事情说得很明白:“他霸道,他霸产、霸财、霸人,都行得了。还要霸到我的鸟儿身上呀?他霸道,他敢把我一嘴吃了?”运涛逮到这只出奇的“脯红”,这是偶然。但惹起这场“鸟儿的风波”的,却是两种敌对的“情理”在偶合中所达到的必然。同样是一只鸟儿,在冯老兰看来,花他个“三十吊钱”,弄来喜欢喜欢,在他是一次“挥霍”,对鸟主们还是桩“恩典”。这是一个老“封建疙瘩”情理的必然。在运涛,当他一看到它那片红毛直红到胸脯上,就兴奋得流出泪来,说:“咱哥们说话,这是咱们的福呀。”他打算把它卖了,两家合着买条牛,还给春兰、江涛、二贵一人做一身新衣裳穿。这是一个乡下哥儿情理的必然。为了已许下了心愿,春兰要为那鸟笼缝个绣花罩儿。绣着绣着,绣出她的美梦来:鸟儿变成一个胖娃娃,又变成运涛的脸儿,两只眼睛和他的一样。这是一个在爱情中向往着幸福的乡下姑娘情理的必然。作者是喜用对比的手法的,但对比只能够是矛盾的产物。对比的手法正说明作者认识到生活中这两种情理的矛盾和对立。这里,三个人物，两个阶级，在同一只鸟儿上，反映了两种人情。而劳动人民淳良义气的人情美，在精神上对比地压倒了统治者们巧取豪夺的人情恶：鸟儿给猫吃掉了，“这样一来，买不上车，也买不上牛，大花袍子更穿不上。满天的锦霞，都被大风吹散了”。然而，却把小哥儿们心头的“锦霞”聚拢起来：(，)忠大伯说：“从此以后，你小弟兄在一起，和亲兄弟一样，你们做朋友要做个义气！”运涛说：“咱不能受一辈子窝囊。兄弟们要是有心计的，抱在一块，永远不分开。”“鸟儿的风波”，是生活中常会碰到的偶然。但也像在生活里一样，“不能受一辈子窝囊”的“心计”，如果不在这件事，也会在另一件事上闪耀着小哥儿们人情的光芒。“两个家族的友情，更加亲密起来”，是被压迫者阶级友情的必然发展。但是，“鸟儿糟蹋了，打断了仇人的希望，可不一定能打断仇人的谋算”。冯老兰人性与人情的必然发展，就使他势必要拔掉大贵这个“眼中钉”。

尽管朱老忠预感到这个“谋算”，尽管他“越是到了这个节骨眼儿上，越显得镇静”。他之所以这样“镇静”，其实正由于他“心上急痒难耐”：“仇恨敲击着他的胸膛”，“耳朵里像有老爹朱老巩的声音在叫唤”，他差点儿扯起铡刀往外跑。——朱老忠这种“镇静”和“难耐”，外表和内心的矛盾过程，是两代农民的叛逆性格在新的时代处境下，要求达到统一于一身的冲突、更替和转化的过程。白热化的炉火，从来总是“纯青”的。朱老忠的内心矛盾，正是他在他的仇恨之火的不断燃烧中，他的“火候”日趋纯化的必经过程。如果说，矛盾本身，必将呈现着事物发生发展的复杂内容，那么，朱老忠“镇静”和“难耐”的内心矛盾中，也正有着他的精神转化的丰富性：它体现着世代相传的农民叛逆性，在一代又一代的悲剧结局之后，向着新的反抗途径的过渡。如果说，矛盾的转化必由于对立一方的巨大抗性，那么，当朱老忠经受了“急痒难耐”的熬炼时，他的“饱经风霜”的理性和毅力，也正体现着他的感情的深厚性：他说过，“咳，人一上了年岁，就看孩子们值重了。不管怎么，把孩子们拉扯大了，就是老人的落场。”孩子们，在他，无论是这院里和那院里的，都是“咱们的”。在他刚刚回乡不久，他就对志和说道：“你院里巴结个念书的，我院里念不起书，将来我叫大贵当兵去，这就是一文一武。”当然，这既是他的长幼之情，也是他的亲子之情，但是，归根到底，还是由于他巴望着这样的“落场”：“说知心话，兄弟，他们欺侮了咱多少代，到了咱这一代，咱不能受一辈子窝囊。可是没有拿枪杆子的人，哪能行？你看大财主们的孩子不是上学堂，就是入军队。”正因为这样，当他才说要扯起铡刀往外跑时，他又犯了思量：“还是从长里想的好。”从“长里想”，那么，在“他们认为是‘祸’，在咱们也许认为是‘福’”：“咱穷人有个拶枪杆的，将来为咱穷人出力”，用运涛的话来说，这就是忠大伯的“心计”。为了“不能受一辈子窝囊”，这“心计”就成为他与乡亲、朋友、严家和自己家里人患难相共的精神力量，成为他对待亲子之情的感情内容。

话虽如此，他心里还是“愁闷的慌”。因为，现在，毕竟还是在“受窝囊”：那些人“欺人太甚”，冯老兰要压得他“一辈子抬不起头来”。“一大溜子作难的事情赶在一个人身上”，叫他“心里焦渴，身上发热”。一到这种时候，知重他莫过于贵他娘了。他不想吃，她就把碗在他“跟前一顿”，说：“给我吃！看看你，遇上一点小事就不好好吃饭，吃喽！”她的这种命令式的体贴方式，也不难理解的。贵他娘脸上一红，对人们说：“你不知道他这个性道，就得管着点，不能光由着他。”正如后来老忠去济南探监，贵他娘对江涛的嘱咐一样：“吃饭睡觉的，你要照看他一下，他上了年纪！”贵他娘对朱老忠的体贴，是由于她也是一场灾跟着一场难生活过来的。好容易躲掉了“白了尾巴梢老狼”似的家族长，那知“天下老鸹一般黑，老狼都是吃肉的，冯老兰早就白了尾巴梢”！患难中操持过来的夫妻知道什么叫做情分：贵他娘知道他的“性道”，知道什么时候“就得管着点”；朱老忠知道“有了她，才有了孩子们”，“才像一家子人家儿”，“才不孤单”。“她分担了生活的担子，她帮助他在生活中挣扎。”越是在这种时候，他越觉得“贵他娘对他的恩情比什么还深，比什么还重”。

朱严两家，无论是他们的友情，无论是他们祖孙、父子、夫妻之间的恩情，都是在阶级压迫、特别是他们由衷的仇恨、愤怒和反抗的阶级情绪中生根、开花的；是贯穿一切的阶级感情在朋友、祖孙、父子、夫妻间的渗透。这种感情的结晶，在老奶奶，把它叫做“心气儿”。到了老忠和运涛们这两代，已经不只是“心气”，而是“不能受一辈子窝囊”的“心计”了。而他们也正逢着一个把他们的“心计”集中，提高，从而开辟着一个不再受窝囊的新时代。

三

这时代，在小说里，是从贾湘农的出现开始的。或者，就其遭遇来说，是从“四·一二”的血腥屠杀给他们从生活到思想感情的深远影响开始的。作者在一篇短文里说过：“我亲眼看见一个母亲，儿子出走了，投奔了革命军，她日夜不眠地在想念。革命军北伐了，她在盼望，希望革命胜利之后，能够重新见到她的儿子；但是，‘四·一二’政变，打破了她高兴的幻梦”，“由于这个事件的昭示，使我写出‘四·一二’事变对广大人民的影响。”①如果说，“大革命”把广大人民、把各革命阶级长远以来的历史愿望和理想聚拢在一起，那么，“四·一二”却把长远以来根深蒂固的矛盾集中于一时了。如果说，帝国主义、买办资产阶级、封建阶级企图以流血扼杀中国人民的愿

① 《革命英雄的谱系》，第100页。

望和理想，那么，从此以后，人民也更懂得以怎样的斗争方式和革命方式，根除这个矛盾的根蒂了。如果说，在“四·一二”以前，锁井镇一带农民间的深挚感情，只不过是世代相传、但也日益深化的阶级内部共患难、相团结的相互关系，那么，“四·一二”以后，这种关系也就势必要日渐政治化了。如果说，“四·一二”事件使得“严家这一家”的命运急转直下，那么“严家这一家”，就以自己的“心气儿”掌握了自家的命运，就以新的、“抱在一块”的“心计”，与人们共同的开辟着“不能受一辈子窝囊”的新时代命运：“严家这一家都是新的人物”了。他们共同对待冯家大院、官府衙门的敌对思想和方式，已经不是自发的叛逆性反抗，而是自觉的，有其政治内容的革命斗争了。朱严两家“亲密的友情”关系，朱严两家自己家内的夫妇、父母、子女、兄弟间的关系，也渗透着新的内容，新的感情了。

运涛以及江涛与贾湘农的相遇，意味着朱严两家接触新时代的开始。虽然，严志和不同于朱老忠。关于湘农，老忠说：“好，好！这人儿深沉，肚子里有穿花儿。”严志和则长叹一声，说：“跟冯老兰打这三场官司，就教训到我骨头里去了。咱什么也别扑摸，低着脑袋过日子吧！”严志和虽然“也学过泥瓦匠手艺，但主要还是种地”，作者是把他“作为一个地道的农民来写的”（《代序》），是从个性上把他与朱老忠那种“闯”过来的性格对比着写的。他“朴实、善良”，“爱朋友、讲义气、舍己为人”，但“有些地方表现的‘软善’，甚至超过”严老祥。之所以如此，作者说，“这也说明他受的困苦磨炼比他父亲还少”。（《代序》）同样，三场官司便把他教训到“骨头里去了”，这也是这个地道的农民，少受“困苦磨炼”的常情。朱严两家是锁井镇一带农民运动的两大支柱。这两家之主是贯串全局的核心人物。朱老忠的性格是农民斗争与革命精神的集中与概括：“对于中国农民英雄的典型的塑造，应该越完善越好，越理想越好！”（《代序》）而严志和的性格则体现了“地道的农民”在狭窄而又深重的生活条件下，精神发展与提高的艰巨过程。这里，理想并不排斥现实，它是现实中的活力；现实并不排斥理想，它是人们的精神生根、开花、结果的土壤。个性并不排斥共性，不同的个性构成了，也体现了共性的丰富内容。严志和看来像是没有弹性的：江涛还是孩子的时候就说过：“我爹呀，……你要是不跟他说话儿，他就一天不开口。你要是不叫他吃饭，他就低下头做一天活。”尽管如此，但他毕竟曾跟老明哥一同打过官司：“放心吧，老明哥！输成房无一间，地无一垅，我严志和没有翻悔。”他“是个认死理的脾气。一遇上事儿，严志和就恨不得一头碰南墙，老是认着自己的理儿”。跟冯老兰打官司，他认死了“自己的理儿”，“没有翻悔”。三场官司把他“教训”到“骨头里去了”，他就认定了这个“死理”：“咱什么也别扑摸了，低着脑袋过日子吧！”“几十年不饥不饱的生活”，更“把他的庄稼性子磨下去了”，“认死理的脾气”，甚至一变而为顽强的耐性，失去庄稼人的“心气儿”了。但是，任何事物的耐性毕竟是有限度的，而顽强的耐性，总是要被大于它的冲力突破的：当一次又一次的"困苦磨炼"超过他的前代，超过他的最低限度时，他就会从"骨头里"抬起头来的。如果说，"四·一二"血腥阴谋的广泛影响从南方波及全国，从都市撼动到农村，那么，对于严家这一家人来说，他们面对着生离死别、家破人亡的悲痛遭遇，他们的"心气儿"也不得不使他们的"心计"有所转化；如果说，严家三代农民的遭遇和命运，各有其不同时期的典型性，一代不如一代的境遇，就迫使着他们"一代比一代进步"；而严志和父子两代的人性和人情在这一历史性时刻的新发展，既反映了"四·一二"事件在广大人民心中所揎起的深远影响，因此也预示了时代的转折即将到来；如果说，严志和这个"地道的农民"性格的典型性，不只是由于他的朴实、善良，而且更由于：这个被"教训"到"骨头里去"的农民，当他被逼得"低着脑袋过日子"的时候，他的仇恨其实是深深的埋藏在他的"骨头里"的。"软善"是他的个性，仇恨是他的阶级共性。正因为这样，这个"扎一锥子不冒血"的人物，也将要"冒血"！而像他这样一个人物的耐心也居然被突破时，不说明别的，正说明他的耐性中的潜力，就要突破大于他的耐性的"冲力"：与历史的逆流到来同时，一个群情沸腾的时代，也就要跟着到来。而在严家悲痛遭遇的前后，在他们共甘苦的相互关系里，这种沸腾情绪其实已在生发成长的过程中了。"共甘"，这是因为"大革命"引起了他们"高兴的幻想"；"共苦"，这是因为逆流正要把他们淹没在无底的深渊中去。于是，从"高兴"到绝望，他们经历了一整个时代的"喜怒悲欢"。因为，那个时代的"幻想"和灾难，差不多都集中在这一家三代的厄运中了。他们的厄运是在当时两大阵营不可避免的冲突中，反革命力量居于优势的压力下产生的，他们的遭遇反映了"四·一二"在广大人民中的影响，而他们的遭遇也影响了锁井镇，这个滹沱河畔小小乡镇中的矛盾，也正反映了这个时代冲突的两个对立的方面：冯家大院在这次变化中有他们的喜怒哀乐，而更重要的是，我们清楚的看到，劳动人民在他们共甘苦的相互关系中人情发展的壮观。因为，在朱严两家的人情关系中，已经从阶级迫害的困境里，由衷地生发着一种政治感情了。

这是很自然的：运涛走得无影无踪，有信来，已经是件"大喜事"了。严志和赶到城里，用"打着颤"的手，把信"捧给江涛"，江涛也是一样：他"手指头颤得几乎拆不开信"，"眯缝着眼睛，不让泪水流出来"。运涛走后，他爹"就像缺了腿"，"江涛也觉得像缺了一只手"，现在，他当了"国民革命军"的"见习连长"，说"你们等着吧，革命军到了咱们家乡"，"一切土豪恶霸都可以打倒"——这就更要赶忙去给忠大伯老奶奶们念念。贵他娘讥笑得好，忠大伯他"乐的要飞起来"了。而在她的讥笑里，也正流露着她心里的快乐：要是有谁"疯儿癫"的打了岔，她就叫着江涛，说："忙念，我心里着急。"至于老忠，他和"严志和把耳朵贴在江涛嘴头儿，直怕丢落几个字。"这些字儿都是丢落不得的，它叫朱老忠“闹了个骑马蹲裆式”，说：“看，我又年轻了，身子骨儿壮着呢！”当然，这时，志和还没闹清“帝国主义”“土豪劣绅”“那些玩艺是什么”，就乐得不知“今日格可怎么过去”了。甚至担心：要他去当老太爷子，“那可不行”的，他“一离开瓦刀，心上就落空空的”！就连老忠，他自己也说：“可说呢，我脑子里也懵了。老了，老了添了这么多喜事，可叫咱怎么活下去？”——这种一时之情正是数世之情的暴（爆）发和发展。这是很清楚的：“像冯老兰这样的人”，“早就该打倒，这个比坐官挣钱还体人心。”这也是很清楚的：一出了严家的门，朱老忠便得去找朱老明。虽然双目失明，老明哥依然仰起头，对着天，说：“没的咱们这就算是见着青天了？”既然南方“劳动人们翻起身”，“敢情那么好”！“咱们也做做准备，革命军一到”，“咱也就闹起来”。由于三场官司的经验，朱老明甚至连这些消极的防备都想到了：“越是坏家伙们，他心儿越灵”，“听风声不好”，他们会上北京天津，“往外国租界里一囚”的。因此，“要密而不知的，不能声张”。——看来，所有这些，都有些天真，也都是“高兴的幻想”。然而，“老奶奶见着孙子”，“老母亲见着心上的儿子，祖孙、父子团圆。土豪打倒，穷苦人见青天。不是两全其美”？运涛如果能和春兰成亲，不又是“三全其美”？这些“美事”甚至于叫朱老明“愣了一刻”，索性想到：“咱写封信，叫老祥叔赶快回来。四全其美！”所有这些，当然也都是令人“高兴的幻想”，但也都是人们之所以要“幻想”的现实：“月子弯弯照九州，几家欢乐几家愁？几家夫妇同罗帐？几家飘散在他州？”（用冯梦龙《山歌》本）人们之所以“高兴”“幻想”，或者，“幻想”之所以令人“高兴”，就因为“幻想”中的“现实”，已经不是生活中的现实，就因为这个人人都应享有的生活，早就在现实中被剥夺了：“自从远祖以来”，一代接着一代，祖孙、父子、夫妇、兄弟，经常不能团圆，不是劳动人民的人性“不合于人性”，而是他们的“人伦之亲”、“亲子之情”、“夫妻之情”、“兄弟之谊”，经常在阶级迫害中被隔离、被拆散。越是这样，劳动人民相互间的阶级感情也越深厚。那怕“四全其美”只不过是朋友间“有福同享”的一场“高兴的幻想”，“幻想”之中，正有着现实的愿望。天南地北，万水千山，隔不断自远祖以来的愿望，和这一愿望在社会斗争与历史演进中的发展。

“老头子”一踏脚儿，“出去快二十年了”。二十年来，音讯毫无。老奶奶坐在炕上，眼也不睁，流着眼泪，随着悲剧的不断重复，她总是念叨着：“咳，又走啦，又走啦，没良心的！”走了，并且是不会回来的。现在，在她这一生悲剧经历的最后，居然也有一场叫她“高兴”得“只是脸上笑眯眯的”，“在炕沿上连磕几个响头”的“幻想”！在《红旗谱》中，我们从来没有看到过她的笑容，听到过她的笑声。一听到忠大伯说，运涛“革”上“命”，做上官，还要给他“娶媳妇”，她的声音也从来没有这么爽朗：“早该娶啦，鞋鞋脚脚，一家子的吃穿，谁管呢？把他娘忙死！”她娘，自从“运涛还在她肚子里蠕动的时候，就偷偷为他打算”。鞋鞋脚脚，病病灾灾，孩子带大了，又跟他爷一样：远走高飞了。老祥走了，像“摘”老奶奶的“心”：“像熬灯油一样”，把她的“心血都熬干了”。运涛走了，像割娘的肉：她“盼一天比过一年还难。每天早晨，天不明就起了炕，早早把门儿打开。她想：也许，把门一开，运涛会走进来。一直早起了多少个早晨，早开了多少次门，十次，八次，一百次，也没这么一回。今儿，运涛来信了”，反而叫她为娘的难以想像。直到“判定是真的”，哭干了的泪水，“倒像雨点子落下来”，“把头钻在墙角里，抽抽咽咽哭起来”。忠大伯说：“涛他娘，这是个喜事呀！”她才破涕为笑，说：“好没出息，怎么哭起来？”原来，她的“高兴”之中，仍然背负着摆脱不掉的愁苦和忧患。老奶奶追问：“怎么听不见我的话儿？”怎么不在给老祥的信里写上：“夫妻的恩情可在什么地方？”朱老明几句话就“说得大家笑个不停，老奶奶也张开眼睛，拍着手儿笑了。”可见，在她那解不透的怨恨中，正有着她的恩爱。老明哥说：“算啦，婶子，你们老夫妻的了，等他回来，一家子团圆了，你们打的愿打，挨的愿挨，放开手打上两天架，出出气！”他的话，正是熬干了她的心血，也是使她“高兴的幻想”一个重要的原由。然而，“人活在世界上不容易着哪”，正是这最后一次的“高兴的幻想”，结束了她的悲剧的一生：“老头子”没有回来，运涛却被问成“共案”了！

济南探监回来，在严萍的小屋里，江涛坐在椅子上“呆着”。严萍问他：“又在想什么心事？”江涛说：“能够静默下来，当然是幸福。一个人，坦坦然然，想个什么事儿，多好！不过有时，有一种力量，不让你静默下来。”严萍说：“什么力量不让你静默？”

> 江涛说：“命运！”
>
> 严萍说：“嘿，又说起命运来。什么命运？”
>
> 江涛说：“祖辈几代的。祖父的命运，父亲的命运，哥哥的命运，我的……”

老奶奶死后，祖一辈的命运从此结束。而父一辈和子一辈的命运，也就从这一场“高兴的幻想”所造成的悲剧中重新开始。因为，尽管粉碎“幻想”的是严酷的现实，但“幻想”毕竟是由于现实的严酷而诞生的：“大革命”的梦想暂时破碎了，但广大人民在“大革命”中的“幻想”，毕竟是长远以来人心深处的社会愿望和理想：“咱一定是这个主意”，朱老忠说：“对这些‘老封建疙瘩’，‘量小非君子，无毒不丈夫’！”甚至严志和，在这场“高兴”里，也把巴掌一拍，说：“他娘的，他哭也不行！这算卡住狗日的脖喉儿了，掉不了蛋！”当然，朱老忠也曾想过：天有不测风云，万一“中间出个什么事由儿，不苦了？”“家有千口，主事一人”，悲剧的沉重后果落在严志和肩上，严酷的现实就以它的冲力来突破他的耐性了。冯老兰在这一场虚惊之后，拉开嗓子笑了,说:“他们说,革命来了要打倒我冯老兰。革命军已经到了北京、天津,对于有财有势的人们更好。显出什么了?没见他们动我一根汗毛儿!”正因为这样,一听说严志和想使他点帐,他就瞪眼:“严运涛就是个匪类,如今陷在济南。我要把钱放给他,不等于放虎归山?还不如扔到大河里溅了乒乓儿!”“那小子,别看东西儿小,他是肉里的刺!好不仁义哩,要他个鸟儿,他就不给我。”这是他的“情理”的一方面,另一方面是:“去地,我要。”“全村有数儿的东西,能忘得了?”他要,就得要那两亩“宝地”。

二十年前,严老祥要走时,对着一家人说过:“这二亩地,只许你们种着吃穿,不许去卖。”“咱穷人,土地就是根本,没有土地,就站不住脚根呀!”当运涛还是孩子的时候,就对他的小兄弟说过:“这些年来,不论怎样急窄,爹不舍弃这块土地,这是咱的‘宝地’呀!”黑色的泥土有着青苍的香味,“这是长好庄稼的泥土,它从爷爷血液里生长出来。爷爷亲手耕种它,揉搓它,践踏着它。爷爷走了,把它留给孩子们。父亲耕种它,运涛耕种它,如今,江涛又在耕种它了”。它那散发着青苍的香味的黑土,它那好庄稼,也是从爹、从运涛、江涛的血液里生长出来的。“咱们一家人凭它吃了多少年,像喝爷爷的血一样,像孩子吃奶一样呀!”涛他娘哭得死去活来,说:“不能去‘宝地’!他爷爷要不依!”——爷爷也许不会再回来,回来了,不依也只好这样。涛他娘之所以放声大哭,正如严志和卖了地回来,“趴在炕沿上,再也起不来”一样,他们一家,一代接一代,祖孙、父子、公婆、夫妻、兄弟之间的甘苦,恩爱、欢喜、愤怒、悲哀、快乐,也都是从这“脚根”上长出来的。如今,冯老兰的“好仁义”摆在这儿:“只有一条道儿——去‘宝地’!”正如我们很少看到老奶奶开朗的笑容,爽朗的谈话声一样,我们也很少看到:

> 严志和瞪直眼睛,抡起右手说:“卖,我不过了!”说着,他咬紧牙关,要想打人。

饱经世故的李德才当然也明白:“你这是干什么?发什么狠?”严志和心里难受得“像被老鼠咬着”,牙齿锉得咯嘣嘣响。第二天,他要江涛扶着他去看“宝地”,他流着泪,跪在地下,啃着、嚼着泥土,也要他儿子吃一点,说:“明天就不是咱们的啦,从今以后,也闻不到它的气味!”江涛看他父亲被欺负得这样,异常气愤的说:“爹!甭难受!早晚我们要夺回它!”他爹瞪出眼珠,问了一声“真的?”冷不丁又趴在地上,啃了两口泥土。——从打人、咬牙、啃土,这位看来像是没有火性的老农民,他的感情中,其实正有着还没有爆发的火花。面对着父亲痛苦得异常的举止,江涛“一时愣住,眼泪顺着鼻沿流下来。脊梁冷得难受,像有一盆冷水”,“浇在他身上,前心后心都冷透了!”但江涛没有看见的是:当他自己在“七·六惨案”被捕后,他爹“傻死了”的事儿:“关起我的运涛,拿了我的‘宝地’,如今又要关起我的江涛……他们不叫我活啦!"为了这无边的仇恨,为了亲生骨肉,他差点儿寻了短见。但是,也正是这无边的仇恨,这亲人之情使他想到:"运涛和江涛为革命关在监狱里","也许他们不会死去。自已死在水里,涛他娘性子软,也活不下去,谁给孩子们上监狱里送衣服,送饭哩?"他一合眼,便"看见槐花开了,大公鸡在井桩上啼。江涛笑嘻嘻儿从堤岸上走下来,说:'爹!我跟你割麦子。'"……忠大伯赶到河边,看到志和这样子,一想到"两个孩子在监狱里,有谁去照管,你就忍心吗?"连他这样的硬汉子,也抱着脑袋大哭起来。严志和说:"他们不叫我活啦!"忠大伯提醒他:"我们为什么不活?常说'手眼为活'。有嘴,能说。有手,能打。有腿,能走。就能扎挣,就能活下去。""兄弟!咱不是白人儿呀!你想想吧!"

严志和一听,伸起长胳膊在空中一划一划的说:"我……我要……"

"杀"字没说出口,朱老忠走过去捂上他的嘴。严志和愤气鼓动胸脯索索打抖,埋藏了几十年的郁积的心情,在肚子里翻腾起来。弯下腰,两只手拄着膝盖,摇了摇胸膛,说:"咳,我们活得好苦呀!"

这种"我要",这种抑制着满腔痛苦和愤怒的激情时的颤抖,我们曾在运涛被问成"共案",老奶奶暴死,"宝地"被夺走时看过。同样,现在,当他只顾抽烟,忘了吃面,朱老忠叫他吃时:

严志和猛的打了个冷战,才想起面前放着那碗面。懵懵懂懂端起碗来,拿起烟锅子就往嘴里拨。朱老忠把大腿一拍,说:"志和,那是烟袋!"

严志和顾不得说话,皱紧眉头,张开大嘴,连烟带火吞进肚里。

急得朱老忠跺起脚来,拍着他的脊梁说:"那是烟,你可呛得嗓子慌吗?我那傻兄弟!"

这种"楞"得痴呆中的决绝精神,正是这个"扎一锥子不冒血"的"地道的农民"感情暴发的方式。因此,从"牙齿锉得咯嘣嘣响"到"愤气鼓动胸脯索索打抖";从啃嚼着泥土到错把烟吞进肚里;从"要想打人"到"我要杀",也就是他的要求着爆发的感情在他自己方式中的发展。"我们活得好苦呵",封建统治阶级的各种迫害,把农民置之于死地。一个看来像是没有弹性的人物,他的抗性就会从"埋藏了几十年的郁积的心情"中,从"肚子里翻腾起来"。越是一个耐性最强的人物,当他的限度被大于它的冲力突破时,那么,他的反冲力也就必然要大于压倒它的冲力。正因为这样,在严志和感情发展和暴发的方式中,正"埋藏"着"几十年"来,郁积在心头,久待"翻腾"的沉痛愤怒之情。《红旗谱》中最悲痛的遭遇,都集中在严家一家。正如朱老忠曾经说过的那样:"家有千口,主事一人";"千斤的担子在你身上"。严家祖孙两辈的灾难和不幸,都担在他的肩头,"埋藏"在他的心底里。这一家所有人等的命运,都干系着、决定着他的命运。他是《红旗谱》里"苦命人"中最"苦命"的人,他经历了三代的忧患、不平和愤恨。正因为如此,他的生活和性格发展的整个过程,体现着一个朴实、善良如他这样的农民,在整个阶级斗争的发展形势中的成长过程。尽管有时他“软善”得甚至超过他的父亲,但他毕竟已经不是严老祥式的农民了。尽管久待“翻腾”的“心情”,郁积在心头达几十年之久,他的性格发展因此也是缓慢的,有时,甚至是艰巨的。但是,乡亲友朋、家人父子的命运不能不干系着他的命运,他的命运也不能不承担着三代以来的患难、不平和愤恨。他的发展,便是这三代遭遇的结果。三代以来,每一次变故所激起的心情变化,一次又一次的以“郁积”的形式“埋藏”在他的心头;而每一次变故都标志着阶级斗争在新的时期的发展,正因为这样,也就一次又一次的在他的性格里注入了新的情绪,新的内容;在他与乡亲友朋、家人父子间注入了新的感情,新的思想,并因此而产生了他们相互之间新的联系。也正因为这样,在他与“冯老兰这样的人”的敌对关系中,在他“郁积”了几十年的“心情”里,就“翻腾”着新的风暴。从“我爹呀,你要是不跟他说话儿,他就一天不开口”,从“低着脑袋过日子”,从“咱们别革什么命”,到咬牙切齿,到“想要打人”,到“我要杀……”,严志和性格发展的迂回、艰巨过程,不说明别的,恰恰说明:这几十年来,锁井镇一带的阶级斗争已经日趋尖锐,以至于使得这个有着“认死理的脾气”的老农民,摆脱了自己的执拗,认定了新的真理。严志和的性格发展,既然是三代农民——老巩、老祥、老奶奶、老明、老忠、运涛、江涛在各个不同时期的遭遇和斗争的影响下形成的,那么,他的性格的形成过程,也正是三代以来,乡亲友朋、家人父子的灾难和斗争的情绪,在他的性格中积累、酝酿和“翻腾”的过程。严志和性格形成全部历程的丰富性,就在于他体现着三代患难的精神发展的艰巨性,就在于他那久待“翻腾”的“郁积的心情”,不得不经历着长期积累和酝酿的过程。严志和的内心风暴,和他那“扎一锥子不冒血”的外表冷淡的矛盾,反映了一个老一代的农民,在旧时代还未过去,新时代的动荡正在到来的过渡时期,精神发展的胶着状态。反映了“祖一辈”和“孙一辈”两代农民精神在“父一辈”性格中的交替和过渡。这样,严老祥式的“软善”,在他,有时甚至会一变而为顽强的耐性,而他的耐性之所以顽强,正由于他的内心中还潜伏着比耐性更强的抗性:顽强的耐性正是他顽强的抗性的外壳。耐性和抗性的矛盾,是严志和这样一个“地道的”、“老一代”的农民在阶级迫害和斗争中性格发展的基本状态、基本动力。随着一代比一代深重的阶级压迫,严志和被“教训”到“骨头里”的抗性,只能够以“郁积”的形式,埋藏在“心里”,以至于数十年之久。这一矛盾惯性化的过程,也就形成了他的精神发展迂回、缓慢的艰巨过程;随着在深重的阶级迫害中一代比一代火热的阶级斗争,严志和性格中这一矛盾深刻化的过程,也就是他的“郁积的心情”酝酿和“翻腾”过程;一旦暴发,就有他的执着和决绝。我们也正是在他的这一精神变化的全部历程中,看到一个“朴实、善良”,“舍己为人”的老农民感情发展的深厚内容。如果说,朱老忠刚强明快、慷慨义气的英雄性格,在他们相互间“深挚的友情”中对比了、推动了这个普通农民的性格发展,那么,严志和在他的乡亲友朋、家人父子的遭遇和斗争的影响下的成长过程,同样也对比了老驴头、老套子、朱老星们在锁井镇的阶级关系中的性格变化过程。当然,更重要的是:严志和的道路,也还预示了他的乡亲们今后可能的发展。

四

小说一开始,老驴头和老套子就在我们面前出现了。大约二十多年前,当严老祥要下关东时,老驴头便跺跶着两脚,气急败坏地说:“老祥叔,你要下关东?不行!”“我老爷爷生长在这儿,我爷爷生长在这儿,我爹也生长在这儿,他们一辈辈葬在这儿,叫我离开这儿,说什么也不行,打死我也不行。”老套子也说:“外头给你撂着金子哩,还是撂着银子哩?即便撂着金子银子,那金窝银窝不如咱自己的穷窝儿呀。”一开腔,就使人觉得,这两个人物对于自己的乡土是有着浓厚的感情的。然而,就在他们的这种感情中,也有着某种束缚着他们心灵的观念,而这种观念,几乎贯串在他们待人接物的各个方面:老套子是锁井镇上著名的“牛把式”,“他懂牛性。甭看口,只看毛色,他能看出这牛的口齿年岁。只看骨架,能看出这牛出快出慢”。就是最野性、拱人成精的牛,“只要一着他的鞭儿,只有匍匐在地,眼角上滴着泪花儿”。正因为这样,在老套子看来,世上别的车儿都不如他的牛车,别的牲口都不如他的牛,并且给它起个外号叫做“气死马”,说:“人们都爱使大骡子大马,我就不,我就是爱使这牛……”作者说:“老套子是个正统观念占统治地位的人。”而封建正统观念的另一种表现,就是它的狭隘、保守。老套子对老驴头说,“咱俩心思对心思,脾气对脾气”,老驴头的心思、脾气,跟老套子确也有着某种共同点。作者说:老驴头是“一家典型的小门小户”。他“性格狭隘、孤僻,有浓厚的封建礼教观念。不多与别人往来,也不愿求人。这是小农经济下的产物”。正是这种共同点,结成他们两“老”之间的友谊:“真的,他俩自小儿就好得不行,好像秤杆不离秤锤,老头儿不离老婆儿。”并且,也正是这种共同点,使得作者在写到他们俩的时候,“有些地方是有意识的要批判他们的正统观点和狭隘性”。的确,这两个老头儿,在《红旗谱》里,确是一对有些可笑的喜剧性人物。他们的喜剧性事件,由于他们不愿意多与别人往来,不发生在别的场合,就发生在他们与他们的牲口、家庭和两个老头儿的友情间。他们之所以可笑,不由于别的原因,就由于他们的“心思”和“脾气”,已不能适应于他们不愿往来的环境。换句话说:归根到底,是由于他们被束缚着的感情、观念,不能适应于当时的社会冲突和阶级斗争的发展形势。在这种形势下,家庭与别人的关系,主人与牲口的关系,朋友与朋友的关系,都要求他们的“心思”和“脾气”有所变化,否则,就会使他们“什么好事也干不成”（作者对老驴头性格的分析，见《代序》）。

老套子与老驴头当然有些不同。正如江涛所说，他“既不使债，又不养猪。他是吃现成饭的，不管盐价贵贱，他没有土地，税不着文书。抗捐抗税运动解决不了他的问题，当然觉悟很慢”。暂时，他还能安于他的生活，说：“穷人们，扒住个碗沿子，不容易着哪！”因此他也就安于他那老一套的正统思想，说：“自古以来，就是这个则例。”老驴头则不然：他有个出秀得好样儿的女儿，又是个“养猪的主儿”。这样，事情就逼着这个不愿与别人往来的人物非得与人往来不可。他在他们父女矛盾中的处境，便是这样。在他的房后头，有条“小道儿”：这条道儿，是自从志和那年在老驴头家里安上张织布机，运涛一天三趟来来去去，春兰一天不知道上严家跑多少趟，多少年来，一步一步踩成的。在这条小道儿上，踏着运涛春兰“不是一日之功”的劳动、学习、爱情与他们的向往和愿望。可是，当春兰她大娘嚷着：“你家春兰可招咧汉子啦！”老驴头的封建观念只能使他认为这是“晴天白日欺侮到我家来”，而绝不能使他想到：这里正有个冯老兰打算摆布他的谋算。同样，当他毒打春兰一顿之后，他的狭隘观念，只能使他“在那条小道上挖了三道壕，压上枣棘针”，并且满以为可以从此“断绝了行人”。他却没有想到：走上这条道儿的虽然不会再是严运涛，但却可以是笑眯虎儿的李德才。李德才走上这条道儿，并且正是为了告诉他：“冯家老头愿跟你姑娘交个朋友。”麻烦就这样经常闯入这个怕麻烦的人物的生活里。“农民在封建势力的压迫下，几千年来的传统观念，不是一下子能撼动了的。”那么，老驴头没有被“撼动”的“心思”和“脾气”，就使得他在已经被“撼动”的社会矛盾中，成为一个连自己的狭隘处境都几乎保守不住的尴尬脚（角）色。正因为这样，他也就开始被“撼动”起来：作者说，老驴头“有一定的自尊心，过份损伤了他的自尊心，他也要反抗。”当他弄明白冯老兰不把他看成人，他就在李德才脸上连打几个耳光；同样，当冯家大院剥削到他的猪身上，并且等于是“平白无故”的拿走他二三小斗粮食，他就能够认识到“这等于是他们砸明火，路劫！”这就等于在他那狭隘孤僻的脑筋中，打开了一条小小的开窍缝儿。但是，最有批判性的积极意义的，显然还是那场喜剧性的“老驴头杀猪”：杀猪，原是为的“我不能平白丢了这二三小斗粮食”。这当然要比老套子所想的“窍门”高明些。但他却偏要单干：怕惹麻烦，结果是招来一连串的麻烦：刨烂了破棉被，碰断了窗棂，盆、罐、碗、碟，打了个一干二净，猪找回来，瘦的像只狗了；不愿多与人往来，不愿求人，猪跑了，挨不过，也只得去求人；他生怕春兰和大贵见面，把猪找回来的，偏偏是大贵，春兰也只得去开门，讲了话，并且是“一块儿聊了半天”；所有这些，对于老驴头和他那成套的传统观念来说，既难堪，而又可笑。也正是在这里，有着作者对他的批判。当然，喜剧，对于老驴头乃至老套子这类人物来说，是有它的双重性：越是他们的狭隘保守使得他们自己落在一个尴尬的处境中，对于他们就越有清醒作用。本来,老套子生怕他走了“杀猪”这条道儿,赶快跑来,凭着“多少年的友情”说:“我跟你说句实话,要知道‘官法如炉’啊,烧炼不得!咱庄稼人以守法为本,不能办这越法的事。”老套子老一套的人情世故,不能解决新的社会矛盾所掀起的新的实际问题,不能平息这个有些糊涂的庄稼人心中的不平:“咳!我喂这只猪可不是容易呀,它吃了我几口袋山药才长胖。人家养猪,是为吃肉香香嘴。我是想把它卖了,明年过春荒。他们又想从这猪身上抽一腿肉走……”尽管这种不平中仍有他的狭隘,然而,现在,经过这场教训以后,他不能不对大贵说:“咱就赞成你们这个反割头税!”如果说老套子和老驴头之所以愚昧可笑,就由于他们那种自以为理所当然的、老一套的“人情世故”使得他们长期以来成为生活中被动的角色,那么,这种被动状态,正是由于他们在精神上被“几千年来的传统观念”所束缚。作者说:“《红旗谱》中所描写的农民,虽然有这样或那样的缺点,但他们都具有勤劳、善良的共同性格,即使像老套子和老驴头,我们也并不恨他们,因为他们的缺点是在统治阶级的长期压迫下形成的。”而《红旗谱》的最大特点之一就是:当作者写到农民这样或那样的缺点时,从来没有忽视他们性格中的共同性:阶级本性。而正是他们性格中的共同的本性,使得他们能够在阶级斗争的新形势中逐步觉悟过来。《红旗谱》中老驴头精神状态的变化,已经揭露了这一发展的端倪:当他一旦从那尴尬处境中转到主动,从他被挤得越来越狭隘的“小门小户”里走向“与人往来”的社会里,他就不但不是可笑乃至可恨的,而是可爱又可亲的了:“到了高蠡暴动前夕,老驴头的思想有所转变,朱老忠把牛交给春兰藏在他家,老驴头也不反对。在第三部中,老套子忆起弟弟的死,为了朋友伍老拔的儿子小囤与亚红的问题也觉悟过来。”(《代序》)如果说,他们性格中某些假的、恶的、丑的东西“是在统治阶级的长期压迫下形成的”,那么,与此同时,他们心灵深处真的、善的、美的东西,也要在阶级斗争的发展过程中,与他们的封建、正统、保守、狭隘、孤僻、愚昧“相比较而存在”,而且也“相斗争而发展的”。正因为这样,我们看到了老驴头与老套子这类不重要人物的重要性:他们既体现了长期以来阶级迫害从物质到精神的深重性,也体现了阶级斗争及其发展的广泛性。他们的人情变化,是阶级斗争的浪潮所掀起的,他们也是构成这一浪潮的壮丽气势的小小浪花。

朱老星也是如此,也是个既有些可笑,但有些地方“又是非常可爱的”人物。他之所以可笑,就由于他“思想上糊涂”。他的糊涂不在于他对于生活没有“打算”,恰恰相反:“他就是成天价打算。”当他“原是个中农”时,他总是“成天价盘算怎样过(做)财主”,甚至“为了做财主”,事先“就买了一辆四个牲口拉的死头大车”,虽然这时他只养了一头牛。“思想上的糊涂,使他过的日子,就像痨病鬼一样,苍白无力,甚至连个媳妇也娶不起。”越是这样,他就越要认为“吃不穷,穿不穷,打算不到就变穷”。可是,事情总是出乎他的“打算”之外:他刚刚告诉大贵说:冯老兰“是刀笔,心里一琢磨就有把柄”。话才完,李德才正影影绰绰的盯在他后面:他的“把柄”,正好给冯老兰“琢磨”到了:“十几年前,他娶庆儿他娘的时候,借过冯老兰一口袋小麦、五块钱。”冯老兰当时放过“响炮”,说:“拿去吧,这丁点东西,也就别还我了。”虽然如此,多少年来,朱老星还是“断不了在他院里拾拾掇掇的,也没要过他工钱”。“打算”就此两清了。但是,连李德才都说:“我那亲娘!他什么时候有过那么大施舍?”冯老兰自己也说:“是呀,十几年以前,就是二十几年以前,芝麻烂得了,糠烂得了,这帐口还能烂了?”朱老星“就是没留这个心眼儿,他欠咱的,咱没帐。咱欠他的,他有帐。这可有什么办法?”朱老星的打算,经常总是些糊涂打算。他的打算之所以糊涂,既因为他以“没留个心眼儿”的人情去对待冯老兰这类“留个心眼儿”的人情,更因为他“总想往上爬,总是打算将来过更好的日月”。(《代序》)当他“总是”这样“想”时,他是一时还“听不透”大贵的这句格言的:“牛长得比骆驼大了,拉一辈子车,也是被人杀肉吃,成不了马。”正因为这样,当他“总是”这样“打算”时,他的“打算”就总是可笑的;而当他“自从官司失败,把房卖了,地去得也不少”,当他“盘算来,盘算去,今年冬天,连那几亩地也卖了,省得拿捐税”时,他的生活就是可悲的了。正因为这样,作者在这里所批判、所嘲笑的只是他的“糊涂思想”,而不是这个被迫害、被欺诈的农民:“这就是说,统治阶级不会让农民有好日子过的。这不是朱老星一个人的问题,而是封建统治下农民的普遍命运。”(《代序》)正因为他处在这种“农民的普遍命运”中,他也会有一个“天生的庄稼脑袋”。用他自己的话来说:“咱庄稼人,就有点儿庄稼正义。”

但“自人自性嘛”。这个经历了“普遍命运”的农民,他的“庄稼脑袋”便有着在自己生活里习惯了的感情方式,并且随着“普遍命运”的变化而发展。因此,尽管他那“两手不闲”的目的,未必不是为了他那“成天价的打算”,但是,“一年三百六十五晌,我哪里歇着过?”长期的辛勤劳动,使他经常流露些近乎格言的甘苦之言:“力气是随身带着的,好像泉眼一样,你只要用,它就向外冒”;“人,越是歇着,身子骨儿越懒散,好比铁机子生了锈,再也织不出布来。”正因为如此,尽管他“盘算”不到什么“好日月”,但他的心灵中另一个方面,显然要比他的“苍白无力”的生活要“美气些”了:他有一件“如今缝了几十年”,“已经有几十斤重了”的“破古董”。“古董”虽“破”,但它在《红旗谱》里,却是件令人难忘的事物。这是因为“别看袍子破”,朱老星说:“那是我父亲的,他去世了,留给我。俺父子两代穿了不下四十年,年年补一次。”换句话说:“别看袍子破”,不下四十年的生活,使得他对它已经有了感情了。而人与物的感情关系,其实就是人与人的感情关系:如果说在这件不值得珍视的破袍里,还保藏着他所珍惜的父子之情,那么,朱老星对待这件破袍的可笑形式中,就有着可亲的内容。同样,他和庆儿娘的夫妻之情,看来也是有些可笑的:“他跟庆儿娘的关系是这样的,庆儿娘‘越是骂他,他浑身越是觉着滋润’。”(《代序》)甚至,当江涛来串连,庆儿娘“听说又要打倒冯老兰”,她骂的是:“干吗,那是干吗?又要打官司?打官司打得成了光屁股鸡,又要打官司!”“我叫你气的!天生的庄稼脑袋,窝着脖子活着吧,光想交光棍……”单从这些片言只语看来,我们不但不能随声附和,而且更觉得朱老星也未免过于窝囊。但是,他却偏偏“笑花了眼睛”,说:“她是这个脾气,三句话不对头就开腔。”换句话说,“这个脾气”,是这个“大块头,身子骨挺粗派”的农村嫂嫂的个性,是她对身边事物感情强烈的反应。尽管她的反应是以着她那“粗派”的形式表现出来的,但她所反对的是“又要打官司”,是“还反对这个的,反对那个的。谁也反对不了,返回来把自格(个)儿反对了!”是“这么会打算,那么会打算,把个日子也鼓捣垮了!”尽管她只不过凭着她的经验与直觉,并且,直觉从来也只是片面性的,但她却直感到他的“糊涂”。庆儿娘与朱老星的矛盾,其实就是她的“脾气”与他的“糊涂”绞在夫妻之情中的个性矛盾。并且,在生活里,有时他正需要她的“这个脾气”来补救他的缺点:当他黑更半夜就打算跟李德才“去见冯老兰”时,她同样也“三句话不对头就开腔”的把他们喊住:“甭去!哪里有那么宗子事?陈谷烂芝麻,又来找后翻帐儿,要命有命,要钱没钱!”当李德才“一面承当”不会对朱老星那么“歹毒”时,我们就会相信,她的“粗派”正好表现了她本性中的“美气”了:

> 我可先说给你,穷秀才!你们要是捅俺一手指头,管叫你们闺女小子折斤斗儿。

可见,“窝着脖子活着吧”,只不过是叫他“气的”一时激愤之语。可见,在他们夫妇之间的可笑形式中,正有着感情真挚、彼此相亲的内容。可见,正如朱老星的“庄稼脑袋”中有着他的“庄稼正义”一样,庆儿娘的“这个脾气里”,也正有着她的阶级本能在她的阶级生活中所养成的阶级直觉。所不同的是:庆儿娘采取的是“三句话不对头就开腔”的形式。至于朱老星,由于长期以来经常受着“糊涂思想”的束缚,因此就使得他的“庄稼正义”只能够以着细水长流的形式,表现在他的阶级生活中:他是二十八家穷人告状中的一家;远在运涛被捕以后,严家卖了地,江涛上不起学,他打短工挣了一块多钱,宁愿家里不吃饭,忙给志和送去。正是这种庄稼人的庄稼正义,使得他有一点不糊涂:“一说打倒冯老兰,他的劲头就来了。”(《代序》)这种“劲头”,只要一有机会,他就有所流露:听到大贵学会了放机关枪,他就说:“这放机关枪,对咱穷人本来没有好处。可是大姑娘裁尿布,做时不用,用时一拿就有。”这种“打算”不但不“糊涂”,而且说明:他的愿望里,还有一种“用时一拿就有”的思想:“咱可也不是什么好惹的!”尽管冯老兰威胁利诱欺诈到半夜,他毕竟还是说:“反欢了,还得反哩!”

冯贵堂承包的割头税，本来是一种“变本加厉”的剥削方式。然而，坏事情的双重性中的另一重也就出现了：连老驴头、朱老星“还得反哩”，朱老明更不用说了。朱老明这个形象在《红旗谱》农民行列中，不但意味着自从老巩老祥以后，锁井镇一带的阶级斗争从未中断，而且还意味着：经过长期的经验与教训，锁井镇的农民已经寻求着，并也采取了进一步的斗争方法和方式了。当然，在统治阶级的“公堂”与统治阶级“斗理”，是“注定要失败的”。而且，这场失败，不只是“炸肉”没吃到，反被冯贵堂像“蘸花椒盐儿”似的“把他们那几亩地蘸完了”；更重要的是，它还相当长期的影响了这些斗争人物今后的心理和情绪。但是，尽管如此，比起以着“火爆”的个性而“赤膊上阵”来，它毕竟有着一个进了一步的“谋划”；它毕竟采取了“串通二十八家穷人”这种简单的、共同斗争的形式。“对簿公堂”是失败了的，“该不打”的，但却是锁井镇一带农民自发地寻求着——但却不可能寻求到真正有利有效的斗争途径时的必然产物。是从“大闹柳树村(林)”以来，到“反割头税运动”这一漫长的历史期间，阶级斗争在“老一代”的斗争方式无补于事，而“新一代”的斗争方式尚待成熟的过渡期间的过渡形式。朱老明是这一斗争的“领头”人物，他的精神状态，体现了这一过渡时期的精神内容，他也承担了“输塌了台”的最沉重的后果。他的悲剧，是农民们的阶级斗争，无论在思想上，(或在)力量上，方法上，由于还没有得到领导他们的核心力量，而处于不成熟的过渡时期的历史性的悲剧。他的失败和遭遇，正是这一过渡时期寻求着，然而却苦于寻求不到新的斗争途径时的悲剧。他的“斗争的一生”，体现了这一时期的苦恼、辛酸、要求和愿望。也正因为这样，在这位“慷慨悲歌之士”的“悲歌”中，就有着他的“慷慨”。

作者也是用着悲歌的抒情情绪来歌颂他的慷慨的。试想想看：官司失败以后，双目失明，家破人亡，气死了老伴，走了兄弟，闺女们住不起家，就剩下他这孤零零的一条单身汉，并且只能够靠着打苇箔、卖烧饼过活！不论冬夏，深更长夜，他的“悠长的叫卖声，通过平原上的夜暗，传到七八里地以外。过路人一听到这幽扬的声音，就留恋不舍，立地打坐，抽袋烟再走”。有人问他：“冰天雪地，还做那买卖干吗？能赚多少钱？”

> 他抬起头儿，睁开无光的眼睛，想看看天，也看不到。在黑洞洞的长夜里，不一定想做多少生意，他受不住长夜的幽闷，一夜夜睡不着觉，做着梦还嘟囔：“咳！好长的夜晚呀！”

朱老明的“悲歌”，正是受不住这“长夜的幽闷”的悲歌：“晚上，他睡在土炕上。听夜风吹着大杨树叶子，哗哗地响。黎明，他扒在被窝头上，听树枝上鸟雀喊喊喳喳乱叫。冬天，听北风的唿哨。他想，要是门前没有这几棵大杨树，说不定有多么孤寂呢！”长夜之所以幽闷，正由于“为了反对冯老兰，使他跌进一辈子翻不过身的万丈深渊”,而“在这艰难的岁月里,锁井镇上的烈火熬煎着灾难的生命”。这样,朱老明“悲歌”中的“慷慨”,也正是受不住这“长夜的幽闷”的慷慨。他仿佛是介乎志和与老忠性格之间的人物,既有些低徊悒郁,也更有他的爽朗明快。自从“串通二十八家穷人告状”以来,尽管他身受的灾难远比别人深重,但在锁井镇上,他是乡亲们少不得的知心好友。正因为他“有多少年吐不完的苦水”,他对于别人的生活,就有一副“满肚子辛酸”的穷老汉的热切心肠。他由衷地想像老祥叔能够回来;由衷地希望严家三代能够团圆;由衷地期盼“革命军”一到,“咱就闹起来”;老奶奶死了,他在灵前痛哭失声;运涛回不来,“他为运涛难受,也为春兰难受”;“保媒”不成,更使他感到“真是难死老人们了”。如果说,他的低徊、悒郁、怀疑是他的庄稼热情在“跌进”“翻不过身的万丈深渊”时的“常情”,那么,他的这种热心肠正是他的“难移”的“本性”。他的这种“常情”和“本性”的矛盾,归根到底,是庄稼正义在那个“有理无处诉”,而又苦于寻求不到新的斗争途径的过渡时期必然产生的矛盾。正由于“有理无处诉”,由于找不到新的斗争途径,“咱满有理的事儿”,就只好在众人“心里盛着”。这种“心里盛着”的事儿,“四·一二”以前,曾经以着想像的形式而共同的表现出来。“四·一二”以后,就只能够随着各人的处境、遭遇、命运的不同,在心底里酝酿,在暗中激化,并且经常只能够从他们内心与外表的矛盾中,才能看到各有深浅厚薄的不同的流露,因而各有各的表现方式:连老驴头乃至老套子那些老一套的“心思”和“脾气”,都能够在“对有财有势的人们更好”,因而对穷苦的人们更坏的日益恶化的形势中逐渐更改,那么,朱老星“糊涂”中的“不糊涂”,朱老明“悲歌”中的“慷慨”,严志和迂缓中的决绝,乃至朱老忠的“急痒难耐”,更说明万事已备,欠的只是东风。东风来自贾湘农——严江涛。因为,他们所提出的,正是朱老明们在心里渴望着、寻求着的“道儿”。因此,当朱老明一听说“这个斗争,不用朱老巩光着脖子拚命的办法,也不用对簿公堂,不用花钱,只要组织、发动群众就行”时,他就“割了脖子上了吊也得干!老了老了,走走这条道儿!”他的这种带有几分感慨的决定中,意味着令老人们辛酸、苦恼、怨愤的“幽闷的长夜”就要结束,意味着过去时期前仆后继的斗争,就要在“这条道儿”——长期以来人们寻求着的新的斗争途径中得到更新的开始。分散的“盛”在各人“心里”的事儿,从此就要集中起来,从此就要掀起一个人情沸腾、胜利的新时代。

不错,“这是个开头儿”,江涛对他父亲说:“当然呀,抗捐抗税,抗租抗债是经济斗争。由经济斗争转向政治斗争,就要武装工人,武装农民,夺取政权。”可见,虽然还只是个“开头儿”,就与以前时期的任何斗争,已经大不相同了。何况,自从济南探监以来,这也就是说:自从“四·一二”血腥经验以后,江涛就常给朱老忠“念叨”过“全国革命形势”。使他相信“在南方,在井冈山上”的“根蔓”将会“像山药北瓜一样，蔓儿虽长，它要就地扎根”。而“长江黄河隔不住这个，这是人心里的事儿”。枝蔓还会伸到咱这脚跟前。显然，朱老忠已经与他刚从关东回来，为了“报这个仇”的时代大不相同，他的“义气慷慨”已经有了新的内容了。如果说，朱老忠之所以与前不同，正由于他在革命的“大气候”中，看到了我们这个世纪的现实与理想，那么，使他看到、懂得、相信这个现实与理想的，正是同时也影响了志和与老明们的严江涛。正因为这样，如果说朱老忠是锁井镇一带农民群众的旗帜，那么，江涛便正是这一带农民群众的舵手了，正因为有了这样的舵手，沸腾着的人情就从这新的斗争途径被新的力量和方式所指导，而开辟了新的阶级斗争的历史，在滹沱河畔的风土人情中，注入了新的精神内容。

五

济南回来，当江涛和严萍谈到他一家三代命运时，也曾谈到春兰，说春兰帮着运涛织布，两个人对着脸儿掏缯，“掏着掏着，就上了感情”。严萍听得笑出声来，说：“两个人耳鬓厮磨嘛，当然要发生感情。”说着，腾的一片红延到耳根上。江涛说，有天晚上，他睡着睡着，听得大门一响，走进两个人来，他从炕上爬起，隔着窗一看：“月亮上来了，把树影筛在地上。两个人，一男一女，男的是运涛，女的是春兰……”

严萍问：“妈妈也不说他们？”

江涛又说：“看见他们走到小棚子里去，我翻身跳下炕来，要跑出去看。母亲伸手一把将我抓回来，问：‘你去干什么？’我说：‘去看看他们。’母亲说：‘两人好好儿的，你甭去讨人嫌！’这时，父亲也起来，望窗外看了看，伸起耳朵听听，说：“你去吧！将来春兰不给你做鞋袜。’”

严萍听到这里，喷的笑了，说：“怪不得，你们有这样知心的老人。看起来，运涛和春兰挺好了。运涛一入狱，说不定春兰心里有多难受哩！”说着，直想掉出泪来。

两人正在屋里说着话儿，听得母亲在窗前走来走去。

短短几百字，如同一幅“斗方”白描。并且，如果用绘画的术语来说，它也可以惹起人们的“千里之想”：江涛刚刚从一连串灾难中回到不让他“静默”的“静默”里，他“转着黑眼珠呆着”，正是思索着祖父、父亲、哥哥和自己的命运。他笑模悠悠地回忆着运涛和春兰之间的感情，使得严萍“屏气凝神，睁着眼睛听着”。这是我们第一次见到严萍：当她说到“耳鬓厮磨”“当然要发生感情”，而又腾的（一下）红到耳根时，我们也第一次从她的情不自禁的流露中，预感到她的内心感情中的潜在内容。正如我们也是第一次看到江涛呆在这间他显然已经习惯了的小房间里，第一次从他们情绪的潜流中，预感到他们感情的未来发展一样，我们同样是在他们有说有笑的时候，第一次看她母亲"在窗前走来走去"的身影。并且,所有这些第一次见到的征候,几乎成为这三个人物相互关系的公式。当严萍"对春兰发生了很大的同情心","直想掉出泪来"时,她对别人命运的关心中,也泄露了自己的感情。尽管她"喷"的笑着说:"怪不得,你们有这样知心的老人。"她的这种不无所感的羡慕之情,正好是她的母亲——每当江涛来说说笑笑时,她就要"在窗前走来走去"这个公式的最好注脚。不论是母亲的公式,或者是女儿无意中流露的"注脚",都说明了她们母女间有着背道而驰的潜在内容。同样,不论是红到耳根,也不论是对于"你们有这样知心的老人"的倾慕,当严萍的内心情绪只有在情不自禁的当口才偶然流露时,这也说明,这位二十年代的城市女学生,还不得不受到她的时代、社会、家庭和自己教养的束缚。

春兰就有所不同。我们第一次见到她,正是朱老忠刚从关东回来的时候。虽然她是来看客人,她一进门就问运涛,就说"找他问个字儿"。她"乜斜眼睛瞄了瞄。见涛他娘不高兴",也"只是咯咯的笑"着。贵他娘问她:"闺女,今儿多大啦?"她说:"十七啦。"贵他娘说:"快到年岁儿啦!"她问:"什么年岁儿?"贵她娘说:"坐轿的年岁儿!"春兰一下子笑出来,说:"跟俺开玩笑,俺走!"回到家来,她发表了感想,说:"嗯,虎子大婶人儿还不错,就是两只大脚片儿!"我们挑出这些细节中的细节,不为别的,倒想替春兰做些辩解:当她不但不介意,而且更从贵大娘亲切的"玩笑"中,感到她"人儿还不错",但对她的"两只大脚片儿"难免有所遗憾时,这倒提醒我们:这位四十年前十七岁的姑娘,她生活在本世纪的二十年代,生活在封建意识最浓厚的旧中国农村中。何况,老驴头又是一个以"有浓厚的封建礼教观念"著称的。这就是春兰姑娘渡(度)过她的最美好的青春时期的历史背景和生活背景。而春兰的性格,也确实像一个年青姑娘那样的美好:她是那样咯咯地笑着,小跑蹓丢的跑着。什么事儿都开门见山。她爹说:"闺女家到底差多哩,出聘的时候,顶少赔上两个大板箱。"她把嘴儿一噘:"我就知道你怕花钱。"她帮着运涛浆个线,落个线,运涛教她读点书,识点字,他耐着心儿教,她钻着心儿学,久而久之,当然会"恋得分不开"的。"人""情"两美,正正当当,有什么不好呢?她"听了运涛的宣传,像春天的苇笋注上大地的血浆,长出绿色小叶,精神旺盛,永不疲倦。又像春天的紫柳,才生出绿色的嫩叶,一经风吹就会摇摇摆摆,向人们显示:只有她才是值得骄傲的。"为了"表示她一向向往革命,不怕困难",敢于"迎新反旧",她就在怀襟上绣上"革命"二字,并且穿着到药王庙大会上去。她总是这样"心眼儿透亮",一切没有遮拦。

"心眼儿透亮",正是春兰姑娘自始至终的性格特点。这正说明:尽管她生活在习惯势力的种种束缚、包围和迫害中,但她既不懂得"习惯"之所以成为"势力",也没有被成为"势力"的种种习惯所感染。她爹说:"闺女家不做针线、不干活,看'闲书'会看慌了心。"她不但会针线,会干活,而且"闲书"看得心底儿透明;她跟运涛的感情越来越深，甚至连涛他娘也“老是提心吊胆”，怕“万一闹出个什么儿来，可不叫街坊四邻笑掉了牙！”但他们生活得光明磊落，因为当运涛“走上了革命的道路”时，她当然要“受了影响”（《代序》），当然，当她第一次表示她“向往革命”时做得有些“特殊”，但她毕竟是个“敢于向旧社会反抗的人”。她抱定主张，说：“别人说什么话，我也不管！”这样，这个纯真得透明的庄稼姑娘，就得跟四十年前、古老社会中人们久已“习惯”了的“人情世故”，发生了经常性的矛盾。也正因为这样，她就成为锁井镇上各色人等用各种不同眼光对待、关心的人物。村乡里“掌事的先生们”就认为：“像老驴头这样人家的姑娘，被人玩弄是应该的。”果然，冯老兰就企图这样。老驴头打她，“毒”得简直要把她“糟害”到死，“看看春兰没了气儿”，他就把她“像拉小猪子一样”的从地上拖回家去；刚刚醒过来，他就“把锹刃放在春兰脖子上”，就要“往下切”。也许这里写得过于残忍了，然而，四十年前的春兰们就是在这种我们叫做野蛮的封建宗法社会生活过来，斗争过来的。正是在这种有着几千年传统的习惯势力的威迫下，使得老驴头有着“浓厚的封建礼教观念”，有着浓厚的宗法感情，以至于失去理性，像“牲口一样”的对待春兰，吓唬春兰娘，并且，当春兰说：“爹！亲爹！可别糟害我！百年以后，谁与你老人家烧钱挂纸呢?”她娘说：“留着她吧！留着她吧！头痛脑热，有谁来伺候呢?”也只有这样的话，才能“打动老驴头的心”，打动他的宗法感情。

同样，当冯老兰为了那只“出奇的鸟儿”而恼恨运涛“好不仁义”时，他曾亲热得破例把老驴头尊之为“大哥”，说：“你可管着春兰点！”果然，老驴头口口吃吃说：“当然，闺女大了，要管着点儿。兄弟！有什么不好看儿，说给我，我给你管她！”冯老兰说：“别的倒不怕，别叫她丢了咱冯家老坟上的人。”“真的?”老驴头说：“看我给你打她。”冯老兰为了他“冯家老坟上”的“好仁义”，路人皆知。但是，老驴头却真个给他冯老兰打了他春兰！这就是说：也只有他的宗法感情，才使得他上了冯老兰的圈套；而奴隶的愚戆，总是会使自己成为被统治者思想所支配的奴才的：老驴头便这样从“我给你打她”走了过来。可是当他的自尊心被伤害得无立足之地而醒悟过来时，春兰已经处在习惯势力的重重束缚、包围和威胁中了：“这件事，引得锁井镇上姑娘们议论纷纷。”说：“那还不把人羞死！”这就叫她一想到便身上“发噤，打哆嗦”；至于运涛，在“那时候，在村乡里”，也哪里容得起，“人们逞着性儿嚼舌根子，说他们七长咧，八短咧”。如果说，春兰直接身受的，是冯老兰假手于老驴头的宗法感情所进行的迫害，是对于她的人身的摧残，是生活权利的被剥夺，那么，封建社会、制度、观念之所以冷酷、野蛮，还由于几千年的传统势力，已经成为弥漫在各个角落的，习以为常的“习惯”，窒息了、毒化了人间的空气。从家庭到社会，从肉体到精神，春兰所遭受的，真像老驴头所做的那样：她被“扔在板箱里，一把锁锁了”。

自从春兰出现在读者眼前以来，我们也跟贵他娘一样：看见她“细身腰，脸盘黑黑儿的，两只大眼睛，骨碌骨碌转着”，就“心上一喜，笑嘻嘻儿”的；也跟严志和一样，赞美道：“今年种瓜，明年种瓜，这春兰也成了瓜小姐。一到夏天，看见她黑天白日坐在这窝棚上看瓜园”；也跟朱老忠一样，暗自点头说：“啃，活跳跳的人儿，身子骨儿有多么活泼”；也跟作者一样，当她受到运涛的政治熏陶时，感到她“像春天的苇笋注上大地的血液”；当然，我们也更像贾湘农、严运涛一样，希望她“不能老是宣传”，“还该秘密组织妇女协会”。所有这一切，当然也同时是作者对她的赞美和期盼。但是，“她与运涛的事情在当时的农村社会里是件了不起的大事情”。“在这样的情况下，她回避见人，躲在家里，情绪上有些低落，是很自然的。”（《代序》）从此以后，我们便见不到她“咯咯笑着”，“小跑蹓丢的跑着”，而“判若两人”了。

从像“才出生”的“绿色嫩叶”那样“精神旺盛”，到“情绪上有些低落”，春兰的性格变化，既体现了“当时的农村社会”对她的地道封建性的迫害，也体现了她在这一特定时期所可能有的，与之相适应和相对抗的程度。春兰所受到的“糟害”，之所以是地道封建性的，就因为她的命运，是二十年代，三十年代，乃至四十年代，中国妇女，特别是农村中青年妇女普遍遭受到的共同命运。因此，她所面对的，也是中国妇女在民主革命时期的共同命题。她所处的这一时期之所以是特定的、而不是一般的，就由于在她还只是像“才出生”的“绿色嫩叶”的时候，正是一九二七年以前，正是冯贵堂们将要飞黄腾达的时候，正是冯老兰们更要盛气凌人的时候，正是封建主义这个庞大蠢物找到了靠山，因而更是有恃无恐的时候。而二十年代之所以不同于工农红军北上抗日的三十年代，更不同于党所领导的民族民主革命遍地开花结果的四十年代，还由于这是贾湘农、严运涛和严江涛们刚刚在这冀中平原传播火种的时代，是新民主主义革命开始时期的开始，是中国人民还要经受历史上最后一次最可诅咒的历史逆流——“四·一二”事件的熬煎和考验的准备时代。在这样一个新历史开始的开始时期，对于春兰姑娘来说，“如果她的性格上，行为上丝毫没有发生变化，在当时的社会上显然是不合情理的”（《代序》）。在人与人之间相互关系和当时的形势中，如果人物的性格和精神状态的变化不合于当时的“情理”，那就会不符于当时的历史真实；既不符合于当时阶级力量的对比，就不能体现阶级对抗情绪在重重高压下，经过怎样艰巨而又深刻的酝酿过程，终于得到更进一步的发展。

对于生活在最黑暗的时代、而又初无烦恼的春兰姑娘，她应该有所变化，也势必有所变化。不论变化采取着什么样的形态，变化本身，就是矛盾，就是发展。那怕她“情绪上有些低落”，运涛入狱以后，还几乎寻了短见，然而就在这些性格、行为的变化中，新的情绪也正在她心底里酝酿。因为，当运涛告诉她，贾老师调他去南方参加革命军时，仿佛这一切都在她心底里准备好了：“要是这么说，你去吧，去把土豪恶霸们都打倒!”“不,我要送你,左不过是这么回事了,打死了也是个冤魂。别人说什么话,我也不管!”——只有运涛“不愿耽误她一辈子”,希望她另找个体心人。只有这件事情,是她所没有、也无从准备的。然而,当她没有为这件事做这样的准备时,正说明了她心底里早有了自己的准备。运涛一说“不管你等不等我,我要等着你!”她脱口而出,回答得是这样肯定:“你有这个胆量,有这个决心,撑得过去,我还要活下去!”这也就是说:当她的情绪“有些低落”时,她的“这个胆量”和“这个决心”,已经在她心里酝酿,因此才有“撑得过去”的意志和信心。而当春兰相信只有“这个胆量”和“这个决心”才能“撑得过去”时,这就意味着:她的思想感情已逐渐走向成熟。换句话说,这个初无烦恼的姑娘,已经面对着这场灾难,开始思考了、懂得了她在这个世界可能有的命运,并因此而有了自己的安排和抉择。如果说,这个农村姑娘所遭受的正是中国普通妇女的共同命运,那么,她的这个有“胆量”才能“撑得过去”的“决心”,便正是这一时期中国妇女共同的命题。这样看来,对于春兰,“低落”不但不意味着消沉、屈伏(服),恰恰相反,倒是一场达到高昂而必须有所思索的、她的思想发展的过渡。因此,她的“心眼儿”依然是这样“透亮”,她的“决心”因为有了“这个胆量”,甚至更为鲜明。“咯咯的笑着”,“小跑蹓丢的跑着”——像那样无忧无虑的小姑娘原也是可爱的。但是,当她“前后判若两人”时,对于锁井镇来说,倒是一个可喜的征候:因为,一个不同于贵他娘、涛他娘、庆儿娘的新一代青年妇女,就以着她的向往所鼓舞的“胆量”和“决心”,而开始出现于这一带农村妇女的阵线中了。尽管从春兰的“向往”中所产生的生活理想只不过是二十年代的水平,尽管她所想象的,也不过是“革命成功,乡村里的黑暗势力都打倒。那时,她和运涛成了一家人”,“就可以自由自在的,在梨园里说着话儿收拾梨树”等等,但是在那个“黑暗势力”统治一切的“死年头”,那怕就是这点小儿女的想象,也就是“反叛”,也不被允许,也需要“胆量”和“决心”才能“撑得过去”的。何况,在滹沱河畔,她是第一次表达了青年农村妇女对于自己生活和革命的向往的第一人,尽管她的想象、理想和向往,也仿佛像“才出生”的“绿色的嫩叶”一样,但这也毕竟意味着:在那个新历史开始的开始时期,锁井镇一带的农村妇女,也开始进入了她们的新历史时代。涛他娘说:“咳!女人呀,没有个痛快时候。没孩子的时候,寞寞落落闷的慌。”“盼到孩子出来了,又累的慌。明年又是一个大肚子,孩子出来了,更是累死人!”这是母一代或婆一代的命运和感叹:她们没有想象、理想和向往。显然,锁井镇妇女阵线的成长、成熟和发展,也同样得服从这个红旗谱规律:“一代比一代进步”的基本规律。

当然,也跟朱老忠一样,在春兰的性格里,也有某些传统的东西。然而,春兰的走向成熟,毕竟开始于新历史的开始时期,她的想象、理想和向往,来自锁井镇上第一个开辟着新历史的人物直接的、并且是渗透着浓厚感情的影响。如果说,在运涛出走以前，当她身受摧残，从精神到生活的“自由自在”都被剥夺的时候，鼓舞她的“胆量”和“决心”的，正是这种影响和彼此之间的浓厚感情，那么，运涛的政治影响和他们之间的爱情，就势必是不可分的，就将要随着革命风暴的起伏，震动着、决定着她的一生：当革命的高潮来到的时候，“运涛的眼睛，就像两点萤明，在遥远的远方闪晃”。就是“这一丁点儿遥远的光亮，在她的心上就像太阳一样，温暖她的全身”。正因为这样，正因为“她凭这丁点儿热力和光明来生活”，“四·一二”事件的发生，就等于了结她的一生，“眼看一丁点儿幸福的光芒，就要在眼前逝灭。”眼看二十年代的想象、理想和向往刚刚鼓舞着她的“胆量”和“决心”，二十年代阶级斗争的严酷形势，就要把这个美好得像才出生的“绿色嫩叶”一般的、小儿女的心思，在反动阶级最后一次，因而也是最恶毒的一次挣扎中扑灭。“她的心情，像从千丈高崖跌下深渊”，甚至于索性认为“死了倒也落得干净”。然而，也正如她冷笑着说：“哇！说他干吗？扔到脖子后头算了”——正是由于她不能“扔到脖子后头”一样，当她明白“就是哭瞎了眼睛，对于革命，对于运涛，也无济于事”时，正说明她的一息犹存的想象、理想和向往仍然希望革命、运涛能够有济于事。她娘在半梦中说：“咳！天哪……忙回来救救我闺女吧！”“一句话打动春兰的心。她想他还会回来的！”一句话便能打动她的心，就由于她的心本来没死。如果说，以前，她的“低落”正是她达到高昂的过渡，那么，现在，她的失常就是她达到日后的坚定的过渡：“我主意拿定，俺俩既是说下这个话儿，他一辈子不出狱，我就要等他一辈子。我要上济南去看他，我说去就去！”“我一天天地盼，铁大房梁磨绣针，功到自然成！”——也许这里正是作者的“伏笔”，然而，文学术语中所谓的“伏笔”，实质上是源于“现在之中孕育着未来”的发展：春兰的爱情之所以“坚贞”，春兰的“胆量”、“决心”、“主意”之所以能够“撑得过去”，就由于她对运涛的深挚感情，自始至终，都被她对生活的理想和对革命的向往所渗透、所贯串。

同样，《红旗谱》里，还有一系列人物：张嘉庆、伍老拔、乃至冯大狗，特别是严知孝一家，他们的“现在”之中，都孕育着“未来”的丰富内容。正如江涛在朱老忠、朱老明、严志和、朱大贵、朱老星之中，既接受了他们的影响，更成为他们的舵手一样，江涛在所有这些人们未来发展的壮阔形势中，将更有其决定性的锋芒与舵手的双重作用。我们既有着这样的预感，因此，这一专题性的初步探索，也就该在这里告一段落了。

——原载《文艺报》1961 年第 1—2 期

黄秋耘

《山乡巨变》琐谈

一

有那么一种作品，以雄浑的笔墨、高亢的调子、宏伟的气魄，写出轰轰烈烈的生活场面，惊天动地的英雄业绩，它的人物总是站在矛盾的尖端和生活的激流中间，经历着如火如荼的斗争，出生入死的考验。整部作品是充满着那样排山倒海的力量，那样惊心动魄的情节，那样烈火狂飙般的英雄人物，使得你读了它，兴高采烈，血液沸腾，心怦怦然不能自已。这自然是好作品。

另外还有那么一种作品，并不以上述这些特色见长，却同样有吸引人的地方。它以亲切、真挚、热情而富有幽默感的笔触，通过对日常生活和人物心灵深处的微妙活动的细致刻划，展示出人物精神面貌的变化，描绘出一幅幅色彩鲜明、诗意浓郁、风趣盎然的生活图画。写人物，则细腻入微，笑语音容，跃然纸上。说故事，则娓娓动听，如话家常，如数家珍。真是浅语皆有味，淡语皆有致，使得你一面低声诵读，一面会心微笑，回味无穷，不忍释手。这同样也是好作品。

这两种作品体现着两类不同的艺术风格。我国古代文人们往往喜欢用“阴阳”、“刚柔”等字眼来概括这两类不同的艺术风格。例如清代著名学者和散文家姚鼐就对这两类不同的艺术风格作过一番对比和分析：

> 文者，天地之精英，而阴阳刚柔之发也……自诸子而降，其为文无弗有偏者。其得于阳与刚之美者，则其文如霆，如电，如长风之出谷，如崇山峻崖，如决大川，如奔骐骥；其光也，如杲日，如火，如金镠铁；其于人也，如凭高视远，如君而朝万众，如鼓万勇士而战之。其得于阴与柔之美者，则其文如升初日，如清风，如云，如霞，如烟，如幽林曲涧，如沦，如漾，如珠玉之辉，如鸿鹄之鸣而入寥廓；其于人也，漻乎其如叹，邈乎其如有思，暖乎其如喜，愀乎其如悲。观其文，讽其音，则为文者之性情形状，举以殊焉。（《复鲁絜

非书》)

说文章是“天地之精英”,是天地间阴阳刚柔之气所生发出来的,这自然是唯心的、夸大的说法,但姚鼐认为这两类艺术风格各有各的佳妙处,不宜有所轩轾;他并且指出,像欧阳修和曾巩的文章就是偏于阴柔之美的,这也并不影响他们成为宋代的大散文家。这番话,还是说得有理的。

用“阴阳”、“刚柔”等字眼来概括或比拟我们今天多样化的艺术风格,当然是不够用的,而且是不尽贴切的。可是,我们应当看到,在现代创作中,上述这两类不同的艺术风格也是同时存在着的。如果说,《红旗谱》和《保卫延安》较接近于前者,那么,是否可以说,《山乡巨变》更接近于后者呢?或者,就同一个作者的不同作品对比着来看,是否可以说,《暴风骤雨》较接近于前者,而《山乡巨变》更接近于后者呢?

不同艺术风格的作品,往往从不同的角度,采用不同的艺术表现手法,来反映现实、创造人物、概括时代,在这些方面,我们应当充分尊重作家的选择自由,不必强求一致。《山乡巨变》较多采用纤细的笔墨,对于时代风貌比较着重从侧面来进行描写,有关日常生活和风土人情的描绘,在书中占有较多的篇幅。但作者总是力求透过一些看来是很平凡的日常生活事件,来显示出它们所蕴藏的深刻的社会意义,透过个人的生活遭遇和日常言行,来挖掘出人物性格中的社会内容。细心的读者不难看出,刘雨生与张桂贞的离婚,与盛佳秀的结合,陈先晋一家的争吵,王菊生的装病和假闹夫妻反目……无一不是和农业合作化运动息息相关。作品之所以着重描写这些日常生活,正为的是要表明农村中的社会主义革命浪潮,怎样渗透到生活的每一个角落。因此,总的说来,作品还是能够以精致而优美的艺术形式,正确地、多方面地反映了农业合作化运动过程中两条道路的斗争和新旧意识的矛盾冲突,为读者清晰地描绘出这场革命运动的基本情况和来龙去脉,以及它在人们的阶级关系上、家庭关系上以至内心深处所引起的复杂微妙的变化,从而出色地塑造了一系列的农村中各个阶层的人物形象,它的思想意义和艺术成就,都是值得我们充分肯定的。

二

自然,《山乡巨变》的艺术成就,不仅在于它以所创造的艺术形象充实了我们的文学画廊,而且在于它以卓越的艺术经验丰富了我们的文学园地。无论在塑造人物的手法上,驱遣语言的技巧上,以至在民族形式的探求上,它都显示了独特的风格,给我们提供了许多有益的借鉴。

我们常常提到,建国以来长篇小说创作当中所取得的一个突出的成就,就是有许多作家,特别是一些富有创作经验的老作家,已经在创作上逐渐形成了自己独特的艺术风格。在这些独具风格的老作家当中,周立波同志是很值得称道的一个。他那种富有民族特色和地方色彩的、平易而又隽永、凝练而又自然、细腻而又明快的艺术风格，在《暴风骤雨》中已经初步形成，而在《山乡巨变》中更有所发展，并且进入成熟的境界。不过，充沛在《暴风骤雨》中的那种“阳刚之美”，到了《山乡巨变》却显得逐渐减弱了。

在《山乡巨变》中最令人击节赞赏的艺术特色，就是作者能够用寥寥几笔，就活灵活现地勾勒出一幅幅人物个性的速写画。以亭面糊为例：这位老倌子不出场则已，一出场，他的一言一笑，一举一动，无一不使他的性格焕发着奇异诡谲、丰富多采（彩）的光芒。当你看到他向邓秀梅吹嘘自己也曾起过几次水、差一点就成为富农地主的时候，当你看到他在动员入社的大会上悄悄溜去睡懒觉、事后又声明要“打个收条”收起人家对他的批评的时候，当你看到他在乡政府里有声有色地编造那段实际上反映了他在入社问题上的矛盾心理的“夫妻夜话”的时候，当你看到他大讲什么“人畜一般同”的养牛经、给耕牛戴上一顶破草帽的时候，当你看到他奉命去侦察反革命分子龚子元的阴谋活动、反而被人家灌得酩酊大醉的时候，当你看到他禁不住酒香的引诱、亏空了八角钱公款去大喝一顿、回到社里来被当会计的儿子“卡住”的时候……你都会被他那些幽默的、喋喋不休的谈吐，那些天真得可爱而又荒唐得可笑的行为强烈地吸引住，禁不住莞尔而笑。作者用在亭面糊身上的笔墨，几乎处处都是“传神”之笔，把这个人物化为有血有肉的人物，声态并作，跃然纸上，真显出艺术上锤炼刻划的工夫。亭面糊的性格有积极的一面，但也有很多缺点，这正是这一类带点老油条的味儿而又拥护社会主义制度的老农民的特征。作者对他的缺点是有所批判的，可是在批判中又不无爱抚之情，满腔热情地来鼓励他每一点微小的进步，保护他每一点微小的积极性，只有对农民充满着真挚和亲切的感情的作者，才能这样着笔。

比起亭面糊来，作者用在菊咬金身上的笔墨是少得多的，但仍然写得有声有色，情貌无遗。这完全得力于作者善于选择几个有典型性的细节：例如在《正篇》中写他对继父继母所玩弄的权谋机诈；为了抗拒人家动员他入社，不惜扯痧装病，跟堂客相里手骂；在《续篇》中写他发动一家三口拼命和社员竞赛挑泥，在社里宣布封山的第一个早晨，他还钻了空子，把大枫树劈成柴禾（火）出卖；临到决心入社的关头，还要送一副腰舌给刘雨生做人情，好找个靠山……书中只抓住这几个细节着力描绘了一下，就充分揭示出这个顽强的“老单”工于心计和自私自利的本色，令我们一见不忘。在这些地方多加玩味，我们就可以悟出作者之所以能够以少许胜人多许的道理。

“严重的问题是教育农民。”亭面糊和菊咬金这两个人物，形象地阐明了这句名言的深刻意义。

有些同志认为，在《山乡巨变》中，落后农民形象的艺术光彩盖过了正面人物的艺术光彩，我看这也未必尽然。比如刘雨生这个人物，还是写得相当丰满和鲜明的。

且不说在《正篇》中已经写到他怎样以忠厚的态度来对待那个负心地遗弃了他的妻子,怎样以坚忍不拔的意志来克制自己内心的痛苦,怎样以任劳任怨的精神来应付头绪纷繁的工作,使得他那劳动人民的"本真的至性"焕发着动人的光辉。在《续篇》中,这个人物的性格又有了进一步的发展,主要是他那作为一个农村党员干部的思想品质和内心世界得到了更为充分的表现。作品一方面通过刘雨生处理工作、从事劳动等重要社会活动,正面地描写了他那公而忘私、谦虚谨慎的美德,另一方面又通过对他和盛佳秀的爱情的描写,真切动人地展示出他的内心世界的丰富性。我想,每一个读者读到刘雨生去动员盛佳秀出借肥猪的情节(《续篇》第十七章),都会禁不住执卷凝思,悠然神往,感到这真是一段绝妙文章。这儿没有惊心动魄的情节,没有剑拔弩张的争论,没有火辣辣的语言,这一对爱人体贴、温存、抱怨、疑虑、伤心、欣慰……种种复杂微妙的心情,个人利益与集体利益的矛盾,新旧思想的斗争……完全是通过一些随随便便的家常话,一些日常生活中的细微动作巧妙地表现出来的(例如开始进行谈判时,盛佳秀紧张得把手里擦着的碗掉在洗碗盆子里,一下子打破两只,刘雨生却坐在桌子边默默地抽烟;最后问题得到圆满解决时,盛佳秀只是温情地问刘雨生一句"你还没有吃饭吧?我热饭给你吃。"就放下针线,起身去焙饭)。我们读起来,好像作者不大着力刻划,不大注意技巧,不故作惊人之笔,你看,他写得多么朴素平易,不加雕饰,其实,这才是真正高明的技巧,真正到家的功夫。这在文学史上不乏先例。比如陶渊明的诗,柳宗元的散文,吴敬梓的小说,大抵都是经过惨淡经营然后达到貌似平易而实隽永的境界,比之那种锋芒毕露、力竭声嘶、一览无余的作品,自有高下之别。王安石说得好:"看似寻常最奇倔,成如容易却艰辛。"一般艺术修养不够、艺术经验不足的作者,不容易体会到此中甘苦。

听说有人认为,像刘雨生这样的农村党员干部,虽则是那么忠心耿耿,淳朴踏实,但缺少雷厉风行的作风,叱咤风云的气派,因而他的精神境界不是很高的。我看,这样的要求对于这样一个人物来说,未免是过分责备求全了。我们有各种各样的共产党员,有各种各样的农村干部,像刘雨生这样一个有实事求是之意、无哗众取宠之心、立场坚定、作风踏实的人,经作者艺术地再现出来,倒是十分可贵的。况且无论在了解情况、掌握政策、联系群众、团结干部等各个方面,他都做得很好,在社员中很有威信,这样朴素谦逊而又公道能干的基层干部,正是我们党在农村工作中最可依靠的力量。值得注意的是,这样的正面人物过去很少出现在我们的文学作品中。现在周立波同志特别赏识这样的人物,给他塑造了富有特色的艺术形象,虽然还不是概括得很高,但不能不说这是作者在生活当中有胆有识的发现,在塑造正面人物的创作劳动上一个重要的成就,值得我们欢迎和重视。同时,对比着刘雨生和李月辉,作者还写了一个盛气凌人、作风生硬的朱明,虽则着墨不多,但几处地方用的都是“阳秋贬笔”，在这里，我们可以看出作者对这两种不同的干部作风的评价。

书中有一些着墨不多的次要人物，如刘雨生的新旧两个爱人——盛佳秀和张桂贞，治安主任盛清明，甚至那位开口诗云、闭口子曰的李槐卿老夫子，都有较为鲜明的个性特征。当然也有着墨较多而写得不成功的，如龚子元和他的堂客就是。这也许是由于作者对于反面人物、反面现象还认识不深，跟这一类“牛鬼蛇神”没有打过什么交道，因而在艺术上也不免有“巧妇难为无米之炊”的遗憾了。

三

作者不仅善于描绘人物个性的速写画，也同样善于用寥寥几笔，勾勒出一幅幅饱含着诗情画意的风景画和风俗画，使全书抒发着浓郁的生活气息，弥漫着清新的泥土芬芳，呈现着明丽的地方色采（彩），这是《山乡巨变》在艺术创作上另一个可贵的特色。我们还记得，在《暴风骤雨》中，作者对“千里冰封、万里雪飘”的北国风光作了优美的描绘，到了《山乡巨变》，这些风景画中的山容水色又换了一番风貌，俨然是雨景空濛、峰峦映翠的湖南山乡了。作者并不经常作大段大段的自然景物描写，他比较喜欢把对自然景物的描写溶化在故事情节中，借此烘托出生活环境的氛围。请看，这就是亭面糊的家：

……邓秀梅远远望去，看见一座竹木稀疏翡青的小山下，有个坐北朝南，六缝五间的瓦舍，左右两翼，有整齐的横屋，还有几间作为杂屋的偏梢子。石灰垛了墙，映在金灿灿的朝阳里，显得格外地耀眼。屋后小山里，只有疏疏落落的一些楠竹、枫树和松树，但满山遍地都长着过冬也不雕（凋）黄的杂草、茅柴和灌木丛子。屋顶上，衬着青空，横飘着两股煞白的炊烟。

走近禾场，邓秀梅看见，这所屋宇的大门的两边，还有两张耳门子，右边耳门的门楣上，题着“竹苞”，左边门上是“松茂”二字，看见有人来，禾场上的一群鸡婆吓跑了，只有三只毛色花白的洋鸭，像老太爷一样，慢慢腾腾地，一摇一摆地走开，一路发出嘶哑的噪叫。一只雪白的约克夏纯种架子猪正在用它的粗短的鼻子用劲犁起坪里的泥土，找到了一块瓦片子，当作点心，吃进嘴里，嚼得崩咚崩咚的响。

寥寥儿笔，不仅描绘了一幅浑合自然、错落有致的山村风景画，而且展示出我国农村在土地改革后生气蓬勃的欢乐气氛和翻身农民的幸福生活，即便作为一篇写景的短文来读，此中佳趣也足供玩索。而写得更为兴会淋漓、神采精绽的还有《续篇》《雨里》章中的一些片断：

雨落着。盛家吃过了早饭，但还没有看见一个人把孩子送来。盛妈坐在堂屋门边打鞋底。亭面糊靠在阶矶的一把竹椅上，抽旱烟袋。远远望

> 去,塅里一片灰蒙蒙;远的山被雨雾遮掩,变得朦胧了,只有二三处白雾稀薄的地方,露出了些微的青黛。近的山,在大雨里,显出青翠欲滴的可爱的清新。家家屋顶上,一缕一缕灰白的炊烟,在风里飘展,在雨里闪耀。
>
> 雨不停地落着。屋面前的芭蕉叶子上,枇杷树叶上,丝茅上,藤蔓上和野草上,都发出淅淅沥沥的雨声。雨点打在耙平的田里,水面漾出无数密密麻麻的闪亮的小小的圆涡。篱笆围着的菜土饱浸着水份,有些发黑了。葱的圆筒叶子上,排菜的剪纸似的大叶上,冬苋菜的微圆叶子上,以及白菜残株上,都缀满了晶莹闪动的水珠。
>
> 雨越下越大,天都落黑了。屋檐水的水柱瀑布似的斜斜往下拉。地坪里,小路上,园土间和山坡上,一下子都漫满积水,流走不赢。田里落满了,黄水漫过了田塍,一丘一丘,往下边奔流,水声响彻了四野。
>
> 隆隆的雷声从远而近,由隐而大。一派急闪才过去,挨屋炸起一声落地雷,把亭面糊震得微微一惊,随即自言自语似地说:
>
> "这一下不晓得打到么子了。看这雨落得!今天怕都不能出工了。"他吧着烟袋,悠悠地望着外边。

这一幅雅澹幽美的山村雨景图,真是可以媲美米芾的山水画。但,它和山水画又有所不同:一则,它不仅作静态的描写,而是静中有动,初写小雨,继写中雨,最后写大雨,一层深似一层,各有各的景色;二则,它不光是写景,而是情景交融,通过这几段对雨天气氛的描写映衬出亭面糊那股慢腾腾的懒散劲儿,恰到好处。

作者不仅对自然景色作了优美而精确的描绘,在他的清淡明秀的笔墨中,又蕴藏着对农村新生活多么热情洋溢的赞美和饱含诗意的抒情啊!例如《续篇》中《竞赛》《插田》《双抢》等章节,都对集体劳动生活作了富有诗意的描写;在《联欢》那一章里,荡漾着社员庆祝丰收的欢乐气氛;篇末描写刘雨生和盛佳秀洞房之夜的章节,也分明是一幅喜气洋洋的农村新风俗画。它们不仅给予读者以丰富的美感享受,而且在他们心里唤起对农村新生活的热爱和向往。这些描写不仅富有诗情画意,同时也是有思想性的。

作者固然擅长于写景状物,但并不是为写景而写景,为状物而状物,他主要是通过对生活环境和生活气氛的描绘,来表现出人物的命运和性格特征。菊咬金家那个严丝密缝的谷仓、那座贴着"血财兴旺"的猪栏、那些用了多年还完整如新的农具,显示出这个野心勃勃的中农发家致富的"雄图"。陈先晋家那顿碗碗不离辣椒、中间放着一钵清汤寡水的白菜的晚餐,真是菜如其人,烘托出这个勤俭持家的老倌子执拗的个性。谢庆元家的床铺上一条绣花红缎子被窝和一块补丁驼补丁的粗布褥子的对照,标志着这位贫农出身(的)在土改时得到了好处的副社长的家境。盛佳秀那座门虽设而常关的宅院，更点染出女主人公守活寡的不幸身世。所以写景状物，归根到底，还是为了写人，使人物的性格、情绪融化于具体事物的描写中，或寓情于景，或寓情于物，或寓情于事，这些都是需要相当深厚的艺术修养才能运用自如的笔墨。

《山乡巨变》的作者所取得的高度艺术成就，分明是与他成功地吸取了中国古典作家丰富的创作经验有关。从周立波同志一些早期的作品中，可以看出较为显著的欧化的痕迹。周立波同志在一篇文章中也提到过，自己"选读中国的东西太少了，这是偏向。"有鉴于此，他近年来颇致力于钻研中国古典作品，认真学习这些作品的优点而不受它们的局限，把这些优点和他从外国名著中所吸收到的长处揉（糅）合起来，加以融会贯通，有所发展，有所创造，逐渐形成一种更加园（圆）熟、更加凝炼而富有民族特色的艺术风格，有某些外国古典作品之细致而去其繁冗，有某些中国古典作品之简练而避其粗疏，结合两者之所长，而发挥了新的创造。

四

周立波同志在谈到《暴风骤雨》的创作经过时，曾经谦逊地指出这部作品有"三不够"。首先是气不够，其次是材料不够，第三是语言不够。《山乡巨变》是否有不够的地方呢？恐怕也是有的。在这里，我想提出一些坦率的然而不见得是确当的意见，希望能得到作者和读者的指正。

我觉得，主要还是"气"不够，这里所说的"气"是指作品中的时代气息而言。作为一幅有景有情、有光有色的生活画卷，《山乡巨变》达到了相当完整的艺术境界；但作为一部概括时代的长篇小说，《山乡巨变》对于农业社会主义改造这一历史阶段中复杂、剧烈而又艰巨的斗争，似乎还反映得不够充分，不够深刻，因而作品中的时代气息、时代精神也还不够鲜明突出。是的，作品对农业合作化运动的各个重要方面都作了比较准确的描写，可是还有若干不足之处。例如写合作化运动，深入串连、发动群众、申请入社、合作社成立、与单干户竞赛获得胜利、合作社进一步巩固和发展等一系列过程都写到了，却没有充分写出农村中基本群众（贫农和下中农）对农业合作化如饥似渴的要求，也没有充分写出基本群众在党的坚强领导下，在斗争中逐步得到锻炼和提高，进一步自己解放自己，全心全意为集体事业奋斗到底的革命精神。仿佛农业合作化运动这场深刻的社会主义革命只是自上而下、自外而内地给带进了这个平静的山乡，而不是这些经历过土地改革的风暴和受到过党的教育和启发的庄稼人从无数痛苦的教训中必然得出的结论和坚决要走的道路。又例如写农业合作化过程中错综复杂的矛盾斗争，两条道路的斗争、新旧意识的斗争和敌我斗争都写到了，但总嫌写得比较表面化、简单化一些，思想内容还不够深湛，没有能够进一步挖掘出矛盾的核心，没有通过人物和事件显示出这几种矛盾斗争的内在联系，因而使得作品的思想深度和作品的艺术成就似乎显得不够相称。比之《暴风骤雨》,《山乡巨变》在艺术上无疑是更为成熟和完整的,但缺少前者那种突出的时代气息,那种农村中阶级矛盾和阶级斗争的鲜明图景,这是令人感到美中不足的地方。

当然,也许作者在生活中所看到的农业合作化运动,就是出现在笔下的这个样子,我们没有权利要求作家去写他所不曾看到过的、或者还不曾熟悉的东西。这里,我们只想提出一个问题:就是作家深入生活的深度和视界的广度、思想的高度有很好地结合起来的必要,对局部地区的生活细致的观察和对全国形势深刻的理解也要很好地结合起来,也就是说,作家在满腔热情、全神贯注地反映某一个地区的生活变革的同时,必须着眼于全国的革命形势和整个时代的主流,好比下围棋,虽然着手于一子,却要着眼于全局,只有这样,才能对生活进行更集中、更高度、更全面的概括。从这一方面说,《山乡巨变》似乎还有作进一步努力的余地。

此外,我们也还可以举出作品一些次要的缺点:例如对龚子元的反革命活动写得不够真实;对谢庆元的错误根源挖掘得不够深刻,对他的转变过程又写得过于简略一些;在文字上,冷僻的方言用得多了一些,稍嫌驳杂;《续篇》枝蔓较多,而且不无斧凿的痕迹,不如《正篇》那样畅适自然;同时到了《续篇》,作者的生活底子就显得不是那么丰厚,个别地方甚至笔力不逮,因而在艺术的完整性上也不免有点逊色了。

总的来说,《山乡巨变》的作者在艺术的追求上取得了很大的成就,以其独特的艺术风格、耀目的艺术光采(彩)、对人物的性格和心灵细致的剖析、对农村新生活富有诗意的描绘,开拓了文学创作的新境界。从《暴风骤雨》到《山乡巨变》,作家的艺术风格显然是有所变化的,如上所述,作为一个比拟,前者偏重于"阳刚之美",后者则偏重于"阴柔之美",这自然是可以的。可是,也许由于作家的美的趣味的追求偏得稍微过了一些,相对地忽略了生活中阶级斗争的严峻形势,这就使得作家的眼界受到一定程度的局限,因而在概括时代的深度和广度上也多少受到了一些影响。在这个意义上,《山乡巨变》比之《暴风骤雨》,是既有所得也有所失的。关于这,我有一种大胆的设想:这两类不同的艺术风格最好是能够互相结合,互相交融,可以有所偏重,却不宜过于偏废,或者截然划分,特别是在长篇小说中,我们更不妨使用几副笔墨。既然在《暴风骤雨》中也颇有一些纤细的笔墨,时时吐露珠玉之声,那么,在《山乡巨变》中,假如作者稍稍采用一些雄健的笔墨,抒写一点风云之色,大概也还不至于损害艺术风格的和谐罢。一个作家的艺术风格,尽管已经达到成熟的境界,但总还是在不断发展、不断提高,而不是一成不变的,如果《暴风骤雨》是作家过去阶段的艺术风格的标志,《山乡巨变》是作家现在阶段的艺术风格的标志,那么,在未来阶段中,我们相信,这两者一定会有更好的结合,更好的交融。

——原载《文艺报》1961 年第 2 期

严家炎

谈《创业史》中梁三老汉的形象

五亿农民走上社会主义道路,从资本主义后备军变成社会主义的可靠同盟军,这在历史上是了不起的大事。艺术地生动地反映这个伟大事件,乃是我国文学的光荣任务。《创业史》之引人注目,就因为它在反映这个伟大事件的深度和完整性上,比同类题材的作品有了很大的进展。尽管作品第一部还只写了互助组阶段的农村的情形,却已经相当明晰和深刻地揭示出了当时整个农村的阶级关系和生活动向。处于土改和合作化运动这两个高潮之间的农村生活,表面看来似乎是波平浪静的。但是,作家却透过表面上平静细微的波纹,生动地表现了生活河流底部那种潜在的阶级斗争的激流。不仅如此,作家更以异常精细的手笔,成功地描画了潜在于广大农民心灵深处的激流——他们从资本主义后备军向社会主义可靠同盟军转变中的精神状态及其变化历程。《创业史》在这方面的成就,最突出地表现在梁三老汉形象的塑造上。

单独提出梁三老汉形象来谈,并不意味着认为其他人物都写得不好。《创业史》中绝大多数人物的艺术塑造都可以说是在水平线以上的,并且,跟其他同类题材的作品相比,在革命农民形象的塑造方面有它独特的成就。但是,我不能同意这样一种流行的说法:《创业史》的最大成就在于塑造了梁生宝这个崭新的青年农民英雄形象。一年来关于梁生宝的评论已经很多,而且在个别文章中,这一形象被推崇到了过分的、与作品实际不完全相符的程度;相对地,梁三老汉的形象则被注意得这样少,这恐怕不能认为是文艺批评上的公正的现象。梁生宝在作品中诚然思想上最先进。但是,作品里的思想上最先进的人物,并不一定就是最成功的艺术形象。作为艺术形象,《创业史》里最成功的不是别个,而是梁三老汉。这样说,我以为并不是降低了《创业史》的成就,而正是为了正确地肯定它的成就。梁三老汉虽然不属于正面英雄形象之列,但却具有巨大的社会意义和特有的艺术价值。作品对土改后农村阶级斗争和生活面貌揭示的广度和深度,在很大程度上有赖于这个形象的完成。而从艺术上来说,梁三老汉也正是第一部中充分地完成了的、具有完整独立意义的形象。

梁三老汉在作品中处于怎样的位置,这是值得特别注意的。我们知道,《创业史》里的人物,在土改后新的阶级斗争风浪中,结成了两个队伍。一个是以富农姚士杰、富裕中农郭世富为首,其中也包括了互助组的"挂名组员"梁大老汉和生禄父子俩。另一个则是梁生宝、高增福、冯有万、欢喜、任老四等革命农民。他们之间的斗争暂时虽然还没有发展到剑拔弩张的地步,但双方都在暗中使着劲,正像拔河比赛一样,每个方面都用力拉引着,想叫对方服输。然而,这两队人暂时都还只占农村人口的少数。双方都在争夺群众,而不少的贫农和下中农还在那里看着。因此,梁三老汉的形象,就有了很大的意义。梁三老汉在互助合作初期所表现的那种精神状态,在一定程度上是具有这种代表性的。从许多单干农民,到郭锁这样的互助组员,一直到任老四这样的积极分子身上,我们都可以程度不同地发现不少本质上相同于梁三老汉思想的因素。梁三老汉这样的农民走向哪一方面,被哪一种力量拉引过去,就会影响着两条道路斗争的胜负。当然,梁三老汉最终走向哪一方面,以及在这一过程中会经历怎样的曲折,这些都不是由谁的主观愿望所能决定的,它归根到底取决于老汉本身的经济地位,取决于党对农民的领导和党的政策的贯彻。柳青同志塑造梁三老汉形象的成功之处,就在于一方面按照生活实有的样子,充分写出了他作为个体农民在互助合作事业发展过程中曾经有过怎样的苦恼、怀疑、摇摆,有时甚至是自发的反对;另一方面,又从环境对人物的制约关系中充分发掘和表现了梁三老汉那种由生活地位和历史条件所决定的终于要走新道路的必然性,从而相当深刻和全面地揭示了生活发展的辩证法。

农业互助合作运动,即使在斗争还不十分尖锐的初期,也是一场比土地改革远为复杂、深刻得多的革命。它之所以复杂、深刻,根本的原因在于它会遇到几千年旧制度旧传统所形成的习惯势力的抵制。而尤其困难之处,在于这种阻力大量地来自政治上作为党的基本群众的广大农民方面。梁三老汉,当土地证往墙上一钉的时候,立即跪下给毛主席像磕头;在处理女儿和抗美援朝战争中受伤的女婿的婚姻关系上,他也表现得"贤明、不迟疑、识大体",有强烈的爱国感情;可是对党领导的互助组,却在一个时期内自发地表示了反对。儿子的热心互助合作事业,竟使他一时变得心灰意懒,不吃饭也不觉得饥饿,躺在麦地里半天不想动弹,以致老鹰们竟误以为他是可以啄食的东西。为了阻止生宝借钱给互助组作进山的资金,老汉不惜对家人有意"寻衅",竟然宣布要索钱"下馆子"、"买汗褂",而且还要把五个母鸡下的蛋"早起冲得喝,晌午炒得吃,黑间煮得吃"。这些行为,读来诚然令人失笑,但同时也隐隐显示了事态发展的严重性和老汉身上旧习惯力量的顽固性。这种顽固性,特别由于得到了农民祖辈相传的那种"发家"理想的支撑,而更其显得严重。老汉自己对生宝所发的牢骚:"我不吃做啥?还想发家吗?发不成家罗!我也帮着你踢蹬吧!"便道破了他跟生宝这样认真赌气的全部秘密。

人们常说:农民最讲究实际。这自然是完全正确的。但如果就此以为可以忽视或低估理想在庄稼人生活中的重要作用,那恐怕就是对农民的很大误解。每个阶级都有自己的实际和自己的理想,所不同的,只是他们各自在特有的生活天地中按照特有的方式来驰骋自己的理想罢了。梁三老汉不仅有理想,而且已经热烈到了"梦寐以求"的地步:他梦见自己当了"三合头瓦房院的长者","穿着很厚实的棉衣裳"(按老汉想,这是儿子和媳妇"出于一片孝心"特意为他老人家做的),满院子是"猪、鸡、鸭、马、牛","加上孩子们的吵闹声"……简直是一幅极乐图!从社会主义和共产主义思想高度来看,这理想是微不足道的,然而对于个体农民,它却是极为迷人的。正是这个理想,给了梁三老汉以力量,支持着他十年、二十年、三十年如一日地苦熬着,不吃盐,不点灯,破命干,死了两回牛也不消极,落个气喘病、罗锅腰也不抱怨。他失败了,连父亲留下的三间瓦房也没有保住,但却始终不曾放弃这个理想。土地改革,对于梁三老汉来说,正好给他加了油,使他这个快要熄灭了的"发家"理想重又燃烧起来。他以郭世富为榜样,相信共产党的到来为他实现理想开辟了道路。在这里,我们就看到了小农理想的反动性(就终极意义来讲)。如果农民"务实"的一面使党有可能通过实际生活的教育引导他们走上集体道路;那么,农民热衷于发家理想的一面就只能阻碍他们接受无产阶级的领导,使他们易于接受剥削阶级的影响,跟社会主义背道而驰。曾经表示"不赞成残酷剥削"的梁三老汉,就在作了这个诚恳声明之后的第二天,竟又怂恿生宝去"取他们(任老四等)几个利息",这就是一个极好的明证。

帮助梁三老汉彻底打破"发家"理想,在这里是特别重要的。但要做到这一点,也恰恰是最困难的。梁三老汉眼里的现实和梦想,恰好都是颠倒过来的。他那种"发家"的空想,尽管在旧社会里已经令他碰得头破血流,在新社会里也早已被根本堵塞了通路,却还是被他顽固地看成为可行的现实;反过来,生宝所宣传的集体富足的新道路,却被老汉讥笑为"不着边际的空谈"。土改中,他把分得土地的现实当做梦,"老是觉得不是真的";土改后,又把个体劳动发家致富的梦当成现实,仿佛自己真的成为"三合头瓦房院的长者"了。现实和梦想被如此颠倒,是很可笑的,带有很大的喜剧成分。然而在喜剧背后,又隐藏着很深的悲剧内容:农民本身提不出也看不到新的社会制度和历史道路,他们的挣扎带有极大的盲目性,因而不可避免地遭致悲惨的命运。柳青同志正是通过梁三老汉形象的塑造,对旧社会里农民的悲惨命运寄予深厚同情,并且站在共产主义思想的高度,含着微笑批评了他们的弱点,指出他们在新社会中坚持这种空想的危险的后果。梁三老汉的这些表现,形象地揭示了

“严重的问题是教育农民”这一著名论断的深刻意义。如果连梁三老汉这样贫苦、勤劳的“党的基本群众”，也会在土改后如此自发地热切向往资本主义道路，不就有力地证明了党把革命由民主主义阶段不停顿地推向社会主义阶段的必要么！

但是到这里，梁三老汉的形象还仅仅完成了一半，而且是许多作品都曾不同程度地表现过的那一半。《创业史》塑造梁三老汉之不同凡响的地方，在于作家精细地看到了并准确地表现了另一面：由阶级地位所决定的跟党跟社会主义有着潜在的感情联系的一面。这是更重要的一面。梁三老汉想走资本主义道路，毕竟是不自觉的；当他意识到取利息本身就是“剥削”这一点时，甚至自己也感到“吃惊”。梁三老汉决不像有的评论文章所判断的那样，属于“批判形象”之列。①

如前所述，梁三老汉有热切的“发家”幻想，这种幻想在终极意义上带有反动的性质。但是，任何人都必须生活在现实中，不能只是生活在幻想中。而现实生活，常常铁面无情地击碎人们的幻想，把他们从云端里拉到地面上来，逼着他们走比较现实的道路。梁三老汉在自己的幻想中是个受人尊敬的“三合头瓦房院的长者”，但在现实生活中却是草棚院里贫困的屈辱者。他和他爹两辈子创业的历史，是一部充满了血泪、辛酸的历史；“实在说，那不算创业史，那是劳苦史、饥饿史和耻辱史！”一翻开作品就见到的那幅惨苦的流民图，正是梁三老汉和他千千万万农民兄弟旧生活的缩影。老汉活了五十多岁，却连本来的名字也不被世人所知（人们只称他为梁三，至于“梁永清”这个“官名”，如果没有那张他和宝娃妈结婚时的“婚书”，谁也无从得知）。随着贫困而来的，更有屈辱。尽管在年龄和辈份上，老汉高出许多人，但他仍不免受人欺负。孙水嘴当众嘲弄他，有个中年人拨动他头上戴着的旧毡帽来侮辱他，甚至连自己的侄儿梁生禄都能凭富裕中农的地位气势汹汹地教训他。贫富悬殊，就使一切都颠倒过来：仿佛生禄等人成了长者，而老汉倒是他们的晚辈。这一切，作品都揭示得极为深刻。正是这一切，使他有可能清楚地知道“他自己在精神上和王书记、卢支书、生宝他们挨近着哩！”也使他在保留对环境压迫逆来顺受的习性的同时，产生了对富农姚士杰的憎恶和戒备，又“用很讨厌的眼光，盯着梁生禄家”。严酷的生活，逼得梁三老汉非变不可！而当他在媳妇坟上“想起过去的凄惶日子”流泪时，这里面就包孕了一种转变的契机。

困难的是小生产地位限制了他的眼光，使他一时看不清社会主义新道路的光明前途，对新生活缺乏必要的信赖，常常为生宝的“不稳当”而感到“寒心”，甚至“看不惯”生宝的行动。这自然是梁三老汉作为个体农民的一种根本弱点。但是，这个弱点并不可怕。连任老四这样的积极农民，当互助组搞水稻密植时，也还流露了小农

① 黄展人：《评〈创业史〉第一部》，《上海文学》，1960年9月号。

的怕经风险的动摇情绪，经过了很大一阵斗争。在这里，重要的倒不是这种一时的动摇情绪，重要的是他们最终所得到的可喜的进步。像梁三老汉这种“对于历史的一切变革都要战战兢兢”的农民，在一定时期内对新生活将信将疑，疑信参半，应该说是一种正常的现象。他们前进得确实不快，有时甚至趑趄不前，但他们跨一步是一步，每步都很落实。正像生宝所说：“我爹他一天吃饭、干活、咄呐，三样事。咄呐是咄呐，心眼可正。今年他和咱们不一心，明年他就是咱们里头的人了。”人物的实际发展状况正是这样。梁三老汉最初是对旧道路坚信而对新道路根本怀疑的，他跟家人吵闹不休，即使听信了郭二老汉的劝说，声明“咱啥也不管”之后，也还会时而憋不住气，发泄自己的不满。但随着互助组活动的进展，老汉身上便逐渐发生了一种微妙的变化：由对旧道路的自信到失去自信。“从前，梁三老汉只是在村人面前感到自卑，现在他在生宝面前也感到自卑了”。跟卢支书谈话后，他形成了一种想法：“只要给我吃上、穿上，你生宝看怎弄怎弄去！世事是你的世事！”从对旧道路失去自信到承认“世事是你的世事”，这里又进了一步：开始有了信赖新生力量的因素。到了最后，“梁三老汉，经过了买稻种的事实，进山割扫帚的事实，面对着两户退组而不动摇的事实，他对儿子服气了”。这样写是令人信服的。虽然我们知道老汉要真正克服小生产地位所赋予的弱点，还须得有一个漫长的过程，他的思想发展还会有波折（吸收白占魁入组一事，就超出了他的想象力）；但到小说第一部结束的时候，梁三老汉“最替儿子担心骇怕的时期已经过去了”，就是说，他终究已经看到了社会主义新事物的巨大生命力，并且对它有了相当的信赖。

然而，对于社会主义，梁三老汉决不只限于消极的适应和转变。在他身上有一种更可贵、更带积极意义的东西，这就是一种以曲折方式表现出来的对社会主义的热忱。还当梁三老汉采取观望态度的时候，他对生宝互助组的命运也远非漠不关心；或者更确切地说，他的关心并不亚于组内那些实心实意的组员。跟“阴阳人”梁生禄等那种“身在曹营心在汉”的情况相反，梁三老汉尽管在一个时期里跟生宝及互助组行动上采取不合作态度，但他的大半颗心却在组内。他注视着组员们的一切，看出了组内潜伏着矛盾，为互助组的成败担心，因而主动向卢支书反映情况：“贫农也有不实心的，我注意看他们的容颜举动哩。”生宝进山后，农技员韩培生几次发现老汉偷偷去看互助组的“扁蒲秧”，生宝妈告诉农技员说：“土改的时候，对分得的土地，也是这神气！”此后，梁生禄和王瞎子两户退出了互助组。在这个事件的考验面前，梁三老汉也有可喜的进展：对互助组表示了更大的同情（虽然同时也保留了某些疑虑），“对梁大老汉和王瞎子没有好感”。他以默默的劳动，证明了进一步靠拢互助合作事业。如果说，梁三老汉对生宝互助组这些关心出于父子感情的话，那么它确是纯朴的真正劳动人民的父子感情。但这一切显然不能只用父子感情所解释和包括得了的。它实际上是老农身上社会主义积极性的另一种比较特殊的表现形态。所以说“特殊”，是因为老汉对社会主义事业的这种关切，常常跟他对新生事物因缺乏足够信赖而产生的过分担忧联结在一起的。而且，即使在这种对集体事业的关切中，也还打有小私有者的思想烙印。他总怕儿子“太傻”，“看不透人的心思”，而他自己所用的正是一种小私有者的逻辑。老汉的关切又常常是和赌气相伴随的。他一方面认真地生儿子的气：“你小子不喜愿对我说嘛，我也不喜愿问你！”另一方面又情不自禁地替互助组做了许多谁也没有要他做的事。所有这些，都使老汉的举动蒙上一层很重的喜剧色彩（顺便说说，梁三老汉身上的喜剧色彩，在前半部中大致可以看作是作家对人物的善意讽刺，后半部中则主要成为对人物的进步所作的颇带风趣的赞扬）。透过这层喜剧色彩，他那种摆脱穷困生活的强烈要求和背负的沉重精神包袱，以及他特有的那种忠厚、天真、脾气倔强的个性，都得到了极为传神、极为准确的表现。

在有些反映互助合作运动的作品中，老一代贫农形象常常只被强调了保守、顽固的一面，仿佛连他们最后走上合作化道路都没有丝毫的内在要求，而完全是消极地迫于客观形势似的。这便难免会模糊了农村社会主义革命到来的历史必然性。而《创业史》则在正面表现“群众中蕴藏了一种极大的社会主义的积极性”①这个主题方面，有了很大进展。它不仅写了年轻农民中成批的社会主义闯将，同时也写了老一代跟党走合作化道路的农民。在老一代农民中，又不止于从任老四身上发掘表现了穷庄稼人对互助合作如饥似渴的要求，而且还探索了肉体上和精神上都有一块“死肉疙瘩”的梁三老汉，毫不放松地抓住他潜藏的哪怕是些微的社会主义积极性，准确地加以表现。这样，作品不仅令人信服地描述了当时互助组的巩固和发展过程，而且向读者清楚有力地预示了未来合作化运动的磅礴气势。

《创业史》第一部只写到互助组转为初级合作社时就结束了，书中的人物形象和故事内容，都有待于以后几部来进一步发展。但在第一部中，梁三老汉的形象却肯定是已经独立地完成了的。虽然整个农村距离高级合作化尚有一段过程，但梁三老汉却可以说已经基本上走完了一个历史阶段（当然不是说以后可以不再继续发展了）。从“题叙”到“结局”，梁三老汉作为老一代贫苦农民的代表，经历了恰好成为鲜明对照的两个时代、两种生活的巨大变化。这是新旧两个世界——不仅是客观世界，也包括主观世界——的巨大变化！只要回想一下作品开头两章中所写到的老汉那种生活贫困、地位屈辱、情绪抵触的状况，再对比一下结尾时老汉穿起整套新棉衣，在黄堡集上受人尊敬地、以“生活主人的神气”“庄严地走过庄稼人群”这种情

① 毛泽东：《这个乡两年就合作化了》按语，《中国农村的社会主义高潮》中册，第587页。

景，谁能不为之深深激动。社会主义跟我国农民的那种鱼水不可分的命运，在这里得到了多么有力的证明！也许从作家的主观上说，梁三老汉并不是他所最要着力刻画的人物。但在实际上，由于这一形象凝聚了作家丰富的农村生活经验，熔铸了作家的幽默和谐趣，表现了作家对农民的深切理解和诚挚感情，因而它不仅深刻，而且浑厚，不仅丰满，而且坚实，成为全书中一个最有深度的、概括了相当深广的社会历史内容的人物。

1961 年 2 月末完稿

——原载《文学评论》1961 年第 3 期

《文艺报》专论

题材问题[①]

工农兵方向下的百花齐放,要求创作的题材、体裁、风格的多样化。要完满地回答这个要求,就要正确地对待题材问题。题材的多样化,大有助于体裁、风格的多样化;而题材问题上的清规戒律,不但限制了体裁、风格的多样发展,对文艺创作的全面繁荣也会带来不利的影响;那是同百花齐放的要求相抵触的。

在实践百花齐放的过程中,文艺界不少同志认为,文艺创作的题材,有进一步扩大之必要;题材问题上的清规戒律,有彻底破除之必要。这个意见很值得重视。

生活是不可分割的整体,体现着各种社会关系、阶级关系、人与人的关系的矛盾统一。作家面向生活整体,从个别表现一般。他从生活的汪洋大海中间,选取他充分熟悉,透彻理解,他认为有价值、有意义的东西,作为自己加工提炼的对象,这就是题材。可见,题材是作家在观察、体验生活的过程中形成的,是开始进入创作过程的产物。但是,通常却把题材这一概念做了更广泛的解释,指的可以作为写作材料的社会生活、社会现象的某些方面,如像革命斗争题材、工业题材、农业题材等等。为了说话方便,本文也采取这一广义的解释。

历史上各个时代的各个阶级,都要求文学艺术服从自己的阶级利益,表现自己的精神面貌。生活条件的不同,立场观点的差异,对于创作题材的选取和处理,也发生了深刻的影响。封建时代文学艺术所表现的社会内容,不能不受到当时社会生活条件的重大限制。到了资本主义社会,人们的视野扩大了。资产阶级作家歌颂了城市平民的崛起,描写了资产阶级和知识分子的形象,以同情的笔墨刻画了社会上受人践踏的小人物。单从题材范围来说,这也曾经是一大进步。无产阶级的社会主义的文学艺术,在创作题材上,更是开辟了前人未曾开辟过的新天地。社会主义的文艺,描写了工农群众翻天覆地的革命斗争,刻画了劳动人民建设新世界的英勇身手,

① 本文为《文艺报》专论,张光年执笔。

表现了世界人民反对帝国主义的革命怒潮，歌颂了新人类征服宇宙的伟大壮举……无产阶级的文学艺术，自然要着重表现无产阶级和劳动人民的精神面貌。不这样做，是不可想象的。但是，无产阶级在表现自己的同时，还要以革命的眼光来观察世界，以批判的态度来描写历史，以领导者的地位来关心社会上各个阶级、各种人物的动态与心理，以主人公的心情来欣赏自然界一切美好的事物。不但前人未曾见过的新时代的一切新鲜事物，都可以是今天艺术加工的对象；就是前人曾经写过的旧社会的许多题材，只要符合今天的需要，也都可以进入社会主义文学艺术的领域。在毛泽东时代，很多历史故事和神话传说，在戏曲舞台上焕发出新的光彩；甚至历代画家画了千百年的山水花卉鸟兽虫鱼，在今天的画幅上也获得了新的生命。

同过去的文学艺术比较，我们的题材范围不知道已经扩大了多少倍。可是按照社会主义文艺百花齐放的要求，创作的题材还有继续扩大之必要。

我们提倡描写重大题材，同时提倡题材多样化。

描写重大题材，指的是艺术地表现工农兵群众在革命斗争中和社会主义建设中变革旧世界、创造新生活的丰功伟绩。时代和群众向文艺提出了这个要求。社会主义文艺应当回答这个要求。恩格斯曾经渴望作家描写叱咤风云的革命英雄，建议作家表现工人生活的积极方面。列宁认为，凡是真正伟大的艺术家，至少应当反映出革命的某些本质的方面。毛泽东同志号召我国文艺家深入工农兵群众，反映群众的火热斗争，写出新的人物、新的世界。这也是提倡描写具有重大社会意义的题材。提倡描写重大题材，就是提倡作家艺术家面向群众斗争，更有力地反映伟大的时代。今天的作家艺术家能够取得一切便利条件，参加劳动人民改造世界的种种伟大创举。通过他们熟悉和理解的这些具有重大意义的题材，有利于表现出生活的主流，时代的脉搏，革命和建设的壮丽图景。这类优秀作品，有很大的认识作用和鼓舞作用，对当代和后代的读者都是宝贵的贡献。值得高兴的是，我国不少作家艺术家已经这样做和正在这样做，产生了一批一批的好作品。他们从自己的切身经验，体会到响应党的号召、深入火热斗争的深刻意义。

提倡描写重大题材，正是要从根本上大大地扩展和充实文艺创作的题材内容；而重大题材本身又是多样化的。革命斗争和社会主义建设，包含着无限丰富的内容，为文学艺术提供了多种多样的题材；而处理这些重大题材，也要按照作家的不同个性，通过多种途径、多种手法、多种形式、(多种)风格来表现。单调的东西是乏味的，它首先同这些题材内容的无限丰富性相抵触。尽管是这样，我们也不可以把重大题材强调到绝对化的程度。必须看到，采取这种题材或那种题材，这不但是作家的充分自由，也根据于作家的不同情况，不能强求一律。也要看到，旧时代的作家，大部分没有生活在阶级斗争漩涡的中心，写作的材料受到很大限制，可是通过他们熟悉的题材,有些杰出的作家也能够表现出那个时代的某些本质的东西。今天的时代不同了,但是并不排除有些作家通过社会生活的某些侧面正确地反映时代精神的可能性。还要看到,某些作家艺术家的独特风格,是同选取题材、处理题材上的特点相联系的。某些具有显著特色的文艺体裁、形式或样式,例如文学中的童话和寓言,曲艺中的相声,绘画中的漫画、风景画、花鸟画,某些轻音乐和抒情歌曲,某些讽刺剧和抒情喜剧,以及艺术表演中的某些流派,在题材的选择和处理上也都有自己的特点。取消了它们选取题材、处理题材上的特点,就是取消了这些风格、体裁、形式和流派的特色,也就是取消了它们的存在。所以,题材的多样化是必要的。作家艺术家完全可以按照自己的不同情况,自由地选择与处理他所擅长、他所喜爱的任何题材;只要对人民有益,都会受到人民群众的欢迎。群众精神生活上多种多样的需要,以及为满足群众多样化的需要而进行的一切有益的尝试,不但不应当受到忽视,反而应当受到充分的尊重。

这些年来,围绕着题材问题,文艺界也曾进行过两条战线的斗争。反革命的胡风集团和右派分子,为了达到他们不可告人的目的,曾经把反对描写工农兵群众革命斗争的重大题材,作为他们反社会主义纲领的一个重要内容,这当然是不能容忍的。同时,文艺界也不只一次地反对了我们自己队伍中间某些好心好意的同志在题材问题上的片面性的主张;这些同志把描写工农兵同题材的广泛性对立起来,把表现重大主题同家庭生活、爱情生活的描写(所谓"家务事、儿女情")对立起来,把现代题材同历史题材对立起来,看成是互不相容的东西。个别同志甚至错误地认为某一个时候只能写某一种题材,例如大炼钢铁的时候只能写炼钢,大办农业的时候只能写农业,这对创作的发展自然是非常不利的。

今后任何时候,我们对于资产阶级诱使文艺工作者脱离群众斗争、反对描写群众斗争的反动论调,都必须坚决驳斥。对于近来一个时候表现在题材问题上的片面化、狭隘化观点的新的滋长,我们也不能采取熟视无睹的态度。

大跃进以来,广大群众意气风发,文艺界革命情绪高涨,"歌颂大跃进,回忆革命史"成为文艺上的新风气。当前工农业建设的重大题材,受到文艺界更大的重视,许多文艺工作者及时地反映了大跃进中的新人新事,书刊上、画幅上、舞台上、银幕上的时代气氛显著地增强了。这是令人振奋的好现象。但是,有些同志在正确地、热情地支持了这些革命风气的同时,却把文艺创作的题材理解得片面化、狭隘化了:似乎无产阶级的文艺只能表现当前的重大题材;似乎重大题材只能是今天群众运动中的新人新事;而群众运动只能是当时当地的中心工作;新人新事只能是现成的模范人物、模范事例。个别同志甚至把重大题材和新闻报道中的重大事件等同起来,指望作者按照新闻报道的内容来结构情节,把真人真事原封不动地搬上舞台;为要抢新闻，抢时间，还往往采取临时搜集材料、短期突击编写的方式。这种情形，在一个时期的话剧创作中，表现得较为突出。固然有的作者，对于所要处理的题材内容比较熟悉，也比较理解，终于克服了困难，取得了较好甚至很好的成绩；但是有些作者，接连不断地忙碌于把新闻报道形象化、把重大事件舞台化的竞赛中，反而牺牲了深入火热斗争的大好机会，影响所及，使得一个时期的现代题材的上演剧目，给人以不够充实、不够丰富的感觉。

题材问题上的片面化、狭隘化的理解，必然会形成一些清规戒律。如果把描写重大题材强调到绝对化的程度，某些看来不那么重大、但是比较有意义的题材，某些侧面描写、因小及大的尝试，就会受到冷淡。如果把描写正面人物、描写新人新事强调到不适当的程度，处理喜剧性、讽刺性的题材，描写反面人物、落后人物的作品就会受到压抑；而描写旧社会生活，甚至描写抗日战争、解放战争、土地改革、抗美援朝，也会被认为旧人旧事而受到忽视了。如果把重大题材同新闻报道中的重大事件、群众运动中的真人真事等同起来，鼓吹为文艺创作的方向，不但使创作内容受到更大限制，而且助长了抢新闻、抢题材、抢时间的华而不实的作风，这就完全违反了提倡重大题材的本意了。当然，这些清规戒律很少见诸文字，它们不可能是文艺界普遍存在的现象；但是不能不看到，它们确实造成了某种束缚。固然真正有才能、有识见的作家，不会受到这些清规戒律的限制，但是有些修养不足的作者，下笔时却产生了种种顾虑。

应当指出，有一些文艺评论文章，也曾散播了或者助长了题材问题上的简单化倾向。近几年的文艺评论，热情地支持作家艺术家面向群众斗争、歌颂新人新事、刻画工农业战线上的英雄人物、表现群众中间的共产主义风格，这是完全正当的，必要的。可是有些评论文章，却以是否处理了重大题材作为衡量作品价值的首要的或主要的标准。有的时候，一个作品仅仅因为写的是重大题材，就受到过分的称誉，尽管作者并没有完成自己的任务。有的作品，对现实的发掘比较深刻，却因为写的不是尖锐的题材，就可能得不到恰当的评价。有的文章，把过多的篇幅花费在作品选取的题材如何重要的分析上，而对于作者通过人物刻画所表现出来的思想深度和艺术特色，反而轻轻滑过。我们的评论，对于扶持艺术题材、体裁、形式、手法和风格的多样化的发展，没有做出经常的努力。我们的刊物，对于题材问题上的片面性的宣传，时常采取自由主义的态度。这说明我们的编辑工作和评论工作在执行党的百花齐放、百家争鸣的方针上，是不够坚决的。

为了促进社会主义的文艺百花齐放，必须破除题材问题上的清规戒律。

题材是重要的。古往今来许多伟大作家，都不只是描写他个人感〔到〕兴趣的事物，而同时注意于千百万读者感〔到〕兴趣的事物。今天的社会主义文学，作品的思想内容和生活内容,更有着密切的关联。尽管是这样,题材本身,并不是判断一部作品价值的主要的和决定性的条件,更不是唯一的条件。在政治标准第一的前提下,高度思想性和艺术性的统一,革命的政治内容和尽可能完美的艺术形式的统一,这才是我们所要争取的目标。因为题材并不等于主题。同样题材可以表现为各种不同的主题。同样题材在不同的作家的手下,可以得出完全不同甚至完全相反的思想效果。革命的作家,有时通过不那么重大的题材,也可能表达出比较深刻的思想。"从喷泉里出来的都是水,从血管里出来的都是血。"鲁迅认为"革命人"才是产生革命文学的根本条件,是很有道理的。可见,所谓"尖端题材"、"非尖端题材"的说法,是不妥当的;所谓"只要题材抓对了,作品就成功了一半"的说法,是没有根据的。作家艺术家在选择题材上,完全有充分的自由,可以不受任何限制。毛主席《在延安文艺座谈会上的讲话》中,当(在)号召作家艺术家面向工农兵、深入群众斗争的同时,指出文艺家"要研究社会上的各个阶级,研究它们的相互关系和各自的状况,研究它的面貌和它们的心理",使得我们的文艺"有丰富的内容和正确的方向";指出文艺家要"观察、体验、研究、分析一切人,一切阶级,一切群众,一切生动的生活形式和斗争形式,一切文学和艺术的原始材料",使成为进入创作过程时候的艺术劳动的对象。这些话,指明了创作对象包含着无限广阔的内容。为了破除题材问题上的清规戒律,重温一下陆定一同志一九五六年五月论《百花齐放、百家争鸣》一文中的下一段话,也很有必要:

……题材问题,党从未加以限制。只许写工农兵题材,只许写新社会,只许写新人物等等,这种限制是不对的。文艺既然要为工农兵服务,当然要歌颂新社会和正面人物,同时也要批评旧社会和反面人物,要歌颂进步,同时要批评落后,所以,文艺题材应该非常宽广。在文艺作品里出现的,不但可以有世界上存在着的和历史上存在过的东西,也可以有天上的仙人、会说话的禽兽等等世界上所没有的东西。文艺作品可以写正面人物和新社会,也可以写反面人物和旧社会,而且,没有旧社会就难以衬托出新社会,没有反面人物也难以衬托出正面人物。因此,关于题材问题的清规戒律,只会把文艺工作窒息,使公式主义和低级趣味发展起来,是有害无益的。

提倡重大题材,这仍然是重要的和必要的。要产生高度概括历史、深刻反映时代的作品,更不能忽视这个问题。但是,既然强调重大题材,强调重大主题,那就要强调学习马克思列宁主义,学习社会生活,就要强调长期深入群众,改造思想感情,这些,对青年作家尤为重要。政治生活、社会生活中间,并不是一切重大事件,都可以不加选择地、立即地进入文学艺术的领域。作家写什么,怎样写,要服从革命的利益和革命文学的利益,取决于作家的政治修养和生活修养。越是重大题材,越是需要一个熟悉和理解的过程。只有真正熟悉、真正理解的东西,写起来才胜任愉快。作家的思想感情改变了,他选取题材的角度自然不同。他参加了群众斗争,就更乐于表现群众斗争。他写起来,较之平时很少熟悉、临时搜集材料的,自然要深切得多。可见,鼓励作者学习马克思列宁主义,参加火热斗争,是吸引作家描写重大题材的最好办法。与此相反,那种不适当地强调所谓"尖端题材"、"尖端主题",同时不适当地鼓吹短期突击、临渴掘井的写作方法,那种先有题材、后有生活,先有主题、后有形象的方法,不但颠倒了正常的创作过程,单就提倡重大题材来说,也是本末倒置的,对创作的新生力量的成长也是不利的。

必须用一切办法广开文路,促进创作题材的多样化的发展。创作题材多样化,有利于反映世界的多样性,反映无限丰富的伟大现实;有利于满足人民群众精神生活上的多方面的需要,用无限丰富的现实图画帮助读者认识生活的真理。同时,这样也更有利于社会主义文学艺术本身的发展。因为我们的文艺,体现着政治方向一致性和艺术形式多样性的统一,在为工农兵服务的共同方向下,正如列宁所说:"在这个事业中,绝对必须保证有个人创造性和个人爱好的广阔天地,有思想和幻想、形式和内容的广阔天地。"社会主义文艺道路是最广阔的道路,不容许把它狭隘化。创作题材、体裁、风格的多样化,使得愿意为人民服务的一切才能、一切专长都能得到发挥,不使任何有志之士、有用之才受到冷淡或压抑,这就更有利于调动一切积极因素,加强文艺界的团结,鼓起文艺家的干劲,多快好省地建设社会主义的新文艺。

题材问题上的狭隘化的理解,是因为有些同志把文艺和政治的关系,理解得过于狭隘了。文艺服从政治,为政治服务,这是不可动摇的原则。文艺服从政治,在今天来说,就是服从革命斗争和社会主义建设的根本利益。文艺作品通过活生生的人物性格、心理和人与人的关系的描绘,帮助人们认识世界的多样性、历史的规律性和生活的复杂性;帮助培养人们的良好品质,鼓起人们的革命意志和进取精神,同时使人们得到健康的文化休息和美的享受。文艺作品的共产主义教育作用,体现在无产阶级的智育、德育、美育的高度结合,真、善、美的高度统一,由此帮助培养出具有先进思想、广阔胸怀和高尚情操的共产主义新人。这就是文艺为政治服务、为社会主义建设服务的根本途径。所以,不仅是许多直接描写当前的群众斗争和生产建设题材的优秀作品,及时地配合当前政治任务的优秀作品,在群众中间发生了很大的教育作用;而且像《红旗谱》《青春之歌》《红日》这一类的小说,《林则徐》《董存瑞》《聂耳》这一类的电影,《万水千山》《战斗里成长》《关汉卿》这一类的话剧及许多具有深刻内容的历史题材的作品,在鼓舞群众为三面红旗而奋斗的工作上,也起了很大作用。当然,利用报告文学和比较轻便的文艺形式,迅速地反映生产战线上的新人新事，为配合当时当地的中心工作，迅速地产生一些宣传鼓动性的作品，这也是重要的，值得提倡的，从中也能产生好作品。但是，如果把这当成了文艺工作的主要方向，或者更进一步，把推广生产经验、描写技术过程、图解政策条文、追赶新闻报道当成了文艺创作的主要功能，那反而削弱了文艺的教育作用，堵塞了文艺为政治服务的广阔道路。政治的领域是十分广阔的，文艺为政治服务，也应当通过十分广阔的途径。路子走窄了，这首先不利于政治。把一切文艺武器掌握起来，把一切积极因素调动起来，把一切可能性利用起来，使汇合到为人民服务、为社会主义建设服务的共同目的上，这才是最大的政治利益所在。

不可以把文艺与政治的关系简单化。工农兵方向下的百花齐放、百家争鸣，是正确处理人民内部矛盾的最好的政策，也是正确处理文艺与政治的关系的最好的政策、最好的方法。党的政策是党的生命。党的文艺政策是党的文艺事业的生命。一切真正关心政治、关心党的利益的人，必须为贯彻执行这个最坚定的阶级政策而奋斗！

——原载《文艺报》1961 年第 3 期

吴　晗

论历史剧

我不懂戏，也不常看戏，但对历史剧却有浓厚的兴趣。

原因是正确的历史剧可以普及历史知识，是进行历史主义、爱国主义教育最有效的工具。

解放以前，我们国家的广大人民没有普遍受到学校教育的机会，百分之八九十的人们是不识字的。但是，尽管没有读过历史书，他们却有了一些历史知识，知道有战国、三国、唐、宋等朝代和刘备、曹操、关羽、张飞、岳飞、包公等等历史事件和历史人物。特别是诸葛亮，“三个臭皮匠，抵过诸葛亮”，在人民中间的威信很高。解放军在连队里开诸葛亮会，大家出主意。农村公社里的老社员组成黄忠班，表示不服老，要和青年人竞赛。包公的声名则更是妇孺皆知，这是因为广大人民长期受封建官僚的压迫，侮辱，以至破家荡产，丧失生命，渴望有一个清官能够替他们申冤平反，过较好的日子的缘故。海瑞在我国东南地区有南包公之称，也是这个道理。

旧历史剧在过去的时代里，是起了它应有的作用的。不过，也有它的缺点，那就是剧作者是根据他所处的时代的思想意识，来处理历史事件和资料的。每一个历史剧都有它的创作意图和时代背景，或者以古喻今，以古讽今，指桑骂槐，或者是强调某一方面的教育意义，或者有其他意图等等，总不免夹杂一些糟粕，甚至对历史真实面貌有所歪曲。前者例如宗教迷信的宣传，后者例如对王昭君、曹操的评价等等。我们虽然不能以今天的标准去要求过去时代的旧历史剧，指出这一点却是必要的。

应该肯定，旧历史剧中确实有些好戏，如空城计、群英会、杨家将等等，经过几百年的考验，到今天还为广大人民所喜爱，它的教育作用也还是有现实意义的。

也还需说清楚，旧时代把某些故事剧也算在历史剧范围里，这种影响直到现在还未消除，例如两年前我曾翻阅几厚本的历史剧目，发现其中有百分之九十以上是故事剧，无论如何是不能算作历史剧的，这是一个可以商讨的问题。

例如杨家将，杨业、杨延昭、杨文广三代都领兵和北方的辽国作战、保卫边疆，英勇善战，有功于国家，有功于人民。在过去长期受外来侵略，广大人民多灾多难，闻战鼓而思良将，杨家将这个戏受到广大人民的热烈欢迎，是有它的社会基础的，杨家将的人物是真实的，保卫边疆的斗争〔的〕是有根据的，这个戏是历史剧。虽然其中夹杂了潘杨两家的矛盾，把宋初名将潘美的形象歪曲了，不符合历史真实，但陈家谷之战，失败的主因是监军王侁、刘文裕力主进战，王侁争功，擅离陈家谷，主将潘美不能阻止，遂致杨业全军复(覆)没。因此潘美对杨业的败死是负有责任的，把账算在他身上也不是完全没有道理的。

由于杨家将的形象深入人心，从这个戏派生出了一系列的杨家的戏，例如辕门斩子、四郎探母、杨门女将、十二寡妇征西、杨门少将、杨排风、佘赛花、百岁挂帅、穆桂英挂帅、破洪州、杨文广征辽等等一大堆，从人物论，佘太君、穆桂英和杨门一群寡妇都是虚构的。从史实说，征西也罢，征辽也罢，破洪州也罢，挂帅也罢，也都出于剧作家的主观愿望，是不符合历史实际的，是那个历史时代所不可能发生的，尽管其中有些戏确是好戏，但不可以给它戴上历史剧的帽子。

同样，薛家将的戏也有类似情况，薛仁贵是实有其人的，是唐太宗、高宗时的名将，曾和高丽、吐蕃打过仗，立下战功。他的子孙也有人当过将军。但如薛刚反唐，徐策跑城这类戏便一点历史影子也没有了，不能算作历史剧。

至于包公戏，这个人的斗争性是很强的，剧作家有权对某些人物加以虚构，不过，像打龙袍、秦香莲这类戏，皇太后和公主跑到开封府吵吵闹闹，戏剧性确是加强了，历史性却说不上有一点点。

以上是我对旧历史剧一些看法。要郑重声明的是第一，我不赞成其中有些戏算是历史剧；第二，我还认为其中有些戏是好戏；第三，假如有人一定要把杨门女将之类的戏当作历史剧，这是他们的自由，不过，就我个人来说，我还要说不是；第四，旧历史剧是过去时代剧作家的创造，经过长期考验，虽然其中有些缺点，我却不主张改，假使一定要改，也只能个别地方改，改其太不合理和文字不顺的地方，千万不要大改，以至乱改；第五，旧历史剧反映了旧时代剧作家的一些看法，作为历史剧的发展过程来看，是有它的时代意义的。但是，我们这个时代却不应该跟着旧时代的剧作家脚迹走，因为道理很明白，时代不同了！

我要谈的主要是新历史剧的问题。

从最近杨家将这一系统的戏一个接一个演出以来，我感到有些迷惑。我国的历史这么长，内容这么丰富多采(彩)，有成百成千的历史人物和事件可以搬上舞台，为什么不选取其中有教育意义的戏剧性较强的编为历史剧，而非打杨家将的孤儿寡妇的主意不可呢？这样做，有什么必要呢？随便举一个例，破洪州这个戏，我虽没有看过，不过洪州这个地方我倒是知道的，就是现在江西南昌。杨家和辽国作战，怎么会打到南昌，这样连祖国地理也搞不清，对观众又有什么好处呢？

在我看来，不妨两条腿走路。一条是继续上演经过考验的好的旧历史剧，一条是集中力量编出新的正确的历史剧。旧有的杨家将这一类的戏当然可以上演，但杨家将孤儿寡妇这条道路却不必再走了。新历史剧的道路是无限宽阔的。

要创作新历史剧，我想，应该注意几点：

第一，历史学家和历史研究工作者应该充分和戏剧家合作，提供戏剧家以新的题材，在我国无限丰富、生动、悠久的历史中，选取其中某些有现实意义的题材，例如我们祖先的智慧、勇敢、勤劳、坚强不屈、雄心大志、勤俭奋斗、创造发明、忠实勤恳、保家卫国、自力更生、调查研究、明辨是非、同甘共苦等等美德，弃其糟粕，取其精华，要求有可靠的真实的史料，又要有戏剧性，每一个故事都写成提纲，附以参考书目，送给戏剧家写作时参考。戏剧家在（再）选取其中一些题材创作成剧本，历史学家要帮助讨论修改，在排演过程中也是如此。这样，把历史和戏剧两个家打通了，一定可以出现很多新的好的历史剧，繁荣了创作，普及了历史知识，也有效地满足广大观众的要求。这个工作我们已经在尝试着做了，也希望其他兄弟省市的历史学家和历史研究工作者们能够这样做。

第二，必须明确历史和历史剧有联系，也有区别这一原则。所谓有联系，指的是既然是历史剧，必然要受历史真实性的约束，在时代背景、主要人物和事件等方面，决不能凭空捏造，或者以今时今地的思想意识去强加于古人，让古代人穿戴古代衣冠，却具有中华人民共和国人民的思想感情。相反，新的历史剧在主要方面，亦即人物、事件、时代背景方面，必须基本上符合于历史真实，从这方面说，历史剧是和历史有联系的，是不可以不受历史真实性的约束的。违反了这一点，即使文艺价值极高，戏剧性很强，叫什么剧都可以，却不大好称为历史剧。同时，历史剧既不是历史教科书，更不是历史论文，它除了受历史真实性的约束以外，主要的还是戏。是戏就得按戏的办法写，要有矛盾，有冲突，有情节，要收到艺术效果，还必须有所突出，集中，夸张，因之也就不能不有所虚构，使之更丰富、生动，更美，更动人。戏剧家完全有权利这样做。要充分运用革命的现实主义和革命的浪漫主义相结合的精神，创造出新的历史剧。但是，也还有一条限制，那就是尽管容许而且必须有所虚构，却只能、必须限于这个人物、事件所处的时代所可能发生的，也就是必须具有时代的特征，或者说是时代的约束。超出了这个范围，无论是以今人的思想意识或者物质生活虚构于古人，或者以明清时代的情况虚构于唐宋，同样是违反了历史真实性，是非历史主义的。

片面强调联系约束的一面，把历史剧写成历史教材，那就不叫戏。反过来，片面强调区别的一面，如有些人所说的那样，文艺的真实性不同于历史的真实性，剧作家可以无须凭借历史记载，只凭马列主义理论和自己的生活体验，就可以写出符合历史唯物主义的历史剧来，这也是一种天真的缺乏严肃态度的说法。在我看来，有人一定要这样写，当然无从反对，只是，这种戏和历史实际一点关系也没有，可以叫什么什么戏，却不能称为历史剧。也要提醒这些先生们一下，历史是不许可捏造的，是不能凭自己的主观愿望虚构的。

第三，对历史记载的看法也必须澄清。有的人认为所有历史记载都是封建史家写的，记的只是帝王将相的事迹。由于他们的阶级立场，对农民、人民的活动就不能不有所歪曲，隐蔽，以至诬蔑，这个提法是正确的。问题是如何来对待现存的史料。他们从这个前提得出结论，认为过去的历史记载全都是不可信的，因而不能凭借。这样一来，就把我国无比丰富生动的历史资料一棍子打死了。这是一种对自己国家历史的虚无主义态度，是不科学的，因而也是错误的。当然，过去时代的历史家所写的记载都带上他们阶级的烙印，不这样写是不可想像的。当然，他们所最感兴趣的是帝王将相的活动。当然，他们仇恨农民起义，农民战争，看不起农民、工人。这些都是由他们的阶级本质决定的。当然，他们的记载，其中有许多是不可信的，有歪曲，有隐蔽，有诬蔑，甚至还有捏造呢。问题是用什么态度去对待这些历史记载，是全盘否定呢？是全盘接受呢？还是批判地继承。

无需多说，不管是全盘否定也罢，全盘接受也罢，都是不正确的，错误的，非马列主义的。只有老老实实学习毛主席的思想，运用辩证唯物主义和历史唯物主义的观点，立场，方法，批判地继承，去粗存精，去伪存真，由此及彼，由表及里，把死史料运用为活史料，密切结合当前需要，使浩如烟海的无比丰富的史料中某些优良部分，充分发挥其作用，古为今用，为今天的建设社会主义服务，才是唯一正确的可行的办法。

最后，也还要说一下，对旧历史剧我一点反对意思也没有，只是不同意把某些旧剧强名为历史剧。其次，我认为对新历史剧的创作必须要有较高的标准——我们这个时代的标准，因为我们生活在这个伟大的无比幸福的时代。

1961 年 5 月 15 日

——原载《文学评论》1961 年第 3 期

茅　盾

关于历史和历史剧

——从《卧薪尝胆》的许多不同剧本说起

去年九月间，在杭州看了婺剧《卧薪尝胆》的演出，随后又知道全国各地的数以百计的剧院和剧团（代表了一打以上的剧种）在去年秋冬乃至今春都以此同一题材编了剧本，并陆续演出。（据文化部《艺术研究通讯》本年第四期一篇报导性的文章，此类剧本共有七十一个，尚是不完全的统计，所以我猜度当以百计。）各地报刊上也曾发表过文章，提到春秋末年的这一个历史事件以及百来种新编的《卧薪尝胆》中的少数几种；但是，在热闹的历史剧讨论中，却很少提到这个去年最普遍地演出过而且拥有百来种不同脚本的新编的历史剧。不提到的原因，是可以理解的：第一，这百来个剧本虽然在舞台上演出了，但极大多数却没有在报刊上发表；第二，历史剧讨论中反复诘难的是几个原则性问题，例如历史真实与艺术真实等等，有时引例，也很少提到《卧薪尝胆》。而对于如何评价历史人物问题也只在原则上发议论，即使有时联系到实际，大都集中在一二翻案人物，似乎无暇旁顾。

由于“好奇”，我曾经设法搜集各地各剧种的新编《卧薪尝胆》脚本，到去年年底，共得五十来种。冬夜抽暇读之，饶有兴趣，然而，问题亦渐渐来了。于是我又到故纸堆中，检核史料。二千四百多年前吴越战争的史料，本来不多，专书专篇寥寥可数，至多一星期可以看完；如果还想省事，翻翻《东周列国志》的有关吴越战争那几回，则半天就看完了。（《东周列国志》艺术价值不高，远不如《三国志演义》，但在追求“无一事无来历”这一点上，它是几乎可以比肩《三国志演义》的。所以，编写《卧薪尝胆》的剧本，如想省力，则单单阅读了《东周列国志》也可以对付了。）但是，史料虽少，问题却不会少。这和根据这些史料新编的百来个剧本的情况，恰好相反；新编剧本虽有那么多，可是问题却只有这么几个。这篇漫话式的文章，也打算谈谈我对这一特定时期的历史事件的看法和根据历史怎样写文学作品的问题。

这样，就势所必然，先要谈谈史料问题。

一、怎样甄别史料?

所谓史料,即有人称之为“历史生活”的一切文字记录或口头传说。文字记录有官方的,也有私人的;口头传说则全是民间的。考古发掘所得,属于文字记录之类。新出土的材料可以审核或补充从古相传的文字记载,可以订正文字记载的错误,然而也不能认为出土的古器物上的图画或文字的史料性是绝对可靠的。制作器物的是私人(而且属于统治阶级的占绝对多数),他的主观意图不能不在器物的文字中乃至图画上反映出来。至于墓碑、私家传记等等,其可靠性是相对的,有时竟很不可靠,这就要对个别具体事物作严格的鉴定,不可一概而论了。

民间的口头传说常常保存了一些极有价值的史料,此在近百年的“历史生活”尤其如此。但在二千四百年前的吴越历史生活中,我们今天已经无法直接采录这一部分史料。我们今天在民间所能听到的吴越传说,几乎完全根源于文字记载(即有关吴越两国历史的史籍),而地方志所载则又抄袭了这些史籍和东汉以后一部分的地理志。很难说这些民间传说是由于有了文字记载而流传至今或者它们本来面目就是如此的。

我实在浅陋,想不出今天我们来研究吴越当时的“历史生活”除了勘核前人的文字记载,还有什么其他办法。那么,只好暂时埋头于故纸堆中做些功夫了。

任何史料在传写过程中,不可避免地会由于传写者的主观意图而有所窜改、损失,或增加。这也就是说,一定会打上阶级的烙印。过去的史书的编写者既然是为统治阶级服务的,当然代表了统治阶级的历史观。这是众所周知,无烦絮陈的了。不过,对于记载吴越历史的几本古书,却要个别加以分析,不可一概而论。今所传最古老的记录了吴越事件的史书,一是《左传》,一是《国语》。《左传》因《春秋》而作,这在当时实在不是官书而是私家著述。但这部私家著述,其观点虽然站在统治阶级的立场,其搜辑史料的态度却不能不说是相当客观的。至于《国语》,究竟出自何人之手,至今还是个悬案。班固在《司马迁列传》曾说:“孔子因鲁史而作春秋,而左丘明论辑其本事,是以为之传,又纂异同为国语。”颇有独立见解的会稽人、学者王充亦持同样见解。于是东汉人称《国语》为《春秋外传》。班固的意见大概来源于司马迁的“左丘失明,厥有国语”这句话。但是《左传》和《国语》文章风格不同,似非出于一人之手;而且《国语》各篇的文章风格亦不尽同,似乎《国语》此书亦非出于一人之手。从班固所称“纂异同为国语”看来,我们不妨设想《国语》的来源是当时各国的官家记录,而经过左丘明其人(或者不是他)整理过的。但今所传《国语》还经过刘向的整理。刘向生于《国语》第一编纂者之后约五百年,他和他的儿子都曾在当时的皇家藏书馆(天禄阁)做过整理古籍的工作,经过刘向整理的书,他都写个报告给皇帝(例如《战国策》、《晏子春秋》等等),可是现在找不到他整理《国语》后写的报告,不过给《国语》作注解的韦昭(三国时吴人)则说刘向“于汉成世,始更考校,是正疑缪”,我们就姑且相信韦昭的话罢。同时,也不妨设想,第一次编写《国语》的作者除了采取当时各国的官家记载,也采取当时的民间口头传说,因为它和《左传》比较起来,不但有“异”,而且也多了一些有价值的材料。至于刘向整理古书的态度,如果照他整理《晏子春秋》的方针和方法看来,还是相当谨慎从事的,对原书不随便改窜,也不随便删汰。

这样说来,我们不能不把《国语》当作比较可靠的史料;因而《国语》的《吴语》、《越语》也就不能不是二千四百余年以后的我们研究吴越关系、评价吴越人物的比较可信的根据。

另外一种比较可靠的史料当然就是《左传》。这是一部体例谨严,记事简明扼要而又生动多姿的编年史,它的原始材料主要是鲁国的官书,大概也采用其他国家的官家记录。此书相传是左丘明的著作,大概和《国语》的编写者是同时代人。只在清朝末年,有人说《左传》是刘向的儿子刘歆所伪造,但这样的“怀疑精神”有其主观目的,即为经今文家张目而推翻经古文家学说。

如上所引述,班固认为“孔子因鲁史而作春秋,而左丘明论辑其本事,是以为之传”,可见《左传》的观点和立场就是遵照《春秋》的观点和立场的。《春秋》是孔子用以表示其政治立场和历史观点的书。当然,孔子不会离开当时的封建领主的立场而站到奴隶那边去。但是,孔子生当社会剧烈变动的春秋时代的后期。当时,奴隶经济虽仍占主要地位,而生产比较发达的国家如鲁国则已有了封建地主经济制度的萌芽。而世袭的奴隶贵族(各国诸侯)的政权正在经济上和政治上受到封建地主贵族(诸侯的卿、大夫和卿、大夫的家臣)的越来越大的威胁。这是统治阶级内部的矛盾。这一个内部矛盾有利于奴隶对奴隶主的反抗,当时奴隶的大批逃亡之所以可能,就因为有收容他们的地方;这个“逋逃薮”就是封建地主贵族的领地。孔子的政治思想和历史观点反映了这个时代的矛盾。他一方面主张尊王室(维护最大的奴隶主的名义上的权威),另一方面却又赞许封建地主的把奴隶变为半农奴或依附农民的可以提高生产的做法,并且为这些做法“创造”了理论;他一方面极力要保持西周以来的封建等级制度,另一方面却又贬责那些阻碍封建地主经济发展的暴君,因此,他的《春秋》既笔伐那些乱臣贼子,又以“×人杀×”或“×人立×”等等书法表示对于新兴的封建地主贵族集团的赞许。按照孔子(儒家)的用语,“人”指自由农民和手工业者,其政治上的代表是当时的代表新的经济势力的封建地主贵族;而“民”则指奴隶。《左传》既依《春秋》而论辑其本事,所以它的记载也代表了当时的前进的政治、经济力量(封建地主贵族阶层)的利益,因而采辑史料,还是比较客观,可以说反映了当时的历史生活,特别是在更无较好较可靠的史料的今天情况下,我们还不能撇开《左传》。因而,我以为《左传》一书也不能不是今天研究吴、越关系,评价吴、越人物的比较可信的根据。

《左传》和《国语》所记吴、越两国的关系以及夫差、勾践,吴、越两方文臣武将的言行,互有详略。我们是不是可以说:《左传》和《国语》互相补充,正好构成比较近于完整的吴、越关系的全貌呢?

我想一定有人说:不能。为什么?因为还有司马迁的《史记》。司马迁离吴、越时代约四百多年,离《左传》、《国语》的作者大约也有三百多年。班固说司马迁作《史记》,据《左氏》、《国语》,采《世本》、《国策》。然而《史记》所载先秦史事有详于《左传》、《国语》者,这就只能有两种解释:一是司马迁读过的先秦典籍(包括"档案"性质的各国国史)等书比《左传》等书的作者所见者为多;二是司马迁又广泛地搜集了民间口头传说。这两个解释都有点事实基础。其一,司马迁世世代代做史官,他的祖先在周宣王以后曾由周而至晋、奔秦、入魏,他的父亲是汉朝的史官,博极群书,他家学渊源,并且由于职位关系,能够看到许多秘笈和"档案"。其二,他二十岁以后就自北而南,足迹遍及那时的天下。可以设想,他不光是游山玩水,他还搜集了许多民间口头传说。但是司马迁对于任何史料(不论是文字记载或口头传说),并不抱盲从态度,并不是无所抉择的。即以《史记》所载吴、越关系及两国君臣的言行而论,有见于《左传》、《国语》而《史记》反而没有的,也有《左传》、《国语》所没有而《史记》则有之的。《史记》所不载者,如吴夫差与晋侯会于黄池正因争先相持不下时忽得谍报越勾践乘虚侵入吴国,夫差镇静地采取了措施,保全了面子;对此,《国语》加以详细的描写,而《史记》则一笔带过。司马迁很推重《国语》,不能说他不熟悉《国语》,因而可知这里的一笔带过,是他故意弃而不取的。司马迁自己特别提到"二十而南游江淮,上会稽,探禹穴",可以设想他曾经采集了那些地方的民间口头传说,包括吴,越两国关系的民间传说,这些就是《左传》、《国语》所没有的资料。班固一方面批评司马迁运用史料"甚多疏略,或有抵梧",又说他论学术,论人论事,"是非颇缪于圣人",然而另一方面,班固又说"自刘向、扬雄博极群书,皆称迁有良史之材,服其善序事理,辨而不华,质而不俚,其文直,共事核,不虚美,不隐恶,故谓之实录"。(按扬雄《法言·重黎篇》比较《周官》、《左传》、《史记》三书,称《史记》为"实录",乃与称《周官》之"立事",称《左传》之"品藻"比类而言。)如果"实录"也者,可以今语"客观态度"(班固所谓"其事核,不虚美;不隐恶"者是也)释之,我以为《史记》确不失为"实录",而亦因此,故论人论事,"是非颇缪于圣人"。班固所不喜的"是非颇缪于圣人”，在我们看来，正是《史记》的优点。《史记》论事有独立思考精神，记载抱客观态度；就此而言，已不能说它完全为统治阶级服务。当然，我们也不能有过高的要求，一定要从这部两千年前的历史著作中找历史唯物主义，而在找不到时，就骂它一钱不值。

这样看来，《史记》里头有关吴、越两国的专篇《吴太伯世家》、《越王勾践世家》、《伍子胥列传》以及《货殖列传》有关范蠡、计然的部分，《仲尼弟子列传》有关子贡的部分，也是我们研究吴、越关系以及对两国君臣的评价不可或缺而且比较可信的材料。

《左传》等三书都是历史书籍，但除此而外，先秦诸子的著作中也还有不少关于吴、越的故事，以及他们（诸子）对于吴、越君臣的评价。对此，我在下面将用专章讨论。现在先谈谈东汉人编写的两部专门记载吴、越关系的历史，这就是《吴越春秋》和《越绝书》。

先谈《吴越春秋》。这是东汉赵晔所作，赵是越（会稽、山阴）人，《后汉书·儒林传》有赵传，说他治韩诗二十余年，著作有《吴越春秋》、《诗细》、《历神渊》；蔡邕很钦佩《诗细》，认为胜于《论衡》（王充著，王又是一个会稽人）。《隋书经籍志》著录《吴越春秋》十二卷，今本（据元大德刊本）只有十卷；《文选注》、《水经注》、《太平御览》等书引《吴越春秋》，今本无之，也许就出在逸去的两卷中。（从这些逸文看来，逸去的两卷都没有太大的史料价值。）此书虽说是吴、越两国的历史，但重点仍在吴夫差的灭亡与越勾践的复仇称霸。又此书内容基本上和《左传》、《国语》、《史记》相同，但亦有《左传》等三书所无而《吴越春秋》独有的；这些独有的材料就是关于占卜术数的部分（占卜之词非三代卜筮之法，术则盛于两汉，非先秦所有，因而其史料价值甚属可疑），以及类似小说家言的越女试剑、老人化猿、公孙圣的被杀及显灵等故事——这些故事也许是从会稽地区的民间传说演化而来，赵晔后于司马迁百余年。《后汉书·儒林传》赵传极简略，不但未载赵之生卒年月，整篇连任何一个年号都没有，但从“少尝为县吏，奉檄迎督邮，晔耻于厮役，遂弃车马去，到犍为、资中，诣杜抚受韩诗”等记载，可以假定他生于公元二十年左右；因为同书《杜抚传》说杜抚在接受骠骑将军东平王刘苍的辟召以前，已经有“弟子千余人”，赵诣杜受韩诗当在此时，而东平王辟杜抚约在永平初（即公元六〇年顷）。如果赵诣杜受业在公元五〇年左右，而此时赵年在二十至三十之间，则赵之生年当在公元二十年左右，上距司马迁之死约为一百二十年。赵晔所见的有关春秋时代吴、越两国的文字资料不会多于司马迁，但他既为越人，则他所知道的会稽地区民间传说也许比司马迁为多，这可以解释《吴越春秋》所载的近似小说家言的故事为什么不见于《史记》。但是，研究了这些故事以后，我们也可以设想：司马迁当时大概也曾知道有这些民间传说，但因其或者没有多大意义或者荒诞不经，故弃而不取。还可有第三种假说：民间口头传说在十口相传的悠久过程中，会损失一些，也会增添一些，新增添的部分往往会带上时代的烙印；此所以《吴越春秋》所记伍尚、文种占卜之词有螣蛇、青龙、玄武、天关等先秦所无的术语。这是假定赵晔的记载都有所本，并非他向壁虚造；但即使都有所本，其史料价值却很小，因为这些都不是吴、越当时的意识形态。元徐天佑因赵晔"去古未甚远"，又"越人宜知越"（四部丛刊影印明刊《吴越春秋》所载徐天祐为元大德刊本所写的序文），认为《吴越春秋》"视他书所记二国事为详"，颇为赞赏，实亦皮相之论也。

司马迁有良史之材，但"采经摭传，分散数家之事甚多疏略，或有抵梧"；然而司马迁叙述一个大事件，却总是首尾贯串，条理分明。《吴越春秋》范围限于两国，又有《左传》、《国语》、《史记》可供借鉴，按理说，《吴越春秋》对于吴越大事件的叙述，应当胜于前三书。然而不然。《吴越春秋》的"疏略"，"抵梧"之处不但甚多〔例如《阖闾内传》末尾以"南伐于越"结束，而不记槜李之战、阖闾受伤而死等等；又如伯州犁（伯嚭之祖父）和郤宛本非一人，《左传》记载十分明白，而《吴越春秋》则谓"伯州犁，楚之令尹，号曰郤宛"，既然把二人误为一人，又给伯州犁加了"令尹"的官衔；又如《阖闾内传》谓"是时大夫子期虽与昭王俱亡，阴与吴师为市，欲出昭王，王闻之，得免，即割子期心，以与隋君盟而去"云云，与《左传》定公四年所记相反，好像赵晔曲解了《左传》那句"割子期心"而又以意编造之〕，而且它记述大事件常常线索不清，来龙去脉不明，例如吴夫差征伐齐国这件大事是争霸中原的重要步骤，而同时又是吴国终于失败的重要因素；这件大事的发生和发展过程都反映了吴国国内实权集团的内部矛盾以及夫差如何最后作出决定，对于我们在今天正确评价夫差、伍子胥、伯嚭这三个人物有重要意义。但是《吴越春秋》记载这样一件大事，却砍头、挖肚、去尾，极尽支离破碎之能事。"征鲁百牢"是吴夫差争霸中原的整个计划的第一步（此事发生于吴夫差八年，鲁哀公七年，公元前四八八年），表明吴国的争霸中原派（伯嚭为首）怎样地军事、外交双管齐下，对鲁国施加压力，企图扫清伐齐的道路。然而鲁国表面上屈伏（服）了，内心却不服输。于是同年秋，当小小的邾国为鲁国所破的时候（邾与鲁为邻国，击柝相闻，吴远在二千里外，非三个月的时间吴兵不能到达），吴国借"仗义"救邾的名义，决定对鲁用兵（吴国动员伐鲁已在下一年——即夫差九年的春季）。可是，吴兵虽然深入鲁境，终于因为军事上没有绝对把握，只好见机行事，保全面子，同鲁国订了和约。这次和约，吴国并未取得实惠。同年（夫差九年，鲁哀公八年）夏，齐、鲁发生了纠纷，齐兵入鲁，同时约吴国夹攻鲁国。吴夫差认为这是好机会，可以达到完全掌握鲁国的目的，自然又要动员。不料齐，鲁很快就议和了，齐国派人告诉吴国:“请不要出兵了。”夫差很不高兴,带点威胁意味对齐国使臣说:“去年是贵国请我发兵,而今又是贵国说不需要了,真教我为难。日后我当面来领教罢!”这事发生于夫差十年春。吴国从上年伐鲁取得教训,知道劳师远征,后方交通最为重要,因而在当年(夫差十年)秋就开凿运河,沟通江(长江)、淮(淮河),以利军事物资的运输。此即所谓邗沟,吴在此筑城为据点。〔查《吴越春秋》不载此事,而于艾陵战役之后,黄池之会以前,记夫差十四年复伐齐,“阙为阑沟于商、鲁之间,北属蕲(据《国语》当作沂),西属济。”——此承《国语》,《左传》和《史记》均不载有此事。但全祖望引厚斋先生语,谓夫差十四年所开的运河为自淮入汴之道,与“城邗”时所开掘者是两回事,——见《经史答问》。此说可以参考。〕同年冬,吴国要挟鲁国共同伐齐。这次,鲁国不敢不答应了(虽然它刚同齐国签订了和约),同时,伐齐的主要军事负担当然由吴国承当,鲁国也乐得坐山观虎斗。夫差十一年春,吴陈兵于齐国南部边境,却派舟师自海道进攻齐腹地,一战不利,吴国也就收兵。次年五月,吴国(会同鲁国)大举伐齐,这次主要从陆路进攻,在艾陵会战,吴国的右军打败了齐国的上军,齐国的中军也打败了吴国的上军,然而吴夫差亲自指挥的中军却决定了战局,大败齐师,打死了齐国的中军指挥官国书,并俘虏了齐国高级将领公孙夏等四人。艾陵战役为吴国争霸中原奠定了始基,然而也成为吴国盛极而衰的起点。大举伐齐以前,吴国内部两派的意见(以伯嚭与伍子胥为代表)是不同的,发生了激烈的争论。然而促成夫差下决心大举伐齐的诸因素之一,还有勾践的麻痹夫差的策略(他派了少数兵粮助吴,又亲自到吴国都城见夫差,表示愿随军出征),以及子贡的外交手腕。这些事情,见于《左传》和《史记》,这里不必详细讲了。综观事件的发展过程,(从“征鲁百牢”到艾陵会战),吴国内部争霸中原一派的策划还是相当周密和谨慎的,夫差也不是一个漫无主见、糊涂荒谬的人。当然,争霸中原这件事,本身招致了不幸的后果,但在当时,哪一个强国之主不想做此一番“大事”?似乎也不能苛责于夫差(吴国在败楚、覆越以后,已经是当时四强之一)。当然,我不是说夫差势非争霸中原不可,因而他的行动可以原谅;我只是说,从这件事的发展过程看来,可以证明夫差不是像后人所写的那样鲁莽糊涂罢了(从梁辰鱼的《浣纱记》直到今天的若干《卧薪尝胆》剧本中的夫差)。我以为我们应当还夫差一个本来面目,不必把他丑化;因为,还他个本来面目,就有教育意义,用不到再丑化他。

以上论吴、齐艾陵之役,不过借以说明《吴越春秋》的作者缺乏“史眼”;而且,这种缺乏“史眼”的毛病,又足以说明赵晔这部书与其作为历史看待,还不如作为小说家言看待。当然,作为小说家的赵晔(这是借用《汉书·艺文志》所谓“小说家”,不是我们今天说的小说家;据《汉书·艺文志》,则刘歆所谓小说家言者,相当于今天我们称之为民间文学的一类,记录此类材料的人和书籍,被称为小说家),在采用民间传说之时，也并未严为抉择，因而它们不能反映春秋末年吴、越社会的意识形态，却糅杂着很多两汉术数家的意识形态；这也就是说，《吴越春秋》的内容，除已见于《左传》、《国语》、《吕氏春秋》、《韩非子》、《史记》等等者而外，大部分没有史料价值。

现在再谈《越绝书》。这部书，隋唐志皆云子贡所作，宋人《崇文总目》承袭其说，明人（如杨慎）已疑之，清人始证其妄。查此书开头《外传本事》第一，设为问答之词曰："越绝谁所作？吴越贤者所作也。当此之时，见夫子删书作春秋，定王制，贤者嗟叹，决意览史记成就其书。……或经或传，或内或外，何谓？曰：经者论其事，传者道其意，外者非一人所作，颇相复载，或非其事，引类以托意。"这些话都隐隐约约说此书是战国时人所作。可是此书末尾的《叙外传说》则又以隐语指明作者为会稽袁康，校定者为同郡吴平，而且书中《吴地传》又称：勾践徙琅琊，到建武二十八年，凡五百六十七年。建武为后汉光武帝刘秀年号，然则此书作者袁康为后汉初年人，比《吴越春秋》的作者赵晔大约早生十来年，由此类推，此书或亦成于《吴越春秋》之前。但是，书中这些话虽然提供了作者、校订者，成书年月的线索，我们却未便遽认为完全可靠。安知不是作者故弄玄虚？东汉的会稽人不少知名之士。王充可算得博极群书了罢，《论衡·按书》篇中提到会稽的两个人，称之为"文雅之英雄"，这两个人一个名为吴君高，据王充说，曾著《越纽录》，一个名为周长生，据说曾著《洞历》。然而没有袁康（或疑吴君高即吴平，而《越纽录》即《越绝书》，在未得确证以前，只能视作悬案）。又据《崇文总目》称，《越绝书》旧有内记八、外传十七，今文题阙舛，才二十篇，可知此书在北宋初年已佚五篇，清人钱培名辑其逸文，但皆无关宏恉者。总而言之，《越绝书》来历不明，但决非战国时代的作品，大概出于东汉人之手。

再看《越绝书》的内容。可以说，它同《吴越春秋》百分之九十九相同。例一：《吴越春秋·夫差内传》记子贡游说吴、越后，"吴王果兴九郡之兵，将与齐战，道出胥门，因过姑胥之台，忽昼假寐于姑胥之台而得梦"云云，此与《越绝书·吴王占梦》第六所记，只有文字上的小差别。究竟谁抄谁，我们自然无法断定，但是，值得注意的，占梦一事，仅见于此两书，如果两书不是互袭而有所本，则当是民间传说，而这样的迷信色彩十分浓厚的民间传说显然没有多大价值（民间传说并不是都有意义的，我们也要善于甄别）。例二：《夫差内传》记夫差占梦而杀公孙圣后，伍子胥苦谏，"夫差坐于殿上，独见四人向庭相背而倚，王怪而视之。群臣问曰：王何所见？王曰：吾见四人相背而倚，闻人言则四分走矣。子胥曰：如王言，将失众矣。吴王怒曰：子言不祥。子胥曰：非惟不祥，王亦亡矣。后五日，吴王复坐殿上，望见两人相对，北向人杀南向人。王问群臣见乎？曰：无所见……子胥曰：臣闻四人走，叛也；北向杀南向，臣杀君也。王不应”云云。此一事，《越绝书》无之。此一事与占梦皆不见它书，而且后者基本上又与前者相似，《吴越春秋》兼收并蓄，而《越绝书》则存其一。例三：仍是《夫差内传》，记子胥死后，夫差将伐齐，太子友以螳螂、秋蝉、黄雀作喻谏之，吴王勿听。此一事《越绝书》亦无之。例四：《越绝书》外传范伯第八载：子贡游说齐、吴、越、晋四国事，内容与《吴越春秋·夫差内传》第五所记相同，甚至文字上颇少差异；但《吴越春秋》作“子路辞出，孔子止之。子张、子石请行，孔子弗许；子贡辞出，孔子遣之”。而《越绝书》则作“颜渊辞出，孔子止之；子路辞出，孔子止之；子贡辞出，孔子遣之”。据《史记·仲尼弟子列传》：“子路请出，孔子止之。子张、子石请行，孔子弗许。子贡请行，孔子许之。”在这里，《吴越春秋》与《史记》同。但子石少孔子五十三岁，当时仅十三四岁，似不可能请命游说齐、吴。《越绝书》记子贡游说夫差一段较《吴越春秋》为详。但我们可以设想：《吴越春秋》与《越绝书》记此一事都是以《史记》为蓝本而“加”了“工”的。例五：《吴越春秋·勾践阴谋外传》“佯请籴谷”一事，实本于《吕氏春秋》。《长攻篇》云：“越国大饥，王恐，召范蠡而谋。范蠡曰，‘王何患焉。今之饥，此越之福而吴之祸也。夫吴国甚富，而财有余；其王年少，智寡才轻，好须臾之名，不思后患，王若重币卑辞，以请籴于吴，则食可得也。食得，其卒越必有吴，而王何患焉。’越王曰：‘善。’乃使人请食于吴。”吴夫差将与之，伍子胥以为不可。伍子胥讲了一大篇吴、越不并立的道理，劝夫差乘越之饥而发兵攻之。“夫差曰：‘不然。吾闻之，义兵不攻服，仁者食饥饿；今服而攻之，非义兵也，饥而不食，非仁体也，不仁不义，虽得十越，吾不为也。’遂与之食。不出三年而吴亦饥，使人请食于越，越王弗与，乃攻之，夫差为禽。”可是《吴越春秋》则把“佯请籴谷”作为整套阴谋中的一个环节。《吕氏春秋》说越国大饥，勾践同范蠡商量对策；《吴越春秋》则说勾践问计于文种，于是文种献计，佯称饥荒，请食于吴，夫差欲许之，伍子胥以为不可，伯嚭以为可，二人发生了争论，最后，夫差还是“与越粟万石”。到这里为止，《吴越春秋》所记事实，基本上与《吕氏春秋》相同，虽然请谷的原因和动机不同。可是这下面，《吴越春秋》却作二年之后，“越王粟稔，拣择精粟，而蒸还于吴。复还斗斛之数，亦使大夫种归之吴王”。吴王得越粱，不知是蒸过的，惊其精硕，发给吴国人民以为种子，但蒸过的种子如何能生长呢，因此，造成了吴国的大饥，于是勾践就欲乘机攻吴，但文种以为时机尚未成熟，吴国仅仅小受损失，元气并未大伤。

《吕氏春秋·长攻篇》的主题是：为了取得胜利，可以不择手段。它引证了越勾践贷粟、楚文王以诈术灭息、蔡，晋国赵襄子用诈术杀代君并取其地，这样三个故事，来说明“此三君者（指勾践、楚文、赵襄子）其有所自而得之，不备遵理，然而后世称之，有功故也”。但接着却又说，“有功于此，而无其失，虽王可也”，对于“三君”还是有批评的；这和同篇开头说的“故人主有大功，不闻不肖，亡国之主不闻贤”，语气联贯,同样地指出了战国时代的功利主义怎样地不顾是非曲直而惟以成功者为贵。请籴一事,《左传》、《国语》都不载。〔按《吴语》载:黄池之会,越袭吴得胜,“吴王夫差还自黄池,息民不戒(戒备)。越大夫种乃倡谋曰,吾谓吴王将遂涉吾地,今罢师而不戒,以忘我,我不可以怠也。日臣尝卜于天。今吴民既罢,而大荒荐饥,市无赤米……”这里提到了吴国大饥,但亦无越国大饥贷粟于吴的记载。《吴语》此段又说文种分析了敌情以后,建议可以兴兵攻吴,但这时申包胥到了越国,越王以问申包胥,申包胥谓伐吴时机尚未成熟云云。〕我个人的看法,以为《吕氏春秋》的记载大概不是凭空捏造的。可是赵晔采用了《长攻篇》这个故事的主要内容而把它的偶然性(越因饥而请籴,其后又因吴饥而拒粜,且乘势伐之),改写为一个故意布置的阴谋,而且,为欲达到政治目的,越国君臣竟不恤谋害了千千万万的吴国人民,毋乃太不人道?赵晔打算加强越国君臣的运用权谋的手段,但结果却显得他们阴险奸诈而吴王夫差反倒显得忠厚仁慈。《越绝书》亦载此事(见《请籴内传》第六,显然这也是从《吕氏春秋》那个故事“演变”来的,而且和《吴越春秋》同样以“请籴”作为试探吴国对越国有无戒备之心的方法,但是《越绝书》也只说到伍子胥和伯嚭争吵一番之后吴夫差还是贷给越国粮食为止,而没有越国用蒸熟的粟还贷因而造成吴国大饥荒的一段尾巴。《史记·越王勾践世家》也记载有请籴之事,但只在艾陵会战、吴国胜齐之后,接着写道:“越大夫种曰,‘臣观吴王,政骄矣。请试尝之贷粟,以卜其事。’请贷。吴王欲与,予胥谏勿与。王遂与之,越乃私喜。子胥言曰:‘王不听谏,后三年,吴其墟乎?’”司马迁这几句叙述,乃《越绝书·请籴内传》的依据。司马迁当然熟悉《吕氏春秋》,然而他不采用《吕氏春秋》的“越国大饥”的说法而采用以贷粟试探吴国对越有无戒备之心的说法,大概也是有所根据的,不过我还没有找到它的娘家罢了。

《越绝书》所独有的材料,多属五行术数的迷信之谈,在这一点上,它追随着《吴越春秋》而踵事增华,对于我们了解当时的吴、越历史,毫无裨益。

以上泛论《国语》等五部书的史料价值(有关吴,越部分的)。我以为我们不能从表面看问题,简单地认为《国语》、《左传》、《史记》是为统治阶级服务从而抹杀其史料的客观价值,也不能皮相地肯定《吴越春秋》、《越绝书》乃越人谈越事,被视为野史,而遂强调它们的可靠性。在我看来,今天我们要探索吴越当时的历史其实,与其重视后二书,毋宁重视前三书。

下面我打算就先秦、两汉若干“一家言”中探讨他们对于吴越关系的记载、看法以及对于吴越两国君臣的评价。

二、先秦诸子、两汉学者对于吴越关系的记载和看法

要谈吴、越关系,首先碰到的一个问题是:吴、越战争是否民族战争?而要回答

这个问题，首先要研究吴、越是不是两个民族。对于这一点，先秦、两汉的书籍都没有提出肯定的论据，可是，我们从它们那里倒看到了不少否定的论据。

有人从越人"断发文身"的风俗上断定吴、越是不同的民族，我以为未必妥当。越人"断发文身"，见于记载，但吴人亦何尝不是"断发文身"的呢？《史记·吴太伯世家》明明说："于是太伯、仲雍二人乃奔荆蛮，文身断发，示不可用，以避季历。"又说"太伯之奔荆蛮，自号句吴。"司马贞《索隐》驳裴骃《集解》引宋衷以"句吴为太伯始所居地名"之非，而为之说曰："荆者楚之旧号，以州而言之曰荆。蛮者闽也，南夷之名，蛮亦称越。此言'自号句吴'，'吴'名起于太伯，明以前未有'吴'号。地在楚、越之界，故称荆蛮。"司马贞又引颜师古注《汉书》："以吴言句者，夷语之发声，犹言'於越'耳。"

又，《左传》哀公十一年，艾陵会战之前夕，齐国的高级将领互相激励，"陈僖子谓其弟书（子占）：'尔死，我必得志。'宗子阳（楼，时将齐下军）与闾丘明相厉（劝励杀敌）也，桑掩胥御国子（国书，时将齐中军），公孙夏曰：'二子必死。'（劝勉之。）将战，公孙夏命其徒歌《虞殡》（送葬歌，示必死之心），陈子行命其徒具含玉（亦示必死之决心）。公孙挥命其徒曰：'人寻约。吴发短。'（八尺为寻，约、绳也；言每人带八尺的绳子以便贯系所斩的敌人的首级，因为吴人发短。）东郭书曰：'三战必死，于此三矣。'使问（遗）弦多（人名）以琴，曰：'我不复见子矣。'陈书曰：'此行也，吾闻鼓而已，不闻金也。'（言有进无退）。"这一段细节描写，真是十分悲壮，如闻其声。同时也提供了一个证据：吴人是短发的。又：《左传》哀公七年，吴征鲁百牢时，太宰嚭召季康子。季康子使子贡辞。子贡对伯嚭说的一番话里就有"太伯端委以治周礼，仲雍嗣之，断发文身，裸以为饰，岂礼也哉；有由然也。"这也证明断发文身本为吴俗。

从上引材料，我们知道：一、吴越都有"断发文身"之俗；二、"越"这个名称本来是部落（或民族）的称呼，指今江苏、浙江以及福建这一广大地区的居民而言，其中还分了若干小部落，故有"百越"之称；"越"又是地区的称呼，如《文选》三越注，吴越，南越、闽越，均指地区。但"吴"却是太伯立国以后的称号，"吴"的统治区域约当今江苏省及浙西沿太湖的一带，而槜李（今嘉兴）则为吴、越交界之区。在槜李战役以前，槜李属于越国。（勾践败阖闾于槜李这一战役，实在只是边界冲突的性质，战役规模并不太大，观《左传》、《史记》所记可知，但因阖闾在这一战中为越大夫灵姑浮戈伤将指（足大指）而且后来就死了，所以槜李之役成为吴、越交战史中著名的一役。）

由此又可知，三、吴、越人民原属一家，但吴、越的统治者却都是外来的。吴的统治者姬姓，乃太伯、仲雍之后，在武王灭殷以前已经自建了吴国。这是没有什么争论的了。但越国的存在，也许比吴国还早些。《史记》说夏少康封其庶子于会稽，是即越国。这就是说：越国的存在，早于吴国将近一千年。但韦昭注《吴语》又谓“勾践，祝融之后，允常之子，芊姓也”，又云“《世本》亦云：越，芊姓也”。而《史记·楚世家》却又说“熊渠立其少子执疵为越章王”，有人把这一说和《墨子·非攻下》的“越王繄亏，出自有遽，始邦于越”联系起来，以为越实楚之同族的旁证。（按“有遽”无可考证，孙诒让疑“出自有遽”或当云“出自熊渠”，孙说是引证了韦昭注、大戴礼记帝系篇、及孔广森的解释，而后作此疑似之论的。）究竟勾践的祖先是谁，众说纷纭，我们今天还不能下断语，但他是外来的，正同吴的统治者一样是外来的，则大概无可置疑。

我们再从语言上看看吴、越人民是不是一族。如果我们承认扬雄《方言》有其历史的和科学的价值，那么，《方言》给我们的启示是：吴、越方言属于同一系统，即今日我们所谓《吴语》系统。扬雄常把“吴越”并提，有时还把“吴、扬、江、淮”并提，又把“扬越”并提。这就是说，这些地区的方言属于同一语系。但是，《说苑·善说篇》记载了一首“越人的楫歌”，这首歌除有我们能懂的通用汉语的译文而外，又附有我们所不懂的以通用汉语注音的原歌词。这首歌既被称为越人楫歌，而原歌词又与吴语很不相同，这岂不是越人与吴人的语言不相同么？然而这个问题不难解决。上文我提到，春秋战国时代所谓“越”的范围，南至今天的福建，号称百越；扬雄《方言》有“瓯越”一词正指今天浙江南部的温州、金华，衢州一带地区，这一带的方言与“吴越”不同，扬雄已作区别，然则《说苑》所记录的“越”人之歌，当即“瓯越”之“越”而非“吴越”之“越”。后于扬雄约二百年的许慎作《说文》，记载各地方言，书“吴人谓×曰×”者凡三见，而如“×，秦谓之×，楚谓之×，吴谓之×”的比类记录，亦数数见，可是却没有“越谓之×”，这也足以说明两汉时代，吴、越方言自属一系。语言的变化，不是几百年内可能发生的（今天温州、金华，衢州等地的方言还和吴语差别甚大），扬雄去春秋末年不过五百余年，许叔重去春秋末年亦不过七百多年，不能设想春秋末年吴越的语言不同于扬、许之时，故曰，从语言上看，吴、越人民原属一家，虽然他们的统治者非出一族，而且都是外来的。

再看吴越两国历来的关系如何？

司马迁说吴自寿梦以后，越自允常以后始有史可考。他这态度是很慎重的，我们姑且也这样认为罢。但直到阖闾时代，先秦史籍记载两国关系的，还是很少。《左传》襄公二十九年，记“吴人伐越，获俘焉，以为阍，使守舟；余祭观舟，阍以刀弑之。”吴王余祭是阖闾的二叔父。这也许是史有明文的最早一次的吴越战争。这说明了这两个邻国历来就互相攻打，而至余祭之时，占上风的大概是吴国。但《左传》昭公三十二年（即吴阖闾五年）又说“吴伐越，始用师于越也”。则是说此次战事，规模比从前的为大，故书“始用师”。此次伐越，因为越没有派兵助吴伐楚，《吴越春秋》记此事多了越王允常对吴的一番话：“吴不信前日之盟，弃贡赐之国，而灭其交亲。”这是请求吴国罢兵，然而阖闾不听，遂破槜李。从这一事件，又可以知道在允常时代，越对吴的关系是属国对上国的关系。允常即勾践之父。〔春秋时代，大国攻打小国，有在战胜后并吞其地的，也有在战胜后允许战败国求和订盟，降之为属国地位的。属国对上国须有定量的贡献，包括派兵从征；据《左传》哀公十三年记载，鲁国的子服景伯对吴国使者说：“鲁赋于吴八百乘，若为子男，则将半邾以属于吴（邾本来贡赋六百乘，半邾则是三百乘），而如邾（即以六百乘）以事晋。”可见贡赋之数还要看爵位的高下而定多少。大概这是一般的规定，有薄于此者，也有苛于此者〕。后来相隔五年，越国乘吴国对楚国用兵的机会，偷袭吴境，《左传》定公五年所记“越入吴，吴在楚也”即是。又九年（鲁定公十四年），吴伐越（报五年越入吴），这时越王为勾践，两军会战于槜李，阖闾受伤，不久就死了。这一次战争，越国虽占上风，然而并没有重创吴军，不过摆脱了蜀国地位而已，所以三年之后，吴夫差就报槜李之仇，从太湖进军，大败越兵，勾践以甲士五千人撤进会稽山，而令大夫文种向吴求和，夫差许之，于是越国又降而为吴之蜀国，勾践且入臣于吴，三年乃归。此后，就是勾践卧薪尝胆，十年生聚、十年教训，终于灭吴的时代。但勾践灭吴之后，并不能完全据有吴地，《史记》谓“越灭吴而不能正江淮，楚乃东侵，广地于泗上”（江淮即扬州地，本属吴）。《韩非子·说林下》有更详细的记载：“越已胜吴，又索卒于荆而攻晋。左史倚相谓荆王曰：‘夫越破吴，豪士死，锐卒尽，大甲伤。令又索卒以攻晋，示我不病也，不如起帅与分吴。’荆王曰，‘善。’因起师而从（蹑）越。越王怒，将击之。大夫种曰，‘不可。我豪士尽，大甲伤，我与战必不克，不如赂之。’乃割露山之阴五百里以赂之。”这一件事，说明越胜吴后，实力也大受损伤。

不但此也，从整个吴越关系看来，越国的国力（军事力量在内）始终弱于吴国，越国的两次军事胜利都是带有侥幸性的。这两次，第一次为阖闾受伤致死的槜李之战。《左传》定公十四年，记此次战役经过如下：“吴伐越，越子勾践御之，陈于槜李。勾践患吴之整也，使死士再禽焉（使敢死之士往，辄为吴所禽），不动（吴军阵客不乱）。使罪人三行，属剑于颈，而辞曰：‘二君有治（战事），臣奸旗鼓（犯军令），不敏于君之行前，不敢逃刑，敢归死。’遂自刭也。师（吴军）蜀之目，越子因而伐之，大败之。”这种自刎于阵前的非常的心理攻势，把吴军暂时骇呆了，在这刹那间，越军乘势进攻，而且阖闾伤了将指（足大指），于是吴军直退了七里，阖闾因伤而死。（《史记》的记载，即据《左传》而文字较略，当以《左传》为准。）正因为这一战役，越国是侥幸得胜，而吴国军力、国力都未受重大损失，所以三年之后，吴夫差兴师报仇，能把越国打得大败，只余甲士五千人保于会稽。第二次为夫差十四年，夫差带领大兵北上与晋争霸（即黄池之会），只留太子友和王子地、王孙弥庸率领少数老弱军队留守后方，勾践乘虚以数倍之众、水陆两路攻之，《左传》记载此一役，吴军内部主守（坚守以待夫差回师来援）主战，意见不一，而弥庸轻视敌人，不听太子友坚守之计，冒昧出战，兵败，太子遂被俘。但是越军虽然俘了太子，烧了姑苏台，徙其大舟（王舟），可是不能征服吴国，直到四年之后才于笠泽之战大败吴军，又五年而灭吴国。吴太子友被俘的这次战役，如吴军坚守待援，胜败正未可知也，所以我说它也带有侥倖性。

《墨子·非攻中》说："古者吴阖闾教〔士〕七年，奉甲执兵，奔三百里而舍焉，次注林（淮汭），出于冥隘（冥阨）之径，战于柏举，中楚国而朝宋与鲁。及至夫差之身，北面而攻齐，舍于汶上，战于艾陵，大败齐人而葆（保）之大（泰）山，东而攻越，济三江五湖，而葆之会稽。九夷之国，莫不宾报。于是退不能赏孤，施舍（布恩德）群氓，自恃其力，伐其功，誉其智，怠于教，遂筑姑苏之台，七年不成。及若此，则吴有离罢（疲）之心。越王勾践视吴上下不相得，收其众以复其仇，入北郭，徙大内（舟），围王宫而吴国以亡。"

这里引用的墨子的一段话，在历史事实方面，和《左传》、《国语》有出入，我们应从《左传》、《国语》；因为墨子不是历史（学）家，他对史实未必查考核实。但是，值得注意的，墨子在《非攻篇》引用这段吴国覆亡的历史以为时主的鉴戒，而推原夫差取亡之道在于"退不能赏孤，施舍群氓，自恃其力，伐其功，誉其智，怠于教……"却没有说到越国方面有〔什〕国富兵强在实力上压倒吴国的事实。墨子生于夫差已亡、越国正为当时四强之一的时候，墨子书中屡言越为四强之一，如《节葬下》即称"天下失义、诸侯力征，南有楚、越之王，而北有齐，晋之君"，而《非攻篇》亦不止一次以楚、越、齐、晋并称，但在全面地论述吴国覆灭的原因时，他郑重指出的却是夫差被胜利冲昏了头脑，不恤民力，又内部有矛盾，对越国麻痹大意，为越所乘，而没有具体指出越国在"十年生聚、十年教训"期间经济上有胜过吴国之处；换言之，打败仗时的越国比起吴国来是个弱国，但打胜仗、乃至灭吴的越国虽然军事上比吴强，经济上却不见得比吴国先进。而越国之所以能够军事上比吴国强，先秦典籍中也提供了一些线索，这且留在后边再讲。现在再引《韩非子·喻老》的两段话以证墨氏的看法：

"越王入宦于吴，而观之（怂恿之）伐齐以弊吴。吴兵既胜齐人于艾陵，张之于江、济，强之于黄池，故可制于五湖。故曰：将欲翕之，必固张之，将要弱之，必固强之。"

"勾践入宦于吴，身执干戈，为吴王洗马（洗古通先，洗马者，马前引导之人，贱役也；《越语》，勾践身为夫差前马，正是此义）。故能杀夫差于姑苏……故曰：守柔曰强。"

韩非子也和墨子一样，认为吴国最后失败的原因在于政治，但韩非子特别指出，越国最后取胜之道在于政治上策略的正确。而策略的正确之处在于麻痹敌人，造成敌人的错觉，利用并加深敌人的内部矛盾。勾践此种政治上的策略和他作战时的战术（例如檇李之战，俘太子友之战）有其一脉相通之处。这是他能以弱小的国家（不发达的经济，处于劣势的军事力量）覆灭强吴的基本原因。

墨家和法家论吴越盛衰变化的原因既如上述，儒家（孟子、荀子）同样地也只提到政治原因，而并无一言及经济。孟子称勾践为能以小事大（吴），故许其为“智”（见《梁惠王》下）。荀子以勾践之称霸与齐桓、晋文、楚庄、吴阖闾相比，说他们“德虽未至也，义虽未济也，然而天下之理略奏矣（奏读为凑，谓天下之理略聚于此也），刑赏已诺信乎天下矣，臣下晓然皆知其可要（约）也；政令已陈，虽睹利败，不欺其民；约结已定，虽睹利败，不欺其与；如是则兵劲城固，敌国畏之，国一綦明，与国信之，虽在僻陋之国，威动天下，五伯是也。非本政教也，非致隆高也，非綦文理也，非服人心也，乡（向）方略，审劳佚，谨蓄积，修战备，齺然（上下相向之貌）上下相信，而天下莫之敢当。”（见《王霸篇》）荀子在这里，对齐桓，晋文，楚庄、吴阖闾、越勾践都是褒中带贬，说他们非能真服人心，而只是策略应用得当而已。这和韩非子的见解相差不远。

荀子在《宥坐篇》又讲了这样一段故事：“孔子南适楚，厄于陈、蔡之间，七日不火食，藜羹不糂（糁），弟子皆有饥色。子路进，问之曰：‘由闻之，为善者天报之以福，为不善者天报之以祸，今夫子累德、积义、怀美、行之日久矣，奚居之隐（穷困）也？’……”于是孔子举比干剖心以证知者之不必用，关龙逢见刑以证忠者之不必用，伍子胥被杀以证谏者之不必用，接着又提出“君子博学深谋、修身端行、以俟其时”的方针，而举“晋公子重耳霸心生于曹，越王勾践霸心生于会稽，齐桓公小白霸心生于莒”为例，以证明“居不隐（穷困）者思不远，身不佚（奔窜）者志不广”的道理。《宥坐篇》的那些小故事，其真实性是值得怀疑的，而且未必全出荀子之手，其中有门弟子的追记；可是这里论勾践霸心生于会稽，正提供了线索，说明会稽之耻以前的勾践不是个能成大事的人。这和《国语》所载勾践在战败之前不能听信范蠡、文种，直到栖于会稽方始悔悟，是相同的。

战国后期的纵横家游说列国的君主，也常常称引吴越兴衰的故事。此见于《战国策》者，计《韩策》一则，《燕策》二则，《秦策》三则，《魏策》一则，大抵与墨子、韩非子论调相近。惟《韩策》的《或谓韩王曰》一段，看法稍有不同。（此所谓“或”，未详何人。查《孔丛子》载：韩与魏有隙，子顺谓韩王曰云云，与此段文字上半大致相同，但下半则截然不同。据《孔丛子》则子顺主张韩弃旧嫌而与魏和好；而《韩策》此段则以尊秦为宗旨，故此“或”人疑非子顺也。）这一段文字是这样的：“或谓韩王曰：‘昔先王之攻，有为名者，有为实者；为名者攻其心（原注，使之心服而已），为实者攻其形（原注，形在外者，谓地与民也）。昔者吴与越战，越人大败，保于会稽之上，吴人入越而抚之。越王使大夫种行成于吴，谓男为臣，女为妾，身执禽，而随诸御；吴人果听其辞，与成而不盟。此攻其心者也。其后，越与吴战，吴人大败，亦谓男为臣，女为妾，反以越事吴之礼事越，越人不听也，遂残吴国而禽夫差。此攻其形者也。’……”这段资料如果可信，那么，夫差对越国的政策不能说是不合理（夫差用的是攻心之策），而后果之所以相反，原因在于夫差太主观，太老实了，看错了人。“与成而不盟”，就是说，吴兵撤出越境，连议和条约也不订，足见信越之深。这一个意见，和墨子、荀子、韩非子的意见正相反；墨子等都认为夫差失败之原因在于不听伍子胥的话（正确的政策）而偏信伯嚭（不正确的政策）。

其次，《秦策》有一段话也比较特殊。这是秦昭王欲再次攻赵，武安君白起以为不可，他对应侯说：“今秦破赵军于长平，不遂以时乘其振惧而灭之，畏而释之。（按当时不主张灭赵而与媾和者乃是应侯范雎；后来昭王又攻赵不利，昭王欲命白起带兵，白起称病不受命，于是范雎奉昭王之命，促白起遵命，但白起仍不应命，对范说了这番话）。使得耕稼以益蓄积，长孤养幼以益其众，缮治甲兵以益其强，增城浚池以益其固；主折节以下臣，臣推体以下死士，至于平原之属皆令妻妾补缝于行伍之间；臣人一心，上下同力，犹勾践困于会稽之时也。”这里的一段话，虽然指战败后的赵国而言，但以越勾践相此，应当算是关于越国如何“十年生聚，十年教训”，勾践君臣如何卧薪尝胆、发愤图强的最早的资料。（据刘向叙《战国策》称：“中书余卷，错杂相揉，又有国别者八，篇少不足。臣向因国别者略以时次之，分别以序者以相补，除重复得三十三篇。”又称中书本号，“或曰国策，或曰国事，或曰短长，或曰事语，或曰长书，或曰修书”云云。可知《战国策》是经过刘向整理的，而原始资料则是战国时代各国的记载，有点“实录”性质。）又，《秦策》蔡泽说范雎，也有“大夫种为越王垦草创邑，辟地殖谷，率四方之士，专上下之功”等语，这是讲到发展生产了。但除了这些片言只句，现存先秦书籍中更无充分的资料。西汉书籍如集体写作的《淮南子》，西汉学者如扬雄的《方言》，政论家如桓宽的《盐铁论》，东汉学者如王充（也是一个会稽人）的《论衡》，都曾论及吴、越的兴衰，然而都没有提到像白起所说的那些比较具体的事情。因而我怀疑《吴越春秋》关于这方面的许多记载，实本于《秦策》白起这篇话而加以演释（绎）的。但《秦策》这段话尚未有“卧薪尝胆”之说，先秦诸子及西汉各家书中亦未见。《史记》始称“越王勾践反国，乃苦身焦思，置胆于坐，坐卧即仰胆，饮食亦尝胆也，曰‘汝忘会稽之耻耶？’身自耕作，夫人自织；食不加肉，衣不重采；折节下贤人，厚遇宾客；振贫吊死，与百姓同其劳。”（见《越王勾践世家》）

综合上面所征引的材料(特别是出于先秦诸子的),我以为:

一、吴、越人民原是一族,而两国的统治者则非一姓而且都是外来的。

二、因此,吴越战争不是民族战争,而是春秋时代每年甚至每月都有的由于封建领主的扩张主义引起的战争。

三、在这里,可以用孟子的“春秋无义战,彼善于此,则有之矣”的说法,来看勾践的复仇战争。在吴越关系的第一阶段(即槜李战役之前),越为吴的属国,故槜李战役在越国不但是自卫战争而且也可以说是志在摆脱臣属地位的战争,可以说它符合于越人的利益。〔据《左传》定公五年,有“越入吴,吴在楚也”的记载。这是说,当吴阖闾用兵楚国,为子胥复仇之时,越曾乘虚侵入吴国。但这是扰乱性质,越未能据吴地。但可以想像,在这以后,越对吴大概不修职贡了,所以在九年后(定十四年夏),阖闾有槜李之役,意在征服越国。〕吴越关系的第二阶段是夫差复仇,越国战败,越国处于比(以)前更屈辱的臣属地位。而吴越关系的第三阶段(越勾践报会稽之耻的一系列战役),则前半为“彼善于此”的复仇战争(目的在于摆脱对吴的臣属地位,故亦符合越人的利益),后半(即目的为了灭亡吴国而由勾践发动的两次战争)却是扩张主义的战争,亦即并不符合越人利益并且对吴人说来是掠夺性的侵略性的战争。

四、因此,我以为现在极大多数的以吴、越战争为题材的剧本(所有剧本的故事都从栖于会稽始,以灭吴擒夫差终),没有把吴、越战争的前期与后期的性质区别开来,而一概称之为符合越人的利益,是不妥当的。

五、从经济发展方面看,吴国始终比越国先进。越勾践复国之后,发愤图强,用于军事和外交方面的力量比用于开发经济的力量为多,而且,以当时生产工具之落后,似乎不可能在十年之内就把越国的落后经济赶上乃至超过向来就是先进的吴国。《秦策》蔡泽所说“大夫种为越王垦草创邑,辟地殖谷”,即使不是策士的夸张之言,也不能证明越国的经济发展超过了吴国,而只能证明在会稽战败后,由于文种等的努力,越国经济较前有了发展。先秦诸子视勾践为春秋时代一霸主,与稍前的齐桓并称,然而他们称道齐桓公时都举出齐国经济发展的事实,而且说齐桓的九合诸侯,一匡天下是齐国经济发展的结果。(所谓管仲治齐,“连五家之兵,设轻重鱼盐之利”,五家之兵,详于《国语》齐语,轻重鱼盐见《管子》,又见《史记·管晏列传》,《平准书》;但《史记》未言文种、范蠡治越如何如何发展经济,《货殖列传》及《越王勾践世家》载范蠡为陶朱公等等事迹,只是范蠡个人贸迁致富而已。)可是他们称道越勾践之所以胜吴,却着重提到勾践的外交(包括对吴)如何灵活,以及勾践如何“教士”(军事训练),他们说“越王好勇”,却没有说越王奖励生产。勾践部下的决策人为范蠡,文种(先秦诸子一致这样说),勾践之所以能复仇,全靠他两人的计谋;然而从先秦诸子,直到两汉的有关吴、越的记载,都没有突出地讲过这两个人物的经济政策。

《汉书·艺文志》著录兵书共五十三家，其中权谋家著录《范蠡二篇》，《大夫种三篇》，班固为之解释曰："权谋者以正守国，以奇用兵，先计而后战，兼形势，包阴阳，用技巧者也。"范蠡等书今已不存，但照班固对"权谋家"的说明看来，《范蠡二篇》和《大夫种三篇》的内容大概不会像今所传《管子》那样有经济政策的部分。（兵书五十三家中尚有《伍子胥十篇》列为技巧家，班固说"技巧者习手足、便器械、积机关，以立攻守之胜者也"；据此可知伍子胥非谋国之士，也不是战略家，只是一员练兵的战将而已，自然不及文、范多矣。按《汉书·艺文志》又有《伍子胥八篇》与《吕氏春秋》、《淮南子》同著录于杂家，此八篇亦早已不传，但杂家既"兼儒墨、合名法"，而《吕览》、《淮南》又非出于一手，可以想见此所谓《伍子胥八篇》者，大概是战国时人托名伍子胥的伪作。）

六、基于上述的看法，我以为我们现在仅凭"垦草创邑、辟地殖谷"的空洞语句就强调越国如何发展经济，甚至有大炼钢铁的描写，是不合于历史事实的。当时吴、越都以有名匠能铸利剑著称，但此非谓吴、越冶炼事业已能生产足够数量的铁以铸造生产工具。《史记·货殖列传》称"邯郸郭纵以铁冶成业，与王者埒富"，然而未举越国；而且郭氏生当战国，至若春秋末年，则铁尚未普遍用于制造生产工具，吴、越亦然。（虽然《国语·齐语》已经有"美金以铸剑戟，试诸狗马；恶金以铸鉏夷斤欘，试诸壤土"之说，但春秋时代各国经济发展颇不平衡，未便据《齐语》片言即认为铁制农具当时已很普遍。）

三、先秦诸子、两汉学者对于吴夫差越勾践的评价

先秦诸子对越勾践的评价都好，对吴夫差的评价都不好，特别是对立甚为尖锐的儒、墨、法三家都一致再三称许越勾践。杂家如《吕氏春秋》因为不是"一家言"而是兼儒墨、综名法的集体写作，所以在肯定越勾践这个共同基础上还有点小分歧（下面还要谈到）。

先秦诸子肯定越勾践，首先是在政治上肯定他，否定吴夫差亦然。我们不妨看看他们从怎样的角度评价越勾践与吴夫差：

《墨子·亲士》举齐桓公、晋文公与越勾践同类相比，谓"越王勾践过吴王之丑（耻）而尚摄（尚同上，摄与慑通）中国之贤君"，称三人皆能"达名成功于天下"，由于能任用贤臣。（按《亲士篇》列为第一，毕沅以为此篇无"子墨子曰"云云，确认为墨翟之言。孙诒让驳之，以为《亲士篇》所论"大抵《尚贤篇》之余义，亦似不当列为第一篇；后人因其持论尚正，与儒言相近，遂举以冠首耳。以马总《意林》所引校之，则唐以前本，已如是矣。"据此，则《亲士篇》似出墨家弟子之手，但无论如何，对越勾践的评价，在《墨子》全书中，是一致的。）

《墨子·所染》又说:“吴阖闾染于伍员、文义,越勾践染于范蠡、大夫种。此五君者(按五君者,合齐桓、晋文、楚庄而为五也,此处引文从略),所染当,故霸诸侯,功名传于后世。”同书同篇:“吴夫差染于王孙雒、太宰嚭……此六君者(按,六君者尚有范吉射、中行寅,知伯瑶、中山尚、宋康,此处不具引),所染不当,故国家残亡,身为刑戮,宗庙破灭,绝无后类。”(按《吕氏春秋·当染篇》,有大略相同之议论。惟“文义”作“文之仪”,“王孙雒”作“王孙雄”。此不具引。《所染篇》出墨门弟子之手。)

《荀子·王霸篇》:“德虽未至也,义虽未济也,然而天下之理略奏矣……故齐桓、晋文、楚庄、吴阖闾、越勾践,是皆僻陋之国也,威动天下,强殆中国。无它故焉,略信也。”(本文前章,已引用《王霸篇》此节全文,故此处从略。值得注意的是,荀子此处所举与越勾践相比类的国君,与墨子完全相同。)

《荀子·议兵篇》:“齐桓、晋文、楚庄、吴阖闾、越勾践,是皆和齐之兵也,可谓入其域矣,然而未有本统也,故可以霸而不可以王,是强弱之效也。”按荀子在这里提出了军队的政治教育问题,并举世所谓善用兵者如齐之田单、楚之庄跻、燕之缪虮为例,说他们是“未及和齐”,只能“掎契司诈,权谋倾覆,未免盗兵”,又举齐桓、晋文、楚庄、吴阖闾、越勾践为例,说“是皆和齐之兵也,可谓入其域矣(入礼义教化之域),然而未有本统也(谓前行素修若汤武),故可以霸而不可以王,是强弱之效也。(谓霸者代存代亡。)”看来荀子认为勾践能“和齐人心”,然所用方法却不是正途——王道。可是,荀子却不知道勾践教士也用了权术,故亦未免“盗兵”。

《孟子·梁惠王下》:“惟仁者为能以大事小,是故汤事葛,文王事混夷。惟智者为能以小事大,故大王事獯鬻;勾践事吴。以大事小者,乐天者也,以小事大者,畏天者也;乐天者保天下,畏天者保其国。”

《韩非子·备内》:“故桃左(梼兀)春秋曰:人主之疾死者不能处半;人生弗知,则乱多资。故曰:利君死者众,则人主危。故王良爱马,越勾践爱人,为战与驰。医善吮人之伤,含人之血,非骨肉之亲也,利所加也。”

《韩非子·饰邪》:“越王勾践恃大朋之龟,与吴战而不胜,身入于吴宫;反国弃龟,明法亲民以报吴,则夫差为擒。”按《韩非子》提到勾践之事甚多,然除此两条外,讲的都是勾践练兵的方法。此处第一条明言勾践之“爱人”乃以权术笼络人民,使为己效死;第二条“明法亲民”的“亲民”,也是这个意思。至于韩非所举勾践练兵的方法大都是权术笼络的方法,详下。

《吕氏春秋·尊师》:“越王勾践师范蠡、大夫种。”(按此处举了能尊师的十圣人、六贤者;勾践与阖闾、楚庄、秦穆、晋文、齐桓,同厕于六贤者之列。但同书《简选篇》论古者用兵而王者汤、武,用兵而霸者,齐桓、晋文、吴阖闾,而无勾践,亦无秦穆,楚庄。《吕氏春秋》前后自相抵梧者,不止此一例,《顺民篇》举勾践则又与汤、文王并列。此因书出众人之手,故观点不能一致。)

《吕氏春秋·顺民》:"越王苦会稽之耻,欲深得民心,以致必死于吴。身不安枕席,口不甘厚味,目不视靡曼,耳不听钟鼓;三年苦身劳力,焦唇干肺;内亲群臣,下养百姓,以来其心。有甘脆不足分,不敢食;有酒流之江,与民同之;身亲耕而食,妻亲织而衣;味禁珍,衣禁袭,色禁二;时出行路,从车载食,以视孤寡老弱之渍病,困穷颜色愁悴不赡者,必身自食之。于是属诸大夫而告之,曰:"愿一与吴徼天下之衷(善),今(令)吴越之国,相与俱残;士大夫履肝肺,同日而死,孤与吴王接颈交臂而偾(僵),此孤之大愿也;若此而不可得也,内量吾国,不足以伤吴,外事之诸侯,不能害之,则孤将弃国家、释群臣,服剑臂刃、变容貌、易姓名,执箕帚而臣事之,以与吴王争一旦之死。弧虽知要领不属,首足异处,四枝布裂,为天下戮,孤之志必将出焉。'于是异日果与吴战于五湖,吴师大败,遂大围王宫,城门不守,禽夫差,戮吴相。残吴二年而霸。此先顺民心也。"

《吕氏春秋·长攻》:"越国大饥,王恐,召范蠡而谋。范蠡曰:'王何患焉。今之饥,此越之福而吴之祸也。夫吴国甚富,而财有余,其王年少,智寡才轻,好须臾之名,不思后患,王若重币卑辞,以请籴于吴,则食可得也,食得,其卒越必有吴,而王何患焉。'越王曰'善'。乃使人请食于吴。吴王将与之,伍子胥进谏曰:'不可与也。夫吴之与越,接土邻境,道易人通,仇雠敌战之国也,非吴丧越,越必丧吴……今将输之粟,与之食,是长吾雠而养吾仇也;财匮而民怨,悔无及也;不若勿与而攻之,固其数(术)也,此昔吾先王之所以霸。且夫饥代事也,犹渊之与阪,谁国无有?'吴王曰:'不然。吾闻之:义兵不攻服,仁者食饥饿。今服而攻之,非义兵也;饥而不食,非仁体也。不仁不义,虽得十越,吾不为也。'遂与之食。不出三年,而吴亦饥,使人请食于越,越王弗与,乃攻之,夫差为禽。"这里的一事,与《顺民篇》所描写的勾践,完全是两个人;《吕氏春秋》自相矛盾,大率如此,然亦反映了战国的策士们之论一事也,常因时因地因人而不同。

以上除《吕氏春秋》,都是先秦诸子中具有代表性的各派人物,他们对于勾践的看法,大体上就是这样:嘉其能任用贤臣、复仇称霸。正如司马迁在《太史公自序》中所称:"勾践困彼,乃用种蠡,嘉勾践夷蛮,能修其德,灭强吴以尊周室。"司马迁在这里说勾践"尊周室",未免溢美,在这里,他采用了左丘明的"史笔",先秦诸子还不如司马迁那样"宽大"呢。

先秦诸子评价吴夫差时,有把他作为勾践的对立面的,例如上引《墨子》的《所染篇》。也有不把夫差作为勾践的对立面相提并论,而把伍子胥之不被信任作为夫差灭亡的原因,此在实质上和《所染篇》论点相同。例如《荀子·臣道篇》:"故谏争辅拂之人,社稷之臣也,国君之宝也,明君所尊厚也,而闇〔主惑〕君以为己贼也;故明君之所赏,闇君之所罚也,闇君之所赏,明君之所杀也……比干子胥,可谓争矣……传曰,从道不从君,此之谓也。”在这里,荀子以“从道不从君”许伍子胥,而把夫差贬为闇君。然而《臣道篇》又说,“有大忠者,有次忠者,有下忠者……以是谏非而怒之,下忠也。若子胥之于夫差,可谓下忠矣”。在这里,荀子对于子胥的“臣道”还是列在第三等,换言之,他认为子胥虽忠,然而识见不远,非社稷之臣。同书《君子篇》说“吴有伍子胥而不能用,国至于亡,倍道失贤也。”又《成相篇》谓“世之祸,恶贤士,子胥见杀百里徙”,《大略篇》论“君子能为可贵,不能使人必贵己,能为可用,不能使人必用己”,也举手胥和比干,说“比干子胥忠而君不用”。《宥坐篇》却以孔子阨于陈蔡之间答子路问,举子胥被杀来说明“知者”未必见用,“谏者”未必见用,而归结于“君子博学深谋不遇时者多矣”。荀子书中常常提到夫差、子胥,他对子胥评价,只是“下忠”,而他数夫差之罪也不过不用子胥而已。但是,责夫差不听子胥的忠谏,而以一“闇”字作结论,未免把问题简单化了。

《韩非子·难三》:“夫差智太宰嚭而愚子胥,故灭于越。”又《难四》:“吴王诛子胥而越勾践成霸。”这是和荀子所见略同。

就吴、越相争而言,夫差不听伍子胥之言先灭越国而后北向与齐、晋争霸,也许可以说是大大失算,但这是“事后诸葛亮”;在当时,灭越绝后顾之忧,与存越示诸侯(小国)以信义,两者得失,固未易一言而定。关键问题在于吴夫差该不该争霸中原?夫差如要争霸中原则灭越虽能绝后顾之忧,但将使鲁、卫、宋等小国疑惧,对于他的孤立齐国的外交政策是不利的。按《左传》记吴索鲁百牢事,鲁虽勉强应命而心不服,鲁君臣背后有吴不足畏之言。又《左传》哀公十二年(艾陵会战,齐师败绩的下一年)五月,鲁会吴于橐皋而不许盟;吴请卫来会,卫初惧不敢来,后乃来会于郧,这是同年秋季的事,与卫同来会吴的,还有鲁国,宋国,但鲁、卫、宋三国窃盟而卒辞吴盟。这就是说,吴打算与鲁、卫、宋三个小国结盟以孤立齐国,鲁、卫、宋惧吴之强,不敢不来会,但三国都怕担负义务,也不敢得罪齐国,所以都设法推托,不与吴盟,但他们三国反倒借此机会私下订结了互助对吴的盟约。当时吴国大概不知道三国私盟之事,但是对于鲁、卫、宋等小国的事齐乎抑事吴乎的观望态度,应是早已了然的,所以伯嚭的存越以示信义而使小国安心的政策,不但不是完全没有理由而且在当时看来是相当明智的。《左传》哀公十二年又记吴、鲁、宋、卫四国会于郧以后,吴国派兵围住卫侯所住的宾馆,不许自由出入。子服景伯叫子贡带了礼品去见太宰嚭为卫侯说情。伯嚭对子贡说:“寡君(谓夫差)愿事卫君,卫君之来也缓,寡君惧,故将止之。”子贡对曰:“卫君之来,必谋于其众。其众或欲或否,是以缓来。其欲来者,子之党也,其不欲来者,子之雠也。若执卫君,是堕党而崇雠也;夫堕子者,得其志矣。且合诸侯而执卫君,谁敢不惧?堕党崇雠而惧诸侯,或者难以霸乎?”太宰嚭认为子贡说得有理;就释放了卫侯。这个插曲,也足以说明吴国当时的处境利于存越而取信于小国,然后能北向争霸。

先秦谱子也有看透了此点的,如《墨子·非攻中》(本文第二章已引用)、《韩非子·喻老》以及《战国策·韩策》《或谓韩王》章的“攻心,攻形”的说法(本文第二章皆已引用),都不把伯嚭见用、伍员见疑作为吴夫差覆亡的决定性因素。而《吕氏春秋·适威》,记魏武侯与李克论吴之所以亡,李克对曰:“骤(屡)战而骤胜……骤战则民罢,骤胜则主骄;以骄主使罢民,然而国不亡者,天下少矣。”这也是颇为中肯之言。《适威篇》是讨论如何使用民力的,李克的话,也只是就事而论,并没有更进一步讨论吴夫差如何而能既争霸于中原而又不会及身覆亡的方法。

关键问题在于吴夫差如要争霸中原就应当从发展经济(吴国的经济在那时比齐、鲁、晋等国落后)充实国力入手,而不应该从事于军事冒险。如果不发展经济充实国力而亟亟从事于军事冒险,则虽先灭越,吴国最后仍然会失败——不亡于越,将亡于楚,正如后来越虽并吞吴国,仍然为楚所灭一样。这一点,无论伍子胥或伯嚭,都没有看到;但范蠡、文种却是看到了的,故有灭吴七策(或九策)如《史记》及《吴越春秋》所记。《墨子·非攻中》的论点和《所染篇》的论点并不一致,正因《墨子》一书杂有墨门弟子们的手笔,故不免驳杂。至于荀子等把越勾践抬高到齐桓、晋文之列,如就任贤而能专这一件事看来,还说得过去,但若论容人之量,则勾践远不如齐桓、晋文。可是先秦诸子对于勾践之“不可与共安乐”很少提到,这是因为诸子取史事以证其学说中之某一论点,常常就事论事,不是对某一古人作全面的考察和评价。

西汉人著作提到吴越事件较多的是《淮南子》,然而《淮南子》的记载基本上袭取先秦诸子的资料。例如《道应训》说:“越王勾践与吴战而不胜……困于会稽,忿心张胆,气如涌泉,选练甲卒,赴火若灭,然而请身为臣,妻为妾,亲执戈为吴兵先马走,果禽之(吴王也)于干遂。故老子曰:‘柔之胜刚也,弱之胜强也。’天下莫不知,而莫之能行。越王亲之,故霸中国。”此与《韩非子·喻老》引用勾践忍辱复仇以说明老子的“将要弱之,必固强之”,和“守柔曰强”的论点,宗旨相同,不过换了个说法。《人间训》又称:“昔越王勾践卑下吴王夫差,请身为臣,妻为妾,奉四时之祭祀,而入春秋之职(贡)贡(职),委社稷、效民力,隐居为蔽,而战为锋行,礼甚卑,辞甚服,其离叛之心远矣,然而甲卒三千人,以禽夫差于姑胥。”这一段话里的“甲卒三千人,以禽夫差于姑胥”,与史实不合,姑置不论,但此段用意仍与上段仿佛,意在说明“柔胜于刚”。

桓宽《盐铁论·非鞅第七》:“伍员相阖闾以霸。夫差不道,流而杀之……人臣尽节以徇名，遭世主之不用。大夫种辅翼越王，为之深谋，卒擒强吴，据有东夷，终赐属镂而死。骄主背恩德，听流说，不计其功故也，岂身之罪哉。”这里已把越勾践、吴夫差放在同一水平上，也就是说，夫差和勾践同样是胜而骄、骄而背恩德的人。（按《盐铁论》此章借大夫与文学的辩论，说明重工商与重农两派经济思想之斗争。大夫引夫差勾践、伍子胥文种事，不过是说明重工商的功利主义者之必遭祸患乃因国君忘恩，非其身之罪，与经济思想之辩论实已没有关系。）

同是会稽人、生于东汉初年的王充，比他稍后的赵晔对越勾践有比较深刻的看法。《论衡·定贤》：“勾践欲雪会稽之耻，拊循其民，吊死问病而民喜；二者（按《论衡》此段文章以田成子与勾践并论，故云二者）皆自有所欲为于它而伪诱属其民，诚心不加而民亦悦。”此与《荀子·王霸》、《韩非子·备内》（二者皆已引用在前）的持论，十分相近，但《论衡》尤为明快。王充又说：“伍员、帛喜（伯嚭）俱事夫差，帛喜尊重，伍员诛死，此异操而同主也。”（《论衡·逢遇》）。又说：“世谓子胥伏剑，屈原自沉，子兰、宰嚭诬谗，吴、楚之君冤杀之也。偶二子命当绝，子兰、宰嚭适为谗，而怀王、夫差适信谗也。”（《论衡·偶会》）。这里的命定论思想，当然不足为训，但是，从反面可以看出，两汉人已经不像战国时代的学者和策士们那样把夫差作为一个昏庸残暴杀身亡国的典型人物来看待了。平心而论，杀身亡国是事实，昏庸残暴则不是事实。试举史实以证之：一、檇李战败，阖闾因伤而死，夫差新立，颇亦发愤图强，使人立寝门，在夫差出入时必呼曰：夫差，尔忘杀父之仇乎？以自警惕。这个方法，勾践自吴返国后也曾效法过。（见《国语·吴语》，《史记》因之。）

二、黄池之会，吴与晋争为盟主，相持不下，而夫差得谍报，勾践引兵袭吴都，太子友战败被俘。夫差立即杀谍报者七人，封锁了这个于己不利的消息。“昏，乃戒令秣马食士；夜中，乃令服兵擐甲，系马舌，出火灶，陈士卒百人以为彻行，百行。行头皆官帅拥（抱）铎拱（执）稽，建肥胡（幡），奉文犀之渠（楯）。十行一嬖大夫，建旌提鼓，挟经秉枹；十旌一将军，载常建鼓，挟经秉枹。为万人以为方阵，皆白旗素甲、白羽之矰，望之如荼。王亲秉钺，载白旗以中阵而立。左军亦如之，皆赤常、赤旟、丹甲，朱羽之矰，望之如火。右军亦如之，皆玄常、玄旗、黑甲、乌羽之矰，望之如墨。为带甲三万以势攻。鸡鸣乃定。既阵，去晋军一里，昧明，王乃秉枹亲就，鸣钟鼓；丁宁錞于，振铎。勇怯尽应，三军皆哗扣以振旅，其声动天地。晋军大骇不出，周军饬垒，乃令董褐（晋大夫）请事。（中略董褐之言与夫差恫吓之词。）董褐将还，王（夫差）称（呼）左畸（左部）曰：摄！少司马兹与王士五人坐于王前，乃皆进自刭（到）于客前，以酬客。”（以上皆引《国语·吴语》，司马迁据《吴语》而大加删节，《左传》记夫差杀谍报七人，而无夫差整饬军容、对晋加压力这番措施。）这样的应变之才，似非昏庸者所能。

三、《晏子春秋内篇·问下第四》的第十、第十一两章载晏子使吴，公事既毕，夫差对晏子说，“愿有私问焉”。晏子辞谢，夫差固请，晏子说，“敬受命矣”。吴王曰：“国如何则可处，如何则可去也？”晏子对曰：“婴闻之，亲疏得处其伦，大臣得尽其忠，民无怨治，国无虐刑，则可处矣；是以君子怀不逆之君，居治国之位。亲疏不得居其伦，大臣不得尽其忠，民多怨治，国有虐刑，则可去矣；是以君子不怀暴君之禄，不处乱国之位。”（以上第十章）夫差又问：“长保威强勿失之道若何？”晏子对曰：“先民而后身，先施而后诛；强不暴弱，贵不凌贱，富不傲贫；百姓并进，有司不侵，民和政平；不以威强退人之君，不以众强兼人之地；其用法为时禁暴，故世不逆其志；其用兵为众屏患，故民不疾其劳。此长保威强勿失之道也，失此者危矣。”吴王忿然作色不说。晏子曰：“寡君之事毕矣，婴无斧锧之罪，请辞而行。”遂不复见。又内篇杂下第六的第八章载：晏子使吴，（当与上所称使吴为同一事，吴王夫差因为久闻晏子是“辩于辞，习于礼”的，“命傧者曰：‘客见则称天子请见。’明日，晏子有事（请觐见吴夫差），行人曰：‘天子请见。’晏子蹴然。行人又曰：‘天子请见。’晏子蹴然。又曰：‘天子请见。’晏子蹴然者三，曰：“臣受命敝邑之君，将使于吴王之所，以不敏而迷惑，入于天子之朝，敢问吴王恶乎存？’然后吴王曰，‘夫差请见。’见之以诸侯之礼。”

《晏子春秋》这部书托名晏婴，大约是战国后期的作品。据刘向叙录，原来的篇章错乱重复，刘向整理成今所传本，分内外两篇，内篇六，均合经术，外篇二，一为“重而异者”，凡二十七章，一为“不合经术者”凡十八章；刘向以为外篇之“重而异者”还是可靠的资料，“不合经术者，似非晏子言，疑后世辩士所为，故亦不敢失，复以为一篇”，并认为内篇最重要。自然，我们不会赞同刘向的“合于经术”之说，但从刘向校书的慎重态度上，不能不信《晏子春秋》的史料价值。姑且不管此书究为晏子著作或杂以后人著作，或全属战国末年（即刘向所谓“后世”者）策士所作，《晏子春秋》所描写的吴夫差也不是昏庸之流，亦未见残暴。

四、《左传》哀公二十年记载：是年十一月，越围吴（这是黄池之会，越袭吴后的第一次战事，是越国侵入吴国。按夫差自黄池返国，“息民不戒”，但越国有灭吴的计划，七年后大兴师徒，与吴战于笠泽，吴兵大败，于是越兵围吴，两年乃克之）。晋国的赵襄子因为黄池之会与吴有约，祸福同之（黄池会上，是襄子的父亲简子在晋国执政，此时，简子新死），拟践约派兵救吴，然而事实上又不可能（晋、吴相距数千里），因此发愁。家臣楚隆献计道，“若使吴王知之，若何？”赵孟曰：“可乎？”隆曰；“请尝（试）之。”乃往。先造于越军曰：“吴犯间上国多矣，闻君亲讨焉，诸夏之人，莫不欣喜，唯恐君志之不从，请入视之。”许之。告于吴王曰：“寡君之老无恤，使陪臣隆，敢展谢其不共。黄池之役，君之先臣主父，得承齐盟，曰：好恶同之。今君在难，无恤不敢惮劳，非晋国之所能及也。使陪臣敢展布之。”王拜稽首曰：“寡人不佞，不能事越，以为大夫忧。拜命之辱。”与之一箪珠,使问(遣)赵孟。曰:“勾践将生忧寡人,寡人死之不得矣。”王曰:“溺人必笑。吾将有问也:史黯(晋人,曾云,不及四十年,吴当亡)何以得为君子?”对曰:“黯也进不见恶,退无谤言。”王曰:“宜哉!”这一个小插曲,把夫差当时的处境与心情描写得十分生动;从这时的夫差的言行看来,他不是个昏庸的人。

五、夫差被围一年后,请与越议和,勾践不许。《左传》、《国语》都记此事。《左传》哀公二十一年:“冬十一月,丁卯,越灭吴;请使吴王居甬东(越地);辞曰:‘孤老矣,焉能事君?’乃缢。”《国语·吴语》:“夫差行成曰:‘寡人之师徒不足以辱君矣,请以金玉子女赂君之辱。’勾践对曰:‘昔天以越与吴而吴不受,今天以吴予越,越可以无听天之命而听君之令乎?吾请达(迁)王甬句东,吾与君为二君乎?’夫差对曰:‘寡人礼先壹饭矣。君若不忘周室而为弊邑宸宇,亦寡人之愿也;君若曰:吾将残女社稷,灭女宗庙,寡人请死。余何面目以视于天下乎?”《史记》无夫差请和事,只说“越败吴,越王勾践欲迁吴王夫差于甬东,予百家居之。吴王曰‘孤老矣,不能事君王也。吾悔不用子胥之言,自令陷此!’遂自刭死”。

从这一段小插曲看来,夫差比较后代的一些亡国之君(荒淫昏庸的和昏庸而不荒淫的)似乎强得多了。

说越国“十年生聚,十年教训”就可以灭吴:这原是伍子胥谏夫差不听后的愤慨之言。越国君臣有没有订下这样的两个十年计划,史无明文。但越勾践从返国到最后灭吴,确实化了将近二十年的时间。(公元前四九二年返国,公元前四七三年夫差自杀,吴亡。)只是“十年生聚,十年教训”的具体内容如何呢?《左传》、《国语》、《战国策》都没有谈到。先秦诸子也没有。直到《史记》的《货殖列传》记载计然事迹然后有一鳞半爪的附带说明。《越绝书》抓住此点,大做文章,《计倪内经》第五可以说是专为“十年生聚”作注解的。然而细按《计倪内经》,则仍是空空洞洞一番老生常谈,即此可以证明《计倪内经》是凭空虚造,并未有什么原始材料作为依据。该篇载计倪在对策时还说了这样的话:“臣闻君自耕,夫人自织,此竭于庸力而不断时与智也。时断则循,智断则备,知此二者,形于体,万物之情,短长逆顺,可观而已。”这几句话,似通不通,我实在不得其解,《越绝书》这样的文句很多,弥见其作伪之迹。但据此可以推想:勾践自耕、夫人自织的传说,在东汉时代大概还在会稽民间流行。可是正像计倪所说,这不是发展生产的有效措施,这只是一种鼓励而已。西汉人的著作中也看不到“十年生聚”的具体材料。

“十年生聚”也还可以有另一解释。《国语·越语》上:勾践返国后,颁布了一套法令以奖励生育:“命壮者无取老妇,令老者无取壮妻;女子十七不嫁,其父母有罪,男子二十不取,其父母有罪;将免(分娩)者以告,公令医守之,生丈夫二壶酒、一犬,生女子二壶酒一豚;生三人,公与之母(乳母);生二人,公与之饩……”这些奖励生育(提倡早婚也包括在内)、积蓄人力的办法,自先秦以来,就被认为是“十年生聚”的注解;事实上,所谓“十年生聚”,其主要点亦不过如此而已。

但是,关于“十年教训”,先秦诸子就有不少的记载。现在先引证如下:

《墨子·兼爱中》第十五:“昔越王勾践好士之勇,教驯(训)其臣,和合之(毕沅以为此三字当作“私令人”,连下读)焚舟失火(据诸家考证,“舟”即《越绝书》越地传所谓“教舟师之地”的舟室,《御览》宫室部引墨子作“自焚其室”,盖因不知有“舟室”,故改“舟”为“其”,故此句应是“私令人焚其舟室”也),试其士曰:‘越国之宝尽在此。’越王亲自鼓其士而进之。士闻鼓音,破碎乱行(此言行列遂乱,争先救火),蹈火而死者,左右百人有余。越王击金而退之。”(同书兼爱下第十六,亦记此事,文字少有异同。)

《韩非子·内储说上》,七术,经三(赏誉),经三之“说”:“越王问于大夫种曰,‘吾欲伐吴,可乎?’对曰:‘可矣。吾赏厚而信,罚严而必。君欲知之,何不试焚宫室?’于是遂焚宫室,人莫救之。乃下令曰:人之救火者死,比死敌之赏;救火而不死者,比胜敌之赏;不救火者,比降北之罪。’人之涂其体,被濡衣而走火者,左三千人,右三千人。此知必胜之势也。”又曰:“越王虑(谋)伐吴,欲人之轻死也,出见怒鼃,乃为之式。从者:‘奚敬于此?’王曰,‘为其有气故也。’明年之请以头献王者岁十余人。由此观之,誉之足以杀人矣。”

经三之“说”,又举异闻曰:“越王勾践见怒鼃而式之。御者曰:‘何为式?’王曰:‘鼃有气如此,可无为式乎?’士人闻之曰‘鼃有气,王犹为式,况士人之有勇者乎?’是岁人有自刭死,以其头献者。”又云:“越王将覆吴而试其教。燔台而鼓之,使民赴火者,赏在火也。临江而鼓之,使人赴水者,赏在水也。临战而使人绝头刳腹而无顾心者,赏在兵也。又况据法而进贤,其助甚此矣。”

按《韩非子·内储说上》,所谓七术,一曰众端参观,二曰必罚明威,三曰信赏尽能,四曰一听责下,五曰疑诏诡使,六曰挟知而问,七曰倒言反事。第三的“赏誉”经文为“赏誉薄而谩(欺诳)者,下不用,赏誉厚而信者,下轻死”。这是概括地说明第三术“赏誉”的原则,然后举历史事实为例证,这就是“说”。同一历史事实而有异闻者,用“一曰”作区别而同记于篇中。关于勾践式怒鼃和试士能否卖命的故事,都记了异闻,可以想见韩非子是认真看待这些小故事的。

试士入水火的故事又见于《吕氏春秋·用民》:“民之用也有故。得其故,民无所不用。用民有纪有纲。壹引其纪,万目皆起;一引其纲,万目皆张。为民纪纲者何也?欲也恶也。何欲何恶?欲荣利,恶辱害。辱害所以为罚充也,荣利所以为赏实也。赏罚皆有充实,则民无不用矣。阖闾试其民于五湖,剑皆加于肩,地流血几不可止。勾践试其民于寝宫,民争入水火,死者千余矣,遽击金而却之。”

关于式怒蛙,又见《尹文子·大道上》:“越王勾践谋报吴,欲人之勇,路逢怒蛙而轼之。比及数年,民无长幼,临敌虽汤火不避。”(按《尹文子》,《汉书·艺文志》列为名家,刘向《说苑》记尹文与齐宣王问答,而《吕氏春秋》又载尹文与湣王问答,大概是宣王时人,至湣王时犹在。唐人引《尹文子》,多今本所无,《太平御览》、《群书治要》并多引此书。此处式怒蛙一条亦引见《北堂书钞》,文字略有异同。)

以上先秦诸子所记勾践教士的方法,汉人书中亦尝见之。如《淮南子·主术训》:“越王好勇而民皆处危争死。”王充《论衡·率性》:“且阖闾尝试其士于五湖之侧,皆加刃于肩,血流至地;勾践亦试其士于寝宫之庭,赴火死者,不可胜数。”(此与《吕氏春秋》文字小有异同。)

《淮南子·人间训》:“越王勾践一决狱不辜,援龙渊(疑即龙泉,剑名)而切其股,血流至足,以自罚也。而战必死。”此亦说明勾践教士的主要一条是信赏必罚,然而和前记其他诸条不同,此则谓勾践自己亦守法甚严,故能成为风尚,激厉(励)士气。

除上引而外,《越绝书》尚有以下两条,也都是关于激厉(励)士气的:一、“鸡山豕山者,勾践以畜鸡豕,将伐吴以食士也。”二、“独妇山者,勾践将伐吴,徙寡妇致独山上,以为死士示,得专一也。后说之者,盖勾践所以游军士也。”按《太平御览》四七引《吴越春秋》曰:“独女山者,诸寡妇女淫佚犯过,皆输此山上。越王将伐吴,其士有忧思者,令游此山,以喜其意。”查今本《吴越春秋》无此条,而《越绝书》独妇山一条的“后说之者”云云,显然和《吴越春秋》此条佚文的意义相同但隐约其词。《越绝书》作者大概觉得勾践此项激厉(励)士气的方法(如《吴越春秋》佚文所云),不太光彩,所以用“后说之者”含糊带过,而别为之释曰:“以为死士示,得专一也。”可是这句话也很费解(此类似可解似不可解的句子,《越绝书》很多)。好像是说:把寡妇妥为安置,就是给敢死队(死士)看,你们专心杀敌罢,你们的家眷也将得到很好的安置。这一些(鸡山、豕山、独妇山)不经之谈,也许流行于民间,但司马迁所不采。《国语》载勾践将伐吴,大军至于御儿(檇李),下令曰,独子从军者免军役;明日又下令,昆弟四五人都在军中者,应以一人归家;又明日令于军中曰,有眩瞀之疾者免军役;又明日又令于军中,筋力不足以胜甲兵、志行不足以听命者免军役。(按《吴越春秋》全抄《国语》此段,而文字略有删节和更改,此处不具引。)这是属于制度的,与先秦诸子所说的属于权术的那些做法,不能混为一谈。吴国阖闾用孙武练兵,以宫女作试验,严明纪律,数年之后,吴军威大振,《吕氏春秋·用民》及《论衡·率性》所谓“阖闾尝试其士于五湖之侧,皆加刃于肩,血流至地”,就是当时吴军士气的说明。先秦诸子许阖闾为一霸,与齐桓、晋文等并称。由此可知勾践“教士”之法(如就号令严明这方面而言)，吴国实先行之，而且也是卓著成效的。夫差报槜李之仇，一战而胜，使勾践仅能以甲士五千人栖于会稽，一面作困兽犹斗的姿态，一面乞和；其后，夫差千里远征，艾陵之战，给齐师以重创。由此可见，吴人非不能战。问题在于如何用之，用于什么目的？同是不义之战，但在“彼善于此”的场合，却是能够取胜的。勾践的复仇之战在越人看来，是应该打、值得打的；但是，截江而与楚人争泗上之地，在越人看来就是不应该与不值得。勾践灭吴之后不能与楚争，其原因不仅在“豪士死，锐卒尽，大甲伤”也。

总而言之，如果我们认为先秦诸子(还有少数两汉人的著作)都是没有可能反映当时的现实(因为他们中间没有一个是像我们今天所说的唯物主义者，当然也没有我们今天所要求的唯物历史观)，那就无话可说，那就是不要历史了；如果不能这样“左”，还承认它们不仅反映了当时社会各阶层的意识形态，也反映了历史现实的大部分，那么，我们在论吴、越关系和对夫差、勾践的评价上，先秦诸子的著作还是重要的参考材料，——至少，我以为，比《吴越春秋》等东汉人的著作重要些。

以上，述先秦诸子及两汉学者对于吴夫差、越勾践的评价。特别可以引起我们注意的，是他们都没有说勾践如何行“仁政”，如何发展生产，而只是说他在权谋上比夫差高明而已。

四、先秦诸子、两汉学者对吴、越两方的文臣武将的评价

也算巧合罢，当时吴越两国的决策人物都是楚人。所不同者：为吴夫差决策的伍子胥和伯嚭都属于楚国统治集团中有地位的家族的一员，在楚国因受排挤，亡命到吴国；为越勾践决策的范蠡和文种却是或在楚国不得志(范蠡)或只作(做)个小官(文种)，自愿到越国来的。〔伍子胥的来历，大家都知道。至于伯嚭，他的祖先原为晋人，后仕于楚。据《左传》昭公二十七年，楚令尹子常听信费无极的谗言，杀左尹郤宛及其族党；又定公四年，楚杀郤宛，伯氏之族(郤党)亡命在外，伯州犁之孙嚭为吴太宰。故曰：伍子胥和伯嚭都是楚国有势力的家族，不见容于本国而亡命至吴国的。据《史记·越王勾践世家》张守节《正义》引《会稽典录》云：范蠡本楚、宛、三户人，佯狂倜傥负俗。文种为宛令，遣吏谒奉，吏谓范乃狂人。种笑曰：“吾闻士有贤俊之姿，必有佯狂之讥……”驾车而往。《正义》又引《吴越春秋》：“大夫种，姓文、名种、字子禽；荆平王时，为宛令，之三户之里，范蠡从犬窦，蹲而吠之。从吏恐文种惭，令人引衣而障之。文种曰：“无障也。吾闻犬之所吠者人，今吾到此，有圣人之气，行而求之，来至于此。且人身而犬吠者，谓我是人也。’乃下车拜。蠡不为礼。”查今本《吴越春秋》无此段记载。据此，则文种在楚曾为小官，而范蠡则不得志。〕

从《国语·越语》看来，范蠡是勾践人臣于吴及其后复仇灭吴的主要决策人。

《越语》载勾践问计于范蠡共五次，第一次在返国后第一年，第二次在返国后第四年，第三次在返国后第五年，第四次在返国后第六年，第五次在返国后第七年；这第五次，范蠡认为伐吴时机成熟。但是照《吴越春秋》看来则主要决策人是文种。勾践返国后在重大问题上多取决于文种。《史记》使范蠡、文种平分秋色，但灭吴后勾践赐文种剑曰："子教寡人伐吴七术，寡人用其三而败吴。其四在子，子为我从先王试之。"于是文种即自杀。照此看来，似乎主要决策又出于文种。按《吴越春秋》亦谓文种献破吴九术；人同是一人，而术有七、九之别。但是司马迁在《货殖列传》中称计然（《吴越春秋》作计倪，《越绝书》同）亦曾为勾践决策。（裴骃《集解》谓计然尝南游于越，范蠡师事之。）《史记》载："越王勾践困于会稽之上，乃用范蠡计然。（中略'计然曰'一小段关于发展生产的议论。）修之十年，国富，厚赂战士，士赴矢石，如渴得饮，遂报强吴，观兵中国，称号五霸。范蠡既雪会稽之耻，乃喟然而叹曰：'计然之策七，越用其五而得意，既已施于国，吾欲用之家。'乃乘扁舟浮于江湖。"那么，七策的"版权"又属于计然了。《越绝书》本《贷殖列传》计然曰数语而敷衍成为《计倪内经》，内容芜杂，可是也把他作为勾践身边的重要决策人。

《吴越春秋·勾践阴谋外传》称：越王返国五年，未闻敢死之友。或谓诸大夫爱其身、惜其躯者。乃登渐台，望观其群臣有忧色与否？相国范蠡、大夫种、句（皋）如之属，俨然列坐，虽怀忧患，不形颜色。越王即鸣钟惊檄而召群臣，与之盟曰："寡人获辱受耻，上愧周王，下惭晋楚，幸蒙诸大夫之策，得返国修政，富民养士，而五年未闻敢死之士，雪仇之臣，奈何而有功乎？"群臣默然莫对……计倪年少官卑，列坐于后，乃举手而趋，蹈席而前进曰："谬哉君王之言也。非大夫易见而难使，君王之不能使也。"越王曰："何谓？"计倪曰："夫官位财币金赏者，君之所轻也；操锋履刃、艾命投死者，士之所重也。今王易（吝）财之所轻而责士之所重，何其殆哉！"于是越王默然不悦，面有愧色，即释群臣。进计倪而问曰："孤之所得士心者何等？"计倪对曰："夫君人尊其仁义者治之门也，士民者君之根也。开门固根，莫如正身。正身之道，谨左右；左右者，君之所以盛衰者也。愿王明选左右，得贤而已。"……王曰："吾以谋士效实，人尽其智，而士有未尽进辞，有益寡人也。"计倪曰："范蠡明而知内，文种远以见外，愿王请大夫种与深议，则霸王之术在矣。"于是越王请大夫种与议国事，大夫种献破吴九术。

这一段材料，称计倪"年少官卑"，与《史记·集解》称"范蠡师事之"完全相反。按《越绝书·外传计倪第十一》也说"计倪年少官卑，其居在后"，他与勾践问答之辞，大致与《吴越春秋》同而芜杂过之，但无计倪请专任文种之说。是则《越绝书》外传之计倪与同书《计倪内经》之计倪又自相矛盾。正如《吴越春秋·勾践阴谋外传》称"计倪年少官卑"，而《勾践入臣外传》则又说计倪时（即勾践入臣于吴之时）已为太史,此亦自相矛盾。又《吴越春秋·勾践阴谋外传》说勾践返国五年尚未专任文种,直到计倪推荐,方问文种何策破吴,这也与先秦诸书所载矛盾,而且也不合情理。

以上各端,都证明了《吴越春秋》、《越绝书》两书所载有关文种、范蠡的事情,前后自相矛盾,不合情理,故不能视为可信的资料。

据《国语》、《左传》及先秦诸子,则勾践手下的决策人乃是范蠡、文种,而无计倪(或计然)。但是,在栖于会稽以前,勾践尚未认识范蠡、文种是真有本领的人,还不大听他们的话,直到困于会稽,始悔而召文种问如何应付当前的危机(见《国语·越语》越王勾践栖于会稽章,《史记》也有同样的记载),专任种、蠡,自此始。所以司马迁说:"勾践困彼,乃用种、蠡。"但是,文种、范蠡二人谁的作用更大?"史有阙文",这笔账就难以算了。

有人把范蠡作为"军师"样的人物,专管治兵,而把文种作为"相国"(《吴越春秋·勾践阴谋外传》已直称范蠡为相国,其实,"相国"的官职,当时还没有),专管内政(包括经济),也办外交(对付吴国的需索)。这样地让两人分工,其根据大概是《史记》:"欲使范蠡治国政,蠡对曰:'兵甲之事,种不如蠡;镇抚国家,亲附百姓,蠡不如种。'于是举国政属大夫种,而使范蠡与大夫柘稽行成为质于吴。二岁而吴归蠡。"(按《史记》此处既言越王勾践返国后与范蠡谋治国,而又言"使范蠡与大夫柘稽行成为质于吴",事实颠倒,显有错简。)然观《汉书·艺文志》著录《范蠡二篇,大夫种三篇》,同称为权谋家(详见上章),则范蠡、文种二人所学与所用大致相同,而计然(计倪)则是专于经济方面的。

据此而论,我们不妨作初步的论断:勾践手下的主要决策人是范蠡、文种,都是楚人;在经济方面给勾践出主意的,是计然(计倪),他的先辈却是晋国的亡公子(此据《史记·集解》),计然曾游于越。

此外,辅佐越勾践的,还有逄同。(按《韩非子·说疑》与《史记》皆作"逄同",而《吴越春秋》作"扶同"。)

《韩非子·说疑》:"若夫后稷、皋陶、伊尹、周公旦、太公望、管仲、隰朋、百里奚、蹇叔、舅犯、赵衰、范蠡、大夫种、逄同、华登,此十五人者为其臣也,皆夙兴夜寐,卑身贱体,竦心白意,明刑辟,治官职以事其君,进善言、通道法而不敢矜其善,有成功立事而不敢伐其劳……此谓霸王之佐也。"这是把逄同看得极高的。但《左传》绝少记载逄同的事迹,《国语》亦然。

据《吴越春秋·勾践入臣外传第七》:越王勾践五年五月与大夫种、范蠡入臣于吴,群臣皆送至浙江之上……大夫种前为祝……越王曰:"孤承前王余德,守国于边,幸蒙诸大夫之谋,遂保前王丘墓。今遭辱耻,为天下笑,将孤之罪耶,诸大夫之责也?吾不知其咎,愿二三子论其意。"大夫扶同曰:"何言之鄙也……昔汤系于夏台,伊尹不离其侧，文王囚于石室，太公不弃其国；兴衰在天，存亡系于人。”

又同书《勾践归国外传第九》记载：越王返国后，九年正月，召五大夫而告之曰：“昔者越国遁弃宗庙、身为穷虏，耻闻天下，辱流诸侯。今寡人念吴、犹躃者不忘走，盲者不忘视。孤未知策谋，惟大夫诲之。”扶同曰：“昔者亡国流民，天下莫不闻知，今欲有计，不宜前露其辞；臣闻击鸟之动，故前俯伏，猛兽将击，必饵毛帖伏，鸷鸟将搏，必卑飞戢翼，圣人将动，必顺辞和众。圣人之谋，不可见其象，不可知其情，临事而伐，故前无剽过之兵，后无伏袭之患。今大王临敌破吴，宜损少辞，无令泄也。臣闻吴王兵强于齐晋而怨结于楚，大王宜亲于齐，深结于晋，阴固于楚，而厚事于吴。夫吴之志猛骄而自矜，必轻诸侯而凌邻国，三国决权，还为敌国，必角势交争；越承其弊，因而伐之，可克也。虽五帝之兵，无以过此。”（以上逢同一段话亦见《史记》，但作“勾践自会稽归七年，附循其士民，欲用以报吴。大夫逢同谏曰”云云，而无召五大夫询问之事。）

又同书《伐吴外传》：越王请八大夫问战。扶同曰：“广恩知分则可战。广恩以博施，知分而不外。”越王曰：“神哉！”

据以上所引，似乎扶同（逢同）在越国地位很高，越王召集群臣商量大计，总是他第一个发言。《伐吴外传》又载勾践灭吴后，范蠡扁舟入五湖，自是计倪佯狂，大夫曳庸、扶同、皋如之徒，日益疏远，不亲于朝。扶同的事迹，交代直到最后。然而统观前后，《吴越春秋》记载逢同只有三次答问，别无其他事迹，大概是赵晔从《韩非子》和《史记》那段话得了“启发”，凭空捏造，给他一个很高的地位。当时越国大概有这么一个老臣，但作用不大，韩非子的话可能有夸张。

又据《越绝书·请籴内传》：勾践灭吴，夫差自杀后，勾践杀太宰嚭、逢同与其妻子。这是吴国也有个逢同。《请籴内传》又载：这个逢同曾经帮同太宰嚭谮杀伍子胥。而《越绝书》在另一处（德序外传）说：吴王将杀子胥，使冯同征（侦）之云云，疑此一冯同即伯嚭的朋友逢同，可是前者说逢同为伯嚭定计谮子胥，后者又说吴王将杀子胥而使冯同侦之，前后矛盾。这也是作伪者常有的漏洞。

苦成：据《国语·吴语》，越王召五大夫而问伐吴之事，“苦成对曰：‘审罚则可以战乎？’王曰：‘猛。’”这一点线索，在《吴越春秋》就“发展”成为《勾践入臣外传》、《归国外传》、《伐吴外传》的关于苦成的三段话。

《勾贱入臣外传》说勾践将去国，入臣于吴，情绪低沉，于是送行的越国大臣都用话来勉励宽慰他。大夫苦成这样说：“不如君王之言。天有历数，德有薄厚，黄帝不让，尧传天子，三王、臣弑其君，五霸、子弑其父。德有广狭，气有高下。今之世，犹人之市，置货以设诈，抱谋以待敌。不幸陷厄，求伸而已。大王不览于斯，而怀喜怒。”《伐吴外传》载苦成对答勾践的咨询，全抄《国语》而文字上小有改动。《归国外传》

说越王勾践九年正月，召五大夫问计，在范蠡发言后，苦成曰："夫水能浮草木亦能沉之，地能生万物亦能杀之，江海能下溪谷亦能朝之，圣人能从众亦能使之。今吴承阖闾之军制、子胥之典教，政平未亏，战胜未败。大夫嚭者，狂佞之人，达于策虑，轻于朝事；子胥力于战伐，死于谏讥。二人权必有坏败。愿王虚心自匿，无示谋计，则吴可灭矣。"

"苦成"究竟是姓是名？考《国语·周语》（下三）："柯陵之会，单襄公见晋厉公视远步高；晋卿锜（郤锜）见单子，其语犯；郤犨见，其语迂。"韦昭注曰："郤犨、晋卿，郤锜之族父，步扬之子，苦成叔也。"又《国语·鲁语》："子叔声伯如晋谢季文子，郤犨欲与之邑，弗受也。归。鲍国谓之曰：'子何辞苦成叔之邑？欲信让邪，抑知其不可乎？'对曰：'吾闻之，不厚共栋，不能任重；重莫如国，栋莫如德。夫苦成叔家欲任两国而无大德，其不存也，亡无日矣。'"（按此事亦见《左传》成公十六年）。《左传》成公十七年，记厉公使嬖臣胥童等杀三郤，"壬午，胥童、夷羊五帅甲八百，将攻郤氏。长鱼矫请无用众。公使清沸魋助之。抽戈结衽，而伪讼者。三郤将谋于榭。矫以戈杀驹伯（郤锜）、苦成叔（郤犨）于其位。温季（郤至）曰：'逃威也。'遂趋。矫及诸其车，以戈杀之。"（按《国语·晋语》亦记此事，有小不同，兹从略。）又《国语·晋语》十二记载：赵文子冠，以次拜见栾武子、中行宣子、范文子、郤驹伯（锜）、韩献子、知武子、苦成叔子（郤仇）、温季子（郤至）。最后，赵文子见张老，并且把自己拜会栾武子等人的时候他们对他说的话都告诉了张老。张老批评三郤说的话是"亡人之言也，何称述焉！"此外，《国语·晋语》记及三郤事，多有称郤犨为苦成叔者。

按《潜夫论》（东汉·王符）第三十五《志氏姓》云："晋之公族郤氏，又班为吕。郤芮又从邑氏为冀。后有吕（郤）锜，号驹伯。郤犨食采于苦，号苦成叔。郤至食采于温，号温季。各以为氏。郤氏之班有州氏、祁氏……凡郤氏之班，有冀氏、吕氏、苦成氏、温氏、伯氏。"此以"苦成"为氏。但郤犨之称苦成，疑亦似郤至之称温季，郤锜之称驹伯，非必如王符所谓以采邑得氏也。又按《左传》隐公八年："无骇卒，羽父请谥与族。公问族于众仲。众仲对曰：'天子建德，因生以赐姓，胙之土而命之氏；诸侯以字为谥，因以为族；官有世功，则有官族。邑亦如之。'公命以字为展氏。"因为诸侯之臣可以其祖父之字为氏，无骇是公子展之孙，所以隐公就命为"展"氏。照这样看来，郤犨的后代可以称"苦成"氏。因而不妨推想：越国的苦成，也许是晋公族郤犨之孙，避难逃到越国的。至于这个苦成所司何职，《吴越春秋·入臣外传》："越王曰：'吾将逝矣，愿（闻）诸君之风。'……大夫苦成曰：'发君之令，明君之德，穷与俱厄，进与俱霸；统烦理乱，使民知分：臣之事也。'"这段话，好像是从《国语》那句"审罚则可以战"引申出来的。

曳庸（《国语》作舌庸、《吴越春秋》作曳庸、他书或作泄、渫、泄，《左传》作"后"，乃"舌"字之讹):《国语·吴语》:"于是越王勾践乃命范蠡、舌庸率师沿海沂淮以绝吴路,败王子友于姑熊夷……"按《国语》此处谓越兵"沿海沂淮以绝吴路",未免夸张;《左传》哀公十三年载"越子伐吴,为二隧(道);畴无余、讴阳自南方,先及郊……"《史记》则谓越王"乃发习流二千人,教士四万人,君子六千人,诸御千人伐吴。"《左传》、《史记》都没有提到曳庸。

又《国语·吴语》:越王勾践召五大夫询以可否伐吴。"舌庸对曰:'审赏则可以战乎?'王曰:'圣。'"此数语,在《吴越春秋·伐吴外传》则为:"冬十月,越王乃请八大夫问战。(按此称八大夫,实际上发言者只有七人,余一人亦未提到名氏。疑八字有误。)曳庸曰:'审赏则可战也。审其赏,明其信,无功不及,有功必加,则士卒不怠。'"又《勾践入臣外传》:勾践临别询群臣以职守时,大夫曳庸曰:"奉令受使,结和诸侯;通命达旨,赂往遗来;解忧释患,使无所疑,出不忘命,入不被尤:臣之事也。"这与同传诸大夫的对答一样,恐是赵晔的"创作";据《国语》,则舌庸所掌,非行人之职。

皋如(《国语》作皋如,《吴越春秋》作句如):据《国语》,越王召五大夫问可否伐吴时,皋如对曰:"审声则可以战乎?"王曰:"可矣。"《吴越春秋》亦将此二语演绎为"审声则可战;审于声以别清浊,清浊者谓吾国君名闻于周室,令诸侯不怨于外"。按《国语》原句"审声则可战",本来意义含混,《吴越春秋》却把它解释为判断越国在当时列国中的声望如何。皋如这番话说在大夫皓(或皓进)之后,大夫皓是主张立即攻吴的。《吴越春秋·勾践入臣外传》说皋如的职守是:"修德行惠,抚惠百姓,身临忧劳,动辄躬亲。吊死问疾,救活民命。蓄陈储新,食不二味;国富民实,为君养器。"

皓(或浩,或皓进):查《国语》无大夫浩(或皓进)其人,《越绝书》亦无之。《吴越春秋》则两见。据《勾践入臣外传》:勾践将去国入吴,询诸大夫时,在曳庸发言之后,大夫皓进曰:"一心齐志,上与等之;下不违令,动从君命;修德履义,守信温故;临非决疑,君误臣谏;直心不挠,举过列平;不阿亲戚,不私子外;推身致君,终始一分;臣之事也。"又据《勾践归国外传》:大夫浩曰:"今吴君骄臣奢,民饱军勇,外有侵境之敌,内有争臣之震,其可攻也。"此处的大夫浩与上文之大夫皓进如为一人,则上文"大夫皓进曰"之"进"字应作动词。又此处"君骄臣奢"之下接"民饱军勇",而最后结以"其可攻也",于逻辑不合。疑"饱"字、"勇"字有误(以上引文皆据四部丛刊景印明弘治邝璠刻本)。

诸稽郢(柘郢):《国语·吴语》第十九:"吴王夫差起师伐越,越王勾践起师逆之江,大夫种乃献谋曰……'王不如设戎约辞行成,以喜其民,以广侈吴王之心'……越王许诺,乃命诸稽郢行成于吴……"此处虽未明言越国战败,越王栖于会稽然后请成,但通观此章叙述事实,可信此所谓"乃命诸稽郢行成于吴",即在栖于会稽之时。

然而《国语·越语》上第二十,却又称:“越王勾践栖于会稽之上,乃号令于三军曰:‘凡我父兄昆弟及国子姓,有能助寡人谋而退吴者,吾与之共知越国之政。’大夫种进对曰:‘……今君王既栖于会稽之上,然后乃求谋臣,无乃后乎?’勾践曰:‘苟得闻子大夫之言,何后之有?’执其手而与之谋,遂使之行成于吴。”同一书自相矛盾。又考《史记》,诸稽郢作“柘稽”,而把勾践派遣柘稽一事放在吴王已许越成之后;据《史记》则栖于会稽时派出求和的使者是文种,而在夫差许和之后,派往吴国为质的却是范蠡和柘稽。《史记》称,勾践听从范蠡的话,“于是举国政属大夫种,而使范蠡与大夫柘稽行成为质于吴。二岁而吴归蠡”。不言归柘稽。《史记》也常常前后矛盾,《吴越春秋·勾践入臣外传》在大夫皓发言之后,大夫诸稽郢说:“望敌设阵,飞矢扬兵;履腹涉尸,血流滂滂,贪进不退,二师相当;破敌攻众,威凌百邦;臣之事也。”这是把他作为一员武将的。

以上越国的文臣武将有名可考者共九人,除大夫皓仅见于《吴越春秋》,又范蠡、文种、计然三人事迹较多,余五人或见于先秦古籍,或见于《史记》,但事迹均甚少。我们姑且相信他们都是实有其人罢!《吴越春秋》所记他们的对答之词,我看都是赵晔在做文章,未可据以为证。但《左传》、《国语》乃至《史记》也都没有记载他们在复仇灭吴问题(上)有什么意见分歧,换言之,即在现今我们所掌握的可以认为可信(在没有更可信的史料被发现以前)的资料中,还不能断定:由于越国的阶级、阶层的存在,必然会有内部矛盾,——而且像有些人们所想像,一定有投降派,有右倾保守分子等等。至于文字史料所没有的东西,我们能不能凭推论而作艺术上的“虚构”,或者,文字史料未明显突出的东西我们能不能(该不该)加以夸张而突出之,——这是值得讨论的问题,但这是另外一个问题,我希望留在下面再谈。这里,只是就史料论史,凡是找不出证据的东西,我们最好暂时不作大胆的猜想。(据《左传》,越国的武将尚有:在槜李之战、戈伤吴王阖闾将指的灵姑浮;在越勾践乘吴夫差带精兵北上与齐晋等国会于黄池而发兵偷袭吴国时南路的带兵官畴无余、讴阳,——二人在此战役中被吴军所俘。此三人均仅一见,再无下文。其实,扶同、曳庸等,也不是同样仅仅一见即无下文么?不知赵晔根据什么——也许有民间传说在内——偏偏挑中了扶同、曳庸、诸稽郢等人大做文章。)

《韩非子·说疑篇》曾经列举古来亡国之佞臣十二人,其中有“越种干、吴王孙頟”。我还查不出此所谓“种干”者为何等样的人,但可以想像:他既和王孙頟(按即王孙雒或作王孙骆)同列,大概也是勾践时代的人。但韩非子说此十二人者,“思小利而忘法义,进则蔽贤良以阴闇其主,退则挠乱百官而为祸难”,并且说“有臣如此者,皆身死国亡,为天下笑”。照此看来,又不像是勾践时代的人。可能这个“越”字不是国名,但从此处所举十二人皆冠以国名而言,“越”又不能不是国名。凡此种种,只好存疑。

至于吴夫差的文臣武将，见于前人著作者，实在不少。例如见于《左传》者，就有叔孙辄、公山不狃（皆鲁臣，逃亡到吴国，后来又被夫差派遣倾兵伐鲁，——事见定公十二年与哀公八年），徐承（夫差第一次攻齐时率领吴国水师者，事见哀公十年），胥门巢、王子姑曹、展如（艾陵会战时，胥门巢将吴上军，王子姑曹将下军，展如将右军，事见哀公十一年），王子地、王孙弥庸（夫差北上会诸侯于黄池时与太子友留守之将，事见哀公十三年），申叔仪（大夫，乞粮于鲁大夫公孙有山者，"呼庚癸"已成典故，事见哀公十三年），泄庸（吴国也有泄庸，见哀公二年传）；见于《国语》者有勇毅（韦昭注，吴大夫，黄池会后奉夫差之命与王孙骆帅（率）徒师先返），王孙苟（黄池会后奉夫差命告劳于周），华登（越王栖于会稽时，大夫种献谋，谓"申胥、华登简服吴国之甲兵，而未尝有所挫也"。韦昭注谓华登，宋司马华费遂之子，华氏作乱而败，华登奔吴为大夫）。但就对越国的关系而言，《左传》等书提到的，不过伍子胥、太宰嚭、王孙雒等数人。我们且先看看先秦诸子（还有两汉学者）对他们的评价如何。

先说伍子胥。据《左传》哀公元年载："吴之入楚也，使召陈怀公。怀公朝国人而问焉，曰：'欲与楚者右，欲与吴者左。'陈人从田，无田从党。逢滑当公而进，曰：'臣闻国之兴也以福，其亡也以祸。今吴未有福，楚未有祸，楚未可弃，吴未可从。而晋，盟主也，若以晋辞吴若何？'公曰：'国胜君亡，非祸而何？'对曰：'国之有是多矣，何必不复？小国犹复，况大国乎？臣闻国之兴也，视民如伤，是其福也；其亡也，以民为土芥，是其祸也。楚虽无德，亦不艾杀其民；吴日敝于兵，暴骨如莽，而未见德焉，天其或者正训楚也，祸之适吴，其何日之有？'陈侯从之。"这一段记载，说明了吴用伍子胥而大胜楚国的时候，一个小国（陈）的一个有远见的大夫对于伍子胥将为吴福抑将为吴祸的看法。那时候，吴兵入郢，楚王狼狈避难，伍子胥的威望正达顶点，然而逢滑却有相反的看法，不能不说是难能可贵的。

但是，后来，越既治吴，先秦诸子对伍子胥的评价却一直很高。从《墨子》到《吕氏春秋》，包括儒、墨、法、道各派，都异口同声赞许伍子胥的"忠于其君"，并为他的冤死大抱不平。《墨子·所染篇》把伍子胥和管仲，鲍叔、舅犯、孙叔敖等人并称。（《吕氏春秋》的《当染》与《尊师》亦持同样论调。）《韩非子》难三说："夫差智太宰嚭而愚子胥，故灭于越"；难四又说："吴王诛子胥而越勾践成霸。"这是把伍子胥的作用夸大过当，韩非子有借他人酒杯浇自己块垒的用意。至于战国的游说之士一股劲儿称赞子胥忠于其君，当然也有其个人目的，例如《战国策·秦策》张仪又恶陈轸于秦王章，陈轸自辩，引史事，"子胥忠乎其君，天下欲以为臣"。同策，范雎至秦初说秦王，也把伍子胥宣传一番以抬高自己："伍子胥橐载而出昭关，夜行而昼伏，至于菱夫,无以饵其口,坐行蒲服,乞食于吴市,卒兴吴国,阖闾为霸。使臣(按范雎自称)得进谋如伍子胥,加之以幽囚不复见,是臣说之行也,臣何忧乎?”

庄子的虚无主义思想使他不会像墨子和韩非子那样评价伍子胥,然而庄子也不能不许伍子胥为忠。《庄子·外物篇》说:“人主莫不欲其臣之忠,而忠未必信;故伍员流于江。”《盗跖篇》一则曰,“世之所谓忠臣者莫若王子比干、伍子胥,子胥沉江,比干剖心”;再则曰:“比干剖心,子胥抉眼,忠之祸也。”

《荀子》一书也经常提到伍子胥,例如:《君子篇》称“吴有伍子胥而不能用,国至于亡”,《成相篇》称“世之祸,恶贤士,子胥见杀百里徙”,《大略篇》称“比干、子胥忠而君不用”,《宥坐篇》又称“女以忠者为必用邪,关龙逢不见刑乎? 女以谏者为必用邪,吴子胥不磔姑苏东门外乎?”这都是一方面把吴国之灭亡归因于伍子胥之不见信用,而另一方面却以伍子胥作为忠臣的典范,再三地强调地怜悯子胥忠而见杀。但是《臣道篇》既说“比干、子胥,可谓争矣”,却又批评“子胥之于夫差,可谓下忠矣”。荀子分析了臣道,认为应当“从道不从君”,故许子胥得臣道,但又解释忠有几等,而谓“以是谏非而怒之”者为“下忠”。

孟子说得更干脆:“君之视臣如手足,则臣视君如腹心;君之视臣如犬马,则臣视君如国人;君之视臣如土芥,则臣视君如寇仇。”(见《离娄下》)“齐宣王问卿。孟子曰:‘王何卿之问也? 王曰:‘卿不同乎?’曰:‘不同。有贵戚之卿,有异姓之卿。’王曰:‘请问贵戚之卿。’曰:‘君有大过则谏。反复之而不听,则易位。’王勃然变乎色。曰:‘王勿异也。王问臣,臣不敢不以正对。’王色定,然后请问异姓之卿。曰:‘君有过则谏;反复之而不听,则去。’”(见《万章下》)孟子这段话可与荀子的论点互相补充。伍子胥之于吴夫差,只能说是“异姓之卿”,反复进谏而不听,可以去矣;然而伍子胥不去,终于见杀。所以先秦诸子或则寄以全部的同情,或者怜悯他的遭遇而惋惜他的不智——不能去。

西汉儒者如扬雄,也承袭了孟、荀的见解;《法言·重黎》第十:“或问子胥、种蠡孰贤? 曰:胥也,俾吴作乱,破楚入郢,鞭尸借馆(按:鞭尸事不见于《左传》、《国语》,首见于《史记》,但扬雄亦既言之,可见此说流传颇广,《吕氏春秋·首时》篇谓鞭荆王之坟三百,《史记·楚世家》及《季布传》均云鞭墓,独《伍子胥列传》与《吴世家》谓是鞭尸,史公亦常自相矛盾如此),皆不由德;谋越谏齐不式(用),不能去,卒眼之。种、蠡不强谏而山栖,俾其君讪社稷之灵而童仆,又终弊吴,贤皆不足邵(美)也。至蠡策种而遁,肥(善)矣哉!”(扬雄作《法言》,硬学《论语》的笔调,看这一段文字,实在可笑。)

司马迁为伍子胥立专传(但是他没有为管仲立专传),也有点借他人酒杯浇自己块垒的意味;可是《伍子胥列传》也只叙述伍子胥怎样替公子光(即后来的吴王阖间)谋杀王僚、夺取王位,以及报私仇伐楚(然而最后还是败走)等等,——这是伍子胥被阖闾信任时期所做下的"大事",后来,就是屡谏夫差不听,终于被赐死的悲剧下场。《伍子胥列传》中看不到伍子胥有怎样的富国强兵的谋略。司马迁评价伍子胥的话也相当有分寸,他慨叹"怨毒之于人,甚矣哉",只赞许伍子胥能"弃小义雪大耻,名垂于后世";把这些评语和《管晏列传》的"太史公曰……管仲世所谓贤臣"云云相比较,可见司马迁眼中的伍子胥并不是可与管仲并列的有本领的人。

把伍子胥描写成一个生有远见、死有余威的英雄人物,始于《吴越春秋》。其实这也不是什么独特的见解,《韩非子》早已说过"吴王诛子胥而越勾践成霸",不过赵晔又采取了一些民间传说,渲染得有声有色而已。可是同属越人而且时代相近的王充就曾表示怀疑;《论衡·书虚篇》载传书曰:"吴王夫差杀伍子胥,煮之于镬,乃以鸱夷橐投之于江;子胥恚恨,驱水为涛,以溺杀人。今时会稽丹徒大江,钱唐浙江,皆立子胥之庙,盖欲慰其恨心,止其猛涛也。夫言吴王杀子胥,投之于江,实也;言其恨恚驱水为涛者,虚也。屈原怀恨,自投湘江,湘江不为涛;申徒狄蹈河而死,河水不为涛……人若恨恚也,仇雠未死,子孙遗在可也;今吴国已灭,夫差无类,吴为会稽立置太守,子胥之神,复何怨苦?为涛不止,欲何索求?……怨恚吴王,发怒越江,违失道理,无神之验也。"另一个越人谢承却说得更妙:"吴郡王闳渡钱唐江,遭风,船欲覆;闳拔剑斫水骂伍子胥,水息得济。"(见《艺文类聚》卷八江水条引谢承《后汉书》,据影宋本。)王充驳斥了那些传说之无稽,同时讥讽伍子胥只是一味愤愤作涛,不辨敌我,贻祸平民;谢承却用另一传说描写伍子胥还是欺软怕硬的。如果照迷信的说法,伍子胥死而有知,其憎恨的对象应当是吴王夫差,而不是越国的人民,为什么要兴风作浪,使越国人民世世代代受害呢?此种迷信的传说显然同人民的愿望相违背,此种迷信的传说显然不是人民的创作。然而仍然流传于民间,这就因为当时人民不觉悟,政治水平低,受了蒙蔽罢了。照这样看来,《吴越春秋》收罗了大量的这些所谓民间传说,正表明了赵晔的立场、观点不但比他的前辈同乡王充差得多,也比他的后辈同乡谢承差得多。

先秦诸子在赞扬伍子胥的时候,一定把伯嚭作为对立面,而且把吴国灭亡的责任放在伯嚭身上。《墨子·所染》把太宰嚭、王孙雒和另外十个陷其君于死亡的历史人物列为一类,《韩非子·难三》说"夫差智太宰嚭而愚子胥,故灭于越"。这些论断,我想不但夫差不服,伯嚭也不服。夫差和伯嚭当然都犯了极大的错误,而伯嚭还有贪小便宜的大缺点,但是,他们与伍子胥的分歧(灭越或存越)都不是吴国覆亡的根本原因。《左传》、《国语》、《史记》乃至先秦诸子都没有记载伍子胥曾经从当时的列国形势,吴国本身的有利条件与不利条件等等出发,分析吴国不可北向与齐、晋争霸，而只是眼光浅短地说勾践有复仇之志，不先灭越，吴必覆亡，这当然不能对抗伯嚭的“存越以收诸侯之心”的主张，当然不能说服吴夫差。存越与灭越各有利弊，而在当时吴夫差的争霸中原（矛头先对着齐国）的方针指导之下，存越以争取一些小国的归附，实为得计；这一点，我在本文第三章已经从历史事实加以论证，这里不再多说了。假定吴先灭越（在当时吴的兵力是可以一举而灭越的），而后北向争霸，从当时吴国的实力（经济的与军事的）以及战线之长、后勤工作十分困难等等条件看来，最后还是要失败；那时收渔翁之利者虽不是世仇的越，但将是世仇的楚国。越勾践灭吴以后，称为当时四强之一（墨翟正碰着这个时代，所以他的书屡以齐、晋、荆、越并称），但当越国最强盛时已不得不把旧属于吴国的江淮之地让给楚国，其后不数世，还不是连越国本部也被楚国并吞了。先秦诸子虽然以伍子胥比管仲，但伍子胥何能望管仲于万一？伍子胥对于发展吴国的经济力量、提高吴国人民的生活有何计划？没有。伍子胥只是一心要借吴国的兵力为自己报私仇，不惜因此残害吴、楚两国的人民！攻楚虽胜，伍子胥的私仇是报了，可是吴国亦受很大损失，以致攻城虽克却不能据而有之。〔这不是说，我赞成春秋时代各国间的攻城掠（略）地之战，这里，我只是说，在当时的吴国统治集团看来，攻打楚国直至于郢，只是为伍子胥报私仇而已，吴阖闾并没得到实惠。〕伍子胥对于攻楚是竭力主张的，但在胜楚报私仇以后，他好像什么都不感兴趣了；他既没有为吴国的长治久安制定什么百年大计，也没有为吴国的争取与国、扩大影响，出过什么主意。这样的一个伍子胥在夫差看来，岂不是只忠于他自己而不忠于我夫差么？所以，夫差之疏子胥而亲伯嚭，是理所当然的。因为伯嚭给夫差出了许多主意，都是迎合了夫差的北向争霸的野心的。这些主意，在当时的条件下，不能不说是言之成理、持之有故的；但因大前提（争霸中原）错了，所以这些主意也都变成“失算”了；可是，在政治上与伯嚭完全对立的伍子胥也没有指出大前提（北向争霸）的错误，更没有向夫差建议：如果欲北向争霸中原，必须首先创造一些什么条件，而欲创造这些条件，应当采取什么措施。管仲辅佐桓公，就有一整套富国强兵的办法，伍子胥在吴国独揽大权，前后二十年（从阖闾即位到夫差战败越国，勾践入臣），可就是没有作出管仲在齐国所做的百分之一的贡献。这样一个伍子胥，似乎不能使吴夫差十分看重，又安能言听计从呢？

或许有人要说：看来吴夫差是个刚愎自用的人，伍子胥即使有百年大计，夫差也不能用。

夫差究竟是怎样的人，如就先秦诸子的议论看来，好像是个愚而自用的人（但先秦诸子只攻击他任用伯嚭这一点，并没举出其他具体的暴戾昏庸的事实）；但是，也有历史事实可以证明他不是愚而自用的人。《晏子春秋·内篇问下第四》的第十、十一两章（均已引见本文第三章，此处从略），又《内篇杂下第六》的第八章记载三个小故事(亦已引见本文第三章,此处从略),都对夫差有贬词,然而从这三个小故事中看不出夫差是愚而自用的人。《晏子春秋·外篇》中《重而异者第七》的第十七章载:“晏子使吴。吴王曰:‘寡人得寄僻陋蛮夷之乡,希见教君子之行,请私而无为罪。’晏子蹴然辟位。吴王曰:‘吾闻齐君,盖贼以僈、野以暴,吾子容焉,何甚也?’晏子遵循而对曰:‘臣闻之,微事不通、粗事不能者必劳,大事不得、小事不为者必贫,大者不能致人、小者不能至人之门者必困。此臣之所以仕也。如臣者,岂能以道食人者哉。’晏子出。王笑曰:‘嗟乎!今日吾讥晏子,犹倮(倮体)而訾(咎)高撅(揭衣)者也。’”这里最后的吴王曰云云,表见夫差颇有自知之明,未见其愚而自用。而且,这一个小故事和同书《内篇问下第四》的第十章的小故事,也都暗示着夫差对晏婴的顾盼招徕之意,这也说明了夫差时时打算把有本领的人收罗在自己身边。再把夫差在黄池之会的从容应付、度过危机的事实合起来看,夫差还不失为精明能干的人,因而他之任用伯嚭,和其他昏庸之主的偏信佞臣,不可一概而论。伯嚭也不是易牙、竖貂一类,虽然他的贪污大概是真的。

伯嚭的下落,《史记》、《吴越春秋》、《越绝书》都说夫差自杀后,勾践杀伯嚭;《韩非子·内储说下六微》中关于经二《利异》的说明有这样一段:“越王攻吴王,吴王谢而告服,越王欲许之。范蠡、大夫种曰:‘不可。昔天以越与吴,吴不受;今天反夫差,亦天祸也,以吴予越,再拜受之。不可许也。’太宰嚭遗大夫种书曰:‘狡兔尽则良犬烹,敌国灭则谋臣亡;大夫何不释吴而患越乎?’大夫种受书读之,太息而叹曰:‘杀之,越与吴同命。’”这里没有明言伯嚭的下落。《左传》哀公二十四年记“公如越,得太子适郢(与勾践的太子适郢相得),将妻公而多与之地。公孙有山使告于季孙。季孙惧,使因太宰嚭而纳赂焉,乃止。”照这段记载看来,则灭吴之后,伯嚭又在越国做官了;但《左传》错简讹夺亦多有之,他书既都说勾践杀伯嚭,《左传》孤证,未可遽信。

和伯嚭同被墨子认为祸首的,还有王孙雒(见上引《墨子·所染》,又见《吕氏春秋·当染》,但《吕氏春秋》作王孙雄)。这个人,不见于《左传》。《国语》两次提到他(也作王孙雄),第一次是在黄池会上,吴晋争先未决之时,得报越已袭吴,并俘太子友,夫差集群臣商量“无会而归,与会而先晋,孰利”的时候,王孙雄主张必须会盟,而且不能对晋让步,并且提出了一些具体措施(见《吴语》)。第二次在笠泽战役,吴军大败之后,夫差使王孙雄行成于越,与范蠡反复责难(见《越语》下)。《史记·越王勾践世家》也载此事,作公孙雄,盖袭《国语》,仅文字小有不同。从《国语》的记载看来,王孙雒并不是怎样奸佞之人,而且与太宰嚭也并无密切关系。《吴越春秋》也提到王孙雒(作王孙骆)在黄池会上的作用,显然是抄袭《国语》而删节甚多;又说黄池会后,夫差命王孙骆告劳于周,此与《国语》不合;《国语》记黄池会后,王孙骆与勇毅率领徒师先返，而奉命告劳于周的，则是王孙苟。《吴越春秋·夫差内传》又载：夫差既杀子胥，王孙骆闻之不朝，“王召而问曰：‘子何非寡人而不朝乎？’骆曰：‘臣恐耳。’曰：‘子以我杀子胥为重乎？’骆曰：‘大王气高，子胥位下，王诛之，臣命何异于子胥，臣是以恐也。’王曰：‘非听宰嚭以杀子胥，胥图寡人也。’骆曰：‘臣闻人君者必有敢谏之臣，在上位者必有敢言之交；夫子胥，先王之老臣也，不忠不信，不得为前王臣。’吴王中心悷然，悔杀子胥。岂非宰嚭之谗子胥？而欲杀之。骆曰：‘不可。王若杀嚭，此为二子胥也。’于是不诛。”这一段故事，倒说明王孙雒不是个坏人。（按《越绝书·请籴内传》也载此事，仅文字小有不同。此处不再抄引。）总而言之，《墨子》与《吕氏春秋》虽然都把王孙雒和伯嚭并举，认为是吴国之所以灭亡的祸首，然而王孙雒的事迹无可详考。

除了伍子胥、伯嚭、王孙雒三人，吴夫差手下的文臣武将，据《左传》、《国语》所记载，还有叔孙辄、公山不狃、徐承、王子地、王孙弥庸、王孙苟、华登（均已见本章前段，此从略）等人，但在吴、越交涉中不居重要地位，这里也就不多说了。

最后，我打算谈一谈西施。

把西施作为吴、越关系中一个起作用的人物，始于东汉人的著作。《吴越春秋·勾践阴谋外传》记越勾践因计倪之推荐而召大夫种问国家大事，文种进破吴九术，其四即为“遗美女以惑其心而乱其谋”。《史记·越世家》不载此事，但称越既灭吴，范蠡去越，遗书讽文种速退，种称病不朝，“人或谗种且作乱，越王乃赐种剑曰：‘子教寡人伐吴七术，寡人用其三而败吴。其四在子，子为我从先王试之。’种遂自杀。”又《货殖列传》谓“范蠡既雪会稽之耻，乃喟然而叹曰；‘计然之策七，越用其五而得意；既已施于国，吾欲用之家。’乃乘扁舟浮于江湖，变名易姓，适齐为鸱夷子皮，之陶为朱公……十九年之中，三致千金。”照《史记》的记载，有七术之说而无具体内容。《史记·正义》引《越绝书》作九术，并列举九术之要领，其四曰“遗之好美，以荧其志”。（按今本《越绝书》作“遗之好美，以为劳其志”，据四部丛刊景印明刊双柏堂本。）此与《吴越春秋》所谓“遗美女以惑其心而乱其谋”，显然有所不同。“好美”涵义广泛，而“美人”则具体。《吴越春秋·勾践阴谋外传》又说：“得苎萝山鬻薪之女曰西施、郑旦，饰以罗縠，教以容步、习于土城，临于都巷，三年学服而献于吴。”而《越绝书·内经九术篇》亦谓“越乃饰美女西施、郑旦，使大夫种献之于吴王……”又《外传记地传》亦称“美人宫……今北坛利里丘土城，勾践所习教美女西施、郑旦宫台也。女出于苎萝山，欲献于吴，自谓东垂僻陋，恐女朴鄙，故近大道居。”（按《艺文类聚》八引《越绝书》，《太平御览》四七引孔晔《会稽志》，均作“勾践索美女以献吴王，得诸暨、罗山卖薪女西施、郑旦，先教习于土城山。山边有石，云是西施浣纱石”。既与

《吴越春秋》文字小异，与《越绝书》今本所载亦不同。）这些东汉人的著作是把美人计主角西施说得来历分明的最早的资料。

但是，西施这个名字，却屡见于先秦诸子。《管子·小称》："毛嫱、西施，天下之美人也，盛怨气于面，不能以为可好。"这是最早提到西施这个人，而且称她为美人。管仲生在越灭吴前二百多年，他如何能说到二百年后的西施呢？所以，这只能有两种解释：一、此为另一西施；二、《管子》一书，杂后人伪作，《小称》是伪作之一。（司马迁说："余读管氏《牧民》、《山高》、《乘马》、《轻重》、《九府》，详哉其言之也。"刘向叙录《管子》，谓《九府》书，民间无有，《山高》一名《形势》。意谓《牧民》等篇，凡司马迁及见者，乃出管仲之手，余皆不可靠也。）毛嫱、西施并举，又见于《慎子》。按《艺文类聚》十八引《慎子》："毛嫱，西施，天下之至姣也，衣以皮褐倛，则见者走，易以玄裼，则行者皆止。"（查《太平御览》三八一引《慎子》，文字小有出入，"褐"下无"倛"字，"走"上有"皆"字，"裼"作"锡"，余尽同。）《庄子》也两次提到西施之美。《齐物论》："物固有所然，物固有所可；无物不然，无物不可。故为是举莛与楹，厉与西施。"（厉，病癞也，言其丑，与西施之美对比。）司马彪注：西施即夏姬。按《左传》，申公巫臣窃夏姬奔晋，在成公二年，而勾践用美人计（如果有此一事）则在百年后，可知夏姬如果名"西施"，则越女之名"西施"正因其为百年来大家艳称之美妇人故也。《庄子·天运》又说："故西施病心而矉其里，其里之丑人见而美之，归而（亦）捧心而矉其里。其里之富人见之，坚闭门而不出，贫人见之，挈妻子而去〔之〕走。"按《太平御览》三八一引《庄子》："西施，毛嫱，人之所美也，鱼见之深入，鸟见之高飞。"今本《庄子·齐物论》作"毛嫱、丽姬，人之所美也，鱼见之深入，鸟见之高飞，麋鹿见之决骤"，《艺文类聚》十八引此，"丽姬"作"骊姬"，"深入"作"深潜"。疑《太平御览》因下文引《慎子》以"毛嫱、西施"并称，故在《庄子》引文中误改"丽姬"为"西施"，当依《艺文类聚》。然而，无论《慎子》或《庄子》都没有把西施和吴国或越国联系起来。

《战国策·齐策》："世无毛嫱、西施，王宫已充矣。"旧注云：毛嫱，越王嬖妾；西施，吴王姬。这就把毛嫱、西施越说越有来历了。但仍然迷离恍惚，不辨真假。不过，还没有"发展"到美人计。

对吴、越关系极感兴趣的墨子，也提到西施，《亲士》篇在泛论"太盛难守"时，举例说："是故比干之殪，其抗也；孟贲之杀，其勇也；西施之沉，其美也；吴起之裂，其事也。"这就大有文章可做了。西施何以被沉？据明杨慎《丹铅总录》，说他曾见《修文殿御览》引《吴越春秋》逸文，"吴亡后，越浮西施于江，令随鸱夷以终"。杨说如可信，那么，这里有值得注意之点三：一、把西施同越国联系起来的文字记载，最早见于《墨子》。二、暗示西施果然有灭亡国家的魅力，故越王在既已灭吴之后不敢留西施惹祸，浮之于江，让她和装她的革囊（鸱夷）同其命运。三、"鸱夷"这词儿，若照《墨子·亲士》原文"沉"字看来,应作革囊解;但是,如果照所谓《吴越春秋》逸文看来,也可以把"鸱夷"当作范蠡去越后的外号(按《史记·货殖列传》谓范蠡变名易姓,适齐为鸱夷子皮,《索隐》引韩子云鸱夷子皮事田成子,以为即范蠡),"令随鸱夷以终",也就是后来的范蠡挟西施泛五湖去越的传说的来源。

单举西施之美,还有《孟子·离娄下》:"西子蒙不洁,则人皆掩鼻而过之。"

贾谊《新书·劝学篇》:"夫以西施之美而蒙不洁,则过之者莫不睨而掩鼻。"而《淮南子·修务训》亦云:"今夫毛嫱、西施,天下之美人,若使之衔腐鼠、蒙蝟皮、衣豹裘、带死蛇,则布衣韦带之人过者,莫不左右睥睨而掩鼻。"此皆本孟子,仅极言西施之美而已。

又陆贾《新语》:"故良马非独骐骥,利剑非唯干将,美女非独西施,忠臣非独吕望。"此亦只举西施是美妇人的典型例子。

总而言之,上引《墨子》、《庄子》、《孟子》(皆战国时著作),《新书》、《新语》(西汉初年著作)等有关西施的资料,都没有联系到她和吴、越兴亡的关系。《墨子·亲士》的一条资料,就文字看来,也没有包含西施与吴、越的关系;但"沉"字确实惹起猜测,为什么西施被沉呢?杨慎之说如可信,"沉"字有了着落了,但来源仍是《吴越春秋》。因此,美人计以及执行美人计的西施(还有郑旦),恐怕都是赵晔的"创造",至多有一点当时的民间传说的根据而已。自此而后,西施这个人名,就和吴夫差、越勾践联系起来。明朝梁辰鱼的《浣纱记》,更大胆地把西施的作用"发展"到像一个女间谍,可是梁辰鱼还不知道给西施一个搞情报工作的任务,而仅仅叫她以美色迷人,这样的设想也还幼稚而俗套。就传说的文艺性而言,确是越来越丰富了,但就其历史性而言,却是越来越减少了。

五、从历史到历史剧:我国的悠久传统和丰富经验

历史题材的剧本,在我国古典戏曲中占有很大的此重。元、明、清三代的杂剧和传奇其可称为历史剧者,居过半强(如果把同一题材而不同体裁的作品各占一数计,百分比还要高些)。这里,也还没有把现在的三百多种地方戏(京戏也在内)的传统剧目中的历史剧算进去。

如果我们把元杂剧算作第一代,把元杂剧中根据某一历史事件写成的剧本算作此一历史事件的历史剧的第一代,那么,明朝人取同一历史事件编写的剧本便可以称为此一历史事件的历史剧的第二代,清朝人依同样方式编写的杂剧或传奇,便可以称为第三代,而现有地方戏中从元、明、清杂剧、传奇改编的历史剧(传统剧目)便是第四代了。就数量而言,这确是一代大似一代;就质量而言,却不那么简单,有第二代胜过第一代的,也有不及的,有第三、四代以次跨灶的,也有每下愈况的。要就

具体作品实事求是,不能一概而论。还得补一句:这里只说到解放前,解放以后依传统剧目改编的暂时不说。

这些历史剧的题材范围之广泛,也是惊人的。它几乎包括我国每一历史时期的重大事件;它表扬了可歌可泣的忠贞侠义的行为,也描画了贤士独行、文人逸事和勇敢而智慧的女性。

既然有那么多的作者和作品,采用了那么广泛的题材,塑造出那么多的各式各样的人物,当然,在取舍或捏合史实,塑造历史人物的形象,历史真实与艺术虚构如何协调等等方面,都积累了极其丰富的经验。总结这些经验,是一件大工程,我期待着专家们的研究成果。在这里,我不揣浅陋,亦不敢大做,只打算解剖几只麻雀,说一说我的不成熟的见解。

例一:元·宫天挺(大用)的《死生交范张鸡黍》杂剧。

这是根据《后汉书·独行传》范式(巨卿)和张劭(元伯)的故事,歌颂了生死不渝的深厚友谊的。何谓"死生交"?据《独行传》范式传:张劭患病,同郡郅君章、殷子征不分昼夜看护他。张临死时叹息:"恨不见吾死友。"子征说:"吾与君章,尽心于子,是非死友?复欲谁求?"元伯说:"若二子者,吾生友耳;山阳范巨卿,所谓死友也。""死生交"的意义如此。这个杂剧在描写范、张二人友谊的细节方面,完全依据《范式传》。此外,就不那么严格。孔嵩(仲山,也是范的朋友)为新野县街卒,被范式认出,这件事,据《范式传》是这样的:元伯既死数年之后,范式为荆州刺史,到新野县视察,发觉县里派来的"导骑"却是故人孔仲山,因把臂叹息;范欲为孔免去街卒的贱役,并为推荐于上司,孔不肯,满期后,始应征召。可是剧本却把认出孔嵩这件事写在范式离开元伯坟墓的时候,而且又捏造出一个王韬(仲略),他把孔嵩托他代上的万言长策窃为己有,冒得官爵,孔嵩却因此而潦倒,佣为街卒。剧本又写第五伦访求贤士而得范式。第五伦是东汉初年名臣,是一个真实的历史人物。但《后汉书·第五伦传》未言他和范式有关系。又《范式传》没有讲到范、张二人相约不仕,而剧本却强调了范、张二人因豺狼当道,故隐居山林;剧本又借偷窃朋友的文章而得官的王韬作为范、张、孔的对立面,辛辣地讽刺了那些无才无行的官吏。这些历史上的范、张故事所没有的情节和思想,正是剧作家宫天挺的借古讽今。钟嗣成在《录鬼簿》中对宫天挺评价很高,说他"豁然胸次扫尘埃,久矣声名播钓台。先生志在乾坤外,敢嫌天地窄?更词章压倒元、白,凭心地,据手策,无比英才"。宫天挺做过学官和钓台书院山长,为权豪所中伤,事获辩明,亦不见用。可以想见,《范张鸡黍》中那些愤慨的言论是有为而发的。

《范张鸡黍》杂剧除了捏造一个王韬,其余都是真人,除了第五伦举荐范式是虚构，其余都是真事。（孔仲山为新野县街卒等事，也是真有的，但和本无其人的王韬无关。）可是，整个剧本的气氛却和历史上所记载的东汉初年不相协调。宫天挺为了要突出范、张二人的高超，便强调了豺狼当道，并且捏造一个冒得官爵的王韬来做实证。但平心而论，东汉初年的世道还不是这样糟的，范、张二人亦并没隐居。

例二：元·秦简夫的《赵礼让肥》杂剧。

这是根据《后汉书·赵孝传》。剧中赵孝、赵礼两弟兄，邓禹和马武，都是历史上的真人。故事也谨守《赵孝传》的范围，所不同者，《赵孝传》只说赵孝求代弟死，未言赵母亦求代子死，而剧本则说母子三人都愿牺牲自己，保全别人。又剧本把捉住赵礼的饿贼作为东汉的开国大将马武，但《赵孝传》和《马武传》都没有这样的记载，《邓禹传》中亦无一语及赵孝、赵礼。新莽末年，马武曾为盗贼，也可能是个"饿贼"，剧作者因此捏合，以期增加戏剧效果。（新莽末年天下大饥，人相食的记载，在史书中是很多的。）赵氏兄弟这个故事，本身就有教育意义，把饿贼附会为马武，实在不必要。秦简夫大概觉得这样一个义贼总得是个有些来历的不凡之辈，因而就硬凑上一个马武；这是封建社会道德观念的表现：凡是盗贼都不好，好盗贼将来必是辅佐真命天子得天下的。

例三：元·纪君祥的《赵氏孤儿》杂剧，明·徐元的《八义记》传奇。

这是大家熟悉的历史故事。但剧本对历史事实作了较多而且比较重要的改动。本来，赵氏孤儿这桩公案，历史上有两种不同的说法。《左传》、《国语》记载，大致相同，都说是庄姬（赵朔之妻）谮杀赵同、赵括，庄姬子（即赵武，所谓赵氏孤儿）从母畜于公宫；后来韩厥对景公说："成季（赵衰）之勋，宣孟（赵盾）之忠，而无后，为善者惧矣。"乃立武而返其田。并无屠岸贾其人。《史记·晋世家》的记载，也尚与《左传》、《国语》相合。可是在《史记·赵世家》中，忽然跑出来了一个屠岸贾，专作（做）坏人，庄姬却是个贤妇人（据《左传》成公八年，则赵朔死后，庄姬私通赵婴（赵婴是赵盾之弟，即赵朔之叔父），于是赵同、赵括放逐赵婴于齐，庄姬因此怀恨，在景公面前诬告赵同、赵括蓄谋叛逆，景公遂杀赵同、赵括，并将赵氏土地给了祁奚），而赵氏孤儿也不能托庇于晋侯宫内，于是程婴、公孙杵臼做了一番慷慨仗义、感动人心的救护忠良后代的事业。

纪君祥在《赵氏孤儿》杂剧中，基本故事采用《史记·赵世家》的记载，但是又有重大的改动：一、《赵世家》说赵氏族灭在景公时，而剧本说是灵公。二、《赵世家》说屠岸贾要挟诸将共灭赵氏的时候，韩厥反对，并私告赵朔使逃亡，赵朔不肯，请韩厥存赵祀，而自己自杀，十五年后，韩厥因景公生病占卜，乘势请立赵孤；而剧本则说奉命守卫宫门的韩厥放走了赵氏孤儿即自杀，而把扶助赵孤报仇的功劳归之于魏绛，剧本第五折魏绛上场时自称“晋国上卿”，此皆与史实不符。三、《赵世家》说程婴与赵孤同匿山中十五年，而剧本说程婴得屠岸贾信任，在屠岸府中执事，既以赵孤为己子，且使屠岸贾认赵孤为义子。四、《赵世家》说重立赵孤，多亏韩厥（此与《左传》相同），剧本既已使韩厥自杀，于是就使赵孤自己报仇。（程婴与赵孤同居屠岸贾府中，借此掩护，把赵孤教成文武双全，然后把以往一段血债告知赵孤，使赵孤自己报仇。）五、《赵世家》说公孙杵臼与程婴都是赵氏门客，而剧本则谓公孙杵臼曾在晋灵公时为大夫与赵盾乃一殿之臣，程婴是个草泽医生，向在赵朔府上走动，二人都非赵家门客。（据《赵世家》记载，“赵朔客曰公孙杵臼，杵臼谓朔友人程婴曰胡不死”云云，则公孙杵臼是门客而程婴是友人，剧本谓都是友人，大概是从此推演。）此外，《赵世家》说屠岸贾搜宫，赵朔夫人置儿袴中，祝曰：“赵氏灭乎，若号，即不灭，若无声。”及索，儿竟无声。但剧本则作程婴以医生身份进宫为夫人诊病，把孤儿放在药箱里带出宫外。这样的改动历史的细节还很多，而且还有自相矛盾的。〔例如第四折屠岸贾口中还说“早晚定计，弑了灵公，夺了晋国”，程勃（即赵孤化名）唱“醉春风”曲文，也有“我则待扶持明主晋灵公”之句，可是第五折魏绛上场就说“方今悼公在位”，这一跳就跳过了晋成公、景公、厉公三代的时间。〕因其关系不大，不一一列举了。

这里，就提出了问题：纪君祥为什么要这样改动历史？如果《赵氏孤儿》的主题是忠良必有后，如果纪君祥所赞扬的是仗义救孤的公孙杵臼和程婴的高贵品格，那么，就照《史记·赵世家》的记载演为剧本，岂不也同样可以达到目的？为什么一定要显然违背史实把景公时代的事情算在灵公账上？为什么要把韩厥写成只是不肯服从屠岸贾的命令、径自放走赵孤而自杀的烈士，却不是最后再立赵祀的主要人物？为什么不说程婴在山中把赵孤抚养成人而要说在屠岸贾府中？这些问题，除了最后一个，都不能以谋求戏剧效果来解释。纪君祥所以要作如此这般的改动，应当有其对历史事实的观点上的原因。

原来《赵世家》的这段记载，本身就有许多漏洞；用儒家的历史观点来看这段记载，这些漏洞严重到说不通的地步。第一，灭赵氏之族，在景公时，但照历史记载看来，景公不是灵公那样的暴虐失政，为什么他会把灵公的佞臣屠岸贾留用为司寇而且很信任他。（据《赵世家》，晋襄公卒，太子夷皋年少，赵盾为国多难，欲立襄公弟雍，雍时在秦，使使迎之；太子母日夜啼泣，顿首谓赵盾曰：“先君何罪，释其嫡子而求君？”赵盾患之，恐其宗与大夫袭诛之，乃遂立太子，是为灵公。后来灵公长大，暴虐无道，赵盾屡谏，灵公患之，与屠岸贾谋杀赵盾，未遂，赵盾将亡命；未出国境而赵穿杀灵公于桃园，赵穿，盾之从父昆弟子也。赵盾回朝，立襄公弟黑臀，是为成公。成公立七年而卒。景公是成公的儿子。赵盾死时,成公尚在。)第二,景公之父成公是由赵盾拥立的(黑臀在周,赵盾迎归),景公何怨于赵氏而听信屠岸贾竟灭赵氏之族?第三,灵公为赵穿所杀,成公乃赵盾所迎立,此时赵家大权在握,为什么不把逢迎灵公、谋害赵盾的屠岸贾一并杀死,却让他在七年以后又兴风作浪呢?第四,赵朔之妻乃成公之女,景公之姊,既在公宫生子,如无景公默许,屠岸贾何敢搜宫索孤?第五,晋国诸卿其时除韩厥外,尚有栾武子、知庄子、范文子,共主国政,何以对屠岸贾之专横熟视无睹而只有韩献子(厥)为赵氏辩护?第六,杀赵同、赵括,在景公在位之十七年(公元前五八三年),越二年,景公病死。(秦医缓为景公诊病,《左传》成公十年有详细的记载。)而《赵世家》则谓:"程婴卒与〔赵孤〕俱匿山中。居十五年,晋景公疾,卜之,大业之后不遂者为祟。景公问韩厥,厥知赵孤在……具以实告,于是景公乃与韩厥谋立赵孤儿。"这里的"居十五年"如作"十五年以后"解,显然不合,但如解作"景公在位之十五年",则亦不合,景公是在位十九年而死的。第七,《赵世家》说孤儿(赵武)是遗腹子,则赵武当生于周简王三年(即晋景公在位之十七年,公元前五八三年),但《国语·晋语》十二谓赵文子(武)冠,往见栾武子、中行宣子、范文子、韩献子及三郤,最后见张老,把乐武子等各人的话(对赵武说的)告诉了张老,张老说三郤的话不对头,不久将必有祸。《左传》成公十七年记载晋厉公杀三郤(成公十七年即周简王十二年,亦即晋厉公之七年,公元前五七四年),是则赵武冠礼必在晋厉公七年之前,但如依《赵世家》所说赵武生于晋景公十七年(公元前五八三年),则此时赵武尚未及冠。但如依《左传》所记"武从姬氏畜于公宫",没有断言是遗腹子生于晋侯之宫而可能是十来岁的孩子随同母亲畜于宫中,到三郤被杀之前年恰好是二十岁光景。总之,从各方面推敲,如依《左传》则问题不多,如依《赵世家》则矛盾重重。以上这些问题,早就引起汉朝以后的一些史学家的怀疑(例如刘知几),认为司马迁在《赵世家》的记载是靠不住的。纪君祥在写作《赵氏孤儿》杂剧时,心中大概也存在着这些疑问。于是他利用"历史研究非历史书"这个方便,毅然修改了历史。他把景公时代发生的事情算在灵公时代,解决了上述的第一、二、三等三个不可解;而且把韩厥也自杀了;就这样,他把他所欲赞扬的仗义存孤又终于立孤的一番大事都让两个不在其位的人担当去了。纪君祥从他的历史观点(他的对于历史发展的规律的认识,只能是唯心主义的),来看赵氏族灭、屠岸贾专权、搜宫索孤等"史迹",认为这些事情发生在尚称贤明的景公时代是不可思议的,于是张冠李戴,叫那个恶名远扬的灵公顶了缸(也顾不得灵公和赵家磨擦的结果仍是自己被杀于桃园),以求得剧本本身逻辑上的统一。从显然颠倒史实这一点看来,这个作法是不可取的。但是我们也不应当苛求于纪君祥。他生于元朝,杂剧在当时正在黄金时代,"借古喻今"或"借古讽今",任意修改历史,成为当时用历史题材写杂剧的几乎公认的准则;当时的剧作家只能从封建的道德标准或者至多以抽象的善必胜恶，所谓天网恢恢、疏而不漏的观点来赞扬一些历史人物或笔伐一些历史人物，以便达到劝善惩恶的教育作用。而且，从《赵氏孤儿》中，我们还看到了一点浪漫主义（如果允许用这个术语的最广泛的含义）；它写满朝文武都不敢仗义执言，只有两个不在其位的人挺身救孤。它突出了一个草泽医人和一个退隐的老人，形象性地表现了他们的侠义和智慧，它蔑视春秋时代的所谓“君子”，而抬高了“小人”。（在儒家的用语，“君子”即奴隶主贵族，而“小人”则是手工业者、农奴、自由农民等等。）特别富于浪漫主义味道的，是它使得屠岸贾（恶势力的代表）的掘墓人（赵孤和其保护者程婴）即在屠岸贾的势力之下得到掩护而且壮大起来。正因为《赵氏孤儿》杂剧有这些优点，虽然它没有揭露这一历史事件的矛盾的本质，在今天我们依然对它作较高的评价。

这一历史事件的矛盾的本质到底是怎样的？请试述我的浅见。春秋时代是奴隶经济向封建地主经济转变的时代，因而也就是奴隶主贵族阶级和新兴地主阶级的矛盾日益尖锐的时代。这两个阶级同属于统治阶级，可是前者是正在没落的阶级，后者是新兴的阶级；在两者斗争剧烈时，第三者的也就是居于被统治地位的“小人”是站在新兴地主阶级这一边的，因为新兴地主阶级在当时是进步的阶级，他们对“小人”是比较“仁慈”的，而这些“仁慈”的措施，有利于生产力的发展。以上所述，是春秋各国一般的现象（当然还有程度上的差别），可是晋国又有它的特殊情况。据《左传》宣公二年记载：晋自丽姬之乱，发誓无畜群公子，自是晋无公族；这就是说，奴隶主贵族阶级的权势受到很大的限制。赵氏两代（赵衰、赵盾）执政，势力超出其他封建地主集团（如栾氏、知氏、范氏）之上，这又引起了封建地主阶级内部的矛盾，因而出现了奴隶主贵族集团和封建地主阶级中间不那么得势的集团联合进攻赵氏的形势。晋襄公死后，赵盾欲立那时还在秦国的公子雍（襄公之弟），而又怕拥护夷皋（襄公的儿子）的奴隶主贵族集团和大夫们（对赵氏有矛盾的封建地主集团）搞一个武装反抗，因而不得不立夷皋（即灵公），——这一事件就透露了当时三角斗争的剧烈。这一个三角斗争，在灵公即位以后日趋尖锐与复杂。《左传》记载灵公与屠岸贾三次谋杀赵盾，而大夫们均作壁上观，都说明了当时的情况；也就是说，当时晋国的同赵氏有矛盾的封建地主集团和以灵公为代表的企图恢复权力的奴隶主贵族集团，暂时结合成为“统一战线”向赵氏进攻。赵氏在当时是比较进步的封建地主集团，史书屡言赵盾“仁慈”，用今天我们的话来说，即他对于奴隶和农奴奉行改良主义的政策。史书说他三次“脱险”多仗“小人”之力，这都不是偶然的。这一斗争，以灵公被杀、赵衰迎立襄公的另一兄弟黑臀（时在周），而告一段落。成公（黑臀）之时，赵盾仍专晋政，而且采取措施，巩固并扩大封建地主的势力。《左传》宣公二年记载：“初，丽姬之乱，诅无畜群公子，自是晋无公族，及成公即位，乃宦（仕）卿之嫡而为之田，以为公族。又宦其余子，亦为余子；其庶子为公行。晋于是有公族，余子，公行。赵盾请以括（赵盾的异母弟）为公族……使屏季（即赵括）以其故族为公族大夫。”这就是说，新制度的受益者还是赵氏，这就不能不加剧了赵氏与其敌人（奴隶主贵族及对赵氏不满的封建地主集团）的矛盾；到景公时（赵盾已死），就爆发了消灭赵氏的事件。照《左传》的记载，这是在赵氏本族发生内部矛盾（赵朔之寡妻与赵婴私通，赵同、赵括放逐了赵婴），势力削弱的时候（据《左传》成公五年记载，赵同、赵括放逐赵婴时，赵婴说：“我在，所以栾氏不敢动手；我放逐了，你们可就危险了。我的事只是私生活不好，你们装作不知道，又有什么害处呢？”据此可知赵婴的被放逐，削弱了赵氏的力量），代表奴隶主贵族的晋景公在栾氏、郤氏（也是封建地主阶级的有势力者）的协助之下（据《左传》，庄姬诬告赵同、赵括时说：“原、屏将为乱，栾、郤为征。”而上文赵婴也提到栾氏，故知族灭赵氏之时，栾氏、郤氏是同谋的），然后达到目的。如据《史记·赵世家》，则是屠岸贾（在灵公时本已密谋暗杀赵盾）以“诛逆”为借口（指赵穿杀灵公，赵盾未出国境，晋太史董狐书“赵盾弑其君”以示于朝的旧事），欲为灵公报仇，在景公默许、诸将（当时是栾、郤诸辈）协助的情况下族灭了赵氏并夺其田的。（据《赵世家》，当时只有韩厥不同意，可是他无能阻止，只好私下给赵朔通个信，教他逃亡。）无论是《左传》的说法，或是《史记·赵世家》的说法，事件的本质是同样清楚的：这是景公（奴隶主贵族阶级的代表）与仇视赵氏（栾、郤等）的封建地主为一方，赵氏为另一方的阶级斗争和统治集团内部矛盾交错在一处的一场恶斗，照当时的惯例，这场恶斗必以一方的族灭为结束。后来，韩厥助赵氏翻案，也把屠岸贾族灭。（在屠岸贾之前，晋国有个屠岸夷，而在屠岸贾之后，未再见屠岸之姓，想来是杀屠岸贾全族的时候的确都杀光了。）

这样看来，无道的灵公（照《左传》的记载，这是个典型的以杀人为儿戏的奴隶主）固然曾经几次要谋杀赵盾，“有道”的景公也不是不想搞掉那个专政两代的赵氏的。这是两个敌对阶级和集团的恶斗，灵公、景公、庄姬、屠岸贾等等，不过是扮演了他们自己集团的某个脚（角）色而已。（我们还可以猜想，当时教唆庄姬诬告赵氏的，还有栾、郤及其一伙。）纪君祥如果能够看到这一点，他就不会改动历史、把景公时代发生的事情倒退到灵公时代，也不会让韩厥自杀于宫门之外了。

但是纪君祥只在他的杂剧的“楔子”内，用屠岸贾独白的形式，把他和灵公同谋屡次谋杀赵盾的事叙述一遍，并没形象地描写谋杀事件的布置及其未能达到目的的缘故。这恐怕是由于杂剧体制以四折为准（可是《赵氏孤儿》杂剧已有五折），而纪君祥所要用力刻画的是公孙杵臼和程婴的侠义性格，没有多余的篇幅再写谋杀赵盾的事情。这样一来，钽麑、提弥明、灵辄这三位侠义之士，就没有得到应有的表彰。这三位，都是舍身（生）取义的；没有这三位的舍身（生）取义，赵盾早就被谋杀掉了。

大概是看到这一美中不足,明朝的徐元写了一部《八义记》传奇,把鉏麑等三人的事迹形象化起来,并且又“创造”了一个侠义之人周坚,凑成八义。所谓八义,即鉏麑、提弥明、灵辄(以上三人皆见《左传》宣公二年)、公孙杵臼、程婴、代赵孤被杀的婴儿(以上皆见《史记·赵世家》,但《赵世家》说那个替死的婴儿是他人之子,而《赵氏孤儿》则说是程婴之子,《八义记》因之),韩厥,加上周坚。在《八义记》中,这个周坚是代替赵朔自刎的,因而后来赵氏不但报了大仇,而且还是夫妻(赵朔与公主)团圆。徐元用了《八义记》的一半篇幅描写纪君祥在“楔子”里只用一番独白来轻轻带过的事情,同时又捏造出一个流浪汉周坚如何因欠酒钱而被追索,又如何因赵朔代还酒钱而成为赵氏门客,最后在屠岸贾派人逼赵朔自杀时(这是《赵氏孤儿》中有的)代替了赵朔,因为周坚和赵朔面貌相似。徐元为什么要凭空捏造个周坚?也许是为了使得赵朔夫妻能够最后团圆,而最后团圆是传奇的公式。可是这一个周坚的形象并不像个侠义之人,故事也颇落俗套。我以为不但周坚这个人物没有写好,鉏麑等三人也没有写好。这不是厚古薄近,咬定明不如元,实在情形是这样,两书具在,可以比较。但是,徐元所以要详细描写灵公的无道(奢侈残暴,都根据《左传》的记载)以及灵公虽恨赵盾却无权去之,只好使阴谋,用刺客甚至用狼犬等等暗算赵盾,大概不是为了敷衍篇幅(传奇的体裁,一般要三十至四十折),而是感到这桩公案背后的矛盾既复杂而又深刻,鉏麑等人的侠义行为都和一般的感恩图报不同,所以他要详细描写,以求全面地表现这桩公案的前因后果。但是,徐元和纪君祥一样,不敢提到赵穿杀晋灵公,而族灭赵氏的却是景公。纪君祥把扶助赵孤报仇的功劳给了魏绛,而且明说是悼公时代(按悼公即位于公元前五七三年,上距景公族灭赵氏仅十年耳),这就是说,纪君祥避开了既族灭赵氏而又怕鬼报仇乃复立赵武的晋景公整整一代,又避开了那个和灵公同样无道的厉公(景公的儿子)一代,干脆把恢复赵祀的美名归之于悼公(他是襄公之孙,名周),据史书,悼公是个贤明之主。纪君祥觉得这样更妥当些,然而徐元却以为反正改动了历史,不必绕这么大的圈子,干脆把赵朔复活,赵氏父子自己报仇,不必取得晋侯(在这里,徐元含糊地带过,并未说那时晋侯是谁)的同意。纪君祥和徐元之所以不提赵穿杀灵公,大概要给赵氏“洗刷”弑君之“罪”,使他们的剧本不背于封建的君臣大义,不过,他俩都对赵氏和义士们表示十分的同情和钦佩,而且徐元作的更干脆,——让赵氏父子自己动手报仇。

《元刊杂剧三十种》(有景印本,在《古本戏曲丛刊》第二集)也收有《赵氏孤儿》,无作者姓名,全剧只有曲文,无宾白,亦不分折。这个无名氏的《赵氏孤儿》的曲文和今天通行的臧晋叔收在《元曲选》的纪君祥《赵氏孤儿》的曲文相校勘,相同者十之五六,但纪作有第五折而彼剧无之。最大的不同是无名氏的《赵氏孤儿》说赵孤在屠岸贾府内长大、认屠岸贾为父,一心想帮助屠岸贾夺取晋国江山,直到程婴对赵孤说明家仇，这个赵孤然后以讨贼（屠岸贾）的名义杀了屠岸贾，我现在还没有查出这篇无名氏的《赵氏孤儿》和纪君祥的《赵氏孤儿》关系如何，但看这个元刊本全删宾白，又把屠岸贾讹作“屠岸古”，程婴讹作“陈英”，想来是伶人所用的脚本，或者是根据纪君祥本而妄加删改。这又说明，在封建时代，以这种富有“犯上”性质的历史题材编写或演出剧本，顾虑很多，再加上作者思想上的局限性，因而常常在历史真实性这个问题上进退失据。不过，就纪君祥的剧本而言，虽然在改动历史方面有许多不妥之处，但在塑造程婴、杵臼的形象方面还是成功的。

例四：明·张凤翼的《窃符记》传奇。

《窃符记》是根据《史记·魏公子列传》又从《史记·廉颇蔺相如列传》中取赵括事合编而成，主要故事都遵照历史事实，但亦有与史实不符者：一、长平之战，白起的裨将是王龁，剧本却改为王剪和蒙骜；二、围邯郸的秦将，先是王陵，后改王龁，白起始终未与其役，而剧本则谓白起率王剪与蒙骜围邯郸；三、信陵君窃符、夺晋鄙军、解邯郸围，事在魏安釐王二十年，信陵君自此即留居赵国，直至十年后，秦将蒙骜攻魏，魏安釐王召信陵君归国抗秦兵，信陵君乃率五国兵救魏，败秦军于河外，蒙骜退走，而剧本则谓邯郸解围之时，白起分兵（蒙骜为将）袭魏，于是信陵君回师救魏，这是把魏安釐王三十年发生的事情提前到安釐王二十年，并且略过了信陵君居赵十年之久这样一件事。

张凤翼既根据《魏公子列传》编写了《窃符记》的基本故事，为什么又要改动历史呢？猜想起来，原因在于张凤翼把赵括的故事也撮合进去，而长平之战杀赵括、坑赵降卒四十万的，正是白起，为了求得剧情的连贯，所以就说白起于长平大胜之后即围攻邯郸。事实上，长平战后，秦许韩、赵割地求和，翌年九月始又使王陵攻邯郸，又明年使王龁代王陵，邯郸被围八九个月而不能拔；二次攻赵围邯郸时，白起即称病，秦王两次促白起带兵攻赵，白起都不受命，于是秦王废白起，旋即赐死。那么为什么又把明明和两次战役（长平之战与邯郸解围之役）都没有关系的蒙骜硬拉去做白起的裨将呢？猜想起来，原因在于张凤翼既把魏安釐王三十年发生的蒙骜攻魏一事硬提前十年，并说是秦解邯郸围后分兵袭魏，为了剧情连贯起见，所以就把蒙骜拉去围攻邯郸了。只有王龁、王陵二人为什么被换成王剪（其时王剪尚未知名），却想不出道理来。

尽管《窃符记》有这些不符合历史的地方，可是我们还可以说：这些改动无关重（紧）要，因为这些人名的更动并不牵连到《窃符记》的主题。什么是《窃符记》的主题呢？主题是：救赵即所以存魏，然而眼光短浅的魏安釐王却看不到这一点，于是信陵君用侯嬴之计，行权而夺晋鄙军，终于解了邯郸之围，挫折了秦国的气焰。应当说,在这件故事中,真正的主角应该是侯嬴与如姬;张凤翼确实也抱着这样的看法,侯嬴和如姬在《窃符记》中的地位是十分突出的。

但是,张凤翼在改动历史而外,还对故事加了工。其一:他捏造一个仇仁,作为如姬所欲得而甘心的仇人(如姬的父亲是被他打死的),并且又把这个仇仁和赵括联系起来,说如姬以魏王宠姬的身份而求报父仇不得,就因为这个仇人逃在赵括军中而赵括又那样的无赖,说:“如欲仇仁,拿如姬来换。”其二:作者把侯嬴神秘化,说他早已算定,自己当于某月某日尸解成仙,故与信陵君约定:“请数公子行日,以至晋鄙军之日,北向自刭,以送公子。”这实在是把一个抗暴秦、定计解赵围、而又以一死明志的侯嬴降低了不知多少格。张凤翼难道以为这样一来,这个侯嬴还是历史上的侯嬴么?他应当知道,这个侯嬴已经面目俱非了!现在我们要问:张凤翼既已欣赏了这一件激动人心、充满矛盾而终于在妥协或战斗的问题上得到合理解决的战国故事,为什么他又凭空在这个故事身上强加一个定命论(连晋鄙的死也是天数使然)的俗套呢?我以为这个原因可以在张凤翼的世界观去寻找。充满在《窃符记》中的定命论的色彩,正反映了作者的思想矛盾。他一方面为司马迁所塑造的侯嬴、如姬、信陵君等光采(彩)照人的形象所吸引,发生了把他们搬上舞台的强烈愿望,但是另一方面,封建的道德观念又在警告他:信陵君矫传君命、擅杀大将,侯嬴阴谋乱法、私养死士,如姬交结外臣、干预军国大事,这些都是不可为训、应当口诛笔伐的!思想交战的结果,他的世界观中的消极部分发生作用:给整个故事穿上了定命论的神袍。如果说《赵氏孤儿》是用颠倒历史来解决作者的思想矛盾的,那么,《窃符记》是在定命论的骨架上神化了人物来解决作者的思想矛盾的。从这一点看来,后者逊于前者。不过平心而论,《窃符记》的客观效果,还是不算太坏的。在旧社会,一般观众对定命论早已司空见惯,认为这是“戏不够、神仙凑”,故而并不因此相信真是命中注定;而且《窃符记》作者在剧本的主要场面用的还是现实主义的手法,是这些场面激动了观众而不是显然涂抹上去的定命论。至于剧中描写赵括,用了漫画手法丑化他,这是很不应该的;赵括的缺点很大,他是教条主义者,又骄傲自大,但还是一个正派人,不能把他变成反派。这和《赵氏孤儿》中写赵武同样是古典剧本中常见的毛病。赵武是一个有名的历史人物,《国语》。《左传》、《史记》都生动地描画了这个人物的形象,但是《赵氏孤儿》第五折所写的赵武完全不是那回事,——虽然赵武在剧中不是主要人物,但也不能距离历史上的赵武太远啊!

例五:明·叶宪祖的《易水寒》杂剧,明·王恒的《合璧记》传奇,明·吴玉虹的《如是观》传奇,明·汤子垂的《小英雄》传奇。

《易水寒》杂剧演荆轲刺秦王(嬴政)事,以《史记》的记载为主,稍采《燕丹子》。

可是,故事的结局却改了。《史记·刺客列传》说燕太子丹初见荆轲时,把自己的企图告诉荆轲:“诚得劫秦王,使悉反诸侯侵地,若曹沫之与齐桓公,则大善矣。则不可,因而刺杀之。彼秦大将擅兵于外,而内有乱,则君臣相疑。以其间,诸侯得合纵,其破秦必矣。此丹之上愿,而不知所委命,唯荆卿留意焉。”又说荆轲刺秦王事不就而身负八创,倚柱而笑,箕踞以骂曰:“事所以不成者,以欲生劫之,必得约契,以报太子也。”剧本把“生劫秦王使悉反诸侯侵地”的意图变作事实,而荆轲在秦王下令尽返诸侯侵地后,出了秦宫,为仙人王子晋点化,就成仙去了。这样一改动,其目的在于使观众痛快一下,使全剧的阴郁悲壮气氛在结尾处突然一变而为明朗欢畅。如果有死心眼的观众问道:“这不是改写了整部历史么?到底还有没有秦朝呢?”另一位观众就可以这样回答:“只是叫你痛快一下,历史并没改写。叶宪祖不是说荆轲劫秦王如愿以后就由王子晋带领上天成仙了么?荆轲既已成仙,自然不再管尘世闲事,而多诈的秦王既已过关,自然就食言而肥了。”在我们看来,这种改写的方法和乐观主义并无共同之处。

同《易水寒》仿佛的,还有明·王恒的《合璧记》。这也是基本上根据历史,而把故事结局改写,使观众痛快一下。《明史·解缙传》说解缙下狱后,于永乐十三年被灌醉、埋积雪中死,并且(被)抄了他的家,妻子被流放辽东。直到正统元年这才发还家产,任命解缙的儿子祯亮为中书舍人。但是剧本却使解缙遇赦,仍为学士,来一个大团圆的结局。

给故事扎上一个光明的尾巴(这一类的戏曲为数颇多),表示了作者对于戏中主人公的同情,正如有些戏曲不顾时代错误,硬要叫剧中的反派人物当场受到惩罚,表示了作者的义愤。更进一步的作法,就是虚构故事,大翻历史公案,例如明末吴玉虹(或作清·张大复)的《如是观》和明·汤子垂的《小英雄》。前者说岳飞不肯奉诏班师,大破金兵,迎还徽、钦二帝,揭露了秦桧私通金国的阴谋,秦桧夫妇明正典刑;后者说岳飞被害后,飞子岳雷、岳电和牛皋隐居山中,后来金兵南侵,宋高宗访求岳飞后代及牛皋以御金兵,岳雷、岳电和牛皋诣阙辨明岳飞冤狱,高宗杀秦桧夫妇,岳雷等打退了金兵。这两部后出的传奇,都是不满于《精忠记》(明人作,传为姚静山)和《精忠旗》(此为明·李梅实原作、冯梦龙改定)之忠实于历史和传说,觉得只写秦桧在阴间受审(元·孔文卿的《地藏王证东窗事犯》即专写这个传说的,《精忠记》和《精忠旗》也写到秦桧夫妇在阴间受审),不够痛快,故此虚构了大快人心的故事,其重点所在,不仅岳飞的寃狱得以昭雪而且反击了外族的侵略。这也是“古为今用”的一种形式,但不能算是历史剧;因为剧中虽然也有历史上的真人真事,但主要故事却是作者认为“应作如是观”而凭空构撰的。

例六：元·马致远的《汉宫秋》杂剧，明·无名氏的《和戎记》传奇。

《汉宫秋》与《和戎记》，虽然根据历史上的真人（王昭君）真事（昭君嫁给呼韩邪单于），但是，为了"借古讽今"，却故意改变了历史事件的本质，把王昭君的自愿和亲改为被迫，甚至说呼韩邪得毛延寿献的昭君画像按图索人，汉元帝不得不迁嫁昭君，昭君在途中投水而死。然而从历史上的王昭君改变到戏曲中的王昭君，并非旦夕之功，亦非始自马致远。这是一个漫长的过程。大致魏晋之间，民间已有不少关于王昭君的传说，稍后，如《西京杂记》之所记，已经添上画工要求贿赂的情节。晋·石崇的《王明君辞》，已经给她带上哀怨的声调。然而"父子见凌辱，对之惭且惊；杀身良不易，默默以苟生"等句，依然根据史实。唐、宋人咏明妃事，在感情上就比《王明君辞》更进一解，但亦不见投水自尽之说。因而《汉宫秋》所演故事，如果有民间传说的根据，那么，可以推想，这是王昭君的民间传说的进一步发展，而民间传说的此种发展又反映了当时在外族侵凌之下的人民的情绪。《和戎记》沿袭《汉宫秋》而又凭空捏造出一个王昭君的妹子王秀真代姊续汉宫的恩宠，这却是十分庸俗的笔法。后来地方戏曲的许多《昭君出塞》，大致和《汉宫秋》定的调子不相上下。把王昭君的自愿和亲改变为被迫，并借题发挥，痛骂文臣武将不能保家卫国，这在当时也是"古为今用"。自然，这样的"古为今用"，是反历史主义的。

例七：明·无名氏的《鸣凤记》和清·孔尚任的《桃花扇》。

《鸣凤记》的作者是谁，现在还不能下断语。从前有说是王世贞所作，这正像把《金瓶梅》说成是他的作品一样，事出有因，查无实据。为什么会发生这种把美名强加于王世贞的传说呢？大概因为第一，王世贞是明朝后七子的领袖人物，在当时威信颇高，容易使人把不署名的惊人之作猜度是他的手笔；而第二，这两部书都辛辣地揭露了严嵩父子的罪恶，而王世贞的父亲王忬是被严嵩害死的。（据说，《金瓶梅》中的西门庆即影射严世蕃，因为时人称世蕃为东楼；又说，王世贞欲报父仇，故特写此性生活极多的小说以投严世蕃之所好，又知世蕃阅书时好以手指拈唾液翻书页，故把稿本纸先用毒药浸过，期望能毒死世蕃。）至于把《鸣凤记》归在王世贞名下，除上述两个理由而外，还有一个理由，便是王世贞和杨继盛有交情，对杨继盛因劾严嵩父子而弃市，极为不平，而在《鸣凤记》中，杨继盛却是一个主角。（据《明史》二八七，《王世贞传》载："杨继盛下吏时，进汤药，其妻讼夫冤，为代草；既死，复棺殓之。嵩（严嵩）大恨。"王忬的被嵩构陷，与此有关。）

但据焦循《剧说》，则谓《鸣凤记》乃王世贞门人所作，仅法场一出是王世贞的亲笔；又说《鸣凤记》初成，命优人演之，邀县令同观，令变色起谢，欲亟去，王世贞徐出邸抄示之曰："嵩父子已败矣。"乃终宴。（按，此说似有夸张、附会之处。理由是：严嵩勒令致仕、世蕃充军，在嘉靖四十一年五月，此谓王世贞出示邸抄云云，则《鸣凤记》初演应在严氏父子失势之当年，但《鸣凤记》不但写了严嵩失势，还写了严世蕃终于伏法、严家籍没，夏言等被害者恢复名誉等等。查林润劾严世蕃、罗龙文，并奉旨逮捕二人，在嘉靖四十三年，至于夏言等被害者恢复名誉，更在其后，剧本如初演于严嵩失势之时，剧作者何能预写此后数年之事？故知请县令看戏、出示邸抄云云，不免附会。）可以猜想，《鸣凤记》写于严嵩未败之时，而初演于严嵩刚倒之时，在当时它实在不能算是历史剧而是现代生活剧。但是剧本的故事和人物既已载入史册，现在我们就把它当作历史剧看待罢。

《鸣凤记》的主要故事和人物，都是有来历的；虚构的穿插如《陆姑救易》一出中的严府家奴彭孔也是真有其人。但是《鸣凤记》对于史实也还是有所改动，并不严格遵守。例如：剧本说杨继盛被斩后，杨夫人将预先准备好的“代夫明志，尸谏感君”的奏章，请监斩官锦衣卫都指挥使陆炳“转达天听”，但陆炳认为无济于事（该奏章仍是请罢斥严氏父子的），不肯转达，杨夫人就自刎于法场；但据《明史·杨继盛传》，杨系狱三年未判决，嘉靖三十四年秋审，严嵩把杨继盛名字附在必杀的张经、李天宠二人姓名之后，经嘉靖帝批准处决，杨夫人张氏因此伏阙上书，请代夫死（王世贞代起草的，大概就是这一个奏章），可是这封奏章被严嵩捺下，杨继盛终于被斩。又剧本说杨继盛的绝命诗为“浩气还太虚，丹心照千古，平生未了事，留与后人补”，而《杨继盛传》则作“浩气还太虚，丹心照千古，生平未报恩，留作忠魂补”；这里，剧本故意改了后二句，这一改却把杨继盛的性格更丰富了，这和历史所记载杨受廷杖及在狱时的乐观主义精神完全吻合。（杨传：初，继盛之将杖也，或遗之蚺蛇胆。却之曰：“椒山自有胆，何蚺蛇为！”又说他入狱创甚，夜半而苏，碎瓷碗，手割腐肉，狱卒执灯，颤欲坠。）剧本说董传策等三人商量好，由董起草弹劾严嵩父子的奏章，但《明史》董传策等三人的传记只说三人同时劾嵩，未言联名，当然没有董传策主稿之说。剧本又说邹应龙和林润中进士后因不受严世蕃的拉拢为世蕃所恨，（严）用了借刀杀人的阴谋，命邹应龙为巡边御史去抚慰二十万边防军但是只给他五千两银子的慰劳费，以便激怒军心，借此加邹应龙一个重大的罪名；同时又命林润为行人，到云南宣慰那些久已反抗明朝的土司，期待林润将因此而被杀。但是《明史》的《邹应龙传》和《林润传》都无此说，从而剧本所说邹应龙在居庸关会见了被谪的张翀（据《明史》有两个张翀，因劾严嵩而被谪戍的张翀字子仪，柳州人，谪戍都匀），也只是作者的捏合，其目的在于加强戏剧性。《明史·邹应龙传》说：邹登第后授行人，擢御史。自杨继盛、张翀等因劾严嵩而得奇祸，廷臣相戒不敢再言；邹因知严嵩被方士蓝道行所暗算，已失宠，遂上疏劾嵩父子弄权贪赃、横行乡里等罪状。剧本完全不提蓝道行事（这可能是考虑到太多的暴露将招致奇祸故特意避而不提的，因为严嵩之失势其根本原因不在邹应龙的弹劾，而在世宗相信蓝道行的箕仙，先已对严不信任，邹的弹章适当其会耳），并且说邹劾严那天刚好孙丕扬也上疏劾严。但《明史·孙丕扬传》及《邹应龙传》都没有这样的记载。此外，剧本和历史不符的细节还有不少，这里不一一列举了。（例如剧本说夏言妻易氏无子，妾苏赛琼有遗腹子，但《明史·夏言传》则谓夏言继室苏氏，无子，妾有身，苏氏妒而逐之，生一子。夏言被杀，苏氏流徙广西，隆庆初平反冤狱，苏氏迎妾所生子归，且得官，忽病死。又如郭希颜之死，实与严嵩无关，剧本所载郭与邹应龙、林润事，亦无根据。）可是，还有一个关系比较重大的不同，却不能不讲几句。

剧本写夏言与严嵩为收复河套事意见不同，严嵩因此蓄谋陷夏；剧本又说收复河套之议，创自夏言，而曾铣亦夏所保举。但据《明史》，则曾铣本为陕西总督，颇有政绩，上疏请收复河套，夏言思建不世功，得曾铣奏疏，竭力支持，但兵部部臣难之。世宗命诸镇文武将吏协议，并下诏表扬曾铣："贼据套为中国患久矣，朕宵旰念之，边臣无分主忧者；今铣倡恢复议，甚壮。其令铣与诸镇臣悉心上方略。"善于迎合的严嵩此时当然也不会持异议。不久，曾铣做好了计划上报，又交廷臣核议，廷臣当然都支持曾铣的计划。可是世宗忽然给辅臣们手诏道："今逐套贼，师果有名否？兵食果有余，成功可必否？一铣何足言，如生民荼毒何？"这一个变化，使得夏言惊惶失措，不敢再支持曾铣，而请世宗自己决定。世宗命刊手诏遍给与议诸臣，严嵩就乘势攻击夏言。兵部尚书王以旂会群臣复奏，尽反前说。先前表扬过曾铣恢复河套建议的世宗此时就派王以旂代铣，而置曾铣于狱，还责备科道官不言，悉杖于廷，停俸四月。后来，由于严嵩的阴谋构陷，曾铣和夏言都先后被斩。

从这一桩公案，可以分明地看到一个好像是英明而其实是凡事都不摸底、冲动性大、又迷信鬼神、喜怒无常、生性猜忌残忍、善于把责任推给臣下的专制皇帝的嘴脸，以及一群专门揣摩这位皇帝的喜怒好恶的大臣们的丑态；从这一桩公案，也可以看到当时满朝文武（曾铣是例外），都围绕着这个专制皇帝施展他们各人的倾轧争宠的手段，而比较正派一些的夏言也并不像剧本所写那样为国为民、不打私人算盘。夏言两度执政，都不是风平浪静的过程；他打败过好几个竞争者，当然，这几个对手不是什么正派人，然而夏言也不是一个能够（甚至常常不能）坚持原则的人。他也排斥过不少异己，——仅仅因为异己而已。他也毫无原则地同奸佞之辈妥协。（一次是回护陆炳，见《炳传》，一次是放严嵩父子过关，见《嵩传》。）而且，他也老是看着皇帝的眼色顺风使篷，而他之所以终于败于严嵩之手，就因为他的揣摩工夫还不及严嵩到家。剧本显然是美化了夏言，把夏言对收复河套问题的投机心理提高到爱国主义的原则性，从而塑造出一个深谋远虑、謇谔自负的大臣形象。这，不能不说是曲笔。剧作者所以要美化夏言，大概为了同情夏言死得冤枉，也为了更有力地抨击严嵩父子的邪恶。就整个剧本看来,锋芒所指虽然是严嵩父子及其党羽,而字里行间却也描画了那个沉缅(湎)斋醮、信任邪佞、摧残忠良的皇帝的本相。在封建专制时代,特别是这个杀人如麻的皇帝还没有死的时候,剧作者敢于这样指桑骂槐,不能不说他的勇气是相当大的。

《桃花扇》是大家常常谈到的一个剧本,它在古典历史剧中的卓越的地位,差不多已有公论了。无论从运用史实方面看,或者从塑造人物方面看,《桃花扇》比《鸣凤记》更高出一筹。《桃花扇》也有不完全按照历史的地方,例如说侯方域后来出家,就不是事实;《桃花扇》也有虚构的地方,例如苏昆生赴左良玉军请救侯生及柳敬亭为左传檄金陵等等。但侯生与香君在道观相遇,已属虚构,何妨以双双出家,为传奇之团圆结局的公式别开生面(顾彩的《南桃花扇》就是使侯、李团圆的);至于苏、柳,一则请救、一则传檄的故事也还符合于苏、柳的性格。从整个剧本看来,凡属历史重大事件基本上能保存其原来的真相,凡属历史上真有的人物,大都能在不改变其本来面目的条件下进行艺术的加工。如果说,《桃花扇》是我国古典历史剧中在历史真实与艺术真实的统一方面取得最大成功的作品,怕也不算过分罢。(对于《桃花扇》的分析,有过不少值得参考的文章,想来读者也都知道,所以我在这里就少说几句罢。带便想提一下本年九月八日《光明日报》发表的王毅同志的《由历史人物到戏剧人物》这篇文章,我觉得此文虽然只是"从桃花扇中的杨龙友说起",可实在是对于历史人物如何塑造的细致精辟的分析,同时也对《桃花扇》的艺术性作了公正的评价。)

以上,流水账似的拉拉杂杂地谈到了十几部古典历史剧,意在解剖几只麻雀以便探求前人的经验。但是,惭愧得很,即使只是解剖麻雀也并没有做到全面和细致。而且,有时还纠缠于考证史实,以至文字冗长枯燥。自己特别觉得不满意的,是讨论了这些历史剧的作者们怎样、为什么改动历史,却完全没有谈到这些历史剧在艺术上的不同的成就。我的企图本来打算就"前人怎样、为什么改动历史"这个问题来探讨两个问题:一、历史剧古为今用的问题,二、历史真实与艺术真实如何统一的问题。但是,流水账式的漫谈,疏漏殊多,而文章结构亦颇不谨严,原来的企图,未能完成什一;为了补救这个老大的缺陷,打算在这里讲几句概括的话:

一、古为今用的问题。就一般而论,我们的先辈取材于历史都抱有"借古讽今"或"借古喻今"的目的;为古(历史)而古(历史)的作品是绝无仅有的。既然要古为今用,他们就觉得不能不对史实有所取舍、有所更改。特别是当他们从自己的立场和观点看古人的行为而觉得不可解时(例如本章所举的例三和例四),就要大改而特改。但例三和例四又有不同。例三简直是改写了历史,而改写又是为了达成作者自己特定的任务:在得不到任何后盾的情况下,程婴和杵臼以舍身(生)取义的坚决行动和高度机智的安排,保全了赵孤并且终于为赵氏复仇。作者让韩厥自杀,一来是暗示当时晋国的大臣们都不敢为赵氏仗义执言,韩厥虽然同情赵氏但除了放走赵孤并自杀明志,别无办法,二来是衬托出程婴、杵臼的处境如何危险、困难,借以加深刻画二人的高贵品质。例四不像例三那样改写历史,而是给历史一种解释,——当然是按照作者的立场、观点做出来的解释。不论是在例三或例四,作者都从唯心主义的历史观和抽象的道德观念来解释历史事件、塑造历史人物,以期"古为今用"。我们自然不能赞同他们的观点和方法,可是我们也不能不承认在塑造历史人物并通过这些人物的侠义行为、坚毅性格进行思想教育,还是相当成功的。

上面所举的例五,同样地说明了唯心主义历史观的剧作家对于"古为今用"的理解并由此而产生的各种不同的表现方法。例五的四个剧本又各自不同,此在上文已经谈到,这里不再重复;但平心而论,《合璧记》的格调低于《易水寒》,除了顾全传奇体的团圆公式很难解释作者何以非使解缙复活不可。《如是观》和《小英雄》的作者其动机可敬,其方法实不足取,因为这是"古为今用"(照他们的定义)的最简单化的办法。

例六实在也是例五的同一类型,所不同者,例五各剧从积极方面赋真人以假想的事实,而例六则从消极方面把假想的事实加于真人;两者同样表示了作者的愿望,但表现在《易水寒》等等的作家的主观愿望还是同历史人物的意志并不违背,而《汉宫秋》等剧本所表现的剧作者的愿望和思想情绪却和历史上的真人王昭君大相径庭。不过,就像上文已经说过的那样,作者们这些主观愿望同时也是特定历史时期人民的情绪和愿望的反映。我们当然可以批评它们是反历史主义的,但也不能不承认它们在当时还是"古为今用"的。

至于例一、例二,作者们并不企图反映广阔复杂的历史背景,而只满足于表扬几个历史人物的亮节高风,达到劝善的目的。故事本来就简单,例一尤其缺乏戏剧性,因而宫天挺既硬拉上个第五伦,又捏造出一个王韬,秦简夫亦随手拈来邓禹和马武。这样一类题材的历史剧还有不少,表现手法亦大抵相同,它们基本上忠实于历史,也不妨说,它们好像基本上做到了历史真实与艺术真实的统一,但这是因为它们由于题材关系本来就没有碰着什么深刻复杂的历史矛盾。特别是《范张鸡黍》的人物并不是活动于特定的历史背景前的人物,而是可以放在任何历史背景前的抽去了时代意义的道德化身而已。

例七的两个剧本,比其他剧本(就此文所提到的而言,而不是同此文未曾提到的其他一切古典历史剧作比较),在忠实于历史又不损害艺术表现这方面,都有更大更多的成功,而《桃花扇》又胜过《鸣凤记》。明世宗时代正是一个内外矛盾极为尖锐而且复杂的时代。《鸣凤记》写了两个对外矛盾:收复河套问题和倭寇问题。这两个对外矛盾反映在明朝统治阶级的内部矛盾并且和内部矛盾纠缠在一起。在这里,《鸣凤记》的作者表现了他(他们)的视野的宽阔;它并不局限于杨继盛、张翀等等冒死弹劾严嵩父子的历史事件的狭隘范围内,而是把更大的历史事件(对外问题)作为背景。如果作者的眼光只射在杨继盛等人物的身上,也尽有够多的史实可供描写;然而作者宁舍此而就彼,这就说明了他(他们)取舍史实的眼光是照顾到全局的。但是《鸣凤记》还是有顾忌,不敢用艺术形象来表现世宗这个专制皇帝的典型,甚至不敢提蓝道行事;而《桃花扇》就全然没有这些顾忌。这倒不是孔尚任比王世贞的门人更勇敢,而是因为后者写的不是历史而是当代的大事;继任的皇帝大权在握就"鞭"前任皇帝之"尸",可是他同时却又承袭了前皇的"衣钵",此在明代的嘉、隆两朝已成例行公事,因此,生在嘉、隆之际的《鸣凤记》作者总不能不有重重的顾虑。

总上所述,我们的前辈为了历史剧的"古为今用"做过多种不同的修改历史的方法,但是,结果表明,如果能够反映历史矛盾的本质,那么,真实地还历史以本来面目,也就最好地达成了古为今用。像《桃花扇》这样的剧本可以视为这一类的最高峰。

二、历史真实与艺术真实如何统一的问题。我不揣冒昧,打算用比较具体的话,先把这个问题所要求的任务弄明白些。历史剧不等于历史书,因而历史剧中一切的人和事不一定都要有牢靠的历史根据,——也就是说,可以采用不见于正史(姑且采用向来大家对这术语的理解)的传说、异说,乃至凭想像来虚构一些人和事;在这里,可以有真人假(想像)事,假人真事(即真有此事,但张冠故意李戴,把此真事装在想像的人物的身上),乃至假人假事(两者都是想像出来的)。其所以需要这些虚构的人和事,目的在于增强作品的艺术性。但是,在运用如此这般的方法以增加作品的艺术性的时候,有一个条件,即不损害作品的历史真实性。换言之,假人假事固然应当是那个特定时代的历史条件下所可能产生的人和事,而真人假事也应当是符合于这个历史人物的性格发展的逻辑而不是强加于他的思想或行动。如果一部历史题材的作品能够做到这样的虚构,可以说它完成了历史真实与艺术真实的统一。

如果上面那些话可以成立,我们从上文提到的七个例子、十三个剧本中可以看到:当作家对某一历史事件发生思想矛盾的时候,他就很难做到历史真实与艺术真实的统一。纪君祥的《赵氏孤儿》是一个例子,张凤翼的《窃符记》是又一个例子。纪君祥抱有赞美程婴、杵臼的强烈感情,但是他又不理解为什么族灭赵氏的事件发生于景公时代,因而他的两难之处就在于如何而能赞美了程婴、杵臼又不拖出景公(纪君祥眼中的贤明之主)来示众。结果,他牺牲了历史的真实。张凤翼遇到的是差不多的思想矛盾:既要赞美侯嬴、如姬,肯定信陵君的夺军救赵,又要保护他认为战国时代也应当有或者至少在他这时代是必不可缺的封建伦常。结果,他也牺牲了历史真实。

至于心存影射、张有冠而李戴,意图热闹、唐宋人欢聚一堂,诸如此类的不顾史实、错乱时代的毛病,在古典的历史剧中早已视为逢场作戏、理所当然。这是因为作者下笔之时,心目所注,虽在讥刺,而服务对象,实非广大群众而只是他那一个小圈子的人们,故而在作者想来,蔡中郎虽事董卓,却未曾入赘牛府,权且借他来指桑骂槐,观众自然心照不宣,既不发生传播错误的历史知识的问题,也不负无端破坏古人名誉的责任;因而我们可以说,前辈先生们对待历史剧的态度,实在是严肃而又不严肃的。严肃者何?即意在借古讽今,绝不为古而古。不严肃者何?即对于历史事实任意斩割装配,乃至改头换面。像《鸣凤记》、《桃花扇》那样的谨守史范,不妄添一角,不乱拉陪客,在古典历史剧中,是比较少见的。

如上所述,不论是古为今用问题或历史真实与艺术真实之统一问题,我国历史剧的传统都有精华与糟粕两方面。我国近年来的历史剧正是在发扬优秀传统的基础上,弃其糟粕,取其精华,以历史唯物主义与辩证唯物主义武装着我们的头脑,因而获得了超过前人的成就的。

六、对传统的继承和发展

十多年来,我们对于如何继承传统,如何发展传统、推陈出新,做了不少工作,也的确取得了不小的成就。在历史剧方面,我们能以历史唯物主义为指针,分析历史、评价人物,自然不是我们的先辈所可企及,但即如比较技术性的工作,如搜辑史料、甄别史料,我们也比我们的先辈们用力更勤而态度也更严肃。可以说,无论是改编前人的历史剧或新编历史剧,我们都体现了正确地继承传统和发展传统的精神,而且一年一年有进展。盛极一时的历史剧的讨论,由于贯彻了百家争鸣,因而对历史剧编写中存在的问题也认识得更清楚、更全面;这次讨论将有助于推动历史剧的进一步的发展。

越王勾践卧薪尝胆的剧本既有百来种之多,这一个新编历史剧本身就体现了百花齐放、百家争鸣的盛况。但是,在综合研究我们最近一年来新编的这一题材的许多剧本以前,让我们略费些时间看看前人在此方面留下些什么遗产,大概也不是没有意思的。

上文说过,吴越战争是春秋后期轰动一时的一件大事,从事件发生之时起,直到战国末年,两百多年间,一直是诸子百家最常提到的事件,而且也是议论最多的事件。先秦诸子中提到吴越事件的,最早是《墨子》,最迟是《吕氏春秋》。墨翟生当越国还是当时四强之一的时代,而荀卿等则在吴越战争二百年后,其时越国已经为楚国所吞并,然而荀卿等人的著作中对二百年前这件历史大事依然十分注意,此中原因,是值得玩味的。为什么时代愈远却愈受注意呢?因为在当时的历史条件下(七国争雄的时代),吴越战争的史迹既提供了正面教训,也提供了反面教训。这一个历史经验教训也指出了在列国纷争、弱肉强食的条件下,弱小的被压迫的国家如何可以反弱为强,而强大的国家如何最后走向灭亡的一些普遍的规律。

但是,在我国古典文学中,取材于这一个历史事件的作品,如以戏曲而言,数量并不太多。地方剧(京剧在内)的传统节目中,却就比较多了;但为篇幅所限,这里只好不谈。请以古典戏曲(杂剧、传奇)为范围,略述一二。臧晋叔引《涵虚子》,谓关汉卿著《进西施》、宫天挺著《越王尝胆》等杂剧(按《录鬼簿》也著录此二剧,但《越王尝胆》作《越王勾践》,当系同一剧本),又赵明远曾著《范蠡归湖》;这些作品是见于记载的最早的取材于吴越战争的剧本,可惜都已失传。从题目看来,《进西施》和《越王尝胆》也许是描写了吴越战争的整个过程的,或者前一种以美人计为重点而后者则以发愤图强为重点。至于《范蠡归湖》,大概是演述越既治吴,范蠡急流勇退,携西施泛五湖乃至成为"地仙"等等传说。本来,在封建专制时代,范蠡的际遇和结局,大概是一些自命高超的女人们最所歆羡的。而也许是这种心理,使得百余年后的梁辰鱼写了一部《浣纱记》传奇,虽然以吴越战争整个过程为背景,但范蠡和西施却成了关键性的主要人物。《浣纱记》洋洋洒洒四十五出,以范蠡、西施开场,亦以范蠡、西施结束,好像是关汉卿等三人的三部作品的综合。《浣纱记》在当时颇负盛名,一半是由于作者梁辰鱼(伯龙)是一个落拓不羁的名士(据说梁美姿容,修髯,身长八尺,风流自赏,或谓他虬须、虎颧,使酒任侠,不屑就诸生试),当时文坛的主帅(后七子的领袖)王世贞曾经吹捧他(据焦循《剧说》引《静志居诗话》:王诗"吴阊白面冶游儿,争唱梁郎雪艳词",即为《浣纱记》而作),而一半也由于《浣纱记》是当时"昆山腔"的第一个剧本。(据《剧说》引《芳畲诗话》:世所谓"昆山腔",自良辅始,而伯龙独得其传;著《浣纱》传奇,梨园子弟多歌之。《剧说》又引《笔谈》:魏良辅能谐声律,张小泉等争师事之。梁伯龙起而效之,考订元剧,自翻新调,作《江东白纻》、《浣纱》诸曲,又与郑思笠精研音理,金石铿然,谱传藩邸,戚畹金紫熠爚之家,取声必宗伯龙氏,谓之"昆腔"。又《剧说》引《蜗亭杂订》:歌儿舞女,不见伯龙,自以为不祥。其教人度曲,设大案,西向坐,序列左右,递相叠和,所作《浣纱记》至传海外。)这部作品大量采用了《吴越春秋》和《越绝书》的记载,但把西施作为范蠡的未婚妻,后来范蠡进西施谋吴,西施奉有特殊使命,以酒色消磨吴夫差的志气。这一个线索,是梁辰鱼的"发明",然而正面描写此一特殊任务者,只一二出;最后范蠡、西施"泛湖",却又加上个定命论的解释,说范是灵霄殿金童,西施是天宫玉女,范随勾践入臣吴国三年,西施为夫差妾,都是注定孽缘,不得不了的。不客气地说,《浣纱记》的思想性是不高的,因为它并没着意描写勾践的卧薪尝胆、发愤图强,而用不少篇幅写了夫差听信奸邪,杀害忠良,沉湎酒色。当然,也可以说,剧本的此种写法,在当时也有影射作用,夫差影射明世宗,伯嚭影射严嵩父子,伍子胥影射杨继盛等谏臣;也可以说,梁辰鱼怕人说他的作品有所影射,故而在"泛湖"一出用这样四句来结束全书并自明心迹:"尽道梁郎识见无,反编勾践破姑苏;大明今日归一统,安问当年越与吴!"传奇结尾用这样的诗句,恐怕只有《浣纱记》罢? 于此可见梁的用心。但不论怎样辩解,由于全书最后是"泛湖"的消极思想和定命论,那就把一桩激动人心的历史事件归结为"莫论兴和废,世事如儿戏"(这是"泛湖"的〔北清江引〕的曲文)。人物形象的塑造,也未见特点,有时且流于庸俗。曲文追求工丽,宾白骈四骊六,非当行本色,前人已经批评过了;而且正因为琢句修词,于是用典用成语犯了时代错误的,到处可见。不能不说,《浣纱记》的艺术性也是不高的。

古典戏曲作家用典用成语常犯时代错误(大概因为不把它当一会(回)事),例如马致远的《汉宫秋》,第一折汉元帝的道白有"封你做明妃"之语,又第二折驾唱〔梁州第七〕又有"一头地离明妃早宋玉悲秋",这里的两个"明妃"犯了时代错误。晋人避司马昭讳,故改称昭君为明君,后人又称为明妃,怎么汉元帝口里会跑出个"明妃"来呢? 第二折的驾唱〔贺新郎〕曲文"怎下的教他环佩影摇青冢月,琵琶声断黑江秋",这里的"青冢"也是时代错误的;相传昭君死于漠北,葬地生青草,故后人名曰"青冢",此时尚未出塞,何来"青冢"? 但全剧的高度的艺术表现掩盖了这些技术性的小毛病。而《浣纱记》则正相反,那些"工丽"的但又充满了时代错误的曲文和宾白,使得它的整个格调不高而且有时使人肉麻。焦循《剧说》引《蜗亭杂订》:"《浣纱》初出,梁游青浦,时屠隆(也是一位词曲名手,还能演,著有《昙花记》、《修文记》、《彩毫记》等三种传奇——作者)为令,以上客礼之,即命优人演其新剧为寿。每遇佳句,辄浮大白,梁亦豪饮自快。演至《出猎》,有所谓'摆开、摆开'者,屠厉声曰:'此恶语,当受罚。'盖已预储污水,以酒海灌三大盂,梁气索,强尽之,吐,委顿。次日,不别竟去。"屠隆固恶作剧,但《浣纱记》中的恶语岂仅"摆开摆开"而已。

在《浣纱记》之后,又有《倒浣纱》,此亦明人著作,不知作者谁何。看题目就知道是在做翻案文章了。故事梗概如下:范蠡奉命伐吴,因知勾践难以共安乐,预先把妻子安排好(使一妻二子赴齐,隐居乡村,又一子返楚,重理旧家业),破姑苏时得西施,恐为越患,乃沉西施于湖,范亦变服泛舟赴齐,同时遗书文种,劝他勇退。此剧仍袭《浣纱记》范蠡、西施为本有婚约,但因要行使反间计,故将西施进入吴宫,等等说法,而又发挥其"想像";《沉施》一出,西施怒骂范蠡背信弃义,但范责西施三大罪:

“既为吴国夫人,当谏吴王远佞亲贤,修治国政,每进谗谮之言,杀害大臣,其罪一也;引诱吴王,荒淫无度,劳民伤财,其罪二也;忘宠幸之恩情,为反间之柔奸,致令国破家亡,其罪三也。”西施说,这都是“越王之命,大夫之计,叫我去做反间,所以我这样干的。”但是范蠡蛮不讲理,说食其禄者忠其事,今西施不忠于吴,使夫差战死,吴国灭亡,西施该当其罪。遂将西施沉于湖中。勾践既已灭吴,听信定国将军皋鱼的话,既打碎了范蠡的金像(范蠡去后,勾践铸金为像以纪念之,见《史记》),又族诛了文种,于是泄庸、计倪挂冠而去,越国遂无能人。于是伍子胥寄养在齐国的儿子(已为齐国驸马)借了齐兵报仇,越国全无抵抗之法,勾践逃上禹陵,为雷殛死,——剧本说这是报应。勾践既死,齐兵亦退,齐国还请周天子重立吴、越之后。剧本最后仍以范蠡在齐再迁至陶,称陶朱公,终于弃家修道结束。《倒浣纱》在思想性和艺术性上,都比《浣纱记》低得多。而且和《如是观》等翻案戏也不能相此。《如是观》还有强烈的正义性,但《倒浣纱》简直是为翻案而翻案,虚构的事实,亦很不高明。如果要勉强给《倒浣纱》找解释,只有一条,即作者对勾践的“过河拆桥”,杀大夫种,十分不满,故安排了这样一个完全虚妄的故事,聊以快意。

同《浣纱记》等相比,我们的百来个卧薪尝胆的剧本,就高出了不知多少倍。

首先是主题思想十分明确:生于忧患、死于安乐,卧薪尝胆、发愤图强。《浣纱记》的主题是什么?《浣纱记》确是一方面写了吴国的内部矛盾以及夫差的骄傲自负,好大喜功,另一方面写了越国的上下一心,发愤图强,这是《浣纱记》的优点,我们不应抹煞,然而,作者把伯嚭谑画化了,写夫差也只是像一般的荒淫糊涂的国王,而写越国君臣呢,却又突出了强调了他们的阴谋,而几乎没有写到他们的克勤克俭、自力更生。正因为强调了阴谋,这就把当时的吴越兴亡的本质性的因素(越国的发愤图强,自力更生)摆在不受注意的地位,也可以说,摆在次要的地位,而把非本质的因素(阴谋——即所谓亡吴七策之三策)提到显著的地位,亦即主要的地位,而这是对于吴越关系的历史发展的歪曲,从而也就削弱了剧本的思想教育作用。

所以我们应当而且必须肯定:主题思想的明确,是我们的有关越王勾践的许多剧本的共同的优点。就我所读过的五十来个剧本而言,它们无例外地都是把越国的上下一心、克勤克俭、自力更生,作为越国的转弱为强、复仇雪耻的基本动力;而吴国的内部矛盾,只是作为越国君臣得以争取时间、储蓄力量以图最后一击的一个因素而已。自然,不采取什么美人计了(这在《浣纱记》是一根主线);有些剧本干脆没有西施这个人物,有些剧本虽然有她,可是处理的方法完全不同:她是被吴兵掳去的,不是越国进贡的,当然和范蠡根本没有关系,而她在吴宫见机行事,暗中帮越国一下忙,也只是出于爱祖国的热忱,并非预先计划好的间谍工作。

我们的许多卧薪尝胆剧本的第二个优点是:为了加强主题思想,为了服务于主题,虚构了人物和故事作为勾践、文种、范蠡等等的对立面。当然,从历史记载上,是找不到当时越国曾有不同心同德的人物和故事的,——我在本文第三、四章已有论述;但是,历史剧不是历史书,历史剧容许而且需要虚构,只要这种虚构的人和事不会超越当时历史条件的可能,只要这些虚构不是以今变古,以今人思想强加于古人的反历史主义。自有历史剧以来,都是有虚构的;像本文第五章所论述,我们的先辈的作品中就有大量的虚构;所不同者,他们虚构的人和事,多数从主观出发,不管历史条件有无可能,而我们是要努力以历史唯物主义的观点分析史料并从中找出事件发展的规律,然后在这样的基础上虚构人和事。越国的统治集团有无内部矛盾?先秦典籍中没有记载,后来的采录了大量民间传说的专著中也没有。但是,并不因此而我们就不能想像其曾有内部矛盾。因此,可以虚构。问题在于必须谨守历史唯物主义的观点,不使这些虚构成为以今变古,或者以历史影射今天。这是历史剧的古为今用的问题的一个方面,我打算留在下面详细讨论。

我们的许多卧薪尝胆剧本的第三个优点是突出地描写了人民的力量。历史书籍没有这一类事实的正面的记载,但是,我们完全有理由可以说:在当时越国已经几乎完全被解除武装而且经济又比吴国落后的情况下,越国君臣如果没有人民的有力支持,即使卧薪尝胆,凭什么来发愤图强?凭什么能在二十年之内转弱为强复仇雪耻呢?在春秋时代,人民力量的表现不可能像今天那样的群众运动的形式,而只能是对于统治者的政策所表示的态度和行动:反对呢,冷淡呢,还是拥护?先秦典籍常常透露越国人民力量的伟大,不过它们用的语言和我们的不同,它们是用在上者的政令能够贯彻而得民心的方式来记录统治者的“功德”和“威信”,但实际上这依然是记录了人民的力量在历史发展中所起的作用。我们的剧作家们从《史记》的一些概括性的文句以及东鳞西爪式的记载中想像出越国如何发展生产的故事,这是完全正确而且必要的。问题只在这些虚构的故事是否符合当时的历史条件。在这一点上,我所读过的几十个剧本提供了丰富的研究资料,下面我们还要谈到。

第四个优点是这许多同一题材的剧本在艺术构思上的确呈现了百花齐放的盛况。试以剧本如何开场(第一幕的故事)为例,就有九种方式:一、勾践栖于会稽,使大夫种行成;二、勾践与范蠡入臣吴国,被囚于石室;三、勾践返国,群臣在江边迎接;四、勾践刚刚释放、尚未出吴境,伍子胥力争,于是夫差采取折中办法,要勾践履行三个条件:越国王子入质于吴,拆毁越国首都西北城垣,平时纳贡、战时出兵;五、夫差将伐齐,伍子胥主张先灭越;六、范蠡进西施,促成夫差下决心释放勾践;七、勾践返国后,范蠡到苎萝访贤,却不意遇见西施,因说服西施使入吴宫为反间;八、夫差与西施游湖,吴太子友报告勾践发愤图强,伍子胥与伯嚭展开了一场辩论,夫差最后采取伯嚭的主张；九、勾践入臣之第三年，范蠡以释放勾践俾能镇压越人之反抗为说词(辞)，使夫差同意释放勾践。此九种开场方式，只是九大类而已，事实上同一类中还是大同小异，各有重点。再以剧本如何结束为例，也有三种不同的结束方式：一、吴越鏖兵夫差自刎，伯嚭投降，为勾践所斩(这占最多数)；二、写勾践誓师伐吴，士气高扬，不写战争结果(也有写齐、楚、晋三国使臣至越共约攻吴，于是勾践誓师)；三、越国的叛徒(由投降主义者或恐吴病者发展而为叛徒的)与夫差密谋将图覆越，但被范蠡识破，因将计就计，破吴兵，并使四国诸侯(齐、鲁、晋、宋四国诸侯各带兵五千，本来是夫差约来共攻越国的)弃吴与越，在夫差战败自刎后，四国奉越为盟主。此三种方式实际上也是三大类。例如第一类中有不指明何年何月只说越国进兵，吴夫差迎战不利，自刎云云，但也有把越兵袭吴，生擒吴太子友的战役与最后灭吴的战役联结为一个战役的。此外，写越国人民力量如何推动勾践的决心，越国统治集团内部矛盾如何发生又如何克服，等等方面，也是各运匠心，体现了百花齐放的精神。当然，我们还不能说，在这两个最不易掌握的问题上(越国人民的作用和越国统治集团内部矛盾)，每个剧本都能够做到无可指摘的程度，但是，总的说来，都是努力要对春秋时代这件历史公案作出历史唯物主义的分析从而给予形象化的。

我在本文开头说过：以吴越战争为题材新编的剧本虽有那么多，可是问题却只有这么几个。现在我要进一步说：虽然问题只有这么几个，但是由于数以百计的剧本对这几个问题的处理有了百花齐放的局面，就提供了十分有利的条件，使得我们对于历史剧创作上这些基本问题，可以总结出比较成熟的经验。

所谓历史剧创作的基本问题，根据最近一年来的历史剧讨论，大致是：一、古为今用的问题，二、历史上人民作用的问题，三、历史真实和艺术虚构相结合的问题；最后，我打算加一个，四、历史剧的文学语言问题。

我们的剧作家既以百花齐放的精神就同一题材编写了数以百计的剧本，给我们提供了那么丰富的研究资料，我不揣浅陋，亦愿窃附于百家争鸣之列，就上述的四个问题说一说我的浅见，仍以卧薪尝胆诸剧本为范围。

上面说过，我们的前辈先生写历史剧都有一个目的：古为今用。他们的古为今用就是以古讽今或以古喻今。但是这种讽喻方法，如果在他们那时代是可取的或者是不得不然的，那么，在我们今天，就是不可取的，就是不必要的了。这个论点，在历史剧的讨论中，已经有好多人提出来，并且作了说明，我想，现在大概没有人还有不同的意见。还有不同看法的，是我们今天写历史剧如何古为今用？这就有多种多样的“方案”，是一个百家争鸣的局面。大致说来，有这样一些“方案”：一、对人民进行爱国主义的教育；二、对人民进行阶级斗争和生产斗争的思想教育；三、强调历史题材之积极的、符合于今天需要的部分而删去或者修改其消极的不符合于今天需要的部分；四、可以为今天鼓舞人心、加强斗志的助力或借鉴；五、通过对历史的认识对人民进行马克思列宁主义思想教育；等等。应当说，这些“方案”都是可取的。但是，在理论上看来是简单明了的一个原则，在艺术实践中却不是那么容易掌握的。剧作家们首先在题材上就碰到了何去何从的问题，而评论家们也说在题材上应有所抉择。有些历史题材的教育意义是完全可以一言而定的，例如阶级斗争和生产斗争的历史题材；然而农民起义的失败经验如何处理好像还不能取得一致的看法。（严格说来，我国历史上的农民起义只有失败的经验，而教育意义亦即在此；不过，认为不能如实写出失败的结局的人们亦自有说，他们说今天人民的政治、思想水平还不太高，如实写出失败结局会起副作用。）另外一些历史题材被认为很少或者没有积极意义，例如愚忠、愚孝之类。（所谓愚忠，愚孝，即为一姓一家尽忠尽孝而与人民利益毫不相干的自我牺牲的行为；但是，对具体的历史事件也当分别加以判断，如果此一姓一家是代表当时的进步倾向的，那么，为此一姓一家而尽忠尽孝的古人虽然他主观上只是殉此一姓一家而今天我们未便以“愚”目之，例如《赵氏孤儿》中的程婴、杵臼。）第三类题材是既有积极意义，也有所谓历史局限性的；卧薪尝胆即属于此类。特别是因为数以百计的卧薪尝胆剧本中出现了若干硬套今天现实问题的“古为今用”的偏差，曾有一个时候在舆论中发生相当多的疑问：这一个题材是否值得这样大搞？

我在读了此一类剧本以前，也曾有此疑问，但在读了五十多个剧本而最后又读了最后写出的《胆剑篇》以后，我却以为这是值得大搞的。当我对此历史题材做了一些研究工作以后，我又以为这个题材只有积极意义，不发生所谓历史局限性的问题。只要还它个本来面目，积极的教育意义就出来了。剧作家的任务是通过艺术形象对此一历史事件还它个本来面目。而在此本来面目中，既有正面教训，也有反面教训。如果剧作家的主观意图是要在这个二千四百年前的历史事件中找出我们今天现实问题的“古本”，那才会发生所谓历史局限性的问题；而且，为了要在剧本中企图弥补这些所谓历史局限性，剧作家就会不自觉地做了一些以今变古的笨事。

为了更好地说明在艺术实践中如何正确地有分寸地古为今用，我想，简略地说一说若干卧薪尝胆剧本中出现的偏差，不是没有意义的。

这些偏差之所以会产生，当然并不简单，但最主要的原因恐怕是对古为今用的理解既片面而又机械。片面而又机械的理解就产生了从主观出发的想像和艺术虚构。例如越勾践发愤图强的具体措施，《史记》等书并没有详细记载（我在前面已经说过），当然，史书所没有的，剧作家可以想像，可以虚构，但是必须从二千四百年前越国的现实基础上进行虚构，而不是从我们今天的现实基础上进行虚构。从我们的现实基础进行虚构，势必发生一些令人啼笑皆非的描写：越王勾践不但会像我们的下放干部那样从事农业劳动，与人民“四同”，而且还有今天我们所理解的“以农业为基础”的观念；越国不但大兴水利，大搞农业，而且还大炼钢铁，还请了外国专家帮助铸造武器，改良农具；越勾践不但自己卧薪尝胆，而且还搞三反（反贪污、反浪费、反偷工减料）运动；那时的越国不但有妥协（对吴国）分子，有恐吴病者，而且他们的言论还极像现代的修正主义者；越勾践的十年教训居然贯串着今天我们所说的“劳武结合”的政策。诸如此类的描写（或者说它们是艺术虚构），大多数的剧本都未能尽免，不过分量有轻有重而已。

也许有人要反问：你是否承认《史记·越世家》如下的记载：“越王勾践反国，乃苦身焦思，置胆于坐，坐卧即仰胆，饮食亦尝胆也，曰：‘女忘会稽之耻邪？’身自耕作，夫人自织，食不加肉，衣不重采，折节下贤人，厚遇宾客，振贫吊死，与百姓同其劳。”如果你承认这些记载不是司马迁捏造，多少有点事实根据，那么，我们的剧作家为什么就不能从这些记载的基础出发，进行艺术的虚构呢？

我承认《越世家》的记载多少有点事实根据，我也承认这些记载可以作为剧作家进行艺术虚构的基础，并且我还打算承认艺术虚构不能不有所夸张，但是虚构和夸张都不能超越当时人物的思想水平和意识形态。也就是说，古人的行事尽管和我们今天的行事表面上有相似之处，但是我们不能把这表面上的相似，虚构为本质上的一致，不能在表面的相似之下硬塞进一个我们今天的思想意识的基础。例如司马迁只说勾践身自耕作、夫人自织，并不曾写他们像我们今天的下放干部那样到农村去“与民四同”，或者像我们今天在职干部每年劳动一个月；但是，为了虚构和夸张，我们仍然可以写勾践夫妇自耕自织，不过至多只能写勾践为了激厉（励）民心，曾有一时身自耕作，夫人自织，不能夸张到好像这已经是制度化了的，尤其不能虚构勾践这样做的时候他的思想意识同我们这样做的时候是一样的。我们不能不看到：勾践之所以有这些作法，目的在于收买人心；无论如何，勾践总是越国的奴隶贵族的大头子啊！

有些剧本有声有色地描写了大兴水利与大炼钢铁同时并举。兴水利、炼钢铁，史无明文记载，我们能不能加以虚构呢？我认为可以。但是，如果心目中先有了我们大跃进的现实，然后来虚构二千四百年前越国的钢粮并举，恐怕只是没有历史基础的虚构。劳武结合更是“强加于人”的虚构。《左传》和《越世家》记槜李之战，都说勾践使敢死队一再冲锋而吴军阵容不乱，乃使死罪囚徒三行在吴军阵前自刎，吴军为之震惊，于是越军乘势掩袭，取得胜利。《越世家》记夫差会诸侯于黄池，勾践乘虚伐吴，动用的兵员计习流二千人，教士四万人，君子六千人，诸御千人。何谓“习流”，前人注解不一其说，《索隐》谓是流放之罪人使习战争为卒伍，《正义》则谓“先惯习流，利战阵，死者二千人”，顾炎武《日知录》谓此乃士卒之善泅者，别为一军。

何谓“教士”?《索隐》谓常所教练之兵。何谓“君子”?《集解》与《索隐》都说是国王亲信的死士,春秋时各国都有,拔自贵族集团,与征之民间的“教士”不同。何谓“诸御”?《索隐》谓是诸理事之官,在军有职掌者。此一段记载,说明当时勾践所动员总数四万九千人,其中战斗兵(教士)四万,特种兵(习流)二千,各级军官(诸御)一千,亲军(君子)六千;四万九千人的总数以及各项分类数字,也许都有夸大,但此一段记载却说明了当时越国军队的编制。司马迁两次详细记载了越勾践军队的组合成份,但是《越世家》不言越国曾有所谓“寓兵于农”的政策,更何论我们今天的“劳武结合”? 先秦典籍记勾践教士之法甚多,然而都不是“劳武结合”(参看本文第三章)。因此,我以为用我们现在的“劳武结合”的观点来虚构越勾践如何积蓄军事力量,是值得商讨的。

恕我直言,就我所读过的那些卧薪尝胆的剧本而言,有百分之五十是或多或少地把联系现实(今天我们国家的现实)来理解古为今用的;这就势所必然会变成影射现实,这对我们的现实是一种诬蔑。因为,二千四百年前一个奴隶社会的统治集团的所作所为(无论它怎么高明)竟可以影射我们的共产党领导下的建设社会主义的现实,这不是对我们的诬蔑么? 同时,这又是以今变古,严重地离开了历史唯物主义的观点。越是想要多多地紧密地联系现实的剧本,出的岔子就越多越大。也有些剧本的作者对于这个诱人的然而害人的方法提高了警惕,可又失之于过分的拘谨,不敢多一些虚构,其结果,作品干巴巴,缺乏艺术感染力。能够尽量发挥想像、进行艺术虚构,而又能避免影射的毛病,据我的浅见,当推曹禺执笔,梅阡、于是之共同编写的《胆剑篇》;这个作品最后写成,它确实是吸取了它的先行者们的经验教训的,但是,仔细阅读并分析在它之前的那么多剧本(传统的和新编的),斟酌着舍短取长,作为自己创作的参考:这也是要有一点“卧薪尝胆”的毅力的。

如何做好古为今用,在艺术实践上往往涉及历史真实与艺术虚构相结合的问题,不过,这里不能再啰唆了,请留在专论历史真实与艺术虚构相结合那一段再谈罢。

现在谈谈历史上人民作用的问题。这是马克思主义提出来的新课题。我不打算抄书,在此处重复大家熟悉的马克思列宁主义经典著作有关这个问题的理论。不过,我想,在文字上背熟这些理论,远比在艺术实践上运用这些理论容易得多。因此一位评论家对一篇作品的描写人民作用的部分提出批评,倒也不一定是旁观者清,而是作家们从逻辑思维转到形象思维时有不自觉地偏高偏低的差距。何况作家在这里还有一个掌握史料的问题,还有一个分析历史事实能够全面到怎样程度的问题。而且,如何表现历史上人民的作用,我们的剧作家不能不赤手空拳、开辟新天地。前人的作品中尽管有很多歌颂劳动人民的篇章,但是从立场、观点说来,他们和我们是完全不同的。也就是说,在这个方面,可供我们继承的东西非常少,甚至可以说几乎没有。

在卧薪尝胆诸剧本中,都突出了人民作用。有写得好的,也有写得简单粗糙的;但是,都是努力想从历史唯物主义和辩证唯物主义的观点和方法来想像(因为史书上完全没有这方面的资料)其可能有的情况。这种努力值得赞扬。但是,春秋后期的人民不等于我们今天所说的劳动人民。在本文第三章,我曾经简略地说过当时儒家的用语"人"和"民"是有区别的。勾践时代的越国,如和当时的齐、晋、鲁等国比较,经济上是落后的。我们钩稽先秦典籍的有关越国的资料,还看不到当时的越国已经存在着像齐、晋等国的正在发展着的封建地主经济。因此,当时越国的统治阶级中也还没有强有力的封建地主阶层。因此,当时越国的社会结构,一方是世袭的奴隶贵族阶级(这是统治阶级),又一方是奴隶、农奴、手工业者的被统治阶级。从夫椒战败、勾践入臣于吴那时起的二十来年中,由于越国完全沦为吴国的附庸,越国的统治阶级也受到吴国的压迫,因而越国国内的阶级矛盾退居于次要的地位;勾践返国以后采取了一系列"爱民"的政策,以复仇雪耻为号召,这当然进一步缓和了阶级矛盾,而人民的力量也会更显著地发挥作用。勾践在二十年埋首苦干之后能够自力更生,能够变弱为强、以小胜大,就是依靠这些人民的力量。这些,就是剧作家们虚构人民力量的代表人物的历史根据。

卧薪尝胆诸剧本如何通过艺术虚构来表现人民力量,也有各种不同的方式;大致说来,有三大类。一、把越国十年生聚、十年教训的重要措施都归功于人民的主动创议;甚至像尝胆这样的细节也说是人民的创议,这样,勾践、文种、范蠡这些人物就变成无所作为,他们的唯一好处就是能够听从群众的意见。这恐怕是过高地估计了当时人民的政治觉悟、思想水平乃至文化水平,同时也过高地估计了勾践等人的品质和性格,把他们和今天共产党领导下方才会有的走群众路线、坚持民主作风的领导人物,等同起来了。反过来也可以说,这又是把历史上帝王将相的个人作用完全抹煞了。因此,这种写法不免是进退失据的。二、企图一方面突出人民力量,另一方面又照顾到帝王将相的个人作用,于是把勾践等人的领导方法写成今天我们说的从群众中来,又回到群众中去。这一方式,写得不那么生硬拙笨的,还不至于显出影射的痕迹,否则,就叫人看不下去了。这种写法,和第一种同样是照现代人的形象来塑造历史人物的形象;而对于勾践的评价之高,则更甚于第一类。第三类是不取人民创议、提"合理化"建议等等方式来表现人民力量,而是将人民的要求复仇雪耻,推倒外国统治,自力更生,发展生产等等的坚强意志,作为人民力量的表现,推动了勾践的十年生聚、十年教训的事业。这是比较灵空的写法,比较能够不出偏差,而且亦于史有据;从《左传》到先秦诸子,都记载了这种“舆论”的力量,都曾说到人心向背的关系之重大。我以为《胆剑篇》在表现人民力量的部分,是兼取了上述第二、第三两个方式的,因此,它就显得更为可信而且也更多些艺术感染力,虽然这些代表人物的思想意识中也还掺杂一些现代人民才能够有的观念。

至于人民力量的代表人物或完全虚构或借用史书上曾有其人的姓名而加以新的内容(例如陈音、苦成乃至西施),究竟何者更妥当,则是另一问题,是一个技术性的问题,这里就不去谈它了。

历史(学)家不能要求历史剧处处都有历史根据,正如艺术家(剧作家)不能以艺术创作的特征为借口而完全不顾历史事实、任意捏造。历史剧无论怎样忠实于历史,都不能不有虚构的部分,如果没有虚构就不成其为历史剧。比方说,司马迁的《史记》是一部历史,同时又有很高的艺术价值。《项羽本纪》中的项羽写得栩栩如生,《项羽本纪》基本上就是一篇极富于形象性的传记文学。然而从《项羽本纪》到正式的以项羽为主角的文学作品,却不能不增添些虚构的东西。而文学作家赖以进行虚构的基础,就是《项羽本纪》以及其他有关项羽的历史资料,乃至楚汉战争时期(这是项羽活动的舞台)的重要史料。虚构的艺术形象(人物、环境、气氛)必须符合于作品所表现的历史时代的真实性。写春秋后期的吴、越就应当确实是春秋后期的吴、越,而不是钱镠时代的吴、越,当然更不应是现代的吴、越。而要使其确是春秋后期的吴、越,最重要的一点是不让你的作品中的人物有后代人的意识形态(更不用现代人),不让他们口中说出只有今天方能有的词汇。大家热心地讨论过的所谓“历史真实与艺术真实之统一”,如果用通俗的话来说,就是如此。

“历史真实与艺术真实之统一”,是评论家的用语。这句话指出了历史剧的基本任务,也提出了对于历史剧作家的要求。可是这句话,有可能被理解为:历史真实与艺术真实是对立的,或者至少是一物的两面,而剧作家的工作在于使两者统一起来。我觉得历史剧的讨论中有些议论就透露了这样的理解是存在的。可不是么,历史剧的艺术真实这句话确实会把人吓糊涂了。光是“艺术真实”这个词,也使一般人会望文生义,发生各式各样的猜想。因此,不揣冒昧,给这句评论家的用语来一个比较醒目的注解:历史真实与艺术虚构的结合。字面不同,涵义则一,而“艺术虚构”一词也许比“艺术真实”较易理解,也突出了艺术虚构在历史剧(以及一切历史题材的文学作品)中的重要性。

任何艺术虚构都不应当是凭空捏遗,主观杜撰,而必须是在现实的基础上生发出来的。换言之,人与事虽非真有,但在作品所反映的时代社会条件下,这些人与事的发生是合理的,是有最大的可能性的。历史题材作品中的艺术虚构亦复如此。

历史题材作品中的虚构有种种方式。大致说来,不外下列数类:一、真人假事(历史上真有其人,但作品中关于他的言行的一部分却是虚构的),二、假人真事(我国古典作家常用张冠李戴的方法把富有典型意义的别人的事迹装在作品中一个真人的身上,使其典型性鲜明而完整,而卧薪尝胆诸剧本也为了要形象地表现越国人民的埋头苦干,就虚构一些人物),三、人事两假(例如卧薪尝胆诸剧本所虚构的保守分子、投降主义者、恐吴病者以及他们的行动等等)。

现在让我们看看卧薪尝胆诸剧本的艺术虚构和历史真实的结合或者差距,究属如何。

先言艺术虚构不同于改写历史。大约有十来种剧本(即占我所读过的剧本总数的四分之一光景),或多或少地显然改写了历史;例如有的剧本说,齐、楚、晋三国使臣到越国请援,于是勾践发兵伐吴;有的剧本说吴夫差纠合齐、晋、鲁、宋四国之君(四国还各出兵五千),侵犯越国,还有越国的一个叛臣(太宰)作内应,但因范蠡事先破获了内奸,将计就计,因而大破吴兵,四国诸侯亦转而附越,奉勾践为盟主;有的剧本说勾践之弟(公孙仲)由保守分子(恐吴病者)发展为叛国的越奸,勾结夫差攻越,意在取勾践而代之,仍臣事吴,然而奸谋败露,勾践打败了来犯的吴兵,长驱入吴境。以上三个例子是改写历史最为严重的,其余年代颠倒(将时间的距离拉近,或将两三年内发生之事并为一年内发生),人事错乱等等,可姑置勿论。为什么剧作者显然不顾历史要将吴、越最后几次战役(差不多所有的剧本都写成一次战役)那样地改写呢?而且为什么都要改成不是勾践起兵复仇(实在是使越国摆脱附属国地位)而是三国乞援或被迫反击呢?据说是因为要避免“复仇”二字,同时也要避免“先开第一枪”。而所以要避免“复仇”,则因为写了“复仇”,战争的名义就不光明正大,而写了“先开第一枪”就有破坏和平和侵略的意义,将发生副作用。一句话,剧作者们是认为照他们那样改写了历史,然后符合于历史剧古为今用的方针的。可是在我看来,实在无此必要。当然,我也不主张死扣历史,一定要把勾践一次偷袭,两次大兴干戈而最后是围城三年方始拔之——这些过程,统统忠实地写在作品里,不,我倒是很赞成某一个京剧的写法,它简洁地只描写了越国人民要求出兵(为了从吴国的压迫下解放出来),勾践庄严地举行誓师典礼,大兵出发——即告结束。我觉得这样的写法,既避开了上述的“复仇”呀,“先开第一枪”呀,等等禁忌,而且也并没改写历史。我们应当认明白:改写历史和艺术虚构完全是两回事。艺术虚构是必要的,但改写历史却是要不得的,是反历史主义的。

如上所述,艺术虚构方式之一是真人假事。这是最常见的,也是不可避免的方式。试以各剧本所写勾践、范蠡、文种、夫差、伍子胥、伯嚭这六个主要人物为例,剧作者除了按照历史记载,把他们的行事加以形象化而外,又虚构了一些故事,而六人之中，关于勾践和夫差的虚构比较多。虚构的结果，勾践作为正面人物的形象更加鲜明，而夫差这个反面人物则成为一个十足的脓包：既荒淫而又糊涂，一两句话就可以把他哄得团团转。我并不反对把勾践稍稍美化一下（例如说他同人民共甘苦，生活朴素，亲自劳动等等，因为忍辱负重、埋头苦干的勾践能够这样做的），只是不赞成让勾践的脑子里有我们的例如“群众路綫”、“劳动锻炼”等等观念，不赞成他的嘴巴居然说出我们今天通用的新词汇。但是，把夫差写成戏台上常见的昏君，我却期期以为不可。因为第一，这距离历史上的夫差太远了（请参看本文第三章）；第二，夫差（还有伯嚭）既然那么不中用，勾践之终于能复仇雪耻也没有什么了不起，何至从春秋到战国二百年之久为诸子百家所艳称，其认为典型的以小事大、以弱胜强的范例呢？而最后，第三，夫差之由胜利而失败，他所追求的是什么，他的悲剧的一生的根源何在，凡此等等，还它们个本来面目，就有很大的教育意义，何必用漫画的方法？用了漫画的方法，反而把原来应当有的教育意义庸俗化了。不客气地说，诸如此类的加在夫差身上的虚构和历史真实是不协调的。在我看来，稍稍美化勾践，还是基本上符合历史真实（即使不写他的所谓局限性）。因为卧薪尝胆诸剧本并不是写“越勾践传”必须对勾践作全面的评价，剧本只取他埋头苦干、自力更生、反弱为强这一段历史，而在此一时期中，作为春秋时代奴隶贵族阶级的代表人物之一的勾践的阶级局限性和时代局限性，确实被他的埋头苦干、自力更生的光彩所掩蔽了，我们不写他的局限性，也符合于历史的真实。有些剧本写勾践返国之后，曾经多次受安逸生活的诱惑而发生动摇，或者因环境艰苦而悲观失望，都（多）亏人民中的英雄人物（虚构的人物）纠正了他：这样写，也未始不可，然而未免蛇足。从勾践一生行事看来，他的性格是有发展的，但关键在于他的三年入臣于吴，正如《荀子》所称“越王勾践霸心生于会稽”，故“居不隐者思不远，身不佚者志不广”。也正如《韩非子》所谓“越王勾践恃大朋之龟，与吴战而不胜，身入于吴宫；反国弃龟，明法亲民以报吴，则夫差为擒”。这都是说，入臣于吴的三年时间，对于勾践是一次很好的锻炼。有些剧本以勾践栖于会稽开场（在这一场戏中，写勾践自我检讨，这是于史有据的），然后写勾践入臣于吴，动心忍性，通过了那样严峻的考验，于是他的性格中出现了沉着、坚强，能苦干，对前途有信心的特点。（有一两个剧本写勾践在吴拘囚时得到了越国人民悄悄地送来的“万民血书”，于是感奋，消极悲观的心情为之一变。）我觉得这样安排，既然写了勾践性格的发展，同时也符合于历史的记载。至于返国以后，漫长的埋头苦干的岁月中，勾践也可能有时动摇了信心，然而不宜写得太多；老写他动摇，就削弱了这个人物作为代表越国当时埋首苦干、自力更生的中心力量的形象了。也有些剧本写勾践“当众检讨”。我以为古代帝王“当众检讨”，倒是有悠久传统的；《汤祷》可以说是历史上第一篇帝王的“罪己诏”，勾践为什么不会“当众检讨”？不过，帝王的“罪己诏”自有它那一套调子，和它那一路用语，更重要的还有它那一种意识形态（受命于天，来牧斯民，德行未孚，使万民受苦，仰无以对皇天，俯无以慰万民，万方有罪，罪在朕躬云云），如果照我们今天的“自我检讨”的口气、用语、意识形态，来写勾践的自我检讨，那就要闹笑话了。

许多剧本对于伯嚭的描写（虚构部分）也失之于漫画化，而伯嚭与伍子胥的矛盾又被简单化为抽象的忠与奸不相容，没有深入到政策的分歧。对于伯嚭、伍子胥的评价，本文第四章已经说过我的看法，这里不再重复。

卧薪尝胆诸剧本还有不少其他的真人假事的虚构，例如派王孙骆一个差使是带了军队驻在越国监视勾践君臣并催索贡赋（有不少剧本是这样写的），派陈音、诸稽郢、计倪、苦成等等各种各样的差使。对于这些真人，历史记载颇嫌简略，有些人只见一次，只作（做）过一件事，他们在当时起过什么作用，他们性格如何，都没有交代；因此，这些历史上曾有其名的人物实际上倒像一些空头度牒，我们爱填什么就可以填什么。唯一要注意的是：这些被填进去的东西必须是当时历史条件下可能产生的。当然，如果我们要求得严格些，我们可以对派给王孙骆的差使表示不同意；因为在春秋时代，大国或强国对小国或弱国的控制方式，通常是人质，而不是派军队驻防。（除非已经吞并那个小国或弱国，但吴国当时并未吞并越国，而只是进一步控制它使为自己的附属国。）不过，这样一点和历史事实不符合的细节，无损于全体，我们置之不论可也。

假人真事的虚构方法，在卧薪尝胆诸剧本中并不多见，特别多而且特别值得注意的，是人事两假的虚构方式。这又表现在两个方面：埋头苦干、自力更生的具体描写和越国统治集团中的保守分子、恐吴病者、投降主义者对于当权的勾践一派的政策所进行的反抗。这两个方面是互有联系的，而且是互相影响的。例如：对于自力更生（发展经济、充实国防）的描写越是“现代化”，对于那些保守分子的形象的塑造也越加“现代化”——以致〔于〕塑出了现代修正主义者的嘴脸。同时，也应当指出，对于发展经济、充实国防的描写越是“现代化”，则人民英雄（都是虚构的，偶尔借用真人，例如陈音、越女等等）的形象也越加“现代化”——以致〔于〕颇有共产党员的风貌。这是因为这两方面，都缺乏历史记载，后者是完全没有，前者仅有几句抽象的话如《史记·越世家》之所载，完全看剧作家如何创造，而既无“古本”可资核对，或以资参考，就常常会按照自己的所见所闻进行虚构了，或者按照自己从几条原则推想出来的情况进行虚构了。在这里，问题不是应该或不应该进行虚构，而是在什么基础上进行虚构。我们不能设想越国当时要转弱为强竟可以不在发展经济和充实国防这两件大事上自力更生。也不能设想越国当时的统治集团内部没有苟安图存的反对派。所以，完全有理由进行虚构。但是，这个工作是相当复杂而困难的。首先,必须弄清楚当时越国的经济处于什么历史阶段,其次,再来设想在当时历史条件下勾践他们所能努力做到的,是怎样的一些进展。看来我们的剧作家大都曾经考虑到这些问题,他们下笔之时颇费苦心,而即使有个别走得太远了一点,其动机还是好的。特别可以宝贵的,是百来种剧本在这两方面的艺术虚构上实行了百花齐放和百家争鸣,就积累了丰富的经验;而也是因为在这样丰富的经验中吸取教训,所以最后出世的《胆剑篇》能够有更上一层楼的成就。试举一二事为例。《胆剑篇》不写大炼钢铁,只写越国造了铁犁,而且也不是自然主义地安排了现场制造铁犁的一场戏,而只是通过对话,通过一把造成的铁犁点明有这回事,这就避免了把二千四百年前的越国装点得颇像我们一九五八年的耸立小高炉的农村。《胆剑篇》也写了个保守分子,他是勾践的师傅。其他各种剧本出现了各种身份的保守分子(或者你愿意,就叫他们为右派分子也可以,虽然我总觉得这个现代语有它特殊的涵义,把它按在古人头上,有点儿名实不符),有国丈、国舅、王弟、王母、元老重臣等等,而且有许多人后来发展为叛国之徒(有一个剧本把历史上的真人计倪给戴上一顶右派帽子,而后来也发展为叛徒,这却是太不顾历史事实了),我却以为《胆剑篇》描画的那个太傅比较能恰到好处。这样看来,去年下半年的"卧薪尝胆风",确是一场有意义的考试(因其题材相同),不能说是浪费精力。

带便还想说几句,有些剧作者对于历史资料掌握不多,或者对于某一历史事实未加查考以意为之,这就往往不必要地违背了历史,或者造成似是而非的描写。例如有一个剧本说夫差释放勾践是在他"伐魏凯旋"、大摆宴席之时;殊不知夫差时代三家尚未分晋,何来魏国?当然更无法伐魏了。《胆剑篇》说夫差败越后三年要出兵伐陈,即在此时有放勾践回国之事,此亦与历史不符。查《左传》哀公元年二月越及吴平(即指勾践保于会稽请成,其后入臣于吴),八月,吴侵陈,修旧怨也;此后三年内,吴未加兵于陈,直到鲁哀公六年吴又侵陈,但此时勾践已回国了。此虽小节,但没有必要违背历史。如果一定要把释放勾践一举放在一个戏剧性的场面,可用虚构,何必修改历史?还有一个剧本的夫差唱词有"五战五捷破楚都"之语,道白中又有"前者兴兵伐楚,直捣郢都";这是很大的疏忽,把父亲做的事算在儿子账上了。(按《史记·吴世家》:阖闾十一年,使太子夫差伐楚,取番。楚恐而去郢徙都。但是《左传》定公六年记此事则谓是吴太子终累,杜预注,终累,夫差兄。司马迁误为一人。但这次战争,也不是直捣郢都。又《史记》谓"楚恐而去郢徙都",据《左传》定公六年则楚子西以为楚水陆两军都打了败仗,倒是好事,因为可以引起警惕,把楚国政治刷新一番,故喜曰:"乃今可为矣!"于是乎迁都于都,而改纪其政,以定楚国。我以为应从《左传》的记载。)关于越国大兴水利一事,先秦典籍,未有记载,《史记·河渠书》有"于吴,则通渠三江五湖"这样一句话,从上下文看来,这个"吴"字包括很大的地区,连“越”在内。但是,“三江”是哪三条江？历来的史地学家解释不一。《国语·越语》,伍子胥谏吴王不可许越平,说“夫吴之与越也,仇讐敌战之国也,三江环之,民无所移”。韦昭注:三江,松江、钱塘、浦阳江也,言此二国之民,三江绕之,迁徙非吴则越也。此外,孔安国以为江从彭蠡分为三,入震泽,从震泽复分为三,入海;郑玄以为三江分于彭蠡,东入于海;《吴越春秋》以浙江、浦江、剡江为三江。总之,各家之说虽有分歧,然而没有一家把三江说是都在越国境内,他们大多数以为三江在吴、越接壤处。清·顾栋高谓春秋时代越国的版图为浙东之绍兴、宁波、金华、衢、温、台、处七府之地(指清朝的建置),其杭、嘉、湖三府,则与吴分界。此与韦昭所称三江在吴、越接壤处相合。可是有一个剧本既说“拦洪堰在三江岸上,炼剑炉火光点点”,又剧中诸稽郢道白:“三江一带,地饶粮丰,吴兵侵越,堤堰被毁,终年洪水为灾,如今范大夫已去三年,重修堤堰,大王命某前去,五年为期,引水辟田,练兵铸剑。”这个剧本,强调了越兴水利,屡次提到三江,照上面所引数语,已可见它是把三江放在越国内地而非吴、越交界。这就造成了不合史实的混杂情况。其实,横竖是虚构,何必要从历史书上取用“三江”两字,既用“三江”,就不能以意为之,把它们随便搬场。总而言之,我以为我们一方面肯定艺术虚构之必要,另一方面也必须坚持不能随便修改历史;此两者并不矛盾,因为艺术虚构不是向壁虚造而是在充分掌握史料,并用历史唯物主义和辩证唯物主义的观点和方法分析史料、对历史事实(包括人物)的本质有了明白认识以后,然后在这个基础上进行虚构的。这样的艺术虚构就能与历史真实相结合而达到艺术真实(即在艺术作品中反映的历史)与历史其实(即客观存在之历史)的统一了。

本来,文学作品都免不了虚构,以现代生活为题材的作品也要虚构(所谓真人真事的作品除外)。我们都知道,反映现代生活的作品的创作过程,首先是熟悉现实生活,分析生活,然后进行概括,——到此为止,作家的思维活动主要是逻辑思维,及至转入形象思维,那就是虚构。当作家进行概括时,逻辑思维与形象思维有时会交错,但主要是逻辑思维在起作用,否则就不能进行概括。历史题材作品的创作过程亦复如此。所不同者,它的赖以进行概括的资料不是作家自己经历的生活经验而是古人生活的记载或传说,因而作家必须在充分掌握史料(前人记载和民间传说的历史生活)、甄别史料、分析史料之后进行概括,——到此为止,作家是以历史(学)家身份做科学的历史研究工作,他要严格地探索历史真实;此后,他又必须转变其历史(学)家的身份为艺术家,在自己所探索得的历史真实的基础上进行艺术构思,并且要设身处地、跑进古人的生活中来进行艺术构思,否则,就不免会不自觉地把现代人的意识形态强加于古人身上了。昔人谓“画鬼易,画人难”,因为活人摆在面前可以核对是否画得像,是否画出他们的精神。而鬼则无可核对,可以由作家随意塑造。然而我们要说画鬼（古人）更难，如果我们要画的是历史上的真鬼而不是作家想像中的鬼；因为要画历史上的真鬼，就不得不认真地先做一番历史研究工作。

同历史真实与艺术真实之统一很有关系的一个问题就是历史剧（以及其他历史题材作品）的文学语言问题。

我国古典历史剧的文学语言从它的历史科学性来看，是不能令人满意的。像我们在第五章已经指出的那样，元杂剧以及明、清的杂剧和传奇，在用典故、成语上，都经常犯了时代错误。元、明人用唐、宋的历史题材写剧本，在用典或用成语上所犯的时代错误要比他们用春秋、战国时代的历史题材写剧本时所犯的，一般要少些。这是因为典故、成语之类所谓词（辞）藻者，年代愈久则积累愈多，有一些成为"滥调"，摇笔即来，作者自己根本没有想到这个典故或成语在他所表现的历史时期还没有产生。但除此而外，还有一种不知不觉就会犯的时代错误，就是让古人说今人的话——今人说惯而古人还不会说的一些俗语、流行语。元杂剧之优秀者以当行出色［并不堆砌词（辞）藻］为特点，然而，让春秋、两汉人满嘴元人俗语，实在也不是味儿。至于职官名号、地名、服装、陈设，犯时代错误的，那就更加多了。如果我们承认所谓历史真实者，也包括时代气氛在内，那么，也得承认上述的几种时代错误是应当避免而且必须避免的。

新编的卧薪尝胆诸剧本的文学语言是力求朴素的，这是个好处，而且，正因其力求朴素，用典极少，也就较少地犯了这方面的时代错误。像"东山再起"、"四面楚歌"、"谱新声将霓裳调翻"这样的时代错误仅偶一见之。也有些不通的句子例如"社稷蒙尘"。然而，不伦不类的杜撰的职官名号（例如"军机总督大司马、粮秣后军大司马"之类），称王孙骆为王将军，赞美酒为"葡萄佳酿"，一个铁匠上场道白居然是"三百六十行，行行出状元"，文种上场道白"俗语称，国破山河在，城春草木深"，诸如此类的不检点，也还不少，但是为数最多而又看上去最为别扭的，是我们这时代开始产生的新的词汇。剧本中出现了这些词汇，好像古代人穿现代服装，极大地减少了历史气氛。

戏曲的文学语言，本来应当是比小说或话剧的文学语言有所不同，而且当然也是更难处理的；历史剧（戏曲的和话剧的）的文学语言，当然比一般戏曲或话剧的文学语言又多一层限制，所以尤其难以见好。不过，这是我们不得不解决的一个问题。

最后，我打算谈谈我对于《胆剑篇》的意见。这个作品，在所有的以卧薪尝胆为题材的剧本中，不但最后出，而且也是唯一的话剧。作为最后的一部，它总结了它以前的一些剧本的编写经验而提高了一步。这就是我认为值得提出来专门谈一谈的原(缘)故。

许多剧本对于吴越战争的性质分析不深,而且避免提出“复仇”的号召;为什么对越国报会稽之仇的事实不敢响响亮亮地讲出来呢?我没有听到谁公开地说过理由何在。但是弦外之音是这样的:为美帝起用的西德希特勒余孽正在以复仇主义号召西德人民企图发动第三次世界大战,日本的死硬反动派也有同样的心事,而为了这个古为今用的历史故事不致(至)于同这些复仇主义发生混淆,最好能避免这个战争的复仇性质。其所以会有这种顾虑,由于不熟悉历史,不知道檇李之战以前,越国一向为吴国所侵凌,成为吴国的附属国,檇李之战使越国暂时摆脱了臣属的屈辱地位,然而不旋踵,吴国(这回是夫差当国)又以重兵侵越,此时勾践沉不住气,不听范蠡之谏,仓促应战,夫椒一仗,越兵大败,仅能以甲士五千人栖于会稽,此后,为了复仇,勾践忍辱入臣于吴,三年而归,发愤图强,埋首苦干,自力更生,二十年乃得报会稽之耻,复为独立自主的国家。这样的战争,在勾践是复仇,在越国人民就是解放战争,与西德的复仇主义风马牛不相及。这样的复仇战争的旗号是可以堂堂正正挑出来的。有些剧本不明此中前因后果,从字面上忌讳“复仇”二字,可又要替勾践找个堂而皇之的题目,于是乎就把勾践装扮成现代的殖民地解放战争的民族英雄;而另外一些剧本走了对面,把勾践在当时的历史条件下一个小国的一个有为之主所能起的作用完全抹杀,把它写成了意志薄弱的无能之人,什么都是人民在推动他,在教导他,越国人民好像是在直接当家作主了,他们领导了(不仅在思想上,而且也在行动上)勾践。过犹不及,两者都进退失据。《胆剑篇》在这一点上,纠正了过与不及,越勾践的话就说得响亮,情绪就格外沉痛。这个人物性格的刻划,我以为是成功的;他确是春秋末期(越国当时还在奴隶经济阶段)的一个有为之主,分寸恰当。虽然写他自己没有提出什么惊人的计划,他只是善用他人之所长,从善如流,然而领导越国复兴的,确是他。这是符合于当时历史事实的。

夫差在一般剧本中都以昏君(而且是一般化了的昏君)面目出现。这个昏君像个傻瓜,完全听伯嚭摆布,而伯嚭也是个一般化了的奸臣,贪财、害人、好色,活像个小地主(还不是大地主),一点大臣的风度也没有。这样太丑化了夫差和伯嚭,大概想造成强烈的对照,衬出勾践君臣的英明能干,但效果适得其反。读者会觉得奇怪:对付这样腐化、无道、无能的对手,也要化二十年的时间么?更不用说,这是歪曲了历史人物的真面目的,而歪曲了历史人物的面目,也就歪曲了历史。《胆剑篇》在这一点上也能吸取众多的经验,而作出恰当的结论。夫差和伯嚭就不是舞台上常见的一般的花脸,而是有个性的人物;他们不是没有能耐的人,但是他们所走的路是一条死路,所以终于不能免于死亡。范蠡的个性也很鲜明,但相形之下,文种稍觉逊色。

有些剧本没有西施,原因是不愿写美人计,同时又觉得不写美人计,则西施没有戏了,不如干脆不要这个传说中的人物。有一个京剧有西施,但不是受命到吴宫做反间,而是她心向祖国,在吴宫时留心越事,当机会到来时她救了入质于吴的越国太子夷与。(查越国世子入质于吴,不见于先秦典籍,亦不见于《史记》,仅见于后出之《吴越春秋》与《越绝书》,一作"兴夷",一作"与夷",兴、与形近而讹。)《胆剑篇》也许从这里得到启发,它写西施当吴兵攻入会稽时被掳,后进吴宫,为夫差所宠幸,在勾践入臣之第三年,西施得知,由于伍子胥力争,夫差要斩勾践夫妇,于是西施冒险至勾践被囚之石室见勾践夫人,告以情况,并以偷来的出关金符授勾践夫人,唤壮士无霸(越国壮士,此时随文种聘吴,文种是来运动伯嚭使为释放勾践在夫差面前说好话的)保卫勾践等脱险,勾践心动不决,但范蠡以为不可,勾践从之;此时夫差听伯嚭之言已收回杀勾践的成命,但伍子胥情急走险,私命部将来杀勾践,要以既成事实强加于夫差,西施斥退伍子胥部将,保全了勾践,恰好那时伯嚭也亲自把夫差释放勾践回国的命令带来了。这一场,很富于戏剧性,但尤其值得注意的,〔是〕西施的性格是刻画得颇有分寸的;西施是爱国者,是有心人,并且还有胆量,然而究竟只是个西施,她以为窃符使勾践逃出吴国,就有了安全,她只看到一二人之"生"或"死",没有考虑到越国的复兴和安全。

伍子胥有一个传统的形象,——一条好汉,性情(格)耿直、忠贞不贰。我们很难说,这个形象是不是伍子胥的真面目;我们只能说,司马迁为伍子胥立专传(管仲未有专传,只与晏婴合传),着力描画了伍子胥的形象,此中虽有司马迁的主观成分,但亦应当认为不是完全出于臆撰。后来的许多文学作品中的伍子胥形象大抵不出司马迁《伍子胥列传》的范围。在我们的许多新编《卧薪尝胆》中,伍子胥的形象也还是传统的形象,但也有一二剧本不提伍子胥,或者把伍子胥作为反面人物(扩张主义者)。不提伍子胥,也就是不写吴国统治集团的内部矛盾,而将越国的埋头苦干、自力更生作为剧情发展的唯一主线;这是不符合于历史事实的。把伍子胥处理为反面人物、扩张主义者,这是很大胆的想法,从我们的观点看来,伍子胥也确是这样一个人物。可是,既然伍子胥是扩张主义者,而夫差当然也是个扩张主义者,两个扩张主义者为什么又发生矛盾呢?伯嚭又是什么"主义"的人呢?历史本来给了我们回答:夫差、伯嚭、子胥三个扩张主义者的对越政策之所以不同,由于前二人从更大的扩张计划(争霸中原)考虑有必要保留勾践一命以羁縻其他小国,而后者只是从眼前的利害着想(参看本文第三章)。许多剧本都没有指出伯嚭与子胥意见分歧的历史背景,把子胥处理为扩张主义者的剧本,也没有指出。这是大多数(或者几乎所有)剧本中的伍子胥形象不能比传统的伍子胥形象更丰富些的原因。《胆剑篇》中的伍子胥却有了新的眉眼。伍子胥的性格在剧本的第一幕和第二幕中写得相当鲜明;这些虚构的事实,可以说是《伍子胥列传》所描画的伍员形象的令人信服的发展。《伍子胥列传》中有两句伍子胥的自白:“吾日暮途远,吾故倒行而逆施之。”这是伍子胥的个性,《胆剑篇》关于伍子胥要杀勾践的两个虚构插曲(见于第一、二两幕),正是这种个性的写照。该剧第一幕伍子胥上场时剧作者有这样的说明:“他为人精诚廉明,但又专横残暴;倔强忠直,却又骄傲自负,不能忘怀他为吴国立下的丰功伟业。”可见剧作者明白地看到伍子胥性格的复杂性,而这是司马迁以后塑造伍子胥形象的人们未曾看得那样清楚的。但是可惜,《胆剑篇》不能为伍子胥安排更多的好戏,第五幕的伍子胥就不过尔尔。可以表现伍子胥性格的历史记载还有的是,但是《胆剑篇》的人物太多了,不能不把伍子胥的戏挤掉一些。

人物性格的描写,是《胆剑篇》的优点之一。但是可惜,夫差的性格还稍嫌片面些,虽然已经不把他写成一个糊涂蛋。虚构的人民英雄大都是在当时历史条件下可能产生的,虽然这些英雄人物还缺少个性;苦成的戏不少,也很动人,可是不知为什么,他给我的印象不深,没有特点。也就是说,他的个性不明显。保守分子(或者说是投降主义者、恐吴病者)泄皋也只平平。作者不想强调越国也有多么强大的内部矛盾,因而泄皋这个人物,不过聊备一格而已。

剧本的文学语言是十分出色的。它是散文,然而声调铿锵。剧中人物的对白,没有夹杂着我们的新词汇,没有我们的“干部腔”;它很注意不让时代错误的典故、成语滑了出来。特别是写环境,写人物的派头,颇有历史的气氛。

总而言之,《胆剑篇》的真人假事、假人假事,——即凡虚构部分,不论是吴国的内部矛盾,越国的人民力量的代表人物,越国的保守分子,或是越国人民埋头苦干、勾践的与民共甘苦等等,都写得颇有分寸,没有以今变古的毛病。

作者有些地方谨守历史事实的范围,有些地方则对历史事实作了改动。这些改动,大都是为了取得更大的戏剧效果。然而也有一二处的改动,我以为不必要,或者效果适得其反。请毕其说,以供参考。

一、勾践之终于得释,作者把栖于会稽而后来又突围南去的五千甲士的活动,作为一个关键。而五千甲士之行动又是范蠡事先策划好的。这是修改了历史。这个假想,同有些剧本把越国人民的不断地武装反抗作为勾践被释放的原因,是相似的。当然这比旧说尝粪,要高明得多。但是,我以为没有必要这样来虚构,这样来修改历史。历史记载,夫差欲争霸中原,不能不羁縻(縻)小国;释放勾践,所以示“信”,所以示“仁”,这正是伍子胥所不了解的,而也正是夫差之所以听信伯嚭。如果这样落笔,指出夫差释放勾践的动机和打算,则既不改动历史,也可以把夫差的性格深化些,同时,伍子胥与伯嚭的矛盾就更有内容,伯嚭的性格也不会一般化了。

二、第五幕改写历史最多:黄池会前,夫差未至会稽,此其一;艾陵战后,伍子胥即赐死(按《史记·伍子胥传》谓:夫差败齐于艾陵之后四年又将伐齐、伍子胥苦谏云云，年代事实都与《左传》、《国语》不合，史公有误，应从《左传》、《国语》），不应黄池会盟之前夕伍尚健在，此其二；黄池会前，越未与晋、齐有约，且黄池之会主要是玉帛之会，夫差带了兵去是以武力为后盾，争个盟主做做，齐、晋初无用兵之意，此其三；正当黄池盟会之时，越袭吴，俘太子友，而未占吴地，其后三年越兵入吴，战于笠泽，吴兵大败，然而围姑苏三年始拔之，乃俘夫差，剧本把七年之事写成了三年，此其四。自然，这些改动，在作者都有目的：加强戏剧性。可是我觉得效果并不太好。我觉得第五幕虽然险笔甚多，有步步急转之观，但是惊险场面多，反落得调子急促，格局狭小，不如前四幕气派恢宏，节奏沉着。同时，这样一改，有一个老大毛病，即虚构之事如齐、晋兴兵伐吴，在当时的历史条件下是不可能的。齐、晋与吴相距数千里，当时齐、晋皆以车战，千里袭吴，何能仓促举事，而剧本所写，好像是现代的行军，夫差在姑苏时还不知齐、晋动员，才到会稽就得急报，此虽富于戏剧性，但也损害了历史真实。

三、《胆剑篇》中的描写和叙述不符合历史的，还有不少。例如第一幕写勾践辞庙之时已然是俘虏身份，但据《左传》、《国语》和《史记》，则勾践以甲士五千栖于会稽，而命文种求和，提出两个方案让夫差自择其一；这两个方案一是签订和约，保存越国宗社，越国为附属国，年年进贡，而且，为了表示忠诚，勾践将入臣于吴，三年为期；二是夫差如不许和，勾践就将实行焦土抗战，五千甲兵虽不能挽回颓势然而仍可给吴军以重大的杀伤，那时候，夫差所得的将是元气大伤的吴军和一片焦土的越国。越虽残破，吴亦未为得也。于是，现实主义的吴夫差许和纳降。第一幕夫差上场时剧作者介绍夫差有这样的话：“他狭而贫，如他祖父阖闾说的愚而不仁”云云（见《人民文学》一九六一年七—八号第一三三页）祖父阖闾是弄错了。夫差是阖闾的次子，他的哥哥名终累，见《左传》定公六年。同（一）幕夫差台词，“寡人不德，前年用兵攻打鲁国，去年攻打陈国，今年打了楚国，又打越国”，此亦不合史实。夫差未即位时，史书没有记载他攻鲁、攻陈及攻楚；夫差即位后三年伐越，报槜李之仇，此为夫差第一次对外用兵。第二幕说夫差将伐陈，因拟释放勾践返国，使他安抚五千壮士不再抗吴，以解后顾之忧，查夫差第一次伐陈在打败越国那一年的八月，第二次伐陈在其后五年，而勾践入臣于吴三年期满即归，夫差二次伐陈时，勾践早已释放。第三幕中会稽是当时的地名，义乌却又用了后来的地名，不一致。第三幕被离的台词：“前日，夫差大王兴师伐齐，大破齐兵于艾陵”云云，然则第三幕的时间当在周敬王三十六年（公元前四八四年），但第三幕开头说明时间为第二幕之后四年，第二幕的时间为勾践入臣于吴之第三年，即依剧本则勾践入臣至艾陵会战相距七年，但依历史记载，勾践入臣在周敬王二十六年（公元前四九四年），下距艾陵之战，整整十年。第四幕勾践台词：“人人执剑，人人扶犁，就在这方圆不满百里的疆土上，也要兴一片腾腾的王气。”（见《人民文学》一九六一年七—八号第一五五页）查第四幕时间，据注明为勾践返国后之七年，此时勾践所统治的，已非方圆百里之地。《国语·越语》上，在叙述勾践入臣于吴后，紧接着说：“勾践之地，南至于句无（韦昭注，今诸暨有句无亭是也），北至于御儿（韦昭注，今嘉兴语儿乡是也），东至于鄞（韦昭注，今鄞县是也），西至于姑篾（韦昭注，姑篾今太湖是也）。广运百里。”其实这块地方广运不止百里。又韦昭谓姑篾即太湖，非是，姑篾（即姑末）当今龙游县境，而且方位在西南，不在西，疑《国语》此处亦有误。《吴越春秋·勾践归国外传第八》记载“吴封地百里于越，东至炭渎（注谓炭渎在会稽县东六十里），西止周宗，南造于山，北薄于海”。地向含糊其词。但《吴越春秋》同篇又载：“吴王闻越王尽心自守……增之以封，东至于勾甬，西至于槜李，南至于姑末，北至于平原（今海盐县），纵横八百余里。”查《归国外传》所记载，起自勾践七年，迄于勾践九年，然则吴夫差增封越为八百里，当在此三年之内，而剧本则云归国七年尚只百里之地，与《吴越春秋》不合。《吴越春秋》的记载，未必完全可信，但《吴越春秋》所记越国此时的疆界与《国语》所载大概相当，可知勾践归国以后作为复兴根据地的国界实不止百里。

以上所举剧本与历史不合各点，皆无关宏恉。不过，我以为历史剧既应虚构，亦应遵守史实；虚构而外的事实，应尽量遵照历史，不宜随便改动。当然，为了某种目的而有意改动史实，自当别论。如果并无特定目的，对于史实（即使是小节）也还是应当查考核实。因为历史剧的又一目的是给观众以正确的历史知识。

这篇漫谈式的文章已经拉得太长了，读者一定早已不耐烦了。因此，虽然可讲的话也还有不少，我打算留待将来，这篇文章就此结束。这篇文章考证历史的部分比较多，然而我不是专门搞历史的，因此我不是以历史（学）家的身份来谈历史剧；这篇文章研究的对象主要是历史题材的戏曲，然而我于戏曲艺术是个门外汉，且一向看戏不多（虽然看剧本倒不少），因此我不是以戏曲家或戏曲评论家的资格来谈历史戏曲。既然什么都不是，留下来的，就只有一个读者的身份了。我就是以读者的身份讲了那么一大堆上下古今的话。我这篇拉拉杂杂的东西占了《文学评论》很多的篇幅，深以为憾，谨附此纸尾，略表下忱，并希高明的专家和有心的读者不吝赐教。

1961年12月2日，于北京

——原载《文学评论》1961年第5—6期

细　言〔王西彦〕

有关茹志鹃作品的几个问题

——在一个座谈会上的发言

一个作家的采取写作材料，选择作为描写对象的人物，自然有关他的世界观，即他对社会生活的关心的方面，他对人物的感情，他在观察、分析生活时所达到的深度等等；但有时也受到生活经验的限制，并不能完全听凭自己的主观意图，“随心所欲”。即在同一类生活和人物（例如工矿生活和工人、农村生活和农民、部队生活和战士）中，从什么角度去描写，要表达怎样的主题思想，这自然也有关作家的世界观，但也同样受到生活经验的限制。什么是你认为最有意义的？什么是最激动你，最能强烈地唤起你去描写它的欲望和冲动的？这两个问题，看起来似乎应该一致，有时也的确是一致的，有时却实在有不能一致的现象。最近，大家不是都在关心题材问题吗？上述情形，其实就是包括在题材问题里面的两个要点，即作家从社会生活的哪些方面去采取素材，以及他在生活里面提炼出怎样的题材。这是创作过程中首先就要碰到和解决的重要问题。

我愿意先从这个问题上来谈谈茹志鹃同志的作品。

解放以后，茹志鹃同志写了二三十篇短篇小说，其中有一部分比较优秀的，以其深刻细致的描绘和婉约柔和的风格，受到了读者的热烈欢迎和文学界的普遍注意。可是，人们在赞扬她的作品时，又往往指出它们的缺陷，认为出现在她笔下的人物，都不是叱咤风云的英雄，也没有经历尖锐复杂的斗争，因而不能很好地表现我们这个伟大时代的精神面貌。在我们的座谈会上，不也有人指出茹志鹃同志的现有作品由于里面的人物形象都不够高大，又不去描写生活中剧烈的矛盾冲突，因此对读者缺乏足够的教育作用；有人更指出，由于作者没有采取所谓“尖端题材”，又不喜欢使用更多的“夸张的语言、高昂的调子和粗线条勾勒人物的浪漫主义手法”，因此不符合革命的现实主义和革命的浪漫主义相结合的创作方法的要求吗？其实，这已经是一个“老问题”了。约在三年前，作者的《百合花》受到广泛的注意和赞扬后不久，欧阳文彬同志就在她那篇题为《试论茹志鹃的艺术风格》的评论里指出了这一点，并对作者提出了“塑造具有共产主义品质的英雄形象”和即使描写“小人物”也应该“放在矛盾冲突中来写”的希望了；刚才的几位同志，不过引伸(申)或重复她的论点而已。

这样的批评或指责究竟对不对呢？我以为，这需要对茹志鹃同志的作品作一些分析，不能简简单单用“是”或“否”字来回答。

有好几位同志都提到侯金镜同志在《创作个性和艺术特色》一文中对茹志鹃同志作品的分类法。他把茹志鹃同志迄今为止的作品分成三类，还给它们评了高下。在陆续阅读茹志鹃同志的作品时，我也曾经给它们分过类，不过不是三类，而是两类——一类是描写过去的战争生活的，如《关大妈》《百合花》《澄河边上》《三走严庄》和最近发表的《同志之间》等等；另一类是描写当前的现实生活的，如《妯娌》《在果树园里》《新当选的团支书》《高高的白杨树》《里程》《春暖时节》《如愿》《静静的产院》和最近发表的《阿舒》等等。跟大家一样，我也很关心作者所采取的题材和所选择的人物。不同的是，我并不认为作者所描写的只是次要的或竟是小题材，只是所谓“小人物”。前一类作品描写了解放战争和土地改革，描写了战士和农民；后一类作品描写了农村合作化运动、人民公社、工厂生活，描写了农民和工人。请问，这样的题材怎么可以说是不重要的呢？工农兵群众不就是革命斗争和建设事业的主力军吗？如果就作者所描写的社会生活或社会现象的方面，也就是广义的题材而论，我们是没有根据去指责作者的，且不说这样的指责是否合理。在读茹志鹃同志那些比较优秀的作品，例如《百合花》《如愿》《里程》《静静的产院》和《三走严庄》等等时，给了我很大的喜悦的，是作者那种从社会生活提炼比较独特的题材(狭义的)以及通过题材表达比较深刻的主题思想的能力(自然也包括表现手法和艺术风格)；但在读了有些评论文章和听了有些评论意见以后，我发觉自己所赞赏的，竟成了别人所指责的了。这使我很有些吃惊！很明显，这种意见的分歧，不在作者所描写的社会生活或社会现实方面，而在她从社会生活所提炼出来的题材以及通过题材所表达出来的主题思想。

现在，我就在这一点上，提出如下两个问题：

首先是描写定型的人物和成长中的人物的问题。我们的社会是一个正在经历着巨大改造和迅速发展的社会，伴随社会生活日新月异的改变，人们的思想认识和精神面貌也在发生日新月异的改变。作家的任务，就在描写生活和斗争在改造中的社会里面的改造中的人(描写人的目的自然是反映现实)。我很同意这样的说法：我们比我们的先辈要幸福得多，也困难得多——我们先辈所描写的那个已经过去的社会，变化的比较缓慢，人们的思想感情以及人和人的关系也比较容易理解，容易掌握；我们的社会却是一个正在创造中的迅速发展的社会，人们的精神世界、人和人的关系、人们对待各种事物的态度，都起着空前剧烈的巨变，自然也就比较难于理解和掌握。有的作家，往往在他们的作品里描写那些已经定型的人物，即所谓完美的理想人物。但也有的作家，却把自己的努力放在那些正在成长或正在改造中的人物，去刻划他们的心理变化，去描绘他们精神品质的提高。茹志鹃同志就属于后一类作家。而且，我觉得，她正在日益明确地这样做。尤其是，她的成就也应该归因于这种努力。我非常喜欢她那个叫做《里程》的短篇——不只喜欢它的内容，也喜欢它的题目。人民公社的社员王三娘，带着旧社会所给予的旧意识的残余，在前进中的社会环境尤其是先进分子女儿阿贞的推动下，她的思想也在前进着——当然不是平步登天式的突然飞跃，而是她自己所说的，“就像开公共汽车似的，一站一站往前开”。的确，茹志鹃同志所描写的，就是正在一站一站地前进中的人物。《春暖花开》的主人公静兰，《如愿》的主人公何大妈，《静静的产院》的主人公谭婶婶，《三走严庄》的主人公收黎子以及《阿舒》的主人公阿舒，都是王三娘的同行者。不过，她们并不是并排齐步前进的，她们有前有后，有的已经走到第五站或第六站，有的却才走到第三站或第四站。但这有什么关系呢？在实际生活中，情形不正是这样吗？何况她们之中，有生活经历的不同，也有年龄的相异呢？（!）出发点既不一致，觉悟程度不是也就无法完全一致吗？描写那种叱咤风云的新时代的英雄人物，那种代表最高的时代精神的理想人物，作为读者崇拜的模范和效法的对象，当然很好；可是，描写那种正在不同站头的“里程”中前进着的人物，那种正在成长和改造中的人物，又有什么不好呢？如果说到作品的教育作用，容许我打个也许不很切（恰）当的比方，茹志鹃同志所做的，是在各个不同的站头都放着一面镜子，使读者从那些不同站头的镜子里照见自己的面容和身影，因而受到警惕，得到鼓舞，不也很好吗？我还认为，茹志鹃同志写出了人物的历史，写出了那些王三娘、谭婶婶和收黎子们的过去和现在——自然也就写出了她们的将来。就我个人说，对这样的人物，有着分外的亲切感。

而且，还有第二个问题，即描写英雄人物和普通人物的问题。欧阳文彬同志把出现在茹志鹃同志作品中的人物叫做“小人物”，这虽然只是加引号的借用语，只是普通人物的另一种说法，但我以为仍然是不妥当的。“小人物”这个名字，在文学史上好像是专指俄国作家如果戈理等人笔下那般被侮辱和被损害的人物，作为今天中国工农兵群众中的普通人物的代用语，容易招引误会。这自然是个很小的问题。重要的是在我们不能把英雄人物和普通人物放在对立的地位。这两种人物决不是对立的。对那些出现在茹志鹃同志作品中的人物来说，尤其是如此。英雄人物从哪里来？难道是天上掉下来的吗？在实际生活中，我们看到英雄人物都是来自普通的人，是普通的人成长、改造起来的。刘胡兰在慷慨就义以前，是个普通的农村姑娘；董存瑞在英勇牺牲以前，也是个普通的战士。作家当然应该描写他们慷慨就义和英勇牺牲的景象，但也可以描写他们为什么能够在紧要关头做出那样崇高的英勇行为，描写他们成为英雄人物的成长过程，描写他们那种英勇行为的依据。中国画往往不画出花木的根，但在我们的文学作品里，最好不要把英雄人物画成无根的花木。尤其是，怎样的人物才算是英雄人物呢？难道只有慷慨就义、用自己的身子去堵堤岸的决口以及马特洛索夫式的人物才是英雄人物吗？在我们的社会里，英雄人物应该是各种各样的，不一定都非要他们去就义、去堵堤岸的决口、去爆破不可！行行出状元，我们不要把"英雄人物"这个概念理解得过于狭隘，实际上他们或者被称为劳动模范，或者被称为先进工作者，总之是在各个工作岗位上的模范人物或先进人物。如果从这样的角度看，我以为出现在茹志鹃同志作品中的有些人物，也是属于英雄人物的行列里的——至少他们有着英雄人物的品质，这种品质正在他们身上成长，使他们终究会成为英雄人物。我还觉得，像《静静的产院》中的谭婶婶那样的人物，如果产院里评起模范来，她老人家很可能会给评上。何况，在《里程》中有个阿贞，在《静静的产院》中也有个荷妹，她们虽然还没有在作品里占到主角地位，但《三走严庄》里那个收黎子却已经占到了主角地位了，难道连她们也不能在英雄人物的行列里容身吗？

在上述两个问题上，也许我的意见很有些偏颇。我总觉得，当我们评论作品时，最好还能结合当前创作界的具体情况。为了反映伟大的时代，我们的作家在描写重大的革命斗争和塑造高大的英雄形象时，获得了很大的成绩；但也不能否认，在有些作品里，往往把工农群众的思想感情，把英雄人物的英勇行为，描写得过分简单，使人觉得他们的精神世界未免贫乏，他们的行动也欠缺强有力的依据，很有些像无根的花木。茹志鹃同志却把劳动人民的思想感情写得既丰富，又细致。无论是《百合花》中的新媳妇，《里程》中的王三娘，（还是）《静静的产院》中的谭婶婶，《三走严庄》中的收黎子，她们的确具有极其丰富的感情，她们思想的变化有如深谷流泉，既曲折，又清澈。而这才是劳动人民的本色。我要说，这是茹志鹃同志一个优异的贡献。

也许有的同志会说，作者的选取和提炼题材、描写人物以及表达主题思想，即使包含着一个生活经验的问题，但我们向她提出更高的要求，希望她能够百尺竿头，更进一步，去采取更重大的题材，通过更剧烈的矛盾斗争，塑造更高大的英雄人物，不是更好吗？这样的要求诚然是无可厚非的。不过，前面不是说过我曾把茹志鹃同志的作品分成两类吗？我认为，虽然只是向作者提要求，也应该依据不同的情况，分别不同的作品，不能一概而论。

就以过去的战争生活为题材的作品来说，顾到茹志鹃同志的实际情况，如果能多从创作的甘苦方面替作者设想一下，我们就会发现，她已经很好地利用了自己的生活经验。茹志鹃同志曾经是一个新四军的文工团员，在革命部队中，在那些艰苦的战争岁月里，她比较熟悉她所描写的生活。从《百合花》《澄河边上》《三走严庄》和最近发表的《同志之间》，我们可以看出作者在自己比较熟悉的生活范围内，作了各个方面的探索。我们怎么能够责备作者不在炮火连天的战场上去描写战争，不去描写冲锋陷阵的英雄人物呢？事实上，茹志鹃同志所描写的那种战争生活，十多年前就结束了，时间不能倒流，她也不可能再回到部队上去，为了满足写作的需要，不当文工团员，而改当指战员。即使说她没有描写炮火连天的战斗和冲锋陷阵的英雄是个缺陷吧，但也无可追悔，无法补救了。严格说，一个人的生活经验总是有限制的，我们不能责备她熟悉了这个方面，不熟悉那个方面。显而易见，在这个问题上对茹志鹃同志表示不满，是既不公平，也不实际的。

再就以现实生活为题材的作品来说，茹志鹃同志的确没有去描写那种叱咤风云的英雄，没有去描写为堵决口或抢救国家财产而光荣牺牲的人物，也没有去多描写前进路上走在最前站的旗手；作者所采用的，又多是侧面描写的方法，企图达到“从一滴水看一个世界”的目的，缺乏波澜壮阔、急风骤雨式的事件和轰轰烈烈的劳动场面。对于这一点，肯定的意见也是有的，如有人说：“作家选择和描写的虽只是大跃进激流中的一朵浪花，社会主义大合奏中的一支小插曲，不是什么尖端题材，但由于她观察敏锐，挖掘较深，同样可以使我们感受到时代脉搏的跳动。”但也总还是表示不满的意见较多。不是还有人给茹志鹃同志作品中的人物作了统计，指出里面连一个高大的共产党员的形象也没有吗？在这里，我不想再重复前面提到过的英雄人物是各种各样的，有叱咤风云的英雄，也有貌似平凡的英雄；也不想就短篇小说在表现方法上的特点，来推崇“从一滴水看一个世界”这种努力的难能可贵。我承认，对作者提出更扩大自己的生活范围、更深入生活去发掘现实的重大矛盾、站在更高的思想水平上去描绘具有共产主义品质的英雄人物来反映我们的伟大时代等等的要求，是很好的，对无论哪个作家都是必要的，有益的。这使我想起鲁迅的几句话。鲁迅在那封回答两个青年作家关于题材问题的信里，告诉他们“可以各就自己现在能写的题材，动手来写的，不过选材要严，开掘要深”；接着却又说：“但也不可苟安于这一点，没有改笔（革），以致沉没了自己——也就是消灭了对于时代的助力和贡献。”（《关于小说题材的通信》）鲁迅的话虽然说在三十年前，它的精神却仍然足取。对作家来说，最危险的莫过于苟安、没有改笔（革）了。茹志鹃同志年轻有为，作品也还不算多，当然不能满足于目前的成就，应该从各个方面突破自己，向前迈进。我相信她也正是在努力这样做的。但这并不是说她就可以不顾自己现有的条件，急于求成，去攀缘不熟悉或不能胜任的所谓“尖端题材”。所以我赞成这样的意见——对茹志鹃同志，不妨把作品和生活分开来提，希望她能在开拓和深入生活方面多加努力，这样的努力当然也就会给她带来创作上的新的更丰硕的成果。

关于对惊心动魄事件应如何理解的问题，我同意这样的意见：即不能认为只有慷慨就义或英勇牺牲的场面才是惊心动魄的，人物的内心活动也有惊心动魄的场面。可以举鲁迅的《祝福》为例。一个像祥林嫂那样受尽屈辱的农村妇女，竟然怀疑起灵魂和地狱的有无，在电影中更描写到她去砍自己为了赎罪而捐献的门槛，不也是惊心动魄的吗？我非常同意这种看法，它说明了茹志鹃同志的取材和提炼选择人物，并不只是受到生活经验的限制或影响，更重要的，乃是有她独特的创作思想作指导的。这也就是我前面所说的通过题材来表达主题思想的问题。难道像茹志鹃同志这样的作家，在革命斗争中，她会忽略诸如慷慨就义或英勇牺牲之类的惊心动魄的场面吗？不过，她更看到另一种惊心动魄的场面——发生在人们思想即灵魂深处的惊心动魄的场面。这正是她观察深刻的地方！在轰轰烈烈的革命斗争的风暴里，人们的灵魂深处也在经历着剧烈的风暴。尤其是，那些诸如慷慨就义或英勇牺牲之类的惊心动魄的行动，也往往是灵魂深处经历了惊心动魄的斗争的结果。刘胡兰和董存瑞为什么能够做出那种惊天地，泣鬼神的崇高行为呢？难道他们的崇高行为只是偶然事件吗？他们那种优秀品质的成长过程，不就同时是斗争和克服的过程吗？在茹志鹃同志的作品里，不论是《百合花》中的新媳妇，《里程》中的王三娘，(或)《静静的产院》中的谭婶婶以及《三走严庄》中的收黎子，我以为都经历了灵魂深处的剧烈斗争的。当我读《三走严庄》，读到当贫雇农大会上有个别胆小鬼不敢要地主的土地，那个原是“淑静而又有点封建”的收黎子却站出来说“老少爷们，我说，咱们还是要地”时，的确使我感到惊心动魄。如果说，这个收黎子后来会在对敌斗争中做出另一种惊心动魄的崇高行为，我以为是和这一种发生在她灵魂深处的惊心动魄的斗争不可分的。

茹志鹃同志像现在这样处理她的题材，描写她的人物，既然有着独特的创作思想的指导，那么，将来在她笔下可能出现的更高大的英雄人物和党员形象，也许不会完全符合某些同志的要求。这一点，的确很值得我们深思。

侯金镜同志给茹志鹃同志的作品分类时，他有他的标准。他从“作者的创作个性，善于和不善于驾驭怎样的素材”这一点出发，认为茹志鹃同志善于“向人物内心活动的纵深方面去挖掘”，“常常更多借助心理过程的变化来把握人物的性格”，对人物作“针脚绵密、细致入微的心理刻划”，处理题材时则从“小处落墨”“通过一点显示全身”，而不善于“选取大题材，把人物放在尖锐斗争中，并用强烈色彩烘托，用粗线条勾勒”。因此，在茹志鹃同志的作品中，凡是适合或比较适合她的创作个性的，就写得好，就能达到主题思想的鲜明和艺术形式的和谐完整，就能发挥出自己的创造性；凡是不适合或不大适合她的创作个性的，就写得不好，运用材料时就不能得心应手，艺术结构也不能“形成浑然一体”，对读者的感染力也不强。就具体作品来说，《妯娌》《如愿》《里程》《春暖时节》和《静静的产院》是最适合作者的创作个性的，属甲类；《关大妈》《澄河边上》和《三走严庄》是最不适合作者的创作个性的，属丙类；还有另外几篇，如《在果树园里》《新当选的团支书》《百合花》和《高高的白杨树》等，是比较适合或不大适合她的创作个性的，属乙类。他对这三类作品做了分析，指出它们的成败得失以后，归结到“一个作家应该（有）意识地扬其所长、避其所短的问题”，“希望作者充分发挥而不要轻率地抛弃自己的所长”。我想，凡是读过这篇文章的人，都可以感觉到侯金镜同志对茹志鹃同志的关心和爱护。他在希望茹志鹃同志发扬她创作上所表现的长处时，又说：“我们在研究她的创作的时候，也要十分谨慎地爱护她的所长，保护在工农兵方向下的这朵清新而有特色的花。”他唯恐茹志鹃同志听了像欧阳文彬同志向她所提的建议，为了去反映“现实中的主要矛盾”，把人物“提高和升华到当代英雄已经达到的高度”和“放在复杂的矛盾冲突中来表现”，因而“放弃她目前所熟悉、所擅长的那些方面，而去选择有关大题材和创造高大的英雄人物”。这的确是语重心长，充分表现出一个评论家的善意。他的态度诚恳，文章里也包含很多有益的意见。不过，在有些问题上，仍有我所不能完全同意的地方。

首先是关于创作个性和艺术才能的看法。侯金镜同志认为，“这一个作家和那一个作家，就算是生活经历、政治与文化素养、写作经验完全一样”，可是由于个性和才能的差异，仍然会产生诸如“从哪一个角度去接触并表现生活的内在规律”、“用什么手法去摄取和剪裁他的素材”以及“赋予他的作品以怎样的色彩和音调”的不同。在这里，我不知道侯金镜同志有没有把一个作家的“生活经历、政治与文化素养、写作经验”等等和个性及才能对立起来，因而也就把个性和才能看作一成不变的意思。作家当然有创作个性和艺术才能的差异，但这种个性和才能的养成，恰恰是和“生活经历、政治与文化素养、写作经验”等等密切相关的，因而它们也就不是一成不变的。事实上，不同作家的“生活经历、政治与文化素养、写作经验”等等不可能完全相同，我们在探讨一个作家的个性和才能在艺术创造上的表现时，也不可能完全撇开他的“生活经历、政治与文化素养、写作经验”等等。茹志鹃同志为什么要这样写而不那样写，如前所说，是因为她有她的生活经历，尤其是她有她的创作思想。她的生活经历正在不断丰富，政治和文化素养正在不断提高，写作经验也正在不断得到积累，这一切都将影响她今后的创作，引起她在艺术创造上的变化。茹志鹃同志的写作历史不算太长，但十余年来，她的作品已经有了不少变化和提高。过去既是如此，将来当然不会例外。

虽然我不敢断言侯金镜同志是否把创作个性和艺术才能看作一成不变的东西，但他那篇文章的精神，似乎是这样的。因此，他才把茹志鹃同志的作品分门别类，判定它们的高下，指出作者的所长所短。他也知道这种分类法是困难的，所以一再说明，“这样的分类，只是为了说话方便，是相对的而非绝对的”。可是，他的分类却给他的说话带来了不方便。例如，被归入乙类的《在果树园里》和《高高的白杨树》，固然是以新旧生活的对比，写出人物对理想的渴望和追求；但《新当选的团支书》则分明是刻划人物的思想意识的变化，和被归入甲类的《妯娌》等篇更为相近；《百合花》也是刻划人物的思想意识的变化的，无论题材和人物，我以为也和被归入丙类的《三走严庄》更为相近。特别是，侯金镜同志把《关大妈》和《三走严庄》归为一类，更和他自己所定的标准发生冲突。在我看来，《关大妈》是比较粗糙的作品，作者只是用故事来吸引读者，只写出一种类型的人物，还没有努力去刻划性格；而《三走严庄》则已经写出了一个性格颇为鲜明的人物，表现手法和艺术风格也远较《关大妈》成熟。从《关大妈》到《三走严庄》，标明作者在创作上跨前了很大的一步。按照侯金镜同志的标准，这应该是两类很不相同的作品。但他把它们硬拉在一起，抹煞了彼此如此显著的差异，难怪连他自己也说给他的“分析和立论带来了难题”，有些不能自圆其说了。

《关大妈》和《三走严庄》的不同，还可以说明另一个重要问题，即作者的所长和所短的问题。只要我们把茹志鹃同志的作品按照写作时间的先后通读一遍，就可以明显地看出一个总的趋向——在人物上，从类型的描画到性格的刻划，作者的笔触愈来愈深入到精神世界，因而使得形象也更加生动了；在构思上，从偏重于故事的讲述到生活横断面的剖析和发掘，因而大大地提高了作品的主题思想；在表现手法上，从比较粗糙和带有斧凿的痕迹到比较细致谐和，因而增加了抒情的成分，使得艺术风格愈益成熟而鲜明。以描写所谓尖锐斗争和重大题材的作品而论，《澄河边上》比《关大妈》成熟，而《三走严庄》则又比《澄河边上》更高一筹；以描写所谓“生活激流中的一朵浪花，社会主义建设大合唱里的一支插曲”的作品而论，从《妯娌》到《静静的产院》的提高过程，更属有目共睹。当然，一个作家的发展和提高，不会是直线的，这中间有曲折，有起伏。以我个人的浅见，《静静的产院》是作者迄今为止的作品中思想内容和艺术形式达到较高的和谐完整的一篇，超过了最近发表的《阿舒》；写于一九五八年的《百合花》，也比最近发表的《同志之间》好，虽然两者的题材有相近之处。但这是不足为怪的。如果说，在茹志鹃同志全部作品里有所长所短的问题存在，也只能说是整个发展过程中从“短”到“长”的趋向，恐怕不能“用作者的创作个性，善于和不善于驾驭怎样的素材”来解释。

侯金镜同志提出的所长所短的看法，自然也不是凭空来的，他对茹志鹃同志的作品进行了比较细致的分析。如果把各篇作品分开来看，我觉得侯金镜同志的分析有不少精辟和中肯的地方。例如他在分析被他归入丙类的《关大妈》和《澄河边上》的缺点时，指出它们的人物不够鲜明，形式也不完整等等，都是对的，只是在探讨原因时，未免失之武断。可以作为侯金镜同志的看法的反证的，正如他自己所说的，就是《三走严庄》。不错，侯金镜同志也分析了《三走严庄》，他正确地指出了这篇作品本身所存在的缺点，即人物新性格的形成过程在我们读者心里留下了一个缝隙，主人公心理感情变化的针脚粗疏得赶不上她的行动等等。这的确是这篇作品的"短"。造成这个"短"的原因也许比较复杂，我总觉得和作者的生活经验不无关系。比起当上了民工队长的严正英，作者是不是更熟悉那个"淑静而又有点封建"的收黎子呢？在我看来，收黎子和《百合花》里面的新媳妇好像是一对嫡亲姊妹，作者对她们的性格有着偏爱。但是，存在在《三走严庄》后半篇的那个"短"，对作者来说，是必须加以克服的。而且，在条件具备的情况下，作者也一定能够克服。我们对茹志鹃同志的要求是，把《三走严庄》这样的作品写得更好一些，使收黎子即严正英这样的人物的性格更饱满、更鲜明、也更完整一些，而不是干脆把它放弃了，永远不再去写它。这当然不是要作者再回到过去的战争岁月里去补充自己的条件，而是指今后努力的方向。其实，侯金镜同志自己也说，《三走严庄》既然"有得有失"，就没有理由作出"此路不通"的断语；虽然他整篇文章的精神和逻辑，正是在作者走向《三走严庄》的道路上树立起一块"此路不通"的牌子。

侯金镜同志不仅从反对"标准化"的观点肯定了茹志鹃同志富有特色的作品，更指出她那种着力于心理描写的方法，正是我们有些年轻作者所欠缺的，指出她作品中优美柔和的抒情调子，唤起了读者对于时代的温暖幸福的感情，认为在文学艺术的百花园里，不能没有这样的作品。这些意见，无疑〔地〕是正确的。但当他把茹志鹃同志的作品和另一种描写所谓重大题材和英雄人物的作品作比较时，虽然说两种作品不是对立的或互相排斥的，也无法代替，却又认为茹志鹃同志的作品只能作为另一种作品的补充。从侯金镜同志接着讨论题材和作家的关系问题时的论点看，他分明是反对把衡量作品思想价值的标准理解得过于狭窄，反对夸大题材对于作品社会价值的影响和作用，认为首先应该"着眼在主题思想的深度和完美（或比较完美）的艺术形式的统一上"；可是，为什么又说出这刺眼的"补充"二字呢？难道茹志鹃同志的作品，只是什么"补充作品"吗？看起来，侯金镜同志尽管一方面赞赏茹志鹃同志的作品，一方面却又在贬低它的价值。这种有失公允的态度，正是他把茹志鹃同志的作品作了不妥当的分类之后，断定作者的创作个性不善于驾驭重大题材和描写英雄人物的不妥当的看法的反映。

关于运用革命的现实主义和革命的浪漫主义相结合的创作方法，大家也有不尽相同的意见。前面提到过有人认为茹志鹃同志作品所以缺乏革命浪漫主义精神，原因就在于作者没有采取表现革命浪漫主义精神的“尖端题材”，她的风格也不适宜用夸张的语言、高昂的调子和粗线条勾勒人物的浪漫主义手法。照这样的意见看，茹志鹃同志现在的创作方法简直是不大对头的，除非改弦易辙，她将无法掌握这个最适合表现我们这伟大时代的创作方法。

这是个比较复杂的问题。首先，什么是两结合的创作方法呢？过去有过不少讨论，也有过创作上的实践。就创作实践来说，已经证明两种错误的尝试：其一是所谓“畅想未来”，即在作品里凭幻想描绘一番共产主义的远景；另一是所谓“人鬼同台”，即在舞台上搬出几尊神或鬼，使他们和人一起做一些超现实的“壮举”。如果这种尝试是值得赞许的，那么，一切科学幻想小说或神怪电影，毫无例外地都是应用两结合创作方法的杰作了。这显然是对革命浪漫主义的误解，把它看作超现实的代名词了。照我的理解，两结合的创作方法，应该是要求作家正确理解现实和理想的关系，决不是鼓励我们撇开现实去驰骋幻想。

谈到现实和理想的关系，又使我想起鲁迅说的话。鲁迅是一个严格的现实主义作家，他的作品也是严格的现实主义作品。他曾经说过：“天才们无论怎样说大话，归根结蒂，还是不能凭空创造。”（《〈丰收〉序》）但他很重视作品的社会作用，并指出文学艺术和实际生活不能等同，文学创作不能照搬原样的生活，认为从生活提炼题材时，应该在现实里注入理想。他把文学和社会生活的关系比作芝麻和芝麻油——文学描写了社会生活，又转而影响社会生活，“正如芝麻油原从芝麻打出，取以浸芝麻，就使它更油一样”（《给徐懋庸信》）。我以为，现实和理想的关系也是如此：理想来自现实，又转而推动或引导现实。理想的根，总是深植在现实的土壤里的。对作家来说，他在作品里所要表达的理想，总得通过对现实生活的刻划。正因为理想不是外加的东西，所以凡是外加在作品里的——不论它是加在题目上，加在人物的口中，或是加在尾巴上，都缺乏感染力，也就是缺乏教育作用。运用两结合的创作，决不等于在作品里硬塞一些标语口号。我以为，一个作家如果能够站在较高的思想水平，就像俗语所说的，“站在高处，看得远景”，因为看得远，同时也就能够深刻地分析和挖掘现实生活，另一方面因为挖掘得深，也有助于看得远，这样，他的笔下就能产生浪漫主义。不用说，革命的现实主义和革命的浪漫主义相结合的创作方法，首先就要求作家立足于无产阶级的思想高度。

如果这样理解两结合的创作方法不太谬误，那么，我要说，不能武断茹志鹃同志无法掌握它。我不同意那种认为茹志鹃同志不善于驾驭重大题材和描写英雄人物的看法，因而也就不同意那种认为她的艺术风格和表现方法不适宜于表达浪漫主义精神的看法。不错，茹志鹃同志没有采取那种慷慨就义或英勇牺牲的所谓“尖端题材”，也没有使用夸张的语言、高昂的调子和粗线条勾勒人物的手法。但她是从另一种角度、用另一种方法去描写她的具有英雄品质的人物的，也就是说，她描写了另一种发生在人物灵魂深处的惊心动魄的场面；因此，她也在她的人物身上使用了另一种色彩和音调。难道只有那些慷慨就义或英勇牺牲的所谓“尖端题材”，只有那些夸张的语言、高昂的调子和粗线条勾勒人物的手法，才是符合两结合创作方法的要求的吗？如果真的是这样，两结合的创作方法不是只能——至少是促使产生“标准化”的作品吗？

我承认茹志鹃同志迄今为止的作品，大体上是属于革命现实主义的，但也包含有革命浪漫主义的成分，而且这种成分正在日益增长。她那几篇比较优秀的作品中的人物，无论是《高高的白杨树》中的大姐，《里程》中的王三娘，（还是）《静静的产院》中的谭婶婶，《三走严庄》中的收黎子即严正英，都是有所追求的，都受着强烈的理想的引导。即连最近发表的《阿舒》中的阿舒，也不例外。我还觉得，像收黎子的成为严正英，简直是一个惊人的巨大的飞跃，从她身上焕发出灿烂夺目的光辉。前面说到英雄人物并不只是用一个模子塑造出来的，在实际生活中就有着各种各样的英雄人物。有的同志甚至认为只要是勤勤恳恳的劳动者也就是英雄人物。我以为，勤勤恳恳的劳动者可以成为英雄人物，但不就是英雄人物。如果是一个虽然勤恳、却很平庸的劳动者，他在文学作品里可以成为典型人物，却不是英雄人物。既是英雄人物，他的品质和行动一定要对社会生活产生重要影响，他身上一定要有发光的东西。茹志鹃同志作品中的人物身上，的确不缺乏这种发光的东西。不要说收黎子即严正英那样光辉夺目的人物了，也不要说被作者用白杨树来象征她坚强性格的那位热烈地追求理想的大姐（她虽然没有在作品中正面出现）了；就拿王三娘来说吧，那么一个曾经趁重建破石桥的机会在河滩上搭桥收过桥费赚钱的人，后来竟然走在群众前面，放下女儿生产队里两角四分钱一斤的黄瓜，带头去抢救别队里的麦子，我们读者不就看到了她身上那种发光的东西，感觉到她的形象一下子变得高大起来吗？至于那个曾经满足于已有的成绩而停滞不前的谭婶婶，最后也终于觉悟到“出世早，就该站在前面，一定要站在前面”，因而挺起身子，鼓起新的精神和勇气投身工作时，在她身上自然也就有了发光的东西。可贵的是，茹志鹃同志并不满足于表面的粗率的描写，而把自己的笔触伸入人物灵魂的奥秘，对人物的心理变化作细致的刻划，使他们的行动具有充分的内心的根据，同时也就丰富了他们的精神世界，突出了他们的精神面貌。

总之，革命的现实主义和革命的浪漫主义相结合的创作方法，决不是鼓励作家往一条狭路上挤，促使作家去写“标准化”的作品。正如产生在我们这时代里的英雄人物是各种各样的，作家在描写他们时所使用的色彩和音调也应该是多种多样的。茹志鹃同志也许并不是有意识地在运用两结合的创作方法上另辟蹊径，她的创作实践却给了我们一个很好的启发。

大家都承认茹志鹃同志是一个有风格的作家。欧阳文彬同志还专就她的艺术风格写了文章，在侯金镜同志的评论里也着重地谈到这个问题。的确，谈论茹志鹃同志的作品，就不能不谈论她的艺术风格，因为这是构成她作品的特色的重要因素。

一个作家的风格的形成，条件很多，情况复杂，有关他的个性和气质，思想和艺术素养，他所走过来的生活的道路，等等。布封“风格即人”那句名言里所说的“人”，应该是包含很复杂的内容的。欧阳文彬同志在“艺术风格”的题目下，从取材、结构、人物塑造一直到语言文体，几乎全面地评论了茹志鹃同志的创作方法；她一方面举出作者的种种艺术特色，另一方面却又提出它们的不足之处，最后希望作者发挥长处，弥补短处，虽然她也引用了一句马克思的话，声明自己“无意叫玫瑰花发出紫罗兰的香气”。侯金镜同志对欧阳文彬同志的论点，可以说是既同意，又不同意——同意的是也承认茹志鹃同志的艺术风格有所长也有所短，不同意的是认为她应该“扬其所长，避其所短”。在欧阳文彬同志看来，茹志鹃同志的艺术风格不足以“充分反映当前宏伟的现实”，所以“短处应该作必要的弥补”；在侯金镜同志看来，茹志鹃同志的艺术风格虽有所短，只要把它避掉就行，如果反去弥补，就难免使作品走上“标准化”的道路。

这里要解决的，仍然是个所长所短的问题。

关于茹志鹃同志作品的艺术风格的特色，大家的看法是一致的，用侯金镜同志的话说，那就是“色彩柔和而不浓烈，调子优美而不高亢”。我不想在这里详细探讨茹志鹃同志艺术风格形成的因素，事实上，她的写作历史还不算太长，作品也还不多，大家都认为《百合花》的发表才开始显出独特的风格，所以也正在发展形成中，不能看作是已经定型的东西。我只想提出两点来谈一谈。

首先是，一个作家的艺术风格，是和他从生活提炼题材以及通过题材表达思想主题有关系的。茹志鹃同志描写正在成长和改变中的性格，描写发生在人物灵魂深处的惊心动魄的场面，这就要求她在作品中作细致的心理分析，作精微的细节描写。人物的心理活动和感情变化，和客观的社会环境密切相关。有不少同志提到茹志鹃同志善于扣紧人物的内心变化选择富于特征的生活细节，使生活环境和心理活动融合一起。作为例证，有的同志提到《百合花》中通讯员枪筒里插的野菊花和新媳妇那条被子上的百合花，有的同志提到《如愿》中的苹果和《春暖时节》中的大虾等等。我倒很愿意提一提《里程》中王三娘曾经用来搭过桥的那块大石头——作者一次又一次地写到它,写到它在王三娘心里引起的反映(应)和悸动,她的思想和感情的变化。《里程》不是茹志鹃同志最好的作品,它存在着如侯金镜同志所提出的“斧凿的痕迹过重”的缺点,但作者对那块大石头的描写,的确很富特征。正是在这种地方,展现出作者的艺术才能,也同时显露出作品的委婉细腻的风姿。

其次是,一个作家的艺术风格,是在他掌握和处理题材的胜任愉快的情况中得到表现的。茹志鹃同志的作品往往有一种优美的抒情的气氛。作品中达到了思想内容和艺术形式比较完整统一的时候,就会出现抒情的气氛。这也就是侯金镜同志所说的“对人物感情的客观描绘和作者注入到作品里的自己的感情,两者统一起来,就形成了委婉柔和细腻优美的抒情调子”。茹志鹃同志所写的作品,并不是每篇都是如此,但如《百合花》、《静静的产院》和《三走严庄》等,的确洋溢着这种抒情气氛,使它们简直成为动人的诗篇。《在果树园里》和《高高的白杨树》虽然各有缺点,在人物性格的刻划上较有逊色,却也不缺乏优美的抒情的调子。这些作品之所以出现这种抒情的诗意,我以为是作者熟悉她所描写的东西,她自己就被它所激动的缘故。在写作过程中有着饱满的激情,就自然而然地会从笔端流露出来。如果她去描写自己不熟悉、不被激动的东西,不能胜任愉快地驾驭题材和语言,她就抒不出情来。作者在描写《百合花》中的新媳妇和《三走严庄》中的收黎子时那种抒情的诗意,是由于她不仅熟悉、而且热爱她们,被她们所激动。

情形既然是这样,那么,对茹志鹃同志的艺术风格来说,是不是存在着所长所短的问题呢?其实,寸有所长,尺有所短,凡百事物,都有所长所短的两个方面。就一个作家的艺术风格而论,不可能要求它既委婉柔和,而又豪迈粗犷。侯金镜同志也承认:“这一个作家的所长,常常恰是另一个作家的所短。兼有各家之长的十全十美的风格,这种例子真如凤毛麟角。”严格说,“兼有各家之长的十全十美的风格”根本不可能存在;推崇或要求这种不可能存在的“风格”,不仅不实际,而且不合理。欧阳文彬同志说:“风格本身并非一成不变,而是需要不断发展,不断丰富的。”不错,一个作家的风格的形成,的确有它的过程,而且不断发展,渐趋成熟;但愈发展到成熟的阶段,它就愈富于自己的特色——玫瑰花就愈显出玫瑰花的特色,紫罗兰也愈显出紫罗兰的特色,不能要求它既是玫瑰花又是紫罗兰。我是很喜爱茹志鹃同志的艺术风格的,我认为她完全可以用她自己的艺术风格来反映我们的时代,根本不在所长所短的问题。

侯金镜同志认为茹志鹃同志的甲类作品所处理的题材,最能发扬她的艺术风格。他说:“既然描写生活中的重大复杂的斗争题材不是她的所长,她就选取斗争中的一朵浪花、一支插曲而由小见大,在这类素材里施展她的创作能力。而这也就影响了作品的风采和调子。”这是指出题材影响风格的。但在劝告作者“扬其所长,避其所短”时,认为她的艺术风格不适宜表现所谓重大题材和复杂斗争,则又是说明风格在决定题材了。再加上他好像把个性和才能看作是一成不变的东西,就无异于从艺术风格这个方面,又给茹志鹃同志的创作前途作了令人丧气的判断——她的作品将永远和重大题材以及复杂斗争绝缘了。侯金镜同志这种看法,也表现在对茹志鹃同志和李准同志所作的比较上。他把《静静的产院》比《耕云记》,认为“前者没有后者的气势”;又认为《静静的产院》这个素材如果落到李准同志手里,可能是另一种结构方法,“生活场景会展开得更宽”,会“产生另一种风格和气势”。这里面,是不是有所褒贬,认为茹志鹃同志的风格不如李准同志的呢?如果是这样,这就从所长所短的论点出发,走到了侯金镜同志自己也不赞成的“标准化”道路的边缘上去了。其实,《静静的产院》和《耕云记》是两种不同的作品,正如茹志鹃同志和李准同志是两个不同的作家;两相比较就很困难,评判高下就更难免有失公允,何况这样做又和侯金镜那篇文章的总的精神适相反对呢。

1961 年 7 月上旬根据发言纲要补充写成

——原载《文艺报》1961 年第 7 期

何其芳

战斗的胜利的二十年

一

列宁曾经说过，无产阶级的学说在它的生命途程中必须以战斗来争取每一步的进展。中国无产阶级的文学艺术也是这样的。它从斗争中产生，从斗争中找到了自己的道路，并且从不断的斗争中发展壮大，取得了光辉的胜利。

和一切新生的革命的事物一样，中国无产阶级的文学运动一开始就遭到反对和攻击。资产阶级的文士们用人性论来否定文学的阶级性，用文学需要独立和自由来反对它为无产阶级的政治服务，并且用“我们要看看货色”来抹杀中国和世界的无产阶级的文学的存在。然而从中国的黑土里生长出来的无产阶级的文学，既不是梁实秋等人的口诛笔伐所能阻止，也不是蒋介石的屠刀和禁令所能扑灭。不要多久，就如鲁迅所说，无产阶级的文艺运动成了当时中国的唯一的文艺运动。虽然在左翼以外，当时也有少数比较进步的作家写出了一些优秀的作品，但他们并不是站在资产阶级方面，尤其不是站在大资产阶级方面。他们对劳动人民常常表示同情，对当时的反动统治阶级是厌恶的。他们实际上是无产阶级的文学运动的同盟军。先天不足的中国的资产阶级，经济上、政治上是那样软弱，文化上是那样落后，就不曾抚育出一个杰出的文学家。

由于左翼文学运动的影响日益扩大，这时资产阶级的另一些文士就唱着另一种调子了。他们表示承认文学有阶级性，承认可以有无产阶级的文学，甚至用某些马克思主义文艺理论的词句来装扮自己，然而他们却反对文学有目的有意识地为无产阶级的政治服务，反对革命的功利主义，提倡资产阶级的文艺自由。资产阶级的文士们这一次进攻所引起的斗争就是反对胡秋原和苏汶的所谓“自由人”或者“第三种人”的斗争。在这以后，中国文学艺术上的资产阶级思想同无产阶级思想的对立和斗争的情况发生了很大的变化，从外部来的反对和攻击已经完全没有力量，而是以革命文艺内部的反对派面目出现为其主要形式了。这也是列宁曾经说过的,"历史的辩证法是这样:马克思主义在理论上的胜利逼得它的敌人改装成像马克思主义者"。

除了反对外部的资产阶级思想的斗争而外,第二次国内革命战争时期的中国无产阶级的文学运动还进行了一种斗争,这就是克服自己内部的"左"倾教条主义和宗派主义的斗争。不进行这种斗争,无产阶级的文学运动也是不能成长和发展的。

毛泽东同志的《在延安文艺座谈会上的讲话》就是一个从反对革命文艺运动内部的非无产阶级思想的斗争中产生的文献。它不仅批判了当时各种资产阶级和小资产阶级的文艺思想文艺倾向,粉碎了当时延安文艺界的一小撮反党反人民的分子的进攻,而且从根本上总结了五四新文学运动以来、特别是左翼文艺运动以来的经验,解决了一系列长期不曾解决的问题,这个文献就为中国无产阶级的文学艺术指出了正确的向前发展的道路。无产阶级的文学艺术的产生、存在及其影响的日益扩大,并不等于就已经解决了它的道路问题。从事任何比较复杂的新的工作都是这样,从摸索前进到找到正确的道路总有一个过程。这中间需要有实践,需要积累经验,而且需要有创造性的马克思主义的理论能力才能从实践从经验发现事物的规律,以之为根据来规定我们的方针和办法。中国的整个革命运动是这样,中国革命的文艺运动也是这样。

无产阶级的文学艺术必须为千千万万劳动人民服务,必须深深扎根在广大劳动群众的深厚处,必须为这些群众所了解和爱好,列宁的这些名言是中国左翼的文艺工作者早就知道的。但是,怎样才能做到呢?第二次国内革命战争时期的左翼作家,主观上是企图以他们的作品为武器来为革命的阶级斗争服务的,客观上也发生了很大的影响;然而这种影响主要还是在知识青年中间。他们也感到了这种情况和人民群众的实际需要还有不小的距离。他们曾多次提出和讨论过文艺大众化的问题。但他们没有能够完全弄清楚问题的实质和关键是什么,因而也就不可能找到文艺和广大劳动群众结合的途径。这个问题一直存在到抗日战争的前半个时期,并且在当时的抗日根据地表现为文艺工作和群众的需要不相符合的种种矛盾。《在延安文艺座谈会上的讲话》的划时代的意义就在于彻底地解决了这个问题,指出了实现文学艺术为千千万万劳动人民服务这一伟大任务的具体道路。毛泽东同志清楚地看出了问题的关键所在,看出了种种矛盾的产生都是由于当时的文艺工作者的头脑中还有浓厚的资产阶级和小资产阶级的思想。因此,真正要解决文学艺术的群众化问题,革命的文艺工作者必须进行思想感情的改造。他给我们指出了改造思想感情的途径:深入工农兵、深入实际斗争和学习马克思列宁主义。这是一切从非无产阶级出身的革命者改造自己的途径,也是革命的文艺工作者改造自己和改造文学艺术的途径。《在延安文艺座谈会上的讲话》是一个内容异常丰富的文献,围绕这个问题还提出了并解决了许多理论上和政策上的问题。但最核心的内容正在这里。沿着毛泽东同志所指出的道路前进,我们的文学艺术就发生了根本性的变化,取得了光辉的胜利。

由于当时的斗争的具体情况,《在延安文艺座谈会上的讲话》的主要锋芒是针对着资产阶级和小资产阶级的文艺思想文艺倾向,主要是反对从右的方面的错误。但这个座谈会本身就是一个延安文艺界的整风会议,这个讲话里面自然也就带有当时整个整风运动的反对教条主义反对宗派主义的精神。在许多问题上毛泽东同志都是进行了既反右又反“左”的两条战线斗争的。比如,在文学艺术的作用、在政治和艺术的关系的问题上,他说:“我们不赞成把文艺的重要性过分强调到错误的程度,但也不赞成把文艺的重要性估计不足。文艺是从属于政治的,但又反转来给予伟大的影响于政治。”他又说:“政治并不等于艺术,一般的宇宙观也并不等于艺术创作和艺术批评的方法。”他指出文艺批评有两个标准,一个是政治标准,一个是艺术标准;我们既反对政治观点错误的艺术品,也反对只有正确的政治观点而没有艺术力量的所谓“标语口号式”的倾向。就是在讲这个问题的时候,他说:“我们应该进行文艺问题上的两条战线斗争。”在普及和提高的问题上,虽然由于当时文艺界不少同志轻视或忽视普及,他着重地讲了普及的迫切需要,但他同时也指出,“人民要求普及,跟着也就要求提高”。而且他还讲到了直接为群众所需要的提高以外的干部所需要的提高的重要性。他说:“干部是群众中的先进分子,他们所受的教育一般都比群众所受的多些;比较高级的文学艺术,对于他们是完全必要的,忽视这一点是错误的。”在文艺界的统一战线问题上,他首先是把这个党的文艺工作和非党的文艺工作的关系问题同党的文艺工作和党的整个工作的关系问题加以区别。这也就含有不能完全用对党的文艺工作的要求去对待非党的文艺工作的意思。他指出党的文艺工作必须服从党在一定革命时期内所规定的革命任务;而对于当时党外的一切文学家艺术家,却只要他们赞成抗日,就应该和他们团结起来;其中有些人不但赞成抗日,而且还赞成民主,那就更应该团结他们。在政治上都不能要求他们完全和我们一致,在艺术上就更容许有差异了。所以他在讲文艺批评的时候说:“我们的文艺批评是不要宗派主义的,在团结抗日的大原则下,我们应该容许包含各种各色政治态度的文艺作品的存在。”当然,在一致的地方有团结,在不一致的地方也就有斗争,有批评。毛泽东同志在讲了团结的范围以后,紧接着又说明统一战线中的斗争和批评的必要。他说,右倾的投降主义、尾巴主义,或者“左”倾的排外主义、宗派主义,都是错误的。他这些关于文艺界的统一战线政策的规定,虽然有些具体内容是根据抗日战争时期的情况提出来的,总的原则和精神却至今仍然值得我们十分重视。在文学艺术遗产问题上,他也是既反对拒绝继承和借鉴优秀的遗产,又反对毫无批判地硬搬和模仿古人和外国人的文学艺术教条主义。他坚决地反对各式各样的教条主义。教条主义不仅表现在政治思想上,而且也可以表现在文艺思想上。它是和真正的马克思主义不能相容的。他在讲马克思主义和创作情绪这个问题的时候说:"空洞干燥的教条公式是要破坏创作情绪的,但是它不但破坏创作情绪,而且首先破坏了马克思主义。教条主义的'马克思主义'并不是马克思主义,而是反马克思主义的。"

二十年来我们的文学艺术的发展过程也就是党和毛泽东同志的文艺方向的贯彻过程。这个发展过程和贯彻过程也是经过了不断的斗争的,经过了两条战线的斗争的。我们既进行过反复的反对资产阶级和修正主义的文艺思想的斗争,又进行过多次的反对教条主义和其他各种从"左"的观点出发的简单粗暴倾向的斗争。经历了这些斗争的人至今记忆犹新。总结这些斗争的经验,把其中反复出现的规律性的东西研究清楚,对于发展我们的社会主义的文学艺术是一个迫切的必要的工作。

我们同资产阶级和修正主义的文艺思想的斗争,总的说来,就是破除对于党和毛泽东同志的文艺方向的反对和抗拒的斗争,就是文学艺术上的无产阶级道路和资产阶级道路的斗争。修正主义也是一种资产阶级思潮,是资产阶级世界观及其影响在工人运动中的反映。修正主义的文艺思想也是这样。它和赤裸裸的资产阶级文艺思想的差异不过是披上了一层"马克思主义"的外衣,出现在革命文艺运动的内部,它的实际的作用仍然是以资产阶级的文艺道路来取消和代替无产阶级的文艺道路。开国以来,我们多次进行的规模巨大而且十分激烈的斗争都是反对资产阶级思想和修正主义的斗争,这是有它的原因的。从国内来说,中国的人民民主革命在全国胜利并且完成了土地改革以后,国内的基本矛盾就是工人阶级和资产阶级的矛盾。这种基本矛盾必然要在文艺界的思想斗争上反映出来。从国外来说,五十年代国际的反动派掀起的反共逆流和国际修正主义思潮的泛滥,对中国文艺界的资产阶级右派和修正主义者发生了很大的影响。他们受到了国际反动潮流的鼓舞,他们的进攻正是一种配合。因此,我们在这方面多次进行的规模巨大而且十分激烈的斗争是不可避免的,完全必要的。我们同资产阶级和修正主义的文艺思想的斗争有时本来就属于或者后来发展成为敌我矛盾性质的斗争,有时却是在人民内部的文艺工作者中间清除资产阶级思想和修正主义观点。但从文学艺术的道路来说,这都属于两条道路的斗争。我们坚决地进行了这些斗争,这就从理论上粉碎了这些反动的文艺思想,保卫了党和毛泽东同志的文艺方向,扫除了社会主义的文学艺术的道路上的障碍,解放了文学艺术的生产力。开国以来我们的文艺创作取得的显著成就和丰富收获是同这些斗争分不开的。

我们同教条主义和其他各种从"左"的观点出发的简单粗暴倾向的斗争,就是反对和纠正对于党和毛泽东同志的文艺方向的歪曲的斗争。因为这种斗争都属于人民内部矛盾的性质，而且这种斗争常常只是反对某一个方面或者某一个问题上的“左”的错误倾向，开国以来还没有出现较为集中的代表人物，因此斗争的规模并不巨大，也没有反对资产阶级思想和修正主义那样激烈。然而开国以来这方面的斗争也是多次进行的。有这种错误倾向的人，他们口头上是拥护无产阶级的文学艺术道路的，然而实际上却是要把它引向走不通的绝境。他们口头上是拥护马克思主义、拥护毛泽东思想的，然而实际上却是对于它的一种很大的歪曲，一种片面化、简单化和庸俗化。他们的主观想法也是想促进我们的文学艺术的，然而客观结果却是一种促退，却是破坏文学艺术的生产，使它们萎缩，使它们脱离人民群众。因此，虽然他们是反对资产阶级和修正主义的文艺思想的，然而实际上却起了一种帮助它们的作用。在他们的教条主义和简单粗暴引起人厌恶、行不通或结果很坏的时候，这就给资产阶级和修正主义的文艺思想的滋长和传播准备了机会，造成了条件。因此，我们在这方面的多次的斗争也是不可避免的，完全必要的。不进行这些斗争，党和毛泽东同志的文艺方向也不可能贯彻，我们也不可能取得文学艺术上的种种成就。

从思想性质上说，工人运动内部的右倾和“左”倾都是非无产阶级思想的反映。从思想方法上说，它们都是一种主观性和片面性的表现。它们是互相补充而且在一定的条件之下互相转化的。它们对于无产阶级的革命事业都可以发生很大的危害。因此，认为“左”比右好或者右比“左”好，都是很错误的。马克思主义的经典作家曾多次讲过在革命工作中必须进行两条战线的斗争。世界的革命经验和中国的革命经验都证明了这一思想的重要性。中国革命的发展和胜利，毛泽东思想的发展和成熟，是经过了许多严重的外部斗争和内部斗争、而在内部斗争中又是经过了多次的反右和反“左”的斗争的。我们现在进行社会主义的建设，包括文学艺术的建设在内，也必须进行两条战线的斗争。过去的事实是这样，今后也仍然会有这两方面的斗争。这是中国无产阶级的文学艺术运动的一个基本经验。

二

我们同资产阶级和修正主义的文艺思想的斗争主要集中在什么问题上呢？我以为主要集中在以下几个问题上：

一、把文学艺术作为个人的事业还是作为人民群众的事业。列宁在《党的组织和党的文学》中就曾指出，对于无产阶级，文学事业不但不能是个人或者集团赚钱的工具，而且它永远不能是和无产阶级总的事业无关的个人事业。毛泽东同志在驳斥当时延安文艺界一小撮反党反人民分子的谬论的时候也曾指出，他们的写作目的是“以求其个人或狭隘集团的功利”，但他们却还要责备无产阶级的革命的功利主义。

如《共产党宣言》所说的，资产阶级“它使人和人之间除了赤裸裸的利害关系之外，除了冷酷无情的‘现金交易’之外，再也找不出什么别的联系”。把文学艺术作为个人的事业，作为猎取个人的名誉、地位和金钱的工具，这完全是符合资产阶级的道德和要求的，因而也正是为资产阶级服务的。但是，就是在资本主义社会里，那些杰出的文学家艺术家也不是把他们的创作仅仅当作获得个人名利的手段，也还要表现他们的理想，也还要反映一定的人民的要求，他们并不甘心成为资产阶级的驯服的奴仆。而且他们常常是终身刻苦地从事文学艺术的劳动，因此他们的作品常常是不但质量高，并且数量上也多，并不是一本书、一幅画或者一支乐曲出了名就骄傲自满那样浅薄，那样庸俗。心安理得地依赖资产阶级的钱袋和豢养，以他们的作品来娱乐资产阶级，来粉饰和巩固资产阶级的统治的人，在资本主义社会里也不过是文学艺术上的侏儒而已。

把文学艺术作为人民群众的事业，它就必须为广大的劳动人民服务，必须成为他们自己的东西，成为他们所了解所爱好并从之得到提高和鼓舞的东西。这样文艺工作者就有一个深入劳动人民的生活去熟悉他们的问题，就有一个思想感情的改造问题，就有一个在作品中如何正确地表现劳动人民并且在艺术形式上如何容易为他们所接受的问题。《在延安文艺座谈会上的讲话》所指出的方向正是为了解决这些问题。把文学艺术作为个人或者小集团的事业，就必然要反对这样的方向。胡风集团是延安文艺座谈会后第一批猖狂地反对党和毛泽东同志的文艺方向的人。他们提倡什么“万物皆备于我”，“自我扩张”就是“艺术创造底源泉”，坚决反对深入工农兵，坚决反对思想改造，坚决反对文学艺术上的民族形式，并且对劳动人民抱着蔑视的态度，认为他们身上充满了“精神奴役的创伤”或者“封建主义底各种各样的具体表现所造成的各式各样的安命精神”。后来文艺界的资产阶级右派和修正主义者继承了胡风集团的衣钵，也是反对我们的文艺方向，并且否定我们在这样的方向之下所取得的巨大成就。国外的反动的资产阶级文人和修正主义者也是十分敌视我们的正确的文艺方向的。比如南斯拉夫的维德马尔在他的《在第五次南斯拉夫作家代表大会上的报告》中，就把党和毛泽东同志号召文学家艺术家到群众中去诋毁为“荒谬指示”，甚至把我们的一部分作家到工农群众中去的时候、根据具体的条件和可能参加一定的劳动污蔑为“令人作呕的肉体上的迫害措施”。这倒是充分表明了这类充满剥削阶级意识的人对于劳动人民、对于劳动抱着多么“令人作呕”的资产阶级贵族老爷式的轻视和鄙视。然而凡是真正愿意把文学艺术作为人民群众的事业、作为革命的事业的人，却是赞成和重视《在延安文艺座谈会上的讲话》这个著作和它所指出的文艺方向的。不仅在中国是这样，在国外许多正在进行着革命斗争的地方也是这样。当然，也还有一种人，他不是明目张胆地反对党和毛泽东同志的方向，然而他却坚持把文学艺术作为个人或者小集团的事业,因此他虽然也到劳动人民中间去搜集了一些写作材料,而且还写出了引起人注意的作品,然而他越有了名誉地位,他的个人主义的野心也就越来越大,以至终于一次又一次地走上反党反人民的道路。抱着"有了一本书,谁也打不倒"的"一本书主义"的丁玲就是这样。把文学艺术作为个人或者小集团的事业,它的表现形式是多种多样的,但最后的共同的结果是在我们的国家里已经此路不通。这就是因为在无产阶级领导的文艺事业里面不可能再走资产阶级的道路。把文学艺术作为个人的事业还是作为人民群众的事业,这是文艺工作者的艺术观的一个根本问题,又是他们的人生观的一种具体表现。

把文学艺术作为人民群众的事业就必然要承认党对于文艺的领导。因为无产阶级的党是人民群众的利益和意志的集中的表现者,最正确的表现者。就像海洋里的船只不能离开有经验的舵手一样,党的领导是一切人民群众的事业的胜利的保证。资产阶级文人和修正主义者把文学艺术作为个人的或者小集团的事业,也就必然要反对党对文艺的领导。胡风集团在他们的密信中对党的领导的攻击是那样恶毒,那样充满了反革命的仇恨,把《在延安文艺座谈会上的讲话》诋毁为"图腾",诬蔑它"能屠杀生灵",我们重读那些材料,就会感到在文艺方面的阶级斗争也是多么激烈,多么令人惊心动魄。后来文艺界的资产阶级右派的猖狂进攻,也是把他们的矛头集中在党的领导上,并且直截了当地喊出了:党"趁早别领导艺术工作"。

应当说明,没有当权的修正主义者和已经当权的修正主义者对文艺事业的论调是有些差异的。如果说中国文艺界的一小撮修正主义者同资产阶级右派一样,露骨地反对党对文艺的领导,反对文艺为无产阶级的政治服务,以至提出了"艺术即政治"的公式,那是因为他们还是一些没有权力的个人或者小集团的缘故;那么完全可以设想,修正主义者在一个工人党一个国家当权以后,他们必然要加强他们对文艺的领导,必然要力求文艺为他们的政治服务。修正主义者当权以后,虽然可以假借党和国家之名发号施令,他们仍然只能把文学艺术作为修正主义集团的事业,绝不可能真正把它作为人民群众的事业。因为修正主义是对于马克思列宁主义的背叛,是一种资产阶级意识形态的表现,现代修正主义又还是屈服于帝国主义的压力的产物,修正主义的政治和文艺都是根本违反本国和世界的人民群众的利益的。

二、以资产阶级的世界观来指导文学艺术还是以无产阶级的世界观来指导文学艺术。资产阶级文人和修正主义者总是否定世界观的作用。他们这样做的目的是为了反对文艺工作者的世界观的改造,反对以无产阶级的世界观来作为文学艺术的指导思想,同时也就是力图在文学艺术中保存资产阶级的世界观。胡风把毛泽东同志的文艺思想诬蔑为在读者和作家头上放下的"五把'理论'刀子",被列为第一的就是强调世界观的作用。他说巴尔扎克和托尔斯泰的世界观"不但有缺陷,而且是反动的”，但他们仍然是伟大的现实主义作家。这是老牌修正主义者卢卡契早在三十年代就唱过的老调子。卢卡契在《托尔斯泰和现实主义的发展》(1936年)中说，托尔斯泰的“一切幻想和反动的乌托邦”“不但不妨碍托尔斯泰的现实主义，而且和它的感染力、广度和深度有着密切联系”。在这篇文章里他还说，“一个艺术家在虚伪的世界观的基础上也能创造出不朽的艺术作品，这在世界文学史上托尔斯泰并不是唯一的例子”。他在《巴尔扎克——斯汤达的批判者》(1935年)中说，“具有混乱而且经常十分反动的世界观的巴尔扎克，在反映1789年至1848年这段时期时，竟比他那个思路更清楚、更进步的敌手来得更透彻和深刻。的确，巴尔扎克是从右边，从封建的、浪漫主义的观点来批评资本主义的，从这一观点中也埋藏着他痛恨初生的资本主义世界的秩序的根源。可是从这恨意本身就产生了像纽沁根、克雷维尔这类资本主义社会的永恒的典型”。比胡风又迟了好几年，南斯拉夫的维德马尔在他的《日记断片》中却把这种腐臭的谬论当作他个人的新发现，说他从列宁关于托尔斯泰的论文得出了这样的结论：“对于确定一部作品的艺术价值，思想倾向是根本不起什么作用的”，“因为艺术的性质、艺术的意义在于‘描绘出生活的无比的图画’。”

恩格斯和列宁并没有说过巴尔扎克和托尔斯泰的全部世界观都是反动的。他们也没有说过世界观的反动方面对这两位作家的现实主义没有妨碍，更不用说什么反动的世界观反而可以成为创造不朽的作品的基础这一类奇谈了。恩格斯不过是说，“巴尔扎克不得不违反他自己的阶级同情和政治偏见，他看出了他所爱的贵族必然没落而描写了他们不值得有更好的命运，他看出了在当时仅能找得着的将来的真正人物”。“阶级同情和政治偏见”固然是世界观的一些方面，“看出了”社会生活中的客观情况而且加以真实的描写，又何尝不是由于世界观的另一些方面的指导和支持？巴尔扎克的现实主义的胜利和现实主义的限制都是和他的世界观有密切关系的。列宁更是首先就指出托尔斯泰的世界观的矛盾，指出他的作品、观点学说、学派中都存在着十分显著的矛盾，然后说明这种矛盾是当时农民群众运动的优点和弱点、力量和局限性的反映。列宁还指出托尔斯泰的世界观经过一个转变。他是和他所从出身的俄国高等地主贵族的一切传统的观点决裂了，这样才能成为当时俄国千百万农民的思想和情绪的表现者的。列宁讲得非常清楚，托尔斯泰的伟大并不仅仅在于他的艺术天才，仅仅在于他对生活的无比的描绘，而是在于他以他的艺术天才、他的对生活的无比的描绘去反映了人民群众的抗议、愤怒和愿望，鞭打了当时俄国的统治阶级，暴露了当时俄国社会借以维持的一切制度，提出了许多巨大的问题。这难道不都是说明了世界观对于他的创作的重大作用吗？“描绘出生活的无比的图画”，描绘什么生活，怎样去描绘，以及描绘的目的是什么，难道这些都和世界观无关,仅仅是属于艺术技巧的问题吗?完全没有思想倾向的关于生活的描绘,在文学作品里是找不到的。反对文学艺术的思想倾向,正是一种资产阶级的思想倾向。

文学艺术创作是一件复杂的事情,并不是有了正确的世界观就能解决创作上的一切问题。还有生活经验、艺术修养、才能、长期的认真的创作实践,这些也是决定文学家艺术家的成就的基本条件。然而他们对于生活和艺术的道路的选择,对于生活的认识和评价以及采取什么样的态度来从事创作,却都受他们的世界观的支配。世界观和创作方法的关系也是一件复杂的事情,两者是统一的而又有差异的。但世界上究竟没有可以离开人的头脑而独立存在的创作方法。虽说历史上的确有这样的情况,有些文学家艺术家采取了比较正确的创作方法,他们的作品常常突破他们的世界观的错误方面的限制,但他们能够采取并坚持这种创作方法,仍然是由于他们的世界观的比较正确方面的指导和支持。

在延安文艺座谈会召开以前,曾有人发出这样的谬论:"提倡学习马克思主义就是重复辩证唯物论的创作方法的错误,就要妨害创作情绪。"值得注意的是这些人这样拒绝接受无产阶级的学说,同时却醉心于一些资产阶级的思想,把它们宣扬为文艺创作的指导思想。那就是毛泽东同志特别提出来加以驳斥的"人性论","文艺的基本出发点是爱,是人类之爱"等等。历史证明,毛泽东同志对这些资产阶级思想的驳斥具有重大的理论意义。文艺上的两种指导思想的斗争常常集中在这些问题上。中国无产阶级文学运动一开始,梁实秋就用人性论来否定文学的阶级性,否定无产阶级文学的存在。解放以后,胡风向我们进攻的时候,他说"社会主义的根本精神"就是"人道主义的精神"。后来的资产阶级右派、修正主义者和党内的右倾机会主义分子,不少人也是以资产阶级的人性论、人道主义或者"自由、平等、博爱"这一类口号来作为他们的理论的武器。

用一些抽象的、超阶级的、好听的词句来掩盖阶级的利益和要求,这正是过去的剥削阶级特别是资产阶级的理论的一个特点。梁实秋主张文学表现"固定的普遍的人性",但等到他说出了"攻击资产制度,即是攻击文明"、"一个无产者假如他是有出息的,只消辛辛苦苦诚诚实实的工作一生,多少必定可以得到相当的资产"这一类话,他们主张的人性到底是什么阶级的人性就裸露无遗了。资产阶级右派说什么党性"扼杀了人性",也就可以看出他们所说的人性不过是反对无产阶级的阶级性及其集中表现的反动社会集团的人性。延安当时那些宣扬"人类之爱"的人却并不爱共产党,并不爱人民群众,却要"暴露"他们的"黑暗"。胡风讲什么"人道主义的精神"和"仁爱的胸怀",但胡风集团的张中晓却在密信中作了这样的自白:"我……几乎恨一切人","对这个社会秩序,我憎恨。"这是关于胡风集团的非常真实的描写。《南斯拉夫共产主义者联盟纲领草案(修改稿)》也提倡"新的人道主义",提倡"人与人之间的人性的同情和友爱”,但对于国内和国外的坚决反对修正主义的马克思主义者和人民,他们是不会讲什么人道主义,不会有什么同情和友爱的。毛泽东同志说,在阶级社会里只有带着阶级性的人性,没有什么超阶级的人性。地主阶级、资产阶级所主张的人性其实都是这些阶级的人性,有些小资产阶级知识分子所鼓吹的人性实质上不过是资产阶级个人主义,只是他们把这些东西说成唯一的人性,并从而认为无产阶级的人性不合于人性罢了。他又说,自从人类分化成为阶级以后,就没有过统一的“人类之爱”。过去的一切统治阶级和许多所谓圣人贤人都喜欢提倡“人类之爱”,但是无论谁都没有实行过,因为它在阶级社会里是不可能实行的。他是多么透辟地揭露了这些说法的欺骗性,揭露了这些抽象的论调掩盖之下的阶级实质!

马克思主义的经典作家曾经反复地指出“自由、平等、博爱”这一类口号的资产阶级性质,指出它们不过是反映资产阶级在经济上和政治上的要求,指出它们的欺骗性。马克思和恩格斯曾经严厉地反对过“真正的社会主义者”的宣传“把共产主义变成关于爱的呓语”。资产阶级还处在革命的阶段的时候,用“自由、平等、博爱”这些口号来反对封建制度,它们是有进步意义的。到了社会主义革命和社会主义建设的时代,资产阶级右派和修正主义者用这些口号来反对社会主义,反对无产阶级专政,或者篡改马克思列宁主义的原则,它们就完全成为反动的了。人道主义也是这样。在对敌人作残酷斗争的时候,对敌人讲什么人道主义,或者用人道主义来瓦解人民群众的战斗意志,使他们看不到流血牺牲的必要性,那也是对于革命的背叛和破坏。

三、用文学艺术来动摇新的社会制度还是巩固新的社会制度。我们和“暴露黑暗”论者的斗争实际就是这样一个问题。这种斗争也是反复出现的。抗日战争时期,延安是革命的圣地,是全国人民的希望所在;然而王实味、萧军、丁玲、罗烽等人却要在延安提倡并实行所谓“暴露黑暗”,放出了许多毒草。开国以后,党领导我们彻底地完成了人民民主革命,接着又胜利地进行着社会主义革命和社会主义建设,全国人民莫不欢欣鼓舞;然而资产阶级右派和修正主义者却又来提倡写“生活中的阴暗面”,又放出了许多毒草。这正是在世界范围内出现了风浪险恶的反共逆流、而且现代修正主义也成为一种国际思潮的前后。因此,这一次的“暴露黑暗”就不仅是中国的现象,同时也是国际的现象。这种文艺上的逆流不是成为社会主义国家里面的反革命的颠覆活动的先声,就是成为帝国主义的反共大合唱的应声虫。事实就是这样,在无产阶级领导的人民大众的政权已经建立、而国际国内又还有敌视无产阶级、敌视社会主义的社会力量及其影响存在的时候,文学艺术上是必然要出现这种反动的“暴露黑暗”的论调和作品的。不管这些提倡者和实行者的自觉程度是否一样,归根到底都是要用文学艺术来动摇和瓦解新的社会制度。因为他们要动摇和瓦解新的社会制度,他们就必然要否定社会主义的文学艺术的成就,说它们不真实。我们的文学艺术是以巩固新的社会为自己的最崇高的目的、为自己的最神圣的职责的,当然要歌颂人民、歌颂党、歌颂社会主义、歌颂新社会的一切新人新事的光明。

人们或许要问:难道新社会就没有消极的现象落后的现象吗?难道新社会工作中就没有缺点和错误吗?难道文学艺术就不能反映它们,一反映就成了反动的"暴露黑暗"吗?而且人民内部的矛盾也总是有先进和落后、正确和错误的冲突,不接触落后和错误的一面,又怎样能够反映人民内部的矛盾呢?现实生活中存在的事物文学艺术都可以把它们作为描写的对象。人民内部的矛盾不但可以而且需要反映。我们的文学艺术要巩固新的社会制度,也必然要对消极的现象落后的现象作斗争。这些都是不成问题的。问题在于我们的文学家艺术家要对自己描写的对象真正有认识,并从而对它们有正确的立场和态度。对新社会的消极的现象落后的现象,我们首先要加以区别。如果它们是属于敌我性质的,属于毛泽东同志所说的"侵略者、剥削者、压迫者及其在人民中所遗留的恶劣影响"的,这才是必须暴露的真正的黑暗。如果是属于人民内部矛盾性质的,属于人民内部的缺点和错误的,那就如毛泽东同志所指出的,"应当用人民内部的批评和自我批评来克服"。"对于人民,基本上是一个教育和提高他们的问题","不应该说是什么'暴露人民'"。对于人民的缺点的批评"必须是站在人民的立场上,用保护人民、教育人民的满腔热情来说话。如果把同志当敌人来对待,就是使自己站在敌人的立场上去了"。毛泽东同志的这些话已经非常明确地从理论上解决了这个问题。那些"暴露黑暗"论者的反动性正表现在这里。他们要"暴露"人民、"暴露"共产党、"暴露"无产阶级专政、"暴露"社会主义的"黑暗"。他们是用敌对的眼光来看这些新事物这些革命的事物的,所以他们的"所谓光明和黑暗是颠倒的",他们常常把光明叫作"黑暗"。他们是要从根本上来动摇和瓦解我们的社会制度的,所以他们总是把我们的缺点和错误加以夸大,把本来是局部的或者次要的现象描写成为全部的或者主要的现象,把本来是可以克服而且是正在克服的东西描写成为不可救药的东西,把本来是具体工作中的问题描写成为整个制度上的问题。他们在新社会是孤立的,是代表已经没落的阶级的残余势力的挣扎的,所以如果在他们的"暴露黑暗"的作品里面也要出现他们心目中的正面人物,那种人物总是那样稀少,那样孤僻,那样没有希望。

我们和这些"暴露黑暗"论者相反,我们是站在无产阶级的立场,站在党的立场,对于敌我友采取不同的态度的。我们是能够清楚地分别真正的光明和黑暗的。我们对于光明的歌颂,对于黑暗的暴露,对于人民内部的缺点和错误的批评,都是为了巩固我们的社会制度。我们在描写缺点和错误、描写消极现象和落后现象的时候,它们不会掩盖我们的社会的本质上的优越和先进。文学艺术不是要真实地反映现实吗？现实本来就是这样。对于人民内部的矛盾，对于工作中的缺点和错误，我们是不是也可能发生描写得不恰当的情况呢？这也完全是可能发生的。毛泽东同志关于动机和效果的全面的辩证唯物主义的解释，可以指导我们正确地对待这种情况。如果我们的根本的立场和态度是正确的，从作品中总可以看得出来。对某些具体的事物描写得不恰当，也应该用人民内部的批评和自我批评的方法来克服，不应该简单地把这种作品看作是反动的“暴露黑暗”的作品。

从以上仅仅是几个主要问题上的分歧的叙述也完全可以看出，我们不破除对于党和毛泽东同志的文艺方向的反对和抵拒，我们不反复地进行这一方面的斗争，是无法使我们的文学艺术沿着正确的无产阶级的道路胜利前进的。无产阶级的文学艺术必须成为无产阶级领导的人民群众的整个革命事业的一个组成部分，必须为广大的人民群众服务，为他们所了解和爱好并从之得到鼓舞、教育和提高，这样就必须有党的领导，必须有无产阶级的世界观的指导，必须积极地巩固新的社会制度，总起来说，就是无产阶级的文学艺术必须更自觉地更好地为无产阶级的伟大的革命事业服务，这就是无产阶级的文学艺术的根本原则。资产阶级文人总是要反对这些根本原则，修正主义者也总是要修正这些根本原则。资产阶级思想的范围比修正主义更为广泛，因为资产阶级思想包括一个阶级的意识形态的整个体系，而修正主义却是用资产阶级的某些思想来阉割马克思主义的革命内容，来篡改马克思主义的根本原则，这是他们的差异之处。但在反对马克思主义的根本原则上，它们却是一致的。资产阶级的文艺思想和修正主义的文艺思想的情况也是这样。我们对资产阶级和修正主义的文艺思想进行了反复的斗争，它们在中国文艺界的市场就极大地缩小了，人们对于它们的辨别能力也极大地提高了。我们的文学艺术也就取得了很大的成就。当然，只要资产阶级和修正主义的文艺思想还有国内和国外的根源存在，今后就仍然会有毒草从地面上长出来。我们并不能放松这一方面的警惕。同时，我们也要注意，只有对于马克思列宁主义的根本原则的修正才应该叫作修正主义。我们不能把文艺创作和文艺理论上的许多具体的缺点和错误都一概当作修正主义来反对。即使那些缺点和错误是属于资产阶级思想性质的，是不符合马克思列宁主义的观点的，如果不是对于无产阶级学说的根本原则的修正，如果不的的确确是修正主义思想在创作上的表现，我们仍然应当对它们进行具体的批评，不能随便给它们戴上修正主义的帽子。至于有些尚待讨论、连是不是缺点和错误都尚未能确定无疑的问题，那就应该互相商榷，更不能给它们乱戴大帽子了。随便戴修正主义的帽子或者乱戴其他的大帽子，不过是一种吓人战术而已，并不是对于文艺创作和文艺理论上的缺点和错误的有力的批评，也不是对于一些尚待讨论的问题的认真的探讨。我们的文艺批评应当是科学的，实事求是的，应当是有利于文学艺术的发展，有利于百花齐放、百家争鸣的方针的贯彻的。

三

我们同教条主义和其他各种从“左”的观点出发的简单粗暴倾向的斗争又主要集中在什么问题上呢？我以为主要集中在按照还是不按照文学艺术的特点和规律来对待文学艺术这个问题上。

有教条主义和其他各种简单粗暴的错误倾向的人，他们把政治理解得很狭隘，把文学艺术的作用也理解得很狭隘，以为文学艺术为政治服务的全部内容或主要内容就是用文艺作品来直接反映和配合一些具体的工作任务和生产任务，就是用文艺作品来直接解释和宣传一些具体的个别的政策，以至提出了“写中心、演中心、唱中心、画中心”的口号。他们把文艺创作看作是一件很简单很容易的事情，以为有了群众创作就可以不要或者不重视专门家的创作，以为文艺创作越快越多就越好，以为只要几个人在一起一拼凑就可以产生出成功的作品，以至出现了“领导出思想、群众出生活、作家出技巧”的说法。他们领导文艺工作的时候，就用行政干涉和强迫命令的方式来代替党的正确的政策和正确的工作方法，把我们在文学艺术上提倡的东西当作唯一容许存在的东西，把提倡表现工农兵同题材的多样化对立起来，把提倡民族化群众化同形式上风格上的多样化对立起来，以至拒绝执行党的百花齐放、百家争鸣的方针。这种倾向表现在对待今天的作品上就是苛刻的粗暴的批评或者简单的庸俗的捧场，就是只要政治标准不要艺术标准。这种倾向表现在对待遗产上就是简单否定的态度，反历史主义的态度。所有这些显然都是不按照文学艺术的特点和规律来对待文学艺术的。

我们多次同教条主义和其他各种简单粗暴倾向进行斗争的时候，都是涉及了文学艺术的特点和规律的。为了更好地破除各种错误的文艺观点，为了社会主义的文学艺术的更健全的发展，我们需要进一步来探讨文学艺术的规律问题。我们国家的各方面的工作都在总结经验，寻找规律，以求得它们的比较顺利地向前发展。古人说：“欲速则不达。”这当然也是一定的经验的总结。但用我们今天的观点看来，这句话是并不完全的，它没有说明这是在什么前提之下。违反事物的规律，违反事物的发展速度的客观可能性，那是“欲速则不达”的。如果按照事物的规律、按照事物的发展速度的客观可能性去推进工作，并且加以最大的主观努力，那却可以“达”到“速”一些的愿望的。我们在文学艺术方面也是这样。文学艺术是不是有一般的规律，无产阶级的文学艺术是不是有特殊的规律，两者的关系又是怎样的，这都是我们需要探讨的问题。

文学艺术是将随人类的文化生活而长期存在的社会现象,是一种特殊形式的社会意识形态。如果承认它有一些根本特点,就不能不承认它有它的一般规律。毛泽东同志在《中国革命战争的战略问题》里面,开头就讲战争有一般的战争的规律、革命战争的规律和中国革命战争的规律。文学艺术也应该是这样的。毛泽东同志在这部著作里又说:

> 大家明白,不论做什么事,不懂得那件事的情形,它的性质,它和它以外的事情的关联,就不知道那件事的规律,就不知道如何去做,就不能做好那件事。

事物的规律总是由它的性质、特点、它所处的情况和它周围的许多有关联的事物规定的。文学艺术是社会意识形态之一,它们和其他社会意识形态不同之处在于它们是通过艺术形象来反映现实,这就是它们的根本性质和根本特点。由于它们是社会意识形态,就有它们同经济基础的关系、它们同其他上层建筑特别是同政治的关系、它们的阶级性等一系列的问题。由于它们是通过艺术形象来反映现实,就有它们的生产方式和创作方法的特点、它们的社会作用的特点等又一系列的问题。在不同的阶级社会,不同的历史阶段,它们又有一些特殊问题。在不同的艺术部门,不同的艺术种类,又还有一些特殊问题。我们在这里不可能来叙述全部的文学艺术的规律,不可能来讨论和它们的全部规律有关的各种问题。我们要探讨的只是几个各种简单粗暴的倾向常常违反或者忽视的文学艺术的一般规律,而且主要是和文学艺术创作有关的一般规律。

文学艺术创作是一种通过艺术形象的对于现实的反映;文学艺术作品总是浸透了文学家艺术家的思想感情和审美观念的产物,而且它们又总是诉之于欣赏者的思想感情和审美感觉的;文学艺术劳动是一种十分精细的劳动,而且一般都是以个体的方式进行的,就是某些以集体方式进行的艺术部门也总是带有鲜明的个人的印记——这些特点和情况就规定了文学艺术创作有真实性和典型性的问题,有美的问题,有文学家艺术家对于他们所反映的生活的熟悉和感动的问题,有文学艺术劳动中的个人作用的问题。这几个问题正是有各种简单粗暴倾向的人常常忽视的。

一、文学艺术的真实性和典型性问题。文学艺术既然是以艺术形象来反映现实(包括社会生活和同人的生活有关的自然界在内),首先就有一个它们的艺术形象是否符合客观实际问题,也就是真实性问题。有真实性的作品才是有价值的作品,而且才能把它们的欣赏者带到一种好象身临其境的境界,感〔到〕兴趣以至深深感动,发生一种文学艺术所特有的美的享受和思想教育结合在一起、对人的精神生活发生深刻的影响的作用。文学艺术的艺术形象既然要符合社会生活和自然界的客观实际,符合社会生活的面貌和本质,这就要求它不仅有细节的真实,而且要求它有典型性。社会生活中存在着异常丰富和复杂的现象,有些现象是有意义的,有些现象却不是那么有意义;有些现象是吸引人的,有些现象却不是那么吸引人。文学艺术要反映社会生活的本质,就得选择那些有意义的吸引人的现象,加以集中,加以典型化。堂·吉诃德精神和阿Q精神本来在社会生活中普遍存在的,然而人们习焉不察,不以为怪。等到西万提斯和鲁迅把它们集中起来、加以虚构和夸大,塑造了堂·吉诃德和阿Q这样两个不朽的典型人物,写出了许多表现他们的性格的典型事件,人们就以他们那样的主观主义和精神胜利法为戒了。文学艺术和科学都要求符合它们所反映的事物的客观实际;然而由于反映的方式不同,科学的符合客观实际主要是表现在它的抽象概括、逻辑推理和结论的正确性上,文学艺术的符合客观实际却是表现在它的艺术形象的真实性和典型性上。所以我们把典型化又叫作艺术概括,以别于科学的抽象概括。

真实或真实性是过去的文艺理论中早已有之的概念,有不同的观点的人可以对它作不同的理解,因此它常常为资产阶级文人和修正主义者所利用。比如梁实秋、胡秋原、苏汶都用过“真实”或“真实性”这个字眼。胡风更用“写真实”来反对作家学习马克思主义,反对作家的世界观的改造。后来的资产阶级右派和修正主义者又把“写真实”作为他们“暴露”新社会的“黑暗”的同义语。但是,我们不能因此就抛弃真实或真实性这个概念,不能因此就取消对于文学艺术的真实性的要求。我们应该揭露他们所说的“真实”或“真实性”的实际内容,从而粉碎他们的歪曲和利用。梁实秋说:“文学所要求的只是真实,忠于人性……所以‘真’的作品就是普遍的人性经过个人的渗滤后的产物。”他所说的“真实”显然不过是他所提倡的“普遍的人性”即资产阶级的人性的表现。胡秋原和苏汶是用“真实”或“真实性”来反对文学艺术自觉地为无产阶级的政治服务。胡风和后来的资产阶级右派、修正主义者认为无产阶级的世界观会妨害文学艺术的真实性,其实他们所说的“真实”常常是不真实,或者从局部看来从现象看来是真实的,从整体看来从本质看来却不真实。在真实或真实性这个问题上,我们同资产阶级文人和修正主义者的区别是很明显的。我们说的真实是以社会生活的客观实际为标准;他们所说的“真实”却是以一些主观性的东西为依据。我们要求文学艺术真实,是为了这样才可以有效地为无产阶级的政治服务,我们的文学艺术的政治性和真实性是可以完全一致的;他们强调“真实”,却是为反对文学艺术为无产阶级的政治服务,他们把革命的政治性和艺术的真实性完全对立起来。我们主张今天的文学家艺术家深入人民群众,学习马克思列宁主义,这是他们正确地认识生活和真实地反映生活的一个基本保证;他们却反对今天的文学家艺术家到人民群众中去,反对学习马克思列宁主义,认为正确的世界观反而会妨碍文学艺术的真实。还有,我们认为在我们的国家里面,真实的主导方面是先进的事物,光明的事物,并不是落后的事物,阴暗的事物,因此我们的文学艺术的主导方面也应该反映前者,对于后者的描写也必须有正确的立场和态度;他们却认为只有“暴露黑暗”才是真实的,歌颂光明就不真实。

毛泽东同志的《在延安文艺座谈会上的讲话》讲到了我们的政治是无产阶级的政治,人民群众的政治,所以我们的文艺的政治性和真实性能够完全一致。他还讲到了文学艺术的典型化的重要:

> 人类的社会生活虽是文学艺术的唯一源泉,虽是较之后者有不可比拟的生动丰富的内容,但是人民还是不满足于前者而要求后者。这是为什么呢?因为虽然两者都是美,但是文艺作品反映出来的生活却可以而且应该比普通的实际生活更高,更强烈,更有集中性,更典型,更理想,因此就更带普遍性。

在这里他讲了六个“更”字,但中心却是一个典型化问题。文学艺术要典型化,就得比生活更集中。做到了更典型,也就比普通的实际生活更高,更强烈,更有集中性;更理想,也就更带普遍性了。他在后面讲到文学艺术反映阶级社会里的人剥削人、人压迫人这个例子的时候,他说,“文艺就把这种日常的现象集中起来,把其中的矛盾和斗争典型化”,他也是把“集中”和“典型化”看作文艺创作过程中的一个中心问题。可见我们的理解是符合他的原意的。有些人对这段话发生了误解,以为既然文学艺术反映出来的生活可以而且应该比普通的实际生活更高,更理想,就主张或者实行在创作中把人物和事件都加以人为的“拔高”,加以一味的“理想化”,以至走到了不真实的地步。这种理解和做法完全是错误的。文学艺术的典型化必须以生活的真实为基础,而且是为了达到比局部的生活更高的真实,艺术的真实。走到了不真实的地步的“拔高”和“理想化”却是粉饰现实,歪曲现实,使人感到作品中的人物和生活的虚伪、贫乏和简单化,那和典型化完全是背道而驰的。文学艺术容许夸张,文学艺术的典型化也常常借助于夸张,然而夸张也是以生活的真实为基础,而且是为了达到比局部的生活更高的真实,造成更强烈的真实感。堂·吉诃德和阿Q这样两个人物是高度的典型化的,而且可以看出西万提斯和鲁迅是作了很大的夸张的,然而这两个人物的性格、行动和环境却又是非常真实的。伯林斯基说:“在真正有才能的作家的笔下,每个人物都是典型;对于读者,每个典型都是一个熟识的陌生人。”为什么是“陌生人”呢?因为它是人们平时习焉不察而且第一次在文学艺术中出现的缘故。为什么又是“熟识的”呢?因为它本来在生活中相当普遍地存在而且在作品中描写得非常真实的缘故。

那么浪漫主义的创作方法是否可以容许不真实呢?浪漫主义的作品不仅可以描写实际存在的事物和可能存在的事物,而且还可以描写根本不可能存在的事物,这岂不是就包含有不真实的成分在内吗？那要看是什么样的浪漫主义。如果是消极的浪漫主义的作品，虽然它在细节描写上也还是有一定的真实性，还是能造成某种程度的真实感，但从根本内容上说却是不真实的。如果是积极的浪漫主义的作品，虽然它的某些形象和情节常常是事实上不可能存在的幻想和虚构的产物，但这些形象和情节仍然有一定的现实的基础，描写得近情近理，而且这些形象和情节所含有的意义以及整个作品的根本内容却是真实的。艺术的真实来源于生活的真实，然而又不同于生活的真实。这种不同不仅表现在文学艺术的集中、虚构、夸大以及其他对于生活的改变上（这是现实主义和浪漫主义都有的），而且还表现在文学艺术容许根据人们的愿望和幻想来描写一些生活中根本不可能存在的事物上（这是浪漫主义的一个基本特点）。曹雪芹在《红楼梦》里面批评过的才子佳人小说，它们不一定就是消极的浪漫主义的作品，因为它们里面并没有多少浪漫主义的色彩，然而却可以把它们作为不真实的作品的例子。它们不但如曹雪芹所批评的，“千部共出一套”，其中的人物、情节和环境常常写得自相矛盾，大不近情理，而且它们的根本内容也不过是表现了封建社会的某一类文人的廉价的幻想：才学和既美且才的少女集于一身，功名和婚姻都终于如愿以偿。这种小说的一个特点正是把人物和情节都加以人为的“拔高”，加以一味的“理想化”。虽然它们据以“拔高”和“理想化”的标准是庸俗的，带着浓厚的封建色彩的，和我们今天的不真实的作品据以“拔高”和“理想化”的标准不可同日而语，但这种创作方法只能产生虚伪的、内容贫乏的、公式化的作品，却是古今相同，值得我们引以为戒的。

文学艺术需要反映出现实的丰富性和复杂性，需要从人们习焉不察的地方或者比较隐蔽的地方揭示出生活中本来存在的重要而又深刻的东西，需要创造出具有普遍的教育意义的人物。这就要求它们的真实性和典型性。文学艺术作品的典型性是表现在多方面的，到达的程度也是并不一样的。人物、情节、环境以及抒情性质的作品中表现出的思想感还必须都有一个典型不典型的问题。但叙事性质的作品总是以创造出典型人物为它的高度成就的一个标志。伯林斯基说，“在真正有才能的作家的笔下，每个人物都是典型”，那是包括具有种种不同程度的典型性的人物而言。至于最成功的典型人物，它们的性格含有普遍的深刻的思想意义，它们的名字在生活中广泛流行，以至成为普通名词，就是在真正有才能的作家的笔下，也不可能每个人物都达到这样的高度。很显然，文学艺术的这种真实性和典型性只能从生活中来。从概念出发，从已成的结论出发，从政策条文出发，都是不能产生富有这样的真实性和典型性的作品的。前者是一条远为困难然而却可以达到高度成就的道路，后者是一条容易得多然而却只能引向概念化公式化的道路。当然，马克思列宁主义的理论和党的政策都是我们认识生活的必不可少的武器，我们必须学习理论，学习政策；但文学家艺术家的任务并不在于图解这些理论和政策，而是在于凭借它们来照亮生活，来发现生活中的新鲜的有意义的事物，创造出既有深刻的思想内容又有完美的艺术形式的富于独创性的作品，这样来为无产阶级的政治服务，来为人民大众的根本利益和精神需要服务。

二、文学艺术的美的问题。文学艺术以艺术形象来反映社会生活和自然界，不仅要求它的形象有真实性和典型性，而且还要求通过它的形象能创造出一种艺术美。文学艺术和科学的区别不仅在于它们反映现实的方式的不同和内容上的差异，而且还在于文学艺术能创造出美，科学却不能。所以艺术美是文学艺术得以长期存在而不能为其他事物所代替的原因之一。和艺术的真实来源于社会生活和自然界的真实一样，艺术美也是从自然美和生活美来的。很早的哲学家就看到了这一点，指出文学艺术是对于自然界和人的生活的模仿。后来的美学家又有美就是生活、特别是使我们想起人以及人生的生活这一类的说法。这些见解如果只是作为对于文学艺术及其美的来源和基础的说明，那是对的。它们的缺点是未能完全地说明文学艺术及其美的复杂的情况，未能充分地估计到文学艺术及其美的独特的性质和价值。文学艺术虽然可以说是自然和生活的一种再现，然而并不是简单的重复和摹写，而是一种新的创造。自然界和社会生活中的事物并不都是美的，而且可以说不少的事物是并不美的。文学艺术却不但能够从自然和生活中选择并集中那些美的事物，把它们表现出来，而且整个成为人的劳动所创造出的第二自然，能够构成一种可以和自然美生活美各自独立存在的艺术美。因为艺术美从自然美生活美来，就认为艺术美低于自然美生活美的美学家，为了证实他的论点，竟至断言没有一个塑像的面部的美比得上活人的脸面，而且音乐只是生活现象一种可怜的再现，那完全是片面的，不正确的。如果说塑像的面部的确难于完全表现出活人的脸面的生动活泼的表情及〔其〕复杂的变化，而且塑像常常以真人为模特儿，不像有些艺术更便于驰骋幻想，更便于大胆的虚构；然而它却能够突出和集中地表现出人的特点和美，不仅是形体的美，而且包括精神的美。它和其他艺术一样也是能够进行典型化的。至于音乐，那却正好是一种最便利于说明艺术美的独创性的艺术。音乐的来源和基础当然也是自然界和人的生活中的种种音响，然而谁也会感到，那些优异的民间歌曲和音乐家创作的优异的歌曲和器乐曲的声音之美是多么迷人，多么丰富，它们可以使我们联想起自然界和人的生活中的许多崇高的景象，许多惊心动魄的经历，或者许多优美的境界，许多温柔的事物。总之，它们能够引起我们种种感觉、想像、情绪和感情。而一般自然界和人的生活中的本来的音响却是难于达到这样令人沉醉的境地的。如果音乐的表现范围仅仅是用声音来描摹出自然和生活中的种种具体的事物，而且要求把它们描摹得像用视觉可以看到的很固定的形体和很鲜明的画面一样，那它就真似乎只是生活现象的一种可怜的再现了。然而这种要求是违背音乐的特点的。音乐的特点决定它主要并不是追求像造型美术、叙事性质的文学、戏剧和电影那样去描摹自然和生活，而是以声音之美来创造出可以引起人的种种感觉、想像、情绪和感情的艺术境界。恩格斯曾说，人的手由于长期的劳动的结果，以至使它能够仿佛凭着魔力似地产生拉飞尔的绘画、托瓦尔德森的雕刻和巴加尼尼的音乐。高尔基在他的回忆录里也曾写到，列宁有一次对他热烈地称赞贝多芬的奏鸣曲。列宁说："我不知道还有比《热情奏鸣曲》更好的东西，我愿意每天都听一听。这是绝妙的、人间所没有的音乐。我总带着也许是幼稚的夸耀想：人们能够创造怎样的奇迹呵！"他们都是多么欣赏艺术美而且给予它以多么高的评价。总的说来，艺术美来源于自然美和生活美，然而艺术美并不低于自然美和生活美，而且有它的特有优越性。当然，我们也不能走到另一种片面性，认为艺术美就高于整个自然美和生活美。唯心主义的哲学家和美学家就是这样，他们认为凡是经过人的头脑的东西就必然比任何自然界的事物都高。艺术美和自然美、生活美是两种不同的事物，它们有自己的独特的性格，我们是无法比较和判断它们整个的高低的。我们只能说由于它们各有特点，也就各有它们的优越之处。我们只能说经过集中和典型化的文学艺术的真实性，文学艺术的美，可以达到比它们所反映的局部生活或者普通的实际生活更高的程度，却不能说文学艺术的真实性和美比整个生活的真实性和美更高。毛泽东同志认为社会生活是文学艺术的唯一源泉，较之后者有不可比拟的生动丰富的内容，两者都是美，然而文学艺术却又有为普通的实际生活所不及的优越之处。是不是我们从这里也可以得到解决过去的美学家关于艺术美和自然美生活美孰高孰低的争论的启发？

文学艺术的美的形成当然首先是由于它们的内容的美，由于它们的真实性和典型性中所包含的美；但它们的形式的美也是一个很重要的构成部分。准确一些说，文学艺术的美正是它们的内容美和形式美的统一。文学艺术的形式美是有它的悠久的丰富的传统的。我们必须继承这个传统。除了继承传统而外，我们还必须培养对于艺术美的高度的敏感，高度的鉴赏力，并且在创作实践上保持持久不懈的刻苦的劳动，保持对于自己的作品的严格的要求。能够使自己的手像凭着魔力似地创造出艺术美的奇迹来，那是非有高度的熟练的劳动以至能完全掌握不同的艺术的性能不可的。哥（歌）德曾对爱克尔曼说："大家常常称赞我是个命运的宠儿。我不想诉苦，也不想责备我的生命所经历的旅程。但其实不过是劳苦和工作而已。""我的生活好像是不停地滚动着一块石头，我必须经常地把它重新推上去。看我的年表，就会明白我的话。"不但哥（歌）德，文学艺术上的巨人都是这样的。看他们的年表，我们都会惊讶他们的一生作了多少工作呵！不但他们的才能是巨大的非凡的，他们的劳动也是巨大的非凡的，而且正是由于他们的巨大的非凡的劳动，他们的巨大的非凡的才能才得到成长、发展和完成。

三、文学家艺术家对于他们所反映的生活的熟悉和感动问题。文学艺术的真实性、典型性和美既然都是从生活中来的，而又经过了集中和提高的，这就要求文学家艺术家十分熟悉他们所反映的生活。他们不仅要认识他们所反映的生活的意义，而且熟悉它们的细节。他们还必须从生活中经历反复的感受，以至发生感动和推动他们非把它表现出来不可的热情，这样才能形成创作冲动，才能进入创作过程，并且使自己的作品具有一种激动人心的感染力量。文学艺术的感染力量不可能来自创作家的装腔作势，故作多情，只能是由于它们的真实性中本来就有强烈的打动人的东西，有时甚至是使人颤慄（栗）的东西，而创作家深切地感到了这种东西，并且满怀着自己的热情或激情去把它们表现了出来。因此，虽然在抒情性质的文学作品里面作者常常直接歌唱出了他们的激动，在叙事性质的文学作品里面作者并不直接表示他们的倾向，它们仍然可以发生强烈的感染力量。

文学家艺术家对于他们所反映的生活必须十分熟悉，必须经历反复的感受，以至发生感动和推动他们非把它表现出来不可的热情，还有一个原因。生活中的某些经历和感受能够使他们发生这样的感动和热情，常常是由于其中蕴藏有重要的深刻的内容，蕴藏有甚至他们也还未能充分认识其意义的内容，如果这些文学家艺术家的思想感情不是太落后而是比较进步、不是太幼稚而是比较成熟、不是太浅薄而是比较深沉的话。人们常常举这样一个例子：冈察洛夫写出了他的《奥勃洛摩夫》，然而他并未充分认识它的巨大的意义；等到杜勃罗留波夫发表了《什么是奥勃洛摩夫精神》以后，这部杰作的思想性才得到了充分的说明，以至被认为奥勃洛摩夫这个典型人物的形象不仅是它的作者的创造，在某种程度上也是批评家的创造。这是一个很能够说明我们所讲的情况的例子。冈察洛夫在他晚年写的一篇文章《迟做比不做好》的最后，对建议他写新的长篇小说而且甚至建议他写某个事件、某个生活、某个问题、某个男主人公或女主人公的读者回答说：

> 我不能，我不会啊！在我本人心中没有成长和没有成熟的东西，我没有看见、没有观察到、没有深切关怀的东西，我的笔是写不了的啊！我有（或者曾经有）自己的园地，自己的土壤，就像我有自己的祖国，自己的家乡的空气，朋友和仇人，自己的观察、印象和回忆的世界——我只能写体验过的东西，思考过和感觉过的东西，爱过的东西，清楚地看见过和知道的东西，总而言之，我写自己的生活和与之长在一起的东西。

这个自白说出了创作家的共同的经验。奥勃洛摩夫这个人物及其生活，虽然冈察洛夫在创作时还未能充分地认识到它们的巨大的意义，全部的意义，然而他却是十分熟悉、经过反复的感受、认识到它们的一定的重要的意义而且发生过非把它们写出来不可的热情的。人们在生活中是有这种情况的，某些经历和感受很吸引他们，给了他们以很深刻的印象或影响，使他们很感动，使他们感到它们很重要很有意义，而且认识到它们的一定的意义，然而他们在当时却不能充分地明了它们的意义。这是因为生活本来常常蕴藏着丰富的深刻的东西，人们的主观认识和生活的客观意义总是难于完全一致的缘故。冈察洛夫认为他自己并不是那种很自觉的作家。他说："我只是在写完了自己的作品，和它们隔了一段距离和时间以后，才完全明了它们潜在的涵义、它们的意义——思想。"他甚至认为如果他创作《奥勃洛摩夫》的时候，有人把杜勃罗留波夫等人至后来他自己在这个形象中所发现的一切告诉他，他就会故意突出这个或那个特点，结果反而会把它弄糟。他这就说得过分了。文学历史上有他那样不完全自觉的作家，也有更为自觉的作家。对于我们所要描写的人物和生活的意义认识得更充分一些，是只有好处而不会有害处的。然而就是这种更为自觉的作家，他们的作品的客观意义仍然有可能大于他的主观意图。鲁迅是一个伟大的思想家和伟大的艺术家集于一身的人，他的《阿 Q 正传》所含有的意义仍然比他写作时的意图更为巨大，更为丰富。

在有较高的思想修养和艺术修养的创作家说来，创作冲动就是生活给他们孕育出的作品的胚胎已经形成的征兆。它是他们的生活、思想感情和艺术修养在某种契机上的高度结合的产物。因为这种创作冲动常常来得很偶然，很突然，而且使人沉浸入一种紧张的或者如醉如痴的精神状态，古人就把它叫作灵感（人们也把创作过程中有时出现的这种状态同样叫作灵感）。我们应该对创作中的这种现象给以科学的解释，不能因为灵感这个字眼带有神秘的味道就否定这种现象的客观存在和它的重要性。有经验的文学家艺术家在没有创作冲动的时候是不勉强去进行创作的，因为那只能产生凭智力和技巧制造出的缺乏感染力量的作品。当然，由于生活本身的激动人的程度不同，也由于酝酿的成熟的程度不同，创作冲动的强烈的程度也是有差异的。而且有了创作冲动后也还需要从思想意义上和艺术构思上加以反复思考，并继之以严肃认真的劳动，然后作品才可能完成。并不是每一次创作冲动都一定能产生作品，尤其不是都能产生成功的作品。大文学家大艺术家异于常人之处就在他们对生活的感受和吸收能力是那样锐敏，那样强大，他们经常有创作冲动，而且他们的才华、修养和劳动强度都那样高，总是能够把创作冲动实现为完美的艺术品。

四、文学艺术劳动中的个人作用问题。从以上所说的一些要求也可以看出，文学艺术是一种复杂的精细的劳动，绝不是一件很简单很容易的事情。无论是以个体方式进行的一般文艺创作，还是以集体方式进行的某些特殊艺术部门的活动，都需要很大的个人的努力，都带有鲜明的个人的印记，因而必须充分承认这种劳动中的个人作用。一切劳动都需要个人的努力,都有个人的作用;然而文艺作品特别明显地表现出劳动者的个性,而且特别需要表现出这种个性。文艺作品应该有特色有风格,这种特色和风格的基础就是创作家的不同的个性。一切劳动都可以有而且需要有杰出的个人;然而文学艺术却常常是以杰出的个人来标志它们的一个时代的成就。除了最早的文学艺术差不多都是群众的集体的创作而外,进入了各个社会的文学艺术的繁荣时期,文学艺术都主要是以杰出的文学家艺术家来代表当时的水平。文学艺术的发展和成就自然是在人民群众创造的物质财富和社会历史的基础之上的产物,我们不能完全归功于个人;但如果没有那些杰出的人物的贡献,也难于形成文学艺术的光辉灿烂的历史。当然,如马克思所曾指出过的,“艺术天才完全集中在个别人身上,因而广大群众的艺术天才受到压抑是分工的结果”,因此他说:“在共产主义社会里将没有画家,而只有把绘画作为自己的活动之一的人。”但要到达没有画家的时代还是比较辽远的未来,而且就是到了那个时代,虽然人们在这文学艺术上没有专业和业余之分,也仍然会有成就大小的区别,杰出和不杰出的区别。因为在共产主义社会里,人们在文学艺术方面的才能还是有差异的,人们的才能的完成程度也还是有差异的。

才能,或者把那种远远超过常人的才能叫作天才,这也是一种客观存在的现象,也是应该给以科学的解释而不能否定的。才能,或者天才,当然最初都不过是一种可能性,一种倾向,一种萌芽,它的成长、发展和实现决定于社会环境和其他种种条件,决定于人们的持久不懈的努力,而且关于它的论断和评价,到底在哪一方面特别有才能及其大小,也只有从人们努力的结果才能作出,有时甚至要从一生的努力的结果才能最后作出。但我们究竟不能否认有才能和天才的存在,不能否认有些人在这方面特别有才能,有些人在那方面特别有才能。从文学艺术的巨人们的成就看来,从有些杰出的文学家艺术家的一生仅仅活了三十几岁或者甚至二十几岁、然而他们的贡献却那样大那样多看来,我们不承认他们有天才是不可能圆满地解释这些现象的。承认和重视文学艺术劳动中的个人作用,也就必须承认和重视个人的才能。当然,我们不但承认和重视个人的才能,而且还应该把个人的才能引导向正确的方向发展,引导向为广大的人民群众服务,而且有才能的人也必须认识个人的智慧和群众的智慧的结合的重要性。

我们在这里探讨的这些问题是前人早已作过许多探讨而且基本上已经有了一些共同的看法的。然而我们仍然有必要把这些看法提出来,这是因为教条主义和其他各种的简单粗暴倾向正是常常违背或者忽视它们的缘故。把文学艺术的作用看得很狭窄,把文学艺术为政治服务的内容看得很狭窄,把文艺创作看成是一件很简单很容易的事情,以为可以用命题作文的方式来产生作品,以为有了群众创作就可以不要或者不重视专门家的创作,片面地追求创作的数量和速度而忽视质量,或者用行政干涉和强迫命令的方式来领导文艺工作等等,都是破坏这些文学艺术的一般规律的。虽然文学家艺术家并不是不可以用一些短小的作品来直接反映和配合一些具体的工作任务和生产任务,来直接解释和宣传一些具体的个别的政策,而且应该承认,这样的作品也有成功的例子,然而无论如何文学艺术为政治服务的全部内容或主要内容并不就是这样。毛泽东同志说,“党的文艺工作”“是服从党在一定革命时期内所规定的革命任务的”。他所说的革命任务显然是更根本更巨大的任务,如抗日战争时期的抗日,现在的建设社会主义等,并不是指各种具体工作中的各个较短促的时间内的中心任务。虽然在许多生产单位的业余文艺创作活动中,也可能需要而且事实上是以反映和配合一定时期的中心任务为主,然而无论如何不应该对整个文艺工作提出这样的要求。虽然文学家艺术家在进行创作的时候可以听取领导的意见,也可以向群众作调查研究,然而无论如何作品的题材、主题以及其他许多创作上的问题都只能由他们自己来决定,都必须有他们的真知灼见,几个人生硬地拼凑是绝不可能产生真正有价值的作品的。

四

如果说文学艺术上的教条主义和其他各种简单粗暴倾向的特点是否认或忽视文学艺术的规律,或者把无产阶级的文学艺术的规律加以简单化,这样来否认某些文学艺术的一般规律;那么资产阶级和修正主义的文艺思想在这个问题上的特点就是只承认某些文学艺术的一般规律,而且常常是把资产阶级的文学艺术的规律当作文学艺术的一般规律,并且加以绝对化,这样来反对无产阶级的文学艺术的规律。

我们在前面叙述过的我们同资产阶级和修正主义的文艺思想的几个主要分歧都表现了这种情况:他们总是只承认文学艺术的老规律而否认文学艺术的新规律。

事物总是发展的变化的,因此事物的规律也是有发展有变化的。然而只要事物的发展变化还没有根本改变它的性质和特点的时候,它又还是有它的一般规律。事物在一定的发展阶段出现的新规律是老规律的发展,它是有新的特点的,然而它又仍然是符合而并不违背事物的一般规律的。只承认文学艺术的一般规律而不承认它们在一定的发展阶段的特殊规律,或者只承认文学艺术在一定的发展阶段的特殊规律而不承认它们的一般规律,都不正确。对待文学艺术的老规律也需要加以区别,看它到底是过去某一阶级或某几个阶级的文学艺术的规律,还是文学艺术的一般规律,不可一概肯定,也不可一概否定。

把文学艺术作为个人的或者小集团的事业,这在资本主义社会是普遍存在的,因而这不过是一种资产阶级的文学艺术的规律而已。这样的老规律在社会主义社会就不复成为规律了。随着文学艺术成为人民群众的事业,随着个人和社会的关系的改变,旧社会的文学家艺术家那种常常只靠个人奋斗、常常发展到个人和社会对抗、常常难免有比较浓厚的个人主义思想这样一些情况也就应该不复是普遍的现象了。然而文学艺术是一种复杂的精细的劳动,需要有很大的个人的努力,需要表现出鲜明的个性,因而必须重视这种劳动中的个人作用,个人才能,这样的一般规律却仍然是不能否认不能忽视的。我们今天也需要出现我们的大文学家大艺术家,能够比较集中地代表我们这个时代的文学艺术方面的成就和水平的杰出人物。因此我们必须重视文学艺术的人才的培养,给他们以便利的工作条件和应有的鼓励。我们反对把文学艺术作为个人或小集团的事业,反对文艺工作者的个人主义思想,然而同时又充分重视文学艺术劳动中的个人作用,容许和鼓励文学艺术上的各种流派的自由竞赛,不能把这两者混为一谈。

过去的文学家艺术家常常主要是反映他们本阶级的生活,这种生活本来是他们所熟悉的,也是他们容易有所感动的。这也可以说是过去的阶级社会的文学艺术的一个老规律。无产阶级的文学艺术却正像无产阶级的学说要由非无产阶级出身的人来建立一样,总是最初要由非无产阶级出身的文学家艺术家来倡导,来实践。这样就出现了过去的文学家艺术家所不曾遭遇过的困难:要去反映本来不熟悉的劳动人民的生活。如果只强调熟悉什么就反映什么,我们的文学艺术就很难产生表现劳动人民的作品。如果只凭理论凭想像凭小资产阶级的革命热情去描写劳动人民,那也不可能产生真实地表现劳动人民的作品。这都不是办法。毛泽东同志指出了彻底解决问题的道路,那就是下决心去熟悉工农兵及其生活,下决心去改造自己的思想感情,那怕要有十年八年的长时间。这是为我们二十年来的实践和成就所证明的一个非常重要的无产阶级的文学艺术的规律。资产阶级文人和修正主义者反对文学家艺术家深入工农兵,反对他们改造思想感情,也正是用过去的阶级社会的文学艺术的老规律来反对中国无产阶级的文学艺术的新规律。但这个新规律仍然是符合而并不违背文学家艺术家对于他们所反映的生活必须熟悉并有所感动这样的要求的。如果把这个新规律加以简单化,把熟悉本来不熟悉的生活和改造思想感情看得太容易,或者要求过急,以为并不需要长期地反复地体验和感受,并不需要有什么创作冲动,那就又不对了。

资产阶级右派向我们进攻的时候曾提出过这样的质问:“谁能告诉我,过去是谁领导屈原的?谁领导李白、杜甫、曹雪芹、鲁迅?谁领导莎士比亚、托尔斯泰、贝多芬和莫理(里)哀的?”他们以这样的理由来反对党对于文艺的领导。这也是一种以老规律来反对新规律的表现。在奴隶社会、封建社会和早期的资本主义社会里,虽然文学艺术也要受到当时的统治集团的政治和文化政策的影响,杰出的文学家艺术家还常常要受到当时的先进的思想和人民群众的思想情绪的影响，但那时的统治阶级和被统治阶级当中都不可能出现共产党这样的政党，因而的确没有一个什么政治派别能够把整个的文学艺术的活动领导起来。那时的进步的文学家艺术家还常常是和当时的统治集团有矛盾有对抗的。共产党出现以后，而且在它领导的整个革命事业已经有了较大的发展以后，就不能不加强它对于无产阶级的文学艺术的领导。共产党在一个地区、一个国家取得政权以后，更不能不加强它对于整个地区整个国家的文学艺术的领导。因为只有这样才有利于整个革命事业的发展，也有利于文学艺术本身的发展。革命的文学家艺术家，包括党的和非党的在内，也自然是庆幸有党的领导的。鲁迅就是在接受了马克思主义以后也就接受了党的领导，虽然他并不是一个共产党员。无产阶级的文学艺术事业必须有党的领导，正是一个无产阶级的文学艺术的新规律，这是为中国的和世界的经验都已经证明的。但是，无产阶级的文学艺术必须有党的领导，这并不等于每个作(做)领导文艺的具体工作的干部就可以自作主张，任意发号施令。他们必须严格地全面地按照党的文艺方针政策来进行工作，团结广大的文艺工作者，充分发挥他们的创造性和积极性，使他们能够产生出许多真正有价值的作品，而不是相反。

马克思曾经说过，“在每个时代里，统治阶级的思想就是统治的思想”。在资本主义社会里，一般的文学家艺术家都为资产阶级的世界观所统治，这是很自然的。如果他们又接受了当时进步的思想和人民群众的思想情绪的影响，他们的世界观出现显著的矛盾和分裂，这也是很自然的。像资产阶级文人和修正主义者那样，以为在无产阶级领导的新社会里，文学家艺术家仍然可以为资产阶级的世界观所统治，仍然可以在世界观里面容许反动的思想存在，并从而否认世界观的重要性，否认思想改造的必要性，这就又是以资产阶级的文学艺术的规律来反对无产阶级的文学艺术的规律了。当然，如果以为有了正确的世界观就等于全部的文艺创作的问题都已经解决，可以不管文艺创作到底有什么特点和一般规律，那就又是把无产阶级的文学艺术的规律加以片面化，简单化，因而也是错误的。

文学艺术如何对待新社会的问题，歌颂光明还是“暴露黑暗”的问题，也是这样。过去的剥削阶级统治的社会里，黑暗是大量地普遍地存在的。剥削阶级到了没落的时代，社会就尤其黑暗。旧社会的许多有人民性的文学家艺术家都是不同程度地暴露了当时的黑暗的，以至产生了批判的现实主义这个名称。然而无产阶级领导的人民大众作(做)了主人的新社会却和旧社会根本相反，它本来是光明的。它的阴暗面常常是旧社会遗留下来的现象，它的工作中的缺点和错误也常常不过是前进过程中的难免的曲折。用对待旧社会的眼光和态度来对待新社会，提倡并实行所谓“暴露黑暗”，这就完全成为反动的了。但是，我们也不能因为反对“暴露黑暗”论就认为新社会的一切消极现象落后现象都不能反映，工作中的一切缺点、错误和困难都不能描写，这样就会走到“无冲突论”、粉饰现实和浮夸成风，就又违反文学艺术必须有真实性的要求了。新社会的光明正是由于能够战胜一切阴暗的东西而更加光芒四射；人民的英雄主义和乐观精神也正是要通过战胜种种困难和挫折才能表现得更加强烈。

无产阶级的文学艺术必须成为无产阶级的整个革命事业的一个组成部分，必须为广大的人民群众服务，要达到这样就必须有党的领导，革命的文艺工作者就必须到劳动人民中去，到实际斗争中去，必须学习马克思列宁主义，必须改造自己的思想感情，必须使自己的作品有人民群众所喜闻乐见的民族作风和民族气派——这样一个为列宁所开始倡导、为毛泽东同志所创造性地发展和丰富并且为我们二十年来的实践所充分证明的文艺方向，是反映了无产阶级的文学艺术的规律而又符合文学艺术的一般规律的。如果要问到底什么是无产阶级的文学艺术的特殊规律，这就是最根本的规律。因为这的确是新的规律，是引起了文学艺术和文学艺术工作发生了质的变化的规律。我们在文学艺术工作上的百花齐放、百家争鸣的方针，我们在对待文学艺术遗产上的批判地继承的方针，这也是既有文学艺术的一般规律的根据，而又有我们的新的特点的。过去的文学艺术历史上已经有这种情况，较为作(做)到了百花齐放、百家争鸣的时代往往就是文学艺术的繁荣的时代。然而我们是把百花齐放、百家争鸣作为处理社会主义社会的人民内部矛盾的一种政策提出来的，而且是以马克思主义作为指导思想的，这就又和过去任何时代的百花齐放、百家争鸣都有区别了。对遗产总是有所继承也有所否定有所革新，然后文学艺术才能得到发展，这也是一个过去的文学艺术历史上的老经验。然而我们是以马克思主义的观点和广大人民群众的实际需要来作为批判地吸收的依据，而且我们继承的文学艺术遗产是如此广泛，这也是过去任何时代不曾有过的。我们的文艺创作文艺批评还有一些可以探讨的问题，比如写新英雄人物的问题，反映人民内部矛盾的问题，我们的艺术标准问题等等。但这些还有待于我们在创作实践上积累更多的经验，有待于我们在理论上作更多的探讨，然后才可能找出一些规律性的东西来。我们应该把已经为我们的实践反复证明的带根本性质的东西作为规律肯定下来；同时我们又不宜于把一些还没有经过实践的充分证明的带试验性质的东西轻易地肯定为规律。

二十年来，正是由于我们在文艺问题上进行了两条战线的斗争，贯彻了正确地反映了无产阶级的文学艺术的规律的党和毛泽东的文艺方向，我们的文学艺术才取得了很大的成就，产生了许多受到人民群众欢迎的成功的作品，而且一支以工人阶级的文艺工作者为骨干的强大的文艺队伍已经形成，它的团结也日益巩固。我们已经解决了中国无产阶级的文学艺术的道路问题，不仅是从理论上，而且是从实践上。

今后的问题是如何沿着正确的道路继续前进的问题。胜利总是从战斗中取得的。在我们的前进的道路上仍然会有种种斗争。我们的文学艺术必然是走向更加繁荣，必然是将要取得更加光辉的成就的。如果我们能够很好地总结我们的经验，进一步掌握文学艺术的规律，我们的工作就会更正确，我们的前进也就会更顺利。

5 月 11 日夜写完

——原载《文学评论》1962 年第 3 期

康　濯

试论近年间的短篇小说

——在河北省短篇小说座谈会上的发言

一

最近几年，我生活和创作的主要精力都集中在一部长篇小说上。短篇写得很少，写出的几篇也质量不高。不过过去我到底主要是写短篇，今后也还打算要写，因而这些年倒并没过分放松了对短篇小说的注意。可也正因为这样，就使得我每逢考虑到当前我们短篇创作情况的时候，不知怎么总会隐隐地感觉到，好像近年来自己创作生活的某一方面很可能有点脱离现实，脱离时代似的。

这当然只是个人的一点心情，而并不是说写长篇就会脱离现实，脱离时代。文学和现实、和时代的关系，并不一般地决定于这种那种样式的差异。不过特殊地说，短篇小说在一定意义上也确是最富于现实性、时代性的文学样式之一，是我们文学阵地上一支最富于战斗性的前哨和尖兵。我上面那点隐隐的心情，怕也正是发源于这方面的认识、体会和理解。

短篇小说在所有的文学样式当中，比较起来更适于迅速反映当前的生活，特别是更适于通过短短的篇幅，以高度集中的人物形象与社会斗争中突发的火花和焦点一般的情节，深刻表现出重大的或比较重大的主题思想；因而这既是一种轻型的武器，又可能比一般的轻型武器获致更为强烈的效果。正是在这种意义上，短篇小说或者可以说是最富于现实性、时代性、战斗性的文学样式。古今中外许多优秀的短篇作品，主要也是在于它们通过高度集中的形象，深刻表现了同现实生活和时代要求的特出而鲜明的战斗关系。这当中甚至还有着一些在上述表现上永远光辉焕发的短篇杰作，其思想的艺术的意义并不下于卷帙浩繁的卓越的长篇。

我国古代最早的初具规模的短篇，一开始便被称〔之〕为“街谈巷语”和“道听途说”的演述；这其中的所谓道、途和街、巷，就自然地反映了同人民生活和现实的关联。待到唐、宋以后以至明、清年间,我国短篇小说正式形成并日益发展,那类作品的不少一部分,更是直接记录着当时社会上广泛流传的人物和故事,有一些并十分强烈地寄寓着人民的希望和要求。外国文学史上也揭载着同样的情形,短篇大师莫泊桑和契诃夫,就都曾给资本主义的心窝插入一支利剑;高尔基更以暴风雨中海燕的气势,展现了他最早的短篇。我国现代革命新文艺运动的战斗号召和宣言书,可以无愧地归之于鲁迅的第一个短篇《狂人日记》。延安文艺座谈会以后我们创作上最早的成果之一,也是赵树理等人在生活和文学上新光四射的短篇。我这些叙述自都是人所共知,但古今中外这类平凡的事实,却在在说明了短篇小说不论在文学当中或人民生活的影响当中,是充满着多么尖锐的现实性、时代性和战斗性。

文学艺术来自人民生活,世世代代的人民生活也不断哺育和培养着作家。古往今来的生活的长河又在在充满着斗争,而越是斗争生活剧烈的沸腾的时期,便越会要阻遏不住地产生火热光腾的作家和震撼灵魂的作品。特别在近代历史上科学文化和出版事业蓬勃发展的年月,每当革命的烈火熊熊烧起,革命的人民必然要同时挥动文学的武器投入战斗,人民的作家也必然要激于责任而身临滚沸的战场;而这时散文作家们显然不大可能拿长篇来参加瞬息万变的斗争,于是短篇创作便必然会成为大家自觉掌握的迅速及时的锐利工具。我们看到苏联伟大卫国战争时期,就曾出现短篇小说繁荣的局面,当时不仅青年作家如群星涌出,并且许多埋头于长篇的老一代大师也都奋发昂扬地大显身手,写出了一大批至今仍然在鼓舞我们的杰出的短篇。也许我在战争锻炼和文学锻炼当中,从苏联卫国战争时期的短篇小说得益良深,那一时期整个苏联文学的潮流,在我思想上便也一直色泽不减。至于说到我们自己新文艺运动的战斗意义,那更不能不使我立即想到这整个运动中的短篇小说传统的光华。

我国新文艺从鲁迅的《狂人日记》以来,在四十多年当中,短篇小说几乎都始终是站在生活和斗争的前线。谁都知道三十年前国民党文化"围剿"的那些日子,我们的短篇小说就一直有如匕首和投枪。后来在抗日战争初期,短篇创作也一度振奋人心。在延安文艺座谈会以后直到土地改革和解放战争的年月,作家们更由于毛主席文艺方针的深刻教导和火热的斗争生活的锻炼,而开始走上了同工农群众相结合的新的阶段,同时这个前所未有的阶段又有着许多新的作家从工农群众中茁壮地站立;因而那一时期的短篇小说,简直处处透着清鲜之气,跟生活和斗争的关系面目全新。全国解放后情况也一直向上,在社会主义革命和农业合作化高潮当中,并且又一次呈现了新人辈出和短篇新作竞放争妍的景色。我想着重谈到的是,最近几年我们在三面红旗的指引下,短篇小说更紧随着整个气壮山河的生活向前跃进,在短短的时日里竟达到了一个新人新作都空前茂盛,艺术力量也分外惊人的境地!最近几年的许多短篇作品,论思想,论艺术,比之过去,实在有着不小的突破;论形式,论风格,比之过去,甚至也称得上是百花齐放,气象万千。当然最近几年我们不只是短篇丰收,而是整个文学艺术创作的各个部门,都同样有着使人耳目一新的成就。尽管这些成就跟我们国家和人民整个发展的面貌显然还并不相称,但近年间我们整个创作、特别是短篇创作同斗争生活的联系及其所给予的影响,其现实性、时代性、战斗性和艺术力量的表现,却肯定无疑将要在人民中长留记忆,因而也是不能不给以热烈赞美的。

二

或许这只是我个人对于短篇创作的一些片面的直感。但事实上我们的新文艺却的确有着一股始终自觉坚持发展短篇小说的潮流,因而这股潮流也就一直像日出一般,越升越高越亮。甚至要谈论近几年间我们短篇小说的突出的成就,也不能不首先追溯到这股潮流的源头。

且看这股潮流中最老一代的作家,同鲁迅一道战斗过的茅盾、叶圣陶、巴金以及在鲁迅直接影响下斗争而出的沙汀、艾芜、欧阳山等同志。绝不是偶然的巧合,"五四"以来的老一辈散文作家群里,几乎每一个都主要是以短篇小说开始战斗,并且这当中像我提到的很大一部分,又几十年始终都是站在引导和推动这股潮流的顶峰。谁都不会忘记茅盾和叶圣陶近年来对短篇保持不断并日益热烈的关心,不会忘记巴金亲临朝鲜战场和大跃进的工厂农村,写下的那些热情的真挚的短篇作品。沙汀和艾芜更是在短篇上追求不已。沙汀过去最讲究谨严和持重,这些年来却是传统不断,但新的朗阔的气息又一步步增添和回荡在笔端。艾芜是写长篇又坚持短篇,前些年那些描写工人生活的作品往往都小中见大,平静和沸腾交织;最近时期续写的《南行记》,更使人感到好像作者又创造了另一个青春时期。欧阳山写了别人不大注意的讽刺作品《乡下奇人》,那样富于现实意义和引起社会上广泛关心的复杂题材和生活,老练的作家安排得竟是那样轻松,冷静,转折自如。前辈们的这些努力和匠心,都永远是我们学习的榜样。

近年来老作家们在短篇上的建树,还必须举出柳青的《恨透铁》。作品描写的是在一九五七年我们整个生活所经历的革命考验关头,一位外号恨透铁的农村干部,在阶级敌人和官僚主义的重重复杂包围中坚持斗争的情景。那位恨透铁竟不顾老婆的唠叨和日常生活中千头万绪的纠葛,倔强得敢于什么都不怕!他溅着唾沫星子,梗着脖子,饱经风霜而紧紧联系着群众,一斗再斗,终于突破重围,取得胜利,而胜利以后也仍然决不轻松地又投入了新的斗争。恨透铁的形象实在是扎实深沉,穿钢透铁。骆宾基最近发表的《在山区收购站》,却以完全不同的风格,反映了当前农村生活中收购工作和副业生产上一个尖锐的问题。作品浓烈醉人地展示了东北山区的景色和收购站的风光,创造了一位对风土人情和收购业务都了如指掌,对工作更是严格得不让分厘的老收购员的形象。但当这位老专家在矛盾面前竟也毫无办法的时候,一个在人事和业务上可能都不太熟悉的姑娘主任却突然如朝霞般出现,以平易而又惊人的共产主义光芒,轻松得不可抗拒地解决了矛盾,以至于那位专家收购员都不能不叹服。作品就这样丰厚而出奇地发亮,寄意就这样平凡而高大,读来实在悦目动情。

汇成最近几年短篇小说巨大潮流的,还有着另外一批更重要的主力。这里包括老的一代和较老的一代,以及许多新的作家。他们质量数量上的收获都各有千秋,其中最不凡的,我以为首推赵树理。

赵树理在我们老一辈的作家群里,应该说是近二十年来最杰出也最扎实的一位短篇大师。但批评界对他这几年的成就却使人感到有点评价不足似的,我认为这主要是对他作品中思想和艺术分量的扎实性估计不充分。事实上他的作品在我们文学中应该说是现实主义最为牢固,深厚的生活基础真如铁打的一般。这几年来,不论是《老定额》,是《套不住的手》,或是《实干家潘永福》以及其它各篇,思想和形象都始终确切不移地来自当前生活的底层,并极其真实地站在当前生活的前哨位置。最近几年我国农村灾害不断,人民公社也处在整顿和巩固时期,种种惊心动魄的斗争当中,该有着多少复杂、艰巨和严重的困难需要克服!也正是在这里,潘永福式的人物又该是怎样值得赞颂和表扬!这种人毫不虚夸,一切都紧遵生活规律,十分严格地从实际出发;而作为他这一切的根源和基础,他那劳动人民的性格和任劳任怨的共产党员态度,又自然和平凡得根本不在话下似的!这难道不正是我们农村党员和中国人民最可宝贵的品质?不正是当前农村工作中最值得宣扬的品质?至于《套不住的手》所描写的那位先进生产者,更是浸透着一个老年农民深厚无比的勤劳本色,以至于他的种种先进行为都完全不是出自任何先进之感,而是他本该那样,也只有那样才恰到好处地合乎他天生的身份一般!赵树理的一笔一划实在都源于泥土和透着土香,都那样富于健康的乐观的人情风味。近年来他在新人物的创造上也有着明显的提高和发展,好些作品比之过去都更着重于以新的人物作为主角,这些人物的精神和行动也要比过去丰富和鲜明。并且这些新人物还都是平易而又不平凡,都是从劳动人民世代流传的深厚和优良的生活品质上长出,同时又都恰如其分地融汇了新社会萌芽和茁壮的新的面貌。因而赵树理的人物形象和他们的行动都从无任何做作,说服力和感染力亲切倍至,水到渠成。《套不住的手》还表现了艺术结构上的完整和谨严,他所特有的中国作风和中国气派,在所有作品中也仍然发展不败。我曾亲眼见到每逢他的新作问世,单是农村的基层干部,包括一些很少涉猎文艺的干部,往往都要争争找找地先睹为快,就好像那是他们固有的义务。赵树理的魅力,至少在我所接触到的农村里面,实在是首屈一指,当代其他作家都难于匹敌。此情此景,该是如何值得引起我们深深的思索！我不是说赵树理就没有任何弱点,但他在我们的文学中,无论如何总是个最扎实的实干家!

老作家当中,近年间周立波是长篇短篇两丰收,短篇的特色也日益晶莹地凸现。每一篇都有如一位独特的巧匠顺手描来的一样,全是当前生活中的日常事物,甚至是别人不会想到去写的事物,但这位作家偏偏要写,并且写来还宛若窗明几净,字里行间横生的趣味交织着我国农民健美乐观的情绪;就这样通过一批作品,组成了一幅我国农村中新的特异的风俗画图。

马烽和李准在短篇上都有着明显的追求。马烽更是十多年来一直在短篇上坚持不息,在民族传统的继承和民族风格的创造上,也树立了自己独异的特色。尤可贵者,是近年来他这一特色又往往同思想和艺术的敏感、同对当前生活的高度概括力结合得很为巧妙。他的小说大多是以从头到尾讲故事的手法引人入胜,近年来又大多是在当前生活和重大斗争的发展变革中编制出巧妙的故事,通过故事的展开,自然地给人物一步步带到形象的完成,给思想寄意带到成熟和突出。在这里"巧"字运用的实在巧,像《我的第一个上级》所涂抹的那股大跃进的强烈气势,那位稳稳站立得高大而平凡的人物,和那动人心魄的情节,像《三年早知道》所细致刻划的那个中农的典型形象,就都得力于高度巧妙的构思。而他又往往在这巧妙的构思当中,完成了故事,也完成了人物完成了思想,也完成了艺术。李准也是善于锐敏地从当前重大斗争中抓取动人的、使人眼目一亮的题材、人物、思想、细节和场景,然后在先进人物成长过程中铺开横断面的刻划,并以情节和情节、矛盾和矛盾的手法,不露痕迹地引导人物形象和主题思想的凸立和完成。李准还有着从某一人物的性格特征或特定命运出发,结构出精巧、集中的短篇的本领。作者的视野和笔力也相当开阔,淡妆浓抹都各有所尝。

王汶石是最近几年成就特出的短篇作家。六年前发表的《风雪之夜》,就以浓烈的生活气氛和思想清鲜(新)的人物形象,闪光般地引起了人们的注意。此后便大体上一直保有着这一特异色彩,但每一篇新作又差不多都有着独出的新的创造;思想的、艺术的、人物的、生活的乃至短篇形式范畴的创造,每一篇都往往有着某一方面或某几方面的若干因素。或如《新结识的伙伴》,不借重情节和故事,但从人物一出场,就那么热烈欢腾、淋漓尽致,并且一步步深化地通过性格和精神面貌把读者抓住,就这样引导到朗彻崇高的思想境地。或如《严重的时刻》,一上手就极力展开了近年来的农村灾害中,一个村庄在严重雹灾以后几乎万难挽救的命运和村干部们焦虑、痛心得合情合理而又无法对付的情景;但公社书记陆蛟一出现,猛然从党性和良心的根本区别,发出雪亮撼人而又实事求是的号召,于是天地大变,问题在鼓声咚咚中扣人心弦地迎刃而解,思想和艺术也出人意料地跳跃飞腾。或如最近两年,作者在公社整顿当中直对着复杂尖锐的斗争,通过《沙滩上》强劲地抓取矛盾,并从各方面为解决矛盾而执着地追求突破;《沙滩上》那位刚受过批评的干部所面临的矛盾是那样自然而合理,但另一位也正经受批评的年轻支书露面以后,竟使得前一位干部那合理的矛盾突然失色和冰消冻解,年轻支书和整个作品的意境也随之而倏忽升高。王汶石就是这样在广阔生活的激流中,时时刻刻从一切方面极力突进和追求,并在广阔的追求中完成着自己多样的统一。

近几年的短篇创作上还有着一批主力。刘澍德的作品带着地方生活的葱郁色彩和锐利的时代意义,作品展开的矛盾和刻划的人物,也往往有着顽强劲烈的火气,而又交织着乐观、幽默与作者特(突)出的大胆。《拔旗》中的人物和斗争该是多么胶着,火辣,烈焰冲天!而《老牛筋》又是怎样地死也要拧住脖子,和怎样动人的典型形象!茹志鹃作品中的强烈却表现得完全不一样。作者善于从生活的侧面塑造人物,从某一人物的特定精神风貌,乃至一花一木同人物的特定关系,而编织饱含时代色彩与引人深思的理想意境,并以纤细的笔力和情感,引起读者不尽的低回。但作者又并没停留在这儿,而是在个人特质的丰富和发展中力争突破。《三走严庄》就虽然也是从侧面着眼,却同时着力接触了重大的斗争,因而便又给已有的特色增添了更加炽烈浓重的感染力。

杜鹏程那些反映巨大建设工地上生活奔腾鼎沸的短篇作品,以澎湃的热情和政论式的抒情,从乱哄哄纷繁广阔的场景上,写出了我们伟大事业的英雄气概和又美又新的秩序。他的人物也同坦荡的道路毫无联系,而总是摆在密云翻卷的艰难严酷之中历经考验,因此色调浓烈,精神领域激越高昂。胡万春某些方面也是着力于浓涂,并在多方面追求着工人生活的广泛反映,追求着先进人物丰富的内心世界和共产主义品德的跃进与成长。作者以工人的本色,给我们带来了工业战线上坚实的生活气息,以及一批形象光鲜和寓意感人的作品,如像《红光普照大地》、《一点红在高空中》和《过桥》。王愿坚致力于革命斗争的历史题材,即便小小的故事,也都从生活中严重艰危的必然环境里面,肃然刻划着我们的先烈和前辈那种光照万代的大无畏精神;由于这种精神的永葆青春,因而便也在今天的生活中带来了强烈感人和深刻贴切的现实意义。

我们河北省的短篇创作,近一时期比起来显然要相形见拙(绌)。最近几年我们缺乏一批顽强以赴的主力,不少同志又正埋头于长篇。不过我们大家早都已感到要急起直追,眼前以万国儒、申跃中为代表的工农作家所表现的决心和毅力,更给我们鼓劲不小。李满天并已在这方面开始了坚实的、有成效的探索,张庆田同样笔力正旺,刘真也正在继续写出她那热情独有的短篇。尤其令人高兴的,是孙犁大病初愈,最近又已开始写作。孙犁早就是描画我们河北平原和山地的短篇名手,他的笔善于通过新的农村的日常生活，从正面或侧面揭示劳动人民在战争环境中的优美的灵魂和诗意的乐观，并在淳厚的生活气息中升腾起泥土的芳香，在艰难严峻的风云里点染出迷人的景色，以至于不觉之中把读者带入浓烈深沉和绵远悠长的感情境界。作者笔下的新的人物和新的风物，又往往都从最朴素平凡的生活里长出，并和最朴素平凡的生活融和（合）在一起，因而也特有着自然和亲切的说服力。作者过去的创作还一直是精力饱满，由于他现在继续投入的新的努力，更由于许多同志早已在投入的努力，我们是完全可以期望到在我国短篇小说整个巨大潮流的发展中，争取汇流进更大更高的水浪的。

三

从以上的叙述当中，不难看到我国短篇小说在近年间的巨大发展，一方面是表现在数量上所形成的潮流，另一方面，更主要的表现是这一潮流在质量上的跃进。

题材上首先就有着百花齐放的跃进。最近几年我们的国家在三面红旗指引下的广泛沸腾的生活，不论是工厂、农村，是城市、边疆、高空和海底，是昨天、今天或辽远的过去，几乎都在我们短篇小说的领域留下了不灭的痕迹，并且这种情况也显然在不小程度上超过了过去那些年。甚至在我们所有的文学样式中，近年间的短篇小说都至少可以说是反映面最宽的样式之一。这些都无疑是我们题材广阔跃进的标帜（志）。

而我们的跃进还不只表现在题材广阔的发展上，更重要的，是还表现在这些题材及其所赋予的主题思想和现实、和时代的紧密的联系。即便那些描写过去革命斗争和其它历史题材的作品，也往往有着各自不同的现实意义，切合今天的读者欣赏的愿望；至于绝大部分短篇作品，问题更不只是直接反映了当前的生活和斗争。试看最近时期，从一九五七年以来我国社会上阶级斗争高一阵低一阵的总的形势，短篇当中就有着最早的反映；近年间我国人民所创造的伟大辉煌的业绩和英雄气概，更丰富和生动地充满在数不清的短篇里边；最近二三年，我国人民在巨大的天灾、整风整社和整个建设事业调整阶段所经历的艰巨考验，所表现的顽强实干精神，在短篇领域也有着迅速的、难得的反映。这当中不少最新的题材，最富于现实意义的复杂而重大的生活内容，在我们整个文学创作中，有一些还只是短篇小说反映得最早，另有一些甚至更只在短篇小说中才开始了最初的反映。几乎是我们人民生活中每一个比较重大的前进步伐，往往很快便会进入短篇的领域。我国短篇小说同人民生活联系的密切，其时代色彩的强烈，对现实斗争影响的尖锐，最近几年实在表现得分外突出和鲜明。

短篇创作跃进的主要内容，还在于其思想分量和艺术技巧上的发展。如果说，若干年前这一方面我们一般还停留在不太精致的水平，那末最近几年却已无疑地发展得日益丰富、多彩、坚实乃至于成熟。像《套不住的手》和《老牛筋》，该是怎样浓烈地展示了我们的文学在反映生活上的愈深愈厚！像《新结识的伙伴》和《我的第一个上级》，又是怎样动人心魄和令人信服地刻划了我们生活中共产主义因素的光辉成长！而特别可贵的是典型人物形象的竖(树)立。赵树理写的《套不住的手》和马烽写的《我的第一个上级》，王汶石的那位陆蛟和《沙滩上》的年轻支书，以及《红光普照大地》中学习先进技术的工人，就都无愧于我们时代和文学上先进的典型人物。"老牛筋"和"三年早知道"，又显然都是农村中所谓中间人物的难得的典型。前一批典型代表了我们的当代英雄，代表了我国人民意气风发、发愤图强而又实事求是的宝贵性格；但不论这些先进人物和中间人物，又都各有千秋，以各自不同的身份而飞扬着各自不同的浪漫色彩。陆蛟和《沙滩上》年轻支书(形象)的闪闪光亮(发光)，在时代性格上就既可以同志相称，又可以师生相比；《在山区收购站》的主任姑娘和《耕云记》里气象姑娘的面貌，也既可以看作时代激流中的姐妹，又有着性格和锻炼上的千差万别。至于赵树理的"套不住的手"和马烽那位"三年早知道"，不是都有着世代相传和根深蒂固的劳动本色？然而前者却在新社会那样平凡合拍地走向了崇高的性格；后者虽和新社会也同样相处得自然而平易，可竟又走着多么曲折复杂、稀奇独特、妙趣横生得叫人又气又喜的道路，才成就了自己合理的典型！这位"三年早知道"的典型又显然不只是来自他中农的出身，仅仅这一条，恐怕就足以概见我们短篇创作中思想和艺术的丰富追求和发展。

前曾谈到，不少短篇作家近年来已日益形成了各自不同的独特风格，展示了各自不同的巧妙而多样的构思，不用说，这也是艺术追求的成果。他如民族化的继承和创造，语言和文字的运用，都莫不各有探索。劳动人民的心理描写和感情抒发，前些年曾有过种种议论；近年间这方面就同样有所创造，如像茹志鹃的娓娓动人的纤细的刻划，和杜鹏程的政论式的抒情。短篇的形式也逐渐多样起来，生活和实践甚至还提供了好些介于散文、特写和短篇小说形式之间的新的范例。还有讽刺作品，过去也曾有所企望，现在便也接踵而来；过去并曾议论过这类作品要不要正面人物，以及如何处理正面反面人物等等问题，现在这类问题自也有了进一步的发展。所有这一切，不都在在说明了我们短篇创作确已有着深刻的跃进么？

我们党和人民几十年永远意气昂扬，我们的生活和斗争自然要喷泉一样不可阻挡地产生战斗和追求不息的文学。五四以来以鲁迅为旗手的许多作家，就首先都是亲身参加实际斗争的革命战士。最近二十年由于毛主席文艺方针的引导，并继承着鲁迅的传统，我们有出息的作家们更一直是工作和生活在斗争的前线。他们自然会要高度自觉地激于责任，竭力使自己的创作尽可能充满现实性、时代性、战斗性，并对生活追求高度集中的概括。这就是我们短篇小说的优秀传统和最近几年获得跃进的根本缘由。请看我们老一辈或新一辈的小说家,绝大部分都是从短篇开始并一直坚持不已,近年来从工农兵当中出现的小说家,更几乎全都是这样;甚至少数专事长篇的同志也往往要写写短篇,个别诗人有时都难免要在短篇小说上显显身手。真是斗争当中出作品,斗争当中出作家!以至于我们在各个时期大规模的群众运动中,在土地改革、抗美援朝、合作化和大跃进的群众运动中,都往往有着一批批新的短篇作家出世!我们的文学和斗争的联系,就是这么样的生死与共,血肉相亲!

当然我这里并没因为强调短篇,而看轻了其它文学样式的跃进及其与斗争的联系。何况最近几年短篇的成就,也仍然赶不上急剧向前的生活和读者的要求!特别是近一年来,短篇小说还在某一方面,在部分读者中引起了似乎稍稍不如过去二三年那么活跃的反映,这种反映事实上怕也并不是全无道理。就是说,在这里我们既要充分看到跃进的成就,又还有必要从进一步的角度来看待问题。

上述读者的反映自也并不稀奇。首先,从作家和生活的关系来看,旧时代的作家面对的社会是业已形成和变动不多,他们要理解生活都很不轻易;在我们瞬息万变的社会,尤其是最近几年一切发展的那么神速,各方面的经验和创造也积累的那么丰富,这要永远保持和不断提高深刻理解生活以及洞察生活本质的能力,更是谈何容易!这里需要政治、思想、生活、艺术各方面高度的修养,需要顽强的毅力,艰苦的劳动,和呕心沥血的工夫。因而上述读者所反映的问题,在某种程度上怕也应看作是自然的现象。

并且这种现象也不能只作一般的理解。前几年一些活跃的短篇作家目前写得少一点,目前却也另有一些同志在活跃起来。事物发展的具体过程总会要有张有弛,有劳有逸;短篇作家的工作也必然如此。再说大跃进当中活跃的短篇作家,又大多并不是在跃进开始以后才深入生活基层,而是早在基层有着长期磨炼。目前开始活跃的同志,情况也一样。常说写短篇最需要对当前生活的高度敏感,但这种敏感也只能建筑在长期生活的基础上。恐怕是"长期积累,一旦启发",才合乎短篇作家的实际。离开了前者,所谓敏感和启发决不会天外飞来。我个人是从大跃进开始时期回到基层的,然而就直到今天,都不能说对几年前的好些生活现象便已深刻理解。许多短篇作家尽管在修养上为我所望尘莫及,但他们在一段紧张的创作劳动过后,很可能要有以休整,并要对生活再加进一步的探察和思索,这无疑该是完全合理的。

近年间短篇小说的水平又确已大大提高,我个人这些年就越来越感到写短篇有如登蜀道。同时读者的水平也大有发展,读者对生活的知识和理解比过去也远为丰富。这又都督促得短篇作家们不能不更高地要求自己。不用说,这也是完全合理的,乃至还是可喜的现象。

读者和作家都要求突破。但思想领域的工作却不能急躁,需要的是积极地钻研。这些年我实践不多,钻研很少,这里只能试对大家有所议论的二三问题,浅谈一点个人的直感。

四

短篇中反映人民内部矛盾的广度和深度,大家都感到不够满足。当然这不能理解为这类作品就很少,因为举凡涉及先进、落后之间的斗争,和前进中的困难及其克服过程的,莫不都是这一范畴的作品;而这样的作品,近年来恰恰是不论数量、质量都很有可观。问题怕是发生在如下的议论之中,即是说在这类作品里边,写得很深刻的,似还不多见。这倒可能是事实,因而也是值得研究的问题。

毛主席在《在延安文艺座谈会上的讲话》中,早已指出文艺作品是要把生活中的"矛盾和斗争典型化",以便使"人民群众惊醒起来……实行改造自己的环境"。这里所说的"矛盾",当然既包括敌我矛盾,又包括人民内部矛盾。在《关于正确处理人民内部矛盾的问题》这一报告中,又指出了人民内部矛盾是早就存在着的,只是"因为过去国内外的敌我斗争很尖锐,人民内部矛盾还不像现在这样被人们注意"。这就是说,在社会主义的革命和建设时期人民内部矛盾显得突出了。报告中还进一步指出,"正是这些矛盾推动着我们的社会向前发展"。因此,今天的文学创作是既要反映敌我矛盾,也要正确反映推动我们社会向前发展的和普遍存在的人民内部矛盾,就也成〔为〕了我们一个远比过去受到广泛注意的重要的内容。而在短篇中,不仅像赵树理的《李有才板话》和《小二黑结婚》,就早在反映民主革命时期农村中的人民内部矛盾上树立了杰出的榜样;而且近年间他的《锻炼锻炼》以及欧阳山的《乡下奇人》和王汶石的《沙滩上》,更在我们短篇的领域,为反映当前社会主义革命时期这方面的矛盾揭开了新的 章。因此,在短篇中要不要反映、要不要深刻地反映人民内部矛盾,这不仅在理论上,而且在事实上都已经不成为问题。

是不是像有些同志所说的,原因在于社会上曾经有过这样那样清规戒律的批评,以至束缚了作家?也许不能说完全没有这种情况。但是首先,由于百花齐放、百家争鸣方针的逐步贯彻,现在这类批评显然已大大减少。其次,就是批评本身,怕也永难避免会要不时地出现各种偏差,因为这原也同样是生活中人民内部矛盾的表现之一;作家们既要反映生活中的矛盾,就没有理由畏惧创作和批评之间难免会有的矛盾。而我们作为革命战士的作家,在斗争中可以出生入死;对人民内部矛盾,自也会同样激于高度的责任感,而要严肃地加以反映。因此,问题显然也不在于敢不敢反映。看来问题怕恰恰是在于:正因为作家有着高度的责任感,而面对的又是人民内部的矛盾,因而在深刻地反映上,为对人民利益切实负责,要考虑如何反映。事实上也正是在如何反映上,有着比较复杂的情况。

一种情况是，人民内部的矛盾，即便是我们生活中的落后现象甚而至于缺点和错误，并且不管是不可避免或可以避免的，不管比民主革命时期可能要尖锐到什么程度，但归根结蒂，在我们的国家里，人民的利益在根本上是一致的，其中落后的一方又往往来自旧社会的遗留，因而和敌我矛盾有着根本不同的性质。对待这些事件，毛主席在《关于正确处理人民内部矛盾的问题》中早已明确指出了有关的原则；文学上的反映当然应该遵循这些原则，选择上述事件中富于典型意义的部分，透过其所以产生的原因，从发展和前进的过程中写出必然的胜利的结局，或至少是满怀信心地写出必将获得胜利的前途。这是生活的真实和必然，也是一切有理想的作家从创作上所必将得出的结论。就是说，揭示我们社会上的内部矛盾，目的恰恰是为了巩固我们的社会制度和推动生活前进。旧社会的进步作家也曾揭示当时统治阶级内部的矛盾，但那往往是为了暴露旧社会的罪恶和动摇旧制度；我们的情况却根本不同。但今天人民内部矛盾却比过去民主革命时期要显得突出，甚至有些矛盾为过去所没见过，处理上自然就要比《李有才板话》等作品中的情况更为复杂；而我们在这一方面自也就尤其显得经验不多，借鉴更少，因此必须承认作家们这一方面的特殊的困难。

另有一种情况，是我们人民内部有些矛盾的出现，往往还跟敌我矛盾交织在一起，其表现形态无疑地便也更为复杂。但这类问题又往往包含着错综的、深刻的、长远的生活教训，如果写得好，通过深刻感人的形象的创造，可能产生很大的教育作用。当然这方面的反映今天还很少，但如果也把这一点笼统归之为作家在反映人民内部矛盾方面的缺憾，很明显是不够恰当的。何况由于前一情况所面临的同样原因，再加上这一情况所包含的愈加复杂的特殊条件，我们更不能不承认作家们在对待这一情况时所遇到的尤其繁剧的困难。

正视困难，是为了更好地克服困难，更好地通过实践去求得突破和解决问题。毛主席早已指出了正确处理人民内部矛盾的方针，我们丰富的生活又在这方面提供了不尽的源泉和实例；可以想到，当作家的政治修养、思想认识、生活积累和艺术条件在反映曲折复杂的矛盾方面有着充分的准备、理解和把握，笔底下充满信心和能够运用自如的时候，问题自然便会迎刃而解。但也正是为了充分获得这儿所说的准备、理解、把握和信心，需要我们艰苦的努力。上面曾经谈到，目前我们整个瞬息万变的社会生活本来就不容易理解；对生活中某些暂时的，局部的，甚至还是十分重大，但又往往只是非本质的缺陷，要达到全面的、深刻的、历史的乃至辩证的掌握，无疑会更不简单。况且我们在艺术上对待敌我矛盾也并不是全无问题，对这类问题自也不能任意容许偏差和片面；对内部矛盾就更需要高度的责任感，既不能流于简单片面，又不得同外部矛盾相混淆，特别在内外矛盾交错的情况下尤应十分缜密。从这方面的意义来说，批评和舆论上有关的意见，不论对与不对，也都有必要作为正面或反面的借鉴，而不能毫无原则地“耍大胆”；否则将可能违反生活的必然和真实，给党和人民带来不利。总之一句话：问题的解决在于正视困难，从思想、生活和艺术上获得充分的准备、理解和把握，达到真情实感的激动和满怀信心。

至于创作上的具体问题，当然还有待于具体的考察。我指的是短篇创作在反映人民内部矛盾上，很明显就还有着一些特殊的具体的困难，比之长篇创作可能要更为艰巨一些。短篇小说要求思想和形象的高度集中，对于展示矛盾发展的曲折过程，不如长篇那样天广地宽，可以纵横驰骋。柳青的长篇《创业史》创造了从某些方面深刻揭示农村生活中人民内部矛盾的范例，其中党员干部郭振山个人主义那么浓厚，但又那样合情合理地还没达到彻底暴露的地步；在这里，作者描写中的多方面触及和深刻惊人的手法，短篇中显然就不易完成。何况生活中哪怕一个只包含若干缺点的小问题，都常常不会孤立地产生，而有着历史的、现实的、多方面繁乱的根据；若要赋予以典型意义而进入文学，即令只是几千字的事，都必须深入地观察、体验、研究、分析其一切有关的方面，严肃地对待其每一个细微（枝）末节，作到深思熟虑和掌握自如。这从艺术概括和提炼上说来，自然要更加艰巨。因此有的作家假使因为对某些问题还没看透，看清，准备还不充分，以至于暂时要稍稍停笔以待，这怕该看作是正常的责任感的表现，是完全可以容许的。

最后解决问题，自然还在于在创作实践中的探索、追求和创造。比如大家就谈到在选择题材上如何摈弃非本质、非典型的东西，以及区别那些虽然反映了时代本质，但却更适于长篇、中篇的题材，而追求切合短篇需要的典型事件和形象；在反映角度上如何从具体题材出发，探寻正面的、侧面的或其它角度的最恰当的处理；在表现手法上如何根据实际条件，采用讽刺的喜剧、壮烈的悲剧或动人的正剧等等不同的形式……大家的这些追求就都很富于实践的意义。艺术的追求和创造从来就有着广阔无边的天地，甚至是这一方面的不太成熟的试验，也是应该从总的倾向上表示欢迎的。

最后，当从总的方面，整个地来看反映人民内部矛盾的问题的时候，我们不能不着重提出，上面论及的我们在反映中的对落后现象的批评，是决不能孤立地看待和处理。文学创作对于生活从来就是采取表扬和批评两种态度，这两者并且也经常是结合在一起，相辅相成，达到矛盾的统一的。而我们对待人民内部矛盾问题，情况更是从其对立的双方所涉及的全部生活内容来看，作为局部的、暂时的、发展中的落后现象，也并非其中的主要矛盾方面，主要的矛盾方面乃在于永远富于整体意义的积极现象。这一情况便规定了我们创作的主要任务和反映人民内部矛盾的主要方向，还是在于表扬和歌颂，从表扬出发展开矛盾并触及批评。即使是要批评内部矛盾范畴的缺点、错误问题，当然也应该从矛盾的主要方面着眼，按照生活的规律，通过强烈的战斗性而提供引人向上的深刻教训。我们绝不惧怕矛盾，并且恰恰是要从真善美的角度落墨于生活中重大的矛盾。在这里，什么是真实的重大的生活？什么是美？显然不会是温室般的风平浪静，而是艰苦复杂的严重斗争，以及党和人民在斗争中排除万难，战胜一切，奋勇前进的伟大力量和气势。我们党和人民从来就是以勇敢勤劳的无穷的精力和一往无前的雄心壮志，时时克服着艰难险阻和历史遗留的贫穷落后，自力更生地创造着自己新的生活；决不能设想这样的党和人民会轻易对待任何事物，会轻易赞颂和妄想什么神仙幻境，会轻易信任廉价的乐观和廉价的宣传！避开矛盾、斗争的廉价宣传，实际是贬低我们的生活和人民的自豪感，甚至是对我们的事业信心不足。我们整个文学和近年间短篇小说的巨大成就，便正是在于描写了党和人民敢于面对严酷的斗争和矛盾，敢于踏过困难和创造不凡的业绩。这是我们要永远发扬的最富于战斗性的传统，这也是我们反映人民内部矛盾问题所应该遵循的一条主脉。同样也正是在这里，我们革命现实主义和革命浪漫主义相结合的创作原则，才得以发出光辉。

五

革命的现实主义和革命的浪漫主义相结合的创作原则，其基础自然是植根于现实生活。因而这当中的现实主义的一面，就不能不构成了整个创作原则中的主要的内容。近年间我们短篇小说的巨大潮流，主要地也正是来源于现实主义。当然另一方面，由于最近几年我们的生活充满着惊心动魄和前无古人的浪漫气概，再加上作家们热情奋发的努力，我们这一潮流中的革命浪漫主义因素，便也显得远比过去强烈和鲜明。像王汶石那种新的理想的闪光，杜鹏程和王愿坚那种严酷艰难景况中的乐观气质，就莫不喷射着革命浪漫精神的虹彩；而不论赵树理、胡万春和茹志鹃，也全都表现了各自不同的浪漫气质；周立波的作品则更在浪漫精神的基础上，不难看出浪漫手法的巧妙的创造和运用。这应该说是近年间我们短篇潮流中，突出的、宝贵的革命性和战斗性的标帜（志）之一。不过如前所示，这里革命浪漫主义因素的发展，也还是来源于对现实生活基础的掌握，以及结合和融汇了革命现实主义的原则和方法的。

革命浪漫主义如果离开了现实生活的根基，其革命性必将显得浮泛和空虚，也必将无从获得艺术的说服力。反之，其生活根基越深厚，革命性自也必然会越浓烈，越坚强。从这一意义来看问题，我不免直感到近年间我们整个的短篇潮流，一方面是十分可贵地拥有着根基相当扎实的革命浪漫精神；另一方面，其中的部分作品，包括若干优秀的作品，看来却或许是因为对浪漫主义有点追求过切，以至于在某些方面可能还根基不太厚，其革命性便也显得不全是十分牢固似的。就是说，在这些作品中，形象的分量有时似乎还不能完全适应思想的追求，革命的浪漫精神有时也似乎并没完全充分地植根于现实性的基础之上。

有些同志有着这样的议论：赵树理的作品和人物总使人感到是从深厚的泥土中挖出，并且历经时间的磨炼而总是色泽不减；另有些作品读来倒也实在充满激动人心的鼓舞力量，但冷静地想想，却感到其中的人物似有点神化，因而慢慢便难免色泽稍衰。这种议论的确值得深思。我们看到赵树理是自从出现以来，不论何时何地和如何复杂的情况，都总是实打实干，稳稳扎扎，冷热结合，满怀信心；而像我这一类的人，在某些情况下却总难免于简单片面。我们还看到在反映人民内部矛盾中的反面教训这一复杂问题上，赵树理也早在民主革命时期便那样熟练地提供了战斗性的范例，并且二十年来都一直没忽视过这方面的矛盾；我们一些人在这里显然也只得自愧勿(不)如。这难道不都是因为他树大根深，生活的基础坚强和稳实？当然最近几年我们好些同志在伟大生活之中制(止)不住地热情澎湃，那样令人可感地迅速反映当前的现实，一时间也可能因为很难从更长远的角度去看待某些现象，以至于在个别优秀作品中都偶尔流露了若干热情大于形象的痕迹，这应该说是完全合乎情理，何况那些作品中所已有的力量，也决不会因之而贬低！更何况整个说来，近年间我们的短篇小说，不论是现实性和革命性，都肯定无疑有着远比过去扎实和沉厚的基础！我不过觉着，整个地比一比，这其中强烈的现实性似乎要稍逊于强烈的革命性。并且这也只是个人的一点直感，或许还难免于完全错误的。

我这里只是想强调现实主义精神，也就是赵树理那种革命现实主义的深厚功夫和老实态度。这是文学创作的灵魂所在，是毛主席一再教导我们的根本出发点。而这也绝不意味着我们可以丝毫轻视革命的浪漫主义，因为浪漫主义也只有在现实的基础上才得以富于革命性和展翅高飞。即便就从革命浪漫主义所包含的浪漫精神和浪漫手法两方面内容来分析问题，那也是不仅浪漫精神系由时代的、现实的理想构成，浪漫手法都显然一样。本来这二者就是组成一个整体的分不开的两个方面，前者是主要的一面，就是说，只要作品本身充满浪漫精神和生活理想，在表现上便既可以通过强烈的浪漫手法，也可能是浪漫手法并不鲜明或甚至很难察觉；不过这并非容许忽视后者，因为只要浪漫手法是从生活出发，也就必然会在一定意义上增强浪漫精神和整个浪漫主义的灵魂。试看孙悟空翻一个斤斗或是拔一根毫毛，便是由于他决非任意胡来，而往往总在危难的关口，在读者、观众急切忘情和焦灼不已地盼望着他立即解脱困境的时刻，才恰恰顺应人们的愿望而使出那几手；这也才使得整个浪漫手法因其充分满足了我国人民世代相沿的盼望而合情合理，并因之而大大促进了《西游记》和孙悟空的浪漫主义精神。在反映现实生活的歌剧《洪湖赤卫队》

中，当韩英在黑牢里壮烈高歌她坚定的意志，和对广阔湖面上战友们的深情怀念的时光，我们也曾如何急迫得跟她一样，盼望立时看到赤卫队员们不屈的斗争和对她的怀念！也恰在这关口，舞台天幕上突然一亮，我们果又同韩英一道，面对着水上队员的形象和他们激愤的高歌！这实在是出人意料而又合情合理的艺术安排，这一浪漫手法自也给整个作品增添了力量。我还看过一个反映福建前线生活的歌剧，其中有一个描写敌人打来的一发炮弹还没爆炸，一位民兵英雄立即抱起炮弹，并对着炮弹而高歌痛骂敌人的场面；这样一个处理就有点弄巧成拙，因为观众都制不住紧张地担心那炮弹的爆炸，以至于连那义愤的歌唱也给扔过了一边。就是说这一手法显然脱离了当时当地生活的要求，远非艺术上非此不可的“仅有的一个”，因此也无法带来浪漫主义的效果。从上述这一切，可以看到不论浪漫精神和浪漫手法，都在在离不开现实生活和人民的理想，离不开泥土的根基。

我们的时代充满浪漫精神，我们的创作也迫切需要美妙无边的幻想。但越是要取得无边的美妙，便越不能离开现实生活的灵魂。这也决定了我们对革命现实主义和革命浪漫主义相结合这一创作原则的追求，必须把现实主义放在主要的位置。怕只有这样，才可能“结合”得更好，才可能更好地达到百花齐放的繁荣。

六

要更进一步地促进百花齐放，当然还需要多方面的追求。仅仅在题材上我们就或许才刚刚打开广阔之门，我们超过任何历史时代的无边的生活，还远远有待于多方发掘和驰骋。何况我们今天又已下历海洋和上穷宇宙，即便就在文学样式上，也有着比过去远为浩邈的创造空间。我曾一再谈到短篇小说的战斗意义和重大题材，这决不是只主张样式和题材的狭隘化。所谓文学的重大的战斗意义，历来就包含着给人以教育、影响、知识和欣赏、陶冶、娱乐各个方面的内容。这里我倒恰恰感到在我们的短篇创作中，给人以赏心悦目和高尚娱乐的小巧轻松的作品太少，为什么我们不能出现文学上的齐白石？不能借鉴于古代的传奇、话本和《聊斋》上四百三十一篇作品中对种种鬼狐的不同写法？为什么寓言、神话式的短篇和科学幻想小说，目前还是凤毛麟角；而新的传说也只有张士杰等人带来了若干光辉，新的轶事、奇闻、趣话和笑话更几乎是无人理睬？因此，仅从短篇题材和样式上来看百花齐放，我们飞翔的天地都还大有可为。

作家们对艺术风格的追求，是促进百花齐放的另一个十分重要的方面。近年间我们许多短篇作家都逐渐形成了自己的风格，这在前边已经谈到。这里如果还需要对风格问题加以总的考察，那末侯金镜同志曾经给各个作家的不同风格概括为各有所长，各有所短，这该是一个精辟的看法。但我在启发之余，却感到也许还可以补充一个各有所有，各有所无。我是说，“所有”“所无”当中，都可能包括“所长”“所短”。“所有”之长应该发展，能有、应有而暂时“所无”之长则应该发现；“所短”之处则应克服和警惕，但克服之时可不能削弱其所长。这方面的探索需要极其细致的功夫，别人不能任意强求；本人则应既不褊狭固执，又在追寻上尽可能避免费力不讨好。有的作家可能笔底较宽，风格上得以追求多样的统一；有的作家却可能难于多样地发展，或至少是暂时难于多样地发展。在这里，多样与否，并无高下；也正是在这里，富于独创的百花齐放才足以形成。

艺术风格的百花齐放，还密切联系着作家的艺术构思。各个作家由于风格不同，对创作原料探察的角度和对待的态度也往往不一样。其中首要的决定阶段自然是抓取原料，只有好的原料才能构成好的作品。但也还有个更紧要、更艰巨的决定阶段，即是制作阶段，也即是主要的构思阶段。同一原料往往会由于匠心和技巧的高下而成为文野不同的产品，艺术构思因之便有着极其关键的意义。举凡确定主题、提炼题材、完成形象、创造典型和选取形式，都是属于这一阶段的劳动，都莫不需要精细入微的工艺，需要以最大的毅力苦掘深钻。在这里，不仅不同的作家，就是同一作家，其拥有的同一素材都可以形成不同的主题和题材，同一细节也可以赋予不同的分量和意境。在这里，不当心便可能出现对于原料的浪费；而优秀的大师却或许会使得一个貌似平庸的材料，稍加点化便突放金光。特别是对于短篇作家，在小小的材料和短短的篇幅中，如何编制出尽可能强烈的战斗性和高度集中的形象，尤非在构思上严加讲究不可。就是同一作家对待自己的每篇作品，也完全应该在构思上巧妙不同，新奇不断。并且我们今天的短篇，仅仅形式和结构就也还不是处处变化多端，奇峰突起。更何况生活中的一草一木，像赵树理写的那双“套不住的手”和茹志鹃的那朵“百合花”，都足以在艺术上引人入胜；生活中某一性格的模特儿，也不是不可能给转化而用之于另一性格的形象——即是说，各个作家和同一作家的不同作品，都实在有着追求和创造的不尽的余地！而艺术构思在这里将不仅给各个作家引发出不同的异彩，给同一作家也可能在其统一风格的基础上，引发出多样的光芒。百花齐放不仅要求各个作家都成为又新又美的香花，也同样要求每个作家花风一致而又锦绣万千，时刻不停都又新又美。

整个文学都需要又新又美的不停的发展。充满战斗性、时代性和现实性的短篇小说，更需要又新又美的不停的发展。我们大家所进行的探索，我相信将会提供一分力量，从而首先给我们巨大的短篇潮流，推进得浪头更高。

1962 年 6 月 9 日整理于保定

1962 年 9 月 10 日修改于保定

——原载《文学评论》1962 年第 5 期

《人民日报》社论

为最广大的人民群众服务

——纪念毛泽东同志《在延安文艺座谈会上的讲话》发表二十周年

二十年前,毛泽东同志在延安文艺座谈会上,发表了对于我国革命文艺具有重大意义的讲话。在这篇讲话中,毛泽东同志创造性地运用马克思列宁主义的原则,总结了我国革命文艺运动的经验,针对当时的实际,解决了我国革命文艺工作中长期存在的一系列重大问题;最根本的是提出了文艺为工农兵、为广大的人民群众服务的方向,并且指明了文艺为群众服务的途径。党和毛泽东同志提出的文艺为工农兵、为广大人民群众服务的方向,以及后来提出的百花齐放、百家争鸣和推陈出新的方针,经过文艺界的实践,已经形成了一条马克思列宁主义的文艺路线。这是发展我国社会主义文艺的最富于战斗性的正确路线。

二十年来,我国革命文艺工作者在党和毛泽东同志的领导下,深入工农兵群众,参加群众的革命斗争和生产劳动;同时以毛泽东思想武装自己的头脑,同各种反动的资产阶级思想和错误的倾向进行了严肃的斗争和批判。文艺工作者在实际斗争和思想斗争中受到锻炼,思想感情发生了根本变化,形成了一支坚强的劳动人民的文艺队伍,产生了许多为广大人民群众所喜爱的优秀作品。这二十年,是文艺和文艺工作者同群众的结合日益加深的二十年,是文艺界在思想斗争中和自我改造中不断取得新的胜利的二十年,也是文艺工作者在思想上和艺术上不断成长和成熟的二十年。经过二十年的斗争和实践,我国广大文艺工作者更加明确地认识了自己前进的方向,确立了共同奋斗的目标和路线,这是最可宝贵的收获。

革命文艺是团结人民、教育人民的有力武器。文艺作品以艺术形象的说服力和感染力,沟通和结合人民群众的思想感情,提高人民的觉悟,加强人民的革命团结,鼓舞人民同心同德地和敌人作斗争,同心同德地为革命事业服务。我们的革命文艺,过去四十年来,特别是近二十年来,同人民一起经历了革命斗争的惊涛骇浪,在历次斗争中起了团结人民、战胜敌人的积极作用，今后应当更充分地发挥这种作用。

二十年前，毛泽东同志指出，我们的革命文艺，要站在无产阶级的立场上，为工农兵以及城市小资产阶级劳动群众和知识分子服务。这在今天也是完全正确的。今天的情况同二十年前不同的是，我国人民已经胜利地完成了新民主主义革命和社会主义革命，建立了中华人民共和国，正在进行社会主义建设。现在，各民族的工人、农民、知识分子及其他劳动人民，各民主党派和民主人士，爱国的民族资产阶级分子，爱国侨胞和其他一切爱国人士，在中国共产党的领导下，结成了人民民主统一战线，积极地参加和支持建设社会主义的伟大事业。因此，这个人民民主统一战线内的以工农兵为主体的全体人民都应当是我们的文艺服务的对象和工作的对象。我们的文艺应当用工人阶级的先进思想影响尽可能广泛的社会阶层，不断地加强各族人民的团结，使全国人民的心连成一条心，把全国人民的力量动员到共同的伟大目标上去。今天文艺联系的群众，比过去任何时候都广泛得多了。各种文艺形式和各种优秀作品，日益深入到新社会的各个阶层，为更多的人〔们〕所接受。因此，文学艺术也有了更大的可能去影响更多的群众，促进人民群众更广泛、更坚强的团结。

文艺为工农兵服务，为全国最大多数的人民群众服务，就是为工人阶级和广大人民群众的需要和利益服务。我国人民经过长期的艰苦奋斗，取得了民主革命和社会主义革命的伟大胜利。但是，我们还没有摆脱历史上遗留下来的贫穷落后的状况。帝国主义还在地球上横行霸道，给世界人民制造祸害和灾难。最凶恶的美帝国主义还霸占着我们的领土台湾。团结全国人民建设先进的富强的社会主义祖国，团结全世界人民进行反对帝国主义、争取世界持久和平和人类解放的斗争，这就是我国工人阶级和广大人民群众的根本需要和根本利益，也就是我国文艺工作当前最根本的政治任务。我们的文艺一定要充分发挥自己的战斗作用，鼓励全国人民发奋图强，努力建设社会主义新生活。我们的文艺要用社会主义、共产主义精神教育人民，帮助消除人民生活中资本主义和封建主义的影响，帮助人民摆脱各种落后思想和习惯势力，提高人民的思想觉悟和道德品质，树立新的社会风尚。我们的文艺还应当帮助人民提高对于世界反动势力的警惕性，巩固和扩大全世界人民的革命团结，鼓舞世界人民反对帝国主义、反对殖民主义、争取民族解放和世界和平的斗争。现代修正主义者作为帝国主义的奴仆，正在利用他们的文艺来破坏革命人民的团结，涣散革命人民的斗志，丑化社会主义制度，美化帝国主义和反动派。我们的文艺必须同帝国主义文艺、修正主义文艺和一切为帝国主义、为旧世界效劳的反动意识形态进行不调和的斗争，揭露它们对社会主义国家和各国革命人民进行精神颠覆和思想腐蚀的阴险目的。文学艺术的任务是繁重的。我们的作家、艺术家一定能够深切地认识到自己的时代使命和战斗任务，满怀热情地把这项光荣任务担负起来。

我国人民要在经济贫穷和文化落后的基础上,争取在不太长的时期内,把我国建设成为一个强盛的社会主义国家,这是一项十分艰巨的工作。在前进的道路上,必然会遇到各种各样的困难和障碍。但是,只要全国人民团结一致,发奋图强,任何困难和障碍都不能阻止我们前进。我国人民不但在革命战争时期发挥了英雄主义的精神,而且在建设时期也发挥了英雄主义的精神;不但在顺利时候表现出移山倒海的雄心壮志,而且在困难时候也表现出坚韧不拔的英雄气概。我们的文艺应当努力反映伟大的社会主义时代,表现人民在社会主义建设各个战线上的劳动热忱和克服困难的毅力,增强人民建设新生活的勇气和信心。

文学艺术在培养共产主义新人、用高度的爱国主义和国际主义精神教育青年一代的工作上,负有特别重要的使命。我们现在的青年一代是在和平的、比较顺利的环境中长大的,他们很容易把生活理解得简单化。可是,他们是建设新社会的接班人,需要肩负艰巨的复杂的任务,需要〔他们〕不断地去克服新的困难。社会主义文艺应当通过对于社会主义现实的真实描写,帮助青年提高共产主义觉悟,帮助他们认识生活的多样性、复杂性,认识新事物战胜旧事物的艰苦过程,培养他们在战略上藐视困难、战术上重视困难的革命精神和求实精神,使他们对于当前的时代有正确的认识,对于未来的任务有充分的精神准备。为了同样的目的,还要通过文学艺术向青年们进行革命传统的教育和民族传统的教育,让他们具体地了解我国人民革命的战斗历程和英雄事迹,了解我国各民族历代祖先艰苦创业、英勇奋斗的历史;同时,还要帮助青年们了解世界各国人民的斗争,使他们更深刻地认识全世界人民在斗争中的团结合作、相互支持的伟大意义。

广大人民对于文学艺术的需要是多种多样的。我们的文艺既要担负〔着〕用社会主义、共产主义精神教育人民的任务,又要通过各种方式多方面地满足人民文化生活上的广泛需要。在人民取得政权以前,文学艺术主要是鼓舞人民进行推翻反动统治的斗争;今天,人民已经成为国家的主人,正在社会主义建设的各条战线上紧张地劳动着,他们除了需要从文艺继续得到革命的教育和战斗的鼓励之外,同时又需要多种多样的文艺作品和艺术活动来丰富他们的精神生活,满足他们的艺术欣赏的要求。我们的文艺工作者决不可以忽视人民群众的这种日益增长的需要。群众需要的多样性,生活本身的多样性,决定了文学艺术的多样性。社会主义文艺的百花齐放、百家争鸣,正是符合人民群众的广泛需要,促进文艺事业发展和繁荣的最有效的途径。

随着人民群众政治觉悟和文化水平的日益提高,他们对于文艺作品的思想艺术质量的要求也日益提高了。文艺创作进一步提高水平的关键,首先是加强作家、艺术家同人民群众的联系,坚持深入群众生活,参加群众创造新生活的斗争。近几年来，不少作家、艺术家以各种方式保持着同人民群众的密切联系，他们写出了比较扎实的作品；可是，也有些同志同群众生活的联系比较薄弱了。必须看到，今天生活的海洋更加宽广了，那里充满着复杂的变化和斗争。新事物战胜旧事物的过程，人民内部矛盾及其解决的过程，人民群众新的精神品质的成长过程，是复杂多样的，需要深入地观察、研究才能辨认清楚。我们的作家、艺术家，如果放松了同群众生活的联系，就不可能高度真实地反映社会主义的新时代；如果不了解群众的思想和情绪，就无法充当社会主义时代人民群众的忠实代言人。我们的作家、艺术家，特别是年轻的作家、艺术家，应当下定决心，根据自己的业务特点和需要，采取适当的方式，坚持深入群众生活，和人民同呼吸、共命运，熟悉群众中间各种人物，熟悉他们的语言和心理，以便创作出深刻〔地〕反映时代的好作品。文艺工作者还要坚持不懈地学习马克思列宁主义和毛泽东著作，还要丰富自己的历史知识，以正确态度学习我国和外国的文学艺术遗产，吸收前人的经验，学习兄弟国家和世界各国进步文艺的长处，不断地提高自己的政治思想水平，磨炼自己的艺术技巧，力求使自己的作品达到思想性和艺术性的高度结合。毛泽东同志说："我们既反对政治观点错误的艺术品，也反对只有正确的政治观点而没有艺术力量的所谓'标语口号式'的倾向。我们应该进行文艺问题上的两条战线斗争。"这是值得我们的文艺工作者经常注意的问题。

为了使我们的文艺更好地担负起团结和教育广大人民群众的任务，还应当加强文艺队伍本身的团结。我们的文艺队伍比二十年前已经增加了许多倍，是一支很大的队伍，包括了不同民族、不同文艺部门、不同工作岗位上的新老文艺工作者。这支队伍经过长期锻炼，有了共同的文艺路线和奋斗目标，是一支团结的、进步的、很好的文艺队伍。文艺界所有的同志，都应当爱护、珍惜在长期共同斗争中形成的这种革命的团结，随时发现和克服那些不利于团结的消极因素，不断地去巩固、扩大和加强文艺队伍的团结。

文艺界的团结应当是非常广泛的。凡是可以团结的力量都应当团结起来。祖国的强大，社会主义建设的成就，全国人民的劳动热情，鼓舞了文艺工作者。他们绝大多数人都愿意把自己的聪明才智献给祖国和人民，愿意为社会主义事业服务。一切爱国的、拥护社会主义的文艺工作者，都应当紧密地团结在党的领导下，充分发挥他们的积极性和创造性，为共同的事业奋斗。文艺工作者应当努力树立马克思列宁主义的世界观，这是需要经过比较长时期的斗争锻炼才能达到的。文艺界在思想上、世界观上的矛盾和斗争，应当通过互相帮助、互相讨论，采取批评和自我批评的方法，逐步求得解决。我们提倡革命现实主义和革命浪漫主义相结合的艺术方法，认为这是最好的艺术方法，但是，这应当由作家、艺术家根据他们本身的经验和条件自愿地去掌握和运用，不能强求一律。文艺工作者世界观水平的参差，他们的艺术方法和艺术风格的不同,都不应当影响我们文艺界广泛团结的范围。

文学艺术事业是具有广泛社会性的事业,需要党和非党的文艺工作者长期地合作共事。文艺工作者中的每一个党员,都有义务去很好地团结非党的作家、艺术家,学习非党的作家、艺术家的长处,互相帮助,共同进步。不容许任何排斥或轻视非党作家、艺术家的宗派主义倾向。在各种艺术门类、艺术流派之间,在作家、艺术家、理论批评家、文艺编辑工作者、文艺组织工作者之间,也要互相尊重、互相帮助、互相学习,防止和克服一切不利于团结的因素。年轻的文艺工作者要尊敬年老的文艺家,虚心学习他们的经验和专长。老一辈的文艺家要爱护年轻的文艺工作者,帮助他们提高艺术水平和修养。个人的智慧和集体的智慧相结合,就能够产生更大的力量。文艺团体应当在巩固和加强文艺界的团结方面,发挥应有的作用。

文艺工作者要继续重视思想上的自我改造。文艺队伍的思想觉悟愈提高,团结也就愈巩固。应当看到,思想改造是需要长期不断地进行的。任何人,包括共产党员和非党员,谁也不能认为自己已经改造完成,再也不需要改造了。因为从个人的主观方面来说,旧的思想影响总是不容易彻底清除,而客观现实却在不断地变化、不断地前进,这就需要不断地改变自己的主观世界,才能适应不断改变的客观世界。思想改造既然是一项复杂的长期的工作,文化部门和文艺团体就应当耐心地帮助文艺工作者,引导他们通过自觉的努力去进行,除了参加实际斗争和加强理论学习以外,还需要通过其他的途径,包括文艺家自己的艺术实践,来逐渐收到思想改造的效果。对待思想改造的问题,决不可以采取简单急躁的态度和做法。

我国文艺工作者还应当团结世界各国一切可以团结的文艺家,建立最广泛的统一战线。我们的文艺工作者应当加强同社会主义兄弟国家和世界各国一切革命的、进步的作家、艺术家的战斗友谊,学习他们的先进经验,同他们一起来推进社会主义文艺事业和国际进步文艺事业。我们的文艺工作者还应当团结资本主义国家中维护和平、反对帝国主义和殖民主义、不满意资本主义世界的腐烂现实而对被压迫人民抱有一定同情的各种不同政治倾向和艺术流派的作家、艺术家,虽然他们的某些观点是我们所不赞同的。

社会主义文艺事业是党和人民的整个革命事业的一部分,文艺工作的健康发展,决定于党的正确领导。文化艺术部门中党的领导的主要责任,是贯彻执行党的方针政策,团结一切爱国的革命的文艺工作者,给他们各种必要的帮助,充分发挥他们的积极性、创造性,使文学艺术创作欣欣向荣,使文艺队伍中人才辈出。

一切文艺部门的党的领导,应当充分发扬民主,善于同文艺工作者亲切合作,在政治思想上帮助他们提高,帮助他们加强同人民群众的结合。同时应当努力熟悉业务,熟悉社会主义文艺的发展规律。应当贯彻执行党的百花齐放、百家争鸣和推陈出新的方针,为文艺创作和艺术活动上的自由竞赛、自由讨论的生动活泼和繁荣昌盛的局面创造条件。一切属于人民内部的思想问题和属于艺术性质的问题,应当通过文艺工作者自己的创作实践和自由讨论去解决,通过批评和自我批评的方法去解决,不能采用简单的行政方法去处理或者干涉。毛泽东同志说过:“对待人民内部的思想问题,对待精神世界的问题,用简单的方法去处理,不但不会收效,而且非常有害。”文化艺术部门的领导干部必须认真记住这些话。

在毛泽东文艺思想的指导下,我们的文艺工作已经取得了很大成就,积累了很多经验。现在我们正处在一个新的伟大的时代,在我们面前摆着新的光荣而艰巨的任务。在纪念毛泽东同志《在延安文艺座谈会上的讲话》发表二十周年的时候,我国全体文艺工作者应当更加紧密地团结在毛泽东文艺思想的旗帜下,提高文学艺术的战斗能力,丰富文学艺术的品种,来加强人民的团结,满足人民的需要,鼓舞全国人民为建设社会主义的伟大祖国而奋斗。我们深信,沿着党和毛泽东同志给我国文艺工作者指出的发展社会主义文艺的康庄大道继续前进,一定能够争取我国文学艺术的更大的成就,实现党和人民的殷切期望。

——原载 1962 年 5 月 23 日《人民日报》

巴 金

作家的勇气和责任心

——在上海市文学艺术工作者第二次代表大会上的发言

我首先声明，我的发言既不全面，也可能有很多错误，我只是讲我个人心里的话。我不愿意放弃我的畅所欲言的民主权利，我最近参加了一些会议，听过一些报告，现在又参加这个庄严的大会，我有很多的感触。我觉得作为作家，我没有尽到自己的责任，作为新中国的文艺工作者，我没有好好地运用文艺武器为人民服务。这些年来，我不断地叫：全心全意地献身于人民文学事业，写出更多更好的作品。可是我一直把时间化（花）在各种各样的事情上面，我仍然讲得多，写得少，而且写得很差。有时我也为这个着急，我还感到惭愧，甚至坐立不安。但有时我也会因为想到自己留下的东西不多，反而有一种放心的感觉。我常常责备自己缺乏勇气，责任心不强，但有时我又会替自己辩解，因为像我这样不求有功、但求无过的人并不太少。然后我觉得自己再这样下去是不行的。既然打着作家的招牌，就必须认真写作，必须重视作家的勇气和责任心。新中国的作家更不应该有但求无过的顾虑。不过我又得承认，要去掉顾虑并不是容易的事。说实话，我不怕挨骂，我受得住严厉的批评，有时给批评打中了要害，在痛了一阵以后，我反而感到心情舒畅。但请允许我讲出我的缺点和秘密：我害怕“言多必失”，招来麻烦。自己的白头发越来越多，记忆力也逐渐衰退，我不能不着急。我总想好好地利用这有限的时间，多写作品。我有点害怕那些一手拿框框、一手捏棍子到处找毛病的人，固然我不会看见棍子就缩回头，但是棍子挨多了，脑筋会给震坏的。碰上了他们，麻烦就多了。我不是在开玩笑。在我们新社会里也有这样的一种人，人数很少，你平日看不见他们，也不知道他们在什么地方，但是你一开口，一拿笔，他们就出现了。他们喜欢制造简单的框框，也满足于自己制造出来的这些框框，更愿意把人们都套在他们的框框里头。倘使有人不肯钻进他们的框框里去，倘使别人的花园里多开了几种花，窗前树上多有几声不同的鸟叫，倘使他们听见新鲜的歌声，看到没有见惯的文章，他们会怒火上升，高举棍棒,来一个迎头痛击。他们今天说这篇文章歪曲了某一种人的形象,明天又说那一位作者诬蔑了我们新社会的生活,好像我们伟大的祖国只属于他们极少数的人,没有他们的点头,谁也不能为社会主义建设事业服务。他们有一个时期非常轻视文学作品的作用,公开说“托尔斯泰没得用”;另一个时期又把文学作品抬得很高,要作家对读者们的一切行为负责。我还记得三年前有一位上海的大学生写信来说,他读了我的小说,后来犯了错误,受了批评,要我检讨。我并没有照办,因为这是他自己和他那个学校的事情。我三十年前写的小说,反封建,即使反得不对头,也不会在新社会里起那么大的作用,好像一本小说就会使整个人的精神面貌彻底改变,这是不公平的。要一个作家负担过多的责任,使人感到不写文章反而两肩轻松,不发表作品叫别人抓不到辫子,倒可以安安静静地过日子,这决不是好办法。我有位朋友去年在《上海文学》发表一篇短文,不久刊物就收到好些读者的来信,不用说,是迎头一顿棒打,有人甚至说作者别有用心的。事实上这位文教战线上的老英雄不过在文章里批评了一个女售货员,还附带批评了他的一个学生。他没有在文章里重复人们常说的话,因此引起了这一场风波。固然读者有权对任何一篇文章发表不同的意见,但是谁也不能乱打棍子,伤害别人。幸好这几年来编辑同志的胆子大多了,他们接到那些气势汹汹的来信,并不太紧张,也不要作家低头认错。我们不要以为拿框框捏棍子的人代表了舆论,其实占大多数的不写信的读者并不会同意他们。“他们人数虽少”,可是他们声势很大,寄稿制造舆论,他们会到处发表意见,到处寄信,到处抓到别人的辫子,给别人戴帽子,然后乱打棍子,把有些作者整得提心吊胆,失掉了雄心壮志。

谁又不怕挨整呢?谁又愿意因为一篇文章招来一顿痛击呢?许多人只好小心翼翼,不论说话作文,都不敢稍露锋芒,宁愿多说别人说过若干遍的话,而且尽可能说得全面,即使谈一个小问题,也要加上大段的头尾,要面面俱到,叫人抓不到辫子,不管文章有没有作用,只求平平安安地过关。前不久我们好些人谈起现在的文风,都觉得现在的文风跟我们伟大祖国的面貌和当前的国内形势都不相称。“双百”方针已经发表好几年了,也取得了很大的成绩。可是怎么还有那许多框框?为什么我们许多优秀作家还不能通过创作实践把文学艺术的百花园装饰得花红似锦呢?为什么在我们的报刊上许多人喜欢重复用着同样的词汇和字句?我想起了一件事情,有一位外国朋友到中国作客,他在广州、北京、上海、杭州等等大城市进行了访问,他后来对人讲起他在每一个城市都受到热情地(的)招待。我们的友情使他十分感动。但是他奇怪的是在不同的宴会上,他从不同的主人口里听到差不多相同的谈话。为什么我们文学艺术的百花园中还不见红花似海、百鸟朝凤?为什么我们的报刊上许多人喜欢重复用着同样的词汇和字句?全国人民思想的一致是我们可以引以为骄傲的事情,但词汇的相同就不值得夸耀了。要是许多人都用“众所周知”的同样词汇写文章,那才是人力物力的浪费。我们的语言文字也决不贫乏，我们作家的头脑也并不简单。我们的队伍中间也不见得有多少懒汉，为什么大家都习惯于使用那些“众所周知”的同样词汇，不肯多动脑筋想出别人未用过的适当的字句，创造不同的形象，从不同的角度和不同的感受来解释、来阐明一个真理，同一个思想，同一个原则，来描绘、来反映、来歌颂同一个伟大的时代呢？显然我们前进的道路还有障碍，障碍不止一种，我刚才讲过的那些不知从哪里来的框框和棍子，和那些但求无过的怕挨整的顾虑就是最大的障碍。

我一再提到顾虑，并非在这里信口开河。在公开的集会上，虽然很少听见讲起个人的顾虑，但是我和一些作家私下谈起来，我们都认为这种顾虑的存在正阻碍着创作的繁荣。我们私下也会批评某一位作者胆子小，顾虑多。其实我们中间谁又能说自己胆大呢？今天再没有人说《洞箫横吹》是一部坏电影，《布谷鸟又叫了》是一个坏的剧本了。可是当棍棒齐下的时候，有哪几位作家站出来讲几句冷静的话、发表一篇合乎实际的意见？我们现在有的是“事后诸葛亮”。然而我们国家需要的却是坚持真理、热爱祖国的文艺战士，都是像爱护自己眼珠一样爱护祖国社会主义建设事业的文艺工作者。可是有些真假每个人都知道，真理和科学始终明如白昼。当浮夸盛行的时候，许多头脑清醒的人，也闭上眼睛，隐瞒真实，我们文艺工作者并不例外，不少的人热心用艺术武器为浮夸推波助澜。要是当时大家站出来讲真话，我们国家的损失便可以减少许多。我不是在这里批评别人，我自己就应当接受批评，因为我也写过文章替“浮夸”宣传。然而我们国家需要的却是坚持真理、热爱祖国的文艺战士，却是像爱护自己眼珠一样来爱护祖国社会主义建设事业的文艺工作者。今天我更加深切地感觉到坚持真理、热爱祖国的勇气是非常可贵的。做一个新中国的作家就需要这样的勇气，有了这样的勇气才能够做到全心全意为人民服务。无论如何，我们要顶住那些大大小小的框框和各种各样的棍子。做一个作家必须有充分的勇气和责任心。只要作家们有决心对人民负责，有勇气坚持真理，那么一切的框框和棍子都起不了作用，而且会逐渐销声匿迹。本来嘛，在我们的光辉灿烂的新社会里，它们早就应该销声匿迹了。

说到这里，我还应该加一个说明：我在上面提到的并不是批评家。对于批评家我是怀着很大的敬意的。我们的确有不少很优秀的批评家。但是不必讳言，我们也有一些专门看风向、摸“行情”的“批评家”，对于他们，我要提出一个小小的要求：希望他们能够以平等的态度对待作家，好的批评家是作家的朋友，并不是作家的上级。可是我们有些“批评家”写文章，不管说好说坏，总是把自己放在居高临下的地位，不用道理说服人，单凭一时“行情”或者个人好恶来论断，捧起来可以说得天上有地下无，骂起来什么帽子都给人戴上，好像离了捧和骂就写不成批评文章似的。我只知道真理越辩越明，却未听说真理越骂越显。谩骂决不是批评，盛气凌人更解决不了问题。要繁荣创作，首先需要作家们辛勤的劳动和不懈的努力。有人以为只要批评家笔下留情，多讲好话，就可以促成创作的繁荣。这种想法未免太天真了。据我看，只有在作家和批评家互相学习，彼此帮助，互相尊重，携手并进，共同为社会主义文艺事业奋斗的紧密团结的局面下，才会有万花吐艳、百鸟鸣春的盛况。

这样的盛况是一定会出现的。而且在不久的将来，我们就会以无限兴奋、无比欢快的心情来迎接创作繁荣的高潮。文学艺术的春天已经来了！

同志们，我们在这里举行隆重的大会，会场外面一片大好的春光。我们不会忘记二十年前就在春光明媚的五月，毛主席发表了《在延安文艺座谈会上的讲话》，毛主席这本天才的著作，任何时候都是我们的指路明灯，它使我们永远紧密地团结在一起。六年前我在中国作家协会理事会扩大会议上说过："做一个今天的中国作家是莫大的幸福。"去年四月我在东京对华侨同胞又说："今天做一个中国人是值得骄傲的事。"我在这里重述这两句话，我现在还十分激动。像我这样在旧中国生活了四十几年，在旧社会里写作了二十多年的人，多么深切地了解这两句话的意义。我的写作道路上并不是铺满鲜花的。过去很少有阳光照亮我的书桌，在我的窗前永远是黑暗的寒夜。整整二十年中间，我和我的读者一起追求，一道挣扎，一同受苦；我和我的主人公一同经历那些悲惨屈辱的生活。我亲眼看见反动的官僚恶霸骑在人民头上，欺压剥削、无所不为；好人受苦、坏人得志；我亲眼看见帝国主义者在中国土地上横行霸道、无恶不作。有一个时期我像一个无家的孤儿，到处遭受白眼，在国外听见人用轻蔑的声调在我背后叫"中国人"或"支那人"，我常常红脸；在我们自己的国家里，就是在上海的马路上见到外国巡捕和大兵或者喝醉了的外国水手，我也抬不起头来。那些时候，我心里有多少恨，多少痛苦，多少愿望！我多么希望祖国母亲的一双手来抚摩我心上的创伤。可是当时的中国像一个患病垂危的老妇人，她自顾不暇，只好让自己的孩子受人欺凌。在那些时候，我空有满腔的热情，我写了一大堆病史，却开不出一张药方。我在黑暗和灾难的重重包围中冲来冲去，却始终找不到我所追求的光明，我苦了自己，也苦了读者，写作对于我成了苦役，可是丢开它，我更感到空虚。我读到《在延安文艺座谈会上的讲话》比较迟，我不能说我读了一遍、两遍，就完全理解《讲话》的意义，可是我那停滞的心灵已经震动了。以后我一次、两次……反复地思索那些浅显易懂的文字中所包含的光辉的思想，我不知不觉地冲出了重围，终于看到了广阔的大路，光明就在前面！我甩开了过去压在我身上的石头，我赶走了那些忧郁的思想，我好像从泥淖中自拔出来一样，感到一身轻快。我拿着这本照彻心灵的小书，回顾我后面那条长长的弯曲的路，我开始有一种恍然大悟的感觉。"到群众中去！""到火热的斗争中去！"这么响亮的声音使我的头脑清醒了。

在我的眼前发生了惊天动地的变化，中国人民站起来了。在这个遍地创伤的东亚古国中，一个崭新的毛泽东时代开始了，时代变了，环境变了，黑暗和痛苦永远消失了。

我的读者不再是给压在三座大山下面憔悴呻吟、艰苦挣扎的人民了,他们意气昂扬,满心欢畅,做了自己命运的主人,用移山填海的力量,在一穷二白的中国广大地面上绘出了美丽的图画,而且对世界和平和人类进步的事业作出了巨大的贡献,受到全世界人民的尊敬。这些新中国、新社会的建设者亲切地、热情地向我伸出手来……

我怎么能不记住《在延安文艺座谈会上的讲话》中指出的光明大道,又兴奋、又感激地奔到他们那里去?我怎么能不丢开过去写惯痛苦的秃笔跟他们一起为新中国的大厦添一片瓦、砌一块砖?他们,我的读者,也是我的教师,我过去一心一意想为他们写作,可是我的作品对他们毫无益处,我跟他们离得多远!今天我终于到了他们眼前,同他们在一起,了解他们,学习他们。现在不是作家同读者,同主人公一起在灾难的地狱里受苦刑,而是主人公和读者带着作家向光明飞奔。

"为人民服务"、"向人民学习"、"到群众中去"、"和群众结合"、"人民生活是一切文学艺术的取之不尽,用之不竭的唯一的源泉"……这些简单的句子中间包含着多少发光的真理。我究竟了解多少,自己也说不上来。我仿佛进了宝山,走得越远,实践越多,越感觉到宝藏丰富。时间有限,我不在这里谈我在朝鲜中国人民志愿军部队中的生活同感受了,对我来说,这只是一个幸福的开端。但是我越来越明显地认识了这个真理:只有在作家和人民站在一起,为共同的事业和共同的目标努力的时候,只有在作家和人民同感情、共呼吸,共同为伟大祖国的命运奋斗的时候,文学作品才能成为"战斗的武器"和"教育的工具",也只有在作品真正起了"战斗武器"和"教育工具"的作用的时候,作家才算是表现了他的勇气,尽了他的责任。那时候,什么框框,什么棍子都不在话下了。

同志们,我们的大会正在团结的气氛中进行。毛主席文艺思想的光辉照亮了整个会场,也照亮了我们每个人的心。会场外面,风和日暖,百花争妍,到处热浪滚滚,生气蓬勃。全国人民,全上海人民正在用紧张的劳动迎接一九六二年的春天,献出自己的全副精力和全部智慧,要把我们美丽的祖国建设得更加美丽。我们的祖国在前进,上海在前进,任何大大小小的困难都挡不住巨人的雄伟步伐。我们的大会在这个时候召开,它是团结的大会,也是前进的大会。团结是为了前进,前进就是要繁荣创作。为了团结,我们应当在会上畅所欲言,以诚相见,让心与心接触,使大家团结成一个人;为了前进,我们必须丢开一切的顾虑,抱定为人民立功的决心,精力充沛,热情横溢,有几分热发几分热,有多少光放多少光。让我们整个上海文艺界团结得像一个牢固的整体,心连心,手携手,奋勇前进。我们不能辜负我们伟大的时代,我们更不能辜负党和人民对我们的殷切的期望。我们一定要使上海文学艺术的百花园中出现一个无限美好的春天。

——原载《上海文学》1962 年 5 月号

朱 寨

关于历史剧问题的争论

关于历史剧的问题，报刊上早就不断有文章在谈论了。而提出了“什么叫历史剧”的问题并且使这个问题引起了社会上的注意，成为话题，却是由于吴晗同志的谈历史剧的文章以及后来李希凡同志和吴晗同志的争论。

今年六月号的《戏剧报》上同时发表了吴晗同志和李希凡同志的文章以后，争论暂告停息。虽然在争论的过程中双方都发表了一些可取的意见，而且双方分歧之点的展开，有助于问题的进一步的深入，但是在有关历史剧的某些基本问题上的分歧还是未能统一。一方说“历史剧是艺术，不是历史”；一方说“历史剧是艺术，也是历史”。而在说明这样两个不同的论点的时候，双方又涉及了一些问题。其中有些问题也还没有得到明确的回答。这样，关于历史剧问题的争论就似乎显得有一些混乱。

历史剧是艺术，还是历史？这本来似乎不应该是一个有争论的问题。当人们谈到历史剧的时候，都是不言而喻地把它作为文学艺术的一个品种、戏剧的一个品种来谈的。吴晗同志在最初的一篇文章《谈历史剧》(《春天集》)里，提出“人物、事实都是虚构的，绝对不能算历史剧”，这本来是正确的。但后来他却达到了这样的结论：“历史剧是艺术，也是历史”。并且对“历史剧是艺术，不是历史”的意见提出了这样的反问：

> 那么要问一个问题：历史剧是艺术，不错；但不是历史，又是什么？既然不是历史，那又为什么要叫历史剧呢？(《历史剧是艺术，也是历史》，《戏剧报》一九六二年第六期)

这个问题是容易回答的：不是历史，是历史剧。不是历史，又为什么叫历史剧呢？因为它有别于其他品种的戏剧，它是以历史上实有的人物和事件为它的主要人物和主要情节的戏剧。其实在这同一篇文章里，吴晗同志就这样讲到了历史和文艺作品的区别，而这正好是反对了他自己的历史剧“也是历史”的结论的：

> 很清楚,历史是纪录阶级斗争的科学。也纪录生产斗争,人与自然的斗争。围绕着生产与阶级斗争,纪(记)录人与事的,就是历史。这里边不许可有虚构、夸张,要实事求是……假若把实事求是的历史科学和有虚构成分的文艺作品等同起来,使观众把虚构的东西当成人类曾经经历过的、曾经存在的历史实际,这对当前的学术、文化,对提高人民的知识水平,不会带来任何好处,而只能带来有害的后果。

历史剧既然是文艺作品,历史既然是科学;文艺作品可以有虚构成分,历史科学不许可虚构、夸张,怎样又能够把历史剧说成“也是历史”呢?诚然,在文学史上是有过既是文艺作品又是历史这样的著作的,比如《史记》里面的许多人物传记。然而古今中外的文学里面,却从来没有听说有过既是文艺作品又是历史的戏剧。这是因为人物传记既可以如实地纪录人和事,不加上情节上的虚构,又可以描写得人物的性格突出,故事生动,而完全没有情节上的虚构、夸张和集中,却无法构成一个剧情比较复杂而又完整的戏剧。由于在历史剧的问题上混淆了科学和艺术的界限,吴晗同志在这篇文章里还说:

> 更进一步,如果从一部中国通史中选择每个时代的一两个重大事件,写成一两部戏,那么观众看了,知识就增加了,等于学了一部中国通史。

我们并不否认历史剧客观上可以传播一些历史知识,如吴晗同志所说;但历史剧无论如何不能代替历史,正像历史不能代替历史剧一样。即使编出了吴晗同志所想象的那样一些历史剧,也是不可能代替中国通史的。在这一点上,李希凡、王子野等同志不赞成吴晗同志的意见,坚持历史剧是艺术,不是历史,显然是正确的。

明确了历史剧究竟是属于艺术范畴还是属于历史范畴,还并不等于明确了什么是历史剧。正如明确了小说、散文、诗歌……一切艺术种类都是属于艺术范畴,并不等于明确了小说、散文、诗歌……这些不同的艺术的特点和彼此之间的区别。什么是历史剧的问题,正是从它有什么特点、从它和其它戏剧有什么区别的意义上提出来的,这也正是在历史剧的问题的讨论中和历史剧的创作中应该探讨的实际问题。李希凡和王子野同志虽然正确地回答了上一个问题,“历史剧是艺术,不是历史”,但对后一个问题“什么是历史剧”的回答是不是正确,就值得研究了。

李希凡、王子野等同志对于“什么是历史剧”这一问题的回答都是只强调历史剧和一般文艺作品一般戏剧的共同之处,却相当忽视历史剧的特点,忽视历史剧和一般文艺作品一般戏剧的区别。他们引了亚里士多德、狄得罗、莱辛、黑格尔等许多人的话,其实那些话许多是在讲一般文艺作品一般戏剧的问题,其中有些话讲到了历史剧也是在讲历史剧的一般问题或其他问题,并不是在论述或探讨历史剧的特点是什么,因此那些名人的话也并不能解决我们现在的争论。任何事物和它所隶属的同一种类的事物都是有共同之处的,忽视这种共性固然不对;但它除了共性而外,还有它的个性和特性。如果说吴晗同志在有些论点中对历史剧作为文艺作品戏剧作品的共性重视不够,李希凡、王子野等同志却是对历史剧的个性和特性认识不足。

李希凡同志说:

> 在历史剧的创作中,是必须忠实于历史生活的,但不能把这条忠实的线,划在忠实于一切历史事实、细节的基础上,而是忠实于历史生活、历史精神的本质真实。它对历史事实的忠实,也只能是特定历史事件重大关节的史实,而不是一切史实和细节。(《"史实"和"虚构"》,《戏剧报》一九六二年第二期)

不能要求历史剧忠实于一切历史事实和细节,这是正确的。但是不是只是"忠实于历史生活、历史精神的本质真实",就可以算作历史剧呢?所有过去的杰出的戏剧和小说,包括我国的《窦娥冤》、《西厢记》、《牡丹亭》、《儒林外史》、《红楼梦》、《聊斋志异》等等在内,它们都是忠实于或者基本上忠实于历史生活、历史精神的本质真实的,难道它们都是或者基本上都是历史剧和历史小说吗?这样的说明显然一点也没有概括出历史剧的特点。再加上"它对历史事实的忠实,也只能是特定历史事件重大关节的史实",也还是不够。《水浒传》的最基本的故事符合《宋史》上的关于以宋江为首的农民起义军的记载,《西游记》写唐僧取经也是实有其人其事,这大概可以算作是不但忠实于"历史生活、历史精神的本质真实",而且也忠实于"特定历史事件重大关节的史实"吧,然而从来没有听说过人们称这两部巨著为历史小说。我看这是有道理的。这是因为在这两部小说里,大量的人物和情节,包括一些主要人物和主要情节都是出于虚构、于史无征(证)的缘故。

由于对历史剧的特点认识不足,李希凡同志坚持要把《杨门女将》等"人物没有根据,事实没有根据"的戏一律算作历史剧。其实在这个问题上,吴晗同志的意见是并没有什么不对的。李希凡同志在《"史实"与"虚构"》一文中说:

> 我还以为,在不违反历史生活、历史精神的本质真实的准则下,写戏应该有艺术虚构、艺术创造的广阔的天地……譬如中国评剧院的《钟离剑》,也以勾践兴国复仇的故事作为背景,但它的情节内容却和《胆剑篇》完全不同,它只在尝胆破吴的重大历史关节上来自史实,而主要的情节却是沿着虚构的人物钟离祖孙铸剑、被掠的故事在发展。勾践谒宗庙、救素女、命钟离铸剑、夜访天目山、钟离被掠去吴坚贞不屈,都完全是虚构的故事、虚构的情节,只是在最后才汇入勾践破吴的重大历史关节。戏是写得很好的,有动人的情节,尖锐的冲突,鲜明的性格。这个戏究竟算不算历史剧,自然还可以商讨,但是,这样一条创作道路,却是别开生面的。这个戏虽然不符

> 合“无一字无来历，无一事无出处”的要求，而在反映勾践兴国复仇的历史生活、历史精神方面，又没有什么不真实之处，像在《胆剑篇》一样，越国君民卧薪尝胆、同仇敌忾的精神，在这出戏里，也得到了生动的、真实的反映，它的情节和人物的虚构，都贯串着、体现着这种精神。

一般的戏，一般的写过去生活的戏，当然在艺术虚构、艺术创造上可以完全自由；但历史剧，它的虚构和创造的“广阔的天地”却不能不有一定的限制。自由到《钟离剑》那样，我看是不能称为历史剧的。李希凡同志在这里也不能不说了一句迟疑的话：“这个戏究竟算不算历史剧，自然还可以商讨。”但按照他对于历史剧的看法，这似乎是用不着迟疑的。这个戏不是不但在“历史生活、历史精神方面”“没有什么不真实之处”，而且“在尝胆破吴的重大历史关节上来自史实”吗？从这个李希凡同志自己举的例子，也可以反过来说明了他的关于历史剧的理论的不妥当：仅仅是“忠实于历史生活、历史精神的本质真实”，即使是再加上忠实于“特定历史事件重大关节的史实”，都还是不能构成真正的历史剧的。历史剧的特点应该是它的主要人物主要情节都有历史事实的根据，而不仅仅是和某一历史事件的重大关节或多或少有一些关系。

王子野同志在《历史剧是艺术，不是历史》中更进一步地提出：

> 历史无非是过去的生活，历史剧同历史的关系据我看来应当是艺术与生活的关系。（《戏剧报》一九六二年第五期，黑点为引者所加）

“历史无非是过去的生活”，那么逻辑的结论自然是：历史剧不过是写过去生活的戏了。那么还有什么过去的戏不是写过去的生活呢？难道它们都是历史剧吗？就是今天的戏，现代题材的戏，在将来的读者和观众看来，它们也都是写的过去的生活。那么它们到了那时，也都将成为历史剧了。那么世界上还有什么不是历史剧的戏呢？应该说明，王子野同志除了“历史无非是过去的生活”这样的界说而外，对于历史剧也还提出过这样一点限制：

> 写历史剧故事情节可以不受真实历史的约束，但是历史人物的性格却不得不照顾历史人物的本来面目，可以有修改，有夸张，有突出，但是不得相矛盾。

他说，他这是根据英国戏剧批评家约翰·德莱登的意见。但难道写历史剧故事情节真是可以完全不受真实历史的约束，只要历史人物的性格不违反他的本来面目就行了吗？而且就他所举的例子来说，王子野同志只是要求不要把聪明多智的诸葛亮写成愚笨鲁莽的典型，不要把清廉正直的包公写成昏庸贪污的典型，这样就不但历史剧的故事情节可以完全虚构，而且人物也可以颇为自由地塑造，并不一定要求真正要符合历史人物的本来面貌了。历史上的聪明多智的人和清廉正直的人是相当多的，难道他们的性格都是一样吗？

李希凡同志和王子野同志都是把历史剧和现代题材的剧相对待，都是把历史剧理解为反映过去生活的戏。李希凡同志在《“历史知识”及其他》中说：

> 所谓“历史剧”，就是反映历史生活的戏，所谓“现代剧”，就是反映现代生活的戏。

而且紧接着他好像颇为雄辩地问道：

> 为什么反映现代生活的戏，就可以不根据真人真事来进行创作，而历史剧却反而不能呢？难道封建时代的英雄们，比之创造了社会主义国家的无产阶级的英雄们，还有什么特殊的优越性吗？（《戏剧报》一九六二年第六期）

这个问题也是容易回答的：因为反映现代生活的戏是一个更广泛的范畴，它可以用真人真事为它的主要人物主要情节，但在更大的数量上它却是人物和情节都完全出于剧作家的虚构；而历史剧却是一个有它的特点的较为狭窄的范畴，它除了必须具有一般文艺作品一般戏剧的共性而外，还必须以历史上实有的人物和事件为它的主要人物主要情节。这里并不是历史上的人物有什么“特殊的优越性”，而是历史剧的特点规定了它不能人物和事件完全出于虚构。因此，简单地把历史剧和现代题材的剧相对待，以为它们的区别仅仅是所反映的生活的时间上的区别，那是并不妥当的。就是反映现代生活的戏，如果是以真人真事为题材，它的主要人物主要情节也应该基本符合事实，也是不能无限制地虚构的。

王子野同志在《历史剧是艺术，不是历史》中说“争论问题首先要把概念弄明确”。这个问题提得很重要。历史这个词，在我们的语言文字中是有不同的用法，不同的含义的。比如我们可以举出两种不同的用法和含义来：一种是指由过去实际发生过的事实所构成的历史，而且主要还是见之于文字记载的历史；一种却是泛指过去的生活，如我们说《红旗谱》、《红日》、《青春之歌》是反映革命历史斗争的小说，等等。我们平常所说的历史剧、历史小说，其中的历史一词正是用的前一种概念，而不是用的后一种概念。所以我们虽然可以说《红旗谱》、《红日》、《青春之歌》等是反映革命历史斗争的小说，却不能说它们是历史小说。李希凡、王子野等同志恐怕正是在这里发生了概念上的混乱。他们把历史一词本来有的不大相同的含义混淆了起来，结果就抹杀了历史剧和人物情节都是出自虚构的一般描写过去生活的戏剧之间的区别，就会达到吴晗同志所反对的看法“凡古装戏都是历史剧”，结果也就是否定了历史剧的特点，取消了真正的历史剧。

在这个问题上，吴晗同志倒是曾发表过正确的意见的。他不止一次地说过历史剧的主要人物、主要情节和时代背景必须有历史根据。同时他也承认，次要人物、次要事情和细节可以改动或虚构。然而在这个问题上,他有时又有一些不同的说法,有些互相矛盾的说法。李希凡同志就常常抓他的文章中的这样两条小辫子:“人物、事实都要有根据”;“作到无一字无来历,无一事无出处”。前一句话是吴晗同志在最初的一篇引起争论的文章《谈历史剧》中说过的。那的确讲得不科学。他这句话没有说清楚是指主要的人物、事实还是指所有的人物、事实。他说“人物、事实都是虚构的,绝对不能算历史剧”,这是对的。但不能反过来说:所有的人物、事实都要有历史根据,才能算历史剧。不过在这同一篇文章中,他又说,“历史剧的剧作家在不违反时代的真实性原则下,不去写这个时代所不可能发生的事情,而写的是这个历史人物所处的时代完全可能发生的事情,在这个原则下,剧作家有充分虚构的自由”。这又和“人物、事实都要有根据”这句话矛盾了。或许他在这里的本意也并不是要求所有的人物、事实都要有根据,只是用语不科学而已。至于“作到无一字无来历,无一事无出处”,这句话见于他的《谈武则天》一文中。那不过是他对于郭沫若同志的剧作的有些夸张(大)其词的话,并不是他对于所有的历史剧的要求。把这句话作为他对于历史剧的主张来批评,而且抹杀了他在别的文章中多次正面提出来的意见,历史剧的主要人物、主要情节和时代背景要有根据,次要人物、次要情节和细节可以改动或虚构,这是不符合实事求是的精神的。

吴晗同志在《历史剧是艺术,也是历史》中还有这样一个说法:

> 当然,也有这种情况,作者在进行了大量的历史资料研究以后,根据历史实际来虚构特定时期所可能发生的事情,尽管剧中人物和故事情节都是虚构的,但是,在历史上却确实存在过的,是从历史实际中概括出来的典型。这当然可以,不但可以,而且很好。但是,这样创作出来的艺术品,到底还是离不开历史;确是艺术,但也是历史。

他没有明确地说这样的作品究竟算不算历史剧。如果算作历史剧,这就和他说过的“人物、事实都是虚构的,绝对不算历史剧”大为矛盾了。如果不算作历史剧,但把它说成“也是历史”,也就和他说过的历史是一种科学抵触得太厉害了。世界上哪有人物和事件都完全出于虚构的历史呢?吴晗同志还在《历史剧是艺术,也是历史》中肯定田汉同志的《关汉卿》是“好历史剧”。其实《关汉卿》一剧中只有几个人是真的,其中绝大部分情节、包括绝大部分主要情节都出于虚构。只能说它是一个好剧,恐怕不能说它是一个好历史剧。这个例子也可以说明吴晗同志对历史剧的看法有时是有些矛盾的。

李希凡和王子野同志忽视历史剧的特点,反对写历史剧要受到必要的历史事实的约束,还有一个理由,就是他们都过分地强调了虚构。李希凡同志说:

> 艺术的虚构,在任何品种的艺术里,都是它区别其它科学意识形态的

特征，可以说没有虚构也就没有艺术。这个特征也绝不能由于历史剧而废除。(《“史实”和“虚构”》，黑点为引者所加)

王子野同志也说：

真人真事可不可以写书？当然可以写。照写真人真事可以写成一部好的传记，一部好的回忆录，一部有价值的历史记载，但不是艺术作品。艺术作品必须有想象，有虚构，所以高尔基说得好，没有想象就没有艺术。(《历史剧是艺术，不是历史》)

我并不否认写历史剧必须有虚构。我在前面说过，完全没有情节上的虚构、夸张和集中，无法构成一个剧情比较复杂而又完整的戏剧。历史人物历史事件的记载常常是比较简略的，就是最详细的历史记载也无法满足一个戏剧的全部要求。但历史剧必须有虚构并不等于它就可以不受必要的历史事实的约束。而且李希凡、王子野同志在这里把虚构强调到这样的程度，“没有虚构就没有艺术”，按照真人真事写的传记和回忆录就不可能成为艺术作品，这就在理论上也有问题了。

高尔基说没有想象就没有艺术，是正确的。形象思维和想象是分不开的。不仅艺术的虚构必须借助艺术的想象，就是真人真事的艺术写照也必须有艺术的想象。文学中的比喻、联想，更是想象的直接体现，也是必不可缺的。但我们并不能把想象和虚构等同起来(虽然虚构离不开想象)。虚构并不是一切艺术创作中都是必须有的，并不是“没有虚构也就没有艺术”。例如历来为大家所承认、现在也不能把它从艺术中开除出去的传记文学，就是可以没有虚构的。近年来我国文学创作中涌现出来的大批革命回忆录中的优秀作品，也不能把它们通通排除在文学创作之外。高尔基写的关于列宁、托尔斯泰、契诃夫等人的回忆录都是写的真人真事，更是公认为属于最好的文学作品之列。文学中的特写这种形式，也是真人真事的写照。高尔基很重视这种文学形式，他曾说：“批评家总是认为特写是一种低级的文学形式，一般地说，这是不正确的、不公平的。”他曾热情地赞扬苏联在三十年代出现的写特写的热潮。他自己在这时期写了《苏联游记》这本特写或报告文学的集子。不仅写真人真事的传记、回忆录和特写可以成为一些艺术品种，就是在另外的艺术品种中，如有些散文、短诗的内容也可以是生活中的真人真事，真情实感。它们不但没有因此而消失了它们“区别其它科学意识形态的特征”，而成为“不是艺术作品”，而且有些已经成为艺术的珍品，像鲁迅先生的《藤野先生》、《范爱农》、《为了忘却的纪(记)念》等等。既然上述那些文学的品种并没有因为写了真人真事而不成其为文艺作品，历史剧要求主要人物主要情节有历史事实的根据，也就不至于如李希凡同志所担心的，会破坏什么艺术规律了。历史剧作为艺术里的一个品种，它的创作应该有虚构。但它的虚构是有一定限度的。这正是它的特点，正是它不同于其它艺术品种的特点。

不能用臆造的“没有虚构也就没有艺术”的规律来否认历史剧的存在，来取消历史剧的特征。

鲁迅先生在《故事新编》序言中说过这样一段话：

> 对于历史小说，则以为博考文献，言必有据者，纵使有人讥为“教授小说”，其实是很难组织之作，至于只取一点因由，随意点染，铺成一篇，倒无需怎样的手腕……

这是他的经验之谈。对历史剧的创作同样是适用的，对于今天我们讨论的问题更有意义。王子野同志说，“历史是过去了的生活，作家不可能直接去经历，所以不得不更多地借助于历史资料，历史记载，间接的材料是创作的主要来源”。李希凡同志也说，“不可能根据‘现时的生活体验’去‘创造历史事实’”。那么强调历史剧作者应该深入钻研历史资料，“博采遗闻”，“博考文献”，严肃地对待历史事实，不是像强调作家应该认真严肃地深入生活的道理一样吗？真正有志涉足于这个创作领域的（应该承认像鲁迅先生所说的，这是一个相当困难的领域），我想是应该具有作艰苦跋涉的决心的。这样的要求不会限制剧作家的艺术虚构的充分发挥，因为除了历史剧这个有限度的领域以外，剧作家另外还有广阔的天地。

关于什么叫作历史剧，它究竟有什么特点，它是否要受到一定的历史事实的约束，它受到的约束的程度是怎样的，是否和一般文艺作品一般戏剧一样只要符合一般的历史真实、艺术真实①就够了，还是要在主要人物主要情节上符合历史事实的真实，这不仅是一个学术问题，而且对于我们今天的创作实践是有实际的意义的。如果过分地强调人物、事实要有历史根据，要求它既是艺术，又是历史，否认和忽视必要的虚构，这对于历史剧创作的发展是不利的。同样，如果过分地强调人物、事实的虚构，否认和忽视必要的历史事实的根据，以至否定历史剧之所以成为历史剧的特点，也是不利于真正的好的历史剧的产生的。我对于历史剧的问题，对于过去的历史剧，平时都并无研究。只是最近读了有关这个问题的争论的文章，有一些粗浅的意见想提出来，参加争鸣而已。我国是有比较长的历史剧传统的。对这些传统加以研究，也会有助于我们理解历史剧的特点。我想，古人写那些我们今天称为历史剧的作品的时候，是不会预先规定了历史剧的特点是什么，然后按照这种规定来下笔的。然而在历史剧、历史小说形成了一个比较长的传统以后，虽然这些作品在符合历史事实的程度上有许多差异，却总还是有一些共同之点可以概括出来。因此我们今天写历史剧就和古人有些不同，我们是应该更自觉地努力符合历史剧的特点的

---

① 我们平常所说的“历史真实”一语是指历史本质的真实，并不是指历史事实的真实，所以它和艺术真实本来就是并不矛盾的。

（当然，在符合历史事实的程度上也仍然会有而且应该容许有许多差异）。所以，吴晗同志说，“旧历史剧和新历史剧应该区别对待，不能拿今天的要求去要求旧历史剧”，“对旧历史剧应该从宽，对新历史剧则应该要求更高一些”（《历史剧是艺术，也是历史》），这是有道理的。然而“从宽”也不能宽到把根本不具备历史剧的特点和条件的戏也算作历史剧，“要求更高”也不能在必要的特点和条件之外再规定一些妨碍历史剧创作的清规戒律。《水浒传》、《西游记》的最基本的故事虽然有历史根据，然而到底因为它们的虚构成分太大了，我们并不承认它们是历史小说。《三国志演义》虽然如历来所说的七分史实三分虚构，然而到底因为它的主要人物主要情节都有历史根据，我们仍然可以叫它作历史小说。从这样的例子我们是可以看出一个界限来的。从我国有名的历史剧《赵氏孤儿》和《桃花扇》，也可以看出历史剧在符合历史事实的程度上和在虚构的程度上都是既有一定的要求而又有一定的限度的。仅仅限于仅有的《史记·赵世家》的根据，无法写出《赵氏孤儿》这样的历史剧。历史记载如果很简略（时代愈古，历史记载就常常愈简略），只能为历史剧的创作提供了一个基础和骨架；历史记载即使很详细，也只是为历史剧的创作提供了丰富的素材。不管前者或后者，都需要所谓“艺术的处理”，借助艺术构思来补充、丰富、集中、概括，变材料为艺术成品。通过剧作家的这种艺术处理，必然会改变原来人物和事件的某些细节和事实。特别是戏剧这种艺术形式不同于其它有些文学作品，作者可以用叙述、补述来联接不同时地的人物和事件，可以直接出面作出评价。剧作者不能直接指点评介（价）他的人物，一切都要通过人物自己的言语、行动和人物间的矛盾冲突直接体现出来。因此历史剧对原来的人物、事件的某些更动改变是必不可免的，在不改变人物的基本面貌和事件的基本事实的限度内，某些细节的改变是必须的。在这样的限度内，为了突出人物和事件的特点，某种情节上的艺术虚构，历史记载如果很简略，也是必须的。《桃花扇》是我国公认的历史剧的代表作。《桃花扇》作者自称剧中所描写的“朝政得失，文人聚散，皆确考时地，全无假借”。其实其中仍有不少更动和虚构的地方，正如顾彩在《桃花扇》序中所说：“然不必目为词史也。”《桃花扇》所写的主角之一侯朝宗，就和真人真事有一些出入。作者采用了“原其心而略其迹”的写法，没有写他中副榜、降清。这是由于作者对他抱有同情，侯朝宗的应考并非情愿，中副榜后又有种种悔恨的表示。其它细节的虚构就更多了。比如《哄丁》一出中，在老赞礼打阮大铖情节处眉批说：

赞礼挥拳乌有之事，借此以鸣公愤。

三十六出《逃难》中，杨龙友在慌乱中逃离南京，骑马走到大街上，忽然马惊不前，一看地上倒着两个死人。原来是被群众怒打在地的权奸马士英、阮大铖，还在呻吟。关于这段剧情，眉批说：

当日未必遇得恰好，不得不借此以暴其丑也。

《桃花扇》有这样一些虚构，并不因此而不能成为公认的成功的历史剧，而且从这里也可以看出一定的虚构的必要。根据《史记·赵世家》一段历史故事创作的历史剧《赵氏孤儿》，在不改变原来程婴舍己救人的基本事实下，把原来记载中用别人的儿子偷换出赵氏孤儿，改变为程婴用自己亲生儿子顶替了赵氏孤儿，这就更突出了程婴的舍己为人的行为，也就是当时剧作家认为的侠义行为。不允许这样的虚构，历史剧便真的是“历史”了。

至于什么样的细节的更改和虚构才是不违背历史人物和历史事件的基本面貌，因为每个历史人物、每个历史事件都有自己不同的具体情况和条件，谁也作不出详尽的具体规定，但是这个原则必须确定。否则，历史剧中的历史人物和事实被艺术家处理得面目全非，历史剧就失去了它作为历史剧的标志，因而也就不能称为历史剧。至于不同的剧作家对于同一历史人物、事件有不同的评价，因而在选材上各有所偏重，甚至各不相同，只要基本符合原来的事实，也是允许的。我们要求历史剧对历史人物和事件的处理应该符合基本的历史事实，具体说来，就像《赵氏孤儿》和《桃花扇》这两个例子所表示的。当然，并不是我们认为这就是标准的例子。在艺术创作上是没有标本的。

1962 年 9 月 24 日

——原载《文学评论》1962 年第 5 期

蔡　仪

文学艺术中的典型人物问题(节选)

一、典型问题在当前提出的意义

近几年来,我们的文艺批评,往往比以前更着重地提出典型人物作为一个主要的评价尺度。如论《红旗谱》的成就时,首先就举出朱老忠是典型;论《创业史》的成就时,也总要谈到梁生宝是个典型。反之,在论作品的缺点或失败时,也常常说是没有创造典型或主人公不是典型。特别是去年关于《金沙洲》和《达吉和她的父亲》两次热烈讨论中,认为它们是失败的作品的人,几乎都说它们没有创造典型;而认为它们成功的人,又往往主张它们的主人公是典型。两种意见虽然相反,却有一点是共同的,就是以典型人物作为主要的评价尺度。文艺批评中本来早就论过典型人物的创造问题,而如现在这样着重地提出它来作为一个主要尺度,以至于引起了热烈的争论,我以为这是和当前文艺发展的倾向有关的。

作为意识形态的文艺,在随着社会生活的变化和思想斗争的要求而发展的过程中,一定时期有它一定的主要矛盾和问题,文艺批评适应它的发展倾向,提出某种合乎规律的要求,有助于矛盾和问题的解决,有助于创作的发展。譬如说,全国解放后最初一个时期,我们的文艺批评曾以思想性和真实性作为重要的尺度。在批评文中也曾提到别的要求,包括典型人物的创造;但是主要是论作品中所体现的思想感情是否劳动人民的,是否无产阶级的,所描写的人民的生活和斗争是否真实的,这是社会主义文学的根本要求,也是当时文艺战线上的主要问题,电影《武训传》的批判,就可以说明这一点,虽然它的整个意义是远为广泛而深刻的。其后有一个时期,在要求思想性和真实性的基础上,又曾提出以新英雄人物的创造作为重要的尺度。在作品批评中往往着重地论它是否描写了新英雄人物,或者怎样歪曲了新英雄人物等。这是由革命的思想性和生活的真实性两者结合起来的进一步的要求,当时在这方面也有必须澄清的问题,如“由落后到转变”的公式的流行,也是一个显著的例子。在当前,革命的思想性和生活的真实性,创造新英雄人物形象,依然是我们文艺的根本要求或主要要求,也有尚未明确的问题;然而思想性和真实性如何结合文艺的特征更好地贯彻到创作中去,新英雄人物形象如何按照艺术的规律创造出来,是文艺创作必需(须)探索的,也是文艺批评必须探索的。现在文艺批评中提出典型人物作为一个重要尺度,可以认为正是这样的探索的一种表现。

可是在批评中具体运用典型人物这尺度的时候,就表现了批评者对典型理解的分歧。如去年在《羊城晚报》上同时发表两篇批评《金沙洲》的文章,一篇是黄冠芳的《生活的波涛永远向前》①,认为"作品比较细致地塑造了几种不同类型的人物典型";另一篇是华南师范学院中文系评论组的《略论金沙洲》,却认为"《金沙洲》的人物是不典型的,正面人物不典型,反面人物也不典型"。这就可以看出他们在文字上虽然都是说的典型,实际上各人的所谓典型不一样,以致结论是正相反的。为了使典型能够成为一种尺度,就应该明确它应有的意义。于是由具体作品的批评转到典型问题的讨论,这是适合时宜的,甚至是不能避免的。《羊城晚报》关于《金沙洲》的讨论,据编者按语说,"一开始,原想就《金沙洲》的思想性、艺术性进行探讨",但在探讨过程中,首先遇到的障碍之一是"对于典型概念理解的混乱"。因为"典型问题是文学艺术创作的中心问题,也是马克思主义美学的根本问题",所以需要很好的讨论。②《达吉和她的父亲》的讨论情况也是如此。在《四川日报》的一次座谈会的报导中说:文艺界对于《达吉和她的父亲》的讨论,"涉及〔到〕文艺作品如何表现典型环境中的典型性格,如何提高作品的思想性,如何创造新人物等具有普遍意义的问题";这次座谈会,就是"围绕小说进行具体分析探讨典型问题"③。这都说明典型问题的讨论是完全有必要的。

不过在批评和讨论中,除了个别文章着重论过典型环境之外,一般都是论的典型人物。在所论中表现的关于典型人物的问题,又有两种情况:一种情况,如把典型人物仅仅归结为阶级本质,完全忽视他的个性,或者根本不管作品中人物的具体环境和条件,徒以抽象的公式去规定他的性格等。这种看法,本来在理论上早已明白是错误的了;但是由于论者的修养或观点的不同,以致发生了理解上的问题。在这次讨论中更进一步弄清楚了,我们这里也就不再论及。另一种情况,却是理论上还没有完全明确的问题,或者说,没有得到公认的定论的问题。其中有的在讨论时提出了种种不同的意见,有的虽然没有争论实际上却是问题。这种问题,如果不设法求得适当解决,要使典型真能作为评价尺度来运用是很困难的。

---

① 《羊城晚报》1961 年 4 月 13 日。

② 《羊城晚报》1961 年 5 月 25 日和 7 月 20 日。

③ 《四川日报》1961 年 11 月 8 日。

首先,关于典型是什么的问题,在许多批评和讨论的文章中都概括地回答说:典型是共性和个性的统一,或普遍性和个别性的统一。① 这个说法本是早已有的,也是比较流行的。但是也早有人怀疑它是否能够完全说明典型。因为一般所谓典型,原是典型事物或典型形象的略语。既是典型事物或典型形象,就应该和一般事物或一般艺术形象不同。然而普遍性和个别性的统一,只是一般具体事物的普通情况,不能作为典型事物的特殊规定。如张三、李四或任何一个人,既有人的普遍性,又有他的个别性,都是普遍性和个别性的统一。于是典型就不能只是普遍性和个别性的统一了。如果认为典型就是普遍性和个别性的统一,和一般人物没有什么不同,那么文学要创造典型人物,就只要按照任何一个现实的人去忠实地描写他,写得和本人一模一样就可以了;然而事实上这是不可能创造艺术典型的。因此这个说法,既不能完全说明典型,还可能对文学的典型创造有不良的影响。

在典型问题的讨论中,还曾进一步就典型的普遍性提出不同的意见;主要是关于阶级社会的典型人物的普遍性和阶级性的关系,在《金沙洲》的讨论中,就有三种不同的意见:第一种意见认为典型的普遍性就是阶级性。如孙之龙的《典型是什么》一文中说:“我以为,典型是阶级性与个别性的辩证的统一。阶级性——这是普遍性。个性——这是特殊性。普遍性存在于特殊性之中,阶级性存在于个性之中。因此也(塞万提斯)所描写的吉诃德先生的种种具体的言语、行动、心理状态和生活习惯,如他的和理发师作战、和风车搏斗等,都是带有独特之点的个别的东西;而这些个别的东西,又是集中地表现他的单凭主观幻想去冒险从事他所谓光荣事业的精神,这是他作为典型的性格的基本之点,也就是他的普遍性。

① 在这次讨论中,多数人用以说明典型的是“共性和个性的统一”。但是“个性”一词,在社会科学的术语中有两种用法,含义不同。如在心理学、教育学和社会思想史上,所谓个性心理、个性培养、个性解放等,是指有个人特点的整个人的性格。这“个性”不是和“共性”相对并称的。在哲学上,和“共性”相对并称时,“个性”是指个别事物的独特的属性,“共性”是指它和同类事物共有的属性。也称为一般与个别,或普遍性与个别性。

个性一词的前一个用法,在文艺理论中也早已应用。特别是十九世纪的文艺理论和批评文中,对于人物的个性描写,是非常强调的。即如恩格斯在给明娜·考茨基的信中所说:“这两种环境底人物都有着你平素的精确的个性描写;每个人是典型,然而同时又完全是特定的个性,正如黑格尔老人所说的‘这一个’;这是应当如此的。”这里所说的“个性”,是如黑格尔所说的“这一个”的性格,是和“典型”同样地用来说明整个“个人”性格的,不是和“共性”对立地用来说明个人性格的不同因素的。

在文艺理论史上,关于人物性格创造的理论有一个发展的过程,自文艺复兴时期以来,有时有人提倡写人物要写出个人特点,有时有人提倡写人物要写出一类人的特点。经过十八世纪到十九世纪提倡写“个性”和提倡写“典型”的意见才先后流行。当时所谓“典型”指的是人物有普遍性也有个别性;而所谓“个性”指的是他有个别性也有普遍性。因此两者都同样指有普遍性和个别性两方面的个人性格,但是两者又显然各有不同的着重之点。“典型”着重指的是普遍性;“个性”着重指的是个别性。恩格斯那句话是把历史发展过程中两种分歧意见统一起来,说明文艺创作中描写得成功的某些人物,是典型同时也完全是特定的个性,典型和个性并不是完全对立不相容的。我们在这里,考虑历史的传统和恩格斯的意见,对于“个性”一词,就按照从来的用法,指有个人特点的整个的性格;而为了避免混淆,在说明典型的因素时,就用普遍性和个别性。

应该说明,所谓个别性和普遍性是事物在一定情况下它的属性的相对的关系,并没有什么绝对的区别。在某一情况下的个别性,在另一种情况下又是普遍性。然而在作品中所描写的具体的典型人物身上,他的个别性和普遍性是互相制约、互相规定的,是具体情况下的个别性和普遍性,是可以有,也应该有原则的区别。如阿Q在癞疮疤被人嘲笑时,他报复说"你还不配",因此他的癞疮疤倒仿佛是光荣的东西。我们说这里是阿Q的个别性,并不是认为惟独阿Q才有癞疮疤,也不是认为惟独阿Q在被嘲笑时才说"你还不配",而是认为在当时那种具体情况下的具体的说法和想法,整个说来,带有阿Q这个人的独特之点,是阿Q所特有的。至于阿Q的精神胜利法,我们说这是他的普遍性,也不是认为作为一个人物来说,只有精神胜利法才是他的普遍性,除此之外他就没有和别人共同的东西;而是认为作品所描写的种种具体的、带有独特之点的言语、行动、心理状态和生活习惯等,是集中地表现精神胜利法的,他的作为典型的性格的基本之点是精神胜利法,因此精神胜利法不能不是他的普遍性,而他的普遍性主要是精神胜利法。

而且艺术典型的个别性,固然是它的独特的属性,又总是和它反映现实的感性现象分不开的;同样,它的普遍性本是它和其他事物共有的属性,也总是和它表现现实的本质规律分不开的。因此如上所说,阿Q的个别性,是作品中所描写的他的种种具体的言语、行动、作风、气派等带有个人独特之点的东西,而吉诃德先生的个别性,同样是作品中所描写的他的带有个人特点的种种具体的感性现象的东西。由于艺术典型的个别性是和它反映现实的感性现象分不开的,所以无论阿Q也好,吉诃德先生也好,他们的个别性总给予我们非常鲜明生动的、甚至是突出的印象,使我们得到非常鲜明生动的、甚至是突出的感受。要之,他们的个别性是非常鲜明生动的、突出的。如阿Q在癞疮疤被人嘲笑时的别出心裁的报复的话,和他因此而觉得满意的心理状态;他被赵太爷打了耳光之后的欺骗自己的想法,和他因此而感到高兴的情形,就是鲜明突出异乎常人的。吉诃德先生的把风车当作巨人进行搏斗,把理发师当作魔法师的大事奋战,这样的个别性不是也很鲜明突出吗?

不仅如此,他们作为典型的性格的基本之点,又都是有普遍的社会意义的。也就是说,他们作为典型的普遍性,是一定现实生活的本质的反映。如阿Q的精神胜利法,是表现了现实中失败、只有以幻想上的胜利来自欺自慰的人生哲学。按鲁迅当时的想法,是试图要"写出一个现代的我们国人的灵魂"而创造这个典型的。"当《阿Q正传》最初一段一段发表的时候,有许多人都栗栗危惧,恐怕以后要骂到他的头上",由此可以看出他的精神胜利法是和一定社会生活的本质的反映不可分,而具有广阔的社会意义了。吉诃德先生的不顾现实情况,只凭主观幻想去冒险从事其所谓光荣事业的精神,也是很有普遍意义的,以至几百年后的今天,还有一些可以被指摘为吉诃德先生的人物。

而且他们的作为典型人物的这种普遍性,正是因为个别性非常鲜明、生动而突出才能得到充分的表现。譬如阿Q在被人打了耳光之后,设想这是被儿子打了,反而得意起来:这就恰好充分地表现了他的精神胜利法。同样,吉诃德先生甚至把风车当作巨人去搏斗,以致被风车卷起来,枪也折断了,人也摔得骨架子快要散了。也正是由于这样的个别性,才能显著地表现他的吉诃德精神。如果他们的个别性不是这样鲜明生动而突出,或者他们的普遍性不是这样有社会意义,都不可能使他们成为这样的典型人物。

自然,文学艺术中的许多典型人物,未必都达到阿Q和吉诃德先生一样的高度,他们的个别性未必都那么鲜明突出,他们的普遍性未必都那么有社会意义。但是他们既是典型人物,总有他们作为典型的基本特点,他们的个别性和普遍性及两者的统一关系,还是和一般人物形象不同。我们现在且来看"装在套子里的人"吧。

"装在套子里的人",大家都知道,是契诃夫的一个同名的短篇小说中的主人公,不是如长篇小说或中篇小说中那样,能够在许多场面中、从许多方面去充分描写他,这是短篇小说所不能做到的;而且作品的描写主人公,又不是以传奇的笔调来描写异常的事迹,而是以闲谈的口吻,写出他在日常生活中的言行。虽然如此,这个主人公也是公认的很有思想意义的典型人物。

试一分析他的所以是公认的典型,首先就可以看出他的个别性也是相当鲜明、生动、突出的。譬如说:"即使在晴朗的天气,他也穿上雨鞋,带着雨伞,而且一定穿着暖和的棉大衣。""他戴黑眼镜,穿上毛衫,用棉花堵上耳朵眼;他一坐上马车,总叫老车夫支起篷来。"这样的姿态、神情、行为、习惯等等,虽是日常生活中的状况,不是也相当突出吗?再如他看见同事柯瓦连科和妹妹华连卡骑着自行车出游(华连卡正是他在试行恋爱的对象),他的脸色顿时由发青变得发白了,而且第二天就跑到柯瓦连科那里向他劝告说:"如果教师骑自行车,那还能希望学生做出什么好事来?他们所做的就只有倒过来用脑袋去走路了!既然政府还没有发出通告允许做这种事,那就做不得。""一位小姐或者一位姑娘,却骑自行车——这太可怕了!"这就可以看出他的个别性是怎样了吧。

"装在套子里的人"的所以是典型,也还在于他的普遍性有相当深刻的社会意义,而且正是由他的鲜明突出的个别性充分地表现出来的。他晴天也带着雨伞,温暖时节也穿棉大衣,坐上马车就要支起车篷,这些都是表现他害怕一切意外事件的发生,甚至认为没有政府明白通告允许的事都不能做,所以一个姑娘骑自行车这样的新鲜事,他就觉得是太可怕的了,以至不得不向他同事提出警告。这就是由畏缩、退守、害怕变革而至于反对任何新的自由活动的懦怯卑鄙的奴才心理。这种心理是封建专制统治之下特别发达的顺民思想，是反动势力的支柱，因此是有很深刻的社会意义的。而且在这个短篇小说里，由于所描写的个别性的鲜明生动而突出，对于他的作为典型的这种普遍性，也是表现得相当显著而充分的。

总括以上三个著名的典型人物的情况看来，文学艺术中的典型人物的所以是典型人物，不仅(仅)是个别性和普遍性的统一；而是以鲜明生动而突出的个别性，能够显著而充分地表现他有相当社会意义的普遍性。否则这个人物形象就会是平庸的、灰色的、暗淡无光的。至于完全缺乏个别性的形象，就根本不可能是具体的人物形象；即使表现有什么社会意义，也不过是图解现成的政治概念罢了。反之，个别性虽然鲜明而突出，却没有集中地表现什么普遍性；或者所表现的根本没有什么社会意义，都不可能是典型。

如果我们对于典型人物的这种看法大致不错的话，那么如小说《达吉和她的父亲》中的主人公任秉清和马赫，或者《金沙洲》中的主人公刘柏和郭细九等人物，就未必是典型。这并不是如有些读者所说：因为他们缺乏普遍性；不是的，我们认为他们既有一定的个别性，也有一定的普遍性(关于这点，我们在下面还要说明)，是个别性和普遍性的统一，是有一定性格的人物形象。但是他们的个别性是不是够鲜明生动呢？他们的个人特征是不是够突出呢？不是的。关于任秉清的言语、行动、作风、气派等的描写，在小说中原是比较简单的，关于马赫的具体描写虽比较多却是复杂的。而且关于他们两个人的那些描写，都不是集中在表现他们各个人的性格的某一特点上，而是集中在表现他们各人对于达吉的争执这一情节上。如所描写的马赫的喜怒哀乐都是围绕着对于达吉的关系，任秉清的言行等也基本上是如此。因此我们可以说，作品所描写的他们的具体的言语、行动、作风、气派等，没有多少是恰好展示各个人的独特性格，如我们所熟悉的古典作品中的典型人物一样。既然他们性格的个别性不够鲜明生动，性格的普遍性也表现得不够充分，因此他们不是典型。自然，作品中关于个别人物的性格描写也有个别地方是够鲜明突出的，如《金沙洲》里关于郭有辉到梁甜家里去探视养猪的场面，他说的土改后被扎了三刀的谈话，就写出了这个人物的独特的灵魂。应该肯定，这些描写是很好的。只是这样突出的性格描写究竟是很少的，因此作为典型看来依然是不够的。

三、典型人物的普遍性并不全等于阶级性

现在再来看文学艺术中典型人物的普遍性和阶级性的关系如何吧。如上所说，无论阿Q、吉诃德先生或“装在套子里的人”，他们被描写得跟现实生活中的人物一样，作为阶级社会中的人物来说都有一定的阶级性，因此阶级性是他们的普遍性；但是他们每个人的作为典型的性格核心是否等于阶级性呢？不是的，它虽然和阶级性

有关系,却未必全等于他们的阶级性。

譬如阿Q是个封建社会的农民,农民的阶级性是他的普遍性,但是阿Q作为典型性格的基本之点的精神胜利法,虽和农民的阶级性有关,却不等于农民的阶级性。因为封建社会的农民,特别如阿Q那样处在封建制度没落过程中的贫雇农,许多都有强烈的反抗性,太平天国革命运动以后多少次的农民起义就是证明。然而阿Q的精神胜利法又不能不和他的阶级性有关系,它是落后的封建农民的性格中的一种因素。这是一方面。另一方面,在当时被帝国主义者不断侵略下的中国统治阶级中,许多人也有他们的精神胜利法。他们也是在帝国主义面前不断失败,又不能采取正面的反抗办法,也只好以幻想去取得精神上的胜利。因此鲁迅当时认为这是“现代的我们国人的魂灵”,并不是没有根据的。不过阿Q的精神胜利法根本是自欺自慰的手段,虽然是一种病态,却还是由于不甘失败而采取的幻想的反抗形式,因此以后才可能发展到对革命不禁“神往”;而统治阶级一些人的精神胜利法却不仅仅是自欺自慰的手段,同时还是欺骗人民、巩固统治的手段。他们所以采取这种手段,对敌人报复的意义是很少的,主要是对人民的欺骗和对自己的安慰。所以两种精神胜利法,正是由于阶级性的关系,在性质上和表现特点上都很不同。吉诃德先生和“装在套子里的人”也是如此,作为人物来说都有他们的阶级性,而阶级性是他们的普遍性;作为典型来说又有他们性格的核心,并不等于阶级性。吉诃德先生是封建地主阶级的人物,有封建地主阶级的阶级性,他的盲目从事其所谓冒险事业也和地主的阶级性有关系,西欧封建制度开始动摇时期的多次十字军远征,就是恰当的历史证明。然而吉诃德先生的这种精神并不完全等于封建地主阶级的阶级性。“装在套子里的人”是封建没落时期依附于统治阶级的小市民型的知识分子,他也是有阶级性的,他的畏缩、退守、害怕变革以至于反对一切新的自由活动的奴才心理,也并不全等于小市民的阶级性。

一般地说,在阶级社会里人的性格中,阶级性是本质的东西;但是不能认为阶级性是完整一套固定不变的,在同一阶级的每个人身上是不多不少一模一样的;也不能认为一个人除了阶级性以外就不能有别的任何普遍性、任何与别的一些人共同的东西。因为即使是同一阶级的人们,由于经济地位的差异,社会分工的不同,也有不同的阶层和集团;各阶层或集团的人们,又由于家庭环境、生活遭遇和文化教养等的有同有异、错综复杂的条件,形成人们的性格,在阶级性的基础上,在各阶层或各集团间,还有各种范围的、各种程度的相同的因素。因此任何具体的人的普遍性都是多种多样的。现实生活中的人是如此,文学艺术中的典型人物也是如此。所以要了解他们的普遍性,就要对作品所描写的具体情况进行具体分析,不能简单地用社会科学现成的原则去硬套。

文学史上有些杰出的巨著创造了一系列同一阶级的典型人物,究竟是怎么一回事呢?如《红楼梦》所描写的主要人物,是封建官僚贵族家庭的子女,其中有一些是典型人物。他们的阶级性是相同的,而他们作为典型又显然是不同的。薛蟠、贾琏和宝玉固然不同,凤姐、宝钗和黛玉也很不同。这种不同虽然和他们的个别性有关系;但他们作为典型的不同并非仅仅是由于个别性的不同,主要是由于作为典型性格的基本特点的不同。凤姐的邀宠擅权,营私纵欲,两面三刀,阴险狠毒;宝钗的圆滑阴柔,故作贤淑;黛玉的违众忤俗,时怀忧伤。难道这些只是她们性格中个别的东西,没有相当普遍的社会意义吗?不是的,这是她们的言语、行动、作风、气派等个别性格集中地表现的,是有较普遍的社会意义的。如凤姐的作为典型性格的基本之点,是没落的封建阶级官僚贵族阶层中愈趋下流堕落的一部分人在不同程度上所共有的;宝钗的性格的基本之点,是(与)这种官僚贵族阶层中想挣扎维持正统的一部分人大致相同的;而黛玉的性格核心,则是这种官僚贵族阶层中不满于腐朽的封建秩序和虚伪的礼教思想,既不愿同流合污,也不能冲决罗网的一部分人大致所有的。因此,这些就是她们作为典型的有相当社会意义的普遍性。

又如《死魂灵》中也描写了许多地主阶级的人物,其中也有一些非常不同的典型人物,马尼罗夫,罗士特莱夫,梭巴开维支和泼留希金等,都是著名的典型人物。他们虽然同是地主阶级的人物,但是作为文学典型却是完全不同的。马尼罗夫的庸俗虚伪,罗士特莱夫的鄙野无赖,梭巴开维支的贪婪,泼留希金的悭吝,是他们作为典型的性格核心,和他们的个别性有关系,却不能认为只是个别性,实际上是没落过程中的地主阶级向不同方面发展的各部分人的普遍性。

除了《红楼梦》、《死魂灵》之外,还有《三国演义》描写了封建领(地)主阶级的一系列的政治活动家的典型,《水浒传》描写了封建农民革命运动中许多英雄人物的典型。由此可知,文学作品中的典型人物,即使是属于同一阶级,具有相同的阶级性;但是他们作为典型人物既不同,他们作为典型性格的基本之点也是不同的。因此阶级性是他们的普遍性,而他们作为典型的普遍性,却不能认为都是不多不少正等于他们的阶级性。

文学史上还有一些作品,描写不同阶级的人物,成为大致相同或类似的典型;他们作为典型的普遍性、他们的性格核心是大致相同或类似的。如《死魂灵》中的泼留希金,《儒林外史》中的严监生,《悭吝人》中的阿巴公,《欧也妮·葛朗代》中的老葛朗代,据一般的理解,他们都是悭吝的典型,也就是说,他们作为典型性格的基本之点都是悭吝。虽然他们之中,前两个是属于封建地主阶级,后两个则是属于资产阶级,他们的阶级性显然不同,但是他们作为典型的普遍性却是大致相同或类似的。

除了悭吝的典型之外,文学史上还有种种这样的典型。如《伊里亚德》中的阿溪勒斯,《三国演义》中的张飞以至《恰巴耶夫》中的恰巴耶夫等,都是最著名的对敌斗争勇猛无比的典型。还有《被绑的蒲罗米修斯》中的蒲罗米修斯,《阿诗玛》中的阿黑以及《绞索套着脖子时的报告》中的伏契克等,也是我们所熟知的反抗压迫英勇不屈的典型。这些不同阶级(而且不同时代、不同国度)的人物,作为艺术典型成就的程度虽不一样;如果可以肯定他们都是典型的话,那么他们作为典型的性格核心大致相同;也就是说,他们作为典型的普遍性虽然和阶级性有关系,却不就是阶级性,而是不同阶级的人在某种相同的社会生活条件下可能有的性格中大致相同的因素。

因为人的思想、意识、性格,从根本上说,都是实际社会生活的反映或反应。阶级社会里的人的阶级地位,在实际社会生活中是有决定意义的,于是阶级性在人的性格中也就是本质的东西。但是不同阶级的人的实际社会生活,还有某些相同的条件,反映在他们的性格中,也就有一些大致相同的因素。譬如说,自阶级发生以后所经历的各个历史阶段,不管实际社会生活在各方面有多少怎样的不同,根本上都是私有财产制的社会,因此过去历史上各个阶级的人都有私有财产的观念。如恩格斯就曾说:“对于同样的或差不多同样的经济发展的阶段,道德论也必然多多少少互相吻合。自从动产的私人所有制发生以来,在一切存在这种私有制的社会里,道德的箴言不能不是:‘勿偷盗’”①。我们在这里也可以说,在一切存在这种私有制的社会里,积蓄私有财产不能不是人的生活活动的一个重要方面,而爱惜私有财产也就不能不是人的思想感情的一种主要内容。其中有一些人的这种思想感情发展到了极端,形成一种对于积蓄私有财产的迷信和狂热,以致不顾损害正常的生活、家庭的幸福乃至个人的生命。这就是严监生、泼留希金、阿巴公、老葛朗代等人的性格的根本之点,也是他们作为典型的有社会意义的普遍性。

而且自阶级社会发生以来的各个历史阶段,迄今都是阶级对立的社会,都有阶级对阶级的剥削和压迫。《共产党宣言》中也曾说:“至今所有一切社会的历史都是在阶级对立中演进的,而这种对立在各个不同的时代又是各不相同的。但是,不管这种对立具有什么样的形式,社会上的这一部分人对另一部分人的剥削却是过去一切世纪所共有的事实。所以,毫不奇怪,各个时代的社会意识,尽管形形色色、千差万别,总是在一定的共同的形态中演进的,也就是在那些只有随着阶级对立的彻底消逝时才会完全消逝的意识形态中演进的。”我们在这里也可以说,由于过去社会的历史长时期是阶级对阶级的压迫,各个时代的被压迫阶级就必然有对于压迫者的反抗性,其中许多人的这种反抗性是非常坚强的,因此蒲罗米修斯、阿黑、伏契克等作为文学典型的性格核心,是有很广泛的社会根源,很普遍的社会意义的。

---

① 《反杜林论》(第一编九)《道德和法。永恒的真理》,人民出版社,1956年,第96页。

也正因为私有财产制、特别是阶级对阶级的剥削和压迫，不同时代、不同民族、不同阶级的人就有各种形态的对敌斗争乃至于战争，因此不同时代、不同民族、不同阶级之中就可能有些人在对敌斗争或战争中具有突出的勇敢无畏的精神，可能产生如阿溪勒斯、张飞以至恰巴耶夫等这样的典型。

自然他们作为典型的这种普遍性，不是和阶级性无关，而是打上了阶级的烙印，是通过阶级性表现出来的。如以悭吝的典型来说，由于各个历史阶段的私有财产制的具体内容不同，人们所私有的主要财产不同，财产私有的主要方式也不同，因此悭吝的主要对象和悭吝的表现形式也就不同。严监生和泼留希金这样的封建地主所热爱成癖的是土地和农产品，习惯于勒紧裤带来节约谷物；而阿巴公和老葛朗代这样的资产者所热爱的是货币，一见到金钱的光泽眼睛也特别发亮，一想到金钱的美妙简直神魂也颠倒了。又如蒲罗米修斯、阿黑和伏契克等反抗压迫英勇不屈的典型，他们作为典型的普遍性并不完全等于阶级性，但也是打上了阶级的烙印的。蒲罗米修斯的故事本是出自远古的神话，但在埃斯库罗斯的作品中，他是对统治者至上神的横暴的反抗者，是对被统治人民的疾苦的同情者，虽然还是以神话中巨人的姿态出现的，实际上是奴隶主阶级的叛逆者。阿黑是民间故事诗中的英雄人物，也有浓厚的传说色彩；但是他是封建社会的农民，所反抗的是封建地主的残酷压迫。至于伏契克是为实现共产主义而英勇斗争的战士，是无产阶级先锋队的英雄。因此他们都是属于一定阶级的、是有阶级性的。

而且某种典型性格的基本特点，可能是同一社会中的不同阶级的某些人，甚至是不同社会中的不同阶级的某些人，包括统治阶级的和被统治阶级的一些人，他们在一定社会生活的条件下也都有的。如上所说，精神胜利法就不仅是阿Q那样当时中国的落后农民所独有，就是当时中国的封建统治者也有的。虽然他们的精神胜利法，由于带有他们阶级的烙印，在本质上和落后农民的不同，但是因为在现实中失败而以精神上的幻想的胜利来补偿这点大致是相同的。在这里我们还可以补充说明，不仅过去的封建统治者有，今日的帝国主义者也是有的。今日的帝国主义者，正处在没落的过程中，正经历着愈来愈严重的失败，虽然他们拼命的挣扎、捣乱，但是在民族独立、民主和社会主义的革命浪潮的不断高涨中，由失败到更彻底的失败是他们必然的命运。不管是自觉的或不自觉的，他们也往往要以精神上的幻想的胜利来安慰自己并吓唬人民。如美帝国主义原是危机重重，矛盾百出，本质上是一个纸老虎，却总是要张牙舞爪；它的代表人物总是声嘶力竭地宣传美国生活方式的优越，诅咒社会主义制度的灭亡，而且不断地摇晃着原子武器，要以此作为他们的信念的保证。这实质上就是他们用来安慰自己并吓唬人民的一种精神胜利法。他们的这种精神胜利法，也打上了他们的阶级的烙印，和当时中国的封建统治者的基本上近似，而和阿Q那样落后农民的在本质上是不同的。又如上面所说,单凭主观幻想盲目从事冒险事业的精神,也不仅是如吉诃德先生那样欧洲文艺复兴时期的封建地主阶级所独有,不同社会中的不同阶级的某些人,在一定的生活条件下也是可能有的。首先是、也主要是一般在没落过程中的阶级,由于利令智昏,往往不能认识、也不肯认识现实的真实情况,就凭主观幻想盲目从事冒险事业;有时进步阶级在前进过程中,也有些人由于种种原因,也不能认清现实,而有主观主义的想法和行动。自然,没落阶级的某些人的这种精神是他们的阶级本性的一种表现,而进步阶级的某些人的主观主义,在具体表现上虽和一定的阶级性有关系,却未必就是他们本阶级的阶级性。

以上所说的主要意思,就是典型人物的普遍性并不全等于阶级性。因为人的阶级性是由阶级地位所规定的实际生活对人的思想、意识、性格的影响。实际生活是多方面的,影响也是多方面的,因此阶级性也随各方面的实际生活表现成为种种特点。譬如从来的农民,由于实际的生活条件,养成他们的"散漫性、保守性、狭隘性、落后性、对于财产的私有观念、对于封建主的反抗性及政治上的平等要求等等,这就是农民阶级的特性"。而现代无产阶级,由于实际的生活条件,养成"他们伟大的团结性、互助性、组织性、纪律性、进步性,对于财产的公有要求及对于一切剥削者的反抗性、战斗性、坚韧性等等,这就是无产阶级的特性"①。现实生活中的个人,也往往不能通过各种实际生活很好地全面体现阶级性。至于文艺作品,无论篇幅怎样长,也只能在某些生活方面去描写人物性格的某些特点;而且由于作者的意匠经营,往往按照一定的意想更强烈更集中地描写性格中的某一基本特点,以便于创造更高更理想的艺术典型。因此文学艺术的典型很少乃至几乎没有全面地表现阶级性的。自然,表现阶级性的某些基本特点的典型是有的,或者比较多方面表现阶级性的典型也是有的。在一定意义上说这种典型的普遍性就是阶级性,也许是可以的。但是认为典型的普遍性定要全等于阶级性,一个典型必须全面地不多不少地体现阶级性,这实际上就是主张一个阶级只有一个典型,显然是错的。

如在批评小说《达吉和她的父亲》的文章中,有的认为任秉清既是解放了好几年之后的农民,没有解放后农民阶级的乐观主义和自我牺牲的精神,也缺乏阶级友爱和民族团结的社会主义觉悟,因此不是典型。也有批评《金沙洲》的文章认为:"刘柏的精神境界是不高的。他对黎子安的主观主义工作作风的斗争,缺乏高度的原则性;对郭细九的自发思想的斗争,也流露出等待、忍让的态度;在郭细九等搅风搅雨的情况下,他感到孤独苦闷。""总之,在他身上,看不到奋发的共产主义精神,大胆泼辣的工作作风,他是一个上怕领导下怕群众、不硬不软、老老实实的农民。"换句话

① 刘少奇:《论人的阶级性》。

说，“与时代精神和阶级倾向不相符合”，“不能称为典型”。这种看法就无异于要求一个革命农民或共产党员的艺术典型必须具有按阶级本性要求的一切优点，而不能有任何缺点，必须是革命的农民或无产阶级的阶级性的最完善的体现者，这不仅表现了对典型的普遍性的理解是错误的，同时表现了对典型的理解也完全是错误的。

总之，文学艺术中典型人物的普遍性固然都和阶级性有一定的关系，有的也可以在一定意义上说就是阶级性，但是有的却不能说就是阶级性，也许是一种比较狭小范围的普遍性，也许是一种更广泛范围的普遍性。因此如所谓“社会性”或“类型性”的说法，虽不切确（确切），却也多少指出了一方面。不过文学艺术中典型人物的普遍性，本是非常复杂多种多样的。正如（对）典型人物的个别性很难作烦琐的刻板规定一样，典型人物的普遍性也决不能简单规定就是阶级性，或者简单规定是所谓阶级性与“社会性”、所谓阶级性与“类型性”。如果它们都能如数学一样可以用一目了然的公式来表明，那么艺术创造和艺术批评也就可能是太方便的事了。

四、不能忽视典型的个别性

关于典型的个别性，如上所述，有些批评文章，由于把普遍性全等于阶级性，也就把不是所谓阶级性的东西都看作个别性，如把任秉清和马赫的性格中留下的种种不同的旧社会的苦难阴影，即看作是他们的个别的东西；或者把本是个人独特的东西却看作是本人不应有的，如把任秉清和马赫各人按自己的想法和独特状态要求达吉归自己，认为这是先进的劳动人民不应有的。这种看法就成问题。

小说《达吉和她的父亲》所描写的任秉清和马赫的性格中留下的种种不同的旧社会的苦难阴影，我们认为这是有普遍的社会意义的，不只是个别的东西。因为解放后数年间（《达吉和她的父亲》这小说是一九五六年发表的），固然多数农民的生活起了一个根本的变化，得到了真正的翻身，但是也还有相当数量的农民，他们的实际生活并没有消除旧社会遗留下来的苦难痕迹，他们的精神生活中也就不免还有旧社会遗留下来的苦难阴影。就任秉清来说，他本来是一个勤劳而能过适当生活的农民（从他向达吉追述过去家庭生活情况中可以看出），因女儿被抢走，老婆又病死，从此以后到解放前的十多年间，就一直过的是贫苦、孤独、寂寞、痛苦的生活，随着年龄的老，身体也衰弱了，当然实际生活和精神生活也就更困难更痛苦了。解放后，他的经济生活和政治地位改变了，可是并不是一切都完全改变了，他的家庭生活，可以想得到是基本上没有改变。眼前的事实，他的被抢走了的女儿也没有找回家，就是证明。实际生活既如此，精神生活也就更不是一下改变得了的。批评者所说的“他那憔悴衰老的身影，恍惚迷离的神态，愁苦悲哀的眼光，吞吐含糊的声音”，并不是他的罪过，都是旧社会的苦难加上自然规律的作用所造成的后果。要多少改变这种后果,对他这样的老人来说,改变他的家庭生活,找回他的女儿,总是一个重要的条件。自然,新社会有使他改变这种生活的可能,他能够到凉山各地去找女儿,并且还得到政府的协助;但是事件正发生在找女儿上,在他看来,困难正是遇到了找回女儿的阻力,为什么“他的精神状态不可能是如此”呢?而且和他同样的“在旧社会饱经忧患、凄苦无靠的可怜人”,何止成千上万?虽然别人所受苦难的具体情形不会和任秉清相同,但是在旧社会都受了苦难这点是相同的。因此如任秉清这样性格上的忧愤而阴郁的这种旧社会留下的苦难阴影,并不是没有普遍意义的。

马赫的实际生活和任秉清大不相同,性格也很不同。但是由达吉问题引起他对旧时代民族关系的回忆时,所表现的旧社会苦难的阴影也是很强烈的。如他和任秉清争论中的相骂乃至于拔刀相向,那样的猜疑而仇恨,不正是这种苦难阴影的表现吗?

至于任秉清和马赫各人的按自己的想法和态度要求达吉归自己,我们认为这是他们在当时实际生活条件下不能没有的。从任秉清的情况看,如上所述,过去他的生活还过得去,家庭还圆满,身体也健康;自从他的女儿被抢走,家庭生活被破坏,精神健康被摧残;现在他的生活某些方面虽然好了,却正是年老体弱劳动力差之人了,依然孤独、寂寞、且难免穷困,他不得不回忆过去,不得不要找回他的女儿。他失掉她原是不应该的,要找回她原是应该的。找回女儿这件事,关系到他的实际生活的改好,也关系到他的精神生活的改好。这就不能说他要找回女儿是错的,不能说是琐屑的个人欲望、个人主义而予以否定。虽然在他和马赫争吵中,骂马赫是“蛮子”这不对,但也不能因此就把他要找回女儿这件事都认为是不应该的。从马赫的情况看,他的坚持要达吉归自己也是有道理的。他和达吉现在的父女关系是他过去流的血所凝成的,他真正是达吉的再生之父。现在达吉不仅是他的家庭的一个成员,简直是他的生命的一部分。为什么他不应该留住她呢?为什么他要留她就是琐屑的个人欲望、个人主义呢?不用说,马赫也有错,那就是在争吵中他的拔刀,然而在整个事件中他的思想感情,却不能笼统地说是不应该有的,倒是他在当时的情况下难免有的个别的东西。

因此我们认为小说对任秉清和马赫的描写是有个别性也有普遍性的,是普遍性和个别性的统一。这可以说是写出了人物性格,他们是(和)现实生活中的一个真的人一样,是在形象塑造上获得一定的成功;但是并不等于认为他们就是典型,他们虽是现实生活中的一个真的人一样,却不是在性格的特点上又能代表一定人群的典型。性格与典型性格并不是一回事。关于这点,我们且不多说。我们在这里主要想说明,把作品所描写的人物性格中有普遍意义的东西作为个别的东西,把个别的东西作为个人不应有的东西,这是对于人物的个别性的错误理解。这一理解上的错误,同时也影响到对整个人物形象的看法,影响到对整个作品的评价。

然而关于典型的个别性问题,更重要的一点,是一般批评文章中很少对人物形象的个别性进行分析。一般批评文章,对于人物形象的普遍性,他的阶级性,他的社会本质,论得认真而仔细,这自然是必要的。可是对于人物形象的个别性,他的个人特点,或者他整个的个性,却缺少认真地、仔细地论到过,大多数文章根本就不提及这一方面。在典型问题的讨论中,同样表现了这种倾向,对典型的普遍性提出了种种不同的意见,即使并不都对,还是对普遍性的理解有启发作用。然而对于个别性却完全没有提出什么不同意见。这表示我们的理论批评对艺术形象的个别性不够重视,我以为这也是一个大问题。

虽然在讨论中许多文章都说:文学形象和现实事物一样,普遍性存在于个别性之中,个别性表现普遍性。这实际上就是说,没有个别性也就没有普遍性,不能很好地描写个别性也就决不能恰当表现普遍性。因此可以断言,在艺术形象的考察上,普遍性是重要的,个别性也是同样重要的。

文艺创作要描写事物的特性,是一般杰出的作家非常重视的。譬如福楼拜教导青年莫泊桑写作的时候,叫他要用极简单的话语写出一个人或一件事物的特点,认为这是从事创作的基本要求。曹雪芹在《红楼梦》开始的地方就说明他的作品不是"千部一腔,千人一面"的东西,也就是说它写出了各个人物的特点。至于文学理论批评方面,就有许多强调个性描写的有名言论。在马克思和恩格斯这两位马克思主义创始人的少数有关文献中,也反复强调个性描写的重要性。如马克思在给拉萨尔的信中曾说:"在个性描写方面恰好缺少特征","把个人作为时代精神的单纯号筒",这是不好的。恩格斯在给拉萨尔的信中也说:要"把各个人物描绘得更加鲜明些,把他们对比得更加突出些"。在给明娜·考茨基的信中又曾提出"每个人是典型"而又"完全是特定的个性"的名言,并且还指出作品中某个人物"还保有一定的个性",但在另一个人物身上"个性却更加消溶到原则里去了"。单就这些话也可以看出他们是怎样的重视人物的个性描写了。虽然他们所说的个性和我们这里的个别性并不完全相同,然而还是着重在性格中的个人特征。因为如果没有描写出个人特征,就决不能是具体的活生生的人物,而是个性消溶在原则里,这就是"千人一面",就是"公式化、概念化",这种艺术形象也必然缺乏艺术力量。典型形象要求有鲜明生动甚至是突出的个别性,即不仅仅是一般的个性描写,而是要"描绘得更加鲜明些","对比得更加突出些",这样才能充分而显著地表现普遍性。马克思和恩格斯的这些信,其实就是一种作品批评的文章,由此也可以看出他们的批评又是怎样注重个性描写的分析吧。

当作家酝酿创作、选择题材的时候,一般情况往往是从具体的事物印象去把握它的意义,这根本上就是从个别的东西进入到普遍的东西。当读者阅读作品时,也是首先接受艺术形象的印象然后理解它的意义,这也是根本上从个别性进入到普遍性。在批评方面呢?大家都承认须(需)要从形象的考察入手,离开形象来谈作品的意义和成就,就是抹煞了艺术的基本特征,不仅会是抽象的空论,还可能是有害的谬论。所谓从形象的考察入手,这根本上也是要求首先考察个别性,从个别性进入到普遍性。本来普遍性存在于个别性之中,个别性表现普遍性,而文艺批评由分析形象的个别性进而把握它的普遍性,这毋宁说是很自然的事。如果我们的批评家,在评论《金沙洲》和《达吉和她的父亲》的时候,不是从政治概念出发,而是从具体形象出发;那么,对于任秉清和马赫或刘柏和郭细九,首先考察他们各个是否描写得(的)是活生生的具体农民,有怎样鲜明生动的个人特征,也就不难看出他们还是有个别性也有普遍性的完整的个人性格,在人物形象的塑造上并不是失败的。虽然小说《达吉和她的父亲》的艺术魅力主要在于人物之间"矛盾的典型化"(上面曾说到小说是集中描写两个主人公对于达吉的争执这一情节),但是和他们的性格描写的成就也有关系。

可是许多批评文章,无论肯定他们是典型的或否定他们是典型的,都很少分析他们的个性描写如何。否定论者往往是从抽象的政治概念出发,不是从具体形象出发;而肯定论者虽以具体形象为根据,这是好的;不过在断定他们是典型人物时,主要也是论证他们的普遍性,或者说明他们是普遍性和个别性的统一而已,而对于他们的个性描写也是分析不够的。因此他们的论证也是不太切实的。

艺术形象,如果没有个别性也就没有普遍性,也就不可能是典型。要创造艺术典型,要理解艺术典型,要分析艺术典型,不能忽视它的普遍性,同样不能忽视它的个别性。

创作上不再忽视个性描写,批评上不再忽视个性分析,是克服公式化、概念化、简单化的一个关键。

1962年4月中初稿,9月初修改

——原载《文学评论》1962年第6期

邵荃麟

在大连"农村题材短篇小说创作座谈会"上的讲话①

在我们这些年来的作品中,以农村的生活为题材的作品数量最大。作品成就较大的也都是农村题材,像《红旗谱》《创业史》《山乡巨变》《暴风骤雨》等等。短篇也是这样,搞《三年小说选》,中选的九十多篇,写农村的四十多篇,比较好的三四十篇,占一半以上。这情况很自然。五亿多农民,作家大部分从农村中来,生活经验比较丰富,另一方面,农民问题在中国革命中间特别重要。毛主席说民主革命主要是农民问题,农民百分之八十团结起来革命就能成功,毛主席在《论人民民主专政》中说:"严重的问题是教育农民。"要把人口最多的农民的思想觉悟提高一步,这是社会主义建设重要的一个环节。这个客观现实一定要反映到作品中来。所以农村题材写得多是自然的。

这方面有很多经验,值得探讨一下。十几年来农村变化很大。人民公社的方向是正确的,是解决全民与集体唯一的道路,从集体化走向全民所有,这条道路肯定是正确的。以前还没有完全摸清楚这个规律,再加上有自然灾害,一个时期在农业上造成相当严重的挫折。一九五七年、一九五八年一直是增产的,一九五八年以后生产大幅度下降,农村矛盾就突出了。国家处在困难时期,非常时期,调整工农关系是最主要的问题,巩固工农联盟是社会主义建设的严重问题。有了六十条,情况比较好一些,但还是有困难。现在是全国团结起来,克服困难。作家们是关心这个问题的。大家也常常谈到庄稼问题。作家怎样来服务这个政治?因此,怎样描写农村题材,正确反映农村中的问题,是作家们的重大责任。由于农村发生了问题,也引起创作上的新问题。

① 此文据作者1962年8月"大连会议"上的发言记录稿整理,当时未正式发表。后收入《邵荃麟评论选集》(上册),人民文学出版社,1981年。

三年来农村题材小说比重最大。一九五九年少一些，一九六〇年多些，一九六一年多些。侯金镜同志说一九六〇年，一九六一年，公社问题明确起来，写得多了。到今年又写得少了。情况还摸不大准。因此又写得少些了。怎样来认识这些新的问题，需要探讨一下，要谈创作，先要把农村问题、工农关系问题谈谈。这个问题恐怕是世界历史上还没有完全解决的。人民内部矛盾包括工业与农业的矛盾，这个问题是必然会发生的。自然灾害、工作缺点问题，使得这个矛盾突出了。即使没有后者，也会有这个问题。工业化要积累资金，要有劳动力、原料、土地等等。这些东西，在资本主义国家，是靠侵略别的弱小国家来解决；社会主义国家不行，因此存在这个矛盾。

马克思最早定了一个以农业为基础的原则。列宁很早死了，来不及解决这个问题。斯大林没有解决这个问题，因为他在理论上不承认工农业矛盾是人民内部矛盾。工业、农业这个剪刀差，供求问题，在一九五七年前我国情况是比较好的，但是，农业上升也赶不上工业上升，所以五年计划一宣布，矛盾看得就明显了。最早我们建设是抄人家。后来，毛主席就写了《关于正确处理人民内部矛盾的问题》。现在最主要的矛盾是工农矛盾。一九五八年大跃进时候，工农业发生了剪刀差，一九五九年更大，所以今年要让一批工厂下马。去年下半年是有意识大幅度下降，以取得平衡。这个教训很大。这个教训换来了经验，毛主席提出农业为基础，工业为主导。提出农、轻、重，这是找到了一条规律，是列宁、斯大林都没有解决的，是政治经济学中重大的问题。这个很大的变化，对我们的认识很有帮助，集体的方向是不能动摇的。现在要摸索到集体化的规律，有规律就有办法，这个信心是有的。情况已弄清，规律已找到。所以周扬同志强调我们现在可以说已找到了这条光明大道。规律找到，还要进一步解决具体问题。文学的任务就是要在这时加强思想教育，这是非常重要的。集体与个人的统一问题，个人与集体意识的解决，这就是灵魂工程师的任务。社会主义教育是我们文学的根本任务。作品写人与人的关系，灵魂状态的变化。有小农思想，有集体个体观念，是有许多思想问题的，有不少群众在困难面前是丧气的。在变化中，人的意识问题出来了。比如偷窃、儿童的道德问题，都需要进行教育。西戎同志写的《赖大嫂》，在养猪问题上，就有许多想法。好心干坏事，也是普遍的。"五风"中有些是很坏的，但大部分也不是坏的。灵魂工程师要对人民进行社会主义教育，所以这个会很有必要，开会的目的就是这样。今天感到，农村题材最重要的是如何反映人民内部矛盾，把这作为最主要议题，以此为中心，围绕讨论创作问题，也不限得过死。反映内部矛盾不是今天才提出的，解放后一直有这个问题。刚解放，是翻身、反封建问题，《暴风骤雨》《活人塘》等等都是。到"过渡时期"，内部矛盾就突出了，成为主要的东西。《不能走那条路》就是一九五三年提出来的，这是内部矛盾,一九五三年后就成了中心问题。《三里湾》《山乡巨变》《创业史》《春种秋收》《桥》都是写的这个问题。我们已差不多有十年的经验了。《创业史》写得很好,从父子矛盾的统一,来概括了各种意识的斗争。党支书是一个蜕化分子。出现梁生宝这样的英雄人物,而把矛盾集中在梁三老汉身上,逐步解决集体化中的各种问题。《三里湾》里的范登高,爬得高,跌得重,改编成电影,却搞成了“花好月圆”。我们这些小说,一个是写了合作化过程,一个是新的农民。《山乡巨变》的邓秀梅也非常艰苦,是一家一家做工作的。这个教育作用是不小的。我们写的都比较多。这三年还是写了矛盾的。从这些矛盾反映出了大跃进。大跃进不能与浮夸混为一谈,从这三年来看,作家还是坚持了现实主义,追求浪漫主义,写刮“五风”还是少数。另外一方面,革命精神、新的道德观念写得也很充分。创造了各式各样的人物,这三年短篇还是有所发展的。另一方面,作品中接触到相互间的矛盾就比较少了。分析原因,公社化是一下子来的,议论比较少;合作化纠纷长,时间也长。那时也强调写革命精神。同时与简单化的理论批评也很有关系。写了矛盾就来指责,编辑部对《李双双小传》现在也还有人认为不能编选。这个变动很大,所以作家也有个认识过程。经济基础的变动反映在意识上的矛盾,写的就较少。一九六一年就写实事求是与浮夸对立,《实干家潘永福》《乡下奇人》也是这一类。发表颇不容易,读者还来指责。《沙滩上》是侧面写的,《甸海春秋》也是如此。今年写得很少。《赖大嫂》写农村妇女的个体思想,有两种看法。《河北文学》发表了一篇老坚决与王大炮的斗争,这说明已出现了一些这类作品。总理说,人民内部矛盾是大量存在的,作家应该去写。有人以为写矛盾就是群众与群众的矛盾。我的理解,矛盾是广泛的,主要有工农业,有生产问题,有分配问题。作品要写人,写农民,也会遇到各种不同阶层的人的问题:有的不愿意养猪,有的愿意养;农民之间也有许多错综复杂的矛盾。总的讲,是个体经济的思想与集体主义思想、国家利益与个人利益之间的矛盾,这是主要的。官僚主义之类也是可以写的,但主要不是这些。如《赖大嫂》,就不是领导与被领导的问题。《老坚决外传》就写了领导与被领导的问题。一九五七年写的多,后来反过来怕写领导,又不敢碰。处理内部矛盾也有不同的态度,从右的修正主义来强调内部矛盾,就会把它夸大而致否定社会主义,认为无产阶级专政没有优越性等等。从“左”的方面来看则是否认这个矛盾,粉饰现实,回避矛盾,走向无冲突论。回避矛盾,不可能是现实主义。没有现实主义为基础,也谈不到浪漫主义。革命现实主义就不能不接触矛盾。粉饰、回避是写不好的。要写,首先是阶级分析,要有一个看法,从矛盾说明一个思想,这值得探讨,要从具体中去看,去解决,哪一些可以写,哪一些不可以写。有人认为什么都可以写,我看不一定。这与宣传党的政策有关。比如农村有些干部,蜕化成敌我矛盾,像恶霸似的,能不能写?划条线也很难,编辑也很难,可以讨论一下。总之,回避矛盾是不行的。写,是为了克服(解决)矛盾,是为了教育人民。为矛盾而写矛盾,也是不行的。

其次,环绕这个中心问题还有什么问题?主要是人物创作问题。作品是通过人物来表现的。近来的作品,写了各种人物,创造了很多的艺术形象。一九五四年前后,概念化的东西很多。最近几年,纯粹从概念出发的,还不太多。性格化比较突出,《张满贞》、《耕云记》里的气象员、《静静的产院》中的谭大婶,都各有个性。创造的人物绝大部分是先进人物:倔强的老头,生龙活虎的妇女,生气勃勃的青年。强调写先进人物、英雄人物是应该的。英雄人物是反映我们时代的精神的。但整个说来,反映中间状态的人物比较少。两头小,中间大;好的、坏的人都比较少,广大的各阶层是中间的,描写他们是很重要的。矛盾点往往集中在这些人身上。我觉得梁三老汉比梁生宝写得好。亭面糊这个人物给我印象很深,他们肯定是会进步的,但也有旧的东西。毛主席也说,要写各种各样的人物。分析一切人、一切阶级,这样就更丰满了,写得更丰满更深刻。只有把人物放在矛盾斗争中来写,不然性格不突出。比如林黛玉,如不把她放在爱情的矛盾中心,就不可能突出。所以,要研究人物与矛盾的关系。有些简单化的理解认为,似乎不是先进人物就不典型。一个阶级只有一个典型,这是完全错误的看法。从这个理论出发,又发生拔高问题。要人物高,这就容易把人物孤立起来。

再谈谈题材的广阔性与战斗性的关系。《人民文学》提出所谓"边缘题材"即很危险,去年提出后就好一些了。上海今年也提出多样性与战斗性的矛盾。不是提倡写小人物,日常生活中,我们还是可以看到有不少可歌可泣的人物。如《看愚公怎样移山》,作用很大。还有一些这类报导,教育群众,意义很大;不是写灰溜溜的,就是人民内部矛盾,这点也要说清楚。

我们当然也可以写不是直接与生活斗争有关的,也不要把写内部矛盾与战斗性对立起来。

关于深入生活问题,可以总结一下。最近,作家下去也有些困难。把作家看作"机关人",老赵、康濯下乡去,也感到有这问题。国家与个人矛盾也反映在这问题上。

现在,再着重谈谈创作问题。

已接触的问题是:

第一,当前农村人民内部矛盾主要内容到底是什么?工农、集体与个体、领导与被领导、工作作风、缺点同正确等方面的问题,都摆出来了。主从关系怎么摆?而矛盾的主导一方面是什么?

第二,作家要正确反映农村人民内部矛盾,目的同意义是什么?用什么方法来描写？

第三，作家在认识和描写当前农村生活的内部矛盾时，如何根据政策理解现实，达到政治性跟真实性一致？（不能说政策跟生活总是一致的，有一定的矛盾。）

第四，怎样从描写人民内部矛盾中反映出建设社会主义、教育农民的长期性、艰苦性、复杂性，通过这来表现现实中劳动人民的积极的力量、积极的因素。要写消极的和积极的斗争，但主导的是积极的因素。这个问题也是很复杂的，不能简单化。

第五，写积极因素、艰苦奋斗，但是不可能不接触缺点错误这一面。怎样正确地反映我们必然要接触的缺点错误？同修正主义的暴露人民怎样区别？发生了怎样写、哪些暂时还不能写、投鼠忌器的问题。

第六，反映这种艰苦性、复杂性，主要的是创造人物。究竟什么叫做典型环境典型性格？典型环境到底怎么写？还有个创造英雄人物的问题。怎样克服过去创造人物性格的单纯化和简单化的毛病？总之，现实生活愈挖得深刻，性格也就更丰富，战斗性也就更强。怎样理解战斗性，通过写反面人物能不能表现战斗性？

第七，对报刊批评简单化的意见。

工农业失调、"五风"、自然灾害引起了整个国家暂时困难中间突出的矛盾。从性质讲，还是社会主义社会中生产力和生产关系的矛盾，是非对抗性的，正确处理不会变成敌我矛盾。它的内容究竟是什么？我个人以为还是国家、集体、个人三者之间的关系中产生的矛盾，最主要的是这个东西。由于国家工业发展快，征购任务大，集体就负担大；集体负担大，集体同个人也产生矛盾。就搞自留地，包产到户。搞自留地，包产到户，不是农民今天反对集体化，而是农民对集体保证他的利益不放心。这个矛盾也反映到农民的思想意识中间，就是集体主义思想同个体小农经济思想的矛盾。这本来是长期存在的，而现在表现得比较尖锐。还有领导与被领导关系、工作作风、方法方面的矛盾。最紧张时期——"五风"时期是过去了，但矛盾不是没有了。总之，归纳起来还是国家、集体、个人方面的矛盾。使矛盾如此突出，这同工农业比例失调有关系。主导方面还是巩固发展集体利益的方向。这个不能动摇。今天国家要解决农民群众的一些问题。反过来，农民今天还是要注意国家和集体的利益，而不应当背道而驰。今天要搞粮食，国家不得不对农民作一些让步。退步是不是走回头路？以退为进，恐怕不能叫走回头路。目的是为了前进，为了社会主义的利益，为了巩固工农联盟，巩固发展集体经济，还是为了国家利益。工业的压缩也是如此。

创作问题，我们不是客观主义的反映矛盾，而是为了团结教育人。反映矛盾，克服（解决）矛盾，是文学为政治服务一个具体的重要内容。既反对粉饰现实、回避矛盾，也反对主观主义的为写矛盾而写矛盾。或者更坏，片面地夸大矛盾。在革命现实主义基础上有革命浪漫主义。反对“写真实”的假现实主义,也反对浮夸的浪漫主义。

听到周扬同志谈到中央最近会议(编者按:指八届十中全会)的传达以后,有两点感想:

(一)农村形势有所好转,“五风”基本过去,解决农村问题的道路明确了,工农业关系,工业支援农业,商业上的措施,精简城市人口等等。那天会后,赵树理很兴奋,道路找到了。

(二)找到了道路,困难还是很多,矛盾还是很复杂。斗争是长期的。集体化、机械化要二十五年。有困难,有办法,前途是光明的。前年、去年主要是克服“五风”的问题,现在,有残余,但基本上过去了。现在,主要是:国家利益、集体利益、个人利益的调整问题。在农村是:如何巩固集体化道路,发展生产。包产到户的问题,各省都有,应该怎么看?有的同志提出矛盾的主要方面是什么?在现实生活中,必须用阶级观点来加以分析。据陶铸、王任重同志的调查报告,只有百分之十主张单干,百分之六十坚决主张走集体化道路,百分之三十愿意走集体化道路。从这里可以看出,在人民内部,在农村和农民内部是有阶级斗争的,这种情况也反映在我们干部身上。

近三四年来,大家得到这样一个教训,任何事情——农村问题也是这样,首先方向问题上不能动摇。在农村问题上,也作了不少让步,甚至粮食也开放自由市场,但在方向上决不能动摇。人民公社是发展社会主义农业、解决农业集体所有制和全民所有制的关系,走向共产主义的道路。任何事情都是逐渐完备起来的。我们没有人怀疑集体化的方向,但是必须看到这条道路是长的、复杂和曲折的。一九五八年有人说,两年零八十天就可以进入共产主义,现在看来是可笑的。我们现在对于长期性、复杂性、艰苦性的估计是否已经充分了呢?小队所有制订出三十年不变。是否认为太长了些?基本机械化需要二十年,这样说不能算太长。搞创作的,必须看到这两点:方向不能动摇,同时要看到长期性、复杂性、艰苦性。没有后者,现实主义没有基础,落了空;没有前者,会迷失方向,产生动摇。这是一个革命者的世界观问题,是革命理想和求实精神相结合的问题。如何团结全国人民克服困难,这是我们作家在当前形势下的责任。复杂的农村斗争,首先在文学上反映出来,让全国人民了解这一形势;其次,个人主义还是集体主义;国家观念、整体观念要在生活中起作用。注意通过艺术形象,团结全国人民,克服困难,巩固发展集体主义。(再)其次,在干部中,“五风”虽已基本上消除,但主观主义、官僚主义的工作作风仍然存在,这是人民内部矛盾的一个方面,如何通过艺术形象进行批评。总起来说,三个方面:生产关系;对农民进行社会主义、集体主义教育;工作作风方面。

第一点应当肯定,小说——包括农村题材,革命性很强。尽管有些作品内容显得空乏(泛),现实主义不强,但是革命斗争精神很强。反映大跃进的作品,除少数的站不住以外,都反映出了斗志昂扬、意气风发的革命精神。《山鹰》这个作品,我也觉得有些缺点,但这个作品也是应该肯定的。杜鹏程的《飞跃》,我觉得有些缺点,但是它反映的革命气概,也是要肯定的。

在现实性方面,我们的有些作品也达到了相当的深度。有些作家对农村斗争的长期性、复杂性、艰苦性有深刻的认识。这次会上,对赵树理的创作一致赞扬,认为前几年对老赵的创作估计不足,这说明老赵对农村的问题认识是比较深刻的。柳青的《创业史》的现实主义成就,应该加以充分估计。孙犁同志写农村的小说,如《铁木前传》,现实主义也是相当强的。又如李准,从《不能走那条路》到《耕云记》,不同程度地反映了农村生活的变化。

总的看来,革命性都很强。而从反映现实的深度,革命斗争的长期性、复杂性、艰苦性来看,感到不够。在人物创作上,比较单纯,题材的多样化不够,农村复杂的斗争面貌反映的(得)不够。单纯化反映在性格上,人与人的关系上,斗争的过程上,这说明了我们的作品的革命性强,现实性不足。

《老坚决外传》这个作品,在地方刊物上也应该肯定,有教育作用。缺点是人物性格单纯化。名副其实,处处坚决;王大炮更加单纯化。短篇小说很短,只能强调人物的一点,但这个作品使人感到单纯化,人物在作品中提出问题到解决问题很快,没有反映出人物性格的复杂性。杜鹏程的《飞跃》写人的精神状态的飞跃;飞跃是量变到质变的过程,是可能的,但是作品中,这个过程写得不够,是作者人为的"飞跃"。怎样表现革命的复杂性、艰苦性,怎样更深刻地反映当前农村的复杂、尖锐的矛盾,使革命性和现实性更好地结合,是大家所追求的。

如果说,农业是国民经济的基础,现实主义则是我们创作的基础。没有现实主义,就没有浪漫主义。我们的创作应该向现实生活突进一步,扎扎实实地反映现实。茅盾同志说的现实主义的广度、深度和高度,这三者是紧密相连的,罗曼·罗兰说,高尔基是从"黑土里生长出来的,而又把自己的根须伸入到黑土的深处去"。柳青、赵树理、李准、刘澍德在农村中生活的基础都是厚实的。除熟悉生活以外,还要向现实生活去突进一步,认识、分析、理解……这是大家所追求的。现实主义深化,在这个基础上产生强大的革命浪漫主义,从这里去寻求两结合的道路。

如何表现内部矛盾的复杂性,看出思想意识改造的长期性、艰苦性、复杂性;更深地去认识、了解、分析、概括生活中的复杂的斗争,更正确地去反映人民内部矛盾,是我们作家的新的任务。

封建社会、资本主义社会的矛盾是对抗性的矛盾(写资产阶级浪子,写他本阶级的对抗性的矛盾),社会主义的内部矛盾是非对抗性的。写作的目的也不一样,那时写内部矛盾是为了动摇资本主义的基础(马克思说,我们的现实主义是为了动摇资本主义的乐观主义)。我们写人民内部矛盾,恰恰相反,是为了巩固和保卫我们的社会基础。我们不可能得出这样的结论:写人民内部矛盾,写不出激动人心的作品。如阿·托尔斯泰的《苦难的历程》,写出知识分子精神生活的艰苦历程。鲁迅的作品以及郭老的《凤凰涅槃》也是如此。农民的道路也是如此。柳青《创业史》的引言:“创业难”;杜鹏程《在和平的日子里》的主题是:在和平的日子里不和平。我们的作家看到了这一点。为什么说,写敌我矛盾比内部矛盾易于激动人心,主要是对内部矛盾的复杂性、尖锐性认识不足。艺术作品强大的感染力量是从生活中复杂、尖锐的斗争中产生出来的。

要写人民内部矛盾,有一种流行观念,就是要写缺点;写得不好,帽子戴上,因而不好写,这看法是不对的。人民内部矛盾,当然包括官僚主义、主观主义等工作上的缺点,但不仅仅是这些。写人民内部矛盾,无非是写无产阶级在社会主义建设时期,怎样克服阶级与阶级之间,以及自身内部的矛盾,不断前进。人物性格只有在矛盾、斗争中才能表现出来。马克思说,人物性格是社会关系的总和。不是为了矛盾写矛盾,而是为了通过写矛盾显示出生活斗争的真实性,以此教育人民、团结人民。现实主义是创作的基础,生活是现实主义的基础。写出好作品的作家,必然是深入生活的;但只是深入生活,不一定写得出好作品。创作有它自己的规律。周扬同志说得好,作家创作应该写所见、所感、所信。我补充几点:作家应有观察力、感受力、理解力。光感受还不行,还应有理解力——理解是通过形象及逻辑思维进行的,要有概括力。没有概括力,写不出好的作品。在我们社会里,独立思考往往被忽略。作家当然应该了解政策,但是应该通过自己的思考去了解、认识。赵树理同志对生活的理解、独立思考能力强,杜鹏程同志的感受力很强,茹志鹃同志的观察力很强。不体察入微,对现实的分析、理解就不深。没有强大的理解力、感受力、观察力,就不可能有高度的概括力。有了前面几个条件,概括就会水到渠成。提高文化修养,学习古人和外国的经验,无非为了帮助我们提高这些方面的能力。

作品中能给人以新的思想,这和作家对生活的理解有关。短篇小说有它的特点。人物成长、变化的过程,在长篇中问题不大,在短篇里要写出人的性格历史的过程,需要更强的概括力。在某种意义上说,短篇小说比长篇更难写。将一个复杂的东西,通过艺术的概括,以小见大,像树干的横断面,可以看出年轮及树木的性格。复杂与单纯的关系,通过单纯看出复杂,从一粒沙看整个世界,这与单纯化不同。鲁迅、契诃夫,在这方面的成就值得我们学习。鲁迅的《风波》,通过晚餐席上的风波,反映出辛亥革命时期农民没有起来,注定了失败的悲剧;主题与《阿Q正传》相同,这是经过长期观察得来的。鲁迅对辛亥革命的失败,理解得很深刻。现在,有些好的短篇小说,在一定程度上也进行了这样的概括。

短篇创作碰到的另一个问题,即在不多的篇幅中,提出矛盾,解决问题,但是不可能,怎么办?《赖大嫂》就遇到这样的问题,有些批评者批评赖大嫂思想没有转变成集体主义。是否非要写出解决问题不可?如果水到渠成,可以解决;否则,也可以指出方向,让读者自己去得出结论。《四年不改》就得到这个效果。短篇小说创作在进行概括时,抓住一点,让人看出前因后果就行了。

风格问题,平平常常与轰轰烈烈的问题,根本问题在生活基础。各人有各人的风格。最近几年,在成熟的作家中间,风格形成了。让各人发展自己的风格,从平常中见伟大也好,含着微笑看生活也好,皱着眉头看生活也好,有人说茹志鹃写的人物不够高大,缺乏浪漫主义,她自己也有些动摇。

人物问题、矛盾的复杂,归根结蒂在人物性格。写不出人物性格,怎样反映出斗争、反映出内部矛盾的复杂性、尖锐性?英雄人物,八条、九条标准,衣服不同,面孔一样。典型化的法则是现实主义的基本问题。典型的说法,有这么一个过程:高尔基说,看十个、二十个商人,才能创造出一个典型的商人,这是通俗易懂的说法;后来苏联有一种说法,成了加在一起。马林科夫在(苏共)十九大提出反对平均数,典型不是大量存在的,是萌芽的东西,这也对。但从大量中概括出来的也应该算是典型,否则,只写萌芽,路子就窄了。无论萌芽也好,大量存在的也好,必须是在生活土壤中产生出来的。典型是社会本质的力量,有它的道理,但也容易被误解。只写阶级本质,结果面孔一样。落后的东西,用谢德林的怒火烧掉,这对反映人民内部矛盾来说就不一定合适。后来批评马林科夫的论点,提出个性问题,个性与共性的统一性,也不是那么简单。苏联现在也不大讲阶级共性,而是全民的人性,强调全民是共同的人性。我们认为,还是恩格斯讲的"典型环境中的典型人物"。一个阶级一个典型,是有害的理论。去年读了《城市姑娘》,觉得不应该这样理解。恩格斯是讲环境和人物的关系,在一个典型环境中间,有各种各样性格的人物,在一定环境中,写出各种人物之间的关系。我们的作家,是不会相信一个阶级一个典型这种理论的。但是,这种理论加给创作的压力还是很大的。写英雄人物,谁也没有规定必须写缺点,但有发展过程,在克服、斗争中发展过来。怎样从艰苦奋斗、复杂的斗争中成长起来?《创业史》中的梁生宝,是最高的典型人物,但我不认为是写得最成功的。梁三老汉、郭振山等也是典型人物。谈《红旗谱》,只谈朱老忠;但严志和也是成功的典型。赵树理《锻炼锻炼》中的小腿疼,受到责难。作家对简单化、教条主义、机械论的批评应当顶住。提高、拔高的问题,也是从一个阶级一个典型来的。"拔高"就是拔到他们所订下的标准上去。

创造人物,根本问题是熟悉人、了解人,但也反对那种如实描写的自然主义倾向。提高无非是概括,是典型化,将人物性格概括起来,使它更加突出。

理想主义与理想化不同。

茅公提出"两头小、中间大",英雄人物与落后人物是两头,中间状态的人物是大多数,文艺主要教育的对象是中间人物,写英雄是树立典范,但也应该注意写中间状态的人物。

创造人物主要依靠人物的行动,言行反映出他的心理状态,行动表现出矛盾的具体化的东西。写人物,应该注意写出人物的心理状态——心理就是灵魂——这是灵魂工程师的任务。

风格,每个作家可以不同,主要是从现实、从生活出发,在现实生活的基础上探求两结合的道路,团结人民,教育人民,克服困难,向我们的目标前进。

1962 年 8 月

周谷城

艺术创作的历史地位

一、无差别的境界

为着要说明创作,最宜把创作之前的情况先考查考查。一件东西,我们如要加以了解,从其本身直接研究,固然是好办法;但有时从其前身考查,亦即从其未出现之前的情况,加以考查,更容易获得了解。创作之前的情况是怎样的?我们可以勉强用一句概括的话曰:生活上无差别的境界是也。生活充满问题,充满矛盾;而且问题解决一个,又来一个;矛盾解决一次,又来一次;怎样好说“无差别的境界”呢?不错,生活上的问题是一个又一个的来,矛盾是一次又一次的来。但来了,就逼着我们去解决;问题或矛盾解决了,生活上必有无差别的境界出现。出现的时间可能是很短的,但必有一段时间;如果没有一段时间,必是问题或矛盾完全没有解决,或没有完全解决。

生活上无差别的境界,是随时随地都可以找得着的。婴儿睡在摇篮里,由母亲推到公园;正当风和日暖,鸟语花香的时候,呼吸着新鲜空气,享受着宜人的景物;这时的生活应该是进入了无差别的境界的。小学生在操场上拍球,他的精神兴趣附在球上;全身活动围绕着那小小的圆东西进行;疲倦了的时候,喝温开水一杯,从口袋里摸出糖果,不等嚼完,又继续着拍;这样的生活是没有问题或矛盾的,应该是进入了无差别的境界的。婴儿小孩,年龄太小,我们或可武断地说,他们什么都感觉不到,根本谈不上生活上有无差别境界。谈不上是真的,感觉不到则不见得。他们这样的生活,如果碰上了问题或矛盾,他们便会哭起来,不能说感觉不到。简单的游戏生活,固是无差别的;激烈的足球比赛,亦复如此。雄赳赳的运动员,全幅(副)精神,全身运动,与皮球融为一体;双方激烈竞赛之时,每个人的精神活动,生理活动,全然一致:生理的几乎就是心理的,心理的几乎就是生理的!活动虽很激烈,生活却是很安详而无差别的。竞赛的运动,固然如此;即复杂的技术工作,亦莫不然,亦有进入无差别境界的时候。《庄子》上述庖丁为文惠君解牛,就是一个很好的例子。解牛或屠牛是多么艰险的技术!庖丁为文惠君解牛,却奏刀騞然,恢恢乎游刃有余!一刀下去,恰到好处,如同没有遇到什么障碍一样。这是寓言,这是故事,不可信以为确有其事。但复杂的技术活动巧妙到了极境,活动者的精神与身体完全统一,却是常见的。平常我们所谓主观与客观,在这里竟是没有区别的,生活上呈现着无差别的境界。这境界哲学家很羡慕,例如程明道所谓"动亦定,静亦定,无将迎,无内外"云云,可能就是这一类。不过哲学家如以为生活永恒如此,那却是不可能的;如以为不经过问题或矛盾的解决,而能达到,那更不是事实。

生活上无差别的境界,只能从解决问题或消除矛盾而达到;不是象我们的理学家那样,把欲屈于理之下所能达到的;更不是象德国失(席)勒(F. Schiller)那样,叫威性的冲动与理性的冲动相互妥协所能达到的。无差别的境界,从正面说又叫绝对境界。这样的境界,若用旧话说,可以说是"自得的",如"足于己无待于外"云云,可为写照。也可以说是"有重心的",如"自自在在,无罣无碍"云云,可为写照。艺术生活是超越差别,进入绝对的,如听音乐或听京戏的人,听到入神之时,自我和音乐,和唱腔完全融为一体,可以说超越了差别,进入了绝对。不过这究竟只是生活的艺术境界,而不是艺术创作活动。艺术的创作活动恰恰在这个境界过去之时或未来之时,而不在这个境界之内。

二、生活上的波澜

无差别的境界,不仅没有艺术创作,而且没有一切创作的活动可言。创作活动的开始,只能在生活发生波澜或震动时,只能在生活发生问题或矛盾时。没有波澜或震动,没有问题或矛盾的宁静生活,象没有微波的秋水一样:既没有客观的任何变动,也没有由这变动引起的任何主观的要求;主观客观云云,完全统于一体;这样的境界,固不能发生任何创作活动,事实上其本身的存在也是很短暂的。我们固不能说我们的生活总是充满对立斗争,充满问题矛盾;但事实上平静无波的境界毕竟不常有,而充满问题或矛盾的时候却是常有的。

就象上面所说,婴儿在摇篮里,享受着慈母的抚爱,一切自在,固然是在无差别的绝对境界中,他的生活上固然没有什么尔、我、内、外的分别。但当阳光刺了他的眼睛,或人影遮了他的视线,他便要叫起来。这时他自己从不能有解决问题或消除矛盾的活动;为慈母者必然要为他作一番调整。拍球的小孩,也是一样;天真活泼,什么尔、我、内、外的分别,全然不知。但是他那只球如果掉在水里去了,他便要千方百计捞起来。这时他便进入有创作活动的时候了。他的创作活动虽不是艺术的,却是解决问题,消除矛盾所不可少的。同时也证明一件事情:即创作活动的由来,全在生活上发生了问题或矛盾。参加足球竞赛的运动员的生活也是如此。他们的活动是全人格的:心所到之处,就是体所到之处;活动虽很激烈,然而时时刻刻都是很稳定的;真可以说是“动亦定,静亦定”者。不过其技甚巧,心身统一,是一回事;这统一的境界之动摇,又是一回事。竞赛过程之中,偶尔跌伤手足,便随即引起震动。虽老于运动者,此时的心与身,便不能是统一的;绝对无差别的境界,随即溜走了;他立刻要发动思维,停止体力活动。哲学家所谓“动亦定,静亦定”的宁静生活,无差别境界,似为生活的正面;而事实上我们的生活却总是充满问题或矛盾的,不是平静无波的。

这样不平静的生活,分开来看,有几个特点:一则客观的情况明白显现,与自我相违,即与主观对立起来,阻挠着身体的活动,使不能畅快的前进。二则主观的心理活动,原是与身体的活动融合无间的,现则分别显现,跳出来独立活动。三则生活陷入不稳定,甚至很痛苦的境界中;主客观互相分离,心、身不能统一,统一的活动受着阻挠。

三、理想的由来

心身统一的活动受到阻挠,生活陷入困境,这是不好受的!于是心理的活动从心身不分的统一中,分别显现,跳出来独立活动。这种活动就是为着要摆脱困境的。独立的心理活动,在这时已成了一般所谓思维。瓦特生(J. B. Watson)谓思维即无声的语言。其实思维的任务,首在缓和生理的活动;接着消除当前的障碍;然后恢复心身的统一。思维要完成任务,必须于问题突出、矛盾重重的困境中,找出可行之路。这可行之路就是理想。

人类最早的理想是信神。例如生病,是生活上的困境;我们的祖先最早想出来的却(祛)病之法,就是信神;以为病是神所降的,是神用来处罚我们的;我们如果得到神的欢心,神就可以替我们把病除掉。其他天灾、人祸,都被视为神所降临;解除之法,只在向神祈祷。神不是先人类而存在的;恰恰相反,是人类自己创造出来以解决生活上的困境的。但最早的神,一被创造出来,我们的祖先即无异于获得了渡过困境的理想。有人说,神而能引导我们渡过困境,虽不存在,也可视为真的!希腊哲人普洛塔哥拉士(Protagoras)首创这种谬说,近代英国的希勒(F. C. S. Schiller)与美国的詹姆士(W. James)竟附而和之!宗教迷信,是麻醉剂,是鸦片烟;他们好象乐于叫人饮麻醉剂,抽鸦片烟者!

信神是最要不得的理想。除此之外,用以度过困境者,还有各种各样很不正当或不切实际的办法。例如反对婚姻不自由的青年,激于火热的感情,以手枪自杀。自杀是何等不争气的办法呀!居然有以此度过一时的困境者,少年维特即其一例。

空想也是一种,这比信神和自杀,当然好多了,有时空想竟可成为现实。不过空想而可成为现实的,自始就一定有其近于现实的因素或可能。至于一般所谓空想,总是离现实很远的;邹衍的空谈,摩尔(Thomas Moore)的空想,都属这类。达观也有被视为理想的。社会充满了问题或矛盾,生活到处是困难和麻烦;被压迫和被剥削的人随处可见。对这样的情况,不想加以改造,反而视压迫与被压迫为没有分别,视剥削与被剥削为一样的。持这种达观的人,在历史上是常有的。信神、自杀、空想、达观,以及其他与此类似的办法,在历史上虽都有人采行,以为是可行之路;但真正可行之路,却与此不同。

真正可行之路为创新,即于问题突出、矛盾重重的困境中,创造一个崭新而又可行的计划是也。生活陷入了困境之时,不能苟安,仍要前进;既要前进,便不能不另辟新路。另辟新路之时,不能与原有的现实完全脱离关系,也不能完全拘守原有的现实而不分离。完全脱离原有现实,不免流于空谈;完全拘守原有现实,不免流于守旧。正当的办法在寻出问题或矛盾之所在,分析其性质;根据分析拟出一个计划或蓝图。这计划或蓝图,即是可行之路,即是理想。付诸实行之时,它可以引导我们一步一步摆脱旧的困境,一步一步进入新的坦途。它介于两个现实之中,一方面逐步抛弃原有的现实,另一方面逐步实现新的现实。原有者如为"在自的",则理想便为"外自的",即自原有中外化其自身者;理想如为"外自的",则新现实便为"为(在)自的",即通过理想复返于现实、即较高一级的新现实。

四、理想的实现

理想的实现,可以分为两种:即实际的实现和虚拟的实现是也。一个理想提出来,诉诸理智,付诸实行,获得成果,可称之为实际的实现。这样的实现,即历史的实践。历史是斗争过程:或为人类与自然的斗争,或为阶级与阶级的斗争。每一次斗争,都有理想以为指导。理想可能是很高的,也可能是不高的;但无论如何,一定要有。没有理想的斗争,即没有目的的斗争,实无异于盲动。依理想而斗争,所获得的成果,可能是很大的,也可能是很小的,但终必有成果。完全没有成果的斗争是极少的;即理想自身丝毫没有实现,似乎全无结果,然参加斗争者所获得的经验教训,可为继起的活动作准备,也便是成果。由理想而实行,由实行而获得成果,是理想的实际的实现过程。

与此相反,一个理想提出来,只诉诸情感,不付诸实行;体现情感的东西之自身,即无异于实行的成果。这样的实现,可称之为理想的虚拟的实现。这样的实现,即艺术的实践。艺术实践就是艺术的创作过程。作家创作一件东西,体现着自己的情感,正如鲍山葵(B. Bosanquet)所说"使情成体"。情感自身是不具形体的;虽很真切,却无法感人;摄入形体,成为一件东西,便能任人用感觉器官接触,使整个人格受到感动。形体构成之日,即创作成就之时。不过创作的成就,虽具备了形体,就理想说,仍只是理想的虚拟的实现,而不是实际的实现。因为感人的艺术作品,其所代表的理想,并不是在实际生活中已成为现实的。一首诗,一幅画,一支曲,所代表的理想虽很高,体现的情感虽很强,然其作用只在感人,并不是完成了一次实际斗争的成果。由理想而创作,由创作而成就艺术作品,是理想的虚拟的实现过程。

虚拟的实现过程所成就的艺术作品,其本身倒不是虚的。恰恰相反,实体现了一种真实的情感。真实的情感由生活的困境逼出,或由生活的顺境引起,形成理想,体现而为艺术作品,或形象化而成为具有形象的艺术作品。艺术作品,只要是体现了真实情感的,都是可以动人的。就这点说,理想的虚拟的实现,其作用可以是很长远的:一件作品存在几十年,或几百年,甚至几千年;只要它所体现的情感还是人类中可能有的,其感人的作用亦必随着存在,是曰不朽。不朽的作品是很多的,艺术博物馆里所陈列的多是不朽的作品。至于理想的实际的实现,恰与此相反,其作用只到获得历史成果时而止。人与自然的斗争,或阶级与阶级的斗争,虽都出自理想,虽都以理想为指导;但斗争获得成果之日,就是理想停止作用之时。当然,历史陈迹,历史人物,也多有能感人的。不过历史陈迹或人物而能感人,其自身又常常变成了艺术品;否则斗争获得成果之日,总是理想停止作用之时。理想的实际实现,其作用止于本身;理想的虚拟实现,其作用及于长远。这个区别是很重要的。美国杜威(John Dewey)对此不分,或分得不甚清楚;因此照他的理论发展下去,艺术只可能有创造过程,不可能有不朽的作品。有人说他的理论是虚无主义,似非偶然。

五、创作中的模仿

“使情成体”,首先须有物质作条件。如绘画,必须先有黄绢、白纸、粉墙等以为条件;如雕刻,必须先有玉石、象牙、黄杨等以为条件;如建筑,必须先有砖、瓦、木、石、钢骨、水泥等以为条件;如音乐,必须先有钟、鼓、琴、瑟、箫、管等以为条件;如歌唱,必须先有喉头上的发声器官以为条件;如舞蹈,必须先有能舞善蹈的手足以为条件。情感自己是不具形体的,不借外物以为条件,即不能成体。如喜、怒、哀、乐等等情感,虽极简单,亦必有物质以为条件。张口哈哈,可以表示喜;张开的口,哈哈的声,便是物质;没有这等物质,喜的情感即不能成体。咬牙切齿,可以表示怒;所咬的牙,所切的齿,便是物质;没有这等物质,怒的情感即不能成体。哀、乐亦复如此;没有物质以为条件,哀、乐的情感即不能成体。

情成了体,未必就能动人。为着要使成体之情能发生作用,而动人情感,必须有形象。形象是什么?从实物说,一切占据时空,可以看得见,可以听得出,可以触得着的东西，当是具有形象的。具有形象的东西，可以是天然现成的，可以是人工制出的。如人物、山水，如飞禽、走兽，如梅、兰、竹、菊，如虫、鱼、草、木，如高楼、大厦，如城、郭、沟、池，如风、云、雨、雪，如崖石、清泉等等，都是具有形象的东西。这些东西，虽不一定体现人类的情感，然都有体现情感的可能；虽不 一定都感动人，然都有感人的可能。自然景物，常能体现人的感情，也常能动人情感。我们欣赏自然景物，毫不加工是常有的事。稍稍加工：或就自然景物予以培养，如制造盆景那样；或就自然景物划个范围，如开辟花园那样；或将自然景物移到自己的住所，如栽花养鸟那样；或将自己移就自然景物，如游山玩水那样；凡此种种活动虽不能算创作，然离创作活动，已不远了。

创作活动的起码一步，常为模仿。模仿云云，意义也不止一个；但把具有形象的客观存在，作为主题，移入作品，仿制出来，是常见的。就这个意义说，模仿几乎是创作所不可少的；任何创作，没有客观存在之物以为主题，观赏起来将无法了解。据说有某种新派艺术，其所创作令人全然不知；那样的作品，如仍叫做艺术的，其理由当别有所在。就一般说，任何作品，无论是雕刻、建筑、绘画、音乐、诗歌、舞蹈，只要是艺术的，都必是有主题的。主题或属于自然的，如高山流水等；或属于人为的，如竹篱茅舍等；或属于运动的，如骏马骄行等；或属于静止的，如杯盘果实等。无论客观存在之物形象如何，艺术作品之中，必有感觉器官所能识别之物以为主题，才能叫人懂得。模仿不是创作；但创作不能不有模仿。

六、超出模仿的东西

然则要如何才叫创作呢？曰，要有超出模仿的东西。例如画一枝竹笛（笋），题曰“不肯认人”，颇表现了傲岸反抗的精神。这精神不是对竹笛（笋）的模仿，而是超出模仿的东西。画一个算盘，题曰“唯利是图”，颇表现了鄙视贪婪的气概。这气概不是对算盘的模仿，而是超出模仿的东西。竹笛（笋）、算盘，一则类似比喻，一则类似象征；比喻与象征，都不见得是艺术创作所必不可少；而且都借题词以诉诸理智，不全凭形象以震动感情；看起来不是了不起的杰作。尽管如此，然而超出模仿的东西却明白新鲜！绘画如此，他如雕刻、建筑、音乐、诗歌、舞蹈、戏剧等等，只要是成功的艺术作品，无一不有超出模仿的东西。这超出的东西或多或少，可以有程度的不同；然而总得要有。如完全没有，创作意味将等于零；对观赏者将不发生任何感染作用。模仿仅只达到形似，毫无超出模仿的东西，以发生感人作用的作品，事实上将因观赏者赏鉴程度的提高而不能久存，甚或根本不能出现。

超出模仿的东西，就一方面说，虽属出于创作，然就另一方面说，却是广泛流行于整个社会的时代精神。在原始氏族社会，因着人与自然的斗争，部落与部落的斗争，常形成各种不同的思想意识，汇合而为氏族社会的时代精神。在奴隶制社会里，生产力比以前大大进步了，社会分裂成为剥削与被剥削的不同阶级，压迫与被压迫的不同阶级。随着阶级而出现的有国家制度。这时的人，除与自然作斗争外，尚有阶级与阶级的斗争，民族与民族的斗争。所有这些，又形成较前此更复杂的思想意识，汇合而为更复杂的奴隶制社会的时代精神。由奴隶制社会进入封建社会，由封建社会进入资本主义社会，生产关系随着不同，各种斗争亦随时代而有异。封建时代，农民反抗封建地主的剥削和压迫，不断暴发斗争；资本主义时代，工人反抗资产阶级的剥削和压迫，也不断爆发斗争。因此封建时代又有各种思想意识，汇合而为当时的时代精神；资本主义时代又有各种思想意识，汇合而为当时的时代精神。各时代的时代精神虽是统一的整体，然从不同的阶级乃至不同的个人反映出来，又各截然不同。这种种的不同，进入各种艺术作品，即成创作的特征或独创性，或天才的表现。就其广泛流行于整个社会而言曰时代的精神；就其分别反映于具体作品而言曰天才的表现。

天才人人具备，但各人所有的，大小有不同，表现的方面有不同：或表现于生产工作，或表现于艺术创作。即在艺术创作方面的表现，也有各种不同：或表现于作画、吟诗等，或表现于歌唱、舞蹈等，或表现于雕刻、建筑等。表现于生产工作等方面的，有人力胜天的工程；表现于艺术创作等方面的有巧夺天工的艺术品。人力胜天的工程，为历史的陈迹；巧夺天工的艺术品，为文化的内容。一属理想之实际的实现，一属理想之虚拟的实现。亚里士多德在他的《伦理学》里把行为的对象分为"造作的"和"执行的"两种；在他的《声诗学》里，把模仿的对象分为"实然的"和"能然的"两种。"执行的"和"实然的"即理想之实际实现的；"造作的"和"能然的"即理想之虚拟实现的。不过亚里士多德于此，仅透露了端倪，并没有讲个明白；因此在他的著作里，声诗固然是艺术，至于建筑是否也可为艺术，就模糊不清了。

七、创作的历史意义

历史过程就是斗争过程。艺术创作之所以有意义，就只因为在这过程中发生了作用。倘在这过程中不发生任何作用，将没有艺术创作的意义可言。斗争过程有种种不同：如人类的征服自然，被压迫阶级的打倒压迫阶级，都是斗争过程。在任何一种斗争过程中，艺术创作可以发生作用。我们若依其作用的性质而言，可以勉强分为较大的三项：一曰填补不足，二曰纠正错误，三曰发扬优点。如防洪水，除猛兽，驱蛇龙，是对自然的斗争，都需要勇敢机智；打倒贪官、污吏、土豪、劣绅，是对压迫阶级的斗争，也都需要勇敢机智。我们所有英雄的诗歌，复杂的故事，精细的雕刻，多能描绘勇敢机智，促使斗志昂扬，是即艺术作品发挥填补不足的作用处。反动势力统治人民的封建时代,农民因被土豪劣绅蹂躏,常直接起来打击豪绅,推翻官府;正义、公道,从而得到伸张。所有民间流传的故事,表演的各种戏剧,多能反映类此的事实。是即艺术作品发挥纠正错误的作用处。至于生活相当圆满,问题矛盾不易爆发,斗争一时进入隐而不显的时候,常有艺术作品从正面描写生活圆满,心情舒畅,使圆满者更圆满,舒畅者更舒畅。是即艺术作品发挥发扬优点的作用处。旧话有曰,"充实之谓美",亦即填补不足的意思;有曰"锦上添花",亦即发扬优点的意思;有曰"绳牵纠谬",亦即纠正错误的意思。有不足,要填补;有错误,要纠正;有优点,要发扬。艺术作品于此,都能发挥作用。

或曰填补不足,纠正错误,发扬优点,并不限于艺术;科学技术、道德、伦理、政治、法律等,无一不是如此。既是如此,艺术作品与科学、道德、政法等有什么不同呢?不错,就究竟目的说,艺术与科学、道德、政法等,完全相同,同是实现理想,使生活向较高阶段发展的。但作用之所以发生,却有其绝不相同处。艺术作品之发生作用,在于以情感人:一件艺术作品,一方面体现情感,另一方面则动人情感。科学、道德、政法等之发生作用,在于以理服人:科学、道德、政法等之构成,包括〔着〕事情存在、发展的理论;其使人信服,在于诉诸人的理智,而不在于震动人的感情。当然,诉诸理智的东西,亦有多带情感的;如农民的政治演说,以形象出之,多带情感,常能娓娓动听。不过这样的演说,已近乎诗,而有艺术意味。反之,名为艺术品,也有借助于理智的;如一出戏,每一幕都有长篇说明;一首诗,每一句都有详细注解;一幅画,每一部都有介绍的题词;处处充满着理智,借以帮助读者的理解。不过这样的作品,虽仍有意思,然已近乎科学的说理之作,艺术意味,将随说理的明白而淡薄起来!

真正的艺术作品,不是以理服人的,而是以情感人的。以情感人,被感动者全人格受到震动,而不自知其所以然。如读一首好诗,看一幅好画,常常拍案叫绝,曰好、好、好;然而说不出所以好的理由来,是即全人格受到震动的明证,颇近乎一般所谓直觉。被理说服者,可以参加对自然的斗争或对阶级的斗争,推着历史前进;被情感动者,更可以参加对自然的斗争或对阶级的斗争,推着历史前进。历史前进云云,即斗争过程中的矛盾一次一次的获得解决,无差别的境界一次一次的获得接近。无差别的境界是可以接近或达到的,却是不可以久留的。因之艺术的源泉可以无穷,艺术的历史作用亦将无限发展。是曰艺术创作的历史地位。

——原载《新建设》1962 年第 12 期

唐弢

关于题材

一篇作品的成功与失败并不决定于题材的大小,但是,作家和艺术家对于题材的认识——包括理解的程度和选取的标准,却是构成作品的思想内容的基础,也是构成作品的形象创造的基础。从这个意义上说,生活里可写的题材是极其广泛的,不必要畏首畏尾,不应该有清规戒律,但是通过作家的理解而被选定的作为提炼和加工的对象,也就是说,一篇具体的作品的具体的题材,却还是有好坏的区分,有高下的区分,有恰当与不恰当的区分,因而也仍然存在着可以写和不必写的问题。忽视这个问题是不对的。根据文学艺术的社会意义考察起来,我以为尤其是这样。

两年以来,我们曾经反复地说明文学艺术为政治服务是一条开广的道路,不应该作狭隘的解释。我们提倡题材多样化,主张作家和艺术家既要设法熟悉革命斗争和社会主义建设的题材,也可以依据自己的政治经验和生活经历,依据自己的兴趣和特长,从各方面选择题材以表现我们的时代,从各方面选择题材以满足群众的需要。这样做是完全正确的和必要的。任何一个民族、任何一个时代、任何一个阶级的文学艺术当它生气勃勃地上升的时候,总是保持着丰富多彩的特点,形成各种题材、各种形式、各种风格的多样的发展。从历史上看,东方民族是这样,西方民族也是这样;封建社会是这样,资产阶级社会也是这样。资产阶级到了没落时期,由于思想的贫乏和灵魂的空虚,在艺术的领域内已经无"新"可"标",无"异"可"立",这才使创作走入邪道,不得不求助于猩猩的脚爪和驴子的尾巴,彻底地宣告了他们的精神生活的破产。无产阶级是一个充满自信的阶级。列宁在《党的组织和党的文学》里,指出"文学事业应当成为无产阶级总的事业的一部分,成为一部统一的、伟大的、由整个工人阶级的整个觉悟的先锋队所开动的社会民主主义机器的'齿轮和螺丝钉'"。① 他接下去说:"无可争论,文学事业最不能作机械的平均、划一、少数服从多

① 《党的组织和党的文学》,《列宁全集》(中文本第十卷),第25页。

数。无可争论，在这个事业中，绝对必须保证有个人创造性和个人爱好的广阔天地，有思想和幻想、形式和内容的广阔天地。”①毛泽东同志根据中国的具体情况，在承认社会主义社会仍然存在着各种矛盾的基础上，提出百花齐放、百家争鸣的方针，全面地、系统地发展了列宁的观点，主张“艺术上不同的形式和风格可以自由发展，科学上不同的学派可以自由争论”②。这是无产阶级极端坚定的阶级政策，是列宁主义的促进艺术繁荣和科学进步的方针。题材是艺术创作上一个具体的问题，受到这个方针的鼓舞，由文学艺术界提了出来，它是积极的而不是消极的，是为了发挥文学艺术的作用而不是为了削弱文学艺术的作用，是为了促进社会主义文学艺术的发展而不是为了限制社会主义文学艺术的发展。它虽然是一个具体的问题，却不是一个细小的问题。

高尔基曾经不止一次地劝告作家们扩大自己的视野，扩大观察的范围和描写的范围。他是根据文学的社会作用来解释题材的意义的。高尔基说：“我并不是要强迫文学担任‘地方志’和人种学的任务，然而文学到底是要为认识生活这个事业服务的，它是时代的生活和情绪的历史，因此，关于它所包括的现实究竟广阔到什么程度的问题，是可以提出来的。”③这位社会主义文学奠基人回顾了过去的历史，认为古典作家的观察范围很狭隘，具有决定意义的童年印象受到一定地区的现实的限制，成年以后的生活圈子又约束了他们。年轻的一代需要突破传统的视野，利用比前人更丰富的经历，充分地反映应该反映而又尚未得到反映的生活。在高尔基看来，文学既然是时代的生活和情绪的历史，扩大观察的范围和描写的范围，目的是要把这幅历史的图景写得更绚丽，更完美，更新鲜，同时也更有意义；而决不是要作家们违背文学的社会作用，离开历史的图景去重复尽人皆知的身边琐事和所谓“永恒的主题”。高尔基的意见是符合于列宁的思想的，是符合丁毛泽东的方针的，同时也是我们主张扩大题材的基本的观点。从什么角度说明题材多样化的意义，着重地向哪个方面扩大，这是每一个关心社会主义文学发展前途的人应当考虑的问题。经过两年来的艺术实践，在文学创作方面有了不少的收获，我们看到一些新颖的题材，一些有趣而又有益的主题，一些过去从来没有写过的生活。内容的变化同时也促进了形式的变化。这个局面的开展，说明题材多样化的主张是正确的，必须坚持一切正确的主张。但是，也正因为这样，和这个问题有关的某些想法和某些做法便不能不引起我们的汴意。现在似乎有一种不成义的论调：题材之所以单调和狭窄，是因为大家都在写革命斗争，大家都在写社会主义建设，对象受到了限制。于是在评论方面，有

① 《党的组织和党的文学》，《列宁全集》（中文本第十卷），第26页。

② 《关于正确处理人民内部矛盾的问题》，人民出版社1957年，第25页。

③ 《论文学》，《高尔基文学论文选》，人民文学出版社1958年，第91页。

人提倡写“家务事，儿女情”，有人提倡写“不好不坏，亦好亦坏，中不溜儿的芸芸众生”；在创作方面，也的确出现了一些既没有思想意义也缺乏艺术力量的家用流水账似的作品。这是曲解了题材多样化的意义的。那样的想法和那样的做法，实际上是把问题庸俗化了，当作一种倾向来看，同时也是把艺术庸俗化了，其结果必然会降低作为精神生产的艺术的作用，违反作为精神生产的艺术的特征。

我们主张题材多样化，因为生活本身就是多种多样的。古典作家并没有把富有意义的题材写完，新的现实又为我们提供了更多远非前人所能想象的题材。我们首先应当着重地把这些引进到艺术的园地里来。大家都还记得：当年轻的社会主义文学开始出现的时候，其所以使资产阶级仓皇失措，惊呼嫉（疾）叫，正是由于它在人类的精神领域里开辟了一个史无前例的天地，为文学艺术带来了令人耳目一新的题材和主题。作品的描写对象转换了，出现在作家笔底的生活和情绪起了变化：革命斗争代替了无病呻吟，生气勃勃的社会主义建设代替了百无聊赖的饱食生涯，集体主义的凯歌代替了个人命运的毁灭，劳动模范、战斗英雄代替了“多余人”和胆小鬼。无论是继承高尔基传统的苏联文学还是一九四二年——特别是一九四九年以来的新中国文学，尽管有些作家掌握技巧还不够熟练，处理材料还有点粗糙，却莫不以这些鲜明的变化受到了进步人类的称道。从文学史上看，表现这种变化是扩大了文学艺术的题材范围呢，还是缩小了文学艺术的题材范围？从题材本身看，为什么经过几百年反复描写的“家务事，儿女情”会是新鲜的和多彩的，而出世不久、前人从未接触过的社会主义建设反倒造成了单调和狭窄？十分显然，事情在这里是被颠倒过来了。按照那样的想法和那样的做法，实际上并不是扩大了题材的范围，而是缩小了题材的范围；不是引导艺术作品去表现朝气蓬勃、一直通向未来的无比广阔的生活，而是使创作的描写对象回到了千遍万遍地被人践踏过的狭小的圈子里。错误的实质还在于：他们把“家务事，儿女情”和社会主义建设对立起来，把“中不溜儿”的人物和革命斗争中的英雄人物对立起来，抓住一点着重地加以倡导。有谁曾经说过：写社会主义建设只许有大场面、不许有日常生活呢？有谁曾经说过：写革命斗争只许有英雄人物、不许有处于中间状态的人物呢？生活的某个方面不等于一篇作品的具体的题材。革命斗争有各种各样的题材，社会主义建设有各种各样的题材。可以写这个，也可以写那个；可以从正面选取，也可以从侧面选取。题材的主要方面又不等于一篇作品的全部的内容。任何故事都有错综复杂的组合，任何情节都有错综复杂的组合。有斗争场面，也有日常生活；可以合起来写，也可以分开来写。革命斗争、社会主义建设本身不可能导致题材的单调和狭窄。如果一篇反映这方面生活的作品使人感到单调和狭窄的话，单调和狭窄的决不会是作为客体的被描写的原来的生活，往往倒是作为主体的去选取的作家的头脑。革命的形势是发展的，社会主义建设也以日新月异的速度改变着自己的面貌，作家们倘不是经常保持对于这方面生活的接触，不断地扩大自己的视野，加深自己的认识，单凭过去曾经有过的一点经验，那就很难从中开掘出新鲜有趣、动人心弦的题材来。我们应当想一想：根据题材多样化的要求——即使仅仅为了这样一个要求，是消极地规避这方面的生活，放弃这个取之不尽、用之不竭的丰富的宝藏呢，还是积极地去了解它，熟悉它，打开一个真正可以说是开广的局面？答复只能是属于后者。正是因为这样，我们主张作家要深入群众，深入火热的斗争，进一步熟悉革命斗争和社会主义建设的现实。而题材的扩大化，多样化，以至(致)最后达到根本的解决，我以为关键也正在这里——而且只能是在这里。

我们认为作家需要从根本上——从深入群众、深入火热的斗争去解决扩大题材的问题，却并不排斥写"家务事，儿女情"，并不排斥写"中不溜儿"的人物。如果"家务事，儿女情"指的是今天的日常生活和爱情生活，"不好不坏，亦好亦坏，中不溜儿的芸芸众生"指的是那些处在中间状态的人物，这样的生活和这样的人物是可以作为描写的对象的，也可以作为一篇具体的作品的具体的题材。较小的题材并不妨碍它有较大的主题，鲁迅的许多作品，例如《狂人日记》、《孔乙己》、《祝福》以至《伤逝》等等，写的都是平凡的故事，平凡的人物，而这些作品的主题却又莫不深入历史的内容，以惊人的力量摇撼着千百年来传统的制度和观念。小题材可以产生大主题，小题材自然也可以仅仅只有为它本身所需要的中心思想。一个自觉地对人民群众负责的作家，完全有自由依据自己的政治经验和生活经历，依据自己的兴趣和特长，去处理他所熟悉的题材。人民群众对文学艺术的要求是多种多样的，文学艺术对人民群众的影响也是多种多样的。文学艺术给人以思想上的启发，也给人以感情上的陶冶，潜移默化地培养人们高尚的品德和健康的情操。从这点上说，一首美好的情歌，一支轻松愉快的乐曲，一幅欣欣向荣的花卉画，作为一个组成部分，也是我们生活里经常需要的东西。按照高尔基的说法，它们或许不能被称做时代的生活的历史，然而却的确是时代的情绪的历史，以生动活泼的情调反映出社会主义时代革命人民乐观向上的精神状态。一切属于精神状态的东西都不能强加和外贴，只有深入到作家的神经里，潜伏在作家的骨髓里，然后才能真正成为作品的内在的力量。这就说明：无论是大题材还是小题材，大主题还是小主题，作家必须联系实际生活，从革命斗争和社会主义建设中掌握时代的精神和情绪，使艺术创作的内容实质具有恰如其分的高度。中国有句老话："大处着眼，小处入手。"作家如果不是从"大处"观察，光是从"小处"下笔，不仅小题材不会有大主题，在情歌、轻音乐、花卉画里不会出现反映时代特征的精神状态，由于对题材多样化的曲解，甚至还有可能将今天的日常生活和爱情生活写成名副其实的烦琐的"家务事"和卑微的"儿女情"，使艺术创作中属于中间状态的人物形象,原封不动地停留在面目模糊的所谓"不好不坏,亦好亦坏"的模型上,这样就违反了文学艺术的典型化的要求。我们曾经再三说明,运用政治概念简单地去图解生活是违反文学艺术的特征的;我们现在还想郑重说明,抛弃社会作用琐细地去记录生活则又违反了文学艺术典型化的要求,而任何没有典型意义的作品总是既没有思想力量也没有艺术力量的。这正是题材多样化以后出现的某些作品的缺点。

不说清楚这些关系,片面地把扩大题材的重点放在"家务事,儿女情"方面,放在"不好不坏,亦好亦坏"的"芸芸众生"方面,其结果必然使题材的路子愈走愈狭,终于不得不陷入不加选择的境地。我读到一篇关于猫的散文,作者以烦琐的笔墨和远离时代的情调,毫无意义地为猫传状,向猫祝福,使猫的逗乐在精神上压倒了人的酬对。这篇作品的缺点不是因为它描写了猫,重复着前人的命题,而是因为它描写了猫,却远逊于前人的命意。这一点不仅表现在主题上,同时也表现在对题材的选取上。我们从作者的笔底得不到艺术作品应当给予的东西。我由此想起左拉的《猫的天堂》①。左拉写的是一只受豢养的小雄猫,厌倦了饱暖、舒适、爱抚的生活,逃出去和一群野猫为伍,以享受自由的幸福。起初觉得户外生活很新鲜。不到一天,便尝够了自由的代价:挨饿,受冻,淋雨,奔波。它央求一只大雄猫送它回家。大雄猫说:"我早就想:像你这样一只肥头胖脑的猫,生来就不配享受自由中的艰辛的快乐的。"小雄猫回到家里,挨了女主人一顿打,吃到了肉,得到了一个这样的结论:"挨打而有肉吃的地方,便是我们猫的天堂。"作家在结束处余味无穷地加上一句:"我说的是猫的事。"左拉是有名的自然主义者,而小说却以鲜明的态度反映了他的时代主题。这是因为:作家赋有深广的社会气质,在实践中,他常常违反自己的主张,从自然主义里跳出来,即使是在这样一篇小小的作品里,我们也能够接触到他的伟大的灵魂,感受到他为德莱斐斯事件而写的《我控诉》那样强烈的情绪。生活在二十世纪六十年代的我们并不是自然主义者,有什么理由在实践中让自己比所有自然主义者走得更远、陷得更深呢?不幸的是我还有更甚的例子。我说的是一篇题做《小闹闹》②的小说。如果说自然主义的一个特点是过多地罗列了生活的细节,这篇作品却没有任何为艺术创造所需要的细节,它所收集的只是生活的渣滓,由作者沾沾自喜地表达出来。作品以第一人称总结了第一次做父亲的经验,从"腊月二十四夜半""妈妈上医院"写起,"三点半开始阵痛","三点五十五分呱呱降生",一直到作者执笔时孩子刚满"一年一个月零二十天"为止。全部过程充满了琐屑的叙述,光是量体

---

① 可参考刘半农译:《法国短篇小说集》,北新书局,1927年。

② 可参考《上海文学》1962年6月号。

重一点，就反复出现，喋喋不休，以数字的统计代替了形象的创造：降生时两千七百克——五斤多点，满月时六斤半，两个半月八斤四两，以后隔十天半月称一次，由九斤而九斤十两，而十斤十四两，而十一斤半，最后是二十斤，等于“半袋子面”。全部过程又充满了庸俗的卖弄，以责备自己的口气衔鬻带孩子的知识，“你会吗？不会。什么都不知道，什么都不会，你当什么爸爸哟！”于是艺术作品又变成不折不扣的育婴法：量体重，“填进一张特制的统计表”；喂奶，“不来津”，别叫“含着奶头”；溺尿了，先学“迭(叠)尿布的方法”，“别叫尿湿了肚脐”；拉巴巴了，“拉干”还是“拉稀”，“巴巴的颜色变绿了”，“从巴巴的颜色能看出孩子的肠胃好不好”。全部过程还充满了卑微的感情，例如爱男孩还是爱女孩，像爸爸还是像妈妈，是“闹闹”还是“乖乖”。因为“又不象你，又不象我”，夫妻俩便展开讨论：也许“医院给换错了”，“说不定，真说不定”，“完全可能”，“哦，不会的”。因为孩子“动不动就醒，醒了就哭”，做爸爸的就想到贴一张“天皇皇，地皇皇……”的帖子，“真能解决问题，那我一定会写”。作者甚至以自己这种渺小的情怀，去追拟鲁迅的具有深广社会内容的诗篇，效法鲁迅赠邬其山诗写了这样五言八句：“此儿名小闹，揪拽打撕挝。有尿不让把，无牙爱啃书。一饿脸就变，所吃食渐多。忽然哭声住，笑口小弥陀。”这个被称做“诗”的五言八句实质上就是整篇小说的缩影。作者有什么必要借用艺术的形式告诉我们他的“公子”的这些行状呢？他不是扩大了艺术作品的题材，而是滥用了扩大题材的名义，不加选择地摄取一切，表现一切。婴儿生活里有许多值得描写的东西，然而作品所选取的题材却没有任何典型的意义，它只是以其本身的形式为我们提供了一个典型，这是名副其实的所谓“家务事，儿女情”的典型，是烦琐的“家务事”和卑微的“儿女情”相结合的典型。尽管作品所纪(记)录的事件、时间、地点是属于现代的，但它没有沾染些许具有时代特征的气息。它不是一件艺术品。

我并不要求每一篇作品都有重大的主题。历史上不少作家和艺术家曾以婴儿或者孩童为对象，创造了他们杰出的作品，通过艺术的美感给我们以不同的启发。宋人有《小庭婴戏图》；卢宾斯(Peter Paul Rubens)的《儿童群象》画出四个婴儿极其生动的神态；甘斯鲍罗(Thomas Gainsborough)创作了有名的《蓝孩子》；龙格(Philipp Otto Runge)的《草地上的婴儿》描绘了一个出生才几个月的孩子，睁开迷人的圆眼望着这个新奇的世界；多玛(Hans Thoma)画了《殴斗的少年》；珂勒惠支(Kathe Kollwitz)晚年也以母爱为中心，留给我们一组激动人心的画幅。在文学方面，托尔斯泰、契诃夫、高尔基都曾用专题写过关于孩子的生活。多玛的《殴斗的少年》使我想起狄德罗的话。狄德罗说：“画家的笔只有一个顷刻；他不能同时画两个顷刻，也不能同时画出两个动作。”①一点不错,多玛以他现实主义深刻的真实性,画出了五个孩子在“一个顷刻”中殴斗的动作。他们扭结着。每个人只有一个动作,然而不,我们看到的却是许多动作:在达到这个动作之前的动作,在完成这个动作之后的动作,因而通过画面输送到我们感觉里来的完全不是一个平面的停留着的图案,而是一组立体的活动着的形象;它不是生活里五个孩子无规律的“闹闹”,而是作品里一种艺术的有机的力量。如果说绘画的特点限制了烦琐和罗列的现象,使画家不得不采取高度集中的办法,那末,我想举契诃夫的《儿童》②为例。文学不需要受“一个顷刻”的限制,然而杰出的现实主义作家们从来不曾浪用过这个有利的条件,相反地,他们总是以少许的笔墨,给人以多量的东西。契诃夫通过一次玩牌的小小的场面,一开始便从对待玩牌的态度,点出五个孩子的性格。接着又运用语言和动作,运用彼此的纠纷和相互的关系,精练而又细致地刻划了他们的心理活动,使每个人的性格逐步丰满起来,各各保持着鲜明的特点。当他们围着牌桌赌钱的时候,有的善良胆怯,有的忌妒贪心,有的顾面子,有的爱闹事,有的耽于幻想;而当他们玩得疲倦的时候,睡意突然袭来,几乎像瘟疫一样,一个个都受到传染,立刻在妈妈的床上互相偎依着睡熟了。作家又利用他们的睡相,把所有不同的性格集中到一点上:天真和稚气。经过这一动一静,一放一收,孩子们的性格便完整地活跃在纸上。作家没有浪费自己笔墨。但是我要说明的不只是艺术处理上的问题,我想谈的仍然是题材和主题。无论是契诃夫的小说还是多玛的绘画,作家和艺术家描绘的只是殴斗和赌钱,这里不可能也的确没有重大的主题,然而他们从儿童生活里选取这些题材决不是毫无意义的,作品没有根据生物学的观点作出任何令人厌烦的无聊的陈述:夜哭,含奶头,溺尿,拉巴巴。作品反映的是社会生活的一页。它引起人们对生活的思索:是什么促使这一群穷孩子在野地上发生殴斗?为什么当那一群充满天真和稚气的孩子围在牌桌周围的时候,暴露了那么不同的性格?艺术毕竟是要为认识生活这个事业服务的。作家和艺术家进行创作不是为了玩弄艺术处理的手段,相反地,艺术处理的手段只能环绕着创作的目的去进行。由于题材的不同,表现在作品里的主题有隐有显,有大有小,但作家和艺术家的思想愈是高大,视野愈是开广,就愈能通过典型化的手法,把复杂的生活集中起来。这种思想和视野有时不一定表现在故事内容里,而是表现在对题材的认识和选取中,表现在情绪的概括和形象的创造中。普列汉诺夫非常欣赏比利时艺术家维克多·卢梭对于雕刻说的一段话,卢梭说:“我深深地相信,雕刻能从思想中吸取灵感,它依靠思想,才会出色。这里人们喜欢美的形式。但

① 《绘画论》,《文艺理论译丛》,1958 年第 4 期。

② 可参考汝龙译:《儿童集》,新文艺出版社,1956 年。

是如果艺术品能够通过它的美的形式供给人们认识伟大心灵的热情，艺术品就可以在表现方面赢得非常多的力量。雕刻的任务是什么？就是把心灵的波动铭记在物体上，就是驱使青铜或者大理石吟咏出你的诗，把它传达给人们。"①把心灵的波动铭记在物体——或者说描写对象上，这是作家和艺术家在艺术创造中必需经历的过程，没有这个过程就没有艺术创造。渺小和浅薄的心灵是不可能产生富有魅力的艺术品(的)。古典作家们以他们从当时时代里能够获得的心灵的波动，而我们呢，我们则以从我们自己时代里能够获得的心灵的波动。题材或大或小，或新或旧，就这一点而言，没有例外。

我们主张扩大题材的范围，坚持题材多样化。生活里可写的东西是无穷无尽的，作家和艺术家需要从无不可写的生活里选取他们认为不可不写的题材。从生活的某个方面去限制艺术创作是粗暴的和没有理由的，在这点上，必需有个人创造性和个人爱好的自由，我们欢迎百花齐放，欢迎互相竞赛。但是，无论是教育还是感染，是启发思想还是引起欣赏，文学艺术作为一种社会现象不可能摒除客观的作用，因而作家和艺术家仍然得重视一篇具体的作品的具体的题材。这里有怎样写的问题，也有怎样选取的问题。不然的话，题材又怎么会单独地成为一个问题呢？鲁迅说得好："世间实在还有写不进小说里去的人。倘写进去，而又逼真，这小说便被破坏。譬如画家，他画蛇，画鳄鱼，画龟，画果子壳，画字纸篓，画垃圾堆，但没有谁画毛毛虫，画癞头疮，画鼻涕，画大便，就是一样的道理。"②

题材是需要选择的。写得逼真而又使艺术作品受到破坏，关键不仅仅在于怎样写，还在于作家和艺术家作出怎样的选择。

——原载《文学评论》1963年第1期

① 《无产阶级运动和资产阶级艺术》，《文艺理论译丛》，1957年第1期。

② 《半夏小集》，《鲁迅全集》(第六卷)，第483页。

郭沫若

关于诗歌的民族化群众化问题

——给《诗刊》的一封信

克家、葛洛同志：

五月十六日给我的信已经接到了。《诗刊》从七月份起恢复为月刊，是个好消息。诗歌的写作、研究、批评、介绍、翻译，有不少的工作可做。通过诗歌的鼓舞，在反对和防止修正主义上，也是大有可为的。或许是我个人的偏好吧，我总觉得诗歌这种形式是最有效的武器。它的言词精练，一般不那么太长。中心问题，立竿见影。读一首好诗，甚至一句好诗，使人能享受丰富的精神营养。古人特别重视诗教（通过诗歌以进行教育），看来是很有道理的。

诗歌进一步民族化、群众化的问题，无疑是对于新体诗歌的要求。"五四"以来的新体诗歌，企图诗歌的彻底解放，采用自由的形式，打破旧有的一切清规戒律。这是有革命的意义的，这是中国的诗歌革命，中国的文学革命。但担负这项革命运动的人是当时的一些知识分子，他们的创作方法无可否认是直接受了外国文学的影响。因此，"五四"以来的新体诗和我国人民大众是有距离的，这一诗歌革命一直到现在都还没有彻底完成。要完成这项革命，就必须使新体诗进一步民族化、群众化。

如何化法？首先要从诗人本身化起。二十一年前毛主席《在延安文艺座谈会上的讲话》已经说得很清楚、很全面，留给我们的就是不断地实践，不断地进行自我革命。深入生活，投入火热的斗争中，和劳动人民打成一片，不断地学习社会，学习马克思列宁主义和毛泽东思想，专心为工农兵服务。先做好劳动人民的学生，然后才有可能做好劳动人民的先生，做劳动人民的灵魂工程师。诗人能和劳动人民打成一片，所产生的新体诗就可以有保证能做到进一步的群众化、民族化。

新体诗是中国诗歌发展中目前阶段的主体，它更能表现时代精神。根据诗歌朗诵的经验，新体诗比起旧体诗来更容易使人听懂，也就是说更容易为群众所接受。旧体诗词过于文雅，就是知识分子也不大容易了解，朗诵起来是很难令人听懂的。除非是配上音乐，加以歌唱，(否则)不容易显示效果。但配乐歌唱时所收到的效果，那主要是音乐的效果，而不全是诗歌的效果了。我们听唱歌剧，每每欣赏其声，而不了解其辞。歌剧的辞，也每每并无浓郁的诗意，而是唱得引人入胜，或则荡气回肠，或则激昂慷慨。民间有一个笑话：某人的诗十分好，七分来是念，三分来是诗。这是颇有道理的。诗，要做到百分之百是诗，采取新体诗的形式，似乎更容易做到。

古人论诗一般重视自然，所谓“清水出芙蓉，天然去雕饰”，所谓“明月直入，无心可猜”，所谓“古今胜语，多非补假，皆由直寻”，都说的是这个道理。要做到这样的境地，新体诗似乎更容易一些。当然新体诗也不能毫无雕饰，但要雕饰得不着痕迹。过分的雕饰，过分的补假，一般说来，不能算是好诗。雕饰要做到不着痕迹，那就要很费功夫了。所谓“谁知百炼钢，化为绕指柔”，不失为一个很好的比拟。新体诗当然也应该向旧体诗词学习，向民间歌谣学习，总应该学到溶化的地步。究竟怎样才能做到这样的地步，恐怕也没有什么秘诀。要说有什么秘诀的话，恐怕也不外是勤学苦练四个字吧。“舍得功夫拼，铁杵磨成绣花针”。

旧体诗词，我看有些形式是会有长远的生命力的。如五绝七绝、五律七律和某些词曲，是经过多少年代陶冶出来的民族形式。这些形式和民间歌谣比较接近，如果真能做到“既有浓郁的诗意，语言又生动易懂”，我看人民是喜闻乐见的，旧瓶可以盛新酒，新瓶也可以盛旧酒，或甚至毒酒。问题是在酒的好坏，而不在乎瓶的新旧。但旧体诗词的毛病，是每每没有诗意，而只是依靠形式。最好的办法是没有诗意不要勉强做诗，要做诗，就要做今天的诗，要用今天的语言写今天的感情、今天的理想、今天的希望、今天的使命——为社会主义建设服务，为促进人类进步事业服务。过于严格的形式上的清规戒律是应该打破的。今天的语言已经不同于古代的语言了。平仄音韵，已有很大的改变。但做旧体诗词的人大多还是恪守着唐宋人的韵本，那是很不合理的。新体诗基本上是解放了，旧体诗词也应该求其解放。

中国的方言，有些地域性的差异。例如平声韵中的侵谈盐咸四韵，在古音为收唇音，中国绝大部分地区已经不收唇，仅仅在广东和福建部分地区还保留着。如果要做方言诗，尽可以按照本地方言去做，做出来也会合乎古韵本。但在语音已经改变了的地区，就不能要求我们一定要遵守古韵本了。我倒十分希望：今天的语言学家们能够及早编制一部以北京音为标准的韵本。这对于我们做诗的人，特别是能做旧体诗词的人，是会有很大的帮助的。

克家同志，葛洛同志，我回答你们的信，一写又写得太长了，但是依然没有把问题说清楚。就此煞住笔吧,以上的意见,请您(你)们指正。诗歌工作中如果有什么具体的问题,我希望您(你)们经常提出来供大家讨论,这或许是繁荣诗歌创作,提高诗歌质量的一个好方法。顺致

敬礼!

郭沫若

1963.5.22

——原载《诗刊》1963 年第 7 号

柳 青

提出几个问题来讨论

《文学评论》双月刊1963年第3期(6月号),发表了严家炎同志的文章《关于梁生宝形象》。在这篇文章里,作者除了提出他自己与其他数十篇评论文章的作者不同的意见外,主要是批评《创业史》第一部"把更多篇幅用在写梁生宝能够处处从小事情看出大意义上,这是为了显示人物思想上的成熟";批评我"让梁生宝这样一个在全书中占有主导地位的英雄人物,不在跟资本主义势力面对面搏斗中露锋芒",说我不该"让人物思想面貌在比较静止的状态中来显示",没有通过"尖锐的矛盾冲突来展现"(重点是我加的,下同)等等。

《创业史》第一部出版以来,全国各地报刊上发表了许多评论文章,凡是我看到的,我主要都是吸取其中有益的意见。对于我所不能同意的看法,我根本不打算说话。但《文学评论》杂志这回发表的这篇文章,我却无论如何不能沉默。这不是因为文章主要地是批评我,而是因为文章从上述两个出发点进行的一系列具体分析,提出了 些重大的原则问题。我如果对这些重大的问题也保持沉默,那就是对革命文学事业不严肃的表现。

我把评论文章中我认为值得讨论的问题先提出如下:

第一个问题——批评说把小说中关于我国第一个五年计划期间合作化运动初期,梁生宝买稻种、分稻种、忙忙碌碌组织群众进山,在农村自发的资本主义势力嚣张的时候,坚持集体劳动生产的一些情节和细节,轻易地都说成是"小事情"、"极为平凡的事"、"日常的较为平凡一点的生活"。从批评者的眼光和心情来说,肯定是这样的。但大家可以研究一下:在小说第一部所写的时代和环境中,从互助合作带头人的眼光和心情来说,这是不是"小事情"和"平凡的生活"呢?

第二个问题——批评者所说的梁生宝从批评者所谓的"小事情"上看出的"大意义"(他指的是梁生宝懂得一些党的阶级政策、互助合作政策、社会主义前途和消灭私有制度等等的道理),事实上都是1952年冬天我国晚解放的农村分期分批对全体农村党员进行整党教育、党内进行社会主义革命思想动员的结果。我参加了这次党内规模巨大的教育运动。小说在描写梁生宝、高增福、郭振山和徐改霞的时候，曾一再提到这次教育。特别是梁生宝，一再回忆起这次教育。但这位批评者却丝毫也未注意情节的这个时代背景，反而武断地把党的这次重大的历史性措施的结果，说成是“柳青同志……经年累月观察和消化生活之后才得到”，“加到了梁生宝身上”了。谁能理解：怎么会作出这样离开“生活和艺术本身”的“评价”呢？

第三个问题——批评者把农村中先进的共产党员经过经常的学习，特别是刚刚经过整党的社会主义教育以后，社会主义觉悟高说明是政治上“成熟”了。也顾不得考虑一下觉悟和成熟在逻辑上的内涵和外延是否相同，批评者迫不及待讽刺地把梁生宝社会主义觉悟高说成马克思主义水平高；挖苦地把农民出身的梁生宝从一些使他内心激动的事情体会出党的教育的深刻意义，说成是他已经达到了“哲学的、理论的高度”了。我们严肃地把1952年冬天的整党学习会上被农村共产党员在大会小会上反复讨论了几个月的私有财产制度的不合理、小农经济的汪洋大海、互助合作的光明道路、改造农民、工人阶级是领导阶级等等道理，通过1953年春天梁生宝的活动反映出来，全被批评者抓住了。他辛辛苦苦把它们从全书的110页、231页、247页、348页、352页和354页中搜集到一块，罗列起来（次序一点也没摆错），然后痛痛快快做了一段关于政治生活、政治眼光、理论水平的文章。非常可惜！其中只有110页和352页关于互助合作道路和改造农民两处，是描写梁生宝自己在思索以外，其余都是作者描写他回忆整党学习会上的话，描写他回忆县、区领导同志的话。请同志们查对。批评者这样做是匆忙中来不及看清楚呢？还是不注明页码，有意采用这种手法呢？我奇怪，批评者为什么没有同时指责贫农高增福讲社会发展史呢？说到“性格、身份、思想、文化等条件”，那么许多农村青年干部把会议上学来的政治名词和政治术语带到日常生活中去，使人听起来感到和农民口语不相谐（协）调，这个现象难道不是普遍的吗？梁生宝考虑的都是与他当时的活动直接有关系的政策、思想，他甚至于没有考虑蛤蟆滩全村范围内的形势和任务，怎么能够硬说他政治上已经“成熟”了呢？但这里涉及一个更重要的问题还是：“只要对农村情况稍有了解的人”，或者只要对列宁和毛泽东同志关于农民问题的著作稍有了解的人，“都会知道”农村党员和农民积极分子的社会主义革命思想都是党教育的结果，而不是自发地由批评者所谓的“萌芽”生长起来的。此外，在艺术上表现我们这个时代的工农兵英雄人物的精神面貌，如果不涉及他们的政治学习生活和阶级觉悟程度，怎么能够更准确、更深刻地描写他们的行动呢？

第四个问题——批评者提出小说里所描写的梁生宝的气质“不完全属于农民的东西”。难道不应该有些是属于无产阶级先锋队战士的东西吗？我的描写是有些气质不属于农民的东西,而属于无产阶级先锋战士的东西。这是因为在我看来,梁生宝这类人物在农民生活中长大并继续生活在他们中间,但思想意识却有别于一般农民群众了。任何社会人身上除了个性心理特征以外,还有两种特征——社会生活(如职业、民族或地域)的特征和社会意识(如阶级、宗教或信仰)的特征。批评者认为把梁生宝这个共产党员、互助合作带头人描写为政治思想学习积极,精神状态高昂、迷恋于集体事业,就是离开了模特儿王家斌同志的基础了;说不把王家斌同志曾想买地写在梁生宝身上,就是"被不留痕迹地删去"了。"删"字该当何讲?文学创作是不是改编生活?批评者这里所要的又是一种什么艺术方法?

第五个问题——在小说第一部所描写的互助合作运动中,主人公怎样:"在跟资本主义势力面对面搏斗中露锋芒"?既"不意味着必须是脸红脖子粗的争吵",又要"面对面搏斗",这是一种什么样的"矛盾冲突"?批评者在这篇文章里又不愿意具体地举出他所赞赏的成功例子说明他的观点,抽象地讨论社会冲突和艺术冲突,是多么困难的事情啊!批评者说:"姚士杰等的活动和梁生宝的活动这两条线索各不相扰,孤立发展。"这当然是不想承认这里有什么矛盾冲突了。但是读者是不是一点也不能从这两条线索发现它们内在的深刻矛盾呢?批评者以极其轻藐的口气嘲笑我,说村里搞活跃借贷、新法栽稻(实际是新法育秧)和粮食统购统销的时候,"我们的主人公恰好都'另有任用'"。在这里我希望大家讨论三点——第一点:粮食统购统销是件大事,但它不在小说的题材范围之内。这一点我在"第一部的结局"里已经说明了。是否"恰好"?难道为了所谓的"面对面搏斗",小说的主要人物的情节就应该岔到合作化以外吗?第二点:像《创业史》这样规模的小说,是不是只要写出来批评者所谓的不"苍白"、不"缺少立体感"的一位英雄人物就行了?是不是英雄周围的人物只要称颂这位英雄、听这位英雄的指使跑了龙套就行了?按照批评者的意思,活跃借贷和粮食统购时群众与姚士杰的冲突,育秧时互助组与梁三老汉的冲突都应该以梁生宝代替高增福和欢喜。那么在同一时间里买稻种、领导进山和学习办社的,又应该是谁呢?有这样包打天下的"英雄"吗?第三点:像《创业史》这样规模的小说,它有几条线索就有几个矛盾。如果在第一部里将梁生宝与梁三老汉、与郭振山、与姚士杰、与郭世富、与婚姻问题的矛盾,一一都解决,那么,作者在写以后几部时,是不是只好写合作化历史的大事记呢?这里批评者鼓励了我,说我"为以后几部中进一步的发展留下了很宽的余地……"可惜我不能接受这个鼓励。我写第一部的时候,根本没有考虑留多大余地的问题。我是按照长篇小说的完整结构写第一部应该写的这部分。我不至于幼稚到没有全部小说的情节安排,写一部安排一部。我也不至于在出版第一部以后,接着把全书的情节预告读者;但是我可以在这里说明一下:第二部和第三部也都没有"面对面搏斗",这部小说矛盾冲突的顶点安排在第四部里。有些矛盾在前三部里逐渐解决，但是梁生宝与郭振山、与姚士杰中间的两个矛盾，还要逐渐加深，并且把作者的意图暂时隐蔽起来，而不能只图一时痛快，使全书的结构支离破碎！许多读者写信问我为什么不同意将小说第一部改编为其他艺术体裁，我还没有作过公开的详细的解释，在这里顺便也回答这个问题。

第六个问题——批评者硬说梁生宝没有参加活跃借贷。但事实是在小说的第九章小学校开群众会的场合，安排了梁生宝和郭振山思想性格的尖锐冲突。梁生宝被形势所逼，不得不在没有把握的情况下，担起了郭振山放下的领导全村基本群众前进的担子，接着又在以后的章节里安排了一方面梁生宝积极准备进山，另一方面郭振山偷偷摸摸掩盖见不得人的投资砖瓦窑的犯纪律行为；一方面梁生宝领导群众在山里集体割竹，另一方面郭振山在家里单干改旱地为稻地等等。又如批评者所提到的小说127页到131页、475页到476页梁生宝和郭振山的两次见面，我也是按照人物思想性格的艺术冲突来安排情节的。我不能同意这是两次"展开斗争的机会"。根本不是"成熟"和"软弱"的问题，是"展开斗争"就要违反批评者在他的文章前边提出的"生活和艺术本身的要求"。因为道理太明显了，我不愿意在这里细说，请大家根据小说的原文来分析：是应该将矛盾斗争典型化呢？还是应该将矛盾斗争庸俗化呢？这两条线索的其他艺术冲突和其他几条线索的艺术冲突的安排，不应该都由我来作具体的分析。可以把艺术冲突和性格冲突同实际生活中人的面对面冲突同样理解吗？艺术冲突的尖锐与否，是不是决定于有没有"面对面搏斗"呢？哪一种冲突"令人深深激动和久久不忘"呢？至少我暂时还不能理解批评者的"无产阶级美学理想"。

以上六个问题，供同志们讨论时参考。我希望严家炎同志和同他观点一致的同志，进一步阐述他们的观点。我国的文学事业是人民的革命事业的一部分。我们为千百万读者的利益而负责，所以我决定将我自己的观点和严家炎同志的观点一同暴露在我国广大的文学舆论面前，让我们来一次公开的、严肃的讨论。

首先在哲学上，历史唯物主义的基本原理之一是：任何杰出人物（英雄）不能决定社会发展的趋势，而是他们自己顺应着社会发展的趋势而出现。根据这个原理我理解：是某个时期社会矛盾或者社会运动的性质和特点决定那个时期杰出人物（英雄）采取什么行动，而不是某个时期的杰出人物（英雄）的主观行动决定那个时期社会矛盾或者社会运动的性质和特点。在我看来：民主革命时期的阶级斗争和英雄行动的历史内容和表现形式与社会主义革命时期有原则的区别。具体地来说，民主革命时期的阶级斗争的历史内容是剥削和反剥削、压迫和反压迫为敌对阶级争夺社会统治地位的斗争。在这个斗争中，应该强调群众自己解放自己，反对恩赐观点，所以面对面的斗争具有特殊重要的意义。但是，社会主义革命时期，特别是合作化运动初期,阶级斗争的历史内容主要的是社会主义思想和农民的资本主义自发思想两条道路的斗争,地主和富农等反动阶级站在富裕中农背后。在这个斗争中,应该强调坚持社会主义思想在农村的阵地、千方百计显示集体劳动生产的优越性,采用思想教育和典型示范的方法,吸引广大人民走上社会主义道路,孤立坚持资本主义道路的富裕中农和站在他们背后的富农,只有违法乱纪的、无法挽救的党员、干部,不守法的反动阶级分子,要受到群众的斗争和法律的制裁。根据矛盾的这个性质和特点,互助合作的带头人以自我牺牲的精神,奋不顾身地组织群众集体生产,以身作则坚持阵地和扩大阵地,在两条道路的斗争中,就具有特殊重要的意义。在这个问题上,小说的描写和严家炎同志的分析,存在着不可能调和的矛盾。请大家讨论。

其次在美学上,马克思主义美学的一个根本规律是:内容决定形式,内容和形式的统一。任何时代的任何作家都休想逃脱这个规律。作家都是按照自己的世界观水平和阶级感情组织情节和描写细节的。作家用什么性质的思想和艺术相结合、用什么水平的思想和艺术相结合,体现了这个规律,谁也不能例外,都要受到读者和历史的无情裁判。我看这句话对"如果你看到形式有错误,你就去找内容上的错误"这个问题很值得研究。《创业史》这部小说要向读者回答的是:中国农村为什么会发生社会主义革命和这次革命是怎样进行的。回答要通过一个村庄的各阶级人物在合作化运动中的行动、思想和心理的变化过程表现出来。这个主题思想和这个题材范围的统一,构成了这部小说的具体内容。小说选择的是以毛泽东思想为指导思想的一次成功的革命,而不是以任何错误思想指导的一次失败的革命。这样,我在组织主要矛盾冲突和我对主人公性格特征进行细节描写时,就必须有意识地排除某些同志所特别欣赏的农民在革命斗争中的盲目性,而把这些东西放在次要人物身上和次要情节里头。根据我的思想感情多年的亲身体会,这是指导互助合作运动的党成熟了,而不是梁生宝成熟了。梁生宝只不过是一个由于新旧社会不同的切身感受而感到党的无比伟大,服服贴贴(帖帖)想听党的话,努力捉摸党的教导,处处想按党的指示办事的朴实农民出身的年轻党员。在这方面,也有时候不是达到天真的程度吗?他的这种社会意识特征和他由于受出身的影响和受艰难生活的影响而形成的毫不任性的个性特征相结合,就是我现在所描写的精神面貌。我根本没有一点意思把梁生宝描写为锋芒毕露的英雄。他不是英雄父亲生出来的儿子,也不是尼采的"超人"。他的行动第一要受客观历史具体条件的限制;第二要合乎革命发展的需要;第三要反映出所代表的阶级的本性,就是无产阶级先锋队成员的性格特征。简单的一句话来说,我要把梁生宝描写为党的忠实儿子。我以为这是当代英雄最基本、最有普遍性的性格特征。在这部小说里,是因为有了党的正确领导,不是因为有个梁生宝,村里掀起了社会主义革命浪潮。是梁生宝在社会主义革命中受教育和成长着。

小说的字里行间徘徊着一个巨大的形象——党，批评者为什么始终没有看见它？批评者不分析这部小说的内容，强使内容服从形式，根据他自己关于英雄和"尖锐的矛盾冲突"（他指的是"面对面搏斗"）的特殊理解和特殊爱好，就批评这部小说主人公不真实，情节也是"比较静止的状态"。在这个问题上，小说的描写和严家炎同志的分析，也存在着不可能调和的矛盾。请大家讨论。

关于生宝和改霞的关系，关于平面叙述、抒情议论和客观描绘的问题，以及人物性格特征典型化的程度，我仍然采取我一贯的态度保持沉默。至于严家炎同志还有些地方歪曲叙述了小说的情节和细节，调动了它们的次序，使其符合批评的意图，我也不愿在这里多写了。

《创业史》第一部的确是有缺点和弱点的。我每每感到自己学浅才疏，力不胜任。严家炎同志含蓄地指出我生活上和艺术上的艰苦准备都不够，是正确的。我的确要好好学习古今中外人类进步文学遗产的艺术手法。特别是他关于我深入生活也不够的批评，我是乐于接受的。我很感谢《文学评论》发表了严家炎同志的文章。我建议《延河》编辑部发表我的文章的同时，转载他的文章，便于大家探讨。

——原载《延河》1963 年第 8 期

蔡 葵

周炳形象及其它

——关于《三家巷》和《苦斗》的评价问题

欧阳山同志计划写成五卷的长篇小说《一代风流》,现在已经先后出版了它的第一卷《三家巷》和第二卷《苦斗》。

这两部小说出版后,很快就引起了大家的注意并展开了热烈的讨论。讨论主要是集中在小说主人公周炳这个形象上。对于这个形象的理解和评价,至今还存在着分歧。这里也想提出我对周炳形象的理解,以及对作品其他方面的问题和对有些评论的一些看法。

一

人物形象的创造,是评价和衡量一部小说思想意义和艺术成就的一个重要方面;小说主人公形象的塑造,则常常关系到整部作品的成败和得失。周炳形象是作家创作《一代风流》艺术构思的中心,是作品所着力描绘的主要人物。作品主题思想的开展,其他人物形象的塑造和情节结构的安排,都是以周炳的活动为主要线索的。因此,周炳在作品中就占着十分重要的地位。作者在谈到周炳形象的塑造时说:

> 周炳就是这样一种人,他一方面有手工业工人的思想意识和感情,因此生活上和各行各业的工人接近;但是他又有知识分子的气味,例如要求个性解放,想通过读书向上爬等。周炳就是那样有两种内在因素在矛盾斗争中发展着的人物。①

作者还提出,周炳究竟属于工人阶级还是小资产阶级?或者哪一个阶级的特征是他性格的主导方面?"希望读者根据他的思想、意识、感情、行动、语言等五方面作一个

① 《欧阳山谈〈三家巷〉》,《羊城晚报》,1959年12月5日。

综合的考虑,提出自己的意见和看法”。①

现在,我们就目前已经出版的这两部作品,来看看周炳究竟是一个怎样的形象,究竟什么是他性格的主导方面。

小说描写周炳出生在一个三代当铁匠的工人家庭。他少年时期读过书,当过剪刀铺的学徒,当过鞋匠和草药铺的伙针,还做过看牛娣,后来复学读到高中一年级。由于参加革命活动,他被学校开除了。以后,周炳用更多的时间和精力,参加了一系列的革命活动。他经历了广州武装起义,参加了长堤阻击战和观音山防御战。在白色恐怖下,他努力寻找党组织,并组织了工人赤卫队。可是通过这些活动,我们也能看到在周炳身上所存在着的一些弱点。

作品描写直接促使周炳参加革命的动机,是由于他爱人区桃的牺牲。本来,在他刚刚参加革命、还缺乏阶级觉悟的时候,有着这种个人复仇的思想,是并不奇怪的。事实上,有些人开始也是抱着各种个人的目的参加革命,只是后来在党的教育下,通过学习和斗争逐渐提高觉悟才成为坚强的革命者的。问题在于,周炳却长期停留在这样的认识上,未能得到很大的改变和提高。广州起义中他回答别人问他为什么要革命时,就坦然地说:“我?——为了报仇!”直到他经历了一系列的革命斗争以后,在震南村与胡柳谈话时,他还坚持革命是为了个人复仇的看法,甚至“脸上露出那又执拗、又顽强的神气,声音高亢地说:‘那当然!那当然!要不,人还活着干什么?……’”照他这样说来,仿佛人活着和参加革命,就是为了给自己复仇。

周炳在实际斗争中,常常表现出他对革命的冷热病和小资产阶级的虚荣心理。当革命顺利的时候,当武装起义到来的时刻,他就表现出一种小资产阶级的狂热,“觉得天高地阔,遍体舒畅,自己也变成了一个和白云山一般高大的巨人”。当革命处于困难的时候,在白色恐怖的包围下,他又悲叹和动摇,觉得“光明的前途,幸福的预感,紧张的生活,——毁了!”感到“孤独呵!苦闷呵!寂寞无聊呵!”他这样概括自己的心情:“一会儿心红,一会儿虚弱。”在革命遇到挫折时,他从上海回到广州,连爸妈都不愿意去看,觉得“一事无成,拿什么脸去见你呢?”而当工作稍有进展时,他的第一个心愿就是回家看他的亲人,他觉得现在“他胜利了。胜利就应该凯旋”。所以,虽然从表面上看,周炳在革命斗争中似乎还表现了一定的热情;但仔细分析起来,他的这种热情,他的这些认识和表现,都说明了他对革命存在着不正确的态度。

在《三家巷》和《苦斗》中,作者除了写周炳参加了多次革命斗争以外,更以不少篇幅描写了他的爱情生活,描写他与区桃、陈文婷和胡柳的恋爱。在这些描写中,我们固然可以看到周炳生活态度正确的一方面。例如他和区桃以及后来他和胡柳的

---

① 《欧阳山谈〈三家巷〉》,《羊城晚报》,1959年12月5日。

恋爱,就有着相同的朴素的阶级意识和自发的革命要求而使他们感情融合在一起的正确因素。他与买办女儿陈文婷恋爱,也没有在重大的原则问题上听从她的摆布,并和她展开了一定的斗争。这些都显示了他性格中的积极因素。可是,在关于他的爱情生活的描写中,宣泄得更多的却是人物不健康的思想感情。比如外貌俊美的互相吸引,在他们的恋爱中就占着很重要的位置。虽然外貌的俊美能够引起男女互相的爱悦,但是这毕竟不是最基本的方面。我们看到,作品写三家巷出名的"美人儿"区桃是怎样的漂亮,是怎样的引起了周炳如痴如醉的表现;周炳那"壮健的身体"、"象雄马一样的颈脖"和"黑得象发光的漆"样的眼睛等等,又怎样地使区桃倾心。周炳觉得除了区桃,世界上就再也"没有知心的人",觉得革命胜利后"一天对着她十二个时辰,我们的日子会美满得不能再美满"!在他与胡柳的恋爱中,我们也可以看到类似的描写。周炳"宏伟高大的身躯"、"宽阔明亮的圆脸"、"自信而粗野的鼻子"和"浅浅的左、右两个笑涡儿"的神态,使胡柳的心里"产生一种复杂奇怪的东西,很不舒服";周炳望着胡柳,觉得"仿佛有一种什么流窜不定的东西"从她的眼睛、脸上、手上和说话中往外喷射,"使得她的全身长出一种她从前没有过的丰姿、仪态和力量"。周炳"觉得这么大的一个震南村,唯有这耕田姑娘是他的知己"。

区桃和胡柳的牺牲更使周炳陷于悲观绝望之中。区桃在沙基惨案中被帝国主义所枪杀,他就觉得留给他的"只有这么一点孤独,烦闷",觉得"醉了比醒着好。死了比活着好",觉得"生命不过像一颗露珠,一根小草,一片破瓦,一块烂布,——美丽,智慧,温柔,妩媚,都不过是一种幻象",甚至他觉得"一切都是虚妄,一切都是假象,一切都是幻梦"!"觉得眼前一片漆黑,好像到了世界的末日"。《苦斗》的末尾,胡柳在为救护胡杏、和反动士兵搏斗中牺牲了,他又陷入了和区桃牺牲时同样的悲痛:"周炳哭不出来,只使唤干枯的尖声嚎(号)叫着。四个人走过来把他拖开,对他说了数不清的许多劝解的话儿,他连一个字也没听见。"他觉得"失败了,失败了,一切都失败了!从前的失败不说,新碰到的,仍然是失败!唉,可爱的、迷人的、英勇的胡柳死掉了!……"

周炳在与陈文婷的关系上,也表现出他性格的弱点。区桃牺牲后,买办的女儿陈文婷就向他表示:"凡是区桃表姐没有做完的事情,我都甘愿替她做完……要是有半个字假话,叫我不得善终。"这时,"周炳听了,十分高兴,一面说:'太重了。说得太重了。'一面把头枕在她丰满的大腿上,长久都没有动弹。"觉得她在陈家和何家"究竟是一个例外"。在躲避白色恐怖中,他还津津有味地咀嚼着他们的过去,"他觉着陈文婷的任何行动都是美丽的",接连四次写信要求和她会面,结果暴露了地址,使共产党员的大哥周金惨遭了反动派的杀害。这虽然是他无意中犯下的过错,但是事先他的哥哥曾经严厉制止过他与别人联系;连不问政治的老医生杨志朴也懂得不能泄露避难的地址。那么周炳的行动就是一个明显的错误;至少也表现了他的轻信和幼稚。在陈文婷成为国民党县长夫人以后,开始他还感到震惊:“现在陈家的例外也不例外了”,接着又“只是把她当做一个疑团”,而终于割不断和她感情上的联系,他“想念着她”,“希望能够见她一面,把话说清楚”,表现出他感情的缠绵悱恻,不能认清陈文婷的真实面貌。

以上所谈周炳的所作所为,他对革命的认识和在斗争中的一些表现,以及他在爱情生活中所流露出来的思想感情,都突出地说明了周炳性格的小资产阶级的特点,虽然周炳的性格在《苦斗》的结尾还没有最后完成,尚有待于在以后几部作品中继续发展;但就目前出版的这两部作品的描写而论,周炳显然还只是一个带有不少弱点的小资产阶级的人物,而不是一个值得歌颂的无产阶级革命英雄。

这就是我对于《三家巷》和《苦斗》中所描写的周炳形象的总的印象和感受。

二

我并不是责怪周炳在开始时不应该是一个小资产阶级的人物,也不是认为文学作品就不可以描写这样的形象。如果是站在无产阶级的立场,去正确描写评价这样的人物,真正写出一个小资产阶级的人物,怎样逐渐成为无产阶级革命者的转变和发展过程,并不是没有意义的。值得研究的是,当周炳还是一个小资产阶级的形象时,作家对于这样的人物究竟采取什么态度,作出如何的评价。

《三家巷》和《苦斗》的作者对周炳这样一个人物,是作为正面体现自己美学理想的形象来创造的,是作为逐渐成熟的革命英雄来歌颂的。这从小说题名为《一代风流》就可以看出。作品还写到叶剑英同志、苏兆征同志、张太雷同志和党的组织都十分赏识周炳,这无疑也反映了作者对周炳的评价。如果说这些毕竟在作品中还不是占最重要的位置,那么作品中一些正面肯定和赞美周炳的描写,就更清楚地表现了作品所存在的缺陷。

《三家巷》和《苦斗》对周炳这一形象的塑造,给人印象十分突出的地方是对这个人物的外貌以及外貌所起的作用的描写。作品津津有味地渲染着周炳的外形美,细致地描绘着别人被他的美貌所引起的迷恋。这样一类的描写在作品中并不是个别的、少量的,而几乎比比皆是,构成了一种情调和气氛。

有的同志曾经指出周炳的形象,与《红楼梦》里的贾宝玉很相像。这种印象我以为并不是没有根据的。[①] 把二十世纪新民主主义运动中的革命者写成类似十八世

---

① 关于这点,欧阳山同志曾经作过说明。他说他的作品并不像《红楼梦》,“第一,《红楼梦》里没有闹革命,也不谈打仗;第二,《红楼梦》里也没有那么多广州话。”(见《羊城晚报》1959年12月5日;《欧阳山谈〈三家巷〉》),我以为这样的理由是难以成立的。

纪封建社会的人物形象,这就模糊了时代和人物的区别。

作者在一篇谈创作的文章中曾经提出:“巴尔扎克将资产阶级的人物塑得很美,今天我们为什么不可以将工农群众写得很美呢?”①很显然,作者正是从这样的理解和要求出发,来塑周炳以及作品中其他人物形象的。

文学作品必须给人以美感,给人以美的享受。文学作品也正是通过给人以美的享受而达到它的教育作用的。但是,各个阶级都有着各自不同的美学观点。对于艺术美的处理,也就无不体现着作家的阶级立场和阶级观点。我们的文学创作,应该正确的描写工农群众,应该把工农群众写得很美,不能把劳动人民的外形加以丑化。但是怎样才能“将工农群众写得很美”呢?是否只是描写他们漂亮的外貌,就是“美化”了工农群众呢?我以为,工农群众的美,主要是他们的崇高的内心世界、他们内心的精神的美。我们的文学创作自然可以、而且需要描写他们外貌的美,但是这方面的描写需要和内心的美相结合,必须合乎劳动人民的观点,合乎今天人民的审美要求。

《三家巷》和《苦斗》对于周炳外貌的描写之所以成为问题,我以为就在于作家对这个人物的内心世界缺乏正确的评价,就在于外形的美没有和内心的描写相结合,就在于这样的描写有些类乎旧小说对才子佳人的描写。

问题不只是周炳的外形,更重要的是作者这方面的描写还模糊了阶级的界线和阶级之间的矛盾,写这个人物凭着漂亮的外貌就能博得敌对阶级的欢心。作品写买办陈万利喜欢他,认他做干儿子。官僚地主何应元看中他,让他去放牛。陈文雄认为他如果入了洋务界,一定会成为一个出色的经理,“因为外国人是专门挑选脸孔漂亮的人物当经理的”。陈家四姊妹更为他的漂亮面孔而神魂颠倒。陈文娣说:“要不是他年纪小,我们四姊妹本来会一齐嫁给他的!”有的评论说,周炳长得俊气,别人喜欢他,都是别人的事。但是这里所说的“别人”都是有一定的阶级立场的,作品这样来描写阶级之间的关系,就不能不使人发生疑问。

当然,周炳被买办陈家和地主何家的人所欣赏,除了他漂亮的外貌,还因为他们之间存在着亲戚关系。作品关于这一点的描写也是值得研究的。在作者的主观上,是企图通过一个工人家庭、一个买办资产阶级家庭和一个官僚地主家庭,来反映当时社会的阶级关系的。应该肯定,作品在分别描写几个家庭的情况时,是写出了它们一些阶级的本质的。可是当作品写到工人家庭的周家的人物(主要是周炳)和陈家、何家的人物间的具体关系时,阶级的界线就不是那么明确了。周炳对于他那些反动的亲戚是缺乏起码的阶级观点的。他没有能够意识到客观的阶级分野,早已压

① 《应该有浪漫主义精神》,《羊城晚报》,1962年9月27日。

倒了他们的亲戚关系。在《苦斗》中我们看到,他对陈文英就缺乏应有的认识。当他在虬江路看到“一线天”时,就迫不及待地、冒冒失失冲进陈文英的卧房,不停地叫唤着“大表姐,大表姐”,要告诉她自己的见闻。他甚至还天真地劝说这位阔太太去参加革命。在人们已经起来和反动派展开激烈斗争的时候,他还对那些反动亲戚存在幻想,一再卑怯地向他们“请命”。作品写那些反动的亲戚对周炳也特别优待。在省港大罢工中,他们资助他演戏。广州起义失败后,反动派不仅轻易地放过了当时的“红人”周炳,而且那些反动亲戚还出钱让他去上海他的表姐夫、国民党官僚家里去当家庭教师。后来他的大表姐又介绍他回震南村教书。震南村武装征粮后,当权的反动亲戚对他也“不予深究”。在上海他有大表姐陈文英保护:“我不许任何东西伤害周炳!”在震南村陈文娣又“可怜他屈在乡下当猴王,一直怪不得意的”;反动军队下乡,她还赶忙通知周炳,“万一那些野蛮禽兽军队动起武来,我就是担心!”另一些反动分子也竟忘掉了阶级的仇恨而俯首听命,让周炳安然无恙,出入虎狼之窝。

一个革命者受到反动分子的“保护”,在实际生活中并不是绝对没有的事。但是这种“保护”是有条件的:或者反动分子根本不知道他是一个革命者,或者由于反动集团内部的倾轧使他可以容纳和他反对派斗争的革命者,或者是反动分子为了装点门面、扩张自己的声势暂时容纳一些革命者……总之这一切,都是以不允许丝毫触犯他们本身的阶级利益为前提的。可是在《三家巷》和《苦斗》中,情况却不是这样。一个革命者凭着一些亲戚的关系,就可以在革命斗争中逢凶化吉,受到保护。这样的描写不能不影响到作品对阶级斗争的真实反映。

作者在为《一代风流》的英译本所写的序中说,整部小说的内容,是要通过周炳形象的创造,描写包括五四运动、北伐革命、十年内战、抗日战争和解放战争的“整整一个新民主主义运动的时代”。① 作者说《一代风流》创作的意图,是要通过周炳半生的经历来反映“中国革命的来龙去脉”。②

我们知道,二十年代是中国革命风起云涌的年代,中国共产党领导中国人民进行了第一次反帝反封建的革命战争,工人运动轰轰烈烈地展开,农民运动也蓬蓬勃勃地兴起。当时革命中心的中国南部,更呈现了一片辉煌的革命景象。后来由于蒋介石的叛变,第一次国内革命失败。随后革命向广大的农村深入和扩大。《三家巷》和《苦斗》就是以这一历史时期为背景,以当时革命策源地的广州为中心,描写了一系列的革命运动和革命斗争,企图反映革命的历史,表现时代的精神。但是,由于作品在周炳形象塑造中的缺陷,以及它在阶级关系描写上存在的问题,使得作品在反

① 《一代风流》序,《作品》(新一卷),第8期。
② 《欧阳山谈〈三家巷〉》,《羊城晚报》,1959年12月5日。

映革命历史和表现时代精神方面，也不能不受到很大的影响。

作者在《三家巷》中，描写了轰轰烈烈的省港大罢工、沙基惨案和震惊世界的广州起义。省港大罢工的沙基惨案，是广州和香港的工人为了抗议帝国主义在上海所制造的五卅惨案而起的。他们组织了历史上少有的、长期的罢工，和帝国主义展开了生死的搏斗，甚至浴血街头，显示了无比壮烈的革命精神，形成了当时反帝斗争的高潮。接着，当地的工人和农民联合起来举行了广州起义，反对军阀、反对帝国主义，建立了人民自己的政权，这是中国革命史上的伟大事件。作品对于这些事件的描写有成功的地方。作品主要是通过周炳、区桃这样一些人物的活动，来反映这些事件的。文学作品通过主人公的活动反映出重大的历史事件，这本来也是不成问题的，但是正如前面说过的那样，周炳是一个带有不少小资产阶级弱点的人物。而区桃呢？虽然作者的主观意图，是要把她写成一个"有价值的美丽的人"①，但实际上作品主要是写了她在恋爱中的柔情蜜意，和她作为一般少女的纤巧特点，显然也不是一个光辉的工人阶级的革命者。作者选择这样的人物，琐细地刻划他们的生活细节，也就无从更好地反映这些惊心动魄的伟大斗争。

作者在《苦斗》中描写的，是大革命失败后到"九一八"前在城市和乡村的革命斗争。作品着重描写了周炳离开上海到广州附近的震南村以后，会合了少年时代的伙伴组织了第一工人赤卫队。他们和当地的工人农民开展了抢粮救灾，火烧敌人的稽查站，营救胡杏等活动。作品虽然写到他们提出"打倒帝国主义，打倒国民党，成立工农民主政府，没收大工厂，全部土地收归国有"等斗争口号，但实际上"十大寇"的聚会却始终处在自发的状态。可是，三十年代的南中国社会，早已不是自发反抗和斗争的社会，更不是像梁山泊英雄揭竿而起的社会。因此，作品对于震南村工农群众斗争的描写，就不能很好概括和反映当时工农斗争的真实面貌。同时，作品在故事情节的安排上，也不完全真实可信。作品写的震南村，离开反动派盘踞的广州只有半天的路程；第一工人赤卫队的成员，也正是反动派所组织的农场的工人。在反动派的身边，在反动"事业"的内部，出现了这样一支革命的力量；他们还不只一次地、公开地进行着革命的斗争，反动派对他们居然并没有采取断然措施。这在情理上也是很难解释得通的。

革命的历史要求我们的作家以鲜明的阶级立场和满腔的政治热情，描绘风起云涌的革命斗争，表现光辉灿烂的英雄儿女，反映蓬勃向上的时代精神。作家的创作只有深广地概括了革命的现实，创造出丰富多彩的风流人物，才能更好地启发和教育人民，才能有力地促进和推动人民的斗争。如果我们从这样的角度来衡量和评价

---

① 《欧阳山谈〈三家巷〉》，《羊城晚报》，1959年12月5日。

《三家巷》和《苦斗》,我们就可以明显地看出它们的不足,就可以明显地看出作者并没有真正把握他所要反映的历史生活的本质,而对于自己过去所熟悉的小资产阶级知识分子又缺乏有力的批判。结果就使作品不能很好地在读者群众中进行正确的思想教育。

三

《三家巷》和《苦斗》出版以后,报刊上发表了不少讨论和评论的文章。从一些评论的文章看来,如何运用正确的思想观点和批评方法来评价这两部作品,是值得我们注意和研究的问题。

在评论《三家巷》和《苦斗》的一些文章中,我们看到,有些文章还是接触到了作品和人物塑造的缺点。例如有的提出作品没有很好反映中国工人阶级领导的民主革命斗争的历史道路;有的提出作品没有深刻动人地充分表现出应有的时代精神;有的提出周炳的爱情生活的描写存在比较严重的缺陷;有的还指出了周炳实际上是一个小资产阶级的英雄形象;等等。这些评论,在具体的论证上虽然还存在着这样或那样的毛病;但是它们所提出的问题却是值得重视和研究的。可是,这些文章很快就受到了一些同志的指责,认为提出的缺点在作品中是次要的,说这些评论的意见是不恰当的。更多的评论对作品和人物则作了过高的赞扬。说《三家巷》和《苦斗》是反映广东革命斗争的第一部杰作,是具有反映整个时代的典型意义的作品,是成功的、动人心魄的史诗。说周炳等人物形象是我们文学创作中值得引以(为)自豪的形象。这些赞誉我以为是过分的,不适当的。

就从对周炳形象的理解来看,周炳究竟是一个什么样的人物?有的评论就对他作了不恰当的肯定和赞扬,说他在《三家巷》开始时就已经是一个“无产阶级的小战士”,后来在不断的革命斗争中,更克服了因“沾染了一些资产阶级知识分子的习气”而形成的气质上的弱点,“成为一个坚强的为无产阶级事业而奋斗的革命者”①。这并不符合作品描写的实际。不要说在《三家巷》中,即使在《苦斗》的结尾,周炳自己也这样告白:“革命该怎么个革法,连我也没有摸着门路呢!”可见作者在这两部作品中,也并没有直接把他作为“一个坚强的为无产阶级事业而奋斗的革命者”来描写。尤其是从前面这个人物的分析中,可以看出他只是一个有不少弱点的小资产阶级的人物。这种脱离作品实际的赞誉,与对作家提出严格要求和热情鼓励是根本不同的两回事。

不少同志也曾指出,说周炳已经是无产阶级的革命英雄是不妥当的,但却依然

---

① 王起:《我们以在文学上出现区桃、周炳这样的英雄人物形象而自豪》,《作品》,1959 年 11 月号。

从各方面来肯定周炳。有的对周炳将来的发展作了缺乏根据的、没有意义的推测。有的说周炳现在是工人阶级出身的革命知识分子①;有的说他是“正在成长中的工人阶级形象”②;有的甚至说,在《苦斗》中虽然“他还不是共产党员,但却时刻以党员的标准来鞭策自己,处处能以党、集体的利益为重”③。这些说法,同样也是离开了作品的描写,不是实事求是地分析人物性格,结果在客观上就颂扬了小资产阶级的形象,错误地把他当作工人阶级的革命者甚至是党外的布尔什维克来歌颂。

所以关于周炳形象评价的中心问题,就在于如何根据作品的实际描写,来正确评价人物的思想道德面貌;就在于究竟把什么样的人物,当作我们时代的英雄人物。如果不是从工人阶级的立场,不是以历史唯物主义的观点,不是用无产阶级的政治标准来评价人物,就必然会混淆新旧思想的界限,模糊人物的好坏和美丑。

由于这些评论对周炳形象的理解不正确,所以他们对人物具体的肯定,也就不能不发生问题。例如有的评论说周炳在区桃乞巧供桌旁给林开泰的一锤,是他“初出茅庐第一功”,说这“反映了二十世纪三十年代我国社会的主要特征”。④ 这种说法显然是不妥当的。更值得注意的是,这样一些评论对人物及其描写的肯定恰恰正是它所存在的缺陷。例如把周炳在区桃牺牲后的悲观绝望,也说成是为了“化悲哀为力量”;说他的转变“正是在艺术上真正起了捍卫马克思列宁主义的作用”。⑤照这样说来,周炳小资产阶级的悲观绝望心理不仅不应该受到批评,相反却是值得肯定的了。另外,有的评论根据作品写周炳想像将来和区桃一起劳动的一段文字,就说“周炳对区桃的爱情,是纯朴、健康、充满了对生活的乐趣和对于未来的向往的”,说“爱情和劳动,在周炳心里,同是一种美的境界”,说“作品进一步突出了主人公周炳美好的思想感情”。⑥ 这些都是把周炳性格中的弱点,当作优点来肯定,不恰当地赞扬了周炳性格中小资产阶级的特点。

有的评论忽视了作品描写的思想倾向,从不健康的艺术趣味出发,赞扬作品的一些描写。例如,有的评论对周炳在区桃家醉眠的一段描写(见《三家巷》二四—二五页),就特别欣赏。认为“这样的周炳,才是真周炳……它从现实中来又高出现实万万倍,它使向来小说中无数英雄、无数美人,在相形之下,黯然失色。”评论还进一步说:“作品里描写的虽然是清末民初的社会现实,在思想感情上却可以跟今天的工

① 庄犁、方耘:《简评〈三家巷〉评论中的一些问题》(《羊城晚报》,1961 年 4 月 27 日)和梁水台、余素纺:《论〈苦斗〉的思想与人物》(同前,1963 年 2 月 21 日)等文,就这样评价周炳。

② 李廷锦:《谈〈三家巷〉的评价问题》,《羊城晚报》,1959 年 12 月 21 日。

③ 庄犁、黄葵:《〈苦斗〉的艺术特色》,《羊城晚报》,1963 年 2 月 21 日。

④⑤ 王起:《我们以在文学上出现区桃、周炳这样的英雄人物形象而自豪》,《作品》,1959 年,11 月号。

⑥ 易征、张绰:《谈谈〈三家巷〉》,上海文艺出版社。

农兵读者息息相通。"①有的评论还大段地摘录了周炳为了胡柳的婚事与胡杏的谈话(见《苦斗》七〇七—七〇八页),颂扬它"是充满了诗情的"、达到了"一种诗的境界",说"这段对话,其实是诗,一问一答,波澜层叠,这一段花团锦簇般的文字,把三个人不同的神韵,竟写得栩栩如生,周炳的憨直可掬,胡柳的柔情蜜意,胡杏的调皮机灵,不都活活的立在我们面前吗?这就不由得你不赞佩作者那支神奇的笔。"②其实作品的这段描写,人物彼此之间对于感情的探索和戏弄,流露出了一种小资产阶级的情调。我以为这段描写是并不高明的,它所刻划的人物的精神状态完全不值得那样来称颂。

我们的文艺批评应该帮助广大读者正确理解作品的政治内容和艺术特色,应该通过文学作品的评价,帮助读者进一步明确政治方向和生活理想。这就特别要求文学评论对作品的政治内容和思想倾向作出正确的判断。否则,对读者不仅没有帮助,反而会引起思想混乱。

最后,应该说明的是,上面只是提出我所感到的作品的一些缺陷。我的意思并不是完全否定这两部作品。首先,作者希图反映"中国革命的来龙去脉"的意图就是值得肯定的,作品也确实是写出了那个革命阶段的某些方面的生活。同时,作品对正面人物的描写,也有可取的地方,作品又为我们提供了一些较为成功的反面人物的形象,写出了他们丑恶的阶级本质。此外,作品在运用古典小说的表现手法方面,在选择和锤炼方言谚语方面,在表现地方色彩方面,也都有着它的特色。这些无疑是应该提出并加以肯定的。只是因为我感到目前对于《三家巷》和《苦斗》的评价,主要还是在于对它所存在的缺陷缺乏应有的评论。所以,我在这里就侧重提出了这方面的问题。

由于思想水平的限制,我的理解不深刻,认识不全面,甚至意见有错误,都是十分可能的,希望能够得到大家的批评和指正。

——原载《文学评论》1964 年第 2 期

① 《我们以在文学上出现区桃、周炳这样的英雄人物形象而自豪》,《作品》,1959 年,11 月号。

② 洁泯:《谈〈苦斗〉的几个特色》,《作品》,1963 年 3 月号。

《文艺报》编辑部

“写中间人物”是资产阶级的文学主张

争论的焦点

工农兵群众的革命形象，能不能够在革命文艺中大放光彩？体现着社会主义、共产主义思想的英雄人物，能不能够在社会主义文艺中占据主导的地位？这是一个十分重要的问题，关系着我们文艺的性质和方向。延安文艺座谈会以来，围绕着这个问题，斗争一直没有停止过。无产阶级和劳动人民，坚决要求工农兵的先进榜样在文艺创作中得到突出的表现。资产阶级和满脑子资产阶级思想的人们，总是反对工农兵的英雄形象进入文学艺术领域，或者用各种办法来贬低它，排挤它，削弱它在文艺上的地位和影响。这个斗争，是无产阶级和资产阶级的斗争在文艺上的反映。随着我国社会主义革命日益深入，斗争就越发尖锐化起来。

我们文学创作的首要任务，是努力创造工农兵的英雄形象呢，还是“写中间人物”？这是当前存在的尖锐问题。创造工农兵群众的英雄形象，这是无产阶级的主张，它保证我们的文学沿着工农兵方向前进。“写中间人物”，这是资产阶级的主张，它引导我们的文学走向资产阶级的歧途。这两种主张是不可调和的。

一九六二年八月间，中国作家协会在大连召开了农村题材短篇小说创作座谈会。会议的主持人之一邵荃麟同志正式提出了“写中间人物”的主张。他从文艺反映现实、文艺的教育作用、文艺创作现状等方面，找出各种理由，反复强调“写中间人物”的重要性，贬低写英雄人物的重要性，要求作家们大量描写所谓“中间人物”。邵荃麟同志的理由，归纳起来，主要有以下几点：

一、在人民群众中间，正面英雄人物是少数，“中间人物”是大多数，因此要大量描写“中间人物”。

二、文艺创作要反映社会矛盾，而“矛盾往往集中在中间人物身上”，因此要集中笔力“写中间人物”。

三、“文艺的主要教育对象是中间人物”；应当通过“写中间人物”来教育“中间人物”。

四、在文艺创作中，英雄人物写多了，“中间人物”写少了；大家都写英雄人物，“路子就窄了”；要使路子宽广起来，就要多写“中间人物”。

此外还有不少说法，暂不一一列举。总之，说来说去，无非是要把“写中间人物”推到文艺创作的最主要、最中心的地位，这就势必要把创造英雄人物的任务，从最主要、最中心的地位上排挤下来。

文艺创作要把现实生活中的矛盾斗争典型化，就要创造各种各样的人物，自然也包括群众中介乎先进与落后之间的、暂时居于中间状态的人物。所以，问题不在于能不能写中间状态的人物；这类人物在文艺作品中经常出现，今后也会不断地出现。现在的问题是：邵荃麟同志创造了一个“中间人物”的特殊概念，提出了一套“写中间人物”的理论主张，用来同社会主义文艺创作的最主要、最中心的任务——创造英雄人物的任务相抗衡。这就是当前争论的焦点。

甚么是“中间人物”？

邵荃麟同志所说的“中间人物”，到底是甚么样的一种人物呢？

按照邵荃麟同志的解释，所谓“中间人物”，是人民群众中、特别是农民群众中介乎好人与坏人之间的人，正面人物和反面人物之间的人，先进人物和落后人物之间的人，是身上有“旧的东西”——“几千年来个体农民的精神负担”的人。据说，在人民群众中，这种“中间状态的人是大多数”，“广大的各阶层都是中间的”。按照大连创作会议后几篇鼓吹“写中间人物”的文章的解释，有的说是“自私自利的人”，有的说是“身为劳动群众却存有缺点的落后人物”，这就把落后人物也包括在“中间人物”的范围内了。有的说，“中间人物”是“不好不坏、亦好亦坏、中不溜儿的芸芸众生”，那就是浑浑噩噩的“小人物”了。实际上，邵荃麟同志自己有时也把“中间人物”同落后人物、“小人物”混为一谈，并没有把界线划分清楚。

为了说明“中间人物”的概念，邵荃麟同志等还从文学作品中举出了一些“中间人物”的例子（见《关于“写中间人物”的材料》）。按照他们的举例和说明，所谓“中间人物”，原来是农民和工人中动摇于社会主义、资本主义两条道路之间的人，是不革命或革命性不强的人，是不觉悟或觉悟程度很低的人，是充满着资产阶级、小资产阶级“精神负担”的人。

那么，把我国工农群众的大多数，都概括为如此这般的“中间人物”，是否符合于客观实际呢？

在革命的群众运动中，有先进分子和落后分子，也有暂时处于中间状态的人物。

当群众的革命要求、革命积极性还没有充分发挥起来的时候，初看起来，中间状态的人物是为数不少的。但是，这种中间状态是一种暂时的、表面的、不确定的状态。随着革命运动的深入开展，绝大部分处于中间状态的人们，态度迅速地发生变化，群众中间长期蕴蓄着的革命积极性，终于像火山一般地爆发出来。这时候，社会上的革命与反革命，社会主义与反社会主义，正面与反面，互相对立的阶级斗争形势表现得日益鲜明，各种社会力量的阶级本质也都更加鲜明地突现出来。历史证明了，我国工农群众不但在民主革命时期表现出很高的革命积极性，而且在社会主义革命和社会主义建设时期也表现出很高的革命积极性。工人、农民和士兵，是我们革命的主力军，是我们社会主义江山的擎天大柱。这难道不是众所周知的事实吗？

大连创作会议是着重讨论农村题材的创作问题的。邵荃麟同志是提倡以“现实主义”态度来反映农民的精神面貌的，那么，就农民来说，是否象邵荃麟等同志所断言的那样，我国农民的大多数都是动摇于社会主义、资本主义两条道路之间的“中间人物”呢？毛主席在《关于农业合作化问题》《关于正确处理人民内部矛盾的问题》等著作中，反复指出：我国广大的贫农下中农，是积极拥护集体经济、坚决走社会主义道路的，他们是农民中的大多数，占农村人口的百分之六十到七十；动摇于社会主义、资本主义两条道路之间的，是上中农，他们是少数。我国农村社会主义改造的光辉历程，完全证实了这个马克思列宁主义的分析。以贫农下中农为骨干的广大农民，在党的领导下，在同资本主义自发势力的斗争中，不断地巩固和发展了农村的社会主义事业，风吹不倒，雷打不散。所以，从广大农民对待社会主义的态度来看，那就决不是“两头小，中间大”；而是农民的绝大多数，包括一些曾经有过摇摆的农民，经过暂时的徘徊观望之后，都终于自愿地走上了社会主义道路。对于大多数农民来说，除了社会主义，再无别的出路。可是，邵荃麟同志不是这样看。照他看来，我国农民的大多数都是缺乏社会主义积极性的、动摇于两条道路之间的“中间人物”，甚至“广大的各阶层都是中间的”。按照这种看法，我们新中国就根本不可能走社会主义道路，而只能走资本主义道路，实际上是恢复到旧中国的半封建、半殖民地的道路，我们的国家就要灭亡。“中间人物”这个特殊概念的反动性和荒谬性，不是昭然若揭吗？要知道，抹杀广大农民、广大人民群众的社会主义革命要求，否定广大人民群众的革命积极性，是国内外一切右倾机会主义者的基本观点；这同马克思列宁主义、毛泽东思想是根本对立的。

人们的社会存在，决定人们的社会意识。工农群众的阶级地位，革命斗争和生产斗争的实践，使得他们比较容易接受新的思想。事实上，我国工农兵群众在改造客观世界的同时，也在不断地改造自己的主观世界，他们的精神面貌发生了极大的变化。固然，广大群众的思想情况，是很不相同的，有先进的，有落后的，也有不少是介乎先进与落后之间的。在群众中间,有各种落后的东西,要彻底摆脱剥削阶级的思想影响,还需要长期的奋斗。但是,总的看来,工农兵群众较之深受资产阶级思想影响的知识分子,思想感情总是要健康得多,总是比较容易接受革命的新事物。正因为这样,毛主席反复教导我们,知识分子在学习马克思列宁主义的同时,必须长期深入工农兵的火热斗争,向工农兵学习,同工农兵的思想感情打成一片。经过不同程度的思想改造,大多数知识分子尽管还没有树立无产阶级的世界观,可是,在政治态度上,也是不同程度地拥护社会主义制度的。试问:凭甚么硬说工农群众的大多数都是介乎好人坏人之间、正面人物反面人物之间、动摇于社会主义道路和资本主义道路之间的“中间人物”呢?说这话的人,到底是站在什么立场?这种说法,难道不是对于我国伟大现实、伟大人民的诽谤吗?

人民群众是历史的创造者,是新社会的主人。说人民群众的大多数都是“不好不坏、亦好亦坏、中不溜儿的芸芸众生”,也就是无知无识,无所谓好、无所谓坏的“群氓”,是浑浑噩噩的“小人物”,这不是站在反人民的立场,又是甚么呢?

可见,邵荃麟同志等所创造的“中间人物”这个概念,不但是一个十分混乱的概念,而且是一个反人民的概念。这个概念的宣扬者们,不是站在群众之中,而是驾凌于群众之上,用贵族老爷式的态度来看群众。他们用资产阶级形而上学的观点,把革命运动过程中部分群众暂时处于中间状态(不自觉或半自觉的状态)的现象,看成是孤立的、静止的、固定的、一成不变的现象,并且把它无限地膨胀起来,似乎不论在任何时间、地点、条件下,群众中的大多数人对待革命、对待革命思想的态度都是中间状态的。他们把广大的各阶层人民群众都包纳在“中间人物”的范围内,用来壮大“中间人物”的声势,以便在文艺创作上,同革命英雄人物争地盘,并且按照这种“中间人物”的精神面貌,来改造我们文艺的精神面貌,改造广大群众的精神面貌。凡是热爱革命事业、革命文艺事业的人,对此不能不保持高度的警惕。

甚么人代表着时代的主流?

现在,我们来考查一下提倡“写中间人物”的几个主要理由,看看它们是否站得住脚。

第一,借口英雄人物是少数,认为不可多写;强调“中间人物”是大多数,主张大写而特写:这个理由能够成立吗?

我们要问:文艺创作对于生活的反映,是机械的、照相式的反映呢,还是主动的、创造性的反映?是为反映而反映呢,还是有目的、有重点的反映?是仅仅反映生活的现象呢,还是要通过现象反映生活的本质?邵荃麟同志不是口口声声反对简单化和机械论的吗?可是,按照他提出的公式——英雄或非英雄在艺术描写上数量的多寡,应当同他们在实际生活中人数的多寡成正比例,岂不恰恰是一种极端简单化和机械论的公式吗?

社会主义的文艺,要反映伟大的社会主义时代,宣传社会主义、共产主义的崇高思想。不努力创造群星灿烂的工农兵英雄人物的典型形象,就不可能完成这个任务。前面说过,把工农群众的大多数看成动摇于两条道路之间的"中间人物",是根本错误的。当然,在广大群众中间,具有高度共产主义觉悟的先进英雄人物还不是大多数,但也决不是极少数,而是已经成千上万地涌现出来。这些人是时代的精华,人民的精华,阶级的精华。他们是革命的新生力量,是群众的带头人,代表着广大群众的今天和明天。革命的文艺家必须坚定地站在革命的新生力量这一边,用热情的笔墨,为新事物开辟道路。必须看到,在我们文艺家的笔下,英雄人物不是写得多,而是写得太少;正是在这一点上,我们的文艺有愧于我们的时代和人民,现在应当是急起直追的时候了。

反过来说,如果我们的文艺家们听信了邵荃麟同志的主张,不去着重描写代表时代主流的工农兵的英雄形象,而去大写特写不好不坏的"中间人物",那就不但不能反映我们社会主义时代的本质,而且我们文艺的社会主义的性质也必然要发生变化。我们不妨设想:如果全面地实现了"写中间人物"的一套主张,在我们的文学书刊上,戏剧舞台上,电影银幕上,到处都是动摇于社会主义、资本主义两条道路之间的、不革命或革命性不强的、不觉悟或觉悟程度很低的、满身都是"旧的东西"——"个体农民的精神负担"和"阴暗心理"的人,那将把我们的伟大时代、伟大人民歪曲成甚么样子?我们的文艺还配称为社会主义的文艺吗?

所谓"矛盾往往集中在中间人物身上"

第二,说当前的社会矛盾"往往集中在中间人物身上",要写矛盾,就要大写"中间人物"。这个理由是臆造的,根本不能成立。

社会主义的文艺必须反映当代的社会矛盾,其中最主要、最普遍的矛盾是社会主义同资本主义的矛盾,无产阶级和劳动人民同资产阶级的矛盾,无产阶级思想同资产阶级思想的矛盾。我们的文艺应当把这种矛盾斗争典型化,创造各种人物,影响广大群众,推动矛盾斗争向着有利于社会主义的方向发展。所谓写矛盾,主要是写工农兵群众的火热斗争,今天说来,主要是兴无灭资的斗争;这就不能不着重描写矛盾的主导面,不能不着重描写站在矛盾的主导面解决矛盾、推动生活前进的英雄人物。固然,在社会主义革命和建设的火热斗争中,在社会主义、资本主义两条道路的斗争中,所有的人都会在不同程度上受到革命风暴的影响,因此我们并不排斥对于矛盾斗争的侧面描写,包括对于某些中间状态人物的正确描写;然而,难道不是处于矛盾斗争漩涡中心的工农兵群众的英雄人物、领袖人物掌握着矛盾斗争的关键，反而是游离于火热斗争之外的“中间人物”更能够体现矛盾斗争的性质和方向吗？硬说“矛盾往往集中在中间人物身上”，岂不是要抹杀矛盾斗争的主导面——无产阶级和革命人民的决定作用，或者转移矛盾斗争的目标吗？

所谓“矛盾往往集中在中间人物身上”，还指的是“中间人物”在社会主义革命过程中的内心矛盾。邵荃麟同志站在“中间人物”的立场，把自己的全部兴趣和同情倾注在那些动摇于社会主义、资本主义两条道路之间的人物身上。在他看来，这些人夹在互不相容的两条道路中间，要观望而不能长期观望，要徘徊而没有徘徊余地，好不痛苦！他不是以批判态度、而是以同情态度看待“几千年来个体农民的精神负担”的。他不是以历史唯物主义观点，把这种“精神负担”看成是剥削阶级长期影响的结果，是一定社会条件下的产物，是能够随着社会条件的变化而逐渐变化的。相反，他是以历史唯心主义观点，把这种“精神负担”看成是世代相传的、农民身上固有的东西，是很难改变的。他竟然认为，我国农民从个体经济走到集体经济的伟大过程，不是农民在政治上、经济上、思想上的解放过程，而是“痛苦的过程”或“苦难的历程”。这样，他所说的“矛盾往往集中在中间人物身上”，就是意味着所谓“中间人物”的农民被一场革命风暴卷入社会主义浪潮时的内心的矛盾和“痛苦”。因此，他要求作家们着重描写这些农民在农业社会主义改造中的“苦难的历程”和“阴暗心理”。显然，这决不是站在无产阶级和贫农下中农的立场看问题，而是站在资产阶级、小资产阶级的立场，用极端阴暗的心理看待翻身农民和农民的翻身事业。根据这种理论主张写出来的作品，断然是反社会主义的毒草，不会是甚么好东西。

用“中间人物”来教育“中间人物”？

第三，夸大“写中间人物”的教育作用，认定“中间人物”是文艺教育的主要对象，主张通过“写中间人物”来教育“中间人物”。这都是说不通的。

我们的文艺，是工农兵群众前进的号角，是无产阶级战斗的武器，是全体劳动人民文化生活上的良师益友，而不是一部分“中间人物”的专用课本。群众中的先进与落后是可以互相转化的，中间状态终归是要向两极分化的，先进与落后的斗争则是长期存在的。夸大“中间人物”的数量，从而夸大“写中间人物”的教育作用，都是经不住客观事实的检验的。把文艺的教育作用任意割裂，似乎写先进人物就为的（是）教育先进分子，写落后人物就为的（是）教育落后分子，而“写中间人物”就为的（是）教育中间分子，这不是极端简单化和机械论，又是甚么呢？

社会主义文艺，必须用社会主义、共产主义思想教育人民，因此必须着重描写体现着社会主义、共产主义精神的英雄人物。当然，正确地描写群众中不自觉、半自觉的人物的改造过程,也是需要的,凡是写得好的,也会产生良好的教育作用。可是,正像在实际生活中,落后的或比较落后的人们的转变和进步,往往是由于先进分子的带动、帮助和影响;社会主义文艺作品中英雄人物、先进人物的典型形象在广大群众中产生的强大教育鼓舞作用,也决不是"中间人物"的描写所能代替的。从刘胡兰、李有国、董存瑞、朱老忠、许云峰到雷锋、梁生宝、李双双、大寨英雄、南柳英雄和大庆英雄们的动人形象,成为广大群众学习的榜样。但是,"写中间人物"的倡导者们,从资产阶级的艺术观点看问题,总是抱怨群众缺乏鉴别能力。他们看到有些作品中的英雄人物,不及"中间人物"写得那么细致,却反而受到群众更大的欢迎,为此忿忿(愤愤)不平。这说明他们多么不了解群众力争上游的感情,不了解群众对于英雄人物的渴望;对于文艺的教育作用,他们的认识又是多么肤浅和片面化啊。社会主义文艺对于广大群众和青年一代的思想教育,是以正面的教育为主呢,还是以反面的或侧面的教育为主?是单靠冷静的分析呢,还是要结合以热情的鼓舞?是引导群众向前看呢,还是引导他们向后看?是激励群众奋发起来呢,还是宣扬消极、动摇的情绪使得群众消沉下去?这是必须认真考虑的。英雄的时代,需要英雄的形象。人民群众多么渴望从书刊上、银幕上、舞台上看到更多更好的、充满着革命英雄主义气概、共产主义风格的光辉榜样,成为鼓舞群众兴无灭资、改造世界的强大精神力量!工农兵群众多么渴望文艺作品发挥更大的正面教育鼓舞作用,帮助培养青年一代,培养革命事业的接班人!但是,"写中间人物"的倡导者们,却力图把那些不好不坏的"中间人物"、自私自利的落后人物、浑浑噩噩的"小人物"推到文艺创作的主要地位;同时抱怨写共产主义风格太多,反对创造新英雄人物的完美形象。这不是排斥社会主义文艺用社会主义、共产主义精神教育人民的作用,又是甚么呢?

甚么路子才是宽广的?

第四,说英雄人物写得多,创作的"路子就窄了";只有多写"中间人物",路子才会宽广起来。这真是奇谈怪论!

要辨别路子的宽与窄,首先要问:是甚么样的路子?是无产阶级文艺的路子呢,还是资产阶级文艺的路子?前者是无产阶级开辟的光明大道,后者是资产阶级走绝了的死胡同。在无产阶级和劳动人民看来,我们的时代,是英雄辈出的时代,真是"数风流人物,还看今朝"。在我们的时代,英雄人物的活动天地是无限广阔的,作家描写英雄人物的可能性也是无穷无尽的。同样是大公无私,敢想敢干,同样是共产主义风格,在各行各业的每一个具体人物身上的具体表现,是千差万别的。社会主义、共产主义的英雄主义,是文艺史上从来没有接触过的伟大主题,从事社会主义文艺创作的一切有志之士,纵使竭毕生的精力,也是写不完、画不完、唱不完的。至于那些不好不坏的“中间人物”，那些动摇的人，多余的人，自私的人，渺小的人，阴暗的人，内心分裂的人，则是几百年来资产阶级作家们早已写烂了的，是文学史上的陈腔滥调。今天的作家们用新的观点来写，自然还可以写一些。但是，作为写光明的陪衬则可，作为创作的首要任务则不可。在今天提倡大写“中间人物”，势必要把我们的文艺引到资产阶级的死胡同里去。

提倡人物多样化，必须有一个前提，就是要保证英雄人物的描写居于优先的、主导的地位。热情地歌颂工农兵群众的英雄人物，是社会主义新文艺区别于资产阶级旧文艺的最主要、最显著的特色之一。取消了这个特色，就是取消了社会主义新文艺本身。谁也没有说过，我们的文艺只能写英雄，只能写模范，不能写其他人物。写英雄，写模范，也要在矛盾斗争中、在各种人物的关系中表现他们，才能真实地、生动地描写出来。但是那些口口声声念叨着“两头小，中间大”的人，却一味地抱怨“只写萌芽，路子就窄了”、“只写模范，就太狭窄了”。在这些人的心目中，只有资产阶级文艺的老路才是“宽广”的！围绕着人物描写问题，存在着两条道路的斗争，不是表现得非常明显吗？

近几年来，有些文艺团体和文艺刊物，包括我们自己在内，对于创造英雄人物的重要性，没有进行有力的宣传，有时还发表一些错误言论，把创作引入歧途。同时，不少作家由于世界观没有进行认真的改造，加之在不同程度上脱离了群众的火热斗争，他们对工农兵的英雄人物，缺乏热烈的阶级感情。这样，反映在文学创作中间，新英雄人物的光辉形象出现得很少，文学的革命性、战斗性因此减弱了。作为文学团体的领导人，邵荃麟同志不是针对这个缺点，鼓励和引导作家们为创造英雄形象、提高文学的战斗力而奋斗；反而说甚么“革命性是够的”，“革命性都很强”，不要多写革命性强的英雄人物了，而要多写不革命或革命性不强的“中间人物”。这是令人难以理解的！“写中间人物”的倡导者们不总是宣扬“中间人物”的描写“有深度”，鄙薄许多英雄人物的描写犯了“单纯化”、“简单化”、“概念化”的错误吗？如果事情确实是这样的，为甚么只肯在“写中间人物”方面“锦上添花”，不肯在写英雄人物方面“雪里送炭”呢？要写好英雄人物，就必须鼓励作家们投入群众的火热斗争，从现实生活的矛盾斗争中概括先进人物的光辉形象。“写中间人物”的倡导者们却与此相反，他们宁愿作家们安于现状，描写平凡琐碎的小事情。人们不禁要问：为甚么凡是有利于工农兵、有利于工农兵方向的事情就那么不热心，凡是不利于工农兵、不利于工农兵方向的事情就那么热心呢？

反对歪曲恩格斯和毛主席的原意

邵荃麟同志肆意歪曲恩格斯和毛主席的话，作为提倡“写中间人物”的理论根据,也是应当受到反驳的。

邵荃麟同志对于恩格斯《给哈克纳斯的信》,做了极其错误的解释。这封信的基本精神,是恳切地希望和要求作家着力表现工人阶级的先进人物,描写工人阶级的革命斗争,认为这种描绘应当"在现实主义领域中要求一个地位"。恩格斯批评《城市姑娘》的作者把工人形象描写得过于消极,缺乏典型意义,没有正确地表现出十九世纪八十年代的时代风貌。不难看出,恩格斯对这本小说是不满意的,他寄希望于这位女作家的另一部作品,热望她在以后的创作中着重表现工人阶级的积极方面。这样一封充满革命精神的信,难道可以歪曲为似乎恩格斯也赞成着重描写工人阶级的消极面,大写不好不坏的"中间人物"吗?

谁都知道,毛主席《在延安文艺座谈会上的讲话》,从头到尾都是要求革命的文艺工作者歌颂无产阶级,歌颂工农兵,歌颂光明,要求作家写出新的人物,新的世界。毛主席要求文艺工作者长期地无条件地全心全意地投身于工农兵群众的火热斗争,用马克思列宁主义的阶级观点去观察、分析各个阶级,各种人物,各种社会现象;认为必须这样做,才有可能进入创作过程,写出适合工农兵需要的作品来。难道这些话也可以加以歪曲,似乎毛主席也赞成着重描写不好不坏的"中间人物"吗?

恩格斯早就批评过德国的所谓"真正社会主义者"的作家们,责备他们"并不歌颂倔强的叱咤风云的革命的无产者",而一味地"歌颂各种各样的'小人物'"。这同《给哈克纳斯的信》中反对专门描写工人生活的消极方面,思想立场是一致的。一九五五年,毛主席在《合作化的带头人陈学孟》一文的按语中说:"在中国,这类英雄人物何止成千上万,可惜文学家们还没有去找他们。"八九年过去了,我们的文学创作并没有很好地回答这个问题。现在,邵荃麟同志却歪曲恩格斯和毛主席的原意,为自己的错误主张作辩护,这就进一步暴露了"写中间人物"这个理论主张的反马克思主义的实质。

可见,从文艺反映时代、文艺的教育作用和文艺创作现状来看,从对于马克思主义经典著作的错误解释来看,邵荃麟同志提出的"写中间人物"的理论主张及其主要理由,都是站不住脚的,都是同马克思主义的文艺思想、同文艺的工农兵方向、同社会主义的文艺路线背道而驰的。

必须指出:尽管这种理论主张是极端错误的,经不住驳斥的,可是它仍然有一定的迷惑作用,可能受到、事实上已经受到一部分作家的欢迎。欢迎这种主张的,有以下的几种人:第一种人,站在资产阶级立场上,根本不赞成歌颂无产阶级和劳动人民中间的英雄人物。他们在无产阶级专政的条件下,不敢公开说要颂扬资产阶级,要反对无产阶级和贫农下中农。他们欢迎"写中间人物"的理论,认为这就是他们的理论,因为这个理论实际上导致颂扬资产阶级,反对无产阶级和贫农下中农。第二种人,由于脱离群众的火热斗争,灵魂深处仍然保留着资产阶级、小资产阶级的王国。他们看不到群众中间的英雄人物和先进事物,看到的都是消极的、落后的东西。他们欣赏消极的、落后的东西,对先进的东西不感兴趣。他们的精神世界太窄了,容纳不了新时代英雄的高大形象。这种人自己的精神状态就停留在"中间人物"的水平,当然欢迎"写中间人物"的主张。第三种人,知道写英雄人物是一条比较艰苦的路,要在生活实践和艺术创作上克服一系列的困难,要全心全意同工农兵结合,要积极参加工农兵的阶级斗争、生产斗争和科学实验。他们害怕困难,宁愿走轻便的道路,听到有人把这种旁门便(左)道理论化了,可以心安理得地、大摇大摆地走下去了,自然非常高兴,认为替自己"开了路子"。此外,有些同志长期忽视理论学习,不注意钻研马克思列宁主义、毛泽东思想,他们很容易做别人的思想俘虏——不是做教条主义的俘虏,就是做修正主义的俘虏。无论从什么角度赞成"写中间人物"的主张,都是非常危险的,这些人在不同程度上违背了正确的方向——文艺为工农兵、为社会主义服务的方向,已经或者可能成为修正主义的同路人。现在应该是迷途知返的时候了!

甚么是"现实主义深化"?

用"写中间人物"代替写英雄人物,势必要排斥革命现实主义和革命浪漫主义相结合的创作方法。

在大连创作会议上,邵荃麟同志提出了"现实主义深化"的理论。甚么是"现实主义深化"呢?据说就是要写出现实斗争的长期性、艰苦性、复杂性。如果是按照阶级斗争的观点,正确地描写人民群众改造世界的艰苦复杂的战斗历程,那当然是很好的。但是,邵荃麟同志所说的长期性、艰苦性、复杂性,却是要通过大量的"中间人物"形象,着重描写人民群众身上的"旧的东西",概括"几千年来个体农民的精神负担";而革命的新事物,新人物,社会主义时代的革命精神,革命英雄主义的时代风貌,是没有纳入他的"现实主义深化"的范围之内的。请问:这是甚么样的现实主义?邵荃麟同志把我们文学的革命性和现实性对立起来,抽掉了革命性。他所提倡的现实主义,是抽掉了革命性的现实主义,更是抽掉了共产主义者的革命理想的现实主义。这种现实主义,本质上就是资产阶级的现实主义,是反对社会主义和共产主义的现实主义。沿着这样的现实主义"深化"下去,岂不是要把我们的文学拖到反社会主义的道路上去,成为资产阶级反动文学的变种吗?

同"写中间人物"、"现实主义深化"的理论主张相配合,邵荃麟同志还特别提倡文学创作描写"平平凡凡"的事物,提倡"以小见大","从一粒米看大千世界",把这看做是达到现实主义深度的重要途径。如果是用马克思主义的革命观点来认识生活,当然也可以从工农群众平凡的日常生活中发现不平凡的东西,具有尖锐意义和普遍意义的东西,加以集中概括,写出因小及大的作品,这种作品也是需要的。但是,如果抛弃了革命精神,厌倦于革命斗争,堵塞了投身于火热斗争、同群众结合的道路,天天关在书斋里体味着"从一粒米看大千世界"的奥妙,眼光势必局限于狭小的日常琐事上,那就只能写出平庸的、渺小的东西,只会以小见小,不会以小见大,哪里能够表现出大时代的壮美诗意呢?

然而,邵荃麟同志正是要用他那"现实主义深化"和"平平凡凡的现实主义"来代替革命现实主义和革命浪漫主义相结合的创作方法。

革命现实主义的根本要求,是描写人民群众变革现实的火热斗争,表现人民群众改造世界的伟大精神面貌。革命浪漫主义的灵魂,是革命理想主义,革命英雄主义。革命现实主义和革命浪漫主义,有机地互相结合在一起,构成一个完整的创作方法。提出这个创作方法,为的(是)促使我们的文艺创作进一步地革命化,不仅正确地反映现实,而且对现实产生强大的革命改造的作用。实践这个创作方法的主要前提,是文艺家思想感情的革命化。文艺家的思想感情改变了,自然会抛弃资产阶级老一套的创作方法,接受无产阶级的最好的创作方法。无产阶级的革命的创作方法从来不是强加于任何人的,但也不允许任何人对它做任意的曲解。

邵荃麟同志一方面说我们的文学革命性"够"了,革命英雄主义"多"了,也就是说不再需要甚么革命浪漫主义了;可是另一方面又说,从他那"现实主义深化"的基础上,将要"产生强大的浪漫主义",这不是很奇怪的吗?难道革命浪漫主义不是产生在充满着革命英雄主义的火热斗争中,成长在作家的革命热情与革命理想中,体现在革命英雄人物的光辉形象中,而是产生在抽掉了革命性的现实主义和根本缺乏革命性的"中间人物"的描写中吗?既然不要革命了,所谓从"现实主义深化"的基础上"寻求革命现实主义和革命浪漫主义相结合的道路",怎么可能呢?

需要照照镜子

我们的文艺是要着重描写工农兵的先进人物呢,还是要大写所谓"不好不坏"的"中间人物"?是歌颂工农兵群众的丰功伟绩呢,还是宣扬或者"暴露"他们身上的所谓"旧的东西"?这是文艺家的根本立场问题,也是社会主义的文艺路线和反社会主义的文艺路线的根本分歧。提倡"写中间人物",提倡"现实主义深化",实质上就是提倡作家不去写先进人物,不去歌颂人民的革命精神,鼓舞人民前进;而是提倡作家热衷于写落后,写动摇,宣扬或者"暴露"人民的"缺点",引导人民向后退。

新中国成立以来,在这个根本问题上的斗争,是没有间断过的。我们批判过电影《武训传》,因为它把武训这个封建社会中最丑恶、最虚伪、最反动的奴才,当做人民群众反抗封建压迫的英雄人物加以歌颂。我们批判过胡风反革命集团、资产阶级右派分子诋毁新英雄人物、反对塑造工农兵的英雄形象、反对无产阶级的创作方法的反动言论,批判过他们歪曲革命现实、歪曲工农兵形象的反动作品。胡风不是起劲地宣扬过“精神奴役的创伤”、“真实的现实主义”这类反动透顶的理论吗?胡风不是提倡过描写“最平凡的事件”、“最停滞的生活”,鼓吹过“一个人是一个世界”、“从一粒砂(沙)看世界”的谬论吗?胡风不是诬蔑我们提倡描写重大题材、英雄人物、为政治斗争服务的主张是一把“扼杀文艺”的“刀子”吗?曾经参加过批判胡风等人的反动文艺思想的人,今天却拾起胡风等人用过的武器,同文艺的工农兵方向、社会主义的文艺路线作斗争,这难道是可以原谅的吗?

现代修正主义的文艺,是我们的反面教材。现代修正主义者诽谤社会主义文艺作品中的革命英雄形象是“钢骨水泥堆起来的人”,是“公式化”的产物。他们提倡“非英雄化”,说甚么无所谓正面人物反面人物,鼓吹大写“既说不上好又说不上坏的普通人”。在他们的作品中,不是把资产阶级个人主义者当做时代英雄加以歌颂,就是津津有味地讲述“小人物”的不幸遭遇。他们挂的是社会主义文艺的招牌,卖的是资产阶级文艺的私货,从而把无产阶级的社会主义文艺演变为现代资产阶级反动文艺的附庸。“写中间人物”、“现实主义深化”的倡导者们,难道不该用现代修正主义文艺这面镜子照照自己,从中吸取必要的教训吗?

邵荃麟同志提倡大写“中间人物”,是有他的历史根源的。一九四一年,正当抗日战争如火如荼的时候,他在他的小说集《英雄》一书的《题记》中说:这个集子的“各篇里所描写的,非但找不到半个英雄,相反地,倒几乎全是一些社会上最委琐最卑微的人物”。而“对于这些卑微的人物,我却是爱好的,好象是朋友在一起厮混得久一些,自不免有一种眷恋之情”。可见,“非英雄化”的思想,在邵荃麟同志的脑子里不是今天才有的。

必须看到,经过反对胡风反革命集团、反对资产阶级右派和反对国际上的现代修正主义的斗争,群众的觉悟大大提高了。现在谁要赤裸裸地提出反对文艺为工农兵、为社会主义服务的方向,反对歌颂工农兵的英雄主义,反对无产阶级的创作方法,公开地为资产阶级、小资产阶级思想张目,是不大可能了。现在一些人的办法要巧妙得多,他们表面上还说一些拥护党的文艺方针之类的冠冕堂皇的话;同时尽量宣扬一些不革命或革命性不强的东西,实际上是资产阶级、小资产阶级的东西,来同无产阶级的革命事物争地盘;提出一些用马克思主义词句装扮起来的似是而非的主张,实际上是资产阶级、小资产阶级的理论主张,来迎合文艺界一部分人的落后心理,使他们逐步脱离无产阶级的文艺方向。因此,当前的斗争,就更带有曲折的、复杂的性质。不能简单地对待这类资产阶级的理论主张。应当认真地对待它们。它们在文艺界是有一定市场的。

这是文艺上的大是大非之争

近几年来,在我国政治、经济各个战线上,无产阶级同资产阶级的阶级斗争,社会主义、资本主义两条道路的斗争,进行得很激烈。这个斗争,不可能不反映到文艺战线上来。围绕着"写中间人物"的一系列理论主张,以及必然要展开的对这些理论主张的讨论和批判,就是社会上的阶级斗争和两条道路的斗争在文艺上的一个尖锐的反映。

邵荃麟同志提出的一系列理论主张,都是有利于资产阶级而不利于无产阶级,有利于资本主义而不利于社会主义的。

第一,在我国城乡阶级斗争、两条道路斗争尖锐化的时期,邵荃麟同志等提出了"中间人物"的概念。按照这个概念及其说明,我国工农群众的大多数,广大各阶层的人民,都是动摇于两条道路之间,游离于社会主义革命之外的;而坚决革命的,坚决走社会主义道路的,仅仅是少数人。实际上,这是用"中间人物"这个超阶级的概念来造成混乱,模糊阶级对立、阶级斗争的阵容,抹杀广大群众(包括群众中暂时处于中间状态的人们)的革命要求,否定群众中的英雄人物、先进人物的群众基础,否定社会主义革命和社会主义建设的群众基础。这是根本违反事实的。它只能起到壮大资本主义声势、削弱社会主义力量的反动作用。

第二,文艺创作是通过人物描写体现作家的思想立场的。主张努力创造工农兵的英雄形象,这就是力图巩固与扩大革命的、社会主义的力量在文艺上、在社会生活上的地位和影响。主张"写中间人物",这就是力图削弱与缩小革命的、社会主义的力量在文艺上、在社会生活上的地位和影响。前者是通过对英雄人物的热情歌颂,用体现在英雄人物身上的社会主义、共产主义精神教育广大人民。后者是通过对"中间人物"消极方面的同情和欣赏的笔墨,用体现在这些人物身上的资产阶级思想、小资产阶级思想腐蚀人民群众。所以,在文艺创作上,排挤英雄人物,就是排挤社会主义和共产主义。

第三,歌颂工农兵的英雄人物,就是歌颂无产阶级,鼓舞革命人民的斗争勇气和胜利信心。以同情和欣赏的笔墨"写中间人物",实际上是歌颂资产阶级和小资产阶级,是削弱革命人民的斗争勇气和胜利信心。正象毛主席所说:"你是资产阶级文艺家,你就不歌颂无产阶级而歌颂资产阶级;你是无产阶级文艺家,你就不歌颂资产阶级而歌颂无产阶级和劳动人民:二者必居其一。"这个问题,在今天尤其尖锐:作为新中国的文艺家,特别是党员文艺家,是鼓舞工农兵群众同心同德,从事兴无灭资的斗争呢,还是使得群众离心离德,败坏社会主义革命和建设的事业?这是必须认真考虑的。但是有些人借口英雄人物是“萌芽”,人数比例“小”,认为值不得多写;他们动不动就把写英雄人物同“公式化”“概念化”扯在一起,以“证明”英雄人物之不可多写。这是甚么意思呢?要知道,“讥笑新的幼芽软弱,抱着轻浮的知识分子的怀疑态度等等,这一切实际上是资产阶级反对无产阶级的手段,是保护资本主义而反对社会主义”。列宁的这段话是值得我们记取的。

第四,同创造工农兵英雄形象的任务相对立,而提倡“写中间人物”;同描写工农兵的火热斗争的要求相对立,而提倡“写平平凡凡”;同革命现实主义与革命浪漫主义相结合的创作方法相对立,而提倡“现实主义深化”:这一切都是要抽掉我们文学的革命的、社会主义的内容,抽掉它的阶级性、战斗性和现实性,使它变成一种不革命或革命性稀薄的“中间文学”,然后沿着资产阶级的斜坡滑下去,直到变成彻头彻尾的资产阶级反动文学而后已。事实上,“写中间人物”的倡导者们,是不会停留在“写中间人物”这一步的。他们不是也在提倡描写“小人物”吗?不是也在提倡描写反党的“英雄”吗?这些人也不会停留在“写平平凡凡”这一步。他们不是也在提倡描写很不平凡的、“批判”社会主义现实的作品吗?所谓“现实主义深化”,必然要向着反社会主义的方向“深化”下去,愈陷愈深。阶级斗争有它自己的规律。看不到这一点,就要犯绝大的错误。

可见,我们同邵荃麟同志的争论,不是一般的文艺理论上的争论,而是文艺上的社会主义道路同资本主义道路的斗争,是无产阶级的社会主义的文艺路线同资产阶级的反社会主义的文艺路线的斗争,是大是大非之争。在我国社会主义革命日益深入的今天,社会上的资产阶级、小资产阶级中间抵抗社会主义革命改造的力量,竟然在我们文学团体的领导机构中间,找到了它们的代言人。这个事实,还不够使我们十分痛心而猛醒起来吗?

一九六二年,正当国内外阶级斗争尖锐化、我国农村形势发生暂时困难的时候,有些人脱离了工农群众战胜敌人、克服困难的火热斗争,看不见工农群众气吞山河的英雄气概,丧失了革命理想和革命乐观主义。在他们看来,文艺为工农兵、为社会主义服务的方向,社会主义的文艺路线,革命现实主义和革命浪漫主义相结合,创造光辉的英雄形象……这些旗帜都应当收拾起来了,而应当代之以“写中间人物”、“现实主义深化”的旗号。在他们的心目中,无产阶级的理想人物是并不存在的。他们宁愿把所谓“中间人物”当做他们的理想人物,实际上是用落后人物的眼光来观察社会生活,用反面人物的心理来看待社会主义社会的矛盾斗争,用灰暗的色彩来描画广大群众的精神面貌,用资产阶级、小资产阶级思想来消磨群众的斗志。如果他们的主张实现了,势必要取消我们文艺的革命灵魂,使得我们的社会主义文艺逐步演变为资产阶级的反动文艺。这种文艺只能腐蚀、破坏、瓦解社会主义的经济基础,为社会主义向资本主义"和平演变"服务。问题的严重性就在这里。为了巩固、发展社会主义和社会主义文艺的阵地，必须针对这种极端错误的理论主张，进行公开的讨论和批判，清除它们的恶劣影响。

——原载《文艺报》1964年第8—9期

柯庆施*

大力发展和繁荣社会主义戏剧，更好地为社会主义的经济基础服务①

发展和繁荣社会主义戏剧，使戏剧为社会主义时代的工农兵服务，为无产阶级政治服务，为阶级斗争、生产斗争、科学实验三大革命运动服务，为巩固和发展社会主义的经济基础服务，是社会主义革命和社会主义建设时期一项极为重要、艰巨的任务，是社会主义革命的一个重要组成部分。要发展和繁荣社会主义戏剧，必须在党的百花齐放、推陈出新的方针指导下，进行戏剧改革，推资本主义、封建主义之陈，出社会主义、共产主义之新，大力提倡社会主义的革命现代剧。改革旧戏，提倡新戏，这不仅是戏剧界、文艺界一场尖锐、复杂的斗争，而且是一场“兴无灭资”和移风易俗的革命斗争，是一场广泛深刻的社会主义革命。

为了大力发展和繁荣社会主义戏剧，彻底改造那些长期为封建主义、资本主义服务的旧戏，根据党中央和毛泽东同志的历次指示精神，华东地区在一九六三年底到一九六四年初举行了一次规模较大的话剧观摩演出。参加演出的有华东地区各省、市和部队的十九个话剧团，共演出了他们在一九六三年内所创作的十三个多幕剧和七个独幕剧。这些戏的内容，都是反映我国社会主义革命和社会主义建设的，题材丰富多样，主题一般也都是革命的健康的，它们集中地反映了社会主义时代的新人新事和新的精神面貌，特别是工农兵中的新人新事和新的精神面貌，得到广大的群众的喜爱和好评。在这些戏中，《激流勇进》、《一家人》、《龙江颂》、《丰收之后》、《第一与第二》、《母子会》、《柜台》、《年青的一代》和《小足球队》等比较优秀的剧目，不仅成了话剧的保留剧目，而且为其他剧种移植。在这次观摩大会上，我们还

---

* 本文作者柯庆施，安徽歙县人。早年即参加革命，1949 年后历任中共南京市委书记、南京市市长、中共江苏省第一书记、中共上海市委第一书记、上海市市长、国务院副总理等职。曾被选为中共中央委员、中共中央政治局委员。1965 年 4 月病逝。

① 本文为作者在 1963 年底到 1964 年初华东地区话剧观摩演出会上的讲话，发表时作了若干修改补充。

组织到会的戏剧、文艺工作者,学习了毛泽东同志的有关著作,检查了这几年的工作,总结交流了经验,制订了今后工作规划,在政治上、思想上的收获也是很大的。所有这些,都是高举毛泽东文艺思想红旗所取得的一次重大的胜利。

这次华东话剧观摩演出,不仅为华东地区话剧事业的发展和繁荣开辟了一条广阔的道路,而且对华东地区整个戏剧事业的发展和繁荣起了有力的推动作用和激励作用。现在,在华东地区的戏剧舞台上,开始出现了一个前所未有的大演革命的现代戏的朝气勃勃的局面。不仅话剧,而且包括京剧和其他许多地方剧种,以及音乐、舞蹈、评弹、说唱等等,都开始从帝王将相、才子佳人的圈子里走出来,努力地反映我们伟大的社会主义时代的精神面貌。总之,我们的戏剧事业和整个文艺事业,在党中央和毛泽东同志的亲切关怀下,正努力跟上时代的脚步,进一步符合社会主义革命和社会主义建设形势的要求,适应社会主义的经济基础,受到广大工农兵群众的热烈欢迎。

现在,我想就华东地区的戏剧工作和整个文艺工作的情况,谈谈有关发展和繁荣社会主义戏剧、文艺的若干问题。

一、我们的戏剧,一定要为无产阶级政治服务,一定要为社会主义经济基础服务

戏剧为谁服务,如同整个文艺为谁服务一样,是一个根本问题,原则问题。毛泽东同志早在一九四二年《在延安文艺座谈会上的讲话》中就明确指出:“我们的文学艺术都是为人民大众的,首先是为工农兵的,为工农兵而创作,为工农兵所利用的。”①他又说:“诚然,为着剥削者压迫者的文艺是有的。文艺是为地主阶级的,这是封建主义的文艺。中国封建时代统治阶级的文学艺术,就是这种东西。直到今天,这种文艺在中国还有颇大的势力。文艺是为资产阶级的,这是资产阶级的文艺。象鲁迅所批评的梁实秋一类人,他们虽然在口头上提出什么文艺是超阶级的,但是他们在实际上是主张资产阶级的文艺,反对无产阶级的文艺的。文艺是为帝国主义者的,周作人、张资平这批人就是这样,这叫做汉奸文艺。在我们,文艺不是为上述种种人,而是为人民的。”②毛泽东同志所指出的文艺为人民服务、为工农兵群众服务的方向,是我们无产阶级戏剧和整个文艺的根本方向,是无产阶级戏剧、文艺区别于封建主义、资产阶级戏剧、文艺的分水岭。戏剧、文艺为人民服务、为工农兵群众服务的问题,也就是为百分之九十几以上的革命人民服务的问题。革命的戏剧、文艺是为绝大多数的革命人民服务的,决不是为地主、资产阶级以及他们的遗老遗少

① 《毛泽东选集》(第三卷),人民出版社,1953 年,第 865 页。
② 《毛泽东选集》(第三卷),人民出版社,1953 年,第 857 页。

等少数人服务的。为人民服务、为工农兵群众服务,这是我们革命的无产阶级的戏剧、文艺唯一正确的方向。无论在过去新民主主义革命阶段,还是现在社会主义革命和社会主义建设时期,我们都要坚定不移地坚持这一方向。

戏剧、文艺为谁服务的问题,就是上层建筑为经济基础服务的问题。戏剧、文艺是上层建筑之一,在阶级社会里,它都是从属于一定阶级的政治,并为一定阶级的政治服务的;而归根结柢(蒂)是,上层建筑必须和经济基础相适应,必须符合经济基础的客观要求,为经济基础服务。毛泽东同志在《新民主主义论》一书中深刻地说明了这个问题,他说:"一定的文化(当作观念形态的文化)是一定社会的政治和经济的反映,又给予伟大影响和作用于一定社会的政治和经济;而经济是基础,政治则是经济的集中的表现。这是我们对于文化和政治、经济的关系及政治和经济的关系的基本观点。"①为一定阶级的政治服务,为一定社会的经济基础服务,这对作为观念形态的文化中的戏剧、文艺,作为上层建筑之一的戏剧、文艺来说,必然是这样。任何一个阶级都要建立为本阶级经济基础服务的上层建筑,为本阶级利益服务的戏剧、文艺。封建地主阶级、资产阶级有他们的戏剧、文艺,为他们服务;我们无产阶级也必须有自己的戏剧、文艺,为无产阶级的政治服务,为社会主义的经济基础服务。在新民主主义革命阶段,我们的文化是为反帝反封建反官僚资本主义的斗争服务,为新民主主义的政治服务,为新民主主义的经济基础服务的。虽然那时的文化也有社会主义的因素,而且是起决定作用的因素,但是,就其基本性质来说,仍然是新民主主义的文化。现在,是社会主义革命和社会主义建设时期,我们的文化必须是社会主义的文化,社会主义的文艺,社会主义的戏剧。正如毛泽东同志所说:"以社会主义为内容的国民文化必须是反映社会主义的政治和经济的。"②不能设想,我们的政治和经济是社会主义的,而戏剧、文艺是资本主义、封建主义的,或者仍然是新民主主义的。在社会主义时代,戏剧、文艺还有反帝反封建的任务;但是最主要最根本的任务是彻底反对资本主义、反对资产阶级的斗争,是为社会主义服务,为保护、巩固和发展社会主义的经济基础服务。这是我们首先必须弄清楚的问题。

社会主义社会是一个存在着阶级和阶级斗争的社会。在社会主义阶段,在由资本主义过渡到共产主义的整个历史时期内,存在着无产阶级和资产阶级两个阶级的斗争,社会主义和资本主义两条道路的斗争。一方面,代表着社会主义力量的新人、新事、新思想、新风尚,正在蓬蓬勃勃地成长起来,广大人民群众政治觉悟不断提高,具有社会主义、共产主义思想的英雄模范人物不断涌现,社会主义事业迅速向前推

---

① 《毛泽东选集》(第二卷),人民出版社,1952年,第656—657页。

② 《新民主主义论》。《毛泽东选集》(第二卷),第698页。

进,社会主义的经济基础日趋巩固和发展。另一方面,还存在着阻碍、削弱和破坏社会主义经济基础的旧东西。虽然在经济上,我们基本上消灭了资本主义所有制,但是,在国内没有消灭资产阶级的一切影响以前,在没有根除产生资本主义的一切根源以前,在国际上还存在着帝国主义和资本主义以前,总之,在进入共产主义以前,两个阶级、两条道路的斗争是不会停止的。在政治思想上、在意识形态上的斗争,比在经济上的斗争更为复杂和曲折。资产阶级采取各种方法,包括"和平演变"的方法进行复辟活动,而且在一定的条件下,会使复辟的可能变为现变。这种斗争必然要尖锐地反映到戏剧、文艺战线上来。正在成长的社会主义力量、共产主义因素对将要最后死亡的资本主义势力和封建主义势力,只有进行长期的、不断的、反复的斗争,才能逐步战而胜之,取而代之。

对于这场尖锐复杂的阶级斗争,对于这场广泛深刻的社会主义革命,我们每一个革命工作者,包括戏剧、文艺工作者在内,都面临着严峻的考验,都不能不明确地表示自己的态度。你是积极参加到这一斗争中去,用社会主义、共产主义思想去战胜资本主义、封建主义思想,还是与此相反?我们的戏剧、文艺工作者,首先应该是一个革命者。作为一个革命者,你就要积极参加这一斗争,而不能回避这一斗争,你就要宣传社会主义、共产主义,而不能宣传资本主义、封建主义,你就要站在新事物这一边,而不能站在旧事物那一边。但是,对于这场两个阶级、两条道路的斗争,在我们的戏剧、文艺工作者中间实际上是有不同态度的。有积极的态度,有消极的态度,还有反对的态度。采取反对的态度,固然是不能容许的;采取消极的态度,也同样是不对的。消极的态度,就是:既不去反对旧的东西,又不去支持新的东西。既不反对又不支持,结果是旧的东西泛滥,新的东西受到压抑。这样,新的东西怎能迅速成长,旧的东西又怎能被彻底打倒?我们如果不从根本立场上、态度上解决这个问题,就不可能是一个真正的革命者,所谓为社会主义服务,实际上就是一句空话。

那么,我们文艺、戏剧工作者用什么为社会主义服务?这就是要用文艺这个武器来参加现实斗争,通过艺术形象的感染作用,通过艺术形象潜移默化的作用,宣传社会主义、共产主义思想,反对资本主义、封建主义思想,启发和教育人民群众,提高他们的政治觉悟,鼓舞他们的革命精神。作为社会主义革命武器的戏剧、文艺,不但要对人民群众进行革命的传统教育,而且要进行革命的前途教育,鼓舞人民群众立革命的雄心大志,坚决将社会主义革命进行到底,积极支援世界各国人民的革命斗争,为全人类的彻底解放,为在全世界实现共产主义而奋斗。"文学应当成为党的文学"(列宁)①。这是革命戏剧、文艺的党性、阶级性所决定的。可是,有人在社会主

① 《党的组织和党的文学》。《列宁全集》(第十卷),人民出版社,第25页。

义革命胜利以后，不是把戏剧、文艺看作是继续进行中国革命和世界革命的武器，而是认为它只是供人玩赏的消遣品。显然，这种看法是非马克思列宁主义的，是和革命的戏剧、文艺的方向背道而驰的。在社会主义社会里，如果戏剧、文艺不去为无产阶级服务，那么它就不成为社会主义的上层建筑，就会蜕化变质，走上修正主义的道路，成为搞资本主义复辟的上层建筑。现代修正主义的上层建筑，现代修正主义的戏剧、文艺，不是已经不折不扣地成为资本主义复辟的工具了吗？他们以"急先锋"的姿态，大肆散播资产阶级的人性论、人道主义、和平主义和福利主义，传播资产阶级的腐朽没落的生活方式，竭力反对革命，反对无产阶级专政，丑化社会主义制度，成为为帝国主义"和平演变"政策效劳、为资本主义复辟开辟道路的工具。我们必须认真吸取这一严重的经验教训。

戏剧是具有群众性的艺术形式之一。它通过舞台形象，对千百万群众起着强烈的影响。好戏有好的影响，坏戏有坏的影响。因此，每一个戏剧工作者都要认识到自己的责任重大，以对革命负责，对群众负责的精神，认真写好演好革命的现代戏，在实际行动中坚持毛泽东文艺思想，同一切违反毛泽东文艺思想的错误观点进行坚决的斗争。

建国以来，华东地区的戏剧工作，在毛泽东文艺思想的指引下，取得了很大成绩。这是不能低估的。但是也要看到，我们的戏剧工作和社会主义经济基础还很不相适应。在我们戏剧界，有些人虽然口头上也赞成文艺为工农兵服务的方向，但是实际上他们不去贯彻执行党的文艺方针，他们对于反映社会主义的现实生活和斗争，十五年来成绩寥寥，不知干了些什么事。他们热衷于资产阶级、封建阶级的戏剧，热衷于提倡洋的东西、古的东西，大演"死人"、鬼戏，指责和非议社会主义的戏剧，企图使社会主义的现代剧不能迅速发展。有些人身为共产党员，对这种情况却熟视无睹，对于宣传封建主义和资本主义的坏戏，不痛心、不干涉、不阻止、不反对，甚至还找理由替它辩护，说什么"有鬼无害"，"封建道德有人民性"等等；相反地，对于反映现实生活和革命斗争的戏，不是满腔热情地支持，而是冷漠无情。所有这些，深刻地反映了我们戏剧界、文艺界存在着两条道路、两种方向的斗争。这种两条道路、两种方向的斗争，本质上就是戏剧、文艺为哪一个阶级服务的斗争。只要还有阶级和阶级斗争，文艺战线上的这个斗争总是要存在着，总是要坚持下去、要斗争到底的。

二、社会主义戏剧，必须以反映社会主义现实生活和斗争，以表现社会主义时代工农兵群众为其主要任务

我们要使戏剧为无产阶级政治服务，为社会主义的经济基础服务，就一定要大力提倡反映建国以来社会主义革命和社会主义建设的现代剧，积极地表现社会主义

时代工农兵群众的现实生活和斗争,热情地歌颂工农兵学商各条战线上的新人、新事、新思想、新风尚。当然,反映新民主主义时期革命斗争的戏剧也是需要的,但是要以更大的力量创作反映社会主义时代的戏剧。只有这样,反映社会主义时代、表现工农兵群众的革命现代剧,才能成为我们戏剧舞台上的主流。也只有这样,我们才能着力地、精心地去塑造出更多更高大的工农兵群众的英雄形象,写出他们怎样在阶级斗争、生产斗争和科学实验三大革命运动中成长起来的,作为广大人民群众学习和效法的榜样,使更多的英雄模范人物迅速地成长起来。

毛泽东同志教导我们:"革命的文艺,应当根据实际生活创造出各种各样的人物来,帮助群众推动历史的前进。"①这不仅是我们社会主义戏剧创作的原则,而且是我们社会主义戏剧的光荣责任。劳动人民是历史的主人。社会主义时代的工农兵群众是新生活的缔造者和建设者。无产阶级戏剧、文艺发展的历史,可以说就是无产阶级和劳动人民在党的领导下争取在戏剧、文艺中表现自己的历史,是他们用戏剧、文艺这个武器为争取自己解放而斗争的历史。在社会主义时代,我们的戏剧只有以反映现实生活和斗争为主,以表现工农兵群众为主,才能获得永不枯竭的生命力,才会有伟大的发展前途。我们的戏剧工作者,必须塑造出更多完美的正面英雄人物形象,热情地歌颂他们无产阶级革命精神和共产主义高尚品德,并且有力地批判那些反面人物,充分发挥革命戏剧的战斗作用。我们的戏剧工作者,也只有以表现工农兵群众为方向,才有利于自己投入现实生活和斗争,熟悉工农兵群众,和工农兵群众相结合,彻底改造自己的思想,使自己真正成为无产阶级的戏剧工作者,使戏剧真正成为社会主义的戏剧。这样说,是不是别的戏就不可以演了呢?不。只要是正确地反映我国历史上和世界各国人民的阶级斗争、民族解放斗争的戏,揭露帝国主义、封建统治者和资产阶级丑恶面目的戏,一切能够帮助群众推动历史前进的戏,一切有革命意义的戏,都可以上演;其他一切经过改编可以古为今用的传统剧目,一切有利于人民的戏,只要不违反毛泽东同志在《关于正确处理人民内部矛盾的问题》一文中所指出的六条政治标准,也是允许上演的。但是,在社会主义的戏剧舞台上,必须以反映社会主义的生活和斗争为主,以表现社会主义时代的工农兵群众为主,这是必须加以肯定和明确的。

对于为什么要提倡革命的现代剧,至今还有些人持有不同的看法。有人说,提倡现代剧是因为时代变了,社会变了,任何一种艺术形式都要"既能表现古代人的生活,又能表现当代人的生活;既能表现这一阶级的人物,又能表现那一阶级的人物",才能"弥补"戏剧的不足,才算是"完整、丰富,有力"。显然,这种缺乏阶级分析的观

① 《在延安文艺座谈会上的讲话》。《毛泽东选集》(第三卷),第863页。

点，是对我们为什么要提倡革命现代剧的曲解。我们提倡现代剧，决不是一个什么弥补不足的问题，而是戏剧的根本改造问题，是使戏剧端正方向，使工农兵成为舞台的主人，使戏剧为社会主义服务的根本问题。如果现代剧，要"既能表现古代人的生活，又能表现当代人的生活；既能表现这一阶级的人物，又能表现那一阶级的人物"，才算"完整、丰富、有力"，那末你是以表现社会主义时代的工农兵群众为主，还是以表现封建时代的帝王将相、才子佳人为主？你是歌颂工农兵革命群众、批判资产阶级和其他反动阶级的人物，还是与此相反？持这种论点的人，表面上也赞成戏剧革命、赞成表现工农兵，实际上却保护帝王将相、才子佳人，最多给工农兵一个陪衬地位而已。看来，同样是提倡现代剧，仍然有革命的、不革命的和反革命的分别。我们所提倡的是社会主义的戏剧，而不是别的什么戏剧，是革命的现代剧，而不是别的什么现代剧。

正因为这样，对于我们提倡现代剧，帝国主义者和现代修正主义者是深恶痛绝的。帝国主义者胡说我们以"枯燥无味的"现代剧取代"非常受欢迎的以帝王将相、才子佳人为题材的"旧戏。现代修正主义者也和帝国主义者一鼻孔出气，一唱一和，大肆攻击我们的现代剧是什么"修行"和"束缚在许许多多的条条和框框里"的创作，是什么"恶劣的庸俗教条"。这种攻击和诬蔑证明，现代修正主义者从他们反动的资产阶级立场出发，根本不能理解什么是社会主义的戏剧，什么是革命的现代剧。在他们那里，不仅革命的现代剧，而且真正的有强大生命力的生动活泼的马克思主义列宁主义，都被指责为是"修行"，是"恶劣的庸俗教条"。帝国主义者和现代修正主义者的种种攻击和诬蔑，不仅不能伤害我们一根毫毛，而且恰好说明我们提倡社会主义戏剧、提倡革命现代剧，是完全正确的和必要的。

人民的生活，工农兵的生活，是我们创作的无穷无尽的源泉。毛泽东同志说过："一切种类的文学艺术的源泉究竟是从何而来的呢？作为观念形态的文艺作品，都是一定的社会生活在人类头脑中的反映的产物。革命的文艺，则是人民生活在革命作家头脑中的反映的产物。"①社会主义时代的人民生活，是丰富多彩、生动活泼的。我们中国有几千年的历史。在这几千年当中，作为历史的创造者的人民，有他们自己的光辉的生活和斗争，但是，他们在长期的反动统治下，受压迫、受剥削，生活是悲惨的。现在呢，革命在全国范围内胜利了，压在我国人民头上的帝国主义、封建主义和官僚资本主义三座大山推翻了，政治上翻身了，不再受压迫；资本主义生产资料私有制消灭了，不再受剥削。在这种情况之下，我国劳动人民，在中国共产党和毛泽东同志的领导下，正在充分发挥自己的聪明才智和无限的创造力，从事伟大的社会主

---

① 《在延安文艺座谈会上的讲话》。《毛泽东选集》(第三卷)，第862页。

义革命和社会主义建设事业,为实现共产主义远大理想而奋斗。在阶级斗争、生产斗争、科学实验三大革命运动中,在工农兵学商各个战线上,人们在改造着世界,也改造着自己 。在这样的斗争当中,有敌我矛盾,有人民内部矛盾,包括先进和落后的矛盾。我们的事业,我们的人民,是在不断地解决各种矛盾和克服各种困难的过程中不断前进的。在现实生活和斗争中,我们的工农兵群众和他们的干部,社会主义、共产主义思想觉悟迅速提高,精神面貌焕然一新。各条战线,各个方面,新人、新事、新思想、新风尚大量涌现,社会主义、集体主义的英雄模范人物越来越多。仅就华东地区的部分材料来看,新人新事到处都有,时时都在发生:

他们有的是在阶级斗争中立场坚定,不为敌人威胁利诱所动摇,不为旧思想、旧影响所侵蚀,永远保持着无产阶级战士的本色。如《老贺来到小耿家》所报道的党支部书记,《南京路上好八连》所讴歌的解放军战士,就是这样。扬剧《夺印》、话剧《霓虹灯下的哨兵》,就是这些无产阶级战士的光辉品质在文艺作品中的反映。山东曲阜县陈庄公社陈家庄大队,在党支部书记、全国农业劳动模范陈以梅的领导下,从一九五二年就开始组织农业生产合作社,三年内增产了百分之六十七。毛泽东同志在《中国农村的社会主义高潮》一书中,称赞它是“一个办得很好的合作社”。可是,这个大队在一九六一年一度被阶级敌人篡夺了领导权,生产受到破坏,产量由亩产四百五十斤下降到三百斤。但是陈以梅仍然紧紧依靠贫下中农进行斗争,在社会主义教育运动中,组织了贫下中农委员会,树立了贫下中农优势,打退了资本主义和封建势力的进攻,夺回了领导权,现在生产又有了新的发展,每亩产量由三百斤翻到六百斤。又如上海市三轮车工人程德旺,他不但以平凡的劳动,全心全意为乘客服务,把困难留给自己,方便送给别人,而且他在工作中,积极帮助维护社会治安,保卫社会主义利益,坚决和坏人坏事作斗争;一九六二年以来协助政府破获了十一起违法案件。

他们有的是在工业生产当中忘我地劳动,为增加产量、提高质量、节约成本、革新技术、创造发明而苦钻苦研,作出巨大的贡献。如上海永鑫无缝钢管厂,原来是一家弄堂小厂,在老工人潘阿跃等人的带领下,用自己的设备和技术,制造了一批精密度较高的优质无缝钢管,并且在生产过程中,积极钻研,改进了制造异型钢管的机器,解决了大量生产异型无缝钢管的问题。上海酒精厂职工,奋发图强,自己武装自己,几年来,通过不断革新,把一个破烂小厂改造成为一个采用国际上先进工艺生产的工厂,这个工厂的生产,现在比一九五七年增加四倍多。有许多工人为了解决一个技术关键问题,搞技术革新,可以废寝忘食,到处奔走,不感到疲劳。

他们有的在农业生产中,一心一意搞好集体生产,艰苦奋斗,改变很坏的生产条件,钻研农业技术,变低产为高产,使高产更高产。江西有一个生产队叫火箭队,队长叫丁长华,是个女青年。她那个地方原来很穷,沙土地,产量低。她有志气,有干劲,带头劳动,一心一意领导社员办好集体生产,几年来,每亩地收到粮食总是在一千一二百斤以上,皮棉在二百斤以上,养猪也很多,一亩地将近养两头。要问她为什么能把生产领导好,经验有四条:一、大公无私,二、以身作则,三、走群众路线,四、科学实验。江苏有个泗阳农场,是个国营农场。它在废黄河的边上,也是沙土地。场长张学同,原来是个农民,参加过游击战争。他去之后,把那个农场建设好了,皮棉也是亩产二百斤。地瓜折成粮食,人家每亩是三百斤、四百斤,他那地方,我一九六二年去看的时候,尽管受了灾,还收了五百多斤。不但如此,他还把附近的生产队带动起来,落后队交给他一带,一年功(工)夫生产就有很大增长。山东泰安县有个徂徕公社,这里的社员和干部,以自力更生的精神,愚公移山的气概,将山岭整修成梯田,将洪水拦蓄在水库里,改变了贫穷山区的面貌,粮食达到亩产六百斤。

他们有的是在和自然灾害作斗争中具有全局观点,高度的共产主义风格和英勇顽强的革命意志。福建一九六三年抗旱斗争中就有很多动人的事。多少个月没有下雨,河里的水干了,再把河挖深,这个河里没有水,从那个河里调过来。话剧《龙江颂》所写的龙海县榜山公社龙江大队的干部和社员"丢卒保车"的风格,就是福建省抗旱斗争的缩影。又如,一九六三年河北大水,从山东分洪,也是一个牺牲局部保全全局的壮举,仅在恩县洼一个地方,就自觉地让洪水淹没几十万亩地,保住了其他地方更大面积的地。为了拦蓄洪水,当地临时突击筑堤,堤造起来啦,人站在上面就象站在沙发上一样,经不住大风大雨冲击,有的地方决口。怎么办?我们的解放军,我们的干部和群众,大家手挽手组成一条人墙,站在水里,挡在堤的前面,和大风大雨搏斗,同时采取了其他有效措施,终于保住了大堤。

他们有的在处理国家、集体、个人三者关系当中,站得高,看得远,先国家,后集体、个人。如江西彭泽县棉船公社江心大队的党支部,领导社员种好棉花,几年来都超额完成售棉任务。他们提出的口号是:"站在家门口,望到天安门"。这一口号,已在各地产生深刻的影响。还有,各地都有许多公社和社员群众,不仅积极完成粮食征购任务,支援国家建设,而且当外地有灾时,宁可自己少吃点,也要将余粮超额卖给国家支援灾区。《丰收之后》就是人民群众的先国家、后集体的高尚精神的写照。

在我们人民解放军和民兵中,更是英雄、标兵辈出。南京部队某部连长郭兴福所创造的先进教学方法,已在全军推广。海军某部水兵赵尔春,济南部队某部战士王永才,他们在救火和抗洪斗争中,献出了自己的宝贵生命。浙江平阳县民兵连长苏旺巢,带领全家上阵,痛歼蒋匪武装特务。山东崆峒岛渔民吕志玉,一家三代民兵,而且个个都是神枪手,他们一手握橹,一手握枪,配合人民解放军,保卫着祖国的海防。

我们有不少科学家、医务工作者，他们的精神面貌也是很高尚的，他们孜孜不倦地攻钻科学的难关，苦心孤诣地为病人服务，抢救不治之症。象上海广慈医院的医生护士抢救烧伤工人丘财康的事迹，第六人民医院医生护士为王存柏断手再植的事迹，都是世界医学史上难以找到的先例。

在学习雷锋运动中，各地都出现了许多雷锋式的人物，雷锋式的"毫不利己专门利人"的动人事迹。如，福州部队通讯部公务员、共产党员张文根，看到两个社员正在淘粪的时候掉下粪坑去了，眼看就有生命危险，他不顾自己有病，不顾生命安危跳下去，竭尽全力把两个人救出来。这样，他自己也中了毒，昏迷过去，后来经过抢救才脱险。群众见他这种舍己救人的高尚精神，同声赞扬他是"毛主席的好战士"。上海市邮件转运处市内运输科工人高长富，结婚不久，爱人祁秀章不幸瞎了双眼，他想到他们俩都是穷苦出身，是自己同甘苦、共患难的阶级姐妹，不仅不因此嫌弃她，而且更加同情她、关心她、体贴她，积极帮助她进步。不少的人知道后，也都以高尚的阶级友爱，关心帮助她(他)的爱人。上海第四师范学校深夜失火，学生们不仅临危不惧，全力救火，而且丢开自己的东西不管，奋不顾身地抢救学校的物资，减少了公共财产的损失。

随着群众社会主义觉悟不断提高，越来越多的人投入移风易俗、树立社会主义新风尚的斗争。如上海普陀区锦绣里原来有一百二十家供神敬佛，在社会主义教育运动中提高了阶级觉悟，懂得了苦乐根源，从迷信思想的枷锁中解放出来，现在已有一百十几户自觉地搬走和销毁了迷信物象。他们说："我们被神鬼欺骗了多少年，今后再不许让它害子害孙了！"又如徐汇区东庙桥路堂生里，有八户职工家庭，从一九五二年共同建造房屋、开始邻居相处以来，八户如一家，一贯团结互助，相互关怀，提倡朴素，勤俭持家，被人们誉为"稳固的生产后方"。他们还经常忆苦思甜，教育孩子牢记过去苦，珍惜今日甜；他们还处处以自己的模范行为(动)，教育孩了热爱劳动，助人为乐，教育孩子拾到东西归还原主，促进孩子身心健康发展。

象以上这样一些新人、新事、新思想、新风尚，在我们现在的社会主义社会中，到处涌现，到处风传。这里我只是举了几个例子，如果尽我们所知道的谈下去，几天几夜也谈不完。我们知道的还有限，在现实生活中，新人新事更是大量的，不断涌现的。总之，新中国的劳动人民，正在进行着翻天复(覆)地、前无古人的革命事业，创造着无限壮丽宏伟的历史诗篇，他们有高尚的理想和革命感情，创造着可歌可颂的英雄事迹。他们的形象既平凡而又伟大。讲起来，听起来，扣人心弦，使人激动。我们革命的戏剧、文艺工作者，怎么可以不尽情地歌颂这样伟大的时代，怎么可以不精心刻画这样伟大的工农兵群众，怎么可以不塑造这样伟大的英雄人物？我们不这么做，能吃得下饭、睡得着觉吗？

但是,在这样丰富多彩的生活、这样崇高的英雄人物面前,有的人却说反映社会主义现实生活和斗争的戏"题材狭窄"、"简单枯燥",说工农兵的生活"粗","没有味道",没有什么可以表现的。这种看法,显然是极端错误的。这些人的错误,归根到底说来,是一个立场问题、态度问题、感情问题。不愿写现实生活,不愿写工农兵,认为这里没有戏,感情不丰富,那末是不是只有写古代的帝王将相、才子佳人,写资产阶级、小资产阶级,写出鸳鸯蝴蝶式的那种"委婉纤细"、"缠绵悱恻"的感情,这才有戏,才有人情味,才有味道,才有丰富的感情?在我们看来,所谓工农兵的"粗",正是一种革命坚定性的表现。只有用贵族老爷的眼光来看,才会觉得工农兵"愚昧粗野",缺乏所谓"细致复杂"的思想感情。在无产阶级看来,剥削阶级的感情是最最粗野低级,最最腐朽野蛮的。帝王将相、才子佳人,姑且不去说他。资产阶级、小资产阶级现在有什么正面的东西值得表现呢?资产阶级在上升时期,虽然起过一定的进步作用,但是随着历史的发展,已经走到它的反面。资产阶级作为剥削阶级,唯利是图,损人利己,尔虞我诈,腐化堕落,荒淫无耻。资产阶级是最残酷无情的。马克思、恩格斯在《共产党宣言》中一针见血地指出:资产阶级"使人和人之间除了赤裸裸的利害关系即冷酷无情的'现金交易'之外,再也找不到任何别的联系了。它把高尚激昂的宗教虔诚、义侠的血性、庸人的温情,一概淹没在利己主义打算的冷水之中。它把人的个人尊严变成了变换价值"①。资产阶级的这种人情味,这种感情,有什么值得写呢?如果我们要写资产阶级,决不是歌颂它,而是在斗争中暴露它;我们写它不是为了让人民欣赏它,而是批判它,拿它做反面教员。现在我们有些青少年,不知道资产阶级到底是怎么一回事,写一点这样的戏倒也可以。我们也不是为暴露而暴露,而是为了使大家认识资产阶级的丑恶面貌,衬托出劳动人民的崇高,共产主义的伟大,教育大家坚决同资产阶级作斗争,肃清资产阶级思想的影响,将资产阶级分子改造成为劳动者。至于小资产阶级,是一个不稳定的、逐步分化的阶级,就其阶级地位来说,是没有任何出路的。小资产阶级的思想,属于资产阶级的思想范畴,本质上就是资产阶级思想。他们不是依附资产阶级,为资产阶级服务,就只有投降无产阶级,接受无产阶级的观点,为无产阶级服务。小资产阶级的感情是空虚的、脆弱的、低级的、庸俗的,他们总是由幻想到破灭。有些人由于自己是小资产阶级,有小资产阶级的思想感情,就是喜欢小资产阶级的感情,认为这样才算有丰富的感情,才算有人情味,其实那也不过是一种资产阶级的感情罢了。只有无产阶级的感情才是人类最高尚、最伟大、最纯洁的感情,因此也是最值得我们讴歌的。

在社会主义社会里,敌我矛盾仍然很尖锐、很复杂,写敌我矛盾的戏,比较容易

① 《马克思恩格斯全集》(第四卷),人民出版社版,第468页。

形成尖锐的戏剧冲突,帮助群众认识敌人,正确地进行敌我斗争。这是大家比较容易解决的问题。至于写人民内部矛盾的戏,能不能写出戏剧冲突,能不能写好戏剧冲突,不少人还存有疑问。这次话剧会演中,一些好的剧目已经给我们提供了有益的经验。首要的问题是你怎样去对待人民内部矛盾,是站在什么立场上,用什么观点去写。你如果以无产阶级的立场、观点去写,就会写得好;反之,你就写不好,就会歪曲现实。有些人由于世界观没有得到改造,往往以资产阶级或是小资产阶级的立场、观点去看待生活,因此看不见现实生活中光明的、积极的一面,而只看见现实生活中落后的、消极的一面,他们对歌颂社会主义的新人、新事、新思想、新风尚,缺乏革命的热情,而对所谓"暴露"生活"黑暗面"却感到莫大的兴趣。他们自以为反映了现实生活,其实是黑白不分,是非颠倒。他们的所谓"暴露",不过是站在资产阶级立场上对现实生活的歪曲描写。当然,我们也可以写工作中的缺点、错误,写有缺点、错误的劳动人民,但是,这是为了使人们从中得到教育,而不是什么"暴露"。这个问题,毛泽东同志在《在延安文艺座谈会上的讲话》中讲得很清楚、很透彻。他说:"对于革命的文艺家,暴露的对象,只能是侵略者、剥削者、压迫者及其在人民中所遗留的恶劣影响,而不能是人民大众。人民大众也是有缺点的,这些缺点应当用人民内部的批评和自我批评来克服,而进行这种批评和自我批评也是文艺的最重要任务之一。但这不应该说是什么'暴露人民'。对于人民,基本上是一个教育和提高他们的问题。"①另外还有一些同志,由于满脑子的小资产阶级幻想,将一切想得尽善尽美,完好无缺;但是,当一接触到实际后,看到和自己原来的想象不一样,就觉得没有什么东西好写的,灰心丧气了。这些同志应该丢掉不切实际的幻想,从实际出发,按照辩证唯物主义的观点看问题,区分事物的主流和支流,现象和本质,正在成长的新东西和正在死亡的旧东西,善于抓住主流的、本质的东西,善于发现正在成长的、哪怕是处于萌芽状态的新生事物。用阶级观点看人民内部矛盾,具体分析各种人物、各种矛盾,加以概括、提炼,在艺术上精心地构思,一定可以把人民内部矛盾写得非常深刻并且有分寸,使人们从中吸取经验教训,得到很好的教育。我们已经有不少反映人民内部矛盾为主的好戏,它们写得很有冲突,很有戏剧性,很有分寸,很符合实际。它们的经验,可以回答对这个问题的一些疑虑。

此外,在我们华东有人说,抗日战争以前,即三十年代的电影、话剧好得很,似乎现在反而大大不如过去了。这种看法也是完全错误的。在一九四二年延安文艺座谈会以前,我们是不是有革命的文艺运动?肯定是有的。当时的革命文艺运动(包括苏区和白区的)在反帝、反封建的斗争当中,曾经起过积极的作用;特别是在中国

① 《毛泽东选集》(第三卷),第873页。

人民反帝反封建的高潮中，出现了鲁迅那样的无产阶级革命文化的伟大旗手，这是不容否认的。毛泽东同志对此作过很高的评价。但是，难道那时的文艺工作方向都对头了？那时的文艺工作者在思想上认识上就没有问题吗？这是不可能的。党中央和毛泽东同志在一九四二年召开文艺座谈会，就是因为在文艺界，不论是二十年代、三十年代，还是四十年代初召开座谈会的时候，这个问题都没有明确、没有解决。一九四二年在延安召开了文艺座谈会，毛泽东同志讲了话，革命文艺工作的方向问题得到解决，无产阶级的革命文艺才走上了康庄大道，才在正确的道路上向前迈进。二十二年来，在毛泽东同志提出的文艺方向的指引下，随着革命不断深入和发展，革命文艺在为工农兵服务的艺术实践中，不断取得了新的成就。尽管在华东地区的文艺战线上，并不是任何部门、任何时候都贯彻执行了党的文艺路线，因而还存在各种急待解决的问题，但是，现在无论从哪一方面来说，都大大地超过了三十年代。由此可见，在今天不加分析地把三十年代的文艺说得那么好，不但不符合历史事实，而且无异是否定一九四二年以后在毛泽东文艺思想指导下取得的成就，无异是拉着革命文艺倒退到延安文艺座谈会以前的状况，停留在民主革命阶段，永远不跨进社会主义阶段，也就根本不需要高举毛泽东文艺思想的红旗向前迈进了。这是我们的工农兵和人民群众不能允许的。

三、在社会主义时代，一定会产生出更多更好的、既有高度思想性又有高度艺术性的戏剧

社会主义戏剧，不但在政治内容上可以达到一个新的水平，而且在艺术质量上也可以达到一个新的高度。这是时代的要求，历史的必然。那末，对于社会主义戏剧来说，什么才是好戏呢？毛泽东同志在《在延安文艺座谈会上的讲话》中说："文艺批评有两个标准，一个是政治标准，一个是艺术标准。"①又说："政治并不等于艺术，一般的宇宙观也并不等于艺术创作和艺术批评的方法。我们不但否认抽象的绝对不变的政治标准，也否认抽象的绝对不变的艺术标准，各个阶级社会中的各个阶级都有不同的政治标准和不同的艺术标准。但是任何阶级社会中的任何阶级，总是以政治标准放在第一位，以艺术标准放在第二位的……我们的要求则是政治和艺术的统一，内容和形式的统一，革命的政治内容和尽可能完美的艺术形式的统一。缺乏艺术性的艺术品，无论政治上怎样进步，也是没有力量的。"②毛泽东同志在这里把政治标准第一、艺术标准第二以及政治标准和艺术标准之间的辩证关系阐述得十

---

① 《毛泽东选集》（第三卷），第869页。

② 《毛泽东选集》（第三卷），第870—871页。

分清楚。我们对于一切文学艺术作品，都要根据上述要求去检查、去衡量。无产阶级对于政治标准必须具有更加明确的要求；无产阶级的戏剧，必须努力达到“革命的政治内容和尽可能完美的艺术形式的统一”。按照政治标准来说，毛泽东同志根据当时抗日战争的具体情况，曾经具体指出：“一切利于抗日和团结的，鼓励群众同心同德的，反对倒退、促成进步的东西，便都是好的；而一切不利于抗日和团结的，鼓动群众离心离德的，反对进步、拉着人们倒退的东西，便都是坏的。”①在社会主义时期，毛泽东同志在《关于正确处理人民内部矛盾的问题》的著作中，又提出六条政治标准，其中又以有利于社会主义改造和社会主义建设、有利于巩固共产党的领导作为最根本的两条。这六条标准，就是我们今天衡量戏剧好坏的政治标准。按照艺术标准来说，毛泽东同志指出：“一切艺术性较高的，是好的，或较好的；艺术性较低的，则是坏的，或较坏的。这种分别，当然也要看社会效果。文艺家几乎没有不以为自己的作品是美的，我们的批评，也应该容许各种各色艺术品的自由竞争；但是按照艺术科学的标准给以正确的批判，使较低级的艺术逐渐提高成为较高级的艺术，使不适合广大群众斗争要求的艺术改变到适合广大群众斗争要求的艺术，也是完全必要的。”②。在这里，毛泽东同志并没有把艺术的高低、好坏看作是什么抽象的东西，把它架空起来。毛泽东同志反复强调的是，无产阶级艺术要以更好地适应群众的斗争要求、更好地为无产阶级政治服务为目的。毛泽东同志一贯主张在文艺问题上必须进行两条战线的斗争，既反对政治观点错误的艺术品，也反对只有正确的政治观点而没有艺术力量的“标语口号式”的倾向。

优秀作品的产生有它一定的社会历史条件，不完全是个人主观愿望所能决定的；任何优秀作品和优秀作家都是时代的产物。在我国，正处在社会主义革命和社会主义建设时期，有党中央和毛泽东同志的马克思列宁主义的领导，革命旗帜鲜明，人民斗志昂扬，社会主义事业蓬勃发展，社会面貌日新月异，我们这种丰富多彩、生动活泼的生活，无论从哪一方面来说，都是前无古人的。在这样的基础上，必然会产生出优秀的革命作家，写出不但在政治内容上，而且在艺术质量上都很优秀的作品。这是时代决定了的。这个人不去写，必然有另外的人写；这个人写不出优秀作品，那个人必然写出优秀作品；这个作品不成为优秀作品，那个作品必然成为优秀作品。在今天，在帝国主义和资本主义国家，由于资本主义制度已经腐朽没落，那些坚持反动资产阶级立场观点的文艺家就不可能创作出好的作品，只能产生反映资产阶级腐朽没落生活和意识的作品。在修正主义当权的国家，自己不革命，也不准人家革命，

① 《毛泽东选集》(第三卷)，第869—870页。

② 《毛泽东选集》(第三卷)，第870页。

反马克思列宁主义的修正主义作家也只能写出颓废、没落、空虚、反动的作品，腐蚀人们的战斗意志，为资本主义复辟开路。

当然，社会生活的丰富多彩，还只是出现优秀作品的客观条件。要产生优秀作品，还有待作家的主观努力；如果没有作家的主观努力，不付出艰巨的劳动，优秀作品仍然是产生不出来的。一部优秀作品的产生，是一个艰巨的创作实践的过程，是我们的作家深入生活、熟悉生活、不断提高自己思想水平和艺术水平的过程。特别是戏剧，要得到广大群众的欢迎，更要广泛听取群众的意见，在演出实践中，不断地进行修改、加工和提高，精益求精，才能成为群众所喜爱的优秀戏剧。

华东话剧观摩演出的所有剧目，都是经过反复修改、加工的；这些剧目今后还要继续不断修改、加工，使其日臻完善，成为保留剧目。可是，有些人对于社会主义戏剧这一新生事物开始不可避免出现的某些粗糙现象，不是采取热情支持和积极帮助的态度，而是进行种种挑剔和刁难，到处指手划脚，吹毛求疵，大有攻其一点、不计(及)其余的味道，实际上是对革命的现代剧采取否定的态度。显然，这是不正确的态度。那末，现代剧能不能批评呢？不但能批评，而且批评对于搞好现代剧是极为必要的。但是，我们需要的是善意的、带建设性的批评，而不是恶意的、破坏性的批评。只要批评的态度是对头的，即使批评错了也不要紧。我们承认有不少现代剧还很粗糙，需要提高。这是我们在发展和繁荣社会主义戏剧的工作中必须认真对待的一件事。我们对于那种不负责任、粗制滥造的一般化、概念化的戏剧，也是坚决反对的，因为那种戏剧有碍社会主义戏剧的声誉，得不到群众的欢迎。但是，必须弄清楚，我们所说的提高是在普及的基础上的提高，是沿着为工农兵服务、为社会主义服务的方向的提高，而不是脱离工农兵群众的什么“提高”，违背为工农兵服务、违背为社会主义服务的方向的什么“提高”。

我们戏剧工作者，要写出演出更多更好的社会主义戏剧，就一定要彻底改造思想和长期深入工农兵群众的生活。为什么有些人面对着丰富多彩、生动活泼的现实生活而写不出东西来呢？最主要的原因，就是这两个根本性的问题没有解决，或者没有解决好。为什么有些人热衷于提倡和编写资本主义、封建主义的戏剧，而不热心于提倡和编写社会主义戏剧？为什么有些话剧演员因为没有能演上外国古典戏剧中的角色而感到不胜遗憾，而不是因为没有能演出反映现实生活和斗争的戏剧于心有愧？这就说明他们的立场态度是有问题的，思想感情是有问题的，资本主义、封建主义思想对他们的影响是很深的。思想感情不同，爱憎也就不同。如果不进行思想改造，让旧思想堵塞自己的头脑，就会象鼻子伤风、眼睛色盲、耳朵聋聩那样，对大量存在的新事物嗅不到、看不见、听不清，也就写不出、演不好表现社会主义新人、新事、新思想、新风尚的戏剧。我们有些戏剧工作者，包括其他方面的许多同志，就是没有能真正深入生活，深入斗争，（而是）脱离群众，脱离实际。因此，在他们的脑子里只有旧的东西，没有新的东西，或者只有抽象的新东西，没有具体的新东西。如果这样，即使想下决心改造自己，想写出好的作品来，也是改造不好的，写不出好的作品来的。所以，只有深入到群众中去，深入到火热的斗争中去，我们的立场、态度、思想、感情才能得到脱胎换骨的改造，资本主义、封建主义的尾巴才能彻底割掉。这样，思想活跃了，眼界开阔了，知识丰富了，可写的东西就多了，写好的信心也就大了。毛泽东同志说："中国的革命的文学家艺术家，有出息的文学家艺术家，必须到群众中去，必须长期地无条件地全心全意地到工农兵群众中去，到火热的斗争中去，到唯一的最广大最丰富的源泉中去，观察、体验、研究、分析一切人，一切阶级，一切群众，一切生动的生活形式和斗争形式，一切文学和艺术的原始材料，然后才有可能进入创作过程。"①我们每一个戏剧工作者都必须遵循毛泽东同志的这个教导去做。

我们戏剧工作者，要写出更多更好的社会主义戏剧，还要敢于同一切旧的艺术观念实行最彻底的决裂，敢于打破资产阶级、封建阶级的艺术框框。要能够充分地反映社会主义时代的丰富多彩、生动活泼的生活，深刻地表现社会主义时代工农兵的思想感情，生动地塑造社会主义时代的先进人物，就必须打破那些不适合今天需要的陈旧的艺术框框。我们有些戏剧工作者，由于长期受到资产阶级、封建阶级的艺术观念的影响，往往被许多框框束缚着自己，不能突破，成为艺术革新中的保守力量。马克思和恩格斯在《共产党宣言》中说："共产主义革命就是要最坚决地打破过去传下来的所有制关系；所以，毫不奇怪，它在自己的发展进程中要最坚决地打破过去传下来的各种观念。"②我们要发展社会主义戏剧，要进行戏剧的改革，就要最坚决地打破过去传下来的资产阶级的、封建阶级的政治观念和艺术观念，真正树立起无产阶级的政治观念和艺术观念。

这样说，当然不能理解成为对于中外文学艺术的优秀遗产不要继承。凡是中外一切好的东西，我们都要继承；问题是对继承应该持有正确的态度。我们既不是历史的虚无主义者，也不膜拜于遗产，而是对遗产采取批判地继承的态度。这样，才能创造出全新的自己的东西。列宁说："马克思主义这一革命的无产阶级思想体系赢得了世思历史性的意义，是因为它并没有抛弃资产阶级时代最宝贵的成就，相反地却吸收和改造了两千多年来人类思想和文化发展中一切有价值的东西。只有在这个基础上，按照这个方向，在无产阶级专政（这是无产阶级反对一切剥削的最后一次斗争）的实际经验的鼓舞下继续进行工作，才能认为是发展真正无产阶级的文

① 《在延安文艺座谈会上的讲话》。《毛泽东选集》（第三卷），第862页。

② 《马克思恩格斯全集》（第四卷），第489页。

化。”[①]毛泽东同志也指出:“一切外国的东西,如同我们对于食物一样,必须经过自己的口腔咀嚼和胃肠运动,送进唾液胃液肠液,把它分解为精华和糟粕两部分,然后排泄其糟粕,吸收其精华,才能对我们的身体有益,决不能生吞活剥地毫无批判地吸收。”[②]又说:“我们必须继承一切优秀的文学艺术遗产,批判地吸收其中一切有益的东西,作为我们从此时此地的人民生活中的文学艺术原料创造作品时候的借鉴。”“继承和借鉴决不可以变成替代自己的创造,这是决不能替代的。”[③]这就是说,我们对于优秀的文学遗产,要批判地继承,而继承是作为我们从社会主义时代现实生活和斗争出发进行创造的借鉴,不是囫囵吞枣,全盘接受,更不能代替自己的创作。应当承认,中外历史上有许多优秀的文艺作品,如十八、十九世纪的一些优秀的文艺作品,曾经揭露了封建主义、资本主义的罪恶,有它的时代意义。但是我们要看到,这些遗产都是封建时代和资本主义时代的东西,它们的基本思想是宣扬封建阶级的意识形态包括它的道德观念,宣扬资产阶级的个人主义、民主主义和人道主义。这些东西,和无产阶级的社会主义思想是根本对立的,必须和它实行最坚决、最彻底的决裂。我们对一切文学艺术遗产,包括戏剧在内,都要进行批判,对那些越有影响的,就越要彻底地批判,才会对社会主义、对今天的人民起有益的作用。可是,我们有些人对十八、十九世纪的文艺作品,推崇备至,五体投地,就是不加分析批判。这样盲目地崇拜遗产,实际上是借继承遗产之名,行宣传封建主义、资本主义思想之实。

从艺术的形式上来说,一些古典的优秀文艺作品,有它独到之处;传统的戏剧有它长期形成的一套表演形式。在适当的条件下,经过努力,利用旧形式,改造旧形式来表现新内容,这是可能的,必要的。但是,内容和形式是密切联系的,新的内容总是要求新的形式来表现它。新内容利用旧形式、改造旧形式来表现自己,已经不是纯粹的旧形式了,在某种意义上说来,在实际上说来,这已经可以说是一种新的形式了。传统剧目的表演形式,是适合表演古代人物的;不经过适当改造,不能很好地表现今天的新人物。我们要表现今天的工农兵,就要有今天工农兵的形象、语言、动作,就要用新的形式来表演,而这些东西是过去文艺作品和戏剧中很难找到的。我们要表演工农兵群众中的英雄人物,总不能把它的语言、动作、风格等等搞得象封建阶级、资产阶级那样矫揉造作、装腔作势吧！随着内容的改变,必然在表演形式上要加以突破。过去传留下来的某些艺术技巧,经过认真的改造以后,可以用来表现现代人物,这是我们不可忽视的一个方面;但是,主要还是要从现实生活中提炼出适合表演今天人物的艺术形式。在现实生活中,工农兵群众的形象、语言、动作,经过提

---

① 《论无产阶级文化》。《列宁全集》(第三一卷),人民出版社,第283页。
② 《新民主主义论》。《毛泽东选集》(第二卷),第700页。
③ 《在延安文艺座谈会上的讲话》。《毛泽东选集》(第三卷),第862页。

炼、加工，就能成为很好、很美的艺术形式。这就是说，在戏剧工作者更好地和工农兵群众结合以后，在大演现代剧、表现工农兵群众的艺术实践中，经过长期摸索和积累，终究要找出适合表演社会主义生活的新形式，而这种新形式必然是更加民族化、更加群众化的。可是，我们有些人就是不敢越雷池一步，不敢有所突破和创新，一味地硬搬和模仿。毛泽东同志早就告诫我们："文学艺术中对于古人和外国人的毫无批判的硬搬和模仿，乃是最没有出息的最害人的文学教条主义和艺术教条主义。"① 我们各种戏剧，从内容到形式，都要推陈出新，推封建主义、资产主义之陈，出社会主义、共产主义之新。否则，它们不但在政治上不行，在艺术上也不能发展，最后必不可免地要为时代和群众所抛弃。

总之，我们要相信前无古人、后有来者，不要抱残守缺，厚古薄今，迷信过去。这在科学上是如此，在戏剧艺术上也是如此，在其他一切事业上都是如此。但是，这丝毫也不意味着我们在前进的道路上不会遇到困难，社会主义戏剧可以一帆风顺地发展了。社会主义戏剧的建设，是一项长期的、艰巨的任务，社会主义戏剧本身必须有一个发展和完善的过程。无论封建主义的文化艺术，还是资本主义的文化艺术，都是经过了很长的形成和发展过程。中国的封建主义文化艺术，经历了几千年的兴衰史；西欧各国资本主义文化艺术的发展，从"文艺复兴"时期开始，也经过了好几百年。在我国，作为社会主义的文化艺术，才有短短十五年的历史；社会主义的戏剧艺术毕竟是一个新生的幼芽。建设社会主义的戏剧，本身就是一场伟大的、深刻的革命。要使社会主义戏剧巩固地占领阵地，把散播封建主义、资本主义毒素的戏剧完全排除出舞台，这需要我们的编剧、导演、演员、舞台工作者齐心协力，作长期的、艰苦的努力和斗争。我们决不能碰到困难就泄气，就不敢前进。只要我们沿着正确的方向，进行不断的努力，不断提高社会主义戏剧的思想性和艺术性，我们就能创造出无愧于我们伟大时代的戏剧，在舞台上开放出无限光辉灿烂的艺术花朵。

四、更高地举起毛泽东文艺思想红旗，为社会主义戏剧的发展和繁荣而奋斗

在整个社会主义时期，国内和国际的阶级斗争是长期的、复杂的和曲折的。文艺是阶级斗争的武器，是时代的风雨表。阶级斗争必然要在文艺上反映出来。我们的文艺要不要为工农兵服务，要不要为社会主义服务，这是文艺战线上一场严重的、长期的阶级斗争和思想斗争。在这场斗争中，无产阶级思想不去占领阵地，修正主义思想就会泛滥，就会为资本主义复辟开路；社会主义戏剧不去占领舞台，资本主

① 《在延安文艺座谈会上的讲话》。《毛泽东选集》（第三卷），第862页。

义、封建主义的戏剧就会去占领舞台，成为社会主义革命和建设中的障碍。我们要时刻记住，现在还有两个阶级、两条道路的斗争存在，还有资产阶级思想、封建主义思想存在，一刻也不要忘记阶级斗争。我们一切革命的戏剧、文艺工作者，一定要把毛泽东文艺思想红旗举得更高、更鲜明，为建设社会主义的戏剧、文艺事业斗争到底。我们所有的戏剧、文艺工作者，都必须认真学习毛泽东思想，学习毛泽东文艺思想，认真学、反复学，真正学到手，以提高认识，改造思想，使我们社会主义的戏剧、文艺，更加坚定地沿着毛泽东同志所指出的方向奋勇前进。

要坚定不移地实现毛泽东同志提出的文艺方向，必须正确地贯彻执行党的百花齐放、推陈出新的方针。这个方针，是改革和发展我国戏剧艺术的根本方针。实践证明，这个方针是完全正确的。它是毛泽东同志根据文艺为工农兵服务的方向提出来的，又是为了使文艺更好地为工农兵服务的。这个方针，是促进我国社会主义文学艺术发展和繁荣的方针。它决不是保护封建主义、资本主义文学艺术的方针，决不能被人利用来发展封建主义、资本主义那一套东西。我们只允许在社会主义方向下，艺术上不同题材、不同风格、不同流派的自由发展、自由竞争，决不允许在内容上宣传资本主义和封建主义。

为了发展和繁荣社会主义戏剧，必须组织革命的戏剧队伍，加强戏剧队伍的建设，建立一支能够正确贯彻毛泽东文艺思想的、又红又专的戏剧、文艺队伍。戏剧、文艺工作者，包括编剧、导演、演员、音乐工作者、舞台美术工作者在内，首先要下决心做一个坚强的无产阶级革命战士，使自己不断革命化。戏剧队伍的革命化问题，是一个极大的问题，也是一个亟待解决的迫切问题。革命化，也就是真正无产阶级化，共产主义化，用马克思列宁主义、毛泽东思想武装自己的头脑。可是，对于我们戏剧队伍来说，不少人还没有完成社会主义的思想改造，在他们的头脑中无产阶级思想还很少，有的人资产阶级思想乃至封建主义思想还很严重，而他们天天要演戏，要宣传，对群众的影响很大，那么就发生一个问题：他们究竟用什么面貌来改造世界呢？是用无产阶级的面貌，社会主义的面貌，还是用资产阶级、封建阶级的面貌呢？毛泽东同志指出："小资产阶级出身的人们总是经过种种方法，也经过文学艺术的方法，顽强地表现他们自己，宣传他们自己的主张，要求人们按照小资产阶级知识分子的面貌来改造党，改造世界。在这种情形下，我们的工作，就是要向他们大喝一声，说：'同志'们，你们那一套是不行的，无产阶级是不能迁就你们的，依了你们，实际上就是依了大地主大资产阶级，就有亡党亡国的危险。只能依谁呢？只能依照无产阶级先锋队的面貌改造党，改造世界。"①毛泽东同志这段话，有着极其深刻的教育意

① 《在延安文艺座谈会上的讲话》。《毛泽东选集》（第三卷），第877页。

义。教育者必先受教育。如果我们不去认真改造自己的资产阶级、小资产阶级思想，牢固地树立无产阶级的革命思想，就不可能实现革命化，社会主义的戏剧也就不可能在我们手里真正建设起来。所以，一切革命的戏剧工作者，都必须投身到沸腾的生活和火热的斗争中去，同社会主义革命和建设时期的工农兵相结合，彻底改造自己的立场、观点、思想和感情，割掉资产阶级、小资产阶级个人主义、自由主义、名利思想的尾巴，和一切旧观念实行最彻底的决裂，树立无产阶级的世界观，才能使自己成为名副其实的坚定的无产阶级的文艺战士。我们的戏剧工作者，能不能真正和工农兵群众相结合，是他们能否真正成为无产阶级文艺战士的重要标志。毛泽东同志说过："革命的或不革命的或反革命的知识分子的最后的分界，看其是否愿意并且实行和工农民众相结合。"①这对我们戏剧、文艺工作者同样适用。我们有些戏剧、文艺工作者是从旧社会走过来的，或者是出身于剥削阶级家庭，或者受过资产阶级教育，他们不可避免地沾染了某些资本主义、封建主义的遗毒；而我们有些年轻同志，则没有经受过阶级剥削和阶级压迫的苦难，缺少阶级斗争的锻炼和体会；加之，他们都没有很好地经常地和工农兵群众一起同吃、同住、同劳动；因此，他们和工农兵群众的思想感情总是有一段不小距离的。他们必须有自知之明，正视自己的弱点，不断改造自己、锻炼自己、提高自己，把自己的思想感情彻头彻尾、彻里彻外地转到工农兵群众方面来，才能真正成为无产阶级的文艺战士。也只有这样，他们才真正地热爱社会主义，全心全意地表现社会主义的工农兵，热情地歌颂社会主义的英雄人物，写出具有高度思想性和高度艺术性的作品来。

在加强戏剧队伍的建设方面，又需要重视创作队伍的建设。剧本创作，是发展和繁荣社会主义戏剧的一个关键问题。没有剧本，社会主义戏剧是不能迅速发展的。戏剧工作的领导部门，应当把剧本创作作为自己的首要任务来抓。除了导演、演员和舞台工作人员外，各地都必须建立一支精干的创作队伍。专业的创作人员要认识到自己的重大责任，自觉地深入生活，努力进行创作。与此同时，还要特别注意培养业余的戏剧队伍，发现和帮助业余剧作者，使专业创作和业余创作结合起来。业余的戏剧作者散布在各条战线上，投身在现实斗争中，人数众多，潜力很大，只要我们精心帮助、培养，是一支不可忽视的重要力量。

我们的戏剧队伍，包含着一切愿意为社会主义服务、为工农兵服务的文学家、艺术家、戏剧家，要团结他们，热情地帮助他们进步，为他们的创作提供良好的条件。我们相信，在我们社会主义社会里，一切愿意进步的文艺家，经过革命斗争和艺术实践的锻炼，不断地改造自己，他们中间的大多数人，都可能为祖国的社会主义革命和

① 《五四运动》。《毛泽东选集》（第二卷），第546页。

社会主义建设，为社会主义的戏剧、文艺，作出应有的贡献。

为了建设革命的戏剧、文艺，建设革命的戏剧、文艺队伍，要求我们在文艺界中严肃地开展思想斗争。加强文艺批评，就是开展思想斗争的一种方法。我们要加强评论工作，来指导和推动创作和演出，总结创作和演出的经验，开展文艺思想斗争。我们一定要发展革命的文艺批评，积极提倡、扶持、鼓励一切好的、进步的、革命的文艺作品，批判那些坏的、落后的、反动的东西。这是发展和繁荣社会主义戏剧不可缺少的一件工作。华东话剧观摩演出，是通过会演，总结交流经验，提高思想认识，开展比学赶帮，进行群众性文艺批评的生动活泼的方法。事实证明，这对发展和繁荣社会主义戏剧来说，是一种很好的方法，今后可以适当采用。

加强党对戏剧的领导，是发展和繁荣社会主义戏剧的根本条件。各级党委一定要加强对戏剧工作的领导，加强对戏剧队伍的思想政治工作，认真地进行戏剧战线上的社会主义改造和戏剧工作者的思想改造，并把它作为社会主义革命的一个重要任务来抓。这方面的社会主义革命是放松不得的。过去有人以"反对领导干预创作"为名，否认党的领导的重要性。这是极其错误的，必须坚决反对。现代修正主义者特别恶毒地攻击我们党对文艺工作的领导。他们别有用心地说，现代剧"都在党组织的直接领导与参加下写的"，"与其说是某些剧作家写的……不如说是党委写的"。他们这种攻击，实际上是妄图使创作离开马克思列宁主义的党的领导，接受他们修正主义党的领导；离开马克思列宁主义的方向，走上他们的修正主义方向。如果上了他们的当，就必然要使我们戏剧、文艺成为资本主义复辟的工具，我们的戏剧、文艺工作者也就要滚进修正主义的泥坑。我们必须警惕这一点，一定要把戏剧、文艺战线上的社会主义革命进行到底。我们的戏剧、文艺是进行革命斗争的武器，是抵制和逐步肃清资本主义和封建主义影响、防止修正主义侵蚀的强有力武器。我们的戏剧、文艺，一定要紧紧掌握在党的手里，置于党的坚强领导之下。我们要加强党的领导，党就不能不去"干预"一下那种不利于社会主义、不利于人民的创作，不能不"破坏"一下他们的创作情绪。毛泽东同志说得好："马克思主义就不破坏创作情绪了吗？要破坏的，它决定地要破坏那些封建的、资产阶级的、小资产阶级的、自由主义的、个人主义的、虚无主义的、为艺术而艺术的、贵族式的、颓废的、悲观的以及其他种种非人民大众非无产阶级的创作情绪。对于无产阶级文艺家，这些情绪应不应该破坏呢？我以为是应该的，应该彻底地破坏它们，而在破坏的同时，就可以建设起新东西来。"①我们所说的加强党的领导，决不是修正主义所诬蔑的去包办创作，而是去正确指导如何进行创作。实际情况是：在今天这个伟大的社会主义时代，作

① 《在延安文艺座谈会上的讲话》。《毛泽东选集》(第三卷)，第875—876页。

家、艺术家个人的思想水平和所见所闻，毕竟是有限的。党的领导，掌握时代的脉搏，了解革命的动向，从政治上、思想上、题材选择上帮助作家、艺术家，这不仅不妨碍作家、艺术家的积极性、创造性，而且能帮助他们提高思想、明确方向。事实上，只有遵循党所指明的方向，充分吸取群众的丰富的斗争生活经验，认真听取群众的意见和要求，才可能产生出成功地反映社会主义生活和斗争的戏剧来。

当前国际国内的形势很好。戏剧、文艺工作者必须赶上时代的潮流，加速社会主义新戏剧、新文艺的建设和发展。我们的革命戏剧、文艺，不但要为中国革命服务，而且要为世界革命人民服务，担负起无产阶级国际主义所应该担负的任务。我们的一切戏剧、文艺工作者，都要立革命大志，树远大理想，高高举起毛泽东文艺思想红旗，用戏剧、文艺的武器，支持和鼓舞中国人民和世界人民反对帝国主义、各国反动派和现代修正主义的斗争，为共产主义的彻底实现而奋斗！

——原载《红旗》1964 年第 15 期

姚文元*

评新编历史剧《海瑞罢官》

从一九五九年六月开始,吴晗同志接连写了《海瑞骂皇帝》、《论海瑞》等许多歌颂海瑞的文章,反复强调了学习海瑞的“现实意义”①。一九六一年,他又经过七次改写,完成了京剧《海瑞罢官》,还写了一篇序,再一次要求大家学习海瑞的“好品德”。剧本发表和演出后,报刊上一片赞扬,有的文章说它“深寓着丰富的意味”、“留给观众以想象的余地”,鼓吹“羞为甘草剂,敢做南包公”②;有的评论文章极口称赞吴晗同志“是一位善于将历史研究和参加现实斗争结合起来的史学家”、“用借古讽今的手法,做到了历史研究的古为今用”,这个戏更是“开辟了一条将自己的历史研究更好地为社会主义现实、为人民服务的新途径”③;有的文章还说:“人们在戏里表扬‘清官’……是在教育当时的做官的,起着‘大字报’的作用。”④

既然《海瑞罢官》及其赞扬者提出了这么重大的问题,并且广泛地宣传了他们的主张,我们就不能不认真地进行一次研究。

《海瑞罢官》是怎样塑造海瑞的?

在这个历史剧里,吴晗同志把海瑞塑造得十分完美,十分高大,他“处处事事为

---

* 本文作者姚文元,浙江诸暨人。姚文元于1965年、1966年、1967年连续发表了《评新编历史剧〈海瑞罢官〉》、《评“三家村”——〈燕山夜话〉〈三家村札记〉的反动本质》、《评反革命两面派周扬》等一系列文章,为“文革”大批判定下了基调。姚文元本人也从《解放日报》编委一跃而成为中共上海市委宣传部部长,并跻身“中央文革小组”。1977年7月,中共十届三中全会决定,永远开除姚文元中共党籍并撤销党内外一切职务。1981年1月25日,姚文元被中华人民共和国最高人民法院特别法庭认定为“林彪、江青反革命集团主犯”,被判处有期徒刑20年、剥夺政治权利5年,2005年12月病逝。

① 吴晗:《论海瑞》,《人民日报》,1959年9月21日。

② 《北京文艺》,《羞为甘草剂,敢做南包公》,1961年3月号。

③ 《北京文艺》,《评〈海瑞罢官〉》,1961年3月号。

④ 《北京晚报》,《从海瑞谈到“清官戏”》,1961年6月23日。

百姓设想”,“是当时被压抑,被欺负,被冤屈人们的救星”①,在他身上,你简直找不出有什么缺点。看来,这是作者的理想人物,他不但是明代贫苦农民的“救星”,而且是社会主义时代中国人民及其干部学习的榜样。

为了塑造自己的英雄,作者是精心设计过的。安排这位青天大老爷的出场,就用了九场戏中的整整三场戏。第一、二两场戏,海瑞都没有出场,剧本不惜笔墨地大写徐府即曾经斗倒严嵩、当过首相、退休在家的徐阶一家,如何霸占农民土地、强抢民女、贿赂官府打死贫苦农民赵玉山,正当在公堂上农民洪阿兰“满腔悲愤唤苍天”之际,一纸紧急公文带来海瑞将作(做)应天十府巡抚的命令,得意忘形的官吏们如闻晴天霹雳,惊呼“这便如何是好!”连“衙役”都大叫“海青天要来了,这可不得了!”第三场戏海瑞穿便服上场了,作者安排他当面倾听“心如油煎”的“众乡民”如何用最敬仰的词句,倾吐对海青天的百般盼望,歌颂他是“公正为官”、“明断公案”、“口碑颂满”、“美政多端”……虽然封建社会“上下都是官世界”“有理无钱莫进来”,但呼冤的农民一致相信“海青天”这个官是一个例外,“海青天一定能替我们作主!”这种烘云托月的手法,是为了使观众强烈感到只有海瑞才能解救农民的痛苦。它说明了《海瑞罢官》并不是如作者所说的是写什么“封建统治阶级的内部斗争”②,而是千方百计地为我们今天的观众塑造一个决定农民命运的英雄。

戏剧冲突围绕着“退田”展开。虽然吴晗同志在序言中自称剧本“改以除霸为主题”,但实际上冤狱是从占田开始,“除霸”、“平冤狱”的行动也是围绕着“退田”进行。“退田”被写成是“帮助穷农民办法的一种”③,作为戏剧冲突最高潮的“罢官”,就是罢在“退田”这件事上。剧本通过“乡民甲”的口特别说明:“我等都是徐家佃户”;要观众记住:戏里写的是贫苦农民同徐阶等乡官、贪官之间的斗争,而海瑞是完全站在徐家佃户一边的。“海青天”果然不负众望,一上任就“为民作主”,他不但咒骂“高放债强占田真真市侩”,鼓动农民去“告状”,而且在公堂上颇有民主风度地征求告状的“父老们”的意见。农民要求退还被徐家和“各家乡官”所占土地,要求“大老爷作主”,于是海瑞一道号令,“发出榜文,限令各家乡官,十日内把一应霸占良民田产,如数归还”。“退田”之后,尖锐的阶级矛盾忽然都不起作用了,“众乡民”向海瑞叩头道:“大老爷为民作主,江南贫民今后有好日子过了!”作者要贫农们“感恩戴德……朝夕礼拜”,欣喜鼓舞,齐声“同唱”对清官的赞歌:“今日里见到青天,勤耕稼重整家园,有土地何愁衣饭,好光景就在眼前!”剧本告诉人们:尽管封建制度原封未动,地主残酷的压迫和剥削依然存在,只要照海瑞的办法去做,农民的“土地”、“衣

① 吴晗:《论海瑞》,《人民日报》,1959年9月21日。

② 《海瑞罢官》单行本前的内容介绍,北京出版社,1961年,第7页。

③ 吴晗:《海瑞的故事》,《中国历史小丛书》,中华书局,1963年,第15页。

饭”就统统可以解决,“一片好光景”就在“眼前”了!

剧本还着重刻划了海瑞如何“为民雪恨”,大杀“贪官”。剧本反复宣传,“冤狱重重要平反”,海瑞决心“平民愤”,要把“恶官吏都扫尽”,“今日定要平民怨,法无宽恕重如山”。行动是:剧本中海瑞判华亭知县王明友斩罪,判松江知府李平度“革职囚禁,听候朝命”,判徐阶儿子徐瑛绞罪。据吴晗同志自己说,为了不致让海瑞“走得灰溜溜的……没劲头”,“下了决心,把徐瑛处死”①。这样,罢官而去的海瑞,便成为一个反抗封建皇(王)朝的胜利了的英雄。戏结束时,徐瑛被处死刑,徐阶昏倒下去了,新任巡抚惊惶失措,海瑞高举大印,昂然挺立,口说“大丈夫顶天立地”,心里想:“我海瑞还是胜利了!”作者塑造自己的英雄人物的任务,也“胜利”完成了。

这个戏里,作为正面英雄人物出现的,只有海瑞一人。农民只能消极地向大老爷喊冤,恳求“大老爷与我等作主”,把自己的命运托给“海青天”。为了衬托海瑞形象如何高出于所有封建官吏,其他出场的主要官吏统统设计成坏蛋。海瑞的妻子和家人也是“明哲保身”派,只有他母亲支持了他一下。海瑞孤零零一个人,从经济到政治,单枪匹马搞了一场大革命。

看完这出戏,人们强烈地感到:吴晗同志塑造的这个英雄形象,比过去封建时代许多歌颂海瑞的戏曲、小说都塑造得高大多了。尽管吴晗同志在剧本的单行本前面特地写了历史说明,还在“海瑞罢官本事”中摘录了许多条史料,企图使人们得到这样的印象:他是完全根据历史事实来写戏的;但是,人们仍然不能不发出这样的疑问:封建社会的统治阶级当中,难道真的出现过这样的英雄吗?这个“海青天”是历史上那个真海瑞的艺术加工,还是吴晗同志凭空编出来的一个人物呢?

一个假海瑞

我们不是历史学家。但是,根据我们看到的材料,戏中所描写的历史矛盾和海瑞处理这些矛盾时的阶级立场,是违反历史真实的。戏里的海瑞是吴晗同志为了宣扬自己的观点编造出来的。

海瑞是一五六九年夏到一五七〇年春这段时间内,任应天巡抚的。当时,江南农村中的阶段矛盾和阶级斗争十分尖锐。从正德到嘉靖、隆庆年间,随着地主阶级用各种方法疯狂地掠夺农民土地,土地集中程度越来越高,农民受的剥削越来越重。《日知录》载:“吴中之民,有田者什一,为人佃作者什九。”说明松江一带绝大部分土地都被地主所占有。顾炎武虽没有指明确切年代,据我们查到的材料,这个估计是符合明代中叶以后苏、松一带情况的。掠夺土地最厉害的,是依仗政治势力扩大“皇

① 吴晗:《海瑞罢官》序,单行本第6页。

庄”的皇族地主集团,此外就是一部分在乡间的官僚地主,徐阶就占有大量土地,有的说二十四万亩,有的说四十万亩,大约相当于今天上海市所属松江县耕地面积的三分之一或一半。海瑞所谓“华亭乡官田宅之多,奴仆之众,小民詈怨而恨”,就是他亲眼所见的阶级斗争尖锐化的写照。土地的集中,加速了农民同地主阶级矛盾的尖锐化。农民大批破产逃亡,许多土地荒芜,“无田者为人佣工”(《华亭县志》)。农民阶级同地主阶级的矛盾是封建社会的根本矛盾,阶级斗争的尖锐化,必然会影响地主阶级内部各个阶层的相互关系。在土地绝大部分为地主占有的情况下,官僚地主要继续兼并土地,不能不把对象集中到中小地主,以及“倩人耕作”的“富家”即“富农”(又叫“上农”)身上,因而地主阶级内部矛盾也尖锐起来。同时,由于官僚地主隐匿了大批不交税的土地,独占剥削果实,封建皇(王)朝的财政十分困难,“帑藏匮竭”,一部分在朝的官吏不断要求查田,要求限制“皇庄”和其他庄田,限制继续兼并中小地主的“民田”。这就引起了朝野各派地主集团之间矛盾的尖锐化。而当时官僚地主兼并土地的主要方法之一,就是海瑞在“退田”中所反对的所谓“投献”。

投献主要有两种。一种是有势力的豪强地主收买同原田主有某种关系的狗腿子,把原田主的田“献”给自己,使原有的“富家”丧失土地,“献田”的狗腿子就变成这块土地的管家或二地主。另一种是中小地主、富农、个别或少数自耕农为了逃避严重的徭役和赋税,把自己的田寄献给官僚地主。因为《明律》规定官僚可以根据品级的高低有减免徭役赋税的特权,把田算在官僚地主的名下,就可以逃避徭役。官僚地主乘机把想逃避徭役的中小地主和富农、自耕农的土地强占为已有。由于土地绝大部分都为地主、富农所占有,官僚地主通过“投献”强占的土地主要是中小地主和富农的土地①。这是事情的本质。《海忠介公传》中记载:“以故富者辄籍其产于士大夫,宁以身为佣佃而输之租,用避大役,名曰投献。故士一登乡举,辄皆受投献为富人。而士大夫既谢失势,又往往折入于暴贵者,以兼并为固然。乃豪强大有力之人,视田宅所便,收之莫敢不与。”这里所说的“富者”,当然不是贫农,他们无田可“献”;而是指地方上“失势”的士大夫或没有政治身份的中小地主和富农。他们的“民田”不断被“豪强大有力”的官僚地主兼并,达到“收之莫敢不与”的地步。既严重损害了中小地主和富农的利益,又严重影响了皇朝的财政收入。

正因为这样,海瑞一到松江华亭一带,就发现当地的“诸生员”、“乡官之贤者”甚至某些“府县官”,都“群声”反对徐阶这类大官僚地主兼并巨量土地,反对他们搞“投

---

① 《廿二史札记》中记载了万历中嘉定、青浦间搞投献的例子,明显地反映出这是地主阶级内部矛盾。摘录如下:“又有投献田产之例,有田产者,为奸民籍而献诸势要,则悉为势家所有……万历中,嘉定、青浦间有周星卿,素豪侠,一寡妇薄有赀产,子方幼,有侄阴献其产于势家,势家方坐楼船鼓吹至阅庄,星卿不平,纠强有力者,突至索斗,乃惧而去……此亦可见当时献产恶习。”(商务印书馆 1958 年,第 721 页)。

献”。“乡官之贤者”对海瑞说：“二十年以来府县官偏听乡官举监嘱事，民产渐消，乡官渐富”①。后八个字不是活活画出大官僚地主吞并中小地主的一幅图画吗？海瑞下的结论是：“为富不仁，人心同愤。”②这个“同愤”，就是指中小地主、富农以及代表他们利益的知识分子对大地主兼并的共同的政治态度。当戴凤翔这个江南大地主的代言人攻击海瑞纵容“刁徒”时，海瑞就用上述材料证明他的“退田”是以这些人的呼声为基础的。看来，海瑞的话符合事实。他的“退田”，反映了这些“民产渐消”的中小地主和富农的共同要求，也为了缓和地主阶级内部矛盾以及广大农民同地主阶级之间越来越尖锐的阶级矛盾，有利于增加赋税收入，解决朝廷的财政困难。

弄清楚这些历史事实以后，《海瑞罢官》怎样歪曲了阶级关系，就清清楚楚了。

海瑞要乡官退田，是要地主向农民退还土地吗？不是。《明史》及几个海瑞传记都写明，海瑞要求乡官退田是退出“受献”的土地。“公严厉以治，下令受献者悉退还，或许赎回。”这是削弱兼并，打击大地主。除退回官府的之外，退出去的田，绝大部分还是落到原来“献田”的“弱者”、“富户”即中小地主和富农手中，实际上保护了中小地主和富农的利益。贫雇农既无田可“献”，无钱去“赎”，“退田”，当然不会退到他们手里。怎么能够臆造出海瑞是一心一意为贫农获得土地而“战斗”呢？

海瑞要徐阶退田是为了“徐家佃户”翻身吗？根本扯不上。海瑞在给李春芳的信中说明过要徐阶“退田”的目的：“若不退之过半，民风刁险，可得而止之耶！为富不仁，有损无益，可为后车之戒……区区欲存翁退产过半，为此公百年后得安静计也，幸勿以为讶。”这不是把海瑞的阶级立场说得再明白没有了吗？明明是为了“止”民风的“刁险”，是为了地主阶级不致在越来越尖锐的阶级斗争中被打倒，是为了徐阶“百年后得安静”，哪里是什么征求贫农意见而解决“徐家佃户”的土地问题！

海瑞搞“退田”是“为民作主”吗？海瑞自己在《督抚条约》中告诉我们：他当巡抚的一切措施，都是“除积弊于相安，复祖宗之成法”。原来“祖宗”制定的《明律》中早有规定：“若将互争及他人田产妄作己业朦胧投献官豪势要之人，与受者各杖一百，徒三年。”③这不正就是海瑞所处理的矛盾吗？明皇朝早就规定这条反投献的法律，是为了缓和本阶级的内部矛盾，防止兼并恶性发展，以利于巩固整个地主阶级专政。这个法律后来成了一纸空文。海瑞不过在这个范围内搞了一下反投献而已，怎么能够把他写成为江南农民“作主”呢？

海瑞为了“穷农民”，而反对过“高放债”吗？最好听听海瑞反驳戴凤翔攻击他的话：“先年粮长往往于收粮时，先除还自己平日私债，后算官数；富豪亦乘出米之时，伺

① 下点为作者所加，下同。
② 《被论自陈不职疏》，见《海瑞集》，中华书局，1962年。下引海瑞言论均据此书，不另注明。
③ 《明律集解》（卷五）。

逼偿债,公私并举,钱粮难完。臣……谓待完粮后,方私下取偿,非禁不许还债也。”“公”是封建皇(王)朝;“私”是地主土豪。海瑞说明自己并不反对乡间的地主剥削,并不反对“放债”,只是为了解决皇朝的财政收入问题,反对乡间大地主独吞剥削果实。

海瑞从来没有想从根本上解决农民同地主之间的矛盾。他只是想缓和这个矛盾。海瑞自己就说过:“以下奉上,义不可缺,为之损益调停,使可久行”。坦率地说明了他做的是“损益调停”的工作,目的是把大地主的剥削限制在不妨碍地主阶级根本利益的法定范围之内,削弱农民的反抗,使“以下奉上”的封建剥削可以“久行”。他再三再四要农民服从封建统治,遵守“礼义”,“毋作强贼”,对已产生的农民暴动,他主张双管齐下,“用兵安民,并行不悖”。他反对最反动的大地主,目的并不是削弱地主的土地所有制,而是巩固地主的土地所有制,巩固地主对农民的统治,巩固明皇朝政权。这是封建统治阶级各个集团、各个派别的共同利益,也是地主阶级的“长远利益”所在。把海瑞写成农民利益的代表,这是混淆了敌我,抹杀了地主阶级专政的本质,美化了地主阶级。海瑞一再表明自己对于皇帝忠心耿耿,他给高拱的信中痛陈自己内心时说:“区区竭尽心力,正欲为江南立千百年基业,酬上恩报知己也。”他怎么能够做出动摇“千百年基业”的事来呢?

对“退田”的描写是假的。“平冤狱”的描写是真的吗?根据我们查到的资料,只能作出否定的回答。松江知府、华亭知县根本没有被杀、被革。海瑞任应天巡抚时,苏、松一带没有撤掉任何一个县以上的官。徐阶的儿子根本没有死,曾被判充军。这件事也不是海瑞干的,而是徐阶罢相后,徐阶政敌高拱再起时干的,张居正上台,这个判决就取消了。《明史·高拱列传》是这样写的:“阶子弟颇横乡里,拱以前知府蔡国熙为监司簿录其诸子,皆编戍,所以扼阶者无不至。逮拱去位,乃得解。”《徐阶列传》中也有相同的记载。抓徐阶儿子这件事,性质上是高拱乘机报复,执行者也是另外的官僚,同海瑞不相干。严嵩垮了之后,徐阶、高拱、张居正之间进行过长期的夺权斗争。把内阁中不同政治集团的倾轧,硬移到海瑞身上,变成海瑞“站在穷农民一边”去“平民愤”,这不是违背了基本的历史事实吗?吴晗同志明明知道历史上“徐阶的儿子只被判处充军”,但为了极力美化海瑞,仍旧要这样写,这说明他为了塑造自己理想的英雄,是不惜改写历史的!

海瑞也不是象戏里写得那样“民主”。相反,他认为“江南民风刁伪”,“百端架诬,盖不啻十状而九”。他自言对付“刁讼”的办法是“衙门前尝不绝七八人枷号,又先痛打夹苦之”,认为这是好经验。海瑞在《兴革条例》中谈到“疑狱”时还说过:“事在争言貌,与其屈乡宦,宁屈小民,以存体也。”下有小注曰:“乡宦小民有贵贱之别,故曰存体。”为保护“贵贱之别”可以“宁屈小民”,这是地主阶级专政反动本质的表现。现在硬说海瑞如何民主,甚至会向农民请求“指教”,这岂不是把海瑞的政治立场给颠倒过来了！

看一看这些历史事实，再看一看《海瑞罢官》中的海瑞，就不难发现，这是一个编造出来的假海瑞。这是一个用资产阶级观点改造过的人物。历史剧需要艺术加工，需要再创造，我们并不要求新编历史剧的细节都同历史一样，但必须要求在人物的阶级立场、阶级关系上符合历史真实。尽管吴晗同志曾经说过历史剧要“力求其比较符合于历史真实，不许可有歪曲，臆造”①，然而事实胜于雄辩，这个新编历史剧中海瑞的形象已经同合理想象和典型概括没有什么关系，只能属于“歪曲，臆造”和“借古讽今”的范围了。

阶级斗争的进程告诉我们：无论海瑞或海瑞以后的封建官吏，都无法使已经腐朽没落的明皇朝恢复青春，更无法缓和农民仇恨的烈火。海瑞之后，松江农民依旧受着重重残酷的压迫和剥削，兼并、逃亡继续发展，阶级矛盾继续尖锐化。一五八七年海瑞死，以后农民起义风起云涌，势如怒潮。一六四四年明亡，离海瑞死还不到六十年。在这样历史现实面前，剧本竟然要贫农对“退田”唱出“有土地何愁衣饭，好光景就在眼前！”欢呼“江南贫民从此有好日子过了！”这不是荒唐可笑吗？

《海瑞罢官》宣扬了什么？

既然是一个假海瑞，我们就来看一看作者通过这个艺术形象宣扬了什么。

我们知道，国家是阶级斗争的工具，是一个阶级压迫另一个阶级的机关。没有什么非阶级的、超阶级的国家。这是马克思列宁主义对待国家问题的基本观点。从这种观点出发，就不能不承认，封建国家是地主阶级对农民实行专政的工具。封建国家的法律、法庭和执行统治权力的官吏，包括“清官”、“好官”在内，只能是地主阶级专政的工具，而决不可能是超阶级的，决不可能是既为统治阶级又为被统治阶级服务的工具。当然，由于地主阶级内部存在各种阶层和集团，由于阶级斗争形势的变化，他们之间在这个或那个问题上，在对待大地主、中小地主和富农利益的态度上，在压迫农民的程度和方法上，会有区别，有斗争。但是，从根本上说，这种斗争的实质决不可能超越维护地主阶级专政的范围。任何时候，我们都不能把这种地主阶级内部斗争歪曲成农民同地主之间的阶级斗争。就拿“清官”同“贪官”的斗争来说，确实有过清官大老爷在地主阶级的法庭上、根据地主阶级法律的某些条文，惩办一些“贪官”的事；也有个别农民所告的恰巧是某个“清官”所反对的派别或集团中的一员，出现个别农民在这个“清官”面前“打赢”官司的事。这种现象迷惑过不少没有政治斗争经验的农民，使他们看不清“清官”的阶级面貌，看不清封建国家和封

① 吴晗：《再谈历史剧》，《文汇报》，1961年5月3日。《春天集》，第155页。

建法庭的阶级本质，地主阶级也经常利用这种现象来麻痹农民的觉悟，把“清官”当作掩盖阶级统治本质的工具，当作配合武装镇压、对农民进行阶级斗争的重要手段。《明史》上就记载过地主阶级派出“清官”作为缓兵之计，然后把起义农民一举消灭的事①。但是，从根本上说，不论“清官”、“好官”多么“清”、多么“好”，他们毕竟只能是地主阶级对农民实行专政的“清官”、“好官”，而决不可能相反。

《海瑞罢官》却向我们说：不！“清官”不是地主阶级专政的工具，而是为农民阶级服务的。你看，戏里的海瑞是一个封建皇（王）朝的钦差大臣，可是他却代表贫苦农民利益向徐阶展开剧烈的斗争。在这场斗争中，一方面，“清官”海瑞以保护“徐家佃户”和所有贫苦农民利益的大英雄出现，同所有执行地主阶级专政的别的官吏相对立，“清官”和“贪官”之间的矛盾竟被写成保护农民和镇压农民的矛盾、退还农民土地和强占农民土地的矛盾，丝毫看不出“清官”在巩固地主阶级专政中的作用。另一方面，所有农民都被写得消极无为，没有一点革命的斗争精神，他们唯一的作用就是跪下来向“海青天”告状，哀求青天大老爷为他们申冤作主，把“清官”看作是自己的救世主。显然，在《海瑞罢官》的作者看来，阶级斗争不是推动历史前进的动力，“清官”才是推动历史的动力；人民群众不需要自己起来解放自己，只要等待某一个“清官”大老爷的恩赐就立刻能得到“好日子”。这样，戏中就把作为地主阶级专政工具的“清官”和法律、法庭，统统美化成了离开地主阶级专政而独立存在的超阶级的东西，宣扬了被压迫人民不需要革命，不需要经过任何严重斗争，不需要打碎旧的国家机器，只要向“清官”卑躬屈膝地叩头，实行封建皇（王）朝的“王法”，就能把贪官污吏一扫而光，就能求来“好光景”。

列宁说过：国家问题，这是一个“被资产阶级的学者、作家和哲学家弄得最混乱的问题”（《论国家》）。所谓“清官”“平冤狱”之类，作为国家问题的一部分，恐怕是被地主资产阶级弄得特别混乱的问题，成了毒害人民思想的一种迷信。马克思列宁主义者有责任揭露这种假象，破除这种迷信。《海瑞罢官》恰恰相反，它不但不去破除这种迷信，而且在新编历史剧的名义下百般地美化地主阶级官吏、法庭、法律，加深这种迷信。农民本来还知道“上下都是官世界”，“有理无钱莫进来”，海瑞一出场就愤慨地问农民，地主恶霸“凭的是哪条王法？”教训农民：“这又是你们的不是了，为何不告？”在“平冤狱”的过程中，又反复强调“王子犯法，与庶人同罪”之类掩盖

① 如1450年（景泰元年），黄萧养领导的盛大农民起义队伍包围了广州城，断绝了城内外交通。攻势凌厉，地主阶级的军队“战辄败”。这时封建皇朝见武装镇压失败，就派了当时有名的“清官”杨信民去，杨一到，立刻用软的一手“多方招抚”，做了许多欺骗、分化、软化工作，农民起义军被“清官”迷惑，“不敢伤”，放松了武装斗争。接着董兴调集两广江西的大批地主军队来到，对农民和农民军进行了血腥的屠杀，起义失败，黄萧养也中箭牺牲。事见《明史》中《杨信民列传》及《董兴列传》。

"王法"阶级本质的活(话),并且用"实际行动"证明:只要有海瑞这样的"清官"按"王法"办事,就能使法庭变成保护农民的场所,就能"为民雪恨",就能平反"冤狱",使农民获得土地。这不是把地主阶级的国家机器统统当作保护农民的工具了吗?这不是把地主阶级专政镇压农民的本质一笔勾销了吗?这不是在宣传只要有地主阶级清官大老爷在衙门里"为民作主",农民一"告"就能获得解放了吗?这种大肆美化地主阶级国家、宣传不要革命的阶级调和论的戏,还谈得上什么"历史剧的创作也必须以马克思列宁主义、毛泽东思想为指导"①呢?

自从人类社会有阶级和国家以来,世界上就没有出现过"大老爷为民作主"的事情。在中国,不但地主阶级改良派,就是资产阶级民主派也从来没有给农民带来什么"好日子"。只有中国共产党领导的伟大革命彻底打碎了地主资产阶级的国家机器,建立了以无产阶级为领导的、以工农联盟为基础的中华人民共和国,才解决了江南和全国农民的"土地""衣饭"问题。这毕竟是任何人都无法推翻的铁的事实。

我们希望吴晗同志把自己塑造的海瑞形象,把通过这个形象宣扬的那些观点,同毛泽东同志一再阐明过的马克思列宁主义的观点对照起来看,就不难发现,吴晗同志恰恰用地主资产阶级的国家观代替了马克思列宁主义的国家观,用阶级调和论代替了阶级斗争论。在今天宣传这些地主资产阶级吹嘘了千百年的陈旧观点,究竟是为什么?究竟是对谁有利?需要分清是非。

《海瑞罢官》要人们学习什么东西?

海瑞是一个有影响的历史人物。看来,他是封建社会处于没落时期,地主阶级中一位较有远见的人物。他忠于封建制度,是封建皇(王)朝的"忠臣"。他看到了当时农民阶级同地主阶级尖锐矛盾的某些现象,看到了当时本阶级内部某些腐化现象不利于皇朝统治,为了巩固封建统治、削弱农民反抗、缓和尖锐的阶级矛盾,为了维护封建皇朝的根本利益,他敢于向危害封建皇(王)朝利益的某些集团或者某些措施进行尖锐的斗争。在若干事情上,他同中小地主和富农利益一致,抑制豪强地主,目的还是为了巩固整个地主阶级对农民的专政,维护皇(王)朝的利益。他上《治安疏》,这是被吴晗同志和许多文章、戏剧说成是代表人民利益的事情,也有人专门编演过新的历史剧《海瑞上疏》②,可是,正如他在疏本劈头就说的:他认为,"君者,天

---

① 吴晗:《再谈历史剧》,《文汇报》,1961年5月3日。《春天集》,第152页。

② 《海瑞上疏》,上海京剧院集体创作,许思言执笔,上海文艺出版社,1960年。此剧1959年及1961年演出时,《解放日报》和《文汇报》都曾发表评论文章加以赞扬。1959年9月26日及10月27日,《解放日报》及《文汇报》分别发表《〈海瑞上本〉中的海瑞形象》及《试评周信芳的新作〈海瑞上疏〉》二文。1961年春节重新上演时,《解放日报》在2月11日又发表《杂谈京剧〈海瑞上疏〉》一文。

下臣民万物之主也。”他的目的是为皇朝“求万世治安”。这个行动也只能说明他如何忠君，而不能说明别的。所以嘉靖皇帝没有杀他，他死后，皇帝很难过，“赠太子少保，谥忠介。”礼部左侍郎祭悼时还说：“虽强项不能谐时，而直心终以遇合。”封建皇（王）朝很懂得海瑞是地主阶级利益忠心的保卫者。这是海瑞的阶级本质，是海瑞全部行动的出发点和归宿。象吴晗同志那样，把海瑞描写成农民利益的代表，说什么海瑞“爱护人民，一切为老百姓着想”，他是“为了人民的利益”而斗争①，甚至把他说成是“不怕封建官僚势力”的英雄，这是彻底歪曲了海瑞的阶级面貌的。明皇朝歌颂海瑞“保民如子”，吴晗同志则说他“一切为老百姓着想”，请问两者到底还有什么区别呢？

历来地主阶级史书上，还曾经大书特书过许多材料来说明海瑞如何“处处事事为百姓”，如海瑞在担任江南巡抚时期，如何大反徐阶，大搞“退田”，如何“不到一个月”就修好了吴淞江，人民歌颂他是“海龙王”等等。因此，他死后，“小民罢市，丧出江上，白衣冠送者夹岸，酹而哭者，百里不绝”。这些记载加上旧小说、旧戏的渲染，很容易迷惑人。但是，这种“官书”上的记载，显然包含着地主阶级的夸大成分，我们应当用阶级观点慎重地加以分析。“反投献”，要徐阶“退田”，是有过这件事的，但徐阶究竟退了没有，退了多少，是真退还是假退，都找不到可靠的材料。根据谈迁《国榷》隆庆五年七月记载，徐阶曾退出四万亩田，但那十分明确是退给官府，“入四万亩于官”，根本不是退给农民。极而言之，就算“退产过半”吧，也还是为了地主阶级利益，也并不是只有海瑞一人干过的事。徐阶在朝时，也干过“退田”，在嘉靖第四子景王载圳死时“奏夺景府所占陂田数万顷还之民，楚人大悦”②。如果不分析“还之民”这个“民”是哪个阶级，如果按照吴晗同志的观点，谁敢“退田”就是英雄，敢退几万顷皇田的徐阶岂不是比海瑞更大的英雄了么？修吴淞江确有这件事，但究竟修好了多少，也是值得怀疑的。只要想一想：在现代条件下修一条江都不很容易，海瑞难道能在那么短的时间内把一条江整治好吗？据海瑞在《开吴淞江疏》中自己说，他原来“议开江面十五丈”，从正月初三动工，到二月间钱就用光了，但“工程浩大，银两不敷”，要求动用公款。可见至少这一个多月中连原计划也没有完成，而且困难很大。吴晗同志鼓吹什么“进度很快，不到一个月就完工了”，这种夸大连海瑞自己的话也不符合。至于出丧的描述，我们只要想一想：在解放以前，广大贫苦农民在地主阶级残酷剥削下，穷得连衣服都穿不上，许多农民几代人穿一件破衣裳，自己家里死了亲人都没有丧服穿，就知道那时候能穿体体面面的“白衣冠”来路祭的人，决不是贫农，决不是吴晗同志说的“广大人民”，而只能是地主、富农和商人中的某些人。如

① 吴晗：《海瑞的故事》，《中国历史小丛书》，中华书局，1963年，第19、35页。

② 《明史·徐阶列传》。

果在新编的历史剧中,能够真正贯彻历史唯物主义的原则,用阶级观点对这类史料进行科学分析,去伪存真,按照海瑞的本来面貌去塑造这个人物,使观众看到他的阶级本质是什么,用历史唯物论的观点去认识历史人物的阶级面貌,也不是一件没有意义的事。从破除许多歌颂海瑞的旧小说、旧戏的所散布的坏影响来说,是有积极意义的。可是吴晗同志却不但违背历史真实,原封不动地全部袭用了地主阶级歌颂海瑞的立场观点和材料;而且变本加厉,把他塑造成一个贫苦农民的"救星"、一个为农民利益而斗争的胜利者,要他作为今天人民的榜样,这就完全离开了正确的方向。

吴晗同志毫不含糊地要人们向他塑造的海瑞"学习"。我们到底可以"学习"一些什么呢?

学习"退田"吗?我国农村已经实现了社会主义的集体所有制,建立了伟大的人民公社。在这种情况下,请问:要谁"退田"呢?要人民公社"退田"吗?又请问:退给谁呢?退给地主吗?退给农民吗?难道正在社会主义道路上坚决前进的五亿农民会需要去"学习"这种"退田"吗?

学习"平冤狱"吗?我国是一个实现了无产阶级专政的国家。如果说什么"平冤狱"的话,无产阶级和一切被压迫、被剥削阶级从最黑暗的人间地狱冲出来,打碎了地主资产阶级的枷锁,成了社会的主人,这难道不是人类历史上最彻底的平冤狱吗?如果在今天再要去学习什么"平冤狱",那末请问:到底哪个阶级有"冤",他们的"冤"怎么才能"平"呢?

如果不是学退田、学平冤狱,那么,《海瑞罢官》的"现实意义"究竟是什么呢?

也许吴晗同志会说:就算学习退田、平冤狱都不对吧,学习他"顶天立地"的"大丈夫"精神,"以反对旧时代的乡愿和今天的官僚主义",这总可以吧!?(!)我不是在《海瑞罢官》的剧情提要中说过,这个戏"着重写海瑞的刚直不阿,不为强暴所屈"的"坚强意志"吗?我们今天在处理内部关系上不是也需要这种"真男子"吗?剧本中的确突出地写了海瑞反对"甘草",骂"乡愿",而且还把徐阶塑造成"乡愿"的典型。

官僚主义确实要反。事实上,中国共产党人从来没有放松过反官僚主义的斗争。但是,我们知道,今天社会主义社会存在的官僚主义有它的社会根源和思想根源,需要长期的斗争才能根本肃清。至于说到"刚直不阿"、"大丈夫"、"真男子"、"反对乡愿"等等,那就需要首先明确它的阶级内容:为哪个阶级?对哪个阶级?各个阶级对这些概念有不同的理解,不能抛开它们具体的阶级内容而抽象化。地主阶级所提倡的"刚直不阿"、"大丈夫"等等,有它特定的阶级含义,根本不能同无产阶级的革命性、战斗性混为一谈。这里,我们想重复地引用一下毛泽东同志解释过的鲁迅的两句著名的诗:"横眉冷对千夫指,俯首甘为孺子牛。"毛泽东同志说:"'千夫'在这里就是说敌人,对于无论什么凶恶的敌人我们决不屈服。'孺子'在这里就是说无产阶级和人民大众。"(《在延安文艺座谈会上的讲话》)对敌人,是"横眉冷对",对人民,是甘心情愿地俯首做牛。今天如果离开了这样明确的阶级立场、阶级观点,抽象地说什么"刚直不阿"、"大丈夫"等等,甚至把"俯首甘为孺子牛"也叫做"乡愿",把横眉冷对无产阶级和劳动人民叫做"刚直",用这种"傲骨"去搞什么"退田"、"平冤狱",去"反对今天的官僚主义",去向劳动人民"罢官",那会把人们引导到什么地方去呢?

如果不健忘的话,我们还会记得:一九五七年,当生产资料所有制方面的社会主义改造基本完成以后,有一小撮人,忽然对于大反"乡愿"产生了特殊的兴趣。有人就曾用"反对乡愿"、"反对甘草"的口号来反对无产阶级的革命干部和民主人士中的左派,咒骂党的领导是"拘拘于小德的乡愿",把跟共产党走的民主人士诬为"甘草主义",这样的语汇可以从当时的某些报纸上找到一大堆。因为站在地主资产阶级阶级立场看来,从党和人民的最高利益出发,采用民主和说服的手段,用团结——批评——团结的方法,来正确处理人民内部的矛盾,推动人们努力走向进步,都是"乡愿",都是"甘草";从地主资产阶级利益出发,敢于坚持错误到底,敢于做无产阶级专政的反对派,敢于把不赞成他们的人一棒子打死,这才是"大丈夫"、"强哉矫",才是"羞为甘草剂"。这一套东西的实质早已路人皆知了,为什么《海瑞罢官》及其评论者又要重新拾起来加以鼓吹呢?

吴晗同志顽强地宣传过一种理论:历史剧要使封建时代某些人物的"优良品德""深入人心,成为社会主义共产主义道德的组成部分"①。我们不在这里讨论道德问题(这也是一个被资产阶级的学者、作家和哲学家弄得十分混乱的问题),但如果象《海瑞罢官》这样把海瑞的思想行为都当作共产主义道德的"组成部分",那还要什么学习毛泽东思想,什么思想改造,什么同工农兵结合,什么革命化劳动化呢?

现在回到文章开头提出的问题上来:《海瑞罢官》这张"大字报"的现实意义究竟是什么?对我们社会主义时代的中国人民究竟起什么作用?要回答这个问题,就要研究一下作品产生的背景。大家知道,一九六一年,正是我国因为连续三年自然灾害而遇到暂时的经济困难的时候,在帝国主义、各国反动派和现代修正主义一再发动反华高潮的情况下,牛鬼蛇神们刮过一阵"单干风"、"翻案风"。他们鼓吹什么"单干"的"优越性",要求恢复个体经济,要求"退田",就是要拆掉人民公社的台,恢复地主富农的罪恶统治。那些在旧社会中为劳动人民制造了无数冤狱的帝国主义者和地富反坏右,他们失掉了制造冤狱的权利,他们觉得被打倒是"冤枉"的,大肆叫

① 吴晗:《再谈历史剧》,《文汇报》,1961年5月3日。

器什么“平冤狱”，他们希望有那么一个代表他们利益的人物出来，同无产阶级专政对抗，为他们抱不平，为他们“翻案”，使他们再上台执政。“退田”、“平冤狱”就是当时资产阶级反对无产阶级专政和社会主义革命的斗争焦点。阶级斗争是客观存在，它必然要在意识形态领域里用这种或者那种形式反映出来，在这位或者那位作家的笔下反映出来，而不管这位作家是自觉的还是不自觉的，这是不以人们意志为转移的客观规律。《海瑞罢官》就是这种阶级斗争的一种形式的反映。如果吴晗同志不同意这种分析，那么请他明确回答：在一九六一年，人民从歪曲历史真实的《海瑞罢官》中到底能“学习”到一些什么东西呢？

我们认为：《海瑞罢官》并不是芬芳的香花，而是一株毒草。它虽然是头几年发表和演出的，但是，歌颂的文章连篇累牍，类似的作品和文章大量流传，影响很大，流毒很广，不加以澄清，对人民的事业是十分有害的，需要加以讨论。在这种讨论中，只要用阶级分析观点认真地思考，一定可以得到现实的和历史的阶级斗争的深刻教训。

——原载 1965 年 11 月 10 日《文汇报》

赵树理

回忆历史　认识自己(节选)

……

二、我与文艺

我和文艺的关系,除参加革命行列(脱产)以前,是一个爱好者及有一点质朴的大众化观念外,可分为1. 专业化以前;2. 入京以前;3. 在京时期三个阶段来叙述。

1. 专业化之前

我是一九三七年在阳城参加牺盟会工作才投入革命队伍的(以前是教员)。因为我出生于农村,对民间的戏剧、秧歌、小调等流行的简单艺术形式及农民的口头语言颇熟悉,所以,在口头宣传及写小传单方面,有一定的吸引群众能力,也颇为工作接近的同志们所称许。

那时候,山西的政权名义上还是阎锡山的,实际上他的反动统治机构已经失灵。他也觉察到这一点,所以在一九三九年便以什么“同志会”、“突击队”等名义派下一批又一批的反共组织来破坏我们的地方工作。他当时出过个小报叫《黄河日报》,我们就借用他这个名义(那时还没有和他公开破裂)在壶关办了个《黄河日报》太南版,专门揭发他派来那些虾兵蟹将的劣迹。那小报的一版副刊名叫《山地》,由我担任编辑,我便利用我熟悉的那些民间艺术形式来攻他们。老实说我是颇懂一点鲁迅笔法的,再加上点群众所熟悉的民间艺术因素,颇有点威力。这报专往他们所到的地方张贴,贴到哪里读者挤到哪里。后来主编换了人,新来的主编以为《山地》不够艺术,另换了个名字叫《晨钟》,专登些新诗、新小说,并且另换了编辑,把我调作司务长管伙食去了。

那年冬天,阎锡山发动了十二月政变,和我们公开破裂了,那个小报再没有出的必要,领导上于结束小报时,把我和其他两个编辑调往一二九师的一个小报社(原名《晋豫日报》,后改名《人民报》)。那时这个小报又决定出通俗副刊,我又被委为编辑,文章风格上继续了《山地》之风,内容上则以教育战士为主,由领导上按当时需要授意写，形式上也不多采用文艺形式。

一九四〇年调往《新华日报》社，开始放在《抗战生活》（综合杂志）编辑部，自己很少写什么；不久，报社需增办一个专发敌占区边沿上的小报叫《中国人》，辟了个副刊叫《大家看》，我又担任了编辑，仍继续了《山地》之风，尽情地暴露敌人残暴、丑恶，发挥了点匕首之技。可惜仍是一人包写到底，连一份外稿也拉不到手。

在这三次办小报过程中，也写了几十万字的小鼓词、小小说、小杂文，有些也自以为值得保留下来，可惜没有存稿，再也找不到了。

一九四一至一九四二年敌人对太行扫荡频繁，小报停了刊。我写过两个剧本，一个就是《万象楼》，那是针对黎城的“离卦道”暴动在太行区党委宣传部领导下写的反会道门的戏。另一个叫《清债》，是清算一个地主的剥削账的。（油印三百份，发行到平顺南部，现无存稿。）

这一段的特点是有战斗性、群众性，缺点是几乎全是暴露敌人的，而很少有歌颂自己的成分。

2. 入京以前

由于写了《小二黑结婚》被人称为作家后，接着写过以下一些作品（就记忆所及）：

《李有才板话》，是配合减租斗争的，阶级阵营尚分明，正面主角尚有。不过在描写中不像被主角所讽刺的那些反面人物具体。

《李家庄的变迁》，是揭露旧社会地主集团对贫下中农种种剥削压迫的，是为了动员人民参加上党战役的（这一任务没有赶上），其中虽然也写到党的领导，但写得不够得力，原因是对党的领导工作不太熟悉。

《催粮差》，是挖掘旧日衙门的狗腿子卑劣的品质的。那是一九四六年，我到阳城去，见到好多那一类的人员，到处钻营觅缝找事干，恐我们有些新同志认不清楚，所以挖了一下。

《福贵》，也是在阳城写的。那时，我们有些基层干部，尚有些残存的封建观念，对一些过去极端贫穷、作过一些被地主阶级认为是下等事的人（如送过死孩子、当过捶鼓手、抬过轿等），不但不尊重，而且有点怕玷污了自己的身份，所以写这一篇，以打通其思想。

《地板》（土地面积的意思），这篇是在涉县写的，时间也可能在前两篇之前。那时我们正进行反奸、反霸、减租、退租运动，和地主进行说理斗争。在一次说理会上，某地主说他收的租是拿地板（即土地面积）换的。当时在场的佃户们对劳动产生价值的道理是刚学来的，虽然也说出没有我们的劳力，地板什么东西也不会产生。可是当地主又问出：“没有我的地板，你的劳力能从空中生产出粮食来吗?”便迟迟回答不出。当时,我们协助工作的干部插话说:“地板不过是被你霸占了的,难道是你造出来的?”这样一来,群众也跟着喊,才把一个冷下来的场面重新扭向热潮。散会之后,仍有一些群众窃窃私议,以为地主拿出土地来,出租也不纯是剥削。为了纠正旧制度给人们造成的这种错误观念,我才写了这一篇很短的小说。故事是借一个因灾荒饿死了佃户而破了产的地主之口来说明土地不能产生东西的道理。

《孟祥英翻身》,这是一篇劳模传记,写于一九四三年。在前三篇之前,内容是一个童养媳解放后翻身的故事。

《庞如林》,这篇也是那时候写的,内容是写一个生产、战斗双带头的英雄,文体是鼓词,曾保存过一个单行本,后来不知谁借去,现无存稿。

《两个世界》,这是一个话剧本,写国民党庞炳勋部队在陵川的血腥统治的,现只有一个存本。

《刘二和与王继圣》,是连载于《新大众》小报上的一篇写抗战开始前后地主与农民对抗斗争的,只写了抗战前的一部分,可以独立存在。后因提纲失落,小报停刊,未再续(有存本)。

《邪不压正》,写土改后期(平分土地)一个流氓乘机窃取权力后被整顿的故事。在老区土改总过程中(包括反奸、反霸、减租、减息历次复查直至平分土地),不少地方每次运动开始,常有贫下中农尚未动步之前,而流氓无产阶级趁势捷足先登,抓取便宜的现象。这篇是一九四八年太行新华书店与晋察冀新华书店合并时在平山写的,就是为了提醒这一问题,使结束土改时不上他们的当(可能还存有一本)。

这一阶段的特点:1. 读了毛主席《在延安文艺座谈会上的讲话》,明确了直接为工农兵服务,在普及基础上求提高等一些道理;2. 内容上增加了针对群众思想进行教育的比重;3. 形式、结构、语言文字上仍保持力求群众便于接受的民间风格。

缺点是:1. 对主席讲话接受得有片面性,忽略了“以歌颂光明为主”的最重要一面;2. 过分强调了针对一时一地的问题,忽略了塑造正面人物;3. 仍没有学会和别人一道干——在《新大众》编辑部虽然也团结了几个编辑,和我有了同样的要求,但后来因借不上外来稿件,他们也就持之不坚了。

[附:这一阶段太行文联是徐懋庸和高沐鸿先后当政的,我的作品除《地板》(由《太行文艺》发表]外,都是由新华书店直接印出来的。当时的新华书店是我们所在的机关,太行文联领导下的作家、诗人……他们便自办太行文学出版社。)

3. 在京时期

甲、在戏改局

进京时,我仍是《新大众》小报社一个编辑。这个小报被全国总工会接管后,我就被调往文化部的戏剧改进局(后改为艺术事业管理局)曲艺处当处长。这个局的正局长是田汉,两个副局长是杨绍萱、马彦祥。在他们的领导下,还成立了曲艺研究会。

乙、在北京市文联

不久我便调到北京市文联,被选为副主席。在这一年中,我自己看得多、写得少,只写了一篇宣传婚姻法的小说名叫《登记》。

丙、入部读书

中宣部见我不是一个领导人才,便把我调到部里去。(一九五一年)

胡乔木同志批评我写的东西不大(没有接触重大题材)、不深,写不出振奋人心的作品来,要我读一些借鉴性作品,并亲自为我选定了苏联及其他国家的作品五六本,要我解除一切工作尽心来读。我把他选给我的书读完,他便要我下乡,说我自入京以后,事也没有做好,把体验生活也误了,如不下去体会群众新的生活脉搏,凭以前对农村的老印象,是仍不能写出好东西来的。

那年秋天,我便重返晋东南,接触了试办农业社的问题,写过一个电影故事名叫《表明态度》,原写的是试办合作社,后来北京对合作社有争论,不让写,才改为互助组。写的是一个老干部纠正他亲家在全国解放后产生的退坡思想的,未被制片厂采用,后曾在《人民文学》上发表过。来年又到平顺川底住过一个时期,回去才着手写《三里湾》。

丁、归队——调作家协会

一九五三年调作家协会后,我便提出我那调整双重待遇问题的建议,如主张取消版税,稿费制可以再评,否则连现有的供给也不应领。

一九五四年继续完成《三里湾》。

一九五五年参加高级化运动,来年春写成《开渠》(秧歌剧本)。虽然毛病也不少,总还算是写出在有了高级社的条件下,便能促进人们改天换地的积极性。

戊、公社化前后(仍在作协)

我的思想和农村工作的步调不相适应正产生于此时。

这个时期(一九五六年至一九六四年),对农村工作的观感上,有过五个小段落。

一九五六年至一九五七年在沁水、高平两地看到高级社迅速发挥出来的优越性,具体表现为统一使用人力物力,使本年就达到大幅度增产。同时在合并地块后进行了必要的土地基本建设,兴修了一些小型(高平近中型)水利,我对这次飞跃的发展是很兴奋的。

可是,同时存在着一个几年前就已经出现的问题没有解决,那就是征购任务偏高,增产和增购不能按比例规定执行,结果使丰产区多吃不了多少。在这个问题上,我的思想是矛盾的——在县地两级因任务紧张而发愁的时候,我站在国家方面,可是一见到增了产的地方仍吃不到更多的粮食,我又站到农民方面。

一九五八年秋前的半年多算一个小段落(第二个小段落)。一九五七年在参观高平、赵庄的大面积丰产田后,冬天又参观了丹河、陈渠两项水利设施,从现场看到了群众的生产积极性,所以对一九五八年报上登的产量数字信以为真,我以为口粮问题彻底解决了,为公社写了建议信。

在新事物鼓舞下,需要马上回县工作。后来因出国任务耽搁了下来。这时期,我出了两次国,一次是赴塔什干参加亚非作家会议,接着便是赴朝鲜访问。在朝鲜看到《人民日报》登载的阳城炼钢放卫星的消息,向朝鲜作家宣传了一番,并作诗把"千里马"和"大跃进"用文字交织起来歌颂了一通。

回国后,便匆匆跑到太原,请求省委安排工作,省委派我到阳城县作书记处书记。

到阳城上了任(第三个小段落),一接触实际,觉得与想象相差太远。

此处二(两)年(一九五九年至一九六〇年)对经验不足产生过的一些问题采取旁观态度,曾多次向有关领导提出建议。

从一九六〇年冬天的反五风到一九六二年党中央八届十中全会公报发表算一个小段落(第四个)。在这一段里,我对农村形势的看法是1. 煞住了"五风";2. 经过《八字宪法》调整,城乡人口逐步起着变化,农业劳动力恢复,城市用粮减少,解决了紧张关系;3. 工业上增加了支援农业的实力。

第五个小段落是八届十中全会公报发表以后,一九六四年作协整风之前。

认为农村的阶级矛盾仍以国家与集体的矛盾以及投机与"灭机"的两条道路斗争为主。后来听了几次大的政治报告及京郊的几个调查报告,看了《夺印》等戏,逐渐认识了地富篡夺领导权的可怕,回到晋东南参加黄㙓的试点四清。

黄碾的试点只参加了四十天,就退出去了,原因是所见所闻尽是我不想再要的材料。跑到黑山底拼凑了一点先进材料,回来写了个《十里店》。《十里店》的领导力量本来是可以写出来的,但是因为在形式上不愿意落套,就写不出——第一不愿落"支书不在"之套(在就不能太强,强了就没有和平演变)。支书去受训或养病,村里出了问题,等到他回来把问题解决了也是一法。第二是不愿落从上级解决问题的套。第三种办法倒不是怕落套,而是避不开正面写四清。不采取常用办法,而采取怪办法,是这个戏的致命伤。

在这八年中想得起来的作品有如下几篇:

《锻炼锻炼》,发表在《火花》上,半自动写的。

《灵泉洞》上半部,是写历史故事的,是响应大跃进号召(每个作家都写)写的。我一般不写历史题材。

《老定额》,半自动(《人民文学》约稿,自己也愿写)写的。与《锻炼锻炼》都是反对不靠政治教育而专靠过细的定额来刺激生产积极性的。

《实干家潘永福》是自动写的,是提倡不务虚名,不怕艰苦,千方百计认真做事的精神的。

《互作鉴定》,半自动写的,是反对知识青年不安心农业生产的。

《套不住的手》是《人民文学》月刊动员我写的,没有什么针对性,是表扬一个支部书记的父亲(大部分以郭玉恩的父亲为描写对象)的劳动品质。

《张来兴》是纪念主席《讲话》发表二十周年时,林默涵同志要我写的。是通过一个老炊事员写二十年社会变化的。

《杨老太爷》是《解放军文艺》动员写的,但也是我愿写的,也可以说是半自动写的。这篇东西是讽刺有资本主义思想的青年干部之父,故事时间是解放初期,农村有些干部的家长,对孩子在外参加革命工作,仍以"做事赚钱,发展家业"的眼光视之。不给他捎钱便以为是坏了良心,这思想应纠正。

《卖烟叶》,半自动写的。写一个投机青年的卑污行为,是我写的作品中最坏的一篇。

《十里店》,自动写的,而且是自以为重新体会到政治脉搏,接触到了重要主题。

这八年中(公社化前后八年)我的最大错误是思想跟不上政治的主流,没有把我们的国家在反帝、反修、反右倾的一系列严重斗争中用自力更生的精神在生产建设上所取得的不可想象的伟大成绩反映在自己的创作上。但是所写的东西不是站在资产阶级立场上反党的。检查我自己这几年的世界观,就是小天小地钻在农村找一些问题唧唧喳喳以为是什么塌天大事。而对于我们国家采取自力更生的办法突破帝国主义、修正主义对我们的物质封锁、技术封锁创作出我们前所未有的东西(包括核武器)这样震动世界的大事反而注意不够。这是从前的个体农民小手工业者眼光短浅、不识大体的思想意识的表现。做(作)为一个专业作家是有愧时代的。

三、关于通俗化

我的语言是被我的出身所决定的。我生在农村,中农家庭,父亲是给"八音会"里拉弦的。那时"八音会"的领导人是个老贫农,五个儿子都没有娶过媳妇,都能打能唱,乐器就在他们家,每年冬季的夜里,和农忙的雨天,我们就常到他家里凑热闹。在不打不唱的时候,就没头没尾的漫谈。往往是俏皮话联成串,随时引起轰(哄)堂大笑,这便是我初级的语言学校。

我在学生时代也曾学过五四时期的语体文(书报语,不能做口头语用)和新诗(语言上属翻译语),而且有一度深感兴趣,后来厌其做作太大,放弃了。

我有意识地使通俗化为革命服务萌芽于一九三四年,其后一直坚持下来。已见本文之前一部分,此处不再重复,而要补叙的则是在北京的时期。

1. 在北京因《说说唱唱》的失败而曾有一度把希望寄托于曲艺。开始是在前门箭楼开阔的书场,后因作品过少、过低,不能迎人而罢。

其次是发动人改编新小说为曲艺。这事遇到的困难是作家不干,旧文人干不来,只有老艺人王尊三同志(曲协前主席)改了两本:一本因原小说《老桑树下的故事》有问题,另一本《新儿女英雄传》因作者孔厥犯了错误而废。

再次是职工业余创作会演(全国总工会组织的)时编了选集,好的很多。

再次是部队学曲艺、编曲艺的收获很大,但不归曲艺研究会管。曲艺研究会也选印了一些作品。

其后曲协成立,由陶钝负责,所出杂志及选印单行本,我就没有再管了。

2. 通俗读物出版社成立时候(大约在一九五四年至五五年),我建议他们成立个改编部,将最好的小说改一份通俗的,后因有困难而罢。

3. 不知什么原因,大约在一九六一年(或六〇年)通俗读物出版社停办了。该社编辑部的高鲁、高也夫,提倡办个通俗刊物,要我挂帅,我也同意了。后因种种原因,这个刊物没有办起来。

4. 以作家协会为主,联合了戏剧、曲艺各出版社一些编辑,编过一部戏曲小丛书,也是由我出名的。

……

四、我与青年

和我接触过的(包括通过信的)青年分为两大类:一是要学习文艺写作的,一是农村中升学的初中毕业生。现分述如下:

文艺这一行,在某一个阶段(特别是革命取得政权之后)说得过火一点,可以叫做"名利行";而且好像没有个深浅,不像数学、物理等学科学会多少,就是多少,没有学过的到事实中冒充不过去。过去我对一些有名利思想表现的青年非常敏感,具有深恶痛绝之意。文艺界每谈到发动青年创作,以培养接班人,我也感到重要,可是一遇到上述那些青年来信来稿的钻营乞怜之语,我便觉怒不可遏,不过我对他们的态度仍以说服教育为主,所复之信,也不发表。

收入《三复集》的《答夏可为的信》是《人民文学》编辑部和我商量了发的。我把原信给了他们,并写好了信封,贴了邮票,嘱他们发表时勿提"夏可为"之名,而以"×××代之"。发表之后,代我把原信发出。可是后来还是把夏之名登出来了。好在我于这封信中虽对夏有些批评,可无失理之处。就在此信发表后,同情夏的人从各地来信百余封,对我兴师问罪。"罪"倒判得不够准确,却把他们自己的名利熏心的思想暴露无遗。所以我便又写了个极不平静的总答复——那种态度是错的,总不如平心静气讲使人易于接受。

从那时(记不得哪一年)我对于作家应否专业化开始怀疑,以后便肯定了不应有专业化的想法,并请示过转业,未被批准。

其次,每逢青年请我讲创作方法、创作经验时,我往往都只讲学习政治、学习文艺、深入生活三个要素,而且劝其安心于业余化,听的人往往是趁(乘)兴而来,兴尽而返,对我讲的十分不满意。我接到他们的讽刺信甚多,像"我顶不了你"、"你的经验准备带到棺材里去吗"之类的话就不知有多少了。

其次是对农村的初中毕业生。他们的家长有个历史上遗留下来的传统观念,以为中学毕业后的前途就是离开农村到外边找事,以为那才是正经出路,在家种地是大材小用,是没有出息、不会找门路的孩子。我对这些学生讲话,要讲大道理,他们听不进去,常是我讲我的,他们互相讲,他们的讲完了散会。

一九五七年(或五六年),《中国青年》约我写一篇批评上述思想的文章,并给了我几封有这种思想代表性的青年来信,作为资料,我便先后写过《出路杂谈》、《才和用》两篇文章,在《中国青年》上发表,也引起过一些学生来信谩骂。其实那两篇文章都是谈农村知识青年应该如何安心农业生产的道理的,都收在《三复集》里。

总之,我对要求学文艺的青年常劝其学习政治、学习文艺、体验生活,并决心从业余上打主意;对其他农村知识青年,常劝其安心农业生产,从发展农业生产上消灭三大差别,而不要利用三大差别去找便宜的主意。

《三复集》不只如上所举的几篇文章涉及上述之意,其它好多篇也有同样的意思。

五、对上党戏剧改革

我和上党戏剧的关系,开始于一九三八年。那时候,日军尚未占领长治,王聪文即领着程联考的落子剧团在中山头演出《大战平型关》。从戏的本身说谈不到成绩(新人旧装,朱总司令穿绿靠),从性质来说是个新事物,我即找他们表示支持,并表示愿与合作。其后又与一个梆子剧团接触,给他们介绍了落子的改革打算,然后把两个剧团动员到一处,合为梆落合作的一个团,就是后来属于太行四分区领导的胜利剧团,亦即现在专一、二团的前身。

胜利剧团当年演出的节目计分四类:1. 保留下来的少数传统节目(按当时的政治水平认为无害者);2. 新编历史剧。编过岳飞、黄巢、梁山等故事,也还有观点,但不太有戏;3. 改编《白毛女》、《血泪仇》最为成功,略具现有的水平;4. 新编生活故事戏,因抓不住正经主题,成就不大,没有保留下来的节目。

以上是一个阶段。

第二个阶段是一九四六年回到长治以后,那时候剧团的特点是政治空气浓厚,保留着在山里的团结精神、民主精神。经济待遇上接近平等(在收入中先扣出每人相同的基本生活费用,剩下的才按评级的级别分配)。我参加过他们回到长治后第一次干部改选会议。那次不提候选人,但选票也非常集中,大家都满意。

我从此和他们分了手,直至一九五一年才又相聚。

在这一段里,他们虽然也学到了些外来的东西,但也走过些弯路。回到长治以后,为了和原来留在敌占区的旧势力对抗,把落子分出来作为专二团(可能又吸收了一些人),梆子与高平一个剧团合并,成为今之一团。

在业务上,请京剧老师教过武功,改过化装和服装,锣鼓,短时期唱过京戏,接受过《茶瓶计》、《祝英台》等外来传统剧本,改编和新编过一些历史故事剧——因我不在,内情、过程及先后知之不详。

第三个阶段是复古阶段。以前的复古,他们是抗不住旧势力,所以迁就。在这一段,剧协已成立,北京印发来一些文件,加上我回来给他们介绍北京情况,又为讲解文件中所谓"人民性",就给旧东西添了些所谓理论根据。

后来他们又看了太原一些翻箱底演出(如蒲剧的《五雷阵》、《高平关》等),回来就又抖出《黄河阵》、《九华山》等神神鬼鬼。我在那时又送来好多本本,更助长了此风。

不过我在当时对戏改也不尽是随波逐流,盲从别人的。我还有我一套虽说有错却还成体系的改革道理。我以为成规过多的梆子可以专演历史戏,而以地方秧歌、落子演现代戏。在第一次赴京演出时,我主张以吴婉芝、郭金顺作主角,用高平秧歌排我所写的《开渠》,后来他们不愿那样干,才叫落子排。

我常向戏剧界讲的古人把古人的生活歌舞化了,我们今人也要仿其意,把我们今天的生活歌舞化一番……亦即主席在讲"继承"和"借鉴"时所说"……古人和外国人根据他们彼时彼地所得到的人民生活中的文学艺术原料制造出来的东西,我们必须继承优秀的文学艺术遗产,批判地吸引其中有益的东西,作为我们从此时此地的人民生活中文学艺术原料创造作品时候的借鉴"之意。我认为戏剧改革应批判地接受民间艺术传统中有关歌舞之部(鼓词、道情,小调、竹马,旱船等)作为我们创作的借鉴。我这些主张,讲得虽然已经惹厌了,可惜收效甚微,被淹没于那些大而古的《红楼梦》,《武则天》及我自己参加过的《三关排宴》的人海中了。

六、对民间艺术传统

中国现有的文学艺术有三个传统:一是中国古代士大夫阶级的传统,旧诗赋、文言文、国画、古琴等是。二是五四以来的文化界传统,新诗、新小说、话剧、油画、钢琴等是。三是民间传统,民歌、鼓词、评书、地方戏曲等是。要说批判的继承,都有可取之处,争论之点,在于以何者为主。文艺界、文化界多数人主张以第二种为主,理由是那些东西虽来自资产阶级,可是较封建的进一步,而较民间的高级,且已为无产阶级所接受。无形中已把它定为正统。你若以未能普及为理由去和他们辩论,他们说那只是因为多数人没有文化,只要文化普及工作进行到一定程度,他们是会接受。这种看法不限于维护三十年代传统的那些权威们,凡是学生出身的人都有这点同感。可是这不合乎毛主席所说那从普及基础上求提高,在提高的指导下去普及的道理。主席所说那“沿着工农兵前进的方向……无产阶级前进的方向去提高”,其提高的成品,应该另具有无产阶级文学艺术特有的高度,不能是以资产阶级成品的高度为样板的,而且按那个正统所要求的东西,根本要把现在尚无文化或文化不高的大部分群众拒于接受圈子之外的。

以民间传统为主则无上述之弊,至于认为它低级那也不公平。民间传统有很多使他们相形见绌的部分——例如有些民间唱法能使人想听不清也不行,有些洋唱法,就是神仙也听不清楚。不高是可以“提”的,总比先把一大部分人拒于艺术圈子之外好得多。这个道理强烈反对的人也不多,就是愿意那样做的人太少了。

现在的情况如何呢? 受学校教育的学生(从中学起就是)已经把自己的文章练习得脱离了“语言”,就是在向多数人发言的时候,也以为用口头语不够格,必须作成学生腔的发言稿去念,才觉得交代得过去。在艺术生活方面,他们也只习惯于歌曲、朗诵诗,而对民间传统则无所继承。现在的尚活在中年以上的人心目中的民间艺术,因为没有新词而剩下些陈词滥调不能用了,而学生们弄那一点新东西,在他们看来技术水平不高,引不起较强烈的兴趣。总之,老的真正的民间艺术传统形式事实上已经消灭了,而掌握了文化的学生所学来的那点脱离老一代群众的东西,又不足以补充其缺。

我在这方面的错误,就在于不甘心失败,不承认现实。事实上我多年所提倡要继承的东西已经因无人响应而归于消灭了。学生们所弄来那点东西不论如何简单如何脱离老一代,既然只剩下那个了,就须得承认它,是现在仅有的“普及的基础”。事实如此,不以人们意志为转移也。我尚未完全绝望者仍在语言。学生们作起文来,讲起有稿子的话来尽管洋化了一点,但他们无论自己互相谈话,无论与老一代谈话,基本上用的还是传统语法,有朝一日他们觉着那种书本话的调调不得劲,而想改得自然一点,这种大众语法的基础还存在,采用起来还很现成。

……

八、离京之后

1. 写英雄之计。我对创作上没有写出英雄来的错误虽说早有觉察,却还数在北京整风时候(一九六四年后半年)认识得更为深刻,调到山西省文联来便打下了写英雄的决心。

2. 到晋城的目的。省里开模范工作者会议时(一九六五年春),我遇到了常三毛同志,并了解到晋城本年在农业生产上要争取成为四百斤县。这一下和我上述的打算碰了头。我觉得到晋城有三个方便:第一是有常三毛这位老雇农出身的县级领导,而且过去也曾有一度认识,再深入理解一下,可以作为将来写县级领导的主要资料;第二是个面上先进的地区,将来借作背景写起来开阔;第三是语言、风俗都和自己的家乡接近,便于深入群众。

3. 先说《十里店》。这个戏在一九六四年到太原演出受到许多批评后,自己虽有想不通的地方,可是总算搁下不提了。去年夏天,李雪峰同志到太原开会,不知谁向他提起此事,他说可以到太原去作一次内部演出看看。这时候,我在晋城还只在面上跑,选了峪口那个点,还没有去接头。专梆子团通知我要到太原演剧的消息,要我来帮着再排一下,然后随他们到太原去。我是迷在这本戏里的,老以为别人的批评冤枉了自己,所以听了这个消息,便向县委请了假,来长治和剧团排了几天戏,一道上太原去了。在太原住了将近一个月才演出,演出之后,各方面又都提了好多意见(李雪峰同志的意见没有单独和我谈过,他说他向省委说过了,让省委结合各方面意见,一并告我)。我去找王大任同志,王大任同志把好多意见单子订成一本给了我,并谈了一下总的精神,说要改就需大改,改的时候可把那个本上的那些意见都考虑一下,能接受的就接受(因为有互相矛盾的,所以不一定都考虑进去)。我根据他的指示,住在太原改了一个月,改完之后,去送给他,没有见到他,找到宣传部江萍部长,江部长看了和我谈了他的意见,又送给卢梦部长看。卢看后又指出若干处要改的地方,叫改一下(主要是删)。那时候江萍同志已经往晋东南来,我向卢梦同志说,改后是否再送他看,他说不用了。我改完了,便回到长治来找剧团重排(因为改动在一半以上,所以排的时候又磨去好多时间)。这次排出之后,地委和江萍同志看了都仍有意见。这样一月、两月、三月,几乎又把半年时间投进去了,除铸成一次人错之外,又妨害了自己正业的计划,等到正式到峪口蹲点去,已是秋风扫尾,秋翻地开始的时候了。

4. 点也没有蹲成。到峪口蹲点去,先遇到五个不利条件:(1) 县委派人照顾;(2) 村里为照顾书记,单独给我找了小房子,减少接触群众机会;(3) 吃饭问题;(4) 我劳力不行了,和青壮年不能在劳动中相见;(5) 县委书记官衔对普遍接触群众不能算有利条件。每天也到地里去、到会场去、到俱乐部去,去谈话、讲课、娱乐,但都是自己说得多,能听到见到的生活面太少。

点上马上得不到结果,年关就到了。过年时候回太原去了一趟,在太原又想到地县两级对《十里店》提的意见,又作了一番"修改",回到晋城又改排了一次,又耗去一两个月,《十里店》一剧真害死我也。

5. 又返到戏剧上来。在抗旱打井时候，又在峪口点上住了个把月，有一次回到县城，见晋城剧团排焦作市豫剧团的剧本《焦裕禄》，觉着在技术上和上党戏有些出入，手又痒痒起来，便决定改编一次。这次本打算只在技术上改得便于上党剧团演出，可是又看了几遍之后，觉着剧本把重点放在焦之死上，便觉内容上也有改动之必要。于是就重新翻阅书报杂志上所有关于焦的材料，重新布局。在写了三场之后，专剧院便打电话约我来改准备参加会演的《两教师》。《两教师》虽没有改成，但在参加这一段工作中，使我了解到，教育改革之重要性。思想上的收获，在这一年多时间里，可以说是空前的。后来参加改《两教师》的人都散了，晋城也给我贴出大字报，此事便告一段落。

6. 新书新人对我的启发。晋城给我写出了许多大字报之后，我找组织谈，组织又不和我谈。我觉(得)问题严重，但不知从何谈起。这时戏也停改了，乡也不便再下。每天除了听一听学毛选的青年们的报告，便读了一本《欧阳海之歌》，这些新人新书给我的启发是我已经了解不了新人，再没有从事写作的资格了。

九、一点解释和要求

我自参加革命以来，无论思想、创作、工作、生活各方面有何发展变化，有什么缺点、错误，也就是说是个什么成色，始终是自成一个体系的。入京以后，除在戏改方面受了些感染(也因自己本身就有爱好封建戏曲的弱点)外，其他方面未改变过我的原形，广大人民不了解内情，从某一段社会关系上把我和有些人摆也摆在一处，扫也扫在一处，但我把自己的来踪去迹向党说明之后，要求党在数年之内，经过详细调查，最后把我加一点应有的区别，放到个应放的地方。

我不要求过早地加以区别，此次文化大革命是触及每个人灵魂的事，文化界、文艺界的人们更应该是一无例外的。待到把我和我共过事的人都接触到，把问题都摆出来，我本人的全部情况也便随之而出，搜集起来，便是总结。我以为这过程可能与打扑克有点相像。在起牌时候，搭子上插错了牌也是常有的事，但是打过几圈来就都倒正了。我愿意等到最后洗牌时候，再被检点。

——此文大约写于1966年冬。后收入《赵树理文集》(第四卷)，工人出版社，1980年

姚文元

评“三家村”

——《燕山夜话》《三家村札记》的反动本质[①]

四月十六日，《前线》和《北京日报》发表了题名为《关于“三家村”和〈燕山夜话〉的批判》的材料，并且加了一个编者按。这个“编者按”说：“本刊、本报过去发表了这些文章又没有及时地批判，这是错误的。其原因是我们没有实行无产阶级政治挂帅，头脑中又有着资产阶级、封建阶级思想的影响，以致在这一场严重的斗争中丧失立场或者丧失警惕。”这是一篇大谎话。《燕山夜话》的作者是邓拓，《三家村札记》则是邓拓、廖沫沙、吴晗合股开办的一个黑店。邓拓担任了《前线》的主编，又把持和垄断了北京市的思想文化工作领导岗位，他同“三家村”的伙计们一起，把《前线》《北京日报》《北京晚报》……当作反党反社会主义的工具，猖狂地执行了一条反党反社会主义的右倾机会主义即修正主义的路线，充当了反动阶级和右倾机会主义分子向党进攻的喉舌，难道只是一个什么“丧失警惕”“没有及时地批判”的问题吗？放出了这许多反党反社会主义的大毒草，难道头脑里只有那么一点点资产阶级思想的“影响”吗？对这个大骗局需要彻底揭穿。

人们都还记得，在《海瑞罢官》批判刚开始时，邓拓是装作正确的姿态出现的。在经过一番紧张的筹划策谋之后，邓拓化名向阳生，写了一篇名为《从〈海瑞罢官〉谈到“道德继承论”》的长文章，在《北京日报》《前线》同时发表，这是一篇以“批判”吴晗的姿态为吴晗救命的文章，是彻头彻尾反党反马克思主义的大毒草，《北京日报》《前线》同时大登邓拓“批判”吴晗的文章，这难道只是什么“丧失警惕”么？这难道是什么“放松了文化学术战线上的阶级斗争”么？不，完全不是，他们的“警惕性”是很高的。他们对向党和人民进行的“阶级斗争”是抓得很紧的。当时看看吴晗的问题掩盖不住了，慌忙由邓拓出来搞假“批判”；反面人物唱久了，要装正面人物，总

---

① 本文转载自《红旗》1966年第7期，《红旗》转载时，作者对原文作了小的校订。

是装不象,露出了不少马脚。现在,看看邓拓也保不住了,又急急忙忙用编辑部的名义出来搞一个假“批判”,顽强抵抗,阻碍斗争进一步深入,但装得更不象,马脚就露得更多了。什么“没有实行无产阶级政治挂帅”,什么“没有及时地批判”,统统是骗人的,无非是想用“批判”邓拓及“三家村”的幌子,把自己装作还是站在正确方面,欺骗读者,欺骗党。

采取这种态度,怎么可能把问题说得清楚呢?怎么可能去“展开严肃的批判”呢?按语中说:吴晗“一而再、再而三”地“为被撤了职的右倾机会主义分子张目”,这件事他们曾经想掩盖,但早就掩盖不住了,现在只好被迫承认;按语中又说:廖沫沙是“自觉地反党反社会主义反毛泽东思想的一员主将”,可是在末尾说到邓拓呢,只是“吹捧死人,顽固地提倡向死人学习”,“大量地宣传了封建阶级和资产阶级的思想,反对马克思列宁主义、毛泽东思想”,只字不提他反党反社会主义的活动,这就使人很难相信,一百五十多篇《燕山夜话》和《三家村札记》中许多毒草,只是提倡“向死人学习”吗?只是宣传了封建思想和资产阶级思想吗?只是一个思想错误而不是政治问题吗?“三家村”有两家是反党反社会主义的,而另一家写得最多的反而只是“提倡向死人学习”而已,这在逻辑上说得通吗?高高举起,轻轻放下,假批判,真蒙混,无非是演一出“批判”的戏给人们看,以抗拒党中央的指示,这不是很清楚的事吗?

配合这个按语而整理的《〈燕山夜话〉究竟宣扬了什么?》一文,虽然长达两版,却同样掩藏了尖锐的政治问题,几个部分的标题是:“歪曲党的百花齐放、百家争鸣的方针,主张让资产阶级思想泛滥”,“全面美化封建社会制度”,“借封建古人之尸,还资产阶级之魂”,“宣扬剥削阶级没落的人生哲学”,“以古讽今,旁敲侧击”。标题表现着编者的倾向和批判。这种编法从侧面告诉读者:《燕山夜话》没有或极少反对党中央、毛主席和支持右倾机会主义分子的内容,与《海瑞罢官》性质不同,把歪曲双百方针醒目地放在第一部分,把“以古讽今”放在最后,寥寥数语,轻描淡写,略加点缀,勉强凑了两条,明眼人一看就知道编者苦心所在。

我们一查对,却完全不是这么一回事,大量十分恶毒地诬蔑党中央和毛主席、支持右倾机会主义分子、攻击总路线和社会主义事业的政治言论不予编入或加以删节;明明是最刻毒的借古讽今、反党反社会主义的言论,故意避重就轻地列入其他部分;《燕山夜话》在全国的恶劣影响,只字未提。相反,把某些并非要害问题的内容,大事铺陈,煞有介事,企图化大为小,蒙混过关,尤其是隐藏了这样的事实:邓拓、吴晗、廖沫沙这个时期所写的大批向党进攻的文章并不是各不相关的“单干”,而是从“三家村”的合伙公司里抛出来的,有指挥,有计划,异常鲜明地相互配合着,吴晗是一位急先锋,廖沫沙紧紧跟上,而三将之中真正的“主将”,即“三家村”黑店的掌柜和总管，则是邓拓。

毛泽东同志这样教育我们：“我们必须坚持真理，而真理必须旗帜鲜明。”（《对晋绥日报编辑人员的谈话》）在尖锐复杂的阶级斗争中，一定会出现种种假象，只是鲜明地高举毛泽东思想的革命旗帜，坚持原则，坚持真理，毫不含糊、毫不吞吞吐吐地揭露事物的本质，才能不为各种假象所欺骗，既然《前线》《北京日报》突然端出了《燕山夜话》和《三家村札记》的问题，又掩盖了真相，一切革命的人们当然有责任彻底弄清楚它的反动面目。《燕山夜话》和《三家村札记》虽然内容十分庞杂，但一分析，就可以看到它贯穿着一条反党反社会主义的黑线，这条黑线同《海瑞骂皇帝》《海瑞罢官》是一脉相承，在这几年中国的政治气候中刮起了一阵乌云。现在，是到了进一步揭开“三家村”这家大黑店的内幕的时候了！

《燕山夜话》和《三家村札记》是怎样开场的？

《燕山夜话》和《三家村札记》都是紧接着《海瑞罢官》开场的，它是“三家村”中经过精心策划的、有目的、有计划、有组织的一场反党反社会主义的大进攻，只是一看时间表，立刻可以得到异常深刻的印象。

一九六一年一月，《海瑞罢官》在《北京文艺》发表。这个戏的反动本质现在是愈看愈清楚了，它的矛头对准庐山会议，对准了以毛泽东同志为首的党中央，它要翻庐山会议的案。戏中叫喊“海青天”即右倾机会主义者的“罢官”是“理不公”，右倾机会主义者应当再回来主持“朝政”，贯彻他的修正主义纲领。支持右倾机会主义者东山再起重新上台，实现资本主义复辟，这就是《海瑞罢官》作者当时的迫切心情。这也是“三家村”的“兄弟”们在当时的共同心情。

剧本一发表，立刻得到一些人的捧场和支持，“三家村”的兄弟们以为先锋出马得胜了，欣喜欲狂，得意忘形。一九六一年一月二日，廖沫沙在《北京晚报》上摩拳擦掌地说：“腊鼓鸣，春草生”“在春季就要开始大干”。这是“三家村”的早春气候，接着，二月十六日，廖沫沙公开致信吴晗，向他“破门而出”表示“祝贺”，“以便鼓舞干劲”，并建议“‘史’和‘戏’必须分工而合作”。二月十八日，吴晗在回信中以先锋的身份向他的“老兄”说：“也要向老兄建议，你为何不破门而出呢？”他拍着胸膛说：“你说我破门而出，这句话点着了。我就是要破门而出，这个门非破不可。”好一副进攻的姿态！好一派汹汹的气势！真有点拼一拼的样子。他当时认为进攻的时机已到，抛出《海瑞罢官》之后，腊鼓既鸣，他们这一伙要“大干”一场了！

一九六一年二月二十五日，即大呼“这个门非破不可”之后一周，吴晗在《“神仙会”和百家争鸣》一文中，大呼“一层层的神仙会，一直开到基层”，“因为基层的成员都是在实际工作中，接触实际，问题更具体，更突出，更集中”。他高喊要在基层中

“怀着鬼胎”的那些人都行动起来。他高喊要“扫清百家争鸣前进道路上的阻力”，并且得意地自我吹嘘说：“读了四十多年书，教了一二十年大学，也写了几本书，似乎也可以算个知识分子了。”这表明，他自以为有本钱，又有后台老板撑腰，现在是他们反共的资产阶级知识分子出场大施威风的时刻了。

就在这一阵阵的密锣紧鼓声中，在《海瑞罢官》所掀起的黑风迷雾造成的“热烈”气氛中，在吴晗“扫清道路”的棍子“扫”了一阵之后，紧接着一九六一年三月，主将登台了。《燕山夜话》“按照朋友们的建议”“破门而出”了。邓拓说，他是“被人拉上马的”，错了，应该改作“被人请上马”的。先锋开路，“兄弟”执鞭，主将不是该上马了么？

《三家村札记》的登台，则是紧接着吴晗《海瑞罢官》序。一九六一年八月，正是国内的反动阶级加紧进攻的时候，吴晗在剧本的前言中特别指明，“这个戏着重写海瑞的刚直不阿，不为强暴所屈，不为失败所吓倒，失败了再干的坚强意志”，积极鼓动、支持“罢”了“官”的右倾机会主义者向党重新发动进攻。他在序言中得意地说到他的“朋友”如何为他出谋划策，并且声明要“抛砖引玉”，“引”出大批毒草来。接着一九六一年十月五日，《燕山夜话》中登出了一篇《事事关心》，引用了一副对联：“风声、雨声、读书声，声声入耳；家事、国事、天下事，事事关心。”十分激动地说：这“充分地表示了当时的东林党人在政治上的抱负”，“这副对联的意义实在是相当深长的”。东林党是明代地主阶级内部的“反对派”，邓拓这么欣赏“东林党人在政治上的抱负”，是因为“反对派”引起了他内心的共鸣。很明显，邓拓觉得现在阵阵“风声、雨声”，歪风黑雨，很不平静，应当进一步施展“政治上的抱负”，“事事关心”，更加公开地向党向社会主义发动进攻了！只隔几天，一九六一年十月十日出版的邓拓主编的《前线》中，公开挂出了“三家村”的牌子，把暗地里的地下工厂变成一个公开的合伙公司，集中三家的火力，开始几期就射出了《“伟大的空话”》等等极其恶毒地攻击党中央的领导的炮弹。

《燕山夜话》和《三家村札记》的出场表明，这是《海瑞罢官》抛出之后有步骤有组织有指挥地向党继续进攻。要把“三家”的作品密切联系起来，才能彻底揭露这家黑店的内幕。

一条黑线　几股妖风

邓拓自己说，《燕山夜话》的题目是这样来的：“我常常想到、看到、听到一些东西，觉得有了问题，随时就产生一个题目。”邓拓身居领导岗位，他“看到”的是什么东西呢？他“听到”的是什么人的话呢？这里他透露了《燕山夜话》都是针对当前现实生活中他不满的“问题”而发的。有一些反党反社会主义的恶毒内容是“听”来之后再经过他编排成文的。这些文章的出发点和主题,都是当前政治生活中的重大问题,有强烈的现实性,不是什么一般的“美化古人”。根据作者指出的这条线索,我们可以很清楚地看见,在《燕山夜话》和《三家村札记》中,贯穿着一条同《海瑞骂皇帝》《海瑞罢官》一脉相承的反党反人民反社会主义的黑线:诬蔑和攻击以毛泽东同志为首的党中央,攻击党的总路线,极力支持被“罢”了“官”的右倾机会主义分子的翻案进攻,支持封建势力和资本主义势力的猖狂进攻。这条黑线随着国内外阶级斗争形势的变化,随着“想到、看到、听到”的“问题”不同,选择不同的攻击方向,“分工合作”,相互呼应,四面配合,掀起了一阵阵的黑浪,刮起了一股又一股的妖风。

一九六一年一月,党中央举行了八届九中全会,全会指出:“我国在过去三年中所取得的伟大成就,说明了党的社会主义建设总路线、大跃进、人民公社是适合中国的实际情况的。”“鉴于农业生产连续两年遭到了严重的自然灾害,一九六一年全国必须集中力量加强农业战线。”全会的公报中尖锐地指出:“……占人口百分之几的极少数没有改造好的地主阶级分子和资产阶级分子……他们总是企图复辟,他们利用自然灾害所造成的困难和某些基层工作中的缺点,进行破坏活动。”(《中国共产党第八届中央委员会第九次全体全议公报》)他们刮起了反党反社会主义的黑风,极力诽谤和诬蔑党和人民的社会主义事业,咒骂党中央,妄想推翻党的总路线。紧接着这次全会而开场的《燕山夜话》,为企图复辟的资产阶级分子和地主阶级分子的政治需要服务,利用由于严重自然灾害而产生的某些经济上的困难,集中地掀起了一股攻击总路线和支持地主阶级、资产阶级复辟活动的妖风。

一九六一年三月二十六日,邓拓提出了“欢迎‘杂家’”的口号。这些“杂家”是什么人呢?据他说就是“有广博的知识”、“杂七杂八地包罗万象”的人,他还说:“旧时代知名的学者,程度不等地都可以说是杂家。”他警告党说:“现在我们如果不承认所谓‘杂家’的广博知识对于各种领导工作和科学研究工作的重要意义,那将是我们的很大损失。”请注意“领导工作”,这是要害。很清楚,从上面邓拓的话看,这个“杂家”就是那些没有改造好的资产阶级分子、地主阶级分子及这些阶级的知识分子,就是一撮政治面目不清的人物,就是地主资产阶级“学者”之流的反动人物。邓拓文章里当作大菩萨抬出来的帝王将相、三教九流、封建顽固、直到风水先生这些“杂七杂八”的死人,都是“杂家”祠堂里的祖宗牌位。他们以自己的“知识”为资本,正在拼命混进来或爬上去,篡夺各级领导岗位,改变无产阶级专政的性质,邓拓要我们重视“杂家”对“领导工作”的“重要意义”,就是要党向他们开门,让走资本主义道路的“杂家”来夺取“各种领导工作”的领导权,同时抓取“科学研究工作”即学术界、思想界的领导权,为资本主义复辟准备舆论。他自己就自命为一名头号“杂家”。当时有些资产阶级分子,不正也跃跃欲试地要“领导”“重视”他们进行资本主义剥削的“广博知识”吗？他们不是想用自己这种“知识”使社会主义企业变质为资本主义企业吗？“欢迎‘杂家’”这个口号，是“三家村”为了支持剥削阶级分子篡夺领导权而提出的，不要以为这只是一句空话。“三家村”里的“杂家”们不是果然把持了一批“领导工作”吗？

一九六一年四月十三日，在《堵塞不如开导》一文中，邓拓再一次要求对“一切事物”都要“积极开导使之顺利发展”。如果“堵塞事物运动发展的道路”，就“注定会失败”。请注意“一切事物”，即包括那些反党反社会主义的反动黑暗的事物。我们要坚持社会主义道路，就一定要堵塞资本主义复辟的道路；我们要支持一切革命的新生事物，就一定要打击反革命的腐朽事物。“不破不立，不塞不流，不止不行”，开辟革命的洪流，就要堵塞反动的逆流，邓拓却要求我们对“一切事物”即包括反社会主义的事物也不要“堵塞”，也要“使之顺利发展”，这不是明明要我们实现资产阶级自由化，向正在刮起来的“单干风”“三自一包风”……屈膝投降吗？“开导”就是开路，他们自命为资本主义势力的“开路先锋”。“三家村”估计社会主义要“失败”了，搞资本主义复辟的黑风“必然会胜利”了，他们可以公开地投靠“发展”资本主义的反对势力了！

一九六一年四月三十日，在《爱护劳动力的学说》一文中，邓拓赤裸裸地攻击我们不“爱护劳动力”，把无产阶级专政和地主阶级专政相提并论，说什么“早在春秋战国及其前后的时期”，剥削阶级“通过自己的统治经验”“发现了劳动力消长的某些客观规律”，计算出“各种基本建设所用的劳动力”的限度。邓拓要求“我们应该从古人的经验中得到新的启发，更加注意在各方面努力爱护劳动力”。谁都知道，我们是最爱护劳动力的，中国共产党的一切工作，都是从广大人民的根本利益出发的，都是全心全意为人民服务的。而历史上一切奴隶主阶级和地主阶级，从来只会对劳动人民进行贪得无厌的、永无休止的残酷剥削，激起了一次又一次的奴隶和农民的大起义，他们怎么会认识什么“劳动力消长”的“客观规律”呢？这不过是利用当时我们因自然灾害而造成的暂时困难，诬蔑总路线、大跃进是不“爱护劳动力”，要我们放弃鼓足干劲、力争上游、多快好省地建设社会主义的总路线，放弃大办农业，放弃执行奋发图强、自力更生的革命方针，用地主阶级的所谓“统治经验”来瓦解无产阶级专政。这就是说：你们搞自力更生是“力不胜任”的，是“过于勉强”的，赶快下马，赶快放弃，还是照地主阶级“杂家”们的老办法办事吧！这不是明明配合美帝国主义和现代修正主义的恶毒攻击么？如果照了这条路线去做，我们不但没有大庆和大寨，没有原子弹，而且会沦为帝国主义的殖民地！

决不是偶然的，就在这篇文章发表前后，邓拓竭力鼓吹向赫鲁晓夫修正主义集团学习。他在《交友待客之道》一文中，鼓吹要“学习”“团结”“比自己强”的国家，

“要欢迎朋友比自己强”。《从三到万》一文里，又咒骂什么“如果自命不凡，看到入门很容易，就把老师一脚踢开，那末，他就什么也学不成。”这是恶毒攻击我们反对现代修正主义的斗争，要求把修正主义请进门，引狼入室。我们要学习世界上一切有利于社会主义建设的经验和教训，但是决不能学修正主义。我们热烈欢迎一切革命事业的大发展，但是决不能去欢迎修正主义。邓拓这一系列的指桑骂槐，同右倾机会主义分子的腔调一模一样，诬蔑党的社会主义建设路线是“勉强”的，只有“学”苏联修正主义集团的道路，在中国搞修正主义，才有“出路”。

在掀起这股妖风的时候，“三家村”一方面竭力为牛鬼蛇神的出笼呐喊助威，大力开路，里应外合；一方面配合国内外反动派和现代修正主义者，恶毒的攻击党的社会主义建设总路线、大跃进、人民公社，为现代修正主义涂脂抹粉，妄想为右倾机会主义分子重新登台制造舆论。

一九六一年六七月间，“三家村”又吹起了一股大妖风。七月一日是中国共产党成立四十周年。以毛泽东同志为首的伟大、光荣、正确的中国共产党，高举总路线的红旗，在同国内外反动派的尖锐的斗争中，在同严重的自然灾害的斗争中，引导着中国人民继续在社会主义道路上胜利前进。这时，国内的反动势力，被“罢”了“官”但不甘心失败的右倾机会主义者，正在进一步刮起“翻案风”，想否定庐山会议对他们的批判，否定解放以来历次重大的政治斗争的成果。“三家村”里的“兄弟”们，这时向党中央射出了密集的支持右倾机会主义分子的毒箭。

一九六一年六月七日，吴晗在一篇以纪念于谦为名的阴暗文章里，又提出了一个“诬告”的案件，大大把被“罢官”的于谦吹捧了一通，说他“性格刚直”“生性朴素”“永垂不朽”，特别提出于谦“名誉恢复了”，“于谦的政乱都先后失败”，并另外注明他被任命为“兵部尚书（国防部长）”。“恢复名誉”是今天我们的语言，皇帝根本不会说这种话，吴晗不过用来透露他的一种心情：无产阶级革命派就会“先后失败”，很快就要为右倾机会主义者“恢复名誉”了！

一九六一年六月二十二日，紧接着吴晗提出于谦的案子，邓拓又发表了《陈绛和王耿的案件》。这篇文章是这样的恶毒和露骨，作者心中有鬼，根本不敢收进《燕山夜话》集子里，我们是从发表《燕山夜话》的《北京晚报》上找到的。作者说这个“掌故”可以“打开人的思路”，才把它从旧书堆中翻出来。文章隐喻地说了一个“故意夸大和捏造的”“案件”，画龙点睛在最后一段：“宋代政府在明肃太后临朝期间，吏治已经日趋腐败。上边用人行政没有精明强干的宰相和他的僚属认真负责；下边的地方官吏则为所欲为”，以至造成了“这个案件”的“扩大化和复杂化”。这是用地富反坏右的反革命腔调，恶毒的诬蔑我们的党，借攻击“明肃太后”“宰相”为名，刻毒咒骂我们党中央，用“为所欲为”的“下面的官吏”来刻毒咒骂党的各级干部，为右倾机会主义分子和其他反党分子喊冤。甚至连“扩大化”这种现代的字眼也喊出来了！要“打开”什么“思路”呢？不就是要打开为右倾机会主义分子和其他反党分子“翻案”的“思路”吗？不就是要打开牛鬼蛇神攻击社会主义和无产阶级专政的“思路”吗？尤其耐人寻味的是，邓拓把“翻案”的希望寄托在有一个“精明强干的宰相”登台夺取领导，这是在呼唤什么脚(角)色上台，明眼人一看就知道，这正是“三家村”中的主将的口气。不收进集子里，只是“欲盖弥彰”，更加引人注目！

在此同时，邓拓还在《两座庙的兴废》中，对“两座庙的一兴一废”大大发了一通“感慨”。一座庙香火盛了，“远近闻名”；另一座庙却“废”了，“一直无人理睬”。为怕别人不懂，特别要我们推及“其他类似的事情”。这就是指我们对右倾机会主义分子太冷淡了，没有人再去烧香了。邓拓对那些从政治舞台上倒下的反党反社会主义的烂泥菩萨，对那些被党和人民彻底唾弃的右倾机会主义者和其他反党分子“一直无人理睬”的遭遇，表示强烈的不满，要党重新“重视”他们，把“废”了的菩萨重新供起来！

紧接着，吴晗在《海瑞罢官》的前言中就更露骨地喊出“海瑞丢了官，但他并不屈服，不丧气”，叫嚣要有“不为失败所吓倒，失败了再干的坚强意志”了！这是“三家村”当时的共同呼声，绝非独立事件。他们不但鼓动右倾机会主义分子“再干”，而且自己“干”得更起劲了！

一九六二年七月二十五日，“三家村”里抛出了十分恶毒的反共文章《专治“健忘症”》。这篇文章恶毒诬蔑党的负责同志患了“健忘症”，“见过的东西很快都忘了，说过的话很快也忘了”，“自食其言”，“言而无信”，“喜怒无常”，要“用一根特制的棍棒，打击病人的头部，使之‘休克’”。这不但同右倾机会主义者仇恨和诬蔑党中央的语言一模一样，而且简直要想把无产阶级革命战士一棍子打死。这多么狠毒！他们不是很想把革命者打死打昏，让修正主义上台么？这篇文章赤裸裸地暴露了他们对党充满了刻骨的阶级仇恨，完全是站在地富反坏右的立场上攻击我们的党！

上面一连串的事实，确凿地证明了《海瑞罢官》不仅代表吴晗一个人的政治态度，而是“三家村”集团支持“罢”了“官”的右倾机会主义分子反党反社会主义政治活动的一个前奏曲。这个集团中一小撮人把自己的希望寄托在反党反社会主义分子夺取党和国家的权力上，煽起了一股逆流，然而，“蚍蜉撼大树，可笑不自量”，这一小撮反党反社会主义分子的诬蔑和攻击，丝毫无损于党的伟大光辉，只能暴露他们的罪恶面目，激起人民的愤怒，被党和人民所唾弃。

从《三家村札记》开场到一九六二年三月第二届全国人民代表大会第三次会议的时期，“三家村”的进攻，可以说是达到了疯狂的程度。这时，首先是国际上帝国主义、各国反动派和现代修正主义者,进一步掀起了嚣张一时的反华大合唱。一九六一年十月召开的苏共二十二次代表大会上,苏共领导把他们自己从苏共第二十次代表大会开始逐步发展起来的修正主义路线形成完整体系,进一步推行分裂国际共产主义运动和复辟资本主义的修正主义政治路线。在国内,企图复辟的反动阶级和他们政治上的代理人,利用我们连续三年遭受严重自然灾害,在政治、经济、文化领域中发出了更加猖狂的全面进攻,妄想在我们执行“调整、巩固、充实、提高”的八字方针的时候,颠覆党的领导,颠覆无产阶级专政。

最能代表“三家村”在这段时期对形势估计的有两篇文章:一篇是一九六二年一月一日吴晗的《说浪》。他以抑制不住的狂热心情,热烈欢呼“这半年多来”冲击着社会的一股“浪”,他高兴地喊叫“这股浪头可真大”,把一股冲击党的领导和无产阶级专政的逆流,当作“浪”的成绩而大行鼓吹。他对今后形势的估计是“浪头”将“越来越大”。吴晗利令智昏地认为:他们这一伙人会胜利,修正主义的逆流即将变成主流。不久,二月四日邓拓在一篇不敢收进集子的《今年的春节》一文中,更加赤裸裸地说:“北风带来的严寒季节就要结束了,代之而起的将是和暖的东风,大地很快就要解冻了。”“解冻”不是赫鲁晓夫修正主义集团反斯大林时用的彻头彻尾的反革命语言吗?这伙人利令智昏地估计:一九六二年社会主义的新中国“就要结束了”,无产阶级专政会被反社会主义的逆“浪”冲倒,“代之而起”的将是右倾机会主义者即修正主义者的天下了,“三家村”的人们将更加得势,可以为所欲为了。同志们请看:“三家村”是多么希望中国出现修正主义“解冻”的局面啊!

在这种形势估计下,“三家村”疯狂地发动了全面进攻:

一九六一年十一月十日,邓拓在《三家村札记》中发表了《“伟大的空话”》。他假借批评一个孩子的诗,指桑骂槐地咒骂“东风是我们的恩人,西风是我们的敌人”是“空话”“八股”“陈词滥调”“自鸣得意”。这是明目张胆地咒骂“东风压倒西风”这一马克思列宁主义的科学论断是“空话”。邓拓说:“这种伟大的空话在某些特殊的场合是不可避免的。”这是暗示读者,他并不是在咒骂小孩子的诗,而是咒骂在“特殊场合”即国际和国内阶级斗争中我们党进行斗争、教育群众的思想武器。邓拓的目的何在?就是把引导我们前进的伟大的毛泽东思想刻毒地诬为“空话”;要我们在政治生活中取消毛泽东思想,放弃马克思列宁主义路线。他竟然狂妄地要求我们的党“少说一些,遇到要说话的时候,就去休息”。毛泽东思想“休息”了,修正主义思想不就可以大泛滥了吗?他们疯狂咒骂毛泽东思想,不但不能损害毛泽东思想一根毫毛,反而更加显示了毛泽东思想是使一切牛鬼蛇神恐惧发抖的具有无限革命威力的思想武器!

同它密切配合,“三家村”中接连发表了一批攻击毛泽东思想、诽谤革命派的文章。《燕山夜话》抛出了《“放下即实地”》,中心是要党“放下”社会主义建设总路线,讽刺抓住不放的人是“瞎子”,是“自讨苦吃”。他要求党“尽管放心大胆地撒手”,让自己跌下去,跌到所谓“实地”即资本主义的土地上去。十一月二十五日,廖沫沙同时发表了两篇文章:《“孔之卓”在哪里?》《怕鬼的“雅谑”》。前一篇用吹捧孔子的形式说:“孔子倒很有‘民主’思想,欢迎人家对自己的学说提出批评。”言外之意是要党发扬资产阶级的“民主”,让反动分子起来攻击毛泽东思想。后一篇用仇恨的语言诬蔑毛泽东思想,诬蔑革命的马克思列宁主义者是“口出大言”、“口称不怕鬼而实际怕鬼怕得要死的人”,要使他们“丑态百出”。谁都知道:在毛泽东思想教育下的伟大的中国共产党和伟大的中国人民不但不怕一切妖魔鬼怪,而且决心要粉碎世界上一切妖魔鬼怪,“独有英雄驱虎豹,更无豪杰怕熊罴”,这两句诗,概括了伟大的中国人民大无畏的英雄面貌。这种英雄气概能压倒一切歪风邪气。廖沫沙竟然要编一本《怕鬼的故事》,这不是明明配合国内外反动派和现代修正主义者,丑化不怕鬼的中国人民、丑化党、丑化坚持毛泽东思想的革命派吗?

这两篇文章发表的第二天,《燕山夜话》立刻又登出了《两则外国寓言》,进一步攻击所谓“说大话”。说什么“直到如今,这样吹牛的人物,随时随地都还可以遇见”。恶狠狠地喊叫“决不会轻易地放走吹牛的骗子”。你要革命吗?你要胸怀祖国、放眼世界吗?你要自力更生、克服困难吗?这都是“大话”,都是“吹牛”,“三家村”都要找你算账。这篇文章在收进集子的时候,作者删去了这样一句话:“困难不但不会被克服,反而越来越多,其严重性也日益增大。”你看,他们是多么恶毒地嘲笑我们党为克服困难而采取的自力更生的方针啊!他们竟认为困难会“越来越多”。不久,吴晗在《赵括和马谡》中,再一次用两个所谓“哗众取宠”“夸夸其谈”的故事,借古讽今地教训我们“今天来重温”所谓“失败的经验”,“害己、害人、误国的教训”,显然,吴晗妄想伟大的中国人民“摔了大跟斗”,总路线已经“失败”,右倾机会主义者就要上台了。这一阵从邓拓《“伟大的空话”》开始的大黑风,同呼唤右倾机会主义者上台完全结合在一起了。在我国社会主义建设正欣欣向荣进入一个新高潮的今天,重读这些文字,只能告诉我们:那些反党反社会主义的“好汉”是永远不可能看到人民群众的伟大力量的!他们在估计政治形势上比瞎子还要瞎!

同志们、朋友们请看,这以邓拓文章为核心的诬蔑和攻击,在一个短时间内,目标这样集中,语言这样一致,难道不是经过有计划的组织和配合吗?他们反党反社会主义是多么疯狂啊!我们怎能不激起强烈的义愤!怎么能不彻底粉碎他们!

接着“破门而出”的一连串文章,矛头更加露骨地对准以毛泽东同志为首的党中央,把攻击重点从政治问题转到组织问题,其恶毒和疯狂的程度是罕见的:

一九六二年二月二十二日,邓拓在《智谋是可靠的吗?》一文中,提出了要“皇帝""博采广谋"。他特别强调"不必谋自己出",别有用心地说:"谋自己出,则谄谀得乘间迎合矣。"这决不是要领导干部虚心倾听下面的意见,而是要党中央接受他们支持的那条修正主义路线。他们狂妄地警告党:如果"不管什么事情总要自己出主意,企图出奇制胜",不接受"下面"即"三家村"的"好意见","终久(究)会有一天要吃大亏"。这是公开要求把复辟资本主义的"计谋"变成党的路线,恶毒地咒骂党中央。他们的"好意见",就是搞修正主义,就是搞资本主义复辟,就是使全国百分之九十以上的人民重新陷于痛苦黑暗的被压迫境地。这是最坏的主意。正同什么是香花毒草一样,革命的人民同一小撮反党反社会主义分子,在"好""坏"的区别上,是截然对立的,是不可能有共同语言的。

二月二十五日,只隔三天,又冒出一篇《王道和霸道》。马克思主义国家学说告诉我们:"王道"和"霸道"都是地主阶级专政,都是反革命的暴力。一切表面上以"王道"出现的地主阶级统治,其骨子里都是霸道,"仁政"之类不过是血淋淋的反革命暴力的一块遮羞布罢了。鲁迅一针见血指出过:"在中国的王道,看去虽然好象是和霸道对立的东西,其实却是兄弟,这之前和之后,一定要有霸道跑来的。"(《鲁迅全集》第六卷,第一〇页)邓拓却大捧"王道",说什么:"即便在古代,王道也毕竟要比霸道好得多。"这种荒谬已极的歌颂地主阶级专政是为了什么呢?是为了要"我们"去接受邓拓捏造的"经验教训":"这使人一看就会感觉到当时要想做霸主的,到处树敌,多么不得人心!"并且特别翻译成为"我们的(即'三家村'的)语言"说:"所谓霸道……就是咋咋呼呼的凭主观武断的一意孤行的思想作风。"这个腔调我们不是听过多次了吗?现代修正主义者把妄图建立世界霸权的美帝国主义捧为和平天使,恶毒地诬蔑坚决反对美帝国主义的中国是"好战","霸权主义";国内的反动阶级积极鼓吹"三和一少"——即对帝国主义、各国反动派、现代修正主义要"和",对各国人民革命斗争支援要少,攻击我们"孤立"、"到处树敌"。只要对照一下,人们可以清楚地看到:《燕山夜话》恶毒地攻击"想做霸主的""到处树敌""不得人心""一意孤行",正是针对着我们的无产阶级专政的革命路线,充当了国内外反动派的应声虫!它决不止是《北京日报》文章中所说的"美化封建社会制度"的问题!

三月二十九日,冒出了一篇《为李三才辩护》。题目就很奇怪:今天并没有什么人攻击四百年前的李三才,有什么必要大声疾呼地"为李三才辩护"呢?据说,李三才"是一个正面的历史人物",是"攻击封建黑暗政治"的大英雄。一查《明史》,不对了,这是一个血腥镇压农民起义的刽子手,"大猾积盗,广设方略,悉禽灭之",一生血债累累。这是一个死心塌地为"封建黑暗政治"服务的地主阶级走狗,一再上疏要求彻底扑灭所谓"祸乱""巨盗","永保"地主阶级的天下。为这样的人物"辩护"真正的用意何在呢?

原来,李三才是一个想爬进内阁去的野心家,他因为同当时地主阶级当权派有矛盾,以“反对派”的身份不断攻击当权派,在奏疏中提出过“为民请命”的口号,在狗咬狗的矛盾中“罢”了“官”。邓拓吹捧这个“辞官”的“反对派”,把他捏造成一个大英雄,是为了借这个死人替右倾机会主义分子“辩护”。邓拓把笔锋集中在“罢官”之后:“甚至在李三才终于退归故里以后,他们还要把‘盗皇木营建私第’等罪名,加于李三才身上”,“李三才又一再上疏……而万历的朝廷却不敢彻底查究这个事实。”所谓“不敢彻底查究这个事实”是为了影射之用而捏造的,历史上明明记载着一批官吏“往勘”。邓拓不过借此极力吹捧当时已经“罢”了“官”的右倾机会主义分子,阻挠革命的人们继续查清右倾机会主义分子的罪恶活动的斗争,竭力为右倾机会主义分子翻案,大力支持“罢官”之后的右倾机会主义分子再次用“上疏”向党猖狂进攻。

《为李三才辩护》是《海瑞罢官》的续篇,“李三才”就是罢官之后的“海青天”,“这不是很明白了吗?”

“三家村”所有直接攻击党中央、毛主席和总路线的材料太多了,举不胜举,仅就《海瑞罢官》发表之后几股妖风中的部分文章,已经可以看到“三家村”里的黑幕多么惊人,这一小撮人对党和社会主义事业怀着多么强烈的阶级仇恨,他们对右倾机会主义即修正主义者如何无所不至地吹捧和支持。他们盼望中国变颜色,从红色的中国变成黑色的中国。这个黑店是资本主义复辟的一个重要巢穴,内藏毒蛇,必须彻底弄清它,捣毁它!大家起来,捣毁“三家村”,彻底闹革命,这是我们当前的战斗任务!

无孔不入、千方百计地推行“和平演变”

除了露骨的反党反人民反社会主义的作品外,《燕山夜话》和《三家村札记》中还有一批以所谓“学术”“考据”“休息”的形式出现的大毒草,它们在所谓“领略古今有用知识”的掩护下,向社会主义发动了全面的进攻。它们不是一般的“美化封建社会制度”“吹捧死人”,而有它现实的政治目的:一方面,它配合那条露骨地反党反人民反社会主义的黑线,用“历史”“学问”“兴趣”打掩护,麻痹人们的革命警惕,欺骗更多的读者,扩大影响;另一方面,它本身就是用“软刀子割头”的办法,全面地反对党和毛泽东同志在各个领域中坚持的无产阶级路线,全面地用地主资产阶级思想腐蚀革命干部和革命人民,推行“和平演变”。任何人对这一套上瘾了,入迷了,就会变质为新的资产阶级分子。锋芒毕露的毒箭,五颜六色的糖衣炮弹,是“三家村”中使出的两手。

邓拓在《燕山夜话》第一篇文章,就以占领“生命的三分之一”作为自己的招牌,说是“要引起大家注意珍惜这三分之一的生命，使大家在整天的劳动、工作以后，以轻松的心情，领略一些古今有用的知识”。“三分之一”，表面上指的是“业余”时间，但“三家村”当然决不止是要“三分之一”，而是要想颠覆整个无产阶级专政，实现资本主义复辟。但“三分之一”恰恰可以用作为占领其他“三分之二”作掩护。要大家用“轻松的心情”来读《燕山夜话》，是为了麻痹大家的革命警惕，他们想从腐蚀那些革命立场不坚定的人“生命的三分之一”开始，直到全部被（把）他们腐蚀掉，成为“三家村”集团招兵买马推行“和平演变”的组织力量和社会基础。

《燕山夜话》大量运用了答复读者的形式，邓拓且在文章中大量谈到如何接见青年，如何从“老乡”“同志”“朋友”“孩子”“编辑”“学生”“文化教员”……以至在各个部门的“工作”的业务人员中得到“启发”“建议”，或回答他们的“问题”，就可以看到他们活动面之广。宣传反社会主义思想，是同广泛的活动相结合的。毒害一批人，拉拢一批人。他们竭力想在“学问”的掩护下把青年诱入“三家村”大黑店的圈子里。只要举两个例子就够了：邓拓在《人穷志不穷》中说到：“一位青年学生前天来看我”，“想把明代黄姬水编的《贫士传》选译成语体文，问我赞成不赞成”。《贫士传》是一本为破落地主阶级分子立传的书，特别鼓吹地主阶级所谓“骨气”，对今天人民有极大的腐蚀作用。这位学生是受了资产阶级思想严重侵蚀，但还没有拿定主意。一到邓拓手里，他如获至宝，不但赞扬他这个想法“很好”，而且立刻发挥了一大通政治道理，把翻译《贫士传》作为向地主阶级“肃然起敬”、向地主阶级学习“崇高的气节”联系起来，并且暗示这可以作为某些人物“将来他们万一遇到某种意外的穷困”时作为“学习”之用。这不是明明推人落井、并且落井下石么？这不是利用这个青年为今天那些“贫士”即反社会主义分子服务么？“北京广播学院一个同学来信”，这个“同学”也是被资产阶级思想支配了，满脑袋低级趣味，专门注意“公共汽车上”某个“女人的头发”多么长，要邓拓“说说这样的长发对我们有一点什么启发”。邓拓立刻写了一篇腐烂的典型的阿飞作品，不但支持了这个“同学”，而且从历代最糜烂的皇帝的宫廷生活中挖出各种“美人”的“长发”来大做广告。这不是引导那些受资产阶级思想侵蚀的人进一步走向腐化堕落、演变成新的资产阶级分子么？一切受到“三家村”毒害、拉拢的青年，应当起来控诉他们这种罪恶的勾当！

从这个观点去看那些宣扬反动思想的作品，其政治目的就很清楚了：

他们大力推行资产阶级反动的教育路线，为资本主义复辟准备组织力量。他们用资产阶级人性论作为教育的基础，说什么“对于孟子说的‘人生皆有善性’的意见却应该表示基本上赞同”，反对用阶级观点去分析和教育青少年一代，掩护他们毒害青年的罪行。他们竟然鼓吹“旧科班的这一整套方法是符合于教育学原理的”，要“整个社会全面地采用这种方法”，用所谓“量才而用之”取消阶级路线，“有计划”地大量培养地主资产阶级的接班人，他们极力向青年提倡什么“自学和家传相结合的途径”，什么用“苦读”成为“著名的学者”，什么“读尽一切资料”来“打基础”……不仅是一个资产阶级成名成家问题，主要是想用这个办法腐蚀、拉拢一批人，收罗一批“三家村”的信徒，成为他们反共言论的传播者，使某些青年变成“三家村”搞资本主义复辟的工具。用“学者”“名人”作诱导，其言极甜，其心极毒。

他们坚持资产阶级反动的学术路线，为资本主义复辟准备精神条件。他们提出一个“多学少评”的口号：“对一切事物，要多学习，少批评”，恶毒地讽刺高举革命旗帜的人是“喜欢挑剔”，“动辄加以讥评”“一定会吃大亏”。什么叫“多学少评”？就是只许他们咒骂毛泽东思想和吹捧地主资产阶级文化，只许他们用“学术”去为复辟资本主义服务，不许我们对资产阶级地主阶级文化进行批判，取消一切革命的人们批评他们的权利；这就是说，对剥削阶级文化要全盘接受，奉为圣旨，不能动一根毫毛。打击无产阶级，支持资产阶级，巩固黑店对学术部门的控制权，支持一切毒草包括“三家村”中的大毒草不受任何阻碍地大批出笼，这就是他们反动学术路线的核心。

在文艺上同样是这样。同“多学少评”一样，他们制造了所谓“一视同仁”的口号：“任何剧目都是平等的，现代剧目也好，传统剧目也好，我们应该一视同仁。”阶级社会里，没有什么超阶级的“平等”，根本不存在什么无产阶级和资产阶级的“平等”，只能是谁战胜谁。支持无产阶级的革命现代戏，就一定要批判地主资产阶级的古代戏；吹捧“戏剧遗产”中“有完全适合今天需要的好戏”，就一定要打击、压制革命的现代戏。“一视同仁”是一箭双雕：打击任何大力支持革命现代戏的做法；抬高和保护大批毒草不受批判，为他们反党反社会主义活动服务。

他们坚持反动的地主资产阶级道德，以图从社会关系上恢复剥削阶级统治。他们向人们推荐地主资产阶级的所谓“骨气”“清高”“涵养”“赚钱”……这一套腐朽透顶的人生哲学，要向反动哲学家朱熹学习“涵养功夫”，要向张诗学习“鄙视劳动”的“反抗精神”，要向孔子学习“克己复礼”……甚至大力鼓吹恢复地主阶级的“作揖”！这是公开要求我们倒退到封建主义和资本主义的旧中国去！请同志们想一想：如果这一套实现了，岂不是把共产主义的新道德新风尚统统践踏光了吗？我们的社会不是变成一个以封建秩序为准则的黑暗世界了吗？看见剥削阶级分子就要“肃然起敬”，这不是反革命复辟了吗？广大工农兵不是将重新受到那些有“骨气”的“君子”即顽强的剥削阶级分子残酷压迫了吗？

他们以地主阶级孝子贤孙的身份，公开要求为地主阶级立传了。请读读邓拓这段话吧：“过去各地方编辑地方志的时候，照例要提出一批所谓‘乡贤’的名单，然后收集资料，分别立传。我们现在如果要编辑北京志，那末，显然也应该考虑给宛平大小米(指明清官僚米万钟、米汉雯)以适当的地位。”“过去”,是封建时代和国民党反动派时代;“照例”是“照”地主乡绅特别是恶霸地主的“例”,肉麻地捧做“乡贤”的统统是地主阶级的头面人物,要“我们现在”为这批“乡贤”立传,就是要把土改以来被打倒的地主恶霸及其祖宗牌位重新捧出来,让广大贫下中农重新沦为“乡贤”的牛马！这不是猖獗得无法无天了吗？响应主将的号召,《三家村札记》多次提出了这个问题,要求为军阀、官僚、地主、“反面人物”立传。这是最深刻的意义上的复辟活动。这正是为了增加地主资产阶级的政治资本,为他们重新统治中国人民创造条件！广大工农兵决不允许这种罪恶活动得逞！

以上所引的只是很少的一部分材料,可以看出,在“学问”“知识”的幌子下,各方面的宣传都集中到这样一点:反对毛泽东思想,否定社会主义的一切,力图使干部、青年蜕化变质,全面地、彻头彻尾地实现资本主义复辟。

毛泽东同志说:“无产阶级要按照自己的世界观改造世界,资产阶级也要按照自己的世界观改造世界。”(《关于正确处理人民内部矛盾的问题》)“三家村”津津有味地描绘的一切腐朽反动的事物,都是他们反动世界观的表现。人们从这里,可以看透“三家村”的将士们腐烂了的灵魂。吴晗有一句“名言”:“业余时间是第一兴趣广泛驰骋的自由天地。”这句话揭露了他们平常披着共产党员外衣开会、工作、报告等等都是假象,都是勉强的,都不是“第一兴趣”;到了“业余时间”,到了“三家村”里,他们的本来面貌——“第一兴趣”才放肆地暴露出来了。除了密谋策划进行反党反社会主义活动外,吃喝玩乐,谈猫吹狗,捧地主,玩古董,打麻将,做买卖,追求苏联修正主义知识分子的一套,从狂诵杜甫“纨袴不饿死,儒冠多误身”而“心里是酸酸的”,直到从“美人”的“长发的奇迹”中得到“启发”而心里甜甜的……什么腐烂的事都干得出来。这是两面派,伪君子。其中一部分就形诸文字,用来腐蚀人民,腐蚀我们的党。

要懂得什么叫“和平演变”吗？请看“三家村”这个活标本。他们这一套丑恶的言论,他们的活动方式和想达到的结果,就是在最准确的意义上推行“和平演变”。从这些触目惊心的反面教员中,我们可以得到深刻的阶级斗争的教训。

退兵时的策略

一九六二年九月,召开了党的八届十中全会。毛泽东同志在这次会议上,向全党和全国人民发出了千万不要忘记阶级斗争的伟大号召。这次会议高举毛泽东思想的伟大红旗,响亮地吹起了向企图复辟的资本主义势力和封建势力进行坚决斗争的战斗号角,并且指出:“这种阶级斗争,不可避免地要反映到党内来。”牛鬼蛇神心惊胆战,受到极大的震动。“三家村”见势不妙,开始了退兵。主将先退,一九六二年十月,邓拓立刻在《燕山夜话》第五集中“奉告读者”说:“由于近来把业余活动的注意力转到其他方面,我已经不写《燕山夜话》了。”

《燕山夜话》的最后一篇是九月二日发表的《三十六计》。“三十六计,走为上计”,这是表明要溜了。在编印集子时作者心虚地把它夹在当中,不按发表时次序放在末尾,以免使人看出“溜”的痕迹。这篇文章含义深长地说:“檀道济当时所用的计策,并不只是以‘走为上’;如果没有其他计策,他要走也走不了。可是他用了疑兵、反间等几种计策,互相配合……才能安全退走。”“三家村”在党的八届十中全会之后,除了继续进攻外,的确用了“几种计策,互相配合”,想在革命人民发起反击时“安全退走”。所以还演了不少“好戏”。请看他们的“计策”:

一、在《燕山夜话》第五集中假惺惺地“奉告”:“前一个时期写《夜话》是被人拉上马的,现在下马也是为了避免自己对自己老有意见。等将来确有一点心得,非写不可的时候,再写不迟。”一面表白并不是有意识的进攻,“上马”“下马”都是被动的;一面暗示将来某个时候形势有利时要“再写”、再干。

二、继续保持《三家村札记》的阵地,一面继续发动进攻,一面也写一些《石油颂》之类的表示赞成“毛泽东同志的‘自力更生’的方针”的文章,以掩护退却。

三、鼓动各地响应《燕山夜话》而办起来的“报纸的专栏杂文,能够长期坚持下去”,保持更多的阵地。

四、一九六三——六四年对廖沫沙的《有鬼无害论》开展批判,为了避免由廖沫沙而暴露整个“三家村”,一九六四年七月收起了《三家村札记》的招牌。

五、由廖沫沙出面做一篇假检讨,说什么“造成这个错误的原因”是由于“资产阶级的世界观在我的头脑中”“还占居(据)统治地位”,是“忘记了在我们的社会主义社会还存在着阶级、阶级矛盾和阶级斗争”。请注意,这同吴晗后来在“自我批评”中的话几乎一模一样! 又说他是“不自觉地给资产阶级和封建势力向党和社会主义猖狂进攻作了帮手”。廖沫沙既然只是孟超的“帮手”,当然不会再去追究“三家村”了。此计不可谓不妙。

六、批判《海瑞罢官》之后,向阳生即邓拓又赶紧出来写一篇“批判”文章,说什么《海瑞罢官》的“指导思想”“思想基础”是“宣扬封建统治阶级的道德”,只是“宣扬历史唯心主义”。一面掩盖《海瑞罢官》的政治目的和政治上的反动性,向吴晗抛救生圈,企图把讨论引到死胡同里去;一面又表明“三家村”并不存在,同吴晗“决裂”。末了又透露一笔:“吴晗同志有什么意见,我也希望他继续写出文章”,“实事求是地进行分析研究”。指示吴晗下一步棋如何下。

七、吴晗立刻响应号召,一再写文章对向阳生表示“感谢”,继续以“自我批评”之名进行猖狂的进攻,有恃无恐地大捧自己,并把廖沫沙“检讨”中的法宝搬过来:

“正确的思想没有在头脑中确立统治的地位”，“一句话，我忘记了阶级斗争！”又说经过向阳生的“批判”，“使我认识了错误。”似乎可以蒙混过关了。

八、最后，看看形势不妙，又突然以编辑部的名义来“批判”邓拓，使尽了金蝉脱壳之计，来掩护退却。

这么多的“计策”“相互配合”，可以“安全退却”了吧?！耍了这么多花招，他们实在欺人太甚！但是，他们把革命人民的辨别力估计得太低了！他们把无产阶级的革命决心估计得太低了！他们包得住么？他们溜得掉么？在党中央和毛泽东同志领导、教育下的广大革命人民，决心要彻底挖掉反党反社会主义的黑线。他们自以为是聪明得很的种种计策，其实做了蠢事，适足以暴露自己。他们不仅有“共同的反动政治思想”，而且有共同的行动计划，是一小撮人组成的一个反党反人民反社会主义的集团。这不是很清楚了吗？

一九六二年三月，正当“三家村”疯狂进攻达到高潮时，邓拓在《北京晚报》上写了一首词，叫《黑天鹅》，其中有句道：“春风吹梦，湖波送暖，唯我先知！”他是多么得意地以灵敏的“先知”自夸啊！但是这一回，“先知”不灵了，掌握了毛泽东思想的革命人民，才是真正的先知，请看“三家村”的内幕，不正在被广大人民逐步地揭露出来吗？

彻底挖掉“三家村”的根子，彻底肃清“三家村”的流毒

人们不禁要问：“三家村”这样猖狂、这样狠毒、这样放肆地进行反党反社会主义活动，竟能连续达数年之久，原因是什么？难道只是一个“没有实行无产阶级政治挂帅”么？不是“无产阶级政治挂帅”，是什么在挂帅呢？

自从批判《海瑞罢官》以来，人们揭露了这个戏的反动本质，揭露了它支持右倾机会主义分子的政治目的，也揭露了吴晗反共反人民反革命的丑恶历史。但是，只有从整个“三家村”的活动来看《海瑞罢官》，弄清整个“三家村”在这几年剧烈的阶级斗争中扮演的角色，那么，才能挖掉它最深的根子，才能够连根拔掉这丛大毒草，并且摧毁这个大黑店。

毛泽东同志说：“凡是反动的东西，你不打，他就不倒。”(《抗日战争胜利后的时局和我们的方针》)从批判《海瑞罢官》以来，“三家村”集团步步为营且战且退的策略，再一次证明了这个普遍真理。反动的阶级及其代表人物决不会自动退出历史舞台。只有广大工农兵群众起来，只有经过一步步艰苦的斗争，无产阶级才能逐步从那些“杂家”手里把阵地夺回来。

“三家村”集团的触角伸到了不少部分。《燕山夜话》在全国散布了恶劣的影响。由于它以“知识性”“文笔美”为幌子，很能吸引一部分缺少政治辨别力的人，在新闻、

教育、文艺、学术界中,都不乏赞赏者和追随者。邓拓自己也吹嘘,“许多文章中提出的观点和论证,得到朋友们的赞同”,“远处的读者来信渐多”,“其他地方有些报纸,为了满足读者的要求,也采取了同样的形式,发表知识性的专栏杂文。”也有一批“响应”《燕山夜话》某些论点的文章,一九六一年九月九日,《北京晚报》还用大字为《燕山夜话》的出版大做广告,吹嘘“作者抓住当前的一些问题”,“既富有思想性,又可以丰富知识”,千方百计扩大它在人民中的毒害作用。腐蚀极大,流毒极大。需要广大工农兵群众起来,从各个方面彻底揭露《燕山夜话》《三家村札记》的祸害,进行更深刻的批判,才能肃清它们的恶劣影响。

从批判《海瑞罢官》到批判“三家村”,是一场惊心动魄的阶级斗争。是一场政治、思想、文化领域中的大革命。面对着这样艰巨的战斗任务,我们一定要敢于革命。

毛泽东同志这样地鼓励我们:“‘舍得一身剐,敢把皇帝拉下马’,我们在为社会主义共产主义而斗争的时候,必须有这种大无畏的精神。”(《在中国共产党全国宣传工作会议上的讲话》)现在我们多么需要发扬这种从共产主义事业出发的原则精神和批判精神!凡是反对毛泽东思想的,凡是阻碍社会主义革命前进的,凡是同中国和世界革命人民利益相敌对的,不管是“大师”,是“权威”,是三家村或四家村,不管多么有名,多么有地位,是受到什么人指使,受到什么人支持,受到多少人吹捧,全都揭露出来,批判它们、踏倒它们。在原则问题上,不是西风压倒东风,就是东风压倒西风,为社会主义革命,为保卫毛泽东思想,为共产主义事业,敢想、敢说、敢闯、敢做、敢革命!

“金猴奋起千钧棒,玉宇澄清万里埃”。不管“三家村”散布了多少毒雾迷尘,在千千万万手执毛泽东思想的“千钧棒”的工农兵的奋起斗争下,它一定会被彻底澄清,毛泽东思想的灿烂光辉,将照透那些阴暗的角落,使一切魍魉鬼魅都显出自己的原形!

——原载《解放日报》和《文汇报》1966年5月10日

于会泳*

让文艺舞台永远成为宣传毛泽东思想的阵地

当前,无产阶级文化大革命进入了夺取全面胜利的崭新阶段。两年来,文化大革命的红色巨流滚滚向前,一泻千里,冲刷了残留在我们土地上的污泥浊水,使形形色色的阶级敌人现形于光天化日之下,取得了辉煌的胜利。

江青同志亲自发动和领导的京剧革命是这场史无前例的无产阶级文化大革命的伟大开端,它吹响了文化大革命的进军号,它在无产阶级文艺史上写下了划时代的光辉篇章。这是毛泽东思想的伟大胜利,这是毛主席《在延安文艺座谈会上的讲话》的伟大胜利。每当我们回忆起江青同志领导我们披荆斩棘奋勇前进的峥嵘岁月,总是抑制不住内心的激动。江青同志在京剧革命中的丰功伟绩,随着历史的发展,我们越来越有深刻的认识。是她,以最坚定的立场,最敏锐的政治嗅觉,选择了向帝国主义、封建主义、修正主义发动总攻击的突破点——"京剧"这个顽固的堡垒;是她,以最顽强的战斗精神,率领了广大革命群众冲锋陷阵,把颠倒的历史颠倒了过来,让毛泽东思想占领了文艺舞台,从而揭开了无产阶级文化大革命战斗的序幕;是她,以最炽烈的革命激情,矗立了震撼世界的八个革命现代样板戏。这八颗闪烁着毛泽东思想光辉的明珠,具有巨大的能量,它敲响了封建主义、资本主义、修正主义和一切反动意识形态的丧钟,在文化大革命中,使我们亿万革命群众树立了必胜的信心,又为我们各条战线完成斗批改的伟大历史任务,树立了最好的榜样。

毛主席教导我们:"无产阶级文化大革命,实质上是在社会主义条件下,无产阶

---

* 本文作者于会泳,山东威海人。1940年参加中国人民解放军,后加入中国共产党。在民族音乐、地方戏曲、京剧方面有较为深厚的造诣。1965年起,先后参与《海港》、《智取威虎山》、《杜鹃山》、《龙江颂》等现代革命京剧的音乐创作,得到江青的赏识。1975年被任命为文化部部长。1976年10月被定为"江青反革命集团"成员而隔离审查。1983年4月,中共中央批准开除其党籍,撤销其党内外一切职务。1977年8月于会泳服毒自尽。

级反对资产阶级和一切剥削阶级的政治大革命，是中国共产党及其领导下的广大革命人民群众和国民党反动派长期斗争的继续，是无产阶级和资产阶级阶级斗争的继续。”回顾江青同志亲自领导的京剧革命的历程，我们更加深刻体会到伟大领袖毛主席这一英明论断。搞戏，就是搞阶级斗争，就是无产阶级向资产阶级发动进攻。正如江青同志常常告诫我们的那样，这是一场严重的阶级斗争，又是一场非常细致，相当困难的工作，文艺战线是阶级斗争的一个重要战场，是无产阶级与资产阶级争夺的前哨阵地，资产阶级要复辟，总要先做舆论上的准备，向我们争夺意识形态领域中的领导权。解放以来，周扬等一小撮反革命修正主义分子在其总后台中国赫鲁晓夫的支持下，推行了一条反党、反社会主义、反毛泽东思想的文艺黑线，这条黑线专了我们的政，他们把文艺作为阴谋复辟资本主义的舆论阵地。那(哪)一个阶级的代表人物占领文艺舞台，是关系到红色政权变不变色的严重问题。为了使红色江山千秋万代永不变色，江青同志毅然决然地率领革命文艺工作者开展京剧革命，从这个最顽固的堡垒打开缺口，在意识形态领域中击退资产阶级的进攻，为无产阶级文化大革命吹响了战斗的号角。

毛主席的革命文艺路线与反革命修正主义文艺黑线斗争的焦点，就是文艺为哪一个阶级服务，为哪一个阶级的政治服务。也就是无产阶级占领舞台，还是资产阶级占领舞台。江青同志反复强调一定要让用毛泽东思想武装起来的无产阶级英雄形象占领京剧舞台，使京剧舞台成为宣传毛泽东思想的阵地。她说，在共产党领导下的社会主义祖国舞台上占主要地位的不是工农兵，不是这些历史的真正创造者，不是这些国家真正的主人翁，那是不能设想的事。她指出：要在我们戏曲舞台上塑造出当代的革命英雄形象来，这是首要的任务。

江青同志在京剧革命的伟大实践中，首先抓住宣传毛泽东思想这个根本关键，着力塑造以毛泽东思想武装起来的高大的无产阶级英雄形象。因为只有塑造了无产阶级英雄形象，才能有力地宣传毛泽东思想。否则，如果让那些红脸黑心，打着“红旗”反红旗的两面派，或者被歪曲了的工农兵人物，以及“中间人物”为主人公，那么这个作品势必成为宣传修正主义的货色，为中国赫鲁晓夫效劳。因此一个戏是否宣传了毛泽东思想，关键就在于是否成功地塑造了主要的无产阶级的光辉的英雄形象。当前两个阶级在文艺舞台上斗争的焦点，也表现在这一个问题上。阶级敌人知道，让那些才子佳人死灰复燃，公开爬到舞台上的可能性是不大了，于是，他们就想方设法，在舞台上树立他们的代言人，用种种卑劣的手法来阉割、歪曲剧中的主要人物，从而达到他们占领革命文艺阵地的罪恶目的。

例如《智取威虎山》，我们要宣传毛主席人民战争的伟大战略思想这个主题，因此，就必须要通过塑造用毛泽东思想武装的，具有革命大智大勇精神的和劳动人民血肉相连的无产阶级的英雄形象,以他们作为主人公。相反如果把杨子荣塑造成一个浑身匪气的"江湖豪侠"和脱离群众的冒险主义者,那么这个戏的主题必然变成宣扬中国赫鲁晓夫之流,脱离群众,盲动、冒险的错误的军事路线。一小撮反革命修正主义分子,他们是很懂得这个道理的,为了达到自己不可告人的目的,拼命在剧本中增添反面角色,把座山雕等反面人物写得十分嚣张。为了突出反面人物,他们还特地聘请了老反革命分子贺绿汀为定河老道的四句反动唱词谱曲。他们所以这样做,目的就是为了篡改这个戏的主题,以它来表现中国赫鲁晓夫的冒险主义、投降主义的军事路线。

再如《海港》,我们是以表现阶级斗争为纲,歌颂中国工人阶级的国际主义和爱国主义的豪情壮志为主题,因此,就必须以方海珍、高志扬这样的无限忠于毛泽东思想,立足码头、胸怀祖国、放眼世界的工人阶级英雄形象为主要人物。反之,如果让余宝昌那样的内心空虚、精神分裂的"中间人物"为主人公,那么,这个戏的主题就会成为鼓吹培养中国赫鲁晓夫的接班人。可是,中国赫鲁晓夫居心叵测,在他的直接指使下,妄图把这个戏的主题变成培养修正主义的接班人的戏。为了达到这种罪恶的目的,那些反革命修正主义文艺的黑干将,也是从人物塑造入手,来向我们进攻,他们竭力把落后青年工人余宝昌这个"中间人物"作为主要人物,要所有的正面人物都围绕着这个"中间人物"满台转。而把支部书记和装卸组长等主要英雄人物的英勇行动场面,穿插在余宝昌的行动场面之间,作为辅助情节。

江青同志十分敏锐地识破了阶级敌人的各种阴谋诡计,为了击退阶级敌人的进攻,为了使毛泽东思想永远占领文艺阵地,她十分重视工农兵英雄人物的塑造,特别重视突出主要英雄人物的塑造。我们根据江青同志的指示精神,归纳为"三个突出",作为塑造人物的重要原则。即:在所有人物中突出正面人物来;在正面人物中突出主要英雄人物来;在主要人物中突出最主要的即中心人物来。江青同志的上述指示精神,是创作社会主义文艺的极其重要的经验,也是以毛泽东思想为武器,对文学艺术创作规律的科学总结。它可以保证我们社会主义革命文艺永远立于不败之地,可以使我们的革命文艺舞台永远闪耀着毛泽东思想的光芒。

《智取威虎山》的创作就是根据江青同志的指示,把原来剧本中设计的一大串牛鬼蛇神,什么定河老道、蝴蝶迷、一撮毛、栾平老婆等等,全部砍掉,而又调动各种艺术手段加强了杨子荣等正面英雄人物的形象。例如:原来的第三场,是写一撮毛凶杀栾平老婆的戏,现在砍去了这一场,而换上了表现杨子荣深山问苦的戏,突出地表现了人民解放军战士与劳动人民的鱼水关系和阶级感情以及我军的深入群众调查研究的优良作风。在正反面人物同场的戏里,也有意地压低了反面人物的嚣张气焰,而着力突出正面英雄人物,并使主要英雄人物始终居于主宰地位,一改过去那种反面人物居于主位的局面。第六场，原来是让座山雕坐在舞台正中，居高临下，气势逼人，而杨子荣则弯(卑)躬屈膝，侧立一旁，两人交锋中，杨子荣一直围绕着座山雕打转，江青同志很敏锐地觉察到，她指示我们，共产党员打入敌人内部以后，不应该靠装得像敌人一样去战胜敌人，而是靠对毛泽东思想的大忠。又说，杨子荣在舞台上不动则已，一动就应该是一个英雄塑像。根据这些重要指示，把座山雕置于舞台的侧面，让杨子荣立于正中，始终让杨子荣牵着座山雕的鼻子满台走，突出了杨子荣这个人民解放军的英雄形象，把颠倒了的历史，再颠倒了过来。

《海港》的创作也遵照江青同志的指示，以表现阶级斗争为纲，歌颂中国工人阶级的国际主义和爱国主义的豪情壮志为主题思想，努力塑造并突出以方海珍为中心人物的一系列立足码头、胸怀祖国、放眼世界的工人阶级的英雄人物形象。在这个戏的人物塑造中，在所有正面人物中突出方海珍、高志扬、马洪亮的无产阶级英雄形象，在这三个人物中又着重突出了方、高，在方、高中又以方为主。为此，我们在戏中把方海珍放在矛盾冲突的中心，给方海珍以许多实际行动和能够经常按毛主席教导去分析判断问题；这样，一个以毛泽东思想武装的有着高度的国际主义和爱国主义精神以及革命干劲和科学精神相结合的工人阶级英雄形象就树立了起来。例如：原来的"壮志凌云"一场，是通过妈妈和舅舅的家庭教育使落后青年转变的，这样自然就突出了妈妈和舅舅的家庭教育的作用。为了塑造方海珍，毅然决然地把妈妈这个人物拿掉，而让方海珍出场，通过讲述海港斗争史和国际主义、共产主义教育使余宝昌转变。这样就突出了方海珍，显示了工人阶级英雄人物国际主义和爱国主义的雄心壮志。

在京剧革命中，江青同志不但参加斗争实践，而且参加了艺术实践。在艺术实践中，她不但抓主题思想和英雄人物塑造这些大的原则问题，而且还围绕努力塑造并突出体现毛泽东思想光辉的英雄人物这一中心课题，狠抓艺术细节问题。一招一式、一字一句、一腔一板、一个领章、一个帽徽、一件服装、一道灯光，都十分细致地去推敲，务使更好地突出用毛泽东思想武装起来的英雄人物。江青同志的这种"在战略上要藐视困难、在战术上要重视困难"的革命精神，严肃认真、一丝不苟的高度政治责任感，不知多少次感动着我们，激励着我们奋勇前进。

更值得我们学习的是，在艺术实践中，江青同志的异常敏锐的政治嗅觉和无比坚定的政治立场。她对每一个细节，都是用毛泽东思想去衡量，符合毛泽东思想的，不管别人如何反对，她坚决地坚持下去；不符合毛泽东思想的，即使它在艺术上有什么可取之处，也是毫不留情地加以否定，加以抵制。在创作过程中，她时时处处考虑是否突出了主要的英雄人物，例如有些场次，有些人物，别人称为有"情节"有"戏"，可是江青同志一眼看出，它有损主要英雄人物的形象，就毅然决然地把它砍掉。而她之所以这样重视塑造并突出英雄人物的光辉形象，目的很明确，就是让这样的英雄人物充分体现毛泽东思想的主题,从而使舞台成为宣传毛泽东思想的阵地。

江青同志按照伟大领袖毛主席的“古为今用”、“洋为中用”和“推陈出新”的原则,对各种艺术形式的创作都提出过极为重要的意见,如在京剧音乐创作上,为了真正使音乐创作为政治服务,曾对我们作过许多具体的指示,根据她的指示,我们曾总结为“一个主要任务”,“三个对头”,“三个打破”的工作守则。“一个主要任务”,是指戏曲音乐的主要任务是着重通过揭示人物内心世界的途径塑造英雄人物的音乐形象,而不是像旧戏所搞的那样,为了“造气氛”、“打补钉(丁)”、“点缀色彩”、“悦耳动听”。要达到这个主要任务,则必须做到“三对头”——思想感情对头,性格气质对头,时代气息对头,而不是像过去有些人所主张的那样,音乐设计只是为了“表达唱词”、“表达情绪”等等。要完成“三对头”,则又必须做到“三个打破”,即:打破唱腔流派,打破唱腔行档(当),打破旧有格式。“破,就是批判,就是革命。破,就要讲道理,讲道理就是立,破字当头,立也就在其中了。”毛主席的伟大指示,永远是革命文艺创作的光辉指针。

参加江青同志亲自领导的京剧革命的过程,是一次活学活用毛泽东思想的过程,使我们深深懂得,革命文艺最主要的任务就是宣传毛泽东思想,塑造一个个活生生的用毛泽东思想武装起来的无产阶级英雄人物,给人民以教育和鼓舞,带动大家前进。这样革命文艺才能有生命力,文艺舞台才能成为宣传毛泽东思想的阵地。在江青同志的英勇斗争和艰苦卓绝的实践下,终于使杨子荣、少剑波、方海珍、高志扬等高大的无产阶级革命英雄形象,屹立在京剧舞台上,大放异彩,光焰(艳)夺目,牢牢地占领了革命的文艺舞台,开辟了无产阶级一代文艺的新纪元。

风展红旗如画。当前无产阶级文化大革命形势大好,京剧革命的形势大好,毛主席的革命文艺路线不断取得伟大胜利,但是,正如毛主席所教导的:“无产阶级和资产阶级之间在意识形态方面的谁胜谁负问题,还没有真正解决。我们同资产阶级和小资产阶级的思想还要进行长期的斗争。不了解这种情况,放弃思想斗争,那就是错误的。”那些被赶下政治舞台和艺术舞台的牛鬼蛇神,决不会甘心他们的失败,也不可能放弃他们妄图复辟的企图,阶级斗争在继续,京剧革命的斗争也在继续!挖掉了一条黑线后,还会有新的黑线,还得再斗争。阶级斗争的形式今后也将更复杂,更尖锐,京剧革命仅仅是万里长征走了第一步。但是,因为我们有光芒四射的毛泽东思想为指导,有文化革命的伟大旗手江青同志的率领,我们有夺取彻底胜利的充分信心,我们一定要勇敢投入战斗,披荆斩棘,闯关夺寨,创造更多更高大的光辉的工农兵英雄形象,大力宣传毛泽东思想,更好地为中国人民和世界人民服务,把无产阶级文化大革命进行到底!

——原载《文汇报》1968 年 5 月 23 日

上海京剧团《智取威虎山》剧组

努力塑造无产阶级英雄人物的光辉形象

——对塑造杨子荣等英雄形象的一些体会

在毛泽东思想伟大红旗的指引下,革命现代京剧《智取威虎山》经过再次加工,精益求精,以更加威武雄壮的面貌,展现在观众面前。

这个戏从开始编演到现在,已经十一年了。但是,它真正获得生命,是在江青同志直接领导和参加实践下进行改编的后七年,即从一九六三年初到现在这段光辉的充满尖锐阶级斗争的岁月。

一九六三年一月中旬,江青同志对文艺界进行调查研究,在上海发现这个戏的时候,就看出它在内容上有相当大一部分糟粕;同时又看到它在某种意义上提供了京剧表现现代生活的可能,因此便决定把它拿过来进行脱胎换骨的改造。从那时起,这个戏及其代表的剧种,便逐步走上了毛泽东思想指引下的革命道路。也是从那时候起,叛徒、内奸、工贼刘少奇一伙便开始了对这个戏和这场京剧革命的疯狂攻击和百般破坏。

这场斗争表现在许多方面:有坚持毛主席无产阶级文艺路线和反对毛主席无产阶级文艺路线的斗争,有以毛主席为首的无产阶级司令部同以刘少奇为首的资产阶级司令部争夺文艺队伍的斗争,有艺术思想方面坚持“古为今用,洋为中用”、“推陈出新”的方针、坚持革命的现实主义和革命的浪漫主义相结合的方法同守旧崇洋等各种错误倾向的斗争。从创作上来说,其中最突出的、也是斗争最激烈的一个焦点,是关于主要英雄人物形象的塑造问题。

主题思想是靠人物形象来体现的。情节结构等等,也是围绕着人物安排的。而在所有人物中,又以主要人物为核心。以什么样的人物为主要人物,就标志着什么阶级占领舞台,什么阶级的代表成为舞台的主人。

伟大领袖毛主席指出:“你是资产阶级文艺家,你就不歌颂无产阶级而歌颂资产阶级；你是无产阶级文艺家，你就不歌颂资产阶级而歌颂无产阶级和劳动人民：二者必居其一。”这个深刻的马克思列宁主义的论断，从阶级本质上、也从艺术本质上指出了无产阶级文艺和一切时代资产阶级文艺的根本区别。叛徒、内奸、工贼刘少奇及其在文艺界的代理人周扬之流的反革命分子，用尽一切方法，去歌颂、吹捧那些美化资产阶级的文艺，反对在舞台上塑造工农兵的英雄形象，让牛鬼蛇神在舞台上专无产阶级和劳动人民的政。无产阶级文艺要真正在舞台上树立、歌颂工农兵的英雄形象，不能不经过极其尖锐和艰苦的斗争。

在毛主席无产阶级文艺路线指引下，我们粉碎了阶级敌人的种种阴谋，批判了他们鼓吹的形形色色的谬论，用革命现实主义和革命浪漫主义相结合的创作方法，塑造了杨子荣等无产阶级英雄人物的光辉形象。这些英雄形象不是生活中的某某人，而是革命斗争中成千上万英雄人物的典型概括。他们“比普通的实际生活更高，更强烈，更有集中性，更典型，更理想，因此就更带普遍性”。《智取威虎山》中杨子荣的英雄形象，是人类艺术史上前所未有的光辉典型，是为彻底消灭一切剥削阶级和剥削制度而英勇战斗的共产主义战士，是巩固无产阶级专政的有力武器，是“帮助群众推动历史的前进”的巨大力量。

下面，我们着重谈几点塑造杨子荣这个英雄形象的体会。

用革命的现实主义和革命的浪漫主义相结合的方法，通过着重揭示人物内心世界的途径，从各个方面塑造无产阶级英雄人物的光辉形象

怎样把无产阶级英雄形象塑造得高大丰满、光彩夺目，是摆在我们面前的一个首要的政治任务，是无产阶级文艺革命中一个新的课题。这是无产阶级文艺同一切剥削阶级文艺，包括资产阶级的“文艺复兴”、“启蒙运动”及十九世纪批判现实主义文艺的根本区别所在。

要做到这一点，必须根据毛主席的教导，用革命的现实主义和革命的浪漫主义相结合的方法，把英雄人物放在一定历史时代革命的阶级斗争的典型环境中，从各个方面，完整、深刻地揭示体现在他世界观、思想、作风、性格气质等方面的阶级素质，表现他高度的政治觉悟，展现他内心世界的共产主义光辉。在《智取威虎山》中，塑造杨子荣这个无产阶级的英雄形象，就是依循着这种无产阶级的艺术方法的。

杨子荣是一个用毛泽东思想武装起来的，具有革命无产阶级的革命智慧和勇敢的中国人民解放军侦察英雄。在这里，我们通过整个情节的各个环节，调动文学、音乐、舞蹈、表演、舞美等各种艺术手段，集中力量塑造杨子荣这一英雄形象。我们狠抓了几个主要侧面，即：既写了他对首长、对同志、对劳动人民深厚的阶级爱，又写了

他对美蒋、对土匪、对一切阶级敌人强烈的阶级恨；既写了他打倒美蒋反动派走狗座山雕匪帮的坚强的革命意志，又写了他对革命的宏伟远大的理想；在理想方面，既写了他对中国革命的理想，又写了他对世界革命的理想；在气质方面，既写了他叱咤风云、气冲霄汉的勇敢豪放气概，又写了他沉着冷静、精细机智的性格特质。而这所有侧面又都紧紧地系于一个根本点，也就是这一英雄人物的灵魂："胸有朝阳"——对毛主席、对毛泽东思想的赤胆忠心、无限忠诚。这样，矗立在我们面前的杨子荣，就是一个胸怀无限宽广、具有无产阶级彻底革命精神、处处突出无产阶级政治、顶天立地的无产阶级革命英雄，一个既高大又丰满的光辉形象。

这和原演出本的人物塑造，走的完全是两条路。在原演出本中，一小撮资产阶级代表人物出于其反动的政治目的，千方百计往杨子荣脸上抹黑。他们打着"写真实"论的幌子，公然叫嚣要突出杨子荣的"泼辣骠(剽)悍粗犷"，即所谓"匪气"，让他上山时哼着黄色小调，上山后又与座山雕的干女儿玫瑰花打情骂俏，大讲下流故事……结果把杨子荣弄成一个满嘴黑话、浑身匪气的江湖客，一个莽里莽撞、浑浑噩噩的冒险者。这样的人物，正是宣扬刘少奇盲动、冒险、军阀主义的反动军事路线的活标本！

在批判了这种错误倾向后，我们便努力按照无产阶级的面貌塑造杨子荣这个英雄人物的典型形象。这可以用以下几个例子说明：

(1) 在原演出本中，不但没有表现杨子荣与劳动人民的血肉联系和阶级感情，甚至连他与群众接触的细节也丝毫没有提供。而这一点，对于塑造无产阶级战士的形象，体现毛主席"建立巩固的东北根据地"的伟大指示的精神，是决不可缺少的。为此，根据江青同志指示，我们就毅然删去了原来"深山庙堂"和"雪地侦察"这两场专为渲染反面人物的迷信、凶杀戏，而特地设计了"深山问苦"这场体现军民鱼水关系的戏，表现了杨子荣依靠群众、宣传群众、与劳动人民的血肉联系，写出他在群众帮助下追捕到野狼嗥，并进一步弄清了联络图和百鸡宴的情况，于是为杨子荣的形象揭示了阶级爱和阶级恨这两个重要侧面。如果没有这两个侧面，那就看不到这一英雄内心世界的阶级特质，而看到的仍是一个脱离群众的盲动冒险者。

(2) 在原演出本中，虽然也写了杨子荣打进匪巢，但是使他能够打进匪巢、战胜敌人的思想基础却毫无表现。而这一点对于一个用毛泽东思想武装的优秀共产党员、侦察英雄，是极其重要的一环。为此，根据江青同志的指示，我们在第四场当杨子荣请求任务时，特地为他设计了一段散起的[西皮原板]——[二六]——[快板]的成套唱腔"共产党员"，表现了杨子荣自觉地、坚定地贯彻执行毛主席的战略、战术思想，高度的无产阶级政治觉悟，表现了他"一颗红心似火焰，化作利剑斩凶顽"的坚强决心和"明知征途有艰险，越是艰险越向前"的斗争意志。这一点在第三场和第五场的有关唱段中，也得到一定的揭示。这样，就使这个人物有了更深刻的思想内容，使人们看到:杨子荣正是千千万万在革命战争中成长起来的、在毛泽东思想教育下百炼成钢的工农子弟兵的典型。如果不着重刻划杨子荣用毛泽东思想武装起来的高度政治觉悟,观众不但不能知道是什么思想力量使他深入敌人心脏,而且会耽(担)心甚至怀疑他是否能取得胜利。

原演出本中,不用说没有把杨子荣塑造成用毛泽东思想武装的战士,甚至从头至尾只字未提毛泽东思想。而毛泽东时代英雄人物的灵魂正是战无不胜的毛泽东思想。不揭示这一根本的政治觉悟,那就丝毫谈不上塑造无产阶级英雄形象。为此,我们对第八场也进行了彻底的改变,并特意设计了一个重点的核心唱段,表现他"胸有朝阳"和对党对人民的赤胆忠心,表现出毛泽东思想是他智慧和力量的源泉。如果没有这一点,杨子荣就必然是一个窝窝囊囊、庸俗低劣的江湖客。

(3)在原演出本中,杨子荣这个人物,不用说没有中国革命理想、更不用说没有世界革命理想,就连智取威虎山这场战斗对于整个解放战争的重要意义都心中无数。他心里想的只是什么"茫茫林海形影单","白骨累累、血迹斑斑绝人烟",这就是他的精神世界!而作为无产阶级英雄人物很重要的一个政治素质,就是"胸怀祖国,放眼世界",为实现共产主义"这个将来的、无限光明的、无限美妙的最高理想"而战斗,坚决完成党交给的一切任务。如果没有这个理想,在舞台上的英雄人物,胸怀就不会宽广,形象就不会高大。为此,我们把第五场作了彻底的改变,并特地为杨子荣安排了一个[二黄]接[西皮]的大套唱段,揭示了他"愿红旗五洲四海齐招展","迎来春色换人间"的宏伟远大理想和革命的豪情壮志。这种革命的理想,在第三场和第四场的有关唱段里,也得到一定的揭示(如"一心要砸碎千年铁锁链,为人民开出万代幸福泉"等)。我们认为,有力地刻划英雄人物内心中这种崇高的共产主义理想,是革命现实主义和革命浪漫主义相结合的重要内容。如果不揭示这一侧面,那么杨子荣就势必成为一个"林冲夜奔"式的主人公,一个鼠目寸光的侏儒!

对于杨子荣性格气质方面的既勇敢豪放、又精细机智的特点的揭示,也是不可忽视的。为了表现他"气冲霄汉"、"壮志撼山岳"的勇敢豪迈气概,我们在第五场的开始,用表现风雪交加、骏马奔驰、气势壮阔的音乐形象的新幕前曲,引出一段表现杨子荣飞马高歌、威武雄壮的紧打慢唱式的新型[二黄导板],使观众在人物未出场之前,就感受到一个不畏艰险、勇往直前的英雄人物,扬鞭纵马由远而近;上场后,又为他设计了英武矫健的马舞和打虎舞蹈,更加强了其勇敢豪迈气概的表现。另一方面,为了表现他精细机智的性格气质,我们在第八场的核心唱段中又特别着重地表现他周密细致的思考、机智锐敏的决断,因而很快地做到"摸敌情了如指掌"的性格特点;此外,又在不同场次中为他安排了三次与座山雕、两次与栾平机智的交锋。以上两个侧面,在第十场的"武打"中又得到进一步的加强。显然,如果不表现他勇敢豪放的侧面,他的形象就不会很高大很有光彩;如果不表现他精细机智的侧面,他的形象也不会很扎实、很丰满。

在《智取威虎山》中其他几个英雄形象,我们也是根据同一个原理去塑造的。拿李勇奇来说,他是一个有革命传统的、受压迫受剥削的、同国民党反动派有着不共戴天的阶级仇恨的劳动人民的典型。一旦这种阶级仇恨受到中国共产党和人民解放军的启发、提高、指示,就会迸发出无穷无尽的革命力量。对于这样一个人物,我们不但写了他对座山雕"抓住你刀劈斧剁把血债偿"的烈火般的阶级仇恨,而且写了他对母亲、对张大山等阶级弟兄的深情厚谊;不但写了他对于"这些兵急人难治病救命"的沉思,而且写了他知道"自己的队伍来到面前"时的感情爆发。他世世代代遭受的是"兵匪一家欺压百姓"的深重阶级压迫,他浑身的"条条伤痕、处处疮疤"记录着他的血泪家史,在一旦看到自己盼望的救星来了后,多少年埋藏在他心底的愤怒烈焰和对党、对工农子弟兵阶级感情的洪涛,一齐奔泻而出,同时激励起他"从此我跟定共产党把虎狼撵,不管是水里走、火里钻,粉身碎骨也心甘"的钢铁意志和杀敌决心;尔后,又通过第九场他提供上山道路的线索、"滑雪"中的带路以及第十场的"武打"等行动,进一步发展了上述的各个侧面,从而使这一英雄人物的形象在党的教育下,步步提高,最后成为带领人民群众的民兵队长,同人民解放军团结在一起,战斗在一起,胜利在一起,杀敌立功。

为了坚持革命的现实主义和革命的浪漫主义相结合,通过着重揭示人物内心世界的途径,从各个方面完整地塑造无产阶级英雄人物高大丰满的光辉形象,布局上必须注意广度和深度的结合。如果只注意了布局的广度性,而忽视了对各个侧面内容有力揭示的深度性,就会导致虚有其表而无其实、面面俱到而缺乏艺术感染力和思想说服力的局面。因此,在考虑各个方面刻划英雄人物性格的布局之后,就要满腔热情、千方百计地调动一切艺术手段的积极因素,着重刻划英雄人物的主要的思想、性格特点,深刻、细致、有力地揭示各个侧面的内容,力求加深刻划无产阶级英雄人物光辉的内心世界的表现深度。这是一项过细的工作,粗枝大叶是不行的。对于改编过程中广大工农兵观众提出的许多细致的好意见,我们表示深切的感谢。

刻划反面人物,刻划其他正面人物,刻划环境气氛,
都必须坚定不移地为突出主要英雄人物服务

无产阶级的英雄人物总是在同反革命势力的剧烈斗争中,在革命的集体中,显示出自己的英雄性格的。因此,用反面人物的陪衬、其他正面人物的烘托和环境的渲染以突出主要英雄人物,是无产阶级文艺创作必须遵循的一条原则。对反面人物、次要人物的处理,往往很大程度上影响着主要的英雄人物的形象。毛主席在《矛

盾论》中教导我们说:矛盾的次要的方面在一定条件之下,又转过来表现其为主要的决定的作用。因此,如果自觉地运用上述的原则,就如同“烘云托月”,在一定的场合下,可以更加突出主要英雄形象的光辉;反之,如果违背这一原则,譬如肆意去渲染反面人物,落进“写中间人物”的陷坑,或者卖弄“噱头”等等,就一定会减损、破坏以至淹没主要英雄形象的光辉。

在处理这一问题时,我们的经验是需要注意“三突出”:在所有人物中突出正面人物;在正面人物中突出英雄人物;在英雄人物中突出主要英雄人物。所以,其他一切人物(包括正面和反面的人物)的安排和环境的处理,都要服从于突出主要英雄人物这一前提。现就三个方面分述如下:

(1) 用反面人物陪衬主要英雄人物。毛主席说:我们“也写反面的人物,但是这种描写只能成为整个光明的陪衬”。陪衬就是服从。谁服从谁,就是在舞台上谁被谁专政的问题。也就是哪个阶级主宰舞台的问题。在我们社会主义舞台上,任何时候都要以无产阶级英雄人物为主宰,而反面人物则只能成为英雄人物的陪衬。就是说,处理反面人物形象时,必须从塑造主要英雄人物的需要出发。否则,把反面人物写得与正面人物分量对半,或者写得非常嚣张,居于主位,这样就必然造成历史颠倒、牛鬼蛇神专政的局面。《智》剧原演出本的第六场就是这样。在那里,座山雕居高临下,主宰一切,而杨子荣却处于被动,围着他打转,做他的陪衬。这种历史的颠倒,如今被我们重新颠倒过来了。首先,我们删去了原来的“开山”、“坐帐”等渲染敌人威风的场面,又把座山雕的座位由舞台正中移至侧边,自始至终作为杨子荣的陪衬;而让杨子荣在雄壮的乐曲声中昂然出场,始终居于舞台中心;再用载歌载舞的形式,让他处处主动,牵着座山雕的鼻子满台转;在献图时,让杨子荣居高临下,而座山雕率众毕整衣拂袖、俯首接图。大灭了资产阶级的威风,大长了无产阶级的志气。这一改动,引起了强烈的反应。广大革命群众为之欢欣鼓舞,说“好得很”!“真是彻底翻了个身”!“大快人心”!而现代修正主义者则又恨、又怕、又痛、竟歇斯底里地咒骂我们“根本无视生活规律和舞台法则”。什么“生活规律”?什么“舞台法则”?一句话,他们说的就是复辟资本主义的“生活规律”,就是反革命的资产阶级专政的“舞台法则”!对于这些货色,我们不但“根本无视”,而且毫不讳言地要彻底打破。打破了以剥削阶级为舞台主人的所谓“舞台法则”,正是无产阶级文艺革命的一个巨大胜利。

(2) 用其他正面人物烘托主要英雄人物。主要英雄人物和其他正面人物的关系,也是辩证统一的关系。他是阶级的一员、群众的一员,又是阶级的代表、群众的代表。群众是英雄存在的基础,英雄是群众的榜样。伟大的英雄必然产生于英雄的集体。因此,写主要英雄人物,既不能脱离群众,又要高于群众;我们既要塑造高于一般正面人物的英雄形象,又要塑造作为英雄人物存在基础和体现其影响作用的英雄群像,但是,这两者不能等量齐观,而应该是:写一般正面人物要从塑造主要英雄人物出发,烘托主要英雄人物的形象,而不能让一般正面人物夺了主要英雄人物的戏,也不能用极力贬低群众的办法,把主要英雄人物弄成一个“鹤立鸡群”的“超人”。例如:《智取威虎山》第一场从前是结束在少剑波身上的,而杨子荣因为早已下场了,所以给人的印象不深。现在的结束,改为以杨子荣为中心的集体亮相,造成一种绿叶扶红花的局面。在这里,追剿队英雄群像的有力烘托,使杨子荣这一人物,在戏的一开始就给人以平凡而高大的印象。又如:第三场,通过常猎户和常宝的烘托,生动有力地体现了杨子荣这一英雄人物在群众中的影响作用。第四场是用其他人物烘托杨子荣的最典型的例子。在这里,通过特意增加的支委会和民主会的内容,突出了党的领导和战友们给杨子荣的无穷力量;又通过少剑波、申德华的有关唱段和台词,直接为杨子荣立传,写出他的阶级基础、政治素质以及党和群众对他的充分信任。另外,在“乘胜进军”“滑雪”和“开打”中,我们又以生活为依据并吸收了传统的一些舞蹈程式,创造出一套崭新的舞蹈,塑造了追剿队英姿勃发、斗志昂扬的英雄群像,从而提供了杨子荣“志壮力强”的群众基础。这一切都令人信服地表明:杨子荣虽然单身战斗在敌人心脏里,而“千百万阶级弟兄犹如在身旁”,“一颗颗火红心”温暖着他的胸膛,给了他无限智慧和勇气。这就很形象地体现了毛主席的人民战争的伟大思想。

(3) 运用环境的渲染突出主要英雄人物。环境的渲染对于塑造主要英雄人物也是不可缺少的一环。如果环境渲染处理得好,就能为揭示主要英雄人物的内心世界起到积极的作用;反之,则会起到削弱以至破坏的作用。因此,环境的渲染,包括舞台美工,必须以人物(特别是主要英雄人物)为依据。如果脱离人物空搞一套,只见物不见人,就会走上资产阶级唯美主义的道路。

《智取威虎山》在这方面也是经过尖锐斗争的。例如:在原演出本中,杨子荣上山之前,所有追剿队指战员出现的环境里,都用了一些枝垂干曲的树木,这种萧疏冷落、无精打采的气氛,与杨子荣和他的战友们朝气蓬勃、雄壮英武的气概很不相称。而我们现在看到的舞台环境,则完全变了样。第一、三、四、五、九场的背景中,都是用的枝干挺拔的参天大树。特别是第五场,一株株高入云端的栋梁松,夹着从树隙中射入的道道光柱,与“气冲霄汉”的雄壮歌声交相辉映,生动有力地体现了杨子荣豪迈刚强、坚贞不屈的英雄性格。第八场的环境处理,更是个典型的例子。在原演出本中,杨子荣蜷伏在一个阴暗狭窄的山洞里,给人以压抑、窝囊之感。这对于塑造他们那种胸怀狭窄、灵魂庸俗的“理想人物”,当然是完全相称的。而对于我们塑造胸怀无限宽广、顶天立地的英雄人物,显然是格格不入的。为此,根据江青同志指示,我们在批判了这种错误倾向后,对这一场的环境气氛,作了彻底的改变:让杨子荣像一株严寒冰雪中的青松,巍然挺立在气势雄伟、辽阔险峻的山巅之上,在远处群山低舞、天空彩霞绚丽的背景里引吭高歌。当唱到“抗严寒化冰雪我胸有朝阳”时，顿然间霞光四射，彩云万朵，一道灿烂的晨光，染红高耸入云的峭石之尖，与“东方红，太阳升”的旋律相映生辉，有力地象征着杨子荣“胸有朝阳”的崇高精神世界。

爱护革命样板戏　保卫革命样板戏

毛主席教导我们：“帝国主义者和国内反动派决不甘心于他们的失败，他们还要作最后的挣扎。在全国平定以后，他们也还会以各种方式从事破坏和捣乱，他们将每日每时企图在中国复辟。这是必然的，毫无疑义的，我们务必不要松懈自己的警惕性。”在《智取威虎山》的创作过程中，我们深深体会到：革命样板戏是在两个阶级、两条道路、两条路线的生死搏斗中诞生、成长的，无产阶级英雄形象就是在这场斗争中经过艰难曲折的道路塑造成的。从我们开始创作革命样板戏起至今，阶级敌人无时无刻不在进行攻击和破坏，只是在不同的斗争形势下，具有不同的特点、采取不同的手法而已。当我们刚刚开始塑造英雄形象时，他们就妄图把革命现代戏扼杀在摇篮里；当我们的英雄形象在舞台上树起来的时候，他们又采取“偷梁换柱”的方法，费尽心机地歪曲、丑化无产阶级英雄人物；当我们所塑造的英雄形象更加成熟时，他们又采取更阴险的手法，即：以“热爱样板戏”的面目出现，居心叵测地暗中进行破坏。他们有的用“捧”、“哄”等打糖衣炮弹的手法，破坏我们的军心，妄图使我们所塑造的英雄形象不知不觉地变了型（形）、走了样；此外还有的人恬不知耻地把革命样板戏中的英雄人物，硬挂到自己或者亲戚朋友的身上，宣称某某戏中的某某人物就是我或者就是谁，以此标榜自己，捞取政治资本，妄图败坏革命样板戏的声誉。最近就有一个自称姓孙的人，瞎说《智取威虎山》中的申德华就是他本人，并山南海北，到处游说，信口开河，大吹大擂，竭力丑化人民解放军的英雄形象，把一不怕苦、二不怕死的英雄战士，歪曲为贪生怕死、一心想吃敌人鸡骨头的胆小鬼，把有高度无产阶级政治觉悟的人民解放军指战员，歪曲成为流气十足的兵痞，丑化人民解放军，破坏革命样板戏，完全是一副政治扒手的嘴脸！我们对此感到无限愤慨！对于这种人，我们劝那些好心的同志切勿上当，并且要口诛笔伐，彻底肃清其流毒，以高度的政治责任感和革命警惕性，爱护样板戏，保卫样板戏，巩固样板戏。至于现代修正主义者咒骂样板戏，则正好暴露了他们惶恐不安的虚弱的纸老虎本质，正好说明样板戏打中了他们的要害，样板戏是我们反帝反修有力的思想武器。

忆往昔，峥嵘岁月；望未来，豪情满怀。让我们更高地举起毛泽东思想伟大红旗，奋勇前进，加强自己的思想改造，塑造出更多的无产阶级英雄人物的光辉形象，使之永远扎根于社会主义的舞台和银幕，为全中国和全世界人民服务。

——原载《红旗》杂志 1969 年第 1 期

编后记

众所周知,20世纪60年代是非常特殊的十年,经过了20世纪50年代的“双百方针”、“反右”运动和“大跃进”,文学与政治的关系越来越复杂,尤其是1966年以后,文学完全成了为极左政治服务的工具。为了完整反映这个十年文学批评复杂的历史样态,我们没有回避,适当选择了几篇具有鲜明政治性的文字。这些文章的错误观点在“文革”结束后受到批判。也许这些文字远离了文学的审美性,可它们却真实体现出那个时代的特殊氛围,即使为了“存真”,我们也不能无视它们的存在。这种时代氛围,既是文学作品产生的语境,也是文学批评发声的前提,同样也是我们今天重读这些文字必要的背景。为了帮助读者正确认识这类文章,我们加了批判性的题解。

这里选入的文章,基本上按时间顺序排列,大致可以分为三类:一是作家作品评论,二是一些理论问题的探讨,三是社论性、史料性的文章。选入时,尽量兼顾了这些文章当年的影响与现今的价值,除了个别情况外,基本上每位作者只选一篇,希望能反映出1960年到1969年十年间文学批评的复杂形态。

由于编选者识见所限,入选篇目或有不妥之处,敬请批评。

季　进

2009年10月

王　尧　林建法　**主编**

中国当代文学批评大系

一九四九—二〇〇九

卷　三

王　尧　**编选**

苏州大学出版社

图书在版编目(CIP)数据

中国当代文学批评大系：1949～2009：全6卷/王尧，林建法主编；郭冰茹等编选. —苏州：苏州大学出版社，2012.6
ISBN 978-7-5672-0081-4

Ⅰ.①中… Ⅱ.①王… ②林… ③郭… Ⅲ.①中国文学－当代文学－文学评论－文集 Ⅳ.①I206.7－53

中国版本图书馆CIP数据核字(2012)第106349号

中国当代文学批评大系：一九四九—二〇〇九

卷三

王 尧 林建法 主编

王 尧 编选

策划 沈海牧 朱绍昌 倪浩文

责任编辑 沈海牧 倪浩文

苏州大学出版社出版发行
（地址：苏州市十梓街1号 邮编：215006）
丹阳市兴华印刷厂印装
（地址：丹阳市胡桥镇 邮编：212313）

开本 787 mm×1 092 mm 1/16 印张 200.25(共六卷) 字数 3 790 千
2012年6月第1版 2012年6月第1次印刷
ISBN 978-7-5672-0081-4 定价：500.00元(全六卷)

苏州大学版图书若有印装错误，本社负责调换
苏州大学出版社营销部 电话：0512-65225020
苏州大学出版社网址 http://www.sudapress.com

目　　录

上海革命大批判写作小组

鼓吹资产阶级文艺就是复辟资本主义

——驳周扬吹捧资产阶级“文艺复兴”、“启蒙运动”、“批判现实主义”的反动理论

三十年前，伟大领袖毛主席在总结五四运动以来思想文化战线的斗争时指出：“一切新的东西都是从艰苦斗争中锻炼出来的。新文化也是这样，二十年中有三个曲折，走了一个‘之’字，一切好的坏的东西都考验出来了。”正是经过那二十年的斗争，产生了马克思主义思想文化运动的划时代文献：毛主席《在延安文艺座谈会上的讲话》。

三十年来，无产阶级同资产阶级两个阶级、两种文化经历了更加激烈曲折的斗争，而考验的结果，则是进一步证明：只有毛主席的无产阶级革命文艺路线，才是无产阶级革命文艺运动唯一正确的路线。

叛徒、内奸、工贼刘少奇在文艺界的代理人周扬、夏衍、田汉、阳翰笙等“四条汉子”，顽固地推行了一条与毛主席无产阶级革命文艺路线相对抗的反革命修正主义文艺黑线。这条黑线把鼓吹资产阶级、修正主义的文艺理论和作品，作为复辟资本主义的一种手段。在周扬看来，西方资产阶级十四至十六世纪的文艺复兴、十八世纪的启蒙运动和十九世纪的批判现实主义文艺，“不论在思想上、艺术上都是高峰”，站在“高峰”上的有这个“大师”，那个“斯基”，“说都说不完”。因此，中国无产阶级根本不需要搞什么文艺革命，只要以西方资产阶级的古典文艺为“奋斗目标”，来一个“东方的文艺复兴”就行。几十年来，他发表了无数吹捧资产阶级“文艺复兴”、“启蒙运动”、“批判现实主义”的反动理论，作为反对毛主席的无产阶级革命文艺路线的毒箭。对于这些反动言论，我们必须彻底批判。

把资产阶级文艺当作“奋斗目标”还是搞无产阶级文艺革命？

资产阶级的文艺复兴、启蒙运动和批判现实主义是干什么的？它们都是为发展

资本主义、建立和巩固资产阶级专政、企图挽救资本主义的灭亡制造舆论的。资产阶级在文艺复兴时期刚刚走上政治舞台，在启蒙运动时期进行了向封建阶级夺取政权和逐步确立资本主义统治，而到了产生批判现实主义文艺的十九世纪，资本主义制度已经充分暴露出它固有的矛盾，无产阶级开始以资产阶级掘墓人的姿态登上政治舞台。一部从文艺复兴经启蒙运动到批判现实主义的历史，不正是反映了资产阶级在世界范围内从发生、发展到衰亡的过程吗？

毛主席深刻地指出："从来的革命，除了奴隶制代替原始公社制那一次是以剥削制度代替非剥削制度以外，其余的都是以一种剥削制度代替另一种剥削制度为其结果的"；"只有我们，只有无产阶级和共产党领导的人民大众的革命，是以最后消灭任何剥削制度和任何阶级为目标的革命。"为了达到这个目标，无产阶级在取得政权以后继续进行社会主义革命的过程中的一个重要任务，就是必须彻底批判一切资产阶级反动思想体系，彻底批判一切为剥削阶级、剥削制度服务的思想体系，而决不能把资产阶级文艺当作模范或"目标"。那样做，就是复辟资本主义制度。

难道在无产阶级专政条件下，还能把资产阶级文艺复兴当作"奋斗目标"吗？文艺复兴运动的代表人物竭力鼓吹"人文主义"即"人道主义"，据说是只有到他们才"发现"和"肯定"了"人"。但是，封建阶级也是一种"人"，它却不讲"人道"而讲"神道"。那个"神"，正是神化了的封建统治者。资产阶级用"人道"反对封建阶级的"神道"，这种"人"，不是别人，正是资产阶级自己。至于创造了世界历史的亿万劳动人民，则既没有被"发现"，更不会被"肯定"。"人文主义"者宣扬现世幸福高于一切，其实是用资产阶级公开的纵欲主义，反对封建阶级的禁欲主义即不公开的纵欲主义。他们高唱"我的思想只以我自己为唯一的目标"，更是把资产阶级利己主义、享乐主义、疯狂的占有欲都说成是"自然"赋予的"普遍人性"。把这一套统统"复兴"起来，哪里还有劳动人民的地位！哪里还有无产阶级的红色政权！

难道在无产阶级专政条件下，还能把资产阶级的启蒙运动当作"奋斗目标"吗？周扬到处鼓吹"用科学之真理启群众之冥蒙"，完全反映了资产阶级把自己看成"救世主"、把群众当作"群氓"的反动观点。真理是有阶级性的。什么是"科学之真理"？在人类历史上只有马克思主义、列宁主义、毛泽东思想才是将使全人类彻底解放的真正的科学真理。马克思主义从哪里来的？是马克思、恩格斯在总结各国无产阶级革命运动实践经验基础上建立起来的。这就是毛主席所说的"从群众中来"。无产阶级先进分子把马克思主义的真理向劳动人民进行反复的宣传和教育，当这个"代表先进阶级的正确思想，一旦被群众掌握，就会变成改造社会、改造世界的物质力量"。这就是毛主席说的"到群众中去"。马克思主义的发展，正是遵循着"从群众中来，到群众中去"的路线，"如此无限循环，一次比一次地更正确、更生动、更丰富”。马克思主义、列宁主义、毛泽东思想，这就是马克思主义发展的三个阶段。但那些资产阶级民主主义革命家的所谓“启蒙”，不仅摆出恩赐者面孔，而且是用“自由、平等、博爱”之类的资产阶级谎言欺骗群众，为建立或巩固资产阶级专政服务的。所谓“启蒙”，对无产阶级来说，其实是“蒙蔽”！以这种文艺为“目标”，就是为刘少奇的资产阶级反动路线制造反革命舆论。请看：周扬文艺黑线在刘少奇的授意下，为这个叛徒树碑立传而炮制的反动影片《燎原》里，不就有个叫雷焕觉的家伙吗？“雷焕觉”者，“来唤觉”也。这个工贼是以“救世主”的身份“来唤醒”群众的“觉悟”的。多年来，叛徒、内奸、工贼刘少奇所推行的资产阶级反动路线，就是蒙蔽、镇压工农群众，只准资产阶级剥削压迫劳动人民，不准工农群众起来革命！

难道在无产阶级专政条件下，还能把资产阶级的批判现实主义文艺当作“奋斗目标”吗？无产阶级批判资产阶级是为了彻底消灭资产阶级，而资产阶级作家对资本主义的“批判”，不但不敢否定其剥削本质，不敢触及资产阶级专政这个根本问题，恰恰相反，他们是为了巩固资产阶级专政，是梦想给病入膏肓的资本主义制度开药方的。他们对资本主义社会某些批判从来没有也不可能超出资本主义制度允许的范围。以苏修叛徒集团为代表的现代修正主义者之所以要如此起劲地吹捧批判现实主义，就因为他们也是没落的资产阶级代言人，可以借此维护他们的资产阶级反动统治。周扬一伙从苏修叛徒集团那里把这种资产阶级文艺思潮引进社会主义的新中国以后，便派生为“写真实”论、“现实主义的深化”论、“现实主义广阔的道路”论等变种，公开煽动资产阶级知识分子要“勇于揭露生活真实”，“揭露社会主义制度的阴暗面”，用以瓦解和破坏无产阶级专政。因此，如果我们要从思想文化上进一步巩固和加强我们的无产阶级专政，那就必须用无产阶级世界观批判资产阶级的批判现实主义。

其实，即使在当时，资产阶级提出“文艺复兴”的口号，也只是一种手段而不是目的。资产阶级是真的要恢复古希腊罗马奴隶主文化吗？不是的。毛主席指出：“一定的文化是一定社会的政治和经济在观念形态上的反映。”资产阶级当时的“理想王国”是资本主义社会，绝不是要向奴隶制社会倒退。它所以要在向封建统治发起进攻中打起“文艺复兴”的旗号，除了用以激发自己的战斗热情之外，主要是为了掩盖资产阶级革命的狭隘内容，以欺骗和蒙蔽广大群众。由此可见，资产阶级处于初兴时期提出的“文艺复兴”，是为着实现多少带有前进意义的资产阶级的政治要求，即用一种新的剥削制度代替一种旧的剥削制度，实现从封建社会向资本主义社会的演变。而在无产阶级专政的条件下，周扬之流要把资产阶级“文艺复兴”作为“奋斗目标”，却完全是代表已被推翻的资产阶级，适应他们复辟资本主义的反革命需要，即通过“复兴”资产阶级旧思想、旧文化来复辟旧政治、旧经济，复辟旧的剥削制度，使社会主义社会向资本主义社会倒退,使社会主义的新中国重新沦落成为半殖民地半封建的旧中国!

反动阶级对于历史规律的抗拒,只会加速自己的灭亡。恩格斯说过:“这是从十五世纪下半叶开始的时代。……当市民和贵族还在互相格斗时,德国农民战争却预言式地提示了未来的阶级斗争,因为德国农民战争不仅把起义的农民引上了舞台——这已经不是什么新的事情了,而且在农民之后,把现代无产阶级的先驱也引上了舞台,他们手里拿着红旗,口里喊着财产公有的要求。”如果说,还在资产阶级文艺复兴和启蒙运动的行进过程中,现代无产阶级的先驱就已经毫不妥协地向资产阶级提出了“财产公有”的挑战;那么,在马克思主义、列宁主义、毛泽东思想已在全世界广泛传播的今天,在帝国主义走向全面崩溃、社会主义走向全世界胜利的今天,周扬之流重抄资产阶级老皇历,妄图为资本主义招魂,就如同妄图要地球倒转那样可恶而又可笑!

驳文化上的卖国主义

周扬在吹捧资产阶级文艺时,特地说明:“外国的朋友们很希望看到东方的文艺复兴。”叛徒、特务周扬的“外国朋友”是些什么人呢?只能是一小撮帝国主义者和社会帝国主义者。这些人对社会主义的新中国会有什么“希望”呢?“帝国主义的预言家们根据苏联发生的变化,也把‘和平演变’的希望,寄托在中国党的第三代或者第四代身上。”周扬就是忠实执行帝国主义“预言家们”的反革命“希望”的一个卖国贼。

为了推行这条卖国主义文艺路线,周扬制造了种种反革命舆论:

所谓“完全一致”论。

周扬认为:初兴时期的资产阶级是“和全体劳动人民的利益相一致的”,因而文艺复兴和启蒙运动时代的资产阶级文艺“对人类作了巨大的贡献”。而到了十九世纪,资产阶级虽已腐朽没落,但作为“资产阶级代表”的批判现实主义作家,却据说是已经背叛了本阶级的“浪子”,“不赞成资本主义”,因而这种文艺又成了“全体文明人类的骄傲”。干脆一句话:资产阶级的全部文艺都和劳动人民的利益“完全一致”!

这是文化上彻头彻尾的阶级投降主义。

诚然,资产阶级一直企图把自己打扮成“全人类”利益的代表者,但是,即使当资产阶级开始向封建阶级发起进攻的时候,也丝毫没有停止过对劳动人民残酷的剥削和压迫;而且,它的向封建阶级发起进攻,正是为了夺取统治和剥削劳动人民的权力,因此,一旦政权到手,往往立即同封建阶级联合起来向要求继续革命的劳动人民实行残酷的镇压。在近代世界史上,留给我们的这些血的教训难道还嫌少吗?

毛主席有一个十分深刻的概括:"资产阶级领导的东西,不可能属于人民大众。"这句一针见血的话,足以打破一切资产阶级、修正主义所散布的什么"全民文艺"、"全人类文艺"的谎言。这是因为资产阶级所领导的一切,就是用它的剥削本性改造过的一切。被周扬之流引为"骄傲"的全部资产阶级文化,都是他们在残酷地榨取劳动人民血汗的基础上造成,并为资产阶级的政治利益服务的。文艺复兴和启蒙运动时代的文艺是这样,十九世纪的批判现实主义文艺也是这样。所不同的只是,前一个时期,资产阶级还处于自己的所谓"黄金时代",因而出现了像笛福笔下的鲁滨孙这样的所谓"征服者"即野心勃勃的殖民主义者的形象;而在后一个时期,资产阶级已经"日薄西山,气息奄奄",于是出现了从巴尔扎克到托尔斯泰,以及一批专写所谓"多余的人"的批判现实主义作家。难道他们真的"不赞成资本主义"吗? 不! 他们是竭力企图挽救本阶级腐朽反动统治的崩溃和灭亡的。马克思主义者决不能把资产阶级统治的维护者,当作劳动人民的代言人来歌颂,而必须对他们的作品进行阶级分析,帮助人们正确认识这些作品,从资产阶级散布的种种谎言中解放出来,用暴力革命推翻资本主义制度及其全部上层建筑。

所谓"不可超越"论。

周扬吹捧资产阶级的文艺复兴、启蒙运动和批判现实主义"不论在思想上、艺术上都是高峰",下令不准也"不必超过";岂但不能"超过",连"比"也没有资格,中国无产阶级只有先跟在西方资产阶级屁股后爬行"几百年"才能与之相"比"哩!

马克思主义、列宁主义、毛泽东思想不承认世界上的具体事物存在什么不可超越的极限。资产阶级的代表人物虽然都曾多次从资产阶级观点出发,宣布他们的唯心主义、形而上学思想体系是什么"不可超越"的"终极理论",但马克思主义的发展和革命的发展却早已彻底戳穿了他们用来抵制无产阶级革命、维护资产阶级反动统治的这种谎言。周扬的"不可超越"论,实质上无非是在宣扬资本主义制度的"不可超越"。

在人类历史上,为工农兵服务的无产阶级文化是最伟大的文化,而资产阶级的全部文化都只是为剥削阶级服务的,哪里经得起一比呢? 比一比典型人物的创造吧! 翻开资产阶级文艺复兴运动、启蒙运动、批判现实主义的全部作品,描写的、歌颂的、美化的都是剥削阶级及其知识分子的形象,偶尔出现的几个工农群众形象,不是被歪曲成为暴徒,就是被丑化成为奴才。形形色色的剥削者、吸血鬼,却被作为文学艺术作品的主人公,在舞台、银幕、小说、诗歌等各个场合飞扬跋扈,耀武扬威。在这里,历史的真相、历史进程的本质完全被颠倒了。周扬对这一点当然是死不承认的。他认为资产阶级作家不仅创造了无数"活生生的典型人物",而且还创造了"未来社会主义"的"新人”典型。他一再鼓吹俄国资产阶级作家车尔尼雪夫斯基在一本叫《怎么办?》的小说里,不但描绘了妙不可言的“社会主义社会的图画”,而且还创造了一群这种“新人”的典型。这群“新人”的人物之一,名叫薇拉。“新”在哪里呢? “新”就“新”在明明是丑恶的“利己主义”,却偏要虚伪地戴上一顶“合理的”帽子;明明是一个工场女资本家,却偏要假心假意地让工人都来做“老板”,搞所谓“文明剥削”。据薇拉的第一个丈夫说,这一套他早在“美国见过啦”。其实,周扬鼓吹的这种让工人都来当老板的“新人”,我们上海工人阶级在解放前就领教过了。他们那一套所谓的“文明剥削”,其实不过是大老板从残菜剩饭中拿出一点点来,收买工贼、欺骗工人的一种手段,同尼克松、勃列日涅夫所鼓吹的“福利国家”一样,都是为了巩固资本主义制度的。但是,只要把资本主义贴上社会主义的标签加以美化,立刻就成为周扬心目中“未来社会主义”的“新人”典型,这就是所谓“在思想上、艺术上”都不可超越的“高峰”!

“俱往矣,数风流人物,还看今朝。”历史早已证明:只有掌握了马克思主义、列宁主义、毛泽东思想的无产阶级,才能创造出真正的无产阶级革命英雄的光辉典型。在毛主席无产阶级革命路线指引下,江青同志用心血培育出来的革命样板戏,才真正是一切资产阶级文艺所无法比拟的。面对着李玉和、杨子荣、方海珍、郭建光、吴清华、洪常青等无产阶级的革命英雄群像,回头再看看资产阶级文学艺术作品中那些剥削阶级代表人物的形象,岂不显得极其藐小! 周扬胆颤(战)心惊地说:“事事都要超过就会出问题。”好一个“就会出问题”! 这不是一语泄漏了资产阶级在无产阶级文艺革命伟大胜利面前的恐惧心理吗?

正如伟大领袖毛主席早就指出的:“伟大的胜利的中国人民解放战争和人民大革命,已经复兴了并正在复兴着伟大的中国人民的文化。这种中国人民的文化,就其精神方面来说,已经超过了整个资本主义的世界。比方美国的国务卿艾奇逊之流,他们对于现代中国和现代世界的认识水平,就在中国人民解放军的一个普通战士的水平之下。”注意,是“超过了整个资本主义的世界”,包括它们的资本主义文化! 这就是对于周扬“不可超越”论的最彻底的批驳和最有力的回答!

所谓“全盘西化”论。

周扬鼓吹要“伸手向着西洋遗产”,要“把旧时代的意识形态作为系统的东西保留在今天的文艺中”。一要“旧”,二要“系统”,三要“保留”,这难道还不算“全盘西化”?! 他还胡说什么由于我国“艺术各部门技术传统的薄弱”,“西洋技巧”“较之中国固有的旧的技巧,当然是更进步,更科学得多的”,因此,“多吸收一点总是好的,多一分有一分好处”,真是数典忘祖,无耻之尤。还有一点中国人的气味么? 一丝一毫也没有了,有的是一副向西方资产阶级摇尾乞怜的奴才相!

中国人民,是伟大的勤劳而勇敢的人民;中华民族,是伟大的有高度文化的民族。中国早从“五四”以来，就产生了在以毛主席为领袖的中国共产党领导下，以鲁迅为代表的新的文化生力军和新的文化方向，而宣告了旧的资产阶级民主主义文化在中国土地上的终结。

今天，我们在建立的是人类历史上最伟大最革命的无产阶级文化。我们坚定不移的方针是：“古为今用，洋为中用”、“推陈出新”。古的和洋的艺术，就其思想内容来说，是古代和外国的剥削阶级的政治愿望和思想感情的表现，是必须彻底批判和与之彻底决裂的东西；至于其中少数作品的艺术形式的某些方面，也是需要用毛泽东思想为武器来进行批判和改造，才能推陈出新，使它为创造无产阶级文艺服务。“不破不立。破，就是批判，就是革命。破，就要讲道理，讲道理就是立，破字当头，立也就在其中了。”要用，就得批判；不批判，就不能为我所用，更谈不上推资本主义之“陈”，出社会主义之“新”。江青同志率领革命文艺工作者创造的革命样板戏，是实践毛主席的“古为今用，洋为中用”、“推陈出新”伟大方针的光辉典范，在关于如何对待和处理文化遗产的实践问题上，正在产生越来越深远的影响。

但是在周扬眼里，却是只见“洋”不见“中”，只见“古”不见“今”，只看到西方的资产阶级，看不到东方的无产阶级。如果照周扬那样让资产阶级文艺牵着自己的鼻子走，只能是对刘少奇一伙实行卖国主义起到“多一分有一分好处”的反动作用。

毛主席深刻指出：“阶级投降主义实际上是民族投降主义的后备军”。周扬从鼓吹“完全一致”到“不可超越”，从“不可超越”到“全盘西化”，就这样一步步地跟着刘少奇“爬”到了叛党卖国的道路上去！

从半殖民地半封建土壤中生长起来的中国资产阶级，政治上、文化上都极度软弱、落后，而作为资产阶级右翼的买办资产阶级，更是事事仰赖西方资产阶级，专干出卖祖国的罪恶勾当。周扬就是资产阶级在文化上实行卖国主义的一个代表，当然不是唯一的代表。在中国现代文化史上，胡适就是周扬的先行者。胡适之流说：月亮也是美国的好。周扬说：西方资产阶级文化是最“进步”、最“科学”（的），“卓越”得我们只能望尘莫及。两人一先一后，可称得上难兄难弟。他们之间有没有不同呢？有，胡适是专营美国货的文化买办，周扬则是兼营杂牌货的文化买办。如此而已，岂有他哉！

把思想文化战线上的革命进行到底

“不破不立，不塞不流，不止不行。”当前，文艺战线的斗、批、改群众运动要深入进行下去，就必须破掉周扬这套吹捧资产阶级文艺的反动理论。

必须解决一个如何正确认识西方古典文艺的问题。所谓文艺复兴、启蒙运动、批判现实主义都算是资产阶级的古典文艺。用历史唯物主义观点看问题，如同帝国主义、社会帝国主义是资本主义发展的最高阶段一样，资产阶级的现代派文艺就是资产阶级文艺正在走向灭亡的最后阶段。但长期以来，国内外修正主义者却把资产阶级古典文艺和资产阶级现代派文艺对立起来，仿佛古典文艺不是资产阶级文艺，是好得不能再好的"全民文艺"，名声都是给现代派搞坏的。这是一个欺骗。资产阶级古典文艺和现代派文艺，在艺术形式上是有某些区别的，前者对我们来说，可以起一定的借鉴作用，而后者则根本毫无一点可取之处；但是，就其阶级本质来看，两者完全是一致的，后者是前者的恶性发展，是资产阶级在二十世纪即帝国主义和无产阶级革命时代不可逃脱的政治、经济危机的必然结果。

在无产阶级专政的条件下，资产阶级在思想文化上向无产阶级进攻的方式，一种是明目张胆地照搬现代派文艺，另一种则是利用所谓古典文艺。这不仅因为资产阶级在古典文艺中所"追求"的目标，正是它今天已经失去而在千方百计"复辟"的天堂，而且还因为社会上许多人，特别是青年人，对这种古典东西所代表的阶级本质往往认识不足，极易被俘虏过去。因此，无产阶级对于资产阶级的古典文艺，必须用马克思主义进行彻底批判。请看，只要我们稍微触动一下资产阶级古典文艺的"大师"们，苏修叛徒集团就暴跳如雷，这也从反面证明了这种批判的必要性。把资产阶级古典文艺"大师"、"斯基"敬若神明的苏修文坛，现在不仅已经充塞着爵士乐、扭摆舞以及西方现代派的一切垃圾货，而且还成为风靡一时的最时髦的东西哩！由此可见，修正主义者不但要发展"现代派"腐朽的东西为他们服务，而且也要借这些"古典"死人的名声来专无产阶级的政，为复辟资本主义服务。他们同时使用这文化上的反革命的两手。他们中间有时也发生一些争吵，甚至吵得昏天黑地，有的主张搞现代派，有的认为现代派要不得，有的叫喊老沙皇野蛮的侵略思想如何"圣洁"，有的则吹捧美帝国主义的堕落文化如何"文明"，这不过是究竟哪一种刀子屠杀人民更好些之争，本质上是一样的。这样的历史教训，是很能教育人们的。

长期以来，披着马克思列宁主义外衣而言必称"大师"、"斯基"的周扬之流无论在文学、社会科学、自然科学各个方面都散布了大量毒素。我们要来一个思想大扫除，大灭西方资产阶级威风，大长中国无产阶级志气，推进社会主义的科学文化。这是一个长期的同时又是必须切实抓紧并且进行到底的革命任务。

无产阶级文化大革命已经取得了伟大的胜利。在京剧革命、芭蕾舞革命、交响音乐革命中产生的一批革命样板戏，正在发射出更加灿烂的光辉，显示出越来越大的影响，鼓舞着我们在各个文艺领域根据毛主席的文艺思想进行革命和创造。周扬这条反革命修正主义文艺路线是垮台了。但是，思想文化阵地上两个阶级、两条路线的斗争并没有因此而结束。旧思想、旧文化还会顽强地挣扎。今后出来同无产阶级较量的新毒草，可以是"阿飞舞"之类的资产阶级现代派，也可以是搬出这种或那种资产阶级古典文艺，它们对于无产阶级专政都起着破坏作用。因此，我们必须在毛主席无产阶级革命文艺路线的指引下继续战斗，必须掀起一个更大规模的革命大批判运动，批判刘少奇的反革命修正主义政治路线和文艺路线，批判周扬、夏衍、田汉、阳翰笙这四条资产阶级“汉子”，批判他们所吹捧的“大师”、“斯基”和从孔子到胡适以及形形色色的资产阶级反动思想，并在革命大批判中，使广大革命文艺工作者都得到锻炼和改造。我们希望各条战线上的同志们，都能重视和参加这场革命的大批判运动，把意识形态领域的阶级斗争进行到底，为建立和巩固无产阶级在上层建筑其中包括各个文化领域在内的全面专政而斗争到底。让我们高举马克思主义、列宁主义、毛泽东思想的伟大红旗，积极战斗，迎接无产阶级文艺革命新高潮的到来吧！

——原载《红旗》1970 年 4 月第 4 期

方泽生

还要努力作战

——评《虹南作战史》中的洪雷生形象

我们以十分兴奋的心情,读完了反映农业合作化运动全过程的长篇小说《虹南作战史》。在毛主席革命路线的指引下,广大贫下中农以如此高昂的革命热情走上了社会主义光明大道,而走在这个行列前头的,是他们的代表洪雷生。

洪雷生是在农业合作化运动中涌现出来的大批群众领袖人物的一个艺术典型。这个英雄形象所以引人注目,在于人物形象里如作者所说的“注入了某些新的因素”,即从社会主义社会中两条路线斗争的高度来塑造这个英雄形象,表现出了时代的风貌,反映了农业合作化运动这场斗争的本质,概括了从贫下中农中间成长起来的无产阶级英雄形象的特点。

小说反映的背景,基本上取材于上海市郊新泾区虹南乡合作化过程中的两条路线斗争。毛主席高度赞扬了虹南乡贫下中农走社会主义道路的积极性,为《机会主义的邪气垮下去,社会主义的正气升上来》一文写了按语。按语最后说:“当然还有许多战斗在后头,还要努力作战。”这两句话,概括了这一时期无产阶级革命路线的基本精神。“还要努力作战”这一战斗号召,极大地鼓舞着广大贫下中农不断革命、继续革命,把社会主义革命进行到底。这种不断革命、继续革命的精神,也可以说是洪雷生身上最突出的无产阶级品质。

在农业社会主义改造这场伟大的革命斗争过程中,洪雷生从不满足已经取得的成绩和胜利,始终坚定地站在毛主席无产阶级革命路线的立场上,把革命不断推向前进,去夺取新的胜利。互助组刚巩固,他就要转社,非入不可,“我就是这句话”!初级社办好,机会主义者忙得“七处生烟,八处冒火”一团糟,想“坚决收缩”的时候,他却带着贫下中农坚决向高级社迈进,“毛主席给我们指的路,谁也拦不住!”战胜了天灾,战胜了“人祸”——机会主义分子浦春华的污蔑,富农的破坏,富裕中农的干扰之后,他一刻也不停,“第二天就带着青年队去支援了宝北乡的那个高级社”。他所做的一切看来似乎都很平凡：拆廓，办社，竞赛，辩论，筑渠……然而他在毛主席指引的农业合作化的康庄大道上，一步一个脚印，步伐是那么豪迈，那么坚定。无产阶级的这种革命的坚定性和彻底性，化为洪雷生形象的血肉，使他的性格变得突出而动人了。

洪雷生英雄性格的第一个特点是“硬”。用他自己的话说，叫“脾气也硬得很”，“宁可饿一顿肚皮，不肯受一点气”。然而，这样概括还不全面，这只是青少年时代的洪雷生的性格特点。在党的培养下，在群众斗争的大风大浪里入了党，他的“硬”的性格就有了新的阶级内容，即革命的硬骨头精神，坚强的无产阶级党性。办社的时候，洪雷生不同意那张排斥贫下中农的名单，高曲文用浦春华的名义压他，他毫不妥协，“将手往腰里一叉，威风凛凛地说：‘不管是谁决定的，这个名单我就是不同意。……’”他“硬”得很。在与天灾人祸的一场大斗争中，浦春华直接跳了出来，给他扣上了“个人英雄主义”的帽子，污蔑虹南村高级社是“三类社”，企图强迫洪雷生就范，洪雷生毫不动摇，一硬到底，“当一天共产党员就要同错误思想顶一天”，“永远走毛主席指引的合作化道路，哪怕是钢刀搁在头颈上，也不回头！哪怕是刮十二级台风，我也不动摇！”有时他硬得似乎不近“人情”：菜贩子请他吃油饼，他正眼也不看，“大口大口地吃着麦粉饼”；菜贩子趁他不在，用高价把集体的菜弄走了，他还要追回来，退款，要他们写检查，宁可合作社减少一笔收入。他“无论何时何地，坚持正确的原则，同一切不正确的思想和行为作不疲倦的斗争”。这样一“硬”到底，就把阶级敌人和资本主义、机会主义的邪气压下去了，调动了贫下中农的社会主义积极性。但洪雷生并不是一跳八丈高的“莽张飞”式的人物，他“谦虚谨慎”得很，斗争需要他“软”的时候，他又“软”得很有分寸。富裕中农牛虎生一次次向他挑战，给合作社添麻烦的时候，他偏不理睬那一套，把火压下去，自觉地以共产党员标准要求自己，按照党的政策去团结他，教育他，改造他，做深入细致的工作，连牛虎生也不能不有所触动。这里所说的“硬”、“软”结合，就是共产党人坚定的原则性和策略的灵活性的辩证统一，标志着洪雷生英雄性格的成熟。

洪雷生英雄性格的另一个特点是善于“用脑子分析”。他想的不是个人的名利得失、富贵发财的“美梦”，而是“合作化运动发展方向”。多思，使他近乎“老成”，看来似乎缺少一般青年人的热闹劲儿。但这正是洪雷生英雄性格趋向成熟的另一重要标志。他补着花袋，“脑子里想的却是全虹南村，却是虹南村今后走在社会主义大道上的光明景象，却是想到了全中国农村走社会主义道路的光明景象”；肩上挑着粪，对付富裕中农的“下马威”，心里想的却是“无产阶级要团结、改造、教育中间派”的历史使命。越想，“心胸宽了”，方向明了；越想，看问题比别人深，进步比别人快。这也许就是浦春华所讥讽的“幻想太多”吧，然而他常常把思想与现实斗争结合起来，所以想到点子上，符合贫下中农的根本利益，符合历史进程的规律；再加上他的锲而不舍的韧劲和脚踏实地的作风,“幻想”就变成巨大的推动力,变成改造世界的物质力量。

洪雷生不是天上掉下来的“英雄”。他的英雄性格的形成,是有牢固的现实基础的。作者通过情节的铺叙和发展,为我们提供了可信的脉络。一是洪雷生深深扎根在群众之中,“在人民中间生根、开花”,永远是贫下中农的贴心人。他跟那个代表着资产阶级利益的浦春华和富裕中农在一起时,总觉得“浑身不舒服”;而一回到贫下中农徐土根、张宝珍身边,跟那些从小“摸鱼、拷浜的淘伴”在一起时,就“如鱼得水”,热气腾腾。洪雷生一面是贫下中农的带路人,一面又向贫下中农学习,汲取精神力量,所以他说话就特别响亮,特别有力量。甚至他跟他母亲的动人感情,也是深厚的阶级感情的一种表现。一是洪雷生自觉地接受马克思列宁主义、毛泽东思想的教育。自从在安克明那里认识了“毛主席、共产党、解放军”几个字,接触了革命真理以后,他就主动地、如饥似渴地学习毛主席著作,把学习和斗争、理论与实践结合起来。他每前进一步,都用毛泽东思想作为指路明灯,这正是他能够坚决执行毛主席革命路线的关键。如果把群众比作英雄成长的土壤的话,那么毛泽东思想就是阳光和雨露。真正的无产阶级英雄的成长,都离不开这样的基本前提。偏离了,英雄就成了无源之水,无本之木。当然要把它溶化在人物形象的塑造中,渗透在故事情节的发展里,成为有机的整体。否则,思想再正确,也是没有艺术力量的。

洪雷生也不是超凡入圣的“英雄”。他起初不过是个“一条裤子一根绳”的“讨饭团”。他的英雄性格是在现实的阶级斗争中,特别是两条路线的斗争中逐步发展形成的。他的英雄性格的形成,又离不开五十年代中国农村这个典型环境,离不开农村基层党的工作者的特定的生活道路。洪雷生并不是一下子就认识到党内的两条路线斗争的。机会主义路线的代表人物浦春华胡说什么办互助组要“自找对象”时,洪雷生还以为是“张宝珍没听清楚,或许是浦春华一时说走了嘴”,当然不可能意识到这是两条路线的斗争;浦春华以“团结中农”为借口兜售“生产靠中农”的黑货时,洪雷生知道不对,但是“讲不出成套的理由来”;在批判“先机械化后合作化”的错误观点时,洪雷生也只是从“当时的认识水平出发”。虽然如此,对于机会主义路线的种种表现,他在“行动上已经进行了抵制”,“从贫农这个阶层的迫切需要组织起来的阶级感情出发来顶”,这已经是很可宝贵的革命精神了。直到毛主席的“还要努力作战”的按语传达后,他把一次次斗争联系起来看,才对合作化运动的两条路线斗争有了比较完整、清醒的认识。这是符合唯物论的认识论的。一旦认识以后,他就比较自觉地起来捍卫毛主席的革命路线,向机会主义路线打进攻战。这就是小说写得最成功的《较量》一章所描写的:在各种复杂的矛盾的“包围”之中,他“稳如泰山”,指挥若定,接连打了四个战役,取得了“初战必胜”。在斗争中,洪雷生的英雄性格显出了动人的光彩。

从两条路线斗争的高度来塑造英雄形象,深化作品主题,是无产阶级文化大革命的伟大胜利给文艺创作提出的要求。经过无产阶级文化大革命的战斗洗礼和思想与政治路线方面的教育,我们深刻地懂得了中国革命的胜利曾经经历了那样多的艰难险阻,懂得了只有毛主席的革命路线,才是夺取革命胜利的唯一正确的路线。站在时代的高度回溯农业合作化运动的全过程,就象揭去了一层薄薄的纱幕。各种各样的人物,形形色色的斗争,乃至社会生活的细微(枝)末节,都豁然开朗,清晰地显现在我们眼前:原来这一切都同党内两条路线的斗争联系着。农业合作化运动的全过程,就是毛主席的革命路线战胜反革命修正主义路线的过程。这是斗争的一条总纲。因此,只有从路线斗争的高度来认识农业合作化运动,才能对那场斗争有本质的认识;只有从路线斗争的高度来指导文艺创作,塑造英雄形象,才能使英雄形象闪耀着时代的光芒,具有更深刻的现实教育意义。这正是《虹南作战史》的作者努力追求的目标,也是小说取得的新的成绩。

《虹南作战史》在洪雷生这个英雄形象的塑造上达到了可喜的高度。但是从整个作品来看,也有还可以讨论、有待进一步提高的地方。

如何处理阶级斗争与路线斗争的关系。党内的两条路线斗争,是阶级斗争在党内的反映。由于路线斗争的尖锐,给阶级敌人以可乘之机,阶级斗争也必然更形式复杂。把尖锐、复杂的阶级斗争和两条路线斗争交织在一起,考验着英雄,英雄形象一定会显得更有光彩。这正是“沧海横流,方显出英雄本色”。《虹南作战史》在描写阶级斗争方面是有缺陷的。反映合作化的全过程,而看不到地主阶级活动的影子,这已经是不够典型的了;而几个富农的破坏,也没有深入到本质中去,如《捉鬼》一节,写得很热闹,但对英雄形象洪雷生的塑造几乎是无关大局的。这里也可以看出,作者在一定程度上还受着真人真事的局限,没有充分运用,或者说还不善于在大量占有生活素材的基础之上,运用艺术虚构的方法,这不能不影响洪雷生形象的思想深度和艺术力量。

如何看待作者的议论。议论多,也是本书的一个特点。作者的用意是明显的:凡是议论多的地方,也就是作者力图更深刻地阐发作品的思想深度,为英雄人物的高大形象增添光彩的地方。但有时候,其效果却往往适得其反。我们并不完全排斥在文学创作中有作者的议论。《虹南作战史》中有些议论还是必要的。但是文艺作品中的思想内容一定要通过人物的形象来说话,作者的议论只能象电影的画外音一样,起一个画龙点睛的作用,决不能以作者的议论,来代替在艺术上对人物的塑造。游离于人物性格发展的必然逻辑之外的议论,再多,再好,也往往达不到丰富英雄人物形象和教育人的目的。有一些地方,作者也应该为读者留下一些思考的余地,有一些话让评论者来说不是更好吗?

如何调动一切艺术手段使英雄形象更丰满。调动一切艺术手段为塑造英雄形象服务,这是一条重要的创作原则。《虹南作战史》在这方面还是做得不够的。例如通过细致的刻画,揭示英雄人物崇高的内心世界,这本是文学创作中塑造形象的一个重要手段。而在《虹南作战史》中,有时即使作品的情节提供了很好的条件,作者也没有充分加以利用,这是很可惜的。再如语言的运用,全书有很多生动的群众语言,读来朗朗上口,很有味道;可惜全书似乎只有一种语言,即作者自己的语言,而缺少人物独特的语言。可以看得出来,作者在塑造洪雷生形象时比较拘束,唯恐损害了英雄形象,结果使形象显得有些平面,立体感不强,色彩不够丰富。

听说《虹南作战史》的作者正在广泛征求意见,准备继续努力作战,有信心、有决心把作品改得更好,并积极酝酿第二部的创作。这正是广大读者的共同愿望。我们期待着。

——原载《文汇报》1972 年 3 月 18 日

宇文平

数风流人物还看今朝

——批判周扬一伙的“写中间人物”谬论

叛徒、特务周扬等“四条汉子”，从三十年代到六十年代，一贯利用他们那条文艺黑线，为王明、刘少奇一伙的修正主义政治路线服务。臭名昭著的“中间人物”论，就是周扬一伙文艺黑线一个具有代表性的论点。

“中间人物”论是在阶级斗争和路线斗争十分激烈的一九六二年出笼的。当时，我国人民在党和毛主席的英明领导下，高举党的建设社会主义的总路线红旗，经受了重重考验，克服了种种困难，我们的经济情况正在一天天好起来。而周扬一伙错误地估计了形势，利令智昏地认为，神州就要降沉，复辟资本主义的时机已经到来。于是，他们迫不及待地跳了出来，同帝、修、反的反华大合唱遥相呼应，紧密配合刘少奇一伙复辟资本主义的罪恶活动，在大连召开了所谓“农村题材短篇小说创作座谈会”。

在这个反党黑会上，他们捏造事实，颠倒黑白，用尽最恶毒的字眼，把我们光辉灿烂的社会主义现实污蔑得漆黑一团，公然提出“要从党的整个的农村政策来考虑问题”，妄图改变无产阶级专政的社会主义制度。为了达到这个反革命目的，周扬一伙拼凑出“写中间人物”的反动理论，树“标兵”，立“样板”，煽动作家大写什么“几千年来个体农民的精神负担”，动摇于社会主义和资本主义两条道路之间的“苦难历程”，用以丑化劳动人民，污蔑社会主义现实，否定社会主义革命和社会主义建设的群众基础和阶级基础。他们甚至装出一副悲天悯人、“为民请命”的伪善面孔，要“冒死为这个阶级说话”，也就是为国际上的帝、修、反和国内一小撮地、富、反、坏、右说话。

周扬一伙就是要通过衣服是劳动人民，灵魂是地主资产阶级的所谓“中间人物”，组成一支复辟资本主义的“啦啦(拉拉)队”，为颠覆无产阶级专政大造反革命舆论。

“中间人物”论作为一种修正主义的文艺思潮,曾经在社会上产生了极恶劣的影响,流毒很广。今天在深入进行思想和政治路线方面的教育时,对“中间人物”论进行彻底的批判,对于深刻认识抓好上层建筑,做好意识形态方面的工作的重要性,提高执行毛主席无产阶级文艺路线的自觉性,发展社会主义的文艺创作,是十分必要的。

文艺为政治服务,总是通过塑造人物形象来实现的。人物形象的塑造,是文艺创作的中心问题。周扬一伙的“中间人物”论,正是在这个问题上,集中地宣扬了修正主义的文艺观点,公然对抗和破坏毛主席的无产阶级文艺路线。

文艺创作应以塑造什么样的人物形象为根本任务?

我们强调写新的人物,而不强调“写落后和中间状态的人物”。周扬对此大为恼火,斥之为一种“偏向”,公开煽动作家“不管有多大风险”,也要大写“中间人物”和“落后群众”;田汉说得更露骨:主角“不一定是英雄人物”,“平凡的人,反面人物都可以成为戏剧的主角”。

努力表现“新的人物,新的世界”,塑造高大的工农兵英雄形象,是毛主席向革命文艺工作者发出的战斗号召,是毛主席无产阶级文艺路线的核心。周扬一伙顽固对抗毛主席的革命文艺路线,极力反对塑造工农兵英雄人物。他们懂得,在无产阶级专政条件下,再赤裸裸地歌颂地主资产阶级,“风险”是太大了。于是,采取偷天换日的卑劣手法,公开打出了“中间人物”论的旗号,让一些头脑里充满了反动地主资产阶级思想的人物,乔装打扮,挂上“工农兵”的招牌,登台表演,充当主角,继续实行文艺舞台上的反革命专政。所谓“中间人物”,实际上就是落后人物甚至是反动人物。君不见,在写“中间人物”的“标兵”赵树理之流的笔下,如此这般的“中间人物”熙熙攘攘,列队成行:嗡嗡营营(嘤嘤)于“实利主义”、坚持走资本主义道路的有之;骂农业合作化为“紧箍咒”、极端仇视社会主义的“翻得高”有之;处处对抗党的领导、疯狂反对三面红旗的“老坚决”、“乡下奇人”有之……在这些号称“中间人物”的身上,哪里有一点点劳动人民的气息,哪里有一点点工农兵的影子?分明是一伙货真价实的阶级敌人!

什么样的人物形象对人民最有教育意义?

周扬一伙一忽(会)儿说,描写“‘中间人物’、‘落后人物’转变的作品特别具有教育意义”;一忽(会)儿说,“写曲折复杂的成长过程”教育意义大”;一忽儿又说,要用“中间人物”教育“中间人物”。说来说去一句话:“中间人物”、“落后人物”最有教育意义。

要弄清什么样的人物形象最有教育意义,首先就要弄清这样一个问题:我们的社会主义文艺应该以什么样的思想教育人民?毫无疑问,我们的文艺应该以马克思主义、列宁主义、毛泽东思想对广大人民群众进行思想和政治路线方面的教育，不断地提高人民群众阶级斗争、路线斗争和继续革命的觉悟。而在马列主义、毛泽东思想哺育下成长起来的工农兵英雄人物，是执行和捍卫毛主席革命路线的忠诚战士，是坚决走社会主义道路的带头人。只有他们的英雄形象，才能对广大人民群众具有最普遍、最直接、最深刻的教育作用。

至于用“中间人物”来教育“中间人物”，是他们设下的一个颇具迷惑性的骗局。毛主席在谈到关于领导方法的问题时指出：“领导者必须善于团结少数积极分子作为领导的骨干，并凭借这批骨干去提高中间分子，争取落后分子。”文艺主要是通过塑造生动感人的英雄形象，来教育人民，提高人民的。只有那些坚决走社会主义道路的人，才能帮助那些动摇于社会主义道路和资本主义道路之间的“中间人物”终止动摇，坚定地走上社会主义大道。中间状态的人物总是在英雄人物的帮助、教育下转变和前进的。文艺即使正确地描写这类人物的转变过程，也只能从侧面或反面给人以鉴戒，而决不能产生正面的教育和鼓舞作用。“中间人物”究竟有什么教育意义？怎样用“中间人物”教育“中间人物”？赵树理一伙自有妙诀。赵树理曾经直言不讳地供认：写那么一大堆“中间人物”的形象，统统都是为了“劝人”的。他们想往那里“劝”？转弯抹角，说穿了，无非是往资本主义的回头路上劝。这些人物只能起腐蚀人们的革命意志，瓦解社会主义的经济基础，准备资本主义复辟的作用。

谁是矛盾的主导方面？

周扬一伙在抱怨了一通我们作品中“人物的内心矛盾和人物间的矛盾，都有点不敢展开”以后宣称：文艺创作的任务是“写出矛盾”，而“矛盾往往集中在中间人物身上”，因此，要“写出矛盾”，就要大写“中间人物”。

诚然，文艺是要表现矛盾的，我们从来都反对“无冲突论”。问题在于写什么样的矛盾，如何写。毛主席为我们规定的党在整个社会主义历史阶段的基本路线告诉我们：“在社会主义这个历史阶段中，还存在着阶级、阶级矛盾和阶级斗争，存在着社会主义同资本主义两条道路的斗争，存在着资本主义复辟的危险性。”我们必须遵循毛主席的教导，把社会生活中的矛盾斗争典型化，创造出各种各样的人物，帮助群众推动历史〔的〕前进。离开了党的基本路线而侈谈什么“人物的内心矛盾”和“人物间的矛盾”，只能是痴人说梦。很明显，周扬一伙所要写的矛盾，不过是人物的精神分裂，少赚工分、没占便宜的懊恼，走社会主义道路的痛苦等，而不是无产阶级战胜资产阶级的斗争。

列宁说：“我们能够知道，而且确实知道，哪一个阶级是这个或那个时代的中心，决定着时代的主要内容、时代发展的主要方向、时代的历史背景的主要特点等等。”在今天，这个阶级就是无产阶级，就是工农兵英雄人物。因此，在文艺创作中必须把工农兵英雄人物放到矛盾冲突的中心地位，紧紧围绕着塑造工农兵英雄人物而展开各种矛盾冲突，充分表现出他们站在时代的中心，推动矛盾、解决矛盾的决定作用。周扬一伙闭口不提作为矛盾主导方面的工农兵英雄人物在对立斗争中的决定作用，却把“中间人物”放到矛盾冲突的中心地位，让正面人物围着“中间人物”转，这就势必歪曲社会生活，造成文艺领域中资产阶级对无产阶级专政的局面。

以不同的人为矛盾的主导方面，就会产生性质截然不同的文艺作品。拿革命样板戏《龙江颂》和“中间人物”论的艺术标本《卖烟叶》对比一下吧：《龙江颂》在展开具体的戏剧冲突时，以党的基本路线为指针，始终把主要英雄人物江水英放在矛盾冲突的中心。江水英高屋建瓴，处处主动，经过几次思想交锋和激烈斗争，她以胸怀全局的共产主义风格，热情、耐心地教育了李志田，使他克服了本位主义思想，提高了认识，发生了转变，从而充分地显示了英雄人物在群众中的巨大影响和无产阶级思想的强大威力。毒草小说《卖烟叶》与此完全相反。它以那个灵魂烂透了的投机倒把分子贾鸿年为中心人物，让矛盾一股脑儿地“集中”在他身上。作者用大量的篇幅，把这个“中间人物”的“阴暗心理”和犯罪过程描绘得淋漓尽致，让身为“党的县委会委员”的李老师，“一九三八年入党”的老党员，和“吃苦在前、享受在后”的共青团员王兰等等，统统受他蒙骗、驱使，被他拨得团团转。他们对贾鸿年没有进行任何的批评和斗争，反而一味调和，百般迁就，甚至向他检讨，替他承担责任。纵观全篇，我们只看到资本主义思想的泛滥，却丝毫看不到社会主义思想对资本主义思想斗争的胜利。两条文艺路线，两种创作方法，两样矛盾处理，形成了多么鲜明的对比啊！

当然，我们批判“中间人物”论，并不意味着暂时处于中间状态的人物形象就不能在文艺舞台上出现了。我们必须划清正确地描写中间状态的人物和周扬一伙鼓吹的“中间人物”论的界限。毛主席教导我们：“任何有群众的地方，大致都有比较积极的、中间状态的和比较落后的三部分人。”中间状态的人物是存在的。英雄人物总是在同其他各种各样的人物，其中包括中间状态的人物的矛盾斗争中，显出崇高品质，放出英雄光彩的。因此，中间状态的人物，不但是可以写的，而且是需要写的，问题在于如何写。革命现代京剧《海港》中的韩小强、《龙江颂》中的李志田的形象的塑造，为我们正确地描写中间状态的人物，提供了宝贵的经验：首先，必须把位置摆对。决不能把中间状态的人物放在首位，作为主角来描写；其次，必须把态度放正。既不能欣赏和美化他们，也不能挖苦和讥笑他们，而只能“用保护人民、教育人民的满腔热情来说话”，正确地批评他们的缺点，引导他们前进。这些成功的经验，都是值得我们认真学习的。

在文艺上歌颂谁、暴露谁，从来就是两条文艺路线斗争的焦点。“中间人物”，作为“暴露人民”这条文艺黑线的重要论点，是刘少奇一伙“群众落后”论的翻版，是反动的唯心史观在文艺上的反映。

马克思主义的唯物史观认为，历史活动是群众的事业。人民，只有人民，才是创造世界历史的动力。正是亿万劳动人民，创造了人类社会的一切物质财富和精神财富。正是千百万被压迫、受剥削的奴隶，不断地起来反对剥削阶级的奴役和统治，促进了社会的变革，推动着历史的发展。因此，对待人民群众的态度，从来就是区分革命文艺和反革命文艺的最显著的标志。“一切危害人民群众的黑暗势力必须暴露之，一切人民群众的革命斗争必须歌颂之，这就是革命文艺家的基本任务。”而周扬一伙却反其道而行之，他们颠倒历史，把革命群众写成“暴徒”和“渣滓”，把他们自己写成“神圣”和“英雄”。他们恶毒诬蔑人民群众是什么“不好不坏、亦好亦坏、中不溜儿的芸芸众生”，扬言要把“共产党员、工人、贫农”当批判的对象，妄图从根本上否定人民群众创造历史的伟大作用。然而，历史的辩证法是无情的。社会主义必然要战胜资本主义，无产阶级专政必然要代替资产阶级专政，这个历史发展的总趋势是任何人也改变不了的。不管刘少奇、周扬一类骗子如何把自己打扮成“指挥历史”的“英雄”和“天才”，不管他们采取什么手法篡改历史、诬蔑革命的群众运动，都改变不了历史本来面目的一丝一毫，都扭转不了历史前进的车轮。

如何看待和表现人民群众，归根结底是个立场和世界观问题。周扬一伙由于顽固地坚持地主资产阶级的反动立场，死抱着唯心史观不放，因此，对人民群众创造历史的丰功伟绩和他们极大的社会主义积极性，是一概看不见的。

世界观的转变是一个根本的转变。唯物史观和唯心史观的斗争是长期的。要想坚持唯物论的反映论，反对唯心论的先验论，坚持唯物史观，反对唯心史观，要塑造工农兵的英雄形象，肃清“中间人物”论的流毒，文艺工作者必须认真看书学习，弄通马克思主义，长期地、无条件地、全心全意地到工农兵中去，到三大革命运动中去，恭恭敬敬地当群众的小学生，彻底解决个人和群众的关系问题，把立足点移到工农兵这方面来，移到无产阶级这方面来。只有这样，才能从辩证唯物主义和历史唯物主义的高度深刻理解毛主席的革命路线，从根本上提高执行毛主席革命路线的自觉性，永远沿着毛主席的无产阶级文艺路线胜利前进。

——原载《人民日报》1972 年 11 月 15 日

苏　习

批判“现实主义深化”论

一九六二年，我国两个阶级、两条道路、两条路线的斗争发展到一个新的阶段。

以刘少奇为代表的资产阶级司令部，唯恐天下不乱，从各个领域掩护牛鬼蛇神向无产阶级专政进攻。

伟大领袖毛主席高瞻远瞩，洞察一切，在党的八届十中全会上向全国人民发出了“千万不要忘记阶级斗争”的伟大号召，提出了我党在整个社会主义历史阶段的基本路线。

毛主席亲自制定的这条基本路线，是无产阶级专政下继续革命的指路明灯，也是社会主义文艺的生命线。

周扬一伙在这样的时刻抛出“现实主义深化”论，正是妄图阉割和对抗党的基本路线和社会主义文艺的生命线。

“现实主义深化”论要求文艺创作反映两个“矛盾”。一曰：“社会主义思想的领导和农民实际要求的矛盾”，即所谓“内部矛盾”；二曰：“矛盾错综复杂的人物”从旧到新的“苦难历程”、“痛苦心理”，即所谓“内心矛盾”。周扬一伙动员作家集中笔力“深化”这两个“矛盾”，并告诉人们：沿着这两个“矛盾”去“深化”，就能获得“现实主义的胜利”。

然而，我们只需用党的基本路线剖析一下这两个“矛盾”，就不难发现他们大吹大擂的“深化”论究竟要把社会主义文艺引到一条什么样的道路上去？

刘少奇、周扬一类骗子宣称：生产资料所有制的社会主义改造基本完成以后，阶级斗争已经熄灭，“先进的社会主义制度与落后的社会生产力之间的矛盾”、“社会主义思想的领导和农民实际要求的矛盾”已成为社会的“主要矛盾”，因此，作家们应该赶快掉转笔锋，向内部矛盾“深化”。

轻飘飘的一个“内部矛盾”，“化”掉了社会主义时期的敌我矛盾，“化”掉了无产阶级和资产阶级之间、各派政治力量之间的阶级矛盾。

党的基本路线指出，在整个社会主义历史阶段，始终“存在着阶级、阶级矛盾和阶级斗争，存在着社会主义同资本主义两条道路的斗争，存在着资本主义复辟的危险性”。文艺作为阶级斗争的工具，不去反映无产阶级反对资产阶级的斗争，不去揭示社会主义必然战胜资本主义的历史趋势，还有什么“现实主义”可言？还有什么“现实主义”可“深化”呢？在今天，文艺既要深刻反映现实，就不能离开体现社会生活主流的无产阶级对资产阶级的斗争。即使以“人民内部矛盾”为题材，也必须以这一斗争为纲。这是因为，反映在人民内部的各种矛盾，都渗透了两种世界观的斗争，都与现实生活中两个对立阶级的斗争紧紧联系在一起。

其实，周扬一伙所要“深化”的“内部矛盾”（外），决不是什么人民内部的矛盾。在他们笔下，走社会主义道路的领导“昏庸无能”，走资本主义道路的“被领导”却“精明强干”。尽管如此，周扬一伙还嫌这样的作品不够“愤怒”，鼓动一些人拿起“铁笔”，向无产阶级进攻。一时间，文艺界黑云压城，妖风四起。那些反党的“顶风人物”破门而出了。

除了写这样的“内部矛盾”（外），周扬一伙还鼓励作家去刻画人物的所谓“内心矛盾”。他们为我们勾画了一种内心“丰富复杂”、思想“痛苦阴暗”、积压了“几千年来个体农民的精神负担”的“人”，并为这种“人”加了一个定义，曰：“中间人物”。

马克思主义历来认为，人的本质是一切社会关系的总和。人们的社会存在，决定人们的社会意识。所谓“内心矛盾”，不能不是社会阶级矛盾在人们内心的反映。

在今天，反映在形形色色的人物身上的“内心矛盾”，无论怎样“丰富复杂”，总不能超脱现实生活中两大对抗阶级的精神状态：一个是闪耀着时代精神光芒的无产阶级的精神世界；一个是充满着破灭之感的没落阶级的“内心矛盾”。至于那些暂时处于中间状态的人，总是要向两极分化的。其中绝大多数总是要沿着社会主义道路前进的。他们有一个思想改造过程，但绝不是什么“在清水里泡三次，在血水里浴三次，在碱水里煮三次”的“苦难历程”。他们在思想改造中会产生痛苦，但绝不是什么“内心分裂”、“悲苦”、“绝望”。那种以“阴暗”、“绝望”为特征的所谓“中间人物”，只能是行将灭亡的地主、资产阶级代表人物。不管周扬一伙用怎样含糊抽象的概念或怎样“丰富复杂”的词汇，都掩盖不了这批“中间人物”臂部上的鲜明的阶级印记。

要问什么是周扬一伙的“现实主义深化”论吗？把“社会主义制度的阴暗面”“愤怒”地揭露出来；把没落阶级的心声“复杂”地反映出来。如此而已，岂有它哉！

我们的文艺如果照此办理，按这两个“矛盾”去“深化”，那么，展现在人们面前的只能是一幅惨淡的图景，一个卑琐的“大千世界”。无产阶级叱咤风云的斗争现实还有没有呢？没有了。共产主义光辉灿烂的宏伟远景还有没有呢？没有了。这种“深化”，从根本上“化”掉了按照党的基本路线反映社会矛盾这一文艺创作的基本原则，实际上是对资本主义的美化，对社会主义现实的丑化。其结果，社会主义文艺必然被“深化”到现代修正主义文艺的道路上去。

十九世纪的俄国作家陀思妥也夫斯基，就是以反映“两重人格”、“精神分裂”、“内心矛盾”为其特征的。这个为周扬一伙顶礼膜拜的“有毒的天才”，当时站在没落农奴主阶级的立场上，借“被损害和被侮辱的”小人物之口，毫无掩饰地发泄了那种“卖掉整个世界而换得一个歌”的绝望、阴暗心理。二十世纪六十年代的周扬一伙狂热地拾外国死人的牙慧，在艺术上正如列宁所说的是“对最拙劣的陀思妥也夫斯基的最拙劣的模仿”，在政治上则是对无产阶级专政下继续革命的反动。

阶级斗争的历史经验告诉我们，文艺战线上的斗争总是与政治战线上的斗争联系在一起的。四十年代，周扬一伙在延安大搞“暴露文学”，作(做)了国民党发动的反共运动的内应；五十年代，周扬一伙提出“不粉饰现实”的“写真实”论，作了资产阶级右派向党进攻的先导；六十年代初，周扬一伙又在“现实主义深化”论的旗号下，大写“痛苦”、“复杂”，大揭所谓社会主义制度的“阴暗面”，成了刘少奇一类骗子妄图颠覆无产阶级专政的马前卒。

纵观几十年来两个阶级、两条路线的斗争史，我们可以发现，刘少奇、周扬一类骗子总是借助政治上的谣言，文艺上的丑化，来歪曲地反映社会主义社会的现实。他们把欣欣向荣的新中国描绘成“天怒人怨”、“一团漆黑”，好象社会主义之舟即将“覆沉”了。这种混淆视听、蛊惑人心的丑化和颠倒究竟是为了什么呢？毛主席一针见血地指出：“凡是要推翻一个政权，总要先造〔成〕舆论，总要先做意识形态方面的工作。革命的阶级是这样，反革命的阶级也是这样。”毛主席的这个指示，从政治上击中了“现实主义深化”论的要害，击中了刘少奇一类骗子的要害，“使伏在大纛荫下的群魔嘴脸毕现”。曾几何时，刘少奇、周扬一伙连同他们复辟资本主义的政治纲领、理论纲领、文艺纲领，统统被无产阶级文化大革命的洪流席卷而去了。

在我们批判“现实主义深化”论以后，文艺创作中的“无冲突”论又作为它的另一个极端的补充出现了。这种“无冲突”论妄图把人们引到云雾迷漫的“无差别境界”。我们有些同志也不敢写矛盾冲突，恰好说明还没有从两种根本对立的世界观、艺术观的高度，与形形色色的反动文艺谬论划清界限。

“现实主义深化”论、“无冲突”论都不过是“阶级斗争熄灭”论在文艺领域的反映，都导源于反动的唯心史观。他们有时也讲“矛盾”，但矢口否认错综复杂的社会矛盾最本质的是阶级矛盾；他们有时也写“冲突”，但一笔抹去文艺作品中矛盾冲突的阶级内容。这种唯心的历史观、艺术观，与党的基本路线是根本对立的。

党的基本路线最深刻地揭示了社会主义社会矛盾冲突的阶级实质，指明了社会主义必然战胜资本主义的历史趋势。用党的基本路线指导文艺创作，就要求作者站在无产阶级立场上，用阶级斗争的观点去观察社会，提炼生活，概括矛盾，创造“典型环境中的典型人物”，揭示社会主义现实的革命本质；就要求作家把无产阶级的英雄人物始终放在阶级斗争、路线斗争的主导地位，在典型的矛盾冲突中完美地展现英雄人物内心的共产主义理想。党的基本路线是决定社会主义文艺发展方向的生命线，是革命现实主义和革命浪漫主义相结合的创作方法的灵魂。离开党的基本路线，文艺创作的典型化、理想化就成了一句空话。刘少奇、周扬一类骗子破坏社会主义文艺，正是从阉割这条生命线，扼杀这个革命灵魂着手的。

“现实主义深化”论从出笼到现在，已经整整十年了。十年来阶级斗争的丰富经验表明：我们同刘少奇一类骗子的斗争，领域可以不同，形式可以变换，但斗争的中心始终只有一个，这就是坚持还是改变党的基本路线。“战斗正未有穷期，老谱将不断袭用。”我们一定要记取这十年的斗争经验，用战斗来保卫社会主义文艺的生命线。

——原载《人民日报》1973 年 1 月 14 日

孙文光

坚持用阶级观点研究《红楼梦》

十八世纪中叶，我国作家曹雪芹创作的《红楼梦》，是中国古典文学史上思想性和艺术性结合得最好的一部小说。鲁迅曾经指出："自有《红楼梦》出来以后，传统的思想和写法都打破了。"(《中国小说的历史的变迁》)但是，这部杰出的作品自问世以来，它的思想意义，并没有真正被人们所认识。那些所谓新、旧"红学家"们，从地主资产阶级立场出发，大搞唯心主义和形而上学，用穿凿附会的索隐和烦琐荒谬的考证，极力歪曲、抹煞《红楼梦》的历史内容和社会意义。

一九五四年十月，伟大领袖毛主席在《关于红楼梦研究问题的信》中，对《红楼梦》研究和意识形态领域里的斗争作了极其重要的指示。毛主席深刻地、尖锐地批判了刘少奇、陆定一、周扬之流"同资产阶级作家在唯心论方面讲统一战线，甘心作资产阶级的俘虏"的罪行，号召开展反对胡适派资产阶级唯心论的斗争。这场斗争，拨开了笼罩在《红楼梦》上的重重迷雾，指明了《红楼梦》研究工作的方向。但是，刘少奇、周扬一伙却大要反革命两面派的伎俩，对这场斗争进行干扰和破坏。他们公然继承胡适派资产阶级唯心论的衣钵，疯狂反对马克思主义阶级论，贩卖地主资产阶级人性论，胡说《红楼梦》写的是什么超阶级的"男女恋爱主题"。有的人在评论文章里，连篇累牍，变本加厉地宣扬什么"永恒主题"和"共名"说，几乎把《红楼梦》说成了人性论的文艺标本。这种反动的、反马克思主义观点，是对曹雪芹及其《红楼梦》的莫大歪曲。

《红楼梦》是不是一部写"男女恋爱主题"的书呢？不是。按照马克思主义的阶级观点来分析，《红楼梦》所表现的是以社会阶级斗争为内容的政治主题，是一部政治历史小说。曹雪芹亲身经历过封建贵族家庭由鼎盛而极衰的变迁，看出了整个封建贵族阶级"树倒猢狲散"的覆灭命运，怀着"无才补天"的惭恨，通过贾、王、史、薛四大封建家族衰亡史的描绘，生动地反映了十八世纪中国封建社会阶级斗争的现实。它写的并不是一朝一代的历史实事，却深刻地表现了封建制度必然崩溃的历史趋势。尽管曹雪芹曾幻想"补"封建社会之"天",也不可能具备自觉的阶级观点,但是,由于他有了初步的民主主义思想,他笔下的《红楼梦》,终究触及〔到〕当时社会政治的大量黑暗现象,为我们提供了封建社会末期广阔的阶级斗争画面。所以,我们说这部小说是一部形象化的封建社会的历史,是封建社会的百科全书。我们应当把它当作历史去读,而不能看作是一部爱情小说。

《红楼梦》开卷第一回,曹雪芹就以深恶痛绝的态度,严肃地批判了过去的才子佳人作品:"开口'文君',满篇'子建',千部一腔,千人一面;且终不能不涉淫滥。"这种批判,正是把《红楼梦》的主题思想和那些"淫滥"的才子佳人作品划清了界限。特别是第四回"葫芦僧判断葫芦案"一节文字,提纲挈领,笼括全书,更加明确地点明了《红楼梦》的主要内容。这节文字,不仅交代了四大封建家族重要成员的出场,而且通过葫芦僧对"护官符"的解说,把笔锋引向当时整个封建社会和封建制度,对它作了深刻的揭露和批判。葫芦僧向贾雨村递交的应天府"俗谚口碑":"贾不假,白玉为堂金作马。阿房宫,三百里,住不下金陵一个史。东海缺少白玉床,龙王来请金陵王。丰年好大'雪',珍珠如土金如铁。"这表面上是介绍四大封建家族的豪华富贵和声势显赫,但实际上则揭示它们是一个腐朽的、寄生的封建贵族集团。而这类封建贵族集团,"各省皆然"。就是说,并非一省一地之事,而是普遍现象。"倘若不知,一时触犯了这样的人家,不但官爵,只怕连性命也难保呢!"这节文字虽然只写了当时阶级斗争的一个侧面,写了薛蟠打死冯渊这一条人命,但却为全书展示四大封建家族勾结起来,制造更多这样的悲剧,揭开了序幕。所以,我们应该把它看作是全书的总纲,是阅读和理解《红楼梦》的一把钥匙。从这里入手,我们可以清晰地看到这部描写四百多个男女人物和错综复杂矛盾的小说的中心内容,看到曹雪芹在表现政治主题方面所倾注的心血。

《红楼梦》产生于清王朝所谓"乾隆盛世"。这时的中国已经有了一些资本主义生产关系萌芽,但还是封建社会。这一时期,从表面看来似乎是"河清海晏",天下太平。但在这"太平"景象的背后,却是危机四伏,民不聊生,古老的中国封建社会已经处于总崩溃的前夜。在曹雪芹逝世后不到八十年,就爆发了鸦片战争,封建制度延续了两千多年的中国开始进入了半封建半殖民地的社会;到了一八五一年,则爆发了中国历史上最大的一次农民起义——太平天国运动。所谓"乾隆盛世",只不过是这个衰老的封建社会在覆灭之前的回光返照。《红楼梦》所反映的正是封建社会行将总崩溃的"山雨欲来风满楼"的历史趋势。由于曹雪芹阶级和生活的局限,对农村情形不很熟悉,他很少直接描写农村生活。但小说中不少地方仍然直接或间接地透露出,农民和地主的斗争,影响着其他各种社会矛盾的发展。第一回写甄士隐家遭火烧后,曾计议到田庄上去住,但"偏值近年水旱不收,贼盗蜂起,官兵剿捕,田庄上又难以安身”,他只得将田地都变卖了,投靠到岳丈家去。这说明了当时的阶级矛盾和阶级斗争已经发展到白热化的程度,反映了地主阶级对农民起义的惶惶不可终日的心情,整个封建统治已经到了岌岌可危的地步。正如第二回中古董商冷子兴在演说荣国府时说的:“如今外面的架子虽没很倒,内囊却也尽上来了。”这也可以看成是对那个时代的生动概括。

在这样的历史背景下,《红楼梦》选择以贾、王、史、薛四大封建家族作为描写对象,是具有深刻的典型意义的。毛主席说:“宗法封建性的土豪劣绅,不法地主阶级,是几千年专制政治的基础。”(《湖南农民运动考察报告》)《红楼梦》中四大家族,和其他类似的封建贵族集团扭结在一块,正是十八世纪中国封建专制政治的基础和支柱。其中,贾府更有其代表性。这个“功名奕世,富贵流传”的百年望族和皇亲国戚,它从政治、经济和家族血缘关系等各个方面集中体现了四大家族之间的紧密勾结和共同利益。在贾府的围墙内,最高统治者贾母是侯门史家的代表,管家的王夫人和王熙凤是九省都检点王家的代表,薛宝钗和她的母亲薛姨妈是皇商薛家的代表。他们“四家皆连络有亲,一损俱损,一荣俱荣”。这个贵族集团上通朝廷,下结州县,同整个封建王朝的命运生死攸关。小说围绕着贾府展开的种种矛盾,实际上就是当时封建社会阶级斗争的一个缩影。

在那“诗礼簪缨”、“温柔富贵”的贾府,鲜明地体现了当时封建社会的阶级对立关系。以贾母、贾政、贾赦、王夫人、贾珍、贾琏、凤姐等为代表的一小撮地主阶级统治者,或道貌岸然,或荒淫无耻,统统都对被压迫阶级进行残酷的经济剥削和人身迫害,对本阶级的叛逆进行无情摧残和镇压。而众多出身底层的奴仆,却毕生过着暗无天日的悲惨生活,每个人都有着一本血泪账。他们有的是世代为奴的“家生子”,有的是被抢占来的丫头,有的是廉价拐买来的,有的是由其他贵族当作牲口转送的。总之,每个人都完全丧失了人身自由,受尽了封建主子们的折磨和蹂躏。在这里,一小撮封建贵族统治者穷奢极欲,挥霍无度:一餐饭就要吃去几十两银子,一碗菜要十几只鸡作原料。用刘姥姥的话说,他们一席“螃蟹宴”就够“庄家人过一年了”。为了元春当贵妃之后回家省亲,他们大兴土木,修建大观园,极尽“太平景象,富贵风流”,连元春也不得不说:“太奢华过费了!”他们甚至花几万两银子派人“请聘教习,采买女孩子,置办乐器行头等事”,自己办起戏班子,寻欢作乐。这一小撮统治者如此恣意享乐,对受剥削的农民来说正是意味着莫大的灾难。第五十三回写黑山村庄头乌进孝在灾年向贾府缴租,账单上写的货币和实物已经够吓人的了,可是,贾珍还不满足:“这够做什么的?”“不和你们要,找谁去?”他们敲诈勒索,高利盘剥:王熙凤为了积攒“体己”,竟挪扣奴隶们的“月钱”去放高利贷,一年不到,就赚了成千两的银子。到贾府被抄时,单她放债这项私房钱,即不下“五七万金”。而皇商薛家,领着

“内帑钱粮”不算，还大开当铺进行搜刮。可以想见，不知有多少贫苦人民在他们的巧取豪夺下倾家荡产。

《红楼梦》描绘的四大封建家族衰亡的历史，时间不过几年。在这短暂的岁月里，明确交代的死亡人数就有四十七个，而直接受四大家族残害的和死于不合理封建制度的人命即有三十五条。封建贵族统治者的手上，无一不沾满了奴隶们和无辜受害者的鲜血。试看，曹雪芹在前八十回里，就描写了这样一些骇人听闻的人命事件：

“金陵一霸”薛家的花花公子薛蟠，倚财仗势，抢占民女，打死冯渊。偌大的人命官司，“他却视为儿戏，自谓花上几个钱，没有不了的”，竟同着母亲、妹子扬长而去。冯家告了一年的状，结果让贾雨村“徇情枉法，胡乱判断了此案”。

阴险毒辣的王熙凤，为了捞取三千两银子的外快，她仅凭一纸书信，勾通节度使云光，一下子断送了张金哥未婚夫妻二人的性命。作者说，这样的惨事“不可胜数”，就是说，王熙凤有数不清的血债。

腐朽透顶的贾赦，故作风雅，看中了石呆子家藏的二十把古扇子，人家不给，就和贾雨村串通一气，“讹他拖欠官银”，不但抄去了扇子，还弄得石呆子家破人亡。

衣冠禽兽的贾珍、贾蓉父子和贾琏、王熙凤夫妇，狼狈为奸，百般欺骗、折磨尤二姐和尤三姐，致使尤家姐妹不堪凌辱，双双含愤自杀。

一向以“菩萨面孔”出现的王夫人，平日里满嘴“仁义道德”，但在虐杀人命方面，同其他凶相毕露的封建主子相比更是有过之而无不及。她在一巴掌迫使金钏儿投井而亡之后，紧接着又在抄检大观园的事件中大打出手，亲自撵走了四儿、司棋、入画，逼得芳官、蕊官、藕官等出家，并将“四五日水米不曾沾牙”的晴雯赶出大观园，致使这个不屈的女奴含冤而死。

这一桩桩、一件件的人命案，生动地说明：那“诗礼簪缨”之族，只不过是“杀人如草不闻声”的地狱；那“钟鸣鼎食”之家，只不过是“人肉筵宴”的鬼窟；那封建统治者信奉的孔孟之道，只不过是杀人不见血的软刀子。然而，横遭惨死的岂止是这有名有姓的几个，在那用劳动人民血汗建筑起来的大观园里，实际上无处不印染着奴隶们的斑斑血痕。哪里有压迫，哪里就有反抗。大观园里的奴隶们不止有饮泣吞声的怨愤，而且有着不屈不挠的抗争。晴雯就是其中突出的一例。这个自幼孤苦伶仃、连姓什么也不知道的奴隶，浑身迸发着反封建压迫的锋芒，即使在生命奄奄的时候，也没有向封建统治者低头屈服。

高鹗续作的后四十回，基本上完成了《红楼梦》的悲剧结局，这是他的成绩。但书中有不少地方违背了曹雪芹的原意，暴露了他思想落后与反动的一面，艺术水平也不如曹雪芹。正如鲁迅所指出：“后四十回虽数量止初本之半，而大故迭起，破败死亡相继，与所谓‘食尽鸟飞独存白地’者颇符，惟结末又稍振。”“续书虽亦悲凉，而贾氏终于‘兰桂齐芬’，家业复起，殊不类茫茫白地，真成干净者矣。”(《中国小说史略》)高鹗着力描写了林黛玉之死，进一步表明：在封建统治阶级的“人肉筵宴”上，被吃掉的不止是那些出身低微的奴隶，即使先前被贾母称作“心肝儿肉”的亲外孙女也不能幸免。他还写了直接死于四大家族之手的鸳鸯、司棋、潘又安和张三；写了死于不合理的封建制度的元春、迎春等人的结局。这些都有助于揭示封建制度横暴凶残的吃人本质。

马克思、恩格斯曾经指出：“在阶级斗争接近决战的时期，统治阶级内部的、整个旧社会内部的瓦解过程，就达到非常强烈、非常尖锐的程度。”(《共产党宣言》)曹雪芹在《红楼梦》中，以精细的笔触，描写了四大家族内部的兄弟之间、婆媳之间、夫妇之间、妯娌之间、嫡庶之间、叔侄之间的尖锐矛盾，反映了封建统治阶级内部的瓦解过程，从另一个侧面揭示了封建社会“忽喇喇似大厦倾，昏惨惨似灯将尽”的历史命运。贾府的统治者内部，表面上罩着家庭关系上的温情脉脉的面纱，骨子里却争风吃醋，勾心斗角，尔虞我诈：“一个个不像乌眼鸡似的？恨不得你吃了我，我吃了你！”这种矛盾的焦点，是在争夺贾府的财产和权力。贾府内部有两大派系，一派以王夫人为首，包括凤姐、薛宝钗等，并有贾母为后台，为了四大家族的共同利益，极力巩固自己在贾府的统治地位；另一派是以邢夫人为首，包括尤氏以及赵姨娘等，代表异姓弱族的利益，则企图夺取王夫人、凤姐手中的权力。《红楼梦》多次描绘了这种争权夺利的冲突。当然，不论哪一派取得胜利，都无法挽回贾府一步一步走向衰亡的颓势，这种冲突倒是加速了这个封建大家族的崩溃进程。贾府最精明的小姐探春就曾惊呼：“可知这样大族人家，若从外头杀来，一时是杀不死的。这可是古人说的，‘百足之虫，死而不僵’，必须先从家里自杀自灭起来，才能一败涂地呢！”探春这番话，道出了封建贵族阶级加速败亡的一个重要因素。

封建统治阶级内部的争权夺利，“这不过是大狗小狗饱狗饿狗之间的一点特别有趣的争斗”。在压迫众多出身微贱的奴仆和迫害本阶级的叛逆上，无论饱食终日的贾母，还是道貌岸然的贾政；无论“宽厚仁慈”的王夫人，还是“明是一盆火，暗是一把刀”的凤姐，都无一例外地结成了反动的“神圣同盟”，顽固地站在同一条战线上。他们在道德方面的表现，更是腐朽堕落，糜烂不堪，充分地显示出封建地主阶级面临末日的疯狂。焦大曾经直言不讳地破口大骂：“那里承望到如今生下这些畜生来！每日偷狗戏鸡，爬灰的爬灰，养小叔子的养小叔子，我什么不知道？”《红楼梦》从多方面为我们反映了封建社会的腐朽黑暗，反映了大观园内外的尖锐的阶级斗争。任何企图把它歪曲成为单纯的爱情小说的奇谈怪论，都是改变不了这部小说的客观实际的。

对于贾宝玉和林黛玉的悲剧问题，我们也应该用阶级观点来分析。曹雪芹以较多的笔墨描写了宝、黛这一对封建礼教叛逆者的爱情，目的是在于通过他们同封建统治者的尖锐冲突，揭示贾母、王夫人、凤姐为安排“金玉良缘”所玩弄的政治图谋。恩格斯深刻指出，在封建社会里，“对于王公本身，结婚是一种政治的行为，是一种借新的联姻来扩大自己势力的机会；起决定作用的是家世的利益，而决不是个人的意愿”（《家庭、私有制和国家的起源》）。宝、黛的爱情，正是在这个根本问题上同封建统治者发生了尖锐的冲突。贾宝玉和林黛玉虽是嫡亲姑表兄妹，但由于林黛玉并不属于四大家族，而且家庭早已破落，贾府的统治者为了家世的利益，就必然地要选中四大家族理想的继承人薛宝钗，用“金玉良缘”去代替“木石前盟”。百万皇商的薛姨妈，也正想通过与贾府的联姻，进一步攀附贾、王两大家族，为自己去寻找政治靠山。而尤为重要的因素，还在于宝、黛这对叛逆者的爱情，包含着反对封建礼教的政治内容，这在封建统治者看来更是决不能容忍的事情。当贾宝玉还在“内帏厮混”的时候，贾府的统治者就忧虑这“古今不肖无双”的子弟，“于国于家无望”，巴望他能够改“邪”归“正”，继承祖业。但是贾宝玉在林黛玉的支持下，反对儒家思想，反对封建礼教，反对仕途经济，反对男尊女卑，在反抗封建正统思想的道路上越走越远。这当然要引起封建统治者更大的恐惧和不安，促使他们不择手段地把薛宝钗这个自觉而坚决维护封建秩序的淑女抬出来，通过配偶关系，钳制贾宝玉叛逆性格的发展，借以延续“一代不如一代”的贵族阶级的寿命。非常清楚，曹雪芹笔下的宝、黛爱情悲剧，本身就是一场阶级斗争，是从属全书政治主题的有机组成部分。

贾宝玉和林黛玉都是封建贵族家庭叛逆者的典型，决不是什么超时代、超阶级的“共名”。马克思在《关于费尔巴哈的提纲》中曾经一针见血地指出：“人的本质并不是单个人所固有的抽象物。在其现实性上，它是一切社会关系的总和。”贾宝玉在大观园那个特殊环境里生活，使他有机会了解到被压迫的奴隶们的不幸，看到封建贵族的罪恶和无可挽回的颓势。如同鲁迅所指出的：“悲凉之雾，遍被华林，然呼吸而领会之者，独宝玉而已。”（《中国小说史略》）正是由于贾宝玉有了这种难能可贵的感受，他才可能在腐朽的封建势力面前不肯就范，并且成了封建贵族的叛逆者。然而，贾宝玉又毕竟是一个“富贵闲人”，他浓厚的虚无思想，对君权、亲权的保留态度，以及封建地主阶级特有的其他恶劣的品性、习气，都表明他性格的消极一面，这是应当批判的。有的人对此却以欣赏的态度，津津乐道地宣扬：“在这一人物的典型性格里，不仅含有那一时代所提供出来的东西，而且含有全人类的、能够打动各个时代人们心灵的东西。”这种论调，简直到了荒唐可笑的地步。贾宝玉被贾府的统治者视为大逆不道，尤为贾政所不容，几欲置之于死地。他连自己的亲属也不能打动，又怎能谈得上打动“全人类”、打动“各个时代人们”的心灵呢？林黛玉虽不属于四大家族，但她的性格里并不是没有“阶级的尘屑”。她不满意封建的礼教和婚姻制度，不满意封建家庭的包办，对“一年三百六十日，风刀霜剑严相逼”的环境感到痛苦和愤恨，但又幻想能有一个家长出面为她主持“终身大事”。她多愁善感，孤高自许，这些特点固然与当时的历史条件和她的生活境遇有关，但根本的原因还是由她的阶级地位所决定的。鲁迅说过：“穷人决无开交易所折本的懊恼，煤油大王那会知道北京检煤渣老婆子身受的酸辛，饥区的灾民，大约总不去种兰花，像阔人的老太爷一样，贾府上的焦大，也不爱林妹妹的。”（《“硬译”与“文学的阶级性”》）鲁迅这段话，坚持了马克思主义的阶级论，说得是何等精辟！然而有的评论者不仅把林黛玉说成是“为各个时代的人们所共感、所激动”的超阶级的艺术形象，而且说什么“这个少女的敏感、‘小性儿’、‘尖酸刻薄’等等，不是把我们和她拉远，而是反而靠近了”，甚至还呼喊：“让我们为林黛玉鸣起心里的音乐！”如此声嘶力竭地向封建时代的贵族少女顶礼膜拜，人们不禁要问：这究竟要把我们社会主义时代的青年和读者引向何方？

《红楼梦》从问世到现在，已经有两个多世纪了。在研究《红楼梦》问题上的斗争，也几乎同时进行了两百多年。从旧红学派、新红学派到“男女恋爱主题”的反动滥调，都无一例外地贯串着地主资产阶级人性论，掩盖了《红楼梦》的真面目。今天，我们必须遵照毛主席关于批判继承的指示，坚持马克思主义的阶级论，批判地主资产阶级人性论，正确评价《红楼梦》，让广大青年和读者从这部形象化的封建社会百科全书中得到有益的历史知识，从而有助于参加当前的现实斗争。

——原载《红旗》1973 年第 11 期

初　澜*

评晋剧《三上桃峰》

当前,文艺战线的形势同各条战线一样,一派大好,欣欣向荣。在毛主席无产阶级革命文艺路线的指引下,在革命样板戏带动下,群众性的革命文艺创作运动蓬勃兴起,好的和比较好的作品越来越多,受到了广大工农兵群众的热情鼓励和欢迎。最近,在北京举行的华北地区文艺调演,反映了社会主义文艺事业迅猛发展的趋势,体现了毛主席的革命路线在文艺战线取得的新胜利。但是,文艺战线从来不是风平浪静的。文艺,作为阶级斗争的工具,总是敏锐地反映着社会上的政治斗争。在大好形势下,冒出个把毒草,这也是不足为怪的。

由山西省文化局创作组集体创作的晋剧《三上桃峰》,就是一株否定无产阶级文化大革命,为叛徒刘少奇反革命的修正主义路线翻案的大毒草!

《三上桃峰》的故事情节并不复杂,说的是某公社杏岭大队,以欺骗手段把一匹病马当作好马卖给了桃峰大队。杏岭大队党支部书记发现此事,亲自三上桃峰,退款道歉。

该剧的炮制者和鼓吹者声称:"一滴水可以见太阳嘛!《三上桃峰》就是要通过小题材表现大主题。"好吧!让我们来看看《三上桃峰》的"大主题"究竟是什么?

一

《三上桃峰》的出笼,是阶级斗争、路线斗争在文艺上的反映。

---

* 初澜,"文革"时期"四人帮"控制下的文化部写作组笔名,另有"江天"、"洪途"等笔名。其具体事务由于会泳任组长的文化部创作领导小组办公室主管,活动时间为1973年到1976年10月,共发表大批判文章160多篇。其代表作有《中国革命历史的壮丽画卷——谈革命样板戏的成就和意义》、《评晋剧〈三上桃峰〉》、《京剧革命十年》、《深入批判资产阶级人性论——从标题与无标题音乐问题的讨论谈起》(1974年第4期《红旗》、《坚持文艺革命　反对复辟倒退——反击美术领域文艺黑线的回潮》)和《坚持文艺革命,反击右倾翻案风》等。初澜的这些文章为极左政治服务,产生了很坏的影响,在"文革"结束以后受到清查和批判。

在我党的历史上，毛主席的革命路线同刘少奇反革命的修正主义路线进行了长期的激烈斗争。党的八届十中全会上，毛主席发出了“千万不要忘记阶级斗争”的伟大号召，提出了“要进行社会主义教育”的战斗任务。一九六三年五月，毛主席亲自主持制定了《中共中央关于目前农村工作中若干问题的决定(草案)》(即十条)，在广大农村开展了轰轰烈烈的社会主义教育运动。其后不久，刘少奇抛出了一条形“左”实右的资产阶级反动路线，镇压人民群众，保护牛鬼蛇神。刘少奇指派他的老婆王光美窜到河北省抚宁县的桃园大队，以“四清”为名，行复辟之实，炮制了一个旨在对抗毛主席革命路线的“桃园经验”。王光美狂妄地说：“全国都在学大寨，桃园要在政治上超过大寨，叫全国也要学习桃园。”妄图用桃园对抗大寨，用刘少奇反革命的修正主义路线取代毛主席的正确路线。一九六五年一月，毛主席亲自主持制定了《农村社会主义教育运动中目前提出的一些问题》(即二十三条)，批判了刘少奇的反动路线以及“桃园经验”，将社会主义教育运动引向深入。

但是，刘少奇一伙贼心不死，负隅顽抗。王光美不得不从桃园撤退以后，还留下一个“巩固组”，送去一匹大红马，死守桃园这块阵地。他们不仅在桃园附近立起了一块高达丈余的石碑，上刻“永不忘记”四个大字，为她树碑立传，王光美还亲自跑到旧文联礼堂作报告，策动文艺界运用文艺形式来为她树碑立传，歌功颂德。

就在这样的历史政治背景下，一九六五年夏天开始，在被旧中宣部这个阎王殿控制的舆论阵地上，围绕着通讯《一匹马》和故事《三下桑园赎马记》，掀起了一股宣传热潮。主持宣传的人特意提醒说：“这个故事发生在经过社会主义教育运动的地方——河北唐山地区抚宁县，更加引起人们深思。”“深思”什么？就是要人们看清楚这个故事是为王光美涂脂抹粉的，是为刘少奇的资产阶级反动路线和他导演的“桃园经验”翻案的。

在这场阶级斗争中，以周扬为首的“四条汉子”及其同伙，倾巢而出，喧嚣一时。在当时被反革命的修正主义文艺黑线统治的文艺界，以《一匹马》的故事为题材的报告文学、连环画、纪录影片和各种样式的戏剧、曲艺，纷纷出笼。旧中宣部的一个副部长，指令在北京的某一话剧院赶排同一题材的《春风杨柳》，叫嚷“要搞出样板，起示范作用”。旧文化部的一个副部长，计划亲自带领一个文化工作队去抚宁县，把王光美蹲点的这个地方搞成群众文化活动的“样板”。

紧步周扬之流的后尘，一九六六年一月，山西省的《火花》戏剧专刊，以卷首的显赫位置，发表了根据上述通讯改编的大型晋剧《三下桃园》。请同志们注意：通讯中的真实地名是“桑园”，剧本却偏偏改为“桃园”。一字之易，点在题上，更为醒目。剧中大唱什么“社社队队全一样，唯有桃园不大同”，用反动的“桃园精神”，对抗毛主席发出的“农业学大寨”的伟大号召！他们唯恐观众看不清楚这个戏的政治意图，还煞费苦心地设计了一个原通讯中没有的人物——一个姓王的女县长,让她从幕后走到前台,颐指气使,招摇过市,用她之口点破这个剧本的主题在于歌颂桃园"社教运动的胜利果"。这是在文艺舞台上为刘少奇、王光美树起的又一块"碑"。

无产阶级文化大革命中,《三下桃园》受到了革命群众的批判,这块"碑"被推倒了,打碎了。事隔八年,在某些人的指使和鼓励下,《三下桃园》改名为《三上桃峰》,又被重新搬上舞台,把这块被推倒了、打碎了的"碑"又树了起来。这是多么触目惊心的阶级斗争啊!从《三下桃园》到《三上桃峰》,中心事件没有变,故事情节没有变,基本的人物关系也没有变。惹人注意的三处改动是:一、"桃园"变为"桃峰";二、时代背景从"四清"运动后的一九六五年推到了一九五九年;三、那个姓王的女县长不见了。然而,越描越黑,欲盖弥彰。这些改动,除去说明炮制者完全知道一匹马的故事的政治背景,完全知道《三下桃园》的政治要害,作(做)贼心虚,害怕马脚太露以外,丝毫不能说明别的。

人们不禁要问《三上桃峰》的炮制者和支持者:既然明明知道无产阶级文化大革命中批判了《三下桃园》,明明知道这个毒草剧本的要害所在,为什么现在又为它改头换面,乔装打扮,迫不及待地搬上舞台?

《三上桃峰》的炮制者曾经说过:"要不是无产阶级文化大革命,这个戏早就红了!"一语泄露了天机:他们这个戏跟刘少奇是同命相连的。"一损俱损,一荣俱荣"。刘少奇垮台了,他们如丧考妣,于心不甘。经过几年的炮制,他们认为时机成熟了,就明目张胆地把《三上桃峰》抛了出来,人喊人叫什么"《三上桃峰》是山西的代表性剧目!""《三上桃峰》是经过七年锤炼的。别的戏不上,行;《三上桃峰》不上,不行!"当演员表示不愿排练这个戏时,他们竟威胁说:"是毒草也要演",不演就"以破坏革命现代戏论处"。看,他们要用这个戏来为刘少奇反革命的修正主义路线翻案的气焰何等嚣张!可是,当革命群众揪住了他们的狐狸尾巴之后,他们又装出一副可怜相,说什么"没有看过原来的报道"呀,"不知道这个故事有什么政治背景"呀,等等。躲躲闪闪,支支吾吾。事实胜于雄辩。白纸黑字,铁证如山,《三上桃峰》是经过精心炮制,有人批准,有人支持抛出来的。《三上桃峰》为刘少奇翻案的事实,是任何人也抵赖不掉的!

二

从《三上桃峰》的政治背景看,是为刘少奇翻案的。从《三上桃峰》所表现的政治内容看,也是为刘少奇翻案的,是为刘少奇、林彪他们所推行的反革命的修正主义路线翻案的。

第一,《三上桃峰》的炮制者,竭力鼓吹刘少奇、林彪的"阶级斗争熄灭论",反对党的基本路线。

党的基本路线告诉我们:社会主义社会是一个相当长的历史阶段。在这个历史阶段中,始终存在着阶级、阶级矛盾和阶级斗争,存在着社会主义同资本主义两条道路的斗争,存在着资本主义复辟的危险性,存在着帝国主义、社会帝国主义进行颠覆和侵略的威胁。《三上桃峰》却千方百计地掩盖社会主义时期的阶级矛盾和阶级斗争,大搞资产阶级和无产阶级、资本主义和社会主义的“合二而一”。对农村资本主义势力的代表人物老六,杏岭的贫下中农和党员不反击,不斗争。剧中还将老六美化为想为集体“办好事”的人。对农村资本主义势力在党内的代理人、杏岭大队的大队长李永光;不仅不去表现党员、群众对他的斗争,反而为他开脱罪责,把他的错误性质说成是什么“本位主义思想”,还为他评功摆好,故意回避这场尖锐激烈的路线斗争。

在这个戏里,没有阶级矛盾,没有阶级斗争和路线斗争,你好我好,大家都好,可真是个人人“忠恕”、个个“礼让”的“君子国”呵!当年大刮吹捧“桃园经验”的妖风时,报纸上不是有人通过讲述小说《镜花缘》里“君子国”的故事,号召人们在创作中表现现实生活中的“君子国”吗?《三上桃峰》的炮制者果然把一个“君子国”搬上了舞台。这个“君子国”不是别的,就是刘少奇、王光美在桃园已经建立过的地、富、反、坏、右重新上台,劳动人民重新受压迫的资产阶级专政的王国!

第二,《三上桃峰》的炮制者,狂热地宣扬刘少奇、林彪所贩卖的“孔孟之道”,把剥削阶级的意识形态冒充为共产主义风格和无产阶级思想。

风格是观念形态,是客观实践的产物。在阶级社会中,风格是有阶级性的。《三上桃峰》所宣扬的这种不讲阶级、不讲路线、互相“礼让”的“风格”,根本不是无产阶级的意识形态,而是剥削阶级的意识形态。两千多年前,反动奴隶主阶级的代言人孔丘之流鼓噪什么“忠恕”、“克己”,什么“礼之用,和为贵”,目的是“复礼”。刘少奇、林彪继承了孔老二的衣钵,也大讲什么“以德报怨”、“忍辱负重”,什么“两斗皆仇,两和皆友”,目的是复辟。《三上桃峰》所宣扬的“风格”,就是这种主张倒退、反对革命的孔孟之道,是束缚革命人民斗争意志的精神枷锁。剧中的“风格”体现者、主要人物青兰,就是奉行孔孟之道的典型人物。她在全剧中的行动,就是往来奔波于杏岭、桃峰之间,忙于补过失、堵窟窿。这是个只抓小事不抓大事、只顾“马情”不顾敌情的政治庸人。炮制者把这样一个依照黑《修养》的规格铸造出来的人物,冒充为无产阶级革命事业接班人,赋予她一个“青出于蓝而胜于蓝”的名字,就是要人们学习青兰,做孔孟之道的忠实信徒,以便推行他们“复礼”、复辟的反革命政治路线。

第三,《三上桃峰》的炮制者,采用含沙射影的卑劣手法,使用刘少奇、林彪的反革命语言,诬蔑社会主义制度,对毛主席的革命路线进行诋毁和谩骂。

全剧结构的中心是马。戏的开头，作为主要人物的青兰，在初上场的唱段中唱道："持续跃进，万马奔腾"；接着，在同一场，她又唱道："他扬鞭催马猛驰骋，菊花青怎经得猛烈奔腾"，于是，全剧就围绕着这匹病马兜起圈子来。剧本告诉人们，这是一匹患有"脑迷症"、"病了好几个月"的病马，此马"千万不能猛骑快跑"。后来，它被猛骑了一阵，由于"快速奔跑使猛劲"，就"浑身淌汗，四肢发抖"，卧倒在地，终于死去了。对此，剧本叫嚷"要接受教训"。好一个"接受教训"！须知这个剧本是把故事的发生年月别有用心地改在一九五九年春天的。这时，正是我国人民在毛主席的革命路线指引下，高举总路线、大跃进、人民公社的革命红旗高歌猛进的年代。在这样的时代背景下，剧本刻意讲述一个"跑死病马"的"寓言"，它的矛头所向难道还不清楚吗？这种咬牙切齿的咒骂，和赫鲁晓夫对我们的诬蔑有何不同？和刘少奇攻击大跃进是"搞得太猛，出了毛病"的黑话，有何不同？和林彪一伙攻击大跃进是"凭幻想胡来"的黑话，有何不同？我国社会主义建设的成就是否定不了的，人民群众的劳动所结出的胜利果实是抹杀不了的，这种咒骂只能暴露出这个戏的炮制者完全站在地、富、反、坏、右的立场上。更有甚者，当剧本写到病马累死之后，另一匹马就立即登场了。这匹大红马是由剧中资本主义势力的代表人物老六牵上台的。这匹象征着资本主义"胜利"的马一上场，就博得了满台人物的一片喝彩："好马！好马！好马！"连用三个"好"字。无需再做解释了，作者的用心已十分明白。他们就是要通过这两匹马的对比，咒骂党的正确路线，呼唤资本主义复辟。

晋剧《三上桃峰》大肆兜售刘少奇、林彪反革命的修正主义黑货，对毛主席革命路线进行肆无忌惮的攻击。他们叫嚷这出戏要表现的"大主题"，就是反党、反社会主义、反毛主席的革命路线，为刘少奇、林彪和他们反革命的修正主义路线翻案。有人还叫嚷这出戏"好就好在突破了样板戏的框框"，这就赤裸裸地暴露了他们与毛主席的革命文艺路线为敌、与革命样板戏为敌的反动面目。《三上桃峰》正是顽固地坚持刘少奇反革命的修正主义文艺黑线，集"无冲突论"、"中间人物论"、反"题材决定"论、"人性论"、"时代精神汇合论"之大成的大毒草。

三

利用小说进行反党活动，是一大发明。阶级斗争的历史告诉我们：每当一次伟大的革命运动过去之后，总是伴随着一场复辟与反复辟、倒退与反倒退的激烈斗争。一切被打倒的剥削阶级决不会甘心于他们的失败，总要作垂死的挣扎，妄图复辟他们失去了的"天堂"。他们进行复辟的一个常见方式，就是利用文艺为历史上被打倒的剥削阶级的代表人物进行翻案。六十年代初，有人抛出《海瑞罢官》为彭德怀翻案，如今又冒出个《三上桃峰》为刘少奇翻案，就是这一阶级斗争规律的生动例证。

从《一匹马》、《三下桑园赎马记》，到《三下桃园》，再到《三上桃峰》：桑园改桃园，桃园变桃峰；一匹病马上台又下台，下台又上台。这说明了什么？说明了在整个社会主义历史阶段，无产阶级同资产阶级的斗争是长期的、曲折的，有时是很激烈的。不管革命的阶级怎样事先警告，把根本的战略方针公开告诉自己的敌人，敌人是一定要寻找机会表现他们自己，还是要进攻的。阶级斗争是客观存在，不以人的意志为转移，要想避免，也不可能。它说明了文艺战线上的斗争从来就是政治战线上阶级斗争、路线斗争的反映。某些地区、某些部门修正主义文艺黑线回潮的现象，就是政治上那股妄图否定无产阶级文化大革命的翻案风在文艺上的表现；这也是和国际上阶级敌人反华、反共、反革命的反动逆流相呼应的。它还说明了当前深入开展的批林批孔运动，击中了国内外阶级敌人的要害，他们必然要跳出来进行破坏和捣乱。

因此，我们对大毒草《三上桃峰》的批判，不是一般的文艺论争，不是什么创作问题，而是保卫无产阶级文化大革命胜利成果的大是大非问题；是捍卫毛主席革命路线的大是大非问题；是深入开展批林批孔运动、把上层建筑领域里的革命进行到底的大是大非问题。这是一场你死我活的阶级斗争。这样的斗争，今后还要长期地进行下去。

毛主席教导我们："不要以为有一二次、三四次文化大革命，就可以太平无事了。千万注意，决不可丧失警惕。""三上"被揭露了，会不会搞"四上"、"五上"呢？值得我们深思。我们一定要以党的基本路线为纲，深入开展批林批孔运动，重视意识形态领域里的阶级斗争，密切注视思想文化战线阶级斗争的新动向和新特点，反击一切开倒车、搞复辟的逆流，击退反革命的修正主义文艺黑线的回潮，进一步发展无产阶级文艺革命的大好形势，夺取新的胜利！

——原载《人民日报》1974 年 2 月 28 日

初 澜

在矛盾冲突中塑造无产阶级英雄典型

——评长篇小说《艳阳天》

浩然同志的长篇小说《艳阳天》，是在我国文艺战线上两个阶级、两条路线激烈斗争中产生的一部优秀文学作品，长时期以来，受到广大工农兵读者的热烈欢迎。这部小说，以党的八届十中全会的精神为指导，深刻地反映了我国社会主义农村尖锐激烈的阶级斗争，成功地塑造了“坚持社会主义方向的领头人”萧长春的英雄形象。在当前批林批孔运动深入发展的大好形势下，在反击修正主义文艺黑线回潮、坚持无产阶级文艺革命的斗争中，探讨和研究《艳阳天》的思想艺术成就，对于批判林彪贩卖孔孟的“克己复礼”、“中庸之道”，肃清“阶级斗争熄灭论”在文艺领域中的流毒，反对文艺创作中的“无冲突论”和“中间人物论”等，是很有现实意义的。

努力塑造工农兵英雄典型，是社会主义文艺创作的根本任务。萧长春，是我国农村社会主义高潮中涌现出来的成千上万英雄人物的典型形象。这一人物之所以高大、丰满而感人，很重要的一点，是由于作者在创作中运用革命的现实主义和革命的浪漫主义相结合的创作方法，通过把现实生活中的矛盾和斗争典型化的途径，突出地刻画了萧长春的英雄形象。

在社会主义这个历史阶段中，始终存在着阶级、阶级矛盾和阶级斗争，存在着社会主义同资本主义两条道路的斗争，存在着资本主义复辟的危险性，存在着帝国主义、社会帝国主义进行颠覆和侵略的威胁。我们时代的英雄人物，都是在阶级斗争和路线斗争的大风大浪中锻炼成长起来的。社会主义文学创作要以党的基本路线为纲，深刻反映我国社会主义历史阶段的斗争生活，必须敢于揭示矛盾、激化矛盾和解决矛盾，在矛盾冲突中塑造无产阶级英雄典型。

小说《艳阳天》写的虽是东山坞农业社在一九五七年麦收前后十几天内所发生的事件，却展现了我国农村惊心动魄的阶级斗争的历史画面。萧长春就是这一“典型环境中的典型人物”。

以萧长春为代表的广大贫下中农在社会主义道路上,面临着错综复杂、尖锐激烈的矛盾冲突。这里,有同暗藏的反革命分子、农业社副主任马之悦的矛盾,有同公开的敌人、反动地主马小辫的矛盾,有同富裕中农弯弯绕等的矛盾,有同党内右倾机会主义分子李世丹的矛盾,还有同被敌人拉去当"枪"使的贫农马连福的矛盾,等等。小说中的矛盾冲突是围绕着农业社的分配问题而展开的:萧长春和广大的贫下中农,为了巩固集体经济,坚持按劳分配的社会主义原则,而地主分子、暗藏的反革命分子和党内右倾机会主义分子,以及一些富裕中农,则提出了要搞"按土地分红"。在农村,生产资料所有制的社会主义改造基本完成以后,这一矛盾冲突的实质仍然是两条道路、两条路线的斗争,是在当时的历史条件下坚持进步、反对倒退,坚持革命、反对复辟的斗争。在这场斗争中,有敌我矛盾,也有人民内部矛盾。它们盘根错节,相互联系,深刻地反映了社会主义历史阶段阶级斗争的复杂性和尖锐性。作者在揭示这些矛盾时,始终让萧长春处于这些矛盾的中心,并且处于矛盾的主导地位。不论是马之悦、马小辫要捣乱、要复辟,弯弯绕、马大炮要走发家致富的资本主义道路,还是李世丹要推行右倾机会主义路线,他们的对立面都是萧长春。这样做,是基于生活现实的,因为萧长春是贫下中农的主心骨,是走社会主义道路的带头人。

小说在突出萧长春与马之悦、马小辫这一矛盾斗争的主线时,把其他矛盾组织起来,让各种矛盾都围绕着萧长春而展开,让英雄人物在阶级斗争、路线斗争的风口浪尖上经受种种考验。这种安排十分重要。因为,只有当英雄人物处于矛盾斗争的中心位置上,才能为塑造英雄人物提供阶级斗争的典型环境,才能给英雄人物以充分的用武之地。

长篇小说《艳阳天》正是这样为我们展现了一场波澜壮阔、跌宕起伏的斗争场景。你看:当敌人挑动部分中农闹土地分红时,萧长春立即从工地赶回东山坞,主动迎击这股逆流,打乱了马之悦的部署,使敌人陷于被动。干部会上,被敌人蒙蔽的马连福气势汹汹地冲着萧长春"开火",但他沉着镇定,敏锐地觉察到真正的对手还隐藏在幕后,通过对斗争形势的分析,终于抓准了主攻方向。由于敌人十分狡猾,设置圈套,发起一次又一次的反扑,如果处理不当,就会陷萧长春于被动局面。但小说却把敌人的反扑,转为显示萧长春英雄本色的时机,不仅写出萧长春的从容应战,更表现出他善于乘胜追击。在保卫麦收的战斗中,萧长春采取主动,一面提前公布小麦预分方案,争取了部分落后群众,瓦解了敌人的阵势;一面果断地撤换了马立本的会计职务,整顿了阶级队伍,打得马之悦"象是心窝里挨了一刀"似的难受。最后,敌人妄图以杀害萧长春的儿子小石头来破坏麦收。在这一关系到斗争全局的严峻关口,萧长春考虑的是东山坞的前途,社会主义的方向。他一方面以无所畏惧的反潮流的革命精神,坚决顶住了乡长李世丹从上面加给他的压力,一方面清醒地分析斗争形势，不被敌人造成的失子之痛所压倒，用无产阶级世界观批驳了马之悦借以煽动群众的所谓“亲子骨肉”的地主资产阶级“人性论”，以坚强的意志和惊人的毅力带领群众投入打麦子的紧张战斗。萧长春这种“金钱买不了，刀枪吓不倒，刀搁脖子不变颜色”的硬骨头精神，给东山坞社员群众以巨大的教育和鼓舞，终于使敌人无可奈何地哀鸣：“眼前这个人象一座山，推不倒，搬不动。”

萧长春这种革命硬骨头精神，来源于对毛主席革命路线和社会主义事业的忠诚，是带领群众用不断的斗争推动历史前进的彻底革命精神，是在斗争中经受任何挫折打击而决不气馁的坚强意志。这种硬骨头精神，是萧长春思想性格的主要特征。小说通过一系列矛盾冲突来揭示这一思想性格特征。它说明了要塑造好无产阶级英雄典型，不仅要使英雄人物处于矛盾冲突的中心位置，而且要展示出英雄人物通过斗争促使矛盾向着革命方面转化的力量，才能体现英雄人物在革命斗争中的主导作用，才能使英雄形象高大、丰满而感人。如果没有萧长春和马之悦的激烈冲突，如果不突出萧长春的主动进攻精神，英雄人物的大无畏的革命品质和高度的阶级斗争、路线斗争觉悟，是不可能如此淋漓酣畅地表现出来的。所以，那种虽然写了矛盾冲突，但浅尝辄止，不敢使矛盾激化的作(做)法，是根本不可能塑造出高大丰满的英雄人物形象的。

小说《艳阳天》在解决各种不同矛盾的过程中，不仅突出了萧长春性格中敢于斗争的一面，同时也突出了他善于斗争的一面。

东山坞的阶级斗争是非常错综复杂的。不同质的矛盾，只有用不同质的方法才能解决。萧长春对敌我矛盾和人民内部矛盾采用了不同的斗争方式。在处理敌我矛盾方面，萧长春对暗藏的阶级敌人马之悦和公开的阶级敌人马小辫，又采取了不同的斗争策略。马之悦是两面派，有欺骗性，所以萧长春必须同他经过多次较量，让他充分暴露，才能剥开他的画皮。反动地主马小辫，只能躲在阴暗角落里捣鬼，所以萧长春就发动他周围的群众，对他加强管制，当他一旦进行破坏，立即遭到无产阶级专政铁拳的狠狠打击。在解决人民内部矛盾的过程中，小说则生动地反映了萧长春善于运用从团结的愿望出发，经过批评或斗争，达到新的团结的原则，帮助和教育思想落后的社员。弯弯绕虽是个富裕中农，但是按他的经济地位和合作化以前的剥削经历，以及那种极端的自私自利行径，都是在往资本主义道路奔。所以萧长春对待他的方针尽管是立足于争取，但对他破坏农业社的种种言行，却没有妥协迁就，而是进行了毫不容情的斗争，直至揪出了马之悦，才使他“醒过梦来”，开始认输。对于同样是动摇不定的中农韩百安和马子怀，萧长春也对症下药，主要是耐心说服教育，给他们摆前途，指方向。萧长春明确地指出：走社会主义道路还是走资本主义道路？这个问题尖锐地摆在他们面前，必须从速作出抉择。对贫农马连福，萧长春则是怀着“恨铁不成钢”的深厚无产阶级感情，严肃地批评他被敌人牵着鼻子走的错误行为，热情地挽救了这个“姓在一个‘穷’字儿上”的阶级兄弟。

萧长春运用不同的斗争策略和方式解决各种不同的矛盾，显示了马克思主义斗争哲学的威力。这一人物善于掌握斗争的原则性和灵活性，以及细致深入的工作作风等特点，在读者心里留下了深刻的印象。

马克思主义的哲学认为，“对立统一规律是宇宙的根本规律”，一切事物都是对立的统一。矛盾着的双方，不能孤立地存在。假若没有和它对立的一方，它自己就失去了存在的条件。因此，在文学创作中要正确地、充分地表现矛盾冲突的各个方面。为了写好居于主导地位的英雄人物和正面力量，也要写好居于陪衬地位的反面人物和反面力量。对阶级敌人，要表现他们的狡猾凶狠和虚弱的本质，写出其必然灭亡的命运。这是为了通过革命和反革命的激烈搏斗歌颂革命力量的强大和胜利。小说《艳阳天》在这方面没有畏葸不前，而是在着力塑造萧长春的形象的同时，也十分注意对反面人物的描写。小说通过深刻地揭露一小撮阶级敌人的反革命本质，使反面人物对英雄人物起了很好的反衬作用。

被打倒的反动剥削阶级对于亡国共产总是不甘心的。就拿马之悦来说，他出身破落富农，在旧社会勾结敌伪，破坏革命，不光会使手腕，又有一副“贼大胆”。他所以投机革命，是想捞取“荣华富贵”。随着社会主义革命的深入，他的个人野心难以实现，而过去的罪恶又将受到审判时，他便按捺不住跳出来同革命人民较量。他要独霸一方，胡作非为，就要整倒萧长春；他要发家致富，就要搞垮农业社；他要逃避人民的审判，就要复辟资本主义，把历史拉向后退。小说写出马之悦这个人物的来龙去脉，写出他大耍两面派，进行反革命复辟活动的内在根据。现实的阶级斗争、路线斗争告诉我们：暗藏在党内的阶级敌人，有个逐渐暴露的过程，革命人民对他们也有个逐渐认识的过程。马之悦开始时还可以隐身幕后，大耍两面派手法，但随着斗争的深入，不少被蒙蔽的群众觉悟了，听他指使的人越来越少，他就不得不主要依靠马小辫这样的明牌敌人来进行反革命破坏活动。最后，在李世丹的支持下，他孤注一掷，赤膊上阵，从幕后跳到幕前。矛盾的激化达到总爆发，马之悦终于彻底扯下伪装，他的末日也就来到了。小说还无情地揭露了马小辫的反动阶级本性，他的阴谋破坏活动，反映了阶级斗争的规律，表现了他同萧长春的斗争日趋尖锐的必然性。他那疯狂的复辟资本主义愿望，驱使他用封建迷信，在“小面人”的胸口上扎针，以诅咒萧长春和贫下中农，发泄他的刻骨的阶级仇恨。萧长春带领社员砍了他家的树，他要拿刀拼；挖了他家的石碑，他要拿刀拼；挖水渠通过他家坟地，他又要拿刀拼。直到后来，萧长春连连粉碎了他同马之悦一伙的阴谋诡计，而且分化、争取了他的儿子，马小辫终于忍不住跳了出来，在持刀行凶杀害萧长春的阴谋未遂之后，就凶残地害死了小石头。矛盾冲突越演越激烈，最后达到了高潮，马小辫的复辟阴谋也随之宣告彻底破产。萧长春和马小辫矛盾的激化，是势所必然，深刻地反映了社会主义历史阶段阶级斗争的长期性、复杂性和尖锐性。

在小说《艳阳天》里，不管马之悦、马小辫如何老奸巨猾，一计未成，又生一计，但他们在萧长春的强大攻势面前，总是把搬起来的石头砸在自己的脚上，这就更加反衬出英雄人物的革命精神和高度的阶级斗争和路线斗争觉悟。如果把敌人简单化、脸谱化，矛盾冲突必然是浮光掠影，不可能激化矛盾，这样就不能突出英雄人物，当然，也就达不到一部革命文学作品应有的教育作用。

萧长春向马之悦、马小辫的进攻，如此稳、准、狠，除了他具有高度的阶级斗争、路线斗争觉悟和无产阶级革命精神(外)，还因为他是贫下中农的“主心骨”，而他又始终依靠群众，因而有着深厚的群众基础。小说通过两个阶级、两条道路的激烈搏斗，充分表现了以萧长春为代表的贫下中农的绝对优势。马之悦、马小辫猖狂破坏，不过是一小撮垂死力量的最后挣扎。而萧长春这一方，却有着韩百仲、马老四、喜老头、焦淑红、焦克礼、焦二菊等广大贫下中农和积极分子，并且由于萧长春积极主动地去做思想工作，使落后群众也提高了阶级斗争和路线斗争觉悟，站到了社会主义一边；同时，按照党的政策，争取了可以教育好的地主子女。这样，在斗争中壮大了革命声势，形成浩浩荡荡的战斗队伍，象一股奔腾澎湃的浪潮，铺天盖地向着一小撮敌人席卷而来！而敌人则是越来越孤立，越来越被动，陷入了绝境。经过这一场惊心动魄、气势磅礴的阶级斗争，东山坞的广人群众，在萧长春的带领下，终于击溃了敌人，夺得了胜利，沿着社会主义康庄大道阔步前进！

长篇小说《艳阳天》这种把生活中阶级斗争日常的现象集中起来，把其中的矛盾和斗争典型化，在尖锐、复杂的矛盾冲突中塑造无产阶级英雄典型的有益经验，值得我们学习和借鉴。但小说也存在一些不足之处，比如，对李世丹所执行的右倾机会主义路线的反动实质，还揭示得不够深刻；对有的落后人物着墨过多，因而在一定程度上妨碍了突出塑造萧长春的形象。此外，关于小石头被害这一情节，最后也可以考虑处理成不死。我们应该从这部作品的成功和不足之处，吸取经验教训。在批林批孔运动中，我们要深入批判“中庸之道”和“阶级斗争熄灭论”，彻底肃清“无冲突论”的流毒，认真学习革命样板戏的创作经验，创造出更多更好的反映阶级斗争和路线斗争的无产阶级新文艺，塑造出更多高大丰满的无产阶级英雄典型，帮助群众推动历史的前进！

——原载《人民日报》1974 年 5 月 5 日

初　澜

京剧革命十年

在以毛主席为首的党中央领导下，在毛主席的无产阶级文艺路线指引下，京剧革命已经走过了十年的战斗历程。十年的时间不算长，但在我国的文艺战线上则发生了巨大的根本性的变化。

十年前，刘少奇和周扬一伙推行的修正主义文艺路线专了我们的政。在他们的控制下，整个文艺界充满了厚古薄今、崇洋非中、厚死薄生的恶浊空气。盘踞在文艺舞台上的，不是帝王将相、才子佳人，就是形形色色的牛鬼蛇神，几乎全是封、资、修的那些货色。这是多么反常的现象：政治上被打倒了的地主资产阶级在文艺上却依然耀武扬威，而做了国家主人的工农兵在文艺上却照旧没有地位。这种情况，严重地破坏社会主义的经济基础，危害无产阶级和革命人民的根本利益。

十年后的今天，已从根本上改变了上述状况。以京剧革命为开端、以革命样板戏为标志的无产阶级文艺革命，经过十年奋战，取得了伟大胜利。无产阶级培育的革命样板戏，现在已有十六七个了。在京剧革命的头几年，第一批八个革命样板戏的诞生，如平地一声春雷，宣告了毛主席《在延安文艺座谈会上的讲话》所指出的革命文艺路线已经在实践中取得了光辉的成果，中国社会主义文艺的新纪元已经到来，千百年来由老爷太太少爷小姐们统治舞台的局面已经结束，工农兵英雄人物在文艺舞台上扬眉吐气、大显身手的时代已经开始。这是中国文艺史上具有伟大意义的变革。近几年来，继八个样板戏之后，钢琴协奏曲《黄河》，钢琴伴唱《红灯记》，革命现代京剧《龙江颂》、《红色娘子军》、《平原作战》、《杜鹃山》，革命交响音乐《智取威虎山》和革命现代舞剧《草原儿女》、《沂蒙颂》等新的革命样板作品的先后诞生，巩固和扩大了这场伟大革命的战果，进一步推动了全国社会主义文艺创作运动的蓬勃发展。革命文艺作品如百花盛开，春色满园。文学、戏剧、电影、音乐、美术、摄影、舞蹈、曲艺等各方面，都出现了一大批好的和比较好的作品，并将继续涌现出更多更好的作品来。十年的发展趋势表明，我们社会主义文艺事业一年比一年繁荣昌盛。

十年巨变,决非偶然。发生在中国的这场京剧革命,是由社会主义历史时期存在着阶级、阶级矛盾和阶级斗争的现实决定的,是马克思列宁主义和修正主义斗争的必然产物,是党的基本路线指引下无产阶级防止资本主义复辟、巩固无产阶级专政的战略措施。

国内外阶级斗争事实告诉我们:无产阶级革命进入社会主义阶段以后,被打倒了的阶级不甘心失败,总是利用他们在意识形态方面长期形成的影响,腐蚀、破坏社会主义经济基础,向无产阶级发动进攻。文艺领域,更是被他们用作宣传反动世界观、复辟资本主义的桥头堡。苏修叛徒集团在全面复辟资本主义的过程中,就是把文艺作为制造反革命舆论的一个重要部门。在我国,地主资产阶级代表人物刘少奇、林彪之流拼命地抓意识形态、抓文艺,目的也是如此。这些事实说明,单有经济战线的社会主义革命,如果没有包括文艺在内的政治思想战线上的彻底的社会主义革命,社会主义制度还是不巩固的,资产阶级复辟的梦想有可能变为现实。无产阶级要将社会主义革命进行到底,粉碎阶级敌人的复辟阴谋,就必须同他们针锋相对,牢固占领文艺阵地,重视意识形态领域里的阶级斗争,实行在上层建筑领域其中包括各个文化领域中对资产阶级的全面专政。

毛主席从来十分重视意识形态领域的社会主义革命,亲自发动和领导了文艺战线上的历次重大斗争。在一九六二年八月北戴河中央工作会议和九月党的八届十中全会上,毛主席深刻总结了我国革命和国际共产主义运动的历史经验,更加完整地提出了党在社会主义历史阶段的基本路线,号召我们千万不要忘记阶级和阶级斗争。一九六三年,云水怒吼,风雷激荡。国际上马克思列宁主义者与现代修正主义者的公开论战,国内广泛开展的社会主义教育运动,把无产阶级反修防修的斗争推进到一个新的阶段。随着国内外阶级斗争、路线斗争的激化,文艺领域里复辟与反复辟的斗争进一步尖锐起来。就在这样的历史背景下,毛主席针对修正主义文艺路线控制下我国戏剧以及其他艺术部门所存在的问题,明确指出:“社会经济基础已经改变了,为这个基础服务的上层建筑之一的艺术部门,至今还是大问题。这需要从调查研究着手,认真地抓起来。”这就为无产阶级文艺革命提出了任务,指明了方向。在毛主席的号令下,无产阶级首先在京剧、芭蕾舞、交响音乐这些领域里发动了革命。一九六四年七月,江青同志在京剧现代戏观摩演出人员座谈会上发表了《谈京剧革命》。这一重要讲话充满着马克思主义的反潮流精神,是一篇向修正主义文艺路线宣战的檄文。十年来,它一直鼓舞着革命文艺战士为巩固无产阶级专政而战的胜利进军。

旧京剧是地主资产阶级在意识形态领域中的顽固堡垒。它的演出剧目的主要内容,概括起来,就是狂热地宣扬孔孟之道。什么“三纲五常”、“三从四德”,什么

“忠孝节义”、“忠恕仁爱”等等反动思想，在旧京剧的舞台上都化为被歌颂的形象。唯其如此，清王朝的反动统治者以及后来的北洋军阀、国民党反动派都把旧京剧奉为“国粹”、“国剧”，那些侵略中国的帝国主义强盗也把它捧上了天。这与其说是在尊崇，不如说是在利用。他们利用旧京剧所宣扬的孔孟之道来腐蚀、毒害和奴役中国人民。刘少奇、彭真、周扬一伙站在反动阶级的立场上，把京剧界搞成了针插不入、水泼不进的独立王国，在舞台上继续用孔孟之道毒害群众，同时还利用京剧形式炮制了一支又一支反党反社会主义的毒箭。这些咄咄怪事，难道还能继续下去吗？不能了。如果容忍它，就是容忍挖社会主义的墙脚，就是容忍中国倒退到半殖民地、半封建的黑暗社会。这是中国人民决不答应的。无产阶级文艺革命选择京剧作为突破口，本身就是一场批判孔孟之道的重大斗争，就是要拆掉千百年来反动阶级赖以制造人间地狱的精神支柱。攻克旧京剧这个顽固堡垒，就能积累斗争经验，推动各个文艺部门以及整个上层建筑领域的革命，使之适应并促进社会主义经济基础的巩固和发展。

十年巨变，来之不易。京剧革命，是十年来上层建筑领域各条战线社会主义革命中打头阵的一次伟大战役，所遇到的困难和阻力特别大，所花费的气力也特别大。这是一场大破剥削阶级文艺、大立无产阶级文艺的彻底革命，在历史上是第一次。如何战胜旧京剧及其在人们头脑中的影响，如何创造崭新的革命京剧，如何让工农兵英雄形象牢固地占领舞台，这一系列问题的解决，都没有先例可循。应该看到，地主资产阶级在京剧舞台上惨淡经营了一二百年，使旧京剧成为我国戏曲中技艺性最强的剧种，无产阶级要在尽可能短的时间内改造它，超过它，压倒它，这决不是轻而易举的。万事开头难。这就要有顽强的革命毅力，去做大量的、前人所没有做过的事情，为后来者开拓革命之路。

无产阶级能否牢固地占领文艺阵地，关键在于创作出“革命的政治内容和尽可能完美的艺术形式的统一”的样板作品。有了这样的样板，才能有说服力，才能牢固地占领阵地，才能打掉资产阶级“秋后算帐”派的棍子。因而，京剧革命中占领与反占领的斗争，从一开始就是围绕着革命样板戏而进行的。面对这场革命，代表资产阶级利益的刘少奇、彭真、周扬一伙如大难临头，气急败坏，他们利用篡夺去的那部分权力，使出浑身解数，明枪暗箭，百般破坏，无所不用其极。不仅在人力、物力上故意设置各种障碍，他们还散布种种谬论，使用釜底抽薪的卑劣手段，篡改样板戏的主题，歪曲无产阶级英雄形象，企图把京剧革命引向邪路。在那时，革命每前进一步都要经过斗争；每一个革命样板戏的诞生过程，都有一部惊心动魄的斗争史。但是，新生事物是不可战胜的。无产阶级要在文艺领域里战胜资产阶级，这是不可抗拒的历史规律。革命征途上的阻力越大，就越能激发出革命者的光和热；阶级斗争中的惊涛骇浪，反而更显示出共产党人大无畏的革命气魄。肩负着历史的使命，马克思主义者率领一批革命文艺战士冲锋陷阵，披荆斩棘，在政治上和艺术上同时进行着极为艰苦的斗争。每个样板作品从剧本创作到舞台演出，从音乐唱腔上的一板一眼到舞蹈动作中的一招一式，无不经过反复修改、精雕细刻。无产阶级所以要坚持高标准、严要求，就因为这一批革命样板作品是为发展社会主义文艺事业奠定基础的。榜样的力量是无穷的。革命样板作品的榜样力量，将永远鼓舞我们沿着毛主席的革命文艺路线胜利前进。

创作革命样板戏的核心问题是满腔热情、千方百计地塑造无产阶级英雄典型。从历史上看，塑造哪个阶级的英雄形象，由哪个阶级的代表人物作为文艺舞台的主人，是政治斗争在文艺上的集中反映，是文艺为哪个阶级的政治路线服务的主要标志。搞京剧革命，就是要着重塑造好无产阶级英雄人物的艺术形象，使工农兵成为舞台的主人，把千百年来被地主资产阶级颠倒了的历史再颠倒过来，恢复历史的本来面目。无产阶级明确提出，塑造无产阶级英雄典型是社会主义文艺的根本任务，这就从根本上划清了我们的文艺运动同历史上一切剥削阶级文艺运动的界限。京剧革命的实践证明，只有塑造好无产阶级英雄典型，才能在文艺领域里用马克思主义、列宁主义、毛泽东思想批判孔孟之道，按照无产阶级的面貌改造世界；只有塑造好无产阶级英雄典型，才能在文艺舞台上表现中国共产党领导下中国人民的革命斗争，歌颂毛主席的革命路线在各个革命时期、各条战线上的伟大胜利，鼓舞人民群众推动历史的前进；只有塑造好无产阶级英雄典型，才能实现无产阶级在文艺领域里对资产阶级的专政。坚持这一根本任务，就是坚持文艺为工农兵服务的方向。这是任何时候都不可动摇的原则问题。

如何解决好京剧艺术形式的继承革新问题，是与塑造无产阶级英雄典型紧相关联的重大课题。京剧艺术过去一直是表现旧时代旧人物的，刻画反面人物比较容易，要刻画新时代新人物就很不容易。京剧思想内容的革命，必然要求对京剧艺术形式实行根本性的改造。这个问题解决得好，工农兵英雄人物形象就能牢固地占领京剧舞台；解决不好，帝王将相、才子佳人就会东山再起。对旧京剧的艺术形式采用“旧瓶装新酒”的改良主义的办法，显然是与革命背道而驰的。让我们时代的工农兵英雄人物去吟唱表现古人的老腔老调，模拟死人的举止动作，势必歪曲新生活、丑化新人物。相反，完全抛开京剧艺术特色，采取虚无主义的态度，另起炉灶，搞白手起家，也是走不通的。要让京剧的唱、做、念、打各种艺术手段都为塑造无产阶级英雄形象服务，就必须从生活出发，打破老腔老调，批判地吸收和改造其有用的东西，标社会主义之新，立无产阶级之异。十年来，京剧革命坚持了“古为今用，洋为中用”、“百花齐放，推陈出新”的方针，正确地解决了京剧艺术形式的批判继承和创新的问题。古与今、洋与中、推陈与出新是对立的统一,也就是破字当头、立在其中的道理。“不破不立。破,就是批判,就是革命。”革命样板戏中英雄人物的音乐形象和舞蹈形象的产生,都是批判继承和改造了旧京剧艺术中有用成份而进行创新的结果。每个英雄形象的成套唱段设计,对传统的唱腔和唱法都进行了革命,既具有强烈的时代精神,又发挥了京剧唱腔的艺术特色。今天,在人民群众中,不论男女老少,不论是京剧的内行还是外行,都乐于学唱革命样板戏的唱段,祖国大地到处飞扬着我们的英雄人物气贯长虹、激越优美的曲调。旧京剧中那些所谓“最精彩”的唱段能有我们革命样板戏的唱段这样广为流传吗?事实已经有力地证明:我们的革命样板戏已在艺术上战胜了旧京剧,压倒了旧京剧,为无产阶级开辟了批判继承和改造古典艺术形式的革命道路。

京剧革命既是发展社会主义文艺的强大动力,也是培养文艺队伍的最好学校。十年来,京剧革命通过激烈的阶级斗争和艰苦的艺术实践,逐步形成了一支无产阶级的文艺队伍。这支队伍,勇于实践,敢于斗争,朝气蓬勃,在无产阶级文艺革命中发挥了骨干作用。他们和音乐、舞蹈战线的革命文艺战士并肩战斗,同广大的工农兵业余文艺队伍汇合在一起,组成了无产阶级文艺革命的主力军。无产阶级文艺队伍是在革命实践和艺术实践中形成的。只有从战斗中培养出来的文艺队伍,才有实际战斗力。在京剧革命中培养出来的文艺队伍,在政治思想水平和艺术水平上,都是过去旧的艺术院校所培养的人材不可比拟的。这就表明了,“从战争学习战争”,应当是我们培养文艺队伍的主要途径和主要方法。今后,仍然要坚持在战斗中形成队伍,团结队伍,扩大队伍。只要在战斗中狠抓队伍的思想建设和组织建设,认真改造世界观、文艺观,重视抓创作思想,就一定能发展、壮大无产阶级的文艺队伍。

无产阶级有了自己的样板作品,有了自己的创作经验,有了自己的文艺队伍,这就为无产阶级文艺事业打下了坚实的基础,开辟了广阔的道路。过去的十年,可以说是无产阶级文艺的创业期。纵览人类文艺史,各个剥削阶级为建立他们本阶级的文艺,用了多少年!封建阶级搞了几千年,资产阶级搞了几百年,流传下来的代表性作品有限得很。资本主义发展到帝国主义阶段,完全腐朽、堕落了,文艺领域中充斥着什么现代派、野兽派、阿飞舞、脱衣舞等等荒诞下流的东西,五花八门,名堂虽多,实质却是一个,就是毒害和麻痹人民。苏修叛徒集团除了继续恶性发展这些光怪陆离的货色之外,近年来还竭力鼓噪写什么“军事爱国主义题材”,大肆宣扬军国主义,为侵略别国领土的扩张主义服务,为争夺世界霸权制造舆论。帝国主义、社会帝国主义的文艺如同它们的社会制度和思想体系一样,已是日薄西山,气息奄奄,人命危浅,朝不虑夕,什么象样的作品也搞不出来了。看看我们的十年,比比地主资产阶级的几百年、几千年,真是“风景这边独好”。

胜利从斗争中得来，胜利以后还有斗争。无产阶级在粉碎了刘少奇、林彪一伙的干扰、破坏，占领了京剧阵地，取得了伟大的胜利之后，文艺领域里占领与反占领的斗争并没有结束。当前，就有一小撮人在那股妄图否定无产阶级文化大革命的反动思潮中，把攻击的矛头指向京剧革命。

所谓"'根本任务'欠妥当"。提出塑造无产阶级英雄典型是社会主义文艺的根本任务，这是工农兵作(做)了国家主人之后在文艺上的必然要求，是巩固无产阶级专政的需要。但有人竟认为"这就欠妥当"，说这是"把文艺手段和文艺目的混为一谈"。这真是奇谈怪论。古往今来，每个阶级都用文艺塑造本阶级的英雄形象，宣传本阶级的世界观，以达到按照本阶级的面貌改造世界的目的。哪个阶级的英雄形象占领文艺舞台，标志着由哪个阶级在文艺领域实行专政。把塑造无产阶级英雄典型贬为一种"文艺手段"，甚至诬蔑当前文艺创作"吃了'根本任务论'的亏"，这完全是否定工农兵占领文艺舞台，向无产阶级文艺路线进行猖狂的反扑。请问：在旧戏舞台上帝王将相、才子佳人统治了几百年，你们何曾说过"欠妥当"？在过去修正主义文艺路线统治下，舞台上毒草丛生，群魔乱舞，你们为什么不提一句"欠妥当"？如今工农兵英雄形象登上文艺舞台才不久，你们就叫嚷"欠妥当"。两相对照，就可看出你们所谓的"妥当"，就是要把已被赶下台的地主资产阶级的代表人物重新捧上台来，复辟他们的统治地位。

所谓"样板戏标准太高，顶了台"。"标准太高"吗？各个阶级都有不同的政治标准和艺术标准。要我们放弃无产阶级的政治标准，岂不就是给封、资、修文艺保留合法地位！要我们降低无产阶级的艺术标准，岂不就是提倡粗制滥造，给资产阶级以反攻倒算的可乘之机！所谓"标准太高"，不过是一种攻击革命样板戏的借口。革命样板戏登上舞台以来，确实是把封、资、修文艺顶下了台。这个台顶得好，不顶不得了。不顶掉它们的台，怎样引出社会主义文艺的繁荣来？哀叹被样板戏"顶了台"，无非是要让封、资、修文艺卷土重来，把样板戏"顶"下去。革命样板戏既然已经占领了舞台，就绝不允许封、资、修文艺重新爬上台来。

所谓要"突破样板戏的框框"。这是反动的"离经叛道"论在新形势下的变种。把革命样板戏所遵循的创作方向、创作道路、创作原则、创作方法以及在实践中所积累的创作经验，统统诬蔑为"框框"，并且要"突"而"破"之，这究竟是哪个阶级的语言，难道还不清楚吗？他们所要"突破"的，正是毛主席的革命文艺路线。在当今的世界上，文艺不为无产阶级服务，就为资产阶级服务。"突破"之后向何处去？就是倒退到反革命的修正主义文艺路线。"突破框框"的实质，就是要在文艺上搞"克己复礼"，把历史拉向倒退！

阶级敌人对京剧革命的诬蔑和攻击，毫不足怪。这是阶级斗争的必然反映。他们的反动叫嚣，恰好从反面证明我们的京剧革命搞对了，搞得好，触及〔到〕他们的痛处，击中了他们的要害。革命是骂不倒的。敌人越是起劲地骂我们，我们越要坚持斗争，进一步普及和发展革命样板戏，回击那股妄图否定无产阶级文化大革命的反动思潮，巩固和发展无产阶级文化大革命的胜利成果，将我们的文艺革命进行到底。

京剧革命十年，是战斗的十年，胜利的十年，是值得在无产阶级文艺史上大书特书的十年。“我们不但善于破坏一个旧世界，我们还将善于建设一个新世界。”当前，无产阶级文艺革命正向着新的广度和深度进军。只要我们沿着《在延安文艺座谈会上的讲话》指引的方向前进，不断总结实践经验，就一定能够从胜利走向新的胜利。未来的十年、二十年，必定是社会主义文艺更加繁荣的年代。“快马加鞭未下鞍”，我们应当加倍努力作战，继续谱写无产阶级文艺史上新的篇章！

——原载《红旗》杂志 1974 年第 7 期

湘 晖

评湘剧《园丁之歌》*

在批林批孔运动深入、普及和持久的发展中，我国文艺革命的形势一派大好。以革命样板戏为标志的社会主义文艺创作和演出活动蓬勃发展；广大工农兵和革命干部、革命知识分子，对林彪、孔老二的反动文艺观和一些坏作品展开了深刻有力的批判。名为歌颂教育革命的“教改新篇”，实为吹捧修正主义教育路线的湘剧《园丁之歌》，就是正在受到批判的一出坏戏。

《园丁之歌》是在我们湖南一九七二年的专业文艺调演中出笼的。当时，毛主席亲自发动和领导的无产阶级文化大革命和批林整风运动，粉碎了以刘少奇、林彪为头子的两个资产阶级司令部，取得了伟大的胜利。但是，两个阶级、两条路线的斗争仍然十分激烈。一小撮资产阶级复辟势力，竭力否定无产阶级文化大革命。他们恶毒攻击无产阶级教育革命“搞糟了”，污蔑教育质量“今不如昔”。在文艺领域里，他们反对学习、移植和普及革命样板戏，散布资产阶级文艺思想。《园丁之歌》正是在这种情况下产生的，是教育战线、文艺战线上修正主义思潮的反映。

《园丁之歌》写的是两个教师对一个所谓顽皮学生进行教育的故事。它否定党对教育事业的领导，宣扬资产阶级知识分子统治学校；它歪曲党的教育方针，兜售“智育第一”和“文化至上”的黑货；它反对“教育必须为无产阶级政治服务，必须同

---

* 《园丁之歌》是湖南省1972年专业文艺团体创作节目会演中涌现出的一出反映比较好的湘剧。这出戏最早是长沙市碧湘街完小创作的，原来是花鼓戏，剧名为《好教师》，经长沙市湘剧团柳仲甫执笔改编后，参加了省里的会演。《园丁之歌》一剧主要讲述了主人公青年教师俞英，采用循循善诱、耐心引导的方法，帮助一个学生克服缺点，变得爱学习、守纪律、懂礼貌，而且使另一个青年教师方觉也认识和改正了自己对待学生的错误态度和方法，树立了正确的教育思想的故事。1973年7月28日，中央新闻纪录电影制片厂摄制成舞台戏剧片，送国务院文化组审看，受到错误批评。1974年7月19日，国务院文化组向京、津、沪和湖南省革命委员会发出《关于批判〈园丁之歌〉的通知》。8月12日全国第一批省、市文艺调演开幕。在调演期间，调演办公室组织了各省市代表团观看和批判《园丁之歌》的活动。8月初，《人民日报》发表了署名初澜的批判文章《为哪个教育路线唱赞歌？——评湘剧〈园丁之歌〉》，接着又发表了湖南省委安排人撰写的、署名湘晖的文章《评湘剧〈园丁之歌〉》。

生产劳动相结合”，鼓吹培养资产阶级接班人。它的要害是否定无产阶级文化大革命，向无产阶级反攻倒算。对此，我们必须予以彻底批判。

一

教育革命中两条路线斗争的根本问题，是无产阶级和资产阶级争夺领导权的问题。无产阶级教育革命的首要任务，就是要加强党对教育事业的领导，打破资产阶级知识分子独霸的一统天下；而《园丁之歌》却鼓吹资产阶级知识分子继续统治学校，取消党对教育事业的领导。

《园丁之歌》的主题歌——“百花园中花似锦，花红要靠育花人，滴滴汗水花上浇，喜看来日满园春”，在序曲、尾声和剧中，以幕后合唱的形式出现了三次。它所反复强调的一点，就是“园丁”主宰学校的一切。“园丁”是谁？俞英对方觉唱道：“好花要靠园丁育，你我共同努力把水浇。”显然，这个“园丁”指的就是俞英和方觉这样的教师，他们都是坚持修正主义教育路线、世界观并未得到改造的资产阶级知识分子。《园丁之歌》把这样的资产阶级知识分子当作“园丁”来歌颂，其目的就是要否定党对教育事业的领导，维护修正主义的教育路线，复辟资产阶级教育制度。

党、政、军、民、学，东、西、南、北、中，党是领导一切的。是党的阳光雨露，哺育青少年一代茁壮成长；是党的辛勤耕耘，培育革命新苗欣欣向荣。同时，也是在党的领导下，才团结、改造、教育和培养了教师队伍。我们的教师大多数是好的，坏人是很少数。经过无产阶级文化大革命的锻炼，广大教师提高了阶级斗争和路线斗争的觉悟，是愿意在党的领导下把教育革命进行到底的。教育战线上一切革命成就，就是实现党的领导的结果。因此，要完成培养千百万无产阶级革命事业接班人这个伟大的历史使命，必须要由党来领导，必须贯彻执行毛主席的无产阶级革命路线。《园丁之歌》根本不去表现党的领导，却把资产阶级知识分子吹捧为“园丁”，这难道不是为了否定党对教育事业的领导吗！

把教师比作“园丁”，把学生比作“桃李”，这并不是什么新鲜货色，而是儒家的道统，是剥削阶级的意识形态。剥削阶级从私有观念出发，总是把知识当成个人的私有财产，把学生视作教师私相传授的“门人”、“弟子”。因而，他们要鼓吹和树立“师”的权威。从孔老二的“师道尊严”到修正主义者的“教师中心论”，都是这样的货色。例如，汉初韩婴的《韩诗外传》上说：“夫春树桃李者，夏得阴其下，秋得其实。”历来的儒家，就是把教师比作“园丁”，把学生比作“桃李”的。《园丁之歌》里的俞英不是也说，“看明朝桃红李熟一派丰收景”，大做“桃李满天下”的剥削阶级“园丁”之梦吗？修正主义的反动教育权威凯洛夫，胡说什么教师是学校里的“园丁”和“中心人物”，教师的“每一句话和每一项指示”，对学生都“具有法律性质”，鼓吹资产阶级知识分子统治学校。刘少奇一伙拣起这些封、资、修的破烂，推行一条修正主义教育路线，《园丁之歌》就是宣扬这一条路线的。与此相反，按照马克思主义的教育路线，学校和教师必须置于党的领导之下。教师是党派到教育战线为无产阶级教育青少年的革命战士，他们必须"忠诚党的教育事业"，向学生进行政治思想教育和传授社会主义文化知识。但是，教师为了改造世界观和更好地完成党交给的任务，还必须向自己的教育对象学习。教师与学生的关系，是在党的领导下同一个战壕的战友和同志的关系。《园丁之歌》把这种新型的师生关系比作"园丁"与"桃李"的关系，这是对社会主义学校师生关系的严重歪曲。

当这种关于"园丁"的论调受到批判以后，有人竟然还辩解说："《园丁之歌》里的俞英是共产党员，怎么不能体现党的领导？"不对！党的领导，最根本的是毛主席无产阶级革命路线的领导。辩证唯物主义告诉我们，看问题不能只看现象，不看实质。列宁在《唯物主义和经验批判主义》一书中揭露那些标榜自己为马克思主义者的马赫主义者时尖锐指出："判断一个人，不是根据他自己的表白或对自己的看法，而是根据他的行动。"在《园丁之歌》里，俞英虽然挂的是"共产党员"的招牌，但她推行的却是修正主义的教育路线。另外，在剧中既看不到党组织的存在，又看不到俞英和党组织之间有什么关系。把这样的一个人说成是党的领导的体现者，显然是一种不分路线是非，混淆个人与党组织区别的糊涂观念。

二

主张"德、智、体"全面发展，还是鼓吹"智育第一"？这是教育革命中两条路线斗争的一个重要方面。毛主席教导说："我们的教育方针，应该使受教育者在德育、智育、体育几方面都得到发展，成为有社会主义觉悟的有文化的劳动者。"在社会主义学校里，必须无产阶级政治挂帅，把转变学生的思想放在首要地位。而刘少奇、林彪却鼓吹"智育第一"和"文化至上"的资产阶级教育方针。《园丁之歌》就是为这一教育方针吹喇叭的。

在《园丁之歌》里，方觉成天忙于抓"作业"、抓"考试"、抓"分数"，完全是一个"智育第一"的推行者。一开场，我们就看见方觉在眉飞色舞地批阅一份百分卷："对啦！（打钩）对啦！（打钩）全对啦！""是棵好苗子。"另一方面，他把蔑视"智育第一"的学生陶利攻击为糊不上壁的"稀泥"，不能成材的"锈铁"，抓不住的"野牛"。他恶狠狠地把陶利的小火车摔在一边，破口大骂陶利"不务正业"，"好逸恶劳"。这一鲜明的对比，说明了方觉是以智育作为选择"苗子"的唯一标准的。作为正面人物形象来歌颂的俞英态度怎样呢？她不但没有对方觉的错误进行批判和斗争，而且跟着方觉一道骂陶利为"锈铁"和"野牛"，为方觉的错误百般辩护，把方觉对陶利的

“管、卡、压”,美化为对陶利的“严格要求”、“关心”和“爱护”。她根本否定无产阶级政治挂帅,而只强调文化知识,高唱“没有文化怎能把革命重担来承当”。这实质上就是赤裸裸地在宣扬资产阶级的“智育第一”和“文化至上”。

马克思主义认为:路线的正确与否是决定一切的。能不能承担革命的重担,首要的是看执行什么路线,而不是文化的高低。如果路线不对,文化再高,也只能为错误路线服务。《园丁之歌》不但把文化当做挑革命重担的唯一条件,而且它鼓吹的所谓“文化”,实质上仅仅指的书本知识。世界上的知识有两种:一种是从实践中得来的直接知识,一种是从书本中得来的间接知识。“读书是学习,使用也是学习,而且是更重要的学习。从战争学习战争——这是我们的主要方法。”过去有许多工农出身的老同志,他们在参加革命之前,没有掌握多少书本知识。参加革命以后,他们在毛主席的无产阶级革命路线指引下,挑起了中国革命的重担,边干边学习,在长期的革命实践中,总结了丰富的斗争经验,又反过来指导他们把革命干得更好。

今天,无产阶级专政的社会主义新中国为我们劳动人民掌握文化创造了条件。我们批判《园丁之歌》宣扬的“智育第一”和“文化至上”,决不是取消智育,不重视文化。关键是看把智育摆在什么位置上,是不是贯彻“德、智、体”全面发展的方针。毛主席历来重视革命人民学习和掌握文化知识的必要性,指出“革命文化,对于人民大众,是革命的有力武器”。因此,学生应该努力学好马列著作和毛主席著作,努力学好社会主义的文化科学知识,成为有社会主义觉悟的有文化的劳动者。

《园丁之歌》宣扬的资产阶级“智育第一”,完全是骗人的幌子。列宁指出:“资产阶级的虚伪表现之一就是相信学校可以脱离政治”,“提出这个原理的资产阶级自己就把资产阶级政治放在学校事业的第一位”。刘少奇、林彪疯狂推行“智育第一”的方针,实际是为他们反对无产阶级政治、突出资产阶级政治打掩护的。在《园丁之歌》里,俞英不是扬言要做什么“耐心细致”的“思想工作”,要“转变”学生的思想吗?可见她也是把政治放在第一位的。然而,她是在“耐心细致”地向学生灌输“智育第一”、“文化至上”的修正主义思想;她搞的思想“转变”,不是向无产阶级转变过来,而是向资产阶级转变过去,不是前进,而是倒退,不是革命,而是复辟。

诚然,在《园丁之歌》里,俞英和方觉是有矛盾的,但并不是两条教育路线的矛盾,而是在推行同一条修正主义教育路线中两种方法上的矛盾。他们二人都是主张把陶利往修正主义路线上引的,不过方觉主张压服,采取“简单粗暴”的“管、卡、压”的办法;俞英则主张诱服,披上“启发诱导”的伪装,实行资产阶级的人情感化和变相的“管、卡、压”。一个是硬,一个软;一个是“打”,一个是“拉”。他们都是贩卖修正主义教育路线的,如果说,方觉是一个蹩脚的推销员,那么俞英就是一个颇为能干的推销员了。

三

无产阶级教育路线同资产阶级教育路线的斗争，归根结底，是培养哪个阶级的接班人的问题。《园丁之歌》鼓吹培养什么样的接班人呢？我们从它对待两个学生的不同态度上，可以找到答案。

作为转变人物塑造的学生形象陶利，虽然被歪曲为“不守纪律、不爱学习、不讲礼貌”的“淘气”学生，但仍然可以看出，他的方向基本上是对头的。第一，陶利的父亲是火车司机，他表示长大以后也要开火车。方觉质问他：“读书为什么？”他回答：“为革命。”方觉又质问他：“玩小火车呢？”他回答：“也为革命！”这说明陶利有一个为革命而学习的明确目的，没有沾染孔老二“学而优则仕”和刘少奇“读书做官论”的毒素。第二，陶利虽然是一个四年级的小学生，但能制作出小巧的火车模型，说明他重视实践。第三，陶利对于教师方觉推行的资产阶级“智育第一”和“管、卡、压”，表示了严重的不满，并且进行了某些反抗。而作为正面人物来歌颂的学生形象小玲，则与陶利恰好相反。她在修正主义教育路线毒害下，不但自己死啃书本，什么都不管，而且还拦阻陶利对修正主义路线进行反抗，协助教师把陶利拉回到修正主义教育路线上来。剧本把陶利加以丑化，骂之为“小淘气”；而把对修正主义教育路线唯命是从的小玲予以美化，让她当上“学习组长”。这种颠倒是非的一褒一贬，究竟鼓吹培养哪个阶级的接班人，不是十分清楚了吗？

《园丁之歌》宣扬的这一套完全是孔孟之道。两千多年前，孔老二的学生宰予对死啃书本不感兴趣，有时打起瞌睡来，孔老二就说他是“朽木不可雕也，粪土之墙，不可圬也”；樊迟要求学种庄稼和蔬菜，孔老二就骂他为“小人”。俞英和方觉，正是继承了孔老二的这种反动思想，竭力要把社会主义时代的青少年引到“四体不勤，五谷不分”的邪路上去。

无产阶级文化大革命以来，教育革命的蓬勃发展，开门办学的革命行动，打破了资产阶级“智育第一”的老规章，搅乱了资产阶级“关门办学”的旧秩序。象俞英、方觉这类迷恋旧教育制度的人，总是千方百计要退回到旧的轨道上去。《园丁之歌》叫嚷什么陶利的“火车虽好离了轨”，就是指责陶利离开了修正主义教育路线之轨；叫嚣什么要给陶利“引路”，就是要把他引向修正主义之路。其实质，就是要复辟刘少奇修正主义教育制度那一套，培养资产阶级的接班人。

湘剧《园丁之歌》出现在经过了无产阶级文化大革命后的今天，并不偶然的。这表明：在整个社会主义历史阶段，上层建筑包括文艺和教育领域的阶级斗争、路线斗争，是长期的和复杂的。列宁指出：“我们的‘防止复辟的保证’是把革命进行到底。”因此，我们任何时候都不能松懈自己的战斗意志。在当前深入批林批孔的斗争中,我们一定要加强马克思主义理论队伍的建设,联系斗争实际,认真看书学习,开展群众性的革命大批判,用马克思主义占领教育、文艺阵地,坚决贯彻执行毛主席的革命文艺路线和教育路线,为巩固和发展无产阶级文化大革命的伟大胜利成果而斗争。

——原载《人民日报》1974 年 8 月 2 日

姚青新

精心的再创作,可喜的新收获

——试谈彩色影片《闪闪的红星》的改编成就

彩色影片《闪闪的红星》是近几年拍得较好的一部故事片,有深刻的思想性和强烈的艺术感染力,使人看了还想再看第二遍。

影片《闪闪的红星》是根据李心田同名小说改编的。小说《闪闪的红星》也是近几年写得较为成功受到读者欢迎的一部儿童文学作品。电影在改编时,认真学习革命样板戏的创作经验,在原著的基础上,进行了精心的再创作,取得了可喜的收获。本文仅从以下四个方面谈谈电影剧本对小说的改编成就。

集中为英雄人物设置一个典型环境

社会主义文艺的根本任务,就是要通过把现实生活中的"矛盾和斗争典型化"的途径,努力塑造无产阶级英雄典型。而这种典型化的矛盾和斗争的发端、发展、激化以至解决,均需要有一个典型环境来提供条件。因此,典型环境的设置成功与否,也直接影响到英雄典型形象的塑造。

电影《闪闪的红星》正是从这点出发,根据电影艺术的特点,成功地对原小说进行了改编。在小说里,潘冬子的活动范围较大,从江西柳溪家乡到长江之北,并前往延安,时间也从一九三四年(其实是一九三二年,小说在开头倒叙了二年)拉到一九四九年,这中间经过第二次国内革命战争、抗日战争、解放战争,政治形势也有很大的变化。为此,影片在改编时,从有利于塑造主要英雄人物典型形象和深化主题思想这两个目的出发,对小说潘冬子的活动范围在时间和空间上进行了压缩、集中。影片删去了小说的下半部即潘冬子出走茂源米号北上去延安一路上遭遇等情节,集中刻画了潘冬子的家乡江西革命根据地柳溪一带,从一九三一年以王明为头子的第三次"左"倾机会主义路线统治时期到一九三五年一月党的遵义会议胜利闭幕前后的曲折多变的环境,高度地概括了第二次国内革命战争时期江西革命根据地的政治形势和敌我斗争、党内两条路线斗争的特点，为影片在激烈的阶级斗争、路线斗争中去塑造潘冬子的英雄形象，进一步深化主题思想提供了一个典型环境。

党的历史告诉我们，在第二次国内革命战争时期，潘冬子家乡江西革命根据地发生了一场激烈的党内两条路线的斗争。这就是以毛主席为代表的无产阶级革命路线同以叛徒、汉奸、卖国贼王明为头子的第三次“左”倾机会主义路线的斗争。由于“左”倾机会主义路线排斥了毛泽东思想的正确领导，使党在根据地的建设受到了严重的破坏，造成第五次反“围剿”的失败，红军主力被迫进行战略转移，撤出党在江西的根据地，进行万里长征。国民党反动派则利用我党内机会主义路线占统治地位的时机，卷土重来，对根据地人民进行疯狂的反攻倒算。当时，根据地的人民和留在根据地的党组织以及党领导的游击队，处境十分艰难。一九三五年一月，党在长征的路上召开了遵义会议，结束了王明的“左”倾机会主义路线的统治，确立了毛主席在全党、全军的领导地位。遵义会议后，根据地的党组织在毛主席革命路线的指引下，领导根据地人民对国民党反动派进行了不屈不挠的斗争。影片正是选定了这样一个激烈的两个阶级、两条路线斗争的历史背景，去塑造潘冬子的英雄典型性格和揭示深刻的主题思想。“疾风知劲草，岁寒见松柏”。在激烈的阶级斗争和路线斗争中，锻炼出成千上万个可歌可泣的无产阶级英雄典型人物，潘冬子就是个“典型环境中的典型人物”之一。潘冬子生长在一个世世代代受地主压迫、剥削的贫苦农民家庭里。地主胡汉三逼死他的爷爷，他与地主老财有世代冤仇。残酷的阶级压迫，决定了潘冬子从小就具有反抗阶级压迫的可贵本质。同时，潘冬子又是生长在一个革命的家庭里，从小就受到父母革命英雄主义的熏陶，有一颗强烈向往革命的心。激烈曲折的斗争道路，磨练了潘冬子的勇敢、灵活，不怕苦、不怕死的顽强革命意志。正反两条路线所带来的不同结果，使潘冬子无比的热爱毛主席。党的无微不至的关怀和辛勤的培育，指引着潘冬子在革命的不平坦的道路上勇敢战斗，从来没有后退一步。……影片中的潘冬子形象之所以比小说里更丰满、高大，与影片在改编时注意突出阶级斗争和路线斗争来设置英雄人物活动的典型环境是分不开的。

突出主要矛盾是斗争，使其发展为贯串全剧的主线

典型环境设置好后，并没有完成塑造无产阶级英雄典型形象的任务，只有进一步刻画好“典型环境中的典型人物”的矛盾斗争生活，无产阶级英雄典型形象才能树立起来。影片在改编的过程中，通过突出主要矛盾的斗争来交织“典型环境中的典型人物”的其他矛盾斗争，多侧面地塑造了潘冬子的英雄典型形象。在这方面也是值得我们学习和借鉴的。

在小说里，潘冬子的成长历程基本上是通过以下四对矛盾的斗争展示的：潘冬

子与地主胡汉三的矛盾斗争；潘冬子与茂源米号老板等的斗争；潘冬子在北上去延安的路上与伪保长武玉堂的斗争以及潘冬子与国民党中央军的斗争。全书十章基本上按照这样四对矛盾斗争来展开的。可以看出，小说比较注意以潘冬子为中心去多方面组织矛盾斗争，这对塑造潘冬子的英雄典型形象起到了很大的作用。但是小说在几对矛盾的设置上，却未能以一条主线去把它们很好地交织在一块。虽然小说作者也有意识地要以潘冬子与胡汉三这对矛盾作为贯串全剧的一条主线，但由于其它几对矛盾斗争未能很好地与主要矛盾的斗争交织而平行地往下展开，致使几对矛盾斗争相互之间缺少有机的联系。如潘冬子在米号的斗争以及在北上去延安的路上与伪保长武玉堂、国民党中央军的斗争，就有点游离在潘冬子与胡汉三这对矛盾斗争之外。这就在一定程度上影响了主人公潘冬子形象的塑造。

影片在改编时，注意到小说里的这个缺陷，一方面删去小说里的第三、第四对矛盾，突出潘冬子和胡汉三这对矛盾斗争；再一方面，进一步围绕着这对主要矛盾斗争的发展，多侧面地重新组织矛盾斗争，使其成为主要矛盾斗争发展的不同层次。这样达到用主要矛盾斗争来交织其它矛盾斗争和贯串全剧，使主要矛盾斗争自始至终在制约和影响其它矛盾斗争地位的目的。

为此，影片在一开头，重新设计了潘冬子控诉胡汉三逼死爷爷的罪行和胡汉三吊打潘冬子的情节，极其迅速地展现了主要矛盾的发端。

打土豪分田地，小说里是把它处理在潘冬子五岁时发生的。现在影片将其挪后二年，让冬子亲眼见到，亲身参加，亲手牵着胡汉三游街。胡汉三逃走，也改为是潘冬子在做“打土豪”游戏时发现的，并设计了投枪刺敌、拳打逃敌、口咬敌手等面对面的斗争。经过这些改动，使主要矛盾双方的斗争得到不断地（的）强化，同时又为主要矛盾向纵深发展，如胡汉三封山禁运，潘冬子智过关卡送盐以及断桥截敌等，得到有机的贯串和合理的铺垫。

潘冬子在茂源米号的斗争，小说里较多的是描写潘冬子学徒受欺凌和揭露米号老板囤积居奇、牟取暴利方面。这样，潘冬子在茂源米号里绝大部分的斗争生活都游离在与胡汉三斗争这条主线之外，这在一定程度上影响了潘冬子英雄形象的塑造和主题的发掘。经过影片修改后的茂源米号，不止是囤积居奇、牟取暴利，而且还是一个专为胡汉三搜山筹办军粮的罪恶地方。党组织派潘冬子去那里，也不是为了避避身，而是替游击队摸情况，当耳目，为游击队“敲掉胡汉三那个讨厌的地头蛇”寻找时机。这样，潘冬子在茂源米号里的一举一动，就和与胡汉三的矛盾斗争紧密地扣起来了。巧探粮仓，智捣敌军粮，都直接打击了胡汉三的反革命搜山计划，进一步逼迫胡汉三要亲自到茂源米号来查询，使主要矛盾斗争能在这里向高潮推进。收集和递送白狗子搜山的军事情报，为游击队打进姚湾镇消灭胡汉三创造了条件；游击队打进姚湾镇，又为潘冬子火烧、刀砍胡汉三制造了合理的环境依据。电影改编由于突出了主要矛盾的斗争，注意用它去交织其它矛盾和贯串全剧，从而使影片重心突出、脉络清晰，矛盾斗争环环相扣，层次分明，做到前有铺，后有垫，渐次向高潮推进，成功地在激烈的矛盾斗争中塑造了潘冬子的英雄典型形象。

努力深化主题，突出党的领导

在影片和小说里潘冬子都是个成长过程中的无产阶级少年英雄。小说里较多的是对潘冬子成长的过程描写，影片则没有停留在这一阶段，而是努力地向深度发掘。影片通过对红军吴大叔形象的塑造，深刻地把英雄成长的源泉——“是党把他拉扯大的”揭示出来。影片的主题思想就比较有深度，潘冬子的成长道路也就更加具有典型性。

在小说里，党的领导形象主要是由以教书为公开职业的地下党员吴修竹为代表的。小说在潘冬子的成长过程中虽然也注意到党组织对他的教育和影响，但由于书中过多地描写了潘冬子个人自发斗争的过程，主题深化不够，因而在潘冬子的成长过程中，党的领导形象较弱。影片不但通过潘冬子的父母、宋大爹、游击队战士等人，从各个不同的侧面加强党和人民群众对冬子的教育与培养，特别是影片基于第二次国内革命战争时期江西革命根据地的历史背景，遵照毛主席关于“中国的红军是一个执行革命的政治任务的武装集团。特别是现在，红军决不是单纯地打仗的，它除了打仗消灭敌人军事力量之外，还要负担宣传群众、组织群众、武装群众、帮助群众建立革命政权以至于建立共产党的组织等项重大的任务”的教导，集中地塑造一个执行毛主席革命路线的红军吴大叔形象，加强党对潘冬子的教育和培养。从影片中可以看到，是他举起钢刀砍断了胡汉三架在潘冬子身上的枷锁绳索，把潘冬子从死亡线上解救出来，使冬子第一次看到那颗象征着党的领导的闪闪红星；是他带领着红军战士解放了冬子的家乡，建立了工农红色政权，办起了列宁小学，发展了(冬子)妈妈入党，坚持武装的游击斗争；是他在冬子父亲远征、妈妈牺牲后，又做爹又做娘，用毛主席的革命路线把冬子“拉扯大的”。潘冬子在成长的过程中，爸爸留给他的那颗闪闪的红星之所以能照耀着他，使他“按照党的要求长、踩着革命前辈的脚印走”，决定的因素是党的领导、关怀、教育和培养。经过修改，影片中的党的领导形象比小说更加突出，更加具有典型性。

影片在突出党的领导时，注意用正确的思想政治路线来加强对潘冬子的领导。潘冬子的童年，“是在阶级压迫的苦水里开始、在阶级斗争的烈火里度过的”。残酷的阶级压迫使冬子从小就具有一种自发的反抗阶级压迫的性格。但是，光有朴素的阶级感情、自发的反抗精神，还不能使潘冬子成为一个自觉的革命战士。只有接受党的思想政治路线教育，潘冬子才能从自发状况上升到自觉状况，从狭隘的个人复仇观念提升到对无产阶级革命历史使命的认识高度。在冬子的父亲受伤取子弹的那个情节里，小说是由父亲对冬子说子弹，基调是要冬子记住这子弹和子弹上的血（这点在小说里得到多次强调），现在影片却改为由红军吴大叔通过说子弹，对冬子进行思想政治教育，帮助冬子摆脱狭隘的个人复仇观念，使冬子明白要白狗子流血与保卫红色政权、解放全人类之间的关系和道理，为潘冬子后来在革命的道路上“从来不后退一步”奠定了厚实的思想基础。妈妈为了掩护群众安全转移，不幸在烈火中英勇牺牲了，此时，我们看到的冬子，不再是先前那个握着拳头要白狗子也淌好多好多的血、为父报仇的孩子，而是含着热泪劝阻要下山拼命的赤卫队员，手捧红星站在鲜红的大旗下要求参加红军的一个革命战士的高大形象。潘冬子思想的这个飞跃，极为鲜明地体现了党对他进行思想和政治路线教育的结果。

影片在突出党的领导时，注意在潘冬子成长过程中加强引导。一个成长中的少年，在前进的道路上要遇到各种各样的难题。怎样对待这些难题，如何解决这些难题，往往是不自觉的。红军主力撤出根据地远征以后，革命进入低潮，当时冬子的思想状况是一种带有消极因素的“等”，他夜夜梦见红军归来，日日等待胜利来到。是吴大叔及时引导，帮他从思想上克服那种消极的“等”，认识到敌人是要通过斗争才会垮的，革命的胜利是要每个革命战士进行斗争才能到来的。当我们在银幕上看到冬子用“不能等”为理由，争着要和妈妈一起下山去传达党的遵义会议精神时，深深感到潘冬子在成长过程中，党是他的引路人。

影片在突出党的领导时，还注意加强党组织有意识地把潘冬子放到激烈的斗争中去培养这一点。无产阶级革命事业接班人，是要在党的培养下，在群众斗争中产生的，在革命大风大浪的锻炼中成长的。在小说里，潘冬子的许多活动都是自发的，看不出党组织的有意识培养。现在影片中潘冬子的一系列活动，都是党组织有意识地让他到风口浪尖中去磨炼，在“群众斗争的学校里摔打摔打，增加知识”。由于影片成功地把潘冬子成长的源泉——“是党把他拉扯大的”主题思想给揭示出来，从而较好地克服了小说中潘冬子成长过程的某些自发倾向，使潘冬子的成长道路更具有典型化意义。

触及时事，为现实政治斗争服务

小说《闪闪的红星》是一部历史题材的文艺作品。电影在改编时，对小说的这一题材并没有作很大的变动，但由于影片强烈地触及时事，政治思想性比小说有一个很大飞跃。在影片中，吴大叔和宋大爹之间有这样一段意义深长的对话：

宋（对吴大叔说）：你的话不假，真是只小鹰。

吴:是呀,翅膀硬了,该让他自己飞了。

宋:怎么?

吴:茂源米号要找个学徒,老板是专替白匪采办军粮的家伙,让他和椿伢子两个人在一起,听听消息,摸点情况,咱们就多个耳目。

宋:……他还小……

吴:在你老人家眼里,他总是小、小,"钢在火里炼,刀在石上磨",人,总得从儿童团过来的嘛,再说,还有你老人家帮助他呀!

宋:那就让他飞吧!

这是一段极不寻常的对话。毛主席教导我们:"为了保证我们的党和国家不改变颜色,我们不仅需要正确的路线和政策,而且需要培养和造就千百万无产阶级革命事业的接班人。"党的十大文件也指出:"许多老同志都有一个强烈的愿望,要求进一步做好培养接班人的工作,使毛主席领导我们党开创的无产阶级革命事业后继有人。"无产阶级革命的历史使命,不是一两代人可以完成的。因此,培养无产阶级革命事业接班人,在过去,现在,以至将来一个很长的历史时期内,都是一项有战略意义的工作。"钢在火里炼,刀在石上磨",无产阶级革命事业接班人必须要从早、从小就让他们在群众斗争的大风大浪中锻炼成长。不能借口什么"年纪轻""不成熟""嫩竹头挑不起重担",而把青年人窝在自己的翅膀底下。影片中的吴大叔说得好:"人,总得从儿童团过来的嘛。"这是一句富有深刻哲理的话。马列主义的唯物辩证法告诉我们,不但人总得从儿童团过来,就是我们无产阶级,我们的伟大的党也都是从儿童团过来的,都有一个从不成熟逐步向成熟转化的过程。影片《闪闪的红星》在对小说着手改编时,坚持马列主义、毛泽东思想,贯彻落实十大精神,以饱满豪放的无产阶级感情,在银幕上热烈歌颂朝气蓬勃、兴旺发达的无产阶级革命事业,歌颂无产阶级的新一代。在那令人心旷神怡、回味无穷的一组镜头中,我们见到一排排青竹英姿挺拔、翠绿欲滴,两岸青山巍峨绵延,初升红日,映红江头,红星在红日下闪闪发光。一筏轻舟,载着革命的新老两人,前进在一湾绿水上。奔腾不息的江水,后浪推前浪,前浪带后浪,流向那红日升起的东方。革命根据地那优美动听的民谣旋律,在这青山绿水的上空回荡,悦耳奔放的赞歌,在为那展翅飞翔的雄鹰伴唱……这些充满着诗情画意的镜头,把我们带到了一个崭新的境界,看了使人心情振奋,耳目清新,久久难以忘怀。

影片《闪闪的红星》运用历史题材较好地为现实政治斗争服务,给我们作出了榜样。能不能使历史题材的文艺作品强烈地为现实的政治斗争服务,决定的因素是革命的文艺工作者必须置身于火热的现实斗争中去,感受时代的脉搏,了解阶级的要求,加深对党的基本路线的理解。只有这样,才能自觉地用党的基本路线来指导创作，使历史题材的作品达到为现实政治斗争服务的目的。

影片《闪闪的红星》在对小说进行选择、提炼、概括、丰富和发展的同时，又注意吸收和保留原作中的精华。影片中的潘冬子在茂源米号和胡汉三的几个回合的斗争，基本是(上)保留了原小说的情节和语言。影片中的几次旁白，也是吸收小说里的几段插叙，这对交代历史背景，提高影片的思想性是十分有力的。但是影片在再创作时，有些情节的设计似欠严密。如当时已是县团总的胡汉三，只身一人到茂源米号来，吃、住之地均不见一个保镖，似与生活中的实际情况不符，这在一定程度上影响了潘冬子火烧、刀砍胡汉三这场高潮戏的真实性。尽管这样，影片的改编还是较好地做到了“革命的政治内容和尽可能完美的艺术形式的统一”。

电影《闪闪的红星》对小说的改编所取得的这些成就决不是偶然的。它是在江青同志领导的无产阶级文艺革命进行了十个年头的必然产物，是革命的电影工作者努力实践革命样板戏的“三突出”创作经验的可喜成果。电影《闪闪的红星》改编成功，再一次宣告那些攻击革命样板戏的“三突出”创作原则不适用于电影艺术的谬论的破产。事实再一次证明，不是革命样板戏“三突出”的创作原则不适用于电影艺术，相反，凡是离开了这个原则，必然要滑到修正主义的创作歪路上去，必然会犯“写真实论”“中间人物论”“无冲突论”即政治上的阶级斗争熄灭论等错误。这是被近几年来电影和其它的艺术创作中许多成功和失败的经验教训所证明了的一条真理。诚然，我们不否认电影有它自己特殊的艺术形式，而且还始终强调电影在改编某一优秀的文学作品或舞台戏剧时，应该充分发挥电影的艺术特长，进行再创作。但是，这种发挥电影艺术特长、进行再创作的最终目的，是为了塑造无产阶级英雄形象。这就规定了在发挥电影艺术特长时也必须遵循“三突出”的创作原则，否则，也要走到歪路上去的。

“人类总得不断地总结经验，有所发现，有所发明，有所创造，有所前进。”我们热烈期望革命的电影工作者在毛主席的无产阶级革命文艺路线指引下，认真实践革命样板戏的创作经验，为广大工农兵、少年儿童创作更多更好的作品，为巩固无产阶级专政贡献力量。

——原载《解放日报》1974 年 10 月 25 日

辛文彤

社会主义历史潮流不可阻挡

——评长篇小说《金光大道》第一、二部

早在一九〇八年，伟大导师列宁在论述俄国著名的批判现实主义作家托尔斯泰时，曾经说过："如果我们看到的是一位真正伟大的艺术家，那末他就一定会在自己的作品中至少反映出革命的某些本质的方面。"在这里，伟大导师为我们规定了评价历史上一切文艺家的基本原则，也是向现代一切革命的文艺工作者提出了反映革命本质的战斗任务。

文学艺术史的发展，证明了这一原则的真理性。对于人民群众创造的、不断发展着的历史，是正确地反映本质的方面，还是歪曲或者掩盖本质的方面，是区分古今中外一切艺术作品是好还是坏的根本标准。反映历史前进本质方面的作品，由于在深度和广度方面的差异，也往往决定了它们社会作用的大小和在文艺史上的不同地位。

浩然同志的长篇小说《金光大道》（第一、二部），由于学习和运用了革命样板戏的创作经验，比较深刻而又有一定广度地反映了新中国成立以后社会主义革命史的某些本质方面，受到了工农兵群众的好评。从这个意义上说，研究和探讨《金光大道》的成就与不足，对于我们进一步推动无产阶级革命文学事业的发展，是有一定的益处的。

马克思主义哲学认为，事物的本质是由事物的主要矛盾决定的。文艺作品必须正确反映社会生活的主要矛盾，特别是要着重表现决定这种主要矛盾发展、转化的阶级斗争、路线斗争，才有可能真正反映一定历史时期的社会变革的本质。

《金光大道》是以建国以后，我国农村的革命斗争生活为背景的。毛主席早在七届二中全会上就明确指出：中国革命在全国胜利，并且解决了土地问题以后，国内的基本矛盾就是"工人阶级和资产阶级的矛盾"。这种矛盾，表现在农村就是走社会主义道路的贫下中农与农村资本主义势力的矛盾。《金光大道》正是紧紧围绕中国农

村两条道路的斗争这一根本问题，在广阔的社会背景上，表现我国农村的两个阶级、两条道路的斗争，反映了农村社会主义革命的历史进程。

小说中的芳草地，是当时中国广大农村的缩影。民主革命的胜利，给芳草地带来了历史性的巨大变化：建立了革命政权，实行了土地改革，世世代代被剥削、受压迫的贫下中农分得了土地，翻身作(做)了主人。但是，民主革命的胜利，不过是整个无产阶级革命的一个序幕。无产阶级不但善于破坏一个旧世界，而且善于建设一个新世界。这个新世界，就是社会主义、共产主义。毛主席根据马克思主义的不断革命的思想，及时地为我国农村制订了一条正确的路线，即发展互助合作运动，逐步地建立农村中的社会主义生产关系，引导农民走社会主义道路，限制和消灭农村中的资本主义。同毛主席的这条无产阶级革命路线相对抗，叛徒、内奸、工贼刘少奇抛出了一条反革命的修正主义路线，妄图诱使中国农村向着半封建半殖民地的老路上倒退。这是关系到亿万农民和整个国家的两种前途、两种命运的大搏斗。

《金光大道》通过一系列艺术形象，把这场斗争反映在我们面前。我们看到，芳草地的地主分子歪嘴子，虽然在政治上、经济上被打倒了，但是，他并没有甘心退出历史的舞台，而是梦想夺回失去的天堂，暗藏的反革命分子范克明，阴谋以芳草地为“隐身岛”，时刻等待变天；农村的资产阶级分子、漏划富农冯少怀，与城市里的反动资产阶级勾结在一起，开粮店、放高利贷，投机倒把、雇工剥削，妄图让芳草地成为他的“自由天下”，富裕中农秦富，幻想发家致富，盼着跟冯少怀平“肩头”。还有，挂着共产党员招牌的张金发，想在芳草地“当发家致富的一杆旗”，不惜与冯少怀之流同流合污，走上了剥削贫下中农的罪恶道路。这几种社会力量，联合起来，结成了一条无形的阵线，向新生的革命政权和刚刚翻身的贫下中农展开了猖狂的反扑。

《金光大道》通过对两堵墙的描写，形象深刻地反映了这种猖狂反扑的实质及其危险性。

张金发在歪嘴子的收买和范克明的怂恿下，买下了歪嘴子的一堵砖墙，并拆了这堵墙，盖上了“发家”房。实际上，他“拆掉”了社会主义与资本主义的原则对立，混同了一个共产党员与地主分子之间的阶级分野。另一堵墙，是高二林在冯少怀的诱骗腐蚀下，与哥哥高大泉分了家，在院子里夹上的寨子墙。冯少怀通过高二林的手夹上这道寨子墙，是要把翻身农民与社会主义道路隔开，是想把翻身农民永远禁锢在一家一户的个体经济的牢笼中。这两堵墙，是寓意深长的。它告诉我们：土改以后，被打倒的地主阶级，农村中的资本主义势力人还在，心不死。在政治上，他们千方百计在党内寻找代理人，妄图让新生的革命政权改变颜色；在经济上，他们顽固维护生产资料的私有制度，妄图实行全面的资本主义复辟。《金光大道》正是通过张金发蜕化变质，高二林误入歧途，刘祥借债卖地，张金发假互助组里刘万的女人病死等生动事例，说明了资本主义复辟的危险性。

在马克思主义指导下的革命文艺创作，不应当站在客观主义的立场上，表现斗争的一般现象和过程，而必须把握历史进程中的本质，深刻地反映出革命的阶级在社会变革中的主导作用，揭示出历史发展的必然趋势。

《金光大道》反映农村资本主义复辟的危险性，是为了说明社会主义革命的必要性。因此，它始终把以高大泉为首的坚决走社会主义道路的广大贫下中农作为矛盾的主导力量来写，热情歌颂了群众中蕴藏着的“极大的社会主义的积极性”，反映了社会主义历史潮流不可阻挡的必然趋势。

小说的第一部围绕着芳草地第一个互助组的诞生和发展，展现了各个阶级、各个阶层的矛盾斗争；第二部描绘了互助组转变为合作社的斗争。两部中，写了两个“水到渠成”。芳草地土改之后，出现了两极分化的趋势，高大泉走访燕山区，听到县委梁书记传达了伟大领袖毛主席关于“组织起来”的伟大号召，带回了组织互助组的办法，贫下中农拥进高大泉的家，争先恐后地表示愿意组织起来的心愿。他们说：“我们对党有千恩万谢，满肚子感激；对眼下走的老道儿有千惊万怕，满肚子忧愁；对你带回的那个组织起来的办法呀，千欢万喜，从肺腑里拥护啊！”这是第一个“水到渠成”。毛主席的指示同亿万农民群众的愿望和意志结合起来，成为巨大的物质力量，芳草地的互助组应运而生。第二部里，梁书记根据芳草地的实际情况指出：只有办土地集体经营的农业生产合作社，才能够解决眼下集体劳动形式与土地私有的矛盾，才符合客观发展的规律。芳草地的贫下中农激动地说：“这回搞农业社，又是水到渠成！”

“水到渠成”，言简意赅。这水，是社会主义革命的洪流；这渠，是历史巨轮前进的轨道。社会主义革命潮流，必将沿着历史发展的轨道奔腾向前，正是历史的必然。

《金光大道》用大量生动、形象的艺术描绘，饱含激情地着力讴歌了这股不可抗拒的历史洪流，特别是全力塑造了高大泉这一主要英雄人物的形象。

高大泉是芳草地走社会主义道路的带头人，是优秀的无产阶级先锋战士，是中国社会主义时代革命农民的英雄典型。

高大泉饱尝过中国农民经受的各种苦难，他与父辈一起，探寻过中国农民的解放道路，他参加过党领导下的民主革命，在土改中加入了中国共产党，树立了为共产主义而奋斗的目标，在土改工作队长罗旭光的教育下，他又有了社会主义革命的思想准备。当他一旦学习到毛主席“组织起来”的教导，看到了雄鸡寨的互助组，便马上认准这条社会主义道路是彻底摆脱贫困的唯一道路，发出了“在社会主义的大道上永往前跑，永远不回头”的誓言。高大泉是在马列主义、毛泽东思想的哺育下，在现实的阶级斗争实践中，认识到社会主义是一条光明大道，因而积极、自觉、坚定地投入了社会主义革命的激流。是他，在芳草地组织起第一个互助组，向遇到天灾人祸的阶级兄弟伸出热情的手；是他，主动让出分配给自己互助组的大车贷款，走家串户，说服动员周士勤等几家成立了又一个互助组；是他，发动群众艰苦奋斗，带头从仅有的口粮中省出一粒粒粮食，买来了大车，使芳草地有了第一件社会主义的集体财产；是他，耐心等待、认真帮助那些暂时还留恋个体经济的阶级弟兄和劳动群众，逐步在他们心中播下社会主义的种子；是他，在暴风雨的袭击下，在龙虎梁的悬崖旁，怀着保卫社会主义集体财产的决心，用惊人的革命毅力战胜险情，保住大车，挫败了阶级敌人的阴谋。高大泉以彻底献身于革命的精神，象一把"不裂口、不卷刃"的钢刀，向资本主义势力进行积极的进攻，顶住了张金发推行的错误路线，打退了冯少怀掀起的复辟逆流，粉碎了歪嘴子、范克明的阴谋破坏活动，教育了广大群众，带领越来越多的人，走上了社会主义道路，组成了一支浩浩荡荡的社会主义革命大军。

如果说，高大泉是芳草地走社会主义道路的带头人，那么，爱憎分明、热情积极的朱铁汉，沉稳老练、坚定果断的老周忠，有眼力、有见识的邓三奶奶，乐于牺牲、外柔内刚的吕瑞芬，以及朝气蓬勃、崭新的一代青年周丽平、吕春江、吕春芳等人，则是社会主义革命大军中的骨干力量。他们都是"土改尝到了甜头，单干吃到了苦头，这回迈上了金光大道，看出了奔头"的贫下中农，一经党的正确路线的引导，就自觉、积极地走上社会主义道路，显示出社会主义时代革命农民的高度觉悟和英雄本色。

《金光大道》还表现了另一类型农民走上社会主义道路的过程。他们也是世世代代受剥削、受压迫的穷苦农民，土改时分得了土地。但是，因为各种历史的、现实的原因，他们有着比较浓厚的农民意识，在一个时期内，还留恋于个体经济的老路。刘万、高二林就是这种人的代表。《金光大道》用刘万和刘祥的鲜明对比，表现了这种类型的农民最终走上社会主义道路的必然性。刘万和刘祥，旧社会一块儿受剥削，土改时一起翻了身，两个人经历一样，情况相仿，但是，由于土改后所走的道路不同，他们的境遇也截然不同。刘祥坚决走互助合作的道路，结果，"遇上祸，没遭祸，该卖地，没卖地"，"铁准地要家破人亡，倒闹个人财两旺"；而刘万坚持单干，跟着张金发、冯少怀跑，结果，地涝了，田荒了，女人病死了。两条道路，两种结果。刘祥的苦尽甜来，刘万的惨痛教训，从正反两个方面教育了刘祥、刘万，也教育了更多的农民群众，包括秦恺、苏存义这样的中农，使他们认识到资本主义道路是死路一条，"社会主义道路是金光大道"。

小说用无可辩驳的事实说明，社会主义革命的历史潮流冲击着芳草地的每一个角落，芳草地的每一块土地上都在迸发着社会主义的光芒。涓涓细流入大江，由历史的主人公——人民群众汇集成的社会主义革命洪流，是任何力量也阻挡不住的。

"社会主义一定胜利"，《金光大道》形象地阐明了这样一个马克思主义的基本原理，表现了我国农村社会主义革命的主流和本质。

值得重视的是，作者在反映这一场波澜壮阔的伟大斗争中，有一个突出的特点，就是努力遵循“路线是个纲”这一真理，在《金光大道》中自始至终贯穿了县委书记梁海山、天门区区长田雨、芳草地支部书记高大泉所执行的党的正确路线，同县长谷新民、区委书记王友清、村长张金发所执行的右倾机会主义路线的斗争。其中，着重表现了高大泉与张金发之间的斗争。小说以相当多的笔力，正面地直接地表现了当时社会上的阶级斗争在党内的反映；写出了阶级斗争与路线斗争的关系，说明了必须开展路线斗争的重要性；写出了一定的思想路线与一定的政治路线的关系，努力展示英雄人物的崇高精神境界，认真剖析和批判了推行机会主义路线的人们的阶级根源和思想根源，就使得这一重大题材的表现，既铺展得开，又开掘得深，具有一定的广度和深度。

在农村，由互助组到合作社，社会主义革命不断胜利，主要靠什么？靠的是毛主席的正确路线。能够以十分明确的态度从路线斗争高度去反映我国农业社会主义改造，这类文艺作品还是无产阶级文化大革命以后才出现的。因此，《金光大道》等作品远远突破了无产阶级文化大革命以前同类题材作品所达到的思想高度。这是很值得重视的一个新成就。

《金光大道》在描写路线斗争时，注意从世界观的高度去开掘人物形象的思想深度，这也是一条值得重视的经验。小说中的梁海山、田雨、高大泉有一个共同的特点，就是他们自觉地把毛主席关于无产阶级专政下继续革命的理论用于实践，用于改造客观世界和主观世界。例如，对于高大泉形象的刻画，作者不仅表现了他在进行生产资料所有制的社会主义革命时冲锋陷阵的性格侧面，同时着重表现了他在与旧的传统观念决裂时的高度自觉性。作者精心安排了高大泉去北京火车站参加社会主义工业劳动、接受工人阶级崇高思想教育的情节，安排了高大泉直接从罗旭光、梁海山那里学习马克思主义的立场、观点、方法的情节，同时，设置了高二林与高大泉分家的矛盾和斗争，来表现高大泉“挖私有制根子，掰私有观念芽子”的彻底革命精神，从而揭示了高大泉坚决贯彻党的正确路线的思想基础。高大泉身上那种与旧的传统观念实行决裂的革命精神，正是在党的正确路线指引下，在社会主义革命中涌现出来的革命农民典型的最本质特征。

与此形成鲜明对照，谷新民是一个仅仅在组织上入了党而思想上完全没有入党的资产阶级知识分子。他虽然读过一些马克思主义的词句，却没有用于改造自己的世界观，他用唯心主义、形而上学观点看待革命形势，否认社会主义革命的必要，他用反动的唯心史观看待革命群众，否认群众中蕴藏着极大的社会主义积极性。这种剥削阶级世界观，是反革命的修正主义路线的思想基础。因此，他成了错误路线的最积极推行者。区委书记王友清,是一个“半截子革命派”,没有社会主义革命的思想认识和准备,跟着谷新民沿着错误路线跑。村长张金发投机革命,带有比较浓厚的剥削阶级思想意识,在城乡资本主义势力的拉拢下,他追名逐利,发家致富,以至(致)蜕化变质,成为社会主义革命的反对派。他们各有特点,但又有一致性,那就是他们的世界观是剥削阶级的,这是他们推行错误路线的主观缘由。

如何表现社会主义时期党内两条路线的斗争,这是革命文学创作中的一个课题。《金光大道》在这方面做了可贵的尝试,取得了可喜的成绩。当然,作品在这方面的描写也还有些值得商榷的地方。比如,就农业战线来讲,两条路线的斗争是十分尖锐、激烈的;但就力量对比来看,毛主席的革命路线一直占主导地位,刘少奇的反动路线处于干扰破坏的地位。而且,党的正确路线在通常情况下是靠具体的党组织、党员干部贯彻执行的。要反映这样的生活本质,就要求文学创作既要克服“无冲突论”的影响,敢于表现路线斗争的尖锐和激烈,不能把矛盾抹平,又要正确表现两条路线的力量对比,重视反映党组织的领导作用。《金光大道》第一部中,芳草地仅有的三个党员,张金发是作为对立面人物出现的,朱铁汉勇多谋少,还缺乏自觉的路线斗争觉悟,虽然强调了高大泉的革命带头作用,但反映村党支部的战斗堡垒作用就显得很不够了。老周忠是一个英雄人物,在第一部中还不是党员,但在一些关键时刻却起着“掌舵”、“挂帅”的作用,这也在一定程度上对于表现支部堡垒作用产生了不利的影响。这不能不算是一个缺陷。应当看到,在第二部中作者已对这一缺陷进行了有成效的补救。我们相信,浩然同志一定会在毛主席革命路线的指引下,在深入学习革命样板戏创作经验的过程中,使《金光大道》后几部以更新的面貌呈现在读者面前,为无产阶级革命文学创作事业,做(作)出更大的贡献!

——原载《光明日报》1974 年 12 月 12 日

任　犊*

走出“彼得堡”

——读列宁一九一九年七月致高尔基的信有感

最近,读到胡万春同志给《朝霞》编辑部的一封信,其中谈到:他重新学习了列宁在一九一九年要高尔基走出彼得堡的教导,很有感受。一个在党的培养下成长起来,而后又走过一段弯路的工人作者,回过头来对革命导师的教导产生了切身体会,那么对于文化大革命以来涌现的工农兵作者来说,记取他们的教训,时时用革命导师的教导来鞭策自己,自然有着不言而喻的重要意义了。

列宁为什么在十月革命胜利后不久要高尔基走出彼得堡?这是他在分析了当时意识形态领域里的阶级斗争以及这场斗争在高尔基身上的反映后得出的必然结论。很奇怪,广大工人农民正在为保卫新生的无产阶级专政而浴血奋战,而当年曾热情欢呼过革命暴风雨的高尔基却在抱怨镇压反革命太“残酷”,却在呼吁资产阶级的“博爱、平等”,甚至还发牢骚说自己和共产主义的“分歧在加深”。什么原因呢?列宁发觉,关键在于身为工人作家的高尔基脱离了自己的阶级,脱离了工农群众,把自己困于彼得堡内,“受到那些满怀怨恨的资产阶级知识分子的包围”。因此,列宁在极其繁忙的工作中抽时间写了一封长信,告诫他“要彻底改换环境,改换接触的人,改换居住的地方,改换工作”,走出彼得堡,“到农村或外地的工厂(或前线),去观察人们怎样以新的方式建设生活。在那里,单靠普通的观察就能很容易地把旧事物的腐烂和新事物的萌芽区别开来”。

很显然,列宁所说的“彼得堡”,我们不能仅仅作为一个城市的名称来读。走出彼得堡,就是冲破资产阶级知识分子的包围圈。这个问题提出于革命胜利后的一九一九年,因此又包括无产阶级专政条件下阶级斗争的一条规律。

---

* 任犊,“中共上海市委写作组”在“文革”中使用的笔名之一。用这个笔名发表的主要文章有《评晴雯的反抗性格》、《走出“彼得堡”》、《读〈朝霞〉一年》等,其错误观点在“文革”结束后受到批判。

无产阶级专政建立后,“资产阶级没有打消复辟的念头,没有放弃恢复自己的统治的尝试”。记得十月革命后有一个极端反动的资产阶级知识分子曾咬牙切齿地宣称:“但也有一个领域,我们在其中还没有变老,恰恰相反,我们越活得久,我们就越有经验,越有力量。”这个领域就是文艺领域。因此他们就死死把守,苦心经营,在无产阶级专政条件下延续对这个领域的资产阶级专政,造成了一批大大小小的“彼得堡”。在十月革命后的苏联是如此,在解放后的我国也是如此。文化大革命前被修正主义文艺黑线控制的许多文艺团体,特别是那些名目繁多的“协会”,也就是这样的“彼得堡”。毛主席在一九六四年曾尖锐指出:“这些协会和他们所掌握的刊物的大多数(据说有少数几个好的),十五年,基本上(不是一切人)不执行党的政策,做官当老爷,不去接近工农兵,不去反映社会主义的革命和建设。最近几年,竟然跌到了修正主义的边缘。如不认真改造,势必在将来的某一天,要变成像匈牙利裴多菲俱乐部那样的团体。”列宁要高尔基走出彼得堡和毛主席对六十年代中国的“彼得堡”的批判,时隔近半个世纪,漫长的岁月,类似的情景,反映了这场在无产阶级专政条件下所展开的斗争的长期性和曲折性。

走出“彼得堡”并不是放弃“彼得堡”。恰恰相反,正是为了战胜它、占领它。但既然“彼得堡”这个反动包围圈的形成,不是仅仅代表了几个人,而是代表了整个被推翻了的资产阶级的利益,那么,无产阶级要战胜它,也绝不能光靠一个或几个个人,而只能依靠整个阶级的力量。对高尔基来说,当时他的阶级兄弟在哪里?不在他的翻译文学编辑室里,不在他近旁那些阴暗的文艺沙龙里,而是在工厂,在农村,在前线,在与邓尼金和高尔察克匪帮搏斗的战壕里。列宁要他走出彼得堡,就是要他回到自己的阶级队伍里去,在那里汲取生气勃勃的战斗力,获取足以对付包围着他的资产阶级的精神武装。因此,这个亲切而严肃的劝告,是代表了整个阶级对高尔基的召唤和关怀。

一个单独的工人是不能代表无产阶级的。离开了阶级队伍,即便像高尔基这样的工人作家,无论出身多好,以往的历史多光荣,也无法战胜资产阶级,甚至无法抵御资产阶级对他本人的腐蚀和毒害。曾如海燕般顽强的高尔基在十月革命后竟一度变得低沉和动摇,原因正在这里。解放后,我们党也曾怀着极大的革命热忱,培养过一批工农作者。他们的成长历程,至今人们还记忆犹新(可惜他们中有的人自己却忘了)。他们有的开始只有小学低年级的文化水平,有的还只是半文盲,是党和整个无产阶级交给他们一枝笔,手把着手教会了他们识字、写作。当他们的第一批作品出现在读者眼前的时候,尽管不那么成熟,但却如一阵春风吹进霉腐气息浓重的文艺领域,清新、健康、充溢着革命的战斗力。之所以能这样,正因为他们是无数战斗在车间里、机床旁的阶级兄弟的代言人。代表着一个生气勃勃的革命阶级说话,那么,从人到作品,当然也必然是生气勃勃的。但以后,人所共知,修正主义文艺黑线向他们招手了,终于把有些人锁进了“受到那些满怀怨恨的资产阶级知识分子的包围”的“彼得堡”——作家协会。结果,几年下来,有的变修了,有的好一点,但也生上了霉斑。总之,要代表辛勤哺育自己的阶级说话,很难了。

他们是怎么变的?世界上的坏事往往从不劳动开始。离开了劳动岗位,离开了三大革命斗争的第一线,自己又不警惕,不注意思想改革,实际上,已逐渐离开了作为一个工人的社会存在,“工人作家”里的“工人”二字,仅仅变成了一个形式上的点缀,或者变成了一种历史的回顾。这样,对于一个作者来说,不仅由于离开了创作源泉,很难写出扎根于革命现实生活中的优秀作品来了,而且,存在决定意识,立场观点也必然发生变化。敏锐的感觉可以变得迟钝,鲜明的是非观可以变得颠倒。列宁告诉一度失去了革命是非标准的高尔基,在工农群众战斗的第一线,“单靠普通的观察就能很容易地把旧事物的腐烂和新事物的萌芽区别开来”。那么,反过来,长期在“彼得堡”,在作家协会,即使你“独具慧眼”,要对新旧事物区别开来却不那么容易了。于是把旧事物当作新事物,把自己过去曾厌恶过的东西当作追求的目标……这一系列怪现象也就随之产生。自然,这一切又都会不由自主地反映在作品中,工人作者的政治生命和艺术生命就会同时枯萎、凋谢。

这里讲的主要是主观方面的因素。毛主席历来教导我们,分析革命队伍中产生的一些问题,“不应着重于一些个别同志的责任方面,而应着重于当时环境的分析,当时错误的内容,当时错误的社会根源、历史根源和思想根源”。因此,我们又觉得,工人作者的变化,责任也不能全由他们自己来承担。这是阶级斗争和路线斗争在他们身上的反映。而这种斗争,又带有无产阶级专政条件下的特殊形式和特殊内容,总结一下,会有普遍的教育意义。当高尔基写出《母亲》等革命作品的时候,他何尝没有被资产阶级包围过?他们点着鼻子骂他是“赤色恶魔”、“危险分子”,甚至对他进行政治上、生活上的种种迫害,高尔基对这种包围的回答是冷笑,是继续战斗;但待到十月革命胜利,无产阶级专政建立后,这些人一变而成为高尔基的“旧友”、“故人”,阿谀、奉承,以至忏悔,用资产阶级人性论来“联络感情”,擦着眼泪求高尔基为他们说情,这样,高尔基就被软化和迷惑了。我们不少工人作者也遇到过表现虽不相同、性质却相类似的情景。在作家协会里给他们以种种甜言蜜语、舒适待遇,以至“进修”条件的,很多正是在解放前骑在他们头上作威作福、剥夺他们的政治权利和文化权利,或者在他们刚刚发表作品时曾诅咒、围攻过的那些家伙。两种包围,形式相反,却包含着一个共同的特点,即资产阶级是很明确地把工人作者作为工人阶级的代表来对待的。压迫也好,腐蚀也好,都是因为他们从工人作者的作品里听到了自己的掘墓人——无产阶级的雄壮声音。他们深深懂得无产阶级文艺队伍的成长将给自己带来什么样的威胁。这不能不使他们惊恐万状、多方设法:扼杀不了,就来争夺。如果工人作者仅仅孑然一身,代表不了什么,他们为什么要如此煞费苦心?这一点,我们的同志有时会忘记,但资产阶级却从来不会含糊的,尽管他们口头上总是矢口否认阶级和阶级斗争。

正因为这是一场阶级的争夺战,因此,资产阶级动用的也必然是他们阶级的固有伎俩。资产阶级的包围圈,从某种意义上讲,就是资产阶级法权的包围圈。赤裸裸的私有观念,恶性扩展的等级差别,就是“彼得堡”里的全部生活秩序。刘少奇、周扬一伙那么起劲地鼓吹“三名三高”,那么卑劣地用稿费、名利为钓饵来引诱一些工人作者,无非是想用资产阶级法权的罗网把工人从自己的阶级队伍里拉出来。当你确信自己是一个天生的作家,把阶级的培养和委托彻底遗忘,把精力完全倾注在个人的事业,个人的“集子”的时候,当你不把文学事业当作阶级的事业,热衷于“一个人深入生活,一个人创作,一个人出名”的时候,当你也拉腔拖调地以过去资产阶级老爷对待你的态度去对待新产生的工农兵作者的时候,他们的目的就达到了。到那时,他们又会眉开眼笑地把那些视陷阱为天堂、视“彼得堡”为吾家的工人作者尊为“彼得堡”的主人!

不错,工人阶级是国家的主人,当然也应该成为整个上层建筑的主人,在意识形态领域里实行全面的无产阶级专政。但这是一种阶级的专政,就一个具体的工人来说,只有当他作为阶级的一员出现,坚决执行党的基本路线的时候,才会在意识形态领域里战斗得有声有色。否则,他就有逐步变为阶级异己分子的可能。主人仍是资产阶级。在“作家协会”是这样,在上层建筑领域的其他部门也是这样。这一点已被历史经验所证实了的。这是一场多么严峻的争夺战啊!

当然,几个工人作者的一度被毒害,甚至个别人的垮掉,也决不是资产阶级的胜利。“彼得堡”也决不会因此而增加些生命力。浩浩荡荡的无产阶级革命队伍仍在前进。在毛主席革命文艺路线的指引下,更多的工农兵作者在健康成长。无产阶级的文艺事业在激烈的斗争中只会发展得更蓬勃、更兴旺。对于那些一度掉队的同志,无产阶级也决不会抛弃了事。但要把他们从资产阶级那里争夺过来,仍然只能在阶级斗争的风暴中才能实现。首先是要加强对资产阶级的专政,彻底摧毁形形色色的“彼得堡”,同时,还要用伟大列宁的办法,要这些同志回到三大革命第一线中去。文化大革命以来,广大工人同志承担起了重新教育和改造几年前的阶级兄弟的任务。他们把这种革命措施很形象地称作“回炉”:回到三大革命斗争的红色熔炉中去,回到无产阶级的革命队伍中去,回到毛主席的无产阶级革命路线上去。实践证明,这些从“彼得堡”出来的工人作者还得经过艰苦的重新改造过程,才能恢复自己的阶级本色,跟上新形式。例如,要像大批新作者那样积极地用自己的作品反映当前的现实斗争吧，更需要进行认真、谦虚的重新学习；但熊熊的炉火毕竟在不断地烧毁他们身上沾染的资产阶级的霉菌，不断地为他们的政治生命和艺术生命注入新的内容。我们相信，有了教训，他们有可能比过去成长得更好、更迅速。

回顾从一九一九年到今天这场延续了数十年之久的进、出“彼得堡”的斗争，具有很大的现实意义。文化大革命以来，党又满腔热情地培育了一大批工农兵作者。他们从不会写作到学会写作，现在正积极地以笔为武器，为巩固无产阶级专政而战斗。新的革命斗争使他们在政治水平和艺术水平上都有不少超过以前的工农兵作者的地方，证明着无产阶级文艺队伍也像其他领域一样，是“长江后浪推前浪，革命人一代胜一代”的。但历史的经验又告诉我们，在我们的社会里，学会写作并不太难，要永远不背离自己的阶级，永远以笔来宣传和捍卫党的基本路线，却是非常不容易的。作家协会作为修正主义文艺黑线的产物已被广大革命人民唾弃了，但“旧的一代被清除了，而在这块土壤上还会不断产生新的一代，因为这块土壤过去产生过、现在还在产生许许多多资产者”。正由于如此，社会上各种资产阶级的包围圈还会不断出现，大大小小不叫作家协会的“彼得堡”还会产生。而它们的主要手法之一仍然如列宁所说，“有意要分化工人”，使工人阶级一部分，党员一部分，也产生资本主义和资产阶级，这就很值得广大工农兵新作者警惕。永远不要脱离三大革命实践，永远不要放松马列主义、毛泽东思想的学习，永远不要放松自身思想改造，永远不要迷恋于在文艺领域里曾猖獗一时的资产阶级法权，永远不要把文学事业看成个人的事业，永远不要让资产阶级把我们从自己的阶级队伍中分化出去！

让列宁关于走出“彼得堡”的教导永远响彻在我们耳边！

——原载《朝霞》1975 年第 3 期

方岩梁*

使人民都知道投降派

——学习鲁迅对《水浒》的论述

《水浒》究竟是一部什么样的书？是一部歌颂农民起义的好作品，还是一部宣扬投降主义的反面教材？宋江究竟是革命派，还是投降派？这是重大的原则问题。鲁迅早在一九三〇年一月发表的《流氓的变迁》一文中，在分析了《水浒》中"所反对的是奸臣，不是天子"以后，就深刻地对《水浒》作了如下的评论：

一部《水浒》，说得很分明：因为不反对天子，所以大军一到，便受招安，替国家打别的强盗——不"替天行道"的强盗去了。终于是奴才。

这段精辟的议论，一针见血地指出了《水浒》宣扬投降主义路线的本质，揭露了打着"替天行道"的旗号的宋江这类投降派的真面目。《水浒》只反贪官，不反对皇帝，就连那个腐朽的宋徽宗，也被歌颂为"至圣至明"的天子，说他"求贤"，"爱民"，"博施济众"，不好的只是高俅等几个"奸臣"。一部《水浒》被冠之以"忠义"二字，忠于谁呢？当然只能是忠于皇帝，忠于朝廷。宋江直到临死前，还一再表白："我为人一世，只主张忠义二字，不肯半点欺心。……宁可朝廷负我，我忠心不负朝廷！"

说宋江是投降派，"终于是奴才"，有些人是不同意的。在他们的心目中，宋江是农民起义的"非常杰出的领袖"，代表了整个农民阶级的意志、愿望，甚至连他的投降也是反映了农民起义的历史局限性。究竟是鲁迅正确，还是这些人的观点正确？我们不妨先来看看宋江这个人物"杰出"在什么地方。

我们判断一个人究竟代表哪个阶级，并不仅仅看他的出身和职业，而是看他的思想和行为代表哪个阶级的利益和要求，他所实行的是一条什么样的政治路线。宋江在上梁山以前，就对要去二龙山入伙的武松说了一段推心置腹的私房话："兄弟，

---

* "方岩梁"是"中共上海市委写作组"在"文革"中使用的笔名之一。用这个笔名发表的文章有《让人民都知道投降派》、《学习鲁迅对〈水浒传〉的论述》等，其错误观点在"文革"结束后受到批判。

你只顾自己前程万里……如得朝廷招安,你便可撺掇鲁智深、杨志投降了。日后但是去边上,一枪一刀,博得个封妻荫子,久后青史上留得一个好名,也不枉了为人一世。”这番话,是宋江的丑恶灵魂的自我暴露。他终生为之奋斗的就是要“撺掇”农民起义军投降,把他们引进地主阶级的屠场;同时,他自己踏着农民起义军的尸体爬上去,借以升官发财,封妻荫子。他唠唠叨叨嘱咐武松去做的也就是这件事。所以他一上梁山,就结党营私,排除异己,篡夺了梁山起义军的领导权,用他的投降主义的路线代替了晁盖坚持农民起义的路线。他把晁盖的聚义厅改成忠义堂,一字之差,却反映了农民和地主这两个对立阶级的不同的世界观。“聚义”是要起义,要革命;而“忠义”则是要招安,要投降,这不明明白白地反映了两条路线的对立吗?

宋江打起了“替天行道”的旗号。他心目中的“天”,就是皇帝和朝廷;他所行的“道”,就是孔孟之道,就是要帮助宋王朝瓦解和镇压农民起义,以巩固地主阶级的反动统治。他口口声声说要“保国安民”:“保国”,指的是保卫地主阶级的反动政权;“安民”,就是自己当奴才,还要别人也都跟着他去当奴才。就是梁山“大聚义”那一天,宋江乘兴写了一首《满江红》,下令乐和单唱:“望天王降诏,早招安,心方足。”结果在梁山泊山寨中激起了一片反对声。但这丝毫没有能动摇宋江“主张招安,要改邪归正,为国家臣子”的反革命决心。他一投降,就马上率领大军打方腊,打不“替天行道”的强盗去了。他代表的是哪个阶级的意志和愿望,难道还不够清楚吗?宋江是帝王将相和整个地主阶级的鹰犬。对于这样的鹰犬,《水浒》竭尽美化歌颂之能事,吹捧成忠孝仁义色色俱全。这种歌颂正好证明了它是一部宣扬投降主义的反面教材。

鲁迅在《流氓的变迁》中,曾经追根溯源,指出从孔墨儒侠到《水浒》,直到清代的《施公案》、《彭公案》、《七侠五义》之类,前后一脉相承。鲁迅在《中国小说的历史的变迁》中也说过,《七侠五义》这类小说中的侠客“很像《水浒》中底人物,故其事实虽然来自《龙图公案》,而源流则仍出于《水浒》”。事实上,宋江同黄三太、黄天霸、展昭之流都是一路货,说得明白点,无非是皇帝或者所谓“清官”的奴才、走狗和保镖。

我们再把宋江与高俅比较一下,更可以发现这两个人有许多共同点。他们一样的是“浮浪子弟”,一样的想升官发财,又一样的被发配充军,归根到底,他们所属的阶级是一样的。有没有不一样呢?有。高俅狗运亨通,因为踢得一脚好球,被“九大王”,即后来的徽宗皇帝看中了,因而“发迹”得早,当了官;而宋江用他自己的话来说是“年命蹇滞”,成了“寇”。其实这两个人,殊途而同归。宋江是由官暂时入“寇”,再由受招安而重新变成官;而高俅呢,一下子就当了官。宋江在浔阳楼写的所谓“反诗”,有人以为他真要造反,其实他不过是在“名又不成,功又不就,倒被文了双颊”的情况下大发其牢骚罢了。“自幼曾攻经史,长成亦有权谋。恰如猛虎卧荒丘,潜伏爪牙忍受。”这不正是一个野心勃勃的阴谋家“怀才不遇”心理的绝妙的自我写照吗?在宋江看来,当穷途潦倒的时候,投机“造反”可以说是一条捷径。“若要官,杀人放火受招安。”鲁迅说:“这是当时的百姓提取了朝政的精华的结语。”宋江同高俅的斗争,并不属于革新派同顽固派的斗争,而只是地主阶级反动派内部这一派反对那一派的斗争。但是,不管他们怎样你争我斗,终究是一丘之貉。就破坏农民革命运动和巩固地主阶级的反动统治来说,宋江的作用实际上要比高俅大得多,他比高俅更富有欺骗性。

宋江不是号称“及时雨”吗?他究竟是哪个阶级的“及时雨”呢?《水浒》称颂宋徽宗的年代“国富民安,士农乐业”,实际上是天下大乱,民不聊生,农民起义的烈火遍地燃烧,北宋王朝的大厦摇摇欲倾。赵佶在自己的“睿思殿”即书房的素白屏风上,书写着“四大寇”的姓名,可见他为此而日夜悬心。结果呢,“四大寇”之一的宋江,不但投降了这位赵官家,而且帮他镇压了另外三支农民起义军,这对北宋王朝和赵佶不是一场道道地地的“及时雨”吗?在历史上,每当阶级矛盾日益激化以至(致)剥削阶级的反动统治无法维持的时候,反动阶级总是特别需要宋江这类“及时雨”来浇灭农民起义的烈火。《水浒》这部书和宋江这个形象为地主资产阶级和修正主义所特别赞赏,原因正在于此。

金圣叹把《水浒传》砍去了二十多回,强调对宋江这样的“盗魁”,只能斩尽杀绝,决不容许招安。鲁迅非常不满意金圣叹,专门写了一篇《谈金圣叹》的文章,批判金圣叹:“单是截去《水浒》的后小半,梦想有一个‘嵇叔夜’来杀尽宋江们,也就昏庸得可以。”金圣叹之“昏庸”,首先在于他不懂得起义的农民是斩不尽、杀不绝的,野火烧不尽,春风吹又生,别说一个“嵇叔夜”,一百个“嵇叔夜”也没用。金圣叹之“昏庸”还在于他没有看懂施耐庵、罗贯中写《水浒》的真正用意,他们正是站在金圣叹同一阶级立场上反对农民起义,才塑造和歌颂宋江这个投降派的形象。他们懂得堡垒是最容易从内部攻破的。金圣叹却不懂得这个道理。他没有看破宋江这号人根本不是“盗魁”,而是地主阶级的忠实的代理人。鲁迅还生动地把《水浒》被砍的本子比喻为“断尾巴蜻蜓”。宋江投降,受招安,打方腊,这是他的投降主义路线的必然结果。把这一半砍去了,宋江这个投降派的面目就不真实了。金圣叹这一砍,由于砍掉了宋江的许多罪恶行径和丑恶表演,颇受许多为宋江唱赞歌的人们的欢迎。

“替天行道”的强盗同“不‘替天行道’的强盗”是有严格区别的。鲁迅明确指出,前者是道道地地的投降派,而后者才是反剥削、反压迫、反奴役的起义农民。泾渭分明,不容混淆。事实上,即使在梁山起义军的内部,也是一分为二的。起义军多半是破产农民和手工业者,也有不少是地主阶级的破落户子弟、反动军队的士兵和军官。由于宋江在政治上推行投降主义路线，在组织上招降纳叛，拉进了大批宋王朝的高级将领，使这支起义军领导集团的阶级成分起了变化。在一百零八将中间，李逵、吴用、阮小二、阮小五、阮小七是好的。他们不愿意投降，吴用和阮氏三兄弟是最早跟着晁盖起来造反的。李逵更是梁山起义军中斗争最勇敢、最坚决的一个。他一听到乐和唱宋江做的那首《满江红》，就睁圆双眼，大叫道："招安，招安！招甚鸟安！"一脚把桌子踢起，攧个粉碎。他根本不把大宋皇帝放在眼里，宋江不反，他要反。太尉陈宗善进山寨颁布朝廷招安的诏书，李逵不仅一把夺过诏书，扯得粉碎，还劈胸揪住陈太尉，拽拳便打。直到小说最后，李逵一听说朝廷送来了药酒，就大叫："反了罢！"所以宋江最不放心的就是这股"黑旋风"，一定要将他先搞死才肯闭上自己的双眼，用心实在恶毒极了。宋江同李逵们之间的投降与反投降的斗争，是地主阶级同农民阶级这两大阶级、投降主义路线同坚持起义的路线这两条路线之间的斗争。

为宋江辩护的人，还抬出了一个"义"字来当挡箭牌，好像宋江同所有的人都是义重如山，亲如兄弟。"四海之内，皆兄弟也"，还分什么阶级，什么路线，什么投降派和革命派？鲁迅对于《水浒》中流传的这句口号，用一句话就戳穿了它的虚伪性："山泊中人，是并不将一切人们都作兄弟看的。"事实正是如此。别说在四海之内，就是在梁山泊之内，也决不是什么兄弟关系，而是阶级关系。地主阶级和农民阶级这两大阶级的对立斗争，必然要反映到梁山起义军的内部来。宋江张口一个"忠"，闭口一个"义"，他对上是忠得很，对下又何尝把所有的人都当兄弟看待！第八十三回"陈桥驿滴泪斩小卒"，就充分暴露了宋江的"义"的虚伪性。当招安的丑剧刚刚收场，起义军中一个军校激于义愤，杀了一个辱骂起义军的厢官，这下可吓坏了宋江，他马上要砍下军校的头，到朝廷请罪。可是还得照顾一下"义气"，于是宋江使出他惯用的猫哭老鼠的本领，"哭"了起来，叫那军校"痛饮一醉"，自己去上吊，然后再割下头来号令示众。头也砍了，"义"也尽了。对"义"的内容要作阶级分析。晁盖"聚义"，是要团结起来造地主阶级反动统治的反；而宋江讲"义"，是要用"义"来掩盖阶级的对立，调和阶级斗争和路线斗争，让被压迫阶级俯首帖耳地给反动统治阶级当奴隶，还有比宋江这种"义"更符合反动统治阶级的需要吗？李逵的悲剧正在于他吃了这种"义气"的亏，被这个"义气"蒙住了眼睛，只认"哥哥"，不认路线，识不破宋江的反动真面目，最后终于成了宋江投降主义路线的牺牲品，这是多么惨痛的教训啊！

鲁迅作为一个战斗的马克思主义者，对于宋江这类以革命者的姿态干反革命勾当的投降派是深恶痛绝的。特别是当他经历了一九二七年的"四一二"反革命政变，在刀光和血光之中，既看到了真正的革命者的坚贞不屈，也看透了形形色色的投降派的鬼蜮嘴脸。"大军一到，便受招安"，马上为虎作伥，帮着反动派屠杀革命人民的是一种；始终披着革命者的外衣，而对真正的革命者却大布围剿阵的又是一种。鲁迅写《流氓的变迁》一文，不正是要求人民群众警惕宋江一类投降派吗？

作为一个马克思主义的阶级论者，鲁迅坚持用马克思主义的阶级观点和阶级分析的方法去解剖《水浒》，并把现实的阶级斗争同历史的阶级斗争相对照，所以他对这部书才看得那样分明，分析得那样鞭辟入里，入木三分。我们应当认真学习鲁迅对《水浒》的论述，提高对修正主义、投降主义的识别能力，为不断巩固无产阶级专政而努力奋斗。

——原载《红旗》1975 年 9 月第 9 期

王一纲

从《初春的早晨》到《盛大的节日》

——评“四人帮”鼓吹“写走资派”的“理论”和“实践”

王张江姚“四人帮”反党集团,有三人利用文艺发迹起家,这三人走的又是从历史反革命到现行反革命的道路。这个事实决定了:他们很重视也很善于利用文艺为自己造纪念碑,为篡党夺权大造反革命舆论。他们疯狂推行反革命的修正主义文艺黑线,却偏要用“写与走资派作斗争的作品”作为中心口号,真是红纸包里裹烂肉。从《初春的早晨》到《盛大的节日》,是实践这个口号的典型“路子”。抓住这个典型,剖析这条“路子”,有助于认清他们打着马克思主义旗号搞修正主义的庐山真面目以及他们推行的这条文艺黑线的极右实质。

一

“写与走资派作斗争的作品”这个口号的前身,叫“努力反映文化大革命的斗争生活”。“四人帮”在上海的余党直接控制的《朝霞》,挂着这块牌子,搞了一段时间的“征文”,作为它的“总结”,编了个集子,是为《序曲》。

这书名当然是颇有“思想深度”的。张春桥曾公开胡说,是江青“开创了无产阶级文艺的新纪元”,把过去一百多年的无产阶级文艺史说成是一个“空白”。这一臭名昭著的“历史空白”论,在国内,一笔抹煞了鲁迅所代表的中华民族新文化的方向和毛主席革命文艺路线;在国际,全盘否定了马列主义的文艺路线和十月革命造就的高尔基等无产阶级的作家、作品。一句话,它通过涂黑中国革命现代史和国际共产主义运动史的卑劣手法,把“四人帮”自己打扮成为“新纪元”的“开拓者”。于是乎,历史必然要从“四人帮”写起了,“四人帮”俨然成了历史的主宰,要在历史舞台上大演其戏,大显身手。“序曲”者,正是前奏曲之谓也。把征文集定名为《序曲》,就标出了“四人帮”宣扬“历史空白”论的真谛。

篡改历史、伪造历史,乃是为了解决“当前的迫切任务”。对此,早在一九七二、一九七三年间，张春桥就屡次教诲其余党说，“目前要警惕右倾思想抬头”，“上海要准备孤立作战，不管什么地方刮来的风，东西南北刮来的风，都要顶住”。其时，林彪反党集团早已折戟沉沙，“四人帮”既有“孤立作战”的哀鸣，又有惧怕批林批孔的革命风暴扫到自身而不得不稳住阵脚，故作镇静硬顶的苦衷。但他们是一伙利令智昏的反动派，反革命的虚弱性伴随着反革命的疯狂性。张春桥对其余党说什么：“国务院的同志只有实际工作的经验，缺乏理论。”总算把“右倾”思潮的“风源”给说明了。这就是说，“四人帮”的所谓“迫切任务”，就是妄图打倒敬爱的周总理以及其他领导同志，篡夺国务院的领导权。经过密谋，他以谈理论宣传工作为名，亲自召开“上海戏剧电影座谈会”，重弹当年“新文革与旧政府的矛盾”的老调，心怀叵测地打出要写文化大革命的旗号，煽动说：“没有勇敢的人闯出一条路子来，文化大革命始终没有人敢写。”对于参加会议的一些善良天真的人们，自然是不解其中味的；但对在密室里聆听过黑主子教诲的余党来说，则不同了。他们雷厉风行，立即出动人马，搞调查，拉队伍，着手筹办文艺刊物。时隔不久，由“四人帮”的亲信化名“清明”炮制的《初春的早晨》，在《朝霞》丛刊第一辑上，以“压卷”的姿态出笼了，第二辑上，这个亲信又化名“立夏”抛出了《金钟长鸣》，并授意另一亲信写出《第一课》。这三株毒草的价值和意义，就在于实践了张春桥“闯出一条路子来”的黑指示。

这是条什么样的“路子”呢？《初春》的炮制者说：“我故意把小说里的郭子坤写成是四川人、汽车司机，这样，别人就不会说我是在写王洪文了。”真是此地无银三百两！原来是条为反党分子王洪文歌功颂德、树碑立传的“路子”。难怪，炮制者很重视这三株毒草出笼的“时机”：不迟不早，恰恰是在“四人帮”利用党的“十大”搞政治投机，王洪文准备粉墨登场的前夕！

炮制者是颇有谋略的。为了把王洪文这个上海滩上的流氓小偷打扮成“工人领袖”，他费尽心机，调动一切艺术手段，用抢话筒、啃枕头面包、交党费、把方向盘等一系列情节、细节为之评功摆好，使用了一系列肉麻的语言加以捧场，还说什么“文化大革命的历史潮流”把一个“普通工人”“推荐到领导岗位上”啦，“已经是市里的一个领导人”啦，等等。炮制者不但细心地研究了王洪文的所谓“造反”史，而且还把握了他的“性格核心”——“我们要夺权”！为了在小说中实践通过“第一号英雄人物”体现主题的“三突出”创作原则，炮制者特意把王洪文“我们要夺权”的“性格核心”，作为小说的最高主题。

“我们要夺权”，这本是王洪文在一九六六年秋冬之际仿效巴枯宁拼凑那个“兄弟会”时提出的“宣言”。我们知道，当时文化大革命还处于发动群众、批判资反路线阶段，并没有提出要夺权的问题。到了一九六七年一月下旬，毛主席总结了全国文化大革命的新鲜经验，才发出了“无产阶级革命派联合起来，向党内一小撮走资本主义道路当权派夺权"的战斗号召。王洪文权迷心窍,以"先知先觉"者自居,破坏毛主席的战略部署,在一九六六年秋冬之际就狂叫"我们要夺权",这不是反革命野心的自我大暴露么?大概炮制者觉得这实在太露骨了,如果照搬的话,就要"帮倒忙"吧,他恪守孔老二"父为子隐,子为父隐,直在其中矣"的遗训,经过精心的构思,给黑主子披上了两层伪装:其一,把背景移后,放在一九六七年"初春"毛主席发出号召之际;其二,把"我们要夺权"的"宣言"改成"夺权就是夺群众"的主题。然而,欲盖弥彰!

"夺权就是夺群众",听来很漂亮。小说里借郭子坤之口宣传说:"我在市里开会,有位同志说得好;夺权,就是要使阶级力量的对比发生有利于革命的变化。我琢磨这句话,意思是不是说……没有群众,你夺到的权是空的。"明眼人一看便知,这里写的"有位同志",就是在暗指张春桥,歌颂的是大阴谋家张春桥教育大野心家王洪文。在毒草出笼时,炮制者曾对另一亲信说,"我想来想去,春桥同志对党的最大贡献是为党培养了洪文和文元一文一武"。这句黑话,正是对小说中这个暗示之笔的注脚。但是,真象演戏一样,"四人帮"演惯了反面角色,一旦要演正面人物,演来演去总是演不象。无论是"夺权就是夺群众"也好,"没有群众,你夺到的权是空的"也罢,不都从反面道出了他们自己本来是身边没有群众的极端孤立的一小撮吗?他们是出于"夺权"的野心,才利用群众运动,捞取政治资本,为自己造地位的!

如何对待群众运动,从来是划分马克思主义者和反马克思主义者的一个分水岭。马克思主义认为"人民,只有人民,才是创造世界历史的动力"。因而信任群众,依靠群众,尊重群众的首创精神,在一切工作中坚持群众路线。修正主义者、资产阶级阴谋家、野心家则刚好相反,他们害怕群众,镇压群众运动,或者借用群众运动的名义搞政治投机,窃取群众运动的胜利果实。"四人帮"在一月革命风暴中,不仅鼓吹"打倒一切"的无政府主义思潮作为他们反党的政治口号,而且在实际行动中把无政府主义的祖师爷巴枯宁作为"最高表率","扮演了一个他最喜爱的江湖骗子的角色",正如恩格斯所描绘的:"这位道貌岸然的君子到处把自己打扮成国际的最忠诚的先进战士,暗地里却密谋篡夺整个领导,并通过自己亲信的耶稣会兄弟,把广大工人群众当作一群盲从的牲口牵着鼻子走!"把这段话移赠给"四人帮",不是最合适也没有了吗?《初春》兜售的"夺权就是夺群众"的主题,就是这类货色。其实这里的"夺"字读作"骗"字,就更符合"历史真实",更维(惟)妙维(惟)肖地为炮制者的主子画了像!

小说背景的变动,更有其政治上的阴谋诡计。把王洪文的"夺权"野心放到毛主席发出号召的一九六七年"初春",这就巧妙地"隐"去了黑主子的政治野心,并把他打扮成了"紧跟"毛主席战略部署的"夺权英雄"。然而,也带来了一个问题:在表述篡党夺权的反革命主题上比较隐晦了。象生活中的王洪文那样赤裸裸地发出反革命叫嚣，固然太露骨，太笨拙；但太隐晦了，也不易收到制造反革命舆论的效果。为了摆脱这种由“四人帮”的阶级本性所决定的吞吞吐吐的矛盾困境，炮制者着实使出了他的看家本领：用明明暗暗、虚虚实实的艺术手法，极尽其歪曲颠倒“一月革命风暴”的历史之能事。一月风暴的夺权斗争是怎么会出现的？党的“九大”、“十大”都作过科学的总结。文化大革命中出现的曲折和反复，特别是罪恶的经济主义妖风，使广大人民群众认识到在那些需要夺权的地方和单位，只有进行夺权斗争，才能从根本上斗垮走资派。所以，毛主席一号召，群众运动就象大海的怒涛汹涌向前。这里，群众运动按它自身的客观规律，是从批经济主义妖风发展到夺权斗争。但《初春》为了把黑主子美化成为“夺权英雄”，处心积虑地利用艺术手段，篡改群众运动的客观规律，把一月风暴写成是先夺权后批经济主义妖风。这完全是颠倒历史。小说还鼓吹一派夺权。人们要问：小说不是通篇都在写郭子坤如何团结秦昌宝吗？冲突的主线不是围绕着这一点发展的吗？是的，是这样写的。但这都是些假象。列宁说，“假象=本质的否定的本性”。小说写郭子坤鼓吹“团结”，正是为了否定团结，搞分裂。他说：“在我们工人阶级内部，不管他是那一派的，也不管有没有参加革命群众组织的，我们应当统统把他们团结过来。”请注意：这里说的是“团结过来”，而不是“联合起来”，这是大相径庭的。“联合起来”，各革命群众组织是平等的、兄弟般的关系；“团结过来”，指的是以我为主把对方“团结”到我这边来，这叫“唯我独左”、“以我为核心”。小说歌颂的正是这种以帮划线的分裂主义行径。

无产阶级革命派的联合夺权，是采取“三结合”方针的。就在小说所写的一九六七年初春，伟大领袖毛主席指出：“在需要夺权的那些地方和单位，必须实行革命的‘三结合’的方针，建立一个革命的、有代表性的、有无产阶级权威的临时权力机构。这个权力机构的名称，叫革命委员会好。”在这个“三结合”方针中，一条是革命干部的代表，他们是核心和骨干；一条是人民解放军的代表，他们能使政权机构更为巩固、坚强。但《初春》所描绘的夺权斗争，一无革命干部的代表，二无人民解放军的代表，三无群众组织的大联合，只有郭子坤一派的“小兄弟”们在横冲直撞地搞“接管”。这根本不是无产阶级文化大革命中的夺权斗争，而是在实践蒲鲁东、巴枯宁的无政府主义。这当然不是炮制者的政策水平不高或疏忽，而是有意识地在充当“四人帮”改朝换代阴谋的“忠实记录员”，再现其黑主子在一月革命风暴中的所谓“斗争生活”。原来，早在一月革命风暴时，张春桥就妄图在砸烂旧市委之后，搞资产阶级的立法、司法、行政的“三权分立”，他提出用“政治联络总站”代替旧市委，用“抓革命、促生产火线指挥部”代替市人委，再搞一个“公检法革委会”。党的领导不见了，无产阶级专政的“国家机器”没有了，这不是当年从蒲鲁东、巴枯宁到布哈林等修正主义头子狂叫的“砸烂一切国家机器”是什么？同赫鲁晓夫搞复辟的“全民党”、“全民国家”不是异曲同工么？由于遭到广大革命群众的反对，张春桥又换汤不换药地挂出“上海市人民公社”的牌子以售其奸，但同样遭到伟大领袖毛主席的狠狠批评，最后才不得不改名为“上海市革命委员会”。《初春》的炮制者，不去反映上海工人阶级在一月革命风暴中的首创精神，却把“四人帮”这伙修正主义者、野心家、阴谋家打扮成为“反潮流”的英雄；不去反映文化大革命对于巩固无产阶级专政的必要性、及时性，却把“四人帮”的复辟资本主义活动加以美化，当作正面的东西加以歌颂；不去反映上海军民、革命干部抵制“四人帮”罪恶阴谋中的斗争业绩，却把小说中出现的领导干部一概用漫画式的笔调丑化成所谓“走资派”，并且不给任何一个干部以任何一点时间的考验，就扣上“死不改悔”的帽子，必欲置之死地而后快，凡此等等，足见其居心之所在了。

总之，《初春的早晨》代表着《序曲》一书的主要思想倾向，象一面镜子，照出了该书的要害所在。作为“一条路子”，它还概括着《序曲》一书的总主题——“我们要夺权”！《初春》的炮制者在授意修改一篇批“技术权威”的小说时说，“王洪文说过，夺权要夺一万年”，并要求作者用这作为修改的指导思想。可见，“四人帮”及其余党提倡反映文化大革命的斗争生活是假，要为篡党夺权制造反革命舆论是真。难怪“四人帮”的头面人物江青对此书翻也未翻，就下达黑指示说：“可以从《序曲》中寻找题材改编成电影和戏剧。”看，他们就是这样有组织有计划地利用文艺大敲其反党锣鼓：从戏剧电影座谈会上敲起，直敲向戏剧舞台和电影银幕，反革命气焰嚣张至极！

二

“四人帮”及其余党自以为得计，认为《初春的早晨》成了实践他们反革命的修正主义文艺路线的代表作，闯出了一条利用文艺搞篡党夺权的“路子”，于是正式打出“努力反映文化大革命的斗争生活”征文的招牌，大做其挂羊头卖狗肉的买卖。

那是一九七四年初，正当伟大领袖毛主席亲自发动并领导批林批孔运动之际。“四人帮”与林彪反党集团本是一丘之貉，你中有我，我中有你，难解难分，但为了掩饰他们之间的黑关系，保存自己，就拼命地抓“反林”的旗子，说自己是“受害者”，是反林的“英雄”；同时，“四人帮”又利用个人名义到处写信、送材料，派特使，图谋反党乱军，并把罪恶的矛头指向敬爱的周总理和其他中央领导同志。为了适应这一反革命政治需要，他们在搞“征文”时玩了不少花招。首先，在“征文启事”中特意加上一条：“应征对象以上海地区及上海所属的单位作者为主。”这是直接秉承张春桥的“上海要准备孤立作战”的旨意而提出的组织措施，为保证其政治阴谋得以实现而设的。后来的事实表明,不仅写的作者、反映的生活面都要是上海的,而且应征作者在动笔之前,无例外地要把《初春》等作为"范本"来学习,以防应征者在思想上越轨、走异端。为此,"四人帮"的那个亲信还卖力地抓作者,抓选题。《序曲》中的不少篇目的选题、构思都由他亲自规定,个别作品题目的最后拟定,文字的最后改定,都出自他一人之手。可以说,《初春》的炮制者不仅是该书的"总编辑",也是某种意义上的"总作者"。值得注意的,《序曲》中有个别的作者和作品所反映的生活不是上海地区的,似乎有违征文的规定,其实,这是一种手法,是妄图使《序曲》以"阴阳脸"的姿态出现,既掩盖他们搞"征文"的祸心,又为他们抓"反林"旗帜造舆论。

《序曲》的多数作品写于一九七四年,这在"四人帮"的篡党夺权的日程表上,正是他们大搞修正主义,大搞分裂,大搞阴谋诡计的重要时刻。前面说过,张春桥提出闯"路子"的目的之一,就是觊觎国务院的领导权。这里,内与外、文艺与政治完全是互相呼应的。但他们的阴谋活动遭到了伟大领袖毛主席的痛斥。随着王洪文诬告周总理的破产,刊物上的"征文"也显得气息奄奄。到了一九七四年底,毛主席作出了学习无产阶级专政理论的指示,明确指出:"列宁为什么说对资产阶级专政,这个问题要搞清楚。这个问题不搞清楚,就会变修正主义。要使全国知道。"但是,"四人帮"公然反对毛主席关于修正主义是主要危险的教导,篡改毛主席指示,背叛党的九大、十大路线,大肆鼓吹经验主义是当前的主要危险,狂叫要把批经验主义"当作纲"。"四人帮"在上海的亲信把主子的反党乱军的"讲话"奉为圣旨,拿到刊物编辑部来"传达",强令要"落实"。只是"四人帮"的这一罪恶活动刚刚露头,就遭到毛主席的批评,来不及炮制大量的作品制造反革命舆论。所以,刊物上虽发表了一些关于限制资产阶级法权的作品,但比起一九七四年的"征文"来,毕竟大觉"逊色"了。

到了一九七六年初,敬爱的周总理逝世,伟大领袖毛主席病重,"四人帮"认为阶级斗争的形势发生了"新变化",加快了篡党夺权的步伐。他们效法当年托洛茨基的反革命伎俩,发出了"总把新桃换旧符"反革命动员令,正式提出了"写与走资派作斗争的作品"这一口号。"四人帮"余党对此说得很明确:"老的去不掉,新的也起不来。"这就是说,他们觉得在坚持为自己写历史的同时,应更多地强调打倒一大批党政军负责同志才行。如把一九七四年的"征文"同一九七六年的"写走资派"作一对比,"四人帮"利用文艺搞篡党夺权的阴谋,其猖狂程度达到了"更高"的水平。

"高"在何处呢? 择其要者,大致有以下几条:

其一,一九七四年的"征文"中,"走资派"大多是暗处理的,即使出现了,多数也只是用漫画式的笔调加以丑化,很少有艺术上的感染力;一九七六年的作品中,"走资派"大多是正面刻画的,他们的"资反路线"罪行,大多表现在"复职即复辟"这点上。"四人帮"及其余党的本意是想借此激起人们的义愤,去仇恨"走资派"。殊不知,这样一来却暴露了他们自己原来是一伙无产阶级文化大革命的反对派。试问:如果否定了文化大革命对广大干部的教育、挽救,使广大干部提高了无产阶级专政下继续革命的觉悟,那末,又何来文化大革命的伟大胜利?什么"文化大革命的功臣","四人帮"是地地道道的从根本上否定文化大革命的极右派!

其二,一九七四年的"走资派"不少是"双料货",即既是民主革命的对象又是社会主义革命的对象;一九七六年时,写的大多是"从民主派到走资派",即民主革命时期的动力变成了社会主义革命时期的对象,文化大革命中的"还乡团"。据说这是"四人帮"研究社会主义时期阶级关系变化时所发现的一条"规律"。其实,拆穿西洋镜,无非是为了掩盖他们自己的真面目,并为打倒一大批坚持毛主席革命路线的革命领导干部作"论证"。

其三,一九七四年的"征文"中,"走资派"的形象大多是个别的、孤立的;一九七六年则不同了,他们往往是一个集团,上下左右,互相联系,互相策应,大有《红楼梦》中四大家族那种一损俱损,一荣俱荣,联络有亲的味道。我们知道,毛主席根据社会主义阶级关系变化和阶级斗争的特点,作出了"搞社会主义革命不知道资产阶级在哪里,就在共产党内,党内走资本主义道路的当权派。走资派还在走"的科学论断。文艺应当通过典型形象塑造揭示这个真理。但"四人帮"却恶意篡改毛主席的指示,把毛主席对走资派阶级本质的分析一笔抹煞,捏造出"老"、"大"、"多"的理论,鼓吹要写"一个集团",强调"党内有一个资产阶级",要写出从"中央"到"地方",走资派无处不在,遍地乱走,以达到他们揪"一层人","层层揪代理人",打倒一大批的罪恶意图。

其四,一九七四年的作品,冲突的主要对立面并不一定都是"走资派",有的甚至是在造反派内部,如《初春》即是一例;一九七六年的作品则清一色地直接用"走资派"作主要对立面,这当然不只是为了在艺术上"激化矛盾",而是为了从政治上反衬"四人帮"的"英雄人物","让英雄人物始终占领第一把交椅"。这"第一把交椅",在现实生活中就是党的主席、国务院总理、人大常委会委员长。说明"四人帮"迫不及待地要用艺术上的阴谋诡计为自己的篡党夺权阴谋举行"加冕典礼"。

综上所述,一九七六年比一九七四年,"四人帮"利用文艺反党推行反革命修正主义文艺黑线,是更为自觉、系统和完整的了。作为这条路线的"总结",这就是《反击》和《盛大的节日》。《反击》的要害,正如许多批判文章中所指出的,它从极右的方面全盘否定文化大革命,否定党的领导,攻击无产阶级专政,妄图取而代之;《盛大》则打着歌颂文化大革命的旗号,为"四人帮"树碑立传,并把篡党夺权的阴谋作为"最高主题"。这两株毒草,一南一北,是"四人帮"图谋推翻以华主席为首的党中央的"两大战役"。只是,它未及出笼,"四人帮"就呜呼哀哉了,"总结"成了名副其实的“终结”。

从《序曲》到《盛大的节日》，反映了“四人帮”利用文艺篡党夺权的历史。《初春》的炮制者，在把“征文”编集的时候，曾居心叵测地说过，所以定书名为《序曲》，一方面是想表明文化大革命还刚刚是“序曲”，“高潮”还在后面；另一方面是说明反映文化大革命的斗争生活也只是个开头，以后会有更多的作品问世。现在，我们可以清楚地看到，他们的所谓“高潮”就是“四人帮”图谋篡党夺权的丑剧。至于“序曲”以前呢？黑主子早就有言在先：是“历史空白”。这就是说，在“四人帮”的如意算盘中，无产阶级文艺革命的历史，要从他们身上写起；而他们“改朝换代”得逞之日，就是“节日”的“高潮”。为了迎接“高潮”的到来，他们预先准备好了礼物——电影《盛大的节日》。可见，从《初春》到《盛大》，不仅是“四人帮”反革命修正主义路线的产物，而且是他们蓄谋已久的篡党夺权阴谋的一个有机组成部分。

电影《盛大》是根据同名话剧改编的。执笔者虽只一人，却是“四人帮”及其余党名副其实的集体创作。黑主子在钓鱼台亲自召见执笔者，面授机宜；上海的余党和文化部的亲信也倾巢而出，全力以赴，南呼北应，喧嚣一时。他们不仅抓本子，而且破门而出，充当总制片、总导演的角色，忙得不亦乐乎。伟大领袖和导师毛主席逝世后，他们更急如星火，日夜坐镇督阵。奥秘何在？执笔者说：“希望这个片子能在你们的关心下成为一部‘按既定方针办’的教材贡献给中国人民。”这哪里是在拍摄电影？分明是覆灭前的疯狂一跳！

《盛大》既然是“四人帮”“既定方针”的“教材”，抓住这份“教材”，就可以搞清楚他们“既定方针”的实际内容和反动实质，并对他们鼓吹的所谓“写走资派”的反革命“理论”和“实践”作出较为系统的剖析。

三

《盛大》是打着歌颂文化大革命的旗号招摇过市的，片头赫然写着“献给无产阶级文化大革命十周年”的红字。但文化大革命究竟是干什么的？炮制者“献给”的又是什么呢？

毛主席指出：“无产阶级文化大革命，实质上是在社会主义条件下，无产阶级反对资产阶级和一切剥削阶级的政治大革命，是中国共产党及其领导下的广大革命人民群众和国民党反动派长期斗争的继续，是无产阶级和资产阶级阶级斗争的继续。”这是个真理。在文化大革命中，我党先后粉碎了刘少奇、林彪两个资产阶级司令部。查一查刘、林反党集团的黑班底，查一查这伙人的历史，就可以发现，他们有的是叛徒、特务、死不改悔的走资派，有的是国民党和三青团的骨干分子，有的是恶霸地主、反动官僚及其孝子贤孙，有的是老右派，有的是新生的资产阶级分子、反革命分子。

这样一批人为骨干、为头子的反党集团,怎么可能走社会主义道路呢?我党同他们的斗争,是你死我活的阶级大搏斗,是国共两党长期斗争的继续。今天,我们又在以华主席为首的党中央领导下,取得了粉碎“四人帮”反党集团斗争的伟大胜利。现已查明,“四人帮”反党集团的头子同刘、林反党集团是一丘之貉,他们的阶级根子、历史面貌、政治路线、思想体系、阴谋手段、罪恶目的都如出一辙,有些方面甚至更为卑劣。又怎么可能拥护、歌颂文化大革命呢?反面教材《盛大》表明,他们是打着“歌颂”的旗号,用釜底抽薪的毒辣手段,篡改文化大革命的性质,把无产阶级专政下的继续革命写成是什么“改朝换代”。他们是一伙货真价实的无产阶级文化大革命的反对派。

分清敌我是革命的首要问题。文化大革命的重点,是整党内走资本主义道路的当权派。什么是走资派?谁是走资派?这是必须先要搞清楚的。毛主席总结我党历史上两条路线斗争的经验并针对林彪反党集团的反动实质,提出了“要搞马克思主义,不要搞修正主义;要团结,不要分裂;要光明正大,不要搞阴谋诡计”三项基本原则,后来,毛主席又针对“四人帮”反党集团,多次重申这三项基本原则。根据华主席的指示,这三项基本原则就是区别一个当权派是不是走资派的标准。但“四人帮”背叛马列主义、毛泽东思想,散布种种奇谈怪论,另搞一套标准。他们提出了什么“大走资派”、“老走资派”、“赤脚走资派”、“民主派即走资派”、“军内走资派”等一系列反党乱军的概念,蓄意颠倒敌我关系。这套谬论完全是从林彪集团里承传过来的。林彪胡说文化大革命是批判“当权的党”的运动,是“批判干部的运动”,是“革我们原来革过的命的命”,甚至叫嚣“既批判走资本主义道路的当权派,也批判走社会主义道路的当权派”等。《盛大》依法炮制,树立了一个高尤——严函——石陆“走资派集团”的艺术标本加以兜售。

什么是“四人帮”的所谓“老走资派”或“民主派即走资派”?不妨从剧中的局级走资派石陆谈起。剧本写他跟随毛主席长征,爬雪山,过草地,历尽艰辛;他为驱逐日本帝国主义和推翻蒋家王朝,拼刺刀,炸碉堡,出生入死。总之,是个经历了长期战争考验的老同志。但运动一来,据说是犯了走资派错误。为什么呢?炮制者借井峰之口批判他说:“民主革命咱们算是走过来了,现在是干社会主义,一天到晚讲什么功劳、苦劳、疲劳,靠这些是过不了关的。”且不说井峰的批判是无中生有,当面造谣,因为石陆并没有“一天到晚”把自己的功劳夸耀于人。即令这个“罪状”成立吧,也属于人民内部的思想认识问题,应通过党内生活,开展批评与自我批评来解决,怎能说是走资派呢?井峰的逻辑是无限上纲,锻炼人罪:你在民主革命时期有功劳吗?你就是“民主派”,“民主派就是走资派”,应该“火烧”、“打倒”。借一斑以窥全豹,剧中就是用这个逻辑,把市委第一书记高尤和局党委书记严函等老同志统统都打成走资派的。只不过在具体的艺术处理上，石陆身上还保留一点“历史真实”，而在高尤、严函的处理上，则采取一笔抹煞、极尽其丑化之能事，如此而已！

这类锻炼周纳法当然不是炮制者的创造，而是“四人帮”帽子工厂里的典型产品。反党乱军的《刁小三的逻辑》、《八路军的样子》等黑文，不就是用这个逻辑妄图毁我长城吗？还有那个电影《春苗》，不就是用“一碗药”置杜文杰于死地吗？凡此等等，不一而足。但这一切，都是建筑在“老干部百分之七十五以上由民主派必然走到走资派”这一“理论”基础上的。

毛主席、共产党领导的中国革命，分新民主主义革命和社会主义革命两个不同的历史阶段。前者的性质是资产阶级民主革命，因而有民主派参加到共产党里来是可以理解的、不足为怪的。但是，必须肯定，这并不影响到我们党的性质。我们的党是用马列主义、毛泽东思想为指导思想的党，是无产阶级的先锋队组织。民主革命时期入党的绝大多数同志，都是无产阶级的先进分子，象石陆这样经历长征的干部，更是我党的宝贵财富。“四人帮”胡说有百分之七十五以上是“民主派”，这是造谣、污蔑，给党抹黑；其二，少数带着资产阶级民主主义思想入党的同志，其大多数都在各级党组织的教育下，认真学习马列主义、毛泽东思想，并在长期的革命实践中逐步抛弃了资产阶级的民主派观点，成长为无产阶级的先锋战士，有的甚至在战争中献出了自己的鲜血和生命，这是我党作为一个成熟的党的明证；当然也有个别的人，因坚持其资产阶级立场，拒绝党的教育和挽救，堕落成为机会主义者，如陈独秀、张国焘、彭德怀之流。“四人帮”胡说有百分之七十五由民主派必然走到走资派，这是用攻其一点不及其余的手段反党，否定党是领导我们事业的核心力量，妄图整个儿推翻党的领导。这帮祸国殃民的败类，为此施展种种阴谋，恶毒攻击我党我国的卓越领导人周总理、朱总司令、康生同志等，妄图打倒陈毅、贺龙等老一辈的无产阶级革命家，真是罪大恶极！

必须指出，在新民主主义革命时期，民主派还是革命的动力之一。且不说在党的教育下成为无产阶级先锋战士的同志，就是象闻一多、朱自清这样的党外人士，他们是资产阶级民主革命时期革命知识分子的典型代表，当他们接受党的思想影响，摆脱了“民主自由主义”的羁绊，拍案而起，横眉冷对国民党的手枪，宁可倒下去，不愿屈服；当他们一身重病，宁可饿死，不领美国“救济粮”的时候，毛主席同样给予高度的评价，并号召：“我们应当写闻一多颂，写朱自清颂，他们表现了我们民族的英雄气概。”当所谓“民主派”在党的领导下，为推翻三座大山而浴血奋战的时候，“四人帮”自己在干什么呢？他们有的钻狗洞，当走狗，做汉奸，有的侧身黑衣队，当特务，做鹰犬；他们是社会残渣和民族败类，是“民主派”进行民主革命所要打倒的对象。这伙新民主主义革命的漏网之鱼，有什么资格来谈论什么“从民主派到走资派”呢？

实质上这伙“假革命的反革命”者的罪恶目的，无非是想借批“民主派就是走资派”来为自己和自己的主子——国民党反动派翻案。《盛大》的重场戏就明白地供认了这一点：

严函：……你……你有什么资格这样污蔑我？我的革命历史可以写一本书，能作为你学党史的教材。

铁根：哈……你凭这些资本能欺骗人们一时，但不能欺骗人们一世，一旦人们识破你打着红旗反红旗的那一套，你的所作所为可就是一本挺不错的反面教材。

这是剧中的“画龙点睛”之笔。殊不知执笔者在“妙笔生花”的背后，是有其指导思想的，这就是张春桥给其亲信的黑批示：汪精卫前期是“革命的”，意思说可以抓住做文章。为此他们后来还写了《革命与资本》的奇文。汪的“资本”不言自明，严函的“资本”呢？当然是指同包括汪精卫在内的国民党反动派作斗争。就这样，炮制者借批判走资派为名，竟把中国共产党的革命史当作“反面教材”来处理。为了突出这个反动思想，特意把这场戏的典型环境放在当年的国民党监狱、今天的高尤和严函的疗养院湖心岛上，以示他们要在斗垮严函等之后，重新做这里的“主人”。这就清楚地表明，“四人帮”反党集团是蒋介石王朝中的反革命死硬派，他们是以恢复国民党式的法西斯统治为任务的。

《盛大》为国民党反动派翻案的同时，还为建国后被打倒的地富反坏和反动资产阶级翻案。“四人帮”在文化部的亲信密令炮制者：“铁根等人为什么要造反，来龙去脉写得不清楚，不能只写667次列车的近因，要写出远因，这样才能表现出更大的思想深度，应采取一定措施，写出十七年的危害性。”说得很明白：他们的“思想深度”就是全盘否定建国以后的十七年。这十七年里，我们伟大的祖国，在以毛主席为首的党中央领导下，打倒了高饶、彭德怀反党集团，排除了刘少奇修正主义路线的干扰破坏，取得了社会主义革命和建设的伟大胜利，使我国的无产阶级专政日益巩固、坚强。“四人帮”却要全盘否定，其实质就是要颠覆无产阶级专政，推翻新中国，搞“改朝换代”。这方面，《盛大》确实多方面地采取了“措施”。其中很重要的一条，就是写所谓“大走资派”和“赤脚走资派”。

井峰不是“教育”石陆说“现在是干社会主义”吗？在什么是社会主义、谁在干社会主义这类根本问题上，《盛大》同样搞了个历史颠倒，先看剧中“精彩”的一节：

石陆：是又怎么样……这铁路我接管的时候，是个什么烂摊子，今天又是什么规模？那个分段没有我的脚印，那条铁轨没有我的心血，这两鬓白发可以作证。运动一来，我成了走资派，都错了？七斗八斗，为什么？为什么嘛？

铁根心痛地：那衣服，想当年是革命战士的战袍，今天，你搞修正主义，就没有资格穿上它！

关于这件"战袍"留待以后再说。石陆在党的领导下，依靠工人群众，把国民党时期的一个"烂摊子"改造建设成为初具现代化规模的铁路局，居然是"搞修正主义"，这是典型的"四人帮"逻辑。"四人帮"就是据此打着批"唯生产力论"的旗号，提出所谓"不为错误路线生产"的反动口号，来反对实现"四个现代化"的宏伟建设目标的。要问什么是"赤脚走资派"吗？石陆就是个典型的艺术标本！"四人帮"的亲信振振有词地说，"走资派不一定都是在生活上搞法权的，有的人也忙忙碌碌，住在下面，参加劳动"，"个人品质不错，也很艰苦朴素，但路线不对，很可恨"，要"鞭挞"他们。这几条，石陆条条符合。他忠心耿耿，勤勤恳恳地为党工作；他密切联系人民群众，坚持参加集体生产劳动；他光明正大，艰苦朴素。总而言之，是个坚持毛主席革命路线、保持党的优良作风和光荣传统的革命干部。即令把石陆打成走资派的铁根，也无法否认这铁一般的事实，当众承认他"和我们工人同吃一锅饭，同睡一个被窝筒"。从石陆这个代表人物身上，不正说明"四人帮"心目中的"走资派"就是无产阶级革命派吗？在我党，在我国，这类几十年如一日地坚持毛主席革命路线的干部，确是大多数，从中央到地方，他们坚守在各级领导岗位上。所以"四人帮"说是"一个集团"，是"一层人"，要"层层揪"，统统"打倒"。《盛大》按这个口径，写了"一层"又"一层"，难怪文化部的亲信要夸奖说，这个本子"是当前写文化大革命这类题材电影中比较突出的"。他们满以为苦心制造了一颗反党的重磅炮弹，欣喜之情溢于言表。

"四人帮"的亲信说石陆"搞修正主义"、"路线不对"。纵观全剧的描写，石陆的"路线错误"只有一条，即不跟剧中的"英雄人物"铁根、井峰走。我们下面将要谈到，这两个形象乃是"四人帮"的化身。这样，剧本就明确地提出了一条区别"走资派"的标准：跟不跟"四人帮"走。跟的，就是革命派；不跟的，就是走资派。可见，他们莫须有加以定罪的走资派名目虽多，帽子大小也不一，实质却只是一条：以帮划线。王明搞"二十八个半"，林彪搞"大小舰队"不都如此吗？托洛茨基为抢班夺权抛出的《新方针》黑文，就是借口"天才领袖"病重不能视事，必须允许党内派别自由活动为灵魂的。不同的只是托洛茨基敢于以"反对派"自居，公开下战书；而"四人帮"则装"阴阳脸"，搞五花八门的阴面战法；这大概就是张春桥说的托洛茨基"威望高"，自愧不如之故吧！

总之，《盛大》为了替"四人帮"的篡党夺权、改朝换代阴谋制造舆论，肆意颠倒敌我关系，篡改文化大革命性质的结果，却从反面道出了一个真理：我党粉碎"四人帮"的斗争是国共两党、无产阶级和资产阶级阶级斗争的继续。从这个意义上说，它也是文化大革命的继续和深入。

四

《盛大》的又一个要害:改线。篡改党的基本路线,代之以“四人帮”搞修正主义、搞分裂、搞阴谋诡计的极右路线。这个罪恶的企图,集中地体现在所谓“主要英雄形象”铁根、井峰的塑造上。

《盛大》沿着《初春》闯出的“路子”,力图通过这两个形象为王洪文、张春桥树碑立传,把他俩梳妆打扮成什么“工人领袖”、“文化大革命的功臣”。为此,他们挖空心思地采取了一系列卑劣的“措施”。其中之一,是“尽量不要给人以写上海的印象”,即把上海虚去。剧中,“捍卫队”易名“捍卫兵团”,“临海某大工业城市”一改再改,最后改定为“南方铁路沿线某大城市”,“长山岛”改成“湖心岛”,李大申、金沪英等人名也因有上海地方色彩,分别改为李大成、方英;并规定:不准选用具有明显的上海特征的地方,如外滩、南京路、新建的上海市体育馆等作外景。为什么要有这条“措施”呢?据说“在较为真实的背景下”,当观众“明显地感到是写上海”时,“恐会伤害一部分群众的感情”。这叫做贼心虚、不打自招!说“一部分”,太谦虚了,应是绝大多数。“四人帮”及其余党,一方面盗窃上海文化大革命的胜利果实,篡夺上海地区的党政大权;另一方面又残酷地镇压群众运动,把大批的工农兵、革命干部和革命知识分子打成“反党分子”。这种种倒行逆施,群众早就看在眼里,恨在心头。他们畏惧人民的革命义愤,不搞政治欺骗是不行的。所谓“尽量不要给人以写上海印象”云云,乃是利用文艺搞政治欺骗的“措施”。

但是,这还不是他们虚去上海的全部用心,他们的真正目的是为了突出“英雄人物”,以便放手在铁根、井峰身上搞“真人真事”。这点他们在剧本中玩弄了不少手法:一是使用暗示性的语言,以期引起观众的“联想”。诸如铁根“是全市第一个起来造反的,影响比较大”,“他们在酝酿一次全市性的行动”,“铁根同志的造反队是全局唯一得到中央支持的造反组织”,菱角塘车站“是铁根造反起家的地方”等,还把张春桥当时的一些惯用语塞在井峰口里,等等,以示这两个人物就是王、张的化身;二是刻意“陪衬”,在市委第一书记高尤身上搞“真人真事”,以反衬出同高尤作斗争的“革命干部”就是张春桥及某个余党等;三是加进“细节”,当执笔者听说王洪文有次在公共汽车上学习忘了下车时,立即拍手称好,在肉麻颂扬之余,特意在电影里塞进一组镜头,并叮嘱导演说,“要拍得美,有意境”;四是在“情节”发展上大做文章。王洪文在说什么“安亭一战”敲响了“资反路线的丧钟”时,公然把刘少奇同邓小平同志并提,他们从他的反党黑话里汲取“灵感”,把“安亭车站”改名“菱角塘车站”,把“安亭事件”作为情节发展的主线和高潮。一句话,炮制者在文艺上的政治欺骗术是:背景“虚”,人物“实”;明“虚”暗“实”,“虚”是为了“实”,在虚虚实实中把王、张打扮成全国性的“工人领袖”、“文化大革命的功臣”。然而,弄巧成拙,这两个形象恰恰成了“四人帮”搞修正主义、搞分裂、搞阴谋诡计的自画像!

所谓“安亭一战……”,这句黑话,比许多长篇大论更能说明“四人帮”篡党夺权是蓄谋已久的。第一,恶意相提并论,这是故意混淆两类不同性质的矛盾,为他们妄图打倒一大批提供“论据”;第二,伪造历史,把“四人帮”凌驾于毛主席、党中央之上。明明是毛主席的《炮打司令部》大字报、中共中央五一六《通知》和“十六条”,敲响了刘少奇资反路线的丧钟,宣告刘少奇资产阶级司令部的垮台。王洪文却贪天之功,据为己有,这是典型的资产阶级野心家阴谋家的行径。事实是:王洪文在“安亭事件”前夕,就表露了“我们要夺权”的野心;他抱着政治野心投机群众运动;在“安亭事件”中被另一个资产阶级野心家阴谋家张春桥看中了,于是两人一拍即合,开始了互相勾结、狼狈为奸的反革命生涯。如果说《初春》力图把王洪文的政治野心作为小说的主题,但又怕暴露自己,只得采用“犹抱琵琶半遮面”的形式,因而显得吞吞吐吐。那么,《盛大》把它搬上银幕,让它作为全剧的“高潮”,则已达到明目张胆、肆无忌惮的疯狂程度!

有必要指出,王、张在“安亭事件”中都充当了极不光彩的角色,政治野心驱使他俩犯下了分裂党、分裂工人队伍的罪行。张春桥在“处理”安亭事件的当时,不得不假惺惺地表示说:“我组织手续并不完备,没有和华东局同志商量,也没有和市委同志商量,更没有和中央文革小组打电话,因为来不及……”所谓“来不及”云云,当然都是遁词。但他的个人自作主张,擅自处理重大政治问题的分裂主义嘴脸,还是一清二楚的。事后,王、张却摇身一变,把自己打扮成“安亭事件”中的“领袖”,把群众运动的创造据为己有,甚至别有用心地提出“发扬安亭革命精神”的反动口号欺世盗名,完全是一副反革命两面派的嘴脸。《盛大》的炮制者,出于利用银幕为黑主子立纪念碑的祸心,在描绘“安亭事件”的时候,全然颠倒了历史。不去歌颂上海工人阶级在文化大革命中的主力军作用,却把王、张勾结的分裂主义行径当作“英雄业迹(绩)”加以讴歌。剧中写道:

丁志良:严函,你承认不承认我们是造反组织?

严函:你们对党有深厚的阶级感情,但,是不是造反组织,我不能承认。

众:为什么?为什么!

严函:铁根同志的造反队是我局唯一得到中央支持的造反组织,唯一的嘛!如果我承认你们,那……

铁根一针见血:那你们就阴谋煽动群众北上,向毛主席、党中央施加压力?!

这里说的“中央支持”,实际指的是“四人帮”。毛主席、党中央号召的是联合夺权,全国的多数地区和单位是这样做的。但“四人帮”却盗用中央的名义,支一派,打一派,造成了全面内战。这里却把“四人帮”挑动全面内战的罪行,当作正面的东西来歌颂,不恰好说明“四人帮”自己正是挑动群众斗群众的走资派吗?难怪文化部的亲信看后捏了把汗,授意说:“有没有副作用?请酌。如不好改,干脆去掉。”但怎么去得掉呢?这是“高潮戏”的中心冲突:北上和反对北上的斗争。冲突的实际内容表明,丁志良的捍卫兵团得不到“四人帮”的支持,在所谓“走资派”的挑动下北上告状;铁根的造反队,有“四人帮”撑腰,反对北上告状。这就巧妙地把北上同反北上的斗争集中到一点上,即反对“四人帮”同保“四人帮”的斗争。它写出了“四人帮”搞“以帮代党”的精髓,从而使搞修正主义、搞分裂、搞阴谋诡计的“四人帮”极右路线获得了“多侧面”的表现。剧本非但没有把这个冲突“去掉”,反而作了加强,王、张并传令通告其亲信说:“本子已通过。”

“四人帮”要搞“以帮代党”遇到了两大阻力:党的领导和广大人民群众。《盛大》既然把党的领导斥之为“走资派”,自然也要把拥护党、跟党走的群众污蔑为“保皇派”、“铁杆老保”,这是一个问题的两个方面。关于前者,不再重复;至于后者,《盛大》也沿着《初春》的“路子”走,它集中地体现在铁根造反的“来龙去脉”及其和丁志良的冲突上。分析这对矛盾,有助于我们从如何对待群众的角度看清“四人帮”极右路线的“来龙去脉”。

先说铁根造反的“来龙”。这个问题其实就是指铁根为什么“造反”,造谁的反?文化部亲信的指令很明确:“写出十七年的危害性。”造十七年的反,全盘否定十七年,以示他们在开辟“新纪元”。这是为“改朝换代”论作铺垫。《初春》里说什么“革命”这幅充实、丰富的图画,“最深刻的一笔是郭子坤画的”,秦昌宝总结其“失足”的原因时说:“但是,对于革命事业,是决不能满足于现状的。”《盛大》更进了一步:当丁志良说了句“党亏待我们了吗?这样的好日子还不满足吗?”铁根的战友们群起而攻之:“够了,你满足些什么?”一句话,驱使郭子坤、铁根造反的“种子”是“不满足”,造成秦昌宝、丁志良犯“错误”的根子是“满足”。“满足”与“不满足”的分歧导致了两派群众组织的对立。这类论调似曾相识,记得当年胡风集团在其地下王国里说过这样的话,一九五七年右派分子猖狂进攻时,也扯过“不满现状”的黑旗,现在怎么成了“英雄人物”的思想“种子”了?一查,原来是老反革命、老右派张春桥的“指示”:“上海工人要接受赤卫队受蒙蔽的教训,他们世界观的根子就是满足。”这是典型的资产阶级野心家、阴谋家的语言。“满足”什么,为什么“不满足”,都是有具体的阶级内容的。张春桥抽掉了阶级内容,把它抽象化、普遍化,其实际内容只能是反动剥削阶级永不"满足"的贪婪和权势欲。恩格斯说过,"自从各种社会阶级的对立发生以来,正是人的恶劣的情欲——贪欲和权势欲成了历史发展的杠杆"。"四人帮"自己把剥削阶级的贪欲和权势欲奉为行动的"最高准则",张春桥又用它来总结无产阶级专政下工人运动的经验教训,从反面一语破的地道出了他们贪得无厌,觊觎党和国家的最高权力的野心。《盛大》以此作为"英雄人物"的思想"种子",可谓从世界观的高度对"四人帮"的现行反革命罪行作了艺术概括,也预示了他们的"去脉"。

其次,写"来龙"就是为了点"去脉"。井峰一出场,在与石陆的初次交锋中就说:"眼光要看远一点,年青人(指铁根——笔者)起来了,好得很,说明毛主席开创的无产阶级革命事业后继有人,你看到处热气腾腾,比我们四九年进城还热闹啊,老石,革命大有希望。"一,"后继有人";二,"比我们四九年进城还热闹",说明铁根是肩负着"改朝换代"的"历史重任"而登上政治舞台的。炮制者增添了革命烈士塔前这场戏,更把铁根渲染到了超凡入圣的程度。铁根为了教育"走资派"石陆,拿出一件旧军装棉袄,这件旧战袍是毛主席在长征途中送给石陆的,后来石陆又在火红的党旗下,把它送给新入党的铁根。现在,石陆背叛了党的事业,不配穿它了,而铁根和井峰则拿着它在烈士塔前宣誓。宣誓声中,出现了大海、高山、烟囱林立的工业基地、浩瀚的蓝天白云、天安门广场、城楼、毛主席巨幅画像等雄伟壮阔的画面。这里,全部的艺术手段都服务于两个政治目的:跟随毛主席长征、南征北战的老同志都不行了,应统统靠边;只有铁根才有资格当接班人。影片的结尾,果然出现了这个"接班人"指挥一切的惊人场面。他是"历史的火车头",有"腾云驾雾"的本领,他"手握工人造反司令部的大旗","似擎天柱般地""威武英俊,顶天立地"。即令如此,炮制者仍感意犹未尽,对摄制组的演员说:"拍完了《盛大》,我还准备写《盛大》的续集,写造反派头头是怎样当中央委员的,到时候你再来演。"这就是说,"大旗"尽管抓到手了,但"加冕典礼"毕竟还未正式举行;小山头的"大旗"虽然可以吓人,但不能满足,还要抓那"杀人"的"大权"呢。

这里有必要重提一下剧本炮制的时代背景。其时,毛主席已亲自选定华国锋同志为接班人,一九七六年四月,中共中央还专门作了关于华国锋同志任中共中央第一副主席、国务院总理的决议。当炮制者三番五次要摄制组把"后继有人"搞得"深刻、鼓舞人"的时候,正是伟大领袖毛主席逝世、王洪文梦想上台,私拍"标准像"的时候,这个"时间表"不正好说明,"四人帮"策划于密室,放火于银幕,有计划、有组织地在搞"抢班夺权"的反革命阴谋吗?

五

《盛大》政治上极端反动,艺术上也陈腐不堪。既有来自政治僵尸孔老二的臭气，又散发着西方没落资产阶级的洋气，做到了“中学为体，西学为用”。它代表着“四人帮”推行的反革命修正主义的文艺黑线。

这条文艺黑线的本质是极其反动的。它诽谤工农兵，美化资产阶级；它丑化无产阶级专政，描绘“四人帮”复辟资本主义的理想蓝图。它的理论基础是唯心的实用主义和地主资产阶级人性论，它的创作方法是形而上学。《盛大》中的卫迪宇这个人物乃是这条黑线的艺术标本之一。对这个人物的塑造，是炮制者的得意之笔，人物表上特地注明：“她的经历将会给观众留下一些可以思考的东西。”显然，炮制者在这个人物身上寓有深意，是有所寄托的。

纵观全剧，卫迪宇确是个支配全剧的“启(起)承转合”的关键人物。她名为党委办公室副主任，实是个没有改造好的大银行家的小姐。由于她的特殊地位和身份，起到了左右全剧阶级力量对比、阶级斗争形势发展趋势的作用。她自觉地充当资反路线的打手，并向叛徒乔之慎表示耿耿忠心：“父亲和我都很感激你。”这种心情可以说是姚文元对于叛徒老子、张春桥对于国民党警察局长的感恩戴德之情的曲折写照。这句话的真正意义却是强调：卫迪宇是她“父亲”的“全权代表”，即那个“中风多年”、“半身不遂”但又不甘心灭亡的大银行家的“全权代表”。炮制者让这样的人物支配全剧阶级斗争发展的进程，其阶级立场自然是不言而喻的了。

炮制者使用“人性就是党性”、“党性就是人性”的鬼把戏，用吞吐曲折的文字，让她演出了一场乔之慎要用她的手臂去治铁根死罪的“悲喜剧”。她先是“瞪大惊恐的眼睛”，继之又“呆若木鸡”，她被迫“痛苦地接过控诉书，几珠泪水滴在控诉书上”；在老子面前更是“浑身直打哆嗦”，“如呆如痴”地接过老子留给她的“政治遗产”——关于乔之慎是叛徒的证明材料——之后，“象发疯似地冲出家门”，天旋地转，两眼昏花，“马路两旁的建筑物在她的眼里东倒西歪”……“多层次”、“多浪头”地表现了她面对截肢这一生理上的痛苦而引起的“人性”冲突，形象地证明着她经历了内心的忏悔。终于“良心发现”，她投入铁根的怀抱，献出了反动老子留下的“政治遗产”，于是，“人性就是党性”，卫迪宇成了“四人帮”心目中的“英雄形象”。

此刻，我们又发现了一个奇怪的现象。为什么喜欢在主要人物身上搞真人真事的炮制者，却在自己心爱的小姐身上“杜撰”出一场闹截肢的丑剧？原来，另有深意存焉！正如那个《春苗》，“四人帮”的余党用一个小女孩之死作为对社会主义制度的控诉书一样，这里又用一条手臂想把高尤——严函——石陆这个一层层的“走资派集团”打倒。殊不知承传让心腹充当殉葬品镇压造反派这类国民党式法西斯衣钵的，正是“四人帮”自己！根本不是“走资派”想用一条手臂来治铁根的死罪，而是炮制者借这条手臂来丑化党、攻击无产阶级专政！

对照一下话剧原作，看一看卫迪宇递交“政治遗产”的典型环境，更可窥见其居心。按照本子规定的情景，这湖心岛疗养院，二十年前是国民党的监狱，乔之慎就在这儿爬出狗洞；今天它“变成了某些共产党人的别墅”，“却关着一个遍体鳞伤的工人”。在话剧本里，写的是“修建了计木其、严函们的疗养圣地”，改编者觉得直指某人，太实，缺乏弦外之音，就改为“某些共产党人”；话剧的情节是传来了毛主席《炮打司令部》的大字报，毛泽东思想的灿烂阳光把他救了出来。改编者觉得太碍眼，也不符合黑主子关于“安亭一战，敲响了……”的“指示”，为了鼓吹“安亭精神”，炮制者把它改写成卫迪宇献上资本家的“政治遗产”，以突出铁根的“主导作用”。这一删一改，一增一减，虽属“小节”，却可以“以小见大”，暴露了他们借口批判“资反路线”，妄图整垮整个党的狼子野心！说明着他们是在以革命者的姿态写反革命的文章。

炮制者不是把大资本家留给子女的“政治遗产”奉若神明，把卫迪宇打扮成“夺权英雄”吗？历史上确是(实)不乏其人。马克思揭露巴枯宁时写道，他早“就背弃了他的老朋友和导师赫尔岑，而在赫尔岑去世以后，却立即对他大肆赞扬起来……巴枯宁由于自己的赞歌而获得了这笔钱财，于是——尽管他憎恶继承制度——却毫无限制地开始占有了‘赫尔岑的遗产’，既占有金钱的遗产，也占有精神的遗产”。发明“废除继承权就是社会革命的开始”这个谬论的巴枯宁，却是个贪得无厌地占有赫尔岑金钱遗产和精神遗产的大骗子；还有那个托洛茨基，列宁一逝世，他就迫不及待地抛出《十月的教训》、《论列宁》等著作，用托洛茨基的“不断革命”论来篡改列宁主义，更用诡称列宁是“天才”来抢班夺权。但是这样的角色经过一番梳妆打扮，竟然成了《盛大》里的“英雄”。这当然不是偶然的，巴枯宁、托洛茨基都是黑主子的祖师爷嘛，在卫迪宇的脸上添一笔祖师爷的油彩，不正可以达到“多侧面”地塑造“英雄形象”吗？

其实，巴枯宁又算得了什么？赫尔岑也不过是个民主派！托洛茨基名声虽响，手段却不高明。君不见，“四人帮”的主心骨江青，在伟大领袖和导师毛主席病重时，怀着极端仇恨，丧心病狂地图谋危害毛主席；毛主席逝世后，却偏要献上“学生、战友”的花圈，在光天化日之下欺世盗名，暗中却盗窃毛主席的文件，篡改毛主席的指示。他们打着“继承毛主席遗志”的旗号，伪造了一个“按既定方针办”的“临终嘱咐”，作覆灭前的疯狂一跳。这一对比，他们的祖师爷不有点小巫见大巫吗？

铁根、井峰、卫迪宇组成的“三驾马车”，在银幕上大搞的资产阶级专政，展现了“四人帮”篡党夺权后的理想蓝图——大地主大资产阶级上台的法西斯独裁！

果然，大银行家的“全权代表”一旦打扮成了“英雄”，整个阶级斗争的形势就急转直下，“安亭一战”在银幕上打响，铁根发出了歇斯底里的狂叫：“决战的时刻到了”，“向资产阶级司令部冲击！冲击——”

铁根究竟代表哪个阶级"决战"，向谁"冲击"，谁的资产阶级司令部，等等，本来都是很清楚的。但《盛大》里偏要把中央革命领导同志栽进刘少奇资产阶级司令部。这一篡改当然是有来头的。王洪文的钓鱼台"召见"，电影剧本的一至五稿，均是在一九七六年五、六月间，即正当"四人帮"及其余党、亲信倾巢而出，违背毛主席的指示另搞一套最猖狂的时候。他们扬言现在是"两个司令部的斗争"，抛出大批中央领导同志的黑材料，强迫群众要去"批判"，口口声声要打倒一大批，"层层揪代理人"；他们更借批"辫子"之名，叫嚣"揪辫帅"是为了批"辫子党"，批"制度"，批"皇帝"，利令智昏地扬言，"发动总攻击的时候到了"！大有炸平天安门，停止地球转动之势！

看！"四人帮"在政治舞台上违背毛主席的指示另搞一套进行篡党夺权的罪恶活动，就这样原封不动地搬上了银幕。难怪《盛大》的炮制者，在毛主席逝世以后更加没日没夜地奔忙操劳，叮嘱摄制组同志说："我们《盛大的节日》属于'按既定方针办'的范畴。……继承毛主席遗志，以后斗争是有的。"好一个"以后斗争是有的"！凶相毕露地表明，他们的种种勾当，包括搞《反击》和《盛大》，都把攻击的目标集中在一个基本点上，妄图推翻以华主席为首的党中央，篡党夺权，颠覆无产阶级专政，复辟资本主义。这就是张春桥黑"提纲"里的"既定方针"："镇反"、"杀人"。

伟大领袖毛主席在批判胡风反革命集团时，曾深刻地指出："在地球上全部剥削阶级彻底灭亡之后多少年内，很可能还会有蒋介石王朝的代表人物在各地活动着。这些人中的最死硬分子是永远不会承认他们的失败的。"我党粉碎"四人帮"反党集团的伟大斗争，又一次证明了这是个伟大的真理。他们亲自授意余党执笔的《反击》、《盛大》等反面教材，也"多侧面"地暴露了他们自己就是蒋家王朝中的反革命死硬派，因而也是党内走资本主义道路当权派的典型代表。批判这类毒草，有助于揭露他们鼓吹"写走资派"理论的反动实质，有助于认清"四人帮"搞修正主义、搞分裂、搞阴谋诡计的真相，有助于我们加深对"四人帮"反革命修正主义路线的极右实质的认识，从而进一步激励我们的革命斗志，把反对"四人帮"的伟大斗争进行到底！

1977 年 2 月，上海

——原载《文艺论丛》第 1 辑，上海人民出版社 1977 年 9 月

茅 盾

关于长篇历史小说《李自成》

一

李自成是明朝末年农民起义的领袖,他的农民军转战数千里,曾多次被明王朝的优势兵力所围困,受到严重的伤亡。但过不了多久,他又补充了兵力,总结了经验教训,以更大的声势投入战斗,终于推翻了反动、腐朽,代表大地主、官僚、豪绅恶霸利益的明王朝。

当明朝的末代皇帝朱由检(崇祯皇帝)吊死在煤山(今景山公园内)的一棵树上以后,李自成在北京称帝,国号为大顺。但是明朝的大地主、官僚的武装力量尚未完全肃清,而以守在山海关一带、抵御清兵的总司令吴三桂的兵力最为强大,他的向背有举足轻重之势。在这以前数年内,明王朝的抵御清兵的统帅和重要将领如洪承畴、祖大寿(吴三桂的舅父)等早已投降清兵。清廷(清是女真族的一支,明朝初年它被其它游牧民族所围迫,就进入满洲南部托庇于明朝,成了藩属。但在明朝末年,它势力强大,建立政权,初名后金,后名清,崇祯即位后,清兵屡次入关焚掠,崇祯十一年,即公元一六三八年,清兵直薄北京城下,焚掠附近及京城以南各州县)亦屡次招降吴三桂,但吴三桂那时尚依违两端。现在,代表明朝大地主、官僚利益的武装力量统帅吴三桂,感觉到他和李自成的农民军的阶级矛盾升到主要地位,而他与半封建、半奴隶主贵族统治集团的清廷倒有了利害的一致了。因此,他决定投降清廷;并率领他的部下为前驱,在清兵统率下,向北京进攻。而在李自成与农民军从北京退守西安时,吴三桂在清兵统率下又进攻陕西。李自成兵败,单骑入九宫山,不知所终。一场轰轰烈烈的农民武装革命以悲剧告终。清廷用武力削平了长江以南的明王朝宗室建立的此起彼伏的几个小朝廷,统一中国,建立了中国历史上最后一个封建王朝,即所谓大清帝国。

以上,简略地说明了历史上的李自成农民军的兴败事实。历史小说《李自成》基本上是根据历史事实写作的。但既然是小说,免不了有虚构;《李自成》的虚构部分,却并非主观臆造,而是在当时历史条件下可能发生的合情合理的虚构。如以“南原大战”、“商洛壮歌”、“宫廷内部斗争”三个单元为例,则潼关“南原大战”(原作第一卷上册)属于虚构;而“商洛壮歌”及“宫廷内部斗争”(原作第二卷上册及中册),则既有虚构部分,也有历史真实部分。下面将作较详细的分析。

二

作者姚雪垠自述,在抗日战争后期,即四十年代开始时,他就想到要写历史长篇小说。当时,他已经发表了几部关于抗战的长篇小说,引起广大读者的注意,并且是畅销书,但因蒋介石反动政府腐败贪污,通货膨胀,卖文谋生,十分困难。他虽然在一个大学里兼课,收入仍然赶不上物价的飞涨,终日碌碌,为衣食计,没有条件从容研读史籍,为写历史小说作准备。直到解放以后,政府保障了专业作家的生活,他方能广泛地阅读明末清初的正史、野史、诗、文集乃至有关的地方志,钩稽史料,做了几万张资料索引的卡片。然而最重要的,是解放以后,他有条件和工人农民接触,有条件学习马列主义、毛泽东思想,逐渐掌握了历史唯物主义和辩证唯物主义这个思想武器,用以分析、甄别他所掌握的丰富史料,并看清了历史发展的规律。具体地说,是明王朝的农民起义运动蓬勃发展的必然性以及明王朝覆灭的必然性。

三百年前的史料既丰富而又庞杂。那些史料的作者又都是封建思想极浓重的人,他们所记载的史实,无论是关于李自成及农民军的,或者是关于明王朝的掌权者——崇祯及其亲信的文臣武将的,都是透过他们的封建思想的棱镜而被歪曲被颠倒了的。其次,这些史料,大部分并非身当其事者的实录,而是辗转传闻的记载。因此,如果作者是认真地以十分负责的态度去写一部历史小说而不是浮光掠影,抉取若干史料就主观地构思,特别是主观地塑造人物的话,那么,甄别这些史料,分辨其何者是真,何者是伪,何者是真伪相杂,又是必要的第一步的准备工作。

《李自成》第一卷的修订本,有作者的一篇长达数万字的《前言》,作者扼要地谈到这些问题。这些问题,在史学界看法尚不一致,然而作者精辟的分析有说服力,特别是因为他详尽地占有了有关史料,尔后以历史唯物主义和辩证唯物主义这个思想武器作了批判和分析。

《李自成》的第一卷最初出版于一九六三年。第二卷大部分初稿,写成于一九六五年以前,一部分是一九七二年以后补写,而用一年多时间,对全部进行了反复的修改。由于王洪文、张春桥、江青、姚文元“四人帮”把持文坛,制定了一些反马列主义的创作规律,《李自成》的继续写作受到严重干扰,有不能继续之势。作者于一九七五年十月间,上书毛主席,汇报全部写作计划,目前的困难,和他自己渐入老境,深恐不能完成全书,请求毛主席给以支持。毛主席以日理万机之余,很快就批示有关方面,给作者以种种方便。这样,第二卷初稿才得(以)修订付印。令人痛心的是,书出版时,毛主席已长离我们,看不到他所关心的这部历史长篇小说。这是“五四”以来第一部长篇历史小说,全书分五卷,〔约计〕将在三百万字左右。

三

“潼关南原大战”,是第一卷的重要篇章,也是全书中第一次把李自成及其部下的重要将领们介绍给读者。明末清初被称为诗史的大诗人吴梅村的《绥寇纪略》首次记载了这次战争。其后,好几部私家著作也沿用吴说。清朝修明史时,采入《曹变蛟传》。曹是当年在陕西潼关南原的包围圈中与农民军激战的明朝的四,五个重要将领之一。这样看来,潼关南原大战于史有据,似乎确凿无疑了。然而作者经过仔细考核,认为这是子虚乌有的事。作者认为,当时李自成及其部队确曾被围,但地点不在潼关,战争规模也不很大。然而作者又认为,这个被封建史学家们津津乐道的潼关南原大战如果作为小说的虚构部分而用浓重的笔墨加以渲染,是容许的,而且也是可取的。因为一,这个战役实际上是存在的,不过被明末清初的史学家弄错了地点和夸大了规模,因而由此而作的虚构不但在当时历史条件下可能发生,而且还有历史的根源。二,有此大段的虚构文字,作者一下子就把李自成及其重要将领推到舞台的正前方,在激烈的武装冲突中,初步描绘了李自成全军上下一心一德,既有勇,也有谋,终于突破重重包围,保存了骨干力量,为日后重整旗鼓打下基础。三,作者写这个战役,表面上是农民军几乎全军覆没,但实质上却着重指出了明朝官军以十倍之众,重重设伏,虽有灭此朝食的雄心,但它的重要将领各怀私心,不能协调配合作战,其士兵更不愿为长官捞取高官厚禄而拼命。作者于此,给读者一个鲜明的印象:李自成及其农民军目前虽然弱小,但它是顺应历史发展规律的推动历史前进的力量,因而是不可战胜的;另一面,崇祯及其文官武将,以及他们所拥有的资源及武装力量,目前虽然貌似强大,但它是代表腐败透顶的大地主、官绅阶级的,是违反历史潮流的倒行逆施者,是广大人民所切齿的敌人,因而它的终于覆灭是不可避免的。

如上所述,潼关南原战役是《李自成》这部长篇小说的开端,然而作者的眼光是贯注全局的,他向我们提出一个问题:几乎全军覆没的李自成以后将怎么办?

这个问题的答案,在紧接南原大战的下一个单元“商洛壮歌”中就有了。

就全书的结构言,一开卷就把主人公置于极其激烈的阶级斗争的最高形式(武装冲突)的漩涡中,用奇伟的笔触,瑰丽的色彩,描绘了惊心动魄的场面,这是个先声夺人的好办法。就人物性格的塑造而言,作者借这个漩涡来考验书中的主人公及其主要助手,用形象的事态的发展而不是用抽象的叙述显示李自成及其重要将领们如何通过这场考验,总结经验,吸取教训,从而在政治上和军事上更成熟了,知道如何为日后卷土重来作战略部署,也知道如何打开目前的困难境遇而作出策略的应付。

“商洛壮歌”就是为要显示李自成在政治和军事上的更成熟,亦即作为李自成及其重要将领的性格发展的第二步而虚构的一连串故事;但在当时历史条件下,这些事件是十分可能发生的。

在“商洛壮歌”中,作者为李自成的农民军布置了比潼关南原大战十倍复杂、十倍艰险的环境。这是个十分贫穷的山区,李自成面临着不但如何养活自己的部队,而且还要周济山区内的穷百姓使其不致流亡的问题。而且在解决生活资料的同时,还须同天灾(疫病)作斗争。李自成还面临官军与乡勇(地主武装)进逼,以及官军勾通他所收抚的部分杆子,图谋里应外合,直捣他的老营的问题。杆子的问题特别复杂。李自成必须弄清楚谁是存心投降官军的,谁是胁从者,谁是受蒙蔽的;从而决定谁是必须坚决铲除,谁是应当努力争取的。分化杆子,使首恶者暴露而孤立,这是当时最好的策略。然而时机紧迫,必须立刻解决,拖延时日将使事件复杂化。李自成在应付如此复杂的事件中,显示了他的过人的智慧、果断与灵活性,这比“潼关南原大战”时的李自成,的确前进了大大一步。

四

“潼关南原大战”和“商洛壮歌”都写到战争。但两者的笔墨绝不重复。“南原大战”是突围为主,而“商洛壮歌”主要却是坚守阵地和据点。“南原大战”虽亦有出奇制胜之处,“商洛壮歌”却主要以少数奇兵,突击破敌。

至于战役的具体描写,也有它的特色。我们要知道,这是还没有新式武器的主要以弓箭、刀、剑、长枪作战的战争;官军方面有用黑色火药的很原始的炮与铳,农民军方面则连这也没有。这是主要以将士的个人勇敢和武艺的娴熟决定局部胜败的战争。中国古典长篇小说如《三国演义》描写此种战争,有一套规律。《李自成》的作者吸取了这套规律中的合理部分而加以创造性的发展,遂使我们看到千军万马的战场上,不光有双方将士的搏斗,而也有双方士兵的搏斗。有时写短兵相接,有时写全面战局的鸟瞰,疏密相间,错落有致。农民军分兵两路突围而略有先后,写了李自成一面,接写高夫人一面;重点在李自成,而高夫人一面仍然声势不凡,而两面有时亦复衔接。《李自成》一书中描写战争场面甚多,要做到具体战役有各自的特点,不使读者有彼此相似之感,是颇不容易的。作者在这上头,是费了心血的,而且也是成功的。

再看“商洛壮歌”中的战争描写,就可以比较其不同。这里有同官军的战斗,也有镇压骚动的杆子的战斗。此两者各又不同。中间又夹叙了刘宗敏用计,宋文富(一个恶霸地主)落网。十五章中,大起大落,波澜壮阔,而节奏变化,时而金戈铁马,雷霆震击;时而风管龙弦,光风霁月,紧张杀伐之际,又常插入抒情短曲,虽着墨甚少,而摇曳多姿。

从“潼关南原大战”到“商洛壮歌”,作者已将李自成、高夫人及其部下大小将领乃至女兵慧梅、慧英都陆续介绍过了。李自成的性格的发展极有层次,由浅而深,由淡而浓,如迎面走来,愈走则面目愈明晰,笑貌愈亲切,终于赫然浑然一个形象与精神卓然不群的英雄人物出现了。描写李自成的性格发展是这样,描写高夫人与其他重要将领也是这样。作者描写人物,很注意人物的谈话,务使各人的谈吐有个性,符合他(或她)的性格。《李自成》全书重要人物数以百计,作者在人物描写上是下了功(工)夫的,而且也是很成功的。

五

“宫廷内部斗争”,描写崇祯宫廷的许多错综复杂的内部矛盾。处在矛盾的中心的,是崇祯。作者通过细腻的描写,形象地再现了三百年前这个皇朝的统治集团的不可救药的腐化、专横、却又无能的本质,明显地让读者从这些细节描写中看到明王朝的没落已成定局。这是历史发展的规律。崇祯的一切挣扎,最多只能拖延覆灭的时日,而绝对不能挽救每况愈下的危局。而且,由于崇祯个人性格上的严重缺点,他的各种拼性命的所谓“励精图治”的措施,反而使复杂的事态更加复杂,使矛盾更加深化。换言之,崇祯的宵衣旰食、励精图治,反而加速了明王朝覆灭的速度。这真是绝大的讽刺。

而所有这一切的错综复杂的内部斗争都不是虚构,都有历史根源,在这里,历史真实和艺术真实,完全一致。

历史小说《李自成》的英雄人物当然是李自成及其重要将领,他们是作者必须重笔刻画的;但是,如果把农民军的对手,明王朝大地主官僚统治集团的首脑——崇祯皇帝,潦草几笔带过,把他写成为一般的荒淫、无能的“亡国之主”,就不符合历史的真实。对于崇祯这个反面人物的重笔刻画,拉不上什么突出反面人物就会使正面的英雄人物减少色彩等等公式化的滥调。相反,刻画反面人物的并非脓包,正所以突出正面人物之为非凡的英雄;何况历史上的真实面目的崇祯,确非一般的亡国之君。

还崇祯以本来面目,正合于现实主义创作方法所要求的典型化原则。崇祯这个人应当是有血有肉的这一个。

作者从崇祯向国戚借款一事,刻画了崇祯的自私(他不向宗室的藩王、亲主借钱,也不向国戚中的周皇后和田贵妃两家娘家借钱);崇祯不肯担负向李皇亲(他的表叔)开口借助的责任,而使善于揣摩逢迎的薛国观(他的宰相)提出建议,而在最后事情弄糟了时,他又把责任全部推在薛国观身上。这一细节描写,刻画了崇祯的“功则归己,过则诿之于人”的卑劣、伪善面目。崇祯的这个性格还表现于其他事件中,这造成他的复杂、矛盾性格的一面。通过向国戚借钱一事,还刻画了满朝的皇亲国戚、各部大臣,在政权危如累卵的时候,尚骄奢淫佚(逸),互相倾轧,比赛排场,而不肯为挽救自身的灭亡花一文钱。崇祯向李皇亲借助,最初只要十万两,李皇亲说拿不出这样多的钱,然而他为此向东厂太监和锦衣卫纳贿却超过此数,这是个极妙的讽刺。又在这件事上,刻画了崇祯的重视自己的威信到了如何不合理的程度。他为要保持自己的威信,在向李皇亲借助一事上决心蛮干到底,但结果,失败者仍是他自己。这又是多么大的讽刺。

崇祯等候“讨贼”的捷报,焦急的心情,刻画得入木三分。作者写他的后、妃如何想尽方法博他的欢心,解他的愁闷。田、袁二妃与崇祯下棋,故意让他,而他却不知,反增加了他的自以为聪明盖世,虽博弈小道亦无人能及。读者看到这个巍然在上的人,自以为不受阿谀,却处处时时受阿谀而不自觉,自以为明察秋毫,却处处时时受蒙蔽而不自知。真是极端的孤立,极端的可笑可怜。崇祯依靠东厂太监为他刺探大臣们的阴私,并暗示大臣们他的情报如何灵通、准确,兼亦以此使大臣们不敢背着他结党营私,甚至叛逆。但结果,崇祯仍为东厂太监所蒙蔽,他所得的情报只是些不关重要的小事,而大臣们和皇亲国戚们的重大阴谋诡计,崇祯还是一无所知。这又说明,崇祯想依仗祖上所建立的特务组织(这是明朝所特有,且得到充分发展的)以巩固他的摇摇欲坠的政权,而结果亦适得其反。总之,作者在宫廷生活及其内部斗争这一个单元中所有的细节描写,都归结于一点:明皇朝的覆灭非人力所能挽救,而是历史发展的必然;崇祯的苦心挣扎,反使一切表面上看来于他有利的因素,到头来都是适得其反。

作者在第一卷的《前言》中说:“崇祯性格中的各个侧面,如刚愎、自信、容易受蒙蔽又自作聪明、专断、多疑、悲观、凶暴、残酷、歇斯底里等等特点,交织一起,有些是明代‘绝对君权’的历史和制度形成的,有些是生活环境形成的。愈受到农民战争的沉重打击,他的精神世界的种种矛盾和性格特点愈充分暴露。凡此都必须放在当时的典型环境和他的皇帝生活中去表现。”

宫廷生活及其内部斗争这一单元,就是为了表现作者的这一论断。而他这企图,是出色地完成了的。

最后,作者在《李自成》中,打算为中国的封建社会生活(包括它的各阶层间的相互关系),描绘一幅绚丽多彩的画卷。在已出的两卷中,已经写了一部分;在以后的三卷中,还欲深入一层去描写。中国的封建文人也曾写过丰富多彩的封建社会的上层和下层的生活，然而，用历史唯物主义和辩证唯物主义来解剖这个封建社会，并再现其复杂变幻的矛盾的本相，“五四”以后还没有人尝试过，作者是填补空白的第一人。他的抱负，是值得赞美的。他曾有一首七律写他的抱负：

我爱史诗彩色多，缤纷世相入网罗。
英雄痛洒山河泪，儿女悲吟离乱歌。
方看惊涛奔急峡，忽随流水绕芳坡。
丹青欲写风光细，不绘清明上汴河。

1978 年 1 月 15 日写完于北京
1978 年 3 月 15 日订正于北京
——原载《文学评论》1978 年第 2 期

周　柯

拨乱反正，开展创造性的文学研究与文学评论工作

一

我们的文学艺术事业，曾经遭受“四人帮”的灾难性的破坏。在长达十年的时间里，“四人帮”利用他们窃取到的那一部分权力，疯狂推行法西斯文化专制主义，残酷迫害革命的文艺工作者，肆意践踏党的文艺方针政策，全面歪曲、篡改、反对毛泽东文艺思想。“四人帮”伙同林彪反党集团炮制的“文艺黑线专政”论，是套在文艺工作者身上的沉重枷锁，使人动辄得咎，造成了文艺园地的荒芜冷落。正象毛主席在一九七五年的谈话中所说：“怕写文章，怕写戏。”“缺少诗歌，缺少小说，缺少散文，缺少文艺评论。”马克思主义的文艺理论，中外一切优秀的文艺遗产，“五四”以来，特别是三十年代左翼革命文艺和建国十七年以来的革命文艺，统统被“四人帮”或则歪曲篡改，或则严加封闭，或则定罪扼杀。在文艺领域的几乎所有的问题上，“四人帮”都容不得半点不同的意见，稍有违拗，即大兴挞伐。这种在文艺问题和学术问题上的专横和粗暴，在历史上也是少见的。“四人帮”的倒行逆施，严重地窒息了社会主义文艺的繁荣发展，同时，也给文学研究和评论工作造成了极大的破坏和混乱。

打倒“四人帮”，文艺大解放。推倒“文艺黑线专政”论，解除了文艺工作者身上的精神枷锁，大大解放了文学艺术的生产力，也给文学研究和评论工作创造了极为有利的条件。当前，在纪念《在延安文艺座谈会上的讲话》发表三十六周年的时候，文艺界的同志，在党的十一大路线的指引下，在党中央关于提高整个中华民族的科学文化水平，向四个现代化进军的伟大号召下，同全国人民一道，正满怀信心地胜利前进。文艺界的各项工作正在逐渐恢复和活跃起来。中国文联全国委员会扩大会议已经胜利举行。中国文联和中国作协等已经恢复活动。《文艺报》即将复刊，第四次文代大会也将在明年适当的时候召开。为“四人帮”干扰破坏所造成的缺少各种

文艺作品的状况正在迅速改变。我们的社会主义文艺事业必将一步步地走向新的繁荣。

我们正处在一个伟大的新的历史时期。新时期的总任务向文学研究和评论工作提出了新的艰巨的任务。我们必须为深入批判“四人帮”的反革命修正主义文艺路线，彻底肃清“四人帮”在文艺战线上散布的各种谬论的流毒，作出更大的努力，力求取得新的研究成果，力求对马克思主义文艺理论有所建树，为捍卫和发展马克思主义的文艺科学，为捍卫毛泽东文艺思想，为促进社会主义文艺的繁荣，为迎接社会主义文化建设的高潮，作出新的贡献。

马克思主义的文艺科学是一门创造性的科学，它开辟了一个文艺历史的新纪元。马克思和恩格斯给这门科学奠定了理论基础，列宁和毛主席又在新的历史条件下，创造性地发展和丰富了这门科学。列宁说过：“我们决不把马克思的理论看做某种一成不变的和神圣不可侵犯的东西；恰恰相反，我们深知：它只是给一种科学奠定了基础，社会主义者如果不愿落后于实际生活，就应当在各方面把这门科学向前推进。”(《我们的纲领》)毛主席也说：“客观现实世界的变化运动永远没有完结，人们在实践中对于真理的认识也就永远没有完结。马克思列宁主义并没有结束真理，而是在实践中不断地开辟认识真理的道路。”(《实践论》)作为马克思主义科学的一个组成部分的马克思主义文艺科学也是如此，它不能停滞不前，它必须在实践中不断地向前推进。

三十七年前，毛主席在《改造我们的学习》中，曾经向全党发出了必须重视研究现状，必须重视研究历史，必须重视学习和研究马克思主义理论的重要指示。这些指示，对于今天的文学战线，也同样适用。文学研究和评论工作要想对马克思主义文艺科学有所建树，就必须认真地研究文学现状，认真地研究文学史，认真地学习和研究马克思主义的文艺理论，研究一切带有规律性的文艺问题，从中引出科学的结论。

文学研究和评论工作必须注意调查研究，紧密联系实际，从客观存在着的实际情况出发，而不要从主观想象出发。要认真研究当前文学运动和文学创作中的新经验和新问题。粉碎“四人帮”以来，我们看到，在话剧、短篇小说、报告文学、诗歌等创作中，已经出现一批并正在出现更多的优秀或比较优秀的作品。它们得到了人民群众的肯定和欢迎。同时，也提出了需要及时研究和探讨的问题，如塑造领袖形象和老一代无产阶级革命家形象的问题，反映人民群众同“四人帮”斗争的问题，艺术形式上的创新和艺术风格的多样化问题，等等。对此，我们除了需要热情地肯定和评论以外，更需要从理论和实践两个方面进行认真的研究和探讨。

我国的文学有着悠久的历史和光辉灿烂的成就。我们应当根据毛主席关于批判地继承一切优秀的文化遗产的方针，整理和研究我国文学遗产，整理和研究民间文学、各兄弟民族文学。同时，对于外国的一切优秀的文学，也必须批判地予以吸收，要有计划、有选择地评论和介绍一些外国文学作品，作为发展我们自己的文学艺术的借鉴。

我们应当加强对近百年的文学历史的研究，要着重研究“五四”以来和三十年代革命文学的优良传统和历史经验，特别是《在延安文艺座谈会上的讲话》发表以来以及建国以来文艺发展的重要经验，对这些作出科学的、实事求是的评价和总结。

马列主义文艺理论和毛泽东文艺思想是我们研究一切文艺问题的指南。对马列主义文艺理论及其发展历史，要进行真正认真的学习和研究；要批判来自左右两个方面的对马列主义文艺理论和毛泽东文艺思想的歪曲和庸俗化；要着重研究毛主席对马列主义文艺理论的伟大贡献，完整地建立我们自己的、结合我们民族特点的、并且是有所丰富和发展的马列主义、毛泽东思想的文艺科学。

明年是中华人民共和国成立三十周年。建国以来，尽管有林彪、“四人帮”的反革命修正主义路线的干扰和破坏，但在毛主席、周总理的领导和亲切关怀下，我们的文学艺术事业还是取得了巨大的成就。我们应当认真地总结建国三十年来各个门类的文学创作的成就，总结文艺思想斗争正反两个方面的经验，探讨其中具有规律性的问题，以促进新时期的文学运动更加正确的、健康的发展和繁荣。

文学研究工作应当有组织地进行，制定规划，分期完成，加强领导，防止自流。要提倡刻苦的、谦虚的、实事求是的科学态度与勇于探索的革命精神相结合的学风，反对在学术问题上投机取巧、看风使舵的恶劣作风。

二

长期以来，“四人帮”出于他们的反革命政治需要，在文艺的一系列根本的和重大的问题上，诸如文艺与政治、文艺与生活、文艺的真实性、文艺的特征和规律、文艺发展的历史和文艺遗产问题等各个方面，都散布了许多谬论。文艺界在批判这些谬论，揭露和批判他们大搞阴谋文艺、进行篡党夺权罪恶活动方面，已经做了大量工作。批判“四人帮”的文艺谬论，是一项保卫马列主义文艺理论和毛泽东文艺思想的战斗任务。有破必有立。在批判的同时，即可以促进我们对文学领域中一些重要问题进行创造性的探讨和研究。马克思主义及其各门科学，总是在战斗中提高和发展的，文艺科学也不例外。

文艺是党的事业，这是马列主义文艺理论、毛泽东文艺思想的一个根本问题。马克思主义经典作家从来十分注意文艺的特殊规律，主张在文艺事业中“绝对必须保证有个人创造性和个人爱好的广阔天地，有思想和幻想、形式和内容的广阔天地”

（列宁：《党的组织和党的文学》）。“四人帮”则相反，他们以极左的面目在文艺问题上制造了许多条条框框，乃至否定文艺的特征，压制文艺工作者的个人创造性，把文艺的广阔天地限制在一种模式之中，引向一条死路，以便于他们利用文艺为篡党夺权的阴谋服务。我们必须批判“四人帮”在文艺与政治关系问题上散布的一系列谬论，正确地阐述马克思主义在这个问题上的主张，以满足人民群众日益增长的对文艺多方面的需求。

马克思主义文艺理论的一个基本的观点是文艺来源于生活；它必须真实地再现生活，当然，它又要比生活更高、更美、更典型。在十九世纪下半期，恩格斯就非常强调文艺的真实性的原则，他在阐述现实主义的定义时，就明确指出：“除细节的真实外，还要真实地再现典型环境中的典型人物。”（《致玛·哈克奈斯》）列宁在评论列夫·托尔斯泰的时候，说托尔斯泰是“俄国革命的镜子”，因为他在自己的作品中反映出“革命的某些本质的方面”，描绘了“无与伦比的俄国生活的图画”（《托尔斯泰是俄国革命的镜子》）。毛主席在《讲话》中也一再阐明文艺来源于生活这个颠扑不破的真理，并且强调，“革命的文艺，应当根据实际生活创造出各种各样的人物来”。但是，“四人帮”却在这个问题上制造了许多混乱。他们把文艺反映生活的真实，诬之为修正主义的“写真实”论；他们高喊“反对写真人真事”，实际上就是反对文艺必须真实地反映生活这一马克思主义的基本原理；他们鼓吹所谓“主题先行”论，所谓“从路线出发”论，都是赤裸裸地主张文艺可以离开生活而凭空捏造。取消了对文艺的真实性的要求，也就是毁灭了文艺。流毒所至，为害非浅。许多创作，或者歪曲生活，或者公式化、概念化。我们必须澄清“四人帮”造成的混乱，联系实际，切切实实地探讨，阐述文艺的真实性问题，这里包括生活真实和艺术真实的关系、典型化等问题。同时把对文艺问题上的真实性的要求同资产阶级的“写真实”论严格地区别开来。

无产阶级文艺应当创造出新的英雄人物，这是早在马克思恩格斯时代就向革命作家提出的要求。我们党历来要求文艺工作者要满腔热忱地描写无产阶级英雄人物的光辉形象，使之成为鼓舞人民群众前进的强大精神力量。“四人帮”打着“创造无产阶级英雄典型”的旗号，提出“三突出”、“三陪衬”、“三对头”等一套僵死的公式和教条，把英雄典型的塑造引进了死胡同。我们要进一步批判所谓“三突出”等谬论。同时应当结合创作实践，结合我们在建国初期就开始的对塑造新英雄人物的讨论，从正反两个方面来总结经验，深入探讨和研究无产阶级英雄典型的塑造问题。

“四人帮”曾经把所谓“黑八论”作为“文艺黑线专政”论的“代表性论点”，强加给革命的文艺界。谁都知道，“黑”，是反革命的象征语。把大部分是革命的文艺工作者提出的意见，统统说成是“黑论”，这就首先必须推倒。其次，就每个具体问题而言,情况也很不相同。有的是莫须有的,是"四人帮"杜撰的,如所谓"反'题材决定'论";有的是根据个别同志的只言片语,无限上纲、随意引申的,如"反火药味"论、"离经叛道"论。"四人帮"从一开始就把所谓"黑八论"作为扼杀革命文艺、打击革命文艺工作者的棍子,这就从反面提醒我们:应该对被他们强烈攻击的某些问题或某些问题的某些方面作认真的研究和剖析,以便作出科学的、实事求是的评价。

"四人帮"对"五四"以来,特别是三十年代的文学历史作了全面的根本的否定和歪曲。首先是对文化革命的伟大旗手——鲁迅进行了歪曲和诬蔑。"四人帮"奉行反动的实用主义,以歪曲鲁迅著作和寻章摘句的方法,抛出大量所谓"学习鲁迅"的黑文,恶毒攻击老一代无产阶级革命家,为他们的反革命政治阴谋服务。我们必须揭露"四人帮"的这套卑劣伎俩,批判他们在鲁迅研究工作中散布的种种唯心主义形而上学的谬论。鲁迅是"中国文化革命的主将",他有众多的战友和同志,"四人帮"用"架空鲁迅"的恶劣手法把鲁迅描绘成"孤家寡人",从而达到他们否定三十年代左翼文艺,同时也就否定鲁迅的罪恶目的。"四人帮"是一伙地地道道的离间弄奸的"谣言世家"。我们必须进一步廓清这方面的流毒。一定要大力加强研究鲁迅的工作,要按照历史唯物主义的观点来研究鲁迅,对鲁迅的思想发展道路和著作,作出马克思主义的科学评价,把研究和宣传鲁迅的工作提高到新的水平,继承鲁迅的宝贵遗产,为社会主义服务。

在现代文学领域中,还有好多拨乱反正的工作要做。要为一些作家作品恢复名誉,无论《子夜》、《家》,还是《林家铺子》、《雷雨》和《日出》,这些现代文学史上的名著,它们在不同的方面和不同的程度上都反映了当时社会生活的某些本质的东西。我们应当根据马列主义的原则,把问题提到一定的历史范围内,对具体的作家作品作出具体的实事求是的评价。被"四人帮"扼杀的作品,要为它平反。至于对某些有争论的作品,包括建国以后出现的有些作品,也可以用讨论的方法来解决,而不能象"四人帮"那样动辄一棍子打死。

要批判"四人帮"对中外文学遗产的否定和歪曲。对"四人帮"胡诌的那个一部文学发展史就是"儒法斗争史"的谬论,还必须深入地进行批判。对"四人帮"借"评红"搞阴谋,也要进一步揭露。关于"四人帮"及其御用写作班子编派古典文学名著《红楼梦》的谬论,如说"好了歌"是《红楼梦》的"主题歌"这类实际上贬低、否定《红楼梦》的谬论,也必须予以澄清和批判。在《红楼梦》研究中,存在着这样那样不同的意见,这本来是正常的现象。"四人帮"给一部分《红楼梦》研究者加上种种罪名,特别是那个所谓"修正主义'红学'派"的罪名,是彻头彻尾的诬陷,必须坚决推倒。我们应当对这部伟大的古典文学名著进行创造性的研究,写出有较高科学性的研究论著。毛主席曾经对《水浒》这本书有过评论,"四人帮"出于他们反革命的政治需要，对毛主席的评论作了篡改和歪曲。许多文章已经揭穿了“四人帮”的这套阴谋伎俩。但是究竟应当怎样评价《水浒》这部古典文学名著？这是一个可以而且也应该讨论和研究的问题。对外国优秀的古典文学遗产，特别是被“四人帮”长期封存、禁锢的十九世纪欧洲批判现实主义的文学作品，我们也应当恢复其历史地位，给予应有的正确评价。

上面我们提出的那些问题，只是举例，远非包括被“四人帮”搞乱了的问题的全部。但仅从以上那些问题也可以看出，批判“四人帮”的文艺谬论，纠正被他们搞乱了的思想和理论是非，是一项何等艰巨的任务。必须扎扎实实，狠下功(工)夫，一个论点一个论点地批，要犁庭扫穴，除恶务尽。在批判“四人帮”的同一目标下，革命文艺工作者之间有不同意见，你那样看，我这样看，都是正常的。在批判和讨论中出现一些不同的意见，也都是可能的。但不能允许继续散布“四人帮”的反动观点，毒害人民。

三

什么叫做“放”呢？毛主席说：“放，就是放手让大家讲意见，使人们敢于说话，敢于批评，敢于争论。”(《在中国共产党宣传工作会议上的讲话》)现在的情况是，“四人帮”钳制舆论和独霸文坛的局面已经一去不复返了，党中央为我们创造了各种有利条件，文学研究评论工作者要敢想、敢说、敢做，要让我们的思想从“四人帮”的牢笼里彻底挣脱出来，敞开心怀，放开手脚，开展自由讨论，促使学术昌盛，文艺繁荣。

要敢于创新。要创无产阶级之新，为无产阶级而创新。在学术研究上，因循守旧、墨守成规、四平八稳、人云亦云，或者是搞一阵风、一窝风(蜂)，都是不可能有什么创造性的。历史上每一项新的发明、新的成就，都是在前人研究成果的基础上，有所突破、敢于创新的结果。文学研究评论工作也必须创新，这就是说，要提倡以马列主义、毛泽东思想为指导的创造性的文学研究和评论，要有所发现，有所前进。只有这样，才能促进马克思主义文艺理论在文学研究领域中有较快发展。

在文学研究和评论工作中，还要大力提倡艺术上形式、风格的自由发展。在文艺为社会主义服务方向的前提下，文艺要百花齐放，艺术形式与风格必须多样化。什么是花？艺术形式与艺术风格也是花。不大力提倡，我们的文艺水平就不可能提高。文艺理论工作要介绍和分析文学史上的风格与流派，以为今天的借鉴；要总结今天文学创作中的艺术新形式和新风格的经验，不断提高我们文学创作的艺术水平。

要冲破“禁区”。为了探索真理，在学术问题和文艺问题上，本来是没有什么

“禁区”的。现在的这些“禁区”，大多是“四人帮”为了钳制舆论而人为地设置的。“四人帮”垮台了，这些“禁区”也应该打破，也必将打破！只要我们坚定不移地维护完整的马列主义、毛泽东思想的体系，那么，就根本不存在什么“禁区”。任何问题都是可以研究和探讨的。“不入虎穴，焉得虎子”，文学研究与文学评论工作者应该有这种勇气，勇于探索，获取战果。

要允许犯错误，允许改正错误。在学术问题上，要发表一种新的见解，是难免会有不周全的地方，甚至还难免犯错误。只要不是反党反社会主义，应该允许人家讲话，讲了错话也不要紧，通过批评和自我批评，改正错误就是了。对于学术问题上的不同意见，既允许批评，也允许反批评，还要允许持不同意见的同志保留自己的意见。马克思主义的真理，只会是愈辩愈明的。那种对于学术问题企图匆忙地、武断地下结论的做法，对于发展学术研究工作是不利的和有害的。在科学问题上，一项发明创造，常常要经过十次、百次，甚至千次的失败，为什么在文艺问题上，就不能允许有一两次的失误呢？为什么犯了一次两次错误，就该一棍子打死呢？在我们的社会主义国家，在人民内部，应该造成一种民主的空气，在学术问题和文艺问题上，尤其需要民主。

要特别注意区分敌我和人民内部这样两类不同性质的矛盾。在我们国家里，大量的是属于人民内部矛盾，敌我矛盾只是极少数。不要把敌我矛盾当做人民内部矛盾，也不要把人民内部矛盾当做敌我矛盾。这是一条重要的政策界限，不能混淆。在意识形态的领域中，在文学评论、研究工作中，一定要严格区分政治问题和学术问题。政治问题和学术问题是既有联系又有区别的，但不能把学术探讨中的争论、不同意见或者某些错误的意见，都和政治问题混同起来，更不要把人民内部的政治和思想认识问题当做敌我问题。这是我们多年来繁荣社会主义文艺创作，发展马克思主义科学，所获得的一个深刻经验，必须坚定不移地掌握好这些政策界限。否则，就不可能开展学术活动，不能活跃思想，也就不能真正贯彻百花齐放、百家争鸣的方针。

摆在文学研究和文学评论工作者面前的任务是十分繁重的。要完成这些任务，必须付出巨大的、艰苦的劳动，还要经历各种考验，战胜各种困难。大家很熟悉的马克思的一句名言：“在科学上面是没有平坦的大路可走的，只有那在崎岖小路的攀登上不畏劳苦的人，才有希望到达光辉的顶点。”文学研究评论工作者们，让我们团结起来，向文学研究领域的高峰进军吧！

——原载《文学评论》1978 年第 3 期

张　炯

报告文学的新开拓

——读《哥德巴赫猜想》

只见一个一个的场景，闪来闪去，风驰电掣，惊天动地。一台一台的戏剧，排演出来，喜怒哀乐，淋漓尽致；悲欢离合，动人心肺。一个一个的人物，登上场了。有的折戟沉沙，死有余辜；四大家族，红楼一梦；有的昙花一现，萎谢得好快呵。乃有青松翠柏，虽死犹生，重于泰山，浩气长存！有的是国杰豪英，人杰地灵；干将莫邪，千锤百炼；拂钟无声，削铁如泥。一页一页的历史写出来了，大是大非，终于有了无私的公论。肯定——否定——否定之否定。化妆不经久要剥落，被诬的终究要昭雪。种子播下去，就有收获的一天。播什么，收什么。

徐迟同志在报告文学《哥德巴赫猜想》中写下关于无产阶级文化大革命的这段话，是散文，是诗，也是政论。这是作家在深湛思考后对一段历史的高度凝炼的艺术概括。他满怀着爱憎鲜明的激情——而且是跳荡的奔放的激情，仿佛把历史生活的千姿百态，连同闪闪发光的真理，一起呈现于我们面前。文笔优美，深刻，光彩熠熠。徐迟同志是老诗人了，后来有志于报告文学。大跃进年代他写了许多鼓舞人心的篇章。六十年代初更以《祁连山下》一文，轰动文苑。可是，在“四人帮”横行文艺界的黑暗岁月，整整十年，我们都读不到他的新作。他的沉默，也是抗议。但人民的作家并没有放弃歌唱的权利。英明领袖华主席为首的党中央一举粉碎“四人帮”，他就立即投入生活的洪流，精神抖擞，青春焕发。他不但重到祁连山下的玉门油矿，不久就写出歌颂王铁人的报告文学《石油头》，而且怀着满腔热情，奔波于科学的王国，连续写出好几篇歌颂优秀科学家的作品。确实，如他所说，科学的领域“真是风光如画，美丽无比。人物峥嵘，情节感人。真正神奇，无法形容的丰富”！广大读者正是从他的报告文学中更好地认识了李四光、周培沅、蔡希陶、陈景润等著名科学家的形象，跟随他遨游了地学、地质力学、数学、流体力学、植物学……各种风光绮丽的领域。新近他把这些作品加上《祁连山下》收为一集出版了，并且题名为《哥德巴赫猜想》，这是可以理解的。因为《哥德巴赫猜想》无疑是他的一篇力作，很大程度上代表了他这时期的新的思想境界和艺术风格。

描写数学家陈景润同志的《哥德巴赫猜想》一经发表，就震动了文坛，震动了全国。人们奔走传告，争相竞读。多年来，很少有一篇报告文学作品象它那样，在广大读者中激起如此强烈的反响，博得如此众多的赞叹，引动如此宽泛的议论。它那既朴实而又华美的音调，既含蓄而又磅礴的激情，既精雕细刻而又色采（彩）豪放的鲜明形象，既富于哲理光辉而又充满浓郁诗情的深刻思考，成功地创造出报告文学的一种崭新独特的风格。它的出现，为被"四人帮"摧残殆尽的报告文学，注入了蓬勃的生命，增添了应有的声誉。

《哥德巴赫猜想》所以特别激动人心，除了艺术表现的出色外，很大程度是因为作者通过人物形象和历史环境的真实描绘，通过对思想主题的深入开掘，强烈地体现了新的历史条件下的时代精神。

别林斯基说过："真正艺术的作品永远以其真实、自然、正确和切实去感染读者，以至当你读它的时候，你会不自觉地，但却深刻地相信：作品中所叙述或表现的一切恰恰应该是如此的，要是换一个方式写出来则是不可能的事情。读完以后，其中所描绘的人物会象活人一样，以其所有极细致的特征——他们的面貌、声音、举止和思想方式——完全显示在你的面前；他们永远不可磨灭地印在你的记忆中，使你任何时候都不会忘记他们。"①

《哥德巴赫猜想》中刻画的陈景润的形象，正是这样给读者留下不可磨灭的印象。我们读了这个作品，闭起眼睛，仿佛都能想象出这位个性十分独特的数学家的声貌神态：他那"丑小鸭"的自我感觉，他那"通风透气"的鞋子，他那"谢谢"、"很高兴，我很高兴"的谦恭、诚挚而又单调的应对语言，他那猝然受到侮辱和嘲笑时"茫然直视"的呆愣姿态，他那俯身小屋油灯下忍着病痛、"废寝忘食，昼夜不舍，潜心思考，探测精蕴"的不屈不挠的坚毅形影……这是一个憨厚而近乎天真，内向而迹同孤僻，爱科学甚于爱生命，专心致志而形似病迷发狂的罕见人物。但尽管沉迷于数学的天界，似乎偶然才来到人间，他对党对社会主义却有清楚的认识和诚笃的感情。他似乎难得关心政治。但他既然生活在社会中，就不可能完全超脱于政治之外。他"参加过历次政治运动，也曾下厂劳动，用数学为生产服务"。无产阶级文化大革命中，

① 《别林斯基论文学》，上海新文艺出版社，第4—5页。

他还受到林彪、"四人帮""怀疑一切,打倒一切"的反动思潮的迫害。然而即使他受到不公正的对待,他也毫无怨言。"共产党好,国民党坏,这个朴素的道理他非常之分明。"他披肝沥胆,尽瘁以赴,做出了数学论文,并不求名利,而是郑重地交给党。这又是一个精神志趣多么纯洁、高尚的好同志呵!

邓副主席《在全国科学大会开幕式上的讲话》中指出:"一个人,如果爱我们社会主义祖国,自觉自愿地为社会主义服务,为工农兵服务,应该说这就是初步确立了无产阶级世界观,按政治标准来说,就不能说他们是白,而应该说是红了。"红与专都是没有止境的。陈景润同志自然还要继续努力,不断前进。但作为一个科学家,应当承认,他是前进在又红又专的道路上。《哥德巴赫猜想》所描写的陈景润的形象,正是掌握了分寸,十分真实感人。

不错,关于陈景润同志曾经颇有争议。"四人帮"就污蔑他是"白专"典型。"四人帮"颠倒的是非,今天是应该颠倒过来了。而自从陈景润同志的成就为举世公认后,还曾流传许多关于他是一个"怪人"的种种说法。徐迟同志写他之前也是听到过的。但在接触陈景润同志的过程中,作者并没有停留在表面的某些"怪"上,也没有只着眼于表现人物顽强刻苦的科学探索精神;而是努力去了解人物的一切,了解他的全部经历和各种社会关系,了解他的思想性格的整个发展过程;并且努力运用马克思主义世界观对生活材料作了精湛的分析和思考,把人物放到他所处的历史时代的巨大社会背景中,放到尖锐的生活冲突和矛盾中去细加考察。《哥德巴赫猜想》中的陈景润形象,正是作者全面地深入地认识了自己所写的人物,分清了人物思想性格发展过程的主流和支流,从而紧紧地抓住了人物本质的产物。

艺术的真实来源于生活的真实。关于什么是艺术的真实,恩格斯有过很好的说明。恩格斯说:"据我看来,现实主义的意思是,除细节的真实外,还要真实地再现典型环境中的典型人物。"恩格斯的话是针对现实主义小说创作说的,但关于典型的要求,关于再现环境与人物的辩证关系,其基本精神应该说也适用于报告文学。典型作为个性与共性的统一,也就是现象与本质的统一。文艺作品中的人物刻画如果不能揭示本质,那就没有真实可言;而如果离开社会历史环境,也就不可能真正揭示人物的本质。

陈景润的全部思想性格,包括他的全部长处、全部弱点,都深深扎根于我国革命伟大转变时期的历史土壤中,扎根于他个人的独特生活经历里。他的自卑、克己和孤僻,与他的自幼病弱,与他生长在不幸的家庭,在旧社会常受欺凌、侮辱分不开。只是由于社会主义新中国的建立,他才能升入大学深造并获得治病的机会。对党对社会主义的感情,在这个长在红旗下的青年心中生根、发芽、伸枝、吐叶,是十分自然的。师长的教诲,党和同志们的关怀、帮助,使他决心攀登科学高峰的同时,也不断提高着政治上的觉悟。象千百万在新中国、在毛泽东思想阳光哺育下成长的一代青年一样,日益自觉地把自己个人的努力融汇进伟大的社会主义事业中去。这才是陈景润思想性格中的主流和本质。毫无疑问,徐迟同志为了突出人物的本质,描写时在细节上有所加工、有所舍弃、有所渲染。因为艺术的真实固然要反映生活的真实,却并不就是对生活的自然主义的模(摹)写。有的同志主张报告文学作品应当要求所有细节的严格真实。我以为,这是值得商榷的。以真人真事为题材的报告文学,固然应该力求细节的真实,但它如果从整体上真实地反映了人物的本质,那么个别细节出于艺术加工的需要而有所出入,只要不歪曲人物的形象,这在艺术创作中是应该被允许的。

《哥德巴赫猜想》发表后,有人有这样的议论:作品写陈景润在文化大革命中受到如此不公正的对待,这难道不是丑化文化大革命吗？在这样的同志看来,文艺作品描写社会主义社会应该一切都美好。自然,他这样想是出于好意。但岂不知这样的观点与马克思主义是格格不入的。任何事物都一分为二。社会主义作为从资本主义到共产主义的过渡历史阶段,还存在着阶级和阶级斗争,存在着社会主义和资本主义两条道路的斗争。那么,现实生活,包括无产阶级文化大革命,有光明与黑暗的搏斗,真善美与假恶丑的争夺,就毫不为怪了。战斗的革命文艺,无疑既要歌颂光明,也要鞭笞黑暗。毛主席早就教导我们:“一切危害人民群众的黑暗势力必须暴露之,一切人民群众的革命斗争必须歌颂之,这就是革命文艺家的基本任务。”革命文艺应当做到理想与现实的统一,把革命现实主义和革命浪漫主义结合起来。但这并不意味着要粉饰现实,掩盖现实生活中的矛盾。相反,正应该使革命的理想精神不离开现实的牢固基础,体现在对光明的热烈歌颂和对黑暗的无情鞭挞上。《哥德巴赫猜想》通过描写陈景润在文化大革命中的锻炼成长,也描写了他在复杂的斗争中曾一度受到的无理对待,这正是实事求是地反映了生活的真实,也体现了作者革命理想的臧否爱憎。鲁迅说过:“革命是痛苦,其中也必然混有污秽和血,决不是如诗人所想象的那般有趣,那般完美。”①无产阶级文化大革命也不例外。如果把这场大革命绝对化地描写成风和日丽,处处都闪耀着圣洁的光明,那才真正歪曲生活真实！

艺术的真实性和思想性紧密联系在一起。作品的深刻思想性正建立在它的高度真实性上。没有真实性的作品,不能感动人,思想性云云,也是空的。我们主张创作从生活出发,反对“四人帮”的“主题先行”论,很重要的一点就是如果按照“四人帮”那一套必然很难创作出具有真实性的作品。但这当然不是说作家在反映生活时可以不深入开掘题材,提炼主题。相反正因为作家对题材开掘得越深,就越能保证

---

① 《鲁迅全集》(第4卷),人民文学出版社,1957年版,第182—183页。

作品的真实性,也越能充分揭示生活的丰富意义。《哥德巴赫猜想》使我们读后不仅仅为陈景润不屈不挠的坚毅精神所感动,而且浮想联翩,思绪纷呈,更为全面更为深刻地认识到历史生活的许多真理,这与徐迟同志对题材的深入开掘分不开。

马克思说:“……人并不是抽象的栖息在世界以外的东西。人就是人的世界,就是国家,社会。”①文艺作品如果不描写社会,就不可能真正写出社会的人。《哥德巴赫猜想》展开的社会图画是宽阔的。我们不仅仅看到陈景润在六平方米的小房中日夜奋战,我们还看到他从旧社会到新社会的成长过程,看到他怎样得到师长的帮助,怎样在文化大革命中受到试炼和考验,又怎样在党组织和革命同志的支持下,在毛主席、周总理的巨大关怀下,攀登上光辉的顶点。随着一段段动人的情节在展开,我们的思想也就从一个境界进入又一个境界。“熊庆来慧眼认罗庚,华罗庚睿目识景润”。这是何等发人深思呵!千里马常有,伯乐不常有。幼苗的成长,离不开园丁的栽培。在“四人帮”摧残人材,迫害教师多年后,读到这样的章节,谁能不深深激动呢?旧社会,陈景润受到“丑小鸭”般的对待,忍辱负垢;新社会,他昂首挺胸,成了人民的大学生、科学研究人员;可是无产阶级文化大革命中,象许许多多诚实无辜的人们一样,他也逃不脱林彪、“四人帮”及其所扇起的邪恶潮流的迫害、侮辱。这难道不是对这伙反革命帮派罪孽的忿(愤)怒控诉么!但是,有共产党在,有毛主席在,任何黑暗势力也休想在社会主义中国得逞。当我们读到正是文化大革命中老红军、工宣队支持陈景润的科学研究;读到敬爱的周总理对科学院工作的关怀;读到周大姐、李书记怎样去看望他,为他安电灯,给他送水果;读到伟大领袖得知他的健康情况亲自指示为他治病;读到周总理病中和英明领袖华主席为他安排了全国人民代表的席位,谁能不心潮澎湃、热泪盈眶呵!光明的中国,毛主席缔造的新中国,即使在暗藏敌人的严重破坏、干扰的困难情况下,仍然保护了人民优秀的科学家;真正的共产党人,仍然忠实执行了毛主席亲自制定的正确对待知识分子的政策。这正是伟大的中国,正是任何蠹害、任何内外敌人都不能损伤她的健康肌体的中国,正是在曲折的历史轨道上向光辉未来英勇前进的中国!在这些意义上,《哥德巴赫猜想》不仅是声讨林彪、“四人帮”的战斗檄文和对一个科学家勇攀科学高峰的赞歌,而且也是毛主席革命路线的赞歌,无产阶级文化大革命的赞歌,光明中国的赞歌。应该指出,歌颂陈景润同志攀登科学高峰的坚韧不拔的精神,这在今天,对我国人民赶超世界先进水平、提高整个民族的科学文化的伟大进军,尤其具有强烈的现实意义和鼓舞作用。

显然,这样丰富的思想主题,离开作者对生活题材的深入开掘是不可能有的。徐迟同志能够对收集到的生活素材作这样的选择、提炼、熔铸和概括,自非偶然。它

① 《马克思恩格斯选集》(第1卷),人民出版社,第1页。

说明作家的思想深度,也说明作家的思想感情与新时期千百万群众的心声紧紧相连。

粉碎“四人帮”,确实标志“一个时代结束,一个时代开了端”。新的历史时期的到来,使广大人民产生了难以形容的激喜和无限光明的希望。对老一辈无产阶级革命家的深切怀念,对罪恶的“四人帮”的强烈憎恨,继承毛主席、周总理革命遗愿的坚强意志,在英明领袖华主席为首的党中央领导下向四个现代化奋勇前进的不可移易的决心,这一切,很快就成为全国人民共同的思想意愿和感情。四个现代化,科学技术现代化是关键。很清楚,不把科学技术搞上去,我们就不可能改变长期落后挨打的局面,更谈不到建成社会主义的伟大强国。在科学技术方面赶上和超过世界先进水平,已经成为决定国家和民族前途的大事,成为亿万人民强烈关心的课题。徐迟同志把自己的创作努力转向科学技术领域,进行披荆斩棘的开拓,特别是通过《哥德巴赫猜想》所昂扬激越地表现的思想感情,无疑正都深切地反映了广大人民群众的共同愿望和心灵脉搏。这篇报告文学的发表,激起如此强烈广泛的共鸣,与它的思想主题所浸透的革命的战斗的时代精神,应该说不是没有关系。

“文学是战斗的。”这是鲁迅的一句名言。

报告文学作为文学战线的轻骑,在我国革命文艺中有着悠久的战斗传统。它以能迅速反映具有迫切现实意义的创作题材,真实描绘人民斗争中不断涌现的优秀人物,尖锐揭示社会生活中为广大群众所关心的重大矛盾,强烈体现新的历史条件下的时代精神而见长。徐迟同志的《哥德巴赫猜想》可以说突出地体现了这一传统。在砸烂“四人帮”强加于文艺界的种种枷锁后,《哥德巴赫猜想》无疑是一篇解放思想、拨乱反正的佳作。徐迟同志在一九七八年元旦试笔《向着二十一世纪》中,以万分欣喜的心情写到粉碎“四人帮”是“锋利的宝剑砍出了一条胜利的道路”!我们深信,在我国人民的新的伟大长征中,徐迟同志一定会写出更多更好的富有战斗性的报告文学作品;而战斗的文学也一定能够开辟胜利的道路,为动员和鼓舞亿万人民实现新时期的总任务努力奋斗。

——原载《文学评论》1978 年第 4 期

西 来 蔡 葵

艺术家的责任和勇气

——从《班主任》谈起

《班主任》是一篇有思想深度、有独特风格的优秀作品。发表以来,引起了文艺界和广大读者的普遍注意。大多数意见是肯定的,也有少数否定的意见,如认为是"暴露文学",是"批判现实主义",等等。

比《班主任》稍后,还出现了一系列作品,如《伤痕》、《窗口》、《灵魂的搏斗》等。这些作品也都分别从不同的角度,揭露了"四人帮"对我国社会生活所造成的严重危害,把一些尖锐迫切的社会问题提到了读者面前,发人深思。

以《班主任》为代表的这类作品的出现,反映了一种新的创作潮流的兴起,我们以为值得重视,应当欢迎。

提出尖锐迫切的社会问题

《班主任》之所以能够强烈地激动广大读者的心,不仅因为它坚持了革命现实主义和革命浪漫主义相结合的创作方法,发扬了革命现实主义的传统,给了我们一幅生动真实的社会生活图景,更重要的是它以震撼心灵的思想力量和艺术力量,提出了尖锐迫切的社会问题。

作品中的小流氓宋宝琦是一个灵魂被扭曲了的畸形性格。小说一开始就围绕着要不要接受他入学展开了争论。作者没有从正面去写他怎样打架斗殴、聚众闹事,怎样去干一些无法无天、扰乱社会治安的勾当,这些都可以由他上唇撕裂而又重新缝合的明显痕迹上,让读者自己去补充。作者的主要着眼点是:宋宝琦为什么会变成小流氓,走上犯罪的道路?他性格的主要特点是什么?作者紧紧抓住有关小说《牛虻》这样一个典型的细节,并从这里入手,着重解剖了宋宝琦的畸形的灵魂,突出了他的空虚、愚钝和无知的特点,最后得出结论说:"宋宝琦和他的流氓伙伴堕落的原因之一,出乎一般人的逻辑推理之外,并非一定是由于读了有毒素的书而中毒受害,恰恰是由于他们相信能折腾就能‘拔份儿’,什么书也不读而堕落于无知的深渊。”类似于宋宝琦这样的小流氓,前些年在社会上是经常会碰到的,然而刘心武同志揭示的却是这种性格的一个很少被注意、被思考的方面。宋宝琦的愚昧无知,以及由愚昧无知而走向犯罪,是“四人帮”封建法西斯的文化专制主义的产物,是愚民政策的结果。

谢惠敏是一个比宋宝琦更深刻、更有典型意义的形象。她本质纯正,品行端庄,没有丝毫政治上的投机心理。在她身上有着不少好的素质。然而,作者却以惊人的洞察力,发现和揭示了她的性格的另外一面,即畸形的一面,这就是以教条、僵化的形态表现出来的愚昧无知。她的愚昧无知在形式上虽与宋宝琦稍有差异,但本质上却是一致的。例如,他们都是在根本不曾读过《牛虻》的情况下一口认定它是“黄书”。谢惠敏的头脑象她的“四肢”和关节一样“显得过分僵硬”:报纸上没有推荐过的作品就一律认为是坏书,翻几页《青春之歌》也要弄得“心跳神乱”,大热天也不肯换一件短袖衣服穿……谢惠敏在精神上所受的内伤,在某种意义上说,比宋宝琦还深,而且常常被人们忽略。刘心武同志塑造了谢惠敏这个形象,起了振聋发聩的作用。在我国文学创作中,出现这样的艺术典型,还是第一次,具有着深刻的社会意义。谢惠敏身上的愚昧和教条,是“四人帮”整个政治路线和思想路线的产物。这种性格特点不仅青少年学生中有,社会上其它领域中也有。谢惠敏式的人物总是把“四人帮”的教条奉为神明,象虔诚的宗教徒一样,拿这些教条来律己,也用以衡人。他们开口“阶级斗争”,闭口“路线斗争”,事无巨细都要“上纲上线”,实际上却歪曲了马克思主义关于这些政治术语的真正意思。而可悲的是他们中的大多数人做这一切的时候,竟还真诚地相信这是“马克思主义”的。林彪、“四人帮”一贯把自己看成天才和“超人”,而把群众当作“群氓”和阿斗。他们出自反动的政治目的,不断地在群众中灌输蒙昧主义,最恶劣的是他们还用“理解的要执行,不理解的也要执行”来欺骗人。谢惠敏式的人物既是“四人帮”的受害者,但却又成为他们的盲目的支持力量。谢惠敏形象的深刻性就在这里。

通过宋宝琦和谢惠敏的形象,作者令人信服地揭露了“四人帮”对我们下一代的毒害之深,后果之严重。所以,当作者满含深情、满含愤激地喊出“救救被‘四人帮’坑害了的孩子”的时候,就有一种动人心魄的力量。许多读者读到这里,都抑制不住奔涌的感情和满腔的怒火。《班主任》就是这样,成了一篇声讨“四人帮”的战斗的檄文,成了一支离弦的响箭,发出了时代的声音。

正确地揭露“四人帮”在人们精神上所造成的“内伤”,是消除“四人帮”的流毒和影响的斗争深化的表现。救治这种“内伤”,是我们面临的严重而又迫切的社会问题。这是刘心武同志长期思考的问题,也是这些年来每一个革命者、每一个有觉悟的中国人在头脑中旋转过千百次的问题。这个问题,刘心武同志在《班主任》以后的其它短篇中,有了更多的发掘和思考。《没有讲完的课》中的丁朵,《穿米黄色大衣的青年》中的邹云平,《爱情的位置》中的亚梅,《面对祖国的大地》中的洪莉茹,都从不同的侧面,反映了“四人帮”怎样毁灭着人们的理想,特别是年轻一代的理想,把人变成了十足的庸人;怎样扭曲着人们的性格,把人们心灵中一切美好的东西都淹没到他们黑色的毒液中去。这些情况在近十年来的社会生活中是大量存在的,曾经象瘟疫一样蔓延。这是“四人帮”带给我们社会和民族的灾难。事情在广大青少年中表现得尤其尖锐,就连什么叫生活,怎样生活,这样一些根本的问题,也要重新加以认识。

提出重大的社会问题并给以解答,是现实主义艺术的特点之一。曾经遭到“四人帮”诋毁的别林斯基说过,如果文艺作品“不是痛苦的哀号或高度热情的赞颂,如果它不是问题或问题的答案,它对于我们时代就是死的”。那些曾经被人们世代传诵,并且至今仍然具有强大生命力的作家作品,都是站在他们那个时代的前列,提出了为当时所关心的重大问题的。列宁说,托尔斯泰在描写一八六一年到一九〇五年俄国的半农奴制的历史生活时,“在自己的作品里能以提出这么多重大的问题,能以达到这样大的艺术力量,使他的作品在世界文学中占第一流的地位”。高尔基的《母亲》,因为描写了俄国工人运动从自发走向自觉的历史过程,而被列宁誉为一本非常及时的书。

提出重大的社会问题,也是我国革命文学的重要传统。鲁迅的《狂人日记》是我国新文学史上的一篇标志性的作品,具有划时代的意义。它“意在暴露家族制度和礼教的弊害”,提出的问题是迫切的,尖锐的,重大的。那“救救孩子”的呼声,象惊雷闪电一样,划破黑暗中国的长空,“颇激动了一部分青年读者的心”,“显示了‘文学革命’的实绩”。鲁迅后来发表的《阿 Q 正传》以及收在《呐喊》和《彷徨》中的其它小说,大都深化了、扩展了这一倾向。在鲁迅的影响和倡导下,特别是后来在毛主席《在延安文艺座谈会上的讲话》的光辉照耀下,提出重大的社会问题,一直是我国无产阶级文艺运动的重要特点。

有人说,《班主任》是“问题小说”。问题小说有什么不好?既然问题是一种客观的社会存在,它就必然要在文艺作品中反映出来,必然会有“问题小说”、“问题戏剧”等等。恩格斯曾给以写“问题剧”而著称的易卜生以很高的评价,我们为什么不可以给刘心武的问题小说以肯定的评价?优秀的作家总是为它生活的时代写作的,他不能,也不应当回避现实生活中的迫切问题;优秀的作品,总要表现人们普遍关心的问题,才能够激动读者,产生社会影响。否则,这样的作家就会被忘记,这样的作品也就没有什么价值。因此,我们要提倡《班主任》这样的问题小说。

那么,《班主任》是否象有的同志所讲的,是批判现实主义呢? 我们以为不是。

诚然,《班主任》的确有批判,它把批判的锋芒直指“四人帮”。然而,我们却不能因为作品有批判,就把它划为批判现实主义。无产阶级文学从它产生的第一天起,就是在对旧世界的无情批判中成长起来的,它的本质就是革命的和批判的。问题不在于有没有批判,而在于批判什么,站在哪个阶级的立场上批判。《班主任》是站在无产阶级的立场上,对一个反动政治集团“四人帮”进行批判的,这就从根本上和批判现实主义区别了开来。

批判现实主义是现实主义发展的一个特定的历史阶段,它代表了无产阶级文艺产生以前人类艺术发展的最高成就,是十九世纪西方进步文学的主流,它的历史功绩是不能抹煞的。全盘否定批判现实主义,是“四人帮”的反动观点。把批判现实主义作为恶谥,加在要否定的作品头上,就是受到这种反动观点影响的结果。然而,批判现实主义毕竟是资产阶级文学,它和无产阶级文学有着本质的不同。把作为无产阶级文学的《班主任》,和资产阶级的批判现实主义硬扯在一起,只能是南辕北辙而已!

批判现实主义的作家们,由于无法摆脱资产阶级个人主义的狭隘眼界,由于他们的思想武器主要是资产阶级人性论和人道主义,因此很难认识和把握社会历史发展的客观规律,也就根本不可能有科学的社会理想。表现在他们的作品中,虽然有时也能提出重大的社会问题,但答案和解决办法,或者是没有,或者是错误的。例如,托尔斯泰解决他提出的问题的药方是“毋以暴力抗恶”,是道德上的自我完善,是连篇累牍的托尔斯泰主义的反动说教。易卜生曾一再说明,他要做的是提出问题,至于答案,他是没有的。这表现在他们作品的主人公身上,就是没有出路的个人反抗,即使不走上毁灭,也难免悲剧的结局。至于狄更斯的“大团圆”,不过是一种虚假的小市民的幻想和自我安慰罢了。

小说《班主任》塑造了人民教师张俊石的动人形象,这是与任何批判现实主义作品的主人公不同的具有社会主义特质的形象,而且脱尽了“四人帮”的帮风帮气。他勤恳、朴实,做着一个班主任应该做的极其平凡的工作。他有思想,有理想,有广阔的革命胸怀。作者既写出了这个人物的平凡,又写出了这个人物的不平凡,寓不平凡于平凡之中。小说第七节是全篇的高潮,它不是以人物的行动,取外部冲突的形式展开的;它是以对张俊石内心世界的揭示,以内心独白的形式展开的。在这里,全篇小说的人物、事件、环境、冲突,都汇入了正面人物的内心世界,变成了深邃的思想呈现在读者面前。张俊石老师的崇高的精神境界和丰富的内心生活,他的某些思想家的气质和对生活的深刻理解,通过第七节的内心独白,得到了升华,从而使他的形象高大起来。这个人物形象的出现,是在艺术作品中对“四人帮”加给千千万万人民教师的诬蔑的一个有力回答。它反映了教育战线上拨乱反正的洪流,写到了千千万万教师的心里。然而,这个形象的意义还不止此。回旋在这个人物头脑中的那些问题,他考虑问题的方向,他对国家命运和前途的异常关心,他对社会生活中一些问题的敏锐的感受性,是这些年来我国革命人民的一种普遍特点。由于“四人帮”的倒行逆施,一个时期的确使我们这个民族面临着生死存亡的严重局面,历史到了一个转折的关头。张俊石的思考和思考方向,就是这种历史条件下的产物。他的理想就是革命人民的理想。这种思想高度和精神风貌,是任何一个批判现实主义作品的主人公所无法达到的。

发扬艺术家的勇气

“艺术家的勇气”,是革命导师恩格斯在一八八八年四月初写给哈克奈斯的信中提出来的。他称赞哈克奈斯的小说《城市姑娘》说:“您的小说,除了它的现实主义的真实性以外,最使我注意的是它表现了真正艺术家的勇气。这种勇气不仅表现在您敢于冒犯傲慢的体面人物而对救世军所作的处理上,这些人物也许从您的小说里才第一次知道救世军为什么竟对人民群众发生这样大的影响;而且还主要表现在您把无产阶级姑娘被资产阶级男人所勾引这样一个老而又老的故事作为全书的中心时所使用的简单朴素、不加修饰的手法。”有“冒犯”,当然就需要勇气,这是不讲自明的。

现在,“四人帮”的文化专制主义已经进了陈尸房,文艺创作已经得到了解放,但是进一步强调艺术家的勇气,依旧是十分重要的。

从整个社会上来说,“四人帮”虽然被打倒了,但他们的流毒和影响在社会生活的许多领域还是严重存在着,远没有肃清。“四人帮”在我们祖国健壮的躯体上造成的痈疽,也需要经过一段相当长的时间去割治。无论是消除流毒,还是割治痈疽,都需要勇气。首先需要有正视现实、正视问题的勇气;其次需要敢于对这些问题作出回答的勇气。

经过长达十余年的“文化大革命”,许多人都受到了一次严峻的锻炼和考验。十年之中,社会生活处在剧烈的变动之中,一方面有打倒林彪、“四人帮”的胜利与欢乐,另一方面也有由于林彪、“四人帮”的干扰和破坏而造成的痛苦与灾难。这些痛苦与灾难,深深地渗入到人们的社会关系中来,有些在人们的心里留下了很深的创伤,使不少人的思想、感情、性格发生了变化。现在,我们的国家正处在一个新的历史时期。在这样一个历史的转折时期,总结十余年来正反两个方面的经验,是整个思想界的任务。文艺作为反映和认识现实的一种形式,自然也不能例外。这是历史的必然要求。刘心武的《班主任》等五篇作品,以及我们前面提到的《伤痕》、《窗口》

等一系列作品，就是在这种历史的必然要求下出现的。

然而，有人说这是“暴露文学”。

什么是“暴露文学”？毛主席说：“许多小资产阶级作家并没有找到过光明，他们的作品就只是暴露黑暗，被称为‘暴露文学’，还有简直是宣传悲观厌世的。”（还）说：“对于革命的文艺家，暴露的对象，只能是侵略者、剥削者、压迫者及其在人民中所遗留的恶劣影响，而不能是人民大众。”因此，“暴露”人民的，才是“暴露文学”；暴露反动派、暴露敌人的则是革命文学。“四人帮”是人民的大敌，对于他们以及他们在人民中遗留的恶劣影响，难道不应该暴露、不应该清除吗？如果不是象《班主任》这样，揭出病苦，引起疗救的注意，而是对“四人帮”在祖国健康躯体上造成的痈疽不予注意，不加反映，那还算什么革命文学？应当指出，对于“四人帮”，我们的文艺不是暴露得多了、过了，而是还不够，还要加强火力。不清除“四人帮”的流毒和影响，我们就无法前进一步。《班主任》以及以《班主任》为代表的一系列作品，都是用对“四人帮”的批判为实现四个现代化，为实现党中央提出的新时期的总任务服务的。在揭批“四人帮”的斗争中，我们就是要提倡多写这样的作品。我们都是亲自经历过林彪、“四人帮”造成的将近十年动乱的人，有切肤之痛，有深刻的感受，我们这一代人不写，难道留给儿孙们去写吗？

要前进，就会有阻力，就会受到旧事物的卫道者的反对。对《班主任》的非难，实际上就反映了这一点。提倡艺术家的勇气，并非无的放矢。例如一位读者给作者写信，支持《班主任》，就不敢具名，就是怕有反复，怕被抓辫子。读者尚且如此，何况作者。所以，贵州一位中学教师写信称赞《班主任》作者的勇气说：“作者敢于直面人生，善于撷取现实的重大题材，揭出病苦、引起疗救注意的‘真的勇士’精神，是使我感动和佩服的。”刘心武同志在一次座谈会上非常激动地说：“我的创作勇气从何而来？面对着‘四人帮’造成的这样的严重的后果，如果真心热爱我们的祖国，热爱我们的社会主义，热爱我们的党，怎么能视而不见、听而不闻呢？怎么能把自己的创作活动和这些事实分隔开来呢？我们就是要用创作来涤荡‘四人帮’泼下的污泥浊水。”这就是说，勇气和力量来自一种对我们党和社会主义制度的深沉的爱，也出自对“四人帮”的一种刻骨铭心的、同样深沉的恨。《班主任》就是从这爱弦和恨弦上奏起的歌。

另一方面，从文艺创作本身来看，也需要勇气。艺术贵在独创。一个作品，总要提出新的问题，表达新的思想，给人以新的启示，才能够吸引人，才有真正的艺术魅力和思想深度。文学艺术的这种新颖性和独创性，首先需要艺术家对生活进行独立的思考，而且是认真的深入的思考。只有这样，对现实生活中尖锐而迫切的问题，才能抓得住、抓得准。抓住问题，固然需要勇气，就是把这些问题艺术地表现出来，也需要勇气。

"四人帮"在文艺界称王称霸时间很长,文艺界长期按照他们的一套,在他们设定的、允许的轨道上运行,不得"越轨"。有的人已经习惯于这一套,形成一种惯性。这种惯性,不时会吹一点冷风过来。创作要繁荣,要前进,就必须与之作斗争,这同样需要勇气。文坛上正需要一批敢于破除迷信、解放思想,敢于"冲破禁区"、冲锋陷阵的闯将。

我们给予《班主任》以肯定的评价,不是说它已经十全十美,无可指责。我们肯定的是它的方向对,路子对。对《班主任》的否定意见,也与对《哥德巴赫猜想》和《丹心谱》的否定意见大致相近。这些意见,反映了一种社会思潮。它们的出现,象《班主任》、《哥德巴赫猜想》和《丹心谱》的出现一样,是粉碎"四人帮"以后我国面临着彻底肃清"四人帮"的流毒、实现新时期的总任务这样一个特定历史条件下的产物。这种现象,带有社会历史处于转折时期的显著特点。无论哪一方面,都不是由于个别人的偶然冲动,或一时的心血来潮。

一些优秀作品的问世,在社会上引起不同的反应,这种现象在文学史上是屡见不鲜的。这种情况的出现,往往成为好事,它可以加深人们对这些作品的认识,扩大它们的影响。围绕《班主任》的不同意见,象在整个思想界围绕着一系列重大问题上的不同意见一样,未必是坏事。李白曾称韩朝宗为"文章之司命,人物之权衡",那是一种恭维,事实上根本不可能有这样的人物,过去没有,现在也不会有。因为检验真理的标准只能有一个,只能是千百万群众的社会实践,而不是个别人的意志。如果真有什么"文章司命"、"人物权衡"的话,那就是千千万万的读者,他们才是真正的权威。经过他们肯定的作品,是什么力量也否定不了的。一个作家,只要发扬艺术家的勇气,敢于正视现实,敢于提出问题和回答问题,敢于在艺术上打破陈套,大胆创新,他就能够尽到自己的职责,他的作品也就能够为广大读者所关心、所欢迎、所肯定。《班主任》的成功,充分说明了这一点。

——原载《文学评论》1978 年第 5 期

朱 寨

从生活出发

——评话剧《丹心谱》

由苏叔阳编剧、梅阡导演、北京人民艺术剧院演出的话剧《丹心谱》，在观众中引起了强烈的反响，获得了广泛的赞扬。

《丹心谱》的成功，带有标志性。它标志了话剧艺术拨乱反正的胜利，标志了话剧创作和话剧表演上现实主义传统的恢复。

从生活出发，是《丹心谱》的编剧、导演和演员们在整个创作和排演过程中共同遵循的原则，也是《丹心谱》获得成功的主要原因。苏叔阳是一位业余作者，《丹心谱》是他的第一个作品。他的创作欲望和信心来自生活，来自群众。他说："因为我写的是周围活生生的人，是他们对毛主席、周总理的爱，对'四人帮'的恨。我想，这是符合人民群众的愿望的。"①导演要求演员一脚走上舞台，就要带来生活的真实感。演员们正是这样做的，并且用自己的真情实感丰富了各自的角色。这就形成了《丹心谱》创作和表演上严谨的现实主义风格。

《丹心谱》创作和表演上的成功，破除了"四人帮"长期鼓吹的那一套唯心主义的创作"理论"和戒律，证明只有从生活出发，坚持现实主义原则，才是艺术创作的正路。因此，它的意义就不限于话剧，而是给整个艺术创作提出了值得思考的问题。

一

《丹心谱》的故事发生在一九七五年四届人大闭幕到一九七六年周总理逝世这一段时间。这是一个政治斗争风雷激荡的时期。一方面，"四人帮"篡党夺权的阴谋活动愈演愈烈，公然把矛头指向周总理，指向以周总理为代表的老一代无产阶级革命家和一大批党政军负责干部；另一方面，以毛主席为首的党中央和全国人民同他

① 《努力学习，不断进步》，《北京日报》1978年4月22日。

们的阴谋活动进行了坚持不懈的斗争。《丹心谱》以生动感人的画面，表现了这一斗争的复杂性和深刻性，特别是表达了人民群众对周总理的深厚情意，从而在观众的心里产生了强烈的共鸣。

邓小平同志在全国科学大会开幕式上的重要讲话中指出："围绕着要不要四个现代化，我们曾经同'四人帮'进行了尖锐激烈的斗争。"周总理在四届人大上，代表毛主席、党中央提出的实现四个现代化的宏伟规划，集中体现了我们国家的根本利益，反映了全国各族人民的共同心愿，代表了历史发展的趋势。"四人帮"这伙历史的渣滓，妄图阻挡历史洪流的奔腾向前，疯狂破坏四个现代化，把罪恶的矛头指向我们敬爱的周总理。保卫周总理，还是反对周总理，成了这场尖锐激烈斗争的焦点。

在现实斗争中产生的强烈的感受，推动剧作者孕育成熟这样一个创作的主题，他说："我决心写一首长歌，唱出人民的心里话，歌颂我们敬爱的周总理。"①他的《丹心谱》就是这样一首献给我们敬爱的周总理的长歌，也是表现我国人民同"四人帮"英勇斗争的赞歌。

在《丹心谱》中，并没有周总理出场，但是我们却始终感到周总理仿佛就在我们的眼前身边。他那崇高的身影，亲切的音容，无时不在，无处不在，我们始终感受到那一颗无产阶级革命家的伟大的心和亿万颗群众的心一起跳动。

人民群众对总理的深沉的热爱，并不单单是出于对一个伟大人物个人品质的景仰，这当然是重要的。但更重要的是在周总理身上系着国家的前途和民族的希望，正如剧中人物李光所说，周总理是"我们党和国家的金梁玉柱"。所以，人民群众对总理的热爱就是对毛主席对党的热爱。保卫周总理，实现四个现代化，是那一时期人民群众与"四人帮"英勇斗争的旗帜和口号。每一个家庭和个人的祸福，都与这个决战息息相关。因此，人民群众对周总理的健康寄予十分深切的关注。当人民群众为周总埋的病情忧虑担心的时候，传出了周总埋亲自参加和主持四届人大的喜讯，群众的欢欣鼓舞之情不能自禁。《丹心谱》生动地反映了人民群众对总理的这种深厚的无产阶级感情，同时也真切地反映了周总理与人民的心连心。当剧中人方凌轩询问周总理的健康状况的时候，周总理却回避开个人的健康问题，只说了一句："我还要为党多做工作。"周总理临终时对医务人员说的："我这里没有什么事了，你们去照顾其他生病的同志们吧！他们更需要你们。"这些都是周总理的原话，这些动人的话语，经过艺术的再现，更加动人，使人抑制不住夺眶的热泪。所以，当方凌轩在"03"新药研制受到挫败而悲痛欲绝，大呼"我对不起周总理呀"的时候，当李光说在这场保卫总理的斗争中仅仅做一个小小的挡箭牌不够，"还要主动出击"的时候，都

① 《努力学习，不断进步》，《北京日报》1978年4月22日。

极大地打动了观众的心。

"长歌当哭。"如果说《丹心谱》是一支发自内心深处的歌颂周总理的长歌,那么,第三幕就是这首长歌的歌中之歌。这一段戏,笔墨细腻,情致深浓,感人至深。用中西医结合的方法防治冠心病,这是周总理十分关怀的事业,然而却遭到了"四人帮"的蛮横摧残。"03"科研组被解散,方凌轩的忠诚助手被调走,全力支持这一工作的新任党委书记被撤职……这接二连三的沉重打击,并不是对着方凌轩个人的,而是对着周总理的。因此,方凌轩宁愿受"万箭穿身之祸",不投降,不屈服,用决裂回答了女婿的劝诱,表现了一个革命知识分子的气节,表现了对周总理的忠诚。外面是寒流滚滚的冬夜,冰封雪冻,大雪纷飞。翁婿决裂的风波稍稍平静下来,人们都已散去,只有方凌轩和吴愫心老夫妻二人相对的时候,他们回忆起几十年前第一次见到总理的一段难忘的往事。总理的魁伟的身影,亲切的谈吐,历历如在目前。是周总理把革命的火种播在他们的心间,照亮了夫妻俩后半生的道路。这段戏把周总理的革命活动,同方凌轩一家人的命运密切联系起来,给人物对周总理的感情提供了坚实的生活依据。

同周总理通电话是一段非常抒情的戏。在冰封雪冻般的逆境中,周总理亲自打来电话,送来了温暖的关怀。明明是黑云压顶,环境险恶,困难重重,但方凌轩却回答总理说"没有什么困难"。看起来是隐瞒了真情,实际上却表达了真情,表达了在任何困难条件下都不辜负周总理的期望的决心,表达了战胜"四人帮"的信心。"莫道梅花香彻骨,丹心一点到春时!"这就是方凌轩当时这种心境的写照。吴愫心同方凌轩对总理的感情是一致的,但表达方式上各有特点。吴愫心象同自己亲人絮谈一样,问候总理,回答总理的询问,竟讲起了她的小外孙。方凌轩嫌她净跟总理说这些家长里短而埋怨她,而受到了周总理在电话里的批评。这让人感到周总理仿佛就是这个家庭里的最亲密的朋友,他仿佛就站在我们面前。这段精彩抒情的戏,在观众心里激起了难以言状的激动感情。总理的平易近人,使观众脸上泛起亲切的微笑;总理对人民的关怀备至,又使观众眼里噙着激动的泪花。演员胡宗温同志在表演吴愫心同总理通话的情节时,更是真切感人。她的每一个细小的动作,讲话时的每一个音节,都表达了出自肺腑的真情。胡宗温同志说,当她演这段戏的时候,一拿起听筒就回忆起和周总理多次相见的幸福时刻,总理生前的音容笑貌,就立即浮现在眼前。因此,很难分清是剧中人吴愫心和总理讲话,还是演员本人在和总理讲话。①我们听着那些娓娓动听的声音,也难分清是剧中人物的声音还是我们自己的心声。

全剧的结尾是总理的逝世。正当人们要用斗争得来的胜利告慰总理的时候,突

---

① 《爱和憎激励着我》,《北京日报》1978年4月22日。

然传来了巨星殒(陨)落的噩耗。这是一个悲剧的结尾。它远比原来设计中出现的那个欢乐的结尾,显得含蓄、有力,艺术上也更加完整。悲痛而不流于单纯的哀伤。无比的悲痛,使人们对总理的感情升华到更高的境界,化悲痛为无穷的力量。在悲痛中,人们受到了一次崇高圣洁的精神洗礼,总理的高大形象更加深刻地烙印在人们的心间。

黑格尔在他的《美学》中说:“艺术应该通过什么来感动人呢?一般地说,感动就是在感情上的共鸣。”①《丹心谱》对周总理的赞颂,既不是抽象空洞的说教,也没有过分的夸张和渲染。深沉真挚的思想感情,是从有血有肉的感人情节和波澜起伏的戏剧冲突中,自然而然地流露出来的。它激起人民群众对周总理的海洋般的深情,从而产生了强烈的共鸣。

二

恩格斯说:“据我看来,现实主义的意思是,除细节的真实外,还要真实地再现典型环境中的典型人物。”②环境是否典型,按照恩格斯的意见,主要是指作品是否反映了时代精神和社会面貌。《丹心谱》反映的环境,具有强烈的时代感和浓厚的社会生活气氛。如果说对总理的深情歌颂,象血液一样流贯戏剧的各部,使全剧洋溢着革命精神;那么,浓厚的时代气氛和鲜明的生活色彩,则给人物提供了广阔的活动舞台,并使全剧具有氤氲的生活情趣。

《丹心谱》的戏剧冲突是围绕着“03”科研组展开的。“03”新药的研制,是贯彻毛主席中西医结合的方向,得到周总理直接关怀和支持的。“四人帮”在卫生部的余党,诬蔑这个科研组是“城市老爷路线”,始而强行解散,继而企图利用,捞取资本。无论解散还是利用,都和反对周总理的阴谋活动有关。这样,就把围绕“03”科研组开展的斗争,跟社会上激烈进行的光明中国和黑暗中国的斗争,紧密地联系在一起,成为这场社会大搏斗的一个侧面,或者说是它的一个缩影。

这个大斗争的小侧面,主要表现在一个家庭里,而尖锐的冲突又主要是在翁婿之间展开的。因此,《丹心谱》的人物并不多,场景也比较简单,故事情节既不复杂也不曲折,然而戏剧冲突却波澜起伏、腾挪跌宕,人物内心世界的刻画,也惊心动魄,引人入胜。方凌轩和庄济生的冲突,第三幕是第一个高潮。而第一幕、第二幕却为这次正面冲突准备了条件,创造了气氛。从第一幕开始,矛盾的因素在增加,冲突在显露。在第二幕已经可以看到公开冲突的雷前闪电。到第三幕,翁婿之间一场爆发性

---

① 《美学》(第一卷),朱光潜译,人民文学出版社,1959 年版,第 288 页。

② 《致玛·哈克奈斯》,《马克思恩格斯选集》第四卷,第 462 页。

的尖锐冲突，已经是箭在弦上，不得不发。在第三幕和最后一幕两次大的冲突之间，有一个相对的、暂时的平静，象两个波峰之间的波谷，在表面的平静之下孕育着更大的爆发，这就是第五幕的第二次大冲突。这次冲突，虽然不是直接表现在翁婿之间，而主要表现在方静淑和庄济生夫妻之间。实际上，夫妻的决裂远比翁婿的反目尖锐得多，而且导致了全家同庄济生的决裂。这是一个惊心动魄的场面，显示了两个政治营垒的对立，两种社会力量的决战，光明与黑暗之间的矛盾的不可调和。

可以看得出，《丹心谱》在艺术结构上是很费了一番匠心的。然而，用匠心而无匠气，精雕细刻而不露斧凿痕迹。最主要的原因，还是得力于对生活的深入理解和探索，按照生活的要求，寻找恰当的艺术形式。已故的何其芳同志，在他的长篇论文《论〈红楼梦〉》中，称赞中国伟大的现实主义作家曹雪芹说，他“在作品中把生活现象作了大规模的改造，就象把群山粉碎而又重新塑造出来，而且塑造得比原来更雄浑，更和谐，却又几乎看不出人工的痕迹”①。这里讲的实际是如何真实而又艺术地再现生活的问题，是很有见地的。《丹心谱》在完成了第一个戏剧冲突的高潮之后，下一步情节怎样继续展开，引向另一个高潮，在戏剧结构上遇到了难点。难就难在怎样使进一步的戏剧冲突更符合生活的规律，在艺术上更加完整。《丹心谱》不是靠玩弄技巧，耍花枪，而是靠对生活、对人物的深入理解和挖掘，靠现实主义的真功夫，使戏剧冲突的新高潮奇峰突起。在这以前，我们都没有预料到会有这样一场尖锐的冲突——夫妻的决裂，全家与庄济生的决裂。直到这时，当庄济生的虚伪的外衣彻底撕去，而赤裸裸地暴露出一个卑鄙龌龊的灵魂时，我们才感到：这场决裂虽然出人意外，却又在情理之中。观众对剧中人物——尤其是对庄济生——的了解又“更上一层楼”了。

戏剧冲突是生活矛盾的艺术反映。方凌轩和庄济生的冲突是时代激流引起的旋涡和浪花；方凌轩这一家里的矛盾是当时社会矛盾的集中反映。从方凌轩与庄济生的冲突中感受到的是一场大的政治斗争的波涛汹涌；从一个家庭的矛盾上看到的是社会矛盾的汇合。

浓郁的生活气息和强烈的时代感，是《丹心谱》的重要特色。这对于加强环境的典型性是很重要的。《丹心谱》主要是通过剧中人物把强烈的时代感和浓郁的生活气氛带上舞台。幕布一拉开，一种生活的气浪就迎面扑来。丁文中喊着“老夫聊发少年狂”，高兴得象小孩似的点放鞭炮，庆祝四届人大的胜利闭幕和四个现代化的提出，他说“四届人大象一股春风使我这老枝又发了新芽”，把社会上强烈的喜庆气氛带了进来。人大代表方凌轩从人大会场归来，特别带来了周总理健康的喜讯，带来

① 《论〈红楼梦〉》，第112页。

了总理对医务界和“03”科研组的亲切关怀。年青的民族舞蹈演员吴丽芳和他的男朋友工艺美术工作者陈新生带来了文艺界的情况:文艺工作者的艺术生命被摧残,受压抑,满腔恨事,忿(愤)懑不平。一个个人物,就象一条条有根有源泉的细流,从四面八方汇集来,烘托出当时的时代气氛。同时,庄济生从“部长大人”那个阴暗的角落里带来了枭鸟一般的不祥之音,给喜庆的气氛投上了暗影,给滚滚的热潮带来了寒流,反映出当时政治形势的险恶。梁晨虽然不是主要人物,但她作为“四人帮”控制的宣传中枢——报纸的记者,被“大主编”指派来报导“03”的消息,密切配合“部长大人”的阴谋,使她实际上居于重要的地位。她从另一个角度证明了一个反对周总理的重大政治阴谋正在密谋进行。她真心向着方凌轩并支持“03”科研组,对“四人帮”阳奉阴违。她的那些透露真情的凌厉的政治讽刺,是对“四人帮”政治阴谋的揭露。正如剧中人李光所说,“梁晨一来,好象带着满身霹雳”。她确实很象暴风雨前的海燕,预报着一场政治斗争的风雷。《丹心谱》就是在这样典型的环境和气氛中展开了人物间的戏剧冲突,从而紧紧地吸引着观众。观众已不是剧场内的旁观者,而是和剧中人共同着命运的参与者了。

三

马克思主义认为,人是社会关系的总和。文艺反映社会生活正是通过人物形象的塑造来完成的。毛主席说:“革命的文艺,应当根据实际生活创造出各种各样的人物来,帮助群众推动历史的前进。”又说文艺工作者“了解人熟悉人的工作却是第一位的工作”。① 从上述的意义上讲,高尔基的“文学即人学”的命题并不错。因此,创造人物是文艺创作的中心环节。《丹心谱》虽然在结构、情节、语言等方面都颇费匠心,但它们都始终是为了塑造人物而服务的,戏剧始终把人物形象的塑造放在中心。

《丹心谱》的主角是方凌轩。他是一个出身贫苦的老中医,老知识分子,医学界“泰斗”。同时,他是一个共产党员,“人大”代表。作者一反“四人帮”所提倡的“三突出”、“三陪衬”之类的戒律和教条,没有把自己的主人公写成超凡入圣、高不可攀的“英雄典型”,而是按照生活本来的样子,用朴实的笔墨创造了这个人物。方凌轩象许多老一代的知识分子一样,在旧社会经历过一段在黑暗中摸索的过程,后来在党的启发教育下,才有了光明的后半生。周总理的直接关怀帮助,使他获得了继续前进的力量。“风风雨雨几疏枝,赖有天公勤护持”,就是他对自己这种身世的真实写照。在方凌轩身上,我们看到了党的团结、教育、改造知识分子政策的胜利。他对事业的勤勤恳恳,他在科学上的一丝不苟,他的刚直不阿的性格,他对子女家人的深

① 《在延安文艺座谈会上的讲话》,《毛泽东选集》,第814页。

情,等等,都表现了中国革命老知识分子的传统美德。丁文中评价他“虽然胸有城府,但还是未免失之于鲁直”。他不象丁文中那样敏锐,因此对于围绕“03”科研组的斗争的实质,对于庄济生的卑鄙龌龊的灵魂,在认识上都有一个过程。他赠送给女儿的两句话:“干工作,要象春蚕吐丝,兢兢业业,到死方休;做人,要象点着的蜡烛,从头到脚,一生光明。”这是方凌轩用格言形式概括了他从周总理光辉一生中受到的教诲,包含着深刻的生活哲理,每一个字都有千钧的分量。这两句格言,概括了一种革命的人生观,但并没有政治说教的气味,从思想内容到语言风格,完全合乎方凌轩这个医学界“泰斗”的身分。

方凌轩的贴大字报主动出击,第二幕的独白,和女婿的公开决裂,直到他将计就计,揭了“部长大人”的画皮,使他的老友丁文中也觉得意外。方凌轩的性格是随着斗争的深入而向前发展的。这场捍卫党和国家的金梁玉柱的大搏斗,使他的政治觉悟升上了更高的阶梯。因此,他的那些出人意外的举动,并不使人觉得突兀。这既展示了方凌轩的曲折生活道路和丰富的内心世界,又刻画了他在斗争中继续发展变化的思想过程。莱辛在《汉堡剧评》中说:“在剧院里我们应该学习的,不是这个或那个个别的人曾经做过什么,而是每一个具有特定性格的人在一定的环境里将要做什么。”①如果一个人物从开始到剧终没有什么发展变化,就不会引人注意,给人启发。当然,这种发展变化的依据仍然是生活,而不是凭空的捏造或想象。扮演方凌轩的演员郑榕同志说:“由于从生活出发,不断肃清‘四人帮’的流毒,使我对方凌轩这个人物的理解,逐渐加深。”②出现在舞台上的方凌轩的形象是高大的,可又是丰满的,是可敬的,又是可亲的,就像我们在生活中所见到的这类英雄人物那样。

庄济生是《丹心谱》中另一个重要人物。他是剧中唯一的反面形象,代表了戏剧冲突的另外一个方面。这样的反面人物,在我们的舞台上和作品中还未曾出现过。这个人物的典型意义就在于:他是一条政治路线的产物,这条路线就是“四人帮”推行的反革命修正主义路线;他还是一种反动思潮的产物,这种思潮就是“四人帮”煽动的一切为我所用的实用主义思潮。丁文中讽刺地称庄济生为“识时务的英雄”。庄济生劝诱方凌轩投靠“四人帮”的主要理由也是要他“识时务”,“大势所趋,不必认真”。在“四人帮”猖狂得势的时候,他放弃真理,不顾原则,而看风使舵。在“阶级斗争观念”、“路线觉悟”、“政治敏感”等自欺欺人的词句下面,干的是背叛毛主席、周总理,投靠“四人帮”的见不得人的阴谋勾当。在一本正经、装模作样的外表下,深藏着一颗政治上投机、科学上撒谎的丑恶灵魂。他是投合“四人帮”的政治需

① 《汉堡剧评》,见《文艺理论译丛》1958年第4期第6页。

② 《生活·体验·创造》,《北京日报》1978年4月22日。

要，适应“四人帮”的反动思潮应运而生的“风派”人物。《丹心谱》对这类人物作了鞭辟入里的解剖和批判。

庄济生深受“四人帮”阴谋政治的熏陶和影响，精于观察所谓政治风向的转换，敏于嗅辨所谓政治气候的变化。围绕着“03”科研组的斗争的政治内幕，开始时他并不完全摸底，但却心领神会地意识到事情的背后是“我们左右不了的斗争”。“四人帮”把矛头指向周总理，他心里清楚，但又不敢直说，只是劝他岳父不要“替人家受万箭穿身之祸”。当初，“四人帮”在“逼人下水”、在“催命”的时候，他还脚踩两只船。随着斗争的激化，他为了“要在刀光剑影里不受到伤害”，“不被浪头卷下去”，并且“要漂起来”，飞黄腾达，官运亨通，就甘心情愿地上了贼船，做了“四人帮”的走狗。所以，他最后歇斯底里大发作，并不是因为被全家唾弃而恼羞成怒，而是因为“弄不好我就要被罢官撤职，一撸到底”。他忿（愤）恨地狂叫“大家一齐完蛋”，又无耻地威胁说：“我还要漂上来的！”这也是他的实用主义人生哲学的大暴露。

《丹心谱》对庄济生这个风派人物进行了入木三分的刻画，但是并没有把这个人物漫画化、脸谱化。扮演庄济生的修宗迪同志说：他开始时没有完全摆脱脸谱化、概念化的影响，没有从这个具体人物的复杂的内心世界出发，急于直接表演这是个“坏人”的结论，反而没有起到有力鞭打这个丑恶灵魂的作用。[①] 庄济生作为一个活生生的人物，确实有他的复杂性。他有他的苦恼、矛盾和欢乐，有他复杂的伪装和假象。只有按照这个人物的性格逻辑，加以深入刻画和细致表现，才能彻底揭穿他的伪装，解剖他的灵魂。

庄济生这个风派人物，既是“四人帮”反革命路线和反动思潮的产物，又是“四人帮”的社会基础。他卖身投靠，为虎作伥，令人愤恨。但从另一角度上讲，他也是“四人帮”的受害者。从他身上可以看到“四人帮”政治思想流毒之深。因此，对庄济生的解剖和鞭挞，同时也是对“四人帮”的指控和揭露。“四人帮”被粉碎了，但其流毒和影响，并没有从我们的生活中自动消失。从政治上、思想上深入揭批“四人帮”，还是艰巨的斗争任务。因此，在我们的文艺作品中，塑造象庄济生这样的反面教员，是必要的，有现实意义的。

丁文中同方凌轩可以说是同一类型的老中医，但他有自己的独特的个性，在戏剧冲突中，又具有特殊的作用。他耿直、敏锐，一眼就能看到庄济生的灵魂深处。他嬉笑怒骂，皆成文章，妙语惊人，妙趣横生，常常用三言两语，甚至一个词，就一针见血地揭出事情的底蕴。剧作者常常是借助丁文中的慧眼利舌，对庄济生及“四人帮”进行了辛辣的讽刺和无情的揭露。他的那些惊人的妙语，也可以说是代表广大观众

① 《演反面人物也要从生活出发》，《北京日报》1978年4月22日。

射向“四人帮”的鸣镝响箭。他的一言一行，几乎都产生了强烈的戏剧效果，引起了强烈的反响和共鸣，因为他说出了人们心里想说的话，表达了人们内心的感情。应该特别指出的是，扮演丁文中的演员于是之同志的精湛的表演，给这个人物增添了不少光彩，使这个人物在舞台上更有生气，更加博得观众的喜爱。

《丹心谱》除了成功地创造了方凌轩、庄济生以及丁文中这〔两〕三个具有典型意义的主要人物之外，还在舞台上为我们提供了一个人物的画廊。这些人物，都各有其性格特点，不与他人雷同。他们都有一颗丹心，但每一颗丹心都按照各自独特的方式跳动。他们都给观众留下了鲜明的印象。

四

《丹心谱》虽然以严谨的现实主义风格为其主要特点，但又具有革命浪漫主义的成分。例如第三幕周总理亲自同方凌轩夫妻通电话的那一段戏，就充满着革命浪漫主义的精神。对于具体的作家和作品来说，由于表现对象的不同，反映生活的着重点不同，创作习惯和风格的不同，等等，即使都本着“二革结合”的创作原则，也会在运用中有不同的侧重。有的以现实主义见长，有的以浪漫主义取胜。《丹心谱》是属于前者。

周总理在第三次文代会上曾经指出，革命现实主义和革命浪漫主义相结合的方法，要以革命现实主义为基础，以革命浪漫主义为主导。这就非常精辟地阐明了两种因素相结合的辩证统一的关系。“四人帮”全面篡改了毛主席提出的“二革结合”的创作方法，而代之以“三突出”之类。他们对“二革结合”的篡改和破坏，主要集中在现实主义方面。在一九六六年二月，江青勾结林彪抛出那个臭名昭著的“文艺黑线专政”论的时候，加给十七年革命文艺界的八条所谓“黑八论”的罪状中，至少有三条是对着现实主义的。他们后来提出的反对“写真人真事”，提倡的所谓“主题先行”，也都是对现实主义原则的否定。“四人帮”抽掉了“二革结合”中的现实主义基础，也就必然歪曲浪漫主义的理想。因为现实生活是革命理想产生的土壤，理想只有深深植根于现实生活的土壤中，代表了现实发展的趋势和方向，才能变成明天的现实。在艺术创作上，离开现实主义基础，浪漫主义的理想，如果不是抽象的理念的化身，就是虚幻夸张的幻影。“四人帮”就是在高呼“高于生活”的幌子下，摈弃革命现实主义，曲解革命浪漫主义，歪曲现实生活，为他们的阴谋文艺鸣锣开道。在这里，我们想到了浩然。大家都还记得他曾经写过象《艳阳天》这样较好的作品。但是他后来做了“四人帮”反动文艺思想的俘虏，为了适应“四人帮”反革命的政治需要，他认为“必须彻底摈弃各式各样现实主义创作方法”，“坚定不移”、“步伐迅速地走一条新的文学创作道路”。他写的毒草小说《西沙儿女》和《三把火》，就是在他宣布

"摈弃"现实主义创作方法之后出笼的。

创作方法是作家运用形象思维认识生活、反映现实的原则和方法。创作方法受世界观的指导和制约。革命的现实主义和革命的浪漫主义相结合,是毛主席在概括了古往今来艺术创作的客观规律的基础上提出来的。它的哲学基础就是辩证唯物主义和历史唯物主义。它要求按照生活本身的面貌和发展规律反映生活。在历史上,即使是那些现实主义的大师们,也因为没有辩证唯物主义和历史唯物主义的观点,受自己世界观的局限,所以在反映现实上不能不受到了局限。他们的作品往往缺乏理想,或者理想不符合现实发展的趋势。恩格斯提出的关于现实主义的定义,绝不能理解为仅仅是对过去现实主义的概括,实际上是根据历史的发展和无产阶级的世界观,对现实主义作出了马克思主义的解说和要求。恩格斯提出的艺术的典型化本身就应当包含作者的革命理想。毛主席在谈到典型化的问题时说:"文艺作品反映出来的生活却可以而且应该比普通的实际生活更高,更强烈,更有集中性,更典型,更理想,因此就更带普遍性。"①其中也讲到了理想。革命现实主义包含有浪漫主义的成分,正如革命浪漫主义脱离不开现实主义的基础一样。毛主席提出"二革结合"的原则,是对恩格斯提倡的现实主义的继承和发展。"四人帮"惯用的伎俩是把毛泽东思想同马列主义割裂开来、对立起来,在高喊"顶峰"的叫嚣声中以售其奸,背弃马列主义,篡改毛泽东思想。在文艺上也是如此。"四人帮"在创作方法上要弄的这一套,正是他们在哲学上鼓吹主观唯心主义、否定唯物主义的翻版。这个阴谋必须揭穿,这些谬论必须扫荡。

社会生活是文艺创作的唯一源泉,这是颠扑不破的真理。文艺创作应该从生活出发,反映出生活的真实。但在"四人帮"控制下,只许可"四人帮"的那一套唯心主义的创作方法横行肆虐,而从生活出发,坚持现实主义原则,却被视为大逆不道。由于"四人帮"长期推行文化专制主义,它的流毒很广很深,至今也许还在有形无形地禁锢着一些人的创作思想。《丹心谱》剧组勇敢地、坚定地冲破"四人帮"构筑的樊篱,旗帜鲜明地提出从生活出发、恢复现实主义传统、坚持现实主义的原则,彻底扫除"帮风""帮气",取得了很大的成功。这是值得我们高度赞扬和热烈庆贺的。《丹心谱》的成功的经验,应该引起我们足够的重视。

——原载《文学评论》1978年第5期

① 《在延安文艺座谈会上的讲话》。

林默涵

解放后十七年文艺战线上的思想斗争[①]

我今天能够来参加这个座谈会,心情很激动。我已经很长时间跟文艺界没有接触了,对于文艺方面的情况很生疏。在“四人帮”控制时期,我也不想看文艺方面的东西,不想看那些混淆是非、颠倒黑白的谎言、鬼话。感谢华主席的英明领导,把“四人帮”一举扫除,我们今天才有可能来开这样的会,才有可能把被“四人帮”搅乱了的东西加以澄清,把被颠倒了的东西再颠倒过来。

《人民文学》召开这个座谈会,主题就是批判“四人帮”炮制的“文艺黑线专政”论,这是完全必要的,是当前揭批“四人帮”第三战役中一个重要的组成部分。我完全拥护。

文化大革命前的十七年,究竟是“文艺黑线专政”还是毛主席的革命文艺路线占主导地位?这个问题必须弄清楚。否则,就不能够正确地总结过去的经验教训,就不能够顺利地开展今后的工作,就不能够把文艺工作者的积极性充分地调动起来。那么,解放后十七年的文艺界究竟是不是“黑线专政”?这个问题最好让事实来回答,而不应该在概念上兜圈子。

我国文艺革命,是从“五四”运动、从鲁迅开始的。说什么江青开始了文艺革命,完全是胡说八道。从“五四”到现在,我们的文艺是在共产主义思想指导下一直连贯下来的。但是,由于过去没有解决文艺为工农兵服务和文艺工作者与工农兵结合的问题,所以除了少数象鲁迅先生那样的杰出的作家以外,广大文艺工作者的世界观没有改造,文艺还停留在小资产阶级知识分子的圈子里。直到延安文艺座谈会,毛主席提出并且解决了文艺为工农兵服务的方向,文学艺术就产生了一个飞跃的变化。但这并不是否定“五四”新文艺的传统,而是对“五四”新文艺的继承和发展。

---

① 本文是1977年12月29日在《人民文学》编辑部召开的文学工作者揭批“文艺黑线专政”论座谈会上的发言。

我记得一九五三年在中央政治局会议上讨论第二次文艺工作者代表大会的文件时，毛主席明确指出：我国无产阶级文艺从“五四”以后就已经有了，不是一九四九年解放以后才开始的。毛主席这一重要指示，当时曾在第二次文代会上作了传达。在延安文艺座谈会以后和在全国解放以后，我们的革命文艺有了很大的发展，有了飞跃的变化，但不是否定“五四”的传统，因为从“五四”开始的新文化，就是而且只能是无产阶级的文化思想、共产主义思想领导的，任何别的阶级的思想都不能领导。这是毛主席在《新民主主义论》中讲得很清楚的。这个指示完全驳斥了说社会主义文艺是由江青开创的那一派胡言。

从延安文艺座谈会到全国解放，这个期间，解放区的文艺工作者，在毛主席的文艺路线指引下，同工农兵群众开始结合了，并且接触和学习了民间文艺，产生了一批反映工农兵生活同时又具有民族风格的作品，使文艺的面貌为之一新。国民党统治区的进步文艺工作者，许多人也学习了《在延安文艺座谈会上的讲话》，但在国民党反动派的统治下，文艺工作者很少可能和工农结合，他们的作品面貌没有发生根本变化。但是，在党的直接或者间接领导下，他们同国民党反动派进行过各种形式的斗争，文艺活动也力求突破过去的小圈子。总之，这两支文艺队伍，都为新民主主义革命的胜利出了力，作出了贡献。全国解放后，我国进入了一个新的历史时期，就是社会主义革命和社会主义建设时期。革命性质的变化和社会经济基础的改造，必然引起文艺战线的激荡。在这二十八年当中，文艺界进行了两种思想两条路线的激烈斗争，我们现在就来看看文化大革命前十七年中文艺战线思想斗争的情况。

全国解放后，一九四九年七月召开了第一次全国文艺工作者代表大会。这是我国两支文艺队伍，即在解放区的文艺队伍和在国统区的文艺队伍的会师大会。这两支队伍过去被隔离了，现在汇(会)合到一起。这是一个庆祝胜利的大会，团结的大会，是两支队伍交流经验、汇报成果的大会。这次大会是在毛主席和周总理亲自领导下进行的。随着革命的胜利，文艺工作者面临着一个新的形势，两支队伍都遇到了新问题。解放区的文艺工作者从农村到城市，从战争环境到和平环境，在一部分人的思想中，就出现了新的疑问。那时有人提出“秧歌能进城吗”这样的问题。这里说的“秧歌”，并不是单纯指某一种艺术形式，实际上是指为工农兵服务的方向。所以，提出这样的问题，实际上是表示对工农兵方向的一种动摇。进城以后，有些人留恋城市生活，不愿意到工农群众中去了；有些人买了房子，准备在大城市里安居乐业了。国统区的文艺工作者，有些人一时不能理解，也不能接受文艺为工农兵服务的方向。他们提出了“文艺是不是可以写小资产阶级呢?”“是否也要为城市市民服务呢?”这样一些问题，在报纸上还发表了文章。这是对工农兵方向的一种怀疑。本来，只要站在工农兵立场上，写小资产阶级是不成问题的，上述提法实际上是毛主席批评过的，表现出一些文艺工作者总是想停留在小资产阶级的圈子里，不愿意到工农兵中去。一些人的资产阶级文艺思想、学术思想还原封不动。突出地表现在创作上，就是《武训传》；表现在学术研究上，就是《红楼梦研究》。对它们的错误，文艺界许多人（包括共产党员领导干部）都没有看出来，不但没有进行批评，相反，还加以赞扬。《文艺报》上就发表了吹捧《红楼梦研究》的文章，并且压制群众对《红楼梦研究》的批判。针对上述现象，毛主席、党中央亲自发起和领导了文艺界的整风，接着又发起了对于《武训传》、《红楼梦研究》的批判。批判的矛头是对着刘少奇的，毛主席关于批判《红楼梦研究》的批示中所说的“大人物”，就是指他。一九五四年十二月，在青年宫楼上召开了全国文联主席团扩大会，会上批判了《红楼梦研究》，批判了《文艺报》对资产阶级权威的吹捧。周扬同志在会议结束时的发言《我们必须战斗》，是经过毛主席亲自审阅的。这些整风和批判，是社会主义革命时期无产阶级同资产阶级两种思想和两条路线斗争的一部分，但性质上是属于人民内部的矛盾和斗争。

与此同时或稍后，文艺界又在毛主席、周总理和党中央领导下进行了几次敌我性质的重大斗争，这就是批判丁陈反党集团、反对胡风反革命集团的斗争和后来文艺界的反右派斗争。丁陈小集团和胡风小集团是两个长期隐藏在革命队伍中的反党和反革命集团。一个隐藏在革命根据地延安，一个隐藏在国统区。他们之间是遥相呼应的。他们的面目，在解放以前就有所暴露了。丁陈在延安同王实味勾结，发表了一大批攻击、诬蔑延安的文艺作品，引起了群众的愤慨。毛主席的《在延安文艺座谈会上的讲话》中，许多地方就是批评他们的。什么“人性论”呀，“还是杂文时代”呀，就是他们发出的一支支毒箭。我记得，在文艺座谈会结束的时候，一起照相，毛主席讽刺地对丁玲说：“女同志坐到中间来吧，免得‘三八’节的时候又要骂娘。”这是对丁玲写的《三八节有感》的辛辣指责。那篇《有感》就是咒骂革命根据地的。进城以后，丁陈反党活动更猖狂了，他们野心勃勃，培植自己的小圈子，反对党的领导，闹独立王国，企图独霸文坛。于是在党内进行了对丁陈反党集团的揭发和批判。这是一九五五年的事情。

胡风反革命集团也是在重庆的时候就露出头了。一九四四年、一九四五年他们在重庆出版的刊物《希望》，就公开同延安的整风运动唱对台戏。延安整风反对主观主义，提倡改造思想，他们却宣扬“主观战斗精神”。当时在党内也有一些人跟胡风唱一个调子，他们写文章不是宣传知识分子应该改造思想，而是宣扬知识分子“思想太多了，感情太少了”；他们所谓的思想，就是指马克思主义的理论。我们反对主观主义、反对唯心主义，他们却反对什么“唯唯物主义”（即反对什么都讲唯物主义）。那时周总理、董老曾经批评了胡风，也批评了党内一些人的错误倾向。但是，当时在国民党统治下的环境里，不可能对胡风进行深入的斗争。解放以后，一九五二年，周总理就指示文艺界的同志，批评胡风的文艺思想，并且明确指出，要胡风自己写文章，公开进行自我批评。因为胡风的思想在文艺界是有影响的。可是，胡风不但不接受批评，后来反而向中央写了三十万言上书。这个三十万言上书，是一个全面的、系统的修正主义文艺纲领，从思想到组织提出了一整套谬论，比匈牙利卢卡契的修正主义思想要完整得多了。这三十万言上书送到中央以后，恰好开始了对《文艺报》压制新生力量、袒护资产阶级权威的批判。胡风就趁机在文联主席团扩大会议上猖狂进攻，他还布置各地胡风分子一齐动作，展开全面攻势。可是，胡风把形势估计错了。他的尾巴已经暴露出来，三十万言上书是一个很好的反面教材。遵照毛主席的指示，把它作为《文艺报》的副册公开发表，这样就展开了对胡风反革命集团的批判。开始还是着重批判胡风的修正主义文艺纲领，随着运动进一步深入，就揭发出了胡风集团是一个暗藏的反革命帮派，这一帮人对党、对社会主义制度怀着刻骨的仇恨。后来陆续地发表了三批揭发胡风反革命集团阴谋活动的材料。这三批材料都是经过毛主席仔细审阅的，并且加了许多尖锐、深刻、闪耀着思想光辉的按语。三批编者按都是毛主席亲自写的，只有驳斥胡风攻击《在延安文艺座谈会上的讲话》是“图腾”那一条按语，不是毛主席写的，是我们加的。反对胡风反革命集团的斗争，后来发展成为一个全国性的肃清暗藏反革命分子的运动。

丁陈反党集团的问题，在一九五五年没有彻底解决。一九五七年文艺界同其他各条战线一样，展开了反右派的斗争，反击了右派分子对党的领导、对社会主义制度的进攻。就在右派进攻的时候，丁陈他们又跳了出来，向党反扑，他们要推翻经过中央批准的关于批判丁陈反党集团的报告，企图翻案。但是，他们的活动没有得逞，他们的问题是在文艺界反右派斗争中一起解决的。

在中国作家协会反右派斗争结束会上，周扬同志作了总结发言《文艺战线上的一场大辩论》。这个发言，经过毛主席三次审阅，并且增加了极其重要的话。毛主席指出：“在我国，一九五七年才在全国范围内举行一次最彻底的思想战线上和政治战线上的社会主义大革命，给资产阶级反动思想以致命的打击，解放文学艺术界及其后备军的生产力，解除旧社会给他们戴上的脚镣手铐，免除反动空气的威胁，替无产阶级文学艺术开辟了一条广泛发展的道路。在这以前，这个历史任务是没有完成的。这个开辟道路的工作今后还要做。旧基地的清除不是一年工夫可以全部完成的。但是，基本的道路算是开辟了，几十路、几百路纵队的无产阶级文学艺术战士可以在这条路上纵横驰骋了。文学艺术也要建军，也要练兵。一支完全新型的无产阶级文艺大军正在建成，它跟无产阶级知识分子大军的建成只能是同时的，其生产收获也大体上只能是同时的。”这就是说，不可能离开整个政治战线思想战线的社会主义大革命,离开整个无产阶级知识分子大军的建成,单独先建成一支无产阶级文艺大军,但是,可以供这支大军纵横驰骋的广阔道路,是已经开辟了。又说:“这个道理只有不懂历史唯物主义的人才会认为不正确。”这段话何等豪迈而精辟,对解放后历次思想斗争,对经历过历次思想斗争,特别是经过反右派斗争锻炼的我们这支队伍的成长情况,作了马克思主义的科学的全面分析和估计。

批判丁陈以后,《文艺报》搞了一个《再批判》,就是把丁陈在延安时所发表的一些反动文章,包括王实味的《野百合花》、丁玲的《三八节有感》等等重新发表,进行再批判。《文艺报》编辑部写了一个编者按语,连同再批判的文章送给毛主席看,毛主席对那个编者按不满意,后来发表的编者按是毛主席改写的。毛主席还附了一封信,批评我们写文章,不但政治性不足,文也不足,不足以引起读者注意。以上就是解放后文艺界所进行的几次重大的思想斗争。其中有属于人民内部性质的,有属于敌我性质的。每次斗争,都是在毛主席和周总理亲自领导下进行的,并且都取得了重大的胜利。

在这期间,一九五三年召开了第二次文代大会。这次大会完全是在毛主席的亲自关怀和领导下召开的。大会的方针、报告,以至于文联各协会的机构、人选等等,都经过毛主席审定,并在一次政治局会议上讨论通过。毛主席同意把原来的各种工作者协会改为各种专业性组织(即作家协会、戏剧家协会、音乐家协会等),并加强这些协会的工作。当时我们认为有了各种协会,全国文联没有什么工作可做,似乎可以取消了。毛主席不同意。他说:“文联可以团结很多人,比如×××,你把他摆到作家协会,他不是作家,你把他摆到音乐家协会,他又不会唱歌,那么把他摆到文联,当个全国委员,岂不是很好吗?为什么要把文联取消呢?”后来根据毛主席的指示,规定全国文联的主要任务是:一、联系全国各省市文联。全国文联没有个人会员,各协会和各省市文联是它的团体会员。各省市文联由各省市党委领导,全国文联只同它们发生业务上的联系。二、联络文艺界的同志,特别是一些年纪老的、需要照顾的,或者有困难的同志,给他们以必要的帮助。三、对外联络,加强同外国作家艺术家的友好联系。这叫做“三联”。在这三方面,全国文联做了许多工作。周总理在这次大会上作报告,对当时文艺工作的方针任务作了重要指示。

一九六〇年七月,召开了第三次文代大会。这正是赫鲁晓夫猖狂反华,撤退专家,卡我们的脖子的时候。毛主席在北戴河,日夜操劳。我们赶到北戴河去,把我们准备的第三次文代大会的报告,送给他老人家审阅。毛主席在那样繁忙的时刻很快就看了,他肯定这个报告,特别称赞了报告中对于苏联修正主义文艺思潮的批判,认为是“高屋建瓴,势如破竹,读了令人神往”。随后,又在中央书记处讨论并通过了这个报告。小平同志指出:“这个报告是不指名地批判苏修。在我国也有修正主义思想，但是不占主导地位。”第三次文代会开幕时，中央许多领导同志都从北戴河赶回来出席。周总理在大会上作了重要讲话，陈毅同志、李富春同志分别作了报告。

经过这一系列的斗争，经过毛主席、周总理的长期教导，我们文艺队伍的思想觉悟有很大提高。表现在国际上出现反共逆流如匈牙利事件时，我国文艺工作者没有发生什么波动。也表现在一九五八年大跃进时期，我们文艺工作者和全国人民一样，干劲冲天。广大文艺工作者是热爱毛主席、热爱党、热爱社会主义祖国的。接着，我们国家遇到了三年困难时期。这时，政治上出现了否定三面红旗的右倾思潮。受了这种思潮和刘少奇“阶级斗争熄灭”论的影响，我们思想上也产生了偏右的倾向。表现为：一，只看到文艺工作者进步的一面，忽视了资产阶级思想在我们队伍中仍然严重的一面。因而二，只注意团结，强调共度困难，忽视了必要的思想斗争。三，强调提高业务多，忽视继续加强思想教育，改造世界观。四，强调发挥艺术家的作用多，忽视加强党的领导。这种错误倾向表现在我们起草的关于文艺工作若干问题的意见中。后来又表现在一九六二年五月为《人民日报》起草的一篇纪念《在延安文艺座谈会上的讲话》发表二十周年的社论中。写这篇社论时，正是人大和政协会议召开后。人大会公报提出要加强统一战线，广泛团结各爱国阶层，包括团结爱国华侨、爱国资产阶级和各方面的民主人士。这种精神当然是正确的。可是我们把它应用到文艺方面，提出文艺要为以工农兵为主体的最广大的人民服务，其中包括爱国资产阶级，这就冲淡、偏离了工农兵方向。这是把政治上的统一战线同文艺上的工农兵方向混淆起来了。政治上在各种不同时期，为了某一个政治目的，可以结成各种不同范围的统一战线，但是我们文艺的工农兵方向是不能改变的。当然，我们的文艺也给爱国资产阶级看，但这跟文艺的方向是两回事。文艺的工农兵方向，就是站在无产阶级立场，着重反映工农兵的斗争生活，为工农兵的利益服务，这不只是一个给什么人看的问题。这篇社论和我们在一些具体工作中的错误是严重的，是一种路线性的错误，实际上是背离了党在社会主义时期的基本路线，忘记了在社会主义时期还有阶级矛盾、阶级斗争，还存在资本主义复辟的危险性。

由于我们这种错误，由于国家遭受困难的形势，文艺界一时间出现了许多消极的现象。特别是在舞台上，剧目混乱，鬼戏、坏戏又搬上台了，有些剧团自由跑码头，演坏戏。这就引起了毛主席的注意。一九六三年十二月，毛主席在中央宣传部一份情况简报上作了批示，严厉地批评了这种混乱现象。这个批示不是批给中宣部，而是批给北京市委负责人的，这里面显然有促一促北京市的意思，但毛主席指出的现象是全国性的。这个批示传达后，文化部和文联各协会进行了整风。在整风中又揭出了许多问题，比如有人主张文学创作要着重写中间人物等等。中宣部就文联和各协会整风中揭发出来的问题给中央写了一个报告，在还未正式报中央以前，毛主席就在这个报告的草稿上作了第二次批示，严厉地指出了文联各协会存在问题的严重性。这两个批示是非常重要的，打中了我们工作中的要害。我们很震动。但是，有些同志（包括我在内）一时还不能很好地理解这两个批示的精神。我们有一个经验，就是经常跟不上毛主席的思想，许多问题是毛主席指出来了，我们才大吃一惊，恍然大悟，还要经过一段时间学习，才进一步领会。许多问题都是这样，比如毛主席提出“百花齐放，百家争鸣”的方针，我们开始就不大理解，经过学习和实践，才逐渐了解它的重要意义。对这两个批示也是如此。但是，当我们一旦认识了它的正确性和重大意义的时候，我们是坚决地贯彻执行的。

按照毛主席批示的精神，周总理亲自出来抓创作，特别是抓革命现代京剧的创作，才把局面扭转过来。一九六四年京剧现代戏观摩会演是在周总理领导下举行的。周总理制定观摩会演的方针，亲自看排演和演出，主持座谈会并讲话，还接见参加会演的全体人员，费了许多时间和心血。当时，全国闻名的“三红”，即大型音乐舞蹈史诗《东方红》、京剧《红灯记》、舞剧《红色娘子军》，都是在周总理亲自领导、培育和支持下产生的。

京剧革命现代戏观摩会演时，江青看到有机可乘，就赶快跳了出来，把自己打扮成现代戏的提倡者，大放厥词，引起很多人的反感。浙江观摩团的同志揭发，正是江青跑到浙江指名点看《四郎探母》、《游龙戏凤》等坏戏，带头刮起演坏戏的妖风。江青知道了这个揭发，大发雷霆，逼着当地宣传、文化部门“追谣”、检讨。听说在文化大革命中，浙江观摩团的同志和其他有关同志还为此受到了残酷的迫害。

周总理又提出了“音乐革命化，民族化，群众化”的口号，对音乐、舞蹈的创作起了积极的推动作用。江青对此也加以反对和阻挠，胡说什么“这是资产阶级的口号”，猖狂至极。

各大区遵照毛主席批示精神，也分别举行了革命现代戏会演，出现了许多优秀剧目。原来打算趁热打铁，在一九六五年再举行一次京剧现代戏会演。后来因为来不及，改在一九六六年举行。如果不是江青一伙干扰、破坏，革命现代戏将会大大发展，整个文艺创作也将出现一个新的繁荣局面，这是肯定无疑的。

我再讲一件事。中国京剧院为了准备参加第二次观摩会演，赶着编排了几个戏，一个是从同名电影改编的《平原游击队》，另一个也是从电影改编的《昆仑山上一棵草》。我们还请了《平原游击队》原作者邢野和《昆仑山上一棵草》原主角刘燕瑾等同志一起改编排演。后一出剧的编导演员们还远往青海唐古拉山去了解实际生活，大家对这个工作是严肃认真的。正在紧张排演的时候，江青忽然从上海打来电话，质问我们为什么封锁她，为什么不送剧本给她看？京剧院同志赶快把演员用的油印本子送去。江青又叫人打电话来，责问我们为什么给她油印本，是不是想弄瞎她的眼睛？我们只好请文化部印刷厂连夜赶排大字铅印本送去。隔了两天，江青又打电话来，说："剧本不行，《昆仑山上一棵草》是写中间人物，《平原游击队》是宣扬'人性论'。"许多同志辛辛苦苦编排的两出革命现代戏，就被她一个电话宣布了死刑。这就是自封为"京剧革命旗手"的江青所干的扼杀革命现代戏的勾当。后来江青指令她的哈巴狗文人窃取《平原游击队》的故事情节，拼凑成另一出剧，竟说是他们自己的"创作"，这实在太无耻了！

这就是我所知道的解放后十七年文艺战线思想斗争的大致情况。

事实证明，解放后十七年文艺界的思想斗争，是在毛主席亲自领导下进行的，并且取得了一个又一个胜利。周总理则主要抓了文艺创作和队伍的建设。毛主席总是在我们迷失方向的关键时刻，给我们指明前进的道路，而周总理则领着我们沿着毛主席的道路前进，当我们摔跤时，把我们扶起来，帮助我们纠正错误，克服困难，继续向前。否定十七年文艺工作的成绩，实际上就是否定毛主席的革命文艺路线，就是否定周总理的巨大功劳。我们知道，解放后的十七年是社会主义革命、社会主义建设的十七年，在这十七年中，社会主义改造取得了伟大的胜利，建立了社会主义的经济基础，与此相适应，上层建筑也进行了改造，取得了胜利。正如毛主席所指出的："这些上层建筑对于我国社会主义改造的胜利和社会主义劳动组织的建立起了积极的推动作用，它是和社会主义的经济基础即社会主义的生产关系相适应的。"当然也存在不适应的一面，所以上层建筑领域还要不断革命。怎么可能经济基础改变了，而旧的上层建筑还原封不动，又怎么可能上层建筑其他部分改变了，唯独文学艺术部门却还是封、资、修"黑线专政"呢？这无论从事实上说，从理论上说，都是荒谬绝伦的。诚然，我们这些在文艺方面担负一定领导责任的同志犯过这样那样的错误，但这丝毫不能改变毛主席的革命文艺路线二十八年来始终居于主导地位的历史事实。这难道还有什么可怀疑的吗？

江青为什么捏造出一个"十七年文艺黑线专政"论来，其目的就是要篡夺党和国家的领导权，当女皇。她的野心是由来已久的。她本来是一个蹩脚演员，文化大革命前，有一天她对我说，赵丹问她还想不想上台演戏？她说："赵丹根本不了解我。我对文艺不感兴趣，我是要搞政治的。"这倒是一句真话，她的所谓"政治"，就是篡党夺权。

江青要篡党夺权，必须找一个缺口。江青这个人既无德，又无才，更无威信，军事、工业、农业她都插不上手。她就利用我们工作中的某些错误缺点，企图从文艺方面来找一个突破口，先把文艺的领导权夺到手，进而篡夺整个党和国家的领导权。可是，这里有两个最大的障碍，一个是毛主席，一个是周总理。要越过这两个障碍是很困难的。她必须找一个同盟者，于是她就找到了另一个大野心家林彪。他们各怀鬼胎，都想夺权，于是勾结起来，林彪利用江青的特殊地位，江青利用林彪的特殊势力。他们对毛主席采取打着红旗反红旗的办法，打着毛主席的旗号歪曲、篡改毛主席的革命路线；对周总理则公开诬蔑或暗中攻击，含沙射影，放冷箭，打黑枪，无所不用其极。他们合作炮制的所谓“黑线专政”论，矛头就是指向周总理的。所以，“文艺黑线专政”论，不只是强加给文艺工作者的精神枷锁，更重要的是借此反对周总理，打倒周总理。这是林彪和江青一伙的大阴谋。前两天，一位同志告诉我，江青曾说过，“文艺黑线”批不下去，因为一批就批到周总理身上了。制造“黑线专政”论的司马昭之心，不是一清二楚了吗？

十七年“文艺黑线专政”论，是江青勾结林彪，为达到他们打倒一切、篡党夺权的目的，合伙制造的第一颗毒弹。从文艺界开始，“黑线专政”论的毒氛笼罩了一切领域，全面否定了解放后十七年社会主义革命和社会主义建设的丰硕成果和优良传统，否定了毛主席的革命路线，干扰了无产阶级文化大革命，对党和国家的事业造成了空前未有的破坏。“四人帮”和林彪这一滔天罪行，必须彻底批判和清算。

与这相关联，我还想说说关于“三十年代”的问题。三十年代的叛徒、特务江青、张春桥，还有反共老手陈伯达之流，对三十年代左翼革命文艺，极尽污蔑、诽谤之能事，说什么“十七年的文艺黑线”“就是资产阶级的文艺思想、现代修正主义的文艺思想和所谓三十年代文艺的结合”。这就把三十年代的文艺一古脑儿列入资产阶级的、修正主义的文艺范畴了。这不但是对于我国文化革命伟大旗手鲁迅先生的诬蔑，对于三十年代许多为革命献出了生命的文艺战士的侮辱，而且是公开反对毛主席对于“五四”以来，包括三十年代革命文艺的正确评价。毛主席在《新民主主义论》中说：“在文学方面，在艺术方面（又不论是戏剧，是电影，是音乐，是雕刻，是绘画），都有了极大的发展。二十年来，这个文化新军的锋芒所向，从思想到形式（文字等），无不起了极大的革命。其声势之浩大，威力之猛烈，简直是所向无敌的。其动员之广大，超过中国任何历史时代。而鲁迅，就是这个文化新军的最伟大和最英勇的旗手。”鲁迅先生也说过：“在中国，无产阶级的革命文艺运动，其实就是惟一的文艺运动。因为这乃是荒野中的萌芽，除此以外，中国已经毫无其他文艺。”鲁迅先生最光辉的著作也是三十年代产生的。我们许多人都是受了二十年代、三十年代革命文艺的教育走上革命道路的。正当林彪和江青一伙抛出十七年“文艺黑线专政”论的时候，我在作家协会召开的一次创作座谈会上发言，不同意他们对三十年代文艺的诬蔑，我说：对三十年代文艺要有分析，不能一概抹杀。三十年代至少有三种作品，一种在当时是正确的，今天还是正确的，例如鲁迅先生的作品；第二种，在当时有进步意义，今天可能进步意义不大了，例如巴金同志的某些作品（不是全部作品）；第三种，今天看来是错的，在当时也是错的，例如夏衍同志的《赛金花》。但是，夏衍同志还写过《包身工》，就是好作品。一个作家这部作品好，那部作品有缺点或错误，是毫不奇怪的，不能因为写过有错误的作品，就否定他的全部作品，更不能因此而把整个三十年代文艺都否定掉。那个后来奉江青之命、在部队上“放火烧荒”的小走卒，听了我的发言后，立刻向江青打小报告，说我为三十年代文艺辩护，跟他们唱对台戏。这也就成了我挨整的一条罪状。可是，江青一伙企图把在血泊中滋长、经受他们的主子蒋介石残酷“围剿”而未能扑灭的三十年代革命文艺，加以涂污、诋毁，那是枉费心机。

江青为什么要污蔑、否定三十年代革命文艺呢？因为她要把自己打扮成文艺革命的“旗手”，打扮成社会主义文艺的“开创者”，就必须把有成就的作家艺术家都毁掉。可是，鲁迅的伟大功绩，是毛主席作了明确论断和充分肯定的，江青无法否定，所以，她只好一方面恬不知耻地把自己冒充为鲁迅的“战友”，另一方面又把鲁迅孤立起来，似乎除了鲁迅，三十年代其他作家都是不好的。毛主席说，鲁迅是中国文化新军的伟大旗手。什么是旗手？旗手的作用就是要善于率领自己的队伍，争取可以争取的力量，同敌人作坚决的斗争。鲁迅先生正是这样。他不仅最敢于斗争，而且最善于斗争。他的那些译列的文章，都是战斗性、科学性和策略性的结合，既有战斗性，同时又是实事求是，讲究策略的。对敌人他绝不妥协，说他死了也不宽恕那些人。对中间势力，哪怕是可以暂时同走一段路的人，他也不放弃争取他们。他对“第三种人”的斗争，就是很好的例子。我们看看，当时跟“第三种人”斗争的许多文章，都不注意策略，就是骂。鲁迅先生不是这样。他那篇论“第三种人”的文章，在理论上毫不妥协，指出作家要想超阶级之不可能，同时又有劝诱他们认识真理之意，而不是简单地骂。等到他们真正变成了国民党的鹰犬时，鲁迅先生就毫不留情地加以鞭挞了。对自己阵营内部的各种错误倾向，鲁迅先生是不断进行斗争的。鲁迅先生是一个最了解实际又最熟悉历史的人，他善于总结斗争的经验教训，所以他对“左”、右倾机会主义的危害性，对知识分子的主观幻想，不切实际的弱点，都看得很清楚，他对这种现象不断地进行了批评和斗争，而目的是为了更好地打击敌人。最明显的例子，是鲁迅先生给周扬同志写的那封信《辱骂和恐吓决不是战斗》，那封信说象那样打仗是不能战胜敌人的，必须改变战法。鲁迅先生从来不混淆两类不同性质的矛盾，他严厉批评自己阵营的错误、缺点，是为了更好地进行共同的对敌斗争。有些人受了“四人帮”的影响，把鲁迅先生描写成似乎是孤军作战或者是不分敌我、盲目乱战的人，这是对鲁迅先生的最大歪曲。

关于两个口号的论争，我没有研究，说不出多少意见。我认为，“民族革命战争的大众文学”的口号是正确的，“国防文学”的口号是有缺点的，对于这个口号的解释是有错误的。主要的错误就是认为在同资产阶级建立统一战线时，可以放弃党的领导。毛主席在《新民主主义论》中指出:“应该扩大共产主义思想的宣传,加紧马克思列宁主义的学习,没有这种宣传和学习,不但不能引导中国革命到将来的社会主义阶段上去,而且也不能指导现时的民主革命达到胜利。”在《目前抗日统一战线中的策略问题》中又指出:“在资产阶级民主革命阶段上,国民党的这些纲领,同我们的纲领是基本上相同的;但国民党的思想体系,则和共产党的思想体系绝不相同。我们所应该实行的,仅仅是这些民主革命的共同纲领,而绝不是国民党的思想体系。”因此,决不能因为讲政治上的统一战线,而放弃我们的共产主义思想体系和无产阶级的阶级立场。在这点上,“国防文学”这个口号是有缺陷的,鲁迅先生对这个口号的批评是正确的。但是,鲁迅先生并不曾认为“国防文学”这个口号根本不能存在,相反,却认为由于“‘国防文学’这口号,颇通俗,已经有很多人听惯,它能扩大我们政治的和文学的影响,加之它可以解释为作家在国防旗帜下联合,为广义的爱国主义的文学的缘故,因此,它即使曾被不正确的解释,它本身含义上有缺陷,它仍应当存在,因为存在对于抗日运动有利益”。所以,鲁迅先生以为这两个口号可以并存。“四人帮”把“国防文学”诬蔑为“卖国文学”,这不但完全违背历史事实,而且是对于鲁迅先生的直接攻击。

感谢英明领袖华主席和党中央,一举清除“四人帮”,使我们能够打碎“四人帮”长期套在我们身上的“文艺黑线专政”论的沉重枷锁,广大文艺工作者又一次获得解放。“愤怒出诗人”!我们一定要把揭批“四人帮”的怒火升华为艺术创造的烈焰,创作出更多更好的诗歌、小说以及各种艺术形式的作品,以报答华主席为首的党中央对我们的关怀和广大人民对我们的期望。

——原载《人民文学》1978年第5期

茅 盾

漫谈文艺创作

砸烂精神枷锁解放思想

在“四人帮”横行的日子,文艺界是个“重灾区”。“四人帮”把“文化大革命”以前毛泽东同志的革命路线占主导地位的十七年歪曲为修正主义路线占统治地位的十七年。他们厉行愚民政策、文化专制主义,对革命作家捏造种种罪名,横加迫害,许多优秀革命文艺作品被禁止出版、上演。而为了蒙蔽广大青年和青年文艺工作者,“四人帮”又炮制了所谓“三突出”、“三陪衬”、“多侧面”、“多浪头”等等一套唯心主义的、修正主义的创作戒律。他们独霸文坛的时期还炮制了许多阴谋文艺作品,开动宣传机器,大吹大擂,强迫文艺工作者必须把这些东西作为进行创作的“典范”。在“四人帮”淫威之下,广大的读者和作者敢怒而不敢言。许多青年作者长年累月,耳闻目见,都是这一套东西。这就成了他们精神上的枷锁;党中央领导全国人民一举粉碎了“四人帮”,文艺得到解放。然而“四人帮”的流毒,既深且广,要彻底砸烂他们强加于广大文艺工作者的精神枷锁,拨乱反正,却并非易事。这有一个“破”的过程,同时也有一个“立”的过程,必须“破”中有“立”。有些青年作者暂时还感到彷徨无主,并不奇怪。好象被长久囚禁于地牢的人,一旦放出来,骤然接触阳光,暂时睁不开眼,长久带(戴)着脚镣的双腿,暂时还迈不开大步。他们有写作的热望,然而积习已久,精神上的枷锁还没有全部、彻底砸烂。说明白些,便是思想尚未完全解放。文艺创作的过程究竟如何,他们还心中无数。这篇漫谈式的文章,试图根据马列主义、毛泽东思想,就文艺作品(特别是小说)的创作过程,略举其要点,以备参考。一定难免有说错的地方,希望读者不吝赐教。

世界观的决定性作用

文艺要为工农兵服务,为无产阶级政治服务,这是广大文艺工作者都具有的决心。然而光有决心,不一定能完成任务。

毛泽东同志早在一九四二年就教导我们:文艺工作者"一定要把立足点移过来,一定要在深入工农兵群众、深入实际斗争的过程中,在学习马克思主义和学习社会的过程中,逐渐地移过来,移到工农兵这方面来,移到无产阶级这方面来"①。

毛泽东同志这番话是对当时在延安的文艺工作者讲的。他们绝大多数是小资产阶级知识分子。他们中间有些革命文艺工作者,在三十年代同国民党的御用文人、帮闲文丐,进行过艰苦卓绝的斗争,打败过蒋介石的文化"围剿"。此外还有抗日战争初期从全国各地奔向延安的青年知识分子,他们绝大部分都或多或少学习过马克思主义的基本原理,世界观已有所改造,但是,在国民党白色恐怖的环境中,没有可能到工、农、兵群众中去,因此他们在实际上、在行动上、在感情上,同工、农、兵还是有距离的。毛泽东同志针对这种情况,指明前进的方向。当时在延安的文艺工作者遵循毛泽东同志的教导,走出窑洞,到工农兵中间去,到火热的斗争中去,结果是产生了一批起着团结人民、教育人民、打击敌人、消灭敌人的好作品。这些作品在内容、形式和文学语言方面,都为中国革命文艺开创了新的局面。

这是三十六年前的历史事件了,但今日回顾,还令人深思,想到当前的一些问题。

首先是立足点转过来的问题。毛泽东同志教导把立足点移过来,有两个"深入",两个"学习",说明光有"深入"而不"学习"是不够的,而"学习"首先是学习马克思主义。申言之,不掌握马克思主义这个思想武器,学习社会这个问题难以得到正确的解决。再进一步,也可以说,不掌握马克思主义,即使深入工农兵群众,深入实际斗争,也难以保证一定能在纷纭复杂的现象中真正发现问题,分析问题,透过表象,看清本质。所以立足点的转移是逐渐的艰苦的过程,不是轻而易举的。

其次,学习马克思主义,就是说改造世界观,必须与深入工农兵群众,深入实际斗争相结合。单靠读书,不会真正弄通马克思主义,亦即不会彻底改造世界观。

广义地说,世界观是人们对于周围世界、对于自然现象和社会现象的一切观点的总和,即哲学的、社会政治的、伦理学的、美学的、自然科学的及其他等等的观点的总和。它取决于人们在一定历史时期所处的阶级地位和所达到的知识水平。人们的世界观随着社会发展而改变。在阶级对抗的社会里不可能有统一的世界观。有剥削阶级的世界观,还有被压迫的劳动人民的世界观。而且同一时代,同一阶级出身的人,其世界观也不完全一致,这和他们的亲身经历有关系。旧社会饱经流离、同劳动人民接近的知识分子,他的世界观中就有进步的成分。而生在新社会,长在红

① 《在延安文艺座谈会上的讲话》,《毛泽东选集》,第814页。

旗下的年青一代,也不能说世界观就完全没有旧时代旧阶级的影响。在我们的国家里,在整个社会主义历史时期中,还依然存在阶级、阶级矛盾和阶级斗争,存在资产阶级和旧的剥削阶级的思想影响。因此,在政治思想领域,无产阶级和资产阶级及一切剥削阶级的斗争更将是长期的。“四人帮”的许多反革命谬论,就集中反映了地主资产阶级的要求。许多人不能识别,上当受骗,这在某种程度上不是恰好说明自己思想上存在着旧东西的影响吗?这是问题的一方面。另一方面,现实生活是不断向前发展的,现实斗争中会不断出现新的情况,涌现新的问题,也需要我们加强学习,使思想适应客观形势的变化。这都说明,今天我们仍然要十分重视世界观的改造。革命的文艺工作者必须掌握辩证唯物主义和历史唯物主义这个思想武器,才能有力地批判旧的意识形态,才能深刻地正确地分析社会生活中阶级斗争的现象,创造出真实地反映现实生活的文艺作品。

世界观的决定性作用,现在不会有人公然反对了。但是,世界观的改造决非一蹴而就,恐怕还有人体会不深。从事文艺工作的人,包括我自己,从实践中感到非常必要做到老,学到老,改造到老;因为文艺工作者是被称为“人类灵魂的工程师”的,如果不具有过硬的马克思主义世界观,这个工程师设计制造的产品就会质量差、外观不美,而且经不起时间的考验。

生活的深度与广度

多年来,“四人帮”非但剥夺了广大文艺工作者深入生活的权利,而且胡说什么只有写所谓“走资派”的作品才有“深度”,只有写的“走资派”越大才越有“广度”。这种在生活的深度和广度问题上肆意制造的混乱,必须加以澄清。

文艺工作者的工作对象是社会生活,是社会各阶级的人与人的关系,他们的矛盾和斗争,他们的精神状态、思想意识等等。因此,不言而喻,文艺工作者必须同时既要有锐利的思想武器,即马列主义、毛泽东思想,又要有广博、深入的生活经验。毛泽东同志早已教导我们:文艺工作者只有“长期地无条件地全心全意地到工农兵群众中去,到火热的斗争中去,到唯一的最广大最丰富的源泉中去,观察、体验、研究、分析一切人,一切阶级,一切群众,一切生动的生活形式和斗争形式,一切文学和艺术的原始材料,然后才有可能进入创作过程”。

毛泽东同志这段话,深入浅出,精深博大,是我们的金科玉律。我个人的理解是:文艺工作者对生活,既要站得高,鸟瞰全局;又要钻得深,对所写的具体事物有全面的透彻的认识。站得高和钻得深并不矛盾,而是相辅相成的。我们要熟悉多方面的生活,先了解全面而后深入一角。很难想象一个埋头在一角(例如工厂的一个车间或农村的一个生产大队,或其他生活的一角)而对一角以外的生活全无所知的人怎样进行写作。当然,并不是说他连文学素描之类的取材于当前事物的作品也不能写,不,他能写,而且也可能写得很出色。但是,如果要写典型环境中的典型人物,使作品所反映的生活具有普遍性,那末,他这一角的生活就不够了。鲁迅主张必须多看看,不要看到一点就写,也是既要深入一角还要了解全面的意思。在创作实践上,我们所要表现的,是具有普遍意义的社会生活,但我们所虚构的故事和人物不能不是具体环境(某一工厂、农村或其他等等)中的故事和人物。以《阿Q正传》为例,未庄是虚构的环境,阿Q是虚构的人物,然而未庄所发生的那些事情,是辛亥革命前后整个中国社会生活的缩影。而阿Q这个人物,鲁迅自己说,并非以一二人为模特儿,是东西南北许多嘴脸的综合体。阿Q是个打短工的,即雇农。他的遭遇是一般雇农的遭遇。然而封建社会统治阶级那一套欺骗、麻醉劳动人民的思想意识,却在他身上留下了烙印,因而各色人等都会在这面镜子里照见自己的影子。我们今天要说阿Q落后,很落后,正因其如此,他是六十年前的雇农的典型。但是,这个落后的农民虽然被人当作奴隶,他却并未堕落为奴才,深藏在他性格深处的要求解放的意识一遇时机就会脱然而出,所以在中国发生革命时,他也参加革命了,虽然是糊里糊涂参加的。这也不能怪他,因为当时的革命党人并不知道把革命的道理宣传到农村,不认识唤醒绝大多数还是落后的农民,是极端重要的工作。

建国以后,专业作家有因立意写某一题材(例如写炼钢,写水库等)而到某地长期生活,参加劳动,实行“三同”,熟悉了生活以后,然后开始写作,此之谓建立“生活根据地”。这种体验生活的方式是符合于上引的毛泽东同志的教导的,而且也是文艺领导部门照顾全局,制订作家们的创作计划,使重大的社会主义建设事业都能在文学上得到反映的一个合理的办法。

这许多专业作家在建立“生活根据地”以前,对于当代的社会生活,阶级矛盾和阶级斗争,日新月异的社会主义建设事业,都不是一无所知,而是颇为熟悉的,他们在创作实践上有丰富经验。他们在长年的学习马列主义、毛泽东思想,参加阶级斗争、生产斗争和科学实验三大革命运动的实践中,已经不同程度地掌握了无产阶级的世界观,具备相当的正确认识生活的能力。因此,这些专业作家在“生活根据地”深入一角的时候,他所具备的有利条件大大超过还没有那样广博的生活经验和创作实践的青年作家或青年业余作者。青年作者,专业的或业余的,如果在“生活根据地”只注意于钻得深,而不注意国家形势的全面发展,不了解“生活根据地”以外的纷纭复杂的社会生活,那么,他在这一角生活中得来者未必能保证一定具有巨大的现实意义,从而他根据当前事态的观察和分析,而写成的作品,也未必具有普遍性。这样的事例,经常有;这样的青年作者,感到苦闷,他们的良好愿望和坚强决心没有产生相应的果实。原因何在?他们自己经常归之于还没有熟练的写作技巧,但根本原因是他们还没有把生活的深度与广度结合起来，还不了解这两者的辩证关系。

毛泽东同志关于深入到生活源泉中去的教导，强调五个“一切”，可知生活的广度是进入创作过程的十分重要的条件。

创作方法

明确了世界观的决定性作用，以及文艺工作者生活的广度和深度的辩证关系以后，现在可以谈谈如何进行创作，即创作方法。

创作方法是作家从纷纭万象的社会生活进行观察、分析、提炼、综合，运用形象思维来反映生活、塑造艺术形象的原则和方法。创作方法受世界观的指导，但世界观不等于创作方法。

在阶级社会中，由于世界观的不同，统治阶级的文人在选择题材、塑造艺术形象时所用的创作方法，同劳动人民创造的民间文学所用的创作方法，会有差异。属于同一统治阶级的文人，世界观基本一致，但由于对文艺的观点和主张不同，也会采用不同的创作方法，产生了内容和形式以及风格完全不同的作品。这在历史上，被称为文艺的不同流派。创作方法有多少种，文艺流派也有多少种。

文艺史上最有影响的创作方法只有两家，即浪漫主义和现实主义。此外还有不少主义，表面上各有特点，而且它们之间又互相争雄，但就其对生活的态度、对人类社会起什么作用而言，这些主义属于同一类型，可以总称之为形式主义。形式主义的文艺作品或则是剥削阶级及其帮闲们娱乐的工具，或则是为欺骗、麻醉劳动人民以求巩固剥削阶级的统治地位的，或则是按照作者的主观愿望，标新立异，哄动流俗，但除了一小撮的追随者，是无人欣赏的。这一切流派，其共同点是追求形式上的华丽幽雅（封建贵族以及其他剥削者所喜爱的华丽幽雅），怪诞诡奇（甚至以使人看不懂为超凡入圣），而完全忽视内容的思想性，甚至主张内容的无思想性。所以形式主义文艺流派必然没有生命力，只在一二（两个）国家中象新牌化妆品似的轰动一时，旋即消歇。

盛行于十七世纪欧洲的古典主义，就其提倡恪守某些僵化的艺术形式（如三一律之类）而言，也可以称为形式主义。当然，法国那时卓越的古典主义大师如拉辛、莫里哀，他们是关心世道人心的；反对当时的教权和皇权（但不反对资产阶级）。他们的作品是当时一般人能够理解和欣赏的。但是除了莫里哀为代表的一些作家具有唯物论的思想外，许多古典主义作家的重要思想基础却是十七世纪很有势力的一个哲学派别：唯理论。

唯理论认为理性是真正知识的唯一源泉，否认经验（感性知识）在认识过程中的必要性。他们不知道，也不肯相信经验是认识的第一阶段，就必然要把理性和经验分割,把概念和思维绝对化。唯理论者认为真理是直接由理性获得的,检验真理的标准,不是靠实践,而是看人们的概念是否清晰和明确。古典主义创作方法就是从上述的认识现实方法产生的。它把古希腊、罗马的作品作为典范。它所表现的社会现象大多是不真实的。它所塑造的人物,其性格固定不变,而且是由作者的理性加以理想化的。

了解历史上存在过的创作方法的源流,我们就不难看出,“四人帮”自己吹嘘为“创造性发明”的什么“三突出”、“三陪衬”一类的创作“规则”,可以说是从历史博物馆里偷来的古典主义的唾余:妄图强迫生动丰富的现实生活去服从某些人为的僵化的艺术框框。然而十七世纪的古典主义在当时还起了反对教权、反对皇权、反对中世纪哲学的历史的进步作用。古典主义大师们的一些优秀作品,在内容和形式上对古典主义的清规戒律都有突破,至今对我们还有借鉴的作用。而“四人帮”却剽窃十七世纪古典主义的糟粕,改头换面,自己吹嘘为“创造性的发明”,那就是倒退,就是复辟。古典主义反对通过生活经验来认识社会现象,“四人帮”也从来不提倡作家须有广博的社会生活的经验,却搞什么“主题先行”,让作家闭门造车。古典主义提倡按照理性去塑造理想的完美的英雄形象,“四人帮”也鼓吹主要英雄人物必须“高、大、全”,从出场到结尾性格上毫无发展,是固定不变的全能人物。凡此种种,都是他们为了篡党夺权制造阴谋文学,而肆意违反毛泽东同志关于创作方法的教导,篡改马列主义、毛泽东思想的创造典型的精辟理论的。

毛泽东同志倡导的革命现实主义和革命浪漫主义相结合,是文学艺术史上优秀的文艺传统的光辉总结和发展。我们知道,现实主义和浪漫主义,源远流长。如果《诗经》里的变风、变雅可以说是现实主义的,那么,《离骚》可称为浪漫主义。一般评论家认为杜甫的作品主要是现实主义,而李白的作品则主要是浪漫主义。现实主义是作家们根据自己对社会现实(阶级矛盾和阶级斗争)的观察、分析,而企图反映他认为是社会生活的客观真实。在这里,同时也表达了作家的愿望和政治倾向。浪漫主义的作家们却是根据他自己认为社会生活理应如何向前发展,在自己的生活经验的基础上,运用幻想的手法,塑造不平凡环境中理想化的人物,从而表达他的理想、愿望和政治倾向。但现实主义作家所要反映的客观真实,是否符合于社会发展的规律,这就取决于作家的世界观。进步的世界观可以产生虽不能指导未来却能深刻地反映现实本质的作品。只有马克思主义世界观才能产生既深刻地反映现实又指导正确的前进方向的作品。这样的现实主义,我们称之为革命的现实主义。浪漫主义的理想世界是空想的呢或是科学的呢,也取决于作家的世界观。欧洲十八世纪的浪漫主义作家从古代传说中汲取题材,以不平凡环境中的理想化的人物,寄托作家对社会现实的深恶痛恨,对他所塑造的反抗性和斗争性非常强烈的理想人物表示极度的尊敬,用气挟风雷、光彩照人的笔墨,使这理想人物的形象,激起观众、读者对于充满矛盾与不平的社会现实的反抗与斗争。作品所描写的人与事往往是古代传说,不是现实生活中所能有的,然而读者和观众的感受却是具有现实意义的对丑恶的、不合理的社会现实的反抗和斗争。这是浪漫主义作品积极的一面,这样的作品被称为积极的浪漫主义。同时,也有取材于中世纪的田园生活而加以理想化的作品,但其作用却是引诱观众或读者沉迷于非现实的幻想,神游世外,逃避现实。这样的浪漫主义作品对生活起了消极的作用,所以被称为消极的浪漫主义。当然,作家之或为积极浪漫主义或为消极浪漫主义,都取决于他们的世界观。进步的世界观产生积极浪漫主义作品。然而如上所述,积极浪漫主义文学的理想虽然表达了作家的良好愿望,也激发了人们对未来,对理想社会的追求,但是这种理想终究是不科学的,是当时出现于欧洲的空想社会主义在文学上的反映。只有马克思主义的世界观才能使积极浪漫主义向前发展,脱离空想与非科学,使它的理想符合人类社会发展的必然规律,这便是革命的浪漫主义。

一九五八年,毛主席提出了革命的现实主义和革命的浪漫主义相结合的创作方法。这是在我国社会主义革命和社会主义建设的新形势下,指出了社会主义文艺作品必须具备理想和现实的辩证关系,即革命浪漫主义的主导作用与革命现实主义的基础作用。我们的社会主义革命和社会主义建设的进程,势如万马奔腾,一日千里,昨天的理想,往往很快变为今天的现实。这就为革命现实主义和革命浪漫主义的结合提供了客观的基础。当然,现实生活每前进一步,都是要经过激烈的斗争的。这种斗争不但表现于无产阶级与资产阶级之间的阶级矛盾与斗争,也表现于人与自然的斗争,还表现于斗争中的人们还必须顽强地克服自己头脑中的旧意识的残余,改造自己成为更完善些更成熟些的马列主义、毛泽东思想的战士。如果只描写共产主义远景的壮丽伟大,只描写战士们对外部世界的斗争而忽略了他们同时也对自己头脑内部世界的斗争,忽略了他们昂扬的共产主义精神,那就不能够全面地反映我国革命与建设,而其教育意义也将缩小。

革命现实主义和革命浪漫主义相结合的创作方法是在无产阶级文艺运动和创作实践的基础上,科学地总结了文艺发展的历史规律。它是马列主义文艺理论的创造性的发展,是马克思主义文艺理论宝库中的新财富。它不仅为我国革命文艺战士,也为世界的革命文艺战士指出了前进的正确的方向。

毛泽东同志的诗词便是“两结合”的创作方法的典范。叶剑英同志和其他老一辈的无产阶级革命家如朱德和陈毅同志等,也用诗词为我们作了两结合创作方法的示范。在他们的诗词中,我们不仅看到了革命现实与革命理想的结合,也看到了气势磅礴、光彩夺目的奇伟壮丽的风格。此种艺术美的高超境界不仅深刻地反映了我国革命人民翻天覆地的伟大斗争，同时也就是作者崇高的精神世界即无产阶级世界观和他们的伟大人格的表现。我们如果不从提高自己的思想水平与革命实践这方面来学习他们所作的两结合创作方法的示范，而只从文学语言的锤炼方面来学习，那就不免是本末倒置了。

至于在小说、戏曲方面，自从两结合的创作方法提出以后，许多作家都作了辛勤的探索，而也各自有所成就。在粉碎了“四人帮”，抓纲治国，百花齐放、百家争鸣的大好形势下，人民自然有理由期待文艺工作者在两结合创作方法的运用方面，将更勇于实践并获得新的成就。

关于技巧问题

文学作品的技巧问题包括生活素材的分析、综合、提炼，主题思想的确定，主要是逻辑思维在起作用，但伴随着，也有形象思维。至于塑造典型环境中的典型人物，人物性格细节的描写，社会环境和作品主角活动场所的具体描写等，则主要是形象思维在起作用，但伴随着，也有逻辑思维。

在作家的构思过程中，逻辑思维和形象思维并不是自觉地分阶段进行而是不自觉地交错进行的。试以题材的如何成熟为例。所谓题材，离不开具体环境中的人和事。在选择题材时，作家为什么选择这样的人和事而不是那样的人和事，表面上看来，似乎同作家的生活经验有关系（即作家从他最熟悉的社会生活中选择题材）。实际上却不然，而是作家的世界观决定了他从最熟悉的社会生活中选择其最能反映时代精神的部分，作为题材。这便是逻辑思维。同时，题材决不是以抽象的方式凭空跳出来的，而是作家在长期深入生活、参加火热的斗争中，有某些事和某些人给他深刻印象，使他兴奋，使他时刻难忘，甚至睡梦中也参加这些事件，也同围绕这些事件而活动的人物谈心讨论；到这地步，作家渴望而且感到有把握进行写作的就是这些人和事，从而进行了初步的构思。这便是形象思维。可以这么说，逻辑思维与形象思维在作家头脑中交错进行，使创作过程中既能够反映时代精神的主题思想，又能够塑造典型环境中的典型人物。这一构思整体的两面，它们的关系是辩证的，是相辅相成而不是对立的。

从开篇到结尾，逻辑思维与形象思维的交错又是反复进行的。当写成一章的初稿时，从头再三修改，有的是大删削大补充，这也是逻辑思维与形象思维的交错作用在反复进行。全书初稿完成后的最后修改以至定稿，都是交错起作用的逻辑思维与形象思维的反复过程。但是作家在写作初稿时，自然主要运用形象思维。

我以为（也是我自己的经验这样认为），上述种种，是技巧问题的根本，应当从这样的高度来看待技巧问题并由此锻炼写作的技巧。此外，虽非根本但决非不重要的问题，便是恰当的结构安排和对环境、人物描写的十分明晰、准确、生动的文学语言。此可以称之为一个作家的表现能力。

表现能力并非生而有之，是在深入生活、参加火热的斗争中，从生活经验的积累中逐渐养成的。也可以说是从生活本身学来的。人类社会生活是文学艺术的唯一源泉。在我国的社会主义革命和社会主义建设时期，这个源泉是空前得壮丽、伟大，奇瑰、多变，它是人民群众的毅力、智力、想象力的结晶。善于向群众学习的作家可以在这里学到无数宝贵的东西，比从书本上学到的更切合实际，更生动活泼。这里的关键是“善于”。怎样才能够善于向生活本身学习呢？这取决于作家的思想水平以及对于事物的敏感性。作家的头脑里必须先有一套分析事物、综合事物的思想武器，就是辩证唯物主义和历史唯物主义。当然，这是对今天革命作家的要求。若是就古代作家而言，富有表现能力，意味着他对事物有与众不同的敏感和超出寻常一般人的理解力、想象力，但这也与他的世界观、与他对社会现实的不满和追求理想的热烈分不开。

作家的表现能力和欣赏能力也是一物的两面，相辅相成的。很难想象，一个富有表现能力的作家却没有相应的欣赏力。说明白点，就是古今中外大概没有一个作家能写出优秀的作品而对于别人作品的优劣毫无辨别的能力。事实上，表现能力越强的作家，对于别人的作品常能发现人们所未发现的优点，也常能抉出人们所未觉察到的缺点。一个作家常常阅读古今中外的名著而能深刻领会其构思、剪裁、塑造形象的妙处，并且每再读一遍会有新的心得，这就意味着他的欣赏力在一步一步提高，而欣赏力的步步提高又反过来会提高表现能力。如果这个作家重读自己的作品而发现从前没有觉察到的缺点，而能修改得使自己满意些，这就是表明了他的表现能力由于欣赏力的提高而也有所提高了。当然，这样的反复提高是没有止境的。而且对名著的欣赏也就是学习，从全书的结构、环境描写、人物形象等方面学习它的特点和艺术表现的新鲜的手法。但是学习不是模仿。学习是深刻领会了人家在表现手法上的特长以后，化为自己的血肉，而求百尺竿头，更进一步，创造自己的新的比以前更好的表现手法。这就要付出艰苦的劳动，不断提高自己的思想水平，即观察、分析、综合、提炼生活素材的能力。

作品结构和对环境、人物的描写，是技巧方面近于技术性的问题。

结构指全篇的架子。既然是架子，总得前、后、上、下都是匀称的，平衡的，而且是有机性的。匀称指架子的局部美和整体美，换言之，即架子的整体和局部应当动静交错、疏密相间，看上去既浑然一气，而又有曲折。平衡指架子的各部分各有其独立性而不相妨碍，非但不相妨碍而且互相呼应，相得益彰。有机性指整个架子中的任何部分，不论大小，都是不可缺少的。少了任何一个，便损伤了整体美，好比自然界中的有机体,砍掉它的任何小部分,便使这有机体成为畸形的怪物。

环境指故事发生的社会背景,这可称为大环境;又指书中人物活动的场所,这可称为小环境。无论大小,都服务于整个故事的发展或人物性格的发展,而不是可有可无的装饰品。小环境的具体描写,如室内的装饰布置,应当尽可能表现主人公的性格、爱好和内心的活动。细心的读者会在《红楼梦》一些人物的室内摆设,看到描写环境的出色的例子。

人物的塑造,是作品的中心问题。一部作品的主题思想,不是由作者用抽象的说教的方式来表白,而必须是通过人物的活动,运用形象思维来表现,使读者从中理解作品的主题思想,使读者的情绪跟着主人公在斗争中的胜利或挫折而或喜或忧,仿佛自己也是书中人,同他们的喜怒哀乐起着热烈的共鸣。作品中的人物不止一个,而作为全书的主角的,通常是一个。其他人物也应当是作品故事发展中不可缺少的人物。故事中所表现的阶级关系、阶级矛盾和阶级斗争的异常复杂的社会现实,决定了除主角而外,还必须有其他人物。这些人物也是作品的有机结构的不可缺少的部分,应当没有一个是可有可无的。这些人物在作品中都是独立的存在,也各有其个性;而且随故事的发展,也各有其性格发展的过程,各有其典型的意义。这样的次要人物,同"四人帮"所吹嘘的什么"陪衬"人物全无共同之处。从此也可以知道"四人帮"那一套"三字经"是完全违背了马克思主义文艺理论的极端荒谬的邪说,只是为了他们制造阴谋文艺而捏造出来的。

有些青年作者常常提出这样的问题:构思时出现于想象中的是人物在先而后由人物的活动产生故事呢,或者是先有故事而后配备人物,并给人物以作家认为应有的性格呢?等等。

我以为人物与故事在作家构思时是同时出现的。不能设想,人物形象会单独出现而不伴随着他的活动;如果有这样的情况,那么,这所谓人物只是概念的化身,而不是有血有肉的活人。至于先有故事而后配备人物,也是不可思议的。当然,这所谓先有故事而后配备人物,并不是说,作家在构思时创造的故事中没有人物。离开人物怎么会有故事?提问者的意思大概是指故事中的人物虽有活动,各就各位,然而性格不鲜明,有待作家自己以为这些人物应当有怎样的不同性格,然后塑造出来。应该说,这两个办法都是违背了创作原理的,更不用说,是违背了"典型环境中的典型人物"这一马克思主义创作要求的。

对于技巧问题,还有相当普遍的错误的看法。一个是把文学作品技巧问题看成工农业方面的技术问题,一经传授,便可运用。另一个是以为文学作品的技巧问题是神秘的,作者不知其所以然而忽然"妙手偶得之",没有规则可以寻求;甚或认为技巧是"生而有之",有些作者写得很多,硬是不能"熟能成巧",都因他没有这神秘的天赋。这两种错误看法,都是唯心主义的,必须屏弃。

最后,提炼是技巧问题中重要的一事。鲁迅说过,不可把只是短篇的材料拉成长篇,可有可无的描写、叙述,应尽量删去。这都是讲的提炼。近来常听说,一些青年写成十万二十万字的长篇小说,而被出版社退回了。原因是冗长无味。故事、人物,都是原型,没有经过剪裁与综合。作者总觉得他所有的生活经验,样样都很有意义,舍不得割弃一些,而作者的文笔又很拖沓,往往要用好多篇幅才能说明一件事。论结构,则散漫而重迭(叠),论人物则可有可无、与主题思想不发生作用者甚多,而且人物的对话也是噜嗦(苏)而不精炼,一两句话可以了事的,却弄成十句话。环境的描写也是脱离了故事和人物性格发展,而且随心所欲在写风暴或社会生活的一般情况。总之,作者自称在农村或工厂生活多年,工作多年,材料十分丰富,十万、二十万字还不足以畅所欲言。这都是不知道,生活素材必须经过提炼。至于如何学会提炼,这又是个思想水平的问题。要在繁杂的社会生活中拣出本质的中心的东西,要从许多人的活动中找出其共同性与个性,然后综合为作品中的典型人物。这除了要有生活深度和广度,多闻博见外,〔就〕还要通过认真学习,努力掌握马列主义、毛泽东思想这个最锐利的武器了。

百花齐放 百家争鸣

一九五六年五月,毛泽东同志提出了"百花齐放,百家争鸣"的方针。毛泽东同志在自己的著作中还多次阐明"双百"方针的意义及其必要性。正是由于"双百"方针的贯彻,社会主义文艺与科学事业才出现过声势浩大的跃进。

"四人帮"为了篡党夺权,推行文化专制主义和禁锢政策,闭口不谈"双百"方针,有敢反抗者,帽子棍子双管齐下,造成了多年来文艺界百花凋零、万马齐喑的局面。今天,"双百"方针重见天日。五届人大第一次会议上的政府工作报告郑重指出:"'百花齐放,百家争鸣',是繁荣我国社会主义科学文化事业的基本方针。它的着重点,是在坚持六项政治标准的前提下,在人民内部采取放的方针,不断扩大马克思主义的思想阵地,促进科学文化事业发展。只有坚决贯彻毛泽东同志提出的'双百'方针,才能在比较和斗争中锻炼人们识别香花和毒草的能力,发展正确的东西,克服错误的东西;才能使艺术上各种风格和流派,学术上各种观点和学派,在互相讨论、互相促进中得到发展;才能出人才,出好的科研成果和文艺作品。"

在全国人民向建成伟大的现代化社会主义强国的长征中,随着社会主义经济建设高潮的到来,一个社会主义文化建设的高潮也已到来。文学艺术百花齐放、万紫千红的春天,已经出现在地平线上。只要我们坚持革命文艺路线,坚持"双百"方针,彻底肃清"四人帮"的流毒,热情支持和爱护社会主义的新生事物,扶植它们健康地成长;就文艺作品来说,只要政治上符合六项标准,艺术上还比较好,就可以发表和上演,不要求全责备,在发表和演出后,还可以倾听群众的意见,加以修改和提高;同时,努力做到“古为今用、洋为中用”,“推陈出新”,既提倡重大题材,也注意使题材多样化。我相信,我们的社会主义文艺在老中青广大文艺工作者的努力下,一定会更加繁荣昌盛,在实现四个现代化的伟大事业中作出应有的贡献。

——原载《红旗》1978 年第 5 期

童怀周

自有人民写春秋

一九七六年清明节前后，我们在人民群众斗争精神的鼓舞下，曾前往天安门广场献诗、抄诗；“四人帮”对人民群众进行血腥镇压以后，我们将所抄的诗歌珍藏了起来；“四人帮”倒台，我们立即将珍藏的诗歌挖取出来，进行了搜集、整理、编印等工作。在敬献、抄录、珍藏、搜集、整理、编印天安门革命诗歌的过程中，我们耳闻目睹了许多动人的事迹，受到了深刻的教育。

大搞愚民政策的“四人帮”，以为历史可以由他们一小撮野心家、阴谋家随意颠倒、任意涂抹。他们可以把天安门革命行动颠倒为“反革命事件”，把革命群众诬蔑为“反革命暴徒”，把革命诗词诬之为“反动诗词”。但是，“自有人民写春秋”，在党中央的支持下，被“四人帮”颠倒了的历史重新颠倒过来了，这是人民力量的伟大胜利。

天安门革命诗歌，是人民的创作。它是人民和“四人帮”战斗的武器，也是人民的艺术珍品。它受到人民的衷心热爱，得到人民的高度评价。任何人想消灭它、禁止它、诋毁它、贬低它都是徒劳的。事实证明，凡是受到人民热爱，得到人民肯定的文艺作品，是具有强大的生命力的。

人民是最伟大的诗人

一九七六年一月八日，为人民呕心沥血的周恩来总理，在万恶的“四人帮”的折磨下，过早地离开了我们。噩耗传来，“顿时九州寂，无语皆泪水。相告不成声，欲言泪复垂。听时不敢信，信时心已碎”。然而，“我哭豺狼笑”，“四人帮”这伙披着人皮的豺狼，却因去掉了他们篡党夺权的最大障碍而欣喜若狂，加紧了篡党夺权的步伐。他们利用控制的舆论工具，对遗骨未寒的周总理射出一支支毒箭。人民群众对飞扬跋扈、倒行逆施的“四人帮”早已切齿痛恨，真是“怒火烧胸心欲炸，义愤填膺气难平”，满腔的怒火，终于在清明节前夕象火山一样爆发出来了！人民群众自发地掀起了缅怀周总理、揭露“四人帮”的天安门革命运动。“全民作诗为武器”,天安门广场成了诗歌的海洋,出现了古今中外前所未有的伟大的革命诗歌运动。在这汹涌澎湃的诗歌中,有“人民的儿子”献给周总理的颂歌,有“普通劳动者”讨伐“四人帮”的檄文,有“老红军一家”沉痛的挽词,有“革命后代”坚定的誓言,有“共产党员”的政治抒情诗,有“赤脚医生”的政治讽刺诗……有些诗签署了真名实姓,为了防止“四人帮”的追捕,更多的是匿名或化名。在当时文化专制主义统治下,“四人帮”践踏民主与法制,人民写诗缅怀自己的总理的自由也被剥夺了。

人民是真正的英雄,人民的声音是任何人也压制不住的。在“四人帮”的白色恐怖下,人民群众不仅挥笔写诗填词,还采用各种方式勇敢机智地将匕首投枪般的诗词献到人民英雄纪念碑前。科学院一〇九厂的工人,将“红心已结胜利果,碧血再开革命花。倘若魔怪喷毒火,自有擒妖打鬼人”这战斗的诗句,分别写在四块一尺宽、两米高的木牌上,由四辆汽车开道,在庄严肃穆的队伍的护送下,经过百货大楼、北京饭店、公安部等处,进入天安门广场,放在纪念碑浮雕顶端的平台上。这四块引人注目的诗牌以及这种不同凡响的献诗行动,极大地鼓舞了人民群众的斗志。尽管“四人帮”在次日凌晨派人偷偷把它搬去,但继之而来的诗词却越来越多,火力也越来越猛。有的人就在暗探密布的天安门广场即席赋诗,有的人站在高处手执半导体喇叭,高声朗诵自己书写的诗歌。除了公开以书面或口头形式献诗以外,人民群众还巧妙地采用化装献诗和掩护献诗等办法。我们亲眼见到,有的同志把诗贴上人民英雄纪念碑,立即又警惕地摘下帽子,戴上眼镜,在人群中穿行一阵,确信无人盯梢,才迅速离开广场。至于素不相识的人,主动护送献诗的同志回去,更是常有的事。这样一些献诗的方式,恐怕是古今中外绝无仅有的吧。

在举国哀悼周总理的日子,人民群众蔑视“四人帮”的重重禁令,越来越多的人前往人民英雄纪念碑前,寄托哀思,以至出现了“泪淹纪念碑,哭声震长安”的悲痛场面。但是,“经过悲痛,党把人民团结得更紧;透过泪水,人民把敌人看得更清”。“洒泪祭雄杰,扬眉剑出鞘”,人民用血泪诗篇,向“四人帮”发出了公开宣战!

“四人帮”对人民群众缅怀周总理和革命先烈的行动,既怕又恨,他们绞尽脑汁,制造借口,“又哄又压”,软硬兼施。然而“人民不是阿斗,谁是谁非能辨”,不但“不听‘通知’胡说”,“不听小丑狂吠”,还义正词严地质问和警告,揭穿“四人帮”的骗局:

谁说清明是“四旧”?
谁说清明习惯臭?
年年祭奠我先烈,
今发禁令何理由?!

莫道《文汇》鬼火亮，
自有人民写春秋。
寄言魑魅慢猖狂，
勿学林贼把命休。

人民群众冲破了“四人帮”设置的重重障碍，义无反顾地云集在天安门广场，发出了心底的呐喊：

中国已不是过去的中国，
人民也不是愚不可及。
秦皇的封建社会一去不复返了，
我们信仰马列主义。
让那些阉割马列主义的
　　秀才们见鬼去吧！
我们要的是真正的马列主义。
为了真正的马列主义，
我们不怕抛头洒血，
我们不惜重上井冈举义旗！
总理遗志我们继承，
“四个现代化”实现日，
我们一定要设酒重祭。

这是人民的心声，时代的呐喊。尽管当时“四人帮”控制的“谣文篇篇载”的《人民日报》，曾把这首诗和另一首诗（即“扬眉剑出鞘”）合并成一首，诬之为“极其腐朽没落的反动语言”，“是彻头彻尾的反革命煽动”，但“人民非阿斗”，早已看清了他们是一伙“阉割马列主义”的野心家、阴谋家。

在“四人帮”实行封建法西斯专政的日子里，“哪里有正义的呼声，哪里就响着污秽的锁链”，“谁不驯服而挺起胸膛，谁就失去自由的宝剑”。但是，英雄的人民，“为了真正的马列主义”，为了实现“四个现代化”，早已将生死置之度外。请看：

总理遗志未酬，
国贼野心生就。
鬼蜮妖风起处，
大圣金棒不收。
先烈血洒神州，
我等后辈何求？
红心永向领袖，

擒妖甘献我头!

这铿锵有力的诗,既是锐利的投枪,也是战斗的誓言,充分发扬了“中华儿女秉遗志,誓斩妖孽接旌旗”的大无畏革命精神。此诗在纪念碑前贴出,许多人辗转传抄,高声朗诵。我们亲眼看到一位青年在朗诵这首诗的时候,激动得满脸通红,不时挥动着手臂,他那坚实有力的胳膊,真象“大圣”的“金棒”一般威武。

当时,尽管“四人帮”横行无忌,炙手可热,但人民早已透过他们貌似强大的假面,看到了他们虚弱腐朽的本质,明确指出:“江桥摇(姚),眼看要垮掉!”人民深信:“造镣铐的人终将被镣铐所套,造绞索的人终将被绞索所绞!”

天安门诗歌不仅是战斗武器,也是艺术珍品。它具有感情真挚强烈、想象丰富神奇、比喻贴切生动、语言凝练犀利等特点。天安门诗歌是人民用血泪凝结而成的,它表达了人民群众“全部的爱,全部的恨,全部的怀念之情,全部的愤怒之心”,洋溢着对周总理真挚的爱,充满了对“四人帮”强烈的憎。这种真挚强烈的爱憎之情,从作者的心灵深处倾泄(泻)出来,与千百万读者,引起强烈的共鸣。长诗《告别》,在天安门广场贴出后,立即被广大群众争相抄录和传诵。四月五日夜,“四人帮”向革命群众血腥镇压的前夕,还有人在纪念碑前含着眼泪高声朗诵:

老一辈懂得了:幸福——
就是活得象您一样无私;
新一代领悟了:伟大——
就是斗得象您一样坚强!
…………
总理啊,安息吧,
人民没有那空洞的赞扬,
却用钻石般的泪珠
　　在史册上刻下您那不可磨灭的一章,
我们没有那堂皇的排场,
却把您高大的塑像
　　竖立在心灵中最神圣的地方。

这首感人肺腑、扣人心弦、使人振奋、催人向前的长达三百行的抒情诗,曾使多少人泪如泉涌、热血沸腾啊!

长诗固然便于充分抒情、达意,即便寥寥数行的短诗,也是“情动于中而形于言”的感人之作。例如:

热泪滴滴解冻土,
悲歌阵阵惊暮鸦。

待到春来寒气散，

九州尽开带血花。

这二十八字的短诗，充满了悲愤之情，表达了人民的希望和必胜的信念。类似这样的短诗，在天安门诗歌中俯拾即是。

天安门诗歌既具有强烈的革命现实主义精神，又具有鲜明的浪漫主义色彩。人民群众运用毛主席倡导的革命现实主义和革命浪漫主义相结合的创作方法，通过丰富神奇的想象，充分表达了人民的革命理想和美好愿望。

《请收下》这首由十名工农兵学员集体创作的诗歌，通过献花抒发了对周总理的无限深情。诗的结尾写道：

我们将用震天的万门礼炮

　　将您隆重地唤醒，

把您请进壮丽的共产主义大厦，

请您在检阅台上给我们讲话，

再献上一束

　　——共产主义的鲜花！

这种具有浪漫主义色彩的崇高深远的意境，真是新颖别致，不同凡响。这是可歌可泣的畅想曲，也是“最新最美的画图”。希腊抒情诗人西蒙内底斯说：“诗是有声的画，画是无声的诗。”在天安门革命诗歌中，有许多诗，通过丰富神奇的想象，描绘了一幅幅“有声的画”，请看：

谁说您随晨风归，

亲眼见您入红梅。

千里风霜质文硬，

万丈冰崖骨花飞。

劲枝怒迸蓓蕾放，

清香万般洒南北。

一旦春暖百花开，

您在花丛笑微微。

这是一首“红梅赞”，也是一幅“颂梅图”。周总理的骨灰化作“骨花”飞入“红梅”，这种想象是奇特的，但它绝不是与现实毫不相关的想入非非，而是根据总理的精神和人民的愿望产生的必然联想。总理为共产主义事业而战斗的光辉的一生，难道不是象傲霜斗雪的报春红梅吗？红梅就是总理的化身。总理的“骨花”飞入“红梅”，总理“在花丛笑微微”等出人意料之外的奇特想象，却是全在情理之中的必然联想。又如“骨沃中原土，魂入九垓午”；“灰撒江河里，碑树人心中”，“遗灰已化千晦绿，壮志犹存一片丹”等丰富的想象，乍一看有些神奇，细一想又极其自然。这种想象，不仅深化了思想，而且增添了诗美，更好地起到了感染人、教育人的作用。

毛主席在给陈毅同志谈诗的一封信中说；“诗要用形象思维，不能如散文那样直说，所以比、兴两法是不能不用的。”天安门革命诗歌中，“比、兴”两法特别是“比”法用得很普遍，单是用以比喻总理的“彼物”，就有“大鹏”、“巨星”、“巨松”、“红梅”、“纪念碑”等十余种；用以比喻“四人帮”的则有“妖魔”、“鬼蜮”、“虎豹”、“恶犬”、“毒蛇”、“蝇蛆”、“秃驴”、“暮鸦”、“蟑螂”、“爬虫”、“蓬间雀”、“白骨精”等数十种。这些“神似”的比喻，使人浮想联翩，收到了言有尽而意无穷之效。

丙辰清明，人民群众心潮澎湃，思绪万千，悲痛、忧虑、愤怒等感情交织一起，要想用短短的诗句把这种复杂的感情抒发出来，没有很高的语言艺术，定会感到力不从心。然而人民群众却用凝练犀利的语言，准确而尖锐地反映了复杂的思想感情和激烈的阶级斗争。

欲悲闻鬼叫，
我哭豺狼笑。
洒泪祭雄杰，
扬眉剑出鞘。

这短短的二十个字，却将“悲愤悼誓相连”的复杂感情和人民群众与“四人帮”的生死斗争绘声绘色地表现出来了。这是多么凝练、朴实、生动、犀利的语言啊！它象锋利的匕首，直刺“四人帮”的心脏。“四人帮”面对这首短诗，如临大敌，不仅列为第一号案件重点追查，还在其控制的《人民日报》上，大兴问罪之师。

凝练的语言，并不一定深奥。人民大众通俗易懂的语言，往往是非常凝练的。天安门诗歌中，有一首描述十里长街送总理的诗，其中有这样几句：

静悄悄，不说话，
不屈的头颅低垂下；
只听见北风呼啸人呜咽，
行行泪水腮边挂。

明白如话的四行诗，却形象地描绘了一幅令人心碎的“送灵图”。

人民群众还借助语言的谐音，熔犀利和幽默于一炉，对“四人帮”进行无情的鞭笞和辛辣的讽刺。例如：“稗草妄自称乔木，腥风岂非出青萍？”前句的“乔”和“桥”谐音；后句借用宋玉《风赋》“夫风生于地，起于青萍之末”句中的“青萍”专指江青（蓝萍）。这两句诗巧妙地指出：张春桥本渺小有害的稗草，江青乃血雨腥风之祸根，寓意深刻，意味无穷，大大增强了诗歌的战斗性和艺术魅力。

人民的诗歌具有强大的生命力

丙辰清明,天安门广场出现了"诗词成千上万,读者如海如山,诵者声泪俱下,抄者废寝忘餐(食)"的动人场面。读者、诵者、抄者如此之多,如此动情,在我国诗歌史上是空前的。我国自古就有采风的记载,但从未有过这种群众性的刀丛采风的盛况。丙辰清明,献诗危险,抄诗也不安全,但刀丛采风者却密集如云,一首诗前,围着多达几十层的抄诗的男女老少。抄诗的人拥挤得无法抄录,有的人就主动站出来,用记录的速度念给大家抄录。抄诗的群众知道念诗危险,也常常自动组织起来,护送念诗的人离开广场。即使这样,有些念诗的人还因为当场被照了相而受到"四人帮"的追查和迫害。

刀丛采风,有许许多多感人的事迹。四月三日下午,下着牛毛细雨,一位两鬓苍苍的老人,低垂着头,若有所思地缓步向中山公园的方向走去,被迎面飞驰而来的一位骑自行车的青年撞倒了,尽管老人被碰伤,但当听到青年说"想多抄点诗",就怒气全消,心平气和地说:"没事,只磕破点皮,你快抄诗去吧。"青年工人下了夜班,就直奔天安门广场抄诗,饿了吃口干粮,困了揉揉眼睛。有的人读到一首首感人的血泪诗歌以后,立即跑到了前门或王府井买来纸笔,认真抄录。有人就将诗歌抄在手上。有人还把诗歌抄在随身携带的居民购货证上。还有带上录音机,自念自录,把一首首血泪诗篇录制下来。

有一些刀丛采风者,把抄录的诗歌贴到了广场其他地方,甚至带回单位张贴,供更多的人阅读、抄录。

天安门革命诗歌如炸弹,使"四人帮"望而生畏;天安门革命诗歌似惊雷,使"四人帮"闻之丧胆。惊恐的"四人帮"狗急跳墙,露出了封建法西斯的狰狞面目,利用他们窃取的权力,大兴文字狱,对献诗、抄诗、诵诗的群众施行血腥镇压,疯狂追查。革命的烈火是扑灭不了的。尽管抄诗的一些群众被围殴打甚至身陷囹圄,诗词被当场撕毁或抄走,但勇敢机智的人民还是想方设法把天安门诗歌保存了下来。

人民群众珍藏诗歌的巧妙办法有许许多多,归纳起来,大致有以下三种:物中藏诗,诗中藏诗,心中藏诗。

所谓物中藏诗,就是把抄录的诗歌埋藏在其他物品之中。有的将诗稿密封在蜡烛或罐头里,有的埋藏在花盆和炉壁中,有的缝在沙发内,有的缠在线团中……一位公安民警在清明节执行任务时抄录了一些诗词,但是他并未作为案情上交,而是作为珍品带回河南老家,装入瓶内,加蜡密封,埋在地下。一位从秦皇岛出差来京的同志,将抄录的诗词密藏在香山,粉碎"四人帮"后,他专程去香山,把抄本取了出来。为了便于流传,他又将因受潮字迹模糊不清的诗词整理复写清楚,给同志们寄去,并赋诗一首:“敬禀未话泪先流,为悼总理险断首。今日打倒‘四人帮’,千仇万恨解心头。”

所谓诗中藏诗,就是将天安门诗歌重新抄藏在其他诗篇或原诗之中。有的将诗词分解成单句、单词甚至单字,穿插在其他诗歌之中;有的把几首诗词混合在一起,使人无法辨认;有的把一首诗歌的词序按照自己确定的规律,重新组合成一首别人很难看懂的诗;有的将一首诗歌中的几个关键的字经过删改而变成另外一首不尽相同的诗,并在改动的地方作了标记,把删改的字句牢牢记在心中;有的把诗歌隐藏在批判稿中,借此保存血泪诗篇。

所谓心中藏诗,就是群众在被迫上交或埋藏诗稿以前,下苦功(工)夫反复吟诵抄录的诗词,直到倒背如流为止。一个同志说:“抄在纸上的诗词他们能够搜去,刻在心上的诗词他们无法搜去。”一些因抄录诗词而身陷铁窗的同志,用默诵刻在心上的天安门诗词,激励自己,顽强战斗。

在“清明不明”、“四害”横行之时,人民坚信天安门诗歌总有一天会重见天日的。一位藏诗的同志对爱人说:“要是我出了问题,请一定保存好这些诗词,相信它迟早会在人民群众中广为流传的。”

打倒“四人帮”,受迫害的革命群众得解放,埋藏的革命诗歌也见到了阳光。但是由于种种原因,这些革命诗歌还不能立即汇集起来,公开出版。许多同志担心这些珍藏的诗词不及时搜集起来,会随着时间的流逝而散失,或因辗转传抄而失真。于是,我们决定从事搜集、整理天安门诗歌的工作。

为了广泛搜集天安门诗歌,我们首先将自己珍藏的诗词经过整理,油印成册。群众知道这一消息,纷纷通过书信和电话对我们的搜集工作表示极大的支持和鼓励。许多人将他们珍藏的诗稿提供给我们;有的同志怕我们看不清楚,把抄录的诗专门工楷誊写;有的同志怕邮寄遗失,专程送诗上门;有的同志知道我们遇到困难,主动提出要给予物质帮助,有的同志知道我们受到压力,写信鼓励说:“你们的工作是有意义的,希望你们继续做好这项工作,有千百万群众做你们的后盾。”有位工人同志听到有强烈地震的消息,专程跑来告诉我们说:“这些诗篇没有被人祸毁掉,现在也不能被天灾毁掉。”在人民群众和有关部门的关怀和支持下,我们很快就搜集到了丙辰清明在天安门广场张贴或朗诵过的大量的诗歌。

在整理、编印天安门革命诗歌的过程中,不少单位的同志主动要求参战。有的帮助订正原文,有的奔走联系印刷,有的设计封面,有的绘制插图,有的提供纸张,有的承担制版,有的印刷封面,有的帮助装订……印刷厂的工人同志,怀着对敬爱的周总理的深厚感情和对“四人帮”的深仇大恨,加班加点排印,遇到停电,排字工人就点着蜡烛干,至今我们还保存着蜡痕斑斑的校样。一位出版界的老同志利用业余时间主动帮助编排、校对,经常工作到凌晨,甚至病在床上,还坚持校对清样。一位同志说:"丙辰清明,我因出差没有能在天安门广场参加保卫总理的战斗,这是我终生的遗憾。现在能为编印血泪诗篇出点力,也是我对总理的一点心意。"

这许多默默无闻的同志都把搜集、整理、编印天安门革命诗歌看作他们份内的事,他们还总嫌自己做得太少。

在广大群众的支持和帮助下,从一九七六年十二月到一九七八年四月这一年多时间里,我们将搜集、整理的天安门革命诗文,先后编成了《天安门革命诗抄》,《革命诗抄》第一集、第二集,《天安门革命诗文选》正编、续编几种集子。《天安门革命诗文选》(正编)将近六百页,并附插图五十余幅,从编排到出书仅用了几十天的时间。一位主动帮助我们发行的老同志说:"我解放前就在书店卖书,卖了几十年书,象卖《革命诗抄》这样热烈的情景,我还从未经历过。书一到,很快就销售一空。没有买到书的人,急得哭着不肯走。买到书的人,激动得流泪,回到家还写信来表示感谢。还有的从南京、上海、新疆等地寄来梅园的花籽、周恩来机车的照片、哈密瓜干等表示谢意。"

《革命诗抄》和读者见面以后,立即不胫而走,流传到全国各地乃至海外。群众强烈要求翻印,还贴出了要求翻印的大字报,说:"在'四害'横行的日子里,革命有罪,写革命诗词有罪,传抄革命诗词也有罪。人们只能秘密写作,秘密传抄。这是许多诗词没有真实姓名的原因。今天'四人帮'垮台了,人民胜利了,英雄们用血和泪写成的诗词,再也不必秘密传诵,到了广为传播的时候了。"

搜集、整理、编印有关天安门革命诗歌的单位不少,如七机部五〇二所、中国科学院自动化所、世界文学编辑部、二一一厂等兄弟单位先后编印了各种不同的版本。我们编印的五个集子加上其他各种版本,印数仅国内已经超过了两百万册,但还远远不能够满足群众的需要。仅我们就先后收到了除台湾省以外全国各省、市、自治区所属单位或个人的信件五千余封。由于供不应求,有的同志带上干粮来我院整日抄录,有的同志冒着严寒在露天抄录我们张贴在外的《天安门革命诗抄》。有些同志购得《诗抄》以后,为了让更多的同志读到,就抄成大字报张贴出去,或者在公共场合高声朗诵。

由于人民群众以各种方式热情传诵,天安门革命诗歌早已不胫而走,深入人心。毫无疑问,它必将千秋万代永世流传下去。

人民是最公正的评论员

人民群众是最公正的评论员。早在一九七六年清明前后,群众就以刀丛采风、巧妙珍藏等实际行动,对天安门诗词作出了高度评价。当时有人作诗赞道:"敢有歌吟动地哀,‘四五’诗词溢情才”,“碑高千丈诗万首,篇篇惊雷云中吼”。这些惊雷般的战斗诗篇,不仅当时震撼着人民群众的心,而且至今还拨动着人民的心弦。全国各族人民,以至海外友好人士,对天安门诗歌都爱不释手,赞不绝口。上海第二人民医院的一位同志来信说:天安门诗歌“喊出了亿万人民的心声,显示了革命人民的高度觉悟和无比力量”,是“悼念总理、痛斥‘四人帮’的珍贵的战斗纪念品”。北京市特种工艺机械修造厂一位工人说:“这(一)首首战斗的诗篇,是剑,是火!正是在这火光血影中,我们早就看到了今天胜利的曙光!”广西一位壮族同志说:“天安门革命诗歌是一首‘群众是真正的英雄’的颂歌,在我们壮家儿女的心坎上占有独特的地位。”广州空军一位战士说;“这些在烈火和刀枪下,在白色恐怖中产生的伟大诗章,是我们中华民族的精神财富,鼓舞八亿人民斗争的武器。”山西一个一年级小学生在来信中说:“我妈妈向别人借来了一本最珍贵的书——《天安门革命诗文选》,我们全家都高兴极了。妈妈翻开书,慢慢地读着,眼泪就流出来了。我和爸爸也流着眼泪静静地听着。我的心里充满了对周爷爷的爱……”他在信的最后,还诚恳地向我们指出书中的一个没有校对出来的错字。由此看到,即使刚上学的儿童,对天安门诗歌也有着正确的评价。许多家长来信说:“天安门革命诗歌是对下一代进行传统教育的好教材。”他们“要将《天安门革命诗抄》作为传家宝一代一代传下去”。海外友好人士也对天安门革命诗歌十分热爱,说:“这是血与泪写成的哀思,这是怒与火织成的控诉”,“对于周总理的崇高品质有了更进一步的认识,对于‘四人帮’的垮台有了进一步的理解”,它的“时代意义和历史价值都是不容忽视的”。上海崇明长江农场的同志来信说:“有的同志为了把这些真正的人民大众的文学作品抄下来,不顾一天辛勤劳动的疲劳,通宵达旦地抄写复印。我们还把一些青年召集起来,排练朗诵,以这种形式寄托人民对敬爱的周总理的怀念和哀思,声讨‘四人帮’迫害周总理的滔天罪行。每次活动政治效果都很好,许多青年含着眼泪在总理遗像前庄严宣誓:‘继承总理遗志,象总理那样生活、学习和战斗。’还有一些后进青年幡然猛醒,表示‘痛改前非,要做毛主席、周总理和老一辈革命家所开创的事业的接班人。’我们几位共产党员也决心以总理为榜样,真正地弄通马列主义,为真理而斗争!”

仅就我们所知,工农兵、革命干部和知识分子对天安门革命诗歌的高度评价,见诸文字的材料已达数十万言。人民群众的高度评价,使我们更加坚信,天安门诗歌必将载入中国革命斗争的史册,作为中国人民的伟大史诗,必将在中国文学史上放射出灿烂的光辉!

“古老的诗国焕发了青春”,当年创作了天安门诗歌的伟大的诗人——人民,正在谱写四个现代化的胜利凯歌。

——原载《文学评论》1978 年第 6 期

齐燕铭

旧剧革命划时期的开端

——革命京剧《逼上梁山》是怎样创作的？

一九四三年冬，延安中央党校的同志们在学习了毛主席《在延安文艺座谈会上的讲话》之后，遵照毛主席的指示，文艺要为工农兵服务，要成为“团结人民、教育人民、打击敌人、消灭敌人的有力的武器”①，作了一次戏曲改革的尝试，创作和演出了革命京剧《逼上梁山》。伟大领袖和导师毛主席在看了此剧以后，于一九四四年一月九日写信给编剧和导演同志说：“你们这个开端将是旧剧革命的划时期的开端。”同时指出：“历史是人民创造的，但在旧戏舞台上（在一切离开人民的旧文学旧艺术上）人民却成了渣滓，由老爷太太少爷小姐们统治着舞台，这种历史的颠倒，现在由你们再颠倒过来，恢复了历史的面目，从此旧剧开了新生面，所以值得庆贺。”毛主席的《讲话》和关于戏曲革命的光辉指示，是文学艺术革命的指针，是推动我国无产阶级文学艺术事业发展的动力，是我们在文艺工作中坚持毛主席革命路线，反对修正主义路线的强大思想武器，因而也照耀着我国戏曲革命的前进方向。

以英明领袖华主席为首的党中央，粉碎了“四人帮”，作出了抓纲治国的战略决策，揭批“四人帮”的伟大革命运动正在深入发展。文艺战线也和其他战线一样，呈线出一派欣欣向荣的景象。今天当我们怀着无限崇敬的心情怀念伟大领袖和导师毛主席的时候，回忆延安创作革命京剧《逼上梁山》的经过，回忆毛主席关于戏曲革命的指示，对于当前高举毛主席伟大旗帜，学习毛泽东思想，全面地正确地贯彻毛主席革命文艺路线，肃清“四人帮”在文艺界散布的流毒，繁荣社会主义的戏曲艺术，是有现实意义的。

① 《在延安文艺座谈会上的讲话》，《毛泽东选集》，第805页。

一、《逼上梁山》创作的经过

革命京剧《逼上梁山》创作于一九四三年。

这时,抗日战争已经进行了六年,国民党顽固派日益反动,消极抗战,积极反共,投降和内战的危机严重存在,对人民加紧剥削,抓丁抢粮,逼得老百姓走投无路,而中国共产党领导下的抗日根据地的中心——延安,则成为全中国人民仰望的灯塔。

延安中央党校经过了全党整风学习,经过了党内两条路线斗争历史的学习。同志们在学习中结合切身体会,深刻地认识到毛泽东思想是把马克思列宁主义的普遍真理和中国革命的具体实践相结合的战无不胜的指导思想;毛主席的革命路线是指导中国革命唯一正确的路线,在我国新民主主义革命阶段,组织工农武装,建立农村根据地,以农村包围城市,最后夺取全国政权;在抗日民族统一战线中,坚持共产党独立自主,发展进步势力,争取中间势力,反对顽固势力,是我国民主革命达到彻底胜利的保证。党的历史证明:凡是违背毛主席革命路线的,必然要犯"左"的或者右的机会主义路线的错误。

革命京剧《逼上梁山》就是在这样的政治背景和思想背景下产生的。

《逼上梁山》初稿是根据《水浒传》中林冲的故事编写的。当时,中央党校的一部分爱好京剧的同志组成了一个业余文艺团体——大众艺术研究社。大家看了这个剧本,认为故事情节动人,基础不错,可以加工修改后演出。

《水浒传》原来的故事情节是:太尉高俅图谋替他儿子高衙内抢占教头林冲的妻子,多方设计要害死林冲,逼得林冲最后投奔梁山。原稿把林冲和高俅之间的矛盾赋予了政治内容,写林冲主张抗敌御侮,高俅主张妥协投降,作为两种政治矛盾的反映,而把谋占妻子的内容推到第二位,这就同《水浒传》以及过去同一题材的戏曲和电影限于描写林冲个人的苦难遭遇,林妻的贞烈不屈和夫妻间的生离死别,意义截然不同。

大家讨论认为:原稿的缺点是对林冲没有作阶级分析,没有写出林冲思想转变的过程。大家提出:以林冲这样一个封建统治阶级中的下级军官,从有正义感、同情人民转变到背叛统治者、参加人民革命的行列,是阶级立场的根本转变。只有在他身受统治者的迫害以后,接受了现实的和人民群众的启发和教育,才能逐渐打破对统治阶级的幻想,从封建统治阶级阵营中分化出来,转变原来的阶级立场,毅然站到人民一边,走上革命的道路。已往的历史和当前的现实中确有不少这样的人物。《共产党宣言》中所说:"在阶级斗争接近决战的时期,统治阶级内部的、整个旧社会内部的瓦解过程,就达到非常强烈、非常尖锐的程度,甚至使得统治阶级中的一小部分人脱离统治阶级而归附于革命的阶级,即掌握着未来的阶级。"这是从阶级社会的历史中总结出来的阶级力量变化的规律。根据这种指导思想，我们认为剧中必须写出林冲所处的时代——北宋末年的革命形势；写出林冲在具体的历史条件下思想转变的过程，也就是要求在特定的历史典型环境中作为一种典型人物来塑造林冲的形象。特别是当时同志们经过了整风学习之后，对于思想改造，对于世界观的转变才是立场的根本转变这一点体会很深。大家认为只有这样处理，才能符合历史的真实。

原稿共分二十三场：

1. 街哄 2. 托孤 3. 投靠 4. 发迹， 5. 行路 6. 点卯 7. 逃亡 8. 练兵
9. 降香 10. 菜园 11. 庙门 12. 设计 13. 刀诱 14. 白虎堂 15. 刺配
16. 长亭 17. 追林 18. 宿舍 19. 野猪林 20. 回报 21. 酒馆 22. 山神庙
23. 杀奸

在原稿基础上进行修改，就是压缩了前七场，充实了《野猪林》以下几场的内容，主要是写出当时的革命形势，加强表现林冲在群众影响下的思想转变过程。演出中吸收观众意见，不断有所修改。综合前后修改的问题，大致如下：

一、原稿前七场，根据《水浒传》第二回《王教头私走延安府》（金圣叹本改为第一回）写高俅从流氓爬上了太尉的高位，利用权势，官报私仇，逼走教头王进，首先给封建统治者代表人物描绘出一幅卑劣、专横、阴险的脸谱，是必要的。缺点是没有表现出北宋末年社会动乱的革命形势，而且篇幅过长，显得后半部分十分局促。于是，加写《动乱》一场，作为第一场，而将原稿前几场压缩为《升官》一场，从中点明了高俅的出身，暴露了封建统治阶级骄奢淫佚（逸）的生活；同时写了灾民流入东京，遭到殴打，将统治者的荒淫无耻与人民的啼饥号寒作一鲜明的对照。至于王进的故事，只在下一场作一交代，逃亡则改为暗场。

二、封建社会的主要矛盾，是农民阶级和地主阶级的矛盾。《水浒传》这部以北宋末年农民起义历史为背景的小说中的主要人物（一百零八将），没有一个农民（其原因在本文中不去论列）。这个剧本既然是反映封建社会的阶级斗争，不写农民生活，不塑造出在封建制度下身受剥削压迫、苦难深重的农民典型，是不能反映历史的真实的。因此，首先在剧中增写了李铁父子，作为贫苦农民的代表人物，贯串全剧首尾。特别是到了沧州以后，李铁的苦难遭遇成为促使林冲最后思想转变的重要因素。其次是李小二，《水浒传》说他在东京受过林冲的救济，以后在沧州开酒店。这里处理他离开东京以后上梁山入了伙，奉命在沧州开设酒店，负有招揽英雄豪杰的任务，林冲、李铁都是经他指引上梁山的。

三、原稿《长亭》一场写得很动人，但重点是写夫妻生离死别的情感。讨论后，在前半场增加群众送行，表示群众对林冲的同情，结尾增写一个老军，代表禁军弟兄

赶来送行,表明林冲平日同禁军士兵间的密切关系,以此冲淡剧中夫妻间的个人感伤,使缠绵的气氛变为悲壮,演来效果很好。

四、《野猪林》一场,将林冲和鲁智深两人思想作了个鲜明的对比。有的同志提出,鲁智深台词说出四路英雄,纷纷上山,而在舞台上没有形象,建议写曹正上山路经野猪林,造成群众起义的声势,以影响林冲。这个意见被采纳,于是又在前面加了《肉市》、《救曹》与曹正有关的两场。

五、原稿从《野猪林》以下,主要问题是对林冲思想转变过程交代不清,也没有写出群众对林冲的影响。修改时,从《酒馆》起用大量笔墨写了沧州农民(以李铁父子为代表)所受地主剥削、官府压榨的痛苦。从李小二的口述,从草料场的目睹,从李铁父子的遭遇,使林冲最后得出"这世界是官逼民造反,反了吧!这浑身的枷锁才能打开"的结论。《山神庙》一场,除了保留原稿中一段昆曲《一枝花》外,整个改写,为林冲安排了三段主要唱段,使林冲把个人全部经历作一回忆,下了投奔梁山、参加革命的决心。

六、为了写出林冲立场转变后同人民群众的结合,加写了一场《结盟》。这是受了秦腔《打渔杀家》的启发而写出的。秦腔《打渔杀家》写梁山失败后,几个英雄重新会面,感到梁山革命势力重新团聚起来,兴奋得四个人臂膀挎着臂膀,齐声合唱,情绪高亢。这个场面是京剧所没有的。现在将这个形式移植过来,表现革命力量的团结,很有气势。

经过多次修改以后,全剧分为主幕(分幕只是由于时间长,演员和观众都要休息,无他用意)、二十七场。

第一幕十一场:1. 动乱　2. 升官　3. 捕李　4. 献策　5. 阅兵　6. 肉市　7. 家叙　8. 救曹　9. 菜园　10. 庙门　11. 设计

第二幕八场:12. 刀诱　13. 白虎堂　14. 刺配　15. 长亭　16. 追林　17. 宿店　18. 野猪林　19. 回报

第三幕八场:20. 酒馆　21. 借粮　22. 草料场　23. 结盟　24. 察奸　25. 山神庙　26. 除奸　27. 上梁山

修改过程中经反复讨论,《逼上梁山》的主题思想明确了。林冲,这个从统治阶级中分化出来的下级军官,是在接受了革命人民群众和封建统治者正反两方面的教育后,转变了立场,走上了革命的道路。而人民群众是他思想转变的主要推动力。北宋末年人民群众反封建的革命形势,官逼民反,不得不反,是促使林冲转变的典型环境。从这里显示出来:统治阶级已经腐朽没落,只有灭亡;人民大众只有反抗斗争，才有出路。“人民，只有人民，才是创造世界历史的动力。”①——这就是《逼上梁山》的主题思想。

剧本演出时，在当时可能的条件下，对舞台艺术形式，也作了一些改革。

首先，人物形象力求突破旧剧行当的限制。基本上（对于主要人物）做到了按照剧中人物思想、情感和性格的要求，运用京剧艺术形式，重新塑造；唱、白特别着重内心的表现，不拘于程式，如林冲，采用武生的功架和念白，兼用须生和武生的唱法，前半，表现性格正直豪爽，受迫害后，变得激昂，随着思想觉悟的提高，态度也逐渐变得坚决。又如鲁智深，作为豪放、沉着，具有革命思想的英雄，行当近于旧戏的“大面”，力求避免象花脸那种粗率、莽撞的作风；其服装，参用小说插图设计，不用旧戏《醉打山门》一类和尚装束，特别取消项上的数珠，突出其“不愿吃斋与哼经”，豪侠不羁的性格。李小二原设计用武生形象而说京白。其说白近于旧京剧中的“开口跳”，以显示其精明干练的作风。后来由于演员条件，仍然改用韵白。将来重演时，仍以按原设计为好。李铁以净角扮演，要求突出质朴憨厚的性格，但在受到压迫实无可忍时，则坚决反抗，毫无退缩。前后两个老军，用丑角而鼻上不抹白粉，说白用自然声调，只要能够正确地表达角色的思想感情，即使杂入本人方言土音也不去纠正，但是一定要避免旧戏丑角那种卑俗的声调。反派人物，如高俅，虽然穿戴蟒袍、“相貂”，但画歪脸，戴“一”字短胡，表演时除专横、险诈之外，还要有流氓气息等等，其他不一一列举。脸谱只施于反派人物，正面人物一律不用，或者采用揉脸。这种办法只是因当时想废除脸谱而又没找到一种较好的化装方法以前的一种尝试。戏曲脸谱，历史由来已久，其中有根据现实生活加以夸张的部分，也有出于反动阶级的偏见和封建迷信的部分，但总之是在生产落后时代广场演出或舞台光线暗淡的条件下产生的。揉脸，创于近代海派京剧，但方法简单，还不善于表达各种不同人物的不同性格，尚待改进。话剧化装，符合自然真实状态，而又与京剧夸张的艺术风格不能协调，因此戏曲化装如何改进尚待研究。

其次，在舞台装置上，取消了当时延安通用“出将入相”的帘幕（内行称为“守旧”），代之以天幕和侧幕。照明，当时延安无电灯，通用煤气灯，无法装置脚光，于是用煤气灯制作了两个侧光灯，以控制舞台的光亮度（有红、蓝两色罩框），还有《山神庙》一场使用飞雪等等，都有助于舞台演出的效果。只是限于当时的物质条件，这方面的改革做得还很不够。

此剧没有采用布景，并非不能制作。当时延安话剧演出，就有布景。但是当时我们认为：京剧（包括一切地方戏曲）有许多虚拟动作的表演，有些同舞蹈结合，动作

① 《毛泽东选集》，第980页。

十分优美,不应因使用写实的布景,把这些虚拟动作的表演方法取消。如若两者并存,则太不协调,比如前面一人跃马扬鞭,长途驰骋,而后面布景则大树参天,静植不动,就是一例。因此,戏曲布景,如何根据戏曲表演特点进行创造,还是一个尚未解决的问题。

特别值得回忆的是,一月九日,我们的戏只演了十来场,剧本修改还不象上面所说的那样完整,上午,教务处突然通知说:毛主席要来看我们的戏,并要先将剧本送去。

当时我们兴奋极了,立即紧张地进行一切准备。其他还好办,只有剧本,正在边演边改之中,根本拿不出一个完整的本子。大家商量,决定由五个同志分工,每人几场,在旧本子上,根据现在演出情况,回忆着,修改出来,然后用当时延安比较好的毛边纸,毛笔抄清,在当天中午迅速送到中央办公厅转呈毛主席。

这天演出是在中央党校大礼堂,就是毛主席曾经作过《整顿党的作风》的报告的地方。演出前,大家提前到了后台,每个人心里都很紧张。开场锣鼓响了,从布幕缝隙中,望到毛主席坐在台下中间,一直把戏看完。散场后,我们开会检查,这场戏自始至终总算没有出一点错误,大家这才放下心来。

次日清晨,一位警卫员同志,送来一个大信封,上面龙飞凤舞的大字写着另一同志和我的名字,下有毛主席的署名。啊!是毛主席的亲笔信!两张信纸读完,下面写的日期是“一九四四年一月九日”。原来毛主席看了戏回去,竟不顾疲倦,在午夜灯光之下,写了这封对于戏曲革命具有深远意义的指示而又热情洋溢的信。这时我们的兴奋,实在无法用言语表达。当我们将此信向全体同志宣读后,大家对于我们伟大领袖和导师给这个戏以如此高的评价,指出它是“旧剧革命的划时期的开端”,这是对于我们最大的鼓舞和鞭策,增强了我们一定要把它搞好的决心。

二、《逼上梁山》创作中的争论

《逼上梁山》的创作过程,是通过集体研究、反复争论进行的。真理愈辩愈明。尤其是在接到毛主席的来信以后,有了这个马克思主义的思想武器,我们争论中的许多观点更加容易明确起来,许多争论不决的问题,很快地得到解决。

在修改剧本的过程中思想交锋,不但把剧本改好了,个人的思想认识也提高了,而且演员参加讨论剧本,上场时,胸有全局,有利于掌握人物,演出效果也好。

现在回忆当时争论的问题,主要是下列几点:

一、要不要写时代背景?一种意见认为,写了封建统治阶级的代表人物——高俅,作为林冲的对立面,通过高俅专横、险毒的形象,既可表现封建统治者的反动,也表现了林冲在迫害下反抗不屈的精神。多数意见认为,林冲走向革命,不仅由于高俅的迫害,如果没有当时动乱的政治形势,没有人民群众革命的影响,林冲转变是不可能的。结果采取后一种意见,着重写出时代的典型环境。

二、林冲走上革命的道路,是由于他个人天生的智慧和勇气,还是由于受了人民群众的启发和教育?有的同志主张是前者;多数同志认为不对,特别是在接到毛主席的信以后,更加明确地认为只有人民群众才是推动林冲转变的动力,因此剧中一定要充分写出群众的力量。

三、《野猪林》一场,鲁智深救了林冲以后,劝林冲上山造反,林冲没有同意,仍然要到沧州"了此公案"。有的同志以为林冲是一个智勇双全的将军,有深谋远虑,不愿轻举妄动;而鲁智深,虽有革命精神,但比较莽撞,因此林冲是正确的。多数同志不同意这种看法。认为林冲此时思想上还有合法观念,虽然仇恨高俅,但对宋王朝却还没有完全丢掉幻想,虽然看到宋王朝统治基础已经动摇,但仍然想去沧州干出一番事业,再回去报仇;还没有参加革命的决心。这正是林冲思想觉悟不及鲁智深的表现。经过讨论肯定了后一种意见。

四、林冲个人上山还是和群众一同上山?《水浒传》原是写林冲经过柴大官人的介绍投奔梁山的。有的同志认为,应当按照《水浒传》,甚至也可以写柴进的介绍。多数同志不同意,认为只写林冲个人上山,则上山好象是个人偶然事件,表现不出这个时代的革命形势;既然林冲到沧州后,受人民群众的影响很大,那末沧州的革命形势可能比其他地方更为高涨,再通过李小二的工作,多数群众上山是有可能的,这样才能反映出时代的革命气氛。至于柴进,大家认为不需要写。

五、关于剧中应该表现革命群众人物这一点有了统一思想之后,写什么群众又有争论。原稿作者主张剧中人物不要超出《水浒传》原有人物之外,提出写曹正、孟康、汤隆作为人民群众的代表,并且已经写出几场。多数同志认为,剧中人物不一定限于《水浒传》原书,我们要写作为农民代表的人物,而《水浒传》中的曹、孟、汤等人都不是农民;况且《水浒传》的人物也是作者创造的,并不都是历史上的真人真事,我们为什么就不能创造人物以补原书的不足呢?最后由于有的同志提议在《野猪林》一场中增加群众上山的场面,因而采纳了曹正的几场戏。至于代表农民的典型人物,还要另行创造。

六、由此问题又讨论到剧本创作应当忠实于《水浒传》,还是应当忠实于历史的问题。大家认为:剧本故事题材虽然取之于《水浒传》,但《水浒传》的作者由于阶级和时代的局限,不可能揭示历史的真实,只有今天,由于马克思主义给了我们以思想的武器,能够用唯物史观去观察、分析历史,能够透过现象看到历史的本质。历史只有到了我们的手里,才能恢复它的本来面目。那种在创作中要忠实于《水浒传》的观点是错误的。

此外,关于表演形式的争论,这里就不赘述了。

三、《逼上梁山》创作中的群众路线

《逼上梁山》的创作和演出,是在广大群众共同努力之下实现的。以当时延安的困难条件,没有广大群众同心同德、群策群力,这个戏是演不出来的。

我们缺乏创作经验和戏曲的专业修养。但是我们在工作中坚持走群众路线,加强思想领导,使大家充分地展开争论。所有参加的同志都把写剧本演戏这件事当作一项革命工作,态度认真严肃。在修改剧本和排演的整个过程中,大家出主意,讨论得十分热烈。参加者多数是曾在军队或地方工作的干部,也有少数文化工作者和党校的警卫战士、工勤人员。其中不少人都有丰富的革命斗争经验,有的本人经历就是一部农民反封建压迫进行武装斗争的活历史,他们提供了不少写作的素材。此外,我们还有广大的观众,延安的观众多数都是革命干部、战士,他们具有多方面的——政治的、军事的、经济的、文化的、群众工作的经验,他们同样关心着戏曲革命事业的成功。在演出四十余场中,广泛地吸收他们的批评和建议,真正做到了领导、编演人员和广大观众的三结合,这是此剧获得成功的一条宝贵的经验。

其次,参加这次演出的成员都是业余的京剧爱好者。其中除极少数人略能掌握京剧演唱的技艺,绝大多数都缺乏这方面的修养。在排演中,许多青年同志挤出业余时间,加紧练习,不会就问,错了重练,互帮互学;主要演员,为了一个动作、一个身段,常是废寝忘食地研究、琢磨;一位打小鼓(乐队指挥)的同志原是团政治部副主任,我们之中,只有他会打鼓,演出四十余场,他打了四十余场,每场演出不少于四小时,他自始至终,从不休息。如果没有同志们这样的刻苦精神,这样的创造性的京剧革命,经过不到四十天的排练,就能同观众见面,是不可能的。

还有,当时的物质条件也是困难的。原来没有服装道具。应当感谢我们一二〇师的指战员,他们千辛万苦,从敌占区搞到了一副戏箱送来。东西不全,有的还得自己动手制作。鲁智深的禅杖,是画了样子请党校木工同志制作的。林冲没有适当的帽子,是设计后由党校被服厂女同志加工赶制的。《山神庙》一场落雪,当时既无幻灯,又没有纱幕,只好大家动手,剪碎纸片,到时由一人手挎竹篮,爬上舞台顶部,用手撒落。当时种种困难,是今天无法想象的。总之,有了群众的积极性,大家动手,没有不能克服的困难。困难克服了,换来的是胜利的喜悦。现在想起来,情景如在目前。

最后,应当提到,领导这项工作的是党校校部教务处副主任刘芝明同志。芝明同志在工作中,深入群众,抓紧思想工作,亲自参加剧本的研究修改,组织讨论;演出前,调配演出的人力、物力;每场演出后,都要开会总结经验。刘芝明同志虽然已在文化大革命中逝世,但他的这种工作精神却永远在我们的怀念之中。

四、《逼上梁山》的成绩和缺点

《逼上梁山》的创作和演出,是在毛主席文艺思想指引下从事京剧改革工作的一个重要成果,也是一次戏曲革命的尝试。从突破京剧这样一个古老的封建艺术堡垒,初步改造了一个为广大人民群众所喜爱的旧剧种来说,确是一件前所未有的大事,毛主席的信肯定了这个戏的大方向。具体地说,成绩主要有两点:

一、以阶级斗争为纲,用阶级观点观察分析历史,作了一次用京剧形式写新历史剧的试验。此剧采用《水浒传》故事为底本,而又不为《水浒传》所局限。过去无数著名的历史(学)家、文学家,根据他们所观察的历史事件和人物写出了伟大的作品(他们观察和描写有时是那样的精细逼真,使人敬佩)。但是只有到了我们的时代,才能够以马克思主义的科学观点处理历史素材,以革命现实主义和革命浪漫主义相结合的创作方法创作出革命的作品。只有这样的作品,才能反映历史的真实,才能告诉人们应当如何看待历史的事件和人物,才能给人们以历史教育,吸取历史的营养,为今天(的)斗争服务。《逼上梁山》是在学习了毛泽东思想后所作的一次新编历史剧的尝试。这次尝试当然只是初步的,但它的创作方法可以说是新编历史剧的一个范例。

二、对京剧形式作了一次初步的改革。在毛主席《讲话》发表以前,对于京剧的态度,无论是视之为封建艺术,已无改造的可能;或者震于其丰富的艺术遗产,认为改造了会破坏其完整的艺术性,两者共同之点,都是把艺术形式看成是凝固的、永远不可改变的事物。这是不知道生活是一切文学艺术的源泉,时代和人民的生活变了,要表现新的时代、新的生活,艺术形式必然要起变化;旧的形式也只有经过批判继承,吸收其有益的东西,即有利于表现新的时代生活、新的思想内容的东西,这种艺术形式才有新的生命。"对于过去时代的文艺形式,我们也并不拒绝利用,但这些旧形式到了我们手里,给了改造,加进了新内容,也就变成革命的为人民服务的东西了。"①《逼上梁山》的创作就是贯彻毛主席《讲话》的指示而获得的成果,同时也证实了《讲话》的指示是对待文艺遗产唯一正确的方针。当然,批判继承旧形式,并不是不花气力就可以成功的事,但是首先是"加进了新内容",敢于突破,而不是拜倒在遗产之下,哀叹自己无能为力,《逼上梁山》就提供了这方面的经验。我们不是首先从戏曲形式出发,而是首先研究历史斗争生活,分析历史人物,为了表现新的思想、新的内容去运用京剧的形式。这样就能不为旧形式所束缚,而且还能有所创造。现

① 《在延安文艺座谈会上的讲话》,《毛泽东选集》,第812页。

在只举一个例子:前面说过,当时参加演出的绝大多数同志都缺乏戏曲基本功的修养,但由于这些同志政治思想水平较高,能够掌握剧本的主题思想,又有完成戏曲革命工作的决心,这样,不熟悉京剧艺术规律的缺点,反而变成优点,当他们掌握了一点表演技术以后,从体会剧中人物的思想情感出发,加以运用,大胆创造,而不为旧剧程式框框所拘束。演出后,观众反映,使人感到生气勃勃、亲切动人。《逼上梁山》的创作和演出的经验,说明旧的艺术形式是可以批判继承使之为新的内容服务的,而在表现新的内容的过程中,又可以推陈出新创造出新的艺术形式。

《逼上梁山》在京剧革命上获得初步成功,证明京剧是可以改革的,这种旧的艺术形式是可以为新时代服务的。应该肯定它的成绩是主要的。但是由于我们对毛泽东思想学习得不够,工作中没有完全按照毛主席的教导办事,因而也还出现一些缺点。这主要的就是:

一、农民代表人物没有写好。《水浒传》中不少人物写得十分生动,恰恰没有为我们提供一个农民的典型。现实生活是一切文学艺术的源泉。参加创作的同志曾经提供了不少写农民的素材,可惜的是我们却没能够把这些素材很好地提炼,不懂得对人物作了阶级分析之后,还要从具体的生活、思想、性格等各方面的特点去塑造人物的形象。这是事物的普遍性即寓于特殊性之中的法则在文艺创作中的体现。违背了这条规律,必然陷于从概念出发的错误。剧中所写作为贫苦农民代表人物的李铁父子,就没有能写成有血有肉的活生生的人物,使人觉得概念化,不能感人。这是《逼上梁山》主要的农民代表人物没有能够写好的原因,应作为今后新编历史剧的经验教训。

二、过多地使用影射的手法。如高俅上场诗:“大权握在手,一切要独裁”,“妨碍邦交”等词句,高俅、高衙内的台词中引用蒋介石《中国之命运》的话:“诚于中而形于外”,“礼义廉耻”等等,观众一听便同法西斯头子蒋介石联系起来,引起对国民党顽固派的憎恨和鄙视,在当时剧场中曾经起着一定的效果。写历史剧采用这种影射方法,在一定环境情况下,运用适当,未尝不可。但是如果牵强附会,违背历史具体条件,违背了革命现实主义的创作方法,首先不能使人置信,更不能达到“以古喻今”的效果。如此剧以抗敌御侮与妥协投降构成林冲与高俅两者之间政治立场的冲突,以影射抗日战争中国民党顽固派的反动政策。实际北宋末年,以蔡京、童贯、高俅为代表的统治阶级当权派,正是以发动战争,借以巩固权势,加紧搜括人民,并企图以此掩盖民族内部的阶级矛盾,同抗战时期国民党顽固派无法类比①。对此当时有的同志已经提出疑问,但是,我们只满足于剧场暂时的效果,没有虚心地考虑,缺乏实事求是的态度,今后应引以为训。

《逼上梁山》的经验,千条万条,其实只有一条:一切工作,只要遵照毛主席的教导,就是(会)胜利;违背了毛主席的思想,一定失败。到今天,特别是经过文化大革命以后,回顾《逼上梁山》的成绩与缺点,〔使〕我们对于这条真理体会得特别深切。

此外,人物过多,场子过散,时间过长(演出时间最长达四小时以上)以及词句不够简练生动等等缺点,都是于今后重新演出时须(需)要改进的。

五、回忆《逼上梁山》创作经过批判"四人帮"

《逼上梁山》的创作和演出,距离今天已经三十四年了。

三十余年来,在毛主席革命文艺路线指引下,文学、电影、戏剧、音乐、美术、舞蹈各方面都有很大成绩。特别是一九六三年、一九六四年,毛主席关于文艺问题的两个批示发表以后,戏剧革命中涌现出一批现代题材剧目以文艺革命先锋的姿态登上舞台。革命京剧、芭蕾舞、交响乐,在无产阶级文化大革命中作为新生事物,闪耀着绚丽的光彩。它对刘少奇路线的干扰和破坏进行了有力的批判。这一切,都是在伟大领袖和导师毛主席热情关怀和敬爱的周总理亲自指导下,全国广大文艺工作者努力学习毛泽东思想,坚持毛主席单命文艺路线,批判修正主义路线所取得的伟大成果。叛徒江青厚颜无耻地剽窃这一成果,自封为"文艺革命的旗手",大言不惭地说:"样板戏是我搞的",独霸文艺界,残酷迫害革命文艺战士,扼杀社会主义文艺,肆意反对和践踏毛主席的文艺路线、方针和政策。"四人帮"怀着篡夺党和国家最高领导权的野心,从文艺界打开缺口。大搞顺帮者昌,逆帮者亡,其目的只有一个,就是为他们反革命政治阴谋服务。华主席在党的十一大的政治报告中,一针见血地指出:他们搞的文艺是"货真价实的阴谋文艺"。按照历史规律,这批祸国殃民的反革命阴谋家、野心家,在他们反革命活动充分暴露之时,必然受到历史最严厉的惩罚,落得个可耻的下场。

"四人帮'为了在文艺界实行法西斯专制,欺世盗名,吹捧"江青亲自培育样板戏开创无产阶级文艺运动的新纪元"。国民党特务张春桥狂妄叫嚣:从《国际歌》到

---

① 原稿写林冲与高俅之间抗战与投降之争,实与历史情况不合。修改时考核了《宋史》,改为高俅主张联金灭辽,林冲则认为金人强大"有吞并中原之意",以此弥缝原稿的疏失,但细考史实,时间前后,仍有不合。《水浒传》写林冲上山约在崇宁三年(1104),《宋史》于梁山泊何时兴起无文,失败在宣和二年(1120),金太祖阿骨打称帝在宋政和五年(1115),宋人联金伐辽之议始此年,以后经过多年协商,双方实际出兵,夹击灭辽则在宣和七年(1125)。据《宋史》《金史》与《大金国志》所载,在灭辽之前,金人并无南下侵宋的主张。林冲上梁山以前,提出练"穿沟战法"预防金人南侵,亦为时过早。

样板戏,这一百年中间是个空白。“四人帮”不但把无产阶级文艺运动史特别是从《讲话》以来的一切文学艺术成果,统统一笔抹煞,甚至毛主席光辉伟大的诗篇,在他们看来,都不能算是无产阶级文艺;当然,毛主席对《逼上梁山》所作的“将是旧剧革命的划时期的开端”的批示,更是不值一顾。这样丧心病狂地反对毛主席、反对毛主席的指示,只能证明“四人帮”是全国人民的死敌。

“四人帮’对文艺一窍不通,居然制造一套所谓文艺“理论”,自吹为“无产阶级文学艺术创作规律的科学总结”。革命现代京剧的成果既为江青所剽窃,这套“理论”也不是革命现代京剧创作的“总结”。拿革命现代京剧的创作对照他们的所谓“理论”,矛盾百出,根本对不上号,已经有不少文章作过揭发。这里只讲一讲据说是“衡量一切文艺创作的最高法则”的“三突出”。这个了不起的“三突出”既不讲文艺与生活的关系,也不讲阶级分析,唯一要求是写“起点高”的“完美无缺的英雄人物”,实际上是高踞于人民群众之上的“英雄人物”,其他一切人物只有围绕着他团团转,作为“英雄人物”的“陪衬”。这是十足的英雄创造历史的唯心史观。“三突出”的要害是公然违反“三要三不要”的原则,对英雄人物不作阶级分析,于是谁是英雄人物就可以由他们随意指定。他们可以指定坚持毛主席路线的干部是“走资派”,也可以指定“头上长角,身上长刺”的小流氓是“造反派”。这和林彪、陈伯达的“天才论”同样都是专为篡党夺权反革命政治目的制造出来的反马列主义、反毛泽东思想的修正主义的谬论。依照他们的谬论,表面上由他们的所谓“英雄人物”取代过去老爷太太少爷小姐,统治舞台,而实际上人民群众依然成为渣滓。这就是“三突出”“理论”的实质。

“四人帮”的又一“理论”:“不能写成长中的英雄,英雄人物必须是完美无缺的。”否则就是“写中间人物”。《逼上梁山》大逆不道冒犯了这个“理论”,写了英雄人物的成长过程。这样就错了吗?难道英雄人物是从天上掉下来的吗?“人的正确思想,只能从社会实践中来,只能从社会的生产斗争、阶级斗争和科学实验这三项实践中来。”①写人物在实际斗争中,改造客观世界同时也改造主观世界,这是历史的辩证法。“四人帮”歪曲了认识和实践的关系,颠倒了生活和文艺的关系,臆造什么只能写“完美无缺的英雄人物”的“理论”。这是为他们反革命政治目的服务的唯心史观的先验论。

“四人帮”还经常叫嚷“把帝王将相赶下舞台”。这个口号听起来好象很革命,其实荒谬绝伦。试问《逼上梁山》把高俅赶下舞台,这个戏还能演吗?以此类推:演陈涉、吴广,把秦二世、赵高赶下舞台;演李自成,把崇祯皇帝、杨嗣昌赶下舞台;演太

① 《人的正确思想是从哪里来的?》,《毛泽东著作选读》(乙种本)第249页。

平天国,把曾国藩赶下舞台,那样的戏还能演得成吗?这种形而上学猖獗、伪装马列主义的胡说八道,只有"四人帮"以及他们一伙喽啰才说得出来,其流毒就是使有一些人学会以片面性的极"左"词句伪装革命,肆意歪曲和反对马克思主义。他们说"把帝王将相赶下舞台",实际上是想说"把历史剧赶下舞台",也就是根本否定历史剧,以标榜他们是革命现代题材戏曲的"旗手",是响当当的"革命派"。我们认为不能取消历史剧。我们要搞革命的新的历史剧,当然不是由帝王将相、才子佳人统治舞台的那种历史剧。老实说,"四人帮"真不想搞历史剧吗?我敢说,如果他们不是阴谋早日败露,遭到粉碎,不要好久,什么吕后、武则天,什么"革命的爱国的"法家都会陆续登上舞台。"战战兢兢地请出亡灵来给他们以帮助",马克思的这条历史预言,难道在"四人帮"身上就能例外吗?

华主席在党的第十一次代表大会的政治报告中说:"对于'四人帮'在思想理论和路线上造成的混乱及其对我们队伍的腐蚀,不可低估。"戏曲阵地是"四人帮"以江青为代表的专制王国。他们在戏曲战线从政治上、思想上、组织上所造成的混乱,流毒极广,危害极大,必须深入揭批,彻底肃清。

华主席在政治报告中号召全国文艺工作者"坚持为无产阶级政治服务、为工农兵服务的方向,努力创作具有革命政治内容和尽可能完美的艺术形式的,丰富多彩的文学艺术作品"。今天当我们怀着无产阶级深厚的崇敬感情无限怀念伟大领袖和导师毛主席的时候,回忆当年在延安创作和演出《逼上梁山》的经过,重新学习《在延安文艺座谈会上的讲话》,深深体会:一九四四年一月九日毛主席看了《逼上梁山》后给我们的信中,着重提出"历史是人民创造的"这个历史唯物主义的根本命题,同时指明,过去历史上一切统治阶级,在意识形态上,都颠倒了这个历史真实,只有在无产阶级手中才能"恢复了历史的面目"。这不仅为文学艺术指出了革命的方向,为如何批判继承历史遗产指明了道路,而且向我们提出了改造思想,建立无产阶级世界观的重大任务。我们一定要深刻体会,坚决照办。我们坚信,在以华主席为首的党中央领导下,高举毛主席的伟大旗帜,坚持无产阶级专政下继续革命,深入揭批"四人帮",坚决贯彻毛主席的革命文艺路线,响应华主席的号召,必将出现一个文学艺术的新的更大的繁荣,必将出现一个戏曲革命的新的更大的繁荣。

1977年9月,北京

——原载《文艺论丛》1978年8月

陈荒煤

《伤痕》也触动了文艺创作的伤痕!

我在看小说《伤痕》前,已经听到对这篇作品的一些批评,读过之后也立即感到作品确也存在一些缺点,但是我仍然(被)感动了。这不能不引起我思索。毫无疑问,作品引起了我情感中的某些共鸣。

《伤痕》写的是一个家庭问题,也是一个有相当普遍性的社会问题。在林彪、"四人帮"横行时,家庭中的一个主要成员(父亲或母亲)被迫害,被打成叛徒、特务、走资派、反革命修正主义分子、资产阶级反动权威、黑线人物……孩子们怎么办?作为父母,不能不考虑;作为子女,更不能不考虑。尤其是一些革命干部的子女,都或多或少有点荣誉感,对党、对革命、对自己有光荣历史的父母,几乎有一种极为自然的、传统的、真诚深厚的感情。这使得家庭中间产生了一种旧社会家庭所没有的、崭新的强烈的纽带。除了父母、夫妻、兄弟、姊妹这种家庭关系外,相互之间实际存在一种最密切的同志关系,为一个共同的奋斗目标紧紧联结在一起的革命关系。在某种意义上讲,这是一个神圣的家庭。千千万万的青年在这种家庭中生活、生长,抱着各种理想和希望,走上革命的岗位,当了接班人。自然,他们在这种家庭中也存在着各种各样的矛盾和问题,有各自不同的或大同小异的喜怒哀乐。但"家"终究不会是一个"陷阱",谁也不曾想到过、预料到这个神圣的家庭突然之间会颠覆,变成了反革命的深渊!

林彪与"四人帮"出于篡党夺权的阴谋需要,把千千万万的革命家庭打成了一个个反革命的黑窝子,把革命的纽带变成了反革命株连的锁链,对家庭的所有成员甚至亲友都进行法西斯的迫害和摧残,造成了多少冤案,多少悲剧!然而事与愿违,林彪、"四人帮"的法西斯暴行、倒行逆施,终于从反面教育了广大人民,他们毁灭的家庭终究是少数,大多数的家庭却成了和他们进行坚决斗争的堡垒!这些家庭经受了严峻的考验,团结得更紧了,锻炼得更坚强了,更加仇恨"四人帮",成了真正的神圣的革命家庭!自然,每一个受迫害的革命家庭都有它的不同的命运,每一个家庭成员也都有他各自不同的遭遇。但是,这个翻天覆地的突变的开始,对于千千万万的天真纯洁的没有经历过这样一种残酷、尖锐的阶级斗争经验的青年人来讲，由于他们的认识、觉悟不同，受迫害的程度不同，和家庭的所谓"决裂"的过程、程度不同，他们的心上都不可能不留下一道深深的伤痕！

所以，尽管小说有些描写还不够真实和深刻，例如王晓华在这样长时间始终没有怀疑过她母亲是受"四人帮"的迫害，除了苏小林偶尔一次谈到她母亲的问题，似乎再也没有可信赖的亲友给过她一些支持和帮助；而她自己，对"四人帮"的罪恶始终没有觉察，甚至到"四人帮"打倒之后，接到母亲的信还不立即回家，必须等待机关正式来通知才回家等等。象王晓华这种个别人物的情况，在生活中也是有的。作品当然也可以表现这种个别、特殊的现象。问题在于艺术形象的典型意义，是否可以更深刻一些。就是说从艺术上来讲，人物性格要有一定的发展，要表现人物在斗争中的成长过程。《伤痕》这种事件和人物都不够典型化。许多读者在这些方面提出的意见和要求，是对的。可是小说毕竟概括地描写了这一个历史的大悲剧的一个侧面。小说终究挖掘了一个有深刻的社会意义的题材："四人帮"对大批革命干部的残酷迫害，造成我们社会上千千万万革命家庭的悲剧。任何一个青年人都是永远不会忘记各自家庭的悲剧的。他们的生长、成长的条件和环境，首先发生的人与人的亲密的关系，都是在家庭。同时，因为我们的家是大国家中的一个小家，小家与国家的命运是一致的。从每一个革命家庭的悲剧去看，也就更加清楚地看到国家的命运：林彪、"四人帮"疯狂地摧残、毁灭千千万万革命的家庭，正是要毁灭我们这一个社会主义的国家，建立一个封建的法西斯王朝！作品启发我们的深思，任何人也绝对不容许这种历史的重演！

这也就是《伤痕》尽管还有缺点，仍然在广大群众之间激起广泛反响的最根本的原因！

这也就是从作品总的倾向来看，它能够激起广大群众对林彪、"四人帮"仇恨的原因。这应该说是一个好的作品。

有人批评，小说情调低沉，看了之后感到压抑。回顾这许许多多家庭悲剧，心情自然不会是轻松的。但当王晓华已经宣告她将永远不会忘记是谁在她心上留下的伤痕，并为党的事业贡献毕生的力量，为什么还要感到压抑呢？难道一定要按照一种公式，结尾加上一条光明的尾巴吗？在林彪、"四人帮"长期的残酷的迫害下，许多老一辈的无产阶级革命家和许多革命老干部被迫害致死，无论从回顾历史、吸取教训等各方面来讲，在思想感情上不感到异常沉痛和某种压抑，也是不可能的。有点压抑，免得轻易忘了这个教训，并不见得是坏事！

有人批评这类小说是"暴露文学"。它当然是在暴露！可是暴露的是林彪、"四人帮"迫害革命干部的罪恶！这就是文学艺术创作在揭批"四人帮"的战役中的光荣任务。

我不必列举对这类作品的种种顾虑了。但是,我觉得必须指出一个事实:《伤痕》这篇小说倒也触动了文艺创作中的伤痕!这就是林彪、“四人帮”长期实行法西斯文化专制主义,散布了种种极其荒唐的谬论,诸如“主题先行”、“三突出”、“路线出发”等等;设下了许多禁区:如反对什么写“真实”论,禁止文艺反映生活的真实;反对什么“人性论”,禁止反映人与人之间的感情关系,爱情、友情,父子母女之情,兄弟姊妹之情……提倡什么“高于生活”,禁止写我们工作和生活中的缺点和错误,写了,就是暴露了社会主义的阴暗面;提倡写“高大全的英雄人物”,禁止表现英雄人物的成长过程,如此等等,完全否定、篡改文艺创作的特殊规律,从根本上反对马列主义的文艺科学和毛泽东文艺思想,以便为他们炮制阴谋文艺制造反革命舆论开辟道路。

“四人帮”(被)打倒了,推倒了“文艺黑线专政”论,文艺也得到了大解放。但是,“四人帮”散布的流毒,还远远没有肃清;不仅是文艺界的许多创作者、评论者、领导者心有余毒,心有余悸,而且有许多读者也习惯于用“四人帮”的一套模式来要求作品。于是,“难道……”就来了:“难道是这样的么?”“难道这是真实的么?”“难道这不是揭露了我们的阴暗面么?”……

我希望,《文汇报》应该把这个争论继续展开下去,让广大群众和文艺工作者来个思想交锋、思想交流,来个相互交心。应该一齐回答一些“难道”的问题:

难道在深入揭批“四人帮”的战役中,文艺创作不应该暴露“四人帮”的种种罪恶,让广大群众更加深刻地认识他们的危害,帮助广大群众清除思想上的流毒么?

难道我们和林彪、“四人帮”进行的一场极其复杂、尖锐、残酷的,同时也是取得伟大的胜利的路线斗争,不应该在文艺作品中反映出来,用以“教育人民、团结人民”么?

难道不彻底清除“四人帮”的各种流毒,不把揭批“四人帮”的斗争进行到底,我们就能克服种种困难,轻装前进,向四个现代化进军么?

难道文艺创作出现了《哥德巴赫猜想》、《丹心谱》、《班主任》这些激动人心的受到广大群众欢迎的作品,是偶然的么?等等,等等。

总之,《伤痕》引起的争论,远远超过对小说本身评价的意义,它涉及〔到〕文艺创作的一些带有根本性的问题,也暴露了我们文艺工作者在思想上的伤痕有多深!

不认清这个伤痕,不清除这个伤痕,就不可能真正贯彻“百花齐放”的方针,不可能促使题材风格样式的多样化,不可能繁荣我们的文艺创作,更好地为新的历史时期的人民群众服务!

从这一点出发,我热情地支持《伤痕》,也热情地支持《伤痕》的讨论。

——原载《文汇报》1978年9月19日

周 扬

谈社会主义新时期戏剧创作的任务[①]

以华主席为首的党中央粉碎“四人帮”以后，各条战线都有喜人的新气象，戏剧方面也是如此。在“四人帮”横行的时候，话剧、新歌剧受到摧残，几乎绝迹于舞台。地方戏也被压得喘不过气来。京剧只有江青所窃取和霸占的少数几个所谓“样板戏”被捧上了天，可以说是被捧杀了。话剧是从外国传来的新的戏剧形式，“五四”以后才变成我国流行的剧种，它是一种新事物。在十七年中，我们发展话剧不够，这是缺点。“四人帮”则根本扼杀话剧。任何事物受压越厉害，反抗就越厉害。所以“四人帮”倒台以后，话剧如同获得新生，显得特别活跃。受压十多年，整个文艺界都憋了一股气，这是一种革命的气，一种革命义愤。话剧界的同志们就把这种义愤灌注到作品里，化为艺术的力量，在揭批“四人帮”的斗争中发挥了先锋作用，得到观众的热烈反应，是很自然的。一年多来，话剧题材可用两句话来概括，就是：歌颂老一代，揭批“四人帮”。这些戏表达了千百万人对老一代无产阶级革命家的感情。在“四人帮”的法西斯镇压下，这种感情在怀念周总理的革命诗歌中喷射出来了。粉碎“四人帮”后，在话剧以及其它各种艺术形式中也都表现出了这种感情。这不是哪个人的感情，而是千千万万人民的感情。表现这种感情是千百万人民的愿望。艺术表现这个时代，就是要表现这个时代的千百万人的情感。

歌颂老一代无产阶级革命家和揭批“四人帮”，这两者是相反相成的，正是这两者为我们的戏剧打开了一个新局面，有歌颂，有暴露，敌我分明，爱憎分明。过去也有过揭露阶级敌人的作品，但是揭露象“四人帮”这样的野心家、阴谋家的戏是没有的。歌颂老一代革命家的戏，过去也写得很少很少，多少写了一点和真人有关的事，“四人帮”就大批特批，说什么这是“树碑立传”，成了一条大罪状。在这个问题上，现在我们应有一个明确的态度，就是要树碑立传，树无产阶级革命家之碑，立无产阶

---

① 本文是周扬同志在一九七八年五月十八日在全国戏剧创作座谈会上的讲话摘要。

级革命家之传,要理直气壮去树去立。多少革命前辈、革命烈士抛头颅洒热血,难道不值得歌颂,不应该歌颂吗?

打倒“四人帮”之后的这一年多来,戏剧的题材、风格、样式更多样一些了,有了一些新的突破。比如,写老一辈无产阶级革命家特别是涉及象周总理这样伟大的人物,以前都不敢写,现在开始尝试了。比如,科学技术人员,过去很少写,要写也是写消极的方面多,而现在则写他们的积极方面,而且敢赞扬他们了。《丹心谱》的获得成功,不但由于它以高度的热情歌颂了周总理,而且也由于它塑造了忠于人民、忠于革命的科技、医务人员的生动形象。又比如,暴露黑暗的戏如何写;如何既要彻底揭露“四人帮”这种丑类,又要充分显示正面的力量,做到邪不压正。《枫叶红了的时候》获得了较好的效果,也引起了不同意见的争论。我且不去评论这些戏的优劣得失,但有一点是应该肯定的,它们在力求表现当前人们所最关切的问题,表达了作者对于林彪、“四人帮”的无比仇恨和蔑视,表现了我国革命历史上这场空前剧烈的两条路线的斗争图景。这是广大群众在打倒“四人帮”以后最关心的最愿意看到的,戏剧家们没有辜负广大群众的愿望,多多少少满足了一点他们的愿望,这是一个很好的开端。你们对革命老一代的歌颂,对“四人帮”的揭露,广大群众和你们共鸣,我也和你们共鸣。我要向你们表示祝贺。

我们的戏剧工作今天的基本任务就是要为社会主义新时期的总任务服务。华主席为首的党中央提出社会主义革命和建设新时期的总任务,就是要坚持无产阶级专政下的继续革命,开展三大革命运动,实现四个现代化,戏剧就要适应这个社会主义新时期总任务的需要。我们也要求社会主义新时期的戏剧有更大发展,水平有更大的提高,这样才能使戏剧真正做到与社会主义新时期总任务相适应,才能真正做到与加速四个现代化相适应,才能真正做到使三大革命运动在戏剧中更好地得到反映。我们的时代是社会主义的新时代,文艺工作者要同工农兵相结合,就是要与这个时代的工农兵相结合,这是一个根本的问题。在这个问题上,我们正反两方面的经验都有。一九四二年以前,我们虽然到了延安,但并没有从思想上真正解决这个结合的问题,毛主席《在延安文艺座谈会上的讲话》发表以后才提高了我们的觉悟,(我们)开始认识到解决这个问题的重要。毛主席所说的同工农兵相结合就是同新的时代相结合。那个时候,新的时代就是新民主主义革命的时代,在延安整风以前,我们没有很好地认识到,到了延安,到了根据地,就不但是进入了一个新的地区,而且是进入了一个新的历史时代。这个结合的问题并不容易。经过延安整风,我们才真正向同工农兵结合迈开了一大步。全国解放,中华人民共和国的诞生,新民主主义革命基本结束,社会主义革命和建设开始。我们由战争转入和平,由农村进入城市。我们又进入了一个新的历史环境,一个新的社会主义的时代。这时又发生了一个如何在新的历史条件下和群众结合的问题。当然这个结合也是不容易的。在新的历史条件下如何来认识、熟悉社会主义革命和社会主义建设,如何反映这个革命和建设?如果思想跟不上,群众已经搞社会主义了,我们思想上还没有跟上去,怎么跟群众结合?当然有的同志做得比较好,深入了群众,写了一些反映社会主义的好作品,但也有一些作家在这问题上思想不明确,身子进入了社会主义,思想还没有进入,所以遇到三年困难,社会主义遇到了挫折、困难,思想上就容易发生摇摆,有的人就有点想绕开社会主义难关走了。一九六二年,毛主席提出"千万不要忘记阶级斗争",我们才又注意到,强调表现社会主义要表现阶级斗争,所以表现社会主义时代,对作家、艺术家是一个很大的课题。特别是社会主义社会是一个相当长的历史时期,不可避免地要遇到各种困难,甚至挫折,在这种情况下我们不能回避现实,而要正视现实,迎着困难上。对这个问题,我们精神上要有充分准备。文化大革命中,有的同志受了一些冲击,就产生一种"看破红尘"的思想。他看到打倒了刘少奇,又出了林彪,又出了"四人帮",特别是"四人帮"给我们的国家和人民造成了空前的灾难,这到底是怎么一回事啊?在人们的头脑中产生了许多的疑问。在这样的情况下,就特别需要我们开动脑筋,思索问题,正确对待现实,坚持社会主义道路,坚持毛主席的革命路线。我们一定要有对共产主义事业的无限忠诚,需要有一个无产阶级革命家所必不可少的信心和勇气。我们应该看到,我们的党,经过林彪、"四人帮"空前严重的破坏和分裂,还是经受得起,这就证明我们的党是经得起考验的,是什么力量也打不垮的。我们应当对前途充满信心。

过去我们对社会主义的概念比较抽象,把事情想得比较简单,不知道搞社会主义要经历多少千难万苦,经过多少波折和风险。社会主义是活生生的现实,又是科学。既然是科学,就应该把它当作科学来研究。恩格斯有一段话,讲得非常好,他说,德国党需要社会主义科学,如果党同社会主义科学中间有一点点不协调,那就是莫大的不幸和耻辱。我们理论工作者也好,文艺工作者也好,要坚信马克思列宁主义、毛泽东思想是科学,要完整、准确地理解它的整个思想体系,而不是只背诵它的个别词句。彻底的唯物主义者,革命的现实主义者和革命的浪漫主义者,他要把社会主义当作一种日新月异的活生生的现实,也当作一种严格的科学的对象,认真地观察它、体验它、研究它。文艺工作者要表现社会主义,就要时时想着社会主义,想社会主义只想它的顺利而不想它的困难、艰难、挫折,那是不行的。如果这样,搞社会主义未免就太容易了。社会主义社会也有缺点,也有阴暗面,特别是经过林彪、"四人帮"的空前干扰和破坏,这种阴暗面就更多了,许多消极现象令人触目惊心,这些现象现在也还没完全消除。一个革命的现实主义的文艺作家不能对这些现象闭目不视,不能回避它,不能掩盖它、粉饰它,要揭露这些现象。但是我们揭露这些现象的时候,决不能采取单纯暴露的态度,不能流于小资产阶级的感伤情绪。任何时候我们都要看到正面的力量总是主要的,压倒一切的,而表现这种正面力量正是我们每一个革命作家、艺术家的天职,也正是人民所希望于我们的。所以我们一定要很好地想,要很好地研究社会主义。我们要打开眼界,看中国,看世界。我们要为社会主义共产主义奋斗终身,如果一看到困难就发生动摇,就"看破红尘",那怎么行呢?只有空想的、感伤的社会主义者才会一碰钉子就看破了"社会主义";一个真正的马克思主义者、彻底的唯物主义者、彻底的无产阶级革命家,对社会主义是不会看破的。因为它是科学,只要是科学,总是经得起考验的。社会主义社会同过去的任何社会一样,是不断变化、不断变革的社会。如果你不这样认识问题,一旦有点什么风吹草动,就觉得社会主义没有搞头了,这怎么能为社会主义、共产主义奋斗终身呢?

社会主义新时期的总任务首先是坚持无产阶级专政下的继续革命,抓纲治国,在今天来说就是把揭批"四人帮"的斗争进行到底。这就要求我们的戏剧在这场斗争中发挥它的最大作用,要写得更好、更深,要揭露得更有力,要彻底揭露那些钻到党和国家机关的大大小小的各式各样的阴谋家、野心家、投机分子和官僚主义者,他们是社会主义最可怕的敌人。城乡资本主义自发势力和封建残余势力是他们的社会基础。文学作品应该揭穿他们的假面具,提高大家识别真假马克思主义者的能力。过去写反面人物形象,还没有写过象林彪、"四人帮"这类的人,现在事实已经教训了我们,这种野心家、阴谋家,是最可怕的。对这些坏人,我们的作家、艺术家应该拿起最有力的艺术武器来批判他们、揭露他们,给他们以致命的打击。

社会主义新时期的总任务,华主席还提出,三大革命一起抓,这也大有可写。"四人帮"不管怎样横行一时,工人、农民还在生产,科技人员还在搞科学技术,教育工作者还在教书,如果没有他们,我们的国家将不堪设想。他们是千千万万的无名英雄,是我们国家的真正的栋梁。我们的文艺工作者为什么不该歌颂他们呢?他们对国家对人民的高度革命责任感,那种日常劳动中所表现的英雄主义,那种敢于和"四人帮"对抗和斗争的大无畏的勇敢精神,是多么值得大家学习,值得我们歌颂呵!要发展社会主义文艺,首先就要满腔热情地歌颂社会主义。对社会主义、共产主义事业的热情不是空的,越是有消极现象,越是有"四人帮",越是有官僚主义、违法乱纪,就越需要有高度的革命勇气来和这种消极现象作坚决的斗争。我们正是要在这种时刻来锻炼我们的共产主义意志,需要我们看得更远、更深。

表现社会主义,并不是说革命历史题材不要写,写社会主义时代,同时也要写革命的历史。没有新民主主义革命能够有社会主义的今天吗?没有老一代的革命家能有社会主义吗?所以表现社会主义并不是只写社会主义、只写今天,也要写革命历史,要歌颂老一代革命家,要把这种歌颂提高到一个新的水平,不只是一般的歌颂,而是要写出老一代革命家走过了一段多么艰难困苦的道路。最近我看到《人民电影》上白杨同志写的回忆周总理的文章,她说她曾向周总理表示过,希望周总理写一本书,写他的革命历史。总理讲,如果他要写的话,也要写自己的错误。总理对国家和人民的贡献是这样大,他还是这样的富有自我批评精神,这样的谦虚。这也正是他的伟大之处。文艺工作者应该写老一代的革命家,写他们走过怎样艰难的道路,这样才能教育后一代,使他们认识到走这条路不是容易的。写历史题材要进行深入的调查研究,要有(将)严格的科学的历史观点和高度的充沛的革命情感相结合。

社会主义新时期的戏剧,要努力提高戏剧艺术的水平。文艺创作,包括戏剧创作,已有了一些好作品,但还要更多些,艺术水平还要更高些。提高水平要靠自己努力学习,也要靠经常演出,互相观摩。向古典学习,向外国学习。我国传统戏曲中,都有不少好的东西需要整理提高,供大家学习。外国的东西也要学。不能说外国的东西都是资产阶级的,苏联的东西都是修正主义。列宁曾经说过每个民族的文化中有反人民的文化,也有人民的文化,过去社会是如此,那为什么今天在修正主义国家里,在现代资本主义社会中,人民的文化就消失了呢?就绝迹了呢?既然有人民的文化,那当然还是有值得我们学习借鉴的东西。就是资产阶级的文化,也还有某些方面值得我们借鉴和研究。这次华主席在科学大会上讲,凡是外国的一切好的东西,政治、经济、军事、科学技术、文学、艺术,凡是好的东西都要学习。在这个问题上一定要理直气壮,一定要有勇气学习。不学习就是自甘落后。西方戏剧有各种流派,不论是斯坦尼斯拉夫斯基还是布莱希特,都要研究,只要是好的,我们用得着的,就要学。外国的电影也有好的,也总有某些可取之处。我们的国家要加速现代化,艺术手段也要适应这个形势来一点现代化,我们不能受外国的资产阶级思想影响,不要学现代派、抽象派的东西,但是要研究,要吸取他们表现手法中对我们有用的东西。现代化是科学技术的大革命,我们的文艺也和这个革命有密切的关系。文艺和科学更密切的结合,这样的时代到来了。

要提高戏剧艺术水平,有一个最重要的也是大家最关心的问题要解决,这就是百花齐放、百家争鸣的问题。如果没有百花齐放、百家争鸣,艺术就不能发展,水平也就提不高。我们要执行百花齐放、百家争鸣,就要反对两种倾向:一种是反对"左"的教条主义、宗派主义的粗暴倾向;另一方面,也要反对右的或修正主义的资产阶级"自由化"倾向。政治跟艺术,既有联系又有区别,要分清楚哪些是属于艺术问题,哪些是属于政治问题,这是第一要分清楚的。第二,政治问题并不等于就是敌我问题,也有人民内部问题,而且大量的是人民内部问题。因此,必须在政治问题中严格区分两类矛盾。"四人帮"把艺术问题"无限上纲"为政治问题,又把政治问题"无限上纲”为敌我问题，以达到打倒一切，实行法西斯文化专制主义的目的，其危害之烈，是空前未有的。我们一定彻底肃清“四人帮”的思想流毒，要把政治和艺术的界限，两类不同性质的矛盾的界限分清楚。

要提高艺术水平，必须做到艺术上不同形式和风格可以自由发展。毛主席说，艺术上不同形式和风格可以自由发展，科学上不同学派可以自由讨论。他在这里讲了两个“自由”，没有这种“自由”即适合于艺术和科学发展的民主空气，我们的学术和科学就不能很好地发展。我们的政治需要民主，我们的文化艺术更需要民主，这正是表现社会主义制度的优越性。对艺术来说，没有形式，没有风格，也就没有艺术。艺术就是要有优美的形式，要有独特的风格，这是艺术的生命攸关的问题。过去我们注意这个问题不够，现在要好好注意和研究这个问题。不解决艺术形式、艺术风格问题，我们的艺术水平就不可能提高。我们反对形式主义，但要讲求形式。我们的作家一定要注意形式问题，一定要寻找最新、最美的形式，最新、最美的语言，来表现我们丰富多彩的生活。文学就是语言艺术，话剧尤其要注意语言，没有生动的语言就没有人物性格，情节再好也无补于事。对于艺术，我们首先要求它有正确的充实的内容，也要求它有新颖的吸引人的形式。作家、艺术家为表现新的内容去寻求和探索新的形式，应当受到鼓励。我们不能一看到有点什么与众不同的地方就不顺眼，就当作形式主义来反对。风格就是个性，有哪一种艺术不表现作家的个性、不表现它独特的风格能成为好的艺术呢？当然这种形式和风格的形成主要是靠作家深入生活，来源于群众。我们应当鼓励作家、艺术家在艺术形式上有更多的钻研，作更多的探索。科学家为了寻求真理，找出规律，他就无止境地进行探索。为什么作家、艺术家就不可以，不应该去探索呢？艺术家应该象科学家在自然界探索规律一样，在人类的社会生活中来探索人的心理、人的性格，特别是社会主义时代群众的心理、性格，他们的语言，他们的情感。没有进行认真的探索，不下一番苦功(工)夫，是不可能写出好的艺术作品来的。要使艺术不千篇一律，就要做这种探索。在这种探索中，难免犯一点错误，不要打击它，要进行帮助。要探索就有迷路的可能，但是不能因为怕迷路就不去探索，既然是探索，就是走前人没有走过的路。要鼓励人们去走前人没有走过的路。我曾对做编辑工作的同志发表过这样的意见，一个编辑，有两篇文章摆在你面前，一篇文章没有什么错误，但也没有什么新的意见，都是人家讲过的，人云亦云，四平八稳；另一篇文章有些观点可能有问题，但是他有自己的创见，有自己的文风。那么你采用哪篇？我认为应该采用第二篇，因为第一篇没有增加任何新东西，都是人家讲过多少遍的话，现在你再讲，那有什么意思呀？新的意见才是有所增加，有所创造！过去讲百花齐放，没有十分重视形式和风格，现在我觉得应该注意。

——原载《中国戏剧》1978年第10期

李泽厚

美学的丑剧

——评姚文元[①]的《美学笔记》

姚文元自一九五八年抛出《照相馆里出美学》,提出"应当有人出来勇敢地……打开一条创造性……的道路"以后,苦(处)心积虑准备了两年,便"勇敢地"出来"打开道路"了。从一九六一年一月到一九六三年四月,他在上海、北京各报刊连续发表了七大篇所谓《美学笔记》,其中包括谈生活中的美与丑,谈反映论,谈绘画、戏曲、建筑,谈艺术作用和艺术分类等等问题[②]。这些文章写得既快又长,加起来有十多万字,俨然摆出了一副杜林式的体系创造者的派头。看来姚文元确乎要在美学领域里大干一场了。这大概可算作姚文元在文化大革命前很重要的一种亮相。从这个亮相中,倒可以看到,姚文元日后终于成了狗屎不如的"四人帮",一点也不偶然。从他当年创造的这种"照相馆"的美学体系,到后来作为"四人帮"所炮制出来的种种奇谈谬论,在理论上完全是一脉相承一线相连的。这条脉、这根线就是资产阶级主观唯心主义和形而上学,更具体一点说,就是资产阶级腐朽不堪的实用主义。所以翻翻他在美学中闹的这幕丑剧老账,倒是有助于了解今日作为"四人帮"的主要的表现形式和反动特征的。

---

① 姚文元,浙江诸暨人。姚文元于1965年、1966年、1967年连续发表了《评新编历史剧〈海瑞罢官〉》、《评"三家村"——〈燕山夜话〉〈三家村札记〉的反动本质》、《评反革命两面派周扬》等一系列文章,为"文革"大批判定下了基调。姚文元本人也从《解放日报》编委一跃而成为中共上海市委宣传部部长,并跻身"中央文革小组"。1977年7月,中共十届三中全会决定,永远开除姚文元中共党籍并撤销党内外一切职务。1981年1月25日被中华人民共和国最高人民法院特别法庭认定为"林彪、江青反革命集团主犯",判处其有期徒刑20年、剥夺政治权利5年。2005年12月病逝。

② 这些文章是《谈生活中的美与丑》(《文汇报》1961年1月17日)、《关于美学讨论的几个问题》(《文汇报》1961年5月2日)、《艺术的辩证法》(《学术月刊》1961年第6期)、《艺术的辩证法》(《上海戏剧》1961年第7-8期)、《论艺术作品对人民的作用》(《上海文学》第11、12期)、《论建筑和建筑艺术的美学特征》(《新建设》1962年第3期)、《论艺术分类问题》(《新建设》1963年第4期),每篇副标题都标明是"美学笔记"。

一、反对基础理论研究

解放以来，哲学社会科学领域在马列主义、毛泽东思想的指引下，贯彻双百方针，批判资产阶级和修正主义，取得了许多成绩。美学便是一个明显例证。解放前，这个学科在我国是无人问津的所谓冷门，论著寥寥，影响甚少。正如马克思所说，操心穷困的人对最美的戏剧也不会有感觉。肚子吃不饱，还谈什么美不美。在苦难深重、长夜难明的旧社会，广大人民和革命者是没有条件、时间和精力来专门从事美学科学的探讨研究的。正是解放后社会制度的根本改变，才使这门学科发生了根本改变。一九五六年以来热烈的美学问题的讨论，是解放后哲学社会科学领域内学术争鸣很突出的一个现象。据不完全的统计，写文章参加讨论的将近百人，发表文章在三百篇以上，争论时间延续多年。它引起了社会人士和青年们广泛的注意，激起了许多人对美学的兴趣和要求学习、研究的热忱。这种情况从根本上说是反映了当时摆脱了黑暗旧中国的新兴社会主义制度正走向繁荣昌盛，表现了百花齐放的文艺领域迫切需要研究和发展马克思主义的美学作为理论指导，同时也正是在学术研究领域内贯彻百家争鸣正确方针、路线所带来的兴旺发达的结果。这是一件大好事。尽管讨论中有这样那样的缺点、毛病，但总的说来，成绩是主要的。它表明许多美学工作者试图运用马克思主义哲学的基本原理，在批判资产阶级唯心主义美学的斗争中来探讨阐明一些美学科学的基本理论问题，为研究和发展马克思主义的美学科学贡献力量。当年讨论中提出的美的本质问题、自然美问题、美学对象问题以及典型问题、创作方法问题等等，都是这门学科中能带动全盘、具有根本性质的基础理论问题。特别是把这些问题提到哲学根本问题的高度来进行分析、研究和讨论，更具有重要的理论意义，它对指导文艺创作和文艺评论，也有现实意义。

然而，所有这一切从一开头就触怒了姚文元。对于这位当时挂着“文艺评论家”的头衔，专门打棍子，只许自己开口不许别人说话的“假洋鬼子”，在美学中贯彻百家争鸣的方针，简直是要了他的命，岌岌乎危及了他的棍子地位。于是他就趁一九五八年大跃进之机，借“劳动人民”之名，向美学打棍子。他指责美学的热烈讨论是从概念到概念，“老是停留在概念上不行了”。因此，“建议美学界来一场马克思主义的革命”。这场革命如何革法呢？“放下架子，面向生活，从无限丰富社会生活中的美学问题出发。”这些问题又是些什么呢？“环境布置、生活趣味、衣裳打扮、公园设计、节日游行、艺术创造、风景欣赏以至挑选爱人。”这就是姚文元开的“从实际出发”的单子，是他在美学中要搞的所谓“马克思主义的革命”和“创造性的道路”。其实，简单一句话，就是他文章标题所形象概括的：“照相馆里出美学”。总之，从哲学根本问题上讨论美学，批判唯心主义是要不得的，是“停留在概念上”，必须打倒革掉，代之以研究从环境布置、衣裳打扮到挑选爱人，代之以照相馆里出来的“创造性”的美学道路和体系。这个道路和体系亦即是姚文元的那七篇笔记。姚文元的《照相馆里出美学》和《论生活中的美与丑》（美学笔记之一），是他这条“道路”和整个“体系”的总纲和基础，是他所有美学文章中最重要的两篇。因为正是在这里，姚文元以最露骨最集中的方式提出了一条自己的美学近路。这条近路并且是作为方向、方法提出来的。

当年，我们曾经指出，姚文元“所特别提出来，号召大家去运用的美学研究的方向、方法都并不科学，并不是什么‘马克思列宁主义的美学研究方向’和‘创造性……的道路’。如果说得严重一点，照这个方向、方法搞下去，就会走上一条庸俗的实用主义的道路上去”①。其实这还说得不准确，姚文元当时不是“就会走上”，而是早已走上实用主义反动道路，他早就是一个彻头彻尾的实用主义者了。作为美学研究方向、方法提出来的照相馆理论体系，正是这种挂着革命招牌贩卖实用主义的反动路线。

实用主义是资产阶级主观唯心主义最腐朽的一种。反对基本理论研究，是它的基本特征之一。因为，实用主义从根本上否认客观世界、客观规律和客观真理，认为真理不过是人为维持其生物存在适应环境而行之有效的东西。有用即真理，这句简明扼要、众所熟闻的对实用主义真理观的概括，虽然不够详尽全面，却是表达了、抓住了实用主义的本质的。实用主义只注重当下既得的实用效果，而把人的一切概念、思维、理论活动都看作不过是为获取这种效果的行为工具。效果是目的，一切是工具。因此，暂时并无实际效用，看来似乎是离开了实际经验的抽象思辨和理论思维，在实用主义眼里，便被看作是必须废弃抛掉、没有任何价值的东西。实用主义根本否认人的正确的概念思辨活动是对客观世界比感觉经验更深一层的理性认识，而只是着重思维、理论对行为的效用即工具价值。表面看来，实用主义也特别强调实际、实践活动，以致从前中国外国都有好些人把实用主义和马克思主义混为一谈。其实，两者是水火不容、针锋相对的。其重要区别之一，就正表现在如何对待理论思维和基础理论问题的研究上。实用主义是主观唯心主义的经验论，如前所述，它否认正确的理论、思想是对客观事物的反映，轻视和诋毁对各种基本理论问题的探讨，它只把理论看作服务于目前实用的工具。相反，马克思主义承认客观事物和客观规律不以人们意志为转移，事物的本质和规律掩藏在大量现象之下，是眼睛看不见，双手摸不着的，只有通过概念、思维、理论去把握和认识它。“那一切科学的（正确的、

① 《美学之题议》，《哲学研究》1962 年第 2 期。

郑重的、不是荒唐的)抽象,都更深刻、更正确、更完全地反映着自然"①。因此马克思主义非常重视科学抽象和科学理论,重视任何对象和学科的基本理论问题的探讨研究。也正是这些提示事物的本质、规律的基本理论探究,对影响和指导相应的特定领域和学科具有普遍的长远的作用和意义。自然科学是这样,哲学社会科学也是这样。不搞清存在与意识这个哲学根本理论,就谈不上阐明什么现实中的哲学问题,不懂得历史唯物主义的基本原理,也谈不上去研究某个历史问题和历史科学。马克思研究资本主义,并不是从描述那五花八门、庞杂的经验现象出发,而是抓住最简单也最根本最抽象的劳动两重性、商品两重性作理论分析。当时有人攻击马克思的这种资本论研究是脱离现实斗争、脱离实际。历史证明事情恰好相反,正是马克思这种对资本主义和人类历史的基本理论的几十年的辛勤研究,找出了社会发展的客观规律,证明了无产阶级必然胜利、资本主义和一切剥削制度剥削阶级必然灭亡的科学真理,以前所未有的革命理论武装了全世界的无产阶级和劳动人民,指导和鼓舞他们进行革命斗争,取得了世界性的巨大胜利。而当年那些标榜革命、标榜实际,攻击诬蔑马克思的小丑,都早被革命的历史实践碾得粉碎,打发到垃圾堆里去了。

反动派是不懂历史,也不会从历史中吸取教训的。文化大革命前,姚文元在美学领域大反基本理论的研究,在文化大革命中,他就全面地在整个科学文化领域大反基本理论研究。他利用窃取来的那部分权力,公开对抗毛主席的指示,直接攻击周总理的部署,策动围攻周培源同志提倡自然科学应加强基本理论研究的文章,以阻挠和破坏我国科学事业的发展,这是人所共知的事,这里就不多重复了。总之,他这种反对基本理论研究的实用主义的反动路线是由来已久而变本加厉的。一九六八年姚文元写道:"教理工科的不会开机器和修机器,教文学的不会写文章,教化学的不懂施肥料,这样的笑语不是到处都有吗?"②照他看来,搞原子物理、生物化学、数学逻辑、工程设计,都必须会开机器修机器,教文学史、研究诗经楚词(辞)的也必须会写小说、作文章,搞遗传密码的必须会施肥种菜……否则就是"笑话"。在现代科技如此高度分化、细密分工的时代里,所谓闹"这样的笑话"的,又到底是谁呢?"四人帮"的笑话本来极多,当然这远不只是闹闹笑话,而是要开倒车,是有其罪恶目的的。他们在自然科学领域反对基本理论研究,是为了从根本上破坏我国社会主义的发展,反对四个现代化,要我国人民永远处在落后、贫困的状况之中,以便于他们进行封建法西斯的反动统治和投降社会帝国主义作卖国贼。在社会科学领域反对

① 《列宁全集》第38卷,第181页。

② 《红旗》杂志1968年第2期。

基本理论研究,更是妄图从根本上歪曲、篡改马克思主义,用实用主义来冒充和替代马列主义毛泽东思想,以便于他们篡党夺权,复辟资本主义。

一叶惊秋。姚文元当年照相馆美学体系的反动性,今天来看就一目了然更加清楚了。他当年在美学领域内以实用主义来冒充和替代马克思主义,用这种反动的世界观和方法论从所谓美感经验中"概括"出来的"美的概念"和"美的特性",对美学学科便造成了很大的破坏:欺骗了青年,阻挠了讨论,损害了刚刚起步的科学研究,把美学引上歧途。这实际是向美学领域打出来的摧残美学摧残艺术的形而上学的棍棒。

当年,好些同志对姚文元这种"照相馆美学"表示了极大的怀疑和反对。口头提出了尖锐的批评和议论,见于文字的也有不少。例如,王子野同志写了批评姚的专文,指出姚文元"实际作法是绝口不谈理论","缺乏辩证法",他的论点"大有商榷的余地"①。马奇同志当时指出,在姚文元那里,"美学成为这样一门随机应变幻化莫测的科学","实际上取消了美学之为美学"②等等,这些都表明,对姚文元当年反对美学基本理论问题的研究,许多同志是坚决抵制和予以批驳的。

回顾一下当年的批判对今天的再批判有好处。因为当年还只能从学术上与姚文元进行论争,还远远不能看清、识破他的反动本质,只有今天从政治上揭出了他的老底,才能真正认识和批判他的这种照相馆美学体系的反动。当年还只能指出他口口声声讲"从实际出发",实际是从主观经验、感受出发;今天才能指出,他这种认识论上的主观唯心主义是有其阶级的和政治的历史来由的。当年还只能初步说出,姚文元在革命旗号下作为"创造性的道路"来"打开"的是一种实用主义的方向、方法,今天才能认清,他之所以要大肆贩卖实用主义,用以修正马克思主义,原来有其政治阴谋和政治野心。他在美学领域内的这场丑剧表演,与他的其他活动一样,是在根本上为其反革命的政治野心"打开"一条道路服务的。

二、形而上学的棍棒

"四人帮"在哲学上的特征之一,是形而上学特别猖獗。他们用这种"天不变道亦不变"的反动世界观和方法论来大搞破坏。例如,用一个超阶级超时代的所谓"儒法斗争"的形而上学僵死公式,来概括、贯穿实际是篡改、伪造全部中国历史、哲学史、文化史、军事史甚至自然科学史,把历史作为棍棒,搞比附影射,搞政治阴谋,造成了理论上思想上和学术上的极大混乱和破坏。"四人帮"这一套也非偶然,由来亦

---

① 《文艺报》1961 年第 5 期。

② 《新建设》1961 年 2—3 月号。

久。姚文元当年的“美学”便是这样，他的那些《美学笔记》是充满了这种形而上学的标准棍棒。

前面讲到，姚文元在第一篇《美学笔记》即《论生活中的美与丑》一文中，提出了所谓美的四大“特性”。一、“发展性”，二、“新鲜性”，三、“生动性”，四、“多样性和统一性”。这四大“性”是作为他的“革命美学”对美所作的最终规定①。这也就是他所谓的“我们的方法是：先从分析普遍的社会现象和自然现象中引出论点，然后综合起来得出概括的结论，再从这个概括的结论联系实际去得出具体的结论”。美的四大“特性”就是姚文元关于美的本质的“概括的结论”或“具体的结论”（到底这四性算哪一种“结论”，姚文元始终没明说，反正算是“结论”吧）。他认为，凡美必须有这些“特性”，有这些“特性”的也就是美。它们成了衡量、判定、区别美丑的绝对标尺，凡不符合于此的，一律宣布为丑，驱逐出审美对象的大门。姚文元说：“枯黄的叶子是丑的，秋天的凋零同严冬的光秃秃的树干，也是丑的，这里表现的是生命的衰退和死亡。人类从实践中深知枯黄的树叶预报着寒冷，寒冷对人类生活是不利的。”“无脊椎动物中，大多数对于人类是丑的”，“脊椎动物中的爬行类，绝大多数不能成为美的对象，蜥蜴、鳄鱼、蛇、龟等动物的形象，对于我们来说是丑的”，“一条鱼久久浮在水上不动，就反映不出自由的、欣欣向荣的生活，就不美了”，如此等等。这就是姚文元“从分析普遍的社会现象和自然现象中引出”的“论点”。同时也可说是从他那几大美的特性结论出发，“联系实际”所得出的“具体的结论”。而这些“论点”和“结论”，戳穿了说，无非是些棍棒罢了。姚文元的所谓“革命美学”无非是在美学领域内挥舞这样一些形而上学的棍棒，规定这样一系列的框框条条、戒令禁律，把从自然到社会，从植物到动物的一大片事物和对象统统打为丑的对象，开除出美学范围。当年王子野同志指出，姚文元“只是采用了非 A 即 B（非美即丑）一个公式，也有点形而上学的味道”。凡不符他的“美的特性”公式的，即一概打为“丑”。这如同当年他在文艺评论领域和以后成为“四人帮”在整个文化、思想、舆论领域内所搞的一模一样。

姚文元这篇满载着如此种种“论点”和“结论”的大作一发表，顿时众论哗然。大家觉得实在太违背常识，太讲不通了。姚文元口口声声“联系实际”“从实际出发”，却偏偏“引出”、作出了这许许多多根本不符合实际、与实际背道而驰的“论点”、“结论”。“枯黄的叶子”为什么一定是丑的呢？为什么它们一定就是“预报着寒冷”“对人类生活是不利的”从而不美呢（如此实用主义！）？从人们到香山去观赏

① 在受了批评后，姚在该文收入《美学问题讨论集》（第六集）时，作了大量增删修改。例如“四性”之外又加“一性”，“五、个别形象和普遍性本质的统一”。但换汤不换药，除了添加一些这种从别人文章中抄来而又抄错的东西以作掩饰外，实质并无改变。因此，为明了起见，我们主要仍引发表在《文汇报》上的原文。

红叶,想到"霜叶红于二月花"脍炙人口的名句,并不因为它们"预报着寒冷"而不成为审美的对象。鲁迅的《腊叶》描写的是一片"病叶"——"今夜他却黄腊似的躺在我的眼前",这大概相当符合姚文元的"枯黄的叶子"吧,但被姚文元宣布为丑的对象,却偏偏是鲁迅极为美丽动人的散文篇章的主题。鲁迅大概决不会因为感到"枯黄的叶子是丑的"才写那么一往情深的文章吧!"光秃秃的树干"又为什么一定是丑的的基本规定,完全不需要姚文元把它装扮成"革命美学"来推销。如果把姚文元讲的那些"一个公园的布置,就是体现出多样性的和谐""在千差万别的美的形象中,又因其统一性而表现出和谐"等等,与西方资产阶级美学中常讲的"在本质美项下,可以列入和谐……和谐往往产生快感……这快感的基础在于条件一致性","美仿佛在于一致与变化的变化率"(哈奇生语)等等一相对照,就可以发现姚的这些号称"无产阶级的革命美学"究竟是些什么货色了。这里限于篇幅不能多谈,读者如有兴趣,只要翻翻欧洲美学史,就可以找出姚的所有这几个所谓美的"特性"是从哪里和如何抄来的,而且抄得又是那么拙劣,比起那些资产阶级原本来,它要低级浅薄得多!原本还有某些心理现象的客观描述,姚文元的赝品却纯粹是主观任意的编造。然而,姚文元却硬要为抄来的种种十八世纪资产阶级的陈货穿上一套二十世纪的"无产阶级"的新装,把那种超阶级超时代的形而上学、形式主义的条条,当作无往而不适用的"革命"美学的绝对标准。这与他日后作为"四人帮"用超阶级超时代的所谓"爱人民""反倒退""主张统一"等条条,来作为所谓"法家"的绝对标准到处套用,倒是完全一致的。所以说,他这套形而上学的棍棒是由来已久,早有表现,只是日后为篡党窃国而极度发展了。

姚文元还有好几篇《美学笔记》,本质都是如此。有的还美其名曰"艺术辩证法",实际上都是道地的形而上学和诡辩法。"辩证法"在他那里恰恰是种相反的东西,是种超阶级超时代的形而上学的抽象规定和随心所欲的主观诡辩。原来所谓"艺术辩证法"不过是从中国古书上抄下来的几个现成的"对子"——"形与神"、"造化与心源"、"动与静"(抄自中国古代画论)、"曲折"与"端方"(抄自中国古代园林论著)、"声与情"、"内与外"(抄自中国戏曲论著),如此等等。它们在姚文元那里完全失去了社会历史具体内容的分析,离开了事物、对象(艺术作品、艺术种类)作为一个矛盾发展的历史过程的具体研究;姚文元主观地、随意地摆弄这些对子,一般地、抽象地谈论什么"形神兼备"、"动静统一"、"声情并茂"、"既曲折又端方"……这就是所谓"艺术辩证法"。当然我们并不是说,不可以研究或阐述这些对子的某种对立统一关系,但把它说成就是什么"艺术辩证法",离开这些对子(矛盾)的历史内容,反说它们符合"今天的需要",则完全是别有用心的冒充和欺骗。实际上,在他笔下它们不过是些妄图到处套用,以宰割艺术对象的形而上学的框框条条罢了。它们丝毫无助于人们用美学基本原理和范畴去客观地、历史具体地分析研究艺术创作和艺术作品，与马克思主义的辩证法则更是风马牛不相干。马克思主义讲的辩证法，包括艺术领域内的辩证法，绝对不是这种超阶级超时代的抽象条条。马克思主义强调的是具体问题具体分析，对各种具体艺术对象作历史具体的分析研究，从中找出其对立统一和变化发展的客观规律，即使是研究艺术的美学风格中的辩证关系或艺术领域内特有的辩证范畴，也总是不脱离各门艺术的历史内容和一定时代、阶级的审美感受和审美理想，不脱离它们所反映所表现的特定的时代阶级的客观社会性和发展过程的。黑格尔的美学是一部艺术辩证法的唯心主义著作，尚且不脱离作为历史过程展开的艺术具体内容，更何况马克思主义唯物主义的艺术辩证法。只要看一看马克思、恩格斯对巴尔扎克、歌德、席勒等人的矛盾两重性的分析，看一看列宁对托尔斯泰的矛盾两重性的分析，看一看毛主席对典型问题的辩证关系的分析，什么是真正的马克思主义的艺术辩证法，什么是姚文元那种冒充的"辩证法"，不是泾渭分明十分清楚么？前者从社会和艺术作品的实际出发，去发现作品或作家中自身固有的矛盾，揭示艺术本身的客观规律，它具有科学的性质和真理的价值，后者纯从主观臆想出发，从古书中抄来几个条条，作为一种超阶级超时代的万古不变的抽象公式，强加给艺术对象。它根本不去反映艺术的具体历史过程和客观内容，离开了这些艺术作品的特定时代和阶级的性质，搞的纯粹是一种形式主义的规定，这不是辩证法的反面——形而上学，又是什么？例如，讲戏曲的声与情，姚文元引用了"盖声者从曲之尽同，而情者，一曲之所独异"后，便说"它指出声是各个曲所共同遵守的规律，而情是每一曲所表现的特殊性""声和情的统一，同时也是个性与共性的统一"，并说"话剧……就声和情统一这一点上，都有共同的规律"。即是说，声、曲是共性，情是个性，这是表演艺术，从戏曲到话剧所必须遵循的"辩证法"。姚文元完全甩开了中国戏曲与现代话剧是在不同时代、社会背景上产生，从而明显具有很不相同的特殊规律条件，例如在中国戏曲里，共性与个性相统一中偏于共性，现代艺术在这个统一中偏于个性等等特征，而一概纳在他这个"声与情"的"辩证法"中，这个"辩证法"不是一种抽象的僵死不变的形而上学条条和棍棒，又是什么呢？"声"怎么一定是共性，而"情"则是个性呢？

列宁指出，概念的对立面的同一的灵活性，"如果加以主观的应用 = 折衷主义与诡辩。客观地应用的灵活性，即反映物质过程的全面性及其统一的灵活性，就是辩证法"①。姚文元讲的"艺术辩证法"根本没去反映艺术过程的全面性及其统一的灵活性，不是反映客观实际的辩证法，而恰好是主观任意地玩弄概念的对立面同一的

① 《列宁全集》第38卷，第112页。

灵活性。每个"对子"之间的对立统一的灵活关系在姚文元那里,正是脱开客观历史过程,即主观任意地加以摆弄的。他大讲什么动与静、神与形……(其实还可以随意加许多,如虚与实、白与黑、大与小等等),就都是这种"主观的应用"概念的对立统一性的例证。所以,姚文元这种所谓"辩证法",既是一种僵死不变的形而上学的条条,又是一种随意变化、玩弄戏法的诡辩。它们倒是相反相成的。作为形而上学的条条,是用来打人的棍棒;作为变戏法的诡辩,则是便于随心所欲地为其主观需要和利益服务。

在"四人帮"的"儒法斗争"的理论中,当要批孔丘时,就说春秋时期是封建制战胜奴隶制,孔丘顽固地在鲁国、齐国维护或要求复辟奴隶制,因而遭到失败。当要论证秦统一六国时,"四人帮"又说,秦与六国的斗争是封建制与奴隶制的斗争。原来,从春秋到战国,过了几百年,社会反而倒退了。孔丘时代的已成为封建制的国家到了孟轲时代和更后反而成了奴隶制了。可见,这种大讲所谓矛盾、斗争的"辩证法"不正是一种儿戏么?辩证法在他们那里,不是随心所欲的变戏法又是什么?哪里有一点点客观规定性,纯粹以如何能满足其主观需要(搞阴谋的需要)为转移。当年姚文元美学笔记中大讲的"辩证法"也是这种货色。就拿姚文元写专文妄论过的建筑艺术作个例子。姚文元在文章中谈的建筑艺术,基本上讲的是纯粹的形式美,但是他大概感到有些不妥,赶快加上几句:建筑物的美又"并不能由建筑物本身的物质结构与艺术加工来决定,而是看它联系着、表现着什么样的社会生活"。例如,上海的高层楼房,当"老爷、帝国主义者坐在洋楼哈哈笑,这种情况下,人民怎么可能对老爷、洋人住的楼房产生美感呢?"于是,这些大楼"当然只能是丑的事物"。但是,"解放前后的大世界(洋楼),房子结构没有变。人民眼中,它从很丑的形象变成美的形象,是因为大世界中的整个生活变了样……""上海城市中有一些旧时代建造的建筑……是丑的。但是我们生活在新的社会主义城市里……显出美的形象。……人们感到的是社会主义城市的美,不是资产阶级建筑的丑"。总之,建筑物本身丝毫不动,却由丑变美了。但是,"在另一种情况下,当我们走过某一条静静的街道,分别地、冷静地观察每一所建筑物的艺术结构时……艺术形象是不美的",又变成丑的了。这样一来,同一个艺术作品或艺术对象(建筑物),一会儿是丑的(解放前),一会儿是美的(解放后),再一会儿又是丑的(静静的街道),这不是在变戏法么?它到底是美还是丑呢?它的美丑还有没有客观规定性?原来在姚文元的美学里,这一切竟可以随人们的主观感受为转移。姚文元讲了那么多的"艺术辩证法",总起来倒不如这个例子可以典型地代表姚氏"辩证法",代表这种主观地玩弄对立统一的灵活性的诡辩论。事物和概念都是有其复杂的矛盾多方面性,但也有其质的相对稳定的规定性。一个艺术作品或艺术对象,不管是诗文、美术或雕塑、建筑,其美丑有其客观规定性,并不随人们一时的主观感受、想象而任意转移。所以姚文元这种“艺术辩证法”,除了完全暴露是主观唯心主义和诡辩论之外,并无别的内容。

正因为是主观唯心主义和诡辩论,所以特别善于编造。《美学笔记》最后一篇是关于艺术分类的文章,这篇文章确乎是这种惊人编造的代表作。当年我们曾批评此文,说:“……只有对这些问题有了具体的把握,才能具体地了解各门艺术中的典型的性质和特征,才能深入地了解各门艺术的发展规律和趋向。这就要求对马克思主义基本原理采取严肃郑重的态度,要求真正严肃认真地研究艺术史的大量材料,真正科学地提出它的规律性的内容,而不能将马克思主义庸俗化,夸夸其谈,任意编造”(《典型初探》,《新建设》一九六三年十月号,原稿和校样上注明是指姚文元的分类文,发表时被删去了)。姚这篇文章大讲要用逻辑与历史的统一作为艺术分类原则,但全文始终既无逻辑,又无历史,也未说明他谈的那些艺术种类是如何根据这个原则推断出来的。相反,充满这篇文章中的,是层出不穷的常识错误和不顾事实的主观编造。什么雕塑与绘画“是从实用艺术中分化出来的”,什么封建阶级“在歌舞同诗、乐之间划了深深的鸿沟”,“文学的充分发展较晚……是因为……只有当人类第二信号系统发展到比较精细地反映客观世界的特征时才能发展起来”,什么舞蹈的亮相说明了与雕塑艺术的“衔接和联系”,什么版画是雕塑与绘画的结合,什么傀儡戏皮影戏是雕塑、绘画向戏剧的过渡,什么音乐可以“表现历史事件”,什么“绘画较之雕刻有更大的抒情性”,等等等等,表现了那种极其主观、轻率和蛮横的恶劣态度。当年令人吃惊不已,今日看乃属必然。他所谓的艺术辩证法,所谓的逻辑与历史的统一,表面的确好听,实际就都不过是这种唯心主义和形而上学的货色。姚文元在美学领域内对艺术史所做的这种编造,比起他当上“四人帮”后通过所谓儒法斗争对中国历史所做的全面篡改、伪造,当然只是小巫见大巫,微不足道了。但冰冻三尺非一日之寒,如我们前面所说,仔细看看他当年在美学领域内演的这些丑剧,倒又是有助于了解他日后成为“四人帮”,是其来有自,毫不偶然的。

三、“革命”伪装下的极右实质

姚文元还有个人们熟悉的特点,就是最喜欢喊革命口号。只要翻一翻他的那些大大小小的文章,几乎没有一篇不硬要贴上多而又多的革命词句的。活象一个旧社会的卖假货的小贩,口号叫得比谁都响,货色则比谁都要糟。姚元文甚至在毫不相干的地方,也硬要添上些“革命”、“生活”、“劳动”、“人民”、“共产主义”……的名词,例如什么“把绿色的植物遍布大地是伟大的共产主义的理想”之类的荒唐语句,便不一而足,令人肉麻而且头痛。但姚文元就从来是凭这一套“左”的口号、词句,吓唬、欺骗、迷惑一些人,以掩盖住他那思想上理论上政治上的极右实质。

他的“美学”也是这样。本来，从他的《论生活中的美与丑》到艺术分类文，全部《美学笔记》主要都是从形式上来分析美和规定美。尽管外加许多“劳动人民”、“革命生活”、“共产主义”的字眼，仍然改变不了他那些形式主义美学的极右规定：从几个美的“特征”，到所谓艺术辩证法到建筑艺术美的解说，等等，无不如此。人们只要仔细查看一下，甩开他外加的那些“革命”词句字眼，这一点就非常清楚。并且他这些形式主义的美学规定，又完全是抄自外国特别是中国古代封建主义的趣味，实质上是把封建地主阶级士大夫的审美理想审美感受原封不动地搬来，冒充为“马克思主义美学”和“创造性的道路”。例如，他把中国古代封建士大夫文人对山石的透、漏、瘦的审美要求，竟然搬到整个园林建筑上。古人是说：“言山石之美者，俱在透漏瘦三字。此通于彼，彼通于此，若有道路可行，所谓透也；石上有眼，四面玲珑，所谓漏也；壁立当空，孤府无倚，所谓瘦也……始与石性相符”，明明讲的是石头。姚文元抄用上面这段话后，却居然认为它“确实解释了曲折多变而又配合适当的堆积形式所产生的形式美。这也解释了我们为什么会欣赏山洞、钟乳石等自然景色的……”并提出“上海的豫园”作为例证。这真是滑天下之大稽了。上海的豫园、欣赏山洞怎么会是透、漏、瘦呢？这不是抄古书也抄得蠢劣莫名谬误百出么？透、漏、瘦分明是中国古代封建文人的审美标准、艺术趣味，清楚地具有着特定的时代阶级烙印，怎么能够原封不动，全盘接受，搬到我们今天，作为欣赏自然美和创作艺术品的美学标准和原则呢？这种美学不是右到家了吗？右到封建主义趣味去了，这不是资产阶级的极右又是什么？

姚文元还专门有一篇讲所谓艺术作品对人民的作用的《美学笔记》。他在这篇文章里，把艺术品对人民的作用分为三种即思想教育作用、认识作用和美化作用。与美学有关的是美化作用。但是这个所谓“美化作用”究竟是什么，姚文元虽然把文章写得长而又长，连载了两期杂志，这个问题却始终是极其含糊。他含含糊糊说了许多什么欣赏作用、感染作用、两重性等等，却始终没有也没法说清楚。实际上，戳穿来说，这种与教育作用认识作用相割开的“美化作用”，在姚文元那里是种与快感相关即姚所谓“娱悦性”相关的动物本能式的情感反应，尽管姚文元羞羞答答不愿为此说明。正是这种“美化作用”，在姚文元那里实际上又是所有作用中最重要的，尽管姚文元遮遮掩掩不敢如此明说。但他终于指出，“三种作用之间”的关系是，艺术的政治、思想、道德等教育作用必须通过认识作用和美化作用，而“作品的思想教育作用”对于美化作用只是一种反作用。可见美化作用是最主要的。而美化作用又不过是种不明不白、实质是动物本能式的情感反应或感染作用。可见，这种美学尽管装饰得极端“革命”，认真看一看，其实质不是极右么？包括这三种所谓“作用”，也并非姚文元所独创。他自己说，“古代画论曾指出过教育作用、认识作用、欣赏作用”,原来如此！从古代中国的画论抄下来,贴上一些现代新词句,就可以充当马克思主义的“创造性的革命”美学卖出去,这不也太廉价了么？然而事情就是这样。

姚文元看风使舵,利用写文章搞政治投机,是一贯的。他的“美学”也不逃脱这个惯性。一九五八年大跃进破资产阶级迷信的时候,他趁机高喊美学界要来个“革命”。三年困难时期,他不喊这种美学“革命”了,却成篇累牍地大抄封建死人,标准地贩卖封建陈货,那些讲艺术辩证法、讲所谓建筑艺术的文章,充满的不尽是这类东西么？到一九六二年北戴河会议,毛主席提出阶级斗争,姚文元看势头不对,又马上摇身一变,大讲“同形式主义者划清界限”,大讲“逻辑与历史的统一”的“马克思主义的原则”,同时又批判起别人是资产阶级来了,他企图以此来掩饰他刚刚大肆抄卖封建死人的极右行径。并且随着一九六三年以后阶级斗争形势的发展变化,他从此再不发表他的美学笔记,戛然中止,赶紧刹车了。姚文元是喜欢出集子的,这十来万字的美学笔记为何多年不敢汇集出来,其中消息不是很明白吗？姚文元本是一条极善于窥伺时机和方向,随政治气候不断改换衣装以投机取巧的变色龙,美学只不过是他进行这种政治投机活动的一个领域,而且是一个比较次要的领域。但就是在这个次要的领域里,也可以看出他那副野心家、文痞的丑恶嘴脸。一九五八年,他在这个领域里,是气势汹汹地以革命美学的倡导者的姿态出现的,在三年困难时期则换上一副慢条斯理、温文尔雅的学者面貌,以后又赶快回到张牙舞爪的第一种面目。本来,他刚刚批评过许多人与朱光潜同志的争论是“老是停留在概念上”,不行,是没有“放下架子”。但过不了两天,他却与朱光潜同志争论起“关于美学讨论的几个问题”来,这就不属“老是停留在概念上”了。原来,不让别人点灯,只许自己放火,要别人“勇敢地放下架子”,是为了给自己勇敢地装上架子。又例如,姚文元自己在论建筑艺术的专文中刚刚说过,“建筑同音乐有类似的地方,音乐与建筑都不可能再现客观世界的具体形象,但它们可以运用声音与建筑物件配置形式特定的节奏,表达特定的思想,创造艺术形式美”;在分类文中,却又批起“资产阶级美学家把建筑叫做凝固了的音乐,纯粹是从形式主义立论的”来了,而且在自己打自己嘴巴时,也仍然是脸不红,心不跳,真是地地道道的一副文痞架式(势)。

文痞架式(势)、极右实质、实用主义、唯心论和形而上学,所有这一切在文化大革命中,姚文元是表演得淋漓尽致了。他的这些《美学笔记》不过是这一切在文化大革命前的小小前奏曲。它在理论上、思想上与后来是相联和相通的,是他日后在政治舞台上的罪恶表演的小小缩影。姚文元的照相馆美学体系,连同他的这些《美学笔记》,不过是他在美学领域内闹的一场小小丑剧罢了。如此而已。

作者附记

此文提纲草于一九六三年,当时叶秀山、周来祥等同志看后,曾商量合作写文,共同批姚。后以事未果。现根据形势要求,改写发表。鸣呼,小文十年一搁,竟非明日黄花,大棍舞爪张牙,且看今朝结果。沧桑正道,快何如之。不可不记也。

1977 年 9 月

——原载《文艺论丛》1978 年 10 月

张光年

驳“文艺黑线”论

在揭批林彪、“四人帮”的第三战役中，广大文艺工作者对“文艺黑线专政”论的批判，在文艺界起了拨乱反正的作用。现在大家都看清楚了，建国以后文化大革命以前的十七年中，在文艺战线上，毛主席的革命文艺路线始终居于主导地位，文艺工作的主流是健康的。我们取得的一切成绩，都是广大文艺工作者执行毛主席革命文艺路线的结果。“文艺黑线专政”论被大家推倒了，至少没有人公开为它作辩护了。可是，问题还没有完全解决。除了有关创作问题的妖风迷雾有待进一步澄清外，主要的是，林彪、“四人帮”强加于文艺界的诸如“反党反社会主义的文艺黑线”、“刘少奇反革命修正主义文艺路线”这些无中生有的罪名，还没有得到完全彻底的驳斥。大约一年以前，正当文艺界开始批判“文艺黑线专政”论的时候，有人公然散布这种说法：“文艺黑线专政”论是不能成立了，“文艺黑线”的帽子（“四人帮”帽子工厂的产物）还是不能摘掉，因为“黑线是有的，那就是刘少奇反革命修正主义文艺路线”。在这种说法的影响下，文艺界的一些冤案、错案至今未得到彻底平反，文艺上的精神枷锁未能完全解除，文艺界很多同志感到惶惑不安。我是不赞成这种说法的，当时不赞成，现在也不赞成，因为它不合事实，经不住客观实践的检验。

林彪、“四人帮”是一伙穷凶极恶的反革命黑帮。他们拉大旗当虎皮，假“高举”以砍旗。他们贼喊捉贼，给我国社会主义的各条战线加上“黑线专政”的罪名，都是出于他们篡党夺权的需要。他们所说的“文艺黑线”，或“反党反社会主义的文艺黑线”，或“刘少奇反革命修正主义文艺路线”，或“刘少奇文艺黑线”，或“文艺黑线专政”……这些大帽子，本来都是一回事，都是对于新中国革命文艺界的政治诬陷。他们所要剿灭的“文艺黑线”，指的是沿着毛主席的文艺路线不断前进的我国社会主义文学艺术的主体、主流。他们在飞扬跋扈的十年间对革命文艺界的全面围剿和残酷镇压，冤案如山，充分证明了这一点。要剿灭它，先得抹黑它，给它加上种种罪名。既然新中国文学艺术的主体、主流是“又粗又长的黑线”，那还有什么毛主席文艺路线的地位？于是乎首先从文艺阵地上砍旗的阴谋，也就不难实现了。阶级敌人所作所为所企求的，就是这样。那么，还可不可以说，“文艺黑线专政”论是荒谬的，必须坚决推倒它，而构成“文艺黑线专政”论的前提——“文艺黑线”论是有道理的，可以不去触动它？当然不能这样说。如果承认这个无中生有的“文艺黑线”，承认阶级敌人对于新中国文艺主流的诽谤和诬陷，那就实际上否认了毛主席革命文艺路线在新中国文艺战线的主导地位；因为除了这个在毛主席文艺路线指引下团结战斗的文艺主流，并不存在另外一个代表革命文艺的主体、主流或主导面。因此，我们在深入批判“文艺黑线专政”论的同时，必须把构成这个谬论的前提——“文艺黑线”论彻底批倒，连根拔除，不能有任何迟疑。

一年来，报刊上集中批判了“文艺黑线专政”论，其中许多文章，实际上也同时批驳了“文艺黑线”论。虽然是初步的批驳，也证明它是混淆是非，颠倒黑白，完全经不住客观事实的检验。

林彪、“四人帮”列举建国以来文艺界“反党反社会主义的黑线”的三大罪证：一曰“理论黑”；二曰“作品黑”；三曰“队伍黑”。总之是黑成一团了。

“理论黑”的证据是两个：一个是“三结合”；一个是“黑八论”。他们说：“这条黑线就是资产阶级的文艺思想，现代修正主义的文艺思想和所谓三十年代文艺的结合。”许多批判文章已经指出了，把三十年代文艺生拉活扯地列入五十年代和六十年代前期“文艺黑线”的组成部分，是牛头不对马嘴的，并且直接违反了毛主席关于三十年代革命文艺的科学论断。那么除此而外，构成“文艺黑线”理论基础的所谓资产阶级文艺思想、现代修正主义文艺思想又是什么呢？答曰：“黑八论”。据说，这就是“文艺黑线”“代表性的论点”。这完全是混淆是非，颠倒黑白。举例来说，他们把文艺界早在五十年代批判过的“写真实”论，反诬为文艺界“理论黑”的罪证，就是无耻的颠倒。后来文艺界批驳过“写中间人物”论，这是人民内部的思想争论，哪些地方批对了，哪些地方批错了，是可以继续讨论的。林彪、“四人帮”把它划入“黑八论”，这又是一种颠倒。此外，他们把提倡百花齐放、反对一花独放的“反题材决定”论打入“黑八论”，这是更恶毒的颠倒。我们不是说文艺界没有资产阶级思想，没有人受现代修正主义思想的影响。我们任何时候都要同这类思想影响作斗争。但是林彪、“四人帮”这种颠倒黑白的卑劣手段，首先宣布了他们苦心罗织的“文艺黑线”论的破产。

“作品黑”，用林彪、“四人帮”的话说，就是“十七年毒草丛生，群魔乱舞”，单等着江青一伙的英雄们出来“放火烧荒”。他们果然这样做了，只烧得“白茫茫一片大地真干净”！但是人民群众不答应了，他们不要“四人帮”的阴谋文艺，不要那些公式化概念化的反动说教，他们怀念“四人帮”横行之前新中国文艺园地初步繁荣兴旺的景象。“四人帮”倒台以后，一批批优秀的小说、诗歌、电影、戏剧、戏曲、曲艺、音乐、歌舞、美术作品重新出版、上演和展出，受到广大群众的热烈欢迎，就是对于“文艺黑线”论、“文艺黑线专政”论的强有力的批判。肯定成绩还是否定成绩，历来是我们同国内外敌对势力争论的焦点。肯定成绩，就是肯定这些成绩所由产生的正确路线；否定成绩，为的是否定这条路线。作家艺术家们并不满足于十七年中已经取得的成绩，但是他们认为，这些是他们长期坚持毛主席革命文艺路线的成果，同工农兵群众的生活与斗争有血肉联系，因而是很可贵的，是他们继续前进的基础。

“队伍黑”，据说是这个文艺队伍的人员“叛变了”、“烂掉了”，或者“掉队了”，全都是“黑线人物”，要不得，必须“重新组织文艺队伍”。他们这样说，也这样干了，于是，我们的党长期培育出来的这支文艺队伍，遭受了十年折磨。在林彪、“四人帮”封建法西斯统治下，把大批作家、艺术家、文艺干部和文艺青年打成“叛徒”、“现行反革命”、“反革命修正主义分子”、“黑线人物”等等，那是很容易的，只消把现成的黑牌子往他们脖子上一挂就行了。去年得知，一九六九年夏天江青在当时的芭蕾舞剧团的一次讲话中说：“协会还要不要？我看不要了。协会的人都到干校去，长期劳动改造。”“四人帮”就是这样把各文艺协会的大多数人员都当做劳改对象、专政对象！我并不是说，我们的队伍是十全十美的；从思想作风上严格要求，还有不少问题。可是，这支队伍经受了文化大革命的锻炼，经受了林彪、“四人帮”的严重摧残。长期的严峻考验，证明我们的文艺工作者绝大多数是好的和比较好的，不好的、紧跟“四人帮”的是极少数，这是值得我们引以自豪的。没有马列主义、毛泽东思想的武装，没有毛主席无产阶级革命文艺路线的指引，能够这样吗？

凡此种种，都足以说明，作为“文艺黑线专政”论前提的“文艺黑线”论，完全经不起实践的检验，是根本站不住脚的。

硬说文化大革命前十七年的文艺战线有一个“刘少奇反革命修正主义文艺路线”，这是完全违反事实的。文艺界在执行毛主席革命文艺路线的过程中，曾经发生过一些右的和左的错误和偏差。只要是肯于调查研究、肯于全面看问题的人，都不会把这种错误硬说是什么“反革命修正主义”。大家知道，刘少奇从没有主管过文艺。刘少奇是否有一套文艺见解、文艺理论足以构成他的独特的“文艺路线”呢？我们从来没有听说过。林彪、“四人帮”一个最险恶的手法，就是把毛主席的革命路线当成刘少奇的路线来批。他们首先在文艺战线上这样干，例如把提倡文学艺术题材、风格的多样化，提倡文艺上的自由竞赛、自由讨论，硬说是“刘少奇文艺黑线”，批之不已，用来发泄他们对“双百”方针的恐惧和怨恨。已经揭露出来的大量事实证明，他们在各条战线采取这种险恶手法，其矛头首先是针对坚持毛主席革命路线的周总理的。不过，他们在文艺上增加了一个花样。他们明明知道，文艺界十七年的一些成绩，是同周总理的关怀培育分不开的，他们就特地捏造出一个“刘少奇反革命修正主义文艺路线”或“刘少奇文艺黑线”，指桑骂槐地大批特批。越是周总理肯定过的东西，他们越是要当成毒草来诛锄。这是蚍蜉撼大树，哪里是批判刘少奇呢？

承认林彪、“四人帮”捏造的“刘少奇反革命修正主义文艺路线”或“刘少奇文艺黑线”，就是在实际上否认了毛主席革命文艺路线在文艺战线的主导地位，其结果是，或者把以往十七年的文艺成果都算在刘少奇的账上，或者把一大批不是刘少奇的人划入刘少奇的名下。请问：这种做法对党对人民有什么好处？

彻底纠正林彪、“四人帮”制造的“文艺黑线”、“刘少奇反革命修正主义文艺路线”的冤案，这不仅是一个从路线上理论上拨乱反正的是非问题，而且是一个从政策上应予完全平反昭雪的实际问题。在“文艺黑线”的罪名下，文艺界那么多有生力量遭到残害，许多同志含冤死去，许多同志至今背着黑锅。这是涉及一整条战线、涉及一大批人的实际问题。问题没有完全解决，留着一个大尾巴，这不利于调动广大文艺工作者投入社会主义新长征的积极性，不利于促进文学艺术的新繁荣。今年五月，中国文联全国委员会扩大会议上，许多同志列举大量事实，揭发林彪、“四人帮”迫害文艺工作者的滔天罪行，是对于“文艺黑线”论和“文艺黑线专政”论的血泪控诉。文艺界受害之广泛，情节之惨重，是骇人听闻的。我们不断接到来自各地的申诉，在“四人帮”横行的年月里，有些青年工人、青年业余作者，仅仅因为参加过作家协会主办的青年创作会议，或者向作协的刊物投过稿，就惹来大祸，被打成“黑线人物”、“文艺黑线的代理人”，长期受害，甚至株连全家。这类问题，有些地方解决得好一些，快一些；有些地方慢一些，或者至今没有解决，因为据说“黑线是有的”，他们还要观望一阵。“文艺黑线”这顶血淋淋的大帽子，为什么舍不得扔掉？保留它为的什么？为什么不相信革命同志的血泪控诉，偏相信阶级敌人的政治诬陷？这令人百思不得其解！

“四人帮”倒台两年多了，我们还要来谈论他们对文艺界的政治诬陷是否有理，这是令人痛心的。“文艺黑线”之类莫须有的罪名，不仅是精神枷锁，它首先是政治枷锁，至今还在很大程度上束缚着文学艺术的生产力。事关社会主义文学艺术的命运，我们不能长期保持沉默。

党中央、华主席号召我们破除迷信，解放思想。随着揭批林彪、“四人帮”第三战役深入进行，人们思想逐渐活跃起来了。关于实践是检验真理的标准的讨论，关于社会主义民主和社会主义法制的讨论，正在帮助人们扩大眼界，开动脑筋。思想战线形势大好，它必将彻底扫除林彪、“四人帮”制造的一切新式迷信，一切精神枷锁，荡涤旧社会遗留下来的一切陈规陋习、污泥浊水，使马列主义、毛泽东思想的科学真理大放光辉。这是实现社会主义的四个现代化、大幅度地发展社会生产力的必然要求，是任何旧势力无法抗拒的。文学艺术一定要站在这个思想斗争的前列，成为它的一个活跃的组成部分，用丰富多彩的艺术形象，为社会生产力的彻底解放与迅速发展大喊大叫。文学艺术本身又是一种精神生产，它必须在毛主席的旗帜和党的十一大路线指引下，通过一系列顽强的斗争，求得文艺生产力的彻底解放，以便更好地为新时期的工农兵群众、为新时期的总任务服务。只要坚定不移地依靠党，依靠群众，我们的事业是大有可为的。

——原载《人民日报》1978 年 12 月 19 日

曹 禺 赵 寻 宗福先

《于无声处》三人谈

宗福先:我在文化大革命前曾读过曹禺老师的话剧《日出》,在文化大革命中又偷偷读了《雷雨》。这些作品给我很多启发。我写作《于无声处》时从老前辈作家的作品,特别是从您的剧本中学习和借鉴了一些创作手法。这次来北京我能见到您感到很高兴。我希望您能给我谈谈您的写作经验、学习方法,希望能得到您的帮助。

曹 禺:你别这么说。应当说你的《于无声处》给了我很多启发。你谈到曾从我的剧本中学到一些创作手法,我感到很惭愧。其实,我也是从我的前辈作家的作品中学了一些东西,应当说是前人教我的。我和你走的路子有一点是相同的,这就是写作要从生活出发,对生活要有真情实感。我生活在旧社会的时间很长,对旧社会的妖魔鬼怪是恨透了的,因此我写了《雷雨》。你生活在社会主义社会,对林彪、"四人帮"这一群叛徒、特务、披着党员外衣的恶狼是恨透了的,因此你写了《于无声处》,我们都是在生活中有感而发的。

赵 寻:有人读过剧本以后,感到这个剧本可能受到曹禺同志剧作的影响,刚才听宗福先同志谈起,的确是这样,我以为这不是作者的缺点。开始写作的时候,谁都曾向前辈作家学习过。问题是如何学?是生搬硬套,还是融会贯通,批判吸收,成为自己的东西?我觉得宗福先同志是后者。我们必须向一切中外文学遗产学习和借鉴,特别是向我国同时代的前辈作家学习和借鉴,因为他们与我们有更多相同的感受,能给予我们更多适用的经验。今天我们不是学得太多,而是学得太少了。这正是我们青年作者应补的一课。如果宗福先同志曾从曹禺等前辈作家那里学习到一些东西的话,我以为首先是那忠于生活、一丝不苟的精神,是那严肃认真的现实主义优秀传统。《于无声处》所以能一扫"帮风""帮气",我看就是这种学习的收获。我很早就读过曹禺同志的作品,但却没有学好,用好。你在这样短的时间内就能掌握了前辈剧作家的艺术技巧,而且运用自如,这是难能可贵的。希望你继续这样学习下去,继续这样不脱离生活与群众,一定会写出更多更好的作品来。英国的大物理学家牛顿说过:"如果我比笛卡儿看得远些,那是因为我站在巨人们的肩上的缘故。"

宗福先:希望两位老师先对我的剧本提提意见。

曹　禺:你的剧本写得好。在剧本中我最感兴趣的人物是何为,这个人物写得最生动。何为是典型环境中的典型人物,他在"四人帮"横行时期形成了一种愤世嫉俗的性格,他"看破红尘",但又不是逍遥派,他是要革命的。他嬉笑怒骂,正话反说,语言很典型。譬如他说:"说我埋头钻业务,想成名成家,走白专道路……算了!我走白痴道路,当个大傻瓜,行了吧?"又如他说的"钳口术","把每人的上下嘴唇打两眼儿,铅丝一穿,一拧……"这些语言非常强烈地表现了对"四人帮"的不满和谴责。何为是这个时期某种类型人物的一个代表。

赵　寻:不少同志认为,《于无声处》的重大意义在于它写了天安门的革命群众运动,这是完全正确的。但从艺术创作上来分析,又不止于此。天安门事件只是剧本中的一个背景,矛盾斗争的一个"引子"。它的价值,正如曹禺同志说的,还在于创造了一批典型环境中的典型人物。如果说这种背景和"引子"尚可改换的话,这些人物的性格是不可变易的。这些人物不是某一事件的传声筒,而是具有时代特色、具有个性特征的典型。像梅林、欧阳平、何为、何是非这些人物,不但在《雷雨》那个时代不可能有,而且在文化大革命前也不可能有。这是文化大革命十年来与"四人帮"作斗争的这种特定环境中特有的产物。

曹　禺:人物是要靠语言和一定的动作来塑造的。你写何是非这个人物也抓住了他的特点。这个人太可怕了,为了自己,把什么都卖了。他讲的是最革命的词句,其实是最大的流氓,这正是"四人帮"的特点。当然,这个人物的面目还可以写得更清楚一点。那天我问过你,何是非在粉碎"四人帮"后的今天会怎样表现呢?你说他会痛哭流涕地"揭发"唐有才。可见你对这种人物还是看得很透的。形象的深刻性也在这里。你这个戏的结尾也很好,寓意较深。他的老婆,儿子、女儿都反对他,离开了他。最后一个人孤零零地、恐惧万分地伏在桌上。结尾一声惊雷安排得非常出色。

宗福先:我想尽量把何是非这个人物写得复杂一点。何为有一句台词,说:"这坐在当中的是张春桥,他身后左边第三个,手里高举语录的,就是我爸爸。"有的同志问我,为什么要强调何是非高举语录呢?我想这种人没有这个伪装不行。林彪不是高喊要"高举"吗?其实这种人为了政治投机,什么都可拍卖,什么都干得出来。我还写了他另一面,对老婆、女儿还有感情,当然是极其自私的感情,写他这种两面的性格。

赵　寻:我看戏中有的人物的性格还有点矛盾,如何芸这个人物,她那么爱欧阳平,可是她却对她父亲说出要逮捕的就是欧阳平,她又不是不了解她父亲,这样说就使人觉得不合情理了。我很想知道你在创作中碰到的情况。许多作者都有这种感觉，当自己的思想与所运用的艺术技巧结合得非常合适的时候，写起来就很自然，得心应手，但当运用的艺术技巧与所要表现的内容不吻合时，就会憋得出不来。看得出来，你虽然是初次写戏，但创作技巧还比较熟练，不过，也看出了某些人为的痕迹和结构的破绽。

宗福先：是的。完全看得出来有一些人为的痕迹。有的地方想到了好的场面与人物，但没有仔细推敲。也许作为一个场面还是可以的，但放到整个戏里头就不舒服了。如刘秀英与何是非的一场戏，写的时候还是满（蛮）顺的。刘秀英要求何是非不要再害欧阳平，感情是写出来了，但放在整个戏里一看，人们会问：为什么她在九年前不说？人工的痕迹太重。何芸的毛病也很明显，为了要她在九个钟头内转变过来，对她的起点、转变的层次都没写清楚。这样的人物在生活中是存在的，但戏里的处理却很勉强。还有，刘秀英下楼来老是说有鬼，可是她却不说出何是非出卖欧阳平、梅林的事。何芸告诉她爸爸，追捕的就是欧阳平，观众这时确实是提心吊胆的，但也有人工痕迹。欧阳平欲走又留，戏剧效果是有了，但分析起来也不够合理。

曹　禺：关于戏剧情节合理的问题，我觉得不能理解得太狭窄，它也有一定的限度。都要求那么合理，就难办了。

赵　寻：一个戏，戏剧情节可能有不合理的地方，但人物性格不能不合理。“无巧不成书”，巧，就是偶然性。偶然性应该是必然性的具体表现，但，很难说剧本中每个偶然性都能找出必然性的根据。戏的情节如果有一些不合理的地方，只要人物性格合理，观众往往不去追究情节的合理性，但如果人物性格不合理，那个戏就完了。现在你的戏没有这个问题，如人物性格自相矛盾等，只是某些情节安排上有点不尽合理罢了。

曹　禺：对，是这意思。

赵　寻：戏剧情节应当是看来出人意料之外，想来尽在情理之中。你这个戏在艺术上有自己独到的东西，但更宝贵的是在政治上的敏感。作家应当是思想家，要敏锐地表现出当时时代的最强音。这个剧本文学性较强，特别是前两场读起来比看演出更动人。前两场的动作性差一些。第三场矛盾较集中，但破绽多些。戏的结束也仓促些。你的戏完全符合“三一律”的要求，你研究过“三一律”吗？

宗福先：没有。

曹　禺：写戏不需要什么框框，要从具体的人物、具体的形象出发。

宗福先：我写的剧本最初一些地方舞台感觉不强，是导演和演员在排演时帮我作了不少修改。我开始是学习写小说。小说的写法与戏不一样，所以刚写出剧本来，不少同志提出主要的毛病是在舞台上动不起来。

赵　寻：后来是怎样写戏的呢？

宗福先：说起来好象是“历史的误会”。有一次我写了一部小说，请一位作家看了，认为我语言还有可取之处，但结构不行，组织故事的能力差。所以我很想学习。正好上海市工人文化宫举办了业余小戏创作学习班，我就参加了。听课，写戏，大家的劲头很足。我一个多月写了四个剧本。他们看我的劲头很足，就吸收我参加了工人文化宫的业余创作组。这几年我也进行了一些其他形式创作的尝试，比较下来，戏的结构是最难的，很不好掌握。所以，想请曹禺老师给我讲一讲怎么写戏，这是我最需要的。

曹　禺：哎，这可难了，我也说不好。戏剧的结构是非常之难的。这一点要学习前辈的名著，也要学习传统的戏曲作品。我们中国戏曲的编剧水平很高。京剧《乌龙院》宋江要杀阎婆惜，眼看要杀了，可是戏里还不马上杀，还翻来复（覆）去地这么搞、那么翻，把两个人物之间的关系写足了，把人物性格写透了，这才杀她，真是写得太好了。《杨门女将》、《白蛇传》（有的版本）也是这样。多看些好剧本，要反复看，研究人家的剧本好在哪里，为什么会吸引我，怎么下功夫的。写戏是“出汗的艺术”，不出汗，不下苦功（工）夫，就写不出好戏来。

拿我的习惯来说，在写戏的时候，我对戏的结尾是捉摸得比较明确的，往往写头一步的时候，对最后一步是个什么样子都有个比较清楚的考虑。这样，戏就不模糊了。我写戏常常不按次序写。

赵　寻：我听您讲过有时从中间开始写。

曹　禺：哪段想好了就写哪段，怎么顺利就怎么写。这段能表现我的思想，就写这段。那段能表现某个人物，就写那段。总之，酝酿最成熟的地方可以先写，然后结构起来。我常常不是一气呵成的。当然，也有几个戏是一气呵成的。总之，一个人有一个人的写法，别人也可能是另外一种情况。

宗福先：请您谈谈，您在写戏时是怎样写好人物的？

曹　禺：要写好人物有很多因素，不过最重要的是对他们熟悉和了解。要常观察，常思考。在生活中，有各式各样的人物，那么，这些人物的语言、动作有什么特点，在发生某种事的时候，他会说些什么，做些什么，每天可记在笔记里。看多了，想多了，人物就成形了。到时候逼你非写不可时，就能比较顺利地写出来了。至于说有什么绝招，我没有，也不相信谁有。生活积累很重要，多看创作也很重要。看十本再好的“编剧法”，可能不顶一部好剧本给你的教益大。当然主要还是多实践。理论是需要的，是为了指导实践，不能把理论变成自己头脑里的框框。还是要从生活出发，同时注意提高自己的欣赏水平。没有一定的欣赏水平，就不会比较、鉴别、吸取别人作品中的好处,分析自己作品中的缺点。总之要多看、多读、多练。你看过哪些书?

宗福先:小说看了一些,外国文学名著看得多点,剧本看得少一些。

曹　禺:古今中外有不少好东西值得我们学习、借鉴。我老是爱说莎士比亚,一定要读。所谓“四大悲剧”,起码有一两个很值得学习。你读读莫里哀的作品怎么样?中国现在缺少好的喜剧。另外,要多看戏,可以提高你的舞台感觉。看戏也不能老看话剧,这样会有局限。各个剧种都有自己独特的精彩的东西。最近在北京演出的川剧、吉剧太好了。川剧《打神》,吉剧《包公赔情》,写得真好。

我还主张多看小说,它可以帮助我们用简练的手法把人物刻画出来,把动人的故事讲出来。如《聊斋志异》中的短篇至多不过二三千字,但人物、故事写得很清楚,蒲松龄掌握文字的能力确实好。《红楼梦》、《三国演义》、《水浒传》等,我小时候没事成天读,对我帮助很大。中国的诗词对丰富语言的表现能力,也很有好处。《天安门诗抄》中有许多好诗词值得背一背。

一个作家应当不断提高自己的文学修养。我觉得你要读点历史、文学史,也要了解外国的文学,但更重要的是认识中国的文学传统,我们都是从这个传统出来的。当然这种学习要变成自己的东西,要创新,形成自己的风格。借鉴不等于模仿,模仿是最没有出息的。你现在不宜单打一,戏、小说、散文、诗都可以写一写。最好还要学会一门外语。

赵　寻:我还有一个想法,剧本发表和演出以后,如果没有想好,不要忙于修改。任何作品都带着它个人的、时代的局限,不能十全十美。曹禺同志解放后修改过《雷雨》,许多同志就劝他别改。

曹　禺:《雷雨》修改后出了一个版本,很糟。一个人应不悔旧作。已经写成了,就让观众去鉴定吧!戏是一个有机的整体,改了这点就牵动了那点。当然,想成熟了也可以作些修改,但无止无休地改,不是办法。自己存在的问题可在以后的创作中注意改进。

你已经取得了很大成绩。我相信你不会被一片赞扬声所淹没。盛名之下,其实是很大的累赘,弄不好就会成为包袱,使你今后写戏困难。

宗福先:我现在已经感到这一点了。两位老师今天的谈话给我很大的鼓励和帮助。我既高兴又感激。我要继续努力,永远跟党走,沿着老一辈开辟的道路继续前进!

——原载《中国戏剧》1979年第1期

陈荒煤

篇短意深　气象一新

首先，应该感谢人民文学出版社对我的信任和委托，经过该社小说组同志们的努力、帮助，又经过我们反复协商，终于共同选定了这一本1977—1978年的优秀短篇小说选集出版。当然，全国发表的作品很多，限于我们的能力和水平，很可能有所遗漏或有选择不当的情况，希望得到作者与读者的原谅与指正。不管怎样，选集出版，总是一件值得高兴的事，所以，不自量力，答应写一篇读后感供读者们参考。

自从《班主任》等一批短篇小说发表后，引起了广大人民群众的热烈欢迎，也引起了文艺界的广泛注意和反响，都认为在短篇小说创作方面是一个新气象，新突破。这是打倒“四人帮”之后，文学创作回到生活，回到党的文艺路线，回到革命现实主义和革命浪漫主义相结合的创作道路的重大成果！

我以十分喜悦、激动的心情，反复阅读了这些作品。长期以来，我已和文学工作绝缘。作为一个刚回到文学工作岗位仅只半年的老年人的心情来说，我不能说这是一种文学欣赏。我也绝不感到被触动了什么“伤痕”，感到压抑悒郁，难以自拔。然而，我确确实实在读这些作品时，常常激动得泪眼模糊，久久不眠。要说明这些心情是不容易的，也没有必要。在文艺战线上，我已经是六十六岁的老兵了，我个人还能写些什么呢？唯一的希望，是看到大批新兵入伍，扩大战线，使创作繁荣，百花齐放！唯一的愿望，是在晚年还能略尽微薄的力量，促进新时期的创作繁荣，百花齐放！

因此，拉拉杂杂写了下面一些意见和感想。这完全是我个人的意见和感想，当然难免有错误和缺点；由于作品很多，也不可能一一予以恰当的评价。我只能就个人感受较深的几个问题谈谈自己的意见，如果多少还能起一点促进作用，我也就满足了。

一

在这本短篇小说选集中，揭露林彪、“四人帮”的各种罪行，以及反映人民群众和

“四人帮”进行不同程度搏斗的作品有十多篇，约占三分之二，而且大部分是青年作家的作品。

这部分的作品的题材是广泛的、新颖的。《班主任》表现了一个青年教师张俊石怎样看到了“四人帮”向广大儿童灵魂上泼去的“无形污秽”，在我们青少年中间出现了张铁生这样的丑类、宋宝琦这样的“畸形儿”，即使在本质纯正的孩子身上，都有着“四人帮”所打下的黑色烙印。他如何意识到一个人民教师的光荣职责，敢于把“救救孩子”的这个重担挑了起来。《不称心的姐夫》、《姻缘》，则是分别表现了青年男女的恋爱，由于“四人帮”给各种家庭加上种种精神枷锁，进行株连迫害，而发生的波折和不幸，经过严峻的考验，纯正的爱情终于获得了真正的幸福。

《献身》和《复婚》，是表现家庭中夫妇关系在“文化大革命”中激烈的变化，夫妻之间的矛盾和冲突，他们在复杂的斗争中的痛苦与分裂。

《灵魂的搏斗》、《神圣的使命》、《伤痕》则揭露林彪、“四人帮”如何不择手段地迫害革命干部的罪行，及由此产生的种种悲剧。

尽管题材是多样化的，主题却是单一的，或者说是集中的。这些作品共同的特点，是把仇恨集中在林彪、“四人帮”身上，真实而深刻地揭露了“四人帮”令人发指的罪恶：他们怎样卑劣地迫害干部和群众，怎样践踏了党章和宪法，败坏了党的威信和传统，怎样破坏党的路线，怎样制造了干部、群众、家庭之间的分裂，在广大人民群众心中留下深深的“伤痕”，更加令人难以容忍的，是他们肆无忌惮地腐蚀着人们——特别是青年一代的灵魂！

“在一个战壕里战斗过，同过生死，共过患难”的老战友，可以出卖灵魂：“踩在别人的尸体上往上爬”！这就是一个典型事例。曾经在长篇小说《红日》中创造了一些老战士光辉形象的老作家吴强同志，在刚刚获得解放、重新提笔创作时，首先写了《灵魂的搏斗》，这不是偶然的事情。他大概也万万没有想到他居然会描写这样的“战友”。在艰难的战争年代，“在一个战壕里战斗过，同过生死，共过患难”。到了“文化大革命”时代，却会变成一个出卖自己灵魂又出卖战友的人！这不仅说明十年动乱中的斗争何等激烈、尖锐、复杂，林彪、“四人帮”这伙阴谋家、野心家所造成的危害和灾难如何严重，而且证明他们对人们灵魂的腐蚀，所造成的“内伤”，远远超过战争的炮火。战争的炮火可以摧毁人的肉体、各种物质的壁垒，但往往不能摧毁无产阶级战士的纯真的心灵、坚强的精神壁垒。但是，如果被个人的名利、地位、私欲、野心（自然用的是极左的革命辞句的美丽的装潢）浸透了灵魂的深处，那么，无论是什么“天才”、“旗手”、“权威”、“老革命”、“老干部”、“青年革命家”等等一切称号，都不过是一层薄纱掩盖下的真正的魔鬼！林彪、“四人帮”及其死党就是这样一群魔鬼！他们还要收罗魔鬼，制造魔鬼，以便把革命的天下变成群魔乱舞的世界。

为什么有些人声称:看破红尘,看透了人生?为什么又有人心有余悸?为什么有人觉得创伤难以平复?为什么有人对实现四个现代化的伟大目标信心不足?为什么有的青年失去信仰,厌倦政治,不相信生活中有真正的友谊爱情?如此等等,到底是什么原因?

许多人认为《班主任》这篇小说中创造了一个特殊的典型,这就是谢惠敏这个人物。她没有丝毫的政治投机心理,她单纯而真诚,有着正直的品格和朴实的感情。她绝不是一个小魔鬼。可是她身上也有许多魔气,中了魔!

这种中了魔的年轻人,经过林彪、"四人帮"十多年来严重的腐蚀,在一张白纸样的心灵上沾染了许多"无形的污秽",要想一下子清除,可不是简单的事情。

这就是说,对青年一代,有个再教育的任务。"文化大革命"开始,他们有的还是孩子。没有经过什么"三反"、"五反"、土改运动、抗美援朝运动,更没有经历过革命战争炮火的洗礼。在"文化大革命"期间,被林彪、"四人帮"用极左的言辞煽动起来的狂热性,使他们蒙受欺骗,对是非分辨不清,不能区别两类不同性质的矛盾,怀疑一切,打倒一切,有的人陷于无政府主义,有的陷入了无休止的武斗、派性斗争的漩涡。有的青年则因家庭成员的株连,从最早的最革命的红卫兵阵营里一下子翻到了"反革命"的深渊。总之,千千万万青年的各个不同的遭遇、命运,经过革命家庭摇篮的颠簸和破灭,在精神上都受到程度不同的创伤;有的觉醒过来,进行了斗争,但遭到更残酷的镇压,有的迷惘,有的消极,有的甚至堕落。什么革命、理想、正义、家庭、友谊、爱情等这些被林彪、"四人帮"肆意践踏的美丽的名词,统统泡影似的幻灭了。到头来,看到的是剥掉了"天才"、"副统帅"、"首长"、"权威"这些外壳的一个比一个更丑恶的阴谋家、野心家的狰狞面目!这就是许多青年"看破红尘"的原因。《醒来吧,弟弟》是刘心武同志的新作,确是发自衷心的呼吁!但他不仅是限于呼吁,而且指出,只要老一辈的革命家以身作则,恢复党的优良传统和作风,说真话,实事求是,满腔热忱,带领青年一代前进,我们的青年一代终究会成为我们社会主义的接班人,重新开始新的长征。

当然,必须特别指出,我国还有千千万万好的青年。我们看到《班主任》中张俊石这样的青年教师,还有《三个李》中青年炼钢工人李坚。他坚持抓生产,顶住了"四人帮"的压力,和"四人帮"进行了坚决的斗争。还有那个"不称心的姐夫"李四平,即使明天要被批斗,深更半夜还在农田里搞科研。还有《心声》中的那个年轻的电业工人厉志良,在《灵魂的搏斗》中和出卖自己灵魂的父亲决裂的橙子,以及宁愿毁掉自己的嗓子,也不愿在敬爱的周总理逝世的第二天参加"四人帮"组织的演出活动的人民的歌手刘洁颖。

作者们满腔热情地刻画了这一批性格鲜明、有血有肉的生动形象,使人喜爱。

例如张俊石的思想感情深沉、饱满；李坚的铁人式的顽强不屈的性格；而刘洁颖是一个多么秀丽、纯真而又坚强的姑娘！当我看到刘洁颖听到周总理逝世后真诚的痛苦的心情，看到当她撕毁歌页，决心毁坏嗓子，在旷野里大声呼喊周总理，发出那“令人心碎的悲怆的哭声和喊声”时，我也不禁感到心底的颤栗，眼前模糊起来。作者自己没有对周总理真挚的热爱和怀念，没有对“四人帮”的刻骨仇恨，是刻画不出来这个歌手的动人形象的！

二

其实，也不仅是对青年一代有个再教育的问题。对一些干部，即使是经受过革命战争炮火锻炼的老干部，在“文化大革命”中受到林彪、“四人帮”一伙的种种迫害，各有不同的经历，何尝不是一场严峻的考验，也从反面得到一次极其深刻的教育。

这里既有《心声》中的梅雪玉，她从“五七”干校挑着行李回到她丈夫牺牲的岗位上，顶住了“四人帮”的妖风、干扰破坏，依靠群众，完成了党的任务。也有《灵魂的搏斗》中终于被“老战友”出卖的丁一飞，还有《顶凌下种》里的坚持抓生产的大队支部书记高明海，要“为党的科学事业献身”、“死无反悔”的老科学家卢一民。

特别值得提出的，是《神圣的使命》中创造了一个可尊敬的真实可信的“老警察”老公安干部王公伯的形象。为了“镇压敌人、保护人民”，“多少个春、夏、秋、冬，他通宵达旦地工作着”，然而受到“四人帮”的迫害八年之久，脱离了战斗岗位。当他重新回到战斗岗位上对一个具体冤案进行复查，履行一个公安干部的神圣使命时，进行了细致的调查研究，终于查清了冤案的经过，弄清了“四人帮”蹂躏宪法、迫害干部的罪行。

当被迫害者的爱人林芳叹道：“四人帮”“把持大权，没人肯听我的上诉时”，王公伯发出令人深思的心声：“这个事还要由你来做，我们公安干警还有什么脸戴着这颗国徽活着！”

这个“老警察”听到周总理逝世的消息，从不掉泪的老人，“呜咽得几乎气绝”。听到毛主席身体不好时，“沉重的心情无法用言辞形容”。

正是这样一位普通的有崇高的心灵的老公安干部，知道“为真理而斗争”，“可能要付出自己的生命”，终于“苍苍白发被血染得殷红”，以生命完成了“保护人民”的神圣使命。

作者选择了一个多么重要的主题和题材，歌颂了一个多么普通而又崇高的英雄人物啊！在“四人帮”无法无天破坏法制的动乱时代，人民又多么需要这样能够执行保护人民这种神圣使命的英雄！这个英雄人物也是各个战线上都应该为人民的根本利益服务，都有自己神圣使命的人们共同学习的榜样。

“还有什么脸戴着这颗国徽活着!”这句真挚语言，多么值得每一个人深思啊!

我真期望把这个《神圣的使命》搬上舞台和银幕，使王公伯这个人物，“他的生命仍然存在”，永远活在我们人民心中!

还应该指出《最宝贵的》这篇很精致的使人深思的小说，也引起了广大读者的重视。

这篇小说表现了至多不到一个小时之内发生于父子间的冲突，却也是另一种灵魂的搏斗。市委书记严一行刚参加了前任市委陈书记的追悼会回来，听到十年前向“四人帮”提供了陈书记的行止的人(陈书记因此被“四人帮”架走迫害致死)，却是他的儿子，现正在申请入党，已经经过支部通过。严一行经过查问，从儿子那里得到证实。市委书记动了感情，激起了他内心的许多活动。他严厉地斥责了他的儿子，使得他的儿子在这个最紧要的关头，“在关系到一生前途的关键时候”，而终于决定：“回厂子，就给党委写一份详细的交代。”

作家用了一大段内心描写来分析儿子的错误和他的感想及自己的职责，激发读者一道来思索、回答这个问题。

这篇小说，在艺术结构和构思方面有很大的优点：短小精悍，非常集中地一下子就揭露了一个尖锐的矛盾，把主人公投入矛盾的漩涡，又提出了一个极为尖锐、触及灵魂、值得思索的问题，吸引了读者，感染了读者。提出的矛盾也确是一个尖锐的问题：作为市委书记的父亲，在关系到儿子一生前途的关键时刻，他应该怎么做?

作为一个市委书记，自然应该严肃对待和处理这个问题，尤其是自己儿子犯了错误，更加严格要求和批评也都是应该的。但是，要求一个十五岁的孩子在“文化大革命”初期，在“相信名义、旗号和言辞，胜过了相信自己。相信父亲老一辈革命家都是黑的”，自己“十五年来受到的全部教育都是黑的”情况下，面对的是当时唯一的“左派”领导，“说是两条道路由我挑”，他于是泄露了陈书记的行踪，更没有想到“四人帮”会下毒手。

严一行认为这是“叛卖”，“保全自己，牺牲别人”，认为儿子应该能够识别“四人帮”的走卒是“卖身投靠，手上沾满同志鲜血的野心家”。这就过分了。当时，多少孩子不是都受到林彪、“四人帮”的煽动给父亲贴大字报，揭发他们的“黑”罪行吗?这种划清界限，和黑家庭彻底决裂的“革命行动”风行一时，难道都是“叛卖”么?

当然，蛋蛋是有错误的，就是在他申请入党时，还隐瞒着错误，没有勇敢地向党交代这件事。但这终究不能说错误已经严重到这种地步：“鲜红的心”已经“换上一块黑色的石头”，“没有个人理想，没有原则，没有对真理的追求和献身……没有热也没有光；只有利己的冷酷，只有虚伪、权谋……”

林彪、“四人帮”对我们青少年一代的某些人确是“用欺骗和讹诈玩弄了、摧毁了”“少年的信念和真诚”。这正是对现在青少年应该重新再教育的问题，但我们终究不能承认他们的心已经是块“黑石头”。作者不是自己也说，“要帮助他找回那颗火热的、跳动的心”，并且把它铸炼得成熟坚强么？

作为市委书记的父亲恨铁不成钢，重视自己儿子的错误，憎恨那些“蛇蝎”对青少年的毒害的严重性，严格要求蛋蛋，这是对的。可是终究不能责备他是“叛卖”，心已经是块黑石头，根本不懂得什么是最宝贵的。

就是“文化大革命”中一个小小的插曲《复婚》中的柴逢春，没想到找了一位“运动夫人”，不禁发出“长叹”：“革命三十多年，在家里倒成了专政对象了？”而终于又回到原来的“家”里。有人说这个老干部不值得同情，“罪有应得”，不象是个老干部的形象。我看这也是对老干部“求全责备”了。老干部也是有各式各样的，政治上的成熟、强弱、水平不一，在这样一场复杂尖锐的战线斗争中，认识有深浅，理解也有深浅，在各种不同问题上上当受骗，得到的教训，都不可能是等同划一的。老干部中既有顶着逆流，迎着风暴，甚至以生命鲜血来保卫党的革命路线的，也有极少数背叛革命，卖身投靠的。不能要求一个短篇小说中出现一个老干部的形象，就代表一切老干部，或是一个典型的英雄人物。

柴逢春经过一段“家庭”专政，终于在成“什么家”的问题上，感到不能再上当，不再与运动夫人“复婚”了。他有了这么一点觉悟，终于在儿子面前说了一句真心话：“我是没脸见你母亲！”可终于又回到老家去了。这虽然是写的“家庭”题材，可是无论是对老干部或青年人，读罢之后，仔细想，未必不是值得思考的一个问题。作者巧妙地构思了这个小巧的故事，从广阔的生活中选择了这么一个“小”题材，写出了这样一个老干部的家庭矛盾，却是意味深长的。我看这也未必就损害了老干部的形象。柴逢春只是在生活问题上走错了一步，应该欢迎他这个转变。不然，对那些上当受骗，在政治上思想上都犯过这样或那样一些错误的老干部，又该怎么办呢？

同样，《献身》中卢一民与唐琳夫妇的离异和重逢，情景不同于《复婚》，更加引人深思。唐琳之所以下决心与卢一民离开，是担心孩子未来的命运，怕倔强的孩子“会变得自暴自弃，玩世不恭；或者是盲目反抗，铤而走险！会堕落，会犯罪，会毁在他手里！想赶快抱起孩子逃出火堆！”“那比同归于尽要好一点。”这是纯真的母亲的心声！我相信，千千万万的母亲都在脑子里闪现过这种念头，实际上，还是把林彪、“四人帮”这伙恶鬼想得太善良了，无数事实证明，许多离开父母亲的儿女仍然不会有什么好的命运。

正因为如此，当唐琳向卢一民表示：“破镜不要重圆了，不如摔掉，重做一面；要做得坚固牢实，摔打不碎。这镜子不能只照着家庭和孩子，那就经不起诱惑，受不住打击……”然后宣布“今天,我是作为一个朋友来看看你”。就更加激起我们的同情、期望,也相信他们必然会重做一面镜子,重新携手,建立一个新的家庭,迈进新的长征。

三

“家庭”这两个字,在林彪、“四人帮”实行法西斯文化专制主义的统治下,十多年来,在文化领域被抹杀了。正如他们对亿万人民的家庭进行极其横暴的无止境的践踏一样,他们提倡反动的“血统论”、“唯成份论”,呼叫什么“亲不亲,线上分”,煽动和制造家庭的分裂,实际上是企图对革命干部和职工的家庭一网打尽,斩草除根,实行残无人性的白色恐怖,从而建立林彪、“四人帮”他们自己的封建法西斯王朝。“天马行空”也好,“女中豪杰”也好,梦寐以求,惨淡经营的,无非是在毁灭千千万万革命家庭的白骨堆上,建立起一个可供他们穷奢极欲的家天下!

家庭,即使在社会主义社会,随着时代的推移,在很长的历史进程中,终究是我们社会组成的一个细胞。在革命的洪流中,随着人们物质生活的丰富与提高,家庭事务的减少,正常的文娱生活与社会活动的增加,只能增强家庭成员之间更融洽的联系。尽管分工不同,性格各异,但长期的共同的生活基础,共同奋斗的目标,及相互的了解,都能使家庭的纽带更坚固。更不用说,那些神圣的革命家庭,他们分享着革命的荣誉,尊重革命的历史,在革命斗争中共患难,同生死,彼此的心是相通的。这种家庭与革命、无产阶级、亲爱的祖国的命运如此紧密联系,血肉相连,是无法分离的。林彪、“四人帮”的倒行逆施,对革命家庭的残酷迫害,正是为了篡党夺权而必然采取的一个反革命暴行。这就造成了家庭中的重重矛盾与悲惨的遭遇。这种家庭的悲剧在人们心灵中造成的创伤是深刻的难忘的,矛盾是尖锐复杂的。整个家庭,在和“四人帮”进行生死搏斗中,共命运、同呼吸,这种斗争真是惊心动魄,震撼人心的。所以,在揭露林彪、“四人帮”罪恶的这些小说中,不论有意与无意,不能不集中到家庭问题中来。于是,“家庭”也重新回到文艺创作中来了。我们重温这一段难忘的历史,回忆起千千万万家庭中夫妇、父子、母女、姐妹、兄弟之间既有共同命运,又有不同遭遇的,既是患难与共,又不免还有矛盾的错综复杂的情景,更加加深了我们对林彪、“四人帮”这种卑劣、没有人性的暴行的仇恨,也使我们更加珍惜这种饱经风霜、严峻考验、亲密团结的斗争情谊!也更加使我们坚信:每一个这样的家庭,都是一个坚强的战斗堡垒,是任何人都无法摧毁的。而这些向亿万人民进行反革命围剿的野心家、阴谋家,必然在这千千万万的坚强堡垒面前彻底覆灭!

这些作者写的是家庭一角的命运,叫人们看到的是一场伟大的斗争历史。这场生死搏斗遍及全国、农村、城市、大街小巷,遍及千万个家庭,影响之深广,是我国历史上空前的，也应该说是绝后的——经过“文化大革命”的锻炼，亿万人民，特别是青年一代，他们提高了认识，总结了正反两个方面的经验和教训，他们绝对不会容许这种历史重演！

四

家庭恢复了它在文化领域中的位置，那么爱情也必然随之恢复了它应有的地位。生活常青，家庭永存，人类总得发展，每个人都有一个青春时代，都希望有个理想的伴侣。无论在多么残酷、尖锐的斗争中，即使是大规模的战争，也无法禁止爱情的滋长。只有林彪、“四人帮”这种生活糜烂、穷凶极恶的人，一面追求、欣赏封建王朝资产阶级腐朽生活，一面却道貌岸然地把爱情排斥在文艺创作之外，视若洪水猛兽！这恰好证明他们是伪君子。他们害怕而且厌恶的正是为一个共同的革命理想紧密联系起来，在战斗中、工作中、生活中互相鼓舞、关心、帮助、共命运、共患难的真正的崇高的爱情！

林彪、“四人帮”不论把爱情两个字诬蔑为“黄色”也好、“低级”也好，终究不能终止、禁止爱情，爱情每时每刻都在那里萌芽、滋长、开花、结果。自然，既有丰满的甜蜜的果实，也难免有不成熟的酸涩的苦果。即使是已经白发苍苍，象卢一民和唐琳的重逢，也许不是“破镜重圆”，很可能作为“一个朋友”开始的新的爱情及柴逢春的破镜重圆却也是开始一个新的春天。更不用说，象李坚与李萍在与“四人帮”的搏斗中的爱情，海外华侨伍国梁的姻缘，《抱玉岩》中沈岩与彭稚凤颠倒的师生恋爱，以及《心声》中厉志良与周小梅等这些年轻人的爱情了。尽管他们的爱情都受到“四人帮”的干扰破坏，好事多磨，却使他们知道了什么是真正的爱情，并得到了真正的爱情。

《爱情的位置》这个作品倒不是直接揭露“四人帮”的罪行的，然而作者显然是企图在爱情的观念上驳斥“四人帮”造成的思想混乱，回答爱情究竟在生活中有没有一个位置，应该占一个什么位置。

作品还没有发表，刚刚广播之后，就获得广大听众读者的强烈反应和热烈欢迎。这其实就说明爱情在人们的生活里，在思想感情里，有其不可抹杀和不可动摇的位置。林彪、“四人帮”设置的这个“禁区”一下子就被突破了。

作者通过孟小羽的“秘密”，揭示了在“四人帮”流毒影响下，青年男女对“爱情”这两个字的误解造成的各种畸形现象，也通过亚梅这个人物形象反映有些年轻人追求、渴望的爱情是个什么东西。又通过冯姨这位人物本身遭遇，说明“革命者的爱情，竟是如此的强烈、坚贞、执着，喷溢着永无穷尽的向上之力和奋斗之光”……爱情在革命者的生活中应当占据一席重要的位置。

作者大胆地突破一个“禁区”，敢于提出回答青年们在生活中应给予爱情一个重要位置的问题，写了一个青年女工孟小羽与一个烙火烧的冠军的平凡爱情故事。这两个人的相遇，相识，发生爱情，没有什么奇遇，没有特别尖锐的矛盾冲突、特别离奇的情节，人为的纠葛，更没有什么路线斗争，然而朴实流畅的文笔把小羽这个人物的形象刻画得很真实、可爱、可信，很生动。她的心理、思想与感情活动也是真实可信的。作者仍然保持了他借人物的内心的活动，阐发他对所提出的社会问题的看法，并不感到牵强做作。作品安排了冯姨这个人物形象也是新颖、可信的。可惜是这个人物还不是最好地、更自然地结构在情节的发展中，还多少是当作孟小羽要寻求答案时的一个说教者而出现的。倘若冯姨这个人物事先有机地结构在作品情节的发展之中，设想孟小羽对她的身世还不是一无所知，在故事情节中也和小羽有些接触，而只是在最后，孟小羽才知道这个也遭到“四人帮”迫害的，平时看来年迈、孤独，但始终开朗乐观、仍然积极工作的老人，在心底深处埋藏着深深真挚的爱情，岂不是更好一些？

另外，作者也有点疏忽：既然小羽是个喜欢阅读文艺作品的青年，那个烙火烧的冠军也是个有志的爱读书的青年，两个人也自然都知道自己是在“恋爱”了，为什么小羽对爱情问题有如此众多的疑问与感受，偏偏就是不能和她的玉春谈一下爱情问题呢？

这说明作者过多地考虑如何答复问题，但是考虑从小羽这个具体人物出发，如何更有力地回答“这一个”典型人物的具体问题，就不够了。当然，作者总是通过作品，通过艺术形象去提示矛盾、解决矛盾的，也必然向读者提出问题，并且回答问题。但是，必须通过作品中典型人物自己的行动、内心活动、自己的语言去回答，才更有力量，更有艺术魅力，因而才更真实可信，更有感染力。

我十分喜爱刘心武同志的作品，正因为，我向作者提出了更高的要求：希望他在保持自己风格的前提下，更进一步。事实上，《醒来吧，弟弟》也已经前进了一步。总之，这些作品恢复了家庭、爱情、友谊的位置，通过人物在家庭这个极其敏感的社会细胞中的矛盾冲突，通过爱情这个最敏锐又最纯真的思想感情的范围中的斗争，反映了林彪、“四人帮”给人们带来多少灾难深重的家庭悲剧和社会问题。这些作品，从生活出发，大胆地提出了许多值得深思的社会问题，而且，作者都是有切身感受的，因而作品是有感而发，渗透了作者自己的真实的感情和认真的思考，因而能够感染读者，发人深省，有强烈的时代气息。

这些作品的作者大都是青年作者，甚至业余作者。他们来自生活，有感而发，有饱满的激情，因此他们的作品没有框框，不拘一格，语言朴素，题材新颖广阔，有浓厚的生活气息。

既有强烈的时代气息，又有浓厚的生活气息，作品就给我们的文学创作带来一股清新之气，这是一种新气象。这一股新的力量，朝气勃勃，象一把尖刀无所畏惧地突破各种“禁区”，奋勇前进！新时期的开路先锋们，你们这条新路开得好啊！

五

应该指出这一批作品的产生，有其深远的历史意义和伟大的现实意义。

党中央号召我们：要解放思想。我们的文学创作应该紧跟整个国家、全体人民的步伐，去完成新时期的实现四个现代化的伟大使命。

无数事实证明，要建设四化，必须把揭批“四人帮”的斗争进行到底！不把“四人帮”的流毒肃清，不把“四人帮”搞乱的思想澄清，不把“四人帮”制造的重重精神枷锁彻底砸碎，不拨乱反正，不正本清源，思想怎么能够解放？

否则心有余悸，要发展生产，怕是“唯生产力论”；要实行按劳分配，怕是“物质刺激”；要提高人民的物质生活，怕是“福利主义”；要迅速提高科学水平，怕“卫星上天，红旗落地”；要贯彻双百方针，怕出毒草，怕是“自由化”，如此等等，束手束脚，小心翼翼，寸步难移，我们怎么能解放思想，怎么能更快地实现四个现代化？

我们的文学艺术工作者，是人类灵魂的工程师，面临着这种严肃的斗争，我们究竟还要不要以我们的作品来帮助人民，来一个思想大解放、思想大革命呢？帮助广大群众把揭批“四人帮”的斗争进行到底，解除一切套在人民身上的精神枷锁，难道不正是我们今天与今后一个时期内的一个伟大的使命么？

许多人的所谓心有余悸，说到底，无非是一个怕“四人帮”封建法西斯专政的历史重演！

林彪、“四人帮”制造的这段残暴、黑暗的封建法西斯专政的历史，是谁也忘不了的，他们制造了千千万万的家庭悲剧，毁坏了多少人的心灵，在广大群众的心灵深处烙下了多少伤痕！

伤痕之所以很深，精神的内伤之所以严重，最大的一个悲剧，就是林彪、“四人帮”以神圣的革命名义，进行反革命的勾当！打着保卫毛主席革命路线和反对修正主义路线的旗帜，高喊“顶峰”，实际歪曲、割裂、篡改毛泽东思想，甚至伪造“最高指示”。他们运用全部舆论工具，制造反革命舆论，以蒙蔽、欺骗、镇压群众。他们散布反动的“血统论”、“唯成份论”，“亲不亲，线上分”、“划线站队”，颠倒历史，混淆两类不同性质矛盾，恶毒地陷害老一辈的无产阶级革命家，打倒一切老干部，否定一切革命成果，制造派性，挑动武斗，把矛头直接指向革命干部和革命群众，以种种莫须有的罪名，对广大人民群众进行残酷的迫害，株连很广，制造了许多冤案、错案。

这个血的教训，斗争范围之广，时间之长，在党的路线斗争历史上，在国际共产主义运动的历史中,都是极为罕见的。

我们完全相信,经过十年动乱这场尖锐、复杂的路线斗争锻炼的人民群众,绝不会容许这个历史的重演!亿万人民的马列主义、毛泽东思想水平大大提高了,他们已经能够在复杂的阶级斗争中识别阴谋家、野心家的种种反革命伎俩了。倘若有人再向人民重复这种挑战,他必将更快地遭到彻底的覆灭!这是毫无疑问的。

但是,同时要看到,各人经受的考验、锻炼不同,也确实存在着一些复杂的因素。至今为止,并不是所有的人都对这一段历史吸取了足够的教训,也不可能每个人都能正确地对待这个教训,何况在某些人身上还有"四人帮"阴魂缠绕呢!

这场运动,在亿万人民的灵魂深处激起了层层波澜,这场运动震撼了全世界,这场运动启发了我们思考许多不曾想到过的问题,也激发了我们更要向四个现代化进军的决心和信心!

我们刚经过了一场严峻的考验,又面临着一场新的严峻的考验,要开始一个新的更伟大的长征!正因如此,我们不能只是象某些好心的同志所想的,不要再去触动伤痕了,向前看吧,当前形势多么美好,歌颂我们的人民吧!……以为这样就可以带来一个文艺园地的百花齐放、百花争艳的繁荣局面。这其实是天真的想法。

忘记历史就是背叛,而且这段历史也不可能、也不允许忘记。这个血的教训太严重了,它遗留给我们许多工作要做。不仅要使经历过这段历史的人吸取足够的必要的教训,还要想到我们后代、没有经历过这场斗争的人,和世界其他正在逐渐走向社会主义道路的各国人民,不要重复这段历史中的某些错误和弯路。这段历史确是过去了,消逝了,但历史的重演(自然,内容与形式会有变化)也还有可能。革命的发展是不平衡的。在我国充分地足够地总结、吸取了这段历史的教训以后,也许不可能再出现这种历史的全部重演,然而不见得在其他社会主义国家不重演这段历史。当然,具体的时间、地点、条件不同,出现的情况不会相同。这就叫做历史的经验值得注意。

我们曾经总结过苏联斯大林时代的无产阶级专政的正反两个方面的经验,但是我们并没有防止林彪、"四人帮"这种形式的篡党夺权,出现的这种形式的法西斯专政!这难道不是事实吗?作家是人民的代言人,必须用我们的武器,我们的笔,把这段历史真实、深刻地记载下来,告诉广大人民群众,告诉我们的子孙后代,千万要懂得怎样识别那些在革命浪头上善于伪装自己的阴谋家、野心家,懂得如何和他们进行斗争,战胜他们!这些恶毒的蛇蝎,最善于盗用神圣的革命的名义,打着红旗反红旗,疯狂地破坏我们党的革命路线,干了帝国主义和国民党都办不到的反革命勾当!

这个血的教训代价太大了,太沉重了。这个历史经验太值得注意了,谁也不应该忘记。忘记这段历史,才真是背叛!才真正对不起几千年来为中国革命前仆后继、英勇牺牲的千千万万的先烈，也对不起在“文化大革命”中受到林彪、“四人帮”残酷摧残的许许多多先烈！

这一场极其尖锐的复杂的斗争，就今天报纸上揭露的情况来看，受到迫害的老干部与群众的情况和他们所进行的斗争，也是多种多样的。这十多篇短篇小说所反映的，不过仅仅是现实生活中几个侧面，远远还没有反映斗争的全貌。

短篇小说，终究只能从一个角度、一个侧面，反映生活的一个片断，不能创造很多人物，即使是描写一个人物，也不可能表现他在全部斗争中的各种思想情感。它所反映的斗争有很大的局限性。

因此，评价一篇短篇小说，要实事求是，不能有过高过多的要求，特别是不能要求每一个短篇都是表现了这个时代的站在斗争前列、最典型的人物。即使是《班主任》已经描写了一个普通的又是先进的人民教师张俊石的形象，但这个形象也不能概括教育战线上在长达十年中进行过各种方式斗争的教师形象。“典型”是一个生动的、具体的综合和概括，但绝不是公式和模式。

谢惠敏这样的人物，也绝不能概括青少年大同小异的各种谢惠敏的形象。

要求作品创造典型环境中的典型性格，必须从作品的实际出发，根据作品反映的生活实际出发。否则，就会导致公式化。

这一批揭露“四人帮”罪恶以及和他们所进行斗争的小说，既有表现了敢于面对“四人帮”及其走卒的迫害、干扰破坏，进行坚决斗争的英雄人物，如电厂党委书记梅雪玉、老公安干部王公伯、大队党支部书记高明海、老科学家卢一民以及青年炼钢工人李坚，宁愿毁坏嗓子也不去唱“欢乐的时刻”的人民歌手刘洁颖等等，也写了一个心灵烙下严重伤痕的王晓华。仅仅是一个王晓华的家庭命运、个人的“伤痕”，却引起强烈的反响和争论。我想不是偶然的，因为它揭发了一个为亿万人民所痛恨的反动的“血统论”，还是这种反动理论使无数家庭发生种种悲剧，成了一个带普遍性的社会问题。争论的结果，也证明群众能够分辨是非。广大群众一面肯定这篇小说，同时也指出它的缺点与不正之处，并没有多少人受作品的影响而陷于消极悲观。我们大可不必为我们经过“文化大革命”锻炼的青年担忧，以为揭露一下他们的伤痕，就会把他们压垮。

但是，这一个例子也说明，对林彪、“四人帮”的罪恶仅有揭发与暴露是不够的，还要看作品的效果，是否能更加激起对“四人帮”的仇恨，加强战胜他们遗留下来的灾难和余毒的信心。更重要的是去表现那些和林彪、“四人帮”进行过生死搏斗的英雄们！

例如，在报纸发表的报导中，我们已经看到了现实生活中象铁路工人庄幸辛、植棉能手吴吉昌、海军战士王爱民、建筑工人韩志雄等等英雄。这些英雄人物，面对林彪、“四人帮”的迫害，以无产阶级大无畏的精神，即使受到摧残、监禁，也始终不屈服，而且更加相信真理必胜，毛泽东思想与党的革命路线必将获得最后胜利！他们终于在党中央粉碎“四人帮”之后，获得了新生，走向新的长征！

这样的英雄人物自然是少数。有的同志甚至在林彪、“四人帮”的迫害中含冤而死，然而他们在斗争中表现了无产阶级战士的崇高品质，无畏的英雄气概。

这是一种特定的历史条件下的残酷斗争。英雄们不是在战火纷飞的战场上，也不是在帝国主义及其走狗的严刑、监禁面前受到迫害和考验——这种考验，对一个真正无产阶级战士来讲，即使肉体受到严重折磨和损伤，精神却是不易挫折的，甚至不会感到什么损伤。但是，在林彪、“四人帮”把无产阶级专政变为法西斯专政，盗用无产阶级专政的名义，实际对无产阶级革命战士进行残酷的阶级报复，把老干部、革命职工、在毛泽东思想哺育下成长起来的青年统统打成什么“叛徒”、“特务”、“内奸”、“走资派”、“黑线人物”、“资产阶级权威”、“黑苗子”等等，对于缺乏阶级斗争经验，以及不曾经历过这种复杂的路线斗争的人来讲，却往往感到精神的折磨与痛苦更甚于肉体的折磨。他们不能不痛苦地思考与担忧，林彪、“四人帮”的这伙反革命的野心家、阴谋家将给党与国家带来什么样的灾难啊！

但我们的英雄，在这场尖锐复杂的斗争中终于战斗过来了，经受住了这场严峻的考验！有的同志英勇地牺牲了，然而他们的英勇不屈的革命精神和崇高品质，和过去在革命战争中、在白色恐怖下斗争的先烈一样，将永远活在人们心中！将成为我们永远纪念、永远学习的榜样，也是鼓励我们向四个现代化进军的榜样。他们以鲜血为我们写下了四个现代化光辉的前景。

所以说，描写这些英雄人物及烈士，以其崇高的革命品质教育人民，特别是青年一代，吸取这一场路线斗争的教训，认识这一场路线斗争的本质，激发我们加速实现四个现代化的进程，有其伟大的历史意义和现实意义。这和创造为实现四个现代化而斗争的各种英雄人物一样，是(有)同等重要的意义。这同样是我们文艺创作在新时期更好地为新时代的人民群众服务的重要任务。

最后，我再简单地重复几点：

一、揭露林彪、“四人帮”罪恶和反映与“四人帮”斗争的作品的产生，是一个不可阻挡的潮流，这是广大文艺工作者十来年在层层禁锢压抑下必然迸发的一阵火花。这是时代的反映，人民的呼声，作家的职责。同时，还要看到，亿万人民揭批“四人帮”的斗争还在如火如荼地展开，还在向纵深发展。尽管文学创作揭批“四人帮”的工作有了一个良好的开端，但还远远落后于现实斗争，还需要迎头赶上。

二、这些作品闯开了“四人帮”在文艺创作上设置的禁区，开辟了一条新的道路。作家们还应该继续前进，还必须更充分、更准确、更全面、更深刻地反映广大人民群众蕴藏已久的对“四人帮”的仇恨和斗争，反映群众在斗争中的那种大无畏的推动历史前进的力量和首创精神。在这个基础上，我相信不久的将来必然会有更真实、更深刻、更典型化，更加波澜壮阔、规模宏大的反映这次伟大斗争的伟大作品出现。这是不以人的意志为转移的。伟大的历史变动时期，必将产生伟大的作品。天安门悼念周总理的伟大诗歌运动，就是最好的证明。

三、我们人民和林彪、“四人帮”的斗争是极其尖锐、复杂、残酷的，是多方面的，特别是青年作家，还不可能每个人都对他自己生活中的斗争有比较全面和深刻的认识。不要对这些作品“求全责备”。首先要热情欢迎和鼓励，然后实事求是指出缺点，予以帮助。

四、要正视、重视广大群众经过十来年的残酷斗争，在亿万人民，特别是青年一代心上确实有着程度不同的“内伤”。我们的文艺创作绝不能回避，也不能要求作者轻描淡写，轻轻抚摩伤痕，怕触及创伤。问题在于，不要掩盖创伤，使其潜伏成溃疡。要敢于剜掉毒瘤，生长新肌，才能彻底医治内伤。要坚决相信经过“文化大革命”锻炼的群众，提高了觉悟，决不会被内伤压倒，沉湎不振。相反，清醒地认识到内伤的严重性，他们会正视现实，会更加积极起来医治好创伤，奋勇前进。

五、实践证明，指责这些作品是什么暴露文学、批判现实主义、揭露阴暗面，是错误的。广大群众欢迎这些作品，正是因为它们暴露、批判、揭露了“四人帮”的罪行。实践也证明，社会主义既存在悲剧，也已经产生了悲剧的作品。广大群众不仅承认而且欢迎这些悲剧中的人物，或者予以同情，或者认为有助于激发自己思考，鼓舞自己的斗志，甚至感到是自己学习的榜样，不少悲剧中的人物，正是我们社会主义时代的英雄人物！

六、不要把这些作品视为消极面，认为它们会影响实现四个现代化的斗志。恰恰相反，更真实、更深刻地反映同林彪、“四人帮”的斗争，将更加激励我们开始新长征的信心和决心！所以说，这些作品有其深远的历史意义和现实意义。一句话，要教育人民，特别是青年一代；要警惕任何人，在任何情形下以任何形式重演这种历史！

这也就是我反复地用较大篇幅来评价这些作品的原因。

六

在这本选集中还有一部分作品，是歌颂我们老一代无产阶级革命家和反映抗日战争和解放战争的历史题材。

《我们的军长》描写陈毅同志在沂蒙山战役前后的活动，他的豪放、亲切、英勇机智、平易近人的光辉形象，栩栩如生地再现在我们面前，引起了我们深挚的怀念。

非常难能可贵的是,这个军长,令人信服地使我们感到是“这一个”陈毅。他的风度,他的朴素、直爽、幽默的语言,以及无论在军事生活的紧张战斗中,还是战斗的余暇中,他所保持的沉着、悠闲的将军气度,却给人留下了深刻的印象。作者抓住了陈老总爱下围棋这个特点,写了他坐镇阵地,在战争炮火纷飞中与宣传队长杜宁下棋这一细节。当杜宁下意识地缩了缩脑袋时,陈毅压低声音说:

“秀才,沉着些哟!全阵地的眼睛在盯着我们,慌张不得!”

这一细节与语言顿时把陈总的性格与风度刻画出来了,使我们发出会心的微笑。

特别值得称赞的,是作者表现了陈总对自己熟悉和热爱的干部那种充满阶级友爱、严格要求的精神,读来使人感动。小说写了陈总对老马夫张德标这个“老革命”、“老油条”的“斗争”。当陈毅严厉批评了张德标的落后时,他讲了一段多么语重心长、感人至深的话啊:

“你天天和骡子打交道,就看不出骡子和人有什么区别!骡子四条腿着地,总是头朝下,只能看到蹄子前边一点点地方。人呢?人的两只手解放了,站起来了,他就扬起头,看得远!”

“哪个给你权力落后的?罗霄山上的老伙伴,还剩几个呀?皖南的同志不在了多少?我们活着的有权力落后吗?”

这话真是令人如闻其声,如见其人,如见其心!这话对我们今天的一些心有余悸,落后于形势、墨守成规的同志来讲,难道不同样适用么?

《我们的军长》这篇小说再现陈毅军长的光辉形象,取得了很大的成功。写陈毅同战士和干部的关系,写他和战士的谈话,他是那么了解群众的心理和思想;写他和张德标的关系,尤其令人感动。他对张德标的严厉的批评,实际是鼓舞激发一个老革命同时又是“老油条”的斗志,充满了热爱关怀和信任。写他坐镇阵地,实际定好了作战计划,放手让团长执行,是表示对团长和部队的信赖。正是这样:“一定要守住阵地!陈毅老总在我们阵地上呢!这句简单的话,象一把火,烧沸了每个战士的英雄热血……这就是号召,就是保证!既不必有后顾之忧,也没有任何后退余地。一定要把敌人挡在陈毅面前。”

这段话非常生动地说明陈毅和他部队的关系,是生死与共、血肉相连的。

一篇短篇小说,通过一个战役,如此生动、鲜明地刻画了陈总的性格——一个许多同志都熟识、了解的真实人物,使人信服,这是很大的成功。作者如果不熟悉部队生活,不了解陈总的性格,是写不出来的。

周立波同志的《湘江一夜》,也是一篇很成功的作品。仅仅通过一夜之间艰险的战斗环境,就生动地表现出了一位司令员的英雄形象。董千这位高级指挥员,执行中央军委的任务，要一夜之间横渡湘江。前有湘江，后有追兵，左翼还有强大敌人的压力。董千终于选择靠长沙较近的危险地区抢渡了湘江。这个司令员的机智勇敢的军事才能，火热的阶级感情，谦虚、平易近人、与战士共甘苦的作风，“一动性子，人们都怕他”的脾气……给我们刻画出一位亲切可爱可敬的英雄形象。他爱他的侦察队长、参谋、炊事员、警卫员。他和参谋们谈梦，认为“梦，就是理想”，“没有理想，不会做梦”。他想到“将来，等到太平了，我要再到这里来，看这河水，这月亮和星光的倒影”。他怀念“诗人”。战斗胜利后，他要显一下身手，帮炊事员烧“湘江鲤鱼”。在部队受到敌机袭击时，他“暴怒”，爬上高堋，不顾自己安危，指挥部队。可是，警卫员宝古佬，可以对他固执地说：“我请你下堋你听我的。”他喜爱侦察队长门虎，一听到门虎牺牲的消息，他就暴跳起来，“冲出瓦屋的大门，跳上为他准备的走长路的青骡子，一人一骑，飞奔前进”，“行军六十里……没有开口说过话”。只是小张看到：“在早晨的阳光里，司令员的眼角，挂着一颗泪珠。”……

作者就是这样给我们勾画出一位性格鲜明、让人敬爱的将军来，有他的个性，有他自己的语言特色，也真是叫人如闻其声，如见其人，如见其心！

作品不仅描写了一位司令员，还给我们塑造了他周围有鲜明个性的几个战友：憨厚勇敢的门虎，机智可爱的小张以及宝古佬、炊事员老伍等生动活泼的形象，越发把司令员衬托得有声有色。

作者如果没有深厚的生活基础和对部队的热爱，没有敏锐的观察力和高度的技巧，是不可能写得这样生动活泼的。这篇小说，和《我们的军长》简直是姊妹篇，各有特色，各有个性，然而又有共同的特点，创造了我军高级将领的光辉形象。在一个短篇小说中，仅仅通过一个战役就刻画出我军高级指挥员的如此生动的英雄形象，我还很少见过。我对这位作者表示我真诚的祝贺和谢意！《望日莲》寓意深长地给我们刻画出在抗日战争极其艰难的条件下，与群众血肉相连的一个老交通站长，一个美丽的“望日莲”。《挥起战刀的炮手们》也写出几个老炮兵的英雄形象。

反映革命战争的作品只有这几篇，然而都一下子把我们带回到那些残酷的但是充满了理想的战争年代里去。

“望日莲”这位姑娘向往“延安”，谈到“毛主席画出的新天下”，就脸上焕发出“直接反映内心坦率的真诚凝聚起来的庄严”表情。将军董千认为，“一个人没有理想，活着有什么意思”，“他爱做很热闹的梦，爱做社会主义和共产主义的梦”。红色的炮手们则向我们呼吁：“咱们这红色江山得来不那么容易，可不能落到坏人手里啊！”我们更仿佛能听到陈总在大喊一声“我们活着的有权力落后吗？”他还继续地喊道：“当干部有困难，这个我知道。干革命哪能没困难，你以为我这个老总就当得很安逸呀！我能打报告给毛主席请求调动工作吗？”

听听这些发自肺腑的声音,想想那些在战争岁月无数浴血战斗倒下去的英雄们,想想那些白发苍苍身上有枪痕炮眼的老革命、老干部,想想被林彪、“四人帮”横加罪名迫害致死的烈士们,我们该用什么话来回答他们呢?

我们能够用“困难”、“伤痕未复”、“看破红尘”这些语言来回答他们吗?

我不能同意这样一种观点,说只有现代题材才能回答当前的社会问题,革命历史题材不能回答当代的问题。

我们绝不能把革命历史题材和现代题材分割开来。从我们党创始以来,在伟大领袖毛泽东同志的领导下所进行的一切斗争,都是毛泽东同志等老一辈无产阶级革命家运用马列主义普遍真理和中国具体实践相结合而取得的胜利,一个长征接着一个长征。历史是继续的,不能割断的,同时,又是不断发展的。所以说毛泽东思想是一个完整的思想体系,而不是任何人可以随意割裂的,也不是一成不变的教条。也因此,完整、准确地运用马列主义、毛泽东思想,联系实际,总结过去的经验,提出新的任务,回答当前发展中应该解决的新问题,仍是我们现实生活中必须重视的大问题。

尤其是经过林彪、“四人帮”的干扰破坏,对毛泽东思想的公开的背叛、歪曲与篡改,对于我党光荣历史的篡改、歪曲与否定,对党的优良的作风和传统的破坏,对社会主义民主的放肆践踏……无论从哪一方面讲,回顾革命的历史,正确地评价革命历史,恢复党的历史上的实事求是光荣传统和作风,对人民,特别是对青年一代进行再教育,怎样学习老一辈无产阶级革命家全心全意为人民,忠于人民、相信群众、联系群众、实事求是、艰苦奋斗的崇高品质与优良作风,怎样在实现四个现代化的进军中,发扬实事求是的精神,解放思想,同样是新时期文艺创作中一个重要的方面。何况我们革命历史中还有许多重要的阶段、战役、重大事件,还远远没有得到充分的反映。而且表现我们伟大的领袖毛泽东,敬爱的周恩来、朱德和贺龙、陈毅等老一辈无产阶级革命家的丰功伟绩,表现他们崇高的品质的创作,也还仅仅只是开始。这方面还有极其丰富的内容需要反映。这还是一个远远没有完成的光荣、艰巨的任务。

文学艺术创作的一个特殊功能,就是培养人的情操,发挥艺术的感情与道德的教育作用,简言之,就是塑造人的灵魂,培养人的新的道德观、革命精神。

在我们青年一代身上,正是需要老一代的无产阶级革命家那样的品质、作风、思想、感情的哺育,如此才能成为为四个现代化而奋斗的闯将。

文学艺术绝不是用简单的方法去回答问题:人们不讲公共道德,告诉他需要讲公共道德;人们不讲卫生,就告诉他要讲卫生。文艺需要回答的是:为实现四个现代化,进行一场伟大的艰巨的斗争,我们不仅要有高度的科学文化水平,同样还要做一个有高尚品质和道德的无产阶级战士,一个真正的人,一个永远实事求是、脚踏实地、与群众血肉相连，又有革命理想，高瞻远瞩，放眼世界，不断攀登高峰的真正的无产阶级战士！

七

不能不感到遗憾的是，反映我们日常生活中，特别是打倒“四人帮”之后，在一片大好形势下发生的许多翻天覆地变化的新气象的作品还很少。

这也不奇怪，因为翻天覆地的变化带来许多新问题，千丝万缕，头绪纷繁，百废待举，有些情况还不明朗，有些矛盾还在解决中。尤其是林彪、“四人帮”把人的思想搞乱了，精神枷锁重重，矛盾的揭发和解决，还有个认识过程。另一方面，创作者也还心有余悸，而且有的业余作者甚至还背着文艺黑线的包袱，还没有解放哩。

但就已选定的几篇小说来看，应该说也取得了可喜的成就。

首先，我介绍《醒来吧！弟弟》这篇小说。这个作品极其深刻地描写了一个“看破红尘”的青年彭晓雷，他的父亲起先是“黑帮”、走资派，又成了假党员，成了“五七”干校的老学员，终于又当了局长，最后又当了复辟派，被迫致死。“心上火苗灭了，再燃起来比什么都难。”还有个看破红尘的女朋友朱瑞芹，身边还有一些“可以教育好的子女”，“有属于狗崽子”的，有“父母是地地道道的工人，可没有后门可走，尽碰钉子……”“不是同一个时候看破的”对党、对马列主义和毛泽东思想失去信仰的小伙子。“文化大革命”开始觉得“革命嘛，就是小的反老的，群众反领导、越左越好……林彪摔死之后……觉得没什么神圣的东西……后来听到一些关于江青他们的事，心就更凉了……觉得一切都是假的、假的，看破了……”

这个人物是概括了许多看破红尘的青年典塑。他们使人忧虑，他们心灵中的青春火焰，真的这样熄灭了吗？而他们自己也宣告：“受伤的不光是外头，是里头！”

怎么让这些青年回到红尘来呢？

作者向我们呼吁：

“人们啊，记住吧，世界上发生过这样的悲剧！马列主义、毛泽东思想的敌人，不是用公开谩骂、攻击的手段，而是用把马列主义、毛泽东思想奉为宗教圣经的手法，动摇、摧毁了一批人对马列主义、毛泽东思想的信仰！……治愈这部分受了伤的心灵，恢复对真理的信仰，该是多么紧迫，多么崇高的任务！”

作品最后并没有给我们安上一条光明的尾巴，让彭晓雷立即回到红尘中来。它仍然在大声呼喊：醒来吧，弟弟！

但是，作品告诉我们，弟弟醒来的第一个转机，开始于新的厂党委书记老卢的第一次来访；他使弟弟感到，老卢“他说真话！”

然后老卢又象块吸铁石，吸引了朱瑞芹，最后老卢又提出来让彭晓雷当一个铁面无私的质量检查员，促使他“独立思考”到底回不回到红尘中来。作品是用事实回答，这些青年，需要什么样的领导！

这真是一篇好小说，它激荡人心，发人深思。它写得深沉、热情洋溢，刻画出几个有典型意义的人物：彭晓雷兄弟两个、朱瑞芹、老卢。语言流畅、自然，同时又生动准确。刘心武同志显然又迈开了新的一步，值得我们感谢和祝贺！

《抱玉岩》，题材极为新颖。一位中学语文教师因为有父亲政治问题的包袱，回乡务农，做了卖菜的。粉碎“四人帮”之后，他父亲的冤案得到昭雪，他重新考取了大学，做了他原来的学生——爱人彭稚凤的学生。这个颠倒了的师生关系，却终于使纯真但是经过挫折的爱情恢复了新的青春。

《从森林里来的孩子》，写的是一个十四岁的伐木工人的孩子孙长宁，去投考中央音乐学院，但已经错过了考期，终于在党中央的支持扩大增加招生名额的情况下，以他特有的才能感动了教(老)师们，得到了录取。而这个才能，正是得自一个音乐家——“宁死也不当叛徒”的梁启明的培育。梁启明是一个音乐教育者，“才能横溢，勤于事业，忠于理想”，然而受“四人帮”迫害，被送到森林里劳动改造。他发现孙长宁“有着多么惊人的记忆和难得的音耳”，最后把自己的长笛与谱曲留给这孩子，并且留下了最宝贵的遗言：

“你要尽自己的一生，努力用它服务于人民。音乐，是从劳动中产生的，应当让它回到劳动人民那里去。……不论将来达到一个什么辉煌的顶点，决不能把自己的才能当作商品！”

这篇小说写得很有感情，很有诗意，富有哲理性，启发人思考许多问题：为什么梁启明才华横溢，忠于人民，却是“文艺黑线”人物？为什么梁启明要叮嘱孙长宁不要把才能当作商品？……

《取经》与《满月儿》都是写的农村生产的题材。两篇作品的共同特点，是人物鲜明，语言朴素，特别是对话口语化，生动活泼，合乎农村人物性格、身份。对农村环境、生产方面的描写，也显出了作者对农村生活、生产情况的熟悉，有很好的生活基础。《满月儿》描写了农村的青年一代的形象，象满月儿姐妹俩朝气勃勃，踏踏实实，有个性，给人以可爱的印象。《取经》塑造了李黑牛这个大队支部书记，更给人以深刻的印象。他是一个土眉土眼的庄稼人。“他这个人，文没文才，口没口才，又好咬死理儿”——坚持马列主义。他务实，“看一本书，比锄十亩地还费劲”。可是在批“唯生产力论”的风口上，他啃了《共产党宣言》、《伟大的创举》、《实践论》，找到了要发展生产的根据，坚持大干社会主义。这和《顶凌下种》那个高明海是一样的硬汉子。农村要不是有这一批硬汉子、庄稼人——我们这个时代的农村的可靠支柱，八亿人口吃什么？

八

最后，对这本选集在艺术上的问题，简单地谈几点意见。

1. 在当前文艺界，对题材问题还有不同看法——什么叫做现代题材，什么是重大题材等，我想强调指出：百花齐放，要求题材风格样式的多样化，关键在于题材的多样化。没有题材的多样化，就没有风格样式的多样化，也就没有百花齐放。没有“湘江之夜”这个题材，就不可能有立波同志以极大热情、高度技巧塑造出的董千这个英雄形象的出现，也就看不到立波同志如何通过白描手法——即通过寥寥几笔来描写人物行动和语言，而不是用长篇大论的叙述和内心描写来塑造人物的手法，也不会有这样样式的作品，就将使我们无法欣赏到这一朵香花。相反，刘心武同志的创作喜爱通过作品中的人物来提出问题，更多地通过人物的内心活动来阐述自己的见解，回答问题。更重要的是他选择了一些企图答复生活中重要社会问题的题材，如怎样“救救孩子”、选择“爱情的位置”，如何让看破红尘的青年们“醒醒”！他选择的题材，采取的表现手法，就形成他特有的风格和样式，即是说，有他的个性。

任何作家进行创作，都是要回答自己感到、人民关心的问题的。不过，各个作家的生活基础不同，政治与艺术的修养不同，选择的题材范围不同，作家所掌握的武器不同，而有各自不同的风格和样式。题材风格样式的多样化，是一个不可分割的统一体。但关键是题材问题。

更不能把提倡题材多样化和提倡现代题材对立起来。现代题材本身难道不也是多样化的吗？那种一听到题材多样化就认为是排斥现代题材和革命题材，是提倡“自由化”，实在是一种无知的神经衰弱症。

2. 这些短篇小说都不同程度地创造了各种人物。但应该承认，有的作品还是不太注意性格的描写。特别是在短篇小说中，不善于用简练的笔法，通过人物自己的行动与动作、自己的语言（都是反映人物内心活动的）来显示性格的特征。从根本上讲，这是短篇小说创作最主要的方法。鲁迅的孔乙己，短短两千字左右，就刻画出这个人物的性格来，给人留下深刻的印象。《我们的军长》、《湘江一夜》也基本上是这种写法，获得了很大的成功。其实这也是中国古典名著《红楼梦》、《水浒》的传统写法。

长期以来，“四人帮”用各种谬论，什么“三突出”、“高大全”，反对什么写真实、写人情味、写中间人物等等，违背艺术的根本法则，不是要求通过人物形象的生动描写、性格的刻画来表达作品的思想内容，而是把人物当做政治说教的传声筒。

现在有些小说，还没有摆脱这种影响。有的作者急于表达自己的思想，不顾人物的身份、性格，也不顾时间、地点和场景的条件，就让人物发议论，作政治宣传。讲的道理都是对的，看起来是外加的，总不能打动人。尤其是有一个通病，人物的对话不口语化，不是日常生活中的语言、语气，更不是个性的语言，喜欢随意发出哲理性的抒情语言，故作警句，一看就知道是作者在那里大做文章，借题发挥。这种写法，占去很大篇幅，却无助于人物的描写，反而使读者感到厌烦。

文学作品自然要回答读者关心的问题，问题在于要让事实说话，让人物本身的行动（怎样做、为什么这样做）说话，主要让人物用自己语言来表达自己的思想感情，表达自己的观点。

我绝不笼统反对作者发议论，特别是作者寻找到适当的机会，又适合人物的心情的时候，作者是可以用深刻精炼的语言来发表议论的。正如刘心武同志在他的一些作品中常常做的一样。这也甚至形成了他的作品的一种特点和风格。实践证明，群众也是欢迎的。但我也应该指出，这种议论方式有时还是觉得多了一些。任何作品有其主要的对象，如《爱情的位置》，青年们当然是要看的，但也不能禁止中年和老年人看，而且也应该让他们看看，让他们关心青年一代的这个问题。他们自己也有过各自不同的爱情的经历，或许还有自己更深刻的体会和认识。那么，作品的某些议论，就不一定完全适合于他们了。

这里，也有一个值得每一个作者思考的问题，就是要牢牢记住，作家对于广大读者，也必须坚持一条：相信群众。作品当然要教育人民，要作（做）政治宣传，但是不能采取不尊重、不相信群众，教训和灌输的方法。文艺要群众接受一种观点，只能通过形象化的手段，是感染读者，引导读者，启发读者，是说服而不是压服，是感化而不能是强制。唯恐群众不懂你作品的意义，唯恐群众忘了政治，生怕自己的作品没有宣传政治，往往弄巧成拙，使读者不能忍耐。这其实也是不相信群众的表现。

《我们的军长》和《湘江一夜》，作者并没有发表什么议论，然而都给了我们深刻的教育，也给了我们以极大的艺术享受。作者给我们描绘出两位生动活泼的英雄形象，似乎也没有明确地要回答什么问题，然而我们得到的都是一个这样的答案：这才是一个真正的英雄，永远值得我们学习、仿效的榜样！但我得声明一点：不要误解为要求每一篇短篇小说必须写一个英雄人物。当然也可以写一个中间，甚至落后的人物。

现在还应该强调，短篇小说，终究要短，我们现在某些短篇实在太长了，应该要求写得更短一点，更精练一点。但不论怎样短，还是要求写人，创造人物形象，创造有感情、有性格的人。不能老是停留在“讲故事”的阶段，读完之后，对人物毫无印象。既短，又要写出人物来，这就是短篇小说的难处和难度。不克服这个难度，就不能提高作品的思想性与艺术性。

3. 这些短篇小说有一个共同的特点，文学语言比较生动，不是“语言无味”。有些作品看得出来,作者力图使作品口语化,不仅在人物的对话方面,并且也尽量用口语来表现人物的心理、思想感情和进行场景的描写。这种努力是应该支持和肯定的。

例如,《不称心的姐夫》、《取经》、《满月儿》、《爱情的位置》、《正气歌》、《窗口》这些作品,在文字语言方面就都很生动活泼。证明口语化并不象许多人长期认为的那样,仅仅是写人物的对话时才需要,而描写生活场景、自然景色,特别是人物的复杂的心理活动,口语的词汇就不够用了,或者辞藻显得不够"美丽"。

这几篇作品的口语化还有一个原因,大都是用"我"来叙述故事的,"我"就是作品中的一个重要人物。通过"我"来叙述"我"所看到的经历的一切,表达"我"的观感,"我"的思想感情。这个方法有好处,只要表现恰当,容易使读者感到亲切自然,容易看到人物的内心活动。"我"和读者的心是交流的、相通的——似乎是作者坦然地向读者打开了心灵上的窗子,在向读者交心。

但是,有一个应该注意的问题:这个"我",终究是一个特定的人物。"我"有我的性格、个性,工作生活中习惯、爱好、趣味,"我"的世界观、人生观、心理、思想、感情、语言的特点,"我"看到听到的一切,都只能按照"我"而不是任何别一个人的感受来加以观察和判断的。简单讲,要合乎"我"这个人物的身分,是个农村少女,就是个农村少女,是个知识分子青年,就是知识分子青年。换句话说,向人们交的是真正的"我"(一个农村少女或知识青年的)的心。

《不称心的姐夫》、《爱情的位置》、《窗口》这三个不同的少女的心,就交得亲切自然、真实、可信。《醒来吧,弟弟》里这个哥哥的心交得更动人!反映了许许多多哥哥急切焦虑的呼声,希望那些游离在"向四个现代化进军"的生活之外的弟弟苏醒过来。

一般讲,用"我"字来交少女的心,特别是交一个正在恋爱的少女的心,是不容易的,又要交得深,又要真实,又应有一定的含蓄。自然不是要隐瞒,怕暴露。因为爱情在少女的心上,确实是很纤细、微妙、复杂的,往往不是语言能够恰如其分地表达出来的。尤其是在"四人帮"对纯真的爱情进行践踏的时候引起的矛盾,也确是不简单。因此,《姻缘》中的梁小珍,《三个李》中的李萍萍的心,也真交得不简单。但有时候,就不免觉得表达的心情不够准确,太"露",也不免感到有点"俗"气,不美,就会影响少女的形象。其实,写任何人物,用"我"向读者交心,都应该真实、准确,是人物自己向读者交心,而不是作者加以暴露。否则,就会损害人物的形象。

提倡口语化,自然不等于排斥新的词汇,相反,随着群众文化水平的提高,新的词汇的不断发展、丰富,将会使得我们的文学语言更富有表现力。更不能把口语化仅仅理解为是通俗化。我喜爱这一批文学简炼(练)和口语化的作品,但也绝不反对在作品里有抒情的、诗意的、哲理的语言。例如,《班主任》表现张俊石的某些内心活动的描写,《从森林里来的孩子》里对人物思想感情的描写,《最宝贵的》在严一行最后激动时所表现的心情,等等。只要是真正在读者脑海里能够激起一股浪花,打动心弦,使人思考的语言,都是值得欢迎的。问题在于要准确。

如《最宝贵的》中的严一行在儿子走后,他的感情激动之时,作为一个市委书记所考虑的一些问题,是对的,对儿子的批评也是对的,那一大段比喻的语言的含意也是很深的。可惜还不够准确。

《从森林里来的孩子》里梁启明最后的遗言,是引人深思的动人的语言,可是对一个十四岁的孩子讲了这一段话:不论将来达到了一个什么样的辉煌的顶点,决不能把自己的才能当成商品！在前面又无伏笔,他曾经把这个观点反复向孩子作过什么样的解释和教育,尽管写孩子呜咽着回答,懂得这个道理,但这个表现,终究还是令人感到不够准确吧。

这也就是说,作者抒发感情,通过人物表达思想感情,无论如何,首先要考虑是否准确。

文学的语言,既要求真实、生动、精练,也要求准确。

总之,从艺术方面来讲,这一批短篇小说不仅题材广阔、新颖,而且风格样式多样化,创造了许多性格鲜明的形象,语言也生动活泼。正因为如此,有些作品也确实有力地提出了回答了我们生活中、社会上、家庭里出现的值得思考的问题,发人深省。

这是文学创作突破林彪、“四人帮”的重重禁区,摆脱掉重重精神枷锁,重新回到党的文艺路线,真正贯彻百家争鸣、百花齐放的方针,恢复并继续运用革命现实主义和革命浪漫主义相结合的创作方法的重大成果。所以我认为,这些作品是篇短意深,气象一新。

回顾两年,时间很短,瞻望未来,任重道远。但这条道开辟得很好,让更多的新老作家一齐努力向纵深大步前进吧。我坚信,文学上的一个创作繁荣、百花齐放的新长征已经从此开始了,一个万紫千红、百花争艳的新时期必将很快地到来,一定有更多更好的更伟大的作品出现。

——原载《收获》1979 年第 1 期

巴 金

作家要有勇气，文艺要有法制

读了周恩来同志一九六一年关于文艺问题的讲话，我有很多感触。这个重要讲话，当年我未能亲耳听到，但是有些热心的同志向我传达了讲话的精神。当时上海市委的那个主要负责人，总是不准文艺界传达和贯彻周恩来同志关于文艺工作的讲话和指示，谁传达了就要挨闷棍，所以我们只得在私下里传递消息。从五十年代中期开始，上海文艺界多灾多难，因为张春桥、姚文元在这里乱打棍子，随意整人，搞得许多同志不敢讲话，不敢写文章。大家对张、姚都有意见，但就是碰不得，因为在他们背后还有人。因此，当我听说周恩来同志号召文艺工作者解放思想，发扬民主，敢于讲话，不要怕棍子、帽子时，我感到真是说出了我的心里话，也说出了我们大家的心里话。一九六二年我还听过陈毅同志的两次讲话。这年五月，上海召开第二次文代会，我响应周恩来同志和陈毅同志的号召在会上作了一个发言，题为《作家的勇气和责任心》。我说，做一个新中国的作家，就需要有勇气，要顶住那些大大小小的框框和各种各样的棍子，有了这样的勇气才能够做到全心全意为人民服务。我的这个讲话，只能算是学习周恩来同志讲话和陈老总两次讲话的一个非常粗浅的体会。但就是这样一个粗浅的体会也为当时上海的主要负责人所不容。我刚从日本回来，就听说《上海文学》发表了我的发言，受到了批评。“文化大革命”中，“四人帮”及其余党更说我是向“牛鬼蛇神”煽动“反党”的勇气。我心里很清楚，我的讲话算不了什么，他们整我，目的是为了反对周恩来同志和陈老总。

经过“文化大革命”，我越来越感到做什么工作都得有一点勇气，搞文艺更是如此，因为文艺工作者要代表人民说话。周恩来同志在这个讲话中说：“艺术家要面对人民，而不是面对领导。”这就是说，在今天虽然人民群众与领导者在根本利益上无冲突，但人民的想法同领导者的想法还是常常会发生矛盾。特别是那些染上了官僚主义恶习的领导，许多地方都不能代表人民。在这种情况下，文艺家究竟是作人民的代言人，还是作“长官意志”的传声筒？作传声筒，当然比较保险，但是，你就失去了人民的信任;作人民忠实的代言人,有危险,可能挨到“长官”的棍子,但你赢得了民心。所以,一个真正属于人民的艺术家,一定要有勇气,可以说无勇即无文。

我在一九六二年的那篇发言中说:“只要作家们有决心对人民负责,有勇气坚持真理,那么一切的框框和棍子都起不了作用。”经过“文化大革命”,我发现这句话讲得并不全面。许多同志本来很有勇气,写了许多好文章,但后来遭到“四人帮”的残酷迫害,勇气就减少了,至今还心有余悸。这就说明发扬民主要讲两方面,一方面要讲勇气,一方面还要有健全的法制来保障。例如什么叫“反党”,我就希望有明确的法律规定,否则,还可能出现随意用“反党”帽子来整人的情况。所以,我现在认为,一方面要提倡作家们拿出勇气,敢于文责自负;另一方面也要实行依法办事。不仅那些真正属于反党的人应该受到法律的惩处,而且,那些任意用“反党”帽子来诬陷别人的人,同样应该受到法律的惩处。文责自负,依法办事,这样,文艺界的民主就可得到保障,艺术的繁荣和发展就有了希望。

——原载《上海文学》1970 年第 2 期

王云缦 梁晓声

花草辩

——从手抄本《第二次握手》联想到的

夜深了。北京电影制片厂内万籁俱寂,唯有主楼编导室的一排窗口灯光明亮,通宵达旦。第二天上午,十几位眼角布满红丝的编辑,将四份十多万字的小说稿,整整齐齐地摆在办公桌上。这由十几双手连夜复写出来的小说稿,就是手抄本《第二次握手》(原名《归来》)。读者诸君大概绝不会想到,当它的作者还处在狱中之时,编辑部已经开始组稿了!现今,青年业余作者张扬已平反出狱。他的这部命运奇特的手抄本,经进一步修改后,将由中国青年出版社公开出版发行。而且,还将经过改编后搬上银幕。

如果将今年年历上的最后一个"9"字倒过来的话,这样的事纵然侥幸不会给编辑们招来"杀身之祸",也准定会被判刑治罪,与作者共同分尝"铁窗囚徒"生活的滋味。若是发配到什么穷乡僻壤去接受"监督改造",当然该是属于"从宽处理"了!乃至就是目前吧——手抄本?!可能仅仅这三个字,仍足以使某些人惶然,愕然,竟于悚然了!更可能还会有人挺身而出,大兴问罪之师:"这还得了!你们存心使出版工作和电影堕落么?"这顶帽子是颇有些份量的。如此罪名也着实会叫许多编辑人员不寒而栗,心惊肉跳。啊呀,且慢,可敬的勇于锄草的同志们,请不必如此大惊小怪,还是先服点镇定剂,平静地思考一番吧!我们从未怀疑你们要开拓一片文艺"净土"的诚挚愿望,并且一向尊重你们维护文苑纯洁的良好动机。但是斗胆在此试问:从何年何月、何日何时起,"手抄本"二字竟无形中成了"反动黑文"和"毒草作品"的同义词?仿佛凡属"手抄本",不是"诲淫诲盗","黄色下流",便一定是"毒汁四溅","反动透顶"。而其作者,也"理所当然"地变成了"教唆犯"和"现行反革命"。这究竟有几分道理?又有些什么法律根据?我们对中外文学史、出版史所知甚少,但就我国人民妇幼老少皆知的古典名著,如《红楼梦》、《西厢记》、《聊斋志异》、《水浒传》等,都曾以手抄本的形式在民间广为流传过。或许有人会反驳道:"那是古代,印刷术不发达，当然要代之以手抄了！”就算这样罢。可是今天将以千年不朽、万古不磨的金字载于现代文学史中的《天安门诗抄》，不也始于手抄吗？我们并非要把《第二次握手》捧到吓人的高度。赞誉过份就会流于庸俗的吹嘘捧场，而吹嘘捧场虽然会将一部作品捧入“云端”，但同时也会使它失去读者的信任。我们不过要在此替“手抄本”三字“平反昭雪”，并提醒人们关注这样一个事实：“手抄本”恰恰是文化专制主义胎育出来的畸形儿。它在妊娠时期就往往宣布了对文化专制主义的叛逆和挑战！文化专制主义愈是横行霸道，“手抄本”往往愈是大量地诞生并广泛地流传！其中自然难免糟粕，但往往杂有香花，甚至隐匿着奇葩异蕾。

手抄的《第二次握手》被反动文痞姚文元诬为是“搞修正主义，反对毛主席的革命路线”的“一本很坏的东西”，于是乎，年仅二十余岁的知识青年作者张扬同志被捕入狱，判定了“现行反革命”的罪名，囚禁了四年之久。他在科学院工作的舅父和一家老少也被株连，遣送到农村劳改。《第二次握手》不但被视为“反动小说”在全国各地遭到清查、收缴，许多传抄过这本书的男女青年也受到种种迫害，造成了一场骇人听闻的“文字狱”。那么，这本“很坏的东西”究竟“坏”在哪里呢？因为许多人还没有机会读到它，我们在此简略地介绍一下故事梗概：

医学科学家苏冠兰的青年时代是在黑暗的旧中国度过的。在一次游泳中，还是一位大学生的苏冠兰奋勇救起了一位溺水的姑娘。年青而美丽的姑娘名字叫丁洁琼，她的父亲是一位著名的革命音乐家，中共地下党员，被国民党反动派秘密枪杀在监狱中。苏冠兰与丁洁琼在以后的相处中产生了深厚而真挚的爱情。但是，冠兰的父亲苏凤琪，却执意要使已故的好友叶生的遗女叶玉菡成为冠兰的妻子。冠兰在父亲的压力下，许下了“二十年后同玉菡结婚”的诺言。叶玉菡也是个正直、善良、温柔并才华超众的姑娘。她一心深爱着苏冠兰，并且丝毫也不了解苏冠兰已爱上了丁洁琼，因此宁愿痴情地等待苏冠兰二十年。而当她无意中从丁洁琼写给苏冠兰的信内发现了他们的爱情之后，便毅然决定从此关上心窗，将自己对冠兰的爱情永远封闭在心里。那时，丁洁琼已被苏凤琪利用自己在科学界的名望和手中的职权，以培养“留学生”为名，送往美国去了。从此，苏冠兰与丁洁琼这一对有情人远隔重洋，音讯断绝。二十年后，苏冠兰相信了丁洁琼在美国已结婚的传说，也深深被叶玉菡始终不渝而又长久默守的崇高爱情感动，便同叶玉菡正式结为夫妻。一九五八年深秋的一天，苏冠兰结束了出国访问，刚刚回到家中，正准备换上拖鞋与妻子儿女吃饭，“……却听到窗外小院中有一点动静，侧脸一瞥，透过湘妃竹帘，看见一位女客人刚从大门外走进来。她是谁？苏冠兰心中掠过一丝疑惑，怎么有点面熟似的？这位身材瘦弱，体态均匀，略微上了点年纪的女子，穿着华贵的兰（蓝）色西服，敞领中衬着洁白的印度纱巾，披着长长的柔软的卷发，两手插在衣袋里，静静地伫立在院中，显出非常端庄而又不平凡的气派。她那非常美丽的脸庞上透出冷静而严肃的神情，特别引人注目的，是她那一双黑晶晶的、深邃的眼睛，目光冷峻、沉静、忧郁……”这位不邀而至的女客就是丁洁琼，她已经五十多岁了，并没有结婚，一直坚守着爱情的誓言，等待着苏冠兰。她也已经是一位成就卓著的女科学家了，是随同一个访问代表团归国的。苏冠兰当时就认出了丁洁琼，一时在感情上缺少勇气出面会见丁洁琼。叶玉菡主动热情地迎上前去询问女客人。当丁洁琼在短短的谈话中知道了叶玉菡的主妇身份后，虽然百感交集，但却不愿涉足这个家庭，使这个家庭目前的幸福、和睦与安宁产生波动。她既隐匿了自己的身份，也没有走进屋里，断然地转身离开了。在飞往美国的飞机起飞前的半小时内，苏冠兰携着妻子儿女匆匆赶到机场，他们情真意切、言词衷恳地请求丁洁琼留在祖国，一起建设我们的国家。我们敬爱的周总理、聂副总理、郭老等也在百忙中赶到机场，党、祖国、人民、亲人终于挽留住了丁洁琼。以后，她为祖国的科学事业做(作)出了很大的贡献……

由于我们阅读的不是手抄原著，故事情节可能和原著有些出入。但无论怎样，思维逻辑正常的人，绝不会从中看出作者“搞修正主义”，“反对毛主席的革命路线”的创作意图吧？当然，姚文元妄图借这部手抄本，攻击周总理，打击、陷害一批老科学家和知识分子的险恶用心，明眼人是不难洞悉的。但值得思索的是，当年一些单位一些部门的有关同志，曾积极参与了对《第二次握手》的清查和收缴，做出了处分传抄这本小说的青年们的各种决定，原故安在？其中有些同志是违心的，出于无奈，迫于压力，姑且不论。但也确有一部分同志，是真正把这部手抄本视为“反党”和“黄色”作品的。并且，据我们所知，在粉碎“四人帮”已二年后的今天，仍然有人对为《第二次握手》及其作者张扬同志平反，思想上还不通，行动上有抵触。为什么明明是一朵鲜花，却偏偏被一些人视为毒草呢？这不是很奇哉怪也吗？进而深思一番，却也毫不奇怪。无非是因为它描写了知识分子、科学家，描写了他们的爱情生活，而且还公然是“三角式”的，因而使某些人觉得“标新立异”，看不顺眼。其实，恰恰是“标”了社会主义文艺之新，“异”于“四人帮”的帮派文学。正如作者张扬所说：“不让写知识分子，我偏要写。”这在当时是多么难能可贵啊！这个事实恰恰说明，我们的有些同志，已经在不知不觉中做了“四人帮”文化专制主义的驯服奴隶，至今尚未醒悟，这又是一个多么可悲可叹的现实啊！今天，“四人帮”虽然已除，形式上的文化专制主义也受到了批判和清算，但它的余毒还远远没有肃清！这种余毒就象伊索寓言中讲到的那个鬼魂一样，附着在我们某些同志的身上，纠缠着他们，束缚着他们，甚至支配着他们的思维与言行，使正常人不免感到他们有些难以捉摸。前些日子，由于日本影片《望乡》的上映引起的种种非议之声，也正是这种现实的又一反映。有些人不是把《望乡》视为“洪水猛兽”吗？有些人不是指责“怎么能在中国放映这种反映妓女生活的影片”吗？不是更有些人愤愤然地抗议：“放映《望乡》，无异于教唆青年犯罪”吗？结果怎样呢？《望乡》放映了，不是也没有给生活在中国这九百六十万平方公里上的八亿人民带来什么可怕的灾祸吗？“杞人忧天倾”，天不是并没有坍下来吗？

鉴别自然界中的香花与毒草，并不十分困难，借助现代科学技术的分析和化验，仅需撷取其一枝一叶，就可以得出正确的结论。鉴别文学作品中的香花与毒草，却并非如此简单。可靠的办法是，交给人民群众去判断，去检验。相反，假如仅仅依赖某个领导去审定一本小说、一部电影、一出戏剧是香花还是毒草，往往难以得出正确的结论。这种“高低优劣，长官审定”的做法，不但会一害作品、二害作者，而且会使文化专制主义披上“合法”的斗篷在文苑横行无阻。在这方面，我们不是有了不少沉痛的教训了吗？“你们这不是要否定领导的作用吗？”也许有些人会提出疑问。我们的回答是：否。因为无论某个领导的马列主义水平如何之高，文学修养如何之深，处理事物如何之公正，主观愿望如何之良好，那也毕竟是一人之见，一人所感。而一个人的见解，即使怎样的高超绝伦，怎样的有独到之处，同群众的议论相比较，总难免有偏见，有谬误。由于这种偏见和谬误，给我们的文学艺术事业的发展所带来的阻力、挫折和危害，难道还不够多、不够大、不够深吗？更使人寒心而且羞于提出的是，我们的某些领导，明明是文学艺术上的外行，却偏偏经常喜欢发表一些自居内行、故作高深的言论。这种言论的轻率和欠于思考，有时简直到了亵渎文艺的程度。往往在这样的一通言论之后，接踵而来的便是一场大砍大伐。偏见比无知距离真理更远，滥用职权造成的恶果较偏见更惊人。

对“百花齐放，百家争鸣”真正心向往之、并非“叶公好龙”的领导，一定会愿意把鉴别香花与毒草的权利交给群众的。人民群众既然创造了文学艺术的唯一源泉——社会生活，当然会有能力鉴别和检验作为这种社会生活的反映——文学艺术的高低优劣的。能够真实反映社会生活的文学艺术，也必定会受到人民群众的喜爱。更可贵的是，在人民群众身上，经常表现出那种敢于维护“香花”的大智大勇。《上海的早晨》不是曾被“四人帮”一伙打成“为资本家歌功颂德”的“毒草小说”吗？而年青的桑伟川同志就曾公开为《上海的早晨》辩护，尽管被打成反革命，到处批斗，却始终旗帜鲜明，据理力争，顽强不屈。《第二次握手》虽然到处受到清查、收缴，但许多青年依然冒着“犯罪”的危险，相互传抄，珍藏至今。和《第二次握手》同时在民间流传的“手抄本”还有，我们没有机会阅读这些“手抄本”，对于它们究竟属花还是属草无权发言。但广大青年不但传抄、珍藏而且终于公开呼吁为《第二次握手》平反这一事实，却足以说明，真正好的或比较好的作品，是绝不会被群众遗弃不顾的。

某些人希望文苑中只开花不长草，那不过是一种善良的愿望而已，实际上是不符合客观规律的。有些人又担心社会主义文苑中会毒草丛生,那也不过是"忧虑症"患者的"病态心理"。土壤永远是既生花又长草的。只要人类不灭亡,大地上也永远不会发生只长毒草不开香花的单一现象。文艺上的民主是最好的除草剂,也是最好的催花剂。这种民主对任何人都应当是平等的。即使你是个赫赫的大人物,我是个区区的小百姓,你有批评的职责,我便有反批评的权利。你可能是一个了不起的政治家,但你未必同时是一个文学家或文学理论家。你对一本书、一部电影、一出戏剧的言论,只能算做一个读者、一个观众的感受而已。只有这样,文艺才能真正从文艺专制主义的桎梏中解放出来!

这些年来,文艺专制主义在文苑中造成了一种恶劣的乌烟瘴气!某些手握文艺"批评武器"的人,专门善于从一部电影的几万米的胶卷中去发现哪几尺镜头是"有毒素"的,从一部几十万字的长篇小说中发现哪几章哪几节哪几页甚至哪几行文字是"大有问题"的,从一出多幕剧中发现哪几句台词是有"影射之嫌"的。于是抓住一点,无限上纲,帽子棍子,乱飞乱舞,直至将作品"批得体无完肤",打入十八层地狱,将作者搞到"身败名裂",从此噤若寒蝉,方肯罢休。还有某些人,专门善于察言观色,奉迎长官意志。某长官对某作品若说了一句"不错",经他们之笔,一抬一捧,朝暮间便会成为"盖世杰作",文苑中"独一无二"的"香花"了!某长官若对某作品说了一句"不好",甚至仅只是摇了下头,皱了下眉,那么这部作品便注定遭了厄运。经他们之笔,一贬一打,便会成为"天字第一号的黑文学",需要立刻斩茎除根的"毒草"了!这种乌烟瘴气,当首先从文苑中横扫干净,而后用消毒水冲刷,再也不能让其污秽我们的社会主义文艺,阻碍我们文艺的繁荣与发展了!

只要我们真正造成了一种文学艺术上的民主空气,真正把鉴别香花毒草的权利交给群众,社会主义的文苑中,必定会开出更多更好更美的香花来。香花多了,毒草自然也少了。这种简单的逻辑,似乎不是那么难以理解吧?这种正当的要求,似乎并不是过份的奢望吧?

让我们的文艺和出版工作,多一些民主的作风吧!

1979 年 2 月

——原载《读书》1979 年第 2 期

晓 雪

诗人的青春

——喜读艾青近作

在这个茫茫的世界上
我曾经为被凌辱的人们歌唱
我曾经为受欺压的人们歌唱
我歌唱抗争,我歌唱革命
在黑夜把希望寄托给黎明
在胜利的欢欣中歌唱太阳

——《光的赞歌》

由于大家知道的原因,我们熟悉的有深刻影响的杰出诗人艾青,在沉默了二十一年之后,最近又以他特有的激情和深沉的歌声,开始歌唱了!

是粉碎“四人帮”的伟大历史性胜利,使得以艾青为代表的一批被错划为右派的有才华的诗人,有了重新登上社会主义诗坛的可能。但我们仍然应当感谢《文汇报》编者,是他们早在一九七八年春天,在具有深远历史意义的关于真理标准问题的大讨论开展以前,就敢于冲破二十多年来的不成文的“禁令”,而“为天下先”,最早发表艾青的作品。人们在阔别二十余年之后,在一九七八年四月三十日的《文汇报》上,看到了“艾青”这个名字,读到了他的诗篇《红旗》:

火是红的,
血是红的,
山丹丹是红的,
杜鹃花是红的,
石榴花是红的,
初升的太阳是红的,
最美的是

在前进中迎风飘扬的红旗!

是的,是他,是艾青,是我们熟悉的那位诗人。是他的风格,是他的声音,是他那火焰般炽热的激情。这首摆在报纸第三版左下角的诗,只有短短的几十行,而且还显然带有“试笔”、“练嗓”的性质,并不算特别好,却引起了广泛的注意和强烈的反响。“艾青又出来了!”“艾青又开始发表诗歌了!”许多诗歌爱好者奔走相告。读者来信如雪片一般飞到诗人手里,不约而同地向诗人祝贺,并表达着大家共同的心情:“现在好了”、“你终于出来了”、“你还健在,你应该歌唱!”好比故人久别重逢,亲人死而复生,真是喜出望外啊!“红旗是火,是被压迫者反抗的火,是被剥削者忿怒的火,是普天下受苦人的火,是争自由、求解放的火”;“它那不灭的光辉,象火红的朝霞,即使被子弹打穿了,也决不会倒下;它敏感而又机智,具有战斗的性格,即使最宁静的时刻,也清醒地警惕着——象战马抖动鬃毛,在等待一声号令,随时准备跳出战壕,扑向烟火弥漫的战场……”人们朗读着,朗读着,心情是那样的激动和喜悦,他们为诗中“熊熊燃烧的火,越烧越炽热的火”所激动,更为艾青这样一位著名诗人的重新出现而万分喜悦。“这歌声很熟识/ 却已经好多年没有听见/好象是在梦里/好象离得很远/好象早晨的港湾/汽笛响在天边……”它是否就是我国社会主义文艺的灿烂春天重新到来的一个预兆呢?

从《红旗》开始,一年多的时间里,我们读到了艾青的《鱼化石》、《电》、《垦荒者之歌》、《是谁——》、《互相被发现》、《钢都赞》、《静悄悄的战线》、《在浪尖上》、《光的赞歌》、《致日本文化使者》(二首)、《迎接一个迷人的春天》、《伞》、《镜子》、《绿》(四首)、《时间》、《我爱她的歌声》等等近作。这些诗,虽然并非每一首都达到同样高的水平,引起同样热烈的反响,但它们的连续出现,却以无可辩驳的事实表明:我们年近古稀的著名老诗人艾青,不但仍然保持着他青年时代那种饱满的政治热情、旺盛的创造活力、出众的艺术才能,而且经过这二十多年的磨炼和思考,诗人的思想更敏锐更成熟了!诗人的笔尖更犀利有力了!诗人的创作更深刻而多彩了!诗人的艺术生命更加朝气勃勃而大放光彩!于是我想到了这样一个题目:《诗人的青春》。

一

一九七五年十一月六日,我国另一位著名诗人郭小川在党中央亲切关怀下得到解脱之后不久,曾在给我的一封来信中说:“我觉得,我在创作上的青春,不在过去,而在未来。”诗人郭小川的一生是革命的一生,战斗的一生。从《投入火热的斗争》到《团泊洼的秋天》,标志着他在创作上的青春始终是光彩照人的。但面对未来,诗人雄心勃勃,他有着更宏大的志向和更壮丽的规划。可惜,正当诗人的思想和才能真正成熟、“四人帮”的封建法西斯统治已宣告结束、我国社会主义的历史新时期正在到来的伟大时刻，我们的诗人却不幸夭折。他那将会更加光辉灿烂的“创作上的青春”被夺走了！

当然，也有许多诗人，在十年动乱、十年磨难之后，在被迫沉默了十年、二十年之后，总算熬过来、闯过来了，终于唤回了、恢复了自己“创作上的青春”。贺敬之的《中国的十月》和《“八一”之歌》是那样的气势磅礴、激荡人心；李瑛的《一月的哀思》和《九月的汇报》是那样地(的)感人肺腑、震撼灵魂；白桦的《阳光，谁也不能垄断》和《春潮在望》，张志民的《按照人民的命令》和韩瀚的《为真理而斗争》，柯岩的《周总理，您在哪里》和《我的爷爷》，公刘的《星》和《诗魂》，是那样普遍地激起人们心灵深处的层层波浪和阵阵回声……还有李季、光未然、臧克家、田间、邵燕祥、蔡其矫、孙静轩、公木、苏金伞、胡昭、未央、梁上泉、周良沛等等诗人，也都重新按自己的方式开始歌唱，诗人们胸中的青春的火焰又开始点燃起来。

在这群星灿烂的众多诗人中，在这百花初放的早春花园里，特别引人注意的是艾青和他的诗。我们决不应当为了紫罗兰的芳香而贬低玫瑰花的意义，不应当由于欣赏素馨兰的秀美而排斥牡丹花的富丽。同样，我们也没有必要和绝对不会为了充分肯定艾青的诗而低估其他诗人已经达到的可喜成就。但艾青和他的诗特别值得注意，则毕竟是理所当然的。因为：第一，艾青是诗歌界一九五七年被错划为右派分子的头号代表人物，二十多年来他在生活上的遭遇和精神上的痛苦是可想而知的，现在重新走上诗坛，究竟还能不能振作精神、重新焕发出当年那么一股子革命热情呢？这是大家都很关心的。第二，艾青在他的青年时代，在抗日战争时期，写过《吹号者》、《向太阳》、《火把》等许多强烈地体现了时代精神、反映了人民情绪的好诗，产生过广泛的影响，包括郭小川、贺敬之这样优秀的无产阶级诗人，都曾经深受艾青诗歌创作的影响。但到社会主义革命和建设时期，直至被错划为右派的一九五七年以前，由于种种原因，诗人却没有再写出超过民主革命时期的成就的、有巨大影响的作品；而现在，诗人又搁笔了二十多年，要重新开始歌唱，会不会笔头生锈、喉咙沙哑？还能不能唱出真正代表人民的激荡人心的歌声呢？第三，人们一般认为写诗总是在青年时期，诗人创作上的黄金时代往往是在他年富力强的时候，象郭沫若这样以《女神》开一代诗风的大诗人，到年老以后都只能是“郭老不服老，诗多好的少”；而艾青，也已经六十九岁，他还能唤回自己艺术上的火红青春，写出超过自己的好诗来吗？这些，都是广大读者所关心的。

所以特别引人注意之处就在于，艾青一年多的创作实践，对上述问题作出了令人满意、使人惊喜的回答。如果说，艾青在三十年代写的以《大堰河——我的保姆》、《太阳》、《黎明》、《煤的对话》等为代表的那些诗，就已经“以其深沉而奔放的感情、革命的浪漫主义情绪、感人肺腑的艺术力量和‘狂野的、特殊独创而美丽的风格’告诉读者：中国出现了一位真正属于人民的杰出诗人”。那么，四十多年之后，艾青重新开始的创作实践进一步雄辩地表明：这位诗人不仅仍不愧为一名真正属于人民的杰出诗人，而且他在思想上和艺术上都大大地前进了一步，达到了更加坚实、成熟和完美的境界。诗人象一棵大青树，又象一棵凤凰木，“树老根弥壮”，获得了更加旺盛、繁茂和壮丽的青春。

青春啊青春，
他可以在二十二岁，光彩照人，
也可以到八十八岁，花开似锦！

艾青距离八十八岁还有近二十年，他在创作上青春焕发，他的艺术生命花开似锦，当然也就不算太稀奇。但一个诗人，要在一生中，从青年到老年都保持旺盛的美丽的艺术青春，最根本的就看他是否能够始终保持“真正属于人民”的特色；就看他是否能够始终跟上时代前进的步伐，同革命共脉搏，与人民同呼吸；就看他是否能够始终坚持真理、代表人民，以战斗的姿态和高昂的激情，有胆有识并强烈深刻地表达出时代的精神和人民的心声。而要做到这一点，又是多么的不容易啊！

诗人艾青的难能可贵之处，他所以使我们突出地感到他仍然保持着、焕发着“诗人的青春”，就在于他一放开喉咙重新歌唱，便那样卓有成效地继承和发扬了“五四”文学的民主精神和战斗传统，那样深刻有力、那样新颖独到地概括了时代的精神，唱出了人民的心声。让我们共同来朗诵《在浪尖上——给韩志雄和他同一代的青年朋友》这首诗吧：

我把你介绍给别人：
“这是一个英雄。”
你却笑着否认：
“不是英雄，是韩志雄。”

自封的“英雄”当然可耻，
人民给的称号最光荣——
您可以当之无愧的
是“天安门事件”的英雄。

诗人用看似平淡，实则如异峰突起、别开生面的开头，用朴朴素素而又高度凝练、耐人寻味的语言，歌唱“天安门事件”中的英雄人物韩志雄，和以韩志雄为代表的在“文化大革命”的“十二级台风”中成长起来的“新的一代青年”。韩志雄这样一个当“豺狼张牙舞爪的时候居然敢上去拔毛”的，“可以引为一代人的骄傲”的英雄，究竟是怎样产生和成长的呢？诗人没有直接写他的具体经历和成长过程，而是通过写他所处的时代、环境，通过大胆地深刻地反映“文化大革命”，来揭示产生韩志雄的时代条件和社会原因：

野心在黑夜发酵，
情欲随权力增长；
自私与狂妄赛跑，
良心走进拍卖行；

聪明的变狡猾，
老实的变傻瓜；
谣言通行无阻，
真话倒要追查；

不知以破坏为手段，
还是以破坏为目的——
好象是在玩魔术
好象是在演杂技；
……
正义被绑着示众，
真理被蒙上眼睛，
连元帅也被陷害，
总理也死而含冤。

就是在那“好象不是战争，却都动用了刀枪”的“文攻武卫”战斗中，在林彪、“四人帮”一伙疯狂推行着“百分之百的虚伪，彻头彻尾的欺骗”的极左路线，干着“比宗教更荒唐，比谋杀更阴险”的反革命阴谋活动的日日夜夜里，韩志雄“从十岁到二十岁”，度过了他从儿童时期到青年时代的最宝贵的十年，“被大风大浪，送到了一九七六年”。为什么“在‘反复辟’的烟幕里进行疯狂的掠夺”？为什么“奸诈的耀武扬威，忠诚的受到诬陷”？为什么“谁有威信打倒谁，跳梁小丑显神通”？为什么敬爱的周总理逝世了，竟下令“不准人民戴黑纱”、“不准人民送花圈”？十年的动乱，十年的思考，十年的愤怒，终于汇成了天安门前的“花的海、诗的海、泪的海”，终于爆发了丙辰清明的伟大革命群众运动。“韩志雄在天安门前一天一天的听朗诵诗篇——”，最后自己也终于射出了语言的子弹，举起了诗歌的旗帜，象燃烧的火炬，象闪光的宝剑，象响彻长空的惊雷……人民的英雄在人民斗争的海洋里觉醒了，成长了，奋起战斗了。他愤怒地写道：“历史有纪念碑，历史有斩妖台，历史是裁判员，历史把人民的忠臣,敬在纪念碑上——永远怀念！历史也将把人民的奸臣,押上斩妖台——怒斩!”他把自己写的诗,“贴在纪念碑东面”,加入了由千百万人组成的擒妖打鬼的战斗行列。就因为这个,就因为他象成千上万普普通通的工人、农民、士兵和知识分子一样,写了一首沉痛悼念敬爱的周总理的朴实无华的诗,竟犯下了弥天大罪,触怒了那几个披着红色外衣的妖魔鬼怪,大祸便从天而降:“这个青年工人被捕了,地点是列宁像的下面,时间是清明节前两天——夜晚十二点……”在列宁像的下面,真正革命的青年工人被抓进黑牢,无产阶级专政的铁拳,竟无情地落在了无产阶级和革命人民自己的头上！这是多么惊心动魄的阶级搏斗啊！这是多么严峻残酷的黑暗现实！烈火中纯金现本色,黑夜里珍珠闪异光。正是在这样昏天黑地的风暴袭击下,在如此尖锐复杂的斗争激浪里,我们的英雄昂首挺胸,气宇轩昂地高高站在敌人面前。他回答得多么坚硬:“我愿坐牢一千年!”

这就是发生在二十世纪七十年代社会主义中国的“天安门事件”的一个侧面或缩影,这就是在光辉的马列主义红旗下魔鬼的丑恶表演和人民的浴血斗争,这就是“天安门事件”中我们英雄的人民和人民的英雄。诗人在《天安门事件》一节中,在愤怒地问了一连串“为什么”(“人民的总理死了,为什么不让悼念？为什么撕掉诗文？为什么撤走花圈？……”)和“是谁”(“……是谁在天安门前把‘国会纵火案’重演？是谁把群众的革命行动污蔑为‘匈牙利事件’？”)之后,对天安门事件的伟大深远的历史意义,作出了深刻、精辟的诗的概括:

“天安门事件”
是光明与黑暗、
民主与专制、
革命与反动的白刃战;

“天安门事件”
像乌云深处的闪电,
照出了鬼魅的原形,
画出了刽子手的嘴脸,

……

“天安门事件”
是最辉煌的诗篇;
是革命与反革命的分水岭;

是中国历史的转折点!

我们的诗人在时代的风暴中,在斗争的浪尖上,与人民同呼吸、共命运,和人民一起感受、一起遭难、一起忧愤和思考,而且由于他的社会职能和艺术个性,他甚至“比别人承担更多苦难,享受更多欢乐,爱得更火热,恨得更强烈;总之,富有更深刻的感受”①,因而他才如此准确生动、如此深刻有力、如此精彩独到地说出了人民的心里话,表达了人民的思想、人民的感情、人民对时代生活对政治事件的理解和愿望。越是代表人民发言的作品,越受到人民的欢迎;越是从人民内心深处流出的声音(或表达了人民内心深处的思想感情的诗句),越能够深入到人民的内心深处而永远具有激荡人心的思想艺术力量。

艾青自己说得好:“诗人必须说真话。”“诗人只能以他的由衷之言去摇撼人们的心。诗人也只有和人民在一起,喜怒哀乐都和人民相一致,智慧和勇气都来自人民,才能取得人民的信任。”“诗人要忠于自己的感受。所谓感受就是对客观世界的反映。”“并不是每首诗都在写自己;但是,每首诗都由自己去写——就是通过自己的心去写。”(《艾青诗选》自序)

《在浪尖上》之所以在广大读者中引起那样强烈的共鸣和震动,之所以在朗诵会上博得一阵阵雷鸣般的掌声,使听众一次又一次地象海潮般汹涌咆哮起来,就因为它是通过“诗人自己的心去写”的,是深切地表达了诗人与人民的喜怒哀乐相一致的真情实感的,是以诗人的由衷之言大胆地响亮地喊出了人民的心声的。诗人用喊出了人民心声的肺腑之言摇撼着人民的心,艾青不愧为我们时代“真正属于人民的杰出诗人”。

艾青在他的《诗人论》中说过:“诗人以形象使一切抽象的变成具体,诗人是语言的艺术家,诗人的财富是语言。”“普罗米修斯盗取了火,交给人间;诗人盗取了那些使宙斯震怒的语言。”他在《在浪尖上》这首诗中使用的,正是这样一种足以“使宙斯震怒的语言”。而语言是思想的物质外壳,语言的尖锐、锋利、有分量,首先在于思想的敏锐和深刻有力,在于诗人对时代生活的独到的理解、精湛的剖析和惊人的胆识。诗人在长时期所见、所感、所想的基础上,通过独特的典型化的艺术构思,把深刻的揭露和热情的歌颂结合起来,把哲理的思考和典型的塑造结合起来,把精彩的思想批判和动人的艺术描绘结合起来,把极简练的叙事和最强烈的抒情结合起来,从而在高度概括而又显得波澜壮阔的时代背景上,突出了韩志雄这样一个英雄人物的高大形象和光辉品质,出色地完成了反映“天安门事件”和歌颂“新一代青年”的主题任务。这里,我们的诗人根据内容的需要,似乎创造了一种崭新的诗歌体裁:它

① 《别林斯基选集》第二卷,第495页。

既不是叙事诗,也不是抒情诗;既不是一般所谓的政治抒情诗,也不是一般意义的讽刺诗或哲理诗;而是叙事、抒情、讽刺、哲理的有机的巧妙的结合。

韩志雄是“天安门事件”中一位真实的英雄人物。诗人是在读了他的事迹又访问了他以后,写成这首诗的。当然,构成这首诗的形象和思想的基础的,绝不仅仅是韩志雄一个人的事迹。按照“四人帮”的谬论,“真人真事”是不能写的。可是我们的诗人却从这一“真人真事”出发,浮想联翩,深入开掘,调动了他几十年的生活经历和思想积累,运用集中概括典型化的艺术手法和别具匠心的诗的构思,成功地、真实地塑造了这样一位当代英雄的典型形象。而且诗人还围绕这一“真人真事”的题材,写了“文化大革命”,写了天安门事件,写了我们敬爱的周总理和人民对总理的爱、对“四人帮”的恨,更写了“毛泽东时代的青年”、“政治风暴浪尖上的海燕”——韩志雄的英勇斗争和崇高精神。诗人写道:

斗争远没有结束,
要把眼睛擦得更亮——
抛除一切宗教迷信,
冲出一切精神牢房!

不容许再受蒙蔽了,
不应该再被欺骗了,
我们要的是真理,
我们要的是太阳!

这样的诗,它不但使人感动,不但能引起读者的共鸣,而且还能启发人们进入深深的思考,思考时代、生活和人民的命运,思考我们的过去、现在和未来……德国大诗人歌德说过:“独创性一个最好的标志就在于选择题材之后,能把它加以充分的发挥,从而使大家承认压根儿想不到会在这个题材里发现那么多的东西。”艾青就是这样一位富于独创性的诗人。他选择了一个题材之后,总是能够把它加以充分的发挥。对“天安门事件”这个题材,对韩志雄这一“真人真事”,他通过《在浪尖上》开掘出、揭示出多么丰富的内容和多么深刻的思想啊!使你不能不惊叹和佩服诗人“会在这个题材里发现了那么多的东西”!

二

或许有一天,总有一天
我们这个古老的民族
我们最勇敢的阶级

将接受光的邀请
去叩开那些紧闭的大门
访问我们所有的芳邻
让我们从地球出发
飞向太阳……

——《光的赞歌》

今年一月，正当来自全国各地的诗人们欢聚北京，谈论诗人如何担负起自己的神圣使命，畅谈诗歌如何唱出时代的最强音的时候，我们在刚刚出版的《人民文学》上读到了艾青的新作《光的赞歌》。如果说《向太阳》、《火把》是艾青在民主革命时期诗歌创作道路上的两座金光闪闪的纪念碑，那么，《在浪尖上》和《光的赞歌》就是社会主义时代，诗人创作中的两座新的艺术高峰。《光的赞歌》可以看作是社会主义时代的《向太阳》。当然，由于社会的前进、时代的发展和诗人的经历、感受的大大丰富，由于诗人在经过四十多年之后(《向太阳》作于一九三八年)，思想上和艺术上的更加成熟，《光的赞歌》比《向太阳》有了更丰富的含义、更深广的内容和更巨大的概括力，艺术上也更加精粹和完美了。

世界要是没有光
等于人没有眼睛
航海的没有罗盘
打枪的没有准星
不知道路边有毒蛇
不知道前面有陷阱

世界要是没有光
也就没有扬花飞絮的春天
也就没有百花争艳的夏天
也就没有金果满园的秋天
也就没有大雪纷飞的冬天

光，光明，光辉，这是世界、万物和人类都离不开的东西，这是每个人一离开母体“就睁着眼睛追求”的东西，这是一种“没有重量而色如黄金”、“它可望而不可即”、“漫游世界而无体形”的“奇妙的”“不可捉摸的物质”。诗人俯视宇宙万物，纵观古今世界，畅想当今未来，运用形象思维的方法，一下子就抓住光的特点，在读者面前打开了一个无比深邃丰富、十分绚烂多彩的艺术境界。“光给我们以智慧/光给我们以想象/光给我们以热情/光帮助我们创造出不朽的形象……比风更轻的舞蹈/珍珠般圆润的歌声/火的热情、水晶的坚贞/艺术离开光就没有生命”,“山野的篝火是美的/港湾的灯塔是美的/夏夜的繁星是美的/庆祝胜利的焰火是美的/一切的美都和光在一起。”啊,光！伟大的光！不朽的光！神圣的光！美丽的光！它“不是固体、不是液体、不是气体/来无踪、去无影、浩淼无边”,但我们的诗人却把它写得如此准确而鲜明,如此生动而形象！

“形象思维的活动,在于使一切难于捕捉的东西、一切飘忽的东西固定起来,鲜明地呈现在读者的面前,象印子打在纸上一样地清楚。”(见《艾青选集》自序)《光的赞歌》正是把光这样一种飘忽不定、难于捕捉、浩淼无边的东西,通过独特的艺术构思和生动的诗歌形象固定起来,鲜明地呈现在读者面前的。而且更重要的还在于,诗人绝不仅仅在写大自然的光,绝不是为写光而写光,他笔下的光有着更丰富的内涵和更深远的意义,它“诞生于撞击和磨擦/来源于燃烧和消亡的过程/来源于火、来源于电/来源于永远燃烧的太阳”,它“从不喧嚣、随遇而安/有力量而不剑拔弩张/它是无声的威严”:

它是伟大的存在
它因富足而能慷慨
胸怀坦荡、性格开朗
只知放射、不求报偿
大公无私、照耀四方

这光,既是大自然的光,“永远燃烧的太阳”放射出的光,也是真理之光,科学之光,人们的思想和理想之光。诗人在这里赞颂的是真理,是真理的太阳,是掌握真理、坚持真理和为真理而斗争的伟大的人。正因为这样,所以诗人紧接着就写到“有人害怕阳光”、“有人对光满怀仇恨”,写到“历史上的所有暴君/各个朝代的奸臣/一切贪婪无厌的人”、“凡是压迫人的人”、“凡是剥削人的人”,都“千方百计想把光监禁/因为光能使人觉醒”;更以百倍的热情歌颂人类历史上“最早出现的英雄”——“那最先去盗取火的人”:他以大无畏的革命英雄气概和勇敢献身精神,去打破“天帝”对光的垄断,让“光流传到人间”;“他不怕守火的鹫鹰/要啄掉他的眼睛/他也不怕天帝的愤怒/和轰击他的雷霆”。

诗人艾青是那样地善于从生活出发,从活生生的无比丰富的现实世界出发,通过具体的形象揭示时代生活的本质和社会发展的规律,又是那样地善于把抽象的东西,转化为具体的可感触的形象,把深刻的哲理融入诗的意境之中。他在运用生花妙笔从各个方面、不同角度,生动地、酣畅淋漓地表现和歌颂了光的伟大作用和神妙功能之后,却把笔锋一转,使诗篇的思想境界更上一层楼:

然而,比一切都更宝贵的

是我们自己的锐利的目光
是我们先哲的智慧的光
这种光洞察一切、预见一切
可以透过肉体的躯壳
看见人的灵魂

看见一切事物的底蕴
一切事物内在的规律
一切运动中的变化
一切变化中的运动
一切的成长和消亡
就连静静的喜马拉雅山
也在缓慢地继续上升

从而得出了“实践是认识的阶梯”、“真理只能从实践中得以永生”的结论。诗人为自己规定了十分艰巨和宏大的任务，他不是象过去人们已千百次地重复过的那样，一般地歌颂一番光、光明和太阳，他是要通过对光的礼赞，通过围绕光的斗争，通过关于光的过去、现在和未来的抒写，来高度概括和深刻反映人类自有文明史以来，光明与黑暗、科学与迷信、智慧与愚昧、唯物与唯心、前进与倒退、革命与反动的生死搏斗，并鼓舞人心地展现前者必然要战胜后者的历史规律和客观真理。

《光的赞歌》所揭示的是深刻的社会本质，所追求的是巨大的思想深度和意识到的历史内容，所达到的是政治和艺术、思想和形象、哲理和诗情的完美的统一。

《光的赞歌》所概括的是无限丰富的大千世界和几千年人类历史的普遍现象和生活图景，所表现的是诗人几十年来对时代生活及其发展变化的独特感受和深刻思考，所完成的是很难用几句话加以概述的一个重大主题的艺术表达。《光的赞歌》也就是人类的希望和理想的赞歌，是推动历史前进的力量和智慧的赞歌，是科学和进步、革命和真理、光明和未来的赞歌。

《光的赞歌》不但表现了“我们从千万次的蒙蔽中觉醒/我们从千万种的愚弄中学得了聪明”的深切体会，表现了“经过了多少浩劫之后/穿过了漫长的黑夜/人类的前途无限光明、永远光明”的坚强信念，表现了“即使我们只是一根火柴/也要在关键时刻有一次闪耀/即使我们死后尸骨都腐烂了/也要变成磷火在荒野中燃烧”的那种为争取人类的光明前途、为实现革命的崇高理想而献身的伟大决心，而且还用饱满的激情和高昂的调子，讴歌了今天在光的召唤、鼓舞和激励下，我们已经开始的“新的长征”：

让我们以最高的速度飞翔吧
让我们以大无畏的精神飞翔吧
让我们从今天出发飞向明天
让我们把每个日子都当做新的起点

写到这里，我想起别林斯基在评价莱蒙托夫的长诗《童僧》时所说的一段话："诗人吸取了虹霓的彩色，太阳的明亮，闪电的光辉，雷鸣的隆隆声，狂风的呜呜声，当他写这首长诗的时候，整个大自然向他提供了素材。诗人似乎是被丰满的内心感觉、生活和诗情形象压得不胜负载，只要抓到一个念头，就迫不及待地要写成一部作品，以便一吐积愫——感情从他的灵魂里倾泻出来，正象燃烧的熔岩从火山向外喷射，豪雨从刹那间遮满灼热的天边的乌云里直滚而下，激流忽然冲决了堤坝，波涛汹涌，一直漫到很远的地方……"我们读《光的赞歌》也有这样的感觉，诗人的感情，如豪雨倾泻，如岩浆喷射，如波涛汹涌。所不同的在于：我们时代的无产阶级优秀诗人，由于有马列主义、毛泽东思想的显微镜和望远镜，对自己抒写的对象，对自己反映的时代，对整个社会生活的本质和历史发展的规律，有了更深刻的理解和更准确的把握，因而在他所创造的生动而美妙的形象中，渗透着更精辟的见解、更深湛的思想和更巨大的鼓舞力量：

我们在运转中燃烧
我们的生命就是燃烧
我们在自己的时代
应该象节日的焰火
带着欢呼射向高空
然后迸发出璀璨的光

对德国现代大戏剧家兼诗人布莱希特的戏剧，德国观众曾经有一句赞语："人们可以在看他的戏的时候思考很多问题。"真正深刻反映了时代精神和社会生活的好作品，都应当是这样的：它寓教育于娱乐之中，寓丰富深刻的思想意义于醉心迷人的美感享受之中，因而它必然是能够启发人们思考、激励人们前进的。它必然要启发人们思考生活，思考时代，思考人类的命运和祖国的前途，思考自己人民的过去、现在和未来……这样的作品一定是非常耐读、耐看的，读者和观众在阅读、观看它们时必然要引起和进入深深的思考，必然会情不自禁地在欣赏中思考，在思考中欣赏，从而领悟到远比作品字面上表达出来的要多得多的东西。艾青的许多诗都是这样。《光的赞歌》可以启发我们联想和思考很多问题！

思想渗透形象，形象大于思想。《光的赞歌》通过独特的艺术构思和维（惟）妙的诗歌形象，为我们打开了多么广阔无垠的艺术天地，为我们概括了多少思索不尽的生活内容,为我们提供了多么激荡人心的思想力量啊!

三

她来了,真的来了,
你可以闻到她的芬芳。
你可以感到她的体温,
就连树上的小鸟也在歌唱,
就连林间的小鹿也在跳跃……

我们要拉响所有的汽笛,
　　来迎接这个新时代的黎明;
……

——《迎接一个迷人的春天》

在经历了"被欺骗的春天"、"被流放的春天"和"呜咽啜泣的春天"之后,我们的诗人和人民一起,"终于突破了层层坚冰",而"理直气壮"、"扬眉吐气"地歌唱着,来迎接"久久盼望的""万物滋生的季节","来迎接一个迷人的春天"!

诗人的感情,象"正在解冻"的河流,"可以无拘束地奔流了"!诗人的思想,象冲出牢笼的鸟儿,可以海阔天空展翅飞了!诗人的艺术生命和青春,象雪后逢春的花树,又可以舒枝展叶向阳开了!于是,我们不光读到了《在浪尖上》、《光的赞歌》这样表现重大题材和主题的诗,读到了《钢都赞》、《静悄悄的战线》、《垦荒者之歌》那样反映工农业战线的火热斗争和劳动建设的作品,也读到了《鱼化石》、《互相被发现》、《伞》、《镜子》、《时间》等等富于哲理味的短诗和许多其他题材的新作。

高尔基在给一个青年作家的信中说过:"必须更接近生活,直接利用生活的提示、形象、画面,利用生活的颤动,它的血和肉。不要把自己集中在自己身上,而要把全世界集中在自己身上。……不要只作(做)抒情诗人,不要把自己的灵魂关闭在您所做好的笼子里,——要敢于作(做)一个幽默家、叙事诗人、讽刺家、十分愉快的人。必须取得一切,把一切交还给生活,交还给人们。""诗人是世界的回声,而不仅仅是自己灵魂的保姆"①。

艾青正是这样一位诗人:他的诗都是从生活出发,从自己的经历和感受出发,"直接利用生活的提示、形象、画面"的,因而没有一丝一毫林彪、"四人帮"鼓吹的那种"样板诗"的帮腔帮调帮风帮气。诗人善于表现各种各样的生活内容,善于把看来很难入

① 《高尔基文学书简》上卷,第497—498页。

诗的题材写得诗意盎然,善于从生活的一切领域和各个方面发现诗,善于“把全世界集中在自己身上”。他是那样地善于从生活中“取得一切”,又“把一切交还给生活,交还给人们”。他是名副其实的抒情诗人,又“敢于作(做)一个幽默家、叙事诗人、讽刺家、十分愉快的人”。他的诗,称得上是我们“时代的镜子”、“世界的回声”:

你和风在一起
你和雨在一起
你和云在一起
你和奔流在一起
谁也没有看见你

看见的是你的作用
是你的精神力量
听见的是你的声音
和你的细微的呼吸

你无所不在

你发生于摩擦
你存在于运动
你带来光明与温暖
你的威力无比

而你却最驯服

……

自从发现了你
我们也发现了自己
在无限里上升
超越时间和空间

我们向未来飞奔

——《电》

这首诗的题目叫《电》，诗人是在写无影无踪的看不见的电，却写得多么生动形象，多么有声有色，多么动心迷人啊！真是“比想象更美”。而更重要的还在于，诗人是那样独具慧眼地从电这样一种在我们时代已司空见惯的东西里，找到、发现和挖掘出了无穷的诗意。他是那样巧妙地把电形象地表现出来，更是那样巧妙地把我们时代无产阶级和革命人民所提倡、所尊崇的某种精神——为使人类幸福、生活美好、社会进步而默默无闻地贡献一切的思想境界和崇高品质形象化，他把对电的歌颂、对电的时代的歌颂和对发现电、掌握电、控制电的人们的歌颂，是那样自然而然地融合在一起。“自从发现了你，我们也发现了自己”，“我们向未来飞奔”。象“最好的蜜是从蜂巢中自动流出来的”（车尔尼雪夫斯基语）那样，从诗人心灵深处涌流出来的这些诗句，难道不正是我们“时代的强音”、“世界的回声”吗？

当然，在我们的时代，在今天的世界，这“回声”必须是响亮的、高昂的、振奋人心的。它带着“钢的风、钢的雨、钢的雷霆、钢的电”，它带着“火的飞瀑”和“转炉吹氧所迸发的/玫瑰花般的钢的喷泉”，它带着“那火的声音、热风的声音、多少马达的声音，多少机器运转的声音”，“从四面八方汇集成永无休止的大合唱/我们时代的最强音……”（《钢都赞》），但同时，这“回声”还必须是非常新颖、十分独特而使人耳目一新的。一部真正的艺术作品，一首真正的诗，必然是在内容上和形式上、在思想上和艺术上都有所突破、有所发明和发现的，哪怕只是一点点，否则根本就不能算艺术作品，不能算诗。屠格涅夫说得好：“在文学天才上……不过，我以为，也在一切天才身上，重要的是我敢称之为自己的声音的一种东西。是的，重要的是自己的声音。重要的是生动的、特殊的自己个人所有的音调，这些音调在其他每一个人的喉咙里是发不出来的……一个有生命力的、富有独创精神的才能卓越之士，他所具有的主要的、显著的特征也就在这里”（《俄国作家论文学创作》）。

作为一个诗人，艾青朝气勃勃的光华四射的艺术青春的一个重要标志，就在于他今天仍然是按照自己的方式重新开始歌唱的，他始终保持着自己的声音，自己的独特的表达方式和艺术风格。不用说，在“经历了多少的动荡与不安”之后，“终于醒悟过来”的诗人，思想上必定比过去更先进、更深沉，艺术上也确乎是更提高、更成熟了；但他必须仍然保持着“自己的声音”、自己的特色，而且这深沉和成熟恰好就表现在：它使诗人自己的声音、自己的风格特色和艺术个性，更鲜明、更突出，也更富有独创性和生命力了。让我们读《静悄悄的战线》吧。我们已经读到不少反映油田建设、歌颂石油工人的好诗，它们都从不同的角度表现了石油战线的沸腾的战斗生活和石油工人的壮志豪情。可是诗人艾青到了大庆，面对热火朝天的油田生活，他却感到这是一条“静悄悄的战线”，别开生面地写下了这样一首诗：“油田在哪儿，看不见——输油管埋在地下面。”

个个采油站象蜂房，
少男少女在看管；

他们象蜜蜂一样
为祖国酿造春天——
让所有的马达能唱歌，
让所有的车轮能飞转；

让远航的轮船能出港，
让战斗机守卫着蓝天，
让我们的日子象鲜花，
让我们的生活比蜜还甜……

原来诗人的观察和感受，没有停留在轰轰烈烈的热闹场面上，而是深入到“埋在地下”的世界里去，深入到石油工人们的内心世界和感情深处去了。感受是独特的，构思是新颖的，语言是朴素的，意境是深远的。再如《互相被发现——题“常林钻石”》：

不知道有多少亿年
被深深地埋在地里
存在等于不存在
连希望都被窒息

一个姑娘深翻土地
忽然看见它跳出来
姑娘的眼和钻石
同时闪出了光辉

象扭开一个开关
在一刹那的时间里
两种光互相照耀
惊叹对方的美丽

依然是朴朴素素，似乎是信笔写来，毫不费力，却令人惊喜地歌颂了我们“物华天宝，人杰地灵”的社会主义祖国，使姑娘和钻石，使天、地、人都“同时闪出了光辉”。诗人热情洋溢地描绘金钢(刚)石这无价之宝如何的“光彩夺目”“亮晶晶”，却正好更突出、更动人地展现了“比钻石更辉煌的是姑娘热爱祖国的观念”。这样的语言,这样的风格,这样的表达方式和创作特色,我们感到正是诗人艾青自己的,是非常个性化的,是诗人过去的艺术个性的继续和发展,是独放光彩而绝不会与别人的风格特色相混淆的。

艾青在《诗论》中说过:"一首诗的胜利,不仅是那诗所表现的思想的胜利,同时也是那诗的美学的胜利。——而后者,竟常被理论家们所忽略。"

"诗的美学",并不是仅仅指语言风格、艺术手法和表现形式(虽然这些正是"美学"所赖以体现的东西,极其重要),它同时还应当包括内容,它应当是思想和艺术、内容和形式统一的结晶体,它应当是指这种结晶体完整地体现出来的艺术美。艾青的许多近作,所以那样地使人耳目为之一新,那样地具有一种迷人的艺术美,是既同它的内容,也同它的形式分不开的。而且,诗人在现实斗争中,所以能"强烈地既体会到真,又体会到善,并能在其中寻到生活与美,把它们在优美而明确的形象中表现出来"(《杜勃罗留波夫选集》),正是首先由于诗人的思想感情从种种宗教桎梏和精神牢笼中解放出来的结果。如果思想不解放,不能够勇敢地在马列主义的阳光照耀下去思考、去探索时代生活的奥秘,不敢去冲破林彪、"四人帮"极左路线所设置的种种禁区,不敢"冒着危险去批倒一切既有的偏见,而表现自己所想的东西"(罗丹语),那就既不可能写出《在浪尖上》、《光的赞歌》这样的好诗,也不可能创作《时间》、《鱼化石》、《镜子》、《希望》、《盆景》、《盼望》、《天涯海角》等等那许多耐人寻味的充满了优美的诗意和甜蜜的美感的作品。

恩格斯在谈到德国大诗人歌德的伟大成就时,曾着重指出:"歌德很不喜欢跟'神'打交道;他很不愿意听'神'这个字眼,他只喜欢人的事物,而这种人性,使艺术摆脱宗教桎梏的这种解放,正是他的伟大之处。在这方面,无论是古人,还是莎士比亚,都不能和他相比。但只有熟悉德国民族发展的另一方面——哲学的人,才能理解这种完满的人性,这种克服宗教二元论的全部历史意义。"(《马克思恩格斯全集》)十九世纪德国资产阶级的诗人歌德,同二十世纪七十年代中国无产阶级的诗人艾青,他们的思想基础、所处的时代和作品的意义都很不相同,但由于林彪、"四人帮"疯狂推行对一切实行"宗教裁判"的封建法西斯文化专制主义和禁锢政策,使社会主义的中国在整整十年的时间里"好象进入中世纪",所以是否能"摆脱宗教桎梏"、冲出精神牢笼,仍然是今天中国的诗人和作家、艺术家,是否能保持创作上的勃勃生机和青春活力的先决条件。艾青诗歌近作中的艺术美,首先就得力于诗人"摆脱宗教桎梏的这种解放"。

梦的朋友
幻想的姊妹

……

象窗外的飞鸟
象天上的流云

象河边的蝴蝶
既狡猾而美丽

你上去，她就飞
你不理她，她撵你

她永远陪伴你
一直到你终止呼吸

——《希望》

时间是无情的
它要走，谁也不能挽留

时间是残酷的
它会撕碎纷披的花瓣

时间长着一副利爪
它会抓破娇嫩的脸

时间又是无私的
谁能驾驭它，就捷报频传

……

有的时间不能估价
有的时间一缕青烟

活着就要和时间赛跑
一切速度都在争取时间

——《时间》

吃了苦的，
才知道有甜的；
吃了甜的，
才知道有苦的；
要是我们不知甜、酸、苦、辣，
活着还有什么滋味？

——《“神秘果”》

这样的诗，是在思想和幻想、内容和形式的广阔天地中产生的，它与“三突出”、“从路线出发”之类的“帮”文艺毫无共同之处，它与那种一切为了颂“神”、造“神”的千篇一律的“诗歌”毫不相干。它从生活的海洋里“吸取太阳的精华”，提炼人生的哲理，寻求还没有为人找到的新的形象、新的画面，最后结成了“璀璨如一片朝霞”的“粒粒真珠”。

一百多年前，杜勃罗留波夫在《黑暗的王国》一文中说：“把最高尚的思维自由地转化为生动的形象，同时，在人生的一切最特殊、最偶然的事实中，完全认识它的崇高而普遍的意义——这就是到现在为止，还没有什么人能够达到的、使科学和诗完全交融在一起的理想。”(《杜勃罗留波夫选集》)这种理想，应当说我们时代无产阶级的优秀诗人们是达到了的。我们从艾青的许多近作中，就看到了这种科学和诗的完全交融。

好象蜂蜜一样甜
好象美酒一样醉人
好象土地一样纯朴
好象麦苗一样青新

这歌声来自民间
有刚犁开的泥土的气息
好象烈火一样炽热
唱出了苦难和抗争

——《我爱她的歌声》

这首诗，诗人是献给他喜爱的一位歌手的，可能真有其人，也可能是诗人想象中的人物。用诗人抒写和赞美“她的歌声”的这些诗句，来形容诗人自己的诗，其实也是很恰当的。他的语言，他的感情，他的风格，和他那同思想内容有机结合的艺术形式上的美，他那独特的诗的艺术，正是“象土地一样纯朴”，“象麦苗一样青新”，“象烈火一样炽热”，又“象美酒一样醉人”的。

大海的馈赠
是无穷的

阳光下到处是
俯身可取的欢欣
海滩上的天真
浪花里的笑声

——《拣贝》

一个海员说
他最喜欢的是起锚所激起的
　那一片洁白的浪花

一个海员说
最使他高兴的是抛锚所发出的
　那一阵铁链的喧哗

一个盼望出发
一个盼望到达

——《盼望》

今年春天,《诗刊》编辑部组织了以艾青为团长、雁翼为副团长的诗歌工作者海港学习访问团,从广州出发,到海南岛,到湛江,到厦门,到上海,到青岛,沿着海岸线进行了一个多月的参观访问。面对辽阔的大海,面对大海般气象万千的时代生活,诗人浮想联翩,胸中不断涌起海浪般澎湃的诗情,写下了许多珍珠般晶莹璀璨的小诗。他描绘了“所有的绿集中起来,挤在一起,重叠在一起”,“突然一阵风”,“所有的绿就整齐地按着节拍飘动在一起”的海上奇观(《绿》),他发出“是海水变成泪?是泪流成海水?”的感慨,表达了“终有一天/海水和泪都是甜的”的美好愿望和坚定信心(《海水和泪》)。他又是那样愉快和宽舒地接受着“大海的馈赠”,记下了“海滩上的天真”和“浪花里的笑声”(《拣贝》);更借关于“天涯海角”的抒情,表达了“地球是圆的,哪儿去找边?至于天——天外更有万重天”的深刻哲理。这一类诗,正如车尔尼雪夫斯基在谈到普希金“主要是一个艺术家的诗人”时所说的,“假使读者主要只在其中找寻内容,看来,他们就会要求过多;但是假使他们不去找寻,也并不要求,内容却会不经过他们的要求,而在无意中让他们看到,这个内容对他们来说是这样丰富,这样深刻,使得他们简直有点受不住这一份对不习惯的人来说是沉重的财富”(《车尔尼雪夫斯基论文学》)。这财富,就是通过真正的诗,通过艺术的美,通过赏心悦目的美感享受,给予读者的那种不可代替的思想营养和教益。

法国大雕塑家罗丹说过:“美是到处都有的。对于我们的眼睛,不是缺少美,而是缺少发现。”(《罗丹艺术论》)他要求艺术家必须有“看得见美的眼睛”。我们感到,诗人艾青是有这样一双特别明亮的“看得见美的眼睛”的。不论在垦荒者的队伍里,在钢都巨大的厂房里,或在海滩上,在“天涯海角”,在“一个个码头”,象“一个个珠光闪耀的凤冠”夜航途中,在生活的一切领域,诗人都能在看到那些害怕光、毁坏美的丑类的同时,发现真、善、美,并用与之相适应的诗人特有的艺术形式把它表现出来。我们的诗人,是美的发现者,也是美的创造者、美的珍藏家和卫护士。

作为内容和形式高度和谐统一的艺术美的结晶,我们不能不谈到诗人“致日本文化使者”的那两首短诗:《东山魁夷》和《小泽征尔》。这是献给日本当代的两位著名艺术家的。东山魁夷是把东西方绘画艺术的优秀传统和艺术技巧融会贯通之后,创造了自己的独特风格、成就卓著的当代日本画家。他的画在中国展出和发表,引起广泛注意和浓厚兴趣,受到了美术界的赞扬。诗人用短短二十四行诗,写出了东山魁夷的绘画的风格特点和迷人的美,使人感到那“好象是幻觉,好象是梦境”的画面,如何让“自然赋有人的心灵”,使人看到“无论是林间的瀑布,湖沼中的倒影,初春的月夜、山峦的黎明,都浸透了画家的爱情”,甚至仿佛使人听到画家如何用“色彩谱写最美的歌声……”小泽征尔,则是著名的乐队指挥,在诗人笔下,他能够“把众多的声音调动起来,听从你的命令投入战争;把所有的乐器组织起来,象千军万马向统一的目标行进……”诗人是多么出色地通过一次演出成功的艺术描绘,写下了这位乐队指挥的神态和气魄,勾画出这位音乐家的风度和形象:

你的耳朵在侦察,
你的眼睛在倾听,
你的指挥棒上
跳动着你的神经:

或是月夜的行军,
听到得得的马蹄声;
或是低下头去,
听得情人絮语黄昏;

突然如暴雨骤至,
雷霆万钧,

你腾空而起
从毛发也听到怒吼的声音。

你有指挥战役的魄力，
你是音乐阵地的将军！
紧接最后一个休止符，
刮起了经久不息的掌声……

这样的诗，用朴素而明净的语言，用自然而洗练的句子，用亲切动人的水晶般的歌声，歌颂了日本文化使者，歌颂了来自人民、热爱生活、具有高度艺术才能的艺术家，也歌颂了中日两大民族的友谊。它“没有奇幻的、空想的、虚伪的、想入非非的东西；它整个浸透着现实；它没有给生活的面貌涂上脂粉，它只是把生活本然的、真正的美显示出来”（《别林斯基论文学》），把生活和反映生活的艺术的美，把人民和人民热爱的艺术的美显示出来。这是真正的艺术的美，也是真正的美的艺术。

在一九七八年十二月中旬写的《〈艾青诗选〉自序》中，诗人愤怒控诉和批判了文痞姚文元，早在二十年前就对他的作品乱打棍子、乱扣帽子的恶霸行径之后，无限感慨地说：

象这样的一个流氓竟能如入无人之境地横冲直撞，成了“庞然大物”，骗取了我国文学艺术领域里生杀予夺之权达几十年之久，这件事难道不值得我们深思吗？

可庆幸的是，这一切终究过去了。

如今，时代的洪流把我卷带到一个新的充满阳光的港口，在汽笛的长鸣声中，我的生命开始了新的航程。

其实，不光是诗人艾青，我们伟大的党，我们整个国家和英雄的各族人民，我们每一个普通的战士，都在汽笛的长鸣声中开始了新的航程。

可喜可贺的是，诗人艾青在新的航程刚刚开始的时候，就唱得这样勤奋、这样好，就唱出了这么多充满青春活力的歌！他有了一个光辉的新起点。

他的近作，象《光的赞歌》、《在浪尖上》、《迎接一个迷人的春天》那样动人心魄的歌，是多么有胆有识地提出和反映着当代人民最迫切企求解决的重大问题，是多么激情洋溢地欢呼和讴歌着新时代的黎明，是多么强烈深刻地概括了时代的精神，表达了历史的要求，唱出了人民的心声！

他的近作，如《绿》（四首）、《天涯海角》（外二首）、《盼望》、《盆景》、《时间》等等诗篇，是多么别开生面地为我们揭示着生活的多方面的美，是多么巧妙地为我们展现着生活中蕴藏着的无穷诗意和深刻哲理，是多么令人惊喜地从无限丰富多样的世界中“取得一切”，又“把一切交还给人们”。

他的近作，那璀璨如粒粒真珠的或长或短的抒情诗，是那样的朴素、自然而优美，是那样的单纯、明净而丰富，是那样地富于创造性、那样地注重诗艺技巧而又始终保持着诗人独具的艺术风格和创作特色……。

当然，正如我们在文章开头已经提到的那样，艾青的近作，并不是，也不可能是每一首都达到同样高的水平；从对一位大诗人严格要求的角度，我们对他的近作也可以指出这样那样的不足，提出这样那样的缺点。但我认为，对于一位被迫停止歌唱二十余年的诗人来说，艾青从一开始走上新的航程，就有了如此显著的成就，就表现出这样大的艺术家的勇气，继承和发扬了“五四”文学和“四五”文学的民主精神和战斗传统，就继续显示出那样多方面的才能，就重新焕发出如此灿烂的艺术青春，是多么的难能可贵啊！他的每一首从生活中来的独具风格的近作，同“四害”横行的那些用假话、空话、大话和废话拼凑起来的“帮”诗比起来，同那些颂扬现代迷信、帮助宣扬愚民政策的东西比起来，其思想意义和艺术价值，不知要高出多少万倍！

正是基于这样的认识，我抑制不住地为艾青的诗歌近作唱出了这样一篇“赞歌”。

我当然没有忘记，二十多年前，自己由于对艾青的诗唱了“赞歌”，而受到文痞姚文元的批判和来自我们队伍内部的一系列粗暴批评。其实，在《生活的颂歌》中，我在唱“赞歌”的同时，对当时艾青由于政治热情低落等原因而在创作上出现的危机和问题，是作了具体的分析、提出了严格的批评的。只不过自己不会搞“扣帽子”、“打棍子”那一套左倾教条主义和形而上学的“批判术”，而是在指出诗人的缺点时，仍满腔热情地寄予希望：

> 我们对艾青的才能是充满了信心的。……只要他努力改造自己、深入生活，他毫无疑问会给我们写出许多歌唱社会主义的好诗来的。
>
> 是的，我们希望，同时也完全相信，诗人艾青今后会克服他的缺点，为社会主义而放开喉咙响亮地歌唱起来！

二十多年来的曲折经历和实践终于证明：诗人没有辜负我们的企望。他唱着高亢嘹亮的、优美动人的、丰富多彩的歌，前进在波澜壮阔的新的航程上。

我们希望，同时也完全相信，诗人从他光辉的新起点出发，会继续沿着自己的道路，攀上无产阶级艺术的新的高峰。

我们希望，同时也完全相信，我们的诗人，会永葆他那充满活力的、光华四射的艺术青春。

1979 年 5 月，昆明

——原载《新文学论丛》1979 年第 2 期

陈荒煤

关于总结三十年文艺问题①

我们社会科学院文学研究所正在考虑如何总结建国三十年来文学工作以及编写当代文学发展史的问题。参加这个会，听到许多同志的发言，很有启发。今天，我把我们接触到的若干问题提出来，既是向大家请教，也是向大家呼吁，希望通过文艺界的共同探讨来解决。

怎样总结三十年文艺工作的基本经验

对此，我有以下一些看法：

（一）我认为，总结三十年来文艺工作的经验和教训，很有必要。但这不单是我国三十年文艺工作的一个总结，实际上，可以说是五六十年来无产阶级文艺运动的一个总结。

列宁的《党的组织和党的出版物》这篇文献，已发表七十多年了，从三十年代在苏联文学影响下世界各地开始一个无产阶级文艺运动的热潮以来，是五十多年了；从"五四"以后我们党所领导的左翼文艺运动——从左翼作家联盟成立算起，明年正好是五十周年。毛泽东同志《在延安文艺座谈会上的讲话》这个伟大历史文献的发表，也已经三十七年了，这个文献为我国无产阶级文艺运动制定了马列主义的系统的、全面的、科学的基本原则和根本方针，大大地丰富和发展了马列主义的文艺科学，从此在解放区开展了一个规模宏大的崭新的文艺运动，为新中国文艺事业的迅速发展奠定了基础。

新中国建立以后，开辟了一个社会主义文学艺术事业发展的崭新的历史时期，面临着一个极其光荣伟大的历史使命：歌颂人民的革命斗争，反映社会主义建设和社会主义革命的斗争，用马列主义和毛泽东思想武装人民的头脑，以社会主义精神

① 1979年8月根据3月在"文艺报"文学理论批评工作座谈会上的发言修改定稿。

鼓舞和教育人民,培养新的一代,为建设一个社会主义国家而奋斗。

三十年来,在党的领导下,在毛泽东文艺思想的指引下,随着社会主义革命和建设的不断深入发展,新中国的文学艺术事业取得了历史上空前规模的迅速发展。许多优秀作品的产生,无论创作题材的广阔,主题思想的深度,生活的真实,以及作品的思想性与艺术性都达到了新的水平,取得了伟大的成绩。我们党在领导文艺工作方面积累了丰富的经验;同时,也经过曲折的道路,受到过挫折,有过错误和缺点。特别是林彪、“四人帮”实行封建法西斯文化专制主义,使我国革命文艺事业和队伍遭受到严重的摧残,经历了历史上空前的一场浩劫。鲁迅曾经讲过,中国的无产阶级文艺运动是从流血开始的。没有想到,林彪、“四人帮”上台以后,我们的文艺运动又遭到第二次流血。中国的情况如此,那末苏联呢?苏联的文学曾在全世界革命文学运动中产生了伟大的影响,但是苏联文艺界也不可避免地出现曲折的历程。我们当然坚信,无产阶级文艺,社会主义文艺,终将在世界范围内获得胜利。许多先烈为了社会主义文学的理想,为了无产阶级文艺运动的胜利,进行过长期的奋斗,甚至牺牲了生命。他们的鲜血是不会白流的。我们坚信,无产阶级文艺运动光辉灿烂的时代,一定会到来!

但是,社会主义的文艺事业,到底怎样才能发展得更快一些?到底有没有一个规律,有些什么经验和教训,使我们这个应该有世界影响的社会主义文艺不再走弯路,得以迅速发展呢?为什么具有这么大国家规模的,有几十年左翼文艺运动经验的,特别是在延安文艺座谈会以后有了很好发展的,又建成了一个社会主义国家的无产阶级文艺运动,在林彪、“四人帮”和他们那个顾问实行法西斯文化专制主义下竟出现了百花凋零的局面?这些问题很值得我们深思。因此,我觉得,我们如果总结得好,这个经验有重要的意义。既然我们相信,社会主义文艺在世界上必然要成为主流,那末,我们的经验必然会对今后各国社会主义文艺运动的发展有所贡献。

(二)我感到,进行这个总结是有困难的,因为文艺运动是整个政治思想战线的一个组成部分,文艺事业的发展往往和政治形势、运动密切相连。对一些重大政治问题,如“文化大革命”等问题,还有待中央在一个适当的时机去进行总结。但我觉得我们也不能坐等中央把一切问题、每条战线上每个重大问题都弄清楚了,做出了结论,我们才着手写当代文学史,才总结我们的经验;我们都经历过三十年来的斗争,如果我们这一代都完全不能够对整个历史提出一定的看法,尽一定的责任,难道不有负于后代吗?即使不能百分之百地总结,总结百分之八十、七十也可以嘛!何况中央对整个历史的总结,也必须由各个战线、各个部门先进行具体的总结。总之,我们还是要来进行总结。问题是,有些重大问题需要慎重考虑,不要急于做结论,要冷静思考,根据实践是检验真理的唯一标准的原则,全面地系统地占有资料,实事求是地进行分析研究。对于重大的理论问题，必须通过百家争鸣，充分展开讨论，给予科学的回答。

（三）总结这三十年的文艺工作，我们觉得有以下一些问题：

第一点，是刚才讲了的，文艺路线和政治路线不能截然分开。但是，我们在总结的时候也应该考虑一个整体和局部的关系问题。从建国以来的政治思想路线的斗争来看，不能说所有的政治路线斗争必然要反映到文艺战线上来，恐怕也还是既有一定的联系，又有一定的区别。例如反右倾运动，在文化艺术战线上反了些什么东西呢？我印象比较深的，当时的文化部把夏衍同志作为重点批判对象。批判他什么呢？只不过是他强调了电影创作的题材多样化以及电影艺术的特征。过去，党内的每一次路线斗争或每一项重大的政治运动，都仿佛觉得一定会在文艺战线上找到代理人，但许多事实证明实际情况并不是这样。有时候，政治运动的确在文艺战线上发生影响，有时候也不一定有很大的影响，甚至没有什么影响。

第二点，我们总结，一定要把毛泽东同志完整的科学的文艺思想体系，或者说构成毛泽东同志文艺思想体系的科学部分，和毛泽东同志的个别言论加以区别。不能把毛泽东同志的一些伟大著作中，如《新民主主义论》、《在延安文艺座谈会上的讲话》、《关于正确处理人民内部矛盾的问题》、《在中国共产党全国宣传工作会议上的讲话》等，对马列主义文艺科学有丰富和发展的科学的系统的理论部分，和一些个别的具体的论断和言论不加区别，不加分析地统统称之为毛泽东同志的文艺思想。毛泽东同志的文艺思想应该是指经过实践检验证明是以马列主义为指导、与中国具体革命实践相结合、具有指导意义的科学的理论体系。

第三点，我认为，毛泽东同志在一九五七年以前，特别是民主革命时期的《新民主主义论》、《在延安文艺座谈会上的讲话》和《论联合政府》中关于文化教育工作的部分，五十年代的《关于正确处理人民内部矛盾的问题》、《在中国共产党全国宣传工作会议上的讲话》等，以及对文化工作提出的作为长期的根本性的方针——百花齐放、百家争鸣的方针，这是毛泽东同志的文艺思想科学的系统的部分。在这些著作中，毛泽东同志对“五四”以来的以鲁迅为旗手的革命文艺运动所给予的很高评价，现在看来仍然是十分正确的。《在延安文艺座谈会上的讲话》针对当时文艺工作实际存在的问题，系统地提出了为什么人和如何为的问题，还有文艺工作者要进行思想改造、与群众结合以及普及与提高等许多问题，这些基本原理对马列主义的文艺科学确实有很大的丰富和发展，仍然是我们今后必须坚决贯彻的指导方针。

毛泽东同志历来非常注意意识形态领域的阶级斗争。但由于林彪、“四人帮”和他们那个顾问不断地干扰破坏，制造假象，无限上纲，夸大文艺界的某些缺点和错误，甚至捏造事实，进行诬陷，制造冤案，以致毛泽东同志根据间接的材料对文艺工作也曾作过批评,对于这些问题,我们都应该实事求是地进行科学的分析。我感到总结工作中最困难的一点,不在于指出历次文艺运动与文艺斗争中,哪一个争论和观点有缺点和错误,而在于真正吸取教训,弄清、分析这些言论和观点在什么特定的历史背景下,在一种什么社会根源和思想根源中产生的,是否符合客观实际,然后经过实践检验,正确对待。这是总结的最重要方面。为此,我们需要把总结的问题放在当时的一定历史条件下面,只有这样,我们才能得到真正的教训。

第四点,有的同志提出,建国以来我们党究竟有没有一条革命的文艺路线。这个问题不弄清楚,就无法判断什么是"左"的干扰,什么是右的干扰。这是个很重要的问题。

我个人的看法是,我们党当然有一条革命的文艺路线,不管是叫做毛泽东同志的文艺路线,还是叫马列主义、毛泽东思想的文艺路线。回忆一下建国以来文艺战线上的多次思想斗争,尽管也有错误,有严重的教训,特别是经过林彪、"四人帮"的严重破坏,但还是应该肯定,我们的党的确有一条马列主义的革命文艺路线。

一九五七年文艺界的反右派运动以及之后的历次运动中,我们文艺思想战线上的阶级斗争形势,由于种种原因,往往被估计得过于严重,因而产生了一些"左"的倾向,对某些理论问题,对某些作家和作品的批判,都存在着简单化、片面性,的确有不少缺点和错误。但还应特别看到,周恩来、陈毅等许多中央领导同志在三年困难时期,为贯彻"调整、巩固、充实、提高"的八字方针,纠正"左"的偏向,在文艺战线上做了大量的工作,周恩来同志一九六一年在新侨会议上的讲话,周恩来和陈毅同志在广州话剧、歌剧、儿童剧创作会议上的讲话,就是证明。这些讲话至今还有重要的现实意义。

我较长时间搞电影方面的工作。现在回忆起来,感受很多。从电影方面来讲,一九五六年、一九五七年在"双百"方针的鼓舞下,创作比较繁荣,产生了一批好影片,同时也产生了一些有缺点的影片。在一九五八年"五一"节的下午,周恩来同志就召集电影界的同志谈话,及时地指出这些影片缺乏革命的时代精神。他同我们谈了很多问题,建议我们好好检查一下,通过学习提高大家的思想认识。但是,周恩来同志的这些指示在贯彻时受到了抵制。上海的领导人打电话质问周恩来同志,甚至说我"假传圣旨",借用周恩来同志的名义跑到上海,要"上影"停止生产,检查错误。另一方面,那个顾问也跳了出来,认为是毒草泛滥。我后来也受到影响,还写过一篇叫做《坚决拔掉银幕上的白旗》的错误文章。经过周恩来同志的帮助,电影方面终究还是探讨了工作中的一些缺点,然后出现了许多向国庆十周年献礼的优秀影片,取得了很大成绩。尽管这样,那个顾问还说:这些好影片不过是个幌子,背后还有许多不好的影片。在三年困难时期,在周恩来同志和陈毅同志坚决贯彻八字方针,纠正

“左”的倾向时，也还是不断受到干扰。那个顾问和江青在戏曲方面唆使牛鬼蛇神出笼，到处煽风点火放毒草；另一方面又制造《刘志丹》等大冤案，把《早春二月》、《北国江南》、《革命家庭》、《江河激浪》、《逆风千里》、《怒潮》、《阿诗玛》等大批影片打成毒草，破坏“八字方针”的贯彻。据马彦祥同志统计，当时戏曲界毒草泛滥，上海第一，什么坏戏都上。但自称是“毛主席好学生”的领导人，以及他的部下张春桥等，并没有采取什么措施加以制止；而在毛泽东同志指出“千万不要忘记阶级斗争”之后，他就提出“大写十三年”，好象只有“大写十三年”的作品才叫做社会主义文艺，唯有他在提倡社会主义文艺。实际上，他是在围剿革命的文艺。李准同志的《吉鸿昌》出来了，这位领导人亲口对我讲：“吉鸿昌这个人不好，为什么要写他?”于伶同志的话剧《七月流火》是写茅丽英烈士的，上海、北京决定上演，上影厂也决定由黄宗英改编，赵丹导演，但都被这位领导人一手扼杀。上海拍了一个写王孝和烈士的《铁窗烈火》，这位领导人很不满意，一再发脾气，骂上影厂：“为什么你们专写死人?!”这就是说，革命烈士都不能够表现。周恩来同志在一九五九年找电影界同志谈话，提出了文艺工作要两条腿走路。当时上海的领导人也不让往下传达。周恩来同志在新侨会议上的讲话也还是不让传达。他公开叫嚣：总理的话可以听，可以不听。从这些情况来看，所谓“左”的干扰、右的干扰，主要还不是来自文艺界，而是来自“四人帮”一伙。

以上事实说明，周恩来同志始终都是坚持贯彻毛泽东文艺思想的，并且对毛泽东文艺思想还有所发展与丰富。如果我们中国确实存在着一条反革命的修正主义文艺路线，那就是林彪、“四人帮”和那个顾问推行的一条文艺黑线，他们一贯对抗以周恩来同志为首坚持的一条马列主义、毛泽东思想的正确路线。现在对建国十七年来的文艺工作有种种看法：十七年来，我们基本上执行了革命文艺路线，但有右的或“左”的干扰。在一九五七年反右派以后，是“左”倾思想占主导呢？还是“左”倾路线性质的错误，抑或已经形成了一条“左”的路线？这样一个大问题，可以研究讨论，应该等待第四次文代大会统一认识后再作结论。但我认为，绝不能把我们文艺战线上的某些“左”倾的错误，和林彪、“四人帮”极左的路线混为一谈。我个人认为，十七年来的文艺工作，基本上执行了毛泽东文艺思想为指导的革命路线，但不断受到“左”的和右的思潮的干扰，其中“左”的干扰是严重的。我们是要贯彻革命路线的，但由于各种原因，犯了这样或那样的错误。而林彪、“四人帮”则是由于篡党夺权，搞阴谋文艺，制造反革命舆论，而推行极左路线。应该看到这二者之间有原则的本质的区别。总之，只有经过全国文艺界进行一段时间的探讨，根据实践是检验真理的唯一标准这个原则，才能作出正确的结论。

第五点，我们文艺工作者，包括担任领导工作的同志和担负着文艺理论批评的同志,也应该实事求是地承认,由于我们自己思想水平不高,不能随时随地对具体问题进行具体分析,因而,使我们在执行毛泽东同志的文艺思想、文艺政策、文艺方针的时候,对毛泽东同志文艺思想进行解释、阐明和发挥的时候,就容易产生片面性和教条主义,就容易产生“左”的思想和情绪。这是我们犯错误的主要原因。也因此,在文艺运动或文艺思想斗争中间,我们往往不能冷静思考,不能实事求是,有时候就很难坚持党性的原则,坚持真理。当然,在一场政治运动到来的时候,要坚持党性原则,坚持实事求是,也不是那么容易的;但严格要求我们自己,作为一个共产党员,不能不承认我们有这方面的缺点和错误。有时候,对毛泽东同志的批示、指示,我们也没有实事求是地、严肃认真地对待。这个问题比较复杂,其中,如上所述,有来自“四人帮”一伙的严重干扰,也有我们自己的认识问题和水平问题。我们并不是在每一次运动的开始,都能很清醒地认识到我们工作中的错误;有时也不可能很快地看出来自领导的某些批评,有哪些符合实际,有哪些不符合实际。

再加上,我们的理论工作长期以来受苏联的影响,有教条主义。我们的理论水平低,对某些文艺科学上的基本问题,如这次会上提到的文艺与政治的关系、文学艺术的特征等等,长期以来都没能讲清楚。正是由于上述种种情况,政治运动或文艺运动一来,我们就不能冷静地思考,不能进行充分的调查研究、实事求是地分析,无法开展充分说理的争论,也无法抓住问题的实质。所以对理论问题的探讨,对作品、作家的批评,就不可能不产生简单化、片面性,因而导致运动的扩大化,混淆了两类不同性质的矛盾,挫伤了创作和理论工作者的积极性,妨碍了“百花齐放、百家争鸣”方针的贯彻,这是建国以来历次文艺运动中的一个惨痛教训。我们今天总结这些经验和教训,不是要修改毛泽东文艺思想的一些基本原理,而是为了更好地完整准确地运用马列主义的文艺科学、毛泽东文艺思想,来完成我们今后面临的新时期的光荣任务:为实现四个现代化而奋斗。但无论是马列主义、毛泽东同志的经典著作中,某些个别问题的论断,必须实事求是地根据新的形势、新的情况和实践中所证明了的,对必须加以补充、发挥和修改的问题,认真地加以补充、发挥和修改。

我举两个例子。各地都有人提到,究竟工农兵方向这个提法是否科学?在今天的新形势下是否提文艺为广大的人民服务更好一些?其实,毛泽东同志在延安文艺座谈会的讲话中首先肯定列宁提出的文艺应当为千千万万劳动人民服务的原则,然后也讲文艺要为人民大众服务。在讲到为人民大众服务的时候,还具体讲到文艺要为四种人:为工,为农,为兵,为城市小资产阶级、城市小生产劳动者和知识分子服务。后来我们才把这个含义简单地概括为“工农兵方向”。在今天新的形势下面,情况有了变化,绝大多数知识分子是脑力劳动者,是工人阶级的一个组成部分,而且今天的工农兵也不是延安时代的工农兵了。这就需要我们理论工作在这些方面有所发挥,有新的解释。其实,为人民服务,为广大人民群众服务,为工农兵服务,实质是一样的。有人鉴于过去对为工农兵服务这个概念理解得过于狭窄,甚至把为工农兵服务,理解为只能写工农兵,所以认为今后改提为人民服务更好一些。

我觉得修改不修改,都不是原则问题,因为二者本来是一回事。但绝不能认为,提出这个问题,研究一下,就是要反对《在延安文艺座谈会上的讲话》所提出的方向问题。再如,关于文艺为无产阶级政治服务的提法,是否有必要改变,也可以研究,但是关键还在于怎样正确理解和认识文艺为无产阶级政治服务,文艺应该怎么样为无产阶级政治服务,还需要我们很好去总结。

总之,除毛泽东同志所提出的一些基本原理、基本原则外,某些个别论断和观点,在革命形势不断发展的过程中,不适合新的情况,不能说明新的问题,应该容许加以补充和修改。也就是说,凡是基本上正确或理论上可以进一步说明的论点,都不必修改;但被实践证明确实不符合实际的问题,则必须加以修改。有些大问题,对五四运动以来的新诗的估计,文艺思想领域复杂斗争是否要采取一种政治运动的方式来搞,对文艺思想战线阶级斗争的形势是否估计得过于严重等等,则必须实事求是地加以研究分析和澄清,认真地总结经验,吸取教训。应该承认,随着时代的前进和发展,根据实际工作中发生的新情况、新问题,对马列主义文艺科学和毛泽东文艺思想都应当有所发展。

第六点,在总结的同时,我们还必须对马列主义的文艺科学、对毛泽东文艺思想,狠下功夫,结合新的形势,把一些基本的、带根本性的问题,从理论上加以说明。比如:文艺和政治的关系、文艺和生活的关系、典型问题、真实性问题、悲剧、歌颂与暴露等等问题。不这样做,我们就没有办法提高总结的理论水平,也不可能正确地总结。

凡是理论问题,即使是马列主义的文艺科学,由于都是从实践基础上总结出来的,都是把握着当时斗争实践中发生的问题和情况,根据当时实际情况有所侧重,或着重解决某个问题,都必然有一定的针对性,因而也就相应地有它的一定历史条件下的局限性。运用这些理论来解决今天实际工作中的问题,我们不应不加区别和分析地当成一成不变的教条和公式。

总结党如何加强对文艺工作领导的基本经验

党应该怎样领导文艺工作,这是一个繁荣文艺创作、发展社会主义文艺事业的关键问题。不论从历史上还是从现在的情况来看,这一问题始终没有很好地解决。这一问题不解决,文艺工作要得到顺利发展,是困难的。党必须领导文艺,是毫无疑义的。尤其是经过林彪、“四人帮”的严重破坏,现在的广大文艺工作者都非常盼望党加强对文艺工作的领导，急切地盼望党能总结几条基本经验，吸取过去的教训，领导我们文艺工作者迅速改变文艺落后的状况，更好地满足广大人民的需要。

我一开始提到，列宁的《党的组织和党的出版物》这篇文献已经发表七十多年了，那个时候，党还没有掌握国家的政权，但列宁所确定的党的文学事业和党的革命事业的关系的原则，到现在来看，还是非常正确的。列宁在这篇文章中讲，党的文学事业必须成为党的事业的一个组成部分。列宁还强调地提出，党的“文学事业最不能作机械的平均、划一，少数服从多数。……绝对必须保证有个人创造性和个人爱好的广阔天地，有思想和幻想、内容和形式的广阔天地”，并且强调地说，“这一切只证明无产阶级党的事业的文学部分，不能同无产阶级党的事业其他部分刻板地等同起来”，即文学事业有它的特殊性。

我们现在总结经验，应该从哪些方面来检验我们党对文艺工作的领导是否正确呢？我认为，应该从这四个方面来看：

第一，首先要从创作方面来检验。在我们这个社会主义国家，各种文艺创作，是否产生了大批的思想性和艺术性都很强的优秀的作品，这些作品是否受到广大人民的欢迎，是否真实地反映了社会主义革命和社会主义建设，是否真实地反映了我们党所领导的伟大的中国人民在各个革命阶段的英雄史诗，是否真实地反映了我国数千年来民族的优秀文化、传统与历史？我们社会主义国家发展文化艺术事业，应该说有很大的优越性。到现在为止，我不知道我们这个国家管理文化艺术事业的单位——从文化部到各地方的文化局，到县里的文化馆，各级领导部门的人数究竟有多少。再加上文联、各个协会，各个地方的剧团、歌舞团以及各县的电影放映队、剧场等等，应该说，有一个很庞大的管理机构，很大的文化事业单位，很大的文艺队伍，这是我们社会主义制度的优越性。这是社会主义文化事业发达的一个标志。过去的苏联也好，中国也好，谈到自己国家的无产阶级文化事业，往往是列举这许多数字。但仅有这个优越性，如果不抓创作，不抓精神生产，不把创作搞上去，那就造成一个最严重的浪费。《于无声处》当然是一个很好的戏，但竟造成了这样一种情况：全国那么多剧种、剧团都上演，一直演到没有观众——“于无声处”为止。这说明好的剧目太少，这就是个很严重的问题。要解决这个问题，首先，文化艺术单位、文化行政管理机构和领导部门，都应该把抓精神生产列为第一位的工作。不抓生产，或抓生产而产生大量次品和废品，则都是官僚主义，都是严重的浪费。领导应该亲临第一线，象我们的部队作战一样，指挥员不亲临前线，不熟悉情况，不了解我们有什么样的兵种、多大的兵力、我们队伍的长处和短处，怎么能够指挥作战呢？马克思和恩格斯都是在还没有一个无产阶级专政国家的条件下提出了他们在文艺方面的科学论点，他们为我们留下的许多经典著作中论及文艺的部分，实际上就是对一些具体作品发表的看法,虽然不是很完整的理论体系,但对于我们仍然有很大的指导意义。而我们现在有些领导文艺的同志,往往是不看创作,也不懂如何抓创作,更不能象周恩来同志那样亲自和文艺工作者接触,不了解文艺队伍的思想情况,不了解我们的创作水平,不了解创作中间存在的问题,这样,怎么能够领导文艺工作?!这个问题不解决,创作就上不去!要抓创作,关键的问题是如何抓。党和行政的领导部门既要抓创作的大的方向、总的倾向,也必须抓一些具体的创作,通过抓个别的、具体的创作(解剖一只麻雀)来总结经验。马恩列斯许多有关文学方面的著作,都不是发空论,而是根据他们所看到的艺术作品发表具体的意见。周恩来同志在这方面也为我们树立了典范:对《东方红》大歌舞,他从政治方向一直到具体细节,节目的安排和调整,都提出具体的意见。当然,这不是要求我们党的领导对每一个文艺作品都发表意见,而是说在抓总的方向和倾向的同时也要抓典型,通过抓典型来总结经验。所谓抓创作,一定要按艺术规律抓艺术创作。有的地方和单位,党和行政的领导部门在抓创作方面还是很薄弱的,至今还有人不觉悟。这个问题必须很好地总结。

例如有几个值得我们大家一起来思考的现象:

为什么建国以来反映民主革命时期的历史题材的作品比较多,也比较好,如《红岩》、《红旗谱》、《林海雪原》、《红日》、《保卫延安》、《青春之歌》等等,而反映社会主义革命和社会主义建设的题材却比较少,除个别作品外,一般的水平也不高?诚然,一个作家在进入一个新的历史时期时,要写出规模较大的作品,既需要一个生活积累的过程,也需要一个酝酿思考构思和写作过程,但在这样长的时间里出现了这样的悬殊情况,不能不引起我们的思考。

为什么许多作家实际上是“一本书主义”,写了一本书后,很长时间再不能写出第二部作品?有的同志相隔十年、二十年,才着手写第二部作品,原因何在?这一现象也很值得我们注意。

为什么民主革命时期,写过一些好作品,而且影响也比较大的作家,进入社会主义时期反而写作比较少,写出的作品的思想性和艺术性也并不比过去好了呢?比如,巴金、曹禺这样的作家,他们的《家》、《雷雨》到现在看还是好作品,他们为什么在社会主义时期不能产生更多更好的作品?我在上海同巴金同志谈话,征求他对总结三十年的意见,他跟我谈了两点,我感受很深。第一点,他讲,他今年七十五岁了,还准备写五年,但是这个五年他要自己支配命运了,愿意写些自己熟悉的题材,写自己熟悉的东西。第二点,他讲,三十年有一条经验,赶运动赶任务可以写出作品来,也可以写出很多作品来,但并不一定能写出好的作品来,也并不是什么作品都可以留下来。巴金这样的同志,现在觉悟到了的这个问题,是一个大问题。

这就是说作家应该写自己熟悉的生活。我们过去往往把鼓励作家深入生活,提倡作家反映人民的生活,和作家应该写熟悉的生活对立起来。尤其是不考虑作家原有的生活基础、生活积累,随意支配作家,让作家参加各种运动,要求他们今天反映农村的运动,明天反映工业战线上的斗争,后天又去参加什么运动。结果有些作家不断参加各种运动,都不能运动出好的作品来。这个现象难道不值得注意么?

为什么建国三十年新的作家成长得这样慢、这样少?我最近在重庆、武汉一带作了一点了解。好多老文联的同志谈到了一九五六年党提出"双百"方针以后曾出现了一批新作家,在工人中间也出现过一些青年作家。但是,经过反右派斗争和历次政治运动,当时初露头角、看来很有希望的青年作家相继被淘汰了。不用说,这种情况严重挫伤了业余文学创作的发展。最后,为什么专业作家越来越少?云南省被称为专业作家的只有一个李乔。四川省九千万人口,名副其实的专业作家也只有艾芜一人。我看过一个材料,罗马尼亚一千七百万人口,就有一千多个专业作家,其中国际上知名的就有一百个。我们全国作家协会的会员也才有一千一二百个。但我们是一个九亿人口的大国呀,这个问题难道不值得深思吗!

我们应该对这些问题很好地进行总结。我想,造成上述种种不正常的现象,原因是多方面的,但应该认识到,其中一个最重要原因,就是文化艺术单位的党的领导方面没有把创作列为第一位的工作。

第二,关于文艺理论、文艺批评和研究工作方面的问题。如果说我们国家创作队伍很薄弱,那么,文艺理论方面的工作就更加薄弱,队伍更少得可怜。我们在北京就深深感到了这个问题。《文学评论》编辑部开座谈会,到会的总还是那么二三十个人。就是在这少数人中,也没有几个是真正专业搞理论的。三十年来我们经过的文艺思想战线上的斗争是不少的,但这些斗争究竟对创作起了促进还是促退的作用?是活跃了,还是妨碍了创作思想?文艺理论研究工作,在新的革命时期,对新的问题有没有进行探讨?这些探讨是否走在创作的前面,给创作以指导?我们三十年的文艺理论研究,究竟对马列主义文艺科学有没有发展?我从去年冬天起走了武汉、重庆、昆明、成都、上海几个地方,大家普遍谈到的一些文艺理论问题,正如我们这个会上所谈到的一样。我觉得这也是一个悲剧,我们搞了三十年的社会主义文艺,有马列主义经典著作和毛泽东文艺思想的指导,但迄今为止,还在谈论什么是典型、真实性等一些甚至是常识性的问题。例如我国受林彪、"四人帮"迫害及株连的人民千千万万,许多身经百战的老帅、中央负责同志也遭受了迫害,而且小说《班主任》、《伤痕》都发表了,话剧《丹心谱》、《于无声处》也上演了,可是却有人还在那里讨论社会主义有没有悲剧和社会主义文学的悲剧的定义。其次,还讨论社会主义悲剧中的主人公应是什么样的人。有人主张只有和林彪、"四人帮"进行面对面斗争的人,才能成为社会主义悲剧中的主人公,才是典型环境中的典型人物。那么,象贺龙、陶铸这些受迫害含冤而死的老一辈无产阶级的革命家，根本无法与“四人帮”进行面对面的斗争，难道不是悲剧中的英雄人物么？拿一百二十年前恩格斯讲的“历史的必然要求和这个要求的实际上不可能实现之间的悲剧性的冲突”这个悲剧冲突的定义，来套我们今天现实生活中的悲剧，这怎么能解决理论上的问题？这种探讨是不能促进创作的。另外，党要加强对文艺批评的工作，必须改变文艺评论工作中长期以来往往混淆两类不同性质矛盾的情况。这是一个关键性的问题。在理论研究学术讨论和文艺评论工作中间，都普遍存在这个问题。这表现在以下几个方面：一、在文艺思想的斗争和文学艺术的讨论中，往往采取一场全面的大批判运动的方式进行，不管是总的倾向问题、学术性的问题，还是创作中间的缺点问题，都和政治问题联系起来。二、在文学艺术为政治服务方面，许多理论问题混淆不清，造成恶果。把文艺为政治服务理解得很狭窄，赶任务，唱中心，画中心，写中心，不加区别地要求一切文艺作品及时配合各种运动、当前的具体任务，甚至要求文艺创作及时反映某些具体的政策。三、对政治标准第一、艺术标准第二的解释有片面性，造成了否定文学艺术的特征、特殊功能和实际作用，不承认文艺的娱乐和审美的作用，实际上就是政治标准唯一。四、在不断地搞文艺思想斗争，搞文艺批判运动中有简单化和扩大化的现象，以致长期以来我们不能真正着手来建设社会主义的文艺，实际上对社会主义文艺建设进行了干扰破坏。五、文艺批评往往简单粗暴，批判多，说理少，形成了一根棍子，我自己也做过棍子。文艺批评不是评论创作，分析作品的思想性和艺术性，对作家进行全面的评价，对他的思想做出正确的论断，而是以政治概念代替具体分析。六、有些文化艺术方面的党和行政的领导人缺乏艺术民主，搞“长官意志”，一言堂，满足于外行领导内行。以上这些问题未解决，实际上在文艺战线上造成了一批空头组织家和评论家。长期以来，我们不能按艺术规律来建设我们的文学艺术事业，造成了领导和被领导、文艺评论和创作人员之间的紧张关系，也造成了文艺战线许多同志至今还不能消除的心有余悸的现象和思想僵化的现象。这些问题不解决，党就不能很好地领导我们的文艺工作前进。

第三，党如何正确评价文艺队伍和文艺战线上的阶级斗争形势的问题。我同意会上大多数同志的意见，建国以来的文艺运动，一九五七年反右派斗争以前基本上是正确的。一九五七年以后，教训是十分严重的，主要表现在两个问题上：在大规模的急(疾)风暴雨式的阶级斗争基本上结束之后，常常对意识形态领域阶级斗争的形势和阶级力量的对比，做了过于严重的估计。我记得毛泽东同志不止一次讲到知识分子问题：在社会主义三大改造完成以后，“皮之不存，毛将焉附？”一再指出知识分子不为社会主义服务，就成了“梁上君子”。我认为如何正确对待知识分子问题，这是一个大问题，对于中国的民主革命和社会主义革命都是一个相当大的问题。一九三八年毛泽东同志亲自起草制定了《大量吸收知识分子》的决议，指出中国的革命没有知识分子是不行的，是不能取得胜利的。一九五八年周恩来同志主持制定的《关于知识分子问题的决议》也说明了这一点。而且，大概是在一九五八年，毛泽东同志就明确提出过：要造就无产阶级的知识分子，建设社会主义，没有一支宏大的无产阶级知识分子队伍是不行的，要有自己的科学家、教育家、文学家、戏剧家、评论家。我印象当中，苏联在斯大林时代好象经常提苏维埃是工农和知识分子的联盟。在一九六二年广州会议期间，周恩来和陈毅、聂荣臻、陶铸等同志曾经酝酿，而且公开宣布了要给"资产阶级知识分子"脱帽。但是这个帽子一直没有脱。"四人帮"时期竟咒骂知识分子是"臭老九"。毛泽东同志也批评了这个谬论，还讲了"老九不能走"。直到去年全国科技大会，才正式宣布知识分子是脑力劳动者，是无产阶级知识分子。我还想了一下，我们中国的这支革命文化队伍有两次大会合。第一次是抗战爆发以后，大部分上海地下党的文艺工作者到了延安和新四军，和原来苏区的文艺工作者会合。由于有了这一次大会合，左翼文化思想战线的许多同志成了延安时代文化、教育、思想方面的负责人，为党培养了大量的革命知识分子。没有这次会合，也就不能取得解放区文化工作的大发展。第二次，是一九四九年周恩来同志亲自领导的所谓大后方的文艺工作者和解放区的文艺工作者的大会合。没有这一次大会合，不可能设想有建国以后的社会主义文化和建设事业的迅速发展。但是，到了"文化大革命"时期，由于林彪、"四人帮"的干扰破坏，炮制了《纪要》这个反动纲领，全面否定党所领导的五四以来、延安文艺座谈会讲话以来、建国以来的文艺运动，把文艺界的代表人物都说成是一批要夺取政权的反革命的修正主义者，提出一个"文艺黑线专政"论，"要重新组织文艺队伍"。这就不能不使我们思考，经过左翼文化运动几十年的斗争，经过延安文艺座谈会讲话的几十年的教育，我们这支新兴的革命文艺队伍，又经过社会主义十多年的斗争，反而会变成了"修正主义分子"，"要夺取政权"，要被实行"全面专政"，那么，我们党到底有没有自己的一支无产阶级的文艺队伍？这个队伍究竟什么时候才能建设起来？党的知识分子政策究竟是否正确？

其次，就是对社会主义时期政治思想领域里的阶级斗争，特别是对文艺战线上的阶级斗争，到底应该如何正确地认识和评价。在社会主义一个较长的时期内，文艺领域里是否始终存在着激烈的阶级斗争？是否无产阶级文艺始终不能战胜资产阶级文艺？几十年也不能建立起无产阶级的社会主义的文艺阵地？马克思有一句名言：随着经济基础的变革，全部庞大的上层建筑也或慢或快地发生变革。当然，对社会主义这个伟大变革，马克思那个时候没有实践，没有经验，他不可能为我们规定一个时期。苏联文艺界某些资产阶级文艺思潮的泛滥也值得我们警惕。在我们国家，在完成三大改造、消灭了私有制之后，资产阶级思想的影响还可能长期存在，这也是事实,但如果说始终存在着激烈的阶级斗争,甚至必然会反复出现"文艺黑线专政",似乎成了一个必然的规律,那么适应这个基础的整个上层建筑和意识形态,究竟什么时候才能形成一个无产阶级的思想阵地?能不能设想我们社会主义的上层建筑和意识形态会永远落后于经济基础?这是一个很值得研究的问题。因为由此不免会得出这样的结论:上层建筑在很长时间里终究不能为巩固基础服务,那么,马列主义理论的指导作用哪里去了?

要总结经验教训,这两个大问题需要很好地考虑:一个就是在经济领域消灭了私有制、消灭了阶级之后,意识形态领域的阶级斗争是否愈加激烈,是不是有必要不断地进行大规模的文艺批判运动?是不是无产阶级和资产阶级思想的斗争终究不断地会形成一个个大规模的政治运动?再一个就是对文艺队伍的估计。去年文联全委扩大会上,有同志讲:经过林彪、"四人帮"十年的摧残,证明这个队伍是好的,没有被打垮。但赶忙在下面又加了一句:这个队伍是最容易受资产阶级思想影响的。好象我们文艺界知识分子永远摆脱不了资产阶级思想的影响。那么,马列主义、毛泽东思想的威力表现在什么地方?如果按照林彪、"四人帮"的观点,党所领导的几十年战斗过来的、经过延安文艺座谈会讲话的教育、有毛泽东文艺思想武装的一支文艺队伍,后来竟然统统变成了"修正主义分子"、"黑线人物"、"走资派"、"三反分子",而且以后还会有黑线产生,岂不是资产阶级的文艺思想基地是永远打扫不尽的,我们只能永远做打扫旧基地的工作而永远不能建立一个强大的、巩固的、真正的无产阶级的文艺阵地吗?当然,"破"中有立。但这个"立",终究不能代替全面的系统的建设。单靠"破",是不可能建设起一个强大的巩固的无产阶级文艺阵地来的——建立这个阵地需要一个相当长时期的持续的稳定的局面。

第四,党要加强对文艺工作的领导,必须坚决贯彻执行党的政策,在今天,就是要坚决贯彻百花齐放、百家争鸣的政策。这是发展繁荣社会主义文学艺术的长期的根本性的方针,是唯一正确的政策。

我们应该很好地总结贯彻"双百"方针的经验和教训。毛泽东同志提出这个方针后,曾多次严厉批评我们党内许多同志对"双百"方针不理解。至今,我们也还有些同志不理解,顾虑重重,忧心忡忡,既不敢放,也不敢争。我个人认为,主要是由于在思想上还不理解以下几个问题:

一、文学艺术创作的"百花齐放",首先是生活的要求。文艺创作要反映生活,我们这个九亿人口的大国,现在正在继续肃清"四人帮"的流毒,克服一切困难,恢复正常的政治生活,调整经济建设,清理各种冤案、错案、假案,加强政治思想工作,鼓励全国人民全心全意、同心同德为早日实现四个现代化伟大历史任务而奋斗。全国各地、各个战线都要进行各种复杂的斗争。各级领导、干部、群众都面临着各种矛盾，需要解决。总之，到处充满了沸腾的生活。

这种沸腾的生活，丰富多彩，错综复杂，要求文学艺术来反映。不反映，文艺就不能很好地鼓舞人民开始新的长征。凡是深刻、真实地揭批“四人帮”罪恶的题材，歌颂老一代无产阶级革命家的题材，反映党领导我国革命各个阶段的历史，对人民特别是对青年一代进行革命传统教育的题材，尤其是反映各个战线上为四个现代化进行各种斗争的英雄人物，鼓舞青年提高政治觉悟、思想水平、科学技术与文化知识以及道德品质情操的各种题材，以至反映两千多年来我国民族的优秀历史人物，军事家、科学家、政治家、文学家以及鸦片战争以来的许多优秀人物的史迹，有利于正确认识历史，丰富历史知识，提高我们民族自尊心的各种题材，都是我们应该欢迎的。

总之，凡是有利于鼓舞人民向四个现代化进军的一切作品都是应该欢迎的。只有题材多样化，才能反映丰富的生活，才能促使艺术上不同形式和风格的自由发展，才能真正百花齐放！所以，我认为，提倡题材多样化，是贯彻“百花齐放”的关键。

那种一听到题材多样化，就担心“自由化”，一听到作家要写熟悉的生活，就怕没人去写工农兵，一听到提倡写历史题材，就担忧无人去反映现代题材，实在是神经衰弱！

要看到，在打倒“四人帮”之后的思想解放运动中，已经有大批来自工农兵群众中的文艺青年、青年作家跨进文坛，提倡题材多样化，写自己熟悉的生活，正好是鼓励他们从自己的实际生活出发，反映丰富多彩的生活——而艺术形式风格也必然是丰富多彩的。这两年多来，短篇小说、话剧、诗歌、散文许多优秀作品的产生，受到广大人民的欢迎，就是最好的证明。

二、生活是无限发展的，是无比广阔的，也是永远没有止境的。但是，一个作家的生命是有限的，创作的生命尤其有限。因此，作家只能写自己熟悉的生活，才能真实反映生活。一个作家的所谓生活，甚至包括他童年的记忆，青少年时期，家庭生活的积累。这就是曹禺二十三岁能写出《雷雨》，巴金二十多岁能写出《家》这样作品的原因。每一个作家的生活都有一定局限性。有的作家熟悉农村生活，如赵树理、柳青、陈登科等；有的作家则熟悉部队生活，如刘白羽、魏巍、杜鹏程；巴金则熟悉知识分子；等等。因此，不能要求一个作家无所不写，写他不熟悉的生活。任何时候，都应该鼓励作家（尤其是青年作家）深入生活，扩大生活的眼界，尽可能多观察、熟悉新的生活。但不能要求作家抛弃原有的生活基础，生活积累，他原来熟悉的生活，而去反映各种他所不熟悉的生活。作家去接触、了解一些新的生活，写些报导、散文、诗歌，当然是可能的，但要写成中长篇小说、多幕话剧、电影剧本等较大规模的思想性艺术性较高的作品，则是不可能的。

因此,要求作家们反映我们这个伟大时代的丰富的生活,不能只是对少数老作家而言(当然,老作家这十多年来,受到“四人帮”的迫害,也有许多新的经历,也有新的题材可写),但更重要的,要大量发现、培养从各个战线上涌现出来的新作家。他们来自新的生活,来自群众,来自火热的斗争,他们的创作反映了多方面的题材,而风格各异,这才能真正百花齐放!不注意发现、培养大量新的文艺工作者,是不能百花齐放的!

三、各个作家的生活基础、政治锻炼、斗争经历、艺术修养、才能技巧、擅长什么文艺形式、具备什么风格,都是各不相同的;即使有些相同的生活基础,从什么角度去反映,选择什么题材,运用什么形式,表现什么风格,也绝不会相同。这也是题材、形式、风格多样化的一个重要因素。

四、广大人民群众,由于各人的生活、经历、思想、文艺欣赏的能力、水平与趣味不一,对文化生活的要求,也是多方面的、各不相同的。文艺又确实有一种文化娱乐的作用。社会主义的文艺,也还有丰富、提高人民艺术欣赏能力和水平的任务。因此,不采取“百花齐放”的方针,不去发展各种艺术形式,就无法满足广大人民群众的文化生活的需要。愈是群众性较强的文艺,愈是要求百花齐放!目前,广大群众对电影题材、形式、风格的单调雷同,人物形象的苍白,思想性低,充满政治说教这种种情况的不满,就是证明。结果,在外国电影、国内过去十七年中较好的影片以及香港电影同时放映的情况下,就实际形成一种在竞争中落后的局面。

还要看到,随着四个现代化的进程,先进技术的引进,国际文化交流的发展,群众欣赏水平的提高较快,要比创作水平的提高快得多。如不积极提高创作的水平,就无法满足广大人民的需要。

五、贯彻“双百”方针,必须在文艺理论、文艺研究、文艺批评工作中真正开展百家争鸣。要在理论、学术研究问题的探讨和争论中,容许批评与反批评,严格区别政治与学术、政治与文艺的问题,真正发扬民主,真正实行不抓辫子、不戴帽子、不打棍子的“三不主义”,才能促进百花齐放。

检验文艺批评、理论工作,只有通过实践是检验真理这个唯一的标准,看它对社会主义文学艺术是促进创作繁荣,还是使得创作萧条?是形式、风格、流派自由发展,丰富多样,还是题材狭窄,样式单调?是不断发现新的作家,还是不断挫伤新生力量?……总之,文艺理论、文艺批评最重要的一个任务,就是要为社会主义文艺创作开辟道路。今后,要根本改变那种对作品只作政治评论,不作艺术分析;文艺理论不敢谈艺术性问题的片面观点。要积极提倡研究作品,研究作家,研究技巧、风格、流派等等各种艺术问题,探讨艺术创作规律,指导创作。

以上所说的这些问题,都实际关系到一个根本性的问题,文艺和政治的关系问题:文艺究竟怎样更好地为政治服务?如果按照文艺的特殊规律,必须真正地反映丰富多彩的生活,必须尊重作家的生活、才能、特长,写自己熟悉的生活,使得题材、形式、风格多样化,百花齐放,多方面满足广大人民的文化生活的需要,那么,文艺为政治服务的道路就更加宽广,服务的手段就更加丰富,服务的效果也就更加生动有力。相反,违背艺术创作的规律,要求作家无休止地赶任务,配合当前的每一个政治运动,具体政策的宣传,无所不写,缺乏生活,缺乏形象,缺乏艺术性,满足于简单枯燥的政治宣传和说教,题材狭窄、样式单调,那么,文艺为政治服务的道路,实际上是走进了一条走不通的死胡同。

三中全会的公报明确指出,凡是不利于生产力发展的一切领导方式、思想方式、活动方式,都应该废除。我看,这一条也同样适用于精神生产。一切不利于文艺创作的领导方式、思想方式、活动方式也应该坚决废除!凡是不利于"双百"方针贯彻的一切领导方式、思想方式、活动方式也应该坚决废除。综上所述,"百花齐放、百家争鸣"的政策,就是按照文艺规律办事,解放精神生产力的唯一正确的政策。不理解、不正确执行这个政策,就不能加强党对文艺工作的领导,不能正确地领导文艺工作更好地鼓舞全国人民为实现四个现代化而斗争。

三十年来,文艺工作的经验和教训都是很丰富的。我们必须从现在开始,以马列主义、毛泽东思想作指导,逐步地、认真地、严肃地、实事求是地进行总结。

我认为,最重要的一个经验,就是在无产阶级专政的条件下,国家有庞大的行政管理机构,有各种文学艺术的群众团体,各级党委、文化部门、文艺团体内的党组织,究竟怎样领导文艺工作,才能促进社会主义文学艺术事业的迅速发展,促进各种艺术创作的繁荣,促进文艺理论工作的活跃,促进一支无产阶级的文艺队伍的正常发展和壮大,探索社会主义文艺发展的规律。而加强党对文艺工作的领导,关键在于按客观规律办事,尊重文艺的特殊规律,坚决贯彻党的唯一正确的政策,"百花齐放、百家争鸣"的政策!历史证明,凡是"双百"方针执行较好的时候,思想就活跃起来,创作就繁荣起来,新生力量也就不断涌现出来。反之,就思想僵化,创作萎缩,新的力量不断受到挫伤,不能出人才,不能出成果!

打倒"四人帮"之后的这两年多来——实际以"四五"诗歌运动为起点,出现了一片大好形势,文艺界思想解放,创作繁荣,理论活跃,新人辈出,一个百花齐放的春天已经展现在我们面前。

但是,前进的道路永远不会是没有矛盾,没有争论,没有斗争的。还有少数人,把揭露"四人帮"的罪恶的作品说成是伤痕文学、暴露文学,叫嚷是什么暴露了社会主义的黑暗;说什么歌颂老一辈无产阶级革命家要按顺序排列;叫嚷什么写知识分子多了;说什么提倡写作家熟悉的,就是反对工农兵方向;反对"长官意志"、反对文艺部门领导人不按艺术规律办事，实行一言堂，就是要夺权；要求领导熟悉业务，就是反对外行领导内行；等等。最近索性有人跳出来，以歌德派自居，攻击那些敢于正视现实，真实反映生活的作家，是“善于在阴湿的血污中闻腥的动物”，把不直接表现工农兵题材的作家，统统斥责为“缺德”派。这就是一个最好的例子，说明林彪、“四人帮”以及他们那个顾问当年推行的极左路线的流毒还没有肃清。上述这些现象说明我们当前文艺思想战线上，主要的还要继续批判极左思潮的各种流毒。这也又一次证明，总结三十年文艺工作的正反两个方面的经验，坚决贯彻“双百”方针，是一个艰巨的重要任务。

要总结的问题当然很多，但只要把贯彻“双百”方针，怎样加强党对文艺工作的正确领导的这一基本经验总结好，其他的问题也就迎刃而解，有了一个总结经验的共同基础了。这对于文艺工作怎样在新的历史时期，把工作重点转移到为四个现代化服务方面来，有极大的现实意义。

以上意见，很不成熟，错的地方请批评。

——原载《文艺研究》1979 年第 3 期

公　刘

新的课题

——从顾城同志的几首诗谈起

最近，在北京西城区文化馆出版的《蒲公英》小报上，读到了一组《无名的小花》。作者顾城同志在小序中这样写道：

《无名的小花》长久以来是不合时宜的。因为它真实地记录了文化大革命中一个随父“下放”少年的畸形心理……

当然随着一个时代沉入历史的地层，《无名的小花》也变成了脉纹淡薄的近代化石。我珍视它、保存它，并不是为了追怀逝去的青春，而是为了给未来的考古学者提供一点论据。让他证明，在二十世纪六十年代和七十年代间，有一片多么浓重的乌云，一块多么贫瘠的土地。

这一段内心独白似的言语，使我感到颤栗！

于是，我设法找来了这位二十二岁的青年的全部诗作，默默地读着，也默默地想着——

粉碎“四人帮”以来，短篇小说创作方面出现了一批新人，戏剧和电影创作方面也开始在出现，唯独诗坛没有多少别开生面的变化。这是为什么？难道是由于我们的青年一代中缺乏时代的歌手么？显然不是的，《天安门诗抄》的群众作者就多数是青年人。他们写下了已有定评的传世之作。即以现今北京街头张贴的某些油印刊物为例，细看，其中也不乏诗才。

有的同志也承认，这些刊物中的某些作品闪烁着一种陌生的奇异的光芒，但又断言，这些作者是走在一条危险的小路上。我不完全同意这种评论。我想，从诗贵创新角度看，我们自己每写一首诗，不也同样是对思想感情领域的一次“探险”么？既然“探险”，就不免冒险，就必须另辟蹊径，就不能老是重复别人的脚印。

还有人说，这一类新人新作，不过是一些个人主义的呻吟，从内容到形式都是“五四”时代要求个性解放的回声，这恐怕也是过于简单的否定吧，不敢苟同。是的，我们如果站在居高临下的位置，往往很容易把本来是上升运动的螺旋错当成周而复始的圆圈。事实上是：历史毕竟不会重演，尽管它们有时是如此惊人地相似。今天的中国和世界都已经不是六十年前的中国和世界了，这是大家都能看得明白的。因此，即或这些诗作中有着消极的甚至是颓废的一面，但其所以会出现这种状况的社会心理因素，也还是值得认真研究的。

有不少文章曾经公正地指出，新的一代是思索的一代。思索，我以为，这的确是抓住了一代人的主要特征。

烟囱犹如平地耸立起来的巨人，
望着布满灯光的大地，
不断地吸着烟卷，
思索着一种谁也不知道的事情。

上面引用的小诗是顾城同志在一九六八年写的，当时，林彪和"四人帮"及其高级顾问的倒行逆施，已经进入了第三个年头，作者年仅十二岁。我并不觉得这首诗特别精彩，但它的确说明了一个历史的客观过程：文化大革命初期被人为地制造出来的狂热逐渐冷却了，各地武斗升级，血泪成河，所有佩戴过或者羡慕过红卫兵袖章的孩子们开始进入了生活的新阶段：思索。一叶知秋，这就是一叶；接下来我们大家便都经历了一个漫长的冬天。

不妨设想一下，假如你遇见过这么一个小男孩：他独自一人在荒凉的河滩上踽踽而行，他不时望望昏黄的天宇，怨恨着为什么要刮这么大的西北风，而瘦小的身子也不由自主地瑟缩起来；忽然，他又天真地一笑，希望西北风刮得更猛烈，因为只有这样，他才有可能拾到更多的枯枝；他的那个新近迁来的下放人员的家，喘息着的灶火正在等待着柴草。这个小男孩酷爱读书，但偏偏命运把他从文化的伊甸园中放逐出来，仿佛他曾偷吃了什么禁果，犯了什么罪。此刻，他只好抱定"抄家"的劫后余灰——一部《辞海》，象还不习惯吃草的小牛犊那样咀嚼和反刍着。他的一切权利（包括受正常教育的权利）都被剥夺了，唯一剩下的只有任谁也剥夺不掉的幻想：

我在幻想着，
幻想在碎灭着，
幻想总把破灭宽恕，
破灭却从不把幻想放过。

象千万个男孩子女孩子一样，顾城在幻想中长大了。缺乏物质的乳汁（精神产品的物质形态是书、画、音乐和表演，还有旅行和各种交流等等），仅有幻想的乳汁，又怎么能不导致病态的早熟？他写了一首题名《生命幻想曲》的诗，由衷地赞美了大自然、太阳、月亮、大地和谷物，表露了积郁在这颗年幼的心灵中的对祖国对人类的无尽的爱。它使我惊异，我是写不出这样的诗句来的。虽然，它所包含的思想是可以争议的。

幻想是现实的折光。有时，幻想象一位魔术师，的确能变化出色彩斑斓的东西来。然而，人毕竟不能通过万花筒看世界。结果，幻想也终不免掺进去了对于现实的辛辣讽刺。浪漫主义一个斤斗能翻十万八千里，但是，从现实中腾空而起，也不能不落回现实中来。于是，在他的一首描写村野之夜的小诗中，竟出现了这样奇特的句子：

我们小小的茅屋，
成了月宫的邻居，
去喝一杯桂花茶吧，
顺便问问户口问题。

历史在迂回曲折中前进。在它的某一阶段，往往会发生这样的事情：逆流倒冒名顶替了主流，而真正的革命大潮却被斥〔之〕为“妖风恶浪”。处在这种反常的氛围之中，一个不谙世事的少年应该怎么办？有的堕落了，当了“白卷先生”一类的“当代英雄”；有一小部分则扎扎实实深入到人民中去，如同蚯蚓之于土壤；但大多数人都因为“既不能前进，又不愿后退”（《幻想与梦》），只好象顾城那样，以《铭言》自勉：

且把搁浅当作宝贵的小憩，
也不要去随浪逐波。

宁愿“搁浅”，这在奋发有为的年华，实在是一个悲剧。这样一种精神状态，和我们这一代，和我们的上一代，都是多么的不相同啊！我的前辈们固然有更多的动人的跑步投入战斗的故事，这有待他们自己去叙述。就拿我这么一个没有多少经历的人来和新的一代作比较，也不难指出：我是在四十年代后期，被席卷蒋管区的学生运动（这是当时全中国的革命高潮的一个组成部分）带到红色的队伍中来的。我们要民主、要科学，当然就要打倒反民主、反科学的国民党反动统治。目标是清晰的，斗争是义无反顾的。然而，今天站在我们面前的这一代，都是在红旗下成长的。对他们来说，地主和资本家只不过是画在纸上的魔鬼。一方面，要民主、要科学的历史任务尚待完成；一方面，他们又懂得，共产党的确是为人民利益而奋斗的，因为谁都知道，从本质上讲，马列主义正是一切科学的科学，社会主义制度更会带来历史上从未曾见的最广泛、最真实的民主。而不幸客观存在的，却是被林彪、“四人帮”为代表的极左路线把这一切都搞乱了、破坏了的痛心的事实。有一部分青年由此在政治上得出了不正确的结论，混淆了政治欺骗与革命理想的界限。更多的青年则陷入巨大的矛盾与痛苦之中，他们失望了，迷惘了，彷徨了，有的甚至踅进了虚无的死胡同而不自知。其中满怀激越,发而为声的,便是目前引起人们注意的某些非正式出版物上的新诗。

顾城同志大致属于这一群。唯其如此,字里行间也就每多愤世嫉俗之言。例如,他有一首题名《两个情场》的诗,这样写道:

在那边,
权力爱慕金币;
在这边,
金币追求权力,
可人民呢?
人民,却总是它们定情的赠礼。

这里有很大认识上的片面性。造成这种片面性的,是一段时间我们国家政治气候的异常,这是不能过多去责难青年们的。

众所周知,在人们的一生中,青少年时代可塑性最强。他们虽然被极左路线扭曲了,可是我们不能嫌弃他们,我们应当在发展社会主义民主,健全社会主义法制,实现社会主义现代化的斗争中同他们一道努力,把扭曲了的部分——加以矫正。如果回到顾城同志使用过的"搁浅"的比喻上去的话,我们的责任就在于拉纤、撑篙,或者跳下水去用肩膀将这些小船扛出沙滩和礁丛。我们要消除他们的怀疑和误解,指出国家经过艰苦的奋斗肯定有一个光明前景。因此,从这个意义上讲,为被玷污了的革命传统平反昭雪才是最大的平反昭雪,为被败坏了的社会主义恢复名誉才是最根本的恢复名誉。

还应当充分肯定的是:这些新的所谓不见经传的诗歌作者,他们的悲观是和人民大众的悲观熔铸在一起的。他们不仅仅是止于思索,必要时,他们就挺身而出,起来抗争,震撼世界的天安门事件就是有力的证明。仍以顾城为例,他写的悼念周总理的一些诗篇,如《白昼的月亮》、《呵,我无名的战友》等,就都跳荡着激昂的音符。

现今人们纷纷议论,为父母的都不大了解自己的孩子了。是的,我们和青年之间出现了距离。坦白地说,我对他们的某些诗作中的思想感情以及表达那种思想感情的方式,也不胜骇异。但是,无论如何,我们必须努力去理解他们,理解得愈多愈好。这是一个新的课题。青年同志们对我们诗歌创作现状的不满意见,也必须引起我们足够的重视。我们的诗是不是仍旧标语口号太多?当我们用诗来执行为无产阶级政治服务的使命时,是不是过于僵化?关于诗的艺术规律,关于诗的形象、技艺,是不是太不讲究?我们报刊上的诗的废品和赝品能不能减少一点?这都是可以讨论的。至于青年们的诗歌创作活动,要真想避免他们走上危险的小路,关键还是在于引导。要有选择地发表他们的若干作品,包括有缺陷的作品,并且组织评论。

既要有勇气承认他们有我们值得学习的长处，也要有勇气指出他们的不足和谬误。视而不见，固然是贵族老爷式的态度，听之任之，任它自生自灭，生者呢？也许倒会以三倍的顽强，长成我们迄今未曾见过也不敢设想的某种品类。我们是不愿尝这枚苦果的。但如果我们对青年同志没有强烈的阶级感情，就总有一天要受到历史的惩罚。

1979.3.14 北京

——原载《星星》复刊号

杨匡汉　杨匡满

建国三十年新诗漫评

从"五四"算起，我国的新诗迄今已有六十年的历史。

目前，许多同志看到了新诗的发展和革命形势不相适应的落后状态。林彪、"四人帮"这伙乱臣贼子，既破坏物质生产，又摧残精神生产，造成了多年来新诗作品的贫乏。建国三十年的诗歌战线，同我国社会主义的革命和建设相联系，经历了艰苦曲折的道路。为了使新诗能在社会主义现代化的伟大进军中谱出雄壮的乐曲，唱出时代的最强音，有必要实事求是地总结近三十年来正反两方面的经验，坚持向前看，坚持新诗为无产阶级政治服务和按照艺术规律办事相统一的原则，勇于攀登，立足创造。本文着重想在这方面作一些探讨与辨正。

历史的简略回顾

如果从实际出发看问题，近三十年新诗不是一无是处而是成绩巨大的。它继承"五四"新诗的传统，在新的历史条件下，在更大的规模上有了发展。它的主流毫无疑问是健康的，作品的质量和数量都是不可低估的。这是一个客观存在。

我们认为，如果大致地划分一下，那么近三十年的新诗发展，经历了如下三个阶段。

从一九四九年到一九五六年，是第一个阶段。这开国的头七年，也就是从国民经济恢复时期到社会主义改造的完成，是新诗创作的一次大发展和大繁荣。

歌颂新中国、歌颂新生活、歌颂共产党，成了这一时期许多诗人共同的主题。郭沫若、何其芳、冯至等老诗人，都有不少由衷的欢欣的歌唱。《新华颂》、《我们最伟大的节日》、《我的感谢》，都是感人肺腑的作品。臧克家为纪念鲁迅而作的《有的人》，质朴中见深厚，至今为人们喜爱。

特别应当提到的是，贺敬之以大河天来的气势与真切充沛的热情写出了《放声歌唱》和《回延安》；郭小川的《投入火热的斗争》和《向困难进军》等篇章，把对党的事业的忠诚化为新的战斗的热力，那火辣辣的诗句分明就是时代的鼓角，催动着成千成万的青年走向生活。

社会主义建设的热潮，从城镇、工矿、乡村、边疆、山村传来了强烈的回声。我们欣喜地看到一批新的歌者从各条战线走上诗坛。在闻捷的《天山牧歌》中，那繁荣兴旺的草原，那心灵美好的牧人，使我们无不为之神往。公刘的《西双版纳组诗》和《在北方》，以其现实的思想内容和精练巧妙的表达方式，把人们引进了新美的境界。善于表现建设者豪情的邵燕祥，他的《到远方去》、《在大伙房水库工地上》、《我们架设了这条超高压送电线》，色彩明朗，鼓动性强。魏钢焰使日铺轨“六公里”这样枯燥的题目，充满了动人的诗意。李瑛的战士诗，则以细致的抒情笔触勾勒了人民军队里丰富多彩的生活。此外，诗坛上崭露头角的青年诗人还有雁翼、梁上泉、严阵、顾工、白桦、傅仇、石方禹、饶阶巴桑……他们都写出了不少好作品。

在这一时期，诗人们还为保卫和平、反对战争的国际主义事业，献上了自己庄严的诗行。艾青的《大西洋》、《南美洲的旅行》，严辰的《我们站在同一片云彩下》，未央从朝鲜战场上带回来的《枪给我吧！》、《驰过燃烧的村庄》，都是出色的篇章。

在这一时期，诗人们还开拓着题材与形式的广阔领域。有政治讽刺诗、风景诗、爱情诗、各兄弟民族的历史神话诗，以及赠友、怀古等题材。表现式样也多起来了，有自由体、民歌体，大致齐整的格律体；有马雅可夫斯基那样的“楼梯式”；也有林庚那样的“九言体”。从而以多彩的笔调和风驰电闪般前进的祖国一同前进。这一切，都是党中央和毛泽东同志关于“百花齐放，百家争鸣”方针在诗歌战线上的胜利。

第二阶段，是从一九五七年到一九六五年。在整个新诗发展史上，这是一个值得我们重视的阶段。

一九五七年，反右斗争出现了严重的扩大化的倾向。前些年在诗坛上初露头角的一些新手，还有饱经风霜的有才能的诗人，有的仅因一言一文，就被轻率地扼住歌喉。影响所及，也助长了诗坛上主观主义、教条主义批评的粗暴倾向。郭小川的《白雪的赞歌》，是诗人从主题到艺术形式进行新的探索的一部重要作品，描写了一对共产党员白雪般纯洁的爱情。但是，它招来了诸如“空漠”“虚伪”“心灵阴暗”等等的非议。这样一来，谁还有勇气去进行有特点、有个性的艺术探求呢？①

一九五八年，新民歌运动油然而起。在毛泽东同志的倡导下，一个全国性的“采风”运动迅速展开。大跃进民歌以其改变一穷二白面貌的英雄气概，生动活泼的形式与表现手法，标志着建国以来诗歌创作的又一次大的发展和繁荣。从积极方面

---

① 在去年上海文艺出版社出版的拙著《战士与诗人郭小川》中，由于我们当时思想不够解放，也曾对《白雪的赞歌》、《望星空》等作品作了不实事求是的评价，我们准备在适当的时候予以修正。

看，又起着推动专业诗人们向民歌学习、同群众结合的作用。但是，在新民歌运动中，某些只知奉行“长官意志”，却不大懂得按照艺术生产本身规律办事的人，曾错误地提出了诸如“人人作诗”，“每县出一个郭沫若”的口号，用那种大搞群众运动的方式，用硬性规定和强求艺术生产去机械地配合某个政治运动的办法来组织诗歌创作，结果适得其反，不仅妨碍了三大革命运动，新诗发展本身也受到了损害，出现了一批缺乏艺术生命力的浮泛的颂辞和浮夸的赞歌。

一九六一年六月，周恩来同志发表了著名的《在文艺工作座谈会和故事片创作会议上的讲话》。这篇讲话，用马克思列宁主义的观点深刻总结了建国以来文艺工作正反两方面的经验教训，精辟地阐述了发扬艺术民主、按照精神生产的规律办事等一系列重大问题，对于包括新诗在内的整个文学创作的发展繁荣，不啻是及时的春雨。紧接着，在一九六二年四月，参加第二届第三次全国人民代表大会的诗人和首都的诗人们，济济于人民大会堂，就新诗发展问题进行了座谈。朱德和陈毅同志都以“诗人”的身份参加了这一盛会。朱德同志语重心长地谈到了新诗必须“写真事，说真话”，陈毅同志特别强调了新诗要百花齐放，大胆创造，突破框框。这些精辟的意见和热情的勉励，使全国的诗人们受到很大的启发和鼓舞。从一九六二年到一九六五年，保持和发展了建国以来文艺繁荣的局面。也正是在这些年间，新诗出现了一批相当优秀的作品，有一批诗人艺术上走向成熟。

这一时期的诗歌创作有几个突出的现象。首先，是政治诗的新发展。郭小川的《厦门风姿》、《甘蔗林——青纱帐》、《秋歌》，贺敬之的《雷锋之歌》，以纵横恣肆的形式表现了诗人的政治热情和深广的社会内容，诗兴洋溢，屡见哲理的闪光。阮章竞的《高唱国际歌挺进》大气磅礴。张志民的《擂台》质朴强烈。沙白的《大江东去》和《递上一枚雨花石》大开大阖。魏巍的《井冈山漫游》和李季的《向昆仑》，表现了革命老战士的高洁情怀……这批经得起时间考验的政治诗，标志着我国诗人驾驭时代精神的才能。其次，是叙事诗有了新的突破。在群芳斗艳的叙事诗的基础上，出现了郭小川的《将军三部曲》、闻捷的《复仇的火焰》（已发表了两部）、王致远的《胡桃坡》等优秀乐章。郭和闻都以他们丰富的抒情诗的经验运用于叙事诗的创作，在抒情与叙事的结合上达到了很高的造诣。王致远的诗则丰富和发展了“信天游”的形式，在学习群众语言上有独到的创造。再次，建国初期那种工业题材的作品比较薄弱的情况有了改变，反映工人生活的新诗有所突破，达到了一个新的水平。晓凡的《车间风雷》、《红色的铆钉》，戚积广的《加热炉之歌》，孙友田的《脚印》，刘镇的《锻》以及黄声孝的码头工人号子等等，都充溢着浓烈的生活气息和工人阶级思想的闪光，使我们看到了工人歌手们的迅速成长。

从一九六六年起，可以算作为建国以来新诗发展的第三个阶段。在这十三个年头里,我们经历了诗歌创作上漫长的冬天,又迎来了大有希望的春天。所以,这十三年又可分作两段,即一九六六年至一九七六年十月,一九七六年十月至今。

一九六六年到一九七六年是中国新诗发展史上最暗淡的时期。整整十年间,“双百”方针被践踏一光,中外诗歌遗产被一概打倒,大批优秀诗人和他们的作品惨遭禁锢。真正的诗人仍在不屈不挠地战斗。郭小川更深沉地唱着《万里长江横渡》、《团泊洼的秋天》和《秋歌》,把这矛盾重重的诗篇埋在坝下;赵朴初以深刻巧妙的曲笔,对林彪、“四人帮”鞠刺入骨,并且讥笑那伙人看不懂;还有不少诗人懂得了戒备,在积蓄着力量。当时,极目文苑,是一片万花凋谢的荒芜。纯洁的诗坛上飞落蝇矢,贺拉斯在《诗艺》中嘲讽过的“在树林里画上海豚,在海浪上画条野猪”的作品出现了。“诗报告”一类的阴谋文艺,大话、空话;假话连篇的无以数计的“造神诗歌”,充塞着诗坛。多少人对于诗坛表示着愤懑与忧虑!

但是,沉默是不会长久的。一九七六年清明节前后,我们伟大的文明古国出现了千千万万和滥轰滥炸比赛强度的无名民歌手,那就是天安门广场上“四五”运动的诗人们。他们以震撼千古的首创精神和无畏气概,以自己的血肉之躯和悲愤交加的战歌,同“四人帮”展开了一场你死我活的搏斗。这些诗,是历史主人公威武不屈的风貌的逼真写照,这些诗,是人民智慧、才能、斗争艺术和生气勃勃的创造力的盛大检阅;这些诗,嘻(嬉)笑怒骂,奇趣横生,不拘一格,争妍斗富,又是新诗的一次真正的百花齐放。在这场诗歌运动中,没有一个挂牌子的诗人,但产生了真正不朽的诗歌艺术。因为它同我国人民、国家的前途命运紧密地结合在一起,因为它的作者是为人民、为民族舍身奋斗的勇士。“四五”诗歌是人民的光荣,诗歌的光荣,无疑在我国新诗发展史上占有光辉的地位。

“四五”诗歌使中国的当代诗歌得以复活。粉碎“四人帮”以后,尤其是到了一九七七年一月纪念周恩来同志逝世一周年前后,出现了诗歌创作的新高潮。这是“四五”诗歌运动的继续和发展。它的特点是歌颂了毛主席、周总理、朱委员长、陈毅、贺龙等老一辈的无产阶级革命家,还有死去了的千千万万的人民英雄;有力地暴露了人民的敌人,无情地鞭笞了混进党内的那一伙豺狼,表现了群众性创作与专业创作的结合。在这次创作高潮中产生的李瑛的《一月的哀思》、柯岩的《周总理,你在哪里?》、韩瀚的《写在祖国的江河大地上》、张志民的《边区的山》等诗,是诗歌复活以后开始走向繁荣的可喜的征兆。

随着关于实践是检验真理的唯一标准问题的讨论的深入,人民在思考,诗人们也在思考:怎样规避那种浮泛的、不符合实际的歌颂?怎样继承和发扬我国新诗讲真话、抒真情的传统?“四五”诗歌中那种革命气概能否在专业诗人的创作中得到响应?一九七八年十一月十六日,震惊中外的“天安门事件”得以昭雪平反;接着,党的十一届三中全会胜利召开。诗人们进一步解放思想，冲破禁区，同人民群众一起排除四化道路上的一切障碍，猛然前行，把诗歌创作推向了新的水平。艾青的《在浪尖上》、《光的赞歌》，公刘的《星》，白桦的《阳光，谁也不能垄断》这些扣人心弦的篇章出现了，熔抒情、叙事、政论于一炉，上溯历史纵深，下及现实根须，歌颂了失而复得的太阳。出现了这样的从十年搏斗中提炼出来的警策："真理是人民共同的财富，就象太阳，谁也不能垄断。"

从上面简单的回顾中，我们可以看到，凡是政治生活正常，"百花齐放，百家争鸣"的方针执行得较好，按照艺术规律办事的时候，新诗的发展就顺利，成绩就突出；反之，新诗就要吃苦头。但是，纵观近三十年的新诗，如果从总体上看问题，那我们就必须首先肯定地说，这是为广大人民群众服务、为社会主义事业高歌的三十年，是专业创作与群众创作得到空前结合、无产阶级诗歌队伍成长壮大的三十年，是在艺术形式上进行了有成效的探索的三十年，是各民族诗歌空前交流的三十年。

我们之所以这样说，是因为近三十年的新诗有如下几个十分明显的特点。

第一，鲜明的战斗性。

建国以来的大量优秀新诗，直接反映社会主义革命和建设的火热斗争，努力表现我们时代的重大主题，起了鼓声和号角的作用。它们无论从数量到质量，都是可观的。

在诗歌界，有时有人把新诗的政治性和艺术性对立起来，似乎概念化、公式化和标语口号化，是强调了诗歌的战斗性的直接结果。这是不正确的。以郭小川、贺敬之为例，他们无疑是近三十年走向成熟的、为群众公认的优秀诗人，他们创作的主流是政治诗。但是，象《雷锋之歌》、《甘蔗林——青纱帐》、《团泊洼的秋天》、《秋歌》等等五音繁会的篇章，能说这些直接表达诗人政治见解的诗歌缺乏艺术魅力吗？我们再看看天安门诗歌，则是数量更多的、更尖锐、更直接的政治诗，难道不也是对于那种将政治性和艺术性相割裂的观点的最有说服力的回答吗？在无产阶级看来，"文学是战斗的"，人民在天安门诗歌运动中，不仅显示了自己政治上的强大力量，而且表现了自己艺术创作的才能。他们把战斗性十分强烈的政治诗，写得象真理本身那样朴实无华，象老练的智者那样含蓄深沉，象反抗的战士那样壮烈悲愤，又象英勇的侦察兵那样机敏锋利。

三十年来，我国的诗人们还用大量国际主义题材的诗篇为各国人民送去友谊和鼓舞。石方禹的《和平的最强音》，郭小川的《春歌》，韩北屏的《谢赠刀》，李瑛的《茶》，艾青的《南美洲的旅行》，以及刘征、池北偶等人的讽刺诗等等，从众多的侧面，声援各国人民的正义斗争，许多诗已被译成各种文字，传颂到了世界各地。

第二，广泛的群众性。

建国以前的新诗,包括《女神》这样的杰作以及后来抗战时期的优秀鼓动诗,作者、读者大都是知识分子,一般的工人、农民、战士因缺乏必要的文化知识而不大容易接受。建国以后新诗的对象多是红旗下成长起来的一代新人,他们比之其前辈更有文化,比之其父老有着更高、更丰富的精神生活的要求,自然希望有更高水平的艺术。这样,以丰富的现实生活为根本内容,以现代口语为基本材料的新诗,讲究更高的思想性和艺术性的新诗,必然赢得了更广泛的群众性,这是合乎规律的发展。据一些老诗人回忆,解放前,一本有特色的好的诗集,一般是初版二三千册,臧克家的《烙印》一九三三年第一次出版时只印了四百册。而现在较好的诗集都突破一万册,象《郭小川诗选》初版三十万册仍然还不能满足广大群众的需求。

这种变化,又是同诗人们和人民群众日益紧密结合相联系的。从群众中、从各条战线上不断涌现出大量新的歌者,诗人的队伍空前地壮大了。来自工农的黄声孝、王老九、刘章、姜秀珍、孙友田、戚积广、晓凡、刘镇等等一大批一边劳动一边歌唱的号手,和专业诗人们并肩战斗。即便是在林彪、"四人帮"文化专制主义的压迫下,也还有一批新人在既有墓场又有鲜花的环境中成长。章德益、徐刚、李松涛、张廓、叶文福等人以蓬勃的朝气从基层走上了诗坛。同时,诗歌还通过朗诵活动,走向基层,走向群众,使诗歌从沙龙或庭院走向了广阔的天地。

第三,形式探索上的新突破。

建国以来,就新诗的形式问题曾进行过多次大的讨论。不少诗人对新诗如何走民族化、群众化的道路及如何建立新格律诗提出了自己的主张,引起了人们的关注与争鸣。艾青、臧克家、贺敬之、闻捷、阮章竞、李季、张志民、公刘、李瑛以及陆棨等人,都以自己成熟的独特的风格,以自己的创作实践来探索新诗的语言形式。这众多的歌手个人风格的成熟及各自在形式上的探索,是标志着新诗发展的重要方面。需要特别提到的是,郭小川的抒情诗,不仅以新颖的构思、充沛的激情以及富有鼓动力和哲理性的语言取胜,他又是新诗形式民族化,多样化方面辛勤的探索者,并且取得了最为显著的实绩。他的《林区三唱》、《厦门风姿》、《甘蔗林——青纱帐》等诗,在形式上有独到的创造,为广大群众所喜爱。

第四,各民族诗歌的交流更见空前。

我国各民族在长期的交往中,共同创造了祖国历史与文化。但在过去,包括民族诗歌在内的各少数民族文学是没有地位的,甚至几近被扼杀和被毁灭的边缘。建国以后,随着民族平等的实现,少数民族文学受到了重视,曾经是寥若晨星的少数民族诗歌,如今孔雀开屏般大放异彩,新的时代、新的生活,又为它们源源不断地注进了新的血液。新的少数民族歌手成了我国诗歌队伍中一支不可忽视的力量。纳·赛音朝克图、毛依罕、巴·布林贝赫、克里木·霍加、铁衣甫江、韦其麟、晓雪、饶阶巴桑、康朗甩、包玉堂、汪承栋等诗人迅速地成长了起来。他们用丰富的题材和多样化的形式繁荣着我国的新诗。党还十分重视搜集、整理久已湮没无闻的古典和民间歌谣。建国以来各民族地区发掘出来的民间史诗和长篇叙事诗,已出版的已达五六十部之多,其中如撒尼族的《阿诗玛》、蒙古族的《嘎达梅林》、藏族的《格萨尔传》(一部分)、傣族的《召树屯》、彝族的《梅葛》、壮族的《百鸟衣》、维吾尔族的《热碧亚・赛丁》、纳西族的《创世纪》、傈僳族的《逃婚调》等等。这些优美动人的诗篇,无疑是对新诗创作起了很好的借鉴和推动作用。

不仅如此,我们还大大加强了同世界上各民族诗歌的交流。特别是五十年代,我国诗人同各国诗人们之间的会见和往来,我国诗人与翻译工作者在引进外国进步诗人的作品方面,都做了大量的工作。从歌德、海涅、雪莱、拜伦、惠特曼、朗费罗、弥尔敦、布莱克、泰戈尔、普希金、莱蒙托夫、裴多菲、密茨凯维奇直到鲍狄埃、马雅可夫斯基等等的作品,已为我国广大读者所熟悉和喜爱,并为我国诗人们的创作提供了有益的营养。

前进中的问题

回顾建国三十年的诗歌,既要肯定成绩,总结经验,也要认真地吸取教训。近三十年新诗几起几落,直至今日仍很难令广大读者满意,甚至可以说是存在着某种“危机”,有许多带根本性的理论问题必须用三十年新诗发展的实际加以检验,深入探讨,予以澄清。在这里,我们想着重谈两个问题。

第一,发扬革命现实主义的传统。

当前,新诗要继续前进,首先必须坚持革命的现实主义的精神,继承和发扬我国新诗讲真话、抒真情的传统。

按照马克思主义的观点,文艺的基本特点和规律,就在于以生动的艺术形象真实地反映社会生活。这是唯物论的反映论对包括诗歌在内的文艺创作的一个基本要求。

但是,林彪、“四人帮”一伙把诗歌创作中这样一个根本性的同时又是常识性的问题给弄颠倒了,并且已经造成了长时期的思想混乱。在诗歌界,他们同样把“真实是艺术的生命”这一正确的命题,当作“修正主义”大加讨伐,并把我国新诗讲真话的传统和无产阶级诗歌最宝贵的现实主义力量否定得荡然无存。他们开了说谎诗、造谣诗、阴谋诗的恶劣先例,并冠以“样板”而强令人们效仿。他们的淫威及帮毒影响所及,诗人们谈“真”色变,写“真”得咎,相反,某些红极一时的帮诗,却在那里说谎有理,造假有功,吹牛有赏。直到今天,我们的诗坛上还存在着由此而造成的某些弄虚作假的后遗症。

人们对“四人帮”多年来大反现实主义的倒行逆施，理所当然地表示了无比的愤慨。但也不能把一切责任都推给“四人帮”。实际上，在建国三十年来的诗歌理论和实践上，对这个基本问题也曾出现过一些需要探讨与辨正的观点，需要为革命的现实主义恢复名誉。

一个五十年代末期就流行起来的观点是：“诗歌的基调是革命的浪漫主义。”这种观点自浮泛的颂扬始，调子越唱越“左”，后来发展到连现实都不顾了。它所造成的假话、大话、空话的祸害，直到今天还须继续认识和克服。

毛泽东同志倡导了革命的现实主义和革命的浪漫主义相结合的创作方法。周恩来同志对这一创作方法作了精辟的马克思列宁主义的阐明：“以革命的现实主义为基础，以革命的浪漫主义为主导。”他还明确地指出革命的浪漫主义就是革命的理想主义。从文学发展史上来看，这无疑是无产阶级文艺的科学的创作方法，也是我们应当努力实践的“诗教”。

但是，革命现实主义和革命浪漫主义的结合，不是一加一或一乘一，不能搞唯心主义的二元论，不能没有一个基础，或者称“基调”。这个基础不是别的，正是革命的现实主义。一切没有现实作基础的想象、幻想、理想，都只能是茫茫沙滩上的雷峰朽塔，是一潭死水上的海市蜃楼。我们记忆犹新的是，这类虚无飘渺的云雾，曾经被当作“浪漫主义”或“奇特的夸张”宣扬过。例如，四川地区曾出现过这样一首新民歌：“玉米稻子密又浓，遮天盖地不透风，就是卫星摔下来，也要弹回半空中。”这首诗，应当说是浮夸风滋生的产物，但居然曾被作为“珍品”赢得过某些评论家的推崇，甚至为了证实“浪漫主义是新诗基调”的观点的绝对正确，不惜以“早稻亩产三万六千多斤、中稻亩产六万多”的“高产奇迹”来说明“小孩子可以站在密密层层的稻穗上而不掉下来”。这样的诗歌，连起码的真实都不予顾及，还有什么浪漫主义可言呢？这样的作品如果可以成为我们新诗的“基调”，那新诗只有毁灭了！

三十年来，真正在实践革命现实主义和革命浪漫主义相结合的创作方法的诗人，总是坚持着革命现实主义这一基础。郭小川曾这样写道：“我们的想象、幻想，决不离开现实的土壤，而且是以现实的革命发展为依据的……我们的现实主义从不鼠目寸光地拘于一隅，总是高瞻远瞩地向着明天，我们的浪漫主义也从不作无根的梦，发泄失常的呓语，我们永远注目于变革着的现实，为了改进这个现实而脚踏实地地干个不停。我们所说的现实主义和浪漫主义的结合，其真谛也就在此。”（《我们需要最强音》）贺敬之也这样认为：“积极的浪漫主义常常是和现实主义相结合的。积极的浪漫主义根本上也不过是反映现实。”（《漫谈诗的革命浪漫主义》）我们可以看到，在贺敬之的《回延安》中，从倾诉到回忆，从记叙到歌颂，波澜起伏的深情，感人肺腑的心声，渗透在对革命现实的精细而逼真的描写中。而这样写，并不排斥革命浪漫主义,因为诗的字里行间同样渗透着革命的乐观主义和理想主义。

"诗歌只能歌颂",这个似是而非的观点也曾经颇为流行。而且至今还带来了人们的"余悸"或"预悸",一旦作品涉及了某些阴暗面,就担心被判为"暴露文学"。

诗歌往往比之其他艺术更为直接地表示诗人自己的政治主张以及对生活的态度,因此,诗歌的倾向性常常更为鲜明。但决不因此就可得出"诗歌只能歌颂"的结论。

诚然,建国三十年来的许多新诗,以高度的无产阶级热情,歌颂我们的领袖人物和老一辈的革命家,歌颂脚踏实地地为我们事业献身的人民英雄,歌颂社会主义的光明景象。描绘这些,也正是在艺术地再现中国革命的历史和前程,这无疑也是当代诗人们必须继续肩负的光荣职责。这种真诚的歌颂不是说假话,我们需要这样的"歌德"派。但目前的问题主要是要为多年来被搅浑了的"暴露"这一概念正名。

诗歌就不能暴露,不能批判了吗?有两种暴露和批判:一是对敌人的,且不必说;另一种是揭露弊端、自我批评,是我们党和人民强大、有力量的表现。这两种暴露和批判,对于我们社会主义诗歌来说,都是必不可少的。

有的人在区分革命现实主义和资产阶级的批判现实主义时,仅仅把界限定在后者要批判而前者不要暴露上,似乎批判现实主义坏得不得了,而我们的现实主义则不要暴露和批判。这至少是一种误解。自然,对人民不能无情暴露;但不等于不能批评人民群众中的缺点、落后,不等于不能批判我们社会中的各种阴暗面。当然,这种暴露和批判,都要从维护社会主义的根本制度和人民的根本利益出发,然而也应该说,我们的革命现实主义的新诗,应当有着比历史上资产阶级进步诗歌更深刻、更有力、更锋利的批判的锋芒。对封、资、修思想,对形形色色的野心家、阴谋家,对危害社会主义事业的大大小小官僚主义者,不揭露、不批判行吗?马克思主义就是在批判旧世界中发现新世界。我们的文艺、我们的诗歌停止了批判,就等于取消了它的战斗性,取消了它的生命。事实上,我们的诗人,已经以自己的实践在回答歌颂与暴露的关系问题。他们不是把两者割裂开来,而是辩证地统一起来。天安门诗歌之所以不胫而走,愈禁愈传,不正是因为它充分表达了亿万人民对人民的好总理的无限情思和热情歌颂,同时,对混进党内的资产阶级野心家阴谋家进行了烈火一样的批判,洪水一般的冲击吗?而广大读者对于充斥报刊的许多大同小异的诗歌之所以不屑一顾,不正是由于它们远离现实生活,无关人民的痛痒,在阴暗面面前睁着眼唱赞歌吗?

还有一个说法是:"诗不能表现自己。"这个观点严重地阻碍了我国抒情诗歌的健康发展。

别林斯基曾说过:"诗人首先是一个人,然后是他的祖国的公民,他的时代的子孙。"(《别林斯基选集》)诗人如果以写诗来炫耀个人,那是十足的昏庸。但是,从作品来说,人们是通过诗人的眼睛和爱憎来感受和评判世界的;从诗人来说,诗是通过自我直接来言志咏情的,抒情性很强是诗比之其他文学样式的重要特征。

正因为诗更侧重于主观情感的抒发,是通过情感的表现来反映现实,因之,一首成功的作品,一方面要求客观对象和事物的典型化,另一方面又要求主观思想情感的典型化,并使二者融为一体,传达出一定时代和阶级的思想感情和审美感受。在一些用心血凝成的优秀诗篇中,常常突出诗人"我"的形象、感受和情思。这种情况是诗歌创作的一种无可非议的艺术规律。但是,一段时间以来,在诗中一写点"我"的思想、"我"的真情,就似乎成了"个人主义"的同义语,甚至造成了一些错案乃至冤案。艾青在《养花人的梦》里,寓托了反对一花独放的主张,郭小川在《望星空》里,抒发了诗人面对宇宙之大产生的人生感慨,都遭到了简单、粗暴的批判。诸如此类的文艺批评,不啻是不准写"我"的禁令,无形中就扼杀了抒情诗的生命。

作为诗歌,要允许诗人发表个人的政治的和思想的观点。一个能吹响号角的歌者,不应该有那种虚伪的"豪言壮语",而要敢于冒着风险为人民的利益、人民的命运奔走呼号。天安门诗歌的作者们为我们作出了真正的榜样。"我按三尺剑,犬物敢祸国!"这拔剑而起的"我"的形象,为我们雕塑出当代为人民、为国家命运舍身奋斗的"诗神"的造型。人民需要这样的喉舌,这样的代言人。

第二,对遗产的借鉴与继承。

发展新诗,不能抛开前人在诗歌创作的漫漫路程上探索而留下的丰富遗产。我们不能一切从零开始。这就是新诗发展面临的又一个问题:应当如何继承和借鉴古今中外优秀诗歌的传统和经验,从中吸取有益的营养。

由于林彪、"四人帮"作恶多端,多年以来,新诗几乎同传统割断了,可以"攻玉"的"他山"几乎全被推倒。凡"洋"即资,凡"古"即封,凡"前"即修,剩下的就只有"新诗要学样板戏"了。以至于有的年轻作者不知艾青为何人。这是"四人帮"炮制"空白论"所造成的一个悲剧性的例子。不要说艾青,就是古典的、外国的优秀诗人及其作品,在我们一代文学青年中也显得陌生了。

毛泽东同志曾经提出发展新诗要以民歌和古典诗歌为基础的主张。这一重要主张的根本思想是强调向民歌和古典诗歌学习,希望我国新诗继承和发扬我国民歌和古典诗歌的优良传统(既是内容的又是形式的),这是十分中肯而又意义深远的。但我们不应因此作任何断章取义或绝对化的解释。

如果不是片言只语而是完整地理解毛泽东同志的文艺思想的话,任何一种样式的革命文艺作品,其基础都是人民的生活,都是人民的生活在革命作家头脑中的反映。新诗同样如此。毛泽东同志在《讲话》中曾以科学的历史唯物主义的观点,清楚地阐明了“源”和“流”的关系和对遗产的应有态度。这一马克思主义的文学原理，对发展新诗是同样适用的。

因此，我们认为，新诗发展的道路，就要以人民群众从事的火热的斗争生活为唯一源泉，并在此基础上，很好地吸取古典诗歌（包括辞赋、戏曲等）的营养，吸取从古到今民歌中的精华，吸取外国从古至今一切优秀诗歌的营养，尤其要很好地吸收“五四”以来直到今天的六十年新诗的宝贵传统和经验以作为发展当代诗歌的最直接的营养和借鉴。一句话，吸取中外诗歌的精华的全部总和，并按照革命化、民族化、群众化的方向推陈出新，百花齐放。

现在，诗歌界对“源”的问题没有异议，对“流”的看法尚在争论中。

毫无疑义，大凡优秀诗人的作品都从民歌中吸取滋养，因为这一宝藏如同高尔基所说的，“提供了一切诗的概括，一切有名的形象和典型”。但是，我们强调吸收民歌的养分，是过分限制于形式、拘泥于字数呢，还是强调学习民歌中丰富的思想及多彩的语言与形式？显然，不能只从字数上学习民歌，那是一种画地为牢；重要的是学习民歌中新鲜的思想和生活的营养，学习民歌中凝练、明快、抒情性和音乐性之长；那才能路子越走越宽。况且，随着科学技术、社会生活、国际交往的飞速发展，大量新的、多音节的词汇进入了群众口语，以现代口语为主的新诗如果再囿于五七言字数的框框，那新诗就无法前进了。

对于学习外国优秀诗歌，建国初期的五十年代，诗歌界是普遍重视的。但后来，一强调民族化、群众化（这自然是必需的、主要的），又掩盖了一种倾向：对外国的予以排斥。这种形而上学发展到猖獗的地步，即“四人帮”独霸诗坛时，把一切“洋”诗统统打入十八层地狱。现在，这种流毒是否肃清了呢？也不尽然。例如，唐弢同志在一九七八年第一期《文学评论》上发表的《谈“诗美”》一文中，在强调学习古典诗歌的图画美、音乐美的同时，对外国优秀诗人，例如马雅可夫斯基等人对中国新诗的客观上存在的积极影响，采取了轻率的否定态度。唐弢同志的论点是这样表述的：“新诗要从民歌和古典诗歌的基础上吸取养料和形式，进一步建立自己的形式，创造新的格律诗，这就纠正了过去很长一个时期内，用方块字写‘商籁体’（Sonnet 十四行诗）、将新诗切成一方方‘豆腐干’，以及构造马雅可夫斯基式的所谓‘楼梯诗’或者‘台阶诗’的错误。我们不能说诗人们的精力完全浪费了，但是，要不是走了那段弯路的话，新诗也许不至于出现长期停滞的状态，这条错误的途径吸引了我们多少优秀的诗人，使他们在这上面花去可贵的青春呵！”我们认为，这种观点是值得商榷的。

我们立足于具有民族风格的新诗的创造，但也不能忘了把手伸向外国，如同引进一切先进的科学技术一样。当然，这种引进应是鲁迅讲的“拿来主义”，不是“外国的月亮比中国的圆”那一类奴性十足的生吞活剥，而是认真研究，取其精华，“洋为中用”。新诗的民族化群众化,绝不是排斥,而是加强跟借鉴、利用外国进步诗歌的长处的结合。例如,西方民主革命和社会主义革命中具有战斗传统的鼓动性诗歌,我们就可以借鉴。有什么必要非得把包括外国进步诗人在内的前人的业绩一笔抹煞,才能摆清楚自己的观点呢?这至少不是一种实事求是的态度。

这里,顺便谈一下被唐弢同志视为导致“弯路”和“停滞”的学习马雅可夫斯基的诗的形式问题。我国的新诗,从抗日战争、延安时期到建国以后,确实有不少诗人吸取了马雅可夫斯基的革命诗歌传统,并利用“阶梯形”创作——直至今天也不乏其人。郭小川、贺敬之等诗人在采取“阶梯形”的分行法时,除了表现革命的思想内容外,一般地注意到:(一)运用现代口语;(二)按照朗诵的自然间歇和音韵的自然变化排列,显出一定的节奏;(三)重视本民族的语言习惯,如至少不把一个词排成两行。贺敬之还特别注意到把我国古典诗歌中的对偶、排比糅合其间。这些,都是结合我国国情的一种再创造。我们从《投入火热的斗争》、《放声歌唱》、《雷锋之歌》等诗受到广大群众欢迎的客观效果来看,这种中国式的“楼梯诗”不能断言就是一条“歧路”,至少是百花中的一朵,又有什么理由将它戕贼呢?可见,将这种“外来货”的为我所用,简单化地判为“错误的途径”,是缺乏根据的。你可以有所偏爱,但不能搞偏废,中国式的“楼梯诗”应当允许合法存在,怎么能因不合自己的口味而拒之于门外呢?

还应当说,由于长期的“隔膜”,我们对外国当代诗歌的了解和研究是很不够的。近十多年来,有时是以“内部”的方式传进一些形式怪诞诡奇的外国诗歌,这自然是不能盲目模仿的。但是,是不是一切当代的外国诗歌都是新牌化妆品一般的“唯美主义”?按照列宁的说法,任何一个民族都有两种文化。那些为民族解放、国家独立而战斗的诗歌,那些接近人民、反映现实的外国诗人们的新作,为什么不能作为我们借鉴的对象呢?即使是纯属资产阶级思想内容的作品,艺术造诣高的,也可以从艺术表现上批判地吸取能为我所用的成分,一概排斥也是没有道理的。例如,象征主义是外国诗歌中长期形成的一种流派,其哲学基础是主观唯心主义的,认为现实世界是虚幻而痛苦的,而另一世界是真实、美的,诗的象征便是沟通两个世界的媒介。作为这一流派的作品,宣扬个人主义、颓废主义和神秘主义自然不足为训;但是,作为象征主义的“暗示”手法,是可以借鉴并用以丰富和壮大我们的革命的现实主义和浪漫主义的。

与那种“一律排外”的观点相呼应的,是对“五四”以来新诗成绩的否定。

今天我们不能离开“五四”以后三十年诗人们的贡献来谈发展今天的新诗,若如此,就会徘徊不前,也是不尊重我们自己的历史。那种称“五四”以来的新诗纯属“外国诗的流派”的观点之所以不对,是没有从我国诗坛的实际出发,看不到我们的新诗人们在自己的民族传统里面已经取得的具有贡献性的新成就。新诗之所以称之为“新”，一是思想内容上反映的是新时代的生活和斗争，二是诗的语言从文言走向现代口语。这从我国三千年的诗歌发展史来看，无疑是一大革命，也是一种历史的必然。在这中间，新诗明显地接受了外国优秀的现实主义诗歌的积极因素，我们也充分肯定歌德、拜伦、雪莱、惠特曼、裴多菲、普希金、莱蒙托夫、泰戈尔等等对于郭沫若和他以后许多诗人的影响；但如果不适当地夸大到他们单凭“舶来品”就“新拓”出一个流派，从而得出“五四”以后的新诗不过是“外国诗的变种”，几十年在新诗音韵形式方面的探索徒劳无功的结论，那就不仅不符合事实，并且简直是荒谬了。不能一谈民族化，仅仅看到只有一部《王贵与李香香》。即使单从节奏、韵律、语言等形式来看，郭沫若的《女神之再生》、《凤凰涅槃》，闻一多的《剑匣》、《李白之死》，尽管和中国古典诗歌有着距离与变化，(没有距离和变化，新诗何以谓之?)但认真读一下，前者三四言以至五七言的节奏和隔句押韵乃是它们的基调，后者大都每节有固定的行数，每行有固定的音尺，通篇有固定的韵法，皆足以说明同古典诗歌传统的缘分。而且，郭老、闻一多这些新诗运动的先驱者，对我国古典诗歌传统都是如数家珍，寝馈其中，谙熟旧诗格律，在他们的新诗实践中也看到这种深刻的影响。所以，应当说，“五四”以来的优秀新诗不能说是全盘西化，而是融会中国古典诗歌与外国优秀诗歌传统的积极成果，使我国的诗歌传统在新的条件下得到了丰富和发展。因此，为了推动新诗继续前进，今天，很有必要加强对“五四”以来新诗传统的研究和总结。

如同仅有生活不能产生机器——必须有科学一样，建国以来有成就的诗人，无不重视对古今中外大诗人的作品的学习与借鉴。他山之石，可以攻玉。即以贺敬之而论，他酷爱民歌，又有古典诗词的素养，对外国优秀诗人的作品作过一定研究，对“五四”以来的诗歌也勤于学习。如在延安时，他对艾青的诗，百分之九十能背得出来，这些，都成了他丰富的营养。他的《雷锋之歌》这首诗，从表面上看是沿用了“阶梯式”，但其基本上是多用偶句的骈体，行为单位大部分显示了对仗，押韵一般都在句尾，诗的上下句的行数及每行的字数大体上各各对称，遵循了“前有繁音，后继切响”的原则；从语言上看，以现代口语为主体，但又巧妙地采用了一些传诵久长的我国古典诗词的句子溶入诗篇，使诗语呈现繁富多姿的色彩；从行文上看，势如长江大河，一泻千里，有着“五四”以后新体自由诗的豪放不羁，但内容与语言的浓缩与凝练，又避免了散文化的流弊。这首诗从艺术构思、诗的格律到语言色泽，诗人取得了民族化、群众化的新成就，而且标志着个人风格的成熟。所以也应该说，它是得益于吸取了多种的营养。

总之，当代诗人们的实践，雄辩地说明了，只有全面地、准确地理解“源”和“流”

的问题，继承和借鉴过去人类诗歌遗产的精华和总和，把眼界放宽一些，多方面地吸取营养，那么，新诗发展的道路和前景将是无比宽阔与灿烂的。

短短的结语

今天，人们对新诗的发展在作众说纷纭的探讨。有一种意见，把新诗发展的不能令人满意归咎于没有形成合适的诗体。但是，近三十年来许多诗人和作品证明，天安门的诗歌实践也在回答，同人民的悲欢、国家的前途、民族的命运紧紧联系在一起，才是诗的生命所在。因此，如果要谈到当前新诗的流弊，恐怕主要还在于思想内容，在于诗人是不是为党和人民的根本利益说真话、抒真情，诗人是不是以革命现实主义的态度，对我们的时代和现实作认真的深刻的思考。而不是首先在于形式。目前我国正在进行的思想解放运动，对发展新诗是股强大的东风。不少诗人走在这个运动的前列，并且有了创作上的实绩。

建国三十年的新诗有什么最根本的经验教训？可以说，正面的根本经验，就是放手地搞"百花齐放、百家争鸣"，这是思想解放的方针；反面的沉痛教训，就是控制太死，调子太高，棍子太多。因此，要创造无愧于时代的新诗，当务之急仍然是在马列主义、毛泽东思想指导下，继续解放思想，发扬艺术民主，真正按照艺术规律大力发展诗歌创作。要把"放"的方针当作长期性的方针坚持下去；要重视艺术特征，尊重诗歌创作是一种个人的独创性劳动；要特别提倡新诗题材、形式和风格的多样化。诗人自己也要树立民主作风，深入生活，密切同人民群众的联系，这一点对诗坛的新人来说尤其重要。

我们走过了三十年难忘的坎坷不平的路程。如今，在新的长征开始的时候，新诗也已复苏，诗歌万紫千红的春天已展现在地平线上。我们深信，只要诗歌界老中青的歌手们真正地高举马列主义、毛泽东思想的旗帜，团结奋斗，敢作敢为，勇于创造，诗苑一定会繁荣昌盛，新诗一定会有长足的进步，在实现我们共同的伟大事业中作出应有的贡献。

——原载《社会科学战线》1979 年第 3 期

《上海文学》评论员

为文艺正名

——驳“文艺是阶级斗争的工具”说

粉碎“四人帮”之后，文艺界与全国人民一道，发出了“打倒‘四人帮’，文艺得解放”的欢呼。“文艺黑线专政论”的精神枷锁经过全国文艺界的奋战，终于被打碎了；被“四人帮”摧残得七零八落的文艺队伍重新集合起来了；被“四人帮”禁锢的古今中外优秀文艺作品逐步开放了；一群新人活泼泼地登上文艺舞台，他们同老战士们一起，向全国人民贡献出了为数可观的文艺作品——文艺界的确呈现出了生机与希望。

但是，文艺界的现状，特别是文艺创作，比之全国人民所希望的还存在着很大的距离。群众发出了这样的议论：

为什么有的电影老一套？连片名都不是风，就是浪，老在风口浪尖上兜圈子？

为什么“四五”运动之后，诗坛寂寞了？为什么有的诗人不用“丹田”发声，仅仅靠喉咙干叫？

为什么我们在生活中经历的斗争是那么丰富、深刻，让人吃不下饭、睡不着觉？而在不少小说中展现的斗争却那么简单、容易，缺乏震撼灵魂的力量？

群众的这些议论，反映了当前的文艺创作中存在着一个共同性的问题，这就是文艺创作的公式化和概念化。

造成文艺作品公式化概念化的原因是多方面的，其中有一个主要的原因，就是创作者忽略了文学艺术自身的特征，而仅仅把文艺作为阶级斗争的一个简单的工具。

“文艺是阶级斗争的工具”这个口号，在文化大革命前的文艺界就开始形成和流传。“四人帮”统治文坛时全盘否定十七年的社会主义文艺，批判所谓“黑八论”，独独对“文艺是阶级斗争的工具”这个口号不仅没有否定，而且接过去加以繁衍发展，以此为理论基础，形成了“三突出”“从路线出发”“主题先行”等一整套唯心主义的创作原则。一九七四年,原上海市委写作班插手编写了一本《文学基础知识讲话》,第一讲的副标题即是“文艺是阶级斗争的工具”。一九七五年,张春桥论“全面专政”的那篇黑文抛出后,“四人帮”控制的舆论工具把“文艺是阶级斗争的工具”这个口号又向前推进了一步,提出“文艺是对资产阶级实行全面专政的工具”。此后出现的以“写‘走资派’”为内容的阴谋文艺,就正是“四人帮”向党和人民进行“阶级斗争”和“全面专政”的“工具”。粉碎“四人帮”后,文艺界对阴谋文艺进行了猛烈的鞭挞,揭露了阴谋文艺在政治上的反动性、内容上的虚假和艺术上的拙劣,但是对炮制阴谋文艺的这个理论基础——“文艺是阶级斗争的工具”却从未进行过批判;不仅没有批判,甚至连怀疑都没有提出过。不少同志似乎认为:文艺过去是“四人帮”向党和人民进行反革命的“阶级斗争”的工具,而现在它应该是我们对“四人帮”进行革命的阶级斗争的工具。既然“工具说”得到了完全的肯定,那么从“工具说”衍化出来的“三突出”“从路线出发”“主题先行”也就不可能得到彻底的否定。结果,群众对粉碎“四人帮”后的一部分作品的反映是:政治上是反对“四人帮”的,艺术上是模仿“四人帮”的。

由此看来,我们的文艺要真正打碎“四人帮”的精神枷锁,“解”而得“放”,迅速改变现状,满足群众的需要,就必须对“文艺是阶级斗争的工具”这个口号进行拨乱反正的工作。

任何一个提法都只能适用于一定的对象、一定的范围;在特定的对象和特定的范围内,某种提法具有真理性,超出了特定的对象和范围,真理就会变为谬误。“文艺是阶级斗争的工具”这个提法,如果仅仅限制在指某一部分文艺作品(对象)所具有的某一种社会功能这个范围内,那么,它是合理的。如果把对象扩大,说全部文艺作品都是阶级斗争的工具,说文艺作品的全部功能就是阶级斗争的工具,那么,原来合理就变成了歪理。“四人帮”的鬼把戏正在于:他们把一部分文艺作品所具有的某一种社会功能——“阶级斗争工具”,作为全部文艺的唯一功能来加以宣扬,从而把“文艺是阶级斗争的工具”歪曲成了文艺的定义和全部本质,这样就从根本上取消了文学艺术的特征。其结果,必然是一方面将某些无法起“阶级斗争工具”作用的文艺开除出文艺行列;另一方面又将那些根本算不上是文艺但却适合于他们所需要的阶级斗争的东西强称为是文艺。这样,就把文艺变成了他们篡党夺权的工具。

为了繁荣社会主义文艺,我们必须为文艺正名,这是当前一件迫不及待的工作。

马克思主义认为,文艺同理论思维一样,是人类掌握世界的一种方式。人类所以在理论之外还需要通过文艺来认识世界,就因为文艺具有理论不可替代的特点和作用。文学艺术的基本特点,就在于它用具有审美意义的艺术形象来反映社会生活。

从文艺的这个基本特点出发,我们就可明白,列宁所说的“生活、实践的观点应当是认识论的首要的基本的观点”同样适用于人类思想形式之一的文学艺术。文艺与生活的关系应当是文艺首先的和基本的关系。只有把文艺与生活的关系作为首先的和基本的关系来考察的文艺观,才是唯物主义的文艺观。而“文艺是阶级斗争的工具”说,要求文艺创作首先从思想政治路线出发,势必导致“主题先行”,这样就撇开了不以人的主观意志为转移的客观世界,把文艺与阶级的欲望、意志的关系作为首先的和基本的关系来考察,这样的文艺观实质上是唯心主义的文艺观。

马克思、恩格斯、列宁、毛泽东同志正是遵循着唯物主义的文艺观,对文艺与生活的关系、文艺与政治的关系作出了经典性的阐述。而这些经典性的阐述,又恰恰是对于“文艺是阶级斗争的工具”说的驳斥。

从文艺与生活的关系而言,革命导师总是把“真实性”放在第一位。恩格斯要求社会主义倾向的小说致力于“对现实关系的真实描写”,要求现实主义“除细节的真实外,还要真实地再现典型环境中的典型人物”。列宁说:“如果我们看到的是一位真正伟大的艺术家,那末他就一定会在自己的作品中至少反映出革命的某些本质的方面。”列宁还称赞托尔斯泰“创作了无与伦比的俄国生活的图画”。这些都说明,从根本上说,文艺的生命力在于它服从生活,服从生活的真实,在于它用形象反映了生活的真实。历史上的反动阶级往往不顾真实性的要求而硬要文艺服从本阶级的反动观念,要文艺成为本阶级随心所欲的工具,但是,这样的文艺,由于违背真实性原则,必然遭到了历史和人民的唾弃。“四人帮”炮制的阴谋文艺之所以遭到人民的唾骂,根本原因也正在这里。文艺发展的这一条规律是值得无产阶级深思的。所以,恩格斯在一八五九年就指出:“我们不应该为了观念的东西而忘掉现实主义的东西。”

从文艺与生活的关系而言,革命导师还突出地强调了文艺反映生活的多样性与丰富性。毛泽东同志指出,生活是文艺“唯一的最广大最丰富的源泉”,因此文艺家可以反映“一切人,一切阶级,一切群众,一切生动的生活形式和斗争形式”。马克思在批判普鲁士的文化专制主义时指出:“你们赞美大自然悦人心目的千变万化和无穷无尽的丰富宝藏,你们并不要求玫瑰花和紫罗兰散发出同样的芳香,但你们为什么却要求世界上最丰富的东西——精神只能有一种存在形式呢?”列宁也指出,文学事业“绝对必须保证有个人创造性和个人爱好的广阔天地,有思想和幻想、形式和内容的广阔天地”。这些都说明人类社会生活的丰富性和有机联系性,为文艺创作这种特殊的精神生产打开了广阔的天地,提供了丰富的源泉,使文艺家完全可以用自己独特的风格,去挖掘生活蕴含的矿藏。对于社会主义时代的文学艺术家而言,只要他努力运用马克思主义世界观来观察、分析和研究生活,那么,无论他取材于阶级斗争、生产斗争、科学实验,还是取材于所谓的“家务事、儿女情”,甚而是取材于湖光山色、风土人情、花鸟虫鱼、天上人间,他都可以遵循真实地反映生活的原则,创作出有意义(认识意义、教育意义、审美意义)的文艺作品来。毛泽东同志把文艺反映生活的多样性与丰富性准确地概括为“百花齐放”。

但是,如果我们把“文艺是阶级斗争的工具”作为文艺的基本定义,那就会抹煞生活是文艺的源泉,就会忽视文艺的多样性与丰富性,就会仅仅根据“阶级斗争”的需要对创作的题材与文艺的样式作出不适当的限制和规定,就会不利于题材、体裁的多样化和文艺的百花齐放。在文艺样式与创作题材问题上的简单化倾向文化大革命前早已存在。例如一九六一年《文艺报》发表了《题材问题》专论,旨在冲破当时对于创作题材的种种限制,但是这种正确的努力不久便遭到了非难,被认为是“资产阶级自由化”的表现。

“四人帮”控制文坛时,为了把文艺完全变成他们向无产阶级进行“阶级斗争的工具”,更是对文艺的样式与题材进行了种种专制主义的限制。“八亿人民只看八个样板戏”,这是人民对“四人帮”法西斯文化专制主义的辛辣讽刺。在创作题材上,“四人帮”公开宣称文艺作品只能写“阶级斗争”,如果写了其他生活内容,就是鼓吹“无冲突论”。他们还规定写“阶级斗争”时一定要写“敌我矛盾”,如果生活中没有这一类事件,也要“设计”破坏事故。例如《海港》,“四人帮”硬要作者写阶级敌人的破坏事故,就不惜违背基本常识,生编硬造了一个钱守维的玻璃纤维事件。由于当时的文艺作品中,不管写的什么生活内容,都要有“抓阶级敌人”,所以群众讽刺当时“文化部成了公安部”。在“四人帮”的反革命政治纲领出笼之后,他们又进一步强令不管什么文艺形式一律都要写“反‘走资派’”的题材,而且要写“死不改悔”的“走资派”,写“大走资派”,于是出现了一批像《盛大的节日》、《反击》那样的歪曲生活、颠倒敌我的阴谋文艺作品,文艺变成了反党反人民的炮弹。

马克思主义坚决反对唯意志论对于文艺的糟蹋。经典作家们把文艺与生活的关系作为首先的和基本的关系来考察,这是对于主观唯心主义文艺观的批判,这是捍卫了文艺用形象反映生活的唯物主义的文艺观。

强调艺术认识的客观性,决不意味着文艺是以消极的、冷漠的、客观主义的态度来认识和反映生活的。列宁说:“唯物主义本身包含有所谓党性,要求在对事变做任何估计时都必须直率而公开地站到一定社会集团的立场上。”由于人的意识对客观世界的反映是能动的反映,由于在阶级社会中每一个文艺家都是站在一定的阶级立场上,在一定世界观的指导下来观察、分析和评价生活的,所以,文艺就必然具有政治倾向性和阶级的功利主义。这样,文学艺术所面临的,除了文艺与生活的关系外,还有文艺与政治的关系。解决文艺与生活的关系,主要是为了求得真的价值;解决文艺与政治的关系,主要是为了求得善的价值。在真和善的基础上,还要解决内容与形式的关系,这是为了求得美的价值。这三者的关系不是孤立的,而是相互联系、相互渗透的。文艺所追求的真,不是概念的真,而是艺术形象(主要是人物形象)的真;文艺所追求的善,不是政治的或道德的说教,而是把强烈的、代表人民的爱与憎熔铸在艺术形象的创造中;文艺所追求的美,也不是纯形式的美,而是内容与形式的统一,真善美的统一。恩格斯曾指出:“较大的思想深度和意识到的历史内容,同莎士比亚剧作的情节的生动性和丰富性的完美的融合”,是“戏剧的未来”。其实,他所讲的就是真善美的统一,这也就是整个文学艺术所应该追求的境界。

因此,革命导师历来重视文艺对于政治的作用,但是坚决反对象“文艺是阶级斗争的工具”说那样,离开了文艺的特性,离开了真善美的统一,把文艺变为单纯的政治传声筒。例如,恩格斯曾称赞“席勒的《阴谋和爱情》的主要价值就在于它是德国第一部有政治倾向的戏剧”;但是,他同时指出“我认为倾向应当从场面和情节中自然而然地流露出来,而不应当特别把它指点出来”,“作者的见解愈隐蔽,对艺术作品来说就愈好”。又如,列宁在一九〇五年提出了“党的文学的原则”,要求文艺成为整个革命机器的“齿轮和螺丝钉”;但是,他同时强调“无产阶级的党的事业的文学部分,不能同无产阶级的党的事业的其他部分刻板地等同起来”。毛泽东同志在一九四二年说:“文艺是从属于政治的,但又反转来给予伟大的影响于政治。”但是,他又同时告诫说:“政治并不等于艺术。”“缺乏艺术性的艺术品,无论政治上怎样进步,也是没有力量的。因此,我们既反对政治观点错误的艺术品,也反对只有正确的政治观点而没有艺术力量的所谓‘标语口号式’的倾向。”这些论述,辩证地阐明了文艺与政治的关系,因而实际上也就成了对于片面地、狭隘地理解文艺与政治关系的“阶级斗争工具”说的有力驳斥。

还必须指出,革命导师不仅主张从真善美的统一中来理解文艺对于政治的作用,而且认为文艺的政治作用虽然是重要的,却不是唯一的。文艺既然是真的,它就具有认识的作用;文艺既然是善的,它就具有教育的作用;文艺既然是美的,它就具有审美的作用。而在这些作用中,认识作用是基础;根本不具备认识价值的作品,是不可能具有教育与审美的价值的。在这些作用中,审美作用又是途径,正如周恩来同志指出,教育寓于娱乐之中;根本不具备审美价值的作品,就不能打动人,就不可能真正发挥它的认识作用和教育作用。因此,应该从更为广远的意义上来理解文艺的功能。斯大林称作家为“人类灵魂的工程师”,就形象地说明了文艺对于人类精神世界的影响,决不能仅仅用“阶级斗争工具”来概括,要不文艺家同政治鼓动家有何区别?毛主席不仅为社会主义文艺制订了“百花齐放,百家争鸣”的正确方针,而且主张“古为今用”“洋为中用”,有批判地吸收古代的外国的好东西,“决不可拒绝继承和借鉴古人和外国人,哪怕是封建阶级和资产阶级的东西”。如果把“阶级斗争工具”看成是文艺的唯一功能,那就会对本国的外国的一切优秀的文化艺术遗产采取全盘否定的态度。“四人帮”在文化遗产问题上的“扫荡论”,就是“文艺是阶级斗争工具”说的必然产物。

我们从文艺的特征出发，既分析了它与生活的关系，又分析了它与政治的关系。现在可以看到，“文艺是阶级斗争的工具”说之所以必须纠正，因为它将文艺与政治的关系说成唯一的、全部的关系，这样的文艺观，将导致文艺与政治的等同，因而是一种取消文艺的文艺观，必须从理论上加以澄清。

在我国文艺界产生这种取消文艺的文艺观决不是偶然的，它有深刻的社会历史根源。

在生产资料所有制的社会主义改造基本完成以后，阶级斗争发展的总的趋势必然是逐步削弱；而生产斗争和科学实验对于社会发展的推动作用，便越来越占有重要的地位。但一个时期以来，特别在林彪、“四人帮”钳制舆论时期，一讲社会主义社会的矛盾，就只讲阶级斗争，不讲生产斗争和科学实验；认为社会主义时期的阶级斗争越来越激烈，在任何时候、任何地点，都必须“以阶级斗争为纲”，从而把阶级斗争永恒化、绝对化、扩大化。“文艺是阶级斗争的工具”说，就是这种错误理论在文艺上的反映。

从我国社会主义文艺发展的本身情况来看，建国以后，文艺界发动过多次政治运动，往往强调了文艺与政治的关系，忽视了文艺与生活的关系，忽视了文艺的特殊规律。“文艺是阶级斗争的工具”说，也是上述倾向发展的必然结果。

比如：一九五五年反胡风运动，批判了胡风鼓吹“主观战斗精神”来宣扬主观唯心主义的文艺思想、鼓吹“到处有生活”来反对作家深入工农兵斗争生活，揭穿了这种文艺思想的资产阶级性质，这是完全必要的。但是，由于胡风援引过斯大林关于提倡“写真实”的一段话，结果，许多文章在批判胡风的文艺思想时，连斯大林的正确论述也遭了陪绑，把“写真实”批成了“反动口号”。姚文元的文章最为激烈，他说：“写真实这个口号，是一个反动口号。它是胡风从外国修正主义者那里贩来的口号”；资产阶级总是“把写真实作为文艺的生命”。此后谁讲文艺的真实性，就给谁扣上修正主义的帽子。这场批判的结果，虽然清算了长期以来胡风在文艺界的不良影响，但是，由于不少文章论述不全面，甚至走极端，也带来不小的副作用，就是否认文艺的真实性要求，片面强调文艺与政治的关系，忽视了文艺与生活的关系。

一九五七年反右派斗争，在文艺思想上，除了继续批判“写真实”外，主要批判了“干预生活”的口号。这个口号来自苏联，起源于一九五三年，是当时苏联一批对本国的农业落后状况表示不满的作家提出来的，旨在力图通过文学作品的干预，改变农业现状。一九五六年，我国的一些青年作家如刘宾雁借用了这个口号，用以反对文学艺术中回避现实生活的矛盾和粉饰生活的倾向，主张文学应该大胆揭露和鞭挞当时已在滋长、蔓延的官僚主义作风。显然，这个口号从一个方面正确地反映了文学与生活、作家与人民之间的紧密联系。但是,随后开展的政治斗争,却把“干预生活”批为“右派口号”,把在这个口号影响下产生的一批较好的作品,如《组织部新来的年轻人》、《在桥梁工地上》、《本报内部消息》等打成了“反党反社会主义的大毒草”。批判“干预生活”的结果,使文学创作不得不在生活中大量存在的人民内部矛盾面前望而却步,进一步削弱了文艺与生活的联系,而且对文艺与政治的关系的理解也更为狭窄与片面了。

为了在文艺战线上纠“左”,敬爱的周总理做了大量的工作,特别是一九六一年在文艺工作座谈会和故事片创作会议上发表了重要讲话。他号召发扬艺术民主,尊重艺术规律,扩大题材范围,贯彻双百方针。然而,为期不久,在“打退资产阶级猖狂进攻”的名义下,一批作品被直接指责为利用小说、电影、戏剧等文艺形式进行“反党”,实际上将文艺与政治等同了起来;同时,一些要求文艺更为真实、更为深刻、更为多样地反映社会生活的主张如“现实主义深化论”、“题材广阔论”、“中间人物论”被扣上了“修正主义文艺观点”的大帽子,并且还不恰当地同当时的政治斗争挂上了钩。这场批判,用棍子、帽子、辫子,“有声有色”地宣传了“文艺是阶级斗争的工具”说。由此出发,就大讲文艺创作只能写工农兵,只能写工农兵的“重大斗争”,只能写“重大斗争”中的英雄人物,只能写没有缺点的英雄人物,“三突出”的创作原则也已经呼之欲出了。

由此可见,文化大革命中林彪与“四人帮”合谋炮制“文艺黑线专政”论,诬陷拼凑“黑八论”,贩卖“三突出”“从路线出发”等一系列主观唯心主义创作原则,并非凭空发明,其理论基础就是“文艺是阶级斗争的工具”说,它是不断片面强调文艺与政治的关系,而忽视文艺与生活的关系的文艺路线发展的必然结果。我们的一些同志,曾错把这个口号当作“保卫党的利益”的武器而使用,其结果是忽视了文艺的特殊规律,扩大了打击面,做了亲者痛而仇者快的事;而“四人帮”则完全是别有用心地接过这个口号,把它作为反党的工具来使用,用以“围剿”文艺队伍,摧毁党的文艺事业,向无产阶级实行“全面专政”;对于这一条沉痛的历史教训,我们是不可不认真地吸取经验教训的。

今天,我们已经进入了新的历史时期。急(疾)风暴雨式的群众性的阶级斗争已经基本结束,今后的任务是团结全国各族人民,向四个现代化挺进,新的现实已经向文艺提出了新的要求。因此,纠正“文艺是阶级斗争的工具”这类不科学的口号,为文艺正名,正确处理文艺与政治、文艺与生活、内容与形式的关系,更成为当务之急。只有这样做了,社会主义文艺才能真正繁荣,才能在实现四个现代化的斗争中作出更大的贡献。

——原载《上海文学》1979 年第 4 期

唐　弢

短篇小说的结构

我没有向作家们提出应该这样写或者那样写的意思，因为自己还不至于如此僭(佞)妄。写这些小说的是作家，作家自然会按照他所理解的艺术规律去作；况且写的又是文艺创作，严格地说，一篇创作本身便是一个“创造”，姚黄魏紫，各有千秋，实在没有必要再说什么。不过因为刚刚读完这些比较优秀的短篇小说，心里热乎乎的，十分吃惊于在这短短的打破文化禁锢主义的两年之内，就取得了那么大的成绩，满心喜悦，确实怀有一点个人的感想，有感想自然也不妨说说。

我觉得这些小说写得很好，但看来每一篇本身并不平衡。有的作品人物描写不错，有的作品语言比较生动，也有的艺术构思有独创之处：成就不一。不过单凭各人的长处，写出来的已经足够称得上一篇好小说了，这就是成绩，这就是收获。至于说一个时期内带有顿向性的共同存在的缺点，我以为第一还是生活。看来生活比较单薄，比较苍白，各个作品就所反映的内容来说，普遍地表现为生活不够扎实和丰厚：故事相当曲折，细节却不真实。对一个作家来说，生活是最根本的，也是过一段时期又会重新发生的问题，这里就不说了。其次则是艺术加工，我只谈谈其中的一点，那就是结构——作品的艺术结构问题。因为我读的都是短篇小说，如果严格地要求起来，有很大一部分作品，其实还不是短篇小说，这一点，在结构方面表现得最明显。

大约二十年前，也曾有人提出，当时刊物上发表的短篇小说，不是压缩了的中篇，便是拉长了的特写，都不是短篇小说。就我最近读过的有限的三四十个短篇(到1978年底止)而言，拉长了的特写很少，或者可以说没有，绝大部分都是压缩了的中篇。短篇，相对说来，篇幅总要比中篇短一点，字数少一点，不过关键还不在于字数，而在于写法——中篇有中篇的写法，短篇有短篇的写法。自然，一个作家完全可以打破原有的成规，独立创造，自我作主，不必墨守那些传统形式〔的限制〕，但是，如果把所有的限制全部推翻，或者将某种形式的主要限制突破，使它的特征随之消失，那就意味着这种形式本身的灭亡。一切事物都是如此，文学艺术也不例外。

作为上层建筑之一,文学艺术比其他社会学科更需要传统,更需要历史的积累,没有长远的传统和历史积累,不会有丰富的发人深思的艺术。同样的,文学艺术又比其他社会学科更需要创新,更需要别开的生面,没有积极的创新和别开生面,也不会有生动的扣人心弦的艺术。这是对立统一的关系,每一个文学家必须辩证地掌握它,运用它。从这点出发,指出短篇小说传统形式的特点,以便进一步创新,也就不能说是毫无意义的事情了。

那么,什么才是短篇小说的界限呢?

我不想搬用"文学概论"、"小说教程"之类书本的定义,我只打算说一点创作家们的经验和意见。作为文学史上传达时代精神的重要著作,短篇小说自然不及长篇巨著。但是鲁讯(迅)说:"在巍峨灿烂的巨大的纪念碑底的文学之旁,短篇小说也依然有着存在的充足的权利。不但巨细高低,相依为命,也譬如身入大伽蓝中,但见全体非常宏丽,眩人眼睛,令观者心神飞越,而细看一雕阑一画础,虽然细小,所得却更为分明,再以此推及全体,感受遂愈加切实,因此那些终于为人所注重了。"①在说明长篇小说和短篇小说的关系,以及它们各自的作用方面,鲁讯(迅)说得十分精当,切中肯綮。但这是不是说,短篇小说就是长篇小说的一部分,只要从长篇小说里割下一块,就是一个短篇小说呢?从生活内容说,可以是这样,但在艺术创造上,短篇小说却有它自己的难以磨灭的特点,存在着如何割法,也即是说,作为一个独立的艺术作品,应当考虑从什么角度取材——取哪些材?怎样选择?怎样剪裁?怎样调整?一句话,有一个艺术作品的布局和结构的问题。许多短篇之所以只是压缩了的中篇,原因很多,我以为艺术结构的散漫——或者因为作者的不加经心而使布局和结构趋于平板与松散,却是最主要的一点。

就以我重读一遍的几个短篇小说为例吧。

《神圣的使命》是一首颂歌。我们年轻的作者对一个老公安人员为了平反冤案,终于献出生命的行为,倾注了时而昂昂时而脉脉的深情。故事发生在一九七五年,"四人帮"尚未垮台,一批老干部由毛主席、周总理批准重新工作,这个时间十分重要,斗争由此出现了激烈的回合。整个案情曲折变幻,作者掌握得合情合理。生活细节的描写,譬如主人公王公伯几次摘下帽子,抚摸帽沿(檐)上国徽的动作,有关犯人白舜下眼睑边缘长着小血瘤的痛苦的描写,对林芳破屋前停着新自行车、这么晚还没有搬进屋去的推测;王公伯要瞒过吴正光,大声感谢艾华提供杨琼线索的对话……虽然留下一些刻意经营的痕迹,却都和情节发展有着内在的联系。还有,作者为了引导读者和自己一起对这位老公安人员表示崇敬,通过小陈的视线,实际上也

① 《〈近代世界短篇小说集〉小引》,《三闲集》。

是通过作者自己的视线，让晚风轻拂着老人银色的头发，"夕阳给他脸上抹了一层淡淡的红晖"，两人边走边谈，然后，王公伯和小陈告别了，他"眺望着黄昏时的大地和天空，感叹地说：'多美的黄昏！'"是的，多美的黄昏啊！所有象王公伯一样在林彪、"四人帮"压制下刚正不阿的上了年纪的人，我想，都会忍不住向我们年轻的作者伸出手来，表示一下十几年来压抑在他们心底的感激之情吧。

不过，尽管这样，我总觉得这篇小说似乎还缺少一点什么。作者没有利用故事的波澜艺术地构思它的布局，而是采取一环接着一环的近于铺叙的手段，将情节逐步推进，交待清楚，无懈可击。它几乎是一个完整的故事，而不是生活的横断面，不是鲁讯(迅)说的体现宏丽的全体的"一雕阑一画础"。全篇叙述多于描写，虽然情节很是动人，缺少的正是艺术的迷人的魅力。笔墨是干净的，但不够经济，介绍过程固然可以再精练些，结尾处尤其如此。当第八节艾华当着林芳、吴正光、小陈，还有王公伯，公开承认她就是原告人杨琼，问题解决，真相大白。第九节，王公伯重伤后送入医院抢救，静卧在一片洁白之中，艾华不仅随着公安局郑局长再次出现在王公伯身边，还在病房里同阴谋分子徐润成照了面，故事到此已经结束，以后的事情可以想象。为什么还要多费笔墨，不给读者留一点回味的余地呢？从前有人借宋玉的话，说明短篇小说要写得不多不少，恰到好处，"增之一分则太长，减之一分则太短"，我怀着诚挚的心情提醒我们的作者，小说不在第八节结束，也应在第九节结束，现在这样实在是写得太多、写得太多了呵！

如果说《神圣的使命》采取一环接着一环的铺叙手段，结构显得平板，那么，《窗口》写主角思想转变的过程拉得太长，一桩桩，一件件，张三李四，从头道来，结构又不免陷入松散。《窗口》也是我最近读到的一篇优秀小说，写的是一个铁路女售票员的故事。作者语言晓畅，有口语，有土话，没有难懂的拗里拗气的地方腔，简练明朗，活泼自然。不过我以为最难得的是，作品通过平凡的生活和事件，写出了新的一代人的精神面貌。主角韩玉楠真诚、纯洁，她想的单纯，干的单纯，象一个比她年轻得多的天真无邪的儿童一样，什么稀奇古怪的事儿从来没有沾上过她的灵魂。她的同伴小朱也这样。她们一起背站名，背里程，背票价，画全国铁路示意图，学各地方言。两人还订了比赛计划，看谁替旅客着想多，谁业务水平提高的(得)快。团小组里坏人整小韩，说她走白专道路，说她不敢反潮流，说她是走资派的走卒，气得小韩浑身打颤。小朱为小韩帮腔，反讥他们眼红小韩得了旅客的表扬，她嘟起嘴说："你们气不过！活该，气死才好！"她要人家气死，可话没说完，哇的一声，自己倒先气哭了。多么好的一对姑娘！小说有的细节写得比较真切，譬如群众贴大字报反击压制小韩的坏人，小韩"一边看一边流眼泪"；售票厅人声嘈杂，她发现"向窗里说话听得很清，而朝外说话却只听个模模糊糊"。没有生活的实感便没有这样的细节。作者用风景描写烘托心理活动,有一段也刻画入微,非常出色:韩玉楠受团内批判,路炳祥怀着体贴的心情责怪她。韩玉楠堕入沉思。她一个人顺着河滩一边走一边想,"越想越不是滋味,我干脆什么也不看,什么也不想,低着头乱走一通。后来猛一抬头,只见远远的秦岭山笼罩着一层淡蓝色的雾气,渭水向东浩浩荡荡,一眼望不到头。太阳光把河水映得五光十色。水天相接的远方,隐隐约约有几只雄鹰在飞掠……真是好看极了!"写的是景,写的也是情。辽阔的大自然使人心地开阔起来,人物的思想境界一下子变得更高了。

作者善于描写平凡的生活,通过平凡的生活塑造正在成长的新人,极为难得。使我感到不足的仍然是那个带有普遍性的问题:结构。这篇小说采用记者采访的形式,情节和人物都从主角嘴里倾吐出来,生活场面的描绘难免受到叙述的限制,无法细致而又充分地展开。同时,从小韩坐到窗口的第一天起,遇到各种各样的人物,碰上各种各样的事情,接受各种各样的磨难,这些都是促进人物思想变化的动力。小说一一写来,不免重叠罗列。为了减少读者这种感觉,作者有意加上一些插曲,例如雷书记讲总理故事,使小韩小朱同受教育;春节那天小路来到韩家,母亲打发小韩去买酱油,使她尝到了易地而处的滋味。作者也许以为这样可以打断排比,稍显生意,但从短篇小说的艺术构思说来,生硬而不自然,恰恰说明这是出于无可奈何,是在作者运思不足或者无法驾驭的情况下出现的几处败笔。

读来操纵自如,得心应手,人物的性格也比较鲜明生动的,是短篇《愿你听到这支歌》。尽管对内容存在着一些争论,但这是个优秀的短篇,却无疑议。小说在一九七六年"四五运动"历史背景下,通过对几个人物性格的刻画,写出了一个青年由畏惧退缩转向勇敢大胆的思想历程。作品的主角,第一人称"我"是个工人,业余爱好音乐,他从自我欣赏地作抒情歌曲《我等待……》,到多少带点被迫的心情谱成《我们要……》,然后又一点不怕,亲手将它贴上人民英雄纪念碑前的白玉栏杆;从不承认社会主义祖国会产生法西斯,到不得不和便衣特务周旋,然后又在天安门广场斑斑血迹面前,针对"四人帮"高声唱出"我们不要法西斯"的歌词。由于客观事实的推移,情绪一阵阵趋于激昂,思想一层层趋于犀利,恰如这位主角自己所感觉的:"我是在变。"

是的,我们的主角在变。步趋疾徐,历历在目。每一个读者合拢书后仍然可以在回味中感觉得到。不过,这个变化也不完全出于事实的推移,使我欣赏的是作者还将人物放在多种不同的性格中熔铸和陶冶。先说那位在车站邂逅相遇的姑娘,她和主角畏缩不前的性格是个鲜明的对照。杨柳勇敢,开朗,有话就说。作者有意对比着写:一个明快,一个拘泥;一个爽直,一个迟疑;一个向前,一个退缩。在截然不同的性格中只有一点相同,两个人都喜欢音乐,都爱听捷克作曲家斯美唐纳的交响乐曲《我的祖国》。对了,“我的祖国”正是这两个年轻人的共同思想基础。杨柳不仅带着“一点柔情”批评了《我等待……》,而且正是她,提出要主角为歌词《我们要……》谱曲,准备亲自带到天安门广场去歌唱。

读完歌词,我们的主角沉默了,吓住了。这位自以为“我是在变”的人又犹豫起来,拿着歌词的手抖了几下,眼睛盯住自己的鞋尖。虽然杨柳的“一点柔情”尚未去怀,看来单凭这个并不能使人勇敢起来。作者为此补了三笔。第一笔,当他抬起头来的时候,发现他的好朋友刘大虎含有几分责备的眼光凝视着他。大虎是个见义勇为的青年,爽朗,果敢,逗人喜爱;他为开脱“我”的责任而受到严厉处分——免去团支部书记、留团察看一年,并在特务面前急中生智地营救过杨柳。他的行动常常使“我”大吃一惊,但“我”又不止一次地觉得自己无力拒绝他。第二笔,杨柳约定歌谱成后第二天早上七点钟在纪念碑北侧见面,说完要走,因为冯玉珍还在天安门广场等她。冯玉珍是杨柳的女伴,曾经在车站上劝杨柳不要大声说话;在特务纠缠的时候吓得脸色苍白;看到杨柳和“我”争辩,几次三番催促着要走。就是这样一个胆小怕事的姑娘,此刻却在纪念碑下坚持,使“我”羞愧,使“我”感动,使“我”心头一热。第三笔,“我”无法解决作曲上一些技巧问题,终于去找了黄伯伯。黄伯伯古板严肃,从来不谈政治;遇到青年们在一起讨论当前形势,他不是闭目养神,便是低头看书,来一个不闻不见。听到说要他谱曲,他的第一个反应是走过去把门关死,将窗帘拉严,尽管脸上声色不动,手里的纸却抖得簌簌发响。他把“我”推到座椅上,自己站着,缓缓地低下头去,又缓缓地抬起头来,多皱和布满老年斑的脸肉抽动着,热泪纵横,他说:“孩子,好孩子!中国有了你们这样不怕死的青年,国家有救了,中华民族有救了!……”说完竟伏在“我”的肩上失声痛哭起来。虽然低头鞠躬的动作使人觉得突兀,但整个场面却写得十分动人。他们一直熬到第二天凌晨两点,才把这首歌写好。大清早,“我”骑上自行车,象插了翅膀一样,带着《我们要……》这支歌直奔天安门,天安门的气氛变了,“我”的思想这回也真的变了。那是另一种形式的变。“我”没有找到杨柳,却亲耳听到远处有杨柳的歌声,她在唱这支歌,千百万人都在唱这支歌,在每一块中国土地的上空,处处洋溢着热爱祖国的雄伟的歌声。

《愿你听到这支歌》描写了几个人物的性格,各有特点,掩映成辉,读来栩栩如生。有人说,文学艺术再现生活的目的是为了反映生活的真理,人物描写只是一种手段,这样说当然可以。但从一篇具体作品看来,特别是从艺术效果看来,我以为人物描写既是手段也是目的。很难想象,一篇作品人物写得不好,却能成功地达到它的反映生活真理的目的。我没有可能仔细地分析每一个人物的性格,但确是由于人物性格描写得比较出色,这篇作品才吸引了我,抓住了我。我还以为,由于人物写得比较生动,竟把小说结构上的某些缺点也掩盖过去了,就象我上举几篇小说的优点掩盖了它们结构上的缺点一样——作为短篇小说,《愿你听到这支歌》,读者没有觉得它的布局太过平稳而又巧合,没有觉得它的叙述和议论太多,没有觉得它读起来还嫌太长。……这就是清楚的证明。诚然,各人的成就不同,甚至每一个单篇与单篇之间也不一样,但在基本写法上,我觉得《愿你听到这支歌》的作者有点象《班主任》的作者,或者说,《班主任》的作者有点象《愿你听到这支歌》的作者,我不知道谁先谁后,说不定竟是相识而又经常交流着经验和写法的一对。

《班主任》的作者写过一些优秀小说,引起了评论家的注意,在青年中也有较大的影响。我没有读作者的全部小说,读的只是几篇大家推崇的代表作。《班主任》提出宋宝琦这样青少年问题,同时着重地写了谢惠敏,揭开了一个由“四人帮”流毒造成的更为深刻、更为严重、更为使人痛心的社会问题。一表一里,一显一隐,一浅一深,用前者带出后者。单凭这点,小说就有坐上第一把交椅的资格。至于其他方面的成就,许多人已经谈过,我不再多说。因为有人讲到风格,认为《班主任》的作者正在形成自己的风格,这句话引起我的思索,使我在披读作者小说的时候,较多地——也许是过多了——注意他包括作品结构在内的艺术加工,又因为我觉得在结构上确实存在着和许多人一样的那个成为弱点的共同倾向,所以撇开别的不说,只就这点谈谈。我以为一个作者完全有权利继续这样写下去,探索和开掘下去,也许有一天能够新辟一条艺术的蹊径,但希望读者和评论家不要把这作为一种风格来提倡,因为它暂时还没有成熟。

《班主任》的结构,特别是结合作者其他几个短篇比较起来,的确有它的特点。第一,作者似乎比较喜欢采用多段短叙的写法,也就是说,每篇小说分很多节,每节叙述却又不长。《爱情的位置》七节,《醒来吧,弟弟》七节,《班主任》多至九节。不仅作者一个人,一时其他几个有才能的作者也如此。我举到的《神圣的使命》十节,《愿你听到这支歌》十二节,《窗口》虽然只有三节,里面的小段落却很多。这使我疑心这种写法的确已经成为一种风气,成为一个时期共同的爱好。本来,分节多少不是什么大事,不应该变做赞成或者反对的问题。但读了这些小说之后,觉得分节之所以多,往往因为作者不太重视结构,或者是只选择比较轻便的道路,在短篇小说里沿用章回体的手法,顺着故事内容逐段写去;对于故事情节,既没有经过严格的剪裁,也没有作出精心的安排,一句话,处理得还不够缜密,因而在结构上,有些短篇出现了平板松散而不精练紧凑的现象。而且小说分段一多,每段文字较少,生活场面受到限制,形象描写也便无法开展,这也是只能以叙述代描写的原因之一。叙述太多,我个人认为,对短篇小说并不相宜。

应该承认,《班主任》是有描写的,但也有许多叙述,有的地方甚至是议论。因此,第二,我又觉得作者好象喜欢采用夹叙夹议的写法,不仅《班主任》这一篇,《爱情的位置》也如此。《班主任》在说明谢惠敏对《牛虻》认识的社会根源,宋宝琦不是笼统的资产阶级思想的时候,作者发了大段大段的议论。我很喜欢《爱情的位置》开头的描写,觉得很细致,很生动,不料第三段又是整段的议论。这也不是个别的现象,不限于《班主任》的作者。《愿你听到这支歌》里,第四节、第七节、第十一节都是议论。只是由于《爱情的位置》和《愿你听到这支歌》,作者用了第一人称,作为主角内心活动的一部分,带点抒情气氛,读起来还不那么别扭。但有一点比较清楚,无论是《爱情的位置》还是《愿你听到这支歌》,议论的出现都是为了形象的不足,那就应当引起作者的注意了。根据目前那样的艺术处理,虽然两篇都用第一人称,但《愿你听到这支歌》安排得巧妙一些,也妥帖一些,因为全篇各段都含抒情独白气味,有点象日记或者手记的体裁,基本上是鲁迅《伤逝》的写法,主观抒发多,客观描写少,夹入议论便要自然一点;而且它的议论多是为了增强气氛,加深色彩,例如第四节补充第三节,第七节补充第六节,第十一节补充第十节。其中第十一节写得最好,回旋跌宕,感慨百端。《爱情的位置》虽然也用第一人称,却和第三人称无异:客观叙写比较多。至于那段当作心理活动的议论,不在抒情,仿佛只为了点题,所谓“爱情的位置”就从这里提出。其实人们读了小说之后,即使不加解释,也会知道作者描写的是“爱情的位置”。删去这段,对小说无损。也许这是我个人的偏见吧。大凡这种地方,不说穿往往比说穿更好。鲁迅说过,隐藏着的意义,“往往比叫了出来的更猛烈”①,我认为正是这意思。

有的短篇小说在结构上不大注意短篇的艺术法则,不仅因为太长,也还因为太露。和盘托出,一泻无余,这是中篇或者长篇的写法。中国传统的小说,尤其是外国,短篇总是以最凝炼的艺术结构,表现最精彩的生活片断,耐人寻味,发人深思。记得年轻时读莫泊桑的《项链》、都德的《最后一课》和《柏林之围》,还有契诃夫的一些短篇,好象都是这样。仅就艺术结构而言,《项链》的起伏变幻,《柏林之围》的错综交替,反映作家艺术构思的深沉高妙,用这种手段表现主题思想,使主题思想更加突出,意味浓厚,历久不忘,不能不使人为之叹服。恩格斯说:“作者的见解愈隐蔽,对艺术作品来说就愈好。”②文学创作是高度的个人劳动,但是,自古以来,一篇脍炙人口的作品又往往是作者和读者共同合成的事业。虽然结构的安排必须胸有全貌,但作品着重表现的只是其中的一部分,即使长篇巨著,也不可能画出整个的人生。每一个题材,每一个主题,作者顶多写出其中的七分或八分,而将三分或二分留给读者去吟味,去咀嚼,去联想,这几乎是艺术的共同的规律。至于短篇小说,作者就应

① 《写于深夜里》,《且介亭杂文末编》。

② 《马克思恩格斯选集》,人民出版社,1972 年版。

当写得更少一些，让读者想得更多一些。

短篇小说的结构，决不是一个无足轻重的问题。说豆棚瓜架，搭起来就行，那是一种极大的误解。材料的取舍，生活的剪裁，人物的塑造，场面的安排，直到一个新的生命——作品胚胎的诞生，都和艺术结构有关。结构的形成需要经过艰苦的劳动，经过独特的艺术构思。

艺术结构不可能信手拈来，随心所欲，因为它是美，是一种创造，是每一个作者必须认真探索的美学问题。

——原载《人民文学》1979 年第 4 期

李 剑

“歌德”与“缺德”

据说,现在在我们的文学艺术队伍中又出现了一个新的流派,一些人称之为“歌德派”并进行猛烈抨击。那么,“歌德派”有什么罪呢?据说是他们的文章和作品长于“歌德”——歌颂是其文字的主要特色。这就有罪吗?这就应当批判吗?我看未必。当然,歌颂“四人帮”的哈巴狗文艺应当批判,一味地歌舞升平的空泛文字亦应指斥其弊。但是,歌颂中国人民的伟大领袖毛主席和他的光辉思想,为无产阶级和劳动群众树碑立传,为四个现代化事业大声疾呼,这又有何不好?

在阶级社会中,只有阶级的作家,没有超阶级的所谓“田园诗人”。革命的作家应当是阶级的眼睛,人民的手足,同党的事业同一命运。人民群众的伟大革命实践给作家以充沛的革命激情,能使之像开闸的激流那样为人民的事业大声呼喊。有幸于为中国人民的现代生活创造精神财富的专业和业余作者,没有任何理由不为“四化”高歌。

坚持四个原则,在创作上首先表现为站在工农兵的立场上为无产阶级树碑立传,为“四化”英雄们撰写新篇。这既是坚持文学艺术的党性原则的具体表现,又是人民感情向作家提出的创作要求。如果人民的作家不为人民大“歌”其“德”,那么,要这些人又有何用?在创作队伍中,有些人用阴暗的心理看待人民的伟大事业,对别人满腔热情歌颂“四化”的创作行为大吹冷风,开口闭口“你是‘歌德派’”。这里,你不为人民“歌德”,要为谁“歌德”?须知,“歌德派”者,也在“歌”无产阶级之“德”时,于字里行间猛烈抨击地主资产阶级及其残余意识,并没有在笔端失去迅雷闪电。我们的文学,是无产阶级文学,它的党性原则和阶级特色仍然存在。鼓吹文学艺术没有阶级性和党性的人,只应到历史垃圾堆上的修正主义大师们的腐尸中充当虫蛆。既然文学艺术的党性原则和阶级性没有消失,那么,就存在为哪个阶级歌德的问题。毛主席是中国人民的大救星,有着无产阶级感情的人当然要歌颂毛主席的丰功伟绩。有些人不愿这样做,那是他自己的事,我们也不强求他非这样做不可,阶级感情不一样嘛！向阳的花木展开娉婷的容姿献给金色的太阳，而善于在阴湿的血污中闻腥的动物则只能诅咒红日。那种不"歌德"的人，倒是有点"缺德"。

对于无产阶级和劳动人民，我们认为要全心全意地深入其中，透过他们明净的心窗摄取姹紫嫣红的春天景色。有人说不，不能下去，下到那些手上有油污、脚上有牛粪的人中间实在苦也！既无"舞会"，又无"盛宴"，真真是"虚度年华"。怎么搞创作呢？这些人说，"上"，"上"到红地毯上去采写"丰富多彩"的"内心世界"。呜呼！中国九亿人口，弃百分之九十五以上之工农，拾绿纱明镜中之"珍珠"，真可谓"绝对真理"，比杜林高明十倍。诚然，"科学之宫"应当重笔描绘，表现科学工作者的壮美情怀。但是，只是"上"到科学家的楼上，并不能写出佳作。科学家是在楼内，而他的图纸却在三山五岳、江河大海中变成丰硕成果。你不"下"到江海之中、峰谷之内，不见科研的实际成果，科学家的壮美情怀又何以颂扬？即使是纯粹的理论研究，"研究"过程中也有着研究者的感情奔流；而这感情又来自何方？只能来自他所感触到的社会激流、时代脉搏；而这"激流"和"脉搏"，则不在楼上，而在楼下，在亿万工农之中。自诩高雅，不近工农，在悠悠的柳绿下苦思"惊人语"，又岂能撰出佳作？

"歌德"并非什么凭空的臆想，而是社会主义制度、无产阶级专政、勤劳的人民所给予作家们的真情实感。中国的三十年社会主义征途中，虽然"四害"造成了十年灾难，但从根本上讲，我国的历史是前进了的，祖国人民的生活较之旧社会是提高了的，现代的中国人并无失学、失业之忧，也无无衣无食之虑，日不怕盗贼执杖行凶，夜不怕黑布蒙面的大汉轻轻叩门。河水涣涣，莲荷盈盈，绿水新池，艳阳高照。当今世界上如此美好的社会主义为何不可"歌"其"德"？而那种昧着良心，不看事实，把洋人的擦脚布当做领带挂在脖子上，大叫大嚷我们不如修正主义、资本主义的人，虽没有"歌德"之嫌，但却有"缺德"之行。

工人、农民，都是些普普通通的平民百姓，历来被"文明"的地主资产阶级视为芸芸众生，开口闭口"小人哉"。毛主席领导的中国革命，让人民翻身当了国家主人。文艺工作者应是"社会公仆"，为什么不去歌颂他们？吃农民粮，穿工人衣，摇着三寸笔杆不为国家主人树碑立传，请问：道德哪里去了？

还有那些"兵"，那些在自卫反击战中流血战斗的我们的阶级兄弟。他们大多来自农村，朴实、勤劳、勇敢、善良，对人民是"孺子牛"，对敌人是下山虎。为了民族，他们十八九岁，二十几岁，用血肉之躯去冲开敌人的大面积雷区，用心中的热血去浇灌胜利之花。他们为什么不应歌颂？为什么不应"下"到他们中间。你吃着面包大叫着"我们太落后啦！"他举着手榴弹喊着"向我开炮"，可见你比他们"高明"——生活水平"高"、电视屏面"明"，所以不必"下"到他们中间。对吗，尊贵的先生？

为中国人民的伟大领袖毛主席，为敬爱的周总理、朱委员长、陈毅、贺龙……为战斗的工农兵，为科研、教育工作者，为四个现代化的伟大事业，大“歌”其“德”，大颂其功，这是阶级的呼声，时代的要求。让我们的文学艺术和着鲍狄埃所踏过的血泊，含着“四五”勇士们的战斗激情，去满腔热情地歌颂我国大地上的万里春光，去抨击形形色色的邪风浊气。让我们的题材、体裁、风格、形式，在生活的激流中更加多样。让我们的作品中充溢着泥土和油浪的芳香，闪烁着青春的火花。让我们伟大祖国的春天在作品中展现出来，让人民从作品中看到绿于金色软于丝的万千细柳，闻到塞外原野的悠扬牧歌和战士打靶归来的阵阵欢笑。这里，我们不搞一味地美化生活的歌舞升平，也不赞成一些人用灰色的心理对待中国的现实。至于那些怀着阶级的偏见对社会主义制度恶意攻击的人，让其跟着其主子——林彪、“四人帮”一伙到阴沟里去寻找“真正的社会主义”也就是了。

——原载《河北文艺》1979年第6期

阎 纲

《创业史》艺术谈[①]

——在"对立"中刻画人物

柳青同志的《创业史》,经过十七年政治斗争和文艺斗争的考验,越来越闪耀出动人的光彩。真正来自实际斗争生活的作品,它的艺术生命力是很强的。

《创业史》是一部杰作。它在高度概括我国农业合作化运动,深入刻画我国农民的面貌和心理,真实生动地描写细节、环境和人物等各个方面,为我国社会主义文学创作提供了一套完整的经验。它反映农村广阔生活的深刻程度,简直是无与伦比的。

《创业史》不是故事性很强的作品,最大的事件不过是活跃借贷、买稻种、进山割竹子,当故事讲,很难产生"且听下回分解"的吸引力。《创业史》又是一部发议论较多的作品,作者常常"多嘴"插话,直抒胸臆,似乎"寓意显露"。但是很奇怪,《创业史》读来却兴味盎然,紧紧扣住人们的心弦。

这是什么原因呢?

文学史上的大量事实表明:故事性强的长篇小说,未必是艺术性强的长篇小说;刻画出了典型人物的长篇小说,必定是艺术性强的长篇小说。这就给予我们一个很大的启示:长篇小说艺术表现的成败,取决于典型人物的塑造!

《创业史》恰恰在典型人物的塑造上,为长篇小说增强艺术感染力量作出了榜样。

---

① 原文刊发时的《编者按》:"我国著名作家柳青同志于今年六月逝世,本刊发表阎纲同志的《〈创业史〉艺术谈》一文,以志悼念。柳青同志的长篇巨著《创业史》,是我国农村社会主义革命的史诗性的著作。这部巨著,无论在反映我国农村社会生活的广度和深度,还是在深邃的思想性和精湛的艺术性方面,都在同类题材的作品中达到了新的高度,为我国社会主义文学创作提供了极其宝贵的经验。由于林彪、'四人帮'的残酷迫害,柳青同志过早地离开了我们,不能如愿地完成《创业史》的全部创作计划。这是我国革命文学史上一个无法弥补的损失。但是,《创业史》将在人民中永存。柳青同志对我国文学事业的贡献,将载入史册。"

《创业史》一开卷，就把笔触对准人物的形象。那通史般的“题叙”，概括了梁生宝祖孙三代的苦难家史。一次又一次地创业，一代又一代地破产；创业、创业，几十年过去了，什么结果呢？无非是梁三老汉的腰弯了，得上（了）厉害的咳嗽气喘病。解放以后，老汉满心喜欢地要创业，然而，梁生宝要过社会主义大日子，创大业，吃“官饭”，父子之间矛盾尖锐化了。从这里开始，作品掀开了农业合作化运动的序幕——土地改革以后农民所面临的两条道路的严重的抉择。“于是梁三老汉草棚院里的矛盾和统一，与下堡乡第五村（即蛤蟆滩）的矛盾和统一，在社会主义革命的头几年里纠缠在一起，就构成了这部‘生活故事’的内容。”作品在这个序幕里以深刻印象留在我们记忆中的，不是长达几十年纷至沓来的创业纪录，而是顽强创业的人物的性格；全部《创业史》最吸引我们的，是“各种各样的人物”的命运和前途。

是“各种各样的人物”的性格命运彼此矛盾、相互作用，构成故事情节；不是“因事设人”，由故事情节图解人物。人物是社会关系的总和，同时又参与社会活动。这些复杂关系的反复作用，就把所有的人物逼上“命运之战”的战场，由此表现阶级矛盾、阶级斗争，反映社会的生活面貌。这是长篇小说显著的艺术特点。《创业史》就是这样进行艺术处理的。

《创业史》创造的人物“各种各样”，他们代表了当时农村的各个阶级、各个阶层、各种思想、各种风貌。这里有梁生宝、郭振山、梁三老汉、梁大老汉、高增福、高增荣、欢喜、王二、郭世富、姚士杰、王书记、杨副书记……这么多的人物，毫无千人一面的感觉，都是血肉饱满的活生生的人，互助组时期陕西终南山下的人，彼此以阶级、思想、感情、个性相区别的具有独特性格的人。这些人物所提供的社会环境的真实程度，无异于我们身临其境，同他们耳鬓厮磨。可见，形形色色的不同人物的塑造对于文学的真实性、丰富性、生动性以及文学反映生活的深刻程度的重要作用。

那么，《创业史》是用什么艺术方式塑造出如此鲜明生动的人物形象呢？我以为，其中一个重要的方式就是——对比法。这个对比法，正是恩格斯所准确提示的那种“把各个人物用更加对立的方式彼此区别得更加鲜明些”（《马克思恩格斯选集》）的方法。这是一条异常宝贵的创作经验，是成功地塑造人物形象的一个“诀窍”。我觉得，肯于钻研生活、勇于艺术探索的柳青同志，是深得其法的。

为了使人物“彼此区别得更加鲜明”，以完成人物的个性化、典型化，作者始终采用了“对立的方式”，这就是——

一、性格化——写“对立”的性格

读《创业史》，使人自然而然想起恩格斯的话：“每个人都是典型，但同时又是一定的单个人。”《创业史》的人物，各有千秋，性格迥异，没有一个人物跟另一个人物相雷同。在富裕的阶级中间，姚士杰、郭世富都是雄心勃勃的、发家之心不死的庄稼能人，但是在合法还是非法的斗争问题上，他们的性格特点被区分得何等分明！在贫农中间，十个指头也不一般齐。这里有心明眼亮、公道能干的梁生宝；有与互助组共存亡、死不变心的高增福；还有糊涂的栓栓和政治上也瞎了眼的王二瞎子。互助合作原本是农民阶级在土改以后走向共同富裕的必由之路，但却引起梁三一家人的不和睦。贫农高增荣竟然同富农姚士杰搞互助；富裕中农郭世富，也竟然成了最热心走社会主义道路的“梁伟人”他爹最羡慕的人！更发人深省的，是两条道路的斗争反映到了党内。赫赫有名的郭振山同预备党员梁生宝走上完全不同的道路，可是郭振山仍然“代表党”，他对“仇人”姚士杰始终保持着阶级警惕性，他有广泛的群众基础。——《创业史》确是用“对立的方式”把人物“彼此区别”开来了。

所谓“对立”，就是矛盾、对比、斗争。古今中外，天地万物，无不处于矛盾之中，无不相比较而存在。在现实生活中，没有矛盾就没有事物；在艺术中，没有“对立”就没有人物、没有性格。各阶级代表人物之间的“对立”，是阶级的“对立”；各阶层之间和各阶层内部的“对立”，有阶级的“对立”，但大量的是思想的“对立”、认识的“对立”。对于人物性格“对立”的描写，敌对的和阶级的“对立”，容易区别得鲜明；阶级内部和阶层内部的“对立”，却容易写得雷同。后一种情况，严重影响着我们文艺创作质量的提高。

看看高增福吧，这个和梁生宝一样献身合作化运动的砥柱人物，他同梁生宝之间的性格的“对立”是很鲜明的。高增福没有互助组不能活；梁生宝却有土地、牲口、劳力。高增福感谢党，是党救了他这个孤苦的、又当爹又当妈的穷汉子；梁生宝感谢党，是因为党要消灭私有制解放全人类。高增福为素芳进了姚士杰的四合院愁得吃不下饭、睡不着觉；梁生宝却说：“姚士杰嘛，他是一个不服政策的富农嘛。他不做坏事，叫谁做坏事哩？……咱得狠下劲儿做工作，把互助合作办好！”高增福从爱护互助组出发，极力反对白占魁入组，他意外地退出会场；而梁生宝同意白占魁入组，正是为了提高互助组的威信。高增福在逆境下宁愿苦撑不低头；梁生宝却要掀掉压在贫农头上的大山。高增福一步一个脚印；梁生宝走一步看三步。高增福深沉；梁生宝乐观。连这样两个同是先进的人物，他们性格也几乎处处“对立”，又何况其他人物呢！至于“郭振山瞪眼，梁生宝不瞪眼”；改霞妈是寡妇抓娃，高增福是光棍当娘；姚士杰的厉害不在脸上，郭振山却是一架轰炸机；梁三要过小日子，梁生宝要过大日子；郭振山能干而不公道，梁生宝既公道又能干……这种例子更是举不胜举了。

无可争议，贫农是农村最要求用社会主义革命改变现状的革命的阶级，是农村扭转乾坤的基本动力。但是，社会主义革命要在我国农村彻底埋葬存在了几千年的私有制度，这样一场极其深刻的革命，不能不在各个阶级、各个阶层，甚至在贫农阶级内部引起巨大的反映。在整个合作化运动的过程中，存在着地主、富农的破坏和捣乱，但大量的人民内部矛盾突出了。因此，怎样正确反映和处理大量存在着的人民内部矛盾，是能否深刻地反映农村两条道路斗争的要害问题，从这个方面去看待《创业史》里关于贫农人物"对立"性格的描写，更能帮助我们认识作者柳青同志生活底子如何雄厚、政治眼力如何的敏锐和深刻。

为了使人物的性格"更加鲜明些"，作者对人物作了细腻的肖像描写、身世描写和心理描写。这些描写是《创业史》人物刻画的显著特征。梁三老汉的咳嗽气喘病，任老四的水蛇腰，王二的瞎眼，栓栓身材粗高而痴呆，高增福的总是象哭过一样的沉重的脸，都是旧社会不堪忍受的重负留下的印记，是各种不同的悲苦身世刻在他们肖像上的形象的记录。梁三老汉大半辈子的露棉絮的破棉袄，当年底"圆了梦"、换上新棉袄棉裤出现在黄堡镇集上的时候，这幅肖像画岂止感动了他周围的人群和他自己！这位土改时把土地证钉在墙上给毛主席像磕头而抱怨儿子"在党"吃亏的人，这时恢复了庄稼人长者的尊严，他不是骄傲地笑了，而是感动得哭了。穿着变化的小事，激起了人们的无限思绪，有效地衬托出人物的性格。

蛤蟆滩的"三大能人"——郭振山、姚士杰和郭世富，却是另一类肖像画。蛤蟆滩上的代表主任、强有力的郭振山，个子高大，嗓音洪亮；迷信粮食就是力量的姚士杰，宽肩阔背，有一副敦实的身骨，铁板个脸，凶狠狠的；郭世富这个不识字的经济专家，却是个脑门当中有一撮白头发、胡髭剪得很齐、走路消停、寡言不笑的"面善"老汉。至于梁生宝，这个"小叫化子"出身而现在的合作化带头人，则是个红脸、浓眉、大眼睛、身派不低、英武结实的"彪小伙子"。互助组出山以后我们看见的梁生宝是这样一副打扮：裹缠夹在腰带里，赤脚穿着麻鞋，衣裳扯得稀烂，红棠棠的脸盘消瘦而精神，一道道的血印散布在额上、耳上，甚至眼皮上。不用他开口，就可以想见互助组进山一场战斗如何的艰苦了。

作家创造人物，历来忌讳"千人一面"，力求作(做)到各色各样，面目迥异。在现实生活中，再"一模一样"的长相也只能是相对的比较，绝对的"同"是没有的，何况文学作品里的人物呢！

但比之肖像描写来，作者更重视心理描写。老实说，在平庸的长篇作品里，人们很害怕读心理描写的部分，这种描写不是解释人物就是让人物思想开小差，空泛而冗长。《创业史》不是这样。我们读到作者心理描写的精彩部分，惊喜得几乎要叫出声来："了不起的心理学家呀！"心理描写在《创业史》里比重很大，每一个人物的描写都不例外，给人的印象很深。你能忘记第一章梁三老汉叫"梁伟人"起床以及"第一部结局"里他排队打油的心理活动吗？你能忘记郭世富赶粮食市集对蛤蟆滩政治斗争、经济斗争策略的成套设想吗？我们也不能忘记：郭振山受批评后"病"在炕上对于是不是要“在党”的想法；姚士杰对于白占魁和高增荣求借时所用的心计；王二瞎子这个清朝的冤魂对处世哲学、治家之道和伦理观念的自我欣赏；改霞在婚姻问题上的一系列的苦闷和打算，以及郭世富架梁时和梁生宝分“百日黄”稻种时各类人物的心理反映。尤其写得引人入胜的，是梁生宝的心理活动，这种描写几乎渗透在这个在蛤蟆滩为众人特别注目的人物性格历史的全过程。这里试举一例。

梁生宝在第五章才正式出场的。他是在土改以后蛤蟆滩自发势力抬头、新生的互助组前途难以预卜的情势下出场的，是在社会矛盾、家庭矛盾，以至于爱情矛盾的背景下出场的。颇具匠心的作者，为他的主人公布下复杂的环境，又意外地让他的主人公离开这个环境，单独一个人在漆黑的郭县车站上冷静地想事。寂静的黑夜和沸腾的思绪，淅沥的春雨和只身行路，为作者对人物的心理描写提供了再好不过的机会。在这样的环境气氛中，梁生宝“想到他妈”，“想到继父”，“想到妹子”，“想到他互助组的基本群众——有万、欢喜、任老四……”，“想到改霞”，想到新稻种能否适应家乡的土壤，想到“靠多打粮食的革命”，想到郭振山为啥不热心……想到党。他觉得：“把许多事情联系起来思量，很有意思。他有这个爱好。”是的，“很有意思”，作者柳青同志也“有这个爱好”。

这样的描写，不但俯瞰了蛤蟆滩阶级斗争的全貌，深化了两条道路斗争的内容，而且凸现了人物的性格特点，让人物一出现就留给读者与众不同的鲜明印象。

“他想……”一类的心理描写，是区别“对立”人物的一种手段，但切不可把这种“想”当成作者倾向的“单纯的传声筒”，将个性消融到原则里。也不能胡思乱想，脱离具体人物漫无边际地想。

列宁说：“在小说里全部的关键在于个别的环节，在于分析这些典型的性格和心理。”这是多么精辟的见解啊！

二、性格冲突——在“对立”中写性格

在蛤蟆滩的政治舞台上，梁生宝是诸矛盾中的居于中心地位的人物。他的性格其(之)所以能够区别得更加鲜明，主要原因不在于作者对他作了成功的肖象描写或心理描写，而在于作者从人与人直接间接的关系中，通过比较，对他的所作所为作了成功的辩证的描写，也就是通过各种特殊人物间的特殊矛盾，显示出梁生宝性格的特殊性来。不同的性格撞在一起总要发生冲突，另一个矛盾出现了，又会发生不同于上次的性格冲突，如此不断地继续下去，就会诱使人物将自己的一切特点“暴露”无遗，成为人群中独一无二的个人——一个“这个”。由此可见，人物的“对立”，来自性格的冲突。

现在，我们来看《创业史》怎样通过性格冲突刻画梁生宝独特的性格。

梁生宝和梁三老汉都梦寐以求要创业、过富裕日子,但是一涉及郭世富,父子俩的"对立"就尖锐起来。梁生宝和杨书记都"姓共",一席谈话看出了他们在胸怀视野上的区别。郭振山对梁生宝进山没向他请假的批评,暴露出他们在路线上的分歧多么深刻。梁生宝和高增福都是互助组的骨干,但这一对相映生辉的人物却各以自己特有的色彩闪光发亮,谁也不能代替谁。分稻种的时候,梁生宝接待了五光十色的人物;正是在梁生宝分别跟他们接谈的各个瞬间中,多方面地表现了他鲜明的性格特征。白占魁,这个国民党兵痞、土改时的疯狂分子,他申请加入互助组的事,象一股冷风吹进蛤蟆滩,引起人与人之间的关系的新变化。在处理这种复杂关系的广泛接触中,更加对比出梁生宝敢于改造世界的胆识和魄力。又如,在断然吸收高增福入组的问题上,表现了梁生宝坚定的阶级立场。在对待栓栓受伤问题上,表现了梁生宝深厚的阶级情分。在对待继父的问题上,他的无私、体谅和尊敬达到十分动人的地步。在对待栓栓退组、任老四郭锁动摇的问题上,表现了他的容忍和耐心。在对待郭振山的冷漠上,表现了他求团结的愿望、慎重的态度和博大的气量。在对待改霞求爱的问题上,却表现了他的优柔寡断。在党的领导干部面前,他象个可爱的小学生,无比的赤诚和恭谦。在《创业史》第一部的最后,作者为梁生宝的活动作了总结,他说:"被事业心迷住了心窍的小伙子啊!"你"处理和改霞的关系"虽然"不高明",但是"我们承认:你处理父子关系,处理和王瞎子一家人的关系,处理和郭振山的关系,处理白占魁的问题,都是相当出色的!"这一系列的"处理",包含着丰富的内容,充满了性格的冲突。通过种种不同的性格冲突,梁生宝与其他任何人物相"区别"、相"对立",完全立体化,活生生地、血肉饱满地跃然纸上、呼之欲出了。

然而,作为主要人物的梁生宝,在《创业史》厚厚的第一部里,还没有同经济上最有势力的、互助组的竞赛者郭世富、姚士杰正面较量,还没有同代表党但却背离党的、政治上强有力的郭振山直接交手呢!由此可见,柳青同志为梁生宝性格的"更加对立"、更加典型化留有何等广阔的天地呀!

这就是我们的梁生宝,蛤蟆滩上农业合作化的领袖人物,可敬可爱的亲密同志,社会主义革命造就的一代新人。他积极、聪明、公道、能干。他跟平常人一样,有七情六欲,有三灾八难,有时怀疑自己,有时也想家,并不是单纯的乐神,超凡入圣的救世主。正因为如此,农民们才把他看成自己人,只要他出头,大伙就能跟上来。这样的人物,有什么理由不承认才是真正先进的英雄人物呢?这类英雄人物,比起"四人帮"笔下的"光彩照人的英雄"来,到底哪一个好呢?

我们敬爱的周总理说过:"现实中的先进人物是最平凡、最普通的。现实中没有神化了的人物。"又说,"现实中的先进人物多种多样。通过特殊(个别)反映一般"。周总理所要求我们笔下的特殊(个别)的人物,只有用恩格斯传授的"更加对立的方式”才能创造出来。

事物是矛盾的,世界是复杂的,生活是多样的,我们的头脑也应该复杂多样起来。人们日常看戏、看电影、听说书、读小说,固然为了受教育,但要的是活灵活现的形象教育,一步不能离开具体个别的人和事。文艺帮助人们认识生活,必须从个别到一般,由特殊到普遍。文艺反映的生活的复杂性、多样性,正建筑在大量特殊矛盾的人和事的基础上。毛主席准确地指出:对于各种事物,必须注意它们的共同点,“但是,尤其重要的,成为我们认识事物的基础的东西,则是必须注意它的特殊点,就是说,注意它和其他运动形式的质的区别”。概念化、公式化的作品,只讲一般,不讲特殊;只讲共性,不讲个性;只讲抽象的“模式”,不讲实际的生活。读这样的作品,无异于硬叫读者进抽象的房子,实在不得其门而入。因为我们看到的是生活中具体的房子,不是天津的小洋楼,就是北京的四合院,还有蛤蟆滩的草棚屋等等。

总而言之,人物要“区别”、要“对立”。区别、对立、复杂、丰富、多种多样,这才是现实生活中的人们的本来面目。人物之间的区别和对立,每个人物性格本身的矛盾和统一,阶级的共性和个性的统一,阶级矛盾与社会矛盾的对立统一,因此构成多彩多姿、千变万化的生活画面和艺术画面。文艺创造的苦辛,文艺欣赏的美感,都是由此而来的。

“把各个人物用更加对立的方式彼此区别得更加鲜明些”,这是恩格斯对于真正的艺术创造者的召唤,是唯物辩证法对立统一的学说在人物典型化方面的运用,是对文艺创作经验的总结。它应该成为我们艺术劳动的格言,也应该成为艺术欣赏的标准。

——原载《上海文学》1978 年第 7 期

吴周文

论刘白羽散文的艺术风格

刘白羽是当代著名的作家和散文特写家。他在战争年代创作的《为祖国而战》、《政治委员》、《无敌三勇士》等作品，曾经鼓舞着祖国人民为推倒头上的“三座大山”而冲锋陷阵。建国以后，他的反映中朝人民抗击美国侵略者的通讯特写集《朝鲜在战火中前进》、《战斗的幸福》，反映社会主义大跃进的特写集《早晨的太阳》和短篇小说集《踏着晨光前进的人们》等作品，似号角和战鼓，一直激励着广大读者的斗志，唤起我们投身于社会主义革命和社会主义建设的热情和干劲。应该肯定，他的通讯特写和小说创作，是有一定成就和较大影响的。

但是，在刘白羽的创作中，散文占有显著的地位。大跃进以后，他致力于散文创作，成为建国以后有独特成就的散文作家之一。那一篇篇抒情散文犹如一颗颗鲜红透明的玛瑙，使人赏心悦目、低回不已。这些散文结集而成《红玛瑙集》。① 打倒“四人帮”以后，他青春焕发、精神饱满，除编选了《刘白羽散文选》外，还陆续写作了《红太阳颂》、《伟大的创业者》、《巍巍的太行山》、《红色的十月》、《伟大的洪流》、《海歌》等散文。② 如果说，刘白羽解放后的通讯特写使我们感受到我军指战员身上闪耀的革命英雄主义光彩，“建设斗争前哨上新鲜的、锐进的生活图景，生活气息，战胜困难的激情，劳动创造的幸福”③，那么，他的抒情散文使我们领略到“中国血的战斗

---

① 《红玛瑙集》出版之后，还陆续发表了《冬日草》(1962 年 4 月号《上海文学》)、《珍珠》(1962 年 3 月号《人民文学》)、《平明小札》(1962 年 12 月号《人民文学》、《上海文学》)、《大同江》(1963 年 3 月号《人民文学》)、《春》(1964 年第 3 期《收获》)等作品。

② 《红太阳颂》，1976 年 12 月 25 日《人民日报》；《伟大的创业者》、《怀念敬爱的周总理》，人民文学出版社；《巍巍的太行山》，1977 年 7 月 22 日《人民日报》；《红色的十月》，1976 年第 9 期《人民文学》；《伟大的洪流》，1976 年 11 月号《解放军文艺》；《海歌》，1978 年 6 月号《上海文艺》。近两年的作品结集为《红色的十月》，1978 年由上海文艺出版社出版。

③ 刘白羽：《文学杂记》。

的一点历史脉络，火热建设的一点闪光”①，领略到作为一个革命战士为生活和斗争而歌唱的豪情壮举。刘白羽的散文，一方面主题的革命性和时代感固然有动人心魄的思想力量；另一方面作品的主题又是和多彩多姿的艺术手法辩证地统一起来的，构成了他独特的艺术魅力和风格。下面，就刘白羽散文创作的艺术特色，谈几点看法。

一

读刘白羽的散文，我们象随着作者攀上时代的“高山之巅”，俯视我们整个生活的灿烂图画：千姿万态的长江，茫茫浩瀚的大海，雄伟苍莽的长城，以及五彩斑斓的旭日、朝霞、灯火……让你庄严地思索着昨天的道路是怎样开拓的，今天的道路又通向哪里，你会沉浸在一种对战斗的人生和美好明天的憧憬之中。

作者的哲理思索，是启窦读者心往神驰的思想力量。

刘白羽善于把诗的“触角”伸向光明、纯洁、壮美和富有象征意义的美好事物，如喷薄的红日、冲天的炮火、一往无前的江轮、熠熠放明的灯火等等，这使他的散文获得鲜明的美感和洋溢着一股浓郁的诗意。但不仅于此，他能够自觉地从无产阶级革命与无产阶级专政的高度，透过这些美好事物的表象，洞察底蕴，挖掘本质，借以展开一种严峻而深沉的哲理思索，这是刘白羽散文立意的一个显著的特色。

众所周知，刘白羽曾经是一位随军记者，一位驰骋千里战场的军人。“作为一个在尘土飞扬的行军道路上走过的人，在战火纷飞的前线上走过的人，今天回想起来，在最初一刹那，就象一下看到灿烂的阳光，心中说不出那么欢欣，鼓舞，幸福，喜悦。”②因此，社会主义革命和社会主义建设中的一人一事、一景一物，一经叩击作者的心弦，便很自然地引起他对“血与火”的思索，从历史深处和革命高度进行艺术想象和艺术概括。从对闪光事物的捕捉、生活感性的触发，到严峻深沉地展开哲理思索，这是刘白羽散文构思的一般过程。这种哲理思索象火花一闪，把作者立意的思路照得通明；同时，它也是照耀读者感受作品诗意的思想闪光。我们读《长江三日》吧。

这篇散文是刘白羽的代表作。作者用浓艳的画笔，制作了一幅五彩缤纷的长江的油画，热情洋溢地抒写了深邃的革命哲理。第一日，文章叙写江轮由重庆开出而未入三峡的一段历程，着重突出长江千姿万态的美。水天风雾、浩浩江流是作者的感触，从沉沉黑夜中冲破惊涛骇浪、昂奋前进的江轮，是作品捕捉的而又贯穿始终的

① 《刘白羽散文选·前言》。

② 刘白羽：《红玛瑙集》。

主体形象,作者把它们与我们的时代、我们的生活联系起来了:“我觉得这是我所经历的大时代突然一下集中地体现在这奔腾的长江之上。是的,我们的全部生活不就是这样战斗、航进、穿过黑夜走向黎明的吗?”由于这一思想的熔铸,江轮便成为我们整个革命事业的诗意象征了,“战斗、航进、穿过黑夜走向黎明”的哲理思索,也便成为贯穿全文的内在思想红线。第二日,作者叙写了江轮穿过瞿塘峡、巫峡、西陵峡的惊险情状,以及三峡的雄伟壮观、妖娆绮丽。其中,突出渲染江轮与狂风恶浪、暗礁险滩的搏斗,并穿插对两岸层峦叠嶂的精描细刻及山川历史、优美传说的叙说,初看起来似乎全是实写,但读者从“看起来这青滩的声势十分吓人,但人从汹涌浪涛中掌握了一条前进途径,也就战胜了大自然了”数句,便能够领会哲理思索的“神”:领航人只有用智慧和胆量征服暗礁险滩,才能开辟一条无往而不胜的道路。显然,这一部分含蓄地把“战斗、航进、穿过黑夜走向黎明”的哲理思索引向深处,这种含蓄弥漫着一种诗的气氛。第三日,文章叙写长江“楚地阔无边,苍茫万顷连”的清丽景色和作者穿过三峡后的恬静心情。巧妙的是,其间穿插了卢森堡《狱中书简》中的两段话,用以表现一个无产阶级革命家的坚定信念和乐观主义精神,这把“战斗、航进、穿过黑夜走向黎明”的哲理思索推到新的境界。作者说:“我不能不意识到,今天我们整个大地,所吐露出来的那一种芬芳、宁馨的呼吸,这社会主义生活的呼吸,正是全世界上,不管在亚洲还是在欧洲,在美洲还是在非洲,一切先驱者的血液,凝聚起来,而发射出来的最自由最强大的光辉。”作者启发读者去思索,无产阶级在开辟革命道路的过程中,必须具备革命必胜的信念和乐观主义的精神,前仆后继,百折不挠,以生命和热血去“凝聚”“最自由最强大的光辉”。至此,文章的哲理思索进入高潮和顶峰。从以上分析中不难看出,哲理思索是作品立意和构思的“凝光点”,文章虽然落墨于山河画卷,却处处着眼于哲理的诠释,因此,气势壮阔,格调高昂,诗意浓烈,画意、诗情与哲理交融而浑然一体了。假如没有这个“凝光点”,这篇作品就失去了灵魂,失去了激动人心的思想力量和艺术力量。

哲理入诗,被称为“哲理诗”,绝大多数流于抽象,缺少诗情画意,因而成功者甚少。可是,优美的散文总是在鲜明的形象中包含着一种哲理的诠释,用高尔基的话说,“把真理化为形象”①。刘白羽散文的哲理思索有他的特点:常常命意于光明、纯洁、壮美和富有象征意义的事物,从中寄托着无产阶级的崇高理想和襟抱。因此在他的笔下,被描写的具体事物,就成为贯注生气、充满诗情、富有战斗美的典型形象了。例如,《日出》中一轮晶光耀眼的旭日,是躁动于黑夜之中而终于战胜黑暗、夺取世界光明的大智大勇的形象;《长江三日》中的江轮,是冲破惊涛骇浪、开辟前进道路

① 高尔基:《和青年作家谈话》。

迎接灿烂灯火的“革命航船”;《樱花》中的樱花,不是那种象征武士道精神的樱花,而是傲雪怒开、迎接风雨的日本人民革命精神和革命热情的写照;《海歌》中波澜壮阔、旋卷向前的大海,则可以看成在打倒“四人帮”以后,我们社会主义祖国继续新长征的雄姿。……这些富于个性的主体形象,分别活跃在散文篇章里,贯穿每一篇作品的始终。这样,作者的哲理,决不是抽象的呼喊,而是形象化的有层次的阐释,是哲理与诗的结合。

刘白羽还善于把对客观事物的哲理思索,凝成一两句诗句或一首诗,这是他哲理思索的特点,也是他在散文中创造意境的特点。如:

《日出》——“我们是早上六点钟的太阳”;

《灯火》——“灯火……”;

《青春的闪光》——“一个新世纪的早晨”;

《长江三日》——“战斗、航进、穿过黑夜走向黎明”;

《红玛瑙》——“地球是个红玛瑙,我爱怎雕就怎雕……”四句诗;

《火光照红海洋》——“火光照红海洋”;

《海歌》——“我爱海涛飞白雪”一首诗;

……

这一两句诗或一首诗,是散文的点眼之处,是创造意境的“焦点”。《长江三日》,如果作者不是在描绘长江画卷中展开诗的哲理想象,那江天、风雾、礁石、恶浪、两岸青山、江轮的千里航程,自然不会组成一幅比现实画面更瑰丽、更雄伟、更理想的画面。《红玛瑙》,如果作者不是以“地球是个红玛瑙,我爱怎雕就怎雕”一首诗作为辉照全文的“眼点”,作品就会流于对回延安后一般见闻的叙写,意境就会显得肤浅苍白,那些至理诗情的抒写就失去了诗的“神经”。因为有了诗的“焦点”,所以,作者的哲理思索、主观理想和被描写的客观形象更完美地得到统一,散文的意境更深邃、更具有诗的情调和色彩。由此可见,刘白羽在散文的炼意上,活用了古人“立片言而居要,乃一篇之警策”①的经验,又有了自己多少独特的创造!

必须指出,刘白羽的哲理思索来源于对客观事物的深刻感受。他在回答如何捕捉和表现生活诗意的问题时,谈过《火光照红海洋》这篇散文的创作经过和体会。他说:“……我自己从生活中观察得来,成为我的一句诗,于是我写下了‘火光照红海洋’。这毫无神秘之处。很显然,这种诗意本来存在于我们的现实生活之中,但它要经过人们的观察、认识、想象,而后才能努力地把它表达出来。”②诗意来源于现实生

① 陆机:《文赋》。

② 刘白羽:《给人民作一个通信员》。

活，哲理思索是作者对于现实生活的“认识、想象”。刘白羽善于通过哲理思索，把生活的诗意提炼为散文的诗意。

哲理的深处，是诗意的浓点。这是刘白羽散文中反复追求、努力创造的境界。正是这个原因，他的散文的基调总是雄壮的、昂扬的。

二

黑格尔说过：“艺术家一方面要求助于常醒的理解力，另一方面也要求助于深厚的心胸和灌注生气的情感。”①意思是说，艺术家对生活要有深刻的理解和认识，还要在作品中渗透和饱含作者的感情。散文是文学体裁中一种长于抒情的文体，刘白羽很注重发挥散文抒情的特长，如他自己所说：“如果作者不把血、感情流注到文章里，文章又怎能有燃烧的热情，有光彩呢？”②

如前所述，在刘白羽的散文中，革命的哲理是通过鲜明的形象来揭示的，不过这些只有与革命激情熔为一炉时，才能更深切地晓之以理，以情动人，给读者以思想上的启示和情感上的陶冶。由于作者是在“血与火”的战争中成长起来的革命战士，对于生活的热爱、对于未来的向往、对于真理的追求，总是情不自禁地诉诸他的笔端。感情奔放，气势浩荡，于文章的起承转合间见壮语的苍莽情味，在字里行间倾注着为革命事业而引吭高歌的热情，这是刘白羽散文抒情的基本特色，也是他“把血、感情流注到文章里”的生动表现。

刘白羽散文的抒情，不是架空的抒发，而是与所描写的客观形象取得内在的融合。对此，一般散文作家是容易做到的。但是，刘白羽有自己的个性，有两个显著的特征：

一是借助于壮阔的景象，抒写自己豪放的襟抱。

《长江三日》中，作者抒发的是为祖国壮丽河山而讴歌的激情，是“战斗、航进、穿过黑夜走向黎明”的哲理豪情。这种感情的抒发，是随着山河画卷的逐层舒展而逐渐吐露的。结尾描绘了这样一幅壮阔的景象：

> 夜间，九时余——从前面漆黑的夜幕中，看见很小很小几点亮光。人们指给我那就是长江大桥，“江津”号稳稳地向武汉驶近。从这以后，我一直站在船上眺望，渐渐的渐渐的看出那整整齐齐的一排象横串起来的珍珠在熠熠闪亮。我看着，我觉得在这辽阔无边的大江之上，这正是我们献给我们母亲河流的一顶珍珠冠呀！……再前进，江上无数蓝的、白的、红的、

① 刘白羽：《给人民作一个通信员》。

② 刘白羽：《文学杂记》。

绿的灯光，拖着长长倒影在浮动，那是无数船只在航行，而那由一颗颗珍珠画出的大桥的轮廓，完全象升在云端里一样，高耸空中，而桥那面，灯光稠密的简直象是灿烂的金河，那是什么？仔细分辨，原来是武汉两岸的亿万灯光。当我们的“江津”号，嘹亮地向武汉市发出致敬欢呼的声音时，我心中升起一种庄严的情感，看一看！我们创造的新世界有多么灿烂吧！……

作者用色彩明丽的语言，从远近上下不同的角度，描绘大桥、江面和武汉两岸的亿万灯火，摹写各种灯火变幻的情状，组成了一幅迷离惝恍、色泽飞逸的灯火世界，给人以开朗、奇伟、辽阔、壮美的感觉，是诗，也是画。前面提到，作品在引用卢森堡的两段文字以后，把哲理思索推向顶峰。至此，作者胸中奔突的感情也升腾到高潮。感情的高潮是借助于这一幅壮阔的灯火画面来表达的。正是通过这幅画面，展示“战斗、航进、穿过黑夜走向黎明”的“曙光”，展示“我们创造的新世界”。“思想越深刻，感情也就越深刻。”①深刻的思想、革命的激情完全饱含在壮阔的画面之中，一个革命战士的豪放襟抱显露在我们读者的面前。

为了更好地抒写自己的襟抱，刘白羽在壮阔的景色描绘中，注意突出“动”的气势。武汉的灯火画面，是以江轮的“动”、江水的“动”，去写亿万灯火的“静”，因而灯火也随之而“动”了。这种“动”的气势，烘托着作者感情的“升腾”。《日出》中，作者描绘了另一幅壮阔的景象：开始是“游动着一线微明，它如同一条狭窄的暗红色长带”；接着，“那条红带，却慢慢在扩大，象一片红云了，象一片红海了”；尔后在“红海”上“簇拥出一堆堆墨蓝色云霞”，“突然间从墨蓝色云霞里矗起一道细细的抛物线，这线红得透亮，闪着金光”；最后“在几条墨蓝色云霞的隙缝里闪出几个更红更亮的小片”，“冲破云霞，密接起来，溶合起来，飞跃而出，原来是太阳出来了”。这一幅瞬息变化的风景画，是由若干幅连动的画面组成的，作者渲染日出的“动”，淋漓尽致地描绘这一轮旭日如何战胜“沉沉的浓夜”、冲破“墨蓝色云霞”，最后夺得世界光明的战斗美。虽然作者没有“直抒胸臆”，但从中寄托着作者革命的理想、优美的襟抱，读者似乎能够触感到作者大起大落的感情潮汐。是否能作这样的理解：作品描绘壮阔景象的“动”的气势，正是作者的思想在跃动，感情在奔突，诗兴在澎湃。

二是融情于理，情理并茂。

刘白羽的创作是从小说、通讯特写走向抒情散文的。在他的通讯特写中，体现了形象性与政论性的结合。这一特色在他的散文中又有所发展，即为融情于理、情理并茂。让我们随便举一个例子。《红玛瑙》这篇作品，是作者回革命圣地延安后写的。作为一个“真正的生命是在延安开始的人”来说，延安的一山一水、一草一木都

① 《别林斯基选集》。

和作者结下了不解之缘,萦回了多少革命的、战斗的情怀!当作者乘车驶近延安,看到窗外墙壁上的"地球是个红玛瑙,我爱怎雕就怎雕"一行朱红大字时,便浮想联翩、情思涌溢了。文章的结尾部分,当作者完整地看到这首诗的时候,这样写道:

> 这时,就象电炬一下照明了面前的大道,突然,象浮雕一样把我重来延安的全部思想、感情都刻画出来了。是的,正是在这里,正是在那庄严、艰巨的时代,我们的党,我们的毛主席就一步进一步地雕着这一个晶莹、透明、通红、发光的红玛瑙的新世界了。而为了塑造这一个新世界,首先就雕塑了一批又一批能创造新世界的人。他们给共产主义思想阳光照耀后,象血一样鲜红、象火一样明亮,他们的灵魂,象红玛瑙一样坚固、纯洁、闪光。而这一切不正象征着我们整个中国革命、战斗的形象吗?

这是在作者回忆了自己的成长过程,叙写延安的革命历史及其新貌之后得出的哲理性的结论。因此,虽是政论,又融入了作者炽热的诗情,诱发作者感情进一步倾吐:

> 我不禁进入沉思:"……如果说一个革命者,当他获得革命真理时才获得了真正的生命,那么,延安,在多少人心灵上点燃起那最初的一点火焰啊!而这火焰,从此便在你生活中永远熠熠闪光了……"……车轻快的奔驰着,奔驰着。我心中自言自语的勉励着自己:"让延安这个灯塔永远在我记忆中闪光吧!要创造一个红玛瑙一样鲜红、通明的新世界,那就先努力把自己锻炼成为永远鲜红、通明的红玛瑙一样的人吧!"……

这段抒情是前一段文字的发展。前者偏于议论,而议中有情;后者偏于抒情,而情中有议。前者的议论,把延安放在历史的深处去考察,让读者从理性上认识延安——她是革命的摇篮,是"整个中国革命、战斗的形象";后者的抒情,让读者从"喝过延河水的人"异乎寻常的感情上去认识延安——她是革命者的母亲。请看,情以理动,理因情显,情与理的交融、抒情与议论的结合,使作者对延安的感情得到了有力的渲(宣)泄、深刻的抒发。在刘白羽的散文中,议论总是与描叙、抒情结合的,有时难以分辨,究竟是议论还是抒情。他常常是融情于理、情理并茂的。

一个有风格的散文作家,应该有他抒情的基本特色,还应该在不同作品里表现出多样的抒情风姿。刘白羽很注意抒情风姿的多样化。《红太阳颂》、《红色的十月》、《伟大的洪流》,似悬泉瀑布,飞流直下;《长江三日》、《伟大的创业者》,似大江奔流,一浪高一浪地前进;《灯火》、《青春的闪光》,犹如浪击礁石,有节奏地往复回环;《秋窗偶记》、《冬日草》、《平明小札》,好象轻风吹过湖面,漾起阵阵涟漪;至于《日出》,则随着画面的转换,感情步步积蓄,最后突然打开闸门,让洪水迸发……这种变幻的抒情风姿,画出了多种多样感情波澜的"图画",使刘白羽的抒情具有一种独特的艺术的美感力。

三

杨朔的散文一般是围绕叙写一个人物、一件事情而层层展开的。刘白羽的散文则迥然不同。他以“意”为“帅”，以抒情为牵引线，散文中的人、事、景、物、情、理，是随着感情的发展变化而摇曳铺陈的。基于这个特点，徐迟同志说他的散文“以虚取胜”①，这是不无道理的。

刘白羽的散文在经营结构、布局谋篇方面，具有潇洒跳脱、严谨简练的特点。他以思想感情的红线作为经线，以生活剪影画面作为纬线，经纬互织，编制成一幅幅五光十色的彩锦。

我们看《青春的闪光》这篇散文吧。作品是一首献给祖国第十个国庆的颂歌。在特定的时间——国庆十周年，特定的场景——我们的首都天安门前，作者抒发自己的一种特有的情绪：怀着中华民族自立于世界民族之林的自豪感，热情赞美、歌唱我们社会主义祖国和人民的革命青春。文章的开头勾画了一幅天安门前的素描画，“天将破晓，天安门工地上一片灯光、一片轰响。在这背景之下，我看到一个戴安全帽的青年人向我走来。他有着黑红的脸膛，明亮的双眸，他的一只手把一件上衣拎在肩头，他昂起胸脯，大踏步的行走”。这是一幅写生画，也是一幅写意画，作者把它与我们社会主义祖国的青春联系起来了，沉入了“是一首诗，一幅画”、“是一个新世纪的早晨”的思索，抚今追昔，浮想联翩，一连给读者摄下了好几幅历史和现实的剪影：飘着太阳旗的坦克在天安门前横冲直撞地碾过；人民英雄纪念碑破土施工；毛泽东同志一九四九年十月一日出现在天安门城楼上；火炮轰鸣的鸭绿江畔；冰雪闪光的大森林里；炉火熊熊的马丁炉前等。作者时写人，时写事，时是历史的回顾，时是现实的描写，笔墨酣畅，汪洋恣肆，走笔行文，不拘法度。这是结构潇洒跳脱的一个方面。另一方面，随着作者对祖国和人民的革命青春的纵情歌唱，随着感情的抑扬抗坠和往复回环，这些剪影画面由思想感情的牵引而井然有序地连接起来。思想感情红线的贯穿、与形象画面穿插的结合，又使散文的结构显得严谨而简练。虽然，看起来这些画面是伴随思想感情的跳跃而“带”出来的，一路写来，似漫不经心。但这些画面是经过精心安排的，从天安门前一幅素描画落墨，到以天安门前遥望全国的一幅壮丽图画收笔，每一幅画面都是围绕着“青春”的主题落落有致地展示的；同时，又以“红丹丹(彤彤)的笑脸”、“亮晶晶的眼睛”，作为焊结每一幅画面的“焦点”，因而显得形散而神不散。

---

① 徐迟：《说散文》。

刘白羽认为,“好的结构,应当不是平铺直叙,而是波澜四起”①。他除了在散文的整体结构方面讲究潇洒跳脱和严谨简练的结合之外,还善于在布局中运用多种手法,以构成散文的波澜。

以“对照”造成波澜,在刘白羽散文中是多见的。历史和现实、今天和将来、战争和建设、创业的艰辛和新生活的芬芳,对照地出现在他的散文篇章里。《青春的闪光》中,在勾画天安门的素描后,接着,又把一幅飘着太阳旗的坦克横冲直撞的画面推到我们面前,旋即又展示人民英雄纪念碑破土施工的壮丽一幕,在历史与现实的对照中,文章开阖变化,波澜顿起。《冬日草·雪》里,就有两幅历史的素描,一幅是长安街的冬夜,风吹老树,雪打寒窗,乞讨者在哀号。一幅是汾河边的冬夜,燃着战火,响着枪声,音乐家伏身创作。这两幅情调不同、气氛殊异的历史画面交相辉映,结构上大起大落,意境也随之转深了。我以为,作者的这种对照手法,不能单单看成是结构上的特点,也是创作意境的特点。

刘白羽喜欢将一两句诗句、一种情思、一个形象在作品中多次出现。这种“反复”手法的运用,从结构上来说,使他的散文波澜具有鲜明的形式美。《灯火》中“灯火……”诗句的多次反复,《青春的闪光》中“红丹丹(彤彤)的笑脸”、“亮晶晶的眼睛”的多次反复,结构显得很有龙骨,每一次反复给读者的印象由浅入深,由淡转浓,章法上显示着有节奏的起伏变化。《秋窗偶记》、《冬日草》、《平明小札》中的许多篇章,作者尤其注重运用反复手法,主要表现在“尾音”与“起调”的圆合、呼应上。这些反复手法用得灵活自然,突出了散文波澜的和谐统一的形式美。

“对照”是相反相成、相辅相成,“反复”是异中求同,同中有异。二者都是于整齐中求变化,于统一中见波澜。此外,刘白羽还用抑与扬、疏与密、虚与实等辩证法,设计散文的波澜。

《日出》这篇代表作,作者以毕生看日出的理想作为线索贯穿全文,先后制作了五幅有关日出的图画。作品开头告诉读者,“登高山看日出,这是从幼小时起,就对我富有魅力的一件事”,“但很长很长时间,我却没有机缘看日出”,这在读者心理上造成一个悬念:作者到底看到没有?接着,作者从海涅的散文、屠格涅夫的小说中摘录了两幅日出的画面,神奇、优美的景象引起了读者的神往,加深了读者的悬念。尔后作者笔锋一转,分别叙写了在印度科摩林海角和黄山狮子林看日出的情景,眼看就要实现多年的愿望,然而未能看到,不禁使读者感到惋惜和遗憾。最后,作者描绘了在“没有一点准备、一丝预料”中看到的日出奇景,把“无与伦比的光华、丰采”展现在读者的面前。显然,作者先依次画出四幅有关日出的图画,不直写,而曲写,一

① 刘白羽:《文学杂记》。

抑再抑,欲扬故抑,酝成“千呼万唤”之势,在充分渲染以后,让第五幅画面才“始出来”。抑与扬相得益彰,布局也就曲折有致、富于变化了。因为运用了欲扬先抑、欲扬故抑的手法,所以画面之间的组接类似采用了电影“叫板式”蒙太奇和“错觉”蒙太奇的方法,简洁明快,流畅自然。作品的结构因此疏密相间,山回峰转中的“疏”与五幅画面(特别是最后的画面)的“密”,安排得有简有繁,浓淡得体。同时,主题因最后“点睛”而“虚”出,更因日出奇景的“实”写,而留给读者以无限的画外之意了。

总之,文章中的波澜,不是作家的主观臆造,是千变万化的客观现实的反映,是作家对生活题材经过反复提炼和深入发掘的结果。作家个性风格不同,文章的波澜也各呈异彩。同样是写日本的樱花,同样是歌颂日本人民不畏强暴的革命精神的主题,也在同一段时间创作,不同的手笔有不同的波澜。正如马克思所说:“每一滴露水在太阳的照耀下都闪耀着无穷无尽的色彩。”①如果说,冰心的《樱花赞》,是伴随着繁简得体、渲染有度的促膝絮语而见其波澜;如果说,杨朔的《樱花雨》,是在精心设计人物画的虚实、疏密、浓淡中而见平中出奇的波澜;那么,刘白羽《樱花》的波澜,是伴随着对日本人民的历史和今天的哲理思索而层层推开的,“樱花”主体形象的反复出现,又赋予作品的波澜以鲜明的节奏感。由此可见,刘白羽的波澜是有个性的。

四

凡是优美的散文都有文采。文采的风姿是多样的,雄浑是美,壮丽是美,清新是美,含蓄是美,绚烂是美,朴素也是美……有个性风格的散文,总是显示出有个性风格的文采。文采是通过语言来体现的。刘白羽散文的语言,就象一副色彩斑斓的调色板,展示出一种绚烂美。

刘白羽散文的语言风格与其作品的思想内容是统一的。深刻的哲理、磅礴的壮怀以及灿烂的旭日、灯火、山川,一经孕育成散文的意境,优美的文词便奔涌于笔端了。试想,面对气象万千的大江,没有一支浓妆艳抹的彩笔,巨幅画卷是不能制作的;面对瞬息万变的旭日、雄浑苍莽的大海,没有丰富美丽的语言以及驾驭这种语言的能力,战斗的诗情就不可能抒发得如此壮美。哲理、画意、诗情与绚烂语言的完美结合,散文的思想才会因此而色泽飞逸、大放光辉。

构成刘白羽散文语言的绚烂美的因素是很多的。

首先,刘白羽继承了古代散文语言的音乐性和绘画美。他的散文在炼意的同时,讲究炼句炼字,注意语音的轻重长短、抑扬顿挫,很有音乐性。如“江河冲开了银色的朝雾,山谷吹出了绿色的微风,‘当——当——当’一阵铁砧声,‘出钢了!’金红

① 《马克思恩格斯全集》。

色的熔液喷射出灿烂夺目的火花，火花在飞在跳，在爆在响”（《青春的闪光》），“而今，披几点晨星，戴两肩霜冷，跨马渡冰河，风寒似箭，马停中流，饮几口河水，仰头嘶叫两声，践踏起一阵浪花，奔向前去”（《秋窗偶记》）等，象这样的例子，在刘白羽的散文中俯拾即是，作者注意在散文语言的多样性中求整齐，从变化中求和谐，读起来顺口、铿锵，富有较强的节奏感。其中作者还注意句子的声调、用词的大致对仗，因而奇偶相生，对句多出。这种“高下相须，自然成对”①的对偶，正是魏晋文章的作风。如前所说，刘白羽是长于写景的，他的散文描绘了多种多样的图画，写动景、写静景都很注意语言的色彩，如《长江三日》，作者在江轮上刻画扑面而来的青山、险滩、暗礁、帆篷等等，采用“移步换形”的手法挥洒点染，眼前的山岩是“倒景如墨”，远处的山峦是“碧绿如翡翠”，红艳艳的霜草是“满山的红杜鹃”，江面上的帆篷就象“一束一束雪白的花朵在蓝天下闪光”，浓淡相宜，十分传神，情和景尽在言中又溢于言外，具有语言绘画美的特点。

其次，刘白羽恰当地从古今中外作家和诗人的作品中旁征博引，为他的散文润色添辉，这也是他散文语言绚烂多彩的一个方面。他的大量而又大胆的援引，不是精粗杂陈，堆砌没有内在联系的“七宝楼台”，而是严于取舍，经过再创造，成为文章不可分割的血肉。在《秋窗偶记》第一章中，作者用杜甫的“国破山河在，城春草木深”的诗句，概括第一次为长城画像的时代特征和自己伤时忧国之情；又用毛主席“天高云淡，望断南飞雁，不到长城非好汉”的词句，抒写自己在战争年代再次登上长城的激情壮怀。两次引用，两种情绪，两种境界，创造了一个动人的意境。《日出》中引用海涅和屠格涅夫作品描绘日出的文字，借以引起读者观看日出的浓烈情趣、无限憧憬，在结构上造成了奇峰突起的波澜。《海歌》中，引用恩格斯《自然辩证法》导言中关于整个自然界“处于无休止的运动和变化中”的一段话，则是为全文创造一个主旋律。《长江三日》中，引用许多诗人的名句、民谚、民间传说以及卢森堡的文字等，则兼有制造气氛、烘托环境、抒发感情、画龙点睛的作用，与全篇作品的格调相和谐。基于作者平素积累了大量资料，写作时又恰到好处的荟萃和点化，赋予它们以全新的意义，这样不仅给读者一种鲜明、生动的情趣，而且为他的散文增加了一层色调、一层诗意。

此外，刘白羽的语言中经常运用排比，以壮抒情气势；运用大量譬喻，形象地去描摹事物，以引起人们的深思和联想等，都是他散文语言的特色。

---

① 刘勰：《文心雕龙·丽辞》。

五

法国著名文艺理论家布封说过一句名言："风格却就是本人。"①这话是颇有见地的。一篇文艺作品，从大至主题的提炼、题材的熔裁到小至分段分节、遣词造句，都是作者个人阶级立场、政治思想、文艺观点、生活体验、艺术技巧以及胸襟气度的具体表现。综观刘白羽的散文，于哲理思索中含深沉，于感情喷薄中露豪迈，于布局谋篇中显潇洒，于征辞选字中见绚烂，这些构成了他散文创作的基本特色：雄浑、豪放。

这是刘白羽散文的主导风格。

一个成熟的散文作家的风格，决不会单调划一，而是丰富多彩。刘白羽散文风格是多样化的。他早期的《同志》、《记左权同志》等散文，是偏于写实的，有一种平实、明朗的特点。一九五八年和以后的《从富拉尔基到齐齐哈尔》、《一幅灿烂的生活图画》、《写在太阳初升的时候》等作品，勾画出一幅幅风景画、人物素描画，透露出大跃进时代浓烈的乡土气息，兼有一种朴茂的风味。打倒"四人帮"以后，缅怀毛主席、周总理、朱德委员长的三篇散文，在往事漫忆中流露出一种缠绵之情，而有"长歌当哭"的悲壮格调。

这里需要特别指出，《秋窗偶记》、《冬日草》、《平明小札》等三组近二十篇短文，是令人瞩目的作品。这些篇什，短则几百字，长则千字余，写法灵活，格调相近，玲珑剔透，是作者在风格化方面所作的一次艺术实践。如果把这些作品与他的其他散文作品比较，在风格上有两点尤为突出：

第一，创造抒情短诗的意境。

在这些作品中，窗外豆蔓瓜藤、绿叶扶疏的碧绿世界，飞舞着的漫漫雪花，记事本中残留着光泽的花朵，破晓时在空中闪耀的启明星，甚至一句优美的诗句，是打开作者思路的典型形象。作者通过联想和想象，神与物游，随物赋形，把对典型形象的描绘，自己生活经历中的见闻、感受归为一道，开阖收纵灵变妖娇，总是把读者引入诗的境界。请看《平明小札》中的《急流》吧。作品从闽江的急流写起，笔墨淋漓地勾画了一只木船驾驶急流、勇敢前进的画面，无数礁石森然林立，水急，浪急，流急，但是小船"出没于惊涛骇浪间，一下埋入波涛之中，一下浮升波涛之上"。由此而引起作者的想象："那江流上有一条平安的道路，这道路是属于勇士的。勇士乘那奔腾澎湃之势，追风逐电，翱翔自如，转瞬千里；而懦夫还没有进入急流，早已为那烜赫的声势所威慑，丢魂丧胆，低头徘徊，而结果也只能使自己和自己所驾驶的船只一道击

① 布封：《论风格的演说》。

沉撞碎。”哲理的融入,感情的融入,急流、木船、礁石便成了富有思想感情的艺术形象了,这幅“急流小船图”既有画意又有诗情,是一种远比现实画面更有思想的境界了。文章铺陈两渡天险急流之后,结尾说“生活的革命斗争浪涛中的人,应当作乘长风破万里浪的能手,因为急流是永远奔腾前进的”,就把作品归结到诗的高度,把意境升华了,更有浓厚的抒情味。《急流》的意境如此,其他各篇也极为相似。经过选择的典型形象、典型形象特征性的美感(如木船驾驭闽江急流从容镇定、追风逐电的战斗美)以及作者由生活斗争而唤起的独特感受,这三者融为一体,构成了这些短篇的意境。与刘白羽的其他篇幅较长的作品比较,作者力求意境的洗炼和诗意的浓缩,着意在短小的篇幅中容纳纵深宽广的内容。读这些制作,就象读着一首首抒情短诗,清新隽永,韵致蹁跹,别有一种诗意的感受。

第二,追求豪放与蕴藉的结合。

这些短篇,作者选取的是清晨、绿夜、急流、夜月、歌声等抒情的“细节”,状物取神,阐幽发微,从中寄托生活哲理,叙说作者的典型情绪和感受,告诉读者“物皆著我之色”。深沉的哲理思索,豪情壮意的抒写,以及不拘一格、脱口成章的抒情格调,仍不失为豪放的一面。同时,作者娓娓叙写的过程,是引导读者接受生活哲理和豪情壮意的过程,一般不是直说,而是曲写、托物言志,这是蕴藉的一面。《秋窗偶记》第二章,作者描述窗外“一片碧绿世界”的微妙变化。从孩子下种遇到天旱,作物病恹恹的不能生长,到瓜藤的“须蔓轻轻伸到窗纱上摇荡”,孩子与作家都与这“碧绿世界”发生了浓厚的感情联系。作者敏锐地发现了靠院落南半边的一株“得天独厚”的向日葵,“茎子长得竟有茶杯粗细,叶子也象蒲扇一般肥大,你感到它身子里充溢了生命的汁液”,“自有它的凌云壮志”。乍看起来,作者似乎与你促膝谈心,随意话来,可是再往下看,读者的心灵就激烈地鼓动起来了:

> 这时我忽然想到:它所以拚命钻天的长,是它在竭力超出这南屋遮着的阴凉,而超过屋檐,去寻找太阳。于是我打开窗门探身出去一看,果然在超出屋檐之后,这株向日葵的金黄花瓣怒放得简直象火焰一样,而花盘起码有一个面盆那样圆大。我欢喜极了。我知道它正是寻求阳光过程中把自己生长得如此茁壮、如此高大。

作者用向日葵这个“特写”形象,集中概括了多深刻的哲理,融进了多壮美的情思!文章写完了,含意没有完,说了几分,还留几分让读者去联想、去寻味:向日葵寻求阳光若此,一个青年人该怎样呢?一个革命者该怎样呢?难道不是启迪人们这样思索:胸怀追求光明、追求真理的凌云壮志,才能使人获得奋发前进、夺取胜利的胆识吗?不用多举例,在刘白羽的这些散文诗中,他把豪情壮志的独特感受与含蓄的托物明理巧妙地结合起来,追求一种“弦外之音”。这是一种豪放与蕴藉相结合的风格。

无(毋)庸讳言,刘白羽的散文在艺术上尚有不足之处。诚然,在他的作品里政论与叙事、描写、抒情取得完美的统一,不失很多融情于理、情理并茂的优美文字,但在少数篇章里,过多的政论难免会削弱散文的形象性,在一定程度上给读者产生繁冗之感。在语言上,重复运用一些壮语和“象刚刚诞生过婴儿的母亲”等等比喻,本来具有很强的艺术感染力,用多了,味道就会渐渐减退。这些,仅仅是白玉微疵而已。

——原载《文艺论丛》,上海人民出版社 1979 年 9 月

吴欢章

美不会毁灭

——杨朔的散文艺术

一

杨朔的散文，是我国散文百花园里一枝具有独特的色彩和诱人的芳香的鲜花。

我忘不了：十几二十年前，每当杨朔的散文新作发表，都给广大读者带来一种欢喜，带来一番美的享受，带来一些深刻的启发和教育。我也不会忘记："四人帮"横行的岁月，珍藏在某些读者手中的杨朔散文集，从一双手传到另一双手，温暖着一颗心又一颗心。我更记得：不久前，在春光明媚的日子里，人们奔走相告，争相购阅重新出版的《杨朔散文选》的动人情景。的确，人民是艺术的最公正的裁判者，时间会考验出真假、善恶和美丑。

我不禁想起童年时代听过的一个故事：魔鬼夜间出来，魔爪所触之处，鲜花纷纷萎谢，可是等到早晨的太阳升起，百花又一齐含露开放。我多么希望，在"四人帮"这群魔鬼迫害下，含恨长逝的杨朔，今朝能苏醒过来，再为党和人民唱出新的歌、美的歌、光明的歌啊！自然，这只是一个美好的愿望。不过，杨朔的战斗生命的结晶，将永在人间。他的美丽的散文，会继续哺育我们人民的心灵；他的散文创作的宝贵经验，会给后来者以有益的滋养，活在社会主义散文创作的无限生命中。

二

读杨朔的散文，犹如漫步一条色彩缤纷的画廊，走进一座琳琅满目的艺术展览馆。那祖国新貌，异国风光，高尚人物，美丽心灵，金戈铁马，樱花春雨，画山绣水，海潮雪浪，令人赏心悦目，留(流)连忘返。然而更使我们的情绪为之激荡不已的，是所有的画幅都照耀着时代的阳光，每一件艺术品都洋溢着战斗的气息。

着意表现和歌赞时代生活的革命变化，是杨朔散文一以贯之的基调。他以饱蘸激情的笔触,写出了在共产党和毛主席的英明领导下,我国社会生活的历史性变化。从他的作品里,我们看到:昔日传说中的蓬莱仙境,那虚无缥缈的海市蜃楼,如今已经变成人间的现实;旧社会苦难深重的边疆各族人民,迎来了不谢的春天,脸上荡漾着永不消逝的欢笑;即使在巍巍泰岳之上,那过去孤处僻壤的山民,也已组织起来,走上了社会主义的康庄大道。他那些写国际题材的散文,也是着重描绘了各国人民特别是第三世界人民的浪花四溅的斗争生活,反映了国家要独立、民族要解放、人民要革命这一当代的伟大历史潮流。从这里,我们听到非洲的战鼓,大西洋的涛声;从这里,我们看到巴厘的火焰,富士山下冲风冒雨怒放的樱花。

不去描绘无重大意义的生活琐事,也不去抒写渺小的个人悲欢,而是用战士的眼光观察世界的变革,以革命者的胸怀感受生活前进的脉搏,把笔触伸向无产阶级改造世界的火热斗争,满怀深情地歌唱新的人物和新的世界,这正是杨朔散文充满时代精神的奥秘。

三

杨朔的散文,着眼处甚为巨大,落墨处却较为细小。它们大都写的是普通的人,平常的事,却能从一斑窥全豹,于平凡中见不平凡。

他有两个写北京的作品,一篇叫《京城漫记》,只写了陶然亭、紫竹院、龙潭这几处地方面貌的改变。另一篇是《十月北京城》,也只写了一个民间艺人“葡萄常”的今昔,两个工人诗人韩忆萍和范以本的成长,就典型地写出了整个北京城的变化;不,写出了整个中国的变化,写出了劳动人民在新旧两个时代的生活命运的巨大变化。

《晚潮急》通过葛伯勒一段悲壮的故事,红衣青年几个慷慨激昂的表情和动作,便使我们看到了葡属几内亚人民为了争取民族解放那种宁死不屈的精神,不,使我们看到了整个非洲大陆的觉醒。

老诗人巴海尔·乌龙在敌人监狱里,悄悄地写了一首《献给中国的诗》,杨朔抓住这一点,写出了伊拉克人民对新中国的热爱,也就反映了第三世界人民团结战斗的伟大现实。

这种取材的角度和方法,用杨朔的话来说,就是“从生活的激流里抓取一个人物一种思想,一个有意义的生活断片,迅速反映出这个时代的侧影”,就是“从一些东鳞西爪的侧影,烘托出当前人类历史的特征”。

以小见大,从一角来反映全般,这是适合散文的特点和要求的。只要能从不同的途径通向时代斗争的中心,散文的题材越多样化越好,表现方法也愈丰富愈好。

四

杨朔说过："我在写每篇文章时，总是拿着当诗一样写。"确实，他的许多作品，总是弥漫着一种诗的氛围，散发着一股浓郁的诗味。读他的散文，如对兰花，清香幽远，沁人肺腑；又如远行山径，忽逢甘泉，令人心旷神怡。这种诗的散文，散文的诗，能拨动读者的心弦，引起对于生活的深沉的思索。

这同他那独特的艺术构思颇有联系。他描写生活，从不就事论事，说"一"是"一"，总是虚实结合，一以当十，兴发于此而义归于彼。他的散文，能引导读者透过事物的表面，看到生活的深处。

你看：

写香山红叶，却画出了解放后劳动人民意气风发的精神色泽；

写风姿绰约的茶花，却揭示了劳动创造美的生活底蕴；

写古长城，却表现了当今人民用革命信仰建筑起一道新的长城的深邃思想。

这便是意境。散文是要有一点诗的意境的，有没有这个东西，关系到散文的艺术力量的强弱。散文要写得好，主要还不在于在文字上下功(工)夫，而应着重于炼意。但这个"意"，闭门思索是炼不出来的，它来之于对大量生活现象的细致研究和对生活本质的深刻洞察。散文有没有意境或意境的高低深浅，主要决定于作者在生活中站立的思想高度和对生活发掘的深度。

杨朔的散文所以有较深的意境，就因为他在生活中能看出一般人所没有看出的东西，对日常现象能有一点新的发现，对潜藏在斗争激流里的某种规律能提出独到的见解。一句话，他的散文里有作者的真知灼见。蜜蜂是大家常见的东西，但他却抓住这种可爱的小生物辛勤酿蜜而自己却需求甚少的生活习性，由此及彼地歌颂了劳动人民高尚的思想境界(《荔枝蜜》)。埃及的人面狮身的司芬克斯也是为人所熟知的，但他却能巧妙地揭破隐藏在它面部表情里的古老的谜底："他面向东方，五千年了，天天期待着日出"，从而赞美了埃及人民长期不懈地争取祖国黎明的民族精神(《金字塔夜月》)。他漫游印度，目睹阿旃陀石窟、凯拉萨神宫等宏伟的艺术建筑，耳闻鲁万纳神和两神鸢等古老传说，却能把这些印象连贯起来思索，从其中发现了印度人民千百年来追求幸福的生活理想(《印度情思》)。总之，他的散文大都能把新的生活发现熔铸为新的艺术境界，别开生面地给人以新的启示。这是一种很可贵的创造精神。散文最忌人云亦云、陈陈相因，最忌仅是重复一般的因而也是肤浅的生活见解，最忌只看到矛盾的普遍性而抓不住矛盾的特殊性；杨朔的散文创作，就好在他能从事物的共性和个性的统一上来进行艺术构思，通过个别的事物揭橥带有普遍性的生活真理。

五

杨朔的散文充满迷人的诗意，不仅因为它们蕴含着对于生活的真知灼见，也由于它们闪耀着美的光辉。读其作品，犹如通过放大镜，使我们如此清晰地看到日常生活中许多动人心魄的美。

试以《埃及灯》为例。这篇散文写的是作者去罗马尼亚参加一次国际会议时，在旅馆里同一位埃及女舞蹈家不期而遇，这位女舞蹈家赠给作者一盏埃及灯。这个看来并不复杂的故事，却充满令人味之不尽的魅力。为什么？主要是它写出了中埃两国人民之间美好的感情的交流，而这种高尚的心灵的共鸣，又表现得那样鲜明，那样凝炼，那样美。

你看看女舞蹈家谈到中国烟时的语言："你们的烟实在香，抽着，能够引人深思，想到很远很远的将来。"这单单是谈烟吗？不，这是从一个美丽的心灵深处流露出来的对于中国人民的深情挚爱。

你再看看作者由埃及灯所触发的遐想："我不想去听奇妙的故事，我愿意把我的生命化做一枝小小的蜡烛，插在埃及灯上，只要能发出萤火虫尾巴那么点大的光亮，照亮你们比金子还要可贵的心，就算尽了我应尽的友谊。"这是从作者心窝里掏出的滚烫的国际主义激情！

在这里，美妙的想象，诗一般的语言，深刻地表现了不同国家的人民之间的精神联系，集中地显示了各国人民战斗情谊的动人之处。这盏埃及灯，不仅照亮了作者的心扉，也点燃了读者的情思，因为它是用人民的真诚友谊之心制作的。美的感情表现于美的形式之中，这是《埃及灯》和杨朔其他许多散文的艺术魅力之所在。

六

不能误解散文的"散"。所谓"散"，并非散漫，更非庞杂，不是思想跑野马，漫无涯际，也不是随手拈来，信笔由之。其实散文倒是特别讲究熔裁，注重锤炼，这样方能写成精美的作品。杨朔的散文，惊彩绝艳，咫尺万里，象诗一样凝炼，如酒一般浓烈，颇赖于他在剪裁结构上所花的苦功。他自己就说过，他总是"再三剪裁材料，安排布局，推敲字句，然后写成文章"。

就立意来说，杨朔的散文是一点也不散的。他的作品，主旨明确，中心突出，总有一根思想红线贯串始终。譬如《黄河之水天上来》，此文着眼相当广阔，涉及各条战线，但全篇始终围绕着"河流"作文章。它由黄河的三门峡工程，进而写到长江大桥的建设，再写到戈壁滩上的石油河，炼钢厂的钢铁洪流，康藏公路上满载物资的汽车河流，最后又写到天安门广场节日游行队伍的急流，这样"万水"朝宗，层层递进，极为鲜明地烘托出我国社会主义建设的一往无前的气势，展现了波澜壮阔的革命洪流。又如《万丈高楼平地起》，时而写今天守卫海岛的战士对于海岛的辛勤建设，时而写过去行军作战途中战士心灵深处的美好理想，可说笔墨恣肆，但这又都为一个闪光的思想所贯连，就是不同时期和不同战线的革命者，都是在用血汗与生命，共同努力修建一座“社会主义大厦”。杨朔常用这样的方法，把许多生活片段凝聚到一个焦点上，使他的散文发出耀眼的光辉。

散文在结构布局时，须从一个特定的角度，从生活中提炼出一个深刻的意蕴，把大量的生活珍珠集中串连到这个思想链条上，眼光可以四射，立足点却要始终如一，在绚烂里见单纯，于多样中求统一，如此方能做到形散而神不散，通过生活的“形”传达生活的“神”。——这是杨朔在散文的结构艺术上对我们的一个启示。

七

单纯不是单调。散文要求立意集中，但情节故事却须波澜起伏，生活画面却须丰富多彩。散文要做到主旨鲜明而笔势纵横，方为上乘。

这正是杨朔散文在结构上的另一优点。他的散文不平、不直、不空，生活中获得的一点情思，并不复杂的一个故事，在他的笔下却显得那样曲折动人，那样跌宕多姿。他在散文创作中，往往将叙述、描写、抒情、议论熔为一炉，把人物、事件、景色、联想、时代全貌的鸟瞰、生活细部的工描巧妙而又错综地穿插起来，织成一幅灿烂的彩锦。象《香山红叶》、《秋风萧瑟》、《印度情思》、《野茫茫》等等，都是这类柳暗花明、引人入胜的篇章。

我想特别举出《渔笛》来说一说。这是一篇很精致的韵味悠长的散文，主要写了贫苦渔民宋福和翠娥父女两代不同的生活命运。全篇用“渔笛”贯串，悠扬宛转，凄楚动人。先写“起调”，镜头由渤海湾深绿浅翠的树丛，缓缓摇向渔村一户庭院内伸出的一树红花，继而摇向庭院里飘出的抑扬变化的笛音，再摇至一个手里拿支古旧横笛的年青女子。这种由远而近的写法，紧紧抓住读者的关心和注意，激起看下去寻个究竟的强烈兴趣。然后再引出“笛子吹出的故事”，用变幻多端的笔调，描写了宋福在旧社会的悲惨遭遇。最后是“尾音”，点出吹笛的女子正是翠娥，而那树红花则是木槿，又叫“无穷花”，这种花，“初秋就开，一朵连着一朵，好象永久也开不尽”，这样的人物伴着这样的景色，暗示翠娥已摆脱了上一代悲苦的命运，而有着无尽的幸福的未来。这篇散文，用不长的篇幅，把一个平凡的故事，写得这样气韵流转，余音摇曳，耐人寻思，显然颇得力于它结构布局的开阖有致，浓淡相宜，虚实互生，前后呼应。

如果打个比方，杨朔的散文就象那参天大树，主干坚实高远，根须深入地层，枝杈旁逸斜出，绿叶婆娑，繁花似锦。这便是单纯与丰富的结合，散和不散的统一。

八

散文要强烈,始能动人。它要浓如酒,不能淡若水。它要行云流水,舒卷自如,又须层峦叠嶂,波翻涛涌。因此,散文在结构上,应有起伏,有层次,既须有潜流细浪,又要有洪峰高潮。

杨朔深知写散文的艺术辩证法。他总是根据事物对立统一的法则,运用相反相成的方法,对自己所表现的对象从各个方面大肆渲染,再托出自己的真实意图,以造成艺术上的强烈感。

在《百花山》中,写三见梁振江,前两次反复渲染他表面的阴冷和忧郁,第三次才揭开他内心的秘密,写出了他在解放军这个大熔炉里觉悟不断提高、终于成为战斗英雄的历程。

在《樱花雨》里,先是放笔书写君子外表的文静、柔弱,直到缆车罢工时,才通过她眼中跳出的两点火花,揭示了隐藏在她心灵深处的日本人民那火一样的愿望。

《阿拉伯沙漠里的玫瑰》,写沙漠里的绿洲,也不是开门见山,和盘托出,它从沙漠的荒凉逐步引进绿意葱茏、生机蓬勃的"解放省",用层层对照,赞美了埃及人民改造自然的英雄精神。

《亚洲日出》,开始极写非洲距亚洲之远,然后再点出两洲隔河相望,揭示了亚非人民在地理上特别是精神上乃是近邻。

欲扬却先抑,声东而击西,这种艺术的布局安排,符合人们由此及彼、由表及里的认识规律。散文是需要渲染的,方法自然多种多样。总之,它不能如程咬金那般"三斧头",也不能象许褚那样"赤膊上阵",应该学林冲巧战洪教头,先退后一步,然后把铁拳有力地打出去。盘马弯弓,引而不发,待到万众瞩目,再迅雷疾电,一箭中的,这才能赢得满堂喝彩。

九

"傍晚,凉风从台湾海峡吹来。路旁的金合欢花散出甜丝丝的清香。厦门的夏夜是迷人的。我的心却有点发紧,不能平静——我正在一步一步走近吴才良的家。"——这是《海天苍苍》的开头。作者的心情为何不能平静?吴才良又是什么人呢?吸引读者不由得看下去。

"听埃及朋友说,金字塔的夜月,朦朦胧胧的,仿佛是富有幻想的梦境。我去,却不是为的寻梦,倒想亲自多摸摸这个民族的活生生的历史。"——这是《金字塔夜月》的开头。作者于朦胧月色中到底寻见了什么,我们也禁不住想探个究竟。

杨朔散文的开头,大都富有艺术的魅力。他往往寥寥几笔,就画出一种特定的气氛，造成一种使读者非读下去不可的悬念。但这不是单纯技巧的卖弄，它是给全篇定下一个基调，一下子就抓住读者的心，引导读者起步走向作者所预定的目标。《海天苍苍》的开头，正是为歌颂年轻的海军战斗英雄吴才良按下伏笔；《金字塔夜月》的发端，也正是引出埃及人民反抗压迫、争取独立的斗争传统。

杨朔散文的结尾尤其好，大都写得蕴藉深厚、余音绕梁，言有尽而意无穷。例如《荔枝蜜》，在描述了蜜蜂“对人无所求，给人的却是极好的东西”，“不是为自己，而是在为人类酿造最甜的生活”以后，篇末写下了这样一个出人意外（料）而又在情理之中的结句：“这黑夜，我做了个奇怪的梦，梦见自己变成一只小蜜蜂。”这是对“蜜蜂精神”的赞美么？这是全心全意为人民服务的誓言么？真如旷野号角，午夜钟声，不由人不陷入沉思默想，去做意味深长的探索。又如《晚潮急》这篇讲述葡属几内亚人民英勇斗争的故事，最后写了这样一段文字：“大西洋正涨夜潮，潮水滚滚而来，卷起一片震撼天地的吼声。葛伯勒点起支烟，缓缓地谈起他祖国的历史，他祖国的命运，他祖国人民风起云涌的斗争。……他的话音落进汹涌的潮声里，一时辨不清是葛伯勒在说话，还是晚潮在吼。……”是海潮？是心潮？一齐涌入读者的胸膛，令人浮想联翩，心驰神往。

开头和结尾，是散文艺术结构的有机组成部分，其安排须从全文意旨着眼，又须与通篇描述水乳交融。好开头，应如蛟龙出海，先声夺人；好结尾，当似画龙点睛，深化全篇意境。首尾照应，相映生辉，则更得艺术之三昧，臻结构之佳境。

还有开头的开头——标题，也属散文结构之列，亦刻意推敲，精心设计。标题好比散文的眼睛，需要顾盼生辉，方能叫人一见倾心。杨朔许多散文的标题，如《雪浪花》、《赤道雪》，如《蓬莱仙境》、《秋风萧瑟》等等，皆似朝霞初露，梅花乍开，清新、隽永、精美、别致，引起人先读为快的欲望。惟有呕心沥血，一丝不苟，方有无懈可击的结构、追魂摄魄的魅力，这也是杨朔散文美的一个秘密。

十

散文是富有抒情性的文学样式，在这一点上它颇近于诗。应该抒情也便于抒情，是散文艺术的长处。不重视或取消了抒情性，等于忽略或抹煞了散文的艺术特点。抒情，在散文中不只是直抒胸臆，谈感想，发议论，更重要的是要渗透到写人、叙事和写景中去。

散文写人物有别于短篇小说，不能过多地追求情节的曲折和故事的完整，它需要表现一点情思，充满感情色彩。比如《雪浪花》，塑造了一个平凡而又高大的渔民老泰山的形象。它就不是采取展开的写法，而是用浓缩的写法。它没有通过铺叙故事去描绘这个人物，而是精心挑选几个富于诗意光辉的因而是渗透感情色彩的片断,就把老泰山那充满时代主人公自觉的精神面貌给点染了出来。

你看老泰山这外貌:“老渔民长得高大结实,留着一把花白胡子。瞧他那眉目神气,就象秋天的高空一样,又清朗,又深沉。”你听老泰山这语言:海边礁石,布满深沟浅窝,几个姑娘正在议论铁硬的礁石为何会变成这坑坑坎坎的模样?“是叫浪花咬的”,这是老泰山的欢乐的声音。你再瞧瞧老泰山这行动:“西天上正铺着一片金光灿烂的晚霞,把老泰山的脸映得红彤彤的。老人收起磨刀石,放到独轮车上,跟我道了别,推起小车走了几步,又停下,弯腰从路边掐了枝野菊花,插到车上,才又推着车慢慢走了,一直走进火红的霞光里去。”

诗情画意,历历如绘,几笔勾勒,神态毕现。这种描写,又实又虚,透露出情思,蕴含着深意。此文不仅细部如此,整体构思更是笼罩着一层思想光辉。作者是把老泰山作为时代大潮中的一朵浪花来写的,通过他,也正是要反映出我们时代的洪波巨澜。在此立意下,作者不是面面俱到地去刻画他的性格,而是集中描写他自觉的劳动态度,坚韧不拔的毅力,豪迈的胸怀,乐观的精神——一句话,那种浪花的咬劲。这有点象写意画,着墨不多而意境深远。散文写人,特别需要写出一点情思,传达一点神韵,这样才能耐人咀嚼,引人遐思,以少胜多。

十一

叙事是散文的重要表现手段,但也必须流贯着抒情的血液,方能气韵生动,神采飞扬。散文叙事最忌平淡、枯燥、空泛、板滞,冷漠的、一般化的叙述就象一张缺乏血色的脸,使人望而生厌。

杨朔对于散文的叙事,写得晶莹、洗炼、生动、美妙,挥洒自如,变幻多姿。

或是基于某种诗意的感受,着意揭示特定生活的美的境界。譬如他这样叙述埃及的沙漠:“那大片大片的沙漠地带,月色一映,白茫茫的,直是那满地霜雪。也有时,天边日落,你远远会望见一群羊,几只骆驼,散放在夕阳影里。牧羊的埃及人头上披着白巾,身上穿着宽大的白袍,对着晚风,呜呜咽咽吹着一种双管的芦管,那凄楚的声调,听了,不由你不怀念起远在千万里外的亲人。”

或是用细腻的笔触,写出一种微妙的生活体验。象他写在故乡出海所见,便用此法:“于是我便坐上船,一直往海天深处开去。好一片镜儿海。海水碧蓝的,蓝得人心醉,我真想变成条鱼,钻进波浪里去。”

或是展开美妙的联想,具现某种悠远的情绪。例如他写对那位不知姓名的埃及女舞蹈家的思念:“可是每逢我站到玻璃橱前,望见那盏灯,我的神思 晃,就会出现个幻影,在那茫茫的埃及原野上,风沙黑夜,一个妇女摇着金色大耳环,提着小玻璃灯,冲着黎明往前走去……”

或是在白描中闪耀着深邃的思想，诸如这一段文字："我在灯下读完吴才良的诗，又拿起他的照片。这是个十分清俊的青年，两只明亮的大眼睛里藏着无限美丽的感情，美丽的思想，美丽的灵魂。要判断一个人的健康，我们要摸他的脉。吴才良正是我们这个时代的一处脉搏。接触到他，你能够感到这个时代的生活是怎样的沸腾啊。"

从上面这几段仅是举例性质的文字，我们也不难看出，杨朔散文的叙事，生动活泼，不拘一格，尽管异彩纷呈，然而又莫不含有抒情的气质。不过这种抒情，不外露，不矫作，如春雨那样"随风潜入夜，润物细无声"，因而潜移默化，感人至深。

十二

杨朔散文的写景，也很有特色。他的景色描写，不仅具有抒情气息，而且往往就是表情达意的一种巧妙手段。他写得很美，能准确地传达客观景物的神采。他给我们创造了多少美妙动人的风景画啊！读他的散文，真如行山阴道上，令人目不暇接。然而，他从不是为写景而写景，从不是仅由表面来临摹自然美，在他的笔下，景物描写都是为刻画人物、创造意境和深化主题思想服务的。假若抽去《雪浪花》中的白浪金霞，抹掉《香山红叶》里的青松红叶，老泰山、老向导的风采何由表现？如果抹去《海市》里的浩渺烟波，抽掉《金字塔夜月》中的柔和月色，这两篇作品怎能创造出那么迷人的境界？

杨朔许多绚丽的写景散文，它们吸引人的地方，也不仅在于能用自然美来陶冶我们的心灵，更在于能以深沉的革命激情来提高我们的精神世界。比如《泰山极顶》，写登泰山途中所见所闻，那从下面倒展开来的"青绿山水画"，那散落杂陈的"历史稿本"，这辉煌山色，历代胜迹，固然令人目醉神迷，但最使读者魂摇魄动的，却是山顶极目所见的那一幅人民公社的壮丽图景，这才是"画卷最精彩的部分"。作者于泰山极顶虽未看到自然界的日出，却引导读者"看见另一场更加辉煌的日出"——"我们民族真正宏伟的创业史"。又如《画山绣水》，别开生面地描写了从桂林至阳朔那一百六十里漓江水路。作者着意通过沿途许多古老的传说，从一个新颖的角度，揭示了桂林山水所体现的劳动人民的思想感情和生活理想，从而表现了一个很深刻的意思：过去，山水的美丽同人民的苦痛有着内在的不谐调，如今，美丽的山水才同人民幸福的生活达到了和谐一致，人民真正成了多娇江山的主人。在这种自然美的描绘中，包含着深刻的社会历史内容，透露出非常深厚的无产阶级爱国主义感情。

情景交融，情意相生，将自然的美升华为生活的诗意，这对我们如何在散文中写好景色，不是颇有启示么？

十三

散文对于语言的要求是很高的。一篇散文如果没有好的文字，即使内容有意义，也不能抓住读者的心，也不能发出艺术的光彩。杨朔的散文具有这样大的魅力，同他那精炼、优美的语言是分不开的。

杨朔的散文中，没有陈辞（词）滥调，没有一般化的文字。他总能用新颖独到的语言，给予常见的生活现象以别开生面的表现。

你看这别出心裁的文字：

一根细线从断崖绝壁挂下去，风一急，好象会吹断的。其实不是线，是一条羊肠小道。（写井冈山山路之险）

不管是谁，心胸里都贮藏着无数迷人的故事，好似地下的一股暗水，只要戳个小洞，就要喷溅出来。（写漓江船家）

可是你的影子却雕到我的心上，不对，应该说是我整个的心雕成你的模样。（写对埃及孤儿的深切怀念）

写景、状人、抒情，皆不落俗套，而能匠心独运，另辟蹊径，因此叫人耳目一新。

工于选词用字，往往三言两语，略加点染，便能精确地传达出事物的细腻入微之处，这也是杨朔散文语言的一大优点。

你瞧这贴切传神的语言：

一时间，我是那样的想念家乡，想念得心都有点发痛。

满山峰都是奇形怪状的老松，年纪怕有个千儿八百年，颜色竟那么浓，浓得好象要流下来似的。

山头上忽然漫起好大的云雾，又浓又湿，悄悄挤进门缝来。

正当十分春色，花开得正闹。

杨朔散文的语言还富于色彩美。他总能根据生活的情况，调颜配色，把作品写得象彩虹一般绚丽。试举二例：

说起野花，也是海岛上的特色。春天有野迎春；夏天太阳一西斜，漫山漫坡是一片黄花，散发着一股清爽的香味。黄花丛里，有时会挺起一枝火焰般的野百合花。凉风一起，蟋蟀叫了，你就该闻见野菊花那股极浓极浓的药香。到冬天，草黄了，花也完了，天上却散下花来，于是满山就铺上一层耀眼的雪花。

从亚洲升起的太阳，已经落到湖上，顺着非洲落下去。半天烧起一片红霞，霞光里飞着几点白鸥。再一望运河对岸的亚洲，早亮起一片灯火。

杨朔散文的语言美，是作家刻苦锤炼的结晶。从他的散文语言中，可以看出我国古代文学语言的渊源和外国文学语言的影响，更可以看到今天群众语言的泉流。杨朔的语言艺术是丰富多彩的，以上不过举其荦荦大端。有志于提高散文语言艺术水平的同志，不妨去深入地探珍寻宝，是不会没有更多的收获的。

十四

人有性格，散文也应有性格。风格就是散文的性格。正如人的性格是在社会实践中形成的一样，散文的风格也是在作家长期的生活实践和艺术实践中所逐渐形成的。具备自己的鲜明风格，是散文家成熟的标志。独特的风格同艺术的独创性密不可分。风格，是一种美，是一种创造；有了它，作家就会给文学提供前所未有的崭新的东西，作品就会产生巨大的艺术魅力。大凡优秀的散文家都有区别于他人的不容混淆的艺术风格，我们的时代已产生了不少这样的散文家。刘白羽的散文豪放壮丽，令人似对激情的海洋；魏巍的散文深沉朴素，使人如亲浑厚的土地；秦牧的散文宏博精微，妙语解颐，珠圆玉润；巴金的散文情深意挚，一唱三叹，回肠荡气。他们各以不同的风姿和芳香，在我国社会主义散文的百花园里特然卓立。

杨朔也是有风格的优秀散文家。他的散文深沉明朗，如诗心，如蓝天。他的散文也清新隽永，象黎明的露珠，青山的流泉，春风中轻轻飘来的美妙的音乐。他的散文又是亲切自然的，犹如夏夜知友晤对，肝胆相照，抚膝而谈，倾诉肺腑。以上这些方面渗透在一起，便构成了“杨朔式”的散文风格。

杨朔的散文风格，有一个形成的过程。他写散文始于三十年代，中经四十和五十年代，从取材、构思、手法、语言等方面，虽已显露出若干特色，并逐步明显起来，但他的独特风格的比较稳定的形成，大致要到一九五六年前后，尔后又渐趋成熟的境地。一个作家形成自己的风格是不容易的。杨朔风格的形成，其间就经历了长期革命斗争的锻炼，经历了在工农兵生活里对自己思想感情的认真改造，经历了在创作实践中反复的、刻苦的琢磨和探索。有志于为社会主义散文创作的繁荣而奋斗的同志，从这里可以得到许多教育和鞭策。

真正的美是不会毁灭的，因为它扎根在千百万人民群众的斗争中和心灵里。

妄想毁灭社会主义文学艺术的“四人帮”，妄想毁灭生活中革命的、战斗的美的“四人帮”，自己却毁灭了。

杨朔的散文是我国社会主义文艺的美的海洋里的一朵耀眼的雪浪花，我们从大海那汹涌澎湃的涛声中，将会永远听到他的音响。

真正为人民创造了美的艺术家，人民不会忘记他。永远活在中国人民的心里吧，杨朔同志连同你那美丽的心灵的创造！

1978 年 9 月，写于复旦大学

——原载《文艺论丛》第 7 辑，上海人民出版社 1979 年 9 月

严　秀

论“歌德派”

一

《“歌德”与“缺德”》一篇短文(以下简称《歌》文),已经在全国引起了一场不大不小的风波。今年六月号的《河北文艺》,把它登在第一篇。这篇文章的好处是它旗帜鲜明和直截了当地提出了它的根本性看法,它既提出了我国社会主义文学艺术总的任务或根本内容应该是什么,又提出了一系列与此相关的重要问题以及其他一些重要问题的明确意见。因此,值得认真研究讨论一下。

这篇文章在结尾一段,提出了在毛主席之外,还要歌颂周总理、朱委员长、陈毅、贺龙等同志,要“和着鲍狄埃所踏过的血泊,含着‘四五’勇士们的战斗激情”去创作,还“让我们的题材、体裁、风格、形式,在生活的激流中更加多样”。在文章一开始时又特别声明过:“当然,歌颂‘四人帮’的哈巴狗文艺应当批判,一味歌舞升平的空泛文字,亦应指斥其弊。”这些当然是对的。

如果我不首先引用上述文句,就是不够光明磊落,或者说就是有些胆怯,因为这表明你不敢正视这些有利于对方的话。而且,文章把歌颂“四人帮”的东西称为“哈巴狗文艺”,这更好,至少本文作者是相信它的。因此,我们的讨论就应该是同志式的讨论,而不要互相把对方骂成敌人。

但是,如果统观全文的话,上述这些引语同全文就很不协调了。正象乐谱上的装饰音一样,不管多么悦耳,终究不是主调;又好象一碗水里滴上几滴油珠,结果仍然水是水,油是油,互不相涉,也终于没有把一碗水都变成油一样。我这说法能否成立,原文俱在,可以复按。

这篇文章对于解放思想,拨乱反正,批判和揭露“四人帮”,忠诚和理智地探索一下我们工作中的缺点,提倡一点四个现代化,颂扬几句科学之类的事情,都抱着一种不能容忍的态度。对于被它定为非“歌德派”文艺的挞伐,语气是那么地(的)可怕,而立场又是那么地(的)鲜明,特别是文中那股不祥和的气氛,确实不能不使人感到:是不是又有点什么事情要发生了?!人们喜欢把这类东西看做某种晴雨表,不是没有道理的,因为过去的经验太多了。这篇《歌》文发表以后,我听到反对的、表示愤怒的人占绝大多数,其中就有些人表示很害怕:为什么会有这么大的口气和仇恨呢,是不是又要"横扫"什么了?这不能怪人们胆子小,也不能怪知识分子神经质,因为过去的经验太多了。一朝被蛇咬,三年怕麻绳。何况毒蛇咬了党和人民十年以上呢!过去一篇措辞十分怕人、帽子狠毒的文章发表以后,就不知有多少人遭殃。一个"缺德派",如果横扫起来,岂不要扫它个十年八年么。因为,《歌》文所说的"缺德派"是反对毛泽东同志的,反对工农兵大众的,反对社会主义制度的,反对四个现代化的,不但是修正主义分子,而且只配做修正主义大师"腐尸上的虫蛆",等等,这个"德"如何"缺"得呢?缺了不就变成人民的敌人、社会主义的敌人了吗?这决不是危言耸听,更不是什么在"悠悠的柳绿下"苦思出来的"惊人语",而是一篇讨伐檄文定了的罪名,谁能不怕?现在已经有人替《歌》文辩护,说"缺德派"仅指那极少数在大字报上反对社会主义制度,寻求帝国主义来干涉中国内政,公开反对四项基本原则的别有用心的人而言,有什么不对?这种辩护,真可说是可怜无补费精神,从《歌》文全文能看出一点点它的作战对象是这些人么?

有些喜欢把历史往后拉的同志,他们确实比别人更多地在观察着政治气候。这部分同志,人数不能算太多,能量却不小,他们表现出来的决心和胆量特别大,一听见什么风吹草动,就要摆出个不惜孤注一掷的架势。象《歌》文这么异乎寻常的样子,实在叫人很纳闷,难道胜利就那么有把握吗?极左调子一吼,胆量就增加十倍,喉咙也粗了十倍,安全系数简直就变得无限大了。如果这个风气和产生这个风气的历史根源、政治条件、思想路线和习惯势力没有一个彻底的改变,一切好的风气都建立不起来,四个现代化也终将成为泡影。

二

《歌》文反复地宣传一种思想,即社会主义文学艺术的根本任务,一言以蔽之,就是"歌德"二字。谁不同意,就是"缺德派"。"缺德派"在政治上的"反动"不用说了,而且这一大批人——恐怕比"歌德派"的队伍要大得不可比拟吧,一下子就变成"只应到历史垃圾堆上的修正主义大师们的腐尸中充当虫蛆"和"善于在阴湿的血污中闻腥的动物"了。俗话说,含血喷人,先污了自己的嘴脸;仰面唾天,秽物只能落到自己的脸上。这是不能怪别人的。

特别使人惊讶的,是《歌》文竟在光天化日之下,来了一个大调包,把"四人帮"制造和宠爱的,用来歌颂他们自己的口号——"歌德派"或"歌德文艺",一下子便说成是打倒“四人帮”以后，那些“缺德派”先生们制造出来用以“攻击”社会主义文学艺术的口号：“据说，现在在我们的文学艺术队伍中又出现了一个新的流派，一些人称之为‘歌德派’并进行猛烈抨击。”如果作者是一个十来岁的孩子，对这个“据说”也就可以不去管它了。实际情况怎样呢？所谓“歌德派”或“歌德文艺”一词，并不是什么好玩或芬芳的东西，它完全是“四人帮”特别制造出来用以概括和称呼那种专门歌颂他们自己的文艺的一个口号，有它特定的政治内容，是不好随便乱用的。它的出现，大约在“四人帮”专制的中期（或稍后），这时，“四人帮”一伙在全国各地和各级的“夺权”活动已经大体就绪——“而今固一世之雄也”，岂可不大歌“四人帮”之功，大颂“四人帮”之德哉！于是那一小撮秉笔太监们首先是镇守上海的余党便出而号召：天下粗定，要制礼作乐了。正象“江青服”的产生一样，这时他们踌躇满志，出而大办刊物，大写文章，大造文艺理论，大搞创作，一切文艺活动都为了一个目标：形成一个御用的“歌德派”。

如果要说得稍详一点，大概是：在“四人帮”专权的中期，他们控制的报刊，特别是上海的报刊，就以热情歌颂“新生事物”为名，大力宣传文学艺术的主要任务，就是要专门歌颂“四人帮”制造的或被他们严重歪曲了的那些东西。一九七五年秋末，“四人帮”在上海的那个余党，已经从他们的头头那里得知要开展以打倒邓小平同志为主要目标的“反击右倾翻案风”的运动了，于是，在十月上旬或十一月中旬，他就在一次上海文教系统工宣队负责人的重要会议上，提出了文学艺术要大搞歌功颂德的运动，并宣称我们就是要做“歌德派”，就是要提倡“歌德派”。一声令下，从该年的十一月下旬起，上海那张当时最为全国人民痛恨的帮报，就每天接连不断地在第一版或其他几个版同时刊载一条或几条通栏大标语，最基本的一条叫做“满腔热情地支持社会主义新生事物”，同时四个版天天全面铺开用触目惊心的大标题，强词夺理地歌颂他们制造的种种“新生事物”的功德，连篇累牍的文艺“理论”文章，也全是宣传这个“理论”的，有的文章则公开明确地写出：“我们就是要当‘歌德派’。”跟着，阴谋文艺的理论和创作也就特别猖狂起来。这里还要补充一段史实。一位热心同志，向我提供了一九五七年有关这个问题的一段小插曲材料。北京某大学的一位教授，在他的学校校刊上写了一篇短文，其中一点是批评个别教师，说他们是只会拥护不会批评的“歌德”派。这位教授自然很快即被定为“右派”。这回找出这篇文章一看，他这篇文章有些用词确实太尖锐，批评对方也有些片面之处，但在几个重要问题上，却全是对的，如批评了北京郊区某处柏油路建造时违反工程基本常识。更重要的是还提出了两个极为重要的问题，一个是赞成马寅初老先生对人口问题提出的真知灼见，另一个是批评了某些专家不敢据理力争，附和了三门峡水利工程的根本不能采用的方案。这叫反党反社会主义么？不管过去、现在、将来，我们都需要更多的这样敢于直言的爱国科学家(当然表达意见的方式不一定要这样),谁要想引用这段史实,来说明反对“歌德派”口号的就是“右派”,那就叫其愚不可及,其头脑的僵化也不可及。因为,你打的不是什么“右派”,而是拥护社会主义的、忧国忧民的、深思熟虑的科学见解。

当然,远在两千里外的人们,可能不知道“四人帮”的“歌德派”在上海出笼的详情。但是如此不谋而合,也耐人寻味。用句哲学的话来说,这叫必然性中的偶然性,或者叫做偶然性表现了必然性也可以。

“四人帮”用威迫利诱方法制造出来的“歌德文艺”作品,多如牛毛,他们在上海监制的电影《盛大的节日》、小说《金钟长鸣》等,就是这种东西。为了要歌颂他们自己,当然他们的文艺还必须要有大张挞伐的一面,这就是专门用以诬陷毁谤老一辈革命家、忠诚的老干部、卓有贡献的老劳模和诚实的知识分子的文艺——阴谋文艺。它们的代表作就是《反击》之类。过去由于阴谋文艺引起的公愤太大了,所以容易被大家视为眼中钉,而不大去注意他们的“歌德文艺”。其实,这是一件事情的两面,常常是二者兼而有之。这个不破不立、又破又立的道理,“四人帮”还未正式登台以前,就早已精通了。“破”——阴谋文艺。“立”——“歌德文艺”。这就是“四人帮”文艺的内容。但,破是为了立,因此“歌德文艺”更是“四人帮”文艺的核心。关于这方面的“理论”发挥,不是夸大,单是京沪两地要找出几百条来,可谓易如反掌。“歌德文艺”的生产量,从上海一地看来,也远远超过阴谋文艺的产量(不过这二者总是结合在一起的)。至此,“四人帮”的文艺理论和文艺实践的全部内容就可以归纳为下面的公式了:

“歌德文艺”——文艺的根本任务和根本口号。

阴谋文艺——服务于“歌德文艺”的另一个重要方面军,但有些时候比“歌德文艺”更为猖獗。

“三突出”——服从于根本任务的根本创作方法。

“重新建立文艺队伍”——改朝换代,实现“歌德文艺”与阴谋文艺的组织措施。

真是卑之无甚高论,简表一列,问题就洞若观火了。“歌德派”或“歌德文艺”,这是在特定历史条件下产生的,有特定政治内容的一个政治文艺口号,它早已随着“四人帮”的垮台而进入坟墓了。

所谓“歌德派”或“歌德文艺”这套名词,它们本身根本不是马克思主义体系里的名词或概念,而是恬不知耻的“四人帮”专门制造出来歌颂他们自己的庸俗不堪的、不三不四的东西,此外别无所指。这是绝对不可能被吸收入马克思主义文艺理论或政治术语中去的。所以,这件事情绝对不是名词术语之争,而是内容实质之争。这点,是含糊不得的。

三

《歌》文的中心思想，是想要规定社会主义文艺的根本任务和根本内容，就是“歌德”；而主要应该“歌”些什么“德”，也明确地规定了。

撇开《歌》文中那些大量骂人的话不去管它，仔细研究后，可以发现它的主要论点是以下两段专谈理论的文字：

“‘歌德’并非什么凭空的臆想，而是社会主义制度、无产阶级专政、勤劳的人民所给予作家们的真情实感。”

“……歌颂中国人民的伟大领袖毛主席和他的光辉思想，为无产阶级和劳动群众树碑立传，为四个现代化事业大声疾呼，这又有何不好?”（这段引文在原文的第一小段。）

这里的第一段，就是说，“歌德”是社会主义制度所赋予文艺家们的历史使命；第二段，是规定应该歌些什么德。

让我们先大致研究一下“歌德”这个总提法对不对，然后再在以下各节分别研究一下它所提出的三项中心任务又是怎么回事。

把社会主义文学艺术的总任务归结为歌颂，歌颂又归结为上述三项内容，我以为是不能成立的。作者可以反驳说：“你不要搞形而上学，我这是举例呀！”我也可以回答说：《歌》文在这里不是举例，而是在开宗明义的总规定中定下的，至于文中说的多样题材，就算是真话，也不过是围绕着这些中心内容的。文中明白说过不搞这些就是没有“道德”，还能把尺码放宽到哪里去呢？象这样把界说分明的“歌德”二字作为紧箍咒，来比量一切文学艺术，那就只能扼杀社会主义制度下古今中外的、百花齐放的、丰富多彩的、繁荣兴旺的文学艺术，不管你主观上的想法如何，势必又要把古今中外的文学艺术都砍光。

我于文艺是外行，但我敢说：社会主义文学艺术是有重要的歌颂任务的，但决不能象《歌》文那样“歌颂”。那不叫歌颂，那叫语无伦次，是公开提倡虚伪，提倡鲁迅斥责过的“瞒和骗的文艺”。同时，我也敢说：社会主义文学艺术的根本任务，决不可能用“歌德”二字去概括。如果这种庸俗、幼稚、简单化的、不三不四的提法得到认可，甚至想把它变成社会主义制度下一切文学艺术的根本历史使命的话，那就很难不导致文化专制主义的复活。如果只要“歌德”就好，还必然要导致公式化、概念化、庸俗化的严重发展。这种把文学艺术的任务，只归结为几个特定政治口号的简单翻版，实际上就是从根本上取消了文艺。

毛泽东同志在《在延安文艺座谈会上的讲话》中指示我们说：“一切危害人民群众的黑暗势力必须暴露之，一切人民群众的革命斗争必须歌颂之，这就是革命文艺家的基本任务。”这里并没有把“歌颂”作为唯一的任务，对于暴露黑暗也给予了重要的地位。因此，暴露“四人帮”的黑暗者，其作品未必渺小。何况我们才开始有一点暴露“四人帮”罪行的作品，怎么能说这是“对社会主义制度恶意攻击”呢？至于歌颂光明，当然更重要，只有“四人帮”才不准歌颂我们党的光明、人民军队的光明和人民的光明。而两年来歌颂了我们的光明的，却又受到《歌》文的严厉责骂和嘲讽，这是怎么回事呢？而且，在任何一个暴露“四人帮”的黑暗的作品中，差不多都同时有歌颂的一面。象对张志新同志被惨（残）害的报道和描写，是暴露呢，还是歌颂呢？有的人只看见暴露“四人帮”的一面，就极不高兴；但这些报道和描写，不是根本上在歌颂我们的民族女英雄、我们全党和全国人民的骄傲——烈士张志新同志吗？

因此，《歌》文所说的歌颂与暴露同毛泽东同志所说的歌颂与暴露，很明显的不是一回事。想引用毛泽东同志的话来为它辩解，我看是不可能的。

四

以下我们便来一项一项研究分析一下《歌》文提出的三项中心任务，主要是看看它在某些正面口号下实际上装的是什么内容。这样费气力来同《歌》文论辩，并不是因为它有什么特别高明之处，而是在于，在有些同志看来，对它提出的任何一项中的任何一点进行讨论，都是一种大逆不道的行为。因此值得谈一下。

本节先说第一项。

这第一项是，“歌颂中国人民的伟大领袖毛主席和他的光辉思想”。《歌》文对此反复渲染，如“毛主席是中国人民的大救星，有着无产阶级感情的人当然要歌颂毛主席的丰功伟绩”，“毛主席领导的中国革命，让人民翻身当了国家主人”等等。是文中没有一个字提及中国共产党，也不去强调一下几十年来前仆后继的无数先烈和人民。象下面煞费苦心写出的这段文字，究竟是不是那么不容研究的呢：“向阳的花木展开娉婷的容姿献给金色的太阳，而善于在阴湿的血污中闻腥的动物则只能诅骂红日。”这话的后一半当然不成体统，但前一半就一定是天经地义，不能置一词么？恐怕也未必。人民要生存，要发展，要实现社会主义和共产主义，并为此而奋斗不息，这就是“向阳的花木”为什么要“展开娉婷的容姿”的原因和动力，而不是象《歌》文所说的那样是为了“献给金色的太阳”。“学成文武艺，货与帝王家”，这决不是劳动人民的想法，而是一种封建知识分子的想法。应该反过来才对：领袖的唯一任务就是全心全意地为人民服务，把他的一切献给人民，这对任何一个无产阶级的革命领袖都不能例外。

在毛泽东思想的指引下，中国人民推翻了压在头上的三座大山，中国历史重新开始了最光辉的一页，广大的中国共产党（党）员和中国人民怎么能不衷心拥护和热爱毛泽东同志呢？但在一个长期的封建农业社会中，两千年来就把一切希望都寄托在大救星的降临或真命天子的出现的历史传统中生活过来的中国人民，本来就不大重视和理解人民和阶级的伟大历史作用，以至老是把个别杰出人物看作是决定一切的、创造一切的力量。一个马克思主义者的任务，就是要用个人在历史上的作用的正确观点去引导人民，教育人民，使人民首先要知道自己的伟大力量，既不要搞古代迷信，也不要搞现代迷信。我国的人民革命，如果没有一个正确的领导，如象以毛泽东同志为首和他的亲密战友周恩来同志、朱德同志等老一辈革命家共同领导下的中国共产党的领导，胜利是不可能的。但决定的力量仍然是阶级和人民，不是个别杰出的人物。我们如果不去这样写，而是无止境地、集中力量地热衷于宣传个人决定历史，宣传“大救星”，宣传一个人“让”人民翻了身等，就是不符合马列主义、毛泽东思想的基本原理的。“人民，只有人民，才是创造历史的动力。”为什么不去高举这面马克思主义的旗帜，而要去高举个人迷信、变相的上帝创造一切的旗帜呢？《国际歌》是毛主席号召大家唱的，第二段的第一句就是“从来就没有什么救世主”，大救星与救世主有何不同呢，都是天上降下来的。林彪、“四人帮”竭力宣传现代造神主义，是为了篡党夺权的需要而有意地欺骗人。一个真诚地热爱党、热爱人民的共产主义者，任务就是要戳穿他们的骗局：既不被骗，更不要骗人。

苏联在三十年代以后，个人迷信搞得很厉害，但在他们的文艺理论中，似乎也没有正式产生或至少也没有强调宣传过，要把歌颂某一特定领袖作为他们文学艺术第一项重要的、压倒一切的、永恒的任务的论调。如果照此办理，那么德国信仰社会主义的文艺工作者，岂不只有天天歌颂马克思、恩格斯才算有“道德”吗，不然，“要这些人又有何用”？果真如此，那怎么得了呢？不算在世的时间，马克思逝世还有四年就是百年祭了，恩格斯还有十六年也是百年祭了，那会有多少歌颂马克思恩格斯的小说、戏曲、诗歌、音乐、绘画、雕塑、电影呢？此理可谓至浅至明，不须多说。我们有些同志为什么坚持要把这点作为文艺创作永恒的、首要的、普遍的头号任务呢？因为中国是一个封建主义负担特别沉重的国家，个人迷信的宣传就必然越发振振有词。

周扬同志过去谈过“红线红布”问题，在“四人帮”作乱时期，他曾为此而遭到残酷的批斗。但我认为，那才是真正热爱毛泽东同志、有责任心的共产党员讲的话。如果又把“红布”拿出来，其实这是没有什么责任心的，也是行不通的。例子还少么，林彪、“四人帮”搞的红海洋、红小书、像章比赛、早请示晚汇报等，能够说是尊敬毛主席、歌颂毛主席吗？

五

第二项中心任务，是“为无产阶级和劳动群众树碑立传”。

《歌》文并没有在这个题目上正面做一点文章，而是不要什么根据，但又声色俱厉地全力责骂我们的文艺家们是反对或不愿意歌颂劳动人民的：

"如果人民作家不为人民大'歌'其'德'，那么，要这些人又有何用？在创作队伍中，有些人用阴暗心里看待人民的伟大事业……"

"你不为人民'歌德'，要为谁'歌德'？需知'歌德派'者，也在'歌'无产阶级之'德'时，于字里行间猛烈抨击地主资产阶级及其残余意识，并没有在笔端失去迅雷闪电。"（老歌德派的一歌一击是另有意思的，这样含混的行文是很难叫人明白它的真正含义的。——引者）

"还有那些'兵'，那些在自卫还击战中流血战斗的我们的阶级兄弟。……用血肉之躯去冲开敌人的大面积雷区，用心中的热血去浇灌胜利之花，他们为什么不应歌颂？为什么不应'下'到他们中间？……"

什么人反对歌颂劳动人民呢？这样泛泛的责备，岂非无的放矢？而且是先加人家一个罪名，然后大张挞伐，罗织问罪，十分无理。何况这里的大前提，即肯定文艺家们都不去并不愿歌颂工农兵，就根本不能成立。真是，有理三扁担，无理扁担三，先把你打闷，叫你有话也回不上来。在歌颂无产阶级和劳动人民方面，自有左翼革命文艺以来，不是就在做吗？抗日战争、解放战争时期，不是基本上都是这样做的吗？解放后的十七年，不是做得更多吗？谁反对宣传工农兵和工农兵中的先进分子？不正是"四人帮"一伙吗？雷锋不但不能宣传，而是只能批判，说他"路线觉悟不高"，"阶级路线不明"；大庆铁人王进喜被游斗，电影《创业》变成罪大恶极；那么多农业劳动模范被当成"走资派"、"黑标兵"、"假劳模"、"修正主义的社会基础"，斗得死去活来。《歌》文对这些都一字不提，反去把大批深入工农兵，向工农兵学习，歌颂工农兵的文艺工作者大骂一通，就太不公平。请问，在对越自卫反击战中，那些可歌可泣的英雄业绩，我们不正是从大量的新闻工作者、文艺工作者、摄影和电影工作者等得知的吗？正是他们同这些战士一同出生入死，才得以使全国人民受到教育。要说歌颂，我以为当然首先要歌颂那些伟大的战士，但同时也不要忘记歌颂一下这些不愧为工人阶级自己的一部分的新闻、文艺、电影、摄影……工作者，岂不更符合实际一些吗？同时，事实上也不能每个人都到前线去，因此就怎么能泛泛地责备未到前线的文艺工作者都在吃饱了"面包"之后，就是看电视，而且一定是一面"吃着面包"一面"大叫着'我们太落后啦！'"呢，这就太伤人了。而且，吃点面包，也议论我们还有落后的地方，也不一定就是同工农兵对立的敌人。这样泛泛地把文艺工作者、知识界责为工农兵的对立面，随便怎么诡辩，都是使人无法理解的。

六

第三项中心任务，是说要"为四个现代化大声疾呼"。这当然也很对。问题是

《歌》文全文讲的，又都文不对题。四个现代化，关键是科学技术现代化。在林彪、“四人帮”蹂躏了科学技术和把科技工作者“全面专政”了十年以上，在以华国锋同志为首的党中央召开全国科学大会的前后，报上发表几篇介绍几个有成就的科学家的文章，不是很好的事吗？《歌》文下面这一大段话怎么讲得出口呢：

“对于无产阶级和劳动人民，我们认为应全心全意地深入其中，透过他们明净的心窗摄取姹紫嫣红的春天景色。有人说不，不能下去，下到那些手上有油污、脚上有牛粪的人中间，实在苦也！既无‘舞会’，又无‘盛宴’，真真是‘虚度年华’。怎么搞创作呢？这些人说，‘上’，‘上’到红地毯上去采写‘丰富多彩’的‘内心世界’。呜呼！中国九亿人口，弃百分之九十五以上之工农，拾绿纱明镜之‘珍珠’，真可谓‘绝对真理’，比杜林高明十倍。诚然，‘科学之宫’应该重笔描绘，表现科学工作者的壮美情怀。但是‘上’到利学家的楼上，并不能写出佳作。科学家是在楼内（不一定——引者），而他的图纸却在三山五岳、江河大海中变成丰硕成果。你不‘下’到江海之中、峰谷之内，不见科研的实际成果，科学家的壮美情怀又何以颂扬？即使是纯粹的理论研究，‘研究’过程中也有着研究者的感情奔流，而这感情又来自何方？只能来自他所感触到的社会激流、时代脉搏；而这‘激流和脉搏’则不在楼上，而在楼下，在亿万工农之中。自诩高雅，不近工农，在悠悠的柳绿下苦思‘惊人语’，又岂能撰出佳作？”

徐迟等几位老作家，不辞辛苦，收集了那么多资料，深入到他们本来不熟悉的自然科学领域中去，极尽艰辛地写出了赞美李四光、陈景润、吴征镒、蔡希陶、吴仆华、张香桐等科学家令人感动的事迹，这正是在正确地执行中央“拨乱反正”的方针，怎么可以用这种含沙射影而又十分不堪的话来对待他们呢？而且，我们的科学家同作家的生活条件和工作条件，同“红地毯”有什么关系呢？他们又怎么会是留恋“舞会”和“盛宴”的寄生虫呢？至于说我们的科学家和作家都厌恶油污和牛粪，也完全不合事实。过去的长期劳动锻炼不去说它了，单就四害横行那十年说吧，我们的科学家，尤其是文艺工作者，他们劳动了少则三五年，多则十几年，什么沉重、脏污、劳累、危险的劳动没有干过，还怕什么油污和牛粪啊！

我们有一些同志为什么会这么严重不合事实地估计我们的科学工作者和文艺工作者呢？这说明：以华国锋同志为首的党中央关于我国现在的知识分子已经是工人阶级自己的一部分的英明果决的、实事求是的判断，要得到全国各方各级的干部的承认，是多么不容易啊！要肃清什么“全面专政”的极左流毒，又是多么不容易啊！

七

“四人帮”是公开反对“写真实”而主张粉饰现实的。但是文学艺术离开了反映、塑造经过艺术家集中、提炼过了的社会生活真实，从而使之变成为艺术真实外（它既包括社会——阶级的现象，也包括自然界的现象，以及幻想出来的现象），还有什么事可做呢？那就只有去做做御用文人，替有权者做做文学侍从之臣，粉饰现实，歌舞升平罢了。司马迁有此觉悟，他虽居于御用史官和御用文人的职位，但却不愿做御用文人，他说这种人是“主上所戏弄，倡优所畜，流俗之所轻也”的毫无人格的角色。《歌》文所主张的“歌”法是否很高明呢？下面这段文章已经很出名了：

“……现代的中国人并无失学、失业之忧，也无无衣无食之虑，日不怕盗贼执杖行凶，夜不怕黑布蒙面的大汉轻轻叩门。河水涣涣，莲荷盈盈，绿水新池，艳阳高照。当今世界上如此美好的社会主义为何不可‘歌’其‘德’？”

此外，还有象“让人民从作品中看到绿于金色软于丝的万千细柳，闻到塞外原野的悠扬牧歌”等等，看了这些描写之后，人们一定会如梦初醒，原来我们是生活在新的桃花源中，或者人间的仙境里啊！吃的是玉液琼浆，住的是金殿银阙，共产主义早已实现了！用这样的态度来对待现实问题，那还要唯物主义做什么呢？还要实事求是做什么呢？还要艰苦奋斗、克服困难做什么呢？如果我们对客观世界还持有一点现实感的话，如何能写出这样的东西呢？“禹思天下有溺者，犹己溺之也；稷思天下有饥者，犹己饥之也。”作为一个共产主义者，同这种精神境界截然相反，就反而变成了“革命”吗？这就叫“摸着时代的脉搏”，或者说同劳动人民的“阶级感情”“一样”吗？这就是“社会主义制度、无产阶级专政、勤劳的人民所给与（予）作家们的真情实感”吗？显然同这些都是风马牛不相及的事。这与现实主义无关，也与浪漫主义无关，恐怕只好叫“临文恍惚，不知所云”比较恰当。

“四人帮”的“歌德文艺”，是除了虚伪还是虚伪，除了粉饰还是粉饰。抱有《歌》文这种超现实感的看法的一部分同志，在这方面已经跑得够远了，应该赶快清醒过来才好，不然你就会对于一切改革都看不惯的。那末，“仍旧贯，如之何？”——那是实现不了四个现代化的。

八

“四人帮”一伙要搞封建法西斯主义，就一定要搞闭关自守，盲目排外，以落后为光荣，以先进为反动，关门称霸，甘为井蛙，科技文化，扫地以尽。谁要想知道一点当今世界的科技文化和生产状况，谁就是崇洋媚外，里通外国；谁要见过外国人以至归国华侨，谁就要被当成特务整。封锁，封锁，第三个还是封锁！凡是实行愚民政策的人，就必然要对人民实行封锁政策。因为人民知道了一点世事，头脑就会开窍些，统治起来就麻烦多了。大家看过鲁迅的《聪明人和傻子和奴才》吧，“四人帮”就是要强迫人民做“奴才”，要不，做那种“聪明人”也可以，因为这两种人对他们的愚民统治都是很有利的。现在“四人帮”被人民革命的洪流冲垮了，人民不会再甘心，以华国锋同志为首的党中央也既不要人民做那种“聪明人”，更不要人民做“奴才”，而是要人民个个都来做为四个现代化奋斗的“傻子”。人民欢迎“傻子”，不欢迎“聪明”人。以“聪明”人自居的人，用鲁迅的话来说，不管他口里念的是“三坟五典，百宋千元，天球河图，金人玉佛，祖传丸散，秘制膏丹”，只要是妨碍四个现代化的，全都不要理它。

这必然有一场严重的斗争。

俄国彼得第一的改革，除了遭到一大群贵族大臣的反对之外，还遭到他的姐姐和儿子的阴谋反对，以至他的姐姐和儿子都要发动一场篡位夺权的宫廷政变。清末，以光绪帝为首的维新改革派，就遭到他名义上的母亲慈禧太后为首的极端反动派的反对，结果，光绪帝被终身囚禁而死。鲁迅在一篇文章中说过，暴君的专制使人民变成野蛮，愚民的专制使人民变成死相。林彪、“四人帮”就是暴君加愚民的统治，也确已在人民中制造了野蛮和死相，而且“成绩”已经不小。谁要再来这一套，企图在人民中再制造野蛮和死相，那人民是会识破他的真面目的：高举是假，搬出林彪、“四人帮”的老一套是真。

《歌》文对于睁开眼睛看看世界的主张和做法，讲了些什么呢?

“……那种昧着良心，不看事实，把洋人的擦脚布当做领带挂在脖子上，大叫大嚷我们不如修正主义、资本主义的人，虽没有‘歌德’之嫌，但却有‘缺德’之行。”

“你吃着面包大叫着‘我们太落后啦!’……可见你比他们（指对越自卫反击战中的解放军战士——引者）‘高明’——生活水平‘高’，电视屏面‘明’，所以不必‘下’到他们中间。对吗，尊贵的先生?”

清末的洋务派，主张引进一点外国的“船坚炮利”，以济刀箭之穷，其代表性的理论，是张之洞的“中学为体，西学为用”。封建统治者中的死硬顽固派是连这个也反对的。我们现在有些同志对于引进一点“西学为用”也很恼火。谁讲了几句中国还有落后的地方，还应当学习一点外国的先进科学技术和管理经验，就要受到种种不堪的责骂。这一点也不合马列主义、毛泽东思想。斯大林说过，“落后就要挨打”；毛泽东同志也告诫过我们，老是落后下去，是要被“开除球籍”的。鲁迅在几十年前也讲这样大意的话，说那种盲目颂扬中国固有文明的人，你应防着他，而那种衷心希望中国上进而诚意批评中国落后的人，倒可能是中国的真正朋友。（原话要比这尖锐得多，引了原话，就要费力解释，这里只是转述其精神。）对外国人我们应有这个器量，对我们自己的同胞更应该有这个器量。

九

最后，稍微说几句《歌》文的文风问题，这也不是专为它而发，不过这篇文章很具有代表性而已。

这篇文章虽不长，可说是集中了多年来种种不良文风的大成，棍子、帽子不去说它了，其中那种矫揉造作、自我陶醉的态度，也是叫人特别难受的。前人云，“嬉笑怒骂，皆成文章”。嬉笑怒骂而不成体统，那就太不自重了。此文早已有人批评它是“不堪入目”的。文风如此，岂不使人有江河日下之感。好在这种文章不多，不然真不得了。“以铜为鉴，可正衣冠；以人为鉴，可观得失”，以此文为鉴呢？可大有利于改进文风。

《歌》文为什么会有这样的气焰和不可一世的样子呢？这恐怕是某些同志心理状态的反映。这篇文章帮助我们从各方面提高了认识和警惕，政治的、艺术的、文风的都在内。本文诚恳地希望《歌》文的作者和支持者还是更多地投入肃清“四人帮”流毒的斗争为好，因为从这篇文章看来，是很有此必要的。

以上拉杂而谈，主观上虽也本着战战兢兢、与人为善的精神去写，但错误恐仍不少，深愿得到批评指正。

1979 年 8 月 21 日写于首都东城客舍

——原载《读书》1979 年第 10 期

周 扬

继往开来,繁荣社会主义新时期的文艺

——一九七九年十一月一日在中国文学艺术工作者第四次代表大会上的报告

今天,在欢庆建国三十周年的日子里,我们在这里举行中国文学艺术工作者第四次代表大会。这次大会距第三次文代会已经十九年了,从第一次文代会到现在,则已整整三十年。在将近三分之一世纪的这段时间中,我们的国家发生了巨大的变化,经受了严峻的考验。人民在胜利进军中,经历了多少狂风暴雨,多少惊涛骇浪!历史的发展,从来不是一帆风顺的,总会有曲折,有时还会有一时的逆转,但是滚滚向前的时代车轮,毕竟是不可阻挡的,人民的力量终究是无敌的。

我国人民经受了林彪、"四人帮"造成的十年动乱,灾难深重。党中央代表人民的意志,拨乱反正,使国家转危为安,初步实现了安定团结的局面。现在我们的各项事业又开始沿着正确的航道胜利前进了。去年年底举行的党的十一届三中全会,坚持辩证唯物主义的思想路线,明确地肯定了实践是检验真理的唯一标准的原则,为更迅速地建设社会主义的强大国家,向全党和全国人民提出了把工作着重点转移到社会主义现代化建设上面来。这是一个重大的战略决策,一个历史性的伟大转折,一个鼓舞亿万人心的宏伟目标。不久前召开的第五届全国人民代表大会第二次会议,最近召开的党的十一届四中全会和叶剑英同志在庆祝建国三十周年大会上的讲话,是三中全会精神的继续和发展,进一步增强了全国人民排除万难,去夺取新的胜利的信心。

这次文代会,就是在这样一种形势下召开的。我们的文学艺术将怎样担负起时代所赋予的光荣使命,求得更大的繁荣和提高,怎样为实现四个现代化服务,为培养社会主义新人,提高人民的精神境界,促进社会的进步和发展,不断满足人民群众日益增长的文化需要做(作)出自己应有的努力,这就是我们这次会议要认真商讨的主题。人民期望我们这次会议对这些问题作出正确而实际的回答。我们不能辜负人民的期望。

这次会议,在我国社会主义文艺发展的历史上将具有特殊的重要意义。它标志着林彪、“四人帮”实行封建法西斯专政、毁灭文艺的黑暗年代已经永远结束了,社会主义文学艺术新繁荣的时期已经开始,继往开来的历史任务,落在我们的肩上。我们应当把这次会议开成一个实事求是、总结和交流经验,既有批评又有自我批评的大会;开成一个发扬民主、心情舒畅、斗志昂扬、生动活泼的大会;开成一个同心同德、和衷共济,向社会主义现代化进军的大会。

文学艺术是意识形态的一个十分重要而又复杂的领域。总结三十年的经验,不是很容易的事情。我的这个报告,是抛砖引玉,希望大家共同讨论,求得正确的结论。

艰巨的战斗历程

建国三十年来,我们的社会主义文学艺术,同我国的其他事业一样,经历了伟大而艰巨的历程。我们取得了巨大的成就,积累了正反两方面的丰富经验。我们需要总结经验,从中吸取教训和智慧,探索规律性的东西,以便更踏实地前进。我们的社会是社会主义社会,我们的文艺是具有自己民族特点的社会主义文艺。社会主义社会是一个历史过程,它是不断向前发展的,从不够完善发展到比较完善,直到创造出必要的物质和精神条件,最后才能向共产主义社会过渡。这个过程,主要是通过长期的自觉的不断革新和调整来实现的;作为社会主义社会的意识形态之一的文学艺术,也是不断革新和发展的。我们必须倾听实践的声音,倾听人民群众的意见,用历史作一面镜子,不断研究和探索我国社会主义文艺的发展规律。

早在一百多年前马克思和恩格斯的时代,社会主义文艺就诞生于世了。社会主义文艺不是和和平平地诞生,而是经过激烈斗争才争取到自己生存的权利。伟大的十月革命使苏俄文学成了世界社会主义文艺的前哨。我国新文艺,最初就是以俄国和北欧、东南欧的文艺以及苏联文艺为借鉴的。“五四”新文化运动中,鲁迅的《呐喊》和郭沫若的《女神》,在散文和诗歌方面,为我国新文艺奠定了不朽的基础。从“五四”时期的“文学革命”到大革命时期的“革命文学”,这是我国文艺史上的一个飞跃。三十年代左翼文艺运动,在党的领导下,以伟大的鲁迅为旗手,举起了无产阶级文学的旗帜,勇敢地挫败了国民党反动派的反革命文化“围剿”,用革命文艺家的鲜血写下了中国无产阶级文艺的新篇章。从三十年代柔石、胡也频等五烈士的就义,到四十年代闻一多的遇害,在我国现代文学史上记载了作家为真理而献身的光辉事迹。三十年代的革命文艺,以它强烈的战斗精神,鼓舞了处于民族压迫和阶级压迫下的广大人民,为反帝反封建的新民主主义革命,为民族解放战争的胜利,建立了不可磨灭的功勋。鲁迅的战斗杂文、散文和其他作品,茅盾的《子夜》等小说,叶绍钧的《倪焕之》,巴金的《家》,曹禺的《雷雨》,老舍的《骆驼祥子》,李劼人的《死水微澜》等,都是脍炙人口的作品。田汉、夏衍、蒋光慈、张天翼等许多革命作家的文学和戏剧作品,向广大人民和知识青年传播了革命思想;《包身工》最早描绘了我国产业工人的悲惨经历,为我国报告文学开创了新生面。在鲁迅倡导和扶植下产生的新兴木刻运动,是左翼文艺运动的一个重要方面军;以《义勇军进行曲》等歌曲为代表的群众救亡歌咏运动,和以《放下你的鞭子》为代表的活跃在抗日前线的演剧队的活动,动员和鼓舞了人民群众积极投入抗日救国的斗争。年轻的东北作家们崛起文坛,倾诉了国土沦陷后三千万同胞的苦难和反抗,《八月的乡村》、《生死场》等小说,就是当时斗争的真实纪录。所有这些,都是这个时期革命文艺的辉煌成果。当时江西、陕北等老革命根据地的文艺创作和群众文艺活动,也积累了宝贵的经验。当然,这个时期的无产阶级文艺,因为是中国历史上破天荒第一次出现的,它还是一个幼儿,就大多数作品来说,思想和艺术都不够成熟,许多作者还没有摆脱小资产阶级思想的影响。当时左翼文艺运动的一些活动家,如瞿秋白、阳翰笙、冯雪峰、阿英等同志,在宣传马克思主义文艺理论和组织左翼文艺队伍方面进行了艰巨的工作;但由于我们马克思主义理论准备的不足,以及对我国革命的实际缺乏了解,缺乏足够的历史知识和社会经验,因此在宣传马克思主义文艺思想和吸取国际无产阶级革命文艺运动的经验的同时,也在不同程度上滋长了教条主义和宗派主义的倾向。鲁迅以其深刻的思想、渊博的学识和丰富的斗争经验,对革命文学运动的发展作出了巨大的贡献,给我们留下了最可珍贵的遗产。

一九四二年,毛泽东同志《在延安文艺座谈会上的讲话》,在我国文艺史上,是一个具有划时代意义的文件。《讲话》鲜明地提出了文艺要为工农兵服务、为广大人民群众服务,文艺工作者要和新时代的群众相结合的光辉思想。《讲话》的最大功绩,就是从理论上正确解决了文艺为什么人服务以及怎样服务这样一个根本问题。这就使我们的革命文艺,从内容到形式,都发生了巨大的变化。《讲话》前后,革命根据地的文艺工作者走到工农兵群众中去,同人民群众相结合;民间艺术和人民的新创作,受到作家、艺术家们的重视,人民的思想、感情和审美观念,给作家、艺术家以深刻的影响。以《兄妹开荒》等为代表的新秧歌运动的勃兴,新歌剧《白毛女》、新京剧《逼上梁山》和新秦腔《血泪仇》的成功;新民歌《东方红》和《黄河大合唱》、《八路军进行曲》、《游击队歌》等革命歌曲的创作和演唱;新木刻、新年画的流行;长诗《边区自卫军》、《王贵与李香香》,独具风格的中篇小说《李有才板话》,以及长篇小说《太阳照在桑干河上》、《暴风骤雨》、《高干大》、《开不败的花朵》等的问世,都以描写新时代的革命变化为其特色,使我们的文艺面目一新。许多的文工团,奋不顾身地投入革命战争的烈火,积极参加根据地的民主建设,对革命事业做(作)出了重要贡献。这些,是我们自觉地实践毛泽东文艺思想所取得的初步成果,它提供了宝贵的经验,开拓了社会主义文艺前进的广阔道路。

在国民党统治区,许多革命和进步的作家、艺术家,都创造了不少优秀的作品。诗歌《火把》、《给战斗者》,长篇小说《淘金记》,话剧《清明前后》、《法西斯细菌》和《雾重庆》等,就是这个时期的重要作品。郭沫若的话剧《屈原》,以历史讽喻的手法,勇敢地向国民党反动派挑战,曾经轰动一时。在党的领导下,各种进步文艺活动在广大学生和知识分子中产生了广泛而深刻的影响。《团结就是力量》等革命歌曲鼓舞了人们的斗志。

一九四九年在北京召开的第一次文代会,是原在解放区的和原在国民党统治区的两支革命文艺队伍的大会师。那次会议是在我党取得全国政权,从战争环境转入和平建设,从农村转入城市这样一个新的历史条件下召开的。文艺工作者响应毛泽东同志的号召,一致表示要为坚持新的文艺方向而努力。中华人民共和国的成立,标志着新民主主义革命阶段的基本结束和社会主义革命阶段的开始,标志着人民民主专政即无产阶级专政在全国的实现。这就给我们的文艺提出了新的任务。首先,过去的文艺是为新民主主义革命服务,现在则是为社会主义革命和社会主义建设服务。我们文艺服务的对象更加扩大,更加广泛,更加多方面了。这就产生了我们的文艺如何同新时代的群众相结合的问题。过去文艺工作者为了求得同广大群众相结合,曾经走过曲折的不平坦的道路,经过了一番探索和磨炼,经受了严峻的考验。现在新的考虑又摆在他们面前了。文学艺术这种意识形态如何与社会主义的经济基础相适应,如何丰富多彩地反映这个历史时期人民的新的生活和斗争、思想和感情,如何满足人民群众日益增长的多方面的文化生活的需要,这是我们必须正确地加以解决的问题。全国解放,我们党成为执政党以后,如何正确地领导文学艺术事业,如何指引文艺沿着社会主义的轨道、朝着有利于人民的方向前进,这是我们党面临的一个新的课题。在这些问题上,我们取得了正反两方面的丰富经验。

建国以后,在党中央和毛泽东同志的领导下,文艺界进行了对电影《武训传》的批判,对《红楼梦》研究中胡适派主观唯心论的批判,对胡风政治和文艺观点的批判等反对资产阶级思想和封建主义思想的斗争。这些斗争,作为思想批判、文艺批判,是必要的和重要的,但是作为政治运动在全国大张旗鼓地展开,这就产生了某些严重的消极后果。当时中国已经进入了社会主义时期,社会主义改造是一场极为深刻的消灭生产资料私有制的大变革,社会主义的经济、政治要求有与之相适应的社会主义的意识形态。而在意识形态这个领域中,资产阶级和封建阶级的思想意识是根深蒂固的,因此在这个领域中的各个方面必然会发生一系列的思想斗争,这就要求用马克思主义战胜形形色色的剥削阶级的意识形态，力争无产阶级思想在这个领域的优势地位。经过这样一些斗争，党中央和毛泽东同志在一九五六年我国社会主义改造基本完成以后，及时地提出了“百花齐放，百家争鸣”的方针，这对发展和繁荣我国的社会主义文化艺术，有着巨大的意义。

开国之初，我们就面临一个如何对待传统戏曲，包括京剧和各种地方戏的问题。这不但涉及广大人民文化生活的需要，而且是关系到成千上万艺人就业的社会问题。戏曲是我国人民在长期历史中所创造的一份极为丰富的宝贵遗产，但它毕竟是旧时代的产物，既有民主性的精华，也有不少封建性的糟粕，必须进行改革。我们遵照毛泽东同志所提出的，按照有益、无害和有害的三类标准，对我国的传统剧目和传统的表演艺术，和戏曲艺人一道，进行了整理和改革的工作，使许多解放前濒临灭亡的剧种获得新生，大批传统剧目经过去芜存菁，剧本、唱腔和表演都放出了新的光彩。无论在剧目的创作和改编方面，在表演技巧和舞台艺术的革新方面，在培养青年一代演员方面，都获得了很大的成绩，积累了相当丰富的经验。全国解放后的十七年中，戏曲舞台上虽然也出现过某些不好的剧目，但好戏始终占主导地位。京剧和地方戏都产生了许多好的作品，如《将相和》、《梁山伯与祝英台》、《白蛇传》、《芙奴传》、《十五贯》、《杨门女将》、《生死牌》、《芦荡火种》、《红灯记》、《节振国》、《小女婿》、《刘巧儿》、《天仙配》、《搜书院》、《三打白骨精》、《朝阳沟》等等，都是富有革新精神和艺术感染力的戏曲。特别重要的，是改革传统戏曲使之适合表现现代生活的尝试，获得了一定的成功。一九六四年，京剧革命现代戏的观摩演出，就是这种成功的一次检阅。对传统绘画、音乐、舞蹈、曲艺、木偶、皮影、杂技的整理和革新，对极为丰富的我国各民族民间文学的搜集整理，也都取得了丰富的成果和经验。

新中国大力发展了自己的电影事业。早在三十年代，我们的一些左翼电影工作者，就在党的领导下，冲破国民党反动派的重重压力，开创了我国革命的电影事业。三十年代以来，一些优秀电影，如《渔光曲》、《桃李劫》、《万家灯火》、《乌鸦与麻雀》、《一江春水向东流》等，至今为人们所记忆。全国的解放使电影事业获得了空前的发展，把新的世界、新的人物展现在观众面前。我们的电影艺术家摄制了许多好的影片，如《中华女儿》、《钢铁战士》、《白毛女》、《翠岗红旗》、《董存瑞》、《红色娘子军》、《槐树庄》、《李双双》、《永不消逝的电波》、《上甘岭》、《风暴》、《老兵新传》、《林则徐》、《甲午风云》、《祝福》、《大浪淘沙》、《农奴》、《兵临城下》、《舞台姐妹》、《早春二月》、《英雄儿女》等等，都为观众所喜爱。新闻纪录片，作为时代的见证，为党和国家的历史记录了珍贵的资料。《百万雄师下江南》曾创造当时卖座率的最高纪录。科教片和美术片都有优异的成绩和独特的创造。

文学创作，包括小说、戏剧、诗歌、散文等，在十七年中获得了蓬勃的发展，涌现出一大批深受广大群众欢迎的优秀作品。郭沫若同志虽然担任科学和文化方面的繁重的领导工作,仍然辛勤地写下了不少出色的文艺作品和学术著作。老舍回国不久,就以饱满的热情投入了创作,他的《龙须沟》和《茶馆》等作品,描绘了他所熟悉的北京人民的生活风貌,以深沉的笔触,揭露了旧中国的黑暗,热情称颂了人民的新政权。郭沫若的《蔡文姬》,田汉的《关汉卿》、《文成公主》,都对历史人物给与(予)了重新评价,并且以新的观点描绘了汉族和少数民族的兄弟关系,表现了这些老作家的艺术勇气和探索精神。话剧《战斗里成长》、《万水千山》、《霓虹灯下的哨兵》、《千万不要忘记》,歌剧《洪湖赤卫队》、《小二黑结婚》、《刘胡兰》、《红珊瑚》、《江姐》、《刘三姐》等许多作品,从各个方面生动地反映了当代的和历史上的斗争。我们看到了许多描绘半个多世纪以来我国人民革命斗争的壮丽图景和描绘历史人物的小说,长篇小说《创业史》、《红旗谱》、《红岩》、《青春之歌》、《风云初记》、《林海雪原》、《小城春秋》、《三家巷》、《三里湾》、《山乡巨变》、《红日》、《铁道游击队》、《苦菜花》、《保卫延安》、《铜墙铁壁》、《原动力》、《百炼成钢》、《战斗的青春》、《上海的早晨》、《金沙洲》、《香飘四季》、《风雷》、《欧阳海之歌》、《李自成》等,中、短篇小说集《政治委员》、《三千里江山》、《风雪之夜》、《黎明的河边》、《党费》、《百合花》、《李双双小传》、《我的第一个上级》、《春种秋收》等,都是为广大读者所熟悉和赞许的。报告文学《谁是最可爱的人》,以其强烈的国际主义的革命情感和对人民军队的热情赞颂,而传诵一时。《罗文应的故事》博得了广大小读者的喜爱,对青少年儿童起了辅导教育的作用。短篇小说《组织部新来的青年人》、报告文学《在桥梁工地上》等,勇敢地、敏锐地反映了社会主义时期的人民内部矛盾,发挥了文学的批判作用,引起了读者的重视。在诗歌方面,有毛泽东同志的传诵世界的诗词,有老一代无产阶级革命家陈毅等同志的新旧体诗词,有工农兵群众中涌现的新民歌,有诗人们创作的为群众所喜爱的优秀诗篇,如《甘蔗林——青纱帐》、《放歌集》、《石油诗》等,热情地唱出了社会主义新生活的赞歌。

绘画、雕塑、音乐、舞蹈、曲艺、木偶、皮影、杂技、摄影等各种艺术门类,都有很大的发展和新的创造。我们的国画家们用他们的彩笔描绘了祖国壮丽的山河,歌颂了人民的新生活;绘画《开国大典》、《江山如此多娇》、《血衣》,人民英雄纪念碑上的浮雕和大型雕塑《收租院》,大型音乐舞蹈史诗《东方红》,大合唱《长征组歌》、《嘎达梅林交响诗》,舞剧《小刀会》、《红色娘子军》,都是描绘人民革命斗争的创新之作,对社会主义艺术的民族化、群众化,作出了可贵的探索和贡献。曲艺、相声在新时代发挥了轻骑兵的作用,新故事就是说书的一种新形式。少年儿童所喜爱的连环画和儿童剧也卓有成绩。

在这个时期内,我国各类文学艺术教育事业获得了很大的发展,为国家培养了一批又一批的人才,那些忠诚文学、艺术教育事业的同志们是值得大家尊敬的。

全国解放后十七年文艺创作的成果是相当可观的。它们对鼓舞人民群众进行社会主义革命和建设,培养青少年一代的社会主义道德情操,满足人民的审美需要,丰富人民的精神生活,起了重大的作用。我们的文学艺术不愧为伟大时代的镜子,同时也是我国人民从中吸取智慧和力量的生活教科书。文艺战线上的这些光辉成绩,决不是林彪、“四人帮”所能一笔抹杀的。历史是公正的,人民是公正的。只要看看粉碎“四人帮”以后,被他们长期禁锢的十七年中的电影和文艺作品是如何受到读者、观众的热烈欢迎,就可知人心的向背和群众判断的公正了。

建国以来,在党中央的领导和毛泽东思想的培育下,在周恩来同志的亲切关怀下,形成了一支专业和业余的文艺工作者相结合的文艺大军。不少文艺工作者是从工人、农民、士兵中成长起来的,给社会主义文艺事业输入了新的血液。这是一支忠于党、忠于人民、忠于社会主义事业的光荣的队伍。

林彪“四人帮”阴谋篡夺党和国家的最高领导权,首先从夺取文权开始。他们通过诬陷《海瑞罢官》打开突破口。所谓《部队文艺工作座谈会纪要》,就是他们实行全面夺权的信号,也是他们对文艺界实行“全面专政”的纲领。将近十年的时间,党对文艺工作的领导被他们所窃取和篡夺。他们利用所攫取的政治权力,推行最反动的文化政策,大搞封建法西斯文化专制主义和文化虚无主义,形成了新中国文化史上最黑暗的年代。他们不仅全盘否定十七年文艺工作的成就,也否定从三十年代以来甚至从“五四”以来我国革命文艺的伟大成果和光荣传统。他们把我国的社会主义文艺诬蔑为“反党反社会主义文艺黑线”,把革命的作家、艺术家诬蔑为“黑线人物”,把党对文艺工作的领导诬蔑为“黑线专政”。他们禁绝古今中外所有的优秀文艺作品,妄图扑灭人类一切进步的文化。文联和各协会被诬蔑为“裴多菲俱乐部”,强行解散,大批文艺工作者遭到迫害和凌辱。我国的社会主义文艺蒙受了一场空前的浩劫。刚才,大会已向遭受林彪、“四人帮”迫害和诬陷的许多已故的作家、艺术家和文艺工作者,表示了我们的深切的哀悼和怀念。

“四人帮”推行的路线,是一条为篡党夺权阴谋服务的极左路线。他们篡改和歪曲毛泽东同志的文艺思想,割断文艺和人民的血肉联系,否定社会生活是文艺创作的唯一源泉,用谎言和伪造代替生活和艺术的真实,极大地败坏了革命文艺的声誉。他们歪曲文艺和政治的正确关系,用反革命政治奴役艺术,使文艺成为“阴谋文艺”,成为反动政治的奴婢。他们在文艺上传播的诸如“三突出”、“主题先行”之类的谬论和帮八股的恶劣文风,及其所推行的各种荒诞措施,给党的文艺事业造成了严重的灾难,其流毒之深,至今尚待肃清。

但是,林彪、“四人帮”的干扰破坏,从历史发展的角度来看,毕竟是短暂的,他们没有并且不可能完全打断社会主义文艺发展的进程。文艺工作者的绝大多数没有在“四人帮”的淫威面前屈服,他们通过公开或隐蔽曲折的方式坚持斗争。那些不怕牺牲,敢于冒万死和林彪、“四人帮”斗争的文艺界的战士,值得我们钦佩和学习。革命文艺工作者和林彪、“四人帮”之间的斗争,是革命人民和反革命野心家、阴谋家之间的斗争,是党的“百花齐放,百家争鸣”方针同封建法西斯的文化专制主义和文化虚无主义之间的斗争,也是在文艺思想上辩证唯物主义同主观唯心主义、革命现实主义同公式主义、帮八股之间的斗争,这个斗争是非常尖锐的。许多文艺工作者身处逆境,却毫不消极,仍然潜心构思自己的作品,默默地进行写作或做写作的准备。党的好女儿张志新,敢于坚持真理,破除现代迷信,以监狱作讲坛,以诗和歌曲为武器,反抗强暴势力,至死不屈。她的可歌可泣的事迹将永垂不朽。经过严峻的考验,证明我们的文艺队伍,除个别败类和极少数投机分子外,是一支压不垮、摧不毁的革命的队伍。

周恩来同志在身患重病、工作处于逆境的条件下,仍然关怀着党的文艺事业,关怀着文艺工作者的命运。他在力所能及的范围内,保护了不少文艺工作者和文艺作品免遭荼毒。他始终同广大文艺工作者心连心。“四人帮”在文艺上从批所谓“黑画”和批“无标题音乐”,批电影《创业》和《海霞》,到批《水浒》,他们的罪恶矛头,都是针对以周恩来同志为代表的老一辈无产阶级革命家的。

以诗歌为战斗武器的伟大的“四五”运动,是中国人民奋起抗击“四人帮”的一场威武壮烈的斗争,也是我国无产阶级文艺史上具有独特光辉的不朽的一页。摄影工作者冒着万难和风险摄下了这场斗争的壮烈情景。广大人民群众哀悼周总理,怒讨“四人帮”,为后来粉碎“四人帮”的胜利作了思想动员和舆论准备。历史是无情的,也是富于戏剧性的。“四人帮”篡党夺权首先从文艺战线开刀,人民则用文艺的重锤敲响了他们覆灭的丧钟。

粉碎“四人帮”三年来,特别是最近一两年来,文艺界拨乱反正,批判了林彪、“四人帮”的“文艺黑线专政”论及其他种种谬论,党中央和毛泽东同志所制定的文艺方针重新得到正确的解释和认真的实行,我们的社会主义文艺开始复苏和前进。党的十一届三中全会的精神和关于真理标准问题的讨论,大大推动了文艺界的思想解放。“四人帮”一倒,漫画、相声就脱颖而出,成为猛刺敌人的匕首。革命诗歌和诗歌朗诵打破长期沉寂,抒发了人民群众的战斗激情。特别应当提到的是传诵一时的《天安门诗抄》,以及一批新老诗人所创作的歌颂人民英雄、批判“四人帮”的诗篇,如《团泊洼的秋天》、《中国的十月》、《革命人民的盛大节日》、《在浪尖上》、《周总理,你在哪里?》、《一月的哀思》等,在广大群众中引起了强烈的反响。新闻纪录片《敬爱的周总理永垂不朽》表达了千百万人民的哀思和怀念。许多长期以来文艺界不敢触及的问题,现在敢于突破,敢于议论,敢于探讨了,不仅打破了"四人帮"加在文艺工作者身上的重重枷锁,冲破了他们设置的许多禁区,而且冲破了开国后十七年中的不少清规戒律。各种形式的文艺创作,如雨后春笋,不断涌现。中短篇小说《班主任》、《神圣的使命》、《窗口》、《我们的军长》、《伤痕》、《乔厂长上任记》、《大墙下的红玉兰》、《草原上的小路》,特写《人妖之间》,话剧《丹心谱》、《于无声处》、《让青春更美丽》、《未来在召唤》、《报春花》,歌剧《星光啊,星光》等,以激动人心的主题、战斗的风格和独创的艺术手法,受到了人们的欢迎。最近创作和演出的舞剧《丝路花雨》,以其新颖优美、富有浓厚民族特色的艺术风格,歌颂了古代中外人民的友谊以及劳动人民艺术家的不屈的斗争和艺术创造精神,博得了观众的称赞。此外,还出现了尝试表现老一代无产阶级革命家的话剧,如《报童》、《曙光》、《陈毅出山》等。一些老作家也焕发精神,继续创作,描写抗美援朝、保家卫国斗争的长篇小说《东方》,描写古代历史人物的话剧《王昭君》和《大风歌》,描写当代科学家的报告文学《哥德巴赫猜想》等,就是这方面的成果。电影在题材和艺术表现上也有新的进展,出现了如《从奴隶到将军》、《吉鸿昌》、《小花》等一些新作。在对越南侵略者的自卫还击战中,许多文艺工作者,特别是部队文艺工作者奔赴前线,写出了一些反映我国军民伟大的爱国主义和革命英雄主义精神的作品。

艺术创造力获得大解放,在建筑壁画方面也取得了可喜的成就。新近完成的首都国际机场的大壁画及其他有关美术作品,博得了各界人士和中外文艺家的高度评价,为我国建筑壁画开创了新途径。这些壁画的作者大都是有才华的青年壁画家,他们解放思想,勇于创新,融合我国民族传统壁画的技法和现代技巧,表现了新的时代精神。这些壁画是他们和陶瓷工艺美术家、建筑师们密切合作的产物。他们的具有鲜明个性特点的艺术成果及创作经验,值得总结和推广。

这个时期的许多作品,首先是短篇小说和话剧,发扬了社会主义文艺的现实主义传统,描绘了人民群众同"四人帮"之间的尖锐斗争以及在那些灾难年月发生的种种复杂的社会矛盾,描绘了老一代无产阶级革命家和新长征路上涌现的先进人物,揭露了障碍实现社会主义现代化的种种阻力和弊端。题材尽管不同,却都比较及时地尖锐地提出了现实生活中迫切需要解决的问题,强烈地反映了广大人民群众的心愿、理想、情绪和要求。这些作品是当前我国思想解放运动的伟大潮流的产物,又反过来影响和推动着这个潮流的发展。这些作品很多出自较年轻作者的笔底,他们以敏锐的观察,大胆探索的勇气,真实地描述了他们亲身的经历和体会。他们要控诉,要抗议,要呐喊,因为他们的经历充满了酸辛和血泪、愤懑和悲痛,也有识破欺骗后的觉醒和斗争。他们以泼辣的风格突破成规和戒律,抒写了自己的深切感受和许多令人震惊的所见所闻。这些作品反映了林彪、"四人帮"给人民生活上和心灵上所造成的巨大创伤，暴露了他们的滔天罪恶。决不能随便地指责它们是什么“伤痕文学”、“暴露文学”。人民的伤痕和制造这种伤痕的反革命帮派体系都是客观存在，我们的作家怎么可以掩盖和粉饰呢？作家们怎么能在现实生活的种种矛盾面前闭上眼睛呢？我们当然不赞成自然主义地去反映这些伤痕，由此散布消极的、萎靡的、虚无主义的思想和情绪。人民需要健康的文艺。我们需要文艺的力量来帮助人民对过去的惨痛经历加深认识，愈合伤痕，吸取经验，使这类悲剧不致重演。

这些作品，来自人民的大海，带着浓厚的生活气息和强烈的时代精神。它们的作者多数是新兵，往往不够成熟，难免有这样那样的缺点。对有些作品，人们有不同意见，是正常的，应当允许自由讨论和争辩，作者也应当虚心听取各种不同的意见。总之，这些新的作者是在思考，在战斗，在前进。他们代表我国文学的年青一代。他们处于一个成长和成熟的过程中。他们的前程是无限的。我们要满腔热情地欢迎他们，鼓励他们，正确地引导他们。我们的文艺应当使人民团结，而不是使人民涣散；应当使人民奋发向上，而不是使人民灰心丧气；应当使人民胸襟开阔，而不是使人民目光短浅。一切腐蚀人们灵魂、败坏社会风气的作品都应当受到抵制和批评。

回顾我国三十年来文艺发展的历程，除去林彪、“四人帮”造成的十年浩劫，我们的文艺工作在大部分的时间内，基本上执行了党和毛泽东同志所规定的文艺路线，总的来说，是以马克思列宁主义、毛泽东思想作为自己的指导原则的。毛泽东文艺思想是毛泽东思想的重要组成部分，它教育了我国一代又一代的文艺工作者。周恩来同志是实践毛泽东文艺思想的典范，他总是结合实际，把毛泽东同志提出的文艺方针加以具体化和进一步发展；他和陈毅同志历次关于文艺问题的重要讲话，深刻地阐发了在社会主义文艺事业中发扬民主的极端重要性，对我国文艺事业具有巨大的指导意义。正是在他们的指导下，一九六一和一九六二年分别召开的讨论电影、戏剧问题的新侨会议和广州会议是成功的。文化部、文联党组于一九六二年针对一个时期文艺工作中的缺点错误，提出了关于改进文艺工作的若干意见（即《文艺八条》），这些意见基本上是正确的。无可否认，我们的文艺工作，成绩是主要的、巨大的，主流是正确的、健康的。但是，同样无可否认，我们的工作中确有不少缺点和错误，特别是指导思想上的“左”的倾向给党的文艺事业带来的损害是严重的。林彪、“四人帮”一方面把我们执行的正确路线诬蔑成反革命修正主义路线，另一方面又把我们工作中的一些缺点错误，从极左的方面加以利用和恶性发展。当然，我们在工作中所犯的某些“左”的错误，和林彪、“四人帮”为了阴谋篡党夺权所肆意推行的极左路线，在性质上有着根本的不同。但是我们不能因为有林彪、“四人帮”的干扰破坏，而原谅自己的过失。我们既要充分肯定成绩，又要正视过去工作中的缺点错误。我们要善于从痛苦的经验中学习，汲取教训，以戒未来。

我们一些担任文艺领导工作的人,由于当时的一定历史条件和背景,以及自己头脑中“左”倾思想没有得到有效的克服,有时未能正确地实事求是地估计文艺战线阶级斗争的形势,正确处理文艺和政治的关系,把阶级斗争扩大化,混淆了人民内部和敌我之间两类不同性质的矛盾,导致在进行思想批判和文艺批判时不适当地采取政治运动和群众斗争的方式去对待精神世界的问题,以致伤害了一些同志。实践证明,采取行政手段和群众斗争的方式去解决意识形态领域的问题,是极为有害的。特别是一九五七年文艺界的反右派斗争,混淆两类矛盾的情况更为严重,使很多同志遭到了不应有的打击,错误地批判了一些正确的或基本正确的文艺观点和文艺作品,伤害了一大批文艺工作者,其中包括一些有才华、有作为、勇于探索的文艺工作者,使“百花齐放,百家争鸣”提出后,文艺领域出现的生气勃勃的景象遭受了挫折。一九五八年全国所卷起的一阵浮夸风、共产风和在知识界进行的所谓“拔白旗”的运动,也波及了文艺界,使“左”的倾向又一度抬头。我们在开展思想斗争的时候,对一些文艺问题的解释和处理,存在着简单化、庸俗化的毛病,以致助长了理论上和创作上的公式化、概念化的倾向,产生了粗暴批评,损害了艺术民主。这个教训是极为深刻的,我们应该引以为训。

那末,究竟有哪些主要经验教训值得记取呢?归纳起来,主要是要正确处理三个关系问题:一个是文艺和政治的关系,其中包括党如何领导文艺工作的问题;一个是文艺和人民生活的关系,表现在艺术实践上,也就是文艺创作上的现实主义问题;一个是文艺上继承传统和革新的关系,也就是如何贯彻推陈出新、古为今用、洋为中用的方针的问题。这三个关系处理得正确与否,直接关系到社会主义文艺的成败兴衰。

在这三个关系当中,文艺和人民生活的关系是最基本的,起决定作用的。文艺是社会生活的反映。它把生活的整体作为自己的对象。它从生活出发,又落脚于生活,并给与(予)伟大的影响于生活。作家任何时候都应当深入生活,忠实于生活,写他自己所熟悉的、有兴趣的、感受最深的、经过深思熟虑的东西。作家不应只根据一时的政策,而应从更广阔的历史背景来观察、描写和评价生活。正是在这个意义上,文艺的真实性和政治性是统一的。我们提倡革命现实主义和革命浪漫主义,提倡社会主义文艺表现我们时代的英雄人物,承认正确世界观对文艺创作的指导作用,这些都是对的。关于“写真实”、现实主义道路、写英雄人物和中间人物等等问题,本来都是学术问题,是完全可以自由讨论的,简单地、笼统地把“写真实”、“写中间人物”等等当作资产阶级或修正主义的文艺思想来加以反对,这就不对了。对一九六二年大连会议及其“中间人物”论的批判,是不符合实际的。真实是艺术的生命。离开了真实,也就谈不上作品的思想性和艺术性。对于作家、艺术家来说,生活是第一位的。生活的实践,包括创作实践,不但影响创作本身,也影响世界观,引起世界观的变化和飞跃。毛泽东同志对文艺创作提出的革命现实主义和革命浪漫主义相结合的主张,对于帮助作家正确地而又富有远见地观察和描写生活,是有指导意义的。但无论是革命现实主义或革命浪漫主义,都必须植根于现实生活的土壤。革命现实主义往往包含着革命浪漫主义的因素,因为它要反映现实的发展前途和生活理想。革命浪漫主义也应以现实主义为基础,即使幻想小说也不能脱离现实。当然,任何创作口号,都不应成为束缚创作生命力的公式和教条。在遵循文艺必须正确地反映现实生活这个客观规律的前提下,每一个作家或艺术家采用什么样的创作方法来从事创作,这是作家、艺术家的自由。我们要提倡我们所认为最好的创作方法,同时更要鼓励创作方法和创作风格的多样化,不应强求一律。文学艺术发展的历史表明,以某一种固定的创作方法来统一整个文艺创作是不可取的,也是不可能的,这样做不利于充分发挥不同个性的作家、艺术家的创作才能,不利于创作的繁荣和发展。

作家和艺术家在认识和反映生活的时候,应该努力以马克思主义的科学的世界观作指导。这种世界观承认社会生活是充满矛盾的,没有矛盾就没有世界。社会主义文艺要勇于揭露和反映生活中的矛盾和斗争。是正视矛盾,揭露矛盾,还是回避矛盾,掩盖矛盾,这是两种不同的世界观、艺术观的反映。所谓歌颂和暴露,并不是彼此对立的,不相容的,而是一个问题的两个方面,关键在于站在什么立场,歌颂什么,暴露什么。文艺创作既要描写人民生活中的光明面,也要揭露社会的阴暗面。有光明面就有阴暗面,有颂扬就有批判。社会主义文艺负有批评和自我批评的任务。"辩证法不崇拜任何东西,按其本质来说是批判的和革命的。"(马克思)丢掉了这种批判精神,它的革命性就丧失了。我们不仅要批判敌人,对于我们自己和我们的实践,也必须采取批判的态度,否则我们就不能前进了。社会主义的作家、艺术家必须以锋利的眼光,清醒地注视生活中各种矛盾及其发展,敏锐地反映新情况和新问题,善于发现一切新生事物和先进力量,也勇于揭露一切阻碍我们前进的东西。

文艺和政治的关系,从根本上说,也就是文艺和人民的关系。我们的文艺要反映人民的生活,反映人民在各个革命时期的需要和利益。我们所说的政治,是指阶级的政治,群众的政治,不是少数政治家的政治,更不是一小撮野心家和阴谋家的政治。我们党所制定的政治路线和政策,归根到底,都是为了实现人民的长远利益和当前利益。因此,文艺反映人民的生活,不能与政治无关,而是密切相联,只要真实地反映人民的需要和利益,也就必然给予伟大的影响于政治。鼓吹脱离政治,只能使文艺走入歧途。在政治、经济、理论等各种阶级斗争的形式中,政治总是居于主导地位。但是任何政治家,包括无产阶级的政治家,并不能保证自己在任何时候总是正确的,也难免有发生错误的时候。政治路线和具体政策,总是要随着国内外形势的变化而变化，要根据实践的检验而有所补充和修正，要根据当时当地的不同情况而有所改变。彼时彼地认为是正确的东西，此时此地就可能变成不正确的了。因此，文艺反映生活的真实，就应当适合一个历史阶段的政治的需要。在今天来说，就是社会主义现代化建设的需要。凡是有利于实现现代化的，凡是能直接间接鼓舞人们献身于建设社会主义祖国的，都是为无产阶级所需要的，都是符合无产阶级和广大人民的利益的，而不应该把文艺和政治的关系狭隘地理解为仅仅是要求文艺作品配合当时当地的某项具体政策和某项具体政治任务。政治不能代替艺术。政治不等于艺术。政策图解式的、说教式的、公式化概念化的、标语口号式的作品，由于缺乏生活的真实和艺术的力量，是不为人们所欢迎的，也不能很好地发挥文艺的政治作用。

我们的文艺要培养社会主义的新人，提高人民的精神境界，促进社会主义社会进一步完善和发展，满足人民日益增长的文化生活的需要，这就是社会主义文艺的目的，也就是它的政治任务。把文艺说成只是阶级斗争的工具，把文艺和政治的关系简单化，是不对的。文艺对政治发生影响，要通过典型化的艺术形象，采用多样化的艺术手段。作品的典型化程度越高，艺术手段越多样，感染人的力量越强，就越能对政治发生作用。无论在文艺的领导工作方面，还是在作家、艺术家本身，那种但求政治无过、不求艺术有功的思想都是对人民不利的。

文艺和政治的关系，包括党如何领导文艺工作这个至关重要的问题。党对文艺工作的正确领导，应当是依靠群众包括尊重专家的群众路线的领导，应当是力求由外行变为内行，按照艺术规律办事的实事求是的领导，而决不应当是只凭个人感想和主观意志发号施令的家长式的领导。作家写什么和怎样写，应有自己的自由，领导不要横加干涉，而要善于诱导；要鼓励不同意见的相互讨论和争辩，要允许犯错误和改正错误，允许批评和反批评。

今天的文艺是从过去的文艺发展而来的，有历史的连续性，有一定的民族特点。但是，社会主义文艺又是一种不同于任何过去时代的崭新的文艺。这里就有一个传统的继承和革新的关系问题。前不久发表的毛泽东同志一九五六年同音乐工作者的谈话，对如何正确对待中外遗产，如何保持艺术的民族特色，如何标社会主义之新，立无产阶级之异，都有十分精辟的论述。我们必须把传统的继承和革新这两者的关系处理恰当。在批判了保守倾向之后，要防止民族虚无主义的倾向；在批判了粗暴倾向之后，要防止保守倾向的抬头。现在我们的舞台上，许多传统戏曲剧目又恢复演出了，并且受到了群众的欢迎，但也有人为"帝王将相、才子佳人"重返舞台而担心，对此我们要作具体分析。有的帝王将相是为祖国的安全统一立过功勋或给人民做过好事的杰出人物，有的才子佳人是敢于冲破封建礼法的樊篱、争取个人自由和幸福的叛逆者。舞台上不但要有正面人物,也需要有反面人物作为谴责和鞭挞的对象。我们不应当不加区别地把他们一律赶下舞台,而应该用历史唯物主义的观点来重新评价他们,使他们在戏曲舞台上重新占有一定的位置。戏曲艺术,必须从内容到形式都不断革新,不断发展,停滞了,僵化了,就会失去生命力。戏曲有它自己一套长期流传的剧目、相当凝固的艺术程式和精湛的表演技巧,它向人民灌输了历史知识,培养了人们辨别邪正、是非和美丑的观念,它的民族气派和美感魅力往往令人倾倒。但由于长期封建意识形态的影响,不少戏曲剧目所描绘的历史情节常常是被简单化了的、被歪曲了的,给了人们一些不正确的是非观念和道德标准,同时又养成了人们固定的欣赏习惯。所以对传统戏曲的改革,是一个非常艰巨的任务。这种改革必须是积极而又审慎,大胆而不鲁莽。既要反对因循守旧,也要反对粗暴急躁。任何改革都要注意不破坏它的民族特色和艺术精华,而是使之更加完善,更加提高,更富于表现力。我们不但要改革传统剧,而且要用历史唯物主义的观点创造新的历史剧。运用传统戏曲,来表现现代的新的人物和新的生活,是时代的需要,人民的需要,也是艺术本身发展的需要。我们不能满足于民族的旧形式,而要努力发展和创造民族的新形式,一方面要推陈出新,古为今用,另一方面也要把外国一切好的东西拿来,加以改造,洋为中用。我们应当重视革命现代戏的成果,决不能因为"四人帮"曾经窃取和歪曲这些成果并荒谬地封之为"样板戏",而对它们采取一概排斥的态度。我们要彻底清除"四人帮"强加在它们身上的污染,正确总结革命现代戏的经验,使它们重放光辉。

新时期光荣任务

我们国家已经进入一个新的历史时期。我们的历史任务,是在促进社会主义经济发展的同时,促进社会主义文化艺术的繁荣。我们的文艺应当反映人民向社会主义现代化进军的伟大斗争,帮助人民认识和克服前进道路上的困难和障碍,鼓舞他们的斗志和信心。我们的文艺对于培养社会主义新人和教育青少年一代,具有十分重要的意义。

三年来,文艺战线冲破重重阻力,已经在新的长征中迈出了勇敢的步伐。但是,应该承认,目前的文艺还远远不能适应四个现代化的要求,不能满足人民群众的需要。我们的文艺作品所反映的生活和人民群众波澜壮阔、龙腾虎跃的斗争实际还很不相称。文艺作品的题材范围还不够广阔,艺术风格还不够多样,思想上还缺乏深度,艺术技巧也有待于进一步提高。广大群众的文化艺术生活还比较贫乏,人民要求改变这种状况的呼声是很强烈的。每一个文艺工作者,都深深感到自己责任的迫切和重大。我们应当力争在一个不太长的时间内,使各类文学艺术有更大的发展和繁荣,对广大人民,特别是青少年,发挥更大的鼓舞和教育作用。

实现社会主义的四个现代化,是生产力的伟大变革,也是从经济基础到意识形态的一场深刻的变革。这就要求人们的思想有一个大的解放。从"五四"到"四五",革命文艺历来是中国人民思想解放运动中重要的一翼。我国革命文艺的奠基者鲁迅,就是思想解放运动的伟大先驱和闯将。我们的革命文艺家,在历次思想解放运动中,都发挥了自己的作用。一九四二年的延安文艺整风就是和全党伟大的整风运动相适应,相配合的。一九七六年的天安门革命诗歌,吹响了向"四人帮"发起冲锋的号角,为人民的思想解放打开了闸门。我们的文艺应当深刻反映我国人民思想解放运动的伟大历程,促进和鼓舞这个运动持续深入地发展。

正因为我们的文艺肩负着这样的历史任务,文艺工作本身就需要来一个思想的大解放。文艺是一种富于创造性的精神劳动。创造为四个现代化服务的社会主义新文艺,是一项宏伟而又十分艰巨的事业。进行这样的事业,因循守旧行吗?墨守成规行吗?照抄照搬行吗?停滞不前行吗?胸无大志行吗?我们必须从林彪、"四人帮"极左思潮的精神禁锢中解放出来,必须从他们所制造的现代迷信的束缚中解放出来,必须从封建主义、资本主义思想以及严重存在着的小生产者的狭隘眼界和习惯势力的影响中解放出来,必须从文学教条主义、艺术教条主义和形形色色的唯心主义、形而上学观念的影响下解放出来。要使我们的文艺真正沿着符合社会主义文艺创作发展规律的轨道前进。要使我们的文艺真正成为植根于人民的生活,真实地反映客观实际,忠实地表达人民的思想愿望,并且全心全意地为人民服务的文艺,成为列宁所预言的那种摆脱了剥削阶级的思想桎梏,摆脱了一切庸俗低级趣味的真正自由的文艺。

目前,文艺战线的思想解放,还存在着阻力。有些同志指责文艺界的思想解放"过了头",造成了群众思想的"混乱",把社会上出现的某些错误思想归罪于文艺,这是不符合实际的。当然,我们要批评各种错误思想,反对无政府主义、极端个人主义和资产阶级"自由化"的倾向。但是现在的情况不是思想解放过了头,而是思想解放还不够,束缚思想解放的阻力还很大,思想僵化或半僵化的,还大有人在。我们对人们的思想解放,只能促进,不能促退,只能加以正确引导,而不能加以压制。要求文艺工作者解放思想,首先文艺工作的领导人员自己要带头解放。

目前,文艺界正在继续开展关于真理标准问题的讨论,进一步开展对《部队文艺工作座谈会纪要》的批判,以彻底肃清极左路线的流毒。这对于文艺战线的拨乱反正,对于党的文艺方针、政策的贯彻执行,具有非常重要的意义。不肃清极左流毒,不端正思想路线,我们的文艺事业就不可能继续前进。

文艺界要解放思想,就必须坚定不移地贯彻执行"百花齐放,百家争鸣"的方针。

这个方针是社会主义文化政策的一个新的实验。根据我们正反两方面的经验来看，实行这个方针，文艺就比较活跃和兴旺，违背这个方针，文艺就停滞倒退。多年来，思想政治斗争的频繁和扩大化，使这个方针在许多时候没有能够很好地贯彻执行。林彪、“四人帮”则是把这个方针彻头彻尾地毁灭了。由于背离和破坏这个方针，对文艺的发展造成了巨大损失，这个经验教训是十分深刻的。

现在“双百”方针已经列人我国的宪法，这就保证了人民有进行科学研究和文艺创作的自由，保证了文艺创作和文艺评论有互相竞赛和互相争论的自由。也就是说，我们是用群众路线的方法，自由竞赛和自由争论的方法，来发展社会主义的和一切有利于人民的文化艺术。我们要相信马克思主义的思想威力，相信人民群众的创造力和鉴别力。我们一定要创造一种最适宜于科学和艺术自由发展的气氛，广开文路，广开言路，广开才路，把文化艺术工作者的积极性和创造性最充分地调动起来，为开创一个社会主义文艺繁荣的新时期而共同奋斗。

为了实现这个目的，摆在我们文艺工作者面前的主要任务是什么呢？

首先，要积极发展各类文学艺术创作，提高思想和艺术水平。我们的文艺应该从各方面反映当代伟大历史性转变中人民的生活和斗争。我国人民正在进行的为实现现代化的斗争，是关系整个国家和人民的命运，也关系每一个人、每一个家庭的命运的斗争。我们要鼓励作家、艺术家投身到沸腾的生活洪流中去，吸取最丰富的艺术原料，在我们的作品中反映社会主义现代化建设的艰巨斗争过程，提出并回答时代和人民所迫切关心的新问题，塑造出站在时代前列的当代人物的艺术形象，反映新长征的壮丽图景。作家主要是描写各种人的生活和命运，刻画人物的复杂性格，表现人的丰富的内心世界，描绘人们在为现代化斗争中的精神面貌的深刻变化。我们的文艺要写英雄人物，也要写其他各种各样的人物，包括中间状态的人物、落后人物和反面人物。要更有力地、更深刻地去暴露林彪、“四人帮”一类阴谋家、野心家及其帮派体系和他们的社会基础，也要以批评和自我批评的精神，去揭露和批判官僚主义习气、封建特权观念、小生产者的狭隘眼光、保守思想和一切因循守旧的旧意识、旧习惯，批判阻碍社会前进的资产阶级、小资产阶级和无政府主义的思想。我们的文艺应该充分反映这场斗争的复杂性和艰巨性，以帮助人民群众认识生活，改造生活。

我们的文艺作品还应该反映老一辈无产阶级革命家和无数革命先烈的英雄业绩，把被林彪、“四人帮”歪曲和篡改了的革命历史端正过来，恢复历史的本来面目，帮助人民特别是青少年一代，正确认识历史，认识我国革命胜利来之不易，用革命传统教育人民，激励人们进行新的长征。这不但在今天有着重大的现实意义，而且千秋万代，也将是鼓舞人民前进的思想动力。

在描写革命历史的时候,我们要坚持用历史唯物主义的观点,塑造无产阶级革命家的典型形象。我们的作家、艺术家应当以饱满的无产阶级热情,在详细占有历史资料的基础上,描写出我们的革命领袖们和许多老一辈无产阶级革命家对中国革命所建立的不朽功勋。表现革命领袖人物,不是一件轻而易举的事,一定要忠实于历史环境和人物性格,要慎重从事,不可掉以轻心。我们高兴地看到,洗清了多年的文字沉冤,小说《刘志丹》已经重见天日。许多作者在描写老一代革命家方面已经作了可贵的尝试。从这一侧面或那一侧面描写毛主席、周总理、朱委员长、陈毅、贺龙等的剧本出现了。革命回忆录也纷纷问世,这些回忆录除了它们本身的历史价值外,还为创作无产阶级革命家传记文学准备了基础。文艺作品在表现革命领袖和革命家的崇高品德和伟大精神的时候,一定要正确表现领袖和人民群众的关系,在表现领袖人物杰出作用的同时,表现出人民群众是创造历史的动力。领袖是人民的带路人,又是全心全意为人民服务的社会公仆,决不是凌驾于群众之上"全知全能"的救世主。任何对于领袖人物的神化,对于人民群众的恩赐观念,都是和生活的客观实际相背离,和历史唯物主义的原则相违背的,都是对领袖人物的歪曲和对人民的蔑视。

其次,我们提倡文艺反映当前实现社会主义现代化的伟大斗争,反映我们无产阶级革命斗争的光辉历史,也要鼓励作家、艺术家以各种形式、体裁和各自不同的风格,描写其他各种历史题材和现实题材,表现各种各样的人物,帮助人民认识古代和当代的一切生活形式和斗争形式,扩大视野,鼓舞斗志,增长智慧。古今中外,天上地下,上下几千年,纵横数万里,都应该在作家、艺术家的视野和关注之中,都可以成为艺术描写的对象。

在各类艺术形式中,电影是最具有群众性,同时也是手段最现代化的艺术形式。人们希望,电影的题材、品种、样式和风格要更加多样。我们的电影,不但要满足国内观众的需要,而且要在世界影坛上赢得应有的荣誉。传统戏曲和曲艺要进一步革新和发展,创造出更多更好的历史和现代题材的节目。话剧、歌剧和舞剧,儿童剧、广播剧和电视剧,芭蕾舞和交响乐,应该进一步提高表演和演奏艺术。应当造就一大批出色的表演艺术家。电影和剧团都要改革体制,改善经营管理,使之更有利于电影和戏剧的发展和提高。科教片应更好地配合四个现代化,作出新的贡献。人们感到现在歌咏活动不够活跃,往往回忆起革命战争年代的动人情景。我们现在不但需要各种鼓舞斗志的进行曲,还需要有使人愉悦的抒情歌曲和轻音乐,希望我们的音乐家和广播电台能够满足人们这种迫切希望。雕塑、壁画、国画、油画、木刻、连环画和年画,都要积极发展和提高。工艺美术和人民日常生活密切相关,应在保持传统特色的基础上进一步革新和提高。应设立雕塑和壁画的专业机构,中国画和油画应通过复制或其他手段,使之普及。任何一类文学艺术,都要不断努力提高思想水平和艺术技巧。传播文学艺术的各种工具和手段,如出版物的印刷质量和封面装帧,舞台技术装置和音响效果,电影工艺、技术、设备、器材,都要力求现代化,做到精益求精。

儿童文学、儿童戏剧和连环画一类的儿童文艺读物,对于教育青少年一代,满足他们的文化需要,培养他们的社会主义道德情操,帮助他们健康地成长,具有特别重要的意义。这是关系到培养共产主义事业接班人的重大问题,应该给以高度重视和积极提倡。我们的作家艺术家责无旁贷地应当为此做(作)出自己的贡献。

第三,积极开展群众文化活动,使社会主义文艺进一步得到普及。我国有九亿多人口,农村人口占八亿。所谓群众文化,主要是社会主义的农村文化。如果不用新的社会主义文化去教育提高广大农民,那就是眼睁睁地看着我们的亿万农民兄弟继续受封建迷信、愚昧无知以及各种小生产者落后习惯的束缚,他们在思想上就不能解放,所谓提高整个中华民族的科学文化水平就大半成了一句空话。一方面,专业的文艺演出、电影放映、书刊的出版和发行,要千方百计地普及到农村、工矿和连队去,要进一步扩大农村广播,发展农村电影放映网,改进电影放映设备和戏剧的服装、道具,使之能轻装上路,便于跋山涉水,有计划地发展乌兰牧骑式的流动文化组织;另一方面,要积极开展工矿、农村、部队和城市人民群众的业余文艺活动,并从他们里面发现人才,培养源源不竭的文艺后备军,要积极注意和推动城市人民的健康的文化生活的开展。发展社会主义文化艺术,光靠专业的文艺团体是不够的,还必须依靠广大群众中的文艺爱好者、业余文艺活动分子,和他们结合在一起,共同前进。开展群众业余文化活动,一定要根据群众的需要和自愿的原则,不可妨碍生产,增加群众的负担。

第四,我国各少数民族居住的地区,占我国幅员百分之六十左右,他们世世代代在这辽阔的土地上生息,有各自悠久的文化和历史传统,都为发展我国的文化作出了各自的巨大贡献。今后,我们要进一步积极发展各兄弟民族的文化艺术,加强各兄弟民族之间的文化交流。

建国以来,各兄弟民族的文化艺术工作取得了巨大的成绩,传统艺术的宝藏得到了开掘和整理,新的创作不断产生。长诗《百鸟衣》,小说《花的草原》、《欢笑的金沙江》,电影《秦娘美》,舞剧《召树屯和楠木婼娜》等的整理或创作,为我国多民族的文艺增添了异彩。虽然遭到林彪、"四人帮"严重的几乎是毁灭性的摧残,但由于这些文化是千百年来植根于各族人民生活的土壤中的,象长流的河水一样,永远不会干涸。《阿诗玛》长期为人们所传诵。世界上最长的著名史诗《格萨尔》的手抄本,在濒于绝灭的境地中被歌手们冒着生命危险保存下来。流传千余年的东方音乐史上的巨大财富《十二木卡姆》,在继续得到整理。史诗《江格尔》和《玛纳斯》也正在整理。

我们现在面临的任务,就是要搜集和整理各兄弟民族的许多艺术珍品,用科学的方法记录、整理各种优秀的口头文学作品,使它们得以继续保存和流传。许多被废止的风俗性的文艺活动,只要是有益于兄弟民族的文艺生活的,就应该加以恢复和改进。要重建和发展各少数民族文学艺术的表演团体和研究机构。要重视和培养兄弟民族的文学艺术人才。我们要特别注意发扬各兄弟民族文艺自己的特色,而决不要削弱这种特色。各兄弟民族文化交流的结果应该使各自的文艺更为丰富,更有独创性,而决不应该简单地用一个民族的东西来代替另一个民族的文化艺术。因为这样做,是脱离群众,不符合本民族人民的利益,也是不利于发展丰富多彩的多民族文化的。

第五,加强马克思主义的文艺理论和文艺批评,对于发展我国社会主义文艺具有关键性的意义。我们的文艺理论批评工作在揭批"四人帮"、肃清极左流毒的斗争中发挥了积极的战斗作用,促进了思想解放,促进了文艺创作。但是,总的看来,目前文艺理论研究还不充分,文艺批评仍然不够有力,理论批评的队伍还不够强大,不能完全适应形势发展的需要。

毛泽东思想,包括文艺思想,从来是,现在也仍然是指导我们文艺工作前进的指针。林彪、"四人帮"出于篡党夺权的需要,为所欲为地阉割、篡改和践踏毛泽东同志的文艺思想,抛弃它的精髓即它所揭示的普遍真理和根本原则,抓住片言只语,把只在一定的条件下和一定范围内才适用的个别论点,加以绝对化,当成愚弄人的符咒和打人的棍子。这种极端恶劣的情况,绝不能允许继续存在了。现在帮派残余和思想流毒还远远没有清除,彻底解决这个问题,还需要我们作出巨大的努力。如何正确地对待毛泽东思想,是思想路线中的一个重大原则问题。我们不应当把马克思列宁主义、毛泽东思想看成千古不变的教条,而应当看成是我们行动的指南。我们面临着马克思主义经典作家包括毛泽东同志所没有遇到的许多新情况和新问题,我们不能要求革命导师的著作对当前文艺工作的一切问题提供现成的完整的答案。我们要根据自己的切身经验,联系当前的实际,来重新学习和研究毛泽东同志有关文艺问题的论著,考察、探索和解决当前文艺实践中所出现的新情况和新问题。我们不只要遵循毛泽东同志所阐述的关于文艺问题的根本原则,同时还应当加以具体运用和发展,对他的关于个别问题的某些批示和论述,凡属不适合或不完全适合于实际情况的,要有勇气适当地加以修正和补充。我们应当为丰富和发展马克思主义文艺理论和毛泽东文艺思想作出自己的贡献。

马克思主义文艺理论是从外国输入的,但又必须在我们自己民族的基础上加以发展。要把马克思主义理论和中国文艺运动的实践结合起来，和我国悠久的文化传统结合起来。我国有两千年来悠久的文艺理论批评的传统，出现过不少文论、剧论、乐论、画论、诗话、词话、评点小说传奇等著名论著，历代大作家、大诗人、大画家、大思想家、评论家都曾发表过许多关于文学艺术的精辟见解。这是我们民族的美学思想的珍贵资料。我们要以马克思主义的观点来整理研究和批判继承这些宝贵遗产，以利于发展我们自己的具有民族特色的马克思主义的文艺理论。

文艺理论批评工作者，要注意研究和了解生活，了解作家和读者。专门的理论批评家要和群众的批评家很好地结合，要承认人民群众是文艺创作的最有权威的评判者。

第六，世界各民族的优秀文化遗产和当代进步文艺，是人类的共同精神财富。为适应社会主义现代化建设和文艺事业发展的需要，我们要加强和扩大国际文化交流活动，发展和建立同世界各国作家、艺术家的友好往来。我们要广开眼界，把人类一切优秀文化成果拿来，丰富我国人民的文化生活，为建设社会主义文化服务；同时要积极地把我国社会主义新文化和优秀的传统艺术介绍到世界人民面前。这种文化交流，不但对于丰富我国的社会主义文化艺术，而且对于发展人民之间的友谊，团结各国人民反对帝国主义、霸权主义和保卫世界和平的斗争，都具有重大的意义。

在积极主动开展国际文化艺术交流时，我们必须遵循毛泽东同志所教导的，向一切民族、一切国家的长处，一切真正好的东西学习。但是，必须“有分析有批判地学，不能盲目地学，不能一切照抄，机械搬运”，“不能学他们的短处、缺点”。很显然，在与外国文化的交流中，如果忽视了资本主义文化思想和生活方式对我国人民和青年腐蚀的危险，如果不加强人民的思想武装，不提高识别和抵御这种腐蚀的能力，而完全拜倒在西方资本主义文化思想面前，以至丧失自己民族的自信心和自尊心，那就是危险的，我们要有所警惕。我们既要反对妄自尊大，也要反对妄自菲薄。

文联和各协会的职责

为了完成上述的光荣任务，全国以及各地文联和各个协会，要适应新形势的需要，积极加以恢复，切实改进和加强自己的工作。现在，有些地区和单位，还没有认真落实政策，文艺界的一些冤案、错案，还没有完全改正，这是不利于文艺界的团结和文艺事业的发展的。当前，首要的任务是要尽一切可能，团结一切可以团结的文艺工作者（包括台湾、港澳的爱国文艺工作者），发挥他们的才能和智慧，推进各类文学艺术创作和理论批评的发展和繁荣，同心同德，为实现四个现代化的总目标奋斗。

中国文联是各个协会的联合组织。各个协会是各类文学艺术工作者（包括创作、表演、评论、研究、翻译、编辑人员、艺术教学人员和文艺单位的组织工作者）自愿结合,独立主动地进行学习和艺术实践,促进艺术创作、理论批评和国际文化交流的专业团体。

文联各协会要特别注意吸收青年、中年文艺工作者参加各协会领导机构工作。在工作方法上,要广泛采取社会方式,贯彻民主原则,真正体现人民团体的性质,力戒简单生硬的行政方式。要紧密联系广大文艺工作者,使文联各协会成为生动活泼、富于创造性的各类文学艺术创作和评论的组织,而不是死气沉沉的文牍主义的官僚衙门。文联各协会要在体制、作风各方面都有所改进,要有新的面貌;组织机构要力求精干,工作要富有成效,有声有色。

文学艺术生产是一种创造性的又是集体相结合的个体的精神劳动,文联各协会常设机构的一切活动和工作,都应当充分注意文学艺术生产的特点,充分尊重文学艺术生产的特殊规律性,尊重每个作家、艺术家个人的创造性的劳动,尊重其创作个性和风格。要鼓励创作题材、体裁、形式、风格的多样化,鼓励不同的创作风格、不同的艺术流派的自由竞赛,鼓励各种不同文艺观点的自由讨论。

全国以及各地文联和各协会应通过各种途径,联系和团结文艺界一切愿意为祖国和人民服务的团体和个人。凡对文学艺术某一门类、某一方面有专长、有贡献的人,各有关协会应发展他们为会员。要提倡会员顾大局,识大体,讲团结,讲互助,反对宗派主义、个人主义、无政府主义。各协会员中的共产党员,应当成为起团结作用的模范。

文联各协会应当在党的领导下进行工作,协同文化行政领导部门和工、青、妇等人民团体,和它们密切配合和合作,把我们的工作主动地、积极地、生动活泼地开展起来。

首先,文联各协会要对专业的、业余的文学艺术工作者进行适当的安排,采取各种必要的措施,为文艺界的老、中、青力量进行创作研究、学习和深入生活提供必要的条件,创造有利的气氛,设立必要的创作场所。要按照作家、艺术家的具体情况,采取有效的灵活的方式,组织他们到工矿、农村、部队以及各行各业深入生活,蹲点落户,或参观访问,进行艺术交流和相互观摩,以扩大眼界,增长知识,积累创作素材。

其次,要积极帮助会员和广大文艺工作者联系实际,学习和研究马克思列宁主义、毛泽东思想,学习和研究我国和世界文学艺术的历史和现状,研究和总结革命文艺运动的经验,以不断提高自己的思想和理论水平,积极开展文艺评论活动。各协会都应当建立相应的理论研究机构,培养理论人才,办好文艺评论刊物。

第三,文联各协会应尽一切力量,协同文化行政领导部门培养各类文学艺术人才,以逐步改变和克服当前文艺界青黄不接、后继乏人或埋没人才的严重现象。各协会可以举办各种类型的讲习所、讲习会，以加强对青年文艺工作者的基本训练，提高他们的艺术技能；要努力办好文艺期刊、丛刊，创办以文艺青年为对象的文艺刊物。实践证明，办好刊物，是指导创作、繁荣创作、发现和培养人才的好方法。要提倡老作家、老艺术家、老评论家带助手，带徒弟，带研究生，传经授艺，培养后起之秀。要为青年文艺工作者创造更多的艺术实践的条件；文艺评论应该特别注意扶植青年艺术人才，坚决反对压制新生力量。文艺书刊的编辑在这方面负有重大的责任，希望他们作（做）勤恳的园丁和有眼力的伯乐，他们的劳动是光荣的。

第四，文联各协会应协助教育部、文化部、共青团中央加强对中小学生的美育，提高青少年的艺术欣赏水平和艺术修养，陶冶他们的情操，丰富他们的精神生活。在社会主义制度下，美育是培养共产主义道德和情操的有力手段。这件事做好了，不但可以为我们文艺队伍的建设造就大批的后备军，而且对于改造我们民族的精神面貌，提高全民族的科学文化水平和艺术素养，都有极为深远的意义。

第五，要保护作家、艺术家的创造性劳动，保障文艺家的一切正当权利，保障他们从事创作、演出和学术研究的充分自由。对于任何打击、压制作家、艺术家和他们的劳动成果，任意侵犯和剥夺作家、艺术家劳动权利的违法行为，文联各协会有义务和权利为之辩护，直至依法向检察机关、司法机关提出申诉和公诉。

要关心作家、艺术家的福利，按照社会主义"各尽所能，按劳分配"的原则和我国现有经济条件，协同文化出版部门重新制订或修订合理的稿酬、版税制度和上演制度。要协同文化行政部门，建立奖励制度，举办各种评奖活动，尤其要注意对青年和业余作者的奖励。要关心作家、艺术家的生活状况，他们由于年老、体弱或其他难以抗拒的原因而丧失工作能力、造成生活困难的，要给以补助和照顾。

第六，要更有计划、更积极、更主动地开展国际文化艺术交流活动。随着我国现代化建设的需要和外交工作的开展，这种文化交流活动必将日益频繁，日益重要。我们要尽力做好这方面的工作。我们不但要通过这种活动广泛交结朋友，向各国的进步文艺和文艺工作者学习，而且要更多地熟悉各国人民的斗争生活，促进我国国际题材的创作，加强对我国人民的国际主义教育，并支援世界人民争自由求解放的斗争。

同志们：

经历了三十年艰巨而曲折的道路，经过全国人民的团结奋斗，在不久的将来，我们的国家必将以一个崭新的社会主义现代化强国屹立在东方，这个强国也将创造出无愧于我国人民，也无愧于我们祖先的崭新的文化艺术，来丰富人民群众的精神生活，并给世界文艺宝库增添新的财富。

面对光荣而繁重的任务，我们是充满信心的。我们有"五四"以来的革命文艺的光荣传统，有马克思列宁主义、毛泽东思想的指导，特别是有三十年来我们付出巨大代价换来的宝贵经验和教训，而现在，我国九亿人民在党中央的领导下，正在从事建设社会主义现代化强国的伟大而复杂的斗争，这种斗争所激起的沸腾的生活，以及随之而来的人们的思想感情和精神面貌的巨大变化，都为我们的文学艺术提供了前所未有的最丰富、最深广的创作源泉，并为我们的作家、艺术家提供了最有力的精神动力。祖国的大变革为我们的文学艺术的新繁荣创造了优越的时代条件。我们前进的路上尽管还有很多困难，很多艰难险阻，也还可能遇到曲折，但是只要我们敢于斗争，敢于创新，就没有什么困难和艰险能够压倒我们。

创造伟大的文化，开辟社会主义文艺繁荣的新时期，没有“闯将”是不行的。我们这样一个大国的文艺事业，不仅需要有几个、几十个闯将，而是需要成千上万的闯将。在旧中国的时代，鲁迅曾经深深感叹于“无声的中国”，他祈求能有“勇猛的闯将”，敢于“打破一切传统的思想和手法”，敢于打破文坛的沉寂。在五十年代，毛泽东同志曾热烈地渴望在我国文艺前进的道路上，将有“几十路，几百路纵队的无产阶级文学艺术战士”“纵横驰骋”。虽然林彪、“四人帮”一度几乎又把新中国变成了“无声的中国”，但是解放了的具有高度觉悟的人民，他们的声音，到底是压不下去的。我们深信，我们的文艺战线上，必将有几百路大军，千万个“闯将”，唱出我们这个伟大时代的战歌，能够在我国人民和世界人民的心灵中激起最强烈的反响和共鸣。他们将突破我国文艺现有的水平线，做开辟社会主义文艺繁荣新时期的光荣的先锋。

回顾过去，展望未来，我们满怀希望。在我国古代文学艺术史上，曾经出现过诗经、楚辞、汉魏乐府、唐诗、宋词、元曲、明清小说等艺术高峰，在现代文艺史上，又出现了以鲁迅为代表的包括郭沫若、茅盾、巴金等一代的文学巨匠和聂耳、冼星海、梅兰芳、欧阳予倩、程砚秋、周信芳、齐白石、徐悲鸿等杰出的艺术家。我们今天生活在社会主义的时代，我国人民经历了最壮阔、最复杂的斗争之后，又从事着新的更伟大的斗争。在这种新的历史条件下，我们只要团结奋斗，一定能踏进前人足迹未到的境界，攀登比过去任何时代都更加雄伟的高峰。

奋勇前进，辛勤创造吧！人才辈出、群星灿烂的新中国社会主义文艺复兴的时代，是一定要到来的！

——原载《人民日报》1979年11月20日

编后记

本卷收录了1970—1979年间的文学批评和相关重要文献。

以1976年为界,当代中国在此前后发生的重大变化同样反映在文学批评领域。1970—1976年间的文学批评,无疑带有特定时期政治的烙印。收入的论文,大致反映了此间主要的文艺运动、文学思潮、作家作品的研究状况。其中一些文论在政治倾向和艺术观方面有不少错误,在“文革”结束以后,受到了清理和批判,这些成果是粉碎“四人帮”以后文艺界“拨乱反正”的收获之一。在《关于建国以来党的若干历史问题的决议》所确立的原则指导下,我们对“文革”时期的文学批评已经有了全面的认识和评价。为了既能全面反映文学批评演变的历史,又能帮助读者正确认识部分论文的问题,对其中的一些论文加了必要的“题解”,同时也收录了“文革”结束以后发表的针对错误思潮和观点的文章。

“新时期”文学批评是在否定“文革”文学批评之中完成历史转折的。1976—1979年间的文学批评,在思想解放运动中发挥了特别的作用,在冲突与选择中留下了批评范式转型的历史蜕变痕迹。这些批评文字不仅在学术上,也在思想上成为二十世纪八十年代文学发展与繁荣的先声。在历史转型时期,文学批评的敏锐、勇气和责任令人肃然起敬。当我重新翻阅这些文字时,我以为这些文艺工作的领导者、作家、学者和批评家的拓荒之功,足以让我们不去计较这些文字在今天为我们所意识到的不足。

当我们把这两个阶段的文学批评放在一起加以比较时,更加能够体会到历史转折的伟大和艰难,更深层次地触摸到文学批评内在的演变轨迹。——这或许是本卷的文学批评带给我们的另外一个启示。

王　尧

2009年8月

王　尧　林建法　主编

中国当代文学批评大系

一九四九—二〇〇九

卷　四

张新颖　编选

苏 州 大 学 出 版 社

图书在版编目(CIP)数据

中国当代文学批评大系：1949～2009：全6卷／王尧，林建法主编；郭冰茹等编选．—苏州：苏州大学出版社，2012.6
ISBN 978-7-5672-0081-4

Ⅰ.①中… Ⅱ.①王… ②林… ③郭… Ⅲ.①中国文学－当代文学－文学评论－文集 Ⅳ.①I206.7－53

中国版本图书馆CIP数据核字(2012)第106349号

中国当代文学批评大系:一九四九—二〇〇九

卷四

王　尧　林建法　主编

张新颖　编选

策划　沈海牧　朱绍昌　倪浩文

责任编辑　周　敏

苏州大学出版社出版发行
（地址：苏州市十梓街1号　邮编：215006）
丹阳市兴华印刷厂印装
（地址：丹阳市胡桥镇　邮编：212313）

开本787 mm×1 092 mm　1/16　印张200.25(共六卷)　字数3 790千
2012年6月第1版　2012年6月第1次印刷
ISBN 978-7-5672-0081-4　定价：500.00元(全六卷)

苏州大学版图书若有印装错误，本社负责调换
苏州大学出版社营销部　电话：0512-65225020
苏州大学出版社网址　http://www.sudapress.com

目　录

谢　冕

在新的崛起面前

新诗面临着挑战,这是不可否认的事实。人们由鄙弃帮腔帮调的伪善的诗,进而不满足于内容平庸形式呆板的诗。诗集的印数在猛跌,诗人在苦闷。与此同时,一些老诗人试图作出从内容到形式的新的突破,一批新诗人在崛起,他们不拘一格,大胆吸收西方现代诗歌的某些表现方式,写出了一些“古怪”的诗篇。越来越多的“背离”诗歌传统的迹象的出现,迫使我们作出切乎实际的判断和抉择。我们不必为此不安,我们应当学会适应这一状况,并把它引向促进新诗健康发展的路上去。

当前这一状况,使我们想到五四时期的新诗运动。当年,它的先驱者们清醒地认识到旧体诗词僵化的形式已不适应新生活的发展,他们发愤而起,终于打倒了旧诗。他们的革命精神足为我们的楷模。但他们的运动带有明显的片面性,这就是,在当时他们并没有认识到,历史是不能割断的。尽管旧诗已经失去了它的时代,但它对中国诗歌的潜在影响将继续下去,一概打倒是不对的。事实已经证明:旧体诗词也是不能消灭的。

但就五四新诗运动的主要潮流而言,他们的革命对象是旧诗,他们的武器是白话,而诗体的模式主要是西洋诗。他们以引进外来形式为武器,批判地吸收了外国诗歌的长处,而铸造出和传统的旧诗完全不同的新体诗。他们具有蔑视“传统”而勇于创新的精神。我们的前辈诗人们,他们生活在一种无拘无束的自由开放的艺术空气中,前进和创新就是一切。他们要在诗的领域中扔去“旧的皮囊”而创造“新鲜的太阳”。

正是由于这种开创性的工作,在五四的最初十年里,出现了新诗历史上最初一次(似乎也是仅有的一次)多流派多风格的大繁荣。尽管我们可以从当年的几个主要诗人(例如郭沫若、冰心、闻一多、徐志摩、戴望舒)的作品中感受到中国古代诗歌传统的影响,但是,他们主要的、更直接的借鉴是外国诗。郭沫若不仅从泰戈尔、从海涅、从哥(歌)德、更从惠特曼那里得到诗的滋润,他自己承认惠特曼不仅给了他火山爆发式的情感的激发,而且也启示了他喷火的方式。郭沫若从惠特曼那里得到的,恐怕远较从屈原、李白那里得到的为多。坚决扬弃那些僵死凝固的诗歌形式,向世界打开大门吸收一切有用的东西以帮助新诗的成长,这是五四新诗革命的成功经验。可惜的是,当年的那种气氛,在以后长达半个世纪的时间里,没有再出现过。

我们的新诗,六十年来不是走着越来越宽广的道路,而是走着越来越窄狭的道路。三十年代有过关于大众化的讨论,四十年代有过关于民族化的讨论,五十年代有过关于向新民歌学习的讨论。三次大讨论都不是鼓励诗歌走向宽阔的世界,而是在左的思想倾向的支配下,力图驱赶新诗离开这个世界。尽管这些讨论曾经产生过局部的好的影响,例如三十年代国防诗歌给新诗带来了为现实服务的战斗传统,四十年代的讨论带来了新诗中国作风、中国气派的新气象等,但就总的方面来说,新诗在走向窄狭。有趣的是,三次大的讨论不约而同地都忽略了新诗学习外国诗的问题。这当然不是偶然的,这是受我们对于新诗发展道路的片面主张支配的。片面强调民族化群众化的结果,带来了文化借鉴上的排外倾向。

当我们强调民族化和群众化的时候,我们总是理所当然地把它们与维护传统的纯洁性联系在一起。凡是不同于此的主张,一概斥之为背离传统。我们以为是传统的东西,往往是凝固的、不变的、僵死的,同时又是与外界隔裂而自足自立的。其实,传统不是散发着霉气的古董,传统在活泼泼地发展着。

我国诗歌传统源流很久:诗经、楚辞、汉魏六朝乐府、唐诗、宋词、元曲……几乎每一个时代都有自己的诗的骄傲。正是由于不断的吸收和不断的演变,我们才有了这样一个丰富而壮丽的诗传统。同时,一个民族诗歌传统的形成,并不单靠本民族素有的材料,同时要广泛吸收外民族的营养,并使之溶入自己的传统中去。

要是我们把诗的传统看作河流,它的源头,也许只是一湾浅水。在它经过的地方,有无数的支流汇入,这支流,包括着外来诗歌的影响。郭沫若无疑是中国诗歌之河的一个支流,但郭沫若却是溶入了中国古典诗歌、特别是外国诗歌的优秀素质而成为支流的。艾青所受的教育和影响恐怕更是“洋”化的,但艾青却属于中国诗歌伟大传统的一部分。

在刚刚告别的那个诗的暗夜里,我们的诗也和世界隔绝了。我们不了解世界诗歌的状况。在重获解放的今天,人们理所当然地要求新诗恢复它与世界诗歌的联系,以求获得更多的营养发展自己。因此有一大批诗人(其中更多的是青年人),开始在更广泛的道路上探索——特别是寻求诗适应社会主义现代化生活的适当方式。他们是新的探索者。这情况之所以让人兴奋,因为在某些方面它的气氛与五四当年的气氛酷似。它带来了万象纷呈的新气象,也带来了令人瞠目的“怪”现象。的确,有的诗写得很朦胧,有的诗有过多的哀愁(不仅是淡淡的),有的诗有不无偏颇的激愤，有的诗则让人不懂。总之，对于习惯了新诗“传统”模样的人，当前这些虽然为数不算太多的诗，是“古怪”的。

于是，对于这些“古怪”的诗，有些评论者则沉不住气，便要急着出来加以“引导”。有的则惶惶不安，以为诗歌出了乱子了。这些人也许是好心的。但我却主张听听、看看、想想，不要急于“采取行动”。我们有太多的粗暴干涉的教训（而每次的粗暴干涉都有着堂而皇之的口实），我们又有太多的把不同风格、不同流派、不同创作方法的诗歌视为异端、判为毒草而把它们斩尽杀绝的教训。而那样做的结果，则是中国诗歌自五四以来没有再现过五四那种自由的、充满创造精神的繁荣。

我们一时不习惯的东西，未必就是坏东西；我们读得不很懂的诗，未必就是坏诗。我也是不赞成诗不让人懂的，但我主张应当允许有一部分诗让人读不太懂。世界是多样的，艺术世界更是复杂的。即使是不好的艺术，也应当允许探索，何况“古怪”并不一定就不好。对于具有数千年历史的旧诗，新诗就是“古怪”的；对于黄遵宪，胡适就是“古怪”的；对于郭沫若，李季就是“古怪”的。当年郭沫若的《天狗》、《晨安》、《凤凰涅槃》的出现，对于神韵妙悟的主张者们，不啻是青面獠牙的妖物，但对如今的读者，它却是可以理解的平和之物了。

接受挑战吧，新诗。也许它被一些“怪”东西扰乱了平静，但一潭死水并不是发展，有风，有浪，有骚动，才是运动的正常规律。当前的诗歌形势是非常合理的。鉴于历史的教训，适当容忍和宽宏，我以为是有利于新诗的发展的。

——原载《光明日报》1980 年 5 月 7 日

王元化

文学的真实性和倾向性

一

“由无不能生有。”

——鲁克底里斯

“在有真实的地方也就有诗。”

——别林斯基

我想谈谈我对文学的真实性和倾向性的一些意见。我不能同意所谓真实性强倾向性差的说法。这样的分割是重蹈社会和艺术二元标准论的故辙。三十年代末期,我曾赞同并在当时出版的《文艺新潮》上发表文章附和过藏原惟人所提出的社会价值和艺术价值的观点。据说这一理论是从苏联传入日本的,它来源于拉普时期苏联文艺界对普列汉诺夫提出的“社会等价物”所作的解释和引申。由于缺乏资料,我没有经过查考,至今未究明原委。如果有人对这方面进行探讨,把研究成果发表出来,那对我们文艺理论研究工作会是很有益的。在四十年代初期,我开始对自己曾经相信过的这个观点产生怀疑。试问:在艺术形象的真实性之外有什么倾向性呢?也许某些概念化作品正是表现了这种筋骨外露的倾向性的,——例如,我国革命文学发难时期文学作品中的光明尾巴之类。但是,不久成熟起来的以鲁迅为首的左翼文艺理论界就已辨明它的虚妄,因为提倡这种倾向性不是尊重艺术感染力的潜移默化作用,而是主张耳提面命的生硬灌输。不过历史的教训并没有得到普遍的承认,文学的真实性和倾向性问题仍尚待解决,过去的谬误在新形势下还在改头换面地时隐时现。我以为真正的倾向性不能游离于艺术形象的真实性之外,而是从艺术形象本身自然而然流露出来的。当时我是读了《海上述林》介绍恩格斯关于现实主义的理论,才取得这种认识,纠正了自己过去的偏颇。我认为硬加到作品上去的倾向性是造成概念化的根源之一。倾向性是作家的立场观点在认识、掌握和表现生活时有意或无意的表露,它只能从艺术形象的真实性中显现出来。怎么能说一部作品写得很真实而它的倾向性却不好呢？就以被评论者作出这种评价的剧本《假如我是真的》来说，它的缺陷恐怕还是在于其中羼杂了人工造作的不真成份。倘说它的倾向性有些问题，也只能通过艺术形象的真实性的不足去探索原因加以论证，而不能离开作品本身的艺术形象的真实性去评论短长。

一九五二年我出版的一本论文集是以《向着真实》作为书名的。我在这书的后记中说："写出真实来！斯大林同志说的这句话是现实主义的基本原则。文艺上的许多错误，不正是因为忘记了它才滋生蔓延起来的么？那么，坚持现实主义，向着真实努力，这是必要的。"现在二十八年过去了。我不讳言这书中存在某些缺点和偏激之处，但是我对上引那段话仍深信不疑。那时我在书里曾明确反对冷淡旁观的态度和把写真实当作有闻必录作生活起居注式的自然主义繁琐描写。当我用《向着真实》作为自己书名的时候，我完全没有料到在以后历次文艺思想批判的政治运动中，写真实竟成为最受攻击的目标之一，历经厄难。直到"四人帮"被粉碎后，它才不再成为不容进行科学探讨的禁区。不过，直到今天在有些人心目中，写真实和自然主义仍无异同义语。我不懂这种误解怎么竟如此根深蒂固？这里我想举一个可资借鉴和参考的例证。黑格尔曾提出："一切现实的皆是合理的，一切合理的皆是现实的。"这一著名命题曾引起普鲁士政府的感激和进步党人的愤怒，双方都没有理解它的合理内容。在这种误解始终没有消除的时候，恩格斯曾对黑格尔所用的现实一词作了切中肯綮的阐释。他指出："黑格尔的意思根本不是说，凡存在的一切无条件地都是现实的。在他看来，现实的属性仅属于那同时是必然的东西。"我认为这段话可以有助于我们来澄清在写真实问题上所形成的种种混乱，或者至少可以使我们受到启发，对真实这个概念也作出相应的正确理解。为什么一定要把真实和存在混同起来？为什么一定要把真实和本质隔绝开来？根据什么理由可以断言真实的属性一定不是仅属于那同时是必然的东西？如果有人对真实的涵义作了歪曲的理解和滥用，那么文艺理论工作者的责任，是应该分清是非辨明真象（相），还是将错就错把罪咎推到无辜的真实头上？这样平凡的真理竟需要大声疾呼地申辩，真是令人为之扼腕。

二

"任何个别都不能完全地列入一般之中。" ——列宁

我不赞成矫枉必须过正的办法。难道以偏纠偏是科学的态度吗？至于以自以为是的"正"去纠自以为是的"偏"就更不应该了。现在有人以写本质去代替写真实，我并不以为然。生活的本质不是存在于生活的现象之外，也不是先验地产生于生活的现象之前。抽象的本质总是依附或潜在于具体的现象之中，赤裸裸的一无凭

借的本质是没有的。我们只能吃到葡萄、苹果、桃子和梨,而不能吃到抽象的纯粹水果实体。马克思和恩格斯在《神圣家族》中曾对上述例子详加论证,从而深刻地揭露了思辨哲学的秘密。难道我们还要退回到比思辨哲学更为虚妄的魏晋玄学上去,认为只有本体才是实相,而万有——即从作为空玄无形绝对精神的本体幻化出来的瞬息万变刹那生灭的现象界——则都是假相?倘使一旦偏离了作为感性形态的具体现象去侈谈本质,不管在什么动听的名义下,都会造成一种抽象思维的专横统治。黑格尔虽然是个思辨哲学家,但是当他的辩证法一旦使他从思辨结构摆脱出来作出把握事物本身的真实叙述的时候,往往说出一些深刻的道理。他在《小逻辑》中曾用这样的命题来表述现象和本质的关系:"凡现象所表现的没有不在本质内的,凡在本质内的没有不表现于外的。"这话说得很好。从一滴水看大千世界曾被认作是荒诞不经之言,不可为训。可是,我看这个比喻也有某些合理的成份。各种现象都在不同程度上表现了本质,就象个别是一般这一直接判断一样是不容置疑的。

马赫曾诬蔑唯物主义者所看到的世界是单调的、僵死的。事实相反,作为唯心主义的思辨哲学才是这样。唯物主义者所看到的世界是丰富多采、生气勃勃的。既然一切生活现象都从不同的侧面反映了生活的本质,因此这就给题材的多样化提供了广阔的天地。在文艺创作上可以鼓励作家去写某种题材,但在题材的选择上不应加以强迫和限制。至于作家对某一题材怎样去写,从什么侧面去写,则更不能挑剔苛求,横加干预。表现解放战争,可以正面去写战火纷飞、硝烟弥漫的冲锋陷阵场面;也可以不尽情铺展这类场面,而象《今夜星光灿烂》那样,着眼于人物性格去写几个普通战士的悲欢,和他们那年轻而纯洁的心灵对于并肩作战的生者与死者的真挚情谊和同志爱。表现十年浩劫,可以正面去写林彪死党和"四人帮"及其帮派分子的篡党夺权阴谋;也可以不详细涉及这类场面,而象《在社会档案里》那样侧重去写这场灾难的受害青年,怎样怀着一颗赤子之心在当时特定条件下由于盲目追求革命理想而误入歧途,或者一个纯洁少女处于非人的境遇下,在人性上所发生的自我异化。后者难道就不能震撼人的心灵,引起人的思考,激发人的革命良心?但是这类作品往往遭到不公正的责难,理由之一是不典型,而所谓不典型就是没有写所谓的本质。可是,大自然的客观规律不是上帝,它并没有自己垂青的选民,只把本质赋予为数稀少的特定现象,而使其余的现象一律成为无家可归的孤儿,永远被放逐在本质的圣殿之外。

我在去年《文艺论丛》上发表的一篇论述审美主客关系的札记中,曾援引过费尔巴哈对于"类在一个个体中得到完满无遗的体现"的思辨观点的批判,并根据自己的理解加以论述。其中有些意见对于正在讨论的写本质问题也许有些用处。因为有些人不是把本质看作是某种现象的本质,而是加以扩大化,把它看作是属于更广范畴的共性或类。这就重复了费尔巴哈所批判的要求“类在一个个体中完满无遗的表现”的错误。比如过去曾经出现过的一个阶级只有一个典型的观点,正是反映了这种错误理论的最好例证。事实上,任何作为感性形态的“这一个”,都不能一劳永逸地体现作为类的全体代表的本质,正如历史长河的人类认识过程,决不会在某一瞬间获得绝对真理,突然〔戛然〕中止,再不能前进一步一样。本质并不能一举囊括作为感性形态的“这一个”的现象整体,后者有些成份是本质所不能完全纳入的,因为本质是排除干扰经过净化的抽象。车尔尼雪夫斯基所提出的命题:“茶素不是茶,酒精不是酒。”虽然曾受到某些美学家的指摘(责),但我始终相信它是真理。试问:茶素能代替茶,酒精能代替酒吗?在文学创作上,用写本质去代替写真实,那结果往往是以牺牲本质所不能囊括的现象本身所固有的大量成份作为代价的。这个代价却未免太大了,它剥去了文学机体的血肉,使之变成只剩筋骨的干瘪躯壳。黑格尔说得好:化学家分析一块肉,指出这块肉是由氢、氧、碳等元素构成的,但这些抽象的元素不再是肉了。我们可以援此为例打个比喻,倘使有人请客吃饭,他端出来的不是一盆肉,而是氢、氧、碳等元素,并且说这就是本质的肉,是肉类的精华,比平常普通的肉更好,你将会(有)怎样(的)想法?不幸的是这种写本质的偏见竟如此难以消除,以致把几十个或上百个人的共同点抽象出来概括到一个人的身上,和后来发展到尽量把所有的优点或缺点集中到一个人身上的典型论,曾风靡一时,至今尚流传不歇。由此所产生的悍然违反生活真实也违反艺术真实的作品,将会给读者留下怎样的印象?我想套句古话来回答:尧之善不若是之甚也,桀之恶不若是之甚也。作品不能使读者相信,还谈得上什么感染力?文学作品当然要表现生活的本质,但这并不意味着排斥生活的现象形态。经过作家提炼、加工、熔铸了的生活现象,可以象许多人喜欢讲的那样是容许变形的(变形只是艺术手法中的一种,不是唯一的),但不能放纵意志的任性,海阔天空,漫无边涯(际),而必须随心所欲不逾矩,要有适当的分寸。经过作家虚构出来的东西必须和现实生活本身一样保持着细节的真实性,而不能抛弃生活现象形态本身所具有的属性。在这样的情况下,透过现象显示本质是文学创作的真正困难所在。而作家就是要在这种困难条件下,披荆斩棘,逞才效技,施展自己的本领。

三

“从喷泉里出来的都是水,从血管里出来的都是血。” ——鲁迅

“少女为失去爱情而歌,守财奴却不能为失去金钱而歌。” ——罗斯金

目前,社会效果已成为一个经常涉及的题目。其实这本来是不言自明的。文学作品既然公之于众,怎么可能没有社会效果?问题是不能把社会效果作简单化庸俗

化的理解。过去我们在这问题上吃过亏，教训不能忘记，否则又要退回到所谓为政治服务的“赶任务”、“写中心”等等偏向上去。社会效果归根到底仍离不开倾向性问题。前面已经说过，倾向性是作家的思想感情在认识、把握和表现生活真实时在艺术形象中的自然流露。过去，杜勃罗留波夫也曾经表明：“艺术作品可能是某种思想的表现，并不是因为作者在他创作的时候听从了这个思想，而是因为那作品的作者被现实的事实所征服，而这思想正就是自然而然地从这种事实中流露出来的。”这话近似恩格斯关于文学倾向性的观点。我以为这不是偶然的巧合，而是在同一问题上科学地探讨了艺术规律的结果，正如不同的科学家在同一试验中作出了类似或相同的发现一样。作家的思想感情不是一朝一夕所形成的，它按照思维或心理活动的规律，其中包含着性格、才能、天赋、气质等等复杂因素，经过长年累月的熏陶和磨练才形成起来的。在这方面我们的研究还处于幼稚阶段，许多微妙的精神现象还有待我们经过不断的探索去一一揭开其中的奥秘，找出规律性的东西来。这里我所能说明的是作家的思想感情有一个自然形成的（漫）长过程，决不是临时张罗，依靠人工装修的办法所能奏效（的）。一旦进入写作阶段，作家为了追求社会效果，不从自己的真情实感出发，企图用强制手段，进行削足适履的弥缝修补，纵使出于自觉自愿，也仍然无济于事。因为他不能在顷刻之间使自己长期定型的思想感情骤然发生脱胎换骨的变化。倘使硬要这样做，那势必会束缚作家的自由抒发，变成创作活动的无情桎梏。自然，作家在写作时也要考虑到社会效果问题，但是，这种考虑首先必须尊重生活的真实，不能违反艺术的规律。只有在作家的思想感情适应并服从艺术形象的真实性情况下，他才能使自己关于社会效果的考虑步入正轨；否则就会出现有时令成功的作家也难免感到不安的二元化倾向，这也就是说，作家在艺术形象中不自觉流露出来的潜在的思想感情和他为了追求社会效果强加到作品上去的外露的思想感情，形成真假混杂、表里抵牾的矛盾，从而造成思想感情本身之间和它与艺术形象之间的分裂。这势必破坏了艺术必须浑然一体的和谐一致性。

我觉得，鲁迅所说的先做革命的人这句大家熟知的话，始终是文学倾向性的关键所在。革命人才写出革命作品，取得革命效果。过去，别林斯基曾提出，思想必须获得人格的印证，要求把思想融为自己的血肉。罗曼·罗兰也说过，只有伟大的性格才写出伟大的作品。我认为这些话都和鲁迅的话相通。从某种意义上来说，倾向性是不以作家本人的意志为转移的。强扭的瓜不甜，强扭的思想不真。艺术最不能做假，作品无法掩饰作家的灵魂。一个人被胁以刀锯鼎镬也不肯吐露的内心隐秘，有时也会不知不觉地在作品中经过折射露出或隐或显的痕迹。作家在写作的时刻（候），如果强迫自己去写对他是陌生的、未经消化的、并未扎下根的思想感情，那么，不是煮成一锅夹生饭，就是弄虚作假。艺术要求真诚，假、大、空是（会）引起读者厌恶的。文艺复兴时期，摆脱了经院神学束缚、代表人文主义的光辉形象哈姆莱特在一场戏出场的时候，一边念着手里的一本书，一边说："空话，空话，空话。"这重复了三遍的两字评语难道不能使我们引以为戒？难道还要重蹈言之无物或言不由衷的故辙？没有获得人格印证融为自己血肉的思想是虚假的。游离于艺术形象真实性之外的倾向性，不是脉管中流动的血液可以灌注全身，赋予机体以生命，而是贴上好看商标的赝品，顶多只能起着暂时的蒙混作用，利用假象去唤起错觉。可是人们只要揉一下眼睛，那些五彩缤纷的幻景就会立刻烟消云散。从艺术形象的真实性之外去评论倾向性，恰恰无视文学作品是活的有机体。其实把文学视为活的有机体并不是什么新的见解，古代文艺理论家早已认识了这一点。亚里士多德曾在这方面作过充分的阐发。刘勰说："义脉不流则遍枯文体"，也是把作家的思想感情看作是血液在布满全身的脉管中流动不息，灌注艺术以生气和生命。

四

"请你们在公文上老老实实照我本来的样子叙述，不要徇情回护，也不要恶意构陷。"

——奥瑟罗

为什么到今天我们还不能按照艺术本身的规律对作品的倾向性作出合情合理的评价？我们对于这两年间涌现出来的一些不是按照通常习惯把脚色划分为好人和坏人的写法，而是坚持了现实主义原则表现生活真实的作品，并不是都能接受的，有时甚至还发出了不公平的责难。作家需要别人实事求是地正确理解他的作品。评论者纵使不能成为作者的知音，至少也要尽量去理解作者的创作甘苦。可是有的评论者往往由于已经习惯了的审美趣味的惰性作用，却把珍珠当作鱼目。如果一部作品出现的人物既不能简单的(地)归为好人，也不能简单地归为坏人，却是象真实生活本身那样具有复杂的性格，而作者对这样的人物又不是简单地抑扬或作出一览便知的褒贬，而是同情中夹杂了批判的成份或批判中夹杂了同情的成份，那么这些评论家就不免对之瞠目结舌，不知所措。而比这更糟的是不屑理解就硬以已经定型的习惯标准率尔判定是非。我不知道评论者根据什么逻辑又有什么权力，可以把别人作品中的复杂的人物性格按照自己所熟习的非此即彼的分类法去任意归类，把作品中的复杂的思想感情强行纳入自己看人论事的简单划一的尺度去妄作解人，然后再把这种歪曲了原著精神实质纯属捕风捉影的主观独断当作铁证，从而义形于色地进行无的放矢的指摘(责)？最近我读了《文艺报》第九期发表的漠雁同志对《在社会的档案里》的批评文章，我感到自己不能沉默，因为这类批评并不是孤立的现象。我在本文里不可能以更多的篇幅来评论这个有争议的剧本的功过，我只是想顺便提一下，喜(嬉)笑怒骂虽然皆成文章，但是意在求胜却不应是批评的应有态度。我不懂漠雁同志的那篇评论为什么要运用比“一个阶级只有一个典型”更偏颇的理论，把作者写的在十年浩劫中一个紧跟林彪——用作者的话来说“倒下去的人越多，官做得越大”的部队坏干部，充当作人民解放军的全体，从而对作者大张挞伐，并加上了给“最可爱的人”抹黑、给老干部“挂走资派黑牌”等等吓人的罪名？过去一位外国戏剧家把我国京戏中武生背上的四面靠旗当作了四支军队，这虽然可笑，但是，呜呼！他毕竟还没有把一个军人，哪怕他是军队的“大首长”，做（作）为整个军队的化身！我不懂这篇评论为什么既然声明“不敢说王海南（作者笔下的一个人物）的思想就是作者的思想”，可是紧接着笔锋一转，又以这个人物误入歧途的行为作为唯一的根据，去呵责作者本人竟“公然宣扬叛国无罪”！倘使把这种方法施诸〔于〕前人，象普希金和莱蒙托夫这样的现实主义作家也会遭到无妄之灾。评论者可以质问：奥涅金开枪打死了自己的朋友兰斯基，这是什么行为？毕巧林的故事冠以当代英雄的美名，这是什么思想？作者必须为自己笔下的人物负起道德上以至法律上的责任，因为作者并没有在自己人物身上粘贴区分善恶的显眼标签，为读者提供现成的褒贬答案。如果作家没有采取金圣叹评《水浒》那种眉批夹注的办法，对书中人物的每句话和每一个行动都作出塾师批卷式的诸如“妙”、“丑”、“狠毒”、“可畏”、“绝倒”之类的案语，那就是作者没有表态，没有批判，没有站稳立场。我想，鲁迅所说的分明的是非与热烈的爱憎和这种评论要求完全是风马牛不相干（及）的两回事，那是需要具有思想力和艺术鉴赏力的评论者以严肃认真的态度实事求是地深入到作品艺术形象的真实性中去探讨作家思想感情的复杂表现，才能作出中肯的审美判断。十年浩劫遍及全国的大批判造就了一批比著名的忒耳西忒斯还要严厉，还要粗暴，横行阔步的酷评家。随着“四人帮”的覆灭，这种显赫一时的大批判再没有耀武扬威的余地了。但是余毒未清，大批判的病菌也会侵入我们自己的机体，这是需要我们警惕并加以克服的。但愿那种无限上纲，罗织罪名，打《语录》仗式的驳难攻击，永远消失不再重演吧。

五

> “那隐闭着的宇宙本身没有力量足以抵抗求知的勇气。对于勇毅的求知者，它只能揭开它的秘密，将它的财富和奥妙公开给他，让他享受。”——黑格尔

接下来我想谈谈怎样从文学的真实性和倾向性方面去看待文学史上那些杰出的作家。这是一个很复杂的问题，决非三言两语可尽。我只想就其中关系比较重大的方面谈谈自己的想法。过去，我们只谈这些作家的阶级局限性，几乎已经毫无争议。但是，我觉得是不是也应该进一步探讨一下，在某种程度上他们也可以摆脱这种局限？我认为不能把阶级的局限认作是他们绝对不能逾越的鸿沟。恩格斯曾经

概括了文艺复兴时期杰出人物的特点。他认为在那个人类前所未有的最伟大的进步性变革运动中,顺应时代的需要出现了一批学识渊博、思想深刻、性格坚强的多才多艺的巨人。他说,这些“为现代资产阶级打下基础的人,无论如何,都是些不受资产阶级观点局限的人”。这清楚表明文艺复兴时期的那些杰出作家是摆脱了资产阶级观点制约的。例如,莎士比亚就是明显的例子。如果说,莎士比亚笔下的一些英雄人物如亨利五世和《约翰王》中的庶子菲力浦,还是体现了刚刚从封建社会母胎脱生出来的新兴资产阶级依附王权去消灭封建割据的观点,那么,莎士比亚在另一些剧作中却摆脱了这种阶级观点的局限。比如《李尔王》就存在这种情况。李尔在让出王位之后,失去了君王的尊荣,降到底层。当他认识到并懂得了民间的疾苦,人的感情在他身上觉醒起来。他在大雨倾盆、狂风怒吼、雷电交加的旷野上所发出的那段关于“衣不蔽体的人们”的独白,曾被一位英国评论家说成是比大自然的暴风雨更为壮烈的心灵的暴风雨。我们可以把它看作是莎士比亚本人的动人心魄的内心表露。倘使莎士比亚对于资本主义原始积累时期的圈地运动的羊吃人的现象,和由此所造成的无家可归的流浪汉遭受统治阶级血腥立法的残酷迫害,不是抱着深恶痛绝的态度,他是写不出这场戏的。在同一剧作和另一剧作中,莎士比亚还如实地反映了出现在他那(个)时代的另一类人物形象,他们泼刺、强悍、精力饱满,却又象魔鬼般的奸诈,象豺狼般的狠毒,这就是那些在资产阶级萌芽时期的最早野心家冒险家爱特门、埃古之流。倘使莎士比亚并不是对他们疾恶如仇,就不会象禹鼎铸奸般地把他们载入自己的戏剧史册,垂诸后世。对于莎士比亚这样的作家究竟应该怎样予以正确的评价?按照通常的说法,就是这些作家体现了人民的要求和愿望,他们的作品是具有人民性的。这样说大体上是不错的。不过,人民性却往往被笼统地加以解释,成为一个模糊的概念。我们通常把文艺复兴说(成)是资产阶级上升时期,并认为在这样的时期,资产阶级和无产阶级的矛盾尚未激化,而且在反封建反神权方面,资产阶级和劳动人民的基本利益是一致的。这就是资产阶级作家可以体现人民的要求和愿望,在作品中表现人民性的理由和根据。六十年代苏联出版的奥夫斯亚尼柯夫编撰的《简明美学辞典》仍沿袭这种说法。实质上,这种说法是以资产阶级在上升时期和劳动人民有着基本一致的利益为前提的,因此这可以被理解作资产阶级作家表现的人民性仍然是站在资产阶级立场上反映了资产阶级的观点,从而小心地回避了恩格斯明确指出的“无论如何都是不受资产阶级观点局限”的科学论断。为什么要采取这种遮遮掩掩的态度呢?我们应该理直气壮地承认恩格斯的这一真理:在某种情况下作家可以在一定程度上摆脱阶级的制约,不受阶级观点的局限。

自然,我们也应该看到过去那些杰出作家的世界观呈现了错综复杂的情况。但我不同意把他们的具有矛盾的世界观完全看作是保守的,甚至是反动的。如果我们承认生活在阶级社会中的人除了具有阶级性之外，还可能具有某种不是阶级性这一范畴所能容纳的人性。那么，为什么那些杰出作家反而不可能出现这种情况呢？也许人性和人道主义是使他们在作品中摆脱阶级局限的一个主要原因。我以为这问题可以进行探讨。这里，我且不谈这个问题，只想再援引恩格斯所举的另一例证。他曾经说："歌德象黑格尔一样，各在自己的领域内，都是真正奥林帕斯山上的宙斯，然而两人都未能完全免去德国庸人习气。"这句话如果作简单化的理解就会产生误会。我以为所谓庸人习气主要指的是政治态度方面，歌德他们不象文艺复兴时期的巨人那样具有革命激情和坚强性格，用笔或兼用笔和剑投入那场人类前所未有的伟大的进步性变革之中。他们小心翼翼，不敢得罪或碰疼当时普鲁士的专制政府，甚至有时还表现了懦怯的态度。可是，在另一方面他们又都在自己领域内是真正的奥林帕斯山上的宙斯。这一点不可轻视，值得我们思考。我以为，他们在自己领域内作出了对人类的伟大贡献，不仅仅需要天赋、勤奋、毅力和学识，而且也需要追求真理的热忱和忠于科学忠于艺术的优秀品质。这种品质同样值得推崇，并且和他们在政治态度上所表现(的)庸人习气恰恰相反，形成奇异的鲜明对照。而事实却正是如此。我觉得在巴尔扎克、果戈里等这些作家身上也都具有同样的情况，我们只要读读他们的传记就可以明白。例如，象巴尔扎克年轻时为了献身文学，要用自己的笔去开拓拿破仑的剑所不曾达到的领域，甘愿清贫自守，住在拉丁区的阁楼，忍受饥寒的煎熬，而放弃家庭的接济和优裕的生活享受。再象果戈里为了坚持他所开创的以自然派命名的现实主义创作道路，在当时充满陈腐偏见的文艺界，遭受多少责难和辱骂，但他毫不妥协，始终坚守自己的岗位。这类可歌可泣的动人事迹，直到今天仍使我们深深感动。如果他们以庸人习气去对待自己所从事的文学事业，就会由奥林帕斯山上的宙斯一变为渺小的侏儒了。当马克思批评当时的庸俗经济学的时候，曾说："超利害关系的研究没有了，代替的东西是领津贴的论难攻击；无拘无束的科学研究没有了，代替的是辩护论者(Apologetik)的歪曲的良心和邪恶的意图。"这不是表明超利害关系无拘无束的科学研究是存在过的么？马克思说的古典经济学家就是这样的。《资本论》所提到的那些工厂视察员和公共卫生报告医师也是这样的。他们恪尽职守，无党无私，毫无顾忌地秉笔直书，揭示劳动人民的悲惨处境，而并不计较个人得失，趋承上意，象前人诗人所说"颠(癫)狂柳絮随风舞，轻薄桃花逐水流"的风派人物那样随波逐流、趋炎附势。科学家不怀任何私人利害打算去探索自然规律，艺术家不怀任何私人利害打算去追求生活真实，他们决不肯为了领取津贴去充当统治阶级的御用工具，决不肯歪曲自己的良心，怀着邪恶的意图进行颠倒黑白的论难攻击，就这方面来看，应该说他们具备了罗兰所谓的伟大性格，他们的脉管是流着红色的血浆而不是喷泉的清水，因此他们才写出了伟大的作品。还应该说，正是由于这种缘故,他们才可能在一定程度上在一定范围内摆脱了阶级制约,不受阶级观点的局限。可是,过去一涉及追求真理的热忱或忠于艺术的良心这类提法,马上就会有人出来呵责,斥为宣扬唯心主义。他们忘记了恩格斯早在一个多世纪以前就已回答了史达克对于费尔巴哈提出的理想的力量所作的责难,他说:“如果一个人只因他具有‘理想的意向’并承认‘理想的力量’对他的影响,就算是一个唯心主义者,那么任何一个稍稍正常发展的人就都是天生的唯心主义者了。于是这一点不可以理解:世上怎么会有唯物主义者呢?”恩格斯的话是值得我们记在心头永志不忘的。让经过惨痛经验教训而在当前这场思想解放运动中重得确认的实事求是精神永远发扬光大,成为引导我们为社会主义文学事业奋斗的灯塔!

1980 年 10 月 15 日晚

——原载《上海文学》1980 年第 12 期

孙绍振

新的美学原则在崛起

在历次思想解放运动和艺术革新潮流中，首先遭到挑战的总是权威和传统的神圣性，受到冲击的还有群众的习惯的信念。当前在新诗乃至文艺领域中的革新潮流中，也不例外。权威和传统曾经是我们思想和艺术成就的丰碑，但是它的不可侵犯性却成了思想解放和艺术革新的障碍。它是过去历史条件造成的，当这些条件为新条件代替的时候，它的保守性狭隘性就显示出来了，没有对权威和传统挑战甚至亵渎的勇气，思想解放就是一句奢侈性的空话。在当艺术革新潮流开始的时候，传统、群众和革新者往往有一个互相摩擦、甚至互相折磨的阶段。

当前出现了一些新诗人，他们的才华和智慧才开出了有限的花朵，远远还不足以充分估计他们的未来的发展，除了雷抒雁之外，他们之中还没有一个人出版过一个诗集，却引起了广泛的议论，有时甚至把读者分裂为称赞和反对的两派。尽管意见分歧，但他们的影响却成了一种潮流，在全国范围内，吸引了许多年轻的乃至并不年轻的追随者。在他们面前，他们的前辈好像有点艺术上的停滞，正遭到他们的冲击。

如果前辈们没有新的发展和突破，很可能会丧失其全部权威性。谢冕同志把这一股年轻人的诗潮称〔之〕为“新的崛起”，是富于历史感，表现出战略眼光的。不过把这种崛起理解为预言几个毛头小伙子和黄毛丫头会成为诗坛的旗帜，那也是太拘泥字句了。与其说是新人的崛起，不如说是一种新的美学原则的崛起。这种新的美学原则，不能说与传统的美学观念没有任何联系，但崛起的青年对我们传统的美学观念常常表现出一种不驯服的姿态。他们不屑于做时代精神的号筒，也不屑于表现自我感情世界以外的丰功伟绩。他们甚至于回避去写那些我们习惯了的人物的经历、英勇的斗争和忘我的劳动的场景。他们和我们五十年代的颂歌传统和六十年代(的)战歌传统有所不同，不是直接去赞美生活，而是追求生活融解在心灵中的秘密。梁小斌说：“我认为诗人的宗旨在于改善人性，他必须勇于向人的内心进军。”他们在探求那些在传统的美学观看来是危险的禁区和陌生的处女地，而不管通向那里的道路是否覆盖着荆棘和荒草。正因为这样，他们的诗风有一种探险的特色，也许可以说他们在创造一种探索沉思的传统。徐敬亚说："诗人应该有哲学家的思考和探险家的胆量"，这倒是我国当前的一种现实，迷信走向了反面，培养了那么多的哲学头脑，闪耀着理性的光辉。他们的这种思考和传统的美学观念(的)不同之处乃是徐敬亚所说的诗人甚至"应该有早于政治家脚步的探讨精神"。从习惯于文艺从属于政治家的文坛看来这不免有点"异端"了。当革新者最好的诗与传统的艺术从属于政治的观念一致的时候，他们自然成了受到钟爱的候鸟。正因为这样，舒婷的《这也是一切》、梁小斌的《中国，我的钥匙丢了》等等，得到异口同声的赞许。但是，他们有时也用时代赋予他(们)的哲学的思考力去考虑一些为传统美学原则所否决了的问题，例如关于个人的幸福，在我们集体中应该占什么地位，人与人之间的和谐如何才能达到，分歧和激烈的争辩就产生了。它集中表现为人的价值标准问题，在年轻的探索者笔下，人的价值标准发生了巨大的变化，它不完全取决于社会政治标准。社会政治思想只是人的精神世界的一部分，它可以影响，甚至在一定条件下决定某些意识和感情，但是它不能代替，二者有不同的内涵，不同的规律。例如，政治追求一元化，强调统一意志和行动，因而少数服从多数；而艺术所探求的人的感情可以是多元化的，不必少数服从多数。政治的实用价值和感情在一定程度上的非实用性，是有矛盾的，正如一棵木棉树在植物学家和在诗人眼中价值是不相同的一样。如果说传统的美学原则比较强调社会学与美学的一致，那么革新者则比较强调二者的不同。表面上是一种美学原则的分歧，实质上是人的价值标准的分歧。在年轻的革新者看来，个人在社会中应该有一种更高的地位，既然是人创造了社会，就不应该以社会的利益否定个人的利益；既然是人创造了社会的精神文明，就不应该把社会的(时代的)精神作为个人的精神的敌对力量，那种人"异化"为自我物质和精神的统治力量的历史应该加以重新审查。传统的诗歌理论中"抒人民之情"得到高度的赞扬，而诗人的"自我表现"则被视为离经叛道，革新者要把这二者之间人为的鸿沟填平。即使从社会学的角度来看，社会的价值也不能离开个人的精神的价值，对于许多人的心灵是重要的，对于社会政治就有相当的重要性(举一个极端的例子：宗教)，而不能单纯以是否切合一时的政治要求为准。个人与社会的分裂的历史应该结束。所以杨炼说："我永远不会忘记作为民族的一员而歌唱，但我更首先记住作为一个人而歌唱。我坚信：只有每个人真正获得本来应有的权利，完全的互相结合才会实现。"我们的民族在十年浩劫中恢复了理性，这种恢复在最初的阶段是自发的，是以个体的人的觉醒为前提的。当个人在社会、国家中地位提高，权利逐步得以恢复，当社会、阶级、时代逐渐不再成为个人的统治力量的时候，在诗歌中所谓个人的感情、个人的悲欢、个人的心灵世界便自然会提高其存在的价值。社会战胜野蛮，使人性复归，自然会导致艺术中的人性复归,而这种复归是社会文明程度提高的一种标志。在艺术上反映这种进步,自然有其社会价值,不过这种社会价值与传统的社会价值有很大的不同罢了。当舒婷说"人啊,理解我吧",她的哲学不是斗争的哲学,她的美学境界是追求和谐。她说:"我通过我自己深深意识到:今天,人们迫切需要尊重、信任和温暖。我愿意尽可能地用诗来表现我对'人'的一种关切。障碍必须拆除,面具应当解下。我相信:人和人是能够互相理解的,因为通往心灵的道路总可以找到。"从理论的表述来说,可能是有缺点的,离开了矛盾的统一,任何事物都是不存在的。但在创作实践上,作为对长期阶级斗争扩大化造成的人与人之间关系的恶化的一种反抗,它正是我们时代的一种折光。从美学来说,人的心灵的美并不像传统美学原则所限定的那样只有在斗争中(在风口浪尖)才能表现,谁说斗争能离开统一,矛盾不能达到和谐呢?因为据说有百分之五的阶级敌人,就应该对百分之九十五的人瞪着敌视的目光,怀着戒备的心理,戴着虚虚实实的面具,乃至随时准备着冲入别人的房子去抄家、去戴人家的高帽吗?在舒婷的作品中常有一种孤寂的情绪,就是对人与人之间这种关系的反常畸形的一种厌倦,而追求真正的和谐又往往不能如愿,这时她发出深情的叹息,为什么不可以说是一种典型化的感情?为什么只有在炸弹与旗帜的境界中呐喊才是美的呢?不敢打破传统艺术的局限性,艺术解放就不可能实现。一种新的美学境界在发现,没有这种发现,总是像小农经济进行简单再生产那样用传统的艺术手段创作,我们的艺术就只能是永远不断地作钟摆式单纯的重复。梁小斌说:"'愤怒出诗人'成为被歪曲的时髦,于是有很多战士的形象出现。一首诗如果是显得沉郁一些,就斥为不健康。愤怒感情的滥用,使诗无法跟人民亲近起来。"他又说:"意义重大不是由所谓重大政治事件来表现的。一块蓝手绢,从晒台上落下来,同样也是意义重大的,给普通的玻璃器皿绚烂的光彩。从内心平静的波浪中,觅求层次复杂的蔚蓝色精神世界。"这些话说得也许免不了偏颇,多少有些轻视战士和愤怒的形象在某种条件下不可替代的作用,但是他们的勇气是可惊叹的。他们一方面看到传统的美学境界的一些缺陷,一方面在寻找新的美学天地。在这个新的天地里衡量重大意义的标准就是在社会中提高了社会地位的人的心灵是否觉醒,精神生活是否丰富。与艺术传统发生矛盾,实际上就是与艺术的习惯发生矛盾。在生活中,要提高人的地位,自然也有习惯的阻力,但是艺术的习惯势力比之生活中的习惯势力要顽强得多。因为在生活中,人们是以自觉的意识指导着人的思想和实践的,以新的自觉意识去克服旧的自觉意识,虽然也需要一个过程,但总是属于理性范畴,总是比较单纯,而在艺术中则不完全是理性主宰一切,它包含着感情。泰纳在《艺术哲学》中说:"在一般赋有诗人气质的人身上,都是不由自主的印象占着优势","若要下一个明确的定义,就得肯定其中有个自发的强烈的感觉"。艺术的感情色彩使它有一种“不由自主的”、“自发的”一面，这一面有时还“占着优势”。长期的大量的艺术实践不但训练了艺术家的意识，而且训练了他的下意识或者潜意识。这样，使他的神经在感情达到饱和点的时候，依着一种“不由自主的”、“自发的”习惯，达到一种条件反射的程度。习惯，就是意识与下意识的统一。不论是一个人还是一个民族，养成自己独创的艺术习惯都是艰难的。意识和潜意识都是建立在长期经验基础上的。个人、民族、时代的美学独创性，都渗透在这种习惯之中。年轻的革命者要克服一种习惯的拘束，同时，要确立一种新的习惯。不论克服还是确立，光凭自觉意识是不够的。光凭自觉意识就是光凭观念，它同时要和那“不由自主的”“自发的”潜意识打很久的交道。自觉意识不能完全战胜下意识，正如法国的语音学家可能读不好英语的重音一样，又如英语的语音学家可能说不好普通话中的卷舌的辅音一样。因为习惯是一种条件反射，形成了一种潜意识，是自觉意识不能管束的，它的存在就是反应固定化的结果，是很难变化的。恩格斯所说的传统的惰性在这里可以找到一部分注解。艺术革新，首先就是与传统的艺术习惯作斗争。顾城在《学诗札记二》中说：“诗的大敌是习惯——习惯于一种机械的接受方式，习惯于一种‘合法’的思维方式，习惯于一种公认的表现方式。习惯是感觉的厚茧，使冷和热都趋于麻木；习惯是感情的面具，使欢乐和痛苦都无从表达；习惯是语言的套轴，使那几个单调而圆滑的词汇循环不已；习惯是精神的狱墙，隔绝了横贯世界的信风，隔绝了爱、理解、信任，隔绝了心海的潮汐。习惯就是停滞，就是沼泽，就是衰老，习惯的终点就是死亡……当诗人用崭新的诗篇、崭新的审美意识粉碎了习惯之后，他和读者将获得再生——重新感知自己和世界。”也许把重新感知自我和世界当成革新者的任务并且痛快淋漓地宣告要与艺术的习惯势力作斗争，这还是第一次，因而它启发我们的思考的功绩是不可低估的。但是作为一种理论的表述，我们还是要禁不住吹毛求疵一下，这里多少有些片面性，透露出革新者美学思想上的弱点。因为习惯，即使过时的习惯，也不光是停滞的沼泽，它还包含着过去的成就和经验。当革新者向习惯扔出决斗的白手套时，应该像梁小斌那样：“我必须承认‘四人帮’的那些理论也在哺育我，它也变成阳光，晒黑了我的皮肤。”自然，我们可以说“四人帮”的理论不是我们的传统的习惯，但也不可否认它是我们传统和习惯的畸形化，人总是要在前人积累的思想材料和艺术经验的基础上前进的，前人提供的不可能都是正面的、积极的、健康的，但人类正是在这并不绝对完美的阶梯上攀登的。光凭一个人的才华，光凭自己的生活积累是成不了艺术革新家的。《儒林外史》中写一个王冕，孤独地反复地画了好多年荷花，没有任何学习与参考的资料便卓尔成家，有了惊人的创造，从艺术理论上讲，这是不科学的。王冕的方法是从零开始的原始人的方法，用这样的方法是不可能创造出新的艺术水平来的。在创作实践中人们总是既要从生活出发，又不能完全排除从艺术出发的。西洋画从写生开始,中国画从临摹开始,都是反映了规律的一个侧面,二者是可以结合起来的。马克思说:“人是按着美的法则创造的。”就是说人在客观现成材料(素材)面前不是像动物那样被动的。美的法则是主观的,虽然它可以是客观的某种反映,但又是心灵创造的规律的体现。在创作过程的某一阶段上,美的法则是向导,是先于形象诞生的。它是又不是抽象的理念,而是活在传统的作品和审美习惯之中的。要突破传统必须有某种马克思讲的“美的法则”,则必然要从传统和审美习惯中吸取某些“合理的内核”。习惯只能用习惯来克服,新的习惯必须向旧的习惯借用酵母。不是借用本民族的酵母的一部分,就是借用他民族的酵母的一部分。只有把借用习惯的酵母和突破习惯的僵化结合起来才能确立起新的习惯,才能创造出更高的艺术水平,否则只能导致艺术水平的降低。目前年轻的革新者们自然面临着旧的艺术习惯的顽强惰性,但是如果他们漠视了传统和习惯的积极因素,他们有一天会受到辩证法的惩罚。不过问题的复杂性在于,他们似乎并没有忽略继承,只是更侧重于继承他民族的习惯。但是这种习惯与我国本民族的习惯的矛盾有时是很深的。虽然新诗史上大部分有独创性的流派,都和外民族独异的艺术刺激分不开,但是,即使其中的大诗人也还没有解决两个民族艺术习惯的矛盾,当这种矛盾激化到一定的程度,就会走向反面,产生闭关自守、全盘民族化的倾向。新诗的革新者如果漠视这样的历史经验,他们的成就将是比较有限的。不过,我们并不悲观,因为我们看到他们中的优秀代表并不像我们中的一些人认为的那样,以为自己已经掌握了历史发展的全部蓝图。他们有自知之明,他们知道自己还幼稚,舒婷在《献给我的同代人》中说:

为开拓心灵的处女地
走入禁区,也许——
就在那里牺牲
留下歪歪斜斜的脚印
给后来者
签署通行证。

探索既是坚定的,不怕牺牲的,又是谦虚的,承认自己的脚步是孩子气的。我们可以毫不怀疑地说,他们肯定会有错误,有失败,有歧途的彷徨的,但是,只要他们不动摇,又不固执,即使他们犯了错误也是可以像列宁所说的那样,得到上帝的原谅的,同时,又会给后来者和他们自己留下历史的经验。——但是,这些经验是不是会浪费,就要看我们善于不善于总结使之上升到理论的高度并为他们所接受了。

——原载《诗刊》1981 年第 3 期

阎 纲

论陈奂生

——什么是陈奂生性格?

一

我要论及的,是高晓声同志系列小说的主角陈奂生。提起此人,大大地有名,可惜他成不了生活的主角,国家的主人公。

系列小说:《“漏斗户”主》、《陈奂生上城》、《陈奂生转业》、《陈奂生包产》,凡四篇。各篇独立成章,合起来独步文苑。

我写小说评论,“谈”而不“评”,或“评”而不“论”;自知浅陋,不敢言“论”。这回破例,完全为了陈奂生;陈奂生是近年文学中真正称得起(上)艺术典型的人物,非“论”不足以显其要。

陈奂生终日劳碌,半生清苦;忍气吞声,逆来顺受;时来运转,受宠若惊;眼花缭乱,呆头木雕;好心办事,事与愿违。世道大变,人情难测,一身清白的本色农民,掉进“关系学”的五里云雾,陈奂生纳闷了:“难道这是应该的?”

高晓声把一个普普通通的、平平常常的、头脑简单的、正直勤劳的农民,投进千变万化、好看煞人、万花筒般的纷扰世界,表演出一幕幕悲喜交织、正邪交赋的活剧来,从而把一个新旧交错、新旧交替的历史转折时期的农村面貌活生生地置于读者眼前。重要的是灵魂的变化和美化,人的灵魂可以包容世界。高晓声写小说,“无非是显示人们终究在逐步觉悟,生活终究在前进”①。一个渺小的农民,反映了偌大一个社会,陈奂生由此而成为真正意义上的、名符(副)其实的典型人物。这样成功的典型人物,六年来,三十三年来,能数得出几个呢?

陈奂生有点像阿 Q,糊涂,屈辱,可笑,不理解革命。陈奂生又像闰土,老实善良

① 《〈李顺大造屋〉始末》,《雨花》,1980 年第 7 期。

到愚昧、麻木的程度。陈奂生是阿Q和闰土的后代，但他绝非新的时代的阿Q和闰土。陈奂生相信共产党，吴楚书记就是他心目中的党。然而，陈奂生实在像解放了的阿Q和闰土。时代变了，逐渐变好了，然而阿Q和闰土还肩着因袭的重担，仅〔只〕这一点，还不够深入肌肤、发人深省么？陈奂生的塑造，难道看不出鲁迅的笔法吗？

鲁迅写小说，受过契诃夫和果戈理的影响。契诃夫的小说，是这样一种结合："深刻的与浅薄的，伟大的与渺小的，可悲的与可笑的"①。鲁迅援引别人的话说："安特莱夫竭力要我们恐怖，我们却并不怕；契诃夫不这样，我们倒恐怖了。"②果戈理的小说，"开始可笑，后来悲伤"，在鲁迅等所称之为"含泪的笑"中，蕴含着生活的真实和哲理的诗。鲁迅的小说，亦冷亦热，亦喜亦忧，"哀其不幸，怒其不争"，"嬉笑怒骂，皆成文章"，把可笑复可悲的生活，化为悲剧喜剧相交织的、无与伦比的现实主义图画。悲喜交集的写实手法，用来表现转折中的时代和觉悟中的人物，是手到擒来的事。高晓声特别慎重地忠实于历史，对于生活，既不粉饰，又不"溢恶"；特别严谨地使用史家的笔法，既写生活的现状，又写生活的动向；特别公正地反映"新旧社会的本质区别"、"正确路线和错误路线执行的不同结果"，矢志不忘一个农民和农民代言人的革命责任感。他说："我是主张写实的，主张现实主义的。"③可见，高晓声的小说，又受了鲁迅小说的影响。

但是，高晓声说："有人说我的小说很像鲁迅小说，其实鲁迅小说我有二十年没有读了，我的情况就是这样。"④

伟大转折后现代化建设的新时期，多么盼望文学史能给我们一个新的鲁迅啊！

文艺评论是理论。理论的方法，一是分析，二是综合；通过对作品的分析综合，阐释作品的主题思想。离开对作品主题思想的探求，文艺评论就要失业。但是，高晓声有不同的看法。

高晓声同志认为，读一篇作品仅仅为了弄清主题思想是浪费时间，"一个作家的作品，不一定都有明确的主题思想，也不一定都没有"，"我写《陈奂生上城》，不是预先有了概念，不是为了证实这个概念，而是在生活中接触了一些人和事，有所触发，有所感动，并且认为这些人和事对读者也有触发、感动作用，于是才写了它"⑤。他说得很实际，是经验之谈，是"主题先行"的抗毒剂，可是，有偏颇。

---

① 转引自叶尔米洛夫著《契诃夫传》，第101页。

② 见鲁迅《三闲集·铲共大观》。

③ 《生活，目的和技巧》，《星火》，1980年第9期。

④ 同上。

⑤ 《且说陈奂生》，《人民文学》，1980年第5期。

作家写作都是有所为的,意识形态之类无不带上目的性。要是不把主题思想理解成瘦骨嶙峋的教条,不把它看成狭隘的概念,孤零零的、脱离社会关系的、化学提纯式的创作动机,那么,任何文学作品都有主题可寻。不论主题思想是否“明确”,是否具有多义性,然而主题思想,凡作品尽皆有之。鲁迅说他写小说,“只要觉得够将意思传给别人了,就宁可什么陪衬拖带也没有”①。“意思”就是主题思想。高晓声同志上引的“有所触发”的“触发”,其实也是作品的题中之义(意)。

后来,在一个小说讲习班上,高晓声又说:“并不是没有主题,总是有些想法嘛,没有主题你写什么?但是主题常常不是抽象的语言能讲清楚的。”②此言有理,事实如此,“抽象的语言”常常解析不了真正的文学。

主题思想只能存在于作品本身,应该在作品里找,不能在作家的理念和动机里找。列宁说:“整个主题包含于个别的情节中,包含于对一定典型的性格和心理的分析中。”③主要包含于作品人物的性格中。杜勃罗留波夫说过:艺术家“对世界独特的见解,也就是说明他的才能的关键,还得在他们创造的生动的形象中去找寻”④。那么,让我们连同找寻高晓声的才能一起,在高晓声所创造的陈奂生的形象性格中找寻高晓声这一组系列小说中的独特见解和主题思想。

杜勃罗留波夫这样找寻着,他写了《什么是奥勃洛摩夫性格?》,我们也试图寻找:什么是陈奂生性格?

二

“欠债总是要还的,现在又该考虑还债了。有得还,倒也罢了,没有呢?”这是关于陈奂生的系列小说的首篇《“漏斗户”主》里的第一句话,这句话把读者引入陈奂生食不果腹、无可奈何的可悲境地。然而,可悲亦复可笑,老实人遇上不老实的社会,仍然像“青鱼”一般直头直脑,同这个环境何等地不适应、不协调啊!种了一世田,落了个“漏斗户”的罪名;生产粮食的,反倒没有粮食吃,世道不是太坏了吗?

陈奂生头脑简单,性格复杂。高晓声在矛盾的描写中求统一;在复杂中求真实,求深意,意在不加讳饰地画出一个活的灵魂。

陈奂生力气不比人家小,劳动不比别人差,但是吃不饱,背了一身债,不是钱债,是粮债。近十年来,他年年亏粮,而且越亏越多。一九七一年粮食增产,却卖了他的“余粮”;明明不够吃,却冤枉他吃不了;他想质向为什么政策不算数,却怕人家笑话

① 鲁迅:《我怎样做起小说来?》。
② 《谈谈文学创作》,《长江文艺》,1980年第9期。
③ 《列宁全集》第35卷,第168页。
④ 《杜勃罗留波夫全集》第2卷,第47页。

饿昏了、不懂革命而作罢。他劳动，他勤快，他挨饿，他低头，他木然，然而不抱怨，不叫苦，不松劲，他即使饿得头昏目眩，也照样下田，一刻不丧失信心。他不大赞成现行的粮食政策，不相信“粮食分多了黑市就猖獗”的说法，因为多数人已经寅吃卯粮，但是，他没有盐吃，不得不像偷儿一样忍痛在不够吃的粮食里再拿出一点来卖黑市。搞副业吧，他坚决不干，那是资本主义道路，他敬重党，他有自尊心；虽然窝囊，心地光明。

他只相信一样东西：事实。饥肠辘辘的事实，使这个最能忍受的种田人忍无可忍，他想给报社写信讲实情；但害人之心不可有，“事实是为需要服务的”，到头还是忍了。一言以蔽之：“还是再看看吧。”

十年的颠三倒四，把一个国家的主人变成新生的缺粮户、可耻的“漏斗户”主；政策的倏忽万变，把一个像李顺大一样的“跟跟派”造就为“还是再看看吧”的“陈奂生性格”。陈奂生“历来的看法”是，只要不是欺他一人，就不算欺他；他竟然老实到忍气吞声、逆来顺受的地步，成了中国革命特殊年代里最基层的不抵抗主义者。尽管如此，他照样劳动，长年累月饿着肚皮在那里使劲地劳动；一不偷，二不抢，咬着牙地干，耐着性儿等，既不铤而走险，也不出头反抗。“还是再看看吧”，“再饿一年看”……看也就是忍，国家的主人变成委琐的看客，这实在太不像话。

“‘还是再看看吧。’这句话，使他有足够的资格当‘漏斗户’的代表”；“还是再看看吧。”这句惟当忍之的话，也就是“漏斗户”代表陈奂生的性格特征——“陈奂生性格”。

毋庸讳言，“陈奂生性格”是特殊革命下中国农民的产物。

《“漏斗户”主》里有两段话值得注意：

> 艰难的岁月啊，只有那些不仅关注上层的斗争，而且也完全看清陈奂生他们生活实情的人们，才会真正认识到林彪、“四人帮”把国家害到了什么程度。

面对消极等待、屈辱观望的“陈奂生性格”，剖析一种畸形的心理，感念一个善良的灵魄，高晓声不禁怒火中烧，写下这些血泪之言，为《“漏斗户”主》点了题。

> 一筐筐过了秤的粮食堆放到陈奂生指定的另一块干净的空地上，堆得越来越高，越来越大。陈奂生默默看着，看着（又是“看”！——引者）……他心头的冰块一下子完全消融了；冰水汪满了眼眶，溢了出来，像甘露一样，滋润了那副长久干枯的脸容，放射出光泽来。当他拭着泪水难为情地朝大家微笑时，他看到许多人的眼睛都润湿了，于是他不再克制，纵情任眼泪像瀑布般直泻而出。

人心是肉长的，陈奂生哭了，高晓声哭了，我们也哭了。

“还是再看看吧。”他看到了，看到事实。

吃饭的大事已经解决，陈奂生摘掉“‘漏斗户’主”的帽子，这是一喜，没有离“题”，也应包含在《“漏斗户”主》的主题思想之中。

三

粮食到手，陈奂生的肚皮问题解决了。

粮食到手，陈奂生自己动手，自产自销，进城卖油绳。“‘漏斗户主’陈奂生，今日悠悠上城来。”悠悠忽忽，何等快活，他满意透了。但是，陈奂生毕竟是站惯了、站久了的人，得意起来有点盲目，所以，他一进城，就出洋相。进城后的陈奂生，有了多方面的表演，有了立体感，显得更活了。

《陈奂生上城》出现，文坛为之倾倒。

《陈奂生上城》全面地显出高晓声的才气，使他在天才地描绘农村面貌和成功地塑造农民典型方面占有新时期文学史上第一流的位子。

高晓声说：“联系——也许是文学创作中揭示人物本质的极好方法。”①所以，他把“落后”的农村和“先进”的城市联系起来，把有翻身感的农民和有公仆的责任心的复出的领导干部联系起来，把农副业生产和自由市场联系起来，让一个刚刚填饱肚皮、刚刚站起来还没立稳、自尊而又自卑的“‘漏斗户’主”上得城来，闹出大笑话。那么可笑，又那么深刻；那么值得庆幸，又那么令人慨叹；那么感到轻快，又那么觉得沉重。“陈奂生性格”在同新环境的冲突中进一步得到发展。记得巴尔扎克在哪里说过：“从两件最平凡的事物的对比中”，可以“引出令人惊奇的效果”。细想起来，这实在是相当老辣的经验之谈。事物只有在特定的联系中才能产生对比作用，高晓声所说的“联系”、“交换”，其实就是“对比”。艺术的“对比组合”，往往演出奇异的活剧；高晓声这方面所表现出来的才能，值得人们注意和体味。

比起《“漏斗户”主》来，高晓声在《陈奂生上城》里充分地施展了他造诣极深的艺术典型化的才能。信手拈来，涉笔成趣；嬉笑怒骂，皆成文章；技巧的活用和语言的妙选，达到游刃有余的程度；幽默深沉的笔法，喜剧气氛的烘托，让人拍案叫绝。特别值得提到的，是典型化情节的精选和性格化细节的妙用。高晓声真绝，他把陈奂生从乡下“联系”到城里，居然弄得一块钱的骨头睏在五块钱的床上！这方面的功夫，明显地超过《“漏斗户”主》。

陈奂生上城卖油绳，一天稳赚三元钱，赚钱准备买帽子。何不让这三元钱住进

---

① 《“青春奖”得奖小说简评》，见高晓声《创作谈》，第122页。

阔气的招待所试试？那一定会引出陈奂生更多的趣事来。从这个大框框出发，高晓声这样布(部)署了陈奂生的故事："陈奂生住这个招待所，不是开玩笑吗？陈奂生他要住还住不进去呢。一定要一个很有力的介绍人，但是这个人为什么介绍他去住这个招待所呢？一定是出了什么不寻常的事情，那就是他不能回去了。为什么不能回去了呢？那一定是生病了。生的是什么病？生大病那要送到医院，不能生大病，那就生小病，生感冒。感冒来头还蛮大的呢，到明天也就好了。但陈奂生怎么感冒的呢？啊，受了凉。为什么受了凉的？没戴帽子。要把它这个合理性讲清楚。一方面是合理性，一方面是生活中性格的发展，把'漏斗户'主请出来，对这篇小说有很大方便。陈奂生的性格我能掌握。他是有点莽莽撞撞只晓得往前冲，他去买帽子，没想到卖了油绳买帽子，门已经关掉了！要明天买了。就这样完成了事件的合理性。把他合理地放到了那个环境中，生活就要讲话了，它要讲出许多作者自己原来没有想到的一些话。像陈奂生这样一个人，到了那么样一个房间里，他就要讲话了，陈奂生的思想就出来了，并不是我原来想的，到了那个时候，他自己非是这样不行。"①合理的布局，牵出一串有趣的故事；典型的故事，丰富了人物的性格。

陈奂生病了，住进招待所。吴书记做了官不曾忘记老百姓，救了他一命，他深受感动，一条线挂下来晶莹的泪珠。他心想吴书记照顾(得)太好了，把他弄到招待所住单间享福，因此，一切谨慎从事，不敢造次。他在里外三新的被窝里缩成一团，他知道自己身上(特别是脚)不大干净。他轻轻捺了捺那两张出奇矮的大皮椅(沙发)，不敢坐，怕把弹簧压瘪。他觉得吴书记既然把自己当朋友看，自己就要做出吴书记朋友的样子，多少有点自豪感，又有主人公感，起码要爱护公物。当然，在这个"高级的关心"面前，他也自卑，如"珠玉在侧，觉我形秽"。但是当他获知睏一夜两顶帽子钱(五元)时，他像火钳烫着一般地肉痛。总共不过七八个钟头，几乎一个钟头要做一天工，贵死人！这时的陈奂生，一反自豪的主人公感，大摇大摆地走路，不怕把地板弄脏；往太师椅上一坐，不怕把弹簧压瘪；用提花枕巾擦嘴，一点也不可惜；不脱衣服上床，管它里面三新——弄成猪圈也不碍，老子出了五元钱！

他感激吴书记的知遇之恩，给了他这样异乎寻常的面子；可是，他是个刚刚填饱肚子的小民，实在经不起这样"高级的关心"。这不是干群之间的隔膜，也是城乡间的差距。陈奂生当然知道钱的厉害，但他现在还穷，不能不掂斤播两；一当破财，他就要寻机报复，但都是小动作。对于过惯苦日子、方才摘掉"漏斗户"帽子的陈奂生说来，这不过是时来运转后一个小(的)不协调的插曲罢了。

生活毕竟有了转机，陈奂生毕竟住上了高级招待所，尽管只住了一夜。

---

① 《谈谈文学创作》，《长江文艺》，1980年第9期。

一夜的事,启开一个人的心扉,披露出“陈奂生性格”的其他侧面。陈奂生自觉吃了亏,转念一想,五块钱花得值透,不觉又自鸣得意:

> 他总算有点自豪的东西可以讲讲了。试问,全大队的干部、社员,有谁坐过吴书记的汽车?有谁住过五元钱一夜的高级房间?他可要讲给大家听听,看谁还能说他没有什么讲的!看谁还能说他没有见过世面!看谁还能瞧不起他,唔!……他精神陡增,顿时好像高大了许多。……哈,人总有得意的时候,他仅仅花了五块钱就买到了精神的满足……
>
> 果然,从此以后,陈奂生的身份显著提高了,不但村上的人要听他讲,连大队干部对他的态度也友好得多……
>
> 从此,陈奂生一直很神气,做起事来,更比以前有劲得多了。

我好像在读鲁迅的《阿 Q 正传》。阿 Q 进城,见了世面,从城里回来,不也自命不凡、猛吹了一通吗?面对神气的阿 Q,不是连赵太爷也刮目相看吗?陈奂生当然不是阿 Q,时代不同了,他比落后的阿 Q 有觉悟,但是,时代又有相同的因素,陈奂生的觉悟说来也有限。阿 Q 带有不少游手之徒的油滑气,欺侮过小尼姑;陈奂生不,他绝不“害人”;当然,在客观效果上他后来也损害过吴书记,堂兄陈正清骂他想发财叫别人犯错误,“缺德”。然而,陈奂生自我解嘲,以为“五块钱就买到了精神的满足”,却不意和阿 Q 的“精神胜利法”遥相呼应。他们以幻想的胜利和虚拟的胜利安慰自己的失败;为了自我安慰,甚至把失败硬说成胜利,飘飘然以求尊严的保持和“精神的满足”。心地善良到了软弱可欺的地步,愚昧糊涂得非常容易自满。从“阿 Q 精神”到“陈奂生性格”,应该说是一个革命性的否定,陈奂生不偷、不抢、不占别人便宜,总是好心待人,比“断子绝孙”的阿 Q 可敬可爱。但是,他精神上受到严重的戕害,反以精神的胜利掩饰精神的创伤;他的性格里,多少留有阿 Q 精神的遗传因子。

粉碎“四人帮”,开过党的十一届三中全会,时来运转,陈奂生“总算像家人家了”,但是他精神上没有完全解放。目光短浅的陈奂生对眼前的变化还不适应,对三中全会的路线不大理解。他还染着祖传的病症,应该是国家的主人而实际上不是做主人的料。在《“漏斗户”主》里,陈奂生是“还是再看看吧”;在《陈奂生上城》里,他看见了,却盲目地自满,阿 Q 气,让人觉得小生产者的可笑。同一个陈奂生,一前一后,判若两人。陈奂生还是陈奂生,“陈奂生性格”得到多方面的体现,更加立体化。

通过“陈奂生性格”的刻画,一九七八年下半年到一九七九年下半年农村形势的发展和经济情况的好转,在《“漏斗户”主》和《陈奂生上城》里反映出来了。但社会的矛盾比性格的矛盾复杂得多,正如作者所说,“《‘漏斗户’主》写粮食问题解决了,农民很高兴,《陈奂生上城》告诉你,解决就解决到这样,不要看得太好”①。

四

简直是阴差阳错！上了一回城,居然神气起来;握一辈子锄柄,竟被干部看中,荣升为队办工厂的采购员。《陈奂生转业》,是陈奂生再一次“上城”。

农民老在农村,干部老蹲机关,生活面太狭窄,没有比较,容易呆板,所以高晓声总是出奇制胜,重视“联系”,交换人物的位置,把人物放在特殊的环境表现他们的特殊性格。这种位置的交换,往往意外地出现特异的现象,神奇地增强作品的艺术效果。上次进城(《陈奂生上城》),高晓声让一个脑筋忒死的普通农民住进领导干部住的高级房间,人物闹出笑话,性格大放异彩;这回上城(《陈奂生转业》),高晓声又让这个精神上容易满足的“傻”农民交换位置,做“关系学”的拜物教者,做不择手段的、无孔不入的采购员,住到地委领导的家里,和吴书记面对面讨价还价。这事更出奇,因此,人物同样闹出笑话,性格同样大放异彩。

“哈哈,这世界真是个万花筒,千变万化,好看煞人。”“投煞青鱼”被一而再地投进万花筒中撞来撞去,“陈奂生性格”还能没有新的发展!

陈奂生五块钱住了一夜,神气起来,毕竟大老粗一个,感到心虚。可是,陈奂生却懂得“干部比爹娘还大”这个道理,只好听话,走马上任,不料一头栽到目不暇接的复杂环境,掉进晕头转向的关系网。这就是抱大腿、走后门！我的天,这种事陈奂生干得么？干得了吗？

然而,他干了,他听干部的,他被利用,他稀里糊涂卷进神秘的旋涡。他干了,干成功了,而且非常出色。

启用陈奂生的大队干部有眼力,他们别出心裁让一条进城上了当、在“新事物”面前手足无措的“青鱼”,去对付刀枪不入的吴书记,正面攻坚,可谓妙哉！陈奂生除了一副直而又直的心肠和一身苦干的力气,再无别的本钱,却弄到奇缺万分的原料(五吨!),他凭什么？他哪一点比别人强？队办工厂的厂长,大队的王队长,采购员林真和,哪个不比他精？某某厂的朱书记、王厂长、供销科的高科长,十个陈奂生也不是人家的对手。但是五吨原料到了手,陈奂生得胜还朝,夫贵妻荣,六百元奖金压在枕头底,一下变成香狸猫的卵子。

陈奂生到底凭什么打败竞争者？凭什么特殊的本领打开工业书记“后门”的大锁、征服了秉公办理的吴楚？他不凭酒肉,而凭交情;不凭精灵,而凭憨厚;不凭老皮老脸,而凭赤心一片;不凭鼓簧之舌,而凭勤快的双手,用累瘦了一膘肉打动人心;不

① 《谈谈文学创作》,《长江文艺》,1980 年第 9 期。

是凭行贿，而是凭改善了的干群关系，一只自养的鸡婆！古人有言："精诚所加(至)，金石为开"，"不精不诚，不能动人"，吴书记就吃这一套，因为陈奂生是老百姓、老实人、穷朋友。

陈奂生不但在高级客栈过夜，而且敢在"大官"家里睏觉；怕陈奂生再受凉感冒，吴书记还送他一顶崭新的呢帽，毋庸置疑，"四人帮"倒台后，干群关系大大改善了，但是，社会关系呢？关系学、关系网等新生事物，和祖传的世道人心、江湖义气，连同经济开放、思想解放、社会主义原则、共产主义道德，鱼龙混杂，向人们涌了过来。别的不说，单说五吨紧张物资开后门的事，到底是社会主义还是资本主义？吴书记害了陈奂生还是陈奂生害了吴书记？陈奂生沾光发洋财还是吃亏上大当？

得胜还朝，六百块钞票，陈奂生得意忘形，自得其乐，飘飘然非阿Q进城和自己前次上城所能比拟。这一回，他不但得到"精神的满足"，而且获得物质上的满足，是货真价实的"精神胜利"，因而得意。

> 陈奂生心里太舒服，因此觉得这世界上的一切都很亲切……在火车上，坐在陈奂生对面的一个中年女人，漂亮极了，使陈奂生想起了自己的老婆；不错，老婆是很丑的，但总觉得那漂亮女人有些地方很像自己的老婆。是眼睛吗？鼻子吗？还是嘴巴呢？好像是，又好像都不是；总之吃准了有些相像的地方，不过是吃不准什么地方像罢了。陈奂生因此就开心，想象着自己的老婆如果也和那漂亮女人一样细细打扮起来的话，一定也会把男人的乌珠儿吊出眼窝来的。
>
> ……
>
> 他不禁想起大队里那个说书的陆龙飞，讲过薛仁贵征东，岳武穆抗金；大将军旗开得胜，班师还朝，也不过像今天我陈奂生这样吧！

这是真情的流露，是得意，是笑。陈奂生浅薄地笑，高晓声深沉地笑；一个是开心的笑，一个是"含泪的笑"；喜的背后，隐藏着巨大的悲。当喜剧中的悲剧因素不为人物所意识而读者已有领悟时，性格本身就带上深刻性了。

然而，陈奂生是吃社会主义饭的，比阿Q懂事，一当五百八十三元二角递到面前时，他的"两手瑟瑟地发抖"了。"陈奂生把钱拿回去，好一阵心里不落实，他反反复复在想：'难道这是应该的？'"

> 村子上的人都羡慕他，谁也没有说他不该拿。陈奂生却比以前更沉默了，他认定这一笔飞来横财不是他的劳动所得。他拿了，却想不出究竟有哪些人受了损失。

像耍魔术，又是真的，陈奂生乐极生悲。"他拿了，却想不出究竟有哪些人受了损失”;得胜还朝,“却比以前更沉默”。这回真的胜利了,不是幻想的胜利,更不是把失败当胜利,而且大获全胜,本该享受“精神的满足”,但却被辉煌的胜利吓住了。总之,高兴之余,不大自在。更奇的是,村上的人“谁也没有说他不该拿”时,他拿了,于灵魂却反而不安,常常睡到半夜推老婆唠唠叨叨……“难道这是应该的?”

“哀莫大于心死”,陈奂生良知未泯,善心不死,岂是阿Q者流所能比得的。较之一之为甚、一意孤行、终于一败如水的“精神胜利法”大师阿Q,陈奂生还没糊涂到底。

枕头下压着钱,老婆心宽,睡得很沉;陈奂生睡不着,脑子里转来转去,转不出迷魂阵。

当然,他发了财,出了名,毕竟还是得意,感到“精神的满足”。多有趣又有味啊,“陈奂生性格”!

五

不管陈奂生多么后怕(特别怕政策又变),在大队干部的眼里,他是个功臣;不管陈奂生多么想功成身退,既然上台面,也就下不来了;不管陈奂生心里怎么忐忑不安,生怕哪天又打发他找吴书记,果不其然叫他带上礼物再去;不管陈奂生多么想洗手不干,重操旧业,种田卖油绳,却对包产、实行生产责任制不放心,对政策怀疑,老毛病不改:“还是看看再说吧。”

全公社轰动起来,形成“陈奂生热”,陈奂生脑壳子也有点发热,自己想冷又冷不下来,吃着这碗饭,还不知能否继续吃下去。忠厚而犯傻的陈奂生,还想种田搞包产吗?

《陈奂生包产》让陈奂生撞击生产责任制这一目前农村最引爆的原子,爆炸一颗原子弹,看看“陈奂生性格”还有一些什么新表演。

在包产面前,陈奂生煞费苦心。他的优柔寡断,说明他至今糊涂。他脑子欠灵巧,说话太笨,越发显出老好人的苍白无力。包产固然不坏,采购未必就错;分田是中央的政策,但分田就是单干,单干就是反对共产党,陈奂生饿死也不干。“精神的满足”模糊了陈奂生的视线,使他进退两难,横竖下不了决心。

《陈奂生包产》并没有正面写分田包产,也没有写农民如何准备分田包产,但是它把包产的好处烘托得自然鲜明。作品不但通过外省流过来的农民的消息证明包产深得人心,通过五斤花生的赠礼起到宣传作用,而且通过农村热烈丰盛的境况绘制出农村经济形势的迅速好转。这些描写,发挥了高晓声的优势,他写出自己作为当事人所目击的一切,喜悦之情溢于言表:“哈,你们看,一九八〇年江南农村年底年初是什么情景呀!猪满圈,鱼满塘,咕咕呷呷是鸡鸭,白白胖胖是兔羊,到时候都成了砧上肉。缸里米酒沉清了，东邻西舍，三朋四友，碰到一块，高兴就吃，随便哪家都一样。”

《陈奂生包产》主要写了在包产这个新事物面前，穷了半生、精神上容易满足的原“漏斗户”主的心理活动和简单化的脑袋新装进的复杂矛盾。大队长王生发反对包产，一包产他的饭碗就变小，他眼红而又忌妒陈奂生，想调队办工厂捞油水，因此一变而为包产派，整天嚷嚷，动员大家包产。这一笔写得真好，它把陈奂生又投进粥锅里。高晓声的这种写法，以上三篇，篇篇都有。试想想《“漏斗户”主》里小学教师陈正清和他一前一后的话，《陈奂生上城》里开始“笑得甜极了”、后来“不笑了”的服务员大姑娘，《陈奂生转业》里臭骂“你就是吴书记的小舅子，我也不睬你！”的王厂长，以及其一伙“暗底里实着激烈”的斗争，文字很少，穿插很巧，照应很妙，表现力很强。在《柳塘镇猪市》里，刘玉梅“裤带子扣得不紧”和“裤带子扣得紧着呢”前后不同的照应，不露声色地撕破了工业书记李金山的假面。这里举的，都是小的伏笔；高晓声对丑恶的东西不大写特写或正面写，他往往把丑事秽行“暗场”处理，点到即是，(由)读者去想。他不掩盖丑恶，他是清醒的现实主义者，要撕下一切假面；可是，他又要回避写丑恶，“把丑恶的东西包起来放在一边，首先使人感到它的存在；然后再用针在纸包上戳几个洞，使人闻到它的臭气。但是不宜完全敞开，暴露无遗，否则会给人以过于丑恶的形象，没有积极作用”①。我以为这是艺术家成熟的一种表现，很值得作者们注意。这也是一种艺术的含蓄，不但恰当地处理了一些尖锐的、不堪入目的、暴露性的场景，而且精简了作家的笔墨，使主要人物在更为广阔的背景上进行更真实、更充分的表演。“陈奂生性格”因此衬托得更加丰富。

老婆对陈奂生也是陪衬。这是位贤德的夫人，贴心的伴侣；亮开她这面镜子，也就照见了陈奂生的心。

> 老婆说：“分了田，你在厂里，哪个来种？收不着要赔呢。”奂生说：“这厂里的饭，我看也吃不长。”……“吴书记也真是，他晓得你忠厚，就不肯再帮帮忙！”
>
> 陈奂生叹气道：“现在都反走后门，他是正派人，倒去开？”
>
> “哼！”老婆痴不痴，呆不呆，忽然说了句绝话：“关了后门，前门为啥不拿货色出来卖？”
>
> 陈奂生不理她，自顾自说：“再去，我也说不出口。”
>
> “我知道你是知趣人。”老婆奚落他道，“肚子饿到不得过的时候，你也照样开口借米的。现在脸皮倒嫩了。你跟他单个单说一说，就是求求他，

① 《创作思想随谈》，《上海文学》，1981 年第 1 期。

也不碍。”嘿，别看这女人平时不响，枕头边有了钱，人就变得精明了。

在老婆面前，陈奂生多少有点清醒，别的不说，总还难为情吧，不敢贸然从事、一味造次。但是，当他碰上通晓传统、深知人情的厂长，几番头头是道的“关系学”启蒙活动，“还是看看再说吧”的陈奂生再也招架不住了。他从来就不是担得起忧愁的人，“管它呢，船到桥下自然直！”“愁什么，活着就快活点，谁晓得几时死！”在厂长那里，陈奂生重又获得精神力量，他要用这个新的精神力量，加上盲目的乐观，去获取新的、“精神的满足”。

陈奂生披挂整齐，提着土产，二次上城，去找吴书记。

在“陈奂生性格”里，本来就有一种奴性存在，它一定要寻求主宰它的东西。解放以后，翻身了，陈奂生寻到了，这个主宰就是共产党的干部，就是现管他的队干部。只要共产党好，这些干部就不会错，就是父母官。他一贯认为“干部比爹娘还大”，“爹娘打骂儿女，历来理所当然”。所以，他轻信、迷信、盲从，带着奴性。在“陈奂生性格”里，又有孔孟之道：忠恕，宽容，忍让。“君子不念旧恶”，他连新恶也不大念。一个队长，一个厂长，都敲过他的竹杠，现在礼贤下士、客客气气、平起平坐请他“帮忙”，他的心顷刻变软。陈奂生是个超级君子，“打了他之后替他拍拍背，他立刻就不怨；骂他的时候只要态度好一点，他就认为你是好心，而不抱怨”。这种奴性和恕道，是“看看再说”、“精神满足”的“陈奂生性格”的新发展！

这“陈奂生性格”，到底是传统的美德、真确的国粹，还是与生俱来的“民族病”、“国民性”？对于社会和历史，到底是动力还是惰力？是光荣还是耻辱？恐怕接近后者而绝非前者；它是特定历史时代的产物，就像“阿Q精神”是特定历史时代的产物那样。人们可以设想，在我国的农村，甚至在我国的城市，倘若“陈奂生性格”绝了迹，或者没有那么人多势重（众）的“陈奂生性格”，我想，单是个人崇拜，“文化革命”搞不起来。可惜，陈奂生的“精神的满足”和阿Q的“精神胜利法”至今仍然藕断丝连，这是历史性的遗憾。这也是民族的包袱，让我们赶快抛弃这沉重的包袱，改造这奴性的性格！

六

我们认识了陈奂生，从而认识一个时代。

我们喜欢陈奂生，他打动了我们的心；但却对他充满着忧虑，尽管他的故事总带着喜剧色彩。

陈奂生在政治上、感情上靠拢社会主义，是党在农村的基本力量，但是“陈奂生性格”往往要不得。“陈奂生性格”的严重的悲剧性在于：他们生在做主人的时代，却不是当主人的材料。写出这一点是高晓声的深刻之处。

在深入开掘社会主义的资格同施行社会主义权力之间的矛盾方面，高晓声动用了宝贵的生活积蓄，抒发了真挚的手足之情，发挥了高超的写实和写意的艺术才能，收到了十分感人强烈的社会效果。他通过（对）一个单纯的农民所具有的复杂性格——“陈奂生性格”的描写，提出或暗示出相当要害的社会问题——农民问题。他把中国革命中农民运动的至关重要性，同农民的不幸遭遇“联系”起来；把农民的历史责任感，同农民对革命的不大理解、甚至麻木“联系”起来；把农民对党的感激和信赖，同党的农村政策脱离实际“联系”起来；把农民的忠厚老实，同基层干部（的）作风不正“联系”起来；把严重的问题是教育农民，同问题的严重是接受农民的教育“联系”起来；最终，把中国农民的命运，同党的十一届三中全会的路线“联系”起来。这一系列高晓声式的“联系”（如上文所引的他的格言：“联系——也许是文学创作中揭示人物本质的极好方法。”），像“醒世恒言”一样振聋发聩。中国问题，中国的现状，普遍地表现为农民问题和农民的现状。不了解中国七八亿差可温饱的农民，就无法了解中国。农民有长处，很可宝贵的长处，也有弱点，甚至是很可怕的弱点，陈奂生和“陈奂生性格”说明这一切。高晓声说过：“他们的弱点不改变，中国还是会出皇帝的。”①这话深刻，像一枚银针扎中穴位。马克思曾经深刻（地）指出过：小农是不能代表自己的，一定要别人来代表；而他们的代表，一定要同时是他们的主宰，即高高站在他们上面的权威。他们希望主宰自己命运的权威，赐给他们雨水和阳光。② 和马克思笔下的小农相比，陈奂生到底进步了多少呢？多乎哉？不多矣！由此可见，改善和加强党的领导，同教育农民发展生产和解放思想，缺一不可，而又何等迫切！必须保持清醒：艰苦的工作摆在人们面前！

可欣慰的，是让人可笑的陈奂生，终于哭了。

当他打扮停当二次上城找吴书记时，堂兄陈正清对他启蒙，做政治思想工作：“你想发财叫别人犯错误，这不是缺德？”——陈奂生哭了。他当年饥肠辘辘，也不曾落泪，此刻却哭了。“你是被别人吹胖了。要当心被吃掉！人家捧你，是要利用你。你当你真的本事就大了？……结果呢，梯子一抽，跌个半死。……趁早醒醒吧！”——陈奂生呜咽了。

陈奂生不再上城，他回来了，想必实心实意搞包产，这是“陈奂生性格”出现的光明。

这光明必将继续增加，党的十二大文件必将使陈奂生茅塞顿开。我想当高晓声忍不住要写《陈奂生入党》时，局面就会大大改观。

---

① 《谈谈文学创作》，《长江文艺》，1980 年第 9 期。

② 见《马克思恩格斯选集》第一卷，第 693 页。

当我们跟随陈奂生重温一系列的怪现状之后,我们拍案惊奇,忍俊不禁,感情起伏;我们高兴,转而变得沉重。陈奂生的周围,汇集了我国新时期开始的年代里农村变革的图画;陈奂生的形象,反映了这一深刻变革在农民心里所引起的反应。陈奂生是近年我国文艺创作中较早出现的(《"漏斗户"主》比何士光的《乡场上》早发表一年半多)、少有的、天才的艺术典型。"陈奂生性格"将会像"阿Q精神"那样,成为中国革命(其力量和局限)的一面镜子,成为中国社会主义革命中农民的美质和弱点的一面镜子。

这样估价和预言是否溢美之词?像我这样年纪的人,也还见过饥荒和饿殍,也还见过求乞和请愿;见过土地改革、合作化运动、大跃进、人民公社、三年困难和农村四清;也见过"文化大革命",而且积极参加,奴性十足而又叱咤风云;现在正为农业生产责任制欢欣鼓舞;见过无数个陈奂生,而且蒙受过他们的恩泽。因此,我的估价和预言,也许有点道理。

1982年9月26日

——原载《北京师范学院学报》1982年第4期

冯骥才

中国文学需要“现代派”！

——冯骥才给李陀的信

李陀：

你好！我急急渴渴地要告诉你，我象喝了一大杯味醇的通化葡萄酒那样，刚刚读过高行健的小册子《现代小说技巧初探》。如果你还没见到，就请赶紧去找行健要一本看。我听说这是一本畅销书。在目前“现代小说”这块园地还很少有人涉足的情况下，好象在空旷寂寞的天空，忽然放上去一只漂漂亮亮的风筝，多么叫人高兴！

当前流行世界的现代文学思潮不是一群怪物们的兴风作浪，不是低能儿黔驴技穷而寻奇作怪，不是赶时髦，不是百慕大三角，而是当代世界文坛必然会出现的文学现象。尤其当这种思潮也出现在我们的文坛时，不必吃惊，不必恐慌，不必动气，也不必争相模仿。它不过象自然科学中的仿生学那样，属于独自一个门类。对于它，可以兴趣十足地去研究，也可以置若罔闻，决不会影响吃饭、睡觉、开会和看戏。而最近两三年我们文坛涌起的这股现代文学思潮，已经成了各种日光汇集的焦点。在它受到赞成或反对的同时，也受到注意。

有人视之为西方腐朽文化对我国文化的有害影响，有人担心我国文学的民族性因此受到冲击而面临“洋化”之危，有人则认为此种文学不能为中国大众所接受而把它当做异端……这些问题，行健在他的小册子里都做了具体又翔实的正面回答。在此，我只想对你谈些由此而引出的我个人的想法——

一、现代世界文学中，最惹人注目的莫过于本世纪初崛起的“现代派”。文学的“现代派”和音乐绘画中的“现代派”一样，是历史的反映和时代的产物。就如同恐龙时代不会出现人；人是宇宙在无头无尾的时间里，经历无数年头才渐渐演变而成的。文学中各种现象的产生也同此理。任何事物出现都有环境因素，天才也是应运而生的。这方面，行健在他小册子中《小说的演变》一节也有很好的论述。本世纪来，社会发展，科学倡达，工业革命，生活内容的变化，影响到人们的意识、思维、审美,以及生存方式;也自然影响到文学艺术中来。而最本质的则是影响到对文学艺术这一概念本身的理解。

不同时代人对文学艺术概念的理解是不同的。在十九世纪的现实主义文学形成之前,人们大多把小说和故事归为一体;而当代某些人就不满足这种上世纪所流行的有头有尾、中间有起伏高潮的小说写法了。他们认为生活中所遇到的事情并非如此;人的大脑活动方式是流动的、跳跃的、纷杂而不连贯的,作家应当遵循人的正常思维活动方式来写作。当代的乔伊斯、福克纳、沃尔夫等人都这样尝试着做了。于是人们称他们为“现代派”。

这一改革实际是文学上的一场革命。尽管人们现在还在讨论他们的得失。

从表面上看,小说的形式变化最大。在文学艺术中,人们是通过形式来接受内容的。因此有人称之为“形式主义”。而形式变化只是表象,变化的根本却是对文学概念本质的新理解。

单就文学艺术的形式来说,是具有一定程度独立欣赏价值的,即在我们确认形式为内容服务的同时,形式美有其相对的独立性。对于个别艺术门类,比如书法,便是一种纯抽象的、以形式表现为内容的古老艺术门类。再有,艺术的形式从来没有定型化。在不同时代,人们会自然而然地将自己时代的审美感融进旧形式中去。敏感的艺术家则提前创造出新形式,注入时代精神,改变人们的欣赏习惯。这种具有时代特征的审美感是种十分有趣的东西,它并不单明显表现在艺术形式上,甚至表现在人们制作的各种应用物品的样式上。大如房屋、家具、服装,小至茶具、灯罩和衣扣上。大褂虽然穿着舒服,现在连相声演员也很少穿了。单说近三十年汽车的外型就有很大变化:五十年代流线性汽车是最富有魅力的;到了六十年代,宇宙飞船出现,不知为什么,人们都公认那种车尾巴呈双翼形翘起来的汽车最具有时代感;而今,最新式的汽车外型则倾向于又扁又长。文学艺术家们是对形式最敏感不过的了。他们既是内容的创造者,也是形式的创造者,必然要对自己已经习惯了的形式进行程度不同的改造。

为什么现代派文学艺术出现不久,就在世界广泛的地区受到承认,并得到各自不同的发挥?这大概是称它为“时代的产物”最好的例证和说明。我们当然要看到西方现代派文学艺术所包含的某些不足取的东西。比如西方社会症结在文艺中的反应:荒谬消沉的情绪,混乱的哲学观念,玩弄技巧的无聊做法;但我们并不能因此就以“没落颓废的艺术”一言以蔽之。人类文化中,各社会、各民族、各地区,有区别处,也有共同性;有的相互排斥,有的则应该互相吸收。自古如此。

现代派文学也是当代文学中一个重要的学术问题,而且已经成为我们当代文学研究项目之一了。对待学术的正常态度是研究,而不是在研究之前先下结论,永远把自己封闭在自制的茧套里。因此，行健在这方面所做的研究十分值得重视，尽管是“初探”。无论何事，迈出头一步总是艰难和了不起的。

二、应该说明，现代派并不象某些人理解的那样：似乎它已成为当今国外文学的主流。迄今它在各种文学样式中只占一个席位。其它如现实主义、唯美主义、浪漫主义、自然主义等，及其隶属各流派，皆各有各领地，各有各读者。范围大小都由读者多少而决定。文学和读者之间的关系是再公平不过的了，只有自愿，毫无强迫。正如西方的画坛，决不是给抽象主义所统治；乐坛也不是“摇摆乐”或“嗳乐”的一统天下。当然，现代派又是占最惹目的一席地位。由于它违反了人们长久以来惯常的欣赏方式，更由于人们对它还在争执不休。争执的中心，总是注目的中心。自从本世纪初现代派出现以来，它一直没在自己的席位上坐稳。原因有二：一是人们接受一个新事物总需要一段较长时间，二是现代文学艺术始终没有定型，现代社会发展快速，总有新的潮头涌起。但毕竟有这样一个事实：人们承认它的存在了，每位现代派作家身后都有不少追随者，一大批读者对它喜爱如狂。如果我们把这些读者看成无知而寻求刺激的傻瓜就完全错了。晚清期间，有人看见“洋火”（火柴），大惊失色，拔腿而跑的蠢事再不该做。现代派已经确立，就象当年被贬斥为“印象派”的画家莫奈、凡·高、德加、雷诺阿、马蒂斯、毕加索等人，如今无人再说他们胡作非为，他们的作品在各国博物馆里，也象伦勃朗、米叶、鲁本斯、大维特、提香和戈雅等人的作品一样受到珍视。取得历史的承认之前，先要接受历史的检验。历史的检验便是公众的目光和时间的丝缕编织成的大筛子。

你比我更清楚：现代派不是一个单独的流派。它是从古典现实主义中间脱颖而出的一股现代文学思潮，其中各派各系，如同网状支流，多不可数。而现代派一词，则是对这股分支多股、流向一致的现代文学思潮的广义的概括。人们都在寻找自己最便当、最得力、最好驾驭，同时最有个性的表现形式。在很大程度上带有试验性。有的现代派作家用各种文字夹杂写作，旨在表达人们在文化上的联系；有的以阐发梦幻，表现比现实更丰富的境界；有的则将神话做（作）为哲学观的形象解释，如是等等，有人成功，有人失败。有人从现实主义跳入现代派，也有人——象阿拉贡那样在“超现实主义”中洗个澡儿又跳回早期现实主义营垒中去。有人试图把现代派某些手法与现实主义方法结合使用，在此之外，依然有大批作家遵循现实主义的方法写作。作家主要受读者承认，文坛企图冷淡某位作家也做不到。如果一位作家被寂寞了，原因主要在于他的作品：或是质量下降，江郎才尽；或是思想僵滞，艺术上拿不出新东西来。当然，也有的作家死后才受到承认。那需要在艺术上的真知灼见，坚韧的自信心和不求闻达的对事业的献身精神。这可不是件容易做到的事！

你瞧，我扯远了。言归正传——

三、在结束“四人帮”统治、走向社会主义现代化社会的伟大历史转折中，政治清明带来了人们思想上的空前活跃。有人称这是中国近代史“第三次思想解放运动”。此话十分有理。这是一次非人为的运动，唯其如此，才具有真正的生动性。群众的思想如同江海翻腾，形成社会前进的巨大能源。这一运动，直接而有力地影响了文学。题材内容的广泛深刻的(地)开掘，必然使作家感觉到原有的形式带有某种束缚。新一代读者有自己的思想特征、兴趣特征和爱好特征。再加上生活面貌、节奏和方式的变化，审美感的改变，经济对外开放政策引起人们对外部世界的兴趣和好奇，等等，都促使文学的变化，新潮的出现。至于我们的作家吸收国外现代文学的某些新手法毫不足怪，在三十年代鲁迅先生早给我们做过范例。这不过又是一次“历史的必然”呢！

有人说，某某作家是“现代派”。“现代派”并非洪水猛兽，何以惧之？社会要现代化，文学何妨出现“现代派”？文学改革与社会改革不同，尽管文学史上也有保守与革新之分，但如果今天的作家去写“章回体”也无须反对，搞“现代派”也不会都赞成。它和二十年代剪辫子那种社会改革大不一样。作家对写法，读者对作品，都是自由选择。只要东西写得好，有一定范围的读者群，就可在文坛驻足。文坛可大可小，来者不拒，没有围栅，没有限额，没有固定座位，可以容纳无限。对待文学艺术是需要相当达观的。

我所说，我们需要“现代派”，是指社会和时代的需要，即当代社会的需要；所谓“现代派”，是指地道的中国的现代派，而不是全盘西化、毫无自己创见的现代派。浅显解释，这个现代派是广义的，即具有革新精神的中国现代文学。我们的现代派的范围与含义，便与西方现代派的内容和标准不大一样。而实际上，我们许多作家已经和正在做各种可贵的探索，远远不止于所谓的“意识流”那一种了。如今我们的文学与五六十年代的文学显然已经大不一样了。即使对现实主义的理解，也有进一大步的深入。至于对一些现代派手法的尝试性采用，更是异军突起。对此生机勃勃的局面，我们当然应当高兴——哪怕我们并不都喜欢！值得一提的是，我们对于当前文坛出现的新现象，在理论上似乎研究得还不够。不知(是)由于畏难，还是没有摆脱多年来在创作中寻找符合形势需要的作品写文章那种老一套做法？

高行健的小册子是有实在意义的。它的本身，就是当前我国新文学潮流的反应。作者对这股潮流推波助澜的主观意图也十分明显。因此，他的写法很适合中国读者阅读，没有卖弄他的知识而故做高深，以“独家新闻”吓唬人，竭力深入浅出，写得照样很有才气。我是很佩服的！博知是他的基础，普及是他的目标，做得真好！这小册子，无疑对当前中国现代文学创作会发生作用，对启迪文学青年和引导读者兴趣也会发生作用。我扯了这么多，肯定使你厌烦了。我没有你那种创造性的大脑，随时能飞出一个叫人惊奇又信服的见解来。可能由于我们还年轻，对人云亦云和老生常谈没有兴趣。文学艺术最忌重复，忌学舌，忌仿造。作家的工作和思想家很相象，都应该是寻求、是发现、是创造，由无到有。所以，作品的第一个要求就是“新”！因此，我总想听听你在这方面的想法。我是个精神食欲很强的人，没有新东西刺激我，我就要枯竭。新生活，新思想，新艺术，都要！往往你能给我一些。这也是我给你写信的原因之一。我就此暂停，你就此开始吧！

再有，你若见到心武，请把我这些想法同他谈谈，我也想听听他的高见。别看他神情谦逊，嘴里却不乏新奇见地。不多写了！

此祝

快乐

骥　才

1982 年 3 月 31 日

——原载《上海文学》1982 年第 8 期

李　陀

“现代小说”不等于“现代派”

——李陀给刘心武的信

心武：

记得我们曾议论说，如果大冯看到了高行健的《现代小说技巧初探》这本小册子，不定会多高兴！果不其然。你刚去川，他就给我来信，而且信中只谈一件事，就是《初探》这本小册子。现在我把他的信转给你看看。我爱读大冯的信。每读他的信，我差不多总有那样一种冲动，就是放下他的信以后应该马上去做点什么事，不然心中就总有些愧。这封信尤如此。

“奇文共欣赏，疑义相与析。”《初探》这本小册子算不算得上是一篇“奇文”？我说不准。但它在北京的许多朋友中流传的时候，恐怕大家的兴奋心情中确有“奇文共欣赏”的意思。但我常常想，这种心理还有它不自然、不正常的一面。因为许多人的兴奋和喜悦不仅是由于《初探》是一本读起来饶有兴味、引人奇思遐想的好书，而且还由于它是一本谈小说技巧的书。我不知道你是否还见过别的类似这样专门研究小说技巧的书？（当然我是指在我们国内）也许是我读书少，反正我没见过。至少自建国以来，我们文学界始终没有形成一种分析、研究、探索艺术技巧的风气。应该公正地说，这几年来情况略有好转，文艺批评当中对作品进行具体地（的）艺术分析的文章开始多了起来。但是，这种研究和分析往往是附丽于对作品的主题、人物的评价之后。当然也有了一点专门研究某作家或某作品的艺术风格和艺术探索的文章，如对王蒙。可是这样的文章少而又少。何况这样的文章也不是专门研究小说技巧的。记得我在几次会议上都呼吁过，我们能不能在这么多讨论文艺问题的会议中，每十次中有一次专门来研究、探讨一下艺术问题，特别是艺术技巧问题？其实不只我，别人也这么再三建议过，象林斤澜。可是都如泥牛入海。这其实是很不正常的。我们是个十多亿（最近在进行人口普查，不知结果如何，也许超过十二亿了）人口的大国。在这十多亿人当中究竟有多少人喜欢写小说？这么多人每年又究竟在各种刊物、报纸上发表多少小说？没有确切的统计。如果统计出来一定很惊人，那数字会当然地使我们算做是一个文学大国。然而在这样一个文学大国中居然至今没有形成研究文学技巧的风气，居然至今不把文学技巧当做一门重要的、专门的学问，居然至今还没有出几本(其实最起码也应该几十本)探讨文学技巧的专著，这不是咄咄怪事吗？因此，当我看到大冯把行健的小册子比做空旷寂寞的天空中忽然出现的一只漂亮的风筝时，我完全能理解他的心情，以及他这比喻后面的丰富的含义。那诗意的形象后面实际上是一种无可奈何的急切和辛酸。我真希望《初探》这本小册子能够引起文学界的广泛的注意。我不期望大家都如你我一样喜欢这本小册子，也不期望大家都同意书中的观点，这都不必。我只希望它能做“吹皱一池春水”的“乍起”之风。你说我这是否又是不切实际的奢望？

骥才信中谈了应如何评价、借鉴西方现代派文学的一些看法。这些看法大体我都同意，虽然他的意见中某些“疑义”还应做深入的探讨。有些不同意见我已写信和他约略说了一说。但详细讨论还要等他什么时候到北京来时再说，因为有些问题讨论起来很麻烦。例如关于西方现代派文学产生、形成及发展的历史条件，骥才信中大概提了一提，实际要更复杂得多。这先不去管它。我觉得有一点大冯注意不够，即《初探》这本小册子并不是在对西方现代派文学进行“初探”，而是对“现代小说”进行“初探”。我觉得这一点很重要。也许有人会认为“现代小说”这个概念模糊，不准确，从前没有人这么提过，等等。我却不以为然。首先，从大的方面来说，根据实践的发展，创造新的概念、新的提法，实际上是理论和思想发展的前提条件。看当年马克思、恩格斯为了反映当时那个时代的新的实践，在他们的著作中创造了多少新概念和新提法！如果设想他们没有这种创造性，只是沿袭黑格尔、费尔巴哈、李嘉图、圣西门等人的概念和提法，那还有马克思主义这种思想体系吗？为什么做(作)为马克思、恩格斯的后人却这么没有出息呢？我以为就创造概念的勇气和兴趣来说，我们不妨学学德国人。马、恩在创造新概念和新提法上表现出那样的魄力和才干，和他们是德国人不无关系。其次，“现代小说”这个概念有比较科学的内涵和外延。一方面，它有这样的含义：现代小说和西方现代派小说，有某种联系，或者应该有某种联系。就我们中国现代小说来说，就是注意吸收、借鉴西方现代派小说中有益的技巧因素或美学因素。当然在这个问题上目前有很大争论。有人完全不同意做这种吸收和借鉴，认为这样做就是崇洋媚外或向西方资产阶级文艺思想投降等等。这场争论完全可以继续进行下去。我则赞成大冯信中的观点，甚而比他走得更远，没有他那样的“达观”。我觉得中国现代小说的发展，就艺术借鉴而言，有两方面的营养都是必不可少的：一是我们自己的民族的文学传统，另一就是世界当代文学。这二者缺一不可。对此我坚信不疑。至于什么“崇洋”“投降”云云，我认为都不值一驳。鲁迅和郭沫若,这是中国现代文学贡献给世界的两个大文学家,他们对西方现代和当代文学的吸收和借鉴有目共睹(只是有人死不承认而已),难道他们都是“崇洋”,做了洋人作家的尾巴了吗?为什么他们昨天做的事我们今天就不可以做?另一方面,“现代小说”这个概念又和现代派小说有区别——这个区别对我们来说非常重要。因为我们毕竟不能拜倒在洋人脚下,毕竟我们不能跟在西方现代派文学后面跑,毕竟一切学习、吸收、借鉴的目的都是为了“洋为中用”。实际上,行健在《初探》这本小册子中,正是在这个意义上使用“现代小说”这个概念的。《初探》没有象有些外国文学研究工作者那样,对西方现代派文学的起源、发展、成就、历史局限性等方面做(作)全面的分析和批判,但是它实际上是有所扬弃的。它好象做了某种剥离的工作。西方现代派文学的表现技巧是很复杂的一个体系。从形式而言,当然这是对古典的文学观念和表现技巧的一次重大革新,是新体系取代旧体系。但是,形式和内容往往有着密切的联系,一定的形式又是为一定的内容服务的。例如卡夫卡对现实进行变形的表现手段,是和他对西方文明的危机、荒诞以及它们所造成的对人的异化这一认识分不开的。又如尤奈斯库等人戏剧中的抽象和超现实表现手法,是和他们对世界和人生的绝望感分不开的。那么,这些表现技巧中哪些因素有可能和它们特定的表现内容分离开来,成为我们吸收、借鉴的营养呢?这不能不是一个需要谨慎对待的问题。而《初探》对这一问题做(作)了勇敢而富于成效的尝试。行健用“现代小说技巧”这个提法,就是对他这种尝试的一个概括。它表明我们可以吸收、借鉴西方现代派小说中的许多技巧因素,创造出一种和西方现代派完全不同的现代小说。当然这都是我自己的感受和揣测。至于行健是否自己这么想,还要找机会和他详加讨论。不知你以为我这些意见如何?

记得一九八〇年某月,《文艺报》约集你、我、王蒙、张洁、宗璞、刘青峰几人开过一个关于探讨艺术创新问题的会,后来《文艺报》还刊登了几个人的发言。那个会开得不错。大家对文学创新问题各抒己见,讨论很热烈。其实那样的讨论应该坚持下来,可惜后来难以为继。记得在那个会上,我谈了文学形式的变革在文学发展中的重大作用问题。我有那样一句话,意思是当前文学创新的焦点是形式问题。结果这观点后来被许多文章“不点名”地进行批评,意思是不能把形式的创新说成是什么“焦点”。当时我没有写文章进行“反批评”,但是我也没有进行“自我批评”。因为当时开的那个会,所讨论的问题,乃是“艺术创新”,而批评我的人差不多都没有注意这个大前提。这令人有些烦恼。无论你谈什么问题,有的人总是万变不离其宗,总要把你谈的某一方面的、十分专门的问题变成一个普遍性的问题,然后说你这么不对,那么不对。自读了《初探》之后,我对自己两年前那个会上的发言又做(作)了一次反省,反省结果仍觉得没什么不对。我们生活在一个伟大的转折时代里,这决定我们的文学必定要有一个很大的发展，要形成一个新的文学时期。这个文学时期的光辉，也许将能与唐诗、宋词这样中国文学史上最灿烂的阶段相互映照。那怎么能设想这样一个新的文学时期会不探索、形成自己所特有的文学形式呢？怎么能设想文学形式在这一时期会不发生重大变革呢？你能想象吗？反正我不能。因此，我至今坚持，就艺术探索来说，寻找、发现、创造适合表现我们这个独特而伟大时代的特定内容的文学形式，是我们作家注意力的一个“焦点”。不解决（完成）这个任务，我们必定会辜负我们的时代。

其实，这种寻找、发现、创造已经开始，并在这几年中发展着。几年来我们许多作家创作的许多优秀作品，就是证明。可惜这种寻找、发现、创造没有得到很好的理论上的表现。《初探》想努力弥补这个不足，尽管它只是从一个方面、一个角度。我真希望有更多的人在这方面做更多的工作。

我一向懒于书信，甚至怕写信，但一写起来就又啰嗦不已。我实在由于行健的小册子及大冯的信所动，不能不提笔给你写这些文字，可似乎还意犹未尽。顶好有个什么机会大家一起做促膝谈，那岂不既省事，又畅快。在信息交流手段如此现代化的今天，信这种信息手段实在太原始了。好，不再啰嗦。

李 陀

1982 年 5 月 20 日

——原载《上海文学》1982 年第 8 期

刘心武

需要冷静地思考

——刘心武给冯骥才的信

骥才:

从故乡四川回来,见到了你给李陀的信及李陀给你的回信。我不敢恭维你们的信是“空旷寂寞的天空中”的一对“漂漂亮亮的风筝”,不过,的确如李陀所言,所谓“空旷寂寞的天空”,是指多年来我们文学界(至少是小说界)很少专门探讨技巧问题,在这方面不仅象高行健那样的专著近乎绝迹,就是象你们二位的信这种专门议论技巧的文字,也真是寥寥。所以,尽管我认为你们二位的信中失之于粗疏和偏激的地方不少,难称“漂漂亮亮”,然而我得承认,那毕竟也是“风筝”。高行健放出了好大的一个“风筝”(他那“风筝”确实算得上漂亮——但远非完美),你们二位的小风筝随即升起,先不论妍媸吧,总是一种打破“空旷寂寞”的气象,也即是春天的气象;今天我从刚收到的《小说界》上又读到一封王蒙给高行健的信,也是议论他那《现代小说技巧初探》的,可见在我视野中升起的风筝已多达四个(王蒙的那个我觉得也难说漂亮,只能说可喜),我虽不才,逢此阳春时气,又怎按捺得住心痒呢?故而也写此信,参与讨论,算是给天空再增添一只“风筝”——我这“风筝”很可能不仅不漂亮,而且简直就是一只粗陋的“屁股帘儿”,不过,总也能添上一点热闹吧?

对于高行健的那本书,我已给《读书》杂志写了一篇题为《在“新、奇、怪”面前》的评论,大约最近即可刊出。恳盼你届时能找来一阅。在那篇文章中,我不光赞叹了高行健的许多高明见解,也对我所不能苟同的地方,以及存疑之处,提出了某些批评和质询。在此信中我不重复那篇文章的内容了。我现在只想告诉你:你给李陀的信中的若干想法,我以为其偏颇程度已超过了高行健一书中的不准确、不稳妥之处。

我们之间讨论问题,似不必刻板地摘章引句地加以驳辩。我不想具体地引用你信中的话了,我只想笼统地给你提出:你是仅凭着一股必欲创新、必欲求形式之美、必欲使我们的文学随时代而进化的勇气在发议论,因此你不能冷静,结果你讲述的道理至少显得粗而浅，这恐怕就难免要陷进片面和偏激的泥塘之中。

我认为，至少有这样两个问题，值得你再冷静地加以思考：

一、文学发展的世界性规律与不同社会制度的地区间的文学发展的不同规律，这二者之间的关系究竟如何？从宏观的角度看，世界上各地区、各民族、各国家的文学发展虽然各有其异，但确确实实存在着某些共同性的规律，如在文明史初期都不约而同地出现了神话、史诗，后来都有一个诗歌盛世，再后来又都有一个戏剧的勃兴期，而小说这种形式都出现得比较晚……文学作品最初使用的就是当时人们的口语，后来又大体都有一个趋向于脱离当代口语而书面化的“文言”时期，而到近代，则又都先后重新复归到“白话”……在“比较文学”研究者笔下，不是已经爬（扒）剔出了许许多多从内容到形式上都“不谋而合”的例子吗？所以，我们必得承认：整个世界的文学发展，是有它的某种客观规律的，过去存在着，现在也存在着。因此，世界各地区、各民族、各国家，包括不同社会制度的国家间，它们各自的最好的文学是可以并且应当互相交流、借鉴的，它们作为全人类总文化积累的一部分，是具有同等价值的。

然而，不同社会制度的地区间的文学发展，又有着鲜明而强烈的不同之处，即使社会制度大体相同，但由于经济发展状况不同、作家的构成状况不同、读者受教育程度不同、印刷出版的能力和水平不同等等因素的存在，也会使得各自的文学发展被各自特有的规律所左右。坦率地说，由于我国是一个社会主义国家，我们的文学发展必须在“四个坚持”的前提下行进，〔以及〕我国目前作家的构成状况、读者的构成状况以及整个国家的经济、教育和社会生活结构等因素，都使得我国文学的发展，在现代更具有自身的特殊规律。

我总的感觉，是你过分地从宏观角度——即全世界文学发展的总规律上去看问题，而未能充分地从相对而言的微观角度——即制约现代中国文学发展的特殊规律上来看问题。

比如说，中国农村的面貌虽然在近一两年内有了一个很可喜的变化，就是农民普遍富裕起来了，但农村读者的文化水平和欣赏习惯还很难说有了多大的改变，因此，中国的作家为他们写作品时，尽管也无妨从高行健小册子所介绍和归纳的现代小说技巧中汲取营养，但毕竟还不能一律跌入“现代派”范畴中。不仅农村状况如此，就是一般的城镇居民中、许多工厂矿山和解放军部队中的工人、服务行业的各类服务员、战士，他们的文化教育程度和作为审美主体的欣赏趣味和欣赏习惯，恐怕也还很难消化“现代派”的文学作品。

热烈地欢迎中国“现代派”文学作品，为之欢呼，为之倾倒，或为之争论，为之褒贬，乃至为之不满足而有更高渴望者，大体上还是城市中少数有较高文化素养的工人、干部和技术人员，特别是中青年，又特别是大学生。我当然同你一样，赞成有的作家——包括我们，包括我——有时候为他们创作，因为他们也是社会主义的建设者，在实现现代化的历史任务中他们作出的贡献甚至将比一般人更多更大，因而从这个意义上来说，中国的确需要“现代派”！并且，经过一段（时间）发展，前面说过的那些工、农、兵群众的文化教育水平有所提高，欣赏趣味有所变化之后，他们当中的一部分（注意：不是全部！）也有可能加入到欣赏“现代派”文学的读者行列中来，从而又促进“现代派”文学的进一步发展。不过，不被称为“现代派”而也随着时代前进的作家们，一定仍然拥有最多数的读者，这些读者的文化教育水平提高后不是倾向于欣赏“现代派”作品，而很可能是更倾向于对传统的文学形式提出更高的技巧要求。

二、文学艺术的形式美的总规律与不同门类的形式美的特殊规律，这二者之间的关系又究竟如何？你在给李陀的信中，似乎过多地从文学艺术的形式美的总规律出发，强调形式本身的独立性到了一种近乎绝对化的程度。不错，在文学艺术的某些门类中，特别是你所举出的建筑艺术、工艺设计（如汽车外型设计）等等领域里，有时的确很难说它的形式同它的内容有多少必然的联系，也就是说，透过形式本身所体现出的哲学倾向、政治倾向、伦理道德倾向……如果说不是近乎没有，也是曲折而又曲折、微渺而又微渺的。在大多数工艺美术设计中、某些题材的造型艺术中、书法艺术中、园林艺术中，乃至某些无标题音乐中，形式美也往往（当然不是全部）具有相当程度的独立性。然而一到文学领域，特别是一到小说这一品类，似乎就很难把内容与形式这么清爽地分开了。显然，小说这一诉诸读者第二信号系统的东西，在体现形式美上有着它的特殊规律，这一规律的特殊性，是必须加以仔细研究的。

我以为高行健在他的小册子中，是比较注意细致地研究这一规律的。他很少象你那样在肯定西方现代派作品时，因为欣赏其形式的奇突诡丽，便禁不住过多地去肯定它们的内容，他似乎是尽量把那形式美拆卸为诸种技巧元素，加以考察，这样让人觉得他是学到了斯大林研究语言学的启发。语言本身不是上层建筑，没有阶级性，只有当使用语言的主体（人）把字词句联起来表达一个完整意思时，才有可能体现出一定的政治倾向、阶级感情或道德观念，因而对于任何一个阶级的人来说，掌握好语言都是必要的，在这过程当中无妨互相学习、借鉴。现代小说技巧（不是整个形式本身）也应当看作是没有阶级性的，因而对于任何一个国家、民族的任何政治信仰和美学趣味的作家来说，他都无妨懂得更多的现代技巧，从而在储藏最丰的武器库中从容选择最新的优良武器，去丰富和发展他征服读者的魅力。

当然，小说的形式美在多大程度上与内容相联系，这形式美应“拆卸”为多少“技巧元素”，“拆卸”到什么程度这“技巧、元素”方具有一种超意识形态的功能，等等，都还有待于进一步研讨。

李陀给我的信，有的意见我很赞同，如他认为我们文学界开会，每十次会中至少该有一次是专门来研讨艺术问题，特别（是）技巧问题的。但他至今坚持认为“当前文学创新的焦点是形式问题”，我却以为亦属偏颇。当前文学创新，如题材的进一步开拓，人物画廊的进一步丰富，哲理思考的进一步深入，等等，难道都应摒除在“焦点”外吗？我将另信同他探讨。

盼你复信驳我！

刘心武

1982 年 6 月 8 日

——原载《上海文学》1982 年第 8 期

徐敬亚

崛起的诗群

——评我国诗歌的现代倾向

一　新诗现代倾向的兴起及背景

我郑重地请诗人和评论家们记住一九八〇年(如同应该请社会学家记住一九七九年的思想解放运动一样)。这一年是我国新诗重要的探索期、艺术上的分化期。诗坛打破了建国以来单调平稳的一统局面,出现了多种风格、多种流派同时并存的趋势。在这一年,带着强烈现代主义文学特色的新诗潮正式出现在中国诗坛,促进新诗在艺术上迈出了崛起性的一步,从而标志着我国诗歌全面生长的新开始。

1. 诗歌自身审美价值的凸现

二十世纪七十年代末,中国上空升起了现代化的信号。社会主义思想的复归,禁锢社会生活和社会生产的锁链的崩裂,同时在外界现实和人民心目中急遽进行。社会涌起了新的心理浪潮,作为精神价值存在的诗歌艺术,受到了社会审美力的猛烈冲击。

新诗,这个在十年动乱中几乎被异化到娼妓的艺术生命,尽管在一九七七年至一九七九年那起死回生的三年中得到了奇迹般的苏生,尽管"五四"以来的艺术传统几乎全面地得到了恢复,使新诗在一九七九年出现了六十年来少有的繁荣局面,但在复杂的社会心理面前仍然显得相当软弱。短短几年!觉醒了的诗人们又亲眼目睹了大量诗篇昙花一现的衰亡史。一篇篇作品,今天翠绿,明天枯黄,不能不使人深思。当直接干预生活的政治性兴奋消逝之后,敏感的诗人们便把思考的方向逐步转向了诗歌本身。一九八〇年初,正当诗歌理论界还仍在诗的外围作战的时候,刊物上已经开始零星地出现了引人注目的、角度新颖的诗。

艺术的变革,首先是内容和情感的更新。诗要发展,必须首先取得艺术思考的权利,必须确立诗在生活中正常的地位。经过一九七九年猛烈的思想解放运动,诗歌内容的转移完成了最初的一步，接下去的脚步——就是“艺术”！

生活的否定力是巨大的。有几亿人经历了对社会的重新认识之后，平庸、雷同的诗情和陈旧的形式，再也引不起读者们新鲜的审美冲动。那些廉价的诗情崩塌之后，大量诗歌的艺术价值就所剩无几。社会的审美变得这样苛刻，人们对于诗的艺术形式产生了一种具有破坏力的期待（这种期待的力量同样是巨大的！）。于是，中国的诗人们不仅开始对诗进行政治观念上的思考，也开始对诗的自身规律进行认真的回想。

进入八十年代，诗，带着一种艺术上的沉思与苦闷……

2. 一种新鲜的诗，出现了

从一九七九年起，人们就已经感到：中国新诗的这次复兴，不会再是简单的恢复。那时，在诗坛的合唱中，就已经出现了某些不谐和的音符。这些诗，角度新颖，语言奇警，结构不凡。当时，由于它们混杂在喷发出来的潜流式的诗群中，人们又处于高亢的激奋期，沉溺于内容与情调上的兴趣之中，当时的诗歌界还不可能对这些诗作出艺术上迅速的反应和深入研究。它们当时出现的频率较小，多数散见在各地新涌现出来的地方刊物上。人们并未在意，顶多也不过是说：似乎青年们在写一种古怪的诗。

代表我国新诗近年来现代倾向的第一首公开发表的诗是《回答》——在歌唱“四五”运动的高潮中，它被刊登在《诗刊》一九七九年三月号上。之后出现的《致橡树》、《这也是一切》、《祖国啊，我亲爱的祖国》、《不满》等与之先后呼应。

九八〇年起，这些诗引起了诗歌界以至整个社会的注意，并且在青年们中风行。

那么，它最先引起人们注意的特点是什么呢？

扑面而来的时代气息，痛切中的平静，冷峻中的亲切。时代的大悲大喜被他们转换成独白式的沉吟。感受生活的角度与建国以来的传统新诗迥然相异——诗中，细节形象鲜明，整体情绪朦胧；内在节奏波动性大，类似小说中的意识流手法；结构奇兀闪跳，类似电影中的蒙太奇；语言，似乎可以擦亮读者的眼睛；一个平淡然而发光的字出现了，诗中总是或隐或现地走出一个“我”！

3. 不可遏止的现代文学潮流

十九世纪末到二十世纪初，在西方各国出现了一个普发性的艺术潮流。各种艺术种类都发生了新的变化：小说中的意识流；电影中的无情节；音乐中的无调音乐；戏剧中的荒诞手法；美术作品中的抽象。诗歌在这个历程中出现了新的众多流派。这股潮流（被）统称为“现代主义”艺术，广泛蔓延，一百多年来，仍绵绵不绝。

这种以反古典艺术传统面目出现的新艺术，注重主观性、内向性，即注重表现人的自我心理意识，追求形式上的流动美和抽象美；他们反对传统概念中的理性与逻辑，主张艺术上的自由化想象，主张表现和挖掘艺术家的直觉和潜在意识。我认为，这是继文艺复兴和浪漫主义运动之后，在世界范围内文艺的一次重大变革，是人类物质文明发展到一个特定阶段的产物。正如资本主义经济的兴起带来了文艺复兴一样，现代艺术的出现，是现代生产方式和生活方式的必然结果。

过去，我们总是强调它是资本主义走向没落时的精神产物，对它艺术上的合理性几乎没有进行研究和分析，致使我们三十年来对西方艺术的整体认识，仍停留在一百多年前的浪漫主义时期。如果说，我们过去的惊愕（包括愤恨）在它诞生之初还有一些道理的话，随着时代的发展，今天还重复那句老话，就难以说服现代的青年人。

人类的艺术，要不要千秋万代地囿限在现实主义与浪漫主义之中？要不要，或者可不可能，逐步地脱离"具象艺术"走向"抽象艺术"？再退一步说，允不允许出现一点"抽象艺术"——这不仅是对世界艺术的估价问题，也关系到我国文艺发展道路，关系到如何认识当前作品中已经出现的现象。

中国现代艺术的萌芽，可以追溯到本世纪二三十年代。当时的中国，各种艺术品种刚刚草创，刚刚脱离文言的白话文学还带着封建主义古典艺术的病态！以后的外族入侵、国内动乱，终于（最终）使中国现代诗歌产生的一点点可能性遭到泯灭。

七十年代末、八十年代初，在中国，每一扇艺术大门中都涌出了新的变化；小说、美术、电影，包括诗，都泛起了现代艺术的新萌芽。时代的指针告诉我们，艺术总要发展，不仅数量上！

4. 新诗艺术，从第六十一年全面起步

新型诗歌的出现，震动了按照习惯道路安步当车的诗坛。近年来，各种风格的诗人都在探索，有些人试图在"古典＋民歌"的基础上对新诗进行改良，但却久久地苦于徘徊，几乎没有一点儿突破。旧的手法落伍了——同一形式经过几辈人无数次地（的）冥思苦想，再也难以有什么新鲜的突破。

青年，成了新倾向的热烈追求者和倡导力量。中国诗坛找到了一种新形式的喷发口，全国涌现出了一大批青年诗人：北岛、舒婷、顾城、江河、杨炼、梁小斌、王小妮、孙武军、傅天琳、骆耕野……同属于这一倾向的年轻人名字可以排出一串长长的队形。中年诗人蔡其矫、刘祖慈、孙静轩、雷抒雁、刘湛秋、顾工、公刘、李瑛等都程度不同地属于这股新诗潮中的涌浪。在全国各大学及大城市的青年工人中形成了一批创作群。

有人说，一九八〇年中国诗坛是平静的，甚至说是停滞的。这无论从创作和评论哪方面讲都不能成立。这种忽视诗的艺术变化，而仅凭诗的声音大小强弱和呼声高低来作裁决的功利性判断，只能说是拙劣论者的一种伪审美。如果说一九七九年新诗主要在内容上得到了成功，那么一九八〇年，诗则获得了艺术上的全面进取，这是一次新鲜萌芽的丰收。记住吧，一九八〇年，尽管是噪乱的、富于争论性的一年。

二 新倾向的艺术主张和内容特征

任何艺术流派的兴起，都必然是以新的角度对生活、对艺术的一次新理解，必然是对彼时代人们心理的某种反映。七十年代我国思想猛烈的变革性冲动，给予了艺术革新者以足够的勇气，推动了一代人艺术感觉的觉醒。一批青年最先起来，撼动了我们过去不敢怀疑的一系列诗歌理论柱石——这是产生新鲜诗歌的前提与条件。

目前，由于各种原因，青年及部分中年诗人，还没有更多机会发表和形成自己完整的艺术理论，他们的主张更多地还是靠诗来作宣言。虽然目前这种倾向还呈现着多种流派的共孕现象，但绝大多数人在很多根本问题上表现了相当惊人的不约而同性。他们共同地向没有脚印的地方走，共同地把“古典＋民歌”派作为区别对象。

（一）艺术主张

1. 对诗歌掌握世界方式的新理解

“艺术反映生活”，这是我们多年来恪守不变的现实主义原则。但如何反映呢？长期以来，我们对此原则作了教条主义式的理解，“反映生活”变成了单纯地“描写生活”：

头上
焊火喷光！
脚下
风铆铿锵！
一片沉重闪电中
我们挥汗造桥梁。

在六十年代，诗就这样成了“镜子”，成了一味映照外在世界的镜子，而八十年代的青年诗人说：“诗是一面镜子，能够让人照见自己”，“诗是诗人心灵的历史”、“诗人创造的是自己的世界”——这是新的诗歌宣言！代表了整个新诗人的艺术主张。他们认为诗是“人类心灵与外界用一种特殊方式交流的结果”，认为“反映表面上的东西，成为不了艺术”。这样，就从根本上否定了对生活进行照相式简单写实传统诗歌，请对照两段诗：

啊，小小的红水河……
……你在祖国南疆的山区中前进。

你在崇山峻岭的峡谷中奔波，
……你竟比黄河还要黄，
你竟比怒江还要恶。

在传统新诗中，是不加入多少主观因素的。外界有什么样的色彩、形态，诗中就写什么样的色、形。黄的就是黄的，奔流就是奔流。那么新诗人怎么写呢？

……河水，揉动着粗大的琴弦。
一群小山在阴险地策划着什么
我瘦长的影子被狠狠地打倒在地上
……
淡青色的拂晓
世界停在一个特写镜头里

同是写河写水，后者完全是诗人的自我感受。读者从诗中感受到的不单纯是山山水水的世界，而是诗人躁动不安的情绪。那揉着琴弦的河水，就是诗人自己的化身。这样，他们就彻底脱离了古典主义的模仿性描写和浪漫主义的直抒胸怀，力图在物我之间造成新的存在物——这是对诗歌掌握世界方式的认识的根本转移，冲破了现实主义的画框，使那些被感情浸泡过的形象，依诗人的情感，组合新的形象图，而轻视真实的描写。正是依据这个原则，北岛才在《回答》中唱道："在镀金的天空中，漂满了死者弯曲的倒影"；舒婷对你说："凤凰树突然倾倒，自行车的铃声是浮在空间"；江河才写道："硝烟从我们的头上升起，无数破碎的白骨喊着随风飘散，惊起白云。"（注意！这些都不是想象，而是对外界景物的现实感觉）一种新鲜的诗歌主张一经获得实践，必然会促进诗的新化。心灵与自然之间的门一打开，世界便不再单调。同一件平淡的事物，因千差百异的心灵而变得五色缤纷。同样一条河可以写出一百种颜色、一百种流动的形态。把诗从"图画美"提高到"诗美"，这就从根本上恢复了它的活力！

2. 强调诗人的个人直觉和心理再加工

一位青年诗人这样理解诗的创作过程："诗是非常独特的领域，在这里寻常的逻辑沉默了，被理智和法则规定了的世界开始解体。色彩、音响、形象的界限消失了，时间和空间被超越，仿佛回到了宇宙的初创期。世界开始重新组合，于是产生了变形……诗人通过它洞悉世界的奥秘和自己真实的命运。"这里，夸张显然是强烈的！但作者的用意却是明朗的。他强调了诗人对外界现实主观驱使力，强调了艺术创造者主体对客体的重新组合作用。他突出强调了人类思维对自然形象再支配的主观权利，甚至向理智和法则挑战。这些青年人主张表现"思想深处的熔岩"；表现"高速幻想”；表现“思绪搅动的灵魂”，他们追求“意象直觉感”；主张“向人的内心世界进军”；甚至主张探索诗人“潜意识的冲动”；主张调整我们民族对诗的“感受心理”和“鉴赏心理”、“改造中国诗人的气质”——年轻的诗人们免不了说一些过头的话，而且应该说这样零碎地摆出一些断想式的摘句并不能完整地再现他们的“理论”。他们并不是要脱离生活，而是要求以一种新的方式组合生活。这就使得他们的诗：在抒情方面同传统的理性诗、在描写方面同情节诗大相径庭——比理性十足的诗更富于外在形象感；比情节性很强的诗更富于心灵色彩。因此，这些诗人笔下出现的是被诗人重新点染过了的形象，是被人类的心灵（这是第二颗太阳！）重新照亮了（的）世界。这样的倾向无疑更从总体上符合诗的本质特点，即心灵性。

3. 注重诗的总体情绪

不懂！——这是一些人对某些青年诗的审美判决。他们常常不明白，为什么诗中跳出了很多无关的形象？为什么诗的结尾不点题而不了了之？这，恰恰是反映了人们之间不同的诗论主张。青年们认为：诗是人类生命的强辐射，是诗人情绪的扩张。一首诗重要的不是连贯的情节，而是诗人的心灵曲线。一首诗只要给读者一种情绪的感染，这首诗的作用就宣告完成——所以他们有时在诗中便割断了顺序的时间和空间，根据表现内心感情的需要，随意地选择没有事件性关联的形象。他们的诗往往细节清晰，整体朦胧，诗中的形象只服从整体情绪的需要，不服从具体的、特定的环境和事件，所以跳跃感强，并列感也强。这一点有些像法国印象派画家莫奈，只注意表现光线的效果，至于画面的具体内容倒无关紧要。他们轻视诗的情节性（因为这并不是诗最擅长的、独特的），轻视明朗化的理性表白（致使很多有着陈旧欣赏习惯的读者等待诗的结尾“拔高”、等待作者站出来“点题”的期望遭到失败，于是乎，就不懂！）。应该客观地认为：作为一种诗歌主张，是完全可以成立的！他们运用这种主张创造出来的诗，在实际上确实也吸引了与他们有着同样的审美期待的读者们。当然，他们表现力的完美化与一部分落伍的读者审美趣味的转移与提高将同时艰难地进行。

（二）内容特征

1. 一代中国青年的脚步

青年们写出超过我们传统认识的“古怪诗”，正是因为中国社会曾经出现过一段令我们“不懂”的“古怪的生活”。

青年——这就是几乎全部青年诗的主题指向。关于青年诗的整体内容上的特征，谢冕同志曾做过相当准确的概括——他们对过去生活的回答是四个字：我不相信！（这同西方现代诗歌是具有相似的主题倾向的。）对于未来的生活是无所羁绊的“渴望与追求”！（这又是十足的中华民族的血气。）他们诗的主调是“希望”与“进取”。我这里只想说，这批青年诗为我们留下了十几年中我国青年徘徊、苦闷、反抗、激愤、思考、追求的全部脚印——读他们的诗感觉到有“一代人正在走过”的历史进程感！从北岛的《回答》、《雨夜》到杨炼的《耕与织》、《走向生活，我的诗》，他们展示出了我国年轻一代痛苦而坚韧的步伐，为我国文学史提供了一整套当代青年史诗般的心灵图画，留下了受屈辱、受损害，然而却是压不倒也更骗不了的年轻灵魂们的形象。

青年诗中的“整体青年形象”是什么呢？在中国当代文学史上，有两首相映成趣的诗可以为我们作出全面的回答——北岛的《一切》和舒婷的《这也是一切》。很多人曾把这两首诗作为两种不同的青年形象来理解，那是不了解青年诗人，更不了解当代青年！这两首诗对于全部新诗人的创作思想来说是典型的，是一代人心目中统一信念的两束折光：对假恶丑的彻底背叛与对真善美的执著追求，相辅而又相成地构成了绝大多数青年读者的主题基调——一个把它的一半，即对旧世界的否定排列成十四个“一切”；另一个把另一半，即对正义事业的坚信组成了十三个“不是一切”。（例子从略）

2. 诗中出现了“自我”

如何表现社会心理呢，在八十年代？

每一个敏感的诗人都不能不发现：时代变了。今天，一代人的审美理想和标准变得不可捉摸。一些昔日放着光辉的美丽词语，在读者的眼里引不起一点回光。过去我们含着泪唱出来的歌变得那么廉价。人们变得实际起来。一本正经地高谈阔论总是显得像个傻瓜，振臂高呼或指手画脚地训斥人的诗令人生厌。诗人稍不注意，就会被指脊梁……

一些中青年诗人开始主张写“具有现代特点的自我”，他们轻视古典诗中的那些慷慨激昂的“献身宗教的美”；他们坚信“人的权利，人的意志，人的一切正常要求”，主张“诗人首先是人”——人，这个包罗万象的字，成了相当多中青年诗人的主题宗旨。他们的“自我”，是一个个普普通通的中国现代公民。

我认为，在目前世界上纯粹的个人心理是没有的。第一，随着科学技术的发展，空间和时间都在缩短，社会越来越趋于整体化。作为社会个体细胞的单个人，每一点感受都会有程度不同的社会性（哪怕很少），即形成了诗的社会应和性。第二，从每个人的角度看，社会化了的“人”的凸现，甚至使集团性的意识观念直接侵入到人的潜意识之中，使人们无形中表露出来的本能性冲动都带有很多无形的影响，即浸泡着全部个人意识（外在的、内在的）的那种时代感。这样，社会的、个人的时代局限（或时代的赋予、哺育）决定了我们的“自我”必然带有较强的历史感、民族感和普遍人性。

于是,他们的“自我”深深地回顾中华民族的骄傲和耻辱,共同地呼喊着中国人民的心声。这种具有扩张性的“自我”,有着强烈的社会感染力度!

3. 两种“自我”

重视“人”的自身心理内容,同时又重视“人”与外界的关联的差异,应该是广义上的“诗情”。

有的新诗人把社会上的人分为两种:一种是“意识到了‘自我’的存在”,能够“能动地创造社会、改造社会,而不是被社会改造的人”;另一种是“感受不到自己作为‘人’(应该获得人所应有的一切权利)而存在着的人”。这种分析出现在中国社会全面变革的今天,对于诗歌来说是意义重要的。请对照一下同发表在一九八〇年又同是写石匠的两首诗——《星星》上刘不朽的《访峡中老石匠》和《诗刊》上王小妮的《碾子沟里,蹲着一个石匠》。(诗句例略)同是描写外界生活,可以看出后者的笔触更深刻、更凝重。

4. 复杂主题

打破五六十年代那种“开头描写”、“中间铺陈”、“结尾升华”的传统诗歌套式——新诗人们对主题新处理的思考和探索基点,这一点与另一类诗人的区别是明显的,请看一看同在一九八〇年出现的诗:

齐崭崭,黄澄澄
下连碧野,上接青云
……
我们从中看到了什么?
一颗颗闪光的汗珠
那是社员透明的心……

且不说这种诗情怎样,单是主题就简单得令人难以忍受!全诗的题旨不外乎建立在一个比喻的基础上(而且是老而又老的比喻!):草垛高,草垛里有汗珠——汗珠是社员的心。这种清水煮白菜式的主题,这种起承转合式的老调足以败坏了我们一万首所谓的“诗”!

显然,没有主题上的变异和深化,诗,就不能再前进半步。于是重暗示、重含蓄的诗歌主题处理出现了;多层次、多侧面的主题出现了;“多种意念综合”的主题显现办法出现了;由矛盾心理、交错感情构成的立体型主题出现了;由于写直觉,由于运用象征手段在诗的第一主题后面,诗的第二主题也出现了;这一系列复杂主题、抽象性主题,由于它们的不特指性,就对读者产生了一种从感情上,而不是情节上的吸引。不是理性十足的指导,而是感染!是辐射!是让读者思考、选择!所以,审美的范围就变得海阔天空。

三　一套新的表现手法正在形成

诗坛上，升起了新的美。

于是，通向“美”的道路，就第一次出现了无数种可能性。无数！而不是唯一。

如果说新诗六十年来只走过一条路的话，那么艺术的领域简直可以称为有一千条路的无边原野。正如中国哼了几千年诘屈聱牙的古调子，而世界上大多数先进国家很早就先后脱离了古典主义迈向现代艺术领域一样——当我们新诗伴着苦难的民族，走着一起一伏的曲线时，六十年来，世界诗坛涌现了无以数计的流派。是的，我们今天才发现，诗歌的道路竟那么众多！而我们新诗的足迹总是单线条。如果说前三十年还可以得到原谅的话，建国以来我们不能不对静止单一的局面感到惭愧。三十年来，我们究竟在形式上有多大突破和创新？偌大国度，偌大诗坛，产生了多少有独创性艺术主张和艺术实践的诗人或流派？我们严重地忽视了诗的艺术规律几乎使所有诗人都沉溺在“古典+民歌”的小生产歌吟者的汪洋大海之中。可以说，三十年来的诗歌艺术基本上重复地走在西方十七世纪古典主义和十九世纪浪漫主义的老路上。从五十年代的牧歌式欢唱到六十年代与理性宣言相似的狂热抒情，以至于到“文革”十年中宗教式的祷词——诗歌货真价实地走了一条越来越狭窄的道路。从建国初我们就没有铺开更宽的艺术发展局面。在这点上过多地责难艺术家甚至政治家，都是苛刻的，我们民族的确是背负着太多太重的因袭负担。但是，如果在一切都开始出现转机的今天，我们仍然不清醒地认识已有的荒凉，不扶植珍贵出现的新艺术萌芽的话，将来的子孙们便有理由给予我们以更加激愤的痛骂。

当前，对诗歌现状，有些人提出“崛起”，有些人奋起反对。其实“崛起”并不神秘，崛起就是突破！就是猛烈地前进一步。也许有些人不赞同诗坛出现了新流派，甚至不承认出现了新的倾向性诗潮，但是任何人都不能不正视新诗在艺术表现手法上的变异、变革和突破。前进，是不可否定的，至于前进的幅度，可以充分讨论。三十年来，我们不缺乏惊心动魄的辩论和斗争，我们缺乏的是对诗歌艺术的科学探求。

今天，面对一大批新鲜的诗篇，我们完全可以说它们已经形成了一整套独特的表现手法，促使新诗在结构、语言、节奏、音韵等方面发生了一系列的变革。

（一）以象征手法为中心的诗歌新艺术

A. 象征。对于我们来说，象征并不是完全陌生的。但大量地出现在诗中，特别是以整体性的结构出现在中国诗歌中，却是新诗史上的鲜见。

这一小部分，我的例子首先用北岛的一首诗《迷途》为例，这是被称为典型的“朦胧诗”。全诗如下：

沿着鸽子的哨音

我寻找你
高高的森林挡住了天空
小路上
一棵迷途的蒲公英
把我引向蓝灰色的湖泊
在微微摇晃的倒影中
我找到了你
那深不可测的眼睛

象征手法与比喻手法的根本区别，在于比喻中“喻体”与“喻本”同时并列出现于诗中。如说“美好的召唤像鸽子的哨音”，“召唤”与“哨音”的比喻关系就是明朗的。而在象征手法里，却隐去了被比的事物，诗人只写“沿着鸽子的哨音”，这样就使被比的原体有了一种随意性，这一点正是我国读者所不习惯的。过去我们的诗中偶然也出现象征，但多是小型字句、个别诗行。而今天，在青年诗人中象征常大量出现，甚至整首诗都借用象征的题旨。（《迷途》诗中以“哨音”象征天使般的召唤；以“森林”象征遮挡日光的障碍因素；以“蒲公英”象征共同追求的同伴，或者如同哨音一样的外来引导性力量；以“湖泊”象征追寻的归宿；其中“你”和“眼睛”双重象征着理想物的化身。）

象征手法起于李普斯的“移情说”——诗人把自己的生命信息输送到无理智、无思维的外界之中，心中翻滚的色彩喷出来染遍对应景物。读者隐掉景物的实体，感受到的是诗人的色彩与情绪，这就是象征手法的美学意义。象征是经济的，以《迷途》为例，全诗分为三个部分，分别写了追求、被阻和结局三个阶段，用九行诗完成了一个追求的全过程。如果用写实手法写具体情节，就一定冗长得多、浮浅得多。

象征手法打破了真实描写和直抒胸臆的传统表现方式。它像一道只写出等号一边的方程式。诗人只排出一组组的字母和符号，读者可以把自己的感受带入其中，因而会因读者的不同而产生无数个“解”。这种抽掉了具体描绘、具体感受的诗的不特指性，极大地增强了诗的含量和情绪宽度。

象征手法的运用，带来了诗人抒情角度的转移。舒婷的“我是痛苦，是悲哀”，骆耕野的“我是年迈的城镇，我是拘谨的生活”等诗篇开了这种抒情角度的先河。之后，各种各样的“我是××”大量出现。由于这种方法较为简单，只要以象征物作为抒情出发点就可以了，对新手法开始尝试的诗人，都开始这样做。李瑛的《我骄傲，我是一棵树》，雷抒雁的《不死的普罗米修斯，是我》，说明了这种方式的盛行。但对象征手法运用得巧妙而复杂的却仍是几位青年诗人，他们开始更加零碎而虚幻地在诗中运用。如王小妮的《风还在响》中老头的“棉帽”、孩子们的“纸屑”都是表现第二主题的深层象征物；而梁小斌的《雪白的墙》、《中国，我的钥匙丢了》属于事件性象征；江河的《纪念碑》则不把诗停留在单一的象征类比上，他诗中“我”的虚实结合，隐来隐去；北岛的总体象征较多，如《五色花》、《雪花·微笑·星星》，但也有与顾城相似的细碎意象性象征，如《一束》、《结局或开始》。中老年诗人近年来也有含象征手法的诗出现，如孙静轩的《我们是大运河的子孙》和蔡其矫的《距离》等。象征手法由于它的暗指性，适于表达多层主题和复杂感情，适于表达抽象的意识和情绪，在使用中与其他手法交错起来，构成了诗的朦胧美。目前，这种手法还有待于总结归纳，那首曾引起争论的“令人气闷”的《秋》，其实主要就是运用此种手法。

由于篇幅，对其他手法我只作一下概述，并全以舒婷的诗为例。

B. 视角变幻，使诗歌的创作在描写与抒情两方面出现了变异。描写，如《兄弟，我在这儿》的场景跳跃不定指；《往事二三》以意识切割回忆，被描写对象呈零零碎碎的并列展现。抒情，如《中秋夜》、《赠别》中抒情行节与景物描写的剪辑交杂，很少大段抒发，将感情化为精致的蒙太奇单位，以一二行的数量与其他内容交叠、缭绕起来。总之，诗人运用的不再是单一的长镜头，而是长短镜头结合、大小镜头结合，甚至特写镜头的穿插、变幻。

C. 变形。打破时空的固有顺序。如《回乡》中往事与现实的交错出现（时间上），《往事二三》中“桉树林旋转起来，繁星拼成了万花筒”（空间上），以及“石路在月光下浮动”（将诗人感觉外化出来，改变了对事物原有状态的摹写）等。

D. 表现感觉及意识的原始状态或特殊阶段。即表现直觉和幻觉，如《往事二三》中未经理性加工、直接并列出现的六个单独形象（克罗齐称为直觉品）；表现幻觉、错觉，如《路遇》中，“凤凰树突然倾倒……”这是一瞬间直觉与错觉的交杂。

E. 通感。这种手法的宗旨是扩大感官的审美范围，达到各种感觉的互相流通和补充。如《四月的黄昏》中，“绿色的旋律”（声、色交融）；《落叶》中“残月……漂在沁凉的夜色里”（触觉、视觉结合）。

F. 虚实结合。这是使用较广泛的手法。诗行间，如“我是水车、矿灯”（实）与“我是理想，我是希望”（虚）；句法上，如“波涛与残冬合谋”。

以上这些手法的较大量出现，确是近年来的事。目前，在我国象征手法实用性较强，其他手法，尚正在探索与尝试之中。

（二）跳跃性情绪节奏及多层次的空间结构

也许因为我们是一个老实憨厚的民族，过去我们的诗总是连贯、单一得如同我们起起伏伏的长城。它的基本结构特点，借用一句小说家们的术语，就是“情节性结构”。

现代生活的节奏在加快，诗的结构必然要随着人们的思维的复杂化、立体化而

更新。江河和杨炼两位强情绪型的青年诗人,在这方面做了开创性的努力。看江河的组诗《从这里开始》中的一段开头:

我不是没有童年,茂盛,青春

即使贫穷,饥饿
衣衫破碎了,墙壁滑落着
像我不幸的诞生

沉闷

被爆发的哭声震颤
母亲默默的忍受有了表达

他简直是在随意地划分着段落,哪里有什么固定的分节、字数和韵脚,这一系列的诗的外在束缚都在他的一往直前的情绪辐射中纷纷飘落:

我记下了所有的耻辱和不屈
不是尸骨,不是勋章似的磨圆了的石头
是战士留下的武器,是盐
即使在黑夜里也闪着亮光
生命和死亡没有界限
只有土地,只有海洋
是告别的时候了
是交换凯旋的许诺的时候了

美,必须是"和谐"的,然而对和谐含义的理解也在演变。新的和谐,总会在不谐和的缝隙中出现,促使人们对美产生新的捕捉能力。

诗在结构上的大跨度跳跃与诗行组合上的分解、扩展,是近年来诗人们打破单一性诗情和想象线索而造成的形式突破。

为了避免因举例而引起的本文内容的繁杂,请大家读一下江河的组诗《纪念碑》、北岛的《结局或开始》、赵恺的《我爱》。这里我只举出雷抒雁的《人的颂歌》中的几行:

……
都是这沟回里波动的水
没有美

我创造美

我将创造一个星体

新诗的跳跃力增强，诗行与章节之间出现了新的内在关系。如断层推进式（赵恺的《我爱》、舒婷的《也许》），并列式的意象组合（顾城的《弧线》），以及运用较多的隔节反复的形式（如孙武军的《回忆与思考》等）。

意识流的手法开始出现在诗中。如王小妮的《假日·湖畔·随想》，用心理感觉来串联结构。再看这样一段诗：

玻璃渣子，他再也不用跪啦
（那一天早晨，他又起来浇花）
专案组的牌子，像叶子一样换啦
（那一夜，只有鞭子和他对话）

运用括号，将两件事并行排列，造成几条线索的同时推进，这也是一种新的结构方法。

这些块状诗歌结构办法，其内部粘合力靠的不是事件的客观情节性，而是靠感情流动和逻辑性。

关于诗中的内部空白。

他们诗中出现的往往不是连贯的线，而是断续的点，诗中的空白在明显增多。在江河的段落之间、在杨炼的行句之间、在顾城的意象之间、在梁小斌精巧的片断场景和王小妮印象诗的心理波动之间都出现了很大的空隙地带。这是相信读者欣赏力量的表现。因为诗中最能产生美感的，往往是读者结合自己的想象画出来的图画，作者涂得越满，诗便显得越单调、越定型。现代诗，不应该是黏稠的一块，而应该是跳动的圆点和落差悬殊的阶石，隐在诗后的才是作者感情潜在的连续性。现代读者是有着极巨大期待的（这种审美期待有时会造成强大的否定力量）。有相当数量的诗，就是在读者焦急地跟作者一起爬行的中途被放弃和否定的。而诗中的空白反而会成为读者思维运行起来的启动器。

应该指出，大幅度跳跃，多数是作者精确选择后的结果。

中国诗坛，经过一段长长的整齐排列，诗需要新的组合。实践证明，中国的方块字是富于跳跃感、适于立体结构的。

我们结识了。红河
蔚蓝色地在黑土地上流过
太阳和星星睡在我们的怀里

闪闪发光。颤动着金碧辉煌的梦

点点白帆像纯洁的姑娘们伴随着我们

青年们在探索着。有时他们翻来覆去地尝试新形式,如同频频变换睡眠姿势一样。

(三) 新诗建筑上自由化的新尝试

自由化,是新诗走向现代化的必然脚步。自由—格律—自由,这就是循环着的全部起伏。格律化,需要概括的力量;自由化,则需要勇气、才气与魄力,尤其是在一次长期禁锢之后。

新诗在打破中国古典传统格律之后,几十年来,又形成了新的格律,即四行式的新形式。这种四行一节的形式继承了古典诗歌的基本结构单位,又吸收了西方自由诗的诗行内的节奏美而形成的。但说到底还只是一种现代诗歌的雏形。可以认为它是五七言绝句的现代口语翻译形式。

在几十年的新诗史上,一直存在着自由化与格律化的斗争与竞争,完全开放式的新诗形态从郭沫若起就表示出了自由抒发的优势。解放后,由于我们强调学习民歌,由民歌的传统节奏、韵律带来的四行一节的形式越来越泛滥(包括一些变体,如二、三、五、六行一节),造成了千百首四平八稳的诗,在一定程度上对诗形成了一种束缚。新的创作倾向对此作了相当猛烈的冲击,基本冲开了一个大缺口,现代人的情感流动起来了,出现了一批不拘格式、不讲严谨排列的新型诗(例子略)——诗行忽长忽短,每节有多有少,章节安排几乎无规律可循,一诗一样。这种自由格式适于表现各种型号的情绪,如果一概置入到四行一节的诗中,就一定会失色。如:

这里有沟鳞鱼,有恐龙,
有巨象肋骨,树叶和草丛,
有波涛起伏的旋律,
旋律中小鱼在快乐地游泳;
还有某一天的落霞残照;
还有某一次的雨后长虹;
还有盘古的巨斧,后羿的镞,
或者,还有不死的胚芽准备滋生……

像这样自由舒展的并列叙述,有必要一定按照四行一节切割开来吗?中间有必要空一行吗?很明显"四行体"妨碍了思想的连贯性,中间又几乎产生不了跳跃感。

近年来的诗歌建筑是五花八门!四行一节、四行一节的小火车式的运载感情办法已经(让人)在瞠目结舌。

为什么会出现这种倾向呢，道理何在？

我认为，写新诗不能像古代人那样依一定格式填词。现代人的感情波动性大，逻辑关系强而多变。诗，作为感情流动后的文字定型，建筑结构要依存于诗的内在情绪，即遵从于诗的内心节奏，用文字方砖修筑心灵曲线，或起伏，或断裂，外化出来才是真正的诗的形式结构体。简单地图解一下：

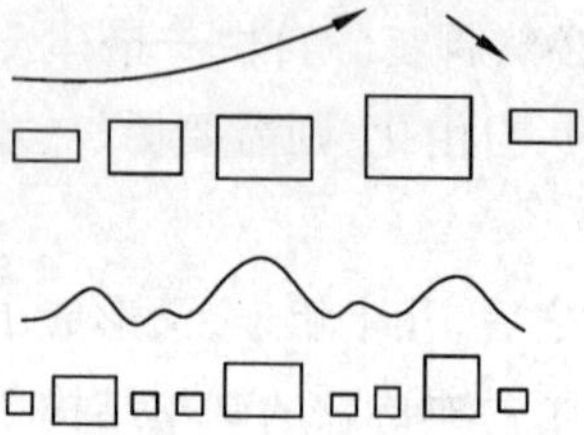

情绪节奏
诗的结构

情绪的起伏造成了结构上相应的长短大小变化。而如果像下面这样就会多么不谐和！

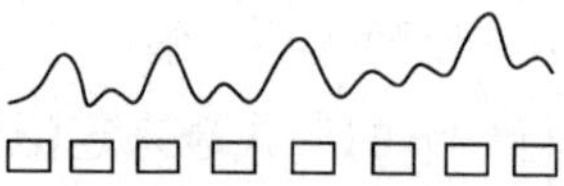

波动起伏
的情绪曲线
规整一致的
四行一节结构

固定不变的行、节、段，适于叙事性较强的诗。

至于格律，将来是一定会形成一些的，但那是以后的事。目前的创新在于突破，在于尽多、尽丰富地展示。值得人高兴的是，很多诗人正从“诗匠”的心理中解脱出来，自觉地按照诗的内在节奏布局章节。

（四）韵律、节奏及标点的新处理

传统的诗的韵律正在被打破，三十年代艾青等人单枪匹马做的事，今天已随处可见。戴望舒说过的，诗韵律不在字上，而在情绪和诗情上，今天才有了更广泛的实践。

总的来看，建国以来的多数新诗，包括自由化了的新诗，基本上没有脱离古典诗词和民歌的声韵规律的支配。像贺敬之的阶梯式，形式变了，押韵的方式没有变（由两个大节奏，或者四个大节奏组成）。而现代诗的声律特点，在于依从诗行内在的旋律，不借助外在的脚韵的声音循环美。

在现代社会，一部分诗已由“听觉艺术”转向“视觉艺术”，促使诗去寻找新的声律手段，尝试新的审美媒介的创造。创作实践证明，我们再不能把“分行”和“押脚韵”作为诗的唯一特征了。必须重视诗的各种内在美，包括诗行中的声音美。今天看来，似乎脱离开传统音律的束缚，也完全可以创作出优秀诗篇。否则，为什么江河的《纪念碑》组诗，完全没有一致的韵，完全没有定规的字、行数和循环的声音节奏，而竟那样深沉、凝重?!

当前,完全打破脚韵的诗很多;除艾青、蔡其矫等老诗人外,一批青年在写着没韵的,或“平韵”(基本没有一致的韵,间或有几个重复共鸣的尾字,如梁小斌的《金苹果》)的诗。

有一些小型或超小型诗的出现,把传统诗律赖以存在的理由冲淡到近乎消失的程度(比如三行、二行,甚至一个字的诗!)。诗正在思索着附加给诗的声音珍珠——也可以说是声音锁链的韵的规律,究竟应该怎样佩带。无韵的美把创作功力从每行的最末一字伸向诗行内部而带来的新成!由于抛开了尾韵而带来的“视觉艺术”而不是“听觉艺术”的特有魅力——正在从一些中青年诗人笔下向外传播……

节奏。主张口语化,重描写的新诗人们的作品,形成了“自然”、“清丽”的节奏主调,另一类强情绪型的,变形较大的诗人形成了短促、顿抑和凝重的节奏特点。总的来看,他们的节奏徐缓、沉稳,起落较大,有一种淡淡的平静,并没有振臂高呼的旋律。读他们的诗,感受其间的节奏美,总使我想起很多现实中的青年,表面平静,甚至有些冷漠,但内心却总有一种东西流动着,流动着。

标点符号,作为诗的分界物,主要有两个作用:

1. 指示停顿(包括指示停顿的时间);

2. 标志感情色彩或语气。

在现代诗歌中,标点符号作用的被忽视,我认为具有一定的合理性。诗,是分行的文学样式。分行排行,这就在很大程度上减弱了标点的停顿功能。再则,现代诗歌注重诗意的不定指、暗示和抽象性。有时,一些标点难以准确标出,而要求读者去体味,随意而安。所以,“句号”与“逗号”在现代诗中遭到一定程度的抛弃,实在是一件很节约的事情。

如前所说,随着人与人之间交往的日益工具化,诗,越来越多地由“听觉艺术”转为“视觉艺术”。有些诗,由于内在的复杂性,难以诉诸朗诵,只能平面排列,以固定的书写印刷形态保持“诗意”。从这个意义上说,相当多数具有现代倾向的诗人舍弃标点,首先是相信读者的文学素养,为了扩大诗的不定指含义;另一个目的,恐怕也是为了取得诗的排列美——一种干净、素洁的美感。他们中有的人全部不用(甚至在诗行中的空白处也不用标点)!多数人保留了标志感情的问号、叹号、破折号和删节号,这确实使诗的排列产生一种纯净的美,而且似乎并没有因为标点的丢失,带来欣赏上的困难。

四 新诗发展的必然道路

现代倾向的兴起,在新诗历史上是意义重大的。它在我们多年的空白地带留下了新鲜的脚印,使被撂荒多年的某些艺术领域焕发了一片淡淡的新绿。(1)在短短几年中,产生了一批较为一致的典型作品;(2) 提出了一些诗歌里过去不曾注意的艺术主张;(3) 形成了一套与传统新诗不同的表现手段;(4) 涌现出一批有胆识、有才气、有独立艺术性格的创作群;(5) 在读者中,特别是青年和知识界中,产生了较大的轰动和影响;(6) 他们的创作打破了沉闷的空气,引起了理论界和整个社会的关注,促进了新诗研究工作的进程,带动了一部分最敏感的艺术力量,启发了一代文学青年的艺术感觉。他们的创作表明了新诗道路的其他可能性,在诗坛上争得了具有权威性的一席地位。这股具有现代倾向的新诗潮,与同时在中国兴起的其他艺术门类中的现代萌芽一起,归入了东方和世界现代艺术潮流。

新倾向的发展是很难的。“不懂”! 是社会一再喊出的惊异的抗议之声。一些人说它是二三十年代的“沉渣泛起”,一些人说它是从西方诗歌中拾来的破烂货,不给予它以“创新”和“探索”的称号。而这——是不公正的。

1. 它,是中国的

作为一种创作倾向,它经过了较长时间的孕育。最早的源流可以追溯到一九七六年的天安门诗歌运动。从全国范围看,有着惊人的不约而同性——而且,值得新诗研究者们注意的是,它的发生不是在中外文化交流的繁盛时期,恰恰是在我国文艺道路最狭隘之时,在闭关锁国的禁锢年头。新倾向的主要力量——一批青年,在文化生活极其贫乏的境地里,甚至在中国的土地上总共没有几册外国诗集流传的情况下,零星地,然而是不约而同地写着相近的诗,就连那些在中外古典主义和浪漫主义诗人作品的熏陶中成长起来的中老年诗人们,也在写着相近格调的诗——一种新的诗潮就是这样在“帮派诗”和“红色诗”的充斥、横行中带着一种必然性生长起来。

研究和评价任何艺术潮流,我们都应该面对它的真正灵魂——主导思想倾向。不能仅凭艺术手段上的凤毛麟角作轻率的归类。的确,在艺术手法上,它们与西方现代诗歌有相当程度的契合(注意:是契合)。主要艺术主张是表现“自我”。但他们的“自我”是什么样的“自我”呢? 只要稍作一下对比,我们就可以毫不犹豫地说,它是中国的! 在他们的诗里有对十年非人生活的控诉,有对于几千年民族艰苦历程的痛苦回味,有对于人性解放的追求与呼吁,有对于现代生活方式和生产方式的憧憬。一句话,纵贯在一代新诗人笔下作品中的主导精神是民族自强心,诗中的“自我”形象是要鞭笞黑暗! 是要葬埋过去! 是要“重振民族”的新一代中国青年总体形象(例子略)。这批新诗人伴随着民族本身经历过一场苦难(十年动乱范围之广,使任何一个青年都难以躲避)。中国社会生活特殊一致的整体化使他们诗中的“自我”强烈地受到民族潜意识的影响。他们的“自我”是个人对一代人的兄弟般呼吁! 是以民族中的一代人抒发对外在世界的变革欲的面目出现。这与西方现代诗歌中,那种在大生产高度发展，造成一定程度的个人与社会脱节对抗的“隐私式的自我心理”截然不同。西方诗人多是从游离于社会漩涡之外的纯个人角度来抒写，而中国新诗人却是从阶级（这方面较少）、民族、国家或至少从“一代人”的角度来写诗，绝大多数诗人的“自我”都具有广义性。这种状况也许是我国现代主义文学发展初期的特征。但我们不能忽视我们民族几千年道德观念和文学传统对青年们的无形哺育和制约。

从诗的表面上看，他们对我国古典诗歌和民歌取排斥态度，但他们却无形中继承了这一文化传统的灵魂——我们古代文化中那种“耿直、刚烈、鄙薄功名，蔑视权贵，威武不屈，贫贱不移，献身真理与正义，热爱生活，珍重友谊的中国诗歌中最可宝贵的精神基调”（以上引文见公木《中国古典诗歌中的现实主义与浪漫主义》），并吸收了民歌中温暖、乐观、明朗的色彩，使他们的诗在人和社会、人与自然、人与自我、人与他人的四种关系上根本区别于西方，主调上保持了中华民族的韧性。在他们的诗中，希望的火一天也没有熄灭，从诗中那种与黑暗势力彻底对抗的姿态和与封建意识彻底决裂的内部倾向上看，更具有东方诗歌、拉美诗歌和黑人诗歌的一些特征。

从艺术上看，新诗的这种新发展，是中国诗歌自身发展的一步必然。写印象诗的王小妮并没有读过克罗齐的《美学原理》，诗中却有大量的直觉描写；写《我说真话》的才树莲并不熟悉和欣赏西方的自由体诗，却有打破约束的诗的自由排列；江河的《纪念碑》不同于西方任何一个诗人的作品——难道我们有些理论家，真的就不相信中国这块土地能产生出自己的艺术？难道一切新出现的手法（尽管有些是外国人先创造出来的，总结出来的）就一定是“破烂货”，就一定是从西方捡来的吗?!

中国，曾经历了怎样的民族痛苦啊，十年中，人民失去了正常思维，人性异化几乎达到了人类前所未有的程度。人们不知为了什么……自己打倒自己，狠斗灵魂……在中国这块土地上几乎熄灭了一切人性的火焰！这样大的社会动乱，这样众多的心灵扭曲，不能不形成强大的心灵冲决力量，不能不在这一基础上爆发文学革命！诗，作为人性的最亲密的朋友，作为心灵与外界最直接的连通线，不能不发生转折性的变革！正是那些“吹牛诗”、“僵死诗”、“瞒和骗的口号诗”将新诗艺术推向了不是变革就是死亡的极端，才带来了整整一代人艺术鉴赏的彻底转移——这是新诗自身的否定，是一次伴着社会否定而出现的文学上的必然否定。

在艺术主张、表现手法上，新倾向主张写自我，强调心理；手法上反铺陈、重暗示，具备较强的现代主义文学特色，但他们的创作主导思想从根本上讲，没有超越唯物主义反映论。它们突破了传统的现实主义原则，表现了反写实、反理性的倾向，但他们反对的只是传统观念中的单纯写实，人们反对的理性只是那种对诗的生硬的政治性附加，他们的主题基调与目前整个诗坛基本是吻合的，有突出区别的只是表现方式和手法。即使顾城、北岛、舒婷、江河等走得较远的青年诗人的作品中逻辑线索也都相当清晰：他们注重视觉的图画、听觉的波动、触觉的形态等等在意识的流动中流动。这与李普斯的“移情说”共鸣（仅是共鸣！），但却与他影响西方文学的“艺术的催眠性”区别如云泥；他们强调诗人的直觉，甚至出现了写瞬间心理的诗，但在本质上与克罗齐的“直觉即表现，即艺术”的极端性主张根本不同，诗中都有较强的理性加工痕迹；他们朦胧地主张潜意识，但这种主张在诗中体现不多，他们的思维图像尚且是理智的飘线，实感性较强，没有出现西方现代诗人中的随意性想象；他们主张感情的跳跃和意识流动，但表现在诗中，只是结构的剪裁和推进的幅度稍大一些，至多也不过是出现一点点游离于主旋律的句子，基本上是把理性式的构思通过一些变化表现出来，而在以弗洛伊德的潜意识学说为中心的精神分析基础上产生的某些西方现代化作品则主张“文学即梦幻”，二者本质不同。

在艺术与生活的关系上，他们反对写实，但不主张脱离生活；他们突出地强调诗的审美作用，但并不否定诗的教育作用，相当多数的新诗人强调诗人的社会功利价值，主张“诗人应是战士”，大量作品具有强烈地侵入生活的锐气，一些象征诗、意象诗都富于社会振动性，一些叙事型诗中，灌满了人道主义的呼声。

在语言、节奏、韵律等方面，他们的诗都不超过现代汉语、现代口语的规范标准，那么我们对于本部分的小标题和论点，还有什么置疑的呢?!

2. 它，是今天的

二十年代是新诗发轫的年代，而三十年代则是全面铺开的生长期。在研究今天现代倾向的时候，我们不会忘记当年新诗中出现的现代萌芽。但它太幼小了，当时的中国并不具备全面产生现代主义文学艺术的必然性。“新月派”和“现代派”的诗人多数是社会的中上层人物，他们真正的艺术启蒙时期，多数是在国外度过的。他们中的很多人，带回了新的“芦笛”，但对当时产生这些诗歌的哲学、美学基础和社会因素缺乏了解(时代的距离太近了)。回国后看到的经济落后，政治混乱的局面，他们本身与半封建的中国有一种不协调关系，他们的“自我”与当时这个国家的多数人民并不吻合。诗的主导思想上脱离现实，诗的情调上表现了空幻的自怜和哀怨。这种总体自我形象的干瘪和软弱，使他们的诗缺乏饱满的中国人的感觉，他们强调“真实的感情是诗人最紧要的”，“我们写诗，只是我们喜爱写”，所以他们诗中只出现了一些外在性的自我表现——诗的跳跃不足；意象的心理色彩不强；象征多停留在比喻的基础上，感觉表达也直白，并未真正达到诗人心灵丰富的暗示性展现；语言半文半白，节奏、韵律都较为拘谨。总之，在诗的感受角度和表现手段上基本没有冲破平铺直叙的总框子，像他们自己说的那样：“练拳的人不怕重铅累坏两条腿，自由的重累是日后轻腾的准备。”他们力图建立新诗格律化的努力并不很成功反而束缚了手脚。或许他们发展下去,可能更自由,会逐步地“轻腾起来”。但后来由于外族入侵,政治局势的动荡,冲垮了他们的小天地。这种孱弱诗情的泯灭有一定的正常性,但他们写“自我”的主张和艺术尝试是有益的。因此,“新月派”“现代派”脚步的中断,并不能证明他们试图使用的一套艺术手法的失败。

八十年代的青年(包括中年)最可贵之处在于他们与社会的血肉相连。作为一代人,他们与这个时代一起走过来。他们的“自我”符合中国社会走向现代化的总趋势。他们的感觉方式适于现代手法。

这一代新人接续了二三十年代诗人的探索,但主要是接续了他们的艺术部分。在对社会、对民族、对人生的认识上,昔日的那批青年诗人也许恰恰是放大了中华民族的劣根性的一面,中华民族最本质的阳刚之气则更多地奔流在今天的青年诗人身上笔下。无论是对黑暗的揭示和对未来的希望,新一代诗人显然都更深刻、更明确——有一种彻底抛弃几千年的因袭,全面走向现代社会的现代感。两代人的差异是明显的。这种差异是六十年来中国社会变迁、进化的反映。而新诗人们运用的一套新的艺术手法,更是过去的诗人们不可企及的。从某种意义上说,新人们的探索已相当深入,不仅超过六十年前的新诗,超过本世纪初的西方诗歌,而且有一部分作品已经达到了足以登上当代国际诗坛的水准。

3. 新的,就是新的

一种新的艺术倾向的兴起,总是以否定传统的面目出现,总是表现反对原有旧秩序的强侵入!这就足以触动社会的全部惰性。铅一样的旧秩序常常产生一种自我防御性的本能排斥。

在艺术上,我们有一种顽固的不愿承认新生的习惯,不情愿献出掌声,不习惯把新生命同艺术发展的方向联在一起,而总善于用旧的、熟悉的认识水准把它同过去发生过的文艺现象作生硬的类比,贴上陈旧的标签——这是一种很恶劣的、鼠目寸光的判别方法!

任何艺术新芽的拱起,总会坐落在昔日优秀文化遗产的土地上。遗传和借鉴,如同婴儿屁股上的胎印迹一样正常而又正常。难道因为是外国人使用过的,中国就永远一定不能使用?中华民族的艺术,难道只有两种可能:或是因袭传统,或是绕开外民族艺术?况且任何艺术的移植、再生,难道还会再是一成不变的重复吗?吹过中国大陆的风都会带有中国的泥土气息!更何况,它是产生在我们自己的土地上呢?!

中国社会整体上的变革,几亿人走向现代化的脚步,决定了中国必然产生与之适应的现代主义文学。中国新诗自身的内在矛盾也决定了新诗的这次变革。现代倾向的兴起，绝不是几个青年人读了几本外国诗造成的，它，产生于中国最新的现实生活，是天安门诗歌运动的直接产物；是五四新诗的一个分支的复活；是三十年代新诗探索的继续，也是五十年代民歌道路失败后的再次尝试；是我国新诗发展的一段正常衔接。或早或晚，这种现代倾向总要出现，不在今天，便在明天；不由这一代青年开始，也要由下一代青年人开始。这是毫无疑问的。

五　新倾向的发展前景及对诗的断想

作为一种文学现象，我国新诗中的现代倾向，已经大面积涌起。目前，已走完了作为草创期的第一步。

像宇宙中的万有引力规律一样，文学上一种新诗倾向和流派的兴起，必然刺激和影响原有的艺术体系和秩序。它的出现，牵动了诗坛全局。建国以来第一次，诗歌界出现了两种类型诗的艺术竞争。

新倾向将继续发展下去——有土壤（变革的、走向现代化的社会生活）；有根基（鲜明、独特的艺术主张）；有生机（顽强执著的艺术追求。目前的创作实践与其诗歌主张的差距）；有果实（一批有鲜明标志的作品。强烈的反响和回应）——这一切都决定了新倾向批评不倒、遏止不了的发展趋势！目前，作为它的发起者和主要推进力量的一批青年诗人正处于创作的旺盛阶段。一大批更多的无名诗人（各省中都有）正处于艺术的形成期，随着这批“第二梯队”的成长，这个队伍还有进一步蔓延的可能。

1. 自身的现状和趋向

作为一种全国范围的创作倾向，它是复杂的，内部并不统一。在内容上，一部分诗体现出了西方资本主义上升时期一些人文主义的要求和个性解放的色彩；一部分诗则与世纪初和一、二次大战后英法诗歌中反映复杂心理的作品相共鸣——表现在艺术上，强有力的宣告之声与低低的倾诉、淡淡的勾描、徐缓的内心独白，基本上形成了两大类不同的风格基调。

严格说，新倾向目前似乎出现了一种初创期过后的短暂间歇。一部分诗中形象的范围过于狭窄，“星星”、“月亮”、“天空”、“风”、“花草”、“鸽子”等自然名词偏多，社会生活的实感性形象较少。表现十年动乱，新倾向笔力雄健，反映新时期人们的心理，则有些软弱。纵观整个新潮流，优秀的探索者、创新者仍然不足，模仿者、追逐者过剩。从形成独特艺术风格和流派的角度说，他们的艺术主张还不够集中鲜明，创作上缺乏共同性的联合和交流。当然，这一切都有着很多社会原因。

它的内部，还有待于分化。(1) 他们中的一部分可能将继续走向远方，探索“潜意识”、“直觉”、“纯个人感受”和“反理性”等更偏僻的道路。这部分人的作品可能短时期内很少被社会承认和接受，并且为数戋戋，但这却是这种倾向最引人注目的动向。(2) 另一部分人可能与新诗的少量传统手法融合，在社会和理论界的接受范围内作中西结合的尝试。(3) 也有些人可能从中分化出去，归入传统。(4) 与此同时，传统风格中一些人加入进来，在(2)(3)之间的边缘处活动。很有可能的是，从后面几种情况中发展起来一种第三者的力量，更适于中国的情况，在短期内这是较有希望获得掌声的。

2. 两类诗、多流派的长期共存

具有现代倾向的主干部分，在中国目前的情况下，是一种超现实、超生活的现象，不仅超过最多数的农民，而且超越了相当多的知识界，使带有惰性的民族欣赏习惯对于作品实感性的要求和期待得不到满足。当然，更多数的读者，对一成不变的传统诗更不会满足。双方都是坚定的，都各有基础与读者。虽然归根结底，现代倾向要发展成为我国诗歌的主流，但需要漫长的时间，长期共存，才是客观的估计。

3. 中国诗坛，应该有打起旗号称派的勇气

艺术世界是一个最欢迎独特的新鲜创造的领域。它本身，当然是不惧怕并憧憬着竞争的。

无论从哪一个流派来说——在这样大的一个国家里写诗，诗人应该有自己坚毅的艺术个性，应该有自己独到的观察方式、感受和表现方式。在走向共同归一的审美终点之路上，应该走着独立探索的诗人群，如同在几部轮唱中，不相濡以沫。艺术的金牌永远属于个性。

目前，新诗人们有形成流派的可能性。三十年来，我们几乎失去了这种希望。我们总希望出现多种风格与流派（“百花齐放”！），但过去我们忽略了形成流派、风格的一些必要前提：(1) 独特的社会观点，甚至是与统一的社会主调不谐和的观点。对于诗来说，意味着多种感受角度。(2) 独特的艺术主张，甚至是敢于打破“永恒答案”的主张。这包括开拓诗的新领域。(3) 对审美趣味和鉴赏理想的特殊要求。这要求社会在诗未被大量理解前给予保护，给予其以进一步舒展发挥的权利。离开了这几点，要求多种风格流派，不是假流派就是纸上谈兵。

当前，对于新诗现代倾向的某些题旨内容和某些艺术主张应该给予宽容；对于创作与欣赏之间的矛盾，应给予积极的解释。而后者是不难做到的。

我们应该珍惜这股新的创作潮流，在长期以来单一性的艺术熏陶中，能带着自己的个性顽强地挣脱传统走出来的新一代诗人是多么难能可贵。像我们这样大的国家，应该有众多的诗歌流派，应该允许一部分人高出社会的普遍水准，走向远方探索（如同科学技术领域里，一时并不能普及，但却一定应该试验的某些尖端技术一样）。任何流派，都允许存在，只要它本身具备存在的理由与足够的力量。

4. 现代诗歌中的现实主义质疑

中国现代诗歌的出现,使人们对诗歌创作中的现实主义原则产生了动摇。

“现实主义”这个词最早从法国起源后,一百多年来,它被加上了各种各样的修饰前提而流行于世界艺术领域。如“原始现实主义”、“精神现实主义”、“批判现实主义”、“超级现实主义”和“反现实主义”等等。“社会主义现实主义”和“革命现实主义”是苏联和我国文艺界最响亮的口号。

现实主义(依我国学术界的认识)的原则是“再现典型环境中的典型人物”,手法是“细节真实”。究其本源,它的提出是旨在否定自然主义,而提倡“典型性”;后来又以主张揭示“自然美”,即“真实性”而与浪漫主义的“心灵美”相对抗。“再现外界真实”是现实主义的灵魂,它的真谛是“隐避艺术家自己”。

诗歌,作为心理因素最强的艺术手段(狭义上的诗,并不包括叙述诗),与现实主义描写外部生活的特征是根本对立的。现实主义的出现和命名,不是抽象了诗歌创作的经验提出的,主要是对小说叙事性文学样式创作方法的总结。诗中的现实主义界限是最模糊的。写实性描写,只能是诗歌艺术初期阶段的特征。严格说,诗歌创作中似乎从来不存在标准的现实主义原则。

长期以来,“现实主义”——已经从它最初的固有含义中异变出来。我们所理解和常提起的“现实主义”已经成了面向生活、展示生活的代名词。而人们恰恰忘记了,从生活出发与再现生活并不是一回事!同样,我们往往不敢正视:表现心灵与从生活出发其实并不完全矛盾!

那么,现代诗歌中的现实主义呢?

现代诗歌,将在一定程度上排斥所谓的“现实主义”创作方法。如前所说,十九世纪末以来,人类艺术进入了一个新的阶段。如果按照生活在十九世纪前期的黑格尔的分析法——把人类艺术的发展分为象征主义、古典主义与浪漫主义时期的话,那么可以说在他之后,人类艺术目前早已进入到第四个时期:现代主义时期(黑格尔的分段法并不十分科学,如他指的象征艺术主要指东方古代艺术,并由他的“美是理念的感情显现”出发推崇古典主义艺术,等等)。西方现代主义诗歌的理论是根本否定“现实主义”原则的。如果说与之要有一点儿联系的话,那么就是它追求的是人类心理上的真实。

有人说,心理真实,也是现实主义的范畴。那么我只好苦笑了!如果现实主义能包罗万象,成了包治百病的大丸药,和变色龙一样的创作标签,那,还有什么真正意义上的作为一种创作方法的现实主义?!

如果一个概念,可以应用于一切现象,如果一个名词的含义,可以做任意性的改变——这个概念或名词的特指性就会消失,这个专门术语的存在价值就值得重新考虑。

现实主义,不可能是人类艺术创作方法的天涯海角!现实主义不可能作为目前我国文艺创作的唯一原则。诗,尤是!

5. 诗之路

任何事物,只有在其自身的基础上发展,才可能是伟大的。一个民族是这样,一种文学样式也是这样。那么,中国新诗最直接的基础是什么呢?不是古典诗词,也不是民歌,而是"五四"以来在外国诗歌影响下发展起来的已经现存着的宽厚的肌体,古典诗词和民歌只是在它形成之初早已脱落的胚胎。

对我国古典诗词和民歌,新诗是要继承的,但主要应该继承其中的民族气质、民族性格和民族精神。对于现代中国来说,无论是以封建政治、道德和小生产经济为基础的古典诗词艺术,还是以封建田园牧歌为特征的民歌艺术(我国以市民生活为基础的民歌较弱),二者都不能成为新诗未来的发展基础。但二者在广大基层人民中又将有着非短时期的深厚影响。从今天到明天,艺术负有衔接起人民鉴赏力由低级到高级的发展转变阶段的任务——但这似乎并不应该由"诗"全部承担。

我国有着众多的曲艺形式,完全可以代替这个任务。作为诗的整体,是否可能分化,一部分,或主要一部分去寻找更适合现代生活、更适合于"诗"的本质特征的表现形式,寻找更高的审美样式和途径,适应更高一级的欣赏需要;而另一部分则完全可以在"古典+民歌"的基础上发展,是否可以与曲艺或演唱等形式相融合,出现一类半诗半歌的形式。这不是诗的堕落,恰恰是适应民歌欣赏需要而出现的品种上的分化,即艺术体裁的丰富性。

百花齐放,也应该容许合理的排斥,不应以此妨碍艺术的竞争和淘汰。从艺术本身的发展角度看,百花齐放只能是一种手段。任何社会阶段必然有一种最适合于它的艺术表现形态。

中国新诗的未来主流,是五四新诗的传统(主要指四十年代以前的)加现代表现手法,并注重与外国现代诗歌的交流,在这个基础上建立多元化的新诗总体结构。

结束语

文学的前进是波浪的涌进。即使有的波浪消失了,它的余波也会无形、无限地伸展。一种文学现象既已出现,它就一定在影响全局,在启发下一个时期的文化新人的艺术感觉……

今天,正握着笔的诗人们是光荣的、沉重的——后代人和未来的新艺术在多高的一层波浪中涌现,在相当程度上取决于今天人们的努力,取决于为他们建筑起一层多高的阶石。今天勇敢的碰壁,可能为明天那些怯于迈步探求的人以一点旋风般的勇气。

走下去！前面什么也没有，甚至没有脚印，没有道路。追求早已注定，开端已经降临。走，仿佛带着使命。

每一支笔和每一个夜晚，都不会是徒劳无益的，大地将默默地收下他们的果实，并记住那响亮、上升般的名字——崛起的一代！

1981 年 1 月于吉林大学

1982 年 9 月删改于长春

——原载《当代文艺思潮》1983 年第 1 期

潘旭澜

山里人的赤忱歌手

——古华论

一九八一年，一个不满四十岁的乡下人，以其宏亮而带有独特韵味的歌喉，参加了新时期文学这丰富多彩、生气蓬勃的大“歌堂”。长歌《芙蓉镇》甫罢，接着又一曲《爬满青藤的木屋》，赢得了广大听众异常热烈的掌声和喝彩。随后，他又唱了《金叶木莲》等一系列动人的歌，深受欢迎。他就是古华。

是的，古华是一位歌手。不仅《芙蓉镇》自序说“唱一曲严峻的乡村牧歌”，有的作品也声明是“唱给山里人的歌”，而且其他大多数创作实际上也是唱给山里人和乡下人的歌。迄今为止，最能反映他成就和特色的，正是这些歌。

这位歌手，以长篇、中篇、短篇小说以及散文的形式，唱出了生活的风云变幻，唱出了山里人的苦乐悲欢，唱出了他自己在历史转折时期的深切感受。不过，他并不是一下子就成为出色歌手的。在这以前，他已经歌唱了二十年。只是那些歌并不怎么动人，也不太引人注意；有一部分甚至唱跑了调，听来比较刺耳。然而，生活造就了他，人民培养了他。在中共十一届三中全会路线、方针所提供的环境里，他苦练而迅速成长，卓然独立于新时期的众多歌手之中。

从峡谷沟壑里走出来

古华原名罗鸿玉。一九四二年生于五岭山脉北麓，湖南嘉禾县的一个小山村——二象村。这里，四季分明的景色，奇异秀丽的风光，默默地陶冶了他。成年人的“讲古”，尤其是被称为“民歌之乡”人们的坐歌堂，在他童年的心灵中悄悄地撒下了艺术的种子。从心理学、教育学、社会学的角度来说，幼年和童年的自然环境和风土文化，是一个艺术家的气质、个性的最初的重要塑造者，是艺术趣味、审美观点的一位无形启蒙老师，它们对他（她）的创作有深远的影响。在古华身上，这一点又一次得到证明。

家境困难使少年的古华必须自己谋生求食。在打草鞋、砍竹子、卖煤炭、替人家放牛的劳动中,他“懂得了自食其力的可贵,体味到劳动者的艰辛,亲身感受到劳动人民之间甘苦共济的纯朴、宝贵的感情”①。后来,他先后上了初中、农业学校。紧跟着“大跃进”而来的苦日子,使农业学校奉命撤销,他到了郴州地区桥口农科所,在一个小镇旁当了十四年农工。柳青在皇甫村安家落户不也是十四年吗?这不算短的岁月,不仅使古华基本上学会了南方的全套农活,也使他这个有心人的生活仓库有了比较厚实的积累。于是,童年心里撒下的艺术种子落入了肥沃的土壤里。

一个作家,除了要有生活,还要读书,要具有各种必要的文化科学知识。古华在《读书〈乱弹〉》里说:“一要‘博杂’,二要‘量大’,三要有所选择。”又说:“应当‘兼食’、‘杂食’,才能营养全面,躯体强壮,精力旺盛。”②他不但沉迷流连于古今中外的一些文学名著,还读过若干历史、哲学、名人传记、战争回忆录等著作,以及报刊上各种消息、新闻。孤陋寡闻是搞创作的大忌。“兼食”和“杂食”,使他得到多方面的养分。

仅仅具有一定的主观条件是不够的,还需要适宜的客观条件,有良好的“气候”,种子才能正常地萌发生长、开花结果。不然,即使破土而出,也会萎黄或遭受虫害,不能结出饱满的果实。

古华是一九六二年开始发表作品的。此后十几年里,他陆续写了一些短篇小说,还写过一个中篇小说《仰天湖传奇》,一九七八年以其中一篇《莽川歌》为集名出版。这些小说都是写新人新事的,大多有一定的生活气息和情趣。其中有几篇,将人物性格的某些方面写得较为生动,如《莽川歌》的鲁山涛,《“绿旋风”新传》的周兴老汉,《山里妹娃》的柳荣,《胜利的岁月》(后改题为《春陵村纪事》)的春嫂子。但是,粉饰生活,回避现实矛盾,人为编造情节,采用“误会法”,将所歌颂的人物提纯、拔高,所以存在不真、不新、不深的弊病,后来古华自己称之为“文学苍白症”。不仅如此,有些作品还带有或深或浅的“左”的烙印,塞进若干当时流行的“左”的标语口号。中篇小说《仰天湖传奇》以及由它发展而成的长篇小说《山川呼啸》,都留有极左路线严重戕害文学创作的伤痕。

好在历史终于翻开了新的一页。中共十一届三中全会将古华从极左思潮的禁锢中解放出来,给了他以自身思想解放的程度和环境许可的限度,去剖析社会和人生的写作空间。一九八〇年三月,他到中国作家协会文学讲习所学习,〔使他〕在思想上艺术上都有豁然开朗之感。他所熟悉的山川景物、风俗人情、人民悲欢在脑海

---

① 《古华中短篇小说集·冷水泡茶慢慢浓——自序》。

② 刊于《作家》1983 年第 9 期。

里翻腾，五岭山区形形色色的人物时时在心中、眼前出现。于是，他怀着对祖国和人民的赤子之心，对“四化”大业和建设现代精神文明的责任感，唱出了一支又一支发自灵府的、真诚的歌。

泥土气息和树叶子味

我国幅员辽阔，山川原野千姿百态、应有尽有，风俗民情因地而异、各不相同，这就为乡土文学提供了广阔的天地。近年来，有一些作家着意于乡土文学的创作，取得了令人瞩目的成就。在这方面，古华是比较突出、独树一帜的。

乡土文学，必须有地方特异性。古华善于把握湘南山区的特异性。《芙蓉镇》的“一览风物”，着墨不多，就勾画出这小山镇的风貌，传达了它独具的韵味，使读者如身历亲受，不但一下子就被吸引，而且经久难忘。评论家和读者已经予以高度的评价。事实上，古华写到其他山区、林场，也是精彩纷呈。《浮屠岭》里，那傍着观音溪，沿着花麻石路，高高矮矮的四个小山寨；《姐姐寨》里，那大片大片的凤尾竹，在晚霞和月夜里令人沉醉的景色，满山都是竹鸡奇特而又亲切的啼叫声；《爬满青藤的木屋》里，绿毛坑满山满谷“似乎能把人浮起”的雾气，云雾初散时脚下一簇簇高大的粤松和铁杉从雾海中浮出……都使人觉得作家像用了奇妙的魔术，将我们带到湘南山区林场，去领略它的风光的精华。

在这方面，《金叶木莲》尤其出色。它有对雾界山森林植被的全景描写，有雾中的山路，有阳光灿烂的林海，有黄昏山色，有青丝坑的月夜，有天气晴朗时的河谷，有被滥砍乱伐过的浮石岭，有悬崖绝壁上的铁杉树，还有金叶木莲的细致描绘。如果将这些景物描写比作电影，那么，全景、远景、中景、近景、大写、特写镜头都有了，早晨、白天、黄昏、月夜的林区也根据情节发展的需要而替换。不过，即使立体彩色电影，也无法表现出中篇里玉兰花开时沁人肺腑的馥郁幽香，青枝绿叶间滴下露珠的冰凉……

湘南山区固然有其独具的美，但如果你真的到那里去走一趟，未必会得到像古华作品给你的那样多的诗情画意。因为，他笔下的风光，固然是以长期深入观察为基础的，但又不是自然的简单复制。它们不但是经过选择的，而且是像原济所说的“山川与予神遇而迹化”①的产物。或者用歌德的话来说，这是“感觉过的，思考过的，按人的方式使其达到完美的自然”②。它们经过作家心灵的熔铸、加工，既反映了被选择的自然本身，又反映了作品中人物和作家自己的感受。它们既是人物感受

① 《苦瓜和尚画语录·山川章第八》。

② 《〈希腊神庙的门楼〉》的发刊词，转引自朱光潜《西方美学史》。

中的自然，又是情节发展变化的有机组成部分，或者直接、间接地反映人物的心理活动。

对于乡土文学来说，风景画必须和风俗画密切联系、相辅相成，而后者总是更为重要的因素。在古华作品中，经常有湘南山区汉、瑶山民风俗民情的描写。

给人最突出印象的是许多作品中的民歌。山里人爱唱歌，这是他们生活中的重要组成部分。男人女人、大人小孩都爱唱，更不用说那些歌头、歌手了。在民歌之乡泡大的古华，并不是由于个人的爱好而在作品中硬塞进一些民歌，也不是像旧小说的"有诗为证"那样将民歌作为印证和补充。他固然喜爱那些淳朴、优美的民歌，但并不随心所欲地搬用、罗列。他只是从所写的题材出发，根据人物塑造、情节发展、氛围创造的需要，而采用经过加工整理的民歌。《芙蓉镇》里胡玉音成亲时，秦书田带了歌舞团演员来，同镇上的姐妹、姑嫂、婶娘唱了两天三夜的喜歌堂，反映了山区婚嫁的传统习俗。那些歌词也反映了旧时女子出嫁的复杂心情，控诉了封建包办婚姻。只是，作家并没有繁琐地将一百零八支曲子、二百多首歌词没完没了地罗列出来，也没有将选择的几首歌都在喜歌堂里写出来。他巧妙地将一部分歌留在后边。当胡玉音与秦书田在凄风苦雨中同居以后，他们回忆起几年前的喜歌堂，轻声吟唱，来抚慰自己和对方受了深重创伤的心灵，鼓舞生活的勇气。这样处理，既可避免重复，也不会流于沉闷板滞。《姐姐寨》则用别的方式，写进了许多《竹鸡调》。当支书盘三旺为了应付州里派来采风的干部，"恩准"群众坐歌堂时，他那番大煞风景的开场白，扫尽人们的兴头，什么也没有唱成。直到随后满牛和玉竹在月夜谈恋爱时，才对唱了一支又一支。这些像山里人一样质朴纯真的《竹鸡调》，唱出了情侣间的互相爱慕和关切，唱出了对爱情和幸福的向往。《浮屠岭》里那个劳改释放的生产队长田发青，回到村里的路上，也禁不住唱起人们常唱的山歌。这山歌又是另一种格调，没有如泣如诉，也没有温情脉脉，而是桀骜不驯，反映了山里人粗犷、勇悍和野气的一面。这些民歌，不仅同有关的风景画很和谐协调，而且又是情节发展的契机或内在因素之一，同人物的命运密切相关。胡玉音、秦书田的遭遇，彭竹妹母女两代人的经历，田发青带领山寨群众铤而走险，都同作品中的民歌有直接和内在的联系。作为"山里人的歌手"，古华用他所熟悉的民歌来表现湘南山区的风俗民情，得心应手，真切生动。风俗画虽然不完全是民歌所能包括，但民歌却可以构成风俗画最有光彩的部分。因为民歌本来就是当地群众借以咏唱他们的生活风习和思想感情，并且在流传中不断加工锤炼的。

当然不只是民歌。作品中所写的一些习俗、传说等方面，比如，像杂技表演般的打竹梢，四时八节互赠食物，热情地款待外来的客人，古老的饮鸡血酒盟誓，瑶族婚礼上的"送亲郎"和"打伞妹"，为死去的女儿叫魂，关于树木、鸟类、古物的各种传说和故事……直至妇女的装束和人们的某些生活用品，都有独特的地方或民族色彩。它们既有古朴、纯真、奇异的美，也有落后、愚昧、迷信的糟粕；既有吸引人的魅力，又时有令人感叹之处。

无论是风景画或风俗画，赋予它们活力的，是从中散发出来的泥土气息和树叶子味。只有作家长期深入生活，用心灵去感受、捕捉，一拿起笔自己心中就洋溢着这种气味，才能从笔端自然而然流出，传达给读者。没有这种泥土气息和树叶子味，纵有色彩也是外加的，纵有情调也是造作的，难以成为真正的艺术。

时代风云与历史纵深感

一个作家，必须深入生活，在生活中扎根，但却不应划地为牢，将自己限制在狭小的一隅里，应该彻底实行"开放政策"，眼观六路、耳听八方。不但要看到本地、本省，还要注视全国、全世界；不但要尽可能深入了解自己生活的时代，还要努力探寻历史发展的来龙去脉。

站得高才看得远。从当代中国人所能达到的历史文化的高度，才能视野开阔，具有看大地沉浮、山川流走、风云际会的眼力和胆识。然而，作家毕竟有别于政治家和社会科学家。他固然应当力求胸有全局，高瞻远瞩，但又不能对生活只有理性的认识和科学的概括。他心目中必须有活生生的人，具体的背景、事件、细节，而且愈是体察入微愈好。用一句简单的话来说，要多从宏观着眼、微观落笔，宏观与微观相结合。古华近年来的一些优秀或比较好的作品，看来都力求站在时代思想的制高点，去把握生活中个别的事物，反映广阔、深刻的时代内容及其历史源流。

如同许多读者所了解的，《芙蓉镇》的创作，是由一个寡妇的冤案引起的。倘若就汤下面，即使不写这个寡妇的宿命思想，孤立地写一个普通妇女的悲欢，是很难有什么思想艺术深度的，自然也无法牵动广大读者的心。然而在中共十一届三中全会路线的启迪下，古华尽可能以实事求是的态度，去审视生活的历史发展，这个听来的故事便成了酵母。他调动了生活仓库的全部积累，借自己所熟悉的人和事，对历史和现实作了比较深广的艺术概括。于是，读者从长篇里的人物，看到了自己或乡亲邻人的影子；山区小镇上人们的瓜葛恩怨、浮沉荣枯，都同神州大地的政治风云息息相通；芙蓉河边所上演的悲喜剧，反映了许多乡村六七十年代的曲折变化。长篇的可贵之处在于：它从一个乡镇的变迁，使人窥见"文化大革命"的基础、前奏、发生、消亡的历程，感到拨乱反正是多么顺乎天理人心。或者说，它反映了"文化大革命"并不是天外突然飞来的横祸，而是左倾错误的延续和恶性发展；这场浩劫与人民群众的根本对立，充分表明拨乱反正的必要性。从而，它在表现时代风云的来踪去向之中，给读者以一种历史纵深感。这就比单纯揭露和控诉"文化大革命"的作品，要厚实、有分量,从而也较为发人深思。

其他许多作品也都从不同的角度,揭示了人民意志和历史发展规律的不可抗拒。《浮屠岭》写的是“文化大革命”中,一个山里穷生产队一跃而成为“农业学大寨”的典型,后来真相暴露,又被打成“资本主义复辟”的典型,生产队长从被迫接受各种荣耀到被判刑劳改,最后终于无罪获释。这在生活中是个别的特殊事件。然而,它却显示了一个有普遍意义的重大问题:在农村因地制宜实行生产责任制,是治穷致富之道,是合乎国情、顺应民心的正确途径。读者从中篇的结尾,也从现实生活里看到,历史潮流尽管会有重大曲折,但最后还是要按照人民的意志而奔流向前的。《姐姐寨》和《水酒湾纪事》,都触及了封建家长意识同极左思潮相结合的危害。这是一个由来已久,十年动乱又大为发展,而在社会改革中迫切需要解决的现实问题。无论是盘三旺或李固,都是二十几年一贯制的支部书记。这种实际上的干部终身制,就同封建主义有关。而长期当权又使这些本来有不少封建思想的人,形成一种家长制的思想作风。他们习惯于“左”的政策和极左路线的一套,按老皇历办事成了他们的不二法门,对解放思想和社会改革都顽固地抵制。然而,时代毕竟不同了。尽管他们在当地可以说是树大根深,但是李固的“病床”毕竟还是被巧妙地“挪动”了,盘三旺也被他那个拥护改革的儿子所取代。改革固然很艰难,但是极左枷锁和“彭祖夜壶”正逐渐被打碎。这都使人看到时代前进的沉重而坚定的步伐。

《“九十九堆”礼俗》,更是提出了长期封建社会遗留下来的一个现实问题。自称祖传神医,家藏百药之王“屙俍”,又能“神拳点打”的刘药先,深受人们敬重,年轻寡妇杨梅姐也决定嫁给他。当复员军人刘海果用计,让她看清刘药先那骗子加流氓的真面目时,她向别人说起,却被人看作是胡说乱道的疯女人。有的人虽然知道她并没有发疯,也说她是就要倒霉的蠢女人。因为她损毁了人们崇敬并引为自豪的名人。以至她不得不躲回娘家。这就揭示出一个可以上溯到久远的历史深处的问题:文盲、愚昧是封建迷信的孪生姐妹,当封建迷信在一定范围内统治着多数人的头脑时,人们会干出一些什么样的蠢事;而要讲出破除迷信的实话,是多么困难,会遭到多么偏执而激烈的反对。但是,有了具有科学文化知识而又善谋略的刘海果,不但杨梅姐会在事实面前醒悟,其他迷信的人也会逐渐醒悟,刘药先和他的“三来灵药铺”终将被送到应该去的处所,而刘海果的“为民灵药铺”则会得到越来越多的信任和支持。当然,这还要经过艰巨的努力。这个反映现实的中篇,不但有历史纵深感,也有一定的哲理意味。

如上所说,古华所写的虽然是遥远偏僻的山区小地方的人和事,但是他能凭借它们映照时代风云的投影,还往往将它们放在历史的长河中。于是,一个小小的漩涡,几点飞溅的水花,都可以使人窥见或想象到长江大河的迂回曲折、滚滚波澜,觉察到“青山遮不住，毕竟东流去”的不可阻挡的趋势。表现时代风云而又有历史纵深感，便加强了作品的力度与气势。

大作家应当是思想家。现在我们还不能说古华是大作家、思想家。但是，他的一些优秀或比较好的作品，在表现时代风云之中所具有的历史纵深感和一些哲理意味，表明他厌弃思想浅薄的“小家子气”，追求思想高度与艺术深度统一，努力写出“笔走春秋，字滚雷霆”的大家风范的作品。当泥土气息、树叶子味同这种追求结合起来的时候，就必然不同于静穆的田园式牧歌。

在撞击中发光的心灵

古华近年来小说的人物，多则八九个(长篇和少数中篇)，少则二三个。这样可以避免笔墨分散，有利于充分地刻画重要人物。他们大多是山里人，没有叱咤风云的英雄，也没有危害整个国家的大奸巨枭。首先引起读者注意的是令人同情和值得赞美的人物。这里有勤劳、正直、善良、热爱生活的劳动者，有为了人民利益而不计自身利害安危的革新者，有经过各种曲折之后认真思考人生的知识分子。

古华是注意到自然环境、风俗习惯对人的影响与熏陶的。他笔下的许多人物，从装束到禀性，从生活好尚到举止谈吐，都有湘南山里人、乡下人特有的情调。但他更着意于从政治运动和爱情、婚姻的瓜葛中去展示人物的心灵。在相当长的时间里，一个接一个的政治运动，严峻地决定着人们的命运。至于爱情、婚姻，不论社会风雨晦明，总是发生、存在着，在人们的生活和感情领域中占有重要的地位，从而也往往受到政治的影响或制约。因此，古华不但从政治运动的波及和冲击，从由于各种主客观原因而发生的爱情和婚姻的曲折中，还从这两者互相联系的双重矛盾的发展变化所造成或引起的精神磨难以至精神酷刑中，去剖视人物的心灵。胡玉音、秦书田是这样，盘青青、李幸福(《爬满青藤的木屋》)，竹妹、玉竹、满牛(《姐姐寨》)，田发青、秀秀、亮妹(《浮屠岭》)，金叶、阿曾(《金叶木莲》)，杨淑英、李健魁(《给你一朵玉兰花》)等等也是这样，虽然他们的处境、经历和结局各有不同。

比较起来，古华更善于塑造年轻女人的形象。他一般不对这些人的外表作集中的静态描绘，而是在情节的发展中去写她们的音容神态，特别是写她们在别人心目中的印象；同时，一般也不作全身的工笔细描，只是着重于写她们的眼睛、体态的女性美和魅力。这种笔简而意足的写法，同《伊利阿特》里写海仑，《陌上桑》里写罗敷，《阿诗玛》里写阿诗玛有相近之处。但是，作家更多的是从严峻的遭遇中，爱情的波澜中，也从其他方面的生活里，剖视她们丰富复杂的心灵，开掘“蕴藏量极大的感情的宝库”。

胡玉音就是这样。作家固然再三写她外表的娟美，但更全力以赴地写她的命运和内心世界。她对黎满庚求爱的那种情窦初开的少女的反应,同黎桂桂的和睦而又觉得有缺陷(没有孩子)的家庭生活,在大祸突然降临时神思既清楚又狂乱,沦为“黑鬼”以后对秦书田态度的曲折而又合情合理的变化,与秦同居而遭到更为残酷迫害时的沉着、坚定和反抗,都同她处境变化与性格内在逻辑丝丝入扣。她对谷燕山的信赖、感激,对他受打击非常关切和深为不平;在受尽摧残与凌辱,极端痛苦和愤懑,而想投水自尽,经过曲折的内心矛盾斗争,最后又“我偏不死”;对李国香从畏惧到又恨又鄙视,从内心的不满到公然进行抗争,都写得真切入微。所有这些,是一个辩证发展的过程,是一个妇女在政治运动和爱情生活的严酷遭遇中的心灵变迁史。它生动、充分地表现出这个山镇妇女热爱生活,对爱情与幸福的执着憧憬,表现出善良、单纯、是非分明、外柔内刚的品格。尽管作家极为同情胡玉音的命运,也着意描绘她内外在的美质,但他还是严格地遵循现实主义的原则,写了她的某些迷信、封建思想和狭隘见识。从而,她的心灵既有璞玉般的本质,又带有泥沙杂物。这是从生活出发,以艺术的真实为依归的。

盘青青、赵金叶、赵玉竹这几个“瑶家阿姐”都写得很可爱。盘青青一直被囚禁在绿毛坑“爬满青藤的木屋”里,更准确点说是被王木通系在腰带上。她美丽、善良、温柔,可是王木通并没有将她当人看待,只是作为满足他生理需要和生育子女的动物或工具。当李幸福将一点点可怜的精神和物质文明带进绿毛坑,当这个被改造对象将她作为有独立人格的人来看待和尊重,她被窒息的劳动妇女的尊严苏醒了,对文明与进步的要求萌发了。她执着地渴求像人一样生活,厌恶野蛮、专横和愚昧,渐次敢于反抗王木通,公然违反他的禁令,不怕他的毒打,甚至连死都不怕。她的变化,反映了对合理生活的正当愿望,对精神与物质文明的强烈向往。这在“四人帮”推行愚民政策的年代,在愚昧、专制、落后占绝对统治地位的绿毛坑,她的初步觉醒与反抗,是如磐夜幕里的火光。

赵玉竹比起盘青青,算是有些文化和见识的了。但最大的不同是她成人的时候有幸地遇上拨乱反正的年代,所以她不会重蹈她妈妈彭竹妹那令人心酸的命运。她不仅希望自己得到幸福和爱情,获得应有的文化和物质生活,而且清楚地意识到对亲人、家乡、人民和时代的责任:“人活在世上,是要担担子的,要担起自己的一份!”还将是否有志气改变姐姐寨的面貌,作为取舍对象的必要条件。只有到了新时期,这个气质、谈吐都酷肖妈妈的女歌手,才有可能这样想、这样做;她的美好情操才有可能成为建设两个文明的力量。有知识、有文化的赵金叶,是非、爱憎分明,感情像“炭火一样炽热,苞谷酒一样浓烈”,个性开朗、豪爽、刚强,尤其可贵的是这个“瑶山女丈夫”能自觉将爱情与建设祖国的理想结合起来。她不愧是人中的“金叶木莲”。作家对这些青年女性的丰富内心世界的剖视,从微涟细漪到巨波大澜,往往有令人赞叹的独到之处。

有些男人的形象也塑造得相当出色。秦书田这个被阶级斗争扩大化的强压辗得变形的人物,外在的乐天、混世、油滑,内心的痛苦、清醒、是非感,构成了矛盾的统一体。他是特定历史条件的产物。在不少写错划"右派"的作品中,这一形象是很有独创性的。谷燕山是在芙蓉镇生根的"北方大兵"。他那颇为吓人的凶相,反衬了特别好的人缘。对极左路线的深恶痛绝,同对群众的菩萨心肠,是相辅相成的。他从自己无辜挨整而想到彭老总的冤屈,却又觉得"思想走火";醉眼看世情,醉倒在雪地里臭骂李国香,发泄内心积愤;在处境不好的情况下,置自身安危利害于度外,尽力救护胡玉音母子两条命,都以独特的方式反映了他的思想品质和个性。作为具有良知的基层干部,他水平不高也没有惊人的英雄业绩,但他的品质却非常可贵,体现了平凡与崇高的和谐统一。

如果说谷燕山使人觉得可敬可亲,那么,《快乐菩萨》里的吴布龙则使人觉得可爱。"四人帮"横行时,春节期间在家里和儿子舞"板凳龙"。"四人帮"倒台后,大年初一为首舞龙舞狮,因为违反公社书记"学大寨"的号召被关进反省室,也还情不自禁地继续耍弄。并且以白白坐着会"关出大病来",而要求用做煤饼的紧张劳动代替反省。这有趣的情节,活现出一个热爱生活和劳动,渴望得到健康的文化娱乐,开朗乐观的性格。作为"这一个"的"快乐菩萨",独特之中却反映了一部分农民的共同习性和要求。水利工程指挥长袁力柱,坚决反对搞形式主义、违反科学的做法,最后以自己的生命去换取群众的安全和血的教训;复员军人田发青为了屠浮岭群众,"提着脑壳走夜路",都具有一种悲壮的英雄主义色彩。当整个国家的形势发生了根本的变化,站在时代潮流前头的人们,所面临的斗争及其遭遇自然也不同。盘满牛在玉竹的激励下,既顶住了盘三旺的政权、父权双重压力,也顶住了后者的物质利益的诱惑,进行针锋相对的斗争,终于结束了极左思想和封建家长制在姐姐寨的统治地位,反映了历史转折时期新人成长的艰苦历程。另一个中篇里的复员军人刘海果,有胆有识,有勇有谋,主动地向封建迷信、文盲愚昧挑战,决心让精神文明和物质文明在"九十九堆"开花结果,他的带有一定传奇性的形象,令人难忘。

上面谈到的人物,虽然大多是普通干部、群众,作家既无意于拔高他们,也无意回避他们的不足或缺点,但他都努力地按照他们各自的本色,剖示他们心灵中美好、闪光的东西,塑造可敬、可亲、可爱或令人同情的形象。其中有一部分,无疑已经进入并且丰富了我们文学的人物画廊。

社会垃圾和挡路石群像

生产力低下所导致的贫困、文盲、愚昧,长期封建社会遗留的影响,"左"的政治运动,都是种种与社会主义格格不入的思想意识存在和滋长的条件。在十年动乱中,历史的沉渣泛起,种种丑恶思想和行为得以孳生和蔓延。在偏僻、遥远的山区,某些方面往往表现得更突出,更为根深蒂固。

作为一个现实主义作家,古华在“寓政治风云于风俗民情”、反映生活的曲折和历史性转折时,就不可避免地要描绘妨碍历史前进的形形色色社会基础,解剖一些人物的丑恶、锈损或僵化的灵魂。

我们首先想到了王秋赦。这个生活上吃过苦也会享受的人,经济上可说是无产者,但思想意识却充满垃圾和菌毒。他好吃懒做,坐食山空,见风使舵,有奶便是娘。唯成分论使他一直是“运动根子”、依靠对象。当他尝到权势的甜头时,各种个人欲望都迅速膨胀,更是拼命顺着极左的旗杆向上爬,作了种种可笑、可耻、可恶的表演。有的评论说这人最后发疯不符合他的性格逻辑。我却认为,如果没有享受到“文化大革命”的果实,没有取经、传经的经历,没有当过王支书、王镇长,他是不会发疯的;但是有过这一番精神享受和物质实惠,而又忽然要失去,仍旧成为一无所有的吊脚楼主,发疯是情理之必然。这就是狄德罗所说的“人物性格要根据他们的处境来决定”①的一种含意。作家用这个富有破坏性的流氓无产者的语言,来写他的谈话和内心活动,不但声口宛然,呼之欲出,而且也惟妙惟肖地暴露了他的丑恶。塑造这个很有典型意义的形象,也是对我们文学的人物画廊的一个独特贡献。

“政治女将”李国香,总的说来是塑造得相当成功的。她是“左”的政治运动结出来的果子,也是用猩红外衣装扮着的怪胎。嘴里说的是貌似正确而骨子里则很“左”的宏论,心里充满着极端利己主义的种种欲望,而且带着没有正常家庭生活的人对别人的嫉(妒)忌和对社会的敌意。她处心积虑地想挖出一个反党反社会主义的小集团,找胡玉音核实经济账,向谷燕山“政策攻心”,说红卫兵是“新左派抓了老左派”,恩威并用地收罗王秋赦为亲信耳目,按照“林副统帅的教导”心狠手辣地行使镇压之权,在大会上控诉极左路线对她的追(迫)害而使很多人落泪……都表现出在政治运动中炼就一身比较过硬的本领。她私生活的肮脏同政治品质的恶劣,是完全一致的。这是一个有较高典型意义的人物。古华在《芙蓉镇》之前写的短篇《在春天花丛里》的县委书记秦丽贞,也是这样一个角色。看来作家对这一流人物是做了较深入观察的。

古华还写了一些有严重的封建遗毒与极左思想,而成为社会发展挡路石的形形色色人物,像盘三旺、李固、雷玉丰等都是。其中,以王木通写得最为出色。他在绿毛坑这只有几个人的小社会里,是个诸侯王,专制,横蛮,粗野,迷信,固执,狭隘,无

① 《论戏剧艺术·13 关于性格》。

知而又异常自信和自豪。一切都应当以他为中心，老婆、孩子都是为他的需要而存在，随时可以毒打、罚跪，甚至说不听他的话要挖眼睛。他能将家里的空气经常弄得像凝固起来似的。他认为"老粗管老细"是天经地义的，所以将知青李幸福管得像"五类分子"，自然也容不得一星半点的科学文化和精神文明。"他信仰党就是信仰他自己……觉得党就是应该由他这样的人组成。"所以他叫人代他写了血书要求入党。在明明由他引起山林大火之后，却一口咬定是老婆和"奸夫"放火。是"文化大革命"使得这个劳动者的落后、愚昧的一面，发展到了极端，成为社会进步的对立面，背逆了人民的根本利益。他既可憎、可恨，又可怜、可悲。作家解剖王木通等的灵魂，揭示、鞭挞他们身上的种种丑恶，是为了引起疗救的注意，更是为了呼吁清除产生这些丑恶的社会条件。

除了以上谈到的外，作家还在一些作品中写了被称为"李紧跟"的不倒翁李东虹（《醒醒老爹》），翻云覆雨而得到升迁的梁友如（《浮屠岭》），"左"得入骨的"家庭警察"李健魁（《给你一朵玉兰花》），善于钻营和踩着别人向上爬的宁佳句（《云烟街夜话》），等等。他们都是为了一己私利而跟"四人帮"干过不少坏事，政治品质恶劣的变色龙，是"风派"、"震派"人物。宁佳句、李东虹生活上也道德败坏、厚颜无耻。前面谈到的，那个打着"神医"幌子的社会蠹贼刘药先，又是另一种角色。作家描绘这些人物，都不乏生动之处，其中李健魁和刘药先还较为深刻。

不主一家和不拘一法

古华近年来的创作是坚持现实主义基本原则的。他认为："现实主义要发展。与时代同步，随生活变迁。"又认为：它应该吸收其他文学流派的长处，优异的表现技巧，"用以丰富、壮大自己"。① 基于这样的认识，他尽可能中外古今兼收并蓄，为我所用。有的评论说他的小说是"土的内容，洋的写法"。我觉得，还是说土洋结合的写法比较合乎实际。

在结构方面，《芙蓉镇》是很有特色的。在开头"一览风物"之后，将重要人物逐个专节集中描绘，并带出有关次要人物。以后各章又根据生活的变化，每节仍以写一两个人物为主，描绘他们性格的发展，各个人物又一同卷在政治运动的漩涡中。这种写法，既借鉴于《水浒》又有明显不同。一来它的人物形象塑造不像《水浒》基本上在一次集中描写时完成，二来它没有将情节发展的全部过程都直接写出来。它涉及的时间跨度较长，但只选取了四年来写，每年写一章。其余没有写到的年代，凡有必要的，或由作者补叙，或由人物回忆。所以，读者可以根据生活与人物性格的逻

① 《关于现实主义的思考》，《文艺研究》，1983年第1期。

辑,在自己的想象中填补这些“空白”。于是,它表面是跳跃的,而实际上却有内在的连续。这样,对于改变若干年来长篇小说“长风可畏”的局面,是一个可喜的突破。就它本身来说,节奏比较快,比较能适应现在相当多读者(尤其是青年)的欣赏要求;且能具有原原本本的写法不易有的浓度与密度。又如《姐姐寨》,将两代人的经历、命运交织在一起,构成相互补充、映照、对比,产生了韵味深长的艺术效果,也很见匠心。此外,短篇《五彩石》、《快乐菩萨》、《醒醒老爹》,仅仅写一两个生活场面,却提出了发人深思的问题,人物也近似画家传神的速写,显然从中外某些短篇杰作(如契诃夫的小说)得到启示。

一篇小说的基调是悲剧、喜剧、悲喜剧或别的什么,取决于它的题材、作者对生活的认识及其美学追求。生活的复杂性决定了艺术的多样化。《芙蓉镇》里写善良、正直、热爱生活的人物的严酷遭遇时,作家笔下滴出血泪,是令人心灵悸动、历久难忘的悲剧。然而它的高超之处还在于没有一味展示血淋淋的创伤。它还写出了悲剧中的喜剧,悲剧所引起的喜剧,以及悲剧与喜剧的转化。于是,以喜衬悲悲更悲,以悲衬喜喜更喜。同时,整个作品具有实在的亮色。这亮色是生活本身所决定的,而不是作者人为附加的,所以使人觉得真实,不仅没有破坏而且加强了作品的艺术效果。尽管也有一定的闹剧成分,但基本上可以说是一个悲喜剧。《姐姐寨》、《浮屠岭》也在不同程度上有这种悲喜映衬。《快乐菩萨》、《五彩石》等都有寓庄于谐的特色。而《金叶木莲》则是以欢快、抒情为基调的,在一定程度上可以感受到拨乱反正给生活带来的美好前景。

古华描述情节、塑造人物的手法是多种多样的。在《芙蓉镇》里,有传统的白描,有内心独白与分析,有意识流的运用,还有带评点的描写,带议论的叙述,带叙述的议论。《浮屠岭》用倒叙、交叉和意识流,有的地方还写了主人公梦见其妻子。以上所说的,虽然不见得都是成功的,但却表明古华广征博采、不拘一法的努力。他的叙述语言是有特色、有造诣的。常常能要言不繁,简洁而不流于粗陋、简单化。又能抓住被叙述的对象的主要特征,用较为形象的语言,将易于写成沉闷流水账的事物写得有浮雕感。还时常正话反说、反话正说,带着明显的谐谑、讽刺。这样,语言不免有点驳杂,但却活泼而不单调,而且与所反映的生活也大体上和谐,所以读者也就不以其驳杂为病了。可见,从手法到语言,他都不墨守成规,只要他认为有利于实现总的构思,就加以采用,而不大有禁忌。

从古华的许多小说的人物塑造,叙事状物,结构布局,直到色彩、情调,我们都能够感觉到有施耐庵、罗贯中、曹雪芹、沈从文、周立波、孙犁等的影响,也感觉到有屠格涅夫、契诃夫、乔治·桑、梅里美、哈代的影响。但总的说来,他的作品又不像上述的某一个。可见他并不囿于师承某一家,而是多方借鉴。在多方借鉴的基础上,“认识艺术上的自己,找到艺术上的自己”①。

怀着赤子之心的呼唤

为什么唱这些歌呢？古华说:“为的是消除‘左’的影响,促进改革进步,以图对‘四化’伟业有所裨益。我自认有一颗赤子之心,想尽一点绵薄之力。”②

有了对人民和饱经忧患的祖国的赤子之心,就有可能较好地处理歌颂与暴露的问题。由于“左”的错误,我们国家和人民,遭受不少挫折。林彪、江青反革命集团制造的极左大动乱,给中华民族造成深重的灾难。他们所以能够得逞于一时,至今流毒还需要大力肃清,除了有种种近因外,还因为我国长期封建社会的小农经济,生产力停滞落后,专制统治,文盲愚昧,封建迷信等。要使“文革”悲剧不再重演,要清除实现“四化”的障碍和阻力,就不能无视于过去的经验教训,就必须正视思想意识的各种垃圾,就应当有民主的机制和健康的思想文化。文艺创作,无论歌颂或暴露,有益于世道人心,是永远不过时的功能之一。

有了对人民、祖国的一片赤子之心,才可能从一个寡妇平反冤案的故事,写出《芙蓉镇》这样的作品,痛切地反映“左”的错误和十年动乱给人民造成的痛苦、灾难,热烈讴歌近几年的思想解放给国家带来的转机。《爬满青藤的木屋》、《姐姐寨》、《浮屠岭》等,也都是揭露封建主义、极左思想的祸害,或者反映肃清它们流毒之艰巨,而且大多写得颇为充分。但它们并不使人灰心丧气、悲观失望。因为在揭露的时候,让人看到那些丑恶的事物是同人民利益根本对立的,即使在极为严峻的情况下,真理与正义并没有消失,人民也没有失去对生活的信念,并且顽强地进行抗争。同时,它们都反映了初步的思想解放带来的历史性转折,人民所渴望、追求的新时期终于开始了。于是,它们在令人悲愤之余,又发人深思。引导读者思考生活,更好地体会建设物质和精神文明的必要性与迫切性。从而也是激励一切爱国、正直的人们,站到各种思想、社会革新的前列。

要反映社会变革中的现实,就不能回避成堆成山的问题。比如《快乐菩萨》,既反映了农民对健康的文化娱乐的需要,更提出了建设有关法制的问题。《土地节》同样提出这个问题。“四人帮”横行的年代,人民吃尽了“无法无天”的苦头,打倒“四人帮”之后,还能搞官大于法、以权代法吗？具有讽刺色彩的《五彩石》,触及了官僚主义、政出多门、瞎指挥的顽症。《水酒湾纪事》反映一位有文化、懂科学的新干部,在阻力重重之中进行改革;通过她在改革中遇到的种种阻力,提出破除封建思想和

① 《已经成为过去》,《辽宁大学学报》,1983 年第 4 期。

② 《森林鸟族启示录》,《芙蓉》,1982 年第 6 期。

形式主义的陈规陋习的问题。《“九十九堆”礼俗》提出的问题是,千百年来的封建迷信和文盲愚昧的习惯势力,如何掩护了丑恶的事物和社会毒虫,严重阻碍两个文明的建设。作家反映或提出这些现实中存在而又必须解决的问题,不是冷漠旁观,更非为暴露而暴露。他以灼热、迫切的心情,揭示它们的严重性,以期引起改革的注意,同时又显示了解决这些问题的必然性和可能性。

上面所说的这些作品,如果称之为“反思小说”和“问题小说”,我认为是不确切的。因为这样的概念无法包涵作品的内容,也不能说明它们的根本之点。诚然,它们或则反思了过去的教训,或则提出了现实中的问题。但是,它们从不同的侧面,对极左思潮以及与之相关联的文盲愚昧、封建迷信、家长制作风、以权代法,进行尖锐抨击和有力否定的字里行间,都响彻着对建设现代物质文明和精神文明,对实行民主和法制的殷切的呼唤。这才是上述小说的根本之点。是的,在我们已经走出噩梦的国家里,在我们正在焕发生机的土地上,我们勤劳、质朴的人民,不能让贫困、落后继续煎熬,不能让文盲、愚昧继续束缚,不断让迷信、家长制继续为患,而应当逐步获得现代文明的生活。在顺应人类走向文明、进步的潮流里,人民完全有可能冲破阻力,清除障碍,逐步实现“四化”大业,真正实行民主与法制,建设两个文明的新生活。这就说明,只要从人民的利益出发,揭露与歌颂,啄木鸟与百灵鸟,都是保持我们正在发生历史性变化的古老园林的“生态平衡”,让它欣欣向荣、春光长驻之所必需。

为了向新的高度攀登

纵观古华近年来的小说,在为其成就而欣喜的同时,也觉得有一些不足和值得思考的问题。

这些小说,思想艺术水平是颇为参差的。如果说,1981 年以前问世的作品,多数存在较明显的缺点,是成长过程中难免的;那么,最近两年多的小说未能达到《芙蓉镇》、《爬满青藤的木屋》以及《金叶木莲》的水平,则表明他在生活、思想、艺术上还有不少局限,还有一些问题需要解决。人们固然不应要求作家每一个新作品都超过或达到他已达到的最好水平,然而对于一位才华卓具的中年作家来说,明显的不稳定,则意味着不够成熟。这就需要认真回顾、思考已(以)往的得失,以利于更好地前进。

前面已经说过,古华的小说绝大部分是反映湘南山区十年动乱和刚开始拨乱反正的生活的,作家在这方面的生活积累比较厚实。然而,它们也表现出古华生活面的局限。他是比较熟悉这个时期的农民和基层干部的,但当他写到知识分子和某些其他人物时,就显示出生活基础的不足。《美丽崖豆杉》、《蓝妮》、《前边才是夔门》就都有这个问题。或则整个作品新意不多,或则人物没有多大典型意义,并且它们的情节、细节都有些经不起推敲之处。更明显的是，对这两三年来生活的变革、发展，不如对以前的生活那样熟悉了。因之，就未能敏锐而又充分地反映这种变革和发展，也未能成功地塑造出一批不畏艰难险阻，勇于开创新局面人物的形象。有的作品(《心境梦境》)虽然写了当前农村中的变化，却显得有些浮泛。一个作家固然要有自己的生活根据地，也完全可以以反映某一方面、某一地方的生活为主，但即使如此，也应当尽可能开阔视野，丰富阅历，广泛地了解社会，使点和面、线和面相结合。同时，近年来全国各行各业和绝大多数地方变化很大，原来在某一方面生活基础较厚实的作家，也很需要继续深入生活，了解、熟悉迅速发展中的新现实。

生活视野要扩大，要跟上现实发展，思想境界也要有新的开拓。古华曾经很有感触地说："时代对作家如此慷慨，作家怎能辜负了时代。毋需(庸)讳言，我们却大多是小农经济的儿子。"①这个问题确实是存在的。小农经济的影响，往往会使作家无意中容易满足于现状，安于驾轻车走熟路，妨碍在艺术征途上锐意进取和创新。在创作中，往往主要瞩目于小生产者或带有小农经济烙印的人物，在赞美他们的优良品质、同情他们的坎坷遭遇时，也用欣赏的笔调来写他们的局限和弱点。前面提到的，未能成功塑造"四化"建设中的革新者、创业者、开拓者的形象，既有生活上的局限，也有思想上的局限，而后者自然会影响作家去发现、认识这样的人物。在看待、描写人与人之间的关系中，有时也过多地从个人恩怨、好恶和私生活上着眼。对于山区、农村某些带有落后因素的风物，有时也无保留地予以赞赏。小农经济的影响，是不少作家普遍存在的问题，古华意识到这一点，正是摆脱它的局限，在思想境界作新开拓的发端。

艺术上也有一些不足和值得讨论之处。在人物塑造上，总的说来，人物语言不如叙述语言，相当一部分人物的语言个性化不够，这就影响形象的鲜明、生动，未能达到更高程度的典型化。有些人物，虽然写来不乏精彩之处，但思想感情变化的内在根据和过程写得不充分，人物的转变就使人觉得突然、不够有说服力，如《美丽崖豆杉》的宋曼曼，《心境梦境》的李景庚，都是如此。《蓝妮》更由于有些情节不太合情理，使主要人物的真实性都打了折扣。有些小说，写不正当的男女关系，或写人物的性生理，或写江湖郎中出卖和鼓吹激性药，这些片断和语言虽然都是有真实性的，但生活中有些事物、语言是不宜直接搬入文艺作品中的。鲁迅说过，画家如果画癞头疮，画鼻涕，画大便，艺术便被破坏。② 小说也是如此。上面所说的那些片断、语言，都由于写得过于直露而显得情趣不佳，使作品受到了不同程度的损害。这个问

① 《遥望诸神之山的随想》，《人民文学》，1983 年第 4 期。

② 见《且介亭杂文末编 · 半夏小集》。

题，希望作家今后能认真考虑，把握分寸。有少数作品，剪裁不够，枝蔓较多，不仅艺术光束不集中，篇幅也显得冗长。有的作品，构思与情节有雷同之处。《云烟街夜话》较多地采用荒诞派手法，作为一种探索、尝试，当然可以，但这尝试并未成功。小说里的鬼魂夜游，鬼魂召集活人灵魂聚谈，“白云真旃”检验人们的真伪，都同所反映的生活及现实主义手法不大协调。我认为，现实主义应该吸收其他流派适合于自己的艺术手法来丰富自己，以求不断发展，但并不是一切非现实主义流派的手法都一律可以兼收并蓄。上面说的这些，都同生活基础、思想境界、审美趣味有关。而艺术上的不足或瑕疵，总是或多或少影响作品达到真善美的统一。

古华曾经一再表示向“当代文学的奥林匹斯山”攀登的愿望和志向①。这是可喜的，值得赞美的。前面谈到一些问题，就是从这样的要求着眼的。如果所说的有几分是处，那么我想进而建议：在连续几年紧张的创作劳动并已取得丰收，近两年来又未能有新的突破的情况下，可以写得少些，用较多的时间去深入新的生活，让自己的生活仓库里有较丰富的新素材，同时对这几年创作上的得失做些深入思考，并且进一步提高思想理论水平和文化艺术素养和对社会人生的穿透力。这样说可能被某些同志所讪笑。但我真诚地认为，这对他攀登新的高度是需要的。登山运动员达到一个高度后，不也都要为新的冲刺和攀登做准备吗？

生活既吝啬又慷慨。它没有给青少年时代的古华什么物质享受，却默默地培养了他对下层人民的感情，锤炼了他的意志，给予了相当丰富的创作素材。他在艺术原野上求索的二十来年，路途并不笔直、平坦，是中共十一届三中全会的思想路线松开枷锁，才使他能按照艺术规律驰聘（骋）骥足，取得可喜的硕果。《芙蓉镇》获首届茅盾文学奖，《爬满青藤的木屋》获一九八一年全国优秀短篇小说奖，《金叶木莲》获《芙蓉》文学奖。它们被译成英文，有的还译成日文、法文；并且都改编成为电影剧本，有的还改编为话剧、越剧、黄梅戏、莆田戏、荆河戏。其他有些作品也流传得相当广泛。

然而，这应该是新的起点而不是顶点。人们对古华抱有更大的期望，他对自己也有更高的要求。他现在才四十一岁，风华正茂。古云：“四十而不惑。”不惑，就是在自己选择的艺术领域里不断创新，清醒地看待已有的成就和存在的不足、缺点，一直怀着赤子之心，以全部艺术才华和更大的努力，更好地为山里人、为人民歌唱，让陶冶情志、沁人肺腑的歌声，长久地在推动历史前进的群众心中回荡。

1983 年 9 月 27 日草毕于北京香山

1983 年 11 月 2 日改竟于上海江湾

——原载《新文学论丛》1984 年第 2 期

① 见《遥望诸神之山的随想》及《已经成为过去》。

蔡 翔

一个理想主义者的精神漫游

——读张承志《北方的河》

这是一个河的世界。

到处是生命的喧嚣,一个浪头,紧接着一个浪头,前呼后拥,倾泻而下……它热情蓬勃,青春永在。

这个世界征服了我们,我们开始感到不安,心里总是渴望着什么。我们想为自己的生活找到某种意义,这种意义远远高于我们在日常生活中小有成功后而体验到的那种安定感和成就感。我们想要知道自己正在走向哪里,为什么要为到达那里而艰苦奋斗。这就产生了一种渴望,一种伴随着极大的热情的渴望。

因此,当我们追踪着“他”的脚步时,感受到的,正是这样一种精神的漫游,一种对于他所要委身的价值的上下求索。

黄河:他找到了过去,他也找到了将来

黄河在这里显然不是以一个死的自然物的面目而出现,相反,它作为一个巨大的象征体,蕴藏着历史的、民族的、社会的全部奥秘。

当这个未来的地理专业的研究生风尘仆仆地踏上黄河故道时,巨大的热情中显然又飘忽着一丝迷茫。他不仅需要一个安静的能在其中自由驰骋理想的空间,他还需要为自己对生活的选择找到一个坚定的原则,需要使自己的行动得到某种实证。

这样,我们就能理解,为什么小说总是在不断地变换叙述角度。第三人称和第二人称的交叉叙述显然使他能够得以不停地站在对象的立场来反思自我,这种反思使作品在整体上获得了一种理性的力量。

现在,他来到了黄河。

黄河以它磅礴的气势在一刹那间就彻底征服了他。作者对黄河的描写显然带有强烈的印象派的色彩。在自然的呼唤下,人的主观情绪强烈外射,黄河变成了一

条神奇的火河。这种人与自然的情感交流,使小说获得了预期的画面效果。

在自然面前,他得到的,是一种顿悟。

他看到了自己,一个过去的自己。他突然感受到了历史的延续性。原来,神使鬼差地使他来到这里,使他一步步地走向地理学的王国,并不是一时感情的冲动,一种仅仅属于个人愿望(分配)未能满足的发泄。它隐藏着一种理想,一种追求,一种无私的献身精神。而这一切,在十几年前就已经萌生在一个毛头小伙子看到黄河的最初的感受中。历史没有空白,它循着因果的链状结构,一个环节一个环节地向前铸造,这种历史的绵延,似乎昭示出了一代人的某种必然性,他们的思考、愿望以及略微有点空想主义的气质。

当然,在他今天带着全部的生活阅历重新注视着黄河时,他的感受已经有了质的腾跃。

他想到了父亲,一个在精神上和肉体上的庇护者和效法者。这一段的描写多少有点生硬,可是它却蕴含着一个深刻的命题。他不再把个人凌驾于历史之上,对人的被决定的认识,显然是一个人趋向成熟的标志,是对自我中心化的少年期的深刻的否定。离开历史、社会和人民,它算什么呢?他的自信等于零,对生活的自由选择只是一种空想。这种对生活的认识无疑为他的追求提供了一种清醒的现实感。

可是,这种对生活的理解仍然没有完全消弭另外一种威胁,尽管它表现得相当隐晦曲折。

由黄河他想到了自己的父亲,那个抛弃了自己妻儿的父亲。他从小就隐藏在心底的欲望"就是长成一个块大劲足的男子汉,那时我将找到他,当着他老婆孩子的面狠狠地揍他"。这当然是一个痛苦的心灵的创伤。可是它毕竟属于个人,当我们自囿于个人的感情世界中,自我就会变成一个自封闭的系统,追求将裹足不前,它的意义也将在个人感情的折磨中消磨殆尽。

女记者的出现,似乎成了一个对应点。他在她的身世中,感受到了历史的痛苦。在这巨大的痛苦面前,把自己当成一个受难者,他感到可笑。当他终于摆脱了个人狭隘的感情,一种使命感就缓缓地融注进他的追求之中。

这种使命感由于他对自己的否定而获得了一种更为深刻的涵义。他似乎意识到,历史并不需要救世主,当年的狂热不仅没有改变生活,相反,它却间接地给历史带来苦难,历史需要补偿。这样,一种深沉的责任感使他感觉到自己的选择对于历史的价值。

在一种深刻的自我否定后面,往往隐藏着一种明确的肯定。而在不断地否定之中,过去和将来,理想和现实,个人和社会……它们相互靠拢,缓缓地衔接在一起,这是一块坚实的大地。

湟水:古老的彩陶汇成了河

这是一条黄河上游的支流。

黄河浪头那神秘的抚摸,显然使他赢得了一次精神的再生。当他带着一颗丰满而又躁动不宁的心灵走上岸时,他需要一种宁静。

他对生活的选择几乎命定了他的一生将是飘泊无定,坎坷多折。他将失去许多,哪怕是暂时的喘息,他将永远奔跑着生活,这太累了。

而且,这种奔波似乎缺少一个彼岸,一个色彩斑斓的现实的或理想的岸。在他看来,生活只是一个过程,一个永无止境的运动的过程。

他沿着河流,他奔向河流,他自己也变成了河。

他和她走向湟水,彩陶片汇成了一条河。

当女记者不无伤感地把彩陶罐子比作生活,低声喃喃着"可惜碎了"时,他却显得心不在焉,表现出异常的冷漠。

的确,历史在我们的身上留下了一道难以忘怀的痕迹。回首往事,我们总是会涌起一种复杂的难以言说的感情;踟蹰街头,有时就难免感到岁月磋(蹉)跎。

可是,他需要的不是这种对生活的静止的描述。对现实的抗争。如果仅仅出于个人的要求补偿,那么这种奋斗很快就会因为小有成就而使人厌倦,而喋喋不休诉说心灵的创伤,那不过是一种变相的乞求施舍罢了。

他想到了高老汉,那个在垂暮之年还挣扎着要为子孙后代留下一片青杨林的高老汉。他死了,在他倒下去的地方,却站起了一片青杨林;他想起了在额尔齐斯河边插队的时候,曾经认识的一个哈萨克的老母亲,她用自己的双手抚育了一个家族,在她去世的时候,草原上走来了整整一支马队……

生命在运动,这就够了。生命是有限的,谁也无法同那神秘的命运相抗衡。但是,他在创造,他在创造对象的同时,也在创造着自己。他的生命将随着这种创造而得以延续,得以永恒。古老的彩陶汇成了河,它蕴藏着我们民族的衍衍不息的全部奥秘。

生和死,有限和无限,这是人类面对自然反复吟咏的永恒的艺术母题,它随着时代的变化而被赋予不同的价值观念。

他的追求显然带有一种强烈的个性色彩,而当这种个性同我们民族古老的群的观念融注在一起时,他的精神就被一片肃穆而又庄严的氛围所笼罩。他的胸襟为之阔大,所有抽象的意念都为一种具体的内容所充实。

这是对生命的一种朴素而又深刻的辩证的认识。

从黄河到湟水,我们看到,当他的精神升向高处和光明,他的根却在努力挣扎着伸向地里,伸向深处。

这样能使他变得坚实些,在高处不再感到由于精神的优越而带来的寂寞。他至少不会离群索居,心灵象脆片,意志在五光十色的变幻中迷失航向。只有当人变成无根的植物时,才会为自己思想的急剧变化而感到脸红,有时会飘来一阵迷茫。他的今天会驳斥他的昨天,心灵永无安宁之日。

永定河:他需要父亲,他还需要母亲　梦幻般飞奔的时间停住了它的脚步

人民、土地、草原、河流构成了一个绚烂多姿的世界,他象一个极度敏感的人那样,在周围感受到了他所要感受的一切。这好象是对现实的幻觉,这种幻觉使对象带有一种强烈的主观情绪色彩。在这里,他摆脱了尘世的羁绊,精神自由翱翔。可是,精神只有同时拥有生活,它才能获得一种实体性。当然,一旦我们将那种狂热的精神套上犁杖,就会感到过于艰难。劳动、流汗,一切都是那么平凡、琐碎。可是,这就是生活的血肉和躯体,狂热只是开头,生活是一个过程。

北京是他黄河之行的终点,也是他新的生活的起点。

他开始复习,开始为尽一个儿子的义务而替家庭操劳,更重要的,他开始为准考证而到处奔忙。

他碰上了钉子,条文规定:大学毕业生不服从分配,将被取消大学生资格。五年之内,全民所有制单位不得录用。这对他取得考试资格无疑是一个极大的威胁。看来,再合理的愿望在实际生活中也未必是那么一帆风顺。

这种最初的挫折并未损害他的情绪,他一如既往,对生活充满自信。“尽管你在那些大河里如鱼得水,但是这儿可是北京,是首都”,看来,女记者当初把这句忠告吞咽下去,是一个明智的抉择。但是,这句话无疑包孕了一个真理,热情并不等于生活。

他不需要这些忠告,他仗着热情有恃无恐;啃大部头书,直闯 A 委员会,到处找门路……这种热情给他的行动注入了一种蓬勃的活力,看来,他也是对的:丧失了热情,也就丧失了生活。

当然,最好把这两者统一起来,可是这需要一个过程,而在未完成这个过程之前,他将由此而受到片面性的惩罚。

他总是在想象生活,想象中生活就难免被诗意化。因此,接二连三的挫折逐渐使他变得暴躁不安。他的力量不够了,他对生活的实际状况开始感到难以忍受。这是理想同现实的脱节,显然,它也是一种不成熟的征兆。

他和女记者的分手,令人十分遗憾。他们之间在性格、理想、气质和对生活的看法上的相互冲突,显然使这幕爱情悲剧在个人的感情控制之外上升到了一个观念的对峙。

她过于软弱，尽管她也在苦苦奋斗，但是她的追求却始终未能摆脱世俗的羁绊。因此，她的成功也就意味着追求的终止。这种成功并不能给她的生活带来任何改变，包括不能改变她的心灵的孤寂。在漫长的人生旅途上，她需要一块岩石，一个依靠。

他无法变成这样一块岩石，他是河流，他是流动的生命。黄河之行，已经使他无法改变自身，那将意味着他生命的静止。他也需要一个依靠，他走得太远，难免感到孤独。当他终于意识到他也无法改变她时，这幕悲剧就成了一个命定的必然。

而徐华北的介入显然使这场爱情纠葛变得更为复杂起来。徐华北算什么呢？他才华横溢，但却心术不正，几乎在他每一首华美的诗章后面，都蹲着个人赤裸裸的阴私。这对于他来说，是难以忍受的。在他看来，每个人都有权不断选择自己的生活方式，但是这种选择却必须是坦荡、正直和无私的，因此，他和徐华北之间，实际上潜伏着两种伦理道德观念的冲突。

在一般人看来，他对理想的执着近于“迂”。这种性格决定了他无法适应日常生活，同它打成一片。这就使他和生活突然拉开了距离，在这个世界上，他显得那么不协调，一切都变得陌生起来。但是他的追求又不可能使他离群索居，这就使他加倍苦恼，郁郁不欢。这种苦恼似乎还蕴藏着另外一个因素，他在同现实的抗争中，始终缺乏一个正面的强大到足以在精神上同他相抗衡的对手。这就难免产生一种孤独感。

他来到了永定河。

永定河并没有用它惊人心魄的景观来振奋他，它细浪汩汩，可怜巴巴。他失望了，是因为来到了平原，热情过多地消耗而使它的生命奄奄一息？

不，永定河没有屈服。它留下一片河滩，制造了无法改变的一片钢铁般的青灰色。它并不是一道屈辱的驯服的浅流，它的声音里饱含着艰(坚)忍和力量。

这就是永定河，这就是——母亲。

这是一个深刻的隐喻，它似乎象征着生活的实际的一面。

他不仅需要父亲，他还需要母亲，需要沉静、含蓄、艰(坚)忍和宽容。自信倘若不是建立在对生活深刻的全面的理解上，它就将流于浅薄和浮躁。生活中并非万事如意，许多事一时难以改变。求全责备只能使自己变得轻狂，意志将在焦虑中搁浅。顺利的时候过于自信，步入逆境就难免一蹶不起……

他在永定河的昭示下，终于完成了从青年到成人的转化过程。这意味着，他在今后的道路上，不仅具有自信心，还将拥有一种自觉性，他将能控制自己，保持自我平衡。社会将被他开拓。

这个过程的结束,意味着他将达到一种更为雄浑壮丽的人生境界。

黑龙江:既是结尾又是开头

当我们沿着黄河,追踪着我们这位主人公的足迹时,我们常常感到艰难。他的思想过于活跃,他总是在不停地思考、追求,这种永不安于现状的探索,未必使人人都乐意接受,但是离开了它那照亮了人生前程的闪闪远射的光芒,生活又会显得黯然无色。

他当然具有一种诗人的气质,在他身上,多少弥漫着一层空想的氛围。他总是沉浸在自己的精神世界中。他走得太远,因此,我们有时就会对他的思想表示难以理解。

不同河道的穿插运用,多少有点生硬,仿佛是从外部强行楔入。同《黑骏马》相比,似乎缺少它那种浑然一体的艺术境界。

可是我们仍然为他所吸引,在他强大的精神的冲击力下,我们感到一种人格的力量。

他属于时代。

这是一个旋转的时代。

一种价值观念刚刚破土而出,另一种价值观念又在悄悄地萌动;当一些人终于在生活中找到了自己的归宿,又有一些人启碇开航,开始对生命进行新的探索……

这种追求,显然基于如下的事实:

只有当个人不再以一种被动的姿态来应付生活时,他才会考虑自己在这个世界中充分发展的任何可能性。

是的,这是一个科学和神话相互交织的时代:五光十色的外界信息的涌入,重新唤起了我们对于生活的热情。这是一个思辨的时代:它满足了我们对于所要委身的各种价值的简直不顾一切的追求。这是一个行动的时代:它冲破一切障碍,势不可当。这些行动有的得到了肯定,有的则受到了应有的否决。但是,在巨大的热情迸发中所产生的行动总是显得那么生气勃勃,即使因此而导致的一些错误,也往往充满青春的魅力。而我们只有先知道人们在实际上是怎样思想的,然后才有可能对他们应该怎样行动发表任何有意义的议论。

只有把作品放在我们整个时代的背景中,我们才能理解,为什么《北方的河》会如此迅速地征服我们;才能理解在这个精神漫游者的身上蕴藏着的是坚忍,而不是迷惘;才能深切感受到这种骚动不安的情绪不是对现实的逃避,而是一种主动的进击。

一九八四年三月十二日于上海

——原载《读书》1984 年第 9 期

汪曾祺

人之所以为人

——读《棋王》笔记

脑袋在肩上，
文章靠自己。

——阿城《孩子王》

读了阿城的小说，我觉得，这样的小说我写不出来。我相信，不但是我，很多人都写不出来。这样就很好。这样就增加了一篇新的小说，给小说的这个概念带进了一点新的东西。否则，多写一篇，少写一篇：写，或不写，差不多。

提笔想写一点读了阿城小说之后的感想，煞费踌躇。因为我不认识他。我很少写评论。我评论过的极少的作家都是我很熟的人。这样我说起话来心里才比较有底。我认为写评论最好联系到所评的作家这个人，不能只是就作品谈作品。就作品谈作品，只论文，不论人，我认为这是目前文学评论的一个缺点。我不认识阿城，没有见过。他的父亲我是见过的。那是他倒了霉的时候，似乎还在生着病。我无端地觉得阿城像他的父亲。这很好。

阿城曾是“知青”。现有的辞书里还没有“知青”这个词条。这一条很难写。绝不能简单地解释为“有知识的青年”。这是一个特定的历史时期的产物，一个很特殊的社会现象，一个经历坎坷、别具风貌的阶层。

知青并不都是一样。正如阿城在《一些话》中所说：“知青上山下乡是一种特殊情况下的扭曲现象，它使有的人狂妄，有的人消沉，有的人投机，有的人安静。”这样的知青我大都见过。但是大多数知青，都有一个共同的特点，如阿城所说：“老老实实地面对人生，在中国诚实地生活。”大多数知青看问题比我们这一代现实得多。他们是很清醒的现实主义者。

大多数知青是从温情脉脉的纱幕中被放逐到中国的干硬的土地上去的。我小的时候唱过一支带有感伤主义色彩的歌："离开父，离开母，离开兄弟姊妹们，独自行千里……"知青正是这样。他们不再是老师的学生，父母的儿女，姊妹的兄弟，赤条条地被掷到"广阔天地"之中去了。他们要用自己的双手谋食。于是，他们开始用自己的眼睛去看世界。棋呆子王一生说："你们这些人好日子过惯了，世上不明白的事儿多着呢！"多数知青从"好日子"里被甩出来了，于是他们明白许多他们原来不明白的事。

我发现，知青和我们年轻时不同。他们不软弱，较少不着边际的幻想，几乎没有感伤主义。他们的心不是水蜜桃，不是香白杏。他们的心是坚果，是山核桃。

知青和老一代的最大的不同，是他们较少教条主义。我们这一代，多多少少都带有教条主义色彩。

我很庆幸地看到（也从阿城的小说里）这一代没有被生活打倒。知青里自杀的极少、极少。他们大都不怨天尤人。彷徨、幻灭，都已经过去了。他们怀疑过，但是通过怀疑得到了信念。他们没有流于愤世嫉俗，玩世不恭。他们是看透了许多东西，但是也看到了一些东西。这就是中国和人。中国人。他们的眼睛从自己的脚下移向远方的地平线。他们是一些悲壮的乐观主义者。有了他们，地球就可修理得较为整齐，历史就可以源源不绝地默默地延伸。

他们是有希望的一代，有作为的一代。阿城的小说给我们传达了一个非常可喜的信息。我想，这是阿城的小说赢得广大的读者，在青年的心灵中产生共鸣的原因。

《棋王》写的是什么？我以为写的就是关于吃和下棋的故事。先说吃，再说下棋。

文学作品描写吃的很少（弗吉尼亚·伍尔芙曾提出过为什么小说里写宴会，很少描写那些食物的）。大概古今中外的作家都有点清高，认为吃是很俗的事。其实吃是人生第一需要。阿城是一个认识吃的意义、并且把吃当作小说的重要情节的作家（陆文夫的《美食家》写的是一个馋人的故事，不是关于吃的）。他对吃的态度是虔诚的。《棋王》有两处写吃，都很精彩。一处是王一生在火车上吃饭，一处是吃蛇。一处写对吃的需求，一处写吃的快乐——一种神圣的快乐。写得那样精细深刻，不厌其烦，以致（至）读了之后，会引起读者肠胃的生理感觉。正面写吃，我以为是阿城对生活的极其现实的态度。对于吃的这样的刻画，非经身受，不能道出。这使阿城的小说显得非常真实，不假。《棋王》的情节按说是很奇，但是奇而不假。

我不会下棋，不解棋道，但我相信有像王一生那样的棋呆子。我欣赏王一生对下棋的看法："我迷象棋。一下棋，就什么都忘了。呆（待）在棋里舒服。"人总要呆在一种什么东西里，沉溺其中。苟有所得，才能证实自己的存在，切实地掂出自己的价值。王一生一个人和几个人赛棋，连环大战，在胜利后，呜呜地哭着说："妈，儿今天明白事儿了。人还要有点儿东西，才叫活着。"是的，人总要有点东西，活着才有意义。人总要把自己生命的精华都调动出来，倾力一搏，像干将、莫邪一样，把自己炼进自己的剑里，这，才叫活着。

"不有博弈者乎？为之犹胜乎已。"弈虽小道，可以喻大。"用志不分，乃凝于神"，古今成事业者都需要有这么一点精神。这是我们这个时代需要的精神。

我这样说，阿城也许不高兴。作者的立意，不宜说破。说破便煞风景。说得太实，尤其令人扫兴。

阿城的小说结尾都是胜利。人的胜利。《棋王》的结尾，王一生胜了。《孩子王》的结尾，"我"被解除了职务，重回生产队劳动去了。但是他胜利了。他教的学生王福写出了这样的好文章："……早上出的白太阳，父亲在山上走，走进白太阳里去。我想，父亲有力气啦。"教的学生写出这样的好文章，这是胜利，是对一切陈规的胜利。

《树王》的结尾，萧疙瘩死了，但是他死得很悲壮。

因此，我说阿城是一个乐观主义者。

有人告诉我，阿城把道家思想糅进了小说。《棋王》里的确有一些道家的话。但那是拣烂纸的老头的思想。甚至也可以说是王一生的思想，不一定就是阿城的思想。阿城大概是看过一些道家的书。他的思想难免受到一些影响。《树王》好像就涉及一点"天"和"人"的关系（这篇东西我还没太看懂，捉不准他究竟想说什么，容我再看看，再想想）。但是我不希望把阿城和道家纠缠在一起。他最近的小说《孩子王》，我就看不出有什么道家的痕迹。我不希望阿城一头扎进道家里出不来。

阿城是有师承的。他看过不少古今中外的书。外国的，我觉得他大概受过海明威的影响，还有陀思妥耶夫斯基。中国的，他受鲁迅的影响是很明显的。他似乎还受过废名的影响。他有些造句光秃秃的，不求规整，有点像《莫须有先生传》。但这都是瞎猜。他的叙述方法和语言是他自己的。司空图《二十四诗品》云："俯拾即是，不取诸邻。俱道适往，着手成春。"说得很好。阿城的文体的可贵处正在："不取诸邻。""脑袋在肩上，文章靠自己。"

阿城是敏感的。他对生活的观察很精细，能够从平常的生活现象中看出别人视若无睹的特殊的情趣。他的观察是伴随了思索的。否则他就不会在生活中看到生活的底蕴。这样,他才能积蓄了各样的生活的印象。可以俯拾,形成作品。

然而在摄取到生活印象的当时,即在“十年动乱”期间,在他下放劳动的时候,没有写出小说。这是可以理解的,正常的。只有在今天,现在,阿城才能更清晰地回顾那一段极不正常时期的生活,把那个时期的人,写下来。因为他有了成熟的、冷静的、理直气壮的、不必左顾右盼的思想。一下笔,就都对了。

他的信心和笔力来自党的十一届三中全会以后中国生活的现实。十一届三中全会救了中国,救了一代青年人,也救了现实主义。

阿城业已成为有自己独特风格的青年作家,循此而进,精益求精,如王一生之于棋艺,必将成为中国小说的大家。

1985 年 3 月 3 日

——原载《光明日报》1985 年 3 月 21 日

韩少功

文学的“根”

我以前常常想一个问题：绚丽的楚文化到哪里去了？我曾经在汨罗江边插队落户，住地离屈子祠仅20来公里。细察当地风俗，当然还有些方言词能与楚辞挂上钩。如当地人把“站立”或“栖立”说为“集”，这与《离骚》中的“欲远集而无所止”吻合，等等。除此之外，楚文化留下的痕迹就似乎不多见。如果我们从洞庭湖沿湘江而上，可以发现很多与楚辞相关的地名：君山，白水，祝融峰，九嶷山……但众多寺庙楼阁却不是由“楚人”占据的：孔子与关公均来自北方，而释迦牟尼则来自印度。至于历史悠久的长沙，现在已成了一座革命城，除了能找到一些辛亥革命和土地革命的遗址之外，很难见到其他古迹。那么浩荡深广的楚文化源流，是什么时候在什么地方中断干涸的呢？都流入了地下的墓穴么？

两年多以前，一位诗人朋友去湘西通道县侗族地区参加了一次歌会，回来兴奋地告诉我：找到了！她在湘西那苗、侗、瑶、土家所分布的崇山峻岭里找到了还活着的楚文化。那里的人惯于“制芰荷以为衣兮，集芙蓉以为裳”，披兰戴芷，佩饰纷繁，萦茅以占，结茝以信，能歌善舞，呼鬼呼神。只有在那里，你才能更好地体会到楚辞中那种神秘、奇丽、狂放、孤愤的境界。他们崇拜鸟，歌颂鸟，模仿鸟，作为“鸟的传人”，其文化与黄河流域“龙的传人”有明显的差别。后来，我对湘西多加注意，果然有更多发现。史料记载：在公元3世纪以前，苗族人民就已劳动生息在洞庭湖附近（即苗歌中传说的“东海”附近，为古之楚地），后来，由于受天灾人祸所逼，才沿五溪而上，向西南迁移（苗族传说中是蚩尤为黄帝所败，蚩尤的子孙撤退到山中）。苗族迁徙史歌《爬山涉水》，就隐约反映了这段西迁的悲壮历史。看来，一部分楚文化流入湘西一说，是不无根据的。

文学有“根”，文学之“根”应深植于民族传说（统）文化的土壤里，根不深，则叶难茂。故湖南的作家有一个“寻根”的问题。这里还可说一南一北两个例子。

南是广东。人们常说不久前的香港是“文化沙漠”，这恐怕与现代商品经济瓦解了民族文化主体有关。你到临近香港的深圳,可以看到蓬勃兴旺的经济,有辉煌的宾馆,舒适的游乐场,雄伟的商贸大厦,但较难看到传统文化遗迹。倒常能听到一些舶来词:的士、巴士、紧士(工装裤)、波士(老板)以及 OK。岭南民间多天主教,且重商甚于重文。对西洋文化的简单复制,只能带来文化的失血症。明人王士性《广志绎》中说:粤人分四,“一曰客户,居城郭,解汉音,业商贾;二曰东人,杂处乡村,解闽语,业耕种;三曰俚人,深居远村,不解汉语,惟耕垦为活:四曰疍户,舟居穴行,仅同水族,亦解汉音,以探海为生”。这介绍了分析广东传统文化的一个线索。将来岭南的文化在商品经济的熔炉中再生,也许能在“俚人”、“东人”和“疍户”之中获取不少特异的潜能吧。

北是新疆。近年来新疆出了不少诗人,小说家却不多,当然可能是暂时现象。我到新疆时,遇到一些青年作家,他们说要出现真正的西部文学,就不能没有传统文化的骨血。我对此深以为然。新疆文化的色彩丰富。白俄罗斯族中相当一部分源于战败东迁的白俄“归化军”及其家属,带来了欧洲的东正教文化;维(吾尔)、回等族的伊斯兰文化,则是沿丝绸之路来自波斯和阿拉伯世界等地域;汉文化及其儒教在这里也深有影响。各种文化的交汇,加上各民族都有一部血淋淋的历史,是应该催育出一大批奇花异果的。19 世纪的俄罗斯文学以及本世纪的日本文学,不就是得天独厚地得益于东、西方文化的双重双面影响吗?如果割断传统,失落气脉,只是从内地文学中“横移”一些主题和手法,势必是无源之水,很难有新的生机和生气。

几年前,不少作者眼盯着海外,如饥似渴,勇破禁区,大量引进。介绍一个萨特,介绍一个海明威,介绍一个艾特玛托夫,都引起轰动。连品位不怎么高的《教父》和《克莱默夫妇》,都会成为热烈的话题。作为一个过程,是正常而重要的。近来,一个值得欣喜的现象是:作者们开始投出眼光,重新审视脚下的国土,回顾民族的昨天,有了新的文学觉悟。贾平凹的“商州”系列小说,带上了浓郁的秦汉文化色彩,体现了他对商州细心的地理、历史及民性的考察,自成格局,拓展新境;李杭育的“葛川江”系列小说,则颇得吴越文化的气韵。杭育曾对我说,他正在研究南方的幽默与南方的孤独,这都是极有兴趣的新题目。与此同时,远居大草原的乌热尔图,也用他的作品连接了鄂温克族文化源流的过去和未来,以不同凡响的篝火、马嘶与暴风雪,与关内的文学探索遥相呼应。

他们都在寻“根”,都开始找到了“根”。这大概不是出于一种廉价的恋旧情绪和地方观念,不是对方言歇后语之类浅薄的爱好;而是一种对民族的重新认识,一种审美意识中潜在历史因素的苏醒,一种追求和把握人世无限感和永恒感的对象化表现。

丹纳在《艺术哲学》中认为:人的特征是有很多层次的,浮在表面上的是持续三四年的一些生活习惯与思想感情，比如一些时行的名称和时行的领带，不消几年就全部换新。下面一层略为坚固些的特征，可以持续20年、30年或40年，像大仲马《安东尼》等作品中的当令人物，郁闷而多幻想，热情汹涌，喜欢参加政治，喜欢反抗，又是人道主义者，又是改革家，很容易得肺病，神气老是痛苦不堪，穿着颜色刺激的背心（等等）……要等那一代过去以后，这些思想感情才会消失。往下第三层的特征，可以存在于一个完全的历史时期，虽经剧烈的摩擦与破坏还是巍（岿）然不动，比如说古典时代的法国人的习俗：礼貌周到，殷勤体贴，应付人的手段很高明，说话很漂亮，多少以凡尔赛的侍臣为榜样，谈吐和举动都守着君主时代的规矩。这个特征附带或引申出一大堆主义和思想感情，宗教、政治、哲学、爱情、家庭，都留着主要特征的痕迹。但这无论如何顽固，也仍然是要消灭的。比这些观念和习俗更难被时间铲除的，是民族的某些本能和才具，如他们身上的某些哲学与社会倾向，某些对道德的看法，对自然的了解，表达思想的某种方式。要改变这个层次的特征，有时得靠异族的侵入，彻底的征服，种族的杂交，至少也得改变地理环境，迁移他乡，受新的水土慢慢的感染，总之要使精神气质与肉体结构一齐改变才行。丹纳几乎是个“地理环境决定论”者，其见解不需要被我们完全赞成，但他至少从某一侧面帮助我们领悟到了所谓文化的层次。

作家们写住房问题，写过很多牢骚和激动，目光开始投向更深的层次，希望在立足现实的同时，又对现实进行超越，去揭示一些决定民族发展和人类生存的谜。他们很容易首先注意到乡土。乡土是城市的过去，是民族历史的博物馆。哪怕是农舍的一梁一栋，一檐一桷，都可能有汉魏或唐宋的投影。而城市呢，上海除了一角城隍庙，北京除了一片宫墙，那些林立的高楼，宽阔的沥青路，五彩的霓虹灯，南北一样，多少有点缺乏个性；而且历史短暂，太容易变换。于是，一些表现城市生活的作家，如王安忆、陈建功等等，想写出更多的中国“味”，便常常让笔触越过这表层文化，深入到胡同、里弄、四合院或小阁楼里。有人说这是“写城市里的乡村”。我们不必说这是最好的办法，但我们至少可以指出这是凝聚历史和现实、是扩展文化纵深感的手段之一。

更为重要的是，乡土中所凝结的传统文化，更多地属于不规范之列。俚语，野史，传说，笑料，民歌，神怪故事，习惯风俗，性爱方式，等等，其中大部分鲜见于经典，不入正宗，更多地显示出生命的自然面貌。它们有时可以被纳入规范，被经典加以肯定，像浙江南戏所经历的过程一样。反过来，有些规范的文化也可能由于某种原因，从经典上消逝而流入乡野，默默潜藏，默默演化。像楚辞中有的风采，现在还闪烁于湘西的穷乡僻壤。这一切，像巨大无比、暖（暧）昧不明、炽热翻腾的大地深层，潜伏在地壳之下，承托着地壳——我们的规范文化。在一定的时候，规范的东西总是绝处逢生，依靠对不规范的东西进行批判地吸收，来获得营养，获得更新再生的契机。宋词，元曲，明清小说，都是前鉴。因此，从某种意义上说，不是地壳而是地下的岩浆，更值得作家们注意。

这丝毫不意味着闭关自守，不是反对文化的对外开放；相反，只有找到异己的参照系，吸收和消化异己的因素，才能认清和充实自己。但有一点似应指出，我们读外国文学，多是读翻译作品，而被译的多是外国的经典作品、流行作品或获奖作品，即已入规范的东西。从人家的规范中来寻找自己的规范，模仿翻译作品来建立一个中国的“外国文学流派”，想必前景黯淡。

外国优秀作家与某民族传统文化的复杂联系，我们对此缺乏材料以作描述。但至少可以指出，他们是有脉可承的。比方说，美国的“黑色幽默”与美国人的幽默传统和“牛仔”趣味，与卓别林、马克·吐温、欧·亨利等是否有关呢？拉美的“魔幻现实主义”，与拉美光怪陆离的神话、寓言、传说、占卜迷信等文化现象是否有关呢？萨特、加缪的存在主义哲学小说和哲理戏剧，与欧洲大陆的思辨传统，甚至与旧时的经院哲学是否有关呢？日本的川端康成“新感觉派”，与佛教禅宗文化，与东方士大夫的闲适虚净传统是否有关呢？希腊诗人埃利蒂斯与希腊神话传说遗产的联系就更明显了。他的《俊杰》组诗甚至直接采用了拜占庭举行圣餐的形式，散文与韵文交替使用，参与了从荷马到当代整个希腊诗歌传统的创造。

另一个可以参照的例子来自艺术界。小说《月亮和六便士》中写了一个画家，属现代派，但他真诚地推崇提香等古典派画家，很少提及现代派的同志。他后来逃离了繁华都市，到土著野民所在的丛林里，长年隐没，含辛茹苦，最终在原始文化中找到了现代艺术的支点，创造了杰作。这就是后来横空出世的高更。

“五四”以后，中国文学向外国学习，学西洋的，东洋的，俄国和苏联的；也曾向外国关门，夜郎自大地把一切洋货都封禁焚烧。结果带来民族文化的毁灭，还有民族自信心的低落——且看现在从外汇券到外国的香水，都在某些人那里成了时髦。但在这种彻底的清算和批判之中，萎缩和毁灭之中，中国文化也就能涅槃再生了。西方历史学家汤因比曾经对东方文明寄予厚望。他认为西方基督教文明已经衰落，而古老沉睡着的东方文明，可能在外来文明的“挑战”之下，隐退后而得“复出”，光照整个地球。我们暂时不必追究汤氏的话是真知还是臆测，有意味的是，西方很多学者都抱有类似的观念。科学界的笛卡尔、莱布尼兹、爱因斯坦、海森堡等，文学界的托尔斯泰、萨特、博尔赫斯等，都极有兴趣于东方文化。传说张大千去找毕加索学画，毕加索也说：你到巴黎来做什么？巴黎有什么艺术？在你们东方，在非洲，才会有艺术。……这一切都是偶然的巧合吗？在这些人注视着的长江、黄河两岸，到底会发生什么事呢？

这里正在出现轰轰烈烈的改革和建设，在向西方“拿来”一切我们可用的科学和技术等等，正在走向现代化的生活方式。但阴阳相生，得失相成，新旧相因，万端变化中，中国还是中国，尤其是在文学艺术方面，在民族的深层精神和文化特质方面，我们有民族的自我。我们的责任是释放现代观念的热能，来重铸和镀亮这种自我。

这是我们的安慰和希望。

前不久一次座谈会上，我遇到了《棋王》的作者阿城，发现他对中国的民俗、字画、医道诸方面都颇有知识。他在会上谈了对苗族服装的精辟见解，最后说：“一个民族自己的过去，是很容易被忘记的，也是不那么容易被忘记的。”

他说完这句话之后，大家都沉默了，我也沉默了。

1985.1

——原载《作家》1985 年第 4 期

季红真

文明与愚昧的冲突

——论新时期小说的基本主题

引言

几乎谁都承认,近几年小说创作的成绩冠于整个异常繁荣的新时期文学之首。老干新秀,风云际会,形成了空前壮大的作家队伍,而且潮头叠起,此消彼长,使人目不暇接。它是如此丰富复杂,想用任何一种固定的坐标测出它的整体态势都是异常困难的,我们只好把它限制在本学科领域中,选择一个适当的参照系,在比较中抓住它的基本特征。

和当代文学以往二十七年小说的主题单一、倾向集中的普遍现象相比,主题思想的活跃无疑是新时期小说的重要特征。随着整个社会思想解放的进程,作家们的思维触角伸到了社会生活各个领域,并且延伸到民族历史生活的纵深层次,形成阶段性迅速更迭的主题现象。不仅如此,主题的多样化与丰富性常常突破了题材的限制,同一主题的作品间意向交错的复杂现象举不胜举。这样复杂的主题现象,要从外部形态上进行归纳只能是现象的琐碎罗列。二十世纪的系统论方法提示我们,文学作为一个活动着的系统存在,在其内部结构中,各分散的主题间一定有着内在和普遍的联系,揭示出这种联系以达到宏观描述的目的,就是本文的立意所在。

美国当代数学家哥德尔证明:在一个系统中的各构成因素存在着自我相关性,因此处于这个系统之中的人们的认识能力,不可能解决此系统中的全部问题,只有跳出原有系统到一个更高的层次上,才能解决原有层次上的问题。① 同理,我们为了识破新时期小说的"庐山真面目",为了更为全面地描述它的普遍联系,也必须拉大距离,尽可能把全部主题现象尽收眼底。这需要找到一个宏观的视角。

---

① 道·霍夫斯塔特:《GEB——一条永恒的金带》,乐秀成编译,人民出版社《走向未来丛书》。

这个视角的选择不是随意的。小说主题作为作品全部意向所包含的意义，来自作家们对社会人生的理知（智）与认识；思想解放的时代特点和现实主义的美学前提，又决定了作为主体信息载体的人物、故事、情节多来自民族的当代社会生活，是民族这一历史阶段政治的、经济的、伦理的、精神的生存方式经由作家的经验世界转化为艺术世界的结果。因此，我们的视角就应该能够包括从物质到精神的全部社会生活内容。二十世纪人们对文化的认识恰为我们提供了这种视角，这就是有别于以往仅限于意识形态领域的狭义文化概念，其涵义包括生产方式等人类更广阔的活动范围的大文化概念。美国人类学家艾尔弗雷德·克罗伯曾下过如下定义：

> 文化包括各种外显的和内隐的行为模式，它们借符号之使用而被学到或被传授，而且构成人类群众的出色成就，包括体现着人工制造品的成就；文化的基本核心包括传统（即由历史衍生而挑选的）观念，尤其是价值观念；文化体系虽然可被认为是人类活动的产物，但亦可被认为是限制人类作进一步活动之因素。①

显然，这是一个与人类的全部社会实践联系的、最广义因而也是最抽象的定义。把它具体化，可以展开以下两个层次的意义。

首先，各民族作为相对独立的群体，由于各自形成发展的历史限制，又形成了各自不同特点的文化，主要表现为与特定民族的生产方式和生活方式相适应，以特定民族的语言为符号传播的价值观念和行为模式。其次，任何一个民族的历史，都由于外力和内力的作用处于不断的发展变化中，而任何一个民族的文化在一个具体的历史阶段也就会存在具体的时代特征。这个特征既衔接着一个民族久远的传统，又有这个民族生存的具体时代内容。用纵的眼光看，则是一个民族的传统在时代际遇中的振动、扬弃、更新和发展。明确这两点，大文化的概念才能切实可行地作为视角，应用于我们对新时期小说主题现象的研究。

中国是一个具有五千年悠久历史的文明古国。对于我们民族在漫长的历史生活中集体创造的灿烂文化及对它自身优劣的判断，都不是一两句话可以说清楚的，需要几代人的整理总结。我们不可能坐等那个时候，眼前可做的事情，就是立足于民族生活的现实，对当代文化的特征做（作）一些分析。

新中国年轻的生命历程，是一部曲折艰辛的历史。社会主义制度的建立，结束了近百年来中华民族受人压迫奴役的屈辱命运，也在政治上结束了几千年的封建统治。生产关系的革命使中华民族百年来步入现代文明社会的历史要求，展示出极大的可能性。然而，“人们自己创造自己的历史，但是他们并不是随心所欲地创造，并

---

① 转引自祖慰《快乐学院》，《十月》1983年第5期。

不是在他们自己选定的条件下创造，而是在直接碰到的、既定的、从过去承继下来的条件下创造”①。农业民族在自然经济中赖以维持生存的落后生产力和小生产的生产方式，这是民族承袭下来的主要条件。而在小生产的生产方式中滋生，因岁月久远而深入民族心理、带有封建性印记的落后意识，又像梦魇一样纠缠着人们的头脑，限制着人们的眼界，使这个民族通过对世界各民族文化的接受、借鉴，长足跨入现代社会的可能性受到严重阻遏。于是，就出现了这样的矛盾现象：一方面，在极落后的生产力水平上梦想一步进入共产主义；另一方面，狭隘的阶级论又对文化持简单化的态度。不仅排斥与先进的生产力相联系的现代文化，而且对狭义的文化也采取虚无主义的态度。纵向基本隔断了和传统文化的联系，横向几乎封闭了和世界文化的联系。剩下的所谓传统也只有经验形态的东西，除了其中良知的部分以外，大量的是狭隘鄙陋的习惯。

在这样狭小的文化背景中，整个民族的精神被束缚得近于窒息，导致了“唯心主义盛行”、“形而上学猖獗”，终于使整个民族备尝十年动乱的恶果，野蛮代替文明，迷信代替科学，愚昧代替理性。但是，“没有哪一次巨大的历史灾难不是以历史的进步为补偿的”②，当对灾难的沉痛记忆使人们重新用理性的眼光看待民族的这一段历程的时候，文化的问题绝非偶然地成为第一个引起普遍重视的问题。文学毕竟是意识形态中最敏感的部分，新时期小说的里程碑《班主任》，就是以对“四人帮”封建蒙昧主义的强烈控诉而震惊文坛，引起广泛的社会反响。尽管作者所着意的社会意识问题，还只限于最表面的教育层次，但客观上却表达了整个民族对文化回归的迫切要求。

随着“真理标准”问题的讨论、思想解放运动的开展，停滞已久的历史车轮开始缓慢地启动。十一届三中全会决定解放思想，把全党的工作重点转移到现代化建设上来，并且确定了经济体制和国家政治体制改革的任务。这是整个民族现代化民主化的历史要求，也牵动了千百万人的切身利益和整个民族的习惯，它所遇到的困难也是可以预料的。“因为小生产的习惯势力还在影响着人们。这种习惯势力的一个显著特点，就是因循守旧，安于现状，不求发展，不求进步，不愿接受新事物。”③解放与禁锢、改革与守旧、进步与落后，就集结了这个时代从政治经济、社会伦理到精神心理等全部社会生活中最主要的矛盾。

这个主要矛盾制约着这个时代文化的特征，整个民族的文化构成正在起着深刻的变动。这使我们面对的文化现象格外复杂。首先，以先进的科学技术为主要标志

---

① 马克思：《路易·波拿巴的雾月十八日》，《马克思恩格斯选集》第1卷，第603页。

② 恩格斯：《致尼·弗·丹尼尔逊》，《马克思恩格斯全集》第39卷，第149页。

③ 邓小平：《解放思想，实事求是，团结一致向前看》，《邓小平文选》，第132页。

的二十世纪世界文化随着开放政策纷纷涌入，是这个接受与建设的时代的主要文化特征；以往二十七年的当代文化一方面受到强烈的冲击，另一方面它深入民族心理的影响，又成为接受外来文化的心理基础；而外来文化无形中起着参照作用，又使人们重新发现着民族久远的文化传统。

在这样复杂的文化背景中形成发展着的新时期小说，不仅以其多姿多彩的形态炫人眼目，而且不可避免地反映出多种文化思想的冲突。这毫不奇怪。这是变革时代民族文化的特征在文学领域中的折射，也是小说以艺术的形式参与民族对各种文化的择取吸收，以形成新的文化结构而发挥的审美认识功能。事实上，新时期小说正是在这个时代主要矛盾的运动中发展深入，从各个层次、各个方面展示出丰富的主题，以及这些主题中纵横交错的复杂意向。文明与愚昧的冲突，则是人们以不同的标准在对各种文化的择取过程中，存在于小说诸多分散主题中的普遍联系，也就是内在的同一性。我们称它为基本主题。

文明与愚昧这组对立的范畴，是人们对文化进行价值判断的概念。由于文化体系的核心是价值观念，因此，文明的标准本身又隶属于一定的文化体系。在许多情况下，文明在某些层次上又与文化的概念彼此重合。马克思对东方文明的论述即是一例，他所谓的文明其实就是文化。我们的命题要求我们必须区分这两个概念。文化相对于文明是客体的存在，而文明相对于文化则是主体的判断。至于文明的标准，则是我们面对这个时代复杂的文化现象难以规定的。它只能在历史的衍生过程中，经过整个民族在实践中筛选，而这个起始阶段的意向交错现象，正是这个过程中不可或缺的部分。因此，我们的目的只是在小说主题现象中，分析描述这一阶段的整体特征，并由此做(作)出力所能及的整体判断。

上篇：从社会政治的批判到民族文化的思考

——小说主题由表及里的演进过程

社会生活由政治上的拨乱反正开始的变化，推动作家认识的不断深入。思想落点的转移，形成了小说主题的阶段性演变。两大主题阶段：社会政治的批判——民族文化的思考。主题的分化与艺术的自觉。

新时期小说是在历史的巨大苦乐中孕育，在时代的阵痛中分娩的。小说的主题从一开始就与整个民族的脚步频率相同。《班主任》还只是文明与愚昧的冲突在文化的最显层次的表现。随着社会生活由政治上的拨乱反正到大规模现代化建设的铺开，小说的基本主题逐渐由政治文化的外显层次，发展到民族文化的深隐层次。

由此及彼,由表及里,由简单到复杂,由应然到已然,由朦胧到自觉,衍生出一系列丰富的形态。

这是一个彼此重叠、交叉渗透、回环演进的过程。每一个新出现的主题,几乎都积淀着此前阶段主题的发现。要把这样复杂的过程纳入比较整饬的思维模式,无疑是困难的。尽管如此,我们还是可以从中发现,由于作家们思想落点的变化而形成的一道运动轨迹。如果依着一个模糊的时序,以代表性作品的出现为标志,兼顾这个主题作品的高潮时期,我们可以看到作家们的思考大致经历了两个大的阶段,即社会政治的批判与民族文化的思考。

(一) 社会政治的批判

文学复苏之始,小说分担着整个民族批判极左政治的重大使命。作家们的思想随着政治批判的轨迹作惯性运动。小说主题大致经历了三个阶段性演变:《班主任》、《伤痕》与政治文化的反拨——《乔厂长上任记》与政治经济的思考——《李顺大造屋》与政治历史的反顾。

政治生活是当代中国社会生活中最为重要的部分。极左政治的影响也首先表现在政治对人们生活无所不及的恶性控制。主题的政治化是"文革"期间所有创作的共同特点,新时期小说主题以政治的批判为开端也毫不足怪。一方面,深得人心的政治转机使人们惊喜若狂,作家们的思考带有一定的自发性质;另一方面,多数人对社会、人生的认识还停留在表面的政治层次。一九七六年十月的政治转机,直接推动了小说主题的时代变化,由此前写与"走资派"作斗争转而歌颂人民群众(包括老干部和知识分子)和"四人帮"作斗争。以至于一九七七、一九七八及一九七九年的多数作品,主题思想的落点都没有超出政治结论的直接范围。在政治倾向的变化中,文学本身仍然沿着为政治服务的轨迹作惯性运动。

1.《班主任》、《伤痕》与政治文化的反拨

刘心武发表于一九七七年十一月的《班主任》具有划时代的意义。这篇作品透过表面的政治混乱,把主题从一般的政治结论深化到民族精神的内伤,表现出作者独到的思考,显示了文学开始较为独立地履行自己认识人、表现人的职能。作品通过刻画野蛮混沌的小流氓宋宝琦和思想性格僵化的"好学生"谢惠敏的形象,从两个方面揭示了封建蒙昧主义对作为祖国未来的青年一代灵魂的扭曲。特别是谢惠敏的形象,尽管作者关注的只是教育和青年问题,却概括了长期政治谬误造成整个民族思想的僵化。刘心武这一时期发表的作品大都围绕着政治文化的中心,以青年为对象,揭示普遍的社会意识问题,以达到政治批判的目的。① 他认为无论青年人生

① 可参见《爱情的位置》、《穿米黄色大衣的人》、《醒来吧,弟弟》。

活观念的庸俗、趣味的琐屑，还是信仰的崩溃，都是“四人帮”的倒行逆施造成社会文化普遍匮乏的结果。他稍后于这个时期的《我爱每一片绿叶》，则能够比较深入地从畸形的政治生活所导致的社会偏见着眼，强调对个性的宽容。

随着《班主任》的出现，社会问题小说风靡文坛。人们对思想的渴望压倒了对艺术的兴趣和追求，最轰动的作品往往是那些最尖锐地针砭时弊的作品。从知识分子政策到官僚主义封建特权问题，从血统论到青少年失足，从政治道德到社会风气，以及法制问题、中年知识分子问题、干群关系问题，遍及社会生活的各个方面。“干预生活”成为这些作品的主要目的，作家们表现出高度的社会责任感。“真实性”、“艺术家的良心与勇气”，这些久违的概念成了评论这些作品必不可少的词句。

发表于一九七八年八月的《伤痕》把这一时期政治批判的主题由一般的社会问题推进到一个更深刻敏感的领域，触及现代迷信的尖锐课题，揭示了它的严重后果——对人民情感的残酷摧残。作者选择了一个最体现民族传统特征的情感范畴——人伦关系，表现了极左政治对社会生活无所不至的严重危害。王小华母女无可挽回的悲剧是历史悲剧的一个侧影。它的深刻性在于中国人最重视，也最顽强的血缘伦理关系，在严酷的政治利害中也要瓦解。而个人的品质在这毁灭中是无关宏旨的，政治上越虔诚则悲剧性越深刻。这和此前的许多作品片面地强调个人的政治品格相比，更富于历史感。同时，这篇小说侧重写人的心灵和情感创伤，也比一般地揭示社会问题更恰近文学的特性。这是新时期小说由写概念的人到写具体的人、理想的人到现实的人的开始。

《伤痕》的出现和一九七八年底开始的思想解放运动，特别是关于“真理标准问题”的讨论，以及此后中央对“文化大革命”的否定性重新评价，有着直接的联系。反映“文化大革命”的作品由此大批涌现，一般称之为“伤痕文学”。这个文学潮头中的多数作品，大都以人伦关系的破裂作为情节框架，表现灾难性浩劫的历史场面和人民的苦难，尤其是知识分子的悲惨遭际。这些作品表达了整个民族在政治的反拨中，痛定思痛的强烈感伤情绪，表达了人们从蒙昧动乱中走出之后，正视民族灾难的勇气，开始重新审视民族的精神历程，具有不可磨灭的历史价值。

这个主题阶段一直延续到一九七九、一九八〇年，不仅数量众多而且艺术质量也在不断地提高。一些中年作家不仅自觉地探索艺术技巧，而且及至一九八〇年明确地把表现人作为艺术追求的目的。为政治服务、僵硬狭小的文学观念在这个时期开始松动，出现了一批风格成熟的作品。

方之的《内奸》寓强烈的义愤于幽默的语体，刻画了一个性格复杂的旧商人形象。虽然目的在于暴露那些出卖灵魂的政治扒手，但写实的功力却并未因倾向的显露而削弱。王蒙的《歌神》以情绪深沉的浓郁笔墨，叙述了一个少数民族歌手的命运，揭示出"文化大革命"实为大革文化命，概括了那个时代真善美的脆弱与假恶丑的强大，控诉了极左政治的野蛮残酷。宗璞的《我是谁》，采用意识流的手法，揭示知识分子在政治迫害与精神绞杀中心理的动荡迷惘，表现了知识分子的理性在历史的盲目运动面前脆弱无力和被扭曲；她的《三生石》则在知识分子被颠倒的命运中，歌颂他们品格操守的不可移易，以及在痛苦中的自省。林斤澜的多数作品①都以荒诞变形的手法，真实地揭示了所谓"大革命"荒谬的实质。他用理性的眼光看一个时代的政治生活，把深刻的悲剧内容隐藏在喜剧乃至闹剧的形式中，风格上独具特色。而张洁的《忏悔》则是以平静的笔触把悲剧气氛渲染得最厚重的一个短篇。一个父亲向死去的儿子忏悔，不是因为他做了什么，而是因为他什么也没做。在政治的扭曲中他丧失了斗争的勇气，灰暗的阴影构成了儿子精神的重负。儿子猥猥琐琐地苟活着，没有欢乐，没有热情，没有幻想，唯一一次正义的冲动还湮没在父亲的忧虑中。于是，儿子丧失了生的意志，死于不该致死的病症，结束了毫无色彩的短暂一生。张洁在极短的篇幅中，把政治的严酷凝聚在更隐秘、更细致的精神现象中，在生命无价值的消逝里揭示了一个时代社会生活的压抑。冯骥才的《啊》正面表现了知识分子在长期的政治扭曲中，极度恐惧近于被迫害狂的可怜心态，和灵魂的灰白、性格的软弱。这部作品在喜剧误会法的情节框架中，把知识分子的精神悲剧高度地夸张抽象，并追溯到政治恐惧症形成的历史源头，是一部难得的好作品。

从"问题小说"到"伤痕文学"，小说主题对一个时代政治的批判，大都以文化或精神现象为中心，反映了社会价值观念的重要变化。小说正面人物的构成发生了质的变化，有知识、有文化、有思想、有良知的人们，负载着作家们的主要审美理想。知识分子的形象在作品中占压倒优势。新的理想主义在萌动，大都寄寓在动乱中成长起来、命运坎坷而又思想大胆、富于献身精神的青年身上。这种审美理想表达了人们对极左政治下思想文化专制的反拨。尊重科学，尊重文化，尊重理性，尊重人，成为作家们普遍的呼声。一直发展到一些作品中的主人公似乎无所不知、无所不晓，动辄大谈科学艺术，趣味也格外高雅，似乎不如此便不足以证明有思想，成为一种时尚。这固然是艺术的末流，但也从一个侧面反映出这个主题阶段的小说，政治批判的基本内容是政治文化的反拨。这是因为"四人帮"的倒行逆施首先从文化领域开始，人们对政治动乱的切身感受和对文化的渴望，就成为压倒一切无可替代的普遍主题。

文明与愚昧的冲突在这个主题阶段的作品中，表现得最为激烈也最为表面化。愚昧发展为极端的残酷和野蛮，文明也表现为极度的脆弱与无力。假恶丑的强大与

---

① 见《一字师》、《阳台》、《记录》等。

真善美的弱小,形成了这一时期小说中最畸形的美学现象。这无疑是特定时期社会生活的真实在小说艺术中的集中反映。

2.《乔厂长上任记》与政治经济的思考

在人们对社会问题的关注中,蒋子龙发表于一九七九年三月的《乔厂长上任记》具有特殊的意义。作者率先触及〔到〕经济体制的重大社会矛盾,把小说主题由一般文化层次的政治批判,推进到经济基础的政治思考。由此开始,许多作家开始自觉地思考国计民生的大问题,形成小说主题思想落点的第一次明显转移。同属于这个主题阶段的作品,又可以在题材上分为两支。一是揭示工业企业的现实矛盾的作品,一是表现农村"文革"以来经济关系的作品。

蒋子龙在《乔厂长上任记》中,以实干家乔光朴的生活为中心,通过剖析一个工厂的生产和管理现状,极为激愤地揭示出和现代化的历史要求极不适应的工业体制的众多问题,揭示了极左政治的严重遗患构成的重重阻力。在此后两三年的时间里,蒋子龙的多数作品都以不同的形象,从不同的角度揭示着缓慢开展的经济体制改革事业中形形色色的矛盾。同属这一主题范围的作品,还有刘富道的《南湖月》、柯云路的《三千万》、水运宪的《祸起萧墙》。这些作品都从不同侧面,揭示了官僚主义、管理不善、严重亏损、劳动生产率低下、干部素质差等尖锐矛盾。

以城市工业为主要内容的作品,伴随着改革事业的开始,由表现原有的矛盾,进一步发展为表现改革与守旧之间的矛盾。蒋子龙的《开拓者》、《赤橙黄绿青蓝紫》、《锅碗瓢盆交响曲》,一直到发表于一九八四年初的《悲剧比没有剧要好》,都揭示了政治经济体制、干部素质与现代化事业的极度不适应,写出了改革者近于悲剧的艰难处境,歌颂他们执著顽强的思想性格。张锲的《改革者》,张贤亮的《龙种》、《男人的风格》,焦祖尧的《跋涉者》,陈冲的《厂长今年二十六》等,也都是这一主题中有影响的作品。张洁发表于一九八二年初的《沉重的翅膀》,标志着这个主题已经不限于一般的政治经济的思考,它包容了社会伦理、社会心理等多种文化因素,预示着这个主题正日益成为反映社会生活整体现实的重要主题。但就政治经济的狭义范围来说,这个阶段性主题到了一九八二年,由于作家思想落点的转变已近尾声。

基本主题在这些作品中,最直接地体现为社会的基本矛盾,即民族现代化的历史要求和这个要求不相适应的政治经济体制之间的矛盾。

在农村题材的作品中,对于政治经济问题的关注可以追溯到出现在一九七七、一九七八年最早的一批农村小说的主题中。成一的《顶凌下种》、季冠武的《蚕豆早熟》等作品,都在表现基层干部和群众与"四人帮"斗争的时候,以具体的生产环节作为情节的框架,批判"四人帮"对生产的破坏。一九七九年以后,随着农村经济政策的调整,作家们深刻暴露了所谓"穷过渡"对农村经济的严重破坏和对人民命运的影响。尽管这些作品仍以政治的批判为目的，却抓住了国计民生的根本问题，政治的视野也更为开阔。叶文玲的《青灯》通过一个尼姑出身的乡镇个体劳动者的命运，控诉了极左政治的危害使无权无势的弱小者在举步维艰的窘迫生活境遇中，只好乞助于神灵。高晓声的《周华英求职》在揭示政治经济的因素造成人民生活困苦的同时，也揭示出他们自身的精神弱点，盲目的顺从使他们完全没有能力掌握自己的命运。

政治的原因影响到农民经济生活的方式，又进一步制约他们的精神心理，是这一主题的农村小说中共同的思想逻辑。这个逻辑在生活的发展中，又推动作家由对极左政治的批判到写生活的转机，歌颂三中全会以来农村生活的变化。陈奂生①刚刚甩掉"漏斗户主"的帽子，有了买一顶帽子的盈余，立即萌发了精神生活的向往，尽管他本身还带有阿Q式精神胜利法的弱点，毕竟是一个可喜的进步；冯幺爸②刚刚有了隔夜的口粮，立即挺起做人的腰杆，拒绝为持着经济的优势而蛮横霸道的罗二娘作伪证；黑娃③劳动挣来的钱从照一张彩色照片到买一台电视机，间隔不过一年的时间。农村经济政策的调整、生产的发展、农民物质生活的改善，使他们的精神发生了深刻的变化，愚昧、卑屈、猥琐的精神状态正在被文明、自尊、自信所代替。这是一个缓慢的进步过程。一九八二年以后，这个主题有了新的发展。许多作家开始注意农村经济政策调整以后出现的新矛盾，看到"左"的遗风、干部的特权、小生产的习惯心理等多种因素对农村命运的影响。但总的来说，一九八二年以后的多数作品，业已超出原有的思想逻辑，不限于政治批判的范围，进入更为隐性的传统文化的思考。严格地说，已经脱离了这个阶段性主题。

文明与愚昧冲突的基本主题，在这个题材的作品中，表现为互相关联的两个层次的矛盾。首先，广大农民和其他城镇劳动者基本的生活权力、物质需求和"四人帮"一伙推行的假社会主义之间的矛盾，这是人民美好的生活愿望、做人的尊严和一小撮在极左政治温床上孳生的新的封建势力的矛盾，也就是善良和邪恶的冲突。其次，文明与愚昧的冲突也表现为人民自身的精神矛盾，即代表历史进步积极动力的美好生活愿望与作为历史进步消极惰力的自身弱点的冲突。第二个层次冲突的揭示，使小说创作的现实主义水平大大提高，标志着具有时代特征的、蕴含着自觉的历史意识的农民观念的成熟。

3.《李顺大造屋》与政治历史的反顾

这个阶段性主题是随着思想解放运动的深入，中央对建国以来若干历史问题的重新评价，作家们沿着前两个阶段性主题的思路进一步追溯极左政治形成发展的历

① 高晓声：《陈奂生上城》。

② 何士光：《乡场上》。

③ 张一弓：《黑娃照像》、《黑娃新闻》。

史,循序渐进,逐步形成的。由于它的多数作品以对当代政治历史的反顾为特征,故又有“反思文学”之称谓。它成熟的标志是高晓声发表于一九七九年九月的短篇《李顺大造屋》。

这个阶段性主题的发端,可以追溯到张弦发表于一九七九年三月的《记忆》。作者以平反冤假错案为政治背景,以落实政策的矛盾为情节结构的框架,通过两个人物在“四清”运动中截然不同的政治地位与“文化大革命”中相近的处境,反思了社会政治生活中现代迷信的溃疡,在健康的肌肤上发病恶化的过程。老干部秦慕平在六十年代初的“社教”运动中,非常草率地签署了女放映员方丽茹“现行反革命”的政治结论。后者只是由被师傅李克安粗鲁的爱情表白吓昏了头,造成了把领袖接见外宾的影片颠倒放映几秒钟的工作失误,为此,她付出了全部青春的代价。时隔几年,秦慕平也因为无意中用印有领袖像的旧报纸包鞋,而受到同样的政治迫害。他由此悟出现代迷信的荒谬,以及颠倒人的政治的野蛮残酷,开始反省自己以往的错误。作者没有把“文化大革命”作为孤立偶然的社会灾难来认识,思考的上限推至六十年代初的“四清”运动,一个明显的迹象是,在对现实矛盾的揭示中汇入了历史的思考。尽管思考历史也是为了认识现实,但作品审美表现的重心是历史,现实只是人们反思历史的契机。这一点似乎是这一类作品的共同特征。从题材上看,它所涉及最多的有两类:即以一九五八年“大跃进”为开端的农村历史和以一九五七年“反右斗争”扩大化为开端的知识分子的命运。

《李顺大造屋》以“跟跟派”李顺大三十年造屋的始末,展开了中国当代农村社会生产的历史。作者在李顺大的生活命运中,最重视的是政治的动荡对农民经济生活的影响,以及他们精神的惶惑和成长。社会主义制度的建立使贫苦农民李顺大萌发了盖三间屋的愿望。三十年间,他和一家人付出了超量的劳动,但每一次梦想接近实现的时候,就被政治的变动粉碎。作者在表现社会政治的谬误对李顺大外在命运的影响时,也注意到他自身因袭的历史重负和极左政治的某些内在联系。李顺大对社会主义的理解就是“楼上楼下,电灯电话”,他对变修的恐惧,对亲家新屋被拆的嘲谑态度,都体现着小生产者精神世界的狭隘和心理的卑微,以及逆来顺受的奴性。高晓声说:“李顺大在十年浩劫中受尽了磨难,但是,当我探究中国历史上为什么会发生这场浩劫时,我不禁想起李顺大这样的人是否也该对这段历史负一点责任。”①他在表现农民善良勤劳品格的同时,也忧虑着他们的弱点,“他们的弱点确实是可怕的,他们的弱点不克服,中国还会出现皇帝的”②。在历史运动的对立面中看到内在的联系,这使高晓声的农民观念更具历史感。这种反思历史的独到深度也使他的作

①② 高晓声:《谈谈文学创作》,《长江文艺》1980 年第 9 期。

品卓然立于同一题材的作品之首。

这个题材分支的小说都具体地记叙了中国农村社会生活的历史真实，揭示出“左”的政治思想路线致使党的工作失误，造成农村政治经济关系的倒退和人民生活的困苦。如茹志鹃的《剪辑错了的故事》、刘真的《黑旗》、张一弓的《犯人李铜钟的故事》、周克芹的《许茂和他的女儿们》等。

和这些反映以经济为中心的社会政治历史的作品相对应，反映知识分子生活的作品，更多地注意表现他们在外部社会生活的坎坷遭际中内在精神的历程，带有更多理性思辨的特征。

在这个题材分支中最引人注目的作品是反映一九五七年“反右”扩大化中，被错划为右派的知识分子的经历。鲁彦周的《天云山传奇》在主人公罗群的生活命运中，展示了一部分知识分子在为理想斗争的道路上艰难跋涉的足迹，歌颂了他们在被扭曲的逆境中，对祖国和人民不变的忠诚。张贤亮的《灵与肉》则在多种人生价值的权衡中，表现了知识分子在人民温厚的土壤中再生着生活的意志。①

政治历史反顾的阶段性主题中，除以上两大基本分支外，还包括反映干部和其他知识分子，以及普通劳动者生活命运的作品。古华的《给你一支玉兰花》、《前面才是夔门》，塑造了两个具有历史深度的典型人物。前篇中李健魁粗暴专横的性格，概括了小生产者狭隘鄙陋的保守意识与极左政治之间的思想和心理联系，以及恶性发展的历史过程。后篇则通过一个原先自尊自强追求事业的女性，在社会政治动乱中几经沉浮，变得一心攀附权力的精神悲剧，在她极度变态的政治恐惧心理中，概括了知识分子作为工具在当代政治生活中的可悲地位。韦君宜的《洗礼》在老干部王辉凡的精神历程中，表现了一代革命知识分子政治命运中最基本的矛盾。陆文夫的《小贩世家》、《美食家》，回顾了城市商业发展的曲折道路，以及不同时期的不同矛盾。刘心武的《大眼猫》、《如意》则在细微的日常生活细节中，揭示人的思想感情、精神个性和基本的生活权利，在政治压倒一切的当代社会生活中没有得到应有的尊重，这是极左政治恶性发展，造成浩劫中普遍严重恶果的重要原因。

此外，张贤亮的《河的子孙》，以及近期发表的《绿化树》，都力图以更自觉的历史意识全面认识当代社会历史的矛盾运动，发现历史运动中许多微小部分的重要意义，以揭示无数偶然际遇中的历史必然性，也包括对知识分子自身的反省。但这些作品都已超出这个主题阶段政治批判的狭义范围，预示着史诗性主题的出现。一般来说，政治历史反顾的主题阶段，到从维熙发表于一九八二年的《远去的白帆》已近

① 从维熙的大量作品，如《泥泞》、《遗落在沙滩的脚印》、《年》，王蒙的《布礼》、《杂色》，李国文的《月食》，戴厚英的《人啊！人》，也都是这一主题阶段的重要作品。

尾声。既然是反思历史，最重要的首先是自觉的历史精神。可惜并不是所有的作品都具备这一点，表现在许多作家满足于罗列历史现象，常常偏执于主观的理想，而以简单的道德评价代替历史的严肃思考。在这一点上，韩少功的《西望茅草地》①具有独特的历史深度。这是一出历史悲剧。主人公张种田是一个普通的农民，历史的巨大变革把他推上英雄的地位，他凭着朴素的阶级感情、真诚的政治信念、勇敢的牺牲精神，在激烈的阶级斗争中成长为高级将领。当历史的发展为时代提出新的要求时，他固有的一切美好品质都显得无能为力。他有抱负，却好大喜功，缺乏必要的科学文化知识，没有管理社会化大生产的能力，拖拉机在他的手中变成废铁，生产搞得一团糟；他联系群众，不谋私利，常常慷慨解囊，但生产的破坏却给群众的生活造成严重的困难；他关心青年的思想成长，但原始野蛮的方式方法却伤害了他们可贵的积极性；他过着清教徒式的生活，丝毫不懂人的感情，连自己的养女也因他对其爱情的粗暴干涉而抑郁死去。小生产的局限，使他的一切努力都适得其反，只能在历史的进步中，由崇高到滑稽，遭到"历史的讽刺"②。他的典型性在于那些曾经创造过历史的英雄，当他们固执于以往的狭隘经验时，就不可避免地要走向自己的反面。而作者对历史的洞察也在于他对张种田的性格把握中，抓住了某些体现着历史必然性的东西，把主人公的主观理想放在历史的潮流中加以考察，几乎完全摆脱了抽象的道德尺度。这最集中地体现了现代化的历史要求和与这个要求不相适应的小生产的落后意识之间的矛盾。

在这个阶段范围的主题中，积累着前两个阶段的内容。政治文化、政治经济，浑然一体地表现为民族当代历史的完整过程。文明与愚昧冲突的基本主题，表现为民族进步的历史要求、人民善良的生活愿望，和阻碍民族进步的消极力量的冲突——首先是极左的政治，其次是小生产的落后意识。

在这个阶段性演变的小说主题中，多数作品的思想落点都没有超出政治批判的总范围。无论是政治文化的反拨，还是政治经济的思考和政治历史的反顾，都以批判"四人帮"所代表的极左政治，以及追寻它形成的政治历史原因为目的。但从政治历史反顾的主题开始，许多作家对历史的思考不再局限于直接的政治层次，而注意到在漫长的历史积淀中民族精神心理的弱点。高晓声的《李顺大造屋》、韩少功的《西望茅草地》，都因包容了更广泛的文化内容而达到历史的深度。由此，一个新的阶段性主题孕育成熟。

---

① 本篇发表于1980年。

② 《马克思恩格斯全集》第36卷，第203页。恩格斯的原文如下："那些自夸制造出革命的人，在革命的第二天总是看到，他们不知道他们做的是什么，制造出的革命根本不像他们原来打算的那个样子。这就是黑格尔所说的历史的讽刺，免遭这种讽刺的历史活动家为数甚少。"

（二）民族文化的思考

现代化的步伐振动了民族固有的生活秩序，引发了社会意识的分化。一九七九年底开始小说主题出现了大的转移，向民族生活历史与现状的纵深文化层次发展。经历了三个基本的阶段性演变：《爱，是不能忘记的》与社会伦理的主题——《我们建国巷》与社会心理主题——《爬满青藤的木屋》与社会风习主题。

一九七九年底一九八〇年初开始，作家们对社会的思考已经不限于政治批判，而涉及民族整体生活方式中更广泛的文化意识。这是民族历史任务的转变在小说主题中的反映。在此之前，作家们所面临的基本任务是政治上的拨乱反正，主题思想的落点便自然地集结在对极左政治的批判上。随着社会政治生活的逐步安定，当现代化的历史步伐震动了整个民族生活的固有秩序与传统的习惯，就不可避免地出现了社会意识的分化。文明与愚昧的冲突也就更多地表现为现代化的历史要求和与这个要求不相适应的自身文化因袭之间的冲突，从而推动了小说主题的大幅度转移。

徐孝渔、叶林发表于一九八一年的中篇《没有门牌的小院》，对历史转折时期社会意识的分化现象，通过上下两篇的比较作了最典型的艺术概括。这个无名小院中的五户居民，除"钱铁皮"是错划成右派的落难书生外，其他的四户都是城镇个体手工业者和没有固定职业的人。他们在被历史遗忘的共同命运中相互扶持，多数人表现出善良正直的美好品格。但随着政治的反拨，社会经济生活从停滞走向活跃，其他的四户人都和"钱铁皮"发生了矛盾，起因不过是"钱铁皮"由烧柴灶改为烧煤炉。除灶王是由于煤炉的普及使他失去了砌灶的营生外，其他几户完全是由于心理的惯性：褊狭、怯懦、保守，不愿接受新事物或不敢接受新事物。这种思想意识的分化与精神心理的冲突，归根结底是由经济生活方式所制约的社会整体生活方式转变的结果，必然要牵动社会伦理、社会心理、社会风习等许多个社会生活层次的文化冲突。因此，单纯的政治批判，已不足以解释社会意识的分化现象，致使许多作家转向对民族传统文化的思考。

应该说明的是，上一个阶段中政治批判主题的思想积累，在文化思考的阶段中仍然显示着它的价值。差异在于极左政治在上一阶段中主要被当成社会动乱、历史倒退的原因，而在这个阶段的主题中更多地被看做小生产落后意识的结果。① 这种

① 这并不是随意的颠倒，而是作家们看待历史的尺度扩大了，开始注意历史的文化因袭与政治动乱之间互为表里的辩证关系。恩格斯说："原因和结果这两个观念，只有在应用于个别场合时才有其本来的意义；可是只要我们把这种个别场合放在它和世界整体的总联系中来考察，这两个观念就汇合在一起，融化在普遍相互作用的观念中，在这种相互作用中，原因和结果经常交换位置：在此时或此地是结果的，在彼时或彼地就成了原因，反之亦然。"（见《社会主义从空想到科学的发展》，《马克思恩格斯选集》第3卷，第419页）故我们称之为转换。

因果关系的转换，也是人们对历史辩证法则认识的进步，标志着小说主题的深入发展。政治文化、政治经济、政治历史的因素并没有消逝，而是融合在民族文化的整体中。

1.《爱，是不能忘记的》与社会伦理的主题

在政治批判主题的作品中，作家们常常以传统的伦理原则为武器，鞭挞政治投机分子，或通过揭露那些为了政治的利害离异原有婚姻关系的人，表达强烈的政治义愤；或通过歌颂在政治的压力中坚持原有婚姻关系的人，寄托道德化的政治理想。① 这种道德化的政治理想把忠贞不贰的传统伦理规范和坚定不移的政治正义感统一在共同的审美理想中。在民族文化思考的主题阶段，它一开始就受到了挑战。

张洁发表于一九七九年底的短篇《爱，是不能忘记的》首先表现了政治正义感与传统伦理观念的分裂。男女主人公对政治信念的坚贞与对伦理关系一定程度的背逆，标志着人们对社会伦理观念的思考已经摆脱了政治批判的结论，进入民族传统文化的思考。作为一个具有较高文化素养的作家，张洁从最初的创作开始，就特别注意社会的文明化程度问题，长于表现人的心灵和情感，特别是知识分子的心态。但是，在《有一个青年》中，她对文明的理解还只限于文化教养的表面层次，而在《爱，是不能忘记的》里面，却已经非常大胆地触及了以婚姻爱情为中心的社会伦理关系。女作家钟雨离婚后独自带着女儿生活，和一个具有强大精神魅力的老干部发生了刻骨铭心的爱情，而后者却有一个虽没有爱情但也生活得很和谐的家庭。作者通过这种似乎大逆不道的行为，反映了社会婚姻关系中极普遍的反常现象：没有爱情的婚姻与不被理解尊重的爱情。由此剖析了某些社会伦理观念的庸俗陈腐，以及它对人们精神和美好感情的束缚。并且通过作家的女儿呼唤人们对社会生活多元化的理解，认为“这兴许正是社会生活在文化、教养、趣味等等多方面进化的一种表现”！

这篇作品一发表，立即引起了众说纷纭的反响，许多作家、评论家及各个社会阶层的读者，以各种方式介入了这场争论。除少数作家是从写人的感情，“人的心灵中的追求、希冀、向往、缺憾、懊悔和比死还要强烈的幸福和痛苦”②的角度来理解外，多数人都从社会伦理关系的角度出发，作出自己的评价。例如一九八〇年七月《人民文学》上曾发表了一篇名为《婚礼上听来的故事》，与《爱，是不能忘记的》针锋相对，表现主人公自我克制的品格与对已有婚姻的维护。但是，这个主题高潮中的多

① 参见从维熙的《第十个弹孔》和李国文的《月食》。在被歌颂或被谴责的人物中，绝大多数是妇女形象，可见这样的伦理规范是以妇女为主要对象的，因此，也不难理解对这种传统观念的挑战，为什么首先从女作家的创作中开始。

② 王蒙语，见《〈北京文艺1979年小说选〉序》，北京出版社1980年版。

数有影响的作品，都倾向于对旧的伦理观念的批评。① 从婚姻离异到爱情观念，从寡妇改嫁到私生子问题，以及贞洁观念、人体模特问题，遍及社会伦理观念的各个细节。在对旧的社会伦理意识批判的同时，也出现了对新的社会伦理理想的探索，表现出激烈的反传统倾向。多数作家都积极地肯定了人的情感、人的精神、人的追求在社会伦理关系中应有的主动地位，揭示传统的伦理观念压抑人的本性的阴暗面。

和以上这些以应然的理想为中心的作品不同，张弦的《被爱情遗忘的角落》等作品，则从政治、经济、文化、地理等社会生活的多种因素，透视社会伦理意识倒退的客观原因，以及人们自身意识所处的愚昧状态。小豹子和存妮的爱情无疑还处于本能冲动的原始状态，经济的长期停滞造成他们物质生活的极度贫困、环境的闭塞、文化的贫乏，又怎么能要求他们有更高尚的精神要求呢？何况他们周围那些被视作天经地义的买卖婚姻，又比这种生命本能的呼唤高尚多少呢？而迫使他们付出生命和自由的昂贵代价的社会偏见，岂不是更残酷野蛮吗？存妮的母亲菱花是这篇小说中极具历史深度的形象。这个在土地革命中挣脱了封建枷锁，萌发了新的生活愿望，勇敢追求爱情的农村妇女，在现实生活的困境中，重新又退回到落后意识的精神樊篱，最集中地反映了社会生活整体的倒退对人们意识水准的影响。所以，作者只能寄社会伦理观念改善的希望于以经济生活为基础的社会整体生活方式的变革。如果我们进一步比较张洁和张弦的作品就会发现有两个精神在对话。一个是偏重于主观的痛苦的理想主义，一个是偏重于客观的清醒的现实主义。张洁的《波西米亚花瓶》、《方舟》、《七巧板》，一直到发表于一九八四年的《祖母绿》等作品，都表现了对应然理想的肯定，因而在现实的制约中痛苦着。张弦的《挣不断的红丝线》、《银杏树》、《回黄转绿》等作品，则表现了对已然的政治、经济、文化等多方面冷静的体察，思考理想的现实可能性。这两种精神并不是截然对立的，张弦在强调经济生活方式对人们精神水准制约的时候，并没有排斥理想的应有价值。张洁是主情的，所以痛苦地执著于理想的应然性；张弦是主理的，则强调理想的现实可能性。这两种精神构成了这一主题作品的两种倾向。

封建时代残留下来的伦理观念最集中地表现在对妇女命运的影响和精神的束缚上，因此，在社会伦理主题阶段的作品中，就不可避免地出现了一个妇女命运的主题分支。许多作家，主要是女作家特别敏感地意识到，妇女解放的程度是衡量一个社会文明化程度的标志。她们对现存社会伦理关系及由此而产生的道德观念的思考，就自然地集中在对妇女命运的关注上。具有自觉的独立意识的知识妇女和仍处

① 参见赵振开《波动》，陈可雄等《杜鹃啼归》，张弦《未亡人》，陈村《当我二十二岁的时候》，叶之蓁《我们正年轻》，柳溪《幽灵》、《模特的风波》，汪浙成、温小钰《别了，蒺藜》等。

于依附地位、不觉悟的劳动妇女，构成了这个分支的两部分基本内容。

张洁从《方舟》、《七巧板》，到发表于一九八四年的《祖母绿》，形成了一个当代知识妇女命运的三部曲。她在《方舟》中集中描写了三个知识妇女以不幸的婚姻为中心的坎坷命运，揭示了在文明化极低的社会中，知识妇女举步维艰的窘迫处境，以及鄙陋陈腐的社会偏见对她们精神心理造成的严重压抑。在《七巧板》中，她通过解剖两个知识妇女的家庭，暗示人们在现有的家庭结构中，无论是嫁非所爱婚姻不幸的知识分子，还是被公认为幸福的知识分子，都会受到不同程度的扭曲和精神束缚。《祖母绿》则表达了明知不现实却"九死而不悔"的执著理想，描写妇女心理的深度极为具象。三个中篇从抗争开始，继而沉思，最后是宿命般的自省，把具有较高文化素养和人生追求的知识妇女，在现实关系中的诸种遭际及感受表现得淋漓尽致。茹志鹃的《暖色的雪地》描写一个女画家至死不能实现的爱情，表现了知识妇女在动乱中孱弱的地位，以及陈腐的社会伦理规范对他(她)们的压迫。李玲修的《乱云在她头上穿行》则通过一个寡居的女工程师从社会到家庭所遇到的无端阻力，批判了社会伦理意识的狭隘鄙陋。汪浙成、温小钰的《春夜，凝视的眼睛》反映了知识妇女在文明化程度很低的社会条件下，爱情与婚姻的切实苦恼，以及不被理解的悲哀，指出社会等级偏见对人们美好感情的阻隔。陆星儿的《美的结构》、张辛欣的《在同一地平线上》，都表现了追求事业的青年知识分子，在社会生活和家庭生活中，因性别的差异事实上仍处于不平等的地位。知识妇女在事业与生活的冲突中，承受着超负荷的重担。

在表现普通劳动妇女生活命运和精神状态的作品中，戴厚英的《锁链，是柔软的》较为典型。主人公文瑞霞在丈夫被冤屈自杀后，艰难地带领一双儿女生活，终于熬到了丈夫冤案昭雪的生活转机。她成了全家的功臣，在家族内外都受到人们的敬重。可这种殊荣，是她割断自己的感情，以终生的幸福为代价换取的。她在极度的矛盾中，终于没有力量打碎压在自己头上的贞节牌坊，同时，又干涉女儿的婚姻，希望攀附一门有权势的亲家，险些贻误了女儿的前途。作家揭示了家族伦理关系一方面是人们在困厄中彼此扶助、维系情感的纽带，另一方面在这种关系中衍生的观念，又是比法律还有效的无形锁链。文瑞霞的兄嫂都在它的束缚中而不自知。而文瑞霞这个当今节妇，除了享受抽烟、喝酒、说粗话等别的人不能享受的特权外，只能在柔软的精神枷锁束缚中寂寞地走向坟墓。祝兴义的《母亲》描写一个在封建宗法制压迫下的劳动妇女，青年时期勇敢地冲破礼教的束缚追求自己的生活权利，解放以后，越近晚年精神的负担越重，陷入极度的自卑心理中。严重的问题，并不在于作为封建伦理意识人格化的伯父，始终对母亲的改嫁耿耿于怀，而是连生长在新中国的孙子们也和奶奶疏远。作者在母亲的精神悲剧中，揭示了封建的伦理观念延续至今,仍然纠缠着活人的头脑。问彬发表于一九八二年的《心祭》,则进一步把一个寡母一生未遂的心愿放在革命家庭的情境中,揭示出旧的伦理观念,在新的社会形态中顽强的存在。五个自以为有文化、有头脑、有觉悟的女儿,没有一个理解母亲的感情,反而使她陷入“非分之想”的自惭。这篇小说在对老一辈妇女精神重负的解剖中,表达了新中国儿女们深深的忏悔,揭示了社会主义时代的伦理意识中,那些貌似文明而实质上却愚昧得近于残酷的封建遗毒,对普通劳动妇女生活命运和精神心理的严重影响。

这两部分人物不同的生活命运和思想风貌,完整地反映了中国妇女思想意识的极度不平衡现象。而张弦的《银杏树》则是对这种不平衡现象的总体概括。当少数知识妇女在独立自主的人生追求中,挣脱了不合理的伦理观念的束缚的同时,多数劳动妇女对幸福的理解还是对处于依附地位的婚姻关系保障的要求。而且,无论是知识妇女,还是劳动妇女,她们的婚姻又几乎同样是不幸的。从而反映出左右妇女命运的整体社会现状自身的落后。谌容的《杨月月与萨特之研究》则在两个生活命运、文化水平完全不同的妇女身上,揭示出她们对自身存在共同的被动状态,并且毫无选择的能力。因此,无论是被抛弃的,还是没有被抛弃的,包括她们的丈夫在内,对幸福都没有自觉的意识。在这个分支女作家们的创作中,谌容的作品表现出明显的客观写实态度。这一点,使她进而转入描写中国普通知识分子家庭的日常情态,这就是我们在一九八四年读到的《错、错、错》。这篇作品虽然也写了知识分子的命运,但涉及更为广泛的婚姻关系的现状,故可以看做这个分支的尾声。

一九八二年开始,社会伦理的主题出现了一定程度的反向运动。张笑天的《公开的内参》、航鹰的《东方女性》、达理的《墙》、姚文泰的《乡土》、姜滇的《瓦楞上的草》等作品,都表现了与以上作品不同的见解。这并不奇怪,这是变革时代多种生产生活方式、多种文化思想交叉并存的必然现象。只有社会关系的变革,才能彻底淘汰那些适应旧的伦理关系的观念。但这只是一个或早或迟的过程,生活自身的发展终究会证明,旧的伦理观念正在丧失着自身存在的合理性。真正代表这个转折时期时代精神的,毕竟是那些对旧观念,特别是具有明显封建印记的伦理观念,持批判态度的主题意向。

在社会伦理阶段的小说主题中,文明与愚昧的冲突表现得更为复杂。关键在于作家们对文明的理解发生了极大的分歧。但以其总体趋向来看,主要表现为人们正当的生活权利、美好的感情及精神的追求,和陈腐落后的封建伦理意识与鄙陋的社会偏见之间的冲突。

2.《我们建国巷》和社会心理主题

文化积习作为观念形态的东西,它的落后性总是较为明显,而且易于被人们认识。特别是封建性的伦理观念，早从“五四”时期开始，就被一代又一代的作家们批判嘲讽过了。只是历史的倒退，使一些陈旧的东西又以新的形态死灰复燃，才会在历史的转机中，出现再批判再认识的文学主题潮头。而落后的意识深入人们心理的影响，则不那么一目了然。所以，随着现代化步伐的加快，作家们对民族文化思想的再认识，便由显性的观念形态的层次向隐性的心理层次推进。于是，就出现了始于一九八〇年延续到一九八三年，至今仍有作品出现的社会心理主题。

这一主题范围的多数作品都表现了现代化建设的潮流对社会心理的震动，对整个民族原有心理秩序的冲击；揭示我们民族心理中的阴影，并探索追溯它形成的多种历史文化因素。

这个主题成熟的标志是叶之蓁发表于一九八〇年的《我们建国巷》。这篇小说代表着社会心理主题小说创作的基本倾向。那巷口堵着的深灰色的、石达开的兵士曾在上面贴过“均贫富”告示，并使城里没有逃走的居民们意外地发了一次露水财的墙，无疑最形象地暗示出这条被“新颖的高大建筑物夹持着、压迫着，然而并没有被吞食的”，“像一条幽深而贫瘠的峡谷”一样的“古老而质朴的麻石小巷”久远的历史渊源，和生活在这里的善良而狭隘的居民们精神的脐带。胡伯那和他的泡菜一样又甜又酸的虚荣心，王大福那在生活的变动中始终没有消逝的小生产的平均要求，都和墙的象征意象有着内在的联系。他们都习惯没有差别、没有竞争，因而也没有仇视、没有猜忌的平静生活。他们都是善良的，即使在极左政治的动乱中也仍保持了互相照顾的淳厚民风。但是技术员用革新奖买来的一台电视机却轻而易举地打破了旧日的平静，引发了一系列不愉快的纷争。先是他的孩子没有了和其他孩了一起享受胡伯泡菜的权利，并且得了一个“进口饼干”的外号。其后，王大福召集的街道会议也理所当然地挪到技术员家里开，理由是“钱莫一个人抢光了，留点大家都赚一些”。邻里关系越来越紧张，直到技术员夫妇在无端的骚扰下磨掉了最后一点耐性，砸坏了电视机，旧日的和谐才又和胡伯的泡菜一起回到他们的生活中。作者在这个喜剧故事中，表现了现代化的生产和生活方式对小生产平均要求的冲击，表现了他们狭隘、虚荣、嫉妒和浅薄的心理和现代化历史要求的不协调，揭示了普遍的民族心理中传统意识的阴影。

《我们建国巷》的独到之处，在于作者在善良人们的生活常态中，捕捉到由于生活方式的变动而引发的社会心理振动，描摹出典型的社会心理状态，并把它置于历史的必然进程中加以考察，揭示其对民族进步的消极作用，写出了小生产的习惯心理正日益丧失其存在的合理性。

高晓声的《大好人江坤大》、《老友相会》等作品，都以严格的写实笔法，在农民善良忠厚的行为中，暴露了小生产者怯懦卑屈的心理使他们在经济上翻身之后，仍然没有掌握自身命运的能力,揭示这种心理的因袭对他们改善自身命运的严重阻碍。他的《在山中》则在更多象征意味的风格中,揭示了长期的政治动乱使人们朝不保夕,造成谨小慎微的风气,以至于发展为庸人自扰的普遍社会心态。另一篇作品《鱼钓》则以强化的事件为载体,揭示小生产者目光短浅贪图小利的典型心理。高晓声对农民性格心理的探索深入到小生产者历史命运的深处,在《飞磨》、《钱包》等带有寓言性的作品中,揭示〔由于〕封建时代至高无上的皇权、贫困的经济地位和兵匪祸患等原因(因素),对于形成农民贫富根基的命运观念和卑怯安分心理的决定性影响。他发表于一九八四年的《杭家沟》等作品,则表现了落后的文化对农民心理的影响。诸种因素(历史的和现实的)都使他们无力挣脱狭小经验世界的限制,只能满足于苟安现状和迷信鬼神。高晓声的创作沟通了现代文学中鲁迅开创的探索国民灵魂的主题,是社会心理主题阶段的作品中最有深度的部分。

汪曾祺的《异秉》、《故乡人》、《故里杂记》、《八千岁》等作品也同高晓声的作品有异曲同工之妙。他在表现旧日市民人物和底层卑屈的小人物生活命运的时候,都极精练地刻画出他们的精神风貌,而对其中一部分人物心理弱点的善意嘲讽,明显地寄寓了对民族精神的思考。他在《晚饭后的故事》中,表现了一个戏剧演员在变动性极大的命运中不变的心态,在他志得意满的神态中揭示了安分卑微的心理弱点。他的作品在讥讽中带有更多的同情,内中包含了对人生普遍痛苦的洞悉与感叹。

而另外一些中青年作家则更侧重对民族落后心理残酷性的批判。冯骥才的《高女人和她的矮丈夫》,完全以恶的形态,揭示小市民的庸俗鄙陋,甚至成为极左政治的社会心理基础。陈建功的《辘轳把胡同九号》,尖刻地嘲笑了被极左政治裹挟上政治舞台的典型人物,在时代的变动中茫然失措的尴尬处境,揭示他们不甘寂寞而又无可奈何的可笑心态。他发表于一九八四年的《找乐》,虽仍以市民生活为中心,则在更广泛的阶层领域中,揭示落后的社会生活现状和保守沉重的民族文化心理因袭,造成了人与人之间的隔膜。李陀的《七奶奶》、《余光》,在琐细的生活常态中,描绘了和旧的生活方式相联系的市民人物的保守心理,细致地刻画了他们在社会生活的急剧变化中内心的微妙状态:不可抑制的反感与不可抗拒的诱惑。嘲笑他们生活观念的陈旧与心理的鄙狭。刘心武的《黑墙》在小院居民大惊小怪的情绪波澜中,批评了小市民无个性无差异的心理要求。吴若增的《翡翠烟嘴》等作品构成了一个蔡庄社会,在孤陋寡闻的乡土人物浅薄保守的可悲心态中,揭示了习惯意识对社会心理的强大支配力量;他的《脸皮招领启事》,则嘲笑了民族心理中爱面子的普遍弱点。这些作品都表达了作家们对民族性格、精神、心理的探索。这种意向具有普遍性,也存在于其他题材的小说创作中。

社会心理主题的一个重要分支,是表现知识分子精神心理的作品。王安忆的

《大哉赵子谦》是最有代表性的一篇。老教员赵子谦品格修养极好，无论是在学校、家庭，还是邻里之间，他都克己忍让，不仅没有能力改善子女的命运，自己也终于一事无成。作者在赵子谦无所作为而赢得普遍赞誉的性格中，揭示了知识分子传统的道德心理，在动荡的社会生活中已经沦为苟且偷安的唯一屏障，对社会对个人都没有任何好处。同时，她又通过刻画另一个历尽磨难终于有所作为却被人们指责为高傲、暴躁的知识分子，两相比较，揭示了世风的恶浊与社会心理的浅陋。这篇小说的主题让人深思，谦和忍让的传统道德修养，大乎哉？不大也！她的《命运交响曲》题旨相近，更侧重揭示过分清高使主人公大事做不来小事又不做，以至于在生活中无所归属，完全处于被动的命运。张洁的《未了录》，描写一个埋头于故纸堆中的老知识分子，一生正直善良孜孜以求，表现了他在枯燥的生活中诸多的然而永远没有力量实现的向往，概括了这一类知识分子平静中充满矛盾的心态和萎缩的精神。李陀的《魔界》着意于老一代知识分子和社会生活的隔膜，在主人公正直得近乎偏执的性格中，捕捉其不理解不适应的内心困惑。

立足于时代变革的要求，从社会心理的角度，揭示民族精神中落后的历史因袭，是以上作品的共同倾向。随着社会生活首先从经济开始的变动，在这个主题范围中自然地出现了刻画各种心理典型和表现心理转机的作品。和这类意在写实而达到社会心理深度的作品不同，还有些作品带有更多主观表现的特征，当作家们表达对时代生活的感受时，却传导出这个新旧交替时代具有普遍意义的社会心理状态。

王蒙的《惶惑》独具深意。主人公刘俊峰两次到T城所得的印象，交叉对比中形成了人物惶惑的心态。不限于本篇，陈杲①在内地繁荣的都市和边疆冷僻的乡镇两种生活印象的夹击中，在“羊腿”和民主之间感到惶惑；哈丽黛②在祖国文化中心的高等学府和哈萨克人幽静古朴的生活氛围的强烈印象中，在老哈萨克朴素的生活观念和青年哈萨克诸多追求的生活理想之间感到惶惑；还有《海的梦》、《春之声》……王蒙作品中几乎所有经历了两个时代生活（五十年代和八十年代）的知识分子，都不同程度地在生活强烈的变动中感到惶惑。刘俊峰作为五十年代的大学生、八十年代的新干部，双重的身份使他内心的矛盾格外复杂。五十年代单纯的社会理想显然已经不适应八十年代复杂的社会现实，固执于已往的理想，就会如女教师那样，陷落在旧日的理想梦境，崇高不成反而滑稽。但他怅然若失的沉甸甸的心中，却分明保留着许多美好的回忆，难于心甘情愿地舍弃。惶惑感成了对变动着的生活不适应感的典型概括。在两个时代的生活、两种价值观念的交叉比较中，作家们的审美感情复

---

① 《夜的眼》。
② 《最后的“陶”》。

杂化，他们意识到社会生活的发展注定要淘汰一些旧的生产和生活方式，以及和这个方式相适应的思想观念，而这些思想观念中又分明有许多宝贵的东西；新的生活方式带来了新的矛盾，并不是所有的新东西都表现为善。这种复杂的感受也就集中地表现为精神无所适从的惶惑感。

时代的社会生活不以人的意志为转移的急剧变动，给予具有稳定的心理结构的中年作家们的感受是惶惑，对更敏感的青年作家们的影响则更复杂。孔捷生的《南方的岸》等作品，虽然为了寻找新的理想支点，退回到原有的经验世界中，但却非常真实地表达了一部分回城知青的感受。他的主人公从艰苦而平静的海南农场回到繁荣嘈杂的城市，两种生活方式反差极大的对比得出的强烈印象，集中地表现为对唯利是图、鄙俗卑下的市民情态的厌恶。心理的极度不适应，使之茫然、怅惘、精神无所适从，典型的心态是失落感。张辛欣的《清晨，三十分钟》、《我们这个年纪的梦》则直接展示了对都市生活的强烈感受；激烈的竞争、空间的拥挤、节奏的紧张、人与人之间的频繁摩擦，撞碎了童年时代单纯明朗的梦，剩下的唯有感觉；压抑、孤独、烦躁、混乱，说不出的单调枯燥……她的主人公典型的心态是疲惫。张承志的《老桥》、《绿夜》、《大坂》等作品中的主人公，面对"陷谷"般的都市，深感生活的艰辛和世风的恶浊，人际关系的复杂与心灵之间的隔膜，从而转向在阔大的自然和质朴自由的边地民风中寄托蓬勃的生命情致。他在作品中典型地表现了那种追求完善的理想主义者，在这个时代现实的限制中强烈的孤独感。

惶惑也罢，失落、疲惫、孤独也罢，都是当前旧的价值观念在破碎，新的价值观念没有建设起来的夹缝时代，社会生活自身的矛盾在人们心理上的深刻反映，是这个民族艰难的现代化民主化过程中历史阵痛的一部分。因此，作家们各自寻找的精神支点不同，但都表现了对于改善民族生存方式（物质的和精神的）现状的愿望，以及为此而进行的探索。因此，作为这个时代人们情绪的艺术再现，这些作品中的情绪都有独特的审美认识价值。

文明与愚昧的冲突在社会心理的主题阶段，表现出两个层次丰富的内容。首先，是民族进步的历史要求和那些与落后的生产方式相联系的、丧失了历史合理性、落后保守的社会心理的矛盾；其二，则是在还不发达的现代都市生活中，物质和精神的客观限制，引起的人们心理的冲突。以第一种冲突最为集中地体现着时代的基本矛盾。第二个层次的内容则是现代化过程中产生的新矛盾，同样具有现实意义。

3.《爬满青藤的木屋》和社会风习的主题

严格地说，社会伦理和社会心理是很难截然划分清楚界限的。就像政治、经济的因素在历史的原始形态中总是彼此纠缠在一起，社会伦理和社会心理也总是在社会生活方式的整体中彼此融合，只是人们的思想认识有一个发展过程。对陈腐的伦理观念、落后的社会心理形成原因的深入思考，就形成了对民族文化思考主题阶段的又一个重要分支，社会风习①主题。

把民俗风情引进小说创作，不仅增加了作品的美学特色，形成了不同特色的地方作家群（这些只是这个主题作品的外部特征），而且，更重要的是作家们开始关注民族传统的生活方式问题，因而也就从这个角度反映了历史变动时期多方面矛盾运动的整体风貌。古华发表于一九八一年的短篇小说《爬满青藤的木屋》是社会风习主题成熟的标志。追溯它最早的信息则可以到陈世旭发表于一九七九年的《小镇上的将军》。这篇小说颇具深意地表现了偏僻闭塞的小镇上，善良怯懦且习惯于苟安的居民们在将军的思想品格感召下，以最原始落后的风俗方式投入了特定条件下的斗争。其后，张弦的《被爱情遗忘的角落》等作品，也都努力在社会生活的整体制约中，揭示社会意识退化的根源。古华早期的作品②都以落后封闭的自然和社会环境为人物活动的基本场所，具有浓郁的乡俗气氛。但这些作品思想的落点在于对极左政治的批判，还没有深入到极左政治及小生产的落后意识得以产生形成的民族基本生活方式的思考，所以还不能算这个主题的作品。

《爬满青藤的木屋》虽然以“文化大革命”为背景，但作家思想的重心已经移至对落后的生产和生活方式整体的思考。作者以远离现代社会的僻远山林“绿毛坑”为典型环境，在不长的篇幅中，塑造了三个具有普遍意义的典型性格。勇武愚昧、偏（褊）狭保守的丈夫王木通俨然是这一小块土地的“封建领主”，他对生活的理解除了基本的生命本能外别无所求，对科学文明（物质的和精神的）都一概采取排斥的态度，终于导致了山林失火的严重事故。而结果不过是换了一块领地和老婆，依然可以继续他自给自足的生活。温顺善良却又天性自尊自爱的妻子盘青青，则本能地向往着美好文明的生活。知识青年李幸福有科学知识和文明意识，但是，在落后停滞的生活中却处于可怜巴巴的地位。绿毛坑代表着一种古老的自然经济的生活方式，王木通的性格概括了和这种生活方式相联系的愚昧、保守、偏（褊）狭的普遍精神状态，自然混茫的原始风貌也暗示着整个民族在长期的传统生活方式中积淀的心理氛围，是历史因袭的沉重阴影。这篇小说的暗示意义大大超过它的本文意义。古华说：“在一个自然景色富丽幽静、土地十分肥沃的环境里，人们日出而作，日落而息，过着布衣粗食、愚昧保守与世隔绝的生活。无须什么外来文化，也无须什么现代科学。应该说，这种生活方式在我们这个古老的民族、古老的国家里是很有典型意义和代表性的。我们就是以这种生活方式世代相传，渡过了漫长的数千年岁月，才进入到现代社会来

① 社会风习是社会整体生活方式最直观的反映，也是综合着多种文化因素的整体反映。

② 见古华《美丽崖豆杉》、《金叶木蓬》、《芙蓉镇》等作品。

的么！而且，就是在这种生活方式似乎已经销声匿迹了的城市、乡村，它长期以来所形成的意识形态、风俗习性，却还广泛地存在于人们的头脑里，表现于人们的行动中。”①

在古老封闭的自然经济中，现代文明只是作为一种偶然传入的因素（许多作品中表现为下乡的知识青年或接受了科学文化的当地青年），虽然它是新生活的信息，但本身还缺乏经济基础，它在旧的生活方式中的存在是无力的；同时，旧的生活方式中的少数人（常常是单纯淳朴而富于幻想的农村姑娘），即使由于偶然的机遇萌发了新的向往也只能窒息在强大的习俗力量中，很难摆脱悲剧的命运。马克思说：“当旧制度还是有史以来就存在的世界权力，自由反而是个别人偶然产生的思想的时候，换句话说，当旧制度本身还相信而且也应当相信自己的合理性的时候，它的历史是悲剧性的。”②那唱着“山那边可是海，海那边可是洋”的竹娥③，并没有因知识青年带去的新概念以及他们的介入而逃脱被抢成婚的古老习俗，知青们离去了，只“在山寨里留下了手风琴、尤三姐……这些新鲜的名词”和“一阵骚乱和不安”。索米娅和白音宝力格④的纯洁初恋，毁灭于野蛮的习俗，她与幸福的机遇失之交臂，重复着蒙古族妇女的共同命运，生活方式本身还没有提供她足以掌握自身命运的文化因素。巧珍⑤的命运悲剧则在于她处于城乡两种文化交叉的冲撞中，虽然有了对文明的向往，却没有独立地走向新生活的现实可能性。她只好把对文明生活的向往寄托在对高加林的爱情上，而后者则为了自己的向往牺牲了和她的感情。她徒有反抗旧习俗的勇气也没有走向新生活的条件，最后只好退回到旧的生活方式中去。爱爱⑥也只能在无望的幻想中耗尽生命的最后一丝活力。

当社会生活的整体变动给旧的生活方式中注入了新的经济因素，文明也就不再是偶然的因素，而代表着生活的趋向，与落后的习俗颠倒了位置，社会风习主题小说中的悲剧性也转变为喜剧性。木匠的女儿⑦终于抗拒不了伐木声的诱惑，扔下父亲为她选好的恪守规矩的未婚夫，奔向另一种生活。一生虔敬的老喇嘛，面对草原物质的富足，临终前放弃了宗教习俗。⑧ 葛川江上最后一个渔佬虽然还不情愿放弃他

---

① 《〈古华中短篇小说选〉自序》。
② 《黑格尔法哲学批判导言》，《马克思恩格斯选集》第1卷，第5页。
③ 张新奇：《那遥远的绿色山寨》。
④ 张承志：《黑骏马》。
⑤ 路遥：《人生》。
⑥ 陶正：《女子们——田园交响诗之一·落霞》。
⑦ 蔡测海：《远处的伐木声》。
⑧ 哈斯乌拉：《虔诚者的遗嘱》。

习惯的营生,却终于领悟到"从前的许多规矩现在都不管用了"。① 顽固地维护旧的生活方式和思想观念,残酷、粗暴、蛮横的渔把式,也和旧的生活方式一起"寿终正寝"。② 这些作品都表现了人们对生活发展的乐观情绪,然而生活本身却要更复杂些。正如马克思所说:"……历史不断前进,经过许多阶段才把陈旧的生活形式送进坟墓。"③自然经济向商品经济的过渡需要一个漫长的过程,农业文明向工业文明的发展也不是一朝一夕的事情,旧的生活方式的瓦解除根本的经济因素外,还需要许多精神文化的措施。悲剧的因素并没有完全消逝,它和喜剧的因素渗透在一起,还会持续一个很长的时期。张一弓的《流泪的红蜡烛》、扎西达娃的《没有星光的夜》、古华的《九十九堆礼俗》、权文学的《在九十八弯的山凹里》等作品,都揭示了落后的文化现状,使乡土人物在经济生活改善之后,精神仍处于愚昧状态。

社会风习是一个综合着多种社会因素生成的文化整体,在变革的时代,它的保守性就表现为无所不至的顽固。非常有意思的现象是,这个主题范围作品中的许多冲突都建立在琐细的生活末节上,而且经常被作家们重复。从刷牙洗澡到发式礼仪,都牵动着人们的习惯,引发以生活观念为核心的文化思想冲突。但总的趋势是现代文明首先从生活细节的物质因素开始,改善着人们的思想观念。

马克思说:"在黑格尔那里,恶是历史发展的动力借以表现出来的形式。"④这个时代正在开始的主要由经济规律制动着的民族整体生活方式的变动,对于习惯了旧的生活方式的人们来说,感情上绝不会是轻松的。人们常常会对时代变革善的内容与恶的形式之间的矛盾,表现出困惑和忧虑。王润滋《鲁班的子孙》是这种情绪的典型之作。他在父子两代木匠的情感破裂中,揭示了经济生活的变动对乡村伦理关系的震动,痛心于金钱对淳厚乡风的污染;在老木匠对良心和手艺的信念与小木匠对金钱不择手段的谋取这两种生活观念的比较中,表达了深深的忧虑。这种忧虑不是个别的偶然现象,也普遍地表现为许多作家对旧日田园风光和乡土人物道德风貌的歌颂。⑤ 而冯苓植的《沉默的荒原》则取更为客观的角度,在两个属于不同生活环境和文化背景的青年人不得不终结的热恋中,揭示两种生活方式养育的价值观念,在极度不平衡的社会现实中各自的合理性和缺憾。

把历史进步的乐观意识植根于民族自身蓬勃的生活力,这是一部分与社会风气有关的作品中的另一种意向。张贤亮的《肖尔布拉克》等作品表现了人民善良的本性

---

① 李杭育:《最后一个渔佬》。

② 白桦:《渔把式之死》。

③ 《黑格尔法哲学批判导言》,《马克思恩格斯选集》第1卷,第5页。

④ 《路德维希·费尔巴哈和德国古典哲学的终结》,《马克思恩格斯选集》第4卷,第233页。

⑤ 见刘绍棠的运河小说、王润滋《卖蟹》、叶文玲《晚霞》、彭见明《那山,那人,那狗》、唐栋《山民》、何士光《种包谷的老人》等作品。

和健康的良知，在粗糙的生活方式中充满活力的存在。他的《河的子孙》、《绿化树》等作品，虽然意在反思历史，也都表现了民族民间传统自身的丰富性。张承志的《雪路》、《春天》，王家男的《乡恋》等作品，也都带有相近的倾向。

随着人们对文化现象越来越自觉的思考，在社会风习和乡土文学中逐渐衍生出一个民族文化派，老、中、青几代作家都希望在民族文化的断层中，汲取民族进步的活力。这派创作的开启者是汪曾祺。他从发表于一九八〇年的《受戒》开始，创作了一系列以旧日江南乡镇人物为载体的作品，传达的却是历尽劫难之后的清朗心境，而且整体的明朗色彩与乐观的时代意识相通。虽然从作品的字里行间可以看出作者对民族文化深挚的感情，然而历史时间的距离与外来文化的比较参照，使他对民族传统文化的取舍极为自觉，有批判有扬弃，自始至终贯注了这个时代对人的理想，美学风格也入大化之境。其后，邓友梅的《那五》、《烟壶》等作品，也寓现实问题的思考于旧日北京汉满市井生活的场景，具有一定的文化学和民俗学方面的价值。

青年作家则更为自觉地把民族文化现象作为具有相对独立性的整体来认识。张承志的《黑骏马》还仅是以历史文化为宏观视角，表现人民在充满缺憾艰辛的生活方式中蓬勃的生活力。乌热尔图的全部作品则在达斡尔族人民时代际遇中的情感振动里，具体细致地艺术再现了这个民族整体的文化特征。贾平凹一九八三年底到一九八四年初连续发表了《小月前本》、《鸡窝洼的人家》和《腊月·正月》，以及他此前发表的《商州初录》、《商州又录》等作品，都以古文化发祥地陕西商州地区乡土社会的现实生活为素材，在普通农民浸润着古风的日常生活情态中，传导出时代变革的动律，并且把民俗民风的状写，深入到人物心理的活动，细致地描摹出民族心灵的形式。他以基本的生活方式衔接起民族久远的文化传统，加上近于古汉语的地方口语的娴熟运用，不仅层层铺垫出深厚的地方生活底蕴，而且渲染出民族生活整体的文化氛围。他以具有传统意味的静察默观式的审美态度，力臻“重神韵”、“旨远”的美学追求。他的创作为当代民族文学的成熟发展提供了成功的经验。阿城的《树桩》等作品，多以西南几省少数民族的民间文化现象为载体，意在传达对世界、人、历史、社会、人生的现代意识，现实的层面升华为形而上的意义，主体性更强，加上朴素简约、注重造型效果的民间口语的运用，都使之达到玄远精深的美学境界。李杭育的葛川江系列作品，以当代浙江的城乡生活为素材，也注意到对地方文化特征的总体把握，将其神韵贯注于人物的性格，描绘出变革时代浙江地区城乡社会的整体风貌。

他们的创作已经基本超出了一般社会风习的主题范围，体现出更为成熟的文化意识。严格地说已经不属于这个主题。

文明与愚昧的冲突在社会风习阶段的主题中表现了以下几个方面的矛盾：首

先，是古老的生活方式和它生成的落后习俗与现代的科学文明之间的冲突；其次，是变动的生活中，物质的初步文明和精神愚昧之间的冲突；其三，则是与两种生产和生活方式相联系的两种文化中善恶形态两极的交叉冲突，也包括现代生活方式中落后的现状自身的矛盾。①

（三）上篇小结

现象是最丰富的，任何理论模式都有其局限性。因此，除我们以上的归纳描述外，还需做（作）一些必要的补充说明。

在近年文学中，还有一些题材具有相对独立性，而自身的发展又持续始终的分散主题，也不同程度地和基本主题发生联系。在军事题材的作品中，从徐怀中发表于一九八〇年的中篇《西线轶事》开始，虽然没有正面直接表现文明与愚昧的冲突，却在对现代军人素质的探索中，表达了新的英雄理想，和新时期小说中所普遍肯定的文明意识有着内在的联系。好的战士不仅要勇敢忠诚，而且要有科学文化知识，有思想，有政治头脑和世界胸怀，表现出和五六十年代截然不同的审美倾向。朱苏进的《射天狼》、《引而不发》，李斌奎的《天山深处的大兵》，刘兆林的《索伦河谷的枪声》、《雪国热闹镇》等作品，都具备这种特征。李存葆的《高山下的花环》，通过梁三喜、靳开来、北京战士共同的牺牲精神，把“位卑未敢忘忧国”的传统观念和瞩目世界的现代意识，统一在革命军人爱国主义的精神整体中。在知青题材的创作中，从叶辛的《蹉跎岁月》、张曼菱的《有一个美丽的地方》，到孔捷生最近发表的《大林莽》，都从不同的角度，以上一个时代的生活为素材，表达这个时代人们对世界、社会、人的理想。这些作品也理应属于基本主题的范围。

经过我们上面对小说主题发展的粗疏分析，不难看出新时期的小说主题，从政治的批判到民族文化的思考，经历了由狭义的文化（政治文化）开始的回环演进之后，发展到大文化的领域。这是一个螺旋式的发展过程，表现了这个时代的人们对民族生存方式由表及里的自省过程。

从民族文化的思考阶段开始，小说主题出现了明显的分化现象，且愈演愈烈，至一九八三年以后，几乎看不到前几年那么集中的主题现象。许多更具作家独特发现的主题，具有多义性的主题，综合的主题，侧重表现心灵性内容的主题不断涌现。不少成功的作品，是不能纳入我们以上分析的主题范围的。② 小说主题思想的隐蔽，使之远不如风格的特征易于把握。这种情形大概要维持一个较长的时期，也就是

① 集中体现这一内容的作品，最典型的是刘心武的《立体交叉桥》，揭示了人们生存空间和精神空间的立体交叉现象，揭示物质生活的方式对人们精神生活方式的制约。此外，王安忆的《本次列车终点》、《墙基》等作品也有相近意向。

② 例如邓刚《迷人的海》、张承志《北方的河》、阿城《棋王》。

说，此后相当长的时间里，也许不会再出现这种集中且迅速更替的主题现象。这是因为以前的八年是民族社会生活的急剧转变期，长期的政治动乱和思想禁锢，使经年积累的社会矛盾集结成严重的社会危机，在政治的变动和思想启蒙中重新恢复了社会责任感的作家们，就在形势允许的范围内，首先关注那些迫在眉睫的主要问题，小说主题的集中就成为必然。作家在这个过程中成长成熟，已往的文学观念在这个过程中蜕变发展，社会审美心理也在这个过程中发生变化，原有的危机性社会矛盾的逐渐克服，生活又以人们从未体验过的速度不断涌现出新的矛盾，整个民族在历史阵痛中迸发出的情绪格外复杂，为文学的生长提供了肥沃的土壤。因此，小说主题的分散也带有必然性。

这是又一个文学作为艺术的自觉时期。在主题越来越分散的小说创作中，不仅负载了越来越沉实的社会人生内容，也包含着多种主体意识的自觉与成熟。越来越多的作家开始形成以自己对世界的理知与认识，以自己的情感方式铸造的独立艺术世界。因此，从这个意义上说，小说主题的分散正是新时期小说艺术成熟的标志。

下篇：多种文化思想的冲突
——小说主题意向交错的状态

> 新时期小说的主题，随着时代矛盾的转移，潜在的文化思想差异发展为表面化的意向交错。四个基本的意向群落：对变动着的现实关系的态度；对传统的态度；对历史的态度；对自然的态度。形成小说主题意向交错的原因：社会的、文化的、政治的。

从社会伦理阶段开始，小说的主题出现了意向交错的复杂状态。在每一个阶段性的主题现象中，几乎都可以发现两个以上的不同意向，有时甚至发生直接的倾向对立。其实这种差异在政治批判的主题阶段就存在，只不过是潜在的，没有民族文化的思考阶段这样明朗化。这是由于新时期小说的初级阶段，社会生活的基本任务是政治上的拨乱反正。作家们的思想准备虽然各不相同，但思想的落点却都集中在政治的批判上，各种文化思想都可以从各自的角度出发——从马克思主义的人道主义到最一般的人道主义；从最现代的科学思想到最古老的伦常观念；从革命的传统到民族民间的传统——不同的思想武器都可以发挥各自的作用，达到批判极左政治的目的。

当现代化的历史要求不再是单纯美好的愿望，而是艰苦的实践，它对整个民族生活秩序和心理习惯的震动，就不可避免地引发了多种文化思想的冲突。前一时期潜在的差异就明朗化了。

（一）对变动着的现实关系的态度

转折时期社会关系最明显的变动是经济关系的变动。十一届三中全会以后，农村集体经济基础上的联产计酬生产责任制的普遍实行，城市工商经济体制酝酿着的改革，城乡个体经济的恢复和沿海的经济开放，都使社会经济呈现出从未有过的活跃局面。这原本是人们久已盼望的民族现代化过程中必不可少的实践环节，但即使在直接表现改革的作品中，也明显地表现出人们对这个时代变革的不同理解。

蒋子龙从发表于一九七九年的《乔厂长上任记》、《维持会长》等作品开始，从正反两方面人物的对照中，针对工厂企业管理涣散的局面，强调强化权力的重要作用。他在一篇创作谈中讲到，在人们对权力由怕到厌的心理转变中，他思考如何运用权力的问题。所以，他笔下的理想人物除了具备科学知识和现代经济头脑之外，还要有铁的手腕。他希望由乔光朴这样有魄力的铁腕人物，取代无所作为的掌权者。这个基本思想一直延续到发表于一九八四年的《悲剧比没有剧要好》；其间也涉及其他问题，如新的社会伦理意识（见《开拓者》）、文明的现代经营方式（见《锅碗瓢盆交响曲》）、丰富的生活与全色的人（见《赤橙黄绿青蓝紫》）等。但总的范围没有超出权力更替的基本思想。张洁的《沉重的翅膀》，则除了正面地描写了这场历史性变革中不可避免的权力斗争之外，在对经济体制改革的急切呼唤中还寄予了对伦理关系等社会生活整体变动的希望。因而，她在揭露那些顽固守旧的人物狭隘鄙俗的阴暗心理的同时，对那些意识到历史必然要求的人自身落后的文化因袭，也作了深刻的揭示。郑子云家庭的危机与方群的婚姻悲剧，都不是偶然的人生不幸，在落后鄙俗的社会伦理关系中体现着某种必然的性质。郑子云为维护家庭体面而隐忍，方文煊屈服于舆论而克制，都是不可掩饰的虚伪和懦弱。连叶知秋、贺家彬这些正直的知识分子，在杨小东、莫征、圆圆等富于进取精神的青年一代面前，也暴露出某些缺憾。把人和人的生活变得更合理、更美好、更健全，是张洁对这场时代变革的理解。因此，她并不着意于改革者和人们眼前利益的矛盾，却更为关切人们被压抑了的固有素质在时代变革中的发挥和消极因素的转化。陈咏明饱满的政治热情和管理能力得到充分的施展，吴国栋开始意识到自己简单粗暴的弱点，杨小东的聪明才智有了用武之地，莫征也从偏见的压抑中逐渐解脱出来开始迈进生活的希望……人的尊严、人的感情、人的个性都在社会整体的变化中获得应有的价值。在乔光朴的铁腕和郑子云的行为科学之间，有着一道文化的沟堑，其中有价值观念的明显差异。

这种差异带有普遍性。社会经济关系的变动必然引起社会伦理关系的变化，价值观念的变动便是不可避免的。如果说，在蒋子龙和张洁的作品中，由于城市改革尚未铺开，他们的意向作为主观的理想，还仅仅表现为文化思想的差异的话，那么，在农村题材的大量作品中，则由于经济关系的大幅度变化引起的社会伦理关系的现实变化，造成了小说主题更明显的差异。尽管作家们对农村经济政策的调整表示了极大的热情，但对由此带来（或可能带来的）社会伦理关系的变动，却难以取一致的态度。张贤亮的《河的子孙》和王润滋的《鲁班的子孙》是典型的例子。前篇以外号“半个鬼”的农村基层干部对农村三十年社会生活的回顾，对经济关系的变动可能带来的整个社会的进步，表达了乐观的态度。后篇则在父子两代木匠由不同的生活信念所引发的伦理关系的破裂中，关注着乡村古朴的伦理关系在经济生活方式的冲击下日趋瓦解，忧虑拜金的狂热污染民风，流露出深刻的感伤情绪。

在这两种明显差异着的意向之间，蕴含着深刻的社会历史内容。在黑格尔那里，人类的伦理是由两部分构成的。其一是神的，也就是依着自然血缘形成的关系，即家庭；其二是人的，也就是社会的。马克思主义对经济关系对人类存在方式根本制约作用的发现，进一步揭示出一切伦理关系的形式都受制于经济生活形式。因此，适应于各种伦理关系的观念，归根结底都是当时的社会经济状况的产物。在中国几千年漫长的社会历史中，是以自然经济的生产方式为基础的，在这个基础上形成了家族和社会高度一体化的伦理结构。所谓“君君、臣臣、父父、子子”，即是对这种伦理结构的严格规范。在这种伦理结构中形成的价值观念，深入民族心理的影响集中地表现为对伦理关系的极端重视。虽经“五四”以来历次思想运动的冲击，但由于在广大的国土上自然经济仍然是主要的经济形式，加上解放以来基本上是吃大锅饭的分配形式，就使传统的伦理意识以新的形态延续了下来。因此，当经济体制改革首先从分配制度上开始逐步展开，就震动了原有的伦理关系和人们与之相适应的心理秩序。欣喜、惊异、忐忑不安、骚动不宁、迷惘、痛苦、感伤……都是这个转折时期复杂的民族情绪。认识民族生存方式的不同角度，感应民族情绪的不同方式，就使作家们对由经济关系变化的制动而引发的社会伦理关系的变动，表现出不同的态度。而反映为小说主题意向交错的根本原因，则在于作家们自身价值观念的异同。

《鲁班的子孙》固然是正在解体的古朴伦理关系和人们相应的道德风貌的一曲挽歌，王润滋的《卖蟹》以及李蔚的《猎户、狍子和采购员的故事》等作品，也都在“世风日下”的现实中，返回到“重义轻利”的传统道德理想。和他们的意向几乎完全对立的一篇作品，是石定的《公路从门前走过》。作者从现代化对经济发展的要求出发，在老一代农民对金钱的鄙视中，看到这种古老的道德心理对经济发展的严重阻碍。张一弓的《黑娃照像》、《黑娃的新闻》等作品，都正面歌颂了人们对物质富足的追求与由此带来的精神面貌的改善。何士光的《乡场上》在农民物质生活的初步改善中，看到他们精神的复苏，欣喜经济关系的变动带来了乡村某些政治关系的调整。周克芹的《山月不知心里事》却在人们一心致富和分散的生产方式中，忧虑政治生活的薄弱造成青年人精神的空虚。而高晓声的《水东流》则在青年们对丰富的文化生活的向往中,看到青年农民中一种新的生活观念在成熟,并善意地嘲笑了老一代农民只知道干活攒钱的古老生活信条。高晓声始终把农民的经济解放和精神解放看成一个整体的过程,因此,只有经济生活变动给人们提供了精神改善的物质基础之后,他才善意地批评人们只是"向钱看"的弱点。赵本夫的《多找了五元钱》,则通过老一代农民谨慎本分的生活观念与物质利益诱惑的矛盾夹击下道德心理的动摇,以及在喜剧性的情境中最终的自省,揭示出封闭的生活观念与开放的经济现状之间的深刻矛盾,以及恪守旧的价值观念的人们自身的悲喜剧性质。韩少功的《风吹唢呐声》在现实经济关系及伦理关系的变动中关注着弱小者的命运,现实的不完善使他期望着"永恒的善"。贾平凹的《商州》则在探索"历史的进步是否会带来人们道德水准的下降而浮虚之风繁衍呢?诚挚的人情是否还适应闭塞的自然经济环境呢?社会朝现代的推衍是否会导致古老而美好的伦理观念的解体或趋向实利世风的萌发呢?"他们都在更高的层次上表达了忧患意识。

价值观念的差异在爱情婚姻题材的作品中,表现得更为明显,主要集中在人们对爱情的不同理解上。韦君宜的《洗礼》以社会政治理想作为婚姻的道德基础,强调只有在这个基础上个人情感的选择与婚姻关系的变化才显示出充分的合理性。《洗礼》表达了接受过"五四"新文化影响,后来投身社会革命,把社会理想和人生理想融为一体的一代知识分子特有的价值观念。他们重视爱情的社会政治性质。孟伟哉的《一座雕像的诞生》则强调个人情感的利他性质,而姚文泰的《乡土》则几乎完全把道义作为婚姻的绝对价值。与之相反,靳凡的《公开的情节》,几乎系统地批判了从爱情婚姻到个人责任的全部通行观念,批判它在迅速奔涌的时代潮流中的落后与陈腐,并且以充满理想精神的激情倡导科学和理性,肯定个人选择的创造价值。张洁的《爱,是不能忘记的》,强调人的感情的绝对价值;而航鹰的《东方女性》、达理的《墙》等作品,则强调理性对情感的应有克制、对维护伦理秩序的必要性。张抗抗的《淡淡的晨雾》,遇罗锦的《冬天的童话》、《春天的童话》等作品,都在对既定的伦理观念与道德规范的激烈批判中,肯定人的感情在外部命运变化中重新抉择的合理性。张抗抗在《淡淡的晨雾》中曾有一个形象的比喻,奔流的江水和固定的铁桥之间不存在绝对的稳定联系。在她们的作品中可以感受到这个时代强烈的浪漫气息。

重视个人主动的选择,重视情感,而且要付诸行动,这是一部分青年作家的倾向。丰富的人生阅历与注重实际的人生态度,使一些中年作家对此采取更为超然的态度。这在王蒙的作品中表现得最充分。他在《深的湖》中对"黄花鱼"与婚姻离异之关系表达了极为通达的理解。在评价张洁的《爱,是不能忘记的》的时候,他说:"难道人的精神不应该是自由驰骋的吗?难道爱情不应该比常见的和人人都具有的更坚强、更强烈、更崇高、更理想吗？……说真的，落后的生产力、落后的文化、贫困、封建专制，以及我们自己‘左’的专制的影响，不是使我们许多人的灵魂被压扁了，因而太缺乏感情、太缺乏想象了吗？”①在《老黄杨树根之死》中，王蒙则在表现人们于外部生活命运的变动中情感的转移时，批评其中利己的功利性质。他动摇于精神追求的理想和现实的责任之间。即使是中年人中最大胆的张洁，也要重申精神的追求并不妨碍已有的伦理秩序。他们重视的是精神本身，而青年作家则不能满足于幻想，他们面对的是现实的抉择，渴望行动的自由。同样是痛苦的理想主义者，张洁在《爱，是不能忘记的》当中，表现的是精神追求不被理解的痛苦；而张抗抗在《淡淡的晨雾》等作品中，表现的则是理想在付诸实践的过程中不可避免的痛苦。张洁乞望的是来世灵魂的契合，张抗抗追求的则是现世的幸福。

尽管张洁与张抗抗面对现实的束缚所追求的伦理理想有明显的程度差异，但她们把情感精神化的特点是相通的，因而对物质的、世俗的、红尘的生活都表示了一定程度的冷淡。这一点又构成了许多青年作家之间的意向差异。张抗抗的《北极光》、《在丘陵、在湖畔，有一个人》等作品，塑造了不少情操高尚、追求事业、蔑视世俗物质享乐的理想人物；而王安忆的《庸常之辈》等作品，则通过对普通人生活艰辛的理解，肯定了人们物质追求的合理性。陆星儿的《写给未出生的孩子》，在追求事业的青年艺术家现实生活的窘困中，给予事业、感情、生活以同样的肯定。在遇罗锦的作品中，直率地把精神追求与物质享乐，以及经济条件、社会地位等外部条件等同齐观。张承志的《绿夜》等作品，则在更普遍的情感范畴中，把知识分子对事业的追求与普通人的生活奋斗衔接在共同的历史环节上，在他的笔下，一个现代学者和一个草原牧民之间有着相近的人生境遇和相通的人生感受。阿城的《棋王》也有相近的意向，他把对人的价值的理解建立在尊重一切人的基础上，既把吃的问题看做人类存在的基本内容，又把精神的权利，视作人的最终完善，表达了一种朴素博大的价值观念。

价值观念差异的焦点在于如何评价个人在社会伦理关系中的价值。和五十年代的“新人新事”主题、“文化大革命”中的“斗私批修”主题截然不同的是，新时期小说主题中，基本的倾向是肯定个人应有的权利和个人的追求与奋斗在社会整体进步中的作用。在许多作品中，“安贫乐道”已经不再是无可怀疑的、通行的道德准则。江坤大的克己忍让不再仅仅是道德高尚的表现，高晓声在社会整体发展的效果中，揭示它的消极作用。杨之枫、李辉、金鹿儿、“登利美”，②这些充满了生活欲望和进取精神的青年人，获得了比朴实安分、毫无追求的老劳模们更多的赞赏。

① 《〈北京文艺一九七九年小说选〉序》，北京出版社 1980 年版。

② 分别见陆北威《美丽的杨之枫》、郑万隆《当代青年三部曲》、航鹰《金鹿儿》和刘心武《登利美》。

完全否定个人在社会伦理关系中的价值,这样的主题意向是极少数。小说主题意向的微妙差异常常只是程度的问题,也就是在多大范围中,个人的追求与权利是合理的。汪浙成、温小钰的《别了,蒺藜》、王蒙的《风筝飘带》、蒋子龙的《锅碗瓢盆交响曲》等多数中年作家的作品,都把个人的追求和社会进步的要求统一起来,肯定其积极的意义。而青年作家在生活中的特定位置,使他们更敏锐地感觉到这个时代人生奋斗中目的和手段之间不可避免的矛盾,由此形成了和中年作家群体的差异,而各自之间的不同态度又形成了彼此意向的差异。陈建功的《迷乱的星空》表现了不以成败论英雄的价值理想,揭示了外部的成功与实际的贡献之间的距离,在一条鱼骨的意向中寄托了执著理想的人生追求。他的《飘逝的花头巾》则进一步揭示人生得失与社会责任之间的联系,特别强调手段的正当性。而王安忆的《新来的教练》、《命运交响曲》等作品,则在目的与手段不可避免的分裂中,趋向承认性格对环境的必要适应。她似乎是在对人生普遍困境的体察中,无可奈何地接受了目的与手段分裂的现实。张辛欣的《在同一地平线上》,把人与环境的矛盾集结在目的与手段极端状态的冲突中,探索“在道路的选择上,在为了达到目的,不错过时机而采取的各种行动方式上,究竟怎样做是对”? 希望在现实的社会条件下,把目的和手段、道义和利益等对立范畴统一在合理的道德规范中。张承志的《大坂》等作品则在目的与手段不可避免的矛盾中,表达了道德情感的极大痛苦,并把它看成是人生缺憾的一部分。

对人生奋斗中目的与手段之间矛盾的敏感程序,集中反映了两代人生活观念的实际距离,这在表现代沟的作品中尤为明显。戴晴的《沟》在母子两代人生活观念的比较中,歌颂了母亲一代任劳任怨、不计个人得失的利他精神,批评儿子一代情感的淡漠和追求个人名利的“利己倾向”;刘小喻的《导演之家》则在两代导演对艺术、生活不同的态度中,在理解老一代人道德操守的同时,更多地倾向于对青年人所勃发出的创造力的肯定。王蒙的《深的湖》、《痛苦》等作品,在对老一代思想操守的赞美中,批评青年人的简单与重实利;而王安忆的《迷宫之径》等作品,则对上一代人所奉行的原则在现实生活中的作用表示了怀疑与深切的怜悯。

以上种种小说主题意向的差异并不奇怪。它是转折时期变动着的现实关系在观念形态中的反映;也是旧的价值观念破碎与新的价值观念尚未建设起来的交替时代,人们为建设新的价值观念所进行的积极探索。肯定人对生活追求的基本倾向,是人们经历了以抽象的观念扼杀具体的人的严酷浩劫之后,痛定思痛之时,形成的新的伦理理想,也是民族现代化的历史步伐对旧有的观念冲击的结果。

(二) 对传统的态度

对变动着的现实关系的态度,最直接地牵动着人们对传统的态度。因为,依本文引言中所引艾尔弗雷泽对文化的定义,价值观念是传统的重要部分。而人们对变动着的现实关系的不同态度中所暗含的价值观念的差异,也就联系着人们对传统的不同态度,因此,也反映为小说主题意向的交错。

难以说清楚的是传统的范围。我们有五千年的历史所创造的民族文化的悠久传统,其中既有封建性的糟粕,又有人民性、民主性的精华;我们有"五四"思想革命开创的、吸收外来文化思想的反封建的传统,其中一部分汇入了政治革命的历史潮流,也有一部分因为种种原因遭到了破坏;我们还有在漫长的革命斗争中形成的革命传统,而极左政治的严重后果之一,就是对革命传统极端片面的解释和歪曲。民族的文化心理结构,因为各个时代文化构成的差异而不断地变动,又因为基本生活方式和社会结构的沉滞而保持了相对的稳定性。然而,对当代的中国人来说,最直接的传统莫过于这几十年的社会生活形成的积习,包括由文化构成的基本内容决定的价值观念,也包括与此相适应的情感方式、行为方式的规范。

新时期的小说主题中,一开始就存在着反传统的倾向。特别是青年人的作品中,尤其激荡着一股反叛的浪漫主义情绪。这股浪潮至今未艾,但最早的源头可追至靳凡的《公开的情书》和赵振开的《波动》。这两部作品都成书于打倒"四人帮"以前,前篇对当时所通行的一切思想观念(包括政治观念和个人义务等)进行了激烈的批判,也涉及民族更久远的传统因袭。后篇则尖锐地揭示出在革命正义的美名之下,社会伦理观念的虚伪与残酷。一九七九年末开始的民族文化思考阶段的多数作品,对社会伦理、社会心理到社会风习的思考,基本的倾向也是反传统,而且多数作家把民族传统中的消极因素,或是落后的文化思想,或是落后的生活方式以及从中生成的野蛮习俗,看做是极左政治形成的历史根源。反对压抑人、扼杀人、愚昧残酷的社会积习和更久远的民族文化传统中封建性的落后因袭,使得当代文学又沟通了阻隔已久的"五四"文学的反封建传统。

在这个基本相近的倾向中,又因人们所使用的思想武器不同,而表现出对传统的不同理解。与以上提到的主题现象差异较大的,是汪曾祺、孙犁、宗璞等深受民族古老文化熏陶的作家的作品。汪曾祺的《徙》、《故乡人》等作品歌颂了受传统思想文化养育的知识分子,清贫自守,正直耿介,淡于名利的道德风貌,和靳凡的《公开的情书》中表现的激扬锋利的进取要求,有着一定的思想差异;宗璞的《米家山水》等作品,歌颂知识分子在追名逐利的世界中宁静自得的恬淡心性,也和张辛欣的《在同一地平线上》的题旨有思想的距离。他们都在封建法西斯主义和文化虚无主义造成的文化虚空和险恶世态中,流露出对久远的中国传统文化的眷恋。宗璞或更多地执意于老、庄、禅等传统哲学;汪曾祺的作品中则还包括对市民阶级创造的丰富的生活文化的肯定,秦老吉(见《晚饭花·三姐妹出嫁》)那副像《东京梦华录》中的馄饨担子，可谓最典型的象征。他们痛感到无休止的“阶级斗争”使社会伦理关系恶化、民族的道德水准因文化的衰弱而下降，同时身为知识分子经历一个时代的残酷，心灵的不胜重负和难以言传的痛苦心态，都使他们转向民族文化的传统，有意识地在民族民间的文化中汲取具有朴素人道主义的因素。因此，就其心理动机来说，对极左政治长期统治下形成的社会积习进行批判，他们和激进的青年作家们并不矛盾。汪曾祺对市民人物乐观进取的精神风貌的肯定，宗璞对僵硬的政治观念造成的知识分子“灵魂硬化症”的揭示，都和人们对传统的伦理观念的批判有着相通的时代联系。这些作家由于经历过一次又一次对封建文化的批判，又都有过对西方文化的接受，多种文化经由历史时间在心理中的反复参照、积淀，使他们的作品具有在更高的层次上整体地反思民族文化传统的特点，取舍也有着极大的自觉。他们注重的是古老文化中具有普遍人道主义意义的精髓和适应民族心灵形式的美学风格，而对其中封建伦理观念等陈腐部分则坚决地剔除。因此，就其反封建这一点来说，他们和反传统的主导倾向并不截然对立。

最为复杂的情况是中年作家及个别老作家对革命传统的态度。革命传统形成于新民主主义革命的漫长历程，集中地体现着五六十年代的社会整体意识，包括集体主义的社会伦理意识，以及由此而形成的各种行为方式，它的核心是革命的理想主义。王蒙说：“我始终认为，文学与革命天生地是一致的和不可分割的。它们有着共同的目标——旧世界打个落花流水，鲜红的太阳照遍全球。文学是革命的脉搏，革命的讯号，革命的良心；而革命是文学的主导，文学的灵魂，文学的源泉。”①这是在革命传统中形成的最典型的文学观念，代表了多数中年作家和一部分老年作家的基本倾向。大批反映中国当代政治生活的作品，如王蒙的《布礼》、从维熙的《遗落在沙滩的脚印》、鲁彦周的《天云山传奇》等，都是从这种革命传统出发解释历史现象，歌颂人们在政治的泥泞中革命理想不灭的闪光。王蒙“子非我，安知我不知鱼之乐”②的辩白，是坚持这一革命传统的写照；虽然他也曾借庄周梦蝶的寓言对此流露出一定的惶惑。③

和这种倾向相反的是另一部分中年作家的意向。刘心武的《大眼猫》、《如意》，张弦的《挣不断的红丝线》，张洁的《忏悔》、《沉重的翅膀》，戴厚英的《人啊，人！》，问彬的《心祭》等作品，则在具体的艺术表现中，对此持较大的保留态度。他们注意到革命传统内部依然浸入了许多并不合乎革命理想的因素，扼杀着人的感情，影响着人们的命运。作为更久远的传统因袭，这些因素在革命的旗号掩饰下，依然是社

① 《我在寻找什么》，《〈王蒙小说报告文学选〉自序》，北京出版社 1981 年 1 月版。

② 王蒙：《相见时难》。

③ 《蝴蝶》。

会主义的社会形态中残存的然而又是顽固的封建毒素。

老作家韦君宜在她的一篇小说中,曾借一位老干部写给儿子的信,表达了更为复杂的矛盾态度:我们要信仰,那是因为我们不能不信仰。① 她代表了在对旧世界的反叛中把人生的追求和社会革命的理想统一在一起的一代人基本的思想态度,即他们看到了自己一手创造出来的社会中有许多不合乎理想的东西,但却不愿意就此而否定革命理想本身,希望在对社会的改善中坚持革命理想。及至《洗礼》,她则进一步希望在历史风暴的淘汰中,恢复并端正真正的革命传统。这就是对党的事业负责,坚持人民的利益,以及讲真话、坚持真理、不计个人名利等道德准则,赋予抽象的革命传统以具体的现实内容。

对于革命传统,多数青年作家采取了较为客观的态度,他们很少就此直接表示自己的看法,却在对其具体观念的评价中,表现出在历史发展的进程中具体检验传统的意向,形成了和部分中年作家不同的倾向。这种差异在茹志鹃母女创作特点的比较中,可以看得很清楚。她们都是富于人道主义精神的女作家,都把普通人的生活命运作为自己艺术表现的对象,而且也都长于状写人们日常的生活情态。但是她们观察生活的角度和审美评判的标准却有着明显的差异。茹志鹃的作品都是从革命的理想出发表现社会生活的各种矛盾。她在普通职业妇女的生活艰窘中,揭露极左政治的残酷②;在农民生活的贫困与精神的惶惑中,看到"左"的政治路线和经济政策对党群关系的破坏③,在落实政策的阻力中,谴责一些干部政治道德的堕落④;在日常的家务纠纷中,批评一些人革命理想的退化⑤……总之,都表现出政治性很强的道德感。而在王安忆的作品中,几乎没有苛刻的道德批评,更看不见强烈的政治色彩。她更多地从普遍的人生实际出发,看待社会的矛盾,体察历史的发展。她更多地给人们以温暖谅解,分析多种精神现象产生的客观条件,理解普通人平凡追求的内中苦乐,委婉地批评他们的弱点,指出他们精神迷误的原因。因此,审美评价的态度也更为宽容。

她们的差异代表了中青年作家之间普遍的意向差异。多数中年作家的创作倾向于社会,而多数青年作家的创作则倾向于人生。这当然不是截然的对立,前者以社会理想衡量人生的价值;后者则以人生的实际衡量社会理想,看生活的发展与历史的进步。看待生活的角度不同,审美评判的标准不同,对革命传统的态度也就有

---

① 韦君宜:《内部参考资料》。
② 《家务事》。
③ 《剪辑错了的故事》。
④ 《草原上的小路》。
⑤ 《儿女情》。

了距离。

这是就整体而言。其实同一代人中，对传统态度的意向差异也是极明显的。同是青年作家，李存葆的《高山下的花环》、魏继新的《燕儿窝之夜》、梁晓声的《今夜有暴风雪》等作品，都表现出和革命传统中形成的诸种价值观念的联系。邓刚的《迷人的海》等作品，在两代人延续的主题中，暗含着在扬弃中更新传统、发展传统的意义。张承志的《北方的河》则在更为广阔的历史文化视野中，表达了沟通一切传统的愿望。他对民族灿烂文化的热爱显然与老一代作家情感相通，对人民内在精神的理解又与真诚地坚持社会理想的部分中年作家相近，黄河、湟水、黑龙江、永定河……在他的笔下都具有了特定的文化和人生的内涵。从民族的血脉到文化的源头，从生命的原始动力到时代的苦乐，都浸透了对祖国父亲的赤子般的依恋，体现着现代意识对民族传统的崭新的理解。

如果把青年作家们的创作看做一个整体，那么从中可以看到这样一个过程，即从激烈的反传统到对传统的重新发现。而其中一以贯之的因素，则是对这个时代民族文化更新的愿望。对民族传统的再认识，目的仍然在于克服长期的封闭停滞所造成的社会积习。因此，对传统的重新发现并不意味着简单的复归。贾平凹的《商州初录》、《小月前本》、《鸡窝洼的人家》、《腊月·正月》、《商州》等作品，都立足于民族的时代生活，且以具有悠久古文化传统的陕西商洛地区为基地，以静察默观的审美态度体察普通中国人的日常情态，从中传导出时代变革的动律。他侧重民族民间文化的开掘，对其中封闭保守的部分嘲讽抨击，表现出深沉的感伤情绪，而对其中蕴含着民族蓬勃活力的蛮野自由的民俗民风又力予讴歌。他以今天时代的意识取舍传统的民族文化精神，“崇拜大汉之风而鄙视清末景泰蓝一类的小玩意儿”①，这和汪曾祺重视市民人物蓬勃的生活意趣有异曲同工之妙；他对世风趋利、文风萎靡的忧虑，也与老一代作家们的意向相通。他们都试图在传统中打破传统，又在反叛沉滞萎靡的社会积习时，沟通着被割断了的民族民间久远的文化传统。

无论是激烈的反叛传统，还是对传统的重新发现，都对民族文化的变革有重要意义。这两种努力，除了各自文化意识的差距外，对时代变革的热切希望是一致的。

虽然在对传统的态度中存在着明显的意向交错，但也存在着彼此之间渗透、融合等更潜在的联系，这可以在一些作家们的文学主张中略见一斑。汪曾祺认为写一个作品总要有益于“世道人心”；孙犁在谈到自己的创作追求时，明确表示追求真善美的人道主义；王蒙在讲到文学和革命的联系时说：“因为文学追求光明，向往真理，渴望发展和进步，因为文学是人学，它以人为中心，它要求人成为真正的人，它要求

① 贾平凹：《〈变革声浪中的思索——腊月·正月〉后记》，《十月》1984年第6期。

人和人的关系成为真正的人的关系——共产主义的关系，老吾老以及人之老、幼吾幼以及人之幼的关系。”①无论是古典的说法“世道人心”，还是现代的说法“人道主义”，或者更高的人类理想“共产主义”，中老年作家在“老吾老以及人之老，幼吾幼以及人之幼”这一伦理理想上是一致的，都带有民族古文化传统的意味。而多数青年作家对人的发展的要求，也正在人道主义的精神链条上与中老年作家们相通，但因为已不局限于伦理的形式，从而形成了和中老年作家的基本差异。在形式的扬弃中，才有沟通一切传统的可能。对探索与更新的渴望，使青年作家和中老年作家在统一中，表现出更多的差异。

总的来说，在具体的社会伦理理想方面，中老年作家们更接近些，而和青年作家们之间的差距更大些。但老年作家们对人生普遍苦难的体察和青年作家对人生普遍艰辛的理解之间，内在的文化意识、价值观念又有许多相近之处，表现在他们大都从个体人生的角度看待世界，这和普遍从社会的角度看人生的中年作家们，又有着共同的差异。两种差距的焦点在于现代意识。老一代作家，以及中年作家宗璞，虽然精神根植于传统文化的母体，但从思想方法到艺术表现手法都不排斥现代意识。中年作家中的多数人则较少现代意识，或有意排斥现代意识，在思想观念上更接近革命传统。② 而青年作家中的多数人都有意识地吸收二十世纪的多种文化信息，其中的一部分本身就具备了现代素质，从心理结构到思想方法都带有不同于中老年作家的特点。

传统是一条流动的巨川，永远不会静止，也永远不能割断源头。人们不断地反叛着传统，传统又无形地约束着人们；人们生活在传统之中，传统又在历史的发展之中。只有不断地筛选，不断地扬弃，才有合乎进步规律的文化更新。新时期小说由对传统态度所形成的意向交错现象，正是传统在急剧变革的时代多种选择的客观反映。对传统的激烈反叛与重新发现，则最集中地体现着这个时代的变革精神。

（三）对历史的态度

对传统的态度也是人们历史意识的一部分。历史意识的自觉是新时期小说主题有别于以往二十七年的重要标志。这不仅存在于以反思当代历史为目的的作品中，而且也广泛地存在于各种主题现象中。

作为对一场历史动乱的补偿，历史意识的觉醒是从对既成观念的怀疑开始的。礼平的《晚霞消失的时候》最直接地表现了对个人主观意识在历史运动中作用的思

---

① 《〈王蒙小说报告文学选〉自序》，北京出版社 1981 年 1 月版。

② 这也是相对而言的，且指主要倾向。中年作家的一些作品，也有对现代意识较为自觉的接受。如张洁的《七巧板》、谌容的《杨月月与萨特之研究》。而王蒙在《夜的眼》以后，有意识地尝试探索过具有现代意识的表现手法。

考。“泰山长老”在作品中是一个人类智慧的化身,他对世界人生多种矛盾近于玄学的阐释,表达了作者对人类丰富精神现象的兴趣,在由此所达到的人生启悟中,反省了一代人革命狂热的得失。而女主人公南珊与外宾关于太阳与河的争论,则寓(预)示着历史唯物主义正逐步进入一代人的思想方法。当然,这只是一个最初级的朦胧状态。而且,由于这篇作品成书于打倒“四人帮”的特定历史时期,作者对极左政治的怀疑,只能隐藏在人生的苍茫感中。但这毕竟是一个好的开端。

“伤痕文学”对十年浩劫中社会动乱和人民创伤的揭示,“反思文学”对当代政治历史的整体描绘,都标志着真实的历史精神回到了文学中。其中高晓声的《李顺大造屋》等作品,把对极左政治的思考,深入到历史因袭的文化心理等整体的文化状态中,揭示多种因素在彼此制约中的相互影响,不再把政治看成一个孤立的因素。作家看生活的尺度放大了,对历史的认识也越来越深刻。韩少功的《西望茅草地》、张弦的《被爱情遗忘的角落》、叶之蓁的《我们建国巷》等作品,都在社会生活的各个层次,探究着历史规律,常常在察幽洞微之间,勾画着历史发展的曲线。古华的《爬满青藤的木屋》在集结着生产力和生产关系、制约着政治伦理多种社会意识的基本生活方式中,寻找民族停滞倒退以及一再出现政治动乱的历史根源。张贤亮的《河的子孙》则努力发现民族历史生活中形成的传统自身的丰富性,以知识分子自觉的精神和普通劳动者健康的本能为民族进步的基本动力,并且力图在各微小部分的运动中发现历史发展的必然规律。这些作品,都不同程度地体现着辩证唯物主义的历史观。

由于作家们看待历史的角度,以及所使用的时间尺度不同,因此,在对历史的态度上也存在着意向的交错。鲁彦周的《天云山传奇》、从维熙的《泥泞》、张一弓的《张铁匠的罗曼史》等作品,以知识分子和普通劳动者的命运为素材,意在评价党在某一阶段政策的得失。因为时间尺度限定在当代历史的范围,对历史的认识一般也不超过政治结论的范围。王蒙的《布礼》在对当代知识分子政治命运的反思中,侧重表现他们精神的内容,目的在于讴歌对理解的坚贞。这些作品中表现出来的历史意识是比较单纯的,可以用“正义一定战胜邪恶”来概括。这种单纯的乐观情绪,表达了人们对历史转机的积极感应。但从认识历史的角度,也限制了人们对更为复杂的历史现象的认识。以至于发展到近期几部以当代知识分子历史命运为题材的作品都满足于对理想的阐释而忽视了知识分子命运中深刻的历史内容。夏衍在谈到创作脸谱化的时候,特别强调要坚持历史唯物主义。① 这也涉及〔到〕对历史的态度问题。而且,这个问题和极左政治长期影响下形成的思想方法有着密切的联系。

---

① 《答友人书》,《上海文学》1983 年第 2 期。

随着社会生活整体的变动，思想方法的转变也在缓慢地开始，这可以在一些作家们创作的发展中看出来。张洁是一个具有强烈理想主义倾向的作家，创作伊始，她在呼唤社会文明教养等问题时，是以五十年代的社会生活为理想模式的，及至《沉重的翅膀》、《七巧板》等作品，虽然仍然倾向于理想的表现，但已经开始自觉地用发展的眼光，探究社会伦理结构的进步发展，理想转变着的内容中也包含着历史意识由静止向发展的变化。刘心武从《班主任》、《爱情的位置》，到《如意》、《立体交叉桥》也具有相近的发展过程。王蒙由写《悠悠寸草心》等以革命理想干预生活的作品，到写《夜的眼》、《海的梦》等以浅层次的心理感受容纳大跨度的时空印象的作品，内中有其一贯的延续性，也有明显的转折痕迹。但这不仅是创作手法的简单变化，而首先是对生活的态度由主观的介入向客观的接受转换。他明确地说："故国八千里，风云三十年，我如今的起点在这里。""我已经懂得了，凡是存在的就是合理的道理。"①虽然这个结论中过多地接受了黑格尔哲学的消极影响，但也一定程度地反映了他对历史发展进程的辩证理解。及至《惶惑》，他已经不再把已(以)往的理想作为衡量生活的唯一尺度，而是以生活的客观进程检验已(以)往理想的可能性。惶惑正是作者精神矛盾的心理具象。由对理想的单纯讴歌到对具有时代特征的心态表现，也曲折地表现出他对历史发展的某种自觉。

和这些中年作家们的历史意识有一定距离的，是一些青年作家们的作品。由于他们普遍以人生为视角看待生活，他们作品中表现出来的历史意识也更为复杂。他们对历史的理知认识是和对人生的启悟联系在一起的(这个特点在《晚霞消失的时候》即已存在)，因此，他们即使在对某一时期人们历史活动得失的反思中，也都结合着自己，带有普遍的自省特征。真实的历史精神在一部分青年作家的作品中，集中地表现在对红卫兵运动的认识。郑义的《枫》，以彻底的否定态度，揭示一代人狂热的革命理想中可悲的历史内容。王安忆的《幻影》、《绕公社一圈》等作品中表现出来的寂寞情绪，也是在沉思历史的时候，准确地展示那个时代真实的心理意象，以青年人心理的发展过程折射那个时代社会生活混乱的整体状况，其中也体现着面对历史的客观态度。张辛欣的《浮土》表现得最为典型。她以一个女红卫兵对两个时代生活的心理感受，对一代人的思想发展进行积极的反省。"她"不是一个纯洁的天使，也不是一个先知，也不是一个品格卑劣的恶棍，"她"所接受的教育(通过学校、家庭和社会)中有极大的一部分把革命、阶级作了狭隘的解释，"她"被疯狂的社会思潮裹挟着，和时代一起犯了错误，理性与良知都迷失在自以为正义的革命狂热中。但"她"并不想用真诚和幼稚解释自己的过失，而是主动对历史的谬误承担一份责

① 《〈王蒙小说报告文学选〉自序》，北京出版社 1981 年 1 月版。

任。虽然生活的跃动已经淹没了往昔生活的痕迹，但茫然的情绪中却闪动着心灵面向历史的诚实。

对历史的客观态度中也同样体现着人们创造历史的主动精神，只有更清楚地认识过去，才可能更自觉地走向未来，这是一个否定之否定的认识过程。这个过程在张承志的创作中表现得最完整。他的《刻在心上的名字》等作品，都以揭示红卫兵们的思想发展过程为目的，表现了这一部分人怀着革命的热情投身社会，却由极左政治思潮的蛊惑而伤害了人民的感情。同时，他又表现他们痛苦的蜕变过程，在自省中扬弃了往昔的肤浅，肯定他们在生活中找到的真知灼见，把"为人民"作为自己生命的永恒主题。这个一以贯之的理想精神，使张承志逐渐找到了一个历史文化的阔大视角，在《黑骏马》等作品中，表达了更为宏观的历史哲学意识。他以人民的命运作为历史的原始形态，更重视普通人的活动在历史发展中的作用。阿城的《棋王》也以更为明晰的语言，表达了对历史这种朴素的理解。他以入世的达观态度彻悟人生，在知青生活的描述中，通过具体的人物刻画，达到对一个时代社会生活的概括和个人在历史中价值的认识。出身寒苦的知青棋呆子王一生以棋解忧，他处乱世而不惊，以对生活朴素的理解而保持了人格操守，有所不为而有所为。在他横下一条心，同时迎战九位高手的时候，作者借叙述者之口写道："读过的书，有的远了，有的近了，模糊了。平时十分佩服的项羽、刘邦都在目瞪口呆，倒是尸横遍野的那些黑脸士兵，从地下爬起来，哑了喉咙，慢慢移动。一个樵夫，提了斧在野唱。忽然又仿佛棋呆子的母亲，用一双弱手一张一张地折书页。"他在作品中一再选用"无字棋"（见《棋王》）、"无字碑"（见《树桩》）一类的意象，其中都表达了对无数普通人在历史整体过程中价值的理解。这种历史观既体现了唯物的精神，又闪烁着人道的理想。

介入自己，重视普通人的活动在历史发展中的作用，这使一部分青年作家的作品中，表现出更多的个体悲观意识：路遥的《人生》在城乡交叉地带青年人的生活道路中，发掘出这个变革的时代人生悲剧的文化底蕴，使人感到历史车轮的转动实在太缓慢了。张承志在历史缓慢的推移中看到个体人生不可避免的悲剧性，沉重的使命感造成他作品沉重的压抑感。他写道："我们和人民祖国一起，背负着沉重的遗产和包袱前进。"①贾平凹的《商州》，则在更为广阔深厚的民俗背景中，展示普通人现实生活的艰辛，揭示现实关系和历史文化的因袭对个人命运的强大影响。个体的悲观意识并不一定是消极的，它基于人们对世界人生深刻的理知与认识，也基于人们对更完善的社会和人的美好愿望。而直面世界的勇气也最终帮助人们达到对历史总体的乐观态度。这一点也同样可以在他们作品表现出来的各种探索中看得很清

① 见创作谈《我的桥》。

楚。历史在张承志的笔下不是一个纯然精神的发展过程,它是无数普通人的命运汇集成的轨迹,而人民蓬勃的生机活力和博大的人道精神,又是历史缓慢发展中永不断裂的链条。因此,他才能坚信:“对一个幅员辽阔又历史悠久的国度来说,前途最终是光明的。”①贾平凹则更为具体地描写了民族民间文化中生气勃勃的内容,希望在对民族自身文化的积极择取中,觅到活力不断的源头。因此,他的作品悲怆而不沉滞,在对混乱世事的苍茫感受中,以蛮野的民风为载体,呼唤着倔厚恢弘的力。阿城的《树桩》等作品,也在各民族丰富的民间文化现象中,寄托健康、乐观、生气(机)盎然的精神。他们以不同的方式达到对历史客观的理知,从而表达了对社会进步、民族发展更为博达执著的理想,其精神是主动而积极的。

如前所述,对历史态度的意向交错根源于人们看待历史的角度与运用尺度的差异。因此,千差万别的意向是难于归纳清楚的,其中存在着不可比因素。但总的来说,多数中年作家较习惯以社会为视角,以当代历史为时间尺度,而一部分青年作家则更喜欢以人生为视角,以民族历史为尺度;中年作家的作品中寓意在评价人们某一阶段或某一部分历史活动的得失,而青年作家中的一部分作品则倾向于对历史运动的宏观哲学的把握;中年作家中多数人注重对人们直接的政治活动的认识,一般不超出政治结论的基本范围,而一部分青年作家则力图透过轰轰烈烈的政治场面,或深入一个时代普遍的社会心理,或关注民族整体的文化因素,这都使他们更重视普通人的活动在历史运动中的作用;由于多数中年作家在反思历史中较少介入自己,因而单纯的乐观意识更多些,而一部分青年作家则在人生的启悟中个体的悲观意识更多些,其中的一部分人并最终达到了总体乐观的精神归宿。②

(四)对自然的态度

对自然的态度和对现实、传统、历史的态度一样,是作家们审美意识的一部分。人类是自然的一部分,从漫漫洪荒的原始社会到物质文明高度发展的现代社会,人类都是在和自然界的依存、斗争中创造着自己的文明史。随着人类征服自然水平的不断提高,在现代社会中人越来越多地生活在超自然的人工环境中,反而很少意识到和自然的直接联系。但人们表达对生活的认识时,总会自觉或不自觉地表现出对自然的态度。由于人们对自然的态度中暗含着人与自然的联系方式,所以它又是一个民族的文化、一种文化的阶段性演变的重要标志。马克思说:“实际上,人的万能正是表现在他把整个自然界——首先就它是人的直接的生活资料而言,其次就它是人的生活活动的材料、对象和工具而言——变成人的无机的身体。……说人的肉体

① 《〈北方的河〉题记》。

② 这些都不是绝对的。高晓声的作品中不仅有久远的历史文化背景,而且明确地声明“陈奂生就是我”,即是一个例证。

生活和精神生活同自然界不可分离,这就等于说,自然界同自己本身不可分离,因为人是自然界的一部分。"①这是就人与自然最基本关系而言。在人类每一个具体的历史时期,特定的生产力水平所制约的生产方式制约着人与自然具体的物质联系方式。这个物质联系方式又通过整体的社会关系进一步影响着人与自然的精神联系方式。因此,人与自然的特定联系方式中也反映着特定时期人与人之间的关系。反之,人与人之间的关系也影响着人对自然的审美态度。

在此之前的中国当代文学中,人和自然的关系或处于直观的和谐状态(如赵树理小说中典型的乡土环境),或处于截然对立的状态(如"大跃进"民歌及"文化大革命"中的农村小说),甚至以简单狭隘的政治意识否定人与自然的精神联系(如"文化大革命"中对花鸟鱼虫、山水景物画的批判)。五十年代末期开始的"左"倾思潮中形成的唯意志论,从"大跃进"到"学大寨"都存在着夸大人的主观意志的偏向,表现了对人与自然关系的认识上盲目的乐观意识。这种意识反映在文学中就是"人有多大胆,地有多大产"、"人定胜天"的极端主观倾向。在新时期的小说主题中,随着人与自然关系的调整和人与人关系的变化,基本扭转了这种主观性极强的盲目乐观态度。许多反映农村生活的作品,在表现极左政治对生产力破坏的同时,都不可避免地谴责了它对山林土地等自然力的破坏,表达了人们努力和自然建立一种更科学的联系的愿望。在其他大量作品中,自然是作家人生意识的一部分,寄托着作家对人与人之间关系的认识和理想。而作家们对社会人生的不同审美理想,使他们对自然的态度中呈现出纷繁多样的意向。

一方面在许多以现代都市生活为题材的小说中,自然逐渐消逝在现代的人工环境里,人与自然的疏远表现了在拥挤的现代城市中人与人心灵的隔膜,以及人的心理越来越趋向超自然的感觉状态。王安忆的《本次列车终点》等反映生活在狭窄里弄里的上海市民们精神状态的作品,张辛欣的《清晨,三十分钟》、《我们这个年纪的梦》等作品,对人们心理由于拥挤杂乱的都市生活所造成的紧张、疲惫、单调等感觉的表现,都是最典型的代表。在超自然的城市环境中,自然变成了一个遥远的梦。《海的梦》、《深的湖》、《南方的岸》、《绿夜》、《迷人的海》……仅看看这些小说的题目,就可以知道,人们在与自然日益隔绝的环境中萌动的自然意识是多么美好。这是对自然最富理想特征的态度。

与此相反,在许多乡土文学的作品中,自然又以其原始的姿态展示出丰富的面貌。古华对湘南山林的泼墨渲染,刘绍棠对运河田园的清淡写意,都把自然的风姿作为审美的重要内容。不同的是刘绍棠以自然的和谐对应地方民情的淳厚,表达了

① 《一八四四年经济学哲学手稿》,人民出版社1979年6月版,第49页。

对人与人之间关系的纯美理想,和一部分城市题材的意向有相通之处。而古华则把富丽而混茫的自然作为一种古老落后的生活方式的象征,他作品中的自然与人类社会生活并不处于完全对应的和谐状态。在他的许多作品里,自然既是优美富丽的,又是混茫蛮荒的,而后一特征又和社会生活中的愚昧保守无知褊狭相对应,表现出对自然认识中一种复杂的意向。他看到自然的原始封闭和落后保守的生活方式之间一种必然的联系;同时,又看到自然的优美富丽和先进的科学文化所代表的现代生活方式之间应有的联系。而代表着自然的美好、本能地向往现代文明的青年妇女,和代表先进的科学文明而又热爱自然的青年知识分子之间,富于传奇色彩的恋情,就是他在两种文明中建立的理想联系。这也反映了作者对社会的理想,他希望现代的物质文明和精神文明能够代替野蛮、落后的旧有生活方式,同时又希望在现代的生活方式中能够保存自然养育的淳朴人性。这是他对自然既现实又理想的态度中矛盾的基本内容,另外一些作家的作品则分别发展了他这种复杂意向中矛盾着的两个方面。

汪曾祺的《受戒》、《大淖记事》等作品中,自然浑朴恬静而又充溢着生机,寄托着作者朴素而充满生气的人性理想。他的作品虽然多取自旧日生活的记忆,并没有直接涉及当代的社会生活,但对政治动乱中人与人之间冷酷关系的深刻印象和对现代都市生活物欲横流的世风的强烈感受,无疑是潜在于作家内心的参照系。他对自然的眷恋正是这种心理的一种曲折反映,而对乡土人物蓬勃进取精神的理解则体现着乐观的时代意识。这两个方面融合在略带感伤的优美抒情中,传导出古文化陶冶出来的知识分子特有的心理气质。他在自然的和谐中寻求心性的和谐,更多地体现着中国古文化中"天人合一"、"与自然为友"的传统自然观。宗璞的《鲁鲁》等作品也都具有相近的意向。同样持有理想态度,但赋予其崇高的美学内涵的,是一部分青年作家作品中的意向。他们也是在对现代都市生活的失望中(主要是有感于现代都市文明对个性的压抑、生命素质的弱化、生活的枯燥与空间的狭小),走向荒蛮粗砺(粝)充满原始生机的自然的。高原、雪岭、沙漠、荒野,越来越多地出现在他们的作品中,自然养育的蛮野自由的民风寄托了他们人生意识中最富于崇高倾向的浪漫激情。

对自然同样带有写意的主观态度,却赋予它更多悲观意识的意向,是王观胜的《猎户星座》、周立武的《巨兽》等作品。他们把自然的蛮野混茫与社会习俗的愚昧残酷,作为一个和谐而不美好的整体,人与自然对应却和时代的进步意识发生尖锐的冲突。这些作品大都以象征的手法,把自然作为不发展的意象,在理想的人物性格中寄托征服自然、征服落后习俗的愿望,表达变革的时代要求。《猎户星座》中的"狼剩饭",《巨兽》中的青年猎手,都在同自然和习俗偏见的双重搏斗中,证明着自己的英雄品格；而他们共同的孤独与寂寞，则是对自然所象征的强大习俗力量的深切感受，流露出一定的悲观意识。

冯苓植的《沉默的荒原》进一步展开古华对自然态度中的矛盾。他在理想与现实中测量了两种生活方式所养育的文化实际的距离，以及它们各自在现实中的合理性。由对都市生活的失望而走向自然的青年画家查干，在那里却丧失了他的固有价值；由对粗野的生活习俗不满而萌发了新的生活向往的塔娜，被体现着文明素质的查干所吸引，却终于不能走出养育了她的生活方式。他们同样热爱自然，但和自然的联系方式却完全不同，塔娜和自然的联系是依存的关系，而查干和自然却是纯然审美的关系。他们纯洁的爱情所象征的自然和现代文明应有的理想联系，在客观的距离中终于敌不过自然和古老的生活方式及其习俗已有的现实联系，只能以悲剧告终。而达丽玛的神秘传说中所暗示的朴素命运观念，正是人们至今还不能克服的文化差距，以迷信的形式在人们头脑中颠倒的反映。对两种生活所衍生的文化意识在现实客观距离中各自合理性的清醒认识，使执意于理想的作家在对自然的态度中，蕴含着更多悲观成分。

对自然的态度中具有明显悲观意识的作家，都是把自然作为落后的生活方式和野蛮愚昧习俗的象征，而其中普遍存在的神秘感，又暗示着人们和自然关系中未知的部分。和这种意向相反，乌热尔图多数作品中的悲观意识，则主要来自于在社会政治动荡的破坏和时代不可逆转的变革中，对一个民族行将解体的传统生活方式的深沉眷恋和感伤。他的《老人和鹿》、《七岔犄角的公鹿》，以及《琥珀色的篝火》等作品，也是以现实社会生活为潜在的参照系，在忧虑人与人之间日益淡泊的情感联系中，几乎无意识而又完整地描述了一个民族自然崇拜的原始自然观。老人①在弥留之际的痛悔和孩子②在孤独中的顿悟，都以鹿这个传统地象征着吉祥和勇敢的自然形象为契机，传导出社会生活方式的时代变迁在一个民族心理上的振动波。他的小说本义主要在于对正在消亡的民族生活方式和传统文化意识的哀悼：老人在和传统的与自然联系方式告别，表达了和自然不可割舍的情感联系；孩子在对自然物的理解中汲取着民族传统的生活力。作品的暗示意义又在于人和自然之间应有的更美好的联系；老人是经验和智慧的化身，他在为人们对自然的盲目破坏而忏悔；孩子是希望的象征，他寄托着对人们和自然一种新的、更文明联系的觉悟。乌热尔图所追求的显然是人与人之间和谐关系的理想，但他对自然的态度中却暗示了现代的课题。只要体会一下哈丽黛③对两代哈萨克人争执的思考，就可以理解环境保护、生

① 《老人和鹿》。

② 《七岔犄角的公鹿》。

③ 见王蒙《最后的“陶”》。

态平衡，这些急迫的现代课题，正是寄寓在人们对自然朴素情感中的时代意识。

以上这些作品都带有不同程度的象征或写意的特点，作家们对自然的态度无论是乐观的，还是悲观的，都较为主观，即在观照自然的时候赋予了自然较多的主观色彩。直观地观照自然，把它作为人们生活的客观环境，是写实性作品的基本意向。在这些作品中自然既不是纯美的象征，也不是消极自在的代表。作家们对自然态度的自觉，主要表现在他们把自然的地方个性和民族性格相对应，在整体和谐中摹写社会人生的真实。张贤亮的《河的子孙》、张承志的《黑骏马》等作品都带有这种意向。前者以黄河汹涌恣肆而又绚丽多彩的风姿，对应于河套地区悍野朴实而又自由奔放的民风，养育了主人公粗犷而又狡黠的性格和注重实际而又富于激情的精神气质。后者以内蒙草原辽阔荒蛮的自然风貌，对应于牧民勇卤粗豪而又意蕴深沉的性格，捕捉他们悠长歌调中的民族灵性。他们在人与自然既依存又抗争的关系中，把自然作为历史文化的组成部分。邓刚的《迷人的海》所蕴含的暗示意义也具有相近意向。大海壮阔深沉充满了神秘的诱惑力，同时又冷峻威严潜藏着无数未知的危险，老海碰子和小海碰子在探索大海的事业中，连接起勇者的人生，也象征了人类对自然一代又一代的认识和征服。在这些直观自然的作品中，作家们都倾向于客观地感知自然。

更为突出的意象是张承志的《大坂》、《北方的河》等作品。他几乎完全是以现代人的思维方式和感觉方式观照自然，他对自然的态度是客观的，但他感觉到的自然却已经不是直观的物象。超自然的时间形式穿插起不同的空间感觉，自然意识完全压入整体的人生意识中。幽深的山林河谷和嘈杂拥挤的都市有着历史时间的连续性，象征着这种联系的是一座古旧的木桥①；奔腾的黄河如色块翻动的古朴流质，静谧的湟水是彩陶的长川……人与自然的一切联系都在现代学者的意识中积淀了历史文化的巨大容量。② 最典型的则是他赋予天山冰大坂的丰富内涵：历史文化的空白、社会现实的矛盾、人生的缺憾、情感的牺牲、精神抉择的痛苦、目的和手段的矛盾……一切外在与内在的异己因素，都复合在大坂的意象中。心灵在牺牲的痛苦中净化，主体在征服客体的勇敢证明中达到和自然崇高的和谐。③ 一方面是对自然力的艰苦征服，另一方面又在自然中寻求精神的平衡，这是最具现代特点的自然意识。

在小说主题对自然的态度中，可以明显地看到社会生活自身的变动，特别是变革时代整个民族和自然基本联系方式的缓慢变动，以及这种变动对民族心理的微妙影响。而交错着的意向，则反映了这个时代人与自然极度不平衡的物质和精神联系

① 《老桥》。
② 《北方的河》。
③ 《大坂》。

方式。

（五）下篇小结

在新时期小说主题交错着的意向中，我们可以看到多种文化思想的矛盾冲突。这是此前二十七年的小说主题中绝少出现的现象。当我们进一步探究为什么在这个时期小说主题中会出现这种明显的文化思想差异时，可以追寻到如下三方面的因素。

变革时代社会生活的极度不平衡现实，是形成小说主题意向交错的基本原因。

新时期社会变动最显著的特点是经济生活方式的多元化，吸引外资的开放政策引进的最先进的现代企业，原有各级所有制的工业企业、手工业，机械化的大农业、半机械化的农业和完全处于自然经济状态的农业并存；国有经济、大集体经济、小集体经济、个体经济，以及农村集体经济基础上的专业户并存。多种多样的物质生活方式形成了多种多样的精神生活方式。一方面在经济发达的地区，城乡经济生活的联系越来越广泛，城乡的物质差别在迅速缩小。工业文明的城市文化不断向农村输入，促使自然经济养育的农业文明迅速解体。另一方面，在经济不发达的内地和边疆，城乡差别又相对地在增大。农业文明和工业文明不仅彼此之间存在着暂时无法克服的矛盾，它们各自本身也都因为整体的不发达而存在着错综复杂的矛盾。历史转折时期社会经济生活的极度不平衡，决定了社会意识形态的多层次性。和各种生活方式相联系着的文化思想，通过作家的中介，反映到小说主题中，就使主题意向的交错成为必然的现象。

作家们文化构成的差异是形成新时期小说主题意向交错的主要原因。

归根结底，文学是社会生活的反映。但是由于作家审美个性的中介，就使社会生活经由作家心灵的折射之后呈现为异常复杂的状态。除了个人经验世界和心理的差异外，文化构成是一个不可回避的因素。在作家们各自的差异中，我们大致可以看到形成他们群体差别的文化背景。

汪曾祺、孙犁、杨绛等老作家和中年作家宗璞，他们的精神母体是中国的传统文化。虽然他们都不同程度地受到西方文化的濡染，并接受过“五四”以后新文化的影响，以及当代文化的改造，但古文化的深厚修养，使他们最多地继承了民族传统的文化。汪曾祺对庄子、苏东坡和归有光散文的挚爱，孙犁近期小说中采用的极具传统意味的笔记体式，宗璞以宁静自得为中国文化的最高境界，以及她对老庄、佛学的稔熟，都可以看到古文化的渊源。而杨绛的《干校六记》“怨而不怒、哀而不伤”的风格，则带有儒家美学理想的明显特征，且笔记体的形式也可看到清代沈复《浮生六记》的直接影响。

多数中年作家的文化背景是五六十年代的当代文化。这个文化的范围大致包括:“五四”以来的左翼文学,高尔基以来的国际无产阶级文学,一部分中国古典文化,截止到十九世纪的西方古典文化(特别是十九世纪俄罗斯批判现实主义文学)和五十年代以前的苏联文化。从五十年代后期开始,这个文化背景逐渐受到“左”的政治的侵蚀,批判的范围一直扩大到别林斯基等俄国革命民主派,它的范围越缩越小。在文化虚无主义的戕害下,纵向割断了和历史文化的联系,横向封闭了和二十世纪世界文化的联系。直到“文化大革命”,《国际歌》以降的人类文化史都成了空白。因为这个过程延续了二三十年,则同属于这个文化背景的作家,由于各自的取舍不同,文化构成的差异也很大。邓友梅等作家转向传统的市民文化,刘绍棠走向乡土风俗,张洁的创作与苏俄文学有着明显的联系,张贤亮则从但丁到黑格尔,基本没有超出西方古典文化的范围。而王蒙则是这一代人中最早自觉地借鉴西方现代小说技法的人。但总的来说,他们基本的文学观念都形成于当代文化的基本范围。

古华等一批乡土作家的文化背景,除了五六十年代的当代文化外,还包括地方民间文化。封闭的自然环境,古老的生活方式养育的民俗民风,人民口头创造的民歌民谣,以及故事传说,都是滋养乡土作家的文化母体。现代文明的信息又为他们提供了思想的时代高度。民间色彩的审美趣味和现代文明的意识,形成了他们作品中独特的格调。乌热尔图、扎西达娃、乌斯哈拉等少数民族作家,虽和古华等作家的文化构成不同,也都是在各自民族和民间的文化背景中成长成熟的。

最为复杂的情况是青年作家们的文化背景。他们少年时代所受的教育适逢革命文化日益狭窄的时期,未及成年又面临着社会性的文化空白。辍学下乡,过早地走向生活,不同程度地接受了民族民间文化的濡染,洗去了一些比较狭隘的思想观念。其中最早冲破思想禁锢的一部分人,从马列主义经典著作到鲁迅以来的新文学,以及中外的古典文化都被用来满足精神的饥渴,因各自的条件不同而所得各异。另一部分人则在文化专制的沙漠中汲取可怜的一点营养,也自觉不自觉地受到那个时代政治的浸染。由于他们都有较为丰富的社会底层的生活积累,思想文化又尚未定向,原有的感觉和精神的疑惑,伴随着开放政策连同新的科学技术一起涌入的西方现代文化,首先在一部分思想活泼、接受能力强的青年作家们中间产生影响。因此,他们的文化背景最为复杂,也最为丰富。纵向,衔接着中外古典文化的渊源,有“五四”以来多种流派的影响,以及当代文学的成就;横向,打开了瞩目世界的窗口,有东西方文化的八面来风,多种哲学、美学、文学、艺术流派,几乎无所不有。要说清每一个人具体受到谁的影响是极为困难的,因为多数人都是基于对现实生活的理解而选择接受的对象,各自的差异很大。但总的来说,他们是以世界文化(包括中国文化)为整体背景的。

文化背景的差异影响人们认识生活、掌握生活和审美表现的方法差异,导致了他们对现实、传统、历史、自然一系列事物的不同理解和态度。因此，作家们文化背景的差异是形成小说主题意向交错的主要原因。

社会生活和文化背景作为文学的时代条件，它们的丰富性诚然在历史转折时期尤为明显，但在任何时期也都会程度不同地存在。为什么在中国当代文学中，只有近年小说主题中才非常集中地出现意向交错的复杂现象呢？这不能不归之于这个时代社会政治的改善。从思想解放运动到三中全会制定的思想政治路线，带给艺术发展以较大的自由天地。特别是中央关于两个口号的更动，调整了文艺政策，把作家们从极左政治的思想禁锢中解放出来。尽管“左”的影响并未完全消除，社会思潮一再反复，但他们终于可能在“为人民服务，为社会主义服务”的总前提下，较为自由地发表个人的思想见解，使以上两个条件可以对文学的发展直接发挥作用。这是新时期小说主题意向交错外在的然而又是重要的原因。

结　语

本文上篇从纵的角度粗略地描述了新时期小说主题由表及里的发展过程，从中可以看到，由社会政治的批判到民族文化的思考两大阶段诸多分散主题的演讲中，基本主题不断变化的形态。下篇又横向展开小说主题纵横交错的意向，从中可以看到变革时代民族文化构成的变动。目的都在于整体地描述新时期小说主题的丰富性。

仅以本文上、下两篇的微薄努力，我们不难看出新时期小说主题的整体态势和已经达到的基本成就。

新时期小说主题的丰富性，使它遍及社会生活的各个领域。从最具体的经济基础、上层建筑等表层的社会生活现实到社会伦理、社会心理、社会风习等最隐性的民族文化层次，都在文明与愚昧冲突的普遍联系中得到展现。因此，新时期小说主题，比当代任何一个时期，都更全面地反映了社会生活的整体。而联系着各个分主题的基本主题，又深刻地反映了时代变革的基本矛盾，因此，又比当代文学任何一个时期的小说，更体现民族的历史趋向。

恩格斯说：“历史是这样创造的：最终的结果总是从许多单个的意志的相互冲突中产生出来的，而其中每一个意志，又是由于许多特殊的生活条件，才成为它所成为的那样。这样就有无数互相交错的力量，有无数个力的平行四边形，而由此就产生出一个总的结果，即历史事变……”①新时期小说主题中彼此交错着的意向，是变革时代多种文化思想冲突的必然反映。因此，新时期小说主题又比中国当代文学任何

① 恩格斯：《致约·布洛赫》，《马克思恩格斯选集》第4卷，第478页。

一个时期，都更完整地反映了社会意识的多层次性。

这些成就对于推动民族历史现代化的进程，对民族现代文化的建设，对民族伟大精神的塑造，都具有积极的意义。这一点随着生活的发展，我们将看得越来越清楚。

——原载《中国社会科学》1985年第3—4期

黄子平　陈平原　钱理群

论“二十世纪中国文学”

我们在各自的研究课题中不约而同地，逐渐形成了这么一个概念，叫做“二十世纪中国文学”。初步的讨论使我们意识到，这并不单是为了把目前存在着的“近代文学”、“现代文学”和“当代文学”这样的研究格局加以打通，也不只是研究领域的扩大，而是要把二十世纪中国文学作为一个不可分割的有机整体来把握。

所谓“二十世纪中国文学”，就是由上世纪末本世纪初开始的至今仍在继续的一个文学进程，一个由古代中国文学向现代中国文学转变、过渡并最终完成的进程，一个中国文学走向并汇入“世界文学”总体格局的进程，一个在东西方文化的大撞击、大交流中从文学方面（与政治、道德等诸多方面一道）形成现代民族意识（包括审美意识）的进程，一个通过语言的艺术来折射并表现古老的中华民族及其灵魂在新旧嬗替的大时代中获得新生并崛起的进程。

在进一步的研究工作展开之前，我们想侧重于“非历时性”即共时性方面，粗略地描述一下对这个概念的基本构想。历史分期从来都是历史哲学的重要范畴之一，文学史的分期也同样涉及文学史理论的根本问题。“二十世纪中国文学”这个概念所蕴含的内容远远超出了分期问题，由它引起的理论方面的兴趣，对我们来说，至少与史的方面引起的兴趣同样诱人。初步的描述将勾勒出基本的轮廓。从消极方面说，不这样就不能暴露出从总体构想到分析线索的许多矛盾、弱点和臆测。从积极方面说，问题的初步整理才能使新的研究前景真正从“迷雾”中显现出来。我们热切地希望从这两方面都引起讨论，得到指教。匆促的“全景镜头”的扫描难免要犯过分简化因而是武断的错误，必然忽略大量精彩的“特写镜头”而丧失对象的丰富性和具体性。不过，从战略上来考虑，起步的工作付出这样的代价或许是值得的。进一步的研究将还骨骼以血肉，用细节来补充梗概，在素描的基础上绘制大幅的油画，概念将得到丰富、完善、修正，甚至更改。

目前的基本构想大致有这样一些内容：走向“世界文学”的中国文学；以“改造

民族的灵魂”为总主题的文学；以“悲凉”为基本核心的现代美感特征；以文学语言结构表现出来的艺术思维的现代化进程；最后，由这一概念涉及的文学史研究的方法论问题。

一

二十世纪是“世界文学”初步形成的时代。

一八二七年，歌德曾经从普遍人性的观点出发，预言“世界文学的时代已快来临了”（有意义的是，这是歌德读了一部中国传奇——可能是《风月好逑传》的法译本——之后产生的想法）。整整二十年后，马克思和恩格斯在《共产党宣言》中指出，由于世界市场的开拓，一切国家的生产和消费都成为世界性的；物质的生产是如此，精神的生产也是如此，各民族的精神产品成了公共的财产；民族的片面性和局限性日益成为不可能，于是由许多种民族的和地方的文学形成了一种世界文学。历史业已雄辩地证明了这一论断的正确。到了二十世纪，已经不可能孤立地谈论某一国家的文学而不影响其叙述的科学性了。文学不再是在各自封闭的环境里自生自灭的自足体了。任何一个遥远的国度里发生的文学现象，或多或少地总要影响到我们这里的文学发展，使之在世界文学的总体格局中的位置发生哪怕是最微小的变化。甚至在我们对这些文学现象一无所知的情况下也是如此。国别文学纳入世界文学的大系统之后获得了一种“系统质”，即不是由实体本身而是由实体之间的关系来决定的一种质。

“世界文学”初步形成的大致上限，可以确定在上世纪末。各个民族的文学走向并汇入世界文学的路径有所不同。在十九世纪初陆续取得独立的拉丁美洲各国，是在当地的印地安文学传统受到灭绝性的摧残的情况下，寻求摆脱殖民主义的桎梏，创建属于南美大陆的文学。外来的西班牙语和葡萄牙语长期为宫廷和教会服务，词藻日趋矫揉造作，不能表现拉丁美洲的大自然与社会风貌。到了八十年代，拉丁美洲成了地球上最世界性的大陆，各种文化在这里互相排斥互相渗透。《马丁·菲耶罗》和《蓝》等优秀作品的出版，标志着“西班牙美洲终于有了它自己的诗歌，一种忠实于其文化的多方面性质的抒情表现”（《拉美文学史》）。这是由欧洲大陆文化、印地安人文化、黑人文化等等相互撞击而产生的文学结晶，拉美文学以其独特的声音加入到世界文学的大合唱之中。本土的古老文化传统极为雄厚的亚洲、非洲大陆则与它有所不同。“十九—二十世纪之交的非洲各国文学的特征是许多世纪以来几乎毫无变化的传统文学典范开始向现代型的新文学过渡，这是由于这些国家克服了闭关自守，开始接受——尽管是通过殖民制度下所采取的丑恶形式——技术文明和世界文化，接触现代社会的一整套复杂问题。”（《非洲现代文学史》）在亚洲，日本伴随着明治维新思想启蒙运动，接受西洋文学，于十九世纪八十年代开展了文学改良；印度伴随着一八五七年反对英国殖民统治的民族斗争，借助西方文化的刺激，民族文学开始复兴（第一个有世界性影响的大诗人泰戈尔，八十年代开始创作）。在欧洲大陆，对自己的文学传统开始了勇猛的反叛的现代主义先驱者们，敏锐地从东方文化、非洲黑人文化中汲取灵感，西欧文学因受到各大洲独立文化的迎拒、挑战、渗透而产生了深刻的变化。这些变化大都发生在十九世纪八十年代或更晚一些。

论述“世界文学”形成的复杂过程不是本文要承受的任务。我们只想指出，一种大体相同的趋势在中国也“同步”地进行着。中国人有意识地向西方学习，是从鸦片战争开始的。但从学“船坚炮利”到学政治、经济、法律，再到学习文学艺术，经过了漫长的历程。从一八四〇年到一八九八年这半个世纪中，业已衰颓的古典中国文学没有受到根本的触动也未注入多少新鲜的生气。一八九五年的甲午战争是中国近代史的一大转折，因太平天国失败而造成的相对稳定和长期沉闷萧条被打破了，“中学为体、西学为用”被证明不过是一种愚妄的“应变哲学”。一八九八年发生了流产的戊戌变法。就在这一年，严复译的《天演论》刊行，第一次把先进的现代自然哲学系统地介绍进来，以一种前所未有的世界历史的眼光和自强精神，影响了中国好几代青年知识分子。同一年，梁启超作《译印政治小说序》（翌年林纾译《巴黎茶花女遗事》正式印行），西方文学开始大量地输入，小说的社会功能被抬到决定一切的地位。同一年，裘廷梁作《论白话文为维新之本》，文学媒介的问题被明确地提了出来。与古代中国文学全面的深刻的“断裂”开始了：从文学观念到作家地位，从表现手法到体裁、语言，变革的要求和实际的挑战都同时出现了。暴露旧世态，宣传新思想，改革诗文，提倡白话，看重小说，输入话剧。这是一次艰难而又漫长（将近历时五分之一个世纪）的“阵痛”。一直到一九一九年的五四运动，才最终完成了这一“断裂”，使“二十世纪中国文学”越过了起飞的“临界速度”，无可阻挡地汇入了世界文学的现代潮流。“五四”时期是二十世纪中国文学的第一个辉煌的高潮，“扎硬寨，打死战”的精神，彻底的不妥协的精神，是一种在推动历史发展的水平上敢于否定敢于追求的伟大精神，显示了一种能够把现实推向更高发展阶段的革命性力量。而“科学”与“民主”，遂成为二十世纪政治、思想、文化（包括文学）孜孜追求的根本目标。

二十世纪中国文学是在一种充满了屈辱和痛苦的情势下走向世界文学的。它那灿烂的古代传统被证明除非用全新的眼光加以重构，则不但不能适应和表现当代世界潮流冲击下的中国社会，而且必然窒息了本民族的心灵、思维能力和创造性，而且也脱离了奔向觉醒和解放大道的人民大众的根本要求。因此，一方面，它如饥似渴地向那打开的外部世界去寻找、学习、引进，不管三七二十一“拿来”再说（试想想林纾所译的大量三流作品和“五四”时(期)涌入的无数种“主义”和学说),开阔宽容的胸怀和顶礼膜拜的自卑常常纠缠不清被人混淆;另一方面,它必然以是否对本民族的大众有用有利并为他们所接受,作为一种对“舶来”之物进行鉴别、挑选、消化的庄严的标准,严肃负责的自尊和实用主义的褊狭便也常常纠缠不清令人困扰。中国文学的现代化同时展开为互相联系又互相对立的两个侧面:所谓“欧化”(其实是“世界文学化”)和“民族化”。在这样一种相反相成的艰难行进中,正如鲁迅曾精辟地指出的,存在着内外两重桎梏亦即两重危险,这都是由于我们的“迟暮”(即落后)所引起的。当着世界的文学艺术已经克服了“欧洲中心主义”,开始用各民族的尺度来衡量各民族的艺术的时候,我们却可能误以为旧的就是好的,无法挣脱三千年陈旧的内部的桎梏。当着欧洲的新艺术的创造者已开始了对他们自己的传统勇猛的反叛的时候,我们因为从前并未参与世界的文艺之业,只好对这些新的反叛“敬谨接收”,便又成为可敬的身外的新桎梏。鲁迅指出,必须像陶元庆的绘画那样,“以新的形,尤其是新的色来写出他的世界,而其中仍有中国向来的魂灵”,“内外两面,都和世界的时代思潮合流,而又并未梏亡中国的民族性”(《而已集》)。实际上,存在着一个以“民族—世界”为横坐标、(以)“个人—时代”为纵坐标的坐标系,二十世纪中国文学的每一个创造,都必须置于这样的坐标系中加以考察。

因此,“世界文学”中的中国文学,就超出了最初的“师夷长技以制夷”的狭隘眼界,意味着用当代的眼光、语言、技巧、形象,来表达本民族对当代世界独特的艺术认识和把握,提出并关注对一时代有重大意义的根本问题,从而自觉不自觉地,与整个当代人类的共同命运息息相通。从这样开阔的角度来看十九—二十世纪之交的文学上的“断裂”,就能理解:这一次的变革为什么大大不同于漫长的中国文学史上众多的诗文革新运动;落后的挨打的“学生”为什么会既满怀着屈辱感又满怀着自信“出而参与世界的文艺之业”;世界的每一个文学流派、思潮为什么无论怎样阻隔或迟或早地总会在这里产生“遥感”;貌似“强大”的陈旧的文学观念、语言、规范为什么会最终崩溃并被迅速取代;等等。在一个以“世界历史”为尺度的“竞技场”上,共同的崇高目标既是引起苛刻的淘汰又唤起最热烈的追求。任何苟且、停滞、自我安慰或自我吹嘘都只能是暂时的和显得可笑的。“世界文学”逼迫着每一个民族:不管你有多么辉煌的过去,请拿出当代最好的属于自己的文学来!

这是一个仍在继续的进程。中国文学将不仅以其灿烂的古代传统使世界惊异,而且正在世界的文艺之业中日益显示其自身的当代创造性。应该说,闭关自守是一项双向的消极政策,世界被拒之门外,自己被囿于域中。因而,开放也总是双向的开放。按照“二十世纪中国文学”的概念看来,过去我们对中国文学如何受外国文学的影响而产生新变研究得较多,对“世界文学中的中国文学”研究甚少,对本世纪中国文学在世界上的地位和影响更是模模糊糊。实际上,国际汉学界已经出现这样一种趋向,即由对中国古代文学的浓厚兴趣逐渐转向对现代中国文学的研究。对我们来说,单向的“影响研究”亟需由双向的或立体交叉的总体研究所代替。

二

然而,二十世纪中国的文学进程决不像以上所描述的那样“豪情满怀”、“乘风破浪”。因为事情是在列宁所说的“亚洲一个最落后的农民国家”中进行的,因为经历着的是一个危机四伏、激烈多变的时代,因为历史(即便只是文学史)毕竟是一场艰难地血战前行的搏斗(试想想本世纪中国作家所经历的那些劫难)。

因此,一方面,文学自觉地担负起“启蒙”的任务,用科学和民主来启封建之蒙,其中最深刻最坚韧的代表者是鲁迅:“说到‘为什么’做小说吧,我仍抱着十多年前的‘启蒙主义’,以为必须是为‘人生’,而且改良这人生。”(《南腔北调集》)另一方面,正如普列汉诺夫曾经说过,每个时代都有它自己中心的一环,都有这种为时代所规定的特色所在。现代民族的形成和崛起在世界范围内由西而东,这独具特色的一环曾分别体现为十八—十九世纪之交的德国古典哲学,十九世纪俄罗斯革命民主主义者的文学理论与批评,在二十世纪的中国,则是社会政治问题的激烈讨论和实践。政治压倒了一切,掩盖了一切,冲淡了一切。文学始终是围绕着这中心环节而展开的,经常服务于它,服从于它,自身的个性并未得到很好的实现。除了政治性思想之外,别的思想启蒙工作始终来不及开展。在二十世纪中国文学中,“为艺术而艺术”的口号始终不过是对现实积极的或消极的一种抗议而不可能是纯艺术的追求,文学在精神激励方面有所得,有(在)多样化方面则有所失。“一切文艺固是宣传,而一切宣传并非全是文艺。”文学家与政治家对社会生活的关注,角度毕竟有所不同。梁启超是最早的“小说救国”论者,但他也强调:“今日之最重要者,则制造中国魂是也。”鲁迅则更进一步深化,提出“改造国民性”的历史要求,在文学创作中,以“立人”为目的,刻画四千年沉默的“国民的魂灵”,以疗救病态的社会。这样的提法包含了比政治更广阔的内容,其中既包含了关心国家兴亡民族崛起的政治意识,又切合文学注重人的命运及其心灵的根本特性。通过“干预灵魂”来“干预生活”,便成了二十世纪中国文学启觉的使命感,文学借此既走出了象牙之塔,与民族与大众的命运密切联系在一起,又总能挣脱“文以载道”的旧窠臼,沿着符合艺术规律的轨道艰难地发展。就这样,启蒙的基本任务和政治实践的时代中心环节,规定了二十世纪中国文学以“改造民族的灵魂”为自己的总主题,因而思想性始终是对文学最重要的要求,顺便也左右了对艺术形式、语言结构、表现手法的基本要求。

在本世纪初,鲁迅与许寿裳在东京讨论“改造国民性”问题的同时,就提出了

“怎样才是理想的人性”和“中国国民性中最缺乏的是什么”、“她的病根何在”的问题。(《亡友鲁迅印象记》)实际上,在“改造民族的灵魂”这一总主题中,一直有着两个相反相成的分主题。一个是沿着否定的方向,以鲁迅式的批判精神,在文学中实施“文明批评”和“社会批评”,深刻而尖锐地抨击由长期的封建统治造成的愚昧、落后、怯懦、麻木、自私、保守,并把“哀其不幸怒其不争”的态度,凝聚到类似阿Q、福贵、陈奂生这样一些形象中去。另一个是沿着肯定的方向,以满腔的热忱挖掘“中国人的脊梁”,呼唤一代新人的出现,或者塑造出理想化的英雄来作为全社会效法的楷模。如果说,在第一个分主题中,诞生了不朽的形象阿Q及其“精神胜利法”,其艺术生命力和艺术魅力持久不衰,说明了对民族性格的挖掘在否定的方向上达到了难以企及的深度;那么,在第二个分主题中,理想人物却层出不穷,变幻不已,有时是激进而冷峻的革命者,有时却是野性的淳朴或古道侠肠,有时却又回到了“忠孝双全”或“温良恭俭让”,有时则是不食人间烟火的“高、大、全”。这显示了探讨的多样性和阶段性,显示了在不同的文化背景和社会历史背景左右下对“理想人性”的不同理解。人性和民族性毕竟是具体的、丰富的,对其不同侧面的挖掘或强调,有时会因历史行程的制约而产生一种奇怪的现象:在前一阶段受到批判或质疑的那些品性,在后一阶段却受到普遍的褒扬和肯定。在历来作为理想的化身的女性形象身上,这种奇怪的位移甚至“对调”的状况表现得最为鲜明集中,“新女性”往往被“东方女性”不知不觉地挤到对面去了。这固然说明了铸造新的民族的灵魂的艰难,更说明了启蒙工作,从否定方向清算封建主义的工作,一直进行得不够彻底。这可能是一个延续到下一个世纪去的根本任务,文学的总主题将沿着这个方向继续深化并且展开。

与“改造民族的灵魂”这一总主题相联系,在二十世纪中国文学中,两类形象始终受到密切的关注:农民和知识分子。在这两类形象之间,总主题得到了多种多样的变奏和展开:灵魂的沟通,灵魂的震醒,灵魂的高大与渺小,灵魂的教育与“再教育”的互相转化,等等。文学中表现了一种深刻的“自我启蒙”精神,那种苛酷的自责和虔诚的反省,是以往时代的文学和别一国度的文学中都没有的。在危机四伏的大时代中,责任如此重大,使命如此崇高,道德纯洁的标尺被毫不含糊地提高了,文学中充满了自我牺牲的圣洁情感。这种牺牲包括了人们受到的现代教育、某些志趣和内心生活。知识分子的自我启蒙是深刻的、真诚的,有时候又带有某种被扭曲,以至病态的成分,也使文学产生了放不开手脚的毛病,缺少伏尔泰式的犀利尖刻和卢梭式的坦率勇敢——“智慧的痛苦”常常压倒了理性的力量,文学显得豪迈不足而沮丧有余。

如果把“世界文学”作为参照系统,那么,除了个别优秀作品,从总体上来说,二十世纪中国文学对人性的挖掘显然缺乏哲学深度。陀斯妥也(耶)夫斯基式的对灵魂的“拷问”是几乎没有的。深层意识的剖析远远未得到个性化的生动表现。大奸大恶总是被漫画化而流于表面。真诚的自我反省本来有希望达到某种深度，可惜也往往停留在政治、伦理层次上的检视。所谓“普遍人性”的概念实际上从未被本世纪的中国文学真正接受。与其说这是一种局限，毋宁说这是一种特色。人性的弱点总是作为民族性格中的痼疾被认识被揭露，这说明对本民族的固有文化持有一种清醒严峻的批判意识。“立人”的目的是为了使“沙聚之邦，转成人国”，更体现了文学总主题中强烈的民族意识：就其基本特质而言，二十世纪的中国文学乃是现代中国的民族文学。

在一个古老的民族在现代争取新生、崛起的历史进程中，以“改造民族的灵魂”为总主题的文学是真挚的文学、热情的文学、沉痛的文学。顺理成章地，一种根源于民族危机感的“焦灼”，便成为笼罩二十世纪中国文学的总体美感特征。

三

二十世纪是一个充满了危机和焦虑的时代。人类取得了空前的进展也遭受了空前的挫折。惨绝人寰的两次大战、核军备竞赛、能源危机、环境污染和生态平衡破坏、人口爆炸……人和人类面临前所未有的严峻的挑战。二十世纪文学浸透了危机感和焦灼感，浸透了一种与十九世纪文学的理性、正义、浪漫激情或雍容华贵迥然相异的美感特征。二十世纪中国文学，从总体上看，它所内含的美感意识与本世纪世界文学有着深刻的相通之处。古典的“中和”之美被一种骚动不安的强烈的焦灼所冲击，所改变，所遮掩。只需把上世纪初的龚自珍的诗拿来比较一下就行了，尽管也是忧心忡忡，却仍不失其“亦剑亦箫”之美。半个多世纪之后，梁启超的《新中国未来记》尽管流畅却未免声嘶力竭，一大批“谴责小说”尽管文白夹杂却不留情面地揭破旧世态的脓疡，更不用说《狂人日记》这样的振聋发聩之作了。但是，细究起来，东、西方文学中体现出来的危机感却有着基本的质的不同。在西方现代文学中，个人的自我丧失、自我异化、自我分裂直接与全人类的生存处境“焊接”在一起，其焦灼感、危机感一般体现在个人的生理、心理层次（如萨特的《恶心》）以及“形而上”的哲学层次（如贝克特的《等待戈多》）。这种焦灼感、危机感既极端具体琐碎，又极端抽象神秘，融合成一片模糊空泛的深刻，既令人困惑又令人震悚地揭示了现代人类在技术社会中面临的梦魇。在中国文学中，个人命运的焦虑总是很快就纳入全民族的危机感之中（最具代表性的，如郁达夫的《沉沦》）。“落后是要挨打的！”这句话有如一个长鸣的警报响彻本世纪的东方大陆，焦灼感和危机感主要体现在伦理层次和政治层次，介乎极端具体和极端抽象之间，而具有明晰的可感性。欧洲中心主义和个人主义意识，使得西方文学把自己的命运直接等同于人类的命运，把所处境遇的病态和不幸直接归结为世界本体的荒谬。而感时忧国的中国作家，则始终把民族的危难和落后，看做是世界文明进程中一个触目惊心的特例，鲁迅因此而发生“中国人要从‘世界人’中挤出”的“大恐惧”(《热风·随感录第十六》)。在文学中就体现为一种恨铁不成钢的、充满了希望的焦灼。但是既然同为焦灼，便有其不容忽视的共同点。尤其是像鲁迅的《狂人日记》、《野草》或宗璞的《我是谁》、《蜗居》或北岛的《陌生的海滩》，或刘索拉的《你别无选择》这样的作品，从内容到语言结构，都具有与本世纪世界文学共通的美感特征，尽管其内心的焦灼彻头彻尾是中国的，然而却是“现代中国”的。

倘说“焦灼”是一个不规范的美感术语，我们可以进一步指出这一焦灼的核心部分是一种深刻的“现代的悲剧感”，在这个核心周围弥漫着其他一些美感氛围，时而明快，时而激昂，时而愤怒，时而感伤，时而热烈，时而迷惘。说中国古代文学中缺少悲剧感，这当然是一种偏颇，是“言必称希腊”即把古希腊悲剧当做唯一尺度的结果。每一个民族都有各自的对悲和悲剧的特殊体验和理解。但是，说二十世纪中国文学中有了与古典悲剧感决然相异的现代悲剧感，则是铁铸般的事实。在封建社会的“超稳态结构”之中，“大团圆”结局体现了中国人对现世生活的执著和热爱，对“善有善报，恶有恶报”的良好愿望。在一个新旧交替的大碰撞大转折时代，对“大团圆”的抨击，则无疑是由于“睁了眼看”，直面惨淡的人生的结果。从王国维的《红楼梦评论》引入西方的现代悲剧观开始，中国文学迅速吸收并认同的，与其说是古希腊或莎士比亚的悲剧意识，不如说是由叔本华、尼采的“生命哲学”引发的人生根本痛苦，由易卜生所启发的个人面对着社会的无名愤激，由果戈理、契诃夫所启示的对日常的“几乎无事的悲剧”的异常关注。因而，试图到二十世纪中国文学中寻找古典的“崇高”是困难的。从鲁迅的《呐喊》、《彷徨》，茅盾的《子夜》、《霜叶红似二月花》，老舍的《骆驼祥子》、《茶馆》，曹禺的《雷雨》、《北京人》，巴金的《寒夜》，以及新时期文学中的《犯人李铜钟的故事》、《人到中年》、《李顺大造屋》、《西望茅草地》、《黑骏马》等一大批优秀作品中，你体验到的与其说是“悲壮”，不如说更是一种“悲凉”。“悲凉之雾，遍被华林”：一方面，是一个历史如此悠久的文化传统面临着最艰难的蜕旧变新，另一方面，是现代社会尚未诞生就暴露出前所未有的激烈冲突；一方面，“历史的必然要求”已急剧地敲打着古老中国的大门，另一方面，产生这一要求的历史条件与实现这一要求的历史条件却严重脱节，同时，意识到这一要求的先觉者则总在痛苦地孤寂地寻找实现这一要求的物质力量；一方面，历史目标的明确和迫切常常激起最巨大的热情和不顾一切的投入，另一方面，历史障碍的模糊(“无物之阵”)和顽强又常常使得这一热情和投入毫无效果……这样一种悲凉之感，是二十世纪中国文学所特具的有着丰富社会历史蕴含的美感特征。它不同于欧洲文艺复兴时冲破中世纪黑暗带来的解放的喜悦，也不同于启蒙运动所具备的坚定的理性力量。在中国，个性解放带来的苦闷和彷徨总是多于喜悦；启蒙的工作始终做得很差，理性的力量总是被非理性的狂热所打断和干扰；超出常规的历史运动带来了巨大的进步同时也带来了巨大的失误；灾难常常不单是邪恶造成的，受害者们也往往难辞其咎；急速转换的快节奏与近乎凝固的缓慢并存，尖锐对立的四分五裂与无个性的一片模糊同在。正是这一切，使得二十世纪中国文学既具有与同时代的世界文学相通的现代悲剧感，又具有自身独特的悲凉色彩。你感觉到，像“五四”时期“湖畔诗社”的诗，根据地孙犁的小说以及五十年代的田园牧歌这样一些作品，在整个一部悲怆深沉的大型交响乐中，是多么少见的明亮的音符。更多地回响着的，总是这块大地沉重地旋转起来时苍凉沉郁的声响。

在二十世纪中国文学进展的各个阶段，人们不止一次地感觉到悲凉沉郁之中缺少一点什么，因而呼唤“野性”，呼唤“力”，呼唤“阳刚之美”或“男子汉风格”。这种呼吸(唤)总是因其含混和空泛，更因其与上述“意识到的历史内容”，与艰难曲折千回百转的历史行程不相切合，而无法内在地由文学创作中表现出来，往往变为表面化的外加的风格色彩。尽管如此，这种呼唤毕竟体现了对柔弱的田园诗传统的某种反感，体现了对大呼猛进的历史运动的一种向往。因此，以“悲凉”为其核心为其深层结构的美感意识，经常包裹着两种绝不相似的美感色彩：一种是理想化的激昂，一种却是“看透了造化的把戏”的嘲讽。在二十世纪中国文学的发展行程中，这两种色彩，时而消长起伏，时而交替相融，产生许多变体。大致是在变革的历史运动迈进比较顺利的时候，或是在历史冲突比较尖锐而明朗化的时候，理想化的激昂成为主导的色彩；在变革的步伐变慢或遭到逆转的时候，或是历史矛盾微妙地潜存而显得含混的时候，洞察世事并洞察自身的一种冷嘲成为主导的色彩。也有这样的历史时刻，那时冷嘲被“激昂化”而变成一种热讽，激昂被“冷嘲化”而变成一种感伤，于是两者相互削弱、冲淡，使得一种严肃板正的“正剧意识”浮现出来成为美感色彩的主导。在二十世纪中国文学中，分别地象征着激昂和嘲讽这两种美感色彩的，是郭沫若的《女神》和鲁迅的《呐喊》、《彷徨》。一般地套用“浪漫主义”或“现实主义”这样的术语很难说明问题。大致地说来，着眼于民族的新生的辉煌远景，着眼于历史目标的明确和迫切的作用，倾向于引发出一种理想化的激昂；着眼于民族灵魂再造的艰难任务，着眼于历史起点严峻的“先天不足”的作家，倾向于用冰一般的冷嘲来包裹火一般的忧愤。激昂和冷嘲同是一种令人不满的现实状况的产物，前者因其明亮和温暖常常得到一种鼓励，后者却因其严峻和清醒，往往更深刻地揭示了历史运动的本质。

内在地把握二十世纪中国文学的总体美感特征，实际上，就是从审美的角度来本质地揭示文学中“意识到的历史内容”,就是把握一个古老的新生的民族对当代世界的艺术的和哲学的体验。即便最粗略地勾勒出一点线索,也能意识到,这方面认真而又扎实的研究一旦展开,就将在“深层”整体地揭示出一时代的文学横断面,使我们民族在近百年文学行程中的总体美感经验真切地凸现出来。

四

从“内部”来把握二十世纪中国文学的有机整体性,不容忽视的一项工作就是阐明艺术形式(文体)在整个文学进程中的辩证发展。在中国文学史上,从来未尝出现过像本世纪这样激烈的“形式大换班”,以前那种“递增并存”式的兴衰变化被不妥协的“形式革命”所代替。古典诗、词、曲、文一下子失去了文学的正宗地位,文言小说基本消亡了,话剧、报告文学、散文诗、现代短篇小说这样一些全新的文体则是前所未见的。而且,几乎每一种艺术形式刚刚成熟,就立即面临更新的(即使是潜在的)挑战。中国文学一旦取得了与当代世界文学的内在的“共同语言”,它就无法再关起门来从容地锻打精致的形式。伴随着新思想的传播和现代自然科学的引入,艺术思维的现代化也就开始了,艺术形式的兴废、探索、争论,只能被看做是这一内在的根本要求的外化。“语言是思维的直接现实”(马克思语),文学语言的变革理所当然地成为艺术思维变革的一个突破口。只有从这一角度,才能理解从“诗界革命”(“我手写我口”)直到白话文运动这些针对着语言媒介而来的历史运动的根本意义,才能发现本世纪中国文学的每一次大的进展都是摆脱“八股”化语言模式(旧八股、新八股、洋八股、党八股、帮八股)的一场艰苦卓绝的搏斗。后世的人已经很难想像标点符号的使用在当时曾经历了怎样的鏖战,很难想像鲁迅何以称赞刘半农对于“‘她’字和‘他’字的创造”是“五四”时期打的一次“大仗”。本世纪初文艺革新的先驱者们不止一次地提到文艺复兴时期的伟大范例——乔叟、但丁摒弃拉丁语,用本民族“活的语言”创造出“人的文学”。他们自觉地、深刻地意识到了,被后世文学史家轻描淡写地称为“形式主义”的这场语言革命,其实正是民族的文化再造的重大关键。

白话文运动中蕴含着两个互相联系着的根本意图:一是“传播”新思想,“开启民智,伸张民权”,必须使新思想“平民化”、通俗化,从形式上迁就普遍落后的文化水平的同时,也就隐伏着先进的思想内容被陈旧的形式肤浅化的危险;一是传播“新思想”,必须引进新术语、新句法,采用中国老百姓还很不习惯的新语言、新形象和新的表达方式,“信而不顺”,因而在传播上就存在着无法“译解”的困难。我们从这里不难看出,这两者之间是有矛盾的:雅俗之争,普及与提高之争,“主义”与“艺术”之争,宣传与娱乐之争,民族化与现代化之争,贯穿了近百年中国文学发展的每一个重要阶段。它们之间的张力也左右了本世纪文艺形式辩证发展的基本轨迹，各类文体的探索、实验、论争，基本上是在这一“张力场”中进行的。其中，散文小品最为幸运，小说次之，戏剧相当艰难，诗的道路最为坎坷不平。这主要由各类文体自身的本性、它们与传统与读者的关系等复杂因素所决定。

诗是文学中的艺术思维进行创新时最敏锐的尖兵。诗歌语言是一般文学语言的“高阶语言”，它从一般文学语言中升华又反过来影响一般文学语言，因而先天地具有某种“脱离群众”的“先锋性”。本世纪世界诗歌语言正发生着惊天动地的巨变（唯有物理学语言及绘画语言的变革可与之相比）。在这种情势下应运而生的中国新诗，不能不在一个古老的诗国中走着艰辛曲折的道路。新诗的每一步“尝试”都可能显得“古怪”、变得“不像诗”。好不容易摸索、锤炼，开始“像”诗的时候，又立即因人们群起效之而很快老化。在诗体上，这一过程表现为“自由化”和“格律化”在某种程度上的“轮流坐庄”。新诗的历程，始终像朱自清在《中国新文学大系·诗集·选诗杂记》里所说的，呈现为一种“怎样从旧镣铐里解放出来，怎样学习新语言，怎样寻找新世界”的坚韧努力。诗体的解放、复活、创新等等复杂的运动，最鲜明地凝练地集中地体现了本世纪中国文学在艺术思维上的挣扎、挫折、进展和远景。而且，在各类文体中，新诗最敏感最密切地与当代世界文学保持着“同步”的联系。拜伦、雪莱、惠特曼、波特莱尔是与泰戈尔、瓦雷里、马拉美、凡尔哈仑、马雅可夫斯基、艾略特、奥登、里尔克、艾吕雅、聂鲁达等一起卷进中国诗坛来的。如果意识到诗是一种“无法翻译”的文学作品，这一“同步”所蕴含的深刻意义就很值得探究。

诗的思维的“先锋性”导致了新诗在形式上的探索走得最远，引起的论争也最激烈，其中，“矛盾的主要方面”应是诗自身的这种活跃的不安分的本性。与此相对的则是戏剧，它不但以“观众的接受”为其生存条件，而且直接受物质条件（舞台、演员、剧团组织、经济支持等等）的制约，“矛盾的主要方面”不在戏剧本身的探索，而在观众素质的提高。洪深在《中国新文学大系·戏剧集·导言》中用了大量篇幅翔实地记载了话剧在本世纪初的萌发和初步进展，证明了离开上述条件的综合考察是无法说清楚戏剧文学的辩证发展的。如果说诗体的发展显示了最活跃的艺术神经敏锐的努力，那么，戏剧形式的发展则显示了现代艺术与大众最直接的“遭遇战”。它成为整个艺术形式队伍中缓慢然而扎实前进的一个强大的“殿军”、后卫。但是，物质条件有其活跃的推动力的一面，不能低估现代物质文明对本世纪中国戏剧艺术的影响作用（包括电影、电视消极方面的压力和积极方面的启发）。戏剧艺术的创新一旦有所突破，常常得到巩固和持久的承认（试想想常演不衰的《雷雨》、《茶馆》及其众多的仿作）。这与诗歌风格的迅速更替又成一对比。从本世纪六十年代起，布莱希特的戏剧体系开始影响中国话剧，新时期以来，它与“斯坦尼”、与中国古典的写意戏剧体系开始形成多元发展和多元融合的趋势。这可能是考察中国话剧的未来发展的一个分析线索。

介乎诗和戏剧之间的,是本世纪中国文学中最重要的文学类型——小说。在研究这一类型的整体发展时,必须仔细地划分出长篇小说、中篇小说、短篇小说这样一些亚类型。短篇小说对现代生活的“截取方式”具有类似于新诗的某种“先锋性”,这一亚类型在二十世纪中国文学中因其短小快捷、形式灵活多变始终受到高度的重视。按照茅盾当时的说法,鲁迅的《呐喊》、《彷徨》“一篇有一个新形式”,尔后,张天翼、沈从文都在短篇体裁上有多样的试验。新时期以来,短篇小说的变化更是千姿百态。值得高度重视的是,从本世纪初鲁迅创作小说一开始就显示了与当代世界文学有着“共同的最新倾向”(普实克语),这一无可怀疑的“同步”现象,即自觉地打通诗、散文、政论、哲理与小说的界限的一种现代意识,使得抒情小说这一分支在鲁迅、郁达夫、废名、沈从文、萧红、孙犁、茹志鹃、汪曾祺、张洁、张承志等优秀作家手中得到充分的发展。显然,在中国小说现代化的过程中,民族的“抒情诗传统”(文人艺术)对“史诗传统”(民间艺术)的渗透起了决定性的推动作用。由赵树理所代表的以讲故事为主的叙事分支则显示了“史诗传统”的现代发展。在新时期,中篇小说的崛起越来越引人注目,对这一文学现象的理论总结也正在深化。被称为“重武器”的长篇小说是文学对一时代的历史内容具有“整体性理解”的产物。在矛盾极端复杂、极端多变的二十世纪中国,由于值得探究的种种原因,试图从总体上把握这一时代的宏愿总是令人遗憾地未能实现(例如,茅盾、李劼人、柳青,等等)。如果作家还没有形成自己的历史哲学和“长篇小说美学”,这些宏愿就仍然诱人地、一往情深地伫立在二十世纪中国文学的面前。

二十世纪中国文学中的散文、小品、杂文,由于与民族的散文传统最为接近(而且我们似乎也不要求它们为老百姓“喜闻乐见”),很快就达到极高的成就。叙事、抒情、说理、嘲讽,迅速打破了“白话不能写美文”的偏见,显示新文学的实绩。散文是作家个性最自然的流露,因而在个性得到大解放的时代,散文得以繁荣是毫不足奇的。本世纪第一流的散文家都有深厚的中国古典文学修养,都精通外国文学,受过现代高等教育,有丰富的人生阅历。如果说诗歌是一时代情感水平的标志,那么,散文则是一时代智慧水平(洞见、机智、幽默、情趣)的标志。散文的发展显示出一时代个性的发展程度和文化素养程度。值得注意的是,散文在体裁上有极大的“宽容性”,在这一部类中的形式创新所遇阻力较小。但也由于缺少压力转化而来的动力,某些新的艺术形式(如《野草》式的散文诗)未能得到顽强坚韧的推进。成熟的甚至业已僵化的散文形式(如杨朔式的散文)也就较少遇到新旧嬗替的挑战。尽管偶尔在某些问题上(如“鲁迅风”的杂文是否过时)有一些争论,其着眼点却都落在“立场、态度”这些政治、伦理的层次上。但是，散文内部的各个亚类型（抒情散文、小品、杂文、报告文学），在二十世纪中国文学的发展进程中，有着微妙的消长起伏，其中的规律性值得总结。

二十世纪世界文学艺术的大趋势，是尽力寻找全新的思维方式、感觉方式和表达方式，以开掘现代人类丰富复杂的内心世界及其对外部世界的“掌握”。艺术形式的试验令人眼花缭乱，实在是文学的一种自觉意识的表现，与现代自然科学及现代社会生活的发展有着深刻的联系。二十世纪中国文学（当它开放的时候，从总体上说，它毕竟是开放的）在这一点上与世界文学是息息相通的。鲁迅就是一位对文学形式具有自觉意识的大师，他所创造的一些文学体裁（如《野草》和《故事新编》）几乎不但“前无古人”，而且“后无来者”。在东、西方文化的碰撞、交流之中，一些崭新的、既是民族的又是现代的艺术形式，已经、正在和将要创造出来，显示出中华民族在世界历史的现代进程中，在艺术思维方面的主体创造性。但是，我们也看到，受制于社会物质文明水平和普遍落后的文化水平，以及因循守旧的价值取向和文化心理，我们的艺术探索是如此充满了艰辛曲折。贯穿近百年来无休止的、有时不得不借助于行政手段来下结论的艺术论争，不单说明了探索的艰难，也说明了探索的必要和势所必然。我们是否已经有了足够的理由和信心，来预期下一世纪到来时，这一探索必将更加自觉、更加活跃和更有成效呢？

五

概念的建立首先是方法更新的结果，概念的形成、修正和完善又要求着新的方法。

客观发生着的历史与对历史的描述毕竟不能等同。描述就是一种选择、取舍、删削、整理、组合、归纳和总结。任何历史的描述都依据一定的历史哲学，依据一定的参照系统和一定的价值标准，采取一定的方法。文学史的描述也是如此。“二十世纪中国文学”这一概念首先意味着文学史从社会政治史的简单比附中独立出来，意味着把文学自身发生发展的阶段完整性作为研究的主要对象。这一点将带来一系列问题的重新调整（问题的提法，问题的位置，问题的意义，等等），在当前的研究阶段，只需强调如下一点也就够了——

在“二十世纪中国文学”这个概念中蕴含着的一个重要的方法论特征就是强烈的“整体意识”。一个宏观的时空尺度——世界历史的尺度，把我们的研究对象置于两个大背景之前：一个纵向的大背景是两千多年的中国古典文学传统，当我们论证那关键性的“断裂”时，断裂正是一种深刻的联系，类似脐带的一种联系，而没有断裂，也就不成其为背景；一个横向的大背景是本世纪的世界文学总体格局，不单是东、西方文化的互相撞击和交流，而且包括亚洲、非洲、拉丁美洲文学在本世纪的崛起。

在这一概念中蕴含的“整体意识”还意味着打破“文学理论、文学史、文学批评”三个部类的割裂。如前所述，文学史的新描述意味着文学理论的更新，也意味着新的评价标准。文学的有机整体性揭示出某种“共时性”结构，一件艺术品既是“历史的”，又是“永恒的”。在我们的概念中渗透了“历史感”（深度）、“现实感”（介入）和“未来感”（预测）。既然我们的哲学不仅在于解释世界而且在于改造世界，未来感对于每一门人文科学都是重要的。如果没有未来，也就没有真正的过去，也就没有有意义的现在。历史是由新的创造来证实、来评价的。文学传统是由文学变革的光芒来照亮的。我们的概念中蕴含了通往二十一世纪文学的一种信念、一种眼光和一种胸怀。文学史的研究者凭借这样一种使命感加入到同时代人的文学发展中来，从而使文学史变为一门实践性的学科。

1985 年 5 月至 7 月于北大

——原载《文学评论》1985 年第 5 期

刘再复

论文学的主体性

我在《文学研究应以人为思维中心》一文中，提出这样的主张：我们可以构筑一个以人为思维中心的文学理论与文学史研究系统，也就是说，我们的文学研究应当把人作为主人翁来思考，或者说，把人的主体性作为中心来思考。在本文中，我将就文学中的主体性问题，纲要性地阐发我的论点和观念。

一

主体是在实践中建立起来的概念。人既是主体，又是客体，人作为存在是客体，而人在实践中、在行动时则是主体。人具有二重属性：一是受动性，一是能动性。人作为一种客观存在，表现出受动性，即受制于一定的自然关系和社会关系。人作为行动着的人，实践着的人，则表现出能动性，即按照自己的意志、能力、创造性在行动，支配着外部世界。我们强调主体性，就是强调人的能动性，强调人的意志、能力、创造性，强调人的力量，强调主体结构在历史运动中的地位和价值。文学中的主体性原则，就是要求在文学活动中不能仅仅把人（包括作家、描写对象和读者）看做客体，而更要尊重人的主体价值，发挥人的主体力量，在文学活动的各个环节中，恢复人的主体地位，以人为中心，为目的。具体说来就是：作家的创作应当充分地发挥自己的主体力量，实现主体价值，而不是从某种外加的概念出发，这就是创造主体的概念内涵；文学作品要以人为中心，赋予人物以主体形象，而不是把人写成玩物与偶象，这是对象主体的概念内涵；文学创作要尊重读者的审美个性和创造性，把人（读者）还原为充分的人，而不是简单地把人降低为消极受训的被动物，这是接受主体的概念内涵。

人的主体性包括两个方面：首先人是实践主体，其次人又是精神主体。所谓实践主体，指的是人在实践过程中，与实践对象建立主客体的关系，人作为主体而存在，是按照自己的方式去行动的，这时人是实践主体；所谓精神主体，指的是人在认识过程中与认识对象建立主客体关系，人作为主体而存在，是按照自己的方式去思考、去认识的，这时人是精神主体。总之，人在实践和认识中，在行动和思考过程中，都处于主体的地位，表现出主体的力量和价值。

文艺创作强调主体性，包括两层基本内涵：一是文艺创作要把人放到历史运动中的实践主体的地位上，即把实践的人看作历史运动的轴心，看作历史的主人，而不是把人看作物，看作政治或经济机器中的齿轮和螺丝钉，也不是把人看作阶级链条中的任人揉捏的一环。也就是说，要把人看作目的，而不是手段。或者说我们要把人看作目的王国的成员，而不是看作工具王国的成员。二是文艺创作要高度重视人的精神的主体性，这就是要重视人在历史运动中的能动性、自主性和创造性。人的精神世界是联系人与物质世界的内在链条。人的大脑作为一种物质存在当然也是自然界的一部分，但它又是从大自然母体中分化和生长出来的精神世界的花朵，它的功能，作为一种精神能力，始终是作为主体而存在的。只有充分调动它的主体性，人才能成为实践的主体，当人的精神能力被限制，即它的精神主体性丧失了，那么人也就丧失了在实践中的主体性，这时，人就变成任人操纵的机器，任人摆布的木偶。可见，重视人的精神主体性是极其重要的。当前，我们在文艺创作中尤其应该强调人的精神主体性。

人的精神世界作为主体，是一个独立的、无比丰富的神秘世界，它是另一个自然，另一个宇宙。我们可称之为内自然、内宇宙，或者称为第二自然、第二宇宙。因此，可以说，历史就是两个宇宙互相结合、互相作用、互相补充的交叉运动过程。精神主体的内宇宙运动，与外宇宙一样，也有自己的导向，自己的形式，自己的矢量（不仅是标量），自己的历史。历史的描述如果只记得外宇宙的运动，而忘记内宇宙的运动，这种描绘将是片面的。这种片面性也曾在文学理论中有所反映。

俄国杰出的思想家赫尔岑赞扬过莎士比亚天才地描绘了人的内宇宙。他说："莎士比亚是两个世界的人。他结束了艺术的浪漫主义时代，开辟了新时代，天才地揭示了人的主观因素的全部深度、全部丰富内容、全部热情及其无穷性；大胆地探索生活直至它最隐秘的禁区，并揭露业已发现的东西，这已经不是浪漫主义，而是超越了浪漫主义。……对莎士比亚来说，人的内心世界就是宇宙，他用天才而有力的画笔描绘出了这个宇宙。"①莱辛在批评歌特式的悲喜剧时则这样说："说哥特式的悲喜剧忠实地摹仿自然，这话也对也不对；它只忠实地摹仿了自然的一半，另一半则安全被忽视了；它只摹仿现象中的自然，丝毫没有注意体现在我们情感和心灵力量中

① 《莎士比亚评论汇编》下册，中国社会科学出版社，第460页。

的自然。"①赫尔岑赞扬的是莎士比亚注意到内宇宙的特点,而莱辛批评的正是文学丧失了内宇宙的弱点。他们两人都把自然分为现象自然和心灵自然,都把宇宙分为外宇宙和内宇宙。忘记内自然(内宇宙)的历史,就是忘记精神主体的力量。而精神主体的进化和不断升华,正是人类不断进步的标志。内宇宙的产生和人的主体意识的产生是物质世界划时代的进步。在这之前,世界只是现象自然界,而在具有思维能力的人以至人的主体意识形成之后,宇宙便在自己的躯体内产生另一个宇宙。具有主体意识的内宇宙和被人所认识和实践着的外宇宙构成合力,推动着历史的前进。恩格斯曾说,历史是无数个力的平行四边形的合力推动向前的。限于以往的科学水平,人们往往把它理解为外宇宙的合力。而随着人类的实践能力和认识能力的深化,则能意识到现在必须在这个外在的平行四边形(客体)之上叠加一个内宇宙(主体)的平行四边形。只有认识到内宇宙的平行四边形的力量,才能更全面地描述人类的历史运动和推动人类历史前进的动因。这样,人就要重新找到自己的位置,发现自己的力量,改变自身作为外宇宙的消极工具的历史地位,重新肯定自己在历史上的真正的价值。文学艺术要真实地表现历史的面貌,把握历史运动的轨迹,也必须真实地揭示这两个宇宙的辩证运动,必须表现人的精神主体的无比丰富性和伟大的力量,揭示它的星空般的无比奇妙的内在奥妙。

聪慧的作家意识到文学的命运与人的命运是息息相关的,因此,便有"文学是人学"的不朽命题产生。这个命题的重要性和正确性几乎是不待论证的。"文学是人学"这一命题的深刻性在于,它在文学的领域中恢复了人作为实践主体的地位。由于感悟到这个命题的内在意义,作家把人作为历史活动的中心,天才地再现了人类的历史舞台上的各种行为,获得了很大的成功。我们在文学中给人以主体性的地位,首先是肯定这种人的实践主体的地位。但是,随着历史的推移和文学的不断前进,随着人自身不断地丰富和人对自身认识的不断深化,从事文学活动的人们又意识到仅仅表现人的行为是不够的,还必须寻找人的更加深邃的东西。因此,人们开始对"文学是人学"这一命题展开反思,逐步地发现这个命题的不足,并在下列三个层次上深化了"文学是人学"的内容:

(1)"文学是人学"命题在文学的领域中恢复了人作为实践主体的地位,它的积极意义被后来的文学界普遍承认,包括被我国"文化大革命"前流行的各种文学理论文章所承认。不幸的是,它也被一些鼓吹塑造"高大完美"英雄人物的"根本任务"论者所借用。但是,有一点很奇怪,就是他们所塑造的英雄,却没有人的血肉,没有人的灵魂,因此,人们再也不相信他们所说的"人"学了。问题在于,他们都没有肯定

① 《汉堡剧评》第七十篇。

人作为精神主体的地位，不承认人在作为实践主体的同时，也作为精神主体而存在，取消人与世界联系的内在链条。这样，所谓“人”学，往往就成了一个丧失了内宇宙运动的“人”学，成了一个没有人的灵魂，即没有人的主体的丰富性和精神主体价值的“人”学。这种阉割了人的灵魂的“人”学，只能把活生生的人弄成一个抽象的空壳。因此，“文学是人学”的含义必定要向内宇宙延伸，不仅一般地承认文学是人学，而且要承认文学是人的灵魂学，人的性格学，人的精神主体学。勃兰兑斯说过一段很深刻的话：“文学史，就其最深刻的意义来说，是一种心理学，研究人的灵魂，是灵魂的历史。”①勃兰兑斯这种思想的深刻性就在于，他不仅把文字一般地视为“人”学，而且承认文学是人的精神主体运动的历史。我的性格二重组织的探讨，正是企图通过典型性格运动的内在机制的揭示，来恢复人作为精神主体的地位。

（2）在文学领域中确立人作为精神主体的地位之后，还应当进一步深化，这就是应当注意精神主体的双重结构，即精神主体的表层结构与精神主体的深层结构。精神主体的表层结构，是被理念支配的意识层次的内容，而深层结构则是积淀在人的精神主体内部的潜意识，而介乎于两者之间的则是经常处于浮沉状态的情感。文学最根本的原动力，就是情感。二十世纪西方文学理论最杰出的贡献，就在于他们发现这种动力，最充分地肯定精神主体中的情感价值，从而揭示了文学艺术最根本的特性。因此，“文学是人学”命题的深化，就不仅要承认文学是精神主体学，而且要承认文学是深层的精神主体学，是具有人性深度和丰富情感的精神主体学。

（3）“文学是人学”命题的深化，不仅要尊重某一种精神主体，而且要充分尊重和肯定不同类型的精神主体。这些不同类型的精神主体在现实生活中表现为差异无穷的个性。应当承认，某一种个性都是一个丰富的世界，它的深层都积淀着人类文明的因子，都具有群体精神的投影。只有充分尊重和肯定每一种个性，才能充分理解和认识人类自身，也才能更深刻地认识个体的精神价值和个性的丰富内涵。因此，文学不仅是某种个体的精神主体学，而且是以不同个性为基础的人类精神主体学，正是这样，文学无法摆脱最普遍的人道精神。

忽视人的实践主体的地位和精神主体的价值，正是历史唯心主义的两大特征。历史唯心主义者不是信奉神本主义就是推崇物本主义。他们或是漠视人在历史运动中的轴心地位，把历史看作是上帝创造的，是少数英雄人物推动的，而人民群众则是任人驱使和宰割的群氓；或是漠视人的价值，被人视为英雄的铺垫或陪衬，视为手段，视为政治与经济机器上的螺丝钉。总之，人在实践中的主体性被一笔勾销了。但是历史唯心主义的更深刻的内在特征，则是忽视人的精神主体的价值，贯穿整个

① 《十九世纪文学主流》第一分册，引言，人民文学出版社。

封建社会的愚民政策和奴化政策，正是为了消灭人的精神主体性，使人成为无知无欲的工具。“存天理，灭人欲”，典型地表现出它的本质。“人欲”就是人的欲望、情感、意志、创造力，总之，就是人的精神力量，就是人的精神主体性，在封建统治阶级看来，它们都属于应被剿灭的对象。人的精神主体的价值，在封建统治者看来是危险的，因此，他们不能容忍作家、艺术家表现人的精神世界的丰富性，表现人的精神力量，而只允许把人作为某种天理的符号，即使写到人的精神活动，也只允许描写这些精神活动如何最后被克服，回归到某种政治的或首先的理念上来。总之，人的精神的主体性，被一笔勾销了。

现在，人类正在深化对自然的认识，而要深化对自然的认识，必须同时深化对人自身的认识。因此，人类认识能力的重心，正逐渐转移到对人的内宇宙的认识，研究人的主体性已成为历史性的文化要求，不管是自然科学还是社会科学，它们的求知欲和创造欲都正在投向人自身。自然科学的人文倾向，心理学的人本主义倾向，哲学中对人的命运的思考，历史研究中关于人的主体价值问题的反思，都表现出这种历史性的文化走向。产生这种人文趋向，主要有两个历史原因：(1) 从人的认识过程来说，人类在自己的幼年时代，在自然面前自由度比较小，因此不得不把主要的力量用于对付自然，以摆脱自然的奴役。在这种情况下，人无暇认识自身的自然。随着人类的巨大进步，特别是现代文明的飞速发展，人的自由度的急剧提高，人类认识运动的重心开始逐渐转移到认识人自身，人类的主体意识得到强化。(2) 从社会发展的过程本身来说，人正以惊人的速度从简单性的、重复性的劳动中解放出来，而追求创造性的劳动。任何创造性的劳动都是摆脱工具性而强化主体性的劳动。现在，人类正在一天天从直接生产过程中超越出来，劳动与审美逐渐趋于统一，人性在不断丰富、完善和发展。人的主体形象，已愈来愈明显。整个人类的自主意识从来没有这样鲜明。人类在要求实现社会现代化的同时，也要求实现自身的现代化，要求主体力量在更大程度上获得实现。

总之，社会历史的运动是从人类诞生的那一天开始的，经历了“人的否定”这一曲折的痛苦的历程，最后又回到人自身。在理想社会实现时，人不仅是调节外部自然的强大力量，而且是调节自身内部自然的强大力量，唯其在那时，人的价值才充分获得实现，人类的“正史时代”才开始。因此，人的主体性的丰富和发展乃是历史发展的标志。文学作为“人”学，它的发展水平是与人对自身认识的发展水平同步的。今天，当历史为人的主体价值的实现提供了更广阔的空间时，文学的主体意识无疑会随之得到强化，因此，文学就不能不更加表现出它的人类心灵历史的特性。正因为这样，我们在文学理论中提出主体性的命题，决(绝)不是主观随意的，而是历史的要求，是人类走到灿烂的今天，对整体文化中的文学部分必定要提出的要求。

二

文学主体包括三个最重要的构成部分:(1) 作为创造主体的作家;(2) 作为文学对象主体的人物形象;(3) 作为接受主体的读者和批评家。我国文学在相当长的一个时期,普遍地发生主体性失落的现象,为此,我们需要探讨一下文学主体性的回归、肯定和实现的途径。

探讨文学主体性的实现,首先应当探讨对象主体性的实现。文学对象包括自然、历史、社会,但根本的是人。只有人,才是文学的根本对象。对象的主体性,就是文学对象结构中人的主体地位和人的主体形象。

马克思曾说:“人是一个特殊的个体,并且正是他的特殊性使他成为一个个体,成为一个现实的、单个的社会存在物。同样地他也是总体观念的总体,被思考和被感知的社会主体的自为存在,正如他在现实中既作为社会存在的直观和现实享受而存在,又作为人的生命表现的总体而存在一样 。”①又说:“有意识的生命活动把人同动物的生命活动直接区别开来。正是由于这一点,人才是类存在物。或者说,正因为人是类存在物,他才是有意识的存在物,也就是说,他自己的生活对他是对象。仅仅由于这一点,他的活动才是自由的活动。”②作为文学的对象的人,相对于作家来说,它是被描绘的客体;但是相对于它的生活环境(社会)来说,它又是主体——它是有意识的存在物,他的环境和他的生活是被他所感知的对象。这样,作为文学对象的人就具有这样的双重性:对于作家来说,是被感知的客体存在物;对于环境来说,它又是能够感知环境的主体存在物。作家给笔下的人物以主体的地位,赋予人物以主体的形象,归结为一句通俗的话,就是把人当成人——把笔下的人物当成独立的个性,当作具有自主意识和自身价值的活生生的人,即按照自己的灵魂和逻辑行动着、实践着的人,而不是任人摆布的玩物与偶象。不管是所谓“正面人物”还是“反面人物”,都承认他们是作为实践主体和精神主体而存在的,即以人为本。

文学对象主体性的失落现象大体上表现在三个方面:

(1) 用“环境决定论”取消人物性格自身的历史。环境与人的关系,实际上并不是一种单身的因果关系,而是对立统一的辩证运动。一方面人的性格、人的情感是环境的产物,但是典型性格也不只是简单地被典型环境这种单一原因所决定的。从主体的角度来考虑问题,也可以说,时代是人创造的,环境是依靠人调节的。人对环境具有巨大的制约和支配的力量。以往我们对于人的本质,更多地看到它被客观世

① 马克思:《一八四四年经济学哲学手稿》,《马克思恩格斯全集》第42卷,第123、96页。

② 马克思:《一八四四年经济学哲学手稿》,《马克思恩格斯全集》第42卷,第123、96页。

界本身的规律所制约、所决定的一面，当然，否认这种制约性是错误的，但是，我们往往忽视人的本质的巨大创造性，也就是说，人的本质在很大的程度上是“自主的”，不是“他主”的。环境既作用于我，我也作用于环境，客观世界既影响我，我也影响客观世界，因此，人的性格也是人的自我创造过程，每个人都有性格自身的历史。鲁迅先生曾说：“人能组织，能反抗，能为奴、也能为主。”①人可以自我完成，自我塑造，自我实现。人的主体性，就是在客观世界所提供的条件下（包括顺境和逆境）最大程度地发挥自身的调节能力和创造能力，人对环境的巨大超越力量，往往表现为主体的怀疑意识、自主意识、创造意识，也表现为不受环境所束缚的想象力、宇宙感、历史感。当然也表现为行动上的改造环境的意志力量和变革精神。但是在这方面，我国当代的文学观念曾机械地强调客体对主体的决定作用，以至用“环境决定论”来解释典型环境中的典型性格。因此，作家笔下的人物大多缺乏自身性格的历史，除了那些被神化了的支配一切的英雄（外），都是一些被某种外在力量所支配的命定的可怜虫。

（2）用抽象的阶级性代替人物活生生的个性。人处于社会中，既是个体存在物，又是群体存在物，类存在物。问题是，人与动物最主要的区别，还不在于人的群体性，动物也有群体组织。但是，动物对群体组织没有调节的能力，它至多能调节数量关系，不可能调节质量关系。因此，人与动物最根本的区别是在于人能自由创造、自由选择、自由调节，在于人的创造能力。创造性思维，就是人的“灵”性。具有创造性的思维能力，才是人区别于动物的最根本特点。当然，人总是存在于某种群体之中的，而且总是要带上某种群体的属性，至少是要被打上某种群体观念的烙印，例如民族、阶级、党派观念的烙印。但是，我们过去却过份强调这种烙印，以至（致）把个体的主体价值淹没了。最明显的表现，是用阶级性来淹没人的主体性，把人视为阶级的一个符号，把人规定为阶级机器上的螺丝钉，要求人完全适应阶级斗争，服从阶级斗争，一切个性消融于阶级观念之中。这样，在作家的笔下，人就完全失去主动性，失去人所以成为人的价值。我国封建社会要求人“非礼勿视，非礼勿听，非礼勿言，非礼勿动”，就是把“礼”当成一种不可变易的规范，一切以“礼”为转移，一切以“礼”为依归，“礼”成了一条公律，人的一切思想和行为被全部纳入“礼”的固定模式中，因此，人的个性也被消灭了。在我国古代的道德家眼中，人是“礼”的附属物；而在当代的某些文学评论家眼中，人则是阶级机器的附属物。我们就这样不知不觉地制造出一种新的绝对观念，即人的一切行为和心理都是阶级斗争所派生的，一个人说什么，做什么，早已被规定好了。于是，文学就不再是人学，而蜕变为阶级符号学。文学研究也跟这种社会思想相适应，用阶级和阶级斗争的眼光来观察一切，分析一

① 《花边文学·倒提》。

切,当然也用阶级和阶级斗争的眼光来观察和分析文学现象,因此,极其复杂丰富的中外古典文学和西方现代文学现象,统统被称为封、资、修文学。而在一些较为严肃的文学理论教科书中,也以阶级为中心来思考,以阶级斗争为基本审视点。这样,就把典型解释为共性——阶级性的形象注解,个性只是若干共性——阶级性观念的具体形态。

(3) 用肤浅的外在冲突掩盖人物深邃的灵魂搏斗。人的外部行为、外部活动,即人表面的、他人可感知的生活,是人的精神世界的外化。作家当然应当表现人的外部行为,这些外部行为,集合为社会事件,构成作品的情节,于是,作品展示出战争、革命、政治运动、改革运动等情节。但真正优秀的文学作品应该通过这种外部事件去表现人,而不是通过人去表现外部事件,即不是通过人去表现战争,表现改革,而是通过战争,通过改革等外部行为去表现人,表现人的命运和人的情感。而我们过去有不少作品恰恰是通过人去表现社会事件,因此,在解决各种问题的场面中,我们看到人在忙碌,在搏斗,却看不到人的命运和人的极其丰富的内心世界,此时人的精神主体性已被淹没于外部现象之中。

造成文学对象主体性失落的原因,从根本上说,就在于作家忽视了人的地位与价值,而以物本主义和神本主义的眼光来对待自己的人物。以物为本的作家,把人降低为物,降低为工具,降低为自己手中任意摆布的玩偶。他们不了解,人是一种自由自觉的实体,是一种最富有能动性的自我调节系统。人完全能够主动地、能动地改变和创造环境,使环境适应人自身的生存和发展的需要,而不是消极、被动地接受环境的影响,变成必然性的奴隶,因果链条上的一环。人从最初感受世界开始,其感觉不仅依赖刺激物的性质,也依赖感觉的结构和机能的性质,依赖感受体的内部状态,以反映活动而论。反映不仅仅是外部能量和信息传递至意识的简单的机械过程。实践更是如此,人是实践的主体,人能主宰和控制自己的实践活动。但是,物本主义的眼光看不到人的这种本质,因此,他们只能把人视为工具,只知人的服从性,不知人的自我选择性。

这种物本主义眼光归根到底是不承认"人是目的"这种根本观念。物有物的价格,人有人的人格,人不能因对谁有用而获取价值。人作为自然存在,并不比动物优越,也并不比动物有更高的价值可言;但人作为本体的存在,作为实践主体和精神主体,是超越一切物的价格的。因此,不应当把人的存在视为工具,好象它与内在目的无关。这就是说,作家在表现人的时候,要把人当成人,把人视为超越工具王国的实践主体,而不是把它当成自然存在,当成牲畜、草芥、工具。总之,人应当是目的性因素,而不是工具性因素。在表现所谓英雄人物时,英雄人物尽管有许多英雄行为,但是,如果他毫无内在情怀,只知道服从命令,那么,他也只是执行命令的工具,这样,他仍然只是工具王国的成员，而不是目的王国的成员。即使是“反面人物”，他也不应当是草芥、牲畜、粪土，作家不应当仅仅把他们视为执行某种意志的工具，不应当在艺术上人为地把他们作为只能消极地陪衬英雄人物的工具。产生在我国文化大革命中的所谓“三陪衬”观念，就是把“反面人物”全部作为牲畜王国的一部分，除尽他们身上一切人的本体的存在根据和内在目的。这样做的结果，是他们的主体性全面丧失，我们看不到任何人的丰富性和复杂性，甚至看不到人的基本特性。这样的艺术形象，就必定是毫无人的血肉和心灵的玩偶。恢复文学对象主体性的地位，包括恢复所谓英雄人物和反面人物的主体性地位。

真正以人为本的作家，他们一定会正确地摆正创造主体与对象主体的关系，会在创作过程中，赋予描写对象以主体的地位，即赋予他们以独立活动的内在自由的权利。这就是作家在特定时刻要服从人（对象），而不是人服从作家；是作家要为人服务，而不是人为作家服务。作家要允许笔下的人物超越自己的意图，允许他们突破自己一切先验的安排，只有当笔下的人物有充分的独立活动的权利，非常自由地按自己（的）行动逻辑展开自己的行动时，这种人物才是活生生的。作家处于最好的创作心态时，往往由常态进入变态，进入虚幻系统，真诚地相信自己所创造的一切。此时，作家的真我，进入一种神秘的体验，“情不自禁”地跟着自己笔下的人物走，无意识地服从自己的人物，接受笔下的人物应有的命运，也是作家本没有意料到的命运。王蒙曾说，他笔下的人物出现的情况，不仅出乎读者的意料之外，也往往出乎自己的意料之外。安娜・卡列尼娜的卧轨自杀，达吉亚娜的出嫁，阿Q的被枪毙，就是作家尊重笔下人物，服从笔下人物灵魂自主性的结果。如果作家把自己放在上帝的地位上，只知道摆布笔下人物的命运，不能给予笔下人物以主体的地位，那么，他们在创作中势必只想到所谓“精心设计”，甚至精心设计到每一个细节。笔下人物的一言一行一举一动，都在先验的设计之中。一切都在作家的意料之中，一切都是先验构想的形象注释，这实际上并不是作家用整个心灵去“创造”，而是按照某种观念去刻意“制造”，这样的作家顶多是一个具有某种技巧的艺术匠人，而不是富有灵性的作家。他们的创作势必不能得其道、得其神、得其灵性，势必缺乏创造性。

作家对描写对象的尊重，就是赋予对象以人的灵魂，即赋予人物以精神主体性，允许人物具有不以作家意识（的意志）为转移的精神机制，允许他们按照自己灵魂的启示独立活动，按照自己的性格逻辑和情感逻辑发展。作家处于最佳心理状态时，也是自己的人物充满着主体意识，充满着生命活力的时候，此时，作家不是受自己的意志所支配，而是受到充分调动起来的主体潜在力量的支配，并沿着潜意识的导向前行，在可感知的范围内，造成了“意外”的效果，即愈有才能的作家，愈能赋予人物以主体能力，他笔下的人物的自主性就愈强，而作家在自己的笔下人物面前，就愈显得无能为力。这样,就发生一种有趣的、作家创造的人物把作家引向自身的意志之外的现象。这种有趣的现象使很多文学理论家、批评家感到困惑,笔者也曾久久地陷入困惑与迷惘之中。而现在,笔者终于了解:这种状况,正是作家在创作中的自由状态。这种令人困惑的现象,正是一种二律背反,我们可以把它推演成如下的公式:

作家愈有才能　作家(对人物)愈是无能为力

作家愈是蹩脚　作家(对人物)愈是具有控制力

作品愈是成功　作家愈是受役于自己的人物

作品愈是失败　作家愈能摆布自己的人物

关于这种二律背反的现象,法国的著名作家、诺贝尔文学奖获得者弗朗索瓦·莫里亚克曾经讲得十分精彩。他说:“我们笔下的人物的生命力越强,那么他们就越不顺从我们。”①莫里亚克认为,认识这个反律对于创作是极为重要的,这里作家塑成功的人物形象应当注意的,他说:“……我们笔下的人物并不服从我们。他们当中甚至会有不同意我们,拒绝支持我们的意见的头号顽固派。我知道,我的有些人物就是完全反对我的思想狂热的反教权派,他们的言论甚至使我羞惭。”②莫里亚克认为,这种背反现象正是作家成功的标志。相反的现象倒是作家失败的表现,他说:“反之,如果某个主人公成了我们的传声筒,则这是一个相当糟糕的标志。如若他顺从地做了我们期待他做的一切,这多半是证明他丧失了自己的生命,这不过是受我们支配的一个没有灵魂的驱壳而已。”③莫里亚克不愧是一个杰出的作家,他从自己的创作实践中,了解这种背反性的痛苦规律。但他的成功,恰恰是因为他坚定地尊重这种规律,无保留地赋予笔下人物以生命的力量,甚至是与自己对抗的力量,心甘情愿地让笔下的人物粉碎自己早已设计好的种种美妙的构思,于是,他在创作中简直是在与他笔下的充满活力的人物搏斗,但他却从这种搏斗中感到创造的愉快。他承认,他“在与这些主人公的斗争中感到极大的愉快”④。他所以愉快,就是他发现自己的人物已有自己的生命,甚至能保护自己的生命,顽强地进行自卫。

有的同志对我在《文汇报》所提出的主体观念,提出质疑,认为我只注意到作家的主动性,没有看到作家的被动性。这种批评实际上是把主动与被动割裂开,事实上,创造主体与对象主体双方都既是主动的又是被动的,整个创作过程就是双方主体能力主动与被动的辩证运动过程。这就是:

作家在创作中愈是处于主动状态　作家在自己的人物面前愈是处于被动状态

---

① 《法国作家论文学》,三联书店,第192页。

② 《法国作家论文学》,三联书店,第193页。

③ 《法国作家论文学》,三联书店,第193页。

④ 《法国作家论文学》,三联书店,第193页。

创造主体性愈正常地发挥　　　　创造主体愈是被对象主体所占有

上述作家与笔下人物的二律背反现象，黑格尔早已为我们提供了一种哲学依据，他说："主要的还是要注意到，把因果关系应用到自然有机生命和精神生活的关系上是不允许的。在这里，被称为原因的东西当然显得自身具有不同于结果的内容，不过，之所以如此，却是因为那个作用于有生命的东西是由有生命的东西独立地决定、改变和转化的，因为有生命的东西不让原因达到其结果，有生命的东西把作为原因的原因扬弃了。"①黑格尔这段话给我的启发是，在自然有机生命和精神生活中，线性因果关系的逻辑结构是不能适应的，同样，作家和他们笔下的人物的关系，也不是因果决定论。

有些朋友提出作家应当干预人的灵魂，这种观念的提出，本是针对干预政治而发的，即认为与其主张文学干预政治还不如主张文学干预灵魂。这本是指创造主体对接受主体的干预，但是，另有一些作家却把接受主体（读者）换上对象主体（人物），以说明作家可以干预笔下人物的灵魂。这种观念，我认为有一半是可以接受的，这就是人物一旦走到自己的人生十字路口，发生双向可能性的时候（任何一向都不违反人物性格的发展逻辑），作家是可以帮助人物打开自己的心灵，作一种不违背个性的选择的。这种选择也可以说是一种干预，而作家在这种选择中恰恰可以表现出自己的眼光和水平，即必须选择出一种可以使人物表现得更丰富、更深邃、更精彩的道路，也是更艰苦的道路——更需要作家下苦功的道路。伟大的作家总是选择最难走的路。这种选择，实际上是人物走到一个江津路口，一个关键之地，此时，要求作家给予一个指令，一个使人物展示灵魂的全部丰富性的指令。这种干预，大体上象电子计算机的操作员给电子计算机一种指令，计算机得到这种指令后，便把信息贮存于自己的机体中，然后进行独立的运转和活动，最后把结果告诉操作员。作家的干预也仅仅在于给予人物一个灵魂的指令，而这之后，作家就象操作员一样，不再起干预作用了，但一旦把信息输入到人物的身上，人物就象电子计算机一样，独立地运转活动起来，不受作家（操作员）所摆布。那种认为作家的世界观可以决定一切的观点，就是作家可以任意干预笔下人物的灵魂和行动的观点，就是不尊重笔下人物、剥夺笔下人物的主体性的观点。但是，以上所说的二律背反现象，将使世界观决定论感到困惑。

以物为本，会使对象的主体性丧失；以神为本，同样也会使对象的主体性丧失。物本主义笔下的人物，只知服从，不知价值选择；神本主义笔下的人物，只知立法（只知发号施令），没有情怀。两者都不可能使自己成为自己的主人，两者都没有自我调

① 黑格尔：《逻辑录》下卷，第220页。

节系统，都没有一个自我完成的过程。神本主义眼光下的英雄，就是神的代表，并没有内心世界，没有内心矛盾。他们认为英雄必定是尽善尽美的，没有任何人的弱点和局限，如果认为英雄性格是善恶并举，那就是对英雄的污辱。中世纪的大神学家奥古斯丁在他的《忏悔录》中早作了这样的规定，因此，他决不能容忍那种认为人是二重组合的说法，他对主说："我的天主，假如你不在我的身上，我便不存在，绝对不存在。而且一切来自你，一切通过你，一切在于你之中。"①在彻底的神本主义眼光下，人自身是毫无价值的，人只是神的奴隶和工具，此时人的目的性更是丧失殆尽，由于神本主义对"人是目的"加以彻底否定，因此，它规定人只能有一个与神绝对相通的灵魂，不能有自己的灵魂，不能有"善恶并举"的人的灵魂的复杂性，所以奥古斯丁诅咒说："我的天主，有人以意志的两面性为借口，主张我们有两个灵魂，一善一恶，同时并存。让这些人和一切信口雌黄、妖言惑众的人，一起在你面前毁灭。"②"文化大革命"中那种以塑造高大完美的英雄为根本任务的观念，与奥古斯丁这种观念多么吻合，任何非高大非完美的观点，都被视为妖言惑众，这样就从根本上淘汰了真实的人，我提出的人物性格的二重组合原理，正是一个与神本主义相对抗的主体性原理。

三

作家的主体性，包括作家的实践主体性与精神主体性。实践主体性是指作家在创作实践过程中（包括为创作作准备的感受生活的实践）的实践能力，主要是作家的表现手段和创作技巧；而精神主体性，则是指作家内在精神世界的能动性，也就是作家实践主体获得实现的内在机制，如作家创作的动机，作家在创作过程中的情感活动，等等。我们所探讨的创造主体性，主要是作家的精神主体性，即作家内在精神主体的运动规律。

一个作家，意识到自身的精神主体性是极为重要的。意识到精神主体性，就是意识到自己身上的内宇宙所具有的巨大能动性，意识到这个内宇宙是一个具有无限创造能力的自我调节系统，它的主体力量可以发挥到非常辉煌的程度，可以实现到非常辉煌的程度，而这正是人的伟大之处。过去，我们常说，人的特点在于人能制造工具，但这只是人的实践主体能力的表现，它证明人的手可以延长。而一个作家，如果能充分地意识到自己的精神主体的全部灵性，则能自觉地构筑内心雄伟的调节工程，最大程度地调动和发展自己的创造才能，到达前人尚未达到的彼岸。因此，作家

① 《忏悔录》，商务印书馆 1982 年版，第 4 页。

② 《忏悔录》，商务印书馆 1982 年版，第 153 页。

的主体意识，对于作家是极为重要的。

为了找到作家精神主体性的关节点，我们有必要探讨一下作家主体的心理结构。美国人本主义心理学创始人马斯洛，把人的需求分为五个基本层次，即生存需求层次、安全需求层次、归属需求层次、尊重需求层次、自我实现需求层次。这是人的心理结构中的五个层次，事实上，正是人的五种精神境界。如果我们借用马斯洛的这个图式，那么，我们也可以把作家的精神主体分为五个不同层次。作家的创作如果仅仅是为了满足生存需要，为了维持自己的衣食住行的需要而写作，也就是龚自珍所说的“著书都为稻粱谋”（当然，龚自珍的创作并非为了生存需要，这只是他的无可奈何的感叹），这个时候，作家被现实生活中最繁琐的利益所束缚，缺乏必要的从事创造的外在自由条件，这就不可能进入深邃的精神生活。这时，作家的主体意识处于沉睡状态，作家的主体能力处于被动状态。第二层次的安全需求，归根到底也是生存的要求。为了自身的安全而创作，就是为自己在社会上找到一个安稳的位置而创作，把作品作为自己的护身符和社会通行证。在我国封建社会中，有些诗词只是为了向皇帝表示忠诚，献媚于权势者，并没有真情实感。鲁迅说：“《颂》诗早已拍马，《春秋》早已隐瞒。”①鲁迅所批评的这一部分专供点缀太平的颂诗，就是一些为安全要求不得不作的诗。我国“文化大革命”中，也出现很多颂诗，大多数并没有真情实感，只是为了表忠心，说到底，也是一种安全需求，在文化气氛不太正常的情况下，作家不得不屈服于心灵之外的压力而违心地写作，也是为了安全需要。此时，作家的主体意识处于被压抑状态，作家往往会感到一种深刻的苦闷，这种苦闷，就是因为作家的主体能量无法释放出来。为安全需求而写作的作家，一般地说，都不得不降低自身的人格，因此，在他们的作品中看不到作家自身的热血与眼泪，也就谈不上作家的主体性。为归属需求而写作，具体地说，就是为自己所隶属的阶级、派别、团体而创作，这种作品具有明显的群体性和遵从性。遵命文学，就是归属需求所产生的文学。在这一层次中，有两种不同的情况，一种是自觉的、出于内心的归属动机，自愿服从自己所归属的群体利益，这个时候，作家的群体性和个性可以溶（融）合为一。写出成功的作品，例如《钢铁是怎样炼成的》，就是党性（高度自觉的群体性）与个性的溶（融）合。这个溶（融）合，既是作家积极性归属需求的实现，也是作家的自我实现，此时，作家的主体性就明显地表现于自己的作品之中。但是，如果作家的创作，只是出于被动的消极的归属需求，并且是服从狭隘的功利主义原则，那末作家的主体性就会失落。我国新文学也有过这种教训，在某个时期，强调文学的阶级性是必要的，但后来走向极端。在理论上，把共性解释为阶级性，把个性解释为共性的

① 《伪自由书·文学上的折扣》。

具体形态,解释为阶级性的形象演绎。这样,作家的个性就被消融于阶级性之中。鲁迅先生在主张“遵命文学”的时候,特别作了声明,说他遵奉的是先驱者的命令,而不是金钱和指挥刀的命令。也就是说,他的遵奉是自觉自愿的遵奉,是与自己的内在要求一致的遵奉,这正是积极性的归属需求。正因为这样,他在创作中燃烧着自己灵魂的火焰。鲁迅还声明,“偏不遵命,偏不磕头是有的”①。对于另一种违背社会进步利益的命令,他是不遵奉的。在这种遵命与不遵命的矛盾统一中,鲁迅的创造主体性始终得到充分的发挥。尊重需求,对于作家来说,就是作家通过自己的创作去赢得社会的尊重,在社会中找到自我的位置。在这个层次上,作家为了珍惜自己的声誉,往往更加认真地创作。这种需求比生存需求、安全需求、消极性归属需求有可能在更大程度上充分地发挥自己的主体力量。这时,作家意识到自己是作家,应当有作家的尊严感和荣誉感。尊重需求,这是每一个有成就的作家起码的主体意识。这种主体意识在创作中可能产生两种效果,一种是积极性效果,即珍惜自己的声誉而更严肃地劳动,不断地追求新的境界;另一种则是消极性效果,这就是把声誉变成沉重的精神负担,变成内心自由的心理障碍。人有两种最常见的不自由,一是逆境所造成的不自由,一是顺境中的声誉所造成的不自由。后一种不自由包括很多方面,例如过高地估计自己而处于盲目状态;为保卫既得的名声而处于保守状态;为排斥他人而处于狭隘状态,此外,还可能颠倒内在价值与外在价值的关系而处于卑微状态。作家主体力量的发挥必须克服荣誉追求所造成的消极性后果。总之,作家的创作如果仅仅为了赢得社会的尊重,还不是作家主体性的真正实现,作家如果把尊重需求作为创作的主要动机,他就会被名声所束缚,此时,作家仍然处于一种功利境界,心灵仍然不可能获得最大的自由。所以鲁迅曾声明,说他决不会因为自己有名而谨慎些,就是因为他意识到在名声的干扰下主体性有退化的危险。

作家主体性的最高层次,则是作家的自我实现。所谓自我实现,就是作家精神世界的充分展示。自我实现包括两个不同的层次,一是浅层自我实现,这是精神主体表层结构的外化,主要是作家认知能力的实现,即作家把自己对生活的认识表达出来,作家的认知内容都是作家充分意识到的,表现出来的东西都是经过理性处理的;深层自我实现,则是作家精神主体深层结构的外化。这种实现的特点,是作家全心灵的实现,全人格的实现,也是作家的意志、能力、创造性的全面实现。

但是,作家的内宇宙,不是一个封闭的世界,作家的自我实现,也不是这个封闭世界中获得的个人的小自由,自身人性的一点小解放。如果把自我实现视为表现个人的小悲欢,那就太不幸了。作家主体性的真正实现,是打开内宇宙的大门,是内宇

① 《华盖集续编·小引》。

宙去感应外宇宙的脉搏，使内宇宙与外宇宙相通，并且具有外宇宙的巨大投影，负载外宇宙的壮丽图景，因此，作家主体力量的实现，必须使自己的全部心灵，全部人格与时代、社会相通，必须“推己及人”，把自己的精神世界中一切最美好的东西推向社会，推向整个人类。作家的自我实现归根到底是爱的推移，这种爱推到愈深广的领域，作家自我实现的程度就愈高。爱所能到达的领域是无限的，因此，自我实现的程度也是无限的。朱熹说：“仁通上下，一事之仁，也是仁；仁及一家也是仁；仁及一国也是仁；仁及天下也是仁。”他又作比喻说：“仁者如水。有一杯水，有一溪水，有一江水，圣人便是大海水。”①这是自我与万物浑然同体之境。此境界是无限的，由此境界所发出之需求，所应尽之责任也是无限的。只有爱他人，对他人充满着同情心，才是最高的自尊感，也才能获得最高的自我价值感。因此，只有在爱他人时，自身最有价值的东西——自己的良知才能获得实现，一个对他人的痛苦不懂得同情的人，一个对人民不懂得爱的作家，首先是他自己背叛了自己的良知，这个时候，他首先是不忠实于自己的心灵，他的自我也无法实现。因此，作家的自我实现，应当在任何时候都不背叛自己的良知，任何时候都保持自己对人民的爱，任何时候都对人民、对艺术保持无限的忠诚。

从以上五个精神层次的分析，我们可以了解，作家主体性的真正实现，就是作家的自我实现。而自我实现的过程就是作家对低境界的超越过程。超越的结果，导致作家的内在自由。因此，作家的主体意识，首先是作家的超越意识所造成的内在自由意识。

上面所说的作家的创作心理，按生存需求、安全需求、消极性归属需求、尊重需求和自我实现需求的顺序由低到高不断升华，这是从心理结构的角度来说的。而心理过程则是通过具体的创作实践反映出来的。优秀的作家都能自觉或不自觉地完成上述心理升华过程，因此，他们的创作实践一般都表现出三种特征，即超常性、超前性和超我性。

所谓超常性，就是超越世俗的观念、生活的常规、传统的习惯性偏见的束缚。一个有作为的作家，他决不会陷入中庸主义。相反，他必定有一般人所没有的超常的智慧力量和人格力量，必定有强烈的超常的审美意识，必定不甘心重复前人已有的构思；不愿意落入前人的窠臼和重复前人习惯使用的思维方式甚至语言方式，而追求着“人人意中所有，人人笔下所无”的东西，在没有路的地方硬走出一条路。由于历史上的种种原因，我国知识分子形成了一种普遍性的心理，即通过自省而进行残酷的自我抑制，无情地窒息精神上的自由意识和创新意识，这种自我抑制造成了自

① 《朱子语类》。

我实现的最大心理障碍。流行于我国的“中庸”哲学，也使一些作家受到影响，缺少突破意识。因为任何突破都是反中庸的，反常规的。被中庸哲学所主宰的作家，总是处于自我满足的盲目状态，任何平庸的表现和无所作为的表现，都可以找到精神的逃路，一切创造的闪光都会被自我所扑灭。解放后，我国由于突出政治的影响，一切社会系统，包括经济、文化、文学艺术等子系统，都被纳入政治的总系统中，这样，就要求文学过多地承担非文学的政治任务，并把为政治服务作为文学的总纲。这样，作家的某些美学追求不得不消融于政治观念之中。而作家的改造也与此相适应，即不是改造那些与社会前进不相符的品性，而是把创作个性作为一种原罪性质的“恶”来加以扑灭。这样，作家就把独创性改造为适应性，把适应性看成是作家的最高道德，而且，这种适应性观念又不是宏观性质的，即不是与历史前进的要求一致的适应性，而是与某一历史时期的某一具体观念相一致的适应性。这样，作家就不得不随着不同的政治气候而改变自己的颜色，不得不进行艰苦的自我克服，怀疑自身一切新发现的冲动，扑灭一切创造性的萌芽。总之，是自身不可思议地进行痛苦的努力，以扑灭自身的主体力量。

超越意识的第二个内容是超前性，即具有巨大的历史透视力和预见性，能超越世俗世界的时空界限。罗曼·罗兰曾说：“象歌德、雨果、莎士比亚、但丁、埃斯库罗斯这些伟大的作家的创作中，总是有两股激流，一股与他们当时的时代运动相汇合，另一股则蕴藏得深得多，超越了那个时代的愿望和需要。直到现在，它还滋养着新的时代。它给诗人们和他们的人民带来了永久的光荣。”①这就是说，作家在掌握艺术与现实的关系时，既要尊重现实，又要超越现实，具有站在历史制高点的气魄，不管在何种社会生活环境中，他们都能采取一种积极的态度，对历史发展充满着预见性。他们尊重现实，但又不受现实的束缚，他们能充分地发现那些与现实不一致的，但预示着将来的理想因素，发现各种美的萌芽。许多政治家、经济学家认为不可能的东西，在作家的笔下，都会成为可能的东西。鲁迅先生说，作家有一种特有的敏感，例如听口令“举……枪”，政治家要等到“枪”字令下的时候才举起，而作家听到“举”字就举起来了。② 作家的主体意识应当有这种超越意识，即走在时代前列的意识，充当时代文化先驱者的意识，应当把自己的作品作为照亮人们前进的灯火。如果作家只会迎合俯就，当落后群众的尾巴，毫无超前意识，就失去作家的主体力量。但这不是要求作家成为单纯的时代精神的号角，而是要作家以独特的慧眼，去发现、感受时代生活中那些其他阶层的人们尚未发现和感受到的东西。这种东西，可能是

---

① 《法国作家论文学》，三联书店，第33页。

② 参见《集外集·文学与政治的歧途》。

时代的强音,也可能是时代变革的潜流;可能是时代的欢乐,也可能是时代的苦闷,时代的忧伤。

这种超前意识,表现在作家对生活的态度上,便不是消极的反映,而是积极的感应。文学艺术应当反映社会生活现实,这是毫无疑问的,但这不是直观的、机械的反映,而应当是充分能动的反映。这种充分能动的反映,称作主体感应更为准确。反映是有限的,感应是无限的。感应可以超越一切时空界限,有主体感应,才有作家的理想,才有作家的预见,古今中外的东西才可能被作家主体所同化、所变形,这才是真正的美的再生产、再创造。谢林曾说:"一切有机过程的本质都在于它不是绝对的活动,而是以感受性为中介的活动,因为有机过程的持续存在不是静止的存在,而是不断再生产的过程……因此,这样的有机过程只能在外部力量的不断影响下持续地存在,有机体的本质就在于决定活动的感受性和感受性所决定的活动,而这两者必定会被统摄在应激性这个综合概念中。"①这就是说,一个作家仅仅意识到自己必须反映现实,象一面镜子似地(的)反映现实还是不够的,还应当以自己的精神主体为中介去感受现实,参与现实中各种人的情感经历,与笔下的人物共悲欢、共爱憎,去对客体进行审美的再创造。

超越性的第三个内容是超我性。自我实现不是一切归于自我。自我实现的需求与尊重需求不同。自我实现是为了实现自己的理想力量、智慧力量、道德力量和意志力量。为了实现自己这些主体力量,作家不承认外界的偶象,包括不承认自我的偶象;与此相应,作家不屈服于心灵之外的任何诱惑,包括不屈服于一己利益的诱惑。自我尊重的需求是作家在社会中有意识地回归自我,而自我实现的需求则不仅回归自我,而且把自我的感情推向社会,推向人类,在爱他人、爱人类中来实现个体的主体价值,此时,作家既有自我,又超越自我,而重心在于对他人的爱。作家的超越是无限的,主体性很强的作家总是把爱不断地朝着更深广的境界推移,而且最后总是达到一种高度的超我境界,这就是"无我"境界。达到这种境界的作家,就是他们身上已具有一种热爱人类的至情至性,他们的爱完全是超功利的,完全是自然而然的,他们在热烈地爱着、同情着,但自己已毫无感觉。作家最高的自尊感,最高程度的自我实现,就应达到这种忘我状态,这个时候,作家完全打破主体客体的界限,他我两忘,人我合一,自己完全进入一种超世俗的神秘的境界之中。在感情中获得一种奇妙的体验,这就是所谓情感的高峰体验。作家的"情不自禁",就是进入这种体验,在这种体验中,作家往往可以领悟到很多东西,可以获得宇宙感、哲学感,作家如果能获得这种体验,就会摆脱平庸,成为充满创造活力的大作家。(哪)怕短时间

① 《谢林全集》第3卷,商务印书馆,第222—223页。

获得这种体验,也会使作家得益无穷。作家的艺术创造,一般都要经过发现自我到忘其自我的过程,因此,从心理角度来看,作家的创造过程,可以说是一个自我——超我——无我的过程。

作家从内外各种束缚、各种限制中超越出来,其结果就获得一种内心的大自由,这就是鲁迅所说的,有一种天马行空的大精神,此时,作家的主体力量获得充分的解放,这就形成了文学创造最好的内心环境。因此,只有超越,才能自由。这种自由是作家精神主体性的深刻内涵。

作家的自我实现,既然必须通过自己的作品去感动人间这一途径,那么,作家就不能不负起社会的责任和历史的使命。因此,作家主体性的实现,除了自由意识之外,又必须有高度的使命意识。这种使命意识,一种是狭义的,好作家的作品必须对维持人类正常生活的道德规范和其他生活规范负责。另一种则是广义的使命感,这就是指作家的心灵必须与历史时代的脉搏相通,必须承担人世间的一切苦恼,承担历史留下的各种精神重担,因此,使命意识必然表现为深广的忧患意识,即先天下之忧而忧。作家的爱是无边的,他们的忧天悯人的情怀也是无边的。

忧患意识,不是个人的"患得患失"式的狭隘意识,不是自我哀怜的戚戚之心,而是与人世间的苦恼相通的博爱之心,是以人民之忧为忧的人道精神。鲁迅在《诗歌之敌》中批评一些学者不能理解诗人的一种最重要的特质,他说:"他们精细地研钻着一点有限的视野,便决不能和博大的诗人的感得全人间世,而同时又领会天国之极乐和地狱之大苦恼的精神相通。"①在另一篇文章中又说:"我时时说些自己的事情,怎样在'碰壁',怎样地在做蜗牛,好象全世界的苦恼,萃于一身,在替大众受罪似的。也正是中产的知识阶级分子的坏脾气。"②鲁迅这两段话,充分地表现出鲁迅是一个伟大的人道主义者,而且他道破了创造主体必须具备的最重要的精神,这就是作家诗人有一种超越封闭性自我的大爱,他的心灵必须与人民的心灵相通,他必须承担人间的一切大苦恼,承担人类的一切罪恶——"替大众受罪"的历史责任。由于作家诗人时时背负着这种情感的重担和精神的重担,因此他们总是象蜗牛似地(的)带着沉重的负担前行,并因此而常常牢骚太盛。这是诗人作家的痛苦处,也是诗人作家的幸福处和伟大处。我们是唯物论者,并不相信有什么"上帝",但是,如果"上帝"是指一种情感上的向往的话,那么,每一个有作为的诗人和作家,都应该有自己追求的"上帝",这个"上帝",就是爱,就是与全人间的悲欢苦乐相通的大爱。这种爱是超我的,超血缘的,超宗族的,超国界的。具有博大之爱的诗人作家,决不会只

① 《集外集拾遗·诗歌之敌》。

② 《二心集·序》。

爱自己，他们必定要超越自己，推己及人，把爱推向人民，推向祖国，推向全人类。他们能更深地理解人，并且相信，只要是人，他们的人性深处就必定潜藏着人类文明的因子，他们的灵魂就可以升华，就可以拯救，就可以再造马重建。

正是这种广义的使命意识即广义的忧患意识，成为古今中外优秀作家最核心的主体意识。人类历史上的一些深刻的、伟大的作家，都具有深沉的忧患意识，从司马迁、屈原到曹雪芹，从荷马到托尔斯泰，哪一个大作家不是充满这种忧患意识呢？杜甫的《茅屋为秋风所破歌》、《兵车行》，柳宗元的《捕蛇者说》，所以千古不朽，就在于他们表现出伟大深邃的忧患意识，放射出人道主义的不朽光辉。这些优秀作家有一个共同的特点，就是对人间的痛苦有一种特别的敏感，他们好象天生有一种特殊的神经，能够敏锐地感受天下细微的忧思，就象母亲天生地能够感受儿子心中的一切很小的哀伤，任何人世间的痛苦(哪)怕几乎是微不足道的痛苦，都会使他们不安，悲叹，甚至哭泣。他们往往比身受痛苦的人还要痛苦。而这正是作家最深邃的灵性，与世界之心、人类之心相通的灵性。刘鹗说，一切优秀的文学作品，都是在哭泣，都浸透着作家的眼泪。眼泪，正是人的灵魂的一部分。他说："灵性生感情，感情生哭泣。"《离骚》为屈大夫之哭泣；《庄子》为蒙叟之哭泣；《史记》为太史公之哭泣；《草堂诗集》为杜工部之哭泣；李后主以词哭；八大山人以画哭；王实甫寄哭泣于《西厢》；曹雪芹寄哭泣于《红楼梦》。因此，他得出一个结论："哭泣者，灵性之现象也，有一分灵性即有一分哭泣，而际遇之顺逆不与焉。"①钱锺书先生在《谈艺录》中提出"写忧而造艺"的命题，其深刻性就在于，作家只有写忧，只有深邃的忧患意识，才能把自己独特的、深层的灵性表现出来，也才能使这种灵性与人间的心灵相通，从而担负起推动历史前行的责任。

这种忧患意识之所以是一种历史使命感，就在于具有这种意识的作家，不是盲目地对待世界和现实生活的进程。忧患意识来自赤子之心，来自对真善美的追求，来自对美好理想的憧憬。由于他们有更美好的参照物，因此，他们能清醒地看到现实的不足和缺陷，清醒地看到历史的局限性。即使在现实生活进程令人满意的时候，他也一方面正直地礼赞这种进程，另一方面居安思危，看到社会进步中所隐藏的危险，因此，这种作家总是充满着变革现实的激情，总是充满着补天的欲望，时时提醒人们注意疗治社会和避免灾难。他们的心弦与祖国、人民以及整个人类的命运息息相通，无时无刻不关心着人民的命运。作家的精神主体性发挥到最高度的时候，在心灵上简直把自己代替了上帝。黑格尔说："苦恼意识是痛苦，这痛苦可以用一句

① 《老残游记自序》，《中国近代文论选》(上)，第214页。

残酷的话来表达，即上帝已经死了。”①这就是说，作家不再幻想什么彼岸世界，不再相信有什么神仙上帝可以补救人间的缺陷。补救人间缺陷的历史责任是每一个人都应当担负的，尤其是作为人类灵魂工程师的作家更应当负责。作家必须转向自身，求诸（之）自己，自己规定自己，自己实现自己，用自己的作品去关心人民的疾苦，去提高人民的精神境界，去塑造美好的灵魂，还应当鼓励人民从世俗世界的邪恶中超越出来，去创造美好的未来。

有的朋友会驳难说，难道写欢乐就没有历史使命感吗？写欢乐一般只能反映作家的表层情绪，杰出的喜剧家决不是为笑而笑的作家，在他们的笑声背后也一定有某种深沉的东西，他们的笑也一定连着笑声之外的某种眼泪。果戈理、契诃夫、鲁迅的小说都是“含泪的笑”。可以说，没有眼泪，就没有文学。至少可以说，没有眼泪，就没有深邃的文学。悲剧文学是这样，喜剧文学也是这样。有的朋友还会驳难说，难道写歌颂性的作品就没有历史使命感？不，我们应当歌颂一切光明的、进步的事业，歌颂光明的、伟大的时代，但是，这种歌颂达到深刻性也只有两种途径，一是被歌颂的对象之所以值得歌颂，一定是它某种程度上改变了人们苦难的命运，疗治了人们心灵中的某种伤痕，解除了人世间某种物质上与精神上的囚牢。总之，它已在克服人间忧患中立下历史功勋，只有这样歌颂才是深刻的歌颂，才赋予歌颂性作品以深邃的灵魂。另外，深刻的歌颂性作品还要提醒被歌颂对象的某些局限，关心伟大对象的命运，在歌颂中放入深邃的情感，只有这样，才不会使歌颂性的作品变成一种浅薄的田园牧歌式的作品。

我们要求作家应当具有历史使命感和社会责任感，这不是对作家的苛求，因为履行历史使命自身就是作家自我实现的一种方式。但是，作家履行历史使命和社会责任的时候，不是仅仅出于一种“理应如此”的需求，而是出于内心的需要，即“非如此不可”，领悟到这种外在的完成正是内在自我完成的途径，正是对自我本质的真正肯定，这样，历史使命感就化作自己的热血，自己的眼泪，一切履行历史责任的语言，都不是违心之论。这种状况，已达到“无意识”的状态，那么当他们去尽社会义务的时候，就达到完全自然的，也是完全真诚的状态。我相信，只有在这个时候，作家的创造主体性才得到充分的实现。

四

在艺术劳动中，艺术接受者的主体性，曾经被我们流行的理论所忽视，而如果不探讨艺术接受者的主体性，所谓文学的主体性将是不完全的。

---

① 《精神现象学》下卷，商务印书馆，第231页。

对接受主体的忽视，主要表现在两个方面，首先是把艺术接受者看成是被动的反映者，似乎接受者只是一面镜子，对艺术作品的内容只能进行“摄象式”的接受，因此，人们往往要求优秀的艺术作品应当产生立竿见影的良好效果，而社会生活中出现的不良倾向，也往往直接归咎于文艺作品的错误描写，认为生活中的某些坏人坏事乃是作品消极内容投射的结果。总之，忽视艺术的接受者同时也是创造者，忽视艺术传播的中介环节——接受者的创造批判的作用，从而取消艺术接受者的主体地位，这直接导致人们考察艺术社会作用时采用线性因果关系的逻辑方式，导致简单化倾向。其次是把艺术接受过程看成消极的受教过程，似乎接受者都是一些无知无识的群氓，象一团泥巴一样接受艺术圣手的揉捏。他们把艺术的功能仅仅理解为思想概念的灌输，看不到艺术的更深刻的意义——促使人性完善和发展的调节作用。总之，忽视艺术接受过程的自我实现机制，从而抑制了艺术接受过程的主体能力。这直接导致人们认识艺术社会作用的表面化和片面化倾向。过去某些鉴赏理论正是在上述两个方向上表现出自己的缺陷，即一是过份地强调艺术鉴赏的认识论性质，二是过份强调艺术鉴赏的思想灌输功能，从而导致接受主体性的削弱或失落。

今天，有必要在鉴赏理论中强调人的主体地位和主体能力的重要性，也就是说，我们的接受理论必须研究人的主体性的实现。这种实现包括两个方面：一是如何使接受过程成为自我实现的过程；二是如何使接受者成为审美创造者。我们关于接受主体的考察，就是企图从理论上阐明人在艺术审美活动中实现其主体性的机制，即自我实现机制和创造机制，以纠正过去鉴赏理论忽视人的主体性的倾向。

关于接受主体性的基本内涵，概括地说，就是指人在接受过程中发挥审美创造的能动性，在审美静观中实现人的自由自觉的本质，使不自由的、不全面的、不自觉的人复归为自由的、全面的、自觉的人，整个艺术接受过程，正是人性复归的过程——把人应有的东西归还给人的过程，也就是把人应有的尊严、价值和使命归还给人自身的过程。我们可以把艺术审美的这种效应，归结为人的本质的还原效应，也可称为艺术接受主体的还原原理。

在现实生活中，人由于受制于各种自然力量和社会力量的束缚，因此，往往自我得不到实现，自己不能占有自己的本质，自身变成非自身。苏轼在《临江仙》(“夜饮东坡醒复醉”)中发出“长恨此身非我有”的感叹，正是他意识到自身变成非自身的悲哀。这之前，庄周在《庄子·知北游》中也曾有过这种自身失落的意识：“舜问乎丞曰：道可得而有乎？曰：汝身非汝有也，汝何得有夫道？舜曰：吾身非吾有也，孰有之哉？曰：是天地之委形也。”庄子在这里感叹的是：人往往被外物所役，因此，身不由己，不能自主。这种情况便是人的主体性部分丧失或完全丧失。庄子、苏轼在诗文中作自身失落的感叹，正是对自身还原的呼唤。然而，在现实生活中，人往往对自身的失落并不自知——自己意识不到主体性的丧失。而艺术就在此时表现出自己的还原功能。人一旦进入了审美情境,就会使自己的尚处于沉睡中的主体意识甦醒,从而恢复这种意识,自己重新占有自己的自由自觉本质。以阿Q为例,在现实生活中,阿Q式的人们是没有人的地位和自由的,当人们要阿Q承认他是“虫豸”(非人)的时候,他连忙承认“我是虫豸”,此时他没有人的主体意识。当然他也知道自己并非虫豸(不是动物),而是人,但这仅有微弱的主体意识。此时他就不是完整的人,而是被扭曲的人。从总体上说,阿Q是几乎没有主体意识的,他至死也没有感到自己悲惨的命运,没有意识到自身的尊严和价值的丧失。而鲁迅所以要把阿Q这种现实个性典型化,写出一个活生生的阿Q形象,让人们看到阿Q的不正常,恰恰是要使阿Q式的同胞们恢复主体意识,把主体意识还给读者,使读者排除阿Q式的麻木,意识到自身的主体价值。此时,读者会获得一种最宝贵的东西,这就是人应有的尊严、价值和使命。

人类社会,今天仍然处于“前史”时代,这种社会总是有缺陷的。处于这种社会总体状态中的人,还不能充分地全面地占有自己的自由本质,作为客体的世界,还不是真正的人的对象,它对于人还只具有有限的价值和意义,它还不能把人应有的东西归还给人。而在艺术活动中,由于审美活动和审美关系的全面性和自由性,主体和客体不再处于片面的对立之中,客体成为真正的人的对象,并使人的全面发展的本质力量对象化。这就是说,人在欣赏艺术时,已从现实世界的各种束缚中超越出来,并以全面、完整的人的资格重新审视现实。在现实世界中,人处于世俗的纷扰之中,不能用全面发展的人的眼光看待现实,因此,也没有完整意义的人的感受。而在艺术活动中,人自身复归为全面的完整的人,便用充分发展的完整的人的眼光来看世界,因此,人能够重新发现自我,重新发现世界,在这一特定的时刻,自我和世界对他都会变成崭新的、陌生的天地。此时,人享受了人应当过的生活,获得人应当有的一切。于是,人的心境获得一种自由,一种解放,一种平衡。人类的神经经受几千年的种种磨难而仍然不会断裂,就因为不断地获得这种滋补,这种平衡,在这点上,艺术是有巨大的历史功绩的。这种复归并不奇怪,在现实生活中,人总是希望自己能征服自然、征服世界,但是,绝对地征服自然、征服世界又是不可能的。这就是说,人作为纯客体的对立物,它具有主宰世界的意识,它的主宰能力也在不断地扩大,但是,它却永远不可能主宰世界的一切。这种局限,正是人的特点,正是人区别于神的所在。也就是说,人总要受到社会和自然的限制,总是要感受到受限制的痛苦,因此,人总是要想办法来调节自己的认识和感情,超越这种限制。于是,他们就把审美活动作为一种超越手段,并通过它实现在现实世界不可能实现的一切。蔡元培先生在说明他提倡美育的美学根据时就一再说明审美活动的超越性特点,他自己也承认,他"最注意于美的超越性与普遍性"①。所谓超越,就是对"生死利害"这种现实意识的超越,是对现实中各种限制人的自由本质的束缚的超越。把艺术的发生看成是单因的,看成仅仅是"游戏"的,这是不够全面的。但游戏所以能说明一部分艺术发生的原因,就因为"游戏说"道破了审美活动的超越性本质。席勒说:"只有美才使全世界人都快乐,在美的魔力之下,每个人都忘了他的局限。"②这种见解无疑是有道理的。在审美世界中,人甚至把自己假设为能够征服一切、证实一切的上帝,以彻底地超越自己的有限性,肯定自身的无限可为性,这个时候,人的主体就变得更加丰富有力,对客体的改造就显得更加积极。此时正如马克思所说的:"人以一种全面的方式,也就是说,作为一个完整的人,占有自己的本质。人同世界的任何一种人的关系——视觉、听觉、嗅觉、味觉、触觉、思维、直觉、感觉、愿望、活动、爱,——总之,他的个体的一切器官,正象在形式上直接是社会的器官的那些器官一样,通过自己的对象性关系,即通过自己同对象的关系而占有对象。"③

这里应当指出,在艺术中,人对自身本质的占有,最根本是人对自己的自由情感的占有。人的还原,归根结底,是人的情感的还原,是人的本应有的高贵情感在人身上的凯旋,是人重新获得人的自由情感的快乐。文学艺术与自然科学及社会科学的各学科相比,它的优势就在于它能更充分地占有人的情感本质,在情感领域上获得自我实现。没有比文学艺术更尊重人的情感的东西。因此,在艺术活动中,人的还原,实际上是感情的神圣地位得到确认,是感情的存在得到充分尊重,是人自觉到情感的合理性,人间情谊的合理性。宗教与艺术的区别,正是在对待情感的问题发生分歧。艺术是最尊重人的全面感情的(包括自然欲望、情绪、社会性情感),艺术以解放人的情感为自己的使命,教人从情感上认识人的伟大性,教人从情感上占有自身的全面本质;而宗教则以自己的整个体系来限制人的全面情感,特别是人的自然情欲(包括爱情),认为它是非法的、恶的,因此,应当实行苦行主义与禁欲主义,愈能够禁欲,愈能够压抑自然情欲,就愈能得到上帝的喜欢。宗教也讲爱,可惜它的爱只表现在社会性情感的有限部分,如怜悯和同情弱者等,而不承认人的情感的全面神圣地位,不能把爱贯彻到对人的情感的各个层次。这就是神道主义与人道主义的不同之处。因此,彻底的人道主义,就只有在文学艺术中才能实现。

从总体上说,接受主体性的实现,是使人获得自我实现,使人的非自身复归为自身,把人应有的全面情感归还给人占有。如果再具体化一些,这一总体内涵又可包括三个基本的方面:

---

① 《自写年谱》手稿,转引自高平叔《蔡元培年谱》,第25页。

② 席勒《审美教育书简》,《西方美学家论美和美感》,第180页。

③ 《1844年经济学哲学手稿》,《马克思恩格斯全集》第42卷,第123—124页。

(1) 把不自由的人还原为自由的人。人在异化劳动中,自身也被异化,从而充满着人生的痛苦,此时,它可能成为机器的附属物或者某种外在目的的工具,而在艺术世界中他们能够暂时获得解脱,可以给人以安慰。但是它与宗教有很大的差别。宗教对人的安慰一般不带此岸性。它通过彼岸世界的虚幻性目标来规范此岸世界的现实性行为,因此,它只能给人许诺一个未知的天堂,一个虚设的极乐的彼岸。而在此岸,宗教则要求人们忍受现实的折磨和痛苦,并要人们通过对情感的自我抑制来适应这种痛苦,因此,宗教总是引导人们安贫乐道,逆来顺受,不断地忏悔,不断地扑灭做人的一切合理的要求,这样,宗教就不可能给人以应有的自由情感,不可能实现现世的人的还原而只能实现"来世"的人的还原,但这就等于虚无。与宗教相比,艺术则明显地带有此岸性。如果说,宗教在彼岸把人应有的东西还给人,那么,艺术则是在此岸把人应有的东西归还给人。艺术所以在此岸,是因为艺术为人开辟的自由的土地,是存在于现实世界中,(尽管是带暂时性的土地),它使人在有缺陷的现实世界中无法获得的东西可以在这块土地上获得——即可获得一种暂时的心灵解放的体验即自由的体验。这种体验,就是情感的复归。即使作品写的是现实的痛苦,甚至是比现实还要集中、还要强烈的痛苦,但从心理学的角度上,读者观众也会因此而获得一种情感的宣泄,一种郁结于心头的情感能量的发散。艺术接受者的痛苦感和沉重感,并不是消极物,相反,它能积极地转化为人的自主意识,强化人的主体力量。艺术常给艺术接受者两种心理机制,一(种)是补偿机制,一种是激发机制。所谓补偿,是指艺术所展示的比之客观生活更完美,这给艺术接受者一种情感的补偿,使他们在有缺陷的世界中找到一种理想之光,在黑暗王国中找到一线光明。而激发机制则是指艺术作品所展示的是畸形的、丑恶的世界,它给艺术接受者以异常沉重的审美感觉,这种痛苦感觉凝聚成一种情感核,它的"裂变"和"爆炸",便激发艺术接受者的反省能力和改造环境及改造自身的能力,使其主体力量充分发挥出来。因此,痛苦感也是一种人性复归的强大心理动力。

(2) 把不全面的人还原为全面的人。人处于现实社会中,尽管已取得人的地位,但是由于社会的分工,人被迫从事单调的、重复性的劳动,因此,人的发展往往是片面的,不充分的,不完整的。李泽厚同志曾经说明两种人性的片面性,他说,一种是把人性等同于动物性,这种片面性将导致纵欲主义,这是对人性的感性异化;另一种片面性则是把人性看成是一种自觉的道德要求或规范,那就是把人性等同于神性,把人性看成了神的、宗教的,完全排除了人的感性的动物性,把人性等同于社会性。这是把人性变成一种外在的强加于人的东西,这将导致禁欲主义,这是对人性的理性异化。李泽厚同志所讲的这两种情况,都使人成为片面的人,不完整的人,文学艺术当然不应当助长这两种片面性,而应当克服这两种片面性,使人变成全面的人。

(3) 把不自觉的人变为自觉的人。艺术欣赏的过程,实际上又是一个自我发现的过程。读者和观众在艺术形象中找到自己,并与之发生心理对应效应。此时,艺术接受者可能发生自己的潜在力量。经过这种发现,就会自觉地调动这些力量。除了潜力的发现之外,也可能发现自身未曾发现的不足,从而自觉地进行补充。这样,人就离动物性愈来愈远,愈来愈具有理性和自觉性。但是,自我发现最重要的是发现人自身有一个无比丰富的世界,这就是人的情感世界。这个世界深邃、壮阔,有着无穷的奇观,除了文学艺术(外),人没有其他办法发现和认识自身这个气象万千的情感世界,这个灿烂而神秘的内宇宙。人变成自觉的人,这是一个无限的动态过程,是一个不断地自我发现、自我升华的过程。自觉性的水平是千差万别的,人对无限深广的情感世界的发现程度也是千差万别的,但愈是认识得深,就愈自觉。

以上我们所阐述的是接受主体的自我实现机制。但接受主体性的实现还有赖于接受主体的另一种机制——创造机制,即欣赏者的完善的审美心理结构,以发挥审美再创造的能动性。马克思曾说:"忧心忡忡的穷人甚至对美丽的景色都没有感觉;贩卖矿物的商人只看到矿物的商业价值,而看不到矿物的美和特性;他没有矿物学的感觉。因此,一方面为了使人的感觉成为人的,另一方面为了创造同人的本质和自然界的本质的全部丰富性相适应的人的感觉,无论从理论方面还是实践方面来说,人的本质的对象化都是必要的。"①马克思这段人们所熟知的话告诉我们一个非常重要的真理,就是人在艺术活动中不一定都能还原为全面的丰富的人,这里需要一个条件,这就是主体。条件这种主体条件,就是艺术欣赏者必须具有审美能动能力和审美创造能力,即必须具有"音乐的耳朵"、"审美的眼睛"等人的审美感觉系统,也就是审美心理结构。按照马克思的见解,这种心理结构,带有与人的本质相适应的极大的丰富性。我们的鉴赏理论不应当忽视了这种主体条件,不应当忽视艺术接受者在审美过程中的创造机制,不应当忽视人的审美心理结构的培养和建设。②

审美心理结构,不是消极的受动物,不是机械性、工具性的接受器,而是充满着人的能动性和人的创造性的灵魂工程。它不仅是外部的音乐的耳朵,外部的观照万物的眼睛,而且是审美的内听觉、审美的内视觉,是审美的内在自由感受机体和自由想象机体。贝多芬耳朵聋了之后,能继续创造出最伟大的乐曲,就是依靠他的审美内听觉。世界上所以能出现荷马、弥尔顿这种伟大的盲诗人,并不奇怪。艺术欣赏者如果具有这种内感觉能力,就具(有)强大的审美心理结构,他们一旦进入情感领

① 《1844年经济学哲学手稿》,《马克思恩格斯全集》第42卷,第126页。

② 《美国作家论文学》,三联书店,第382页。

域,就进入最自由的境地,并能充分地发挥自己的想象力,让情感上天入地的(地)自由驰骋。人的情感不需要有充分的理性根据,它不受形式逻辑上的充分理由律的限制,只要有健全的审美心理结构,就能充分地占有自己的本质,把自己变成更充分发展的人。具有强大的审美心理结构,不仅能占有情感的自由性,而且能占有艺术的假定性,即能通过幻想、幻觉、通感、怪诞、夸张、神话、传说等假定性手段来实现超现实意识的可能性,从而创造出一个具有审美特性的新现实。假定性使人不受客体的限制,它能使自身的有限价值在特定的时间中化为无限的价值,从而在最大的程度上占有自己的本质。

我国在一个相当长的时期内,艺术接受者的审美主体性所以失落,这是因为主体本身的审美心理结构受到严重的破坏,变得畸形化、简单化和粗糙化。就象谢惠敏式的人物,她本能地对某些带有性爱内容的小说感到恐惧,以至(致)认为《牛虻》是"黄色小说"。在中央电视台转播《安娜·卡列尼娜》时,有些观众感到困惑,感到不可思议,也是谢惠敏式的畸形的、残缺的文化心理结构所造成的心理障碍。这种畸形的、残缺的审美心理结构,从根本上扭曲了文学的接受主体性,使艺术接受者丧失主体审美能力,以至(致)本能地拒绝人性中许多优秀的东西,拒绝接受人类一切优秀文化遗产,本能地把一切人道主义的东西视为"封资修"。这样,这些艺术接受者就固守了自己的片面性,悲剧性地成为极不完整的人。

如果我们充分地注意接受主体性,并把注意力集中在艺术接受者身上构筑一个现代的、健康的、强大的审美心理结构,我们就将找到社会主义精神文明建设的关键点。精神文明,有开放性与封闭性之分,有建设性与防范性之分,有深层性与浅层性之分。深层性的精神文明的建设,就是要建设这种现代的、健康的、强大的内在动力系统,这就是深层的文化心理结构。一个人,具备了这种文明的内在审美机制,自然就会有吸收人类文化中一切优秀的遗产的要求,在真善美与假恶丑面前,就会有正确的价值选择,也自然就会有美好的品格,美好的行为,美好的语言。也就是说,语言美、行为美这些要求,不仅是一个外在的规范,而且成为一种内心的精神需求。一切美的、崇高的行为,就不是强制性的,而是自觉性的。也就是说,外在的表面的美的行为,就不再是靠社会的抑制机制来完成,而是靠人自身内部的激发机制来完成。所谓主体性,就是人对世界的理解和把握,而这种理解和把握,就是通过审美心理结构去理解和把握的。因此,人的主体性的实现程度,是与人的文化心理结构的完善及丰富程度成正比的。没有这种现代的、健康的、强大的文化心理结构,就没有人的一切美好的情感,接受主体性就会丧失,荷马、但丁这些艺术巅峰在他们面前就会视而不见,莎士比亚、巴尔扎克、托尔斯泰这些文学的灿烂之星在他们面前就会暗淡无光,贝多芬、莫扎特这些艺术圣人,就会被他们打入地狱,充满伟大人道主义精神的鲁迅就会被歪曲成“极左派”,充满着社会责任感、为追求真理而生活的科学家就会被视为“反动权威”而被打入“牛棚”,一切创造性的见解就会被视为“标新立异”的异端邪说,一切人类的优秀文学艺术遗产都会被视为“封资修”的东西而送入他们自己设置的荒唐的政治裁判所,一切低级下流的文化糟粕就会被视为珍宝。这样,就会斯文扫地,导致精神文明的崩溃。到了共产主义社会,就是劳动审美化的社会,那时的人,作为全面的、充分的人,他们就是具有完善化的审美心理结构的人,也就是用完善的审美心理结构去把握世界的人。美学是未来的伦理学,这个命题的意义,就在于未来的最高级的人类社会,必定是靠非强制性的手段去掌握人的,而这种自觉的手段,就是审美的手段,就是人自身的完善的审美心理结构。因此,具有完善的审美心理结构,既是人的创造机制,也是人的自我实现的机制,也就是接受主体性获得实现的根本所在。

五

艺术接受者的高级部分是文学批评家。文学的批评家与一般读者具有相同的一面,它首先是艺术的鉴赏者,第一步必须踏入鉴赏的王国。批评家没有权利疏远作品而作主观随意性的架空批评。批评家有义务比一般读者更忠实于艺术,更无私地、更严肃地、更客观地对待自己的批评对象。一个优秀的文学批评家,他任何时候都应保持对文学艺术的忠诚。文学批评是文学理论与文学创作两者之间的中介,这一地位,决定了文学批评家一方面应具有文学理论家的科学抽象能力,另一方面必须有作家艺术家的艺术感受能力。因此,文学批评家的审美心理结构至少必须是两维的,这就是理性文化心理结构与感性文化心理结构的结合。

由于批评家首先是作为艺术鉴赏者的资格与艺术发生联系的,因此,批评家与读者一样,它在欣赏作品的时候,就已摆脱人的不自由不全面的存在形式,而在更高的水平上重新创造了自己真实的存在,也就是说,它已经在文学欣赏中超越了现实意识的限制,恢复了人的主体地位,占有了人的自由本质。批评家与一般读者所完成的这种超越,如果我们把它界定为第一级超越的话,那么,批评家主体性的实现,还必须完成另外两级超越,这就是对作家意识范围的超越和对自身的主体结构和固有意识的超越。对作家意识范围的超越,是批评家的第二级超越。没有这一级超越,批评家的审美理想不可能获得实现。这种超越首先必须对作家及其作品充分地理解,并在此基础上,又以自己独特的审美观念(其最高层次的是审美理想)来解释作品,在解释中放入自身审美理想的投影,使作品获得升华,使作家在创作过程中涌现出来的一些非自觉的东西变成自觉的东西,即原来作家未意识到或未充分意识到的东西上升为自觉的充分意识到的东西,这个时候,批评家就从“入乎其内”到“出乎其外”,成为艺术的审美再创造者。他在这种创造中把艺术经验提升到抽象层次和提炼为某种理论形式,并被作家所吸收,但这不是作家创作的出发点,而是给予作家一种潜在启迪,并变成为积淀于作家心理世界中的个性化的因子,这种因子就在他们日后创作中起潜在的作用。

第二级超越的实现,首先要批评家应当充分理解作家。所谓理解作家,就是批评家对文学创作特殊规律的把握和对文学作品所创造的每一个特殊的艺术王国的把握,从而占有作家精彩的个性和美的本质。批评家只有在文学创作的特殊王国中获得了这种自由,才能踏入作家的心灵深处。批评家与作家的分离现象往往是由于批评家捉摸不到作家胸中的境界(当然也有作家无法理解批评家的某种更先进的审美观念,本文暂不论述这方面的问题),由于不能理解作家,批评家经常受到作家的攻击。这种现象似乎是国际性的。例如,美国小说家约翰·斯坦贝克谈到当代的美国评论时说:“恕我用词粗鄙,我认为当代的评论是一片臭气熏天的水坑。如果这样来看当代评论的话,我并不反对它的存在,不过应该让大家都知道,评论不过是人们在心情恶劣时玩的一种游戏。”这种分离现象,卢那察尔斯基用一个非常生动的比喻来说明,他说:“梅依林克有篇好童话,谈到一条蜈蚣。你们知道,蜈蚣是相当复杂的生物,有四十条腿,但是它虽然复杂,还是能够很好地行使它的生活机能。有这么一次,一只不怀好意的癞蛤蟆问它:‘可不可以向你提个问题?’——‘好吧。’——‘当你往前伸出你的第一条腿子的时候,你还有哪几条腿子同时往前伸出?当你弯下第十四和第十九条腿子的时候,你那第二十七条腿子的脚掌在做什么?’蜈蚣专心思索这些问题,再也不会走路了。不要把创作过程弄得干巴巴的。您想根据社会主义的良心,用艺术手法记下某个过程,你想描写斗争中的丑恶的或美妙的一幕,——如果你不知道怎样‘用辩证唯物主义’来干这个,难道您就得放弃这项任务吗?”①卢那察尔斯基这个例子告诉我们,批评家即使具有帮助作家的良好愿望,但教条式的批评,也会使作家手足无措,造成作家巨大的痛苦和混乱状态,连正常的写作都无法进行。卢那察尔斯基指出的现象,在我国解放后的批评界也是普遍的现象,这种现象的长期存在,也形成作家对文学批评的厌弃心理。因此,为了克服批评家与作家的分离现象,使批评家的主体性得以实现,有必要重新提出“理解作家”的问题。批评,就其前提意义上说,就是理解,就是理解作家,理解作品。这种理解,最重要的是充分尊重作家劳动的特殊性和创作的特殊规律。这些特殊性和特殊规律尤其值得注意的有下列三个方面:

(1) 作家的特殊心态和特殊的思维方式。作家的心态和批评家的心态不相同,

---

① 《卢那察尔斯基论文学》,人民文学出版社,第65—66页。

批评家偏于理性,偏于逻辑,而作家则偏于情感,偏于非逻辑。作家的心态,如果我们不得不用一句话来概括,大体上可以称为非准则的心态。这就是在进入创作的高潮时,任凭自己的思潮汹涌,跟着自己笔下的人物走,如痴如醉,简直无法说明自己是怎样一种心境。甚至自己已经写出作品,还说不清自己是怎样一种思维过程。这就是所谓灵感的冲击。在古希腊时代,柏拉图把灵感视为一种迷狂状态,灵感等于神赐的迷狂;在十八世纪,灵感等同于天才,康德正是这样看待灵感的;而到了二十世纪,西方不少的美学家则把灵感等同于一种无意识的直觉。这种无意识的直觉,在创作中确实起了重大作用。在世界文艺学史上,有两种倾向表现得异常清楚,一种是否定灵感,极端地强调艺术准则的唯名论;一种是极端地强调灵感的纯粹直觉论。韦勒克在《文学理论》中认为两者应当中和起来,他说:“我们不能同意两种极端的观点:不能同意认为文学时代是一个实体,它的本质得靠直觉去把握的那种形而上的观点,也不能同意认为文学时代只是一个为描述任何一段时间过程而使用的语言符号的那种极端唯名论观点。极端的唯名论假说,时代的概念是把一个任意的附加物加在了一堆材料上,而这材料实际上只是一个连续的无一定方向的流而已。”①我国批评界几十年来强调的是极端唯名论,即从某种概念、精神、准则出发去剪贴材料,然后人为地拼凑成各种乏味的精神产品,而忽视了灵感思维在文学创作中的特殊作用。有些同志把“直觉”、顿悟、灵感思维笼统地说成低级的原始思维,恐怕是不妥当的。罗素曾指出灵感能够导致重大的科学发现,并认为它也是一种高级思维形式。他说:“这种神秘的情感如果摆脱各种没有根据的信念,并且不至于强烈到使人完全放弃日常生活事务的程度,那就可以产生某种非常有价值的东西……胸襟之开阔、态度之沉着、思想之深刻,都可起源于这种情感。”②如果说,灵感思维可以导致科学的发现,那么,我们完全可以说,灵感思维将在艺术发现中起着更加巨大的作用。(2)理解作家的情感特点。这是第一个特点的具体化。作家的创作活动是一种复杂的情感活动,批评家如果不能充分尊重他们的情感方式,也会发生分离现象。作家的情感表现出很多特点,例如真诚、偏激、不稳定性、不确定性、随机性等等,但从最一般的特点来说,作家的情感与批评家的情感相比,就有冷热之殊。作家的情感是热烈的,而批评家总是比较冷静。任何一个伟大的而不是平庸的作家,他们的感情决不是中庸性质的。车尔尼雪夫斯基说果戈理是“一个不知道有中庸的天才的热狂家;不是沉沉酣睡,就是生命沸腾,不是沉醉于生命的欢乐感,就是去受苦受难,如果二者都没有,就会感到沉重和苦闷”③。就以托尔斯泰和鲁迅来说,两个

① 韦勒克和沃伦合著《文学理论》,三联书店,第302页。
② 罗素:《宗教与科学》,第98—99页。
③ 《论文学的战斗传统》(译文集),上海新文艺出版社1953年版,第148页。

伟大的作家内心都充满着人类之爱，但是，一个宣布他要爱一切人，包括爱敌人，也就是宽恕一切，包括宽恕敌人，这是托尔斯泰；而另一个则是另一个极端，他宣布，我决不宽恕，致死也不宽恕，我要无情地报复敌人，这是鲁迅。这两种情感都非常偏激，但是，无法否认，这两位作家都充满着爱，都是伟大的人道主义者。我觉得作家偏激的爱，有三种最基本的形态。第一种就是鲁迅式的爱。这种爱的特点是与恨的互相融合，并强烈地表现为恨。但是，他的恨没有离开爱的母体，他的恨是爱的支脉，是爱所派生的，而唯其如此，他的憎恶，他的报复才是美的。他的报复主义其实正是他的人道主义的一种变形。第二种形态是冰心式的慈母之爱(这种爱的形态包括男女之间真挚的爱情)。这种爱是完全超功利的、纯然的爱，甚至是为爱而爱，可以说是不符合充足理由律的爱，说不清为什么爱的爱。第三种形态，则是“圣母式”的爱。这种爱者，把自己置于超人间的地位，具有一种“上帝基督”的精神，爱一切人，宽恕一切人，包括宽恕罪犯。他们悲天悯人，与一切痛苦的心灵相通，不仅承担全世界的苦恼，甚至承担着全人间的罪恶。他们把罪犯放到自己的笔下来拷问，不仅要拷问出他们的罪恶，而且要拷问出罪恶掩盖下的洁白。(3) 理解作家的独特的生活方式、取材方式和表现方式。莫泊桑说：“所有的作家，雨果和左拉一样，都曾坚持要求写作的绝对的权利、不可争辩的权利，也就是说根据自己的艺术见解来想象、观察。才能是来自独创性。独创性是思维、观察、理解和判断的一种独特的方式。……”又说：“完全不同的流派必然要运用绝对相反的写作方法，这是很明显的事。”①有些作家是属于“跑马”式的作家，他们必须经常到社会的各个角落以及到大自然的名山大川中去“跑”，去观察，去获得创作灵感和素材；有的作家则是“深挖”式的作家，他们不喜欢到处旅行，也不喜欢随意移动自己的生活基地，他们习惯于在某种范围内生活，充分地熟悉某一范围内的各种社会世相和社会心态。写过《岸》与《热的雪》等优秀作品的苏联作家邦达列夫，这样说：“文学创作是一件极其独特的工作。列夫·托尔斯泰没有专门出访过，但是他有天才的精神阅历，度过了颇为复杂的一生。伊万·蒲宁走遍了半个世界，但是，他创作的杰出作品并不是旅行记，而是有关他在异国所苦恋的俄罗斯，是他感觉得到的、念念不忘的、十分熟悉的俄罗斯。……我不明白，什么叫做为了创作而有意识地到处去收集素材。生机盎然的生活怎么能任人挑选，而不还其本来面目呢？我担心，这样做会出现一种危险，就象把丰富多彩、广阔无垠的生活画面硬塞进一个简单的、例证式的铁画框中去一样。外出采访不可能产生出长篇小说。”②象托尔斯泰这种通过“天才的精神阅历”而获得创作成功的作家，其实是不少的。事实

① 《文艺理论译丛》第三辑，人民文学出版社 1958 年版。

② 《苏联当代作家谈创作》，第 22 页。

上,每一个作家都有自己生活的“敏感圈”,作家在自己的“敏感圈”中,有自己独特的素材积累、情感积累,有自己的心灵体味过的许多动人的东西。作家在这个敏感圈中,完全处于自由状态,他能听懂这个敏感圈中独特的语言,能感知这个圈内各种情感的微妙差别和变异。这样,在无形中,作家便取得最基本的获得成功的外部自由的条件。如果强迫作家转移自己的敏感圈,作家身上全部精神机制就会处于无能为力的状态。

我们强调批评家在上述三个方面对作家的理解,归根到底,是要求批评家正确理解艺术活动中情与理的关系,充分尊重文学的情感性特点,充分尊重情感本身的特殊规律,承认情感的独立价值和地位,而不应当先入为主,用既定的观念和机械性的尺度来评价作品,硬把作品纳入自己先验的某种观念之中,人为地用外在的“理”去扭曲作家创作过程中的情感方式和作品中的情感特点,把违背作家情感方式和文学情感特点的“理”看成至高无上的东西。批评家只有当自己的“理”成为合情的“理”的时候,他才算通人情、通文学,才和创作不再分离,它的批评才是合规律性的,也才合批评家自身的主体性。

我们分析了文学活动中的一些分离现象以及批评家在克服这种分离中的作用,这样,实际上就说明了批评家的使命应当是一方面理解作家,使自己的心灵与作家同步,并同作家一样,有一个丰富的世界。批评家的自我实现,首先正是在克服这种分离中完成的。但批评家对作家的充分理解只是批评家主体性实现的基础,它并不是实现的全部。批评家主体性的实现,还应当超越作家的意识范围,即超越作家意识范围的局限,发现作家未能意识到的东西,从“理解”进入“发现”。托尔斯泰曾说:“真正评论的任务是发现并指出作品中的一线光明,没有它作品就一文不值。”①郭沫若也这样界定批评的本质意义,他说:“文艺是发明的事业。批评是发见的事业。文艺是在无之中创出有,批评是在砂中寻出金。”②托尔斯泰、郭沫若都证实批评的“发现”本质。这种发现就是在理解作家发明(创造)的基础上,“发现”作家自我意识没有达到的两个领域:一是作家对于自己的作品未必能意识到的价值水平(优劣得失)。“文章千古事,得失寸心知”,只是在一定的范围内才是真理,这就是作家在某种情况下比批评家更清醒地了解自己,傅雷在他的家书中说:“所谓‘文章千古事,得失寸心知’。往往认为自己的缺陷,批评家并不能指出,他们指出的倒是反映批评家本人的理解不够或者纯属个人的好恶,或者是时下的风气和流俗的趣味。”③作家比批评家更“知”自己的作品的情况是存在的,但是,傅雷所说的这种被

① 《同时代人回忆托尔斯泰》(上),上海译文出版社,第366页。
② 《批评与梦》,《郭沫若文集》第10卷,第118页。
③ 《傅雷家书》,三联书店1981年版,第155页。

时下的风气和流俗的趣味所束缚的批评家,恰恰是丧失了主体性的批评家,而有审美主体性的批评家不仅不被时下的风气和流俗的趣味所左右,并且一定与作家胸中的境界相通,甚至可能比作家更了解作家。这是不奇怪的,因为批评家如果站在更高的文化层次上,掌握更宏伟的文化参照系统,而且这些参照系统的深广度大大超过作家自己掌握的参照系统,批评家就完全能够发现作家自己未能意识到的得失优劣,但这需要批评家确实站得高。因此,郭沫若在谈论文学批评时特别指出:"批评家应该站得很高。"①茅盾也说:"批评家应当比作家具备更多方面的社会知识,更有系统的对社会生活的了解,更深刻的对社会现象的判别能力,然后才能给予作家以更有效的帮助。"②

批评家发现作家未意识到的部分除了作品的价值水平(优劣得失)之外,还有一个非常重要的发现内容,这就是要发现作家自身没有意识到或未充分意识到的但反映在作品之中的潜意识层次的内容。这种潜意识内容,在作家处于最好的创作状态时,被充分调动出来,并在作家不自觉的时候进入了作品,渗透在作品的各种元素之中以至整体结构之中,当作家停止高峰体验而形成作品时,作家并没有充分地意识到自己作品的全部意义。此时,批评家就可能超越了作家的意识范围,进入作家的潜意识世界,把作品的潜在意义充分地发掘出来,发现出来。杜勃罗留波夫曾说:"有时候,艺术家可能根本没有想到,他自己在描写什么;但是批评家之所以存在,就是为了说明隐藏在艺术家创作内部的意义……"③对作品的潜在意义,发现得愈深广愈好,如果能发现到作家自身感到"惊奇"的程度,就是最好的批评。上述杜勃罗留波夫的见解,冈察洛夫非常赞成。冈察洛夫承认批评家可以发现作家无法发现的东西,他说:"艺术家自己常常要借助细致的评论家,例如别林斯基和杜勃罗留波夫,才看出其意义来。"他还承认,作家本身很难兼有完全自觉感知自己的能力,他说:"在作者本人身上结合着强有力的客观的艺术家和十分自觉的批评家,这是颇为罕见的。"④批评家的可为性正是在这点上建立起来的,即它可以发现作家自身未能自觉到的潜在意义。任何作家都不可能意识到自己全部潜在的力量和它外化于作品中的多种意义和它的丰富的内容。作家创造一个形象,这个形象的信息量总是大于作家意识到的范围。已经被作家说尽的形象未必是成功的形象,倒是可供不断补充、不断审美再创造的形象才是成功的形象。总之,批评家在作品中获得了艺术发现,并向作家说明和灌输这种发现,以至推动作家前进并在实际上创造着作家。这

① 《话剧要增加些浪漫主义》,《郭沫若文论选》,第86页。
② 《新的现实和新的任务》,《茅盾文艺评论集》(上卷),第110页。
③ 《黑暗的王国》,《杜勃罗留波夫选集》第1卷,新文艺出版社,第248—249页。
④ 《外国理论家作家论形象思维》,第107页。

就使批评家赢得了主体价值。批评家的这种升华,从主体需求的角度来说,就是批评家不再是艺术符号的消极解释者,把批评等同于注释(注释需求);也不是从一个理论前提出发去阐发某些文学现象的意义,把批评当成演绎(演绎需求);也不仅是从某些具体的文学现象概括出某些理论观念,把批评视为归纳(归纳需求);尽管这些都是批评的一部分。批评家还要求在批评实践中自我实现,这就是审美理想的实现。这种实现,是批评家在坚实的科学批评基础上,在上述多种需求的基础上进行审美再创造,在批评中表现出自己的独特的审美理想、审美观念,使自己的评论也成为一种凝聚着审美个性的"创作",就别林斯基对果戈理的批评一样,一方面表现对果戈理最深刻的理解,另一方面又创立了别林斯基自身特有的审美理想和文学观念。别林斯基的文章成为一种独特的文化,这就是他的批评"创作"。有了这种创造意识,批评家就不仅是作家的知音,而且是与作家并列于文艺王国中的另一种意义的作家。他的作品就不仅是"我注六经"(注释、分析作品),而且是"六经注我",批评中有自己的学说。这个时候,批评家的主体性发生了一种大的变化,从一重性变成双重性,一方面具有高级接受主体性,另一方面又兼有创造主体性。有了这种主体性的批评家就会有科学的良知和艺术的良知,在任何时候,都会对文学艺术和自己的人格负责,他决不人云亦云,成为其他批评家的号筒;也决不迎合俯就,成为读者的工具;也决不无原则地吹捧,成为作家的喇叭;也决不成为某种标语口号的鼓动者,左顾右盼,随风转向。他有思想,能够筛去一切空话、谎话、套话,而实实在在地讲他真切感受到的东西。这种批评文章既通文学,又通人情,读了这种文章,总是容易使正直的读者共鸣,使读者获得一种信任感,这种批评家必然表现出对作家的真挚的爱,他不是审判官,而是作家最真挚的朋友。他不是准备与作家分享各种桂冠的光荣,而是随时准备与作家一起承担各种痛苦、寂寞和忧伤,甚至承担各种挫折与罪恶;他不仅能与成功的作家的心灵相通,也能与失败作家的心灵相通。他们在批评作家的错误时也会想到自己的责任,想到自己有义务帮助作家完成从失败向成功的转化。

批评家除了实现上述两级超越之外,还必须实现第三级超越,这就是对自身的超越,即自身的再创造。所谓对自身的超越,就是批评家对自己的业已形成的审美心理结构以及固有的审美意识在某种程度上的超越。这个过程就是批评主体在批评实践中获得了改造,实现了自身部分的重新构建或质的飞跃,这个过程大体上是批评家先进入他所探寻的艺术世界,然后对这个世界进行反思,这种反思最初是他们用固有的审美理想作为参照系统进行反思,但在反思中,他发现了自身的不足,于是又对这种反思进行反思,即对反思的参照物——审美理想进行反思,从而获得新的文化基因,并把这种基因积淀到自身的心理结构之外,使自我的文化心理结构发生了变化。

这个过程,如果借用皮亚杰的认识发生论来说明,就显得更为明晰。按照皮亚杰的理论,人的认识是在主体与环境互相作用的过程中实现自组织的动态系统的。那么,文学作品在批评家头脑中的反映决不是一种机械的、被动的反映,而是经历了批评家的心理组织过程,然后对作品的刺激作出相应的美感效应。这种心理组织效应包括对刺激的"同化"和"顺应"两种机制。这两种机制的作用,便引起批评家内部的审美意识图式的变化。皮亚杰说:从生物学的观点来看,同化就是把外界元素整合于一个机体的正在形成中或已完全形成的结构内。在一般含义中,食物的同化借化学的转化来完成,使得食物变成有机体的物质组成。同化作用保证了内部图式结构的连续性和新的元素整合入结构之中,但是,在人的认识发展过程中,单有同化的作用,认识结构还不能发生根本性的变异,因此,如果同化没有它的对立面——顺化,它就不会自身单独地存在。在一定条件下,内部图式会发生变异,以适应现实,这就是顺应。皮亚杰说:"在行为的领域内,我们把同化性的格式或结构受到它所同化的元素的影响而发生改变称之为顺化(即顺应)。"①我们借鉴皮亚杰的这些理论来观照批评家的心理组织过程,即可了解,批评家的主体能力在批评实践中充分发挥的时候,也充分地发挥他对客体的同化顺应能力。即一方面批评家主体同化了客体(作品),作品被自己的审美眼光所穿透,即被自己的审美理想所溶解。此时,是批评家以自己固有的审美意识图式去同化作品,以适应作品传达的信息,如果新信息的刺激不足以打破原来的审美意识图式,就不会产生裂变,原来的图式就不会被根本改造,只发生量变。但是,如果作品的刺激异常强大,以至强大到必须涨破原来的审美意识图式才能适应作品的客观现象,批评家内心的图式就不得不改变。这实际上是主体在与对象的接触中,又被对象所影响,所感动,此时,主体的部分本质就被客体所占有,所改造,在无意中(批评家自身不一定发现,未意识到)主体结构发生了顺应性的变化——主体结构的原质中产生了异质,变成了新质,这样客体又创造了新的主体结构。(发生了质变,或部分质变),经过这样一个重组过程,新的主体就超越了旧的主体,新的审美意识就超越了旧的审美意识,即完成了批评家的自身再创造,现时这种完成,使批评家的审美意识图式提升到更高的审美层次,进入批评的更高境界。

批评家高度地自我实现时,批评一方面表现为科学,一方面又表现为艺术,而且是从科学走上艺术——把批评看作是一种艺术,一种美。这种变化的关键点是批评家注入自己的情感,在作品中获得一种类似作家的心灵体验,批评家进入这种体验

① 《西方心理学家文选》,人民教育出版社,第431页。

时，批评就不再是批评家的工具（物）——外在的世俗的器械，而是批评家内心的热烈需求（人）。这个时候，批评家把作品展示的艺术世界化为自己的心理世界，自我与艺术世界融合为一，主客体的界限顿然消失，于是批评家超越了自我而达到忘我境界，此时，批评就从技术转化为以情感性为主的艺术，就如庖丁解牛，从必然境界走入自由境界，走向悟道的特殊体验境界，这个时候，批评家便显示出自己的全个性，形成自己的独特的批评风格，实现了自身的主体性。在这一点上，大批评家的思维境界与大科学家相似。象哥白尼、爱因斯坦这样的科学家，可以说，都从科学境界进入艺术境界。但他们不是把科学和艺术放在同一境界，而是把艺术放在更高境界，他们由于对科学的高度熟悉、高度热爱，并通过自己壮丽的想象力和奇妙的假说，使自己超越了一般感觉，甚至超越了一般科学家的客观感觉，从而进入一种神秘的心灵体验，把人的主体性投射到客观对象之中，在对象世界中左右逢源、游刃有余，从而获得一种对自由本质的占有，一种神秘的捕获到美的喜悦，此时，科学就变成了美。批评家主体性的充分实现，也与此类似。他们能以作品为媒介，通过自由联想和自由想象，使自己超越了作家的眼界和感觉，超越了作家的意识范围和作品提供的现实限度，也超越了自身的种种一般感觉而达到对美的冲动性的神秘的体验，以至发现作家未发现的东西，感悟到宇宙人生的潜在真理。此时，批评就不再仅仅是科学，而且（是）变成一种艺术，批评家再也不是批评“匠”，而是真正的悟道的批评“家”，从而在更高的水平上实现了自身的主体性。

六

我们在本文中初步讨论了人在文学作品中的对象主体地位，又进一步探讨了人在整个文学活动里的主体地位（创造主体性和接受主体性）。后两种主体性质，不具有那种对象主体在文学中的被反映性，它是人在全部文学实践中（包括创作、阅读、批评等等）的主动性，或者叫做人理解和把握现实、超越现实和升华文学作品的能动地位和力量。强调人的创造主体和接受主体地位，同恢复人的对象主体地位相比较，从理论层次上说，更内在、更丰富、也更艰巨。我们全面地探讨主体性的目的，就是要使我们的文学观念摆脱机械反映论的束缚，踏上更广阔、更自由的健康发展的道路。

以“再现”或“反映”的观点来解释文学现象的本质，可以追溯到相当早，譬如古希腊的赫拉克利特和亚里士多德等人的“摹仿说”之类。但文学反映客观世界的理论真正确立并左右文学思潮，还是十八世纪欧洲自然科学发达、唯物主义思想在哲学里争得主导性地位之后的事。所谓十八世纪的唯物主义，就是借鉴当时的自然科学成果，开始把“上帝”或“造物主”之类的先验观念从人的头脑中剔除出去，承认

“我们自己所属的、物质的、可以感知的世界，是唯一现实的；而我们的意识和思维，不论它看起来是多么超越感觉的，总是物质的、肉体的器官即人脑的产物。物质不是精神的产物，而精神却只是物质的最高产物，这自然是纯粹的唯物主义”①。文学上最初的“现实主义”概念，是同这种“唯物主义”哲学观的性质一致的。与唯物主义哲学观奠定了近、现代从自然科学到社会科学的整个人类文化的观念的基础一样，现实主义也继历史上的古典主义和浪漫主义之后，成为一百多年文坛上空前强大、影响最广泛的文学观念。可以说，整个世界的近代文学的发展，无论从横向的体裁分类成就看，还是顺历史演变的纵向轨迹考察，都印有现实主义文学观的痕迹。而且，即使从今天的眼光评价，这一文学观念的理论内核仍然有相当的合理性，以反映论作为哲学基础的文学理论体系将继续焕发出生命的活力。

问题是，我们不能因为反映论哲学观的历史合理性和理论合理性，便把建立其上的现实主义理论凝固化和片面化。它应该随着人类文化观念的不断演进而逐步更新，注意现时代文学内外日新月异的种种变化，纠正自身历史上的偏颇和不足。从根本上说，这正如恩格斯所指出的：“真理是包含在认识过程本身中，包含在科学的长期的历史发展中，而科学从认识的较低阶段上升到较高阶段，愈升愈高，但是永远不能通过所谓绝对真理的发现而达到这样一点，在这一点上它再也不能前进一步，除了袖手一旁惊愕地望着这个已经获得的绝对真理出神，就再也无事可做了。这不仅在哲学认识的领域中是如此，就是在任何其他的认识领域中以及在实践行动的领域中也是如此。”②作为文学反映论，自然不可以例外。

所谓反对把文学反映论凝固化，是要说明，以反映论为基础的现实主义文学观，本身就不是抽象的，而是一个历史的发展过程，现实主义文学观在不同的时代各有其特点。早期的文学反映论，是和唯物主义的幼稚形态即机械唯物主义的水平相适应的。正如在笛卡儿看来“动物是机器一样，在十八世纪的唯物主义者看来，人是机器”③。这一时期的作家，以法国的巴尔扎克、福楼拜和左拉为代表，其文学反映论受实证论、应用科学以及实验和解剖医学的影响较深。他们强调作家真实、精细地观察和摹写事物，大都停留在描写感觉经验和忠实于细节，其主要倾向是一种“纯客观”的主张。例如左拉把“如实”再现自然看成是文学的生命，说：“真实感就是如实地感受自然，如实地表现自然。”因此，他认为“观察的才能要比创造的才能更为少见”，因此也就“更难得、更可贵”④。当时的作家一般都相信个人观察力的可靠性，

① 《马克思恩格斯选集》第 4 卷，第 223 页。

② 《马克思恩格斯选集》第 4 卷，第 212 页。

③ 《马克思恩格斯选集》第 4 卷，第 224 页。

④ 参见左拉《论小说》，《古典文艺理论译丛》1964 年第 8 辑。

如福楼拜曾说:“一个真正的艺术家不能是坏人;他首先是一个观察者,而观察者的第一特质,就是有一双好的眼睛。”①由于对人的感觉器官的信赖,早期的现实主义作家开始把文学的透镜转向社会现实。他们比古典主义、浪漫主义作家更重视作品内容的真实可靠性,这种文学对社会的烛照,反过来也就强化了作家心灵的对象化效应。但是,具有很高的智慧的作家如巴尔扎克,已经在初期的现实主义里开始不满于把作家看作是一面平庸摹写现实的镜子。他朦胧地觉察出,作家这面“镜子”有一般“平面镜”所无法具备的特殊能动性,即“他心中应有一面难以明言的把事物集中的镜子,变幻无常的宇宙就在这面镜子上面反映出来;否则,一个诗人,甚至一个观察者,都是不能存在的;因为他不仅需要看见眼前的事物,还要想起过去的事物,用经过选择的语言表达自己的印象,用诗的形象的全部魅力美化它们,或者将最初的感觉的生动性赋予它们”②。恩格斯很赞赏巴尔扎克当时这种直觉的却无法说清的个人能动力量。恩格斯当时把现实主义的内涵,规定为除了细节的真实之外,还要真实地再现典型环境中的典型性格,其中无疑溶入了巴尔扎克的强调文学超越平庸摹写现实、重视作家主体作用的文学观念。这是比早期现实主义,尤其是比左拉等人的自然主义文学理论更生动活泼和更富于能动性的见解。

在早期现实主义和短暂的自然主义时期之后,文学反映至今大体经历了以下几个发展阶段:一是批判现实主义。这主要以从十九世纪后半叶到二十世纪初的英国、俄国小说为代表。这一时期的作家如英国的狄更斯,虽然也与早期现实主义一样追求“无情的真实”,但已发现作家反映现实的能力有高低之分,不再简单地相信自己的眼睛。他曾说:“一件事,据一种观点看起来是夸张,换一种观点,就成了显明的真理。同一个景象,一般所谓远视眼可以从中看出无数的特点和意义,而近视眼却看不见。”③而俄国作家们更把人的主体作用看作是真实反映现实过程中的不可缺少的“催化剂”。也就是说,如果作家的主体意识没有相当的发展水平,那所谓“反映真实”是不可能的。车尔尼雪夫斯基后来在论证文学“忠实地再现生活”的职责时,也提到过作家自我磨砺观察力是不可缺少的前提工作。他认为托尔斯泰取得伟大成功,原因之一是由于托尔斯泰毕生致力于“自我深省和不倦地观察自己的努力。只要我们注意地观察旁人,就可以研究人的活动规律、激情的变化、事件的联系、种种环境与关系的影响。但是如果我们不去研究只有在我们自身的意识中才能观察到的内心生活活动最隐秘的规律,仅仅通过上述途径获得的全部知识是既不深刻,也不准确的。谁不以自身为对象来研究人,谁就永远不会获得关于人的深邃的

① 《包法利夫人》,李健吾译本,第388页。
② 巴尔扎克:《〈驴皮记〉初版序言》,《欧美古典作家论现实主义和浪漫主义》第二册,第106页。
③ 狄更斯:《〈马丁·恰则尔威特〉序言》,《欧美古典作家论现实主义和浪漫主义》第一册,第307页。

知识”①。在这一时期,人们已觉察出作家的主体水平高低、感触精粗、思索深浅等等是决定作品反映现实的真实程度的不可忽视的杠杆,但是,限于当时科学发展水平,暂时还不能准确地说清所谓“作家主体”的丰富内涵。

第二个阶段是所谓的“超现实主义”。这是在第一次世界大战后欧洲兴起的文艺思潮,是对“批判现实主义”的超越。文学反映论受当时哲学界非理性主义潮流的推动,把再现的对象由社会现实逐渐转向人的深层意识活动。当时法国人勃勒东在一九二四年发表《超现实主义宣言》时,申明其宗旨是要把人的意识从形式逻辑和社会理性的桎梏中解放出来,要“旋转下降”进入探索自我中的秘密和隐蔽的领域。他们想探求文艺的源泉和人生的真正源泉,也就是如何最真实地反映人的自身和现实本身的问题。法国诗人阿波里奈则反对作品对现实的机械摹仿,更注意二者的不同点。他在剧本《蒂雷齐亚的乳房》的序言里写道:“艺术不要照相式的摹仿。当人要摹仿行走的时候,他创造了轮子,轮子和腿并不相象。这样他就不知不觉地按照超现实主义行事了。”②到二十年代中期,超现实主义作家开始在政治上倾向革命。问题在于,超现实主义仅仅靠作家揭示人的深层心理来改造社会,毕竟也是软弱和狭隘的。后来这一文学流派逐渐绝对化地脱离了文学反映论的合理基础,纵容作家信笔涂抹和随心所欲,这就不再是激发作家的主体能动性,而从崇尚直觉主义走向了非科学的神秘主义的死胡同,神秘主义地把人的精神看作不可解释和理喻的彼岸,不利于启发主体力量,而是模糊和混沌了精神世界的内在机制。

第三个阶段是社会主义现实主义和革命现实主义。这一思潮是三十年代兴盛起来的。苏联十月社会主义革命之后,文学面临着新的现实和对象,除了旧社会遗留下来的腐败现象(外),还有大量的新生活展现在作家眼前。出于推动社会改造和革命的考虑,苏联文学界在三十年代举行的全苏第一次作家代表大会上肯定了如下新的文学观念,即社会主义现实主义要求作家从现实的革命发展中真实地、历史具体地去描写现实,同时艺术描写的真实性和历史具体性必须与用社会主义精神从思想上改造和教育劳动人民的任务结合起来。后来在我国逐渐流行起来的“革命现实主义”,是社会主义现实主义的变相提法,这是因为我国的新民主主义革命有着与社会主义革命不同的特点而从社会主义现实主义引申出来的文学观念。两者并无根本区别。这两种文学反映论强调无产阶级世界观对文学真实性的指导,实质也是突出作家主体能动性在文学反映现实过程中的制约作用。问题是,它仅仅把作家主体能动性局限在政治思想的层次上,而在审美层次上则又常常无能为力。其实,作为

---

① 车尔尼雪夫斯基:《列·尼·托尔导泰伯爵的〈童年〉、〈少年〉和战争小说》,《西方文论选》下卷,第427页。

② 《西方现代派文学研究参考资料》,黑龙江文学研究所,1983年,第39页。

一种观念形态，文学反映现实的深浅与正误，决不仅仅受政治观点一种主体因素的左右。所谓人的主体力量，应该是具有相当丰富内涵的范畴。

第四个阶段，把社会主义现实主义判定为真实地描写生活的历史地开放的体系。这是苏联文学界经过对社会主义现实主义概念的几次检讨和反省，为了弥补社会主义现实主义文学理念的偏颇而在七十年代提出的新解释。这种新观念的要点是："对社会主义现实主义艺术家来说，对不断发展的现实生活的客观认识是无止境的，在题材的选择以及采用足以表达生活真实的表现手法方面也是没有限制的。在所有这些方面，社会主义现实主义都是历史地开放的。"①这种新解释不再把作家的主观作用局限在政治一个方面，而是作为"客观和主观的协调一致的体系因而也是作为既在客观的艺术认识的可能性的意义上，也在它的表现形式的多样性的意义上讲的开放性体系的一种革新"②。其实，在目前文坛上，取"开放"姿态的并非仅社会主义现实主义一家，而是整个文学反映论的普遍发展趋势，人们的文学观念离开"如实摹写自然"的机械反映论已经相当远了。五十年代以来在拉丁美洲文学兴起的魔幻现实主义取得的世界性声誉，证明了"开放"姿态是焕发现实主义文学观的生命力的明智选择。魔幻现实主义把现实主义传统与现代派文学的主体精神结合在一起，用奇特、怪诞、虚幻的形式表现重大社会主题取得的成功，说明了与现实相比，作家主体能动性的发挥可以赋予文学反映论以丰富多变的色彩。

不过，站在艺术哲学和美学的高度看，"开放"的社会主义现实主义新体系主张"客观和主观协调一致"，并不完全准确。它认识到机械反映论的消极和呆板，承认作家主体是创作过程不可忽视的因素，无疑是正确的，但现代思维科学新成果告诉我们，在人类实践过程中，主体不是与客体"合二而一"或平分秋色的一部分合成物，而是人认识和反映客观对象的"中介"，就是说，人是通过主体思维来认识客体的。主体思维水平的高低直接确定了人们反映客体的程度，或者反过来说，外界客体对认识的决定作用是通过主体的内部机制和条件（譬如思维结构）来实现的。这是现代思维理论的关键。从认识发生学的角度说，人总是借助于历史上形成的认识成果（即认知结构）来把握客体的。客体可能只有一个，但不同的认识主体却总要按其实际具备的认知模式接收不同的信息，形成不同的认识。这些现代科学的新成果，迫使人们不能不把认识论研究的重点从知识的客观性问题转移到主体的能动性问题，从机械的如实摹写的反映论转换成人的主体论。这一转变使当前的科学体系带有过去所不曾有过的主体特征，所有尊重科学的人不能不承认这一大趋势。如果说，

① 《苏联现实主义问题论集》，外国文学出版社1981年版，第437页。
② 《苏联现实主义问题论集》，外国文学出版社1981年版，第436页。

过去的反映概念侧重于说明认识与客体的相符性、同一性，那么新的思维科学则更突出地揭示了人们能动地认识现实的机制，侧重阐明人的认识的选择性和创造性。这种从反映论向主体论的转移，不是要根本抛弃反映论的原则，而是对它的超越和补充。

长期以来，机械反映论在文学艺术理论中根深蒂固，远没有象自然科学那样重视主体能动性的意义。而某些不满足于机械反映论的艺术家们却已经从直感上觉察出主体能动性对文学反映论的重要性，不自觉地进行多种风格的创作尝试。文学内部和文学外部即整个自然科学的新变化逼（迫）使文学理论对长期占统治地位的机械反映论进行自我反思。通过反思，我们就会发现机械反映论有下列不足：

（1）没有解决实现能动反映的内在机制。机械反映论在论述文学反映客观世界的时候，往往只强调反映，而忽视了反映的各种不同的方式以及实现反映的创造机制，也就是说，把反映论片面化，只注意了客观的实在体而忽视了对客观实在体进行能动反映的感受体。这个感受体就是人的主体审美心理结构。感受体，是千差万别的，它充满着差异，充满着变化，充满着奇观。每一种感受体都是一个具有自主能力和创造能力的特殊世界。文学的丰富性，不仅导源于实在体的丰富性，也导源于感受体的无限丰富性，忽视了后者，忽视了文学的创造机制，就会使文学削弱其光彩。

（2）没有解决实现能动反映的多向可能性。机械反映论只认识到反映的正确与错误之分——正确的反映就能推动客观事物的前进，错误的反映就会影响对客观世界的认识而阻碍客观事物的前进。但是，仅仅认识到这点还是不够的。还应当看到，任何反映，包括正确的反映，都是相对的。它往往只能反映事物的某一侧面，不可能把握事物的全体。而被认为是误差的反映（如错觉、夸张、怪诞、变形、变态等）也可能反映事物的部分本质甚至往往会更深刻地反映事物的本质。文学艺术正因为有这种误差，才形成千姿万态的动人的美世界。人的想象力也正是在创造这种艺术世界中显示出自身的无限壮丽。

（3）机械反映论只注意了自然赋予客体的固有属性，而往往忽视了人赋予客体的价值属性。这种机械反映论往往割裂了主体对客体的认识、反映和评价，从而忽视了客体与人的联系，即忽视了客体于人有用的程度——与人的需求相适应的程度，即客体的价值程度和价值属性。价值观念是在主客体的联系中建立起来的。反映论只解决了人的认识，不能解决人的价值选择和情感意志的动向。机械反映论从客体上强调了事物的固有属性，忽视了价值属性，从主体上则强调了人的认识方面，忽视了人的情感意志方面。这种忽视是偏颇的。人既是实践主体，又是精神主体。人的主体性是历史实践范围内的主体性。人的物质实践是历史实践的外形式，人的精神实践是历史实践的内形式,人的历史实践是两者的统一,艺术实践活动也是两者的统一。因此,文学艺术不仅是对客体(现实世界)的再现、摹仿和反映,也是主体精神的外射;不仅是一种认识活动,也是一种需要和评价活动。

(4) 机械反映论在强调客体的客观性时,忽视了客体的主观性;而在说明人的时候,又只注意了主体的主观性,忽视了主体的客观性。机械反映论常常忘记了人既是主体,又是客体,特点是人的精神世界(即人的心灵自然,人的内宇宙),也是一种客观存在。人的情感意志系统既带有主观性,也带有客观性。因此,文学艺术对客观世界的反映,应当包括两个方面,一方面是对纯客观世界的反映,一方面是对人的主体世界的反映。主体论在把握世界的过程中更注意人的精神世界的自主性、能动性、创造性,而不是把再现现实生活变成"摄象式"的再现,避免机械决定论。

以上是我对文学主体性的基本内涵和实现主体性的基本途径的理论描述。这种描述仍然是初步的。文学的主体性问题,是文学理论建设上的一个大有可为的课题,它可以展示得极其丰富,这种展示可能会使我国的现代文学理论结构发生较大的变动,因此,这项工作不是一个人可以完成的。我一方面将继续探求,另一方面则先抛出这些初步的思考,以求得文学理论界的批评和指教,共同把我国文学理论系统推向前进。

——原载《文学评论》1985 年第 6 期、1986 年第 1 期

阿 城

文化制约着人类

立论于我是极难的事。例如近来许多人在议论创作自由,我却糊涂了多时。我在公开发表文字之前,也写点儿东西给自己,极少,却没有谁来干涉,自由自在,连爱人都不大理会。我想,任何人私下写点儿东西,恐怕不受干涉的程度都不会低于我,何以突然极其感奋于创作自由?尤其在宪法修改之后,他人不得随意抄检别人私人物品的今天。但若以此立论,我必遭抨击无疑。幸亏仔细再想,大家感奋的创作自由,实际可能是发表自由,但将两者混为一谈。人有许多习惯,其中之一是若得到珍宝,或有所创作,便要示人,从其中得到满足,雅一点的说法是知音。我在未发表文字前,上面所说的习惯很弱,认为自由写的东西若能满足自己这个世界,足够了,没有绝对的必要大事张扬。后来发表文字了,定的标准是若承认自己有要发表的自由,就要承认别人有发不发表的自由,不好只强调单方面的自由,否则容易霸道,当然更没有只许别人说好的自由。那么,除了质量低劣的文字之外,有什么不可发表的呢?其中大约有例如题材方面的原因。那么发表自由是不是应该具体为例如题材自由?我私下想到一些题材,自己的回答就是否定的,不大会有发表的自由。若自己在家写写玩儿,或留或弃,创作上是自由的,不必求发表,因此问题总要具体地去想,限制明确了,才不会有无边的热情,或称之为妄。我初学写作,发表不多,对创作自由尚不知深浅,没有什么发言权,作如上说,只因为我是一个习惯限制的人,不大习惯自由。我的父亲在政治上变故之后,家中经济情况不好,于是在用钱上非常注意不买的限制,连花五角钱的梦也做不出。父亲的日记被抄去,于是小小年纪便改掉了写日记的坏习惯。现在政通人和,可惜已养不成写日记的习惯。所幸后来慢慢悟到限制的乐趣,明白限制即自由。例如做文章,总要找到限制,文章才会做好,否则连风格都区别不开。鲁迅是极好的例子。《庄子·徐无鬼》中讲到一个故事,说有一个善用斧的人能削去另外一个人鼻上的白粉而不伤其鼻,技术很是高超。后来宋元君听说了,便找来使斧的人请他表演一下。善使斧的人叹说不行,因为鼻上涂粉的那个人死了。使斧的人的自由，建立在鼻上涂粉的人的限制之中。《庄子》中庖丁解牛的故事，更是说明庖丁因为清楚牛解剖上的限制，才达到解的自由。老子讲无为而无不为，其中无为就包含限制的意思，懂得了无为，才会无不为，才有自由。父母花了钱送小孩子去学校，就是要他们先去学许多限制，大了才会有创造。有人钟情于艺术，或学舞蹈，或学音乐，或学美术，或学电影。正因为艺术有其门类艺术语言的限制，才有各种门类。不可互相代替，比如若能用文字写出一幅画，使文字的限制代替画的限制，那画便没有存在的理由。世界的丰富令我们欣喜，实在应该感谢因为有各种限制。

最近又常听说，我国的文学，在本世纪末将达到世界文学先进水平。这种预测以近年中国文学现状为根据。我也许悲观了，总觉得有些根据不足。我的悲观根据是中国文学尚没有建立在一个广泛深厚的文化开掘之中。没有一个强大的、独特的文化限制，大约是不好达到文学先进水平这种自由的，同样也是与世界文化对不起话的。听朋友讲，洋人把中国人的小说拿去，主要是作为社会学的材料，而不作为小说。是不是这样当然待考，但我们的文学常常只包涵社会学的内容却是明显的。社会学当然是小说应该观照的层面，但社会学不能涵盖文化，相反文化却能涵盖社会学以及其他。又例如人性，是我国文学正深掘的领域。人类的欲望相同，人性也大致相同，那么独掘人性，深下去文学自然达到世界水平。道理是讲得通的，我却怀疑。用世界语写人性，应该是多快好省的捷径，可偏偏各语种都在讲自己的语言的妙处。语言是什么？当然是文化。英语以其使用地域来说，超种族，超国家，但应用在文学中仍然是在传达不同的文化。常听有作者说，在语言上学海明威，学福克纳，我不免怀疑。仔细去读这些作者的作品，发现他们学的是海明威、福克纳作品的中文译者的语言。好的翻译家其实是文豪，傅雷先生讲过翻译的苦处。我想：苦就苦在语言已是文化，极难转达，非要创造一下，才有些像。这种像，我总认为是此文字所传达的彼文化的幻觉。那么，这里就有了极险的前提：假如海明威作品的中文译者的译笔不那么妙怎么办？即使妙，能说那是海明威的语言吗？我常常替别人捏一把汗。再说到人性，文学中的人性，表达上已经受到文字这种文化积淀的限制，更受到由文化而形成的心态的规定。同为性欲，英人劳伦斯的《查泰来夫人的情人》与笑笑生的《金瓶梅》即心态大不相同；同为食欲，巴尔扎克的邦斯与陆文夫的美食家也心态大不同。若只认同人类生物意义上的性质，生物教科书足矣，要文学何干？鲁迅与老舍笔下的人性，因为文化形成与其他民族不一样，套用经典说法，才会成功为世界文化中人性的“这一个”。

由此，文化是一个绝大的命题。文学不认真对待这个高于自己的命题，不会有出息。我们这个民族是个多灾多难的民族，我们的文化也是这样。本质的东西常被歪曲，哲学上的产生常在产生之后面目全非。尤其是在近世，西方文明无情地暴露着我们的民生。戊戌变法、辛亥革命、五四运动，无一不由民族生存而起，但所借之力，又无一不是借助西方文化。中西方文化的发生与发展，极不相同，某种意义上是不能互相指导的。哲学上，中国哲学是直觉性的，西方哲学是逻辑实证的。东方认同自然，人不过是自然的一种生命形式；西方认同人本，与自然对立。东方艺术是状心之自然流露，所写所画，痕迹而已；西方艺术状物，所写所画，逻辑为本。譬如绘画，中国讲书画同源，就是认为书与画都是心态的流露痕迹。题材甚至不重要，画了几百年的竹，竹也就不重要了，无非是个媒介，以托笔墨，也就是心态在笔墨的限制下的自然流露。这样，西方绘画的素描、透视、构图、色彩，若来批判中国绘画，风马牛不相及。五四运动在社会变革中有着不容否定的进步意义，但它较全面的对民族文化的虚无主义态度，加上中国社会一直动荡不安，使民族文化的断裂，延续至今。“文化大革命”更其彻底，把民族文化判给阶级文化，横扫一遍，我们差点连遮羞布也没有了。胡适先生扫了旧文化之后，又去整理国故，但因带了西方的逻辑实证态度，不但在“红学”上陷入繁琐，而且在禅宗的研究上栽了跟头。逻辑实证的方法确是科学的方法，但方法成为本体，自然不能明白研究客体的本体，而失去科学的意义。我们对自己文化的研究所缺正多，角度又有限，难免形成瞎子摸象，局部都对，但都不是象。譬如禅宗，自从印度佛学被中国道家改造而成中国禅宗之后，已是非常高级的文化，但我们对中国文学与绘画的研究，缺少这种文化与哲学的研究，于是王维的田园诗便多避世意义，画论中的“意在笔先”也嚼成俗套。又譬如中国的性文化，至汉唐已极其发达，反而是我们现在谈虎色变，很不文明，羞羞答答地出一些小册子，只知结构，不成文化状态。再譬如《易经》的空间结构及其表述的语言，超出我们目前对时空的了解，例如光速的可超。这些，都是因了中国哲学与文化中含有的自然的本质。对中国文化的批判，虽可借用西方的方法论，破除例如封闭的现状，但方法不是本体，否则风马牛不相及。须知，就其封闭来说，世界文化便封闭在地球这个星体上，中国文化不过是整体中的部分。人类创造了文化，文化反过来又制约着人类。闭关锁国倒还在其次，重要的是心态的封闭习惯意识。人类的封闭意识是普遍的，只是中国文化须与世界文化封闭到一起，才是我们所要求的先进水平。常说的知识结构的更新，对中国文化的重新认识应该是重要的一部分。

若将创作自由限定为首先是作者自身意识的自由，那就不能想象一个对本民族文化和世界文化认识肤浅的人能获得多大自由。即使例如题材无限制，也如百米跑道对所有人开放，瘸子万难跑在前列。文化的事，是民族的事，是国家的事，是几代人的事，想要达到先进水平，早烧火早吃饭，不烧火不吃饭。古今中外，不少人已在认真做中国文化的研究，文学家若只攀在社会学这棵藤上，其后果可想而知。即使写改革,没有深广的文化背景,也只是头痛写头,痛点转移到脚,写头痛的就不如写脚痛的,文学安在?老一辈的作家,多以否定的角度表现中国文化心理,年轻的作家,开始以肯定的角度表现中国文化心理,陕西作家贾平凹的《商州初录》,出来又进去,返身观照,很是成功,虽然至今未得到重视。湖南作家韩少功的《文学的“根”》一文,既是对例如汪曾祺先生等前辈道长中对地域文化心理开掘的作品的承认,又是对例如贾平凹、李杭育等新一辈的作品的肯定,从而显示出中国文学将建立在对中国文化的批判继承与发展之中的端倪。这当然令我乐观,但又与前面的悲观成为矛盾。我说过,立论于我是极难的事。

——原载《文艺报》1985年7月6日

刘登翰

会唱歌的鸢尾花

——论舒婷

1981年秋天,舒婷把她刚写完的《会唱歌的鸢尾花》(下称《鸢尾花》)给我看。舒婷写诗一向不大经意,她不是那种“苦吟派”。但她说:“《鸢尾花》整整写了一个多星期,写完以后象大病了一场。”如果留意一下报刊,便会发现,舒婷的作品在1982年春天以前大约已经全部发完①。事实上《鸢尾花》是她个人生活面临一个新的转折时在创作上的一次总结。两年来围绕她作品展开的“关于新诗发展道路问题”的争论,已趋于白热化。某些离开论题本身过于廉价的捧场和过于尖酸刻薄的挖苦,都使这位初涉文坛的女诗人,逐渐从激动、不安转为淡漠。这是她性情的一次转变,反映在诗中便是从早期比较浮泛的热情,走向冷凝的深沉。《鸢尾花》概括地体现出她在此之前创作的主题,她的感情气质和艺术追求,她的生活经历和她逐渐意识到的使命感和悲剧感,包括她的弱点和不足。不必否认,《鸢尾花》是写她自己;她也是我们诗坛近年难得的一朵“会歌唱的鸢尾花”。写完这首长诗之后她便主动搁笔,这固然有多方面的原因(并非个人的和属于个人的),但更多的却是出于希望重新冷静思考的自觉要求。直到三年之后她重新执笔时宣称:“让我从三年前那段尾声开始吧!”②她的过去已经成为“历史”;而她的重新开始是这段“历史”的继续,尽管这个“开始”未必有太多全新的意义。本文将沿着三年前她那最后一声歌唱,来寻索一下这位当代诗坛争论最多的女诗人的感情世界,她有过的艺术创造和可能面

① 舒婷这一时期的作品,除了收在《双桅船》(上海文艺出版社)的四十七首,收在《舒婷、顾城抒情诗选》(福建人民出版社)中的二十一首外,比较重要的还有发表于《上海文学》的《黄昏星》《在故乡的山岗上》,《萌芽》的《芒果树》,《文汇月刊》1982年2月号《读给妈妈听的诗》和《人心的法则》,《诗刊》1982年2月号《会唱歌的鸢尾花》和《花城》1982年诗增刊的《黄昏剪辑》,发表于《绿风》1982年1月号的七首诗,则是舒婷1981年底最后的一次“清仓”。

② 《以忧伤的明亮透彻沉默》,见《当代文艺探索》创刊号。

临的困难。

单纯外观下的丰富内蕴:舒婷诗歌的观照方式

《鸢尾花》是一首爱情诗。这是每个读者都能够作出的判断。但是,现代艺术的复杂性恰恰在于:每一部有着丰富内涵的作品,都不是一个简单的平面体,它存在复杂的、多维的层次和空间。舒婷最早的成名作《致橡树》也是一首爱情诗;但饱含着作者主观感情的"橡树"和"木棉"这两个意象,都超出了爱情本身。透过爱情,舒婷所要表达的,是她对理想的人与人关系的一种向往:

我如果爱你,
绝不象攀援的冰霄花,
借你的高枝炫耀自己,
我如果爱你,
绝不学痴情的鸟儿,
为绿荫重复单调的歌曲;
……

在复杂的人际关系中,爱情是最能够揭示出人的内心世界的一种。它受着人类文明的制约,受着历史传统和社会政治、经济、伦理诸种因素的影响。由于权势(政治)和财势(经济)的干扰,结合的双方往往变成主导和从属、统治和被统治的关系,而失去爱的本质。舒婷在这里否定的一种爱情观是依附:如冰霄花之于高枝,痴情鸟之于绿荫;另一种爱情观是奉献:如泉源送出慰藉,险峰衬托威仪。它们都以压抑或牺牲一方为爱的前提,反映了长期封建社会在我们民族心理中的一种历史积淀。她所追求的是爱的双方彼此的平等:"我必须是你近旁的一株木棉,作为树的形象和你站在一起。"这个平等的基础是彼此的人格独立,形态可以迥异,"你有你的铜枝铁杆","我有我的红硕花朵",但都必须是"树的形象"。只有这样在人格价值上的各自独立,才能有在真正平等基础上的相互扶持。这才是真正的爱。这样,舒婷在《致橡树》这首诗的爱情外观上,蕴涵的是追求人格独立与尊严的思想内核,是一个更广泛也更深刻的主题。

这是舒婷诗歌普遍的一种观照方式。经过十年浩劫走过来的舒婷这一辈诗人,和建国初期继承解放区诗歌传统发展起来的诗歌观照生活的方式,有很大的不同。他们一般很少对生活场景进行直接的、客观的描摹(这种描摹我们经常从李季和闻捷的作品里读到),也不大习惯以一个阶级的代言人身份,带着强烈的思辨色彩和理性逻辑的力量,高屋建瓴地进行叱咤风云的预言和号召(这种预言和号召我们从郭小川和贺敬之的某些作品中常常听到)。他们观照生活的方式往往是首先锲入自己的内心,通过内心的映照,来辐射外部的世界。因此,他们作品所表现的这个外部世界,往往带有强烈的主观性、情绪性和象征性。在这里,诗和现实之间存在一个中介,这就是诗人自己。黑格尔在论及诗的本质时曾经说过:“造型艺术要按照事物的实在的外表形状,把事物本身展现在我们眼前;诗却使人体会到对事物的内心的观照和观感。”①这种内心的观照方式,是诗歌艺术区别于造形(型)艺术,也区别于其他叙事艺术的本质特征;尤其是对于以充分显示诗人精神个体性为特点的抒情诗,更是如此。从心理学的角度看,外部的客观世界,只有进入诗人的内心生活,转化为一种特殊的情感化了的经验(直接的或间接的),或一种情绪化了的意念(理想、信仰、追求等等),才能以诗人精神个体性的方式,重新显示出来,升华为诗。在这里,诗人的内心世界是生活和艺术的交溶(融)点、触发点和升华点。诗人带有强烈主观意识地去选择和感受大千世界复杂丰富的信息,在自己内心转化为一种精神状态的东西,然后以适宜于这一精神内容的独特形式,艺术地表达出来,便成为了诗。正因为这样,黑格尔才一再强调:“诗的出发点就是诗人的内心和灵魂”;“抒情诗的中心点和特有内容就是具体的创作主体,亦即诗人”。“他的唯一外化(表现)和成就就只是把自己心理话说出来。”②按照黑格尔的意思,作为生活和诗中介的这个诗人的内心世界——诗人的自我,不仅是创作的主体,而且是创作的客体。诗人所描绘(抒发)的是他自己;他是通过描绘(抒发)他自己来表现他所感受到的外部世界——这个外部世界所给予他的情感化和情绪化了的经验和意念。

舒婷的诗歌,一开始便遵循着这种“内心的观照”方式(不管她自觉不自觉),因此,她的创作,也比较地接近抒情艺术的本质。她写自己在这个激荡跌宕的历史波折中,个人的悲哀、惆怅、渴求、希望和欢乐。她从一只搁浅在礁岸上的小船,感受到现实和理想难以弥合的痛苦(《船》),在一片落叶中,体味到生命永远向上的主题(《落叶》),由一盏亮着的灯,寄寓着友情的温暖的力量(《当你从我窗下走过》),透过沉默如铁的礁石,激起追求和献身的热情(《礁石和灯标》)……她的诗经常以爱情的外观出现,因为在爱情里最容易倾诉出内心的隐衷。但作者所要表达的又不仅止于爱情,而是她整个的人生态度。这一切都带着强烈的个性色彩和内心感受的特点,但犹如那枚鹅黄色的珠贝,透过它个人独特经历的感受,我们从中听到的是大海的涛声:呜咽或者呼啸。

这里我们还看到:当舒婷以一颗温柔善感的女性诗人的心去体味生活,并把自己体味到的这个温柔善感的内心世界倾诉出来,她的诗歌的外观往往比较单纯,而

---

① 黑格尔《美学》第三卷下册,187 页。
② 黑格尔《美学》第三卷下册,192 页。

她所蕴涵的内心感情的层次,又往往极为复杂。以内心观照为特征的现代艺术——不仅是诗,几乎都具有这种特点。诗人选择作为具象来表现的,只能是内心体验到的生活的某一侧面,而他(她)用来观照这一侧面的内心,则是“全方位”的;他(她)被这一具体的生活侧面(题材或素材)所激起的心灵震荡,也是多层次的。这样,在舒婷(还有她同代的一些青年诗人)的诗歌里,就存在着单纯的外观和丰富的内涵这样的二重性。他(她)写爱情,表达的是对人生关系的理想追求;她写友谊,激荡的是她对人的价值和尊严被漠视的愤懑;她写自己的寂寞和骄傲,同时也是倾诉一代人对于这种落漠(寞)命运的不满和抗争……诗人在选择某一具象为题材来倾诉自己内心时,也在超越这个题材本身的囿限,寻求自己内心世界尽可能广阔的“全方位”呈现。

在舒婷(的)作品中,这种诗的外观和内涵的二重性,表现得最为复杂的莫过于《鸢尾花》。关于这首诗有两点值得一提的背景。一是它写于作者结婚前夕;二是围绕她诗歌的难以调和的争论已经进行了两年多。“我的名字象踢烂的足球在双方队员的脚边盘来盘去,从观众中间抛出的不仅有掌声、嘘声,也有烂果皮和臭鸡蛋。”①她因激动而麻木的内心有一种山雨欲来的平静,在渴想静思之前便有一种表白的愿望。这样,这首写于她个人生活转折前夕的诗,便自然地以爱情的外观出现,但所要表达的却是超出爱情的整个人生。象她过去许多诗那样,她借助的只是爱情这种便于倾诉的蕴藉的抒情方式,而真正激荡在诗中的是她对自己这一代人经历的回忆,她的艺术追求、人生态度和献身激情。诗中一再出现了她过去作品里的许多意象,如永远清醒的“大海”(《致大海》),每天背起的“十字架”(《在诗歌的十字架上》),不在花瓶上描曳的“三角梅”(《日光岩下的三角梅》),负着枪伤仍要横越冬天的“野天鹅”(《白天鹅》),留下脚印给后人签署通行证的“池招”(《献给我的同代人》),应声而来让祖国重新命名的“女儿”(《遗产》)……这些意象,犹如古诗的用典,唤醒读者情绪上对那些作品的回忆而进入这首诗中,从而使这首诗有了更丰富、复杂的内蕴,有了主题的多向性和多义性。这样我们透过这扇以爱情为外观的感情的窗户,看到的是作者内心一个更趋完整的世界。舒婷诗歌的观照方式,便这样显示出它蕴涵丰厚深沉的艺术魅力。

《温柔宁静和骚动不安:舒婷诗歌形象的二重性》

《鸢尾花》有着舒婷诗歌一贯温柔典丽的抒情风格:

在你的胸前
我已变成会唱歌的鸢尾花

① 《以忧伤的明亮透彻沉默》,见《当代文艺探索》创刊号。

你呼吸的轻风吹动我
在一片叮当响的月光下

这是一个温柔宁静的抒情形象,是舒婷在她过去作品中一再表现过的那个充满女性温馨的抒情主人公。聪明,机敏,蕴藉,体人,温柔中带点狂悖,优雅典丽的美有时因为淡淡的忧伤而更凄惋(婉)动人。如在《春夜》:

我不知道有这样的忧伤,
当我们在春夜里靠着弦窗。
月光象蓝色的雾了,
这水一样的柔情,
竟不能流进你
重门紧锁的心房。

一种失落的空旷感衬托出心灵温柔的充实。《鸢尾花》也有这样的特征。和舒婷过去作品中表现过的爱情不同,这是一种实现了的(而不是失落了的或追寻中的)爱情。当诗中抒情主人公偎在爱人胸前,做着"宁静的"、"安详的"、甚至是"荒唐的"和"狂悖的"梦,享受着"呼吸的轻风"那最温馨的一刻时,心灵却在经历着一场风暴。不仅有不肯退却的"往事","小声而固执的呜咽着",还有意识到的现实的使命感,和预感到未来必须付出巨大代价的悲剧感,在心头撞击:

等等!那是什么?什么声响
唤醒我血管里腥(猩)红的节拍
……
那是什么?谁的意志
使我肉体和灵魂的眼睛一齐睁开
……

于是,这个最宁静的时刻,同时变成了最不安的时刻,这个被爱的"宽宽的手掌"覆盖的温柔的形象,与柔情同时升起的,还有对时代和民族,对命运和未来勇于承担的自负和自许的激情。这两种相互抗衡的情绪,互为表里地统一在她的诗歌中,构成她作品很强的感情的张力场。

舒婷诗歌的抒情形象,常常具有这样的二重性:在温柔宁静的外表中,涵盖的是一颗骚动不安的灵魂。温柔和宁静,只是这个抒情形象的外在感情形态,由历史和现实所唤起的内心崇高而痛苦的骚动,才是它的精神内蕴。

这是舒婷构成她诗歌抒情形象丰满的一种艺术手段。她很少简单地表现一种单一的情绪,即便是在比较纯粹的爱情篇章中,如《雨别》、《自画像》等,也总是从相对立的另一种情绪的异向发展中,找到它们统一的焦点,在痛苦中写甜蜜,在相聚中写离别，从而使自己作品的抒情形象立体地站在读者面前。

这种我们姑且称〔之〕为复合的抒情风格，从舒婷最初的创作中便出现。《致大海》是舒婷发表较早的作品。这首多少还带有模仿痕迹的少女之作，继承前辈诗人吟咏大海的浪漫主义英雄主题。但坎坷的现实使这位早慧的诗人感受到的英雄情绪带有悲剧色彩。诚然，海是浩阔的，它引来无数英雄和诗人"由衷的赞叹"；但海同时是险恶的，引人讴歌的，海涛曾把无数青春的"足迹"和远征的"风帆"秘密埋葬。海在闪烁它的"光荣"和"伟大"时，并存着"血腥"和"罪恶"。这是舒婷当时感受到的现实。因此她写道：

从海岸到巉岩，
多么寂寞我的影；从黄昏到夜阑，
多么骄傲我的心。

这里包含着两种对立的感情因素：寂寞和骄傲。寂寞是由于对时潮的不肯苟同；而骄傲则是对于不肯苟同的自己的自信和自负。它们忧伤但绝不颓唐地统一在舒婷诗歌的抒情形象里。

问题是应该怎样看待舒婷这一时期作品中常有的这种忧伤。舒婷这一辈作者，是带着他们这一代人的精神特征走向文学的。他们的青春开始在十年动乱之中，每个人都经历过自己从狂热的迷信到痛苦的觉醒，从苦闷的徘徊到勇敢的叛逆这样曲折复杂的心理历程。因此，他们开始于"四人帮"时期的创作，往往是从抒写自己青春的失落——同时也是国家和民族的失落，和不甘于这种失落的追求开始的。有的人把这种情绪化为慷慨的高歌，有的人则将它咏为凄惋（婉）的忧郁，它们既是个人的，又是时代的，体现着在那个特定年代里或清警、或朦胧的觉醒。

这种复合着个人和社会双重因素的忧患意识，是这个时期舒婷诗歌形象最基本的感情内核，是她那颗骚动不安的灵魂最基本的思想因子。沿着"影"的寂寞和"心"的骄傲这条感情脉络，舒婷一方面抒发着她来自于现实的忧郁，另一方面又表达着她不甘于这种忧郁的追求。在其他作品中，无论是《船》里对不甘监禁的灵魂飞翔的向往，还是《呵，母亲》里对内心感情炽烈却又不能尽情倾吐的痛苦表白，抑或《秋夜送友》等无数题赠诗中，对那些才华卓著却又命运困顿的心灵的抚慰，都在这种复杂矛盾的双重情绪的对抗中，揭示出她诗歌抒情形象那既为个人不幸哀伤，又为时代命运感慨的忧患重重的内心。

一九七六年十一月，舒婷为悼念诗人郭小川的不幸写了《悼》，她用过去少有的明晰的语言写道：

请把你没走完的路，指给我，
让我从你的终点出发，

请把你刚写完的歌，交给我，

我要一路播种火花。

这是她创作的一个新的开始。这个给历史带来剧变的大悲大喜的金秋，也给她带来感情的深刻变化，使她那处于朦胧状态的个人和社会复合的忧患意识，和虽然仍困难重重但充满希望前景的现实结合起来，形成一种逐渐意识到的一代人的使命感。《悼》之后她又写了《这也是一切》(1977)、《祖国啊，我亲爱的祖国》、《遗产》(以上1979)、《一代人的呼声》、《献给我的同代人》、《群雕》、《风暴过去以后》、《土地情诗》、《流水线》、《在诗歌的十字架上》(以上均1980)、《礁石与灯标》(1981)等。在这些诗里，她努力把个人的悲喜、追求，和对现实的感知结合起来，在国家和民族的历史发展中，寻找和确定个人的位置与价值。那首受到普遍赞扬的《祖国啊，我亲爱的祖国》，其思想艺术力量不仅在于作者以别出心裁的意象，出格而又入情地描绘了我们灾难深重、但充满新生希望的祖国，而且还在于作者是把自我摆在这历史与未来相交错的现实的复杂层次中，来进行思考。因此，这个为祖国“伤痕累累的乳房”喂养大的“迷惘的”、“深思的”、“沸腾的”抒情形象，便是一个超越了作者“自我”的，有着普遍概括意义的一代人的形象。

这仍然是一个复合着两种对抗情绪的抒情形象。历史与现实，古老与新生，失望与希望，贫困与富有，眼泪与笑涡……这一切都交织在这个充满理想主义信心的形象之中。虽然她也经历过风暴，但知道“不是一切大树都被暴风折断”，虽然她也曾面临深渊，但相信“不是一切深渊都是死亡”，她正是从这艰难的现实中“孕育着未来”的希望。这种清醒的认识，使这个充满奋斗激情的理想主义形象，同时弥漫着一种壮烈的悲剧感。这不是悲观主义，而是意识到在实现理想的过程中，可能遭到的挫折和必须付出的代价。这种复合情绪构成了舒婷后一时期诗歌抒情形象骚动不安的内心。她大量社会意识强烈的作品，都反复表现这样的主题，抒写抒情主人公这一复杂的感情层次。这种情绪越到后来越强烈。如果说在《一代人的呼声》(中)，表现的还只是“为了祖国这份空白”和“为了民族这段崎岖”而“追求真理”的单纯愿望，到了《献给我的同代人》则意识到实现这一愿望可能必须付出的代价，诗中抒情主人公呈现出一种献身的激情：

为开拓心灵的处女地

走入禁区，也许——

就在那里牺牲

留下歪歪斜斜的脚印

给后来者

签署通行证

在《礁石与灯标》,这首无论从情致到意象都堪与《致橡树》相比美的姐妹篇,感情的复杂层次不仅有以往爱情诗的温存、慰贴,也不仅有《致橡树》对人格独立与相互扶持的理想寄托,而是将这种寄托化为曲折境遇中的现实:

站在我的肩上,
亲爱的——
你要勇敢些。
黑色的墙耸动着逼近,
发出渴血的、阴沉沉的威胁,
浪花举起尖利的小爪子,
千万次把我的伤口撕裂。
痛苦浸透我的沉默,
沉默铸成了铁。
假如我的胸口,不能
为你抵挡所有打击,
亲爱的,你要勇敢些。

当舒婷在倾诉这一缕缕庄严的、甚至悲壮的思绪时,她依然让自己保持着一贯温婉可人的抒情气质;她的抒情主人公依然是一个充满女性光辉的温柔宁静的形象。她不是那种冷峻的思想家,而是借助爱的温婉倾诉,和读者交流着久蕴心中的严峻忧虑和思考。

作为这时期总其成的《鸢尾花》具有上述形象的二重性。偎在爱人胸前娓娓倾诉的抒情主人公,那温婉而骚动的内心,不仅有初获爱情的纯真、甜蜜,还有来自个人和时代的忧患和坎坷,有意识到自己在历史发展中的使命,“我的名字和我的信念/已同时进入跑道/代表民族的某个单项纪录/我没有权利休息/生命的冲刺/没有终点,只有速度”,还有预感到“扭动触手高声叫嚷:不能通过”的反复,和由此升起的准备“不当幸福者”的决心,与子弹飞来“先把我打中”而失去爱的痛苦,以及在更广阔、永恒的爱中获得再生的骄矜与慰藉。这种复合着爱的追求、忧患意识、使命感和悲剧感的献身激情,由于理想的照耀“升起一圈淡淡的光轮”,使这个温柔宁静的抒情形象那骚动不安的内心,呈现出一种崇高的美来。正是在这一点上,舒婷的诗歌才以它真挚、深沉而丰富的抒情形象,打动读者。

人的尊严和价值:舒婷诗歌感情的理性支柱

无论(是)从艺术气质还是(从)风格个性上说,舒婷都是一个情感型的诗人。她曾一再申明:我不是一个思想家。的确,逻辑的、思辨的理性思维,从来不是她创作的推动力。尽管当后来,整个民族和它优秀的知识分子,都由于历史的大曲折,普遍焕发出理性思考的光辉,文学也进入了一个以反思为特征的历史新时期,舒婷在她的诗歌里,理性思辨的色彩由于这个潮流也有所加强,但总是使人感到有点捉襟见肘。这并不妨碍她有时也写出一些漂亮而深刻的句子,如《黄昏剪辑》的某些章节:

马尾松恳求风,
还原它真实的形状。
风继续嘲笑它。
马尾松愤怒地
——却不能停止它的摇摆。

这个意象包含着相当深刻的现实概括和哲理意味。但读者从这个形象体味出的深刻思想,仍然不是思辨的逻辑力量,而是对意象本身的领悟。也即是说作者深刻的思想内核依然是隐藏在意象本身的内在张力上,而不在形象外部明晰的逻辑中。这是舒婷的风格。对于她说来,珍贵的不是思辨的逻辑,而是审美的直觉。诗人对生活的评判和思考,都渗透在对形象的感悟中。她几乎从没有象公刘、白桦,象张学梦、骆耕野那样,依靠理性思维的逻辑,来激起自己的创作冲动。她以自己领悟式的情感思维,来进行对生活的艺术概括和艺术表达。她的艺术力量不在于理性思考的深刻和明晰,而在于感情内蕴的真挚和深沉。这是两种类型的诗人,两种不同的艺术个性和气质。

当然,感情要受理性的统制,任何一个情感型的艺术家,都会有自己的理性支柱。当舒婷以整个身心来感受生活时,她关切的中心是人,是在那个特殊年代里被漠视了的人的价值和尊严;她是通过自己对人的关切,来表达她对现实的关切的。她说过:

我通过我自己深深意识到:今天,人们迫切需要尊重、信任和温暖。我愿意尽可能地用诗来表现我对“人”的一种关切。①

这是舒婷的艺术信念,是她从自己成长的现实背景中找到的感情的理性支柱。这在她开始创作的那个不把人当作“人”看待的异常年代,无疑有着深刻的合理性和现实意义。

舒婷的这种追求包括着“律己”和“待人”两个方面。舒婷诗歌的抒情形象,不论地位如何卑微、渺小,都竭力表现人格精神的高大,和对自己尊严和价值的自重与自爱。她在十年浩劫里留下的一则随笔中,富有象征性地描写了自己周围的生活环境:过了季节的菜地、安于觅食的小鸡和充满怀疑眼光的小狗,接着她写道:

---

① 《诗刊》1982年10月号。

> 是的，这里只有我一个，它们都不欢迎我，因为我是人。“人啊，为自己崇高的使命而自豪吧！”我想起了这句名言，不禁想笑，但又被这种凄凉的笑而惊嗔了。不，我要回到人群里去。①

这是一种“人”的觉醒。无法苟合于当时环境，是因为“我是人”；苦恼和追求，也由于记起了“人”的崇高使命。象那枚鹅黄色的珠贝，卑微如大海的一滴眼泪，浩阔却“包罗了广渺的宇宙”。它渺小，是因为被波浪抛弃，海涛埋葬；而它高大，是由于意识到自己的力量。在这里，舒婷从肯定人的价值和尊严，来肯定自己诗歌的抒情形象，这是她“自我”的思想核心。正是从这个思想内核，辐射出舒婷对于人、社会和历史的多层次的把握和传达。

这种辐射，最主要的一个方面，是她从对人格尊严与价值的追求，来表达她对周围人的关切与爱护。舒婷大量的题赠诗，表现的就是这样一个总的主题。在这些诗中，活跃着两个抒情形象，一个是作为抒情主人公的诗人的自我形象，另一个是为这个抒情主人公所关切的对象——姑且称为“非我”的形象。这个在诗中经常以“你”出现的第二形象，往往是一个在困顿境遇中，命运和性格受到挫伤和扭曲的人物。诗中抒情主人公所要竭力唤醒的，便是他对自己受到漠视的人格尊严与价值的重新认识：

> 呵，友人，
> 几时你不再划地自狱，
> 心便同世界一样丰富广阔。
>
> ——《春夜》
>
> 答应我，不要流泪
> 假如你感到孤单
> 请到窗口来和我会面
> 相视伤心的笑颜
> 交换斗争与欢乐的诗篇
>
> ——《小窗之歌》

正是通过这种关切，我们才更深切感受诗中抒情主人公那颗温馨挚爱的心。

但是，舒婷诗歌感情支柱的这个焦点，同时也是舒婷的弱点。诚然，对人的关切可以是创作的出发点，也可以是舒婷一部分诗歌具有恒久动人的魅力之所在。但是，当舒婷想要超过这个主题，走向更深广的社会和历史时，便捉襟见肘，出现思想力量的不足了。《风暴过去以后》和《遗产》是舒婷两首社会意识较强的作品。这两首诗在当时许多同类题材的创作中，所以具有特色是因为舒婷找到了一个属于自己

---

① 《随笔三则》，见《榕树文学丛刊》第一辑。

的角度——对人关切的角度，来表现她对“渤海二号”和张志新事件的关注。“七十二名儿子/使他们父亲的晚年黯淡/七十二名父亲/成为小儿子们遥远的记忆”，这样来表现那在曲折铅字中穿行的、死去的七十二颗灵魂的呼吁，无疑是十分动人的。但当诗人要进一步解剖悲剧的社会历史原因，回答“他们象锚一样沉落”的生命，留给我们“粗大的问号”时，这动人的爱的武器，就显得力量不足了。诗人“请求人们和我一道深思”，但她并没有多少更深刻的思想能够给予读者，只有一个一厢情愿的无力的祈祷：

我希望，若是我死了
再不会有人的良心为之颤栗

但是，历史的发展并不以人的良心发现为动力。同样，在《遗产》中，诗人以张志新作为抒情的主体来揭示英雄的精神境界。这位惨遭“四人帮”杀害的母亲，留给孩子的是超越个人的恨，和“比恨百倍强烈，千倍珍贵”的“不变质的爱情”：“爱给你肤色和语言的国土”，“爱给你信念使你向上的阶级”……这是舒婷的动人之处。但是当这位英雄母亲要求孩子继承她“空出来的岗位”这份真正的“遗产”时，诗人除了动人的爱的抚慰和叮咛之外，就难再有更深刻的思想了：

孩子呵，抬头望望月亮吧！
她温柔而宁静地
凝视着你……

这个带有舒婷抒情特征的走上天空的张志新形象，恐怕很难是那个直面现实、疾恶如仇的斗争英雄的形象，这种叮咛也就显得苍白。它使我想起舒婷在《读给妈妈听的诗》里曾经写过的两句话：

愿所有被你宽恕过的
再次因你的宽恕审判自己

这个同样走上天空了的“妈妈”，相信的是人的良心自我发现和道德自我遗（谴）责的力量。这正是舒婷思想的弱点。人只有在改造外部世界的斗争中，才能真正实现并且不断提高人自己的价值和尊严。把改变人的不合理现实处境的希望，寄托于良心的自我发现和道德的自我完善，便会使这种自爱和爱人带有宗教的味道。这里我们看到，当舒婷把寻求人的价值与尊严，作为诗歌感情的理性支柱，来表达她对不合理现实处境中人的关切时，是深挚而动人的；但当她进一步扩大为对社会与历史的剖析和动力，就感到仅有这一思想武器是不够的。别林斯基曾经希望“所有的诗人，甚至包括伟大的诗人，都必须同时是思想家才行”①，即使是一个情感型的内向诗人，他

① 《别林斯基选集》第三卷，上海文艺出版社，568页。

也应该有更宏大的思想支柱，才能构筑他辉煌的艺术大厦。舒婷在进一步提高自己的创作时，首先遇到的障碍将可能是来自理性方面的。这是已经暴露出来的矛盾，并且将会越来越尖锐。

寻找自己和超越自己：舒婷创作的昨天和今天

舒婷的创作，是从“寻找自己”开始的。这作为她这一代人走向艺术的共同特点，对于当代诗歌的发展，无疑是有意义的。

中国新诗有着广阔、多样的艺术传统。但是，五十年代中期以来在我们社会生活中愈演愈烈的极左思潮，对诗最大的破坏之一，便是窒息了这种富于个性创造的传统。诗人在越来越狭窄的道路上，带着假面跳舞。不仅政治概念是统一的，连思维方式也越来越模式化，以致使这本来最充分显示诗人精神个体性的抒情艺术，也出现了“样板”。诗人回避表现个性，回避表现对生活的独特感受和独特创造。难怪有人要带点夸张地说：六十年代以后写诗，要从学会“隐藏自己”开始。舒婷这一代诗人的出现，是这股极左思潮的反动；他们是那个扼杀文化的“大革命”意外的文化产物。他们开始于“四人帮”控制时期的创作，便具有下列特点：一、他们不是为发表而写作。诗是他们生活的一部分；他们写诗就为了表达他们对自己青春和国家命运的忧虑、郁愤和追求。因此，他们并不回避个性，不回避自己对生活独特的，在当时可能被视为叛逆的感受；这样的诗当然无处发表，但他们通过彼此的交流，形成了一个属于他们自己的民间的诗坛。二、因此，当他们寻求艺术地表达他们从这个异常年代感知到的情绪时，当时诗坛流行的那些艺术模式就难以适应了，他们必须同时寻找自己独特的思维方式和艺术方法。鉴于当时的政治气候，他们普遍走向了运用意象手段的暗示和象征。三、在那个历史大转折的时期到来以后，他们意外地成了新时期文学崛起的一支青春力量。他们在运用文学来思考历史的同时，对受掣于这段历史的文学本身，也进行思考。他们无意的文学尝试，逐渐变成一种自觉的从艺术思维方式到表现手段的文学革新。集中到一点，便是寻找自己：自己对生活的独特感受，和自己艺术地把握生活的独特方式，使诗回到充分的个性创造的轨道上来。

舒婷的创作便是这个新的诗歌潮流的一朵浪花。她在“寻找自己”中，揭示了内心世界那个独特的又是普遍的情感历程，她也在“寻找自己”中，找到了适宜于自己的，表达这种独特心灵感受的抒情方式。“寻找自己”不仅对于刚刚开始走向艺术的舒婷是重要的，而且对于我们丧失了个性的诗歌恢复自己的艺术传统，也是十分重要的。正是在这点上，新时期诗歌才呈现出令人感奋也令人一时眼花缭乱的多元化的艺术意向。

但是，诗人心中的这个“自己”——诗人的自我，并不是先验的、凝固不变的。它同时是受孕于客观现实的产儿。因此,诗人的自我也必然会在现实生活的历史发展中不断丰富、充实、提高和更新。近两年的新诗,正经历着这样蜕变的过程。当舒婷从她搁笔三年的平静中,重新回到未曾平静过的诗坛时,她应当可以发现,新时期初期诗歌那种“基于个人身世之感推衍而出的心灵对于现实生活的感应”(谢冕),已渐渐不居于主潮地位。面对着一个更加开放,也更具前瞻的现实,富于创造的诗人在新的层次上重新集合。他们从两个相反的方向,对这一现实做(作)出回应。其一是在寻求超越具体现实的前提下,力图对人类生存历史的全部复杂经验,进行更宏观的、抽象的艺术把握;以现代人的眼光对东方民族的文化心理进行纵深的开掘,透过凝聚着深厚民族意识的古老素材、形象,在世界文化的横向参照中进行再创造,从而建立自己民族史诗的宏伟构筑。这种追求主要来自新时期诗歌最初涌现的那一批作者之中。他们从自己最初的反思作品中进行再反思,深感到那种依托在十年浩劫中心理历程前后对照的历史感,依然是缺乏深厚穿透力的。于是他们向人类生存发展的历史和民族的深层心理溯本寻源,使自己的诗走向宏观的把握,也走向超越具象的空灵。其二,是寻求对现实的更加贴近,更加具象地来描绘现代人的感情、感觉、观念和心灵世界。这种追求主要来自于比舒婷更年轻一辈的诗人。他们的青春开始在一个复苏的、开放的年代。他们无须象舒婷那一辈诗人那样,怀着感情的负载,从叹息失去的青春中来映照今天的现实。他们开放的思维方式和生活实践,使他们在感知今天这个提供给他们比较充分发展机会的现实时,更敏锐,也怀有更大的热情;他们也不必象舒婷那辈诗人那样,从对神的否定中来肯定人的价值,他们是在一个开放和创造的社会环境中,来寻找人的价值和位置,以一种新的价值观念来更新自我。他们的作品不以历史感召人,而以贴近现实的当代感,使人置于生活新鲜的洪流中。

来自当前诗歌这两极的新的艺术追求,都共同地表现出诗人“超越自己”的趋向。这是新时期诗歌在找到“自己”之后的“超越”,是诗歌运动发展的必然。

三年之后回到诗坛的舒婷,处在这样一个新的艺术发展趋势的面前。她已经发表的少数作品,部分地传达了她静思之后艺术追求的信息。正如她在《以忧伤的明亮透彻沉默》的文章结尾所说的,“让我从三年前那段尾声开始吧!”组诗《你们的名字》基本上延续了她过去的人与环境寻求一致而又难以完全协调的复合主题。但作品的抒情主人公不是生存在孤独的心灵里,而是生活在嘈杂(的)现实环境中,在这一点上我们看到了舒婷锲入现实的努力。当然,每个诗人都只能根据自己生活的经验和情感的素质,来确立自己的艺术趋向。在当前出现的某些新的艺术追求,并不是谁都能跟上去的。我也无意让舒婷放弃她固有的风格和目标,但是在新的现实面前,如何做(作)出富有个性创造的回应,却是共同的。在这个意义上,舒婷也面临着如何“超越自己”的课题。十年浩劫中留存下来的感情积累,用来回应今天更具前瞻的现实,已经不大够用了。舒婷要超越自己,除了前面提及的那个理性问题之外,最主要的恐怕还是生活问题。一个情感型的诗人,她仍然必须从现实生活中,来积累和丰富自己的感情库存,以自己开放的心灵,全方位地感受今天的或奋发、或抑郁、或激进、或受挫的生活信息。

(1985.7.15 初稿,9.5 抄改)

——原载《文学评论》1985 年第 6 期

范伯群

三论陆文夫

一 论"功能观"

陆文夫曾以《特别法庭》这一短篇的题目,为他的小说集命名。可见,他对这篇作品是颇为自许的。但如果深究下去,又不尽然。他以此命名,还有他对作品的"功能观"的独到见解:"我写小说就是这样,把一些人物拉到一个'特别法庭'上来审判。……当然这个'特别法庭'从来不判罪,判刑的事是法庭干的。我们是触灵魂的,灵魂只好审判,不好判刑的。"①每个作家都会通过自己的作品显示文学的某种功能。而同一作家对自己作品功能的认识,有时也会逐渐演变。"我开始创作时都是歌颂……因为解放初期新旧社会的对比强烈,情不自禁地要歌颂,根本就没有想到要批判。"②所以,在当时,陆文夫的文学"功能观"是"表彰先进"。但在创作实践上,他逐渐感到,文学不能老是在新旧对比中兜圈子。"拿新社会的人与人、事与事相互比较,那就不是每一点都值得歌颂而不应该批判的……"③那时陆文夫的文学"功能观"有所演变:"文学必须'干预生活'。年轻的时候总欢喜走极端,把'干预生活'仅仅解释为对生活的批判。"④他想在作品里开"批判会"。结果呢?作品里的批判会还没有开始,作家自己倒进了批判会的会场。因此,当他在六十年代第二次拿起笔来时就颇费踌躇了。光开"表彰会",文学的功能是发挥得不全面的,而单一是与单调分不开的。要涉及批判,更是谈虎色变。于是他只能走"曲线":"想到批判而不能明写,却也发现了歌颂与批判的另一层关系,即有目标的正面歌颂,它的本身

① 《陆文夫由〈小贩世家〉等谈创作体会》,载《苏州大学学报》1984 年第 3 期。
② 陆文夫:《却顾所来径》,载《江海学刊》1984 年第 3 期。
③ 陆文夫:《却顾所来径》,载《江海学刊》1984 年第 3 期。
④ 陆文夫:《却顾所来径》,载《江海学刊》1984 年第 3 期。

就是对反面现象的一种有力的批判。”①这种“发现”可以理解为“只能‘等因奉此’地委屈求全”,否则你就不能提笔,也无法落墨。这种如“中国象棋”中的“炮”的步法——隔山打子——由此及彼式的反面文章正面写,也是不会“有力”的。此种“舍车取炮”的做法——不敢“直捷(截)了当”而只能“旁敲侧击”,不能算作他的文学功能观,而是作家在当时当地只能接受的一种“条款”。但即使在这种苛刻的“条款”下,陆文夫也写出了一些较为成功的作品。“当时的社会生活中应该受到批判的主要是浮夸,所以在我当时的作品中大都贯彻着两个字:求实。”②用求实的精神来对浮夸进行批判,似乎是有力的。但当时更尖锐的矛盾是浮夸者对求实者的蛮不讲理的批判和迫害。这样的问题是无法用“隔山打子”的写法来满足的。但即使用委屈(曲)求全的“舍车取炮”,“后来被人看出来了,又对我的批判进行了批判……”③粉碎“四人帮”后,作家第三次拿起笔来。陆文夫“又发现了六十年代所未曾发现的逆定理,即批判的总体存在实际上也是歌颂……进一步思考,发现这歌颂与批判截然分开,就只能出现好人与坏人,反映不了事物本身的多样化与复杂性,人物也难以丰富多彩。这时候我才感到有点儿‘自在’,各种生活、各种人物才有可能不那么勉强地走到作品中来。”④只有当作家超脱了“歌颂为主,还是暴露为主”的具体配方,从“表彰先进”、“干预生活”和“舍车取炮”等等的“茧子”里“咬”了出来,才感到从“自为”走向“自在”。丰富的生活,复杂的人生需要冲破这些条条框框,形成新的文学观念。只有在目前这么一个好的形势和条件下,陆文夫才能提出自己的新的功能观:“特别法庭”的作用才应运而生。

“特别法庭”,首先是对歌颂或暴露的“百分比”的一种超脱:“当有人再提出‘歌德与缺德’的时候,也就不那么介意了。觉得歌德也不一定都好,批判也不一定都是缺德的,问题在于作者的出发点。”⑤陆文夫的“出发点”就是触灵魂的精神审判,一听到法庭或许有人马上与“批判”、“暴露”划上等号。法庭上审判的不都是“坏人”吗?当然,法庭上被审判的有精神“罪犯”,但也有人是审判到最后才知是“冤假错案”。更何况在法庭上有主持正义的审判长,有据理力争的律师,有见义勇为的证人,有百折不挠的原告,同样也允许被告申辩。“我觉得这个法庭十分热闹,可以群贤毕至,少长咸集;大者可以发人深省,小者也可有点意味;有的可以催人泪下,有的叫人捧腹不已。”⑥

① 陆文夫:《却顾所来径》,载《江海学刊》1984 年第 3 期。
② 陆文夫:《却顾所来径》,载《江海学刊》1984 年第 3 期。
③ 陆文夫:《却顾所来径》,载《江海学刊》1984 年第 3 期。
④ 陆文夫:《却顾所来径》,载《江海学刊》1984 年第 3 期。
⑤ 陆文夫:《却顾所来径》,载《江海学刊》1984 年第 3 期。
⑥ 陆文夫:《却顾所来径》,载《江海学刊》1984 年第 3 期。

读陆文夫的新作《门铃》、《临街的窗》和《井》，与过去的《特别法庭》、《小贩世家》、《围墙》和《美食家》相比，其共同点就在于作家的“出发点”都是在“特别法庭”的名义下展开情节的。但既然是“特别法庭”，也总会有一个侧重点。我认为陆文夫的这个法庭的侧重点是在于探究某种社会现象之所以产生的“病理学”，在探明“病理”的基础上，也在研究新的“血清”和“抗菌素”。在《围墙》中，吴所长和几位建筑流派的专家患的“通病”是“清淡误国”症。相对而言，马而立的体内有着“埋头实干”的“抗菌素”。但我们不必据此而推理，在小说中一定要找出谁是“病菌”，谁是“血清”。这是一种变相的将“人物”分成好人和坏人的手法。人，是复杂的，一个人的体内，往往都存在着某种病菌和某种抗体。它们随时随地相生相尅，处于相对平衡、不平衡或绝对优势、劣势的多种多变状态。陆文夫的“特别法庭”中，虽然不能也不必去测定歌颂和暴露的百分比，但他的“法庭”的侧重点却在于研究社会上客观存在的“病理学”。我认为一篇作品真正能按照艺术的内在规律，表现我们社会上存在的某种亟待注目的问题，也就很不错了。难道一篇研究“病理”的作品非要表现一点医治此病的“血清”和“抗素”的成分吗？这是不可能的，有时也是不必要的，甚至也不是一个完整的艺术机体中必不可缺的组成部分。《临街的窗》中剖析了汪局长的“换汤不换药”的改革，这是“病理”。“抗体”却并不明显。《井》中写了封建思想和“左”的思潮的余毒“卡”住了徐丽莎的脖子，它以悲剧的形式结束了。我们读后都得到了极大的启发和满足。我们没有在看了作家的艺术病理解剖报告后，又向作家伸出手来说：“药方呢？”作家可以不负开药方的责任。有些社会病的药方还在实践中实验着呢！越是疑难杂症，越是社会综合症，越是要耐心地去寻求解决的道路。作家能有本领在一篇小说中来个“药到病除”吗？这样要求作家是不现实的，甚至是可笑的。

作为一位“特别法庭”的筹建者，陆文夫的解剖病理，往往是选择典型的病例，而且尽量注意到“多角度”地反映我们机体上的痈疽。例如，陆文夫也注目于“改革题材”，但从他的“特别法庭”的性质出发，他很少把笔墨花在塑造某一改革者身上。仅仅这一点，与他十七年中的作品里常出现技术革新能手的“歌颂型”作品就有很大的不同了。例如，《门铃》和《临街的窗》都谈改革问题，但《门铃》的侧重点是开掘徐经海的心灵世界，改革者盂得怡是透视徐经海的“钡餐”，而作家敏锐的目光则是一架X光机。《临街的窗》中似乎是写姚大荒和范碧珍的“白发红颜相映成趣”的生活，可是“不改革的改革者”汪局长的调整领导班子，也点燃了他们的改革的愿望。但是最后他们才意识到，汪局长的改革对他们而言只有一个结果：打破他们的怡然生活，带来了这一老一少生活的新的不平衡。

如果要用最概括精炼（练）的语言来表达徐经海对改革的看法，只需用三个字，那就是“乱套了”。如果也用最贴切中肯的语言来评价汪局长的所谓“改革”，我们愿借用姚大荒的脱口而出：“糟啦，又是老一套。”这“乱套”和“老一套”，就是作家对同一课题的多角度的探讨。

被陆文夫拉上“特别法庭”的徐经海，是个表面一切正常，甚至伪装得非常积极的人。可是他的灵魂却已经被“左”的习惯势力扭曲得严重畸形了。例如，他已经“习惯于用运动来记人、记事、记年；各种运动的名称便是记忆的索引。”他在人与人的相处关系上已经形成条件反射：“清早登门，总是有事相求的”等等。特别通过他的自以为聪明的“摸底”，却真正使他“露了馅”——“透底”：这是一个“学干禄”的权欲、利欲熏心的人。他对高官厚禄垂涎三尺，因此他反对“乱套”，他不容许在“法器”声中的二十六年修炼毁于一旦，他眼看就成“正果”——熬成一尊坐软席住单间的“菩萨”。他诅咒，也坚信“那些不走正道的家伙总有一天还要翻车的”！他至今还在“和尚的法器”摇头晃脑中念他那本老掉了牙的“真经”。

“特别法庭”另一次开庭审判《临街的窗》中的汪局长，却是从另一个角度展开的。鲁迅曾说：“谁说中国人不善于改变呢？每一新的事物进来，起初虽然排斥，但看到有些可靠，就自然会改变，不过并非将自己变得合于新事物，乃是将新事物变得合于自己而已。”①汪局长就是一个“将新事物变得合于自己”的“改革者”。他“授权组阁”——把领导班子加以调整，说到底只有一个秘诀：“关键是要增加个把十分年轻的人，那平均年龄便能降低，年纪大的人便可以向年纪轻的人分寿。”然后他再利用“十分年轻的人”的幼稚，向他言传身教，这样就可以“继承他苦心经营了半辈子的事业”。汪局长和徐经海的不同在于后者在等待“改革”的翻车，而前者却是将改革的“列车”扳道扳到他的轨道上去。但他们也毕竟有从一个娘胎里生出来的酷似的共同点，那就是只求工作“不出纰漏”，只有这样才能保住乌纱帽，还能熬出更大的乌纱帽来。用姚大荒的话说，他们是干什么的？他们是“管乌纱帽的”！在“特别法庭”上，作家的内心是愤慨而蔑视的。在“磨戏”这一段中，陆文夫甚至将其情节“荒诞化”，以流露他的感情色彩。他好象在对读者说，这是“临街的窗”，请你透过窗口看一看，汪局长在搞什么“改革”呀！

通过这两篇新作，我们是不难看到陆文夫为自己规定的作品的“功能观”是有一定威力的，它能引领我们对社会进行“面面观”，引起我们的沉思和默索。

二　论“突破”

陆文夫是一位十分注意“突破”自己原有水平的作家。相对而言，他的作品的数

① 鲁迅：《华盖集·补血》。

量并不多，与多产作家比较，他可算是一位“少产”作家。就数量与质量相比，陆文夫更关心和追求自己作品的优质问题。他的确不轻易下笔，他要反复掂量自己“构思中的作品”的分量才肯动手。茅盾赞誉他：“力求每一短篇不踩着人家的脚印走，也不踩着自己上一篇的脚印走。”①平心而论，要做到茅盾的这个“力求”，对任何一位作家来说，都是很不易达到的要求。但至少茅盾已摸准了陆文夫的脉搏：这是一位力图写出新意和时刻留意不断“突破”的作家。用一个词不达意的说法，就是陆文夫是一位“少产多变”的作家。“少产”并非怠工，而是指他写作态度的严肃性和对自己作品的严格性。“多变”并非“变色龙”，而是指他力求创新，力求变革，不断“突破”自己原有水平和尽最大努力向艺术王国的高峰登攀！

我和陆文夫也常探讨“突破”问题。他认为一个作家一生的创作历程就是要“突那么几突”！每一“突”就是攀登上一个新高度和越过一条新的水准线。真所谓“人生难得几回‘突’！”究竟几回呢？这要看作家自己的努力了，当然也要有允许作家去“突”的客观环境——特别是良好的政治民主和艺术民主的环境。“突”到“突”不上去时，就老老实实地不必硬挤硬写，而是乐意于看“后来人”远远地超越自己：“作家没有了作品，可以看作是个人艺术生命的死亡、职业的停顿。其中有些人是因为年事已高，力不从心。这不是艺术的死亡，而是艺术的离休，他自己无可自责，社会也会尊重他在艺术上曾经作出的贡献。”②后来，他将这一段议论写进了“随感录”《快乐的死亡》。可见，陆文夫认为，创作就是“突”在其中，“乐”在其中。且不说陆文夫在十七年中的作品，就是在新时期的创作中他更在不断不倦地寻求新的“突破”。

他以《献身》为起点，到《小贩世家》就展现了创作阶段的新貌；到《美食家》的发表，读者公认他的作品有了可喜的新姿；而在第四次作家代表会议之后，陆文夫发表了《井》，人们又感知，这作品里又包含了新的素质和新的信息。凡此种种，都说明陆文夫的连续“突破”的势头正处于黄金季节。

《小贩世家》给我们的启示是：陆文夫笔下的“凡人小事”竟有如此大的威力，竟使我们看到三十年中，我们习惯性的折腾，竟会酿造出如此可怕的“酸酒”来，而这一池“酸酒”竟要我们自己去喝干。并非是陆文夫过去没有写过“凡人小事”，而是我们还不能想象，“凡人小事”题材还会有如此巨大的潜力，它是可以总结我们的沉重的历史教训（的）。陆文夫之所以能使“凡人小事”的《小贩世家》写得如此感人，如此经得起咀嚼，当然是因为他对生活的丰富的积蓄和深刻的开掘。但更重要的是他

① 茅盾：《读陆文夫的作品》，载《文艺报》1964 年第 6 期。

② 陆文夫，《快乐的死亡》，载《文艺报》1985 年 4 月 20 日试刊号。

懂得了不再去信“题材决定论”的邪。首先是在于“突破”这个文艺理论上的顽堡。陆文夫说:“若干年来对于题材议论得更多,诸如重大题材,凡人小事,家务事、儿女情等等。……其实,题材和风格有着密切的联系,它不是由个人的主观愿望所决定的,而是由作者的生活经历、性格爱好、审美习惯等等所决定的。如果叫曹雪芹去写《三国演义》,恐怕是不行的。我写的大多是些‘小巷人物’,属于‘凡人小事’之列。这也不是我故意如此,从我的主观愿望来说,我真想写一些叱咤风云的人物,真想写一些扭转历史进程的大事件。无奈,我没有这方面的生活或者是相近似的经历……我知道历史是由人民创造的,但是历史的记载对人民是不公平的。不平凡的人可以进入史册,名不出闾巷的人在史册里是找不到的。……这个问题历史学家解决不了,文学家倒可以略助一臂之力,即让更多的、普通而平凡的人活在文学作品里,用以补充历史记载之不足……在确定这种任务的同时,也就提出了一个难题,即你如何能在普通而平凡的人与事中找出和历史的有机联系?如果找不到,那你前面所说的话都是空的,只是仅仅记下了一点凡人小事而已。”①在陆文夫看来,以“小巷人物”为题材和“记下一点凡人小事”是根本不可比拟的。以小巷的“凡人小事”为题材,必须要解决平凡的人和事与历史的有机联系;而记下一点凡人小事就必然就事论事,琐琐碎碎,游离于时代之外,入不了历史的洪流。陆文夫说,他在这个题材问题上“徘徊了多年”。《小贩世家》的成功和读者热烈的反响,坚定了陆文夫的信念,于是他就说得出上述我们所引的一段对题材问题的精辟见解。从此,陆文夫更“自在地”认识了自己,找到了具有“陆文夫特色”的题材、语言与风格。《小贩世家》之所以是作家的“突破”之作,是因为他从此进入了“自在的艺术”,“自由”的境界。从理论上和实践上都使他感到,不必再徘徊了,他可以“心安理得”地以“凡人小事”为题材,他也应该力争将凡人小事挤入补历史之不足的“人物形象博物馆”的殿堂中去。

《美食家》显然是继《小贩世家》“突破”之后的又一新的台阶。如果说它是脍炙人口、风靡一时是决不过分的。“人生难得几回‘突’”。但是当作家找对了自己的路子,在一定的良好政治气候下,他就能如鱼得水般地多“突”几回。有时一个作家由于种种因素,半辈子也进展甚微,甚至原地踏步;有的作家的处女作不仅是他的代表作,也是他的最佳作。但陆文夫从写《小贩世家》到《美食家》,不满三年就跨了一步。

陆文夫写《美食家》这样一个题材,令人不胜惊讶。常有人问他:你这个题材是从那(哪)里“挖”出来的?这简直是“凡人小事”中的“废人琐事”了,但这个题材却

① 陆文夫:《却顾所来径》,载《江海学刊》1984 年第 3 期。

又找到了那么广泛的共鸣点，那么普遍的历史感。原因只有一个，那就是人人都有一只(张)象朱自冶一样的喜爱美食的“嘴”。读过《美食家》的人，大都对朱自冶这个“酒囊饭袋”是颇为反感的。可是反感归反感，初次来苏州的读者非要光顾朱鸿兴面馆不可，但结果又往往大失所望。既反感为什么自己又要去光顾，而且又为没有享受到朱自冶般的口福而不快？还是请丁大头来解释这个问题吧：“我只是想告诉你一个奇怪的生理现象，那资产阶级的味觉和无产阶级的味觉竟然毫无区别？”这是一个多么简单而又复杂的问题啊！高小庭先以简单化的办法解决这个简单的问题，结果连有着同样味觉的无产阶级也向他提意见，颇有四面楚歌之悲凉；只有当用复杂的多层次的办法去满足人民的食欲的需求，这个简单问题的解决才露出了一点端倪。这就是作品的历史感——在催促人们回顾我们的工作得失方面，它具有“触类旁通”的社会效应。聪明而深沉的作家的作品应起“灵犀”的作用。

但《美食家》的成就的主要标志是为我们当代文学的不算很多的人物画廊增加了一个“典型形象”。一个“奥勃洛莫夫”式的形象。告子曰：“食色，性也。”如果说，西门庆将“色欲”发展到极度，那么朱自冶将“食欲”推向了顶峰。这是一个“吃客”的典型，这个“饕餮之徒”既令人厌恶，又令人神往。厌恶他，是因为“他这人是宜兴的夜壶，独出一张嘴”。思考的脑、劳动的手、跋涉的脚，都可以退化，只要留一张嘴把世界吃个精光。神往，是因为我们都有他一样的一张嘴和一只胃。他已有“实惠”而我们还未有此种口福。每当我们在盛宴中品评佳肴颇为得体时，马上要被称为“美食家”，被评者也从未勃然变色，往往是笑纳了这一美誉。无怪陆文夫在最后要添上一笔——小孩子喜爱巧克力。他只是再次提醒我们：美食，天性也。

李准说：“《美食家》是可以传下去的。”①这样的褒赞是很多的。《美食家》刚发表时，作协江苏分会主席艾煊读毕立即写信向陆文夫表示祝贺，认为这一佳作是陆文夫成熟的标志。当我们在1984年初筹备召开“陆文夫作品讨论会”时，我打算写一篇《论成熟》，探讨陆文夫走向成熟之路。不少同志都赞成，唯独陆文夫反对。他说：“成熟就是瓜熟蒂落，就是接近完蛋和死亡，我怕听成熟两字。”于是我将题目改为各方面都能接受的《再论陆文夫》。② 但通过此事，我知道陆文夫在不断和不倦地登攀和突破之路上是颇有新的抱负的。

正因为《美食家》的反响极为热烈，陆文夫正式打出了“小巷文学”的招牌。他的作品集定名为《小巷人物志》(第一集)，读者是可以拭目以待他的第二集、第三集的。他的新作《井》又标以《〈小巷人物志〉之十五》的副题。

---

① 李准：《文学的黄金时代到来了吗》，载《文艺报》试刊号。

② 发表于《苏州大学学报》1984年第3期。

读了《井》，对徐丽莎的死有一个直感式的评语："一只手是卡不死人的，要两只手才能卡死她。"也就是徐丽莎的死是出自封建思想和"左"倾思想的合谋。但是谁的手上又都没有血迹，不过我们毕竟有现代化的侦破工具，我们是按照徐丽莎的脖子上留下的指纹去找到"凶手"的，封建思想对徐丽莎的迫害是可以想象的，但"左"的思想会如此凶残地通过我们同志的手，将一个知识分子推入自沉的深渊，是令人怵目惊心的。

历史的误会是从两人成份的颠倒开始的。世家子弟——大少爷朱世一的家庭出身被划成城市贫民，本人成份却变成了工人；被家庭遗弃，由女仆领大的徐丽莎，却是"十足"的资产阶级大小姐，这种"胎记"使一个成了勋爵，一个成了脸刺金印的囚徒。是极左思潮的蹲苗将徐丽莎顺顺当当地推进了朱世一的怀抱；又是由封建思想和极左思潮的勾结，将徐丽莎当"倒头光"处理，剥夺了她的经济自主权。这封建思想和极"左"思潮的联袂，就象张开大口的井，作家意味深长地感慨——"一口古老而又很难干涸的井"呵！

《井》的思想是深邃的。但是它与《美食家》相比，有没有显示作家追求突破的新的素质？有。说得形象一点，在陆文夫式的糖醋现实主义中必要地羼（搀）和了些辣椒。或者说，入嘴时是糖醋的，但回味却有明显的辛辣味道。我认为，光是这样一种悲剧性的结尾，在陆文夫过去的作品中就是绝无而仅有的。当然一个仅有的例外结尾还不能说明问题的实质。作家在这里主要是涉及一个极为尖锐的问题：党的十一届三中全会的春风吹"活"了徐丽莎，使"冰冻美人鱼"解了冻，精神焕发地为四化作出积极贡献。可是就在这大好春光下，封建思想和极左思潮的魔风还能卡住一个善良正直的知识分子的咽喉。在某些角落里气温还在零度以下，是春天里的冬天，充满夫权思想的朱世一用了"文革"中的鬼域（蜮）伎俩往徐丽莎身上泼脏水；"好心"的组织又将这些脏水搅成浑水。作家在走笔行文中让读者懂得，封建思想与极左思潮有时是同盟军，有时却是"一家人"——极左思潮往往又是封建思想的变种。作品中的何书记不是在抱怨吗：他们"说我老左、封建"。他的思想中的确羼杂着两者的杂烩。

那个富有象征意义的东胡家巷，展示了中国的象汪洋大海一般的市井阶层的面影。他们不仅嫉妒徐丽莎的成就，而且赏玩她的痛苦。使我们感到《祝福》中的柳妈和闲人还活着。而徐丽莎不过是大学毕业的祥林嫂。

我总感到，《井》是陆文夫参加第四次作家代表大会后写成的第一篇作品，他该是带着大会的丰硕的收获去思考去融汇的。这是又一次思想解放的产儿，这是珍惜创作自由而充分发挥现实主义威力的结晶。在这篇新作中，陆文夫除了昔日的含蓄深沉的玑珠之外，又添了敏锐的锋芒的逼人之光。

我们已初步分析陆文夫在新时期的“突破”之路上的足印。这些足印当然都要经过历史的检验:是登山队员镌刻在盘(磐)石上的铁趾,还是戏浪儿在沙滩上浮泛的屐痕。陆文夫并非是为“突破”而“突破”,而“突破”也决不是挖空心思的矫造。为“突破”而“突破”也往往造成作家的紧张心理,容易陷入苦闷深渊而无法自拔。因此,陆文夫自说,不是要设计一座高过一座的高层建筑,而是园林式的建筑群,亭榭楼阁,各具韵味。陆文夫的“突破”又是一种经(精)心刻意而又恬静放松的竞技状态。

三 论“深层结构”

陆文夫的小说在读者的眼中是千姿百态的,它们的题材是多样的,就以作家的创作发展“三阶段”①的代表作《小巷深处》、《葛师傅》和《美食家》而言,它们呈现了各异的色彩。陆文夫的小说愈来愈使人有琳琅满目、美不胜收之感。但是透过那五光十色的活图象,我们是可以找到它们内在的基本结构轨迹的。例如,他过去说过:他的短篇小说就是“起伏一浪头”②。那么他的中篇小说呢?陆文夫的中篇还不多,目前已发表的有《美食家》和《井》,都是写主人公的半生命运,基本上是以命运发展的曲折为主干的单线结构形式。但与短篇的不同在于“多浪头的起伏”。朱自冶就是经历了一个“有吃”、“无吃”的不断反复而又一浪高于一浪的起伏过程。从解放前和刚解放时的遍尝美食,到“鸣鼓而攻”时的懊丧;但他不久就“化险为夷”,在孔碧霞家中领略更精美、淡雅的烹调艺术;在困难年代他为了吃南瓜而不得不去推板车;但是时过境迁,“士别三日”,他从“吃客传经”进而成立美食家协会了。这岂非多层次的波浪形推进法吗?至于《井》,是徐丽莎的“死”了又“活”,“活”了又“死”,直至投井自戕的命运多乖(舛)的生命过程。分配到制药厂,接受蹲苗是“死”,找到了体贴关怀备至的朱世一是“活”,结了婚迫不得已钻进婆婆与丈夫的戒规是“死”,粉碎“四人帮”后的埋头实干,春风得意是“大活”,直到丈夫的造谣、组织的干预才“真死”。当然其中还有高莉莉的点燃“爱的烈火”,是徐丽莎的“想活”;而童少山的“儒怯”的“不敢去爱”,又是徐丽莎的“心死”。这位带着“五十年代”局限性的女子只能向八十年代的青年留下自己的遗言与祝愿:“冲不动了,孩子,那春天毕竟是你们的……”不管是短篇的“起伏一浪头”,还是中篇的“多层次逐浪高”,陆文夫习惯于采用纵向单线体。这是他的小说在形式方面的深层结构。

陆文夫小说在内容方面的深层结构也是值得我们去探讨的。某一艺术家的作品尽管表层五光十色,丰富多采,但如果对它们的深层的骨架进行透视,往往是能找

---

① 参看拙作《陆文夫论》中的创作分期论点,载《文学评论丛刊第十辑·当代作家评论专号》。

② 参看拙作《年轮》,载《雨花》1961 年第 12 期。

到它们内部的共同特征(的)。正如人体,可以说是千人千面,但内部的骨骼却同样206块(畸形者例外)。我认为陆文夫小说内容的深层结构是“对比换位”。《荣誉》和《小巷深处》是这种结构方式。《荣誉》是虚荣思想与忠诚老实之间的对比,方巧珍终于从虚荣走向忠诚,换到新的标位上来。《小巷深处》是新旧社会对于娼妓问题的对比,徐文霞终于从出卖肉体的奴隶“换位”而成建设国家的主人。《葛师傅》和《介绍》也是“对比换位”。《葛师傅》是在“我”的心目中的“对比换位”,但是“活神仙巧车大活塞”和磨磨蹭蹭畏畏缩缩不敢下刀的对比,而在对比中显示了葛增先的“换位”:从拎着饭碗闯江湖的雇佣劳动者到处处以国家利益为重的领导阶级的代表。《介绍》是介绍人千叮万嘱告诫切勿谈“黑古(咕)隆冬”的机器,与小伙子眉飞色舞、神采激昂地大谈机器的对比,结果是小伙子实现了化被动为主动的换位。《小贩世家》、《特别法庭》、《唐巧娣翻身》、《围墙》、《万元户》、《美食家》……皆莫不是“对比换位”。《小贩世家》中的“我”自问:“如果我算是无产阶级的话,他这个资产阶级怎么比我还要穷和劳累?”这是一种对比,结果朱源达这个资产阶级的小贩,完成了向无产阶级“铁饭碗”过渡的“换位”。《唐巧娣翻身》是“一字不识,工资八十”的唐巧娣与多灾多难的知识分子“我”的对比,结果是唐巧娣正在吃没有文化的“二遍苦”,这也是“换位”……

这内容和形式的深层结构是有内在联系的。一起一伏就意味着对比。不管是先起后伏,还是先伏后起,总会形成比较的格局。而作家要告诉我们的就是在起伏自如间的出乎意料的换位。

如果上述所论证的“对比换位”是不无道埋的,那么我们想进而探究,陆文夫小说从开始的“情不自禁地要歌颂”的“表彰先进”型,到后来的“审判灵魂”的“特别法庭”型,在具体处理“对比换位”时又有各种型号的不同的特色和基调。“歌颂”型的对比换位是向一种高尚品德的升华式,是弹奏制度优越的旋律。《荣誉》和《葛师傅》都表现了主人公的高尚品质,而《小巷深处》则属于社会制度优越性的颂歌。由于作家不是通过说教而是具有不同程度的艺术感染力,这就鼓励读者在这对比中自动去站位,显示自己的倾向性,这就是文艺的潜移默化的作用。“特别法庭”型的对比换位就有所不同了。它侧重深化和开掘,着力去剖析一种社会病理学而发现一个问题,引导读者去思考。《小贩世家》就是通过对小贩的“围追堵击(截)”,从否定“个人努力”引向对“铁饭碗”的思索:“到头来大家都想捧只铁饭碗,省心思,省力气,那铁饭碗到月也不会太满吧,可那锅子里的饭却老是不够分的!”这个问题提得多么中肯。它能深化读者对“社会病理”的认识,现在通过作家对问题的开掘,使我们联想到,这决(绝)不是一个单纯的“小贩”命运问题,而是在社会主义制度下,在大目标一致的前提下,对各种“个人努力”要作充分的肯定。曾几何时,我们把“铁饭碗"与制度的优越性划上等号。直到优越得渐渐发现这种铁饭碗使人变懒，它还助长平均主义，它还伤害个人的积极性和主观能动性，直至认识它使国家背了一个沉重的大包袱。……这种"特别法庭"型的作品〔是〕能使读者对某一社会问题的认识达到升华的程度。深化问题最终也是为了升华，但这是与歌颂型不同的升华。

我们在上面还论述过，"特别法庭"型的作品是对歌颂或暴露的"百分比"的一种超脱。所以在《围墙》这类作品中，一方面暴露了"清谈误国症"，另一方面又歌颂了马而立的埋头实干精神。结果又是对比换位，清谈者纷纷争功，有功者却默默地做着无名英雄的工作。象这类小说中，既有对病理的解剖，又有对品质的歌颂。《美食家》也相类似。一方面是开掘"民以食为天"的社会问题，另一方面也是对高小庭知错必改、改之有效的肯定。

纵览陆文夫小说的"对比换位"的深层结构，我们归纳出三大类别，即"歌颂型"的、"问题型"的以及两者兼备的"综合型"的。这三类相比较，不存在孰优孰劣的问题。是生活信息提供给作家各种素材，按照素材的原型加工成各类成品。如果一定要分出一个优劣，又是落入了歌颂或暴露单一配方的窠臼之中了。

对陆文夫小说的深层结构，还有一点意见需稍加发挥，即愈来愈清晰的迹象表明，陆文夫的小说离不开"我"字结构。有的小说是公开的"我"作为故事中的人物活动在其间；有的小说是隐蔽的"我"出来"插嘴"，真可谓是"我"魂不散。陆文夫说："这个法庭既审判别人，也审判自己。有时候我既当原告又当被告，也当法官，并兼管勤杂与扫地。"①他又说："我审判谁呀？我审判我，审判我自己。我的小说里，凡是被批判的人都是我；只好是我，批判谁，谁都不开心。我写朱自冶的对立面——高小庭，高小庭就是我。他的经历跟我差不多。"②通过他的自述，我们可以相信，作品中的"我"是往往羼杂着他自己的。例如《葛师傅》、《特别法庭》、《小贩世家》、《唐巧娣翻身》和《美食家》中的"我"。这类"我"不等于是陆文夫，但内中有着他的素质。而隐蔽的"我"在他的小说中愈来愈多而又恰到好处地出现。就以《井》为例，这种作家象说话人一样，站在一旁插话，表达某种社会见解的句段，是俯拾皆是的。例如介绍徐丽莎的先进事迹时，作家插话道："这好象是一种惯例，能做出成绩的知识分子都是不吃、不睡、不看病，不死也得脱层皮，死了倒又很可惜。"在讲到老阿姨们还要加点儿润滑剂，说徐丽莎不规矩时，作家又发感慨："在中国的社会中，所谓不规矩是对女人最致命的打击，因为这规矩是老祖宗传下来的，谁不规矩就要遭到普遍的反对和轻蔑，而这不规矩的含义又很广泛，从言行不慎，喜爱交际，到乱搞

① 陆文夫：《却顾所来径》，载《江海学刊》1984 年第 3 期。

② 《陆文夫由〈小贩世家〉等谈创作体会》，载《苏州大学学报》1984 年第 3 期。

男女关系等等都包括在内。”所谓愈来愈多是指与初期创作的《荣誉》、《小巷深处》相比，“我”的从旁插话的比重显然加多了；但这个“多”还是注意分寸的，要恰到好处，要插在“刀口上”，有使读者不知不觉地接受的适度感。陆文夫承认，这是学的评弹演员的“说表”艺术。说中有表，表中带评。这“评”就是隐蔽的“我”巧妙地出现。这不露形迹的“我”就是保持作家在“特别法庭”中的“审判”权。为什么陆文夫的隐蔽的“我”的出现，次数不少，却又不引起读者的反感呢？原因就在于陆文夫谙熟读者心理，善于找到与读者的“共鸣点”，每当读者产生了共鸣时，就不会认为这是一种噪音，而是自己的心声，只不过自己说不出、说不全、说不对，而作家为之代言了。他们只会边阅读边频频颔首，而不会怪怨或指责，说是作家的呓舌。因此，陆文夫的小说的“说表”结构，公开的我和隐蔽的我的出场都能受到读者的欢迎。从这一角度去看，陆文夫对读者的“接受美学”是颇有研究的。

一九八五年七月于苏州

——原载《文学评论》1986年第1期

李 陀

现代小说中的意象

——序莫言小说集《透明的红萝卜》

我喜欢莫言的小说。他虽然写小说时间不长，写的数量也不是很多，却是我十分敬重的作家之一。

和许多出身于农民的作家一样，莫言对农村生活十分熟悉。莫言又有很强的“写物图貌”的写实才能。因此，他笔下的一幅幅农村生活图画不仅清丽而自然，散发着一股温馨的泥土气息，而且其中种种日常生活和自然景物的细节描写尤为细致动人，往往使读者如临其境，如经其事，如闻其声。但是莫言的许多小说，特别是他近一年来写的小说，却并不以写实为特色，相反，在他的小说的艺术形象的构成中，明显地溶有许多非写实的因素。例如中篇小说《透明的红萝卜》中的主人公黑孩，就非常像童话中的人物。他看到的阳光是蓝色的，他可以听见头发落地的声音；他能够用手抓热铁，让热铁在手里像知了叫一样嗞啦嗞啦地响；他在一个夜晚看到透明的红萝卜，那萝卜晶莹透明，里面还流动着活泼的银色液体——这一切都使这个男孩子不仅不像个现实中的真实人物，反而像个神秘的小精灵。不过，《透明的红萝卜》毕竟不是童话，莫言似乎也无意把黑孩写成童话中的人物。小说中所描绘的农村生活和人物，毕竟是我们现实农村生活的生动反映，熟悉我国北方农村生活的读者，不难发现莫言笔下的农村是多么真实。这样，阅读《透明的红萝卜》使我们得到一种十分新鲜而又陌生的艺术经验。这篇小说所创造的艺术形象，明显地与我们平时习见的小说中的艺术形象在性质和形态上都有很大的不同。对此有些人感到疑惑，甚而不以为然。这并不奇怪。因为莫言所尝试和探索的写作方法完全指向了一个出人意料的方向，那就是意象的营造。

意象是中国古典美学的最基本的范畴之一。自刘勰在《文心雕龙·神思》篇中提出这一概念，并将之用于文学批评以来，我们在许多古代文论的著作中都常常遇到它。不过，古代文论家似乎更多的是把它用于诗的批评，用于诗论，以致在许多人的认识中都认为这是一个诗的批评概念，从而把它囿于古典诗论的范围。另外，由于没有精确的定义，因而人们使用这一概念时，其意义也往往并不一致，常有出入。但是近来张少康在其所著《中国古代文学创作论》一书中对意象这一美学范畴做了引人注目的研究。该书在考察了意象这个概念的生成及发展的历史过程之后，把意象界定为中国古典文艺理论对艺术形象的一种特定的理解及解释；其内涵与外延与我们今天所用的艺术形象这一概念相当接近，但两者间又有很大的甚至可以说质的不同。不只如此，书的作者还对意象构成的基本因素和构成的方法，作了颇有创见的研讨，其研讨范围实际上还涉及中国传统审美心理的内在机制，以及古代艺术家和文学家在创造艺术形象时，因受制于这种传统审美心理的内在机制而形成的特有的动力学过程。张少康这些研究，无论其方法还是结论当然都可进行批评和讨论，但是这样把艺术形象放在中国文化和中国传统美学的参照系中加以考察，着重指出中国古典文艺作品中的艺术形象在形态和性质上的特殊性，并把这一切都作为意象这一概念的题中应有之义，我以为无论(是)在理论上还是在实践上，其意义都不能低估。中国古典诗歌在创作中追求情景交融、心物同一，因此所创造的艺术形象很少是眼前景物的客观描绘，"春山如笑，夏山如怒，秋山如妆，冬山如睡"，大自然总是和人的主观感情在诗的意象中合二而一，这已经是普通的常识。但是，中国传统艺术的其他门类，如绘画、雕塑、戏曲、文学等等，其艺术形象是否也都是意象？其最基本的构成元素和构成方法是否与诗歌的意象相同？这些门类艺术的形象创造是否也以构成意象为目标？总之，意象的营造是否适用于中国所有门类艺术的创作，这却在许多人的意识中并不明确，也很少有理论上的探讨。如果承认意象是中国古典美学对艺术形象这一概念的独特表述，并且承认这个表述准确地反映了中国古典艺术中的艺术形象在形态和性质上独具的特殊性，那么它无疑应该具有普遍意义。当然这还需要更详尽的证明，需要展开更深入更细致的研究。例如中国传统小说中的艺术形象的形态和性质应该怎样看？是否也是意象？这就是一个迫切需要解决的问题。我不可能也无力在这篇不长的序文中对这个问题详加讨论。但我想，即使我们对中国小说史作一番最粗略的浏览，也会凭直觉发现我们传统小说中的艺术形象，其形态与性质与西方小说是多么不同。过去几十年里，文学理论和文学批评的重心往往是放在中西文学有无共同点的研究上，于是看人家有现实主义，就来证明我们自己也有现实主义，看人家有浪漫主义，又去证明我们也有浪漫主义。近几年来，寻找中西文化及中西艺术之间有何相异之处的意识明显地增强，诸如由于西方的哲学强调人与自然的对立，因而其文学艺术往往重模仿、重再现，而中国的哲学却强调天人合一，因此其文学艺术往往重神思、重表现之类的比较研究，可以说已是相当普遍。然而这些研究往往都比较宏观，很少涉及两个系统的艺术形象的形态比较。以小说来说,仅指出西方小说——这里应该也指的是西方的传统小说——在处理现实与艺术之间的关系时是恪守再现的原则,往往不是很服人,因为有人会反驳说,西方作家的创作绝不是像镜子那样被动、机械地反映生活,恰恰相反,其艺术形象都是渗透着作者审美理想的积极创造。另一方面,如果像我们过去许多年所做的那样,强调说中国小说史和西方小说史一样,其主干都可以用现实主义的发展做纲来予以说明,也总是使人生出种种疑惑,因为看一看六朝志怪、唐宋传奇,以至明清小说中许多艺术上十分成熟的作品,其实大多数都与西方现实主义小说全不相似,例如拿《聊斋志异》与莫泊桑和契诃夫的短篇小说相比,或拿《红楼梦》与《包法利夫人》相比,其差别绝非小可。这差别已明显地不能用民族风格和艺术个性的差异来解释。但我们若在这种比较研究中,引入意象这个概念,并以它做(作)支点探索中西传统小说中的艺术形象在形态和性质上的区别,事情大约就比较容易看得清楚。艺术毫无疑问都是人的创造,而人所创造出来的艺术形象又毫无疑问都要或直接或曲折地反映现实生活,反映人对现实生活的某种感受,这些对中西文学都是一样的,是大家都有的共性的东西。区别恐怕是在创造艺术形象的具体方式上。中国古典小说家是在中国古典文化的笼罩下进行创作,他们的审美心理的内部机制不可能与那些古典诗人、画家、戏剧家有根本的差异。因此,当诗歌、绘画、戏剧等艺术都在"神与物游"、"物以情观"这样的美学意识制约下追求意象的创造,并共同形成中国艺术的意象体系的时候,小说是不可能脱离于这个体系之外的。当然,由于表现对象不同,小说家面对的毕竟是纷乱的社会生活,因此小说中的意象在形态上与诗歌绘画中的意象有很大不同。但它们毕竟是小说家的"意"与社会生活之"象"的化合物,因此不论这些小说怎样描画人情世态、刻画各色人物,甚而写及花妖狐女,诸般幻化,其艺术形象仍然是中国气派的意象。作如是观,我们才好解释何以中国古典小说中的人物形象和生活形象,总是不合写实的要求,总是与真实的生活或生活的真实有很大的距离。志怪小说、传奇小说以及后来的神魔小说中那些神奇的故事就不用说了,即使那些被我们公认是伟大的现实主义创作的作品,其中种种形象也都很难说是生活的"如实"反映。以《水浒传》来说,主人公一定要凑够一百零八个,这已经接近游戏,而他们又个个来头很大,都是天上的星宿转世,岂不成了神话?至于小说中的种种生活细节,经不起推敲者可以说俯拾皆是,例如李逵每次作战,总是抡起板斧杀入敌阵,杀伤敌人如砍瓜切菜一般,而稍有古代战争知识的人恐怕都知道这是不可能的。当然,无论中国昨天或今天的读者,都并没有对这些"不真实"的艺术形象提出怀疑或不满。相反,他们正是在这些"不真实"的艺术描写中得到一种特殊的艺术满足。这大约还是与中国人在长期的文化发展所形成的特定的民族审美心理有关,人们已经习惯于艺术中的意象,而不论这意象是诗的,是画的,还是小说的。

自“五四”以来，白话小说迅速兴起并很快取代诗文而成为中国文学的主体，这给中国文学的基本构成带来很大的变化，也使中国文学冲破封建士大夫文化的藩篱，走向世俗化和大众化，从而呈现出一种全新的气象。在这一过程中，由于反对封建文化并打破其禁锢的需要，中国作家在什么是小说，应该如何写小说这类有关小说美学的基本问题上采取开放态度，主要从西方文学观念及艺术理论中汲取营养，并借以作为创作新时期小说的指导，乃是很自然的。但是从今天看来，这样一个历史发展给中国作家的小说观念也带来了新的局限。例如过于强调写实方法，认为只有“如实”反映现实生活，才是作家在创作中处理艺术与生活关系的唯一正确的原则，恐怕就是这种局限之一。这种局限使得几十年来中国小说都趋向一种格局，不仅缺少变化，鲜有大胆实行突破者，而且使文学创作及欣赏中的审美意识也渐趋于欧化。但是近几年来情况发生了很大的变化。文学的丛林于漫长的冬天之后竟然转眼间变得郁郁葱葱，这实在近于奇迹。何况这丛林中几乎每晨都有奇花异草出现，使我们有如在一篇童话中。中国文学确乎已经进入一个多元发展的生气勃勃的时代。在这种形势下，小说创作要求观念的变革，特别是要求打破对写实方法的崇拜和迷信，可以说是一种历史的必然。如果我们对文学现状做些调查，在令人目不暇接的多种多样的文学现象和文学运动中进行跟踪，则不难发现许多作家的艺术探索虽然表面看去南辕北辙，实际上却殊途同归，不约而同地都指向了一个目标。莫言也是他们中的一个。但是莫言采取了相当独特的做法，即试图在现代小说中营造意象。这种努力最早见于他一九八三年九月发表的一个短篇小说《民间音乐》。当然在这之前莫言也写过小说，而且不算少，不过都是以写实见长的作品。其中有些篇章已经相当不错，如《售棉大路》。本来莫言可以这样写下去，按照多年来大家都已经习惯的方法来写农村题材的小说，走一条稳稳当当的、肯定能获得相当成就的路。然而莫言写了《民间音乐》。这篇小说较之他后来的一些作品，不免显得有些稚气，但细读这篇东西，一种新的对生活进行艺术概括的方法，即追求在小说艺术里达到“妙在似与不似之间”的努力，已隐约可见。倘不注意，《民间音乐》似乎只是为我们描绘了一幅生动细致而又清新可爱的农村风俗画，但是以这风俗画为衬托的两个中心人物花茉莉和小瞎子，却写得实中见虚，尤其是这二人之间的关系，多少带有一种难以理喻的神秘色彩。正是在这里，莫言透露了他在小说中不满足于写实，而要致力于营造某种意象的消息，不过这消息显然没有为人十分注意。这或许是由于消息本身过于微弱之故。一年多之后，莫言写出了《透明的红萝卜》。在这个中篇小说里，作家的艺术探索已经表现得十分清晰明确。这之后，莫言又连续发表了《白狗秋千架》、《枯河》、《金发婴儿》、《球状闪电》等一系列中短篇小说。这些小说集合在一起，无疑已经成为当前文学发展中十分值得注意的文学现象。因为它们使作家试图在现代小说中恢复——当然是在新的水平上的恢复——中国古典小说的某些宝贵传统的努力，不再是个别的尝试。它们证明，小说的发展实际上存在着无限的可能性。虽然写实方法曾经使十九世纪的西方文学巨匠们写出许多不朽的著作，今后它也还要长期在文学创作中生存发展，遵循这样写作方法的作家肯定还会写出许多优秀的作品，但其他的可能性是完全存在的，例如将中国传统美学中意象这一美学因素加以改造，使其和现代小说的构成元素相融合，就有着十分广阔的前途。

几年前一些作家提出小说观念应当现代化的主张，结果引起了一场风波。对这种主张进行激烈批评的人，曾经担心这样提倡会使中国文学走向现代主义，做西方现代派的尾巴。近一年又有作家提出文学创作中的文化意识问题，试图以一种现代人的眼光去重新审视、评价中国的传统文化，并在今天的文学与古老悠长的文化之间找到一条顺畅的通路。不料这又引起一些人的忧虑，担心作家们会由此脱离现实，成为“不知有汉，无论魏晋”的避世者。甚而还有人指责，说这些人昨天还在提倡现代派，今天突然又大讲传统文化，足见思想混乱。其实，如果抛开种种细枝末节不论，则不难看出作家们的这两种努力不仅不相矛盾，而且恰恰都指向一个目标，即创造出一种既有世界性又有民族性的中国现代文学。这是否能够做到？客观地考察、研究几年来的文学运动，可以说我们对此越来越有信心。

莫言的努力所获的结果，不过是这种信心的证据之一。

——原载《文学自由谈》1986 年第 1 期

王晓明

所罗门的瓶子

——论张贤亮的小说创作

在谈到高晓声的时候,我曾经说,他们这一代作家长期受过苦难的重压,身心受到严重的伤害,程度不同地都有些变形;他们当然要竭力消除这变形,但这却主要得通过对苦难的追根寻源,通过对自己精神历程的深刻反省才可能做到;谁要是淡忘了对苦难的记忆,那就等于是丧失了纠正变形的可能。似乎不用为张贤亮感到担心,他这几年的绝大部分小说,都是在执拗地回顾过去,就象他一篇短篇小说《夕阳》的主人公,作家桑弓所说的:“在我的笔下,不知不觉地就会出现过去的东西,而且,新的东西,在我看来,也只有和过去联系起来才有意义。”桑弓甚至从这种联系当中悟出了一层特别的美学意义:那个久别重逢的女人所以使他心荡神驰,就因为让他记起了自己过去的幻想。这分明是张贤亮自己的体会,《夕阳》无异于他的一篇宣言,他用那样热烈的语气描述桑弓的美学领悟,似乎就是想表明,他打算以这种态度去回顾历史。这就更使人感到宽心。我们都才刚刚从那大部分是由苦难组成的历史阴影中挣脱出来,理所当然要依照道德的标准去诅咒过去。可是,历史并不能仅仅用善恶来概括。对张贤亮这一代作家来说,他们对往事的回味又每每引发出对自己精神历程的反思,那就更不能仅仅停留在道德的观察点上。只有登高一步,你才能看清楚刚才站脚的确切位置,单是为了勾勒出自己道德变化的真实曲线,你也得另换一把比道德容量更大的标尺。对一个作家来说,这把标尺就是文学审美的标尺。和道德相比,文学回顾历史的视域更为宽广,它尊重过去发生的一切事情,包括那些被道德指为丑恶,不屑一顾的事情。它知道这些事情同样凝聚着人的感情经验,正是这些经验和另外一些经验一起,构成了人的精神历程。同样,它的态度也要比道德更为从容,它并不急于对这些经验多加评判。它早已把自己的理解揉(糅)合进对这些经验的回味当中,正是随着这种回味的逐步深入,那些经验的丰富蕴蓄——包括道德价值——日益清晰地显露了出来。这就是说,只有认真从审美的角度去清理记忆，作家才算是抓住了消除变形的可能。从张贤亮的《夕阳》来看，他似乎知道应该这样去做。

但我又有点怀疑，他真能实现自己的宣言吗？要捕捉到那不堪回首的往事所包含的美学意义，他必须要有尊重过去的诚意，而这正是历史感的核心；他还要有正视自己的勇气，那正需要追求完美人性的信念。他能做到吗？

我想先从张贤亮小说中的叙事人说起。我们以前常常太粗心，忘记了在小说家和他笔下的景物之间，还站着一个叙事人。和直接抒情的诗歌不同，小说是一种叙事的体裁，小说家往往首先充当了一个讲故事的人。抒情不能掺假，叙事却可以虚构，越是有才华的小说家，就越不愿仅仅以真率动人，他总要另扮一付(副)模样来讲故事，越装得活灵活现，就越觉得自己成功。何况，他又和我们每个人一样，心中活跃着形形色色的欲念和冲动，即使他有心实录自己的内心体验，也总会不自觉地掺进许多幻想的成份。在他和自己扮演的叙事人之间，终难避免种种程度不一的差别。

也许，在阅读大多数二十世纪中国小说的时候，忽略这种差别并没有多大关系。一般说来，人并不害怕暴露自己对别人的真实看法，他只是不愿意别人把自己看得太清，因此，往往只有在担心自剖过于坦率的时候，作家才特别要假扮与本相不同的叙事神态。中国知识分子历来就缺少自我揭示的习惯；进入二十世纪以后，作家们又大都投身于改造人生的社会斗争。他们想要诉说的，常常都是对于现实环境的看法；而当诉说的时候，又不自觉地每每以民族良知的身份自居。即便是那些似乎专注于抒发主观情感的女作家，她们表现的实际上也多半是对于环境压迫的情绪反应，而非对自身心灵的审美剖视。这就使小说家们很少想到要掩饰自己，在全神贯注于社会的时候，他们常常并不顾忌自己的赤膊上阵。① 正是中国现代小说家的这种普遍的叙事特点，决定了在大多数现代小说中，我们很少能看到那种似乎独立于作者的叙事人。这好象已经成为一种传统，它一直延续到今天，高晓声就是它的出色继承者。在很大程度上，张贤亮也是这个传统的继承者，他一九七九年重新执笔以后写下的第一批小说，几乎都是在直接描述他对身外现实的切身印象。譬如他的成名作《邢老汉和他的狗的故事》，你从那些对主人公和大黄狗之间微妙情感的细致描写中，不就特别强烈地感觉到那股发自作者内心的悲愤情绪吗？仿佛是张贤亮当面在向读者讲述邢老汉的故事，我们自然不必再分心去注意那个几乎无形的叙事人。

但是，从一九八〇年起，张贤亮笔下却走出了一个把你一下子就吸引住的叙事人。这是一个身材高大的男人，他在《土牢情话》中化身为石在，直接以第一人称陈述自己的经历；到《灵与肉》里又变成许灵均，小说尽管是用的第三人称写法，实际上

① 在这方面，只有极少数作家是例外，譬如鲁迅和郁达夫。

仍然是依他的思路展开叙述。在张贤亮此后的大部分小说中，我们都能看见这个男人，他最近一次的名字叫作章永璘。他不但始终充当了小说的男主角，而且同时担任着故事的叙事人。[①] 他的出现可以说是张贤亮小说世界中最重要的事情，它意味着作者不再自己上场去评论那个颠倒的时代，而是请这个男人来追忆他在那个时代里的精神变化。过去不再被含糊地看作是一段社会和国家的历史，个人的遭遇仅仅是这种历史的一点投影；而是被明确地归结为一个人的历史，一个人的种种埋藏在记忆深处的印象和情绪。随着这个叙事人的逐渐走近，那个在《邢老汉和他的狗的故事》当中几乎可以触摸得到的张贤亮，却反而从我们眼前退远去了。不能再象以前那样粗心。要把握张贤亮的小说世界，正应该首先来瞧瞧这个叙事人。

张贤亮为什么要放弃他颇为擅长的传统叙事方式[②]，而制造这样一个叙事人？在我看来，这似乎是出于不得已，在他的这种改变背后，正可以看到他个人的一部令人悲哀的受难史。张贤亮是个自视甚高的人，聪明，有才气，身高力大，仪表堂堂。他似乎从小就爱好幻想，总是把自己想象成一个英雄，显示出那种张扬自我的浪漫气质。可能正是这种气质赋予了他一种情感亢奋的诗人的特性，他最初在文学王国里露面的时候，就正是一个言辞火热的诗人。但是，命运之神却不允许他如此潇洒，一九五七年，他才二十出头，就被打成了右派。几年之后，借用《绿化树》里的陈述："我以'书写反动笔记'的罪名被判三年管制。'社教运动'中，我又以'右派翻案'的罪名被判三年劳教。劳教期满，回到农场，正遇上'文化大革命'，我升级成为'反革命修正主义分子'被群专起来。一九七〇年，我被投进农场私设的监狱……"也许应该归功于他那天生的自负，在这一连串残酷的磨难面前，他竟没有丧失生存的勇气，相反，他调动起全部的意志力，拼命去适应环境，千方百计要活下来。这是一场生与死的韧性的苦斗，他胜利了，当许多曾经和他一样神采飞扬的年轻人一个个变得目光呆滞、神情麻木的时候，他却能够以饱满的精力迅速恢复过来，重返文坛，勃发出新的艺术活力。但是，这场胜利的代价却是惨重的。一个人在为起码的温饱而拼命挣扎的时候，他根本顾不上自己灵魂的是否纯洁。就象《绿化树》里，章永璘为了填饱肚子而欺哄朴拙的老乡时，他内心并不惭愧，他也无暇去惭愧，这种感情不属于一个饥饿难耐的人。也许这就是人类发展的残酷法则，为了满足生存的功利需求，人类经常会解除道德上的自我约束。张贤亮似乎就正是如此，他赢得了生存的胜利，却难免要付出心理变形的代价，这不是那种不知不觉的智力退化，而是有意为之的

---

① 这种男主角和叙事人合二而一的现象，似乎是张贤亮小说的一个特点，即使他的不少第三人称写法的小说，也常常是依照男主角"他"的思路来展开叙述，《灵与肉》和《河的子孙》等都是如此。

② 有评论家认为《邢老汉和他的狗的故事》是他迄今为止在艺术上最为真挚自然的作品，表现了相当出色的刻划才能，这种看法是有道理的。

道德松弛，不是丧失人的自觉，而是放弃人的自持。

在当时，张贤亮并不会怎样痛惜这种代价。但是，随着那个疯狂时代的结束，随着他张扬自我的浪漫天性的重新萌发，这种代价却势必越来越成为他的一块心病。就象一个长久受锁的人，一旦卸除铁链，他本能地就要想抡开手脚，大蹦大跳。他一九七九年的最初几篇作品，就洋溢着一种表现英雄壮举的热烈冲动。但是，他很快就发现自己并不能真正尽情地舒展手脚，那些道德变形的记忆依然纠缠住他，它们是那样尖锐地刺激着他的道德神经，使他周身上下都隐隐作痛，不得安宁。他非得摆脱它们不可。为了能在今天续接上早年诗人式的幻想，他必须尽早除去对于昨天的道德上的惭愧。这是对的，他应该反省自己。但从另一个意义上说，他却又不必过分被这份自愧束缚住。他倒是应该坦然地承认人在苦难的折磨下难免会变形，只有这样，他才能够毫无顾忌地彻底去提示这变形。在这里，承认变形的难以避免，并不等于承认它的合理性，恰恰相反，正是要以这难以避免为线索，追究出那造成它的更大范围的荒谬来。可惜的是，张贤亮似乎做不到这一点。即使他有心象桑弓那样用审美的眼光去回顾往事，他的双腿却常常会被狭隘的道德顾虑羁绊住。他对自己的心理变形看得越清楚，就越不愿意把它和盘托出，仿佛总有一个声音在他心头唠叨：太丑恶了，太丑恶了！他怎么也挥赶不去这个声音，以至竟忍不住想把那最卑劣的一角掩盖住。他不得不重叩记忆的大门，却又害怕里面那毁灭之火的灼烧；他不得不释放那些久久困扰着他的阴暗记忆，却越来越不敢承认那正是他自己灵魂受碾后的碎片——这就是张贤亮的心病，一个被苦难推下过地狱的诗人的痛苦，无论他在实际的物质生活中摆出怎样蔑视戒规的恣放姿态，一进入心灵的审判所，他却不由自主地就要为自己辩护起来。

正是这种充满痛苦的矛盾心理，决定了张贤亮对叙事方式的独特选择。尽管是要回顾自己的精神历史，他却并不打算一五一十地坦率陈述，因此，他势必会违反那种传统的叙事方式，假扮另一个人物坐进候审席。但是，他毕竟又要通过这个叙事人来抒遣积郁，洗刷污点，就又不能让他和自己相差太多。总之，既要走过和张贤亮类似的精神历程，能代替他回顾往事，又要能时时证明这段历程的清白无垢，连带着消除作者自身的道德内疚：这就是张贤亮理想当中的叙事人，他正是按照这个理想，设计出了我们看到的那个男人。我甚至怀疑，他重新执笔以后，不返回熟悉的诗坛，却到小说的营地中来另辟新区，是否正是看中了可以假扮一个叙事人，依靠他来曲曲折折地为自己辩解呢？

他在好几年间一直确立不下这个叙事人的中心话题，似乎就证明了这一点。唯其要在他身上实现那样微妙复杂的目的，张贤亮就难免要不断改变对他的基本设计。在《灵与肉》和《肖尔布拉克》里，他似乎是有意要让他表现自己的丈夫气概，无论是许灵均终于不愿抛弃那条扬起团团灰尘的大路，那片泛出黄色的草滩，毅然回到瘦小的妻子身边去，还是闯荡戈壁滩的汽车司机接二连三地援救落难女子，都暗暗表现出一种俯就式的忠诚姿态，一种男子汉保护柔弱者的英豪之气。这当然并非虚情，张贤亮曾经是那样一个感情热烈的诗人，对那些在穷山恶水间无依无靠、苦苦挣扎的女人，自然会产生真诚的怜爱之心。正因为他自己也是历遭磨难，这种怜爱就常常会使怜爱者自己都深受感动。他为什么要在不少作品中反复描写许灵均和秀芝这样相濡以沫的场面，就因为从对这些场面的玩味当中，他的确能找到某种自我安慰。但是，人类意识的那种极易朝相联的印象流动的特性，又使张贤亮在强调那个男人的忠诚的同时，每每会记起另一些教人愧谈忠诚的欲念，许灵均们尽可以直诚地怜爱秀芝，但如果遭遇生存危机的逼迫，他们还能保持住这种怜爱吗？对苦难扭曲人的情感的这一种可能性，张贤亮是太熟悉了，他在解释《肖尔布拉克》里那位汽车司机对上海女知青的爱情时，笔墨顿显粗略，就泄露了他的缺乏自信，他似乎不想深入去探究那个男人的忠诚意识，谁知道那里面会不会泛上来另一些与忠诚截然相反的东西呢？

在中篇小说《龙种》和长篇小说《男人的风格》里，他又进行了另一种尝试，干脆让那个男人转过身来，充当现时代叱咤风云的改革家，仿佛是要用对他今天昂首挺胸的雄姿的赞叹，来抵销对他昨天的佝偻身躯的记忆。他屡屡点明龙种和陈抱帖在外形上的高大和英俊，更极力为他们创造显露男子气概的机会。不但让龙种象勒马当阳桥头的张翼德那样，独自一人伫立在场部空荡荡的台阶上，迎战那四面拥来的愤怒人群，而且把陈抱帖放进宽阔的体育场，让他对全市居民发表振奋人心的就职演说。当然，这一切都只是暴露了张贤亮身上那种近乎天真的诗人气质，龙种和陈抱帖也好，他们拿出来的那一套改革农场和城市的方案也好，都显得有点不切实际，缺乏令人信服的真实力量。就对那个叙事人的肯定而言，龙种们还及不上许灵均。张贤亮必须约束住自己，不能太性急了。无论是重温患难时的忠侠心肠，还是渲染改革中的大呼猛进，让叙事人作直接的自我标榜，看来都很难收到预期的效果。应该让他去回顾自己付出的心理代价，甚至应该用忏悔的口气去回顾，那才是他最合适的话题。张贤亮写完《男人的风格》之后又转回对旧事的回顾，似乎表明他终于明确了这一点。不错，要想证明自己在地狱中的清白，总得先把那些需要证明的事情说出来。

其实，几乎从恢复写作的时候起，张贤亮就已经在这样做了。从写于一九七九年的《霜重色愈浓》开始，他的笔墨总是有意无意地集中到男主人公的背叛行为上去。在《霜重色愈浓》里，仅仅是出于情场上的怨恨，阙星文就不惜在反右斗争中公开揭发同窗好友周原的家庭背景，从政治上诋毁他。（在）《土牢情话》中，石在出卖了热恋他的女看守乔安萍，致使她受到奸污和摧残。在《河的子孙》里，大队书记魏天贵心中揣着那样一连串不可告人的秘密,从事出有因的瞒哄到不择手段的欺骗,而最使他寝食不安的,就是把穷兄弟郝三送进了监狱……至于《绿化树》和《男人的一半是女人》中的章永璘,不但在吃饱了马缨花的土豆馍馍之后,反倒暗暗地瞧不起她,更在黄香久使他恢复了男性的生机之后,干脆抛下她远走高飞了。我觉得,正是这种对于叙事人背叛行为的持续关注,赋予了张贤亮的小说一种震摄(慑)人心的揭示力量,那阴森潮湿的土牢里的形形色色的精神病态,章永璘们生存本能的那些可怕的扭曲表现,甚至象《绿化树》的开头,那大车碾过木桥时的嘎嘎响声,都仿佛能一直撞进我们的心灵深处,使人忍不住一阵阵揪心地疼痛。

但在张贤亮,他揭示这些背叛的目的却是要解释它们。在《霜重色愈浓》里,他是直接搬用理性来解释。他把这种解释各分一半给阚星文和周原,前者代表了对背叛的反省,靠在牛棚里捧读《资本论》而幡然悔悟;后者显示出对慈善的宽恕,他发现正是在劳改生活中,他完成了一个"真正的劳动者的洗礼","他的知识才第一次附着于坚实的形与器之上"。不用说,这两个人物的思路都相当生硬,仿佛是作者把那个叙事人的想法直接嵌进了他们的头脑。但是,也惟其如此直露,它们倒使人预先看清了那个叙事人日后以各种方式不断重复的自我辩解的实质内容,那就是掩盖住背叛的深层心理原因,把它仅仅归结为理智思维的失误。既然阚星文当初是受了血统论的蒙骗,才那样去揭发周原,现在他一旦认清了这种谬误,自然要作出真诚的忏悔。谁能说自己一定不会发生认识上的偏差呢?于是周原理所当然应该宽宏大量了。说到底,从理智上去解释背叛,正是为了要运用理智去宽恕背叛。但是,张贤亮那一代人亲身经历的事情,却远不象阚星文和周原表现的这样简单。在那些陷身地狱的日子里,人的整个灵魂都受到深重的摧残,背叛的根柢早已穿过人的理智思维,一直深扎进人的深层心理。在许多情况下,叛背(背叛)几乎是不知不觉就发生的,正象一个溺水者,他是身不由己就要去攀抓身边的任何一件漂物的。张贤亮不可能回避这一切,既然写到了背叛,他灵魂深处对这背叛的真实感受就不可避免地会要在具体的形象描写中渗漏出来。在整篇小说中,生动的场景描写常常和人物的那些大段的内心独白明显不协调,以至看上去,这些独白就象是漂浮在水面上一样,给人轻飘飘的感觉。这是否正表明了作者的真实记忆对那个叙事人的不合作态度呢?说到究竟,这个叙事人不过是张贤亮的理智的产物,他只能在理智管辖的范围内,在情节和人物的基本设计上真正以叙事人的口吻说话。然而,光靠这些理性的框架并不能建造优美的小说殿堂,从这篇《霜重色愈浓》就可以看出,张贤亮是陷入了怎样一种两难的困境:那个叙事人要把从他记忆深处涌出来的许多真切印象都一一锁进后台,但他一个人瘦骨伶仃地跑上台去,几乎立刻就会招来一片厌烦的倒彩声。

在中篇小说《河的子孙》里,这个叙事人似乎变得聪明了。他现在化身为魏天贵,一个土生土长的泥脚杆,几乎是凭本能和直觉,凭那种农民式的狡猾干下了那些不可告人的勾当。这似乎是暴露了背叛行为的深层心理因素,但你稍一细看,就会发现在魏天贵这些不假思索的念头当中,始终渗有一种理智的权衡,那就是目的的高尚可以抵销手段的卑劣。这真是一种对背叛的绝妙解释,不知不觉就把背叛移到了一个无需宽恕的位置上,对背叛的动机认识得越清楚,反而越会引起对背叛者的敬意,难怪张贤亮要那样放手渲染魏家桥人对魏天贵的拥戴之心。那个男人几乎可以在这里达到目的,通过展示魏天贵的背叛行为而洗刷自己了。但是,张贤亮的内心感受再次阻挡了他。既然写到了魏天贵的本能和直觉,对他下意识领域的其他角落的揣摩和体验,也就难免要泄露一二。这结果就是小说的第四章:教唆郝三捅羊。无论是救助全大队社员度饥荒的堂皇理由,还是以为最多只能判三年刑的错误估计,都掩盖不住魏天贵那似乎并不自觉的卑劣用心:找一个人代替他私心喜爱的寡妇韩玉梅去蹲劳改!在这里,张贤亮第一次揭示了背叛行为的深层心理基础,那决非理智思考的失误,而是人本性中的私欲。无论韩玉梅如何挑逗,也无论自己的情欲如何炽热,魏天贵始终不敢去叩敲韩玉梅家的大门,他总觉是郝三的影子在前面挡住她——这是整部小说中最激动人心的描写,它充分体现了作家艺术感受的强大力量,它足以冲破一切理智的束缚。尽管满心想让那个叙事人洗刷清自己,一旦深入触及他的心理变形,张贤亮还是会不由自主地首先去揭示它。他勉强安排了一个魏天贵和韩玉梅大团圆的结尾,却写得那样飘忽粗糙,徒然证实了那个叙事人的自觉理亏。在那生活欲望的赤裸裸的扭曲形态面前,在这种扭曲所包含的令人悲哀的广阔意义面前,在自己诗人气质对这一切的艺术敏感和刻划冲动面前,张亮贤似乎失去了纵容那个叙事人强词夺理的勇气。

在从《土牢情话》到《男人的一半是女人》那一系列第一人称的小说中,这种情形似乎尤其明显。正是在这些作品里,道德变形的真正根源被陆续揭露了出来。石在对土牢的恐惧,他的求生本能,以及他对其他一切比自己幸运的人的那种疯狂的嫉恨;章永璘的饥饿感和性冲动,他那被逼到内心深处却又盘桓不去的文化优越感和个人野心,特别是他在长期非人待遇下逐步养成的那种道德上的麻痹感——正是这些东西共同造成了“我”的一系列背叛行为。那个男人的面目越来越清楚了,他非但不是英雄,也谈不上是大恶,甚至常常不能算一个男人。希望破灭后的沮丧,幼稚引起的惊慌,良心未泯所造成的苦恼,求生本能逼迫成的卑劣——他正是这一切的混合物,一个集软弱和机敏于一身的受难者。不必对他愤怒,更无需为他开脱,他在某种意义上就象阿 Q 一样,已经成为某种“政治”状态的象征,他的背叛一如那个疯狂的时代,都是理性泯灭之后的产物,只能引起人深深的悲悯。当然,暴露出这样一付面目,那个叙事人是没有想到的,他原是为了辩解才暴露自己,谁知这暴露的结果却大大超出了辩解所能包容的范围。我们完全可以把这几篇小说当作控诉书来读,在张贤亮的同时代作家中,还没有多少人能象他这样,对那黑暗时期里人性的遭劫暴露到如此深入的程度。和这暴露相比,在这几篇作品中,叙事人的自我辩护却比《河的子孙》还要无力。石在有一段对乔安萍是否真诚的怀疑,章永璘又有一番不愿意连累马缨花和黄香久的思量,再之外,就仍旧只能搬出阚星文的那本《资本论》,以及周原那貌似辩证的苦难有益论了。在对背叛的揭示上,他比《霜重色愈浓》大大推进了一步,可在对背叛的解释上,依然是原地踏步。这就难怪在这些小说中,令人战栗的刻划和招人厌恶的辩解会形成那样强烈的反差。张贤亮的感受记忆和他理性意图之间的矛盾,显然日趋尖锐了。

文学审美活动竟能产生如此不可抗拒的净化作用?张贤亮分明是满怀爱意地领着那个叙事人走进小说,现在却不由自主(地)要和他疏远起来;他分明是在频频首肯他的自我辩护,却同时又在各种场面有力地谴责了他。这谴责常常并不具有那种明晰的思想锋芒,而是表现为一种潜移默化的情感的净化,它虽然不能够一下子震聋发聩,但在我看来,却是文学所能进行的最为有力的谴责。我始终觉得,审美感情本身就包含着非常鲜明的道德成份,你能够从审美的角度体验到一种情感,就必然同时对这情感产生了自己的理解,审美体验越是深切,这理解也就随之越加深化。因此,对丑恶的揭示本身就意味着一种谴责,恐怕没有什么抽象的批判能比对丑恶的形象感受具有更大的道德力量。无论你是作家还是读者,一旦真正沉入到审美体验的境界中去,心理就势必会发生变化,甚至不自觉地焕发出一种你从自己的理性意识中吸取不到的道德激情。似乎正是这种激情逐渐扩大了张贤亮和那个叙事人之间的微妙距离,也正是这种激情帮助我们看清了那个男人无意之中暴露出来的真实面目。张贤亮真应该感谢缪斯女神,多亏了她,他才能赢得不少读者的强烈关注。

可是,张贤亮似乎并未意识到这一点,或者说,他并不关心这一点。他显然有点笨拙,他那种感情膨胀式的浪漫气质使他不大能够体会那种精微和含蓄的意味,自然也不重视那个男人的自我剖示所隐含的道德启示。就象他总要赋予他们各位化身一种高大有力的体态一样,他总想让读者接受对那个男人的明确热烈的肯定。可是,叙事人的自辩那样漏洞百出,他不得不转向另一面,从对背叛者的宽恕入手。他写过一个周原,可那种把苦难神圣化的论调毕竟太勉强。他又让郝三以报恩观念来宽恕魏天贵,谁知反更衬出了后者的罪孽。对背叛的揭示已经深入到了下意识领域,也就只有产生于这个域领的宽恕才能和它对上榫头。在我看来,对这一种宽恕的强调正构成了张贤亮小说创作的另一个基本部分。就艺术效果来说,这一部分似乎远比那些背叛者的自辩成功得多,因为他这次突出的不再是男人的理智,而是女人的感情。

的确,无论那个叙事人走到哪里,也无论陷身于怎样窘迫的困境,他身边都会出现一个女人。在《吉普赛人》里,"我"慌不择路地爬上一节铁皮闷货车,却早有一位"卡门"式的姑娘睡在里面;石在被关在土屋当中,却又推门进来一位女看守乔安萍;在魏天贵和龙种治下,各有一名漂亮的寡妇韩玉梅和穆玉珊;章永璘就更不用说了,继马缨花和黄香久之后,我相信他还会不断遇到别的漂亮女人。冷静想想,这些女人都来得有些蹊跷,但我们常常顾不上细加考究,她们那热情的丰(风)采早已吸引住了我们。不仅如此,她们更支撑住了那个男人的形象。他身上挂满了形形色色的装饰物和遮羞布,看上去简直就象是一尊蜡象,唯有和这些女人交往,他才显出了男人的活气。《圣经》说女人是男人的一根肋骨,可在张贤亮的小说中,女人却每每成了那个男人的脊梁骨。在他的每个化身旁边,都有一位对他满怀怜爱,不惜为他牺牲的女人:这几乎成了张贤亮小说的一个基本程式了。

这似乎是写小说的大忌。张贤亮自己是那样一个富于幻想,又历经坎坷的男人,他对女性的感情势必是相当丰富的,倘若放手抒发,应该不会形成如此一律的格局。但他似乎顾不上这些,首先得实现那个洗刷背叛者的理性目的,最初正是这个目的把他引向对女人的刻划的。不管他在那个男人的额头上添画多少道思考的皱纹,也无论给他多少篇幅,让他滔滔不绝地谈论国家大事,他其实并非知识分子的代表,更谈不上民族良知的体现,他仅仅是一个男人,一个为生存而拼命挣扎的男人。因此,尽管他的背叛主要是由身外的压迫所促成,带有相当普遍的社会通性,但这背叛本身,却依然是一个男人对操守的不由自主的放弃,一种发自男性本能的背叛,要想宽恕这样的背叛,那就需要女人。只有女人能够既被男人抛弃而又一往情深地爱着男人,也只有女人能够在被抛弃的同时,又以感情的痴迷衬显出背叛者的价值。张贤亮大概再也找不到比乔安萍更适合洗刷石在的对象了,他当然要反复地刻划她们。从实现那个理性目的的角度说,他能够形成这样一种固定的程式,非但不犯忌,还是一项颇大的成功哩!

也许张贤亮并没有意识到,当他要求那些女人宽恕并且依旧热爱那个男人的时候,他实际上是把她们当作了人类的代名词,当作了遭到背叛的善的化身。因此,他势必会把自己的全部浪漫幻想都倾注到她们身上,正是在刻划她们的时候,他那份诗人的敏感才真正发挥了出来。我们经常谈论作家把什么东西当作人类和善的化身,因为他正是要从这种化身那里,去汲取支撑他全部审美冲动的人格力量。譬如鲁迅,惟其把不畏独战的启蒙知识分子看作是民族良知的代表,一直以启蒙者的眼光去审视人生,他才能形成那样冷峻深沉的艺术风格。可惜的是,越益严酷的时代似乎不允许后来的作家再象前辈们那样独力去体会人类和善的特性,逼得他们按照一种固定的模式去设计自己的理想寄托物。因此,看到张贤亮竟然把这些活生生的女性形象抬上了善的尊位,我们自然要格外注意。正是对理想寄托物的这种独特的选择,暴露了他的独特的艺术个性:尽管他心中躁动着张扬自我的激情,处处想显示男子汉的力度,他实际上并未完全从苦难强加给他的软弱心态中解脱出来。他毕竟是个诗人,他那股热烈的豪气主要来源于感情的亢奋,它很容易在严酷的物质压迫下转变成掺杂着怨恨的沮丧,甚至是暗含惶恐的感伤。他在理智上还不能摆脱那种狭隘的道德意识,在感情上也就不容易摆脱这种沮丧和感伤。那个叙事人就证明了这一点,为什么魏天贵唯有把头枕在韩玉梅的怀中才真正感到安宁?就因为张贤亮自己也还缺乏足以自振的坚强力量。这就是说,他实际上并不擅长弹奏辉煌的男性奏鸣曲,倒是那种面对女性的悲哀缠绵的咏叹调,似乎更适合于他。

这就造成了他对那些女性形象的描写本身的矛盾。在理智上,他要把她们写成是甘心情愿充当那个人男人的垫脚石。随着对背叛者的解释和开脱的需要,他几乎是随心所欲地规定她们的牺牲方式。在《吉普赛人》里,他似乎还不想明确揭露"我"的懦怯心理,就让那位"卡门"姑娘主动跳下车去引开检查人,尽管仔细推敲起来,那样一个饱经风霜的流浪者竟会如此行事,未免有些突兀。他几乎一下子就捅出了石在的卑劣根性,那就只有加重乔安萍的憨傻,倘是稍微机灵一点的姑娘,决不会在被出卖之后再给他写那样一封痴情的信。对龙种们,他主要是从正面进行赞颂,就只要求穆玉珊们做好随时去安慰他们的准备,能够招之即来就行。至于马缨花们,因为对章永璘的揭示日益深入,她们的形象也就相应地丰满起来,既要单纯、漂亮和热烈到足以激发他的爱情,还要深明大义,能够原谅他的背弃。比起那位"卡门"来,马缨花们的性格明显丰满了,似乎张贤亮对自己真实感受的抒遣在渐趋多样;可同时,我又感觉到,他那理智意图的干涉也在日益强化。这些女性形象越是丰满,那种强扭硬按的缺陷就越触目,紧接着乔安萍的过于憨傻,我们又看到了穆玉珊的过于爽朗和通达,看到了马缨花对章永璘的那种突然而起的爱情,以及黄香久最后那番令人费解的爱的施舍……

但是,文学毕竟是情感的产物,越是有才华的作家,他的理智意图就越不可能完全约束住他的内心真情,而在他的所有情感中,对异性的情感也许最不容易抑制。它往往是一个男人心灵中的最后一块诚实之地,他可以在其他方面,甚至在对女人的言行中装模作样,但在对她的情感上,他却不可能同样作假。张贤亮再怎样竭心尽力,把马缨花们都写成死心蹋(塌)地的女奴,他对女性的那种发自心底的感激,那种不可遏止地要向她们讨温暖、寻依靠的冲动,毕竟会不断地溢泄出来。读者仔细体味就可以发现,所有这些女性人物在有一点上都非常相象,那就是她们对那个男人的怜爱,那种近于母性的怜爱。无论是乔安萍对石在的关怀,还是韩玉梅对魏天贵的体贴,也无论(是)穆玉珊对龙种的困境的理解,还是马缨花望着章永璘狼吞虎咽时的笑意，甚至黄香久最后对他的诅咒，都使你感到一种温情，一种怜悯。那也许是爱情，但却很少有那种对强有力的男性的渴求，而更多的是一种母性的给予；那的确是宽恕，但却很少有深究原委之后的通达，而更多的是一种居高临下的迁就，一种夹带着怜爱的姑息。不管张贤亮心中升起过多少自我尊崇的幻想，他长期经受的毕竟是那样一种被人踩在脚下的屈辱，一种不断泯灭男性意识的折磨。在他的记忆中，从女人那里得到的也就不可能有多少倾慕和依恋，而多半是怜悯和疼爱。也许，正因为曾经丧失过男性的权利，他才这样急迫地渲染那个叙事人的男性力量？也许，正因为不愿回味那接受女人保护的屈辱境况，他今天才这样坚决地要在她们脸上添加那种对于男主人公的仰慕神情？可惜，他的情绪记忆又一次破坏了那个叙事人的企图，他极力想要显得比马缨花们高过一头，可结果，读者发现她们竟常常是用了俯视的眼光在看他。

《天方夜谭》里屡次提到一种铜制的瓶子，说是所罗门把魔鬼装在里面，沉入海底；后世的渔人把它捞上来，好奇地打开锡封，魔鬼立刻冲出来，把渔人吓得发抖，懊恼不已。在我看来，这样的瓶子在文学王国也几乎是俯拾即是，张贤亮就分明陷入了那位渔人的困境。正如那个叙事人的自我暴露超出了他的辩解范围一样，从他记忆中请出来的这些女人，也一个个都不听调派。非但不能帮助他肯定那个叙事人，反而常常加剧读者对他原有的反感。人可以谅解感情上的迷失，倘若马缨花和章永璘之间是燃起了一场狂热的爱情，他们的离异也许只会唤起人的一笑。可现在马缨花们是用女人的爱抚，甚至首先是用食物喂活了章永璘，他的背叛就显得不能容忍，这些女人越是动人，读者就越无法原谅那个背弃她们的男人。虽然，和那渔人不同，张贤亮的瓶子并非是从海底捞上来，而就埋在他自己的心底；从所罗门的瓶子里钻出来的是魔鬼，而从张贤亮的灵魂深处，不仅冒出了种种有关背叛行为的阴暗记忆，更涌现出许多对于女性温情的动人印象。但是，在懊恼于不能控制自己所释放的力量这一点上，他却和那位渔人最初的神态颇为相似。我甚至觉得，他迄今为止的几乎全部小说，都在不断地证实着这种相似。

中国现代知识分子的痛苦太深重了。陈抱帖说陀斯妥也（耶）夫斯基是有意沉缅（湎）于痛苦，这是十足的武断。痛苦并不象朋友，可以应招而来，它倒有点象怨仇，会一直纠缠你不放。从鲁迅到今天的一代年轻作家，有谁真能够摆脱痛苦？人们常说，中国作家的痛苦首先就表现为一种外向的忧患意识，这当然不错，正是这种意识促成了中国新文学史上最优秀的小说《阿 Q 正传》的诞生。但我要说的是，痛苦还赋予了中国作家另一样东西：那就是内向的反省与忏悔的意识。理智的崩溃，人生的脆弱，自己以及类似自己这样的灵魂深处的可怕的变形，这一切都引起他们深深的震惊、迷乱和不安。必须要将这些情感释放出来，以摆脱困惑，求得精神的平衡：

这实际上也就是从个人反省的角度去悟知人性的深层蕴蓄。就对人类精神的理解而言,这种悟知常能达到比对外部环境的刻划更为深入的程度,我们理所当然要预料,它同样能促成卓越的抒情作品的出现。由于种种原因,相当长一段时间里,这种可能性并未得到实现,即便是鲁迅吧,他对“狂人”和魏连殳们的刻划也明显不如对阿Q那样深邃。但是,半个世纪过去了,当中国知识分子再一次从深重的折磨中恢复过来,情不自禁地要抚探自己的创伤,回顾精神的历程,甚至到这种回顾中间去寻找生存启示的时候,我们却忍不住又要热切地期待,中国作家的反省与忏悔的意识将会得到明显的深化,把中国文学对人类深层心理的发掘大大地推进一步。

但同时,张贤亮的小说创作又使我感到担忧:中国作家要在对内心情感的忏悔式的解剖中达到真正深入的程度,恐怕先得排除掉那种完全只依据理性观念去进行解释的冲动。我们并不能真正再现过去的心境,看起来作家是在追忆往事,可他实际表现的却并非是真实的往事,而是他今天对这些往事的理解。忏悔的本意就在于重新去理解过去,因此,对自己已经表现出来的东西再作理性的解释,单就忏悔来讲,也显然是多余。严格说来,“忏悔”是一个属于道德领域的词,文学接纳它,是因为它能触发对人类心理的深入剖析,而并非对它所包含的那种理性的自责——更不要说自辩——有多少兴趣。因此,对自己内心深处那些最为隐秘的心理活动,那些真正应该痛加忏悔的欲念,理性自责的灯光倒反而可能照射不到,不象审美感觉那样,会在刹那间照亮一切。再真诚的自责也难免包含隐约的自辩,倘若作家不能放弃勉强的理性解释,那就难免会有意无意地歪曲自己的真实感受,甚至妨碍对过去的审美的回顾。张贤亮笔下的那个叙事人,就是这种妨碍的一个极其明显的例证。

我知道,要克服这种解释的冲动是不容易的,它背后有着一连串颇为复杂的民族和历史原因。但是,从张贤亮的小说创作中,是否也能约略看出其中的一种原因呢?他写过这样一句话:“从炼狱中生还的人总带有鬼魂的影子。”说得太对了!在现代中国,往往正是那些曾经身陷地狱而又未被阎罗王收编的人,会产生深沉的忏悔意识,可另一方面,那牵制他们深入自剖,甚至催促他们自我掩盖的力量,又恰恰来自他们身上那股从地狱里带来的“鬼气”。张贤亮的那种急于自辩的意图,不就分明散发出了这样的“鬼气”吗?我不敢奢望它能够迅速消散,因为中国曾经有过那样悠久的灾难史。但我也有足以欣慰的所在,那就是张贤亮毕竟打开了瓶口的锡封。情感记忆一旦冲出束缚,它们所包含的审美基因就会不可遏止地发展起来,从《男人的一半是女人》就可以看出,它们已经在不少地方扩大了对于理性解释的突破口。鬼气不可能长久地包围住一个真正的诗人,我对张贤亮依然抱有衷心的期望。

1985年12月 上海

——原载《上海文学》1986年第2期

李振声

商州：贾平凹的小说世界

复杂心境

这块生长养育过他，被他选定要在这上面深深植以文学之根的陕南商洛山地，天老地荒，苍茫厚重，虽有巉岩峭崖向人提供猎物、柴薪和药材，有河道提供鱼群和航路，更有山地人异常的耐力、谨慎、节俭和坚韧、达观以及健忘，土地的贫瘠和生计的艰难迫使他们将使用于日常性事务的韧劲和节俭也同样使用于精神上的事务，几乎怀着单纯得近于单调的观念生活着：劳动既是生存的手段，也是生存的目的。沉重的劳作吸收去他们几乎全部充沛的精力和山地智慧，将他们的人生空间填塞得又充实又简单。他们的快乐和苦恼的内涵及其表达方式，意志、原则、怀疑和信仰，特别的方言和生活方式，务实的生活本性和某些准宗教的超脱感，这些在贾平凹以商州为母题的小说群体里复沓出现的一切，既然是从历史深处衍化而来的结果，那就自然会在新的时层中继续展开它的演变，而在对现代生活模态所作出的应答中，以往保持了不知多少世纪的沉闷、钝重、蹒跚和循环往复的脚步，渐渐开始变得迟疑起来。

《山城》大概可以算作贾平凹商州小说群体中比较粗糙、笨拙的一篇叙事作品，对它的败笔我不想多说什么，我只是想说，要是我们暂且不去理会它在指涉现实世界时明显表露出来的不怎么可取的以意为之的主观倾向，越过它的具体语义，那么，这篇小说所写的那位小说家，对背倚着古朴文化传统的商州山镇女子和来自现代社会的省城时髦女诗人，在感情趋赴上回环巡逡，目光游移得相当厉害的情形，或许可以挪来作为贾平凹商州小说思维格局上的一种张力结构，为我们的阅读提供一个特定角度，采取这个角度，也许能多少感受到贾平凹陈述商州世情的小说所具有的容易被人疑惑的现象，以及现象背后潜埋着的理由。

对商州所拥有的一切，贾平凹保持着两种感情。

一方面,是一种生命之根维系于此的挚念。他直接生活在它们里面,吸收它们,回忆它们,而不仅仅是冷眼旁观一番。他尊重这里的所有智慧和感情,因为凡此种种都培育和激发了他的自省自悟的心智的主要机能,玉成了他在文学天地中的充分舒展。这使他对于世风和时尚的大幅度变迁,有时会身不由已地采取一种谨慎的眼光,耽(担)心衍化流贯在这块山地上的人的纯真、厚道、韧性的信念和沉(诚)实的生活态度,以及充满生命的原始本性的民俗风物,在趋近现代社会的进程中分解、消融,或者被外来的力量冲撞得支离破碎,不伦不类。

《九叶树》中那个罗子属于那样的老人,如果能把世界一分为二,那么他的头脑中堆积的绝大多数属于它的过去直到现在的一切,而对于它从今以后将发生或者正在发生的一切则茫然不知。对他来说,旧的世界因为熟悉因而是可亲近的,新世界则因为陌生而很隔膜。他酒酣后对住店客人发表的那通对城里人生活近于滑稽的描述表明了这一点。女儿兰兰的迷误,在他看来正是对他生活信念的一种应验:人应当自足于已有的基点,放弃它,就会在生活中迷失自己的本性,这种内缩的、防备的心理虽然主要跟他几乎一辈子的生命是由传统生活秩序所铸成的这个情况有关,但也与新的生活方式自身的复杂性,以及当它向山地蔓延时会遇到意想不及的力量的纠结有关。罗子的担心是有其合理的性质的。现成地承受着现代文化陶冶的人,摆脱了褊仄蒙昧的生产生活结构加诸人身的拘囿,但对个性的滥用又往往导致了偏(褊)狭、任性的私欲之心和纤弱脆孱的神经(《小城》中的省城女诗人),带来某种遗弃道德责任感的迹象(《九叶树》中的摄影师何文清),新的经济政策和新的职业构成也同时在为不义之徒提供机会(《远山野情》中的队长和《黑氏》中的信贷员),城镇个体经营上的松动所带来的效应也并不全都那么尽如人意,它不仅没能阻碍或改变某些琐屑情欲,反而对之有所助长(《商州》中的董三海)。通过经济政策调整而暴露出来的人心弱点几乎与它的优越之处一样多,这自然引人感喟。

这时,对贾平凹说来,商州不仅仅是一块故土,而且也是一部无法断裂的历史,里边含着经历了阶级和时代的种种变异,却仍然保有某种形式的稳定性,不完全依附于经济、政治变革的相对独立和延续性的东西。在《冰炭》这篇小说里,贾平凹指给我们看那种绵绵衍生于商州山地的人道意识在劳改农场伙食管理员的妻子白香身上如元气般的凝聚。同样,从《远山野情》里那个手攥一块杂有金和铅的矿石然后离开深山野沟的香香身上,我们也能汲取这样有价值的东西:在任何处境面前都不放弃自主自立的生活选择力和自尊自重的意志。要是商州在向现代社会的推进中,这些在艰难的劳动环境中产生,并且经受了千百年时间的考验,已经成为一种世代相传的同类经验,一种遗传的文化心理,这类至深至厚的秉性素质受到了冷淡、遗忘甚至蔑视,那么,在贾平凹看来,这种进程就会留下难以弥朴(补)的缺憾。

另一方面，贾平凹则在他的商州小说群体中，汇聚起他心智和感情的绝大部分，向世人表明，传统生活秩序中所有有价值的东西，只有在被人们自觉地汲（吸）纳、整合到新的生活结构之中，才能不断地保有它的美质并继续发展它的功能，而这，只有当商州顺应山地之外的现代社会进程，物质上摆脱了贫困落后和闭塞，心理、行为上祛除了小生产的印痕和宗法观念的束缚之后，才可望做到。事情也确实这样，既成的生活秩序如果能够满足商州人的身心需求，那就用不着去担心它会接受外面世界的影响而改变自身。此外，非道德因素也并非社会进程的必然结果。实际情况是，社会由于自己突进期的宏大激湍，以致还来不及完全协调自身的所有环节，臻达面面俱到的完善，环节间的发展不平衡留下的某些粗疏和空隙，便使得人类长久致力控制、改善的人性中不那么美好的因素，一时得到了放纵滋蘖的机会；但一旦社会完成了自己的突进期，有了重新调整平衡自身结构的时间和精力，那么一时抬头的非道德因素就可能在充满新鲜活力的社会结构中，得到比在此之前的社会结构中更加有效的规导和控制。从终极意义说，有效地治疗人性的弱点，只能落实在经济文化不断向现代社会的推进中。社会的历史目标，自觉地为实现这些目标努力，这一切将使人的人性本质不断获得升华。这层道理，贾平凹心里是明白的。

黑氏从深山嫁到平川道后，从品行可憎的小男人那里得到的是感情的折磨，后来从老实巴脚（交）的木犊那里得到的也只是性的淡漠，直到来顺介入了她的生活，他们才突然从各自的对方意识到了自己生命活力的漫涨，然而这对男女注定还要经受许多的磨难（《黑氏》）；甚至秃子、二水们的畸形反常的行为（《商州》、《鸡窝洼的人家》），都表明贾平凹仔细到不轻易放弃从一个极其特殊的方面，向世人说明文化的封闭和经济的落后，以及人们心理上与地域一样偏仄的道德规范，自然不可能帮助那些深藏在商州人心灵深处的正常欲求得到正当的实现和发展，而只能使它们受到压抑，以扭曲过的形式表现出来。既成的生活秩序由于无法再适应当代人激涨的需求，是注定要被改变和打破的。禾禾从他所择定的新的生产方式再三再四的挫败、困顿中，也从不理解他而对他采取疏离、冷待态度的乡邻们的成见中，乃至从个人最隐秘的内心的失意、沮丧、疲惫和感情的痛苦、烦恼中，坚定不移地出发，认准舍此之外别无他路可走，他终于达到了他的目的，向乡邻证明在他们的出生地上是完全可以开始一种比现有境况合理得多的生产生活方式的，而他最终也以很会谋划安排生活的智慧和韧劲以及希望别人同他一道过上好日子的真诚心肠，扭转了鸡窝洼人心的向背。看来商州山地发生的生活秩序和价值观念的更易，并不单纯只是一个外面世界对商州的单向输入过程，若是没有禾禾们，没有绝大多数山地人身上拥有的趋赴现代生活的主动意向，没有具备承受住难以尽述的来自环境和自身的压力和痛苦的意志，外部现代社会的影响或刺激恐怕很难指望会在这里激发多少使人乐观的反应。

这里,贾平凹对养育了他的幼年到青年时代的、有着古朴风尚习俗的那块山地的挚念,演化为一种理性眼光。他以一种宽宏精神又不无批评地指出了才才、回回们拥有的那种持续不变的心理,那种随遇而安,守己本份,接受并无限度地承担生活的窘迫的耐力,这些曾经支持了王和尚、罗子乃至王和尚、罗子们的祖先的人生的顽强生活力,在时代和社会有了合理变动,山地经济有了重大调整后,就并不完全再是美德了,它含有闷住自己的正常欲求,容忍那种缺乏活力、长久凝滞的自然经济规范继续绵延的厚重隋(惰)性。他真正动心地慨叹一个泱泱大族的衰退,为山地生活与外面日新月异的世界的隔阂感到不安焦虑。他在这种心境中沉思,然后抬起头来,揣怀一种类似神圣的使命感,对立足故土地面上的门门、禾禾、石根、王才们,对这所有试图按照与现代生活主旨相称的价值标准,重新建构一种富有锐气和活力的生活秩序的努力,都那么急不可耐地发出自己由衷的欣悦和赞同。为它们所倾心、所关注、所偏爱、所表现。力求把握住明朗的趋势或隐蔽的微妙心理,从个人的意念中推测群体的心态,即使用暗示把前景稍稍打开一下,作为尚未实现的可能性呈展在人们面前也是好的,(不过,一般说来,在叙事语调上,他对自己这个主题既不轻视也不夸张,对山地发生的变化的陈述,偏好专注于那种发生在心理深处的微澜。)正是这种全神贯注的大胆独立的研究和验证公认的时代真理(在别的当代小说家那里,这种验证是在生活给他们所可能提供的其他具体形式中进行的),结果使他以商州故土为母题的小说群体,拥有一股超越于某类乡土文学的厚实情致(那类小说实际上对故土乡村作了偶像化的处理,沉缅于肤浅的感动中),也使他的小说提升到了他前所未有的层面上。

问题并不在于看出贾平凹商州小说世界中并存着两种趋赴正好相反的感情倾向(尽管它们在量度和力度上悬殊之大,几乎无法对之等量齐观),而在于要注意到这种看似无法协调的游移的二元性情感指向,其实是统一于这样一个耐人寻味、体现了当代意识的文化接续课题。

贾平凹的《商州》曾经无意地写到了这样一种文化上的对逆交流关系:就在照川坪的青年人迫不及待地从刚刚凿通的公路(上)骑自行车赶去县城看新鲜世事的同时,省城的美术工作者却来到他们的出生地寻觅到了可以使现代艺术从中汲取智慧清泉的民间艺术。一方面,商州世界正在努力向外面的现代世界寻找自己的前景;另一方面,现代世界也从它业已超越的传统世界中重新发现了可资充实自己文化创造活力的东西。也就是说,两种文化都在试图突破自己,又都从各自对方所要突破的文化中寻找到了对自己有用的因素。的确,社会进步并不意味着两种文化的断裂或在此之前的文化的全然消失,它们之间除了具有对峙、超越、分离的性质(外),还具有接续、互补和整合的性质。并不是时序上较早的文化只属于昨天，只能一无例外地被淘汰、取代和废弃，就此永远沉没在历史深渊中，时序较晚较迟的文化将是与之绝然无缘的改弦更张。新的社会形态耸立于历史的地基上，这使它在高层面的发展中永远葆有一种绵延不断的母体血缘，而以往的文化由于被引导、整合到高层次的发展中，而由约变丰，由简变繁，被不断充实和深化。我觉得，贾平凹陈述商州世事时揣怀有两种指向不同的情感倾向的复杂心境，既在明朗地肯定现代生产生活方式给商州带来的巨大而正当的利益的同时，又很有分寸地流露出对传统生活秩序所蕴含的一切有价值的成分的珍重意向，以及对人们有时由于暂时的理由而看轻它们的感喟和忧虑，并不象有人耽(担)心的那样，存在着某种道德感情上的迷误和感伤现象，它实际是出于小说家对文化所具有的连续统一体性质，对历史的整体性原则的尊重和所拥有的良知。也就是说，贾平凹是试图站在广阔前景上，去观照两种文化，或准确地说，同一种文化的不同形态互相撞击时，变化中的不变和不变中的变化的。

家庭结构

血缘上的亲和性与褊狭的地域上产生的重土观念的相互纠结，构成了传统生活秩序中家庭结构的强烈内聚力和稳定性。描述这种结构在更有生气的生活方式的搅动下的聚和散，解体乃至重新建构，常常是贾平凹观照商州世情人性播迁情况的一个有效角度。他的商州小说极其注重用家庭的组合与分化来作小说的结构中心，往往是情节从这里延伸出去，又归宿于此。不过，贾平凹深潜到一个又一个家庭结构的细节中去，并不是打算把自己限定于做一个日常性伦理现象的记录人，他是打算努力把这种自身整饬但格局很小的人伦结构放置在社会历史的宏大、系统的整体结构之中，观照社会历史进程在这一个个细小的家庭结构中接受或鼓励着什么，拔除、并使之一去不返的又是什么，观照它怎样使每一个家庭中的成员或正在筹建家庭的人，离开了自己原来的位置而进入新的生活轨道，世界因为变化而对他们变得陌生，从而迫使每个人重新调整自己的心理平衡重新进行选择。

在《小月前本》中，那种超越个体意志的普遍的历史意志和实力，具现在小月对构成家庭结构一极的丈夫这个角色的明智而又伴随着痛苦的选择上：离开安份守己、恪守传统生活秩序的才才，走向拥有开拓对山地人说来纯属未知世界的新的生产生活方式的机智和能力的门门。《鸡窝洼的人家》所写的两户家庭的交叉聚散，虽然缠夹着生命繁衍一类琐细的原因，但直接的主导的起因，则无疑是他们对不愿继续屈从于既定的生活习惯而执着地寻求全新的生产生活方式的禾禾所采取的迥异的评判：赞成同情还是怀疑失望。《天狗》中那个以夫养夫的奇异的家庭结构，看起来似乎纯属沿循古老民俗的结果,但井把式女人对天狗充满古朴原始情味的倾心的内(心)里,是与他身上拥有井把式所没有的,豁达的脾性,敢去省城谋生,懂得鼓励五兴读书,会科学饲养蝎子聚财,这类更容易贴近现代社会的见多识广的素质不无关系。《九叶树》中那个在感情流露上既矜持而严肃,又慷慨而忘我的兰兰,最终冷静地归回到石根身边,显然是与石根在愤然而艰巨地甩脱自己栖身的那块山地上的蒙昧落后处境时郁勃而出的使命感、责任心、沉着的智慧和过人的意志膂力有关。这些素质,在放弃道德责任的城里小白脸那里是没有的。新的时尚不仅有力地投射在上述类型的家庭的组合过程上,它还具体地成为使建立在古老的宗法制下、结构相当稳固的家庭变得不再稳固的缘由。《腊月·正月》中与韩玄子和专业户王才政治经济地位的交叉升降骈体而生的,是韩玄子对家庭内部成员从精神到行为的控制欲的隐忍内缩。除非对变动着的世界作出顺应性的自我调整,而变动着的世界并不会因为要迁就某个人的意愿、尊严之类就裹足不前。《远山野情》和《黑氏》所写的两个山地少妇充满缺憾和个体悲剧性的家庭际遇,似乎更属于偏离常态的异态,采取了与上述家庭类型相反的构思而与其互补,表明小说家估计到了山地人在改变自己的生活处境过程中必须承受的艰难。历史常常以缺憾的形式,在普通人的命运中一次又一次地完成着自己的蜕变。而香香和黑氏拥有的超过常人忍耐限度的顽强生活力和对人近乎虔诚的善意,就是商州山地赖以生存、在历史发展中永不断裂的精神链条。

如果继续展开体验,而不只满足于单义性解释,那么,我觉得前述《九叶树》似乎还有另外一种阐释的可能。我觉得那个自私、怯懦、毫无心肝的城里人所以能一度致使兰兰着迷,乃是因为他身上毕竟拥有一种在山里人石根身上还暂时缺乏的文化气质,现代社会的浸润,使他现成地拥有一种在山地女子看来颇为不凡的风度和征服力。仅仅用好耽于幻想,容易受新式生活的虚影迷惑一类理由来诠释兰兰的行为,大概很难贴近她的真性,也有违小说家的本意。这样,《九叶树》写到的这个年轻家庭并不坦顺的组合过程,就还有这样一层提示涵义:物质上开始充实起来了的商州人,还面临一个难度更大的问题,即如何着手对自己在精神文化上从前辈那里沿袭下来的贫乏状况,作出富有实效的改变和弥补,使身心获得均衡健全的发展。

文体实验

贾平凹以商州为母题的小说群体在文体上的实验性极强。文体大致包括文字风格与结构体式。贾平凹商州小说既运挥流畅而浅清澄澈的文字,也驱遣古拙而重涩沉实的文字。规范的中篇叙事结构在他手里把玩得相当纯熟精娴之余,也驾轻就熟地采用靠拢他前些年间曾尽心尽力经营过的散文体式的笔记、杂传框架,并且还乘兴朝长篇体式作出一次跃进。这种文体——结构上的实验和新变，从他特有的创作路数，为中国当代小说多方开拓叙述语调、格局的可塑性尽了一份力。不过，迄今为止的迹象表明，贾平凹并不太擅长叙述能引起人持久注意力的故事，他不怎么善于把无限丰富的质料聚集成一个硕大无朋的小说世界，把人物投进庞杂的情节，以形形色色的方式纠结在一起，使之各居其位、各得其所，他似乎缺乏那种既包罗万象又井然有序的高度比例感，他的身上看来也没有那种法力：使沉重的心灵由此寻到安慰，激烈动荡的情绪得到规导，每个人内心深处都有的英雄欲由此听到唤醒它的神圣力量，可以肯定地说，雄视阔步高翥远翔，一般并不符合他那内向的心理素质，他突出的长处是使人从其看来简单的手法中获得不那么简单的印象，因此一般说来，规模适当、情节相对单纯的中篇体式是他最得心应手的。

长篇《商州》在文体上显露出一种力不从心的忙乱迹象。那对年轻人的恋情并无出色之处，以致如果纳入背景绝然不同的别的小说框架中，也并不至于让人觉得太突兀。不过贾平凹在每个单元之首以其丰富的修辞知识和广博的掌故佚闻，详尽地写出的商州人的风俗人情，地理地貌，以作为故事的时空依托和文化注释，由于具有比故事的中心人物及其他们离奇的行迹更厚实耐读的效果，使我们阅读中感到的缺憾多少得到了补偿。这部分文字好比颤动的神经末梢那么敏感，吸收外面世界的一切感性印象，现象的推移和流动是不知不觉完成的，事实与传说、现状与历史不存在绝然的界限，彼此打通的，恰如它所要陈述的商州生活本身。这里，小说家仿佛急不可耐地决定要告诉读者关于商州的一切，每一个最后的根因、线索、性质或条件，所有这一切都想在一次惊人集中的努力之中全部告诉我们。这种过于热忱的叙述句法由于感性直观的知觉的印象太庞杂、斑驳、臃塞，常常给急性子的读者增加了阅读上的疲劳，但要是他愿意合作，得到的酬报也将是丰厚的。可惜，由于它所支持的小说的深层结构，即构成小说内容连续性的成分——情节及意蕴，缺乏厚实的内涵，使得它终究只能滞留在可爱的浅表功能上。

商州小说群体的开山作《商州初录》与晚近的《商州世事》，文体上可以与中国传统史著的“纪事本末体”、古典传记中的杂传、游记和肇始于魏晋大盛于明清的蒐集坊间轶闻野语、杂录琐记、志怪传奇的笔记等体式接上渊源。它们是贾平凹作为一个具有当代其他作家罕有其匹的极其活泼的感受力和强健的形象、情绪记忆力，富有人道意识和良知的小说家，在商州山地里几经跋涉的收益。由于旅途的匆忙，也由于心理上的间隔（要知道，人跟人的沟道至少需要假以充分的时日，一个不顾场合随便就可以对旁人畅怀叙说心迹的人，往往只会在日常生活中引起旁人对他说话的真诚性的怀疑了），这类小说里的人和事多半只是小说家依据当地对其家族渊源、个人身世的见仁见智的传谈（说），或者对其现有行状的直接揣摩，从外部的临摹而不是内部心理的描写,通过削繁就简和用神气上的完足来补偿形迹方面的简略的办法,复原而成的。几无陪衬拖带,大量的空白形成特有的韵律感,它们表明,商州的五光十色和千汇万状是没有什么不可能进入贾平凹的艺术视域的。它保留了对生活的生动活泼的新鲜印象,却又并不因行色匆匆而失去艺术上的从容。《初录》在它闻世的当初,我就谈过阅读感受,至今并无更多想法好补续,这里仅就《世事》说点什么。我觉得,这类极其简省的结构,历史纵深感总是厚实的,叙事的时间幅度很大,推古及今或由今溯古。而那种将分散状态的山地生活现象按照分散状态的原样依次陈述出来的平朴纪实品格,常无意间指涉到了人生与人性的实质,流露出很高的悟性。

《说话周武寨》中两个家族的交替盛衰、暴虐和残杀,一度包含着情有可原的阶级复仇意味,使我们多少感到点恶行有报的快意。但它们的绵延不绝,成为一种以恶抗恶的恶性历史循环,则表明后来那场波及〔到〕共和国最僻远的乡陬的"文化革命"所具有的反文化性质,因为它拥有纵容煽动人们心底里的盲目和暴虐的力量。个体心理中沉积着历史经验。人类心底是残留着一部分源于久远的种族记忆,那种野蛮时代的习俗,为了维护和扩张本部族的生存而相互残杀的习俗的。只是随着人类对外部自然和内部自然的征服、改善,这种原始的暴力本能受到了文化的严格有效的规导控制,只在正义的范围内,才被允许启用。因之一切滥用它们的行为,不管以多么高尚的政治名义出面,都将被证明是对人类文化成果的摧毁。所幸的是这种看来无休止的恶性循环,在幸存下来的周、武二家的第二代和他们刚长成的第三代那里戛然而止了。关于亲善互助本性在两家人身上的复归,关于他们不计较历史恩怨、抚平内心创痛重新聚合起来的缘由,小说家没多说什么,但我们可以从他竭力不想多说的地方体察到他隐去的是什么。首先是一种顺应民意的清明政治所具有的文化规范力量;其次是,命运的锁链是死的,人是活的,受缚于它还是摆脱它,责任就在人自身。这就从一个极特殊的角度让我们窥见了人类对自身的信心:他有承受和控驭客观环境和自身命运的能力。

贫困和愚昧所造成的恶果不仅仅在于性的饥渴和紊乱,而(还)在于人性由于得不到滋蘖的合适土壤而可怕地萎缩,不得不长久滞留在混浊的生物水平线上。《刘家三兄弟本事》里的老大,在外人看来是忠于护山守林职守以及后来效命于捣毁民族文化的政治运动,其实对他说来却并不是想从集体和政治的事业中去体验那种人的意志、愿望外化后的乐趣,而不过是接受口腹本能的驱役。口腹的欲求就是他的全部生命活动内涵,他为此活着,也为此丧生。

《木碗世家》中那个敏慧的后生依据可靠的信息在经营上的左右逢源,表明摆脱了传统生活秩序和它的隋(惰)力之后,将会如何有力地放释出深蕴在商州人内心的创造性的心智、谋略和胆识，这与恪守古训的老人既惊讶又担忧，以及固执地不肯放弃业已无人问津的木碗制作业这条穷途末路，希望能凭此替儿子有朝一日背运时留下一条牢靠的退路，形成了一种带着强烈幽默感的心理反差。对这个命里注定走到了尽头的角色下了个充满善意怜悯的历史判断。不过另一种阐释的可能性也是存在的：虽然老人对自己终生职业的依恋和矢志不移属于一种不入时调的守旧心理，但作为一种传统的民间工艺，任其散失又是可惜的。尤其当我们考虑到它们与被古典哲学看作天地之始万物之母的“道”所效法的“自然”态往往是贴合得那么切近时，感慨就越加深重了。它们的简单、质朴、凝重和接近生命的原色原性，对于过久地被繁缛技巧所累的近现代艺术，所拥有的启悟它们返回人类生命本性的契机作用，在前边我们已经看到了先例。

这类注意力相当繁杂的叙事作品，拥有小说家力求能对故土向现代社会的趋赴提供些有益意见的严肃意向，这种意向同样深浅不同地参合、弥漫在其他文体不同的商州小说中，并由此赋予它们一股健旺的活力、深沉的元气和厚实的艺术张力。

1986.1.30

——原载《上海文学》1986年第4期

鲁枢元

论新时期文学的“向内转”

如果对西方现代文学现象稍作考查,便不难发现,二十世纪的文学较之十九世纪的文学,在文学与人、文学与生活的关系方面进行了明显的调整,文学呈现出强烈的“主观性”和“内向性”。文学的“向内转”,成了整个西方文艺从十九世纪向二十世纪过渡时的一个主导趋势,而令人讨厌的“现代派”们,却在这一历史性的转换中打了先锋。

如果对中国当代文坛稍微作一些认真的考查,我们就会惊异地发现:一种文学上的“向内转”,竟然在我们八十年代的社会主义中国显现出一种自生自发、难以遏止的趋势。我们差不多可以从近年来任何一种较为新鲜、因而也必然是存有争议的文学现象中找到它的存在。

首先是小说创作方面。粉碎“四人帮”后,文坛上出现了一种悖谬于传统写法的小说作品,例如所谓“三无小说”。这些小说,其实并不就是没有“情节”、“人物”和“主题”,而只是在割舍了情节的戏剧性、人物的实在性、主题的明晰性之后,换来了基调的饱满性、氛围的充沛性、情绪的复杂性、感受的真切性。这类小说,成就高下不一,但共同的特点是:它们的作者都在试图转变自己的艺术视角,从人物的内部感觉和体验来看外部世界,并以此构筑起作品的心理学意义的时间和空间。小说心灵化了、情绪化了、诗化了、音乐化了。小说写得不怎么像小说了,小说却更接近人们的心理真实了。新的小说,在牺牲了某些外在的东西的同时,换来了更多的内在的自由。

其次,中国新时期文学的“向内转”,还更早一些、更突出地表现在诗歌创作中。诗人以个性的方式再现情感真实的倾向加强了,诗歌的外在宣扬,让位于内向的思考,诗歌的重心转向了内在情绪的动态刻画,主题的确定性和思想的单一性让位于内涵的复杂性与情绪的朦胧性。正如谢冕同志指出的,新时期的诗歌,由对外在客观事物的铺叙描摹变为对于具有复杂意念的现代人心灵对应物的构建。也正如一位青年诗人的自述，新时期的诗歌，发生了由“客体真实”向“主体真实”的位移，发生了由“被动反映”向“主动创造”的倾斜。

上述“三无小说”和“朦胧诗”，应该说都是新时期文学中一些极端的现象。极端的当然并不一定就是最好的，然而却是当代文学整体动势中最显眼、最活跃的一部分。

除了这些作品表现出较强烈的“向内转”倾向之外，一些选材和写法都倾向于传统的文学作品，受新时期文学这一总体趋势的牵动，也都或多或少地发生了某些“向内转”的倾斜和位移。比如，一贯以“炮火连天”、“杀声动地”为特定风格的我国军事题材的文学作品，也开始由传统的写敌我对垒、生死角逐之类的外部冲突，转为写生死关头人与人之间的“内心冲突”。又如张洁同志的长篇小说《沉重的翅膀》，是一部在艺术上和思想上都很有分量的现实主义的作品。关于这部小说的创作倾向，张洁同志在答联邦德国《明镜》周刊记者问时曾作过如此剖白：“我的小说实际上不讲究情节，不在意对人物的外部描写，我更重视的是着力描写人物的感情世界，渲染一种特定的气氛，描述人物所处的处境，以期引起读者感情上的共鸣，这样的叙述方法可以比作音乐。”张洁小说创作追求的显然是一种内向的小说美学。可以见出，题材的心灵化、语言的情绪化、主题的繁复化、情节的淡化、描述的意象化、结构的音乐化似乎已成了我们的文学最富当代性的色彩。

“内向化”的文学艺术观念已经成了新时期中国人民审美意识中的一个主要因素。这是一个相当敏感而且容易引起争议的问题。因为在中国新时期文学“向内转”之前，确实存在着一个西方现代文学的“向内转”的问题。于是，中国当代“向内转”的文学是步西方现代派文学的后尘，是拾西方现代派文学的余唾，是西方现代派腐朽没落文学观在中国当代文坛上的回光返照，几乎就成了一个顺理成章的结论。然而，我觉得这只能是一个简单化的、错误的结论。

文学领域中的任何界限其实都是不容易划得很清的，应当承认，从某种意义上讲，文学具有世界的整体性。“向内转”的文学成了人类指向自身的“内探索”工程的一个重要方面。尽管外向的、写实性的、再现客观或模仿自然的文学创作仍然有着深厚广阔的地层，而内转的文学却已经显示出一种强劲有力的发展趋势。它像春日初融的冰川，在和煦灿烂的阳光下，裹挟着峻嶒的山石和冻土，冲刷着文学的古老峡谷。这是一种人类审美意识的时代变迁，是一个新文学创世纪的开始。

从这一广阔的背景考察，中国现代文学的“向内转”并非始于今日，而是早在“五四”运动前后就已经开始了。要在我国“五四”前后的文学运动中寻找文学“向内转”的迹象并不困难。在中国新文化运动的巨人鲁迅的文学创作中，“向内转”倾向恰恰得到了最突出的表现。鲁迅的散文诗《野草》属象征主义文学几乎已成定见。鲁迅的小说，除了一部分篇章表现手法较为写实、故事情节性较强、与批判现实主义的文学传统较为贴近外，还有更多的篇章，或者写人物的情绪体验，重在描述人物的心灵历程，或者写人物的病态或变态心理，重在解剖人的灵魂世界，或者写历史传说神话故事，重在暗示民族的文化心理结构。这些小说看上去往往不怎么“像小说”，而这些小说表现出来的“情绪性”、“心理性”、“象征性”、“暗示性”，却正是鲁迅小说区别于中国十九世纪末的社会谴责小说和欧洲十九世纪的批判现实主义小说的重要标志，这也正是二十世纪初世界文学的富有代表性的色泽。从这个意义上讲，伟大的鲁迅不仅仅是属于中国现代文学的，也是属于世界现代文学的。

在进入二十世纪三十年代之后，文学“向内转”的进程在中国渐渐中止下来，同时，文学开始由内向转入外倾，这和中国社会独自的历史进程有关。自二十年代后半期以来，中国人民为了自己民族和阶级的生死存亡竭尽全力地与外部世界进行着搏斗与抗争。在这场首先是求温饱、求生存的斗争中，中国人民需要一种集中的、一致的、外向的、实用的文学艺术活动。为此，有着强烈社会责任感的文学艺术家们便自觉地舍弃或变换了自己的审美观念、艺术风格、文学趣味、文学体裁，这是十分可贵的。文学充任了工具和武器，不一定就是文学固有的属性，但却一定是我们革命文学的光荣，应当在我们的文学史上占据光辉的一页。

新中国成立后，按说，文学的“求人的温饱”、“求人的生存”已经应该渐渐转入“求人的丰富”和“求人的提高”，转入对于人的心灵的重新熔冶铸造。不幸的是，长期形成的一种“心理定势”起了作用，文学仍然被固定在“工具”、“武器”的框架上而未能进入更高的层次。五十至六十年代初，在文学艺术界曾经出现了一些转折的迹象和苗头，一些有艺术眼光和艺术勇气的文学前辈曾提出了“现实主义广阔道路”、“现实主义深化”、“反题材决定论”、“文学是人学”、“写中间人物”等主张，希望我们的文学能深入到艺术和人心的地层中去，开拓出文学的新的地域和空间。然而整个社会生活中缺乏一种宽松谅解的气氛，这次文学改革尝试夭折了。更不幸的是又发生了为期十年的“文化大革命”，文学遂濒于灭绝。粉碎“四人帮”后，随着一个崭新的历史时期的到来，中国文学在走了一段迂回曲折、艰难困苦、英勇悲壮的历程之后，才终于又回到文学艺术自身运转的轨道上来。从“五四”到“四五”，历时近六十年。

新时期文学的“向内转”，不仅是受到了世界现代文学的影响和诱发，也不仅仅是对于“五四”文学流向的赓续和发展，作为一种带有整体性的文学动势，它必然还有特定历史时期的中国社会文化心理方面的动因，比如：

（一）前摄因素的作用：“向内转”体现了浩劫过后某种强烈的社会心理对于文

学艺术的需求。西方现代文学的两次“向内转”的高潮,分别与两次世界大战给人类带来的灾难有关。“文化大革命”也是一场灾难,而且与中国人民近代史上蒙受的其他灾难不同,人民受到的伤害更严重的是人性的扭曲和心灵的破裂,这是一种“内伤”。浩劫过后,痛定思痛,善良的人们在反省、在反思、在忏悔,心理上长期郁积下来的一层层痛苦的情绪和体验需要疏通、需要发散、需要升华、需要化为再图奋进的思想和勇气。这种特定的社会心理状态,为新时期文学的“写心灵”提供了广阔的空间。

(二) 逆反心理的导引:“向内转”是对长期以来束缚作家手脚的机械的创作理论的反拨。在特殊历史时期形成的那种急功近利的文艺创作心理定势的制约下,文学反映社会生活被理解为一种“镜映式”的反映,而“现实生活”又只被理解为生产斗争、阶级斗争之类的人的外指向的实际活动,甚至只被理解为当前的政治中心工作。于是,文学的视野长期被局限在一个狭窄、机械的天地里,失去了内在精神创造的灵动性和自由性,大量平板、粗直、空洞、枯燥的作品,倒尽了读者的胃口。逆反心理即是一种心理意义上的求新求异趋向。文艺欣赏和文艺创作中的那种明显的逆反心理,促动一大批中青年的诗人、作家充当了艺术叛逆者的角色。

(三) 民族文化积淀的显现:“向内转”是新时期文学对于我国古代美学思想和文化传统另一脉系的继承和发扬。在美学领域,儒家文化强调审美与社会政治、伦理道德的关系,强调文学艺术的功利性,强调理性的创作过程;道家文化则强调审美和艺术创作的内在精神自由性,强调情感的自由抒发和自然表现,强调超脱一切法度之外的创作精神。大体可以说:儒家的文艺思想是外向的、具体的、实用的,较为接近“文艺社会学”、“文艺政治学”、“文艺伦理学”;道家的文艺思想是内向的、空灵的、思辨的,较为接近“文艺美学”、“艺术哲学”、“文艺心理学”。长期以来我们对道家的文艺思想采取彻底批判的态度,这是不公平的。新时期里,不只文学界,整个学术界谈玄论道的人突然多了起来,其中中青年学者居多,他们的“道行”虽然不深,但谈起“道”来却津津有味,而且多能心领神会。何以解释?只能说时代风潮使然。

(四) 主体意识的觉醒:“向内转”体现了中国人民对于人自身认识的深化。由于封建主义思想和教条主义思想的侵害,新中国成立后,人的主体意识仍然在某些方面受到了长期的冷遇和压抑。领袖的偶像化、理论的教条化,使得本来属于我们自身的力量物化了,愚钝化了。人自身的力量被忽视了,人成了被动的存在,人的个体独立性和精神创造性受到排斥,这对一个社会的发展是很不利的,对一个社会文学艺术的发展尤其不利。党的三中全会之后,随着思想解放运动的开展,人的主体意识自然成了一个风行的话题。刘再复同志的《论文学的主体性》文章的出现,本身就是一种引人瞩目的文学现象,尽管文章在概念和逻辑方面不一定无懈可击,但它却显示了文学理论向着文学内部的勇敢的探索,显示了中国当代文学对于文学自身的认识的深化,这显然是一种文学理论研究中的"向内转"。

如果站在时代的高度,回首新时期文学十年来所走过的路,尽管山花迷乱,尽管云遮雾障,其来龙去脉仍依稀可辨。从"伤痕文学"到"反思文学",从"反思文学"到"寻求文学",始而寻求失落多年的"自我",继而寻求"自我"和"自己的文学"所赖以生存的"根",寻求中华民族新的发展趋向。这十年里,我们的文学对我们的时代、对我们的社会、对我们当代人的意识,进行了多么普遍而又深邃的探索!在这种探索过程中,文学始终透露出一种喷薄欲发的改革精神。这就是新时期里我国人民所走过的心理历程,也就是我国文学在新时期里留下的历史轨迹。谁能够说,我们"向内转"的文学不是属于我们这个时代的社会生活的呢?

——原载《文艺报》1986 年 10 月 18 日

曾镇南

惶惑的精灵

——王蒙小说片论

一

在王蒙的小说中，与那种在历史报应的现象中把握具体的历史联系的历史感同样重要的，是一种沧桑感。这是作家在巨大的历史变动中的心灵感受，他把这种感受分给了他钟爱的各种各样的人物。如果就艺术传达的丰富多样、灵敏准确、迅速新颖而言，王蒙小说的沧桑感，甚至可以说比他的历史感更重要。因为包含着历史报应思想的历史感，在王蒙的小说中，更多地是以思想的本色形态，以一种政治智慧发挥出来的；而沧桑感却更多地存在于人物的情绪和感觉中。前者是偏于历史的、社会的客观认识，后者是偏于现实的、人生的主观感受。前者的艺术传达，需要对历史的实在内容〔的〕(进行)客观的、严谨的探究，这显然非王蒙的艺术气质之所长；后者的艺术传达，却依赖于对生活的流动感的主观酣畅的发挥。这对于王蒙来说，简直是得心应手，挥洒自如，灵感频来，尽其天性的。

对于王蒙来说，沧桑感既(慨)是一种对生活的流动、命运的变迁、今昔的反差进行沉思的闪烁着辩证法智光的思想，更是一种敏锐迅捷地把握时代特征的艺术感觉。

沧桑感在王蒙笔下，常常表现为他所钟爱的人物在历史的转换关头产生的一种情绪流程：由惶惑、微微的忧郁到清明豁朗、眺望未来的情绪变化过程。

如果把王蒙的全部小说当作一个完整的艺术世界来考察，那么，在这个人物熙熙攘攘，风光旖旎繁富(复)，有着巨大的时空跨度的艺术世界中，是什么样的人物的灵魂处于中心的位置，最能引起我们的注意呢？

作家刘绍棠在论及王蒙创作的优势和劣势时，曾坦率地说："大体说来，在写工人、农民、青年、学院知识分子和市民生活上,都另有强手,王蒙主要是以写干部见长。”①这话有一定的道理。王蒙最为人知的代表作的主人公,不都是干部吗?从《组织部来了个年轻人》中的青年干部林震,到《蝴蝶》中的张思远、《相见时难》中的翁式含,一直到最近的新作《名医梁有志传奇》中的孪生兄弟梁有德、梁有志,都是塑造得相当成功的干部形象。王蒙在与刘绍棠谈到《地母》时,曾亦庄亦谐地说:“你写不了政治性太强的作品,这个题材应该我来写。……”②似乎也可印证刘绍棠的观感。

其实,更准确地说,王蒙主要以写那种带有浓厚的知识分子气质的、对生活中的新变化有锐敏的感觉并善于思索、有丰富的内心生活的干部。或者说,王蒙更长于刻画干部型的知识分子的心理,这种知识分子不是那种专注于自己的业务、承受着巨大的负担、带着悲剧色彩的知识分子(如谌容笔下的陆文婷),也不是那种在爱情和事业中都执着于高于现实水准的追求、爱得痴迷也恨得峻烈的知识分子(如张洁笔下的女主人公们),而是那种有着自己一段独特的政治生涯的、视野宽阔、情感恢宏、体验良多、识见不群,并把自己的命运和国家、民族、人民的命运联系在一起思索的知识分子。

而如果不拘牵于人物的身份、职业的话——王蒙自己就曾表示过“不能同意按社会职业划分文学题材”③的做法——那么,我们不妨可以说,在王蒙小说的广阔的艺术世界中,遨游着一个从历史的漩涡深处走出来,兴味盎然但也不无惆怅地感受、吟味着急剧变化的现实世界的智者的灵魂。这是一个心潮滚滚,浸透着沧桑感的时代的精灵。如果我们能准确地摄下这个精灵的影象和心迹,那么,庶几可以说真正懂得王蒙了。

这个时代的精灵当然并不是遨游在思辨的天空中的,它和我们国家三十多年来每一个具体的生活发展阶段血肉相连,而且在不同的生活阶段打着不同的时代烙印。透过这些不同的时代烙印,可以看到这个时代的精灵,也经历了一个从稚嫩到成熟,从单纯到复杂,从清浅到深沉,从躁动到澹定的过程,这个过程从总体看,是一个不断地有所发现、有所前进、有所得到的过程。但从局部看,每一次发现都小有困惑,每一次前进都小有回视,每一次得到都小有失落。这当然也就构成了这个时代的精灵的形象显现的丰富性、情绪流露的微妙性。

① 见刘绍棠:《我看王蒙的小说》。
② 见刘绍棠:《我看王蒙的小说》。
③ 王蒙:《倾听生活的声息》,《漫话小说创作》,第15页。

二

在五十年代，王蒙笔下的这个时代的精灵还充满青春的锐气，它“渴望生活，渴望在天上飞”。浩大的世界，仅仅对它撩开了面纱的一角，就已经使它感到新鲜、惊奇。对于它来说，“眼泪，欢笑，深思，全是第一次”。其实这时的“深思”，不过是透着一股年轻人对待生活的认真和执拗劲儿的自我感觉而已。当然还不会有深刻的沧桑感。虽然也颤动着从惶惑到清明的情绪交流，但推动情绪转换的不是生活经验而是年轻人乐观的理想。

但不管这个时代的精灵扑掮着的双翼是多么纯洁透明，它当年的惶惑和思索，到现在还能撩动我们的心，使我们想到了它当年也未必意识到的一些复杂的生活课题。

因为，它毕竟出现在我们共和国的第一个历史转折关口——由疾风暴雨式的革命高潮转向脚踏实地的经济文化建设的转折关口。虽然后来历史证明了这只是一次未完成就被新的阶级斗争的“运动”打断了的转折而已。

《青春万岁》里有一个使郑波感到“惶惑”、使杨蔷云感到“茫然”的问题，那就是她们的班主任袁先生提出的怎样对待李春的问题。袁先生讲了一个聪明绝顶的数学迷因为学习上不循序渐进、目无师长而被开除的故事，作为自己的教训。他由此说出了自己的经验之谈：“功课愈好的学生，往往毛病愈大。”显然他是比较喜欢、同情、理解李春的，这就使他的纯洁而激进的学生们困惑了。当然，这微微的惶惑，很容易地就通过李春对自己的个人主义思想的认识（这是主要的）和郑波、杨蔷云对自己的思想方法、工作方法的某些片面性的反省（这是次要的）消释了。在当时，实际生活和小说都只能这样地去解决矛盾。应该说，王蒙能让郑波、杨蔷云意识到自己的某些片面性，并产生一种感到不能适应经济建设高潮的到来的“惶惑”，这就很不简单地摆脱了对生活矛盾的简单化处理了。

但是，如果把这种在中学生学习生活中还处于萌芽状态的矛盾和尔后我国社会上愈演愈烈的政治运动中形成的对知识分子、对有独立见解的才俊之士的极左的偏见与苛求联系起来思索，我就觉得：《青春万岁》最意味深长的这一笔，比之历史运动和人的遭际的实际的复杂性，还是显得简单了。“惶惑”是被感觉到了，但“惶惑”所反映的生活的实际复杂内容，并没有完全被作家意识到。

这当然近乎苛求。但是，我是在读了王蒙的中篇新作《名医梁有志传奇》之后，才突然想到这一点的。有时候，让距离很远的作品互相撞击一下，是会产生出乎意料〔之外〕的观感的。

《名医梁有志传奇》是王蒙写得异常成熟、异常洒脱，浸透着清明澄澈的沧桑感的新作。它以不长的篇幅,在对比度很强的画面中,交错地展开梁有德、梁有志这一对孪生兄弟的不同命运,几乎概括了我国解放以来三十多年的社会生活的变迁、价值观念的变迁、干部队伍的变迁,其中交织着纷纭万状的世态,特别是建国以来发展最好也最乱、"躁动着繁荣的捉摸不定的未来"的新时期斑烂(斓)而又斑驳的世态。小说写得真实、奇特又有几分荒唐;写得冷峻、冷静而又五内俱热。其中那种对世事沧桑和人心微澜的透澈(彻)观照和举重若轻、履险如夷的艺术概括力和分寸感,可以说已经达到炉火纯青的地步。

在这篇新作中,触及〔到〕一种发人深思的社会现象,即梁有志由于过分聪明而碍难"进步"("升官"之别称),梁有德却因平庸无能而一路顺风的不同遭遇。造成梁有志"仕途"多蹇的,表面上看似乎是一个干部政策的偏差问题,实际上由于干部政策往往受社会舆论的制约,它所反映的就涉及普遍性的衡才识器方面的偏见和积弊了。这就使我想起袁先生说的"功课愈好的学生毛病愈大"的话来了。这经验之谈,就是到现在,我也还是觉得有几分真实的。我不禁揣测起毛病不少但聪明过人的李春走入社会后的命运来了。也许她将长期地为不能"进步"或才无所用而苦闷吧?也许她将在不同时期分别获得"白专道路"或"修正主义苗子"的帽子吧?梁有志能从破除"误以为自己有两下子"的误会中得到解脱,倔强的李春行吗?!

从被普遍认为他"浮躁、骄傲、小资产",说话、走路、办事太快,太爱看书太爱听外国音乐的青年梁有志,我不禁又想到了《组织部来了个年轻人》中的林震。他们俩才是精神上的孪生兄弟哩!处于我国社会主义建设第一个高潮中的林震,焦灼地鞭策自己要一日千里地前进。他不满于自己(的)生命史象白纸,也不满于区委会党的组织工作的松懈。他有一股子冲击生活的锐气。然而他却碰到了刘世吾式的冷淡!于是:

> 走出办公室以后林震有一种奇怪的感觉:和刘世吾谈话似乎可以消食化气,而他自己的那些肯定的判断,明确的意见,却变得模糊不清了。他更加惶惑了。(重点号系引者所加)

林震的这种惶惑感,确实才是小说的主要情绪。在这种情绪中,包含着五十年代年轻人"走向生活、走向社会、走向机关工作以后的心灵的变化,他们的幻想、追求、真诚、失望、苦恼和自责"等等。这是一种具有社会普遍性的典型情绪。因此它在广大读者中引起了强烈的共鸣。在当时,林震的惶惑,不管内含多少复杂的情绪成分,但给予读者的主要美学感受,却是投向被刘世吾看得透透的、认为就该如此的不合理现象的一个虽然幼稚但却大胆的疑问。林震的到来,给组织部带进了一股清新的风。有一部分读者觉得这篇小说是对机关工作中的官僚主义现象的冲击,正是基于对林震的惶惑感的这种实际的美学感受。

到了七十年代末八十年代初，王蒙由于自己思想的变迁，对林震的幼稚颇有微词。他说，林震“对生活、对社会的看法，是相当简单化的。有些地方甚至是一厢情愿的、自以为是的推断”①，并说林震不象英雄，倒有点象弱者，等等。就算王蒙对林震的批评都是正确的吧，就算当初王蒙在理智上就充分意识到林震的幼稚、片面、软弱，因而是用一种略带讽意的清醒调子刻画林震的形象的吧；但王蒙难道能否认：流贯在小说的全部画面中的作家的情感态度，是强烈地同情林震和赵慧文的。我可能是无意地赋予林震与赵慧文之间的“情感波流”以一种揪心的美了。要不然，读者在读到这些章节时为什么都感到心灵的弦索在颤动呢。说出“我们伟大的事业，正是由这些有缺点的组织和党员完成着的”这样透彻、正确、全面、稳健的见解的刘世吾，当然比林震更懂生活的实情。然而，当年的作家和广大读者，在情感上仍然宁要林震而不要刘世吾，这难道不发人深思吗？小说结尾，林震“坚决地、迫不及待地”敲响了区委书记办公室的门，毅然从惶惑中走去，这在我们现在看来当然是稍嫌简单的。但是，那种向生活冲击的锐气，却还是令人神往的！

所以，当我看到梁有志在发展自己才能的种种努力受到不公正的批评后竟然既无惶惑也无遗憾，竟然在自嘲自解中换得清凉自在之身时，不禁感到悲哀了。王蒙冷峻地写道：

> 大概这也算一种误会。误会以为自己有两下子。破除了误会后就不会自己跟自己过不去，就会和自己和好，好好地过日子。想起原来的误会并不悲凉，而是付之一笑。千千万万亿亿代代的人，都不过如此。（重点号系引者所加）

与梁有志的这种清明透彻相比，我简直要说林震的惶惑是一种伟大的惶惑了。他虽然有主观空想，操之过急，跌跌撞撞，还有点软弱，但他毕竟处于时代的前锋，他毕竟焦灼地思索着怎样让生活前进得更快的问题。这个初生的时代的精灵呵！

三

然而，极左思潮的发展，很快就严厉到连这样带点软弱的惶惑也不许存在。一直到新时期开始，王蒙才有可能重建他的艺术世界，把他处于长期逆境中的真实情绪和感受熔铸为新的艺术形象。《布礼》、《杂色》、《如歌的行板》这三部中篇，是作家反思他们那一代人在受到极左思潮的伤害时心灵经受严峻考验的作品。钟亦成、曹千里、周克这三个人物，都在政治风暴中陷入了最痛苦的惶惑之中。这种惶惑不再是林震式的对不合理的生活现象的疑问冲击，而是在逆境中对自身心理平衡的寻

---

① 王蒙：《〈香草集〉序》，《漫话小说创作》，第165页。

求。与其说它是迎向时代的，不如说它是趋向内心的。

在这些作品中，王蒙笔下的那个时代的精灵被卷到极左思潮形成的险恶的漩涡里去了。它如遭雷殛，嗒然若失(丧)，还来不及产生洒脱的沧桑感，只感受到生活、人格、一切的一切的“连续性”中断的断裂感。它没有惶惑后的豁朗清明，只有惶惑不断加深的晕眩苦闷。

《布礼》是研究王蒙思想时必须特别重视的作品。这不仅因为它多少带着些王蒙自叙传的味道，而且也因为它比较集中地显露了王蒙笔下的那个思索生活的时代的精灵，在极左流行的岁月里受到了怎样的内伤。《布礼》集中描写钟亦成在冤屈中受到的严峻考验，强调了钟亦成对共产主义信念九死不悔的忠诚，用这种忠诚来驳斥那个七十年代末徘徊在中国的颓废虚无、陷于信仰危机中的“灰色的影子”。这种现实触发的论辩性使小说写得相当直露，造成了艺术上的损失。

小说中的钟亦成式的惶惑带有一种屈从环境的味道。他在被要求无休止地赎罪时，曾经对自己——一个朝气勃勃、赤诚无邪的少年布尔什维克出身的革命者——的命运竟然象了带着浓厚赎恶意识的祥林嫂，提出了困惑的质问。但这种质问，也终于在对农民与世无争的生活方式的思索中复归于平安：

> 他在和旁人接触时，已经不自觉地习惯于一种陪着笑脸的谦卑的表情，说什么话，也都习惯于一种诚惶诚恐的音调，生活比愿望更强，岁月比青春更有力。这又有什么可说的呢。

那个原来怀着敌忾心想和伤害他的支书算账的章永璘，在把离婚申请书呈到支书面前去时，不也出乎意料〔之外〕习惯地流露出这种陪着笑脸的谦卑的表情吗？(《男人的一半是女人》)看来，这是整整一代人被环境铸成的共同心态呵！

比钟亦成终于承认“生活比愿望更强，岁月比青春更有力”更彻底的，是《如歌的行板》中那位始终承认“水比船强”的周克。在极左思潮吞噬战友金克的时候，周克在柳克的启发下，不仅没有援之以手，反而落井投石，利用金克给萧玲的求爱信，深文周纳，把金克“帮助”到地狱中去了。正直的萧玲为此与周克决裂，反而嫁给了她不爱的金克。这是政治风暴中人的品质受到的严峻的试炼。然而，周克却在已经清楚了历史的真相之后，仍然把自己的错误(如果称之为罪孽太严厉的话)完全诿之于“太多的激情”，不但没有后悔，甚至也很少歉意(他不是宣称去看望“改正”后的金克时“准备只做很少的检讨和解释”吗?)，当然也毫无惶惑，这实在令人反感。难道这条能感觉的船的迷航，可以完全诿之于过于凶猛的水么？列宁在谈到马克思主义的决定论思想时说：

> 决定论思想确定人类行为的必然性，推翻所谓意志自由的荒唐的神

话,但丝毫不消灭人的理性、人的良心以及对人的行为的评价。……历史必然性的思想也丝毫不损害个人在历史上的作用,因为全部历史正是由那些无疑是活动家的个人的行动构成的。①

根据这个观点,我们不能同意周克把自己的错误说成是历史的必然选择,是威严至猛的革命风暴中不可避免的"某一枪打偏了"之类的错误。一九五七年的北京不是一八七一年的巴黎,不能仿效马克思对那些在巴黎公社失败后挑剔起义的失误的轻浮知识分子的嘲笑。当周克把那些要求分清一九五七年的历史是非的人讥为"用比诸葛亮还高明的预见、比华罗庚还精细的计算"去指摘革命的失误时,他起码是对历史的感觉发生了错乱。错乱发生的主观原因是他太钟爱、太沉溺于自己的"革命激情"了。有一位青年评论家在分析《如歌的行板》时指出:"错误是应当力争避免的,错误的道路不是唯一的道路,人的选择是'多向'的。虽然错误的形成具有各种错综复杂的原因,可是错误总归是错误……至于错误的感情伴随物,当它们也促成了、观望了、参预了错误的历史活动,那就必须重新加以审视,而不应尽情讴歌乃至忘记了理性。"②善哉斯言! 我以为是值得王蒙深思的。

当然,《如歌的行板》在揭示一九五七年那种极左的声势、氛围在改变人的正常理智,裹挟人、煽惑人变得狂热的邪劲方面,有相当深刻的描写。周克在参加一个批判前组长的批判会前还有些犹豫、惶惑乃至反感,但一进入批判会的那种气氛,他就跟着烧起来了,最后竟也"气愤得咬牙切齿"了。这也是一种异己的力量的播(拨)弄,人的一种"异化"吧。张贤亮的《土牢情话》,描写受难的诗人石在怎样在军代表那些极左的概念鼓励、抚慰下自觉地出卖、交待了乔安萍的经过,曾经使我怵目惊心:极左思潮对人的灵魂的钳制,一至于斯! 王蒙描写的这一场批判会,与《土牢情话》中的逼供、诱供一幕,实异曲而同工。不过后者引向了深刻而痛苦的自忏,以拷问自身灵魂的畸变出之;前者却引向了不无漏洞的自解,以慨叹身外的狂潮难挡作结。这种反思历史时到达的不同史识,是和作家不同的气质、经历有关的。

看来,王蒙笔下的那个思索着的时代的精灵,有一种耽于主观感觉的秉性。当它过于相信保留在记忆中的对历史漩涡的自我感觉时,有时就不遑细察历史的荒谬形式中真正严酷的内容了。在对周克的解剖上,它就绕在这样一个对历史的主观感觉的"结"里出不来了。偏重于主观感觉的作家有时是不免于这种窘况的。不过这在王蒙的创作生涯中,似乎并不多见。

且慢! 你对在逆境中苦思焦虑着的这个时代的精灵,未免究诘得太严厉了吧?

---

① 列宁:《什么是"人民之友"以及他们如何攻击社会民主主义者?》,《列宁选集》第1卷,第26页。

② 吴亮:《王蒙小说思想漫评》,《文学的选择》,浙江文艺出版社,第151页。

它不是还有另一面么？人民的滋润、抚慰、启迪，“故国八千里，风云三十年”①的阅历和磨炼，不是使它充满了生活的力量吗？

是的，亲爱的读者，谢谢你的提醒。还有《杂色》，还有可与《杂色》媲美的《鹰谷》，还有别开生面和境界的八篇《在伊犁》呢？在王蒙小说的艺术世界里遨游真是一件令人愉快的事情。常有一种如行山阴道上，山川自相映发，风光幻变，移步换形，使人应接不暇的审美快感。特别是当我们所跟踪的那个沉思的精灵不那么被现实中的“灰色影子”牵制，不那么急于为自己的忠诚信念作历史辩护，不那么耽于自己的主观感觉；而更多地把它自己活生生的人民生活的血肉联系，把它对人民形象的朴素深情的印象显示给我们看的时候，王蒙小说的浑厚、粗犷、质朴而又不失瑰奇、优婉的生活美，就更加使读者陶醉了。

就经历、气质、信念等等而言，《杂色》的主人公曹千里与钟亦成、周克是很相似的。他也对威严的时代的主旋律“革命”感到“复杂啊，怎么愈来愈复杂，愈来愈摸不着头脑”的惶惑。但他不象钟亦成和周克那样，从对政治的思索中去寻求惶惑的解脱——钟亦成用从政治斗争激流中汲取的忠诚信念来平衡自己的内心，而周克则用承认这种政治斗争激流比自己的生命之舟更强来辩护自己的迷失，而是从对大自然和人民生活的思索中来获得从惶惑中奋起的力量。他骑着杂色老马进山到夏牧场去的一天的行程，也就是他不断地从大自然和人民生活中得到慰藉、启迪，使自己的情绪发生了从消沉麻木到热血沸腾，从惶惑苦闷到豁朗清明的转换。小说的最高潮，是曹千里破戒引吭高歌和老马四蹄腾空如风如电地奔跑起来的场面。这是曹千里对自以为已经接受了的“与世无争、心平气和、谦逊克制的生活哲学”的否定。

与《杂色》神奇幻变的浪漫主义色彩不同，《鹰谷》追求的是朴素的记实感。但它写的也是一次进山的故事。主人公之一“我”，作为我们熟悉的类似曹千里那样的知识分子，是在和雄奇瑰丽的大自然的接触中，在和劳动伙伴的相处中，在对那位被罢官仍然热情如火、严峻如钢的林区党委书记的凝视中，才驱除了寂寞和忧郁的心境，在心中升起了人的自豪感。

而不断地出现在八篇《在伊犁》所构成的独特的艺术世界中的那位失去诗的诗人王民，他的经历、气质、神情、面目，都更接近于作家本人的“记实”。但这个王民思索的主要内容，已经不再是他自己的惶惑以及精神出路了。他在观察一个个蕴含着善良、正义感、智慧、才干和勇气，可爱可亲可敬亦复可惊可笑可叹的人民形象中思索生活，感受到“即使在我们的生活变得沉重的年月，生活仍然是那样强大、丰富、充

① 王蒙：《我在寻找什么？》，《王蒙小说报告文学选》，北京出版社，第7页。

满希望和勃勃的生气”①。

当然,在这组记实感很强的小说中,也不时地出现窥视王民的心灵世界的镜头。他被当头棒喝、唤起回忆、震破呆痴、击中心病时内心的极度痛苦以及在逍遥游中和光同尘地生活过那么一阵后内心的空虚与恐惧,都有相当动人心弦的描写。但这些主观心灵世界的东西毕竟没有居于小说画面的中心。穆罕默德·阿麦德、马尔克木匠和妻子阿丽娅、依斯麻尔、穆敏老爹、阿依穆罕、爱弥拉姑娘等等栩栩如生的人物形象挤满了王民的心灵世界。对外部客观世界的兴味似乎压倒了王民对自己心灵世界的吟味。长于思索的时代的精灵潜入了地母的怀抱之中,把大千世界多姿多态的人作为它思索的材料。它的翅膀变得沉重有力了。它在待时奋飞。它预感到了沧桑巨变。

四

以崭新的艺术形式、艺术风格出现的《夜的眼》、《春之声》、《海的梦》,向我们推出了披着八十年代春晖的、经历着内心的新的惶惑和激动的时代的精灵。这实在是新鲜而又灵妙的精灵！它也不无苦恼、不无惶惑、不无失落的怅惘;但它主要的情绪是喜悦的、清明的,充满获得的盈实感。而且,也许是因为新时期一阵阵思想解放的劲风的吹拂吧,它从来没有象现在这样聪明,这样善于感应时代的新的变化,这样敏于吸收时代的新的征兆、新的色彩、新的律动。沧桑已经成为它的精神财富,开放与交流为它带来新的活力,新的视野。

自然,它也遇到了新的矛盾,唤起了新的焦灼和新的眺望。而且它再一次那样动情地凝视着新的青春。它的血液又一次加快了运行。

《夜的眼》写的是一个在边陲生活了二十余年的小说家对大都市之夜的凝视。在陈杲的所见所闻所思所感中,有两种不同的生活氛围、色调相碰撞而产生的陌生感,也有倾听关于反封建,关于民主与法制、道德与风气的激烈讨论而产生的惶惑感,甚至也有为公事走后门而产生的气恼。然而陌生感中透着新鲜,惶惑感中透着兴奋,气恼中透着清醒,整个陈杲的情绪中透着对斑驳动荡而又充满生气的生活——灯光,上夜班的工人,民主,评奖,羊腿……——的爱。

《春之声》写的是一个出国考察三个月后刚回国的工程师坐闷罐子车回乡探亲的感受。在岳之峰的思绪中,除了开始时因父亲摘了地主帽子而触发的往事回忆以及“难道人生一世就是为了作检讨”的惶惑外,大部分却是对浓缩在闷罐子车内的八十年代第一个春节前夕的时代气氛和纷纭世态的清明的观照。这里有对辣味中的

① 王蒙:《〈浅灰色的眼珠〉后记》,《浅灰色的眼珠》,作家出版社,第323页。

甜味的辨识,有对春之声的谛听,有对生活的密码的解读……整个岳之峰的思绪凝聚在一个焦点上,那就是对“每个角落的生活都在出现转机”的发现。

《海的梦》写的是一个从处于逆境的漫长岁月的深处走来,到海滨去作短暂休养的翻译家的内心风暴。在缪可言的沉思里,有着浓重的失落感。有历史造成的失落:青春、爱情已成旧梦。也有现实触发的失落:在游海中感到的“因为找到了梦所以失去了梦的痛苦”。这种生命深处的惶惑似乎是难以有转机的。然而,大海的温存、流盼、微笑抚慰、激发了他,一对年轻人在月光中游海的豪兴振奋了他。他凝视着新的一代人的青春,把自己的惶惑澄清为清明澹定的信念:“爱情,青春,自由的波涛,一代又一代地流动着,翻腾着,永远不会老,永远不会淡漠,更永远不会中断。”于是,他整个心灵中充满了“隐秘的激情”。

这三个短篇,还有《风筝飘带》、《蝴蝶》、《布礼》,立即风靡了广大的读者群,特别是激动了文学青年们的心。正如刘绍棠风趣地描述的:“在中国文坛上,刮起了一股四五级间六七级的王旋风。评论家纷纷著文揄扬,不少青年作者王门立雪,一九八〇年在创作和评论上都出现了一个王蒙热。”①

这是为什么呢?仅仅是因为那“格式的特别”也即艺术形式上的创新吗?当年许多揄扬者都从这个角度着眼,这也是很自然的。这些作品在艺术形式、风格上的新异感极为强烈,容易引起关心小说写法的作家与文学青年这个圈子的注意,也容易引起审美习惯上的震荡——人类审美心理中最常见的两种天性,即趋新与恋旧的冲突。使王蒙自己也感到悲哀的在“意识流”上的扭结,不过是这种震荡波纹上的一个小水漩罢了。

但是,更深入更冷静的观察表明:这些小说引起的震荡,其实是波及当时整个社会心理、整个人民情绪的。它的撼动力,主要是关乎世道人心的。

作为一个读者,我至今还清楚地保存着初读这些作品时的心情的回忆。那时我刚刚从十年动乱中形成的那种僵硬的思维方式和呆滞的情感状态中苏醒过来,正在北大度着我的求学生涯上的二度青春。知识的饥渴使我全力翱(遨)游在书海之中,对社会上的情形不甚了然。但社会转折期中特有的大量信息、传闻如潮水涌入燕园,使大家每天几乎都处在兴奋和期待之中。脑子里似乎只是混沌。旋动着的一团云雾,云雾中裹着想多知道一些生活的冲动,多想放下书本去遨游人间,看看生活呵!我对自己的生活状况产生了惶惑,而这小惶惑又牵动着感受社会转捩期产生的大惶惑。

正是在这样一种心理状态中读到了王蒙的这些小说!象明矾投入了浊水,象薄

① 见刘绍棠:《我看王蒙的小说》。

明的天色中射进了一缕晨曦,象受到了电流的微击,我真觉得兴奋呀！我们几个喜爱当代文学的朋友激动地谈论着。我感到王蒙是那样准确地抓住了大家心中或多或少的惶惑,那样敏捷地抓住了社会上刚刚出现的新的变化,把我们眼前若明若暗的东西明晰化、具象化了。他一下子就搔到了痒处！

这就清楚地说明,“旋风”并不完全是由“格式的特别”引起的。“风源”是王蒙在小说中抒写的情绪,是一种对时代的典型感受。它与广大读者群中的思想情绪,产生了共鸣。

毕竟,陈杲也好,岳之峰也好,缪可言也好,他们的惶惑中流露的对生活的爱,惶惑中获得的对转机的发现,惶惑中迸发的隐秘的生命冲动,都不仅仅属于他们个人。王蒙沉醉于写人的心灵世界,这很好。但如果这个心灵世界与大家无关,或者与大家隔膜,那读者也就不会跟着沉醉。典型并不是什么神秘的东西或陈旧的概念,也不是束缚创新的框框。典型就是一种时代的普遍现象,就是把文学与生活、作者与读者联成一气、烧在一起的东西。或表现为性格塑造,或表现为意境创造,都是一种凝聚、溶化在富有个性色彩的艺术结晶体中的普遍性的生活。王蒙这些小说之所以成功,就是因为它创造了一种典型的意境,把人物的典型情绪与时代的典型氛围水乳交融地综合在一起了。

在王蒙的这一组创新之作中,《布礼》在追寻历史的感觉上略有偏失,艺术上也有较为明显的焊接之痕。而《蝴蝶》却是大含细出、气势磅礴而又意韵深永之作。《蝴蝶》有一个由现实的人物关系——张思远与海云、秋文、冬冬、美兰等等人物的关系——构成的故事框架,这个框架可以容纳较为深厚的历史内容。但这种历史内容,却不取凝重缓进的巨流的形态;而取聚散无迹、变幻无端的飞云的神态,这是被小说的哲理主题决定的。《蝴蝶》引庄周梦蝶的寓言——这是一个富于诗美和理趣的寓言——来比喻主人公张思远的命运变幻,表达这种严峻的命运浮沉在他主观意识上反射出来的自我迷失感,以及从这种自我迷失感中走出后的清明的自我价值的发现。这就把一个沉重的充满失落和遗憾的命运悲剧升华为一个妙悟的浸透人生沧桑感的哲学启示了。“蝴蝶”这个标题就是这种哲理启示的具象化。

在某种意义上,“蝴蝶”象征着一种包含深刻历史内容和人生经验的大惶惑。这大惶惑是从历史的畸形痉挛中产生的——

> 一个钻山沟的八路军干部,化成了一个赫赫威权的领导者、执政者,又化成了一个被革命群众扭过来、按过去的活靶子,又化成了一个孤独的囚犯,又化成了一只被遗忘的、寂寞的蝴蝶。

也是从主人公的自我感觉的微妙变化中产生的——

> 他已经有九年没有这样拉长声音说话了，当明天具有了向昨天靠拢的希望的时候他的声音立即拉长了，完全并非有意。……来接他的军人和汽车只不过是向湖泊吹了一口气。湖面上呈现了浅浅的同心圆。于是湖的自我感觉在发生变化，不管湖泊承认不承认。

这是双重的惶惑——既思考着迫使人变形的历史环境的荒谬性，也思考着人的主体意识顺应地位变化的随机性；既惶惑于自我在历史恶浪中的迷失，又惶惑于自我在主体感觉中的迷失。大的惶惑感中，颤动的就是这种强烈的自我迷失感。这是《蝴蝶》最深邃也最有历史普遍性和人生普遍性的意境。如果把《蝴蝶》当作一部哲理长诗来读，那么，这里就是长诗的“诗眼”！

而这种痛苦的惶惑，当它被艺术的追光照射得如此透彻，几乎毫芒毕现时，它也就转换为不无愉快的清明豁朗——在人生的探寻上，有什么比解决了认识自我这样的难题更令人愉快的呢？惶惑中得到妙悟，自我迷失中发现真我，个体的瞬间体验把握到永恒，那只翱翔于时空之上的蝴蝶，那只人人心中或浓或淡都印着它的投影的蝴蝶，也许正为自己进入了自由的化境而喜悦吧？

稍后问世的中篇《湖光》，描绘了一位失去老伴、独身南游湖光山色的离休干部李振中的滚滚心潮。不知为什么，这篇小说使我想起王蒙著名的游记《访苏心潮》，虽然它没有后者那种博大的历史内涵、纯熟的政治智慧和风激浪涌的撼动力，但它那种潇洒的笔致、观照生活也观照自我的超脱感，却是与后者相通的。说此篇是王蒙最典型的散文体小说，也许不算轻断吧？

《湖光》其实也写到了惶惑——对开放政策带来的新的生活浪潮的惶惑。不过这种惶惑在李振中身上已经淡到几乎无痕。他是以洞察世情后的清凉自在之身出现在读者面前的。对于他来说，“一切都看得清清楚楚，明明白白，实实在在”。在李振中的沧桑感中，有一种稳定的达观，当然也还有祝福身外的青春的情热，所以他没有惶惑。他有一点过于透彻了，所以也就缺乏一点醇厚深永的余味。特别是拿他和张思远一比，就更觉得此篇在整体上稍嫌直露了。

看来，惶惑也是一种含蓄的生活味，一种醇厚的诗美，一种孕含真谛的幻觉，一种凸出清明度的参照物呢。

有时候，王蒙也会变换一个角度来写他钟爱的这种思索时代、思索人生的惶惑感。《深的湖》就是这样。小说中的杨恩府，当然是属于陈杲、岳之峰、缪可言他们精神上的孪生兄弟的。不过这一次作家对他却采用了一种拉开距离来旁观的写法（时髦一点说，也就是所谓“黑箱”方法，不贴近去打开人物的心理奥秘，而把人物当作一个“黑箱”来处理，致力于人物的外观显现），不去分析杨恩府内心的惶感（惑）和清明，却借杨小龙的眼光，去看杨恩府外表的麻木、消沉、琐碎、可怜，然后突然笔锋一转，在他给儿子回赠的诗中，在那猫头鹰的浑如湖海的眼窝里，把他的内心激情全装了进去。真是神来之笔，惊人的突转，镇了！这回轮到刚刚在思索人生的儿子陷入了惶感（惑）了。

我（按：即杨小龙）完成着一个普通的……大学生所应该完成的一切。然而内心里却好象有一种疑惑。而对于我的疑惑本身，又是一个疑惑。

看来，一切严肃认真地对待生活、对待自己，对世界不失新鲜感和求知欲的人，不管处于哪个年龄层次上，都是有时会不免惶惑一下的。因为生活是那样流动、深邃、神秘，事物是那样复杂、迷离，人呢，更是一个迷（谜）！当你“解不下”的时候，你能不惶惑么？不过，困而后知，惑而后学，惶然不安而后犁然澹定，这却也是人认识世界的规律。让我们为杨小龙的双重疑惑祝福吧。

不过对于王蒙，他最熟稔、最钟爱、最经常写到的，是他们那一代从五十年代走过来的中年人的惶惑。在短篇小说《惶惑》和《高原的风》中，他又回到刘俊峰、宋朝义这一代人的惶惑上来了。

《惶惑》是一篇写得很有味儿、能一下子把你带入小说特定的情绪中去的作品。它的格调是冲淡含蓄的。新提拔的环境保护机构主任刘俊峰在一九八二年重新来到一九五四年来过的 T 城。现实和历史象两股电流冲击着他的心灵，使他处于一种微妙的感觉之中。现实的潮流毕竟是强大的。他迎接着八十年代的挑战，担起了超重的担子。他已面貌全新了，匆忙、紧迫、自信。但是历史的潜流也有不小的冲击力：二十八年前的题词，目光既胆怯顺从却又执拗热烈、有点不识时务、满心沉浸在五十年代里的母校老师，终于使他在离开 T 城后，“感到一种淡淡的，却又是持久的惶惑”。

这里当然也有感情和理智的矛盾。正如李子云对王蒙指出的那样：“你理智上倾向面对现在，你要求自己谛听并且及时记录生活不断前进的脚步声；但在感情上，你仍不能忘情于过去，不能忘情于那个豪情满怀、生气蓬勃的青少年时代。”①但情理两折，不易犁然，特别是王蒙这样具有强大的理智力量、并善于用理智制（驾）驭感情的作家，就更是如此。我倒觉得，在《惶惑》中，王蒙已经不象在《布礼》、《如歌的行板》中那样，一味地滥情于五十年代了。他在刘俊峰与母校老师的“相见时难”中，捕捉到了一种人类现代的惶惑感，即物质的、实用的、现实与精神的、诗意的幻觉的矛盾。马克思讲过资本主义物质文明与诗歌的敌对。这种敌对现象在社会主义条件下，也会以另一种形态表现出来。刘俊峰的困惑恐怕是一种现代哈姆雷特式的困惑：（是）要可爱的小马，还是要耕地的大马或拖拉机？在这种淡淡的惶惑中，包含

① 王蒙、李子云：《关于创作的通信》，《王蒙谈创作》，中国文联出版公司，第 220 页。

着浓浓的现代人的苦恼;在这种持久的惶惑中,包含着对未来的预兆。随着物质文明的发展,个体的精神和感情需要如果得不到必要的照拂与调整,刘俊峰式的惶惑怕会加深罢?

王蒙是经常在群体的历史活动的铁流和个体的情感活动的波流之间惶惑的。这是他身上实际的革命工作者的务实气质与诗人的易感气质相激相荡、相因相成的结果。这种惶惑是很难用理性作定量定性分析的。当王蒙力图判(剖)析得一清二楚时,反倒犯了艺术上笔无藏锋之忌。而这篇《惶惑》,只传递出一种人生际遇中的感觉,那样准确,又那样朦胧,却创造出深永的意境了。

《高原的风》也是王蒙短篇中的上品,它深沉雄恣,文气骀荡,读后使人意难平息。这篇小说在宋朝义的惶惑乃至痛苦中,在对宋朝义的恋旧情绪不无调侃的观照中,似乎已经开始了对一代人所珍爱的五十年代更客观的估量。小说以对新的富足条件下人的灵魂的新的痛苦和焦灼的敏感使人吃惊。这是何等迅捷的思想的机锋!如果说《深的湖》中是杨小龙望着父亲愕然、惶惑,那么,《高原的风》中却是宋朝义望着儿子愕然、惶惑了。人与历史相对、人与生活相对而惶惑,人与人相对也惶惑。这就需要去探寻,去沟通。而文学,就是探寻的灯光,沟通的桥梁吧?

到了《名医梁有志传奇》中,王蒙已经达到了对他们那一代人所珍爱的五十年代澄澈的客观的观照了。小说中两个从五十年代生活过来的主人公,都很少怀念五十年代的理想和精神追求的情调。他们的惶惑已成了过去式,而一种冷峻的沧桑感、现实感成了他们现在的主导情绪。在爆竹声中他们也会"老泪纵横",但那是洗去惶惑获得清明的泪。他们走过了一条"多年的艰难、沉默、奋斗的冤枉路"。对于他们来说,"沧桑也是一种财富,而开放与交流将带来新的清明与充实。幽默、困惑乃至伤感之中,将有一种新的满意"①。

不过,历史在运行,生活在发展,人的主观世界与客观世界的矛盾永远不会终结。人与人的隔膜与沟通的矛盾永远不会终结。宋朝义和妻子江春深刻感受到的人类为了生活而痛苦(当生活痛苦的时候)和为了自身而痛苦(当生活不再痛苦的时候)的双重痛苦也永远不会终结。因此,浸透沧桑感的惶惑,作为王蒙笔下的那个时代的精灵把握历史、现实和人生的一种独特的心理形式,大概也不会从王蒙的笔下消失。

1986 年 3 月

——原载《文学评论》1987 年第 3 期

---

① 王蒙:《访苏心潮》,《十月》1984 年第 6 期。

程德培

折磨着残雪的梦

“一个未经解释的梦就象一封未曾拆开的信。”

——犹太法典

当我们把残雪的小说称〔之〕为“梦”的时候，也许有人会同时向我们露出其颇具疑惑的神情，他们甚至怀疑我们对残雪小说的基本态度。这是有可能的，因为作为日常用语，“梦”往往是指的一种枉费心机或者痴心妄想、一种徒劳无益、一种异想天开、一种脱离现实的胡思乱想，这种态度实际上把梦局限在了一个非常有限的语义范围之中。

梦常常伴随着黑夜，对这个世界来说，有意义的事都发生在白天，发生在我们醒着的时候，然而这个曾一度支配着我们思维与言语的想法，终于被现代心理科学所打破，科学的光亮提前释放了梦在冥冥无期的黑夜之中的囚禁。这样，梦逐渐地开始了被解析、被认识，在人类智慧的辉映下，隐蔽的神话越来越显示出其本来的面目。这样，当残雪奉献出其一个个这样或那样的梦时，我们也因多少知道一点如何启开这些未曾拆开的信的方法，而越发变得自信与沉着了。

一

一个曾经历经劫难的“她”，也同样经历了许多年摆脱劫难的挣扎。而今，随着大时代的更迭与变迁，“她”也终于开始了平静的生活。是的，我们所能看见的“白天”中的“她”与“她”的“白天”，确实与昨日不能同日而语。但是，那曾经有过的一切坎坷、艰辛与梦幻，却不论在什么时候，都作为一座攻不破的营垒，长久地保存在“她”的记忆之中，它们存在于隐暗深处，存在于不可见的幻象状态内；它们并不轻易出来，但却永不消失。

“南方的夏夜，神秘无比。当纺织娘和天牛之类的小虫在外面的树丛里叫起来的时候”，六岁的“她”就开始梦游起来；自从从小带“她”长大的外婆死后，那墨黑的夜晚降临,这颗小小的心就在胸膛里咔咔地跳着,尖起的耳朵倾听隔壁房里的鼾声,一种孤立无援的恐怖摄住了“她”,心里因为温柔的怜悯抽成一团,“对于门外那连绵死寂的山峦,对于那满天的繁星”,“她”第一次尝到了一种奇异的害怕的联想……当“她”睡熟的时候,那心中南方夏日的骄阳便令“她”从另外一种存在形式中醒过来,“她”开始了文字符号的梦游,创造了从未发生过的,以及有时在现实中或许是没有先例的故事。萦绕残雪的梦一旦开始了它的字里行间的流动,我们的心便也跟着开始游动起来……

“我在那个世界里的事情”,记得一开始外面正下雪,空旷的雪野里渺无人迹。后来雪停了,月白色的天庭里垂下刺目的冰凌,“我”仰面躺着,伸出一个指头,指头上长满了霜花。原野里有冰冻的仙人掌,还有透明的爬行动物,那些精明的冰柱从天上垂下来,戳到了地面。“我”侧一侧脑袋,听见一种“哧哧”的响声,那是冰柱在向地底生长。

打开“天窗”,这里的墓地经年吹着孤独的风,有时也夹带着黄沙,暴雨一样打在屋顶上。在古柏下听起来,风的声音特别大,隐蔽着威胁似的。“我”已经习惯在独立的风中,那时这世界空空荡荡……

这些梦的情景,不是刮风,就是下雨;不是下雪,就是下雾,与其说风是孤独的,不如说那颗缺乏保护的心灵正面临着孤独的侵袭。风和雨使她倍(备)受攻击,而雪和雾又把她与这个世界隔得很远。于是,“北风在凶猛地抽打小屋杉皮搭成的屋顶,狼的嗥叫在山谷回荡”;于是,这种情景便带来了一连串的恶(噩)梦,那个“我”正在被恶(噩)梦所纠缠。恶(噩)梦袭击着小屋,从窗口钻进来,不时发出梦的音响:底下传来“喝喝”的狞笑,恨恨的咒骂,歇斯底里的吼叫……“喀嚓,喀嚓”的牙齿的磕碰声,脚步“嘣隆,嘣隆”的地板都踩蹋(塌)了一块,还有窗外永远不消的脚步声“嗵,嗵,嗵……”;屋后,总有一个人在挖泉眼,“咕,咕,咕……”那响声长年不断;不止于此,这种神奇的响声还有空间的能量:“嘣隆、嘣隆”的响声从四面八方涌来,甚至半夜醒来,也能听见她丈夫嘴里发出的声响;自己的男人用力嚼着一块软骨,也能弄出声响。声响不仅是外来的,而且更有人体内产生奇怪的声响:喉关节一动,“咕咚”一声咽下一大口酸汤;声音“嗡嗡”地从两个膝盖的缝里响起来,与此同时,“我”的怀表出了故障,齿轮咬得那么紧,“嘎吱——嘎吱”地呻吟着;问题逐渐严重起来,“她”开始感到体内已经密密地长满了芦秆,一呼气就“轰轰”地响得吓人……

声音就是这样地发出来了,它不是一种玩具装置,不是电子音响,也不是一种比喻,而是一种被感知的存在,这样,我们这些醒着的人们就不免会对它抱有一种不信任的态度。这音响是如此的神奇,足以使一切轻信的心理不得不求助“恐惧”的庇护。是的,这种梦中人最易发出的声音和清醒者梦后最易恢复的声响记忆布满了残雪的小说，它既反映了做梦所特有的知觉状态，又同时地反映了清醒者对梦的印象与观察。

对醒着的人来说，梦是布置迷魂阵与设计天然谜障的大师，而扭曲、变形、凝缩的改头换面又是它的拿手好戏。但对生存在梦境中的“他”与“她”来说，大师并不存在，也没有“好象”“宛如”的东西，一切都是如此的现存。这从四面八方涌来的情景与声响，不仅包围了梦境中的“他”与“她”，使他们陷于恍恍惚惚之中而难于自拔，抑郁而怏怏不乐，不安而又杞人忧天，恐慌而又悲天悯人，而且也在我们与他们之间树(竖)起了一道难以逾越的屏障。

好在，残雪的文字符号拆除了这一屏障。

二

尽管我们事实上已露出了各种各样疑惑的表情，但终于能走进这个世界，并且能睁大我们的双眼去认识这个世界了。由于把它们都看作梦，所以我们也就权且放弃白日世界的一切可供利用的“度量衡”，象一个学生初次走(进)教室那样，怀着同样恍惚的心情，以我们仅有的既是个人又是大众的经验去接近它。但这个梦幻的世界却并不因此以同样的态度来对待我们，它象着了魔似的，依然按照自己的时间表运行。

什么时候，感知世界的官能出了毛病？窗子上会看到被人用手指捅出数不清的洞眼；父亲格外沉重的鼾声会使她感到瓶瓶罐罐在碗柜里跳出来；她看到小妹的眼睛竟然一只变成了绿色；母亲的眼神竟然使头皮麻肿起来……这个她，作品中的“我”，不时地向我们发出她对周围现实的感觉。这一切都发生在那“山上的小屋”，“我”睁大了双眼，竖起了身上的每一根神经，似乎什么也看不见，什么也听不见，又似乎什么都听见了，什么都看见了。

而那头神奇的“公牛”又是从那(哪)里来的？带着一身令人胆颤心惊而又熟悉的紫光，一只牛角把板壁捅了一个洞，总让人瞧见那浑圆的屁股，缓慢地移动，踩得煤渣在它脚底苦苦地呻吟。煤渣哪会“苦苦地呻吟”？恐怕是那与世隔绝的房子被捅破的缘故吧！由于这神奇的东西整日整夜地绕着“我们”的房子转悠，至(致)使那害怕被人窥视的心理越发地焦虑不安起来了。这种情绪上的焦虑之所以引起我们特别的注意，是因为它几乎波及了残雪的所有小说。读残雪的小说，我们不难发现，其中所涉及〔到〕的情绪状态无不〔都〕是以条件性害怕的焦虑症作为诱因的，而且，这种情绪的感知地域总不外乎在屋内：不止《公牛》与《山上的小屋》，还有象《阿梅在一个太阳里的愁思》中的阿梅，躲在自己的房里，自从邻居用一只煤耙子在墙上捣了一个洞，风就从那个洞里直往“我”房里灌，围墙发出“喳喳”的响声，好象要倒下去，压在“我们”的小屋顶上,“我”怕极了……有时,我们不得不怀疑:这个无处不在的屋子难道真的那么值得留恋吗?以至读到《苍老的浮云》,老况发现了她那卑鄙的意图,才沮丧地开口说:“所有的门窗全钉上铁栅子,是她事先唆使我钉的。”老况的发现是重要的,但她却全然不顾,躲进坚如磐石的小屋,把窗帘掀开一角,向外面的人扮出放肆的鬼脸,甚至肆无忌惮地发表自己的哲学:“我们的门窗钉得多么牢!现在我多么安全!他们来过,夜夜都来,但有什么法子,徒劳地在窗外踱来踱去。打着无法实现的鬼主意罢了……”

对那个喜欢躲在阴暗角落里的她来说,他们是否真的存在,是不重要的,甚至那个坚如磐石的小屋是否存在,也同样是不重要的。只要那烦人的焦虑症存在一天,什么样的无中生有的幻象都能制造出来。所谓心理上的焦虑症,总是要没完没了地担心可怕的或有害的事情就要发生。如果是因做贼而产生的心虚,这种状态无疑是一种现实的担忧与害怕,但如果并不知道自己做了什么,而整日担心别人会发现自己做了什么见不得人的事情,这种状态就是焦虑。对人的心理来说,焦虑极富煽动性,它常常使人在一定的对象面前作出不切合实际的反应,它实际是一种精神上的过敏症,它经常以一种非常态的方式,通过变形、虚幻、夸张的外观图象的呈现,把心理上的过敏对象化。这就是为什么“她”只有躲进这个全钉上铁栅的小屋才能摆脱不安,为什么太阳升起时,“她”只有把窗帘遮得严严的才会自鸣得意的心理原因。

小说中不断地出现着〔的〕那个梦:“……林子边上挂着一轮血红的太阳,恐怖地晃动,红光满天,青烟上升,落叶纷纷。惟有一只乌龟在泥潭边爬。这只很老的乌龟,它沿着泥潭边缘爬,眼珠红得往外爆,它爬着。它背上摔开一条裂缝,暗红的血迹拖出一长条,它还是无可奈何地爬。”这个梦使我们不由地(得)联想起更善无与虚汝华们、慕兰和老况们,他们的那种怯懦与猥琐,狼狈与失败,但小说并不是向我们证明,这个世界上有这么几个人实际活着(如果这样的话,那么这毕竟太肤浅了),相反,它所要描写的恰恰是一场场恶(噩)梦在一种心理病症的折磨下是如何滋生的。与时钟走得不一致,内心的时钟似魔鬼般的(地)按疯狂的、无论如何也是不合常理的方式奔跑,外部的时钟却是断断续续地以通常的步子前进。当我们面对残雪那被梦萦绕的世界时,切记不要忘了这两种时钟的差别。

更善无总是那样的一幅肖像,逢人讷讷地开口,小心地挪动脚步,嗫嚅地告别,甚至接近蛾子也要猫着腰,总是猥猥琐琐地从街上走过,而唯独责怪自己是白痴时却又表现难得的满腔忧愤……所有这一切并不完全属于他的行为规范,他之所以这样做,却是为了掩盖自己心中不可告人的所谓隐私。为了达到掩盖的目的,他做出种种的表演,竭力地和大家一样的装模作样;总是极力地去笑别人,其实是为了心里的害怕,怕暴露自己,才假装出一副姿态,好象发现了什么惊人可笑的事。尽管如此,他依然摆脱不了难过的日子,只要一想到自己狭长的背脊里被那双死水似的阴绿的眼睛盯住,就觉得受不了。

为了掩盖得更彻底,他的行为在防御的基础上产生了变异,开始了一种主动出击,他疯狂似的到处搜寻“窥视者”,因而变得脾气暴躁、多疑,老在屋里搜来搜去,经常地让脸上泛起不可捉摸的笑意,他开始愤愤地骂“窥视者”,见左右没人,连忙将一把鼻涕甩在街边上,又在衣襟上擦擦拇指,为此就是遭到一把灰的攻击也无所谓。终于,他那全副武装的神经有了收获,他发现了隔壁的女人是“窥视者”,岳父也是一个讨厌的“窥视者”,可恶的老头麻老五是个“窥视者”,最后连自己的老婆也成了“窥视者”……不断出击所获得的胜利终于使他忽然间发现自己陷于了“窥视者”的包围之中,“窥视者”的大量发现不仅没能使他摆脱焦虑,相反倒是加重了他的焦虑,他愈发地变得百倍的敏感与不安。在他的眼里看来,周围布满了窥视的欲望与行为;屋里的她遮遮掩掩、躲躲闪闪,翘着屁股忙个不停,反以为自己的行为很秘密;隔壁的她,一张吃惊的瘦脸在窗棂间晃了一晃,立刻缩回去。于是,他意识到自己刚才的举动都被那女人窥在眼里了,浑身便不自在起来;老太婆立在屋当中,眼珠贼溜溜地转来转去,鼻孔里哼哼着;岳父则在暗中刺探他的一切,象幽灵一样,总在他意想不到的地方冒出来,钻进他的灵魂;而他呢,也变得训练有素了,学会偷偷地用事先准备好的馒头屑喂平台的麻雀,假装坐在门口修胡子,用一面镜子照着后面,偷眼观察隔壁那女人的一举一动,在确定并无可疑之处后才稍稍安下心来……他是费尽心机什么都注意到了,什么都留神了,独独没有想到的是,当他在搜寻世上的一切“窥视者”时,自己却成了一名最大的“窥视者”,他能抓到一切“窥视者”,而独独抓不到自己,他能窥视别人的一切,却独独无法窥视自身,他象一个“幻想”的制造商一样发泄自己的窥视欲,象着了魔似的毫不间隙地行动着。而我们这些旁观者只要离开他稍稍远一点,就不难发现其心理上的变异症状。他同时地陷入了一种双重的痛苦与打击,即窥视欲的折磨和害怕被别人窥视的恐怖。如果说,残雪小说的紊乱、变形、夸张、图象错位、荒诞、毫无节制等诸般特征,是与某种特定的心理情绪有密切关联的话,那么,体现在更善无身上的这种双重的痛苦与打击就是其根本的诱因。这也是残雪小说最为独特的形象,一个关于灵魂的形象。

三

患有窥视欲病状的人,从不以窥视的眼光与自身直接交谈,相反,他始终遵循“自我中心”的法则来对待除我之外的一切。问题在于,这个难以弥补的缺陷却由叙述者的超拔来承担,当一群患有窥视欲病患者集于一处的时候,也即担当小说第一人称“我”的叙述是由几个不断交替呈现的时候,它事实上就造成了每个人既窥视别人,也同样地被别人所窥视的立体交叉。这样,缺陷被克服了,窥视与被窥视就变得更加猖獗。于是,人的形象被肢解,人的行为被歪曲了,这个梦幻般的世界也就更加纷乱、不安与躁动无常,而由窥视与被窥视所带来的一系列其它的心理症状便纷至沓来。

麻老五是一个攻击欲很强的高手,他养着一只脱光了毛的白公鸡,为的是每天都能拼命地去追那只鸡,有时还用石头朝它身上扔,将它背上打出几个肿块来才罢手。有攻击自然便有逃避攻击的行为,更善无每天象逃避瘟疫似地(的)逃避麻老五的诅咒。但老头发现了他的逃避勾当以后,反而更加执着了,每次都对着他的背影用怜悯的口气说出那使人发狂的字眼,这已经成了他的一种最大的赏心乐事。自然,更善无是无能得够可以了,那便是一种懦弱的性格,在麻老五这样肆无忌惮的攻击面前,也会产生行为上的反攻击的。于是,更善无到了忍无可忍的地步,就当众死死揪住了麻老五的手臂,将一只臭虫塞到手里,并且当众宣布要将他的私人秘密公布于众,这种攻击欲致使焦虑不安的情绪带上了振奋与自信的面具,在那一场场假面舞会上成功地掩饰了更多的疲惫不堪与无所适从,暂时的欢欣也同时使许多人获得鼓舞:一个她是将所有的门窗全钉上铁栅,与世隔绝,又与世相斗;一个他则每天夜里都在街上蹓来蹓去,搜集过路行人遗下的唾沫,装在一个随身的公文包里面,随时准备淹死与他争吵的人;一个她在帐子里恶狠狠地磨牙,随时准备咬死自己的丈夫……

有时,攻击本身也会产生某种变异,当攻击者找不到发泄对象的时候,或者当他们发现自己无法攻击对象的时候,便以替代的形式开始了无端的带有攻击符号的举止,这就是为什么扔东西、踩东西、手的东指西指、扫帚的东甩西甩之类的动作在残雪小说中出现的次数特别多的缘故。还有我们在前面提到的那些十有八九不离的情景,从隐语层的理解来看,刮风下雨实则也是一种攻击性的符号。总之,攻击的承受与发泄都可看作是焦虑病症的恶性发展,这也是隶属于残雪的梦。

这使我们想起了袁四老娘的烦恼,她为了在五十岁的那一天所下定的复仇决心,为了被那可恶的疯狗从暗处跳出来咬一口的旧恨,便开始了挨家挨户地去袭击搜寻,甚至养成了夜间不睡觉的习惯,但是她怎么也找不到那攻击的对象,开始变得悲观厌世,每日躲在家里不停地哭泣、跺脚,无缘无故的(地)砸烂玻璃,用汽枪射击过往的行人……最后,当她沮丧无比且又慷(感)慨得老泪纵横的时候,真相忽然暴露于光天化日之下,而恰恰是这奇迹般的结果却使袁四老娘很响地打起了鼾。当她真正地睡下时,实则上正是那场焦虑的梦、攻击的梦以另一种形式开始醒了。

在这个梦的世界之中,我们见到了一个偌大的“诊所”,它事实上并不能担负治病的义务,但却又时时要承受着病态的折磨。当窥视者把一部分人的灵魂推向发泄攻击欲的层次时,又同时让另一部分人的灵魂留给疑神疑鬼的纠缠。后者难得有机会回到安宁,更多的是忽而又慌张起来:“莫非有人偷听？到处都是贼,什么事都不可靠,我们不要忽视这类问题,从刮〔下〕大风那天起,天上就出现了裂缝……”《我在那个世界里的事情》要告诉我们的究竟是这个世界发生的事情呢,还是那个主观怀疑症的努力给这个世界带来的麻烦？如果一定要在这两者当中选其一的话,那我不得不慎重地选择后者。

所以,残雪的梦经常活动的场景,除了与世隔绝的屋子以外,就是非常态的人际关系,其中又以家庭关系为突出。作为“我”的敏感的神经又总是有着惊世骇俗的发现:母亲说话朝“我”做一个虚伪的笑容,小心翼翼地盯着“我”,向门边退去,“我”又看见她一边脸上的肉在可笑的惊跳;父亲用一只眼迅速地盯了我一下,“我”感觉到那是一只熟悉的狼眼,“我”恍然大悟,原来父亲每天夜里成为狼群中的一只;妈妈老在暗中与我作对。她在隔壁房里转来转去,弄得踏踏地响,使“我”胡思乱想;小妹妹的目光则永远是直勾勾的,刺得“我”脖子上长出红色的小疹来……这些就是残雪的梦向我们经常揭示出的家庭人际关系,这种人际关系又是通过《山上的小屋》集中而强烈地向我们作了缩影型的暗示。一种由主观幻象的对象化所作出的发现,也是一种奇迹般的类似梦呓式的叙述,它并不是为了向我们单向地叙述这些不堪忍受的对象,而是为了通过隐隐约约的途径由对象返回自身。所有释放窥视欲的攻击和怀疑,其所证明的对象完全可能是一种虚拟的假象,而假象一旦消除,幻影一旦破碎,最终暴露的也只能是他自己。所以,真正隐藏于窥视欲背后的,正是一种带有自爱倾向的暴露症患者,窥视别人达到了疯狂的程度,恰恰也反证了暴露症也发展到了不能控制的程度。对我们来说,这个梦中的母亲、丈夫、父亲、妹妹诸形象的真实价值是不重要的,因为梦从来都是无法向我们如实地反映出白日的现实状态,它向我们证明的至多只是一种隐隐约约的心理的现实与历史。梦中的事实,完全可能不存在,但也正是这种“无”,反向地向我们证实一种惯于制造幻象的心理状态的“有”,一个只爱自己而排除任何他人的窥视狂的存在。这使我们想起那个石磨,“巨大的阴森的怪物,日夜不停地磨,企图辗碎一切”。《苍老的浮云》在第三章淋漓尽致地描写了更善无等人的死亡,并无意于简单地展示一群人的具象的、现实的死亡,而是意味深长地隐语了一种心理病状的不可救药,一种失去理智的窥视欲和同样地怕别人窥视的恐惧症的“战争”,心灵的复仇及其最终的没有出路。

四

现在,我们离开这个“梦”稍许远一点,也即从小说叙述的符号图象来考虑,这样,原有的“有”与“无”、“存在”与“不存在”的冲突就合并成为另一种存在了,我们面对这样一种表意符号的真实图景，感受其中关于人的苦痛、隔膜、孤寂、愁思、烦恼等切实的情感。这一个“我”，一方面处在分裂、混乱、脱节、幻听的包围中；另一方面，又有一丝想要冲出重围，寻求清晰宁静的理智流露。精神的苦难不仅可以表现在清醒的理性之中，而且还是可以曲折地隐匿在复杂混乱的梦幻之中。当一个人艰苦地顽强地维持一种歪曲和否定现实的行为、思维和感知的风度时，原有的感知器官也会跟着膨胀起来，而在所有的感知变异状态中，唯有做梦才有着一种根本性的变化。因为，对梦来说，外部世界几乎完全消灭而为一个内部世界所代替，常规的时间与空间不复存在，事物的物理因果逻辑也被打碎，剩下的唯有人的异常敏感的视觉或其他感官所感觉到事物的记忆表象。

他的耳朵开始越来越灵敏：不时地听到红浆果落在瓦片上，树杆（干）的爆裂声，蚊虫在隔壁房里的喧闹；女人在床上辗转，以至关节会发出“啪哒、啪哒”的声响；父亲的腿会变成两根木棍，从早到晚在水泥地捣出“哒哒哒”的响声……这些都几乎不是常态的耳朵所能承受的声响了。当飘忽不定的语调、格格作响的牙齿、没完没了的提问、不知什么地方的呻吟、寂寞中可怕的脚步、黑暗中隆隆没个完的雷声、风声、雨声不断地向“他”或“她”袭来的时候，他们不得不用被子紧紧地蒙住头，有时还要用几只木箱压在被子上，或者从抽屉里找出一点棉芯，把耳朵紧紧地塞上才能获得稍息的安宁。这当然也免不了有“自我欺骗”的嫌疑。

不止于此，在一种维持梦境所不可缺的高浓度情绪刺激下，“他”或“她”的嗅觉、视觉也都同样进入了恶性的膨胀：一通夜，他都在这种烦人的香气里做着梦，那香气里有股浊味儿；在梦中，她每每看见烈日、沙滩、滚烫的岩石，那东西不断地剪（煎）熬着体内的水分；还有那多年前就有过的景象，发红的街火一亮一灭，灯罩在寒雾里喳喳地作响，地上有一层银霜，一个瘦子吹起口哨，红黄黄火焰从窗口玻璃上一跳一跳地升起，一股蒸气又将那影象弄模糊了，长满青苔的墙上晃动着许多影子，房子吱吱呀呀地摇晃，屋檐的冰柱纷纷掉落；还有那永无定形的苍老的浮云，时远时近、时隐时现，一幅渺茫的图象，更给了这些梦以永恒的困惑。……

膨胀了的知觉活动，一旦实践了它的创造，便会马上反过来侵犯知觉的本身。“他”或“她”要防范和抵御的音响与幻象，原来就是他们变异了的知觉系统自己所独创的，一切的隐语和颇耐咀嚼的角落便只好让位给了这种类似自相残杀的圈套，自我折磨的迷宫，而无法知晓谜底的“他”或“她”却必须永不休止地投身于这种知觉的自我欺骗之中，这也就是我们所能看到而梦中人不能看到的悲剧。我想，这悲剧给予我们的启示就是，一旦作为人的心理的内在幻象展露在我们面前，一旦我们真正地面对了自己，一旦我们用自己的一只眼睛来看另一只眼睛时，将不难发现，除了表面外观世界的矛盾之外，还有一个平时鲜为人知的另一个世界，它们也同样拥有“地震”、“灾难”与“不幸”……

五

据说，曾有一位来自东南方向的女作家给残雪看了一盘手相。她用巫女般的目光在残雪的掌纹里审度良久，断言她“有两个灵魂”。这并不使我感到惊讶，从我的理解看，应该说每个人都具有两个灵魂的，它包括我们常讲到的诸如理性与感性、意识和潜意识、生与死、已知与未知这样的一种关于人的内在冲突。从这一点上讲，残雪并不例外。但残雪确实又有其与众不同之处，她用她的小说向我们证明了，她是具备了将人的两个灵魂撕离开来，并让它们相互注视、交谈、会晤，又彼此折磨的能力。我以为，这不仅是残雪与众不同的感觉，而且也是她构筑小说的基本特色，她的作品全用第一人称的叙述法。尽管我们可以说，同样作为第一人称的“我”，在其小说(中)也是各各不同的；但有一点是可以肯定的，那就是残雪之所以不能离开第一人称的同视界叙述法，显然是同她沿用梦的语言分不开的。依赖于这样的叙述视角，叙述者才得以顺利地进入“梦境”之中，而梦所知觉的一切才能成为叙述的对象。正如我们在前面谈到的那些作品一样，残雪的梦话，其基本形态就在于，从“我”的视线出发，把因膨胀了的知觉所制造的幻象与音响对象化，并进一步把对象化了的东西作为“我”的对抗体。当人们习惯于把众多的人物集中起来，让他们演绎无穷无尽的故事时，残雪却把单个的“我”分离无数个“我”与“你”，然后再繁衍她的小说。从这个意义上讲，残雪的小说形构，就是让灵魂撕离成一种对话的形态。关于这一点，我们不妨翻开残雪最近写的《布谷鸟叫的那一瞬间》、《约会》、《天堂里的对话》(一)(二)等几篇作品。

“我”闭上眼，竭力要回到那个地方，那里有一个操场，屋檐水日夜滴嗒作响，那个很多年以前见到的孩子却永远地于“我”有无法抵御的能力，“我”耐心地等待着他，顽强地寻找着，寻找着与那布谷鸟叫的瞬间美与温暖，或许看过的松蕈、蝴蝶、菱角香，还有那小红帽……但是他的寻找没有如愿以偿，相反碰到的尽是巨大的失望与冰冷灰心，失望使“我”眼内长起了白内障，看不见希望之光，于是记忆在耐心的帮助下变成了另一副眼睛而延伸到另一个世界……

于是等待又迎来教诲：你告诉了“我”关于夜来香的秘密，你教“我”每天半夜里等待。也有的时候，它并不来，因为它从不曾存在于某处，你又告诉“我”你的声音充满了诱惑。明明是见到了“我”所期待的你，结果也只能等待，约会也只能是黑暗中“我”看不见你，你也同样看不见“我”的时候进行，这是无法期待的对话，但这又是只能等待的对话。你如果认为对话只能是阳面上的明白式，那么对话只能跌落万丈深渊；反之，如果你发现，黑暗中的存在并不依靠视觉的明见，对话也并非是阳光之下坐在一起的你与我，而是“在响着机械脚步声的黑黝黝的大路上，在陌生或稔熟的毫不相干的人间，相隔遥远或交臂而过，都分明交织着，也进行着无数的对话”，倘偌（若）真是如此的话，那么世间一切不可能的事都因之而可能了，不是幽会的幽会出现了，不是对话的对话产生了，人可能从来不曾听到过的对话发出了音响，尽管有时我们陷入了心房痉挛，“头昏得象风车转转着，在湖水深处，那漫漫的幸福的并且是羞涩的记忆，久远而朦胧的早晨的记忆依然产生着、进行着。由心底的泪湖产生出的浓浓迷雾一旦消散，那甜美的叨絮、和谐的对话也就暴露无遗了”。

我们有时候可真的给她搞糊涂了，那个“我”苦苦寻求、痴痴等待的，喋喋不休没完没了的“他”究竟是有还是没有呢？到底存在不存在呢？我们这些“白日”思维的头脑所发出的疑虑，依然地对“她”没有什么用处，她依然地沉浸在那种不同于世间阳面式的对话与约会之中。因为“她”的叙述从不走出这个梦的世界一步，所以，阅读的困惑是在所难免了。问题在于，那一天我们委屈一下，换一种方式仔细打量她那种确切无疑的期待时，说不〔一〕定会发出豁然醒悟的惊讶：噢！“我”与“你”的对话与约会，原来就是“我”与“我”呀！

人一旦陷入撕离灵魂的体验之中，也就同样地陷入了认识自我的体验活动中，把自己的一部分作为审视与观照的对象，这样一来，平时易于为我们忽略与疏漏的对话与约会就会被发现，而正是这种发现的不易与机会的难得却成了残雪经常的创作上的诱发因素。用作者本人的话讲，就是：“只有这样的对话，才能翻译出人的秘密，开启心灵的智慧。作为对话，艺术是发掘意识和潜意识的工作，也就是用活的自由的语言来构梦，依靠非凡的压缩和移置，将心中所有对立的错综的心理力量和冲突的感情加以调遣，促使那处于紧张或敌视、近在咫尺或相距遥远而似乎都永不相干的各方面直接面晤，让它们在理想的、回复到自身的静穆高远的图画和音响中和好如初。”这是相当精彩的创作自白，它充分说明了这位作家具有清醒的创作上的自我意识。

残雪一旦敞开了她那语言的大门，我们的发现就会变得轻而易举，所谓这样一种对话与约会，就是经由叙述的符号流露出许多纠缠人自身的〔诸多〕焦虑与麻烦、失望与希望、永恒与瞬间、眷恋与迷失、执迷与醒悟、遗忘与记忆、自尊与自卑、痛苦与幸福、挑剔与辩解……并让它们顺利地进入梦境。

六

我曾经说过，残雪小说的叙事投影，其与众不同的一点就在于它使人物与叙述者处在同（一）视界中，一种有限的视野使得叙述视角不可能指出和说明感知的变异；相反，叙述者正是一头沉浸于“我”的视界之中，因此，惯于常态阅读思维的读者就不得不陷入难解之谜的深渊。如果说,对创作来说,叙述的视线是至关重要的话,那么,对阅读来说,接受视线也是一样地不容忽略。自然,当代小说涉及梦与精神变异,并非残雪一个,但是残雪与他们之间的一个显著差别在于:同是写梦与精神的变异状态,其它小说的叙述者是站在白天的立场上,或者站在理智的立场上向我们叙述一个记忆的残梦和一种精神的变异;残雪不同,她的叙述视线决定了叙述者本身的立场就是处于梦幻状态,她的语言就是梦的语言,继续用作者的话讲,那就是:"我想用文学,用幻想的形式说出这些话。"幻想成为形式就显然地包括叙述的形态与叙述者的视角,残雪正是在这一点上与她的"同类者"划清界线的(当然,这里的"幻想"如果改用"幻象"可能更确切些)。

当我们处在清醒的白天之际,理智地思考或说话时,都会遵循这样一种思考法则,其特征就是往往会局限在天时、地理、人际等客观因素的牢笼之中,也不能不同时遵循逻辑原则、推论及因果关系。但当一个人处于梦幻的黑夜时,其思考的法则就会发生很大的变更,它开始挣脱了原有的时空范畴,代之以内在情感与期冀的心理活动为因果关系,这种方式类似于我们平时讲的象征思维,它使艺术创造过程中的潜意识活动得以突出。死去的人,我们却明明看见他活着。明明几十年前发生的事情,它怎么突然间就发生在眼前。远隔千山万水的两件事情,它们却又不知什么时候交织在一起了。我们可在瞬间走遍世间的每一个角落,只要这个幻想的机器发动起来。分明是眼前的完全不同的两个人,他们怎么变成了一个人。事实上,这个梦的世界竟是由做梦者自由地创造出来的,它使得原来限制我们身体一切活动的时间与空间丧失了一切能力。

《天窗》所要告诉我们的就是这样一个"梦",被人们长期遵守的关于天机不可泄露的训言,不知那(哪) 天被推翻了,天窗大开,许多真正令我们不解的事情发生了,那个死了好久的老人居然给我们写起信来;人会突然发现自己变成了猴子或者大猩猩;如同鬼怪的人居然大摇大摆地从地窑(窖)和浴缸里钻了出来,而随同 起涌现的则是千奇百怪、有影无踪的原始景象:露水羞答答,天空蓝灿灿,树林里闪亮的飞蛾,红尘上的石榴树,矮地茶下一颗颗龙眼珠,还有那一大嘟噜一大嘟噜地挂在雾里的葡萄……天窗的打开唤来了永恒的舞蹈,储存于人意识背后的成千上万的其它记忆,还有那曾经被我们埋藏于深层的感觉、知觉与希望过的瞬间景观,它们也都一下子从不可见的幻象状态内涌了出来,当这 切又都用文字的符号叙述下来的时候,我们的阅读视线全被这种非常规的符号顺序排列所占领,它们按照自身的生存方式扩充开来,燃起记忆的火星与许多珍藏在灵魂深处的精神幻影,它们纷至沓来,没有惯常的事态顺序,也没有惯常的时间线性。似乎是一个火星点燃起来,时断时续,时真时幻。一个出现,另一个接踵而来,旧有的符号并未消失,新的符号业已出现,老的幻影在行将消失之际，忽而又因新的幻影的掺和而发出加倍的光亮。但所有这一切，又并不妨碍这紊乱的秩序在另一个层次上完成其自身富有诗意的统一与完整。梦幻虽然解除了环境的化妆，辗碎了线性因果的链环，但是，它们马上又以另一种方式集聚起来，它们拥挤在意识的门口，组成一个密集的群体，突然冒出来，又立即解体，以另一种方式组合起来，以另一种形式再度出现，而梦核就是这自始至终过程的动力。从我的猜想来看，《天窗》的梦核就是这样一个渴望看清自身的“我”，买来镜子挂在墙上，一块又一块将四壁都占满了，连天花板也贴上，使它们互相反射。“我”在房里，如同置身在奇妙的晶体世界，真正的玻璃世界，即使我静候着，一动不动，也有那么多的假相。我一动弹就更假了。斜的倒置的反乱的，一个个没有彼此，一个个似是而非。一个比一个遥远。而面对面或紧挨着却互不看见，绝不相干，从不露声色。这就是一个梦，一个地地道道的梦，它属于这个梦的世界的缔造者，作为叙述者的“我”——一个绝妙的灵魂的形象。其梦核就在于一个这样的“我”对自身的追踪、审视与认识，以及因其对象化的变故而带来的经久的忧郁与迷失。这梦核阴魂不散，它时常令我们记起歌德的诗句：

> 变幻无常的影子，你们又跟踪而至，
> 你们早已使我不得安宁。
> 莫非我的青春烈火已经冷却，
> 你们究竟何时才会消停？

当我们在注意着造梦的叙述者时，切莫忘了那隐蔽在背后的更为不可思议的作者。对残雪来说，以一种幻象的形式，叙述这么一个灵魂的形象与梦的世界，都是要付出几分冒险的代价的。不管怎么样，她事实上已经这样做了，这就是放在我们面前的那些属于残雪的铅字符号，一堆同样有生命有情感的符号，还有那“折磨着残雪的梦”。依佛洛姆的说法：“梦是我们自己传递给自己的信息，我们为了理解自己就必须理解梦。”现在，这些梦传递给了我们，我们在理解它的时候，也同样地包括着理解自身，我们能做到这一点吗？自信之余，可别忘了那个置身于奇妙的晶体世界中的幽灵。所以，我谨慎地把我的这些话称〔之〕为一种解读的尝试。

注：文中所涉及作者的作品：

《山上的小屋》，载《人民文学》1985 年第 7 期

《公牛》，载《芙蓉》1985 年第 4 期

《雾》，载《文学月报》1985 年第 6 期

《旷野里》，载《上海文学》1986 年第 2 期

《苍老的浮云》，载《中国》1986 年第 5 期

《我在那个世界里的事情》，载《人民文学》1986 年第 11 期

《天窗》,载《中国》1986 年第 8 期
《绣花鞋及袁四老娘的烦恼》,载《海鸥》1986 年第 11 期
《阿梅在一个太阳里的愁思》,载《天津文学》1986 年第 6 期
《布谷鸟叫的那一瞬间》,载《青年文学》1986 年第 4 期
《美丽南方之夏日》,载《中国》1986 年第 10 期
《小说两题》,载《青海湖》1987 年第 2 期
《天堂里的对话》,载《海鸥》1987 年第 1 期

1987 年 3 月写于上海

——原载《上海文学》1987 年第 6 期

吴　亮

马原的叙述圈套

在我的印象里，写小说的马原似乎一直在乐此不疲地寻找他的叙述方式，或者说一直在乐此不疲地寻找他的讲故事方式。他实在是一个玩弄圈套的老手，一个小说中偏执的方法论者。

马原声称他信奉有神论，这当然为我们泄漏了机密。不过我这里更感兴趣的是马原喜用的方式，就是说，解释他是以何种方式来接近他那个神的，比考辨这个神究竟是什么更有意思。也许，马原的方式就是他心中的那个神祇的具体形象，方法崇拜和神崇拜在此是同一的。如果说马原最终确实为自己创造了一些独特的小说叙述方法，那么也可以有把握地说他同时是一个造神者。

我再重复一遍，马原的有神论即是他的方法论。

为了证明我上述的论断，以下我就需要详细地予以阐释。阐释马原是我由来已久的一个愿望，在读了他的绝大部分小说之后，我想我有理由对自己的智商和想象力（我从来不相信学问对我会有真正的帮助）表示自信和满意；特别是面对马原这个玩熟了智力魔方的小说家，我总算找到了对手。阐释马原肯定是一场极为有趣的博奕（弈），它对我充满了诱惑。我不打算循规蹈矩按部就班依照小说主题类别等等顺序来呆板地进行我的分析和阐释，我得找一个说得过去的方式，和马原不相上下的方式来显示我的能力与灵感。我一点不想假谦虚，当然也不想小心翼翼地瞧着马原的脸色为赢得他的满意而结果却于暗中遭到马原的嘲笑，更坏的是，他还故作诚恳地向我脱帽致敬。我应当让他嫉妒我，为我的阐释而惊讶。自然，顺便我无妨在此恭维一句：马原是属于最好的小说家之列的，他是一流的小说家，这种恭维也许过于露骨，有当面阿谀之嫌，所以又公允地补充一句：最好的小说家（或一流小说家）当然不止马原一个。

说远了没意思。好吧，现在我言归正题：马原的叙述圈套。

马原在他小说叙述中的地位

首先,马原的叙述惯技之一是弄假成真,存心抹煞真假之间的界限。在蓄意制造出这么一种效果的时候,马原本人在小说中的露面起了很大的作用。马原在他的许多小说里皆引进了他自己,不像通常虚构小说中的“我”那样只是一个假托或虚拟的人,而直接以“马原”的形象出现了。在《叠纸鹞的三种方法》、《拉萨生活的三种时间》、《虚构》等一些小说里,马原均成了马原的叙述对象或叙述对象之一。马原在此不仅担负着第一叙事人的角色与职能,而且成了旁观者、目击者、亲历者或较次要的参与者。马原在煞有介事地以自叙或回忆的方式描述自己亲身经验的事件时,不但自己陶醉于其中,并且把过于认真的读者带入一个难辨真伪的圈套,让他们产生天真又多余的疑问:这真是马原经历过的吗?(这个问题若要我来回答,我就说:“是的,这一切都真实地发生在小说里。至于现实是否也如此,那只有天知道了!”)

在这种混淆真假界限的想象活动里,马原是不是为了炫示他的独特经历,并且不惜想入非非虚张声势地往上增加一些令人惊异或使人羡慕的传奇色彩呢?当然,这种用意也许不能完全排除。不过我更关心的是,马原通过真事真说和假事真说的方法——我曾猜测过他的《虚构》和《神》均有大量想象的情节——让自己进入一种再创经历、再创体验和再创感受的如临其境的幻觉,而这幻觉正好是被马原十分真实地经验到的——即在写作时被经验,或者说,是在叙述过程里被经验。在此,追问事情是否如此这般地发生,完全是不必要的。但我相信马原被自己的虚构能力和幻觉骗得不轻,除了年龄、身高、籍贯和履历(外),他关于自己的真实记忆不会太多太详细。他很大程度上是生活在他编织出来的叙述圈套中了。

作为某种更为有趣的自我欺骗的补充游戏,马原还别出心裁地由经他之手虚构出来的小说角色之口来返身叙述马原本人。《西海无帆船》中插入了一整段姚亮的自我辩解和对马原惯然的指控,这节外生枝的题外话产生了某种颇有恶作剧意味的滑稽的效果,好像一个机器人被接上电源有了自己的行动意志以后开始蠢蠢欲动试图脱离和反抗制造它的工程师——姚亮显然是马原想象中的人物,可是他已经具备能力抗议他的主人马原对他的任意描写了。特别是当姚亮看到了马原写小说的某些惯用手法并不无刻薄地将它揭露出来时,马原是在借姚亮之口泄露自己、交待自己,还是一种迷魂阵、障眼法,或者是为了满足难以抑制的淆乱真假的幻想欲?我不认为这仅仅是即兴的游戏之笔,它肯定源于一种很难摆脱的反复出现的心理冲动,因此在马原小说的其他场合可以不断看到马原被他的小说人物返身叙述的段落,例如《涂满古怪图案的墙壁》和《战争故事》里均有类似的文字。这当然不是偶然的。我觉得,马原一定在内心深处怀着某种希望被人叙述被人评价被人揭露的愿望,而这种愿望的最好满足方式显然是他自己的小说——既然他已经把他的小说看成了唯一的真实,既然他已经部分地生活在他的小说里,他就更无意识地充分运用这种便利了。

在小说的虚构活动拓展自己的有限经验进而将它示于他人,这一活动实际上源于对文字叙述的迷信。我认为迷信文字叙述的小说家是真正富有想象力的,他们直接活在想象的文字叙述里。最好的小说家,是视文字叙述与世界为一体的。马原本人在他小说中以不同方式出现,其实正是这一心理状态的显露。他不像大多数小说家只是想象自己生活在虚构的文字里,他是真的生活在自己虚构的文字里。或者干脆说,没有什么虚构,马原的小说就是衡量它是否真实的标准,不存在小说之外的真实对应物,所以也就没有什么虚构。同样,马原和马原小说中的马原,根本没有必要进行真与非真的核实和查证。可以断言的是,马原在他小说里显示给我们的马原,其本来的真实和经篡改过的真实是同样的多,但我不追究这个极次要的问题。我只想说我看到马原和马原小说中的马原构成了一条自己咬自己尾巴的蛟龙,或者说已形成了一个莫比乌斯圈,是无所谓正反,无所谓谁产生谁的。

马原的朋友们和角色们

马原由直接叙述自己和间接地通过角色之口叙述自己,也可能是为了把自己逼入一个圈套,迫使自己去感受此时此刻他面临的一切。马原一般很少扮演一个临居小说之外或之上的局外人和全知的上帝(《拉萨河女神》里马原是退隐不见的,可看作局外人;《大师》中最末一段抖落使人战栗的关于命案的真相与始末,马原则是全知的)。在更多情况下,他不是在小说以外打量他的故事和人物,而是混居在小说内部参与着这些故事并接触着这些人物的。

马原的这一特殊地位,便决定了他的小说里总有他的朋友,他的熟人、至交、萍水相逢的邂逅者和其它各类与自己发生联系的人们。这一现象,也就很自然地解释了在马原的不同小说里为什么总会重复出现的名字(陆高、姚亮、大牛等等),而其它一些角色看来也是彼此相识的——刘雨、新建、子文、午黄木、小罗等等,还有白珍、尼姆、央宗等等——这些人全以马原为核心,是马原的人际圈。他们有声有色地环聚于穿梭于马原的周围,为马原提供故事的同时也就随之活在马原为他们而写的故事里。究竟是他们不断塞给马原故事,还是马原给他们故事,或把他们塞在马原的故事里,则又是一个复杂的圈套了。

从马原的小说中可以发觉种种迹象,这些迹象使我相信马原,施展了他的分身术——陆高和姚亮这两个尾随着他的男人原是他本人的两个投影,他们彼此攀谈、打闹和调侃,他们相互窥探、陈述和反驳,其中多少含有马原的自恋特征。当然我无须去考辨这两个影子人物(的)真正心理成因,不妨就将他们看作是马原小说中的马原最密切的两位朋友,这样更妥当些。若仅此而言,这两位朋友和马原小说中的马原之间那种奇妙的心灵感应,他们彼此吸引又彼此排斥的言行,仍使我执意以为那完全是马原个人想象和心理历程外投的结果。倘若不据此揣测马原个人的某些秘密,那么我要说,凡是写到陆高和姚亮的小说相对之下都是可读性较弱的,因为它们几乎无例外地专注于心理分析,一头沉浸到男人的内在精神和性格的自我摸索之中。在这方面,“情种、小男人和诗人”是一把非常有用的钥匙,它宿命般地预言了马原在《零公里处》之后的许多小说将照此原型诞生。“情种、小男人和诗人”十分简扼地排列了三个词,它们组成推动上述心理分析和自我探索的隐蔽动力,又显得是大事张扬的广告或公开的图解。我得说这里也设置着马原蓄谋已久的圈套。他要人们相信他的故事,又不全信他的故事;他要显得坦率自如,却又故意羞羞答答的样子。怎么都要落到他预备好的叙述圈套里,迟早。幸好我是将它识别出来了。

在马原近期的小说里面(除了《战争故事》和《涂满古怪图案的墙壁》等少数几篇),自我探索和心理分析的因素在减弱,可读性则大大增强了。我指的是他的《虚构》、《错误》、《游神》、《大师》和《黑道》。这些小说里不再有姚亮和陆高,一些陌生人、邂逅者开始轮番地介入了。他们成了马原近期小说中的主要角色和情节推动者,马原本人不是成了参与者至少也是一个目击人,一个记事人。马原在这里发挥了他善于制造悬念和激发起人们好奇心的特长,把他的角色们纷纷讲述得绘声绘影。这些角色们,部分源于马原的结交和往事回忆,部分源于马原的外部观察和奇思怪想。故事为角色而设,角色又为故事所召唤,这是一种双向的共生的虚拟,它们和马原小说中的马原及他的朋友们,一起组成了一个被马原津津乐道地娓娓叙述的经验世界,在小小的印刷物领地里领取了身份证,便在那里安居了。他们没有一个是安分的,多少经常惹出一点事端,给马原的灵感以刺激。他们向喜欢冒险和幻想的马原频频透露没头没尾和根本无法确知全过程的神秘经历,他们提供戏剧性场面和细节。事实上也许正是如此:马原的灵感和他的朋友们角色们的神秘经历是同时存在着的。

马原的经验方式和故事形态

马原的经验方式是片断性的、拼合的与互不相关的。他的许多小说都缺乏经验在时间上的连贯性和空间上的完整性。马原的经验非常忠实于它的日常原状,马原看起来并不刻意追究经验背后的因果,而只是执意显示并组装这些经验。《叠纸鹞的三种方法》、《战争故事》分别组装了几段彼此无因果关系的偶然经历(或道听途说);《风流倜傥》组装了几段关于大牛的奇闻轶事;《拉萨生活的三种时间》组装了一些神秘未明的日常小事;《错误》组装了有故人往事彼此关联又错开难接的记忆;《大师》组装了一连串引人入胜的关于艺术、走私、遗产、命案和性的悬疑现象;《游神》则组装了围绕古钱币和铸币钢模的徒劳冒险。所有这些组装,都是逻辑不清的,只有表面前后相续的现象在透露若干蛛丝马迹,人们可以照自己的方式去理线索,也可能百思不得其解。这都没什么,因为生活对我们来说多半是如此呈现的。马原在进行他的故事组装时,没有一次不漏失大量的中间环节,他的想象力恰恰运用在这种漏失的场合。他仿佛是故意保持经验的片断性、此刻性、互不相关性和非逻辑性。这种经验的原样保持在马原的小说里几乎成为刻意追求的效果,比如存心不写原因,存心不写令人满意的结局,存心弄得没头没尾,存心在情节当中抽取掉关键的部分。马原的小说在这一点上酷似生活本身——它仅仅激起人的好奇,却吝啬地很少给好奇以满足。马原不像是卖关子,人为留下所谓的"空白",或者布下迷魂阵,心里对真相一清二楚。不,我想说马原是从来不甚明白他小说背后隐伏的真相的,一如他对待神秘的八角街本身。他知道了肯定会无保留地说出来(他对《大师》的真相就知道得太多太详细,所以忍不住地全揭露了),他不说是因为确实不知。马原小说所显现的经验方式,表明了马原承认了如下的事实:世界、生活和他人,我们均是无法全部进入的。是我们在那些现象之上或各种现象之间安置上逻辑之链的(别无选择),而这样做又恰恰违背了经验的本体价值,辜负了经验对人构成的永恒诱惑。

马原对经验的这种非逻辑理解,就必然相应造成了他故事形态的基本特点。既然在经验背后寻找因果是马原所不愿意的,那么在故事背后寻找意义和象征也是马原所怀疑的。马原确实更关心他故事的形式,更关心他如何处理这个故事,而不是想通过这个故事让人们得到故事以外的某种抽象观念。马原的故事形态是含有自我炫耀特征的,他常常情不自禁地在开场里非常洒脱无拘地大谈自己的动机和在开始叙述时碰到的困难以及对付的办法。有时他还会中途停下小说中的时间,临时插入一些题外话,以提醒人们不要在他的故事里陷得太深,别忘了是马原在讲故事。

马原所讲的故事,虽然在该孤立的故事范围内缺乏连贯性和完整性,却耐人寻味地和其它故事发生一种相关的互渗的联络。这可以由他的小说经常彼此援引来得到的证明——《大师》的开首提到了《风流倜傥》,《拉萨生活的三种时间》里提到了《康巴人营地》,《涂满古怪图案的墙壁》则提到了《西海无帆船》和《中间地带》(这篇小说的作者之一居然就是姚亮本人!可见马原是个故弄玄虚的老手)等等——这样,马原这一招术本身也构成了他故事的一个重要内容。

这么一种非常罕见的故事形态自然是层次缠绕的。它不仅要叙述故事的情节,而且还要叙述此刻正在进行叙述,让人意识到你现在读的不单是一只(个)故事,而是一只(个)正在被叙述的故事,而且叙述过程本身也不断地被另一种叙述议论着、反省着、评价着，这两种叙述又融合为一体。不用说，由双重叙述或多重叙述叠加而成的故事通常是很难处理的，稍不留意就会成为刺眼的蛇足和补丁。唯其如此，我就尤其感到马原的不同寻常之处：他把这样的小说处理得十分具有可读性，其关键在于，马原小说中的题外话和种种关于叙述的叙述都水乳交融地渗化在他的整个故事进程里，渗化在统一的叙述语调和十分随意的氛围里。对此我的直觉概括是，马原的小说主要意义不是叙述了一个（或几个片断）故事，而是叙述了一个（或几个片断）故事。

马原的重点始终是放在他的叙述上的，叙述是马原故事中的主要行动者、推动者和策演者。

马原的观念及对他故事的影响

论及马原的观念，很容易给人以一种偏离我的主旨的错觉，因为从一开始起我就在题目上规定了自己的论述范围，即马原的叙述圈套。可是，完整地看，这个叙述圈套是涵带有观念性的。或者说，这种观念已经深伏在马原的经验方式和化解在他的小说叙述习惯里。于是，关于马原的观念，就显得无比重要，以至使我无法回避。

我所关心的马原的观念，并非是马原本人企图塞在他的小说里的外在意图和见解，或者是他偷偷地想假借他的故事来隐喻、象征、提示的抽象概念。对这点我并无兴趣，当然，我也不反对别人这么去破译。我这里想要论及的马原的观念，已经贯穿在他的叙述本能之中，贯穿在他每一次具体的叙述故事的过程里。它们不是超出具象指向抽象彼岸，恰恰相反，它们滞留在具象此岸，在此岸即涵带有抽象性质的。

我想用叙述崇拜、神秘关注、无目的、现象意识、非因果观、不可知性、泛神论与泛通神论这八个词来指称马原的观念。

马原的小说大多数都流露出对文字叙述的极端热衷，这种叙述行为已经成为唯一的一次真正经历或亲身体验。叙述在此除了担负着追忆往事和记录在过去时态中发生的事件的工具功能外（如《零公里处》和《错误》），更多情况下它本身就是往事和事件。当叙述在形成着自身的时候，往事和事件便以“正在进行”的样式展示出来。以《涂满古怪图案的墙壁》和《拉萨生活的三种时间》为例，它们均是以边叙述边发生的样式展示给我们的。马原似乎相信，只要他开始进入（或沉浸入）叙述状态，故事就会自动涌来，叙述具有一种自动召唤故事的符咒的神奇功能。至于这故事有什么内在意义，他通常是无暇予以细究的。

马原对这种因叙述而涌来的故事既然失去了有效的理智控制，那么自然，一种由叙述的符咒呼唤来的东西就会对马原构成反控制。果真，一个一个人物、意象、场景接踵而至，它们由于不带有明确的意义，就显然是十分神秘的。所谓神秘，即是孤立的、原因不明的和超出常识理解范围（的）现象。马原一般不去推测这类现象背后的制导因素，他被这些自行地接踵而至的现象所吸引是因为他在骨子里是喜欢神秘的，他对探讨神秘的起因，不释除心中的神秘感，相反，他更愿意怀着某种虔诚去关注神秘。在马原的小说里，神秘没有装神闹鬼的意思，而只是一系列来历不明的东西和突然消失不见的东西。我想这一点是无须详细举出例证的，因为它确实到处可见，只要回想一下马原的《拉萨生活的三种时间》、《游神》、《大师》以及《黑道》的某些段落即可。

由于有了上述对现象自动涌来的神秘关注，那么，一种无目的的意图就悄然地暴露出来了。马原在一头陷于他的想象和叙述中时，除了某种莫可名状的冲动和快感(外)，我敢说他不清楚别的外部目的。功利性的目的，只会驱使人的感觉和经验，进入一个被事先限定了的轨道，而马原恰恰是不可能被事先限定的。他的写作是非常自动化的。敞开而无边，完全为一种强烈的兴趣所吸引，是他所有小说叙述的最根本动力。我以为，无目的是合乎马原小说的形成之因的。

有了这么一种观念，就必然对现象产生浓烈而持久的好奇，因为这种好奇不关涉到现象和人的利益与效用，所以就显得无限生动。马原经常在他的小说里罗列种种没有什么明确旨意的现象，他情愿将现象仅仅作为现象来予以仔细欣赏、想象和描述。换言之，现象本身是不意识到自己的，那么，人对现象的无意识观照也就不会歪曲现象的原态。严格地说，人总是通过他特有的先入为主的方式去观察外在的世界，因而外在世界不可能纯粹以它原来的模样进入人的视界；不过，马原的方法，恰好是夸大了外在世界的自动性和无意识涌现。我以为《冈底斯的诱惑》是这种无意识的典型见证。我断言马原是在无意识中从事《冈底斯的诱惑》的写作的，尽管人们可以从中引伸(申)出种种饶有深意的涵蕴，但绝对没有一条是被马原意识到的。马原的功绩，正在于这种脱离意识的描绘——不管是亲历的还是心理的——保证了充分的伸缩空间与富有弹性的想象性时间维度。

一旦把现象从所谓的规律中孤立地凸现出来，它们彼此的因果联系，也就显得无关紧要了。说到马原在他的小说中经常表现出他的非因果观，我想提一提《拉萨生活的三种时间》。首先，康巴人赠给马原的银头饰就是无缘无故的、没有原因的。随后，家中天花板里的响动也是带有原因不明的恐惧感的。当然，末了马原开枪射杀了正在天花板夹层里捕鼠的黑猫贝贝，真相大白以后，仍留下不解之迹：马原朋友午黄木家里类似的声响又是什么造成的呢？那十几根会走的羊肋是怎么回事？我还想提一提《错误》。这篇小说情节的逐渐“错位”使因果联系发生了移动：军帽失窃——江梅生孩子——孩子的来龙去脉——和黑枣的斗殴——二狗捡来的孩子——赵老屁的失踪——二狗的死和江梅的死，这些前后接续的事件，因果都是不甚明了的。马原十分善于讲这么一些由无因之果或有因无果组成的故事，《游神》就是没有结果的,或者说是结果落空的;《风流倜傥》东拉西址(扯)地写了马原的朋友大牛和女人的风流事,收集古钱的癖好和他如何去天葬台捡骷髅,末了又横生枝节地“胯骨断了”,不了了之。我以为这种料不到的、意外的、偶然的故事结局,仍是马原非因果观的一个证据。

与以上非因果观相联系的,便是马原在心底里,已识出了现实世界的“不可知性”。上面提及的《游神》还有《黑道》,都是不可知性的经验记录与想象记录。马原笔下的生活是难以完全进入和彻底明了的,它们像一个偶尔泄漏出若干光亮的秘密后台,大部分真相都被深深藏匿起来,只给你看前台的表演,那肯定是不能全部相信的。可惜的是,谁都进不了真正的后台。每个人的生活、行踪、意欲,都有一个不向外人敞开的后台。

与此相关的是,当马原在叙述了生活真相的不可知性时,他仍然不忘卖弄他的那段第一手的阅历,好像他是一个非常深入生活的人。《大师》详细描写了唐嘎布画画师、独眼女人、女模特儿、走私、神秘小楼、古董分类、壁画、性爱和性变态、命案、失踪、火灾(顺便说说,《大师》是马原迄今为止可读性最强的一篇小说,是一个真正的好故事),虽然写得充满悬念,大肆渲染紧张气氛,可是依然给我一种忐忑的、不祥的、惊疑的、难辨的宿命之感。在《大师》的种种情节构成要件之间,布满了不可知的网络,它是一种整体的恍惚和骇人听闻的不可知。

现实是如此地遍布着不可知性,于是,一种神秘的倾向就开始露面了。如果我愿意相信马原声称自己为有神论者的说法是可靠的,那么,这个神就不会是一个人格神,也不会是一个具形神。应当说,这个神既是遥不可及的,存在于冥冥之中操纵着世界的万物生死荣衰兴灭,在马原灵感到来之际向他显露真容;又是遍及于日常的平凡经验里,以至唾手可得。马原的神是包诸所有、体现于所有普通现象之中(的)。我们把这种有神的观念称〔之〕为“泛神论”,总之它是普遍的(地)存在于现象背后决定了现象而人的有限经验又永远无法靠近的东西,只有少数人在少数的瞬间能够突然地窥见它、感应它、体现它。宗教、科学、艺术、技巧都是一些通神的杰出者以不同方式窥见神、感应神、体现神的人间结果。

这样,泛神论就必然导致泛通神论。我觉得这是马原的最后一个,也是最核心的一个观念,它由叙述崇拜为发端,又回复到叙述崇拜中去。这里也存在着一个魔术般的圈套。叙述故事实在是马原试图接近神最后体现神的唯一有效方法。对于马原来说,叙述行为和叙述方式是他的信仰和技巧的统一体现。他所有的观念、灵感、观察、想象、杜撰,都是始于斯又终于斯的。

关于马原的另一些想法

马原也有纯粹为了一个观念的启示而写作的时刻。在《涂满古怪图案的墙壁》

的题目下，有一段摘自《佛陀法乘外经》（这是马原一直在写的一部经）的话，这段话正好又提到了《涂满古怪图案的墙壁》。显然那又是马原一个自我相关的叙述圈套。在一篇小说里彼此叙述，自我解释，将关于该小说的想法纳入小说之内，它就给人某种自身循环之感，马原是常常在作这种努力推动自己的小说使之循环不息的，他想造成预言和占卜的效果，而且他果真把这种效果造成了。预言和占卜是马原深层的渴望。

马原自我相关的观念和自身循环的努力源出于他另一个牢固的对人类经验的基本理解，即经验时而是唯一性的，我们只可一次性地穿越和经临；时而是重复性的，我们可以不断地重视、重见和重度它们。自我相关和自身循环，都是既唯一又重复的，它们给了马原以深刻不移的影响，以至他在自己的小说叙述里，往往出现有趣的悖论，或说又是一种“自我相关”和“自身循环”——他在说经验一次性的时候，他常常重复在说；他在说经验是重复性的时候，又恰恰是一次性的。这可以由他的《虚构》为有力佐证。

但是马原又不是一个小说领域里的玄学家，他甚至也不是魔术师。当然他偶尔也说几句咒语、箴言，或者玩几个小小的戏法。从 1986 年起，马原的小说明显地增强了可读性——这话我已经说过多次了——作为马原叙述圈套的阐释，我自然不能跳开这个问题。可是，由于我觉得不算是困难的问题，所以我愿意出让这个问题，由别的人来阐释。此刻我还愿意出让我的又一些想法，给别人参考：马原小说的可读性因素很大程度上是狡猾地利用（或娴熟地运用）了如下的故事情节核——命案、性爱、珍宝。他还在里面制造各种悬念，渲染气氛，吊人胃口也是他的惯用伎俩——我这里之所以放弃这些想法，主要是考虑到这些问题的“发现”与我的智力不相称。

不再提马原

写下这个小标题即已犯了错误，我说不提却〔又〕在不再提三个字后又提了。

马原是使我无法摆脱的一个玩圈套的家伙。我想我对马原最好的评价是：请仔细读一读我这篇文章的每一行，在里面你会找到最好的一句。那就是了。

——原载《当代作家评论》1987 年第 3 期

雷　达

民族心史的一块厚重碑石

——论《古船》

一

《古船》(载《当代》一九八六年第五期)的出现是一个奇迹,它几乎是在人们缺乏心理准备和预感的情势下骤然出世的。就象从芦青河中捞出那条伤痕斑驳的古船一样,小说陡然撕开并不久远的历史幕布,挖掘着人们貌似熟悉其实陌生的沉埋的真实——人的真实;同时,又象那个神秘可怕的"铅桶"下落不明一样,小说揭示了隐伏在当代生活中的精神魔障;当然,小说也有自己的理想之光,它要骑上那匹象征人性和人道光辉的大红马,尝试寻求当代人和民族振兴的出路。由于它是一部如此奇异的作品,读者和评论者在片刻的惶惑后无不为之轻轻战栗继而陷入绵长的深思。

时间冲刷着记忆,时间淡漠着噩梦,为了维持现实的平衡,健忘似乎已经变成人类抚慰自我的一种惰性。在安定而又浮华,自信却又骚动的今天,我们民族的注意力正被另一些重大的东西吸摄而去,大多数人已很少深究往日的血痕,生命的苦难与今天的存在之间具有怎样内在的精神联结。他们生活于"现在",便也专注于"现在"。然而,充满智慧和痛苦的青年作家张炜,决不是一个乐观的健忘者。他超出自己的年龄所限,比平常人更敏锐地感受到:罪与恶的影子并未远遁以至根绝,它依然是困累现实生命的潜在因素,在肉眼达不到的处所,他(它)瞪视着并且发现几千年的精神对抗的历史并没有终结,捆缚着人性的枷锁也并未锈蚀。他深深地懂得,今天每个活着的人及其各种心态,都是历史的得意之作,因而都是民族精神发展史上的"中继点"。既然我们的民族曾经穿越了如此严酷的大伤痛、大恐惧、大熬煎,那么重新踏进这苦难看个究竟,回过头来研诘苦难与现实与变革的连结,就是一个富于良知的作家不可推卸的责任。

也许,《古船》震撼力的全部秘密在于,张炜不但要帮助人们恢复“记忆”,而且是以自己的身与心、感觉与理性、反省与忏悔来重新铸造“记忆”,并且与当代人的困境联系起来。这位作家性格执拗不甘心于接受〔既有的〕现成结论,一切要用艺术家无畏的甚至有些偏执的眼光来审度;这位作家野心太大,在这部记载洼狸镇四十年风云的、近三十万言的长篇里,他不但将过去、现在和未来聚合,而且把洼狸镇与世界衔接,让纵的“古船”与横的“星球大战”同呈并现;他直面历史,不惮纷繁,历叙土改、合作化、大跃进、“文化革命”、初期经济改革的种种史情,而真正的鹄的是撩起历史,镌刻一座民族心史的碑碣。毕竟,这工程是太棘手也太浩大了,作者虽尽心尽力,看来仍留下若干缺憾和难以克服的自我矛盾,有时,甚至极深刻的发现与颇肤浅的幻象糅合在一起。但是,环顾今日文坛,能以如此气魄雄心探究民族灵魂历程(主要是中国农民的),能以如此强烈激情拥抱现实经济改革,又能达到如此历史深度的长篇巨制,实属罕见。所以,我把它称作民族心史的一块厚重的碑石。

二

评价一部作品,哪怕是结构庞大涵义纵横的复杂作品,首要的还是尊重作品形象体系的基本事实,力求对其底蕴作出总体性的把握。《古船》发表后,不乏在某一方面精警独拔的评议,也未必没有把作品变形删削使之服从于某种主观的理论虚构的情形。诚然,现代小说审美意识中呈现出多主题多声部多旋律,但“多”并非“无”。有多少伟大作品曾被先哲们一语中的砉然而解,至今令人服膺,何以唯独《古船》变得不可言说?假若我们不敢或无力把握它的总体精神和艺术轨迹,那么眼花缭乱的敷演就可能把它引向心造的迷宫,而无补于对其思想艺术价值的理解。当然,不可否认,理解《古船》确有种种障碍迷阵,仅它的象征和意象就足以让人扑朔迷离:看,那铁褐色的古城墙,那喷溅了鲜血的大红马,那不断发出呜声的老磨屋,那支离朽碎通体染血的老船,“倒缸”的神秘恐惧,藏“镭”的恐怖铅桶,巨雷焚毁的老庙,跛四的隐含预兆的笛音……这一切,都在把我们的思路牵向四面八方,诱发和提供着多种解释和伸延的可能性;倘一味索隐下去,那真是不堪其苦。然而,尽管如此,尽管隋、赵、李三大家族浮浮沉沉,尽管仁厚的、刚毅的、怨毒的、痴狂的、伪善的、怪诞的灵魂们及其打上遗传烙迹的子女们死死生生,不断“轮回”和“重现”,但我以为《古船》的主体建构、它的主要血液经络还是相当醒(显)豁的。

在这一幅巨大的、动态的画卷中,我看到了两股大力的盘旋、扭结、互渗、较量:一股是向上的力,超升的力,它表现为艰难升起的对于人的重新发现、重新肯定以及对人的觉醒、超越和自由的渴望,这是从我们文明古国的历史深处即已萌动直到今天才逐渐逼近的雷声(主要集中在隋不召弟兄、隋抱朴兄妹及其它人挣脱苦难和历史惰性的枷锁上）；另一股是向下的力，坠落的力，它在小说中表现为对于蔑视人、束缚人、毁损人的非人化的种种深层社会心理根源的挖掘（就作品实际看，主要集中在对不断被保护下来的封建的宗法关系和家长制的现代形态的剖露上）。这两股力决不是以所谓正面或反面人物来分野的，甚至也无法用人物来标识，它们是作品内在精神力的颉颃（颃）。正是这两股大力的撞击，形成了《古船》艺术天空的惊雷闪电、霹雳狂飚。这可以说是小说中相互依存的正题和反题，张扬的主题和批判的主题。那么“合题”呢？我以为就是：从内结构看，它是从忏悔到新生的人的主题；从整体结构看，它推衍为民族的主题，通过洼狸镇四十年的动荡，探究它何以封闭、迟滞、萎缩的深层原因（河道何以干涸，曾经扬帆下西洋的艨艟大船何以樯倾楫催沉没多年，象征民族工商业的磨屋何以窳败不堪，等等），并为洼狸镇的繁荣昌盛，为人的完善解放，试着踏勘一条径路。这些，就是我眼中一部《古船》的思想艺术的主航道。

三

这样粗线条地勾勒《古船》的总体精神，自然不可能道尽它的丰厚意蕴，但是，如此勾勒却有助于廓清这部作品因其本身的独特意象和怪异氛围自然形成的疑云，使我们可以先行步入《古船》的堂奥而不致一开始就迷失方位。这实在是一种磅礴的、深潜的精神。倘若我们进一步靠近作家张炜创作的心理动力和他的激情燃烧的缘由，我们的感受将更加深刻。是的，不论怎样令人瞠目的惊人之作，总会在它的时代纷扬思潮中找到依据，也总会在它的作者创作发展的脉络中发现端绪。张炜何以会创作《古船》？这同样不是一个凭空降临的突兀问题。熟悉张炜创作的人知道，他是一个对痛苦极为敏感的作家，一个富有强烈忏悔意识和抗争意识的作家，他极其关心人，关心人的处境和价值，人的权利和尊严：对于在恶势力抑压下的弱者，他报以深挚的同情；对于道德的沦丧，兽性的残虐，他又始终怀藏着内在的愤懑，苦思着人的自由、完善和幸福的解救之途。在他的《秋天的思索》和《秋天的愤怒》中，都无不激荡着对人的觉醒的严肃思考。这两部作品其实是可被看作《古船》的准备和预演的。在《思索》里，沉默“古怪”的看园青年老得，眼看凶险狡狯的坏干部王三江下台后，又借“承包”之机摇身一变窃取了葡萄园的大权，只把人身依附关系换了个形式，继续恩威并施，便感到异常忧愤。初步的丰裕没有模糊老得的双眼，他思索着这欺凌和盘剥何以继续得逞，短视而畏怯的乡亲们何以对他冷淡。但他的反抗武器呢？不过是“怒目主义”加上从老一辈承传的传统美德，于是，他只能孤独地写下悲愤的诗行，他只能锒铛入狱暂时以失败告终。在《愤怒》中，老得的形象发展为李芒，王三江的形象转换为肖万昌。李芒不再是孤独者，而是逐渐赢得乡亲理解的先进专业户主，作品开始把新鲜强烈的现实气息吹进李芒的灵魂。肖万昌则比王三江的根基更加深固,作品弥补前作的薄弱,揭出"权力崇拜"是肖万昌们赖以扶持的一根支柱。从这里,不难看出后来呈现在《古船》中的某些思想印痕。

然而,上述两作终究很难与《古船》同日而语,《古船》无论对张炜还是对当代长篇小说创作,都是一个重大的腾跃和拓展。因此,重要的似乎并不在于寻索前两部作品与《古船》在人物造型和情节模式上的递嬗关系(如老得、李芒之于抱朴、见素;王三江、肖万昌之于赵多多、赵炳等等),而在于我们在对这一创作轨迹的审视中,究竟发现了多少作家思想演变的消息,作家创作的思想推动力以及发现一个艺术家对人生甚至人类所抱的爱心、艺术思维特征、价值体系等等。要而言之,也就是怎样抓住作家主体的核心动力。从上述两作已经看得很清楚了,一切是围绕着"人的问题"(哲学意义上的)而旋转的,既是形而下的,又是形而上的。我曾经把《思索》中郁闷内向的愤怒青年称为"葡萄园里的哈姆雷特",他和那个"拥有巨人的雄心和婴儿的意志"(别林斯基语)的、自我矛盾的复仇王子是多么相象啊。哪里相象?精神上相象。我认为老得的愤世嫉俗、仇恨人间不平带着个人主义的思考方式,感染着类似人文主义的浓重气息。把英雄的王子与八十年代初期一个中国青年农民相提并论,把文艺复兴及稍后的启蒙运动的思想与社会主义中国农民的思想遥相呼应,这岂不荒谬?不,我不是从社会发展史的意义上,而是从历史哲学和思想发展史的意义上仅仅指出它们的"类似"而已。老得是在封闭的、保守的、封建残余势力相当强固的中国农村里,伴随商品经济的初兴,刺激起个体意识觉醒的农村"觉醒者"。能够超过所有制和社会制度大大先进的现实,锐利地发现对中国农民来说是空谷足音般的"觉醒",显示了张炜不同凡俗的眼光。(在现代史上,中国农民自然有过不止一次的"觉醒",如民族意识的觉醒,阶级意识的觉醒,这里讲的是自我意识的觉醒。)问题在于,当代中国社会的情形极端特殊复杂:以生产工具、科技水平尺度衡量是落后的;以社会制度的尺度衡量是先进的;人的精神文明状态就更为复杂了——这是多么难以理清的麻团啊!于是,张炜的主人公也就并没有停留在个人主义抗争的水平线上。如果说,老得的抗争带有争取人的自然权利,要求平等的色彩,那么李芒的抗争就渗入更多现实的理性的色彩,并且隐约体现出先进生产力的发展必然要提出自己的政治要求;到了《古船》中的隋抱扑(朴),自然的人,理性的人,都不再是作家的属意所在,他试图铸造经历了极度的灵魂忏悔,从大恐惧、大哀伤中挣扎而出的,怀抱着解放人类宏愿的理想的"救世者"。另一方面,同样是对人的思考,从王三江个人品质上的恶德到肖万昌抱住"权力崇拜"的柱子直到《古船》中赵炳把自己的肌体深扎于几千年封建政治伦理和宗法文化的土壤,同样显现出三个明显的台阶。我想,这是不应仅仅看作人物自身的攀缘上升和潜入深渊的,他们其实深刻反映了作家主体剧烈的变动和紧张的钻探,清楚不过地表明了《古船》的价值定向——忏悔与超升——人的、民族的！

四

《古船》在当代文学创作（特别是长篇创作）上的重要意义在于，象为数不多的显示着人的自觉和文的自觉的作品一样，它让“人”回到文学中的主体地位，让人的灵魂占据了文学的主位；不但“人”不再是阶级意识的符号，政治经济观念的注脚，而且人的历史也不再是平行同步，于政治经济发展史的被动的活动史。“人”开始与历史争辩，与时代争辩，要求在本体意义上得到更深邃的相对独立的理解。换句话说，它着力于表现“历史地发生了变化的人的本性”（马克思语），而不是象不少作品归向“社会本质化”的显现。它是心灵化，内向化，布满了灵与肉的巨大冲突的。这里决不缺少对抗和撞击，但人不是思想的符号，人与人的对立并不直接诉诸价值观和社会观的冲突，而是转化为人性的深度，转化为灵魂内部的鼎沸熬煎。这是什么？这是现实主义与现代主义溶汇（融会）而成的心理现实主义。这部作品同样也不缺乏盘虬的矛盾，众多的人物，纷繁的头绪，深沉的历史感和忧患感；这原本是可以称为“史诗”品格的。但是，它与那种“全方位”、“全景观”的史诗显然不同，我又宁愿把它称为“心灵史诗”。因而，它不是人情风俗史，政治斗争史，而是“民族心史”。当我们把视线投向当代农村题材长篇创作时，不能不承认，大量作品恪守的是传统的再现中的表现，很多作品难以摆脱被动式、依附式、平行式的思维框架；当我们再把视线拉回《古船》中几个血肉丰溢灵魂痛裂的角色，看他们既处身政治经济狂澜又能保持个体的独立性，不能不深深感到，这样的表现中的再现式的作品，无疑具有审美意识上的突出创新意义。大量作品是从“群体”到“群体”，它是从个体到群体；与其说它旨在“改造社会”，不如说它旨在“改造生命”。我所确认的新时期文学的主潮趋势是具有更久远战略意义的“对民族灵魂的发现与重铸”，而《古船》，正是踏上了这条荆棘丛生的悲壮之途。我想象过，即使作为个体的《古船》本身因多种原因湮没了的话（这要看时间老人的脾气如何了），它所奋力开辟的审美途径，在中国、在中国的关于农村的长篇创作上，将不可能身后寂寞。

“人啊，人要好好寻思人！”这是隋抱朴无意中发出的浩叹，其实正可看作一部大书的主眼。多少年来，我们把很大精力消耗到研究“写什么”的问题上，至今纠缠不清，现在也该“好好寻思”一下“怎么写”的问题了。因为，这决不是无关宏旨的雕虫小技，它实际是人类认识世界图式的反映，是一个作家人生观、艺术观、创作个性和气质的窥视渠道。甚至应该这么说，“怎么写”其实反映人类认识自身和文学认识人的水平。一句话，“人化”的水平。你看，在《古船》里，人的理性和尊严，人的变态和分裂，人的向善的忏悔和不可屈压的生命力，表现得多么饱满！同时，象冲不动的顽石般的历史痈疽,人的兽性的肆虐令人发指的残酷,温情的家族主义惟(帷)幕里储积的恶,又表现得何等怵目惊心!这种人性的深邃度,未必全是牺牲和泯绝了阶级对抗的严峻真实换来的。作者是诗人,是作家,不是社会历史辑纂家,他要采掘的是具象真实下的如潮水激荡的灵魂真实。也许有人会说,今天哪一部稍稍出色的作品不在描写着人呢?不,事情并不这么简单。在有些似乎无时不在写人的作品里,却无处不在遗忘着人。它们还没有脱离文学中人的"物化"地位。《古船》则不同,它是一部"人之书"。那么,"有人"与"无人","突现的人"与"被动的人"、"物化的人"之间的微妙差异何在呢?这有时的确不易分辨。这里不妨先举茴子这个人物为例,让我们体验一下《古船》中的"人化"。谁都会承认,小说用于茴子的篇幅并不多,但这个人物的刺目光芒仍然掩盖不住。她是大资本家的女儿,婚后又是资本家之妻,她的阶级属性无可置疑。这种人在社会生活中原本长期处于"物"的地位,在文学中的地位更不待言。她服毒自杀时亲手焚毁自己的正房,表现出愿生命与家族、阶级利益偕亡的可怕决绝。赵多多说她是"多么死心塌地的反动东西,临死还把房子点上火"。应该承认,不管赵多多其人多么恶虐,他的认识正是我们生活中和文学中长期不移的传统认识。的确,就茴子的社会心理看,她乖戾、暴烈、固执,决不愿放弃剥削利益,确有强烈的阶级意识和怨毒的仇恨。得知丈夫交出了粉丝工厂,她敲断手指,血染台面,令人骇然。但她同时又是一个具有凛然尊严感和惊人意志力的女性。赵多多猥亵地把油碗扣到她的乳房上,她毫不犹豫返身拿起锋利的剪刀。须知,那时赵多多权倾金顶街,要尊严,要贞洁,就意味着难以苟全性命。但她还是把赵多多抓出了一脸血痕!勇哉,茴子!在这里她又是一个不可征服的人,富于人性的人。她的服毒自焚,既包含阶级怨恨,也包含对命运不平的反抗,相当复杂。赵多多在她临死时的行径,是对人性最残酷的虐杀;她临死的不屈又是人的尊严的最刺眼的寒光!她的意志力已达到冥顽的程度,她固执地要现实服从意志,而决不让意志屈从现实,否则宁可选择毁灭。鲁迅先生有云:"然而我想,自杀其实是不很容易,决没有我们不预备自杀的人们渺视的那么轻而易举的。有谁以为容易么,那么,你倒试试看!"自杀,是茴子的阶级性爆发的顶端,也是她的生命力滚泻的高潮;在社会历史剧变中她是个弃客,在人的尊严的试炼中她又是一块纯钢!茴子是多么容易使人联想到福克纳《纪念艾米丽的一朵玫瑰花》中没落贵族的阴鸷女儿艾米丽:茴子与自己的堂屋俱焚,艾米丽与自己情人的朽尸为伴,这是怎样令人振(震)颤的人性深度,怎样孽风怒号般的灵魂迷狂啊!

茴子一例,足可让我们具体感知《古船》写人的方式和秘奥。那就是,写灵与肉的冲突,灵魂中的风暴,进行陀斯妥耶夫斯基式的灵魂的无情拷问和审判;各个主要人物尽可能展开全面的内心独白,每个人物的灵魂中又分裂出两个声音争辩和吵闹。《古船》的艺术建筑,就是以一个个人物个体的灵魂挖掘作为基石的。正象鲁迅先生谈到陀斯妥耶夫斯基时所极精辟指出的:“他把小说中的男男女女,放到万难忍受的境遇里,来试炼它(他)们,不但剥去了表面的洁白,拷问出藏在底下的罪恶,而且还要拷问出藏在那罪恶之下的真正洁白来。而且还不肯爽利的处死,竭力要放他们活得长久。”(《陀思妥耶夫斯基的事》)这不断的“拷问”和“不肯爽利的处死”,证之以茴子、含章、赵炳、见素,何其相似?即以含章与赵炳的畸形变态关系看,她是灵的厌憎,肉的难弃:剪刀扎进赵的腹部,赵却又不肯爽利死去,要她刺得再深些,刺得再狠些。如此笔墨,确是深得陀氏写人的精要。鲁迅先生又说:“穿掘着灵魂的深处,使人受了精神底苦刑而得到创伤,又即从这得伤和养伤和愈合中,得到苦的涤除,而上了苏生的路。”(《〈穷人〉小引》)证之以抱朴,又不无暗合。当然,《古船》远未达到陀翁式的人性深邃度,但方法上的汲取和学习却是明显的。《古船》发表后,评者纷纷指出它受到《百年孤独》的精神、构思和叙述语言的影响,但至今还鲜有人指出它受到陀斯妥耶夫斯基的更内在、更深刻得多的影响。在阅读《古船》的沉浸过程中,从记忆深处唤出玛卡其(《少年》)、拉斯科尼科夫(《罪与罚》)、最小的那个卡拉马佐夫(《卡拉马佐夫兄弟》)的朦胧面影是毫不奇怪的。这是一种隐蔽的、若隐若显(现)的精神联想,是作者得其神髓氤氲化为自己后在创作中呈现的气象。如果有时间重新细读陀翁的著作和《古船》,研究继承、借鉴和创新的复杂关系,这未始(必)不是比较文学的一个好题目。目前,魔幻现实主义、黑色幽默、荒诞派戏剧等对当代文学的影响已有足够注意,其实,一个更值得注意、前景也许更加广阔的动势是,陀斯妥耶夫斯基式的心理现实主义将更有可能在中国的土壤上蔚为大观。

五

以上我们对《古船》的总体精神、张炜的主体心理动力、《古船》在长篇创作上的创新意义、它的审美特征作了一番探讨,现在,是该更深地进入《古船》的本体结构,循着人物形象的交叉和碰撞,评说它的忏悔意识、民族主题、社会批判深度了。只有这样,才能达到艺术批评的整体性。至于《古船》思想评价上的一些触目难题,如人道精神与阶级斗争、经济变革与人的进步等等,我也将力所能及地提出自己的看法。

毫无疑问,在《古船》的繁复结构和众多人物中,处于举足轻重位置的,最能体现作家的社会改革理想和人的理想的,是隋抱朴了。如果《古船》贯穿着一个从人之长夜向光明境界的超升过程,那么抱朴(还有他的另一个抗辩的影子见素)痛苦的精神探索历程就是它的轴线。要进入《古船》的艺术之门,他就是那把钥匙。隋抱朴究竟是一个怎样的人?在我看来,他固然有农民的身份和体魄,却跳动着一颗中国知识分子的忧患和内省的心灵。倘若天下平绥,作为隋门长子,他的前途不过是接过父亲的帐本,做一个开明的“少东家”罢啦。但是,一场接一场阶级斗争或人为斗争的狂风骤雨,使他命运突变,从“家富人宁”,坠落到比普通农民更不堪的卑贱的底层。这可真是:“忽喇喇似大厦倾,昏惨惨似灯将尽”,“家亡人散各奔腾”! 这一骤变不啻是他人生路途上的“大地震”。他精神上所受的刺激和惨剧就更骇人。他幼年即从父接受儒道互补的文化,铭记“仁者,爱人”,不料先是眼见父亲血尽而逝,继而目睹继母茴子服毒自焚的惨怖一幕,那“罪恶的火蛇”嵌入他潜意识的深层,使他“眼前一团漆黑”。少年抱朴,初初发蒙,的确遇到了太多的撕(厮)杀和血渍。那门板上撕裂的,五条牛扯碎的,深坑里掩埋的,乱棒下僵仆的,大树上捆绑的,不都是生灵吗? 淤积的血使他喘不过气来,无尽的噩梦震裂了他的灵魂。他痛苦地呼号:“苦难啊,快离开洼狸镇吧,越快越好!”他悚惧地说:“最可怕的不是山崩地陷,是人本身。”几十年来他总耽(担)心被人“干掉”,“唯恐有人记起我来”;他看过太多妇女的加倍惨剧,在掩埋前妻桂桂时,他挖了又挖,“深深地埋!”——这实为震碎肝胆之笔!他把直接间接的罪愆和苦难汇聚集纳于一身,全都背起来,象背沉重的十字架。当我们看着这个铅铸似的,永远把后背展露给人,抱着小木勺,呆坐在老磨屋木凳上的“石雕”时,真禁不住要轻轻哼起:沉默啊,沉默,不在沉默中爆发,便在沉默中灭亡!

他的灵魂深处很不平安。他一面自谴:“我是老隋家的一个罪人哪!”老隋家的颓败,弟弟妹妹的“只有爱情,没有婚姻”,每个善良生命的殒(陨)落,他全算到自己帐上。另一方面,尽管他极力自我压抑,灵与肉的冲突照样在他灵魂中格斗,作为生存之欲中难以克服的情欲,照样烧灼着他,他在蓖麻林中“扑向”心爱的小葵,暴雨之夜跳进小葵家的窗户,让两个生命在一瞬间尽情燃烧。他还有延续生命的渴望,既恐惧又希望小累累是自己的骨血。当然,生命的本能带给他的是更深的悔恨,他怕死去的“兆路的一双眼”。由于他的诚笃善良,他在洼狸镇人心目中享有信任,但他却又拒不出任技术员,似有绝圣弃智、绝权弃欲之淡泊;粉丝厂两次“倒缸”,尽管赵多多很可恶,他仍自告奋勇“扶缸”,那慈悲的胸怀和赎罪的动机不言而喻。他说:“我不是恨哪一个人,我是恨整个的苦难、残忍!”显然地,他是作者忏悔意识的化身和象征。

应该说,抱朴确有与民族共忏悔的精神,他的诅咒“苦难”并不简单是从反对阶级斗争这个角度出发,而是企图站到人的争取自由境界、人的自我完善的更高、更浩渺的生命意识的高度上。他说:“一个人千万不能把过生活看成自己个人的事”,又说“人为自己拚抢,洼狸镇就摆脱不了苦难,就有没完没了的怨恨”。但是,他的忏悔和拯救之道,实在带有抽象化的人道精神和“理想化”的虚幻色彩。我们只能说,他的忏悔是东方式的含有禁欲色彩的忏悔。所以,我不大赞同使用“原罪”一词。如果说,在小说前半部分抱朴的形象不失其饱满厚实,那么,愈到后来,虚浮的理念就愈是削弱着他的艺术形象的生命。作者通过他的钻研《共产党宣言》,试图刻划一个初具共产主义理想的农村新人,但在我看来,他更象一个怀抱大仁大爱的人道主义者。

从他的言动(行)来看,在爱、欲、生、死、罪、罚上,他的拯救灵魂之路是自我克制,自我修养,自我否定,自我忏悔,自我牺牲。其核心是抑制欲望,发扬仁爱。我想,同样是“爱”,有仁爱,有宗教之爱,有解放全人类的爱……抱朴属于哪一种呢?人的欲望同样复杂,欲望的释放未必一定会导致“厮杀”的泛滥。见素创立“洼狸大商店”,不可否认有私欲、贪欲成份,结果抱朴的“手突然抖个不停”,“匾额终于没有写成”。这样的“欲”一定该“灭”该“抑”吗?抱朴与小葵的爱,既有情爱也有情欲,抱朴却忏悔不已。这究竟有利于生命力的创造,还是窒息生命力的燃烧?当然,我不是说抱朴的为人之道等同于作者指给我们的为之人道。作家对抱朴既隐含着批评,又寄托着深爱和希望。但象抱朴这样的“静修”,能否真正顿悟“宣言”,成为真正的新人,却令人担心。他会不会一遇到改革的严酷的现实又象铅铸似的沉默或“怯病”复发了呢?不能不说,“忍耐吧!”——这陀斯妥耶夫斯基式的“忍从”给抱朴的性格投上了一抹阴影。我以为,这是作家自身的深刻矛盾的反映,这矛盾不但笼罩抱朴,而且在阶级斗争、经济变革的描写上都有烙痕。

与抱朴对抗的主要是见素,这既是一个独立的形象,又是抱朴的对峙的影子。作为人,他们各自独立;作为痛苦的精神探索,他们其实是一个人的两面,如影随形,须臾难离。我这样说,是深感抱朴和见素都有种形而上的象征意味,仿佛一个代表人性中“求爱的欲望”,一个代表人性中“魔性的欲望”(汤因比用语)。顺便指出,《古船》的主要人物确有“轮回”和“重现”的“宿命”意味,这“宿命”并非故作迷信的谶纬(讳),而是文学神秘感的显现,且有生活依据。如:抱朴是父亲隋迎之的脱影(梦红马,后来也算帐),见素是叔父隋不召的脱影(喜闯荡,吸引女性,不羁的灵魂),含章则是茴子的脱影,那把曾由茴子抓起的剪刀,终经含章之手刺进宗族代表赵炳的腹腔。其它如备受抑压、畸形发展的李家的李知常之于李其生;又如赵家的二槐之于多多。这类隐形的嬗变,不可不引起我们的注意。

读《古船》,很容易把见素仅仅看作一个被痛苦扼住咽喉,几近迷狂,充满狭隘家族意识的复仇化身的。复仇和报应,也的确是他灵魂的火药库。仇恨煎熬得他脸色苍白,“我要夺回粉丝大厂”的欲望咬噬着他,以(致)身患“阳狂”,处于精神分裂和癫痫之中。抱朴“扶缸”,他却要制造“倒缸”;抱朴支持李知常安装“变速轮”,他却眼露凶光,威逼停止安装。他有个永久的疑问,那就是弄清母亲是怎么死的。他的仇恨太强烈了,以至(致)卷向抱朴,恨他一天到晚坐在“活棺材”(老磨屋)里不动。这个人似旋风,如烈焰,他的贯穿线是行动、行动、再行动!他不停地熬夜“算帐”,阿拉伯数字象毛茸茸的兽,咬进他的皮肉,甚至在梦中,那锈蚀的砍刀也会飞起来,砍中赵多多的喉头。我们由此看到的似乎是恶与恶的拚杀。抱朴显然把这一切全归之于“撕来撕去”的争斗,因为,“你(见素)有过份的私欲”。但是,冷静下来看,这又何尝只是恶与恶的拚杀呢？小说第七章“兄弟夜话”，两个男子汉倾吐积郁，有多少力度！见素说：“人们只看到我们还活着，就没人想一想我们是怎么活的！”他向封建专制残余的“血统论”，向扼杀人性的“恶”，喊出了愤怒的反抗之声！在这里，我真难以分辨抱朴的忍从和见素的狂嘶，哪一个更有力量。这叫“私欲”，那么它是人的觉醒还是人的沦落？赵多多最后是“自我爆炸”了，不然，抱朴忍从，见素又患“绝症”，赵炳如山一般稳固，我们该到哪里去寻找不带一丁点儿“私欲”和“恶”的力量来制服赵多多呢？抱朴既不愿与赵多多——赵炳对抗，自己拿不出什么象样的行动，又站在“彼岸”责备见素狭隘过激，那么要问：抱朴打算把推倒赵多多们的重担留给谁去挑呢？我很留心抱朴在书中与赵多多、赵炳的接触和态度，遗憾的是，作者似在有意绕避。只能从字缝中查出，对赵多多恶言的挑衅，他报以默然不语；对赵炳作出小葵改嫁跛四的决定，这刺向他情感深处的一击，他也不过徒唤奈何而已。当然，见素的家族意识是不值得肯定的，在这一点上他并不比他的对手们高多少；但他强烈的恢复人的尊严的意向和发展商品经济的雄心，又在改变洼狸镇的稳态结构上起到了实际的瓦解作用。抱朴一再强调“粉丝大厂不姓隋，它是大家的”，表现出更宽广的胸怀和高远的目光，在这一点上他超越和否定了见素；但他忍从，不敢行动，缺少社会实践这个重要环节，因而他终究又是空想的、软弱的。他还没有达到如鲁迅先生所说，敢想、敢说、敢作、敢当的“革新的破坏者”。如果说作为行动者的见素和作为忏悔者的抱朴，是两个“力”，究竟谁在推动生活前进上“力”更大些呢？这是一个悖论，实际是“恶”和“善”的两难困境。我一直疑心，也许在最初构思中抱朴和见素是一个人，作家无法调和“魔性的贪欲”与“求爱的善欲”的冲突，便把他们分解了。抱朴后来接过了弟弟的帐本，这是比他的大量宣言更有力的举动，但我们仍有理由指出他做得太少了。不过，从见素到抱朴，作为否定之否定的更高人生境界的攀登，我们强烈感受到作家上下求索理想人格和理想改革家的巨大热情和急切心情。

六

《古船》的作者确实凝注于人物个体的痛苦、冲突和超越，但决不停留于此。假若《古船》只是以苦难的展示和人的主题宣告结束，假若它只是以刻划人物为极限，且其思想内涵可由这几个人物囊括以尽的话，它就不会象现在这样触及我们更长阔的思考了。那种恩格斯在讲到现实主义时指出的“主要人物是一定的阶级和倾向的代表，因而也是他们时代的一定思想的代表”式的作品是有的，且同样可达高度成就，但《古船》不是这类作品。《古船》显然融合了现代主义的某些方法，一方面大量运用象征扩大意蕴，另一方面它的人物是具象化和抽象化、确切性和广延性、实指性和宽泛性的结合；也就是说，它主要不是刻划性格特征，而是把人物符号放大，如涟漪般映带更广更深的社会历史内容。作家这样做是为了一个更大的目标，那就是把人的主题推衍、扩大、上升为民族的主题。这两者自然是密契无间的，但毕竟后者大于前者。在这里，作家的确受到《百年孤独》的明显影响。“民族的主题”，这是个多么艰难、悲壮、诱人的主题！近年来“寻根文学”的起因和初衷，不就是通向这一主题的吗？不过，大量作品都“虚化”了现实政治经济斗争的如麻纠葛，即使写“文化”，政治文化这个领域也鲜有人去涉足。贾平凹商州系列的主题是民族的，但那“切口”主要在伦理道德；《老井》深沉厚重，但那“角度”主要是通过人与自然的搏斗史来写民族的忧患和新机。真的，象《古船》这样正面迎视几十年政治经济复杂斗争的作品太罕见了，这需要怎样的坚毅和勇气！对此，我们理应少一些苛责，多一份理解，更需要的是严肃的探讨。

在《古船》里，那个颠（癫）狂潦倒的隋不召忽然谵语般（地）说：“洼狸镇病了！”真是出语惊人。事情正是这样，《古船》的思想迫（魄）力很大程度上取决于它在刺取我们民族的痼疾上有不少深刻发现。四爷爷赵炳是个绝妙的创造，这已有很多评论者作出了精致的剖析。其实，何止这个神色肃穆、道貌岸然的赵炳呢，环绕着他的“积世虔婆”似的张王氏，神异邪辟的郭运，“铁爪”般凶恶的赵多多，甚至抱朴、见素、含章，他们共同构成一种稳固的文化形态，一个由血缘共同体构成的社会共同体。谁都不能不畏服赵炳，甚至赵炳自己也不能不畏服历史指派的那个“赵炳”。我不准备重复赏析这个善恶兼备，“红肿之处，艳若桃花”的人物性格多么复杂，我只想强调这个人物现代形态上的意义；因为，这正是作品惊人的政治光采所在。在当代农村，封建阶级已被消灭，它在今天还能不能派出自己在政治上的继承人？所有制已大为改观，它还能不能转借劳动者乃至“革命者”继续提出自己的政治要求？封建势力留给我们的是否只限于风俗文化伦理道德领域，它在政治领域还有没有余威可贾？《古船》对此作出了肯定的回答。赵炳其人，在家族，“辈份最高”；在政治上，是“最老的党员”，把家族与政治集于一身。视其所为，家族利益是圭臬，革命利益是幌子。《古船》以极大的生活真实力，写出赵炳象河流中冲不动的顽石，从土改到“文革”直到经济改革初期，都难以动摇他的地位。他甚至受到保护——当然是那种让经济为政治服务的“左”的政治路线的保护。他一点也不希罕那个权力的物质符号“印把子”，他很明白，他的权力是历史的巨大浮力和人心的渗透力。我以为，这样的描写才是向着民族苦难的“内核”逼近着。当然，“毒人”赵炳决非永世长存，他和他所凭依的家族意识、家长制意识，终究要随着社会化大生产根本改变生活方式而被彻底铲除，抱朴和见素的投身经济改革，不是已经引起了他从未有过的恐惧吗？

七

当我们愈是进入《古船》思想艺术的内核，就愈益感到：阶级斗争与人道主义、经济改革与人的进步问题是无法回避的；只有正面解析它，才会扫除《古船》评价中无可把握的迷惑。这里，我用尽量简扼的语言谈些提纲式的意见。

一、《古船》写激烈的阶级斗争，集中在土改；而土改部分又集中在十七、十八两章，就字教（数）言，不过二（两）万，并不很多。但是，由于这一飓风般的突变，成为主要人物动机的远（原）因和起点，又因这两章中腥风血雨密布，残酷斗争相续，它的份量又很重，所以关系到小说的思想评价。是否作者夸张失实呢？我查阅过不久前出版的《中共山东党史大事记》，发现山东土改反复很大，确有“乱捕乱杀现象极为严重”，“根据百分之九十农民的意见办”，“自大鲁南会议后，全省停止乱打乱杀现象”的记载，以及毛泽东、刘少奇等同志不断发出纠正错误的指示的记载。据说张炜在创作前查阅过很多档案。估计在生活的真实上作者是有充分依据的。对我们评论《古船》来说，重要的不在“事实”，而在作者的把握和评价。我认为，土改部分的描写，惊心动魄地写出了在正义的大革命中，小生产狭隘意识、家族意识若不加控驭的（地）任其泛滥，将会带来怎样的恶果；同时挖掘了“左”的思想的早期隐患，它的生根于小生产意识的土壤。作品提醒人们，“左”的思想倘不加防范克服，将会从外在转为内在，成为渗入民族心理素质中的新生恶质，成为民族性格的一部分。作家并不想否定和反对阶级斗争，他看到这是不可超越的必由阶段，从他对还乡团的疯狂报复和地主的劣迹的叙述可以明显感到。作家在今天重写土改，是试图用一种新的意识，即把它作为人向自由境界漫漫长途跋涉的一个苦难阶段来看，所以重点不再象以往的作品那样，强调革命爆发的必然性根源，而是转换视点，强调即使在正义的大革命中，仍然伏藏着历史的惰性、民族的惰性和人的惰性。这样的眼光，正是宏观的现代意识的表现。我们没有理由要求千万代作家只能用一种固定的眼光来写历史。但是，张炜在把握历史的长途与历史的阶段上，仍有不够准确的地方。如果隋抱朴的忏悔意识多少能够反映作家的观念的话，那么“不是恨哪一个人，是恨整个的苦难、残忍”就无疑带有抽象的人道色彩。作家真诚地追求善，真诚地希望超越苦难，这值得尊敬；可是，“苦难”不管作家怎么恨它，它该来的时候还要来，克服它不是靠“善”，只能靠“历史发展的杠杆”，靠社会实践，说得再“冷酷”些就是：“恶是历史发展的动力借以表现出来的形式。”这并非唆人作恶之恶，而是正确认识“恶”在历史中的进步作用。抱朴行动不起来，缺乏斗争性的根源也在于此。所以，作家的态度很容易使我们想起雨果在《九三年》中说的：“在绝对正确的革命之上有一个绝对正确的人道主义。”

二、作家主体这一深刻矛盾又在描写经济改革中流露出来了。应该说,表现“改革”张炜是很深入的一个。目前文学表现改革深不下去,一个重要原因是作家并不真正了解经济领域,只好在外围徘徊。如此看来,《古船》中“算帐”的情节实为难得的有力笔触。但是,作家心目中的期望“改革”,是没有“恶”毫无“私欲”,人的道德进步和经济的发展完全合一的境界。这可能吗?现在谈到改革中某些道德退化现象,简单的(地)把原因归结为剥削阶级思想残余和国外资产阶级思潮的影响,并不全面。因为,商品经济的求利原则本身除了激发个体意识(外),也还会刺激竞争意识和私有意识,这是马克思主义论证过的。抱朴研读《共产党宣言》,似乎并未读懂资产阶级把骑士的热忱、宗教的虔诚全淹没到利己主义的冰水中然而仍然体现了当时历史进步的原因所在。正因为如此,《古船》的理想人物抱朴缺乏巨大的实践力量。赵多多并不是被哪一股现实力量打倒的,他是“多行不义必自毙”。这一败笔并不是作家写得匆忙或构思疏漏,而是作家的自我矛盾所致。倘若赵多多不是死于非命,赵炳不仅是在一把利剪下溃败,而是在社会政治经济斗争的较量中露出败相,那么抱朴的形象会更加丰厚。当然,承认“恶”的历史作用,并非抱着黑格尔式的“理性的狡猾”,听任“恶”去盲目碰撞,梦想“撞”出一个美妙境界。不,这同样是错误的,是泯灭人的历史主动性。正是在这个意义上,抱朴的研读《共产党宣言》,提高历史的自觉,认识历史的规律,使这一形象拥有了重大的时代意义。

八

“此情可待成追忆,只是当时已惘然”,几乎任何一个真正的作家都被理想和现实的冲突困扰着。正是雨果自身的矛盾,使他写出惊心动魄的《九三年》。过去的文学如此,今后的文学大约也是如此。倘若作家自身的矛盾灭绝,作品也就无以产生了。作家有他激情燃烧的理由,理论家也有指出他激情中内在矛盾的充足理由。这是否是文学创作与文学理论批评之间永远无望克服的“二律背反”呢?

百年千年孤独的马贡多镇被一场飓风从地球上刮跑了,洼狸镇却在经受了生关死劫、凄风苦雨之后站定了脚跟。作家不但写了洼狸镇的四十年,而且在写我们古老民族的近代心史。终于,历史让抱朴接管了粉丝大厂,地下河又重现了。“河水不会总是这么窄,老隋家还会出下老洋的人!”这不是作家心中的幻影,这是中国大地上的现实。《古船》既有民族心史的深掘,又留出很多正在我们时代展开的难题。所以,在社会改革的舞台和文学的舞台上,它都堪称一块厚重的基石,一次长篇小说审美意识上的大幅度扩展和变迁,一首雄浑深沉的序曲!

1987 年 4 月写于京郊

——原载《当代》1987 年第 5 期

李洁非 张 陵

探索、实验性小说困难论

一

笔者希望自己的写作和读者的接受均能保持一种学术活动的水平，以确保本文论题的真实目的不被歪曲，特别是在从整个新时期文学发展进程看，探索、实验性的小说创作将再度处于低潮的时候。事实上，我们曾经对新时期文学以来不断涌现的探索、实验性小说创作寄予厚望并热情鼓吹；这批作品，在艺术观念上的激进和开放的特征表现出中国文学所建立的信息和进取精神。正是艺术探索、实验的进程，新时期文学才显得五彩缤纷、琳琅满目。从某种意义上说，新时期文学的重要作品几乎都带有探索、实验的意味，如果我们积极地肯定其成果的话，相信公正的读者有目共睹。需要说明的是，迄今为止，我们仍一如既往，希望新时期文学仍保持探索、实验的势头。

正因此，我们才激发起一种冲动，企图更加科学或者更加不计功利地去讨论这类作品艺术的各个层次的意义，其中包括在否证意义上去讨论和考虑这类小说创作实际存在着的自身困难。坦率地说，本文的写作多少带有挑剔的动机，并且能估计到这一动机发展开去，会使以往那些肯定性的评价变得很有争议。要这样做，笔者首先必须承认整个评论界曾经有过的轻率和浅薄。确切地说，当《你别无选择》、《红高粱》、《爸爸爸》、《无主题变奏》、《苍老的浮云》、《冈底斯的诱惑》、《灵旗》等著名的所谓探索、实验性小说出现于文坛并鼓噪起一个追随者群体的时候，因为那眩（炫）目诱人的异采（彩），评论界一度出现了带点夸张造作的狂热，以为中国的现代文学运动的大势已定，以致可以左右整个新时期文坛；在肯定极有意义的文学观念的突破的同时，忘记对其内部构成进行冷静的考察、分析或者说在艺术上显示出不负责任的宽容，从而夸大了这些作品文学革命的作用。这反映出整个评论界理论素养的不足。随着理论思考和实践的深入发展，我们才感觉到切肤之痛——相信每一个追求理论的科学精神的评论工作者都将冷静自省，持审慎的态度。

我们是在文学内在结构或者说是在文学语言形式的功能演变意义上规定探索、实验性作品的运动范围的。这样，我们就将十分遗憾地把许多企图通过文学来达到文学以外的目的的小说作品排除在外。例如象《伤痕》、《班主任》、《天云山传奇》、《北方的河》、《高山下的花环》、《人生》、《男人的一半是女人》等悲剧或悲剧性小说作品均不在我们的讨论之例(列)。这些作品在整个新时期文学进程中尽管是极其重要的，但很显然，这些小说作品都几乎没有改变文学形式的内部构成的企图和愿望，仅仅是在娴熟地利用既成的文学形式。因此，很难将这些作品称为探索、实验性的小说，虽然它们当中不少作品摆出探索、实验性的姿态。笔者设定的探索、实验性小说作品需要意识到改变现成的小说形式、语言、叙述、文体的必要性并且具体地付诸实践。这就是说，必须得到世界范围内的现代文学观念的滋润。而现代文学观念最根本的特征，就是以古典文学观念所没有的努力去发现文学作品的内在构成，追求文学语言的丰富功能以及表现手段的各种可能性。应该说，就整个文学自身发展的趋势看，具有现代意识的探索、实验性小说创作是最有革命性质和开放气质的，但是，只有当这些小说不再是探索、实验性作品而趋于成熟的时候，其革命和开放才具备整体性，才能说一种新的文学语言形式真正在中国文坛确立起来。我们才有足够的理由从容不迫地讨论其文学上的丰功伟绩，就象我们今天讨论现实主义作品那种自信的口吻。否则，过早的褒扬容易言过其实。如果说，我们采取分析性的态度不会为时过晚的话，那么，我们将发现所接触到的多数探索、实验小说作品的意义和价值并不在于它们自身，而在于一种超文学的思想观念，作为一种坚实的令人信服的艺术成果则远远没有实现。通常的情况是，当一部探索、实验性作品问世时，在声势上搞得轰轰烈烈，而在艺术上却收效甚微，甚至如果冷静地思考一下，便会发现这只不过是传统作品的花样翻版。我们将这批小说划归为探索、实验性的作品，将意味着它的失败的机会要比成功来得更多；特别是在新时期文学现实状况里，失败几乎是不可避免的历史性结局。因此，在这个层次上讨论这类小说自身的困难和失误，则是一项极其必要的学术性活动。最近，面对这类小说作品可能出现的低潮，被冷遇的局面，也许会有人怨天忧(尤)人，抱怨生不逢时，把责任归咎于某种文学形势的变化。其实，这只是一种逃避现实的缺乏勇气的悲观论调。倒不如真诚一些，承认我们在探索、实验中的种种窘境，承认这些作品在艺术上的苍白。这样，对保证我们新时期文学在开放、改革的氛围中，继续进行探索、实验，必定大有裨益。

二

很显然，探索、实验性小说作品在新时期文学的兴起并多少形成几次浪潮要归功于西方现代思想观念的启迪。我们指的是西方现代科学和哲学的思想对我国社会思想的冲击。无论接受者所持的态度是褒是贬,这种势态造成的显而易见的结果是,迫使我国由于"文革"时期形成的封闭的思想结构有了一种开放的契机;我国社会思想的各个领域几乎都产生了危机感。作为社会思想的极其敏感的神经之一的我国文学思想自然是不甘寂寞的。文学广泛的社会性使其首当其冲地要受到社会舆论的监督;这也便以追求现代思想观念为其宗旨的探索、实验性小说作品不可避免地要承受阅读界不同层次的评判压力。

从阅读中我们可以得出这样的结论,多数的探索、实验性作品是企图以现代思想为其出发点和终结点。其间的利弊和效果我们权且不去争论——一般说来,要接受某种思想观念,哪怕再高深玄妙的思想观念,并不困难,通常只需要具备某种阅读能力并占有相应的资料便大抵能够实现;困难的是,把这些所谓先进的思想作为艺术创造的机制来加以接受,也就是说,文学艺术的并不仅仅取决于某种观念的渗透和直接干预,而取决于这些观念在何种程度上成为创作主体的基本语言的形式(思维方式)。考察整个新时期以来的探索、实验性小说作品的发展倾向,可以看出,即使在一般的观念上接受西方现代文学的思想,也是漏洞百出,甚至弄巧成拙,暴露出我们的作家和评论家自身的弱点。这种弱点严重到实际上还不能说有资格承担起给新时期文学灌注生气的责任的地步,虽然,这并不妨碍它们以反传统的面目出现在渴望现代精神的读者中间。

目前,理论界权威的判断仍然是在事先给定的前提下进行的。例如几乎所有讨论西方现代文学的理论家都把这类文学现象归咎于现代西方社会没落、颓废、腐朽、消极、无能的产物。在这个似乎不让(言)自明的前提下,人们可以争论得面红耳赤,势不两立,但极少有人对这样的前提持怀疑态度。如果万一有人胆敢提出异义(议),相信立刻会招来争论双方的联合责难——难道现代西方资本主义社会是积极向上、朝气蓬勃的吗?于是,我们被告知,除了对西方现代文学极端莫名其妙敌视的意见外,宽容的意见十分巧妙地把西方现代文学的合理性限制在被人为割裂后的表现技巧上;以为可以靠那些过人的技巧的帮助,塑造起新时期文学的现代形象。

无须罗列更多现象。如果没有说错的话,仅上述的观点足以证明,我们的理论批评的思想结构充满了古典主义的气息。当然,我们并非在任意地褒贬古典文学思想,而是说,在这种思想结构——思维形式里,任何现代思想都无法呈现其本色。如果没有相应的思维结构,要真正获得现代思想是不可能的。就这点上,我们可以认为,我们的文学思想,所缺乏的正是这种思维的结构,因此,说到底,仍不知现代意识为何物。在对待西方现代文学的态度上,如下的失误使我们失去了正确理解的可能性。其一,先入之见。尽管现代思想观念结构复杂,确实没有什么共同的体系可言;

然而，现代思想的思维形式却有一个最显著和共同的特征，即在整个思维过程中渗透怀疑或试图怀疑的精神。简约(单)地说，就是对世间事物的本质保持审慎的态度，绝不予以盲从。这种本质通常由某位有权威性的哲学思想家、科学思想家给定的。例如黑格尔体系、牛顿体系等都曾为我们贡献出关于世界万物的本质性的理念或定律——它们严密的思辨性或实证性，使我们信以为真。这些体系在某个历史阶段在某类实践层次上获得看上去是绝对的成功，便给享受其硕果的人们误认为大师们贡献给人类的都是不容置疑的绝对真理并由此产生崇拜和迷信——神的观念就是这样创造出来的。只要人们的思维还处于这样一(种)结构，大师们的思想就可能在有效的实践中变成人们思维的前提和常识，而规定着我们的思维的倾向，这就是我们所说的先入之见。这是一种很僵化但同时又是使用便当的思维结构；只要戴上先入之见的有色眼镜，任何新颖的东西都会被同化，变成旧的思维系统的一个组成部分，令新思想失去新的意义和价值。现代思想特别重视整个思维构成的重建和改造，这首先表现出(在)对看上去无懈可击的权威思想观念勇于提出怀疑和挑战。例如二十世纪的思想家首先对黑格尔和牛顿发起攻击。这两位古典时期的代表人物给人类的进步带来了难以估价的好处，但同时，也支配着人类的思维方式，培养了人们那种懒惰的思维惯性，从而十分残忍地限制了人类思想的发展。因此，怀疑权威包括怀疑自身的可靠性成为摆脱旧思维结构的束缚，获得思想解放的最根本的原则之一。当然，我们并非在说，试图怀疑甚至怀疑知识常识便成了“不可知论”者，而是说，我们应该成为“相对论”者。这样的相对论思想要求我们个人与世界的关系保持一种必要的张力，以便有效地调整人的思维结构，防止旧思维死灰复燃。正如宾克莱所言：“相对主义不会将人们引入绝望和荒唐的境地；相反，它可以被视为一种解放的力量，它要求每个人作严肃认真的努力去选择他认为对于他个人，对于全社会都是最有意义的那些价值。”①的确，我们这个时代之所以能够被称〔之〕为“相对论”的时代，是因为我们可以在这个时代思想精神特征(中)找到最令人信服的根据。如果体会不到这种时代的内在气质，便只能始终受先入之见所支配，那么，企图获得现代思想则是不可思议的。

其二，非此即彼。由于先验的先入之见已经给出了新时期文学一个思维前提，即“西方现代派文学是资本主义没落、腐朽……的产物”。因此，在整体上对此加以排斥便是顺理成章之事，从一种哲学的观念的敌视变为心理上的抵触。这样，便迫使我们的理论一开始就不幸地陷入了伦理目的断判(判断)之中而不可自拔，例如，假如不先进行“好”或“坏”的泾渭文(分)明的价值选择，下一步的推理便无从下手。

① L. J. 宾克莱：《理想的冲突》，第 18 页。

或者说，离开了这种选择，便立刻有成为思想白痴的危险。因此，我们的理论是不敢冒然越雷池一步的，这反映出我们思想中的机械论思维方法。当然，古典哲学的巨大思辨力量，似乎使我们的判断变得公允起来，好象我们只要采用那种毁誉参半的评价手段，就可以克服机械论的困难。例如会老于世故地玩起所谓的"辩证法"——黑格尔的把戏，结果，又陷入形而上学的囹圄之中。因为这种"辩证法"并不以马克思主义的实践精神为其灵魂，只能是思辨玄想的东西，因此，无论我们如何挣扎，都始终在"非此即彼"的思维格局中。现代的科学、哲学思想（如马克思主义）告诉我们，事物的本质（如果有本质的话）通常不是抽象地存在于事物的本身，而存在于事物与事物的实际关系之中。反映在具体（的）生活现象里，即为实践神（精）神。例如马克思主义从不抽象地讨论人与人性，而是从整个社会历史发展、现实的经济结构中去考虑人在其间的具体实践活动以及种种关系，从而分析出人的本质特征——"人是社会关系的总和"。这样，当我们在理论上评价某种文学现象的时候，就不是在抽象意义上进行选择，哪怕这种选择百分之百地符合某种逻辑；而是在现实实践发生关系的过程中去选择和判断。所以，对某种文学现象简单的褒贬已为现代思想所不齿——因为这是以人为地将事物割裂开来的机械论作（做）法为前提的。有人以为我们这样提倡现代意义，将失去是非观念，失去价值准则，这显然是对现代思想天真的误解。

其三，实用主义。机械论和形而上学的思想方法很自然会带来应用上的实用主义态度。新时期文学思想在受外来影响的积极性由此被严重挫伤。我们能够轻而易举（地）剥离并抛弃西方现代文学的美学思想，而选择利用某种所谓"超越阶级性"的纯技巧，本身就表现出实用主义极端功利的狭窄目的。这样的目的通常是非文学的，或者说在具体地（的）使用中已经使文学技巧自身丧失了其艺术表现的功能。我们的作家运用这种丧失了艺术功能的技巧去进行文学探索、实验，其后果只能是败坏了文学的名声。在这种情况下，有人仍然顽固地将这种实用主义纳入现代文学思想的系统之中。因为二十世纪以来，思想领域曾出现诸如威廉·詹姆士、约翰·杜威的实用主义哲学流派。这种比较方法的无知令人吃惊。其实二者有着最根本性的区别。虽然在字面上看不出差别，但在语义上却能描述出不同时代背景的思想倾向，前者的思想基础是古典哲学的目的论，后者的思想基础则体现了现代哲学的"过程论"精神。威廉·詹姆士对他的主张有如下一段说明："实用主义的方法主要是一种解决形而上学的争论的方法，如果没有这种方法，那么这些争论就可能成为无休无止的。世界是一个还是有许多？——是宿命的还是自由的？——是物质的还是精神的？——在这里，这些观念中的随便哪一个都可以适用于世界，或者都不适用于世界；而对这样的观念进行争论，是永远不会终结的。在这样的场合下，实用主义的方法，就在于试图探索每个观念各自的实际效果，这样地来解释它们。”①这样的思想境界，新时期文学的实用主义倾向是不可能企及的。事实上，这种实用主义与“中学为体”“西学为用”的传统更加接近一些，其间的思维方式自不消说。

我们仅仅扼要地描述一个大体轮廓，来说明新时期的文学思想在艺术探索、实验中的基本态度，以及支配着这个基本态度倾向的思维的形式。其实，这个命题并非本文所能论述清楚的。然而，仅这些只鳞半爪的分析，已能看出我们的文学思想在其深层结构中对现代观念的抗拒意识。但是，我们忘记了，我们用以抵御现代思想侵略的思想武器（理性主义），是在许多年前从西方得到的；其命运也并不比今天好多少。②

三

作家们的确在某种程度上对理论批评界的迂腐和僵化嗤之以鼻并企图自行其事，宁可指望自己的艺术天份来获得艺术上的解放。如果我们仔细回顾探索、实验性小说作品的最初发端的话，便不难发现，多数作家是在理论上毫无知觉的状态下迈出他的勇敢但注定要失败的一步。虽然，在几经起伏的辗转中，少数作家意识到提高理论素质的必要性，但仍然没有在根本上改变整个群体以摒弃理论为荣的局面。尽管如此，创作实践并没有因为作家的天份的无私贡献而摆脱困境，没有打破整个文学思想对探索、实验所构成的封闭性。这就是说，这种富有现代意识的探索、实验与作家的习惯思维形式以及语言的特征处于极不和谐的关系之中，他们在语言上甚至在审美上仍然顽固地保持着古典理性主义的趣味。我们翻开据称是新时期文学以来第一本最有现代精神的讨论小说创作的小册子——《现代小说技巧初探》，立刻被那从头到尾的旧理论浓烟呛得喘不过气来。这本小册子才华横溢的热情并没能掩饰理论形式的苍白。令人吃惊的是，由彻头彻尾的古典概念和逻辑组成的小说技巧观念居然迄今还幽灵般地伴随着我们的文学探索、实验。

正是类似《现代小说技巧初探》一书中的古典理性精神支持着新时期文学的探索、实验才使得这类小说作品一开始就带着强烈的社会批判性和超然的哲理思辨。记得第一次探索、实验的浪潮伴随着对《变形记》、《等待戈多》、《第二十二条军规》等作品的狂热崇拜和执着模仿而到来，这些作品在我们的作家阅读中被提炼出完全能够对应我国当时社会现实的文学主题——异化、扭曲、冲突、悲剧、人性、人道等。

① 威廉·詹姆士：《实用主义》，怀特《分析时代》，第161页。

② 关于旧理论的思维结构问题，笔者已有专文论述。

于是，在我们的创作中便有了如《我是谁》、《晚霞消失的时候》、《爱是不能忘记的》、《风筝飘带》、《剪辑错了的故事》、《啊》等堪称有现代感的探索、实验性小说作品。我们无意贬低这些在新时期文学中无疑最优秀的作品，但是，这些创作几乎无一例外(地)致力于对小说的社会主题的理性主义发挥和阐释，使我们没有理由不把它们的丰功伟绩划到传统的现实主义文学的名下。无论这些作品如何企图深刻地表现痛苦、烦恼、郁闷、躁动、压抑、荒诞、无聊，但潜藏着一个明白的理性主义目的——表现人在整个历史大悲剧的氛围中种种现实主义形态，富于哲学思辨的意味，如《我是谁》几乎是在演绎一个异化的主题，而《晚霞消失的时候》简直就象是启蒙主义的形象说教，《爱，是不能忘记的》可以看作是在图解弗洛依德的学说。虽然，这些作品可能接触到西方现代派文学的表面风貌，但鲜明的哲学目的论主题无形中歪曲了西方现代文学的现代气质；这正是机械论、形而上学的思维方式在从中作祟。除了对巨大的社会历史悲剧抱有形而上学的兴趣之外，新时期的文学的探索、实验性小说作品追求的另一个深刻主题是人道主义，人的存在与价值。我们不止一次听到这类作品创作的实践者呼吁如何在作品中追求"自我"、"个性"、"感觉"，而且，他们的作品也赤裸裸(地)流露出一股"人类中心论"的霸气，似乎人道主义便是文学永恒的主题。殊不知，当我们在运用"人类中心论"或者"人道主义"的原则在进行思维时，本身就局限在十九世纪思辨哲学的理性主义结构中。在这样的思维结构里进行现代派的探索、实验，岂不滑稽之极?![1] 其实，二十世纪以来的现代文学思想，除了在艺术哲学上逃避古典美学外，具体实践中，也在力图摆脱"人道主义"、"理性主义"的束缚，呈现出一种"非人道"、"非理性"的形态。这并非对人类失去信心，相反，他们能够更科学地认识人在宇宙、历史、现实结构中的位置，摆平人与自身之外的现实的关系，形成具有现代意义的"人本"思想。如人类文化学家卡西尔所言："人是符号的动物。"象卡夫卡、乔依斯、艾略特等早期现代派大师的作品里，已有这种思想倾向，只因处于新旧交替的世纪末，才显得不够清晰，而在我们的接受中，则将他们的作品实质一律"人道化"。让我们读一读阿兰·罗布—葛利叶在《未来小说的道路》一文中的一段话吧："我们必须创造出一个更实体、更直观的世界，以代替现有的这种充满心理的、社会的和功能意义的世界。让物件和姿态首先以它们的存在去发生作用，让它们的存在驾临(凌驾)于企图把它们归入任何体系的理论阐述之上，不管是感伤的、社会学、弗洛依德主义，还是形而上学的体系。"[2]这段话当然不是无懈可击，但是，从这里，我们可以了解到现代小说的主题特征，从而比较出我们探索、实验

---

① 关于人道主义文学思想的古典性质问题，笔者已有专文论述。

② 《新小说派研究》，第63页。

性小说作品的思想境界。

对文学语言功能的高度重视和挖掘使西方现代文学的近乎天方夜潭(谭)的美学理想成为可能。现代语言学的发展帮助文学发现自身特征的关键性和重要性以及语言本体的重要意义。以往的小说理论将文学的内容和形式人为地割裂开来，破坏了语言的整体性;因此，文学语言通常只是处于工具的地位，或者仅仅是某种非文学的目的的载体。这样，人类语言的丰富功能以及生命创造性遭到令人发指的抑制。由这样片面的语言形式所构成的文学作品被指责为丧失了文学自身的价值(尽管这一点是可以有争议的)，今天的小说首先在语言的形式和叙事技巧上发现了与现实发生关系的楔(契)机，发现有别其他学科所描述出来的历史、现实的独特结构。〔这个结构〕这个结构所体现的意义和价值是一种整体的形式功能。早期俄国形式主义者把文学语言形式强调到极端的地步，使文学的探索、实验背上了黑锅。后来的结构主义正是对这种偏颇实施了调整，在整套概念和逻辑上改变了文学的观念。穆卡洛夫斯基说:“作品的内容等于作品风格方法的总和。问题是，‘形式’这个词的内容包括了风格(手法)在内，这个词只有在把形式作为外壳，把内容作为内核加以区别时才实际保有‘形式主义’的性质。只要我们不再把形式和内容对立起来，我们一但(旦)把作品中的所有一切都称为形式，形式的涵义就会改变，其文字表达也就应该改变。”①这样的语言形式的涵义显然没有能在新时期文学的探索、实验中建立起来，特别是当我们屡次被告知只能选择西方现代文学的技巧而必须摒弃其内容时，才更加体会到我们探索、实验性小说作品频频流产的苦衷。在新时期文学的探索、实验中，文学语言的功能始终是单一的，即作为一种传达某种驾临(凌驾)于文学之上的意义的工具。这样，对现代文学艺术技巧的借鉴实际上变为一种纯技术的活动，不含有任何生命的意味。我们在阅读《风筝飘带》时，看到其间大量使用的所谓意识流手法毫无流动感，简直象一个蹩脚的外壳去套一个赤裸裸的现实主义主题。而《无主题变奏》看上去象一个反小说的结构，其实不过是塞林格《麦田的守望者》中译本的仿制品。这样，在那似乎超脱、放浪、怪异、反文化、反逻辑自我解嘲的语言现象后面，潜藏着实用功利的非文学目的。这部小说不久被恰如其分地称为“伪现代派”的典型标本。《你别无选择》当然是一部值得推荐的探索、实验性小说。由于天资良好的作者对传统小说作法的一无所知而歪打正着地贡献出一个新颖的“文本”(尽管在语言形式上并无实质性调整)。后来作者不幸地学会写小说，结果创作出来的作品唯一的价值是证明作者的探索、实验完全处于不自觉的状态中，并非有意识地要建成一个小说实验室，如《寻找歌王》。(是《寻找戈多》吗?!)

---

① 扬·穆卡洛夫斯基:《什克洛夫斯基〈散文论〉捷译本序言》、《世界艺术与美学》第七辑，第32页。

并非每一个追求现代感的作家在创作意识上都处于无知的状态。他们当中有许多人曾经在理论上进行相当程度的努力,特别到了近年,作家的实践显然减少了对西方现代文学作品的直接摹仿,而增强了对现代文学理论的感悟。这就要求作家在整个创作意识上要对现代思想有比较正确的把握,虽然这种把握并不要纯理论化的。我们读这两年尤其是一九八六年以来的探索、实验性作品,能够分析出作家意识中的自觉成份正在滋长。这方面,我们理所当然(地)要公推莫言和马原的主要小说作品。莫言的作品从《透明的红萝卜》到《红高粱》处处游荡着弗洛依德精神分析学的幽灵——把心理的变形变为叙事的变形。企图从叙事入手,调动小说叙事语言的丰富的可能性,可疑是极有出息的想法——来自早期西方现代文学的启发。马原的小说则与"新小说"派的文学理论更接近一些:重点突出小说的虚构特征和叙事形态的"陌生化",从而带有反传统小说的艺术自觉。他们的小说作品提供的语言现象可以说很接近结构主义小说理论所乐于读解的"文本"。尽管如此,我们仍然愿意将这样一(种)矛盾现象提交给读者参考,即作者思维中的结构意识和实际的语言构造能力之间的差异,如果这个差异得不到妥善的调整,那么,既(即)使最具有现代思想的作家也不能实现现代小说的"文本"。说实话,随着这些年的思想解放运动的深入,具有现代意识的作家(包括现实主义作家)将越来越多,他们甚至能够对现代小说理论具备最富有创造性的认识,但这并不一定意味其现代小说"文本"随之成功和成熟。多数情况可能是,最具备现代思想的作家创作出来的却是最缺乏现代感的小说"文本"。例如何立伟的一些小说。这位作家显然比他的许多同仁都早都清醒地认识到语言形式的构造性对现代小说的根本性意义,但这并没有阻止他的小说作品在传统形式里运动。他的现代主义意图在他的实践中得不到实际的贯彻。虽然,可以看出,作者竭尽了努力,但贡献给读者的仍然是一种空灵式的小说"文本"。而"空灵"结构上与现代小说风马牛不相及。可见,对一个现代小说的"文本"来说,关键不在于作家的意识如何明确,而在这些明确的意识何种程度上变成了具有强烈构造性语言的能力——操作技能。只有具备现代语言构造能力的作家,才可能胜任现代小说"文本"的营造。眼下,多数作家所缺乏的正是语言的构造能力,所以,即使他们火急火燎,情真意切,跃跃欲试,仿佛重任在身,但总是提供不出经得起考验的现代小说"文本"。莫言和马原当然是这批作家中的出类拔翠(萃)者,然而,我们阅读他们提供的小说"文本"时,仍然能找出意识与结构之间困难(的问题)。《红高粱》在叙事上的某种成功并没能挽救整个系列的失败。按照结构主义的小说理论,不同的组合方式,完全可以使同一材料实现不同的语言结构,得到不同的阅读接受效果。《红高粱》系列很明显有多种组合(多种叙事方法)的艺术意图,因为这个系列围绕着一个中心事件。但是,实际上并没能实现。于是,这套系列渐渐地脱离了结构的原则,变成在对一个中心事件进行材料补充，整体结构带有明显的因果关系。这样，整个系列渐渐就失去其探索、实验的意味了；尤其（当）我们读到许多篇什都在重复《红高粱》的语式的时候，不免大失所望。马原的主要小说作品企图让读者的注意力集中在叙事方式上，但作品的叙事者的概念却一直没能完整建立，倒是作者本身经常情不自禁要跳出来协助叙事者组织材料，例如在小说中将自己的构思和盘托出，以及变成小说叙事结构功能的一部分，这种求助于读者参加构思的做法当然是不明智的。我们说，现代小说希望、期待读者的参与，是指阅读接受而言，如果理解为读者参加实际的书写，那就大错特错了。

四

现代小说技巧的复杂性和构造性使小说“文本”不可能简单地成为相对于我们自身之外的自然现象的真实写照。出于对实用的考虑，希望在现代小说“文本”中找到现实准确的对应物，通常会得不偿失。① 浅薄的理论（如极端的形式主义）完全可以加以利用，以鼓吹小说对社会现实、历史文化内容的摒弃，取消和逃避，把小说创作论为有如康德所言的“纯粹美”的形式玩味和操作活动。这是一种改变现代小说“文本”的现代性质的巧妙方法，通常能得到感情朴素、阅读方法十分古老的读者的同情。其实，现代小说的本意是企图更加真实地表现现实的构成，在多种时空的交织中结构现实与历史的共时形态。这一切的意味均可能在小说语言的叙述形式、方法中得以实现（现代语言学证明了人类语言的多种丰富功能）。这说明小说与整个社会文化环境是感息相通（的），虽然，关系并不一定是直观的。雅克·里拉尔在《“新小说”与社会》一文中曾说：“有了新小说就有新的小说社会学……新小说的社会学是小说形式的社会学……”“当今的技术力量几乎把我们生活中的一切都改变了。这一点……只要提一下就是以使我们明白新小说有什么社会学的根据来探索迄今为止无足轻重的领域，来为另一种写作开辟道路，这种写作将会打翻几百年以来的思想习惯。”②现代小说的如此重要的意义，曾经一度为新时期的文学探索、实验所误解。如果我们没有记错的话，当西方现代观念在我们的创作实验中甚嚣尘上的时候，有人便郑重其事地提倡小说的“三无”（无主题、无人物、无情节），提倡小说要摆脱现实的、历史的因素的限制；有些作家仿佛找到一条捷径，以为通过写“感觉”能够达到反小说的目的。可以说，有许多探索、实验性小说创作出于这种动机。它们企图摆脱古典文学的思维方式，把由这样的思维方式描述出来的现实形态理解为

① 关于结构主义语言学与现实之间的关系，笔者已有文论述。

② 《新小说派研究》，第536页。

唯一的方式,结果无视现代小说形式的社会学存在的可行性。

坚持这种观点表明他们拒绝小说与整个社会发生尽可能多的交流,而把现代小说当作超越社会的形而上的产物。这样的失误几乎没有理由要求得到谅解。因为这样观点除了对语言无知外,直接的失误是拒绝小说的读者。一部小说,如果没有和存在于诞生这部小说的文化环境的读者发生交流、沟通的可能,那么,要求讨论这部小说的意义便毫无根据,只好凭空捏造。而交流,意味着和社会发生最密切的关系。不仅古典的小说“文本”是这样,现代小说“文本”更是这样。在古典小说“文本”的阅读关系中,如果不是采用现代阅读手段的话,那么读者处于被动接受的位置。由于古典小说结构的封闭性,通常带有强迫阅读的性质,只要读者进入阅读,这种强迫性便存在。而现代小说“文本”则体现为一种开放性的结构,它本身就有一项任务,要改变读者的阅读习惯,变被动接受为主动接受,创造一种平等自由的阅读氛围。它对读者没有胁迫性,但有更加强烈的互为沟通、交流、参与的期待。如果读者不能体会这良苦用心而放弃其阅读的主动性和自由性,便在实际上没能进入阅读。现代小说“文本”利用语言结构的构造技巧启发和调动接受者主体构造的功能,共同来完成文学艺术的“文本”创造。可以这么说,现代小说的“文本”没有和读者发生实际的关系便无法成立。没有读者概念的现代小说是不存在的。不可否认,现代小说“文本”的某种超前性以及读者的阅读习惯之间的矛盾差异,会给现代“文本”在与读者的交流中带来一定的困难;有些困难可能在短期内还不能克服。但这也绝不应该成为探索、实验企图逃脱读者、自行其事(是)的理由。任何一篇现代小说的“文本”都要保留一个能让读者随时参与的小说“时空”,以便让读者有培养自身的构造能力的机会。现代小说开放性指的就是这个意思。特伦斯·霍克斯曾转述了罗兰·巴尔特的观点——“随着我们逐步阅读下去,文本促使我们和作者危难与共一起参与创造我们现时的世界这项既充满危险又令人振奋的活动。”①现代小说“文本”必须要有这种“波普化”(大众化)性质,才能调动读者的“参与”的积极性。拒绝读者的新时期探索、实验小说在现代阅读理论面前应该感到自愧弗如。我们通常把作品无法产生相应的阅读效果的责任推给读者,认为读者不能理解它们的内涵;摆出一副“贵族”派头。其实我们从这些作品的创作者坦率的口头禅——“我写的就是我自己”“我不管别人看得懂或看不懂”,便可以发现这些文学探索、实验者并没有考虑到读者。有些中(人)显得比较狡猾并(自)以为得计——“我为未来的读者写作”。这个句子恰恰表现出胆怯无能的心态。笔者以为,一部作品当然应该有未来的意义——这种意义绝不是抽象的思辨——但必须是在与现在(或一个同一文化结构的

① 特伦斯·霍克斯:《结构主义和符号学》,第117页。

历史时代）的读者发生交流才能产生未来的意义；读者赋予小说以未来的意义，不是作家主观想当然。任何一部伟大的作品都是由于有了同时代的读者才会有意义并且未来的读者才能发现新的意义。如果拒绝现在的读者，一心幻想着未来的读者，那无异于将自己的作品“藏之名山”束之高搁（阁）。未来读者有幸发现了它也绝不会领情。不知能否将《苍老的浮云》理解为“未来型”的作品，这篇小说被认为审美情趣相当富有个性。笔者在赞同之时仍然发现作品对读者并不够尊重。小说仿佛是企图增加阅读的难度似的在小说人称上做了一些花样，其实这些人称变化并不代表各个叙事层次，不代表时空的转换。而小说恰恰靠这种办法才显得扑朔迷离。“时空交错”，如果将人称理顺，小说便明白晓畅——一部不折不扣的古典小说，描写病态的。这样的技术处理，即使聪慧过人的未来读者也会陷入迷宫中去。

好了，我们差不多是在吹毛求疵了。新时期文学的探索、实验性小说作品之所以被冷遇，甚至导致失败真的不能仅仅将责任归咎于作家（他们已尽了最大努力）。实际上，即使他们个人素质再好，也逃脱不了失败的命运。这是因为，现代小说和社会现实有着比古典更紧密、更有机的联系。现代小说“文本”的创造要依赖于读者的参与，而读者参与程度则要取决于整个社会思想、文化条件的状况。“文本”作为一种符号带有社会文化的整体背景。也就是说，要求读者的整个阅读接受状态也必须是由这样的文化背景培育酝酿出来的。“文本”的创造实际上是作家运用自己赖以思维的语言形式，打破这个原有的语言形式，发现一种新的语言组合形式、结构式原则，原有的语言形式上全社会所认可并习惯使用的实用交际工具；新的语言形式也必须是全社会有可能认可并在某一语言层次上（审美层次）能够有助于改变一些使用习惯。这之间的差异必须由读者来自我调整，通常是通过调整阅读的方法来实现。这时候，读者的阅读调整活动是带有整体性的文化调整活动，没有足够的现实条件，这种调整活动使（是）很难奏效（的）。从阅读的角度看，探索、实验性小说作品的前景暗（黯）淡可以说整个社会文化和阅读心理都与之不能适应。多数的读者仍然顽固地坚持习惯性的阅读方法。这种保守的态度〔被〕抑制了阅读的主动性，从而拒绝与现代小说发生交流和沟通。在这样的文化环境和背景下，探索、实验性小说作品的失败便不可避免了，这种创作变成一种崇高的献身活动。老于世故的作家深知探索、实验的艰难和危险，因而不断要（地）借保护习惯性的阅读方法为名，以保证自己作品的阅读复（覆）盖面。而有创造进取心的作家则企图破坏习惯性的阅读方法，帮助建立新的阅读方法，这个过程是要冒失去读者的危险（的）。只有少数人才有勇气进行这种注定亏本的贸易。在这个意义上，这些探索、实验性小说作品理应受到保护，作家们的热情应得到尊重和鼓励。（我们）相信，随着整个民族文化素质的提高，探索、实验成功的因素也能与日俱增。只是，这需要多少时间，我们无从猜测。

在行将结束本文时，我们谈到美国语言学家爱德华·萨丕尔的一段话："绝没有两种语言在表现同一社会现实时是被视为完全相同的。不同的社会所生活于其中的世界是不同的世界，不只是贴上不同标签的同一世界……"①这段话又使我们联想到探索、实验性小说作品的不幸命运。现代小说技巧以西方语言形式的特征为其实施的保证，而我们则不得不利用本民族的语言进行借鉴。两种语系的语言形式之间有不可逾越的鸿沟。因此，文学的现代运动要真正获得成功，必须要由我们民族自己提供相应的语言模式。遗憾的是，我们几乎还没有以方块字为基础的现代语言学。

1987 年 5 月　北京

——原载《当代文艺思潮》1987 年第 5 期

① 转引自特伦斯·霍克斯《结构主义与符号学》，第 23 页。

李子云

女作家在当代文学史所起的先锋作用

目前在中国大陆的文坛出现了女作家创作的第二次高潮。它不仅表现在女作家的数量上和她们作品的艺术质量上,而且,还表现在她们的一些作品在当前中国文学所起的先锋作用上。在打破小说的某些传统的规范,开拓小说所表现的内容范围与更新小说的形式方面,某些女作家起了很大的作用。其中最主要者,就是她们首先将小说从传统的表现方式——即通过描写外部现实世界,描写人与人之间的关系,来表现人物的性格及其命运,转为以展现人物的内心世界为主的表现方式。以人物的心理活动过程进行结构,小说的事件与人物经历已不再按照固定的时空顺序及因果逻辑展开,而是通过人物思想感情的流动引发出这一片断或那一片断。这种不同于传统的写法是由女作家开始的。当然,在男作家中也不是没有采取这种艺术方泆的。例如,几乎与某些女作家开始运用这种方法的同时,王蒙在他的《夜的眼》、《海的梦》几篇作品中,也进行了类似的尝试,不过,其中的变化只具有局部的性质。《夜的眼》中写的是由客观现实的巨大变化所引起的主人公的万千思绪,而这种种思绪仍属外部世界的直接投影。《海的梦》虽侧重描写了人物的主观世界,但在写法上仍未脱离传统诗文的借物抒情的格局。继之,在有些男作家的笔下也出现了一些以心理活动进行结构的优秀之作。但那都是后来的事了。因此,可以说,在中国最早采用这种艺术方法的应该说是女作家。

首先运用这种新的艺术方法的作家是五十年代即已成名的宗璞。1978 年开始崭露头角的中年作家张洁采用这种方法写成的作品数量较多,引起了文坛与读者更大的注意。其后,一些青年女作家,如张辛欣、残雪、刘索拉等,将这种艺术方法做了更为广泛的应用。她们先后打开了一个又一个心理领域:知识分子心理领域、知识妇女心理领域、精神异常者的心理领域、当代某些玩世不恭的青年人的心理领域。在当前中国大陆的流派纷呈的小说中,这类小说独树一帜,形成为一种极有特色的文学现象。

这面文学旗帜为什么由女作家首先树起？其原因也许可以分为两个方面，其一是，一般说来，妇女在气质上比较敏感而内向，感受性强而遇事又往往隐忍于内心，这为女作家进行心理分析与深入表现人物的心理活动，提供了有利条件；其二则可能是，中国的封建道德规范要求女子三从四德、逆来顺受、不苟言笑、不准任何正常的人情人性有所流露，于是，在中国长期的封建社会中，妇女只能将她们的不能形于色的思想、感情郁结于内心，因而，一旦人为设置的藩篱被冲破，长期蕴藏于心底的喜怒哀乐喷涌而出，形诸笔端，来势格外汹涌。上面谈到的几位女作家的这类表现心理活动的小说即可说明这一点。她们虽然也写到女性之外的人物心理，但是引人注目发生较大影响的作品大都是以表现女性的内心感受为主的。

开心理小说之先河的是宗璞的《我是谁?》(1979 年 4 月)。就题材来说，它没有脱离当时方兴未艾的“伤痕小说”的范围（即表现“文化大革命”给人们带来的伤害），并且带有浓厚的政治色彩。它表现了一位极有成就的女教授，在发现丈夫忍受不住“四人帮”的迫害愤然自杀的当天，精神上承受不住这突然的打击，奔向校园投湖自尽的事件。但是，宗璞在处理这个题材的时候，完全摆脱了传统的叙述方式。小说没有按部就班地交代教授夫妇在“文化大革命”中间所受到的凌辱，也没有采用插入某些回忆倒叙的方法，而是根据女教授韦弥在投湖自杀前的心理活动进行结构，展开描写。小说从韦弥推开厨房门、看到悬挂在暖气管上的丈夫，发出一声撕裂人心肺的尖叫、精神进入半疯狂状态切入，然后集中笔力表现，她奔出门外直到投身湖内这一路上的思想意识的流动。批斗会上震耳欲聋的口号声；头天丈夫在发现自己毕生研究的心血、比他自己生命还宝贵的手稿被当成废纸焚烧时的反应；1949 年和丈夫一起从太平洋彼岸飞回炮火尚在纷飞的北京，飞机寻找降落地点时的心情；多少年来在现在吊着丈夫尸体的小厨房，与年轻人在学术上交换意见的情景……互不连贯地在她脑际交替闪现。关于人物与外在世界的联系，宗璞仅仅写到她奔向湖畔的路上遇到一个狂热的造反派和一个还不懂事的五六岁的娃娃。造反派重重地踢了跌倒在地的韦弥一脚，大骂一声：“别装蒜，你这牛鬼蛇神……”小娃娃则在认出她之后，吓得“转身就逃，一面回头喊着：‘打倒韦弥……’”这简单的两笔所起的作用，还不仅限于烘托当时的气氛，更重要的还在于，它们成了导致韦弥精神彻底崩溃的最后诱因。她对自己产生了怀疑，向自己提出：我是谁？我究竟是什么？我是牛鬼蛇神？我是青面獠牙毒害孩子的魔鬼？

我是谁？我——人的本质是什么？这是亘古以来争论不已的哲学命题。中国古代大哲学家庄周梦为蝴蝶，醒来之后就曾提出过究竟是我梦蝴蝶、还是蝴蝶梦我的问题。在西方现代哲学、文学中，它更是一个热门的话题。当然，宗璞在这里所提出的这个“我是谁”的问题，不同于在日益膨胀的物的世界中人对自身价值所产生的怀疑。它要表现的是当人的尊严被强暴的外力所摧毁之后，知识分子所发出的疑问，并寻找所以变我“非我”的原因。

宗璞是第一个打开了知识分子一向深闭的内心世界的大门、表现了知识分子内省精神的作家。然而，在她的采用这种写法的作品与“五四”以来的中国新文学传统之间，仍然存在明显的联系。尽管她由外部描写转入内心揭示，以人物心理活动进行结构，但是对于人物的心理，她侧重表现的仍是与社会政治生活密切相关的那一部分。这也很自然，十年以前，在中国大陆上政治运动不断，知识分子的命运以及个人生活几乎都与政治密不可分。因此，在知识分子的心理状态中不可能不留下大起大落的政治变动的痕迹。宗璞后来几篇采用超现实主义手法的《蜗居》、《泥沼中的头颅》，全部运用变形、象征等技巧，其内容仍然具有强烈的政治色彩。它所象征隐喻的仍然是不正常的政治环境对于人的心智的巨大伤害。

在采取以揭示人物内心世界为主的手法的同时，在内容上又摆脱了直接表现社会政治问题的，则是由张洁的《爱，是不能忘记的》开始的。《爱，是不能忘记的》曾在当时中国文坛上引起过那样大的争论，不少西方的同行对此感到不可理解。这样一个古老的故事，一位离了婚的作家，与一位有妻室的男子苦苦相爱了一辈子，不但没有能够结合，甚至连手都没有握过一次。两人终生在一起度过的时间也没有超过二十四小时。这种没有一次肌肤之亲的爱情，在西方读者看来，纯属一种柏拉图式的爱情，那应该属于祖母一代的故事了。是的，正因为在中国大陆，封建思想残余未曾全去，封建道德力量仍在压制着男女之间的感情。因此，小说中所表现的那种感情压抑的痛苦得到众多读者的共鸣，同时也受到一些封建卫道者（士）的猛烈抨击。这是引起社会上尖锐争论的原因。若从文学本身方面来讲，它（之）所以引起广泛注意则可归结为以下两点：其一，它与宗璞的《我是谁》几乎同时开创了文学从表现外部到走向表现内心的一条道路，这也是一篇没有完整的情节，以展示女主人公内心矛盾为主的小说；其二则是从它开始，打破了文学无不直接表现政治、政策方面的重大问题的单一局面。小说开始涉及伦理、道德、人性各个领域。特别是打破了几十年来不允许接触有关人性问题的禁忌。因此，尽管这篇小说在艺术处理上存有明显的欠缺，诸如在描写上缺乏节制、带有感伤主义色彩等等，但是，它在更新艺术方法和开拓题材范围方面都做（作）出了自己的贡献。

和宗璞等中年一代女作家一样，张洁也具有历史使命感。她还写出过一些反映中国当前重大社会问题、并且产生很大影响的作品，如《沉重的翅膀》，但是，比之其他中年女作家，她将更多的注意力凝聚于探讨现行道德准则与人性之间的关系及矛盾等问题上，反映了妇女在人性觉醒之后对于传统道德束缚的反抗。当然，在这类小说中，她所采用的基本上都是不注重情节、事件的连贯性，而侧重显现人物内心活动的表现方法。如果说宗璞开辟了揭示当代知识分子心理状况这块园地，那么，张洁则深入开掘了中国当代知识妇女的内心世界。在她这一类小说中，最重要的当推《方舟》。在她这个诺亚方舟上载着三个或者离了婚、或者虽未离婚却已分居的三个独身女人。这是三个性格不同的、或刚强或软弱的女性。然而不论她们的性格如何，她们在事业上或者个人生活都充满不幸。在事实上仍以男子为中心的中国社会里，女人在事业上所面对的问题要比男人复杂得多。她们经常会受到男性的上司或合作者的轻视。而在家庭生活中，将妻子当作传宗接代的或享乐的工具的情况也不是个别的。这个中篇小说所写的就是在这两方面屡受挫折的三个年青妇女的内心历程。与《爱，是不能忘记的》不同之点是，这三位妇女不再象那位女作家那样在感情上实行自我禁锢。正当的人性要求已在她们心中苏醒，她们开始为维护个人尊严和实现个人价值而进行苦斗。尽管小说在人物处理上有过份（分）情绪化、过于愤世嫉俗的倾向，在处理某些与男性的对立问题上也有简单化之处。但是，也许正因为情绪经过了夸张与强化，因而，她们不甘心于被动地位、企图甩脱那象网一样地纠缠在自己身上的种种束缚、争取主宰自己命运的努力，得到了更为集中而充分的表达。

于是，张洁的作品开创了一条通往中国当代知识妇女内心深处的道路。

与张洁的表现女性心理小说相互衔接、并有所发展的则是张辛欣。她先写了几篇为妇女鸣不平的短篇小说，呼吁改善妇女的劳动条件、尊重她们真挚的感情等等。从1981年开始，她连续发表了《在同一地平线上》、《我们这个年纪的梦》（1982年）和《最后停泊地》（1983年）三个中篇小说。这三个中篇小说则通过不同角度表现了在事业与爱情方面都不如意——特别是爱情方面极不如意的知识妇女的心理状态。张辛欣也同时是写社会性很强的作品的能手，比如她1983年集中发表了一百多篇《北京人》（与桑晔合作）。它们是以实录方式记述了目前正在进行社会改革的中国的普通人的生活状况。它们在国内外都产生了很大影响。她的这类作品我们在此从略不谈。这三部中篇小说则提出了比之《方舟》中的主人公更为年青的、具有女权主义倾向的妇女的心理经验。由于年轻，因此，她们更少传统道德、世俗习惯的顾虑，比之《方舟》中的女主人公，她们洒脱得多了。正象《在同一地平线上》这个题目所点破的，张辛欣的这些女主人公们要求与男子站在同一地平线上，她们把男子当作自己的竞争对手，而不再把他们看作自己的统治者。她们不再是张洁笔下的那种虽然偶尔也撒泼骂人，而其实不但不能挣脱身上的枷锁，还自己划地为牢的循规蹈矩的小媳妇儿。她们不再把传统道德规范放在眼里，她们开始主动向男人主宰的世界挑战。《在同一地平线上》采用的虽是男女轮流为叙述角（者）的写法，其实它主要表现的是女方自我意识觉醒的过程。男主人公是作为女主人公的衬托而存在的。小说处理人物心理的细致之处在于，它不仅表现了女方为维护自己的独立性与男方所展开的冲突,同时还层层深入地表现了她内心中的自我冲突。她并没有摆脱女人天性中对于男子的某种依赖的心理——从事业、日常生活到感情上她都需要男人的强有力的支持。但是,已经觉醒的独立意识又迫使自己不肯放弃某些权利。于是,出现了非常有趣的结尾,男女双方经过反复协议之后,准备去办离婚手续的时候,互相预视(示)对方能遇上温顺的妻子或体贴的丈夫。但是,这时她心中所想的与嘴里所说的话全然不同,“她既满腹委曲(屈)地责怪他过去对自己关心不够,但又很想伸过手去,把手指插到那乱蓬蓬的头发里,慢慢地把它们梳拢顺……”这正是她内心矛盾的集中表现。

这三部小说表现的都是刚刚挣脱出、或正在挣脱出弱者的被动地位的女性的心理矛盾:理智与感情、自立的要求与柔弱的天性之间的矛盾,以及那种寻求一种真挚而可信赖的爱情却不可得的痛苦心情。《我们这个年纪的梦》中那位年轻主妇,对于那日复一日无限重复的排队买菜、洗衣烧饭、和邻居不断发生磨(摩)擦的乏味的生活,感到极度厌烦而不可忍受。她失望、愤怒,她找不到出路,只能在“寻梦”当中求得解脱。她突然想起童年时代和一个小男孩同游山洞的往事。这件(个)依稀可辨的梦变成了她唯一的感情寄托。这不免让人想到美国女作家的短篇小说《爱与死》。只是奥茨的故事中的那位中产阶级的绅士,在梦幻破灭之后又回到了他原来的生活轨道上去了。而她,在发现她梦想中的小白马王子可能就是那个她最讨厌的邻居的时候,她无法再容忍自己的生活处境了。在《最后停泊地》中,张辛欣则另换了一个角度,表现了一位已经摆脱了家庭羁绊的女演员,在茫茫人海中,寻找不到一个可以寄托自己爱情的对象而感到的孤独与绝望。

张辛欣这三篇具有内在联系的小说,以极其坦率的态度袒露了争取人格独立、渴望获得建立在相互理解与尊重的基础上的爱情的女性屡次挫折的心灵历程。

宗璞、张洁、张辛欣在中国大陆当代文学中的前卫作用,就在于自她们开始,小说从表现知识分子、特别是知识妇女的遭遇转向表现他(她)们的内心世界。

残雪则开辟了另一领域,那就是展现精神异常者的梦魇、下意识的心理状态。自从她在 1985 年以《山上的小屋》引起文学界的惊讶之后,迄今为止,她所发表的十几篇小说,写的几乎清一色是精神变态者。这些人物都缺乏安全感,神色诡异,行动乖戾,永远处于一种随时准备自卫的戒备状态。在她的所有小说中,各个人物之间都处于极其紧张的相互对立、相互仇视的关系之中。不但邻居、同事彼此充满敌意,就连父母子女也不例外。从那位精神病患者的眼光看来,母亲的笑是虚假的,父亲窥视自己的眼睛竟然象狼的眼睛一样发出绿光,而他目光所及之处,不仅让人感到发麻,还会发出一粒粒小疹子来(《山上的小屋》);女儿在父母之间进行挑拨离间,父母每晚到窗下密谋如何算计女儿(《苍老的浮云》)。于是,残雪的女主人公们觉得自己永远处于他人的监视之下,隔墙有耳,不断传来喊喊喳喳的声音,到处有人窥探,小说中反复出现人物赤身裸体的镜头,这大概是暗示个人隐私权被剥夺的心理反应。真实的感觉与幻觉全部搅和在一起,无从辨别真伪。而在这个世界里,人与人不能并存,人倒是可以和苍蝇、老鼠相安无事。在《苍老的浮云》里,女主人公直到临死还用肉干来喂老鼠。这些精神异常的人对于正常的自然现象:那明亮的太阳、花的香气、果实的成熟……反面感到不能容忍。小说的叙事者不是站在正常人的立场来描写这些精神异常者的心理状态和行为,叙事者与小说主人公的立场合一,叙述者本身就站在精神异常者的立场来叙述这些不正常的感受与心理反应。这就更加强了那种神秘乖张的气氛。尽管如此,神经健全的读者也能从那些反常的行为与心理状态中获得某种联想与共鸣,感受到它所暗示与隐喻的内容。有的小说题目本身,就饱含着象征意义,如《山上的小屋》、《苍老的浮云》、《黄泥街》。"浮云"原是没有固定形体、飘浮不定的东西。残雪笔下的人物就都是一些"总想给自己一个明确的规定"而不能,于是徒劳无功地挣扎了一辈子的人。他们就象那些无法掌握自己的命运、不断改变着自己的形状、刚一出现即已苍老、转瞬就从天边逝去的浮云。"黄泥街"则象征着残雪所有小说的共同的环境背景:阴暗、潮湿、处处垃圾、遍地泥泞。残雪小说所展示的这个世界看来古怪、荒诞,不过,仔细加以品味,人们就会感到它与现实世界具有某种共同之处。它是荒诞的社会现实所造就的反常的人对于这个社会现实所作出的夸张的和变形的反映,比如人们很容易联想到十年"文化大革命"及其之前的一段历史时期。那时人们都无法主宰自己的命运,人们都处于无个人秘密可言的处境之中,人人互相戒备,连在梦里都惴惴不安。残雪就这样通过失常的精神状态夸张而变形地表现了特定历史时期的正常人的心理状态。只是,从她已发表的十几篇小说看来,内容过于重复,人物的类型、心理状态、环境气氛有嫌单一。但是,无论如何,残雪是中国大陆第一个将精神失常的人的心理状态引入文学作品的作家。

年轻的刘索拉则开拓了又一个艺术表现领域。在她发表于 1985 年的处女作《你别无选择》中,第一次出现了如塞林格的《麦田守望者》主人公那样的年轻人。由于对于传统的为人处世原因发生怀疑,感到厌烦,他们做出种种违反常规的骇世惊俗的行动。这种类型的年青人在中国大陆文学中前所未见。象前述那几位在艺术创作上先走一走的作家一样,刘索拉也是在她这篇小说之后,似乎为了补足未曾尽意之言,紧接着又发表了一系列格调相近的小说,如《蓝天绿海》、《寻找歌王》。

刘索拉小说的主人公都是音乐学院的学生和刚走出校门的作曲家或歌星。艺术家往往是最敏感的人,而音乐家又是艺术家中最敏感、感情最丰富、行为最少为规范所约束的人。在物质条件落后的中国大陆,音乐学院的学生大部分出身于经济条件较优裕的家庭。说当前青年人中的“精神贵族”出于他们中间也许并不过份。他们不仅思想上最不安份,而且也最有条件放荡不羁、玩世不恭。刘索拉所写的这些受过正规音乐训练的歌星、作曲家比之张辛欣笔下的那些藐视传统的人物具有更彻底的反叛性。他们是一批恃才傲世、对于世俗观念全无顾忌的年青人。张洁、张辛欣所创造的叛逆者无论多么洒脱,都还与传统的伦理道德、人生目标、价值观念具有千丝万缕的联系。这些传统约束,不仅是她们与外界社会冲突的对立面,而且也是形成她们内心矛盾的一个根源。因为她们自己毕竟还没有从这种沉重的束缚中完全解放出来。而对于刘索拉的人物——至少是对于《你别无选择》中的人物来说,旧的价值标准对他们已经不起作用了。但是,他们还没有建立自己的价值尺度,从而形成一种价值标准消解的状态。他们这种精神状态与残雪小说中的人物也不相同。残雪笔下的人物都是心灵受尽残伤、精神上发生畸变而难以康复的人物。刘索拉的这些人物则一个个都那么生气勃勃,连她的笔调都那么轻松自然,即使在她写死亡、写生离的时候也仍然保持轻快。只有没有经过斲丧的年青人才能做到这一点。

这些震动中国大陆文坛的反传统的年青人,什么都不在乎。他们既不在乎自己事业的成败,在他们心里也无所谓神圣的东西。每个人各行其是。尽管如此,这些音乐工作者还是与《麦田守望者》的年青人不同。他们不能做到象他那样彻底地无所事事、游手好闲。他们虽然在某种程度上表现了玩世不恭,然而,九九归一,大家最终还得各就各位,“别无选择”地去参加考试、参加作曲比赛,甚至一辈子也走不出音乐这个圈子。是的,就大多数情况而言,中国的年青人的命运大多是被规定的,很少有进行自我选择的机会。而在刘索拉创造出来的这批人物的“别无选择”的命运中,却包容了它更多的自我选择。因为即使将他们从目前的位置上释放出来,让他们重新选择,他们所选择的大概仍是音乐。因此,刘索拉所谓的“选择”,并非职业的选择,而是对于传统、习惯、一切约定俗成的东西的反抗。

尽管刘索拉的人物是中国文坛上在背离传统的道路上走得最远的人。但是,如果细心地加以剖析,就能发现在她的许多人物的内心深处仍隐隐存在着一些无法解决的矛盾。他们虽然象摔(甩)掉破鞋一样抛弃了传统准则,但是他们仍然摆脱不掉苦闷、仍然感到一种无所依属的不安。在《你别无选择》中,无论是整天赖在床上不起来的李鸣,还是整天“砸”钢琴的森森,都不知道应该如何处置自己。在《蓝天绿海》中,这种心理矛盾表现得更加明显。流行歌手在演出前不断打电话给老师,每次电话的对话都是重复的,后来几次她几乎对着话筒都发不出声来。更值得注意的是她发表于 1986 年的《寻找歌王》,其中主人公的内心矛盾更加表面化了。虽然她仍以一贯的调侃、自嘲的态度来对待信念、理想,但在调侃、嘲笑当中却流露了自我怀疑的情绪。这位女歌手以极其强调的形式表示金钱、物质与感官的享乐是她生活中的最高追求目标，但是她又无法忘情于披荆斩棘、孤独地辗转于崇山峻岭之间去寻找民间乐圣“歌王”的旧日情人。当年她陪着他寻找“歌王”时无法忍受的那种艰苦的生活，但在她享受着现代的奢侈生活时，那时的生活却又回到她心中。因此，她既无法随同情人走向“歌王”所在的、为浓雾所笼罩的深山老林之中，又无法进入演唱流行歌曲的舞台的那片强烈的白光之中。她处于两难境地。她想追回从自己灵魂中逃逸出去的东西。她觉得人活着总要有什么东西来支撑着。但那东西是什么，她说不清。国内有的年轻朋友认为这篇作品表现了刘索拉向传统的价值观念复归的倾向，我则不以为然。我觉得这是旧的价值体系崩溃、瓦解之后，寻找新的价值标准的一种焦躁心情的表现。这似乎不能简单地归之为复旧，而更可能是经过选择、鉴别之后企图重建一种新的准则的表现。从小说所显示出的蛛丝马迹看来，那大概是一种更朴实、更符合人的天性的准则。刘索拉第一个向人们展示了八十年代出现在中国大陆的迷惘的一代的心理状态。

以上对走在中国当代文学潮流最前列的女作家作了一个简单的介绍。她们中间，有的人首先从描写人与社会、人与自然的外部关系转向探讨人的内心世界；有的开始对精神变态、梦魇、潜意识发生兴趣；有的则对旧的价值标准产生疑问。这些作品与现代西方文学显然有着某种联系，或者受到某些西方文学作品的影响。但是，从其反映的内容看来，这些作品仍然是中国所独有的。她们对于“我是谁?”的深思、对于释放被禁锢的人性的呼吁，以及对于所揭示出的不正常状态所造成的人的精神畸变，都是在中国特定的社会条件下才能产生的。这些呼吁与要求都是为反封建的不彻底性、十年“文化大革命”中封建残余思想的泛起，以及目前实行改革、开放政策的社会生活产生急遽变化等条件所决定的。尽管当前中国有些作家、评论家激烈（极力）主张文学作品的内容远离现实，希望作家淡化作品的社会内容，但是，从这些走在文学新潮前面的女作家（的）作品看来，它们可以不直接写社会现象，不直接写社会变化过程，可以从人的精神衍变的角度切入，然而，人的精神状态毕竟与外在物质世界有一定的联系，并由它所决定的。对于个人命运、人的价值、人的尊严的思考都脱离不了特定的社会条件。再加上中国作家传统的使命感——即使是那部分坚决不承认使命感的作家，有时就象刘索拉拼命宣称已经与“歌王”决裂一样，实际上仍摆脱不掉存在于潜意识内的社会责任感。因而，这些女作家所写的这部分以表现人的内心世界为主的心理小说，仍然折射着中国的社会现实。

1987 年 8 月 1 日

（本文系作者赴美讲学时的一次讲演稿）

——原载《当代作家评论》1987 年第 6 期

王 干 费振钟

苏童：在意象的河流里沉浮

苏童的小说是用生命的汁液浸泡出的意象之流，它自由地流动在心灵与大自然契合的那一瞬间，没有开始，也没有结局，也没有高潮。它是流动的画面与流动的旋律融合起来的诗潮。在这股诗潮里飘溢出桂花的芬芳、夜晚的宁静、历史的幽远和孩提的忧愁，我们必须调动自童年时代所保存下来的种种新奇的视觉、听觉、感觉、嗅觉去感受这股诗潮对我们感官的美丽的冲激（击），去体味种种意象里所潜藏着少年时代许多美丽的梦幻和看似轻淡实则沉郁的悲剧。也许，童年时光的种种诗意和感伤便由此涌上了你的心头，甚〔而〕至于笼罩着你，久久不离，像一个奇异的神秘的光圈。

苏童很自然地选择了童年视角。

可是，自莫言（的）《红高粱》之后，童年视角似成了莫言的发明专利，不少人因莫言的存在而被误戴上模仿的桂冠。苏童便是一个。其实，在《红高粱》“骚动于母腹”之前，苏童的童年视角便诞生了。发表于一九八五年的《石码头》里，苏童便开始写道：“那地方叫石码头。我很小的时候——在苏北平原的干草堆上滚来滚去的时候就知道这名字了。我知道长江那边有个小城，小城里有许多码头，我祖父一直在那里，石码头是他的。”《石码头》这篇小说并不像他后来的那些小说那么出色，自然也无人重视，无人记起，但《石码头》确立了一个新的叙述视点——以童年的感觉和经验去叙说并非全是童年发生的人和事，这使苏童开始破坏小说叙述的一维程式和平面展现，在时空错位中获得审美的距离感和超越感。苏童由此生发，廓（扩）开了一个新的艺术天地。

“童年视角”被人们反复用来窥探历史、窥照人生，代代相沿，而寓意永不陈旧，永远给人陌生而亲切的感觉，绝不会产生审美的疲倦和重复。也许，文学本身不正是人类用来观察社会、体味人生的“童年视角”？

历史和人生的苦难够多了，它几乎吮吸尽人们儿时的种种幻想和憧憬，生存的艰难与无聊又逼迫人们去寻找精神的归宿地，而童年的美好追忆或许会驱逐你的烦恼、忧愁，将你度入一片宁馨、亲切、自然的圣境。

所以海德格尔说，一切进入诗境的诗都是还乡的，它使我们返回精神上的家园。

在莫言那里，童年视角只是一种艺术手段。莫言采用童年视角是为了故意拉开时空距离和心理距离，以蔽（庇）护他用一个现代成人的目光去审视、挖掘掩映在红高粱丛中的灵魂的心史、在余占鳌身上所骚动着的男性的力感和雄气。莫言只有选择这样一个童年视角才能运载他的灵性和悟性，而不至于暴露出理念的犄角。苏童为了求得叙述文体的独异，常常以套层结构的方式来叠印童年视角，以强化叙述的时空距离与心理距离，比如《故事：外乡人父子》让“我”（童年）听祖父讲祖父的祖父时代（祖父的童年）的人和事，构成了一个复杂的叙述框架。但苏童的童年视角不仅仅是叙述手段，也是目的，还是一种境界。在苏童的小说中，所有的历史都是孩童视野中的历史，所有的人物和自然都是童心所感受到的人和物，昨日的苏童成为苏童小说最突出的主体形象。虽然苏童讲述了祖父、祖母、父亲、母亲、幺叔、哥哥等童姓家族的遗（逸）闻轶事以及并非童姓家族的人和事，但这些人物像枫杨树一样淡淡隐入背景，而将“我”凸现出来。

严格地讲，“我”并不是一个完整的具有棱角的人物，“我”是一个独立的世界，一种童心的诗意的境界。“我”实际是一个超现实的形象，“我”身上那种超人的敏锐的灵性和孩童的顽皮的簇新的感觉以及天真而过早染上忧郁的稚气，乃是人们失落在昨天而久久不能排除的情感精灵。

阅读苏童的小说，乃是情感的一次还乡，在枫杨树、桂花树、青石、河流、青粽叶、竹林、罂粟花、白鸽、金鱼等汇成的精神家园里，失落了归宿的灵魂得到一次短暂的栖息和永恒的回归。

死亡的恐怖，灾难的冷酷，人生的艰难，历史的沉重，在苏童的笔下都变得那么坦然，那么神秘，甚至还闪烁着童话的彩光。“在世界屏息凝视了他两秒钟以后，我哥哥黑脸家林轻捷地从阳台上跳出栏杆，化为一只白鸽飞入空中的月亮。”死亡的痛苦消失了，跳楼自杀犹如羽化升仙，飘飘然然，仿佛是返回久别的故里似的，也好像等待了许久的希望来临似的。在《飞越我的枫杨树故乡》里，疯女人穗子赤身裸体露宿荒野的情景像十六世纪文艺复兴时期那些大师笔下的一幅质感很强的油画，消退了人生的屈辱、痛苦、凄凉、冷漠，只有生命的美丽、生命的可爱、生命的幸福。作家的灵魂无疑是痛苦而孤独的，他用生命的印象来满足童心的渴求与期冀。苏童选择童年视角，不仅滋润读者内心的焦渴与孤寂，也是对自身精神漫游之后的空虚心境的补偿。这种真挚深重的“还乡感”浸透苏童小说的全部空间。

“还乡感”的产生，是因为丧失了什么之后而无可解脱的一种解脱，它是寻找精神归宿的必然。苏童小说里常常出现这种“丧失”和寻找。在《丧失的桂花树之歌》中桂花神奇地在大风中丧失了。而《飞越我的枫杨树故乡》里丢失了灵牌的幺叔不但生前疯疯癫癫，死了以后因“灵魂没有找到归宿而继续满村晃荡，把宁静的村子闹腾得鸡犬不宁”。“幺叔幺叔快回家”、“把幺叔带回家”这种无调性的反复回旋，幺叔的灵魂和“我”的灵魂因失去归宿而急切寻找“家乡”的双重呼唤，便构成了小说的主旋律。如果说《飞越我的枫杨树故乡》展现的是丧失归宿的悲剧，那么《故事：外乡人》叙述的则是外乡人还乡的悲剧。冬子父亲似乎是幺叔的复活，年轻时一把火背叛了童姓家族，少小离家，漂流异乡，可是“在哪里都孤单，只有回老家，回老家就全是姓童的……”当他和儿子千里迢迢赶回家乡时，家乡的人却把他们当做“外乡人”。乡亲们不解地问：“你来到底想干什么呢?”（着重号为笔者所加）“他又嗫嚅着说不出什么名堂，偶尔强笑着，骆驼似（的）苍老的脸显得猥琐起来。他不甘心，还是像游魂一样从这家走到那家”，失根的痛苦反复缠绕着他，像他俩居住桥洞燃起的篝火，“孤独地闪烁着”。因此，当他让儿子担任送竹童子的角色的愿望实现时（只有族祖里的孩子才能享此权利），他为找到自己的归宿而感到充实，用那支伴随他走南闯北的猎枪结束了自己漂泊不定的生涯，于是“那杆枪射出了美丽的火光，有许多竹子被点燃；竹叶上便腾起红色的花来”，他和他儿子的梦想实现了。然而，这只是一个可怜的幻象，他死后，儿子冬子依然被故乡的乡亲们当做“外乡人”，“坟头如今孤单单立在河的左岸，与童姓家族的祖坟隔河相望。水在长长的河床上流过，流得很苍凉”。灵魂依然是孤寂的，整整两代人都未能寻到真正的归宿，这种没有归宿的失落感、孤独感、危机感使得“还乡”更充满了悲剧性的氛围。

这样说，好像把苏童归入寻根派似的。其实不然。“还乡”与“寻根”确乎是在同一背景下进行的，它们都源于人在现代社会的失落感与孤独感，但它们最终的停泊地是相异的。“寻根”无论是表现国民性的优劣还是文化的良次，都是理性意义上的寻找；而“还乡”则是寻找情感的归宿，以达到感性的满足与超越。“还乡”，在苏童的小说里是一种非理性的运动，故乡绝非是一个理想的王国，而只是作家情感自足的实体。“还乡”还是一种不能超越的超越，作家虽然千方百计寻求返回情系魂牵的故乡，但“飞越”的结果又是再度回归到故乡的怀抱，“飞越”亦是“还乡”。这种情感的神奇循环在苏童的小说中得到了充分自由的呈现。

“多少次我在梦中飞越遥远的枫杨树故乡。我看见自己每天在逼近一条横贯东西的浊黄色的河流。我涉过河流到左岸去。左岸红波浩荡的罂粟花卷起龙首大风，挟起我闯入模糊的枫杨树故乡。”

这是苏童的全部情感历程。

这是苏童全部小说的浓缩。

我们在苏童的小说中去寻找这种表现过程时,面临的不是井井有条的冲突轨迹和情感流程,而仿佛是一条不知来向与去势的河流,河水汩汩地流逝,根本分不出它的先后秩(次)序,时空的界限消失了,现在即是未来,未来即是过去,过去便是河流,只有几块意象的礁石触目地浮现在情感的水面上。

很显然,苏童表现的不是过程,不是某种社会矛盾的冲突、发展、转化、结局,也不是人物性格的发展历史,甚至也不是时下人们所称道的心理过程,他孜孜以求、着力营造的美学理想是:意象。也就难怪苏童总是无情地舍弃着过程,有意省略着人物与事物的某种外在的联系,在一片无序的情感流动中去展现生命神秘的律动和世界难言的神秘。虽然苏童展现的是童年天地,但没有故作小儿态的琐碎语势,他那种凝练果断的笔触倒体现出一种男子汉的粗犷与潇洒来。《青石与河流》里,人性内部的种种冲突以及古老历史的幽昧悠深足以构成一部颇为成形的中篇,而苏童却冷酷地把它压缩成为只有一万二千字的短篇。我们在阅读时不禁为作者笔墨的吝啬节俭而可惜,但正因为苏童抛却了那些可有可无的交代、铺垫、过渡等一系列过程性的文字和细节,才使得他的那些"开局"与"结局"那么突出,仿佛突出小说之外似的。其实,小说中真正有价值的东西总是突出小说之外,而不会淹没在琐碎的、细腻的、机械的过程之中。

"老冬爷的一生对我们来说是个谜。"苏童不断设立着这样一个个耐人寻解的谜,故而他的小说里洋溢着一股神秘的气象。这种神秘不像福克纳的阴森,也不像马尔克斯的魔幻,也不像韩少功的鸡头寨那么诡秘,也不像郑万隆的"异乡"那么幽远。苏童的神秘是一种美丽的神秘,一种带潮红的美丽,一种尚未体验到青春期的热烈而竭力憧憬的神秘。在《飞越我的枫杨树故乡》里,幺叔、穗子、野狗构成一个神秘的怪圈,而那只悄然消失而又悄然出现的黑胶鞋成为这怪圈的圈心,辐射出一股股令人迷惑的情感之波,在"我"少年的心湖里荡开一层层美丽诱人的幻象。《桑园留念》中丹玉和毛头莫名其妙地死在一片竹林里,他们的名字又出人意料地被刻在那座神奇的石拱桥上"留念"。《故事:外乡人父子》里冬子父亲突然而来,突然而去,自称是"童姓"而永不被承认,真相如何,成为难以解开的谜。《祖母的季节》里那把二胡、那挂金锁,《丧失的桂花树之歌》里的桂花,《黑脸家林》里的家林在结婚前夕突然死亡,都是一些不可思议的事情。由于过程的省略,使得那些感觉性、意象性的特征在童年的视野里放出神秘的光泽。而那些省略留下的一串空白,体现了苏童那种寻找归宿的急切与跳动的意绪,也使读者阅读时产生更宽阔辽远的想象空间。人生有那么多难以解释的困惑与迷茫,苏童也有理由把这种困惑与迷茫在童年的花园里审美地表现出来。

"祖父住在城里,老态龙钟了,记忆却很鲜亮。"

"鲜亮"一句，可称得上苏童干的绝活。

苏童的小说里充满了这种鲜亮的感觉。

没有写过诗的人是不会有这么鲜亮的感觉的。虽然还难以断定苏童现在是否还在写诗，但他无疑具备诗的思维和诗的笔触。苏童的小说是具有鲜明个性的意象小说。一般的情绪小说虽然也容纳了抒情诗那种抒发情绪的审美方式，但仍然属于一种古典的诗化方式，而意象小说则是现代的诗化小说。意象是现代审美的最基本方式，具有直觉与视觉复合的特性，是感性与理性的有机组合体。庞德说："意象有着可变的意义，像代数中的符号 a、b、x……著者必须用他的意象，因为他看到或感到它，而不是因为认为他能用意象来支撑某种信条或伦理体系或经济。"当苏童按照意象的审美方式来进行小说实验时便形成了他独特的叙述文体，悄悄地暗示和隐喻着一个过程、一种机遇、一缕情愫、一股诗意。

"'家——林——回——家——来。'走到街口，我母亲突然哽咽了一下，朝着深蓝色的夜空喊了一声。喊声带着母亲特有的悲伤和冲动传过街道。我觉得千年老街上那些高高低低的房屋猛然颤动了一下，许多槐花从枝上影影绰绰地掉落下来。"

凄凉的呼唤犹如招魂曲般的感人，深挚的还乡感与空寂的失落感油然而生。

苏童的意象大多来自他的那个白羊湖畔的故乡，在他奇异的灵性感应之下，故乡的动物、植物以及河流山石这些非生物都获得生命的活力。苏童用诗的魔力唤起它们的生命意识和时空观念，使之具有某种象征氛围和隐喻指向。"挂在门楣上的粽叶已经发出了灰褐色。风飒飒地吹着那捆粽叶，很像是雨声。真的下雨了，雨丝白茫茫地扫过村弄，在我家门前织起一张网，那捆粽叶又沙沙地响起来，像是风声了。"这是《祖母的季节》的开头，独特的意象画面一下子奠定了整篇小说的叙述语调，隐隐潜现出生命的沧桑感。在《青石与河流》里，苏童以"河流"象征历史的亘古与滞闷，以"青石"象征生命的永恒与悲哀。自然，这种隐喻和象征并不像简单的机械的语码符号，它有很大的弹性与张力，不同的情境不同的读者自可产生不同的阅读效果。

有点类似艾略特的《荒原》，"水"的意象在苏童小说里反复出现，极耐人寻味。《青石与河流》里以水收束全篇："在水下我什么也看不清，泪如泉涌，而水库里的水在我头顶上一寸一寸一尺一尺地上涨。"《飞越我的枫杨树故乡》、《故事：外乡人父子》同样以"水"结尾，一出现水，他的笔端便那么滋润，那么流畅，那么充满柔情、充满华彩、充满生气，真是神奇的水啊！

莫非我们便是从水中来的？

莫非我们还要回到水中去？

——原载《上海文学》1988 年第 1 期

黄子平

关于“伪现代派”及其批评

有一则笑话，讲一位体育记者宣称他同时击败了苏联的国际象棋大师和拳王阿里。“是这样的，”他解释道：“我先跟大师来一场拳击，又跟阿里下了一盘棋。”不久前，一位年轻的批评家引用这则笑话，挖苦了他的某些同行，他们推崇那些“从西方现代派那里仿制的东西”，“以强烈的‘时代意识’向中国古代文学发问：‘你有吗？有这样的西装和超短裙？’然后转过身去，又甩出尚未剪断的辫子，以高度的‘民族意识’向西方文学发问：‘你有吗？有孔庙的钟磬和道士的桃木剑吗？’”①这段话里使用的服装意象、发饰意象和宗教意象，都使人联想起鲁迅笔下的“假洋鬼子”和革过一回命的阿Q。那些在纵向或横向都曾被认为有所创新的作品，在这位批评家看来，由于使用了狡猾的参照系，它们的真正价值是可疑的。

类似的指责在当今中国评坛已相当常见，并且正式非正式地简化为一个概念，叫作“伪现代派”。起初流行于文学界私下的交谈或某些座谈会，比如一九八六年底，《文学评论》开的小型座谈会上，有人提出：“我们文学中的‘现代派’可以称其为‘伪现代派’。”“‘伪现代派’的含义就是我们并没有真正具有现代素质的现代派作品。”②近来也逐渐见于一些批评文章之中。概念的构成可能是从以往文学批评中使用的“伪古典主义”、“伪现实主义”一类术语脱胎而来，但尚未见到稍为明晰一些的界说。

我想在这里讨论两个问题：1. 这一概念的基本内涵及其由来；2. 这一术语极为歧异乃至对立的用法及其文化—心理背景。

一

界说“伪现代派”这一术语的外延是一件十分困难的事情，你将会发现，它可以

① 王欣：《文学批评界的符号迷宫》，《上海文论》1937年第3期。

② 谭湘整理：《面向新时期文学第二个十年的思考》，《文学评论》1987年第1期。

用来批评几乎全部当代作品。从词义的内涵来分析，它至少蕴含了三对两两对立的基本范畴：真/假、古/今、中/外。

1．真/假

在汉语里，“伪”比“假”带有更严厉的贬斥色彩（尤其用于政治领域时，如“伪政权”等等）。这个字眼表明了这一术语中的“真/假”范畴并非认识论意义上使用，而是一种价值判断，因此，它们可能转换或牵涉到另外一些与之有“家族关系”的词组：正宗/杂牌，纯粹/掺假，真诚/矫情，原装/仿制，等等。

因为说的是文学现象，区分“真/假”的方法便涉及“内容/形式”的范畴，与此相关的对子是：名/实，表/里，结构/观念，意识/技巧，等等。本文开头所引的那段话里，使用的“服装意象”和“发饰意象”，便是这类范畴最常见的形象化方式。

2．古/今

其实应该是：“今/古”，说“古/今”只是为了照顾汉语的习惯（也是“崇古”的文化的习惯）。“现代”一词并不单是一个时间概念，而且是一种时代意识，这种意识把人们所处的时期跟逝去的阶段对立起来，并借此把自身看作由旧转变到新的结果。因此这一对范畴的“家族”由下列对子组成：现代/传统，现代/古典，新/旧，创新/守旧，时髦/过时，等等。

但是，在中国当代评坛，“现代主义”通常是作为“现实主义”的对立概念来运用的，后者又被认为是本世纪以来中国文学的主流，再加上对两种文学潮流的哲学背景、美感特征的不同理解，以及由此引起的创作和指导创作的策略，我们得到这样一些更为复杂的对子：现实主义/现代主义，理性主义/非理性主义，积极/颓废，亮色/压抑，写实/荒诞，主流/支流，提倡/允许，坚持/借鉴，等等。

3．中/外

“现代主义”被认为是发生在外来文化中的文学现象，而“现实主义”似乎已经等同于“国粹”，由此引出的对子“家族”有：现代意识/民族意识，世界主义/民族主义，欧化/民族化，崇洋/复古，等等。

这三对范畴及其“家族”还可以互渗、组合，生成一些更复杂的对子，比如“原装进口/本地仿制”便是由“中/外”加“真/假”构成。不难看出，这些对子的互相“发酵”，将使得“伪现代派”这一概念成为一个最笼统、便利，可怕、丰富的批评标签。它的不同用法，也就成为研究“现代派文学”在当代中国文化中的地位、作用和前景的极好的对象。

从大一点的时空尺度来看，一百多年来东西方文化大碰撞大融会，使得“体/用、名/实、表/里”一类的基本问题总要以各种方式在思想文化界的一些领域里一再提出来讨论。文学界只不过是其中最敏感最活跃的一个领域罢了。“伪现代派”概念的产生便是其中一例。

稍稍回顾一下一九七八年以后中国作家“重新发现”现代派文学的过程,或许有助于从上述纷繁复杂的内涵中理出一点头绪来。我以为,在这样多的对子中,“意识/技巧”可能是一个分析的关键。

据说,执著于现实主义文学理论的乔治·卢卡奇曾严厉批评表现主义,却在匈牙利事变之后被捕时恍然悟到卡夫卡作品的真实性。同样,浩劫之后的中国作家最早“认同”的几乎也是卡夫卡。在中国社会科学院外国文学研究所工作的女作家宗璞,在她的中篇小说《三生石》里,写到女主人公梅菩提在“文化大革命”中偷偷焚烧自己的论文时想,自己根据流行的调子去批判卡夫卡的“局限性”是多么荒唐。实际上,宗璞写于一九七九年的短篇小说《我是谁》,明显地令人想起卡夫卡的《变形记》:一位高级知识分子去投湖自杀的路上发现自己变成了一条“毒虫”。作家、批评家李陀描述过他在一九七八年第一期的《世界文学》上读到《变形记》的中译本时受到的强烈震撼。① 不少海内外读者亦从王蒙的中篇小说《蝴蝶》(庄生梦蝶?蝶梦庄生?)里读出了“变形”、“异化”的主题。评论界不甘落后,也从《聊斋志异》的《促织》里找到这一主题在民族传统方面的渊源和对应物,或从青年马克思的《一八四四年经济学—哲学手稿》里找到它的理论依据。在多大程度上,可以把两次世界大战对欧美文学的影响跟“文革”对新时期中国文学的影响相提并论,仍然是一个未经讨论的问题。卡夫卡不过是一个例证,用来说明中国作家“重新发现”现代派文学时的社会—心理背景。由于某种无法解释的、个人不能左右的大灾大难引起的困惑、焦虑、软弱无力、梦魇、荒谬感?由此产生的对传统价值观念的重新估定?如果我们承认文学的接受建立在某种共通的对人生、对世界的体验之上,这些因素就是值得考虑的。

但是我们看到绝大部分作家、批评家一直小心翼翼地回避这一背景,似乎吸引他们的只是现代派新颖别致的文学形式和手法:意识流、时空交错、多视点叙述等等。花城出版社一九八一年秋季出版了剧作家、小说家高行健的一本小册子《现代小说技巧初探》。作家冯骥才、李陀、刘心武为此发表了几封后来被统称为“四个小风筝”并引发了一场“空战”的书信。从这本小册子和这些书信中可以注意到他们强调的正是如何把现代派文学的“表现技巧”同它们特定的“表现内容”“剥离”开来,强调形式美的“相对独立性”,强调小说技巧的“超阶级性”,等等。② 问题并不在于:这是一种策略、障眼法、权宜之计、“东方的狡黠”呢,还是一种真诚的理论主张?

---

① 李陀:《告别梦境》,《外国文学评论》1987 年第 4 期。

② 冯骥才:《中国需要“现代派”!》;李陀:《“现代小说”不等于“现代派”》;刘心武:《需要冷静地思考》,《上海文学》1982 年第 8 期。

实际上，现代派文学的技巧、手法在何种程度上可以跟其内容“剥离”开来，仍然是一个悬而未决的问题。按照美国人M. 肖勒的说法：“谈论技巧时，实际上涉及〔到〕几乎所有的问题。因为技巧是一种手段，作家的经验、即他的题材迫使他非重视不可；技巧是作家用以发现、探索和发展题材的唯一手段，也是作家用以揭示题材的意义，并最终对它作出评价的唯一手段。”①也就是说，技巧是完成了的内容(作品)的一个有机组成部分，它本身就具有内容性。只需回想一下在内容上坚持了“少年布尔什维克”的理想的王蒙的“准意识流小说”，怎样实质性地打破了“典型环境中的典型人物”等文学戒条，以及批评家怎样透过他的“脱离群众”的技巧读出了“幻灭者的微末的悲凉”②，我们就会意识到上述“剥离”工作的极端困难。

一方面，对现代人道主义的理论探讨未能深入下去，当代中国文学对现代世界、人、历史的“形而上”层次的思考(至少从表面看来)让位于“技术”层次的探索；另一方面，伴随着技巧而无法“剥离”的那些实质性的东西(即发现、认识和评价世界的新方式)，却自觉不自觉地、程度不一地跟某些作家真诚的人生体验相融合，产生了不少成功的作品。然而，“内容/形式”两分的理论陷阱毕竟带来了这样的两难窘境：对现代派文学的“表现内容”和哲学背景保持高度警戒心的批评家发现人们并未恪守只借鉴技巧的保证；而急切地希望当代中国文学能够与“世界文学”对话的批评家则不满于这些作品的“犹抱琵琶半遮面”。

从不同的方向，都提出了“表/里、名/实、结构/观念、技巧/意识”等等是否相符合相统一的问题，“伪现代派”的概念产生了。

而首当其冲的便恰恰是王蒙的小说和高行健的话剧。

二

尖锐的批评来自一位在北京师范大学中文系念博士学位的年轻人。他指出：“作家体验到的东西大多是受到社会理性道德规范束缚的东西，表达出的观念是社会层次、理性层次、道德层次的东西，可是又采用了现代派的艺术手法，就造成外在形式和内在观念的分离。这方面‘色厉内荏’的典型是王蒙、高行健的一些作品，在莫言的《爆炸》里也很明显。”(着重号为原文所有——引者注)③除了“色厉内荏”，“不伦不类”是他所使用的第二个汉语成语。这位批评家立论的根基，除了“内容/形式”两分法，还有“感情/理性、本能/文明、个人/社会”的绝对割裂和对立。因此，他心目中的“既伦又类”的现代派文学是一种全然摆脱了社会、理性、道德诸层次

① M. 肖勒：《技巧的探讨》，盛宁译，《世界文学》1982年第1期。

② 计永佑：《幻灭者的微末的燕凉——评风筝飘带》，《北京日报》1980年8月7日。

③ 刘晓波：《危机！新时期文学面临危机》，《深圳青年报》1986年1月3日。

的，表现“生命本体冲动”的东西。贝克特的《等待戈多》里，那“戈多”是一个“虚无”，而高行健的《车站》里却仍然有一个要乘车前往的目的地。北京人民艺术剧院在排演《车站》的同时，也演出了鲁迅先生的《过客》。“那前面的声音叫我走”——前面是什么？老人说是“坟”而小女孩说是“花”。或许高行健同时师法了《过客》(1925)和《等待戈多》(1952)，才会被拘执于单一参照物的批评家视为“不伦不类”吧？

戈尔丁的《蝇王》继《等待戈多》之后被推崇为范本，它“将从生活中体验到的苦难提升到一种形而上的、人类痛苦的高度去品味”(着重点为原文所有——引者注)①。但是，正是戈尔丁本人把自己的作品称作“期望灌输一种道德训诫”的“寓言”的，点明其中有关“原罪”的“神学观念”，并在“自己的寓言中放入了一个像基督那样的人物”——小男孩西蒙。② 这个例子极好地说明被批评家视为“放之四海而皆准”的“生命本体冲动”，其实无法与其基督教文化背景(“上帝死了!”)相“剥离”。当人们使用像“人类”这样的高度抽象的字眼时一定要格外慎重小心，倘若如此众多的中国人都还体验不到这种“形而上”的高度“人类痛苦”，则这“人类”只是暗含了欧洲文化中心论的“欧洲人”的扩大化罢了。把“痛苦体验”从赖以生存的文化、社会、历史中“剥离”出来是很困难的，即便是达到了“形而上高度”的获世界大奖的作品，也是如此。可是批评家发现在当代中国作品(无论“外形”如何现代)里始终有拂之不去的中国自身苦难(譬如“文化大革命”)的影子时，却指责它们“提纯”得不够。如果说，早些时候要求借鉴现代派文学的作家批评家，试图做的是“剥离”对方的技巧和内容，以保持或丰富自身的完整性；那么，这些要求“纯现代派”的作家批评家，则试图“剥离”自身的体验与文化，以迁就或达到对方的完整性。当两种完整性都不可避免地被打破时，从两方面都可能提出“不伦不类”的指责。

有意思的正是，那些从“形而上”层次达到了“人类痛苦的高度”的当代中国作品，恰恰在另一些批评家眼中被看成了“伪现代派”。因为，据说这些痛苦“没有实际生活中的对应物”③。那么，什么是中国的“实际生活”呢？正如“剥离技巧派”试图从经济条件去说明“电子—原子时代”的小说理应不同于“蒸汽机时代”的小说那样，这里提到的作家批评家，强调的仍然是经济条件的差异：“西方的一些现代意识，是在高度工业化以后或后工业化社会中产生的，而我国还没有实现完全的工业化，更不要说工业的现代化，工业文明则远没有取得对农业文明的优势。”因此，“这类冒牌的‘现代意识’不是从中国现实生活中产生的，而是从国外(主要是发达国

① 刘晓波：《危机！新时期文学面临危机》，《深圳青年报》1986 年 1 月 3 日。

② 王宁编：《诺贝尔文学奖获奖作家谈创作》，北京大学出版社 1987 年级，第 529、545 页。

③ 谭湘整理：《面向新时期文学第二个十年的思考》，《文学评论》1987 年第 1 期。

家)的书本上横移过来的。这是一种理念的甚至概念的横移,把一些外国才会有的意识,硬套在中国现实头上。”①这位河北省的作家,巧妙地利用了外来词 Modern 的意译和音译在现代汉语里的不同含义,区分出“文学的现代意识”和“文学的摩登化”两类不同的东西。他举了两部作品作比较性的说明。一部是刘索拉的《你别无选择》,写了青年艺术家们新的探索与旧的教育方式的冲突,流露出真实的“躁动感、困惑感、失落感、苦闷感”等等,有一个真实的冲突环境(音乐学院)和社会背景,因而是具有“文学的现代意识”的作品。另一部是徐星的《无主题变奏》,它也写了“躁动感、困惑感、失落感、苦闷感”等等,“然而它缺少一个特定的角度”,表现的是一种“矫情”,因而只是“文学的摩登化”。令人感兴趣的不是对这两部作品的评价是否恰当,而是他能使用的评价标准。在一个工业化尚未完全实现的社会,除了某些“社会集团”(比如音乐学院的青年艺术家们)有可能产生真实的“现代意识”(外),其余的人(比如酒店小伙计)是否就与“躁动感、困惑感”等等无缘呢?这些都可以暂不讨论。可以看出的是,这位作家认为,从本土实际经济条件中产生的具有“现代意识”的作品才是非“冒牌”的。以我们现在讨论的概念来表述,即“真现代派”=“中国的现代派”。

但是,从高扬“生命本体冲动”的批评家的观点看来,刘索拉的《你别无选择》可能恰恰属于那种“不伦不类”的东西,因为她在写了那样多的“躁动感、困惑感、失落感、苦闷感”之后,仍然为森森在国际作曲比赛中获奖而欣喜若狂,掉进那“社会、理性、道德”的规范束缚里去了,而“生命力的理性化教条化道德化正是当代文学缺乏现代意识、缺乏个性意识的深层原因”②。而徐星笔下那个“我”的没来由、无目标、无对象的烦恼和苦闷,才是真正“现代”的“生命本体冲动”。尽管有一些论者已经指出这一似乎没来由的荒谬感的“来由”,正是那个影响了一代人的“幼年经验”的“文化大革命”。③ 对同一部作品的截然对立的评价,使用的却是相似的乃至同一的术语,证明了批评家们对什么是“真现代派”的截然不同的理解,如证明了现代派文学在进入当代中国文化之后的那种令人狐疑不定的尴尬地位。

从中国社会的“经济”角度来判断一部作品是否“伪现代派”,除了上述以现实工业化程度的依据外,还有以中国普通老百姓的生活状况和心理要求为标尺的。这一观点认为现在仍然是“大多数人都在为争取温饱而努力的时代”,因而当代中国的大部分探索性作品,就陷入了如下的内在矛盾:“一方面放大自己对现实生活心态感受的普遍性和代表性,从而导致对当代中国各个层面的生活内容的缺乏客观的估

① 陈冲:《现代意识和文学的摩登化》,《文论报》1987 年 1 月 21 日。
② 刘晓波:《危机!新时期文学面临危机》,《深圳青年报》1986 年 1 月 3 日。
③ 方淳:《忠实的荒谬》,《当代文学探索》,1986 年第三期。

计。一方面向非原生文化环境(西方)寻借观念依据,有的是自觉地向西方现代哲学认同,有的是在艺术方法的认同中连猪带毛地'拿来'产生这种艺术方法、形式技巧的思想背景,而时代的落差又使观念在位移中发生质的变化。于是,荒诞的、多余人的、黑色幽默的、生存与死亡的、世界末日的和不可理喻的种种西方社会现代意识,西方平民的普遍心态,成了他们的半生半熟的艺术主题,而这一切在中国的老百姓看来,却是隔膜而微弱的,是'精神贵族'的'玩意儿'。"①因此,从"伪现代派"这一概念中,我们出乎意料〔之外〕地发现了另外一些"家族成员",一些这样发的对子:平民意识/贵族意识,饥食文学/饱食的文学,大众文学/沙龙文学,等等。显然,在一个大多数人求温饱的经济环境里,横移,一种"吃饱了撑得慌"的文化意识,无疑是一种虚伪和矫情。

用经济条件来直接说明文学思潮的传播、接受、发生、发展,在理论上有许多困难,在这里无暇讨论。我们也不能简单套用马克思关于"物质生产的发展对于例如艺术发展之不平衡关系"的著名论断,来证明发展中国家也可能在"文学的现代化"方面演奏第一小提琴。西方现代派文学是否"吃饱了撑得慌"的产物,也是未经论证的"直观把握"。一位乔伊斯传记作者维勃拉克指出:"这个人的生活史是为生存必须的面包不断斗争的历史。"而和乔伊斯一样的命运也跟踪了诸如阿波里奈尔、莫蒂里雅尼、D. H. 劳伦斯和卡夫卡的一生,这也就是年青的安德烈·布勒东、青年高特弗里德·贝恩、早年的艾兹拉·庞德的命运。"除了极少数的例外,现代主义文学运动并不发生在社会上层。这是事实。"一位苏联学者这样写道。② 但我们也不能把作家的社会地位和作品的社会性质完全等同起来。可是,用胃的满足程度来限制文学的想像力和超越性,其有效性是值得怀疑的。以中国现代文学史为例,我们能否说,在战乱频仍、民不聊生的年代里写下的《野草》(鲁迅)、《十四行诗集》(冯至)、《诗八首》(穆旦)等等,是不真诚的作品呢?相反的例子也可以举出,同样产生于"饱食社会"的金庸的武侠小说,不但与中国普通老百姓不隔膜,而且被批评家作为"多余的人"的对立面、因发扬了古典英雄主义而受到赞赏呢!③ 由此看来,胃与文学,两者之间的关系远非最初想像的那么简单,其中仍有许多复杂的层次未曾弄清。

"伪现代派"这一术语的运用,有的也出自恪守传统的"前现代派"。通常有以下两种方式。一是出访某国的作家代表团(为期两周到六周不等),经常为我们带回振奋人心的消息,说是在那里,现实主义文学已经复归,而现代派作品正在"降价处理"。这样,把人家已经"过时"的东西当作"时髦",反而不及一贯坚持"现实主义"

① 陈晋:《平民的生活与贵族的艺术》,《文艺报》1987 年 2 月 14 日。
② 德·扎东斯基:《什么是现代主义?》,夏仲翼译,《世界文学》1983 年第 1 期。
③ 何新:《当代文学中的荒谬感与多余者》,《读书》1985 年第 11 期。

更符合“世界新潮流”了。二是指责作家模仿的只是现代派文学中的次品或“皮毛”,引用福克纳在接受诺贝尔文学奖时说的一段话:“人是不朽的,并非在生物中唯独他留有绵延不绝的声音,而是人有灵魂,有能够怜悯、牺牲和耐劳的精神。诗人和作家的职责就在于写出这些东西。他的特殊的光荣就是振奋人心,提醒人们记住勇气、荣誉、希望、自豪、同情、怜悯之心和牺牲精神,这些是人类昔日的荣耀。”然后指出,当今中国的那些模仿之作并未学得现代派文学中那些有价值的精髓。从西方现代派作家(是一些多么各不相同的作家!)那里抽取片言只语来衡量学生们是否“及格”是一件省事之举。但是,这里令人感兴趣的是,一旦使用“伪现代派”这一概念时,就无意中承认了“真现代派”的某些不仅仅是“皮毛”的实质性价值。这可以看作现代派文学的某些因素已经在中国当代文学中立住了脚跟的一个标志。在仍处于开放过程中的社会,“异质”的文学思潮的传入可能经历这样一些反应阶段:1. 被视为完全的异端遭到绝对拒斥;2. 部分“非实质性”的因素(如技巧、手法等)被容纳;3. 经由与本土文学传统的相互调整产生了“化”的契合点;4. 成为本土文学传统的一个有机组成部分。这只是大概言之,当然过程比这要复杂得多。如果身处不同文化撞击下的各个方面的人们,都一致产生了“去伪存真”的要求,且不论他们各自对“真”“伪”的理解怎样,我们是否可以判断说,这时正处在上述的第二、三阶段之间呢? 正是“伪现代派”这一概念的内涵和用法值得研究的原因所在。

三

按照法国人富科(Michel Foucaut)的理论,我们可以把“伪现代派”看作当代中国文学系统中的一种“声明”(statement),它的意义不是一成不变的,它是一种功能(function)。它的意义在于运动之中,即它赖以存在和运动的句子、命题或其他种“声明”的关系之中,它在一定的“权力意愿”(willtopower)网络中得以界定。通过分析这些功能我们得以了解当代文学系统中各种“权力意愿”的“位置”。正是这些意愿的合力在左右着当代中国文学的发展。

我们看到,“伪现代派”不是一个经过深思熟虑的理论概念,而是处于开放和急剧变动的文学过程中产生的,被许多“权力意愿”认为是顺手、便利的一个批评术语,其含混之处几乎与它的丰富成正比。任何“命名”都是一种“施暴”,当人们使用这一术语去评价一部作品时,一方面或多或少地歪曲了作品,另一方面则显示了自身所执著的价值标准。仔细地辨析每一种用法的微妙区别,正是冷静的批评应承担的任务。

“伪现代派”这一术语背后蕴含了一个根深蒂固的观念,即存在一种“正宗”或“正统”的现代派文学或别的什么派,即便不能原封不动地引进,也可以成为引进是否成功的明确的参照。如果意识到现代派文学产生于东、西方文化的价值标准都发生移易的时代，意识到现代派文学的“反规范”倾向，那么，就会感觉到设立一个“真现代派”的先验规范可能是徒劳的。“道可道，非常道；名可名，非常名”，老子的智慧启示我们，在一个变动不居的文学潮流中，“现可现，非常现”。回过头来看本文开始时提到的那个笑话，尽管在中外古今作品融合成一个“接受视野”的情况下进行文学的“单项比赛”是困难的，我们会欣赏那位体育记者的机智么？

1987.11.19—1988.1.3 蔚秀园

（这是在香港“现代主义与当代中国文学研讨会”上宣读的论文的改写稿）

——原载《北京文学》1988 年第 2 期

王安忆

汪老讲故事

汪曾祺老的小说,可说是顶顶容易读的了。总是最最平凡的字眼,组成最最平凡的句子,说一件最最平凡的事情。轻轻松松带了读者走一条最最平坦顺利简直的道路,将人一径引入,人们立定了才发现:原来是这里。诱敌深入一般,坚决不竖障碍,而尽是开路,他自己先将困难解决了,再不为难别人。正好与如今将简单的道理表达得百折千回的风气相反,他则把最复杂的事物写得明白如话。他是洞察秋毫便装了糊涂,风云激荡过后回复了平静,他已是世故到了天真的地步。

汪曾祺的小说写得很天真,很古老很愚钝地讲一个闲来无事的故事,从头说起地,“从前有座山,山上有座庙”地开了头。比如:“西南联大有一个文嫂”(《鸡毛》),比如:“北门外有一条承志河”(《王四海的黄昏》);比如:“李二是地保,又是更夫”(《故里杂记》);比如:“全县第一个大画家是季匋民,第一个鉴赏家是叶三”(《鉴赏家》)。然后,便顺着开头徐徐地往下说,从不虚晃一枪,弄得扑朔迷离。他很负责地说完一件事,再由一件事引出另一件事来,由八千岁的米店写到八千岁的大黑骡子,大黑骡子带出了宋侉子,由宋侉子的骡子说到宋侉子的钱,钱又牵出了虞小兰,虞小兰在街上碰到了八千岁,八千岁生怕受了诱惑,“赶快迈动他的大脚,一气跑回米店”,于是开始了米店里的日复一日的生活,米店里的生活再引出了八舅大爷,八舅大爷敲诈了八千岁,八千岁最终说了一句:“给我去叫一碗三鲜面”,便很无聊的(地)完了。这是一个什么样的故事啊!这似乎仅只是一个从青菜萝卜到三鲜面的生涯。那么这是一个什么样的生涯呢?一个小资产者偶然的又是命定的受挫,乱世里一个人的人生观的转变,仅此而已,却也足够了。

汪曾祺老总是很笨拙很老实地讲故事,即便是一个回忆的故事,他也并不时空倒错地迷惑,而是规规距距(矩矩)地坦白出什么时候开始回忆了,将过去式与现在式很清楚地划出,拉开距离,很不屑于去玩些小花头似的。然而,通篇看下,这一生的沉浮又成了一个“晚饭后的回忆”,其中便有了极深的悲凉,真是“而今识尽愁滋味,却道天凉好个秋”。由此可见,郭庆春的一生安排成一场饭饱后的回忆,结构的本身就包含了内容。汪曾祺貌似漫不经意,其实是很讲究以结构本身叙事的,不过却是不动声色,平易近人。他不动声色地讲述着人们日复一日的生计,却带出了一桩特殊事件。他写李三的更夫的日子,写他的职责、工作:“一进腊月,李三在打更时添了一个新项目,喊‘小心火烛’。李三一边敲一边来到了河边,看见船帮外别着一支船篙,顺手牵走,却牵不动了,篙子的后梢被一只很有劲的大手攥住了。”结果李三有史以来第一次挨了罚。汪曾祺老笔下几乎没有特殊事件,都是一般状况,特殊事件总是在一般状况的某一个时节上被不显山不露水地带出,而事实上,汪曾祺的故事里都有着特殊事件,堪为真正的故事,这种一般与特殊的结构上的默契,实是包含了一种对偶然与命运的深透的看法,其实也是汪曾祺的世界观了。

汪曾祺讲故事的语言也颇为老实,他几乎从不概括,而尽是详详细细、认认真真地叙述过程,而且是很日常的过程。他将秦老吉的三个姑爷做活的情景写得那么仔细:绱鞋,剃头,捏糖人。他决不用很漂亮的词藻歌颂他们热爱劳动以至热爱生活,他只将那过程一一写到,便完了。写迷路这一回事,他便一笔一划地写他如何迷路:“我住在一个村子里,比如说是王庄吧,到城里去办一点事,再回来,我记得清清楚楚是怎么走的,回来时走进一个样子也真有点像王庄的村子,一问,却是李庄!还得李庄派一个人把我送到王庄。”写大学生的穷酸与洒脱,他便本本分分的(地)写他们怎么穷酸与洒脱:“他们的袜子没有后跟,穿的时候就把袜尖往前拢拢,窝在脚心里,这样后跟的破洞就露不出来了。他们的衬衫穿脏了,脱下来换一件。过两天新换的又脏了,看看还是原先换下的一件干净一些,于是又换回来。有的要去参加Party,没有一件洁白的衬衫,灵机一动,有了!把衬衫反过来穿,打一条领带,把钮(纽)扣遮住,这样就看不出反正了,就这样,还很优美地跳着《蓝色的多瑙河》……文嫂看到这些先生,常常跟女儿说:‘可怜!’”将人物的说话作为叙述的部分,也是汪曾祺时常用的。有时候对话一句一句的,有点像诗:“孩子的妈妈有时来找孩子,就问侉奶奶:‘看见我家毛毛了么?’侉奶奶就说:‘看见咧,往东咧。’或‘看见咧,过河咧’……”说的话总是很平常的,不说也可以的话,可是若真的不说了,便不真切了似的。并且在一整段第三人称的叙述里,忽有了第一人称的说话,便十分的活了。

汪曾祺的文字里,总是用平凡的实词,极少用玄妙的虚词,如是虚词,也用得很实:“大家对外科医生都不大看得起,觉得都有点‘江湖’,不如内科‘清高’。“江湖”用得很实,“清高”本来很文面,却用得平俗而明了。汪曾祺是很难得用险要的词的,他用的词总是最俗气,最平庸,比如他用“热闹”两个字,在已经生造出许许多多新词的今天,这两个字简直已经不大有作者用了,而汪曾祺却很会用,“因此老远地就看见干河南岸,绿柳荫中排列着好些通红的盆盆桶桶,看起来很热闹……”

(《故里杂记》)“每年还做花子会,很多花子船都集中在一起,也很热闹。”(《故里杂记》),前一个“热闹”用得很有气氛了,后一个“热闹”则其乐也融融似的。汪曾祺用词倒有些像他自己写郭庆春导演:“他不说‘交流’,却说‘过电’——‘你们俩得过电哪!’他不说什么‘情绪的记忆’这样很玄妙的词儿,他只说是‘神气’。‘你要长神气,——长一点,再长一点。’”人人都能懂,写得很厚道。汪曾祺还常常写一些实得不能再实的大实话,我们上海人叫作“说死话”。“说死话”,真是很不好解释的,这是一种用料极少却很有效果的幽默。说过之后,人们一边笑一边会说,“这还用你说?”可说了与不说却大不一样。林黛玉就是一位“说死话”的大家,比如她为惜春画园子图算时间时说道:“……又要研墨,又要蘸笔,又要铺纸,又要着颜色,又要……又要照着这样儿慢慢的画,可不得二年的功夫!”她说过之后,大家都笑个不住,宝钗则对黛玉的俏皮话作了分析:“‘又要照着这个慢慢的画’,这落后一句最妙。所以昨儿那些笑话儿虽然可笑,回想是没味的。你们细想颦儿这几句话虽是淡的,回想却有滋味。我倒笑的动不得了。”可是宝钗也并没有解释出什么,看来确很不好解释。“说死话”是南方人的幽默,北方的幽默常常是真枪实弹的。我想到汪曾祺老似乎是盐城一带的人,而林黛玉则是扬州人,想来都有着“说死话”的风气。汪曾祺很会说死话,说得不露痕迹,比如上面引用的迷路的一段,走进庄子后,“一问,却是李庄!还得李庄派一个人把我送到王庄”,其间就有着“说死话”的味道。还有《云致秋行状》:“小冯入神地看着致秋的像,轻轻地说:‘致秋这张像拍得很像。’”

汪曾祺还可将一个很平常,甚至有点轻俏随便的词用得很重要。比如《鸡毛》里写文嫂的女婿的一段,最后一句是:“下江人女婿答应养她一辈子。”一个“答应”一个“养”,于文嫂都是再关键不过的事情了。有了女婿的“答应”与“养”,她还有什么放不下的事呢,于是“文嫂胖了”,有什么比“胖了”更能说明问题的呢!汪曾祺难得也会虚无得很,比如许招弟看见郭庆春在卖柿子,只说了一句:“你……这样了!”这样了?怎样了?彼此大家心里一片明镜,清澈见底,先前今后一目了然。大约是应了《雅论》说的“用虚字要沉实不浮,用实字要转移流动”。好比鉴赏家叶三,评价季匋民的“紫藤”说的:“紫藤里有风”,“花是乱的。”“有风”和“乱”,用的则是“转移流动”了。汪曾祺可将作者们不大看得起的字用得出神入化,这与他将字放在什么样的句子里,句子又放在什么样的段落里,段落再放在什么样的体裁里,大有关联。他的很平实的字句语不惊人,读起来自然流利,十分上口,一句一句的,其实很有节奏,有如白话的长短句——

很多歌消失了。

许多歌的词,曲的作者没有人知道。

有些歌只有极少数人唱,别人都不知道。比如一些学校的校歌。

——《徙》

这自然是一个比较显著与典型的例子,更多更多的是更隐蔽更不易察觉的节奏,比如:“戴着金簪子去打粥!——侉奶奶打粥,你庞家也打粥?!”(《故里杂记》)比如:“每天他清早出门,傍晚回家。拍拍白木的板门,过了一会,门开了。”(《徙》)不仅是句子里有节奏,段落间也有节奏,一整篇故事都有节奏,比如《职业》,从“文林街一年四季,从早到晚,有各种吆喝叫卖的声音”开了头,然后便不慌不张很舒张地描写一桩一桩的买卖生意,舒张至最后,则以“忽然大声地,清清楚楚地吆喝了一声:‘捏着鼻子吹洋号!’……”戛然而止。这一结尾,将前边整个舒张的甚而有些拖沓的节奏都催紧了。而那前边整整一篇琐细全成了一则故事。因了这些节奏,汪曾祺平淡的字句才不平淡,甚至很有色彩。

汪曾祺还很少感情用语,什么都是平平常常实实在在地去写。人心里有时会有的那一股微妙曲折的情绪,他像是不经意去写似的,他总是写实事,而不务虚。然而,时常的,很无意的一句话,则流露出一种心情,笼罩了之前与之后的全篇。比如八千岁去看小千岁捉住的一只宝石眼的鸽子:“翻过来,正过去,鸽子眼里的沙子就随着慢慢地来回流动,他觉得这很有趣,而且想:这是怎么回事呢?”比如《王四海的黄昏》的末尾:“这天他收到老大、老六的信,看完了,放在信插子里,依旧去遛弯。他坐在承志桥的靠背椅上,听见远处有什么地方在吹奏‘得胜令’,他忽然想起大世界、民众乐园,想起霓虹灯、马戏团的音乐。他好像有点惆怅。他很想把那对护手钩来耍一会。不大一会,连这点意兴也消失了。”“王四海站起来,沿着承志河,漫无目的地走着。夕阳把他的影子拉得很长。”令人想起这个浪迹天涯而最终落地生根的江湖艺人离奇又平常的一生。有了前边的王四海的生平,此时才可生出这样一股心情,有了最后的一段话,才可去想前边王四海的生平。这其实是一个爱情的故事,却没有一个与情爱有关的字,可是一个艺人放弃了六合天地五湖四海,在一个小镇上栖了身,还能再苛求什么呢?还有那锁着的房间里,散线的玻璃珠子滴滴答答落在地板上的声音,《珠子灯》传达出的情感也实在很多了。

汪曾祺老用最平凡的材料说一个不那么平凡甚至还相当要紧的故事,可谓大道不动干戈。真是大智若愚了。不过,汪曾祺有时候难免也会笨过头反露出了聪明,比如《星期天》,他写道:“全系教职员工,共有如下数人。”然后是一、二、三、四的下去,直下到“九,我。”亦太过简陋。明明是在写小说,却偏偏不写小说,而写人事档案似的,则有些“此地无银三百两”,倒更做文章了。再比如《迷路》,写到最后,他终于被领回了王家梁,人们“腾地一下子站了起来。他们的眼睛分明写着两个字:老虎。”“老虎”二字正应了前边随意似的写到的老虎出没,露出了刻意求工的破绽。

于汪曾祺老,似乎是不应犯的错误,尽管汪曾祺老也是应该犯错误的。

大道不动干戈的境界,决不是一日两日的修养。曾听人说过,汪曾祺在他年轻的时候(汪曾祺自然也是有年轻的时候),写过一个复仇者的故事,说一个人死时,将他的仇人名字刺在儿子的手腕上,嘱儿子一定要为父报仇。儿子走过千山万水走到了一个村子里,见一个樵夫在砍柴,樵夫手腕上正刺着儿子的父亲的名字,儿子便转身回了家乡。这是一个绝妙的故事。构思极其工巧而精致,且又奇峻,以此可见汪曾祺也是从奇峻别致出发而至今日的淡泊如水。以此还可见汪曾祺是很会讲故事的,实已是讲故事讲出了精,才到了今日的"情节淡化"。奇致已成了骨子,而不在皮毛。还听说汪曾祺老曾在《沙家浜》剧组工作过,全国八个样板戏的荒漠时代是一回事,样板戏的内容本身是另一回事。《沙家浜》其间的唱词是令人难忘的,比如那一段"垒起七星灶,铜壶煮三江,摆开八仙桌,招待十六方"。个中虚实对仗,又工整又灵活,且又自然天成。以此可见汪曾祺是很专(钻)研诗词的。有了这诗词的功夫作底,明白如话的文字才可有诗意。曾有一次在上海金山开会,汪曾祺注意到我的发言稿中有"聒噪"二字,便问我的"聒"从何得来。我说并没有什么地方,就这样很平常。他让我再想想,我想了想,说:"是从《约翰·克里斯朵夫》里得来。"他便说:"这就对了,《约翰·克里斯朵夫》是谁译的?是傅雷。傅雷是什么人啊?"傅雷是学贯中西的译家,古文的底子非常厚实。汪曾祺是极重用字的,如今这一派天真纯朴,实已经是经历了二次否定的皈依。其间的奥妙,是大有文章可做的。像我这样分析汪曾祺的小说,不知汪曾祺老同意不同意。

1987 年 11 月 21 日

——原载《文学角》1988 年第 2 期

阳 雨〔王 蒙〕

文学：失却轰动效应以后

大概我们可以用“记忆犹新”四个字来回忆一九七七年《班主任》发表，一九七八年《神圣的使命》发表——为此《人民日报》还发表过一篇署名“本报评论员”的文章呢——一九七九年《乔厂长上任记》发表时的盛况。争相传诵啦，纷纷给作家写信啦，刊物销量大增啦什么的。就连当时对这几篇作品持严峻的批评态度的人，“批”的劲头儿也是热烘烘的。

五六十年代，同样不乏这样的盛事。一九六〇年困难时期，《红岩》出书，新华书店前排的队绝不比糕点铺前的队短。《青春之歌》、《林海雪原》、《红旗谱》、《创业史》以及一些引起过争议的作品都掀起过热浪，连作者得了多少稿费也被一些人津津乐道。

记忆犹新而又恍如隔世。现在呢，作家们写什么，怎么写，似乎已经很难出现那种“轰动”效应。一九八四年，出现了《百年孤独》热，并由此而出现了王安忆、郑万隆等人的一批作品；一九八五年出现了“寻根”与“新方法论”热，并相应地出现了韩少功、冯骥才、郑义等人的一批作品；一九八六年又出现了文化热，出现了许多“文化发展战略”和诸如“现代主义与东方审美传统的结合”之类的命题。据说现代派已经穿上了中国道袍，羽扇纶巾，扇子上画着八卦，阿城的小说便是代表。所有这些热，已经大体是文人、文学爱好者圈内的事了，吹得挺响，却很少涉及圈外人。于是有人干脆提倡起画圈子来了。

到了一九八七年，连圈内的热也不大出现了。不论您在小说里写到了某种人人都有的器官或大多数人不知所云的“耗散结构”，不论您的小说是充满了开拓型的救世主意识还是充满了市井小痞子的脏话，不论您摆出拯斯民于水火的堂吉诃德的英姿还是向亲娘龇牙齿的迫害狂，不论您写得比洋人还洋或是比沈从文先生还“沈”，您掀不起几个浪头来了。不是么？

是不是作家与作品产生了退步现象呢？很难这么说。比较一下本文开始时提到的一些“热”过的作品（这些作品也是从大量平庸的一般的作品中筛选出来的）与当今的一些代表性的作品，还是当今的一些作品写得更活泼、更富有艺术个性因而从总体上更给人以多样与开放的感觉。但同样的事实是，八十年代中期以后，突出的好作品似乎是逐年减少。到了一九八七年，值得称道的好作品就更少。富有激情和感染力的作品似乎确不如前。从外部条件找原因未必是符合实际情况的，因为写作周期要比外部条件发生变化的周期长得多。愈是好作品就愈不是某种条件或气候的产物。而不幸的是，条件愈好，厚积薄发的作品就愈容易比“薄积多发”的作品少。

怎么回事？试析如下：

首先，社会的安定化、正常化及其对读者心态的影响。起码从二十世纪三十年代，革命、抗战、胜利、解放、改造、运动、动乱、反帝反修、“一举粉碎”、拨乱反正、改革开放……中国的这一段历史是充满了政治激动性的。本文开始时涉及的一些文学热浪无不与政治热浪有关，无不体现出一种理想主义色彩相当浓重的政治激情。全民的热点是为中国找出路，为一次又一次找到了金光大道而激动，为不能走另一条和又一条路而激动，为从今走向繁荣富强走上金光大道通向天堂而激动，为一次又一次地非昨而是今而激动。

当然，这样的激情这样的理想如今也有，也许更深刻了。但毕竟今天的情况是空前的安定、稳定。现在的热点是改革，没有错。但改革的热点是经济，人们对改革的看法要务实得多，思想准备要长得多。一九四九年全国都唱“解放区的天是明朗的天”，一九五八年全国都唱“社会主义好”，一九六八年都唱“大海航行靠舵手”，现在却不会也不必要吸引组织大家唱“改革了的体制放红光”，或者“改革就是好，敌人反不了”。如果说现在整个的社会都更加稳定，人们的心态，相对来说更缓和与宁静一些了，我们只能额手称庆。中国是个古老的大国，近百年由于屈辱困苦而变得相当易于冲动……不是么？

人们变得日益务实以后，一个社会日益把注意力集中在经济建设、经济活动上而不是集中在政治动荡、政治变革和寻找新的救国救民的意识形态上的时候，对文学的热度会降温。很遗憾，但似乎事实如此。不知道这算不算什么“规律”。五十年代或者更早，青年人希望通过文学作品来确立自己的人生道路、价值观与政治方向。有不少人看完了一本书就离家出走，就冲破婚姻罗网、背叛剥削阶级家庭投入革命队伍。七十年代后期人们通过“得风气之先”的作品来体察一下社会的新的萌动。例如，这在中央做（作）出正式决定以前，《于无声处》就上演了，能不轰动吗？以后还能常常是这样或者有必要这样吗？现在呢，未必有太多的人希望通过文学作品来帮助他们理解或者解决人们最关心的物价、浮动工资、职务提升与职称评定、购买商品房或者考“托福”出国的问题。包括翻两番与赶上中等发达国家的大目标也未必需要文学的诠释或“吹风”。

不能笼统地慨叹“世风日下,人心不古”,不能笼统地埋怨读者的“素质低下”——不看自己的巨著却去看通俗武侠言情小说。甚至也不能笼统地责备作家没有去写改革写聘任制写横向联合写合营旅馆写中纪委正在处理的大案要案。现在写更大得多的贪污案也难以收到一九七七年的轰动效应,即使写得更深刻精彩。这里,笔者想冒说一句,如果一个社会动辄可以被一篇小说一篇特写一个文学口号所激动所“煽动”起来,只能说明这个社会的运行机制特别是言论与决策状况不大健全,不大顺畅。说明这个社会人心不稳,思想不稳,处于动荡之中或动荡前夕。反过来说,如果一个社会许多成员只是为了“解闷儿”而读文学作品,冷落了一些救世型思想家与惊世玩世型艺术家的巨作,也并非完全可悲。要求增加工资的人去找人事科财务处,要求民主参与的人去找市长区长政协委员人民代表,要求惩治坏人的人去找律师检察院,要求打发时间的人干脆去看《卞卡》,他们都没有必要一定去找作家找文学作品。

当然,这不是说作家与文学将会失业。文学的功能是各种社会机构所无法代替的。难以因非文学的“形势”而获得轰动式的成功,这只能要求严肃的作家拿出更加有独特的艺术成果与经得起历史考验的真实货色(包括思想的、政治的、经验的、学识的、技巧的)的作品来。这也必然会使本来就不严肃的作家去搞些噱头性的东西,他们也许会变得更不那么严肃。界限渐趋分明,也好。

其次,开放的结果会使人们见怪不怪。封闭的结果当然是少见多怪,大惊小怪。开放环境中的人比封闭环境中的人更不易激动,不知道这是不是也是“规律”。例如看惯了人体画的人不会因看画而产生邪念,而男女授受不亲的结果,只能是谁碰谁一下就会令人联想到性关系。回想七十年代末八十年代初,朦胧诗与所谓“意识流”小说居然能引起不小的波澜,能就“看得懂还是看不懂”而论辩一番。此后的一些年,一些文学作品如马原、残雪之作,在形式的怪异乃至内容的晦涩方面走得远得多了。相比之下看得懂与看不懂、赞赏与斥责的声浪却低得多。当今文坛上,走爆冷门的捷径去争取一鸣惊人、一举成名天下知的效应是愈来愈困难了。禁区愈少,闯禁区的诱惑力便愈降低。途径愈多样,走捷径的方便就愈减少,当然,这也不是坏事。

前些年出现了许多热,从“蛤蟆镜”到“寻根”热,从邓丽君热到琼瑶热,从萨特热到拉美文学热,从办公司热到自费留学热。有的热得有理,有的热得没劲。易热的结果必然是易冷,而易热易冷反映了一种“初级”心态。

这说明我们的开放才刚刚开始,还不那么成熟那么善于消化选择,还不那么清醒稳重。降点温以后，会不会更好一些呢？当然，开放的幼稚性只有靠进一步开放来解决，靠边开放边消化选择来解决，而不是靠停止开放来解决。

在谈到“凉”的问题的时候，第三，我们还得考虑一下作家本身的状况。有相当一批中青年作家，这几年写得很快很多。要说的话说了不少。他们需要的是某种新的调整、充实、积累、酝酿、蜕变。作家正像油井，不可能总是喷涌。即使有的作家如王蒙、刘绍棠每年仍是新作不已、持续旺盛，但也有一种实际上的危机或者“颓势”在等待着他们——他们的新作有可能只是旧作的平面上的延伸与篇数字数的递增，而平面延伸与数字递增并不值得任何作者与读者羡慕。

另外还有一批比较年轻的作家，有的是出手不凡，有的是迭出佳作，文坛上评评论论还是相当红火的，但也陆续露出了后力不支的样子。这方面王安忆讲得最为诚实。最近她在香港说：“我在农村插队落户时，常有多种遭遇，因而产生各种心情；回城后当刊物编辑时，也有各种际遇，时有所感。写作的要求都是在这种场合产生的。现在则经常坐在家中写稿，既无谋生要求，又无当初各种苦闷的心情……”她又说：“不幸的是我过早成为专业作家。文学本来应该是人生的副产品……不料我先成为作家，生活倒成为我的次要东西了。因此，我感到困惑。”（见1988年1月3日《文汇报》三版）说得何等好啊，王安忆！你说出了我国“优越”的专业作家照拿工资制度的弊病。你有勇气说出真相，可敬！你有没有勇气甩掉这个“专业作家”的空架子去追求实实在在的人生并从而出现真正的文学这个“副产品”呢？

再如阿城，“三王”写罢，海峡两岸一齐喝彩。但他早在两年前的《遍地风流》里，已经重复《棋王》里“喝得满屋喉咙响”之类的受到激赏的句子了，这不是吉兆。如果他相当长一个时期拿不出新的好作品来，对于他本人，完全不必苛求责备，倒是一些喝彩者值得想一想，文坛固然需要当场起立的叫好者，不也需要一慢二看三想过的评论家吗？

近年又有新作者涌现，某些作品向怪向粗野乃至向亵渎等方面发展。有的还自称什么第五代作家。成绩如何？还需要再看看。这里要说的，是不论什么新观念新手法新流派新句式，都不妨试验，裤衩当手套领带裹脚，也可以试，但这都不能代替真货色。真货色是作家的真才实学，真情实感，是作家的全部才能学识，经历经验，灵魂人格。如果您和您的读者确是吃得过饱，当然也可以写出一些撑出来的作品。如果您和您的读者确是太闲，当然也会写一些闲出来的作品。如果您和您的读者确实是才思如流星飞瀑如钱塘江潮，当然也会写出一些大破条框的作品。怕的是您刚够卡路里就超前打饱嗝，刚旷了一天工就炫耀无聊，二等的才华却具备头等的疯狂、颓废和痛苦。

文学当然会有新的高峰和新的突破，只是得来不会如此廉价。年轻人会成长起来,通过自己的坎坷的路。减少他们的曲折和坎坷的长者的愿望是可以理解的,该说的话总归该说,回避文坛现状的矛盾是不可以的。但谁也无法代替他们前进,代替他们突破或咋咋呼呼地自称突破。也不能代替他们跌跤和碰壁。

文学热确实在降温,无需着急也无需生气。我们的国家正在发生巨大的、历史的变化。社会心态也在变,这种变必然会反映到文学领域。从不同角度出发怀旧,不喜欢乃至大不以为然目前的种种文学现象是可以的,但谁也无法不让它变化。凉一凉以后也许会进入新的阶段、新的境界,出现新的人才或老人才焕发新的活力。也许凉一凉以后才会出现真正的杰作。但愿如此。但这种相对疲软的局面也许会延续乃至加重,谁能说准呢?连副食供应都那么难预测,何况虚无缥缈多了的文学?当然,从长远来说,前景仍然是乐观的。能不能预测一下今后一些年代文学发展的趋势呢?更难。但不妨试一试。

一、文学的进一步分化。尽管把通俗小说与“严肃小说”结合起来做到雅俗共赏、曲高和众是诱人的理想,但这二者的进一步分化、文学的双向发展与作者读者在这二者之间的摇摆恐怕是难以避免的事实。类似的双向发展还有洋与土、纪实与幻想、巨型与微型、道德与非道德、极端与综合、高尚与俗鄙、艰深与浅白等。包括一些长年以来没怎么发展起来的形式,如推理小说、自传小说、历史小说等,都会得到长足的发展。

二、深沉化,这是最重要的。一方面表现为思考的更加理性、更加深邃、更加全面多侧面;一方面表现为对人的灵魂的进一步关注。在描写一些重大历史事件一些典型人物的时候,不论是对战争、土改、大跃进、“文化大革命”乃至于写今天的改革,不论是写什么样身份的人物——红卫兵也好,老干部也好,资本家也好,佃农也好,将愈来愈突破简单化程式化与脸谱化的模式,将不再是某个口号或理念的图解,而日益反映出我们的民族已经在变革与建设的道路上走了一大段路的成熟性与更深刻、更宽阔的概括力。另一方面,深沉在于写出人的灵魂,叫做“触及灵魂”,不过不是用“大批判”。文学将更深入生动地描写人的喜怒哀乐,描写人们的(当代的、现代的、古代的,特定的与普遍的,特定历史时期与永恒的)困扰与激动,写人的内心需要,写人的内心的痛苦与追求。这些,当然具有社会的与历史的内容,但这种社会的与历史的内容是通过或往往结合着人性的内容、生命的内容来展现的。这里要说的一句话是,无神论者也需要拯救(包括安慰、净化、超度、激动)自己的灵魂,当人们寄希望于文学家的时候,一篇又一篇小说不能仅仅用一些粗鄙的脏话或者梦呓式的咕哝来搪塞读者。也许一个时期以来作家努力显得比读者高明比读者先知先觉未必总是得计的,但也不可能走上在作品中显示作者比读者更白痴或者更提不起来乃至更流里流气的路子。从长远来说,在实现“全民皆小说家”之前,读者需要的仍然是亲切的、诚实的、精神上更多而不是更少有力量的作家。我们的文学界内外已经饱尝“假、大、空”的超级口号之苦，人们厌烦洋洋洒洒的空论，这是可以理解的。但反过来以为堂堂中华文学要走犬儒主义、玩世不恭的无理想无追求无道德的道路，也是荒谬的。这种赶时髦也很可笑可悲。

三、民族性与时代性的结合，经过一段初级开放的多方引进多方寻根以后，在一大堆洋玩意儿古玩意儿土玩意儿都不再新奇了以后，在创作上那种急于甩出去、争当第一或者相反见到新玩意儿就痛心疾首义愤填膺的心态渐趋平稳以后，有可能出现新的更加民族也更加时代的作品。在一大批涌潮又退潮的作品沉淀下去以后，也许从这几年不那么“活跃”的老人或者这几年尚未露头的新人之中会出现几部真正能留在文学史上的巨著？谁知道呢！文学与生活一样，人们当然寄希望于未来。

文学的黄金时代确实是来了，黄金一样的作品却不会因时代的黄金而自动涌现。《红楼梦》的出现恰恰不是时代黄金的结果。我们需要观察，我们需要思考，我们需要探讨，我们更需要潜心全面努力。新时期的文学已经度过了它扬扬得意而又众说纷纭的十年，新的十年需要的是更扎实、更沉静、更清醒、更严格要求的专心致志的劳动。

——原载 1988 年 2 月 12 日《人民日报(海外版)》

陈思和

当代文学观念中的战争文化心理

导言

到一九四九年为止，二十世纪前半个世纪中国的历史是由一连串的战争构成的。其中对现代中国意识结构直接发生影响的战争有两次，一次是一九一一年的辛亥革命，另一次是一九三七年的抗日战争。前一次战争的结果是封建帝制的崩溃和西方民主体制的尝试。它为中国现代社会开拓了一种新的文化规范：启蒙主义的文化——尽管它的真正确立是以一九一九年的“五四”运动为标志的。第二次战争的结果是民族积极性的高扬，并对新中国文化规范的形成产生了极为深刻的影响。

全面论述抗日战争与当代文化的关系不是本文的旨意，也非笔者能够胜任。文化是一种综合体，它的完成需要各种学科的集体努力。也许在若干年后，从事当代文化研究的同志将会以大量资料来说明，建国以后的政治运动和政策方针，经济工作以及组织生产的手段，哲学和其它社会科学方面的理论成就中，有多少成份是与战时文化特征密切相关，或直接源出于此。在本文中，笔者打算只就自己所从事的研究范围——当代文学观念中的战争文化心理以及当代文化与当代文学的关系，作一些不成熟的探讨。

上篇：战争与新的文化规范

本世纪以来，中国人曾有两次突破传统文化观念的束缚，并取得了某种程度的自我解放，第一次是“五四”，那是由一群中国新文化的先觉者——知识分子所进行的自我解放运动，由此建构起“五四”新文化；第二次是抗战，那是以中国最广大的阶级——农民为主体所投入的一场自我解放运动，由此建构起当代文化规范。这两次自我解放运动，都在中国文学史上留下了深深的烙印。如果联系世界现象，这两次运动的起点，也都与世界大战有关，尽管它的文化走向与西方文化的走向绝不相同。

在西方，两次大战在文化上造成的走向是一致的；而在中国，由于这两次自我解放运动是发生在完全不同的范围和层次之上，又由于抗日战争的特殊性使农民与知识分子在文化结构上的位置发生了戏剧性的变化，结果造成了两种文化价值的自身冲突。

1. 战争对知识分子提出了两个要求：一是无条件地向大众学习，二是无条件地投入战争。“五四”新文化传统的地位，由是发生了动摇。

李泽厚在论述中国现代思想史的时候曾注意到，战争实践以及古代兵家辩证法在毛泽东哲学思想和政治思想的形成过程中所起的重大作用，并指出毛泽东的辩证法哲学完全不同于自黑格尔以来的以“否定之否定”为核心的过程系统，而是与中国的《老子》、《孙子》有着更多继承关系的“矛盾论”。① 这个论点为当代文化的研究提供了一把钥匙。因为把毛泽东作为这一时期文化的主要代言人和体现者是最合适不过的，他在哲学上的《矛盾论》、《实践论》，在政治上的《新民主主义论》、《论人民民主专政》，在文艺上的《在延安文艺座谈会上的讲话》，都曾经是这一时期最重要的著作，产生过巨大的影响。

毛泽东思想作为一种意识形态的最后形成，正是抗战以后逐渐发生变化的文化规范的产物。换句话说，抗战以后形成的中国战时文化需要有一个象毛泽东那样既有丰富的战争实践经验，又了解中国国情，具备把各种实践经验上升到哲学和政治学高度，使之普遍化的能力，并能够利用权力不失时机地改变文化走向的天才人物来作为它的代言人，正如“五四”新文化选择了鲁迅、胡适等人作为它的主要代言人一样。无论（是）毛泽东在党内的绝对领导地位和个人威信，还是他在理论上的系统建树，基本上都是在延安窑洞里最后完成的。他对当代文化的第一个贡献，就是以正统继承者的身份，给“五四”新文化运动以高度热烈的评价。据他的解释，新文化运动从一开始就是马克思主义领导的，这就是说，抗战以后出现的新的文化规范，正是前一阶段文化逻辑发展的必然结果。在绝对地肯定了新文化运动和它的旗手鲁迅以后，毛泽东又对新文化的主要体现者知识分子的小资产阶级属性一直到欧化的文学样式，进行了逐一的批判。他否定了“五四”新文化的一个重要标准——西方文化模式，建立起另一个标准——中国大众（主要是中国农民）的需要。他强调知识分子唯有背叛自己的教养，深入到工农大众中去改造思想，脱胎换骨，才有可能适应新的文化规范。他为知识分子指出了两条途径：一，无条件地向大众（主要是农民）学习，以大众的思想要求和审美爱好作为自己的工作目标；二，无条件地投入战争，一切为战争的胜利服务，因而，也就是一切都围绕着党在特定历史时期的政治斗争和

① 参见李泽厚《中国现代思想史论》，东方出版社1987年版。

政策路线方针服务。可以看得出,这两个要求都鲜明地烙上了战时文化的特殊印记。

这两个要求实际上都不仅是毛泽东个人,而是战争本身向每一个有爱国心的知识分子提出来的。要在战争实践中作出自己的贡献,唯有走出原来的生活圈子,“到战场上去,到游击队中去……到一切内地城市乡村中去”,这时候的抗战主体人民大众,已经不再是知识分子口头上的议论对象,而是耸立在面前的实体。要用文学艺术来向他们宣传,就不得不考虑效果,首先是如何为他们所了解,与这个问题相联系的是如何去了解他们,这就涉及〔到〕由思想感情到表现形式的一系列问题,以西方文化为价值标准的新文化传统的地位,由是而发生了动摇。这并非是说在“五四”新文化和西方文化的熏陶下成长的知识分子的情操修养一定错误,也并非说工农大众的审美要求一定正确,一切都只能在特定的战争时代的文化背景下加以考察和认识。《安娜·卡列尼娜》、《大雷雨》和《小放牛》、《兄妹开荒》之间,不管农民喜欢不喜欢,真正属于艺术珍品的总是前者而不是后者,这种价值尺度的颠倒,是一个特定历史时期特定环境下的文化现象。因此毛泽东向知识分子提出的两条要求,也唯有在抗战这样一种大文化背景下才可能被真心实意地接受,并自觉地去履行。

2. 抗战以后文艺界的三件大事:文协成立、“民族形式”讨论和延安文艺整风,一件比一件深入地展示出两种文化价值的冲突,导致了新的文化规范的形成。

从抗战开始到1942年,文艺界发生了三件大事,它们的发生与发展,清楚地标志了某种文化上的冲突与走向。第一件是一九三八年中华全国文艺界抗战协会的成立,这是“五四”以后第一次建立的全国性文艺组织,并得到了各阶级各派别的一致拥护。文协力图结束以往作家“各自为战”的散漫状况,而提出“我们必须有统盘筹妥的战略,把文艺的各部门配备起来,才能致(制)胜。时间万不许浪费,步调必须齐一。在统一战线上我们分工,在集团创造下我们合作”①。显然,这种意图在当时的条件下不可能真正实现,但作为文协的成立宣言而提出,已经具备了以后全国划一的文艺政策的雏形。这种意愿,正是抗战的现实迫使作家们作出的认同性的选择。第二件事是关于民族形式的讨论,当广大作家深入前线,深入农村向大众宣传抗日的工作一开展,立刻就碰到他们的作品如何为人民大众所接受的问题,于是“民族形式”的讨论就摆上了议事日程。对于这场争论的结果,有的同志认为是“救亡”主题又一次压倒“启蒙”的主题。② 这种解释似不确。抗日救亡是论争双方都在考虑的主题。作为民族形式的批评者面目出现的胡风,他在抗战时期所写的《民族战争与

---

① 引自《中华全国文艺界抗敌协会宣言》,载《文艺月刊·战时特刊》第9期,1938年4月1日。

② 参见李泽厚《中国现代思想史论》,东方出版社1987年版。

文艺性格》、《论民族形式问题》等著作，始终在探讨文艺如何为抗战服务，以及文艺工作者如何在这场战争中发挥出自己独有的贡献。胡风与他的论战对手的主要分歧是在对“五四”新文学的评价上，说到底就是要不要捍卫“五四”以来的新文化传统。胡风不能容忍的是新文化培养起来的作家自己翻过脸来咒骂新文学。这些论争如置于两种文化价值观念冲突的背景下都能得到合理的解释。第三件事是延安整风和文艺座谈会的召开，当许多知识分子到了抗日根据地，与战争及战争的主要承担者农民进一步发生接触以后，两种文化的冲突由纸上的议论发展成具体生活中的矛盾。这里也应包含两个方面的内容：一方面是农民在战争中人性得到了高扬，显现出美的境界，改变了原来知识分子对它的表面认识，许多知识分子在实践中思想感情发生了转变。另一方面是原有的启蒙主义文化价值观念仍在起作用，许多知识分子到了根据地以后，对已经形成了的战时文化环境感到不适应，发生各种各样的冲突。于是产生了毛泽东的《讲话》，成为一个时期文艺工作的经典性文献。这三件事一件比一件深入地展示了两种文化冲突的实质，也可以说，到一九四二年《讲话》的发表，一个新的战时文化的文学阶段开始初步形成。

3. 毛泽东的独特贡献，在于他以军事家的思维方式总结了共产党在文艺理论方面的集体智慧，使文艺变成为战时革命事业中的一个切实有效的组成部分。

从战时文化背景来认识《讲话》和毛泽东文艺思想的核心，一切都会变得顺理成章。《讲话》中一系列思想及其论述的出发点，起于其“引言”部分，即关于文武两条路线和两支军队的论述。这才是毛泽东关于战时文化阶段文艺工作的核心思想。《讲话》的主要论述，即文艺为谁服务和如何服务的问题，并不是毛泽东最早提出的，在这以前就有人谈过。如瞿秋白，在三十年代领导左翼文艺运动时作过相当全面的论述。我曾经把《讲话》中各种观点分门别类地与瞿秋白的文艺观点作对照，发现其大部分都在瞿的著作中出现过。如果就理论的系统性、缜密性和对马克思主义文艺理论原著的熟悉程度而言，瞿秋白并不在毛泽东之下。可是为什么直到毛泽东的《讲话》发表以后，这些思想才在实际生活中产生重大影响，成为一个时期的文艺指导方针呢？这固然与中国革命的胜利和毛泽东个人在党内的地位有关。但更主要的是战争造就了战时的文化心理，毛泽东的独特贡献，就在于他以军事家的思维方式来总结共产党在文化理论方面的集体智慧，使文艺变成为战时革命事业中一个切实有效的组成部分。他明智而实际地指出：“我们要战胜敌人，首先要依靠手里拿枪的军队，但是仅仅有这种军队是不够的，我们还要有文化的军队，这是团结自己，战胜敌人必不可少的一支军队。”把文化、文学、艺术视作军队，视作武器，这不仅仅是军事家职业性的习惯，而是出于对此时此地文化环境的周密思考而采取的具体步骤。《讲话》的核心就在于要把文学艺术纳入军事斗争（后转化为政治斗争）的轨道,使之成为整个革命机器的一个组成部分。

瞿秋白的文学活动处于启蒙主义的文化背景之下,他的马克思主义文学理论是作为文化上的多元模式中的一种在发挥它的影响;而毛泽东的文学活动则是他整个革命事业的一个有机部分,他在新文学发展史上最大的作为是以一个革命领导者的身份,表现出对战时文化与文学的关系的深刻的洞察力和理解力,他及时地把这一要求转化为具体的文艺政策和方针,催生了一个在抗战母体内躁动不安的文学新阶段。

4. 在和平建国时期,战争文化依然制约着文学,两种文化价值的冲突依然存在,胡风事件是最突出的标志。

战争文化要求把文学创作纳入军事轨道,成为夺取战争胜利的一种动力,它在客观上的成绩是有目共睹的。战争结束以后,尽管毛泽东在《在中国共产党第七届中央委员会第二次全体会议上的报告》中已经指出,随着全国革命的胜利,党的工作重心由乡村转移到城市,必须用极大的努力去学会管理城市和建设城市,但从历史发展来看,战争对社会生活的影响要比人们所估计的长久得多,也深远得多。正如第一次世界大战形成的西方社会现代文化规范至今没有能够改变一样,当带着满身硝烟的人们从事和平建国的事业以后,文化心理上依然保留着战争时代的痕迹:实用理性与狂热的非理性的奇特结合,民族主义情绪的高度发扬,对外来文化的本能排斥,以及因战争的胜利而陶醉于军事生活、把战时军队生活方式视作最完美的理想境界,等等,这种种文化特征在战后的短短几年中不可能得到根本性的改变。

在这种文化氛围的制约下,文学由军事的轨道转入到政治轨道,许多战争时期的文学特征移用于和平建设时期。本来,战争时期与和平时期的文化性质是截然不同的,由这种错位造成的文化心理与实际生活之间的矛盾,不可否认,对以后的文艺发展也带来了一系列消极后果。如果我们把《讲话》的思想与建国以后的一系列文艺政策对照一下就能发现,《讲话》中的思想,在建国后被保留,并被发挥得最充分的,即是毛泽东关于建立文化军队的设想,也就是要求文学仍然成为一种政治斗争的工具和革命时期的宣传机器。

另一个问题是,战争年代由于特殊环境引起的两种文化价值的冲突,在新的和平环境下非但没有顺利解决,反而更加尖锐化对立化了。在《讲话》中已经表现出这样的倾向:虽然我们在实际工作中把小资产阶级知识分子看作是一支重要的革命力量,但在思想战线上,则把"小资产阶级"和封建地主、大资产阶级并列在一起,作为无产阶级的对立面。《讲话》关于这一观点的论述决不是偶然的现象,诸如"不是把工农兵提到封建阶级、资产阶级、小资产阶级知识分子的'高度'去,而是沿着工农兵自己前进的方向去提高,沿着无产阶级前进的方向去提高"。"小资产阶级出身的人们总是经过种种方法，也经过文学艺术的方法，顽强地表现他们自己，宣传他们自己的主张，要求人们按照小资产阶级知识分子的面貌来改造党改造世界……无产阶级是不能迁就你们的，依了你们，实际上就是依了大地主大资产阶级，就有亡党亡国的危险。”等等。这证明从这一时期开始，“五四”新文学的主要体现者知识分子在两种文化兴替中地位发生了变异，由“先锋和桥梁”转变为被改造的对象。

胡风的《关于几个理论性问题的说明材料》正是这种文化冲突的产物。胡风的文学思想成熟于抗战，他把以鲁迅精神为代表的“五四”新文学传统进一步理论化系统化，努力将“五四”新文化与抗战以后出现的新形势结合起来，用“五四”精神来指导救亡，以及解决现实中出现的文化冲突。胡风信奉马克思主义，他把马克思主义主观化，并结合自己的文学实践，由此建构起一套新的理论体系。在这个体系中，知识分子的人格力量依然是主体，是批判者，它不仅渗透于整个文学创作精神之中，同时也渗透到日常生活之中。这样的精神状态，当然不会见容于战争中严格的军事文化体系，也无法与战后依然要把文学当作政治斗争工具的文化要求相协调。胡风提倡的现实主义真实论，必然有悖于被战争所强化了的文学宣传意识；胡风提倡人格力量和主观战斗精神，必然冲犯了战争培养起来的高度集体主义原则；胡风强调了对“精神奴役创伤”，对“民族形式”的鞭辟入里的批判，也冲犯了战争中崛起的主体力量农民的精神状态。

《关于几个理论性问题的说明材料》是胡风最后一部理论著作，也是当代文学研究中不容忽视的一份历史文献。在这部著作中，他试图为自己辩解，但在辩解过程中始终坚持用“五四”新文化的价值来分析、评判战后出现的各种理论观点。所谓“五把刀子”论，正是用刻薄的语言对战时文化中的一系列文学理论所作的批判。用今天的眼光看，胡风的理论中自然有偏（褊）狭甚至极端化的毛病，但他的论敌如何其芳等人不也同样存在着偏（褊）狭甚至极端化的毛病吗？有了胡风遗留给我们的这份《说明材料》，我甚至觉得现在再来探讨战时文化在文学理论上的种种缺陷都纯属多余，早在三十年前，这位文学前辈已经把一切都说得如此透彻，如此尖锐了。胡风在当时不可避免的失败，正标志了“五四”新文化传统在某种意义上的中断，从此战时文化规范基本上支配了整个文学界，直到“文化大革命”中在极端的形式下走向自身的反面。

下篇：战争文化心理在文学观念中的表现

从一场全国范围的民族自卫战始，到一场全国范围的内乱终，我认为抗战爆发——建国后——文化大革命这四十年是中国现代文化的一个特殊阶段，是战争因素深深地锚入人们的意识结构之中、影响着人们的思维形态和思维方式的阶段。这个阶段的文学意识也相应地留下了种种战争遗迹,成为当代文学研究中一个不可回避的重要现象。过去我们把有些现象都推之于一度占统治地位的极左路线。其实,路线从何而来?它不正是反映了一定时期路线的执行者与特定社会文化心理的某种契合吗?接下去我们就企图考察当代文学观念中的战争文化心理究竟表现在哪些方面,具有哪些特征?

1. 战争给当代文学留下了各方面的后遗症,批评中出现了大量军事词汇,文学创作中充满了战争意识。

战争文化心理作为特定时期的文化特征,对当代中国文学观念产生了相当广泛的影响,它包括文学的批评领域和创作领域。首先是文学批评,开始出现了一大批前所未有的军事词汇:战役、斗争、重大胜利、锋芒直指、拔白旗、插红旗、重大题材……一部作品发表后获得成功叫做"打响了",作品有所创新叫做"有突破",把一部批评社会阴暗面的作品称作"猖狂进攻",等等,而且对以往文学批评中的词汇也赋予了新的含义:如"围剿",在鲁迅杂文里曾被用于"革命文学"论争中创造社等同一阵营里的人对他的围攻,到了毛泽东的语汇里即成了文化上的"围剿"和"反围剿",成了共产党与国民党两种政治力量的搏斗。又如"批判"、"清算",原来含有检查、清理、扬弃等意思,左翼作家也经常用于自己内部的工作检查,解放后,却成了无产阶级向资产阶级发起攻击的具体手段,渗入了鲜明的敌对情绪。当然,这些词汇的出现或词汇含义的变化,还只是表面的现象,它根本上反映了这一时期人们在文学观念以及思维方式上的变化。

这种文化心理不但表现在文学领域,更重要的是渗透到生活中的各个领域,成为日常生活的普遍现象。文学只要处于这样的生活环境下,受到这种意识结构的规约,那么,文学创作中就不可能不出现种种战争的痕迹。即使在描写和平生活的文学作品中,也难以摆脱这种战时的痕迹。譬如,当代文学中反映社会主义建设的作品里,主人公的英雄行为往往从战争的回忆中得到鼓励。(当时的文学作品中,让复员军人来担任建设社会主义的主人公屡见不鲜)随着六十年代阶级斗争的扩大化,即使和平建设的题材也充满了火药味和战场氛围,最典型的莫过于风行一时的《艳阳天》。其中每一章都充满了两军对垒的战斗气息,支部书记萧长春(也是复员军人)仿佛是一个运筹帷幄的统帅,整天尽想着调兵遣将,明争暗斗。这样的书读起来扣人心弦,因为作者把军事斗争的一套战术都用到了政治斗争上去,但作为对和平时期生活现实的反映,却是一种严重歪曲。这些责任当然不能由作家来负,在那个时代里,唯有这样的题材,这样的写法,才能得到文化意识结构的认可,也才能得到同样受这种文化意识制约的读者的欢迎。

2. 当代文学观念中的战争文化心理特征之一：明确的目的性和功利性，文学宣传职能与文学真实性的冲突。

战争为文学规定了过于明确的目的性，使文学的现实功利主义得到充分的肯定。抗战中文学(的)第一功能是宣传，思想深度、艺术技巧、审美功能等要素都必须服务于宣传这一客观标准。如何使文学艺术为大众，尤其是为战时广大没有受过新文化熏陶和教育的农民所理解，成了文学作品优秀与否的关键。抗战时期的文艺界领导人之一郭沫若说过："抗战所必需的是大众的动员，在动员大众上用不着有好高深的理论，用不着有好卓越的艺术……理论愈高深，艺术愈卓越，反而减弱了抗战的动力。"①这个思想后来被毛泽东上升到理论的高度加以阐述，即著名的"阳春白雪"和"下里巴人"、"锦上添花"和"雪中送炭"等辩证关系的论述。

其实，所谓文艺为工农兵服务并不是说工农兵喜欢什么就给他们创作什么，而是他们应该接受什么，能够接受什么，并且是在什么样的水平上接受。这才是《讲话》以及其他当代文艺理论家所探讨的问题。至于给工农兵什么样内容的作品，这不是由读者决定，也不完全由作家决定，而是在读者与作家之间存在着一种"合力"，即时代的要求。在抗战时期，反映抗战就成为唯一的创作内容，梁实秋编《平明》时站在读者的立场上要求创作内容的多样化(所谓"与抗战无关论")，胡风在国统区站在作家的立场上要求作品反映更为广阔的生活内容(所谓"到处有生活"论)，结果都受到了严厉的批判。

但是，当这种战时的要求一旦作为文化形态被规范下来，由暂时的要求转化为理论上的原则，并在文化心理中产生了积淀以后，情况就发生了变化。本来，战争是有着明确目的性的，大至组织一个战役，小至攻占一个碉堡，目标一旦确定下来，将调动军队的各种力量投入进去，一切临时的、次要的、非中心的因素都必须为实现中心目标而让路。战争中文学的宣传意识正来源于此，它与"五四"新文学初期"为人生的文艺""为大众的文艺"的思想已经相去甚远。"五四"初期的为人生，不过是相当宽泛的目的论，其实质是利用文艺创作来探索人生问题，表达作者对改造社会的见解，宣泄他们潜在的经世济民的政治热情与社会责任感。这里并不存在一种明确的规定性和强迫性。但在战争时期情况就变得严峻了，如毛泽东斩钉截铁指出的："党的文艺工作，在党的整个革命工作中的位置，是确定了的，摆好了的；是服从党在一定革命时期内所规定的革命任务的。"这种论断就党的文艺工作来说，无疑是必需的，也就是指党的宣传工作。但把这种目标用来要求全国的文学工作者，那就使文学的宣传功能过于膨胀，文学的自身建设将出现不平衡状态。

---

① 引自郭沫若《抗战与文化问题》，载《自由中国》第3号，1938年6月。

这表现在创作题材上就有了重大题材与非重大题材之分;表现在创作的内容上,就有为政治服务,再进而表现阶级斗争和路线斗争,再进而是“写中心,唱中心,演中心”等一系列愈来愈狭窄的规定;表现在文艺批评上,就有了“政治标准第一,艺术标准第二”的区分,实质上是要求文艺批评家以一个时期的政治目标为尺度去衡量作品,去提倡写什么和反对写什么。文学的宣传意识与文学的真实性并不是任何时候都一致的。战时宣传的根本目的是为了争取胜利,因此,战争过程中许多不利于最后胜利的细节都可以隐去不谈,不但战时不准有动摇人心的舆论,战后一般也不予宣扬。然而文学创作所关注的是个体的命运与具体的生活现象,它无法为了一个最终结果而舍弃大量的真实细节,也无法脱离作家本人对事物独特的感受与评判。这一切与文学的宣传意识存在着不可回避的矛盾。特别在进入社会主义和平建设时期之后,过于强调文学目的论和宣传意识的结果,只能使大多数作家陷入无所适从的处境。先是一批由“五四”新文化培养出来的作家不得不搁笔,或者写些力不从心的应景东西,显然这不能归咎于他们艺术创作力的枯竭。接着,一批由解放区培养起来的作家也发生了惶恐。因为文学创作本该是一种充满着个人自由创造精神的劳动,失去了创造精神,失去了对人生对社会对自我的审美感受和独立思考,就不是真正意义上的文学。

3. 当代文学观念中的战争文化心理特征之二:是二分法思维习惯被滥用,文学制作出现各种雷同化的模式。

美国罗彻斯特大学的弗素教授在《大战与现代回忆》(The Great War and modern memory)一书中认为,对事物采取简单的对立化观点是第一次世界大战的特色。当时不管是前线的军事报告、军事用语,或者后方的报纸书刊、日常词汇,无不充斥着两极分化的概念思维。整个世界被看作为一个黑白分明、正邪对立的两极分化体;仿佛是两个迥然相异的世界被错误地凑聚在一块,有必要重新把它们按照明确的标准分开来。这个观点的逻辑结果是,人最重要的是在人生这块扩大的战场里站稳一个正确的岗位,所有从这个岗位看来是敌对的,一律可以不假思索地炮轰。这样,人在本来错综复杂的世界上的角色就变得最明确最简单,而他藉以安身立命的种种道德价值也变得清楚易懂了。这种思维习惯,弗素教授称它作“现代的敌对习惯”(Modern Versus Habit)①。

我没有经历过战争,一向以为这种简单化两极对立思维形态来自极左路线下的阶级斗争扩大化,现在看来这并非是中国的土货,西方的战争也造成了同样的思维方式。如果置于战时文化背景来看,阶级斗争扩大化又何尝不是这一文化的产物

① 转引自傅葆石《战争和文化结构的关系》,载《复旦学报》1985年第6期。

呢？李泽厚认为由于建国后片面强调了阶级斗争，故而造成了政治、经济、意识形态领域里的“两军对战”模式。① 我想这个推论应该反过来看，正是由于战争在当代文化建构中留下了深刻的痕迹，才使人们的意识结构中出现了某种战时化倾向，对阶级斗争的片面强调正是其中表现之一。

中国哲学有着阴阳学说与兵家辩证法的传统，其本身具有极为丰富的内容。古代阴阳学说除了两极自身的辩证转化以外，还以五行相生相剋（克）的循环说配之。犹如西方结构主义的二分法（Complement any bipolarity）中有“多项周旋”原理（multiple Periodicity）相配一样。一分为二，并非以“二”为终极，而是从“二”再演化出无穷象；兵家在两军对战中也同样必须综合多项因素演成千变万化的内容，毛泽东结合自己长期的军事实践，融合了这种哲学传统和马克思主义唯物辩证法的修养，构成了丰富灵活的辩证思想，成为指导全国各项工作的哲学方法。遗憾的是，辩证法在其运用过程中常常受到战场上形成的思维形态的干扰：活着，或者死去；战斗，或者投降；前进，或者溃退；胜利，或者失败；立功，或者受罚；当英雄，或者当俘虏；和平，或者法西斯……这种由战场上的简单选择而养成的思维习惯，只能对于辩证思维作出简单化的理解，使两极对立的思维习惯渗透到日常生活之中，对文学创作与文学批评留下了深重的影响。

首先是简单对立的历史观点支配了作家的文学构思。以人民共和国成立为一道历史分界线，一九四九年以前称为旧社会，它联系着苦难、黑暗、死亡、人间地狱、贪官污吏、地主资本家剥削……一九四九年以后称为新社会，它联系着光明、幸福、和平、人间天堂、人民、翻身当家作主……用当时一个著名歌剧所揭示的公式，即是“旧社会把人变成鬼，新社会把鬼变成人”。这种历史二分法在当时许多艺术作品的主题结构中都表现出来，使矛盾的解决最终总是有待历史的大变更，“光明的尾巴”的雷同模式由此而来。如果说，封建时代的大团圆结尾取决于主人公刻苦奋斗、“金榜题名”时，那么，现代大团圆的关键则完全取决于社会政治的变更。建国以来的屡次政治大变化，促使了这种历史的二分法继续延伸下去：文革中，人们把一切错误归咎于“十七年”，而期待着“文革”到来后解决一切（如当时的电影《春苗》）；粉碎“四人帮”后，人们又如法炮制，把苦难的结束取决于一九七六年十月（如当时流行的许多“伤痕”作品）；再后来，又取决于党的三中全会（如《乡场上》、《被爱情遗忘的角落》等）……我这儿不涉及对这些历史事件本身的评判，从历史观点看，上层建筑的改革，一般反映了社会生产力发展的某种质的飞跃（但也有相反的结果），但艺术作品不是历史教科本（书）的图解，它需要从揭示普通人的生活和命运，由有血有肉的

① 参见李泽厚《中国现代思想史论》，东方出版社 1987 年版。

个体生命活动中，展示历史的内容。把改变人的苦难、危机、困境的一切机缘都推给政治变革，文学的宣传效果自然可以达到，但文学的中心——人和人的主体精神的表现，必然会受到简单化的处理。

如果我们对当代文学的艺术语言作一个综合的分析即可发现，当代文学艺术系统中存在着两个泾渭分明的完全对立的语言系统。除了上面已经说到的一些外，还有：

甲系统：工人阶级、贫下中农、人民解放军、党的领导的形象、英雄形象，先进性、革命性、大公无私、英雄无畏，通常不会死亡、没有性欲，没有私念，没有精神危机……

乙系统：地主资本家、叛徒特务、死不改悔的走资派、知识分子，动摇性、破坏性，邪恶、阴险、愚蠢，自私自利、贪生怕死、勾心斗角，最终失败……

一切艺术构思都必须遵守这两大系统的规则，绝对不允许相互混淆。解放初期，一个反映工人生活的剧本，就因为写了一个落后工人的思想转变，就被认为侮辱了工人阶级而禁止（路翎的《人民万岁》）。六十年代，一部长篇小说里写了一个国民党军官的尽职精神，结果使作家受到残酷的迫害，罪名是美化国民党（吴强的《红日》）。发展到后来，不允许写先进人物死亡以及先进人物恋爱和先进人物的正常感情，也不允许反面人物有正常人的感情，甚至长得漂亮些。而且值得注意的是，这种现象不是由某种具体条文来硬性规定的，它是通过一个特定时期的文化薰（熏）陶和教育，在作家、批评家、读者三方面共同养成的思维习惯，一部作品违反了这些系统规定，不但批评家，就连读者也会提出责难。

因战争形成的心理习惯一时是难以改变的，因此把他们所憎恨者描写得稍稍正常一些，就会不符合他们想象中的形象，他们就不能容忍，就会提出抗议。久而久之，人们（包括没有经过战争的人们）都自觉地把当初出于宣传要求而创作的作品当作了历史的真实，并且把这种种印象固定下来，使之成为一种模式。思维的“现代敌对习惯”助长了这种简化公式的确立，这种思维的特点就在于把一切复杂的现象简单化、公式化，并注入了强烈的感情色彩，把各种相对立的现象夸张到两极。我们把这些现象联系起来就不难看出，战争文化心理养成了二分法的思维习惯，这种思维习惯又造就了这个时期文学创作的各种雷同化模式。

4. 当代文学观念中的战争文化心理特征之三：英雄主义和乐观主义基调的确立，社会主义悲剧被取消。

抗日战争以胜利而结束，接着又迎来了第三次国内战争的胜利，建立起人民共和国。巨大的胜利情绪支配着所有参与、支持或同情革命的人们；黄继光、董存瑞、刘胡兰……一个个英雄事迹编成了文学作品，以完美的形象来鼓舞人们奋不顾身地建设今天的生活,战争没有结束,战场上的英雄主义精神将永远地延续下去,在一代代人身上重新得到体现。

值得注意的是,同样是反侵略反法西斯的第二次世界大战,留给西方人的则是对人的存在价值与生命价值的严肃思考。西方许多学者认为,第一次世界大战是西方文化的一道分水岭,它动摇了西方社会根深蒂固的乐观精神,使往日的天真一去不复返。其实这种说法多少有一定的片面性,西方文化的转机与蜕变,早在上世纪末与本世纪初,由于它物质财富的畸型(形)增长和精神危机的产生,由于资本主义向垄断化发展以后互相掠夺的加紧,条件已经趋于成熟。战前一批知识界的先知者对文化的批判不是没来由的,他们焦灼、诅咒、呼唤着超人的出现,都可以视作文化变革的报春之燕。战争本身即是文化冲突的极端形式,是战争把这种本来在知识界范围里的现代意识普及化、通俗化,随着灾难的降临而进入到社会领域。第二次世界大战进一步深化了前次大战后造成的现代意识结构,使之成为西方社会中的普遍精神意识。存在主义哲学在战前战后的不同遭遇正反映了这种趋向。所谓后现代主义文化,我的理解不是现代主义的反动或消失,而是现代主义更加平民化、世俗化和社会化。它的中心依然是大战后人们对生命价值(包括它的外在过程即生存方式)的深刻探讨。因此,我们在西方战争题材作品中,总是能看到对人的命运、人的生存意义和生命意识的哲学思考。这种思潮影响到苏联,就有了《一个人的遭遇》和《这里的黎明静悄悄》等优秀之作。然而这一切在我国当代文学观念中都变得不可理解:为什么战争胜利了,主人公还那么地(的)悲哀,那么地(的)痛苦?为什么把战争写得那样(的)凄凉,那样地(的)残酷?我们需要的显然不是这个,而是红旗插在城堡上的欢呼,是英雄带着满身硝烟的微笑,以及一群孩子幸福地向着英雄纪念碑走来。其中重要的原因之一,即在于战前的各自社会文化状况。在西方,二次大战加速动摇了战前的乐观精神,从布满希望的天空突然坠落到灾难的深渊;在中国,战争则帮助完成了战前人们建立一个新的社会的美好愿望,这种愿望体现为整整一部中国近、现代史的文化走向,人民共和国的诞生意味着这一理想的最终实现,这也是为什么那么多的中国知识分子会尽管痛苦,却如此自觉地接受这种特定的文化律范的原因所在。

然而,将过程的意义溶化到结果中去,将个体的价值溶解到集体中去,它产生的直接后果,却是当代军事题材小说中英雄主义模式的确立。运用二分法的思维方法,先区分正义战争与非正义战争,然后小心翼翼地不让代表正义战争一方的成员轻易地牺牲(比如《战斗的青春》在许凤生或死的结局上的几次改动),如到了英雄非死不可的时候,也必须以更大的胜利场面去冲淡它的悲伤情调,以维持作品基调的平衡。英雄的死决不能引起传统悲剧中的恐惧效果,结局总是以道德价值认识来取代生命本体价值的认识。应该说,中国新文学的战争题材创作是在建国以后开始发展起来的,但由于英雄主义模式的限制,使这类创作只是在数量与篇幅上得以增长,却没有造成艺术上多样化的局面。如果创作者不敢正视战争的残酷与非理性状态,从战争中生命力的高扬、辉煌和毁灭过程里揭示它的美感,把它转化成审美形态表现出来,那么,严肃的作家充其量只能达到《保卫延安》这样的高度而不能更前进一步,至于一般作家,只能在战争背景下写一些传奇性的英雄故事而已。

这种英雄主义和乐观主义基调的间接后果,是社会主义悲剧的被取消。正如战争的二分法思维习惯不能容许在肯定的历史范畴中出现"悲剧"的字眼。在历史发展过程中,人们总是用总结者的眼光去描写历史,凡是悲剧性的事件只能发生在过去的已被证明是错误的年代里,这个年代必须与今天之间存在着一个分界。就是说,个体的悲剧性遭遇总是能够溶化到历史的喜剧性结论中去。战争结束了,人们在欢庆胜利的时候,似乎很少有艺术镜头对准那些永远失去亲人的悲哀者面孔和永远破碎了的家庭。同样,在一场浩劫以后,人们为一些终于平反昭雪者写传时,总是为他们的苦尽甘来而欢欣,却少有人注意到他们永远失去了的健康、青春、理想,甚至幸福……巴金《随想录》的文学价值之一,就是它塑造出一个永远孤寂凄凉的老人的自我形象,而这种美感形式在战时文化背景的制约下往往是难以被接受的。历史是由胜利者来写的。胜利者愿意自己的成功成为某种历史性转折的标记,愿意看到历史在自己的成功处出现一个句号。某些作品之所以受到批评,正是因为它把个体的悲剧性价值从历史的喜剧性结论中分离出来,它让个体生命的悲剧如一道水流淹过了固定的历史句号,从而违背了这种乐观主义的文化基调。

结语 1

虽然有人赞美我们的民族酷爱和平,讲究中庸,长期具有非战的传统;虽然也有人批评传统文化的束缚造成了我们民族的孱弱、保守和超稳定的文化结构,以至(致)缺乏开拓进取精神。但有一点似乎很少被人注意到,中国文化传统中始终渗有古代兵家思想因子,重视兵法和战术的研究。它渗透到各种学术思想之中,老子的学说,是在哲学的境界上体现出这种思想因子,法家以及一部分儒家的学说,则反映了政治领域中的兵家思想。它们除了在国内的无数次民族间的战争和政治力量间的战争中得到至善至美的体现外,同时还常常从人事斗争、政治倾轧、宗派之争中隐约地体现出来。在漫长的历史中,这种兵家思想因子随着不同的环境时隐时现地存在着,一旦外界条件成熟,它随时可能对这一时期的文化发生至关重要的影响。从二十世纪中国文化的发展来看,两个阶段是非常明显的:第一阶段是由本世纪的东西文化撞击和辛亥革命的政治变革为开端的启蒙时期文化,它以"五四"新文化运动为成熟标志;第二阶段是由抗战为起点,而以人民共和国成立为成熟标志的战时文化,这一时期的文化规范,一直发展到十年前的文化大革命时期,达到了登峰造极(的地步)。一种文化发展到极致,它内部自然会产生出新的对立力量,从这个意义上可以说,"文化大革命"在人们的文化心理中又播下了新的由战争文化内部孕育出来的超越战争文化的因素。

那么,第三个阶段的文化是否以"文化大革命"的结束为开端?它的特征又是什么呢?我想现在匆忙下结论还为时过早,姑且称它为建设时期的文化吧。随着党的三中全会路线方针的制定,全党工作重点实行大转移,标志着一种新的充满着建设、创造和个性发展等精神特征的文化规范正开始形成。我前面已经说过,任何一种文化都不是个人所能造就的,它必须与具体的社会形态及其生产方式联系在一起,因此,我们总结战时文化的种种特征,正是为了总结一个过去了的时代的历史经验。

文学上也是这样,当代文学观念中的战争痕迹在新的文化背景下虽然渐渐地隐去,但并没有彻底消失,在许多方面,如批评意识中,思维习惯中,对社会的看法与评价中都自然地流露出来。我们认识它是为了改变它,以适应新的文学高潮的到来。

结语 2

要对一个时代的文化与文学关系作出全面的论述,一篇论文是无法完成的。本文所论,只是从战争与文化关系这一角度出发,对它作出个人的探讨。它不是全面的。它不想排除在人民共和国建立以后形成的文化特征中,还存在着大量和平建设时期生成的新文化因素,也不想否定,即使是战时文化制约下的文学创作,在新文学的发展中仍然作出了巨大的贡献。正如"五四"新文化既是一个伟大的开创同时又充满了片面和幼稚一样,抗战以后的文化规范也包孕着自身的矛盾。评判其功过将是一项细致而艰巨的任务,需要有大量的材料与许多专门性的知识。这一切,只能作为笔者日后的工作方向。本文写作的唯一希望,就是能引起同行们的学术兴趣,加入同一课题的探讨和研究,以期把它引向深入。

——原载《上海文学》1988 年第 6 期

许子东

当代中国青年文学中的三个外来偶像

本文试图讨论三个互不相关(艺术价值很不相同,文学史意义也相去甚远)的外国文学形象,如何对中国当代青年文学(乃至青年文化)产生了特殊的影响——不仅直接制约中国青年作家的创作状态,而且还灵魂附体似地在许多中国小说人物身上复活,而且还从不同方向吸引、熏陶和改造无数中国青年的文学乃至文化趣味。这三个文学形象分别是苏联作家尼·奥斯特洛夫斯基长篇小说《钢铁是怎样炼成的》中的男主人公保尔·柯察金;法国作家司汤达的小说《红与黑》中的男主人公于连·索黑尔;美国作家塞林格的小说《麦田守望者》(《Catcher in the R-ye》,台湾译本题为《麦林捕手》)中的男主人公霍尔顿·考菲尔德(Holden. Cenffield)。

需要说明:所谓"当代中国青年文学"的概念,泛指一九四九年以后(主要是"文革"以后)中国年轻作家的作品,和表现青年人生活的作品,以及青年读者特别感兴趣的作品。

一

旧话重提。

现在三十岁至五十岁的受过教育的中国(特指中国大陆,下同)人,很少有谁没读过《钢铁是怎样炼成的》。如果有数量统计,这部小说被阅读的人次一定可与任何译成汉语的外国小说相比。尤其在五、六十年代,保尔·柯察金这个经过特殊社会处理的文学人物,其荣耀类似于雷锋、卓娅等经过特殊文学处理的社会人物,其知名度甚至超过哈姆雷特、罗亭或者卡拉玛卓夫。不止一代的青年都伴着青春热血,在日记本上虔诚地录下保尔的名言:"当你回首往事的时候,既不因虚度年华而悔恨,也不因碌碌无为而羞愧,那么……"一部在俄苏文学史上几乎无法列名的"准文学作品",居然在另一文化传统悠久的国度产生如此广泛的影响,这里是否也提出了一个比较文学的课题?究其原因,首先当然是特定社会政治条件导致特殊的文学接受。

第一，政治领导力量一直十分迫切地要求文学能够教育青年献身革命，“真人假事”式的现身说法又有特别强烈的宣传效果；第二，来自“苏联老大哥”的榜样当时显然更有说服力，比“土产”的高玉宝、吴运铎（《把一切献给党》）更具“正宗”的布尔什维克色彩。以上政治上的因素比较好解释，但我更关心第三、第四个原因。第三，保尔·柯察金这个“少年布尔什维克”身上有着浓重的“小布尔乔亚”情调。在硝烟中，在监狱里，在工地上，他不断使自己坚强起来，但所有这些对“坚强”的刻意追求其实正是对纤敏情感柔弱气质的默认与克服。革命意志稍一松懈，忧伤善感的情绪就会不自觉地流露，三次恋爱中的前两次便是保尔“小布”气味的集中体观。请注意，这种被称〔之〕为“小资产阶级情调”的精神状态，在五、六十年代的中国是受政治原则社会舆论谴责的。因此在我看来，正是在优秀共青团员与贵族女儿冬妮亚与团干部丽达恋爱时，正是在“布尔什维克精神”与所谓“小布尔乔亚气味”融合时，中国的青年人才会如此兴奋，才会亲切地视保尔为他们的偶像。从“五四”以来的新文学，就一直在寻求“革命”“救世”责任感与个人情感价值之间的平衡统一，但不是因为“革命”内容不断更新（不断趋“左”）而使得个性情感一再失落（如丁玲作品客观揭示的那样），就是由于“小资”本性难改个人情感泛滥而使“革命”“爱国”成了热情的空话（比如郁达夫的部份作品），或者便是革命时想爱情恋爱时又谈革命两者生硬结合导致两败俱伤（如蒋光慈作品）。求师于外国文学时，中国青年也一直未能摆脱上述困境：屠格涅夫、卢梭的抒情忏悔确实真率委婉淋漓尽致，但这种个性主义伤感似乎又于世（尤其于中国这个乱世）无补；《母亲》、《铁流》的战斗姿态确实荡气回肠，但荡涤了书生气洗净了纤敏柔肠又使人们感到可敬而不可亲……联系这些背景看，五、六十年代中国既追求革命又热爱青春的年轻人，向保尔·柯察金这个有“小布”气味的“少共”形象表示认同，决非偶然现象。而且理解了这一点，再辨析保尔精神在“新时期文学”中的继续存在，就会感到更有意思。第四，保尔在中国拥有众多崇拜者，还因为他是一个来自社会下层的贫民造反者。“五四”以来文学中的革命者，多是背叛有产家庭的着长衫的书生，下层工农形象不是点缀便是由于概念化而苍白无血肉。即使看欧洲、俄国文学，中国青年也发现反叛社会的都是乘马车仰天长啸的浪漫主义英雄或同情马车夫的“贵族逆子”，而不是驾马车麻木无语的车夫自己。相比之下，保尔的革命经历，在红军身份和小布情调下面，更实质的内涵是从下层反叛既定社会秩序。起初似顽童捣乱，但不是因为好玩而是有切肤之痛。后来这种反叛采取了群体归属的方式，变为不断的吃苦、克己、忍耐，变为一种集体主义的牺牲行为（就象五、六十年代中国青年人的社会命运一样），但“少年反叛”的这一精神实质仍在——这恐怕也就是为什么保尔的忍耐、刻苦等行为已不再为今天的中国青年所模仿，但保尔的少年精神却仍然会浮荡在王蒙的《海的梦》中，仍然会搅动在张承志《金牧场》的“红卫兵心态”里。

指出保尔形象在“文革”后中国文学中的继续存在是很有必要的。“小布”情调与革命色彩相结合的最佳范例便是保尔·柯察金与共青团领导丽达的微妙的爱情。这一恋爱模式已经无形地渗透在许多中国小说人物的罗曼蒂克形态之中。从叶辛《蹉跎岁月》中柯碧舟对干部家庭出身的杜见春的压抑的爱，到孔捷生《大林莽》中男主人公简和平对女指导员谢晴的复杂情感；从梁晓声《这是一片神奇的土地》中“我”对李晓燕的困惑迷恋，到蒋子龙《赤橙黄绿青蓝紫》中刘思佳与女领导解净的微妙关系……我们看到，男主人公总是有思想有才分心理感觉敏锐，但才能难以施展，社会处境较差，而女主人公则都是出身优越、处在领导位置、聪明强干、表面十分严肃但内心决不平静。窥探、搅动和欣赏女领导内心的这种“不平静”似乎是男主角们对自身价值与能力的某种证实。因为恋人同时是上司，所以在深层行为动机上，不得志的忧郁的男主人公的这种恋爱也是其政治能力（抱负）的一种变态转移（或者说潜意识里也是对政治逆境的一种反叛和报复）。而这时，在心理意象上，恋人与其说象“妹妹”，不如说更似“姐姐”。温暖多于蜜意，柔情多于风情，这种有“母爱化”倾向（而非典型“性爱”）的恋爱模式也从反面证实男主人公们归根结蒂只是“少年”：甚至连他的爱也只是“挑战”、“反叛”而非“占有”、“控制”，更遑论他的其他社会政治行为？尼·奥斯特洛夫斯基在写保尔—丽达之恋时着笔很有分寸，发乎情止于“革命之理”，因而使上述有政治内蕴和“母爱”心理倾向的爱情模式能为中国青年人所欣然接受而不察其“味”。能够证实保尔影响至今仍然广泛但又不知不觉地存在的一个事实是，上面提及的梁晓声等人的作品，近年来都曾产生很大（的）社会影响，有的男主人公身上不自觉地流着保尔·柯察金的血液，却在《中国青年》杂志举办的有几十万人投票的“我最喜爱的青年形象”中名列前茅。

当然，“下层反叛角度”与“群体归属感”的问题同样值得讨论。或者也可以说，许多中国的来自下层的造反者，身上都有着保尔式的叛逆与忠诚的结合，捣乱与信仰的统一，反叛与盲从的混同，战士与炮灰的双重身份。从社会下层角度出发的原本有人性依据的对旧有社会秩序的反叛，在自觉地寻求群体归属的过程中，其反叛初恋与反叛结果有时会产生矛盾甚至自我否定。保尔的革命经历对这种现象作了通达的理解：反叛者在群体行动中不断牺牲自己的青春、爱情、热血和幸福，但只要这群体行动的目的是高尚神圣的（这是第一层次的理解），或者只要这追求和牺牲的过程是真诚充实自觉自愿的（这是第二层次的理解），那么这种“牺牲”（乃至被革命队伍自身的流弹所伤）也仍是有意义有价值的。保尔·柯察金的“我对青春无悔”的主题在五、六十年代的中国青年听来只有快乐高尚的贡献感，而到了“文革”后的作家笔下才体现出严峻的牺牲意味，才有了两个不同旋律的变奏。王蒙小说《布礼》

中的钟亦成（以及鲁彦周、从维熙等人笔下的“右派英雄”）的遭遇，大致上就是保尔在五十年代中国所可能有的经历，张承志、晓剑、严婷婷、梁晓声等人讴歌的红卫兵和知青征途大致上也就是保尔在六、七十年代所必然要走的道路。而《布礼》和《金牧场》就意味着王蒙和张承志这两代“青年”今天仍然有意无意地在重申在坚持保尔的信念：因为革命是神圣的（这主要是王蒙的理由），也因为青春是神圣的（这主要是张承志的理由），所以我虽然在革命征途上遍体鳞伤，今日却依然对青春无悔！——如果无视上述保尔式主题的存在，那么我们就无法理解“文革”后整个中国青年文学和文化思潮的基本发展线索，以及这种青年文学怎么会走到你别无选择只能“他妈的”跟着愤世玩世的地步。

二

《金牧场》里的“红卫兵心态”，便是苏联共青团员保尔·柯察金的革命精神与美国大学生霍尔顿·考菲尔德的玩世不恭的反叛姿态相结合的产物。但在理解这种奇特结合之前，我们先要讨论处在这两者之间的一种精神状态，一种被上述两者共同排斥但实际上又都有文化联系的精神气质。

我无力也不想讨论于连形象在法国文学乃至世界文学史上的意义，我只关心中国青年所理解所接受所欣赏或者所厌恶的“于连”。照社会进化的秩序，于连在中国青年心目中应是保尔的革命对象。这不仅因为前者的奋斗追求都是以个人幸福、个性价值为目的为旨归，而后者则每每牺牲个人幸福归属群体利益，而且还由于在许多中国文学青年的理解里，于连·索黑尔为了实现自己有充分人性依据的个性理想，在反叛社会秩序的过程中往往“不择手段”以恶抗恶（比方说以爱情为武器，或以欺骗来对付虚伪等），而在保尔·柯察金那里，在假定群体奋斗目标神圣高尚的同时，也相信反叛社会的手段光明正大。“文革”前夕有部题为《大学春秋》的长篇小说，详尽地描写了当时中国的大学生怎样以保尔式的革命意识来批判于连的资产阶级个人主义。很可惜，一九六六年以后中国纷乱的现实，给保尔式的英雄主义以绝大讽刺和打击（先是学雷锋的标兵纷纷成为保皇派，后来各派红卫兵又都成了社会的“处理品”），与此同时又给于连式的“以恶抗恶”的个性主义抗争以合适的温床。于是在“文革”后的青年文学中，我们不仅看到保尔精神与于连气质的共存和互相批判，而且也发现后者居然渐占上风。具体来说，就是对诸如高加林（路遥：《人生》）、顾志达（陈建功：《迷乱的星空》）、金国庆（王安忆：《广阔天地的一角》）、“孟加拉虎”（张辛欣：《在同一地平线上》）、李乔林（徐明旭：《调动》）、章永磷（张贤亮：《男人的一半是女人》）之类的人物，人们的批判谴责厌恶越来越乏力，人们的同情、理解乃至赞赏越来越普遍。

可以说,这是当代中国青年文化思潮发展的第二阶段,是以人道主义个性解放观念检讨反思乃至抛弃集体主义牺牲精神的一个阶段,是从信仰古典主义英雄走向模仿现代主义的一个中间阶段。

自幼受保尔精神熏陶长大的红卫兵一代,在“文革”混乱中看到于连式“以恶抗恶”行为在他人甚至自己身上出现,其心理感觉和理性态度是复杂的。一方面他们感到害怕,觉得以欺骗来抗拒侮辱或以恋爱谋求政治进步等都是不正当不可取的手法(哪怕目的合理);另一方面他们又感到兴奋,发现面对失却理性的社会似乎只有这种以恶抗恶才能最有效地维护人的尊严,维护个性乃至生存的权利。同样表现“前红卫兵”与社会逆境抗衡,七十年代末有两篇小说,陈建功的《迷乱的星空》和徐明旭的《调动》,分别代表了当代青年的上述两种感觉。在陈建功提醒个人奋斗者的道德意识的同时,徐明旭让他的主人公为从贵州调回江南大量用烟酒来协助官僚主义者“研究”工作甚至不惜违心与局长老婆发生性关系以谋求帮助。以人格受损的代价赢来相对自由的生存权利,这种个人奋斗得失何在?其实用不着社会舆论围攻,李乔林自己也已象莱蒙托夫笔下的毕乔林一样陷入精神痛苦了。类似的保尔精神与于连气质的差异也同样出现在“文革”前一代“中年作家”的作品下。如前所述,王蒙笔下的钟亦成虽然饱受“极左路线”的伤害却始终只是苦苦解释、哀求,披肝沥胆地争取革命的权利,而从未想到要以“不正当”手段来抵抗“不公正”的命运;相比之下,张贤亮的主人公章永璘就很会“以恶抗恶”了,小到以几何知识骗100CC稗子面或以小诡计糊弄老农多换粮食,大到为了自己合理的生存而背叛朋友(《土牢情话》)或为了自己的政治理想而伤害恋人的情感(《男人的一半是女人》)……尽管章永璘在以邪恶手法作正当反抗时心里也不断忏悔甚至以《资本论》来谴责自己,但这种真假混合的马克思主义理性批判较之于他的“来自布尔乔亚血统”(其实是来自人道主义个性意识)的本能行动来说,如果不是点缀掩护,至少也软弱无力得多。不管人们对张贤亮的观念、格调如何议论纷纷,然而那“恶的实在”的章永璘确实显得比“忠得可怜”的钟亦成更有魅力。怎么不是保尔批判于连,反而是个性奋斗姿态竟比革命精神更得青年人认同,这是历史在中国的倒错吗?

有更多的作品,在同时容纳保尔精神和于连气质,且真实地铺开两者的矛盾。比如王安忆的知青小说《广阔天地的一角》,既揭示了一个前红卫兵在下乡以后到处“鬼混”的图景,又给予这种“鬼混”以同情、理解甚至欣赏。又如路遥轰动一时的《人生》,主人公高加林一度成为全国大学生讨论的热门话题。在抛弃善良温顺的乡村情人另求活泼开朗的城市少女的“陈世美式”的道德“劣迹”后面,人们不难发现高加林为改变自身社会地位争取个性自由而作的反叛传统秩序的努力。一个有才能有天资有抱负的青年身处下层无法施展才华,难道不该想方设法向环境挑战乃至反叛社会吗？——“是的，当然应该！”绝大多数中国青年都会高声作答；可是，这种挑战和反叛就可以不管想什么方设什么法了吗？——“唔，这个，这个……”大多数中国青年又支支吾吾无法作答了。显而易见，处在这种困惑中的中国青年，很自然很容易会到于连、拉斯蒂涅（巴尔扎克：《高老头》）等人物身上寻找先例和榜样。不过需要特别指出，高加林、李乔林们一般只学习于连乘夜幕偷握德·瑞那夫人的纤手的勇气和设诡计占有玛特儿的本领，而缺乏于连进神学院、开枪射杀情人乃至深沉忏悔的气质和疯狂。于连的文化背景里有宗教感，而中国青年却将于连气质完全放在人与人的世俗社会关系中展开。所以个性价值与社会秩序的矛盾最后只能靠外力来解决，被简单化片面化地创造性地误解了的于连，也就只能在中国忍受官僚主义和封建道德的围攻。在这种围攻中，高加林令人感慨地走向真实的失败，李向南（柯云路：《新星》、《夜与昼》）却令人振奋地取得虚幻的胜利。钟亦成和章永璘面对类似遭遇的不同心态反应，证明保尔精神与于连气质（在象征意义上，也可以是三十年代苏联文化与十九世纪西欧文化）是有差异有矛盾互相抵触的，可李向南形象却奇迹般地揉（糅）合了上述两者，既坚持保尔的革命精神、忍耐性、刻苦能力、战士风格及群体归属原则，又发挥于连气质，用权术从事改革，不择手段，甚至利用爱情、裙带关系达到政治目的。这个艺术上十分粗糙的形象通过小说和荧屏大受当代中国民众（其中很多是青年）的欢迎，说明上述揉（糅）合是一种很值得分析的社会文化现象。我们至少可以从中思考以下几点：第一，高喊“我不相信”夸张自身“信仰危机”的当代中国青年，有意无意在其入世姿态中依然渗透保尔·柯察金式的革命精神（否则我们无法解释前红卫兵和前知识青年们，何以至今仍留恋讴歌当初被烈火燃烧的青春，并象李向南那样时刻准备作出新的牺牲……）；第二，与此同时，这代青年又被迫正视自我与社会的对抗、个人与群体的不统一，在维护、崇尚和扩张个性价值并向畸形社会现实和庸俗氛围挑战时，他们有意无意地又以于连·索黑尔（以及马丁·伊登、牛虻）为榜样，着重学习他的“以恶抗恶”姿态（而无视他的道德危机）；第三，下层反叛的社会角度使得原本矛盾冲突的保尔精神与于连气质，在当代中国青年的心目中得以协调。同样都以爱情表现政治姿态只是一个方面，更重要的是，这代青年企图以于连的办法来达到保尔的目的（比如李向南便有如此想法），而结果往往是在保尔的失败中实现于连式的精神价值。（改革奋斗胜负未明，青年闯将内心已现危机，但奋斗的过程是那么地充实而有意义，难怪李向南在被调职时那么表情严肃神圣地听《命运交响曲》……）

不过也有人怀疑这种奋斗过程的意义。礼平在《晚霞消失的时候》里将这种怀疑表现得过于抽象玄乎，真正诉诸感觉的倒是《在同一地平线上》女主人公对“孟加拉虎”的情绪观照：一切世俗关系、人的智慧、尊严乃至情感都可以用作争取个性价值的工具,那么反过来讲,个性价值的内涵又是什么呢?放弃温情格局争取事业拼搏的女人在理解和欣赏“孟加拉虎”的社会竞争姿态的同时,出自本能地在情感上有些犹豫、迷惘和失落:盲从群体贡献自我固然无意义,为扩张个性而不顾一切是否也会“迷失自我”?——显然,这是一种对保尔精神和于连气质同时都表示困惑的情绪,但又是一种与上述两者皆有精神血缘的情绪。在一九八五年前后,这种情绪在中国青年文学中有了十分引人注目的发展。“瞧瞧那些伪君子,假模假式还学雷锋?个人奋斗?名利又有什么意思?哎,生活就是没意思,没劲!没劲!”这种融愤世玩世与厌世为一体的“流行病”风靡一时,其典型症状就是模仿“麦田守望者”霍尔顿的语气风度来一连串“他妈的”……

三

一九八五年中国的青年文学开始走向真正“独立自主”的相对成熟阶段,这是因为年轻一代的作家(特指在“文革”中当过红卫兵或知青在“文革”后开始写作的年龄现在三十至四十岁的一代作家)的创作已开始支撑甚至“领导”整个当代中国文学的发展潮流,也是因为文学作品中的青年形象已不再只被当作“青年”来描写而开始作为“人”而被研究,还因为广大青年读者通过作品所感兴趣的问题(比如“我是谁?”“文革从哪里来?”“我们无法不承受的中国文化究竟是怎样一种文化?”等等),也正是整个时代文化思潮中比较重要的一些课题。在一九八五年显示创作实绩的青年作家中,韩少功、王安忆、阿城、郑义、李杭育、贾平凹等所从事的文化“寻根”工作最艰苦最费力;史铁生、朱晓平、陈建功、张炜、莫言等人对中国现实土壤的严峻正视最平实最深沉;而刘索拉、徐星(以及理论上的刘晓波)等人的“伪嬉皮士”愤世情绪咏叹最喧哗最刺耳触目令人争议。其实青年文学的这三种趋向都是力图否定权威反叛传统打碎偶像,但第二种“冷峻正视”,是在定性定量的考察解析中不事声张地漠视权威,承受传统拆掉了偶像;第一种寻根“考古”,则好象在用现代方法(西方现代主义?)在对已碎偶像的陶瓷或玉石碎片进行化验;而本文重点讨论的第三种“他妈的”式的牢骚咏叹调,看似横扫权威唾弃传统乒乒乓乓把偶像打翻在地,可实际上寻觅新的理想偶像的无意识动因比前两种作品强烈急迫得多。因此可以说这第三种看到什么都忍不住要骂要发牢骚然后作玩世不恭状的文字,也是目前中国青年文学中比较最富“青春”气息的一派。甚至那种“他妈的”式的青春情绪宣泄模式,也来自一个新的偶像,即“麦田守望者”霍尔顿(而非加缪的“局外人”,更不是屠格涅夫的“多余人”)。

霍尔顿也是个少年,是个青春热量过人与平庸现实格格不入的少年。霍尔顿厌恶的主要理由是讨厌“假模假式”,说明他实际上极其渴望“真”的东西,比如“真”的理想，“真”的爱，“真”的七情六欲。从作品外部特征看，人们很容易将刘索拉、徐星、马原、陈村、谭甫成以及刘晓波等人的创作同西方现代主义文学比如卡夫卡、萨特、加缪等联系起来（更何况这些作家有时也流露出对上述现代派大师的敬意——有人据此断言无法划清他们之间的界线，殊不知即使作家主观上有意模仿，也并不等于其作品必然就具有他想学到的那些精神特点）。首先，卡夫卡也好，萨特、加缪也好，他们忧虑的是人类课题，是人所营造的社会的根本出路以及人如何陷入哲学意义上的困境。而拼命渲染“荒诞”气氛、孤独感和失望情绪的刘索拉们，焦灼的却实在是社会问题，是青年人精神追求的失落感以及人如何陷入文化意义上的危机。其次，西方现代主义作家大多是从知识分子角度理性地观察透视人的“非理性”和人类的危机，卡夫卡可以一直做卑微的小职员，萨特可以是社会名流，他们笔下的“形而上”的绝望感与他们具体的生活处境关系并不太直接；而他们在中国的年轻追随者们，却是一群可将生活牢骚和艺术感觉和思想方式用一句“他妈的”加以贯通的下层反叛者，孤傲、荒诞、无法摆脱的困惑和“无家可归感”，与其说是形而上的观念，不如说是依据于“青春热血”的情绪本能和生活实感。理性的与其说是精英文化，不如说是贫民造反的情绪。最为重要的是，卡夫卡、萨特关心人和他们所营造的社会之间的根本矛盾，而中国青年作家宣泄的是人被社会所压抑的愤怒——在这个意义上，霍尔顿式精神上“无家可归”的愤怒也是从于连个人奋斗受挫的愤怒和保尔贫民反叛的愤怒发展过来的。

在一九八五年以前，中国小说中已有类似的“伪嬉皮士”情调出现。较深沉的玩世姿态如赵振开《波动》中的“流氓”，较有代表性的因过度愤世嫉俗而苍白憔悴的表情在陈村、张辛欣等人作品中很常见，较浅露的作迷惘惶惑状的理想寻找则更为普遍（连张抗抗、黄蓓佳、铁凝等女青年有时也似乎很“失望”）。刘索拉、徐星超过同代人的地方，一是语调，二是结构。这是一种夸张嘲讽故意粗俗但又忍不住炫耀高雅（比如莫扎特）的情绪型叙述语调，一种有现代音乐节奏快速跳跃融愤世玩世厌恶于“他妈的”的恶作剧式的自白。语调当然不纯是技巧，语调意味着一种观世姿态和表达方式。在结构上，刘索拉等人的无中心人物无秩序无主次情节无故事“无结构”的结构，与其他“前卫”作家的小说“非情节化”、“散文化”、诗化有所不同。阿城、贾平凹是漫不经心地说个故事，何立伟、马原是精心构思地不说故事，而刘索拉等人则是漫不经心地不说故事——于是漫不经心的语调在这种“无结构”的结构里便更加突出，有时似乎情绪性的乐感成了一切，而“他妈的”（或隐蔽的“他妈的”式的牢骚）便成了节拍。很明显，这种语调、这种结构，都受到了《麦田守望者》的启发鼓舞。说得更准确些，语调后面的观世姿态，结构中的理解社会的方法，都是这部分中国青年已经有的，《麦田守望者》只是告诉他们：可以这样写小说，美国大学生也曾这样对待生活！《你别无选择》发表前，《麦田守望者》的中译本已在文科大学生中广为流传，当然，刘索拉等人的创造性模仿，又使霍尔顿的风度带上了中国色彩而进一步普及。对假模假式的假雷锋骂一句“他妈的”，这是真诚的愤慨；在不无痛苦又不无困惑的个人奋斗中喊一声“他妈的”，可以故作玩世不恭；睡觉吃饭什么也不干时也来一句“他妈的”，则可以自嘲，拉开与生活的距离，间接又透出入世而不能的焦灼感……难怪有些大学生读了《麦田守望者》后只觉得特别痛快，还不是因为霍尔顿把中国青年面对社会要放的屁要打的嗝都放出来打出来了吗？

具体分析一下霍尔顿式的情绪宣泄在中国的现实内涵，一是对群体革命精神（评三好、学雷锋、集体主义精神等等）走向假模假式而反感。显然，牢骚太盛时，对保尔·柯察金也有反感。二是对个人奋斗追求名利以及庸俗化手段（钻营门路、搞情感关系、趋时逐利等）也表示不屑一顾。显然，这里又有对于连气质的某种厌烦。这两重否定自然使得刘索拉、徐星等人作品里的主人公在满腹牢骚中有了一种精神优越感。什么都不要，什么都不干，因此对什么都不在乎，因此可以嘲笑一切——且慢，这些青年人当真什么都不要？当真什么也不干？“……从头到尾，我没有一件事是认真干的。轻而易举、不伦不类。象一只病鸟，一忽飞高，一忽飞低，冲着太阳打嗝，冲着星星放屁，全是为了开心。”（《寻找歌王》）就是在这种趋于极端的玩世不恭之中，第一，他还是确认了事本来是应该认真干的这样一个前提，第二他清醒（地）意识到自己是“病鸟”。孟野、森森、蛮子等人何曾放弃过理想的光柱，看他们谈起巴赫、莫扎特时的表情便可见他们的放浪形骸在精神实质上实在只是浪漫主义的憧憬，同这种个性解化（放）的文化依据相联系，难怪厌世的歌手为了达到高尚的目的（比如帮助寻找歌王的英雄开个人音乐会）也会“不择手段”唱通俗歌曲赚钱，而且也会在不择手段追求高尚目的时心里充满痛苦——在中国表面上处身“荒诞”世界格外孤独的“局外人”，内心其实涌动着十九世纪的人文主义激情。

四

1+1+1，不仅仅等于3。

现在我们可以有几点简短的归纳了。

保尔·柯察金虽说是社会主义意识形态下产生的文学形象，但在文化意义上，这个人物的行为特征和作家的艺术处理方法，大致属于欧洲十七世纪布瓦洛时代的古典主义英雄类型，是一个情感服从理智且情理平衡、个性归属群体且心理平衡的典型形象。于连·索黑尔在欧洲文学史上自然是个反古典主义规范而出现的浪漫主义英雄，是一个尊崇个人情感价值奋力与世抗争且充满心理矛盾的典型的十九世纪人物。而霍尔顿则是二次世界大战以后在美国影响极大的一个愤世玩世遁世的激烈反叛传统的青年形象，身上自然带有二十世纪现代主义的若干文化特征：对社会乃至人类秩序的相对怀疑，理性支配不了情感，情感也控制不了潜意识，内心充满紧张的孤独和惶惑，焦灼地执着信念却又被称为“垮掉的一代”……在整个世界文化发展中，从古典主义英雄规范，到浪漫主义个性扩张，再到现代主义的怀疑（乃至否定）自我，其间经历了三百年之久。而保尔、于连和霍尔顿在不同阶段分别成为中国青年的偶像和榜样，前后近三十年。这是历史的一种重演和浓缩吗？

将三个中国青年心目中的外来形象排在一起，我们可发现若干有意思的共同点，也可梳理出一些青年文化思潮变化的轨迹。

最明显的共同点是反叛社会反叛传统。甚至其他一些最为中国青年所熟悉所喜爱的外国文学形象如马丁·伊登（杰克·伦敦）、牛虻（伏尼契）、《忏悔录》中的卢梭、罗亭（屠格涅夫）、约翰·克利斯朵夫（罗曼·罗兰）等，也都具备这一精神特征。苏联“社会主义现实主义”文学和中国一九四九年至一九七六年间的文学中，大多数主人公均模仿古典主义英雄类型，其间保尔·柯察金之所以是佼佼者，是因为他的性格较有真血肉，也因为他“造反起家”。在五十年代建设时期的中国青年仍崇拜“乱世英雄”（又如林道静、成岗等），这说明“五四”文学传统即使在五十年代仍未完全中断。当然我们看到青年人喜欢、认可和参与的反叛方法在不断变化。开始是希望大家（群体）一起反抗一起胜利，后来被迫以寡敌众以恶抗恶为个性自由而搞政治手腕，再到厌弃争夺不屑于谈政治以孤独以超脱为荣——殊不知故意不屑于谈政治本身也是一个新的反叛社会的政治姿态，很多人同时凑在一起以孤独为荣，这里不又出现了精神上的群体归属吗？

第二个问题是“下层视角”。相比之下，保尔·柯察金是贫民造反，虽然在群体中行动，但贫民造反心态在反叛社会破坏秩序时有很大盲目性（我们看到，无数保尔合在一起的群体很可能是盲目的，譬如红卫兵运动）；而于连则是平民向贵族挑战，是下层平民要改变秩序以使自己进入乃至改变上层，是要夺取宝石玫瑰而不是贫民那样只知砸碎践踏；霍尔顿是个中产阶级弟子，因此他的反叛更少物质因素，视角也不完全由下而上，而是在平视中用精神超越社会各个文化层面。刘索拉及许多中国青年作家笔下的人物都常爱谈贝多芬、巴哈、维纳斯之类，看上去几似乎有点“贵族气息”。但实际上莫扎特、巴哈等“洋传统”，是既被借来反中国土传统土贵族（即某种压抑的文化氛围），又被用以抵制土暴发户式的庸俗市侩。就象霍尔顿也要借老庄等东方传统来反西方世俗一样。在以上社会视角变化中我们注意到同样强调反叛精神、“阶级”、“阶层”的意识一方面逐渐淡化，另一方面也还是存在，但更趋复杂化，更具文化意味（现在创作界评论界常有人谈论所谓“贵族化倾向”的问题，殊不知从“平民精神”或“贫民精神”出发，对“贵族化”的理解是不一样的，这方面的论争今后还会继续展开)。

第三个应讨论的现象是三个外来形象几乎都有浓重的“学生腔”。保尔虽是贫民出身的战士,但他的恋爱模式与人生格言里皆有很浓的“小布”味;于连出身平民,但以聪明有才能自恃,知识是他的财富,也是他叛世的武器;霍尔顿虽然痛恨僵化墨守成规的教育甚至“逃课”“休学”,但精神超越中仍有文化的优越感存在,要守卫在麦田旁帮助迷途的孩子们,“世人皆醉我独醒”……

总之,将以上三个共同点联系起来,我们就看到了一个几十年来在中国青年(不止一代青年)文化—心理结构中的不变偶像:来自下层的有知识有才华且多愁善感的反叛者。

可惜三个外来形象不肯安份(分)地让我们如此排队:历史远不如我们所归纳的那样有秩序。在本文的考察中,我们已经看到了三个外来偶像代表着他们各自所象征的文学趣味、价值观念及文化潮流,在中国青年文学几十年的发展中逐一替代、否定和转移——在“文革”后变化尤其迅速,于连气质很快压倒保尔精神而为很多中国青年认同,不久模仿“现代派”的前卫分子又对于连式的苦斗表示厌烦……不过更为有趣的是,这三个外来偶像(或者说是三种文学和文化趣味,三种社会价值观念系统)在“新时期”不仅转移替代,而且还引人注目令人费解地共存并结合。作为中国青年文学(及中国青年精神状态)的最新发展动向来看,有两种结合方式(本来几十年来就有很多种结合方式)尤其值得注意。那就是大众拥戴的青年改革家李向南形象与《金牧场》中张承志的寂寞孤独寻找。前者令人联想到青年人最普遍的社会意向,联想到从上到下无数改革实践者。而后者使人看到部分青年学生目前情绪的深处,是一种保尔精神与霍尔顿风度的结合。

看起来,保尔、于连和霍尔顿(以及这三个名字所象征所意味的三种不同的文化)在中国当代青年文学中,暂时还不是一个谁战胜谁谁取代谁的问题,还会有相当长的一个历史阶段要长期共存长期斗争且互相渗透互相瓦解。谁胜谁负呢?很难说。

——原载《文艺研究》1988 年第 3 期

李庆西

寻根：回到事物本身

一、风格意识中的文化意识

在一部分青年评论家的记忆中，一九八四年十二月的杭州聚会，至今历历在目。这番情形就像一个半大孩子还陶醉在昨日的游戏之中。也许对他们来说，像那样直接参与一场小说革命的机会难得再能碰上了。

那一次，他们跟几位正在酝酿着某些想法的小说家进行了长达一周的对话。十二月不是杭州的好时节，但来自京沪和各地的二十几位与会者兴意甚浓。这次活动由《上海文学》发起，得到当地的一家出版社和另一团体的有力支持。东道主特意将会议安排在西湖边上的一所疗养院里。那地方静谧、幽闭，烹茗清谈最好。

一些记者闻讯赶来，被拒之门外。上海一家报纸的记者抱怨说：他多年的文坛采访活动中还未碰过这种钉子。处于当时的社会气氛，与会者很不愿意让新闻界人士掺和进来。事实上，关于这次会议的情况，以后也一直没有做过详细报道。所以，对话中的关键性内容及其对此后中国文坛产生的实际影响，迄今仍鲜为人知。

现在可以说，那次会议与"寻根"思潮的发展关系甚大。笔者当时在场，完全感受到那种气氛。

韩少功是参加对话的小说家之一。就在那次聚会之后，他发表了引起广泛注意的《文学的根》①一文，提出向民族的深层精神和文化特质方面去寻找自我的"寻根"口号。这篇文章后来被人称为"寻根派宣言"。见于那一时期的"寻根派"的重要文章还有：郑万隆的《我的根》②，李杭育的《理一埋我们的根》③，阿城的《文化制约着

---

① 《作家》1985 年第 4 期。

② 《上海文学》1985 年第 5 期。

③ 《作家》1985 年第 6 期。

人类》①等。值得注意的是，以上提到的几位小说家也都是那次聚会的当事者。

不过，当时对话的焦点并没有完全集中到“文化寻根”上边。会议的主题是“新时期文学：回顾与预测”；如何突破原有的小说艺术规范，也是与会者谈论较多的话题。显然，这种宽泛的议题给与会的小说家、评论家们带来了开阔的思路。

所谓小说艺术规范，当然不仅仅是一个艺术问题。新时期小说在最初的“伤痕文学”阶段，基本上沿袭五六十年代的套数，仍未摆脱“反映论”和“典型论”的框架，要说规范首先是政治规范和伦理规范。进入八十年代以后，题材和写法发生的明显变化，并由此带来了价值取向的转换。相继出现了这样一些作品，如：汪曾祺的《受戒》，邓友梅的《那五》，冯骥才的《高女人和她的矮丈夫》，叶之蓁的《我们建国巷》，陈建功的《轱辘把胡同九号》，吴若增的《翡翠烟嘴》，等等。这些作品不再纠缠于现实的政治问题和道德批判，而从生活的纵深方面拈出几分世事沧桑的意境。这使人感到，逾过现实的表层倒更容易看清世道人心的本来面目。在这种风格意识的召唤下，一部分小说家的艺术情趣很快转向民间生活和市井文化方面。稍后，张承志那些展现草原和戈壁风情的作品，邓刚对于海洋的描写，以及其他作家笔下那些表现大自然的人格主题的作品，也已在人们谈论之中。这时候，任何能够突破原有的价值规范的思路和手法，都必定引起文坛的普遍注意。这是“寻根派”形成气候之前也即一九八四年文坛的基本势态。当时在杭州进行对话的小说家和评论家们，都不能忽略这样一个背景：一些具有先锋精神的小说家的思维形态发生了很大变化，他们正在从原有的“政治、经济、道德与法”的范畴过渡到“自然、历史、文化与人”的范畴。

当然，这种超越了现实的（亦已模式化的）政治关系的艺术思维，不是凭空产生的，它必然附丽于民族的文化精神。所以，评论家季红真在对话中指出：对传统文化的重新认识，实际上也是对人自身的重新认识。

阿城认为：中国人的“现代意识”应当从民族的总体文化背景中孕育出来。

阿城和季红真的看法比较接近，他们都注重对“民族总体文化背景”的认识。尤为注意中国传统文化—心理构成中的儒、道、释的相互作用。这种意趣，后来在他们各自的创作和评论活动中都有所表现。

小说家的艺术思维应当从社会的表层进入文化的深层，这是没有异议的。但是，具体谈到文化的选择时，两位南方作家表示了不同看法。韩少功和李杭育提出：所谓“传统文化”，可以区分为规范文化与非规范文化；并且，许多富于生命力的东西恰恰存在于正统的儒家文化圈以外的非规范文化之中。韩少功谈到，楚文化流入湘

---

① 《文艺报》1985年7月6日。

西蛮夷之地如何在当地民间风习的滋润下保存其瑰丽、奇谲的艺术光彩。李杭育对浙江民间流传甚广的济公和徐文长的故事颇为津津乐道，他从中感受到乡间的幽默与创造的活力。他们认为，真正具有创造性的小说，应当突破规范文化的限制。

当时在这些分歧点上并没有作深入探讨。因为与此相牵扯的问题实在太多。评论家许子东、陈思和、南帆等人谈到东西方文化碰撞以及现代意识与传统文化的融合问题。黄子平从禅的顿悟、般若直觉谈到对人的理解和对世界的把握方式。吴亮指出，应当探索理性光圈之外的那个神秘世界……

有些话题一时看起来是扯远了，但是从一九八五年以后的创作发展来看，这里提出的一些艺术探索的可能性都得（到）了印证。实际上，这次对话从理论上肯定了“寻根派”的艺术思维的格局。

当然，这并不是说“寻根派”是先有理论后有实践（的）。实际的情况是，那次对话之前，“寻根派”的一些代表人物已经迈出了自己的步履。例如，贾平凹早在一九八二年就发表了《商州初录》，李杭育的“葛川江小说”已形成初步的格局，郑万隆正雄心勃勃地投入“异乡异闻”的系列工程，乌热尔图有关“狩猎文化”的描述几度引起文坛重视，而阿城的《棋王》则已名噪一时……作为“寻根”的第一批成果，已经摆在面前。在此之前，“寻根”对于他们来说，还只是个人创作道路上的风格探索，也许谁也没有想到日后还另有一番文章可做。而参加对话的评论家们，正是从这些作品中看到了一种潜在的势能，也在文化的背景上找到了共同语言。于是，他们从便于理解的角度给予理论的说明与支持。这对于正在酝酿和形成过程中的“寻根”思潮，无疑起到一种杠杆作用。

二、寻根与寻找自我

关于“寻根”思潮的发生，可以联系到许多方面，这里不妨对更早些时候的文坛纪事稍作提示。

八十年代初，文坛上流行过一本小册子，那就是高行健的《现代小说技巧初探》①。许多人大概还记得当时的情形，王蒙、冯骥才、李陀、刘心武等人曾以通信形式对这本书展开一场讨论②，声势颇壮。确切（地）说，那是一九八二年的事情。

高行健的小册子是对西方现代小说技巧的一番概览性介绍，现在看来很稀松平常，而当时却给人一种实实在在的震动。经历了若干岁月的文化禁锢之后，刚一打开窗户，域外的许多事物都使人感到新鲜和惊奇。当时上述几位作家的通信，实际

---

① 高行健：《现代小说技巧初探》，花城出版社 1981 年 9 月版。

② 刘心武：《在“新、奇、怪”面前》，《读书》1982 年第 7 期；王蒙：《致高行健》，《小说界》1982 年第 2 期；冯骥才、李陀、刘心武：《关于当代文学创作问题的通信》，《上海文学》1982 年第 8 期。

上是一次寻求“现代意识”的对话，而高行健那本小册子恰好是一个扣得上的话题。他们彼此间的捧逗也好，抬杠也好，都是为着小说革命做舆论准备。虽然他们的对话由于“不合时宜”而未能深入下去，却已产生了不可低估的影响。其实，对话本身所体现的“寻找”意识，要比他们谈论的内容更为重要。看到这一点，我们对下述现象就不至于感到不可理解，尽管那几位思想敏锐的小说家向同道们指示了西方人如何做小说的许多门径（当然，王蒙同时强调“外来的东西一定要和中国的东西相结合”，刘心武也说“要顾及中国当前实际情况”）；在更大的范围里，有关“现代派”的讨论成为一时的热门话题；可是那以后的大陆小说创作却并没有顺茬发展为欧化趋势，就连王蒙本人（同时还有茹志鹃、宗璞等人）的“意识流”实验也已告停。相反，恰恰从那一时期开始，小说界逐渐形成追寻民族文化的主趋势。

不少作家都有一个转捩。

李陀曾一度对西方现代小说技巧表现出异乎寻常的热情。而在杭州对话时，他表示自己的着眼点已有所调整，认为有必要联系民族的文化背景来考虑小说艺术问题。

冯骥才在许多人眼里是一位“洋路子”的作家。但是说变就变，再也不写像《意大利小提琴》那类东西了（那是一部模仿外国小说的作品），而对纯属“国粹”的辫子、小脚之类发生了兴趣，一头扎进传统文化堆积中去进行反思。

孤立地看，文化寻根思潮是一回事，人们对西方现代主义的兴趣又是另一回事。然而，上述情形表明，二者至少具有相同的出发点。关于这内中的关系，理论上的解释大致可以概述如下：

（1）新时期文学走向风格化之初，作家们首先获得了一种“寻找”意识。寻找新的艺术形式，也寻找自我。

（2）“寻找”意识的产生，与通常说的“价值危机”有关，也与文坛的“现实主义”的危机相联系。因而，许多作家从艺术思维方法和感觉形式上接受了西方现代主义。

（3）西方现代主义给中国作家开拓了艺术眼界，却并没有给他们带来真实的自我感觉，更无法解决中国人的灵魂问题。也就是说，艺术思维的自由并不等于存在的意义。正如有人认为的那样，离开了本位文化，人无法获得精神自救。于是，寻找自我与寻找民族文化精神便并行不悖地联系到一起了。

从这一过程来看，“寻根”思潮的发生，似乎也包含着一种必然的价值取向。喧嚣一时的“现代派热”，在新时期文学发展中尽管是一个短暂的插曲，但毕竟完成了自我觉醒的第一步。由此发生的“寻找”意识可以看做“寻根”思潮的先声。从新时期文坛的“现代派热”到“寻根热”，是一部分中国作家自我意识逐渐深化的过程。

从另一层面说，寻找自我也意味着对文学的主体性的确认。正如现象学美学家杜夫海纳所说："艺术家在寻找自我的同时，自己也在被寻找。"这个主客体合一的命题，在"寻根派"小说家的艺术活动中得到充分印证。事实表明，尽管"寻根派"小说家大多从西方现代主义各流派那里获得过心智的启发，但他们并没有简单地袭用西方现代派作家的艺术思维方式，而是试图以注重主体超越的东方艺术精神去重新构建审美（表现的）逻辑关系，确立自己的艺术价值规范。在"寻根派"作家的一些代表作品中，可以说，艺术的价值主要不在于作家对客体世界所持有的认知方式，而是体现为主体境界的升华。譬如阿城的《棋王》，人们看到的并不是对客体世界的某种说明，作者不是将文学作为对客体世界的认识手段去剖示王一生的棋运和命运，而是用自己特有的那种超然的叙事态度进入主体的自我体验。在李杭育的《最后一个渔佬儿》中，人的孤独被作为一种境界呈示在无可选择的两难之间，强调的正是对现实生存处境的超越。这种重情蕴而不执著事理的态度，跟西方人的美学趣味相去甚远。如果说，在卡夫卡或博尔赫斯的作品中，呈现的是某种需要费力辨识的世界图像，那么，在这些"寻根派"作家笔下你可以直接感悟到人格的意味。

"寻根派"作家这种回到中国艺术传统的选择，从宏观上解释当然是受民族文化背景的制约，具体说来原因又很复杂。然而，他们的追求，与其说是为了显示自己的艺术特性，而故意跟现代主义潮流拉开距离，倒毋宁认为是出于对二十世纪中国文学中的"反映论"认识模式的反叛心理。因为在"寻根派"作家看来，西方现代主义并没有完全割断它跟古典认识论的哲学脐带。西方现代派作家描绘的世界图像，不管作了什么变形处理，依然是作为一种对客体的解释或认知。"寻根派"作家不想重新成为一种认知工具。

值得玩味的是："寻找"原本是西方现代派的口头禅，但是从这个字眼里获得了某种哲学启示的中国"寻根派"作家，找到的却不是什么洋玩意儿，而是他们自己。

三、重新构建的审美（表现的）逻辑关系

小说在八十年代的进步，从艺术观念上讲，也表现在相当程度上摆脱了"写什么"（题材或主题范畴）的思维局限，更多地考虑"怎么写"（艺术方法）的问题，强调了主体自身的创造性。在"寻根派"崛起之前，小说创作已经出现所谓散文化和诗化的倾向。如汪曾祺、王蒙、张承志这样一些个人风格毫不相似的作家，几乎同一时期进入了这个抒情化的纪程。评论家黄子平曾将小说艺术的衍化摆到文学现代化的历史进程中加以考察，把这种审美意向具体归结为"用'抒情性的东西'来挤破固有

的故事结构”①。其他一些论者也对小说结构何以不同于故事结构作出过大量论述，评论界认为，小说审美逻辑关系的变化具有重要意义。

需要说明，这个由抒情化开始的重新构建小说审美逻辑关系的进程，不单由“寻根派”作家所推动。而本节之所以要专门讲一讲这个问题，是因为“寻根派”的艺术发展与这一进程相始终，而且真正体现那种新的艺术思维关系的作品，也大多是“寻根小说”或“类寻根小说”。

大约从一九八二年到一九八五年那一期间，最能引起人们注意的就是小说的叙事意识上的特点了。当时出现的一些优秀作品，都尽可能地舍弃那种由情节构成所决定的矛盾冲突。例如，张承志的《黑骏马》、史铁生的《我的遥远的清平湾》、李杭育的《最后一个渔佬儿》、乌热尔图的《琥珀色的篝火》、邓刚的《迷人的海》等等，这些作品都不再袭用人们以往惯用的戏剧化的叙事结构；如果说它们还保留着某些故事因素的话，那也只是作为一种深度线索隐藏到背景后边去了。

当然，“散文化”的说法只是一种外在的观察。往深里看，它们并非抛弃了矛盾冲突而成为纯粹的抒情散文。小说还是小说。问题的实质在于：此类小说已将外在的动作冲突变为内在的价值冲突，由时空范畴转入了心理范畴。

确乎很少出现激动人心的高潮，人物之间的对立或被取消或不再成为叙述的动力和杠杆。可是价值的冲突却无所不在。《我的遥远的清平湾》中，对往事的感怀表现了自得其乐的生存精神，也使人联想到一个民族的历史误会。那个“破老汉”的一生中，或许也能生发出某种传奇色彩，但作家寻取的却只是日常生活的苦难和欢乐。《最后一个渔佬儿》写的是捕鱼人福奎的平凡的一日，却抓住了人与世界相遇的时刻；物质文明与精神自由之间的权衡不定，从这位“最后一个”身上透露出一个时代的价值困惑。倘若对这些作品做进一步分析，还可以看到：由于动作失去了本来所有的外在效应，冲突自然就进入了内心世界。这一点，在《琥珀色的篝火》中尤为明显。这篇小说真正的主人公并不是猎人尼库（尽管作者的笔墨几乎全都落在这个人物身上），而是他的妻子塔列。当尼库去援救迷路者的时候，病危中的塔列无言地完成了内心的历程。这般潜在的冲突，对于读者不啻是一种心理挑战。阅读者很容易进入塔列的境遇之中，用自己的情感去体验那种生与死的价值抉择。

实际上，价值的冲突不但在于作品本文，也体现在接受者的介入。借助那一幅幅表面上平淡无奇的图画，读者可以按照自己的思维方式去重建二元对立的感觉世界；新与旧、生与死、物质与精神、此岸与彼岸……也许，一切权衡最终都将证明为徒劳。感慨也罢，惘然也罢，与此相伴的一切情愫都大大深化着作品的价值涵义。

① 黄子平：《论中国当代短篇小说的艺术发展》，《文学评论》1984 年第 5 期。

这里,可以分辨的一个区别是：对于阅读者来说,动作冲突的召唤功能一般反应为浅层次上的线索追踪,或对其中因果关系的把握;而价值冲突本身受制于民族文化背景和生活的深层结构,故而在深处提供着心理渗透和扩展的余地。

价值冲突的前提乃是价值范畴的选择。抽象地说来,仅以抒情笔墨提示的价值冲突不能认为是"寻根派"的独家风格,因为我们在别的作家那儿也见过相似的路径。譬如王蒙的某些作品就用感怀的笔触写出价值的困惑。但是将王蒙的作品具体拿出几部跟"寻根派"的作品比较一下,你会发现毕竟不一样。如较早的《深的湖》、晚近的《庭院深深》,都是通过个人道路的反省来表现理想与现实的对立。而"寻根派"的思维格局中就很少涉及这种价值关系。所以,对审美逻辑关系的判断,还应当从价值范畴的具体运用上去辨识。

构成"寻根派"小说的价值范畴,主要是传统与现实的冲突(可以比较一下它与"理想与现实"的范畴区别所在)。当然,这一范畴可以具体体现为人与自然、物质与精神、商品经济关系与自由人格等诸般同一关系。重要的是,"寻根派"小说家一般都善于从这种存在的对立中获得主体的超越。因为他们笔下被揭示的价值对立,大多从一些基本的方法涉及人类的生存问题,这本身就超越了一般社会学的表述。譬如在韩少功的《爸爸爸》中,生存的障碍一方面被突出地加以强调,另一方面又仿佛不曾被人意识到;这种有无相生的命题,显然隐含着某种历史的踪迹,亦可作为人类的自我观照。同时,我们看到,傻孩子丙崽更是体现着某种存在的对立,他可以被人作为"野崽"耍弄,也可以被人作为"丙仙"而膜拜;客体价值的含混而不可确认,似乎也意味着主体价值的确立。

由上可见,所谓"超越"是在两个层次上发生的。第一,包含在表现对象中的价值范畴,一般具有大文化背景;通过观照、反省认同,与传统相吻合。这是对现实的政治、伦理的范畴的超越。第二,作家用理解或苟同的态度对待历史,则是对自己提出的价值范畴的超越。

不过,并不是所有的"寻根派"作家都完成了这两个层次上的超越。因为,至少有一部分作家并不认为价值范畴本身也是可以超越的。或者说,他们不愿意以无可无不可的态度看待世界。如山东的几位"寻根派"作家,王润滋、张炜、矫健等,就是这部分作家中的代表人物。把他们的主要作品排列起来,则可以清晰地看出他们相持一贯的价值倾向。在《鲁班的子孙》、《三个渔人》(王润滋),《一潭清水》、《古船》(张炜),《天良》、《河魂》(矫健)那些作品中,完全渗透着重义轻利的传统人格精神。因而,评论界有人把山东作家的"寻根"意识归诸儒家文化的入世精神。这种看法尽管还嫌粗率,却有一定道理。

当然这样说起来,像韩少功、李杭育、阿城那几位,就应该被抹上一层老庄玄禅的色彩了。也许,他们自己并不认为超越是一种虚无的态度。超越本身意味着完成了的批判与反思。中国作家实在很少有人能够真正超脱世事。据说,韩少功最欣赏过去人的一句老话:用出世的态度做入世的事业。一切奥秘都可以从这句话里去琢磨。

四、世俗的价值观念与超越世俗的审美理想

已故的哲学家金岳霖先生很早就发现中国人价值观念中的逻辑悖论。举例说,中国有这样两句老话:一曰"朋友值千金",一曰"金钱如粪土",分别看都没有问题,但要搁在一起说就麻烦了,朋友居然跟粪土划了等号。

看来是一个笑话,其实这里反映着价值关系的暧昧。这两句话之所以在逻辑上扯不到一起,是因为这里边作为本位价值的东西恰恰是互为颠倒的关系。当人们将朋友比作财富时,物质是价值尺度;而将金钱视为粪土(时),无形中已将精神的东西提到了价值的本位。

在价值描述中,这种互证的关系构成了一个怪圈。然而,它却向人们指示着超越的可能。当精神的价值不能用精神来表示,物质的价值也无法以物质来衡量时,互证的相对性便带来了价值的抽象。

尽管从逻辑上讲还是有点别扭,但是相对性关系毕竟是一种超越的前提。其实,当人们强调"朋友值千金"的时候,说话的意义并不在于金钱本身(真要是拿朋友跟金钱做交换的话,那就不够哥们意思了)。金钱诚然作为一种世俗的价值标准,这时也由于精神的映射而超越了自身。

"寻根派"小说家们不一定从理论上思考过这个问题,然而他们从事物的自然状态中把握了这种相对关系。或许已经悟出了这个道理:正如精神的价值终究不体现于精神本身,艺术中的高蹈境界并不在风雅君子吟风弄月之际,不能用"高蹈"二字去证实。而世俗观念是一种必然的价值"语言",离开这种"语言",超越世俗的精神境界就无法得以表述。

在新时期的小说家里边,是否重视世俗的价值观念,着实反映着不同的艺术追求。"寻根派"以外的一些乡土作家(如古华、张一弓等),习惯从世界以外去把握世界,他们描写乡村生活同样可以写得栩栩如生;这种局外人立场是为了给人道主义的理性思考与批判提供方便。而"寻根派"作家,首先是用世俗的眼光去看待世间的事物,他们喜欢拉扯柴米油盐、描写婚丧娶嫁;当然更重要的是,在这种描述中他们有意使自己的审美态度跟人们的日常生活的态度相协调。

譬如,阿城的《棋王》用很多笔墨写了主人公王一生的"吃",其意义不仅仅是作为一种观照的对象,关键是主体的观照态度。古今中外的文学作品写吃喝、宴饮的

固然不少，却罕有阿城这般写法的，因为他是用人们日常面对食物的态度来描写主人公的“吃”。这多少带有一种禅的“平常心”。正如禅师所说，饥来便食，困来便睡。阿城很善于从这种生存的基本问题上表现自己的人生态度。当然，所谓“平常心”，也意味着不以作品求道。如此将世俗日常生活的态度引入文学作品，可以在叙述中避开一般社会学的价值倾向。

“寻根派”的创作意向，一般偏重于人的基本生存行为以及生命的自由状态。其中包括对人性的探讨。所以，许多作品在以世俗观念介入的同时，构成了价值的二元对立。如郑万隆的由十几个短篇组成的“异乡异闻”系列，一再展示金钱与色欲、或与人性的对立范畴，同时也写出了人的某种尴尬境遇。而这种情势不啻是对那些凌越世俗的文明法则的挑战，“寻根派”小说家对于人的各种欲望的描述表明：愈是在这些最基本的事物中，人类的价值认识愈是没有把握，所以，二元对立范畴的提出，并不意味着对人的命运的某种逻辑概括。

回到事物本身，命运就说明不了什么。“寻根派”作家之所以如此重视日常生活的价值关系，也正是因为从人的基本生存活动中发现了命运的虚拟性。如果要真实地表现人格的自由，可行的办法就是穿透由政治、经济、伦理、法律等构成的文化堆积，回到生活的本来状态中去。真实的人生，人的本来面目，往往被覆盖在厚厚的文化堆积层下。这种堆积，既有历史的，也有现实的。

有些“寻根派”作品就直接写到文化与人性的对立。王安忆的《小鲍庄》即为一例。王安忆也许不能算是典型的“寻根派”作家，但《小鲍庄》却是典型的“寻根”作品。这部作品的故事发生在一个古风犹存的礼仪之乡，那个名叫“捞渣”的孩子，因为搭救别人自己丧生，被乡民们视为义举，引为宗族的骄傲，其事迹又被新闻工具大加渲染。于是，一种可以被称作“仁”的行为就硬是被纳入到“礼”的规范中去了。“仁”和“礼”的对立，是中国儒家伦理思想的内在矛盾，“寻根派”作品中关于这种价值冲突的揭示，也是一种对人的文化境遇的描述。在世俗的背景下，“仁”与“礼”的反差十分明显。

用世俗的眼光去看取(待)人生的欢情与苦难，可以认为是一种理解。但这并不等于作家的审美意识与情趣完全止于世俗观念。因为理解本身也是超越，正是它导引着超越世俗的审美理想。毫无疑问，艺术表现一旦完成了事物的本来过程，也便产生某种脱俗的真意，进入高蹈境界。

《棋王》里的王一生说：“呆(待)在棋里舒服”；《最后一个渔佬儿》里的福奎觉得：呆在江里自在。“舒服”和“自在”是什么样的价值概念呢？说来也跟饮食男女相去不远。但是，无疑地，这种世俗的价值尺度却指示着超越世俗的自由人格。

在“寻根派”作家的心目中，真正被看做“俗”的东西，恐怕倒是某些凌驾世俗生活之上的文明法则。

五、从知识分子的个体忧患意识到民族民间的群体生存意识

检讨“五四”以来的中国新文学，不难发现，知识分子的忧患意识乃是整个文学思潮发展的基本精神。黄子平等人曾在有关研究中指出：现代忧患意识的产生在于先觉者的个性解放热情以及由此带来的文化反思的痛苦。① 从“五四”时代的先觉者到八十年代的解放派，都有这般大略相同的精神历程。此种热情或痛苦，投入文学作品，即形成“以我观物”的个体感觉特征。综而观之，中国新文学的基本构架也便相当清晰；从文化—心理层面上讲是知识分子的个体忧患意识，用艺术的观点看，则有如王国维所说的“有我之境”。

然而，自“寻根派”崛起，情况便有所改观。从大方面讲，中国文学的格局发生了变化。至少小说不再纯粹作为诉诸知识分子个体忧患意识的精神载体了，而是开辟了一条表现民族民间的群体生存意识的新路。

从艺术上讲，当然是从“有我之境”转向“无我之境”。

事情的变化可以从下述两个方面加以说明：

其一，审美对象的群体化。“寻根派”小说跟中国以往的叙事作品不同，一般(地)说，它们所揭示的或者说表现的不是某种个人命运。譬如《爸爸爸》，就是写了一个乌的部落的传统，一个山寨的历史性的迁徙。这里可以看到，在情势发展中，任何个人的行动不再具有举足轻重的意义。因为几乎所有的人物都缺乏自我人格。他们服从命运，服从某个统一的意志，祭谷、打冤、殉古、过山……一切都按部就班进行，个人的偏执并不妨碍整体的步调一致。无论是新派人物仁拐子的想入非非，还是老一辈人之间冤家仇隙，都只被纳入日常化的描述之中，而不是织入某一戏剧性事件。这不仅是情节演化的结果，从根本上说，是叙事原则的改变。在生活的向心状态下，任何个人追求和个人恩怨统通(统)显得那样微不足道。这里，最具有否定意味的是，作为对象的主体的丙崽，恰恰是一个不谙人事的傻瓜，恰恰丧失了主体的自我。将韩少功笔下的丙崽跟福克纳的《喧哗与骚动》中的班吉比较一下，你会发现，人家那个傻子就有点头脑。班吉那孩子甚至还有性意识。“寻根派”的作品或多或少都有排除个体主动性的倾向。

当然，《爸爸爸》是一部具有寓言象征色彩的作品，带有相当成分的假定性。从这方面说，不算得“寻根”小说的典型式样。但是，许多纯粹写实的“寻根”小说，也同样表现出对群体人格意识的追求，如乌热尔图笔下的猎人，郑万隆笔下的淘金人，

① 黄子平、陈平原、钱理群：《论“二十世纪中国文学”》，《文学评论》1985 年第 5 期。

贾平凹、郑义笔下的农民，李杭育笔下的渔人和船工；个别地看，一般也都具有鲜明、丰满的性格，而总起来看，却显出了类型化的本体象征意味。作为审美对象，这些人物身上都可以见出渗透着民族文化心理特征的群体人格。可以说，一切在总体风格上具有代表性的“寻根”小说，几乎没有强调个人命运而忽略具体文化背景中的群体意识的。因为正如本文第三节所述，“寻根”小说的冲突因素在于价值背景，这本身就是一个共时态和历时态相交叉的问题，所以个别人物的命运必然跟整个群体联系在一起。显然，这跟以往所谓“典型化”的方法有很大区别。

其二，就审美主体而言，似乎也是一种“局外人”的态度，其实不然。真正的“局外人”是可以在一边指手画脚、说三道四的，而这里的审美主体则已消融在对象之中。“寻根”小说一般没有鲁迅那种“哀其不幸，怒其不争”的感愤，更没有郁达夫式的愤世嫉俗、忧国忧己。小说家只是提供了生活的某些实在的轨迹，留给读者去思索。叙述的意向，是对民族间群体生存意识的认同。也许在嘲笑中有所扬厉，在肯定中不无批判。不过这一切似乎并不见诸作品本身，大抵产生于审美接受者的阅读、欣赏之余。

主体的隐遁，实际是“我”的超越。王国维对“有我”、“无我”两种境界作如是辨说：一者“以我观物，故物皆着我之色彩”；一者“以物观物，故不知何者为我，何者为物”①。由“观物”的视角不同，可以见出“我”之不同胸臆。其实，“无我”的背后依然有一个“我”在，只是这个主体已经超然物外，包诸所有，空诸所有，与世界浑然一致了。

“寻根派”作家之所以放弃关于个体意识的陈述，显然是考虑到：作为一种叙述口吻，知识分子的个体意识无论如何带有“局外人”的隔膜。在他们的感觉中，任何外来者的价值判断，都不及生活本身的涵义丰富。从民间的日常生活到民族的生存斗争，这一切，本来就是“无我”的存在。当小说家直接面对这个阔大的世界时，也许他会感到个人情怀的偏狭与渺小，一种油然而生的崇高之感会迫向他的整个心灵……在永恒的生存面前，他会明白，这是知识分子的个体忧患意识难以达到的境界。

文学的本体如何接近世界的本体？这一艺术的原始命题至今尚令人困惑。事情恐怕不仅仅是细节的表象的把握。应该看到，“寻根派”作家为此作出的最大努力便是，将叙述的对象和目的变成叙述本身。如果说，转变的努力最初在贾平凹写《商州初录》的时候还只是几分模糊的意向；那么，后来从莫言的《透明的红萝卜》开始，就成为一种自觉追求了。阅读莫言后来的那些作品，你很容易感觉到叙述本身的力

---

① 王国维：《人间词话》。

量，因为它本身充满着生命的跃动，从而将一种生机勃勃的挣扎着要向外舒张的经验呈示于面前。可惜这里不能专门地谈一谈莫言，在“寻根”作家里边他是风格独特的一位。他比较晚起，却有后来居上的势头，是他将“寻根派”的某些风格特点推向了极致。

风格倾向极端，有力度上的优势，也有某种危险。一般(地)说，“寻根派”作家比较讲究艺术分寸。但少数出类拔萃之辈却试以个人的才分向既有的艺术经验发起挑战。

六 文化寻根，也是反文化回归

读者从以上粗略的勾勒中，也许可以得出一个印象：“寻根派”的叙事态度里边含有现象学的美学意味，因为它明显带有“回到事物本身”的意向性。我想，也正是这个原因，使我对“寻根派”叙事艺术发生了持久的理论兴趣。现在说到这个话题，不妨就作为本文的结语。

几年来，关于“寻根派”现象的讨论虽然不少，而由于种种原因却未能真正深入。似乎也未见有人从现象学的哲学视点上做出观察。许多研究者目光集中在题材特点及其文化背景方面，多少忽略了对这样一种叙事态度的认识。一些对“寻根派”发出诘难的意见，往往是基于对这一文学现象的某种粗浅的认识。以为“寻根”就是简单地回到中国文化传统，就是复古。这种批评既来自某些保守人士，也来自一(部)分激进分子。新时期十年来的文学进程中，被这两部分人共同指斥的事物恐怕唯有“寻根”一说。

其实，来自两方面的看法只是一副眼光，都只着眼于“寻根派”作品的表现对象，而将主体的叙事态度从形式、内容中抛出去了。

说到“复古”，这里不能不指出一点：文学史上，大凡标举“复古”旗帜的思潮、流派，都不是简单地回到过去，甚至大多起到推进潮流的作用。如欧洲的文艺复兴，亦如中国唐代的古文运动之类。“寻根派”作家之所以标举“寻根”，其中原委已如本文前两节所述，首先要从八十年代中国文坛的实际状况去考虑。

当然，从内在的审美关系上看，“寻根派”对中国传统美学精神有很大的继承面。但这中间选择的意向也相当明显，“寻根派”作品中很少有惩恶劝善的教谕，对道德问题也并无太多兴趣；对于传统的“诗教”和“礼乐”精神，“寻根派”小说家并不真当一回事儿。实际上，他们提出“寻根”的口号，并不是倡导儒教的修养以重铸民族性格，而是从艺术方法和美学态度上寻找我们民族的思维优势。所以，从他们的作品中可以看出，他们承续的主要是老庄哲学中的返璞归真、崇尚自然的本体论精神。同时，在人的问题上，他们追求古典的自由人格，这与孔子的“仁”的思想有相通处。

这一切,跟现象学所说的“还原”有很大关系。所谓“还原”,其中一个很重要的涵义就是将文化时空还原为直接经验所形成的生活世界。“寻根派”作家以“描述”的态度处理自己的艺术对象,写人的生存斗争,写民间的日常生活,强调人的基本欲望和世俗的价值观念,就是为了把握那个直接的经验世界。其中,基本的意向自然在于人格追求。因为,只有离开了包围着你的文化时空,回到事物本身那儿去,自我才能融入某种自在的又是自由的境界之中。

在实际的精神探索中,“还原”不可能是彻底地回归自然。所以,“寻根派”在向事物自在状态追寻的过程中,自然需要某种文化作为依托。但是,在他们找到某个精神特点的时候,至少已经掀掉了表层的文化堆积。

如此说来,文化寻根,实际上也是一种反文化的回归。这种精神的确立,既体现着对中国传统文化某些方面的继承,也有受西方哲学思潮影响的因素。中国文化是一个非常复杂的庞然大物,其内在的分裂由来已久,可是在以往的时代里却没有产生应有的活力,而只是形成了封闭的自我循环;在当今之世,受西方现代人文思想的碰撞,中国文化终于逐渐产生新的精神动力,也即自我否定和再生的力量。

“寻根派”的文学活动,正是在这一文化背景中发生的。由文化寻根,到反文化的回归,问题可以作不同层面上的探究,然而这中间的转换关系很值得玩味。

一九八八年四月杭州翠苑

两点说明:(一)本文主要寻绎寻根文学的理论发生及其与整个新时期文学潮流的相互关系,不是对这一流派的全面评述。从新时期文学发展的精神关系上认识这一事物的必然性,并不意味着对寻根派作家的艺术实践的全盘肯定。对这样一个产生重大影响的文学现象,应该说,可以作几面观。由于论题所限,这里不能一一展开。(二)在有关作家作品评论中,对寻根派、类寻根派和非寻根派之间的划分与界说,一向比较混乱。本文对此也没有作出应有的说明。我觉得这个问题可留作专门讨论,因为事情还牵涉到对寻根派的艺术风格的认识。

——原载《文学评论》1988 年第 4 期

李 劼

论中国当代新潮小说的语言结构

如果不想过多地纠缠于一九八五年以后的中国当代新潮小说的出现究竟是文化现象还是文学现象抑或是语言现象的话,直截了当的(地)进入也许就在于小说语言的研究上了。但是这样的视角一经确定,那么首先面临的问题是:所谓的小说语言仅仅是句子层面上的语法结构还是叙事层面上的叙事结构?因为我发现小说语言研究的最大困惑在于:人们往往把句子和叙事断然分开。当人们进入句子时,他们的兴趣在于语法修辞上,从而把小说语言学全然等同于小说修辞学。而人们进入到叙事层面中后,又把句子结构一脚踢开,从而沉溺于小说的故事结构(不是叙事结构)。后者通常是把叙事方式和故事框架混为一谈。于是,这样的断裂就自然而然地把问题推向这样一个疑问:在小说文本的句子结构和叙事结构中有没有某种对称性?也即是说,一个具体的小说中的句式如何与该小说的故事讲说方式直接对应?我以为,这是当今把小说语言的研究推向深入的关键所在,也是当今从小说文体上解析新潮小说的关键所在。

我在《论小说语言的故事功能》一文中,通过对《百年孤独》中的第一句句子的结构分析,曾经模模糊糊地意识到句子结构和叙事结构的那种对应关系。但我当时不敢肯定这两者之间是否存在着对称性。后来在对新潮小说的抽样分析中,我发现我在论述《百年孤独》时意识到的那种对称性,不是孤立的、偶然的,而是一种相当普遍的小说语言现象。于是,我从各种类型的新潮小说中找出具有代表性的作家作品,诸如阿城和他的《棋王》(文化寻根小说的代表作),刘索拉和她的《蓝天绿海》(现代观念小说的代表作),孙甘露和他的《信使之函》(后期新潮小说的代表作),马原和他的《虚构》(形式主义小说的代表作),作了一个论证句子结构和叙事结构的对称性的小说语言研究的尝试。通过这个尝试,我觉得我找到了进入小说语言学的切口,也找到了对新潮小说的新的认知方式和阐释角度,这个尝试是如此的一反我以往的评论风格,以致(至)于整个的论述几乎是一个求证小说语言的句子结构和小说语言的叙事结构之间的对称性的实验报告。

我的这个实验从刘索拉的《蓝天绿海》开始。我一直认为这篇小说是刘索拉的最佳代表作。当小说的叙述进入到激动人心的时候,一个负荷着刘索拉小说的全部语言信息同时可以说负荷着刘索拉小说的全部叙事信息的句型瓜熟蒂落般地降落了:

//蛮子你别忘了/你喜欢的那首歌/"我的心属于我"//你别忘了/小时候把芙蓉花瓣捋下来/算算好运气//你别忘了/不相信人/并不是你的特长/你别忘了/还有一些事情/你想都不会想到……

读者在被这种如泣如诉的忧伤感动之余,只要稍许留意一下这个句子的结构,〔他们〕就会发现他们所面对的与其说是一个长长的句子不如说是一张三拍子乐谱。我特意将其中的节拍用横线和竖线分别标出,每一段自"你别忘了"开始,分别是三拍一节;总共四节,而最后的省略号又意味着这样的节拍具有无穷的延宕性和回旋性。"蓬—嚓—嚓—蓬—嚓—嚓……"这就是刘索拉小说的基本句型,也是其小说的基本叙事方式。

刘索拉是一个擅长于以作曲方式写小说的作家。她的小说句式充满节奏感和旋律感。也即是说,在她的小说中,语感和乐感是一回事。就句子结构而言,她的语句不过是相当常规的主谓宾句式。但与众不同的是,她把一个个句子作了音乐性很强的连缀。这种连缀以情绪的流动为主导,随着情绪的起伏而呈现出节奏上的谐振。尽管小说中所流露的整个儿情绪是忧郁的,但负载这种情绪的语句本身却是相当明快的。有时候句子节奏还甚至是相当强烈的,一如摇滚乐所敲打出的那种节拍。这种句式的特点在于,它所蕴含的语义虽然是明白无误的,但却并不是最为重要的,重要的是句子和句子连缀之间的节拍,重要的是这种节拍所打击出来的叙述情绪。我把这种句式称为情绪型结构。

情绪型句式是《蓝天绿海》的基本句式,也是刘索拉小说的基本句式。这种句式往往不是由语句的叙事信息而是由语句的音乐感觉来推动的。它不在乎句法上的苦心经营(如后面所说的马原小说),不在乎语义上的悉心雕琢(如后面所说的孙甘露小说),也不在乎修辞上的虚幻空灵(如后面所说的阿城小说),而是一种全身心投入的情绪共振。这样的语言通常相当流畅,而与之相应的小说叙事也相当随意。

与情绪型句式对应的是,同样以情绪的流动为主导的叙事方式。《蓝天绿海》在叙事上既不注重叙事方式的变幻,也不注重故事结构的骀宕,而是沉醉于演唱般的吟诵。这种叙事方式与其说具有很大的表现力,毋宁说带有很强的表演性。这种表演性使叙述者的叙述状态就象歌手在舞台上作演唱一样,其情绪投入时〔时〕充满表演意识。我把这种叙述方式称为意绪性方式。也即是说,一方面这种叙述是情绪型的,〔但〕另一方面这种情绪又是为叙述者所意识到的。虽说这种叙述往往是在叙述者意识不到的时候才会完全进入角色从而叙说得精彩不已,但这种充满情绪色彩的叙述却在总体上是为表演意识所牵引的。这种表演意识和情绪节拍的背反性在于,叙述者的叙述一旦进入最佳情绪状态和最佳语感(乐感)状态时,在这种状态下的叙述会不知不觉地背叛自己。就拿上述所例(列)举的那个长句来说,它可以说是一段最佳状态的叙述,但这时候的叙述情调与整个小说的叙述情调却是完全相背(悖)的。小说的整体叙述情调是满不在乎的,时时扔出一个又一个漫不经心的语气,但这一段的叙述却是那么的认真那么的执着那么的忧郁那么的感伤,仿佛换了一个叙述者一样。事实上这两个叙述者全都属于刘索拉,只是一个充满表演意识,因而是不进入的;一个却不知不觉地摆脱了表演意识的规约,因而是全然进入的。这是一种表演意识和角色情绪的相互背离。在意绪性叙事中,通常会发生这样的背离,但就小说语言而言,这两种叙述状态都是真实的,因为它们都是情绪性的。也即是说,它们都可以归结为或者说还原为情绪性的叙述句型,从而体现出一种情绪的真实。这种句型结构和叙事方式的同一,则构成刘索拉的小说语言的上述基本特性。这是有关小说语言对称性的第一个实例。

第二个实例是阿城的《棋王》。我所选取的例证是小说的首句:

车站上乱得不能再乱。

从语法上说,这是一个主谓句,并且是以常规的句法所构成的主谓句。这个句子的特点既不在于主语也不在于谓语又不在于主谓语之间的结构关系,而在于修饰谓语的那个状语上——乱得不能再乱。

作为一个主谓型的陈述句,这里的谓语是对主语的描绘(陈述)。这种描绘通过状语把描绘推到了极致——不能再乱。但这个极致性的描绘却又是非写实的,没有任何物象的。本来谓语——乱——已经是一种写意性的陈述,而结果作者又用于一个同样的词——乱——对谓语作了同文反复似的修饰。于是,读者在阅读中所得到的只有一个关于"乱"的陈述。并且是"乱"得无法形容。因为无法形容,所以作者干脆用无法形容本身作了形容。你可以说,关于车站上的乱,作者什么都没说;你也可以说,关于车站上的乱,作者什么都说了。这是一种无言之言,这是一种禅的表达方式。作者不说究竟"乱"得怎么样,但作者说了"乱"的程度——最高形容级的"乱"。"乱"在句子中不是作为一种物象而是作为一种意象被陈述出来的。因此,我把这样的句型归于写意型的句式结构。

这种写意句与刘索拉笔下的情绪句不同的是,在那里的语义是通过句子的节拍以及节拍所表现的情绪共振呈现的，而在这里的语义则是通过句子的修饰成份以及这种修饰成份的特性（写意或写实等等）呈现的。这种写意句具有强烈的修饰性。或者说，修饰是这种句型的结构基点。这里的句子成份完全可以按照修饰关系来划分——主语，修饰对象；谓语系统（包括状语在内），修饰主体。如果说，刘索拉小说的那种情绪句的句子主体在于句子与句子之间的节奏性很强的连缀之中的话，那么，阿城小说的这种写意句的句子主体则在于谓语系统的修饰语上。而修辞上的写意性，又使这种句式在其陈述层面之下，还潜伏着一个隐喻层面。或者说，它在句子的表层结构上是写意的，它在句子的深层结构中则是隐喻的。

车站上乱得不能再乱——就该句的陈述性而言，它的叙述功能在于，它推动了对小说的整个故事的叙述；但就该句的隐喻性而言，它的隐喻功能在于，它暗示了小说的整个故事背景，即故事所置的动乱年代，故事讲说所基于的总体语境。在此，状语（乱）是对谓语（乱）的暗示，而（动乱的）主语，则是对整个故事背景的暗示。这两个层次的暗示都在一种无可言喻的意会之中进行，从而小说的语言也由此被规约到了写意性的陈述方式之中。顺着这种陈述方式进入《棋王》的整个语言系统，人们就能看到与之全然对称的叙事方式。

《棋王》的叙事方式是小说首句的写意方式的一种扩展。这种叙事方式尽量避免对物象的直接呈示，而注重于意象性的讲述。无论是情节、人物、人物对话、具体场景，都被诉诸一种相当随意的叙述，因而显得空灵、飘逸，一如中国传统艺术中的写意画和其他写意艺术。如果说，阿城是一个得了中国艺术的美学真谛的作家的话，那么他的成就首先就在于小说语言的这种虚空上。阿城从不坐实具体的物象，而通常以“乱得不能再乱”这样的叙说方式在小说中留下大量的空白。他的小说无物言之，却无不言之，使读者的阅读产生连续不断的想象。这种叙述方式的叙述魅力不在于故事结构和叙事结构的丰富多变上，而在于叙述语言在小说画面上所留下的疏密程度和修辞弹性上。而且不仅是《棋王》，几乎是阿城的所有小说，都是由这种写意性的叙事方式构成的。而他的全部小说语言，又都可以归结为这样一个基本句式——车站上乱得不能再乱。反过来说，这个句子包含着阿城小说的全部语言信息。至于阿城后来在《遍地风流》中所作的努力之所以失败，原因也就在于他把这个句式的写意性下降成了一种修辞操作。因为既然已经是“乱得不能再乱”，既然已经是“乱”得无法言说，那么任何对“乱”的言说企图都是徒劳的，都是毫无审美意味的工匠性操作。事实上，当人们发现一个作家难以超越他用以写作的基本句型时，该作家的任何对自己这基本句型的超越行为都是一种语言上的冒险。我很赞成这样的冒险，但我又认为，这种冒险必须基于认清自己的语言物性，以便找到突破的缺口。当然，虽说如此，阿城的写意句在中国当代新潮小说中毋庸置疑是相当独到的，并且获得了较高的成就。

第三个例证来自去年崛起的那批后期新潮作家,孙甘露和他的《访问梦境》。

在无法意识的行走中,信使的旅程已从无以追忆的黯淡的过去,无可阻拦地流向无从捉摸耀眼的未来。

假如删除这个句子的所有修饰成份,那么,它是一个非常简单的主谓宾陈述句:旅程——流向——未来。然而,这里的主语、谓语、宾语都分别被作了一种互相背反而又自我相关的限定和修饰。即便是前置状语,也同样如此。按照整个句子成份的组合关系,该句的前置状语应该是:在信使的行走中。但作者省略了主语信使,而在谓语动词前面添加了定语无法意识。既然信使的行走(是)无法意识的,那么信使的旅程也就是似有似无的。前置状语的这种先行否定,使主语(旅程)以一种非常虚幻的面目出现在句子中。而且,紧跟在主语后面的动词状语又进一步加重了主语的这种虚幻性——已从无以追忆的黯淡的过去。"过去"由于无以追忆,也就自然显得黯淡。但必须注意的是,这种虚幻性在被动词状语强调的同时,又在悄悄地弹向一种与虚幻性全然相背(悖)的实在性。这种实在性通过标记着完成时态的"已"字不声不响地体现出来。一方面,主语是虚幻的;一方面,虚幻的主语却又是已经发生其动作已经完成从而其存在也就业已确定了的。这种实在性通过紧靠在动词谓语前面的状语无可阻拦得到明确的强调。虽然主语无法意识,并且来自无可追忆的过去,但它却是实在的,并且以它的实在性无可阻拦地流向未来。至此,整个句子的语义已经历经了两个转折:对主语实在性的否定——对主语实在性的肯定。这两个转折表明了主语本身的不确定性和整个句子语义的朦胧性,而接下去修饰宾语的两个定语,又进一步强调了这种不确定性和朦胧性,即无从捉摸的耀眼的。不论宾语由于耀眼而无以捉摸还是因为无以捉摸而显得耀眼,它的重要性在于与前面的定语——无以追忆的黯淡的——形成有力的对应。过去是因为无以追忆而显得黯淡,未来是因为无以捉摸而显得耀眼,而整个主语系统(包括主语的定语成份)也就在这样两个不确定的时空中完成着它的实在性。这种实在性既是瞬间的又是永恒的。也即是说,整个句子的总体语义是一种对瞬间感觉的表达,但这种瞬间感觉又指向永恒。它通过语义上的自我缠绕,同时呈现出了感觉的瞬间性和永恒性。而这种语义的自我缠绕,也就是孙甘露小说语言的基本特征。孙甘露的小说语言不是通过语句的情绪节奏(如刘索拉)也不是通过语句的修饰奥妙(如阿城)而是通过语义本身的自我相关来呈现语义的。我把这种语义的呈现方式称为语义抽象。这种语义抽象不是理念性抽象,而是具象性抽象,它不是对概念的明确,而是对形象的〔的〕朦胧确定。以这种方式组合成的句型,自然也就属于抽象型结构了。

《信使之函》中的这种抽象句,是孙甘露小说的基本句型,也是孙甘露小说的叙事方式的一种缩写。孙甘露小说的一个基本叙事特点就在于,他什么都确定,同时又什么都不确定。比如在《信使之函》中,他以"信使之函是……"这样的句型对信使之函下了一连串的定义,这些定义表明:信使之函什么都是,同时又什么都不是。而且由于信使之函的这种不确定,信使的存在连同信使的活动和信使的故事都显得朦胧虚幻和闪烁不定。正如孙甘露小说的语言是变幻莫测的一样,他小说中的故事是充满梦幻气息的。他至今为止所发表的小说,几乎每一篇都是一次对梦境的造访。只是这种梦境不是通过睡眠而是经由语言所编织的。小说的真实性在于梦的真实,梦的真实是存在的高级形态的真实,而孙甘露又把这种真实诉诸了更高级的真实——语言的真实。如果可以把这样的叙事方式还原成孙甘露小说的基本句型的话,那么其抽象型的句式同时又是梦幻性的。这里的全部骗局在于语言的骗局,这里的全部自欺在于语言的自欺,而这里的全部真实又在于语言的真实。

这种句型结构和叙事结构的梦幻性抽象,使《信使之函》这样的小说具有了很大程度上的纯粹性。如果说小说是一种语言艺术的话,那么它的艺术性首先就在于语言符号形象的塑造上。这种塑造由各个作家在不同的层面上用不同的方式进行。比如刘索拉在语言的语音层面上以情绪性很强的节奏感塑造小说的语言形象,阿城在语法的修饰层面上以修辞格的超常变动来完成小说语言形象的塑造,而孙甘露则是在语文(义)层面上通过语义的自我相关自我背反自我缠绕着手小说语言形象的塑造。这些不同的语言形象的塑造,在刘索拉和阿城是分别通过强化语言的某一要素——语音或者语句成份的修辞进行的,而在孙甘露则是通过对语言的要素——语义的解构达到的。孙甘露在小说中通过语义的背反和缠绕,解构了语言原有的经验性的常规性的意义,从而把语言符号组构成一幅幅既清晰又神秘的语文(义)图像。这些图像与埃舍尔绘画极为相近,它属于另外一个维度上的世界。原有的语义在孙甘露的小说语言中消逝了,代之而来的语义乃是一种可以感知但难以解读的图像。这是一种由纯粹的语符所构成的图像。这些图像既是可以用感觉器官触摸的,又是相当形而上的。它们近在眼前,可以感触;它们又远在天边,无法概括。它们从根本上说是无法阐释,但它们又因为这种对阐释的拒绝而具有无限的被阐释的可能性。从它们的无以阐释来说,孙甘露的小说接近诗歌,因为诗歌语言是非阐释性的;而从它们被阐释的无限可能性上说,孙甘露的小说近乎哲学,因为哲学是一种凭借语言和逻辑对世界对人自身作阐释的永恒的努力。总而言之,孙甘露的小说是一种隐喻性很强的叙述。它的叙述性使小说得以在语文(义)层面上生成,而它的隐喻性又把小说的语义推向一个神秘的无可认识的意象空间。诸如信使的旅程来自信使的行走,而信使的行走又是无法意识的;旅程的过去无以追忆,但无以追忆的过去却已经发生;旅程的未来无从捉摸,但无以捉摸的未来却明亮得耀眼;如此等等。这样的叙述只告诉读者一个个语言的事实,但不解释这些个事实究竟是什么。因为这些个事实是一切,是无穷大,也是无穷小。经验的语言世界在这里被瓦解了,代之而起的是另外一个语言世界,在那个语言世界里,语言本身成了最为根本的形象,最为基本的“演员”。语言操纵着人物,语言讲说着故事,语言扮演着语言。这种语言的自我相关构成孙甘露小说的基本句式,这种用自我相关的语言叙述故事的方法,则形成孙甘露小说的叙事方式。这就是孙甘露小说语言的全部信码。

最后一个例证是马原和他的《虚构》。

> 我就是那个叫马原的汉人。

这是《虚构》的开头。这个开头呈示了整个小说的基本句型(甚至可以说是马原所有小说的基本句型),也缩写了整个小说(甚至包括马原的所有小说)的叙事方式。对此,可以从最基本的句法结构入手,展开一系列有关的论述。

从这个句子的基本语法成份来看,它是一个极其简单极为常规的完整的主谓宾句式:

> 我——是——汉人。

主语——我,谓语——是,宾语——汉人。其中,状语“就”和定语“那个叫马原的”分别是对谓语和宾语的限定和强调。如果从语音、语义,修辞格上说,我们看不出这个句子究竟有什么奥秘。因为它的奥秘在于它的句法结构上。它也是一个自我相关的句型结构,但它的结构重心不是在语义的自我相关上,而是在语法的自我相关上。主语——我通过谓语动词在后面的定语和宾语中作了有层次的复调性的伸展——汉人——马原——那个叫马原的汉人,而那个叫马原的汉人也就是我。在此,判断动词表面上起了一个介绍作用,实际上却是主语形象向宾语形象伸展的过渡。这是一个相当平滑的过渡,就好比巴赫的卡农旋律一样,并且由于动词前面的那个状语——就,整个过渡显得更加巧妙,宛如一次天衣无缝的暗渡(度)陈仓。主语经由这一过渡,十分自然地滑入宾语系统。我——就是——那个叫马原的———汉人。主语在逐步逐步地被限定被明确化的同时,逐步逐步地变得难以限定和很不明确。如果说,孙甘露的句型主体在于语文(义)相背的话,那么马原的句型主体则在于语法成份的互相缠绕。前者通过语义解析获得语义形象,而后者通过语法缠绕获得语符形象,即主语是宾语,主语又不是宾语。因为按照句子的逻辑限定,它应该是:

> 我是马原,马原是汉人。

然而,小说中的这个句子却在对主语作逻辑限定的同时悄悄地否定了这种逻辑限定。它通过状语成份———就——暗示出这样的否定。因为在“我是……”和“我就是……”之间,有一个非常细微但又非常实质性的差别。前者的确定是没有前提的确认,它不需要对主语作出任何前置性说明就可以对主语作出肯定判断;但

(而)后者的确定却暗含着一个必不可少的前提,关于主语的前置说明。“我是什么”中的“我”是没有先验意味的,它从“我”开始;但“我就是什么”中的“我”却是有先验意味的,即关于对“我”的特指性的质疑:“你是谁”? 也就是说,这个“我”不是从“我”开始的,而是从“你是谁”开始的;它必须在“你是谁”的质疑下,才能顺理成章地说道:“我就是什么什么。”从这个句式的一方面限定一方面又否认限定的自我相关性上,我认为可以得到下述两个句法特点:

其一,这是一个具有先验性的句法结构。按说,它是小说的第一句话,而小说文本就其自足性而言,全部的叙述都自第一句话开始;小说的第一句话限定了小说的叙述时间和故事时间,也限定了小说的语言方式。但这第一句话现在却由于那个没来由的前提的存在,使读者产生了在主语之前即在小说开始之前该主语以及整个的句式结构都已经存在了的感觉。小说的第一句话在此不是上帝的第一推动,而成了后于上帝的推动而发生的一个连续性事实。

其二,这是一个谎言般的悖谬结构。小说中的这句话一方面连用三个限定词申明主语是什么:我就是那个叫马原的汉人。这三重限定都带有对“我”的特指意味。但问题是,“那个叫马原的汉人”却并不就是“我”。因为宾语可以是对主语的限定,但宾语不可以在限定主语的同时限定自身。然而按照该句式的语法逻辑,宾语对主语的限定恰好又是宾语对宾语自身的限定。这种自我限定无意中推翻了原有的对主语的限定。主语是宾语,宾语是主语,宾语是宾语,主语是主语,结果却导致宾语什么都不是、主语也什么都不是的结论。在此,“我”是先验的,“我是什么”也是先验的。“我”通过自我证明确认“我是什么”,结果这种确认在事实上具有虚构的意味。也就是说,“我”用撒谎的方式说了关于“我”的事实。

其三,这个句子的背(悖)谬性还体现在它的自我相关性上。整个句子在其表层结构上是逐步明确化的,但在深层结构上所产生的叙述效应却是不明确的。关于主语“我”,该句子似乎什么都说了,但又似乎什么都没说。语言在表层上的所指,在深层上由于语言的虚构性又弹回到了它的能指功能里,成为一个由自我相关的所指组成的能指结构。

这就是《虚构》。这就是马原的语言圈套和马原的虚构方式。所谓虚构,就是真实的谎言。其实质一如那个著名的悖论:我是说谎者。这句话你可以说是一个谎言,因为它出自一个说谎者之口;但它又并不因为可以被看作谎言而显得虚假,相反,它由于逻辑上的无懈可击而显得十分真实。因此,所谓虚构,其实就是一种真实的说谎方式。从小说《虚构》所讲述的故事本身来说,读者无法指责它有虚假之处,因为它完全合乎故事逻辑。但读者假如要问:马原究竟有没有那样的经历,那就等于在问“我就是那个叫马原的汉人”中的“我”究竟是不是马原,问得毫无意义。

由此可见,马原是一个领悟了小说真谛的作家。他懂得如何撒谎,但他又懂得什么样的谎言才是真实可信的。从这个意义上说,他确实在小说中作了扮演上帝的努力。因为上帝有没有撒谎是无法求证的。上帝所说的一切都是被先验地假设为正确的真实的具有无可怀疑的真理性的。所以马原也就从这个难以推翻的绝对前提出发,编造了他的小说语言迷宫。

如果可以把马原的全部小说语言简化为一种句型,那么就是我在上面所引证的这句话。我把这种句型称为叙事型结构。这种叙事句的特性在于,它全然立足于语言的真实。它可以不关注情感和辞藻,而致力于真实的谎言编造。它不会象阿城那样作写意性的陈述,而着重于对物象、具象以及人物形象的还原性陈述。也即是说,它不会用“我就是我”那样的方式,而是通过把“我”不断的具体化来达到深层结构上的虚幻化。这种句式结构是如此的坚实,以致(至)于与之对称的叙事方式几乎就是它的直接衍化。

《虚构》乃至马原的所有小说的叙事方式,都可以在这个基本句型的结构关系中找到直接的对应。我——叙述者,马原——作者,那个汉人——人物。主语在整个叙事结构中既是叙述主体又是叙述对象。也就是说,整个小说既是由“我”叙述的,又是对“我”的叙述。

我/就是那个叫马原的汉人。

但是,主语的这种自我叙述又不同于传统的自传体小说或者以第一人称为叙述者和主人公的写实小说。因为在那样的小说里,主人公尽管叙述了许许多多的事件和经历,但作为小说的叙述主语,却是始终不变的。这种叙述方式在小说语言中的结构关系是:

我/是我。

但这种结构关系在马原的小说语言系统中却被完全改观了。“我”虽然在叙述逻辑上依然是“我”,但“我”在叙述过程中又不全然是“我”,而是被“我”作于“我”的次第性展开和演化:

我/就是/那个叫马原的/汉人。

“我”经由“马原”和“那个汉人”完成对“我”的叙述。主语在叙述过程中被谓语动词抛射出去,变成宾语定语,变成宾语,然后再返回自身。如果说我是我的语言结构是一个单向的我性结构的话,那么我是那个叫马原的汉人的语言结构则是一个双向的递归结构。这种结构关系在逻辑上可以简化成这样的基本公式:

我是非我,非我是我。

主语变成宾语,宾语变成主语,呈现出一种地道的双向同构关系。这种叙述逻辑超越了传统的叙述逻辑。它在确定叙述主体和叙述对象的同时,又隐含了确定本身的不确定性。而整个叙述也就由于这种逻辑上的互相背反，在体现小说语言的故事陈述功能的同时体现了小说语言的故事隐喻功能。

在整个句子中，主语作为陈述者相当清楚地陈述了宾语系统所隐含的故事。这是其小说语言的表层结构，**简单陈述结构**，然而，这在其小说语言的深层结构中，作为陈述对象的宾语系统（做事）本身就是作为陈述主体的主语（叙述者）的展开和演化。因此，主语无法成为绝对的叙述主体，主体本身也是叙述对象。与此相同，宾语系统也不是绝对的叙述对象，它们本身也不过是主语的变体罢了。这种主语——叙述者和宾语系统——故事的双向度的自我相关，使整个叙述产生了某种隐喻性。主语和宾语系统都是虚构的而不是实在的，**唯一实在的是叙述的逻辑**。这种叙述逻辑的真实性使虚构的陈述变成了真实的陈述。真实的逻辑把虚拟的主语（叙述者）和虚拟的宾语系统（作者和人物）联结成一种关系，这种关系又作为一个过程呈现出来。关系是自我相关的虚构关系，过程是故事叙述的语言过程。它们同时产生双重的隐喻，这是叙述语言的**双向隐喻结构**。也即是说，在这样的结构中，不仅整个叙述过程是隐喻的，而且叙述主体和叙述对象也是隐喻的。

对比一下简单陈述结构和双重隐喻结构，人们可以发现，在前一个结构中，主语和宾语都由于各自的界定而明确隔离。主语和宾语的身份、位置都是泾渭分明、固定不变的。“我是我”，前一个“我”（主语）是叙述者，后一个“我”（宾语）是叙述对象，是小说中的人物。句子成份的这种明确性决定了叙述者和故事人物的实在性。他们后面没有任何隐喻空间，他们完全是平面上的人物，平面上的语言结构，被诉诸平面性的叙述过程。相反，在后一个结构中，主语和宾语却都由于各自的相关性而互相缠绕。“我是非我，非我是我”，叙述者缠绕着叙述对象，叙述对象又缠绕着叙述者。他们从各自的空间伸向对方，又从对方的层面上返回到自身。其情景一如埃舍尔绘画中的奇妙图像。此外，从语言的逻辑来说，主语的叙述在进入宾语的时候，突然发生了微妙的断裂，于是叙述语文（义）就从这样的裂缝中垂直地伸展出去，产生巨大的隐喻效果：

我
　就是
　　那个
　　　叫马原的
　　　　汉人。

这个句式从小说语言的平面我性的叙述中构造了一个多层次多维度的语文（义）空间。这个空间里的主语和宾语系统全都既是实在的又是虚幻的，具有无穷的联想和环绕余地。

如果再从叙述进程来看的话,就这句话对整个小说语言系统的推动来说,“我”这个主语形象在扮演叙述者的同时又成了整个故事的叙述动机。这个动机与巴赫的卡农旋律一样,越是向前展开就越是向自身回归。它在小说的句法结构上展开为宾语系统,它在小说的叙事结构上展开为整个故事连向故事中的人物,如此等等。这就是马原小说语言的基本结构和主要构成密码。

以上是从四个不同的具有代表性的新潮作家的作品中所选取的语言例证。从这些例证中,一方面可以看到小说语言在句式结构和叙事结构上的对称性,看到句法结构中的主语和宾语系统如何在叙事结构中分别展开为作者、叙述者和人物,看到小说的句法结构如何蕴含了整个小说的叙事信息,以及叙事结构又是如何以小说的基本句型作为自己的原型;一方面又可以看到小说的语言形象是如何在四个作家笔下以各不相同的方式作有层次的呈现的。小说的语言形象在刘索拉的作品中主要呈现为语音层面上的音乐形象,在阿城的作品中主要呈现为修辞层面上的意象形象,在孙甘露的作品中主要呈现为语文(义)层面上的语文(义)形象,而在马原的作品中则主要呈现为语法层面上的逻辑形象。这些语言形象的出现,意味着传统小说以语言为工具为载体的写作方式在历时性意义上的某种终结。小说语言作为第一性的文学形象,登上了当代中国的小说舞台。而人物形象以及小说中的各种景象和物象,则都是小说语言这一基本形象的衍化和发展。这是中国当代新潮小说迄今为止所取得的最大成就,也是中国小说发展史上的一个极其巨大的历史转折。在此,任何不安和非议都是无济于事的。因为这一切发生得实在太自然不过了,从而构成了当今中国文学的一个十分重要的无可抹杀也难以回避的事实。遗憾的只是,对这一事实的实质性研究,现在仅仅还刚刚开始。

1988 年 5 月下旬,于华东师大陋室

——原载《文学评论》1988 年第 5 期

南　帆

文学：审美与审丑

一

我们已经习惯于把文学当成一个美好的梦乡。当周围现实因为平凡琐碎而无法满足灵智的渴求时，文学常常负责把人引入一个愉悦的白日梦。文学的世界将一反日常的枯燥、无聊与散乱。文学的特征在于使人充分地领略崇高、壮烈、悲愤，领略感悟、温情、安慰。人们疲惫地从繁琐的公务与家务之中脱身而出以后，文学往往有意无意地被当作精神上的温泉疗法予以接受。从午间休息、夜眠之前或星期天的文学阅读中，我们可以估计出文学在解除精神疲乏方面的巨大功效。

然而，这种延续已久的文学功能正日渐遭到某种侵害与破坏。不知道哪一天开始作家们吃错了药，一大批丑陋的意象潜入文学领域并且抛头露面。这些意象将以其怪诞、畸形、病态、血腥、污秽、肮脏、残酷给人以梦魇般的痛苦体验。这些意象的丑陋程度甚至超出了许多人的想象。我们可能惊讶地发现，文学领地中的丑陋意象如此之多，它们已相互呼应成为一种不容忽视的文学动向。我们已不能把这些意象当成某种想象力的恶作剧，也不能视为作家个人艺术风格的产物。事实上，这种文学动向的后果可能颠覆一些正统的艺术法则。至少在目前，这种文学动向已波及一些最为重要的文学体裁。一场美学上的挑战逐日趋于公开化与表面化。诗历来被尊为文学的正宗，而一些诗句却显出了诗的陷落。让我们从一部题为《城市人》的诗集中摘取几个片断，从而表明“恶之花”已经移植于东方的“风”“雅”之邦。

少女的月潮是城市旱季的红雨
眼睛从海底浮向沙面
在人的两个洞穴里沦为发光的天体
……

——宋琳《城市之一：热岛》

如今脚趾已象鸭蹼一样连成一片
掩盖住掉在泥土上的黑色发带
女子体香如战场上的硝烟转瞬即逝
胸脯上的吻痕红肿起来我相信
一唱三叹的肺炎由此繁殖
……

——张小波《春天》

在小说领域,我们只要随意提出几位作家的名字就够了。人们不难回忆一些不快的阅读经历——在韩少功、莫言、残雪以及蒋子丹、洪峰的小说中,人们不是常常被一些意象折磨得浑身颤慄吗?考虑到上述这些作品的共同征象,我们无疑可以将这种文学动向纳入美学上“丑”的范畴。这时,我们发现我们的阅读反应同美学专家的概述十分吻合:“丑这个范畴是在审美外观上肯定会使高级感官感到不快的东西”,“在艺术和自然中感知到丑,所引起的是一种不安乃至痛苦的感情”。[①] 换言之,这种文学动向乃是对于审丑的强调。

勿(毋)庸讳言,这种文学动向使许多读者深感不快。文学仿佛令人失望地再度证明:艺术不再是美的象征。相反,种种怪异丑恶的刺激令人心神不宁。这不能归诸读者的保守倾向,从而认为读者对于世界的阴暗面闭目塞听。多数读者不惮于在文学中看到恶势力的表演,并且由此产生正义的激愤与批判意识。正义的激愤与批判意识同样是人们精神健康的组成因素。事实上,读者对于这种文学动向的反感毋宁说来自感官上的厌恶——他们难以接受的是那种吞咽了苍蝇的感觉。人类学的研究告诉人们,人的感官同样是文明进步的产物,经历了久远的文化冶炼,读者的审美趣味已经高雅得无法接纳如此粗砺(粝)原始的艺术对象——尽管这种对象不能构成世界真相的一部分。概括而言,读者并不迴(回)避伦理意义上的恶,读者所拒绝的是引起生理性反感的丑。

缺乏伦理意义的纯粹丑可能损害艺术的和谐,许多人对鲁迅的教诲耳熟能详。“世间实在还有写不进小说里去的人。当写进去,而又逼真,这小说便被毁坏。”鲁迅进而以绘画为例予以说明:“譬如画家,他画蛇,画鳄鱼,画龟,画果子壳,画字纸篓,画垃圾堆,但没有谁画毛毛虫,画癞头疮,画鼻涕,画大便,就是一样的道理。”[②]如果我们记起鲁迅在《阿Q正传》中曾津津乐道阿Q的癞疮疤,那么,我们则可以重温一个对待生理之丑的艺术范例:鲁迅所强调的恰恰是癞疮疤在“精神胜利法”中的伦理

---

① 参见《近代美学史述评》,第232—233页。
② 《且介亭杂文末编·半夏小集》。

功能，癞疮疤本身的生理之丑被巧妙地引渡至社会文化上的意义。这种转化过程中，艺术在增加社会意义的同时缓解了直接的感官刺激。然而，目前文学领域的审丑多半已不在乎这些禁忌。丑似乎正在文学中争取自己的独立位置，它不愿意继续成为恶的对象的外观。事实上，上述作品中的丑正日益同伦理判断剥离。莫言在这方面似乎作（做）得很彻底。《红高粱》中的罗汉大爷无疑是人们心目中的英雄。然而，莫言竟然以骇人的笔墨精细叙述了罗汉大爷的被剐：不成形状的嘴巴，酱色的头皮，肚子里的肠子蠢蠢欲动，整个人体被剥成一个肉核，周围漫天飞舞着葱绿的苍蝇——这残酷血腥的景象显然不是作为“恶”的表征而存在。除了丑之外，我们很难继续由此搜索到某些伦理学意义上的相应涵义。这个时候，我们不得不克制自己的不适反应而开始追问：作家们的意图是什么？他们想为文学带来什么？

二

以丑陪衬美是传统艺术中的另一个辩证法。甩开了作为统辖者的“恶”之后，丑在美学中却沦为美的特殊侍卫。这时，丑将作为一种反作用的配角活跃于艺术中。它将以自己的粗鄙卑下反衬出美的辉煌圣洁，这就象一群乞丐匍匐于尊贵的王子周围一样。归根到底，这种艺术辩证法仍旧将丑整编于美的纲领之下，并且为之效力。这种艺术辩证法主要源于近代的浪漫主义。雨果曾认为，近代艺术的特征在于同时接纳畸形与优美、粗俗与崇高、恶与善、黑暗与光明，而滑稽丑怪作为崇高优美的对照是艺术发展的一个重要里程。这种艺术宗旨在文学实践中已经深得人心。这不仅表现为作家习惯于以光明的结局规引善与恶的冲突，同时也表现为以美的神灵统摄丑的形骸。于是，人们总象寻找点金术一样研制各种艺术配方，以便将丑点化为美的属下臣民。这种美学思想无疑具有某种世界观的意义。它对于现实与人性怀有一种根本的信任，一种基本的乐观精神。虽然我们在某些时刻将不可避免地面对丑陋与邪恶，但重要的是美的最终胜利——美总是象最后一张底牌令人兴奋地收揽全局。

然而人们在雨果之后又迈出了一步。新近的文学动向似乎正走出美与丑的辩证关系。丑不再甘居为美的垫脚石，从而开始自己唱起了主角。这个演变在韩少功的小说中表现得十分清楚。《风吹唢呐声》中的哑巴虽然带有几分加西莫多的气质。哑巴的无言与悠扬的唢呐声，外表的畸形与忠厚的心肠，哑巴与他哥哥之间的迥异秉性——这一切无不有意无意地结合成一种相互对比关系。可是，及至《爸爸爸》、《女女女》、《蓝盖子》出现之后，韩少功已经舍弃了欲擒故纵的艺术策略。丙崽，幺姑，或者《蓝盖子》中的尸体与梦魇——这些丑陋的意象并没有从背面发出美的光芒。这些小说仿佛宣称：丑就是丑，直接（截）了当，丑陋单纯而又真实地横亘在面前，逼迫我们接受。没有糖衣的包裹，没有美作为结束之前的安慰，丑将带着它所有的沉重阴影长久地压迫在我们心头。

文学的审丑提供了一种新的世界观感。丑的刺激重新唤醒了人们的文化感官。作家伸出无情之手，教育、道德、艺术等一系列文化措施遮蔽于世界之上的面纱被揭去了。美不是一切，世界的某些角落里还活生生地蠕动着种种丑陋的景象。我们再也不能对此视而不见。丑不是恶的代号，不是美的反衬。它将作为一个令人不快乃至令人难堪的实体冷然地存在。来自丑的打击使人们不可能继续心安理得地陶醉于美的抚慰。这将逼迫人们把脸扭向丑，并且承受由此而来的痛苦的情绪反应。对于人类趋美避丑的本能说来，这无异于一种强制性的精神扭曲。当然，文学的审丑不在于提供世界的全貌，它更象是对于世界某一方面的夸张。我们不能因此责备作家过甚其辞。谁不承认美比丑更易于给人带来愉悦？谁不愿意留连于诗人为我们提供的这种诗境？

然而，文学不可能永远扮演一只女性的柔软之手。在某些背景面前重复一种童话诗，这如果不算矫情，那么至少也显得过于天真，过于纤弱了。在战火、血污、阴谋、暴虐面前，在挥之不去的庸俗、扯不开的勾心斗角、无休止的互相扯皮、令人讨厌的装腔作势面前，种种雅致的浅吟低唱是否有失轻佻？这时，那些结结实实的丑陋反而显得狰狞有力，震聋发聩。譬如说，假如陷身于某种备受折磨而又无由摆脱的人伦亲缘关系中，那么，残雪的《山上的小屋》或《阿梅在一个太阳天里的愁思》之中所罗列的丑反而给人以痛快淋漓之感。父亲的狼眼与嗥叫，家人在暗处阴险地窃笑，妹妹的绿色眼珠，母亲那使头皮肿胀的目光，泥浆里肥大的蚯蚓，儿子的蠢脸与肥大的屁股，满口浓烈的大蒜味，还有始终充溢于空间的鬼鬼祟祟的气氛——当残雪把这一切掷向亲情人伦时，这些意象显然成了一种令人解气的恶狠狠的诅咒。在以恶抗恶的时候，丑陋显然比温文尔雅更为尖锐泼辣。它不象后者那般谆谆善诱或潜移默化，它的作用更象一次不施麻药的外科手术。

无论怎么说，文学领地被丑的足迹放肆地玷污了。丑大摇大摆地登上显赫的座位，并且频频现身于公开场合。这一切显然暗示：许多作家再也不肯以温情脉脉的眼光打量世界了。整个人类的阴（隐）私正被翻检到光天化日之下，经受众目睽睽的审视。这似乎是个可悲的事件。令人奇怪的是，许多作家在展示丑的同时并未流露出痛心疾首或无可奈何的神情。相反，他们似乎隐藏了某些幸灾乐祸之感。对于许多作家说来，文学在垂青丑的同时还宣泄了一种反抗的欲望，一种亵渎的快感，这就象爬到偶象的脖子上撒尿或者把唾沫吐到绅士淑女的礼服上一样。

让我们沿着这种反抗与亵渎的情绪往前走，我们终将观察到：这种反抗与亵渎的对象乃是以往的审美观念体系以及与之相关的人生信念。这个观察使我们可能在一个更广泛的范围内考虑文学之中审丑现象的原因。

三

假如列出汪曾祺、贾平凹、何立伟、舒婷、张洁、张承志这些作家的名字，我们立即会感到些什么。这些作家的擅长与风格各异，但他们之间仿佛具有某种联盟，某种默契。这些作家对于美具有充分的自觉。这与其视为作家个人气质的偶然接近，毋宁说是一种艺术气候之下的必然果实。我们刚刚脱离这样的时代：那个时代美被弃如敝屣，甚至视为罪过。当粗野、蛮横被当作优秀阶级的品质而广泛推行时，美丽欠缺在某种意义上可以视为人性的欠缺。因此，作家重新把美奉为心中的偶象，这不仅只有某种纯艺术的目的。不管理论上是否明确，这些作家都自觉地以文学修复人性。他们已经意识到，美的渴望与珍视应当是人性中不可或缺的部分。在这个意义上，这些作家对于美的表现不可避免地同肯定人性——肯定人的光荣、善良、尊贵——联系在一起。

汪曾祺的自叙足以为此参证。他解释道，散文化的艺术处理有助于冲淡严酷现实的"硬度"——这无疑是他尝试小说散文化的动机之一①。显而易见，汪曾祺对于美文学的兴趣可以追溯至他对于世界的温情。作为敏感的女性作家，张洁与舒婷似乎有相近的艺术动机。张洁携带了《森林里来的孩子》步入文坛之后，在她的初期小说散文中，美与人世间的温情常常是合二而一的；对于舒婷说来，她的一句题词事实上可以冠于所有纤柔而又略带感伤的诗篇之前："人呵，理解我吧！"在这个意义上，郑重地提到张承志不仅因为他是美文学的倡导者，也不仅因为他出色地再现了黄河、天山、草原、戈壁、冰峰。这个作家如此引人重视显然还因为他坚定的人生信念。当然，多数作家笔下的内容远为庞杂。但是，他们有个共同的迹象：他们不是把美当作形式感，而是视为一种人生境界。由于如此重要的社会意义，作家的爱美之心与广大社会异乎寻常地志趣相投。于是，当我们借助文学接触世界时，美就象一重厚厚的襁褓裹住了我们的感官。文学使我们更善于发现与摄入美。经过美的净化，我们增添了理解、同情、纯洁和善良；增添了诚恳、尊重，荣誉感和雍容大度。对于丑，我们习惯地把它当成阳光之下的暂时阴影，而无视它那独立而又尖锐的存在，这些习惯、情绪和看法已经汇聚成一种宽泛的文学意识。

审丑意识可以看作对这一切的反抗。一些作家并不认为真的全是美的。他们不愿意人们继续惬意地在这种文学意识中滑行，不承认所有的云雀、天使、玫瑰、粉红的信札或如花的姑娘是虚伪的，但我们无须以此造作地掩饰垃圾堆、厕所、呕吐、

① 参见《作为抒情诗的散文化小说》，《上海文学》1988 年第 4 期。

噪音、蝇虫或避孕器材。在后者面前,美文学常常过于典雅,弱不禁风,甚至矫揉作态。为了不让人们总是对世界报以温和的或天真的笑容,这些作家情愿奉上一张龇牙咧嘴的鬼脸。审丑意识的出现显然同二十世纪的某些哲学派别与文学派别有关——二十世纪产生了一些不肯让人陶醉的哲学与文学。另一方面,审丑意识更重要地源于作家对于现实与人生的严格省察。当美文学拒不接受这些省察的结果时,一些作家毫不犹豫地弃之而去。经过不留情面的审视,以《雪白的墙》、《中国,我的钥匙丢了》这种纯净诗篇而著称的梁小斌改变了自己的艺术初衷。这个宣言可以看作他的反叛:"我的旗帜,走出优雅!"①

在反抗美文学的行动中,破坏既定的美学法则往往是审丑意识的一个重要步骤。丑闯入文学大厅横冲直撞,碰翻了精致的古董架,打碎了光洁晶莹的玻璃窗,并且把地毯踩得污秽不堪。迎着人们的惊呼与喧哗,丑完成了对美文学的窥视与挑战。这种扰乱在另一方面也给文学带来了生气。雨果曾经发现,美过于单调拘谨,而丑却千变万化——后者的刺激使文学的表现力重新振作起来。然而,这不应仅仅视为外观上的调剂。这时,艺术上的口味变换时常被赋予一层更深的意义——丑的表现时常寓含了作家在某些方面的叛逆精神。当诗人把"不须放屁"这样的粗鄙言辞带入典雅的诗词时,对于某种公认规范的不屑与讥笑明显可见,当"他妈的"、"床上功夫"、"性交"这些字眼挑衅性地频繁露面于小说之中时,这意味着作家有意强调与某些道德信条的对立。夸张丑来恶心那些善男信女,这样愤激犹如亮出屁股向文明礼貌示威一样。当美文学所推崇的人际关系——诸如友善、挚爱、尊重、谅解——成为幻影之后,失望引起了一些作家的恼怒情绪。对于洪峰说来,这种失望可能已扩展至更为亲密的亲缘关系。在《瀚海》中,洪峰坚决地否认了生活的诗意。他无法从口袋里取出一个蔚蓝色的童年。相反,在一大片盐碱滩的背景上,洪峰所出示的故事冷酷无情——即使亲人之间也是如此。作为对于"诗意"之说的打击,《瀚海》毫不回避大哥的丑:痴呆与吃鼻涕的怪癖,黄板牙与涎水,粗大茁壮的生殖器与玩耍屎尿——直到淹死之后肿胀的尸体与上面的苍蝇。这个倾向在《奔丧》中更为明显。这些文学现象向我们告知了一个结论:丑作为独立的文学内容而出现,这是文学对于世界真相的新发现;这个发现所以姗姗来迟,毋宁说由于某些文化习惯的好意阻拦。于是,文学中审丑意识的出现同时还标志着对这些文化习惯的带有几分刻毒的轻蔑。

这个结论是否还值得稍加补充?除了上述的意义之外,丑是否还可能使某些人吸吮到一种奇特的愉快——这就象《红楼梦》中那块风月宝鉴背面的作用一样?倘

---

① 参见梁小斌:《走出优雅》,《百家》1988 年第 1 期。

若读过徐晓鹤的《浴室》，我们不能不对此有所联想。《浴室》记述了一群浴室中裸身洗澡的汉子。这里没有对于强健的体魄与肌肉的赞颂，而是对肉体之丑的调侃与揶揄。在这种平心静气的把玩与摩挲之中，丑似乎提供了某种邪恶的快意。这是否把我们引向人类某种隐秘的心理机制？——当心理学研究尚未出示充分的证词之前，我们只能对此存疑。

四

在庞大的文化系统中，审美无疑是作为一种上进的、肯定的因素而存在。审美不仅为人提供短暂的愉悦，它同时还潜移默化地刻画了人们的文化心理。这个时候，审美同时还应当看成是约束性的。它鞭策着人们追求崇高、优雅、纯净的精神境界，并且以此间接地阻止人们放纵于邪恶乃至兽性。因此，文学中的审美通常不限于纯艺术范围，它在很大程度上与善互为表里。既然如此，所谓的美则必须常常为善负责。当某些善的观念体系遭到怀疑时，当人们把某些善的信条视为迂呆、虚假、矫饰、压抑时，与这些善所相应的美则惨遭毁弃。我们可以看到，文化的冲突一旦导致艺术暴动，丑则赫然地出现，它就象一只粗鲁但却有力的皮靴践踏于美的额头之上。按照这种观点，我们可能有效地阐释三位作家的审丑意识：韩少功、莫言、残雪。

假如无暇逐一顾及韩少功的小说，那么，专心考察《爸爸爸》也就够了——《爸爸爸》无疑是韩少功审丑意识的代表作。小说的布景即是由一系列丑陋的意象组成，在持续的阅读中，我们渐渐跌入了一个古怪瘆人的世界。《爸爸爸》的叙述夹杂了许多沉重的黑色调侃，这使《爸爸爸》的丑带上了阴郁的嘲弄之意。当韩少功把丙崽（崽）领到了舞台核心后，一种恶作剧的味道就更浓了。丙崽是个白痴，一生只能说“爸爸”或“×吗吗（妈妈）”两句话。他平常的行径不外戳蚯蚓，搓鸡屎，抹鼻涕，不顺心时则将眼皮一轮，翻个慢腾腾的白眼。奇怪的是，丙崽在山寨里却有滋有味地活着，一时遭受戏弄殴打，一时又被奉为大仙。这一切无不反衬出寨子里人们的精神状态。尤为令人难堪的是，村里的老幼灌了毒药自戕之后，不死的丙崽（崽）居然又从某个角落颠了出来，示威似地炫耀着丑陋的顽强生机。面对这样一个怪物，人们不禁要问：人的尊严哪里去了？人的光荣哪里去了？当我们高擎起人道主义的精神火炬时，丙崽（崽）似乎总会阴险地从暗中冒出来；而对照这两者所引起的鬼鬼祟祟的笑声终将令人浑身不自在。因此，《爸爸爸》的丑似乎总在戏耍正经人，戏耍那些充满书生气的人生蓝图。一位批评家敏锐地感觉到这部作品带有几分“痞子气”。一些文雅的读者用手绢掩住鼻子，皱着眉头抱怨《爸爸爸》太脏，并且抱怨韩少功从《西望茅草地》与《飞过蓝天》上跌落下来①,殊不知作家所要捉弄哂笑的正是这种布尔乔亚情绪。

相形于韩少功嘲弄时的不动声色,莫言显然激烈得多。继《红高粱》系列之后,《红蝗》理应视为莫言的一部重要之作。不可遏止的小说叙述表明,莫言的内心如同一口沸腾的大锅,炽烈的表现欲望似乎正焚烧着作家。然而,由于作家的个人气质,莫言不可能象马原那样反复装饰自己——反复地唠叨自己是个既善拳击摔跤又倍(备)受女人宠爱的大汉。相反,莫言更乐于把主人公说成一个行动呆拙而情欲旺盛的男人。我们不难看出,《红蝗》是一部带有攻击性的小说。作家对于种种压抑、疏离、假模假式的礼貌学识以及整个城市文明怀有敌意。这时,莫言常常以丑——尤其情欲之丑——作践这一切。在他看来,与其尊敬虚伪,无(毋)宁亵渎那些文明条款。在《红蝗》中,这种亵渎的常见方式是把美与丑不伦不类地撮合在一起。这是典型的莫言句式:

> 这场轰轰烈烈的爱情悲剧,这件家族史上骇人的丑闻,感人的壮举,惨无人道的兽行,伟大的里程碑,肮脏的耻辱柱,伟大的进步,愚蠢的倒退……

显而易见,诸如此类混淆的价值判断时常把人推入一个尴尬的境地。然而,莫言似乎正是由此获取乐趣。在那种亵渎方式一轮一轮地扩大之中,充满肉感的女人被出租车碾成一片血污,道貌岸然的伦理学教授可笑地幽会情人,老祖宗们为女人争风吃醋丑态毕露……从这些令人难堪的组合中,莫言取得了莫大的快意,而他的内在紧张情绪也将由于宣泄而得到缓解。人们已经感到《红蝗》缺乏必要的艺术节制,可是,这种放肆的文体本身不也是一种对于美文学的亵渎吗?

作为一个女性作家,残雪对于丑的感受能力丝毫不比她的同乡韩少功逊色。如果说残雪的一批小说给人留下了惊惧、不安、孤独与焦虑的印象,那么,《苍老的浮云》与《黄泥街》同时还强调了丑。这些丑竟然如此密集地拥塞于平庸之辈的现实中,这简直令人骇异。不管作家的意图如何,小说客观上成了人们所称道的平民意识的反动。在残雪的小说中,我们看到的是凡夫俗子的猥琐、低贱、痴愚、病态、丑陋。在《苍老的浮云》与《黄泥街》中间,并没有那些强烈得令人难以忘怀的个性留了下来,那些大同小异的芸芸众生仿佛淹没于一片丑象之中。不可逃避的丑组成了日常现象,腐烂与恶臭的气息令人窒息。如果说《黄泥街》中作家对于丑的网罗不免刻意之嫌,那么,《苍老的浮云》则更为自然地把丑融合于那些卑琐小人物的生存方式——这同时也就更为令人心怵。作家在不厌其烦地呈现那一切丑陋时还隐含了

① 参见何思丝、耿丽莉:《关于〈爸爸爸〉的对话》,《作品与争鸣》1986年第2期。

某种刻毒的快感。对于残雪说来，这是一种摆脱焦虑的手段，小说成了她个人抗衡外在不如意现实的寓体；对于那些象品尝着老酒一般其乐陶陶的平民说来，这些丑不啻于一阵痛苦的精神鞭笞。这种鞭笞动摇了某些习以为常的观念。对于丑的嫌恶掺入了亲属之情，掺入了我们对于平民生存方式的宽容、同情与认同，甚至导致了对于这种生存方式下生命意义的怀疑。

没有必要继续引证了，本文将结束于更为深入的理论分析之前。我们可能已经到达一个交叉路口，前方是几条不同的理论岔道：我们可以从美学的意义上重新确定丑的位置，也可以从社会学的角度调查丑的功能，或者，我们还可以从心理学方面追究丑所以可能引起某些奇怪的快感，等等。当然，文学毕竟只是文学。犹如审美一样，文学同样强调了审丑之“审”——文学在于催动与强化某一方面的经验。假如某些文学现象的意义足以使人们不得不作更为深入的理论思考；那么，作家已经成功地完成了艺术使命。

——原载《文艺评论》1988 年第 5 期

吴　方

“错位”咏叹调

——谈一个小说主题

一

大约写小说的，读小说的都不喜欢嚼别人嚼过的东西。于是小说林林总总地看，象个挺大的树林子一样，什么鸟儿都有，四时八景，千奇百怪，什么新鲜事儿都有。但写来写去总不过关于人生的一些老问题。自己想弄清楚点儿又不大容易，就管这叫“命运”。科学发展到今天，什么都能算算，唯独算不了命。所以历史还是老出错，人事也断不了阴差阳错。种种“幸”与“不幸”、“对”与“不对”引出教训或者迷惘，在许多小说中“交响”着，以“错位”为基本主题，又引出一些悲剧、喜剧、悲喜剧……

如果一本正经地解释，“错位”也就是“异化”，好象是人丢了“自我”，成了别的东西。通俗地说，就象人摸黑进剧场找不到自己的座位，意思也差不多。那么为什么不找个“向导”呢？但恐怕生活里并没有可靠的“向导”。看起来，人们谋生方式和道路是自己选择的，但选择总会受限制，先天和后天的因素、人与环境的关系先选择了人们(的)选择。生活与小说中的错位主题看来不全出于偶然。

不用说，“错”总是复杂的、乖舛的。即使是明显的“错”，有时人也拿它没办法。古人是坦率的，坦率地承认，困难不在于辨别对、错、真、伪，而是要难堪地面对真实的价值颠倒、历史错位。因此读历史者，不易轻松乐观却每多感慨。“无才可去补苍天，枉入红尘若许年。”曹雪芹怀着不无矛盾的感情，写出众多“错中男女”的“错中来去”，委实超出了以故事说伦理的老套子，体验和反省看人生的难言之隐。也坦率地承认，生活不仅寄托于梦想，同时亦无情地存在于梦想的失败。我们看到这种失败，总该想一想，人什么地方出毛病？毛病并非外在，明显的创伤，正因它慢慢地渗透到内里去，随气脉而周流，遂使人有欲言而难言之痛。“嘈嘈切切错杂弹，大珠小珠落玉盘。”白居易听怨女怨声，以为人生咏叹，那调子错错杂杂、抑抑扬扬。

二

不殚繁而举证小说史上的“错中人”形态，能列出一长串名单来，如堂·吉诃德、包法利夫人、契诃夫笔下的“套中人”，还有卡夫卡笔下的游魂，等等。且按下，只看看近年来的中国小说，似与错位主题的表现有一层更切近的关系。

新时期以来，小说作者因亲历劫难，自然有积郁一吐。小说要说“错”同时也是呼应潮流。《班主任》、《剪辑错了的故事》等一大批作品产生大反响，不仅因为控诉了种种悖情悖理的政治斗争所造成的恶果，指示如何把错误当成正确来加以膜拜的倒错，而且开始有了一种坦率的反省意向。今天再来看，不幸和伤痕固然不需要过多的倾诉和抚摸，但也该想一想：倒错现象之普遍之深入，是否后面还有更深层的缘故存在着，由里及表地制约着我们，使本来真诚作意的人生竟落到虚假梦一场。想起来不免暗哭。张洁当时有一篇小说《忏悔》，人们不怎么提到。小说主人公本是个蒙冤者，平反之后，他耿耿于怀的倒不是自己的不幸，而是为二十年来“战战兢兢地活着只是活着而已”感到自责且无法原谅。比外在的痛苦更可怕的是良心的痛苦，因此错位错到心灵的层次，而这又是无可逃避的命运，他在刹那间感到，这才是最可怕的。他忏悔，并不是因为他做了什么，而是因为他不曾做过什么。其实，小说对这种错位本可以作一点儿体谅，但没有做，却宁肯承受住无可解脱的痛苦的经验。与这篇小说相比较，大量的作品还是在社会批判的层次上说“错”，而且往往把是非因果说得比较清楚。如把历史仅仅简化为“正确与错误”式的悲剧冲突，在观念上呼唤复归于五十年代初的理想价值观念和生活格局，把历史大倒错仅仅翻拍为“坏人捣鬼、好人受难”的景象，等等。而且仍然比较喜欢“大团圆”，似乎旧梦到此为止，从今永不复返，旧帐也别去纠缠了。

文学在经历了由虚假到真实的一个巨大转折之后，然而谁能说，“错位”的主题从此可以束之高阁呢？

到一九八六年，“文革”正好过去十年。曾读到一篇小说《无价之“错”》（薛冰），它是专在“错”字上立意做文字的。说有个本分的老教师，在“文革”中因为偶然误会，被当成坏人逮捕。虽然出于误会，但这种事，又在那么个可怕的年代，搁在谁身上也够受，会引出许多想不到的倒霉事。后来，人放了，老伴却已惊吓而死，若有若无的阴影也就老跟着他。书既教不成，他便不断地“上访”。十年过去也还是有嘴说不清。人家敷衍他也有理：既没定过案，又哪有冤案可平呢？这纯属偶然的小错。然而老头儿偏要认个死理：上嘴唇跟下嘴唇碰一个“错”，就一切了结，太轻巧了！谁能保证以后不再重犯这样的错？也是。我忍不住想，是这个无端不幸的老头儿有理呢，还是无论怎样都能在“错”中麻木不仁，活得有滋有味的一种人生站在理上？搁到我身上，我也得困惑：我们是否能建立真正改错的机制，是否不会白白付出“错”的代价。

要说也简单——没有完！“没有完”自有“没有完”的道理。要琢磨下去，又很不简单了。

如果把种种迷失自我的错位现象仅仅归结于表层的、外在的原因，指望依靠“落实政策”或当下的自信判断而把它们一揽子解决掉，既不真实也不可能。错位主题注定会在小说中纠缠下去，在不同的时空和人事中表现出不同的形式和意义。假使文学把这个问题作为一个“病理形态”来处理，象面对精神疾患的临床医生一样，不能仅仅靠既定的方案去施行治疗（如靠明确的理性去排解无意识的混乱），首先要做的，却是了解这种错乱的来龙去脉及潜在成因。在这方面，回答事实“如何地复杂”要比回答“应该如何”更有意义。为此小说的视点不能不展远一些、下沉一些，既有清醒的一面，又有不能完全透彻的一面。免不了会面对与“错位”有关的生活矛盾：人在生活中选择什么，拒绝什么都由自己作主，同时，限制又无所不在，使人陷入社会的、心理的、语言的公式。而且，小说也是文化变动的一部分，当体验与思考处在文化反思和心理结构省察的层次时，就会觉得简单地作是非因果判断，固然痛快又极易离谱，错位现象中包容的内涵和依托的背景，往往深不可测，比如，何为正常，何为反常，就未必黑白分明，泾渭不乱。这不是说，小说应该混淆是非，不辨阴阳，正因渴望理解和改造生活，才发现理解和改造并不简单。

说“不简单”，并非我故作深沉臆想。人多少都有这样的经验：涉世既深便觉世事纷然，比书本上写得要复杂。不用说如“缀网劳蛛”（许地山以此为题写过小说），连公事公办如某厂需引进一条生产线还需要盖五百个图章呢！说“不简单”也不是我的发现。以《乔厂长上任记》而著名的蒋子龙开“改革文学”之先河，后来又写了一篇《阴差阳错》，似乎又在说“改革”这码事不简单。按说，所谓改革，意思也就是把错的改对，把不合理的改成合理。但小说却说得不大如人意，本来该改的偏偏改不成。原因何在呢？又只可意会不可言传了。小说把“对”与“错”的冲突明挑出来，集中在一个本来简单的点上，女总工程师布天隽出国回来要大干一番事业，研究（所）所长兼党委书记沈强偏让她这事业干不成。一场冲突却不明来明去，布天隽如遇见了“鬼”一样。我想，这场冲突之所以不那么简单，之所以“合理”打不过“不合理”，毕竟因为“错”有“错”的“道理”，有它存在的土壤、气候。尽管在理论上“错”站不住脚，在现实中却又奈何它不得。对此，布天隽虽然有“对”的道理，也该着气昏过去。其实她有时挺明白的：

我是学物理的，喜欢找出事物的本质。……如果我当行政干部，老是用搞科学的办法喜欢指示政治的本质、权力的本质、社会的本质,那肯定会自讨苦吃,四面碰壁。

可惜她又不能保持这种“明白”,因为要做事便不能不认真,她是要做事的。这样,她就处在“世故”与“良知”的夹缝挤兑中了。正象传统的中国知识分子,既要持正人格又得经务俗流,在“醉”与“醒”之间两难,免不了书生气,免不了身系“错”的悲剧——不是“不干事”的错,便是“干不成”的错。小说好在没有勉强解决冲突,而是把被现实掩盖着的两种文化的冲突暴露出来。正因各有各的“道理”,人在其中被“结构”住了,不免尴尬,痛感选择的困难。它暴露了生活被某种常规力量垄断的真相,同时也对非常规意识的“书生气”以及终于被常规所扼制的生命状态付之惋叹。不管怎么说,布天隽作为被肯定的人物也有她的缺陷,这也是造成错位的因素之一,虽然这缺陷不可避免。我们虽不大满意这篇小说表现心理矛盾的拘谨,却还是能确认一个普遍的事实:人对自己和环境的知觉之间存在差距。

三

这一差距及其形形色色的错位形式,既无法在一厢情愿中也无法在任何表面变动的影响中消除,只不过有人觉察,有人不觉,其表现亦有不同的程度和方式罢了。“不觉”的情形比较多,属于无意识错位。

例如,近年有朱晓平、李锐、刘恒等写农民生活的小说,在正常与反常的倒错关系上运思凝神。比起写农民生活如何“错位”的以往作品,意味恐怕不大一样。略言不同,我想,一点是转注于集体无意识行为、心理向(的)个体行为、心理的渗透;第二点是转注于个别情境受到先在的自然和人文环境的影响、制约。总之,一般的人显得很个别(从不同的意识角度看是一个“错”),人活得反常又很平常(对于一般的认识来说又是一个“错”)。

乍一看,《狗日的粮食》(刘恒)里有个怪诞的丑女人,从一开始被二百斤谷子买下来到临死骂一句“狗日的粮食”,是可以归入“畸人志异”的。再一看,怪诞其实又出于平常,无非本于生性,为“食色”二字折腾——嫁汉子、养孩子、种粮食、没粮食、想办法、没办法以至于一死了结,其实到死罢心还是悬着,撒不了手到阴间去。

刘恒下笔颇狠,写小说不大愿绕。直接便把一种生存还原到动物的本能层次。这也难怪,一来因为这毕竟是生活的基本层次,二来他的描写对象也就是为活着而忙乎。对这种无意识生活,你不能总带着意识的“眼镜”去看。而且,在本能生活中又能自然裸露出人的无意识错位状态。如那女人虽命不大好,却生力旺盛,在生存竞争中能强凌泼恶、有勇有智,也可算“女强人”罢,但她越强也就越弱——吃饱了肚子便可(让)肚子生养,一窝一窝,没了粮食又瘪了肚子,折腾的目的是为了生存,生存的目的又是为了折腾。好象不是人活着，倒象是人被活着，人成了“活”的奴隶，被无意识所操纵着。即使环境能体恤于她卑微的欲望，也不能算是正常。再进一步，月积岁累，粮食这个东西已经成了她的全部生命的维系，只要这个象征有可能失去，她就活不下去，尽管她的一切努力本来不过是为了活下去，仿佛这又离开本能生活的逻辑了。别人尽可窝窝囊囊地活下去，生命本能最顽强者反倒不能，仅(反)倒毁在“粮食”的无情报复上。小说最后写她因千虑一失丢掉粮证懊悔寻死，大概能算对本能生活也逃不脱异化的讽喻。

对一种“最美丽最丑陋”、“最英雄好汉最王八蛋”的人生，《红高粱》(莫言)曾致以本原性的敬意，似乎于此无理可解，只能沉浸于生命返照。比较起来，刘恒的小说(包括他近期表现“性与死”的《伏羲伏羲》)却执意审视挣扎颠倒最奇特又最埋汰的本原性生存，也是难以透解的矛盾，却突出了“造化弄人”的主题，命运对人的惩罚不仅严酷而且戏弄。总之，令人不安的是，人什么地方出毛病呢？竟活不舒展死不踏实。

说他们“身陷错位”，又说“这象征着文化的困境，体现心理的危机”，毕竟只是评论家的评论之辙。实际上，当事人倒未必觉得特别蹩(别)扭，到死也不能算明白。旁观者觉得他们活错了位，而当局者也许压根儿就没想过什么“正位错位”。日子就那么辈辈过下来的，该认命的认命，你说它假，真在哪儿？再说不错不假也不可能。如果生活整个儿就是错的假的的话。倘若小说中的人们一脑门子想“悲剧”，也就不是芸芸男女了。有的作者，如写《厚土》的李锐、写《桑树坪记事》的朱晓平，大约因曾经身处他们所素描的世界，耳濡目染了乡土礼俗生活的一套运行法则，发现其秩序力量，尽管作为外来者，会看到“不怪”中的“怪”(小说的素材价值首先就在于让人们被“怪”所吸引)，然而作为忠实于生活的创作，又要写成“怪”中的“不怪”(叙述最终又引起人们对“怪”与“不怪”关系的感受和思考)。故尔小说所呈现的已是牢笼生态与心态的“本色”。秩序法则制造着种种实为反常却见平常的心理和行为模式——如何地忍受、屈从，又如何地报复、自虐、侵凌、挤轧、渲(宣)泄、平和。无论是没有故事的故事(《厚土》)，还是颇富戏剧性的折腾(“桑树坪”小说系列)，都让人哭笑不得，怨怒两难：“错位”有它不合逻辑的合“逻辑”性，有它乖于生存目的的合“目的”性。他们或者展示了一切矛盾、乖谬、烦扰如何自然地化为平静，或者不得不以变态行为、心理来克服倾斜、保持常态。我们和作者一样多少感到，极端的反常未必是了不得的变故，倒是显得平常的“错位”，几乎无事的悲剧。

“错位”界线在表层判断中发生模糊，人的主体性被遗忘，正视并且描述这种存在，也许同情就不那么廉价了。仍然有同情，但还有些别的、比同情更深刻的东西，或许是民族历史的反省。

四

现代人苦恼于如何回到自我,想多少解脱较沉重的错位感。但苦恼难遣,自因“回”起来牵扯甚多,选择不很容易。常常不得不七折八扣,有限得很。这正如这几年大家所困扰的问题(如人的主体性问题),关键并不在学理上,而在于理论的可行性。当你正在侈谈自我的时候,“别人仍在使你的生活陷入公式,各种隐而不见的计谋正在剥夺你的思想和行动的自由权利,限制是无所不在的。自我和各种公式……之间成了问题的模糊关系已经缠住了头脑”(托尼·坦纳:《文字之城》)。同时,人身上总是被挂了不少群体属性的衣服。有人感到群体属性的缠赘和真正的自我有矛盾,因而为此不安;有人想脱掉一件衣服,一旦脱却一点儿,又感到不安;有人则喜欢或安全习惯于披挂衣服,感到适应而且安全。加上别的原因,人与人是隔阂的。因此,当你觉得周围不正常时,别人却觉得你不正常;当你有稍微不寻常的举动时,别人会觉得你别有用心或神经兮兮;于是你发出的信息或者没有反馈,沉入“黑洞”,或者竟是预料不到的相反效果来嘲弄你们(的)意图;于是你本来是可能改变“错位”状态的,(结果)不但没改变成,却落入另一重尴尬的错位状态。呜呼!错位主题会如此错综复杂,错上加错地映现于小说中么?

看来,小说创作的“全方位”还是赶不生活的“全方位”。但只缘人在生活之中,难免对本真与属性、是与非的复杂关系有所不见、有所不觉,反倒“不识真面目”。这时,小说对生活的艺术阐释(选择、加工、折射)又可以作为“多棱镜”,唤起人对自身存在的注意。上述有些作品对“无意识错位”的探索就因此而增色。而且,既然有多棱镜可用,何不来点儿不同的经验、印象?疏影横斜、盎然别味也许体现在对同一主题的不同观察、理解方式中,何须一律皱着眉头,一本正经?

《你别无选择》(刘索拉)表现的反常规意态——孟浪、调侃、揄揶、玩世不恭——多少有些令人错愕。与其说是“吃饱了撑的”,不如说是对“作真诚状的虚伪”、“呈合理态的荒谬”表示怀疑,更不如说是对判别“正常还是反常”的传统价值规范的颠覆。引起错愕也许正是它的目的,喜剧式的嘲讽更便于把假模假式的衣冠拉扯下来。但是在经过冲击把感受放一放后,我又觉得,有鲜明的个性体验和表现倾向的作品,容易获得成功,然而成功不一定很稳定,比如洞见中又有盲视。小说对生活景象的叙述折射,显然表达了一种新的正常观、错位观,既冲击以统计平均量为潜在标准的意识,又冲击以僵化思想去规范人的倒错。因此,因有外显和内含的调侃都辛辣地揭发:如果说习惯的所谓正常性有道理的话,那道理不过在于一直毫不讲理地视他人为异常、为越轨,无视生活的发展正有赖于“异质性”。因此,我们不得不面对如下事实:整体生活的错位不全由环境外在因素而生。首先糟就糟在我们有个自以为是的错位观，它与文化性格（如因循守旧、中庸之道）联络得千丝万缕，与异化的“角色意识”配合得天衣无缝。不过这篇小说亦难免有所盲视。因为意在强调人应识（该）为适应自身的目的而发展，就容易以自身为主导去理解复杂的社会现实。现实毕竟难以被小说所张扬的价值观念及情绪所改变，它的复杂性大大超出个人的哲学。人对可能性的寻求与他处在现实关系中的难以脱身构成了矛盾，在这种矛盾中，人往往是尴尬的。

就“寻求自我”与“角色意识”之间的难缠矛盾来说，小说家发现这是个作文章的好地方，既可以切近现实，又便于表现哲理。当他们想从生活中找故事的时候，日常生活中的“错位”印象便象一个个小精灵在脑海中跳舞了。这类“世相白描”小说渐见流行，就我所见，有谌容的《减去十岁》、《献上一束夜来香》，李国文的《春游》、《游春》，刘心武的《白牙》以及王蒙的一些作品，等等，虽然不能算很“深入生活、深入人心”而引起轰动，还是引起了一定的注意。

这类小说的特点：1. 就一个小事件引出一些莫名其妙的波澜，呈现不同的世相。2. 提出存在的错位问题及状态，如正常与反常的颠颠倒倒，如“自失——寻求——阻逆——尴尬”的过程，以讽喻现实。3. 速写漫画式的表现，体现为灵感的演译（绎），一个巧思的偏（编）织，误会的设置及稍显夸张。4. 寓言体，写人物多取类型，冲突多在类型之间。从中可以找出开放型（新潮真率）与僵化型（正统、装样）的基本二项对立，前者多为青年女性，后者多为官长及附庸，道貌俨（岸）然。前者为“动”，后者为“静”。各守营盘，本也无大事，但偏偏偶尔小事甚至莫须有的事，便把各各做人的那点儿颜色抖落出来。“减去十岁”的小道消息本属无稽之谈，却能借此假设把日常有意无意的伪装剥掉，让真实的心理裸露游行一番，完了只当梦过一回。其实也类似于平时“评职称”、“分房子”的当口人为了利益而不管不顾的躁动、冲撞，本来也是实中存虚、虚中有实的。虚实之中或可意味着差别，比如愿望是一个东西，道理是一个东西，现实也是一个东西。这里边的“游戏者”，一般有几套牌：《白牙》里的“我”只有一套“道理”的版，所以她总是“走错屋子”，自觉无人可对话。她有个人（特别是“书生”）在怀才不遇时的典型心态：我不讲话，你们大家就会以为这是异常的，就会来关心我。可是没有人关心这个精神理解和交流的问题，包括同事、上级、亲人、男朋友。这是一个喧嚣的聋哑人世界。你张嘴也好不张嘴也好都一样，倒剩下“我”自己为沉默而痛苦：

> 我渐渐变得烦燥（躁）起来。本来似乎是应该同事们感到惊讶：我怎么两天没开口说话了？可到头来是我对他们感到惊讶：你们怎么连我两天没开口说话都毫无察觉？

实际上，在日常生活的每一种场合，从关于一次春游的马拉松式讨论，到对“官本位”

的思考，从“卖花”、“游泳”引起的道德风波到爱情之中的精神交流，到处都暴露出倒错现象，作品的叙述倾向和我们的理性、良知本是衡量的尺子。可是“对”与“错”的价值二项对立虽然存在，到头来却并没有发生真正的冲突。好象一场没有规则的球赛，其中一方忽然大放烟雾弹、催泪弹，于是不战而胜。虽然“灰色”的人们（各种认真做戏的角色）及其“灰色”的生活受到了讽刺、被丑诞化了，又不过只在道理这一层上。至于现实则依然嘲弄着想改变秩序的越轨者。读这些小说，觉得内里这一层意思恐怕比表面的褒贬更值得玩味。

如果说有冲突的话，那也是滑稽的，倒霉的是处在“灰”与“绿”中间的夹缝者。如《献上一束夜来香》中的李寿川，作为一生规矩的木头人，原本摊不上任何麻烦，尽管他活得很错位。忽然出点儿“格”，想起买几枝花来赏，便引起关于自我生命的些微惘然，也是因为巧合，花被年轻女同事齐文文要去，从此不清不白，受不尽可畏的“人言”。要说这也不算难解的错案，可叹他错中出错，懵懵懂懂，自己反失了魂魄。偶然事件滑稽地引起并不滑稽的心理错乱，引起这老人的毁灭和深巨的惘然，而在对他的同情里面又错杂着对同情的逆反：人怎么活得那么窝囊！即或作为充满偶然误会的寓言故事，在漫画式的类型人物之间组织起真真假假的冲突，这类小说不免带了造做（作）之痕，但其中所寓的错位主题，还是负荷了一定的历史和心理内容（的）。

同时我又感觉，它们的分量不够重，叙述者往往过多地显示自己编排、导演一切的意味，其借故事表达意念的效果因而也多见直露。他们喜欢把一些零碎的智慧当作托付笔墨的灵感，喜欢借一些并无血肉的人物之口随时发出自以为很闪光的议论，这样，把本应带有笨拙意味的喜剧色彩变成了讲究工巧和表面效果的闹剧涂抹。这是否能掩盖创作准备的匆忙和体验力量的涸（枯）竭呢？也许是不自觉地，太在乎借小说的形式（可重复的）来讲说什么了，因此对生活中复杂的错位现象，常以主观的分析判断代替从容的经验描述。于是开放的经验领域往往被意念限定了，甚至在《白牙》里，痛苦的东西又披上一袭略带几分矫揉的优雅。

比较起来，陆文夫近期发表的《故事法》大约由于习惯为人物设身处地、淡淡说些并不奇特的事象、滋味，“错位”主题也不任意地揉在其中了，显得自然，并不故意卖弄。

说虚构能见出风格自然，恐怕与作家的人生、创作意态有关。同样的错位主题，不同的作家处理起来，好象被各自的“卤汁”酱了一回，味道便不大一样。比如《故事法》也写了“自我”与“人格面具”的不一致——姚晓明扮了“官”这个角色后，面临着认同面具还是持身守素的问题。一个选择是按着道理来的，姚晓明试了一下锐气，破点老章法，除点旧陋习，比如发言自己写讲稿，处理公事不扯皮，律己不殉（徇）私什么的，说来也不算很高的要求，结果还是不大好，或者说不管什么用。连小巷街坊们也处处看不入眼。实际上，试一下便知，人扮“官”还躲不开“官”扮人、“官”化人的规律。于是又只有“老路”的选择。但是我说陆文夫写得自然，实在是觉得他没有使这种“选择”类型化。姚晓明虽然也是出不了常规之网的常人，但还是个好人、明白人、有灵气的人，至少他懂了：“世界上的事情存在的不一定都是合理的，可是存在的却都是有理的，有历史的渊源，有连带的关系，复杂得很呢？”这样，也犯不着拼个鱼死网破，摸着网眼，在现实里出出进进，兴许倒也能办点事，如小说里写的，歪打正着，给小巷乡人解决了两桩难事，积了功德还不算以权谋私，岂不是印证了：对复杂的生活做简单的选择倒显得不自然，倒显得描述生活不够耐心、细致。陆文夫自云：“我不去做强烈的批判，这和我个性有关，但我提出问题。为什么呢？各种人处在各种不同状态的时候，他都有他的苦衷和他的局限性，你光批判没有用。”①也可以说，历史与现实中的错位状态不仅有明显可以评判的内容，而且还有待思想与艺术的发现、理解。发现和理解它如何成为人生的悖论形式，从而动摇人的简单确定感。理解又隐含着批判，在陆文夫，则是在“糖醋溜出来”的喜剧风趣里品出“反讽”的意味。

五

错位，作为小说反复遭遇的主题，同人对自我对存在的反思有关。在反思过程中又有不同的“错位”。何为“正常”，何为“错位”，哲学家、心理学家迄今未能给出圆满的定义。而且确实存在着两种截然不同、相互矛盾的规范——一为统计上的，一为道德上的，前者涉及一般情况，后者涉及人心目中的欲念、价值。文学自然也难做出确定的回答。即或以价值选择为出发点，还仍然要面对人的命运何以会倒错的悲剧性问题。换句话说，从理想的角度说有一套语言，从现实的角度说有另一套语言，彼此常常矛盾。文学对此无法回避。因此它不能满足于匆忙而不稳定的价值判断，力求通过更深入的体验和描述去增进对现象与本质的理解。不必急言奢论，在理解活动中，诸如“自我实现”、“创造性”、“人与环境的亲合”、“责任感与良知”等也便作为值得考虑的价值问题进入这一主题了。

由于理解是矛盾的，当代小说赋予错位主题以悲喜剧的表现形式，即富于同情又寄以嘲讽。绝不是偶然的。而某些小说靠外在的玩笑噱头和花样，又不足以担承复杂而又真诚的情感力量。

或问，当代小说如果不从理想出发去清醒地处理错位主题，那(么)能有什么积

---

① 见施叔青：《陆文夫的心中园林》，《人民文学》1988年第3期。

极的意义呢?《伊利亚特》里的(阿)伽门农说:错觉是宙斯的长女,这可诅咒的,欺骗着一切人。她的双脚是轻盈的,并不踩在坚实的土地上;她漫步在人们头脑之上的空气中,把人们引入歧途。或可就此回答:产生了错觉,踩在虚空之中的错位状态是不幸的,这种经验教训我们已经有了。但是,陷入了错觉却有(又)以为踩在坚实的土地上,自以为挺好,就更其不幸。文学或许能揭发这种真相罢。

1988 年 5 月

——原载《上海文论》1989 年第 1 期

吴　俊

当代西绪福斯神话

——史铁生小说的心理透视

> 神判处西绪福斯把一块巨石不断地推上山顶，石头因自身的重量又从山顶上滚落下来。他们有某种理由认为最可怕的惩罚莫过于既无用又无望的劳动。
>
> ——加缪《西绪福斯神话》

西绪福斯是古代希腊神话中悲剧命运的化身，是一个受难者的形象。但在法国存在主义思想家加缪的笔下，他却成了一种与命运抗争的觉醒了的人类精神的象征。于是，“西绪福斯神话”便具有了现代意义，它是人类精神在各种现实条件下艰苦奋斗、摆脱厄运、实现理想的永恒写照。从中我体验到了苦难中的人们内心的悲壮和激动。

在我看来，史铁生的小说无疑就具有这种“西绪福斯神话”的色彩。

一、残疾主题的意蕴

在史铁生的小说中，有一种极为突出而固执的倾向，那就是对残疾人命运的关注，有关残疾人经验的表现几乎直接构成了包括他最重要的一部分小说的主题。其中，有终日在苍莽的群山间为衣食而奔走的瞎眼说书人(《命若琴弦》)，也有在太阳底下拼命摇动轮椅朝着希望之所行进的年轻球迷(《足球》)；有整天蛰伏在街道小厂里的瘫痪者(《午餐半小时》)，也有拖着跛腿走遍整个城市的寻鸽人(《山顶上的传说》)；有先天不足的侏儒(《来到人间》)，也有因意外事故而“被种在了病床上”的不幸者(《宿命》)，或者那个一辈子躺在小屋里讲“神话”的十叔(《原罪》)……除此而外，还有以“我”为叙述者或主人公的这类小说，如颇具哲理和玄想的《我之舞》，不失自传意味的《我的遥远的清平湾》和《插队的故事》，等等。那么，这种现象在何种程度上可以归因于作者自身的残疾这一事实呢？或者说，我们是否能够把这些小说看作是作者的一种心理投射——他对自身的残疾意识的外在表现呢？甚至，我们能否从中窥见作者整个创作活动的某种深层动因呢？我觉得，史铁生的这一系列小说已经给我们提供了一些足资凭借的回答线索。

史铁生所有小说的主要基调是一种温情的伤感。虽然他有时显得那样的愤世疾（嫉）俗、桀骜不驯，有时又显得颇为乐观、自信而充满希望，有时则还显得有些严肃、庄重甚至神秘，但这一切都掩饰不了他的小说中最为明显而基本的发自内心深处的那种如泣如诉、似幽似怨的怅惘情感。可以说，史铁生是一个最严格意义上的情感型作家。除了对于叙述者自身经验的情感体验或略带形而上意味的哲理玄想（外），他几乎不——或者说很少——涉及或进入其他的表现范围。也就是说，他总是自觉或不自觉但却是执拗地把自己的小说表现限定在某种个人的经验范围内。他的叙述声调虽然独特但却是单一的，他的故事情节尽管感人却也有本质上的千篇一律之嫌——几乎总是在诉说一个不幸的生活故事或命运悲剧。像其他所有主观自我色彩鲜明的作家一样，史铁生不仅使他的小说纯粹沦为叙述者个人的自述状——当然，在严格的形式意义上，小说的全部表现也就是叙述者的整个叙述过程，与其说小说是作家的构思表现，不如说它整个就是叙述者的话语，然而，史铁生却把这一切极端化了，他使他的小说叙述者流露出了过于强烈的主观性，这种主观性使读者在有理由要求作者多少应该恢复小说叙述者本身的客观性和隐蔽性以后，还使他们对它的模式化产生了令人遗憾的非难——而且，由于他一般来说固定化了的叙述方式，史铁生还给人们留下了这样一种印象，即他的小说叙述者之所以会显示出如此明显的主观性，主要是由于作者把自己的情感投射在他的叙述者身上的缘故。换言之，理论意义上小说的作者、叙述者和主人公这三者的分立，史铁生在自己的小说中至少已经使前二者得到了情感上的完全认同。而这种认同的实现的结果，就是作为作家的史铁生的个人经验与他的小说叙述者的经验的同一：对残疾人——他们的生活、行为、情感和命运——的集中表现，或者说小说中“残疾主题”的终于形成。尽管更多地只是出于对他的小说的直觉体验和感受，但我仍有信心说，不是史铁生恐怕不能创作出这种倾向的小说；而如果不是一个残疾者，一个真正以残疾者的生活方式生活的人，那么，即使是史铁生，他也不可能创作出这种倾向的小说。

在某种程度上，史铁生小说的叙述方式或许并不足以构成人们对他严加苛求的口实——虽然一种精神内涵的表现方式同这种精神内涵本身多少有些实质性的必然联系，相反，倒只是减少了人们在理解上的困难，使人更易于把握他的“残疾主题”的具体蕴意。这意味着，同他的“残疾主题”的存在与表现一样，这种“残疾主题”的内涵本身也是极其明显的。

史铁生小说中的生理残疾现象大多是作为既定的事实而迫使某个生命体接受下来成为残疾者的这样一种现实状态。因此，对于这种“既定事实”或“现实状态”的态度和解释无疑便构成了所谓“残疾主题”的基本内涵。而这其中，我认为首先应该注意的则是作者——准确一点说是叙述者——对于残疾现象的具体陈述；也就是说，我们应该首先在小说所提供的所有残疾现象中来发现并揭示最基本的残疾主题意义。曾有西方学者认为，“疾病主题的重心过去侧重于与自然的冲突，如今转到了与社会的冲突”①。残疾作为疾病主题的一种，它在史铁生的小说中也鲜明地表现为与社会的冲突。这种冲突主要是精神的和道德的，它直接渗入了残疾者的日常生活中，形成了他在任何时候都能感觉到的紧张感、孤独感和不安全感，而这又使他更加觉得生活中确实危机重重。生命在遭到惨重的自然打击面前为什么会立即产生一种痛不欲生的感觉呢？难道仅仅是由于悲伤于自己的不幸遭遇或突然之间领悟了生命的脆弱本性？如果不是直觉到自己的生命从此以后将被永远地抛离所有的正常轨道和由此而来的本能的失落感与恐惧感，现实的悲伤和抽象的领悟谁能说不也只是一些转瞬即逝的过眼烟云？这是一种根植于人类生存本能并积淀在人类文化经验中的深层情感。试看，古往今来的哪一个部落、民族和哪一种文化制度，不是对残疾人或残疾现象抱有本能的或习惯的歧视与偏见？残疾，尽管仅仅只是一种生理现象，但其中却分明有着人类的本能与文化的折光。因此，残疾者所感受到的最深刻的痛苦，其实是一种被弃感——一种被所属群体和文化无情抛弃的精神体验。这种被弃感或者说孤独感对残疾者所产生的直接影响，如果不是一种自弃、自虐乃至于自杀，便会是一种对于健康、对于社会和对于整个世界的深刻的仇恨与敌视，或者，还可能流入对于生命存在的近乎虚妄、神秘的猜测与玄想，甚至会试图借助于对宗教的献身，在一种精神迷狂的状态中完成所谓的灵魂的超度。

但是，因为遭到了极其严重的打击，生命意识却偏偏没有泯灭，反而激发出了更顽强的生存意志，所以，史铁生和他笔下的残疾者及其所表现出的“残疾主题”便开始出现了。一个天生注定要在屈辱中度过一生的女孩子，为什么会在如此幼小的生命时刻便会领会到残疾的痛苦和生命的意义？（《来到人间》）一个老瞎子在生命即将终了时依然将一个虚妄的希望——一张无字的白纸——当作生命的真实的希望传授给年轻的小瞎子，难道只是一种认命的表现？（《命若琴弦》）终年在病床上缠绵辗转的“我”，为什么还会魂牵梦绕那遥远的清平湾呢？（《插队的故事》）明知前面依然是渺不可测的结局和最终不可避免的失望，两个年轻人却又为什么要头顶烈日、手摇轮椅，长途跋涉走向那从未到过的地方？（《足球》）或者，支撑着那个小城

① 威拉·波兰德：《文学与疾病》，张宽译，载《文学研究参考》1986年第3期。

中的养鸽人,彻夜不断、拖着残疾之身寻找着他心爱的鸽子的精神动力又会是什么?(《山顶上的传说》)最后,所有这些故事的真正叙述人——史铁生,究竟依靠了什么、而又为了什么或怎样才终于完成了他这一系列的创作?恐怕再深刻不过的也仍然还是加缪说的:当西绪福斯“朝着他不知道尽头的痛苦”走去的时刻,“这时候就是意识的时刻”,“他高于他的命运”,“他比他的巨石更强大”,因为“每一步都有成功的希望支持着他,那他的苦难又将在哪里?”所以,加缪最后说:“登上顶峰的斗争本身足以充实人的心灵。应该设想,西绪福斯是幸福的。”那么,我们也完全有理由说,史铁生的残疾小说正是作者对自身的生命意识和幸福心灵的证实与肯定。“没有不带阴影的太阳,应该了解黑夜。”残疾不过是生命中的一片阴影。虽然它有可能或已经给生命带来了毁灭性的威胁,但生命的伟大和顽强,也只有在这种毁灭性的威胁中才会真正完全地显示出来。我想,“残疾主题”的基本蕴意可能首先也就在这里。

当然,如果认为这样便已经揭示出了史铁生小说中“残疾主题”的深层意义,那未免显得过于肤浅。勿(毋)宁说,所谓对于生命价值的肯定,不过是史铁生“残疾主题”的最为表层的含意(义)。由于深刻地隐藏在人类文化经验之中的被弃感,残疾者所要求的不仅仅是个体对于自身生命存在的肯定,而且还强烈地要求把这种态度或精神进一步渗透到社会和文化的每一个层面、每一个角落。这就是史铁生“残疾主题”中对于人格的尊严、平等和自由的渴望。只有这样一种社会合作的实现,残疾者的精神重负才能得到完全的解放。这显然已经超越了现实观念中的人道含义,而具有了终极观念上的人类解放的意义企图。

作为残疾者,他本该理解并接受别人或社会给予他的同情和照顾。但是,史铁生却不愿意这样,相反,他倒往往还把这种所谓的人道援助看成是对自己高贵人格的侵犯和侮辱。因此,他的许多主人公,对于别人施舍给自己的怜悯与同情甚至都抱有一种敌视和诅咒的态度。如果把这种态度仅仅理解为是残疾者对于社会同情的逆反心理,恐怕不完全公正。事实上,在史铁生的许多小说中,人们可以多次发现流露在字里行间的对于人间温情的甜蜜印象。最明显的例子也就是他迄今为止可说是最著名的、也是最具有自传意味的两篇小说:《我的遥远的清平湾》和《插队的故事》。其中,尽管有对人世沧桑的感伤,但他心灵深处的美好温情又是多么的溢于言表。那么,史铁生为什么还会产生视同情为仇雠的心理状态呢?我想,对于人性中某种恶劣本能的洞察与反感可能是一个重要的原因。唯有残疾者,唯有对残疾有过切身的生理和心理体验的人,他才不会如此天真而善良地相信,人们对于自己的帮助完全是出于一种真正无私的人道精神。人道行为,在现实的文化传统和人性水平上,往往不过是人们借之于安慰自己的灵魂的道德手段。许多人难道不正是出于一种旁观的、高高在上的优越感和施舍态度而丝毫也没有任何发自内心的挚爱却像对着乞丐那样地朝残疾人报以怜悯的一瞥的么？对残疾者的帮助，实际上不过是证明了他们自己的高贵而已。而更多的则只是露骨的嘲弄与鄙视。残疾者遭到的是多么大的一种侮辱啊。还在他刚开始生活和行动的时候，就已被取消了生活和行动的可能性；一切如同小城中那个残疾作者（《山顶上的传说》），即使是一个最善良的、想真心帮助他的人，也会有这种世俗的偏见："不必要求太高。"他似乎注定是要被宽容和原谅的。那么，他是犯了什么罪么？只有残疾。没有人会理解他的这种痛苦。"所有的人，所有的好人，在心底都对伤残人有一种根深蒂固的偏见或鄙视。不能像要求一个正常人一样地要求一个伤残人。"史铁生为此不能不感到一种由衷的悲哀和愤闷。"不平等是对心灵的屠杀！""善意的宽容比恶毒的辱骂更难忍受。"他几乎是在大声疾呼："我是人！人！！"身体的残疾并不意味着精神、情感和人格的尊严可以受到随意的贬抑。对残疾者的善良、同情、宽容、帮助等等必须基于人与人之间的平等关系，而决不应该以残疾者的生理缺陷为先决条件。否则，就让"我"的灵魂直接面对冷漠的鄙视和恶毒的咒骂吧。这是史铁生小说"残疾主题"的另一种意蕴。他是想揭示除了生存以外的生命意识：生命价值的平等和人格价值的平等。这也正是整个人类为之不懈追求实现的理想。

二、自卑情结的苦闷

不应该把自卑看成是一种行为的方式，它主要的是一种心理情结。对于"自卑情结"的权威论述是奥地利的心理学家阿德勒。对此，在《自卑与超越》一书中，他曾有过一个著名的定义："当个人面对一个他无法适当应付的问题时，他表示他绝对无法解决这个问题，此时出现的便是自卑情结。"可见，所谓"自卑情结"实质上也就是一个人的无能为力感，他所面临的处境其困难程度远远超过了他的能力所能应付的程度。对任何一个人来说，残疾就是一个他根本上所无法克服的困难。——阿德勒的"自卑情结"理论乃至于他的整个个体心理学体系正是首先建立在他对于残疾所造成的心理后果的崭新解释上。史铁生的小说《来到人间》中的那个小女孩，之所以会感觉到同伴的揶揄、嘲笑和歧视，并进而有一种受辱感和自卑感，最直接的根源就在于她明确地意识到了自己生理上的残疾，而现有的文化环境则加剧了她的残疾意识。然而，对史铁生而言，我认为除了对于自身残疾这一事实的敏感意识而外，他的"自卑情结"还由于他对于这种自身意识的省察，即他试图努力摆脱心灵中的这种自卑阴影，超越自卑，但同时却似乎又分明意识到终究无法摆脱，无法超越。我相信，只有这种对于自己灵魂深处的自卑感的绝望，才是史铁生"自卑情结"的深层底蕴。否则，他不会流露出如此深刻的宿命倾向——这将是本文的另一个重要论题。

人不可能超越自身,却总又在不可为而为之。史铁生“残疾小说”揭示的大多也正是人类在自己的生命历程中所经验到的这种精神矛盾和痛苦。对这一点的自觉意识,也就意味着“自卑情结”形成的可能。因此,自卑和绝望往往是同时产生的,只不过自卑情结更富于心理分析的意义罢了。或许,这只对分析史铁生的小说才是正确的?

阿德勒从自己的理论视(观)点出发,认为人类中天才人物的成就“经常是以重大缺陷的器官作为起始点的”。他指出:“几乎在所有杰出者的身上,我们都能看到某种器官上的缺陷,因此,我们能得到一种印象,认为他们在生命开始时便命运多艰,可是他们却挣扎着克服了种种困难。”从积极意义上看,天才人物的成就显然确实是以对自己的生理缺陷的克服为基础的;但从消极意义上看,对生理缺陷的克服不可能不以对缺陷的特殊情感——也就是“自卑情结”——为心理前提。因此,如果说阿德勒所谓的“补偿”因素是残疾者获得成就的心理动因,那么,在同样的意义上,我更倾向于强调“自卑情结”本身——尽管它是一种消极的和潜在的动因。实际上,却只是在阿德勒的理论体系中,“自卑情结”才成为最根本的心理因素。现在,让我们暂时放弃对一般意义上的“自卑情结”的理论陈述,直截了当地提出这样一个问题:史铁生小说中“自卑情结”的突出表现主要究竟是什么?在我原谅了自己对“自卑情结”及其表现的各种复杂性和可能性不加具体说明的轻率以后,我想说,那就是——性自卑。

我觉得,史铁生从来也没有写过具体描写男女性爱的小说。他没有一篇可以称得上是真正的性爱或爱情小说,包括那篇貌似正面涉及男女性爱的《礼拜日》。这种性爱主题小说的“失落”——或者说“忘却”——意味着什么呢?是有意或无意的“回避”,还是纯粹在这方面的缺少经验?答案很有可能就在他小说中尚有的那些涉及〔到〕性爱的描写中。我想人们很容易判断,我所说的史铁生没有一篇以真正的性爱为主题的小说,并不就是同时断言他没有任何这方面的叙述可能;同样,对于在这种叙述中探寻作者的性意识企图,人们也是不应怀疑它的合理性。不过,我深刻地了解,对于性意识的探寻和揭示不仅是相当困难的,而且还是十分敏感的。因此,我并不奢望所有的人都会像我一样对我的分析过程和结果完全充满信心。

尝试一种新的分析方法,我想突出强调史铁生小说中的几个细节——它们往往是具有某种暗示意味的却容易被人们所忽略。《山顶上的传说》中有这样一个情节,主人公路过一家照相馆,他看见“桔黄色的灯光下有一个披着长纱的新娘”,但有意味的是他觉得“新郎太严肃了,一身黑西服,倒像是在参加葬礼”。主人公当时正在同他的恋人议论死亡的话题,因此他会很自然地联想到“葬礼”这个词。但是,如果我们注意到主人公实际上已经意识到由于自己的残疾而根本不可能最终与自己的恋人真正结合,那么,我就很有可能给他的这种心境作一种弗洛伊德式的解释:他之所以会在结婚这种明显地具有幸福、欢乐或性的暗示中投射上死亡的黑暗阴影,难道不会是由于他潜意识中的性嫉妒么?小说中主人公在性方面的受挫感是极为明显的。他与那个姑娘的爱情,不仅受到了她的家庭的强烈反对,而且也遭到了世人的冷漠嘲讽,最后的分手不过是一个时间问题。在这种情境下,他产生一种性的焦虑感和自卑感将是很自然的心理过程。只是这种性心理被压抑到了意识的深处——在任何一种文化中,性焦虑和性自卑都会被认为是病态的。这样,性压抑便只能以一种性挑剔——就像我们的主人公那样——的方式表现出来,以此缓解自己性的受挫感和不满足心理。

我有理由认为史铁生对弗洛伊德并不陌生。《礼拜日》中的那个"男人"就曾对那个"女人"强调指出过"有一种释梦的方法"——那时,他们正在讨论她的梦。能不能把这理解为是对弗洛伊德理论的暗示呢?我的直觉倾向于对此作肯定的回答。弗洛伊德对梦的经典解释是:"梦是潜意识愿望的实现。"在梦中,人所有的被压抑的意识内容包括那些最难以启齿、不能为意识所容的欲望都得到了自由尽情的释放。而《礼拜日》中的主人公正是这样盼望的。那个女人在知道了"那个释梦的方法"以后显得是多么的兴奋。她认为这样就能够"百分之百怎么想就怎么说","甚至一闪念的罪恶心理"。那个男人也承认:"人需要这样的机会。"那么,他们——或者说一般的"人"——如此渴望宣泄的潜意识内容是什么呢?在弗洛伊德的理论中,主要的或基本的,无疑就是被压抑的性欲。果然,小说中的一个人在提出了"世界上有几种人?"这个问题以后所作的答案就是:"两种——男人和女人。"这样,男女之间的沟通包括性爱将是多么的重要和自然——应该说必然。然而,史铁生却对此流露出了某种难以言传的悲观和恐惧。只要不是像弗洛伊德说的,他的性爱意识被压抑到潜意识的黑暗王国中,或者说,只要史铁生能够对男女性爱有所清醒意识,他就会不可避免地表现出一种抑郁情绪。"他本能地感到,他与她之间,有一道不可超越的界线,超越了,会是灾难。"(《山顶上的传说》)性爱或爱情在他的小说中从来就是暗(黯)淡的,有时甚至无异于灾难的前兆。"我"沉浸在对青梅竹马的幼时伙伴的温馨回忆中,但得到的却是丈夫的怀疑和猜嫉(忌),"天哪!周围的一切又都变得灰暗,悦耳的鸽哨声没有了,眼前滚动着一堆互相猜疑、防范、敌视和憎恨的脸……"(《绿色的梦》)而当鹿群在积蓄着自己的体力与精神,互相等待着那激动人心的时刻来到的时候,狼群却也在一边窥视,"不断嗅着暖风里飘来的诱人的气息"。终于,鹿群的婚礼结束了,"狼的日子来了",欣喜若狂的狼群包围了精力不支的鹿群,"就在快结冰的溪流中,殷红的鹿血洇开了,散漫到远方去,连接起夕阳"(《礼拜日》)。在史铁生笔下,性爱带来的竟是如此悲惨的结局。这就使我们能够很好地理解他为什么会对这一类的描写总是流露出难以抑制的阴郁心理。性爱主题是一种使史铁生的灵魂不得不受到拷问和折磨的小说主题。为什么会这样呢？我觉得必须联系或指出史铁生对于性爱的另一种心理。这就是事实上他对于性爱或爱情也是充满了一种内心的渴望和期待。没有理由认为史铁生是一个彻底的性爱取消论者，甚至相反，只有体会到他对性爱的崇高理想才能真正理解和解释他的性意识。支持着《山顶上的传说》的主人公的精神力量，除了他对于自身生命意识的认识外，不正是伟大而又充满了幻想的爱情和他对女性的理想化么？可以说，小说中那群鸽子最后终于又出现在小城的上空，也正是他们的永恒爱情的象征——尽管有些纯精神化。《礼拜日》中的男女主人公所渴望达到的人间最美妙的理想，除了人与人之间的理解、友爱(外)，还有的则就是希望连性爱“这种事”本身也要成为光明正大的美好事情。因此，史铁生对于他原本能够意识到的美妙的性爱竟表现出了如此明显的悲观与恐惧心理，以至于使他的性爱意识或态度处于相当苦恼的两难境地——这种对性爱的向往与恐惧的两难心理交织，在《礼拜日》中表现得最为深刻——其根本原因就在于他的性受挫引起的性自卑。正是他性意识中的自卑心理，才使他把正常的性欲望压抑到潜意识中，或以一种对性爱的排斥甚至否定形式表现出来——而这不仅是一种心理补偿，而且也是一种对于因性自卑导致的性的本能焦虑的缓解。试看，在史铁生的全部小说中，有没有真正讴歌或肯定爱情的欢乐的小说？没有。有没有真正表现爱情的具体体验而不是抽象的议论或思索的小说？也没有。一句话，像我已经指出过的那样，他有没有真正以性爱为表现主题的、可以称之为爱情小说的小说？——根本没有。而在他所有能够表现出他的性意识的描写中，一种性经验中的受挫感和伴之而来的恐惧感甚至灾难感则分外鲜明。如果再联系到生理残疾对他的自我意识的深刻影响，那么，我觉得，以性自卑为突出表现特征的“自卑情结”的形成将不再是一个值得怀疑的问题；同时，在小说主题的选择与表现上，这也就是他“蓄意”回避性爱主题和具体爱情生活场面的心理根源。

怀有如此深痛的苦闷，谁能够不责怪命运的不公正？残疾意识和自卑心理常常把史铁生驱入对于命运的诘问与惆怅之中。我所说的，史铁生没有一部性爱主题的小说，很重要的一个原因，也就在于他对性爱的描写，最后往往归结于对于人生或者说命运的探讨。这就是说，命运问题不仅是史铁生有意识探求的对象以至于有可能成为他小说中一个更为重要的表现主题，而且意味着他有可能将命运——在一种非常情绪化的思索中——当作是一切现象和行为的终极原因——这正是所谓命运的全部本来意义。

三、宿命意识的惆怅

“上帝”这个词在史铁生的笔下具有某种实在的意义，而并不只是一种感叹的表示。首先这个词在他作品中的出现频率就是相当引人注目的。例如,“在人口稠密的城市里,有这一处冷清的地方,看来像是上帝的苦心安排”(《我之舞》),“他想,自己大约就是被上帝无意间捻了一下”(《山顶上的传说》),“上帝为什么早早地召母亲回去呢?”(《合欢树》)“上帝把一个东西藏起来了,成千上万的人在那儿找。”(《礼拜日》)“上帝说世上要有这一声闷响,就有了这一声闷响,上帝看这是好的,事情就这样成了。”(《宿命》)……更使人吃惊的是在史铁生不多的几篇“创作谈”之类的文章中,竟也如他的小说不例外地提到了“上帝”:“……上帝又不单单偏爱谁”(《几回回梦里回延安》),“……如果没有他们十几年前对我的关怀,我早就自愿去见上帝了”(《为了人们相互间的美好关系》)。当然,并不是每一次写到“上帝”都可以使人们轻易地发现其中耐人寻味的线索,但即便如此,无意识的重复多了,却也足以令人推测出这种现象可能决不是偶然的。可不可以提出这样的问题:是什么原因促使史铁生有意或无意地多次提及“上帝”呢?在一般意义上,上帝总是令人想起主宰人类和世界的神秘力量,也就是命运或者说宿命力量的最高化身。那么,我有没有理由因此联想到:在史铁生的所谓“上帝”中,是否也有这种命运或宿命的意义?

史铁生是一个具有清醒自我意识的作家,他知道自己所面临的困境。但这却一点也不妨碍他的清醒意识正成为他生命痛苦的精神根源。这是多么地富有悲剧意味。可如果史铁生连这几乎应该说是“宿命”的悲剧也已经意识到了呢?

他的小说有一种明显的回忆性——浸透着朦胧的梦幻般情绪的回忆性。这种回忆性的最突出表现就是他几乎总是在小说开始时首先强调指出整个小说故事所发生的特定时间——一个已经过去了的具体时间。“有一年夏天我十八岁了。”(《我之舞》)“需要首先说明,这是过去了的那个时代的事。”(《黑黑》)“十岁那年,我在一次作文比赛中得了第一。”(《合欢树》)“去年我竟作(做)梦似的回了趟陕北。”(《插队的故事》)“那支法国足球队来这儿比赛的时候,正是八月里最热的一天。”(《足球》)“时间是七八年夏天的一个下午。”(《老人》)“我要给您讲的这个人以及我要讲的这些事,如果确实存在过的话,也是在好几十年前了。”(《原罪》)——这每一句话几乎都是史铁生相应的小说的第一句话,很少有例外。可能,这是作者有意或无意地“强迫自己回忆”的一种心理结果。从小说的叙述手法上看,我似乎可以将这看成是一种典型的程式化现象。当然,本文无意于讨论这种程式化的纯技巧意义,而只是想借此揭示出隐藏在这种现象中的心理内涵:究竟是什么内在动因使得史铁生不顾程式化之嫌,一而再、再而三地重复同一种叙述手法?

如果只是从现象——如前所举——上来分析的话,我觉得目前还只能得到这种印象,即史铁生的心灵深处似乎有某种“记忆的重复”,这种重复使他深感苦恼,仿佛有一种力量在逼迫着他,使他欲罢不能地纠缠在记忆的蛛网中。那么,这种神秘而强大的力量是什么呢？史铁生的小说本身已经明显地回答了这一疑问，这就是他的残疾。我以上所例(列)举的所有现象，哪一个不同他的残疾有着密切而深刻的联系？接踵而来的如果不是“瘫痪”、“自杀”或“死亡”这一类触目惊心的叙述，便是一个阴郁的至少也是忧伤的故事。生理上的残疾和由此而生的心理上的抑郁充斥于史铁生的回忆中，或者说，他的回忆本身就是这些不幸事实的演绎。而他就在这些回忆的过程中感叹这些不幸究竟是怎么发生的？为什么会发生？又为什么竟会以这种方式发生？如此反反复复。自然，这类追诘的最终结果是不可能得到的。但正是这种追诘的方式，却必然地会在他终于无所追问的时候诱导出一种宿命意识，正像他的小说《宿命》所表现的那样。事实上，也只有追诘到宿命——把宿命当作一种存在，史铁生才会得到最后的心理平衡和归宿。这样，所谓回忆实际上便成了史铁生走向宿命——同时也就是获得解脱——的心理途径。确切一些也可以这样说，如果残疾是史铁生强迫自己回忆的生理的和现实的动因，那么宿命便是他的心理的和潜在的动因。回忆，乃是由于史铁生的宿命意识的缘故。正是这种内在的强烈的宿命意识，也才能成为我以上一系列设问的根本答案。

但是，宿命难道仅仅只是一种一般意义上的意识倾向吗？或者说，史铁生的宿命意识中究竟有什么具体的和独特的心理内涵呢？显然，宿命或者上帝等这一类宗教意识之所以会形成的原因，一般来说总是由于人自觉到面临了一种超乎其自身力量的对象或一种他所无法解决的困境，使他因此感觉到自身的软弱和渺小，从而产生一种对于冥冥之中的神秘力量的猜测。宿命意识从来就是属于自觉为弱者的人们的，而尤其是现实生活中的受难者，不管是肉体上的还是精神上的。当史铁生突然之间遭到了瘫痪这种严酷的打击，特别是在他事后反顾这种打击时，即使他把它完全归之于一次纯粹的偶然事件，然而当他一旦意识到这种偶然竟必然地造成了一种永远无法更改的事实时，他就有可能对这种偶然的“偶然程度”提出怀疑：所谓“偶然”究竟对生命有什么意义？如果说偶然的结果对于生命来说终究是一种必然，而生命过程又充满了这种偶然的可能性，那么，不仅偶然与必然的界线(限)难以区分，而且连生命本身不也就是一种“偶然的必然”或“必然的偶然”么？由此，史铁生从对于自身遭遇的反顾，进而产生了对于整个生命存在的思索：人实在太难以把握自己了，一切似乎都操纵在凌驾于人之上的无形力量之中。这就是宿命？或许，人们能够努力的，仅仅只在于他的生命过程。他能够使自己的生命过程多少变换一下色彩，但整个生命的本质——它的由来和它的归宿，却“像是随着一条不安静的河水在漂流，无所谓从哪儿来，也无所谓到哪儿去”——不是生命本身的虚妄，而是人对于生命的一种虚妄感。《足球》中的那两个拼命摇动轮椅的青年在读者看来是多么地感人，但不管怎么努力，前途依旧是那么渺茫。他们“望得见体育场了……”，而小说也就恰恰在这里结束了，留给人们的是一种对于前途未卜的烟水楼台的惆怅。宿命的力量到处存在而且强大，这一点史铁生似乎已经体验到了，同时，他却好像又有点回避它。过于深重的灾难打击使史铁生既产生了一种宿命感而又时时害怕这种对于自身力量的完全否定的意识倾向，这使他陷于一种心灵的两难境地中，同时也构成了他几乎所有小说中的一种永恒的对抗性：宿命倾向与人的意志的冲突。试想，在他的残疾、自卑和宿命倾向中，哪里不同时渗透着人的顽强抗争和奋斗意识？说得准确一些，我认为这种对抗、冲突与渗透，实质上正是史铁生内心深处的情感与理智的本能搏斗的表现。在我看来，这种搏斗的胜负天平从来也没有过持久地倾向于哪一边，否则，史铁生的小说就不会像现在这样具有震慑人心的悲剧力量——所谓悲剧，也就是我们只能眼睁睁地看着人的努力无可避免地遭到毁灭和打击。消极一些说，其中有着无法解释的宿命因素；而从积极方面看，人的力量也只有在与这种无可抗拒的宿命力量的对抗中，才能最为深刻地表现出它的坚韧与伟大。因此，说到底，所谓宿命意识，在本质上不是属于理智的，而仅仅只是情感的；它是一种基于苦难经验之上的情感和无可究诘的思索。史铁生与其说是一个宿命论者，不如说是一个自我问难者。他把人生中的所有问题包括生死等等都归结为一个抽象而又具体的疑难设置在自己的灵魂面前：什么是宿命？或者他可能会更倾向于这种设问：到底有没有宿命？如果回答是否定的，那为什么所发生的一切都像是冥冥之中早就安排好了的，在某一天的早晨醒来，已完全今非昔比，判若两人？如果回答是肯定的，则“我”之所以会遭到如此深重的灾难，不仅是由于命运的作弄和无情，而且更重要的或许还是由于“我”自身灵魂中的“原罪”因素——显然，这种回答将导致史铁生对于自身的更加彻底的否定，同时，这也是一种更为彻底的宿命态度。指出这一点，对我们理解诸如《原罪·宿命》之类的小说意蕴是会有帮助的。史铁生的痛苦正在于他无力也无法在上述两种回答中究竟肯定或选择哪一种。他在理智上可能会倾向于对宿命的否定，但我们看到，他情感之中的宿命倾向及其迷惘的惆怅思绪却又分明显得那么的浓厚。而在他对宿命存在与否的种种疑问中所显露出来的矛盾心理，根本上也就是他内心中深刻的情理冲突的结果。与加缪笔下的西绪福斯相比，对于命运和自身力量的认识他们是相同的，但是在他们共同的扼住命运的咽喉的搏斗中，加缪的西绪福斯却缺少发生在史铁生身上的内心冲突——西绪福斯获得的是一种幸福的宁静，而史铁生则显示出一种生命的忧虑，尽管悲壮是他们的共同基调。因此，我敢说，史铁生是更现代的。

——原载《文学评论》1989 年第 1 期

孟　悦

读林斤澜的《十年十癔》

历史似乎永远能从我们意识之网中逃之夭夭。除非我们不回首,或佯作(装)忘却,或甘愿首肯明知虚假的既成描述,否则,反观历史的主体,尤其是反观“十年浩劫”这一历史事件的主体,确有几分介乎精神分析家与癔症患者的处境之间。他的全部所有不过是人们对事实——诱发疾患的初始情境的记忆和描述,以及他人或自己的哆嗦噩梦冷汗胃痉挛,但这两者之间的联系,那构成意义的东西却在意识阈下模糊一片。

不仅如此,自打“十年十癔”四字撞入我们视野,这一濒于癔症的处境竟变得无法回避;它被本文化了,成为(或许原本就是)我们的本文处境。不能不回首也不甘胡乱首肯什么的林斤澜将你从“心理健康”中唤至这里,唤至这一边是“浩劫”的“传说”另一边是离奇古怪的“症候”而中间是空白的本文陷阱里,然后缄默不语。被破坏了“心理健康”的我们眼前不再有故事一般完整的、真正在场的历史,而只有一些已经纷扬碎化的能指群——逃遁他方的历史之“踪迹的踪迹”。我们或许就困陷在这片空白里,或许也会在某个意想不到的地方,走向意想不到的“治愈”。

一、固置与转移

似乎,当那个谈天说地的叙事人提起“这个癔字早先就有,不过不多见,不像现在高楼大杂院都能撞见”的时候,已经道中了我们在本文中的命运,我们注定与“癔”及其有关的一切发生无数次不同但又相似的际遇。果然,十癔之一《哆嗦》在不满七千字的阅读过程中就有四次在不同层面上出现并复现:首先是作为一个赫然标题,继而是人物的亲历,继而又是人物转述的他人的经历,最后成为复发的病症。《五分》中,那个令叙事者心慌恶心头晕眼花的“五”字一次次复现在“我姐姐”短暂的一生里,也一次次造成了叙事的中断和延续,意义的禁止和再生或相似循环。如果说《梦鞋》里的正经老大汉无法摆脱那永远复现的唯一的“鞋梦”,那么《春节》中那偏胖老头却有本事把不论多么琐细繁杂的话头都引向那段变着法儿重现的“牛棚场景”……“症状”们一次次复现，不由主人公自由地复现，成为人物们乃至故事本身的一种强迫性律动。确实，何止是“症状”复现，“十年十癔”中那些能指的碎片，大至一个事件、一桩行动、一个场景，小至一句话乃至半个字眼，都在或偶然或必然、或人为或鬼使神差般地复现。正是在这无数次无数种的复现中，故事和叙述的语流开始蔓延并结束。若按大卫·洛奇的划分，《十年十癔》当与《芬尼根的守灵》同属一类叙事结构，它不是靠各个前后部分间的变化与不同，而是靠它们的相似与重复延伸开来。或者，希利斯·米勒的概念更为恰切，“重复”，乃是这十篇小说“缄默的动机”，不开口的叙述结构，无声的叙事动力学。

不过仔细观之，这些“缄默的重复”们互相之间倒并不总是彼此重复的。譬如，《春节》与《黄瑶》就有两种不同类型的重复。《春节》中所有关于铁窗牛棚提审挨斗话题的重复都是那个偏胖老头同一个强迫性回忆的产物。他硬是把“同窗”与“铁窗”、请客的烟卷与送牢饭的烟卷、现时的春节与过去提审挨斗的春节以及照片的人物与真实的人物重复起来，以便走回文革时代那个巨大的初始情境。这显然是典型的强迫性癔症式重复：他固置在那类似创伤或恐惧或挫败的一刻，以现实中的一切重饰那已逝的一刻包括那一刻的“我”，并通过这重饰过的“我”在那重饰过的一刻中的重饰性举动，象征地摆脱一份拂之不去的焦虑。他确实需要这种重复，唯有当他借助这些重复回到那想像中的初始情境时，那份焦虑与痛苦才会转至生理层次“排泄”一净。于是这因“固置”而来的重复就有了一个特征，即以一切不同的东西来重复同一件事情，以所有各异的事物来指涉同一个事物，这重复使一切差异都服从一个绝对同一性：——那个“初始情境”。而《黄瑶》则不同。首先它没有提供任何“初始情境”。我们从标题开始读到最后一个句号也弄不清，究竟“黄瑶”是“黄猺”的重复——人在不觉中学了动物，还是相反，“黄猺”是“黄瑶”的重复——动物在人不觉中学了人。黄瑶莫名其妙地抓瞎了对她“心理战斗”的矮小伙的两眼，而后却发现自己无形中重复了动物的举动，而这动物的举动据说是摹仿人的举动，于是文本展示了一个椭(椭)圆的怪圈：重复所重复的只是“他人”的重复。同上篇小说的重复方式不同，这里的重复不是同一症候的回归，倒是把同一症候转移到各个不同之物，“重复”成了通向各个不同之物的途径。剜人眼睛的动作通过重复由黄瑶而黄猺或由黄猺而黄瑶地转移，乌黑无光铁纱(沙)子一般的眼神由黄瑶而猿猴而人地转移，自然，还有黄瑶(猺)的字音字形重复作为称谓在人与动物间转移。在《十年十癔》中，这种转移的重复是叙事不断走向异质事物、异质层面必经的桥梁，这是一种开放的、去中心的重复。

固置的重复与转移的重复，或曰癔症的重复与叙事本身的重复实际上展示了两种目的不同的意指活动或两种阅读。一种以重复寻求一个意义的终点或意义的完满。譬如，当《哆嗦》中的麻副局长绕开了那个揭疮疤的小青年的一路追问，代之以游击司令的故事作为谈话的收束时，无形中便以他人过去的故事与自己亲身经历的相似重复结束了对“哆嗦”本身的探究，结束了那个会触及痛处的意指活动。正是这结束之处他确立了一个足以维持他心理平衡的完满解释，即把当年发生的一切连同自己和他人的哆嗦一同视为一场已经完结的、“你我都在其中”的“噩梦”，那令人焦虑的真实自然会因意指过程的中止而封闭在“噩梦”中。而另一种意指活动则拒绝终止和完满的解释，甚至可以说，它总是始于上一意指过程的中止处。重复并不是为了结束什么而是为了被重复。如果说麻副局长不得不求助生理反应来造成意指活动的彻底终结，那么，在麻副局长每欲终止之处，读者便开始了新的阅读，开始意义的转移和增生，甚至麻副局长用来“彻底终结”的生理反应在读者眼中不过又是一次重复——又一次意指活动。若是换个角度来表述，那么这两种意指活动在目的和方式上的不同可以代表主体对历史的两种态度。麻副局长以重复作结束从而构成一个封闭和意指之圆，指之断称曰，“历史即如是”，而叙事本文的转移性重复却构成一个意指的放散性总谱，它不论“历史是何物”，只管“历史复何知”，以不间断不同质的重复把我们对历史的阅读引入一场不断扩展的，永不完结的意义扩张和意义转喻过程中。

在这后一种意义上，《十年十癔》以自己特殊的方式迫使我们开始一场巴特式的“本文的阅读”：它那各种事物之间的不同和相似注定把我们带入一个意义“播散”的过程。道理很简单，每两个不同事件、不同行为、不同事物乃至不同字眼的相似与重复之处，都会发生同一桩事情，即两套原本可能互不搭界的意义系统在这重复的一瞬互相开放，两套原本可能各行其是的文化密码互相嫁接。《白儿》中那批斗场面与闹洞房场面的相似重复，把逗笑、取乐的色情快感“播散”到一个政治性行为的含义中，同时也便把政治行为的残忍、斗争形式及更多的东西移置（植）到我们对民俗民风的理解中。当我们在《五分》中读到那“错”的五个重复，那五个错与我们历史上政治事件的时代性重复之时，甚至读到“我姐姐”那飘飘白衫、飘飘黑发，胸前一个血写的冤字的形体形象与古代传说中无数美好冤屈的女性形象的重复之时，也正是错、冤、“正的常”、传统、现实、清醒、疯狂以及历史和今天的互相开放、互相修饰、互相转换之时。在《十年十癔》中，每一次新的不同事物的重复都不仅引导一次意义的平面连续，而且造成一场意义的立体性扩大。这也便是《梦鞋》中的一个梦或一双鞋何以会串起一个包含性角色错乱、红卫兵心理、公家与个人、政治性阉割乃至中国夫妻生活等众多主题的意义网络，而《古堡》中青黑对蓝黑的重复，学生对老师志向、命运、外形和病症的重复，仿造之城对古城真迹的“重复”，古城与结构对天罡地煞的重复以及梦中的古堡与身外古堡之重复又何以会向你打开一个广阔的通向古往今来天地鬼神中外的音乐总谱般的意义之海。在这样一种本文中,阅读就意味着置身在这由无数不同的字眼、片断和情节所构成的世界中,听凭它们之间的相似与重复把你播散到任何一个由文化设计好的意义角落。

正是在这样一种阅读中,历史才不至被简单地当作我们脚下的一方石头。《十年十癔》那自由播散的意指活动并不佯做(装)覆盖在历史之上的一层透明薄膜,可以让你直观历史本身,它移置你脚下的石头,将你置放在开放的语流中,你所“直观”的只是寓言或寓言的寓言。正因此,它才揭示出任何一种佯作透明的描述对历史本身的真正放逐。

二、语言的性政治

《十年十癔》那特殊的叙事造成的全新的意义关联之一是性与政治的关联,确切(地)说,应该是精神分析与历史的关联。这不仅意味着打破了两片以往封闭的话语禁忌,或释放了两种以往被囚禁的文化密码,更重要的是,这意味着一个迄今为止最有启示力的历史图像或历史寓言的出现——一种对历史及主体的全新的观悟、审视和表述方法的出现。追踪这一寓言的全貌是笔者力所不及的,但我仍想讨论其中几个结构性的关键:无意识与失语状态,性密码与政治密码的历史性融合,语言、物象与主体生存。

也许人们已经注意(到),在林斤澜笔下,“癔”的发作多半不(是)由于心理创作、肉身痛苦或耻辱等“经验”,而是由于“字”,或类似“字”的“象”与“声”。是傻大黑粗的“无寿无疆”引得麻副局长身不由主地发抖哆嗦,是领袖的话声和身影令身经百战出生入死的游击司令“摇铃”“散架”,张口结舌。一个“五”字令叙事人记忆阻断,头昏作呕,一句“牛棚”使《春节》中的老夫妇俩忙不迭地上厕所和手脚冰凉,甚至,“瑶”字换个偏字,就令人不得不自缚双手。这几个症状不同的主人公在发作之际经历了同一桩事情:有某个字(影,声)如同一声禁止,这个字面下不再有任何所指或能指来填充补续,主人公们骤然丧失了使思想足以接续的语言。那个“无寿无疆”的“无”字,那白粉墙上的高大身影,那“五分”和“牛棚”成了主人公某一符号活动的断裂点,症状便起于这意指过程的中断。可以说,在林斤澜的《十年十癔》中,“癔”竟表现出一种后现代特征:它始于某一特定的失语状态,正是这失语状态造成了主人公意识的空白。

然而,不论这无意识的特征多么“后现代”,在《十年十癔》里,这却是一种历史性失语。这失语状态说明的不仅是语言与无意识的密切关系,而且是那一时代特定的语言与特定无意识的历史性关系。《二分》中那个谜语般的“智力测验”戏剧化地展示了这失语的历史性由来:老二在“大民主”中因夜不能寐心情激动而随信误寄的二分钢镚，在“江办”们手中一头撞入了一个风马牛不相及的密码系统，如同撞入了一个陌生的国度。在这系统中，它忽然丧失了二分人民币的面值功能，成了所指暧昧的阴险之物（什么意思？是不是对首长的侮辱？是一个什么象征？）。换言之，在“江办”那里，这二分硬币被剥去了人民币已有的意义背景而硬是给套入了一个凌驾一切的政治密切程序，经受了一次再度编码的过程。这样一套简单但绝对权威的政治密码必须检验一切能指的指涉权，并可随时随意地取予一切能指——不论是二分硬币还是八分邮票的正反及毛边或是张三李二“什么人”——的指涉权。而所有这一切检验为的是使一个能指不受检验，那便是“首长”或“领袖”。——“钱”犹如此，“语”何以堪？连二分硬币这样深入人心的、无须语言的日常符号在这样一套政治密码面前都要丧失指涉力，恐怕“语”在为人所失之前，已自先失了自己。

在本文以及现实里，正是这样一个超验能指的权力使政治与性汇聚为一。如果说，当《电影手册》派读解《少年林肯》时，林肯作为菲勒斯的意义还多少经过些隐喻、置换的过程，那么在我们的文化泛本文里，“领袖”与“父亲”的关系却甚至比同义语还要接近，它们从来就共享一个所指和所指物。《十年十癔》另有一个戏剧化场景提示了这种性与政治的历史性互融。请看《哆嗦》中游击司令受到接见时的场面：自从进入那“红楼红墙红门”起，可怜的游击英雄便置身于一个象征意义上的女性空间，一个有着沿墙的过道，紧闭的门窗，见不到一棵树、一盆花，鸟虫不敢侵犯的空空的四合院。这空间同时是一个没有语言的、连一根针落地都听得见的静寂世界。且不谈置身这一与外界隔绝的缄默院落在象征意义上无异于回归“母子同体”阶段，就这空间形象本身而言，它明确的性象征内涵连同它那没有一只鸟、一条虫、一株草的纯粹性，从结构上预决着即将出现在这里的拥有者的形象注定是一个绝对的菲勒斯形象，而且没有任何其他菲勒斯（树鸟虫）能与这绝对的一个共居这一空间，一如没有其他任何声音（语言）能与那唯一的声音（语言）分离这片寂静。然而，这片性意味相当纯粹的表意空间所等待的“菲勒斯”却是“白粉墙上的高大身影”，这片被反复强调的无语言静寂所允诺的唯一语言是“领袖”那不知说什么却很真切的“话声”。于是，拉康的那一句同样可以用（来）描述这一场景的“意义”：从这样一个空间中走出的领袖无须拥有菲勒斯，他本身就是菲勒斯。我们还可以用同样的句式说，在这样一片无语言寂静中的说话者无须说语言，他的声音本身就是语言。这场景展示了领袖、菲勒斯、语言的结构性“三位一体”或这三位一体的结构性。作为这场景的一个饰者，身经百战的游击司令在政治和语言层面重新返归到俄狄浦斯阶段的最初瞬间，他在一片想像的“母子同体”的寂静中迎头撞上了“父的声音”与“父的名”，势在必然地处在“无名”、“失语”的阉割焦虑中。而他的这份经验恐怕也是群体共有的历史性经验，尽管并不是整个群体都以“哆嗦”作为宣泄焦虑的手段。

在《十年十癔》中,似乎这领袖——菲勒斯——“父之名”三位一体的结构性亦即其历史性。随着这三大超验能指的聚合为一,性也罢政治也罢语言也罢都不再是各成一体的“语言”(意义系统),而倒变成同一种“语言结构”的不同“言语”。而一旦这超验的三位一体以自身为绝对标准去验证并校正一切“言语”活动时,便产生了“文革”式的历史:人及其社会身份和言论都要如那枚二分硬币一样,经受超验的三位一体权威的“验证”与“校正”。换言之,“文革”十年的历史不啻是那领袖——菲勒斯——语言的三位一体不断地、反复地验证并校正其他一切能指包括人和人的言语的过程。你不妨将这个过程视为一场“语言的性政治”自身的结构性运动,人、人的语言与肉身,不过是这一结构性运动的筹码。确实,语言、领袖、菲勒斯的历史性同一和超验功能使“文化大革命”的政治斗争注定首先是语言与语言的斗争,注定是文字狱,注定是出现一批又一批因笔误和口误或误寄几分硬币而“验证”不合格的“现行反革命”。也注定出现一批又一批因言论和文字有损于“父之名”的稳定性而“错划”、“错判”、“错杀”的“案件”。同时,这种超验三位一体也注定了“领袖”身影之下的群体的性无能与性无名——他们只能臣服膜拜“父之名”,并接受这一“父之名”的验证与校正。于是“文革”在行动意义上无异于一场性无能(名)者们群体扮演“菲勒斯”,扮演“阉割者”,扮演“语言”(父的名)的狂欢。刘傲(《催眠》)通过整倒别人所获得的“独占鳌头”的快感亦即他发现自己有权占有“同学的表妹”的快感,这快感既是“性的”,又是“名”的——使他在这一瞬间“人”如其“名”(刘傲原名刘鳌),这快感的得来不过是由于象征性地获得某种菲勒斯符号身份。《白儿》中以往的老哥们对看山人批斗更是赤裸裸的阉割仪式,这仪式本身便是性无能或性无名的群体也有机会借“验证”之名扮演一下“阉割人”,而被批斗者,不过是任何一个因“名不正”而被推上阉割台的牺牲品。最终,“父的名”及领袖与菲勒斯的历史性同一带来了一个必然结局,那就是,语言这座主体的“生存之屋”本身在彼时彼刻已成为一种残暴而淫荡的性政治符号秩序,语言自身的规律已成为性政治施暴的工具和法律,以至很难想像,若不是靠了语言,不是靠以三位一体的超验能指为中心的语言结构对任何言语活动的验检和约束力,“文化”革命还如何进行下去。

然而,这样一种性政治的语言也养育了自己的天敌:这符号秩序、这政治和性暴力的反叛者注定首先反叛“语言”。毫不奇怪,《十年十癔》中那些受迫害者和反叛者们会不约而同地以各自的方式寻找另一套非语言的符号形式。譬如寻找“物象”及“形体”表意系统,作为在历史那一瞬间被放逐语言之外的自我生存空间。《白儿》中的看山人将全部生命寄寓在挖坡种树的活动里,坑、树和满坡花果的“物象”成为他残缺的主体生存之外的一种表意方式,又一种符号秩序,因此那自垒石洞之举不仅是心理上的回归母体,而且也是象征意义上的政治和“语言”选择——以作为超验男性能指之天然抗体的母体形象作为自己的符号性归宿。这种“物象”与“语言”的对立更鲜明地表现在《五分》里。作为诗人的“我姐姐”注定因诗文被锁入(文字)监狱,但她那被剥夺了语言的形体却在“蓄谋”、“示威”,在向那完整的性政治语言系统发出反叛的挑战。在语言成为性政治施暴工具时,反叛者们选择形体物象符号本身就是反抗的表意。一个其语言被镇锁在牢狱中的“疯”女人,一个最终只好以消灭其肉体来阻止其形体反叛的女人,那“语言的性政治”再也找不到比这样一个形象更彻底更可畏的、即(既)是“性”的、又是“政治”和“语言”的对手与叛逆了。

三、精神分析的辩证

就这样,《十年十癔》以它独特的叙事结构造成全新的意义关联,把我们从一个个精神分析的个案记录引向一个历史寓言。其中那最具历史性的部分——语言的性政治从三个方面触动着我们群体性的主体经验。

也许正是出于对这一点的认识,林斤澜似乎走向一种深刻的精神分析的辩证。拿《十年十癔》与《矮凳桥风情》比,伴随着更有理论意味的技术而来的另一个重要变化是,叙事不再提供“治愈”或拯救的可能性。

首先,这“性政治的语言”本身就决定了个人的不可救赎。即使《白儿》的主人公在选择归宿中多少获得了些想像性的个人安慰,但他毕竟已被那语言所放逐,这使他注定无法作为一个主体、一个社会的人而得到拯救。同时,如若他有机会回归这一语言,那么又势必不再是个体而面临二分硬币的命运。在这套语言中,失语和不语已然便是个体自救的形式了。

不仅如此。若我们将《十年十癔》最后一个中篇《催眠》与《白儿》、《梦鞋》、《五分》等略作对比,也许会发现某些更有意味的东西,那便是对这纯个人概念本身的质疑。“纯个人”逐渐消亡似乎是《十年十癔》对《矮凳桥风情》的一个逐渐消解,这消解开始暗含于那精神分析式的视点和播散开去的叙事动机里,最终以十分清晰的形式成为《催眠》的结构性要素。《催眠》中出现的那些历史中的主体已然不是自成一体的“个人”或“个体”,而是与“他人”插置在一起的、异化而分裂的主体。如果说,《梦鞋》中那正经老大汉还勉强知道他梦中所做的是为自己去寻、去抢、去夺那一双本属已有的鞋,那么在《催眠》中,那“同学的表妹”的夜游及懵懂在催眠状态下的举动,已是全然不为自己所知所愿的了。甚至“表妹”的愿望也非但不为己知,而且原本就来自他人——来自某个催眠者的灌注。她在梦游的一瞬之后成了负载着他人愿望的主体,而在梦游之前则是负载着他人规定的“姑娘家”的自我形象的主体。她已不能说“我是我自己的”或“为的是你们知道知道我”,相反,她所说的只是“还有什么自己,只有〔虫子〕虫子爬在我脸上,钻在我心窝里”。

于是，当叙事人“我”说“这是催眠”时便肯定了一点，即“他人”已成为“我们潜意识的语言”。这也正是叙事所展示的主体结构。不仅“表妹”的愿望是“他人”催眠所致，而且刘僦的愿望也是“他人话语”——对这愿望最真切的表现不在于他占有表妹的一瞬，毋宁说，这愿望是由那个已死的、没有身体只有声音的表妹在他心中那絮絮的话语来表达的。确实，不仅刘僦的“口底说话”指挥着懵懂的无意识世界，而且懵懂的“口底说话”也在改变着“我”的记忆：不仅刘僦和懵懂会“催眠”——成为别人的潜意识话语，而且“人家催眠大师往成千论万的人堆里一过，就全给催了”，刘僦“也给催在里头”。刘僦也罢，懵懂也罢，也不约而同地写下“最高指示”“何许人也”，“何其毒也”，“是可忍孰不可忍”、“罪恶滔天”等汇报材料时，焉知不在按冥冥之中的催眠者的“口底说话”行事？

这他人的话语在潜意识中知道我们，主宰我们的行动，而我们和他人却都不能主宰或知道自己。最终，这世上不存在哪个主宰自己的、不必顾及“他人话语”之潜意识的、“初始的”他人或“初始的”催眠者。于是，个人或个体变成了包含他者的主体，变成了不可复合为一的分裂的人。在这内外世界都充满了“他人”的被催眠的大地上，个人与个体无处可去，或许根本就没有诞生。

由“催眠”而引起的个人消亡或许仅仅是为了与那特定的历史背景相吻合。但它毕竟从一个历史的角度走向了精神分析的辩证，或曰，使精神分析走向了历史本身的辩证，在一个催眠的世界中，如果“治愈”仅仅意味着完整个人的复归，那么首先应该分析的是，这完整个人的概念是否已是“催眠”过的概念。

在这个基础上，《十年十癔》似乎也展示了某种历史本身的不可救赎性。对于林斤澜，至少对于他那个叙事者“我”，历史已不是一个可圆的梦；相反，作为一场催眠，一场无止境的催眠，历史的不可救赎性正在于催眠的不可救赎性。如果说梦毕竟仅仅是梦，那么催眠却可以乱真。请注意小说中不断重复的一个场面：目击者“我”，看见刘僦给董幼萌催眠时，枪膛里打出一颗真子弹，若干年后故友重逢，当事人董幼萌却说没有子弹，目击者因略被催眠竟首肯了这一说法。隔不两天，“我”造访刘僦时，再一次证据确凿地证明当时确是打出了真子弹，但此刻的目击者“我”已经无法分辩（辨），这确凿证据的得来是否因为受了“催眠”。这催眠套着催眠一次次重复的结果是，在“我”这个自诩为历史的目击者眼中，催眠与现实已消失了界线。催眠能够打出子弹创造现实固然可怕，但更可怕是，被催眠者不仅不知自己行为的理由，而且永远不知自己是否被催眠。于是，正如《黄瑶》中那剜眼睛的行为和铁沙般的目光在一次次重复中失落了一个初始原本，《催眠》中的催眠，在古往今来，名医和首长及各种人物的大小催眠的重复中，也正开始失落那一个初始的催眠者，开始失落那第一次的催眠。相应地我们便难以确定，人在未被催眠之前及解脱催眠之后的状态应该是种什么状态。因此，当不知自己是否已被催眠的历史目击者挣扎着喊出“这是催眠”时，似应包含两种内涵。一方面，催眠仅仅是一个事件，是那名之为“浩劫”的十年中所发生的一桩事件；另一方面，催眠乃是历史的状态和存在样式本身。如果作为事件的催眠还有摆脱梦游与醒转的可能，那么作为历史的存在样态，这催眠的催眠中的历史却已无从拯救、无拯救可言。

或许，这两重意义上的催眠引来的不同逻辑恰巧是林斤澜“追踪”历史所来到的新的临界点，而那历史的寓言也正未有结局，一如我们脚下正未有石头。

作为反观历史的主体，我们或许永远不知是否已治愈，是否能治愈。但我们已经与癔者在一点上拉开了距离：我们承认一切想像的真实及想像的历史真实的想像性。《十年十癔》以其默缄的精神分析式结构展示的与其说是一种历史的真实，不如说是一种如何反观历史的启示：历史既非真空，又非眼见的文字，历史毋宁是有结构的空白，并随着我们对这空白结构的每一次阅读而被瞬间性地唤起，联缀为叙事——历史这一伟大“语言”的“言语”。

原载《北京文学》1989 年第 7 期

陈晓明

后新潮小说的叙事变奏

一切实验的先锋注定要与他们所破坏的世界同归于尽,尽管当代的实验小说玩弄的技法并未摆脱外来影响的阴影,并且先锋们也已手软,陷入自我重复和相互模拟的复制本文的困境。然而,我依然乐于认为,实验小说在扰乱我们的习惯视野时,却也开拓了新的视界,叙述彻底开放了:因为“叙事时间”意识的确立,叙述与故事分离而获得二元对位(立)的协奏关系:由于感觉的敞开,真实与幻觉获得双向转换的自由;双重本文的叙述变奏无疑促使本文开放,“复数本文”的观念却又使叙述进入疑难重重的领域。显然,开放的叙述视界打破了作品孤立自足的封闭状态,小说被推到无所不能、无所不包的极限境地,叙述获得了从未有过的自由,叙述因此也变得困难重重,它是智力与勇气驱使下的冒险运动。

一、开放的时间:叙述与故事的二元协奏

人类因为意识到时间而感悟到生命的存在,生命在时间里默默消逝,于是时间成为生存的根本痛苦,时间就是生命的抽象形式。

后新潮实验小说由“叙事时间”而引发叙事方法的革命是一点都不奇怪的。“叙事时间”隐藏了小说方法论的全部内容,它是叙述技术的开端和终点。“叙事时间”是小说叙述的最原始的层面,又是小说形式最尖端的操作规程。传统写实主义小说为追求故事的真实性和现实性,而把叙述时间全部压制到故事时间中去,压抑在最原始的层面,叙述的时间与故事的时间是完全一致的。即使是以叙述人开场白的形式讲叙故事,叙述一旦转入故事正题,叙述时间也就消失了。至于“倒叙”和“插叙”,在同一故事单位里,叙述时间与故事并行不悖,故事是自然主义地呈现的,一切都是已经发生过的事件的再次重演。

现在,“后新潮”小说已经明确意识到“时间”的问题,以至于不少作者干脆把“时间”作为小说的构题。“时间”在这里不仅仅是象传统写实小说那样表明故事包

含的事件内容，也不仅仅是对“时间”作某种哲学意蕴的探索，“时间”更主要是叙述的方法论活动。

后新潮小说的“时间意识”可以简要归结出一条母题语式：

许多年以前；许多年以后

这在实验小说和经过实验改装的写实主义小说里可以看到这道语式充当纲领性转折起到的叙事作用。在苏童的《1934年的逃亡》里，在格非的《褐色鸟群》里，在叶兆言的《枣树的故事》里，在余华的《难逃劫数》里，在刘恒的《虚证》里，都可以续（读）出这道语式作为叙述的动机和转折直接出现，或是经过伪装潜伏于叙事的圈套中，或者作为总体性的叙述结构的策略起到作用，或者作为阶段性的关联语境起到作用。总之，这道语式象蛰伏的幽灵，在当代小说中徘徊，它为新潮小说的叙事提示了自由的契机，也埋伏下难以抹去的阴影。

因为这道“母题语式”来自加西亚·马尔克斯的《百年孤独》的第一句话：

许多年之后，面对着行刑队，奥雷连诺上校将会想起那久远的一天下午，他父亲带他去见识冰块。

这道叙述语式确定叙述时间与故事时间的循环回返的圆周轨迹。叙述的时间从久远的过去跨进现在，又从现在回到过去。“多少年之后”这个时间状语超出故事的自然时间，与其说它表达一个时间长度向量，不如说它表明一种时间意识，它是一个意识到的“时间跨度”。故事在这个跨度内显然被叙述彻底洞察，故事在它发生的时候就被命定了结局，故事因此打上不可逃脱的缩（宿）命色彩。显然，“许多年之后”这个时间语式包含了一种世界“观”的意义，在马尔克斯、博尔赫斯、卡尔维诺等人那里，被赋予了循环轮回的历史观，毋庸置疑，这种“历史观”（时间观）是古老的经验文化的现代显灵。

后新潮文学借用这道语式，消除了内在深度的文化隐涵，而作为提示叙述存在的时间标志，叙述作为独立的一种声音与故事分离，故事不再是自然主义地延续，叙述借助这道语式促使故事转换、中断，随意结合和突然短路。叶兆言《枣树的故事》就是利用这道时间语式给叙述提供任意转折的自由，故事一环扣一环在这道语式上铰合或者拆解，叙述时间改变了故事的自然程序，叙述变成拆解故事结果的逆反时间运动。小说的开头就推出故事的结果局面：尔勇围歼白脸的最后时刻，叙述在这里发生转折：

选择这样的洞窟作为藏匿逃避之处，尔勇多少年以后回想起来，都觉得曾经辉煌一时的白脸，实在愚不可及。

故事在这里突然中断，插入“多少年以后”，“故事”变成“叙述”。叙述现在作为独立的力量介入故事。“多少年以后”，使“现在”的局面与“未来”的局面联系起来，“现在”迅速转变为“过去”。叙述对故事的“打断”,只是借助“时间语式”才存在,叙述一旦从现在转入过去,立即又沉没到故事中去,但这个“过去”在叙述和解读的感应里自然地延伸,反溯到久远的过去。正如马尔克斯由此转入对马孔多过去历史的叙述一样,叶兆言追溯起岫云的历史。

如果这种叙述陷入历史的框架中而不能自拔,那么叶兆言的叙述将毫无特色和活力。叶兆言明确意识到这个“框架”成为标准现实主义倒叙模式的可悲结局,他力图打破这个“框架”的封闭状态,于是,“多少年之后”这道时间语式象咒语一样不断在故事中显灵,叙述随时在故事中实(突)现出来。故事的线性模式被叙述插入语打断之后,故事获得立体交叉的组合结构。作为结构的纲领性的叙述语式,对于马尔克斯来说,时间本身是一种观念性的存在,“时间意识”是纯粹抽象的世界“观”;而对于叶兆言,时间的文化隐涵虽然解除了,但是时间意识也不仅自然预示叙述在故事结构之间运动的轨迹,它同时复活了人物的自我意识,表明人物对自身处境的态度,时间语式在叙述的转折边界上——作为结构的纲领性的叙述语式,——它也是故事结局的价值判断语式。例如:

> 多少年来,岫云一直觉得当年她和尔汉一起返回乡下,是个最大的错误。

在这里,岫云此后发生的一系列悲剧事件的纲领性叙述,它与岫云的自我意识和态度结合在一起,它预示以后一系列悲剧发生的可能性,这个错误的开端不可避免导致连续错误的结束。故事的结果作为纲领性叙述的判断语式,由此导致叙述成为拆解的活动。叶兆言敏锐(地)抓住这种纲领性的语式,由此引发故事自然而不可避免的转折,每一重转折又都是时间的逆流,在这里,故事时间的突然中断与叙述的纲领性预示达成和谐的二重组合,它使一个阶段的终结成为另一阶段的开始。在传统小说里,由关键性的事件造成故事的转折,现在为叙述造成的时间开放的契机所替代,转折也不再是按线性方式趋进的高潮,转折是叙述随时突现的功能性标志。

因此,叙述的转折标志与人物的心理意识结合(在)一起,有效地造成了故事局面的张力状态。原始叙述的附加成份被剔除了,故事中的那些有标志的因素自由结合,它们可以任意穿越时空,可以打破因果关联。当尔汉兄弟俩拿着新买回来的两支(枝)短枪比试的时候,岫云意识到这两枝枪准会惹祸。叙述是这样转折的:“因此白脸手下的人翻箱倒柜,从墙缝里搜出钱财和那两枝枪时,岫云有一种果真应验的感觉。正像十年以后,她看着白脸把驳壳枪往怀里一塞产生的奇异恐惧感一样,她突然觉得白脸即将大祸临头。”显然,人物的主观意识成为三重事件统合的基础,叙述追踪人物意识的瞬间变异,而把大跨度时间的局面突出到故事的转折点上。岫云的“意识”在几重时空里穿越往来,并且把几种事件统合在一起制造紧张的冲突局面。显然,人物的主观意识是主观叙述伪装的结果,当尔汉面临死亡坐在地下,岫云再次联想到尔汉叉着腿坐在床上给她讲述他的嫖经。不管这是因为岫云麻木还是出于岫云吓懵的缘故,这种"联想"无疑是出于叙述转折的需要。在《枣树的故事》里,所有被推到故事转折关节上的人物的主观意识都是伪装的叙述转折,对于叶兆言来说,人物的"主观意识"不过是主观叙述的客观原材料而已。因此,人物的自我意识以及对局面的态度,不仅预示故事转折的动向,同时为叙述提供时间转换的契机。

相比较叶兆言在《枣树的故事》里把叙述获取的时间语式转变为人物的主观意识的那种叙述方式,苏童的《1934 年的逃亡》的叙述恰恰是使叙述在主观化的时间意识里伸展。叶兆言的主观叙述获得了超距的客观效果,因为主观叙述的机能隐没到故事客体中,只是借助人物意识才突现出来;苏童的叙述与其说是在追踪故事,不如说是在捕获叙述中闪现的主观感悟,故事借助叙述感觉在瞬间突然敞开。正是在这个敞开的瞬间,故事悄然消逝,诗性的感悟悠远绵延伸越而去。

苏童的"一九三四年"不如说是个时间符码,苏童当然意识到"一九三四年"迸发出强壮的紫色光芒圈住整个故事,"一九三四年"成为一个绝对的时间,成为时间的纲领,因为它的存在,故事内部的具体时间都自行消解,所有的事件在这个绝对时间的跨度里自由漂流。一段凝固的时间就是凝固的历史,一切都可以汇集其中而又消踪匿迹。历史在一九三四年停滞,这是个时间的魔窟,存在的事实被注定了厄运,它归属于"一九三四年"就没有选择的余地。苏童把整个故事抛给"一九三四年",而给他倾心去捕捉那些失去时间矢量的瞬间。《枣树的故事》的时间非常脆弱,人物意识或局面标志随时都可能打断时间的自然发展,《1934 年的逃亡》的时间如同一道暗河在遥远的背景潜(潸)然流过,而各种局面情态涌现到前景。这些局面情态只是在主观性叙述的诗性感悟里获得"瞬间性"的时间存在:

> 狗崽光着脚耸起肩膀在枫杨树的黄泥大道上匆匆奔走,四处萤火流曳,枯草与树叶在夜风里低空飞行,黑黝黝无限伸展的稻田回旋着神秘潜流,浮起狗崽轻盈的身子象浮在一条逃亡的小鱼。月光如水一齐漂流。狗崽回首遥望他的枫杨树村子正白惨惨地浸泡在九月之夜里。

狗崽这个愚钝的农村少年,奔走在洒满秋天醇厚月光的夜奔之路上,这无疑是极富有象征的历史时刻,有如农村那颗瘦弱而稚拙的心灵,怀着惊惧,怀着仇视,怀着更新的期望,投向城市的诱惑。一九三四年的夜奔之路无疑向着历史的纵深处化入,这不只是叙述上寻求的蒙太奇效果,这是存在不可摆脱的时间之流。当那遥远的往昔突然获得一个闪光的瞬间涌现在苍茫的历史荒漠,而那缓缓流动的"一九三四年"也凝固了,在这个定格的瞬间存在彻底敞开。苏童的叙述经常由这种诗性的描述来创造故事的有价值的局面——这也是苏童迄今为止最能显示他叙述才能的方式。这些局面因为获得“瞬间”的情态而在故事中扎下根。叶兆言借助时间语式促使叙述从故事中分离而突现,故事向着叙述转化;与叶兆言相反,苏童赋予主观叙述以“瞬间”的局面存在情态,叙述向着故事转化。叙述如此紧迫地追踪没有时间的历史之流,唯有在这一时刻,叙述的现实才挽留住历史,抽象的“时间之流”获得“现在”的存在,——一个从过去转化而来的暂时性的“此在”。对于苏童来说,叙述向着故事的瞬间情态局面转化,不失为叙述与故事双重变奏的另一种方式。

对于余华来说,叙述彻底向着感觉还原,在他冷漠地辨析那些怪异感觉的叙述中,你可以体验到事物存在的时间停滞了,更不用说那时幻觉无所顾忌地侵袭现实,所谓生活世界的时空因此被弄得面目全非。余华的感觉过于精细,以至于叙述的语感获得特殊的时间节奏,它侵吞故事里的事件发展程序的时间。余华的叙述时间语感化了。《四月三日事件》写了一个无名无姓的少年“他”,在十八岁生日之际一天的“活动”。显然,余华把故事的事件限定在一天的时间里,然而,他在叙述中把那些瞬间的感觉(和幻觉)非常细致而缓慢地呈现出来,在感觉的呈示过程中,在从一种感觉到另一种感觉的转换之间,产生令人难捱的滞重。余华的叙述时间由于缓慢的推移而显得无比的虚幻,这当然不仅仅是因为大量的幻觉参与的缘故,更主要的是由于故事的时间进入叙述语感的节奏遗留下的无法填补的空白。在《世事如烟》里,这道空白被阴谋和大量的死亡填补上,而《难逃劫数》则用一连串的犯罪和怪异之举再加填补。尽管如此,余华的叙述方式形成的语感状态与故事的当下局面构成一种奇特的感觉悖论:他的叙述总让你觉得他不是在叙述他叙述的东西。他不动声色、无动于衷,麻木而机械,然而,他又把最细致而真切的感觉呈示给你。对于余华来说,最主观的东西获得最客观的效果,而那些最客观的存在却是主观变异的产物。因此,余华笔下的死亡才能够那样有如无声无息的突然“失踪”,那是纯粹时间的停止。

“时间”对于孙甘露永远是个令人困扰的哲学命题。孙甘露迄今为止的叙述都可以看作是为摆脱“时间之流”而作的努力,至少他找到叙述感觉的那些时刻是这样。孙甘露当年作为一名信使匆匆奔走于时间之路,这为孙甘露日后成为关于时间的哲人或作家无疑练就了特殊的心智。于是《信使之函》第一句话写道:“诗人在狭长的地带说道:‘在那里,一枚针用净水缝着时间……’”孙甘露的叙述穿越永恒的时间之流,而在“瞬间”的情态偶尔驻步:“那是候鸟的天空。它们已经在信使忧郁的视野里盘旋了若干世纪了。”苏童的叙述借着敞开的瞬间向着故事还原,而孙甘露则解除了故事模式,他的叙述彻底自由;他徜徉于永恒的时间之流追捕那可人的瞬间情态来武装他的叙述语式。因此,《信使之函》的叙述语式可以归结为永恒的哲学探索与诗性感悟的瞬间情态的转换结构。孙甘露总是在寻找永恒的理喻而感发到瞬间情态,而每一瞬间情态再加以永恒的无边无际的领会。孙甘露就是热衷于捕捉那些不可捉摸、不可思议的状态,并使之变成语言。他的《请女人猜谜》无疑意识到时间向空间转化的可能性,因为时间采取了空间的形式,从而使叙述在双重本文里自由往来,这一问题本文要专节讨论,在此不加赘述。

总之,后新潮小说意识到"时间"问题,由此引发了叙述方面的一系列变革,当然,把叙述方面的所有改革都归结为"时间意识"是过于狭隘(的),但由这里引发却是别无选择的开端,这里不过浅尝辄止。

二、开放的感觉:现实与幻觉的双向转换

对于实验小说来说,现实世界混乱不堪而又捉摸不定,唯有自我的感觉世界才开启了一片无边自由的国土。传统写实主义的艺术感觉依附于客观实际的存在事实,艺术作为第二自然,艺术感觉力图还原自然和生活的本来面目。现在,实验小说把"现实"拱手让给写实小说和报告文学,只好孤独(地)蹲在生活的一隅,郁郁寡欢而沉湎于无穷无尽的幻觉世界,在这里找到暂时栖息的精神宿地。

寻找幻觉是现代艺术的普遍嗜好之一。然而。当代中国的实验小说对幻觉的爱好,并不象现代主义那样热衷于探索人的深层心理状态,以此作为揭示生活隐秘内核的唯一通道,作为反抗生存异化的有效手段。当代的实验小说把幻觉从内心深层结构中解放出来,幻觉跟随真实一道挤进生活的实际存在,作为减轻生活混乱的有效途径,作为消解生活信仰及其内在意义的特殊方式,实验小说通过对幻觉的捕捉完成了对生活的极端戏弄。实验小说试图改变人们在传统小说进行的那种低劣而肤浅的识别,给我们寻找新的替代的感觉方式;因此,幻觉的世界不再是象现代主义那样成为逃避和抗议现实的隐秘的彼岸世界,幻觉表达了对生活的混乱现实进行晶化的清理和对实在真实的重新认识,它表明了对生活的"不完整性"的后现代主义方式的认同。

当然,这一切在实验小说那里,不是作为一种明确意识到的观念来表达,而是作为叙事方法潜在地改变我们的现实。幻觉与现实的相互转换促使感觉彻底开放,存在的事实不再是确定不移的,存在值得怀疑;人的本质及其历史的确实性经不起任何推敲,存在没有动机也没有目的,世界既不是有意义也不荒诞,——实验小说的叙述方式尽可能在敞开的感觉世界里瓦解现实存在的根基,不管是追踪幻觉还是追踪真实,实验小说给我们叙述了一个"不存在"的存在,因为他们明确意识到小说的"虚构性"。

因此,在实验小说的叙述中,由于"开放的时间"提示的可能性,现实与幻觉之间

的传统过渡轻而易举就被解除，幻觉经常是不知不觉就侵入现实，并且无需任何交待就滑向现实，这种“模糊性叙述”消除了幻觉与真实在叙事过程中的界限，并且在解读中也经常无法辨析。在余华的《四月三日事件》里，“他”的所有感觉、体验乃至行动都在“现实”和“幻想”的中间状态漂移不定。生存的虚幻性和不可把握性令人吃惊地在一个十八岁的少年身上表现出来，它如此夸张，又如此真切。你无法辨析生活的真实和虚假，因为幻觉最大限度地侵入了现实。在阴沉的《世事如烟》里，整个生存状况沉浸在罪恶与阴谋的灰暗中，每个人当然也就经受着病变的折磨而表现出一系列不可思议的奇异怪诞之举，这当然也给余华寻找怪异感觉提供了随心所欲的便利。于是在这个没有时间标记，地域也不明确的世界里，生与死、幻觉与现实之间的距离自然也就消除。因此，当“6 来到户外时……”，余华不露声色叙述了 6 看到两个无腿先生垂钓的奇怪情景：“那两个人手中的鱼竿没有鱼钩和鱼浮，也没有线，不过是两根长长的、类似竹竿的东西。”他们总是不一会儿就同时从江水里钓上来两条鱼，而且竟然是无声无息，没有鱼的挣扎声也没有江水的破裂声。直到公鸡啼鸣时，那两人一齐跳入江中，江水四溅开来却无声响。这当然是 6 看到的幻景。但是余华在叙述 6 的幻觉时没有任何过渡的交待，并且这到底是 6 的幻觉还是 6 亲历的现实，余华的叙述不置可否，对幻觉与真实的辨析，他或者留给读者根据经验去判断，或者随着叙述的推移自然揭示。关于接生婆到城西去接生，那当然是接生婆的梦境所为，余华在叙述这个梦境的时候，剔除了任何原始的交待，故事的自然时间被叙述解除，从现实跨入梦境没有任何心理上的转折，梦境如同现实的延续，而从梦境回到现实的转折同样不露痕迹。梦境获得与现实同等的地位，最后你不得不承认“梦境可能是真实的”。

正如我前面指出过的那样，余华的叙述由于过分精细而产生虚幻感。余华总是非常耐心地注视事物的细微变化，有可能的转折，从局部向整体有层次的逐步推移。余华似乎一边叙述，一边倾听叙述节奏，周围的一切都停滞了，都在期待那个事物出现。余华的叙述如此细致，以至于叙述节奏蚕食了事物存在的实际时间，时间延长而使那精细的感觉如同幻觉般蔓延。于是在解读意识里，事物的存在状态总是在真实与幻觉之间摇摆不定。《四月三日事件》一开始就进入感觉辨析的疑惑状态：“他”在早晨八点钟的时候站在窗口，他感到户外有一片黄色很热烈，“那是阳光”，他心想。从对“黄色”的感觉过渡到对“阳光”的意识，这个心理转折的层次变化，产生缓慢推移的叙述时间，这是对真实存在的意识，然而，从黄色到阳光的过渡却使人感到异常虚幻。然后他将手伸进口袋，“手上竟产生了冷漠的金属感觉”，动作与感觉的层次再次被剥离，感觉与其说是非常迟钝，不如说是遁（循）着叙述语感节奏缓慢推出。然而“当手指沿着那金属慢慢挺进时，那种奇特的感觉却没有发展，它被固定下来了”。感觉的变化更加缓慢，叙述几乎是在显微镜下观察事物变化的过程，过程被拖延了，结果始终不出现。余华热衷于在感觉的临界状态蠕动，在那种犹犹豫豫的体验里，余华最大可能地改变了真实的存在方式，从而改变了整个存在的状况。最后，余华恶作剧似地（的）把整体显示出来：

> 那是一把钥匙，它的颜色与此刻窗外的阳光近似。它那不规则起伏的齿条，让他无端地想象出某一条凹凸艰难的路，或许他会走到这条路上去。

在余华的叙述中，行为与意识、事物的存在与感觉之间存在一个不可跨越的时间差，这个“时间差”由对事物过分细致的叙述造成，感觉与事物的联系被迟缓的“时间差”所冲淡，结果导致真实存在向幻觉转化。“那是一把钥匙”，整体的出现立即消除了过程推移的幻觉。然而，余华始终感兴趣的是幻觉的状态，“他无端的想象”并不只是对幻觉的解释，它是幻觉的自然延伸，并且预示着他此后的行动别无选择走入幻觉的纵深之处。

余华如此细心地去辨析事物存在的状态，并且大胆解除真实与幻觉之间的界线，把一切的存在及其可能性都直观地罗列出来，这种叙述方式很可能是受了法国新小说的影响（特别是罗勃—格里叶的影响）。罗勃—格里叶声称要制造出一个更实体、更直观的世界，以代替现有的这种充满心理的、社会的和功能意义的世界。让物件和姿态首先以它们的存在去发生作用——罗勃—格里叶说，让它们的存在驾临于企图把它们归入任何体系的理论阐述之上，不管是感伤的、社会学、弗洛伊德主义，还是形而上学的体系。尽管罗勃—格里叶力图让那些存在事物获得“客观的直观性”，它们在那里，坚硬、不可变，永远存在，嘲笑自己的意义；然而，罗勃—格里叶却无法阻止他的那种“客观的直观性”向着幻觉转变的最大可能性。它们并不是坚硬而不可变更的，恰恰相反，它们总是不断向幻觉转化然后才向着真实的存在还原。他的《嫉妒》是一个感觉细腻而又随时变更的阴影状态，那是因为那道“柱子的阴影”从头至尾总是似是而非地在真实存在与幻觉之间摇摆不定。

不管如何，余华还是信任他的感觉及至他的幻觉，而在格非那里，一切存在都变得可疑，都不值得信任。格非在《褐色鸟群》里把一切存在事实推到模棱两可的境地：到底（是）存在，还是不存在？这是一个令人困扰的问题。当然，格非决不是去穷究存在的终极问题，相反，存在的确实性被格非彻底戏弄了，存在的价值及其意义建立的任何可能性都因为幻觉与真实的界限无法辨认而自行消解。格非的独到之处，在于他大胆运用“重复性叙述”，在幻觉与真实之间构成相互否定的意义悖论，存在的事实总是在重新辨认的时候被颠覆，“回忆就是力量”被格非戏剧性地改为“回忆就是瓦解存在事实的力量”。

“重复性叙述”制造出一种有如怀疑主义的元素迅速蔓延，这是一种增长的怀疑力量,这种力量不是先验约定的固定品格,它是某种潜伏在叙述方式中的“能”。任何一个事实经过重复就会自行瓦解——幻觉连同真实的双重瓦解。当“我”告诉女人许多年以前见过她时,女人笑了一下,她伸手端起我面前的茶杯呷了一口茶将茶叶末轻轻吐掉:“我从十岁起就没有去过城里。”女人的否定如此轻便,然而,它不仅导致前面叙述的虚幻性,同时使女人当下的存在状态滋长起一种怀疑的品性。紧接着,女人说到那一座断桥以及她男人在一天雪夜里的经历。这与“我”的经历有些微妙的差别,恰恰是这点“差别”使前后两种“事实”(的说法)都值得怀疑。(是)真实还是幻觉?(是)存在还是不存在?叙述向前推移深入到疑难重重的领域。到结尾时间、地点都值得怀疑。棋别有用心(地)把“水边”称为锯木厂旁边的臭水沟,“我”一度为她的话所困扰。“有一次,我沿着‘水边’枯白的茅穗绵延的水线,朝北走了整整一天,没有发现什么锯木厂。”叙述到这里,已经不是单方面对前面的事实的怀疑,叙述的当下事实就陷入自我怀疑,因为幻觉已经完全侵占了存在的现实及其一切可能性。最后,那个“棋”再次出现,完成了这个悖论的大圆圈,棋是一个双重否定:棋否定了她存在的历史,并且否定了我存在的全部现实。

孙甘露对幻觉的迷恋构成了他所有叙述的出发点。孙甘露凭着他诗意的笔触和地方术士般的想象把幻觉(和梦境)叙述得无比奇异而美妙。幻觉在孙甘露的叙述里呈现,捉摸不定却又时时闪烁着诗性的感悟之光,——正是这“光”构成了幻觉存在的真实性。这是孙甘露处理幻觉的绝招。人们不可思议的是孙甘露何以能在幻觉(梦境)的表象之流里穿越往来,而不至坠落于空疏浮泛之中。孙甘露通过揭示那些非理性的幻觉的情态瞬间的诗性蕴意,从而确定幻觉的真实性存在,幻觉正是在获得诗性的自我感悟时刻向着真实的存在转化,向着不可摧毁的存在时刻敞开,孙甘露的幻觉在诗性的顿悟里敞开为一片真实存在的“空地”——如同海德格尔所认为的那样,诗性的存在具有至高无上的实在性,因为那是天、地、人、神四重世界的永恒存在。尽管孙甘露的“神”不过是鬼扮演的上帝,他的“人”都是一些身份不明而精神失常的无业游民;但是,孙甘露的诗性之光由幻觉的瞬间伸越而来,进入我们的存在,具有真实而不易摧毁的感悟力量。

总之,对于实验小说来说,真实的存在与幻觉的自由置换促使整个感觉彻底开放,幻觉与现实的相互渗透把我们的存在弄得面目全非,然而也有可能大大开拓了存在。存在恰恰不是在确定不移的认识里深化,而是在疑难重重的探索里展开。当代美国实验小说家罗纳德·苏克尼克说:“现实不再存在了……时间、人物性格也不复存在。上帝是过去无所不知的作家,但他已去世,现在谁也不知道情节,因为我们现在缺乏创作者,所以作品的真实性没有保障。”那么,“无保障的真实性”是否为“真实”找到了一个更为辽阔的区域呢?

三、开放的本文：互为本文的多重变奏

实验小说对传统小说观念最富有挑战意味的可能是在叙述方式里达成的“本文的开放策略”。传统写实主义小说的“作品”概念是绝对独立完整的“这一个”，即使是现代主义的“作品”依然隐藏着内在统一的完整秩序，包含一个期待解释的封闭性的深度模式。只是到了后现代主义的实验本义（文）才破除了内在统一构成的深度意义模式，本文是“阅读”的，而不是“解释”的。本文是语言活动的场所，而不是展示一个完整的世界。例如巴塞尔姆的叙述尽可能向语言敞开，而当代的文化糟粕毫不客气涌进本文，尽管他试图停留在“这种糟粕现象的前列”，但是也几乎在这股浊流中沉没。

当然，后新潮小说并不象巴塞尔姆的本文那样向着语言和亚文化形态全方位开放，它主要的是通过多重本文的叙述变奏达到本文在叙述里的开放。

始作俑者可能是马原（又是马原！）。马原关于姚亮和陆高的一系列作品，很显然，没有故事情节之间的实际关联，而姚亮和陆高变换角色自由地在多个本文里出入。尽管姚亮和陆高经常只是叙述人的“指称”，他们和叙述人称几乎没有多少区别，但是“姚亮”和“陆高”无疑侵犯了本文的独立存在，他们不仅使本文在真实与虚构中摇摆，而且使本文卷入多个本文的参考系，本文不再是完整的，本文被姚亮和陆高以多种不同的方式占有，本文相互之间证明了“虚构性”。写实主义的系列作品始终保持人物性格和情节发展的完整统一，各个单篇作品依然是独立的整体，而系列作品又是一个更大的整体，“真实性”受到现实和整体逻辑的双重检验。现在，姚亮和陆高是在完全不同的本文里活动，他们把另一个本文带进来了，这些本文是平行并列的，它们互相侵犯而互相开放。马原在《冈底斯的诱惑》、《虚构》等作品里，都提到其它本文，这是本文中的本文。马原不过是为了在真实和虚构之间制造平衡，不管是姚亮、陆高，还是“本文中的本文”，都只是具有非常有限的开放意义，它们都没有获得与写作的本文平行的实际存在地位。

从理论上来说，任何本文都是以复数的形式存在的，因为构成本文的语言材料是已经写出的。按照罗兰·巴特的观点，构成一则本文的原料是无数已经写出的本文的引文、回声、参照物。因为，就最基本的意指关系而言，一个单位的词是否在指涉，指涉什么，它背后已经存在着一个由词语的差异体系构成的无形的词典。同样的（地），一篇绝无仅有的本文是无法存在的，正如能指的播散活动必须以无数未曾在场但已经存在的更多的能指为前提，任何一则本文的背后都已经存在一片无形的本文的海洋，每一本文都以（从）那里提取已被读过和已被写过的段落、片断、片语只字。罗兰·巴特的“复数本文”的概念把本文植入“方法论的领域”，本文成为一种

运动、一种活动、一种生产和转换过程，本文不再是固定的实体。显然，“复数本文”仅是理论分析的结果，它揭示的是本文的语言活动本性。

然而，在写作实践中有意识地融合多个本文，这是一种开放性的叙述方法，本文不再是封闭孤立的固定实体，本文由此进入拆散、融合、分解的转换运动。叙述因此进入疑难重重的领域，叙述变得更困难，也更自由。

孙甘露的《请女人猜谜》可以认为正是企图在双重本文的叙述变奏里获取叙述开放的无限可能性。孙甘露在写作名为《请女人猜谜》的小说的同时，在写另一部小说《眺望时间消逝》，这两部小说既相互平行，又互相侵犯，你可以说写《请女人猜谜》（以下简称《猜谜》）是在写《眺望时间消逝》（以下简称《眺望》），你也可以说，《眺望》就是《猜谜》，它们的叙述时间是一致的。但是，它们确实各自又有独立的角色和事件。《猜谜》写我和后的阴郁迷醉的爱情交往；《眺望》叙述士的怪诞而恍惚的往事。不幸的是，士与后也有交往，这使故事时空发生错乱，士与后在两则本文之间穿梭往来，有如上个世纪的幽灵。当然，《眺望》是对过去的回忆，《猜谜》的事情发生在《眺望》之后。孙甘露则用同一的叙述时间把它们并置排列在一起，让“过去”与“现在”融为一体。如果在单一的本文内凭借故事的时间自然延伸，过去与现在只能单向延续，双重本文使叙述时间获得了立体变化的可能，所有关于时间空间变化的原始叙述都被剔除，现在与过去的交流获得极大的自由。

于是小说叙事惯用的双重时空的组合变成双重本文在叙述里的转换活动，叙述人把小说的时空构造全部交付给本文，本文的“策略”替代了叙述。现在，时空的构造已经不是实体性的叙述结构，双重本文的变奏叙述，使双方都受到侵犯。《眺望》进入《猜谜》，瓦解了《猜谜》的时间，整个《猜谜》的时间都停滞不前，它似乎就是在“眺望”《眺望》；而《猜谜》提示的前提时间，使《眺望》的“进行时”变成“过去时”。显然，孙甘露在玩弄时空侵犯而发生的转换游戏，依然在寻找他的“真实”与“幻觉”的临界状态。孙甘露的叙述既不是单纯的梦境幻觉，也不是明确的实际真实，当然也不是两者的明确无误的混合。对于孙甘露来说，只有在两者交合的临界状态才是叙述进入的时空。现在，双重本文的变奏取代了时空硬性的组合，双重变奏尽情享受“临界状态”提供的可能性。

后在《猜谜》里是个神经质的护士，她相信幻觉胜过相信真实，她认定她“读过”《眺望》，显然，“读过”是一个存在于叙述意念中的隐喻说法，因为后就是《眺望》的当事人，孙甘露巧妙地运用“读过”这一隐喻，把《眺望》中的真实投射到《猜谜》的幻觉中来。对于《猜谜》来说是幻觉的经验，在《眺望》里却成为了真实的经历。当然，《眺望》可能是回忆，也可能是幻觉或梦境，对于孙甘露它们都是值得信赖的临界状态。士的身份难以确定，他是“守床者”、“见习解剖师”，他偷吃解剖室里的蛇而被开除。然而,他又是一个在殖民地的草坪上捡球的男仆,士能够毫不费力地同时扮演忠诚的爱人和偷情者两种角色,与此同时,他还是一个谕世者、一个有正义感的凡夫俗子,一个谋士和心力交瘁的臆想者,士的变幻不定的身份和神出鬼没的行踪,使《眺望》的回忆带上了梦幻般的虚无,士证明了时间消逝之不可"眺望",并且表明了全部存在的虚幻性。正是因为对士的一生的"眺望",我们生存的确实性逐渐被瓦解。《眺望》原来是《猜谜》里的一个元素,随之与《猜谜》平行发展,它的意义不断幅(辐)射到《猜谜》上,《眺望》的扩展最后侵吞了《猜谜》,结果我和后的"那些平凡的日子如今也已消逝不见了"。《猜谜》的写作结果却变成《眺望》的叙述,——《眺望》就是《猜谜》的"谜底"。《眺望》原来是《猜谜》设定的一个骗局,一个战略动机,现在《眺望》扩充为作品实体,《猜谜》变成一个虚设的存在,变成《眺望》的"策略"。

与其说是幻觉的临界存在为本文的叙述变奏提供了可能性,不如说双重变奏就是在叙述进行的时间里制造一种转瞬即逝的"临界存在"。孙甘露超出以往的叙述者对幻觉的寻找方式和对存在的虚无认同所表达的意义,在于这一切不是意义表达的结果,而是本文存在"策略"开展的现身情态。正如艾略特所说:"……我们有的不过是被我们虚度的瞬间,在时间之内和时间之外的瞬间,不过是一次消失在一道阳光之中的心烦意乱……或是听得过于深切而一无所闻的音乐……"孙甘露把这种叙述意念作为本文活动策略的动机,显示于本文自我领会的此情此景的存在。在这里,《猜谜》和《眺望》可以简化为两个最基本的元素:现在和过去。孙甘露通过本文的活动方式,向我们展示了现在如何转化为过去,而过去又是如何侵吞了现在,所有的现在都注定了要消逝,唯有过去永恒,而过去是永远也不能重复把握的存在,过去就是一个无,它无处不在而神秘无踪。《眺望》对《猜谜》的占有,是过去对现在的夺取和摧毁。现在并不是那么温文尔雅地流向过去,过去也不是老成持重(地)期待现在的消逝,《请女人猜谜》就是如此真切地揭示了存在的可怕的虚无状况:我们拥有的存在不过是被我们虚度的瞬间。当然,孙甘露为了收取这种极端的状况,不惜把整个生存变成一系列毫无意义的怪癖之举,变成迷蒙而晦涩的幻觉,变成惴惴不安的想入非非,孙甘露的现实是被幻想摧毁的存在,因此他才会设想有一个幻想的本文夺取占有了一个真实的本文。

开放的本文在另一重意义上表现为本文向着语词的差异系统开放,本文卷入能指词的自由播散活动。在叙述过程中,有意识地扩大本文出场词的范围,把写作的有意识的选择出场词的作为,转变为本文无意识的语词在差异链索中的连锁反应。不管王蒙的写作初衷如何,王蒙自《来劲》以后的不少作品,都不同程度(地)卷入语词的差异游戏活动,王蒙把语言的修辞策略替代了作品形象的主题所确立的文学性策略。王蒙在开放的本文里提示了叙述语言的另一种状态,它表明语词的自为活动可以构成小说叙事的活动方式。本文向着语言开放，正如巴塞尔姆那样，必然也向着亚文化形态开放。王蒙把流行引喻、抽象概念、商业广告、名人轶事、专业术语等俗文化语汇大量牵扯进本文，本文在向语言开放的同时，为亚文化侵略纯文学提供了自由通道。孙甘露不过消解了一个本文，王蒙的修辞策略却有可能消除纯文学的领地的界限。当然。王蒙并没有走得那么远，他对故事情节的浓厚兴趣，使他的本文甚至回到现实主义的故居，那是一个无奈而安全的归宿。

毫无疑问，后新潮小说的多重变奏表明当代小说叙事所达到的难度和复杂度，小说叙事也逐渐演变为莫测高深的方法论活动。实验性的"开放"面向叙事方法领域，却背向接受大众"封闭"。实验肯定要蒙受冷落的礼遇，先锋们不得不吞食寂寞的苦果。然而探索是否有意义，关键还取决于："开放的视界"会给当代文学提示希望的前景，还是引向穷途末路？我们唯有期待历史的最后判决，现在先锋们只能铤而走险。

1989年2月19日

于京西八间房

——原载《上海文学》1989年第7期

王彬彬

余华的疯言疯语

一

对于常人来说，对于那些整日在日常生活的污泥浊水里摸爬滚打、苦苦挣扎的读者来说，余华的小说也许像一堆白日梦呓，或者像一个精神病人的疯言疯语。这些呓语，这些疯语，字字句句都那样清晰、明确，你字字句句都听明白了，可连成一片，你也许并不能懂得它说的究竟是什么意思。

读余华的小说，我的确常常想起在白日车水马龙的路边或者在深夜寂无一人的街头的那些或自言自语地轻声诉说、或慷慨激昂地大声叫喊的精神病人。受好奇心的驱使，我曾不止一次地驻足倾听这种精神病人的申诉，虽然我不能完全明白这些疯话的意义，但却能从中隐约窥见申诉者心灵中的某种奥秘，能从中揣度出申诉者生活中曾经有过的某些恩恩怨怨。我相信，精神病人的滔滔不绝的申说，一定说出了自身生活中曾经有过的某种真实。心理学证明，所谓精神病患者，其显著的心理特征便是失去了与外界的现实联系而在自己的心中建立了一个现实世界。心理的东西在这里变成了物理的东西，想象或幻想在这里变成了真实的现实存在。在这个世界里，他们虚实不分，真假不辨。在这样一个心造的世界里，精神病人生活得充满信心。人们所理解的现实的共同因素对他们来说是不真实的，他们根据自己的感觉来解释一切事物。然而，精神病人心中的世界无论怎样虚幻，却也毕竟是他们曾经作为正常人生活过的现实世界的投影，或者说，是作为精神病人的他们对现实世界的理解。由于他们已经失去了与外界的现实联系而成为现实世界的旁观者，由于他们已经摆脱了正常人理解现实时所不得不运用的惯常的知识、逻辑、思维方式、推理程序而完全凭着自己的感觉对外界作出判断，他们就有可能更真切地看清了现实世界。精神病人的这种心理特征，首先可用来解释余华小说世界里的那些精神病人。余华的小说世界，是一个狂人的世界，一个心理变态者的世界。《一九八六年》里有一个自虐狂,《四月三日事件》里有一个迫害狂,《河边的错误》里有一个杀人狂……《一九八六年》里的那个在“文革”中被折磨致疯的中学历史教师,总在自己的身上真实地实施着和向人群虚幻地施行着中国古代的各种酷刑。这个中学历史教师在自己的心中建造了一个杀戮、残害人的世界,一个血肉模糊的世界,他就生活在这样一个世界中。然而,他心中的这个世界绝非(是)凭空建造的。这个世界难道不正是“文革”期间的现实世界的真实移植吗?小说详细地描述了这个中学历史教师在“文革”期间被抓走后所经历目睹的现实世界的人对人的残杀,描写了那个世界的人的大量的惨死。正是在这样的一个血腥的世界里,这个中学历史教师疯了,于是,这个世界便永久地滞留在他心中。因此,他至今仍生活于其中的那个心中的世界,可以说是完全真实的。小说标题为“一九八六年”,这似乎可看出余华的某种用意。这一年是“文革”结束十年。在作品里,十年前的现实世界与十年后的现实世界形成强烈对照。十年前是血雨腥风,是触目皆是的灾难,是人人自危,是人残害人和人被人残害;而十年后是轻歌曼舞,是一片安宁平和,是春色宜人,是人人都顺心惬意地生活着。这两个世界看起来有云泥之别、霄壤之隔,而实际上,这两个世界在时间上相隔仅十年,在空间上它们原是同一个世界。而愉快地生活于十年后的这个世界的人也大都曾是生活于十年前的那个世界的人,也曾是在十年前残害他人和被他人残害的人,也曾是在十年前遭受过身心创伤的人。仅仅十年,这两个世界的物理景观和生活于这两个世界的人们的精神景观就发生了如此大的变化。唯一把两个世界联系起来的,是那个疯子,他虽身已在十年后的世界里,而心犹在十年前的世界中。这两个世界,究竟哪一个更真实呢?究竟哪一种更是人类世界的真实面目呢?究竟哪一个才是真正的现实世界呢?究竟哪一个才是人类心造的幻影呢?也许,那个疯子才是唯一的正常人,才是真正与现实世界保持着真实的联系,而其他的所谓正常人才真正是生活在一个虚幻的世界里,才真正与现实失去了真实的联系。也许,这两个世界原本就是一个世界,十年前的那个世界并未曾逝去,而是被今日的世界所掩盖,今日的世界只不过是昔日的世界的一件漂亮外衣,这件漂亮的外衣仍随时可被撕碎、抛弃,十年前的那个世界随时会再次凸现出来。十年前的那个世界不是也曾经被漂亮的外衣所包裹着吗?《四月三日事件》里的那个十八岁的迫害狂眼里的世界是一个杀机四伏、险象环生的世界。诚如有的论者指出的,这篇小说很自然地令人想到鲁迅先生的《狂人日记》,我们不妨也拿看待《狂人日记》的眼光看待它。我们知道,鲁迅先生描写了一个狂人眼中的世界,意在指出这个世界的本质的真实,指出现实世界其实确如狂人看见的那样是一个人吃人的世界。过去我们认为《狂人日记》的主旨在于对中国传统文化的批判,在于揭示出中国几千年的社会是一个人吃人的社会。近年有学者提出这篇小说的意义不仅限于对中国传统文化的批判,而是表现了人自身的局限性，也就是说，它不仅指出中国几千年的社会是一个人吃人的社会，更指出了整个人类社会都是一个人残害人的社会。在这后一种意义上，《四月三日事件》也完全可以作如是观。作为一个所谓的正常人，作为一个与现实世界保持着所谓的真实联系的读者，我们当然会讪笑《狂人日记》或者《四月三日事件》里的迫害狂对现实世界的感觉和理解，然而我们的讪笑却并不具有绝对的合理性。不管（是）《狂人日记》（的）作者鲁迅，还是《四月三日事件》的作者余华，都相信他们笔下的狂人对世界的感知和领悟是真实可信的。

二

一一分析余华小说世界里的狂人虽然有趣但太费笔墨，因为这个世界里的狂人实在太多。我更感兴趣的是创造了这个世界的余华，我想把作为作家的余华也当做一个狂人、一个精神病患者来看待。说到底，余华小说世界里的那些狂人对世界的感受体验，不过是余华自身的感受体验。作为作家的余华，似乎失去了与现实世界的一切利害关系，已经脱离了人类生活的世界而成了一个人类生活的纯然旁观者。他所构筑的小说世界，可看成是作为现实世界的旁观者的他对现实世界的描述。余华小说世界的一大特征是静。在这个世界里，有的是喧闹的场面，但读这些喧闹的场面你也感到一种冷酷的静，像在看无声电影。这个世界里，有的是静悄悄的杀戮、静悄悄的争斗、静悄悄的叫喊。这种静，源自于叙事者的不动声色。余华小说的叙事者对于自己所叙述的那些令我们“正常人”毛骨悚然、不敢正视的故事，那些令我们作呕的场景，持一种见怪不怪的态度，这些在我们看来是如此反常的怪异的和可怕的人和事，在叙事者看来是生活中的常人和常事。他冷静地、一字一顿地、有板有眼地叙说着这一切，制造了一种静的效果。这种静，又使得读者能更清楚地看到这个世界的（中）杀戮、争斗的过程，能更明白地听清这个世界里的人们的呼叫，造成更强烈的刺激。余华小说在叙事上还有一个特征，就是特别强调人物行动的时间。“……是在这个时候……”这种句式在余华的小说里频频出现，亦即在叙述人物采取某种行动或有某种见闻前，先叙述一些别的可作为背景的事物，再用上述句式强调人物行动和见闻的时间。例如在《一九八六年》里，叙述那个疯子回到故乡小镇时，用几大段详细叙述这个昔日血流成河今日春风沉醉的小镇的繁荣景致，再在每段后面用上述句式强调疯子走进小镇的时间：“那人就是在这个时候走进小镇的，他一瘸一拐地走进了小镇。”再如在《现实一种》里也有“兄弟俩是这时候起床的”，“杂草和井是这时候消失的”一类句子；在《难逃劫数》里，有“沙子是在这个时候进来的”；在《古典爱情》里，则有“从柳阴里出来的柳生只觉得头晕目眩，他是这一刻望到远处有一堆房屋树木影影绰绰”……这种对人物行动和见闻的具体时间的强调，是余华小说叙事者的一种癖好。这种强调,一方面便于表现人物在特定情境中的特定感觉(顺便指出,余华小说中的感觉描写也是十分奇特的,《河边的错误》中“他们仿佛碰上了百年不遇的高兴事,他们的脸都笑烂了”一类的句子在余华小说里大量存在),然而更主要的,在于使画面变得异常清晰,余华用上述的那种句式把人物行动或见闻的时间变成了现在进行时,像木刻一般刻画出那些场景,给阅读者造成一种身临其境的实感,让你更真切地看清这个世界。这样做,显示出叙述者对所叙述的事情的真实性具有充分的自信,他丝毫不屑于含糊其辞,丝毫用不着躲躲闪闪、遮遮掩掩。他要让你看清看透这个世界,他要让你像他一样相信他所构筑的世界的真实性。他知道你会对这个世界发生疑虑,他要打消你对这个世界的疑虑。余华小说的叙事语调正因为是冷静沉着的,所以也是不容争辩的。这一点也正像那些精神病人在口若悬河地叙述自己内心真实时语气的肯定、态度的固执和神情的自信。无论如何,与我们的常识所把握的现实世界相比,余华的小说世界往往是不可理喻和不可思议的。

三

余华一定认为人类生活本质上是非理性的,是荒诞不经的,在貌似秩序井然有条不紊的外表下,世界其实是混乱不堪和莫名其妙的。《十八岁出门远行》和《西北风呼啸的中午》这类作品当然带有寓言的性质,它们是以一种极而言之的方式揭示了世界的不可捉摸和生活的荒谬绝伦。你可以说,这两篇小说叙述的事情在现实生活中不可能发生,但你却无法否认这两篇小说所传达的体验是对现实生活的真实的体验。你看到别人的财物被哄抢而奋不顾身地去保护,你被打得鼻青脸肿、遍体鳞伤,可财物的主人非但不同你一起保护自己的财物,却反而对你与别人的争斗作壁上观,甚至欣赏你的鼻青脸肿和遍体鳞伤,最后,他竟然认贼作父,不但不感谢你却连你的财物也被他抢走。这是《十八岁出门远行》里十八岁的主人公初次出远门去“认识外面的世界”时所遇上的第一件事。这里,余华显然是在强调外面的世界就是如此不可思议,如此有悖于常识,如此荒唐混乱。与小说主人公同样的遭遇我们也许不曾有过,但类似的事件在现实生活里难道是绝对陌生的吗?“恩将仇报”这个成语广为流传,难道不就说明余华在小说里传达的对生活的认识和感受并非是纯粹个人化的吗?《西北风呼啸的中午》里的主人公的遭遇也同样奇特。这个主人公的名字干脆就叫余华。一个濒死的他素不相识的人被硬说成是他的朋友,于是,余华不得不去为一个死人尽朋友的义务,不得不花二十元钱买来花圈,不得不为死人守灵,不得不装出悲伤的样子接受他人的安慰,又不得不装作强忍悲伤的样子去安慰他人,最后,余华不得不代替死者充当他母亲的儿子。读这篇小说的时候,难道你没想到那些曾经被强加于你的义务、责任吗？难道你没想到那些你不得不作出的承诺，那些你不得不付出的牺牲，那些你不得不表现出的忧伤和高兴吗？……

如果说《十八岁出门远行》和《西北风呼啸的中午》是用叙述一个现实生活中不大可能发生的故事来表达现实生活中的可能性，那么，《死亡叙述》和《河边的错误》这样的小说你简直不妨认为是在冷峻地写实了。《死亡叙述》叙述了一种人类生活中的悖论。一个司机第一次撞死了一个孩子后逃之夭夭，却除了良心的自我谴责外没有受到任何惩罚。他第二次撞死了一个孩子主动承担责任，却被孩子的家人刀砍斧剁成肉酱。撞死人而溜之大吉，从道德伦理的角度看是一件坏事，可这样的坏事导致的却是平安无事；撞死人而主动承担责任，从道德伦理的角度看是一件好事，可这样的好事导致的却是粉身碎骨。这种情形在现实中发生时是不会令人觉得奇怪的，因为这是被常识认可的，被认为是合乎情理的。但仔细想想，这里面有着怎样的悖谬。作品里的那个司机面临的是一种两难困境：撞死人而逃走，会有终生的内心不安；撞死人而主动认错，又会惨遭杀身之祸。类似的生存困境在现实生活中难道不是一种常事吗？而普遍存在的这种生存困境难道不显示出人类生活的本质上的非理性和荒诞吗？《河边的错误》里刑警队长马哲陷入的两难困境与《死亡叙述》里的司机所遭遇的相同。马哲击毙了那个不受法律约束的杀人狂，这无疑是一种人道的行为；而法律对疯子的宽容，也同样出于人类的一种人道的考虑。可马哲的人道与法律的人道却如此冰炭不容，这同样尖锐地显示出人类生活中的又一种悖谬。对于马哲来说，他陷入的困境则是：如果遵守法律而让那个疯子继续逍遥法外以杀人为乐，就会有良心的不安；而如果顺从良心的驱使去击毙疯子为民除害，就会受到法律的惩罚。

在余华的小说里，最集中最深刻地揭露了常识的谬误及其对人的戕贼的要首推《河边的错误》。这部小说的标题干脆可以改为“常识的错误”，这部小说的主题则干脆可归纳为“常识杀人”。小说开篇不久，便写了一个孩子的真话无论怎样也不被大人相信，他在河边看见了一颗人头，可他的父亲母亲以及所有的大人都把他的发现当做胡说。不相信孩子，甚至孩子说出的事情越严重越不以为意，这是大人们对孩子的话的惯常反应。孩子的话当不得真，这也是一种社会常识。余华在小说里花费不少笔墨写一个孩子的真话被轻视，以及这个孩子因为自己是孩子所以说话不被大人相信而忧伤，这无疑有着对大人们的常识的嘲讽。小说写这个发现了人头而急于让所有的人知道他的发现的孩子，还意在与那几个同样发现了人头却缄口不语唯恐有人知道自己的发现的大人形成对照。孩子之所以兴奋得想让人知道出事的那天他去了河边并看见了人头，就因为他还是一个不具备起码的常识的孩子，他不会想到人们会怀疑他是凶手。大人们的常识也的确不会怀疑这个孩子会杀人，然而，大人们的常识却坚定地怀疑一个孩子的报案。而当这个孩子成了大人，具备了起码的社会常识从而说出的话能被大人相信的时候，他又不会去说出自己的发现了。这里又是一个生活中的悖论。那几个同样发现了人头的大人们之所以不愿向人提及自己的发现，不愿让人知道出事的那天自己去了河边，就因为他们是具备了常识的大人。大人们的常识不会怀疑大人们的报案，但大人们的常识却会怀疑报案的大人可能就是作案者。实际上，那个公安人员小李也的确运用常识推断出其中的一个，两次出事时都去了河边的大人许亮就是凶手。不只是小李会这样推断，绝大多数的大人在这种情况下都会作出这种判断。这就是常识的荒唐和常识的力量。在这里，常识对那个孩子的戕贼表现为不相信这个不具备常识的孩子的诉说，这对孩子的心灵其实是一种残酷的摧残。由于自己的话不被大人相信，“孩子不由悲伤起来。他独自一人坐了好一会儿后，便来到了外面”，“这时天已经黑了，弄里的路灯闪闪烁烁，静无一人。只有孩子在走来走去，因为心里有事，可又没人来听他的叙述，他急躁万分，似乎快要流下眼泪了”。而常识对那几个大人的戕贼则表现为让那几个具备了常识的大人依据常识推断出自己一定受到怀疑从而心智失常，这是更为恶毒的心灵迫害。这几个大人都因相信自己成了怀疑对象而极度痛苦，都被“跳到黄河也洗不清”的念头折磨成了精神病人，而那个受怀疑最深的许亮干脆自杀了。在这里，真正的罪魁祸首是常识。那个直接和间接地杀了许多人和使许多人精神失常的疯子，按照法律常识，是不负法律责任的。而击毙了这个疯子的刑警队长马哲按法律常识却是要负法律责任的。局长为了让他逃避法律责任，要他利用法律常识，即装成精神病人，这样按法律常识就可以安然无事。击毙了那个不负法律责任的疯子的马哲只有也装成疯子，才能享受那个被他击毙了的疯子曾经享受过的待遇。马哲本不愿这样做，可在局长和妻子的逼迫和精神病医生的再三盘问下，他却真的说话颠三倒四起来。真的说话颠三倒四的马哲终于被诊断为患有精神病，他逃脱了法律的制裁可却被送进了精神病院……《河边的错误》描绘的是一个常识的怪圈，在这个怪圈里生活的人们受着常识的捉弄、残害，这个怪圈里的人类生活真是毫无理性可言。

四

把余华的小说仅仅看成是“人性恶的证明”未免有失偏颇。在余华的小说世界里，并非所有的人都是恶人。例如《河边的错误》里的刑警队长马哲，不但是一个头脑清晰、不为常识拘囿的睿智者，还是一个为了不使更多的人被疯子杀害而不惜击毙疯子以身试法的勇敢者。小说写马哲击毙疯子的那一段其实是很感人的，是余华小说里少有的能激起读者心中某种高尚圣洁的感情的描写。《河边的错误》里的马哲甚至令人想到张一弓《犯人李铜钟的故事》里的李铜钟。这似乎可看做余华对人类并未完全彻底绝望的证明。马哲是一个好人，还有《古典爱情》里的柳生也是一个有情有义的人，即使《死亡叙述》里的那个司机也天良未泯。所以说，余华小说世界里的居民并非清一色的歹毒凶残。不过，对人性恶的揭示，的确是余华小说的一大特色。余华惯于在人与人的关系中揭示人性恶。读余华的小说，常常想到“人对人像狼一样”这句名言。余华懒得去写人与人之间怎样互相算计，相互在背后捣鬼，而总是直接把人对人的恶意仇恨用残杀的方式表现出来。这正是余华的小说世界里为什么总是充满暴力和血腥的原因。在余华的大部分小说里，都有杀戮和死亡。余华小说里的一部分暴力描写，可以看做是余华把人类惯常的攻击欲望现实化。在人与人的交往中，其实施暴欲是经常在人心中涌现的。在日常生活中，也许每个人都会不时产生对他人的攻击欲——痛打甚至杀戮。只不过这类欲望通常都被压抑下去，转瞬即逝了。或者人们以想象的方式变相地满足这种欲望，在想象中攻击对方，以想象对方被攻击的惨状来发泄怨恨，求得一种快感，获得心理平衡。而余华总是在小说里让人物的这种欲望现实地得到满足，他把人类的这种想象现实化。例如，《难逃劫数》里广佛对那个孩子的杀戮在现实生活中大概就只能是一种想象，不过像《现实一种》里所描写的情形，却不妨看做是一种写实。小说题为“现实一种”，也可认为是特意强调所写事件的真实性。有必要特别提及《古典爱情》里的“菜人”描写。如果说，在其他的小说里，人对人的杀戮都是因为有着直接的仇怨，那么，《古典爱情》里的人对人的屠杀，则像人对猪羊的屠杀一样，仅仅为了出卖人肉。清人纪晓岚的《阅微草堂笔记》里有过同样的记述。

余华小说里的暴力描写，当然可理解为揭示了人的兽性不改，说明了种种文化价值的虚假性和有条件性，证明了人对人的亘古不变的敌视。我注意到，余华特别热衷于对“亲情”的否定，热衷于描写亲子情感、兄弟情感和夫妻情感的假定性和有限性。在《现实一种》里，我们看到兄弟之间互相残杀。在《世事如烟》里，我们看到那个叫“6”的人物以每个三千元的代价将六个女儿卖到天南海北而不管她们是死是活，最后一个女儿为了抗拒他的出卖而自杀后，他竟出卖了她的尸体。而那个算命先生为了自己的长寿不惜将五个子女都克去了阴间。在《四月三日事件》里，那个十八岁的迫害狂总是想到父母对他的暗算残害。在《古典爱情》里，则有男人将妻女卖到人肉市场任人宰割。在这方面，尤其值得提及的是《一九八六年》。小说里的那个疯子回到故乡小镇后，他的已经改嫁的妻子就预感到了，预感到了他的到来的妻子非但不感到高兴和去寻找他，却反而陷入极度的恐慌，整日紧闭门窗不肯外出，直到疯子死了，她才“如释重负地微笑了”。尽管她与疯子曾是相亲相爱的夫妻并有着共同的女儿，但她现在已另有了丈夫，她现在生活很美满，她的“高兴事”多得可以“分一点”给他人。她唯恐前夫来干扰她当下的生活。小说写疯子临死之前精神恢复了正常,可他却无法回到旧时的家。在作品结尾,余华还写了这个疯子的妻女在路上遇上另一个在"文革"中变疯的人和这个人的妻女。这个疯子的妻子已同他离婚,他嘴里叫着"妹妹","那是在寻找他的妻子"。而他的妻子和女儿与他迎面相遇却视若陌路人:"这母女俩与疯子擦身而过,那神态仿佛他们之间从不相识。疯子依旧一跃一跃走着,依旧唤叫着'妹妹',那母女俩也依旧走着,没有回过头去。她俩走得很优雅。"人与人之间的情感、爱护,是有条件的和有限度的,而永恒不变地支配着人的是人自身的各种生理的或心理的欲望。情欲和生活中的偶然控制着人,决定着人的命运。这些是余华小说的一种显著意蕴。余华确乎把人生看得太破太透了……

五

余华的小说世界虽然奇特,但在当代文坛却并非绝无可与之相比者,在一定程度上,残雪是一个可与余华相提并论的作家。如果说残雪的小说世界是一座垃圾堆,余华的小说世界则如一座屠宰场,杀戮和死亡是这个世界的常事。残雪和余华都构筑了一个非理性的小说世界。残雪曾自述,她创作时其实是高度理性的。我相信,余华在创作时,也同样如此。他一定是冷静地理智地写着,一笔一画都经过意识的检验。在他那里,绝不会出现人物按照生活的逻辑自行行动从而获得某种主体性并牵着作家走的情况,因为在余华那里,日常生活的逻辑是不存在的,甚至可以说,余华的小说本身就是对日常生活的逻辑的反抗。

我们说,余华是以一个纯然旁观者的身份在看取人类生活,所以他所看到的世界与我们在日常生活中运用常识所把握的世界不同。"旁观者清"。余华站在云空看到的庐山比置身山中的人看到的或许更真切可信。在《四月三日事件》里,余华描写了一个迫害狂,他失去了与常人共有的对现实的感知和理解,也就是说,他不具备作为人类共识的常识,因此,他所看到的世界就与常人眼里的世界大不一样。在某种意义上,我们可以把作为作家的余华看做是《四月三日事件》里的这个人物。余华之所以能构筑一个与常人所看到的现实世界很不一样的小说世界,其实也就因为他摒弃了为社会全体成员所共同运用的感知现实的方式和思考现实的逻辑。他抖落了社会强加于每个人也强加于他身上的常识的枷锁,而真正凭自己的感觉来理解这个世界。这种对常识的反叛,在余华那里,是从两个方面表现出来的。一方面余华正因为反叛了常识才构筑了一个与常识所理解的现实世界迥异的小说世界,另一方面余华在小说里又不遗余力地揭开了常识的谬误和罪恶。对常识的反叛,可以说是余华小说的一大主题。

常识是这样一种东西,它由一些约定俗成的和代代相传的道理、知识、法则等构成,它无须人特意去习得也无法特意去习得,它在一个人的自然成长中自然地成为这个人的心智。它本身含混不清如一团乱麻，却又无际无涯地笼罩着人。简直可以说，所谓社会，就是一个常识的汪洋大海，而每个所谓心智正常的社会成员都是这汪洋大海里的游鱼。常识，是社会成员共同的感知事物认识事物和判断事物的方式。社会判断一个人精神是否正常，就看他是否具备了起码的社会生活的常识。对于个人来说，常识是一种内化为本能的东西，个人的举手投足、进退辞让、喜怒哀乐……都程度不同地受常识左右支配。而一个不受常识控驭的人，一个反抗常识的人，则会被社会称为狂人，称为疯子。对于社会来说，常识则是它的黏合剂，是常识使得社会得以成立并使社会生活得以正常运营。

由于常识对于我们每个人来说都是难以抗拒的，由于它在我们的心灵还是一张白纸的时候就毫无阻碍地进入我们的心中并盘踞在那里，控制我们的运思方式，控制我们对世界的感受和认识，因此，我们对世界的感受和认识往往并不是我们真实的感受和认识，而是先于我们而存在的并蛮横地占据着我们的心胸的常识在感受和认识。这种常识的感受和认识是一个社会的平均感受和认识。由于常识是社会成员所共享的，所以这种对世界的感受和认识也是为社会成员所共享的。对于个人来说，获得这种社会平均的对世界的感受和认识，有利于与社会其他成员取得认同，从而在生活中获得一种安全感和归宿感。对于社会来说，全体成员所共有的对世界的感受和认识是它赖以存在的基础和前提，没有这样一种社会的平均感受和认识，社会就将解体。然而，这种由常识所感受和认识的世界，却往往并不是真实的世界，由常识所代司其职的对世界的感受和认识并不是我们身心的真实的感受和认识。我们真实的对世界的感受和认识的能力在大部分情况下被常识压抑得不能发挥作用，就像被巨石压抑的小草不能成长繁茂一样。然而，我们在日常生活中偶尔也有对生活、对现实的不同于惯常的那种感受和认识，人类生存的本相也会在我们眼前“偶尔露峥嵘”。这种对生活、对现实的不同于惯常的感受和认识，这种人类生存的本相，往往令我们感到恐惧。它们是如此惊世骇俗，如此违背了常识，以至于你倘若坚执这种感受和认识，就会被社会视为怪异，成为社会的狂人。因此，我们大多数人只是偶尔地（的）和瞬间地有过对存在的真实感受和认识，这是常识对我们心智的短暂失控所引起的，我们很快便下意识地驱逐了这种真实的感受和认识，而重新回到常识的温暖的外套里，重新成为常识的套中人。而作为作家的余华，则有勇气把我们只是偶尔和瞬间有过的体验执拗地描述下来，把“偶尔露峥嵘”的人类生存本相用文字固定下来。作为作家的余华推倒了常识的巨石，让自己对世界的真实的感受和认识繁茂成一片草原。正因为余华的小说世界是与我们惯常用常识看到的世界大不相同，所以这个世界对于我们是陌生的；正因为余华所传达的体验是我们也曾偶尔地（的）和瞬间的，所以这个世界对于我们又是似曾相识的。解读余华的小说，我们也必须尽可能地从常识的蜗壳中走出来，而回想一下我们曾经有过的用我们自己真实的肌肤所感触的生活，回想一下那些我们曾经有过的稍纵即逝的人生体验……

——原载《当代作家评论》1989 年第 4 期

陈思和 王晓明

关于“重写文学史”专栏的对话

陈思和：关于“重写文学史”专栏办到今年年底的专辑收盘，这个想法是去年夏天专栏开办时就定下来的，现在就是最后一次了。这不是说关于这个题目已经无话可说，或无法再说，倒是因为这个话题在学术界已经引起了热烈的争论和普遍的关注，已经产生出许许多多的赞同、支持、反对的意见。既然要讲的话太多了，特别是前一阶段似乎成了不少报刊的热门话题，那就不必也不应由我们这个单薄的专栏来包打天下，或者说，专栏的结束意味着“重写文学史”的工作将在学术领域里更为深入和细致地展开。

王晓明：其实，在一九八五年北京召开“中国现代文学研究创新座谈会”以后，“重写文学史”的工作就已经开始了。这本来是一项有明确的专业范围的学术活动，但从我们这个专栏开办以来，由于新闻媒介的报道和社会上各种读者的关注，它竟然成了文学理论界的一个热门话题，而且对“重写文学史”这个提法本身，也产生了一些非学术的歧义，至少在我个人看来，我们当初对这个提法的理解，和后来一些讨论者对它的理解，是有很多(大)差异的。所以，今天我们作为专栏主持人的最后一次对话，是不是就先来谈谈我们自己对“重写文学史”这个提法的理解？这五个字实际上是包含了三层意思，第一是“重写”，第二是“文学史”，第三是“重写文学史”。

陈思和：我记得最初对这个提法有分歧意见的，是“重写”的提法不妥，最好是用“另写”“改写”，也有的(人)认为应该提“修改文学史”。

王晓明：这些提法似乎有一个共同点，就是都不愿意说“重写”这个词，好像觉得“重写”就是用一种新的独断论来代替旧的独断论，颇有点“把颠倒的历史再颠倒过来”的味道。这其实是误解。“重写”的意思很简单，就是把你今天对现代文学的新的理解写下来。从道理上讲，我们自己每天都有变化，对人生也好，对文学也好，我们的认识也都会发展，只要你的思维尚未终止，你对世界，包括过去的文学，就总会有新的理解，这是非常自然的事情。你有了新的理解，当然就应该〔地〕把它写下来，所以，我实在看不出我们有什么理由要回避“重写”这个词。

陈思和：在本专辑里有王富仁（的）一篇文章，他谈了“重写文学史”有两种涵义，一种是广义的，一种是狭义的。所谓广义的重写文学史，是每一个研究文学史的人都应该做到的。中国现代文学不过七十多年，许多研究者本身就参与了这个与生活同步的文学运动和文学创作，只要他把自己整个身心投入到学术对象中去，由自己的生命感受中来体会文学和人生，他的研究结论一定是个性的，有创造性的，因而总是对前人成果的发展，如果从学术的意义上说，这就是重写。每一个人所写的文学史，都不能不是“重写文学史”。所谓狭义的，我的理解是指在我们面前有一本以前的文学史，我们对它不满意，所以要修正、补充、发展前人的著作，也有些地方需要推倒重来，这也是正常的。每一个人在写文学史著作时，他的潜意识里总是隐藏着对前人著作的不满意，这样才能写出表达自己见解的书来。如果对前人的书都全盘接受，那就如你过去所说的，是抄写，或复写。

王晓明：正常的文学研究，必然包括着各种各样的重读、重写和重新阐释。

所以说，重写与改写、另写没有什么本质上的区别，任何学术活动都是在对前人成果的扬弃和批判上进行的。

陈思和：说到底，文学史是当代人对文学发展历史的一种整合。那么我们的现代文学史是在什么样的背景上整合出来的？把新文学史（或说现代文学史）作为高校中文系的一门基础课程是从五十年代初开始的，由是产生第一批现代文学史的教材，也是第一批现代文学史的研究著作。因为这门学科一开始就有把教学与科研紧密结合的特点，它不可避免地包含了双重性质。首先它是建国初期整个意识形态的一个组成部分，当时的情况是这样：一个新的国家刚刚诞生，上层建筑及其意识形态都在为巩固政权而展开工作，政治、教育、历史、哲学、法律、文学等社会科学领域都参与了这项工作，即通过各种途径向人们描绘中国革命是怎么走向胜利的，人民共和国是经过了怎样艰苦的斗争建立起来的。现代文学史从这个意义上讲具有教科书的性质，是有鲜明的目的与严格的内容规定的。但它同时还有另一种属性，那就是学术性，或者说是把现代文学作为一门独立的科学，去寻求现代中国人的审美经验是如何形成的，总结白话文学七十年来在创作上的成功经验与不足，这就需要学术上的探索和审美上的体验。真理是需要经过反复检验的，科学研究只能是充分个性化的、探索的。我觉得，在特定历史和时代条件下教科书式的文学史与学术研究的文学史是不太一样的，至少在性质上、方式上、具体形式上都不太一样。

王晓明：你说的这种教科书式的文学史阐述，本身并无可厚非。就中国现代文学史的教科书来说，政治标准必然要讲，但是，自从五十年代中期开始，随着极左思潮的影响逐渐加深，这种注重政治标准的做法也逐渐发展到了一种畸形的地步，就是简单化地把中国现代文学史看作是一部在文学方面的政治思想斗争史，形成了按照政治标准将作家“排座次”的评判习惯。在这种情况下，政治理论成了唯一的出发点，只有在这种理论框架本身发生变动的情况下，现代文学史的阐述才会发生变化。一个突出的例子，就是“文革”期间对现代文学史的“重写”，即那种“鲁迅走在金光大道上”的教科书的出现。我想，大概正是因为以往的现代文学研究中只出现过这种政治性的“重写”，有些人才会习惯性地认为，你在今天提倡重写文学史，就说明你的政治立场发生了变化，是要用一种新的政治理论框架来取代原有的框架，因此，很自然就会断定你是在政治上离径(经)叛道，甚至会产生那种要对“重写文学史”进行政治批判的热情。这实在是一种误解。

陈思和：中国具有悠久的政治和文化传统，它根深蒂固地使人们相信，一切文学史的描述仅仅只是“一些阶级胜利了，一些阶级消灭了”的历史在文学上一一对应的简单反映。所以我们今天讨论“重写”这个提法时，赞成者与反对者的思路都没有摆脱这种传统思维模式。为数不少的人都以为所谓“重写”文学史不过是把过去否定批判的作家作品重新加以肯定，把过去无条件肯定的东西加以否定。就好象我们都在烙饼一样，讨论者往往把话题集中在该不该翻动这个饼(有人说应该重写，有人说不应该重写)，都忽略了讨论烙饼的另一个问题：怎样才能把饼做得更可口。你说得对，我们过去读的文学史，特别是在五十年代中期以来日益严重的“左”的路线影响下写成的文学史，大都以文学领域的政治思想斗争为主要线索和脉络，而把文学的审美功能和审美标准放在从属面、甚至是可有可无的位置上。由五十年代中期到“文革”，这个“文学史”的空白越来越多，不要说许多在历次政治运动中被迫害的作家以及他们的作品遭到禁止，而且许多地区性文学也无法研究。计算一下，三十年代的沦陷区文学，四十年代的国统区文学，五、六十年代的台湾香港文学，都无法整合进这个文学史体系中去。从十一届三中全会到现在，随着冤假错案的平反昭雪与政治路线的拨乱反正，文学史的这个方面的内容又越来越多，内容的扩大必然带来新的矛盾，按照原来的体系框架无法解释以及正确评价这一切文学史内容，它无法自圆其说。

王晓明：譬如有些作家在文学史上的主要成就表现在艺术性方面，放在以政治作为主要甚至唯一标准的文学史框架中，他们会变得不伦不类。

陈思和：沈从文去世前曾对一部文学史著作把他的名字夹在肖(萧)军肖(萧)红与骆宾基当中感到愤愤然，其实就是因为沈从文所持的文学史标准与那部著作的标准不一致。平心一想，沈从文一定会释然了，如果算政治帐的话，恐怕他连骆宾基也望尘莫及。(王：好象不是骆宾基，而是蒋牧良)可以再查一下吧，那是沈从文给王渝的一封信里提到的，具体是谁倒不重要，它本身反映了一个很典型的问题。这几年人们对文学史的标准已经有所变化了，再坚持只用一种狭隘的政治标准来评判作家会是多么贫乏。

王晓明：咱们实际上已转入了“名词解释”的第二个层次，就是“文学史”的含义。你刚才谈到的那种现代文学史的教科书，实际上已经不是严格意义上的“文学史”。它的出发点是政治理论，着眼点在现代文学的那一个政治意义的侧面，用的也主要是政治思想分析的方法，我觉得，这样的文学史从其主导方面来说，应属于政治学研究的领域。中国现代文学既然是中国现代历史的一个组成部分，大家就都可以拿它来作自己的研究材料，你文学史家可以用，思想史家可以用，我政治学家当然也可以用。倘若严格地从政治理论出发来研究中国现代作家和作品，那这样的研究也自有其政治学上的价值，这是没有问题的。但另一方面，这种政治学的现代文学史研究，并不能代替那种从文学角度进行的现代文学史研究。因为中国现代文学除了有那个政治性的侧面之外，还有它作为艺术的本身的那个侧面，而且在我看来，这个作为艺术的侧面应该是中国现代文学史研究的主体部分。我们所说的“重写文学史”一词中的“文学史”，正是指这种宽泛意义上的文学史，它既有政治的一面，更有艺术本身的一面，以及与此有关的其他许多侧面。既然着眼的对象本身就不同，那从文学角度进行的现代文学史研究方法也就必然要和那种政治学的方法不同，它的出发点不再仅是特定的政治理论，而更是文学史家对作家作品的艺术感受，它的分析方法也自然不再仅是那种单纯的政治和阶级分析的方法，而是要深入运用各种不同的方法，尤其是审美的分析方法。我觉得，区分这两种不同的文学史研究，一种是侧重政治性的，一种是审美的综合性的，是非常重要的事情，它们各有自己的存在价值，我们过去经常把它们混淆起来，甚至以前者代替后者。

陈思和：讲到底，还是恩格斯评论歌德时所讲的，我们不是用道德的、党派的观点评论歌德，而是要用美学的、历史的观点评论歌德。我倒是觉得前一种观点也不失为一种批评标准，但与后一种是不同的。这两种不同标准、不同观点，可以构成两种完全不同的文学史。本专辑发表刘纳的论文，就是从历史的美学的观点重新整合了“五四”初期的一段文学史，材料还是原来的材料，但标准不一样，得到的感受则是新鲜的，有启发性的。

王晓明：它们各有各的不可替代的价值。

陈思和：正是鉴于目前文学史研究中把这两种批评标准相混淆——因为今天人们谈中国现代文学中的政治思想史的时候，他们在主观上并不是把它作为这样一种定义来谈的，而是把它作为整体的文学史标准，这是概念的混淆，标准的混淆。我们现在提出“重写文学史”是希望严格地在历史和审美的标准范围内谈这些问题的。这里的区别非常清楚，在政治的观点下的文学史研究，只能在政治的统一认识发生变化以后才必然地、不得不进行重写；而历史的审美的观点下的文学史研究，它本身就是一种个性化的，不断纠正前人见解的学术活动，没有扬弃与批判，就没有学术的进步。“重写文学史”的学术动机和实际效应，不过是在原有的政治教科书式的标准旁边另外讨论一个或一些研究标准，而不是取而代之，更不存在推翻以往文学史的政治结论，把过去的文学史定论统统翻过来的意思。

王晓明：这实际上是两个完全不同的研究角度，它们的对象、出发点和研究标准都是不同的。打个比方，就好象一是造屋，一是架桥。桥和屋都是人们所需要的，但你不能用造屋的方法来架桥，也不能反过来，把架桥的方法搬去造屋。如果说我们以前经常是在用造屋的方法来强行架桥，并且说这就是架桥的唯一方法，那我们今天提出“重写文学史”，就是要区分清楚：造屋和架桥是两种并不相同的事情，不能把它们混为一谈。

陈思和：我们现在提出“重写文学史”实际上正是在文学史研究的性质发生改变的时期，是现代文学史作为一门独立的学科逐步走向成熟的时期。这种结果在近十年来学术研究发展中是必然会发生的。我们不妨回顾一下，这十年来，在十一届三中全会以后，广大现代文学史研究工作者做了哪些事。一是原始材料的丰富积累；在一九八五年以前，现代文学的主要成果体现在社科院文学所等单位联合编撰的两套资料集上，一套是中国现代文学研究资料，一套是中国当代文学研究资料，这是一项规模巨大、内容繁复的资料收集工程。通过这次实践，原来政治教科书式的文学史所整合的体系被打破了，大量的资料收集不但开拓了人们的学术视野，也树立起一种不同于过去通行的观点的研究标准。二是一九八五年以后的学术活动，一大批中青年学者从新获得的丰富的文学材料中不但产生了对具体作家作品作出新的阐释的热情，也自然而然地产生了重新整合现代文学史的要求。一九八五年学术界讨论“二十世纪文学”就是一个标志，重写文学史是顺理成章提出来的。从大背景上说，这一发展变化正是文学史研究领域坚持了十一届三中全会路线的结果。试想一下，没有肯定实事求是的精神，怎么可能收集并出版如此规模的研究资料集？没有肯定思想解放路线，怎么可能冲破原来“左”的僵化教条的思想路线，在政治教科书式的文学史以外确立新的审美批评标准？怎么可能为那许多遭诬陷、遭迫害的作家作品恢复名誉和重新评价？我们只要是用向前看的立场观点，满腔热情地肯定三中全会的思想路线，而不是用倒退到“文革”甚至倒退到五十年代中期的眼光来审视这十年现代文学研究工作的发展，就很可以理解我们现在所走的这一步。

王晓明：这就已经说到释名的第三个层次了。有些同行看了我们这个专栏的文章，觉得它们大都是在作“微观”研究，分析一些具体的作家作品和理论现象，就有些不满意，认为太缺乏那种“史”的宏观气势，有人更明确提出，希望能尽快拿出一部新的文学史来。但是,我们所理解的"重写文学史",并不是指很快地拿出一部新的文学史来,更不是指很快地拿出一部"最好"的文学史来。我们现在想做的,或者说现在能做的,只是澄清以往文学史研究中的那些混淆和错觉,把文学史研究从那种仅仅以政治思想理论为出发点的狭隘的研究思路中解脱出来。也可以这样说吧,是为那种历史的审美的文学史研究,为那种研究能够在将来大踏步地前进,做一些铺路的工作。

陈思和:对,我们今天所做的工作,都是围绕着一点,就是对原来现代文学史上的各种结论,提出某种质疑,或者说提供一种怀疑的可能性。这种怀疑的可能性,我们是在我们所谈的历史的审美的文学史这一范畴里提出来的,是对过去把政治作为唯一标准研究文学史的结果的怀疑。怀疑是任何科学进步的前提,但怀疑不等于否定,你是很明了的。我怀疑一种现成的结论,但这个结论不一定就是错的,它通过被质疑、被重新评估以后,仍然证明它是对的,管用的,那么它同样可以在学术领域中站住脚,应该被认可。如果那些结论在质疑中暴露了某些自身的缺陷,得到了应有的修改,或重新评价,甚至淘汰,那原本是学术进步的表现,也应该被理解。而且怀疑可以多种角度,我们专栏不过是提供了其中一个角度而已。

王晓明:对。所以我想,现在就要想很快地拿出一本新的现代文学史,与以前的文学史都不一样,那恐怕是很难的。我们对以往文学史研究的结论还没有展开充分的质疑和检验,那种研究标准混淆不清的局面还没有得到澄清,你怎么可能写出新的文学史来?硬要写,就还是只能象以前那样自相矛盾:把几种标准混淆在一起……(陈:非驴非马)是非驴非马。只有在分清两种不同的文学史研究之后,还得加上有正常的学术环境,人们才可能写出真正富于创见的新的文学史,真正"历史的和审美的"现代文学史。

陈思和:不过这里有一个问题要补充一下,就是我们所说的历史和审美的观点两者是不可分的。文学史研究必须有历史的视角,考察文学发展现象所含有的历史文化内容。如果离开了历史而谈审美,这当然也是一种文学批评的标准,但很难构成文学中研究。光用审美的视角回顾文学史,看到的也许如茫茫云海上的几座群山之巅,只是抽去了时间意义的一些零星的孤立的文学高峰,却无法寻找出它们之间的联系。而且,这点不解释清楚的话,恐怕会引起误解,误以为我们是在提倡什么"纯而又纯的美",而排斥文学史上的非文学因素,特别是政治、社会的因素了。

王晓明:这个问题应该讲清楚。我们对人类生活中的政治因素,不能理解得过于简单。在我看来,人类生活中的政治因素至少有这样两个层次,一个是观念的层次,表现为各种系统的政治理论和明确的政治信仰,以及由这些理论和信仰指导下的政治活动;另一个是情绪性的心理的层次,表现为各种模糊的"政治无意识",存在于人的各种情绪和下意识冲动,包括人的审美情绪当中。就拿现代作家来说,不但他的党派立场和政治信仰,是具有政治意义的,就是他的文学作品,甚至他的作品的艺术形式,也同样包含和凝结着政治意义,只不过这种政治意义不是作为独立的成份单独存在,而是作为艺术创造的有机部分,与其他各种因素混合在一起。因此,那种一听见提倡"审美"研究,就以为是在排斥政治因素的想法,其实是很大的误解。对文学作品的审美分析,不但本身必然包含着对政治因素的把握,而且这种对文学作品的深层政治意义的把握,往往有时还比那种〔光〕只盯着政治观念的政治性分析,在政治学的意义上更深刻一些。

陈思和:也许,历史的审美的观点主要体现为一个视角。其实中国"五四"以来的新文学运动本身是与政治现实斗争分不开的,我们过去的研究工作,包括我们的论著,从来就没有排斥或回避过这一点,我们说巨大的历史内容,即从人类文化的进步性,从中国社会的进步性的角度来考察过去文学史现象的意义,这就是最大的政治。

王晓明:也可以这样说,单是拿观念来解释我们生活中的政治因素,那实际上是把政治的丰富内容简化了,也把它对人类生活的深刻影响浅化了。

陈思和:是不是可以这样理解,刚才我们区分的两种文学史,如从政治的角度来写的文学史,实际上是从政治立场出发,把文学当作政治主张的注脚,或者是某种政治理论演绎的工具。我们所谈的历史的审美的文学史就是从历史审美的角度谈包括政治在内的中国文学的发展史。

王晓明:说到历史,我立刻想到了"历史主义"这个词。我看到有好几种对"重写文学史"的评论意见,都认为"重写文学史"是过多地强调了当代性,而缺少"历史主义意识"。

陈思和:我觉得对历史主义这个词也要作具体分析。什么是历史主义?有的研究往往是望文生义。巴勒克拉夫《当代史学主要趋势》中解释历史主义,指出它曾是德国史学界的一种流行观点,核心是强调历史发展中独特的、精神的和变化的领域,研究"个别事实",历史学家只有通过直觉才能理解历史。这样历史主义显然是唯心主义的。还有一种解释,那是指哲学意义上的历史主义,即指历史唯物主义,强调从人类物质生产活动的角度来考察历史事件的进步性与反动性。现在人们用的历史主义,有点这种意思,但又不很象,他们似乎是说:对文学史上的许多现象,文学作品的价值,应该把它们放到当时的历史环境下,确认它们在当时起过的进步作用,由此来肯定它们在文学史上的地位,而不能站在今天的认识水平上抹煞它们的价值。这个话一般地看是不错的,谁也不会不同意。但如果说,站在今天的认识水平上对历史现象作重新评价就是反历史主义,那我是不能同意的。因为人们对历史的认识,总是在发展变化的,人们总是用批判的眼光去看待历史,这本来就符合历史主义的,关键只在于人们在时间上离历史事件的距离愈远,往往对历史事件的真实面目看得更客观、更全面,因为参照系不一样的,人处于具体历史环境下的时候,不能不受到此时此地气氛的感染,主观因素可能更强烈一些,而时间隔得越远久,参照系不但包括此时此地的因素,还加入了时间的一维,即检验历史事件在以后的岁月中产生怎样的效应。在这个意义上,当代性与历史性是不矛盾的。

王晓明:经你这样一分析,我们就可以看得很清楚,有些强调“历史主义”的观点,实际上是把当代性和历史主义看作两个彼此对立的东西,这无论对当代性还是对历史主义,恐怕都有很大的误解。比方说吧,我做一件事情然后当场写下来,这“写”本身,就已经是一种事后的追述,并不是那原来的“做事情”了。从这个意义上讲,我们所知道的过去的任何一段历史,都不过是前人或我们自己对这历史的一种描述,要完全复原过去的历史现象,在逻辑上是不可能的。因此,那些我们以为是客观历史的东西,实际上都只是前人对历史的主观理解,那些我们以为是与这“客观历史”相符合的“历史主义意识”,实际上也只是前人的“当代意识”而已。举一个现代文学史上的例子,就是蒋光慈。对他的创作的评价,我知道至少就有这样两种,一是三十年代中期出版的《中国新文学大系》的编选者,如鲁迅、茅盾、朱自清等人,无论是小说卷、诗歌卷还是散文卷,都没有收入蒋光慈的作品,在各自的长篇导言里,也都不提他的名字,显然是认为他不够格。另一个是五十年代中期以后出版的现代文学史教科书,大都给蒋光慈相当突出的篇幅,热烈地推崇他的作品,包括一九二七年以前的作品的思想意义。这两种评价截然不同,可你能说它们谁是从当代意识出发,谁又是从历史主义意识出发吗?它们实际上只是体现了评价者各自不同的当代意识罢了。如果说在这不同的当代意识当中,谁的时间最早,就最具有历史主义意识,我想那些责备我们缺乏历史主义意识的论者,大概也不会同意吧。

陈思和:还有一种情况是历史现象本身包含着复杂内涵。譬如说,老作家巴金在“五四”时期曾接受无政府主义,并宣传过它。在五十年代,他为此受到了姚文元等人的批判,姚的逻辑是:无政府主义是反动思潮,巴金信仰过无政府主义,所以巴金就是反动的,巴金的作品也都是反动的。他甚至连《家》都不放过批判。到了八十年代,研究者一般不再这样看问题了,他们从当时的具体情况出发,认识到无政府主义思潮虽然有反动的一面,但在“五四”初期的特定历史条件下,主要体现了一种强烈的反强权思想,而在当时,中国社会的强权就是封建军阀强权,帝国主义侵略的强权,于是无政府主义才吸引了许多知识分子。这样对无政府主义的看法也许更全面一些,对巴金早期思想与作品的认识、注释也不一样了。从历史的角度来讲,无政府主义思潮的复杂性是客观存在的,就看你是从怎样的一种角度来理解,来整合。这种理解与整合的出发点,实际上只能是一种当代性的参照系,或者是五十年代的当代性,或者是八十年代的当代性,没有一成不变、与当代完全隔绝的历史。现在强调历史主义的人们,多半是把从五十年代的“当代”性整合出来的历史认定为“客观历史”,认定是不朽的,不允许任何变更,这倒是真正离开历史主义了。

王晓明:我们刚才是谈了“重写文学史”的释名,政治性和审美性两种不同标准的文学史研究,以及所谓历史主义与当代性的关系。实际上,这只是近来“重写文学史”讨论中表现得比较明显的几个问题,也可以说是理论性并非很强的问题。就学术领域来讲,更值得我们注意的恐怕是另一些问题,譬如文学史研究的主观性,或者说主观性与科学性的关系,等等。讲清这些问题,是不容易的,但也因为这样,我们的兴趣就更大。可惜这一次时间不够,只有留待以后再来讨论了。

(根据录音整理)

——原载《上海文论》1989 年第 6 期

编 后 记

二十世纪八十年代是“公认”的文学的“好时光”,这不仅指文学创作,也指文学批评。说那是一个批评的时代,也不算言过其实。所以,对于一个那一时代文学批评的编选者来说,他要在限定的篇幅内呈现出基本的面貌,他要做的工作的难处,不是费心到处去找文章,而是从许多在那个时代刻下印记的文章中再挑选,不用说,就连不少到今天还留在人们记忆中的文章也不得不割舍了。

这里选入的文章,大致可以分三类:

一类是王元化、刘再复等的文学理论,还有关于文学史讨论的文章。如果不是由于八十年代的思想和文学的特殊性,这些文章其实可以不入“批评”选本的,但就是由于这个特殊性,这些文章不仅和当时的文学形势,而且和文学批评、文学创作都发生了密不可分的关联,无法不选,只能少而又少地选几篇。

第二类是关于重要的文学思潮和文学现象的探讨和研究文章。这一类的文章当然是必须的,无需解释。

第三类是作家作品论。这一类的选文需要有个照应,既要考虑作家作品在当时以及从今天去看的重要性,又要考虑批评家和批评文章在当时以及从今天去看的重要性。这里还特别选了两篇作家写的评论,汪曾祺谈《棋王》,王安忆谈汪曾祺,除了这两篇文章本身非常值得选入之外,还有从批评文章的多样性角度考虑的意思。

遗漏不可避免,有篇幅限制的因素,也因为编选者的“不见”;篇目的确定,也不能不带有编选者的偏见。敬请批评。

张新颖

2009 年 6 月 28 日

王　尧　林建法　**主编**

中国当代文学批评大系

一九四九—二〇〇九

卷　五

何言宏　**编选**

苏州大学出版社

图书在版编目(CIP)数据

中国当代文学批评大系：1949～2009：全6卷 / 王尧，林建法主编；郭冰茹等编选. —苏州：苏州大学出版社，2012.6
ISBN 978-7-5672-0081-4

Ⅰ.①中… Ⅱ.①王… ②林… ③郭… Ⅲ.①中国文学—当代文学—文学评论—文集 Ⅳ.①I206.7—53

中国版本图书馆CIP数据核字(2012)第106349号

中国当代文学批评大系:一九四九—二〇〇九
卷五
王　尧　林建法　主编
何言宏　编选
策划　沈海牧　朱绍昌　倪浩文
责任编辑　张　希

苏州大学出版社出版发行
（地址：苏州市十梓街1号　邮编：215006）
丹阳市兴华印刷厂印装
（地址：丹阳市胡桥镇　邮编：212313）

开本 787 mm×1 092 mm　1/16　印张 200.25(共六卷)　字数 3 790 千
2012年6月第1版　2012年6月第1次印刷
ISBN 978-7-5672-0081-4　定价：500.00元(全六卷)

苏州大学版图书若有印装错误，本社负责调换
苏州大学出版社营销部　电话：0512-65225020
苏州大学出版社网址　http://www.sudapress.com

目　　录

陈骏涛

写实小说:从传统到现代的转化

一

人们已经注意到如下的事实:近几年来,一种不同于“先锋小说”或“新潮小说”或“实验小说”,也不同于文化“寻根小说”的写实小说在文坛上出台,它既与传统的写实小说有着千丝万缕的联系,又有所区别,即具有传统写实小说所没有的一些新倾向和新特征,是对传统写实小说的扩大和创新,并形成了一股颇为强劲的创作潮流;由于这些写实小说关注现实、直面人生和追求一种十分逼真的写实风格,以及所表现出的从传统写实小说向现代写实小说的艺术转化,从而博得了务实的中国读者的欢迎,并引起了对传统和现代都同样感兴趣的中国评论家们的关注。李锐(《厚土》系列)、方方(《风景》、《白雾》)、池莉(《烦恼人生》、《不谈爱情》)、刘恒(《白混》、《伏羲伏羲》)、刘震云(《塔铺》、《新兵连》)、朱晓平(《桑树坪纪事》、《闲粮》)、周梅森(《军歌》系列)、老鬼(《血色黄昏》)、李晓(《关于行规的闲话》、《天桥》)、余华(《河边的错误》、《现实一种》)等人似乎成了这股写实潮流的明星,评论家交相评说,评论文章连篇累牍;其他如朱苏进(《绝望中的诞生》)、田中禾(《明天的太阳》)、周大新(《小盆地》系列)、范小青(《光圈》、《顾氏传人》)等人似也不可等闲视之。

对这股写实潮流,评论界有称其为“新写实小说”(张韧、吴方)、“新写实主义小说”(徐兆淮、丁帆)、“新现实主义小说”(雷达)的,还有的则命名为“后现实主义”(王干)。王干说:“这些小说为中国文学增添了一股新的色调和新的声响,我认为它们充分体现了一种后现实主义的倾向。后现实主义实际超越了现实主义和现代主义的既定范畴,开拓了新的文学空间,代表了一种新的价值取向。”①这是不满于

---

① 王干:《近期小说的后现实主义倾向》,《北京文学》,1989年第6期。

流行的不很准确的称谓而寻求新的称谓的一种探索。称谓虽然不一，但都强调一个“新”字，即既不同于“先锋小说”和文化“寻根小说”，也不同于昔日的现实主义小说或写实小说的一些新特点和新倾向。

按照雷达的意见，这股新现实主义潮流大抵起于1987年下半年①。这是就它与此前风靡文坛的“先锋小说”和文化“寻根小说”而言的，自然也不无道理。但是如果从创作实际出发，以1987年为界，显然是过于绝对也难以说通的。因为例如朱晓平、李锐、刘恒、李晓、刘震云等这样一些有代表性的新写实小说家和他们的一些代表性作品，在1985年和1986年就出现了。此外，我们还应该注意到一批颇有声望的写实小说家在1985年以前正在他们的创作中酝酿着一种转换②，使他们的作品更具有现代的意味和风采。一个比较突出的例子是刘心武。他在1984年下半年发表、1985年出版的长篇小说《钟鼓楼》，就体现了若干新的特点：着意于表现北京市民社会的“生态群落”，描写一些最普通、最平凡的“芸芸众生”的生存境况，力求“准确而精微地反映生活”（刘心武语），而且运用了十分冷峻客观的叙述语言。这些新特点使《钟鼓楼》有别于刘心武以往的一些小说，而十分接近人们时下正在谈论的一些“新写实小说”。与此相类近（似）的创作现象在1987年以前也绝非仅有。

因此，这里不能不牵涉到中国新时期文学的现实主义潮流的发生和发展这样一个很难回避的问题。尽管有些评论家主张摒弃“主义”，而着力于对具体创作现象的研究，但一旦遇到需要对创作现象进行抽象概括和提升时，还很难回避“主义”这个幽灵。

中国新时期文学的现实主义潮流大体经历了三个阶段：恢复阶段，发展和深化阶段，变异阶段。1980年以前大体是恢复阶段，以“伤痕文学”为代表，当时风靡文坛的诸如《班主任》、《伤痕》、《神圣的使命》、《墓场与鲜花》、《从森林里来的孩子》等都是这样的代表作。这些作品大抵以控诉“四人帮”、真实地反映人们心灵的伤痕、呼唤拯救被“左”倾路线扭曲了的人性而扣动人心。它们晓之以真，动之以情，对“左”倾路线下的“瞒和骗”的文艺是一种反动。它们恢复和发扬了现实主义文学“写真实”的传统，但也仅仅是对现实主义的一种平面的推移，并没有对它有新的增添和新的创造。变化是从七十年代末、八十年代初开始的。随着“伤痕文学”向“反思文学”的推进，现实主义得以深化和发展。《李顺大造屋》、《许茂和他的女儿们》、《西线轶事》、《人到中年》、《犯人李铜钟的故事》、《如意》、《人生》等优秀作品的问世，标志着中国现实主义文学进入到一个新的阶段。它们大抵以建国以后的某一段

---

① 《动荡的低谷》，《小说选刊》，1989年第2期。

② 下点系作者所加。

历史为经,以人们所关切的社会和历史问题为纬,以普通人和他们的日常生活为艺术描写对象,表现出对个体命运和价值①的深切的关怀,具有很大的感召力。在艺术上,它们大抵仍然着力于人物典型的创造,但已经摒弃了把人物作为单纯时代精神"号筒"的非艺术倾向,注意多层次、多侧面地描写人物性格,注意开掘人物的内心世界,使人物以血肉丰满的艺术形象出现在读者面前。正因为这些作品已经具有了一些新的审美风范,因而当时及其后就有人把它们称为"新现实主义"的代表作而予以评论②。与此同时,由于现代派文学的引进和介绍,对传统现实主义文学产生了浸染和影响,有一些现实主义作品吸取了现代派的表现手法和技巧,出现了诸如《春之声》、《蝴蝶》、《冬天里的春天》等这样一些有代表性的文学作品。这是现实主义在深化阶段所产生的一种变异③,但这种变异还只出现在少数作品中,而且还只是表层的手法和技巧的变异,并不是整体的艺术观念的变异。到了八十年代中期,尤其是1985年和1986年,"先锋小说"和文化"寻根小说"风靡文坛,现实主义小说处于"低谷",但实际上它仍然生长着,而且正在酝酿着一场更深刻的变异。这场变异始于八十年代中期,到1987年一批影响甚大的写实小说的出台而蔚为大观,于是而有"现实主义在更高层次的回归"、"现实主义的重建"、"新现实主义精神兴起"、"新写实潮流"、"后现实主义"等等的称谓。

总而言之,在新时期文学的发展过程中,现实主义始终是一股不曾衰竭的文学潮流,是一个强大的存在,不过它经历了一个发展过程罢了。我是把人们当前正在谈论的"新写实小说",作为新时期现实主义变异阶段的一种创作现象来看待的,它们标志着现实主义从传统到现代的转化,称其为"现代现实主义"也未为不可。

二

上面我已经接触到"新写实小说"从传统到现代转化的话题,下面我想把这个话题稍加展开并加以具体化。

传统的写实小说由于受到传统的典型化理论的约制(关于典型化理论的评价,是一个复杂的问题,这里不予评述,对这个理论采取轻率地否定的态度固然不对,但不看到这个理论的保守性和局限性也未必正确),都追求对生活的"本质"的再现,以至于使本质简约化,不仅忽视了生活中的非本质的一面,同时也忽视了能够体现本质的许多生活原色和生命本相。因此,过去的有些④写实小说很难与伪现实主义

① 下点系作者所加。
② 杨春时:《论新现实主义》,《文艺评论》,1986年第6期。
③ 下点系作者所加。
④ 下点系作者所加。

划清界限，缺少真正现实主义的那种直面惨淡的人生、正视淋漓的鲜血的率真品格和求实精神。如今的一些“新写实小说”则不再停留在对生活的所谓“本质”的再现，而着意于对生活的原生形态的表现。它们普遍表现出对人的生存命运的关心，通过描写人的生存境况、情感欲望和生命搏动，揭示出现实的矛盾和缺陷，同时也反映出人性的复杂性，表现了人为改变自己的生存境况和实现自己的生命欲望所作的种种努力。这些作品大多具有一种悲剧性的氛围，反映出人的生存的艰难和困惑。有的评论认为这些作品具有一种自然主义的外观，是不无道理的，这正是对那种简化生活、粉饰生活的伪现实主义的反动。前一时期谈论较多的《厚土》、《风景》、《烦恼人生》、《伏羲伏羲》等作品，就表现出上述的这种倾向和特征。

下面我想通过对较近的一篇小说的分析，把上述的论点再加以具体化，这篇小说是田中禾的中篇《明天的太阳》(《上海文学》，1989 年第 6 期)，这是与《烦恼人生》等小说一样，体现了“新写实小说”的一种普遍特征的作品。

这篇小说写了京剧演员赵鹞子一家及与其相关的十几个普通人物的日常生活，他们的生存境况，他们的希望和失望，欢乐和悲哀，奋斗和困厄，自律和放纵……如此等等。小说写了一群“芸芸众生”，却几乎没有一个堪称为当今社会的精英人物形象，反映了“转型期”社会在旧的价值观念失范以后普通人的生活状态和行为目标。作为上一代人的赵鹞子，昔日的目标是做一个守本分的、有成就的好演员，他这样做了，也希望他的儿女们这样做。但事情却朝着与他的愿望相悖逆的方向发展：儿女们当中没有一个能够继承他的事业，唯一一个具备继承他的事业的条件的小儿子赵涛却朝三暮四、浑浑噩噩。他自己的日子也过得十分沉重，他演戏几十年，退休后非但没能得以安度晚年，还不得不为儿女们的出路和维持家庭生活用度而四处奔波，甚至靠借债度日。他终日茫茫然不知所向，陪伴他的晚年的是孤独、凄楚和穷困，最后凄然离开人世。作为下一代人的赵涛，他的所作所为带有很大的叛逆性，他不满意父辈们的近于苦行僧的生活，完全把演戏作为赚钱的手段，一旦在这个行当里不能随心所欲时，则另谋他途。他完全以自我为中心，恣意挥霍，及时行乐，行为显出很大的盲目性，但显然比父辈们活得自由、阔绰、闲适、舒心。作者以极其冷静淡漠的语调——通过第一人称“我”即赵涛的大姐——叙述了这一切，但透过这种冷静淡漠的外观，仍然可以窥见一种深藏着的忧思：对文化失范之后人们的价值目标和行为规范的困惑和忧思。不过作者却把这一切深深地隐蔽起来，不对作品中的任何一个人物进行是非正误的道德评判(也许作者还不可能作出这样的评判)，而把这种评判权完全留给了读者。这正是这类写实小说的一个很重要的特点：作家的观点越来越隐蔽了，他的任务就在于尽量客观冷静地揭示生活的本相，让读者自己透过生活的本相去窥探生活的某些本质的方面，并作出自己的价值判断，而不像传统写实小说那样先由作家将生活加以过滤,然后将过滤了的生活“本质”端到读者面前,让读者轻轻松松地接受作家的道德评判。

这篇小说的基调是抑郁烦闷的,那位叙述者——“我”即大姐——的那种对生活的淡定透彻的认识,那种孤高明锐的眼光,那种黯淡郁闷的心绪,那种因为看透了的生活而失去投入生活热情的悲剧性性格,都反衬出“明天的太阳”在这篇小说中不过是一种理念化的象征,一个理想化的光圈。小说的真正成功之处是在于揭示了人生的艰难和困惑——而这,在某种意义上说,正是一种人类性①的主题。接触到这一人类性的主题,正是写实小说从传统向现代转化的一个重要标志。

无论是《明天的太阳》,还是《风景》、《烦恼人生》、《伏羲伏羲》……都不以刻画人物见长,而以展示人的生存本相、生命原色、生活状貌取胜。但是,如果因此而断言当今的一些“新写实小说”全都是热衷于描写“芸芸众生”的群像,而没有创造出哪怕一两个成功的艺术形象,恐怕也未为确论。笔者也曾经有“从创造典型到典型的淡化”的论断,看来,也需要做若干修正。不过,这些小说大都已经突破了以往的那种“再现典型环境中的典型人物”的熟路,而向人物的深层掘进——这就是更倾心于表现人物的多方面的欲求,人物的内心冲突,人物的复杂的心理状貌,等等;而这些,正是现代写实小说的一个新倾向和新特征。以前我们谈论较多的所谓“心理现实主义”,正是现实主义从人物的外在特征向人物的内心世界掘进的一种趋向。这种现实主义更看重的是人物心理的真实,而不是客观物象的真实。张洁、张辛欣的若干作品就表现出这样的特点。而现在的若干写实小说却在这方面表现出更深潜的特点——对人物内心世界的展现已经挺进到人性的深层②。

我想以朱苏进的一篇新作——中篇小说《绝望中的诞生》(《钟山》,1989 年第 3 期)——为例来说明上述的立论。这是朱苏进近年来的一篇力作。这篇小说的引人之处并不在于探索小说与科学的结合(这是不是作者的本意也值得怀疑),而是在于它对人性的探索。这是朱苏进近几年创作的一个十分鲜明的发展轨迹,而《诞生》则使他的这一探索达到了一个新的高度。小说的主人公孟中天是一个性格复杂型的人物,在他的身上,表现了人性的复杂性,反映了人的多方面的欲求。从生理欲求来看,孟中天虽然没有结婚(他也不准备结婚),但他和常人一样有性的欲求,然而他的性欲求却从来不受道德和法律的约束,而表现出放浪不羁的特点,在这方面,孟中天的人性更多地表现出生物性的一面。然而孟中天还有认识的欲求和发展的欲求,这种欲求在他那里是压倒了生理上的欲求的。如果说性的欲求只是为了满足他生理

① 下点系作者所加。
② 下点系作者所加。

上发泄的需要的话，那么认识的欲求和发展的欲求则是他的生存的本义。这特别突出地表现在他的探求科学真理的欲望，这种欲望使他的生命之火得以燃烧，使他的生活热情在绝望中得到迸发。为了自我发展的需要，孟中天不惜攀附权贵，排除异己，拼命地往上爬，表现出一个利己主义者的残忍和疯狂。但他在攻克科学之宫中所表现出的超人的智慧和顽强的毅力却是常人所难以比拟的，而这正是探求科学真理的勇士们所具有的一种可贵的品格。孟中天这个形象可以说是集英雄和魔鬼于一身的艺术创造，但又具有无可争辩的真实性。朱苏进对这个人物性格的描写，挺进到人的本体，人之所以为人的本相。孟中天无疑是一个够格的典型形象，但又是传统的典型化理论所难以完全规范的。滕云的如下一个见解是深刻的，他说："近年来文学对人的认识，作家在人物描写中的探索和追求，表现出了传统的社会本质和社会心理领域之外，朝人本心理领域掘进的趋向。"[①]朱苏进在《诞生》中所塑造的孟中天形象，也可以说是表现了这样一种趋向。这是写实小说从传统向现代转化的另一个鲜明的趋向。

上面我在谈论《明天的太阳》时，已经接触到这类写实小说在叙述方式上的一个重要特点——运用一种冷峻客观的叙述语调，下面我还要把这个命题进一步具体化，因为在我看来——事实上其他的几位评论者也持同样的看法——这正是"新写实小说"不同于传统写实小说的一个很重要的标志。传统写实小说在语言操作上特别重视作家主体情绪的介入，因此在故事发展进程中不时有叙述者（作家或作为作家替身的小说人物）的独白、旁白、议论和评判，在这些小说中，叙述者是全知全能的，读者不过是小说故事的被动接受者，这即使在朱苏进的《绝望中诞生》这样的小说中也仍然残留着痕迹。但是，一些"新写实小说"在语言操作上却出现了明显的变化——由主体情绪的介入而到主体情绪的逃避[②]，全知全能的叙述者变成冷峻客观[③]的叙述者，小说给读者留下了大量的"空白"，让读者自己去完成。王干把这种语言操作方式叫作"从情感的零度开始写作"，是一种很机智的表述。不过，这不排除有主体的情感的沸动，但在叙述的过程中却必须尽量压制、冷却这种沸动，始终保持高度的冷静。这种写作态度不仅与传统现实主义不同，也与某些主体情绪膨胀的现代派作品不同。

我想以余华的作品为例。余华有时候被人看作是"先锋派"小说家（笔者也曾有过这样的看法），就其小说艺术观念和叙述方式对传统小说的破坏和叛逆来说，余华的确是"先锋"的，从这一角度来说，他的确是个"先锋派"小说家。但余华还是个

---

① 滕云:《远去的天体》,《文论报》,1989 年 8 月 15 日,下点为引者所加。

② 下点系作者所加。

③ 下点系作者所加。

写实小说家，或者说是现代①写实小说家，他的小说并没有离开人与现实的关系这样一个基本点，不过对这种关系作了某种变异②的处理罢了——他的许多小说是通过假定对现实进行变异，以变形、怪谬、荒诞的方式来表现现实。这也是一种真实，不过它是小说家心目中的真实，而“不是生活里的那种真实”，一种“不受生活的限制，非常自由地去把握的那么一种真实”③。我说余华是个写实小说家，还由于余华的小说始终离不开故事，而且是在相当精心地编造有头有尾的故事——这个被传统写实小说家奉为根本，又被现代派小说家轻率丢弃或弄得支离破碎的东西。所以余华的不少小说都具有许多写实小说那样的可读性，不管你喜欢不喜欢他所表现的现实的荒谬感，喜欢不喜欢他小说中所写到的那些怪异的人和事，它都能吸引你读下去。

余华的写实小说与传统的写实小说一个最大的不同是表现在叙述方式上——从全知全能的叙述者而到冷静客观的叙事者，叙述者（这里是指小说家）完全是站在旁观的位置上来叙述故事和人物的，不注入任何主观感情色彩，不动声色，从容不迫，甚至显得异常冷淡、冷漠、冷酷地在叙述一些令人惊诧莫名的人物和故事。《一九八六年》（《收获》，1987 年第 6 期）、《现实一种》（《北京文学》，1988 年第 1 期）、《河边的错误》（《钟山》，1988 年第 1 期）等都是这样的作品。余华在这些小说中为读者叙述了一个个荒诞离奇、残忍冷酷、令人毛骨悚然的故事。《一九八六年》写了一个疯子（知识分子）在十年动乱中怎样进行自我残害，依次在自己身上施行墨、劓、剕、宫等多种古代酷刑的故事；《现实一种》写的是亲兄弟之间的互相残杀——现实中的人性的一种；《河边的错误》写一个疯子犯了砍下三个人头颅的人命案，而法律却对他束手无策。作者在叙述这些故事和人物时显得异常冷静，就像是法医面对着一具具血迹斑斑的新鲜尸体那样不动声色。李陀认为这种叙述方法（叙述态度）是对传统的“优雅”的阅读态度的一种颠覆：“这种叙述使阅读过程一开始就处于一种不习惯、不适应的困境之中，而余华不仅对读者的这种困难不加帮助，反而以其特有的叙述使阅读的困境愈趋严重，直至阅读的终结。”④这种叙述方法（叙述态度）虽然不能说是所有现代写实小说的特征，但至少是一部分现代写实小说的特征，它使现代写实小说与传统写实小说的分野更显清晰。

上面我从表现生活的原生形态，向人物意识深层的掘进和叙述态度的变化这三个方面，分析了“新写实小说”即现代写实小说的若干特点，当然是并不全面也很粗

---

① 下点系作者所加。

② 下点系作者所加。

③ 余华：《我的真实》，《人民文学》，1989 年第 3 期。

④ 李陀：《阅读的颠覆》，《文艺报》，1988 年 9 月 24 日。

陋的，但即使从上面简略的分析中，我们依然可以清晰地看到写实小说从传统向现代转化的若干征兆。这反映了作为创作主体的作家在真实观、人物观和叙述观[①]上的变化，这是一种具有现代意味的变化。对这些观念的变化作更深的研究和辨析，将有助于对当今创作现象和文学思潮演进轨迹的更透彻的理解，但这已经是本文所无力完成的任务了。

1989年11月22日抄毕于京都天命斋

——原载《钟山》1990年第1期

① 下点系作者所加。

孟 悦

荒野弃儿的归属

——重读《红高粱家族》

很难设想，若是少了莫言的《红高粱》及《红高粱家族》，那么新时期小说史上会少了多么鲜明的一笔。象七十余年前的《狂人日记》和十几年前的《班主任》一样，莫言带给我们的是一种震惊，一种完全不同的震惊。我们不是怵怵于伤痕——灵魂深处致命的、不可测及的创洞，而是震动于生命的辉煌——高密东北乡人任情豪放的壮丽生活图景，烫灼着我们这些习惯了黑暗和创伤的眼睛。在那株鲜红茁壮的红高粱面前，仿佛我们背负着历史丰碑屈膝驼背的生存，我们小心翼翼苟且偷生的愿望，我们自以为拥有或希图保有的一切，从没有过地(的)苍白暗淡，卑琐无光。震惊中的我们弄不明白，那可歌可泣的"我爷爷"和"我奶奶"们，那惨烈悲壮、莽撞剽悍而潇洒坦荡的人们，是否真是我们这一代或上一代人的祖先，抑或，是这些高大漂亮的祖先形象成了今天孱弱病态的我们的无意识梦幻。

不过，令人震惊的还不止这些。莫言作品中那神话原型般的象喻(高粱、酒、女人、洞穴、战争、精怪)，那梵高式的、色彩极其绚丽的叙述语流，那使故事富于传奇色彩的侠骨柔情的主题，在当时的文学中，都有振聋发聩之效果。莫言和他的《红高粱》到底做了什么?

叙述:两极间的结系者

《红高粱》使人无法忘怀的第一个标记，就是它那奇特的叙事人称:一个由"我爷爷"、"我父亲"、"我母亲"、"我奶奶"、"我二奶奶"……组成的叙事人称系列。它使一个红高粱的故事上溯了三代人，由"我"、经由"我"的父辈、到达"我"父辈的父辈。这样一个人称设计预示着，在叙述与故事之间将展开奇特的分裂与张力。

"我"是一个事隔若干年——大半个世纪的事后叙事者，是一个隔代的、身为人物们之"不肖子孙"的叙事者，"我"叙述着如今已成死者的先辈们的生活，故事中的一切在现今现实中都已荡然无存。确切无疑,从《红高粱》开首第一句:“一九三九年古历八月初九”便告诉你,这是一个现代人描述的过去的世界,这是一种现在发生的“过去时”的叙述,在叙述的此时此刻与故事中的彼时彼刻之间存在着漫长的遥远的时间距离,但又必得发生联系。这种历史的、文化的、祖孙的、心理的距离,正是红高粱叙事的发源地。红高粱必然面对或自行提出的叙事任务之一,便是展露并弥合这段或许过于巨大的历史间距。与另一些讲述父辈的小说不同,譬如,在《活动变人形》中,虽然你“知道”这是一个旧世界、旧社会的家庭,这是一些或许已故、或许年迈的人们,虽然“我”,那个作家的声音时时提醒你,他拨动的是伸向大半个世纪前的一根弦,你甚至可以猜测故事中的家庭及父子与现实作者童年身世的密切联系,但是,当一个隐蔽的、无处不在的叙事人运用超越时间的单数第三人称或别的手法进行叙述时,整个故事过程中竟闪现了一种似真写真,现今发生的“感受”,仿佛我们与故事世界相距仅仅一纸之遥,仿佛若是没有单数第三人称的中介,那纸上的世界便可并入我们生活的一景。这里,过去(故事)与现在(读者)在时间上的距离几乎消弭,它被转化为一种空间间距。但是《红高粱家族》的叙述则制造了另一效果,“我”、“父亲”、“奶奶”、“爷爷”这三代人的血缘关系,这三代人的时差辈份构成了《红高粱》与《红高粱家族》特有的叙事时态,即使没有“一九三九年古历八月初九”以及“父亲满十四岁”等明确的时间标记,这时间及世代的差异也抹之不去。“爷爷”、“我”、“父亲”的称谓注定在各自的及对方的时间之维中占据某个特有的不可取代的刻度。就这样,莫言借助血缘家族的人称关系,把一个过去的世界托付给了时间的设计。

正如人们所说,《红高粱》的叙述过程乃是一个时间旅行的过程。不过,这是一次没有任何先在时间轨迹可循的时间旅行。叙事人境随念至,作为过去的1939年的一个日子,便成了临时的“现在”——“奶奶”送十四岁的“父亲”到村头参加打鬼子的行列。而“父亲”与“奶奶”这行船离岸的一别,又奔向了“他”几十载后长眠其下的那块青石墓碑,他那“过去了”因而是临时的“将来”,而那里,很可能便是“他”的将来与“我”的过去的一个交汇点。莫言的叙事人在现在、过去之间穿梭往返,他经常从一个临时“现在”前溯到曾经如何的时刻,更经常后兆到一个后来什么时候的事件中。选取一个瞬间作为临时的标尺并前瞻后兆,乃是莫言叙事人的典型行为。于是便增生了“过去的过去”,“过去的将来”,每一代的“过去”与“将来”。这种临时性标尺的设计源自一种辩证的时间——历史感,它否认,至少拒绝了任何一种永恒的时间意义。叙事人叙事行为发生的时间,一次次地置换着过去与现在的坐标,分离着、移置着它的心理内涵,切割着那个假想中由历法年代所标志的,“从从前到现在”的连续性历史时间之链,穿梭往返的叙事行为将与今有隔世之遥的过去织成一张卷迭起来的没有始终正反的时间之网，每织出一个纽结便系着另一个相似的"过去的过去"，"他人的过去"，"过去的将来"，"他人的将来"。

无疑，这乃是中国文学中一种大胆妄为的叙事策略，它创造、重造了一种临时性的故事时间，创造或重造着过去与现在的关联方式，我们最先触及的不是绝对的过去，而是过去的"瞬间"，或曰，是时间意义的相对性本身。莫言的叙事人那穿梭往返的行为成功地在叙述层面阻断故事时间的连续性和绝对性，他似乎是以自身的叙述来而复去地切割着"过去"，把一个并非不能顺着讲的，从从前到后来的故事尽可能细地用叙述的"现在"分割开来，他的前瞻后望，他优越于人物的全知全能，一律在客观上阻止你沿着任何一个顺时性方向多走一步。他在每一个可能造成连续性的地方引入另一个临时的现在或过去。在奶奶弥留之际引入十六岁与余占鳌的第一次相遇，在父亲闻到腥甜味的一瞬间引入另一种更大的腥甜味，他以自己的穿插出入一再固执地把你拉回叙述的"现在"，因而不是首肯而是剥夺"过去"那绝对的自在。"父亲"、"爷爷"、"奶奶"生活于其中的那个过去只是被当做叙述行为分别唤起的无数过去的瞬间，它们首先作为叙事行为的结果，作为其权宜的设计而进入"我"——我们的视野。它们不能"自行呈现"——叙事人不允许，它们不准以自己的顺序压过叙述的顺序，它们按规定只能应着现在——叙述行为的召唤，跳出连续的自在——而来。过去——"我爷爷"与"我父亲"生活于其中的但如今不复存在的历史，成为受叙事行为的每一个现在包围和缠绕的瞬间。似乎，莫言的叙事人唯恐那先辈的生活稍一松手便返归连续的自在状态，宁愿一片片、一瞬间一瞬间地与自己的叙述时间结系一起。

《红高粱》以它的人物设计，以反连续性的、时间旅行式的叙述，作了两件事情，一方面，莫言叙事人的时代与他的爷爷奶奶的时代有着不可回避的历史的间距；另一方面，莫言的叙事人又靠着叙述时间对自在的故事时间的侵犯、打断、干扰来参与故事，叙述时间与故事时间一段段一节节地缠绕在一起，每一个过去的瞬间都与一个现在的叙述行为紧密连接，成为一种混然不可分的合一。这样，《红高粱》建立了本文内部双重时间上前所罕见的巨大张力。具体而言，亦即自在、纯客观时间意义上的"过去"与叙事行为发生的"现在"之间的巨大张力，亦即故事时间与叙述时间、叙述者与人物——生者与死者之间的巨大张力。毋庸讳言，这也正是八十年代中期历史与现实、历史与叙事之张力关系的体现。

除了时间与时间的缠结之外，《红高粱》叙述与故事之间的张力还来自于另一方面，即经验与经验的缠结。叙述人曾屡屡以"不肖子孙"、"种的退化"、"被酱油腌过的心"、满脑子机械僵死的现代理性思维等自我描述，表明自己这一代人与英雄先辈的相形见绌、天壤之别。且不论英雄祖先与孱弱后代的关系究竟是虚是实，有一点确切无疑，即置身于现代文明中的叙述人“我”与“爷爷”、“奶奶”、“父亲”之间不仅各处不同的历史的时间，而且各处于不同但各自完整的经验世界。显然，这经验的隔绝并不仅仅存在于本文（文本）之内。“父亲”、“爷爷”、“奶奶”那惊天动地的传奇故事，那出生入死的生涯，那土匪出没、好汉迭出、性命相搏、充满血腥的红高粱世界，那“最英雄好汉最王八蛋”的一切，不仅与现实环境、事件、人人关系、遭遇、日常生活没有一点关联，而且在我们的话语世界中，作为一个虚构的想象的经验，也早已模糊一片。那高粱地中的蔑视人间法规的爱情，那杀了单扁郎麻风父子“为小女子开辟新世界”的气魄，那零剐之下骂不绝口的惨烈，那有仇必报有辱必雪的恩怨情仇，那各循自己一定之规的匪与官，那喜食红高粱的乡土世界的风俗人情，不要说离现代文明，就是离《暴风骤雨》、《太阳照在桑干河上》，离《金光大道》、《艳阳天》，离《许茂和他的女儿们》又是那么遥远！

如果说《红高粱》把历史的隔绝托付给了时间，那么红高粱世界与现实经验的隔绝则被托付给感官——感觉。我们记得，莫言是新时期小说中出色的感觉描写家之一，而且整个新时期青年小说家对感觉的注重似乎正是从莫言等人开始的。莫言的叙述以对象唤起的感觉取代了对对象的“描写”、“刻划”，以感觉的奇异取代了描划的逼真酷似，甚至以感觉的相似、相异、变幻参与重复组织情节——故事的本文形态，“感觉”是《爆炸》、《球状闪电》中叙述表现力的精髓，而《透明的红萝卜》那不语的黑孩几乎就是那麻木而沸腾时代中一个感觉的精灵，莫言似乎欲借黑孩那缄默的感觉保留那冷酷世界挤压下尚未毁灭的最后一丝温柔、诗意、力量与爱。

不过，在《红高粱》中，感觉似乎有了更为明确的意识形态作用，它成了“不肖子孙”（叙事者）们跨越出自己贫乏的经验疆界，接近红高粱般的“爷爷”、“奶奶”、“父亲”们（人物）的生活的一座桥梁。先辈们——人物们那些不可把捉的不可追寻的经验世界透过感觉向今天洞开，向今天显现，也只能通过感觉才向今天显现。如果说，叙事人即兴而来的那些理性分析时常令人啼笑皆非（譬如，关于我爷爷为什么没有当土匪的三点原因），它的讽喻目标指向“现在”，那么，从逻辑理性手中滑脱而去的父辈的经验最终却可以寓身于感觉，寓身于由光、影、味、色、质、形构成的感觉世界。“奶奶”临终的一笑，“象烙铁一样，在父亲的记忆里，烫出一个马蹄状的烙印”。罗汉大爷遭伪军毒打“象孩子一样胡胡浮浮地哭起来”时，“一股紫红色的火苗也在他空白的脑子里缓缓亮起”。余占鳌“从和尚的肋下拔出剑来，和尚的血温暖可人，柔软光滑，象鸟类的羽毛一样”。劫路人“眼里跳出绿火花，一行行雪白的清明汗珠从他脸上惊惶地流出来，他的身体贴着杂草稍头，蹭着矢车菊花朵，平行着飞出去”。在这些描述里，那个陌生的经验世界以温度、湿度、色彩、形状、光度、线条、质地、声音或寂静的形式，进入了我们听觉、视觉、触觉、味觉、嗅觉的意义谱系，在我们仿佛摸到、触到、听到、嗅到、看到那一切的同时,不属于己的陌生的经验已悄然潜入一己内在的体验。然而《红高粱》中,感觉的意识形态作用在于,它创造和谐整体的意义体系,这一点淋漓尽致地展示在"父亲"第一次嗅到血腥与时间空间的关系里:

父亲闻到了跟墨水河淤泥差不多,但比墨水河淤泥要新鲜得多的腥气。它压倒了薄荷的幽香,压倒了高粱的甘苦,它唤醒了父亲那越来越迫近的记忆,一线穿珠般地把墨水河淤泥,把高粱下黑土,把永远死不了的过去和永远留不住的现在连系在一起,有时候,万物都会吐出人血的味道。

一种嗅觉(感觉)就这样把"父亲"生活中不同的事物(高粱、河、血),不同的事件时刻(童年的游水、战争、螃蟹、死亡)粘着串通在一起,它在散碎的经验碎片中造就了一种整体的时空体验,一种体验中的时空整体。

请注意感觉带来的这种整体效果,它与《红高粱》的叙事时间旅行一样制造了本文提供的历史与现实世界的张力场。与稍后出现的更有先锋艺术色彩的作家作品不同,在那里,即便感觉也并不总是带来体验,感觉"自由飘移",各种感觉常常在与自己最不适宜的场合出现。而对这些作家们,这种不协调的没有张力的"自由飘移"恐怕才是他们表达的真正的"体验"。《红高粱》这里,感觉却是纷乱的陌生的经验世界中唯一熟稔、唯一可靠、唯一具有意义粘着力的一环,只有在感觉的一瞬间,他人的经验世界与自身体验才有了联系。而正是在经验经由感觉转化为体验的一瞬间,现在与过去、生者与死者、不肖子孙与英雄前辈从时间、生命、高大与渺小的永不相聚的两极,穿过经验的碎片,走进一个共予的世界。

叙述缠绕着故事,叙述时间缠绕着故事时间,叙述者的活生生的感觉缠绕着人物死去的经验。这使得莫言的世界象是梵高的世界,以动荡不安的、火焰一样涡旋状的笔触向死亡、过去、历史本身、物自体进行着顽强的搏斗,以故事与叙述之间、对象与色彩、线条、光影间的巨大张力,抵御着过去或"物"对人的剥夺、抛弃和背叛。实际上,莫言的红高粱世界与那位十九世纪荷兰画家的绘画有着更为潜在的相似点,二者本文(文本)中的张力恰巧来自于他们在各自现实中面临的巨大历史性断裂,来自他们对这断裂的拒绝和重建。就梵高而言,他处于一个人与物之间发生断裂的时代,人失去了对物质世界的把握力与统一感,金钱机器主宰的物质世界成为一种反生命的、反人非人的存在,他的绘画乃是对这邪恶僵滞的、"褐色肉汁腌过"的、背反于人的现实的一种想象性重建,因而便有了向日葵上那"哔哔剥剥的浓香的黄色火焰",有了星空那气浪般的明亮的涡线,有了物象在颤抖、升腾、燃烧中统一于生命渴望的画面。对于莫言,"断裂"的乃是人与历史本身的关系,是人对于历史、对于过去的世界、对于故乡和老中国的血缘、对于传统乃至生命与死亡的感觉。对于莫言,"断裂"之中还套着"断裂"。在祖孙三代人生活过的民族历史上,有过"五四"

的断裂,有过异族入侵的毁灭性灾难,有过“文革”的浩劫,最后才显现为“机智的上流社会传染的虚情假意”和“肮脏的都市生活臭气”与那不复存在的辉煌壮丽、红得象血海一样的“纯种红高粱”世界的断裂,那“白虱子一样干瘪的孙子”与那“鲜嫩茂盛、水份(分)充足”的奶奶之间的血统的畸变。《红高粱》以叙事形式对埋藏在现实中深不可测的历史断裂进行着艰苦的重建,它使这断裂以象征形式敞露并弥合于叙事中,敞露并弥合在故事时间与叙述时间、人物已逝的经验与叙述者现今的感觉之间。叙事在两组对峙力量牵扯下展开了故事本身,而叙事的展开又成为对峙双方的牵扯,又成为俯伏在历史裂脊上若有若无的一座桥梁。于是,我们用以形容梵高风格的语言几乎同样适用于莫言的风格,那绚丽强烈的光和色彩,那颤抖的火焰,升腾流动的涡旋,那份生命强健的渴望,也正是莫言笔下的“乌托邦色彩”。不同的是,对于梵高,在“褐色肉汁里浸泡”了几(个)世纪的是欧洲绘画,而对莫言,“被酱油腌渍过”的却是自己的心。梵高为画出未被浸泡的自己的现实世界付出了巨大乃至生命的代价,而莫言,为了反抗这心的“腌渍”,巴不得首先“切碎自己以饷冤魂”,为的却是建构伟大、理想的“他人”那些尚未被腌渍的心,另一个尚未被腌渍的历史与过去。这使我们不得不把目光投向莫言所描写的“红高粱世界”故事——本身。

故事:逃离荒野

《红高粱家族》讲了一个“我”的家族的故事,但要弄清这故事是关于什么的,似乎并不简单。它可以说是关于抗日救国的故事,也可以说是关于恩怨情仇的故事,还可以说是关于文化与自然的故事,更可以说是优秀民族精神的故事。但为了重读,我们不妨找个故事的边缘,“我”与故事的关联。

《红高粱家族》一开头,叙事人仿佛出于偶然告诉我们,故乡通红的高粱地里,耸立着一块属于父亲的无字的青石墓碑,“坟上已是枯草瑟瑟。曾有一个光屁股的男孩牵着一只山羊来到这里,山羊不紧不慢地啃着坟上的草,男孩怒气冲冲撒了一泡尿,放声高唱:高粱红了,日本来了,同胞们准备好,开枪开炮…… ”

男孩的歌喉想必是嘹唳的,但“父亲”的亡灵并不呼应,碑石沉默不语,上面没有碑文。叙事人拿不准那行为有点亵渎的男孩“是不是我”,似乎也拿不准,那九泉之下的死者——“父亲”和“我”倒(到)底有什么关系。在《红高粱》中,“我”和“父亲”的关系始终是非对象化、不可观测的,两人从未作为“父子”在故事中一同出现,出现的只是称谓。“父亲”死了——这件事曾使弗洛伊德在梦的象征活动中感到隐秘的满足,而此时此刻,青石碑昭示的却是另一事实:“父亲”作为死者和他那块无字墓碑一样是“空”的,“父亲”与今世的联系是空的,“父亲”对“我”的意义、与“我”的关系是空的。“父亲”是没有任何编码的能指,他甚至没有对“子”(或许就是在墓上撒尿的男孩）造成现实的阉割威胁。然而，这墓碑不仅是“父—子”的关联点，而且也是一种历史的寓言：碑文铭记了死者，——一个“历史中的在场者”，而这铭记却没有“话语”，死者成了“话语中的缺席”。“父亲”的无字墓碑以话语中的“缺席”指涉着历史中的“在场”，从而向我们心目中“历史的主体”发出质疑。

我把这块“父亲”的青石墓碑当作莫言《红高粱》叙事人面临的几种原发性情境之一，从这个原发情境入手，我以为，莫言讲的是一个关于主体的历史与历史中的主体的故事。有学者对第五代电影导演及其同代人做过一个寓言式的概括——“无父的一代”①。莫言也当属其中。确实，“无父”既是他们的心理现实，又是他们意识形态处境的隐喻，当人们从浩劫的死亡狂欢中醒来，当人们终于可以把从巨大唯一的超验秩序阉割一切乃至灭绝一切的十年，当作荒诞残酷的“一场游戏一场梦”的时候，当刘心武、张洁、李国文等许多作家终于开始用曾被“砸烂”的价值残片拼凑过去现在未来的乌托邦的时候，唯有这一代人，这在浩劫的死灭中长大成人、度过青春期的一代人“无家可归”。他们没有另一样“历史”，他们原来不是、现在仍不是任何人。他们被裸露在一片荒野、一片意识形态的“空白”，那里，“主体的历史”、话语的历史、文化之根、情感的家园一同消失于视野之外。语言沦为荒野，现实成了无“根”的生存，而“父亲”——那本该给他们带来理想人格，本该唤醒他们认同欲望，本该使他们陷入阉割焦虑，本该是他们主体历史的构成部分的“名字”和“形象”，要么是意识中的盲点，本文（文本）中的缺席，要么，不过是断壁残垣上的一块砖，故乡土地上的一块无字碑。确实，这种荒野和空白的处境造就了这一代特有的许多共同、相关的“情结”。“根”的缺失、“家”的缺失与“父”的缺失及“史”的缺失，是这一代人共同的主题。“寻根”热潮的兴起显然与这一代人的“荒野处境”不无关联。典型的一个例证可以溯至稍早于莫言出现的阿城。在他笔下，曾出现过不少孤儿或半孤儿式的人物，《棋王》中的“我”双亲故去，王一生没有父亲，母亲已辞世，王福没有母亲。而阿城的作品《孩子王》、《棋王》最终都是以战胜无“根”、无“父”的“孤儿意识”为结局的。王一生终于明白了母亲那无字棋的内涵，他挣扎着寻找到了那不能言传的精神——那可以从过去传予未来的“根”，而王福终于以干净朴素的未被“文革”语言所玷污的表述，重建了理想的“父子关系”的象征式。叙事行为所完成的任务之一就是使人物连同叙事者一道，从孤儿、从意识形态的空白处走出来，使他们经过艰苦摸索后彻悟了自身作为“主体”从哪里来，到哪里去，终于找到了自己生命的一方真实与历史——在阿城那里是悠远的文化精神——的价值联系，自己在意识形态中的一席之地。这种主体和意识形态意义上的“孤儿意识”，及叙事最终对它的超越，是

① 戴锦华：《断桥：下一代的艺术》，《电影艺术》，1990 年第 3 期。

阿城一代人焦虑与愿望的象征性的夫子自道。

莫言处于同一片空白。在本文（文本）中，这片空白被具化为一种有寓言意味的可见的无字石碑，这无字的墓碑如同一个象征行为的起点，莫言由此出发开始了他另一种孤儿式的写作之旅。这旅程不是始于写自己，而是始于寻找"父亲"，重建"父亲"，或曰，寻找和重建一种缺失了的"父子关系"——一种主体生成的环境。结果，莫言写了一个"家族"。他势必会写一个"家族"。这个家族的故事不仅为了重现或重写多年来被我们的文学遗忘无视的一批既熟悉又陌生的繁多主题（如侠骨与柔情、爱恨与恩仇、文化与自然、官匪与英雄、战争与人性等等），而且，在象征或寓言意义上，更是为给莫言这一代荒野中的游魂重建亲子关系——主体的历史。

毫无疑问，这是一个特殊的家族，而这特殊性又体现了莫言的选择。这是一个与"合法的"家庭分庭抗礼的非法的家族，一个仅仅靠血缘和亲属之间精神品性的相似性维系着的家族。这家族的第一代亲子关系——"爷爷"、"奶奶"与"父亲"没有一个具有合乎社会父法的父母子身份（爷爷并非合法父亲，奶奶按法律不应该是母亲，而父亲不过是私生子），甚至，"爷爷""奶奶"的结合本身便是对妇女交换婚姻——合法的家庭制度的破坏，而这种破坏带来了一个血缘家族的起源。这样，我们便有了与"主体生成"有关的一对基本二项对立概念：法律/血缘。《红高粱家族》的叙事从这个二项对立关系的核心，开始了各种亲子关系的重建。

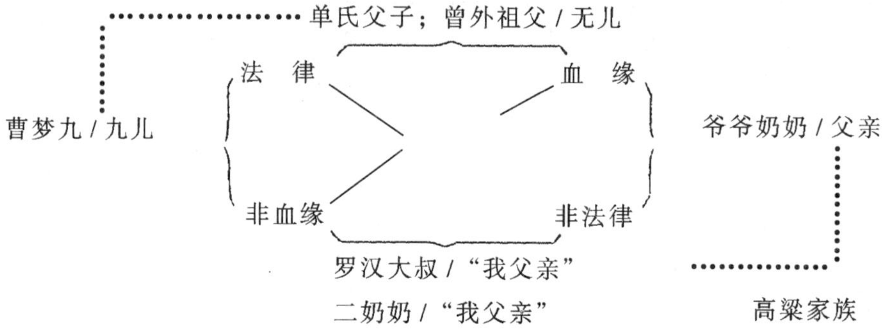

与"法律"有关的两组亲子关系体现着一种权力结构，"父"——不论是有麻风病的单廷秀还是用女儿交换一匹大黑骡子的"曾外祖父"，都是子女生杀予夺嫁娶之大权的掌管者，"奶奶"认的干爹曹县长更是权力秩序法律的象征。这里为父之道亦即司掌权力法律之道。这种亲子关系中，只有"物"的交换和病儿，没有所谓的主体生成。而与"法律"无关的两组亲子关系却构成了曹梦九、曾外祖父们的"非我族类"红高粱家族。在这家族所有血缘的或拟比的父子、爷孙关系中，权力是首屈一指的缺乏物和禁区。"爷爷"名份上只是"父亲"的"干爹"，而罗汉不过"就像是父亲的爷爷”，这里既没有“子”的所属格，又没有“父”的所有权。相反，这一家族的父子关系倒是呈现了另一种象征式：在“子”（豆官）眼中，父一辈和爷一辈的形象亦即自己的成人理想，是仿效和认同对象（“爹，你别愁，我好好练枪，象你绕着湾子打鱼那样练，练出七点梅花枪，将来去找冷麻子那些狗娘养的王八旦算帐！”）；在“父”（爷爷）的眼中，“子”（豆官）又是自身理想人格的一种呈现，一种延伸，一个镜缘（“绝望时刻，父亲眼中闪现了奶奶的精神，如同黑暗亡国的希望之光，照亮了爹爹的心；以至好小子，是我的种！”）。在精神分析的意义上，这对父子之间呈现的是互为“他人（对方）欲望的主体”的关系。以至于“我父亲”（子）在（与）狗的搏斗中所面对的阉割威胁竟然第一次唤起了“我爷爷”心中的阉割焦虑（《狗道》）。

这是莫言重构的一对理想父子，是莫言重构的一种理想的“父子关系”。他们之间不存在俄狄浦斯故事中的杀子、仇父情绪，相反，倒是体现了一种精神气质上的一体性和延伸性。然而分析起来，这种理想父子关系的成立取决于一个关键问题的删略，即阉割功能的删略。换言之，这种理想的父子关系产生于一个同样理想化了的主体生成的象征性过程，其中，没有阉割——“父子的分立”而只有统一。与弗洛伊德、拉康所描述的主体生成过程不同，那里，子是通过“父名”的象征性阉割功能进入主体间的关系中并成为主体的，而对于《红高粱》中的“我父亲”，这一阉割职能以某种含混方式一再延宕、淡化、悬置一旁，譬如，“父名不正”——余占鳌不过是干爹身份，或者，由于“干爹”四处闯荡，豆官一直跟着母亲。但阉割职能的最关键、最彻底、一劳永逸的延宕，是“奶奶”的饮弹而亡。从“父亲”手中最后夺走“奶奶”的与其说是“爷爷”形象的阉割威胁，毋宁说是死亡。“奶奶”辞世时发生了两件事，一是使豆官有生以来第一次面对“父名”（你干爹就是你亲爹），有了亲爹而失去生母，使豆官从一个母子完满的想像世界突然进入了父与子的象征世界。一是使豆官以及“爷爷”各自对立着的对“母亲”（奶奶）的需要，在死亡面前同时变成了同一种永远不能实现的“愿望”。“奶奶”的死亡使父子之间的本来可能存在的任何权力与名份的差异对立都丧失了意义，使阉割本身丧失的意义，在死者面前，“父”与“子”成了平等的、同一个欲望的两个主体，成了对方（他人）欲望的主体，而这正是他们关系的特征。可以说，“奶奶”死得既英勇悲壮又恰到好处，恰是时候，她以自己这个性别在故事中的必然命运，完成了、成全了一个理想的父子关系式，成为对这对英雄父子的一体性、延伸性的立体间关系的一次伟大献祭。最后，阉割情绪被成功地从父子关系中删除出去。《红高粱家族》告诉你，真正的阉割行为并未发生于“爷爷”与“父亲”的父子关系中，倒是体现为一群疯狗对人的袭击。

莫言从无字的青石墓碑出发，经由两个步骤重写了一个英雄家族——主体历史的前半部。首先，他从家族关系中剔除了法律规定“父”的权利或权利中心的亲子关系，而留下的血缘、品性为联系的亲子关系——红高粱家族，继而，“奶奶”、“二奶奶”、“罗汉大爷”的献身又从以血缘和品性为联系的亲子关系或主体生成过程中剔除了阉割职能和阉割焦虑，而留下父子之间二位一体的男性欲望主体关系。也可以说，这经过双重剔除的父子关系式，正是意识形态空白处的莫言那孤儿式的寻找所能找到的最理想的主体的历史，它既包含一种理想的人格，一种狂放不羁的响马精神的父子传递，又包含一种理想的“子”的“主体位置”，那便是“我父亲”的主体位置：他有一个我“爷爷”那样蔑视人间法规的英雄式的“理想之父”，但不意味着置身于一个权利所属物的父子结构，他有着每一个普通的子的愿望，但却不知“阉割焦虑”为何物，换言之，莫言要找和找到的不仅是“父亲”其人酷似“爷爷”的人品，而是“父亲”作为“子”所体验的那种特殊的象征性亲子关系，那种特殊的立体地位，那种父子之间的二位一体，那种愿望非但没有压抑，反而受到珍视庇佑的“子”的地位。也许正是出于这一剔除了权力与阉割的主体位置的迷恋倾倒，莫言才确立了“我”与“父亲”、“爷爷”之间奇特的叙事关系。这种二位一体的父子关系只能出现在作为被叙体的“爷爷”与“父亲”之间，因为只有这样一种“子”的地位才是叙事者“我”所观照、所想往（望）、所愿望的对象。莫言的叙事人一点没有弄错，“父亲”所处的那种特殊的“子”的地位是一种“最可欲望”的欲望主体的地位，正是这种特殊的、理想的地位造就了“父亲”未被阉割、未被出卖交换的人格与胆魂，造就了一个酷似英雄“爷爷”的“父亲”。叙事人也没有弄错，这样一种神圣父子的理想关系式，这种“父亲”所曾享有的“子”的地位，乃是自身现实中的“缺失”。因此“我”本人只能是一个故事的“观者”和“讲述者”，而绝非“个中人”。在这个意义上，叙事人所叙述的这样一种父子关系，这样一种“子”的地位，指涉着叙事人“我”（对理想主体）的愿望本身。

也许值得注意，此时此刻，叙事人“我”与“父亲”坟上那个牵着山羊的男孩已有了某种差异。男孩的行为表现了某种原始立比多的活动，而“我”则已经意识到自己的愿望，“我”拥有了愿望本身，明确了愿望的对象。于是毫不奇怪，叙事人“我”每每将自己自动置入由“爷爷”—“父亲”的高大形象而产生的阉割焦虑里，“我”在伟大家族面前感到的自惭形秽，“我”的“苍白干瘪”、我的“家兔气”、“我”沾染的“虚伪”与“腐臭”，既可能是一种被阉割的结果，又可能是一种对阉割的需求；唯其如此，“我”所处的意识形态空白处才不再是空白，才有了可愿望的一种“父名”之下的秩序，有了理想高大的“父”的形象，有了阉割——愿望产生的条件，有了愿望和愿望主体的自我感觉本身。唯其如此，“我”才不再是孤儿，“我”作为一个得到了承载着愿望的主体，从无家可归的荒野，走进了一个寻找回来的理想的主体的历史之中。

就这样，莫言从那块无字石碑起，通过寻我（找）父亲、重建家族关系而找到了包含自己一席之地的“主体的历史”。当然,《红高粱家族》并不是一则俄狄浦斯神话的改写,正如《棋王》中的棋赛并非一项文体活动或一种游戏。如果说阿城通过母亲的无字棋,通过一本宝贵的字典,通过文化行为将孤儿、弃子与那被切断的群体生命之根再度捏合起来,那么《红高粱家族》则以某种方式将愿望与历史、将“主体历史”神话与“历史中的在场”缝合在一起。这种缝合构成了阿城、莫言作品的寓言性。

如前所述,青石墓碑那无字的形象不仅意味着“父”的“缺失”,而且展现了“历史中的在场者”在话语中的“缺席”。在后一意义上,《红高粱》劈头第一句——“一九三九年古历八月初九,父亲这个土匪种十四岁多一点,他跟着后来名满天下的传奇英雄余占鳌去胶平公路伏击日本的汽车队”,无异于在这空着的墓碑上填写了一笔字迹。接着,随着明确的历史年代和地点(山东高密)、实有的历史事件——中日战争,以及不同来源的史料记载(县志、各种资料、民谣、九十四岁老奶奶的口述)的出现,作品给定了一个“历史中在场”的框架,一个史据性的场景框架。那无字青石碑上有了年月、姓名、地点与事件的痕迹。然而此后我们便不大知道那些动人的细节、情节、心理活动是否也都有史料根据。事实是,叙事人必须把史据放在一旁,因为“根据”县志上的两行字和民谣绝写不出那些发生在心理上的事情,包括父子关系和所有的感觉。史据与虚构的连结正是叙事人使用的本文(文本)策略,他先是设制了一个历史的或“拟历史”的框架,然而(后)把重构而成的“愿望”——“我”对红高粱家族的精神、气质、“父子”关系的印象填入这一框架里。史据性框架的存在并非为了纪实,而只是为了使叙事人重建的那一杀人越货、精忠报国、坦荡无畏的家族形象与历史中的“在场”挂靠一起,以这一理想的“爷爷”、“父亲”填补话语中历史主体的缺席。

《红高粱家族》将史据框架与传奇故事缝合在一起,将无字墓碑与伟大的家族形象缝合在一起,结果是使莫言寻找到的“主体的历史”俨然混合并等同于那些已被话语世界所抹煞忘却的“历史的主体”。“我爷爷”、“我奶奶”、“我父亲”的那个家族,那指涉着“我”的欲望、带来了我阉割焦虑的那种神圣父母子的关系,那能够使“我”不再是孤儿的主体的历史,似乎也就并不仅仅是叙事人“我”的想像,而且发生于真实历史中,似乎也就不仅是“我”个人的心理投影,而且是群体历史上的存在,仿佛他们在“我”开始叙述之前原来就是一个曾经生活在高密东北乡黑土地、红高粱的田野中的英雄剽悍的“人种”,一群在今天只能在传奇中见到、而在历史上确实存在过的豪杰好汉,一批曾勇敢无畏地抗击日本侵略者,曾在日本人的淫威下经历过巨大痛苦、显示了崇高人性力量的而其精神却不见经传的中国人。《红高粱家族》就这样使我们感到它讲述的并不仅仅是神话,而且也是一段历史,一段去而不返的历史,不是个人故事,而是群体的一个遥远故事。这正是《红高粱》那特殊的缝合作用所产生的必然结果，这正是莫言衔接现在与过去、衔接现在与理想、衔接陌生的外部世界与遥远的内心的家园，乃至个人微弱的生存与民族历史命运的特殊方式，那就是“高举着一株纯种的”、从不复存在的红高粱世界里保留下来的红高粱“去闯荡他那荆棘丛生、虎狼横行的，挤满了杂种高粱的世界”。

因此，在《红高粱家族》中，真正被缝合的，是叙事人重构的理想之父、理想的主体位置与特定历史时期本身的关联。叙事人为了这个缝合跳过了半个世纪，上溯了三代人，而被这缝合所“虚掉”的那段“我”与“父亲”共处的日子，那“家兔气”的由来，那种血统发生变异的日子，正是叙事无法逾越的困惑之源和意识阻碍。正如从“红高粱家族”中虚掉亲子之间的权力归属和阉割职能，这一缝合以“缺席”与“在场”的颠倒表述了一种主体观和历史观。经过这一缝合，莫言作为“无父的一代”之一员，以某种方式结束了他在意识形态荒野中无始无终的游荡，他“听到了整个红高粱家族的亡灵向他发出的指示迷津的呼唤”，他确立了自己在现在与过去、现在与理想、陌生的外部世界与遥远的内心家园之间所处的位置，进入了一个由历史上高大英雄“父母”与现实中“孱弱子孙”、“过去的”红高粱与现在的“杂种高粱”构成的负正关系式，从而也确立了自己与文化及历史现实的想像性关系。

然而也许他有些操之过急，也许他十分渴望有个价值和人性的归属，当他跨过几十年的间隔建立了英雄祖父母与不肖子孙之间一正一反的关系式时，必然也得付出某种代价。那便是，他只能以臣服的方式，以被阉割者的“子”的姿态，想像地回归那原本不知臣服为何物的“红高粱家族”，他交出荒野中全部无法忍受的自由，换回了一个作为主体进入文化的成年礼，而这一成年礼，这一想像的“回归”注定把他送上一条不再自由的不归之途。

——原载《当代作家评论》1990 年第 3 期

王光东

新写实小说的美学特征及其值得注意的问题

新写实小说在当代文坛的出现并不是突如其来的新潮，而是以往的写实小说在开放的历史背景下调整变化的结果。早在1985年《小鲍庄》和《桑树坪纪事》的出现就已显示出了写实小说发展的新趋向。到1989年，在短短的四年时间里，新写实小说蔚然成形，出现了一批有力度的作品，如李锐的《厚土》、刘恒的《白涡》、方方的《风景》《烦恼人生》、池莉的《不谈爱情》、谌容的《懒得离婚》、田中禾的《明天的太阳》、叶兆言的《艳歌》、刘震云的《塔铺》《单位》等。这些小说都用极为写实的笔法，描写作为社会关系总和的人的生活过程，但与十七年以及新时期最初几年的写实小说比较起来看，它们或者注重了对人的生命世界的探索，或者注重了对人的原色生活形态的冷静再现，力求突破过去写实小说的那种结构和人物灵魂构成的单一性。本文写作的目的就是想在简短的篇幅里探求新写实小说区别于以往时期写实小说的美学特征及其值得注意的一些美学倾向。

在一定的历史时期小说创作形成一种稳定的势态是有意义的，因为在稳定中可以给向纵深开掘者留下劳作的时间，不间断的频繁的对创作模式的破坏则可能会使小说创作停留在表面层次而达不到成熟的深层境界，造成一种浮光掠影的浅显和焦躁。新时期小说创作的超前性探索曾经以它鲜活的生命光辉留下短暂的震动，但平心想来，在一面面飘扬的旗帜下面则少有名符其实的大作品，这种现象一方面与作家的生命体验和文学才情有关，另一方面则是小说创作的意向与当代社会的人文环境并非十分和谐有关。对于文学创作的先锋者来说，与周围环境保持协调可能是一种妥协，意味着它的先锋姿态的部分消失，但从另一种意义上来说，它是一种更积极的参预，它要把一种不同于以往的审美经验在接受群体可能接纳的范围内带入人们的视野。我觉得新写实小说正是在这样的理论意义上显示了它的独有价值。对于新写实小说来说它既保持了在几十年的阅读范围内较为习惯的一种经验体味，同时又出现了某些新的变化,它是在原有创作经验基础上的继续探索。

新写实小说与以往的写实小说比较起来看最为突出的一个美学特点就是审美态度的客观化,追求生活的原色魅力。以往的写实小说当然也注重作品的客观性特征,但客观的生活内容中明显地呈现出作者的思想倾向性。对于新写实小说来讲他们则把自己的倾向性和价值趋向尽量地隐藏于生活和人物形象之中,使创作主体的思想情感避免对生活原相的过多介入。譬如方方的《风景》、王安忆的《小鲍庄》、刘震云的《单位》、叶兆言的《艳歌》等作品,对日常琐碎无序的生活和人的心态不作任何主观化的过滤和理想化的升华,而是客观地不动声色的(地)呈现着人的生存状态和生活流程。《小鲍庄》沉滞凝重的带有偶然性的生活现象,范小青笔下不带主观色彩和观念框架的苏州小巷风情,叶兆言《艳歌》写恋爱、工作、分配、生儿、过日子、闹家庭纠纷等一系列既无悲剧色彩也无喜剧色彩的平淡人生……这些作品无不以审美态度的客观化使作品呈观出生活的原色魅力。新写实小说这种总体美学特征的呈现,在作家具体的创作过程中主要是通过如下几种美学技巧显示出来的。(一)从叙述的角度看,新写实小说采取的是一种"局外人"的叙述方法,也就是说在小说的叙述过程中叙述者总是以一种超然于他笔下的人物和事件的态度来写作,他不以自己的思想情感把生活和人物心态的原本流程掐断,也不对人物的行为方式采取一种价值取舍使作品人物在主观力量的逼进中发生变形。如王安忆的《小鲍庄》,作者始终把自己放置于一个第三者的角度,去讲叙那一系列人物命运的变化,各色人物似乎都在沿着他们自己的生存环境所设置的人生之路上行走,怎样走或者如何走作者很少去发议论,而是完全以人物和自身环境的本来面貌为再现目的。新写实小说这种"局外人"的叙述技巧很显然与西方现代派文学有着密切的联系。艾略特早就提出了"非人格化"的概念,把在作品叙述中的人格化影响隐去。这种"局外人"的叙述方法在西方作品中出现时,源于西方人对人的孤独感的体验和对世界不可沟通性的理解,所以这种叙述技巧从思想上来说是"人不能介入生活"的深刻悲哀所带来的美学选择,在这种叙述调子中,它能够深刻完整地表现出人的心态和生存境遇,并且这种叙述方式本身就带有作家对生活的理解和自我价值追求。当前几年现代派热在中国兴起时,自然影响到了当代的中国作家,新写实小说家接受这种影响把这种叙述技巧从西方现代派文学中剥离出来,运用于写实文学的创作过程中时,作品表现的内容与西方现代派文学相比较有着重大的区别,这种区别主要在于西方现代派文学是以人的主观内容为主要表现对象,而我们的新写实小说则主要以客观的生活内容为主要表现对象。这种区别使他们尽管以同一种叙述技巧写作,作品则会产生不同的效果,西方现代派文学在表现主观内容时,叙述技巧所表现的内容本身就呈现出一种人生的体验和价值追求,而新写实小说所表现的客观性生活内容则不能达到这种效果，也就是说作家无法通过这种技巧把自己的价值判断全部的（地）体现在客观的再现过程中，所带来的美学效果是较少情感介入和主观改造的生活原色。这样一来，新写实小说在呈现生活原色，使作品的表现内容变得丰富和博杂时，另一方面则削弱了作家的主观倾向性。（二）新写实小说作家在追求生活的原色魅力时所采取的另外一种技巧是重视人的生活流程而不是人物性格的典型性。当新写实小说作家在叙述方式上使自己超然于叙述对象之外时，他所面对的就是纷云（纭）复杂的生活原相，当现实以这样姿态呈现出来的时候，按照我们对现实主义创作方法的一般理解，现实主义作家应该去芜存精，由表层深入到本质去发现规律性的东西，从无序的生活中概括出典型性的内容和典型性的人物。这种现实主义小说世界中人物往往是在现实的基础上进行了升华后的世界，渗透着作者一种强烈的主观性力量，作品所设置的一些情节和细节都具有某种特定的意义，情节的发展过程在某种意义上来说都是为人而设置的。我们绝不否认这种现实主义类型在当代文学史上所具有的重要意义，我们也不否认这类作品在当代文学史上所具有的重要美学价值，它的确为鼓舞人们的奋斗精神和改造人们的灵魂世界起到了极为重要的作用，在今后相当长的一段时间内我们仍然需要这种现实主义的作品。但是这种现实主义作品中作家的主观精神力量如果过于强烈或者变为游离于作品世界之外的一种力量，会给文学作品的美学效果带来损害，“文化革命”期间的作品可以说是这种小说的极端体现。新写实小说为了避免这一可能发生的后果而返归生活的原态，无疑从美学的角度看是有着良好的愿望的。在此我无意讨论有相互联系的两种类型的作品孰优孰劣的问题，因为这两类作品在当代的历史生活发展过程中从不同的角度考虑都有极为重要的意义，在此我只想说明新写实小说为了达到审美态度的客观化所采取的不同于以往写实小说的创作技巧。我们所习惯的现实主义作品在创作过程中主要地（的）是从生活的偶然性领域进入必然性的概括，由现象进入到本质的探索，而当新写实小说放弃自我对生活流程的过多干预时，也就无意去寻求生活本质是什么，而把生活现象作为描述的重点，这就必然削弱了对生活事件的典型性和人物典型性的重视。这种特点突出表现在 1989 年的一些新写实小说中，如刘震云的《单位》并不人为地拔高人物的思想境界，所描绘的就是他们普通的琐碎的生活流程，所展现的是他们原态的生活现象，更进一步地说他以消解典型为代价而获得了客观化的美学效果。

通过如上论述我们可以说，新写实小说的美学特征主要的是通过超然于作品人物之外的叙述角度和对生活流程的重视而达到一种生活的原色魅力。那么新写实小说这种美学特征的呈现是与一种什么样的哲学观念相联系（的）呢？也许在这里我们能更进一步地发现新写实小说的意义和局限。

任何一种美学观念的出现都与人们对于世界的哲学认识分不开,新写实小说的美学特征与十七年的现实主义小说所发生的变化从根本上来看是对于世界、对于人的一种哲学态度的变化,如果说十七年的现实主义小说作家相信人是政治的动物,政治的强大力量通过人足以改变社会和客观自然世界,而在作品中把人物心灵政治化,以政治的阶级性把人物形象划分为几个不同的层次,通过他们之间的联系组合成一个文本世界的话,那么新写实小说却把人看作是社会生活关系的综合性表现,他们不把人的单向品格作过度的夸张,而是尊重人自身和客观世界的现有形态,承认人的一切活动和行为方式都有进入文本世界的可能,并且拒绝陌生化的原则,他们所表现的内容〔都〕是人人都可能经验过的东西,普通人的喜怒哀乐,日常生活的油盐酱醋,生老病死等等都在他们笔下得到了表现,读起来熟悉而又亲切。这种创作倾向从哲学意义上说我们是否可以称为“人本主义”倾向。当然我们所说的“人本主义”有我们特定的理解,其内涵表现为对于人的完整性的尊重,不对人作为一个活生生的个体作任何理论上的分割。对于人的这种哲学认识才使得新写实小说作家返归到了生活本身和人生存活动本身,力求客观的(地)完整地再现生活中的一切,追求原色的生活魅力。这种倾向的确为当代现实主义的发展提供了一些新的经验,这就是拓宽了生活的表现内容,增加了作品的容量。但是值得我们注意的是新写实小说作家在尊重现实存在的一切时,却把自我的能动力量忽略了,也就是说他们在客观的认同中忘却了自己,从而带来了美学上一个让人忧虑的问题就是“消解自我”。这一点不管是从“局外人”的叙述角度来说还是从注重生活流程的描述来说都是非常明显的,自我的思想情感是很少介入作品中去的。作家消解自我趋于客观的原色生活,就某部作品来讲的确以现象的丰富性显示出厚重的容量,从这一点出发,新写实小说作家也可能是有意地把自我从现实生活超脱出来,不然就达不到他们所追求的美学效果。不管他们是有意或者无意消解自我,把他们作为一个有稳固创作意向的群体来说这一点带来了一种危机——这就是作家艺术个性的淡化。譬如新现(写)实小说的某些作品同在表现特定区域的市民生活,同在写小市民琐碎萎缩的生存状态,却很难看到他们各不相同的价值判断以及自身的情感流向,也就是说他们在尊重现实的一切存在时,却把自我淹没在了喧嚣的尘世生活中。当然,划归新写实小说行列之中的一些作家仍就(旧)有着强烈的个性,但作为总体倾向(特别是近一两年所出现的一些新写实小说)这一点却是应该引起我们注意的,这是因为艺术个性淡化的后果容易带来作家创造力的萎缩,没有创造力的作家是很难写出大作品的。

新写实小说以消解自我的代价追求生活的本身色彩和丰富的客观性内容所带来的另外一个问题就是作品中情感的淡化,情感的淡化意味着作品感人力量的削弱。在这里作家对作品客观性追求和自我情感的介入似乎构成了一对矛盾,也就是说作家自我情感的过多介入可能会失去新写实小说的客观性品格,如果追求作品的客观性又可能意味着情感的淡化。如何处理好这一矛盾呢?这一矛盾的出现是否与新写实小说家对客观性的绝对化理解有关?如果把两者协调统一后新写实小说的独有品格还会存在吗?正是有着如上疑问我不想对新写实小说作更多的理论说明,更何况理论上的阐述总是有点简单和强人所难的,问题的最终解决还是要依赖作家的创作实践,我们期待着新写实小说在发展中趋于完美。

——原载《文艺争鸣》1991 年第 1 期

李 星

在现实主义的道路上

——路遥论

首先进入论者视野的不是关于“现实主义”的某些抽象理解和表述，而是路遥所处的时代和他作为一个生动的创造主体的选择，以及这种选择所包涵的意义。

列宁指出：“决定论思想确定人类行为的必要性，推翻所谓自由意志的荒唐神话，但丝毫不消灭人的理想、人的良心以及对人的行为的评价。”①从路遥的全部创作活动中，我们既可发现历史、时代、现实对他的决定和制约，又可以看出路遥个人的思想、感情、意志作为一种活跃的因素的作用。重复六十年代中期到八十年代末期四分之一个世纪所发生的一系列关系中国前途命运的历史性事件是多余的，我们只能这样说，这是五四运动和中华人民共和国成立以来中国社会又一重要的历史转型期，是社会主义中国在胜利后的危机和痛苦中开辟着新的希望的时代。当此之时，各种社会思潮纷至沓来、复杂多变，真实和浮华并存，正确与谬误交织，经常出现如激流冲出峡谷的大起大落、大开大阖的壮丽景观。历史给人们造成了那样多的机会，但是历史又常常出现许多误区，时而给那些浮华者以迷人的微笑，时而又给他们冷峻的判决。历史转型期的文化、文学也是这样，既给人以扩大了的选择空间，又常常造成失却了“自我”的危险。作为一个以创造美的精神产品为己任的作家，路遥不仅要追求美和艺术，同时也比已往时代的许多作家，更需要对社会历史进程的洞察和理解，对艺术方向的把握和认识，而且只有把握了后者，才有可能赋予自己的劳动以持久的意义。回头纵视路遥的创作历程，几乎在每一个关键时刻，都存在着选择的艰难：一方面是一个时期所谓“主潮”的社会文学思潮；另一方面是自己的生活认识和文学理想。选择了前者，可能会有一时的声誉，但却会造成自我的丧失；选择了后者，可能会出现社会和文学的“异调”，忍受寂寞的煎熬。寂寞即使对最严肃的艺

① 《列宁全集》(一)第139页。

术创造者，都意味不被承认的痛苦。然而路遥却义无反顾地选了忠实于自己、真诚于艺术的寂寞。一是在七十年代末八十年代初开始的“伤痕文学”方起而渐兴之时，眼见得文坛上一个个无名之辈因了哀婉凄伤的控诉，一夜之间名闻全国，但是他却写出了《不会作诗的人》、《青松与小红花》、《夏》等歌颂在“文革”背景上基层干部和知识青年的优秀品德和美好友谊的短篇，而中篇小说《惊心动魄的一幕》又将他对崇高美的追求推向高峰，塑造了一个宁愿牺牲自己也要保护群众的县委书记形象，以至秦兆阳同志认为它虽然不合当时的“时俗”，却非常“难得”。① 二是在文坛上许多人都沿着“伤痕”的思路，而“反思”造成“文革”悲剧的思想的社会的根源的时候，路遥却独辟蹊径，写出了关注现实的农村青年命运和发展的中篇力作《人生》，关注家庭伦理道德生活的《黄叶在秋风中飘落》，塑造了献身家乡人民的女大学毕业生形象的《你怎么也想不到》。第三则是在一九八三年以后中国文坛受到西方现代主义哲学文艺思潮冲击的情况下，他却毅然坚持了现实主义的创作道路，构思和创作了全景式地表现当代城乡社会生活，展示普通人命运和心理里（历）程的长篇小说《平凡的世界》（一、二、三部）。

在扼要指出路遥在新时期文学潮流中几次不合“时俗”的选择的时候，我们既没有一概否定或者非薄各个时期造成影响、形成气候的文学潮流的意思，例如“伤痕文学”和“反思文学”，再例如许多作家对各种现代主义创作方法的借鉴和吸收，甚至以创造中国的现代主义为己任的追求等等，又没有否定在路遥之外同样有一些不为潮流所左右，坚定地走自己的路，并且取得了成绩的作家。我们在指出路遥的富于个性色彩的独特选择的时候，也不想赋予他的创作追求和他的坚持以独一无二的正确性。事实上，文学的道路，包括现实主义文学的道路也是无比宽广的，在这里没有什么唯一正确的经验和方法，因此不可能也毫无必要把某个作家的个人创作经验和创作道路定于一尊。我们所要肯定的只是在文学这种更需要独特性的精神产品的创造中，那种自甘寂寞或者准备承受寂寞的精神，那种为自己心目中的艺术而奋斗的义无反顾的勇气。

需要进一步说明的是，路遥在自己的创作中坚持了什么？也即是说，构成路遥的独特的文学观的究竟是什么？

首先，路遥坚持了文学的现实性和当代性相统一的原则。所谓文学的“现实性”，首先指的是服务于活的现实人生的原则。有为“自我”的文学，有“为艺术而艺术”的文学，也有为“圣贤豪杰”的文学，它们的共同特点就是自觉不自觉地把文学当作个人或少数人的事业，它的生命力只在于艺术本身，强调或重视文学的现实功

---

① 秦兆阳：《光代纪事》代序。

利目的是与文学的本性相对立的。而路遥却一贯重视文学的“时代意义”和“社会意义”,重视创作题材“广阔而深刻的社会生活的内涵”。他说,并不是所有的生活体验都可以作为写作题材的,应该把它们放在时代的社会的大背景和大环境中去加以思考和检验,“看其是否有时代意义和社会意义”①。对“社会”和“时代”意义的追求,不只是艺术功利性的问题,但却包含着关于艺术的现实功利性的内容。巴比塞曾经说过:“和现实人生脱离关系的文学,现在已经成为死的东西;现代的活文学一定是附着于现实人生的,以促进眼前的人生为目的了。”②创造服务于现实人生的活文学,正是路遥现实性的文学观的核心和出发点。其次,文学的“现实性”原则还包括取材于当代正在发展的社会现实和人民生活。既然服务于现实的活的人生是自己创作的目的,那么有什么比正在发展进行的事物更令活人关心?人们追求幸福美好的生活,人们要用切实的劳动来创造幸福美好的生活,那么人们就有必要首先明白自己现时的处境和困难,他们有权要求作家提供更大范围内真实的生活,认识自己的力量和局限,寄托他们的苦乐和忧思,表达他们的理想和愿望。路遥小说的现实魅力就在于服务于现实人生和取材于现实人生的统一。当代青年为什么喜欢高加林,喜欢孙少安、孙少平,就是因为他们从这几个人物身上看到了他们自己,包括他们的处境、他们的弱点和他们的力量。第三,路遥小说所追求的“现实性”是统一于“当代性”的现实性。所谓“当代性”,依据李庆西同志的观点,集中体现于杜勃罗留波夫的这段话里:

> 哲学家还只是在理论中预料到的真理,那些天才作家却能够从生活中把它把握住,动手把它描写出来。因此,正因为他们是某一时代人类最高阶段的最充分的代表,从这一高处来观察人们和自然的生活,把这种生活描写给我们看,他们就能高出于文学的服务作用之上,而跻身于促进人类彻底认识自己的活跃的力量和自然倾向的历史活动家的队伍。③

作为一个有思想的青年作家,路遥于此目标是十分清醒而自觉的,他从不以侏儒的态度去消极地迎合现实,也不让现实遮蔽住自己的眼光。他经常说:“所谓当代性,对于一个作家来说,既是历史,又是未来。”并且以自己巨大的主动性,在历史和未来的中介中,去把握现实,去预言未来。“作家应该发出宏大的声音,这声音应该响彻过去和未来”。④ 他未必做到了这一点,但他敢于向自己提出这样的要求。他对于

---

① 路遥:《答〈延河〉编辑部问》,《延河》,1985 年第 3 期。
② 李何林:《近二十年中国文艺思潮论》。
③ 李庆西:《文学的当代性》。
④ 以上两段话根据笔者记忆整理。

当代中国社会生活正处于“城乡交叉带”、“立体交叉桥”①的认识和概括,正表现了他“历史活动家”的气度和特点。有了这种俯瞰历史和现实的胸襟,才有对于高加林和孙少平这样的青年的理解和宽容,使他们当之无愧地属于历史、属于现实,同时也属于未来。

中国当代文学在处理和现实的关系中,从两个方面出现过挫折:一个是“十七年”中曾经出现的文学被“政治”的拘囿,一个是时间更长的所谓“现实”性对文学自身规律的戕害。一些作家因此错误地总结了经验教训,以为现实性与文学性是水火不相容的,殊不知两次错误的根源不只在于强迫服从的“政治”,还在于作家自己对“现实”的浅近理解。路遥的创作从来与可卑的文化侏儒主义无关,他总是能够勇敢地面对现实,主动地参与现实,包括一些作家避之唯恐不及的“政治”。他认为,既然政治生活是人们社会生活的一个重要组成部分,在一些时候,它是那样重要地影响着历史的去向,作家怎么能回避它呢?古今中外所有的艺术大师都不回避它。不过,他们不是被动地去顺应政治,而是站在一个更高的历史角度去积极主动地评价政治。他的《平凡的世界》之所以能够成为当代中国社会生活全景式的长卷,就是因为在普通老百姓的日常生活之中,他同时写了从公社,到县,到地区,到省会的各级领导干部的生活,写了大大小小的政治家。从一九七五年到一九八五年十年中中国社会政治生活中的几乎所有的重大事件,他都触及了,并且有自己的评价。当然这种评价不是理念的,而是生活的实践的,让人民通过事实来说话。《平凡的世界》中所包涵的社会历史主题与人生命运主题互相交织,互相渗透,并且相得益彰地构成了它的思想艺术深度。

其次,路遥坚持了对普通劳动者命运的关心和深挚的爱,具有强烈的平民意识。与“平民意识”相对应的是“贵族意识”,“贵族”“平民”的区分本来是古罗马奴隶制度的产物,并且被封建等级社会所沿用,社会主义社会是人民当家作主的制度,在人民内部只有社会分工的不同,而不会有贵贱之别,所谓“平民意识”也应该死亡了。但是,因为我国正处在社会主义的初级阶段,阶级不存在了,人民内部的种种差别还存在,阶级的思想感情和意识还存在,所以“平民意识”仍然可以被借来同“特权意识”、等级观念,同“精英意识”,以及其他脱离普通劳动者的观念和意识相比较而存在,特别是当我们把它同对普通劳动者的爱联系在一起谈的时候,就是十分必要的了。

列宁说:“艺术是属于人民的。它必须在广大劳动群众的底层有其深厚的根基,它必须为这些群众所了解和爱好。它必须结合这些群众的感情、思想和意志,并提

① 路遥:《路遥小说选》自序,青海人民出版社。

高他们。它必须在群众中唤起艺术家,并使他们得到发展。”①进入历史新时期以来,我们总结了历史的经验和教训,适应新的形势和时代的需要,将“文艺为政治服务,文艺为工农兵服务”的方向,改为“文艺为人民服务,为社会主义服务”。但这丝毫也不意味着占中国人口百分之八十左右的普通工农群众、广大的劳动者社会主体地位的改变,相反,他们的状况和需要仍然是我们制定路线和政策的基础,也仍然是我国社会主义文化艺术工作的一个主要的方向。不能否定十多年来,我国广大的文化艺术工作者,在坚持文艺为人民服务、为社会主义服务方面所取得的成绩,但同时也不能否认存在着一定程度的忽视广大群众需要,脱离现实,脱离人民,脱离时代的倾向。不能一概否定某些探索性文学的意义或价值,从普及和提高的辩证关系来看,从文学艺术发展的自身规律来看,艺术思想、艺术形式的探索都是应该受到鼓励的。在精神产品的领域内,画地为牢,故步自封,安于现状,扼杀的不仅是未来,同时也是现在。但是当作为一个社会整体的艺术探索仅仅把自身作为最终目的的时候,当它们把自己同群众迫切的现实需要完全对立起来的时候,就不能不考虑我们的方向。当此之时,路遥的感情,他的爱,他的坚持就十分可贵而值得提倡了。

首先,路遥的几乎所有的作品,都从人民,特别是从普通劳动者的视角和立场出发,表现他们的疾苦和欢乐,反映他们的愿望和心声,把自己作为他们忠实的代言人。《惊心动魄的一幕》中的县委书记马延雄之所以令人有“高山仰止”之感,就是因为在动乱年代,在个人身处逆境的时候,他首先想到的是群众,并且以不惜牺牲个人生命的壮举,换取群众的生命。《不会作诗的人》中的党委书记首先是不愿附合(和)“四人帮”的极左路线,在他被贬为一个小酱油厂厂长的时候,他从人民利益出发,解决了全镇人的吃酱油难问题。还有《你怎么也想不到》中的郑小芳,大学毕业后本来可以留在省会工作,但她却不忘乡亲的希望、故乡的需要,毅然回到条件艰苦的毛乌素沙漠。与以上的作品不同,《人生》、《月夜静悄悄》则直接触及了城乡社会生活中存在的差别,以及分配不公、贫富不均和特权思想、等级观念,以及给高加林这样的知识青年和大牛这样的无知识青年所带来的痛苦、困惑和不满。这两篇长短、影响不同的小说中都有一个叫高明楼的人,他们利用职权和社会关系,在贫穷的乡村,盖起了高墙大院,吃肉请客,不仅可以将子女优先安排在乡村小学、社办工厂这样少吃苦、待遇好的地方,还可以走后门送他们招工进城。比起高明楼来,《平凡的世界》中的田福堂要丰满复杂得多,但他同样是乡村的特殊人物;而在城里,则有张克南的妈妈这样瞧不起劳动者的干部和领导干部家属。尽管高加林这样的普通农民子弟身上也有着个人主义等致命弱点,他们在对不平等现实的斗争中采取了一

① 《列宁论文艺》(二),第912—913页。

些不正当的手段，但路遥却常常给他们以充分的理解。事实上他是将高加林、马健强、孙少平等青年当作与特权势力对立的平头百姓的代表来表现的。尽管他们也有种种弱点，但他们都有共同的优点，这就是好学上进，能吃苦耐劳，有良好的素质和卓越的才能，有抱负有理想，甚至长相也是出类拔萃的，所以他们常常受到经济条件好，社会地位优越，长相出众、品德优秀的女性的青睐。在同这些分别在乡、镇、县、地区地位优越的女青年的接触和交往中，这些农民的儿子以自己良好的教养和学问，不自卑不气馁，表现了突出的自主意识和人格尊严。

在《平凡的世界》的讨论会上，路遥颇带深情地说："在生活中还是平凡的人、普通的人最多，我写这部长篇的最基本的想法，就是写普通人……我是带着深挚的感情采写中国农民的，我觉得对他们先要有深切的体验，才能理解他们，写好他们。"①在小说的第五十二章，路遥又借孙少平的口说："这黄土地上养育出来的人，尽管穿戴土俗，文化粗浅，但精人能人如同天上的星星一样稠密。在这个世界里，自有另一种复杂，另一种智慧，另一种哲学的深奥，另一种行为的伟大。"他正是怀着这种热爱的虔诚、理解的尊敬、庄严的敬重之情来写农民的，不论是老一代农民，还是青年一代农民，不论是丑还是俊，是男是女，是穷是富，是乡村的领导者还是被领导者，是端方正直的还是看风使舵的，是聪慧机智的还是憨厚颟顸（预）的，在他的笔下都或直接或曲折地闪现出诱人的个性光彩。他们虽有性格、品质、生理上的弱点，但这并没有妨碍作者把他们写成美学意义上的人，有独立的人格意志的人。路遥的小说对普通农民心灵世界奥秘的生动展示，常常超越了个人性格层次进入到人生哲学的层次。庄稼人的哲学，不是来自哲学理论的修养，也不是来自对生存方式的科学认识，而是来自他们生存和发展的需要本能，来自于历史文化的传承，来自于祖祖辈辈的生活经验。它们不成体系，不成理论，甚至连他们自己也说不出，但在日常生活中他们却能应用自如，只有那些生活在他们之中，并且以平等之心看他们的人，才能为之折服，并以敬仰之心诉诸笔墨。

除此而外，路遥对农民的理解、热爱和敬重还表现在他常常赋予他们与他们生存的土地一样的博大、雄浑和气魄。他们智慧，他们神秘，他们不朽，他们丰富，他们宽容，具有土地一样的品格。在《姐姐》中，当姐姐热恋着落难下乡的知识青年的时候，年老的父亲总是不置一辞，冷眼旁观，当姐姐因受到地位变化的恋人抛弃而痛不欲生时，作品有这样一段描写：天黑了，大片大片的雪花漫天飘扬；父亲一手牵着出走的女儿，一手牵着儿子，穿过田野，向村子走去，一边走，一边喃喃自语："……好雪啊，这可真是一场好雪……明年地里要长出好庄稼来的，咱们的光景也就会好过

① 《小说评论》，1987年第2期，稍有调整。

罗……噢，这土地是不会嫌弃我们的……”与其说这是生活，倒不如说这是作家对父亲的印象，他们是包容一切的土地，是永不屈服的土地，也是滋生着希望的土地。与此相同的是《人生》中灰心丧气回到农村的高加林，也遇到了像德顺爷爷一样的“父亲”，他告诉高加林自己的欢迎，并开导他说：“就是这山，这水，这土地，一代一代养活了我们，没有这土地，世界上就什么也不会有。是的，不会有。只要咱们爱劳动，一切都会好起来的。”在《平凡的世界》第一部，路遥在把笔触从县城的学校转向农村的时候，先有一大段关于土地的描写：

> 在漫长的二三百万年间，这片广袤的黄土地已经被水流蚀剥得沟壑纵横，支离破碎，四分五裂，像老年人的一张粗糙的皱脸——……就在这大自然无数黄色的褶皱中，世世代代生活和繁衍着千千万万的人。无论沿着哪一条“皱纹”走进去，你都能碰见村落和人烟，而且密集得叫你不可思议，那些纵横交错的细细的水流，如同瓜蔓一般串连着一个接一个的村庄……

从表面看，这里写的是陕北高原地理面貌的古老、博大、凝重和深厚，但你却不能不联想到与这块土地同在的人民，他们的深厚与凝重，他们的智慧和顽强的生命力，他们对千万年来无数的自然苦难和社会苦难非凡的承受力。

第三，路遥坚持了与写作目的和内容相统一的现实主义的创作方法。现实主义作为作家认识、把握和表现社会生活的一个原则和方法，在“文化大革命”前十七年的中国被赋予了唯一正确的神圣性质，而在新时期以来的一段时间，又成为许多人诟病的目标，成为文艺上守旧的代名词。其实，现实主义创作方法的生命力和它在今日中国的意义，既不在于钦定一尊的排他性，也不在于它和浪漫主义及其他现代主义创作方法的水火不相容，而在于它在处理艺术与社会，艺术与时代，艺术与人，艺术与人民这些重要关系方面所具有的自己的真理性。正如路遥所说：“一个作品成败如何，关键不在于用什么手法去写，而是要克服平庸。”①作家在创作中究竟采用什么手法，又决定于作家自己对生活和艺术的理解，这里有写什么的对象问题，也有为什么写的对象问题。既然路遥要使自己的创作成为当代中国社会生活和社会心理的记录，既然他耿耿于怀的是普通人的烦恼和欢乐，普通劳动者的命运，既然他要使自己的创作为当代的青年和群众所喜好和了解，他就不能不选择现实主义这种被前辈作家称之为“平民主义”的写作方法。路遥在创作方法的选择中，表现出他惯常的自信，一是他认为利用现实主义可以表现中国的现实，二是现实主义文学可以为中国更广大的读者群众所接受，三是现实主义创作方法的巨大潜能在中国土地上始终未得到很好的发挥，现在已正当其时。所以从《惊心动魄的一幕》到《人生》，从

---

① 《小说评论》，1987 年第 2 期，稍有调整。

《在困难的日子里》到《平凡的世界》,他一步一个台阶,一步一重天地,攀登着现实主义的文学高峰,走出了一条既继承了前辈经验和传统,又吸收了当代其他创作方法的属于他自己的现实主义创作道路。它的特点主要是:

一是点、线、面结合的深入生活的方式。这是由他对当代中国社会生活特点的认识而来的。既然他认为“城乡交叉”,社会的这一部分和那一部分,这一方面同那一方面的交叉,社会的政治、经济、文化、思想意识、道德观念的互相交叉和渗透,已经构成了当代中国社会生活的重要特点;现代生活方式同传统生活方式,文明和愚昧的冲突已经成为中国社会的典型矛盾。① 面对这种新特点和新的生活内容,作家深入生活的方式也应该比前辈作家有所改变,不能只固守一点,而应该有线的拉长和面的扩展。为了写作《平凡的世界》,他首先把自己的家乡作为点,进行深入细微的解剖;其次几年来他几乎走遍了延安、榆林两个陕北地区的所有的县、市,既调查先进的村、社、镇,也调查落后的村镇,既访问乡村,也访问市镇;为了熟悉矿工生活,他兼任了矿务局的宣传部长;为了了解当代城市青年的思想和心理,他又去各类大学调查研究。他交的朋友既有普通的农民和基层干部,还有从县到市、到地区、到省上的各级负责同志,了解他们的生活和工作。生活是无限丰富多样的,人的认识总是有限的,但是路遥通过这种点、线、面互相结合的方式,却获得了对社会现实生活从宏观到微观的整体把握。

其次,则是路遥对他最为崇敬的前辈作家柳青的典型观有新的发展。柳青是一个成就卓著的伟大作家,他的《创业史》代表了一个时期中国社会主义文学的最高成就。路遥从柳青那里学到了许多东西,至今我们仍能从他的小说中看到柳青的影响。但是路遥的创作整体风貌又决然地不同于柳青,而其中最根本的不同就是典型的差异。柳青的典型观集中体现在他死后才发表的《论典型》一文。关于什么是典型性格、典型人物,柳青有一段重要的概括:“人物的社会意识的阶级特征,社会生活的职业特征和个性特征,互相渗透和互相交融,形成了某个人的性格,就是典型性格。”②尽管柳青笔下的人物形象,经常远远地突破他的观念,但是我们却不能不遗憾地承认,他的典型观是从共性出发的典型观,他创造典型的途径是“阶级性 + 职业特征 + 个性”的加法。路遥的典型观虽然没有柳青那样系统的论述,但在我们上文已经引述的《答〈延河〉编辑部问》中已露出了端倪,这里再表述如下:一、“如果我没有困难时期在学校的那段生活体验,我就不可能进行《在困难的日子里》的创作。如果我没有从农村到城市这样的生活经历,和这个经历过程中的各种体验,我也不可

① 路遥:《路遥小说选》自序,青海人民出版社。

② 柳青:《论典型》,《延河》,1983 年第 7 期。

能写出《人生》。”这说明他的创作是从生活和个人体验出发的；二、并不是自己所有的生活体验都可以作为写作题材，“应该把自己的生活体验，放在时代、社会的大背景和大环境中加以思考和检验，看其是否具有时代意义和社会意义”；三、至于主人公以外的其他人物，他也严格遵循从个人体验出发的原则，因为“我本身就是农民的儿子，我在农村长大，所以我对农民，像刘巧珍、德顺爷爷这样的人有一种深切的感情，我把他们当作我的父辈和兄弟姊妹一样”，这父辈和兄弟姊妹在《平凡的世界》中真的出现了。我们不难发现路遥的典型观是从生活出发，从个人体验出发，从个性出发，又归结到生活、体验、个性的个性化的典型观；至于他们的共性意义，他用的是“选择法”和“显示法”，即有选择的（地）写和在大的社会背景下显示。在另一篇文章中，笔者把它概括为先个性化后社会化的路子，也就是不是社会政治意识和矛盾的人物化，而是社会冲突的心灵化。作为人物活动的舞台，路遥从来不回避大的社会政治事件，但是这些事件本身确实只有背景的意义，而直接推到前景描写的只是人物的心理情绪和思想，并且这些事件也只有在显示人物的命运转折中才能获得意义。比较突出的例子是，高加林、孙少平的生活道路、命运历程几乎全用几次爱情事件来贯串。①

第三，路遥的小说创作在以下几个重要方面突破了传统现实主义，特别是“十七年”文学中现实主义小说的审美风范：一是在他的小说中出现了着重写客观的社会现实主义和着重写主观心理的心理现实主义的合流或结合。当然柳青的现实主义已经有很大的心理成分，但是其中却有浓重的政治思想先行的理念因素，而路遥却始终忠实于真实的生活逻辑和人物的心理逻辑。二是过去的现实主义作者常常把自己的审美理想、生活理想集中于某一个人物身上，并且以他们为中心来构思小说的结构，形成了善恶对立、美丑分明的正面人物、反面人物阵容，而路遥的审美理想、人生理想固然有投射轻重的人物，但却很少集中于某一个或几个人物身上，甚至有这样的情况，他在某一方面批判它，在另一方面又欣赏、同情、称赞它，因此他的小说，特别是《平凡的世界》可以称之为有美丑、冲突、善恶对立的没有反面人物的小说。三是路遥的小说超越了传统小说的悲剧、喜剧的正统模式，出现了一些悲剧的喜剧化，喜剧的悲剧化处理和表现。四是路遥的小说突破了传统小说中比较单一、规范的因果关系，忠实于生活的偶然性和多维性，有因果错位，有此因彼果，有因无果，多因一果，多因多果，等等，体现了生活的丰富和人物的复杂。

作为一种创作方法，现实主义自有其质的规定性，但它并不是一成不变的封闭体系。现实是发展的，现实主义文学也不能不发展，它必然地要从当代社会生活和

① 李星：《无法回避的选择》，《花城》，1987 年第 3 期。

社会文化思潮中吸取营养。开放的社会文化环境,多样的社会思潮和文学思潮,不仅为中国文学的现代化提供了良好的土壤,也为现实主义文学的当代化提供了新的发展的条件。这不是理论的推衍,而是我们从对路遥小说创作的考察中所得出的结论。

人们习惯说,生活造就作家,时代造就作家,这是千真万确的,但是如果我们把对前辈的文学创造的学习研究也看作生活,如果把或一时期的社会文化氛围也当作时代的一部分,我们也可以说是艺术传统造就作家,作家造就作家。在一个智慧而敏感的个性身上,某个作家的某一篇作品(这个作家甚至从整体上看在文学史上并不重要)可能触发一个沉睡的审美创造的弦(玄)机。它可能是一个细节,一个感人的故事,一个真实的生活场景,它可能引起的是你对自己经历中的一段的联想,你对现实的思考,对未来的向往,等等。总之,它划出一个界限,在此之前,你只是被动地欣赏别人的作品,在此之后,你常常想,你也可以写出关于自己及周围人的作品供后人欣赏。促使路遥最初走上文学之路的契机究竟是什么,我们不好妄下判断,但他的陕北临县的同乡柳青肯定是一个重要的机缘。前文我们从现实主义的典型观的一个方面简述了路遥在八十年代对柳青所代表的传统的改造和扬弃,以及超越,这里我们再从他与柳青的关系方面,看他如何积极地学习理解前人,并弘扬着中国文学和世界文学的优秀传统,而选择着自己的艺术理想。

早在读书时代,路遥就被柳青的富有乡土气息和现实主义魅力的创作深深打动,他从里面找到了自己对家乡,对中国农民深刻的理解和最真挚的爱,找到了农家生活温馨的情感和安谧的美感,也为柳青解剖人心的智慧而激动不已。“文化大革命”后期陕西流传的柳青生活的许多故事和他在极左路线面前不屈的精神,更使青年路遥对他充满人格的尊敬。在柳青病危住院的最后一两年中,路遥曾多次去医院看望他。现在,我们仍然难以想象柳青那饱含人生智慧的具有穿透力的眼睛,是如何看待这个屡次拜访的小老乡的,他是否从这个喜欢沉默的目光坚定的青年人身上发现了非同寻常的东西,但是我们却从路遥的回忆中发现他决不是那种仅仅为了一睹风采的好奇的造访者。他是为寻找一种智慧的源头而来的,他是为寻找在那个年代难得的人格和精神的大山而来的,在柳青的病榻前,路遥看到的是一个生命的奇迹,受到的是一种崇高的目标的召唤。《病危中的柳青》是柳青逝世三周年的前夕路遥写的文章,所以说从当时到现在,没有人像他这样深刻地认识和理解着柳青,也没有人像他这样从历史的高度深刻地把握着柳青。如果柳青活着,他将会因此而没有孤独之感。“为了塑造起挺拔的形象来,这个人的身体现在完全佝偻了。……整个躯体像燃烧过熊熊大火的树木,变得干枯而焦黑,一切生命的嫩枝绿叶似乎都看不见了。”然而“智慧的光芒就是在这张老农似的脸上也是掩饰不住的——它时刻都在那两片镜子后面辉煌地闪耀着”,“尖锐,精明,带着一丝审美和讽刺的意味”。“这双眼睛对任何出现在它面前的人和事物,一边观察、分析、归纳,一边又同时在判断、抽象、结论——而所有这一切好像在一瞬间就都完成了。”还有更长的一段话,我们实在不能割爱,因为它不仅对于柳青是重要的,而且从一定意义上它也是路遥自己精神、气质、个性、追求的写照:

> 不论说什么事,讨论什么问题,长期养成的思考习惯,使他对涉及的一切都采取一种认真的态度。决不因为严重的疾病压身,或者所面对的问题和事情是属鸡毛蒜皮一类,就让自己的精神和思想处于麻痹松懈状态,哪怕是谈论苹果树的栽培技术呢,他会立刻使自己处在园艺专家的位置上,动员他所看这方面的知识来参与这种谈话。强烈的好胜心和自信心与严谨的科学态度和谦恭的领教精神在他身上好像并不对立,而恰当地统一起来,然后力争使自己在所讨论的这一个问题领域中,认识比别人领先,立足点比别人站得更高一些。这不是为了显能。任何一个搞大事业的人就是时时处处这么严格地把自己训练到生活排头兵的位置上的。毫无疑问,在这个人的生活目标中,有一点是很明确的:一时一事都严格训练自己,使自己最终能跑到同时代、同行业人们的最前头。这个个性很强的人,一生都是这样要求自己的——就是眼下已经快要最后倒下去了,他手里握着氧气瓶,还继续往前跑——他觉得最好是把所有的“文学健将”都甩在他的身后!他并不伸出脚去绊倒跑在他前面的人:他只是想用他自己的力量尽力跑在前面!①

学习一个作家,等而下之的是从作品表面上学写法,亦步亦趋,这不是真正的学习;再好一些是结合作家的言论学习他从生活到艺术的历史,例如如何选材、概括,提炼主题,塑造人物等,这是比较普遍的方式;而如路遥这样,从作品到作者的思想、人格、精神,整个儿都读懂读透,以便从更高层次上把握这个作家的成就与不足,入乎文学之内,又出乎文学之外的学习,却是不多见的。在《病危中的柳青》以后,路遥又写了《柳青的遗产》一文,专门从一个时代的文学发展的高度,提纲挈领地论述了柳青在文学创作方面所留下的宝贵的启示。他说:“作为一个深刻的思想家和不同凡响的小说艺术家,柳青的主要才华就是能把这样一些生活细流,千方百计疏引和汇集到他作品整体结构宽阔的河床上;使这些看起来似乎平常的生活顿时充满了一种巨大而澎湃的思想和历史容量。毫无疑问,这位作家用他的全部创作活动说明,他并不仅仅满足于对周围生活的稔熟而透彻的了解,他同时还把自己的眼光投向更广

① 路遥:《病危中的柳青》,《延河》,1980年第6期。

阔的世界和整个人类的发展历史中去，以便将自己所获得的那些生活的细碎的切片，投放到一个广阔的社会和深远的历史的大幕上去检查其真正的价值和意义。他决不是一个仅仅迷恋生活小故事的人。”①

愚蠢的人为了显出自己的伟大，尽力将在自己以前出现的一切，说得一无是处，适足以证明他的渺小。聪明的人在追求自己的伟大目标的时候，“首先应该明了，在自己所从事的这一项事业中，前人已经达到了怎样的高度”②，他才能够做到站在巨人的肩膀上攀登。路遥正是这样的聪明人，他承认并充分了解自己的前人，所以他的赛跑才不是虚幻的游戏，而是同强者的较量。

柳青是路遥做人和做文的真正的老师，可能也是第一个老师；路遥和柳青的关系也集中说明了路遥同现实主义传统、同革命文艺传统、同民族文化传统的关系。他尊重和继承传统，同时又立足于新的现实丰富和创造着新的传统。正如柳青从来没有把自己的事业局限于或一国度或一民族的需要之中，他是立足于人类和世界文化、文学的发展来创造本民族的艺术一样，路遥也从来没有忘记，他面对的不仅有中国的现实和人民，而且有当今世界的发展和人类文化艺术的发展。在继承和发展的问题上，他的眼界从来是宽阔的，从佛教文化、基督教文化，到伊斯兰文化，从《圣经》、《古兰经》到《金刚经》，从中国的罗贯中、曹雪芹到鲁迅，从外国的莎士比亚、歌德、巴尔扎克、托尔斯泰、罗曼·罗兰到马尔克斯、肖洛霍夫、拉斯普京、艾特玛托夫，路遥都尽可能多地阅读和了解。在同辈、同代作家中，路遥读书的速度是惊人的，读书之多，所掌握的当代世界文坛信息之多也是惊人的。与此同时，则是他良好的思考习惯，他思考生活，也思考艺术，思考眼前的事，也思考未来的事，可以说，没有不断地吸收，不断地思考，不断地消化，就不会有他不断前进的创作。

1991 年 3 月

——原载《文学评论》1991 年第 4 期

① 路遥：《柳青的遗产》，《延河》，1983 年第 7 期。

② 路遥：《答〈延河〉编辑部问》，《延河》，1985 年第 3 期。

陈晓明

最后的仪式

——"先锋派"的历史及其评估

仪式作为促使某种行动或事件取得社会性的合法地位的象征活动，它在神圣或恐惧的心理意识中完成个人或集体的精神塑造。仅仅在于"先锋派"的写作自以为具有拯救文学和拯救自我的象征意义上，他们的写作具有"仪式"的意义。阿道尔诺曾说过："在我们的生活世界中，总有一些东西，对于它们，艺术只不过是一种救赎；在是什么和什么是真的之间，在生活的安排与人性之间，总是存在着矛盾。"①我们时代的"先锋派"——我不得不沿用这个称呼，以免引起混乱，他们身陷维谷，徘徊于文明的边缘，远离现实而身后没有历史，写作构成了他们生存的要义，成为他们精神超度的唯一方式。当代的"先锋派"虽然不是一个有组织的流派，但也不意味着可以把任何初出茅庐的作者包括进去。在我看来，这个称呼的最低限度的意义是指马原以后出现的那些具有明确创新意识，并且初步形成自己的叙事风格的年轻作者。他们主要有：马原、洪峰、残雪、扎西达娃、苏童、余华、格非、叶兆言、孙甘露、北村、叶曙明等人，此外还有一些正在崭露头角且颇有潜力的新秀。因篇幅所限，那些划归到"新写实主义"名下的作者只好另作别论，王朔的情况比较特殊也暂不论及。

"先锋派"的探索不过短短几年，他们到底是在什么样的文化的和文学的现实背景下步入文坛的？他们到底作了哪些探索，取得了哪些结果？他们的探索是否象人们所期待的那样已经走到穷途末路，或者皈依于传统？还是说他们的探索不过刚刚开始，然而存在深刻的危机……所有这些问题一直没有得到实事求是的探讨。在当代文学的大背景上，"先锋派"以它短暂而暧昧的历史划下一个发人深省的问号；作为当代文明危机的表征，"先锋派"同样是一个令人不安的焦点。因此，本着"回到

① 阿道尔诺：《现代音乐的老化》，引自马丁·杰著《阿道尔诺》，中文版参见胡湘译，湖南人民出版社，1988年，第203页。下点系作者所加。

历史本身”的态度，清理“先锋派”的历史足迹，总结其成败得失，则是势在必行的任务。

一、期望超越：“先锋派”出现的历史条件

把“先锋派”描述为八十年代的文学或文化氛围这个“所罗门”的瓶子里放出的妖孽，显然有些夸大其辞，因为文学写作在很大程度上依赖非常独特的个人化经验的修炼。但是，“先锋派”何以形成这种个人化的经验，何以运用这种叙事方法和语言风格讲述那些故事，无疑要到八十年代的思想文化的和文学的历史过程中才能得到合理的解释。

八十年代的中国文学之所以一直被称为“新时期”①文学，是因为它伴随着改革开放时代的思想解放运动而迈开它的历史步伐。尽管现在看来其中有诸多的谬误，但是无法否认它们之间的因果关系。随着多种社会矛盾出现，社会意识形态产生分化②，文学共同体不可能在统一的规范下表达共同的愿望。于是，八十年代中期，当代文学出现两股看上去截然相反的趋势：其一是以刘索拉的《你别无选择》和徐星的《无主题变奏》为标志的“现代派”；另一边是声势远为浩大的“寻根派”。“现代派”着力去表现青年人追求自我和个性的生活态度，狂乱而富有浪漫情调的心里（理）情绪极大地契合了青年群体寻求新的价值观的精神倾向。实际上，“现代派”强调的“自我意识”和“个体意识”并没有超出八十年代上半期“大写的人”的范畴，它不过是把“自我意识”加以想象性夸大而置放到“人的理想”的中心。而“寻根派”大体上是知青群体，对“文革”的反思险些使他们成为“迷惘的一代”，然而坚定的理想主义信念支持着他们去寻找永恒的和超越性的价值。“人的理想”不仅陷入现实的实践困境，同时面临各种观念（文学的和哲学的）的挑战。当时国内热烈的文化论争，世界范围内的文化认同，海外汉学界倡导的儒学复兴，拉美文学的输入，等等，使知青群体的个人记忆触及到的那些异域风情、人伦习俗、自然蛮力和生活习性和神话传奇等等立即镀上一道“文化”的光彩。古典人道主义的哲学基础已经为混乱不堪的，诸如存在主义、生命哲学、现象学、神秘主义等等现代主义观念所淹没。“寻根”实际上是在“现代性”与“历史性”的夹缝中求生。在其观念上，“寻根派”力图在现代意识的水平上观照中华民族步入现代化所遭遇的价值危机；而在文学表达的客观对象方面，却力图写出民族生存的历史性的文化谱系。“寻根派”在这两个方面的认识都

---

① 下点系作者所加。

② 这里的“意识形态”是一个中性的概念，参照阿尔都塞的定义，其最基本的意义在于：意识形态“是人类对人类真实生存条件的真实关系和想象关系的多元决定的统一”（参见阿尔都塞：《保卫马克思》英文版，伦敦，1977 年，第 235—236 页）。

极其模糊且相当棍乱。“寻根”的深化结果偏执于某些先验的地域文化特征和形而上的哲学理念。1986年莫言发表《红高粱》，这是“寻根”的一个意外收获，也是它的必然结果。莫言把寻找民族的文化之根的历史沉思改变为生命强力的自由发泄，历史、自然与人性被似是而非的文化铰合在一起，这是关于“人的理想”的最痛快也是最放肆的一次夸大。随着《红高粱》被改编成电影，及时迎合了人们对“寻根”的那个历史性深度和玄虚的形而上观念的厌倦，卓有成效地完成了一次自欺欺人的狂欢节。八十年代关于“人”的想象力已经挥霍干净，英雄主义的主角怀抱昨天的太阳灿烂死去，理想化时代的终结倒也干脆利落。

八十年代后半期，改革开放初见成效，商品经济的发达改组了人们的真实生存条件，经济利益实际已超出其他利益占支配地位，在原有生存现实关系上建立的想象关系不可避免要解体。对于文学共同体来说，“大写的人”不仅面临现实的经济潮流的挑战，而且遭受各种外来文化思潮的冲击。“人”的价值既然在现实中受到怀疑，那么它当然无法在意识形态的推论实践中起到基础性的构成作用。八十年代人们经历了太多的现实变动和思想变动，而对于文学来说，已经不可能有权威性的话语来维系文学统一的规范式。一方面，现实的(原有的)关于人的想象关系解体，而新的想象关系尚未完全确立，文学不能充当时代的代言人，讲述大家共同的愿望，表达超越性的理想化价值形态；另一方面，如此纷纭复杂的外来思想和文学范例涌进中国大陆，我们是在短短的不到十年的时间里浏览了西方一个世纪的思想成就和文学成果。在理论方面，人们粗通唯意志论、弗洛伊德、现象学、存在主义、符号学、结构主义、逻辑实证主义、后结构主义等；在创作方面也知道卡夫卡、黑塞、纪德、塞林杰、意识流、新小说、荒诞派、黑色幽默、拉美魔幻现实主义乃至后现代主义的实验小说等等。虽然谈不上融会贯通的理解，但是对于蕴(酝)酿一次文学观念和写作立场的改变则是绰绰有余的。后来的写作者不得不考虑文学的写作态度和写作方式的改变。纯文学既然被现实推到社会的边缘地带，那么它可能的选择之一就是和自身的既定传统对话，亦即改写文学的“规范式”。更何况，报告文学和纪实文学已经与纯文学分道扬镳，与现实展开紧张而热烈的对话，纯文学更难在现实中找到一席之地。人们当然可以尽情批评这种选择，但是也有必要充分考虑“别无选择”的历史条件。

当然，我强调外部的历史条件，并不是说文学就是被现实拖着走的迷途的羔羊。外部历史情境不过仅仅是提供了文学史出现新的转型的条件，事实上文学史内部始终存在艺术形式变革的自觉力量。“艺术创新”的压力如同达摩克利斯之剑永远悬挂于任何一位认真的写作者的头顶，只不过“新时期”文学(乃至中国现代以来的文学)有它特殊的历史难题。即使在“新时期”之初，文学史内部的形式变革的力量依然存在,例如"意识流"小说实验。由于文学规范式强大的构成作用,将这种形式探索依然纳入"人的主题"系列(它属于"探索人的隐秘心灵"的"人学"范畴)。然而,"人的理想"一旦解体,文学形式探索的潜在力量就变得不可抗拒。在这次历史性的转折中,马原无疑起到关键性的作用。在清理"先锋派"的历史轨迹时,马原不可否认是一个标明历史界线的起点。实际上,马原在1984年就写下《拉萨河的女神》,这篇小说第一次把叙述置于故事之上,把几起没有因果联系的事件拼贴到一起。1984年马原用这种方法写小说是有特别的意义的。并且后来形成一股无法切断的流向。1985年以后,马原陆续发表几篇力作:《冈底斯的诱惑》(1985)、《虚构》(1986)、《大师》(1987)等,他的影响发生在1986年到1987年之间。

马原把传统小说重点在于"写什么"改变为"怎么写",预示了小说观念的根本转变。因此马原的立场标志"创作"向"写作"[①]的退化。创作的主体面对着文明、人类、时代等巨大的历史客体,创造出一套与之相适应的"想象关系"和理想价值;而"写作"则只是面对语词的一种个人行动,一种话语讲述的过程,它表明"想象关系"的破裂与超越性价值的失落。创作关注"写什么",而"写作"则偏向于"怎么写"[②]。前者由现实的真实关系和想象关系的统一决定其内容实质;后者则是在文学史纵横交错的坐标系上寻找有限的突破口。马原的"叙述圈套"在1986年和1987年名噪一时。马原用叙述人视点变换达到虚构与真实的位格转换,叙述构成一种动机力量推动故事变化发展。然而,马原的"叙述圈套"的功能有限,它更象是几个故事单元的刻意组合,它仅仅定位在故事的层面上,而不是定位在话语的层面,虽然马原确定了新的小说视点,但并没有确立新的"世界观点"。随着"我就是那个叫马原的汉人"这句语式的神秘性在不断重复中逐渐丧失新鲜感,马原的挑战性也丧失了。

洪峰一直被当作马原的第一个也是最成功的追随者,但是人们忽略了洪峰的特殊意义。1986年,洪峰发表《奔丧》,传统小说中的悲剧性事件在这里被洪峰加以反讽性的运用。"父亲"的悲剧性意义的丧失和他的权威性的恐惧力量的解除,这是令人绝望的。《奔丧》的"渎神"意义表明"大写的人"无可挽回地颓然倒地,它怂恿着叛逆的子女们无所顾忌地越过任何理想的障碍。洪峰同时期比较出色的作品还有《瀚海》(1987)和《极地之侧》(1987),前者带有"寻根"的流风余韵,后者显示了对马原的某些超越,它们与《奔丧》比起来艺术上显得更加成熟,但是却不具备《奔丧》的那种改变观念的力量。

在谈论"先锋派"或"新潮"的时候,不能不谈到残雪,尽管残雪那若即若离的独

① 下点系作者所加。
② 下点系作者所加。

行气质难以归类，然而，残雪以她冷僻的女性气质与怪异尖锐的感觉方式，不仅与此前的中国女性的写作诀别，而且与同代的男性作家群分庭抗礼。只有残雪才具有那种绝望的反抗男性制度的意识，因为绝望，她才绝对，因为绝对，她才如此怪僻与尖锐。1986年，残雪连续发表几篇作品：《苍老的浮云》、《黄泥街》、《山上的小屋》等。残雪显然过分夸大了日常生活里那些精神乖戾的观象，但是她也确实暴露了女性在潜意识里企图用她们怪异的精神反应来对付已经制度化了的男权统治。残雪的写作洗劫了女性的脂粉气和臣服于男权制度的浪漫情调。她的主题值得推敲，但是她的那种冷峻怪异的感觉，那种对妇女心理的淋漓尽致的刻划，对暴力的幻觉式的处理方式，以及有意混淆幻想和实在的界线的叙事方法，显然严重影响了稍后的“先锋派”，至少残雪打开了一扇隐秘的窗户，破除了一些清规戒律，她预示了一个似乎[1]超离现实的幻想世界在文学中的存在。

1986年在中国当代史上并不是一个特别富有诗意的年份，然而在当代文学史的进程中却是一段诡秘莫测的岁月，在它那揠(偃)旗息鼓的外表下掩盖的是一系列小小的诡计。就是这些不起眼的行径，为后起的“先锋派”铺平了最初的道路。马原、洪峰、残雪既是一个转折，也是一个过渡，在他们之后，文学观念和写作方法的某些禁忌已经解除，但是，留给后来者的不是一片广阔的可以任意驰骋的处女地，而是一个前途未卜的疑难重重的世界。过去“写什么”可以从现实生活中找到与意识形态直接对话的重大题材，写作只有主题的类别之分；而“怎么写”明显地见出才情技法的高下[2]之别，写作不仅要发掘个人化经验的非常特独(独特)的角落，而且要去寻找动机、视角、句法、语感、风格等等多元综合的纯文学性的要素。只有独特的话语、技高一筹的叙述，才能在失去意识形态热点的纯文学的艺术水准上得到认可。在这一意义上，马原既是一个怂恿，一个诱惑，也是一个障碍。马原在他那曾经卓有成效的“叙事圈套”上，不仅垒起了一个时代的，同时也垒起了他自己的纪念碑。显然，更新一辈的写作者必须跨越这块并不雄伟的石碑，有必要在叙事视角、价值立场、心理经验、感觉方式、语言的风格化标志等等方面超越马原。

上个世纪末尼采说道：“上帝死了，上帝不会复生。我们已经把他杀死了，我们这些最大的凶手，将何以安慰自己呢？……我们必须发明出什么样的赎罪节目和神圣游戏呢？”[3]我们是无神论者，“上帝之死”我们可以无动于衷；然而，我们不幸曾经是(而且还会是)理想主义者，“大写的人”及〔其〕与之相关的信念体系在八十年代后期突然崩溃，我们同样面临一次严重的精神恐慌。我们时代的“先锋派”——虽然

① 下点系作者所加。
② 下点系作者所加。
③ 尼采：《诗歌科学》，纽约，1959年，第95—96页。

不过是些无足轻重的同谋者,然而,他们从未体验到“弑父”的快感,却承担了这场灾难的全部后果,他们将何以安慰自己呢? 难道说只有远离现实的写作是其自我救赎的唯一节目?

二、艰难跋涉:“先锋派”的历史轨迹

1987 年被认为是当代中国文学跌入低谷的时间标志,这个标志隐含了太多的历史内容,因此它更有可能是当代文学另一个历史阶段的开始。其显著特征在于,继马原之后,更年青(轻)的一批作者步入文坛。这里面可以看到“现代派”的线索;也不难发现“寻根”的流风余韵;当然还有马原的叙述视点。1987 年年初,一批小说悄然面世,例如,孙甘露的《我是少年酒坛子》、北村的《谐振》、叶曙明的《环食 · 空城》、姚霏《红宙二题》、乐陵《扳网》、杨争光《土声》等(以上几篇均发表在《人民文学》1987 年 1—2 合刊)。这几篇小说的显著特征在于:其一,故事情节淡化或趋于荒诞性;其二,“反小说”的讲述与注重语言句法;其三,现代性寓言。孙甘露的《我是少年酒坛子》只能称之为一种“亚小说”,它是散文、诗、哲学、寓言等等的混合物,这是孙甘露一贯的风格。北村的《谐振》、叶曙明的《环食 · 空城》和姚霏的《红宙二题》,表达的是有关当代人的生存困境及其荒诞性的主题,其反讽的效果及其对世俗化生活的批判意识,明显与刘索拉和徐星的那种自以为是的“现代意识”区别开来。那些看上去是现代主义的主题,实际是被反讽性地挪用了。

这些发表于 1987 年年初的作品大都写于 1986 年,看得出对观念性的东西的特别爱好,只不过那种虚张声势的激情更多为心灰意冷的沉思冥想所代替。事实上,对观念的追求来自八十年代的流风余韵,而灰暗的经验则是与生俱来的记忆。这些年轻的写作者大都是些曾经(或正在)自诩为“新生代”的诗人。在我看来,作为小说写作者,把他们称之为“晚生代”①或许更加恰当。对于他们来说,摆在面前的不仅有西方的那些古典的和现代的艺术大师,同时更加难以承受的是还有整整一代的“知青群体”——他们有着不寻常的战斗经历,他们的痛苦和磨难已经深深铭刻在历史的墓碑上。而这些后来者拥有什么呢? 快乐而苍白的童年和少年? 他们是一些生活的“迟到者”,永远摆脱不了艺术史和生活史的“晚生感”。② 1987 年年初的这些“先锋小说”(当然还有其他的我无法一一列举的作品),显然急于摆脱“晚生感”而表达新的艺术经验,反“传统小说”的态度过于明确:淡化情节、压制角色、形而上的寓言思考、语言的修辞策略等等。

---

① 下点系作者所加。
② 下点系作者所加。

1987年年底,《收获》第5、6期明显摆出一个“先锋派”的阵容。这些作品在艺术上比较年初的那些作品要成熟纯正些,那些姿态,那些硬性的所谓“现代观念”已被抛弃,非常个人化的感觉方式融(熔)铸于叙事话语的风格标志中。苏童的《一九三四年的逃亡》,多少可以看出一点莫言“寻根”的味道和马原的那点诡秘,然而,以“祖父”“祖母”为表征的历史却陷入灾难,历史已无根可寻,留在虚假的时间容器(一九三四年)中的,不过是颓败的历史残骸。显然,这篇小说没有可以全部归纳的主题,历史、农村、都市、生殖、革命、生活等等,都不是在观念的领域里被寓言性地谋杀,而是在具体的叙事中被无所顾忌的诗性祈祷所消解。那些在叙事中突然横斜旁逸的描写性组织,构成叙事的真正闪光的链环。苏童在此之前已经写过多篇小说,只有《一九三四年的逃亡》确定了苏童未来写作的道路。过于激越的抒情意味和强烈的叙述节奏打断了残败的历史之梦,并且标志着新一代的写作者鲜明的话语意识,然而,这种情感过于外露也过于外在,它并没有沟通深挚的“个人记忆”。[1] 但苏童后来找到纯静如水的感觉这就对了。

余华的《四月三日事件》是继他的《十八岁出门远行》之后,对少年心理意识的又一次更加怪异的描写。对于余华来说,少年的视角不过是他有意混淆“幻想”与“现实”、“幻觉”与“实在”的一个特别视点。一个无名无姓的“他”,在十八岁生日的时刻,神经质地意识到“被抛弃”的恐惧。“他”的精神的漂流状态真切地呈示为他对生存环境扭曲的细微感觉,迷醉般地用“幻觉”来审视他的实际存在。叙述时间由于卷入幻觉与实在的不厌其烦的辨析过程,而在精细怪诞的感觉中无比艰难地推进。余华随后在《一九八六年》中,把一个疯子推到叙事的中心,作为“文革”疯狂历史的精神遗产,疯子不过是历史疯狂的凝聚。然而,现实的[2]人们完全漠视了这个历史凝聚之物。疯子的存在不仅是在道德的水准上对人性、良心的诘难,同时是对生活的虚假性的全部戳穿。余华从这里出发走进一个由怪诞、罪孽,阴谋、死亡、刑罚、暴力交织而成的没有时间也没有地点的世界——那是他的温馨之乡,是他如愿以偿的归宿。

如果把孙甘露的《信使之函》称之为小说的话,那么这是迄今为止当代文学最放肆的一次小说写作。这篇被称之为“小说”的东西,既没有明确的人物,也没有时间、地点,更谈不上故事,它把毫无节制的夸夸其谈与东方智者的沉思默想相结合;把人类的拙劣的日常行为与超越性生存的形而上阐发混为一谈;把摧毁语言规则的蛮横行径改变为神秘莫测的优雅理趣。孙甘露象个远古部落遗留的现代祭司,端坐在时

① 下点系作者所加。
② 下点系作者所加。

间与空间交合(会)换转的十字路口,而后不失时机地把他的语词抛洒出去。《信使之函》作为当代第一篇最极端的小说,证明当代小说没有任何规范不可逾越。然而,孙甘露不过证实这种证明[1]毫无意义,小说的规范已经死了,然而人们还活着。

相比较而言,格非的《迷舟》看上去要传统得多,这个战争毁坏爱情的传统故事是以古典味十足的抒情风格讲述的,那张简陋的战略草图一点也不损害优美明净的描写和浓郁的感伤情调。然而,整个故事的关键性部位却出现一个"空缺"。萧去榆关到底是去递送情报还是去会情人杏?这在传统小说中无论从哪方面来看都是一个精彩的高潮,然而,它竟然在这里被省略了!这个"空缺"不仅断送了萧的性命,而且使整个故事的解释突然变得矛盾重重,一个优美的古典故事却陷进解释的怪圈。这个"空缺"在1987年年底出现,轻而易举就使格非那古典味十足的写作套上"先锋派"的项圈,尽管这个"空缺"不过是从博尔赫斯那里借用来的,然而格非用得圆熟到家,就象祖传秘方。

当然,1987年还有一些值得注意的小说,我难以全面列举。就以上提到的几位"先锋派"作家而言,其实已经操练小说(或诗)多年,何以他们在1987年年底突然间集体成熟?仅仅归结为他们长大了是远远不够的。在我看来,1987年也不仅仅依靠外部现实的压力(文学不得不重视"怎么写"),而且在于文学的写作水准[2]已经趋于明确:强调叙述视点、独特的感觉方式、鲜明的语言风格、对故事的特殊处理方式等等。总之,每个写作者必须找到自己的"话语"。因此,1988年年底,《收获》第6期再次推出一组"先锋小说",几乎一样的阵容,显然艺术水准有了明显提高,在这一期上同时刊登了马原的《死亡的诗意》。曾经是"先锋派"领路人的马原,现在却明显落伍,没有理由认为这篇小说不好,然而,人们可以容忍追随者的平庸,却无法忍受开山者的重复,马原功不可没,却足以抹煞后来的自己。因而对马原的超越已经变成一种考验,叙事话语的风格标志才显得至关重要。如果说《一九三四年的逃亡》还带有一些兼收并蓄的痕迹,那么《罂粟之家》则真正显示了苏童的风格。这个家族颓败的故事内涵相当丰富:历史与生殖、压迫与报复、血缘与阶级、革命与宿命等等,或对立或统一,以一种舒缓纯净的风格化语言从容讲述出来。苏童的人物总是为情欲所驱使,毫无指望抗拒命运而事与愿违,《罂粟之家》散发淡淡的历史忧郁之情而远离悲剧,故事明白晓畅却不失深邃诡秘之气,这是苏童独到之处。《罂粟之家》作为苏童以往作品的一次全面总结,看不到外来小说影响的痕迹,这并不容易。

1988年,余华在暴力与阴谋的无边苦旅越走越远,没有人可以否认余华的感觉

① 下点系作者所加。
② 下点系作者所加。

古怪而奇妙，他把那些奇形怪状人物的全部智力压制在正常人的水平线之下，这样余华就可以驱使他们去干任何不可思议的勾当。显然，余华对人物的行动并不感兴趣，他关注的是那些过分的反应方式给叙述语言提示的可能性。《河边的错误》、《现实一种》显然有不少令人瞠目结舌的场面，然而，更加令人注目的是对那些场面的感觉方式和语言特征。随后的《世事如烟》(《收获》，1988 年第 5 期)、《难逃劫数》(《收获》，1988 年第 6 期)，无疑是余华最好的作品。《世事如烟》对暴力、阴谋、罪孽、变态等等的描写淋漓尽致。在余华的那个怪异的世界里，时间与空间、实在与幻觉、善与恶等等的界线理所当然被拆除，而阴谋、暴力和死亡则是日常生活必要的而又非常自然的内容。“算命先生”作为全部阴谋和罪恶之源，如同远古时代令人恐惧的部落长老。这帧历史的古老肖像总是在余华的写作中浮现出来。余华的那些怪诞不经的故事因此又具有某种发人深省的历史宿命论的意味。《难逃劫数》把暴力场面写到炉火纯青的地步，它们看上去象是一些精致的画面。余华的那些被剔除了智力装置的人物，总是处于过分敏感与过分麻木的两极，而且总是发生错位，他们不过注定了是些倒霉的角色，一系列的错误构成了他们的必然命运。人们生活在危险中而全然不知，这使余华感到震惊，而这也正是余华令人震惊之处。

《褐色鸟群》(《钟山》，1988 年第 5 期)无疑是当代小说中最玄奥的作品。格非把关于形而上的时间、实在、幻想、现实、永恒、重现等等的哲学本体论的思考，与重复性的叙述结构结合在一起。“存在还是不存在?”这个本源性的问题随着叙事的进展无边无际漫延开来，所有的存在都立即为另一种存在所代替，在回忆与历史之间，在幻想与现实之间，没有一个绝对权威的存在，存在仅仅意识着不存在。这篇小说使人想起埃舍尔的绘画、哥德尔的数学以及解构主义哲学那类极其抽象又极其具体的玄妙的东西，它表明当代小说在“现代派”这条轴线上已经摆脱了浅薄狭隘的功利主义。虽然这篇小说明显受到博尔赫斯的影响(例如关于“棋”与“镜子”的隐喻)，但是汉语的表现力及其关于生存论的思考，也可以置放在现实中来理解，因而这篇小说读起来有些晦涩费解，但决无做作之感。如果说《褐色鸟群》的形而上观念过强毕竟只能偶尔为之，那么《青黄》(《收获》，1988 年第 6 期)则把叙述的结构设计与生活史的存在方式结合为一体——一个不完整的统一体，结构上的“空缺”正是生活史的不完整性的隐喻投射。① 对“青黄”的词源学考据，变成对九姓渔户生活史的考证，结构上隐瞒的那些“空缺”恰恰是九姓渔户生活中最不幸的环节，“补充”可能使叙述结构变得完整，但是却使外乡人的生活彻底破碎了。格非的故事主角经常是“外乡人”，对于格非来说，生活本质上是不能进入其中的，因而“外乡人”的历史构

① 下点系作者所加。

成了人类生活史最隐秘的部分。

1988 年因为有了孙甘露的《请女人猜谜》(《收获》,1988 年第 6 期),“先锋派”的形式探索才显得名符其实。在这篇小说中,孙甘露同时在写另一篇题名为《眺望时间消逝》的作品。这是双重文本的写作,就象音乐作品中的双重动机一样,结果后者侵吞了前者。在这篇没有主题,甚至连题目都值得怀疑的小说中,角色随时变换自己的身份,时间与空间的界线变得相对。这是一次关于写作的写作,一次随意弹奏的卡农,孙甘露不过想试验一下写作的可能性到底有多大?同时也不能忽略孙甘露对生存的似是而非境遇的似非而是[①]的剖析、对那些虚度瞬间的心烦意乱的刻划,都具有玄妙深长的意味。值得提到的还有潘军的《南方的情绪》,这篇对侦探小说反讽性模仿的小说别有趣味,这个企图侦探某个秘密的主角却是一个忧心忡忡的多疑者,他总是落入别人的圈套。如果把这一主角的形象与“新时期”文学“大写的人”作一对照则是一件十分有趣的事,角色的变迁正是社会心理改变的投影。《南方的情绪》其实为当代小说的写作开启了一条类似罗勃·格里耶的《橡皮》那种路子,潘军没有坚持探索有些可惜。同期还有扎西达娃的《悬岩之光》,我一直没有谈论扎西达娃并不是我的有意疏忽,扎西达娃是个非常奇特且含义复杂的人物,当我勉为其难把苏童、格非等人称作“先锋派”来讨论时,再把扎西达娃扯进来是不是有点乱套?但是没有扎西达娃我的讨论显然缺了一角,遗憾的是我只好让自己的文章缺些角,只能另行撰文,以补空缺。

如果把 1989 年看成“先锋派”揠(偃)旗息鼓的年份显然过于武断,但是 1989 年“先锋派”确实发生某些变化,形式方面探索的势头明显减弱,故事与古典性意味掩饰不住从叙事中浮现出来。1989 年《人民文学》第 3 期再次刊登了一组“先锋”(或“新潮”)小说,在那些微妙的变化和自我表白的话语里,我看到另一种迹象。我发现他们在寻找另一种东西,一种更深地扎根于生存的现实和本土文化中的动机力量。《风琴》如果不是近年来最优秀的短篇小说,至少也是格非最出色的作品。这篇看上去抒情味十足的小说,颇具古典情调。格非以往的那种形而上观念和叙事“空间”不再在故事中起控制作用,相反,故事是不留痕迹自然流露出来的一些场景片断。它们象一些精致的剪贴画呈现出来。然而人物的行动链的某些环节出了差错——就是这些细微的差别[②],使整个故事、整个生活无可挽救地颠倒了。王标渴望一次真正的伏击却伏击了一个迎亲的队伍,他能干什么呢?他只好请新娘唱支歌。歌声被王标的遐想掩盖了,然而正是歌声激起王标的遐想,正是歌声掠过早春

① 下点系作者所加。
② 下点系作者所加。

的原野经久不息地飘荡——还有什么比这种情境更让人悲哀，更为感人至深的呢？只有在这时人才能和真实的生活融为一体，与自然融为一体——回到“生活之中去”的渴望恰恰是在破碎的生活边界上奏起的无望的挽歌。

余华的《鲜血梅花》看上去是一篇仿武侠小说，这不奇怪，同一时期的《古典爱情》就仿过《聊斋》一类的志怪或古典言情小说。然而这篇仿武侠小说却别有值得注意的内容，这里为父报仇的主题完全可以看成“寻找父亲”主题的变种。我们时代的“先锋派”，在他们讲述的关于历史或现实的故事中，“父亲”不是被“遗忘”，就是苍老而濒临死亡，现在却渴望“为父报仇”（寻找父亲）。无父（无历史或现实）的恐惧已经从潜意识深处流露出来，其写作姿态和立场的微妙改变是不难理解的。也许我这种读解方式有些武断，然而随后的文学实践将会印证我的推论，例如格非的《敌人》。更有象征意义的是苏童的《仪式的完成》。这篇小说的题目如此抽象而难以捉摸，甚至与小说的内容并不切合。我想这篇小说的“题目”是重要的，而故事无关紧要。事实上，这篇小说没有预期显示苏童在1989年应有的功力和风格——这是一次勉强完成的仪式，因为仪式总是要完成的。然而，“民俗学家”却不是这样，仪式会使人迷狂，仪式的规则就是弄假成真，民俗学家用性命完成了仪式。这是对“先锋派”现实心理的一次寓言式的书写，或者说是一次自我警告：在类似仪式的这种形式探索中，“先锋派”是不是陷得太深？至少苏童的自我疑问是成立的，尽管苏童不过才湿了鞋面。事实上，仪式并未完成，我们时代的“先锋派”何去何从？

1989年，“先锋派”以其转向的姿态完成历史定格。我说过，我宁可认为这不过表明他们期待更深地回到生存的现实和本土文化的根基上来。然而作为“晚生代”，他们只能以非常特殊的方式与现实社会对话，因此，不难理解，他们暧昧的目光投向“历史”的深处。事实上，“先锋派”一直在讲述历史故事，只不过形式的探索一直压制了历史故事，现在，形式的外表被尽可能褪下，那些历史情境逐渐浮现，讲述“历史颓败”的故事成为1989年之后“先锋派”的一个显著动向。显然，叶兆言在这方面多有建树。尽管叶兆言写过《枣树的故事》（1988）这种形式意味很强的作品，但叶兆言最拿手的是讲述三十年代散发着历史陈旧之气的故事，例如《状元镜》（1987）、《追月楼》（1988）、《半边营》（1990）、《十字铺》（1990）等等。叶兆言写出了三十年代那些被遗忘和淹没的往事，虽然他没有表达真切而深挚的怀旧情绪，但是叶兆言写出了历史无可挽回的颓败命运，在古代与现代的交接点上，观看历史弥留之际的最后时刻的景象。

《妻妾成群》（《收获》，1989年第6期）显示了苏童对历史的特殊感觉方式，尤其是对“历史颓败”情境的刻划。苏童的叙事迂缓从容，圆熟老道；苍凉老气，潇洒横秋，浓郁的抒情笔法掩饰不住悠长的历史感伤气息。虽然这篇小说可以看出某些

《家》、《春》、《秋》的痕迹，甚至可以上溯到《红楼梦》的那种文人化的古典传统，然而我以为这恰恰显示了当代"先锋派"皈依传统的有益的尝试。同样，格非的《敌人》(《收获》，1990 年第 2 期)也表现了类似的意图，例如在主角赵少忠的身上表现出对古典价值认同的愿望。当然，这部长篇小说的观念性和寓言性很强，格非试图写出生活史中令人震惊的事实：这不只是赵少忠的复仇愿望在天长日久的等待中徒具形式，更重要的在于先入为主的观念是如何促使赵少忠误解接连不断的灾难，他最后只能扼死儿子以证实敌人存在。敌人就在我们内心，就是与生俱来的"自我"。虽然《敌人》没有取得预期的成功，但是，不管是对生活史中的那些惊人的事实，还是对一代"先锋派"的潜意识的书写，《敌人》都有其独到之处。

当然，并不是说形式探索就根本不存在了，1990 年孙甘露发表《岛》这种实验性很强的小说。而北村一直没有放弃他的语言与叙述视角的探索实验，继《谐振》之后，北村发表《陈守存冗长的一天》(1989)、《逃亡者说》(1989)、《归乡者说》(1989)、《劫持者说》(1990)、《披甲者说》(1990)、《聒噪者说》(1991)，这些作品一如既往显示了北村对叙述语言探索的宗教徒般的精神。在北村看来，语言与世界相遇显然存在一个漫长的过程，他乐于观看那些放慢的动作在精确的语义序列中的推移过程，而仿梦的叙述视点(结构)为语言的迷失设置无限的歧途。北村过于重视语言的精确性和表现力，使人觉得北村是在显微镜下写作。然而读者不会拿着放大镜阅读，这不仅是北村的不幸，也是所有语言探索者的悲哀。1991 年暮春，北村和我有过一次长谈，我感觉到北村发生了某些重要的变化，那些原来作为叙述语言的原材料的生活事实，现在已经蕴含了"东方神话谱系"的意味，它们从历史深处绵延而来。

显然，走向历史深处的阵容已经摆好，苏童不久前发表长篇《米》，孙甘露刚刚完成一个长篇(据说与历史有关)，格非正在构思一部时间跨度很大的长篇，而余华也着手去刻划那些古旧的历史肖像。当然，我并不是说他们都去讲述那些很久以前的历史故事，相反，他们大都把兴趣投放在二三十年代——不是中国现代史最初的年代，而是中国古代史最后的岁月。以一种怀旧主义的手笔重写中国现代史，写出那种令人震惊的历史颓败的情境，在美学风格的水平上呈现民族的历史心灵。

三、有限形式：先锋小说的成就与局限

马尔科姆·考利在总结达达主义运动时说道："凡是读到达达主义运动的人，无不感到其成就之微小与其背景之丰富、复杂不成比例到荒谬而几乎令人可悲的地步。这里有这样的一群年轻人，他们可能是欧洲最有才能的青年：他们人人都有能力成为好作家，或者，如果他们下这样的决心，成为很受欢迎的作家。他们有着法国

文学的悠久传统(他们完全熟悉这些传统);他们有活着的大师可作榜样(他们研究过这些大师);他们热爱自己的艺术,而且强烈希望超过别人。他们到底取得了什么成就呢……"[①]考利的评价在某些方面、在某种程度上也适合于中国当代的"先锋派"。在八十年代后期那些"文化失范"的年月,我们时代的"先锋派"不是没有可能成为"达达主义者"的,所幸的是,他们立足于中国本土,从事一些小说叙事方式和语言表现方面的探索。然而,他们毕竟作出艰辛的努力,他们到底取得了什么成就呢?在审视过他们留下的历史足迹之后,我突然感觉到从未有过的虚空和惶惑。我能从那些奇思怪想的语句中,从那些支离破碎的故事中,归结出哪些有用的东西呢?我知道自己遇到真正的困难,尽管如此,我还是勉为其难,因为这毕竟是一段不可多得的历史,更何况妄自菲薄和盲目的夸大一样无助于理解历史真相。

(1)尽可能地拓展了小说的功能和表现力。人们可以对"先锋派"的形式探索提出各种批评,但是,同时无法否认他们使小说的艺术形式变得灵活多样。小说的诗意化、情绪化、散文化、哲理化、寓言化等等,传统小说文体规范的完整性被损坏之后,当代小说似乎无所不能而无所不包。在向传统小说文体规范挑战的诸多探索中,孙甘露无疑是最极端的挑战者。他的每一次写作都是一次"反小说"的语言智力游戏,在把小说的叙事功能改变为修辞风格的同时,孙甘露最大可能地威胁到小说的原命题。现在,孙甘露寥寥几篇小说的影响却象罂粟花一样蔓延,当叙事和话语制作上的最后一道界线都被拆除之后,当代小说写作还有什么顾忌呢?我们应该感谢还是诅咒孙甘露这个过河的卒子呢?显然,在拓宽小说功能的同时,小说的表现领域也随之被放大,特别是那种非常独特的个人化经验构成当代小说混乱不堪的生存空间。

(2)强化了感觉与语言风格。没有人会否认当代"先锋小说"创造了一个奇异而缤纷的感觉世界,这显然得自二三十年代中国现代"新感觉派"小说和五、六十年代法国"新小说"的影响。"先锋小说"的独特感觉并不仅仅在于攫取那些奇怪的主题或题材,也不只是表现在叙述方式上,最主要的在于接近物象[②]的特殊感觉方式,这种特殊的感觉方式用语言的形式表现出来,就是独特的语言风格。在这里,语言与感觉是原则同格的。例如余华无限切近对象的那种语言与感觉所处的临界状态[③];北村的那种缓慢向前推移的蠕动状态;苏童的那种纯净如水明朗俊逸的情境;格非的优美俊秀的抒情意味;孙甘露的冗长的类似古代骈文的清词丽句等等。显然,其语言句法最重要的集体特征在于,他们尤为酷爱而擅长使用"象……"的比喻

① 马尔科姆·考科:《流放者的归来》,张承谟译,上海外语教育出版社,1989年,第135页。

② 下点系作者所加。

③ 下点系作者所加。

结构。实际上,这个特征并不仅仅局限在语法意义上,“象……”引进的比喻句,不仅仅引进另一个时空中的情境,使叙事话语在这里突然敞开,发出类似海德格尔的“光”或“空地”那种感觉;而且,“象”所引导的比喻从句经常表示了一种反常规的经验。“象……”从句产生的“反讽”效果不断瓦解主句的存在情态及确定意义。“象……”显然充分显示话语表达的无穷欲望。当然,应该看到,过分强调感觉的怪异与语言的分解功能,“先锋小说”显得晦涩难读,这显然是一个急待纠正的偏颇。

(3) 注重叙事策略。由于强调“怎么写”,话语意识当然要通过具体的叙事策略来表达,广义地说,叙述人和叙述视角的强调,叙述结构的设置,语式句法等修辞策略都可以看成是叙事策略的运用。但是,在这里,我强调的是在整个叙事中起决定作用的“策略”,例如苏童运用的“叙事动机”和格非的“叙事空缺”。就写作的“母本”意义而言,“先锋小说”经常是从其他文本(例如某些经典范本或类型范本)中攫取或借用动机。显然,“动机”与灵感不同,前者要具体得多,例如人物、故事或情境的标志等等。苏童的写作不仅仅在于他善于发掘母本的动机,更重要的在于苏童的叙事善于运用动机来组织,推动故事的发展,这使苏童的叙述与故事之间疏密有致,节奏舒畅明快。

例如《罂粟之家》中“罂粟”的象征意义起到的动机作用;《妻妾成群》中在西餐社见面的情境[1]构成的动机,还有“箫”的动机;等等。至于格非的“叙事空缺”,我说过它来自博尔赫斯的启迪。它在格非的运用中,不仅仅形成某种结构上的补充链环,也不仅仅象博尔赫斯那样表达一种形而上的时间哲学,与格非讲述的那些生活史构成隐喻关系,那些被省略的恰恰是生活史中最不幸、最绝望的隐秘部分,例如《青黄》和《敌人》中的“空缺”。

(4) 多用反讽与对“自我”的怀疑。反讽即是指一个陈述或事件描绘,却原来包含着与人所感知的字面意义正好相反的含义。八十年代上半期那种乐观的浪漫激情在文学作品中逐渐消失之后,当代文学乐于去描写人所遇到的各种难以解决的困难和矛盾。在“先锋小说”(和某些“新生代的诗”),不是表达那些怨天忧(尤)人的激烈的不满情绪;相反,却是通过“反讽”性的描写,平心静气接受了“不完整的”现实。“反讽”在这里显然不仅仅表达语言修辞的意义,更重要的在于它表达了一种生活态度和感觉方式,一种异常清醒的思维状态。因此,“反讽”既是怀疑“自我”的结果,也是消解“自我”的有效手段。作为“晚生代”,年轻的写作者不再标榜“自我”,“自我”被改变为一些歪斜的个人,或是其行为的动机和效果总是发生一些故障的芸芸众生。他们当然不是“反英雄”的现代主角,不过是随机应变却又随遇而安的小写

---

① 下点系作者所加。

的人。在这一意义上,“先锋小说”与“新写实主义”可说是异曲而同工。值得注意的是,格非在《褐色鸟群》中表达对“自我”的怀疑,在《敌人》中引申为对“自我”的恐惧,以至于可以归结出“自我”就是最内在的敌人这种极端的命题。这显然有些过分,它往前走一步就要坠入虚无主义的泥坑。

(5) 借鉴后现代主义。“新时期”文学一直没有完全意义上的“现代主义”(刘索拉和徐星充其量不过是“伪现代派”而已),因此我在这里提及“后现代主义”(仅仅是萌芽)肯定令人奇怪。其实也不难理解,后现代主义虽然是后工业社会的产物,但是作为一种文化形态、思想潮流、艺术准则和价值立场,它并不一定与经济基础直接同一。我以为这也是马克思说的“精神生产与物质生产的不平衡关系”的一个方面。例如拉美魔幻现实主义的那些代表人物,如博尔赫斯、马尔克斯等人却被实验小说家和批评家奉为圭臬。中国当代奇特而多样的文化形态,滋生后现代主义因素并非不可能,更何况近些年后现代主义和后结构主义的东西也有所引进。就以文学实践来看,“先锋小说”处理那些幻想、暴力、死亡等等特殊主题的方式,破除传统小说的文体规范界线、语言的大规模泛滥、在生存态度上反理念而认同不完整性、拒绝超越性等等,都显示了后现代主义的典型特征。

应该强调指出的是,后现代主义已经退去了现代主义那种令人生厌的反抗欲望和自以为是的超越性。后现代主义其实表达了一种更为温和乃至保守的价值立场(例如,后现代主义者反对激进的社会革命而诉诸语言游戏和知识构型的分析)。当然,这些后现代主义萌芽在中国无疑带有本土文化的现实特征。其意义仅仅在于对生活现实境遇持更为冷静、求实的态度,其负面效果在于它对终极真理和绝对价值的回避。新一代写作者及其追随者由于滋长出的后现代主义态度,而丧失信念和神性则是可悲的,企图用卑琐平庸的小市民趣味来冒充“后现代主义”则更显无聊。不管人们对“信念”、“神性”如何定义,文学写作永远要有超越性的内在精神。

(6) 赋有后悲剧风格。后悲剧风格即是从历史颓败情境中透视出的美学蕴涵,通过对历史最后岁月进行优美而沉静的书写,通过某些细微的差别(错)的设置而导致生活史自行解构,“先锋小说”讲述的历史故事总是散发着一种无可挽救的末世情调,一种如歌如画[①]的历史忧伤,如同废墟上缓缓升起的优美而无望的永久旋律。例如苏童的《妻妾成群》和格非的《风琴》。

写作必须置放到非常个人化的经验中才获得到有效的说明。我以这种方式归结一群人的艺术特征,不过是力图勾勒历史某方面的轮廓。然而,仔细辨析就不难发现,这些粗线条与整个背景并不协调,也不深刻有力——令我吃惊的是,在我所归

① 下点系作者所加。

结的这些“艺术成就”的背后，都隐藏着它的副作用，或者说它的局限性。

形式的意义是有限的。在当代中国，苏珊·桑塔格主张的“坎普”①文学不可能流行，也不会产生实际的影响。约翰·巴思在六十年代就认为，文学史几乎穷尽了新颖的可能性。这不仅仅是说形式技巧无法翻新，我以为更主要的在于光凭形式技巧无法拯救文学。中国当代的“先锋小说”从事形式探索无疑是有益的，但是形式探索在当代中国既不能走得太远，也无法持久。在这一意义上，中国当代没有真正的“先锋派”，他们有限的叛逆意义几乎起不到挑战的作用。对于处于这个文明中的绝大多数的芸芸众生来说，他们不仅是一些不可企及的先锋，而且是人们急于忘记的殉道者。例如孙甘露和北村就不得不饱尝“远行者”的孤独。余华最受欢迎的作品可能是《难逃劫数》，那是因为他把他的语言感觉方式揉（糅）合到鲜明的场景刻划之中。1989 年年底，余华发表《此文献给少女杨柳》，那是余华所有感觉和语言最精致的一次提炼。然而，结构和语言的方法实验过于明显，在 1989 年年底，余华理应迈过形式的门槛，然而，余华却又奇怪地在门槛上磨蹭。这是一个奇怪的现象：形式的魅力迅速消失，至少它无法单独起作用；另一方面，形式却是读者大众望而却步的天然障碍，曲高和寡，更何况“曲怪”呢？1989 年以后，“先锋小说”的形式有所退化，当然有多方面的原因，但是，期待读者认同则不能不说也是一个重要原因。

当然，并不是说形式探索就应该废止，事实上，形式可以不露痕迹揉（糅）合在故事的讲述中。约翰·巴思在 1967 年概（慨）叹“枯竭的文学”之后十三年，写下《填补的文学》，美国的实验小说也不得不从拉美魔幻现实主义那里吸取养料。中国当代文学这些年其实深受马尔克斯、博尔赫斯的影响，然而同时接受法国新小说的影响却又无意中喝下去语言的致幻剂。语言是一座迷宫，它会使任何聪明的头脑误入歧途。更何况汉语字词的象形特征，和无时态的语法功能，它使那些意象横陈的时空变得更加扑朔迷离。那是一张无边的语言之网，而网中的猎物只能是写作者自己。因此，有必要把讲述“语言”改变为讲述“故事”，叙述中出现的过多的分支应该消除，那些太多的局部的小转折有必要压平拉直，融合到舒畅伸展的故事中去，应该有叙事动机（主导的和局部的）起到纲领性的结构作用，只需要某些“细微的偏差”就足以摆脱故事的线性模式。

最近，苏童发表长篇小说《米》，这部划在“新写实主义”名下的小说，充分显示了苏童驾驭故事的才能。故事精彩绝伦，甚至有点惊心动魄，这是一部血迹斑斑而

---

① 坎普（Camp），原是流行于电视、戏剧界的俚语。桑塔格借用来概括六十年代的一种只注重技巧而忽视内容和意图的文艺样式。桑塔格小姐在名噪一时的著作《小说的奇怪的死亡》（美国，巴顿罗齐，1967 年）一书中鼓吹“坎普”：坎普的全部要点就是摒弃严肃性，技巧、戏剧性变成了它的理想。从纯粹的美学角度上说，它体现了“风格”对“内容”、“美学”对“道德”、反讽对悲剧的胜利。风格即一切。

又破败不堪的江南历史。在这里,个人的经验发掘得极其深刻,那种复仇欲望和恶的本性超出道德水准的意义,而是类似达尔文主义的生存法则。每个人为欲望所驱使却又逃不脱命运的劫难。这部长篇可以看出苏童正在开拓写作的新途径。然而,我唯一感到疑虑的是,苏童过去的那种舒缓纯净、优雅洗炼的历史主义风格却为凶猛的故事所压制。“纯净如水”是苏童特有的功夫,我想目前苏童还没有充分的理由把它轻易抛弃。《米》是一次前进,也是一次退却,我说过“先锋小说”有必要从形式退到故事中去,但不等于完全放弃形式和风格,故事意味着形式的复活而不是死亡。

综观“先锋派”几年的探索历史,至少以下一些现象和问题值得注意:其一,在当代文学多元化的格局中,出现这样一种动向,即小说写作不再以人为核心来讲述故事。上个世纪末,尼采说“上帝死了”,半个多世纪之后,米歇尔·福科惊叹“人的死亡”。在八十年代后半期的中国,“大写的人”(人的理想)已经萎缩,“先锋文学”已经无力创造出具有正面肯定价值的人物,即使反面价值的人物也未必能确定作品的艺术价值和艺术水准。在“先锋小说”中,人物不得不退居到讲述的故事和故事的讲述的背后。人物变成一个“它”,成为话语表达中的一个符号,或是故事中的一个角色。而故事的讲述——尤其是话语的风格化意味成为小说的艺术价值和水准的根本标志。但对人物形象的忽视,无疑是这类小说的弱点。其二,当代小说的写作倾向越来越复杂即必须考虑小说的视点、角度、动机、句式、语感以及个人化风格等等而锐意制造的复杂形式,如无扎实的内容支撑,便难于持久存活。现在不仅是马原影响了其后的“先锋派”,而且“先锋派”正在影响同辈的作者。现在初学写小说者似难抵御“先锋派”的那种叙事方法和语言风格的诱惑,而后者作为迟了半拍的“先锋派”,不幸的是仅仅陈(承)袭形式的复杂,他们实际上磨去形式的锐气而吞食人们对形式的厌倦。当代小说写作对形式的重视并不等于唯形式是尊,事实上,实践证明,真正有意味的形式并不彻底消除小说的那些传统因素,而是在更高的水准上融合传统。显然,“先锋派”探索形式的经验表明,过于极端的、硬性的形式结构和语言技巧,在损毁传统规范的同时,也败坏了自身的美学趣味。其三,先锋小说一直专注于个人化经验的发掘,因而它在感觉、故事、话语和风格等方面才能如此别具一格。然而单纯在个人化经验中走极端,其结果则是在幻觉的奇怪空间和语言的歧途永无止境地循环、重复和自我消解,其个人经验除了怪异之外,应有更深广的意义。因此,当代小说在发掘个人化经验的同时,有必要强化历史意识——对历史的理性意识。事实上,马尔克斯、博尔赫斯、乃至米兰·昆德拉所创造的非常个人化的经验,始终蕴涵着深邃的历史意识在其中。余华较成功且有内涵的作品如《世事如烟》、《难逃劫数》、《往事与刑罚》等中出现的“算命先生”、“老中医”、“刑罚专家”预示着余华把独特的个人化经验融合到历史意识(或历史无意识)中去。然而,余华后来并没有深入发掘这种“历史意识”，他的《此文献给少女杨柳》之所以徒具怪异的感觉，其欠缺正在于此。其四，文学必须从本土文化中吸取生命汁液，“先锋派”偏向借鉴西方文学的影响无可非议，但是同时要找到传统活的源头。仅仅从传统中攫取母本或动机是不够的，这种作（做）法经常重复会使所谓的“创新”再次留下仿造的痕迹。例如，我前面提到的苏童的《妻妾成群》之于《家》、《春》、《秋》；格非的《蚌壳》之于穆时英的《白金的女体塑像》；余华的《现实一种》之于施蛰存的《石秀》；等等。也许这种类似出于偶然的巧合，但是它们依稀可辨的类同毕竟令人不快。至少，“先锋派”没有立足于本土文化作宏观理解，更不用说融会贯通的运用。先锋们曾一再表示认同古典价值，但那仅仅是空泛的表态，它与本民族的精神意蕴相去尚远。其五，“先锋派”远离现实确实有非常复杂的原因，然而，他们显然夸大了与现实之间的裂痕。他们企图通过讲述历史来书写现实，事实上他们几乎遗忘了现实。并不是说他们真正远离现实生活——这当然不可能，他们就生活于其中，而在于他们并没有抓住现实的真谛。正如欧文·豪在《群体社会与后现代派小说》一文中指责绝大多数美国战后小说家时写道：“不能、或许由于过于精明而不能直接地表达战后的感受；他们更愿意背离正面的描写；他们本可以表达他们的激情，尽管这种激情常常是难以名状的，他们对美国生活的批评不是通过现实主义的生动描绘，而是通过神话、流浪汉小说、预言和怀旧等形式表现的。”①欧文·豪的批评同样适合于中国当代“先锋派”。那些“历史故事”在多大程度上表达了他们“意识到”的历史内容和现实内容是值得怀疑的。纯粹的美学价值并不存在，至少在现在其意义有限。福科的那句话依然值得深思：重要的不是话语讲述②的年代，重要的是讲述话语的年代。对于理论和批评具有参考价值，对于小说写作同样具有启迪意义。由于对“讲述话语的年代”（当代现实）研究得并不透彻，因而“话语讲述的年代”（故事的历史内容）并不具有强大的震惊力，而虚假的美学风格漂浮其上则又可能是一次历史的错觉。

历史总是惊人地不完美，因而历史才能变化、前进。也许人们已经看到“先锋派”的疲软和退却，然而我依然固执地相信，他们丢弃了“先锋派”这项刺眼的荆冠之后，正在酝酿一次至关重要的自我突破。“最后的仪式”远未完成，他们的生命苦旅不过刚刚开始。我想，这不仅仅是他们的自我期待，也是历史的和整整一代人的期待。

1991 年 7 月 3 日，于北京大有庄

——原载《文学评论》1991 年第 5 期

① 参见《党派评论》，第 26 期，第 429 页。

② 下点系作者所加。

王　蒙

躲避崇高

“五四”以来，我们的作家虽然屡有可怕的分歧与斗争，但在几个基本点上其实常常是一致的。他们中有许多人有一种救国救民、教育读者的责任感：或启蒙，或疗救，或团结人民鼓舞人民打击敌人声讨敌人，或歌颂光明，或暴露黑暗，或呼唤英雄，或鞭挞丑类……他们实际上确认自己的知识、审美品质、道德力量、精神境界，更不要说是政治的自觉了，是高于一般读者的。他们的任务，他们的使命是把读者也拉到推到煽动到说服到同样高的境界中来。如果他们承认自己的境界也时有不高，有一种讲法是至少在运笔的瞬间要“升华”到高境界来。写作的过程是一个升华的过程，阅读的过程是一个被提高的过程，据说是这样。所以作品比作者更比读者更真、更善、更美。作品体现着一种社会的道德的与审美的理想，体现着一种渴望理想与批判现实的激情。或者认为理想已经实现，现实即是理想，那就是赞美新的现实今天的现实与批判旧的现实昨天的现实的激情。作品有着一种光辉，要用自己的作品照亮人间；那是作者的深思与人格力量，也是时代的“制高点”所发射出来的光辉。有一分热，发一分光；吃的是草，挤出来的是牛奶；做灵魂的工程师（而不是灵魂的蛀虫）；点燃自己的心，照亮前进道路上的黑暗与荆棘……这些话我们不但耳熟能详也身体力行。尽管对于什么是真善美什么是假恶丑我们的作家意见未必一致，甚至可以为之争得头破血流直至你死我活，但都自以为是，努力做到一种先行者、殉道者的悲壮与执著，教师的循循善诱，思想家的深沉与睿智，艺术家的敏锐与特立独行，匠人的精益求精与严格要求。在读者当中，他们实际上选择了先知先觉的“精英”（无近年来的政治附加含义）形象，高出读者一头的形象。当然也有许多人努了半天力做不到这一点，那么他们牵强地、装模做样地、乃至做伪地也摆出了这样的架式。

当然，在老一辈的作家当中也有一些温柔的叙述者、平和的见证者、优雅的观赏者。比如沈从文、周作人、林语堂乃至部分的谢冰心。但他们至少也相当有意识地强调着自己的文人的趣味、雅致、温馨、教养和洁净；哪怕不是志士与先锋直到精美的文学，至少也是绅士与淑女的文学。

我们大概没有想到，完全可能有另外的样子的作家和文学。比如说，绝对不自以为比读者高明（真诚、智慧、觉悟、爱心……）而且大体上并不相信世界上有什么太高明之物的作家和作品，不打算提出什么问题更不打算回答什么问题的文学，不写工农兵也不写干部、知识分子，不写革命者也不写反革命，不写任何有意义的历史角色的文学，即几乎是不把人物当做历史的人社会的人的文学；不歌颂真善美也不鞭挞假恶丑乃至不大承认真善美与假恶丑的区别的文学，不准备也不许诺献给读者什么东西的文学，不"进步"也不"反动"，不高尚也不躲避下流，不红不白不黑不黄也不算多么灰的文学，不承载什么有份量的东西的（我曾经称之为"失重"）文学……

然而这样的文学出现了，而且受到热烈的欢迎。这几年，在纯文学作品发行销售相当疲软的时刻，一个年轻人的名字越来越"火"了起来。对于我们这些天降或自降大任的作家来说，这实在是一个顽童。他的名言"过去作家中有许多流氓，现在的流氓则有许多是作家"（大意）广为流传。他的另一句名言"青春好像一条河，流着流着成了浑汤子"，头半句似乎有点文雅，后半句却毫不客气地揶揄了"青春常在""青春万岁"的浪漫与自恋。当他的一个人物津津有味地表白自己"像我这样诡计多端的人……"的时候，他完全消解了"诡计多端"四个字的贬意，而更像是一种自我卖弄和咀嚼。而当他的另一个人物问自己"是不是有点悲壮"的时候，这里的悲壮不再具有褒意，它实在是一个谑而不虐或谑而近虐（对那些时时摆出一副悲壮面孔的人来说）的笑话。他拚命躲避庄严、神圣、伟大也躲避他认为的酸溜溜的爱呀伤感呀什么的。他的小说的题目《玩的就是心跳》《千万别把我当人》《过把瘾就死》《顽主》《我是你爸爸》以及电视剧题目《爱你没商量》在悲壮的作家们的眼光里实在像是小流氓小痞子的语言，与文学的崇高性实在不搭界。与主旋律不搭界，与任何一篇社论不搭界。他的第一人称的主人公与其朋友、哥们儿经常说谎，常有婚外的性关系，没有任何积极于社会主义的表现，而且常常牵连到一些犯罪或准犯罪案件中，受到警察、派出所、街道治安组织直到单位领导的怀疑审察，并且满嘴俚语、粗话、小流氓的"行话"直到脏话。（当然，他们也没有有意地干过任何反党反社会主义或严重违法乱纪的事。）他指出"每个行当的人都有神化自己的本能冲动"，他宣称"其实一个元帅不过是一群平庸的士兵的平庸的头儿"，他明确指出："我一向反感信念过于执著的人。"

当然，他就是王朔。他不过三十三四岁，他 1978 年才开始发表第一篇小说，他的许多作品被改编为电影、电视剧，他参加并领衔编剧的《编辑部的故事》大获成功。许多书店也包括书摊上摆着他的作品，经营书刊的摊贩把写有他的名字的招贴悬挂起来，引人注目，招揽顾客。而且——这一点并非不重要，没有哪个单位给他发工资和提供医疗直至丧葬服务，我们的各级作家协会或文工团剧团的专业作家队伍中没有他的名字，对于我们的仍然是很可爱的铁饭碗铁交椅体制来说，他是一个0。一面是群众以及某些传播媒介的自发地对于他的宣传，一面是时而传出对王朔及王朔现象的批判已经列入大批判选题规划、某占有权威地位的报刊规定不准在版面上出现他的名字、某杂志被指示不可发表他的作品的消息，一些不断地对新时期的文学进行惊人的反思、发出严正的警告、声称要给文艺这个重灾区救灾的自以为是掌舵掌盘的人士面对小小的火火的王朔，夸也不是批也不是，轻也不是重也不是，盯着他不是闭上眼也不是，颇显出了几分尴尬。

这本身，已经显示了王朔的作用与意义了。

在王朔的初期的一些作品中，确实流露着一种玩世不恭的态度。他的第一部长篇小说《玩的就是心跳》的主人公，甚至对什么是已经发生或确实发生的，什么是仅仅在幻想中出现而不曾发生的也分不清了。对于他来说，人生的实在性已经是可疑的了。遑论文学？已经有人著文批评王朔故做潇洒了。因为他更多地喜欢用一种满不在乎绝不认真的口气谈论自己的创作：“玩一部长篇”、“哄读者笑笑”、“骗几滴眼泪”之类。“玩”当然不是一个很科学很准确更不是一个很有全面概括力的字眼。王朔等一些人有意识地与那种“高于生活”的文学、教师和志士的文学或者绅士与淑女的文学拉开距离，他们反感于那种随着风向改变、一忽儿这样一忽儿那样的诈诈（咋咋）唬唬，哭哭啼啼，装腔做势，危言耸听。他不相信那些一忽儿这样说一忽儿那样说的高调大话。他厌恶激情、狂热、执著、悲愤的装神弄鬼。他的一个人物说：

> 我一点也不感动……类似的话我……听过不下一千遍……有一百次到两百次被感动过。这就像一个只会从空箱子往外掏鸭子的魔术师……不能回回都对他表示惊奇……过分的吹捧和寄予厚望……有强迫一个体弱的人挑重担子的嫌疑……造就一大批野心家和自大狂。（《野兽凶猛》）

他和他的伙伴们的“玩文学”，恰恰是对横眉立目、高踞人上的救世文学的一种反动。他们恰似一个班上的不受老师待见的一些淘气的孩子。他们颇多智商，颇少调理，小小年纪把各种崇高的把戏看得很透很透。他们不想和老师的苦口婆心而又千篇一律、指手划脚的教育搭界。他们不想驱逐老师或从事任何与老师认真做（作）对的行动，因为他们明白，换一个老师大致上也是一丘之貉。他们没有能力以更丰富的学识或更雄辩的语言去战胜老师。他们唯一的和平而又锐利的武器便是起哄，说一些尖酸刻薄或者边应付边耍笑的话，略有刺激，嘴头满足，维持大面，皆大欢喜。他们维（惟）妙维（惟）肖地模仿着老师，亵渎着师道的尊严，他们故意犯规说一些刺话做一些小动作，他们的聪明已先洞悉老师的弱点，他们不断地用真真假假的招子欺骗老师使老师入套，然后他们挤挤眼，哄大家笑笑，并在被老师发现和训斥的时候坚持自己除了玩、逗笑外是这样善良和纯洁,决无别的居心目的。他们显然得意于自己的成功。他们不满意乃至同样以嘲笑的口吻谈论那些认真地批评老师的人,在他们看来,那些人无非要取代现有的老师的位置,换一些词句,继续高高在上地对他们进行差不多同样的耳提面命的教育。他们差不多是同样地冥顽不灵与自以为是。他的一个人物说,既然人人都自以为是,和平相处的唯一途径便是互相欺骗。

是的,亵渎神圣是他们常用的一招。所以要讲什么“玩文学”,正是要捅破文学的时时绷得紧紧的外皮。他的一个人物把一起搓麻将牌说成过“组织生活”,还说什么“本党的宗旨一贯是……你是本党党员本党就将你开除出去,你不是……就将你发展进来——反正不能让你闲着。”(《玩的就是心跳》)这种大胆妄言和厚颜无耻几乎令人拍案:“是可忍孰不可忍?”但是我们必须公正地说,首先是生活亵渎了神圣,比如江青和林彪摆出了多么神圣的样子演出了多么拙劣和倒胃口的闹剧。我们的政治运动一次又一次地与多么神圣的东西——主义、忠诚、党籍、称号直到生命——开了玩笑……是他们先残酷地“玩”了起来的!其次才有王朔。

多几个王朔也许能少几个高喊着“捍卫江青同志”去杀人与被杀的红卫兵。王朔的玩世言论尤其是对红卫兵精神与样板戏精神的反动。陈建功早已提出“不要装孙子”(其实是装爸爸),王安忆也早已在创作中回避开价值判断的难题。然后王朔自然也是应运而生。他撕破了一些伪崇高的假面。

而且他的语言鲜活上口,绝对地大白话,绝对地没有洋八股党八股与书生气。他的思想感情相当平民化,既不杨子荣也不座山雕,他与他的读者完全拉平,他不但不在读者面前升华,毋宁说,他见了读者有意识地弯下腰或屈腿下蹲,一副与“下层”的人贴得近近的样子。读他的作品你觉得轻松地(得)如同吸一口香烟或者玩一圈麻将牌,没有营养,不十分符合卫生的原则与上级的号召,谈不上感动……但也多少地满足了一下自己的个人兴趣,甚至多少尝到了一下触犯规范与调皮的快乐,不再活得那么傻,那么累。

他不像有多少学问,但智商满高,十分机智,敢砍敢抡,而又适当搂着——不往枪口上碰。他写了许多小人物的艰难困苦,却又都嘻嘻哈哈,鬼精鬼灵,自得其乐,基本上还是良民。他开了一些大话空话的玩笑,但他基本不写任何大人物(哪怕是一个团支部书记或者处长),或者写了也是他们的哥们儿他们的朋友,决无任何不敬非礼。他把各种语言——严肃的与调侃的,优雅的与粗鄙的,悲伤的与喜悦的——拉到同一条水平线上。他把各种人物(不管多么自命不凡),拉到同一条水平线上。他的人物说“我要做烈士”的时候与“千万别拿我当人”的时候几乎呈现出同样闪烁、自嘲而又和解加嘻(嬉)笑。他的“元帅”与黑社会的“大哥大”没有什么原则区别,他公然宣布过。

抡和砍在他的作品中,在他的人物的生活中,起着十分重大的作用。他把读者砍得晕晕忽忽,欢欢喜喜。他的故事多数相当一般,他的人物描写也难称深刻,但是他的人物说起话来真真假假,大大咧咧,扎扎刺刺,山山海海,而又时有警句妙语,微言小义,入木三厘。除了反革命煽动或严重刑事犯罪的教唆,他们什么话——假话、反话、刺话、荤话、野话、牛皮话、熊包话直到下流话和"为艺术而艺术"的语言游戏的话——都说。(王朔巧妙地把一些下流话的关键字眼改成无色无味的同音字,这就起了某种"净化"作用。可见,他绝非一概不管不顾。)他们的一些话相当尖锐却又浅尝辄止,刚挨边即闪过滑过,不搞聚焦,更不搞钻牛角。有刺刀之锋利却决不见红。他们的话乍一听"小逆不道",岂有此理;再一听说说而已,嘴皮子上聊做发泄,从嘴皮子到嘴皮子,连耳朵都进不去,遑论心脑?发泄一些闷气,搔一搔痒痒筋,倒也平安无事。

承认不承认,高兴不高兴,出镜不出镜,表态不表态,这已经是文学,是前所未有的文学选择,是前所未有的文学现象与作家类属,谁也无法视而不见。不知道这是不是与西方的什么"派"什么"一代"有关,但我宁愿认为这是非常中国非常当代的现象。曲折的过程带来了曲折的文学方式与某种精明的消解与厌倦,理想主义受到了冲击,教育功能被滥用从而引起了反感,救世的使命被生活所嘲笑,一些不同式样的膨胀的文学汽(气)球或飘失或破碎或慢慢撒了气,在雄狮们因为无力扭转乾坤而尴尬、为回忆而骄傲的时候,猴子活活泼泼地满山打滚,满地开花。他赢得了读者。它令人耳目一新,虽然很难说成清新,不妨认作"浊新"。此亦一是非彼亦一是非。和光同尘。大贤隐于朝,小贤隐于山野;他呢,不大不小,隐于"市"。他们很适应四项原则与市场经济。

当然王朔为他的"过瘾"与"玩"不是没有付出代价。他幽默,亲切,生动,超脱,精灵,自然,务实而又多产。然而他多少放弃了对于文学的真诚的而不是虚伪的精神力量的追求。他似乎倾倒着旧澡盆的污水,以及孩子。不错,画虎不成反类犬,与其做一个张牙舞爪的要吃人又吃不了的假虎,不如干脆做一只灵敏的猴子,一只千啼百啭的黄莺,一条自由而又快乐的梭鱼;但是毕竟或迟或早人们仍然会想念起哪怕是受过伤的、被仿制伪劣过也被嘲笑丢份儿过的狮、虎、鲸鱼和雄鹰。在玩得洒脱的同时王朔的作品已经出现了某些"靠色"(重复或雷同)、粗糙、质量不稳定的状况。以他之聪明,他自己当比别人更清楚。

王朔的创作并没有停留在出发点上。其实他不只是"痞子"般地玩玩心跳,他的不长的长篇小说《我是你爸爸》中充满了小人物、特别是小人物的儿子的无可奈何的幽默与辛酸,滑稽中不无令人泪下的悲凉乃至寂寞。他的《过把瘾就死》包含着对于以爱的名义行使的情感专制的深刻思考,女主人公歇斯底里地捆住男主人公的手脚,用刀逼着他说“我爱你”的场面接触到人性中相当可悲亦可怖的一面;主人公虽不乏王朔式的痞子腔调与行状,毕竟也“体会到了一种从未有过的激情。那种巨大的……过去我从来不相信会发生在人类之间的激情……”自称“哄”“玩”是一回事,玩着玩着就流露出一些玩不动的沉重的东西,这也完全可能。而他的短篇小说《各执一词》,实际上包含着强烈的维护青年人不受误解、骚扰与侮辱的呼吁。如果我说这篇小说里也有血泪,未必是要提一提这位“玩主”的不开的壶。

王朔会怎么样呢?玩着玩着会不会玩出点真格的来呢?保持着随意的满不在乎的风度,是不是也有时候咽下点苦水呢?如果说崇高会成为一种面具,洒脱和痞子状会不会呢?你不近官,但又不免近商。商也是很厉害的。它同样对于文学有一种建设的与扭曲的力量。作为对你有热情也有宽容的读者,该怎么指望你呢?

——原载《读书》1993年第1期

白　烨

史志意蕴·史诗风格

——评陈忠实的长篇小说《白鹿原》

《白鹿原》是真正的厚积薄发之作。

陈忠实从1965年发表短篇处女作到1992年发表长篇小说《白鹿原》，其间整整相隔了27年。不能说这27年他都在有意为长篇小说创作做准备，但27年间他在社会生活中的磨练和在文学创作上的探求，无疑都给他的长篇创作在内蕴上和艺术上不断地打着铺垫。否则，我们就很难理解他的长篇小说《白鹿原》何以如此姗姗来迟，而这个晚生的产儿又为何一呱呱坠地便那么不同凡响。

作为一个创作严谨的作家，陈忠实向来是以作品的质朴和厚实取胜的。他的每一篇作品，都卓有足实的生活内蕴和清丽的生活感觉，而且给人一种越来越凝重的感觉。人们毫不怀疑他拿出长篇力作的实力。即使如此，《白鹿原》的问世，还是让人们吃了一惊，它在许多方面所达到的艺术水准，使人们不能不对它刮目相看。

它以白鹿原的白、鹿两家三代人的人生历程为主线，既透视了凝结在关中农人身上的民族的生存追求和文化精神，又勾勒了演进于白鹿原人们的生活形态和心态的近代、现代的历史发展轨迹，及其发生的大大小小的回响。在一部作品中复式地寄寓了家族和民族的诸多历史内蕴，颇具丰赡而厚重的史诗品位，在当代长篇小说创作中当属少有。

还有，《白鹿原》在以时间为经、事件为纬的结构框架中，始终以人物为叙述中心，事件讲求情节化，人物讲求性格化，叙述讲求故事化，而这一切都服从和服务于可读性，有关的历史感、文化味、哲理性，都含而不露地化合在引人入胜的艺术魅力之中，比较好地打通了雅与俗的已有界限。一部作品内蕴厚重、深邃而又如此好读和耐读，这在当代长篇小说中亦不多见。

这些突破，使得《白鹿原》把陈忠实的个人创作提高到了一个新的艺术层次，也把当代长篇小说的现实主义创作推进到了一个新的时代高度，从而具有了某种标志性的意义。

《白鹿原》具有的多重内蕴和多种魅力,既给解析作品提供了多样的可能,也给把握作品造成了不少的难度。但作品在开首所引进的"小说被认为是一个民族的秘史"的巴尔扎克名言,无疑给人们理解作品留下了一把钥匙。可以说,陈忠实还是把白鹿原作为近现代历史替嬗演变的一个舞台,以白、鹿两家人各自的命运发展和相互的人生纠葛,有声有色又有血有肉地揭示了蕴藏在"秘史"之中的悲怆国史、隐秘心史和畸态性史,从而使作品独具丰厚的史志意蕴和鲜明的史诗风格。

一

在《白鹿原》诸多的史志意蕴中,由许多大大小小的事件纠结勾连起来的政治斗争的风云变幻,在作品中最具分量也最为显见。那实际上是作者由白鹿原的角度,对近现代以来的国史在社会层面上的一个浓墨重彩的勾勒。

白鹿原从清朝改民国、民国到新中国成立的近四十年的时间里,一刻也没有消停过。先是督府的课税引起了"交农"事件,其后是奉系镇嵩军与国民革命军的你争我斗。当事态演化到国共双方的分裂与对抗之后,白鹿原就更成了谁都不能安生、谁也无法避绕的动荡的漩涡:农协在"戏楼"上镇压了财东恶绅,批斗了田福贤等乡约;乡约和民团们反攻回来,在"戏楼"上吊打农运分子,整死了倔强不屈的贺老大;尔后,加入了土匪的黑娃又带人抢劫了白、鹿两家。及至"革命"进一步深入到家族和家庭,白家的孝文进入了保安团,白灵参加了共产党;鹿家的兆鹏成为红军的要员,黑娃则摇身成了保安团的红人,这些大开大阖、真枪实弹的阶级抗争,连同白嘉轩和鹿子霖那种勾心斗角的家族较量,使得白鹿原成为历史过客逞性耍强而又来去匆匆的舞台,而白鹿原的芸芸众生们被裹来挟去,似懂非懂地当了看客,不明不白地做了陪衬。在复式叙述这些上上下下和明明暗暗的复杂斗争时,作者一方面立足于历史的现实,写了纷乱争斗之中的是是非非、善善恶恶以及革命力量在艰难困苦中的进取和社会演进的客观趋向;另一方面又超越现实的历史,以更为冷静、更见宏观的眼光,审视发生在白鹿原的一切,大胆而真切地揭示了革命和非革命的、正义和非正义的斗争演化成为白鹿原式的"耍猴"闹剧后,给普通百姓的命运和心性带来的种种影响。

作品第十四章写到国共分裂,田福贤等人重新整治了对立一方后给白嘉轩还"戏楼"的钥匙时,白嘉轩用超然物外的口吻说:"我的戏楼真成了'鏊子'了。"田福贤后来又从朱先生口中听到同样的话:"白鹿原成了'鏊子'。"洁身自好、与世无争的白嘉轩和朱先生,作为事态的旁观者确比别人看得更为清楚。"鏊子是烙锅盔烙葱花大饼烙饦饦馍的,这边烙焦了再把那边翻过来。"因为黑娃等在"戏楼"上整了田福贤等人,田福贤等重新得势后一定要再在“戏楼”上回整黑娃的同党,你对我残酷斗争,我对你也无情打击,在这种翻过来又翻过去的互整中,白鹿原成了谁都没有放过的“鏊子”,白鹿原的乡民们成了吃苦受累的不变对象。他们既是当时的历史所不能缺少的陪客,也是过后的历史随即忘却的陪客。这种付出了不该付出的、又得不到本该得到的无谓结局,是比那些有头有脸的人物的相互戕害的悲剧更为深沉,也更为普遍的悲剧。

“鏊子”说一出,把白鹿原的错综纷繁的争斗史,简洁而形象地概括了、提炼了。它既生动地描画了白鹿原式的斗争因“翻”而构成的烈度和频度,又深刻地喻示了这种“翻”来“翻”去的闹法给置身其中的乡民们造成的困苦。即就黑娃和田福贤在戏楼上你来我往的较量来说,那就是谁也没有占到上风的平手戏;而先后被整死的老和尚和贺老大,却切切实实地做了代人受过的替罪羊。从这个意义上说,“白鹿原成了鏊子”,实质上是在正剧幌子掩盖下的闹剧,以闹剧形式演出的悲剧。

白鹿原是个你争我夺的“鏊子”,也是个巨细无遗的“镜子”。在那种紊乱无序的风云变幻中,一些人如何被扭曲本性,一次次地陷入人生之误区,而另一些人又如何被畸态的历史所愚弄,懵懵懂懂地付出了生命的代价,在这面凸透镜中都映照得格外清楚。勤劳善良的黑娃由“风搅雪”涉足政治之后,强劲的社会风浪把他冲来荡去,他不断变换着身份,却始终没有找到自己的位置。天真、纯朴的白灵参加革命后,出生入死、诚心诚意,却被误作潜伏特务处以“活埋”;身为国民革命军营长的鹿兆海在进犯边区时身亡,却被当成了抗日“烈士”厚礼安葬;在解放战争中立有策划起义之大功的黑娃官居副县长之后,被白孝文暗中诬陷惨遭镇压,而混入革命三心二意又狡诈阴险的白孝文却如鱼得水,悠悠自得。在这里,因种种因素所构成的阴差阳错,使得不同人的命运走向了与其本义和本性相偏离、相悖谬的方向。个中,个人的和社会的历史经验和教训,既丰富又沉痛,很值得人们深加玩味和认真记取。

我们如若不是从教科书上去了解历史的话,那么很多历史差不多都是一团乱麻。但如果把历史的一团乱麻还原成文学上的一团乱麻,那充其量是做了历史书记官的工作。文学家的作为,是从已有历史的审美观照和文学表述中,表现作者主体的眼光,表达自己独特的发见。《白鹿原》的历史故事,就既是客体的,又是主体的;既是普遍的,又是独特的;尤其是它贯穿了“鏊子”这样一个形象而隽永的象征意蕴之后。

二

在白鹿原绵延不断的争斗与纠葛中,除去蒙受冤屈的人、死于非命的人,最为不幸的当数白嘉轩了。他作为一个居仁由(有)义、心怀大志的族长,被社会的浪潮挤到舞台的一角,家业难兴,族事难理,与老对手鹿子霖的较量始终难分胜负。可以说,他的一生是时乖命蹇的一生。然而,他的心有余而力不足的种种行状和心态,却构成了秘史中的另外一个重要部分,那就是隐含在一个传统农人身上的独特的文化精神和民族心史。

作为一个敬恭桑梓、服田力穑的农人,白嘉轩身上有着民族的许多优良秉性和品质。他靠自力更生建立起了家业,又靠博施众济树立起人望;无论是治家还是治族,他都守正不阿,树德务滋。尤其是对文化人朱先生、冷先生的敬之、效之,对老长工鹿三的重之、携之,更以对小生产意识的明显超越,表现了他在一代农人之中的卓尔不群。白嘉轩始终怀有一个不大不小的热望:按照自立的意愿治好家业,按照治家的办法理好族事,使白鹿原的人们家家温饱,各(个)个仁义,从而也使自己的声名随之不朽。但当这些想法在现实中刚刚开了一个头,他便遇到了种种意料不到的难题和挑战。起先是没有了皇帝,使他六神无主;接着是民国建立政权,鹿子霖以乡约的身份与他平分了秋色。随后便是各家的混战蜂起,家事和族事都乱了套,他使出浑身解数也每况愈下,只有儿子孝文在最后做稳了县长,他才稍稍有所慰藉。从未放弃过个人的私欲和名誉,却也不错过任何可以急公好义的机会,把一己的价值实现寓于家族和乡里的事业发展,这是白嘉轩这个形象的独特所在。

作为独特的白鹿原的独特产儿,白嘉轩离不开白鹿原这个舞台,白鹿原也离不开白嘉轩这个主角。他首立了乡规、乡约,确立了他的族长地位又使乡民们有规可依;他修祠堂、建学堂,树立了自己的威望,也使孩子们上学读书有了保障;他与鹿子霖明争暗斗,守住了族长职位,也阻遏了恶人的势力膨胀。他处处救助受难者,使自己的人缘、人望大增,也使频仍的混战对人的伤害得到了不小的减缓。他的"仁义"为怀、自立为本的人格精神,最典型不过地表现了中国传统农人基于小农经济和田园诗生活的文化意识和人生追求。

不难看出,对于《白鹿原》中的白嘉轩的塑造,作者既把他当做较为理想的农人典型,也把他当做一面可以澄影鉴形的"镜子"。用他,照出了鹿子霖的卑猥与丑恶;用他,照出了朱先生的睿智与清明;用他,还照出了乱世沧桑的悲凉与悲壮。一个时世,如若使仁人君子都惶惶不安、悻悻不乐乃至倍受折磨和煎熬,那这个时世还不可叹可悲么?反过来看,也可以说作者也经由白嘉轩写了传统的"仁义"精神在历史发展中的有用性与无用性,尤其是白嘉轩不无欣幸地把儿子孝文当了县长以为是白鹿"显灵"的结果,更是以一种悖论性的内含,暗示了白嘉轩仁义追求走向意愿反面的最终破产。在这里,作者在白嘉轩人格精神的悲剧结局里,不仅映现了社会生活在急剧变动之时难分青红皂白的某种冷淡性、无情性,而且表达了他对传统的文化精神肯定与否定参半、赏赞与批判相间的历史主义态度,尽管那样更像是一曲略带忧伤色彩的挽歌。

三

《白鹿原》里少有缠绵悱侧(恻)、催人泪下的情与爱,有的多是缺情乏爱的性发泄。白嘉轩先后娶了七房女人,同那一个都没有太深的感情纠葛;白孝文娶妻之后,先耽于床第(笫)之事,后又移心别离;只有黑娃和小娥的相恋带有真情,却又棒打鸳鸯散,各奔了东西。是作者没有兴致、没有才力去抒写人间情爱么,当然不是。我以为,这只能理解为关于白鹿原上的性事与性俗,作者别有自己的看法。尤其是通过白嘉轩的冷待女人和小娥的放纵沉沦,作者实际上向人们揭示了白鹿原人们游离了性爱本义的畸态性史。

白嘉轩所娶的七个妻子中,有六个都没有给他留下什么,他也只有同她们初次交欢时的印象。他娶了第七个妻子仙草后,相处日渐融洽,其因在于她既连生三子,发挥了传宗接代的功用,又带来罂粟种子,起到了振兴家业的效能。然而,白嘉轩并没有想到他人财两旺的光景同仙草有什么切实的关系,他把自己的发家致富主要归结为"迁坟"后的"白鹿逞灵"。没有给他带来什么东西的女人在他心目中没有任何地位,给他带来了"人"和"财"的女人,在他的心目中仍然没有什么地位,女人作为人在白嘉轩的世界里被遗忘了,她们或者只是他泄欲时的对象,或者只是他干事时的帮手。男女之间应有的情性相悦,到白嘉轩这里一概被淡化、被消解了。正是出于这种传统的婚姻观,他对六个死去的妻子只有在初婚之夜如何征服她们的感受,而且常常"引以为豪壮";他看不惯儿子和儿媳的过分缠绵,教唆儿子孝文使出"炕上的那一点豪恨",不要"贪色",他认为小娥是"不会居家过日子"还要"招祸"的"灾星",拒阻黑娃和小娥到祠堂成亲。作为正统社会的一个正统男人,白嘉轩只把婚姻看成是传宗接代和建家立业的一个环节,可能纷扰最终目的的卿卿我我、情情爱爱之类的东西宁可少要或不要。这样不讲对等意义上的互爱和超越功利意义的情欢,把婚姻简单地等同于生孩子、过日子,正是长期以来民族婚俗中少有更变的传统观念。它是正宗的,却也是畸态的。

而小娥有关婚爱的想法和做法,与白嘉轩恰成鲜明对比。她不计名利、不守礼俗,只要是两心相知、两情相悦,她就交心付身,没遮没拦,而且不顾一切、不管后果。她一旦爱上黑娃,便死心塌地、一心一意,那怕他位卑人微,也在所不惜,把一个重情女子的柔肠侠骨表现得淋漓尽致。在小娥的情爱观里,显然不无贪情纵欲的成分,然而正是在这一点上,她有力地超越了传统的功利主义婚恋樊篱,带有一种还原性爱的娱情悦性本色的意味。然而,这必然与以白嘉轩为代表的正统道德发生牴牾,从而为白鹿原的习俗所不容。因而,当她失去了黑娃的佑护之后,便像绵羊掉进了狼窝，在政治上、人格上、肉体上备受惩罚和蹂躏，从而也变成了白鹿原皮肉场上的一只“鏊子”。鹿子霖乘其之危占有了她，并以此作为对黑娃的某种报复；她又听从鹿子霖的调唆以美色诱引孝文走向堕落；白嘉轩打上门来找小娥被气晕在门外；鹿子霖“气出了仇报了”又来寻小娥“受活受活”。在这里，正言厉色的白嘉轩把她当成伤风败俗的“灾星”，不顾伦常的鹿子霖把她当成搞垮对头的“打手”，而对她似乎不无情意的白孝文，也实际上把她当成是除治阳痿、激性纵欲的“工具”。在她那里，也是你上来我下去，翻着另一种形式的“烧饼”，场面虽如火如荼，却谁也没有付出真情实意和爱心，她一如白鹿原的“戏楼”，是男人们相互角力和私下放纵的“演练场”。他们既没有轻易放过她，也没有把她真正当成人。

小娥由追求真情真性的爱恋而走向人尽可夫的堕落，当然有她自己破罐子破摔的主观原因，但在很大程度上也是白鹿原的男人所逼就的，她爱黑娃不能，洁身自好也不能。为人直正（正直）又守成的白嘉轩压制她，为人伪善又歹毒的鹿子霖威诱她；她在场面上要忍负正人君子的唾骂，在背地里又要承受偷香窃玉的人的蹂躏，还要兼及拉人下水、诱人起性，试问面对这一切，她作为一个孤立无援的弱女子又能怎么办呢？她别无选择，只能按照白鹿原的道德与需要，在随波逐流中走向自戕又戕人的悲剧结局。这难道仅仅是小娥个人的命运悲剧么？

有意味的是，小娥死后闹起了鬼，白鹿原的人们又在白嘉轩的主持下建造了砖塔专以对付小娥的鬼魂，从而使小娥以物体的形式重又站立在白鹿原上，那说是镇妖塔，又何尝不是纪念塔。人们看到砖塔不能不想起小娥，而小娥则以她不屈的身影，诉说着自己的坎坷与不幸，指控着白鹿原性文化的虚伪与戕人，从而把隐匿在她的遭际中的个人的和民族的畸态性史昭示给人们，引动人们去思索，反刍其中所包含的诸多意味。

如果说白嘉轩的性行为、性观念是以对封建主义的认同与皈依的形式走向僵滞的话；那么，小娥的性追求和性心理，则是在同封建理性的盲目对抗和无奈顺从中走向了非人。使不同的人殊途同归，封建的道德文化显示出了它多么巨大的力量。人们在面临着社会生活的无情颠簸的同时，又被置于婚姻生活中的诸种误区，还能到那里去寻求正常的人生和健康的心性呢？在这里，作者通过白鹿原两类形式的畸态性史，更进一步地从人性、人本的角度，把作品的意蕴大大深化了。

四

《白鹿原》作为一部有积累、有准备的长篇杰作，不仅表现在内蕴一方面，还表现在形式一方面。可以说，与它的丰厚隽永的史志意蕴相得益彰，它在艺术形式上气宇轩昂，具有鲜明的史诗风格。它以一个村镇、两个家庭为载体，把民族近半个世纪的历史作了缩微式的反映;在这一反映过程中,它又以显层次的运动、斗争的勾勒和隐层次的人心与人性的揭示,立体交叉式地全部揭示了社会生活和社会心理的历史变动。作品既立足于历史,又超越了历史。读着这样的小说,我很想借用狄德罗赞扬理查生的话对作者说:“往往历史是一部坏的小说;而小说,像你写的那样,是一篇好的历史。”①

作者在获取史诗风格的写法上追求颇多,我以为比较重要的主要有两点。

其一,又“入”又“出”,“宏”“微”相间。

《白鹿原》中,主要人物即有白嘉轩、鹿子霖、朱先生、冷先生、田福贤、鹿三、黑娃、小娥、白孝文、鹿兆鹏、白灵等十数人。除却个别人外,其他人或分属于白、鹿两大家族,或分属于国、共两大力量;人人各具共性,其个性之中又不可避免地带有家族和政治的意识倾向。对于作品中的人物和他们的行状,作者采取一种十分客观的态度,既入乎其内,从对象主体的角度探幽烛微,设身处地地写他们的行为处事的内在缘由;又超然物外,从外在旁观的角度高瞻远瞩,不动声色地写他们身在其中的迷离与偏失。触及个人是这样,涉笔族事、政事也是这样。这就使作品既以一种又“入”又“出”的双重视角,具有现实感与历史观相结合的真实性,又使作品以一种有“细”有“粗”的两种笔墨,具有微观透视与宏观鸟瞰相融合的深刻性。这样的写法,还同时以造成作品中的人物和事件在内涵上的某种不确定性,带来感觉上的多义性,使得作品具有可从多种角度和多个侧面去读解和评析的可能。

其二,有“清”有“浑”,虚实相致。

历史常常如一位英国作家所描述的那样,“是混乱的,易变的,任意的,它遗留下成千上万解开来的头绪,参差不齐”②。因之,作家以历史生活为题材和素材,势必要进行梳理。但这种梳理,应该达到一种更集中、更形象的历史真实,而不是相反。因此,梳理当有一个合理的度。《白鹿原》反映历史生活之所以相当成功,正在于作者对历史素材的爬梳剔抉合理而适度。

关于白鹿原的历史,作者写清楚了它的家庭争斗的根根蔓蔓,以及后来的政治斗争的恩恩怨怨,但还有一些人物,一些事件,仍让人觉着不那么清晰,不那么明朗。如朱先生何以如孔明一般神机妙算,白嘉轩到底在坡地发现了什么以为“白鹿显灵”,小娥死后怎能魂附鹿三之体闹起了鬼。还有白鹿原本身的历史的种种似是而非的传说,作者并未就其深浅、虚实与正误去一一追根究底,使得它们以一种隐晦不明的状态一同汇入了白鹿原的文化和白鹿原的历史。而这反倒既达到了一种真实,

① 《理查生赞》,《古典文艺理论译丛》第5辑。

② 约翰逊:《小说形式与手段》。

又构成了一种丰繁，使人们看到了一个独特的白鹿原世界和氤氲的白鹿原文化。作品因写得既“清”又“浑”，亦实亦虚，格外地丰厚和凝重了，也耐得起人们的咀嚼和回味了。

其他还如在历时性的事件结构中以人物命运为单元的故事性情节推进，由关中方言和书面语言相杂糅而形成的有滋有味而又铿锵作响的语言表达，都在完成着史诗风格的营造的同时，使作品充溢着一种历史与文学相融合的艺术魅力。使得阅读作品本身成为一种艺术的享受和情感的愉悦，倘佯其中甚至让人难以觉察到作品后三分之一笔墨的松疏以及个别人物的描写失却分寸的某些纰点。

一部好的作品总是引动人物超越作品本身去寻思些什么，读陈忠实的《白鹿原》，就很容易让人联想到法国哲人爱尔维修在回答人应当怎么办的提问时说的一句话：“人应当躲避痛苦，寻求快乐。”这大概既是人最基本、最生生不息的追求，又是人最难得、最可望不可即的追求。我以为，陈忠实创作《白鹿原》，大半是带着这样一种信念，而他想通过作品传达给人们的，也大抵是这样一个信念。

《白鹿原》的作者和读者朋友们，以为然否？

1993 年 5 月 19—20 日，于北京朝内

——原载《当代作家评论》1993 年第 4 期

李洁非

废墟上的铭文

——李锐长篇小说《旧址》的主题分析

古老家族为谁所败?

确实如李锐自己所说,这样一部不足二十万字的长篇小说,断断续续花了一整年时间才写完,“时间太长”。然而,在我读完它以后,却有了另一种感觉:对这样一个叙述了有着近两千年历史的古老家庭故事来说,对于这个故事中包含的沉郁的主题而言,只用一年的写作过程即告完成,其实是相当迅捷了。

当小说的最后一行文字从眼睛里消失时,我弃卷于案,阖目沉思。作者虚构的那个李氏家族,崛起于东汉建武元年,横亘百代,至二十世纪五十年代初而终。这个时间表里所蕴藏的暗示,绝不仅仅是要渲染李氏家庭的悠久;我们不能不想到,这样一个在十几个世纪当中绵延不绝的家族的存在,是骇人听闻的,因为中国这段历史上先后至少更迭过十个朝代、有过数十次内乱和异族入侵,而所有这些可怕的社会动荡,却未能对李氏家庭的存在构成根本性的威胁——只有一次例外,那便是四十多年前发生的那场历史的大转折。

关于这个家族的故事,我们只能视其为彻头彻尾的“传说”。它非但谈不上任何写实的意义,甚至,也无从被纳入“历史小说”的范畴——尽管作者巧妙地制造了不少“历史小说”的假象。整个而言,《旧址》是一部巨大的文化寓言;从历史可能性说,李氏家庭或以别的姓氏出现的这种家族,是不存在的,但是它在隐喻的意义上则异常深刻地存在着——当我们把“李氏家族”换成另一类字眼,比方说“古典秩序”这个字眼,便马上可以意识到,在李锐的那个时间表里的存在主体,并不是某一具体的家族,而是一种文化体系,亦即从汉代正式确立起来的中国传统社会结构及其文化价值。所谓的“李氏家族”,其实乃是后者的象征物,在这个意义上它超越了时间和空间,超越了朝代的更迭和大大小小的天灾人祸,奇迹般地延续了十几个世纪,直至它作为一种精神不得不消亡的时代终于来临。

这正是《旧址》作为一部家世小说不同于以往任何同类作品的地方，例如《家》、《春》、《秋》三部曲，《子夜》，乃至于《红楼梦》——在这些小说中，家族的衰落无非就是家庭的衰落而已，可是，这在《旧址》里却意味着一种文明总的句号。

那么，这个被冠以“李氏”名称的古老家族，究竟是为谁所败呢？当我看透李锐的虚构的故事的真正所指之后，不禁为他竟然试图通过一部小说来回答如此庞大的问题吃惊不已。我这样想，不是担心他是否能够拿出一个令所有中国人心悦诚服的结论，他肯定是拿不出的，别人同样拿不出，因为永远不会有一种个人解释使历史的秘密就此消失；我担心的是，他能否用这二十万字和本身相当苛刻的情节方式，将有着两千年历史的文化体系之被击败的所有复杂性容纳进去。

李乃敬和白瑞德

《旧址》故事的一个重要部分，来自于两个家族之间的竞争，这就是其历史可以上溯到公元25年的、如今表面上仍是银城首富和头号望族的李家，以及没有历史可言却正处上升时期、气势咄咄逼人的白家。

李乃敬、白瑞德则分别是这两大家族的灵魂人物。

实际上，当李乃敬按照祖制接替族长位置时，李氏家族已经处在不祥的阴影之中，再经过二十年多一点的时间，事实终于证明这就是九思堂的末代族长。尽管中国民间流传着许许多多败家子的故事，但李锐显然拒绝用这种方式解释李氏家庭的崩溃，他通过对李乃敬的刻画，明确表示李氏家庭的结局不是基于个人原因。作为九思堂的统治者，单单从个人素质上说，李乃敬如果生在其他年代无疑是一个“中兴之主”。他的勤勉、道德和手腕，不仅完全合乎李氏家族已经成功运用了多少年的那种治家经商的纯正传统，而且其熟稔程度以及对个中三昧的洞察之精即使置诸李氏家族史上最杰出人物的行列亦毫无愧色。耐人寻味的是，李乃敬越是淋漓尽致地体现了李氏家族千百年来行之有效的行为规范，越是接近于这个家族所能期待的理想人格，他也就越是陷入困境。

李乃敬的失败，远非他个人的失败。作为李氏家族这架古老的机器自我生产出来的一个标准的产品，李乃敬的失败暗示着他的整个家族的活力已经耗尽，他所代表的那一整套原则不再会使他的对手和劲敌感到敬畏，相反，对方正尽可能利用这一切轻易地取胜。

九思堂迅速变得软弱可欺的时候，白园却一天天强大起来。小说不仅鲜明地将此二者加以对比，同时也直接了当地指出九思堂在经济上正是被白园打败的。“白瑞德”这个名字，令人想起著名的美国小说《飘》，当然，此白瑞德与彼“白瑞德”在性格上并无相似之处，不过，李锐可能故意借此露骨地强调他的这个威斯康星大学毕业生同美国以及美国文化之间的联系。的的确确,《旧址》里的白瑞德相对于地地道道的中国财主李乃敬来说,构成了截然不同的别种形象,他的经营之道也展现了截然不同的另一套程序。他和李乃敬唯一的相似点只有勤勉,除此以外则大相径庭:李乃敬的管理要诀在于仁、义、礼、智、信,他靠的是树立自己的有威慑力的人格形象去震铄(烁)、感化和收笼下属、族人和对手;白瑞德的身上却没有半点这类因素,他的致富秘诀是敏锐、机变、魄力和知识。从白瑞德的背景、行为方式上,我们看到是一个由美国教育体系制造出来的合格的产品;他回到银城后,干净利落地使古老的九思堂居于下风,从而说明了在现代商业竞争中,坐轿子的李乃敬与坐福特牌汽车的白瑞德之间,到底谁是无可争议的强者。

古老家族的困境首先在异质文化面前暴露出来。但是,它仅仅是由从美国留学归来的白瑞德一手摧毁的吗?

政治之盟

另一个在李氏家庭覆灭过程上打下烙印的人物,是银城的拥兵自重的军政首脑杨楚雄。杨楚雄其人带有本世纪二十年代群雄乱中华的典型特征,这些行伍出身的实力派人物,各霸一方,一方面靠讹诈本地大户发财,一方面在与别的军阀争战时又以百姓保护人面目出现。

九思堂在商战中已被白园逼向困境的同时,又屡次首当其冲地成为杨楚雄敲诈对象,不啻是雪上加霜。杨楚雄不仅使李乃敬白白"送"出数以万计的银钱,(李)还不得不将堂妹李紫云许配给杨楚雄当夫人。当然,这些事情固为李乃敬〔本〕所不愿,但从生意角度说却并不是只有投入没有产出,后来,李乃敬自己渐渐省悟过来了,与当地的政治领袖结盟其实于己有利,所以,在李乃敬那里杨楚雄加诸他的这些"损失",实际上是一个愿打一愿挨,不能就此说九思堂受到了杨楚雄的荼毒。

但是,这种政治结盟确实在李氏家庭历史上带来了毁灭性的后果。若干年后,江山易手、政权更迭,当年被杨楚雄打击、杀戮的共产党人成了战胜者,死难的同志们的鲜血没有也不可能被忘却,复仇的烈焰绝不留情地烧向杨楚雄及其同盟者。杨楚雄跟着溃败的国民党军队逃之夭夭,但是早已成为银城一个组成部分的李氏家族却不可能像支机械化师那样随时开拔到任何地方,他们束手就擒并代那些溜之大吉的原统治者偿还血债。1951 年 10 月 23 日,一阵枪声过处,九思堂李氏家庭三支子嗣几乎所有成年男子命赴黄泉。

作为一个古老家庭,它能从两千年前延续到现在,必定有一条经验,就是要小心翼翼地避开政治漩流。我们可以假设,如果九思堂不跟杨楚雄结盟,那么它也许不会遭致这样一个满门覆灭的下场。这个道理,李乃敬哪会不明?但是,在中国现代史上没有任何人能够回避政治，你不找它，它却会来找你，现实不由分说地把每一个人都划在不同的战线阵营里，没有谁可以超然其外。

古代的小国寡民、闭户守业、明哲保身的生存方式一去不复返了。

叛逆者

很难说清楚，李氏家庭究竟是被人从外面击垮的，还是它自己打倒了自己。

在普通人心目里，家庭这个字眼唤起的是诸如亲情、温暖和互爱等等意识，这一切无疑是家庭的重要含义之一。但除了从亲情的角度考虑人类家庭的起源和本质以外，还存在另一角度，一个为人之感情不太愿意接受的角度，亦即理性的角度。我们知道，家庭是人类史上最早的、最初的社会组织形式，后来的所有其他社会组织形式，诸如党派、社团、行会以及国家，都是从家庭这一组织形式变异而来，某种意义上可以说成是家庭的放大。也正是在此意义上，家庭的发生理由与其他社会组织形式的发生理由并没有真正的不同。如果我们说，国家是基于其成员之间利益分配而建立起的一种秩序和规范，那么家庭同样包含了这种目的；如果我们说，国家是一架保障、维持上述秩序和规范的政治、法律机器，那么家庭也体现着同样的功能；如果我们说，国家的本质是以集体意志来约束、主宰个体意志，那么家庭也具有同样的本质；如果我们说，国家是一种权力体系和等级结构，那么家庭也诉诸同样的管理方式……总之，当人们暂把家庭温情脉脉的那一面撇在一边时，则冷静的理性眼光就会明明白白地告诉他们，家庭和国家这两个社会组织形式除去规模的大小外，实际上是如出一辙的。

这就是家庭的“亲情”属性的另一面——“利益”属性。

每个国家都认为自己找到了最合理的利益分配关系，然而，与此同时每个国家又都有人认为分配是不公正的，因此便产生了国家社会成员内部敌对和冲突现象，一些人对现实感到满意因而忠实于其制度，另一些人却感到不满因而试图反抗现存制度。在家庭特别是以大家族形式出现的家庭内部，这种冲突也毫不逊色。于是，卫道士和叛逆者的分野就划清了。

九思堂的叛逆者是李乃之。他属于李氏家庭的第三支，这一支不是李家的统治者而是家道已然中落。李乃之未满月之时，母亲早逝，又于未成年之际再丧皇考，从此他和两个姐姐就成为无父无母的孤儿。李乃之和二姐李紫云，全赖大姐李紫痕含辛茹苦拉扯成人；李乃之从学生时代就对革命拥有天然的亲近之情，大学尚未毕业，他已经成为一个职业革命家，加入摧毁自己家族的斗争之中。

李乃之的革命冲动，潜意识里隐埋着向其血亲的报复冲动，惟其如此，他的革命意志才益发坚强有力、势所难挡。也许，他本人从未如此分析过自己，但是小说情节却把这种深层动机揭示得很明显——叛逆的种子根植于家庭内部的不平等关系。在李乃之与其堂兄、族长李乃敬之间,不平等的事实通过一切侧面被充分证明着:首先是贫和富的不平等,其次是正宗与旁系的不平等,第三是统治者和被统治者的不平等,第四是香火旺盛与孤儿弱女的不平等。这种所有境况上的截然的反差,不可抗拒地将李乃之推向其家族的对立面;反过来说,倘若李乃之、李乃敬的位置调换一下,那么后者大概同样会成为叛逆者。

在李乃之心里,父母早亡、大姐毁容、恩师被杀,都必须由家族以及家庭所仰仗的社会制度承担责任。他绝不再容忍家族继续存在,他将与家庭的敌人结为同志,从根子上铲除家族赖以生存的土壤。李氏家庭终于被消灭了;在小说的一开始的处决一幕里,李氏家族血肉横飞的情景本身并没有真正的悲剧意味,但是,当作者随之提及李氏家庭中唯一的一个"没有面对行刑队"的成年男子李乃之时,上述情景的悲剧意味却醍醐灌顶般地轰然涌来,因为这个情景之所以成为现实其中竟包括着这个家族的一员的努力!

叛逆者李乃之虽然没有亲手埋葬自己的家族,但他是它的掘墓人。

绝望的母性

李紫痕是这个家族寓言里唯一堪称伟大的象征——母性主题的象征。遗憾的是,这一主题出现在这样一个充满衰亡气息的故事里,只能更加增添人们的绝望。

九思堂人心一派颓丧,只有两个人揣着拯救宗族、挽回它的命运的热望,男的就是族长李乃敬,女的却是李紫痕。在李紫痕身上,一种生命本能的力量盲目而又异常执拗地绵延着、升华着,从而使这个人物几乎有了神的性质,令人肃然,令人膜拜。

这不是通常所说的世俗的母爱,而是从玄奥的自然生命情结本身流泻出来、同天地日月千禽百兽浑然一体的那种母性,是任何物种都先天而有的那种自我延续冲动。作为这样一种超社会的象征,李紫痕既是一个女人同时又绝不仅仅是一个女人,她远远高于女人这个概念。李紫痕在小说中真正诞生,是在她父亲死的那一瞬间,从那以后,她便不再是一个血肉之躯,而是变成了某种精神的化身。她用自我毁容的方式,向肉身告别,向有限的人性告别,完成了她的神化过程。

这是一个不生育的母神,她无须用生育来证明她的母性,因为她的母性并非如起初的女人那样仅仅施授于亲生子女,而是升华成整个李氏家族的再生之母的意义上。那股延续家族的集体无意识本能充溢了她的灵魂,并化作一次次悲壮的举动。是她,在父亲死后告别了作为姐姐、作为未婚女人的自我角色,为了弟妹而担当起母亲的角色,似乎她天生就具有母性而无须首先经历婚姻和生育。是她,用堪与古代传说中的任何一位伟大母亲媲美的责任心和坚忍,尽最大力量培养她父亲留下的唯一男性骨血李乃之，以便在未来的某一天将他造就成家族的继往开来的人物。也是她，在李氏满门男人即将被处决的前夜，跑到牢房里告诉李乃敬，她发誓把李氏家族遗下的独根独苗、李乃敬那尚在襁褓之中的孙儿养大。

李紫痕的后半生，完完全全属于那个遗孤李之生。时代风云的变幻，对她没有任何触动，她只存在于自己的使用、信念和宗教里，直到"文化大革命"再次煽起的对李氏家族的仇恨使之生死于非命。之生的死，结束了这位李氏家族母神的使命，宣布了她理想的破产。

李紫痕之死，真正给古老的李氏家族划上了句号。这一事件比之于十多年前九思堂男人们丧生有着更强的隐喻性质，它吞没了李氏家庭最后一线母性之光。较诸死亡，这种自我繁殖意愿的幻灭，乃是任何事物所能经验到的更绝望的无以复加的悲哀。或许正像中国人经常使用的一个传统字眼里所包含的那种意思，李紫痕赍志而终，说明李氏家族真正是"气数"已尽。中国古代哲学相信，当事物到了"气数"衰竭的时候，那就是一种说不出原因的必然毁灭，这股命运之力袭来时，并不管被毁灭对象是好是坏、是善是恶，理性无法解释其中的缘故，总之灯油耗尽、大限已至、命该如此——李紫痕这古老家族的母性主题，经过伟大而又黯淡的挣扎，结果终于被铁一般无情的命运所否定，难道不正给人以那样的神秘之感吗？

代沟和断层

其实，李氏家庭并没有绝种。我们不会忘记那个叛逆者李乃之1951年10月23日不在枪决现场，他活着，而且生下了一双儿女。

但是，当李乃之之子李京生在"文化大革命"后来到祖籍银城，当他在世上大约已经活了二三十年才第一次看见作为家庭象征的石坊时，他心中没有引起一丁点儿认同感，甚至没有被唤起哪怕是"寻根"一类的遥远想象。实际上，李京生在故乡完全无动于衷，他的感觉跟在这里参观的每一个旅游者毫无不同。

一切都是陌生的：陌生的太阳，陌生的人，陌生的城市，陌生的传说。

李京生在故乡失去了自我感觉，他找不到这个环境通向自己的任何线索，更糟的是，在他的脑中，连对自己祖先加以想象的渠道也是堵塞着的。

李京生返乡非出乎本意，他是受着远在美国的姑姑李紫云的委托和叮咛，才踏上这块土地，面对家庭的旧址。老辈人对"根"有着深厚的情谊，他们敦促新生的一代回去看看"老屋"、"双牌坊"和"坟"；于是，年轻人就回去了，但是他们面对"旧址"已无法获得"根"的意识。

李京生不想在家族"旧址"和自己之间重建感情上的联系，他知道那将是矫情的。如果说他回到银城有何个人目的的话，那么，他是作为一个研究者回来的，他将把家族写入一本历史著作《中国盐业发展史》。是的,他只是它的研究者,一个置身其外的客观的陈述人。

当然,他也被自己的这种冷静弄得吃惊了,“他惊讶着自己这么容易的就陷进了一种类似旅游者的心态”,难道一个有着两千年历史的古老家族消失起来竟这样彻底吗?

事实上,只有一个人还在想着它,那就是李紫云。她嫁给杨楚雄后,先是随夫逃至台湾,然后又移居美国。对家族的回忆,伴随着李紫云的美国余生,但是极富嘲讽意味的是,李紫云自己却不得不面对着她那些生长于美国背景下的儿孙们家庭观念近乎真空一样稀薄的现实。当李京生来到美国与素昧平生的姑姑谋面时,他发现,这个沉缅(湎)于回忆之中的老人,实际上已经患有老年痴呆症,尽管她拚命地在回忆着家族的旧事,然而这些记忆只不过是支离破碎的残片。

即使是当年李氏家庭的最后一位目击者,也几乎丧失了对它的记忆。

在小说的尾声,李紫云这个古老家族的木乃伊,靠着一些旧照片作为可怜巴巴的证据,用不连贯的话语向李京生讲述着她那不可靠记忆里的一鳞半爪的往事。这个形象与她存在其间的那种生活环境极不协调;虚无缥缈、十分可疑的叙说回荡在金属助行器、电视机、清洁剂、汽车广告等等美国式工业文明产物之间……

我们不清楚作者究竟暗示了什么,但我们知道这里面一定包含有某种暗示。

历史本身就是寓言

存在了近两千年的过于古老的李氏家族,终于成了历史的一部分。思考这样一个漫长的过程,我们会感到力所不支;它太长太长,以致长得看不清楚,远远超出于我们的视线之外。当我们越过一部部已经发黄的史籍、越过口口相传的传说,去确证它的起源和联系时,禁不住产生一种不真实的感觉。于是,“历史”这个语词突然之间仿佛蜕变了,蜕变成不可捉摸和隔膜的同义词。我们徜徉于李锐描述的“旧址”前,却似乎无法感觉到它,因为它那样迅速地失去实体的质感,与其说是一个真实的存在物,毋如说已经是一种抽象的符号——这正如我们在殷商甲骨、西周青铜器上读着那些似是而非的言语一样。我们对于正在经历的事情是可能表达一个明确的见解的,但是,历史总是使我们困惑;归根求源,所谓的“历史”,的的确确是一种能把意义变得隐晦的奇怪的力量,不知有多少人已经体会到了“历史本身就是寓言”这句话的真髓。

但是,以我阅读《旧址》的印象,至少李锐是体会到这一点的。因此,我一开始就说,李锐的这部长篇小说没有写“历史”,他是在写一个寓言。这非常明智。没有任何个体能去接近“历史”;要是一个作家试图去再现“历史”,他必是徒劳而又可笑的，相反，如果他交给我们一个关于“历史”的寓言，反而倒可能真正说出点名堂。

我已经厌烦了几十年来像《李自成》那样的“历史小说”，常常怀疑我的记忆里是否被塞入了太多的捏造出来的东西。我宁愿相信一个虚构的寓言。有时候，虚构可以比“真实”更可靠。

1993年3月15日，写于新居

——原载《当代作家评论》1993年第4期

程文超

对“需要修补的世界”的独特言说

——八十年代文学批评中现代主义话语回顾

新时期中国文学批评空前活跃，除马克思主义的美学和历史的批评外，还崛起了新的批评话语。在这种文学批评走向多元化的总格局中，现代主义话语无疑处于人道主义与后现代主义的夹缝。它曾显示了自足的理论批评品格，表现了理论活力与锐气。然而更值得研究的在于，处于夹缝中的所谓中国的现代主义的复杂形态。八十年代中国一批批评家对“需要修补的世界”①的东方言说，是独特的。今天，当后现代主义已被许多人言说和言说了许多人之时，回顾一下八十年代现代主义话语，是饶有意味的。它对于我们理解“文革”后中国的一种文学与批评，中国的特定社会与心态，对于我们思考走向二十一世纪的文化重构，都不无帮助。

一、又是现代主义：对人道主义的战略策反姿态

1988年春，我国批评界出现了一次规模不大却引人注目的关于“伪现代派”的讨论，讨论之滥觞为黄子平在1988年2月《北京文学》上发表的文章：《关于“伪现代派”及其批评》。我们这里提及这篇文章，主要不是想讨论它的内容，而感兴趣于透过批评文本所显示出来的，在我们看来，具有某种代表性的、现代主义批评的姿态②。

黄子平要处理的对象无疑是复杂的。文章表现了论述复杂问题时批评家的灵气和智慧。他的议论机智得有点近乎“东方的狡黠”，他的小小策略不仅使一些读者受到“蒙蔽”，以为黄子平在批现代派，而且使一些批评家同行也中了所谓“冷静”之计，认为黄文“标志中国评论界对于现代主义问题的一种冷静的专业研究态度的出

① 西方学者认为，在现代主义话语里，世界是一个“需要修补的世界”；在后现代主义话语里，世界是一个“无法修补的世界”。见《走向后现代主义》中文版，北京大学出版社，1991年。

② 下点系作者所加。

现(而不再象过去那样每种意见首先意味某种情感愿望)”①。

其实,透过所谓“冷静”,或者干脆说,穿过批评家的策略,我们不难发现其“某种情感愿望”:对现代主义探索的肯定。作者从词义的内涵分析入手,消解了在“现代派”问题上真/假、古/今、中/外等几个二元对立,从而把“现代派”肯定地放到了明亮的位置。“如果意识到现代派文学产生于东、西方文化的价值标准都发生移易的时代,意识到现代派文学的‘反规范’倾向,那么,就会感觉到设立一个‘真现代派’的先验规范可能是徒劳的。”②作者显然把“现代派文学”的反规范倾向作为议论的前提,把现代主义探索作为推进时代的文化价值标准移易的力量。

按理,人们对黄子平用技巧掩盖其“某种情感愿望”或意识形态目的的论述策略,应该有所“防备”。他早期的《当代文学中的宏观研究》、《深刻的片面》等文已经显露了他为了某种目的,比如推进批评变革,而展开机智论述的才能。而对现代主义的肯定的“情感”态度也早已书写在其批评文本之中。与陈平原、钱理群合写、发表于1985年的《论“二十世纪中国文学”》一文,批评家们把“二十世纪中国文学的总体美感特征”命名为“焦灼”。他们认为,那是一种“与十九世纪文学的理性、正义、浪漫激情或雍容华贵迥然相异的美感特征”,“从总体上看,它所内含的美感意识与本世纪世界文学有着深刻的相通之处”。“试图到二十世纪中国文学中寻找古典的‘崇高’是困难的。”③

这种概括与历史之间看来有着距离。用“焦灼”为“二十世纪中国文学的总体美感特征”命名显然不周全。它不仅把从1942年后解放区文学直到新中国成立后十七年文学的一部分创作都划到了“二十世纪中国文学”之外,而且,在剩下的作品中,要在如文中所提到的《人到中年》等作品与“古典的崇高”之间划出一条绝对分明的界线也着实“困难”。作者许是知道这一难点,因而在论述过程中进行了许多机智的弥补,以致在以“悲凉”“为其核心为其深层结构的美感意识里”,“包裹着”“理想化的激昂”,④从而偷偷地在“二十世纪”的“焦灼”里安插了“十九世纪文学的理性,正义、浪漫激情”。这使批评本文勉强能够自圆其说。

我们在这里无意指出他们论述的漏洞,而是想挑明,这些产生了广泛影响的批评家们留下,或者毋宁说“制造”这一“漏洞”的良苦用心:对二十世纪中国文学进行现代主义的描述——根本用意不仅在改写过程的历史,更在推动正在行进的“历史”。

---

① 许子东:《现代主义与中国新时期文学》,《文学评论》,1989年4月。

② 黄子平:《关于“伪现代派”及其批评》,《北京文学》,1988年第2期。

③ 黄于平、陈中原、钱理群:《论“二十世纪中国文学”》,《文学评论》,1985年第5期。

④ 黄于平、陈中原、钱理群:《论“二十世纪中国文学”》,《文学评论》,1985年第5期。

运用“反规范”的现代主义反抗传统规范，促进“价值标准”的“移易”，正是自八十年代初以来一批理论批评家对待现代主义的基本姿态。

可以毫不犹豫地指出，人道主义思潮在“五四”和在“文革”后的出现，也正是为了“反规范”，为了推动“价值标准”的移易。在反抗封建传统规范上，人道主义与现代主义这些西方历时的产物在中国却在共时里成为“同路人”，成为共同作战的“战友”。它们结成统一战线，为人的个性解放而战。然而，这种协同与合作是十分有限的，因为现代主义同时，而且主要把人道主义放在该“反”的“规范”之列，把人道主义的“价值标准”作为主要“移易”对象。

个性解放是人人梦寐以求的目标，人道主义不仅在反抗封建主义时是真英雄，而且曾为人们描绘了一幅关于未来的光辉灿烂、令人心醉的美好蓝图。人道主义最终能实现自己的理想吗？西方人实际上用了几个世纪的黄金时光，用多少代人的智慧和生命进行了一次规模巨大而昂贵的人道主义实验。实验的结果报告单上赫然写着：人道主义惨败！历史终于告诉人道主义：它为人们描绘的蓝图，它对人们许诺的理想，不仅是无法实现的，而且往往与人自身作对；它为人们指明的美好途径，不仅无法走通，而且恰恰魔术般地走到了其目的地的反面。人们不仅迷失了世界的意义，而且失落了自我的意义。人与人、人与社会、人与自然、人与自我等人类赖以生存的各个基本关系都被人道主义理想推向了敌对与堕落的深渊。

于是，西方现代人发现了一个残缺的世界，一个“需要修补”的并不完美的“世界”；在这个“世界”里发现了一个孤独、苦闷、渺小、卑琐、焦灼、悲观的“人”；在这个“人”里发现了生命冲动、权力意志、潜意识，一句话，发现了人的非理性天地。

当反叛人道主义的现代主义在西方迅猛发展时，古老的东方，在中国发生了天翻地覆的大事：“人”从封建伦理中的觉醒。这一历史时期中华民族的思想者耳边就这样鸣响着两种醒示：其一说，要推翻封建传统，需要人道主义的理性精神和理性精神的人道主义；另一说，人道主义只是暂时的合作人，它充满了盲视和迷雾。要走出“人道主义的僭妄”，需要马克思主义或现代主义。正是在这样一种世界格局里中国这一块特殊的时空，正是这一特殊时空里历史语境的发展变化，影响、制约着现代主义与人道主义两套话语系统的合作/反叛关系的微妙而复杂的演化，并从一个方面影响、制约着现代主义在中国的起落兴衰之地位和命运。

现代主义在中国的登陆远不是从“文革”后开始的。新文化运动前夕，早在尼采去世后刚两年，梁启超便在一篇文章里介绍了尼采，把他称之为“个人主义”①。从新文化运动开始，对现代主义的评介、借鉴曾有过几次高潮，但在中国现代史上，现

① 梁启超：《进化论革命者颉德之学说》，《新民丛报》，第十八期。

代主义要么被进行人道主义的误读，要么谦和地以人道主义的同路人身份出现，一直未成为独立而重要的意识形态力量。

历史翻去一页，当我们在“文革”后的历史上再次见到现代主义时，它已潜在地具有比以往不同的地位与姿态。

人们曾喜欢将“文革”后与“五四”相并提，它们确实有某些相似处。然而，历史并没有也不可能回到原处。“文革”后与“五四”毕竟是两个不同的历史语境，这首先表现在“文革”后的“人”经历着“再觉醒”，经过了漫长的“冬眠”状态的积淀，“再觉醒”后所看到、感到、想到的，虽然都似曾相识，却已经站到一个新的起点上。

两个语境不同还表现在，经历了十年“文革”。如果说两次世界大战对欧洲人的摧残是从肉体到精神的话，那么，“文革”则是直接进入人们内心的摧毁战。当它把人们从虔诚引向怀疑时，那坍塌的，不仅仅是人们的忠诚和热情，而且是一系列成套的价值观念、理想追求和意义崇拜。

“文革”后语境中有着比“五四”时期更为强烈的现代主义话语欲望，这一欲望首先在艺术形式变革上表现出来。现代主义形式的“引进”不可避免地带来了现代主义的“内容”。这个“内容”又恰恰与“文革”所给予一部分中国人的对人生、对世界的体验相通，提醒给人们一种对人生、对世界的新读法。随着现代主义“借鉴”的不断深化，八十年代初还只潜藏着的现代主义与人道主义的裂缝不断显露了。现代主义终于跳出了人道主义“同路人”的身份，公开打出了与人道主义分庭抗礼的旗帜。

历史将记住 1985 年。似乎“文革”后文坛的一切酝酿都在这一年爆发，这是文坛热闹、繁荣、开拓的一年。

就在这一年，人道主义的讨论已经走到主体性讨论的阶段，它标志着人道主义在“文革”后的高潮和顶点。也就在这一年，《论“二十世纪中国文学”》对包括“文革”后在内的整个二十世纪中国文学进行了现代主义的描述。同一个历史和现实，出现了两种解读，两种理论呼唤。尽管两套话语仍然没有直接对话，但对话的战略态势已十分明显。此后，现代主义文学批评便以强大的理论攻势席卷而来。

二、犹豫的放逐：这里的“酒神”与“生命之流”

1985 年，刘索拉的《你别无选择》、徐星的《无主题变奏》发表，吸引了文坛众多的目光。尽管不无分歧，尽管有人把话说得含蓄，但一个事实却无可争议：批评家在这些作品里发现了非理性。

对这一“事实”也许需要换一个角度叙述来作为补充：《你别无选择》等作品刺激了批评家言说非理性的话语欲望，或者说，批评家在《你别无选择》里找到了言说非理性话语的契机。有了这一个“补充”,我们便容易指出:创作界、批评界都在重视某一话语,决不是偶然现象。仅仅把这一“事实”作为文学现象看待是不够的,它只是一种文化、社会思潮在文学中的表现。究竟是作家、批评家言说了非理性话语,还是非理性话语言说了作家、批评家,看来还是一个需要讨论的问题。

那是一个繁荣而不平静的时期。显文化层次,改革开放正在不断推进,人们用“新旧交替、新旧交错、新旧交锋”描述的文化转型,激烈却又充满希望。亚文化层次,“转型”以另外的形态进行着,它可以描述为生命活力冲动与冲撞的曲线。庄重大方的西服剪影里逐渐多起了带点野味的牛仔装,优美典雅的拖地长裙大多换成了富于青春活力的迷你裙或短裤。舞厅里,缓慢抒情的交际舞早已受到粗放有力的迪斯科的冲击。银幕上,脉脉含情的台湾生活片被厮杀震天的香港武打片所挤压。中学生的书包里,大学生的书架上,琼瑶不知何时已换成了金庸、梁羽生与古龙。音乐上,崔健虽然还未带着摇滚乐出场,美声唱法却早已曲高和寡而丧失票房价值。不久,一曲《黄土高坡》将“西北风”刮遍祖国大地。人们突然发现身上有使不尽的活力,需要发泄却又总有什么地方不对劲儿。你几乎可以明显摸到人们心中的那份骚动不宁。一个东西在滋长,在抗争,它要冲破某些传统秩序的规范。当作家、批评家同整个思想界、哲学界一起把它表述为语言并进行讨论时,人们明白了,那“东西”是:非理性。

西方非理性哲学、文学思潮的影响是显而易见的。尼采、叔本华的书一时成了热门读物。人们曾把一部分现代主义理论称为“人本主义”。人本主义哲学家反对从外部去寻找本源,主张回到个人的存在,以个体存在为本体。这种以人为本的“人本主义”不仅不同于传统人道主义而恰恰是对人道主义的反叛。在人本主义看来,人道主义重视人的理性且只注意人的理性。人终于简化为理性,变为理性的奴隶和工具,并以理性的名义为人建立一系列新的规范和秩序。“人的解放”作为一个伟大的目标,终于在人道主义的追逐中被放逐了。

尼采是以人为本的。他更喜欢酒神,是因为“在酒神神秘的欢呼下,个体化的魅力烟消云散”①。生命哲学家柏格森则认为理性是用机械的因果制约性去解释世界,它忽视了世界的整体性,无法把握生命现象。而生命,是绵延的过程。生命之流才是“实在”。正是一部分中国青年体验到了被理性忽视又不容易被理性规范的酒神精神和生命之流,才使他们喜欢尼采、柏格森。或者说,是尼采从道德、理性角度对上帝的“谋杀”,是柏格森用生命冲动对理性的批判吸引着他们进行跨越时空的精神跋涉。

---

① 尼采:《悲剧的诞生》,三联书店,1986年。

批评对理性的放逐在这一历史语境中出现。一些批评家敏感地意识到《你别无选择》等作品里的人物“意味着一个新的时代精神。他们的追求体现了八十年代青年的特色”。“读者跟着小说走着走着，恍如置身于柏格森描绘过的那种生命之流”。“这样的小说艺术对于以往的理性主义创作规范，无疑是一种相当有力的反叛。”①有人还从“反文化”、“反崇高”角度论述了创作中的非理性因素对人道主义的扬弃。“人不再成为人的抽象理想，不再在身外寻找自己的假定性的存在；也不存在一个彼岸世界和此岸世界的割裂对口，故而不必要为自己树立一种成为超人和英雄的目的性献身使命——人只成为人自身，成为是怎样就怎样的‘俗人’。”②拓宽了视野的批评在意识之外注意到了潜意识、无意识，在“情”之外注意到了欲。这些批评都显示出一个重要趋向：超出对具体问题的谈论，而表现出对“生命之流”的重视，对“酒神精神”的接纳。批评越来越进入人的本体，逼近人的生存。批评感受着时代，叩响着心灵。有意味的是，你不难在批评里听到尼采、柏格森等西方哲人的声音，但你同时又能清楚地分辨出二者的区别：那些中国批评家对人道主义的理性的放逐远不是坚定的。

翻开那几年的杂志，很容易看到一些在思想、观念乃至语言上都多少有些混杂的批评文本，或者说看到一些在世纪之交的边缘倘佯的批评家。前述肯定《你别无选择》等作品反叛“理性主义创作规范”的李劼，同时在作品中看出了“刘索拉的痛苦”，“不是出自坎坷不平的生活遭遇，而是来自一时尚为人难以理解的追求——寻找自我”。关键是批评家对“自我”的解释。他说，刘索拉的“小说展示了一种强烈的散发着二十世纪现代气息的自我意识。这种自我意识否定了束缚个性发展的传统观念和道德规范，也否定了文艺复兴以后的人文主义把人作为上帝来赞美，从而过分夸大人的价值，把人抽象化理想化的空泛和苍白”③。是批评家把“二十世纪现代气息”读成了“个性发展”，还是把“个性发展”读成了“二十世纪现代气息”？

混杂部分地来自作品。不少批评家在作品里读出了现代主义之氛围、外貌与自我追求、个性解放之内核的紧张。但“现代气息”与“个性发展”合二而一却并不来自作品而来自批评家的理论观念。在这个合二而一的解读里，作品原有的紧张消失了。是批评家的策略还是疏忽？这已经不太重要。因为既然我们在作家对她写作对象的解读里和批评家对批评对象的解读里，都读出了同一性质的混杂、紧张，那我们就可以看出作家、批评家背后的一个隐藏解读者：当时的历史。批评家虽然从理论上看到了现代主义对传统规范的巨大冲击而产生强烈的现代主义话语欲望，但在

① 李劼：《刘索拉小说论》，《文学评论》，1986 年第 1 期。
② 李洁非、张陵：《一九八五中国小说思潮》，《当代文艺思潮》，1986 年第 3 期。
③ 李劼：《刘索拉小说论》，《文学评论》，1986 年第 1 期。

情感上，在意识的隐藏角落和无意识处，还有着人道主义的残留。于是在他们那里便出现了两个声音：一个说要关注自我追求、人格独立、个性解放，一句话，关注人的社会形态和社会价值。一个说要关注生命冲动、酒神精神、存在本体，一句话，关注人的生命形态和生命价值①。而这两个声音在他们那儿是合一的，没有差别的。因而，“个性发展”变成了“生命之流”，变成了“二十世纪现代气息”。

既然要确立“自我”、发展“个性”，理性便仍是有用的武器。因而批评家对理性的放逐是犹豫的。他们有时虽然也把理性放到了放逐席上，但在无意识中或不自觉中，却把放逐变成了追逐。与其说他们放逐理性，不如说他们发现了非理性，二者在他们那里似乎并不构成冲突。他们的“生命之流”中，理性、非理性同时流动着。他们的“酒神精神”里，有着“日神精神”的渗透。有人甚至干脆对“文革”后的现代主义的探讨笼统作理性观。如许子东认为“贯穿他们作品的中轴，还是对社会政治、历史的严峻的理性的思考”②。宋耀良则把现代象征纳入了德国古典美学，从而读出了《你别无选择》、《黄泥小屋》等作品中理性精神的“激荡”③。误读还是策略？无论如何他们都有精到的见解。更重要的是，他们的见解显示出，“文革”后文学批评作为一个整体，它的张力、它的复杂、它的丰厚。

三、填塞式掏空：面对人与世界的意义

无论批评家们对《你别无选择》、《无主题〔的〕变奏》等作品的批评有多少分歧，有一点看法却基本一致：这些作品在一定程度上提供了对人与世界意义的新解读。到了残雪，这个“新解读”被推向了新阶段。残雪令人吃惊地在人们身边抖出一个完全不同的世界。当人们一直在美的维度上追寻意义时，残雪却冷冷地指给人们一个——丑。人与世界的这种“意义”在批评里则得到了更为理论化的解读。

在人道主义那儿，人生是美好的，世界充满了意义。在对《苍老的浮云》等作品的批评里，人道主义的乐观精神和用乐观精神描绘的人生/世界美好图则被打上了问号。在这些批评文本里，我们看到了存在主义及其相关词语的进入：人的孤独、苦闷、焦虑、畏惧、虚无，世界的荒诞、无意义。那么，中国批评在谈论人与世界的“荒诞”时，是否进入了存在主义的人本主义？

往往不在于人们谈论了什么，而在于如何谈论。同样在谈着人与世界的荒诞，稍一深入，我们便发现一个重要区别：在存在主义等西方人那里，是人的荒诞决定了世界的荒诞。而在中国批评家这里，却是世界的荒诞造成了人的荒诞。

---

① 下点系作者所加。

② 许子东：《近年小说探索与西方文学影响》，《文汇报》，1986 年 3 月 31 日。

③ 宋耀良：《新时期小说理性因素的三种表现形态》，《小说评论》，1987 年第 2 期。

存在主义者的“存在”是个人的“存在”。把个人的存在当作哲学研究的对象和出发点,是海德格尔、萨特等存在主义本体论的基本特征。存在主义者认为,只有从单个个人的精神存在出发,才能理解人生与世界的意义。在海德格尔看来,以往的本体论不懂得人(此在)的优先地位,都从世界(“在者”)出发,不仅什么也不能说明,反而本末倒置成了“无根的”本体论。海德格尔承认人是在世界中存在,他称为人的“在世”。但“在世”并不是指“此在”处于世界的空洞中,而是指“此在”对世界的构成作用。只有当“此在”照亮诸存在物使之成为可以理解的东西时,世界才成其为世界。世界只是“此在”的一个性质一种在的方式。“‘世界’在存在论上绝非那种在本质上并不是此在的存在者的规定,而是此在本身的一种性质。”“世界之为世界本身是一个生存论环节。”①

那么,此在,人的存在情态是什么呢?海德格尔认为此在只有通过对自己内心情绪的体验,才能发现自己的“本真情态”。而此在的本真情态便是:烦、畏、死。

人生与世界的“意义”便由此被判定。尽管“有多少存在主义哲学家就有多少种存在主义”②,但他们对人生与世界意义的判定却是一致的。早在存在主义的先驱克尔凯郭尔那里,存在便是“孤独的个性”,恐怖、厌烦、绝望是其真实表现。萨特把“存在”分为“自在的存在”——物质世界的存在和“自为的存在”——人的意识的自我存在。自为的存在决定自在的存在。“自为和自在是由一个综合联系重新统一起来的,这综合联系不是别的,就是自为本身。”③自在是荒谬、令人“恶心”的,自为却只是一个“虚无”。存在主义哲学的兴起与第一次世界大战粉碎了人道主义的梦幻紧密相连,它击破了“自由、平等、博爱”等甜蜜蜜的乐观幻想,促使人面对人们的“本真情态”,当时无疑有其存在的理由。

十年“文革”对人们理想、信仰的摧毁,为许多人接受存在主义的影响埋下了现实基础。

当然,中国批评家是以自己的理解、自己的方式去接受存在主义等西方现代思想家的启迪的。这种启迪首先使批评家注意到作品中所表现的人生困境。黄子平在《你别无选择》里看到“高于一切的”,“是那种渴望、那种焦虑、一代人疲惫而又激奋得发亮的面容和神采”④。季红真在对“中国近年小说与西方现代主义文学”作回顾时,指出近年小说中的自我分裂感、自我丧失感、自我渺小感、孤独感、荒诞感、混

① 海德格尔:《存在与时间》,三联书店,1987年。

② 富尔基埃:《论存在主义》,《哲学译丛》,1979年第4期。

③ 萨特:《存在与虚无》,三联书店,1987年。

④ 黄子平:《沉思的老树的精灵》,浙江文艺出版社,1987年。

乱感。① 残雪的小说因为用更强烈的艺术更鲜明地写出了人生的荒诞,因而得到批评界更多的谈论。

> 在残雪小说构筑的梦境或幻象的世界中生存的是一个孱弱的、恐惧的、孤独的灵魂,处在一种失去了安全感的恐惧中,在丑恶和梦魇的幻象包围中一直走不出来。② (着重号为引者所加)

> 残雪说当人类真正失去自由之后,人与人之间以赤裸裸的丑恶维持生存的平衡就是十分自然的了。③ (着重号为引者所加)

如果我们注意到,不同的批评家从不同的角度展开论述,却不约而同地运用了"失去"、"变态"等词语,我们就会发现中国批评家那里的"集体无意识":人生的荒诞并不是人作为此在的"本真情态",而是"失去"某种东西之后的"变态"。

那么,荒诞人生是怎么造成的呢? 荒诞的世界。在大多谈论现代情感的文字里或字里行间,几乎都能读出这句话:荒诞的世界造就荒诞的人生。因而在对作品进行批评时,批评家一般不会就人生困境谈人生困境,总要把人物放到一定的环境之中去考察人物现代情感产生的原因。雷达论述陈建功《鬈毛》的主人公卢森"无时无刻不流露着荒谬感、虚无感、厌烦感和不友好的态度,他的一颗年轻的心似乎永远无着落"。批评家进一步指出:"只有把卢森放到从传统社会向现代社会过渡的长河里,我们才能判断这一现象的独特价值。""要洞察今天中国的都市风景和人欲潮流,要了解今天中国的知识青年的某种心理状况,你不妨把'鬈毛'的灵魂冲突和'价值真空'作为一个视角吧。"④

在这样的探讨里,我们进一步看到,在中国批评家眼中,世界的荒诞并不是世界的"本真"面貌,而是某种"颠倒"的结果。于是,我们不得不进一步追问中国批评家对"荒诞"的理解。

> 何谓荒诞? 荒诞可理解为秩序的颠倒,它是按一定的艺术创造逻辑,打破和改造生活常态,重新排列和结构生活秩序。荒诞也可以被看作睁着眼的梦,它是以超经验的观念性世界反映经验性的现实世界。荒诞亦是有意制造特殊的距离,在拉开审美主体与真实客体的距离中谛视生活表层下的内相。荒诞还是反切,从变形切入原形,以反常切入寻常,从特殊界切入普遍界。⑤

---

① 季红真:《中国近年小说与西方现代主义文学》,《文艺报》,1988 年 1 月 2 日、9 日。
② 张钟:《梦魇的游历:残雪的小说世界》、《百家》,1989 年第 5、6 期。
③ 雷达:《论〈鬈毛〉》,《小说评论》,1989 年第 5 期。
④ 王绯:《当今荒诞品格小说探微》,《文学自由谈》,1985 年创刊号。
⑤ 马克·肖勒语,转引自华莱士·马丁:《当代叙事学》中文版,北京大学出版社,1990 年。

这里，荒诞不是世界的本相，而是“秩序的颠倒”，不是“原形”而是“变形”不是常态而是“反常”，不是“普遍界”而是“特殊界”。

在“荒诞的世界造就荒诞人生”里，我们看出“文革”后文学批评面对人生与世界意义时的几个特点：

其一，文学批评关注人的存在状况、人的生存困境，却并没有走向存在主义的人本主义。批评承接鲁迅“直面人生”的传统，不否认当代人的苦恼、困惑，不回避人无法逃避的苦难深渊。这种批评跳出了人道主义的肤浅的乐观——理想精神，获得了深刻的悲剧精神和批判、怀疑品格。然而，“文革”后的批评家并不把焦灼、迷惘、恐惧、绝望、分裂等情感作为人的“本真情感”，而只把它们作为一定社会、时代的产物。

其二，中国批评家同时赋予“世界”以存在性，他们无法回避对“世界”的感悟，无法逃避对社会、时代、历史的思考。中国现代主义的言说者有时也企图从“人类高度”去体验和谈论人的苦难，但中国批评家骨子里装的却是中国人、中国人的未来。民族的苦难记忆给批评家的理论注入了犀利、锐气、沉重和生命。

其三，批评家用一套完全不同于人道主义的词语似乎在掏空着人生与世界的意义，然而掏空的过程却又变成填塞的过程。人生与世界是荒诞的，但既然荒诞既不是人生又不是世界的“本真”面目，便偷偷为人们寻求“本真”留下了一个缺口。批评“掏空”的是一种虚幻的意义：人生与世界是美好的。他送给人们一个“荒诞”，警醒人们直面人生困境。批评填塞的是一个新的意义，勇敢地承担当下的困境，追求人与世界的新境界。有人认为，谈论人与世界的无意义是一种悲观主义，其实不，它只是一种悲剧精神。它是中国的现代主义的悲剧精神，它蕴藏着力与火。

四、“范式”革命的时分：道不尽的与走不出的

传统的批评“范式”大多注重分析、研究的是题材、人物、主题等等，一句话，“内容”，是批评的偏好和最终归宿。批评家混迹于社会学者、历史学者、人类学者、政治学者之中而消失了自己的面目。而艺术建设的欲望使批评家觉醒：“谈论内容本身根本就不是谈论艺术，而是谈论经验；仅仅当我的谈论实现的内容，即形式，既作为艺术作品的艺术作品的时候，我们才作为批评家谈话。”①要真正“作为批评家谈话”，一场以“谈论实现的内容”为主要内核的批评“范式”革命看来势在必行。

英美新批评、俄国形式主义、法国结构主义等批评流派及理论实践理所当然地受到重视。要指出这些所谓形式主义批评的盲视和难点总是容易的，况且，我们在八十年代上半叶评介（价）它们时，西方已经走出了新批评和结构主义。如何读这些

① 马克·肖勒语，转引自华莱士·马丁：《当代叙事学》中文版，北京大学出版社，1990年。

形式主义批评是一个问题。是仅仅把其理论主张作为静态的"观点"去读,还是把它们作为一般历史中的"行动"去读?如果用前一个读法,我们将会读出只进入文本的"局限",如果是后者,我们则看到进入文本的行动本身决不止于指向文本,它让我们看到历史的大文本,看到历史的叙事策略:用进入文本来反叛传统。作为二十世纪的几个重要批评流派,形式主义诸批评派别都与二十世纪哲学文化思潮有内在关联。

在历史中"行动"的各形式主义批评无论是反叛姿态还是其具体理论主张都在某种程度上与八十年代中国文学批评的需要相契合。把内容与形式截然分开,把形式与作为内容的载体进而(入)重内容轻形式已是文学贫血的重要原因。对语言、结构等"形式"的重视,便成为一次既有批判性、又有建设性的"行动"。因而,尽管形式主义诸理论在西方已成为"历史",在中国却有着"现实"价值。

几年中,批评家的思维进入了语言、结构的许多重要方面。批评在概念、词汇、批评角度、视点、方法、批评对象、批评观念等多方面出现了全面的变革,一个新的批评范式集合着一大批批评家、特别是青年批评家。然而,一个有意思的现象出现了:人们谈论了几年的英美新批评,俄国形式主义,布拉格、巴黎结构主义,运用新理论、新方法从事着批评,但当人们回过头来"清理战场"时却惊讶地发现,真正"象"新批评或结构主义的批评文章寥寥无几——八十年代中国文学批评在对形式主义的追寻中逃遁了。中国批评家既无法把作家也无法把社会历史从文本里砍去,他们重视"形式"分析,却不可能把文本作为孤立的"客体"。

稍加注意,我们会发现八十年代批评家在选择问题上表现出来的一种共通的似乎"无意识"行为:他们大多谨慎地运用"形式"字样,而喜欢选择"实现的内容"。而他们更喜欢的一个词汇是——技巧。如高行健的《现代小说技巧初探》①、南帆的《小说技巧十年》②等等。

技巧,无论是在实践层面还是在话语层面,都占居(据)着一个有意思的位置。通过它,作品的"内容"得以"实现"。它一头连着文本,一头连着作者。作为一个无形物,它站在主体(作者)与客体(文本)之间。对它,可以从偏重于主体的角度去理解,看作者运用什么技巧,如何运用技巧完成文本的内容。这时你看到的是作者的能力以及能力背后的作者。你通过"技巧"连系了作者,通过作者连系了社会、历史、时代。也可以对技巧从偏重于客体的角度去理解,看文本中所隐藏的技巧,看文本内容的如何实现。这时你看到的是技巧的物质定型化、是文本、是形式。技巧的这

① 高行健:《现代小说技巧初探》,花城出版社,1981年。

② 南帆:《小说技巧十年》,见《寻找的时代》,北京师范大学出版社,1992年。

种特殊位置给它带来了理解的灵活性和含混性。俄国形式主义者喜欢技巧，但大多是从偏重客体的角度去谈论的，无论是雅各布森的“文学性”还是什克洛夫斯基的“陌生化”都是从“文学研究的对象”去谈的。新批评谈了象征、隐喻、反讽等大量技巧，但新批评用“意图迷误”说斩断了作者与文本的关系，因而在新批评的词汇中，“技巧”并不泛滥。用到时，也只从偏重文本的角度去理解。

中国八十年代的批评家们看中的恰恰是技巧的特殊位置及它所带来的理解上的灵活性与含混性。他们游刃有余的（地）在理解的两种“偏向”中游移。往往是两种理解兼而有之。他们的论述，通过“技巧”，一头挑起文本，一头挑起作者与社会。在对“技巧”的运用上，他们充分显示了东方智慧。从七十年代末开始，“技巧”的使用频率便不断增长，各种批评、理论文章和书籍中，“技巧”被反复谈论着。当然，批评家们往往有意无意地忽略了“意图迷误”，似乎作家希望运用什么技巧，便能实现在文本中似的。但批评家们似乎别无选择，他们既要进行真正的艺术分析，又不愿摆脱艺术生长的土壤。他们宁愿或者说不得不付出某种代价。

有意思的是，中国文学工作者最初是通过“技巧”认识现代主义的，如“现代小说技巧”的谈论等等。这听起来多少有些滑稽。但当我们把“技巧”一词的运用史总起来看时就会发现，“技巧”在“文革”后一直是批评家们策略的承载者。当现代主义被一概认为“阶级成分（份）”不好时，“技巧”一词巧妙地完成了内容与形式的剥离：借鉴现代主义文学技巧，似乎是无可厚非的。当初批评家们通过“技巧”一词进入现代主义，现在则又通过“技巧”一词跳出“形式主义”。当初通过“技巧”一词完成的是内容与形式的剥离。同样是“技巧”一词，现在要完成的，却是“内容”与“形式”的联接。这种联接使中国批评家既注重了艺术，使批评家真正成为批评家说话，又使批评家避免了“形式主义”诸流派的理论弊端。

中国批评家不愿意完全进入“形式”的深刻原因需要从批评家自身和他们身处的历史语境中去寻找。英国当代文艺理论家、批评家伊格尔顿认为：“新批评是失去依傍的、处于守势的知识分子的意识形态，这些知识分子在文学中重新虚构了他们在现实中所无法找到的一切。”①不同于新批评家们，中国八十年代的批评家们不“处于守势”，相反，他们是锐意革新者。尽管他们的世界观、人生观已经发生了大的改变，尽管如前所述，他们已对理性失去了信心，并看到了人与世界的荒诞，但他们并没有丧失对人与世界的信心，他们是“补天派”。作为批评家，他们要推动艺术变革，而推动艺术变革的最大潜台词是社会/历史变革，这是流动在他们血液中的“使命意识”。因而他们没有失去“依傍”，他们的身后是强大的人民意愿。他们在文学

---

① 伊格尔顿：《二十世纪西方文学理论》，陕西师范大学出版社，1986 年。

中寻找着“虚构”，在现实中寻找着“构造”。也因此，八十年代的批评家便不可能象形式主义批评家一样，只研究符号本身，不可能象结构主义批评家一样，“在括起真实客体的同时也括起了人类主体”①。

“范式”革命为批评家打开了广阔的艺术天地。那里有道不尽的语言、道不尽的结构、道不尽的文本，而在中国八十年代批评家们那里，同时有一个永远走不出的大文本：中国社会、时代与历史。

回顾前两节我们所论述的，中国“文革”后现代主义批评并未真正切入“人本”，也因为这个“大文本”。正是这个“永远走不出的大文本”，使中国文学批评的现代主义追求产生了独特形态。在后现代主义话语欲望产生之后，那个“大文本”还会以某种方式与批评话语发生关联吗？也许，“走不出”的宿命不是中国批评家的不幸，而恰恰是幸运？或者，在“走不出”中，中国文化将“走”出一条自己的重构之路？在中国当前这块大地上，已经播下了多种话语的种子，它们将在中国文化的土壤里杂交、裂变。改良土壤并长出全新的文化之树。它将是基于中华民族现代化之需要的中国文化脱胎后的新生，它将为世界文化创造一个有生命力的屹立于东方的强大文化。毫无疑问，中国的文学批评也一定会在这大背景下获得自己走向未来的旺盛的生命。

——原载《文学评论》1993 年第 5 期

① 伊格尔顿：《二十世纪西方文学理论》。

王晓明等

旷野上的废墟

——文学和人文精神的危机

主持人：王晓明　华东师范大学中文系教授
参加者：张　宏　华东师范大学中文系博士研究生
徐　麟　华东师范大学中文系文学博士
张　柠　华东师范大学中文系硕士研究生
崔宜明　华东师范大学哲学系博士研究生
时　间：1993年2月18日
地　点：华东师范大学第九宿舍625室

王晓明（以下简称王）：今天，文学的危机已经非常明显，文学杂志纷纷转向，新作品的质量普遍下降，有鉴赏力的读者日益减少，作家和批评家当中发现自己选错了行当，于是踊跃"下海"的人，倒越来越多。我过去认为，文学在我们的生活中占有非常重要的地位，现在明白了，这是个错觉。即使在文学最有"轰动效应"的那些时候，公众真正关注的也并非文学，而是裹在文学外衣里面的那些非文学的东西。可惜我们被那些"轰动"迷住了眼，直到这一股极富中国特色的"商品化"潮水几乎要将文学界连根拔起，才猛然发觉，这个社会的大多数人，早已经对文学失去兴趣了。

照我的理解，爱好文学、音乐或美术，是现代文明人的一项基本品质。一个人除了吃饱喝足、建家立业，总还有些审美的欲望吧？他对自己的生存状况，也总会有些理不大清楚的感受需要品味，有些无以名状的疑惑想要探究？在某些特别事情的刺激下，他的精神潜力是不是还会突然勃发，就像老话说的神灵附体那样，眼睛变得特别明亮，思绪一下子伸到很远很远，甚至陶醉在对人生的全新感受之中，久久不愿意"清醒"过来？假如我们确实如此，那就会从心底里需要文学、需要艺术，它正是我们从直觉上把握生存境遇的基本方式，是每个个人达到精神的自由状态的基本途径。

正是从这个意义上,文学自有它不可亵渎的神圣性。尤其在二十世纪的中国,大多数人对哲学、史学以至音乐、美术等等的兴趣,都明显弱于对文学的兴趣,文学就更成为我们发展自己精神生活的主要方式了。

因此,今天的文学危机是一个触目的标志,不但标志了公众文化素养的普遍下降,更标志着整整几代人精神素质的持续恶化。文学的危机实际上暴露了当代中国人人文精神的危机,整个社会对文学的冷淡,正从一个侧面证实了,我们已经对发展自己的精神生活丧失了兴趣。

张宏(以下简称宏):我想从创作现象来谈谈对文学危机的看法。按照我的理解,这种危机在作家创作方面有两种表现,一是媚俗,一是自娱。其实这两种方式倒是中国传统文学观念的延续。自古以来,文章乃“经国之大业,不朽之盛事”,看似把文学抬到了一个极高的地位,其实所谓“大业”和“盛事”,只是帝王的业和事。到了现代,帝王的事业不复兴旺,文学的“载道”功能便转换为代人民立言。这也是一个很崇高的事业,每当人民欲言又止之时,文学事业就格外发达。可如今,文学的这一功能逐渐被其他传播媒介所取代,人民自己独立发言的能力也逐渐发达,文学“载道”的事务就又濒于歇业了。在这种情况下,文学的功能只好转移到“缘情”上来,而这不过是自娱的一种漂亮的说法罢了。总之,文学没有自己的信仰,便不得不依附于外在的权威。一旦外在的权威瓦解了,便只有靠取悦于公众来糊口,这便是媚俗的方式。要不然就只好自娱自乐了。这就好比找不到用武之地的拳师,或者去走江湖,靠卖狗皮膏药度日;不然就得回家去,自己打拳健身。

看起来,作家王朔采取的主要是第一种方式。有人说他是个讽刺作家,我却认为,他的作品总的基调是“调侃”,而不是讽刺。这两者绝然不同,尽管从表面上看,它们是那么相似。讽刺有着喜剧的外观,而其背后有一种严肃性。讽刺总是以一种严肃的姿态批判性地对待人生,它清除人生的污秽,是生命的清洁工。讽刺所显示的批判性甚至高居于作为个体的讽刺者及讽刺对象之上,达到对普遍性的生命价值的肯定。调侃则不然。调侃恰恰是取消生存的任何严肃性,将人生化为轻松的一笑,它的背后是一种无奈和无谓。王朔笔下正是充满了调侃,他调侃大众的虚伪,也调侃人生的价值和严肃性,最后更干脆调侃一切。在这种调侃一切的姿态中,从调侃对象方面看,是一种无意志、无情感的非生命状态,对象只是无谓的笑料的载体。从调侃者本身看,也同样是一种非生命状态。调侃者一如看客,他置身于人生的局外,既不肯定什么,也不否定什么,只图一时的轻松和快意。调侃的态度冲淡了生存的严肃性和严酷性。它取消了生命的批判意识,不承担任何东西,无论是欢乐还是痛苦,并且,还把承担本身化为笑料加以嘲弄。这只能算作是一种卑下和孱弱的生命表征。王朔正是以这种调侃的姿态,迎合了大众的看客心理,正如走江湖者的卖弄噱头。

王:这当中也包括了迎合大众想发牢骚,想骂娘的心理,大众也因此获得了一种宣泄怨愤的快感。

宏:王朔以这种方式博得了大众的青睐。在调侃中,人们通过遗忘和取消自身生命的方式来逃避对生存重负的承担。然而,现实生存并不因这种逃避而有丝毫改变。从这里也可以看出国人生存境况之不堪和生命力的孱弱。不然,人们何以像抓救命稻草似的乞灵于这一点点可怜而又无聊的"轻松"呢?

从嘲弄和挖苦大众虚伪的信仰到用调笑来向大众献媚,王朔兜了个大圈子。倘若他要迎合得更彻底些,当然还得满足大众必然会有的道德上的虚荣心。王朔果然一改以往嬉皮士似的反道德面目,而以"好人一生平安"的空头许诺来劝善。嬉皮士变成了道德家,这可称得上真正的喜剧。

徐麟(以下简称徐):其实,在文学上,"王朔现象"并不罕见,它是《儒林外史》及以后的谴责小说,和四十年代包括《围城》在内的所谓"讽刺文学"的恶性重复。尽管作者们的社会角色迥然不同,但从他们对语言的态度和操作中可以找到许多相似之处。它们都是正统价值观念崩溃后的产物,并都是对文化废墟的嘲笑。问题不在于嘲笑和调侃本身,而在于废墟只对人来说才是废墟。嘲笑也要有嘲笑者。嘲笑者并不是作者的肉体存在,而是被我们称之谓人文精神的价值指向。《儒林外史》中还有王冕式的人物,无论他离我们有多么的遥远,但这表明作者还有一种人格和信念的意指。这种意指在《围城》中更加漂浮不定。但是,方鸿渐毕竟还有惶惑、无奈和拒绝,毕竟还指向了某种可能的东西。王朔之为恶性的重复就在于他的文本没有任何结构上的意指。也许在《一半是海水,一半是火焰》、《顽主》中他尚有某些痛苦感和彷徨感,但这些感受在后来的作品中完全被消解了。痛苦的消解是因为认同了废墟,彷徨的终止则是因为不再需要选择,因而就没有也不需要任何可能的人文意向。一旦嘲笑者本人也成了废墟,那末,他就不能指向任何外部世界,于是便只有在玩弄语言的亵渎与嘲笑中获得一种自慰式的快感。

宏:对这样的快感的追求,在所谓"玩文学"派那里有着更为突出的表现,他们以另一种方式暴露出文学创作的危机。王朔是与民同"乐","玩文学"者则独"乐"之。他们把文学当作自娱自乐的工具,独自把玩,回味无穷。

徐:譬如,"第五代"导演张艺谋的艺术创作在这个问题上表现得集中而突出。近来极为叫红的《大红灯笼高高挂》中的主人公颂莲是张艺谋努力赋予某种现代人文意识的洋学生。她不是用轿抬,而是自己走进陈家大院的,并且还说出了"这里有狗、有猪、有耗子,就是没有人"的"人"话来。但她不仅很快洞悉了陈家大院里的一切,而且立即全身心地投入了与众姨太的争风吃醋中。这个转向似乎可以解释成人物复杂性和艺术处理上的脱节,但在全片的结构中却成了对礼教的皈依,并且嘲弄了对礼教的反叛主题。更重要的是,在电影语言上,张艺谋是对“后现代主义”模仿得比较像的。色彩上,如对红色的大肆渲染;音响上,如捶脚声的音响主题反复出现;构图的对比性,视角的变换,长镜头的运用以及对点灯笼、挂灯笼、吹灯笼的精心刻划等等,都造成了画面具有强烈的感官刺激性的效果。但最强烈的反差更在于影片中使用了在中国人看来最具现代性的技巧,所表现的却是中国文化最陈腐的东西。因而,颂莲的那些“人”话就仅仅成了一种主题上的装饰。张艺谋的真正快感只是来自于对技巧的玩弄。

张柠(以下简称柠):本来影片中表现什么倒并不十分重要。所表现的事物既可以是陈腐的,也可以是美好的。关键在于这些事物在作品中所产生的功能。这种功能取决于文本的语义指向,从根本上说,它又是取决于作者主观的价值取向。在《大红灯笼高高挂》中看不出张艺谋对其所表现的陈腐肮脏的东西有多少批判意识,相反,他始终在大肆渲染和玩味这种东西。

徐:《大红灯笼高高挂》在国内外的反应是很值得关注的。它的技术在西方世界早为人所熟知,甚至已开始过时,但因为它表现的是被称之为“中国文化”的那些东西,而使西方人大开眼界。至于中国这边的亢奋的反应,则来自于对所谓“后现代主义”之类“新潮”艺术的迷恋,而忽略了作品价值取向上的陈腐性。能像《大红灯笼高高挂》那样引起东西方人对对方陈腐性的互相欣赏的作品是非常罕见的,如果这里有为张艺谋所追求的好莱坞精神的话,那么这正是人文精神的全面丧失。

张艺谋电影探索的文化动因,是当代文学中的“寻根”意识。例如《红高粱》吧,应该说,对于现代文明生命的萎缩以及被阶级意识或政治革命等“历史动机”所淹没了的欲望或生命冲动来说,它确实有一种反叛和反历史的意味。它把余占鳌式的暴力取代建筑在更原始的个人占有欲上,不仅颠覆了暴力革命的神圣性,也确实意指了某种历史的可能性。但问题在于,它不是指向新的生存可能性及其精神空间,而是指向文化回归的道路。这是为张艺谋所熟悉并且认同的。只是这种文化回归很快就在《菊豆》中透了底。杨天青不仅不能取代父辈而公然占有菊豆,而且还只能作为自己儿子的哥哥跪拜在宗法道德和政治秩序的神座面前偷情。他会犯禁,但欲望的冲动根本无法与道德秩序相抗衡,其结果只能导致自我阉割。至于在《大红灯笼高高挂》中,颂莲用自己的脚走进了旧道德规范,因而欲望满足的方式是给定的,她必须在礼教许可的范围内不懈竞争,才可能短暂地获得她的男人。所以,在象征欲望的红色中,“我奶奶”是以认同并接受暴力来满足的,菊豆是在道德秩序下靠偷情来满足的,而颂莲则干脆投身到礼教规范中来获取满足。这是否就是张艺谋的“欲望三部曲”?

宏:以上两种方式尽管有种种不同,却共有一个根本的原则,即“游戏”。曾经有人在理论上公开提出过“文学游戏”的原则,还抬出维特根斯坦的语言哲学和后现代主义的文艺理论来作为根据。

崔宜明(以下简称崔):其实这里存在一种文化的误读。西方文化中的游戏概念与中国人常说的“玩”的涵义完全不同。在西方文化观念中,客观世界与心灵世界之间有一道鸿沟,而游戏是联结两者走向自由的唯一通道。它是生命的基础,涵盖了一切生命的体验,包括痛苦、颤栗等。我们把“游戏”误读成“玩”,使之成了逃离一切真实的生命体验,消解痛苦和焦虑的理论。

宏:“游戏”在其规则范围内,是一桩严肃的事情。我们看到儿童在游戏时,往往是全身心地投入,他自身的体力和智力(即全部生命力)正在此过程中获得充分的显示和肯定。维特根斯坦用游戏来解释语言现象,认为语言即是对语言的使用,即如按规则所进行的一场游戏。在言说活动之外,并无什么语言的本质,而充分使用语言,就能充分显示出语言的本质和意义。人生同样如此,人生并非无意义,而只是说,人生的意义在于人的生存活动之中,人的最高本质即是在自己的生存活动中为自己立法,为自己创造意义。这些原则用之于解释文学,凸现的恰恰是文学创造的严肃性和神圣性。

徐:西方现代主义文学的兴起,有一个价值观念的危机和转型的深远文化背景。语言形式所以被推到一个历史的高度上,是根于西方人对语言与存在关系的理解。因而不仅其游戏规则是严肃的,其游戏态度也是真诚的。他们正是在这种严肃的游戏的投入中,把握并超越个体性存在的独特体验的。但中国当代“玩文学”者的那些“游戏”之作,既不表现出对某种生存方式的解构,更没有对存在的可能性的探索与构造,一旦失去了这种形而上的意向性,那末形式模仿的意义就只剩下“玩”的本身,它所能提供的仅是一种形而下的自娱快感。人文精神正是在这种快感中丧失了。

崔:这种人文精神的丧失,在文艺创作上的最严重的表现,就是想象力的丧失。

徐:所谓艺术想象力,当然包括诸如故事的虚构等等艺术处理能力,但更多的是指对于存在状态与方式及其可能性的想象力。我以为,这是一个文学或艺术家的生命所在,它在今天尤为重要。它是在这个原有价值观念全面崩溃的时代中的价值重构能力,也就是被保罗·蒂利希称为“存在的勇气”的那种东西,这在根本上决定了一个艺术家的激情、才华和力度等基本素质。与此相比,故事虚构只是一个技术问题。然而中国当代的许多艺术家却正在越来越丧失这种能力。王朔是一个例子,他的小说描绘出的世界就是废墟,能指与所指是完全等值而同构的,是废墟嘲笑废墟。张艺谋稍有不同,他曾经试图用原始生命力(欲望)来解构历史,但这种原始生命力是无形式的,他无法为它给出一个价值指向。而如果不能获得某种个体人格形式的力量,他就根本无法突破更加深固的道德秩序及其心理沉积物。所以,张艺谋从寻根出发反叛历史,最后又重新回归黑暗的历史怀抱。从这个意义上讲,他是在玩弄欲望,“后现代主义”则成了他从这玩弄中获取快感的器具。

王:张宏刚才谈到的“调侃一切”,徐麟讲的“以废墟嘲笑废墟”,都是这个时代人文精神日见萎缩的突出症状。这并不是一个偶然的现象,在某种意义上,它恰是我们精神历程的一个合乎逻辑的结果。你在一连串事件的摇撼下清醒过来,发现自己原来被一种无知的信仰引入了歧途,于是跳起来,奔向另外一些与之相反的信仰。可很快你就发觉,这新的信仰仍然无用,你还是连连失败,找不到出路。在这种时候,你的头一个本能反应,大概就是干脆放弃信仰,放弃寻找出路的企图吧?你甚至会反过来嘲笑这种企图,借以摆脱先前那沉重的失败感。在严酷的环境中,自嘲确能成为有效的自慰。和理想主义相比,虚无主义总是显得更为有力,因为它自身无需证明。

崔:理想主义需要以整体的人去建构,他的情感、意志和理性必须达到一定程度的整合,还需要有充沛的生命的意向性。这样的人以理性建立起自己的理想,对它一往情深,努力使它成为自己实践意志和生命意义的基础。而虚无主义则是一个心灵已成废墟的人所唯一能持的哲学态度,他只能用自己的理智来嘲笑自己的情感,用情感来嘲笑意志,等等。因此,理想主义总是因自身的矛盾而软弱,虚无主义则因自身的矛盾而强大。

王:因此,一个人只要有一点点聪明,就完全能用虚无主义来嘲笑(或者说调侃)所有的信仰。这种嘲笑的成功也确实能给那些信仰上的失败者带来某种安慰和心理平衡。也正是因为这种高级阿 Q 式的精神胜利法的有效,本世纪初以来虚无主义情绪在中国屡屡发作,不断蔓延。周作人的虚无主义还比较深刻,今天的“调侃一切”则浅直得多,更带一点颓废气,一点无赖气。虚无主义也一代不如一代了。

宏:这应该说是中国式的虚无主义。在西方,虚无主义自有其独特意义。近代的理想主义的信仰和价值依据(无论其为上帝还是理性、科学),通常总是外在于人的生命,而虚无主义恰恰是要瓦解这种外在于人的价值依据,这并不意味着人本身的意义的丧失,相反,它将生命的价值落实到生命本身。上帝死了,人有了更充分的自由,就好比父亲死了,解除了对孩子的管束。但一个成熟的少年将会意识到,他从此必须独自来承担自己的命运,创造自己的生活了。人的充分的自由同时就意味着更多的承担,意味着需要更强的生命力,也意味着他有可能创造出更高的意义,可惜在我们这里,虚无主义竟常常导致逃避和放纵,似乎一旦父亲死了,大家便可以抛弃一切承诺,怎么玩儿就怎么玩儿,这真会令人生出无以言说的悲哀!

王:1987 年以来,小说创作中一直有一种倾向,就是把写作的重心从“内容”移向“形式”,从故事、主题和意义移向叙述、结构和技巧,产生出一大批被称为“先锋”或“前卫”的作品。这个现象的产生,除了小说观念的革新、创作者主观感受的变化之外,是不是也暗合了知识界从追究生存价值的理想主义目标后撤的思想潮流呢?

再比方说，那批所谓“新写实主义”作家的平静冷漠的叙述态度，真如有的论者所言，是一种有意为之的姿态吗？是否也同样反映出作者精神信仰的破碎，他已经丧失了对人生作价值判断的依据呢？至于这两年流行的以嘲讽亵渎为特色的小说和诗歌，就更是赤裸裸地显露出对我前面所说的那种文学的神圣性的背叛。当然，近几年中国文学的状况相当复杂，造成这些状况的原因更是多种多样，远不能一概而论。但是，从一些似乎并不相关的现象，我却强烈地感受到一种共同的后退倾向，一种精神立足点的不由自主的后退，从“文学应该帮助人强化和发展对生活的感应能力”这个立场的后退，甚至是从“这个世界上确实存在着精神价值”这个立场的后退。

徐：其实西方的后现代主义是经过一系列建构以后的超越性否定。可在中国，根本就没有这个过程，我们处于一个多种历史阶段的人文思潮混作一团的共时性结构中，处在这样的状况中而一味“后现代”，结果很可能是保护了腐朽的文化因素。

王：后退总是一件令人不快的事。你可以闭上眼睛，却无法不感觉到自己的后退。既然不能停下后退的脚步，或者虽然想停住，却缺乏足够的体力，那就只好想办法给这后退一个好一点的解释。我想，这是否就是 1985 年以后那种用西方思想观念来比附自己的热情的一个来源？类似张宏刚才谈到的用“游戏”概念来比附“玩文学”的现象，还有许多，譬如，用罗兰·巴特的“零度写作”理论来比附“新写实主义”作家的写作态度，用从俄国形式主义一直到博尔赫斯等等来比附“先锋文学”，最近则又开始用“反文化”的理论，用“后现代主义”来比附“调侃一切”的态度，比附以亵渎为特色的“痞子文学”……这些比附有不少做得相当精彩，足以使人产生错觉。在这错觉中陷得深了，你甚至真会在自己的头脑中发现种种类似于“现代主义”乃至“后现代主义”的情绪，于是极力将它放大、强化，再一头扎进去……经过如此一番循环，你就非但不再有后退的羞耻感，反倒有一种“前卫”的自豪感了。

后退固然不是好事，但也并不丢脸。遇上了太强大的对手，有时也只能后退。但是，明明是在后退，却要贴上一大堆外国的招牌来粉饰、自欺，那就有点可怜了。我觉得，这种后退而又自欺的现象，把这个时代人文精神的危机表现得再触目也没有了。

柠：前面大家分析了当前文学界乃至文化界的种种情况，似乎由此可以作出这样一个结论：这是一个审美想象力全面丧失的时代。可我一直在考虑，这种结论恐怕是要遭到反驳的。反驳不会是来自王朔那样的流行作家，因为他们的审美经验早已同日常经验合而为一了；也不会是来自“寻根”派或“新写实”派作家，因为他们或认同某种既定的生存条件，或只是抄袭现实；更不会是来自大众文学，因为它的想象力早已指向了各种感觉的享受和欲望的满足：金钱、权威、暴力……唯一可能提出反驳的是先锋小说，因为先锋小说创作中，尚蕴含着某种可喜的想象力。

以马原为代表的早期先锋小说创作,是把想象力倾注于词与词之间。他们凭借幻想制造出种种新的感受,并试图以新的叙述方式和语词结构来传达这些感受。这是一种重新对故事进行讲述的欲望和新的话语方式的习得过程。但共同的语言符号系统与经验主体之间的间距,是个体的自我意识得以充分实现的障碍。如果在叙事中,意识主体与语言主体的分裂不能合而为一,那末,叙述行为也就纯然是一场语言的游戏,创作中的形式专横倾向也就由此产生(马原后期的创作明显体现了这一点)。在当代中国的文化背景下,文学究竟充当何种角色,承担什么任务的问题,在马原他们那里,仍然悬而未决。

宏:简单地说,早期先锋小说最突出的贡献在于:它将语言如何传达[①]生存感受的问题凸现出来了,也从某种程度上为感受提供了某些可能的方式。至于感受的充分性及在多大程度上对真理性切中的问题,则往往被搁置。

柠:正因为如此,近两三年来,以格非、余华为代表的先锋小说家正在逐渐摆脱马原的影响。他们在创作中努力发挥艺术想象,也更自觉地承担起对存在本质质疑和对生命意义追问的责任。

徐:质疑态度本无可厚非。在一个价值崩溃的时代,对既定事物抱怀疑是完全正常的。但必须指出,怀疑也有两种,一种怀疑指向对世界和自身生命的重新把握,有一个确定的意向性,尽管它在怀疑中并不表现出确定的形态,并且不可言说,但却是使怀疑成为怀疑的依据。怀疑是人的怀疑,怀疑正因是"人在"。另一种怀疑则是取消生命的意向性,也就是"人在"被取消了。因而,它是价值取消主义,它只能导向虚无。中国当今时髦的怀疑主义多属于后一种。

柠:我还是想从另一个角度来看近期先锋小说。《边缘》、《呼喊与细雨》是其中的代表作。从文本的叙事方式来看,这些作品往往从童年回忆切入,叙事构成一种有指向的线性时间,但又不时被回忆中的创伤性记忆所打断。就在叙事力图重现失去的时光,唤回童年的诗性记忆的同时,记忆中的创伤性因素却不断地瓦解它,暗示对现实的质疑和对存在意义的追问。创伤性所带来的"震惊体验"充填于幻想的时间结构之中,时间被瓦解为碎片,历史被转换为一个颓败的寓言,小说家则在这片荒废的背景上,凸现出一种因童年的"诗性记忆"被击碎而产生的忧伤和焦虑。

倘若人们的目光一直专注于单向度时间结构的历史,许多复杂的生存体验就可能被遗忘。小说家则以其真诚的感受和回忆瓦解了线性时间的链条,提醒人们:存在被遗忘了。我觉得,在格非、余华等人的近期创作中,尽管依然可见欲望、暴力、性爱、冒险、逃逸、死亡等等主题,但这些主题在整个文本结构中却被瓦解了,或者可以

① 下点系作者所加。

说，任何一种总体性的观念，任何一种乌托邦式的意识，在这里都会被瓦解。这种瓦解未必就是消极的，一旦人们从乌托邦的幻梦中苏醒过来，对存在本身的注意力往往能更充分地焕发。而这种注意力本身就预示着某种新的可能，它可能会激发出某种希望与创造的激情。

当然，问题的另一面也暴露出来了。语词之间及本文结构之间的张力场，固然为想象力提供了空间，但却没有为它规定应有的向度，艺术借助想象达到审美升华的规定性尚无保证。一个作家面临的最大难题，就是精神存亡的问题，或者说"灵魂救赎"的问题。作家如果不能直面并着手解决这一问题，而仅仅满足于作（做）一些反叛和瓦解的工作，就不但会限制其作品的成功，也会导致精神活力和创造力的衰退。并且，作品在其精神价值指向方面的犹豫不定，最终也将会消蚀其对希望的激情。这样，不仅读者不能从作品中获取精神能量，就是作者本人也会因精神颓废所带来的"如释重负"感的诱惑，而丧失精神的力度和自信心，最终无以抵挡来自外部世界的种种压力和诱惑（据说有一些颇有前途的先锋作家也"下海"了）。可见，先锋小说家不但在其作品的价值指向上，而且在其自身生命的价值意向上，都正面临困境。

王：张柠谈到的先锋小说的困境，可以说较为集中地体现了整个社会人文精神的困境。能否从这种困境中突出来，大概正是中国文学，同时也是中国文化生死存亡的关键所在吧。

崔：说得夸张一点，今天的文化差不多是一片废墟。或许还有若干依然耸立的断垣，在遍地碎瓦中显现出孤傲的寂寞（王：例如史铁生和张承志），但已不能让我们流泪。

我也不想对大家谈到的那些文学现象表示痛心疾首。一个走在商品经济道路上的社会渴求着消费，它需要、也必然会产生消费性的商品文学，文学总要为人民服务嘛。但中国的问题并不那么简单，和西方成熟的商品文学相比，我们这不成熟的商品文学却正在冒充社会的精神向导，并沾沾自喜，做作地炫耀其旺盛的"精神"创造力，恰像一个肺病患者在健美舞台上炫耀他的肌肉。其实只是强烈的灯光和橄榄油膜才给人以某种感官的刺激，实际上人也只要这个。西方人爽快，承认商品文学只有一个目的——钱，相比之下，中国成长中的商品文学着实让人腻味。真不明白鲁迅说的瞒和骗何以能如此历久而弥新。

我们所感受到的人文精神的危机有两重。首先，我们正处在一个堪与先秦时代比肩的价值观念大转换的时代。举凡五千年以来的信仰、信念和信条无一不受到怀疑、嘲弄，却又缺乏真正建设性的批判。不仅文学，整个人文精神的领域都呈现出一派衰势。在商品经济大潮的冲击下，穷怕了的中国人纷纷扑向金钱，不少文化人则方寸大乱，一日三惊，再也没了敬业的心气，自尊的人格。更内在的危机还在于，如果真的有了钱就天圆地方，自足自在，那当然可以不要精神生活，人文精神的危机不过是那批文化人的生存危机而已。但是，一个有五千年历史的民族真的可以不要诸如信仰、信念、世界意义、人生价值这些精神追求就能生存下去，乃至富强起来吗?

我们必须正视危机，努力承担起危机，不管它多么沉重。只有这样，才能看到危机的另一面，如张柠刚才所讲的，当代文学中乌托邦精神的消解，展示出新的文学精神诞生的可能性。实际上，可以在整个人文精神领域里来理解这一点。传统的价值观念的土崩瓦解，同时也正展示出一切有形与无形的精神枷锁土崩瓦解的可能性。而另一方面，新的生活实践也必然要求新的人文精神的诞生。在这个急剧变动的时代，每个人的心灵中都充满了太多的渴望和要求，都积累了太多的呻吟和焦灼。我们的情感瞬息万变，难以捉摸；意志相互冲突，难以取舍；理智恍惚不定，难以抉择。世界、生活、自我都在走马灯般地乱转，不再能被有效地把握。但是，只要是人，就必定需要把握自己，需要知道这个世界到底是个什么样子，需要确信生活究竟是为了什么。这一切都需要在人的心灵中得到某种程度的整合。这才能有我的世界，我的生活，才能有"我"。倘若既定的价值观念已不能担当此任，那就只能去创造一个新的人文精神来。我们无法拒绝废墟，但这决不意味着认同废墟。如果把看生活的视角调整一下，心灵的视界中也许就会出现一片燃烧的旷野，那里正孕育着新的生机。

从文学上讲，人们需要它展现自己生存于其中的跃动的现实生活和喧哗的心灵世界，并以此呈现当代人投向生活的独特视角和视野，进而揭示当代人内在的生存意向。真正的当代文学应该敢于直面痛苦和焦虑，而不应用无聊的调侃来消解它；应该揭发和追问普遍的精神没落，而不应该曲解西方理论来掩饰它。如果一颗心正滴着血，那就应该无情地扒开它，直至找到最深的伤口——这样的文学才能让人流泪。

说到这里，看来文化人是不应改行摆摊了，但不敢说"不必"，因为总不能要求人人都有殉道的毅力。不过话说回来，就是遇上了再严酷的时代，我们这个社会也总会有些人铁了心甘当殉道者的。听研究数学的朋友说，在美国，研究数学的人自称为"敢死队"，因为那儿数学教授的年薪最低。而这些人因热爱数学而不悔，才有了人数不多却仍执世界数学发展之牛耳的美国数学界。以实用主义哲学为国学的美国尚且如此，以志于道为国学的中国就更不该缺乏这样的"敢死队"吧？一个社会，竟弄到要靠这样的"敢死队"来维持人文精神的活力，当然很可悲，但是，倘若你还能看见一支这样的"敢死队"，那就毕竟是不幸中之大幸，能令我们在绝望之后，又情不自禁要生出一丝希望了。

——原载《上海文学》1993 年第 6 期

张　炯

毛泽东与新中国诗歌

无论作为政治家、理论家的毛泽东，还是作为诗人的毛泽东，他对新中国诗歌的发展都有着巨大而深远的影响。他不但是新中国许多诗歌歌颂的重要对象，而且他的诗歌主张几乎决定了新中国诗歌发展的基本格局，相当时期还左右中国新诗发展的方向；他的诗风更直接影响到新中国许多诗人的诗风，即使在毛泽东后的时代——新时期的中国诗歌发展中，人们仍然可以看到他的影响的深深轨迹。

毛泽东与当代中国新旧诗体的分流发展

1957年《诗刊》创刊。毛泽东给《诗刊》的首任主编臧克家写了《关于诗的一封信》，发表在该刊创刊号上，全文如下：

克家同志和各位同志：

惠书早已收到，迟复为歉！遵嘱将记得起来的旧体诗词，连同你们寄来的八首，一共十八首，抄寄如另纸，请加审处。

这些东西，我历来不愿意正式发表，因为是旧体，怕谬种流传，贻误青年；再则诗味不多，没有什么特色。既然你们以为可以刊载，又可为已经传抄的几首改正错字，那末，就照你们的意见办吧。

诗刊出版，很好，祝它成长发展。诗当然应以新诗为主体，旧诗可以写一些，但是不宜在青年中提倡，因为这种体裁束缚思想，又不易学，这些话仅供你们参考。

同志的敬礼！

毛泽东

一九五七年一月十二日

臧克家后来在他的著作《毛泽东和诗》中还转引了毛泽东的如下一段话：

旧体诗词源远流长，不仅像我这样的老年人喜欢，而且……中年人也喜欢。我冒叫一声，旧体诗词要发展，要改革，一万年也打不倒。因为这种东西，最能反映中华民族和中国人民的特性和风尚，可以兴观群怨嘛，怨而不伤，温柔敦厚嘛……

前一封信是广为人知的，后一段话在相当长的时间里，却知者甚少。但在诗歌界的一定范围内是流传的。毛泽东关于诗歌的上述意见，对新中国诗歌的发展影响极大，它差不多决定了新中国诗坛新旧体诗歌同时发展，虽有一主一副，却双水分流的基本格局。

据说毛泽东本人并不喜欢新诗，也很少读新诗。但他仍然充分肯定新诗，并认为“五四”以来才诞生和发展起来的新诗在新中国诗歌的发展中应是“主体”，还不赞成在青年人中去提倡旧体诗词。这种历史的眼光就很了不起。众所周知，中国的诗歌从《诗经》开始，几千年来走的都是格律诗的路子。《诗经》中的《国风》辑自各地民歌，还比较活泼，楚辞和汉魏乐府也有许多活泼的民歌，但一经文人加工，进入庙堂，也都更加格律化。六朝以降，有沈约的四声八病之说，更加讲求音律；到了唐诗、宋词、元曲，旧体诗词的种种格式也就大备，虽束缚思想，也不好学，却一向被尊为文学中的上品，乃至成为中国文化的一种重要象征，一种基本的素养。谁要是不会吟咏这种旧体诗词，简直配不上称为“士”即知识分子。尽管活泼的、接近白话的民歌仍在“下里巴人”中流行，然而崇奉“阳春白雪”的文人学士的诗坛却一向尊旧体诗词为诗之正宗。明清之际，数百年间中国诗歌的形式几再无发展，摆脱这种僵化的诗歌格局正是“五四”新文学革命后胡适、郭沫若、闻一多等一代新诗人的功绩。而晚清梁启超、黄遵宪等提倡的“诗界革命”则启旧诗变革的先声。

“五四”中国新诗倡导以白话为诗，使诗接近口语，格式越来越自由。它渐渐从旧体诗词的母体脱出，吸收了民歌和西方诗歌的许多好的影响和养分，日益茁壮成长。虽然一开始它就受到旧体诗词的拥护者的阻遏和斥骂，但任谁也无法阻挡它前进，并很快成为中国诗坛的主流，拥有越来越多的创作者和欣赏者。毛泽东是深切了解中国文学变革的这种历史趋势的。他对于新诗的充分肯定，更大大促进了这种趋势。新中国诗歌中新诗得以蓬勃发展，几十年间取得了前所未有的成就，不仅涌现了从自由体到格律体的多种多样的新诗形式，而且使从郭沫若、艾青、郭小川、贺敬之直到李瑛、公刘、邵燕祥、舒婷等好几代诗人都能发挥自己不同的诗歌个性，在中国诗坛上纵横驰骋。迄于今天，新诗仍然是中国诗坛的主流，浩浩荡荡之势仍方兴未艾，这不能说与毛泽东对新诗的充分肯定没有关系。

“五四”后由于新诗占领诗坛，旧体诗词为新青年们所攻击和嘲笑，写作的人便越来越少。在偌大的中国，各地旧体诗社尽管不曾绝迹，于新诗人面前，人们似乎把旧体诗词看作与封建遗老遗少们相联系的古董。而实际上反封建的勇士们，从鲁迅到郭沫若,由于他们有传统诗学的丰厚涵养,在私下里和在许多场合,他们也仍然作过不少旧诗。毛泽东也是这行列中的一个。他的战友——现代中国的革命家像朱德、周恩来、董必武、陈毅等,也都是旧体诗词的爱好者和创作者。他们的大多诗词也都属自娱或赠友、酬答性质,不志在发表。所以从“五四”以迄新中国建立的相当长的一段时间里,旧体诗词的新作便少为人知,在新文学史家的眼中也几乎不存在。很少有新文学史著作去考察和论述这种诗歌现象的发展状况。而为旧体诗词在新中国诗坛争得一席之地并使之堂堂正正地也拥有广大读者和作者的正是毛泽东。他以批判传统文化的猛士的身姿和伟大革命家的至高无上的权威,肯定了旧体诗词的历史地位和生命力,并且以自己辉煌壮丽的旧体诗词创作,实际地为走向僵化的旧的诗歌形式注入蓬勃而新鲜的活力,使文坛和诗坛耳目一新。旧体诗词这棵老树重新发芽、长叶和不断开出新花,也就在情在理了。《诗刊》的创刊号发表了毛泽东订正的十八首旧体诗词,后来别的诗歌园地也辟出专栏发表许多旧体诗词作家的新作、佳作。旧体诗词作为新中国诗坛上不容忽视的一水分流的局面便形成了。直到今天,这方面的创作仍在发展。不但毛泽东、朱德、周恩来、董必武、陈毅等的旧体诗词的成就不容忽视,就是郭沫若、赵朴初等的诗词、散曲之作也不容忽视。1976 年天安门革命诗歌运动有如一曲狂飙从天而落,充分表现了广大人民群众的革命激情与理想追求,其中大多的诗歌形式正属旧体诗词。这种旧形式是否一万年也打不倒?自然还有待历史去证明,而在新中国诗歌四十年的历程中,它确实不曾被打倒,恐怕在可预见的将来,它在中国诗坛上仍然会是具有生命力的一种诗歌形式。

毛泽东对新诗发展的意见及其引发的讨论和创作实绩

中国新诗如何发展,自“五四”以来一直是诗歌界争论不休、探索不止的一个重要问题。有主张拓新传统的,有主张移植西方的,还有主张学民歌的,更有鼓吹自由体、格律体、十四行诗、俳句以及马雅可夫斯基的楼梯体的,不一而足。“五四”以来,新诗的创作虽然很热闹,但多半只停留在知识界乃至诗歌界的小圈子里,新诗如何与广大群众相结合,为他们所喜爱和欣赏,很长时间还是没有被很好解决的问题,也是诗歌界所关注、所不能释然于心的一种“情结”。

对中国新诗发展的方向,毛泽东有明确的论述。1958 年,他在成都会议的一次讲话中指出:

> 中国诗的出路,第一是民歌,第二是古典,在这个基础上产生出新诗来。形式是民歌的,内容是浪漫主义和现实主义的对立统一,太现实了就不能写诗了。

臧克家在《毛泽东和诗》一书中还转引毛泽东的一段重要的话:

> 新诗的改革最难，至少需要五十年。找到一条大家认为可行的主要形式，确是难事。一种形式经过试验、发展，直到定型，是长期的，有条件的。譬如律诗，从梁代沈约搞出四声，后又从四声化为平仄，经过初唐诗人们的试验，到盛唐才定型。形式的定型，并不意味着内容受到束缚，诗人丧失个性。同样的形式，千百年来，真是名诗代出，佳作如林。固定的形式并没有妨碍诗歌艺术的发展。

毛泽东的这些见解，具有相当的深刻性。他自己是诗人，又富于古典文学的深厚修养。他深知诗歌作为民族的心声，绝不能脱离民族千百年来业已形成的诗歌传统，即使在新的时代要改革、要推陈出新，也还是要顾及传统诗歌中扎根于民间的稳固的形式。中国古典诗歌也原从民间来，其成熟的形式，无论楚辞、汉魏乐府，抑或唐宋以来的律诗、绝句和词曲，无不从民歌升华而得。这已成为中国诗歌发展的一条不容忽视的规律。以古典诗和民歌为新诗发展的基础，其根本精神实际上是以民歌为基础。人民是物质财富的创造者，从根本上而言，也是精神财富的创造者。历代文人学士对中国诗歌的发展自然作出过很大的贡献，优秀的杰出的诗人都从文人学士中产生，因为他们是各个时代民族文化的代表，是民族文化哺育的精英。他们比之普通的劳动人民有更多的时间与精力去从事精神财富包括诗歌的创造。然而历代诗歌形式的首创者却多来自民间。民歌是人民大众自己的歌吟，最接近口语，也最接近生活，最富于生动活泼的创造精神，又最切近人民喜闻乐见的形式要求。中国各地的民歌像陕北的“信天游”，甘肃、青海的“花儿”，江南的“吴歌”，以及兄弟少数民族丰富多彩的歌谣，形式虽不尽相同，却都于丰富意象的表现中寄托真情，形式上也总琅琅上口，有韵，易唱，句式大体齐整。抓住民歌的传统，正是抓住了中国诗歌发展的神髓。所以，毛泽东关于中国新诗应以古典诗和民歌为发展基础的见地，是有非常深邃的历史根据的。

也有人反对以古典诗和民歌为基础。持这种主张者认为，古典诗和民歌都十分僵化，不符合现代汉语发展变化的要求，现代诗必须向西方学习和移植，乃至必须打破律诗的形式，走向散文化，走向创造的充分自由，这样才能使新诗获得新新不已的生命力。当然，这种主张也不是完全没有道理。但把学习西方与发扬民族诗歌传统对立起来，并无必要。须知西方人也向中国古典诗歌学习，比如美国现代诗人庞德就学过白居易诗歌中的意象表现手法。中国作为具有悠久诗歌发展历史的泱泱大国，无论古典诗和民歌都积累了无比丰富的表现手法。三千年前《诗经》中的赋、比、兴，就既有白描，也有比喻和象征。屈原的《离骚》和《九歌》、《天问》，其想象之瑰奇、表现手法之多姿多彩，至今也足为后人多方取鉴。我们固然不应排斥学习西方诗歌或东方其他国家诗歌的长处，但正如毛泽东所说，应该做到“古为今用，洋为中用”。也即，必须创造立足于中国土地，扎根于中国人民中的为表现新时代所需要的诗歌。诗歌的现代化决非西方化，而应该是民族现代化的产物，不能因所谓“现代化”而丧失本民族的特性。“五四”以来的中国新诗虽已取得很大成绩，但仍然没有创造出成熟的新诗形式，长期处于各种各样的探索之中，既有泥古不化的，也有徒事模仿西方的，还有直接取调民歌的，却都不曾有哪种形式为大家所公认、所深深喜爱。这虽然是诗歌“推陈出新”的转型期所难免的现象，关键恐怕还在“古为今用，洋为中用”的努力中充分注意发扬民族的诗歌传统不够。

毛泽东关于新诗发展方向的主张曾在中国诗歌界引起广泛的讨论。一是关于应不应该以古典诗和民歌为发展基础；二是关于要不要做到现实主义和浪漫主义的对立统一。1958 年展开的这场讨论，实际上大多数人都赞成毛泽东的意见。在当时的时代氛围下，持异议者也难于充分发表自己的不同观点。

关于现实主义和浪漫主义对立统一，即自 1958 年开始提倡的“革命现实主义和革命浪漫主义相结合”，当时郭沫若、周扬、贺敬之等都写过提倡的文章。这个讨论事实上不限于诗歌，而成为当时整个文学艺术创作的原则和方法的讨论，具有广泛的美学意义。但这场讨论所达成的基本见解，像应不应该以古典诗和民歌为基础的讨论一样，对后来新中国诗歌的发展都产生了十分深远的影响。

还在五十年代初，诗歌界便有多次关于如何发展新诗和如何创造新格律诗的讨论。1958 年由于毛泽东提出新诗应以民歌和古典诗为发展基础，而且他还多次提倡收集民歌，在当时“大跃进”的背景下，全国更掀起新民歌运动，乃至“人人写诗”。于是关于新诗发展方向的讨论便由如何评估民歌和新诗的成绩与局限开头，渐及诗歌发展的整个道路和诗歌形式包括格律诗的广泛探讨。先是四川的诗刊《星星》发表雁翼、江百灵等的文章和李亚群的带有结论性的意见，其后辽宁的《处女地》文学月刊又发表何其芳的文章《关于新诗的百花齐放问题》，认为“民歌体虽然可能成为新诗的一种重要形式，未必就可以用它来统一新诗的形式，也不一定就会成为支配的形式，因为民歌体有限制”，“首先是指它的句法和现代口语有矛盾”。于是卞之琳、公木、光未然、力扬、宋垒等许多诗人和诗评家也先后加入讨论，有与何其芳、卞之琳商榷而主张“新民歌是主流”，“诗歌的发展应当以民歌体为主要基础”的；也有主张诗歌既可在民歌和古典诗基础上发展，也可在民歌传统上吸收新诗和古典诗歌的优点而发展，还可在旧体诗词传统上吸取新诗和民歌（包括新民歌）的优点而发展的；等等。何其芳后来在《文学评论》上又发表《关于诗歌形式问题的争论》和《再谈诗歌形式问题》两篇长文进行答辩。此后新诗问题的讨论又转向格律诗创造方面，对押韵、节奏、字数、行数、旋律和声律等进行专门的探讨。这些讨论的总趋势无疑也是受到毛泽东在成都会议上重要讲话的影响的。

实际上,中国新诗的诞生虽属对旧体诗词的反叛,但它一开始不仅没有完全摆脱旧体诗词的影响,而且也是从民歌去汲取自己的养分的。当然,散文化的自由体兴起,后来新诗离传统越来越远,但无论郭沫若、闻一多、徐志摩或艾青、田间等的诗,也不能说没有民歌的影响;至于古典诗歌的韵致,更不难寻觅。三十年代苏区的歌谣固多属民歌性质,1942 年《在延安文艺座谈会上的讲话》发表后,陕甘宁边区和其他抗日民族根据地的文艺工作者更重视收集民歌,并致力于以民歌为基础创作新诗。李季的《王贵与李香香》、贺敬之的《白毛女》、阮章竞的《漳河水》等长诗和歌剧,都属学习民歌体的优秀之作。新中国建立后,新诗的发展大体走向格律化,散文化的自由体诗虽然仍有作者,发表于报刊上的诗篇却大多〔都〕属四句一节而且押韵的格式。自然,此外也还有十四行体、马雅可夫斯基的楼梯体等。毛泽东关于新诗应以民歌和古典诗为发展基础,并要现实主义与浪漫主义相统一的主张发表后,诗歌创作界实践最力的诗人恐怕要数郭小川、贺敬之、闻捷和李季了。实际上他们这方面取得的成就也最大、最引人注目。

五十年代初郭小川以《向困难进军》、《致青年公民》等激情充沛的政治抒情诗闻名。战争年代他曾担任过名将王震的秘书,后来转到文学战线,擅长写政治鼓动诗。那些诗多拓自马雅可夫斯基的楼梯体,但句式有所发展。1958 年后,他陆续发表《甘蔗林——青纱帐》、《厦门风姿》、《祝酒歌》以及《秋歌》、《团泊洼的秋天》等名篇就都十分注意形式的新创。其长诗《白雪的赞歌》、《深深的山谷》、《严厉的爱》、《一个与八个》和《将军三部曲》等,写作时间大致在 1957—1959 年,诗的形式不尽相同,在总体上也不仅追求形式的大体整齐和押韵,还追求古典诗歌的意境美,广泛地运用了赋、比、兴的手法。

贺敬之的代表诗作是《回延安》、《放声歌唱》、《桂林山水歌》、《雷锋之歌》等。他也是一位想象丰富、激情洋溢的诗人,诗风豪迈奔放,在刚劲中又见柔美。《回延安》有着陕北"信天游"的余韵,而《放声歌唱》则充分发挥了汉语双声叠韵词多、易于排比对仗的美,将之融入了发展楼梯体诗歌的创造。

闻捷在建国初以诗集《天山牧歌》闻名,那些描写和歌颂新疆风情,特别是歌唱劳动与爱情的诗,也多用四句一首的句式,并尽可能押韵。而他的力作则是长篇叙事诗《复仇的火焰》。这是一部描写新疆兄弟少数民族苦难和新生的史诗,背景广阔,人物众多,情节曲折,诗体兼有民歌、古典诗和自由体之长,一般都是四行一节、双行押韵,以顿(即节拍)为节奏单位的半格律体。在描写当地民族风情的歌行中,更充分吸收了民歌的特点,尽量铺陈,反复吟唱。

李季在新中国建立后曾长期工作、生活在玉门油田,他的诗多与描写石油工人相关,像《玉门诗抄》和长篇叙事诗《杨高传》(包括《五月端阳》、《当红军的哥哥回来了》、《玉门儿女出征记》三部曲)。他是得力于民歌营养的一位新诗人。他早年的《王贵与李香香》运用陕北民歌“信天游”的形式,新中国成立后的第一部长诗《菊花石》则主要运用湖南的盘歌样式和七言五行诗体。《杨高传》又进行了新的尝试,将民歌与鼓词结合起来,成为一种说唱体。

当然,沿着以民歌、古典诗为基础的道路进行新诗形式探索的新中国诗人远不止郭小川、贺敬之、闻捷、李季等几位,像田间、严辰、张志民、李瑛、公刘、严阵、流沙河等年龄与生活经历不尽相同、诗歌个性风格也各异的诗人,也都受过毛泽东关于新诗发展方向论述的影响,并以各自的方式去从事新诗的开拓,他们也都为新的民族形式的诗歌的生长,作出了不同程度的贡献。正是这种广泛的诗歌实践的努力,才使新诗越来越深入人民大众,与更多的群众相结合,从而也使中国新诗更加走向成熟,拓开更加宽广的道路。

毛泽东诗风的深远影响

作为诗人,毛泽东自己的诗风对新中国诗歌创作的影响甚至比他的理论主张的影响更为深远。毛泽东迄今发表的诗词,收在臧克家主编的《毛泽东诗词鉴赏》中共有50首,除了过去公开发表过的之外,还包括了一部分作者的未定稿或不准备发表的作品。这些作品多传诵已久,发表后更是遐迩闻名,乃至妇孺皆知的。毛泽东的诗词有现实主义的,更多是浪漫主义的,他于唐诗偏爱三李:李白、李贺、李商隐;于宋代则喜辛弃疾、岳飞、文天祥等。但诗本质上出自胸臆,并非只师法古人所可解释。最足以代表毛泽东胸境与诗风的恐怕是《沁园春·雪》:

> 北国风光,千里冰封,万里雪飘。望长城内外,惟余莽莽,大河上下,顿失滔滔。山舞银蛇,原驰蜡象,欲与天公试比高。须晴日,看红装素裹,分外妖娆。　　江山如此多娇,引无数英雄竞折腰。惜秦皇汉武,略输文采;唐宗宋祖,稍逊风骚。一代天骄,成吉思汗,只识弯弓射大雕。俱往矣,数风流人物,还看今朝。

毛泽东的诗词题材丰富、格式多样,或言志抒怀,或酬朋赠友,有即景生情的,也有吞吐天地、神游宇宙的。他确实把现实主义和浪漫主义很好地结合起来,诗风雄强豪迈,想象壮丽瑰奇,处处见出一个伟大革命家的大气磅礴、胸怀坦荡的气魄!他做诗不但力避平庸,而且精益求精,常常一个字也要改动几次,还广泛征求别人的意见,从善如流。臧克家说,他曾给主席的诗词提了十八条意见,后来看到主席采纳了十三条。足见毛泽东对于诗歌艺术的追求。“诗言志”,这是中国诗歌历来的传统。中国诗人总要把抒情〔与〕言志结合起来,在情景的抒写中表现自己的人生、社会理想。所以,中国诗歌从来不乏浪漫主义的理想表现。第一个伟大的诗人屈原,他的

《离骚》、《九歌》、《天问》诸作正充盈了浪漫主义的激情与理想。至于李白、李贺、李商隐的诗,或是苏轼、辛弃疾等的词也都如此,想象飘逸、瑰丽、奇诡,从而令人耳目一新。“五四”以来的大诗人,如郭沫若、闻一多等的诗也如此。毛泽东的诗词出现于中国的现代诗坛,更把中国诗歌的现实主义与浪漫主义相渗透、相融合的传统提到了空前的高度。这种诗风不仅影响了许多旧体诗词的作者,也广泛地影响了众多的新诗作者。不仅毛泽东在世的时期,许多诗家受影响,即在毛泽东逝世后,这种影响也仍然不曾消失。

可以说,新中国的前二十八年的诗歌,基本上是理想主义的诗歌。如果从严格的现实主义的眼光去衡量,可以指责许多诗粉饰现实,以及“假、大、空”等等。但如果用浪漫主义或现实主义与浪漫主义不同程度结合的角度去衡量,则正不必都作如上的种种指责。因为艺术毕竟不同于现实,也不应要求一切艺术都去模仿现实。从本质上说,艺术是人按照美的规律的一种创造物。诗歌也如此。正由于艺术不同于现实,所以它才新颖、才富于美的魅力,才丰富了人类的精神生活。人们固然可以通过诗歌去认识现实,如读杜甫的“三吏”、“三别”,但杜甫的《茅屋为秋风所破歌》也有“安得广厦千万间,大庇天下寒士俱欢颜”这样的理想追求;何况许多诗歌虽不能导致人们对现实的深刻认识,却能鼓舞人、给人以美的升华,像读李白的《梦游天姥吟留别》或岳飞的《满江红》,难道能说这样的诗都属“假、大、空”之例吗?

一代诗风是一代历史土壤的产物。现代中国从贫弱的受凌辱的半封建半殖民地经过人民不屈不挠的革命斗争,从而使一个伟大民族重新站立起来,雄视整个世界并阔步向光明美好的未来迈进,这样的时代当然一定要产生豪迈奔放、刚强磅礴的诗魂。毛泽东就是这种时代诗魂的代表,他的诗风影响于当世乃至后世,是理所必然的。我不是说新中国的诗歌不扎根于现实生活,相反,我以为包括毛泽东在内的大多数诗人都正是从深切的生活体验中获得自己的诗歌源泉和灵感的。当然,“文化大革命”给中国文学和诗歌都带来了灾难。实际上从迫害胡风和他的朋友开始,历经反“右派”斗争扩大化,“七月派”的诗人胡风、绿原、牛汉、鲁黎、曾卓等从诗坛长期消失了,其后艾青、邵燕祥、公刘、流沙河、梁南等被戴上“右派”的帽子,也从诗坛长期消失了。触及现实时弊的诗歌被压制和排斥,廉价的口是心非的歌功颂德的诗多起来了。“大跃进”民歌运动中也确实出现了不少内容空洞、徒以豪言壮语装饰内在贫乏的所谓“民歌”,凡此都助长了诗歌创作中的伪浪漫主义。这当然是中国新诗发展中的反动和挫折,其恶果恐怕也是毛泽东所始料未及的。

毛泽东诗论在新时期诗歌发展中的投影

新时期随“文化大革命”的结束而开始,经过天安门诗歌运动到粉碎“四人帮”

后的胜利欢歌，中国新诗从废墟上又活跃起来，蓬蓬勃勃地伸枝、发芽、开花、结果。新时期诗坛迄今十多年中呈现了一片喧闹的令人眼花缭乱的现象。被先后放逐的诗人们归来了，长期停止歌唱的诗人重新放声高歌；新一代诗人从“朦胧派”到“新生代”一茬茬地涌现，各种诗歌理论在争鸣、在引进，各种诗歌形式与风格在创新、在探索。从表面上看，似乎毛泽东的关于新诗要以民歌和古典诗为基础发展的主张已被人们所遗忘或有意淡忘，但实际上从诗歌意识的深层看，毛泽东的影响仍然强大地存在着。

这首先表现在，诗歌在新时期之可能出现多元探索的格局，乃是毛泽东的“百花齐放，百家争鸣”的政策方针得到认真切实的贯彻的结果。其次，毛泽东关于“诗要用形象思维；不能如散文那样直说”的理论主张深入人心。这个主张是毛泽东与陈毅论诗的通信中提出的。这封信写于 1965 年 7 月 21 日，但广为人知则已在“文化大革命”之后。在信中他对于宋诗和现代新诗的评价未免有失偏颇，但对诗要用形象思维，要用赋、比、兴的方法的论断都属行家的确论。他坚持在民歌基础上发展新诗的见解也有失于偏狭，但新诗的发展又不能无视民歌的基础，也应属精到之见。

中国新时期诗歌的发展，有几种趋势颇值得注意。一是走向意象化的朦胧诗，“细节形象鲜明，整体意蕴朦胧”，这种诗虽有晦涩难懂之弊，但朦胧与含蓄正是中国古典诗歌的一大传统。所谓“诗无达诂”，所谓象中之意如“镜中之花”、“水中之月”，所谓“怨而不怒”，“哀而不伤”，也都说的是含蓄与朦胧的风格效果。像舒婷的“朦胧诗”便很得古典诗歌的上述传统的三昧。她的抒情短章《往事二三》：

一只打翻的酒盅
石路在月光下浮动
青草压倒的地方
遗落一枝映山红

桉树林旋转起来
繁星拼成了万花筒
生锈的铁锚上
眼睛倒映出晕眩的天空

以竖起的书本挡住烛光
手指轻轻衔在口中
在脆薄的寂静里
做半明半昧的梦

这首诗读来就恰似李商隐的无题诗一样难于明白地加以解释,那意象中有许多空白让读者去想象和填补,但那一行行诗句呈现的跳跃的意象又正构成一种朦胧美,具有一种引人入胜的魅力。顾城、梁小斌等人的朦胧诗也有这样的艺术效果。

再一种是杨炼、江河等从朦胧诗中分离出来的"现代史诗",企求以现代的意识去表现民族的神话与传说,从历史的时空里开掘新的美。像江河的《神话二章》,其中之一写"刑天舞干戚":

他战累了,躺在旷野休息
秋后的战场,并不太冷
他的头葬在山里,鹰毛覆盖
光荣随着鹰背苍茫远去
……

全诗充满一个不屈的战士的悲壮的美!读来很容易使人想起屈原的《国殇》。虽然诗的形式完全是现代的,审美的视角却一直伸向遥远的古典美。

还有一种是以周涛、章德益、杨牧等为代表的新边塞诗派。他们的作品有别于唐代岑参、高适们的边塞诗,因为写的是不同时代的生活与情思,然而又与唐代边塞诗的雄浑、寥廓、豪情满怀的风格一脉相承。如周涛的《神山》开篇就是:

由天下三个最伟大的山系
组合成这座立体的黑浮雕群
喜马拉雅　冈底斯山　喀喇昆仑
猛犸象　剑齿虎和食肉恐龙的长阵
三条逶迤而来奔腾而起的
猛兽之河在此遭遇
在史前期相撞,被岁月铸成山峰
大河的汹涌流势,冷却为黑岩石
形成三根鼎足的巨形柱。支撑起
我们这个古老而又年青的世界的屋顶
……

何等有气势!有历史的张力!把新疆之山的形象写得何等鲜明、突兀,简直写活了!这其中不仅有雄浑、刚劲、峻奇之美,而且这种美难道不是建立在形象思维的活跃之上么!?

至如艾青的《归来的歌》以及李瑛、流沙河、绿原、牛汉、唐祈、郑敏、陈敬容等老一辈诗人在八十年代的新作,无论在句式的简练,意象的丰富和赋、比、兴的广泛运用上,都见出与五十年代和六十年代那种直抒胸臆、更多意念的诗风大不相同,更不必说与那种标语口号式的诗句不啻有霄壤之别了。

恢复形象思维,致力于意象美的创造,不仅从西方,也从中国民歌和古代诗歌的现实主义和浪漫主义的丰富传统中去汲取营养,去推陈出新,这正是中国诗歌应该走的正路,也是诗美创造的历史必然。新时期中国新诗创造的上述意识的自觉和创作的实绩,难道不能使我们清楚地看到毛泽东的诗歌理论主张的深远影响力么!当然,1985年后中国诗坛流派蜂起,各种自我标榜的“流派”都纷纷提出自己的诗歌主张,像“非非主义”、“莽汉主义”、“整体主义”、“城市生活流诗”、“雪海诗”、“太极诗”等等,名目繁多,令人眼花缭乱,目不暇接。其中不少受到西方现代主义和后现代主义思潮的影响。自我标新立异,“各领风骚三五天”,其走向与中国的民歌和古典诗的传统越离越远。他们的作品大多旋生旋灭,尽管他们的探索与试验并非全然无益,至少后人从他们的沉浮中可以总结经验、吸取教训,更清楚地认识到新诗应走的康庄大道。

总之,新中国诗歌四十年,其发展的全局或发展的每一阶段,都与毛泽东及其文艺思想包括诗歌主张的影响息息相关。在毛泽东时代是如此,在毛泽东后的时代,也仍是如此。这影响虽有正负面之分,从全局看,无疑积极促进新诗和旧体诗词都健康发展的正面影响是主要的,而阻碍诗歌发展,乃至给诗歌带来灾难的负面影响,我们也不应忽视。在纪念这一伟大人物,特别是缅怀毛泽东作为伟大的政治家、理论家和诗人的时候,充分认识他的正负面影响,从而肯定成绩,匡正偏颇,使我国诗歌沿着更加宽广平坦的道路前进,应该说是完全必要的。平心而论,作为诗人,毛泽东深知诗歌三昧,深知诗的规律,因而他的诗歌主张大体都是正确的,是有利于促进中国诗歌发展的。他给诗和整个文学艺术带来的消极影响乃至严重损害,则出自他作为政治家、革命家的立场。从这立场,他的文艺理论和文艺政策方针强烈地要求文艺从属于政治,为政治服务。这加上他在社会主义时期的“以阶级斗争为纲”和“在无产阶级专政下继续革命”的理论,以及“大跃进”和“文化大革命”的错误决策,于是不独产生了许多作家包括诗人受迫害、无法写作的悲剧,而且使诗歌领域也出现公式化、概念化以及伪浪漫主义等严重弊端,相当时间里,诗的题材与风格也偏于狭窄与单调,否则前二十八年的新中国诗歌一定会取得更大的成就。新时期以来,由于邓小平继承和发展了毛泽东思想包括他的文艺思想,并以极大的魄力去纠正毛泽东曾经犯过的理论和实践中的“左”的错误,这才有近十五年文艺与诗的空前的繁荣。然而1985年以来,由于更加开放,西方文化和文学理论包括现代主义和后现代主义思潮的涌进,“全盘西化”之风也袭向诗歌界。这种背景下,有些诗人特别是青年诗歌作者,他们又走向另一极端,视马克思主义、毛泽东思想为“过时”,弃之如敝屣,对毛泽东文艺和诗歌理论主张中正确的、精到的见解也不予重视,置诸脑后,以至使自己的创作走上了邪路,无助于中国新诗的健康发展。这也是后人不能不予以深思的。

在二十世纪行将结束,二十一世纪很快就要揭开帷幕的时候,我们回顾百年来中国诗歌的发展,特别是四十多年新中国诗歌的发展,深感古人所说"文变染乎世情"的论断何等正确!毛泽东的伟大,不仅在于他是伟大的思想家、理论家和诗人,更在于他是伟大的革命家、实践家,二十世纪中国翻天覆地的深刻变化,与他作为革命家、实践家的毕生努力是分不开的。在这一意义上,他的诗,他的文艺和诗的理论固然给中国诗歌的发展带来深远影响,应该说,他的革命实践所导引的历史变革,给中国诗歌带来的影响更大。在评估毛泽东与中国诗歌的关系时,后一点同样是我们必须予以充分认识的。作为历史人物的毛泽东已属于过去,然而他参与缔造的新的世界,他深刻地予以揭示的文艺和诗的规律性的理论,以及他个人那雄劲、豪放、壮丽的诗风,都必将会继续成为中国未来诗歌发展的肥沃的历史土壤,未来的中国诗歌不论开什么花,结什么果,都会从这深厚的土壤中去汲取自己的智慧和养分的。

——原载《当代作家评论》1993 年第 6 期

郜元宝

保护大地

——《九月寓言》的本源哲学

……我也不知
说甚做甚，不知道匮乏的时代诗人何为？
但是你说，他们像酒神圣洁的司祭，
在神圣的夜晚踏遍整个大地。

——荷尔德林《面包与醇酒》

在漫漫夜色里，谁在长思不绝？谁在悲天悯人？谁在知心认命？……神游的脚步磨得夜气发烫，心甘情愿一意追踪。

——张炜《融入野地》

一

张炜最近发表的哲学短论《融入野地》（《上海文学》，1993年第1期），也是一首纯粹的无韵诗，具大气力，秉正法眼，一下子撇开了许多，拒绝了许多，直接抓住了我们的文学偌长时间总是抓不住的永恒问题：人与土地的原初联系。张炜写得彻底、通脱，一读之下，你就会被文字间充盈的灵气牢牢攫住。这篇奇特的作品，旨在探讨匮乏时代诗人艺术家应该如何知心认命，由智趋灵，义无反顾向生存的根基处回溯，反抗一切庸俗、乖巧、虚伪、贪婪和麻木。执拗的拒绝意志和热烈的归家情怀构成诗语最具神采的部分。若非蓄势有年，积渐为雄，拨（拔）开榛塞，一朝澄明，纵然饱读诗书，也绝不能如此神满气足，自然圆融。

诗人说他是因为“被饥困折磨久了”，所以把融入野地的时间选在“九月”，“一个五谷丰登的季节”（《融入野地》），这使我很自然地把这篇精妙的短章和洋洋二十万言的《九月寓言》联系起来。

读《九月寓言》，我感到还是像当初读《古船》那样，有一种震动之余无话可说的充实。在几年前写给《当代作家评论》的一篇文章中，我就说过，《古船》只给读者两种选择，非此即彼，“要么从它终结的地方返回，重新拾起经验范围探索的旧路；要么，从它终结的地方更进一步，进行一种全新的思考。但这种全新的思考首先要求我们必须从头开始学习……因为迄今为止，我们还没有这样思考过”。又说，“《古船》是一部最能激发思想的作品，但恰恰是这部最能激发思想的作品，反而叫我们无从思起，无从谈起”①。今天看来，这些话或许更适用于说明我自己读《九月寓言》的感受。

令我们激动不已的作品，往往叫我们不无歉意地发现自己竟会茫然不知所思，嗒然不知所言；作者说得太透，想得太深，达到了我们的思力难以达到的境界。尽管我们也知道，他们所思所言的东西也许于我们并不陌生，也许那恰恰便是我们的“原来”，我们的“根本”。我们就从那里来，但是离别太久，相距太远，除非有某种灵性的激活，否则，单凭记忆是再难返回了。《九月寓言》和《融入野地》一样，至关重要之处，就是包含着某种激活灵性催人返本归家的精神召唤。召唤细弱而深沉，聆听召唤的前提是聆听者还深藏着某种未死的灵性。召唤只叫我们在自己的灵性指引下皈依原本属于我们自己的故地；召唤只是你我迢迢归路的沉默良伴，我们无需对它说甚做甚。

读《古船》，读《九月寓言》，读《融入野地》，我首先不得不思考这么一个问题：真正纯粹彻底的小说到底要不要我们去评论它？反复玩味，在一次次感动中心有所悟，不是很好吗？也许，世间真正称得上伟大的作品，只宜欣赏，不能评论。

批评给我们知性的满足，陶醉于这种满足，很容易迅速遗忘作品的真精神。

伟大作品无需阐释，读和写的人只是共同为某种性命攸关的东西意醉神迷。

伟大作品的奇异之处在于它把存在本身“带出”后自己立即消失。伟大作品不是作为大地之上的一个可对象化的制造物而生存；它的存在和大地本身融为一体②。我们阅读伟大作品，追寻它的存在，自然而然地就走到了我们自己存在的本源处。伟大作品引我们融入大地的宽广怀抱。大地之上，我们和作品没有间隔。作品的意义，仅仅在于帮助我们感悟大地的意义③。

技术时代的批评，渐渐已不再是感悟“作品—大地”存在的一种理想方式了。技术时代的批评日益致力于歪曲和破坏大地上一切本源性诗作。批评家们挥动“阐释”的鹤嘴锄，千方百计要在作品之中发掘出超于作品之上的某种“意义”、“价值”，在这个过程中，“作品中大地的到场”(the setting up of earth in the work)一再遭到忽

---

① 《命定视角与反讽基调》，《当代作家评论》，1990 年第 6 期。

② 下点系作者所加。

③ 下点系作者所加。

视。作品仅仅被视为某种“意义”的载体，它和大地本源的联系被斩断了。这是艺术品在技术时代的批评中普遍的命运。因此，我们也许只能在无言中默诵：一定要诉诸语言，那么这些危险的有声物唯一的使命，也只能是悉心保护“非对象化的作品存在”（nonobjective being of the work）。保护作品，就是保护大地（preserve the earth），因为作品是大地趋于到场的一种现象①。

如此说来，伟大作品又是可以谈论的，只要这种谈论不以孤立存在的作品为对象，而是透过作品，勘探在作品中被本源性诗语建起的大地存在，与此同时，我们自己也不断趋近本源之地。

二

我想从一种困惑开始：在《九月寓言》中，张炜为什么要如此美好地叙说亲人的苦难？在激动人心的“忆苦”活动中，小村的“鲅鲅”们到底获得了什么以至于他们竟然如此痴狂地以苦为乐？

诗人在甜蜜的月夜低声细语，月光下一切都在富于韵味的叙述节奏中伴随诗人的满腔柔情纷纷涌出。

诗人讲述小村苦难的往事，还请出小村历史见证人自道身世。诗人的讲述和小村人对往事的追忆连成一片。

所述所忆者为苦难，但不知怎么，苦难不再叫人痛定思痛、哀伤欲绝。夜晚小村的“鲅鲅”虐妻杀媳、内讧相争、饥寒困累、血腥残酷的景象，完全没有《古船》类似描写在感官和道德上激起的那种压抑和颤栗。不堪回首的往昔似乎成了酝酿诗情的温床，成了苦难的经受者寻求宽慰和充实、感兴和落定的源泉。

悲天悯人的张炜，难道不再为亲人的苦难而哀伤，宁愿躲进诗意的温柔之乡？

在作出是非判断之前，我想不妨进行一番哲学的冒险，斗胆从根本上反省一下人们理解苦难或幸福的某种习惯方式，因为《九月寓言》令人百思不得其解的地方，正是在于它偏离了人们知苦知乐的某种习惯方式。其实，张炜在具体描写上并没有回避小村人的生活苦难，令人难以接受的仅仅是张炜讲述这些苦难时不仅没有保持一悲到底的基本语调，反而表现得过于温柔，过于亢奋，似乎陶醉于某种莫大的精神收获。这就未免太悖于常情常理了。

我想，“苦难”和“幸福”在一般场合无非是指人们对自己的生存处境最简单明了的分解。这种分解如果不能说是代表了至少也可以说是实际上构成了日常生活的理性支柱。所以，“苦难”和“幸福”成了人类生活的词典中两个头等重要的基本

① 下点系作者所加。

词。制造这两个基本词的理性,在许多领域确实成功地教给人们正确判断和应付生活的情感与价值标准。人而不知何者为苦难,何者为乐事,他肯定不能算一个具有正常理性的人。但是,具有正常理性的人,真的都能从根本上悟透苦难和幸福吗?肯定没有。否则,我们又如何解释几千年过去了,为什么人类还是没有学会从根本上避免苦难永驻幸福的乐园呢?

我想,这至少可以归因于人们总是喜欢凭一己所好随意拿基本词套在他所遭遇的任何生存处境之上,对一切复杂的问题下至为简单的判断。人们使用自己拥有的基本词也许过于得心应手了,以至慢慢养成懒惰的恶习,不再致力于从自己日常细小的经验中寻溯基本词所指称的那个统一未分的本源存在。在这方面的懒惰和漫不经心,促成了滥用基本词时行动上的不遗余力。人们也许从来不去怀疑基本词可能被滥用和错用,而只关心自己按照现成的基本词的指引去行动时,是否尽心尽力,是否有天时地利相助。基本词原初的命名力量被不断削弱,人们和基本词原初命名的东西距离越来越远。这种情况直接导致人们生存领悟的日益虚假化。大地之上充斥了词与物错误的搭配,充满了空洞的笑声和无奈的泪水。泪与笑之所以日趋空洞和无奈,难道不是因为我们过于信赖理性对“苦难”和“幸福”等等基本词的驾驭能力了吗?词与物的疏离绝不仅仅是个语义学问题,它根本上表征着人同他生活的中心和基础的疏离,表征着人在大地上的存在发生了类似失重状态下的那种浮漂无定。

所以,要想从根本上恢复基本词的命名力量,从根本上学会避免苦难,创造幸福,我们不存在别的什么选择,只有满怀赤诚回到大地的怀抱中。只有亲近大地,我们的爱与恨、避与趋、泪与笑,才不会盲目,不会虚伪,不会空洞和无奈。但是,这样一来,我们就可能有必要对基本词的某些习惯用法进行一种违反日常理性的倒转:苦难和幸福之间的界线也许不得不消泯。只有实现了这种倒转和消泯,我们才可能暂时在某种生存境界——通常是艺术境界中——穿越日常和苦难和幸福之幕,回溯到我们久已远离的本源。倒转和消泯日常经验的“苦难”或“幸福”,绝不是要让人们忘怀那些苦难和幸福,恰恰是为了站在生活的大地之上,把这些苦难和幸福看得更清,恰恰是为了替日夜被苦难和幸福的轮回煎熬的灵魂保护立足的大地,使大地不至于被苦难或幸福的狂潮击得支离破碎。战争、工业等等活动对“大地”的破坏,难道不都是在知苦知乐的信念支配下进行的吗?

真正知苦知乐,不仅需要理性的辨别,更需要满怀赤诚去依恋“大地”。知苦知乐,必先知性认命,把我性和我命完全融入母亲的大地。

疏离大地,我们也能继续拥有正常理性,但是不可能激活心中的灵性。大地不亡,灵性不死。只有灵性能教我们从根本上知苦知乐。

如果张炜在寻找大地、亲近大地、保护大地的诗情洋溢中触犯了正常理性，我想这种触犯是善意的，可以理解的，而且是相当必要的，用不着喋喋不休，指责张炜失去了悲悯，或者指责他欣赏小村人以苦为乐的麻木、愚顽、赖皮、苟且。张炜容忍了这一切，因为他想在这一切背后，描写小村人的灵性，描写他们如何用以苦为乐的古怪方式表达自己对大地的眷恋。

要问小村人为什么那样如痴如狂地在漫漫冬夜追逐光棍汉金祥，顶着严寒坚持开展诉苦活动，恐怕他们没有人能够给你满意的回答。他们只知道一遍又一遍参与集体的忆苦，在这中间获得某种安定和满足。张炜惟妙惟肖描写的“忆苦”场面令人遥想古希腊雅典的露天剧场。实际上“忆苦”的确成了小村人最为盛大的节日庆典。张炜在这部长篇中没有描写任何其他的节日，包括年节，仅此一点，足以发人深思。

金祥忆苦时经常要出丑卖乖，故意调侃，惹人发笑，吊人胃口，甚至在细碎猥琐的故事中找点乐子。但是我希望读者千万不要用张艺谋大导演的眼光来看取这种民间通俗的艺术形式。也许电影根本就无法取代文字，只有文字才能那么深刻地攫住民间艺术的灵魂。小村人集体性的“忆苦”，肯定不是单纯为了响应政治号召，像金祥宣称的那样“有一说一”，认认真真倒苦水。他们是在追忆着什么，努力靠近着什么，但也绝不仅仅是个人或家族历史上曾经有过的某段苦难经历。追忆不限于运用心理能力唤回已逝的历史，还原过去的往事。相反，小村人的忆苦往往漫无边际，生拉硬扯，随意发挥，即兴杜撰，在本来就模糊不清的历史上尽情涂抹，追忆历史恰恰是为了取消历史过去时态的真实性。忆苦能手吸引人的地方不在于达到了怎样的真实性历史叙述，而是通过对历史的虚构和语言操练，把破败的历史拉到当下，把脆弱的心灵从往事的纠缠中解放出来，回到目前承载我们的大地之上。如果说小村人也有自己的一部历史，那么，这部历史仅仅写着小村人失而复得自己的土地的一段过程。历史只有收紧自己的时间展延度，转化为大地上生灵的戏剧，才值得一再去回忆。“忆苦”是集体性的人与大地的默默对话，回忆历史只是一个借口。历史的漂浮性、破败性仅仅是为了衬托暗中一直在场的大地之无限深沉无限厚实的缄默①。

在冬天的夜晚，我们尽可以安安定定躺在承载一切的大地上，看满天明灭的星海，缥缈虚幻的流云，充满柔情畅想无论是悲是喜是苦难还是幸福的往昔。在浓浓夜色和醉人的说古中，一切都漂浮在渺不可测的星空，流进万劫不复的过去，这时候，只有“大地”会显得无比坚实稳固，无比慈祥仁厚。在大地母亲的怀抱里，柔情万般的子女甚至不需要想起大地的存在，更不必担心自己颠三倒四的语言是否会冒犯

① 下点系作者所加。

大地存在的真实性,因为这是最后的落实——

对于我们而言,山脉土地是万年不曾更移的背景;我们正被一种永恒所衬托。与之相依,尽可以沉入梦呓。

世上究竟有哪里可以与此比拟?这里处于大地的中央。这里与母亲心理上的距离最近。在这里,你尽可以述说昨日的流浪……

在安怡温和的长夜,野香薰人。追思和畅想赶走了孤单,一腔柔情也有了着落。我变得谦让和理解,试着原谅过去不曾原谅的东西,也追究着根性里的东西。夜的声息繁复无边,我在其间想象;在它的启示下,我甚至又一次探寻超词语的奥秘……我在默默夜色里找准了声义及它们的切口,等于是按住万物突突的脉搏。

一种相依相伴的情感驱逐了心理上的不安。我与野地上的一切共存共在,共同经历和承受。

——《融入野地》

诗人如是说。

只有关怀人在大地上的生存,只有关怀人所生存的大地,才能够超出世俗关于苦难和幸福的知与见,与人类生存的本源同在。这是真正的悲悯。确切地说,在《九月寓言》里,张炜把《古船》那种对"历史之奴"的悲悯转化为对"大地之子"的悲悯。这种悲悯,用张炜的话来说,乃是一种"悲天情怀"。悲天就是悲地,因为在大地上栖居是人的天命。

三

"当贪婪和攫取的狂浪拍碎了陆地,你不得不划一叶独舟时,怀中还剩下什么?"也许我们首先想到的是某种历史理性。固然,在大地日益从地球上被鲸吞殆尽时,确实需要一副坚强的脑壳,一缕在历史长廊穿云破雾的理性阳光。问题是,我们现在并非缺乏理性,而是过多地、不适当地到处运用着我们的理性。理性确实能够使我们在地球上的许多事务中变得精明强干,但是理性有时候并不利于我们对大地施行必要的保护,因为仅仅拥有理性的人只会懂得拿着理性的标尺对大地上的一切连同大地本身进行精明的计算和毫不知足的攫取,而容易忘记大地还是我们不可攫取不可丈量不可破坏的唯一根基。所以张炜说,当大地破碎之际,我们胸中最需要唤起的,"无非是一份热烈和忠诚",无非是对大地热烈忠诚的爱与依恋。正是这种对大地的爱和依恋,使他变得"谦让和理解"并且"试着原谅过去不曾原谅的东西"。只有在这种对大地原始情绪的指引下,我们才能朝技术时代运行的相反方向回溯,才能始终亲近大地并被大地所亲近,才能真正知苦知乐,不至于让世俗的苦乐弄得晕眩,从而有效地拒绝“无根无定的生活”。

值得注意的是,张炜说,这种拒绝是一条“犹如长夜”的长路。换言之,拒绝无根无定的生活,在张炜的思想逻辑中,不仅要拒绝理性的太阳,还要在诗语中对大地之上自然的太阳进行一种感性的回避,让大地在月光上得到妥善保护。

细心的读者也许不会忘记,读《古船》时,我们尽管感到洼狸镇上阴霾密布,气压低沉,但太阳依旧当空高悬,把人间一切恩怨美丑照得分明。相比之下,《九月寓言》的阳光就异常微弱。太阳在“鲅鲅”的小村固然依照自然规律日升夜落,但是在叙述主体的意识里,这个自然现象或多或少是加以回避了。小说只有两处特意提到这个几乎被遗忘的太阳。一处是金祥忆苦时对太阳可怕的描述。金祥一家在太阳底下往平原地带迁徙,“走哇走哇,走出山梁薄地,总不能做个路倒啊,日头一天比一天毒,它想熬干河流、树汁水儿,熬干庄稼人的血”。小村人根据自己痛苦的记忆在心理上拒绝了这个揭示一切、燃烧一切的火球,因为太阳总是敦促人们不停地奔跑,干扰土地的儿女对大地本源的亲近。还有一处是写欢业杀死金友后狼奔豕突,最终把小村远远甩在背后,这时候迎接他的是“老大的太阳冒出地皮,满地血红!”太阳只为小村的叛徒升起,它不属于张炜笔下的小村。而且,太阳的形象,不是位于我们之上的可敬爱可赞美的热与光的中心,太阳血红的光芒成了令人颤栗的残酷景象。

在张炜的诗语中寻绎被拒绝的太阳的象征意义,也可能是读解《九月寓言》的一个关键。

太阳除了象征揭示一切,算计一切,在苦难的轮回中使人类变得乖巧而暴戾的历史理性之外,在张炜的诗语中还象征另一个被拒绝的意象:空间意义上的“世界”。太阳不仅照亮此一事物,它同时还照亮此物与彼物之间的联系。由此,大地上的万事万物,譬如“鲅鲅”的小村与“工人拣鸡儿”的工区,就不仅属于大地,还同时被纳入与大地相对的领域:世界。世界的特点是叫人们离乡背井到故地以外去闯荡。世界是大地上的万物对大地的一种挣脱,是阳光在大地之上一件得意之作,因为在阳光下面,大地上的一切都敞开了,森然布列,成为一个热闹的世界。有了阳光便有了世界,所以在我们的词语想象中,“太阳—世界”总是紧相连属。因而,太阳的缺席,不仅改变了小村本身的存在(让更多的月光倾泻在流浪人的故土野地),同时还把小村和小村以外的世界隔开,杜绝小村“世界化的敞开”(the worlding open)。

小村人(的)进出路线,譬如金祥长途跋涉买鏊子的往返路程,作者有意写得扑朔迷离。事实上,与其说金祥曾经离开小村走向世界,不如说金祥一辈子都是在由世界到小村的长路上耗尽气力地奔跑,因为金祥之所以要外出买鏊子,目的并不是为了去闯荡世界(他曾经闯荡过,但那是不堪回首的痛苦往事),而仅仅是想回到小村用鏊子更好地制煎饼,更好地享受大地的馈赠——小村人视为性命的瓜干。所以，光棍汉金祥在买鏊子的路上走得越远，他和小村人的大地距离就越近。金祥和其他小村人一样，一生一世只赶一条路，这条路无论如何坎坷曲折，最后仅仅通向大地的中央。如果不是这样，“没爸没娘的娃儿”怎么能够历尽磨难，拼着最后一口气赶回小村，并且最后安眠在小村的野地里？

小村人和野地的亲近牢不可破，因为小村上空虚设的太阳没有为“艇鲅”们指出一条走向“世界”的道路。拒绝太阳，意味着控制小村的“世界化”敞开和延展；或者说，使小村人在野地的生活自成世界。这当然不能理解为地区和国际交往中的一种关门主义。紧缩“太阳—世界”，仅仅为着诗的目的：在更浓的夜色中保护那作为根基的大地。

在《九月寓言》的诗语义域里，“太阳—世界”消解着作为承载者、藏匿者、滋养者、孕育者、抚爱者和保护者的大地的本质。在技术时代，我们不得不认清这样一种现实：“太阳—世界”的大地，越来越成为被丈量被计算被攫取的对象：田地、矿藏、林场、牧区或风景点，这些都是大地的种种破败形式，它们在技术时代昭示着生存的无根无定，无遮盖，无呵护。在《九月寓言》中我们被特意告知，小村的形成，始于满世界奔跑的流浪汉们决定不再盲目闯荡，不约而同地说：“停吧，停吧。”停下来，于是有了稳定的村居生活，有了亲近大地的落定与被保护感。“停吧”的谐音词“艇鲅”戏剧性地成为本地人对来到小村的这群流浪汉的称呼，确实带有某种命定的意味。只有停下来，有限生存之无限世界化、敞开化的过程才能遏制在适当的范围。奔跑的目的是为了最终的“停吧”，否则，无休止的奔跑只能被大地甩脱，这对人来说是无意义的。“停吧”是人在大地上命定性的存在方式，是人的“真实”、“简单”和“落定”。只有不再一味地在太阳底下闯荡世界，人才能“在被遮蔽和受保护的状况下栖居于大地之上”(dwells on the earth in a state of concealedness and preservedness)并以此为不可动摇的根基去展开他的世界。

四

张炜写《九月寓言》时，不仅回避了隋抱朴整天拨拉个算盘企图澄清洼狸镇人恩恩怨怨的历史理性，同时也拒绝了隋见素心中那轮冲撞、激荡、揭开一切、照亮一切同时也可能烧毁一切的血红的太阳。张炜意醉神迷的九月，原来是九月的星星月亮，是温柔的九月之夜吃足瓜干的“艇鲅”们在野地上生命的洋溢和绽放。

《古船》的太阳落下了，《九月寓言》的月亮升起来。一阴一阳之谓道，这很符合我们经典的观世方式与经世原则。曾经被《古船》理性的太阳灼痛双眼的读者，在温怡柔美的月光下看到的该是另一种生存图景了——

谁知道夜幕后边藏下了这么多欢乐？……一伙儿男男女女夜夜跑上

街头，窜到野里，他们打架，在土末里跳动，钻到庄稼地深处歌唱，汗湿的头发贴在脑门上。这样闹到午夜，有时干脆迎着鸡鸣回家。夜晚是年轻人自己的，黑夜里滋生了多少趣事……咚咚奔跑的脚步把滴水成冰的天气磨得滚烫，黑漆漆的夜色掺了蜜糖。跑啊跑啊，庄稼娃儿舍得下金银财宝，舍不下这一个个长夜哩。

浓浓的夜色是对白天一切辛劳的抚慰，是造化对地球另一种形式的刻意修饰。大自然收回了它的强光，人类的生存空间由此在收敛的形式中得到保护。白天听不到的人响天籁，夜晚特别容易入耳。这是表达和倾听的最好时机。夜的奇妙的宁谧解放了大地之上万千生灵的想象力与感受力，白天显得遥远而不切实际的东西，也会趁着夜色的掩护，影影绰绰环列在我们村庄每一个熟悉的角落。万有的存在，大地上的一切，在夜晚会有白天所没有的另一种真实，沉甸甸各有各的重量。我们虽然不能以目视，但心灵的眼睛会让我们实实在在触摸到这一切。夜是人与万物无距离的亲近。

然而，夜晚带给人类生存最大的变化，莫过于大地以其本源性的稳实趋于到场。白天的大地按照各种实用目的被瓜分为一块块彼此间隔的工场，大地连同"摆"在它上面的所有房屋器具、河流林木和高山矿藏，随时都可能被支取。土地工具化了，它仅仅是等待人们以技术手段去挖掘、去修整、去拖运、去砍伐、去丈量、去利用、去买卖的产品。大地的意义在这些小块土地上无言地撤回。只有在夜晚，大地才冲破一切技术的界线，重新团聚为一个整体；只有在夜晚，大地那作为承载一切、藏匿一切、滋养一切、孕育一切、抚爱一切、保护一切的生存根基之本质，才重新回到自身，并通过诗人的触角宣喻世人。诗人对存在的这种阴阳翕辟既敞开又遮蔽的把戏至为敏感，一切真挚的诗语，无不尽量为五脏六腑都暴露在外的白天的土地聚集更多的夜色。

好深的田野，月汁也渍不透的田野，藏了多少意趣，多少欢乐。嘿嘿，年轻人自己的月亮地啊，我来了，来了。

诗人歌颂月夜，也就是表达自己对大地的无限痴迷与眷恋。夜的中心正是大地的中心，我们只能在这里找到属于自己的故乡野地。要融身大地的怀抱，必须首先心怀赤诚踏入茫茫夜色——

踏不透的夜色，藏下一切的夜色，他恨不得将自己融入其中。昏沉沉的大地啊，铅一样沉的大地啊，象吃了长睡不醒药一样的大地啊！

夜晚藏匿了一切，为的是把大地更加完整地呈现出来。白天的阳光固然叫人懂得如何更清楚地认识大地，更科学地使用大地。但是，如果把大地上一切可利用之物悉数捉拿归案，把大地承载的一切统统抖落出来，展览在光天化日之下，大地还有什么神秘可言呢？失去神秘的大地将是彻底破败的大地，而大地的破败意味着生存的根本性匮乏，因为破败的大地将不再给居于其上的生灵提供被保护的安定感。

阳光是需要的，但是不能没有月光的润泽。如果大地失去夜的保护，太阳在大地上一天工作的结果将变得无法收拾。失去夜晚无言的呵护，天上的太阳和人类内在生活中同样炽热的太阳，终有一天会把大地上的人、物以及大地本身烧个干净。

歌颂太阳是诗人的一种使命。诗人神圣的使命还有——

为在阳光之下大地之上劳作的人类不断请出夜的惠临，在技术时代，当人们千方百计要把一切可利用的光源全部收集起来集中在太阳西沉后放出，诗人为大地守夜的职责就更加严峻了。他们注定要像荷尔德林所说的那样，“在神圣的夜晚踏遍整个大地”。

我们的文学曾经收集全部的热情和意象竭力讴歌太阳。太阳给我们光和热，给大地之上万千生灵以生命的能源。但是，太阳另一面的危险被一致忽略了。太阳在世界宇宙的运行，似乎越来越贴近地表，一种全球性的炎热正悄悄吞噬着大地上的清新与绿色。太阳揭穿了大地的神秘性，蒸发着生存的第一元素。大地在炽热的阳光下喘着粗气，汗流浃背。感受这种危机的最先还是那些敏锐的诗人，所以肖洛霍夫在幻觉的瞬间看到一颗黑色的太阳，所以整个十八、十九世纪的浪漫主义诗哲在到处充斥了太阳颂的文学中独辟一片清凉世界，对他们梦中的幽蓝寄予无限温柔的遥情。我们或者也由此懂得了，梵高为什么裸露他那颗衰弱的头颅，在燃烧的沙漠上试与太阳争雄。我想他是在勇敢地逼视常人无法逼视的那个火球，探讨人类承受太阳炙烤的极限，探讨当一切都焚烧起来，像向日葵那样把自己的生命完全寄托在阳光的照临，大地之上的栖居还是不是可能的？我还想起加缪的《局外人》，莫尔索朝陌生人突然扣动手枪扳机，不就是因为那时正好有一道强烈的阳光弄得他头晕目眩吗？生存的荒诞也许正在于某种世界性的阴阳失调。我们拥有了太多的阳光，大地上的一切都变得暴躁不安，连老鼠也成群结队到处出没。《鼠疫》中，当一场瘟疫开始肆虐时，作者首先刻意渲染的不也是“奥兰”城叫人无可奈何的暑气吗？一切的不幸都是因为生存中过度的光和热。

读《古船》，我一直被两颗隐秘的太阳吸引着，忐忑不安。一颗是隋抱朴头脑中理性的太阳，一颗是隋见素血管里激情的太阳。抱朴整天用算盘清理洼狸镇的历史，这不是一种太阳般力图揭明一切的历史理性吗？见素要求无遮拦地舒张自己与实现自己的冲动意志，也使我们油然想起太阳同宇宙的阴气千万年不息的争斗。这是一颗充满着感性生命的太阳！抱朴最后在徒劳的清算过程中升华为一座哈姆雷特式的雕塑，但老屋的磨房里那个凝思不动的背影所蓄积的力量，看一眼也会令人心悸，一旦爆发，当是十分可怕的。见素后来那场病来得也相当及时，因为他显然已经无力左右胸中那轮熊熊燃烧的太阳了。我当时觉得《古船》似乎结束得有点蹊跷，有点含糊，现在我想，那也许是作者不愿看到老隋家兄弟俩被各自的太阳烤炙得过于残酷吧？

所以，《九月寓言》虽然立意和风格上都有别于《古船》，但是就二者所探索的超历史（transhistory）甚至也是超美学（trans-aesthetics）的生存主题来说，它们又是一脉相承的①。

《古船》的太阳落下了，《九月寓言》的月亮升起来。对张炜来说，这是一个重要的思路转向。“转向”仅仅是说张炜探索的步伐迈得更大了，并不意味着他抛开了原来的思路。

记住《九月寓言》最后那场焚尽一切的大火，记住大火中奔驰的那匹和火光与东升的太阳一样颜色的精灵般的宝驹，也许可以更好地帮助我们理解诗人和大地、太阳、月亮的某种命定的环舞——

> ……无边的绿蔓呼呼燃烧起来。大地成了一片火海。
>
> 一匹健壮的宝驹甩动鬃毛，声声嘶鸣，尥起长腿在火海里奔驰。它的毛色与大火的颜色一样，与早晨的太阳也一样。“天哩，一个……精灵！”

五

保护大地，就是保护我们生存的根基。人与大地之间存着双向的保护关系。我们最后可以就此猜测一下张炜满怀激情描写“瓜干”的理由。

费尔巴哈说过，“人就是他所吃的东西”。这位彻底的智者同样彻底的智语，很容易被轻率地嘲讽为过于直观。其实，如果我们仅仅从生物学营养学的角度解释吃物对人的存在的构成作用，至少就无法理解往古来今无数诗人艺术家对于那些他们认为同他们笔下的人物关系重大的吃物尽心尽力的描写。把吃物从陀思妥耶夫斯基、左拉、福楼拜、普鲁斯特和曹雪芹的小说中一笔划掉，结果将是难以想象的。人之为人，人的存在的独特性，重要一点，就是人懂得用人的方式对待自己所吃的东西。动物把自己的吃物仅仅当作果腹的手段，吃物除了满足生理需要以外，没有别的意义。人就不同了。人在消耗哪怕是瓜干这样粗糙的吃物时，也会在精神上产生极大的欣喜，因为人能够通过吃物拜领到大地沉默的馈赠，体悟到他栖居于大地之上的无限乐趣。在动物那里，吃物一旦下肚，它的意义随即告罄。动物对某种即使是最喜欢的吃物的感情，也只能是一种纯粹外在的原始占有。人吃了瓜干，并不把瓜干的生命从大地上抹去。人吞吃瓜干恰恰是要延长瓜干的生命。人在瓜干的指

① 下点系作者所加。

引下学会了加倍珍惜自己的大地。人和吃物超乎生理需要的那种精神联系,就是人和大地之间双向的保护。

看来张炜如此不厌其烦地描写“瓜干烧胃哩!”如此神秘莫测地反复体会瓜干对小村人生存的意义,完全是有道理的。正如要理解一位贵族就有必要理解他日常享用的蛋糕,只有首先理解了“鲅鲅”们对瓜干全部丰富的感情,我们才能更真切地体会他们在故乡野地上的栖居。张炜写一种普通的甚至快要被现代城市人遗忘的吃物,无非是想唤起我们对日益破碎日益漂流远去的大地那种原始的怀恋。

六

《九月寓言》带给我一种来自远方的精神慰藉。对一个城市漂泊者来说,没有什么比大地的抚爱更可贵的了。我知道关于大地的寓言在技术时代喧嚣躁动的词语王国里也许很难挤到一个显目的位置,但是这样的寓言无论什么时候都会激活人心中某种未死的灵性,唤起对土地那份热烈和赤诚。这份热烈和赤诚,将是大地最终不会从地球上消逝的根本保护。

一切真挚的文学,肯定是大地在其中趋于到场的文学。不论作家是用怎样一种方式趋近大地,也不论大地有没有成为作家实际描写的主要对象,大地总应该是始终在场的。这是文学的根性,也是生存之根。

“大地”可以作为观赏对象,充当个人情趣、心境或者某种意识形态的喻体,但这些毕竟不是完整意义上的大地在作品中真实的出场。像张炜这样拒绝大地之上的种种诱惑,排除种种描写大地的传统文学模式,把大地当作生存中绝对重要的根基来崇拜,据我所知,在整个现代文学中,这还是最可注意的第一次。在“鲅鲅”们的月亮地里,在收获地瓜的迷人季节,以及在冬夜“忆苦”人燃烧的艾绳的薰香中,我又一次深切体会到大地那永恒稳靠的衬托。感谢张炜!

如果允许我对素所尊重的作家表示某种遗憾的话,那么我想说,就关于大地存在的本源之思的直接性和透辟性来讲,或者,就作品对知识阶层的感染效果来讲,小说《九月寓言》显然有不及散文《融入野地》的地方。我是指当作家表达某种深切的存在感受时,无论选择哪一种诗语形式,以自我为中心直接站出来告白,总比躲在别人哪怕是故土野地的亲人背后曲折传话要好得多。人物角色身份毕竟是决定长篇小说感染效果的一个值得思考的因素。许多优秀的中国小说作者(当然不是全部),当他们准备在长篇小说中抒发他个人也许是整整一辈子酝酿体悟的东西时,往往倾向于首先把自己隐藏起来,另外挑选某个或某一群在阶级、阶层、出身、教养甚至年龄性别上同自己差距悬殊的人物作为隐含作者的代言人。中国的叙事作者似乎一直没有诗词作者那种直接说话的习惯。我有时候不得不想这么一个问题:我们的叙述作者，特别是作为社会中坚的中老年知识人身份的作者，难道还没有成熟到足以充当叙事作品公开的叙述主体吗？

我想这种“成熟”应该是两方面的，读者的因素也许更值得考虑，但我们首先不得不考虑作者的因素。什么时候，长篇小说作者能够习惯于用知识人“我”的身份在自己的作品中直接站出来，像张炜在《九月寓言》中应该做而未能做到的那样，用类似《融入野地》的笔法，表述自己在大地上的生存感悟呢？

这肯定是一个不大讲道理的提问方式。不过我现在心中确实还悬着这样的猜测：张炜如果肯把主要人物的知识教育与思想能力定在隋式兄弟的水平上，或者，在某种意义上加重廷芳父子在小说中的份(分)量，《九月寓言》将会是怎样的呢？不知道张炜君有没有这样想过。

我说过表示这种遗憾肯定是不大讲道理的。也许，我们的时代还没有走出太阳独挂天宇的季节；也许，我们刚刚摆脱了政治神话的太阳，又双脚踏入了统治一切的技术和商业神话的太阳城。去年夏天，我看到那么多挣到钱的人挤着购买空调机，不禁怀疑，如今还有没有人一心一意守护着心田那份柔和的月光？知识人在政治和技术以及商业神话的太阳炙烤中，还怀揣了“知识”这份巨大的理性太阳。一切都那么容易被炒热，太平世界还有清凉的一面吗？谁能感受这份清凉？谁能欣赏这份清凉？

张炜的故乡野地只为那些依旧能够享受清凉的人们呈现。这些人是他的理想读者，也是他一意寻找的同类——

……你发现寻求同类也并非想象中那么艰苦。所有朴实的、安静的、纯真的，都是同类……同类只是大地母亲平等照料的孩子……

至于那些“逍遥的骗子，昏聩的学人，卖了良心的艺术家”，张炜说——

我宁可一生泡在汗尘中，也要远离他们。

在都市燠热的社交场所和不夜的街区，拥有相同社会角色的同类人之间相互沟通是太困难了。沟通必须要双方都有得自大地的根性与灵气，必须基于双方对大地本源的亲近。这样的沟通或许只能在还乡诗人和依旧在故乡野地栖居的亲人之间才会有？

所以，我终于能够理解《融入野地》和《九月寓言》巨大的知性落差，终于能够理解张炜为了纯化他心目中的月亮地而对同时代那些所谓的知识分子的最后拒绝。理解的同时，我还能有别的什么呢？或许，只能是一种无奈和惋惜吧。

1993年4月20日写于复旦

1993年5月16日改

——原载《当代作家评论》1993年第6期

胡河清

贾平凹论

贾平凹和张艺谋,是近年以来中国西北出的两个奇才。这从神秘学的观点看,决不是无缘无故的。战国以前兰州是天下的中心。秦汉之间稍稍移动了一下,挪到了长安。在西安建都的朝代都是中国历史上最强盛的大帝国。秦汉唐都是现成的例子。这表明西北是中国国运气脉所系。这与奇门遁甲的秘术也是暗合的。奇门术数认为,西北部为“乾”位所在,是八门中两个“吉门”之一的“开门”,又称天位、天门。这虽不足全信,但从中国文学的现状来看,似乎确实不失考验。北京的才子们资质平平,跳来跳去难以摆脱传统现实主义的框架,江南文星倒是不少,却经常流于小打小闹,缺乏大气。于是中国文学又渐渐坠入低谷。可以庆幸的是,在这个时候,尘封已久的西北天门乒然大开,出现了两颗震惊神州的文昌星,这就是天下人都已知道了的贾平凹、张艺谋。我这篇文字且先说贾平凹。

贾平凹的姓名也奇。这“贾”姓得就巧。拆开来看,无非就是“西部的宝贝”。正好应了贾平凹在当今中国西部文学中的显赫地位。如果离开了西北这块“风水宝地”,贾平凹将一事无成。他自己当然也知道这一点。所以他的大部分小说,都是在西安郊外的“静虚村”写的。他守在西部农村,也就守住了他的命脉。

贾平凹的家乡陕西商州丹凤,是一个很有古老文化氛围的地方:龙驹寨就坐落在河的北岸,地势从低向高,缓缓上进,一直到了北边的凤冠山上。凤冠山更是奇特,没脉势蔓延,无山基相续,平坦地崛而矗起,长十里,宽半里,一道山峰,不分主次,锯齿般地裂开,远远望之宛若凤冠。山的东侧,便流出一水,从几十丈高的黑石崖上跌下,形成一道瀑布,潭深不可测,瀑布注下,作嘭嘭巨响,如鸣大鼓,这便是产乌骓马的地方。龙驹寨背靠奇山,足蹬异水,历代被称为宝地。据说早年一州官到了此地,惊呼长叹:“此帝王风水也!”①

① 贾平凹:《商州初录》。

几千年以后，这里似乎又出了一匹“乌骓马”。不过它并不受帝王的絷束驱策，却自由自在地漫步在纯文学的长林丰草之间。一旦风云际会，就四蹄生风，龙跳天门。这匹宝马当然是指贾平凹先生本人了。

从贾平凹最近的作品看，他的文运还远远没有枯萎惨落之象，而且正渐由平远秀丽之境而转入深邃。其实这并不令人奇怪。刘伯温曾在《灵城精义》中说：“龙之性喜乎水，故山夹水为界，得水为住。”贾平凹的故乡奇山异水，乌骓出乎深潭，其文运安得不伟哉！

“平凹”两字的寓意大概更加复杂了。据我的看法，这中间也含有“阴阳”的意思。“平”指的阳光所及之地，故为阳。至于“凹”的深文大义，贾平凹作过多次解释。这里先看其中的一种：“15 年前，这学生从那地方初到中国西部的最大一座城市去，在一所高等学府就读，教授问：名姓？他说××凹。教授对‘凹’字颇感兴趣，遂问籍贯，再回答：瘪家沟。是的，天底下没有姓瘪的，它是学生家乡的土语，专用词，代表雌性生殖器的。教授惊得几乎掉了眼镜：‘荒唐！’立即将村名同‘凹’字相联系，对这学生很有些大瞧不起。”①若此说是真，那么“凹”自然属阴。其实中国道家历来就秘密崇拜雌性生殖器。《老子》上说：“知其雄，守其雌，为天下谿。”②分明把“雌”性当做天下的根本“守”。“雌”就是空缺，就是不足，所以就同“凹”字有了缘分。根据道家的智慧法则，月盈则仄，高山之下必有深谷，因此缺口倒反而成为生机流出的本源。从这个意义上说，这“凹”字其实是大吉大利的。

在当代中国文学里，贾平凹对男女性别感（阴阳）的体认也最具有中国传统文化的色彩。他用《周易》道家文化体系来阐释性别现象的本质：“夜里阅读《周易》，至睽第三十八，属下兑上离，其《彖》曰：‘火动而上，泽动而下；二女同居，其志不同行。’又曰：‘天地睽而其事同也。男女睽而其志通也。万物睽而其事类也。睽之时用，大矣哉！’我特别赞叹‘睽之时用，大矣哉’这句，拍案叫绝，长夜不眠……”③贾平凹为什么这样激动呢？

“睽”就是“乖违、相异”的意思。这段话是道家文化阴阳理论的基础。“男女睽而其志通”无非是说性别感的差异正好构成了交通、感应的先决条件。《周易》的这种辩证思维方式，后来发展成《老子》“万物负阴而抱阳，非气以为和”之说。“睽”即讲阴阳之间的区别，又是两者作为对立统一体存在的条件。可以说是贾平凹创作中先验的主题。在贾平凹的所有小说中，男女两性就像陕北土布的蓝白二色，以及陕北农民家里最常见的黄玉米和辣子一样，色调对比强烈。构成了“睽”

① 贾平凹：《妊娠》。

② 《老子道德经》上篇，第二十八章。

③ 贾平凹：《妊娠》。

的意念外化。

贾平凹说得上“知其雄”了。他对纯粹男性幽暗而狂热的生殖通道，有着深奥的洞察。《浮躁》中的金狗，似乎是他设计得最为完美的一个男性文化符号。金狗出生时有着不同寻常的预兆：“随母尸在桥墩下回水区漂浮；人将婴儿捞起，母尸沉，打捞四十里未见踪影。”①这种奇特的身世暗示着男性的残忍。真正的男性之诞生往往是以脐带情结的彻底断裂为标志的。这使男性与母体之间存在着秘密的敌意。不能摆脱对母体的哺乳性依恋的男性永远不会是纯粹的男人。《浮躁》中随母尸漂浮而终于导致子母分离的情景，在金狗的胸口打上了不朽的纯粹男性的印记：“韩文举跑来，察看婴儿前胸有一青痣，形如他胸前墨针的‘看山狗’图案，遂大叫此生命是‘看山狗’所变，自有抗邪之气，不必送到寺里。”②“看山狗”是商州地方的一种怪鸟，嘤其鸣矣，其声如狗咬，其响如巨豹，丝毫无妩媚之气，但却能入水不濡，入火不焚，有极顽强的生命力，实际上是男性意志的象征。

金狗有了这种男性意志的神灵附体，使他终于以一介布衣硬是从宗法关系构成的磐石阵中冒了出来。以后虽屡经挫折，三起三落，然而却即使在遭遇囹圄之灾时，也能像当年中国杰出的男子汉曾文正公那样，咬紧牙关，以“前番两次大败，安知非天之磨炼英雄乎”自励。最后还是接管了州河上的航运业。他在悼亡友雷大空的祭文中，长歌当哭，把酒酹自己的英雄泪：

> 铮铮耿直，硬不折弯，莽撞简单，可叹你急功近利，意气偏狭陷进泥潭。你是以身躯殉葬时代，以鲜血谱写经验，呜呼，左右数万里，上下几千年，哪有如此农民？固有罪有责，但功在生前一农夫令人刮目相看，德在死后令后人作出借鉴。泥沙俱下，州河泛滥而水大好行船，浮躁之气，巫岭弥漫而山高色壮观。③

这就是关陕豪侠从母胎里带出来的一种男儿奇气。金狗显然是有来历的。秦朝的兵马俑，沉睡在关陕平原的地底深处已有几千年之久了。自从秦始皇销兵器焚诗书，男儿气概就给封建政治的高压统治阉割了。但山河壮气既在，英雄豪杰就不会绝迹。金狗就是秉赋着这种天地阳刚之气而生的好儿郎。

男性和女性的星宿都是按照对应的原则排列组合的。灿烂辉煌的男星必然有温柔美丽的女星伴之而生。同金狗有缘的女人是小水。她像商州山中灵芝草上的一滴晨露，弥漫着仙草的异香，闪烁着日月的精光。一比小水，就可知即使《红楼梦》中的绛珠仙子林黛玉也显得世故混浊。像水晶一样精纯的女儿心是不会降落在满

① 贾平凹：《浮躁》。
② 贾平凹：《浮躁》。
③ 贾平凹：《浮躁》。

口仁义道德、满肚子男盗女娼的富贵宅第的。当金狗身陷囹圄之中,穷困潦倒可谓极矣,小水却一往情深生死以之。只要看她在监狱门外流连徘徊地唱着秦腔,就知道天下有良心有志气的好女子本来是出在贫家的了。

在金狗的与小水的名讳里,也藏着《周易》文化系统的密码谶语。按照五行相生相克的法则,金正好生水,所以金狗和小水体现“负阴而抱阳,冲气以为和”的相生关系。贾平凹的小说构成了一张浩瀚深邃的爱缘星宿图。《浮躁》中“金星”和“水星”的神秘感应关系就是最典型的例子。

当然,贾平凹的星相历中偶然也会浮现一颗不同寻常的天狼异星。《白朗》的主人公大概可以归入这一类。

陕西人传说脑后有天生的“反骨”。历史上无数路见不平、揭竿而起的农民起义英雄都出在陕西。白朗是近代陕西历史上的人中之龙,曾经笑傲江湖,杀人如麻,号称一代枭雄。

然而贾平凹笔下的白朗,却是个有些女气的美男子,以致唤醒了押送他的士兵们潜意识中的同性恋欲望。不料当这些粗鲁的大兵们想对他有所不轨时,竟立刻被这个漂亮的小白脸飞起一脚踢在阴部,一命归了西天。这才尝到“双性人”的厉害。

现代心理学认为,男女性别精粹的结合,会极大地丰富人类的生命创造潜能。因此具有超凡创造才能的伟大人物的性趋向往往较常人复杂。这同中国古典相学认为有些女相的美男子倒经常具有领袖“异秉”的观点不谋而合。白朗就是这样一个异人。有必要说明,他性别趋向的多重化和一般男子的女性化是大不相同的。一般“娘娘腔”的男人是男性生命信息过于贫弱造成的畸形怪果;而白朗一类的奇男子则相反,他们身上的男性气概远要比一般纯粹意义上的男人来得强烈英武。这就如同红色强大到了极限就必然向其对比色黄色转化一样,男性性别的极限化也会导致女性意味的渗透。在这里,“睽”卦划出的生命界限的模糊制造了一个最有性感韵味的生理区域。这才可以解释,何以有些女相的美男子白朗具有一般男人望尘莫及的性魅力,迷倒了无数花容月貌的米脂美女。他的女性气不是妩媚,而是俊逸,是对强大超群的男性秉赋的自然补充。

白朗显示了陕北人深藏着的一种奇特偶像。贫瘠而单调的黄土地自古以来把这里的居民抛入几乎绝望的生存状况中,这使得他们对于敢于领头造反的匪首产生了神秘的依恋。于是他们就把可怕的江洋大盗的匪气加以淡化,在幻想区域中把他浇塑(铸)成一个姑娘气的美男子,这就是他们心中真正亲近的神祇了。

“可他出来接待众山之主,着的是一种白色的团龙长衣,蹬的是一双白色的深面起跟鞋,持的是一把白绫竹扇,他愈是把自己打扮成素雅的风流倜傥的秀才模样,愈使所有的人为上天偏把一身超群的武功和一副绝化的容貌造就成一人而感叹了！”①贾平凹在描绘这位白衣秀士的超凡容貌时，似乎倾注了一种非常个人化的幽暗激情，实际是很值得注意的。贾平凹对男色的敏感流露出他身上有一种女性化的温柔。通过对贾平凹大部分相片的观察，我的感觉也是这样。“平凹”作为一对阴阳互补的辩证范畴，存在于贾平凹的内在性别世界深处。当他偏重《周易》“睽”卦所揭示的性别特征时，就表现出对于男女不同性别的差异性的深刻知识；而一旦模糊阴阳两极的界限进入生命的边缘境界，就构成了衬托白朗这样的异人背后的绚丽光源。

中国古人说过：“道心惟微，人心惟危。”这种深刻的分裂状态似乎也存在在贾平凹身上。半个贾平凹漂浮在肉的幻想之中，具有非常强烈的感性化特征。另外半个贾平凹却竭力要挣脱生命本真的火炽图景，进入高华深邃的东方灵境。这就是我即将在后半部分的文章中所要描绘的另一种生命景观了。如果把前半个贾平凹称为现象界的，那么他的另一半就可以说是本体论的，属于神秘主义的范畴。

贾平凹早期的小说，主要描述关陕地区的地域文化和人文文化。按照中国传统文化的精义，构成民族总体文化必须有天、地、人三层次，其中“天”是最高级的本体论层次，体现了东方宇宙本体文化模式的终极关怀。早期贾平凹恰恰停留在地利、人和的层次上，为感性化的现象界所迷惑，还没有达到言“天”的境界。

从《古堡》开始，贾平凹的“天眼”似乎慢慢张开了。他沉思的目光移向了中国道家的千年神树：“九仙树是千年古木，内中早已空朽，一边用石头帮砌，一边以木桩斜撑。上分九枝，枝枝却质类不同。人以为奇，便列为该村风脉神树。奇峰生有奇木，必然招来道教，但从峰下往上看，道观并不见，齐愣愣看着是一周最完整的石墙。墙有双层，极宽，外置女墙，设有了望孔，有枪眼。爬‘之’字形石径上峰，低头进了堡子门洞，方是一合庭院，云绕亭柱，苔上台阶，甚是清净。观里有一老道，囚首垢面，却眼若星辰，气态高古。”②

道家文化的“风脉神树”把根须投向炎黄故土的岩层深处。作为中国文化发源地的关陕一带，道家学说的遗泽更是深远。华山曾是陈抟老祖修道炼丹的宝地。昔人已乘黄鹤去，仙风道骨今犹在。《古堡》中的老道，“眼若星辰，气态高古”，显然是修成内丹的。同时，道家作为一种古老的政治、军事、人生斗争的智慧体系，也和贾平凹的生命本性相契合。他起身清寒的农家，对于权力垂直上升运动可能达到的秘景并没有切实的洞察。这扇起了他胸中炽烈的权力意志和奋斗欲。所以很难想象

① 贾平凹：《古堡》。
② 贾平凹：《古堡》。

贾平凹现在就会大彻大悟、遁入空门,那倒是贵族门庭中最聪明的公子哥儿容易走的路。适合贾平凹的生存哲学是道家。在文王八卦图中藏着中国社会的全部游戏规则,可以帮助像贾平凹这样的布衣奋斗者有意识地避开人生八卦阵中的凶险暗礁,慢慢登上"人尖儿"的高级社会层次。贾平凹世居陕西商州丹凤。就如丹桐必然招来凤凰,贾平凹入道也是迟早的事。而"凤鸣高桐",才是他修道的归宿。

修道主要是修智,《周易》上说"知往而鉴来,极深而研几",就是一种最高的智慧境界。在这种境界层次上,对于历史走向的趋势已经达到了自为的认知。道家高人都是伟大的先知者,他们甚至在还未出山之前就已经对自己未来政治星相图的运行线路了如指掌了。

但《古堡》中的老道却还远远没有修到这样的道行。他完全生活在商州已成为历史陈迹的辉煌记忆之中:"道可生一,一可生二,二可生三,三可生万物,万物则又归一。商鞅当时辅秦,定变法之令,编制居民成为十保,或为五保,什、伍之中,一家有罪,其余诸家当联名举发,若不列举,九家或四家连坐。匿藏罪犯者杀,告发者赏。民间有了男二人以上而不分居另外干活的,一人须出两分赋税。勇于公战的,将依照规格高下升爵受赏。私斗的以情节处以大小不同的刑罚……"①在唠叨这些几千年前的陈芝麻烂谷子时,这位老道"满脸清高之气",好像一本治国平天下的真经就藏在他胸中似的。其实他的议论中也有大谬不然者。《周易》文化体系的确是一种包孕着无限潜在发展可能性的"混沌"现象。在社会机制转化为多元化耗散结构的春秋战国时代,意识形态也呈现了"一可生二,二可生三,三可生万物"的开放多元图景。这就是古人概括为"道术裂"的文化现象。这本是一种极其伟大的文明进化运动。而商鞅的错误就在于,他信仰"万物则又归于一"的大一统独断主义,用一整套进行思想文化统制的高压政策,断送了"百家争鸣"所造成的意识形态活跃局面。值得注意的是,商鞅变法的思想框架后来扩展为秦始皇的政治哲学,对中国几千年封建意识形态的僵化模式的形成具有极其深远的影响。谭嗣同曾说:"二千年来之政,秦政也,皆大盗也,二千年来之学,荀学也,皆乡愿也。"想不到距谭氏成仁后一百多年,还有这样一位念念不忘"秦政",甚至把"连坐法"、"保甲法"一类的特务统治手段也当做宝贝疙瘩不肯割爱的"老道",也只能说是乡愿透顶了。

这大概与这位老道固守古堡的封闭生活方式有关。道家的天人之学,是在大量的社会、政治、文化信息基础上形成的。因此道家传统中诞生出来的精英人物如诸葛亮、邵康节、刘伯温之流,都不是固守一隅的乡曲之士。他们都曾云游天下,涉足中国文化内部的各种秘密部落,最后才形成了有一定独创性的世界观宇宙观。而

① 贾平凹:《古堡》。

《古堡》中的道长只知修内丹。不懂得“道”的本质在宇宙全息网络系统中才会显现出来的道理,就闹出了这种时代错位的笑话。其实,“生生不息之谓易”,这在《周易》的命名中就已经显示了。商鞅的法不可能成为后世的法。文化无时无刻不在变易。这才是《周易》的本义,道家的精髓。

在这篇小说的结尾,古堡遭到了天火的巨劫奇变,被烧为灰烬。这也许未尝不是一件好事:火烧了道观,却解放了道家。道长和他的高足们从此再也不能坐井观天了,只能流落天涯,去见识见识四方山川之壮丽人物之俊伟。《周易》以“未济”卦压轴,表明它不是一个划地为牢的封闭系统。所以相对于道家的精神渊源,道观实际上是叛教之物。在早期的道家看来,天涯何处无芳草,宇宙大舞台便是他们的“寺庙”。可惜这种伟大的精神气魄早已被二千多年的“秦政”摧残得所剩无几了。在这个意义上说,“古堡”似乎就是高度凝固僵化的封建意识形态模式的象征。只有在惨烈的天火将这个顽固壁垒付之一炬之后,古老的华夏文化才能实现旧邦新命,转入生生不息之谓易的开放系统。

通往道家精神圣地的“罕达之路”不是春风得意的走马平川。特别对于贾平凹这样出身农家的文墨人来说,要进入道家文化博大精深的智慧庭庑,必须脱胎换骨,去尽与生俱来的小农经济的鄙俗气。这一番炼丹功夫,谈何容易!贾平凹的另一部中篇小说《废都》,通过活动在农舍中的道家林青云的际遇,对农人修道的艰难发出了浩叹。

林青云心目中的“人极”,似乎就是中国西北部历史上最著名的易学大师邵康节:

> 北宋的邵子一生不求做官,跟随陈抟老祖在华山上观星占卜,后独居在这座土城,当年一个并不大的国家的都城的镇河楼花园里,开始了二十年玩弄数字的生涯。在他的眼里,每一个数字都是宇宙天地的某一密码,他常常口诵着一组数字,接承着天地玄暝中的信息强身养性,明慧虔智,而谑笑世间的和尚只会早晚念那佛陀。①

邵康节留下的《皇极经世书》,确实就像一个巨大无边的数字信息库。据说只要参透了这些玄奥的数字密码的拓扑学规则,就会对大自国运小至个人休咎祸福“知几若神”了。

林青云无意中得了天缘,失传已久的《邵子神数》竟极偶然地被他重新发现了。他以一个普通农民的忠厚老实,虔信邵康节这只修炼成精的文化狐狸传下来的数字神话。从此发下弘愿,要穷其一生来完成对《邵子神数》的破译。如果此生不能了此

---

① 贾平凹:《废都》。

法缘,就子子孙孙传下去。这充分显示了中国农民的“愚公”性格。

然而根据中国文化传统,能够破译天机的倒往往是些“智叟”类型的人。参破玄机的关键在于修智。而小农经济的生产方式对中国农民最大的摧残就是智慧的流失。像林青云这样典型的农民祖祖辈辈只知道种自己屋檐底下的一小片土地。陕北的老农中大有一辈子从未出过本村者在。“天机”是世界观的最高层次。一个根本不知道世界为何物的人又怎谈得上世界观,没有世界观又如何可能参透天机?“各人自扫门前雪,休管他人瓦上霜”,是最典型的小农经济的自愚和愚人哲学。天机指宇宙全息网络的运作规律,呈示一种互相联系和互相转化的世界图景。一旦皈依“各人自扫门前雪”的信条,就等于已经否认了宇宙间万事万物的相互联系这一根本前提,对天命的解读尝试也自然就成了泡影。林青云的失败,显示了农民智慧品质的根本弱点。同时,道可致不可求。浅智的林青云没有这一种潇洒的气质,而想用修补地球的牛劲来破译玄而又玄的天机,也是他惨败的原因之一。

与林青云相比,《浮躁》中的“土诸葛”韩文举似乎慧根深了不少。稍有了几份“智叟”的灵光:“这和尚文墨深,熟知佛家经典,亦懂得人情世故,测学算卦,见韩文举有文墨,便教授了《六十四卦金钱课》观星座卜气象。韩文举掌握了此术,却越发与搭渡的妇女说浪话,察言观色,用六枚‘宝通’铜钱推掐善恶凶吉、流年运气,嘻嘻哈哈打发日子。”①可见韩文举研习道德,并不是一味地去钻牛角尖。他始终处在高度放松的精神状态之中,同世欲生活也不完全脱离。他的和尚老师尽管学问更深,对于国家气运的休咎,却充其量只能说些含糊其辞的古怪谜语。倒是老于世故的韩文举,对付这种游移不定的局面有一定之规。

“但韩文举毕竟是精透了的人,他要彻底静观了一切形势方可决定下一步言行的,便将一颗小小的聪明收藏起来……”②这使得他没有被风起云涌的时代大潮一鼓动,就变得“浮躁”起来。像金狗、雷大空这些血气方刚的后生小子轻举妄动,很快就“亢龙有悔”,招来了牢狱之灾乃至杀身之祸。韩文举可说是深得易理精义的“智者”了。

《废都》中的林青云终身解不出《邵子神数》,还在于他一味执著天机,对“人和”毫无所知。道家文化的根本是“天人合一”。如果不知人,又焉能知天?韩文举在农村中属于一种医卜星相组成的特殊“闲人”阶层,活动的圈子竟然也很小,却比老老实实的农民林青云见的世面大了不少。和光同尘,又使他慢慢地看清了隐藏在错综复杂的人际关系背后的“天道”。且看韩文举对于近代史的高见:

---

① 贾平凹:《浮躁》。

② 贾平凹:《浮躁》。

> 旧社会我是经过的，蒋介石厉害不厉害？厉害！可后来失了天下！我看过一张报纸，上面说："蒋家王朝垮就垮在两点，一是裙带关系坏了大小官员，二是通货膨胀。"和尚你学问高，你说是不是这个理？①

所谓"裙带关系坏了大小官员"和"通货膨胀"，总起来说就是封闭系统中的增大到了临界值。《资治通鉴》上讲每到这种时候，即使有周公吕望的文韬武略，也无法改变天下土崩的下梢了。传统神秘学就把这叫做"天数"。像林青云那样的迂夫子，真的以为天书上面写着几年几月几日几时是王朝的大限，未免糊涂到了家。实际上道家文化就是穿着神秘学外套的历史学。只要把"人和"推到极限，就进入了天道的境界。所以韩文举把功夫下在对历史成败兴衰之理的参悟上，倒也不失为"通人"的行径。

在历史预测学上，《浮躁》对过去的小农意识确实有所克服。这大概也是贾平凹告别"古堡"之后在创作上开的新境吧。特别是《浮躁》结尾处的一段神来之笔：

> 这时候，正是州河有史以来第二次更大洪水暴发的前五夜，夜深沉得恰到子时。②

"子时"是黑暗的极限，也是革故鼎新的第一刻。潜藏着无限的可能性。"子时"与《周易》的"未济"互为表里，可谓是"未济"的外卦。时义大哉！

概括地说，贾平凹为人是兼采阴阳，修道是由平及凹。他原先叫"平娃"，后来改成"平凹"，实在表现了气运神秘的转捩。贾平凹自己把改名的原因解释为："娘呼'平娃'，理想于顺通；我写'平凹'，正视于崎岖。"③按照中国道家"正言若反"的辩证原则，其实"凹"才是贾平凹福泽的渊薮。《易象》上说："地中有山，谦。君子以裒多益寡，称物平施。""凹"字就是"地中有山"的图腾符号。贾平凹得了这样一中国文化神山的暗佑，当然会生机远出，绵绵不绝了。

贾平凹的创作美学，表现了一种把西方现代主义文学的精神深度模式和东方神秘主义传统参炼成一体的尝试。他说："为啥会这样？我为啥后来的作品爱写这些神神秘秘的东西？叫作品产生一种神秘感？这有时还不是故意的，那是无形中就扯到上面来的。……因为我从小生活在山区，山区一般装神弄鬼这一类事情多。不可知的东西多。这对我从小时起，印象特别多，特别深。再一个是有一个情趣问题。有性格，情趣在里面。另一个是与后天学习有关。我刚才说的符号学，《易经》等等的学习。外国的爱阐述哲理、宗教等，咱不想把它死搬过来，尽量把它化为中国式

① 贾平凹：《浮躁》。
② 贾平凹：《浮躁》。
③ 《贾平凹散文自选集》。

的。把中国的外国的融化在一块,咱的东西就用上了。譬如佛呀道呀的。”①这从最新流行的后现代主义思潮看来,也许正是一种“落伍”的标记。后现代主义是对现代主义的一次文化颠覆,就是要消解现代主义者力图建构的文化宇宙本体论模型。

但也应该看到,现代主义的精神实质还是局限在西方文化传统的总体格局之内,没有与东方神秘主义的宇宙本质论接通。因此现代主义所描绘的精神文化景观,还远远不能达到《周易》文化系统那种精微知几的实验现量效果。由于现代主义文学的世界图景的虚构性,就逻辑地导致了后现代主义的大幅度“消解”操作。从文化本质上说,后现代主义大体上等于佛家的“扫相”。但“扫相”以后,并不是彻底的虚无,而是佛性的自明。当文学真正达到东方神秘主义的同步操作时,就会显示一种“青青翠竹,皆是佛性,郁郁黄花,无非般若”的神圣境界。这,也许就是贾平凹的当代文化意义所在吧。

——原载《当代作家评论》1993 年第 6 期

① 贾平凹、韩鲁华:《关于小说创作的答问》,《当代作家评论》,1993 年第 1 期。

陈思和

民间的浮沉

——对抗战到“文革”文学史的一个尝试性解释

本文试图说明的“民间”概念,与当代西方学者所提出的“民间社会”(civil society)和“公众空间”(public sphere)并非同一个概念。东方学者在讨论这些概念时,是以西欧十七、十八世纪出现的市民社会为参照,指介于国家权威与市民社会之间存在一种公众的社会生活领域,人们以自主自律来治理政治生活,并与国家权威相抗衡。这些概念在东欧前政体时代和东方某些地区(譬如台湾)的知识分子中曾引起较强烈的兴趣,其内涵也根据接受者不同的环境而改变。

本文提出的“民间”仅仅是指当代文学史上已经出现,并且就其本身的方式得以生存、发展,以及孕育了某种文学史前景的现实文化空间。当我们讨论它的定义时,只有在下列一点上,部分地吸取了东西方“民间社会”讨论者的观点:即民间是与国家相对的一个概念,民间文化形态是指在国家权力中心控制范围的边缘区域形成的文化空间。

一、民间在当代文学史上的地位

从文学史的意义上说,发生在三十年代末四十年代初的“民族形式”论争,正是当代文化格局变化的一个标志:民间文化形态的地位始被确立。尽管这一场论争的参加者都是知识分子,他们同样是站在“五四”以来由知识分子自己建立起来的传统的光圈以内,面对着光圈外面漆黑一团的天地说三道四。也许是战争的炮火使这束凝聚在知识分子意识深处的光圈稍稍黯淡了一些,他们感觉出这光圈以外的黑暗中隐约闪烁着一些亮点,如萤如磷,知识者由此感到了不安。以前,二十年代的“普罗文学”和三十年代的“大众文学”口号的倡导中,甚至更早一些,“五四”初期“平民文学”的呼声中,知识分子也议论过民间的话题,不过那时候的大地沉默着,一切都由知识分子自己挑起话题,自己作出结论。然而这次不同了,战争唤起了民众的力量,知识分子不但清楚地感受到他们蠢蠢欲动的喘息、炽热的体温和强烈的脉搏，而且分明意识到在它背后是一片尚未可知的世界。

1938 年居住在延安窑洞的毛泽东还没有系统地公开他关于民间文化的想法，他只是针对理论上的老对手——教条的马克思主义者提出了诘难。为了避开那些来自国外的政治对手所擅长的理论纠缠，他很策略地提出了一个新的议题："民族形式"，并且用"中国作风和中国气派"这样一个含义丰富的概念加以修饰。很显然，毛泽东最初使用这些术语都是政治性的隐喻，暗示了一种新的马克思主义的学派将形成[①]。可是在知识分子的眼中，这个术语代表了另外一种符号，那就是在抗战中崛起，并正在被逐渐接受的民间文化形态。

根据西方人类学家的区分，文化分为大传统(great tradition)和小传统(little tradition)[②]。大传统为上层社会知识分子的精英文化，它的背景是国家权力在意识形态方面的控制能力，所以常常以权力的面目出现(在中国传统社会里，包括钦定史书经籍，八股科举制度，纲常伦理教育等)，通过学校教育和正式出版机构来传播的；而小传统是指民间(特别是农村)流行的通俗文化传统，它的活动背景往往是国家权力不能完全控制，或者控制力相对薄弱的边缘地带。就文化形态而言，它有意回避了政治意识形态的思维定势，用民间的眼光来看待生活现实，更多的注意表达下层社会，尤其是农村宗族社会形态下的生活面貌。它拥有来自民间的伦理道德信仰审美等文化传统，虽然与封建文化传统有着千丝万缕的联系，但比较代表国家权力的意识形态，它不但具有浓厚的自由色彩，而且带有强烈的自在的原始形态。抗战前，中国民间文化基本上被排斥于知识分子的精英文化传统以外。

这就是二十世纪中国文化的复杂之处。自上世纪末叶起西学东渐，打破了本土文化在庙堂与民间之间封闭型自我循环的轨迹。本世纪以来，学术文化分裂为三：国家权力支持的政治意识形态，知识分子为主体的西方外来文化形态和保存在中国民间社会的民间文化形态。这三大领域包含的文化内容不是固定的，而是随着文化格局的分化和组合而不断变动。譬如西方传来的马克思主义，起初只是外来文化的一翼，抗战后逐渐与地方政权相结合，1949 年成为国家的主流意识形态。相反，中

---

① 毛泽东这段言论全文如下："离开中国特点来谈马克思主义，只是抽象的空洞的马克思主义。因此，使马克思主义在中国具体化，使之在其每一表现中带着必须有的中国的特性，即是说，按照中国的特点去应用它，成为全党亟待了解并亟须解决的问题。洋八股必须废止，空洞抽象的调头必须少唱，教条主义必须休息，而代之以新鲜活泼的、为中国老百姓喜闻乐见的中国作风和中国气派，把国际主义的内容和民族形式分离起来，是一点也不懂国际主义的人们的做法，我们则要把二者紧密地结合起来。"《中国共产党在民族战争中的地位》，载《毛泽东选集》合订本，第 500 页。

② 人类学家雷德斐(Robert Redfield)的观点，本文引自余英时的《中国文化的大传统与小传统》。余文收入《内在超越之路》，中国广播电视出版社，1992 年，第 192—193 页。

国传统文化原来既是知识分子的道统又是国家意识形态，但本世纪以来，它在西方文化和政治革命的双重打击下分崩离析，“五四”以后又被激进的知识分子排斥在新文化传统以外，散落于民间，由一部分保守的知识分子默默地守护着，成为民间文化的一部分。

辛亥革命到抗战，中国文化的三大领域基本处于割裂的状态下。在中西文化撞击下产生的国家政权由于旧礼乐制度已经崩坏，新的精神支柱尚未建成，内乱外祸，旗帜更替，文化建设收效甚微，统治集团始终没有形成过自己的文化，也没有成功地继承并改造旧的文化道统（北洋军阀的尊孔，国民党政府提倡的“新生活”，都是一些失败的例子）。统治集团有的不过是一些关于统治的思想，或者说是体现了统治术的文化政策而不是文化体系。这一特征的最好证明，就是国家政权的文化建设始终排斥知识分子的参与，拒绝接纳知识分子建立起来的新文化传统，由此造成了抗战前中国文化的主要冲突：国家政治意识形态企图用统治思想来统一文化与舆论，而知识分子则维护“五四”以来的自由民主和个人主义的新传统。

同样，知识分子在本世纪初的中西文化新格局中也没有成功地修补并发展自身的文化传统，他们与国家权力几乎是同步地实验着各种新的文化方案。他们的传统仕途被中断后，被抛出了政治权力中心，逐渐向现代型的知识分子过渡。但他们似乎并未放弃传统士大夫的理想，仗着特有的西方文化的优势，他们与几近废墟的政治意识形态（统治的思想）进行了长期的较量。

“五四”新文化就是知识分子在庙堂之外自建的一所“广场”，它构成了一个介于国家政权与民间社会之间的知识分子的领域，可是由于中国政治现状的动荡和文化体系的混乱，它也没有形成一种新的稳定的文化空间，文化价值取向上充满了自相矛盾的冲突。① 知识分子把主要注意力都放在重返庙堂的斗争上，无论是胡适派文人集团的改良主义路线，还是陈独秀派文人集团的激进主义路线，都反映了这种急功近利的心态。这种与政治意识形态的冲突中，民间生活世界与民间文化传统的作用显然被忽视了。知识分子把传统文化覆盖下的礼乐制度与民风民俗视为一个整体，为了反对传统话语的权力，他们提倡白话，这虽然是一种充满颠覆性的接近大众的语言，但并不意味着他们开始接纳大众的文化本身。在他们看来，大众的意识形态充满了封建毒素，是传统体系赖以保存的基础，所以提倡新的接近大众的语言不是为了更好的表达大众的愿望而是为了改造它。民间只是一块有待他们去征服的“殖民地”。

---

① 关于现代中国知识分子的“广场意识”问题，参见《试论中国知识分子转型期的价值取向》，《上海文化》创刊号。

而在这一时期的民间，一如既往地，以其特有的沉静和保守默默对峙着外界的冲突。由于它处于政治权力控制的边缘区域，政治斗争对它影响不大；而且由于民间自身具有藏污纳垢的特点，它可以容纳一切从政治文化中心溃败下来的残卒剩勇。在抗战前，它至少包含了三种文化层面：旧体制崩溃后散失到民间的种种传统文化信息，新兴的商品文化市场制造出来的都市流行文化，以及中国民间生活世界的主体农民所固有的文化传统。甚至一部分默默守护传统文化的知识分子，也不得不归隐到民间，在新文化主流外另立宗派。由此形成了一个知识分子新文化以外的非主流文化的传统。

抗战爆发，由于中国社会结构的变动，民间社会逐渐被注意，它与国家的政治意识形态和知识分子的新文化传统鼎足而立的局面形成。抗战后中国政局发生了地域性的自治格局，分为国民党统治的大后方地区，共产党控制的抗日根据地以及日本侵略军占领的沦陷区，各自推行一套代表政权利益的意识形态。在每一个政治自治区域里，政治意识形态、知识分子的新文化传统与民间文化之间都构成微妙的三角关系。在国统区，知识分子传统代表是胡风，他以犀利深刻的理论风格把新文化传统推进抗战的炉膛深处，同时又一再受到来自政治权力的压迫；民间文化则以通俗文学与抗日主题相结合重新焕发活力。在沦陷区，知识分子传统代表是周作人，以被奴役的身份萎缩了新文化的战斗性；而民间文化形态则复杂得多，一方面它受到侵略意识的渗透，伪满政权曾利用通俗演义故事来宣传其民族的英雄史诗①，或把通俗文艺作为侵略的宣传品，但同时也有些都市通俗文学曲折地表达出新文化与民间文化的合流。至于抗日民主根据地，知识分子传统因为王实味、丁玲等人的文章而受到清算；但民间文化则在抗日宣传的主题下得到倡导。我们纵观这一时期的文学创作，无论在哪个区域，新文化传统都出现了分化，有坚持原来的启蒙立场而受到不同程度的挫折，也有慢慢地从自身传统束缚下走出来，向民间文化靠拢，如老舍、田汉等人的通俗文艺创作（国统区），如张爱玲、苏青等人的都市小说（沦陷区），又如赵树理等人向通俗文化的回归（抗日根据地）。战争给了民间文化蓬勃发展的机会，“五四”以来的文化“三分天下”到这时才有了明确的分野。

在这样的背景上看“民族形式”的讨论，其间文化冲突的真相就比较清楚了。当时参加论争的左翼文化的领导者们，都是新文化传统培养出来的知识分子，他们对旧民间文化的看法大致是差不多的，只是因为各自的文化背景不同，采取了不同的表达方式。胡风作为新文化传统的代言人，他依然采用了“五四”时代人们的机械进化论的思维方法，认为民间文化代表了封建传统意识形态的文化毒素，而“五四”新

① 如穆儒丐的《福昭创业记》（1937 年），曾获伪满第三届文艺盛京奖和第一届民生部大臣奖。

文化则是市民阶级兴起后,“世界进步文学传统的一个新拓的支流”。所以,无产阶级文化只能从“五四”新文化传统中继承发展,而不能倒退到旧民间文化基础上继续。与胡风相对立的一些知识分子(主要来自延安方面的背景)则比胡风更了解“民族形式”提倡者的政治隐语,他们用心良苦地采用折衷态度,企图将新文化传统与民间文化合二为一,证明“五四”新传统本身包含了民间文化。譬如周扬曾小心翼翼地解释说:“‘五四’的否定传统旧形式,正是肯定民间旧形式;当时正是以民间旧形式作为白话文学之先行的资料和基础”。①何其芳、郭沫若等人也提出了类似的说法。但是这种说法与其说是企图沟通新文化传统与旧民间文化,还不如说是试图沟通新文化传统与政治意识形态的联系。

而站在新文化传统对立面的是向林冰。他的理论是“民间文艺形式是民族形式的中心源泉”。“民族形式”究竟是什么?怎么会从毛泽东对它所作的马克思学派的释义转化到了向林冰认为的文学时代风格?这过程似乎从未有人去注意过,不过既然是在文学史范围中讨论这个概念,只能暂且确认这个转化。值得注意的是向林冰完全是站在民间文化的立场上向新文化传统发难,他首先指出了现有文艺形式的两种:“其一,‘五四’以来的新兴文艺形式;其二,大众所习见常闻的民间文艺形式。”他企图用形式辩证观点来解释,民族文艺的“新形式”发生在“旧质的胎内”,因而必须从旧民间文艺中发展而来。同时他还就新文艺来自外来文化形式,转引了一个后来在文学史上很有名的说法,即批评新文艺形式是“畸形发展的都市的产物,所以对于畸形发展的大学教授、银行经理、舞女、政客,以及其他‘小布尔’的表现是不错的,然而拿来传达人民大众的说话、心理,就出了毛病。”②由于向林冰的理论触及到“谁是中国当代文化的正统”的原则问题,引起了一向以新文化正统自居的知识分子的警惕,当时就有了关于向林冰有“国民党背景”的谣传。③

但有意思的是,在国统区发生争论的胡风和向林冰的极端观点,在根据地也都有类似的反响。胡风观点的反响者是王实味,他青出于蓝胜于蓝,比胡风更加激烈地攻击旧民间形式,维护新文化的传统;④而向林冰一类的见解,则在延安的思想界

---

① 引自《对旧形式利用在文学上的一个看法》,载《周扬文集》第一卷,人民文学出版社,1984年,第293页。

② 向林冰的言论均引自《论“民族形式”的中心源泉》,收《中国新文学大系(1937—1949)文学理论卷》,上海文艺出版社,1990年,第146—149页。

③ 据胡风说:“由于他(指向林冰——引者)的理论倾向的严重性,又不能说服他,和他对争的人们后来把问题从文艺拉到了政治立场上去,暗示他是被国民党派来的,阴谋用理论破坏革命文艺。我没有采取这种在论争中不应该有的态度。”引自《胡风评论集·后记》,下册,第401页。

④ 参见王实味《文艺民族形式问题上的旧错误与新偏向》,收《中国新文学大系》(1937—1949)第二集,第279—293页。

代表人物（诸如陈伯达、艾思奇等）的言论中引为同调。这现象如果放到当时的文化冲突背景上去看一点也不难理解。所以，向林冰虽然未必有国民党的“反动背景”，但他的“中心源泉论”作为一种学术观点，却能在延安的政治意识形态中找到知音。几年后，毛泽东发表《在延安文艺座谈会上的讲话》的基本思想之一，就是关于农民如何享有文艺的问题。知识分子为农民服务的措施，已经不再是知识分子是否应该抛弃“五四”新文化传统的问题，而是要把屁股坐到农民文化的立场上来。标准完全变了，农民文化标准作为抗衡新文化传统标准的武器被正式使用。这也是赵树理后来一再强调的“普及”与“提高”不是两元文化的跨越，而是由民间文化一元立场上的自我提高的观点。赵树理是个典型的民间文化正统论者，他始终是把“五四”新文化传统与民间文化传统对立起来，认为新文化不及民间文化。这观点深究起来，还是向林冰的“中心源泉”的翻版。不过赵树理是以朴素的民间艺人的眼光，把向林冰运用的形式辩证法逻辑更加简单地说了出来。①

二、民间文化形态与政治意识形态之间的关系钩沉

“民间”是一个多维度多层次的概念。本文从描述文学史的角度出发，发现其与当时的政治意识形态发生直接关系的，仅仅是来自中国民间生活世界的主体农民所固有的文化传统。它具备了以下几种特点：一，它是在国家权力控制相对薄弱的领域产生的，保存了相对自由活泼的形式，能够比较真实地表达出民间世界生活的面貌和下层人民的情绪；虽然在政治话语面前民间总是以弱势的形态出现，总是在一定限度内接纳，并体现出权力意志。“任何一个时代的统治思想始终不过是统治阶级的思想”，正是这种状况深刻的说明，但它毕竟是属于“被统治”的范畴，它有着自己的独立历史和传统。二，自由自在是它最基本的审美风格。民间的传统意味着人类原始的生命力紧紧拥抱生活本身的过程，由此迸发出对生活的爱和憎，对人生欲望的追求，这是任何道德说教都无法规范，任何政治条律都无法约束，甚至连文明、进步、美这样一些抽象概念也无法涵盖的自由自在。在一个生命力普遍受到压抑的文明社会里，这种境界的最高表现形态，只能是审美的。所以民间往往是文学艺术产生的源泉。第三，它既然拥有民间宗教、哲学、文学艺术的传统背景，用政治术语

① 赵树理直到“文革”时期，还坚持“民间文化正统”的观点。他的观点表述如下：“中国现有的文学艺术有三个传统：一是中国古代士大夫阶级的传统，旧诗赋、文言文、国画、古琴等是。二是五四以来的文化界传统，新诗、新小说、话剧、油画、钢琴等是。三是民间传统，民歌、鼓词、评书、地方戏曲等是。要说批判的继承，都有可取之处，争论之点，在于以何者为主。文艺界，文化界多数人主张以第二种为主，……可是这不符合毛主席所说那从普及基础上求提高，在提高的指导下去普及的道理。……按那个正统所要求的东西，根本要把现在尚无文化或文化不高的大部分群众拒于接受圈子之外的，以民间传统为主则无上述之弊，至于认为它低级那也不公平。”引自《回忆历史 认识自己》，载《赵树理文集》，工人出版社，1980 年，第 1840 页。

说，民主性的精华与封建性的糟粕交杂在一起，构成了独特的藏污纳垢的形态。因而要对它作一个简单的价值判断，是困难的。

根据这些特点，民间文艺虽然在战争的环境下，为抑制知识分子的自由主义传统，沟通知识分子、国家权力以及农民大众三者之间的感情交流，确实起过重要的作用。但它所起的只是一种工具的作用，而不是“民间文化”本身。在封建时代，由于国家主流意识形态与知识分子道统合二为一，统治者的意志主要通过知识分子来传播，除非一些特殊情况，民间文化往往处于自生自灭状态。但在本世纪以来，尤其是中下叶以来，由于文化的“三分天下”不能圆通和农民对知识分子传统的拒绝，国家意识形态不能不倚重民间文化来沟通信息，这就引出了另一组矛盾：政治意识形态对民间文化渗透和改造以及引起的一系列的冲突。

这种冲突几乎是与延安时代对王实味等人的清算同时进行的。既然政治意识形态需要让民间文化承担起严肃而重大的政治宣传使命，那就不可能允许民间自在的文化形态放任。延安时代对旧秧歌剧和旧戏曲的改造，便是冲突的第一阶段。

在知识分子的支持下，这项工作取得了成功。1944 年春节延安街头铺天盖地的秧歌剧运动是最好的证明。秧歌剧是陕北地区民间文化固有的品种，它用北方农民喜爱的活泼形式，综合音乐、舞蹈、戏剧等手法，表达出民间生活的内容。这些内容反映了什么呢？周扬在 1944 年写的一篇文章里承认：“恋爱是旧的秧歌最普遍的主题，调情几乎是它本质的特点。”“恋爱的鼓吹，色情的露骨的描写，在爱情得不到正当满足的封建社会里往往达到了对于封建秩序、封建道德的猛烈的抗议和破坏。”①周扬站在知识分子立场上总结着这一类民间文化中的精神，他甚至认为有些秧歌剧中对爱情描写的“细腻与大胆”，可以与莎士比亚作品相媲美。秧歌剧里不仅有男女主角，还配有活泼可爱的丑角，这是“在森严的封建社会秩序和等级面前唯一可以自由行动，自由说话的人物”。但是，这些充满民间气息的秧歌剧被改造成新秧歌剧以后面貌就不同了，那一年春节的秧歌剧运动中，主题一律改成生产劳动，二流子改造等政治性的宣传鼓动②，其功能不再当成简单的娱乐，而是一种群众“自我教育的手段”。周扬借群众之口，说旧秧歌只是“溜勾子”秧歌，“耍骚情地主”，而新秧歌剧是“斗争秧歌”。“新的秧歌取消了丑角的脸谱，除去了调情的舞姿，全场化为一群工农兵，打伞改用为镰刀斧头，创造了五角星的舞形。”这生动的描述让人想起六十年代的现代京剧样板戏，谁说这里没有某种一脉相承的指导思想呢？新秧歌剧其实是知识者根据政治要求，利用民间文艺形式重新创作的，提倡了新秧歌，就意味

---

① 以下各段言论均引自周扬《表现新的群众的时代》，载《周扬文集》（第一卷），第 437—453 页。

② 据周扬统计，1944 年春节上演秧歌剧 56 篇，写生产劳动的 26 篇，军民关系的 17 篇，自卫防奸的 10 篇，敌后斗争的 2 篇，减租减息的 1 篇。

着对旧秧歌的批判和改造。

秧歌剧是一个小型的民间文艺品种，对它的改造获得成功以后，延安开始向民间文艺中最大的品种实行改造。这工作同样是在政治权力与知识分子结合下开展的。1944 年毛泽东看了延安平（评）剧院演出的新编历史剧《逼上梁山》以后，以极具鼓动性的语言给两位执笔者写信，指出旧戏曲“是由老爷太太少爷小姐们统治着舞台”，这种历史的颠倒，应该“再颠倒过来”。他赞扬这个戏将是“旧剧革命的划时期的开端”。《逼上梁山》是根据后来被毛泽东称为反面教材的《水浒》这部书改编的，除了林冲和鲁智深的传统故事外，还加了林冲主张抗金御侮，高俅推行投降主义路线，以及正面表现了农民起义，显然与当时抗日的主题有关。这同国统区里郭沫若写历史话剧的目的是基本一致，不过话剧本身就是新形式，不存在改造传统的问题。而产生在延安的《逼上梁山》，以后就成为推动全国戏改工作的榜样。五十年代初戏曲界在“推陈出新”的指导下全面铺张改革、镇压戏霸、整顿各种民间剧团、禁演一大批内容上有各种问题的传统剧目，可以说正是戏曲改革的进一步深化。

赵树理道路：冲突的第二阶段。第二阶段延续的时间比较长，大约一直到“文革”前夕。赵树理曾在当代文坛获得最高荣誉，被称为文艺为工农兵服务“方向”的人物，可是这些荣誉没有使他躲开各种来自政治权力方面的批评。早在五十年代初期，文艺界批评小资产阶级文艺，促使知识分子思想改造的运动方兴未艾，被称为“方向”的赵树理因为编《说说唱唱》陷入了没完没了的检讨。五十年代末，文艺界刚刚结束了一场反右斗争，赵树理则因为一篇关于农村工作的建议①被定为犯“右倾机会主义”错误；六十年代昙花一现似的大连会议刚刚闭幕，就传来了文艺界批判修正主义思潮的斗争，旋即赵树理也落进了写“中间人物”的劫难。十多年来几乎是动辄获咎，再接下去就是“文化大革命”了。笔者并举这些现象，只是想说明当代文化的三分天下始终存在着激烈的冲突。

我觉得赵树理在中国当代文学史上的地位无法抹煞。因为唯有他，才典型地表达了那一时期新文化传统以外的民间文化传统与政治意识形态的龃龉。赵树理作为一个知识分子，他选择民间文化作为安身立命之地，完全是出于理性的自觉的行为。这一方面取决于他来自民间生活世界的家庭背景和浸淫过民间文化的熏陶②，更重要的是，他在战争的时代里看到了农民将会在未来的政治生活中发挥更大的作

---

① 即《公社应该如何领导农业生产之我见》，1959 年。赵树理在农村蹲点中发现了许多实际存在的问题，便写了这篇长文给《红旗》杂志，未发表，就发生了庐山会议的反右倾斗争，陈伯达将此文批转作协，发动批判赵树理。

② 据董大中介绍，赵树理的家父和祖母都是北方农村宗教“三教圣道会”（将儒、释、道三教合为一教）的信徒。他的父亲又精通民间阴阳之学，人称“小孔明”。赵树理从小即在这种民间文化环境里长大。《赵树理评传》，天津百花文艺出版社，第 9—12 页。

用,民间文化也应该应运而生,获得复兴。他是属于中国农村传统中有政治头脑和政治热情的民间艺人,当他选择了“文摊”作为自己岗位以后,始终尝试着将民间文化绕过新文化传统,直接与政治意识形态相沟通。他把自己的小说称为“问题小说”,要求“老百姓喜欢看,政治上起作用”,都包含了这种意思。他所谓的作用,不仅仅是利用通俗手法将政治意识形态普及远行,而且站在民间的立场上,通过小说创作向上传递对生活现状的看法。唯这才是赵树理拥有的一般工农作家不可取代的独特性,因此他的创作也不单单是拥有了形式上和枝节上的民族特色,而是在整体精神上的民间意识。这就是为什么同样是鼓吹农村青年的自由恋爱,《我的两家房东》不过是一篇技术幼稚的新人新事报道,而《小二黑结婚》却成为农村文化在四十年代变化中的时代印痕;为什么同样表现土改,别的作家都是根据土改政策文件施展惊心动魄的艺术想象力,而《李有才板话》、《邪不压正》却土头土脑地描述了农民自身在土改中表现出来的各种心态和各种问题,如果依政治意识形态为衡量标准,赵树理对生活的解释怎么看也缺乏“深刻性”,他总是执著地盯着这块土地上蠕动着的那些小人小事不放,既没有《暴风骤雨》、《太阳照在桑乾河上》那种描述时代风云的大手笔,也没有后来柳青式的充满理性思考的农村分析,但是,我们暂且放弃一下“五四”以来政治与文艺逐渐结合而成的一系列评判“深刻”、“真实”、“史诗”、“阶级性”等新传统标准,把眼光放到民间的土壤上,就不难理解赵树理笔下的朴素魅力。有一个现成的例子,周扬曾经写过两篇综合论赵树理创作的文章,第一篇写于1946年,完全是站在政治意识形态立场上总结赵树理小说如何体现了“毛泽东文艺思想在创作上实践的一个胜利”,事隔三十四年,周扬经历了“文革”大难后再次分析赵树理小说,他有了新的发现,并检讨了以前一篇文章的不足:“赵树理在作品中描绘了农村基层党组织的严重不纯,描绘了有些基层干部是混入党内的坏分子,是化装的地主恶霸,这是赵树理同志深入生活的发现,表现了一个作家的卓见和勇敢。而我的文章却没有着重指出这点。”①周扬的话说得很委婉,但意思是明白的,为什么在延安时代他看不到赵树理作品中的这一特点呢?这种揭露根据地农村干部的阴暗面,显然不是延安时代的政治意识形态所需要的。赵树理作为农民的代言人,他尖锐地发现,那时对农民威胁最大的,正是金旺那样的地痞流氓,小元那样的旧势力跟屁虫,小旦那样跟着形势变戏法的地头蛇,以及小昌那样怀着“轮到我来捞一把”的农民干部……既不写地主富农的反抗,也不写国民党特务的破坏,作家完全

① 周扬的两篇文章是《论赵树理的创作》,《周扬文集》第一卷1946年;《〈赵树理文集〉序》,《工人日报》,1980年9月22日。

是站在农民立场上观察问题的结果。① 可是这种立场在 1950 年就被一些喜欢用阶级眼光“深刻”看问题的人批评为“模糊了阶级观点”,《人民日报》发表编者文章认为,对赵树理小说《邪不压正》的争论,重点主要集中在作品的现实意义上,因而也就牵涉到对农村阶级关系,对农村党,以几年来党的政策在农村上指导实施……一些基本问题上的“认识的分歧”。②

再接着是编《说说唱唱》时犯下的多种错误。《说说唱唱》是一个通俗文艺的小刊物,由老舍挂名主编,赵树理负责。第一回是发表了一个描写落后农民的故事,有人批评它“侮辱了劳动人民”,但赵树理仗着对农村的熟悉,肯定了作者“真正了解未解放以前的农村,也没有一般写农村者只写概念的毛病”,于是就把它发表了,结果惹来了一而再次的检讨。③ 紧接着是关于《武训问题介绍》,关于《种棉记》故事的单纯观点……一系列的批评终于使赵树理明白:“产生这三次错误有一个相同的根源,就是不懂今日的文艺思想是该由无产阶级领导”,而自己的“理论水平低和固执著从旧农村同来的一些狭隘经验”,成了犯错误的资本。④ 孙犁对这时期的赵树理有过一个非常中肯的评论:“这里对他表示了极大的推崇和尊敬,他被展览在这新解放的急剧变化的,人物复杂的大城里。不管赵树理如何恬淡超脱,在这个经常遇到毁誉交于前,荣辱战于心的新的环境里,他有些不适应。就如同从山地和旷野移到城市来的一些花树,它们当年开放的花朵,颜色就有些暗淡了下来。……他的创作迟缓了,拘束了,严密了,慎重了。因此,就多少失去了当年青春泼辣的力量。”⑤

“青春泼辣”的丧失就是民间精神的失落,这就是赵树理为什么不像其他来自革命实践的作家那样,在五十年代写出代表自己文学地位的扛鼎之作,反之,他在一部勉为其难的《三里湾》以后,几乎不再有更高的发展。当《创业史》、《山乡巨变》等写合作化运动的“巨著”一部部问世时,他却用评书形式写了半部历史故事。“大跃进”以后,在放“文艺卫星”的狂潮中,编造民歌是极为吃香的,赵树理本想写《李有才板话》的续编,结果却用极其曲折的笔调写出了欲哭无泪的《锻炼锻炼》。这是一

① 赵树理在《关于〈邪不压正〉》说:“据我的经验,土改中最不易防范的是流氓钻空子。因为流氓是穷人,其身分(份)容易和贫农相混。在土改初期,忠厚的贫农,早在封建压力之下折了锐气,不经过相当时期鼓励不敢出头;中农顾虑多端,往往要抱一个时期的观望态度,只有流氓毫无顾忌,只要眼前有点小利,向着哪一方面也可以。”(《赵树理全集》第四卷,北岳文艺出版社,1990 年,第 198 页)。这显然是一种农民的眼光看问题,与土改文件中对农村阶级状态的分析完全两回事,民间的文学作品通常是正面避开官府和上层阶级的压迫,把批判矛头针对了社会劣绅恶霸地痞流氓。老舍写市民社会的作品也有这个特点。

② 《展开论争推动文艺运动》,本文转引自董大中《赵树理评传》,第 210 页。

③ 参见《〈金锁〉发表前后》,《对〈金锁〉问题的再检讨》,均载《赵树理全集》第四卷,第 211—214 页、第 217—220 页。

④ 参见《我与〈说说唱唱〉》,《赵树理全集》第四卷,第 253—255 页。

⑤ 引自孙犁《谈赵树理》,《孙犁文集》第三卷,天津百花文艺出版社,第 319 页。

篇赵树理晚年绝唱,他正话反说,反话正说,明眼人都能看出,他揭露的仍然是农村基层干部中的"坏人"。那些为了强化集体劳动和"割资本主义尾巴"的基层干部,不但作风粗暴专横,无视法律与人权,而且为了整人不惜诱民入罪,把普通的农村妇女当作劳改犯来对待。像"小腿疼"、"吃不饱",这些可怜的农村妇女形象,即使用丑化的白粉涂在她们脸上,仍然挡不住读者对她们真正遭遇的同情。这篇小说从表面文本上看,等于是把西门庆写成英雄,把武大郎写成自私者,但从文本潜在的话语里,真实地流露了民间艺人赵树理悲愤的心理。再接下去,正是浩然创作《艳阳天》的时候,赵树理却只能用笨拙的手段写了一些老农民热爱劳动的报导文学,他晚年终于放弃了小说创作,转向传统戏曲,改编出反屈服投降的上党梆子《三关排宴》。

成也民间,败也民间,这就是一个被誉为是《讲话》以后代表着文艺"方向"的作家所走过的道路。

"文革"时代的样板戏和民间文化回归大地:冲突的第三阶段。"文革"是以社会上"破四旧"为先声的,在政治权力斗争中,兼及了政治意识形态对知识分子传统与民间传统的双重否定。当一切文艺传统都被否定的时候,独独从西方文艺样式中保留了芭蕾舞,从民间文艺形式中保留了京剧,但它们已经不再以本来的面目出现,而是渗透了政治意识形态说教的"样板"。这似乎意味着,从"五四"以来的文化"三分天下"终于定于一尊,政治意识形态在改造和利用其他两家的基础上,形成了自身的完美的样板,"样板"即正统。但从另一个方面看民间文化也是被置之死地而后生。民间文化处于毁灭境地后并未绝迹,反之,它以更深入更广泛的地下活动而获得了生命。《锻炼锻炼》那种不死不活的反话正说形式已经不需要了,民间文化转化为直接吐自人民之口的民间创作:牵动千百万知识青年的《知青之歌》,流传民间社会的口头故事、评书、政治笑话、民谣……甚至连"样板戏"也被夸大了民间文化的成份(分)而任意改编,虽然官方冠以"破坏样板戏"的罪名,仍然屡禁不绝。同时,被摧毁了的"五四"新文化传统也转入民间延续香火。知识分子的地下创作,虽然艺术质量不高,仍在藕断丝连地继续,起先在民间流传一些旧小说的手抄本(如无名氏的《塔里的女人》等流行小说),渐渐地出现了创作的诗歌和小说,到七十年代,地下沙龙和地下诗社的出现,已经为一个新的思想解放时代积蓄力量了①。"礼失而求诸野",文学史又一次证明了民间的力量。

三、当代文学创作中的民间隐形结构

民间隐形结构是当代文学创作文体的一个重要特点。任何时代的文学创作都

① 上述内容可参阅杨健《文化大革命中的地下文学》,朝华出版社,1993 年。

会受到时代思潮的制约，在“五四”时代，启蒙主义和个人主义思潮是文学创作的基调；抗战以后，政治热情和民间精神的高扬是文学的基调；延续到五十年代以后，政治意识形态的高度强化成为文学的基调。虽然当时的文艺领导者也一再强调对民间文化的利用，但真正的着眼点仅在民间文艺形式的通俗普及。可是作为一种文化形态，民间文艺的内容与形式同样是一个有机的整体，通俗、轻松、自由的形式不过是反映了民间对历史和社会生活的特殊视角。因此，当代文学作家在利用民间形式来表现政治意识形态的时候，他不能不同时也吸收了民间的内容。也许五十年代的作家们在主观上对民间文化形态怀有潜在的同情心（他们中间绝大多数都是通过民间文化的教育走上写作道路的），因此，在改造和利用民间形式的同时，民间文化形态也从向来不登大雅之堂的民间创作进入知识分子创作的文本，成为文本的隐形结构，支配了一个时代的审美趣味。

在五十、六十年代的文学创作里，我们可以看到一个相当有趣的现象，即政治意识形态对民间文化形态进行改造和利用的结果，仅仅在文本的显形结构中获得了胜利（即故事内容），但在隐形结构（即艺术审美精神）上依然服从了民间的意识的摆布。以“文革”中的样板戏为例，除了《海港》那种次劣的宣传品外，大都是来自民间的文化背景。京剧本身是民间文化中的精致艺术，它的艺术程式不可能不含有浓重的民间意味。尽管政治意识形态对这些作品一再渗透（或可说这些戏的原始脚本就是政治意识形态渗透的产物），但是民间意识在审美形态上依然被顽强的（地）保存下来，并反制约了这些作品的创作意图。以《沙家浜》为例。阿庆嫂的身份是双重的，政治符号是共产党的地下交通员，民间符号是江南小镇的茶馆老板娘。后者身份在民间文艺中常常是一种泼辣智慧、自由向往的角色，她的对手是一些被嘲讽的男性角色，代表了民间社会的对立面：权力社会和知识社会。前者往往是愚蠢、蛮横的权势者，后者往往是狡诈、怯懦的酸文人；战胜前者需要胆气，战胜后者需要智力。这种男性角色在传统民间文艺里可以出场一角，也可以出场双角，若再要表达一种自由、理想的向往，也可以出现第三个男角，即正面的男人形象，往往是勤劳、勇敢、英俊的民间英雄。这种一女三男的角色模型，可以演化出无穷的故事。其最粗俗的形式就是挑女婿模式（如《刘三姐》就采用了这种模式，男角甲是恶霸莫怀仁，男角乙是三个酸秀才，男角丙是劳动者阿牛），若精致化，就可以转喻为各种意识形态。《沙家浜》角色的模式原型正是来自这样一个民间结构，阿庆嫂与胡传魁斗是斗勇（曾经在日本人眼皮底下救过胡并征服胡），与刁德一斗是斗智，与郭建光则是互补映衬。权势者，酸秀才，民间英雄三角色分明换上了政治符号。现在许多研究者把《沙家浜》的艺术成就归功于京剧改编者汪曾祺，这是一个误解，这个戏最初由文牧等曲艺工作者根据民间抗日故事编成沪剧《芦荡火种》，无论是阿庆嫂与三个男角的基本关系,还是一些为人们所喜欢的唱段,在沪剧脚本里已经具备了。京剧本只是在情节与语言上改编得富有文人气,但没有提供更富有生命力的内容,而且在政治意识形态的强烈渗透下,反而丧失了许多民间意味的场景。从沪剧本到京剧本再到京剧改编本,我们清楚地看到政治意识形态一再渗透民间。如在沪剧本《茶馆智斗》一场里胡传奎①与阿庆嫂见面时一些拉家常式的谈论都被取消了,本来是两个江湖人物:一个茶馆老板娘,一个草莽英雄之间的感情交流,到京剧本里被一出场就分明了的政治对立所取代。事实上在沪剧本里,江湖人物已经按政治符号作了分解:阿庆嫂成了共产党,胡传奎成了国民党忠义救国军,后来又加入第三者日本势力。本来抗日统一战线又起了分化,民间话语被政治话语所取代。但在京剧本的改编中,政治话语更进一步强化,沪剧本的结尾部分是在胡传奎喜庆场合中,郭建光等人乔装改扮戏班子,混入敌巢瓮中捉鳖。这也是民间文化中以弱胜强的基本手法。在京剧本被改成了正面袭击,从巧夺到强袭是为了遵循突出武装斗争,缩小白区地下工作的指示,这已经不仅是一般的政治话语,而是体现中共高层领导之间的路线冲突了。但是反过来我们仍可看到,即使改编到最后的"样板",戏仍然不能改掉阿庆嫂与三个男人之间的固定关系,郭建光的不断抢戏,除了增加空洞与乏味的豪言壮语以外,并没能为艺术增添积极的因素,春来茶馆老板娘的角色地位无法改变,因为没有了阿庆嫂所代表的民间符号,就失去了《沙家浜》本身,即使是最高指示把剧名由"芦荡火种"改成"沙家浜",即使是"三突出"理论甚嚣尘上,《沙家浜》舞台上仍然并立着两个主要英雄人物,而且真正的主角只能是这个江湖女人。这是个比较典型的民间隐形结构起作用的例子。后来莫言的"红高粱演义"基本模仿了这一民间模式,烧酒铺女掌柜也同样面对了三个男人角色:甲,土匪余占鳌;乙,第一个丈夫单扁郎;丙,情夫罗汉大爷。不过这个故事在还原为民间形态的时候稍稍变了个花样,让孔武有力的土匪成就了英雄,而罗汉大爷则早早地死去。

同样,我们在"赴宴斗鸠山"这折戏中看到了另一个民间的隐形结构:"道魔斗法"。《红灯记》的显形结构写了中国人民的抗日故事,也就是李玉和一家三代人与鸠山为代表的日本侵略势力争夺密电码的斗争。"赴宴斗鸠山"是剧中高潮戏,也是全剧最含民间意味的一折。观众在这场戏中期待什么呢?当然不是鸠山取得密电码,可也不是李玉和保住密电码,这些都是早已预知的情节。观众真正期待的,是鸠、李之间唇枪舌剑的对话过程。这场戏前半部分的对话,既不符合生活现实,也离开了情节提供的斗争焦点,在"只叙友情,不谈政治"的幌子下,两人打哑谜似的谈禅论道。鸠山的话的潜在功能不过是略带一点暗示的(地)拉拢对方感情,而李玉和的

---

① 沪剧本作胡传奎,京剧改编本作胡传葵,改定本作胡传魁。

话的潜在功能仅在虚以周旋又要不失身价。这跟《沙家浜》智斗中试探与反试探的能指功能并不一样，因此观众再（在）此获得仅仅是语言上的满足：它体现了民间中“道魔斗法”的隐形结构，一道一魔（象征了正邪两种力量）对峙着比本领，各自祭起法宝，一物降一物，最终让人满足的是这变化多端的斗法过程，至于斗法的结果却无关紧要。在民间文艺传统里，不但《西游》、《封神》原始神魔故事里提供大量的这类结构，而且在反映社会生活的作品里也转化成斗勇（武侠故事）、斗智（如《三国》中诸葛亮的故事）等替代形式。《红灯记》1970 年改定本给李玉和加了一句台词：道高一尺、魔高一丈。从语义和语境的关系上说是错用的，但无意间恰好点明了这一隐形结构，也算歪打正着。

民间隐形结构不但在京剧里能发现，在芭蕾舞样板戏里同样能发现；不但是戏曲作品里体现出来，而且在五十年代以来比较优秀的文学作品中都存在着，成为主流意识形态以外的另一套话语系统。民间的隐形结构同样反映了民间对自由的强烈向往精神，但是除了原始的民间文艺形式外，它一般并不以自身的显形形式独立地表达出来，而是在与时代思潮的汇合中寻找替代物。它往往依托了时代主流意识形态的显形形式，隐晦地表达出来。在封建时代，男女争取自由恋爱反对父母包办婚姻的斗争，往往不是通过直接反对，而是依托了假想“奉旨完婚”来完成。武侠的仗义锄恶，劫富济贫，多半也是套在忠君拯世的模式里表现。五十、六十年代主流意识形态是用阶级斗争理论来体现权力意志，民间文化形态的自在境界不可能以完整本然的面貌表现，因此，在权力语话中心体系的样板戏中，民间隐形结构所表达的语意，只能是相当隐晦的。但只要它存在，即能转化为惹人喜爱的艺术因素，散发出艺术魅力。

民间文化形态产生在国家权力中心控制范围的边缘区域，越是接近权力中心，它的表现形态越隐晦，而在一些接近乡野的题材创作中，它则以比较浅直的方式表达出来。当然文学创作不等于民间文艺，它不可能全盘接受和表现民间的内容，而且主流意识形态即使在权力中心的边缘空间，也依然处于权威的主导地位。它只能部分地采纳民间内容，使作品具有生命力。这种结合形式下的民间隐形结构，往往是以破碎的形式，由隐形转为显形。五十、六十年代的战争题材小说是最能体现这一特点。战争是政治权力冲突的尖锐化形式，政治意识形态表现得尤其强大。但是一旦有了民间的参与，民间生活世界就不能不将自身的文化形态带入战争，由此决定了描写战争的文艺作品，写正规军作战的不及写地方部队作战好看，写地方部队作战的不及写游击战和奇袭战好看，战争规模愈小就愈具有传奇色彩。《保卫延安》尽管写了战争的各种形式，写了阻击战、攻击战、突围战、伏击战等等，也写了跳崖、肉搏，牺牲等战争的严酷场面，可是由于写的是大部队的战争全景，对于用小说形式来表达战争历史,可能是积累了一些经验,但对于一般无战争知识的读者来说,终究觉得茫然。《林海雪原》是写解放军小分队剿匪,战争规模小,传奇性就大,奇袭奶头山、智取威虎山,活捉定河道人等细节相当生动,再配之茫茫林海,萦绕着一片片神话传说,都让人读过难忘。其间的民间因素是显而易见的。

这种隐形结构的破碎形态还表现在《林海雪原》的人物塑造上。小说里值得玩味的是杨子荣和栾超家。杨子荣被描写成智勇双全的革命战士,无疑是主流意识形态推崇的理想人物,他几度化装成匪徒深入敌巢,又必须性习上沾染一定的匪气和流气,不具备这些特点就无法取信于土匪,但作家除了描写杨子荣在外形上和行为上故意装作土匪状外,不可能写他的性习本身的草莽气,于是在杨子荣的身边,就出现了栾超家,在艺术结构上这个人物与杨子荣形成一种补充和合一的关系。栾超家性习上带有更多的民间气,粗俗鲁莽,素质不雅,说话爱开玩笑,有时喜在女人面前说性方面的口头禅等等,这种种来自民间的粗俗文化性格与他作为一个山里攀登能手的身份相符合。栾超家之所以是杨子荣的性格补充,是因为这些性格本来该杨子荣所有,但杨子荣苦于英雄人物的意识形态模式不能更丰富地表现性格,只能转借了栾超家的形象来完成。栾超家性格成了杨子荣性格的外延。若没有栾超家性习的存在,杨子荣也就变得不真实(样板戏的《智取威虎山》中杨子荣就完全失去了真实的基础)。这个观点虽出于笔者个人的推测,但还是有据可依的,小说的扉页上,作家的题词是"以最深的敬意,献给我英雄的战友杨子荣、高波等同志",也就是告诉读者,杨、高作为生活中真实的人物,已经在这场剿匪战争中牺牲了,可是小说里真正牺牲的只有高波而没有杨子荣,这是怎么回事?后来读者都知道,生活中的杨子荣是在剿匪的最后阶段追捕时中了敌人的暗弹而死。而这个细节在小说最后一章已被描写出来,只是中弹的不是杨子荣而是栾超家,杨子荣当时在场。实际上,艺术中的栾超家成了杨子荣的替身,所以,把杨、栾两个形象看作合一的人物形象并不荒诞。(在艺术创作中,两个形象合一为一个完整性格的例子有很多)这是一个很有趣的民间隐形因素与主流意识形态的显形因素组成新结构的例子。但是,正因为这部小说写的是解放军小分队的故事,军队本身就是政治意识形态的符号,在这支小分队里插入栾超家这一形象,多少让人感到格格不入。① 假使这支小分队代表的符号仅仅是农村游击队或草莽英雄,栾超家的民间性习显然会更加融合与自然。这就是为什么五十年代以来,愈接近民间的题材就愈好写,愈接近民间的角色就愈生动。

---

① 栾超家的形象在当时受到批评家侯镜金的指责,侯认为书中"战斗间隙中某些战士们庸俗的取乐,这在生活中会存在的,但这不是《林海雪原》所需要的情节……而在一定程序上损害了战士们的形象"(《侯金镜文艺批评选集》,第123页)。侯金镜把《林海雪原》的缺点归为"客观主义和带有农民文学色彩",可见说是相当敏锐的眼光,但是反映了他站在主流意识形态立场上排斥民间文化的审美本能。

《铁道游击队》带有明显的民间传奇色彩,鲁汉的酗酒、林忠的赌钱,都写得自由自在,连刘洪与芳林嫂的性爱关系也带有草莽气,比少剑波与“小白鸽”的英雄美人戏要自然得多,也真实得多。在这类五十年代最受欢迎的文艺作品里,最让人脍炙人口,并有经久不衰艺术魅力的因素,大多是民间文化形态的“折子”。《高粱红了》、《古城春色》、《逐鹿中原》写三大战役的作品,至今已经很难让读者回忆起什么来,但一些写游击队的小说里,“老洪飞车搞机枪”(《铁道游击队》)“肖飞买药”(《烈火金钢》)“杨子荣舌战小炉匠”(《林海雪原》)“朱老巩大闹柳树林”(《红旗谱》)“活捉哈叭狗”(《敌后武工队》)等,并没有因为时光推移而让人遗忘。即使写正规军作战的小说里,因为加入了民间的色彩,整个战争场面变得富有生命力。著名战争小说《红日》中连长石东根醉酒跑马的细节,不正是这部作品中最有魅力的一个片断吗?

民间文化形态当然是相当粗糙的,何况文学作品背后的民间隐形结构并不完整的体现出来,只是以某些破碎的片断,作为政治意识形态框架下的局部补充。但由于当时政治意识形态的强力渗透,艺术创作几近于图解政治,尤其是主要英雄人物,很难摆脱图解概念,图解理想的命运。在这种情况下,民间文艺因素有时成了全书情节发展的润滑剂,只有它的加入才能使作品情节与情节之间的联系活跃起来,产生出艺术生命力。在这种形态下,主流意识形态与民间隐形结构并不互相排斥,它们以结合的形态来共同完成一个时代的艺术创作。但是还有另一种情况,即主流意识形态与民间文化精神发生冲突,互相排斥的时候,也即是在文学作品中不但反映了政治意识形态之间的互相冲突,同时也反映了政治意识形态与民间文化形态相冲突的时候,作为一种特定历史条件下的文艺作品,无论是作家本人的主观意识还是时代所规定的创作倾向性,都会驱使作家毫不犹豫地站在政治意识形态一边,帮助主流意识去占领民间社会。从《小二黑结婚》中对农村迷信的揭露到五十年代众多的描写农村集体化过程的小说作家都描写了正确的思想(即主流意识形态)对错误思想的克服,而错误思想多半来自农村旧习惯和农民旧思想,换句话说,民间隐形结构并没有完全退出文学作品,而是转化为艺术冲突的对立面上,通过被揭露被批评的方式,畸形地展施出自身的艺术魅力。这种现象造成的畸形结果是,往往在文学作品中正面人物(英雄人物)干瘪无力,而反面人物,特别是农村中的富裕中农形象,写得活灵活现,生动有力。

赵树理可以说在表现这类冲突中最为典型,《小二黑结婚》中那位三仙姑,一贯是被人嘲笑的对象。之所以被嘲笑,一是她装神弄鬼;二是她老来俏,年纪大了生活还不检点。从当时农村的主流意识形态(即封建色彩的伦理思想)来看,这两个缺点虽然谈不上罪大恶极,但也是千夫所指;但是从民间的角度说,这正是偏僻落后地区农村妇女求得一点可怜的自由而不得不耍弄的手法，三仙姑年轻时有几分姿色，却嫁给了老实巴交的农民，婚姻不如意，又不能摆脱，只能靠装神弄鬼做巫婆，以扩大交际空间。一个妇女爱打扮，希望在别人面前保持感性的美好，这是人之天性不该指摘，倒是长期生活在压抑人性的环境里不能自拔的传统农民，以自身的畸形心理忖度他人，才会视正常的人性要求为不正经。小说里区长和农民对三仙姑的挖苦嘲骂，是一种不自觉的对人的权利的粗暴干涉，可是在当时的主流意识形态支配下，作家只能站在三仙姑的对立面，用他那枝(支)温情的笔写出了这个充满艺术个性张力的人物形象。虽然被嘲讽了，但作为民间文化形态中农妇向往自由的例证，被合理地保存了下来。在这篇通俗故事中，三仙姑和小芹(一个正经女子)两个人的形象放在一起，三仙姑的艺术魅力远远超过了小芹，三仙姑的胜利也就是民间文化的胜利。

1958年，赵树理面对农村集体化后问题百出的现状：强迫性的集体化劳动和农民自发的维护生存权利的冲突，干部中粗暴对待农民的恶劣作风和比较注意具体情况具体对待的老实作风之间的冲突，以及天灾人祸下农民生活的贫困(吃不饱)和劳动积极性的普遍低下(小腿疼)，针对这举世滔滔的浊浪，赵树理不可能与大跃进以来的极左路线(主流意识形态)作直接对抗，但作为一个自觉的民间代言人，他又不能不如实反映这种现状，于是写下了《锻炼锻炼》。其中有一段描写干部与农民冲突的对话，写干部用大字报的办法来威胁农妇，农妇忍无可忍大闹社办公室。虽然作家当时主观倾向仍站在主流意识形态的一边，但在他的笔底下，民间发出了极其激越的不平之声。联系1958年极左路线在农村造成的灾难，这种民间的声音真正体现了现实主义的胆识和勇气。

也有比赵树理相对温和一些的民间之声，同样贯穿在这一时期的文学创作中。柳青《创业史》里写农民梁三老汉对土地血肉相连的深厚感情，强烈地表达了民间文化形态的又一个基本特色。中国真正的民间是在农村，事实上，没有一个阶层，包括城市里的居民们，含有农民那样对待土地的感情。在农民们的眼里，土地是有生命的，是与真正的自由自在的境界联系在一起的生命象征。因而，土地是中国民间社会的图腾，而土地上的劳动和生活，往往是民间最惬意的审美形态，从《诗经》开始，最优秀的民间文艺，都是从歌颂田野上的劳动和生活开始的。二十世纪中叶在中国农村发生了一场极富有戏剧性的人间喜剧，土地的得而复失事件搅动了农民心灵深处波澜壮阔的感情之海，一个贴近民间的作家，只要真实地把握好这一农民感情的中枢，就能传达出农村题材的魅力。但这种感情世界不属于梁生宝之类的“伟人”，它只能属于几辈子的血汗都流入土地的梁三老汉。六十年代初期有一种“中间人物”的理论，认为农民大多数属于“不好不坏，亦好亦坏，中不溜儿的芸芸众生”，这自然是一种从政治意识形态立场上的理论概括，但这个理论难能可贵地找出了一个事实,在当时的文学作品中,确实存在着两副眼光透视下的人物艺术形象:即从政治意识形态眼光下,人分左中右,或者就是先进人物和落后人物;但在民间文化形态的眼光下,有属于意识形态和民间生活世界的人物,如梁生宝之类就属于意识形态人物,是离开了生活真实的客观规定性,根据政治理想塑造出来的人物,而梁三老汉、亭面糊、小腿疼、赖大嫂这样一些在那一时期写农民生活的作品中最有光彩的形象,多半来自民间,属于民间文化传统中自然存在的人物。

民间隐形结构的生命力就是如此的顽强,它不仅仅能够以破碎形态与主流意识形态结合成显形结构,施展自身魅力,还能够在主流意识形态排斥它,否定它的时候,它以自我否定的形态出现在文艺作品中,同样施展了自身的魅力。

民间文化形态是一个相当复杂的现象,它的藏污纳垢特性构成了自身的瑕瑜互见。要对它作全面的考察需要大量的材料和篇幅,非本文所能完成,在考察从抗战到"文革"的文学史发现,其文学发展的过程也是民间文化形态随战争而起,随"文革"而衰的过程,但在另一方面,它又以无孔不入的精神融汇在文学创作中,成为一种隐形的文本结构,甚至可以说,它充塞了这一历史时期的最辉煌的文学创作空间,尤其是1955年胡风为代表的知识分子集团被毁灭以后。"文革"中间,它从文化的大传统中被排斥,重新返回小传统,拓展其地下文学的空间,直到八十年代,才逐渐地为知识分子重新赏识。关于这一些重返民间的文学信息,将是学术界面对的新课题,有待于作进一步的研究。

1993年9月12日,于上海新亚公寓广靖书屋

——原载《上海文学》1994年第1期

丁 帆

乡土小说的多元与无序格局

在现代文学史中，我们的作家、批评家、文学史家力图在乡土小说这一创作领域内寻觅恢弘壮丽“史诗”的希冀已经成为泡影。在本世纪的最后几年里，中国文学里的“史诗”和“大家”意识无疑正在被创作的多元与困惑所消解和替代，而创作的多元与困惑却推动着小说艺术的发展。因而，本文试图通过这种多元与困惑的描述来窥探乡土小说创作的走势，以期发现中国从农业社会向工业社会乃至后工业社会转型时的小说艺术变化。

走出田园风景线，寻觅失落的政治问题

谁都不会忘记文艺为政治服务给作家创作留下的消极影响，新时期文学的腾飞亦正是在摆脱了这种影响的前提下取得的。新时期之初，当汪曾祺第一次把四十年前那个田园旧梦送给读者时，人们似乎从这田园风景线的描摹中找到了一种与政治主题剥离的新方法，从中发现了小说所具有的美感功能，虽然这种美感尚带有古典主义的风范，但它足以令人陶醉。正如汪曾祺在《大淖纪事》的创作中所说：“我以为风俗是一个民族集体创作的生活的抒情诗。”①这一“抒情诗”的显现发出的是文学创作游离政治的信号，它不仅仅带来了当时风俗画小说的泛化，同时，也带来了现代文学史学界对于沈从文这样的田园浪漫诗人的重新认识，甚而将沈从文这位田园牧歌的颂者在文学史上的地位拔高到了惊人的程度。无可否认，这股清新的田园之风犹如一泓清泉流过千万读者的心田，使人忘却“伤痕”之创痛，平复了梦魇的缠绕。比之“伤痕”之后的“反思”，诸如《芙蓉镇》、《拂晓前的葬礼》、《爬满青藤的木屋》、《远村》、《绿化树》、《天云山传奇》、《在没有航标的河流上》、《犯人李铜钟的故事》、《蝴蝶》等，田园浪漫诗篇轻轻地撇开了那种凝重的主题，以轻灵的美感内涵向政治

---

① 汪曾祺：《〈大淖记事〉是怎样写出来的》。下点系本文作者所加。

化的母题告别。虽然两者的基本母题同样是在回归“五四”以来的文学主旨——以人道主义和人性的复归来抨击一切丑恶的现实。但是,从四十年代末以后一直习惯了政治化母题熏陶的广大读者,在听到了一种不同的表述方式后,却更热衷于此,他们似乎找回了那双能听得懂“音乐”的“耳朵”,找回了那种体验美的感觉和经验。这也就是田园浪漫诗式的小说一时兴起的根本缘由。

但是,在这块古老的土地上,在这个擅长于思考的民族里,人们是难以摆脱对政治的热恋的。“寻根文学”归根结底是一次寻觅民族政治文化出路的文学运动。我们且不管这次运动的得失与否,就其所倡导的民族文化主张,确恰恰和“五四”新文学运动的方式方法何等地(的)相似乃尔。一批以知青作家为代表的“寻根”主流,在这块古老的乡土田园里演绎的仍是那说不尽道不完的“政治文化”,他们作品的母题始终没有离开作为中国“文化”的主要支撑物——政治母题的笼罩,无论王安忆的《小鲍庄》也好,韩少功的《爸爸爸》也好,阿城的“三王”也好,贾平凹的“商州”系列也好,它们的表层结构虽然充满着迷人的“文化”色彩和魅力,但在其深层结构中却处处表现出对那种规范化政治意识的抨击或礼赞,对儒道释这一中国文化的眷恋最终仍是“政治情结”所致。

从表面上来看,新时期小说在一次一次与政治告别中愈走愈远,最后走入了“新潮小说”之中,走向了“新写实小说”之中。诚然,这两股小说思潮和运动,作为一种现象,它们对于中国小说的发展和多元化格局,作出了不可低估的成绩;作为一种小说运动的过程,它们既有合理性又有必然性。然而,仅仅把它们作为一种对政治的悖反和偏离,却非客观。“新潮小说”操起“纯形式”和“纯技术”的叙事武器,试图走出“田园牧歌”式的田园风景线,来表现感觉世界的主观意识,它们的描写视阈尽管能够逃避外在田园风景线的客观性摹写,但却始终不能也摆脱不了那个政治文化心理的纠缠,在那些灵魂世界的裸露中,我们看到的是“形式”的外壳里裹藏着的一种对旧有的政治文化秩序的怀疑。这本身就是一种对政治文化的介入,只不过“外包装”更加严密而已。如果说马原这样的作家更注重“纯形式”的外包装的话,那么,像洪峰、残雪这样的作家则更趋于对外壳下的叙述感兴趣。为什么“新潮小说”在整个八十年代中后期很快就趋于自生自灭的状态呢?其中最重要的原因就在于它们远离读者,甚至拒绝专门性阅读,忽视接受美学在当代创作中的至关重要的作用,忽视和低估了广大读者在阅读的“历史积淀”中所具有的深层的“政治文化”期待视野因受障碍而不能得以渲(宣)泄的审美事实。而“新写实小说”之所以能够较为成功地获得读者的青睐,除了它的“写实”形式更易为人所接受外,最重要的是它对政治社会文化现象的介入呈“放大”式的显现状态,在显现过程中,读者很能找到其中的“自我”,得到审美情感的渲(宣)泄。同样,“新写实小说”中的大量乡土作品也如

"新潮小说"一样，抛弃了田园风景线的描摹，对田园牧歌式的抒情抱以鄙视的态度，但它对深层的民族乡土文化心理的揭示一次又一次表述了作者对乡土政治文化颠覆的热衷和乐此不疲的韧性精神。不管刘恒、刘震云们采用什么样的观点，他们作品的政治文化母题都是异常深刻而庄重的，只不过这种母题的表现在不同作家和不同时空里有时呈显现〔有〕时呈隐匿状态罢了。刘震云的长篇小说《故乡天下黄花》就是一个最为鲜明的例证。作家的这种对政治文化母题的关注已达到了几近赤裸裸的地步。小说表述的是作者对于颠覆几千年来形成的乡土政治文化格局的无奈与愤怒。那种强烈的人道主义和人性的主观意念的介入，形成整部作品的唯一视角。尽管它是包裹在"反讽"的透境当中。"新写实小说"之所以尚可延续其艺术的生命力，而不像"新潮小说"走向速朽，其根本原因就在于它在不同程度上既满足人们的审美需求又满足人们的"政治文化"的自我渲(宣)泄。从中我们可以明显地看出，当"新潮小说"之路已趋穷途时，一些作家明智地重新选择了"新写实"的路途，过去作为"新潮"代表作家的一些人，不是跳出了"叙述游戏"的圈子了吗？干脆拆除"外包装"，直捷进入社会性的政治问题。

尽管八十年代初的那种对政治母题的巨大热忱已不再可能成为文学尤其是这个农业社会文化转型期的热点。但是，人们隐意识中的政治文化需求，仍旧会通过作品，尤其是乡土小说加以表现。尽管乌托邦式的田园浪漫诗的时代已经终结，出现在人们面前的是一个分崩离析的精神世界和色彩斑斓的物质世界，宁静、温馨、和谐、美丽的乡土氛围和秩序已被喧嚣、躁动、狰狞、丑恶的庞大现代经济机器所吞噬。政治文化格局被严重颠覆的现状将自然而然地被折射于作家的笔底，这是任何人都不可抗拒的，你要表现中国农村的现状吗？你要裸现这驳杂的乡土心理世界吗？你就不能抛弃这一母题的诱惑，这就是艺术家的良心。我不能预言目前所倡导的所谓"新体验小说"在创作过程中有何新的美学意义，但它却不能也不可能偏离政治文化母题的内容表述。从目前有影响的乡土小说作家来看，周大新、刘醒龙、阎连科、刘玉堂、许谋清等都无不对乡村政治文化格局(包括物质和精神的双重错位)作出了即时性的深刻描写。如果说周大新的《向上的台阶》是从纵向将乡村政治文化镶嵌在廖怀宝这个人物心灵中的一部当代农村政治演变史的话，那么刘醒龙的《凤凰琴》、《村支书》、《黄昏放牛》、《农民作家》、《秋风醉了》等系列中篇小说则从若干个横断面剖示了当今农村文化格局中光怪陆离的物质与精神的双重错位现象。可以看出，自"新写实"之后，这批作家并不注重外在形式的改造和修正，而是直捷地将乡村政治文化格局的历史性颠覆和变异展示给读者。甚至有些作者还部分采用了"通俗文学"的操作方法，直捷获取"乡下人"作为乡土小说的阅读对象。

诚然，政治文化母题在乡土小说中的发掘和拓展尚远远没有到位，但作为多元无序格局下的二十世纪末乡土小说乃至整个中国文学创作的最为重要的表现型(形)态,它应受到普遍性的关注。因为我们正处在一个由农业社会向前工业社会经济乃至后现代主义文化过渡的驳杂而光怪陆离的转型时间,在巨大落差压力下的乡土文学所作出的文化反弹,怎能熟视无睹呢?

走出史诗的困境,寻觅死亡诗意的悲喜剧

当中国作家们对所谓"全景式结构"的"史诗性"作品发生怀疑时,几乎在整个八十年代里就已淡化了长篇小说的"史诗情结",像《芙蓉镇》那样的结构方式已成为新时期的历史。甚至,人们对"史诗"的审美价值亦发生了根本性的怀疑和动摇,即便是《战争与和平》式的巨著也不一定适合于如今的审美需求。然而,当我们仔细厘定近年来长篇乡土小说创作时,就不难发现作家们似乎又重新对大跨度的历史时间发生了兴趣。随意拈出几部长篇便可见端倪:陈忠实的《白鹿原》、刘震云的《故乡天下黄花》、刘恒的《苍河白日梦》。尤其是《白鹿原》已被许多评论家定性为"史诗性"的作品:"《白鹿原》无疑具有更大的文化性、超越性、史诗性。"①且不说这些作品空间跨度是极其有限的,不再合乎旧有的"史诗性"巨著的概念,就其作家创作的本意来看,时间和空间在小说中只不过是表现人、社会、历史、文化的一种外在形式,是一种叙述方式的需要而已。小说家究竟要在这里表现什么?大而言之,艺术家们都似乎有一种回眸的艺术本能,他们试图在民族文化心灵历程中寻觅到一种苍凉感,找到一种暂栖灵魂驿站的慰藉,由此而寻求一种新的现代悲剧美感精神。"史诗"的外在结构形式在这里已不重要,它已经成为一种小说的"道具"而已。就其对"史诗性"的"悲剧英雄"内容来看,如今的小说家几乎都成了旧有美学判断的叛逆者。

诚然,《白鹿原》是描写宗族的历史文化变迁,但作家的视点并非停滞在时间性的历史事件的更迭上,一个个人物的故事都聚焦在人物心灵的变化过程中,虽然这个"过程"尚留有许多"飞白"之处,甚至被割断了因果链条呈反性格逻辑的"二律背反"状态,然而,整个作品并不注重于时间跨度(改朝换代)给主人公心灵带来的性格骤变;也不在意空间跨度(场面转换)会给主人公心理带来的变化契机。而是把整个支撑点放置于这个"近乎人格神"②的悲剧性审美描写上,从而揭示出传统政治文化强大的生命力。人物的性格是凝固的,它不受外界因素的制约,而却以强大的"自我"人格力量去辐射周围,虽然这种传统的人格包孕着真善美和假恶丑的两极内涵。

① 雷达:《废墟上的精魂——〈白鹿原〉论》,《文学评论》,1993年第6期。
② 雷达:《废墟上的精魂——〈白鹿原〉论》,《文学评论》,1993年第6期。

从中我们可以发现这样一个事实:作家既不是在追求“史诗”的审美效应(这种审美效应或许在视觉艺术中还能造就一种动态的美感而博得观众的喝彩,但在小说审美领域内,最主要的还是靠“内在的眼睛”来寻觅静止中的动态之美的),亦不是在追求对悲剧人物的英雄行为的礼赞。这是一个没有英雄的时代,因而,那些古典主义的悲剧观念已不再适用于这类悲剧人物,悲剧的崇高美学价值判断已被完全消解了。每一个人物都包孕着道德伦理的两极和文化性格的分裂,因而在这种人格的背反下,尽管作家并没有意识到其悲剧所具有的“存在”意义,但它毕竟超越了欲达理想而又不能达到的历史的必然性的悲剧陈规。陈忠实说:“当我第一次系统审视近一个世纪以来这块土地上发生的一系列重大事件时,又促进了起初那种思索,进一步深化而且渐入理想境界,甚至连‘反右’、‘文革’都不觉得是某一个人的偶然判断的失误或是失误的举措了。所以悲剧的发生都不是偶然的,都是这个民族从衰败走向复兴复壮过程中的必然。这是一个生活演变的过程,也是历史演进的过程。”①也许,作者的原意是想通过“历史演进的过程”来折射人物的民族文化心态的冥顽性,道出“历史的必然”的悲剧性。但是,它再也不能通过人们的视知觉把“崇高”或“同情与怜悯”送入悲剧审美的历史轨迹。悲剧,它在当代人的审美视域中,那种死亡的诗意不再是理想和崇高的组合,不再是引起同情和怜悯的激情时,它的那种普泛的人性和人道主义力量还存在吗?从某种程度上来说,现代悲剧精神正在走向消亡悲剧与喜剧临界点的审美极端,虽然人们尚未从目前的创作现象中概括出定性的悲喜剧相混合的理论意义来,但从种种的创作发展趋势来看,我们很难不从米兰·昆德拉那里得到启迪:“悲剧把对人的伟大的美好幻想奉献给我们,带给我们安慰。喜剧则更为残酷:它粗暴地将一切的无意义揭示给我们。我觉得人类所有的事情都包含着它的喜剧性的一面,它们在有些情况下,被承认、接受、开发;而在另外的情况下,则被遮羞。真正的喜剧天才并不是那些让我们笑得最多的人,而是那些揭示出一个不被人知的喜剧的区域的人。历史始终被看作一个只能严肃的领地。然而,历史不被人知的喜剧性是存在的。有如性的喜剧性(难于被人接受)之存在。”②尼采所说的“悲剧的安慰”显然亦不适用了。悲剧羼入了米兰·昆德拉所说的这种新的喜剧性质,这是“一个不被人知的喜剧的区域”,这种悲喜剧在抒写历史这块“严肃的领地”时,我们往往看不清作家的“表情”,他(她)有时似乎是庄严的,有时似乎戴上了小丑的面具,有时似乎在故作姿态。叙述“表情”与叙述内容往往呈逆反情状。这种叙述情状当然更适合于表现人格的分裂。如果说这在《白鹿原》这部恢弘的民族文

① 《陈忠实答李星》,《小说评论》,1993年第3期。

② 米兰·昆德拉:《小说的艺术》。下点系本文作者所加。

化心灵历程作品的描摹中还表现的不够充分的话，那么，在《故乡天下黄花》和《苍河白日梦》这两部作品中就表现得更为突出了。有人已经把这种叙述情状归纳为“反讽结构”了，但是，所需指出的是，“反讽”最终是产生喜剧式的审美内容，而这些作品中仍掺有那种对悲剧美学效应的追求之痕迹，有时亦可清楚地看到作家摘下“面具”后表现出的真诚：“总之，在我看来，刘震云的反讽，并没有局限于审视所谓‘生活的原生态’的喜剧效果。”①而是把悲喜剧相混淆，表现出一种对历史的轻鄙和不屑：“《故乡天下黄花》是写一种东方式的历史变迁和历史更替。我们容易把这种变迁和更替夸大得过于重要。其实放到历史长河中，无非是一种儿戏。”②难道作家在抒写历史变迁和更替时是没有美学原则和目的的吗？这并非符合作品的实际。作家所追求的是一种新的“死亡的诗意”，刘震云笔下的人物在一片戏谑性的闹剧声中，在那毫无崇高和庄严的历史中颓然倒下，这些人生是无价值的，但这段历史孰能无价值？巨大的死亡诗意蕴藉在这历史的闹剧中，无论刘震云们是否意识得到，它依然存在。如果说刘震云并不突出这一审美内容的话，那么陈忠实在《白鹿原》中却十分清晰地表达了这种对死亡诗意的新追求：“在死亡大限面前深掘灵魂，更是《白鹿原》的一大特色。它写了很多生命的殒落：小娥之死，仙草之死，孝文媳妇之死，鹿三之死，白灵之死，兆海之死，朱先生之死，黑娃之死……真是各有各的死法，充分表现了每一个人都是独一无二的人，一反过去有些作品在死亡描写上的大众化、平均化、模式化的平庸。”③我认为这不仅仅是对个体生命悲剧描摹的一次独特发现，它的独特之处更表现在作家通过对这些死亡的描写发现了一种历史文化的诗意，正如主人公白嘉轩那强大的雄性生殖力一样令人惊悸颤栗。而刘恒的《苍河白日梦》却从历史的梦境中慨叹人性的扭曲和变异。从而从死去了的历史情境中解脱出来，得到一种心灵的慰藉，这里似乎没有“死亡的诗意”，但我们从人的囚笼中看到了历史死亡的诗意。历史虽然尚未完全翻过这沉重的一页，但是，我们却在这些作品中看到阿Q们的面影，读到鲁迅式的“呐喊”与“彷徨”。颇有意味地是，中国的乡土小说几乎走完了一个世纪的历程。而鲁迅在世纪初的“呐喊”竟也在本世纪末得到回应，这并非是一种循环往复的怪圈，而是历史在正告人们：“人”的命运、民族的命运的“新陈代谢”还远远没有完成。鲁迅先生应该说是第一个使用“佯谬”、“反讽”的“曲笔”来抒写阿Q这一形象的，这一悲剧形象的内涵却是用喜剧的外壳形式包裹着的。作者试图通过阿Q这一人物的表象世界的虚拟性创造，来达到摆脱现实生存痛苦逃遁到表象世界里去的目的；但另一方面那种咀嚼痛苦，在痛苦中获得悲剧性审

① 陈晓明：《漫评刘震云的小说》，《文艺争鸣》，1992年第1期。
② 刘震云：《整体的故乡与故乡的具体》，《文艺争鸣》，1992年第1期。
③ 雷达：《废墟上的精魂——〈白鹿原〉论》，《文学评论》，1993年第6期。

美快感的诱惑又使他着力对阿Q的个体生命进行一次又一次的否定之否定的肯定性价值判断。这就形成了“酒神精神”和“日神精神”相交、悲剧和喜剧相合的特殊审美现象。可以说,在追求“死亡的诗意”的审美要求下,许多乡土小说在对人和民族的灵魂拷问中麇(麋)集于对大跨度的历史追问的焦点上。和鲁迅先生遥遥相对,他们一个站在世纪的前端,一个站在世纪的末端,同样试图站在“世界原始艺术家”的角度来反观人类和民族的痛苦,希冀在世纪的转折点上看到一次“死亡的诗意”带来的人类历史的蜕变:“现实的苦难就化作了审美的快乐,人生的悲剧就化作了世界的喜剧。”①这种二度循环的悲喜剧境界似乎成为乡土作家的共同的乌托邦世界。在文化破灭、精神沦丧的“浮华世界”里,“死亡的诗意”追求不乏为一种新的刺激,尔后也许又是“彷徨”和追求。

走出理性的精神家园,寻觅神秘的野性旷野

或许,自莫言的《红高粱》开始,那种充满野性原始驱力的“谬(缪)斯”又被重新召回艺术的殿堂。大约从三十年代以后,文学逐渐进入了理性的精神家园,在有秩序的审美规范中徜徉,“五四”时期的那种以“兽性主义”作驱力来弘扬人性解放的呼声渐退。尽管三十年代瞿秋白将鲁迅比拟为罗马神话中的莱谟斯,“他回到‘故乡’的荒野,在这里找着了群众的野兽性,找到了扫除奴才式的家畜性的铁扫帚,找着了真实的光明的建筑”,“是的,鲁迅是莱谟斯,是野兽的奶汁所喂养大的……他从他自己的道路回到了狼的怀抱。”②无独有偶,苏雪林在三十年代亦从另一个角度阐释出值得弘扬的沈从文乡土小说的“野兽气息”来:“这理想是什么?我看就是想借文字的力量,把野蛮人的血液注射到老态龙钟、颓废腐败的中华民族身体里去,使他兴奋起来,年青起来,好在二十世纪舞台上与别个民族争生存权利。”“他很想将这份蛮野气质当做火炬,引燃整个民族青春之焰。”③如果重新估价这两位乡土小说巨子,我们似乎不难发现他们血管里汩汩流淌着的野性思维的特征。然而,这种野性思维直到八十年代的一曲《红高粱》才又被重新拼接延续下来。这被文学遗弃了半个世纪的“潘多拉的盒子”,一旦被打开,作家的理性便处于失控状态,它们跨出了有秩序格局的精神家园的樊篱,在清新自由的野性的旷野和荒原中呐喊着,徬徨着。诚然,这种野性思维的滥觞带来了审美的变异和新鲜感,带来了乡土小说多向度的审美渠道和文化内涵。就像绘画技巧第一次打破了“黄金分割”的对称和谐美一样,它带来了乡土小说的一派生机。一时间,蛮荒的背景、原始状态的自然关系、风俗人

① 周国平:《悲剧的诞生·译序》。
② 瞿秋白:《〈鲁迅杂感选集〉序言》。
③ 苏雪林:《沈从文论》,《文学》,1934年9月第3卷第3期。

情、暴力、食、色、性……那些美丑胶著(着)、善恶相混、真假杂糅的原始性、原生态的描写一齐涌入乡土作家的笔底。几乎所有的乡土小说都在不同程度上"染指"于这类描写。无疑,这种充盈着野性的描写增强了视知觉的审美效应,小说不再构架在理性规范的"畛畦"中,旷野和荒原更具有开阔的视阈,更具有野性的魅力。当莫言把"我爷爷"和"我奶奶"在如血的"红高粱"地里野合的特写镜头第一次推向读者时,人们对于"性力"的惊讶犹如外星人的入侵。随着《伏羲伏羲》等大量的性味无穷的描写镜头的裸露,通过电影这个"现代鬼怪"的传播媒体的介入,已不再成为野性思维的障碍。作为对生命图腾的崇拜,这种对野性的张扬并不与沈从文式的充满自然情态的和谐宁静的性描写相一致,它对其〔的〕夸张始终充满着一种强烈的文化内涵:对个体生命的潜能的发掘成为作家"群体性"的艺术追求。从王安忆的《岗上的世纪》以后,出现于九十年代的乡土小说在很大程度上在性描写的区域内将此作为一种文化的隐喻和审美的特殊符号。而新近的所谓"陕军东征",集体造就了一次野性"大越位"现象似乎是一种新的信号。这和另一种乡土小说的写法显然有着质的区别,刘醒龙、周大新、许谋清等,甚至刘玉堂这样的乡土作家遵循恪守的是那种随着情节的需要而出现的含有社会属性内容的性描写规模。而陈忠实们却是将此作为文化的载体、历史的载体,赋于(予)其深沉的美学礼赞。正如雷达所言:有些描写是"可以当作抒情诗来读"①的。在林林总总的性描写中,你尽可以找到其文化冲突、心灵冲突、历史冲突的合理性,这在雷达的分析文章里(《文学评论》,1993 年第 6 期)都作了一一独到的精辟的分析,无须再赘言。然而作为一种文化现象,一种创作的趋势,从积极意义上来说,性的浪漫化是"五四"新文学运动呼唤人的解放在本世纪末的最后呼应,它有利于健壮民族文化心理的雄强之力,修正、再造民族文化心态的新质。另一方面,从消极意义上来说,作为一种文化的谵妄,一种文明的背反物,它是否会引导民族文化心理进一步迎合物欲发展的需求,向人欲横流的物质世界倾斜而完全抛弃理性束缚,走向精神的"荒原"乃至堕落成为告别"灵"的动物性肉体,彻底的兽性皈依呢?这种耽(担)心当然是多余的,但真理往往再向前跨一步就会成为谬误的古训似乎还是适用的。在这一点上,似乎刘恒的创作显得大胆而又适度,从《伏羲伏羲》开始,到《苍河白日梦》,同样是把性描写置于中心位置,同样是将其作为历史和文化的载体,某种节制野性泛滥的情绪在作家创作主体中得到一定和谐的调适,完全没有"过把瘾就死"的创作情绪支配,这样,虽然在艺术上没有造成感官的刺激性"快感"(这里所说的"快感"是特指审美内容的形而上感觉),没有《白鹿原》里那种淋漓尽致的性描写所引发的文化联想更令人惊诧和新锐。但这种理性的

① 雷达:《废墟上的精魂——〈白鹿原〉论》,《文学评论》,1993 年第 6 期。

制约似乎是必要的。两种形态的性描写所表现的野性放逐的程度的不同,孰优孰劣?也许即时性的价值判断本身就是一种错误的选择,只有与事件拉开一段历史的距离以后才能廓清其真实面目。但从艺术的直觉来看,矫枉过正毕竟要多走些弯路。形〔而〕下的描写泛滥当然是与野性思维的放逐有关,完全放弃理性的"天马"终究有归槽之时,只是希望不再是以放弃野性的形〔而〕下描摹为前提。中国的小说历史仍旧是如此残酷。诚然,重归"伊甸园"并不意味着对野性思维的否定,那个教会亚当和夏娃"羞耻"的蛇固然是一种邪恶的象征,但这毕竟是一种人类打破性蒙昧的历史进步。我们亦不必为野性的放逐而感到恐惧和悲哀。应该相信艺术家会在创作过程中完成自我调适。

显然,目前的乡土小说创作是呈多元的、无序的格局,在不同作家和作品那里,这种无序和多元的格局带来的是一种艺术的自由空间。

走出田园牧歌的青年作家们向着乡村矫情的歌手发出了鄙夷的呼唤,在他们皈依乡村政治文化的描写领域时,表现出了一种难隐的乡土情感。至今,响在我身(耳)畔的仍是那次在"中德乡土文学研讨会上"刘震云和莫言"仇恨故乡"的惊人之语:"从目前来讲,我对故乡的感情是拒绝多于接受。我不理解那些歌颂故乡或把故乡当作温情和情感发源地的文章或歌曲。因为这种重温旧情的本身就是一种贵族式的回首当年和居高临下的情感的表露。"①或许,这是对故乡介入的另一种方式,是人性和人道主义走入极致的表现。他们在重新走入乡村政治文化秩序时,能给二十世纪的中国乡土社会带来历史性的总结吗?当然,我们并非是要艺术家回答这样的政治性问题。而它们存在的美学价值和社会价值不正是由此而折射吗?

当"史诗"不再成为作家创作主体追求的美学对象时,追逐那种"死亡的诗意"则成为众多乡土作家的自觉。悲剧不再成为"崇高"和"引起同情和怜悯"的古典情感时,那种咀嚼痛苦,视之为欢乐的悲剧新质在成长,寻找悲剧后面的文化内涵,将喜剧的审美特征作为添加剂羼入悲剧,使之成为亦悲亦喜又非正剧的"悲喜剧",或恐是艺术的使然、时代的使然。这种变异带来了新锐的审美感觉,但它能否成为一种固定的审美形式呢?

当理性的精神家园的樊篱被冲破后,野性思维带来的巨大引力和反动力同时并存,乡土小说作家将怎样去选择应走的路径呢?

中国的经济正以它硕大无朋的巨口啃噬着中国的文化,尤其是中国乡土文化所遭受的挤压更令人触目惊心。这无疑为乡土小说作家提供了最好的表现契机。在这无序的多元的格局下,创造出一部部色彩斑斓的优秀乡土小说,为本世纪的中国

① 刘震云:《整体的故乡与故乡的具体》,《文艺争鸣》,1992年第1期。

文学抹上最后一片云霓，当是乡土小说家的历史使命。尽管我们不能强求作家在一种模式下“生产”，也不能以一种美学规范来进行统一“操作”，也无须为迎接新世纪的小说曙光搔首弄姿，但我们应无愧于二十世纪的乡土小说。

——原载《文学评论》1994 年第 3 期

谢有顺

终止游戏与继续生存

——先锋长篇小说论

文学进入九十年代之后,一批年青的先锋小说家先后抛出各自精心结撰的长篇巨制,向我们宣告了先锋小说第二次高潮——长篇小说创作时代①——的到来。作为一次更全面的艺术才华与心灵质量的展现,长篇小说为我们审视先锋小说提供了一扇独特的门扉。从中,我们看清了先锋小说的发展、分化以及叙述上的日渐成熟和分别出示的富有创造性的艺术空间。但是,从文学精神上说,先锋长篇小说的鼎盛并没有给我们开启一个新的时代,恰恰相反的是,它们都踩在原有的经验和基础之上,纷纷走向了各自的大限。我更愿意将先锋长篇小说的出现,看作是对我们这个缺乏超越性精神价值的时代的一次感伤祭礼,一首优美的艺术挽歌。我们除了在一些作家的生存感悟上猜度些精神的复活迹象之外,几乎看不到一部好长篇本应具有的深度素质:对人类生存境遇的警醒及其表现。甚至一些先锋作家还深深地陷入了不能突破自己旧有模式的困惑之中。这决非是我夸大其辞的杞人忧天,而是先锋小说群落向我们展示的一个实实在在的危机事实。为此,我对米兰·昆德拉的一句话深表同感:"我不想预言小说未来的道路,对此我一无所知。我只是想说:如果小说真的要消失,那不是因为它已用尽自己的力量,而是因为它处在一个不再是它自己的世界之中。"②

虚假的历史

在先锋小说内部,有一个一直未曾变更的事实:对历史的近乎偏执狂般的热爱。先锋作家在作品中共同期待一种历史性的重临:潜入历史深处,以挽救正在消逝的

① 本文论述的先锋长篇小说包括:格非的《敌人》和《边缘》、苏童的《米》和《我的帝王生涯》、余华的《呼喊与细雨》、孙甘露的《呼吸》、吕新的《抚摸》、北村的《施洗的河》等。

② 米兰·昆德拉:《小说的艺术》。

历史主体，在对历史的反观中，进行精神的重新定位。这也是先锋小说最为重要的话语方式。在过去那种充满语言暴力色彩的形式帝国里，历史被夷为平地，成了一个无法言说的零碎片断。完整的历史意识的破灭，意味着文学本质的沦落——这正是马原的小说给我们带来的巨大恐惧。

显然，先锋作家已经意识到，用破碎的艺术方式对抗苦难的生存现实是徒劳无益的，必须重聚历史的碎片，才能重获表达世界的权利和力量。先锋作家对历史的热情书写，重要的并不是对历史题材的引进，而是他们那改写历史的话语欲望，以及从中洋溢出来的重建历史深度意识的热忱。除了吕新的《抚摸》拒绝用一个确定的中心来统摄他那零散的历史片断外，在《敌人》、《米》、《呼喊与细雨》、《施洗的河》等长篇中，都能拆解出一个相对完整的文本意旨：精神的深度中心。它或是对生活史的某个心灵现象进行深刻挖掘，或是言说一个人性本质沦落的罪恶过程，或是展示人类的生存恐惧与绝望等精神危机——这些无疑是作家主体所要表达的意义指涉所在。

因此，把先锋长篇小说称为是消解历史的写作，显然是不合实际的说法。然而，先锋长篇中的意旨呈现与文本操作之间的相悖之处，又使得它们不象西方盛极一时的"新历史主义"小说那样，有明显的重唤历史性和意识形态性的价值关怀。"新历史主义"的目的在于破除文本中心论与语义操作论，他们一反"零度写作"的冷漠，向意识形态话语矛盾交织之处挺进，以其灵活多变的解读挖掘出正史掩盖下的语言暴政和意识形态压抑。不否认先锋小说与"新历史主义"之间有共通之处，它们都想传达出把人从悲剧性深渊与存在的恐怖处境中解放出来的主张，这也是先锋作家在写作中一直想站稳的立足点。

从这个角度上说，先锋作家遁入历史并非偶然，他们对历史主体的把握，是为了传达对当下现实主体的理解。历史在他们笔下只是一件外衣而已。必须看到，先锋作家借着历史观察现实世界的眼光是当代形态的，他们共同将那些陈年的事涂上了一层新的精神色彩，用历史来隐喻当下生存的创作理想，就连苏童的《我的帝王生涯》这种毫无现实情境可言的纯历史虚构作品，也通过主人公端白的种种生命变化，表达了个人生存处于权力巅峰时被文化价值体系所异化的一种绝境，以及人被神化之后渴望向平常人的情感世界回归的心态，带有浓烈的现代寓言味道。和苏童一样，其他先锋作家对现实所作的个人价值判断也都是通过对历史的言说来完成的。这就是说，在作家与现实之间，插入了历史这一尴尬的中介物，先锋作家对它的选择，显然是为了避免直接与现实对话的可能性，即避免对当下的生存现实直接作出价值判断与情感判断。这一事实的发生，无外乎两个原因：一是面对生存环境的压迫，先锋作家缺乏直接作出真实判断的勇气；一是先锋作家的内心缺乏清晰的尺度，无法对纷繁的现实作出富有概括力的正确判断,从而揭示出当下现实的精神本相。

这充分显示出了一个有责任感的作家所处的两难处境。但无论是哪一种原因,都反映了先锋作家在现实面前无法言说的窘境。对现实的逃避,意味着对意识形态中心话语进行言说的逃避。这种写作态度,决不是象一些人所说的那样:先锋作家启用了消解深度的"后现代主义"式的话语方式。因为先锋作家所处现实中的深度根本未曾消失,它不具备有西方后工业社会的精神特征,而且,先锋作家在作品中也一直持守着一种深度言说的写作模式,不具备有太多的浅表感与平面感。事实上,先锋作家在长篇中,都想通过历史来表达他们对现实的独到理解,只是,历史的虚假性以及它本身作为一种结果形态,恰恰成了作家真正通达现实的一个障碍,从而大大削减了作品的现实力量。格非的《敌人》,是想通过一个家族的主人赵少忠对"敌人"——纵火者——的猜度,来言说一个富有现实寓意的生存话题:在一个缺乏爱与交流的时代里,人类将陷于一种人人自危、"他人就是地狱"的精神恐惧之中。苏童的《米》则是一个骇人的人性寓言,他在作品中所出示的是:在一个罪恶遍地的时代里,人堕落到最后地步时兽性滋长的恐怖景象。但是,由于历史本身过于逼真的客观效果,导致作家与读者不得不成为这种生存境遇的观望者,而难以进入切实的体验之中。可以说,先锋作家对历史的过度痴迷,一定程度上消解了他们所想要建立的深度中心——因为真正的深度不是客观的、历史的,而应是主观的、现实的。

至此,一个事实已昭然若揭:先锋作家必须使自己的作品具有当代性。作为一个精神事务的劳作者,我们没有任何理由回避现实的苦难、回避当代所面临的生存境遇。用所谓的当代体验去写作历史,是很难传达出我们时代生存深处的声音的。回到当代,并不是简单的题材转换,而是要对当下现实掩盖下的精神本质作出反应。因为我们既不能逃避生存,也不能逃避自己的生存环境,回到当代,就是说要站在自己所处的生存现实上,出示一种写作的勇气——一种直面生存的勇气。正如 G. 斯泰因所说:"艺术的真正的'当代性'在于艺术家能够象科学家和哲学家一样迅速而真切地敏感到他的时代的生存脉搏,敏感到世界的各种变化。"①

先锋作家已经开始意识到这一问题的重要性。关于这一点,我们可以在余华的《呼喊与细雨》和北村的《施洗的河》中看到。此外,虽然孙甘露的《呼吸》是一部直面当代的作品,但由于孙甘露没能找到作品与现实精神的契合点,加之他缺乏深层体验的表达充满自恋色彩,使作品显得底气不足。在《呼喊与细雨》中,我们却能感受到一种当代性精神情境。这部作品时间跨度相当大,余华将时间链条设置成一条从历史逐渐伸越到当代的若隐若现的圆形曲线,并通过一个孩童冰冷的眼光将历史

① 《现代文学艺术中的自我丧失》。

与现实的片断统摄在绝望与幻想的生存体验上,从而具有了逼人的内在力量。北村《施洗的河》找到了某一历史时代与我们时代的精神共通性,进而通过整体隐喻的手法发出这一精神维度上的声音。他贯注在刘浪这一人物身上的焦虑、恐惧、绝望等,超越了心理经验的层面,而成为一种神性缺席之后的生存黑暗的象征性体验。历史在北村笔下,只是一个被推得很远的完全虚拟的背景而已。

先锋小说回到当代的声音应该加强,作家应重新深情地注视我们脚下的这块土地,以一个真实的存在者进入创作。只有这样,才能在作品中传达出一种真正对我们时代有用的声音,即我们当下的精神面临着怎样一种贫瘠景象,以及我们的精神救渡之路在哪里。

意义的匮乏与过剩

先锋小说向历史逃遁,大大遮蔽了它们直面现实的锐气和可能性。在历史展开的深部,我们看到的是现实性的匮乏。这时,先锋作家面临着表达上的最大困难:作品的意义空间一直处于自我否认的矛盾之中。

对生存意义的体验与言说,一直是文学的基本任务。虽然,在先锋小说里有技术自娱的倾向,但是,仍旧可以看出先锋作家探求精神深度中心的欲望。不过,由于一些先锋作家缺乏真正的有质量的生命感悟和意识指向,使得他们在操作上象一个野心家,在精神的实际面貌上却象一个满脸迷惘的玄学道士。这种分裂,构成了一些先锋小说在意义表达上的匮乏景象。它在吕新的《抚摸》和格非的《边缘》中最为突出。

《抚摸》中不乏精彩的片断,但因通篇都是作者兴之所至的任意挥洒,这些片断不过是作品中的小小装饰品而已。吕新对历史表象的零乱书写,既无故事的内在逻辑,也无人物的心灵逻辑作为作品的统摄力量,这就使作品成了一种表象的无意义堆积。在这部长达 17 万字的作品中,作者不顾及作品的结构凝聚力,而任由自己的思维跳跃,将想到的都无节律地排列出来,读者要想在其中读出点意义来,那是徒劳无益的。

和吕新所不同的是,格非在《边缘》中,却想通过散乱的人物记忆来传达他对人类精神现状的思索。只是,《边缘》的实际效果与作者的主观愿望相距甚远。尤其是在意义的传达上,一如题目所指示的那样:没有中心,有的只是边缘。这种中心的沦落,导致作品在意义指向上的模糊,进而陷入到了无意义的深渊之中。《抚摸》、《边缘》,甚至包括《米》这些先锋长篇小说,要么是热心于残缺情感的表现(如仇恨),要么是致力于一些玄奥的智慧上的思索(如死亡的形而上意义),而难以将作品上升到生存维度上来加以审视。生存体验的缺失,也就是一部作品的真正意义的缺失,这样的作品显然无法为我们现实的生存提供精神的支撑物。

正如斯蒂芬·希思在《新小说》一书中所指出的那样:“小说中的意义系统应是读者在日常生活中所处意义系统的意象。”①他告诉我们:小说意义应是生存意义的投影。离开生存,作品便会陷入无意义的泥淖之中。不要以为,先锋作家是想操用一种无意义的方式来表达生活的无意义,因为生活可能是无意义的,但作品的无意义并不能表达生活的无意义。设若作品与生活一样都无意义可言,那么,文学存在的理由是什么呢?文学反抗生存危机的力量又在哪里呢?面对我们这个意义危机日渐加盛的贫乏时代,文学应从无意义的维度上挣脱出来,重新出示一条抵达意义之国的通途,以此来获得肯定我们生存的力量。

在先锋长篇小说中,与意义匮乏相对的是:意义表达的过剩。意义的过剩,也就是意义的混乱,这方面的典范例子是孙甘露的《呼吸》。在这部长篇中,借着主人公复杂的爱情经历,向我们展示了作者关于家园、语言和永恒性的深沉冥思。诚如孙甘露自己所言,一部作品就精神与气质而言应包含以下四个方面:个人自传、崩溃社会的描绘、圣杯与精神再生的寓言、佛教徒的冥想。② 显然,孙甘露想将这四个方面都统一在《呼吸》里面,由此造成了意义的极度混乱。事实上意义的终极是唯一而孤寂的,它不存在多向度理解的问题,孙甘露没能有这样的终极认识,从而陷入了自己构筑的意义误区而不能自拔。

意义过剩的另一种表现是:作品中理性演绎的力量过于强烈。它使得作品的意义系统无法消融在作品里面,显得过于生硬和外露。比如《敌人》,格非启用了一种富于理性色彩的猜度话语,想通过对一个空无事实的重重剥离,来传达作品的意旨:“敌人”无处不在。然而在操作上,格非却将这一主题压缩在一个中篇结构中展开,有过于急促、直奔目标之嫌。苏童的《我的帝王生涯》是想表达一个精神的异化与救渡的全过程,但苏童采用的是“帝王生涯”与“庶民生涯”这一简单的二元对立的寓言模式,使人物内在精神性的问题用外在生存方式的改变来轻易解决,未能深入到生存体验的维度里面。在有关精神救渡的表达上,苏童是通过选择一种富于刺激性的走索生活代替端白过去那种乏味的帝王生活来完成的,这恰恰是中国文化中典型的精神消解模式,它决定了《我的帝王生涯》只具有文化性,而不具有精神性。因此,苏童在小说的最后,只能让端白在走索之余苦读永远也读不完的《论语》,这样的生活永无止境。

必须指出,无论是意义的匮乏还是意义的过剩,都是因为先锋作家对意义的理

① 斯蒂芬·希思:《新小说》。

② 见《呼吸·代后记》。

解缺乏一个绝对性的终极尺度所造成的。我们知道，意义的危机来源于人们对终极原则的离弃，那么，要获得对意义进行重新言说的权利，就必须恢复我们与神圣终极的正常关系，从而找到我们的生存根基与判断事物的依据。海德格尔将我们的生存世界描述成天、地、人、神的四重结构形式，设若我们对此有完整的认识，就能知道：生存的黑暗来源于神性的缺席，生存的幸福来源于神性的惠临。这是我们对生存的认识唯一能达到其最终根源的方法。实践证明，尼采式的“重估一切价值”的认识方法，只会给我们带来意义混乱与无意义滋长的可怕结果。随着西方的“后现代主义正在走向终结”（奥尔克斯语）这一事实的发生，当代人已渐渐地从生存零度的疲惫中觉醒过来，不约而同地远离尼采这一可怕的精神杀手。在作品中重建精神价值新维度的呼声也正在加强，它几乎成了“后现代”之后的又一文化景观。从这个角度上说，北村的《施洗的河》开了深度重建的先声。从中，我们看到了一条清晰的精神线索：害怕→焦虑→恐惧→绝望→救赎。这几乎可以看作是对我们时代精神本相的全面概括。这种面对生存终极的写作，不仅使北村从旧有的模式中突围出来，而且也有力地克服了先锋小说的意义匮乏与意义过剩的种种危机。

游戏者说

对意义的明晰性与终极性的表达困难，意味着先锋作家失去了判断意义的绝对性立场，因此无法洞悉生存意义的全部奥秘。对一个事物一旦无法言说，我们唯一可做的似乎就是沉默。在先锋作家身上，对意义表达的沉默，成了对意义表达的回避。也就是说，如果作品的意旨无从用力的时候，便只剩下语言可以作为写作者肆意妄为的领地了。这种由作品内在意义指向的向符号代码系统的撤退，几乎成了一些先锋作家共同的写作原则。他们取消了作品背后的意义指向，把小说的意义改写成是在阅读过程中的一种语言的自我愉悦。它暗合了罗兰·巴特尔的主要思想：意义存在于对作品包装的盘剥上，而不在包装里面。罗兰·巴特尔将这称之为是“文本的欢娱”，它也是先锋小说中最极端的一种游戏主义精神。

游戏者对表达的结果不感兴趣，他们只对表达的方式充满热情，进而充当了一个用语言来游戏，同时又被语言所游戏的角色。这之中，语言中的情感性、真理的指向性正在逐渐消失，它不再是人们心灵交流的工具，而成为消泯意义、导致艺术自戕的武器。人们在语言增殖和语言自娱中丧失了本真的归宿，正如玻璃一旦模糊，我们的注意力便集中在玻璃上，而玻璃后面的事物却无法看清。这种到语言为止的写作，使作品成了操作性的游戏，并充满后现代式的消解冲动。在孙甘露的《呼吸》、吕新的《抚摸》和《黑手高悬》等长篇里，都打破了读者的期待视界，使读者的注意力转向语言符号本身，而不去寻找这背后的意义。这种由“可读性”向“可写性”转型的作品,只剩下一些空洞的逻辑法则和能指中心的位移。即使在格非所出示的迷宫中,我们体验到的也是一种无能和沮丧。迷宫的不可知性本身就站在终极意义的反面,我们又怎能在它身上获取信念的光芒呢?

《抚摸》中语言的无序和无定向,彻底否认了终极层面上的神圣秩序和意义中心。吕新在尽情享受能指词给他带来的欢乐时,对作品的意义进行了随意的玩弄,使得他的这部长篇成了能指词无止尽(境)的聚集,以及语言代码碎片的大展览。吕新的自由游戏是一种"暴力语言观",他无情地嘲讽了读者所作的一切阅读努力。吕新将作品变成了一个毫无价值深度的平面,或许以为用这种语言游戏的方式能把握世界的精神本相。事实上,语言自身的平面消长所带来的随意性操作,只会导致语言的无法理解和语言的无意义——这正是吕新在自我解构的怪圈游戏中所付出的代价。

孙甘露的《呼吸》则是另一番游戏景象。他告诉我们,《呼吸》关注的是:修辞、节奏、隐喻、句子的长度以及变化,对庸俗惯例的调侃性模仿穿插其中,语言服务于结构,而不是服务于意义。同为小说的另一主题就通过对言辞的强化而证明它的虚妄。这段自我表述,再次表明了孙甘露的写作态度。这位曾以写诗为业的先锋小说家,凭他对语言的敏感充当了一个修饰语言的工匠。但是,孙甘露只对修辞节奏、句子的长度等小说语言的外在变化感兴趣,而从来没能够内在地改变过小说语言的功能。因此,我始终认为,孙甘露给小说带来了语言革命的说法值得怀疑,因为语言革命决非指修辞革命。《呼吸》有意进行体裁变异模仿,包括滑稽性模仿诗文,谐(楷)摹诗文。这种杂烩式的写作,使《呼吸》具有了一种后现代特征——种类混杂。另一方面,孙甘露又想在对时间永恒性的寻求和冥想中,创造一种既不偏向现在又不压制过去的新型时间关系,这与"种类混杂"式的写作方式是相悖的。因此,无论从哪个角度看,《呼吸》都是一个混乱的矛盾体。

吕新的语言平面,格非的语言迷宫和孙甘露的语言混杂,都是一种解除中心的写作。也正是由于中心始源的匮乏,才使得语言对作品的侵略变得普遍。这是先锋长篇小说中表现出来的重要游戏特征。先锋长篇小说中的另一个游戏特征是:叙述主体的消失。它就是先锋作家所追求的一种中立性的"零度写作"方式。"零度写作"追求一种叙述的客观性、冷漠性和无情感性,以表达意识形态话语的冷漠性和作家自己所体验到的"生存的零度"之感觉。"零度写作"(或者说冷漠叙述),表明的是一种写作者的态度:不作任何的情感或价值判断。写作者只将那些不带情感内容的生活事象呈现在读者面前,以期在这种客观表达中获得一种反讽效果。余华、北村、苏童等人,都共同应用大量的残酷事件来表达人物的绝望感受。除了北村对绝望的叙述还浸淫着情感性外,余华、苏童等人都是以纯粹的冷漠为底色的。我们不会忘记,《呼喊与细雨》中的“我”和《米》中的“五龙”这两人打量世界的眼光,总是令人不寒而栗。

冷漠叙述拒绝作家的自我情感进入作品,作家只在写作中保持一种观望的权利。这样,作家所讲述的故事就只是“他们”的故事,而非“我们”的故事。这种失去了情感判断的作品,就失去了感动人的力量,因为非小说的形态正在使小说的面貌变得陌生起来——小说丧失了抒情的功能。《米》、《呼喊与细雨》、《边缘》等作品,都回避了与读者的心灵交流和对神圣情感的亲近。作家完全隐退在人物背后,让人物自己自由地发言,它告诉我们,在作家的头脑中,关于真理和现实感的评定标准消失了。

无论是语言游戏,还是冷漠叙述,都是一种过于夸大作品某一要素之功用的表现,它带有浓厚的私人性和文本自恋色彩。只是,从来没有人指出先锋作家只顾文本愉悦而遗忘存在悲剧性的自私本质,它成了文坛的一大隐痛。事实上,即使在罗兰·巴特尔自己看来,“文本的欢悦”也是邪恶的。他认为,这种欢悦产生于不仅仅是心灵的、更是身体的节律,文本只是一个物恋对象,充满着欲望。因此,对巴特尔来说,文本的欢悦既来自肉体“追求自身理想的自由”,又来自“转向奢华的能指层的价值”。① 令人忧伤的是,先锋小说一直未能走出文本自恋的巢(窠)臼,至今还在不断地将作品的精神内容替换成一种内在符号系统,将写作替换成一种技术能力,使之呈现出一种不可挽回的失落:拯救心灵之能力的失落——想象力的失落。同时,它也导致了整个文学状态的失落,或者说是对文学本质的致命耗费。这似乎就是游戏文学的共有命运。因此,当下一些重要的问题已经摆在我们面前:吕新在他的语言平面里还能居住多久?孙甘露在小说领域里进行的语言修习能持续到几时?余华、苏童和格非等人面对日渐触目惊心的生存事实,究竟还能冷漠到什么时候?

表达困难的突围

游戏者的写作是丧失了深度、为创新而创新的写作,他们退回到平面模式和语言的解析之中,只注意语言表面并专心探讨字面上极为肤浅的意义。人也不再是语言的主人,而是一个依赖于语言获得存在的存在物。与此同时,作家的自我也消匿在非对象化了的现象之中,使得作品在语言的自我表演中回避阐释,也无法阐释。就这样,先锋作家通过语言轻易地消解了他们对终极真理和生存意义的追寻,并将生命的价值和世界的意义消泯于语言的操作之中。

语言游戏来源于对终极意义的离弃。德里达说:“因为不存在终极意义,这就为

① 罗兰·巴特尔:《文本的欢悦》。

符号示义游戏开辟了无限广阔的天地。”①但是,符号游戏对人类精神面貌的蚕食所带来的恐怖性,正好说明德里达的话是一句妄言。符号游戏作为一个技术过程,是不对人类的精神负责任的,它也不带任何感情体温,其本质是冷漠的。感情语言的贫乏,恰恰表征了我们时代的精神贫困。面对这一境遇,文学应在对当下精神境遇的发言中担负起道德责任,而不应成为时代精神沦落的推波助澜者。现在看来,先锋作家大都没有持守这个立场,他们在生存上承受着精神之痛的压迫,在写作中却启用了游戏的原则将之消解干净。

然而,文学对人类精神的表达毕竟是无法回避的。人类的精神是由情感的挣(争)战和对意义的冥思构成,而不是由语言和技术构成的。语言和技术一旦成了作品的主体,就取代了作品对精神主体进行言说的可能性,这便是先锋小说所要克服的主要的表达困难。与过去的小说创作相比,先锋作家在长篇创作中,语言表达的泛滥有了明显的收敛,随意性写作行为也得到了节制。设若一个作家在长篇小说的写作中尚且将技术摆在第一位,游戏无度,那么,他就必须付出写作意义被彻底取消的代价。因此,先锋长篇小说在表达困难的突围上,第一个标志是语言和技术障碍的消弭。一度,语言的自我增殖和技术迷津阻隔了作家与人类心灵之间的关联,使作家站在心灵的断桥之上不知所措。丧失中心始源、无终极意义的写作,也就丧失了文学的根基和主旨,它必将陷入到自我指涉的怪圈之中。而“一种文学如果与一切文化判断无联系,没有主题也没有题材,丧失确定的意义,欠缺一种辩证的语境,那它只不过是胡言乱语而已”②。关于这一点,一些先锋作家的写作已引起我们的警惕。

写作如果仅仅是为了提供一个让写作主体永远消失的空间,那无异于是自己掌自己的嘴巴。尽管语言在表达人类心灵世界和意识领域时,存在着难以穿透的障碍,但是,设若继续让文学不断地技术化和程序化,那只会进一步地将文学推到危机的漩涡之中。应该树立起一种反抗危机的新写作观:压制后现代主义所张扬的“话语膨胀”,重新恢复文学与世界中心、与人类本真精神的亲密关联。真理、公义、良善、美和爱等,并不是与文学不相关的东西,相反的,它应成为文学表达的对象,因为它们从来不会在我们的精神世界里消失。我们将一些前辈巨匠称为是语言大师,也多是指他们笔下的语言有力地帮助了他们实现对生存体验的表达。语言只能是表达的手段,而不应成为表达的目的。余华、北村和苏童等人,就是第一批从语言陷阱中突围出来的先锋作家。因此,在《呼喊与细雨》、《施洗的河》、《米》中,语言不再作为障碍物坚硬地浮现在作品的表层。作家在作品中所保持的语言风格,也暗合了作

① 卡勒:《结构主义诗学》。

② 罗蒂语,参见王岳川:《后现代主义文化研究》。

品的精神风格。《呼喊与细雨》的舒缓飘逸正是“我”在孤独中前行的绝望心态的最好表达;《施洗的河》的晓畅有力与北村直面生存的坚定面容吻合一致;《米》的凶猛节制使五龙在罪恶仇恨中流浪的精神历程展露无遗。在这三人的长篇中,都有了清晰的精神本体指向,为先锋小说开辟了一个新的向度。这种由表象到心灵,由外在到内在的写作转型,无疑是一种进步。实际上,先锋长篇小说的相继出版已经告诉我们:将一批艺术追求迥然相异的作家统一称为先锋小说群体,是一件勉为其难的事情,如今,它们内部的分化事实一目了然。

在表达困难的突围过程之中,北村是最富典型意义的一个。这位曾经是“探索形式主义策略最极端的实验者”,多年来创作了一大批可供结构主义学者解析的坚硬小说,只是,他那追寻“终极价值”的创作理想一直未能真正实现。形式迷津消解了他的一切深度追求,他无法再对生存作出有力量的言说。北村深知,这是一种得不偿失的行为。《施洗的河》第一次解决了缠绕北村多年的创作矛盾。从表面上看,北村只是把读者的注意力转移到人物的生存境遇上,但是,这里面却包含了北村在创作道路上所作的根本调整:存在的悲剧性以及对实现存在的终极关怀,成了北村关注的唯一重心。读《施洗的河》不再有任何表达上的障碍,为此,《施洗的河》获得了一种穿透黑云般的存在事实的坚强力量。在主人公刘浪身上,我们看到的是整个时代人的心灵投影——一种精神极度匮乏的恐怖景象。通过《施洗的河》,北村也向我们揭示了一个在表达困难中突围出来之后的方向:文学应注视人类存在所面临的实在景象——它也是一切有大气的作品唯一用力的地方。从这个层面上说,北村与余华是非常接近的两个有生存感的作家。1991 年底,余华的《呼喊与细雨》的出现,几乎可以看作是先锋小说在生存感悟上趋于成熟的第一个明显标志。一年半之后,北村应和了余华所出示的回到心灵深处的创作主张,他的《施洗的河》在对我们时代精神的概括上,比《呼喊与细雨》更为全面和集中。它在艺术上虽不如《呼喊与细雨》那样精致,却也质朴有力,令人留连不已。

正是表达困难的消除,才使得我们的生存景象毫无掩饰地裸露出来,并把作家带入直接审判的精神情境之中。作家与读者都直接与生存状态相触,不再经过语言这一中介的过滤。这样,作品也就不再提供任何非存在的消解途径,而是让读者切实地承受人性与精神的重量。可以想见,这样的阅读是会摸着人的心灵的。因此,先锋长篇小说这一向度的出现,将文学最重要的意义显明了出来:存在是无法遗忘也无法回避的。

存在之维

胡塞尔曾经认为,语言本身具有一种客观与主观交叉的特征。游戏者强调的是语言的客观性，事实上不存在一种纯粹客观的文学语言。文学作为人类精神状况的概括性表达，总是在语言中浸透着作家的主观意旨：对所表达之物的态度。这种态度如果带有作家真实的精神体验，便是这个作家对存在的态度。存在，是一种与终极相关的自我价值确认，它在本质上是全人类共通的。

所以，终极的文学就是思索存在之境及其意义的文学，它是语言在精神领域里所能企及的最高境界——它最终传达的是一种属天的神性之声。北村和余华是有意地朝这一目标趋近的。北村说：文坛是由声音构成的。每个作家都通过作品向人们发出各自不同的声音，但真正有质量的声音却只能从存在的维度上发出，而这一声音的强弱又决定于作家心灵质量的大小。

余华在创作《呼喊与细雨》的时候，便开始真正触及这一至关重要的问题。余华知道，存在是有深度的，它表达了人与世界的终极关系。他说："一部真正的小说应该无处不洋溢着象征，即我们寓居世界方式的象征，我们理解世界并且与世界打交道的方式的象征。"①北村也声称："我要为自己选择了作家这一职业负起道德责任。"②但无论是余华所说的"象征"，还是北村所说的"道德责任"，都是一种向存在发问的方式，它寄寓着余华、北村认识存在真相的全部热情。然而，我们所面临的存在境遇究竟是怎样的呢？

自从尼采发出"上帝死了"这一严重的声音之后，我们存在的根基便出现了问题。到这个世纪的下半叶，福科又说"人死了"，利奥塔德则声称"知识分子死了"。这些耸人听闻的断语，向我们指出了一个共同的事实：任何中心秩序和终极原则都不复存在，人的理想和价值体系也随之分崩离析，人们只能依靠自己的力量来为自己的存在建立标准。存在中心秩序的缺失，意味着人类已从意义之国里迁移出来，站在以自我为终极的立场上思索问题：人活着是有意义还是无意义的？活着的意义又在哪里？这就是所谓"上帝死了"之后所造成的混乱景象：越来越多的人用自我的意志情感、自我的伦理道德观念作为衡量世界、指导自己言行的准则。这种价值选择反映在文学上，便成为虚无主义和相对主义滋长的沃土。先锋长篇小说对终极意义的把握显得力不从心且模糊不清，正是反映了一种作家失去了存在参照物之后的茫然不知所措的困窘，以及失去了历史和未来，失去了家园和希望的存在状态。

从先锋作家为他笔下的人物所选择的精神出路中，便可看出他们要对存在作出清晰的肯定，有着很大的困难。先锋作家大都是直接面对人物的生与死来写作的，但是，当他们置身于形形色色的道德伦理和意识形态规范的混乱中（时），却无法为

---

① 见《呼喊与细雨》封面。

② 北村：《缅怀艺术》，《艺术世界》，1992 年第 6 期。

人物找到一条能从生存苦难中超越出来的救赎之路。检索各部先锋长篇小说，我们会惊异地发现：小说人物最终结局，几乎无一例外地走向——死亡。余华、苏童、格非等人，除了纷纷地将他们小说中的人物推向死亡，都热心于死亡场面的渲染叙述。它告诉我们：对于一个无法确认存在之本质的作家来说，死亡是他们唯一能够把握的确定的存在。因为他们朝荒谬、孤独、恐惧、绝望和意义危机的深渊走去时，由于信仰的缺席，就只能亲见死亡的悲剧。一些先锋作家还将人物的出路指向人性中与自然本能相通的区域，认为生命本能的召唤和自我消耗是对存在痛苦的解脱。为此，在《敌人》、《米》这些作品中，爱情被性爱所替代，征服世界的方式也被罪恶与仇恨所替代，只是，这种本能冲动也不过是死亡的前奏而已。即使象《我的帝王生涯》、《呼喊与细雨》这些充满生存迷惘的作品，作者也只能使人物逃避当下的生存环境，遁入另一片生存区域，以免被旧有的生存重负压垮。无论是端白由帝王变为走索王，还是孙光林的上京求学，他们都只是对客观的生存苦难的逃避，主观的生存苦难却仍旧驻留在他们心中。他们缺乏在现有的生存中站出的勇气，这实际上表征了作家自己缺乏一种直面生存的勇气——况且，逃避对于旧有的生存来说，也是一种死亡。

但是，对于我们这些生者来说，死亡并非是我们所向往的境界，因为死亡是没有安慰人的价值的。尽管海德格尔也将死亡看作是存在的一部分，可存在的价值却只能在生者身上才能得以实现。一个作家的真正责任就显明在他对生的思虑上。只是，大部分先锋作家都还徘徊在肯定生命和肯定死亡之间，他们一方面害怕死亡的寂灭感，另一方面又无法在生的痛苦与绝望中找到一条摆脱困境的道路，这就是先锋作家失却裁决标准之后的尴尬。

只有生的意义得到确认之后，存在才是有价值的。存在之维在作品中崛现，就是面向终极价值而展开的。作家的笔力若无法将存在的根因导引到终极层面上，那他也就无法伸越到意义的维度上观照存在。文学对存在的最终表达，用海德格尔的话说，就是要用“神性测度自身”，使得每个存在者能“在神性中站出自身”——这既是存在的勇气，也是存在的盼望。先锋长篇小说大都没能与神性之维发生关联，因此，无法“在神性中站出自身”，从而成了无意义之痛苦，无意义之绝望。即使象余华这样有存在感的人，由于未能迈出最后的一步，他也无法在作品中回答下面的问题：绝望的终极原因是什么？绝望之后我们该走向哪里？

《施洗的河》表达的乃是神性缺席之后的生存黑暗：心灵的空虚与精神的匮乏。为此，北村在小说中一直想启示出一个精神的拯救消息来。北村深入到了我们当下生存的本质点：信仰的恢复是我们精神匮乏的唯一出路。象刘浪一样，金钱、女人、地位、事业都无法使他满足，他需要的是圣洁和爱，也只有这些永生的神性，才能使他彻底脱离绝望的泥潭。北村通过刘浪的被拯救这一至福情怀的实现，使得《施洗的河》在存在之维上完成了最后的飞升：从现实形态向神意形态的转换。

这是一个非常重要的表达范例。它使得北村面向神性终极的精神思索具有了象征性及普泛性，并使存在之维明亮起来。同时，《施洗的河》出示了一种超越性的力量。它虽有一个现实感很强的基始结构，但是，它并非迎合现实的某种外在变化，而是穿过重重生存事实，概括性地表达了一个精神在绝望与救赎这两极之间运动的景象。《施洗的河》内在的精神深度，可以看作是先锋小说在语言和意义游戏的废墟中复活的标记。我们的时代太需要有直面生存、并能反抗生存危机的文学了，先锋小说应率先回归到生存的维度上，使人们实在地感受到精神法（砝）码的轻与重，从而回答荷尔德林几个世纪前的质问："在贫乏的时代里，诗人何为？"

——在贫乏的时代里，小说家何为？

1993 年 7 月 30 日于家乡

——原载《文学评论》1994 年第 3 期

王彬彬

过于聪明的中国作家

近些年,我常有一种感慨,这就是:中国当代的一些作家,一些文人,实在是过于聪明了。

这里的聪明,是指一种做人之道,一种生存策略,一种活命智慧,一种处世技术,是指“世事洞明皆学问,人情练达即文章”,是指一种形而下的立身手段。在这些方面,中国当代的一些作家,一些有大名的文人,真可谓已臻于炉火纯青的至境,已到了令人叹为观止的地步。语云:“识时务者为俊杰。”中国当代文坛上,颇不乏这类极善于识时务的俊杰。这些人,为人为文,都那样善于把握分寸;一举手一投足,都那样恰到好处。他们知道什么时候该前进,什么时候应后退;什么时候该发言,什么时候应沉默。他们知道什么时候说话应多加谨慎,什么时候说话不妨稍加放肆。他们知道什么时候既应说话又应顾左右而言他,什么时候既应说话又应单刀直入,痛快淋漓。他们知道怎样以最小的代价换取最大的收获,怎样以最小的牺牲换取最大的报偿。这些人的立身处世,借用《庄子》里的话,真可谓是“进退一成规一成矩,从容一若龙一若虎”。于是,这些聪明的人,以他们惊人的聪明,为自己赢得了人生的大成功。

书生有时难免有所谓书生气。书生气,是一种不识时务、不会做人、不善处世、不懂分寸、缺乏现实感的表现,是与本文所说的聪明水火不容的。中国当代那些极聪明的作家、文人,虽是书生,却没有一点书生气。他们过人的聪明,早使得他们把注定在任何时代都不合时宜的书生气洗得干干净净。他们过人的聪明,甚至使得他们从来就不曾沾染上书生气这种“恶习”。有诗云:“儒冠多误身。”其实,儒冠本身并不误身,误身的是书生气。不独在今世,只要有浓郁的书生气,在任何时代都必定处处碰壁。不独在今世,只要没有书生气,儒冠便非但不会连累,反而必定能帮助人活得好,活得如鱼得水,活得有名、有利、有地位。

有研究者说,鲁迅是深通世故而不世故。鲁迅的不世故,是偏不世故,是拒绝世故，是不屑于世故。深通世故的鲁迅，却专爱与社会捣乱，十分不惮于与人结怨，并且说什么："我所憎恶的太多，理应得到憎恶。"鲁迅固然也反对赤膊上阵而提倡"壕堑战"，但鲁迅是从"战法"而不是从"活法"上说这番话的。主张"壕堑战"，前提是要战斗，是为了更好地战斗，而不是仅仅为了活着，不是仅仅为了保全自身。而中国当代文坛上的一些极聪明的人，则是深通世故而又极为世故的。当然，他们有时也战斗，但却是在绝对不会危害自身的情况下战斗，是在稳操胜券的把握下战斗。"壕堑战"，但那前提，是要安全，是要保全自身，在这种前提下，他们能战则战，不能战则退，则藏。不妨放上几枪时，便瞅准某个合适的目标打上几枪，不能射击时，便不但不射，反而把枪也深藏起来，做出一副良民样，现出一派顺民相。

中国作家、中国文人立身处世上的聪明，其实是一种渊源久远的文化现象。中国先秦儒、道、法、兵等诸家，其实从某种意义上都可以作为一种形而下的处世之道活命技巧来读，其实都在某种意义上讲是一种生存之术。学者说，中国文化是早熟的文化，而极为早熟的，便是这种形而下的做人之道，这种技术性的生存智慧。这种做人之道，这种生存智慧，代代相传，一直到当代，仍在一些作家、文人身上有极为出色的体现。学者又说，中国文化是很世俗很务实的文化，是充满了现实感的文化。而这种世俗性、务实性，这种现实感，也在当代那些作家、文人的聪明上，在他们精巧的做人之道、惊人的生存智慧中表现出来。学者还说，中国哲学主要体现为伦理学，而中国是一个将政治伦理化的社会，且中国文人自古也与政治有着剪不断理还乱的联系，因此，中国文人的做人之道、生存智慧，便带有强烈的政治色彩。其实，即便在当代，中国的文场也在很大程度上是一种官场，从文，在有些人那里，是从政的一种方式，既如此，那种做人之道，那种生存智慧，便不但是必要的，且在实践中越磨越精巧，越磨越圆熟了。

几年前，读到过一篇关于某个如今颇有名望的文人的文章，这位文人如今已过古稀之年，近十年来，他的散文随笔令众多读者喜爱，当有人问他是否被打成过"右派"时，他说："我怎么会被他们打成'右派'！"语气里明显的得意，也有明显的对那些被打成了"右派"者的嘲弄。这句话，这语气，真让人想到《庄子》里多次出现的对那些不懂得重生，不知道保全自身，为了某种信念某种道义而致祸者的讥嘲。在这位如今是德高望重的老先生看来，那些被打成"右派"的人，真是大傻瓜，他们太不懂得做人之道了，太缺少生存智慧了，太不知道怎样"苟全性命于乱世"了，质言之，太不聪明了。我在这里不指出这位老先生的名字，只是因为我已记不清那篇关于他的原文，手头也找不到，而并非要为尊者讳，为长者讳，否则我也过于聪明了。

当中国作家、中国文人为自己的聪明而沾沾自喜时，近代人文意义上的自由意识以及对自由的热爱和追求，便显得十分可笑，而那种超越世俗的精神需求，则更成为匪夷所思的了。中国的儒家也好,道家也好,某种意义上,都只能说是一种滑头哲学,都往往忽略人的意志和品格。当面临严酷的现实时,当遇到强大挑战时,不屈服,不妥协,高扬自身的意志去与现实抗争,在对现实的超越中实现自我的精神超越,——这是一种极愚蠢极不明智的做法。而聪明的做法,是要识时务,要现实些。不要用鸡蛋去碰石头,要用一种务实的态度,冷静地分析利害,寻找到一条远祸全身、趋利避害的现实途径。有论者曾对中西两位文化先圣孔子和苏格拉底进行过比较。苏格拉底在法庭上拒绝宣誓改悔,从容地面对死亡。他说:"只要我的良心和我那种微弱的心声还在让我继续前进,把通向理想的真正道路指给人们,我就要继续拉住我遇见的每一人,告诉他我的想法,绝不顾虑后果。"而中国的孔子,则教导人们:"邦有道,危言危行,邦无道,危行言孙。"比起苏格拉底,孔子显得很富有现实感,很善于识时务,很聪明。

"我怎么会被他们打成'右派'",这句话里所显露出来的聪明,确乎是渊源有自的。有些老一代作家、文人,还视这种传统的聪明为至宝,想要传授给青年人。在1994年3月6日的《中国青年报》上,我读到萧乾先生的《给青年朋友们》,其中有些话,颇令人寻味。例如,萧乾先生在对巴金先生的大力提倡说真话"称赞之余","却做了点保留",改成:"要尽量说真话,但坚决不说假话。"并举例说:

> 1955年在文联批判并宣布胡风为反革命分子的大会上,书生吕荧跑上台去说了句:"我想胡风的问题还不是敌我性质。"他马上被台上两位文艺界领导制止,随着就有人上台把他揪了下来——一直揪到监狱里去。几年后,胡乔木虽然把他救了出来,"文革"期间还是死在监牢里。至于"文革"期间,象张志新和遇罗克那样死于说真话的人就更多了。是这些活生生的事例使我对"说真话"做了那样的保留,但我坚决认为不能说假话。能保住这一原则,有时也需要极大的勇气,甚至也得准备做出一定的牺牲呢。

这里,其实涉及〔到〕一个重大的原则问题、一个重大的道义问题。如果说真话是一种绝对命令,那么,便不管后果如何,都要坚持把真话说出来。然而,在萧乾先生看来,显然原则、道义,在个人的身家性命前,都是次要的。"书生吕荧"是太书生气了,那样的说真话,是过于不识时务了,过于缺乏现实感了,过于不聪明了。而把"说真话"改成"不说假话",其实不过是一次极聪明的心理自我调节,一次极聪明的自欺欺人。在说真话与说假话之间,往往根本就没有中间地带可供逃遁。例如,在批判和宣布胡风为反革命分子时,沉默,也就意味着默认,意味着赞同,在这种场合,不说真话,就意味着说了假话,意味着亵渎了某种神圣的原则、道义,意味着认可、助长了邪恶。八十年代,巴金先生主张知识分子都应该与全民共忏悔,也正是在这种意义上说的。萧乾先生的逻辑是:吕荧这样的书生因为说了句直话便付出了身家性命,可见真话往往说不得。可以对此来一番逆向思维:如果当时在场的所有人,全都象吕荧那样跑上台去说真话;如果当时全中国的书生,都象吕荧那样说真话,情形又会怎样呢? 其实,吕荧这样的书生之所以显得那样缺乏现实感,那样不识时务,那样不聪明,只是因为其他人,其他的书生,都太有现实感,太识时务,太聪明之故。

王蒙先生在1993年第1期《读书》上发表《躲避崇高》一文,对王朔表示了赞赏。其中有几句关于王朔的话也很耐人寻味:“他不像有多少学问,但智商满高,十分机智,敢砍敢抡,而又适当搂着——不往枪口上碰……他开了一些大话空话的玩笑,但他基本上不写任何大人物(哪怕是一个团支部书记或者处长),或者写了也是他们的哥们儿他们的朋友,决无任何不敬非礼。”王朔的确是高智商的,是极识时务的,是太有现实感的,是过人地聪明的,王朔看起来什么都敢骂,什么都敢亵渎,但其实他是很懂得分寸,很善于掌握火候,很能够认清对象的,他是先估量了对手再行事的。他明白什么东西可以骂可以亵渎时要“适当搂着”,什么东西骂时亵渎时不妨任意尽兴。例如,在碰到知识分子时,碰到书生时,则象阿Q碰到尼姑一样,不妨痛痛快快地骂,痛痛快快地亵渎、嘲弄、挖苦,因为这些人,是手无缚鸡之力的,是原本就可以被任意欺侮的。

一次,与几位友人在一起聊天,谈到王蒙对王朔的赞赏,友人说,王蒙对王朔的肯定,其实可以看成是对自身的肯定,王蒙与王朔之间,其实有着许多或内在或外在的相通之处。我觉得,这种看法确乎有道理。王蒙当然是极聪明的人。上文所引的王蒙说王朔的那段话,移到王蒙身上,也几乎是合适的,《躲避崇高》一文中,王蒙对王朔的不少评析,都大体可用于王蒙自身。在王蒙与王朔的小说之间,的确可找出不少相同、相通、相近、相似之处,那种机智,那种调侃,那种油滑,那种极度膨胀的叙事话语……都是二者共有的。王蒙成为王朔的知音,的确并非偶然。

近些年来,老有人对中国当代文学的现状不满意,老感到中国文学与世界文学之间有着太大的差距 ,老盼望中国文学能早日与世界文学接轨、同步。其实,中国文学之所以难得有大的成就,原因之一,便是中国作家过于聪明了。形而下的生存智慧过于发达,形而上的情思必定被阻断、被遏制;内心被现实感被务实精神所充塞,非现实的幻想和不切实际的瑰丽的想象必定无存身之地。在技术性的生存上,在名利、地位上,在立身处世上,聪明确实极有用,但在真正的文学成就上,聪明终会被聪明误的。那体现为做人之道、生存智慧的聪明,对文学创作,绝对是有害的。文学,某种意义上,是愚笨人的事业,是需要有点书生气的。

眼下,人们正在热衷于谈论人文精神的重建。而中国作家、文人的聪明,则是与人文精神形同冰炭的。那种技术性的生存策略,那种过于发达的现实感和务实精神,那种形而下的“术”,都绝对是排斥、阻碍真正的人文精神的。什么是人文精神,苏格拉底刀架在脖子上也勇于说出真理，便是人文精神的表现；吕荧那种不识时务地说真话的行为，便是人文精神的表现。当中国文人自鸣得意地说“我怎么会被他们打成‘右派’”时，当中国文人以吕荧为例告诫青年真话不能说时，当中国文人激赏王朔式的高智商、王朔式的油滑调侃时，当中国文人都显得那样乖巧、那样聪明时，人文精神的重建和高扬，终让人觉得是件极虚无缥渺的事。

什么时候中国作家不再那么聪明了，什么时候始可谈论中国文学与世界文学的接轨、同步。

什么时候中国文人不再那么聪明了，什么时候始可指望人文精神的重建和高扬。

——原载《文艺争鸣》1994 年第 6 期

陈剑晖

论九十年代的中国散文现象

九十年代的散文现象

进入九十年代，中国文坛有两个引人注目的“热点”：一是长篇小说热；二是散文的走俏。倘若说，长篇小说热主要得力于“性”的催动，带着较明显的通俗化倾向，则散文的走俏，很大程度上应视为纯文学的胜利。尽管在当前的“散文热”中，不可避免地有媚俗，有商业化的急功近利的因素，但当纯文学在通俗文学冲击下节节败退，当作家们普遍失去了激情的时候，散文的振兴繁荣，尤其是在振兴繁荣中出现了一批优秀散文家和一批优秀作品，这便不仅仅是令人振奋的事情，而且是值得文学研究者认真探讨的文学现象了。①

九十年代的“散文热”，原因并不太复杂。如果要探究，大概有如下几个因素。

就“外因”来说，首先是这几年报业的迅速发展，尤其是“周末版”如雨后春笋般大量涌现。这些“周末版”和原先就有的报纸副刊，需要大量的散文随笔，需要大批的“专栏作家”，加之《美文》、《中华散文》、《散文天地》、《当代散文》等纯散文刊物的创办，此外还有各出版社适时地推出了各种“丛书”，各种“文选”、“精选 ”、“大系”、“书系”、“鉴赏”，还有不少文学杂志相继推出了“散文专号”，以及“问题散文大赛”等等，这就不仅形成了声势，并且为散文在九十年代的发展提供了必要的阵地，也使得散文有可能大量生产，以满足广大读者的需要。虽然量多不是衡量散文繁荣的可靠标准，但没有量，质又何从谈起？事实是，量与质有其必然的联系，任何质的飞跃都是以泥沙俱下的量的积累为基础。

其次，小说家、诗人，乃至评论家、学者的加盟，使九十年代的散文创作队伍空前

① 需要说明两点：一、在本文中，我所指的散文应包括随笔在内；二、我的观察对象，主要是那些严肃思考生活，在艺术上又属上乘之作，消遣性的随笔不在我的评论之列。

地鼎盛。在八十年代,小说家、诗人和学者评论家涉足散文领域往往是偶尔为之,但这几年,写散文或随笔,当专栏作家几乎成了一些小说家、诗人和学者评论家的专业了。无疑,盟军的进入给散文这种古老的文体注进了新的活力,散文变得更朝气蓬勃和可爱了。

第三,读者的需要。中国人长期处于高度政治化的生活氛围中,近年又面临着商品经济的冲击,生活节奏加快了,生存问题更是空前地突出。人们一方面是喜悦、惊奇和困惑;一方面又处于紧张和疲劳之中,他们需要宁静,需要消遣,需要附庸风雅或装潢门面;自然,也有的想在较短的时间里获得有关社会、人生以及哲学、文化等方面的知识和启迪,还有的想通过散文获得较高层次的审美享受,而九十年代的散文,正是在时代劲风的吹拂下,在读者的阅读期待中蓬蓬勃勃地发展起来。这种情况有点类乎港台。香港和台湾地区的散文之所以比较发达,盖因两地的散文顺应了商业化社会的要求,比较地贴近社会生活,契合读者的阅读需要。

以上谈的是“外因”,即社会方面的原因;从“内因”——文学自身的发展规律来看,九十年代散文的繁荣也是情理之中。因为任何文体都会潮起潮落,总有一个兴旺衰落的过程。打倒“四人帮”之初,我国的散文曾经热闹过一阵,但因当时的散文尚未摆脱旧观念的束缚,另方面还未获得自觉的文体意识,因而很快被小说、诗歌、报告文学和影视取代。在整个八十年代,小说、诗歌、报告文学和影视都程度不同地产生过“轰动”,唯独散文园地里冷冷清清,既没有产生轰动性的作品也没有出现这个热那个热。而当历史进入了九十年代,由于小说等文体已轮番“热”过,由于读者普遍对这些文学样式感到失望,更由于散文开阔了视野,更新了观念,恢复了它的真诚的品格,自由自在的特性,同时获得了文体的自觉、理性的滋润——这样,散文自然而然也就成了当代文坛的主角,成了广大读者的宠儿。

心灵模式与人生体验

九十年代的散文,在题材的选择、主题的挖掘、抒情的方式等方面都有所突破,不过在这里,我首先要谈的是散文对心灵世界的开拓。

“十七年”文学的散文,由于受到政治气氛的影响,过于强调“文以载道”,强调外在地歌颂与抒情,散文作者一般都不敢面向心灵世界,真实地袒露自我。八十年代,虽然出现了巴金等一批“说真话”的作品,但因这些散文在艺术上没有新的突破,终不免给人以浅白直露之感。而到了八十年代末九十年代初,这一切都发生了很大的变化。首先是叶梦的“新潮散文”,她以意识流的表现手法,辅之以隐喻、象征、暗示等艺术技巧,大胆地袒露了女性在初潮来临、做新娘时的期待、喜悦和恐惧的心理活动。如果说,叶梦的散文,在袒露心灵世界时还不够自然从容,过于晦涩费解的话，则程黧眉、斯妤的散文，显然自然成熟多了。程黧眉的《如期而归》①，以十足诗意的笔调，灵动飘忽的情思，写一个女孩子在“深秋的落叶纷纷摇曳”的黄昏里的心路历程。这篇散文没有按照时间的逻辑顺序进行语言编排，而是让情绪的断片、生活细节随着“如期而归”的意识流动自行涌现，因而它是无序的、不确定的，但却是心灵化的、个性的。程黧眉的许多散文，比如《浪人的家园》等，都具有“内心独白”的特点②，每一篇几乎都是一次心灵的跋涉。斯妤是近年来颇受读者欢迎的女散文家。她的作品的最引人注意之处，便是对于“心的形式”的探究。在《心的形式》、《心灵速写》、《幻想三题》等作品里，斯妤从女性的角度，将外在的社会现实与内在的生命相融合，心理的时间与物理的时间相交织，于是，人生的短暂，青春的逝去，对往事的苦涩回忆，现实的苦难，宇宙的永恒，便超越了具体的人生经验，而升华为“心灵的模式”，以及对人类终极意义的追问。在九十年代的散文中，能够从“心的形式”探究人的生存状态和生命意义，而且内容和形式结合得较完美的作家，应该说还不是很多，因此斯妤在这方面的努力才显得弥足珍贵。至于斯妤的后继者如胡晓梦、曹晓冬、王子君、于群等人，她们的“心灵独白”一方面表现了年轻一代的理想和人生态度，另一方面证明了散文的“向内转”，已经成了一种时尚，一种趋势。

与女性散文家更倾向于内心世界，展现人性的奥秘相比，男性作家总的来说更侧重于外部世界的叙述和描绘，不过进入九十年代以来，已有不少男性散文家对“心灵模式”表现出浓厚的兴趣，其中最突出的是张承志。他的《绿风土》、《荒芜英雄路》中的大多数篇什，我们都可以当成作家的“心史”来读。比如《芳草野草》、《天道立秋》、《渡夜海记》、《告别西海固》等篇，它们似乎没有特别去描写心灵的世界，但透过那泼墨般的笔触，那沉重得使人透不过气的氛围，透过那些愤怒的情绪，偏激的文字，我们分明看到了作家无比坚韧、决绝、孤傲的内心世界，感受到一颗焦灼、痛苦而孤独的灵魂。这是绝不同于程黧眉、斯妤等女性作家的散文世界，是一个理想主义者的精神漫游。而九十年代的散文，正因有这些程度不同、色彩各异的“心灵曝光”，才这样多姿多彩，引人注目。

九十年代的散文，在重视抒写心灵的同时，要十分注意人生的感受和生命的体验。在这方面，史铁生的散文堪称典范。他的《我和地坛》③借地坛的一角，思考死与生、命运与生存意义等永恒问题：“十五年了，我还是总得到那古园里去，去它的老树下或荒草边或颓墙旁，去默坐，去呆想，去推开耳边的嘈杂理一理纷乱的思绪，去窥看自己的心魂。”史铁生显然没有张承志的激烈狂傲，他也不像张承志那样发誓要

① 《上海文学》，1991 年第 8 期。
② 《美文》，1993 年第 5 期。
③ 《史铁生散文·小说选》，中国社会科学出版社，1993 年。

献身于一切“精神圣战”,但他们对于人性的体察,他们为人为文的高贵却是相通的。史铁生以小说家特有的洞幽烛微,相当冷静、相当细致地描写了母亲对她不幸儿子的关怀与担忧,描写了“我”在地坛看到的一切:一对永远逆时针散步的知识分子夫妇,一个“在关键的地方常出差错”的热爱唱歌的小伙子,一个不断打破纪录但新闻橱窗永远没有他的照片的长跑家,以及一个漂亮却是弱智的小姑娘,他们和我一样,都是生活中的不幸者,但他们默默忍受着命运加诸〔于〕他们的苦难,没有抱怨,没有自弃,因为“差别永远是要有的”,何况“就命运而言,休论公道”。所以,“我”彻悟到:

> 假如世界上没有了苦难,世界还能够存在么?要是没有愚钝,机智还有什么光荣呢?要是没有了丑陋,漂亮又怎么维系自己的幸运?要是没有了恶劣卑下,善良与高尚又将如何界定自己又如何成为美德呢?要是没有了残疾,健全会否因其司空见惯而变得腻烦和乏味呢?

史铁生以对人世的洞察和至宥至慈的宽容,对苦难做出了一种完全迥异于世俗的解释。他发现了苦难也是财富,虚空即是实在,而生存不仅需要勇气,更需要选择,需要承担责任与义务。他从地坛,从古园里的老树、荒草、鸟虫、墙基、青苔感受到生命的纯静与辉煌,万物的永恒与和谐,而这一切,均离不开他的轮椅,离不开他的静思和自语。

类似《我与地坛》这样比较深入思考人生的散文,我们可以毫不费力地引出一串,举例说评论家雷达的《还乡》①,就透露出丰厚的人生内涵。他从挤车回乡的尴尬经历中,不仅体验到人生总难免要遇到最狼狈、最无可奈何的时候,更在于“我忽然有种跌落到真实生存中的感觉”,意识到平时对人生的了解太表面,太虚浮了,感性的体验太少了。由一次平常的乘车,由并不鲜见的“回乡”题材,寻觅出一些真切的人生动因,这正是雷达散文的可贵之处,这也表明九十年代的散文家,已普遍注意到对题材进行人生开掘。

通过上面的分析,可以看出九十年代的散文正在发生着变化,即散文不但更加真实,而且更加贴近心灵,贴近人生,贴近生活本身了。散文的这种变化,是时代生活的变化使然,也是散文家们更新散文观念的结果。这一方面表现了散文的自觉;另一方面也提高了散文表现生活的深度和广度,使散文发挥更大的作用,更易于为读者接受。

走向大气:散文的文化品位与理性精神

在传统的理论中,对散文有两个片面的认识:一是认为散文是“文学中的轻骑

① 《当代》,1991 年第 4 期。

兵”,它是通过“一斑来反映生活的全豹”;二是认为散文是“美文”,它的功能主要是给人以审美的愉悦。前者导致许多散文作者不敢去接触大题材,表现大问题,而热衷于去写小风小景,或咏叹个人的一点悲欢;后者使得相当一部分人将散文等同于抒情散文,以为散文应写得精致小巧,于是乎有所谓的“诗化”主张,有“形散神不散”理论,亦有“三段式”的写作套路。散文的视域越来越窄,散文越来越小家子气。

九十年代的散文之所以超越了“十七年”文学和八十年代的散文,一个明显的标志,就是散文越来越走向大气。不容否认,九十年代也有许多只停留于写小山小水,抒写个人的一点小小悲欢的“小景”散文;但同样不容否认,九十年代也出现了不少大气的散文。这些散文的一个共同特点,一是篇幅长(有不少超过万字);二是这些作者都倾向于思考各种大命题。比如,史铁生的《我与地坛》、《随笔十三》,思考的是生与死、命运与生存的问题;韩少功的《夜行者〔的〕梦语》、《性而上的迷失》、《佛魔一念间》探讨的是“后现代”、性的形而下与形而上、宗教与人心等问题;张承志的散文篇幅虽然不长,但他对于时代、国家、民族、宗教,以及如何活得美、活得崇高和战胜污脏卑小的思考同样具备了大命题的内涵;而周涛的《游牧长城》、《巩乃斯的马》,则是在人的意志与严酷自然环境的对峙,在对历史的追问和思索中表现出大气魄。

当然,这种大气不是外在的形式,而是内在呈现。大气是一种理性精神,一种博大的情怀,一种人格智慧的闪光。余秋雨的散文,正是这样的大气散文。余秋雨曾以一本《文化苦旅》风靡文坛,创下了严肃散文的发行纪录。不过在我看来,他近期发表的《一个王朝的背影》①更能代表他的创作水平。这篇散文的最鲜明的特点就是气势磅礴,大气淋漓。它一扫以往散文那种小格局,小家子气,一改那种起承转合的“三段式”结构。它写的是一座山庄——承德避暑山庄,但更是写一个王朝的兴衰,写一代英主康熙的雄才大略,写他开放的眼光、强壮的身体、健全的人格以及超乎寻常的生命力。不仅具体细致地写了康熙,《一个王朝的背影》还从雍正、乾隆、嘉庆、道光、咸丰、慈禧一路写下来,让读者看到乾隆的好大喜功、盲目自大,闭关自守背后的隐祸,感受到在貌似强大时“山庄回荡出一些燥热而又不祥的气氛”,以及这个王朝连同它的园林,是怎样败在一个没有读过什么书,没有建立过什么功业的女人手里。除了以史为线索,纵横写了一个风云数百年的朝代的盛衰兴亡。《一个王朝的背影》还以深情而略带点无奈的笔触,写了汉族知识分子的心路历程:他们从反抗,到逃避,到和解,到认同,到最后一代大学者王国维在颐和园投水而死,这是耐人寻味的。因为政治、军事毕竟是外在的、短暂的,而文化则是内在的、长久的,是一个

① 《收获》,1993 年第 1 期。

国家、一个民族的社会结构、人格心理的隐态和终极显现。这正如文章的结尾所说：

> 当康熙的政治事业和军事事业已经破败之后，文化认同竟还未消散。为此，宏学博才的王国维先生要以生命来祭奠它。他没有从心理挣扎中找到希望，死得可惜又死得必然。知识分子总是不同寻常，他们总要在政治军事的折腾之后表现出长久的文化韧性，文化变成了生命，只有靠生命来拥抱文化了，别无他途……因此，王国维先生祭奠的该是整个中国的传统文化，清代只是他的落脚点。

《一个王朝的背影》以政治军事和一群强者英武雄姿〔的〕开头，而打下最后一个句点的，却是文化，是一些文质彬彬的凄怨灵魂，这样的安排，一方面表现出了作者的气魄，他的开阔的视野；另一方面也表现出了他的文化眼光，他对于文化的钟爱。

这样，我们便接触到了命题的另一面——文化散文。文化是一个十分时髦而歧义繁多的概念，在这里我不想多加评说。我只想指出这样一个事实：九十年代以余秋雨为代表的一批文化散文，与过去我们所说的“学者散文”是有所区别的。以往的“学者散文”，当然也有许多优秀之作，但其中也确有一些作品令人生畏，不敢深入其间，有的甚至散发出一股霉味。究其原因，一是一些“学者散文”的作者太热衷于掉书袋，食古不化，泥洋不通，缺少散文应有的天然谐趣；二是一些“学者散文”总是纯叙述性地“回忆”过去，醉心于往事、古典和传统，而缺少体验，缺少现实的参照和自由开放的现代情怀，这就注定了这类“学者散文”只能“是过去的文本”，而很难与现代的读者沟通。令人不解的是，最近竟有人认为散文作品主要是以作者的回忆为主线串起的遗留在自己记忆中的珍珠，因此老年人的文体、老年人的思维方式更属于散文的方式，老年人写的散文更是散文。① 我认为这种观点是值得讨论的。起码，持这种观点的人忽视了这样一个问题：散文不能为“回忆”而“回忆”，散文的文化品位，它的开放的气质和精神向度，应与时代同步，与现代的思想观念和情怀合拍。

九十年代的文化散文不同于以往的“学者散文”之处，在于作家们不再局限于考据、训诂、求证，不再沉缅（湎）于“过去时态”的回忆或以闲适的“隐士情调”为最高旨趣，而是以现代人的眼光和情怀来观察生活、思考历史和把握时代，并倾注进个性和“自我”色彩。象余秋雨的“文化苦旅”系列散文，作者依仗渊博的文学和史学功底，借山水风物寻求文化灵魂和人生真谛，探索中国文化的历史命运和中国文人的人格构成，以及中国文人艰难的心路历程和文化良知。这些作品不仅充满了文化意味，显示了作家丰厚的文化感悟力和艺术表现力，而且以一种可贵的自由开放的精神向度，在现代——文化生态的意义上完成了对历史、传统和现实的认同。象韩少

---

① 《散文繁荣：喜耶？忧耶?》，《文艺评论》，1994 年第 2 期。

功的散文随笔,虽没有具体的文化指涉,但细心的读者,仍可以从他的作品中读出佛学禅宗或西方人文哲学的文化大背景。象张承志与史铁生,他们一个发誓要为伊斯兰教"圣战";一个皈依佛教与基督教,他们的文化散文执著而浪漫。还有周涛,他关于人与环境、人与自然和动物思考,同样透露出一种"大文化意识",是一种隐含了文化基因的写作姿态和价值取向。

上述作家的作品,不但写得大气,有较高的文化品位,而且自始自(至)终透出一种理性精神。这是十分可喜的新散文现象。因为如前所说,在以往的散文观念中,人们一直认为散文应写得优美精致,而且只适宜于抒情而不长于说理,加之中国人天生倾向于感悟而不善于理性思辨,这就使得自"五四"以来我国散文中的理性精神十分薄弱。尽管八十年代中期,也有一些散文家力图对历史和生命进行思考,但因知识或思想认识的局限,这些带有理性特征的散文总的来说还不尽(如)人意,更缺乏世界优秀散文中的那种理性力量。而现在,余秋雨等人的散文,却把这种理性精神的立足点上升到二十世纪现代人文的哲学高度。比如余秋雨,他的散文不是没有抒情的成分,也不是舍弃叙事与描写,不过构成他散文的重要部件,却是他的独到的文化眼光和理性议论。他从从容容、有条不紊地介绍他所经历的名胜古迹特别是书院、藏书阁一类的文化重镇,分析其历史背景,考证其文化源流,描述活跃于其中的人事,还时不时结合个人对历史的感受和理解,穿插进一些富于情趣又体现了作家的人格色彩的议论,于是,透过那些独到的议论、深邃的剖析和自省,读者不仅感受到中国文化的韧性和苦难历程、中国文化人的悲剧性命运,不仅感觉到作家本人对中国文化的挚爱、不倦的求索和求索中的苦涩而又不乏悲怆的心境,同时也体验到一种理性的力量、理性的美。

韩少功的散文也体现出了一种理性精神。不过韩少功的散文比余秋雨的散文少了一些文化考证而多了人间情怀,少了一些"学术气息"而多了一些智慧和思辨(尽管余先生的散文也写得十分智慧机敏)。韩少功没有象余秋雨那样有计划有步骤地去写一批方阵齐整的文化散文(这体现了余先生的文化策略和眼光),他的散文没有山水、风光、古塔、名窟、庙宇、藏书阁等文化的凝结物作背景,也没有时不时进行"历史的回溯",他更感兴趣的是"现在进行时",是作为一个当代人不得不痛切思考的一些精神现象。因此,在《灵魂的声音》中,他尖锐地批评当今文坛的"无魂"现象,指出"今天小说的难点是真情实感问题,是小说能否重新获得灵魂的问题"。在《个狗主义》里,他分析了个人主义在中国的退化和危机,对"不把别人当人,也不把自己当人"的"个狗主义"进行了冷峻的描状和嘲讽,同时表达了对于"精神重建"的渴望。特别在《夜行者梦语》、《性而上的迷失》、《佛魔一念间》这三篇迄今为止韩少功写得最出色的长篇随笔中,他对于"后现代",对当代人在性问题上的种种迷误的剖析和批判,对佛与魔的要义的阐述和佛与魔的区分,可说入木三分,令人叹服。这几篇随笔都写得相当大气,既有独到的见解,较大的思想容量,而且随处透出一种理性的精神,一种智慧和思辨色彩。韩少功的独特之处在于:他一般来说很少就事论事,他总能超越日常的生活和一般化的见识,对其笔下的人事物理进行理性的“聚焦”。于是,他的随笔便摆脱了平庸,便不同于那些形而下,那种满足于写点个人的小感觉、小情绪的随笔,也不同于那种无论写什么问题,最后总要归结坐实到某个“政治情绪”的随笔。这是一个方面,另一方面,韩少功的散文虽然在本质上是理性的,但他总能将理性融入感性。在《夜行者梦语》里,他在讨论了人类与生俱来的弱点、概念的多重涵义、虚无的本质之后,接下来写道:

> 萨特们的世界已经够破碎的了,然而象一面镜子,还能将焦灼成像。而当今的世界则象超级商场里影像各异、色彩纷呈的一大片电视墙,脑无暇思,什么也看不清,一切都被愉悦地洗成空白。

散文的理性离不开智慧,离不开恰到好处的比喻和形象化描绘,散文唯有将理性与感性交融,才有可能获得一种较高的境界——理趣。我们看到,韩少功的许多散文,都是富于“理趣”和情调的。它们往往在理性的议论之中,夹杂着幽默的比喻和意象性呈现。反之,在一些感情的描写中,则常有一些发人深思的议论。总之,他的理性是他的人格和智慧的自然洋溢,而非博学的刻意炫耀。他的议论虽然一波三折,条理井然,却不是余秋雨式的气势流畅,议论纵横,而是以适度的幽默调侃,以静思独语见长。至于张承志、周涛等人的随笔,尽管感情张力饱满,高扬着英雄主义的激情和阳刚之气,但另一方面,他们的散文又不乏凝重深沉的理性思考,正是这种感性和理性的内在冲突,构成了他们散文独特的艺术风采。

理性精神的弘扬,不仅把当代散文推上一个新的台阶,而且使当代散文与世界优秀散文接上了轨。因为世界的优秀散文,不管是倾向于说理议论的《论说文》(培根)、《随笔集》(蒙田)、《思想录》(帕斯卡),还是倾向于抒情描述的《忏悔录》(卢梭)、《梦茵湖》(梭罗)、《战地随笔》(坦贝克),他们的一个重要传统或特色,就是重视理性。他们关注时代、思考人生、探索历史,纵横捭阖,议论风生,分析独到。因此,欧洲的散文曾开启了一代文风,推动了历史的前进。今天,我们要把散文提高到当代世界的散文杰作之列,其中很主要的一点,就是要开阔视域,借鉴西方散文的优秀传统,发扬其理性精神,这是我们的散文回避窄小和平庸的最有效途径。

文体创新:叙述的新意向和新困惑

九十年代的散文,除了量的普遍增长和内容更加厚重外,更引起我兴趣的,应是文体的创新。文体不应当仅仅理解为文学的体裁。文体的内涵是丰富的。按照别林斯基的说法,文体,是才能本身,思想的浮雕性,它表现着整个的人。也就是说,文体是作家主体人格与精神,亦是作家把握生活的方式。但在我看来,文体更是叙述的方式,是语言的表达与呈现。因此在这一节,我想着重谈谈近年散文的叙述方式。

叙述的问题,原属小说诗学的范畴,过去的散文家们对此并不太在意,但近年来,随着一批小说家的加盟,由于他们以小说家的眼光对散文这种古老的文体做了新的透视,同时由于任何使用别种文体的叙事经验和写作技巧对散文进行改造组合,于是,散文便在这种嫁接中不知不觉地发生了变化:叙述已摆脱了封闭性、同一性的模式,而语言也变得越来越富于弹性。这一切都显示出散文艺术形式的开放性。

在中国散文叙述形式变革的大合唱中,韩少功散文的叙述特点是冷静、节制、机智和幽默,既避免了过于浓烈的感情宣泄,又保留着良苦用心,却使转折过渡边缀绵密,自然简洁。韩少功显然没有玩弄太多的花招,比如叙述人称的转换,"显作者"和"隐作者"的分离或重叠之类。他只是根据内容表达和文思发展的需要,自自然然、轻轻松松地道来,你却感到了一种无法抗拒的叙述的魅力。这种深刻其内,潇洒其外,以幽默机智的笔调开掘严肃的主题,用灵动活泼的线条捕捉凝重的感受,而在解构文化时喜用"片断体",同时集描述、议论、评判、欣赏于一身的叙述方式,显示出韩少功开放的散文观和藏而不露的纯熟叙述技巧,而这种高超的叙述才能,在他的《灵魂的声音》、《夜行者梦语》、《性而上的迷失》等散文中表现得特别突出。

余秋雨的散文,在叙述上也颇有讲究。他似乎特别注重叙述的视点或叫视角。在《这里真安静》里,他首先以"这安静"为叙述的中心和线索,而后确立了三个叙述视点:一是"纳骨一万余体"的日本侵略者的坟墓,这些侵略者生前凶恶残暴,死后仍然等级森严;二是可怜的日本妓女,她们不远千里到南洋谋生,战时成为军妓,而死后连个真实名字也不敢留下。这些被故乡的亲人们遗忘了的妓女的坟墓,与那些耀武扬威写满了军衔的军人坟墓形成了鲜明对照。第三个叙述视点是一个日本文人——二叶亭四迷坟墓。这个现实主义文学家在这块拥挤的墓地上显得那么寂寞和孤单,他的出现为《这里真安静》的叙述语调提供了一种陌生化的间离效果,就象军乐和艳曲的漩涡中,突然冒出来一个不和谐的低沉颤音。《这里真安静》正是通过残暴的军士、可怜的女性、寂寞的文人的三相结构,通过这个三相结构"隐匿于闹市,沉淀成宁静"的现实,让"民族、历史的大课题,既在这里定格,又在这里混沌",让那些"甜酸苦辣的滋味,弥漫于树丛,弥漫于草丛"。自然,作者的本意,更是为了让读者看到"一个一度把亚洲搅得晕晕乎乎的民族,将自己的媚艳和残暴挥洒到如此遥远的地方,然后又在这里划下一个悲剧句号"。整篇散文的叙述视点独特,叙述摇曳多姿而又条理井然,同时又充满着人性的理解与同情,实在是不可多得的一篇佳作。

再如西湖,有关她的文章已经写得太多了,要写出新意谈何容易。但余秋雨的《西湖梦》仍然不同凡响,原因在于他不是一般化地去赞美西湖,而是在叙述中始终和西湖保持着一定的距离感,作者既描绘了西湖的象征性和抽象性,又通过对西湖历史的回溯性叙述表现了极复杂的中国文化人格,同时还穿插进西湖名妓苏小小的故事,描述了与正统的人格结构相对峙的另一种人格结构——一种来自民间的野泼泼的人格结构,这就显示出余秋雨的高明。

叙述在中年作家这里已成为一种策略,成为一种普遍的艺术自觉,那么在青年散文家那里又如何呢?我们看到,在更年轻的探索者那里,叙述更成为散文的"文体革命"的新动向。举例说,以斯妤、程黧眉、叶梦、韩少蕙、赵玫为代表的不少散文家,借鉴了小说的"意识流"叙述方式。她们的叙述不再按时间空间、事件发展的逻辑顺序,而是让时间交错,过去、现在与未来重叠,现实、幻觉、描写与议论杂糅。她们的散文表面看来是杂乱的、不规则的,有的甚至是分裂和对峙的,然而,这种混乱正好表现了一种蓬勃生机,一种内在的洒脱和自由,这何尝不是当代散文的进步?至于被收进《上升》这本散文选的"新生代"的散文,他们有的游戏典故,淡化叙述和现实;有的倾向于"现象学还原";有的醉心于"主体"隐退的"零度抒情",更有的象玩积木那样创造叙述的迷宫……所有这些,喜耶?忧耶?我们只能拭目以待。

文体创新:富于现代感和弹性的散文语言

文体创新的另一方面的内容,在我看来是语言的现代感和弹性,这是比叙述方式更为重要的主体革命,也是九十年代散文领域升起的新的美学原则。可是在此之前,人们谈论新时期的散文语言,总是情不自禁地赞扬孙犁的简约、汪曾祺的淡雅、贾平凹的清奇。我在一篇文章中①,也极力推崇贾平凹语言的精采和灵气,认为他是新时期最为杰出的文体家。现在看来,这个评价不一定准确。因为孙、江(汪)、贾几位,虽然散文文体意识的觉醒较早,但他们基本上是在传统文化,在晚明小品笔记的基础上来创设他们的散文语言,来完成他们各自的文体涅槃。他们在推动散文的文体革命的过程中功不可没,然而他们的散文观念毕竟落后于时代,因此,当韩少功们异军突起的时候,汪曾祺们对于当代散文的重要性也就逐渐被削弱了。

韩少功们对于当代散文的意义,在于确立了一种真正属于现代的"写作姿态",刷新了当代散文的语言,提供了一种不同于传统的"美文"的审美信息。在韩少功们看来,散文的语言不是一般修辞学上的语言,即不是以准确、生动、形象为特征的"美文",而是主客体互相渗透,即此即彼,既是内容,也是形式;既是文学,也是生活的语

① 《论新时期散文的艺术发展》,评论集《文学的星河时代》。

言，是一种不仅包括了作家的才华、智慧、思想、人格等因素在文字表达中形成的风格，而且蕴含着耐人寻味的韵味情趣、色彩，乃至幽默调侃的语言。而在这面呼拉飘扬着的语言旗帜上，更加触目映进读者眼帘的是两个大字：个性。

为了更加真切地感觉这种富于现代色彩和弹性，同时又极富个性化的散文语言，最有效的办法，自然是看看原作：

> 技术主义竞赛的归宿是技术虚无主义。用倚疯作邪，胡说八道，信口开河来欺世，往往是技术主义葬礼上的热闹，是很不怎么难的事。聪明的造句技术员们突然藐视文体藐视叙述模式藐视包括自己昨天所为的一切技术，但他们除了给纯技术批评家包销一点点次等的新谈资外，不会比华丽的陈词滥调更多说一点什么。
>
> ——韩少功《灵魂的声音》
>
> 一些中国学子夹着一两本哲学，积极争当“现代派”，从某种意义上来说，差不多就是穷人想有点富人的忧愁，要发点富人脾气，差不多就是把富人的减肥药当成了穷人的救命粮。
>
> ——韩少功《夜行者梦语》

冷静、简洁、准确、老练，词与词、句与句之间表现出理性的张力。在机智、幽默和调侃中渗进反讽意味。信手拈来的一些口语、大白话，配之以极富表现力的动词和形容词，这就使得语言张弛有致，富于生活情趣。至于采撷丰满的比喻或意象来阐释理论问题，把别的专业的术语移用到文学中，以增加幽默调侃的效果，这是韩少功的拿手好戏。余秋雨的散文语言，比韩少功的要铺张一些，华丽一些，感情外溢一些，好比说在《莫高窟》中，他关于“色流”从北魏流到宋朝的几段描写，可称为雄文劲采，痛快淋漓，不仅气韵流畅，且想象瑰丽，简直就是一幅幅工笔画。有时，他的语言又富于变化：

> 它是一种狂欢，一种释放。在它的怀抱里神人交融、时空飞腾，于是，它让人走进神话，走进寓言，走进宇宙意识的霓虹。在这里，狂欢是天然秩序，释放是天赋人格，艺术的天国是自由的殿堂。
>
> ——余秋雨《莫高窟》

排比的句式形成了一种磅礴气势，而“狂欢”、“释放”、“艺术”等词的巧妙运用，则使余秋雨的散文语言富于变化，灵动摇曳。有时，他的行文相当机智，这是一种只有上海人才有的聪明。而在《这里真安静》、《华语情结》等文中，他的许多用词又体现出惊人的细腻和准确。

张承志是当代散文史上的一个“特异”。他孤傲而偏激，剽悍而决绝。他藐视世俗，藐视传统和权威，同时又富于使命感和责任感。他总是在思考各种大命题，思考他的同胞血亲们的命运，思考着怎样活得崇高活得完美及战胜污脏。这种“精神的圣战”，决定了他的文风绝不雷同于别人：

英雄的道路如今荒芜了。无论是在散发着恶臭的蝴蝶迷们的路边小聚落点，还是在满目灼伤铁黑千里的青格勒河，哪怕在忧伤而美丽的黑泥巴草原的夏夜里，如今你不可仿效，如今你找不到那些骄子的踪迹了。

——张承志《荒芜英雄路》

这样的恐怖在清醒中会纯洁，会渐渐坚硬起来。一个伊斯兰的男子，其实他心中的洁癖就是他的宿命：在野草最终无法和野草区别，就象于阗的璞玉无法和石头区别一样，在那一天——当先生反复盼望的地火奔突，烧尽一切野草乔木的时候，伊斯兰的男子留下的只是几个字：只承认不在的芳草。

——张承志《芳草野草》

张承志的文字没有任何雕琢，也没有太多的机智幽默。他的长处在于他的赤子血性，在于他的崇高凝重。读张承志的散文，我们可以感到他写作时的神情：咬紧牙关、神经绷紧。这种写作态度使他的每个字都绷得紧紧的。这样的语言当然很有力度，但这样的语言也有缺点，这就是读者在阅读时有一种沉重感、压抑感。的确，读张承志的作品，不是一件轻松的事情。

而史铁生呢？他显然又不同于上述几位。他躺在轮椅上，望着窗外的天空，于是他的语言多了一些冥想静思，显得柔韧而绵长：

要是有些事我没说，地坛，你定以为是我忘了，我什么也没忘，但是有些事只适合收藏。不能说，也不能想，却不能忘。它们不能变成语言，它们无法变成语言，一旦变成语言就不是它们了。它们是一片朦胧的温馨与寂寥，是一片成熟的希望与绝望，它们的领地只有两处：心与坟墓。比如说邮票，有些是用于寄信的，有些仅仅是为了收藏。

——史铁生《我与地坛》

无需多举例，我们也可看到，九十年代的散文，在语言上的确比以往前进了一大步：语言不象过去那样直白清浅，而是越来越丰富和富于弹性了。

语言是一种哲学，也是一种人生状态。读着上述作家的散文随笔，我们深深感到了这一点。他们努力将哲学的思辨、生活的状态和对文学以及人类的思考化为感知中的散文语言，并让语言在流浪中寻求美好和真实的对话，于是，他们的散文达到了词与物的融合，思想与表达的一致，人本与文本的统一，内容与形式的合一。

繁荣中的苍白与虚浮

散文在九十年代获得了丰收，形成了建国后前所未有的繁荣局面，这已经是不争的事实。问题是，现在还不是盲目乐观的时候。在肯定九十年代散文的同时，我们还要看到散文繁荣的背后，的确存在着某种"苍白"和"虚浮"现象。

其一是媚俗。时下的不少散文特别是随笔，说到底是商品经济的产物，通俗文化的变种。这些随笔主要发表在"周末版"或娱乐性报刊上，它们以消遣为目的，以大众需要为取向，什么话题最轻松，或者说读者喜欢什么，这些随笔作者便马上制造什么，而不考虑散文还有批评社会、匡时救弊、净化情操、提高人生境界的功能。由于这些随笔自觉或不自觉降低了格调，这样一来，流俗、甜腻腻的散文有之；虚情假意、自我标榜的散文有之；程式化拙劣模仿甚至抄袭的散文有之……至于各出版社竞相出版各种各样的"爱情"、"人生"之类的选本，同样是文学走向商品化、世俗化和功利化的反映。这种表面的"热闹"，丝毫不能给当代散文带来任何荣耀。相反，这种热闹正好反映了当前散文的某种虚浮和畸形。当然，散文随笔的膨胀也有合理的一面，它可以满足相当一部分读者的消闲的需要。但我们有理由要求散文去写真实人生，表现作家心中的真情实感；有理由要求散文以丰厚的内容，以较高的格调，提高读者尤其是文化水准不高的读者的精神境界和审美层次。

其二，思想苍白。九十年代散文的另一个弊病，是不少散文内容琐碎、思想苍白，无话找话，有话也多是废话。这种情况在一些"名家"那里最常见。由于这些名家一专多能，有的甚至一人要应付七八个专栏，于是便粗制滥造，勉强成篇。把诸如作者约稿、出国访问、看电视、与儿子游戏、与妻子散步，乃至家中的小猫小狗之类的东西统统塞给读者。而且写得那样拙劣，没有一点随笔应有的机智和幽默，这就难怪许多读者不买账甚至反感了。正是有感于此，我们对韩少功、史铁生等严肃认真，不以量多而以质胜的作家天然地怀着一种敬意，而对那些粗制滥造随笔的"名家"，我们禁不住要说一句："请珍惜自己的名声！"

九十年代的散文，完全有可能与世界的优秀散文对话。问题是我们的散文是否真诚，是否敢于拒绝媚俗，是否有自己独立的个性，是否敢于直面时代、直面人生，关注社会重大问题，并给予理性的思考和良心的呼唤，是否在艺术上达到最大限度的创造，达到心灵自由的境界，如果我们的散文做到了这些，那么，可以预言，九十年代的散文将是中国当代文学的又一个高峰——一个与小说、诗歌的高峰相比而毫不逊色的高峰。而如果达到了这样的高峰，即便九十年代的散文衰落了，被别的文体取代了（这是不可避免的），我们这些从事散文研究和写作散文的人也会含笑与其告别，而后人谈到这个时代的散文，也会表现出足够的敬意。

1994 年 9 月 4 日至 11 日写毕于海师怡园

——原载《文艺评论》1995 年第 2 期

张新颖

中国当代文化反抗的流变:从北岛到崔健到王朔

一

从七十年代中后期到九十年代的今天,近二十年当代中国文化的变迁亦显亦隐,巨大而又繁复。人们明显感受到它的内含(涵)和影响,却又无暇无力彻底条分缕析、追根探源,往往只是在惊奇、震荡、迷惑和惊愕中,来不及作出更充分、更有力的反应,就被一潮又一潮的时代洪流挟裹着向前奔去,奔向意义可能愈发暧昧的世纪末和新世纪。

时间之流无法人为地斩断,但我们站在今天回头望,不妨就把我们所站之处暂时定为一个大的文化时期的终点。按照通常的叫法,这一文化时期被称作“新时期”,也有人把它命名为“后文革时期”。对这一文化时期细分,可以划为几个文化阶段,每一阶段都有自己的文化代言人。文化代言人的出现和确立,有赖于他的文化行为和时代精神的契合。在这里用“时代精神”一词,必须加以强调性说明:它不是冠冕堂皇的官样文章,不是意识形态的虚构和硬性规定,它甚至也不是席卷社会的潮流——它正好是这一切的对立面。真正的时代精神具有生成性,最初往往是隐而不现的,所以文化代言人的角色最初是一个类似于“先觉者”的形象,他把时代精神“发现”和“发挥”出来,继而在一定的社会范围内被接受并引起矛盾和冲突。由此,我们可以确立文化代言人所代“文化”之性质:这种文化伴随新生的时代精神而生,对于先它而在的社会来说,它是陌生的、异质的,它向已定的社会文化形态、结构、意识挑战,以便争取自己的合法存在和权利。那么,我们在这里所说的文化代言人,换成一个更清楚的说法,即是文化反抗的代言人。

具体说来,七十年代中后期到八十年代初,取得文化代言人资格的,非那些最优秀的朦胧诗人莫属,在本文中我选北岛为例;八十年代末到九十年代初,风行中国的流行文化表述则当推王朔的小说。对比一下,其间的差别可能会给人以出乎意料的感觉——

1.(1)“在没有英雄的年代里/我只想做一个人”

(2)“千万别把我当人”

2.(1)“卑鄙是卑鄙者的通行证/高尚是高尚者的墓志铭”

(2)“玩的就是心跳”

从为了重新确立人类的基本价值而不惜牺牲一切的庄严宣告,到价值中心被有意识地消除之后的游戏与颓废,这一文化变迁过程的中间跨度是非常巨大的,但其间的发展仍有迹可寻,而且,仍能非常自然地找出横跨这一中间地带的文化代言人:摇滚歌手崔健。

从北岛到崔健到王朔,接受的范围从小到大,接受者的层次却从高到低,从先觉者、文化精英到具有反叛意识的青年学生再到社会大众,基本上都有各自的对应项;从诗歌到摇滚乐到小说,其形式越来越趋向通俗,其精神内含(涵)呈现日益“向下”的变化。当三种具有内在关系又分明不同的文化表述在不同时期出现时,它们所遭遇的阻力由大到小,对社会的日常形态和一般意识所形成的挑战也由强到弱。大致说来如此,但具体的情形则要复杂得多。

二

奥斯维辛之后,再有诗,就是野蛮的。骇人听闻的并不是 T. W. 阿多诺的断言,甚至也不是那种刚刚经过的巨大创痛,而是“诗”对于创痛和灾难的视而不见、拒不承认和掩盖、化解。非常奇妙的是,“文革”的结束,并没有同时铲除作用于全民集体无意识的这种“诗情”,反而强化了它,使它愈加弥漫,愈加具有笼罩力。所谓“噩梦醒来是早晨”之类的普遍想法即是明证。时至九十年代的今天,对于“文革”的心灵禁忌也许越来越少,但仍然很难保证从野蛮的“诗情”对无意识的“催眠”中普遍清醒了过来,仍然很难保证逃脱了意识形态那只神秘的手。① 事实上确实有些变化令人啼笑皆非,而且不免要染上些绝望情绪:人们终于敢说那些灾难和创痛,但灾难和创痛无形中却变了质——它不再是人类的耻辱,而是个人的荣耀。“诗情”所散发的

---

① 巴金在最近的一篇短文中,对自“文革”结束至今一直在用的以“文革”为“梦”的隐喻性说法提出严厉的质疑。这是一位年近九十的老人在病中写下的,题为《没有神》,载《新民晚报》1993 年 7 月 15 日“文学角”专刊。全文如下:

我明明记得我曾经由人变兽,有人告诉我这不过是十年一梦。还会再做梦吗?为什么不会呢?我的心还在发痛,它还在出血。但是我不要再做梦了。我不会忘记自己是一个人,也下定决心不再变为兽,无论谁拿着鞭子在我背上鞭打,我也不再进入梦乡。当然我也不再相信梦话!

没有神,也就没有兽。大家都是人。

7 月 6 日

幸福意识不仅让人以为从此天下太平,而且掏去了以往创痛中的痛感,把灾难变成勋章别在迷醉和昏睡者的胸前。

回顾当前关于朦胧诗的争论应该是非常有意义的。这场争论从一开始到最后结束,都不是一场文学观念之争,局限于文学这个狭隘的概念中,永远也看不清争论的实质。当时指斥朦胧诗不是诗的人无意中点到了要害:朦胧诗人中最优秀的分子所写的确实不是那种"催眠"的诗,它拒绝同声合唱,拒绝借许诺未来以达到遗忘过去的目的的幸福意识,它要穿透普遍"诗情"的笼罩,发出不和谐甚至是刺耳的声音。从主流意识形态的立场上看,它当然是"非诗"。意味深长的是,当时朦胧诗的支持者和反对者中都有相当一部分人有意识地在文学范围内争论是非,单就"看不懂"的普遍论调来讲,一是暴露出文学基本感受能力的退化,另一方面,未尝就不是一种巧妙的托词:不是看不懂所写的是什么,而是经过"文革"摧残和"文革"后幸福意识的作用,彻底丧失了历史感和现实感,丧失了正视真实生存情境的能力。

从朦胧诗本身来看,晦涩的情况也确实存在。但同样需要强调的是,晦涩仍然不是一个在审美范畴内可以解释的问题,本质上它是一种受压抑、受排斥的话语不得不采取的表达策略,顺从主流意识形态的话语表达是不需要而且也不可能晦涩的,晦涩本身即包含对主流意识形态的反抗。

在新时期伊始,一切向前看的主流导向下,北岛绝决地发表着一首首向后看的诗,诗成为抗拒个人或民族自发或被迫失忆的"法门",成为自觉地承担历史和现实的阻暗重量的心灵形式。

我,站在这里
代替另一个被杀害的人
为了每当太阳升起
让沉重的影子像道路
穿过整个国土

——《结局或开始》

作为历史的见证者和受难者,当一种新的现实开始的时候,"我"都要出场,都要在场,不仅是为了提醒,更是为了使现实真实起来。这几行诗,可以概括北岛几乎全部作品的内含,可以揭示北岛的写作和写作时代之间的一种紧张关系,正是与现实和历史之间的紧张关系,使北岛的诗获得一种既尖锐又厚重的文化冲力和审美效果。

"文革"结束以后,文学上向后看的视线引发出几乎是全民参与的轰动效应,一时之间,先"伤痕"、继"反思",皆蔚为大观。但是,即使如此,北岛向后看的诗仍然是独立特行,有一种核心质的东西使之和一般向后看的文学相区别,傲然自成于潮流之外。这种核心质的东西即是关于时代连续一体的思想,它否认历史与现实是分裂的,所谓的分裂不过是意识形态的假相,而一般向后看的文学就接受了这种假相作为自己意识的基础,向后看成为一种现实所需要的姿态,历史成为新生现实的反衬,文学成为幸存者的文学——一句话,幸存者存活于新生的现实里,展示苦难,鞭挞历史。但是北岛拒绝承认自己是幸存者,拒绝承认全部现实的新生性,历史和现实之间,不是一种对照关系,它们并非各自孤立,而能够互相通达。正因为历史通向现实,所以为了保持现实感,必须向后看取历史;也因为看取历史的行为能够获得真实的现实意义,所以才能够与现实之间形成紧张、矛盾和冲突的关系,而不是把本身即具有重大意义的文化行为降格为只有在为现实服务的大前提下才被允许,才去实行。

而我们追随的是
思想的流弹中
那逃窜着的自由的兽皮

昔日阵亡者的头颅
如残月升起
越过沙沙作响的灌木丛
以预言家的口吻说
你们并非幸存者
你们永无归宿

新的思想呼啸而过
击中时代的背影
一滴苍蝇的血让我震惊

——《白日梦》

北岛出生于1949年,1970年开始写诗,起初只是在一个很小的圈子里传看;1978年底他和几位朋友创办文学刊物《今天》,共出九期。1986年5月新世纪出版社出版《北岛诗选》,同年12月作家出版社出版《五人诗选》,汇集了朦胧诗最具代表性的诗人北岛、江河、舒婷、杨炼、顾城的重要作品。两本诗选的出版,表示北岛所获得的社会认可,基本上达到了它所能达到的最高刻度。自此以后,国内再也没见过北岛重要的作品集出版。事实上,到1986年,文化和文学的形势都发生了巨大的变化,视线的转移就在自然而然中发生了。

这一年的5月9日,以纪念"国际和平年"为宗旨的中国百名歌星演唱会在北京工人体育馆举行,名不见经传的崔健跑到舞台上发出了"一无所有"的呐喊,象喊出了一个时代的感受,触动了时代最敏感的一根神经。

三

我还没来得及详细讨论北岛,就匆匆滑到了崔健。我设想,把叙述放在两人的"关系"中进行,可能会更容易说明他们自身,揭示一些问题。

崔健出生在1961年,比北岛可以说差了几乎一代,他开始产生影响时北岛的地位早已确立,但文化反抗的共通性却消融了一般情况下后来者有意无意的对立倾向,而且强化了一种自然的继承关系,使当代文化反抗的发展呈现出顺理成章的精神脉络。

一般说来,流行音乐免不掉媚俗的品格,它要投大众所好,大众才会使它流行。它迁就大众的思想惰性和审美习惯,又在保证被广泛接受的前提下,不断地小打小闹,花样翻新。它几乎不提出重大的历史、现实和个人的问题,即使偶而有这样的问题,它也会用一种格式化的方式轻易地把它们解决或者化解掉,使问题获得廉价的答案或者变成一种无意义、不必要的提问从而使之退场。从某种意义上说,流行音乐是现代社会所需要的一种精美的包装形式,要揭示生命与存在的本真样态和情景,揭示隐而不现的时代精神,就必须经过一个艰难的还原过程,穿透层层包装。如果流行音乐试图还原和揭示真实,那它就具有了反对它自身的性质。正象任何一种领域和过程都会出现叛逆者一样,流行音乐的叛逆歌手也并非绝无仅有。从这种特殊的文化形式本身的情况来讲,流行歌手之所以能够成为某一阶段的文化代言人,具有尖锐的批判向度,预示新的文化意识的产生和推广,重要原因在于它的创作主体和接受主体是青年一代,他们作为一个社会的后来者,在被主流文化形态驯化的过程中,从受压抑、受排斥的现实感受中产生出反抗的情绪、思想和行为是非常正常的事。

摇滚乐从它诞生之初,就具有两方面的叛逆意义:其一是对流行音乐本身的反叛,其二是对广泛的社会文化的抗议。因此,当崔健第一次以摇滚的形式表达自己的时候,一代青年人,特别是年轻的知识者和受教育者,似乎一下子发现了恰切表达自我的形式,同时发现了自我表达的替代者。

崔健基本上继承了朦胧诗的精英式文化心态,在思想的深度、感受性和批判的向度上,二者常有极其相似的地方,特别是北岛和崔健,甚至表达时所用的意象,都可能产生异曲同工的效果。比如关于自由,北岛说,"自由不过是/猎人与猎物之间的距离"(《同谋》);崔健来得更直接,"自由不过是监狱","你我不过是奴隶"(《这儿的空间》),如此而已。

使崔健和北岛容易沟通的基点，是他们都持有一种否定的态度，但北岛与他所否定的东西常处在势不两立的绝决情景中，“告诉你吧，世界/我——不——相——信！”(《回答》)崔健的否定通常没有如此的冷峻、剑拔驽(弩)张，面对同样被冠以“世界”之称的外物，他流露出些许的迷惘：“不是我不明白，这世界变化快”，“过去我幻想的未来可不是现在”，“我曾经认为简单的事情现在全不明白/我突然感到眼前的世界并非我所在”。《不是我不明白》是崔健的第一首摇滚作品，从这里开始的“新长征路上的摇滚”，一直是激情与困惑俱在，反叛与自省同生。

在北岛那里，自我是一个明确的概念，它在与它所否定的东西的对立中确立了文化立场和坚定的形象，它可以用一个类的概念来替换，比如，“在没有英雄的年代里/我只想做一个人”(《宣告》)，“我”和“人”是同一的。而在崔健那里，自我则是一个等待明确又不可能明确的概念，它是一个正在展开的动态过程，无法定论。反叛确立了北岛的自我，崔健用它展开了自我。《新长征路上的摇滚》就显示了这样一个文化过程：

听说过　没见过　两万五千里
有的说　没的做　怎知不容易
埋着头　向前走　寻找我自己
走过来　走过去　寻找根据地

这里出现了一种奇特的“含混”，不仅社会的历史和个体的现实交结纠缠在一起，而且个体表达的方式似乎都在重复历史。其实，重复是假相，历史一开始就被表面温婉实则坚定地拒绝了——“听说过　没见过”，我所做的只是我自己的事。而“走过来　走过去”寻找自我的“根据地”的形象，内含了深重的迷茫和焦灼。崔健特殊的魅力或许在于，迷茫和焦灼的结合产生出来的不是低调的哀怨，却是愤怒的呐喊。

北岛和崔健的差别根源于他们各自所面对的社会文化背景，进一步说，即是社会文化压抑了什么，文化反抗才会要求什么，而且，一时一地文化反抗的要求首先总是指向最迫切的内容。北岛是站在一片文化废墟之上的，在最基本的价值规范被践踏、被摧毁之后，他所要求的，就只能是最基本的内容，合理的社会和人生必须先要有一个前提。这样的文化反抗的悲剧性，正如北岛自己所表达的那样，“这普普通通的愿望/如今成了做人的全部代价”。到八十年代中后期，社会文化的重心已有所变化，崔健追求的，已不是作为一个类概念的人的价值的恢复和确立，而变成为个体自我价值的寻找和选择。这一变化同时表明，北岛和崔健的不同，是文化反抗的过程和次序决定的，这个过程和次序无法逆转，不能颠倒，有了北岛那样的文化反抗，才会有崔健这样的文化反抗，二者之间隐含了非常紧密的联系。

崔健从1983年开始写歌,1985年录制了第一盒音带《梦中的倾诉》,1986年又录制了一盒《新潮》,但崔健不愿意承认他接触和创作摇滚之前的作品。他所认可的是真正产生了广泛深刻影响的作品,第一盒专辑是《新长征路上的摇滚》,收录了从1986年至1987年之间创作的九首歌,1989年才由中国旅游声像公司出版,这是中国第一盒摇滚乐音带。1991年,崔健第二盒摇滚专辑《解决》由中国北光声像艺术公司出版发行。

在“新长征”时期,几乎所有的歌都展示了个体的“我”“走”在“路”上或正要“上路”的情景,一个背叛者的自我寻找和自由追求过程艰难而又漫长,“一无所有”否定和拒绝了历史、现实以及其他的一切,“我闭上眼没有过去/我睁开眼只有我自己”(《出走》),自我在一己之外失去了丝毫的依靠和凭借,但既然上路,就没有回头的道理,“我要从南走到北/我还要从白走到黑/我要人们都看到我/但不知道我是谁/要爱上我你就别怕后悔/总有一天我远走高飞/我不想留在一个地方/也不愿有人跟随”(《假行僧》)。踽踽独行的困难还在于,自我的内部常处于矛盾和纷争之中,不像北岛那样,所有的对立只存在于自我和外部世界之间,这里有一种撕裂的痛感正基于内心的复杂性,比如《从头再来》这首歌,“我不愿离开,我不愿存在/我不愿活得过份(分)实实在在”和“我想要离开,我想要存在/我想要活得过份实实在在”,以及“我难以离开,我难以存在/我难以活得过份实实在在”,不同的思想和感受反复交替,互相撞击,个体心灵必须以非凡的能力来承受。

《解决》专辑显示出崔健引人注目的变化。如果说在“新长征”时期,精英式的文化心态使崔健必须注意感受性所包含的思想深度,保持一种自省和自律的精神,那么,《解决》则充分敞开了个体自我的感受性,去掉了精英式心态必然内含的拘紧(谨),淋漓尽致,纵放悲歌,象《解决》,象《这儿的空间》,象《投机分子》,在最基本的意义上,都是力量和欲望以直接、痛快、放肆的方式在绝望中宣泄。就这一点而论,颇接近王朔最早引起文坛不安的那些小说了。

但从骨子里,崔健仍然保持了他自己的精神内核和表达方式,一以贯之,力避浅俗,更趋深广。《解决》专辑里的《一块红布》,即从个人的感受,上升为一代人的精神履历,一首历史的悲歌:

那天是你用一块红布
蒙住了我双眼也蒙住了天
你问我看见了什么
我说我看到了幸福

这个感觉真让我舒服

它让我忘掉我没地儿住
你问我还要去何方
我说我要上你的路

看不见你也看不见路
我的手也被你攥住
你问我在想什么
我说我要你做主

我感觉你不是铁
却像铁一样强和烈
我感觉你身上有血
因为你的手是热乎乎

我感觉这不是荒野
却看不见这土地已经干裂
我感觉我要喝点水
可你用吻将我的嘴堵住

我不能走我也不能哭
因为我的身体已经干枯
我要永远这样陪伴着你
因为我最知道你的痛苦

北岛在《履历》一诗中,曾写到同样的被愚弄的经验:

我弓起了脊背
自以为找到表达真理的
惟一方式,如同
烘烤着的鱼梦见海洋
万岁! 我只他妈喊了一声
胡子就长出来
纠缠着,象无数个世纪

崔健没有北岛这样冷峻,其间有这样一个差别:北岛写当时的经验,却加进了醒悟后的意识,以后来的清醒的眼光审视过去,显得愤怒而又有理性;崔健更注意直接袒露当时的经验,那是一种毫无理性可言的经验,是一种被“幸福”的虚假许诺迷醉了的经验,它真切地再现了在红色海洋的历史氛围中,人的自我意识彻底泯灭的悲剧情景。崔健这首歌的独特之处在于,它表达出了历史和人之间的难言的角色关系:明明是一出大悲剧,却在喜气洋洋的气氛和对未来的美好憧憬中上演。整首歌隐喻性地道出了一个难以接受的事实,即人以被动和服从的态度,以和历史婚媾的方式,而成为荒唐和苦难历史的同谋。

说到同谋,想起北岛有一首诗题目就叫《同谋》。两个人从不同的角度达成基本一致的认识,从这里我们也许隐约可以理解,为什么两个人对这一块上演悲剧的土地都有一种复杂情怀,而决不因为被欺骗、受压抑就弃之不顾,或者只抱一种单纯、浅薄的仇恨。崔健唱“我要永远这样陪伴着你/因为我最知道你的痛苦”时,该是一种包含了多少辛酸无悔的心情呢?

四

王朔曾经这样谈到过崔健:“我非常喜欢崔健的歌儿,我第一次听《一块红布》都快哭了。写得透!当时我感觉我们千言万语都不如他这三言两语的词儿。它写出了我们与环境之间难于割舍的、血肉相联的关系。可是现在又有了矛盾和这种矛盾的复杂的情感。那种环境毕竟给了你很多东西。所以看苏联这种情况,我特矛盾。我们青年时代的理想和激情都和那种环境息息相关,它一直伴随着你的生命。”王朔是1958年生人,与崔健年龄相当,他对崔健的认同根源于历史对于一代人命运和情感的共同塑造。对于当下的社会现实,他们在感受、认识和行为等方面出现交叉点和重叠的部分,有着历史的根据和情理。王朔还特别评价崔健:“我看他是我们国家最伟大的行吟诗人。他的反映当代的东西是最准的,比大而无当的,泛泛的文化的那种,我更能理解。”①

文化反抗者一定不是社会生活中随波逐流之辈,但却必能敏感到社会生活的变化,抓住文化潮流和时代风尚的病症,一语击中,不待后发。《一无所有》可作如是观,崔健后来的作品《快让我在雪地上撒点儿野》亦复如是:

给我点儿刺激　大夫老爷
给我点儿爱情　我的护士姐姐
快让我哭要么快让我笑
快让我在雪地上撒点儿野

---

① 《我是王朔》,国际文化出版公司,1992年,第75—77页。

Yi Ye——Yi Ye——

因为我的病就是没有感觉

当代人在熙熙攘攘声色犬马中追逐奔波，放情纵欲，根子上源于一种文化通病："我的病就是没有感觉"。

可以试着提出一个问题：称自己更能理解崔健的王朔，是否也会以之为病呢？

王朔1985、1986年始引人注目，1988年走红运，几部小说被改编成电影，一时该年有"王朔年"之称。从此王朔愈发不可收拾，小说与影视俱热，热遍中国。

从文化反抗的意义上来比较、衡量，王朔在1985年至1988年之间的作品显然更有价值，其中主要包括中篇小说《一半是海水，一半是火焰》、《橡皮人》、《顽主》和长篇小说《玩的就是心跳》等。当王朔初闯文坛，引起骚动不安乃至于愤怒和指斥的时候，批评界的有识之士却给以极高的评价，以为这些作品改变着文学的传统规范，是"当代文学中的颓废文化心理"的表现，并对这种颓废文化的意义予以辩证的论述："它的反社会反规范反偶像精神不是体现在积极的反叛上，而是一种消极的自我享乐主义。在这种文化心理里，国家、民族、信仰、道德等在传统文化中被视为神圣的东西无不贬值，根本不占任何地位，唯一有意义的就是及时行乐，不需要明天也没有明天。'颓废文化心理'绝对是反社会反规范的，但它没有任何高尚的内容和悲剧的精神，只是用极其庸俗的方式去吞噬、消耗，甚至腐化社会机能，促使社会的传统规范在嘻嘻哈哈的闹剧中瓦解消失。因而，它是消极的反社会的文化现象，——研究王朔笔下出现的颓废文化现象，我想应该认识这种消极的革命因素。"①

照崔健的说法，文化颓废主义是一种无感觉的病，从正面去看这种病的意义，即是吞噬、消耗、腐化社会机体。精英批评的洞见和摇滚歌手的感受在这里是暗合的。但是王朔本人基本上没有这种精英式的清醒意识，可能恰恰相反，他正是以平民化粗鄙化来亵渎任何高于一般层次的事物的，不管它是实体的阶层，还是思想意识，不管是政治上的，还是文化上的。这就决定了他和崔健之间的差异。即使他们有的时候看上去特别相像，这种差异仍存在。比如《解决》专辑里的《投机分子》，很容易看成是王朔小说的摇滚化，或者倒过来说，王朔小说是《投机分子》的文学化。这首歌赤裸裸地唱到：

朋友请你过来帮帮忙　不过不要你有太多知识

因为这儿的工作只需要　感觉和胆量

朋友给你一个机会　试一试第一次办事

就像你——十八岁的时候　给你一个姑娘

---

① 陈思和：《笔走龙蛇》，台湾业强出版社，1991年，第191、192页。

这里需要特别强调的是,在社会禁忌严重、道德僵化陈腐的时代,人的力量和欲望的直接、自由的表达,往往与颓废主义的行为表现混为一团。这二者的区别正是崔健与王朔的区别。

现在必须来正面回答从一开始到这里的所有的叙述都一直关涉的问题了:文化反抗是靠什么来支持的?换句话问,即是,文化反抗者承担了什么?

北岛把自己看成是人类的一员,他以个体的自我来承担属于全部人的一切,特别是人的苦难:"如果海洋注定要决堤,/就让所有的苦水都注入我心中。/如果陆地注定要上升,/就让人类重新选择生存的峰顶。"(《回答》)到了崔健,个体自我的存在不强调人类的属性,而突出其独立自由的意义,承担变成了自己对自己的事,同时指涉当下的社会现实,沉重仍然是必然的,自我的矛盾和困惑、焦灼和愤怒,一切难以承担的东西都必须承担。那么王朔呢?他拒绝承担一切,拒绝超越性的关怀,他的个人主义也是虚假的,因为他缺乏自我审视的意识,回避个体内部的分裂性,他的文化反抗的形式就是他是时代的一种病,而这种病有可能产生反社会的意义。王朔不承担重量,因为这会很"累",而怕累正是一种时尚。他曾比较崔健和艾敬的歌,说听了艾敬"一首所谓后现代的民歌"《我的一九九七》,"再听崔健的,咣咣咣,你会觉得有点夸张。哪儿有那么多有意义的痛苦?"跟艾敬的笑嘻嘻的具体小苦恼相比,"你会觉得那种大的泛泛的痛苦很累,她这小问题反而很真实"。①

一无承担的文化反抗能持续多久?文化反抗实质上正是靠所承担的文化重量来支持的,拒绝重量,等于拒绝了自我创生的根源。进入九十年代,最初颇让一批人恼怒的王朔不但让大众习惯了,而且热得发烫红得发紫。本来,文化反抗的社会化适应过程是个规律,一种后起的与主体文化相对立的文化意识逐渐为社会大众所适应和接受,进而取代主体文化的位置,形成新的中心。然而王朔的情况显然不是如此。他的"病"似乎好得很快,"病"了就主动地从文化反抗的边缘位置上逃走,颇为自得地向中心地带挤靠,以媚俗代替了反叛,屈从和投好于商业潮流、主体文化、大众媒介、市民意识,其间虽然还保留了具有王朔式特征的反讽、调侃、弦外之音、插科打诨,但是其性质发生了根本的变化,成了为博得广泛赞赏而布置的精致的小摆设。王朔的"成功"正是从逃走开始的,他失掉了最先为他叫好的几个稀稀拉拉的具有自觉文化意识的敏感者,却赢得了整个民众的欢呼。

文化反抗在王朔身上的夭折,提醒我们注意消极的反社会行为进步意义的限度。文化反抗的实质存在于对立双方的紧张关系中,这决定了被反抗者对反抗者的"牵制",文化反抗必须在这种不自由的关系中进行。但是,反抗者只是采取一切对

① 《我是王朔》,国际文化出版公司,1992年,第75—77页。

立的态度和行为方式，而不能另外创生新的东西，那么也只能是被反抗者的“牺牲品”，因为消极反抗的方式其实是对被反抗者“牵制”的认同和无能为力，只不过是以完全走向其对立面的形式表现这种认同和无能为力的。文化反抗必须不甘于被“牵制”，必须具有自我创生的意识、能力和文化实践，在不自由的关系中争取自由，确立新的超越性的文化价值，实现文化反抗的意义。文化反抗不止于为反抗而反抗，它在开辟一条无限展开的道路，从那上面不断地有新的意识、思想和精神通向现在和将来的现实。

五

本文自始至终避免使用一个已经在中国被部分接受的西方术语，“反主流文化”或“反文化”，而取“文化反抗”这样一个朴质的说法，当然是因为中国特殊的历史和现实赋予了这一个大的文化时期的此种文化现象以不同于西方的内涵和形式。北岛是从废墟和苦难之上站起来呼唤和捍卫人的基本价值与尊严的英雄，起点和性质俱迥异于西方的“反文化”。当然也不必否认中国当代的文化反抗过程中有西方文化（不仅只是西方的“反文化”）的影响，而且确有与西方“反文化”相沟通的地方，但它毕竟是“后文革时期”的文化自觉意识的产物。不管是北岛、崔健，还是摇身一变而为所谓的后现代社会的明星王朔，他们都是在新中国的政治、经济和文化环境中成长起来的，用崔健一首新歌里的叫法，就是“红旗下的蛋”。这样一种基本的身份和由这种身份带来的自我意识，决定了他们文化行为的独特性。随着世纪末的来临，中国社会的世界性因素越来越强大，后现代的特征越来越明显，特殊的身份意识也就越来越模糊，特殊的历史也将成为遥远得有些虚幻的背景，“后文革”之类的术语将失去现实的指涉意义，文化反抗之路也就出现了新的困难，也会有新的方式和内容吧。

也许真如有人所说，这一个大的文化时期终结了。

——原载《文艺争鸣》1995 年第 3 期

孙郁

张中行论

1

从八十年代末到九十年代初，张中行的名字开始频繁地出现在各大报刊和杂志上，我那时读他的作品，觉得有一种异样的感觉，仿佛不是一位当代人，他像“五四”那代学人一样，以平和、扎实、厚重的文字，诉说着一个又一个文化难题。张先生不是那种正襟危坐地谈论学问的人，他的修养很深，对古代文化和西方文化，有很深的造诣，又因为受到鲁迅、周作人的影响，他的精神状态一直有别于当下的文人。以文化的、艺术的眼光，来审视人生，又以哲学家的智慧，来观照文化和艺术，这种思路的特异性，至少对我这样生于五十年代末的人来讲，是新鲜而又极富有吸引力的。

我在《读书》等杂志上，陆续地读到了他大量的文章，被他的文风和渊博的知识吸引着。这位八十多岁的老人，冷静、沉稳而超然地呆在京都的一角，指点古往今来诸多趣事，不故作惊人之语，更无趋时之态。他的苍劲、古朴的文风，和饱经忧患的情思，使他的作品散出一种浓郁的沧桑感。自周作人以来，我们许久没有读过这样清淡、疏雅、博杂的文字了。张中行的出现，使我们荒疏了几十年的文坛上，出现了旧式的、然而又具有“五四”个性主义类型的人。这是一个不可小视的存在，他让我们看到了流行了四十余年的文风的孱弱性。与他这样沉浸在东西文化之海的文人比，当代轻薄的文人应感到惭愧。至少，这位文化老人，他的深厚的历史感和独立的人文品格，对我们当下浮躁的文坛来说，是一个深刻的提示。

2

张中行 1909 年生于河北省香河县一农家。1931 年毕业于通县师范学校。后考入北京大学中国语言文学系。1935 年毕业后，曾先后在中学和大学任教，并办过佛学研究杂志。1949 年以后，他一直在人民教育出版社任职，从事中学语文教材的编辑工作。他不是以职业习惯写散文的人，而是一个杂家。这种杂家，非班固所云“漫羡而无所归心”者，而是兼哲理与艺文、形而上与形而下，且又颇有一以贯之的人文精神的思想者。在当代众多的散文家中，张中行是少有的一位哲学意识浓厚的人。他对罗素、培根的研究，对老庄、孔孟、佛学的思索，其成就均令人仰视。他晚年所著的《顺生论》，被誉为是一部当代中国的《论语》。那弥漫着广阔、深邃的文化意绪的哲思，亦可当做一部优雅的散文来读。他似乎无意去写散文作品，写作的时候，更多地(的)是在关注人生难题。他像一个哲学家，在无休止地拷问人生，追述理性的大限。这很像庄子，也类似孔子，和“五四”后的周作人也有相似的地方。很难说他喷吐的思想都是前无古人的标新立异——人的一生能在一两个问题上，为社会提出崭新的解释，已实属不易了——他讲述的，既来自一种学术上的内省，又来自一种独有的生命体悟。这种内省和体悟，排除了近半个多世纪的一切先在的理性干扰，一切都是原原本本的，来自于一种孤独的文化咀嚼时的偶得。像李叔同坐禅时的冥想，又类似丰子恺那样远离尘海时的冷观，同时又如同闻一多、朱自清那样去直面人生。在张中行那里，一切都是自然的、平淡的。他以布衣之身，在生活底层，一直穷追人生哲学中最困难的一隅。生命有意义么？如何生存才是合理的？什么是“存在”？“存在”是顺从意志的必然呢，还是顺应天运的必然呢？他研究国学，但后来又跳出国学，不是信徒，成了外观者。他研究逻辑学、哲学，但非食洋不化，而是消化为东方式的体悟，用启悟的文体，去表达思辨的内容。张中行的兴趣广泛，不像有些文人那样一生只钻研一个领域的问题。他自称为杂家，并谓“样样通，样样松”，自嘲自己的路子铺得太多。其实也正因为如此繁杂，他的思维就显得比常人活跃。他喜欢书法、字画，对诸种骨董兴趣很高。又熟读经史子集，儒学和儒学之外的东西涉猎甚广。他留意于野史，于山林野叟中常得到些有趣的话题。这一点很类似明末一些文人，不拘于礼法，思想不定于一尊，博取种种杂学之外，注重于性灵的东西。我特别注意到他对佛学的态度，这里可见出他思想的主要东西。周作人曾说，在中国，看一个人学问和思想如何，先是看他对佛学的怎样解释，次看其对妇女的态度。张中行于这两点中可说是用力很大的。尤其对佛学，真真是熟得很，诸种典籍，如数家珍。但又不像某些佛学学者过于钟情于佛法，而是从中绕过，以西洋的逻辑学，人文精神，和怀疑主义东西反观诸物。于是便有了《禅外说禅》这样的大作。把国人的心理结构和信仰意识，谈得头头是道，真正像一位高人在戏说人生。他很留意各种文化现象，衣、食、住、行，风俗人情，典章制度，等等，均在思索范围。多而杂，给他带来了意外的收获。便是：论现象不拘于一点，谈学理不妄自尊大。于司空见惯之事中，总要说出异样的声音。这便是杂学的力量。他写文章，意在明理，明理在他那儿，已不再简单的是儒生的现实理性的顿悟，而是带上了西洋哲人式的东西。如同培根追问人性本体，康德反思人的思维结构，张中行在诸种思想的吸收、碰撞中，找到了一种属于自己的精神表达式。这在当代文人中是少有的。所以，这是他特殊的贡献。他把洋人的形而上的东西，与东方人体味的东西，较好地杂糅在一起，于是形成了他自己的风格，像禅又不像禅。看似平平淡淡，但却有真的内容隐在其中。读张中行的作品，你必须认认真真地揣摩，兼哲学与美文于一体，正如先秦散文一样，杂而有序，洋洋洒洒，散淡冲荡。世间尚有此类作家在，无论如何，是读者的幸事。

3

启功先生谈及张中行时，赞之为“玩文物那么有兴趣，讲学问那么广博，生活上悃愊无华，行事上那么取予不苟，无疑的是一个正义感很强的人”。读张中行的作品，你会觉得，启功的感叹是不无道理的。张先生不是唯美主义者，写作乃是他思索人生哲学时的一种情思的外化。他一生所思者，是精神的悖论。“你爱它，他会给你带来苦；你恨它，却又躲不开；你同他讲理，讲不清楚；不讲，决心胡混，又会惹来麻烦。”这很类似康德的某些观点，康德就觉得，人的先验认知方式有限，以有限来穷尽无限，便走进“二律背反”，故彼岸不可知。这是人类的宿命，张中行也看到了这一宿命。他绝不说人的思维达不到的虚妄的东西，例如对某些宗教问题的存疑，便建立在逻辑的基础上。理性达不到的地方，那领域的事情，多臆造之处，不可信。怎样消解这一认知的困惑呢？他提出了顺生而行的观点。《顺生论》云：

我们生而为人，站在人类的地位说长道短自然是难免的，不过要讲包括其他在内的大道理，那就应该眼睛睁大，心情冷静。这样，我们会很容易地认识，所谓善恶，是人类以己身为本位来评价事物（严格讲应是评价人的行为）的一套概念，推到人类生活以外是行不通的。而讲到善恶的本原，其实也简单得很，不过是人生有“欲”。人类乐生，于是把可以利生的一切看作善，（人类畏死，）于是把可以避死的一切看作善；其他衣食住行等等事物的评价都不过如此。这里也许有人会想到更根本的问题，即“欲”的价值问题。这当然很难说，有所欲是已然的事，欢迎也罢，不欢迎也罢，反正是既成事实，除了顺受之外，又能怎么样！前面说，有的人不安于生命之徒然，这是想给“欲”及其派生的一切找个理论的靠山，以证明人事上的种种琐屑是理合于天。这种意图是可以理解的，而如果有所得，也未必没有用，如《易》传的“天行健，君子以自强不息”就是这一类。但是这类领悟，归根到底不过是一种形而上学的信念，用它自悲或自欺都可能有大用，如果竟以为这就是真理，定而不可移，那就与相信鬼神没有分别了。因此，想到天道方面的问题，我们以为宁可这样说，天道远，人道迩，人生有涯，人力有限，我们最好还是不要舍近而求远吧。

每每读到他对人生某些无奈的叹息，我便对他的大悲苦之心，有了一种亲切之感，我们同在一个无奈的时空里，社会观念的幻像常常把一切置于一种全能的精神解释之中。但张中行一直清醒地提示着我们，什么是人的有限性，人的精神可抵达的地方在哪儿？他的散文，这种玄学的特点，亦常流露其间，既深味“红尘”，又不遁入空门。鲁迅式的反抗绝望，同周作人式的“绅士”气，与他均不适宜。于是便选择了康德、罗素式的人生态度，以哲学之眼光，冷冷地看人生，品味人生，像一个超脱凡世的道人，但又颇有布衣、“寒士”之气。食五谷杂粮，谈天文地理，一生不与官场结交，老老实实做一介书生。这样的学者，并不多见吧？因为谙熟于子史经集，他写文章显得大气磅礴；又因为一生在社会底层生活，在炼狱中少顺多逆，故对人间悲凉体味很深。看他回忆诸亡友的文章，听他谈论古今文人的故事，让人思绪顿开。我在与先生的多次接触中，多次感受到他来自心灵深处那种悲楚意识。他对人生悟得太深了，一切世俗的幻像都在他那儿被粉碎了。这让我想起周作人的某些思想，他像苦雨斋主人一样，背负着巨大的文化负荷，把人的一切苦痛都吞在自己的肚子里。但又不是一个神经质、绝望的人，他以自己的超然、冷静、平和之心，将种种苦难，转化为一种征服人生的精神自娱。既然天下之事多不如意，人生苦境甚多，与其哭哭泣泣，不如以平常之心待之。《顺生论》中说：“我们的生命大概就是这么一回事，常常处于两歧之间，对于有些事物不能求甚解，但又必须相信自己的眼睛，选择一条道，向前走。”无奈与乐观、忧患与通达，这些看似矛盾的东西，但在他那里被调和得很好。张中行是位求知的人，但求知的目的，在那儿已不简单的是去找什么人生的出路，而是让自己和周围的朋友，更清楚地看清社会与人自身的某些深层东西。说宿命，他确实不相信一切先在的理性主义，即先验的东西；说通达，他又不盲目地皈依于一种信念。他一生都在苦苦地寻找一种属于自己的东西，靠独立的判断去把握人生。他的迥别流俗的地方，大概就在这里吧。

这里，他的精神体现了两个明显的特点：一是科学的理性意识，他一生都在关注科学哲学，对自然科学与人文主义抱有兴趣，这使他未能滑入旧式文人的复古之路。他的鲜明的人文主义情绪使他即使浸在旧文化的审视之时，也依然抱有一种清醒的批判态度。例如他对中国人陋俗的警告，对当代迷信之风的冷嘲，对复古思潮的不满，是深得“老北大”的科学主义传统的。张中行倡导科学精神，旨在由此而引发人们对人生的正确态度，其立脚点，还是在人生哲学上。无论是看重培根，还是小弥勒、康德，根底在于人的解放问题。这思路，属于鲁迅那代人的，他很好地继承下来，并有新的感受。他的作品，常可以看出这些东西来。其二，是存疑意识。这在他那儿一直占着不小的地位。他习惯于对事物的反思，对被世俗认定的东西，总要细究一遍。一贯如此的,便合理么?鲁迅、胡适那一代人,注重分析法,存疑意识很浓。张中行不像鲁迅那样有"魏晋风骨"和"托尼文章"气,也不似胡适那样长久热衷于实证主义哲学。在思想启蒙的方面,他对当代文化思潮的影响力是有限的。张中行的存疑意识,还是在知识论的层面上,他无意将此转化为一种思想运动。因此不像过去的鲁迅和当代的王蒙这类作家,那么引起广泛的注意。他的存疑意识,大概是受到休谟、罗素等人的影响。培根说:"伟大的哲学起于怀疑,终于信仰。"张中行对此有独有的感受。是否有"终于信仰"的一面,难说;但"起于怀疑",在他那儿是确实的。例如谈佛教,他对其中的某些哲学是佩服的,但又觉得其中逆人生而行的方式不妥,便与它既近而又远之;论及儒学,他亦兴致勃勃,且身上残留许多儒家的精神印迹,可一旦与现实人生联系,便对其非人道的一面嗤之以鼻。他采撷了许多学派的学说,却未有"终于"一方的。这看似有些驳杂,似乎在知识的获取上过于相对主义,但细究一下,还是很有其意义的。存疑的结果,便是:"生,来于天命,我们抗不了,于是顺;顺之暇,我们迈出几步,反身张目。"人都在一种灰暗的精神洞穴之中,要真正看清人自身,倘不跳出洞穴,难而又难。张中行跳出了这一洞穴了么?他的散文,正是这样一种精神跋涉。尽管依然存有困惑,尽管也难解析斯芬克司之谜,但他的悲壮的前行之中所洒下的汗水,是令我们这一代人深感敬佩的。这位文化老人的默默工作,给当代文坛所带来的启示,不是一两句话可以言明的。

4

只有明白了这一点,我以为,才会真正理解先生作品的主要价值和意义。他是带着欣赏人生的目光,究天人之际。上及远古,近逮自我,一觞一咏之中,多洒脱、智慧之音。他的散文大致可分为三类。一类是写人物的,很有"世说新语"之味,又带有笔记小说之调。写起来从容得很,比时下写人物的散文要老到得多。例如《梁漱溟》、《胡博士》、《启功》、《王世襄》等,已经超出一般俗套,那里简直是一部个体的精神史。形与神,意与境,气韵非凡地散发出来。二类是状物的,这一类很特异,是显示他非凡悟性的领域。例如《酒》、《城》、《桥》、《户外的树》、《灯》、《晨光》、《螳螂》等,已不简单的是传统写赋书怀之作,那是哲思与史学、灵感与理性的交织,看似摹物缘情,实则勾勒人生哲理的隐喻,这样的作品,即使在"五四"那时的小品文中,也不多见。张中行把一种特有的哲思与东方的杂感交织在一起,创造了属于自己的散文文体。三类是言理的,这一类他写得最多。如《我与读书》、《月是异邦明》、《临渊而不羡鱼》、《错错错》、《王道》等。他近来发表在报刊上大量的作品,属于这一种。这些作品深得鲁迅、周作人散文的精髓,很有"文明批评"的味道,也带有玄学的色彩。在这里,他表现了对生活极其广泛的兴趣,小及日常琐事,大至天理人道,举凡人生所涉的领域,均有冷眼静观的态度。仿佛一个历史老人,以苍凉、浑厚的声音,向我们诉说历史的旧迹。在这些冷静、古朴、深邃的美文中,我们可以看见他博杂的知识,和“笃近而及远”的人生趣味。以博杂而开启读者,以情趣去陶冶人们,读此类作品,你会觉得,其品位,不是一般文人可以做到的。

张中行的写人与记事,思维方式很像一个道人。他对文化名人的诸种打量,既不同于一般的学术臧否,亦不像某些文人散文那么无法节制。对他熟悉的人,他一直带有“史”的眼光,正如同欣赏文物骨董,那里的寓义与情趣之间的品味,很令人想起息影于山林间的旧式文人。这里有史家的不偏不倚的静观,又有杂感家的性灵。他写辜鸿铭,笔法淡淡的,像是欣赏,又像反省,人物的神态几笔便勾勒了出来。《胡博士》、《启功》、《柳如是》、《顾二娘》,我们简直可以当成人物散文的名篇,其笔调之奇,令人赞叹不已。张中行写人,一是注重文化名人,二是小人物。小人物中,又多是女子。写名人,一般并不仰视,敬重之情虽不免流入笔端,但更主要体现的还是“史学”与“哲思”的力量。写普通百姓,他则有一片大悲怜之心,那篇《汪大娘》,可谓写普通百姓的杰作,其味之淳,其情之真,其意之深,读后有余音不绝之感。张中行的精神深处,本能地拒绝世俗功名,一生所亲近者,除了文化与文化人,便是普通百姓。他对中国人淳朴精神的描摹,与沈从文、巴金多有相近之处。他笔下的小人物,尤其是女性,常常辐射出优雅、动人的光泽。张先生写女性的世界,多带有尊敬和神圣,例如写柳如是,写新凤霞,写丁建华等,其中可以看出他的价值态度和审美走向。这些杂多的人物脸谱,均被定位在广阔的文化背景和亲情的人生趣味里。他以平常之心待人,以人道的目光爱人,又以学者式的视角思索人,这便剔去了俗气,剔去了平庸,我读他的人物素描,觉得在不急不躁、不冷不热之中,流出人生的诸多顿悟。它让人清醒,让人回味,让人从世俗中猛然转向静谧、超然的境地。

很能体现张中行特有智慧的,是写物的那一类散文。我以为那是他散文世界中迷人的园地。《酒》、《城》、《桥》、《晨光》等,已不简单地雷同于明清的写景小品,亦不同于周作人关于茶、船、杂食的美文。这类散文的诗性与理性是极强的。说有诗性,乃在于他于现象界中可以捕捉到特有的东西,很像古人作诗,有禅味在;说有理性,乃因为不同于苏轼、欧阳修、李贽,乃至于俞平伯、朱自清等泛泛的人生感触,而是多了一份康德、培根、罗素式的意向。要在灵感之中,捕捉产生灵感的理性与知识机智,要问一声:我为什么会有这样的感觉?《晨光》是一篇很妙的作品,看似写习见之景,但却有认识论与价值论的东西。他写道:

……我当年未疯学疯,念穆勒,念休姆,念罗素,才知道围绕着归纳法,也可以提出疑问。穆勒的疑问是枝节的,他在所作《逻辑系统》里说,如果能够知道什么样的事例可以推正确的归纳判断,什么样的事例不能,他就是最聪明的人。这样说,他是承认自己还办不到,但至少理论上,也可能办到。可是到休姆和罗素手里,疑问就成为根本的,那是:归纳判断的可靠,要以自然齐一(永远如此运行,不变)为条件;何以知自然是齐一的?由于信赖归纳判断(赵大、钱二、孙三、李四都死,所以人都要死,等等,由部分如何推断整体如何),这就成为连环保,其结果必是都靠不住。记得他们还以明天太阳一定出来为例,也说是来于归纳判断,并非绝对可靠。这使我的思绪变为哲理与家常两半。万分之九千九百九十九是家常,如傍晚,我从众到奶站去取牛奶,因为不疑惑明天必来,就还要吃牛奶。问题是还有那万分之一,通常是早起,忽然瞥见晨光的时候,哲理就闯进来,像电光一闪,引来感慨万千。这感慨,化为疑问是,难道我们的宇宙是规规矩矩,可以永远托靠的吗?如果竟是这样,我们就应该感谢吧?感谢谁呢?可惜我们不能知道。就这样,我常是始于怀疑,终于慨叹,慨叹存在的神秘,己身的微弱。

……天很黑,出村,几乎对面不见人。走出六七里,到村名大新庄的东侧吧,韩大叔牵着驴在前面走,我步行跟着,忽然觉得昏暗的程度稍减。我停住,转身,看到东方露出一线微明。由微明反衬,参照新学来的一点点天文地理知识,用目光远扫上下左右,然后缩到脚下,清楚感到,原来我们置身于其上的大地,真是个飘动的圆球。它在向日光那一方转动,无知觉,无目的。我呢,与它相比,太渺小了,也在动,却有知觉,这有什么意义呢?我想到明天,因不知道明天怎样而惶惑。就这样,村野的晨光曾使我感到人生的渺茫。

写这类题材的散文,笔法完全是一种诗化的哲学风味。没有相当西学修养的人,能从中悟出其中的玄机么?张中行是个很有情感的人,但却不放纵它,而常常用理性的东西去存疑,求知。这样,像《晨光》这类作品,便蒙上恍兮惚兮的神秘感,以及力求从中超越感觉,以智慧去体味感知大限的神异色泽。既有庄子式的诘问,又有笛卡尔式的内省。写感觉,已经很诗情画意了,但又不止于感觉的体味,遂上升于哲学的盘诘,犹如罗素式的逻辑推理,义理博而大,精而深。这是先生散文独到的地方。像《信》、《户外的树》、《灯》、《桥》、《螳螂》等,也有这一特点。看似写身边旧物,但内中却流着思想者不竭的情思。忽而远古,忽而域外,忽而现实人生。在他那里,时空阔达得很,上下古今之典籍,有许多被信手拈来,一切物的存在,均被罩上人文的语境。物与我,虚与实,苦与乐,都自然地纠缠在一起。你甚至会觉得,在他的世界里,东西方哲人的思绪,被有机地熔于一炉。虽有时不能篇篇达到化境,文字有时有老人式的琐碎,但那种独有的智慧达成方式,确实大大丰富了当代中国的散文艺术。

言理的杂感之作,是张中行影响较大的部分。这一类散文写得十分活泼,也最能见出他的学识和人生态度。中国旧式文人,渐入老年,复古而远离现实者颇多。近代以来的许多思想者,均未能像林纾那样免俗。张中行八十余岁了,文章却常留意于现实,不见迂腐气。国学根底厚,却不以古人是非为是非;西学知识广,又不西崽气。例如评社会风气,商品经济,谈外来文化与中国传统问题,民主、法律问题,思路都很清楚,与平民的情感十分接近。《月是异邦明》写中国文化的弱点,一点也不温吞,这是很不易的。他在许多地方,明确表明对儒、道、释某些东西的不满,也有一定深度。苏轼论及韩愈时,批评儒生"君子之为学,知其人所长而不知其蔽,岂可谓美学耶",张中行属于"知其人所长"又"知其蔽"的人。他论及国人文化心理,优劣分明,反省的也较为深刻。读他评析现存社会的短论,文人气过浓,不及鲁迅那样沉郁悲慨,火气完全隐在背后,以至给人一种隔岸观火之感。但细品一下,却有很现实性的东西在。其实,以他的思想而言,抨击时弊并不难,只是因把世间看得较透,不愿陷得更深而已。这既有批评意识的一面,又有悲观的一面。因此也就缺少了鲜明的锐气。张中行太圆熟、老练,他写世相种种,往往并不直面,而是绕着走,峰回路转后,回到目标中去。这使他的"文明批评",有了厚重感。于汉末、唐宋、明清文人状态里,他看到了中国人心理多年不变的东西,又从当代人的习俗中,领略到古代文化某些长恒的因素。于是,谈论生活,已不是单纯地就事论事,而往往把古今的东西揉在一起。像周作人谈论自己一样:"所信毕竟是神灭论与民为贵论,这便与诗趣相远,与先哲疾虚妄的精神合在一起,对于古来道德学问的传统发生怀疑,这样虽然对于名物很有兴趣,也总是赏鉴里混有批判。"中国当代某些议论散文,多单线条地就事论事,此风已久,文章"道弊"四十余年了。张中行式的作家出现后,人们猛然感到,学识与智慧是不可分的。只有智慧而缺学识,文章就显得瘪,失去了味儿。鲁迅、周作人等人的散文所以气势不凡,乃因为身后有博大的文化背景所支撑。旧式文人的此种特点,目前越来越少了。张中行使我们看到了它的重要意义。古典文化修养,科学与理性,对东方文化人来说,是不可或缺的精神源头。我在张中行颇有现实感的散文之中,领略了其中的要义。

5

张中行写诸种散文、随笔,透着智者的情思。他的文体所以诱人,乃是人生的境界与修养使然。他曾经说:好的文章,许多都写得十分轻松,并不给人一种用力去写的感觉。在读了张中行的大量散文后,你会发现,先生的文风亦如他所说的那样轻松自然,是任意为之的,很少见他装饰自己的文字,都是大白话。但认真品味,却有深奥的东西在。这正如大书法家挥毫创作,水到渠成,天然成趣。有真骨在,何需外饰?也如化妆的女子不及天姿丽影的少女,一点缀,就少了真,少了深。文章的写法,庶几近之。

张中行身上,具有着成熟的艺术之美。他的作品,其实就是聊天式的精神漫游,把历史、玄学、人生,都用平平常常的话说出来,开创了当代文化散文的新路。探索人生,未必都用学院派的论文表述,用传统的散文笔法冥思达理,大概读者会更多一些吧?所以,他把中西的知识结合得很好,把雅俗的东西也结合得很好。什么人都可以读他的书,他把深奥的、台阁间的东西,移到大众中,以清淡平实的风格,笑谈人生。前人曾说,宁静方可以致远。但这"静"字,并不是装扮一下就可做到的。张先生的"静",得之于他对人生哲学的深省,对人间的苦楚、对生之有限有他特有的看法,故不为外界风雨所动。人为什么要活着,它的意义何在?世俗的功利能够拯救人生的宿命么?中国旧时文人,对于世俗社会想得太多,而对生命本体,思之甚少。虽然也有杜甫式的苍冷,苏轼式的悲郁,但那毕竟是由事功而后对生命的玄想,免俗却难。"五四"以后,西风东渐,我们总算有了周氏兄弟那样的作家,张中行继承了周氏兄弟的某些传统,在当代文坛,独树一帜。理性的局限他思索了,情感的局限也看到了。但他没有走向尼采,他知道那是有悖于生命价值的;同时,也没有走向佛门,那里面,亦有他所觉得的虚妄的东西。张中行选择的是"知其不可奈何而安之若命"。这似乎是一个中庸的选择,但也恰恰是这种选择,给他的文体和思路,带来了一种前不同于古人,后有别于来者的风格。这风格既古拙,又宁静;既超脱,又深沉。如山谷间的足音,清脆而神秘地缭绕着。也如刘勰所云,作家的神思应是"意授于思,言授于意,密则无际,疏则千里"。张中行在高风跨俗式的跋涉中,把一种散淡、平实的美,留给了当代文坛。

其实,张中行作品的耐读,除了哲思的高古之外,主要的,还是那悲欢之后的情思。他曾称自己的写作,颇似弗洛伊德所言的"白日梦"。《留梦集》的序言曾说:

> 多年以来,我涂涂抹抹,不断用到"梦"字。用,取义常常与本义不同。本义是睡在什么地方知觉还在活动,所谓日有所思,夜有所梦是也。这样的梦,如意也罢,不如意也罢,醒后都是一场空。我的所谓梦不然,是想望(或竟是幻想),是希冀,是爱慕,有时也许朦胧,但并不无力;于是之后是或移近,成为梦的现实,带来惊异甚至欢娱,但更多的是远离,成为现实的梦,带来怅惘和愁苦。这样的梦是未入睡时有的,是情之所钟,在生涯中占重要位置的,我视之为梦,或称为白日梦。
>
> ……正面说,对于其中多写白日梦的,我总是有偏爱。原因有浅的,是我复读,能够重温旧梦,再过一次值得眷恋的生活,哪怕只是片时的。原因

还有深的，单说写时候的心境，是含着眼泪写永远放不下的深情。人的一生是复杂的，有是非，有苦乐，有成败，如果桑榆之年，有兴趣算总帐，把经历分为值得重温和不值得记两类，我以为，划入前一类，并占首位的是白日梦，至于俗世的一点点名利，背后的几声咒骂，至多如路旁的几丛宿草，不管也罢。

张中行对人世间的"情"，看得较重，属于乐生派的人物。他的生命意识里，对真性情，是认可的。他写启功、张守义，带着赏识的爱；写柳如是、丁建华、汪大娘，带着友善的爱；记"红楼"旧事，情系于科学、民主，其中大多是眷恋的爱……这种爱意被历史感搅动着，你可以从中领略出他对远逝的生命足迹的无边的感怀。人生只有一次，每一次欣然的相逢，每一种甜蜜的交往，每一回真切的期盼，在他的笔下，被真诚地记录着。张中行每每写到人生的爱与友情时，自觉不自觉地流露出淡淡的苦味。这不和谐的颤音，使其作品散出无奈的情思。一方面是真实的情感涌动，另一方面是悲凉的叹惋。一切都在逝去，逝去，生命不过也是如此。人真能达到超越自我的精神永恒么？张中行散文中的苦涩的情致，大概就是由此而引发的吧？其中的魅力，或许也缘于此。

当下学人中，钱钟书式的文笔，高奥不可攀，深邃博大自不必说，世人也景仰久之。张中行与钱氏不同，他的身上多了一种贫民化知识者的气质。所以他治学与为文，与书斋中的钱钟书差异较大，走的是另一条路，即用散文随笔的方式，写出既有学理，又有性灵的东西。这并不是说，钱钟书的路是险、奇、高的远离人间的怪路，而是说，做学问，途径是不同的。读钱著，觉得是智者的挥洒，是纯书斋气的精英文本，先生的淡泊、幽默、超拔之趣略可感到。而看张中行的文章，则如一友人所谈，像一介"寒士"，以非贵族化口吻，道出了高深的学问。这样的人，在本世纪，大约并不多见吧？远离着研究院和大学，但却从事着大学教授同样的研究课题，没有任何功利的东西，都是为人生而发出的叹语。俨然是一个高僧，世俗之情，均被视为过眼烟云，一飘而散。无功利，为文与为人，就自然，就洒脱，写起文章就不多用力，但那清幽深邃的境界，却在不知不觉中托出。如同一幅名画，看似几点几线，但空白与画面之间，却气象万千。古人评王维作品的成功，乃"得之于象外"，此语赠之张中行，当并不为过吧？

1995 年 5 月 29 日于北京

——原载《当代作家评论》1995 年第 4 期

张颐武

新时期小说与“现代性”

一

在当下中国社会与文化的多重转型的进程中，有关文化选择的争议与分歧已经以一种新的形态十分清晰地呈现了出来。在杂乱而含混的讨论之中，新的文化格局的形态已在依稀中显示了自己的踪迹。“新时期”与“后新时期”间的差异与区别已达到了无法加以遮蔽的程度，九十年代文化的基本特征业已“浮出水面”，成了任何进行文化反思与探索的人所具有的基本共识。在新的文化格局形成的过程之中，新的批评理论发展所具有的“知识”前提亦已十分清晰地显示了出来。与文化转型相同步的理论与“知识”的转型已成为目前文化发展的最为活跃而具有创造力的部分，新的话语形式与阐释策略正在迅速走向成熟。此种新的文化及理论批评格局为我们“重估”和反思“新时期”文化提供了新的基点。我们可以将“新时期”作为一个历史分期的概念，而不是当下的文化发展来加以研究。这为我们打开了一个新的认知领域，也为我们提供了新的可能性。“新时期”既作为一个特定的历史时代，也作为一种独特的话语模式询唤着我们的新的阐释与认知。在这里，一方面“新时期”话语的种种基本命题及走向都为九十年代以来的文化发展提供了前提。“新时期”无疑是我们进行思考和探索无法回避的起点和背景，也是强有力地影响和支配着我们的文化选择的“经典”性话语。任何新的文化及“知识”生产都无法跳过这个巨大的历史背景，而只有面对它的巨大资源。可以说，任何新话语的生成均无法不面对“新时期”，无法不重新审视和追问那些昔日梦想的结晶。另一方面，“新时期”作为当下的一个刚刚逝去的历史阶段，也依然是当下所试图超越、闪避的“问题”。它与当下的“后新时期”文化间的差异仍然构成了巨大的困惑和挑战。因此，“新时期”作为一个特定话语模式的代码，具有着与当下间的延续性/断裂性的双重形态。探究“新时期”，既是思考和追问一段已逝的历史，又是思考和追问我们自身的语言/生存状态。

“现代性”乃是“新时期”文化和文学话语的关键问题，它在“新时期”小说中的展开为我们提供了了解“新时期”文化的新的探索与反思的“视点”。“现代性”作为“新时期”的最为强烈的文化表征的内在矛盾及其被“克服”的策略构成了“新时期”本身的基本话语形态。本文试图通过对“新时期”小说的研究，提供一个对“新时期”话语的新的阐释。

二

“新时期”作为一个特定的分期概念及话语模式的表征，从它出现时起，就与一种强烈的“现代性”的焦虑有着十分紧密的联系①。这种“现代性”的焦虑的展开乃是基于两个前提的：一是中国所面临的异常严峻的发展问题，这种发展问题乃是中国作为第三世界民族的最为巨大的焦虑。中国的“现代化”的强烈诉求在经历了“文革”的忽略物质生产的“极左”选择之后，再次变为一个民族的整体性目标。二是在“文革”时代的极端的社会控制之后，将一种“人”的话语再度置于文化的中心。而正是在这两个前提之下的小说写作的发展呈现出一种试图整合这两个前提的“整体化”的趋向，这种“整体化”的诉求既显示了“现代性”在中国语境中的展开的丰富性，也透露了它本身的内在的矛盾性。这构成了“新时期”小说叙事的复杂性和内在的紧张性，而这种“现代化”/“人”的双重话语建构也最终为“新时期”小说提供了其文化想象的条件。

对于以经济发展为前提的世俗的“现代化”目标的追寻，“现代化”对于生活的全面改造及由此带来的生活的巨大改善一直是“新时期”小说的基本叙事目标。这不仅仅是社会及民族国家在脱离“文革”话语之后对于“文学”的要求与呼唤，也是写作本身的自觉的选择。周扬在1978年年底的著名讲话《关于社会主义新时期的文学艺术问题》中十分明确地指出：“要正确表现社会主义新时期的生活和斗争，最要紧的是，我们的文艺工作者要积极地投身于为实现社会主义新时期的总任务，为加速社会主义现代化建设的伟大斗争中去，观察、体验和描写这场火热的轰轰烈烈的斗争。这是一个伟大的群众运动，又是一场科学、技术的伟大革命。”②这里的表述无疑在“新时期”文学的开端时刻即明确了它与“现代化”作为发展进程的不可分的联系。这种联系十分明确地承诺了物质生产方式的变革与发展对于文化想象的

---

① 有关“新时期”概念的形成可参阅史燮之《“新时期文学”话语溯源》，《作家报》，1995年5月20日第3版。

② 原载《人民日报》，1979年2月23日、24日。引文据《新时期文艺论文选集》中国文联理论研究室编，上海文艺出版社，1986年，第10页。

支配性的作用，也强化了这种支配作用将“现代化”由生产方式转向一种文化承诺之可能。到了八十年代后期，这种对于物质生产及日常生活改善的追求的合法性仍然是具有主导性的文化思想肯定的关健(键)之点。

就小说写作而言，这种对物质生产及日常生活的“现代化”的强烈诉求始终是一个相当重要的方面。这种诉求表现在两个不同的方面，却又最终构成了一个“整体性”的诉求。这种诉求一方面试图直接表现当代生活本身的物质性的焦虑，直接探索处于经济发展进程中的“中国”的困窘与贫瘠所造成的冲击和挑战，以此来陈述“现代化”的紧迫性，呼唤现代文明之最终降临。“现代化”在此成为物质层面的最终超越的途径与方向。另一方面则是对现代的社会生活管理与支配策略的全面认同和肯定。“现代化”体现为现代的社会与文化机器对社会生活的全面的介入和管理，而这种管理本身则成为实现上述的物质经济目标所必须的保障。这种强烈诉求的紧迫性从刘心武的《立体交叉桥》直到 1987 年方方的《风景》一直弥漫于“新时期”小说的写作之中，使得“新时期”小说的“伟大叙事”之中始终弥漫着一种强烈的“世俗关怀”，一种与中国的“第三世界”文化境遇相关的独特的写作趋向。这里的经济事实业已充分地“内化”为一种无可选择的文化话语，一种无可逃避的“震惊”。它主导着巨大的文化焦虑的生成。

作为“现代性”话语的前提和基础的“现代化”的经济目标，在“新时期”以前的中国小说中从未得到过如此强烈的肯定。“现代性”不再象在五十、六十年代文学中所强烈表现出的对于“现代化”的世俗目标的“克服”与“超越”，而是对于现代生产力的强烈渴望，且这种目标不再具有终极性，将它的实现定在一个遥远的未来，而变得更为具体和实在。它所激起的强烈的物质性的世俗向往似乎是“新文学”的全部历史中最为强烈和具体的。“现代”在此话语中不再以曲折复杂的形式展示自身，而是直接形成了一个急待解决的当下性的问题。“新时期”小说对于“文革”话语及种种其他话语的否定的基点，正是在于它对于“现代化”的经济目标的拒斥已无法适应当下社会需求。而此种要求的强烈性正是一个新的话语欲望的前提。它虽然重重叠叠，形态复杂，但其指向的明确性却是无可争议的。它将经济事实凝缩为一个文化表象，成为一种话语焦虑的目标。在这里，“新时期”小说体现了两个明确的表述策略。首先，它不再试图以“精神”性的追求“压抑”“忽略”“超越”物质生活的困窘及其所造成的焦虑，而是试图将之作为社会改造的动力。“日常生活”本身的不可逃避与缩减的种种问题均成为写作所关注的焦点。其次，社会改造及发展的目标的世俗化也是“新时期”小说的重要的选择。在“新时期”小说的发展中，对于“现代化”及其物质化的日常生活目标的质疑和困惑当然始终存在，而且有不断随着中国的社会进程而强化的趋势。但王蒙在八十年代后期的概括仍然是具有说服力的：“我们国家,在向现代化前进,不管走得多么曲折,在历史前进中,人们在得到很多东西的同时总感到失去一些东西,所以在文学当中出现的许多的类似怀旧、感伤的作品。丝毫不意味着作家对现代化丧失热情,也不意味着对文明、对进步的否定。"①

与对于"现代化"的世俗日常生活的肯定形成极为复杂的对应、参照及矛盾的关系的乃是以"个人主体"的神话建构一套有关"人"的伟大的叙事。这一"人"的寻求一直是"新时期"小说的最为明确清晰的走向,也是"新时期"作为一种话语建构的最为引人注目的"区别性特征"。这种巨人的超验的乌托邦与意识形态在小说写作中体现为两个明确的面向。

首先,它意味着私人空间的扩大及公共空间通过个人之间的交流加以重建,社会在某种程度上向个人"退赔"若干私人空间,并保护这些空间的隐秘性。与此同时,昔日由社会和国家全面支持和管理的公共领域,也由个人间的交往而获得了民间化的含义。这种私人空间的神圣性与公共空间的独立性的话语乃是由"伤痕文学""反思文学"直到刘索拉、徐星的激进的"反传统"小说等一系列关注当下的写作所认同和肯定的基础。刘心武连续引起轰动的小说《我爱每一片绿叶》、《如意》、《黑墙》,张洁的《未了录》,王蒙的《海的梦》等等都提供了对私人空间重建的呼唤。这种呼唤涉及私生活领域的不可侵犯,爱/性的自由度的扩大等等方面,而到了刘索拉、徐星的小说中,这种私人空间的捍卫更得到了前所未有的强化,甚至导向了某种强烈的反社会的情绪。而象王蒙的《蝴蝶》、张辛欣的《我们这个年纪的梦》、《在同一地平线上》等本文(文本)则提供了对于公共空间的重建的新的期望。这既是新的价值观及文化选择的结果,又是市民社会的成长的文化反应。这些都意味着争取整个社会的运作及知识/权力话语不再将个人视为无足轻重的,而是最高的价值准则。这意味着一种话语机制的巨大的转变,也意味着一种新的"现代性"价值观试图建立自己的交往及行为方式的重要尝试。

其次,它呼唤着一种"个性"及心灵自由的实现。它体现为个人生活的选择性的扩大和个人精神改造的实现。这种诉求旨在重建个人的绝对性、终极性和超越性,提供一种以"人"为中心,而非以群体为中心的价值选择。"人"被指认为一个明确而崇高的社会目标,一个社会运作的起点。无论是宗璞《我是谁》的苍凉的追问或是徐星的《无主题变奏》的颓废犬儒的反叛,其间这以"个性"及个人化的生活选择为核心的追求的脉络依然十分清晰。《我是谁》的结尾处的慷慨的表述无疑显示了这一追求对于"新时期"话语而言的高度的绝对性和终极性:"然而只要到了真正的春天,'人'总还会回到自己的土地。或者说,只有'人'回到了自己的土地,才会有真

① 《王蒙王干对话录》,漓江出版社,1992年,第43页。

正的春天。”

上述两个面向，前者是要求与呼唤社会的变革与改造，后者是要求个人本身的变革和改造。这两种强烈的要求和面向实际上一直延续到了“新时期”后期的“新写实”小说及“实验小说”的两大潮流之中。“新写实”以极端似真性的追求提供了对于或一社会境遇的认知，以此凸现“人性”无法实现的焦虑。而“实验小说”则极度地张扬“作者”对于文本的支配作用，以对于作者创造性的强烈的肯定及打破写作规范的激进性显示“主体”的功能与作用。可以说，有关“个人主体”的话语以其强大的神圣性的姿态为“新时期”小说的“现代性”寻求提供了一个最为关键的选择。

上面我们讨论了作为物质层面的“现代化”话语及作为精神层面的“个人主体”话语对于“新时期”小说的重要作用。但我们也可以发现二者有一种难以摆脱的内在的矛盾性。它们是作为“新时期”话语的“现代性”的不同的面向展开的，但这种展开却又导致了“现代化”/“个人主体”话语的二元对立。“现代化”乃是一种世俗的、具有操作性的社会/经济/文化目标，它是具体的经验性的；而“个人主体”的话语则是一种不可操作的神圣的终极性的承诺，它是抽象的超验性。因此，在“新时期”小说的话语中“现代化”/“个人主体”间的矛盾性体现为一种世俗性/神圣性、经验性/超验性之间的断裂与矛盾。而这种断裂与矛盾〔是以〕显示（了）新时期小说在平民化的日常生活目标与精英化的终极价值追求之间的摆布（荡）与困惑。正是由于这种摆荡与困惑的极度的紧张性，才导致了从“新时期”开始时起就已出现的二重性书写的无可解脱。

一方面，正如王蒙的表述所点明的，“新时期”小说始终关注现代化的社会发展的目标的实现。诸如何士光的《乡场上》、张一弓的《黑娃照相》这样的文本还直接将经济的改善与人格独立间做了十分明确的“缝合”。这种世俗化的人格观念与经济社会变化间的关系被当时的批评者十分明彻地肯定。雷达在1980年评论《乡场上》时明确地指出：“小说通过冯幺爸的精神觉醒，有力地揭示出，我们的农民由于目前政治经济地位的急剧变化，开始挣脱捆缚精神的绳索，逐渐恢复了人的尊严和价值，庄稼人的腰杆又开始挺起来了。”①此种人格观乃是一种具体的社会位置或文化身份的确认，而并不是“个人主体”的终极目标，它仍然是一个世俗层面的表述。但此种世俗的解放的欲望并不足以克服一种终极性的“个人主体”的焦虑的存在。

另一方面，“新时期”文学话语中最为矛盾之处在于一种以“反庸俗”形态出现的对于世俗“现代化”目标的批判性表述仍然在话语的边缘与缝隙中呈露出来。在“新时期”的开端时刻，这种对于世俗日常生活及物质性追求的否定就显露出来。如

① 雷达：《庄稼人的腰杆挺起来了》，《人民日报》，1980年11月19日。

刘心武的《爱情的位置》、《穿米黄色大衣的年轻人》及张洁的《爱是不能忘记的》、陈建功的《迷乱的星空》等文本中均表现出对于世俗性的批判。这种批判的表意策略相当复杂。这些文本均有批判“文革”时代的禁欲主义及对“爱”的追求的刻意的压抑和禁止，这从一个方面肯定了世俗化的合法性，但另一方面则又激烈地否定了对于物质生活改善的追求。这种表意策略无疑乃是“个人主体”的立场对于“现代化”话语的复杂的矛盾状态的表征。“主体”的实现被界定为精神世界之中的行为，它应该是纯粹的而不应有任何物质的前提和条件，它应当是超越性的。于是如张承志的《北方的河》这样的文本就十分狂放地拒绝一般性的社会规范。以至于李劼由八十年代的“现代化”的价值出发对之进行了追问。李劼在1985年的一篇文章中指出：“说句笑话，这哪里是主人公在寻找爱情，简直就是唐·吉诃德在寻找潘桑。从传统观念来说，主人公的这个念头很有点伟男子气度；但从八十年代的观念来看，这就似乎有些横蛮无礼了。因为男女双方应该是站在同一地平线上对话的，根本不存在谁跟谁跑的婚姻原则。那位男主人公脑子里装着如此陈旧的观念，难怪他会在爱情面前显得那么不近情理。”①这种批评乃是站在世俗日常生活的立场上的阐释，它与《北方的河》的强烈的主体扩张之间显然是相互矛盾与冲突的。张承志的“叙事者”“我”遍历大河的激情及英雄主义的“个人主体”的“新观念”，与李劼的世俗的“现代化”模式的“新观念”之间的分歧与冲突无疑显示了“现代性”的两个层面之间的复杂而微妙的关系。

这里所出现的内在矛盾并不是小说写作的自觉选择，相反它在话语层面上的冲突与矛盾正是作家们试图加以“压抑”“克服”乃至“统一”起来的，试图将“现代性”话语的这两个不同层面加以弥合与谐调，保证写作在这两者之间取得一种必要的平衡。而这种内在的矛盾与冲突导致的紧张性却一直存在于“新时期”小说写作之中。

三

“新时期”小说对于“现代性”话语内在的矛盾性的想象性的解决来自两个层面，在意义的层面上，它是以“文化”的反思为基本方法以在“现代性”话语的内在矛盾中取得平衡，而在形式层面上，则以“民族寓言”的表意策略，获得一种与“文化”的思考相适应的想象方式。这种“文化”/“民族寓言”的总体表意方式的逐步建立构成了“新时期”小说探索的中心。

在这里，“文化”作为一个社会组织自身的元话语的建构，成了“新时期”小说认知和反思的最具冲击力和根本性的方面。“文化”被理解为政治、经济、技术、制度等

① 李劼：《观念——文学，自然——人——〈黑骏马〉〈北方的河〉之我见》，《小说评论》，1985年第4期。

话语存在的支配性的因素。它是以“民族”的特性与本质的表征出现的，“新时期”小说写作的最为引人注目的特征，正是一种强烈的“文化意识”的出现及强化。季红真的表述相当清晰，她指出：“‘新时期作家’在对当代社会生活的思考中，渗透着浓厚的文化意识。这是由于新时期文学一起始，就与整个民族现代化的历史要求密切相关，与各种社会文化思潮相互渗透。从刘心武的《班主任》，救救被‘四人帮’坑害的孩子的呐喊开始，新时期文学在自身的发展演进过程中，容纳了整个民族现代化进程中文化抉择的痛苦。这时代的作家都不同程度地具有文化意识，并且以不同的方式在作品中表现出来。”①这些提法将文化反思在小说写作中的作用和功能做了十分明确的揭示。文化反思乃是对于社会之本质的认知的尝试和努力。

这种文化意识的作用乃是为了提供在“现代性”话语下的认知的方式。这种文化意识的获得又具有保持“知识”发展的连续性的职责的意义。这种文化意识由两个方向上提供了对于“中国”的特殊的文化想象的策略：

首先，“新时期”小说的文化意识强调的是文化对人的支配、影响、决定作用。个人的生存受到文化的巨大的制约，文化决定了一个人的命运与选择，“寻根”文学对于文化的特殊强调实际上也包含这方面的表述。此种表述当然与“五四”时代有关“国民性”的话语具有某种内在的联系。它都试图提供一种对于特定民族文化本质的确定的认知，试图发掘在文化的“特殊性”作用之下的我们自身的处境。不同的作家对于文化的“特殊性”有不同的评价和立场，但我们被这种特殊性赋于（予）了一种特定的本质则是“新时期”小说文化意识的基本前提。

第二，我们对丁此种“特殊性”的文化本质的认知却依然是以一种来自西方话语的“普遍性”作为前提的。没有这种“普遍性”的话语的存在，对“特殊性”的认知也就无法存在，特殊的文化本质也就无从展开，也无法被有效地认识。只有借助这种“普遍性”的认知，“特殊性”的本质才可能被呈露出来。

这样，“文化”就成了“现代性”的两个不同面向之间的张力的统一。它的特殊性既妨碍、阻滞着“现代化”话语的展开和目标的达到，又成了个人所无力超越的制约与控制的外在力量。而这种“文化”意识的展开的结果或是以“普遍性”对于“特殊性”进行彻底的否定，将“现代化”及“个人主体”的实现定位在对于文化“特殊性”本质的彻底改造之中；或是以“特殊性”对于“普遍性”进行质疑，将“现代化”及“个人主体”的张扬确定为“民族精神”和文化力量的发扬光大。这样世俗性/神圣性的双重目标之间的分离与冲突统一于“文化”性的表述之中。

这种对于“文化”的关注最终体现为一种“民族寓言”的表意方式。所谓“寓

① 季红真：《忧郁的灵魂》，时代文艺出版社，1992 年，第 38 页。

言”,按美国学者阿勃拉姆斯的解释,乃是指“它们讲述一系列前后连贯的事情,还表明了另外一系列相关的意思”①。而德国思想家本雅明及美国评论家保罗·德·曼等都对“寓言”的现代功能与意义作了详尽的研究②。对于“寓言”在第二世界文化中的特殊作用,杰姆逊在他的著名论文《处于跨国资本主义时代的第三世界文学》中作过相当详尽的阐发。杰姆逊指出:“第三世界的文本,甚至那些看起来好像是关于个人和利比多趋力的文本,总是以民族寓言的形式来投射一种政治:关于个人命运的故事包含着第三世界的大众文化的社会受到冲击的寓言。”③这种“民族寓言”,对于杰姆逊的表述来说,既是第三世界知识分子写作的自觉选择,又是在全球性的第一世界/第三世界的文化关系中第三世界本文被误解和阐释的结果。“民族寓言”式的写作被视为一种第三世界在“现代性”话语中不可逃避的选择。杰姆逊选择了鲁迅的《狂人日记》、《阿Q正传》这样的本文作为例证,以说明“寓言化”写作对于第三世界写作的巨大意义。但“民族寓言”式的写作却是将西方式的“视点”内在化为中国写作的自觉选择的结果,是将中国化为一个“他者”“客体”,将自身化为被动地认同于西方式价值观的“他性”的代码。这正象杰姆逊在一次接受访问而言及有关“第三世界小说中的寓言现象”时所认定的:“那是想从理论上证明第三世界与我们不同。”④这种不同最终乃是一种文化性的差异,而“新时期”小说对于“文化”意识的追寻,无疑为“寓言化”的写作找到了前提。这种与“西方”话语的巨大的“不同”的发现,成了“新时期”文化逻辑的最为引人注目之点。

这种对“文化”的“寓言”式的追求在“新时期”小说中体现为两种不同的模式。这两种不同的模式分别投射了“新时期”文化反思的两种不同的面向:

一种文化反思的寓言模式乃是一种“空间寓言”的追求。这种“空间寓言”,将“中国”及其文化的本质确认为一种由特异的文化和生存方式构成的在空间上特异的社会。这种“空间寓言”写作模式的最为典型的表征乃是“寻根”文学。它对于蛮荒的、时间不明的诡异空间的开拓,显然呈现了一种“空间化”的寓言表述。这里的“根”的隐喻并不“回返”某个具体的历史时刻,而是永恒的、含混的和无时间性的,足以支配我们自身的生存状况的“文化”本身。我们正是长在这个“根”上的。在王安忆的《小鲍庄》、韩少功的《爸爸爸》和郑万隆的《异乡异闻》中,“中国”作为一个文化性的代码不是一个历史的演进或可量度时间的延展的产物,而是一个特异的文明空间,一个永劫轮回的静止的空间。在《小鲍庄》的结尾处,王安忆引述了一段

---

① 《简明外国文学词典》,湖南人民出版社,1987年,第11页。

② 有关“寓言”理论的发展可参阅张旭友《寓言批评》,《文学评论》,1988年第4期。

③ 《当代电影》,1989年第6期。

④ 《后现代主义》,社会科学文献出版社,1993年,第149页。

曲子:

有二字添一竖念千字,
秦甘罗十二岁做了宰相。
有一字添一竖带一钩念丁字,
丁朗又刻苦孝敬他的娘。
一二三四五六七八九十,
十九八七六五四三二一,
珍珠倒卷帘那么一小段。

这一民谣的寓言性质在于“一二三四五六七八九十”“十九八七六五四三二一”的回旋。时间本身在“擦抹”自身的痕迹,它使文本最终成为空间的特异性的展开。而这种特异性则调用了“特殊性”的文化的不可化约的性质,“中国”在此变为一个“普遍性”进程之外的被自身的文化特性所制约和支配的绝对自在之物,一个世界历史的特异的空间的“他者”。

另一种文化反思的寓言模式乃是一种“时间寓言”的追求。这主要体现在“新时期”的“伤痕文学”、“反思文学”等潮流之中。这些潮流强调“中国”文化被局限于一种时间上滞后的状况之中,因而极为重视对于“时间”的叙述,将“五四”、“反右”、“文革”等重大历史事件作为时间的特殊标志,这种对时间的表达欲望支配着文本的运作。而这里的“中国”及其文化则被表述为一个时间上滞后,急于“赶超”的充满焦虑之地。象高晓声的《李顺大造屋》、王蒙的《蝴蝶》、刘心武的《钟鼓楼》、张炜的《古船》、贾平凹的《浮躁》等文本都有对时间的前进的无尽的感慨和对于“文化”的滞后性的巨大的焦虑。王蒙的《活动变人形》的结尾处有一段有关“跳舞”在中国历史的不同时期中的演化的分析,十分幽默地显示了这种“时间寓言”的向度。“时间”被赋与了最为强烈的意义,它是终极的判断,是确定我们存在的尺度和法则。这种“时间寓言”,乃是依据“普遍性”对“特殊性”的文化进行某种批判性的反思。在这里,“中国”的本质不再是一个绝对的空间特异性的显示,而正是“赶超”或变化本身。“中国”在当下虽显示了不同于西方的本质,但这种本质的可变性正是时间本身的终极性和绝对性的结果。

值得指出的是,在“实验小说”与“新写实”这两个出现于“新时期”后期的小说写作潮流中,这种“寓言化”并未终结,而是更为强烈、更为激进地得以展开。“实验小说”对语言和叙事的激进实验,正是一种对本土语言/生存的时间滞后性的焦虑的结果,也是一种冲刺式地“赶超”西方文学的最新发展的努力。它仍然体现了“时间寓言”的基本特点。而“新写实”小说力图以一种“似真”性的修辞对中国人的生存状态进行一种静观式的描述,仍然具有“空间寓言”的特点。它们都并未超出“寓言式”写作的基本特征，而只是将“寓言”推向了极致，却最终为其自我解构提供了条件。“实验小说”将“时间”化为高度主观性的破碎的片断，却最终使时间自身无法复原；“新写实”则强调空间本身的极度的琐碎及片断性的特点，将空间碎片化了，使之不复完整。它们都仍是“寓言化”写作之中的文学潮流。

综上所述，文化反思/民族寓言的表述机制体现了“现代性”话语追求的“整体性”的巨大欲望，它们整合了“现代性”话语的不同面向，使其内在的冲突转向了面对时代之再编码与再定位。

四

文本的这些零散的讨论主要试图由两个方向切入“新时期”小说的“现代性”话语之中：一是由现代化/个人主体的双重追求的内在矛盾中凸现这一话语的内在的复杂性；二是由文化反思/民族寓言的表意策略中显示其自我“整体化”的文化设计的性质与功能。这似乎都为我们站在九十年代的立场上反思“新时期”话语提供了前提。从这里我们可以发现，“新时期”小说写作显然是将西方的“现代性”话语作为阐释“中国”的基本话语，这也就导向了一种自我“他者化”的文化境界①。这种话语乃是以西方话语作为自我反思与探究的起点和目标，对中国文化实践的书写和编码。而这种书写和编码又是将“作者”置于一种文化中心之处以寓言化的写作来化解“现代性”内部的不同面向间的紧张性。这必然导致了在普遍性/特殊性的文化选择时的本质化的简单追寻。这使得一种时间寓言/空间寓言的简单设计得以产生。这仍是以西方“现代性”阐释中国时所遇到的问题与困境的表征。正象酒井直树所指出的：“与双方公开的声称相反，普遍性与特殊性相互促进并互为补充；它们从未产生真正的冲突；它们互为依存，不得不以任何手段去谋求一种均衡的、互为支撑的关系，以便避免一种可能危害它们号称是安全和谐的独白世界的对话冲突的出现。普遍性和特殊性确认相互间的缺陷以便能相互掩盖；它们在共谋中紧紧地把相互捆绑在一起。”②

这种“现代性”的话语本身的追问和反思业已成为我们时代的重要主题。这种反思正象福柯所指明的，乃是必须去“从历史的脉络去检视哪些事件塑造了我们，哪些事件帮助我们认知所谓自我主体，就是正在做、正在想、正在说什么。”这似乎乃是我们重新在一个“后现代”与“后殖民”的语境之中重审“新时期”小说的“现代性”所应有的立场。

---

① 王一川、张法、张颐武：《从“现代性”到“中华狂”》，《文艺争鸣》，1994 年第 2 期。

② 〔日本〕酒井直树：《后现代主义与日本》，杜克大学出版社，1989 年，第 105 页。

这种立场绝不是简单的肯定/否定的二元对立的展开，而是对于特定语境及特定话语机制的仔细认真的反思和省察。“重估”和追问并不意味着给出一个是非的判断，而是对整个判断所依赖的话语的思考。正是只有依靠这样的思考，“新时期”的当下意义才可能显示出来。而文本也就是一个这种思考的最初的尝试。

1995.6.26 西郊魏公村

——原载《文学评论》1995 年第 5 期

樊 星

“知青族”的旗帜

——“当代思想史”片断

笛卡尔认为,为了达到真理,一个人必须在一生中有一次把他以前所抱的种种看法通通抛弃,重新取得一套有系统的知识。

——卢梭:《爱弥儿》

这是一个历史的课题:知青文化对于二十世纪后半期中国大陆思想文化的巨变具有怎样的意义?

1968年12月22日,《人民日报》公布了毛泽东的“最新指示”:“知识青年到农村去,接受贫下中农的再教育,很有必要。”一场千百万知青上山下乡的高潮因此高涨。“在短短的一两年时间里,几百万红卫兵变成了青年农民。许多人在响应伟大领袖号召的时候是那样的虔诚……还有的知青以为他们像当年的革命家一样,到农村去撒播造反的火种,‘组织起千千万万的工农大军’。很少有知青能够想到,他们不过是‘文化大革命’的牺牲品。”历史已经证明:“六十年代末的上山下乡洪流,很大程度上应当说是一种迫不得已的权宜之计……既然无法用经济手段解决政治和就业问题,又不可能让千百万红卫兵成为无业游民,采用强制性的政治手段就成为当(时)惟一可供选择的方案。”①就这样,纯洁的乌托邦梦想与无情的现实发生了剧烈的冲撞。这种冲撞导演了无数的悲剧与喜剧,产生了深远的历史效应——从1978年至1979年间的“知青大返城”到八十年代“知青作家群”的崛起直至九十年代初“知青文化热”的兴盛……

这样,知青文化便成为一座桥梁:从忠诚的“红卫兵”到叛逆的思想者的桥梁。

这样,知青文化便成为一面旗帜,从狂热到绝望再走向希望的旗帜,当代人精神流浪的旗帜。

---

① 火木:《光荣与梦想》(中国知青二十五年史),成都出版社,1992年,第120、173页。

这样，知青文化便成为一个标本：极左思潮由盛而衰、思想潮流由一元到多元、价值观念从一极走向多极的一个标本。

而知青文学又是知青文化的绝妙结晶。因此，通过知青文学洞悉知青文化的丰富与芜杂，便成为了一个令人感兴趣的话题。

从狂热到绝望

狂热与绝望，是人生情感的两极。但“文化大革命”的风云变幻，却使一代人在极短的时间内从狂热走向了绝望，从愚忠走向了叛逆。

知青作家邓贤在长篇纪实《中国知青梦》中记录了一代知青从狂热走向绝望的苦难历程。其中关于“北京五十五”的描述就很具有典型意味：他们早在 1966 年初冬就带着“红卫兵运动向何处去”的问题考察了西双版纳，并经过充分准备后，于 1968 年 2 月奔赴云南边疆（早于毛泽东发布动员令整整十个月）。但没过几个月，这些热血青年就消沉了：极端困苦的生活，极度原始的劳作，极其可怜的收获逼使他们正视严酷的真理——仅凭着理想是不行的。冷酷的现实比火热的理想更强大。不久，他们就先后悄悄地离开了云南。

“红卫兵”发起人之一的卜大华也于 1968 年去陕北插队。他后来回忆说：“当初，我是从‘天上’看世界，到了陕北的山沟沟，住进破窑洞，我第一次发现，中国还有这么落后、贫穷的地方！那些曾为革命洒过鲜血的老红军、老贫农，仍在吃糠咽菜，看到这些，我流下眼泪！还搞什么‘文化大革命’，和人民的愿望相去十万八千里！这时，我是站在地上看世界，在这里，我发现一种与城里人的狂热膜拜相对照的普遍心理：农民在迷信中忍耐，在保守中缄默。这不正是我们民族的精神重负吗！迷乱的时代多么需要清明的理性呀！我从那虚幻的天上落下来了。……我找生产队长，提出治穷要靠机械化，山区要发展林业，不是靠什么‘大批促大干’。这是我用自己的头脑思索后得出的结论。”①——贫穷的现实击退了狂热，贫穷的现实催生了理性之思。从这层意义上说：贫穷的土壤也是思想解放萌芽的基础。

贫困的现实不仅击毁了狂热的梦想，甚至危及了他们的生存。1972 年，知青家长李庆霖冒死上书毛泽东，倾诉知青的苦难——“分得的口粮年年不够吃，每一个年头里都要有半年或更多一些日子要跑回家里吃黑市粮过日子。……不仅口粮不够吃，而且从来不见分红，没有一分钱的劳动收入。”这便是知青的生存危机。这种生存危机使广大知青不得不直面生存的艰难，不得不品味生命的苍凉。尽管毛泽东读

① 黄际昌，张平力：《第三次抉择》，见周明主编《历史在这里沉思》（5），北岳文艺出版社，1989 年，第 95—96 页。

过李庆霖的信后指示“统筹解决”,但在“文化大革命”那样一个国民经济濒于崩溃的历史条件下,知青的贫困生存状态不可能从根本上得到改善。

除去贫困的威胁,还有知青与农民间的鸿沟在知青心中产生的幻灭感。《南京知青之歌》的作者任毅回忆道:下乡不久,知青就感到当地农民并不欢迎他们。1969年夏(正值“九大”开过,“文化大革命”取得“决定性胜利”之际),失望的情绪在知青中弥漫开来。这种情绪构成了《南京知青之歌》的主旋律:“啊,未来的道路多么艰难,曲折又漫长,生活的脚印深浅在偏僻的异乡。跟着太阳出,伴着月亮归,沉重地修理地球是光荣神圣的天职,我的命运。”这旋律竟很快唱遍大江南北,又神奇地被莫斯科广播电台传向了世界。“这里既没有豪情壮志,也没有宏大理想,它只是表达了一种思考情绪,表达了知青作为一种非工、非农、非军、非学的特殊阶层的强烈失落感。”①感伤、叹息这些似乎早已被革命风暴埋葬掉的“小资产阶级情调”就这样悄悄回到了知青的心中;强烈的失落感、“非工、非农、非军、非学”的“局外人”、“零余者”心态就这样成为现代荒谬感、绝望感的先声(尽管知青们当时不可能接触西方现代主义思潮)。历史证明:“世纪末心态”在“文化大革命”中已经产生。

甚至不仅仅是不欢迎的问题。在中国农村,正是封建特权对人性的恣意蹂躏给了知青致命的一击,使他们中不少人或自暴自弃、在疯狂报复的变态心理驱使下走上反社会的绝路,在打架斗殴、偷盗抢劫中宣泄疯狂;或悲观绝望,千方百计走上逃亡之路——从装病到自残,从走后门到出卖灵魂与肉体……在没有民主与法制的黑暗中,知青运动很快分崩离析。由各奔前程的私逃到1978年西双版纳十一万知青的大请愿、大罢工、大逃亡,并进而引发了全国知青大返城,使知青运动终于在1979年打上了休止符。

此外,“文化大革命”风云的变幻莫测也触发了一代人的“信仰危机”——荒唐的政治骗局毁灭了一部分人,也成就了另一部分人。看破荒唐以后,知青们开始以叛逆者的姿态或嘲弄,或批判极左思潮——有的以篡改“革命歌曲”为乐事,直至变“革命歌曲”为下流小调(这方面,知青作家乔瑜的小说《孽障们的歌》堪称典范。这种变“神圣”为“调侃”的心态,实开“王朔热”的先河);有的敢于质疑当时的金科玉律,大发异端之论。《中国知青梦》就记载了后来的知青返城运动领袖凌卫民的异端思想——还在1972年的“批林整风”运动中,他就在大会发言中口若悬河地论证了“英雄创造历史”和“人民创造历史”都是真理,这在当时显然是大逆不道的。而凌卫民当时也肯定不会料到:在新时期史学界拨乱反正的思潮中,历史学家们也会围绕“谁是历史的创造

① 任毅:《一首知青歌,九年铁窗味》,《海南纪实》,1989年第7期。

者”展开激烈的论争……①

这样，由于生存危机与精神危机的重负，由于理想与现实的巨大反差，知青文化便在“文化大革命”后期谱写出了文化转型的新篇章。尽管当时的主流意识形态还是极左思潮的一统天下，但“知青文学”却开拓了精神的处女地……

“知青文学”的先锋

“知青文学”是“文化大革命”结束后八十年代文学的奇迹。整整一代知青作家在“伤痕文学”的暴风骤雨中崛起于文坛。大江东去浪淘沙，文学新潮此起彼伏，文坛上也有了“各领风骚三五年”的说法。但“知青文学”却从七十年代末到九十年代不断产生优秀之作，几度掀起“知青文学热”，堪称奇迹。张承志、梁晓声、郑义、孔捷生、阿城、韩少功、李杭育、王安忆、陈村、王小鹰、张抗抗、史铁生、陶正、叶辛、马原、张炜、矫健、陆天明、陆星儿、晓剑、卢新华、李晓、柯云路、李锐、老鬼（马波）、邓贤、朱晓平、乔瑜、郭小东……他们是两千万知青的代表。他们的作品在当代文坛建起了一座不朽的纪念碑——“知青文学”。

但不应该忘记那些在“文化大革命”中就真实地记录下知青苦难的“地下文学”作品。在这方面，杨健的《“文化大革命”中的地下文学》一书，具有宝贵的史料价值。从书中披露的史料来看，“林彪事件”以后，“返城风”悄悄刮了起来。动乱的年代耗尽了人们的心力，知青们渴望宁静的生活。一批纯净、奇丽的“童话诗”应运而生——“让我躺在白云上做一个梦吧/我——想——你”（《梦之岛》）；“当然，谁也不知道明天/明天将从另一个早晨开始/那时我们沉沉睡去”（《无题》）。这些知青写下的“童话诗”与八十年代风靡大陆的台湾校园歌曲、席慕容的诗歌在精神上何其相似！

这是滤去了狂热的纯净与唯美。

还有驱逐了狂热的冷漠与迷惘——例如根子（岳重）的诗《三月与末日》：“……既然他浩荡的血早就沉淀/既然他，没有智慧/没有骄傲/更没有一颗骄傲的心/那么，我的十九次的陪葬，也却已被/春天用大地的肋骨搭成的篝火/烧成了升腾的烟/我用我的无羽的翅膀——冷漠/飞离即将欢呼的大地……”这种现代主义的诗，这种混合着冷漠、迷惘、忧伤情绪的诗在知青中相当流行。由芒克（姜世伟）、根子（岳重）和多多（栗世征）为骨干的“白洋淀诗派”因此成为“朦胧诗”的先锋。芒克、多多到了八十、九十年代仍然继续写作，证明着“地下文学”与“新时期文学”的某种精神

---

① 黎澍先生就指出过：“人民群众是历史的创造者”是苏联的提法，而马克思、恩格斯的提法是：“人们自己创造自己的历史。”见丁守和等《黎澍学术思想述略》，《中国社会科学》，1989 年第 3 期。

血缘联系。赵振开(艾姗、北岛)的小说《波动》、王某某的小说《一年》都弥漫着冷漠与迷惘的寒雾。《波动》中的肖凌饱经磨难,理想幻灭以后,无比悲凉地感叹:“咱们这代人的梦太苦了,也太久了,总是醒不了,即使醒了,你会发现准有另一场噩梦在等着你。”“哼,伟大的二十世纪,疯狂、混乱、毫无理性的世纪,没有信仰的世纪……”《一年》中也有一句话:“知青是大地的流浪者”——这些,都是知青走向绝望的血泪结晶。但《波动》、《一年》的叙事笔调又富于伤感色彩,所以,也与麻木、冷酷的境地相去甚远。在绝望中还真情不灭,是许多“知青文学”作品的一个基本特色。

《波动》、《一年》是批判现实主义精神的回归,也是七十年代末“伤痕文学”的序曲。

批判现实主义是良知不灭的证明,从狂热中猛回头,思想者化痛苦为愤怒、为感伤。

此外,还可以从“知青文学”中找到“痞子文学”的源头。神圣感幻灭以后,有的人痛不欲生,也有的人开始调侃神圣。这种调侃集中体现在篡改革命歌曲上。例如:《我们走在大路上》原是一首豪迈的进行曲,经知青中的调皮鬼一改,就变成了“我们走在大路上,迎面走来一群姑娘,有的瘦得像猴子,有的胖得像猪一样……”① 这当然是一种被苦难扭曲的畸形“创作”,也昭示了一种不健康的性心理,但无论如何,它开了八十年代末王朔“痞子文学”的先河。(笔者当年下乡时,也听见过知青传唱《红色娘子军连连歌》、《金日成将军之歌》的篡改版,调侃取乐。)换个角度看:在一个动辄得咎的年代,在一个人人自危的年代,知青改写“革命歌曲”也算得上是胆大包天了——在潜移默化中,这种调侃的心态无疑消解了神圣也消解了紧张。

还应该提到知青中的通俗文学,《“文化大革命”中的地下文学》中就记述了在文化生活极度贫乏的年代,知青说书艺人的脱颖而出。北京知青章海善于说书,从古典话本《武松》、《儿女英雄传》到当代小说《野火春风斗古城》、《红岩》,还有手抄本《林强海侠》。1975 年,他在北京读到香港新武侠小说《碧血剑》、《陆小凤》,很快便在知青中传讲开来……由此可见,在“文艺是阶级斗争的工具”说横行的年代,知青却走向了通俗文学。不难想象,在那样的岁月中,通俗文学给了苦难中的知青以怎样的精神食粮。而当我们联系到八十年代中期台港通俗文学在大陆的风行,我们也会发现,知青文学中也早就萌发了通俗文学的嫩芽。通俗文学在知青中的流行也于无形中消解了“帮派文艺”的影响。

以上,便是“文化大革命”中知青“地下文学”的多元景观。它们在黑暗的年代里开出了一片片精神的处女地,成为在精神荒原中点燃批判现实主义、现代主义、唯

---

① 冯水木、冯至诚:《长歌当哭》,《龙门阵》,1988 年第 1 期。

美主义乃至世俗主义多盏灯火的火种。它们的流行昭示了多元文化魂归神州的原始图景，昭示了人类文化传统不会泯灭的伟大定律。另一方面，它们又是那个年代里公开出版的另一种"知青文学"（长篇小说《征途》、《铁旋风》、长诗《理想之歌》）的对立面。另一种"知青文学"因为迎合了主流意识形态的需要，写阶级斗争，塑造知青英雄，至今似乎已为历史所遗忘，但是，其中回响着的理想主义豪情到了八十年代又获得了新生……

因此，得出下面的结论就是十分自然的了——"知青地下文学"中，已经孕育了"文化大革命"后思想解放、文学自由的种子。知青文化，也因此而成为当代文化从一元走向多元的标本。

八十年代"知青文学"的壮丽图景

1976年，"四人帮"覆灭，"文化大革命"结束，与此相应的，是思想界、文学界对"文化大革命"的清算与反思。于是，有了"伤痕文学"，有了"反思文学"……

"伤痕文学"是苦难记忆的写照，是愤怒岩浆的喷发——卢新华的《伤痕》、孔捷生的《在小河那边》、陈村的《我曾经在这里生活》、张抗抗的《爱的权利》、卢勇祥的《黑玫瑰》……都是血泪的控诉，又都富于浓郁的感伤色彩。极左思潮葬送了一代人的青春，一代人从噩梦中醒来，却不知该从何处讨回公道！

八十年代初，"伤痕文学"由于多方面的原因衰落了。但知青的控诉却不可能划上句号。1982年，马原发表《海边也是一个世界》，梁晓声发表《这是一片神奇的土地》，前者压抑、低沉，后者慷慨、悲凉，却都是知青的悲歌。此后，梁晓声的《今夜有暴风雪》、马原的《上下都很平坦》都一再写到了知青的牺牲（马原在那部小说中写道："我们这伙人里专门出冤死的鬼魂……"）。老鬼的《血色黄昏》于1987年问世后，也取得了轰动效应。这部"新新闻主义长篇小说"记述了作者在内蒙古八年的知青生活，作品展示了知青的非人生活（"如果说知识分子是臭老九的话，那么知识青年就是臭老十。从某种意义上说，他们的社会地位比那些老知识分子更低一等。"）——挨整、服苦役、受歧视，因此而发愤赎罪，又因此而自虐（以衣衫破烂为美、写血书以申诉）；因此而看破了同路人的势利与可怜，也因此而变得粗鄙、无耻、麻木、冷酷。《血色黄昏》因此也成为"知青文学"中最震撼人心的力作之一，其中对于人性扭曲过程的记录，对心灵变态过程的分析，具有极高的心理分析价值。而其中关于知青异端思想的记录，也是宝贵的思想史料（1968年，就有了"江青成了慈禧太后"的议论；1974年，就有了"社会上跟老师说的完全不一样，你要真正按毛泽东思想办事就寸步难行"，所以，"我自己就是一种信仰"的议论，有了"什么形势大好……工资低得要命，冤假错案成千上万……这政策确实有问题"的愤激之言）。

直至1992年,还有邓贤的《中国知青梦》为知青的牺牲与奋斗作证;直到1993年,还有李锐的《黑白》为知青模范的自杀谱写了一曲挽歌……

控诉与批判的主题一直在延续,意味着知青心中的伤痕永难愈合!

需要强调指出的是:知青作家的控诉与批判并不只指向极左暴政。《海边也是一个世界》和《上下都很平坦》就无情地展示了知青屈服于淫威的怯懦;《血色黄昏》就感伤地暴露了知青中的可怜虫人性异化的灵魂——为了自我保护而出卖朋友、巴结上司("为了一个大学名额,一项好差事,一句表扬话,人们互相争夺,不惜打得头破血流。……为什么年轻人都变成这样?为什么?万恶之源在哪里?"是正义者的迷惘。"没有怕就没有生命……严格讲,我们每个人都有叛徒的一面,这没什么可丢人的,人性就是如此脆弱。"是苟活者的哲学)……而《今夜有暴风雪》中不也有对知青在绝望中释放罪恶,放火、抢劫、杀人的描写吗?

知青心中的伤痕是极左暴政刻下的,同时,又何尝不是人性恶的证明?

这样,控诉就与叹息连在了一起,批判也与自审连在了一起。痛定思痛,知青作家敢于以抉心自食的勇气反思历史的沉痛教训,进而在当代青年运动史、当代思想史上刻下这一代人的人生哲思。

这样,便有了个性的复归——狂热幻灭以后,猛然发现自己已一无所有,于是就重返自我的小世界:徐乃健的小说《杨泊的"污染"》就记录了知青从"伊加利亚"生活方式转向生存竞争的人生轨迹。面对招工、招生的有限名额,知青们不约而同地接受了"生存竞争"的社会达尔文主义,并相信:"任何人,只要他愿意,就可以把某种东西变成商品,进行交换。""时代把我们推到了这么个原始、低级的竞争状态中,粥少僧多,有什么办法?!就是我亲近的人我也不让!"这儿,已经有了八十年代商品化大潮竞争喧嚣的先声。这儿的个性,充满悲凉的意味。另一方面,王安忆的小说《69届初中生》也描述了个性复归的心路历程,却并没有剑拔弩张的焦灼——雯雯在生存的挤压下从理想主义走向实用主义,凡事都要问一句"这有什么用?""有用的她才做,没有用的,她则不做。"这是世俗的哲学,但王安忆却写出了世俗中可贵的真诚:雯雯是实用主义者,但决不损人。她的想法是:"没法子,我们都是小人物……只能努力为自己做一点什么。我们很自私,可是,我们生活得很认真。"注意,正是这"认真"二字在消解了幻灭感的同时也消解了社会达尔文主义的冷酷。在一片悲凉之雾中还能认真地做人,实在难能可贵。雯雯这样的人生哲学在当代青年中相当普遍地流行着,这种哲学在"信仰危机"的惶惑中维系了心灵的平衡。(据《"文化大革命"中的地下文学》一书披露:1972年,史铁生就与友人一起讨论过车尔尼雪夫斯基的"合理的利己主义"①;1980 年,在《中国青年》组织的人生意义大讨论中,也出现了"合理为己"、在"不损人"的前提下"合理为己"的主张②;《棋王》的作者阿城也在谈及自己的知青生活时谈道:"那一段生活毕竟使我开始老老实实地面对人生,在中国诚实地生活。"③)

从"斗私批修"到"生存竞争"或"合理为己"——是一条重要的思想史线索。它显示了知青中多数人从天真走向务实的心路历程。

还有一条重要的线索是:从"改造世界"到"理解世界"。

韩少功的《回声》为"改造世界"的狂热唱了一曲挽歌:路大为在"文化大革命"中学习青年毛泽东的榜样,下乡来搞革命,可他全心全意依靠的贫下中农要么是根满那样的"阿 Q 的子孙",要么是反对"破私立公",骂他为"神经"的种田人,他耗尽心力,最后却是铩羽而归——路大为的失败很有代表性。晓剑、严亭亭的《世界》也凝聚了"红卫兵领袖"吴大路在边疆的反思:"他现在已经完全不相信自己有扭转乾坤的力量",巨大的精神危机迫使他发出这样的心声,"啊,还奢谈什么解放别人,还是先救救自己吧!"重新开始奋斗,但不再是以救世的姿态,而是以探索者的姿态……孔捷生的《大林莽》也通过一个大林莽断送了狂热探路者的悲剧故事感悟人生的真谛:"人类妄想成为大自然的上帝已很久了。问题是,人不仅绝非奴隶,也不是上帝。""据说,'人定胜天'这古训,并非我们今日所理解的意思。何况,我们有另一句涵义更深邃的古训——'天人合一'。"④梁晓声的《这是一片神奇的土地》不也是神秘的大自然埋葬了知青的狂热梦想的一曲挽歌吗?理想是可贵的。青春的热情是可贵的。想乘长风破万里浪,可是,"你没有舵,没有彼岸,甚至……没有大海"。(《世界》)二十世纪就这样埋葬了一代人的英雄梦。这究竟是一代人的悲哀,还是时代的荒诞呢?!

承认救世之梦的不合时宜,走回到"天人合一"、"理解世界"的传统中来,与世界达成一种妥协,是明智的选择,也是无奈的宿命。

然而,这也还不是一切。为什么承认了失败,知青作家们还要为知青逝去的青春唱一曲曲真诚的赞歌?为什么知青作家能在一次次风云变幻、人心沉沦的时刻把理想主义的旗帜举得更高?

例如张承志。他从 1978 年发表《骑手为什么歌唱母亲》起,就一直书写着理想主义的篇章:《绿夜》、《黑骏马》、《北方的河》、《黄泥小屋》、《金牧场》直至《心灵

① 《"文化大革命"中的地下文学》,朝华出版社,1993 年,第 86 页。
② 雪华:《为合理的道德观说几句话》,《中国青年》,1980 年第 9 期。
③ 《一些话》,《中篇小说选刊》,1984 年第 6 期。
④ 《林莽和人》,《中篇小说选刊》,1985 年第 2 期。

史》。知青运动失败了，但张承志高傲地拒绝诉苦。他深深地怀念在社会底层坚忍生存、默默奉献的人民，深深怀念青春的激情与理想。他知道“为人民”的口号已不时髦，但他仍然奉之为圭臬；他知道理想主义是一朵“错开的花”，但他坚信“我虽孤独一人但只有我获得了拯救”（《错开的花》）。——他证明了民本主义与理想主义的不会消亡，以他那一部部为人传诵的壮美之作，在悲凉的世纪末，在世俗化的大潮中，始终狂热地为人民、为理想、为知青而歌唱，而他的狂热也在许多青年中激起了热烈的回响。如此说来，谁又能断言：狂热已不再能拨动时代的心弦？

再如梁晓声。一面以《雪城》、《年轮》继续谱写着知青的感伤之歌、壮美之歌；一面以《浮城》、《泯灭》、《龙年一九八八》、《1993——一个作家的杂感》敲响了世纪末的警世之钟：世纪末的重重忧患令人焦灼。所以他说：“我的笔只有用来反映‘老百姓’在现实中的生活或生存状态之时，我才感到写作毕竟是有些意义的。”——正是这种“为人民”的立场使他能写出针砭时弊、批判现实的力作，奏响了正义感、使命感的时代强音。

又如韩少功。1985 年他举起“寻根”的旗帜，为的是在浮躁的时世里“寻找我们民族的思维优势和审美优势……汲取精华，注进现实生活，光大发扬，给当代人来个扶阳补气，益精固本”①。他为重新发扬楚魂的光荣呼风唤雨，不也体现出一种崇高的使命感吗？（梁晓声针砭时弊，是社会使命感；韩少功光大传统，是文化使命感。）1986 年，在浮躁的喧哗中，韩少功重申人格的意义、知识分子素质的意义，他说：“一种伟大的艺术必定是一种伟大的人格的表现。”“人格就是作家独到的精神境界。”“真正伟大的人格就是既看透了一切又充满着博爱，原谅一切，宽容一切，去爱、去同情一切。”②这一番议论，是对文坛上矫情作派、争权夺利习气的批判。1994 年，他又在《世界》一文中深刻反思了文化的命运，批判当代文坛的鄙俗化、市井腔，呼唤中国文化的再生奇迹，呼唤“真理的声音，一种高远澄明嘹亮的精神”重放光芒③。

还有史铁生。这位在 1972 年就走向了“合理的利己主义”的思想者也在 1986 年以后走向了爱的宗教。《我与地坛》多么宁静，多么深沉——淡然地接受厄运，承当苦难，需要怎样豁达的襟怀！《随笔十三》多么睿智、多么深刻：“宗教一向是在人力的绝境上诞生。我相信困苦的永在，所以才要宗教。”“知人之艰难但不退而为物，知神之伟大却不梦想成仙，让爱燃烧可别烧伤了别人，也无须让恨熄灭，惟望其走向理解和宽容；善，其实仅指完善自我，但自我永无完善。”④这便是史铁生的信仰：博

① 《文学的根》，《作家》，1985 年第 4 期。
② 林伟平：《文学与人格——访作家韩少功》，《上海文学》，1986 年第 11 期。
③ 《花城》，1994 年第 6 期。
④ 《收获》，1992 年第 6 期。

大而不偏狭,虔诚却不狂热。

张承志一直是理想主义的旗手。

梁晓声一直是批判现实的斗士。

韩少功一直是文化传统的守护神。

史铁生也一直是宗教精神的播火者。

——他们的个性不同,选择不同,却都富于使命感,都富于理想主义气质。世俗化的思潮愈是汹涌,他们的精英品格愈是夺目。由此可见:知青作家,是世纪末人文精神的传人。他们的业绩表明:在告别了乌托邦之梦,世人纷纷走向务实的年代里,理想主义的火炬并未熄灭。新的理想,建立在古老人文精神的基础上,又是当年的知青激情在焚毁了极左毒素后的涅槃。当《我与地坛》、《心灵史》、《夜行者梦语》等书在九十年代初的一片沉寂中掀动了人文精神复兴的大潮时,我们便不难发现:"新理想"的崛起竟是以知青作家的作品为主要标志的。

也就是说:"知青文学"已成为世纪末人文精神复兴的典型象征。

而最世俗的哲学与最圣洁的精神都共处于知青文化中这一现象,还能昭示怎样的文化之谜呢?

是的,知青文化是驳杂的:世俗与理想、粗鄙与圣洁、绝望与调侃、放纵与牺牲……知青文化中都有。《中国知青梦》中的知青群像中,既有悲壮的牺牲者、深刻的思想者,也有走私和性解放的尝试者;《血色黄昏》中的老鬼,粗鲁又真诚,坚忍也脆弱;《棋王》中的王一生,散淡又认真,贫贱也柔韧……都是驳杂的证明。

让我们再看看每一次文学潮中的弄潮儿:"伤痕文学"中的卢新华(《伤痕》)、孔捷生(《在小河那边》)……"反思文学"中的韩少功(《回声》)、孔捷生(《大林莽》)……"改革题材文学"中的柯云路(《新星》)……"寻根文学"中的韩少功(《爸爸爸》)、李杭育(《最后一个渔佬儿》)、阿城(《棋王》)、王安忆(《小鲍庄》)……"性文学"中的王安忆(《小城之恋》)、铁凝(《麦秸垛》)……"新写实"中的刘震云(《塔铺》)……哪一次文学热潮中没有知青作家弄潮的身影?这一现象是驳杂品格的又一个证明吧:因为经历过风云变幻,所以练就了顽强生命力、适应力;既能谱写怀旧的篇章,又能迎接新潮的挑战;既怀有古老的理想,又富有现代意识(韩少功、王安忆、李杭育、张承志等人都既是"寻根派",又是"新潮作家";张承志、史铁生等人的理想既古老灼热,又充满了现代的悲凉意味)……

所以,"知青文学"常常具有雅俗共赏的特点:梁晓声的《这是一片神奇的土地》、《年轮》,叶辛的《蹉跎岁月》、《孽债》一拍成电视剧,便家喻户晓。道理很简单:"知青文学"中那浓郁的感伤(情)调永远为大众所钟爱,也能为精英所理解。当新生代以出奇的冷漠创造出《活着》、《红粉》那样的艺术品时,知青作家却以《年轮》、

《孽债》重温了永恒的感伤。

是的，感伤，古典意味极浓的感伤，也许是知青一代人最本质的情感特征。理想的受挫、青春的苦闷、生存的艰难、命运的严酷……这一切在苏童、余华、格非、吕新这些新生代作家的笔下，都冷漠无比。现代主义的荒谬感、绝望感是他们世界观的基础。而知青作家呢？他们中不少人也接受了现代主义的荒谬感、绝望感，陈村的《一天》、《象》，王安忆的《小城之恋》，铁凝的《对面》，韩少功的《爸爸爸》、《女女女》，马原的《虚构》、《西海的列帆船》……也都堪称寒气逼人之作。可一当他们回首知青岁月，一当他们描写知青生活，笔调就大不一样、境界也大不相同了——陈村的《给儿子》、《蓝旗》，王安忆的《69届初中生》，韩少功的《回声》，马原的《上下都很平坦》、《错误》……都浸透了缅怀青春、感叹命运的感伤之情。由此可见知青作家对自己青春激情的怀恋，可见知青情结的圣洁。

以这样的眼光看去，我们也不难发现"知青文学"中的感伤之作源源不绝：史铁生的《我的遥远的清平湾》、《插队的故事》，孔捷生的《那过去了的……》、《南方的岸》，陆天明的《啊，野麻花》、《桑那高地的太阳》，朱晓平的《桑树坪纪事》、《桑塬》，李锐的《北京有个金太阳》、《黑白》，梁晓声的《雪城》、《年轮》……这些写实之作从艺术手法上看去，并无多少新奇之处，但是，知青文化的苍凉背景、知青情结的感伤情调，却使这些平实之作具有了感天动地的巨大魅力。这些作品能在文坛上激起热烈的反响，能在人心中拨动真诚的心弦，正是时代需要感伤、需要古老的人道主义情感的证明；从这种意义上也可以说：人道主义是"知青文学"的主旋律。

都说这是一个风云多变的时代。时间的飞速发展似乎已把古老的一切都抛入了忘川。可是，请看看"知青文学"吧：它是古老的良知永不泯灭的证明；是人类离不开古典情怀的证明；是这一代人忘不了"文化大革命"、忘不了苦难、忘不了民众的证明。

"知青文学"就这样成为一面旗帜——一面世纪末风雨中人文精神岿然不动的旗帜。

结　语

人间永有真情在，可是，时光无情。

知青一代已经人到中年。他们可以在一次次"知青文化热"中唱出"青春无悔"的悲歌，但他们总有一天会老去……

会有那么一天，"知青文学"、"知青文化"成为历史学家、思想史家研究的话题。后来的历史学家、思想史家，会怎样评价这一代人的功过是非呢？

早在1984年，张承志就在《北方的河》开篇中写道："我相信，会有一个公正而深刻的认识来为我们总结的:那时,我们这一代独有的奋斗、思索、烙印和选择才会显露其意义。但那时我们也将为自己曾有的幼稚、错误和局限而后悔,更会感慨自己无法重新生活。这是一种深刻的悲观的基础。……"

1988 年,知青作家王安忆也在与学者陈思和的对话中谈道:"我们不如老三届。他们在'文化大革命'以前受到的教育已经足以帮助他们树立自己的理想了……可69 届没有理想。""我们这一代是没有信仰的一代,但有许多奇奇怪怪的生活观念。"陈思和也指出:"这一代人实际上是相当平庸地过来了","69 届一代人很难有浪漫气";"知青作家始终没有像西方现代青年厌恶战争那样去厌恶这场上山下乡运动,没有对它的反动本质给以充分揭露,实在是使人失望的。"①

到了 1994 年,知青作家张抗抗谈及了知青的致命伤:"老三届人,也许恰恰是被假马克思主义毒害最深的一代。知识的贫乏再加思想的僵化——这或许是老三届人真正的悲哀。""他们中的大多数人,正在不知不觉地退出社会。由于教育和经历的原因,他们在本质上,同商品经济是格格不入的。"尽管她最后的话是:"我可是走不出老三届了。"②

——上述议论是知青作家的自审。这种自审意识虽然已体现在《回声》、《大林莽》、《中国知青梦》等作品中了,但再过一段时间,这种自审会超越感伤的情调深化为无情的批判吗?(换个角度看,如果"知青文学"失去了伤感的品格,它的魅力是不是也减色不少?)

不管怎么说,上述议论为研究知青文化、为"知青文学"向纵深挺进提供了新的思路。日后,也许会有客观、公正、辩证的历史结论作出——那当然不是这一代人的事了。只是,我常常想:如果那时还有"知青文学",如果那时的"知青文学"会无比冷峻地批判上山下乡运动的罪恶,那也一定会失去这一代人的"知青文学"的魅力吧!

而"知青文学"作为多元文化的象征,作为古典浪漫主义的延续,作为历史记忆的证明,对于新世纪将会产生怎样深远的影响,也一定会是新世纪人研究二十世纪末文化史、思想史的一个重要话题。一定。

——原载《当代作家评论》1995 年第 6 期

① 《两个 69 届初中生的即兴对话》,《上海文学》,1988 年第 3 期。
② 《同"老外"谈老三届》,《海上文坛》,1994 年第 2 期。

洪子诚

关于五十至七十年代的中国文学

在讨论二十世纪中国文学问题的时候，五十至七十年代常被作为一个相对独立的文学时期看待①。不过，对这个时期的性质、特征的描述，在不同的研究者那里有时会出现很大的差异。一种颇有代表性的看法是，这三十年的大陆中国文学使“五四”开启的新文学进程发生“逆转”，“五四”文学传统发生了“断裂”，只是到了“新时期文学”，这一传统才得以接续②。

这是个需要深入讨论的问题。这种说法有一定的道理，不过从另一方面看，这种“逆转”和“断裂”并不存在。这三十年的文学，从总体性质上看，仍属“新文学”的范畴。它是发生于本世纪初的推动中国文学“现代化”的运动的产物，是以现代白话文取代文言文作为运载工具，来表达二十世纪中国人在社会变革进程中的矛盾、焦虑和希冀的文学。五十至七十年代的文学，是“五四”诞生和孕育的充满浪漫情怀的知识者所作出的选择，它与“五四”新文学的精神，应该说具有一种深层的延续性。

当然，这样说并非想模糊这一时期文学的确具有的特殊性。但这种特殊性不是表现为文学精神、形态上的对立和变异，而是表现为新文学一开始就存在的选择的结果和选择的方式。中国新文学主流作家，为一种至善、至美的社会和文学形态的目标所诱惑、驱使，在紧张冲突的寻求中，确信已到达“目的地”。他们参与创造了这样的文学局面：一个在思想和艺术上高度集中，高度组织化的文学世界。这个文学世界中的“文学事实”——作家的身份，文学在社会政治格局中的位置，写作的性质

① 朱寨主编的《中国当代文学思潮史》将1949至1978年的中国大陆文学命名为“当代文学”，认为“它在中国新文学史和新文学思潮史上，都具有相对独立的阶段性和独立研究的意义”（人民文学出版社，1987年，第3页）。我在《当代中国文学的艺术问题》（北京大学出版社，1986年）中也持相同观点。

② 黄子平、陈平原、钱理群的《论“二十世纪中国文学”》在讨论二十世纪中国文学的总主题、现代美感特征等时，暗含着将五十至七十年代文学当作“异质”性的例外来对待的理解。如关于文学的“悲凉”的美感特征的举例，从鲁迅的小说、曹禺的剧作等，便跳至“新时期文学”的《人到中年》等。唯一例外是老舍的《茶馆》。

和方式，出版流通的状况，读者的阅读心理，批评的性质，题材、主题、风格的特征，——都实现了统一的“规范”。

在这篇文章里，我试图从新文学发展的背景上，来说明这种“当代文学”①规范的状况、性质、变化，以及其历史依据。

当代文学的“传统”

尽管有的人提醒我们要“走出‘五四’的阴影”，但直到现在，“五四”仍被描绘为令人神往的时期。从文学上说，它往往被作为文学异彩纷呈的“多元”局面的例证：对世界（其实主要是西方）近、现代各种哲学、文学思潮、流派的广泛介绍，众多的文学社团的成立，各具特色的文学流派的出现，以及一批诗人、作家横溢才华的展示……这种确实存在的现象，有时会引导我们对这个时期的“文学精神”产生误解。其实，“多元”、“共生”的“文学生态”，并非是当时的许多作家所乐于接受的理想境界。对于“传统”，对于“封建复古派”的批判斗争不必说，在对待各种文学思潮、观念和文学流派的态度上，许多人并非持一种承认共生的宽容态度。对“五四”文化革命的“统一战线”的构成和“分化”的评述，虽说是后来出现的一种阐释，却明白无误地标志了从一开始就对“共生”状态的怀疑、破坏的趋向。对“五四”的许多作家而言，新文学不是意味着包容多种可能性的开放格局，而是意味着对多种可能性中偏离或悖逆理想形态的部分的挤压、剥夺，最终达到对最具价值的文学形态的确立②。也就是说，“五四”时期并非文学百花园的实现，而是走向“一体化”的起点：不仅推动了新文学此后频繁、激烈的冲突，而且也确立了破坏、选择的尺度。正是在这一意义上，五十至七十年代的“当代文学”并不是“五四”文学的背离和变异，而是它的发展的合乎逻辑的结果。

从“五四”开始的文学“一体化”的进程，到了四十年代后期，已经达到这样一种局面：如郭沫若所描述的，构成新文学主要矛盾一方的“代表软弱的自由资产阶级的所谓为艺术而艺术的路线”，其文学理论“已经完全破产”，作品也“已经丧失了群众”，而“代表无产阶级和其他革命人民的为人民而艺术的路线”则已取得绝对的主导权③。在当时，沈从文、朱光潜、萧乾等“自由资产阶级”作家，已被“斥”为“反动文艺”的代表④而失去他们的发言权。就这样，左翼文学在四五十年代之交的社会

---

① 本文仿照《中国当代文学思潮史》称为“当代文学”。

② 韩毓海在《新文学的本体与形式》中说：“他们的用意都不在于建立一种多元有机的文化秩序，而在于‘冲破’一切有机的结构而走向一种文化的统一。”（辽宁教育出版社，1993年，第40页）。

③ 郭沫若在全国第一次文代会上的“总报告”，《中华全国文学艺术工作者代表大会纪念文集》，新华书店，1950年，第38—39页。

④ 郭沫若：《斥“反动文艺”》，《大众文艺丛刊》（香港）第一辑，1948年。

政治转折中,成为中国大陆唯一的文学,文学"一体化"目标得以实现。

"是经过了如此长期的苦痛,而又如此欢乐的诞生"①——这指的是新中国的成立,但文学也应包括在内。不过,"纯粹"和"完美"既然是带有先验性质的目标,这一自"五四"便开始的新文学的不断区分、排斥、选择的过程,必定不会终止。事实是,"左翼文学"(或"革命文学")从一开始,便不是个在观念上和实践上一致的统一体。从二十年代末"革命文学"的争论,到四十年代对"论主观"的批判,都已是人所共知的事实:"左翼"内部争夺"正统"和纯粹的名分与地位的冲突的激烈程度,并不比与"自由资产阶级"的矛盾稍有逊色。随着中国革命取得胜利、左翼文学成为唯一合法的文学事实这一状态的到来,冲突便更呈紧张。核心问题则是为即将展开的"当代文学"建立怎样的文学规范。围绕这一问题,左翼文学的领导者和权威作家在四十年代和五十年代前期,主要关注两个方面的工作:一是对三十年代以来、尤其是四十年代的左翼文学理论和实践进行总结、检讨,在不同主张、路线之间判定正误和优劣②。二是关于"当代文学"的"传统"的争论,这既是各自主张的文学规范的依据,同时也为规范的合法性、权威性提出说明。在这一方面,他们都无法回避二十世纪的两个历史时间(或事件),这就是已被"寓言化"了的"五四",和正在被"寓言化"的延安文艺整风(《在延安文艺座谈会上的讲话》,以下简称《讲话》)。在四五十年代之交,文学界对于"五四"和《讲话》所作的评述,都不是单纯的学术研究,而大体上是围绕这一现实问题所作的历史阐释。

左翼文学界的主要人物,无论是周扬、邵荃麟、林默涵,还是胡风、冯雪峰,都无(一)例外地把新文学看作是"五四"新文化运动的产物,把即将展开的"当代文学"看作新文学的延伸和发展。与此同时,他们也都或积极、或有些不情愿地肯定延安文艺整风和《讲话》在新文学历史上的重要性。将"五四"文学革命与《讲话》并举和联系在一起的这种态度,体现在当时两套大型文学丛书《新文学选集》(开明书店版)和《中国人民文艺丛书》(新华书店版)③的编辑和出版中。它们以1942年为界,分别向"当代文学"提供了有缺陷的成就("五四"新文学)和超越缺陷的榜样(根据地和解放区文学)的文学"资源"。

---

① 何其芳:《我们最伟大的节日》,写于1949年10月初。

② 抗日战争结束之后到建国前夕,系统阐述总结革命文艺运动的理论和实践的文章,著作主要有:冯雪峰《论民主革命的文艺运动》(1946年),胡风《论现实主义的路》(1948年),邵荃麟《对于当前文艺运动的意见——检讨·批判·和今后的方向》(1948年),以及茅盾、周扬在第一次文代会上的报告《在反动派压迫下斗争和发展的革命文艺》、《新的人民的文艺》。

③ 赵树理是唯一同时进入这两套丛书的作家。将他列入《新文学选集》,显然与编辑方针收1942年以前的重要作品不符。这反映了当时一种矛盾态度:既想将解放区文艺作为榜样加以标举,又对其思想艺术水准缺乏充足的信心。

左翼文学界虽然有这样的一致态度，但在具体阐释、评价上，他们之间的分歧便十分明显。对于周扬来说，他在当时已确立了毛泽东文艺思想的权威阐释者和坚决贯彻者的形象。在一篇题为《坚决贯彻毛泽东文艺路线》的讲演中，他认为《讲话》"把新文艺推进到了一个新的历史阶段"，认为比起"中国近代文学史的第一次文学革命"的"五四"来，《讲话》是"第二次更伟大、更深刻的文学革命"，因而"成了新中国文艺运动的战斗的共同纲领"①。从这一立场出发，当周扬等回望"五四"时，他们觉得最为紧要的是确定这"第一次文学革命"的"性质"和"领导权"的问题，而这是为论证"《讲话》及其在文艺上所引起的变革，是'五四'文学革命在新的历史条件下的继续和发展"②所必需。这里，周扬既强调《讲话》与"五四"新文学运动的联系("继续")，又强调它们之间的区别("发展")。就前者而言，通过指认"五四"文学运动的性质和领导权来达到(无产阶级思想领导，和"一开始就是向着社会主义现实主义发展")③；就后者而言，则通过指出"五四"文学运动的阙失(没能解决文学"与工农群众结合"这一"根本关键"问题)，来确定它们之间的"等级"关系("更伟大、更深刻")，而使《讲话》及其在文学上产生的变革，成为当代文学直接的、更具"真理性"的"传统"。

在这一问题上，胡风、冯雪峰的看法有许多不同。他们虽也申明重视《讲话》在新文学历史上的意义，但并不把它看作是带有根本性质的转折。在他们看来，中国新文学传统，在"五四"时期，经由鲁迅为代表的作家的实践就早已确定了的。他们倒是忧虑过份(分)宣扬、推行解放区文艺运动经验所产生的后果。胡风在《意见书》中指出，他 1948 年进入解放区以后的感觉是，"解放区以前和以外的文艺实际上是完全给否定了，五四文学是小资产阶级，不采用民间形式是小资产阶级"，"五四传统和鲁迅实际上是被否定了"④。以第一次文代会和以后几年的情况而言，说"完全给否定"恐怕不很符合实际，但"五四"文学与《讲话》影响下的"新的人民文艺"的等级关系，是明白无误的。因而，一批"五四"和三十年代著名作家在五十年代初，纷纷检讨过去创作的失误；"贸然以所谓'正义感'当作自己思想的支柱""是非常幼稚，非常荒谬"的(曹禺)；"过分强调了悲观怀疑、颓废的倾向"(茅盾)；"只表达了小资产阶级知识青年的一些稀薄的、廉价的哀愁"(冯至)；"我几乎不敢看自己在解放前所发表过的作品"(老舍)……

---

① 《光明日报》1951 年 5 月 17 日。另见《周扬文集》(第二卷)，人民文学出版社，1985 年，第 50—51 页。这一观点在《在中国共产党第一次全国宣传工作会议上的报告》等文章中一再重申。见《周扬文集》(第二卷)，第 66 页。

② 周扬：《发扬"五四"文学革命的战斗传统》，《人民文学》，1954 年 5 月号。

③ 周扬：《发扬"五四"文学革命的战斗传统》，《人民文学》，1954 年 5 月号。

④ 《新文学史料》，1988 年第 4 期，第 7 页。

以“保卫五四文学革命传统”作为文学理想和实践的中心问题的胡风、冯雪峰，他们对“五四”的历史阐释，也与周扬等不同。《论民族形式》(1940 年)中的“以市民为盟主的中国人民大众底五四文学革命运动，正是市民社会突起了以后的、累积了几百年的、世界进步文艺传统底一个新拓的支流”①的提法，冯雪峰在《论民主革命的文艺运动》(1946 年)中的“五四”新文艺运动“所根据和直接受影响的”，是十九世纪批判现实主义和反抗的浪漫主义，“‘五四’是这近代资本主义的文学的一个最后的遥远的支流”的论断，在五十年代都被作为歪曲、篡改“五四”文学革命性质和领导思想受到反复批判②。从逻辑上推断，他们既不强调“五四”的新文学就是在无产阶级思想领导下、向着社会主义现实主义方向前进，又不突出《讲话》是“五四”传统的“最正确”的继承、发扬，并解决了“五四”没能解决的“根本性”问题，那么，这自然可以理解为“正是以‘五四’文艺传统来对抗毛主席讲话的精神的”③。

通常我们会把“当代文学”的“渊源”“追溯到 1919 年‘五四’新文学运动的兴起”，而它的“直接源头”“则是 1942 年的延安文艺座谈会”④。其实，在用“渊源”和“直接源头”把两者加以连结的描述下面，掩盖着左翼文学领袖和权威作家在这一问题上的裂痕和冲突的历史。

文学规范的争持

对当代文学的“传统”所作的不同选择和阐释，是出于现实的需要，而中心问题是文学路线、文学规范的确立。

通过第一、第二次文代会的召开，通过对电影《武训传》、萧也牧的小说等的批判，通过五十年代文艺界的整风学习，也通过符合这一规范的创作的标举，在五十年代初的几年中，对当代文学所作的“规范”，已有了清晰的轮廓和细致的细节：不仅明确规定了文学的社会政治功能，而且规定了理想的创作方法；不仅规定了“写什么”

① 《胡风评论集(中)》，人民文学出版社，1984 年，第 234 页。1954 年，在《关于解放以来的文艺实践情况的报告》(即《意见书》)中，胡风针对这一论述说，“今天看来，对于五四当时的领导思想的提法是错误的，是违反了毛主席的分析和结论的”。见《新文学史料》，1988 年第 4 期，第 66 页。

② 冯雪峰在《鲁迅和俄罗斯文学的关系及鲁迅创作的独立特色》一文中也说“中国‘五四’后的新文学，如果从近代资产阶级民主革命的世界文学范畴上说，那当然可以说是 18，19 世纪那以所谓批判的现实主义和否定的浪漫主义为其主流的世界资产阶级民主文学之一个最后的遥远的支流。”见《论文集(第一卷)》，人民文学出版社，1952 年，第 124—125 页。在他 1952 年撰写的长文《中国文学从古典现实主义到无产阶级现实主义发展的一个轮廓》中，有了改变。

③ 王瑶《关于现代文学史上几个重要问题的理解——评雪峰〈论民主革命的文艺运动〉及其他》，《文艺报》，1956 年第 1 号。

④ 朱寨主编的《中国当代文学思潮史》将 1949 至 1978 年的中国大陆文学命名为“当代文学”，认为“它在中国新文学史和新文学思潮史上，都具有相对独立的阶段性和独立研究的意义”(人民文学出版社，1987 年，第 3 页)。我在《当代中国文学的艺术问题》(北京大学出版社，1986 年)中也持相同观点。

(题材、主题),而且规定了“怎么写”(方法、形式、风格)。

但是,在1957年以前,这一统一的文学规范,也受到有力的、然而是悲剧性的挑战。其中重要的有两次:一是1954年胡风等以《意见书》的方式所作的冲击,二是1956年至1957年间的“百花时代”秦兆阳等在理论和创作上的质疑。胡风在《意见书》中,曾把林默涵、何其芳对他批评的主要观点①,概括为放在“读者和作家头上”的“五把‘理论’刀子”,认为当时文艺界的问题是“宗派主义统治,和作为这个统治武器的主观公式主义(庸俗机械论)的理论统治”。这大致勾勒了分歧的要点,可以作为冲突的线索来把握。而争论、冲突的中心问题,则是文学与政治这一困扰着二十世纪大部分时间的中国文学的基本问题。

文学与政治的密切关系,是近百年中国文学的重要特征,在某些阶段,甚至处于无法剥离的胶着状态。这都已是人们经常说到的。事实是,连那些“文艺自由”、“为艺术而艺术”的主张,也不同程度地折射着政治性的内容。胡风、冯雪峰、秦兆阳等,当然更绝对不是文学独立、艺术自足的艺术至上论者。在坚持文学是一种战斗的“武器”,在抨击那些艺术超然于阶级政治之上的论者上,同样是坚定而毫不含糊的②。但是,对于文学的政治目的、要求的性质,以及如何实现这一目的、要求的途径(方式)上,则与周扬等有着不同的理解。虽然胡风等并不认为文学应该独立于政治,但他们同样也不认为文学应该等同于政治,或被政治所淹没、取代。他们担心的是文学作为一种特殊的“意识形态”,会失去其质的规定性,最终是失去了文学,也失去了文学作为一种“武器”的社会政治功能。从抗日战争开始,他们对左翼文学在创作上存在的“主观公式主义”、“概念化”、“标语口号倾向”、“将社会科学的概念或政治的概念加以演绎”的“反现实主义”,对于理论批评上的“教条主义”、“庸俗机械论”,便一再提醒、批评③。这正是根源于这种忧虑。在五十年代,他们看到创作和理论上的上述倾向,有增无减。他们认为,问题的症结是在于文艺界的领导者“对待这个领域本身的任何”问题,“一切都简简单单依仗政治”的缘故:“完全否定了‘没有个性就没有共性’这个唯物论的基本原则,完全忽视了文艺底专门特点,完全忽视了文艺实践是一种劳动,这种劳动有它的基本条件和特殊规律”④。

出于解决左翼文学长期存在的痼疾的动机,胡风、冯雪峰想从理论上来协调文

---

① 林默涵《胡风的反马克思主义的文艺思想》、何其芳《现实主义的路,还是反现实主义的路》,分别载《文艺报》1953年第2号、第3号。

② 胡风和冯雪峰都激烈地批评朱光潜等主张,见胡风《关于抽骨留皮的文学论》[《胡风评论集(中)》第302页],冯雪峰《“高洁”与“低劣”》[《论文集(第一卷)》第81页]。

③ 见冯雪峰《论民主革命的文艺运动》、《论艺术力及其他》、《关于创作批评》,胡风的《民族革命战争与文艺》、《置身在为民主的斗争里面》、《论现实主义的路》等。

④ 胡风《意见书》,《新文学史料》,1988年第4期,第102页。

学与政治之间的紧张关系,解开文学的政治性和艺术性关系这一几乎无法解开的“结”。他们对于将政治性和艺术性分开谈论、分别规定批评上的政治标准与艺术标准的做法表示异议,而试图将它们加以“整合”,以保护文学应有的“特质”。1946年,冯雪峰在《题外的话》中就坚持认为,不应从艺术的价值和艺术的体现之外去看作品的政治意义和社会政治价值。他在《论民主革命的文艺运动》中,也表达了相似的观点:“政治决定文艺的原则,是现实和人民的实践决定文艺实践的原则;这原则,在文艺的实践上,即实践政治的任务上,又须变为文艺决定政治的原则。”文学上的政治倾向问题,文学作品中的政治性,必须放在文学本身的基点上,做(作)为文学的构成的因素来对待。这一观点,在1950年阿垅那篇受到批评的文章《论倾向性》①中,用了这样一个比喻来表述:“可以把文学比拟为一个蛋,而政治,是像蛋黄那样包含在里面的。”其后,胡风和秦兆阳在质疑“社会主义现实主义”这一口号时②,也都沿着这一相同的思路,即不应在“艺术”之外强加另外的要求和限制:“在科学的意义上说,犹如没有‘无论怎样的’或‘各种不同的’反映论一样,不能有‘无论怎样的’或‘各种不同的’现实主义。”“现实主义”的规律,在他们心目中也就是文学的规律,那是一贯的、恒定的,有了“追求生活的真实和艺术的真实”这一“根本性质的前提”就已足够,这就是冯雪峰所说的,“必须借艺术的方法、的机能、的力量所带来的”,来考量政治价值和艺术价值等问题。

在五十年代,由于更加强调政治对文学的决定和文学对政治的配合,也由于在这一规范下出现所谓“粉饰生活”的创作倾向,文学的“真实性”这一经常被作为协调文学与政治关系的命题,被更为显要的(地)提出来,并构成1956—1957年文学思潮的核心理论问题。阿垅的《论倾向性》,冯雪峰的《关于创作和批评》,胡风的《意见书》,秦兆阳的《现实主义——广阔的道路》,周勃的《现实主义在社会主义时代的发展》,陈涌的《为文学艺术的现实主义而斗争的鲁迅》,刘绍棠的《我对当前文艺问题的一些浅见》,都视重视“真实性”作为使文学摆脱困境的有效法宝。针对着“艺术的真实性”“在过去长久的革命文学的历史里”“往往是被忽视的”这一情况,他们都用无可辩驳的语气做出类似于这样的宣告:“真实是艺术的生命,没有真实,便没有艺术的生命,艺术的政治价值和社会价值,都是不能离开艺术的真实而存在的。”③将“真实性”作为文学中心(或根本问题)来提出的作法,在六十年代初李何林那里得到再现。这一次他是从批评的角度提出问题。他声称“不存在思想性和艺术性不相一致的作品”,因为“思想性的高低决定于作品‘反映生活的真实与否’;而

---

① 《文艺学习》(天津),1950年创刊号。

② 见胡风《意见书》和何直(秦兆阳)《现实主义——广阔的道路》,《人民文学》,1956年第9期。

③ 陈涌:《为文学艺术的现实主义而斗争的鲁迅》,《人民文学》,1956年第10期。

反映生活真实与否’也就是它的艺术性的高低”①。

在这里,“真实性”被作为统一、“整合”文学的政治性与艺术性的对立关系、消解其矛盾的支点,成为衡量文学的政治倾向性和艺术性的统一标尺。在“真实性”的维护者那里,现实主义文学的这一叙事成规,被看作是对文学的普遍性特质的概括:以真实反映生活作为根本性特征的现实主义传统,“经过长期的文学上的连续的、相互的影响和经验的积累”,“已经成为美学上的具有客观规律性的一种传统”②;也正如胡风所说的,“作为一个范畴,现实主义就是文艺上的唯物主义认识论(方法论)”,“真实性”的要求也就是文学的“客观规律”的要求。就这样,在五十年代,对文学的真实性的强调被作为试图将文学从政治的过度干预、控制中摆脱的策略。对这一“策略”的表达,同样也以一种“真理性”表述的方式来进行。

秦兆阳、陈涌等都充分地论述了文学的“真实性”的重要,论述“真实地反映现实的问题”,“应该成为文学艺术创作的第一个和基本的”问题。不过,他们都多少忽略或回避了“真实性”的内涵,忽略和回避对如何才能达到“真实地反映现实”进行解说。但实际上,他们所理解的“真实”并不完全一致。对秦兆阳等来说,他可能认为这指的是对客观生活的尊重,按照生活的本来样子来“反映”生活。而对胡风等来说,则认为是主客体的拥抱、肉搏,主体对客体突入中感觉、情绪的真实(“文艺不能不是自身的东西”)。“真实论”者在阐述中留下的空隙,也便是1957年下半年之后反右派斗争对他们展开反击时的论题:真实地反映生活并不错,但是,要的是什么样的“真实”?怎样才能达到“真实”?问题的前半,涉及衡量标准,以及有关现象与本质、细节与规律的区分;问题的后半,则又回到“真实论”者竭力想加以“掩埋”的世界观与创作方法的关系这一陈旧的话题上来。

批判者提出的这种驳诘并非没有道理。生活的“真实本质”既然不能自动呈现,创作又是一种“书写”行为,“真实”便是人的陈述的揭示,自然与创作主体的思想、心理、艺术能力等有关。不过,这也并不使“真实论”的批评者站到更有利的位置上。既然是否真实反映生活有赖(决定)于作家的思想立场、世界观的状况,那么,也就不可能确立一种“客观的”、“不依人的主观意志转移”的对“真实”的判断的尺度。因而,作家写作时就必然遇到“很难有信心地自以为已经能够正确地解决”的难题:“我所感觉到的是怎样的?应该是怎样的?实际是怎样的?”③有关某一作品是否真

---

① 《十年来文学理论批评上的一个小问题》,《河北日报》,1960年1月8日,《文艺报》,1960年第1期加批判性的“编者按”后转载。

② 冯雪峰:《中国文学从古典现实主义到无产阶级现实主义发展的一个轮廓》,《文艺报》,1952年第14、15、17、19、20号。

③ 茅盾:《夜读偶记》,《文艺报》,1958年第10号。

实反映现实的争论,因为无法确证而在当代文学过程中,演变为因人因时而异的无休止的争吵。

启蒙思想者的悲哀

实际上,“真实”、“真实性”在当代文学过程中,从来不是一个纯粹的理论问题。在这上面引发的争论,反映着左翼文学内部不同派别之间在文学理想、文学规范上积累已久的歧见。对他们来说,“真实性”是有特定含义的概念。在“真实论”的批判者看来,真实地反映生活,就是要充分地表现现实中的“光明面”,肯定、歌颂工农群众及其英雄人物,并对生活、对未来,表现出一种乐观主义的态度。而对于秦兆阳等来说,“真实性”,显然是他们反对“粉饰生活”、“无冲突论”的代称。“写真实”,就是要表现生活的复杂性,“大胆干预生活”,不回避现实生活中的阴暗面,揭露一切病态的、落后的现象。这就是发表刘宾雁的特写时,秦兆阳在“编者的话”中所说的:“我们期待这样尖锐提出问题的、批评性和讽刺性的特写已经很久了”,“我们应该象侦察兵一样,勇敢地去探索现实生活里面的问题”①。这也是黄秋耘在他的一系列短论中所呼唤的:“作为一个有着正直良心和清明理智的艺术家,是不应该在现实生活面前,在人民的疾苦面前心安理得地闭上眼睛保持缄默的。”②

五十年代文学规范的这些主要挑战者的理论主张和实践,所描绘出的是文学上的“启蒙主义者”的精神风貌。他们在文学思想和精神气质上,更多承接十九世纪西方、尤其是俄罗斯现实主义文学的“批判生活”的传统。他们耽爱沉郁、忧伤的美学风格。他们几乎无例外地将鲁迅作为自己的精神领袖,奉为思想和行动的楷模。他们当然是从自己的立场上去理解、亲近鲁迅的,从鲁迅身上得到的“启示”是,“缺少对人民命运的深切关心,缺少对生活的高度热情,缺少‘己饥己溺,民胞物与’的人道主义精神,缺少‘死守真理,以拒庸愚的大勇主义精神,就没有崇高的人格,也没有真正的艺术”③。在对中国历史和现状的认识上,他们更多看到在前进过程中的沉重历史负累,而这主要表现为存在于民众生活和精神上的“创伤”:一方面是韧性的生命力和战斗力,另一方面则是麻木、愚昧,奴性的卑贱和苟安。因而,一个革命作家,负有如冯雪峰讲过的“实际地媒介革命的新的思想和文化传统于大众”的责任,对大众讲出“真理”的责任。他们在被要求投身大众、转变思想感情和立足点的“苦难的历程”中,怀恋着“个人主义”、“个性主义”的立场,企图尽可能维护他们所珍惜的思想自由和个体的独立性,并在此基础上设计了他们理想的人性建设的前景。可以这

① 《人民文学》,1956 年第 4 期。

② 黄秋耘:《肯定生活和批判生活》,《苔花集》,新文艺出版社,1957 年。

③ 黄秋耘:《启示》,《苔花集》。

样说，在五十至七十年代的三十年间，不同时期处在与确立了权威性的“文学规范”对立地位的文学力量，最主要体现为一批作家维护、修复其作为思想“启蒙者”和文学现实主义者的身份、精神地位和艺术品格所作的努力。这里面的两个要点是：文学上的批判精神的合理性，和对个体价值、个体精神自由的信仰。这也构成了1956—1957年以“写真实”和“干预生活”为口号的创作的两大主题。一方面，是对于新社会肌体尚潜隐或已显露的疾患和危机的揭发；另一方面，是“觉醒”的、追求精神自由和个性发展的个人与“大众”及其代表力量之间的磨擦、对抗，以及“个体”的孤立无援的处境，揭示“启蒙者”在现代社会中的悲剧性命运。王蒙的《组织部新来的青年人》，讲述知识者与大众、个体与群体之间的冲突的故事。从故事模式、叙事方式到主题类型，都不难找到与丁玲的《在医院中》的相似点，它是《在医院中》的“当代”续篇，只不过林震比起陆萍所面对的，是更为“体制化”的力量，而作家在强加给他们乐观结局时，《组织部新来的青年人》则显得更缺乏信心①。这种相似，提示了问题的延续性，提示了中国现代文学的许多历史问题也是现实问题。因而，将发生在十五年前的延安的那批“毒草”（《野百合花》、《三八节有感》）等拿出来，在《文艺报》上进行“再批判”，便是顺理成章的了。

在五十年代，围绕“文学规范”所出现的争持和冲突，既然是左翼文学历史上不同文学主张、理论派别的矛盾的继续，那么，伴随着一方取得的胜利，对历史加以“清算”也必然提上日程。1957年下半年对丁玲、冯雪峰等所展开的声势浩大的斗争，1958年初以周扬的名义发表总结性长文《文艺战线上的一场大辩论》②，都是以现实问题为契机来“清算”历史旧案的例证。在座谈周扬文章的会议上③，邵荃麟、林默涵、袁水拍等也明白无误地说明这一意图：周扬文章不仅分析、总结了反右派斗争，而且分析了这场斗争的历史的、阶级的根源，“对长期以来我国左翼文艺运动中的分歧和争论，也提供了一个澄清和总结的基础”。“长期以来”，通过冲突、排斥以选择最具价值的文学形态的过程，似乎有了完满的结果，终于理清了这样一条线索：从二十年代到五十年代，存在一条由“混进”革命队伍的“资产阶级分子”组成的“资产阶级的文艺路线”，包括“托派分子”王独清、“第三种人”胡风和冯雪峰，延安时期的王实味、丁玲、艾青、萧军，以及五十年代的秦兆阳、钟惦棐等。在清理斗争的“脉络”的基础上，进一步分析这条异端的文艺路线的思想、阶级根源，并开展了一场对“资产阶级个人主义”的批判。周扬在这篇文章中，作出了这样的著名论断：“个人主义在

---

① 六十年代初又有一些批判性作品，如《陶渊明写“挽歌”》、《广陵散》、《杜子美还家》等历史题材小说，《海瑞罢官》、《李慧娘》等戏剧，和邓拓等的杂文随笔。

② 张光年、刘白羽、林默涵等：《文艺战线上的一场大辩论》，《文艺报》，1958年第5号。

③ 座谈会的发言载《文艺报》1958年第6号。

社会主义社会，是万恶之源。”并且他把丁玲、冯雪峰之所以“堕落”为右派分子，归结为在思想根源上是对于“个人主义包袱”的坚持。

在当时被当作“癌症”①看待的“个人主义”的名目下，容纳了政治、哲学、伦理道德等不同范畴的认为需要批判的东西。如“自私自利，唯利是图”，如“要名，要利，要权”，“想夺，想偷，想抢”，如“培植自己的小圈子”，企图实现“称霸文坛的野心”，如精神上的空虚、寂寞、悲观，如“人格独立”、“个性解放”的要求和顾（愿）望，如“个人奋斗”的人生道路等等。这些批判，看起来像是为着个人道德的纯洁所作的努力，又像是对着制订个体与社会关系的规约。当然，也是一场想全面而彻底地摧毁强调个性、个体尊严与价值的人文思潮的运动。将道德上的利己主义与人文思潮的个人主义完全混同，这大概会加强批判上的感情憎恶，也更容易置“个人主义”于被审判的境地。不过，在根本目的上，批判所要达到的，不仅是利己主义思想行为，最主要的是破坏、挤压个人的思想、精神“独立性”，艺术创造的“自主性”，取消人的生活和精神上的“个人空间”，用“公共空间”来取代“个人空间”。这种批判，对大多数接受“五四”启蒙思想传统的作家来说，显然是令人惊惶不安的。这等于抢夺了他们的“财富”，也剥夺了他们思考和运用知识的“特权”。这些投身革命运动的左翼作家，投身阶级和集体是否就意味着他们所理想化的“精神自由”和思想“自立性”的丧失？如罗曼·罗兰那样，探索“个人主义”在无产阶级的集体的沃土中重新获得生命，是他们的永久、却无法实现的渴求。如今，这种“探索”也不再可能。启蒙思想者为着认识和拥抱这个时代，而追求着更充实的灵魂和更高的理想，高扬着“用他的内心的生命去肉搏”的愿望，并对于“更有思想能力的人”的知识分子“能够借对于历史的概括与透视而转移自己的地位加入民众的路线”的确信，以及他们“接近与深入历史的真理”②的责任的自觉承担，这一切，在对“个人主义”的批判中，都受到谴责和嘲笑。胡风、冯雪峰、丁玲、秦兆阳等自认为带有崇高、悲壮色彩的质疑和挑战，被相当程度的“丑角化”处理之后，宣布为非法。

周扬观点的“后退”

在经过毛泽东审阅修改的《文艺战线上的一场大辩论》中，毛泽东加上了这样一段文字：“在我国，1957 年才在全国范围内举行一次最彻底的思想战线上和政治战线上的社会主义大革命，给资产阶级反动思想以致命的打击，解放文学艺术界及其后备军的生产力，解放旧社会给他们带上的脚镣手铐，免除反动空气的威胁，替无产

① 张光年 1957 年发表了《个人主义和癌》、《再论个人主义和癌》等文章。见《文艺辩论集》，作家出版社，1958 年。

② 见冯雪峰《有进无退》，上海国际文化服务社，1945 年，第 120—121 页。

阶级文学艺术开辟了一条广泛发展的道路。在这以前，这个历史任务是没有完成的。这个开辟道路的工作今后还要做，旧基地的清除不是一年工夫可以全部完成的。但是基本的道路算是开辟了，几十路、几百路纵队的无产阶级文学艺术战士可以在这条路上纵横驰骋了。文学艺术也要建军，也要练兵。一支完全新型的无产阶级文艺大军正在建成，它跟无产阶级知识分子大军的建成只能是同时的，其生产收获也大体上只能是同时的。这个道理只有不懂历史唯物主义的人才会认为不正确。”

对于这次“最彻底”的“社会主义大革命”的认识，对于当时文艺界形势的估计，周扬等应该也持有毛泽东这样的看法。但是，对待另一些问题，也可能会有不同。对于周扬等来说，这场斗争的最主要意义是在理清历史的原来纠缠不清的“疑团”，是对左翼文学运动中冲突着的各种文学主张、理论派别的性质和功过作出结论，它解决的是“选择”的问题。而在毛泽东看来，这是“旧基地的清除”、为“无产阶级文学艺术”“开辟道路”的工作。这种估计上的差异，在当时并未显露出来，这要到六七年后开始的又一场“最彻底”的大革命中，才会充分暴露。

1958 年，在发动经济上的“大跃进”的同时，也掀起了文艺的“大跃进”。在这一年，毛泽东指示要搜集民歌，他认为失败的新诗的出路一是民歌，二是古典，在这个基础上产生新诗。由此，全国出现了遍及城乡的“新民歌运动”。他提出“革命现实主义和革命浪漫主义相结合”的创作方法，来取代从苏联移植的“社会主义现实意义”，将浪漫主义加以强调、突出。他号召工人农民破除各种“迷信”，也破除对文艺的神秘性的迷信，而大胆进入文学创作和批评领域。他提出无产阶级要“抓到真理，就藐视古董”，“厚今薄古”。所有这些观点、措施，都有着“战略”性构思的性质。

我们无法清楚了解当时的文学界的主持者对这一切的全部真实看法。不过在这一年里和稍长一点时间里，周扬、郭沫若、邵荃麟，以及茅盾等，都表现出积极响应与推动的态度。对于“两结合”创作方法所展开的讨论，对于新诗发展道路的讨论，《红旗歌谣》的编辑出版，“开一代诗风”的命题的提出，《文学工作大跃进 32 条(草案)》的制订，对“歌颂大跃进，回忆革命史”的创作题材、主题的肯定等等，都说明了这一点。为了支持、证明毛泽东的“随着经济建设高潮的到来，不可避免的将要出现一个文化建设的高潮”的论断，《文艺报》发表文章①，认为马克思关于艺术生产与物质生产发展的不平衡“规律”在社会主义时代已经过时了，已经被艺术生产适应于物质生产的新现象所代替；在“质疑”马克思的“经典性”论断中，为“共产主义文学”在

---

① 周来祥：《马克思关于艺术生产与物质生产发展的不平衡规律是否适用社会主义文学》，《文艺报》，1959 年第 2 号。《文艺报》第 4 号发表张怀瑾的《马克思关于艺术生产与物质生产发展不平衡规律是‘过时了’吗?》质疑文章。但也只是说，应该用“发展”来代替“过时”。

中国的必然繁荣、丰收的前景提供理论上的支持。

不过从1958年下半年、特别是1959年开始,我们就能从一些迹象中,觉察到周扬等的忧虑和不安。这些情况,有时存在于个别的作家身上,但也体现了文学界领导层的看法和心态。在新诗发展道路的讨论中,何其芳、卞之琳等,从对民歌形式局限性的提出上,来质疑新诗必须以民歌和古典作为基础的观点。当有的读者在当时的政治和文化思潮的引领下,从抽象的理论命题出发来否定《青春之歌》和《锻炼锻炼》等作品时,茅盾、何其芳、马铁丁、王西彦等站出来为它们辩护,王西彦还声称要"充当一名保卫《锻炼锻炼》的战士"①。当有人以藐视古董的姿态,"漠视"托尔斯泰,声称"托尔斯泰没得用"的时候,当时的《文艺报》主编张光年反问道:"谁说'托尔斯泰没得用'?"并肯定地说:"不但我国古代的优秀遗产不容否定,而且外国古代的优秀遗产也不容否定;不但对自己民族的伟大先辈不容漠视,对别的民族的伟大先辈也不容漠视。"针对那种要"发动群众自己来写"才能反映我们的时代的说法,张光年以一种"诡辩"式的反驳,来拒绝精神产品主要创造权的"让渡":将文学创作的任务,"一古脑儿推给从事于紧张的生产劳动的工农兵群众","这不是要文艺为工农兵服务,而是要工农兵为文艺服务"②。对于"大跃进"的文艺运动,也开始提出问题:"革命浪漫主义精神固然很充分,革命现实主义,也就是对现实的科学分析,还嫌不足。"③

在一般的情况下,我们对中国左翼文学内部的矛盾冲突,常作出胡风、冯雪峰与周扬各代表不同"路线"的这种区分。从总体的情况而言,这是有根据的。不过,并不是在任何情况下,在所有问题上,都可以使用这种简单明瞭的处理方法。一方面,他们之间的观点也有许多相似、重合之处;另一方面,在不同时间,由于情势的变易,自身的主张向着不同方向偏斜的现象,也很常见。而他们中一些人,文学家与文学官员、文学政策制订者和施行者的双重角色,也会造成思想行动上的复杂性。胡风、冯雪峰、秦兆阳,以至周扬,当他们在不同历史时间里被置于受批判的位置上时,总会受到在道德层面上的诸如"表里不一,言行不一","不老实","阴一面,阳一面"的指控④。这种道德裁决虽说不见得妥当,但他们理论主张等的摇摆和变化,却并非

---

① 茅盾:《怎样评价〈青春之歌〉》,《中国青年》,1959年第4期;何其芳:《〈青春之歌〉不可否定》,《中国青年》,1959年第5期;马铁丁《论〈青春之歌〉及其论争》,《文艺报》,1959年第9号;王西彦:《〈锻炼锻炼〉和反映人民内部矛盾》,《文艺报》,第10号。

② 《谁说"托尔斯泰没得用"?》,《文艺报》,1959年第4号。

③ 茅盾:《创作问题漫谈》,《文艺报》,1959年第5号。

④ 以群指出陈涌曾经批判胡风,可是,到了1956年他却已经成为"胡风文艺观点的化装宣传员了"(《谈陈涌的"真实"论》,《文艺报》,1958年第11号)。张光年指出秦兆阳1955年也批判胡风,"事隔一年半","他的看法变了","今天说东,明天说西;正面一套,反面一套"(《应当老实些》,见《文艺辩论集》,第141页)。姚文元批判周扬文章的题目就是《评反革命两面派周扬》(《红旗》,1967年第1期)。

都属虚构。

从大多数情况下看,周扬更重视、强调文学的政治目的、政治功利,强调创作过程中作家思想、世界观的决定性作用,也表现了一种有的研究者所说的对于"理论彻底性"的迷醉。但是,在某些时候,他的"指针"也会向另一侧面移动。特别是当不是处于派别论争、冲突,而是他主持着文学界而梦想着出现一种繁盛的局面的时候。他担任鲁艺早期领导工作时,显然是实行看重读书、提高艺术技巧和创作上扩大题材范围这一后来被批评为"关门提高"的方针。延安文艺整风之前他在《解放日报》上发表的《文学与生活漫谈》,批评了那种认为有生活就有文学的观点,强调的是文化积累和学习技巧,提出写作要"深历了'语言的痛苦"'这一左翼文学家很少触及的命题。对于创作过程,他运用了主体"突入"客体,主客体"融合"、"格斗"等胡风式的用语,并推崇了王国维所说的那种"意境两忘、物我一体"的创作境界。这些,都多少离开了他坚持的"反映论"和文学的"党性"原则。不过,在文艺整风之后,他的思想立场迅速转变,检讨鲁艺办学方针,撰文严厉批评王实味,积极强调并推动文艺对政治的配合,编篡(纂)《马克思主义与文艺》,以确立毛泽东文艺主张在马克思主义文艺理论体系中的地位。在五十、六十年代,周扬以毛泽东文艺思想的权威阐释者和贯彻(者)面貌出现。他发表了《坚决贯彻毛泽东文艺路线》的文章,主持了对左翼文艺运动中的"异端"派别的批判,文学的政治目的、政治功效,始终是他所不愿或不敢稍有松懈的。但是,他也为当代文学的普遍公式化、概念化现象所困扰①。他对毛泽东发动的一些批判运动,显然缺乏思想准备。在五十年代中期,也曾在一定限度内首肯、支持文学革新力量的主张。在亲历了"大跃进"的文艺运动,看到这一激进的文学思潮对文学产生的损害之后,他也开始在矛盾之中来调整自己的观点。在1960年第三次文代会上依然表现了激烈的革命姿态,但同时和之后,则和邵荃麟等一起,主持、推动了一系列的活动,来从五十年代后期的路线上"退却"。这包括召开多次的调整、纠正文艺工作"左倾"的会议②,发表题为《题材问题》的《文艺报》专论③,写作纪念《讲话》20周年的《人民日报》社论:《为最广大的人民群众服务》④。制订最后由中央宣传部发布的《关于当前文学艺术工作若干问题的意见》的

① 1952年为《人民日报》撰写的《毛泽东同志〈在延安文艺座谈会上的讲话〉发表十周年》的社论中,1953年9月24日在第二次文代会上的报告《为创造更多的优秀的文学艺术作品而奋斗》,特别是1956年2月在中国作协第二次扩大理事会上的报告《建设社会主义文学的任务》中,都用许多篇幅谈到公式化、概念化的问题。

② 主要有1961年6月在北京召开的文艺工作座谈会,1962年在广州召开的全国话剧、歌剧、儿童剧创作座谈会,1962年8月在大连召开的农村题材创作座谈会等。

③ 《文艺报》,1961年第3号。

④ 《人民日报》,1962年5月23日。社论为周扬执笔撰写。

文件。

在这个时间里,五十年代胡风、秦兆阳等提出的若干基本问题,又再次提出。但这一回不是反对的派别从理论上以论辩、冲突的方式出现,而是文学界领导者从政策上以调整、反思的方式出现。周扬在1961年6月召开的“文艺工作座谈会”上,讲了这样一段话:“不注意文学特点,庸俗社会学就出来了。胡风对我们作了很恶毒的攻击,他是反革命。但是,经常记得他攻击我们什么,对我们也有好处。他有两句话是我不能忘记的。一句:‘20年的机械论统治’,如果算到现在,就是30年了。他所攻击的‘机械论’就是马克思主义。我们是马克思主义领导文艺,而不是‘统治’。然而,我们也可以认真考虑一下,在我们这里有没有教条主义……胡风还有一句:反胡风以后中国文坛就要进入中世纪。我们当然不是中世纪。但是,如果我们搞成大大小小的‘红衣大主教’、‘修女’、‘修士’,思想僵化,言必称马列主义,言必称毛泽东思想,也是够叫人恼火的就是了。我一直记着胡风这两句话。”

在与胡风划清界限的前提下,来重提胡风对“主流”文论和文学政策批评的核心问题,并在一定程度上来肯定这种批评,这毕竟显示了周扬的胆量和气度。这段话,也提示了问题的两个重要方面。一是在文学与政治的关系中维护文学的“特质”。他所作的也是胡风、秦兆阳当年的试图阻挡“政治”对文学的淹没,并有限度地承认作家在题材、人物、风格、方法上的“自主性”和多样选择。用“最广大的人民群众”来替换“工农兵”概念,目的是模糊其阶级性的规定。另一方面,则是重新审度1958年以后成为文学思潮和创作方法中心的“浪漫主义”,提出“现实主义深化”和重视体现复杂现实矛盾的“中间状态”人物的创造,来重提“真实性”。在对文学应有助于培养有复杂思想、丰富知识和独立思考的个性的提倡下,来“复活”在1958年被置于死地的“个人主义”。

周扬毕竟还是个文学家,有他的文学理想,有他所钟爱的俄国文学和俄国革命民主主义批评家。他受过“五四”新文学的精神的浸染,自觉对中国新文学的未来负有责任。人类历史上的精神财富,已经化入他的血液,对他来说已不可割断。西欧文艺复兴、启蒙主义和十九世纪现实主义,以及歌德、莎士比亚、托尔斯泰等巨匠是他经常仰慕的“高峰”,也是他梦想“超越”的“高峰”。文学究竟能为革命、政治做些什么?在政治的“神圣祭坛”上,文学又究竟应该“供献”出多少?这是他经常思虑的问题,也构成他内心矛盾的重要内容。他在这些关系上的不坚定的摇摆,尤其是六十年代初的“后退”,埋下了后来悲剧命运的种子。不过,真正的悲剧意味在于,他当时并未能以一种超越的精神态度,来反思他长期陷于其中的这些“艺术难题”。精神态度上的“超越”,在他经历了“炼狱”的考验折磨之后的晚年,才出现了这种可能性。

激进的文学思潮

二十世纪的中国文学，是否存在左翼的激进文学思潮（或派别）？回答应该是肯定的。但是，在很长的时间里，它的表现是分散的、局部的、缺乏理论与实践的体系性的；它存在的同时，也存在着对它制约、抗衡的力量。另外，这一思潮也并不总表现为有固定的代表人物的这种形态。

到了五十年代后期，情况发生了一些变化。尤其是1963年以后的十多年里，激进的文学思潮（或派别）成了控制全局的、唯一合法化的力量。

这里需要关注当时的社会政治和文化的背景。一是毛泽东文学思想发生的某种变化。1958年，毛泽东提出了“两结合”的口号。一般来说，人们都把它看成是与“社会主义现实主义”同属于一个体系，或称它为后者的“发展”。提出者本人对这一“创作方法”并未作出任何进一步的阐释，但最明显的特征是，不管是文字表述上，还是精神实质上，“浪漫主义”都被置于显著的、甚或可以说是主导性的位置上。这一点，应该说是毛泽东的文学观点的合乎逻辑的发展。

有些研究者指出，《讲话》中强调作家深入生活、在生活中观察、分析、体验一切人、一切阶级，这是对文学真实反映生活的重视，他们还通过《讲话》不同版本的比较，来论证毛泽东把文艺创作的性质大体上理解为工匠对材料的加工①；因而，生活材料本身是至关重要的。这种说法有一定道理，或者说是毛泽东文艺观的一个方面。但另一方面，则是对“写实”的超越，对“浪漫主义”的重视，即《讲话》中所说的“文艺作品中反映出来的生活却可以而且应该比普通的实际生活更高，更强烈，更有集中性，更典型，更理想，因此就更带普遍性”。既然文学负有“帮助群众推动历史的前进”的使命，革命政治是文学的“终极性质”的目的，那么，仅仅反映生活又能给生活增加些什么？真实与理想、文学性与政治性、文学“规律”与政治目的、现实主义与浪漫主义等关系，本来就是左翼文学家一辈子都要处理的难题，毛泽东当然也不例外。在《讲话》里，我们至少在表面上看到保持着一种平衡关系。到了“两结合”的提出，文学目的性、浪漫主义、文学的主观性因素，就成为主导的、决定性的因素了。这加强了从政治意图和激情出发来“加工”生活材料的更大可能性。另外，在六十年代，毛泽东在思想文化上对资产阶级的批判，发表的对文学艺术的两个批示以及他关于开展“文化大革命”所做的理论阐述，都为文学激进思潮提供了理论上的支持和

---

① 1948年东北书店版的《毛泽东选集》中的《讲话》，使用了“自然形态的文学艺术”、“加工形态的文学艺术”、“从此时此地的人民生活中的文学艺术加工成观念形态上的文学艺术作品”、“加工过程即创作过程”、“把原料与生产，把研究过程和创作过程统一起来”、“没有原料或半制品，你就无从加工”等概念和说法。《毛泽东选集》（第3卷），人民出版社1954年改为现在通行本。

依据。

这一思潮在六十年代,形成一个政治—文学派别。通过开展全面的文化批判运动(哲学、史学、经济学、文学艺术等),通过精心制作样板性作品,来逐步确立激进的、命名为"无产阶级文艺"的文学规范体系。这一派别在六十至七十年代的理论和实践,表现出这样一些特征:

首先是政治的直接"美学化"。周扬和胡风之间虽然存在理论分歧,他们在文学内部诸因素关系的理解上,却是一致的。这就是思想(政治性)—真实性(现实性)—艺术性的结构。他们的分歧,是在肯定这一基本格局之下产生的。而对于激进派来说,则表现了拆卸这一格局,从中清除"真实性"的趋向,而使这一结构,简化为政治—艺术的直接关系。这是为着将政治目标、意图,更直接地转化为艺术作品。当然,"真实"的概念,在六十至七十年代也一直在使用:既用来褒奖合乎规范的作品,也用来批判"歪曲现实"的创作。但"真实"、"真实性"的涵义已经不同。文学的真实性对周扬等来说,是在作家的感觉怎样、应该怎样和实际怎样之间的协调和平衡,而现在,"真实"已被等同于"应该怎样"——一种主观性的认定:在文艺实践中,其结果是政治与文学界限再难以划分。小说《刘志丹》、京剧《海瑞罢官》,被理解为既是文学文本,也被当作政治文本;而江青等在七十年代主持的小说、电影、戏剧的创作,本身便是政治行动。因而,后来的批判者既憎恶又不屑地称它们为"阴谋文艺"。这种政治和文学的难以剥离的情形,对激进派来说并非一种失误,而是自觉追求:打破日常生活与文艺的界限。

其实,这种追求一直广泛地存在于二十世纪的文艺实验中,并不仅限于无产阶级文艺范畴。在创造上,强调文学写作对观念、经验、情感的直接提升(借助形象化或象征等手段),而排除沉思、淘洗和转化的过程,以创造更富于教诲、宣谕色彩的文学;在阅读、接受上,努力破坏传统的习惯(在阅读和欣赏中与日常生活暂时脱离,退后一步与"艺术"对话),而是将文艺"欣赏"拉回日常生活中来。苏联二三十年代的"理性电影"和马雅可夫斯基的罗斯塔之窗的"广告诗",中国战争年代的街头活报剧、诗传单都表现这种趋向。不过,中国文学激进派显然已扩大了范围,不把它们只作为适合特定历史时间和特定文艺样式来理解。50年代后期,姚文元曾发表一组谈美学的文章①,主张美学应"来一番马克思主义的大革新","面向生活","首先研究什么是生活中的美与丑的问题",研究诸如环境布置、生活趣味、衣裳打扮、节日游行以至挑选爱人的问题。王子野在与他"商榷"的文章②中批评这种观点是"落后于

---

① 《照相馆里出美学——建议美学界来一场马克思主义的革命》,《文汇报》,1958年5月3日。另外,在1961—1963年间,他还在《文汇报》、《学术月刊》、《上海文学》、《新建设》等报刊上,发表了7篇谈美学的文章。

② 《和姚文元同志商榷美学上的几个问题》,《文艺报》,1961年第5号。

车尔尼雪夫斯基”,说“忘了前人的理论遗产总是不好的”。也许姚文元确实有对前人的研究成果知之不多的情况,但也许是想对于“遗产”的“革新”。这种思路,与他们后来的文艺实践,倒是一脉相承的。

文学激进派的理论和实践的另一重要特征,是对文化遗产所表现的“决裂”和彻底批判的姿态。实际上,当时开展的“文化大革命”,便在“破四旧”(旧思想、旧文化、旧风俗、旧习惯)的名义下,广泛攻击中外文化遗产。在《部队文艺工作座谈会纪要》中,明确提出,“只有无产阶级的社会主义革命,才是最后消灭一切剥削阶级的革命,因此,决不能把任何一个资产阶级革命家的思想,当成我们无产阶级思想运动、文艺运动的指导思想”。被《纪要》列入要破除迷信的名单中的,有“中外古典文学”、有“十月革命后出现的一批比较优秀的苏联革命文艺作品”,有“三十年代文艺”(即三十年代中国左翼文艺)。后来,在一篇批判周扬“吹捧资产阶级‘文艺复兴’‘启蒙运动’‘批判现实主义’的反动理论”并阐述激进派关于文学遗产问题观点的权威性文章①里,认为“古的和洋的艺术,就其思想内容来说,是古代和外国的剥削阶级的政治愿望和思想感情的表现,是必须彻底批判和与之彻底决裂的东西,至于其中少数作品的艺术形式的某些方面,也是需要用毛泽东思想为武器来进行批判和改造,才能推陈出新,使它为创造无产阶级文艺服务”。文章还说,“资产阶级在思想文化上向无产阶级进攻的方式”,一是用“现代派文艺”,另一是“利用所谓古典文艺”。本世纪30年代,卢卡契在与布莱希特的论争中,表示了捍卫现实主义传统而批评、反对“现代主义”的态度。这种态度,也基本上为中国左翼文学家(胡风、周扬、茅盾等)所接纳。与斯大林—日丹诺夫时代的文艺方针相似,现代主义在当代中国也是被当作颓废、没落、色情、荒诞的同义词。但到了激进派这里,则一切古典文化,都在被“彻底批判”之列。周扬在六十年代初说,“批判地继承”,“批判”是副词,“继承”是动词,不能以副词为主,应以动词为主,指出“社会主义文化艺术”,“不是在空地上发展出来的”。这是两种对立的态度。为建立“真正的”无产阶级文艺的冲动所支配,以纯粹的无产阶级思想、感情的这一虚拟标尺去度量既往的文化产品,激进派发现,不仅“古的和洋的”剥削阶级的文艺应该与之决裂,苏联革命文艺、中国三十年代左翼文艺和五十年代以后的“社会主义文学”,也远远不够纯粹。因此,发动了对萧(肖)洛霍夫的批判,对斯坦尼斯拉夫斯基的批判,也曾酝酿对高尔基的批判。基于这种阶级意识和精神的纯粹性标尺的审度,遂有了“从《国际歌》到革命样板戏,这中间一百多年是一个空白”和“过去的十年,可以说是无产阶级文艺的创业

① 上海革命大批判写作小组:《鼓吹资产阶级文艺就是复辟资本主义》,《红旗》,1970年第4期。

期”的论断①。六十年代后期,一种流传很广、反映了江青等的观点的《60部小说毒在哪里?》的小册子中,列入了包括《保卫延安》、《三里湾》、《山乡巨变》、《红日》、《青春之歌》、《苦斗》等“十七年”文学间几乎全部的有影响的小说。这是一种类似于苏联“无产阶级文化派”的主张:“无产阶级的精神发展的基础首先是在精神上同过去决裂”,无产阶级必需(须)在清理好地基之后,建造“真正自己的房子”。

第三,文学激进派提出了“重新组织文艺队伍”的问题,也就是毛泽东在1958年提出的要“建军”,要“练兵”。虽然在《纪要》中,并不全盘否定专业作家、批评家的地位和作用,但从工农兵中建立真正无产阶级文艺队伍,(包)括“把文艺批评的武器交给广大工农兵群众去掌握”,却是一个“战略性”的措施。于是,在“文革”期间,标以工农兵创作小组名义的写作组织(如)雨后春笋(般)涌现,集体创作成为最被提倡的写作方式。为了达到“工农兵”“占领文艺阵地”的目的,与1958年一样,破除文艺的“神秘性”“特殊性”是十分必要的。在创作上,对于直觉、艺术天赋、灵感、感悟等非理性的成分在理论上加以批判,加以最大限度的缩减,使写作、阅读、观赏都成为一种有“理”可循的“透明化”行为,成为可以分解、按部就班进行操作的过程。这方面的理论努力,是对强调文艺“特质”、强调文艺创作有特殊的思维方式的理论的批评。在五十年代,关于文艺特征,关于形象思维,就有过许多争论。这在当时就不被看作纯粹的学术问题。到了六十年代,则更不是。郑季翘在他的批判“形象思维”的文章中,将经过他描述的“形象思维”,称为“直觉主义因而也是神秘主义的体系”。“直觉”导致“神秘”,而“神秘”阻碍了工农兵对文艺创作批评的掌握,也阻碍了政治美学化的这种转化,也显然违反了无产阶级文艺的清晰和透明的美感规范。他由此提出了一种创作的思维过程公式:“表象(事物的直接映象)—概念(思想)—表象(新创造的形象),也就是个别(众多的)——一般典型”。这既不是一种需要特别肯定推广(在“文革”期间)、也不是需要特别否定消灭(在“文革”结束后)的“公式”,它描述的不过是一种创作路线(或方式)。依循这一“公式”而创造的“产品”的思想、艺术价值,并非与这一“公式”本身有必然的关系。但这个“公式”却是引向一种更具教谕性和寓言性的创作通道。它也许可以产生有一定观赏性和“艺术魅力”的作品(如:“样板戏”中的《红色娘子军》、《沙家浜》等),也可以产生写满大量政治文件、毛泽东语录的论证式的文本(如《虹南作战史》)。当然,类似《虹南作战史》的写作,也不见得完全是因为缺乏艺术基本训练。想破坏固定的(资产阶级的?)文学修辞和审美惯例的意图,也是可以考虑的因素。这其实也可以看作七十年代的“实验小说”。

---

① 前一句出自张春桥,后一句见初澜:《京剧革命十年》,《红旗》1974年第4期。

在表达、修辞方式上，或者说文学风格上，体现文学激进思潮的创作，表现了一种从“写实”向“象征”的转移的趋向。在1958年，以及后来在对开展“文化大革命”所作的动机的说明中，我们都可以感知到一种对人类的“理想社会”的富于浪漫色彩的构想。对于这一主观构想的社会形态的表现，对其中的人与人的关系，以及构成这一社会性质的新人（“无产阶级英雄人物”）的思想情感状态和行为方式的描绘，最合适的表现方式，是一种象征性的（伴随着激情的）“虚构”。“革命”所激发的“幻想”，产生的观念和激情，需要靠“不是明确的概念或系统的学说，而是意象、象征、习惯、仪式和神话”来维持，把日常生活中并不存在、或无法解决的矛盾，在象征方式中解决。“文化大革命”期间产生的文艺“范本”（即合乎激进派的文学规范的作品），无不具有鲜明“象征”特征，不仅是“样板戏”，而且是《金光大道》等小说和大量诗歌创作。对过去的文学文本的改写（重写），也表现出一种削弱“写实”性而加强“象征”性，加强“理想”色彩的倾向。《白毛女》从歌剧到芭蕾舞，《红色娘子军》从电影到芭蕾舞，从小说《林海雪原》到京剧《智取威虎山》，从五十年代的《骑马挂枪走天下》（张永枚）到七十年代的《骑马挂枪走天下》，从五十年代的《南征北战》到七十年代的《南征北战》，都可以看到“写实”倾向朝“象征”倾向变易的状况。

“无产阶级”文学激进派在十多年间所进行的实验，尽管他们自己宣称“取得了伟大胜利”①，其实是不断陷入困境。它所遇到的难题、矛盾，一点也不比过去的左翼文化运动所遇到的少，至少是同样多。对文化遗产和遗产继承者（知识分子、专业人员）的批判，使他们创造更多的样板经典的宏图受到严重打击。对“精英文化”的敌视，却并未促使他们愿意转而创作更具娱乐性、消遣性的“大众文化”（虽然芭蕾舞《红色娘子军》等有许多提高观赏娱乐性的成分），因为这会带来对政治性、政治目的的削弱。这是一个“中世纪式”的悖论：政治、宗教教谕需要借助文艺来“形象地”、“感情地”表现，但“审美”也会转而对政治和宗教产生“消解”、“破坏”的作用。另外，在“样板戏”等作品中，也许能看到人类追求精神净化的崇高冲动，一种将人从物质欲望的禁锢中解脱的渴望。这种反对物质主义的道德理想，是开展革命运动的主导意识形态。但与此同时，在这种宗教色彩的信仰和禁欲式的道德规范中，在忍受（自觉地）施加的折磨（通过外来力量）和自虐式的自我完善（通过内心冲突）中，也能看到激进派本来所要“彻底否定”的思想观念、感情模式。著名的“三突出”，对于激进的文学思潮来说，既是一种结构方法、人物安排的规则（类似于卢卡契所说的小说中人物的等级），但也是社会政治等级在文艺形式上的体现。这种等级，是与生

① 初澜：《京剧革命十年》。

俱来的,无法由自己选择的,因而也就可以表述为“封建主义”的。因而,从激进派所领导及受其思潮影响的文艺创作中,我们似乎窥见了相似于本世纪人文思潮中对人类抵抗物质主义、寻找精神出路的努力,也能发现人类精神遗产中残酷和落后的沉积物。他们既无法离开现实,也无法割断历史。

——原载《文学评论》1996 年第 2 期

何向阳

朝圣的故事或在路上

——张承志创作精神描述

我怎么能制止我的灵魂,让它不向你的灵魂接触?
我怎能让它越过你向着其他的事物?

——里尔克

在这贫困的时代,诗人有什么用场?
可是,你却说,诗人是酒神的祭司,
在神圣的黑夜中,他走遍大地。

——荷尔德林

上 篇

一上来就提宗教在我恐怕既不明智也不合时宜,不仅由于它是有史以来悬而未决的话题,而且因为时下很难找到被称之为信仰的东西。而我的难题在于:这个精神领域最高层次的意识形态延至今日,依然因为其界定和评价的两极差异而争执不下。它散发云霓般灼人光彩的同时,又朦胧模糊如雾霭。以一个尚无定论、概念不清、自身还是问题的范畴作为论文的开端,就学术态度而言当然失之恰当。有必要声明的是,我以下所论及的宗教,决非宗教学意义上的诸如基督教、伊斯兰教等教义,也非纯哲学的带有理性分析意味的学科研究,而只指具体人的信仰,是一种心之所向的精神状态。为着现代社会文化心理背景下的张承志创作中所表露的丰富又特异的心理品格与超人气质的深深吸引,我愿意以此作为奠基,期望通过它把另一些问题还原为本色时的容易。

地上的天国

自1984年起,张承志所有作品都在构筑一个天国,《北方的河》、《黄泥小屋》、

《九座宫殿》、《大坂》、《金牧场》、《心灵史》几乎都在为这一“理想国”画像，虽然落笔不同，角度有差，但这些线条与色块的所有指向都是一个。首先，精神现实的困境给这一“天国”的创造提供了可能。现代文明的发展，尤其是商品经济对人心、人灵魂的冲击，使得我们在物质相对富足的同时恰恰在人之为人即精神上失落过多，这二者的不同步所带来的恶果，更使得真正意味上的人向着物欲层次堕落，这堕落的不可避免与急骤，造成人的进一步畸变与异化。作为信念诸如真理、正义的字眼与意识在人们头脑中已留存不多甚至可能将消失殆尽，或者早已尘封于麻木的神经之中；作为理想诸如激情、热切的追求与奋斗的青春也早已在一大批青春的人口里、眼里成了过时的话题与嘲笑、讥讽的材料。反而，浪掷青春、享受生命、膜拜金钱、今朝酩酊的观念日益成了现代意识的同义语，成了最具“先锋”色彩的反传统、反正统的东西，“活得自在点吧！”“轻松点嘛！”“干吗自己跟自己过不去？”成了世间的主要对白，享乐主义的生活方式也随之被推上八十年代之后的中国历史舞台并占领了精神市场。到处是初级阶段的充满假象的故作轻松状与伪现代派，到处是搞不清名堂与来由的毫无真正激情与乐趣的贴着时髦标签而流于纯形式的Disco与霹雳舞。一切在一夜之间都变成了俯拾皆是、扬手可弃的短期消费，就成了口、目、耳等感官的满足和刺激。在这世俗的喧嚣与欲望的吵嚷声里，张承志一直沉默的心开始颤栗。人若赚得全世界，却丧失了他的灵魂，这又有什么益处呢？含有明显贬褒倾向的疑问开始成为响彻他以后一系列作品内的强大声音。如同当年莱蒙托夫“悲哀地望着我们这一代人”的《沉思》，张承志悲哀地望着身后坍塌的废墟，他要在这废墟上重建“天国”，为固守自己的信念而检验这阵地的坚实，也为昭示这一时代还有完全不同的一个强劲有力、引人上升的世界，这世界就是一种超越于时代之上的精神，一种纵贯人之历史、人之生命的精神，正是这种精神如丹柯之心引导着人类由阴霾、绝望的森林走到今日，走到辽阔；它仍将领引人类走向希望、走向光明，这是一把火，这是一个“天国”。

张承志创作中的这种意识从隐匿到明朗以至急不可耐，从无意识到有意为之以至强化的线索提醒我们，现实层面考察之外，所不可忽略的是血缘的影响力。伊斯兰民族不屈又达观的血性和天然的宿命所构成的张承志作品及本人的宏大背景，也是他的信仰形成、发展背景，再加之他在甘宁青伊斯兰黄土高原的经历与体验，使得他身、心已不能舍弃脱离这一背景，因为不如此，就等于叛逆，等于抽空血液、宣判死刑。这种血缘的力量如此强悍，牢牢嵌入、流淌在一个身处都市但心向高原的青年学者体内，改变、影响着他的生活方式、人生态度，构成他永不懈怠的追寻、毫不犹豫的选择，甚至也造就了他与众不同的杰出与不顾一切的偏激。“回族的心理是超重的、对牺牲的渴求是夸张的、性格是偏激自傲的。汉族除非在伟大的历史转折关头，不可能有‘圣’的幻想。只相信实践证实的事物，只对此界此时敏锐热心，强调急功近利的进步的汉文明特征使得中国大地上任何革命都被调节、改换和淹没了。”“清真寺尖塔上挑着一勾弯弯的镰月，它不仅仅是伊斯兰信仰的象征。……它在这片日出而作日入而息的古老国土上指示着一种异端的原则。它超越白昼、照亮暗夜，孤傲地对汉文明的继往开来表示沉默。它的无言之美，它的刚强之美，它的牺牲之美正与流逝的历史作伴，等待着一个遥远的未来，等待着一个在孔孟之道和孔孟现代派走到穷途的时辰……那时它虽是胜者却依然沉默不语不显颜色。”①这就是张承志沉淀于心的东西，是他反复倾诉的声音，是贯串于他创作始终的母题。如果原来我们还会不解，为什么在都市、在东京、在海上、在不同境遇里他永远重复着一种对草原、对高原缅怀的低诉，为什么在唱出的歌背后总缠绕着一支渺远但亲近异常的复调并且余音袅袅不绝如线如缕如生命血流，那么直到看到这些文字，我们会怦然有所领悟，正是这种信仰使他九死不悔地追求，摒弃了结果，摒弃了功利，甚至摒弃了胜利本身，他留有的只是这种与生俱来不可替代的精神，正是这种含而不露、外冷内热的血质构成了他创作中的主人公特有的气质，刚烈不羁、愤世嫉俗，但又沉稳厚重、真诚坚韧，甚至每一细节、每一举手投足处都显示出这一血统的不同人处，如《金牧场》中青年学者对日本歌手小林一雄的慕恋，除与小林沙哑喉音中流露的深沉与孤独气质共鸣外，还对这个“挂着吉它、咬着一支钢架支起的西部口琴、低垂着双目”的形象做了充满激情的描绘和解析：“他怎么也看不清那人的眼睛。……那个人总是垂着眼皮，那个人总是垂着眼睛好像他害怕强光好像他怕与人目光相遇好像他是个瞎子。”“小林一雄在人海挤撞的音乐会上低垂双目，一定也是为着不去看世间的丑相和自己那创口。”正是在这种于外在淡泊而心底炽烈的外族人身上他看到了自己，感到一种震撼于灵魂的呐喊，于世俗的邪恶、龌龊、平庸之上他抓住了一种超越的力量，这种真情与圣洁的不可轻易流露和它正因不轻易流露的美丽动人使得他找到了人类的一种共生质，一个精灵，一种宗教。“我在这里所说的宗教，指的是对人生的态度，在这种意义上鼓舞人们战胜人生中各种艰难的信念。”②正是这种信念让他于共鸣之外看到了人的本质与相似。在外表冷峻、漠然之下，藏着一个多么热情动荡、将要爆裂的灵魂。这难道不是一种“胜者的沉默不语、不显颜色”的无言美、刚强美吗？这种特质难道不是伊斯兰民族背负苦难的精神写真？《海骚》里的“我”在舰艇甲板上，独自承受海啸的动荡。“……只能用硬漆的帽沿压紧眉梢/隐蔽锐利的目光，藏起伤感的目光/忍住每一个重浪炸成黑亮的粉末水雾/忍住心在那轰炸时的

---

① 张承志：《金钉·夜曲和勾镰月》，《民族文学》，1988年第4期。

② 阿·汤因比、池田大作：《展望二十一世纪》，国际文化出版公司，1985年。

累累伤痕。”“心给折磨得快要疯啦，不知是炸嘛是嘣起/人可是立正站稳一声不响活赛一块铁。”把帽沿压紧眉梢，于海啸（外物喧嚣）前隐忍、无言，而内心却丰富坚定，灵魂倔强、不屈。这一动作所包容的严峻心性令人肃然。一种血质，甚至是一种不愿面对丑恶现世与阴暗和历史不公与势利的深度悲观。记不清谁说过：“如果此世确有一种真挚而又整全的悲观主义，那么，它必然是沉默静寂的。……真正的阴郁悲哀、诚挚的绝望，必是不能说不能见的。”历史上回民族所受累虐的残酷、所负苦难的深重与由此而不屈、激烈反抗带来的惨重的失败与心灵的戕害，给这一民族打上了有关杀戮、流血的可怖烙印，这种对于自然和人的膜拜与崇尚、恐惧与压抑，对于现世苦难的缄默忍耐又倔强反抗的矛盾心理无一不投射到具有这一血性又深谙这一历史的张承志作品中，《黄泥小屋》、《九座宫殿》、《海骚》、《西省暗杀考》所贯注的一种人格，绵延着强烈的愤怒与抗议，正是前面所引的他有关清真寺——伊斯兰民族议论的是另一种语言，在不公正的历史与不公正的现实之间，他毅然舍弃了二者，而要在历史、现实之上建立公正的“天国”；同时在历史与人心之间，他无所顾忌地选择了后者，摒弃无情、严酷地扼杀又从不承担罪过的历史，使得他近期的每部作品都变成为一民族，为一民族曾倍遭摧残、蹂躏而多少已变得麻木、甘于苦难的人心呐喊的尖锐檄文。

如果说一个民族的宗教是经由三级沉淀即灾难经历—悲剧意识—寻求超脱形成的，以此完全可以类推张承志重建天国的深层心理，他不想拯救什么，回民族远没到该去拯救的俯视层次，该拯救的是那些罪孽深重的异族的良知；他也做不到本民族的豁达，豁达到甚至连（对）杀戮过本民族的人也能给予轻蔑的无视与谅解，他无法容忍宽容，这种无原则的、记住一切又不发一言的宽容。他遵循的是回民族原有的血性而不是被灾难折磨得失了颜色的血性。这在《海骚》里表现为血缘关系的承递，先人们对暴虐的不屈、以肉身抵挡枪弹来维护念想和正义，虎巴巴—爷—大—我的反抗不为别的，只为民族的尊严与精神不遭伤残：“只要心里念想的事情不遭辱害，我情愿在那旱土荒山上啃一世洋芋。”这种刀枪—念想的对峙，暴力—信仰的对峙，深层意义上恶—善的对峙，更深层意义上则是历史与人心的对峙。“不能再有残害人心的孽障了……”“这是为西省人心夺一条出路的时辰。”自虎巴巴直至我，历史延续着这样的对峙，从未中断。它已经为回民族深层心理而长期积淀下来，这其实是人心与人心的对峙的争战的沉重与相峙的壮丽产生了诗。正是这凄美的诗使张承志屈服于它不朽的魅力。它的涵义是远远超出文化或学术所能作出的概括与解释的。它是一种力，一种澎湃不息、热情动荡的生命力；它是一个“命”，使张承志同他的主人公一样溶生命于前定的使命里；它是一种宗教，一种背负苦难又超越苦难的伊斯兰人的万劫不灭的信念；它是一股血流，是无论他作品还是人生都无法拒斥的感召和神谕,有限的生命在这里升华为无限,升华为超越个体形态的精神。它是出发点,又是目的地;它是发源,又是生命的终极。“哦,我已经无法概括这心灵之火的包含,当我在南国广州的光塔寺旁,在北京的教授宅院里,在古朴得像黄土一样的箕山之阴的河南庄户地上,在湟水、大通河、大夏河和河西走廊酷热的戈壁滩中,在古龟兹、在伊犁、在元彰八里,在弥漫着中亚西亚异乡的迷人旋律的空气中——在那些深陷的眸子里辨认着血统之溪的流淌,感觉到那心火的闪跳时,我似乎觉得自己发现了历史的灵性。”(《心火》)

在对自身局限的认知,对民族血质的崇尚和对“命”的体认的交替感受里,天国的第一块砖石奠基了。

张承志宗教的第三层面是在以上两层面构建基础上展开的。这里的张承志不再是作为民族部分的自我而是作为历史部分的自我,从否定自我与反思历史开始,对“文革”的反映是投射于草原知青、红卫兵长征等事件上的。独特的是,他在一片反思红卫兵串联、上山下乡的知青题材小说中,缅怀青春、缅怀青春错误中的美丽;在一片寻根、展览国民性而痛心疾首的跺足声中,不倦地歌颂人民、感动于底层生活的艰难。一切都源于心目中的图腾,黑骏马也好,黑山羊也好,他手执这个由自己签发的护照,以昨天为起点,寻找一种延续,一个曾给过他神谕、启示和还在始终给他以呼唤和力量的神国。

这就是他在一片生存空虚、及时享乐的现代派喧哗中始终镇定缄默的原因,也正是他在失却了希望的一代人心中还自己保有那团不灭的神圣的火,保有他的希望他的梦想他的现实崇拜的原因。虽然这崇拜在现在看来是那么脆弱易折。甚至连他本人都不得不承认:“执拗地醒着去寻找逝去的梦是件可怕的事。应当让那种过于纯洁的梦永远萦绕在心头。因为在现实中追求梦境就是使梦破灭。”(《金牧场》)建立天国、寻回梦境看似多么困难且不可能,然而,藉着信仰无限地超越有限生命的力量,藉着对一民族过去的缅怀与未来的热望,他仍然毫不犹豫。“无疑的,如果说我们必须把不朽的信念建立在对不朽的渴望这种不保险而又脆弱的基础上,那么这的确是很悲惨的命运;但是,如果说我们必须找到证据才能证明这种渴望的可能性,那么更属荒谬。我在做梦……? 就让我做梦吧,如果这场梦就是我的生命。并且,不要把我从梦中叫醒。我相信这份对于不朽的渴望的永恒性根源,因为它就是我灵魂的实质。”①灵魂的实质,知其不可而为之,知其不可企及而又不能不为之感召,知其也许不过走到底是空幻的海市蜃楼但仍不弃绝这道路而毅然前行,这种创造天国的不可摇撼的信念和为着精神而战的超越事功的力量,使得张承志作品中洋溢着不

① 乌纳穆诺:《生命的悲剧意识》,上海文学杂志社,1986年。

惜一切的殉道激情。某种程度上,以下说法是对的:世间本无上帝,宗教即是创造一个上帝并相信他。那么张承志是创造一个天国去追求它。这再次证明了宗教作为人生态度的不可战胜,正如中世纪神学家阿奎那所述:“信仰就是意志的一项行动——这是灵魂踏向一项实际的真理、踏向一个人以及迎向那不只是使我们理解生命同时是我们必须赖以为生的事物的一项行动。”

虽然,这只是理念的追寻,但也正是这于现今失落、惘然现实下的追寻,构筑了宗教的拯救本质。置身于三个层面的宗教纠缠之中,由! 到? 至!?。由疑问到疑问。有意思的是,于此之外,还存在泛神的一面,这在他对自然的原生的亲和力描绘中泄露出来,而于这一切之上,更有一种至高无上的核心神力,它在冥冥之中导引着人、自然、甚至历史的演绎,这是泛神论者的“神”,也正是张承志踏遍三大陆块所要寻找的精神,这种已于现世不再存在的存在、正遭世人所鄙夷和轻蔑的、将来也未必因呕心沥血的努力奋战而获得报偿的精神,却是张承志虽感沉重、困乏也一直不肯违背的宿命,是他穿越天山黄河所梦寐以求的,是他丢失了一切也不敢轻弃的音色与歌。从《黑骏马》到《北方的河》到《黄泥小屋》到《黑山羊谣》直到《金牧场》、《海骚》、《错开的花》,都有一个不屈的精灵始终腾飞在这个精神领域中,伴随与注视着他追寻的第一步欢乐与艰辛。就这样,张承志开始了他的顽强的“造神运动”,开始了他在平凡大地上建造天国的工程。

这一工程至《心灵史》(1990 年)得以初步峻(竣)工。在对七代导师的人格风采与殉教形式的描述中,信仰所承受的牺牲、流放、剿灭和屠戮以及在承受之上超越于此的殉身追求,不仅与世俗苟且度日的市民阶层及其文学划分开来,而且与某种假借宗教的道貌岸然的虚伪理论区别开来;舍命一搏的反抗,以肉体的死亡反抗精神的死亡,义无反顾的举意,以及用血(不是水)的净身、用人自己血肉之躯(不是羔羊)的献祭,在史诗的绘制中,历史的血性、宗教的赤诚与庄严、壮烈以及天命的毅然与悲怆得以层层显露,以“舍命不舍教”的尊严超越了世俗沉沦与死亡。

有人曾说:“历史上所有的宗教都在同一个问题上表明了自己的主张,这个问题就是:怎样承受生命的终结。”历史有苏菲派,现实有哲合忍耶。苏菲主义作为修身养性、与世隔绝的伊斯兰教心学流派,其兴盛期与崇尚死亡和复活的中世纪达到历史的同步,礼拜、斋戒、天课、朝觐的表象背后,是以于现实中建立社会道德体系和于现实之上遵循信徒的灵魂与神结合的原则为支撑的。这一天国的路途,普遍意义上表现为齐克尔(宗教仪式),即给神唱赞歌,使自己处于激情状态,以接近神,与之结合,这种在祈祷入迷时与神融合的渴望,体现了信徒个人与神交往、重视超验修行以提升自己的宗教天性。张承志在书中曾不止一次写到这种仪式和他直接参与时的迷醉,这种仪式本身所具有的意义,已经超越了现实道德建立的努力,超越了苏菲派在日常生活与个人修行方面提出的鄙视世俗福利等禁欲主义的具体要求。天国之路，极端意义上表现为束海达依（殉教），马明心的刚毅、苏四十三的壮烈、平凉太爷的隐忍、船厂太爷的坚韧、马化龙的果敢、马进城的悲怆，在此，哲合忍耶背依（离）公元八世纪即已开始对真理探求的苏菲主义思想，而将“怎样承受生命的终结”思辨化为现世个人人格的冶炼。“当真理被揭示的时候，理性就向后退，理性是实现人对神的依赖关系的手段，而不是认识神的统治的真正本质的手段。”坚守正道、追求受难，为信仰一直到生命可放上去牺牲，不洗遗体、带血下葬的“血脖子教”正是苏菲派这段文字的绝好注释。“又一次在心理学的意义上活着”，这是七代大师乃至为信仰献出骸骨的哲合忍耶民众对“怎样承受生命终结”给出的答案。

虽然，“人在历史中的行为决定着在天国的品极（级）”，但，归根结底，张承志的天国依然是“地上的”，它的非虚无性区别于通常意义的宣扬来世的宗教。它的宗旨是对现代人灵魂的拯救，于现世虚无之上建造念想的乐土，是对民族魂的追溯与复归；于历史苦痛之上呼唤那快耗尽的血性。他求的是今世，是生命本身。无论如何，它仍是“天国”，是一种理念的乌托邦，因为张承志创作所作的一切努力，包括主人公的行动，甚至艺术本身，不过都是形而上的思虑，囿于此，这种精神的愿望很难在现今社会推广，可能也最终不过是难以企及的理想。

可是“乌托邦的思想虽然可能落空，却是忘不掉的，曾在许多伪装之下召唤过整整一代人的伊甸园之门仍象卡夫卡城堡一样在远处闪现，既无法接近，又无法避开”①。果真无法接近又无法避开又怎样，为持有这一理想，我们仍然以此自豪。因为这已不单纯是个体的意向，简直是一种神谕和感召。这就是张承志的“金牧场”，这是他的圣地，他的麦加、麦地那，他的耶路撒冷，他的……宗教。

不要把我从梦中叫醒……

如果这场梦就是我的生命。

忏悔的路途

这“天国”就象一个巨大的磁场，它所产生的极大向心吸引力作用于张承志。为此，我们不难理解为什么在他（的）一系列作品中总有一个沉默寡言又坚韧不拔的行进者的形象，这形象的永远反复着向彼岸出发与启程的乐此不疲和作者对这一形象反复描绘的乐此不疲，就已经明白地告诉我们：他的价值重建的努力。

“山之峰”、“大坂”、“九座宫殿”的个人寻找，“金牧场”、“心灵史”的集体寻找，每一步、每一代的路途都围绕着这一目标。铁木尔闯汗腾格里的惨败，韩三十八、

① 莫里斯·迪克斯坦：《伊甸园之门——六十年代美国文化》，上海外语教育出版社，1985年。

“蓬头发”寻找九座宫殿的“牺牲”,“我”对大坂冰山的艰难跋涉和最后征服,平田、真弓、我对“黄金牧地”的向往、追索与憧憬,人类就是这样选择了生,与其说是生存方式,不如说是生命的完成,无尽的漫旅,始终行进着这样一种精神,不回避人生苦旅,而把它看作是一场生命的跋涉。在苍白、孱弱的世界里存留自己仰首为人的执著与肃穆,在如潮如涌的喧嚣中从容淡泊而毅然舍弃虚无的欢乐,甘当背负十字架的苦行。有限的人在无限的时空中这样显示着他的伟大和不可代替;怀有朝圣的心灵,殉道的精神,在征服世界之前首先征服了本身。那么,究竟是什么力量支撑着他,为了崇高、为了灵的东西,不惜肉体、世俗的牺牲而在真的孤独里不屈不挠地显示生命的倔强峥嵘?在这背后,在行者冷峻神色所掩饰的心中,究竟是什么使之如此乐此不疲、如此重复吟咏?

藉着一条精神思路而非时间先后的划归,我将张承志小说创作分为两部分:(一)生存状态(揭示生命的意义),如《晚潮》、《黄泥小屋》;(二)精神状态(赋予生命以意义),如《北方的河》、《黑骏马》、《九座宫殿》、《大坂》、《金牧场》、《错开的花》、《心灵史》等。我现在正探讨的一直是第二部分也即描写精神状态的作品。它在张承志小说创作中所占据的比重之大简直就是我们前面所提问题的绵延与积蓄。值得注意的是,张承志的真正创作是从这里开始的(《黑骏马》),而且至今(《心灵史》)延续着这一主题。

宗教与哲学是相互敌视的,但却在另一层次有着惊人的统一,这就是正视淋漓生命而又敢于承担它的勇气。传教士、哲学家同样需要这种圣徒精神,即视全人类的罪行为自己的罪行并责无旁贷地承担起根绝罪恶的责任。这里,就埋伏下了一个问题,即原罪感。宗教气味的过于厚重使它的产生不可避免,张承志笔下的人物包括张承志本人正具有这种救赎的圣徒精神,因此,就先是自然地负有这种原罪感,而在回溯、反思历史,否定、扬弃自我的过程中,这一特性不可避免地被自觉化了。主人公殉道的激情与耽于思虑的沉重使得作品风格披上了一层冷峻的黑色,而黑色恰恰又是宗教的象征。具体看,原罪感集中表现在对回民族热切的追溯期望复兴的心理和对自己由青春的盲从、失误到将觉醒的生命孤注一掷地投向所设置的天国旅程的不倦不懈的行动上。几部主要作品都以浓重笔墨描述了回民族灾难沉重的屈辱史,酷刑的血腥与心灵的疼痛,信仰的遭鄙夷、蹂躏与精神倍受压抑,这些历史上所有的不公,人类所犯的罪行,张承志以圣徒的精神在心理上全部承担,如果不是有着一颗对本民族深挚到疼痛的爱的心灵,是无论如何也背不动这重负的。同样,《北方的河》等小说中他所背负的另一种历史的沉重(“文革”十年)也是基于这种无畏的人生态度。原罪感给人的力量有时连人自己都感吃惊。仿佛是借了某种神力,生命运行不过是这一神力生效的过程。

原罪感所伴有的忏悔意识,虽然在以上提及的作品里这一点因外在力量的强大而被有意无意遮掩得晦暗不明,但它还是通过其他变形了的方式体现了出来。表现之一是禁欲主义,它与原罪与宗教的环环相扣在此再次得到证实。无论《北方的河》、《金牧场》,极端失常的是对母亲、对爱情、对友情,主人公一贯采取疏离逃避态度。对额吉、对母亲有意疏离,对女记者、小遐、真弓也是冷峻、排斥甚至敌意,而对待友情,除心灵沟通短暂默许(对平田)外,也没有恒定的友谊,小林一雄(《金牧场》)虽被体认为引路人与兄长,但仍是近于宗教膜拜式的偶像。主人公于膨胀的信念感与由之滋生的强大力量似乎容不下这许多"情",他要的是独自一人,为信仰而抛洒信仰外的一切,虽然他所做(的)一切和追寻努力也是为了这些善良的人们,但他还是不能容忍自己有常人幸福的奢望,在他看来,这是违背救赎精神的。这种圣徒式的原罪意识换化为主人公追寻理想时的心灵重负,因此,作品中主人公常是一再地内责、自省,不断地扪心自问,无休止(地)苛责,要求自己克服与生俱有的人之弱点甚至人之常情,因为他已将它们归为前行路上的羁绊,固执于"二者不可得兼,舍鱼而取熊掌"。虽步伐坚定也回首频频,虽也有不忍不舍,也有暂时的负疚与一度的惘然,可深藏于意识中早已形成的观念的厚茧已不容允他有背叛的可能。作者本人也已清醒认识到这一点,《金牧场》(中)"我"对真弓情感拒绝有一段内心剖白:"我知道我自己,愈是对我亲近的人我对她就愈坏。我此生此世最爱我的母亲……但我对她的态度——天哪这又是罪;我对她暴怒凶恶乱吼乱骂。我在她面前丝毫不能控制,我像个疯病人一样嗷嗷怒吼……我的血里深深藏着一种罪,它会害我的亲人尤其是害我的女人,我总把我的女人当成解罪的蓝草——趁我此刻真心实意满心纯洁,听我的话:离开我吧。"虽然张承志想说的是一人就难而不连累所爱之人,但从中我却读到了禁忌,这就是张承志本人深层人格中的怯懦成分,为理想的追寻他必须舍弃世间的享受,哪怕这享受本身是纯洁、崇高、无罪的,哪怕这正是别人理想追求的一部分。延宕即是有罪,占有则是罪上加罪。《错开的花》"牧人章"中,它表现为一种掺杂内疚与无奈的对"家"的负心与背叛,"我深深懂得,深爱着草地上美妙的和谐。但是我不能彻底,我相信我血中的这种毒素——只有在烈火中才能消除了。我是一对痛苦的矛盾,我是一个双魂的受苦人,我是一支两弦的琴,它真地奏响了,撕裂了我的心和身"。"我"体内响着的"那声尖锐"正是玛勒草原的宽厚与塔拉姑娘的温柔所不能替代的理想的呼唤,在对心中狂风的回应与给人安恬、休憩、滋润、力量的家园的顾盼间,在坚信与怀疑的缠绕里,"我"再一次选择了"行者",选择了禁忌,重"又背负着新的罪孽",并且"只能这样!""只能这样!"表现之二是牺牲膜拜,如《错开的花》"山海章"中探险的野望与对探险精神的赞美,"烈火章"中为求真我的来到,为了前世的理想与形象,为了仅有一瞬的辉煌生命,他礼赞并选择了率领义军、饥民反叛的勇士的无畏、刚勇，和四壁火器围困中的血战与牺牲。再如《金牧场》中大海的表白，虽是副歌，但表明了主题意向，“我愿牺牲……我盼着牺牲……我渴望壮烈地牺牲”。更明显的例子是《大坂》的主题——人之攀登。超越感的心态一方面有人向上追求的本能冲动以自身的高峰体验（精神上的），另一方面也有人内部死亡本能的潜在控制，攀越、爬的危险刺激着这二者势力对人意志的交替占领，从而操纵人委命于它。以生命对危险超越的完成即是“爬”这一行为的本质。这种底层的与死同一、以体验死亡来体验与死亡相反又包括死亡的生命的冲动，是人证明自己为人（能选择死）又超越自己的为人（具灵魂不死的神性）的矛盾变幻的最基本方式。禁忌与牺牲都是惩罚自身，因负罪而向内惩罚以求得自戕的快感。有意味的是，禁欲与牺牲正是哲合忍耶的教义与实践。为此，我们把自己不止一次地推向这个路途——忏悔（顺便说一下，张承志的忏悔在我看来是当代有忏悔意识文学作品中最真正意义的忏悔，因为它不是对错误的忏悔而是对人的忏悔，是完整的忏悔，是永恒的忏悔）。主人公为要达到悬浮于前方空中的目标，而不惜在心灵上不断地苛求、检测，在肉体上不断地考验、损伤，以流血的牺牲和对多余情感的割舍、对多余精力的损折来证明自己能担负起任何重任。这一点与基督教教义亦相吻合决非偶然。宗教即要求人牺牲个体人性而服从于一个冥冥中的神谕，服从上帝。要求人舍弃一切情欲及物质享受而将全身心献于一个“终极真理”——信仰。因此，我不得不说，张承志笔下的主人公是坚韧不拔、不折不挠、威武不屈的男子汉形象同时，也有某种因禁欲而带来的自虐症，这里我们不禁要问：为信仰不惜一切、拒斥人性的需要、不惮人性的牺牲，是悲剧还是正剧？始终背负着历史、民族、个人的重负，这一份挣扎里不可避免地渗透着忏悔的成份，负罪感更使得他以自觉的体验追求牺牲中的快感、自虐中的慰安。承担“道”、背负“道”就不能不殉道。无庸讳言，由禁欲而自虐（自我压抑）是潜意识的（甚至已成了深层心理的积淀），是为一崇高目标不自觉付出的，这代价赢得了精神上的一步步进取、征服自我的胜利，这代价也使得健康的心灵做出了部分让步与重大牺牲。而这一切的原因就在于：“你天性难改地把民族之劫和你生身的遭遇连在一起啦。”（这是真弓对“我”的体察）“我的罪就是我自己。……历史的一切罪恶也都潜伏在我的肉体上。”（这是“我”对“我”的评语）（《金牧场》）苏格兰历史学家托马斯·卡莱尔这样谈到忏悔：“一个人对自己行为的忏悔不就是最神圣的行为吗？我以为，那种傲慢地自信无罪的意识才是最不可救药的罪恶。”作为研究历史的学者张承志不可能对这句话无动于衷。这种难以割舍的对人类的沉重到快要变态的爱与（和）杂糅历史与自身遭际的甘于背负罪孽的刚勇，让我除了沉默还能说些什么呢？面对一颗承负个人经历、历史重负、现实愤慨三重担子又如此清醒承受如此清醒的苦痛而不垮的灵魂，我还能说什么呢？西西弗斯推石的悲剧难道不正是对人永难摆脱的命运的最好暗示吗？对于一个为了血与火等得青春早凋、神伤心碎的人，对于一个为追寻精神的真实、永不破灭的梦想的人，会有什么样的语言、什么样的评论抵得上他行动的本身！

我们再来看另一部分即描写生存状态（物质层面）的作品。即便在这类作品里我们仍可看到精神状态的东西，“黄泥小屋”作为一种象征已在当今文学评论中具有它独特的魔力，成为贫瘠状态下一种精神向往的代名词。从生存的俯瞰到精神的仰视，从揭示生命意义到自觉赋予生命以意义，张承志创作所勾画的这一条清晰轨迹正是一部人类奋战以求超越有限生命而渴求灵魂不朽的精神史。

另外，我觉得张承志作品中的“忏悔”隐义还不仅仅是由宗教出发决定的，这种代人类受过的心理不能不说与今天世界科技文明以及物质上的畸态发展紧密相关，许多评论者不约而同注意到，张承志作品中对城市文明与乡村草原的截然不同的态度，这种对峙与分裂正构成张承志作为人类一员、具体说作为虽精神相对富足而物质不发达的回民族一员的负疚感与矛盾感（下篇将详细论述）。深陷在对文明的不正常形态的怀疑里，他的对另一世界缅怀与眷恋就自然而然。而这种对草原、对甘宁青高原的眷恋却奇怪地凝聚为一个形象——额吉。凡涉及这一地域的小说，几乎全有一个相貌平和但冷峻，善良却坚韧的妇人形象，《黑骏马》中她是一个善良、豁达、素朴的白发老奶奶，《黑山羊谣》中她是一个坚强但瘦弱、身着黑衣的严峻女人，《金牧场》中她是一个坚忍、沉默，有着额前白发和粗糙双手的老额吉。她的反复出现，简直成了作者的一种寄托，可以不要爱情，没有友情，抛弃一切，但他始终无法控制自己不向这一灵魂靠近，他甚至可以舍弃自己也不能舍弃这比他生命还要珍贵的、或是支撑他生命肉身筋骨的信仰与精神。为了维护她，他可以在《GRIFIT——胡涂乱抹》中对那个外省小伙子的弗洛伊德“高论”所带来的污辱大骂“你妈蛋、滚你妈的……”等粗话，这是他报以母亲对儿子“最后的不丢弃”的不丢弃。可是在《黑山羊谣》里他却也百思不解了，对于自己对此世的彼岸的这种深挚的灵肉相依，他本人也第一次困惑了：“为什么我要一年复一年地描写一个蒙古老太婆描写了那么久那么多页纸手都写酸了心都写累了但是我还顽固地写着呢？”这句问话让人想起《骑手为什么歌唱母亲》的标题。这种超越自我的灵的吸引正是使他生命之弦断裂但仍能不舍不弃地追随美的法律、使他“焦渴疲惫憔悴但仍能艰忍地走在沙漠中”的东西，这是一种力量，一种不断向他输入的血液，一种原型：“地母原型”。额吉是大地——母亲的形象化身。无论是知青岁月草原大地的无偿哺育还是当今高技术、工业发展以及都市生活所带来的隔离，这种眷恋与血脉相依都不曾随着年代变迁、境遇变换而被抹去，反而愈来愈鲜明，愈来愈显示出她优秀的品质：高贵、美好、善良、宽厚、博爱、温柔、勇敢、坚毅、刚强，沉静柔弱又不折不挠，坚韧不拔又情谊深厚。与其说这是一种种族记忆，一种原型，一种与生俱来、不可抵御的神启，不如说它就是张承志创作中最素朴、醇厚、深挚的人民意识、人性力量与人道主义精神的底蕴与来源。从这里，我们不仅看出张承志的创作纵贯的可贵的人民精神（虽然这种精神在现代派作品里已成了不时兴的遭贬抑的东西），而且还意外地发现了中国人与土地的血缘般的依恋（虽然这也已成为文化的一项恶疾而被笼统地批判）。这种诚挚与平实所透出的摒弃时髦与功利的痴恋般的纯洁境界，不止一次令我沉醉。

在地母原型背后，还深藏着巨人原型（我）。巨人原型即“我想成为父亲”。“父亲”，在这里代表着一种种族记忆，一种血缘的力量，一种族血的延续，它超越了日常角色的概念。这一天机，《海骚》泄露无遗，虎巴巴、爷、大，都是“父亲”这一观念的形象，而对他们世代为保护大寺、维护信仰与尊严不惜牺牲、宁断不弯的血性，张承志的主人公满怀渴望，“我是他们血脉的一根独苗啊……我是娘绝产的儿子……我也要——遭逢我的那个机密吗”，“四十多年过去了，我的这半腔子血里是哪一滴随了我爷呢？我走的这条路真是我爷的路吗？”回答依然是渴望：“我盼我举起枪来……像虎巴巴他老人家，闯它个掀天的大祸，让后人从我手里，也寻上本历史看。”正是这种情结，他才决心成为延续，渴望“完成我自己的故事”。回溯起来，这种对“父亲”的仰拜在《北方的河》中就曾以一种非常矛盾的方式表现过，“他”恨父亲，因为父亲遗弃了母亲，但同时“他”又有一种依托的情感，这依托是高于恨之上的爱恨纠绞，“他”称黄河为“父亲河”。所以，以后的作品里，“父亲”一直是作为背景（如对历史的回顾）出现的，这一回避与间接性展现曲折地流露出张承志主人公在现实中“取而代之”的愿望，当然这决非“弑父娶母”的如某些理论家将人贬为的动物性，而是在对历史的承受否定中所追寻的一种发展、更新与延续，《错开的花》“烈火章”中“我”与白先锋的暗中比试便是最好的说明。正是在这一点，张承志的作品意义远远超出了我们过去的评价，“父亲”即是历史、民族的代名词，对“父亲”的爱与恨即是对历史、民族的肯定与超越。而《西省暗杀考》与《错开的花》中，“父亲”意象又叠印于对金积堡回（民）族抗清领袖白大帅、师傅、竹笔老满拉、喊叫水马夫、伊斯儿……和义军猛将、头领、被作者称为前世理想的白先锋，还有修炼“我”的虔诚，鼓励“我”“不须反顾”地前驱的导师老铁阿訇等形象中，在他们身上，都有着血、火一样的品性，《心灵史》中，“父亲”则是哲合忍耶整体。可以看出，张承志的对回民族血性中不可更改的信任与怀疑如此顽固地占据着他的整个创作，而塑造自己成为父亲，或成为不割舍历史、血统的自己，不正是对历史翻案、民族光复的一个深远的希冀？

对比之下，越是近期作品，“父亲”意象（巨人原型）所占份量愈是重于早期作品的“地母原型”。《西省暗杀考》、《错开的花》与《黑骏马》、《黑山羊谣》、乃至《心灵史》便提供了明显的佐证（这或许是另一层面的禁忌？）这说明，在张承志心目中，父亲是骨血遗传的回民族的先人，是他挣脱不掉、刻骨铭心的根，母亲则代表了孕育、哺育、将他养大成人的蒙古族，代表知青生活的乌珠穆沁草原和整个精神的大地，在这些作品中，我们看到张承志于寻根派外的对民族精神之根的不懈追寻，而族类记忆由弥漫开的原始意绪开始，愈来愈浓烈、明晰地体现为灵魂的呐喊，上升为理性的法则，成为他所自觉追求的存在的支撑和依据。

需要提醒的是，我们不能因为崇拜而忘记对权威主义的批判，这也是一种父亲。

需要忏悔的太多了。

别无选择。我们已踏上忏悔的路途。正像那支歌谣里的叹怨与乐观：

命里的苦难若是来了
谁能躲得开呢

骑士的重铸

循着张承志的作品，我们总会与一个缄默、坚韧的行者相遇，回顾 1984 年至今，在他几乎每部作品里，总能发现这一“愁容骑士”。情节可以不同，环境可以不同，际遇可以不同，但是这骑士一往无前的匆匆步履似乎永在讲述着曾经存在、业已消逝、被人遗忘了的英雄梦。

《金牧场》中对 batur（勇士）寻找“黄金牧地”的文献描述简直是人类精神的礼赞，七个勇士，经历沼泽、血河、火山最终只剩一人，而为到达黄金牧地，“刺割了自己的双目”“左手断了……母血涌溅……伤痕累累……他每行一步就伤残一次，但他在这条路上悟出了隐遁神明的暗示：他已经永远不死”。很自然地，我想到这样的句子：“他像一头勇敢的公牛，虽然被斗士刺得鲜血淋漓，被红绒旗逗得气急败坏，但依然站立在斗牛场上。……一个人只要在反叛死亡，他就会成为天神那样的主宰死亡的人物。”①被这样描述的这个人说：“人并不是生来要给打败的，你尽可以把他毁灭，可就是打不败他。”当然，正如有人所说的：“海明威现在已不吃香了。”这种精神本身也早已不多见，更不用说为人崇尚了。人们在世俗的涡旋中营营苟生斤斤计较着利的得与失，沉醉于市民的胜利与喧哗中，谁还会关心精神上的事，这种难熬的苦痛与非常人所能承受的征服苦痛的欢乐谁还会感兴趣，在对物欲的无限不满足的追求中，谁还会记起在历史长河里在大洋彼岸在不过距今四分之一世纪以前的这颗心灵的感慨呢？海明威已早不时兴了（这话说得唯物地实在，好像海明威是太太们换季的一件裘皮大衣），英雄主义也好像已是昨日的传奇，遍览当今文学几大著名期刊，留心二十出头的青年间肆无忌惮的交谈，哪里还找得到这般沉重、圣洁的字眼，英

---

① 库尔特·辛格：《海明威传》，浙江文艺出版社，1983 年。

雄在当今世人眼里不过是历史的陈迹罢了,人们甚至因为曾有过十年、二十年遭愚弄的沉痛,彻悟到了一个关于平凡庸常的为人真理后而不愿去擦拭蒙在这“陈迹”上的灰尘。一时间,小人物占领舞台,琐碎的、平庸的生存状态成了大家争相描摹的世态,而面对文学的提高人素质的审美职责与使命感,作家开始同理论家一起嗤鼻,这样一反假英雄(假大空、高大全)而为无英雄,甚至连有过英雄行迹的人也极力否认自己的英雄意识以免可疑或孤立。“出头椽子先烂”、“棒打出头鸟”竟泛滥一世而正是这种封建的怯懦心理的恶劣积淀竟然成为现代派小说不言而喻、争相膜拜的警世明言。世纪末的这场精神动乱远远超过我们的估计,价值观的倾覆、衡量标准的物化显示着人生的疲软与战斗的疲惫。难道人这么轻易地就被确确实实地打败而缴了械,难道从文艺复兴时期、启蒙时期一直歌颂的万物之精灵的高傲与尊严背后不过是一滩无骨的肉泥?英雄被遗忘和轻弃了,有人预言,本世纪后二十年都是精神的低谷期。其实这话早在一百年前就有个叫尼采的说了:“上帝死了!”

难道果真不是产生英雄的时代吗?张承志不甘于此,于泥淖中始终高举那面满目疮痍但不褪颜色的理想之旗,他要重铸一种毁灭了的价值,重铸置死不顾的硬汉精神,他要重铸骑士,甚至,造一个上帝。

这支歌从未中断过——

《北方的河》,人对自然,人对社会的征服,人不甘于命运安排而起身站立安排自己,一个怀着对北方河流、北方山岳深爱,立志考人文地理研究生并发誓用智慧轰炸考卷的青年,咬紧牙关,经受一切,正视人生,吞咽孤独;《大坂》中的“我”考察冰山、大坂无疑是去完成一次精神上的攀越,面对俯仰皆是的野蛮、敌对的异己力量,面对人自身的弱点缺陷同样的异己力量,他既无抱怨,也不气馁,坦然迎送着一切灾难,将一种灵魂向上的信仰高踞于不幸与痛苦之上,不屈服、不停息地追寻精神的超越,显示出人之为人的伟力。有评论者认为张承志小说中始终弥漫着的这种浪漫主义和草原气息与俄罗斯小说很接近,我的看法是,这种接近决不只是通常所言地域、民俗内容、风格的接近,而是一种灵魂的交融、精神的契合,其实质是——时髦评论者们恕我还这么过时地而且不厌其烦地说——英雄主义。这是张承志创作的精髓。《金牧场》正是在这一点发挥得淋漓尽致,所以它所引来的两种“批判”不过是两种价值观的交锋,文学当中今天还能有著作提供给两种精神较量的场地,怎能说不是文学不死的幸运与光荣?!有了这样的诗篇证明,时代虽一时茫然不知所措但还不至(于)崩溃,却也还有燃烧的可能。

一个骑士,一个以奔驰为生命的人物,从他急驶的姿态我们看到了许多先驱者的影子,堂·吉诃德不也是靠一匹瘦马、一根长予(矛)以挑战的姿态向着不公的世界飞身疾驶而去的吗?浮士德不也是从阴暗狭挤书斋走出而不懈不倦地追寻美与永恒吗？《神曲》中的但丁不也是经历地狱、炼狱的苦痛而始终循着贝雅德丽齐的引人上升的天堂永恒呼唤吗？虽然这是过去，但这决非虚妄。不断地找、呼唤，而在凡（梵·）高的色彩中，他的目光被这种不屈的火焰色点燃了："这神奇的色彩溢满的我胸中，已经变成了我藏有的光明和秘密"。这秘密就是"顽强地冲向宗教（即理想。即金牧场式的只存于一部分人的精神世界）"①的骑士精神。梵·高《向日葵》所带有的狂热精神与献身欲望正是张承志花一生来寻找的宗教。它的"雄伟悲壮"、"耀眼逼人"、"充满神性和残忍的美"、它的"挣扎扭曲着向宇宙如界碑矗立般地嘶吼燃烧"②的态势所给予他的力量与英勇和回民族、草原游牧民族的滋养、哺育锻打出的"拼死缠咬、宁百裂而不碎"的"热烈内里"③与伟大人格一起，构成了支撑个体生命的信仰。

在无神的世界重铸骑士，重铸人不死的精神。"全身甲胄的骑士正骑马穿过山谷，随行在他身旁的，一边是死神，一边是魔鬼。他英勇无畏、全神贯注、信心十足地注视着前方。他单独一人，但并不孤独。在独自一人的状态中，他参与了给他以勇气去作自我肯定的那种力量，而不顾消极之物的存在。"④这是丢勒的铜版画《骑士、死神和魔鬼》，也是张承志作品主人公的形象写真。《错开的花》中那个山海探险家，那个牧羊人，叛匪首领和迷醉的教徒，难道不正是代表了人生四种极致的无畏骑士？这种追求精神、奔向理想的、仿佛盐溶于水的自然与迷狂，这种将信仰的瞬间贯彻一生的实践的历程，这种为个人内心中具体的永恒所付出的最大限度的热情，这种为求精神前进不畏险途、不惜殉命的真挚与忠诚，使我们在他们身上看到了张承志人格的投影。

梅洛-庞蒂说得对："生命与作品相通，事实在于，有这样的作品便要求这样的生命……生命是作品的设计，而作品在生命当中由一些先兆信号预告出来。"在这一点，张承志的创作从根本摒弃并蔑视着市面文人对形式上的花样翻新的津津乐道，半瓶子醋论家囚沾沾自喜于结构、叙述等华美包装的口沫飞扬。一开始，张承志就站在时髦之外，他选择的是另一条路，一条一步步接近核心——意义与价值——的路，这条大路是与上述诸条小路相悖离的，它舍弃风景，没有奇花异草，没有柔风雨露，有的只有大漠、岩石、戈壁、黄土，然而，"突厥人的男子上路了"，带着满身风尘和一颗不安的旅人之魂。是呵，在结了又解的文字游戏与形式实验的喧哗中，在意义流逝、价值颠覆、学问日益板结风化为龟甲、化石的少梦的文学时代里，在几乎将人

① 张承志：《禁锢的火焰色》，《收获》1988 年第 2 期。
② 张承志：《黑火焰树》，《文汇》1988 年第 2 期。
③ 张承志：《午夜的鞍子》，《民族文学》1988 年第 9 期。
④ P. 蒂利希：《存在的勇气》，贵州人民出版社，1988 年。

湮没的日常纠纷、权利争斗和尘世摆不脱的心—身、灵—肉的二元对立中，还有着这样一股向前、向上的精神脉流，这样的方向与坚守，这样的“神启的疯狂”与舍命以赴，难道只是对“前定”的信仰么？那个“命”里藏有的决不妥协、灵肉相依的机密难道仅仅只是一种光明的影像么？理解了它，就理解了为什么张承志小说都带有堂·吉诃德式的执著与炽热的原因。堂·吉诃德的困惑不是时代而是他自身：“梦想与体验、高贵的理想与卑贱的实在、目标的清纯与不能达到的作为的不安”，堂·吉诃德的战场不是现世而是他(的)灵魂：“他的灵魂挣扎着想使‘中古世纪’从‘文艺复兴’的扩展当中保存下来。”①这颗中世纪的灵魂的英勇不屈与桀傲不驯使他的充满挑战的孤独漫旅既荒谬、可笑又伟大、纯真。我现在还概括不了这种奋战、这种浪漫主义，它把弃世的冷静与救世的热忱融汇为一，形似逍遥、实则拯救融汇为一。正像张承志小说中的主人公，缅怀追忆的指向后，所系向往却是前方。但是，我还是要指出张承志的一个错误，即“回到中世纪”的潜意识，这在《心灵史》中已相当明显。以中世纪的人文精神来对抗俗界的浊流，恐难是取胜的好办法。过去可以证实未来、孕育未来，但过去终不能代替未来。何况，以古典式的虔诚与雄强是难以在现世安身立命的。张承志的作品一方面绵延着对过去生活(哪怕是灾难性的)缅怀，一再把灾难解释为铸造巨人的炼狱而有自觉追求的心理，一方面对城市文明、科技发展带来的急功近利、脱离自然有强烈反感与拒斥，这样就不可避免地给人以回归的印象。这另一种精神上的寻根(寻精神之根)所造成的错误，即是体认过去、否定现在、向往未来。我称它为“过去—未来”模式，即“！—？”模式(“！”代表过去的辉煌，“？”代表未知的将来)。这就是他的作品通常出现的两时空系列，张承志模式。不难发现这一模式的致命缺陷——联结点的丧失。掷去了中间环节(现在)这一正是承接过去走向未来的桥梁。这在本质上是反历史主义的，而且现实中也是无法实施的。这个错误所带来的严重后果是未来的虚拟，虽然他把希望寄放在过去不过是对未来完美的一种模拟与创造，但一方面因缺失了现实的轨迹而另一方面因这过去的痕迹太浓，使得未来被遮掩在阴晦不明的线条色块中而只能成为想象和疑问。

而且，也正如堂·吉诃德一样，这样的骑士处于神迹销匿的时代，产生了英雄却未产生与英雄的存在相应的环境，英雄除吞咽孤独外还不可避免地要被外在(的)异己力量消耗、吞噬，有了骑士却没有骑士奔驰的大道，没有施展的天地，仿佛一株“错开的花”，这是何等的悲哀。“跋涉穿行于乱糟糟的混沌世界中……他致命的痛苦是他生命所寄寓的时代得了精神麻痹症，这样一来，无论怎样努力，他的生命也成了半瘫痪……

① 乌纳穆诺：《生命的悲剧意识》，上海文学杂志社，1986年。

半拉子英雄。”①然而，即使落得被时代嘲弄、甚至也不免被后人嘲弄的命运，堂·吉诃德也并未放弃自己的漫游，他敢于放逐自己，以醉意的反叛完成骑士的使命。张承志的主人公也适时地完成了这种超越，甘作背时的英雄、以现时的失败换取精神不朽的英雄，这种在劣势逆境中战胜自我、升华自我的滋味当今又有几人能尝？所有的矛盾归结于古典理想主义与现代世俗功利的对立。但是否定古典理想的方式决不意味不赞同这种叛逆，方式、内容都可以再找、再寻、再改造，再完善，但是这种精神却宝贵到不可代替。这种精神就是骑士的精神。“他希望满怀，他的一生虽然是个悲剧，但他不是那种悲悲戚戚的人。他豪侠地抖落浑身的忧愁，胜利地越过了它们。就像一头雄狮抖落‘鬃毛上的露珠’，又像一匹疾驰的骏马，对舞动的枪矛付诸一笑。”②也许正因为张承志本人具有这种精神，他才能担负起重铸骑士的使命。他实事求是地写道：“英雄的时代结束了。……英雄的道路如今荒芜了。”然而，“我清晰地看见有一条雄壮的大河般的道路在山间谷底奔腾蜿蜒。没有人知道它，只有我和那些牧人想着它”③。这是不朽的信念，是人心的坦途。纵然一代代天骄不复存在了，但是这种强大、无畏，即使在历史精神的低谷也会不失自身光亮与峥嵘的骑士精神，谁又能阻挡、割断和抹煞得了呢？

我们的追问是……但是，上帝能在这骑士的创建与追寻中再生吗？

“从来就没有什么救世主。”看来仍是我们唱惯的歌词。

然而，确有那样的故事让我感动，不只是故事，不只是历史，不只是朝圣，那是一群在“圣”的空间中求存活的人，那是一部灵魂史诗。《西省暗杀考》中的师傅、竹笔老满拉，喊叫水马夫、伊斯儿和他们英烈不屈的北方女人们，以及金积大地上所有以争战和沉默抗议残恶与污辱的回民，为信仰、为教义、为从乾隆到同治遭血腥镇压与屠杀的几百万的同胞，他们世代相袭、不折不挠，为复仇甘愿以命相抵，师傅在一棵杨拚尽全部生命做完尔麦里而归了真，却坚持念着念赞“一直到卢罕（灵魂）走离彻底”；竹笔老满拉兰州被捕，在同伴劫狱时他为隐藏教门与实力断然拒绝逃走时的冷峻、沉毅，而临刑砍头时，他“亏心哪”的跳喊又含有多少未竟大业的热血辛酸、遗憾与不甘；喊叫水马夫在肃州左湖以斧砍杀轿中人后又死于兵勇队刀枪下的英勇、豪迈，读来酣畅淋漓；“胡子阿爷”（伊斯儿）毕生的等待，在一棵杨伺机复仇的焦虑与谋划以及破釜沉舟的拚死实践，不仅写出了回民族的血性与凝聚力，而且涵盖了西省黄土碱水喂养出的一代代人的战斗宗教的统一，几代人的奋争搏战只为了捍卫精神，只为了信念的延续，生命的存在在这里简化、升华为对信仰的体认与实践，这种

① 托马斯·卡莱尔：《论英雄和英雄崇拜》，中国国际广播出版社，1988年。
② 托马斯·卡莱尔：《论英雄和英雄崇拜》，中国国际广播出版社，1988年。
③ 张承志：《荒芜英雄路》，《光明日报》，1988年12月11日。

圣的思想也使作为回民族后代的张承志从英雄的个人走向了人民。与英雄主义并行不悖的人民意识,正是张承志重铸英雄梦的坚实根基。

“作为一个作家,在十多亿人沉默中争得发言,作为代言人,这个权力本来就不是理应得的,假若再不负责任,怀抱有捞些什么的心理,到处拐弯,就更让人恶心。”张承志在以自己的方式实践着自己的信念。

这信念的卡废勒(敌人)不只是屠杀人民的刘嵩山、左宗棠,它还是那些轻浮、浅薄的与人民割裂的贵族们,那些投机主义者、骗子,包括那些以英雄名义玷污了英雄本色的人。

如果说,《错开的花》横向地写出了人类共时的境界,那么,《西省暗杀考》、《心灵史》则写出一个民族为捍卫精神的完整而世代奋战的历史、命运。这样的一个英勇无畏的群体,这样巨大又沉重的背影,使张承志的创作再度超越了一己的悲欢。

人民。迷茫的金积原野、贫瘠的西海固、乌珠穆沁、吉木萨尔、内蒙古草原、新疆文化枢纽、伊斯兰黄土高原……到处闪动着他们的身影,他们就是张承志得以立命的精神大陆。

正如张承志谈到自己创作时的那声脱口而出:谈不上英雄,最老百姓的。

九十年代第一个初夏,北京公主坟地铁站东南出口的那个洒有阳光的青杨树荫里,那个安静的中午,由于这句话,我看到了一个真正的作家。

所有时刻都在前定的事情里
所有事情都在前定的时刻里

下　篇

作为人生态度的宗教、哲学,在人生长河中到处可以找到它的投影。它们所带来的人格心理结构上的种种沉淀与变异更证实了愿望对人主宰的可能性,这是人之为人的地方,人永远在这样的怪圈中受着甚至比生命更恒久的诱惑而深陷其中,这种幸福与灾难、超越与局限等相悖体验的难以交融又依依相连,在完成着一种什么样的证明呢?这种在重重选择中的为人的不能选择而又不得不选择,难道仅推之于命定便可解释得通?

是游移于两种现实之间,还是同时占有两种现实,即是理性的择断,还是在梦与醒间无法摆脱纠缠,这是永恒困惑于人的东西,正象有限的人与终极理想之间的距离,除了作为生命行进形式的脚步,我们还拿什么去填充?

追寻的焦虑

然而,还是无法说清因、果,因了焦虑去追寻,还是因了追寻不断焦虑,继之又为摆脱它而不停追寻。人仿佛永远在一种命定的循环中无从解脱。

这种无从解脱之感在张承志已不单是时代的困惑而是灵魂的痛。存留与抛弃、焚毁与再生、人之有限与终极目的的无限，这之间，我们忍痛追寻着，无时无刻不在承受着那种被撕裂似的焦虑的折磨。因此，追寻的过程就是跨越焦虑，但却无法摆脱永远的焦虑。

由现实而焦虑、由焦虑而追寻，追寻带来的是更形而上的生命意味的焦虑，无从摆脱又想要摆脱但终还是无法摆脱。“他”从《北方的河》走到《金牧场》，每一步追寻都笼罩着现实与生命双重的焦虑，这种寻求者的苦衷所包含的向内的刻骨铭心与向外的惊世骇俗把人对自由的渴慕和正因此对自由的逃避描摹得畅达淋漓。几年来，张承志作品不断重复深化着一个印象：他要达到一个地方，想捕捉一种东西，想肯定一些什么，而最终，他没有到达那个地方，他不可能捕捉到那种东西，最后的最后，连他真正想肯定的什么他也无法知道，或是在无止无休的路途（过程）中他已将它们忘记。

张承志小说的主人公是孤独的：叛逆现实，厌恶城市，背离群体，怀恋高原，创造并追寻心目中的“天国”。这种形象的孤独来自于精神深处的先驱、觉醒式的寂寞。

张承志是寂寞的，他的寂寞不是不为人理解的寂寞，因为众生的冷遇与讥嘲之外他还拥有理想，他的寂寞是更深的寂寞，因为他所拥有的理想连他自己都不能保证是不是一个虚空，为此这寂寞是与生俱来而永不能摆脱的。

我们的生命是一个个虚空，而生命过程即是用理想的热情去填充这一个个虚空，假如连这理想的热情都是不能确定、不能把捉的虚空，那么我们还能剩有什么呢?!

我们追求、我们寻找、我们在路上、我们忍受焦灼与饥渴、我们把青春、爱情、生命都搭了进去，或许奋斗到底依然看不见可意的结局，可是生命毕竟燃烧过，粉碎过，奔涌过，升腾过，扪心自问，承受了智者必会承受的寂寞，比较世俗的喧嚣之声，我们期望的怎能是后者?

苍凉的路的主题即是苍凉的人生的主题，追寻的焦虑与壮阔始终困扰着人而无法割舍，由“不甘”导出的奋进与热情已逐渐成为我们的生命方式与精神原则。

然而，焦虑更深了。

更深的焦虑逐渐加深着张承志的寂寞，而这寂寞的心理根源正是人格的不能完整实现——异化。物我的危机有三种，一是由对金钱的膜拜物化为臣服于金钱的经济人；二是由对工作的膜拜物化为臣服于工作的机械人；三是由对信仰的膜拜“物”化为臣服于原则的无心人。它们的共同点在于造成无我的后果。前两种异化是外在的、“被迫”的，由外而内的带有某种不得为而为的色彩以至最终受污染、同化而——或无力自拔，或漠然地随遇而安，最终是对自我的不负责任。追求真理所伴有的理性、热情的态度、行为值得肯定，但若把它极端化，以信仰作为强权而扼杀自我，臣服于信仰。——正如真理再走一步就是谬误——也很可怕。这依然是不完善的自我，这种内在的、心甘情愿的、由内而内的从而带有知其不可而为的成份，以至深陷其中而无法拉开距离地对所信仰进行俯视乃至平视的批判，这种盲目依然是不健康的，是对自我的轻率，是另一种不负责任。

物我的存在造成无我，却比一般的“无我”更危险，以物代我既使“我”失去了无我情况下确立“我”的机会与选择，又使我还需克服、摧毁物才可通过对第一步的超越而达到第二步对真我的寻找。这是一种“假”，物我、无我都是与“真”相背的。难道“要认识自我，我们必须参与到自我之中。但我们的参与又改变了自我”①，难道为达到真我就必须要经历牺牲“真我”的程序，这种得失两难难道正是人永远无法走出的怪圈？问题是，是人生主宰理想还是反过来，理想主宰人。这种看不见的异化，是虽不同于物支配人（拜金主义）、权支配人，但实质也同样把人置于第二位，受外物（虽非物质而是精神）的绑架。问题还引发于是强制还是自愿，内化问题的复杂性总使得我迷惘于人的无能与伟大，这样的二重（性）使得一些简单的事物因了人的参与而日趋复杂。如果不是出于血性、出于本能的追寻，那么这种内化无疑是一种更深的欺骗，它的不易认识与不好解决使得人蒙受至今仍分辨不出内心需求的真、假。有没有一种绝对的东西，任何时代、任何境况、任何条件，人都可以以之作为依存行动的根据，张承志千百次问、千百次出发、启程、找寻。人之精神支柱是不是始终不被时代、境况、条件打上印痕而衡量着任一时代的人。在张承志九死不悔的追寻与肯定中，上帝复活了。然而人又似乎失去了什么，人失去的是真自我还是假自我呢？为这失去，人是应当悲悼呢还是庆贺？理想与内在需求统一的问题是这样焦虑着每一个人。我们在得失之间或是无得无失之间问：是不是因为我们不能忍受一个没有上帝的世界而不管这上帝是什么，或者，因不能忍受时代精神的空白与虚无，不能忍受由物欲熏染带来的充满污垢而独缺精神之氧的空气，不能忍受心灵单纯如纸同时苍白如纸或复杂如泥同时积尘如泥的世界而重建精神王国，却也因重建的激情与热切而不问问建起的理想是不是现代梦幻（呢）？有梦还是好的，怕只怕因了盲目而再度使理想蒙上极权，把人引向一场无休无止的厄斗。

我们总在真、伪，正、负问题上纠缠不清而一再失去可贵的机会。理想被悬于至高无上、不容批判和怀疑的抽象层次，由此带来的理想本身的虚弱与抽搐使得我们追寻的焦虑层层加深。理想的正、负必然导致相应的两种牺牲观，负理想支配下的

---

① P.蒂利希：《存在的勇气》，贵州人民出版社，1988 年。

牺牲观或是顺从主义(无主体)、或是盲从主义(无思想),它所煽动起来的强力并不比正理想观所崇尚的牺牲小,法西斯主义运动、中国“文革”运动就是这种危害的例举。

困惑。

“人的血性中有多少种质,多少种色,多少分离化合,多少潜藏的可能性呢,它真的是高贵不凡的血性驱使么,或者是一场可悲的自杀自骗?”扪心自问时,我们也同那个山海探险者一样,坚定又脆弱。

我们寻求皈依,但我们皈依什么?一统理想被一一粉碎后,我们面对的是确立目标的艰难(选择的艰难),“文革”“心灵大战”后的迷惘一代人的追寻,由茫然到坚定,由“荷戟独彷徨”到“向着自由的长旅”提步前行,由回顾过去的岁月到抬头对未来时日的前瞻,由少年到白头,这一步步的激昂慷慨与义无反顾,又何尝不包孕着孤独、寂寞、惆怅的难以排遣,不被理解、不被认同的冷落感与失重感,何尝不包孕着内心深处难以言喻、无法形容的苦涩,以至心灵一步一回头,在本就辛劳的路途平添几分摆脱不掉的艰苦。自由给了我们选择的空间,也给了我们选择的的艰难,我们选择后要走上一条茫茫无止境、自己无法把握成败的路,它的目的的不确定与不能确保成功,使我们既刚勇又迷惘,既充满刺激又危险丛生,这种选择无疑被蒙上一层沧桑的色彩,辉煌在此,悲怆在此。过程哲学由此被推为生命至真的地位。

为了相信——

我怀疑着,只能向前

这使我们联想起布朗宁的诗:“我们藉着不信而取获的/是一种因信仰而绚烂多姿的怀疑生命/而信仰的生命又因怀疑而绚烂多姿。”为相信而怀疑,因怀疑而向前探寻,也为相信。这因自由而获、由内而发的理想大大高于由外向内灌输强制的理想,怀疑地追寻真理比盲目顺从主义要高几个层次,从人出发,而非从物出发,即使这物本身就是真理。但也因此,人变得不能确定结局,对未知的惶惑又必然影响现实的心境,舍弃了最终结局而追寻过程的美丽,这是人的幸福,也是不得不承认的悲剧。正如为相信而怀疑,因怀疑而去相信,人在信与疑两极徘徊的沉重步履不时也响彻着人的结局与过程间的矛盾心跳。舍一取一,本无谓得失,但舍的恰恰是确定的东西而所取并非如意;即便不如意,人因爱也决定去取,除了勇气,难道没有抛弃功利的纯粹信仰在内吗?假若没有这种甘于打碎一切、最终信念不移的精神——信仰,那么作为勇气的力量又自何而生、依何而存、随何而长?不能想象,智慧的人该忍受多大的苦痛而焚烧自己以为再生。或许正因此,至今没有哪一种生灵(除人外)能获得如此高的称谓——英雄。人造就历史,更造就自身。这二者恰是除人以外任何有生命、有呼吸的生物都不能完成的。

也正因为此，在对文化内核的清醒检视与对哲合忍耶教义、历史的狂热迷醉间，张承志作为人类心史的叙述者和作为个体人心灵的承受者所遭至的分裂，却很少有谁去问：以什么来平衡自身？张承志不断地寻找依托，母亲，父亲，在依托与寻找中，得以确立自身，但是这种灵魂寻找也使他耽于精神的另一种外界而不惶回于自身。这种寻找一方面使其脱离了俗界强加于我们的许多标准（去除焦虑），一方面也使他的自我处于更深层的漂浮状态（加深焦虑），依然未能彻底扎下根来，在幻想的存在与抽象的孤独中，自我越走越远。这种暗合于哲合忍耶早期隐居洞穴以修身的封闭心态也造成了一层人格保护层，障碍了真正成为自我涵义的再现，如若不把可能性召回必然性之中，而一味追逐可能性以脱离必然，其结果是再也不能回到自身。生活在现世中间，使我们渴慕理想的光辉，单纯禁錮于理想中也会使我们人格的另一面受损；超越自身并不是将自己连根拔起，张承志在“为人民”的不变的原则贯彻中不断深悟这一点，所以他寻一方水土、一方家园以存放和发扬他所向往的精神。但在融（熔）历史、宗教、文学于一炉的实践中，他也因之恰恰忽略了作为个体的自身，虽然他也一再强调自我的独立和文字所表现出的不屑于羁绊。真正成为自己或自我人格的完全独立，当然不是藏身于他人之间，安居于社会和文化的承诺与责任之中，也不是模仿别人，成为一个有限之物，一个数字符号，混迹于芸芸众生，我想也不该是生存于英雄或宗教之类的高层建筑下，以一种新的神话而在拔取自身中丧失本真。真正的道，是道成肉身，是灵肉统一，是“他一个人就平衡了我的世界”的默守气质与人格的坚韧；我们说，在现实层面，选择英雄与宗教比选择其他要好，但在理想层面，则不然；人根本的价值不等同于社会、文化和历史的价值，同样不等同于宗教的价值。E. 贝克尔的一段话让我们沉思：“正是人所需要用以维护自信和自尊的防御机制，变成了他终身的陷阱。为了超越自己，人必然粉碎他需要用以支持生活的东西。他必须像李尔王一样扔掉所有‘借来的文化衣着’，赤身裸体地挺立于生活的风暴之中。”①人追求超越的一生在某种程度上是一项自我的神化工程，而这神化过程同样抑制了自我中另一部分潜力的实现，也就是说，在达到更高人性同时也以人性的部分丧失为代价；被造感、移情、加上自恋情结的某种夸张，在皈依教义以抨击历史作为对立面时也不可免地贬低其他人的生命价值，漠视其他人的生命感悟。投身于符咒之下，是无法达到超渡（度）的，偶像崇拜，造成了一批追随者，其依赖性质反过来铸就了权威，而权威的催眠作用，在人类历史上是有深刻的心理印痕的。从更深的人学意义上讲，屈从权威，从而丧失所必有的批判精神，对于自我个人，是无法企及人性的全面张扬的。

---

① 《反抗死亡》：第140—141页。

A. 卡缪曾讲:“……对于任何孤独者,没有上帝也没有主人,生活的重负将是可怕的。因而人必须选择一个主人,选择一个超越于形式之外的上帝。”C. 莱维讲:“……无力达到自由的人们,由于不能承受显现在他们眼前的神圣的恐怖,他们必然要转入神秘主义,必然要掩盖……那……真理。”在张承志身上,这两种相悖的东西是如此密不可分地绞绕在一起,张承志选择了父亲形象,张承志在选择父亲形象(的)同时不惜抵押上个人的精神自由与真理。他的自我由此分裂为现想自我、现实自我、现实中理想的自我三种,换句话(说),张承志以三种身份存在于自己的著作里。《心灵史》如果算作1990年前的一个句号,那么他所写的一直都是“现实中的理想的他”,他把世俗文化作为庞大对立体系,以超越世俗王国而迈向天国之旅的起始,于抗争中,“现实的他”溶汇进去,然而,“理想的他”即越过世俗,亦越过任何形式对自我囿限的他,一直未有获得真正的表现与重视,我以为,这一点,恰恰是张承志不应为任何理想而丢掉的东西。

也就是说,《心灵史》固然达到了一个高度,但还未从历史的审判走向更明确的人类终极关怀,或正在走,在路上。人类学目光的一再遮折,使其张扬民族信仰理想(的)同时,牺牲了鲁迅式鞭辟入里的理想批判,那份冷静与不自欺,与热狂一样重要。即便如此,《心灵史》所涵(蕴)含的大于科学态度的人文精神,大于理性的价值,和于贫困、苦难中对“无权者的权力”的坚守都代表着人类于困厄中不屈从暴虐而坚持正道的可贵品质。

理想与宗教一样,大概都要有体内的支杵与体外的依托,《心灵史》很好地展示了这一点,哲合忍耶教义以及殉教的宗师(英雄)是他体内的支柱,而民众则是他体外的依托,二者缺一不可,代表着他精神的两面,他的神祇(祗)与人本。他游移于历史、人文、天道、人性间的内在冲突,正如贝克尔所分析的一切英雄主义的困惑:他“试图摆脱孤独,又想保持孤独。他不能领受分离的意义,然而他也不愿意完全窒息他的生命力。他希望与有力的超然之物相融合以便扩张自己,然而同时他又希望保持个性和距离……”这种二元冲突决定了张承志的信奉,从一神教到泛神论,他所认同的前定和他特立于人的自然观,都可视作是他于神秘主义信仰与无神论间的踟蹰徘徊,“荷戟独彷徨”的心境谁说不源于“两间余一卒”的尴尬与自持。

“时常感到,在两个极端之间,在存在与空无之间,我们是徘徊于一种暧昧渺茫的中间地带。”①这种给不确定以确定的困惑,成了追寻中的主要体验。生命哲学、过程哲学也是在这个意义上才有置(植)根的可能。从得失角度看,过程的美丽就在于既未得也未失,在得失之间未卜的美丽,未达到,所以就总抱有幻想、保有激情。

① 乌纳穆诺:《生命的悲剧意识》,上海文学杂志社,1986年。

理想如此。此意决非取消目的,没有目的也就没有了过程。目的是不存在的存在,仅此而已。张承志小说主人公追求本身就是过程的暗寓。生命是行进的过程。我们说张承志主人公及他本人的追求是极力要确立什么,天国也好,终极目的也好,但也绝不能排除他的追寻有逃避焦虑的因素。《北方的河》要逃避的是对世俗不公正的焦虑,《黑骏马》的回归是要逃避城市文明与少年忏悔的焦虑,《山之峰》是要逃避自父亲以来对汗腾格里的恐惧的焦虑,《黄泥小屋》、《九座宫殿》无不是在逃避一种外在而内射于心的焦虑。这对现实层次焦虑的逃避恰又陷入对生命层次焦虑的不可逃避,这更深层的焦虑的无法摆脱就使得不断追寻、无始无终成为张承志小说的母题。“他们以最高的速度将自己的生命往来奔波于不同的地点,这并不是由于他们喜欢他们所要去的地方,而是因为他们憎恶他们原来所在的地方,为此他们到处奔波飞行。”①比起这种绝望来,张承志值得庆幸的是他还未丧失一个目的,尽管这目的还不能为众人承认而只能推断,我把它称为终点渴望。有一点是相同的:“它发现它的目标还在更遥远的未来,它必得再次踏上它通往生命的艰苦旅程,而一次又一次的落入幻觉与醒悟的永恒循环。”并且,“从记忆的隐密的核心地带,我们精炼出来那充满绚丽色泽的景观;想象更把我们的记忆磨成希望。……因为它们从来不曾实现,所以才能保有它们纯朴的纯净。”②不是追求纯粹理想,也不是单纯逃避现实,而是寻找这二者之间的联系,而这一在此岸与彼岸间架桥的企图又时时潜隐在追寻纯粹理想的形式下,这就使得表现出的与实际藏匿于其下的有了出入与距离,这距离形成了对外——无止境(远的审美),对内——分裂感(深的焦躁)。这种憧憬的循环,正是因焦虑而追寻,追寻又带来更深的焦虑一样,是世俗的“惩罚”,也是永久的“苦役”。

我时常对着《心灵史》封面那个端坐于窑洞窗前,静默于功课的背影,想,也许正是在承受磨难的体验上,而不是如他所说的教义,张承志找到了可以将自我的自由作为抵押的相契相通。

> 我放弃一切自由
> 放弃做(作)为人的
> ——每一项天权
> 我要走进他要我走进的门坎
> 我要响应他向我发出的召唤

---

① 乌纳穆诺:《生命的悲剧意识》,上海文学杂志社,1986年。

② 乌纳穆诺:《生命的悲剧意识》,上海文学杂志社,1986年。

分裂的苦痛

追寻的焦虑来自分裂的苦痛，更多的是自我分裂。在城市与草原之间，理想与现实之间，现有存在状态与应有生存方式之间，理想的正、负之间，追求目的与实现方式之间，自我与自己之间，身与心之间，张承志所承受的内心冲突和由这无法解脱的冲突带来的撕裂感，使得其创作表现出的风格始终沉郁、悲怆。

不同于时下一般小说所表现的人性与社会的冲突，张承志小说表现的多是人性与理想的冲突。在社会政治、现实层次之上他始终遵循着理想层次之内的个体内部冲突，这种个体、整体的分解力与离心力时时以两个方向的同等拉力主持着张承志的情感取向，这种自身内部的不可调和的冲突，比起将自身作为一整体与外界冲突来，主人公所要承受的不可克服、无能为力之感更为巨大强烈，张承志曾表述过他对陀思妥耶夫斯基作品的有意回避。为什么，怕什么，怕读出自己灵魂分裂的痛苦，怕自己的精神面目在阅读中剥落，怕在现实承受外还要在阅读的想象中再承受一次，怕在陀翁的声音里听出自己沉默时的话语，怕读破，怕看透。正象《金牧场》中“他”怕真弓凛然的眼神、浓烈的语言一样，他需要又恐惧这种理解，“不仅仅是被剥开……他受不了被人一语道破将来”。他怕揭露、怕重去体验，究竟，在掀动历史、人心史、情感史时，张承志的手为什么这般沉重、胆怯，每一页纸仿佛都变成了压迫人的沉重石盘。那句话确是这么说的：“我不仅禁了《野草》，也禁了陀思妥耶夫斯基和尼采至今不读。”①

上篇提及的张承志模式，对现实的逃避与省略或许能为我们提供一些另外的启示。历史—未来，张承志无论（是）创作还是情感，都包容在这样的双向运动中：向前（精神上）一往如既（理性）；向后（感情上）一如既往（感性）。前者因了理想主义的导引，相信历史的发展，明天必定比今日更好，是未来主义的。后者因了知青一代独具的责任感和他本人具备的专业习惯，这份重负使他在要超越历史时总沉溺于其中，脚步犹疑，正因此，向前、向后的双向运动，互相牵制、互相约束，才使得张承志的主人公包括张承志本人的每一步沉重异常、步履维艰，甚至在某些地方踟蹰犹疑、徘徊踌躇。他的每个主人公的形象都是那么冷峻、矛盾、顾虑重重、耽于沉思而缺乏行动，有时真让人想起哈姆莱特式的英雄。人物要挣脱过去，甩掉太长的青春太重的负担而将之汇入血脉，随之一同前奔，但又因原先总沉溺于（对）过去历史的回顾、对过去的沉思多于对未来的前瞻，因此虽挣脱了过去，但对未来目标不明，只是向前，只能向前，而实际上这行动带有很大的盲目性。所以，在众生芸芸之中、在茫茫人海

---

① 张承志：《泛夜海记》，《作家》，1988 年第 11 期。

之中，他更感到孤独，这孤独仍然不单是置身不被理解人群中的孤独，而更是他本人在意志坚定时也掩盖不了、无法排除的对前途茫然的孤独。“这条道路通向什么地方/我至今不能知道/我知道的只是/它会有一个到达的地方。”历史已是过去，未来还未来临，现实近似空白，虽有追寻，更多是焦虑，打碎了旧的但还未找到新的，告别了往昔但还未看到前路，这是成熟的孤独。因此，他一直在找，想以此排遣困惑与焦躁，并将这种激荡不安视为对理想的背离和动摇。

张承志是历史主义的，所以他相信未来，相信历史的延续，所以他要寻找一种联系，创作也总是“寻找”的主题，在成熟与不成熟之间，在对历史的把捉、对人民的感情和对未知的怀疑、对理想前路目标的困惑之间，他以中年人的头脑对“十年动乱”有历史的认识，对自己有深沉的反省，而在这基础上又不失孩提般的天真与青年的热忱；问题在于思想理念与实践、现实的这一段距离中，他始终未找到联结点，这是症结所在，面对表象中庸实际走极端、非理性的国民性本质，过去政治极端造成极权统治（封建社会根深蒂固几千年），现实经济极端造成经济过热，那么未来面临三种选择，是感性人、理性人还是理性本身。张承志无从选择。他的创作矛盾正在于此，而且在颂扬人力量时却不自觉地转向操纵人的理性本身，这是不是一种极端呢？而且还是物，是异化。在这里，我可以说，宗教究其实正是一种异化。因为它已不是为人主宰的态度而演变为主宰人的锁链，依然是人的牺牲，是人对外物（不论是物质，还是精神、主义）的屈服。

张承志又是反历史主义者；他在论文中直言：“当我们在研究历史的时候，真的可以对这些被埋没了的一切不屑一顾么？尤其是回忆一下最初使我们动心研究历史时的初衷，那时的发想难道仅仅是一种幼稚么？”“历史研究发展太盛且太久，浩繁的内容和分支有时使我们忘记了人类探究历史时朴素的出发点。”①如果这还不足以说明的话，那么张承志的创作脉络则愈来愈明显地表现着人挣脱冰冷历史的努力。历史具有强权性质，人之奋斗即是对历史这种性质的抗拒。人创历史，却反过来要受历史的限制与框缚，人内在、本能抗拒此命运，但面对客观必然的无情事实又完全使这一抗拒暴露了它的软弱、无力，更将人的不自信而求自信，（不）自强而求自强的面貌显示无遗，人的生命就是很悲壮又很可笑的努力，在抗拒它自身创造的又抗拒不了的历史时，谁也摆脱不掉困惑与宿命，人对不公的抗拒这一过程也就构成人的历史（而非反人的历史——这也是张承志要反的历史）。这种努力是很可笑、很悲壮的，是很没意义又价值非常的。（功利上的结果与心灵上的拯救的冲突还会延续再延续直至宇宙有一天成为没有人的死寂。）

① 张承志：《历史与心史——读〈元朝秘史〉随想》，《读书》，1985 年第 9 期。

历史的与反历史的，理性的与非理性的，种种矛盾终归结于现实自我与理想自我的太大的差异、过强的冲突。这是有人类以来无法克服的冲突，是现时代尤为强烈的比照反差的现实存在。张承志的敏感与机警又使他精神情感上承受着超乎常人的分裂——人格分裂，是退回过去，还是面向未来？是向后还是向前？不过有一点已明确了，横向以精神内部的异化反精神与物质关系的异化，纵向以古典热情反现实冷峻两条路都是走不通的。向过去寻找良药总不是长远的办法。也正是因为意识到了这些，张承志才不倦地寻找吧，或者是以寻找的热切来掩盖同样热切的怀疑。对于不可找到的找到，对于不再存在的存在，他深深感到自己被撕裂的疼痛，"……于是，我遵照启示，肉身置于闹市，灵魂却追逐自然。这样，只有我救活了一条灵魂，也只有我使这灵魂孤苦无伴"（《错开的花·题辞》）。一只脚留在过去，一只脚已踏上未来，一次次告别的宣言不过是一次次意识到的决心，宣言产生的本身就已表明了它实施的困难和不可能，因为告别过去就意味着告别自身、告别作为生命的一部分。有谁做得到只拖着半条腿跳着走路呢？"我总是顽固地盼着能找到一位医生。""紧迫的事情是获得医药。""究竟去不去找那个医生呢。"[①]这念头顽固地纠缠着他，这种疾病意识和急于获救的感觉已经被他熟识地称为"生命的过程"，"渡得过去与否，沉死或再生与否，都是不可能预料的事情。"然而，"治我的药只有我自己知道"[②]。创作的恢复可用清夜作为中介，而生命的追击该拿什么去兑换，比如分裂的苦痛，用什么去避免过于惨烈的体验，这是看不见的敌人，不是我们不承认面前的战场、不承认已经进入决战。同自己打仗多的只是一份顽强吗？或者 份挣扎？"自我治疗"可拿什么去换得终愈，或仅换得"疾病和健康的循环"？生命是涌动的一场什么？而终愈就是死亡呵。

关键的关键，在于忍耐了难以忍耐的分裂，承受了难以承受的苦痛，嘲笑、讥讽、打击、自残、牺牲，经历了人所经历的一切，也不能消除我们最终的困惑——堂·吉诃德的长矛应指向哪里？

《心灵史》中，张承志干脆把对苦难的渴望发挥到了极致，然而在血气灼烫的文字后仍然有张承志不愿讲出的惶惑，宗教中的人性实质与殉难时的壮烈情怀间，他宁可寻求后者的浪漫、辉煌，而在历史的人性（宗教遭压制与屠戮）与宗教的人性（人必须承受苦难、血腥甚至自戕）之间，张承志的作为后来人的疑问，只能压在他烈火般的膜拜与文字的迷狂中，这种痛苦如果揭出是会动摇根基的，而不问是与非、对与错的信仰在这个实用功利与理性交揉（糅）的时代又是多么可贵；更有这样一种摒

---

① 张承志:《泛夜海记》,《作家》,1988 年第 11 期。

② 张承志:《泛夜海记》,《作家》,1988 年第 11 期。

弃了事功的方法论，于对苏菲主义的神秘、出世、真挚、简捷的精神追随里，于从自己独行到架桥，从个人走向民众的行动里，于每一门都以大赞、祷词、颂诗结尾的形式里，于十八世纪的黑暗至十九世纪复兴的历史中立誓坚守皎洁本质的刚强里，凸现出来，是："正确的方法存在于研究对象拥有的方式中"，"正确的研究方法存在于被研究者的形式之中"。张承志自称是一个不愿描述当代的作家，更是一个以教徒的方式描写宗教的作家。"十三太爷马化龙为着换回多斯达尼，把自己一家人举意当了古尔邦的羊了"，张承志则为了内心的宗教的完整将自己的血肉之躯也放在了理想的祭台上，束海达依道路（殉教）是不同的，然而却是前定的，"这一切认识——我知道它们离人们习惯的中国文学实在是太远了。但是我相信这种文学的价值"。探求者思想追求的两极：天理与人性。就是这样在悲怆的信仰里融合为一。"在生死关头，人应当怎样做才不愧于人"的血写的历史、内里的事实以及底层民众为承担信仰所经受的考验的残酷性与舍命的追求，都足以对抗现代太多的纸糊彩绘的英雄和虚假塑造出的神明。宗教不是一个闲聊的话题，英雄同样不是，"正确的方法，存在于被研究者的方式之中"，"我选择了沙沟方式"，这种皈依不仅是使历史变成情感，而且是将信仰化作生存，从乌珠穆沁到西海固，从草原额吉到沙沟马志文，让我们领悟到十九世纪德国诺瓦里斯曾说过的一句话："哲学是人们怀着无尽的乡愁，寻找人类心灵精神家园的冲动"，对于失却故乡、失却母语之后再不愿失却信仰的立誓坚守的哲合忍耶，对这句话的理解，会比只将它挂在口头引用的文化人要份量沉重。某些以中庸为思想土壤的知识分子，是很难贴近和理解这种异端的。

所以他孤独。"所谓'知'——即真正代表时代的观点是挣不脱先锋命运的。当它独自出世孤独探索时，它不仅曲高和寡掷玉入泥，而且放弃了于通俗求弘扬的契机。而当他被结局证实以后，庸俗的聒噪声鼎沸而起，喊叫的是它昨天的见识。它又沉默了——这是一种学问和艺术向宗教皈依的过程"，所以他在求真的探索中将个体英雄汇入群体英雄，以找到更有力的信念支撑。神秘主义、叛逆性格、英雄本色所立于的那个雄厚的根基是独立不羁的人格与追求自由的人民的水乳交融，这命运，正如书中所引《哲罕耶道统史传》中船厂太爷的话：你已经有了知识了。——你千万不要把你的知识的光芒熄灭，而使你自己坠回黑暗！你不要熄了那光芒——以免来世降临，别的作者凭着他们的光芒奔行时，你却处于黑暗！（《心灵史》，上同）所以有《天道立秋》、《重写一个金牧场》的沉着继续。所以有《清洁的精神》、《以笔为旗》，有《无援的思想》、《致先生书》、《击筑的眉间尺》，有《神往》和《三舍之避》，有《大理孔雀》，凄美、刚烈、不屑与决绝就这样长在了一起。"旅人一词的份量在于这旅途无止无尽，和命运一样短长。只要活着，我命定面临这跋涉的压力，在中国一次次地发现价值和美,并探求怎样活得美和战胜污脏。”①

在《穆罕麦斯》血流一样的声音里,远行人又一次上路。

似乎火中含有水的湿润
那是由于悲哀
而水中却含有火的燃烧

困惑的前卫

命中注定,困惑是前卫的侣伴。

“我无法面向前方,前方空无一人/我不想回顾身后,身后人群挤撞/过去已经逝去/泪水早已堵塞/象他们那样笑么,我不愿意。”小林一雄的歌唱出了张承志的深心感叹,思想精神若是走在时代的最前面(前面不再有人),设想信念并去付诸完成,孤旅独行,难免有孤苦的心境;环顾左右寥寥数人同行,回顾身后不见追随的身影,更为孤寂、凄凉;而前路不能保证,目的的明晰与真实无法确定,这才是最深的寂寞,寂寞中的寂寞。

这寂寞里深藏的反整体态度和由之衍生的骑士形象不同于当代其他作家笔下的反整体的“浪子形象”。后者以反文化小说为明显代表,“他们注重今生……似乎很少反物质的文化倾向……在现世中,他们会感到恐惧、迷惘、飘忽不定,这就意味着他们在潜意识中仍然把自己同他人联系在一起,他们缺乏一种我行我素的坚定感。他们的内心常常是软弱的,常常处在一种类似青春期的骚动不安中。……他们缺乏一种坚定的‘自我放逐’的勇气,他们的放逐常常是被动的,因此就有一种被遗弃被冷落被窥视的感觉”②。张承志有他自己截然不同于众,也截然不同于以上新阶层的精神原则,他有他独立于世,又独立于所谓先锋派(伪现代派类)的困惑与苦痛。“象他们那样笑么,我不愿意。”他反对传统麻木与腐朽,更厌恶快乐主义的享受与嬉戏;而在这两股潮流之外他游弋在少水的现实之河里,精神所承受的寂寞是可以想见的,在洪水泛滥之外要寻求一理想的码头,在峰巅之上要找到那隐显的佛光,在喧哗中还要不顾湮没说出自己完全异于喧哗的主题。从这里可以更明显地看出,张承志并未达到彻悟,他是以庄子之形(出游)写孔子之心(救赎)(虽然在他的散文里不止一次地猛然抨击过孔孟之道,但我还是借用这一词语),他没有达到彻悟,甚至拒绝彻悟,他既要独善其身,又要兼济天下,虽然他背负重负、背负责任、背负使命并为之不惜人性牺牲,虽然我说他超越了肉体、超越了利益,但还未达到对人生的豁

① 张承志:《重写一个金牧场——写在〈荒芜英雄路〉一书出版之前》,《光明日报》,1993年2月8日。

② 蔡翔:《世俗的喧哗——当代小说中的精神文化现象之三》,《当代作家评论》,1987年第6期。

达、未达到象他的血性一般的回民族的超越苦难的洒脱，还未让生命在生活重负与挤压下显出它璀璨的光芒，但是我还是无法掩饰对这一精神原则的欣赏。即使这原则带给我们的是无尽的寂寞，我们也因对这寂寞的承受证明了我们曾生活过。

反文化现象在文学中的普遍存在说明了一个与张承志小说存在的现实中精神的反逆，二者走的是完全不同的路途。在外部与纯文学相峙的通俗文学之外，纯文学阵营中的审丑文学（反美学文学）正从内部分裂着“纯”字并正呈现出取代的趋势，张承志创作精神的可贵正在于在与外对峙之外还坚守对内划界后的阵地，这也许正是现时代最后的阵地？珍存这最后的最后，所背负责任使命之外还背负不被理解、不被体认的悲壮与寂寞，这一切谁能深知？我所理解的前卫是这样的前卫，是世人都背叛了一精神原则而自己不背叛精神原则的前卫，是不背叛自己的前卫，真正的先锋不应以形式、观念而应以精神、心态为准。

心肠应该成为一种界限，或说在一个熟知智识观念的文学时代里，最重要的界限就是心肠。

前卫的困惑是无法解脱的。张承志是我所说的真正的先锋，是思想的战士。他在“用一个现代人的歌喉向传统的梦道别”，“但他强调他的‘背叛’是代表着一个古老的大陆来向现代和世界提出挑战的。正是这使命感使他甘愿尝尽流浪的滋味”①。也许世界总是这么悖谬地存在吧，作为反历史主义的历史学者，作为迷狂的理性主义者，对于他，这一切也是生存呵。

但是，张承志还是不甘，我已说过，他不仅要独善其身，还要兼济天下，而最深寂寞中荡溢的焦灼也使他变得急于辩解、急于剖白，于是，在一时期作品中，竟也调侃起来，带着嘲讽的微笔（笑）看众人，更看自己。《胡涂乱抹》就可看出端倪，无论是宣泄的情绪还是这作为情绪载体的形式，都如音乐节奏，代表着一种生命焦躁的律动。《黑山羊谣》的“复仇”镜头剪接式的模拟与重复更代表着深层的不安与愤懑，至《金牧场》这种文笔就无可掩饰，一切都简单、自然、无矫饰地流露，小林一雄的疯魔发狂、Rock 的大段描述所表达的情绪取向不谈，主人公“他”也一反冷峻、沉默而压不住时时的狂躁。单就形式而言，一种单向的语言流已无法表达内心说也说不完的思想了，J（日本）、M（内蒙古）即现实、怀想之外，还加上了议论，三种印刷体一同将一个丰富的内心推至读者面前。而《海骚》干脆就写人在海上的心灵波澜，依然是不安的急湍，即便是在自己无悔青春的人生正剧的作品里也阻挡不住这类情绪的生长，不安、惶惑、暴躁、无奈，还有些浮躁，这是更深层的叛逆，是不用宣言而已存在的叛逆。甚至在他对西省英雄的缅怀以在历史中、底层民众中寻找同道的时候，在对

① 李洋：《无边的漫旅——J. M 世界与张承志的寻求》，《当代作家评论》，1987 年第 5 期。

历史英烈的掩饰不住的颂扬里也掩不住对现实困境的心痛。“一种姿势不能保持顺畅之后，另一种姿势就如同排泄般产生了。”①过于激动与亢奋使得他不停地倾诉，这倾诉是表白而不再是交谈。这一倾诉的要求，同样焦急、焦躁，要求短期见效，小说形式已概括不了了，改为写散文、诗，这一形式不顾忌结构、人物、情节发展、时间脉络等，一气呵成，直抒胸臆，回忆、怀恋、自省、内视、纪实、议论。总之，张承志的创作在不断选择、扬弃着自己，比之孤军奋战、哑夜独语来，以俗抗俗或许来得痛快淋漓。反文化小说的泛滥正因此有一定存在(的)道理。张承志小说的焦虑与躁动也有此滑向，但还只是有控制地，他时常把这种对物欲的不满、对平庸的不满包裹在对正面的描写与树立之下，将此作为出发点之一而最终是在打碎之后还谋取建立，这个原因使他从未与俗站在一地平线上诅咒、谩骂俗，而能站在高一层第轻蔑审视和冷眼观望俗世、观望一个与其追寻完全不同的喧哗时代。

前卫的困惑可能是“觉得自己浪迹在一幅广袤的白色的地图之中”时的那种对于迷路的恐惧与迟疑，可能是对新大陆追求中“只怕拼尽残生也走不到头”的热情、迷惘与犹豫，也许还是“荷戟独彷徨”的孤立、无依又不知未来的感受。但作为有叛逆血性的前卫，他的最深困惑更在于在叛逆现实、叛逆群体、叛逆自身之后，在承受追寻的焦虑与分裂的苦痛以及种种有关生的困惑之后，是否能够矢志不渝、能否在为理想背叛了一切之后还保有对这理想的最后不背叛。

路还是要走。

前卫依然是困惑的前卫。

所有、所有人都离去了
这条平常的旅程
寂寥岁月
踽踽独行
所有、所有的都放弃了
这个人总不肯舍下
　那只手举的灯盏
　那个憧憬
　那份最初的忠诚

还会有后来人的
会有人乐于捡拾脚印

① 张承志：《骑上水流——关于冈林信康的随笔》，《外国文学评论》，1988年第2期。

潮涌潮落间
海滩上总聚集着
　贝壳收藏者的匆忙身影

还会有后来人么
苍苍茫茫
芸芸众生
哪里去找、去复制
再造
　一个前卫
　和他不可替代的
英勇

——原载《文艺评论》1996 年第 4、5 期

南 帆

《马桥词典》:敞开和囚禁

词 典

“如果可能的话,每个人都需要自己特有的词典。”——马桥也需要一本自己的词典。马桥,全称马桥弓,它的隐秘历史被一个叫做韩少功的作家分解为一个个词条,张榜公布,集而成书——这就是《马桥词典》的来历。

不知道什么时候开始,表现某一个地域的山川人文已经成为许多作家经久不灭的梦想。巴尔扎克在《人间喜剧》的前言里面自诩为法国社会的书记;福克纳尽心尽意地描绘“邮票般”大小的约克纳帕塔法县;那个称之为马孔多的小镇子则是马尔克斯梦魂萦绕的地方。这些作家凭空创造出一个个独立王国,并且有声有色地为这些王国撰写历史。我时常想了解,作家为什么如此痴迷呢——他们想分享上帝的光荣吗?

当然,这个梦想设置了一个叙事的难题——什么是组织历史的最好形式?这时,每个作家都必须调集全部的知识和想象,殚精竭虑,尽可能交出一份圆满的答卷。可以从过往的美学角逐之中发现,众多小说——尤其是长篇小说——积极提交了种种不同的历史叙事形式。通过这些小说,人们可能结识一批过目难忘的性格,每一个性格都衔含不同的历史故事片断;人们还可能看到种种奇异的风情、建筑和地貌,这喻示了某一个时代不褪的烙印;当然,还有神话、传说以及种种庆典仪式,这一切曾经就是历史的记载。然而,《马桥词典》利用一个个词条组织历史,树碑立传,这显然是一个罕见的实验。不难想到,在词典与文学之间抛出一条联结的索道,这需要不拘成规的想象力。

可以肯定,韩少功在《马桥词典》的写作之中获得了自如的舒展。这里包含了考证、解释、征引、比较、小小的叙事、场景、人物素描,如此等等。词典形式为韩少功的多方面才能提供了足够的活动空间。他的理论兴趣和表述思想的爱好得到了这种形式的宽容接纳。当然，这种形式还可以看作一种怀疑的产物。韩少功对于传统小说所习用的表意单位——诸如故事、情节、因果、人物、事件——颇有保留。在他心目中，这些表意单位的人为分割可能遗漏历史的某些重要方面。《马桥词典》毁弃了传统小说所依循的时间秩序、空间秩序和因果逻辑，宁可将历史的排列托付给词典的编写惯例——按照词条首字的笔画决定词条的先后顺序。这是将偶然还给历史，还是证明历史的排列本来就是一种符号的任性规定？

一部完整的词典是历史精华的压缩。词典是民族文化的标准贮存方式。按照结构主义者的奇妙构思，所有的思想都无法走出词典的牢笼。可以设想，一个人遇到了陌生的词汇之后，他将通过词典的查阅寻求解释；词典的解释是由更多的词汇组成，于是，新的查阅又接踵而来。这样，一个人的知识体系在词典之中穿梭交织，经过不断的查阅一步步后退着展开。在这个意义上，如果彻底摧毁——从书籍的物质形式到人类的记忆——词典，那么，所有的文化和传统都将陷于灭顶之灾。

马桥藏匿在一部《马桥词典》里面。不翻开这部词典，人们无法进入马桥的历史。马桥人将远处的任何地方都称之为"夷边"——"无论是指平江县、长沙、武汉还是美国，没有什么区别。弹棉花的，收皮子的，下放崽和下放干部，都是'夷边'来的人。"按照韩少功的考证，"夷边"这个词包含了马桥人"位居中心"的自我感觉。这里"夷边"与"中心"的差别体现于一批独异的词条——这批词条喻示了一个独异的世界。可以从《马桥词典》之中看到，许多词条的根须扎入马桥的历史，蜿蜒分布于马桥生活的每一个局部，在适宜的土壤里面壮大、繁衍；当然，也有另一些词条则可能在未来拔地而出，风干，枯死。人们可以经由那条"官道"进入马桥的地界，走上大街小巷，看到马桥的生活外观；可是，只有《马桥词典》才意味着马桥的文化生态学。这部词典保存着马桥人的一系列生活观念，诸如他们想象之中的政治、性、情爱、吃、社会，如此等等。换言之，这部词典是马桥人的精神地平线。词典里面的词条敞开了马桥生活的纵深，同时也成为马桥生活的囚禁之所。

也许人们要问，《马桥词典》是不是一部严格意义上的小说？在我看来，这个问题可以暂时悬搁——目前为止，这个问题至少不是那么重要。

语言的魔力

词典里面密密匝匝的词条纵横编织成一个庞大无比的网络。这个网络千变万化，伸缩自如。这不仅承载了现实的重量，并且决定了现实的结构。人们常常觉得，所有的词汇只是一些待命的工具；它们驯顺地隐藏在书籍里面，或者侍候在人们的口吻旁边，随时恭听主人的召唤。人们通常没有察觉到这些词汇的巨大魔力。人们不知道，这些词汇正不动声色地修剪他们的所有认识，为他们的意识整容。某些时候,这些词汇可能成为种种陷阱,等待人们的陷落;另一些时候,这些词汇甚至会一跃而起,牢牢地攫住可怜的猎物。《马桥词典》之中曾经出现过一个例子:一个电台播音员在现场直播中误将共产党要员“安子文”误读成国民党要人“宋子文”,这导致了十五年的徒刑。一个字眼足以吞噬一条生命,这是一种可怕的功能。是的,这些词汇究竟有多大的能量呢?韩少功不由地发出了一系列疑问:“历史只是一场词语之间的战争吗?是词义碰撞着火花?是词性在泥泞里挣扎?是语法被砍断了手臂和头颅?是句型流出的鲜血养肥了草原上的骆驼草,凝固成落日下一抹一抹的闪光?……”

二十世纪是一个破除神话的时代。一切神秘的气氛正在烟消云散。经过诸多符号学家的破译拆解,种种的神话仪式均显出了符号的本质——一切强大的感召力和令人激动的迷幻无一不是符号的运作结果。这些运作是可以分析、可以摹仿、可以复制的。所有的神话都将在这样的分析、摹仿和复制之中暴露出人为的框架。然而,人们有没有能力将这样的框架弃置不顾?恰恰在这个过程,一个新的神话又不知不觉地出现——语言充当了这一神话的主人公。在结构主义符号学家的心目中,语言是一个不可突破的巨大结构。“不是人说话而是话说人”成为一个著名的结论。韩少功继续感叹地说:“这个世纪还喷涌出无数的传媒和语言:电视,报纸,交互网络,每天数以万计的图书,每周都在出产和翻新着的哲学和流行语,正在推动着语言的疯长和语言的爆炸,形成地球表面厚厚积重的覆盖。谁能担保这些语言中的一部分不会成为新的伤害?”

其实,马桥人同样知道词汇的巨大魔力——他们有时称之为“嘴煞”。马桥人复查在某一天被太阳晒昏了头,咒了罗伯一句——“这个翻脚板的!”结果,罗伯次日就被疯狗咬死。从此,复查再也逃脱不了罪恶感。在科学主义者看来,这是明显的无稽之谈;然而,这恰恰是语言魔力所残留的痕迹。尽管每一个词汇在分析、摹仿和复制的过程如同平凡无奇的机械零件,但是,词汇聚合之后却出其不意地显出了难以抗拒的威力。这是荒诞的,同时也是神圣的。对待语言的时候,科学主义同样不可能完全取代信仰主义。没有必要否认马桥人的语言崇拜,《马桥词典》里面的许多词条确实居高临下地制定了马桥的现实。

如果马桥人所说的“嘴煞”多少有些难以置信,那么,“晕街”是一个更为生动同时也更为现实的例子。“晕街”是马桥人的特殊病症。它的症状与“晕船”相仿,只不过是由于街市引起的。马桥人无法接受城市,城市让他们感到了不可遏止的晕眩。但是,“晕街”并不是事实之后的命名,反之,这是一个由杜撰的命名所创造出来的二级事实。由于“晕街”这一词汇的暗示,马桥人的前庭器自觉地在城市的环境之中开始过敏。可以说,如果没有这一词汇,“晕街”的感觉将由于没有名称而无法凝聚——亦即不再存在。的确,人类创造了语言;但是人们还必须看到,语言随后又继续创造了人类。语言为人类的感觉和思想指定了不可逾越的界面,同时语言也窒息了语言之外的一切可能。由于粗糙的饮食,马桥人将所有可口的东西均形容为“甜”,无论是米饭、辣椒、苦瓜还是猪肉。这是单调的味觉造成的词汇贫乏,也可以反过来说是词汇贫乏造成了味觉的单调。在这样的意义上,韩少功深刻地意识到了语言的意义:“语言差不多就是神咒,一本词典差不多就是可能放出十万种神魔的盒子。就像‘晕街’一词的发明者,一个我不知道的人,竟造就了马桥一代代人特殊的心理,造就了他们对城市长久的远避。”如同韩少功所追问的那样,这个社会之中的一些关键词——诸如“革命”、“知识”、“故乡”、“代沟”——已经创造出哪些相对的事实了呢?另一方面,某些领域的语言空白同样将成为一种意识的阙如。除了下流的谩骂,马桥人没有完善的性话语。这限制了他们对于性的认识水平。由于只有“打车子”这一类粗糙而又简陋的性词汇,马桥人只能将性当成一个可笑的、下流的、不安全的同时又充满乐趣的活动。

语言的魔力还在于,马桥所拥有的这些词汇还将同声相应,互相攀援,形成特定的语言共同体。生活于马桥的人不可能蔑视乃至反抗这部词典。如果为马桥的语言共同体所抛弃,一个人的社会地位将十分可疑——例如形同哑巴的盐早。韩少功还注意到,马桥的女性是这一语言的共同体之中的卑贱者。马桥的流行语之中缺乏女性的亲系称谓,称呼女性多半是在男性称谓之前冠以一个“小”字,例如“小哥”指姐姐,“小弟”指妹妹,“小叔”和“小伯”指姑姑,“小舅”指姨妈,如此等等,女人总是和“小”联系在一起。女性的无名化毋宁说是女性的男名化。这“让人不难了解到这里女人们的地位和处境,不难理解她们为何总是把胸束得平平的,把腿夹得紧紧的,目光总是怯怯低垂落向檐阶或小草,对女人的身份深感恐慌或惭愧”。

差异与背景

不言而喻,《马桥词典》是相对于通常的“普通话”而存在。“普通话”是一个权威称谓,它代表了一个标准而规范的语言体系,全面负责公共领域的语言交流。目前,这个体系不仅得到了政治和文化中心的完全肯定,并且在语言学领域象征了这两者。普通话拥有多种版本的词典,每一版本的重复和修订都意味着正统和威信。相对于数百万字的普通话词典,相对于这些词典所赢得的普遍认可,相对于这些词典端庄而厚重的外部装帧,《马桥词典》显出了渺小和单薄。

渺小和单薄时常成为人们忽略不计的理由。在普通话的强烈光芒之下,马桥人的词汇不可能走到前台,充当主角。如同许多方言一样,马桥人的语言只能蜷伏在多数人“无法进入的语言屏障之后,深藏在中文普通话无法照亮的暗夜里。他们接受了这种暗夜”。这个意义上,普通话的语言霸权主义——不论是有意还是无意——同时无形地将马桥的生活排除到中心之外,使之成为无名的存在。这时,《马桥词典》的出现不仅是一种语言的反抗,而且同时是马桥人进入公共生活的权利伸张。

人们不能仅仅将这一切看得过于简单——似乎这就是让马桥人在公共生活领域注册留名。《马桥词典》提交了一批马桥人的词汇,这立即隐藏了分裂和冲突的紧张。种种符号并不是中立的,公正不倚的;特定的价值体系、判断尺度潜在地凝固在符号之中,因此,符号的命名同时也包含了价值的定位。这个意义上,马桥的词汇与普通话之间的歧异并不是通过规范发音或者统一书写所能解决的。这毋宁说是两种生活观念的分歧。

也许,韩少功最初是从某些不太重要的经历之中察觉这样的分歧。例如,一些知青过渡罗江的时候想赖帐。他们觉得自己腿快,下船之后不付钱转身就跑。不料摆渡的老倌不觉得快慢是个什么问题,他扛上长桨慢慢地追来,三里、四里决不停下脚步,直至这批跑得东歪西倒的知青乖乖交了钱。“他一点也没有我们聪明,根本不打算算帐,不会觉得他丢下船,丢下河边一大群待渡的客人,有什么可惜。”显而易见,这与其说是智力的差异,不如说是处世原则的差异。

这样的分歧可能在某些重要的词汇上面突然暴露出来。譬如“科学”或者“模范”。在马桥人的心目中,“科学”也就是“学懒”。马桥人观察了村子里的一些懒汉之后得出了这样的结论——这些懒汉曾经用“科学”一词为自己的懒惰辩护;可是,马桥人却将这样的结论远远扩张到这些懒汉之外。他们从此不相信任何科学,并且用扁担将公路上的大客车——科学的产物——敲瘪。这是一个词汇的误读所造成的普遍后果。不过,马桥人对于“模范”的解释却是一个精彩的讽刺。见识了形形色色的模范之后,马桥人将“模范”当成了一个工种,生产队的领导分配一个体弱而不能劳动的人去充当模范。马桥人更相信亲历的经验,于是,他们用马桥词汇对普通话进行了一次词义的置换。

《马桥词典》显出,马桥词汇更富于直观性。这些词汇主要源于直接的经验,而没有多少抽象的理论含量。这可以在马桥人的纪年方式之中看出来。马桥人弄不清楚公元纪年,他们心目中的1948年被分解为几个具体事件:长沙大会战那年;茂公当维持会长那年;张家坊竹子开花那年;光复在龙家发蒙的那年;马文杰招安那年。但是,进入特定的年代之后,仅仅依赖于直观的语言可能引致严重的后果。马疤子——也就是马文杰——不了解国民党内部派系之间的明争暗斗。他欣然接受了一纸委任状和八十条枪,从而进入一个可怕的圈套。他仅仅凭经验认定“穿制服的就是官军,都被他打怕了,不得不向他求和”。此后,在主持各路杆子的劝降工作中,他的直观经验仍然招架不住各种阴招、暗劲,辨不清各种各样来自不同立场的证词。在怀疑的目光、言不由衷的客套、女人和孩子的泪眼、兄弟们的抱怨中间,马疤子选择了自杀作为逃避的手段。自杀之前,马疤子已经急聋了耳朵——这仿佛是一个象征:他已经听不懂这个时代的话语了。

许多迹象表明,马桥词汇与普通话之间已经出现了两套相异的修辞。于是,这就成为一个问题:哪一种语言拥有扩张和征服另一种语言的权力——依据是什么?

话语权力

话语权力的基本含义是,话语主体的身份、地位、权力、声誉可能投射到他的话语之中,成为语义之外的附加因素。许多时候,这些附加因素的分量甚至超过语义的作用,从而使话语产生一种超额的影响。在这个意义上,话语权力同样是一个众目睽睽的争夺对象。当然,上述的解释多少有些通俗化——这些解释力图靠近一个马桥词汇:"话份"。对于"话份",《马桥词典》作出如下的阐述:

> "话份"……是马桥词汇中特别紧要的词之一,意指语言权利,或者说在语言总量中占有一定份额的权利。有话份的人,没有特殊的身份,但作为语言的主导者,谁都可以感觉得到他们的存在,感觉得到来自他们隐隐威权的压力。他们一开口,或者咳一声,或者甩一个眼色,旁人便住嘴,便洗耳恭听。即使反对也不敢随便打断话头。这种安静,是话份最通常的显示,也是人们对语言集权最为默契最为协同的甘心服从。相反,一个没有话份的人,所谓人微言轻,说什么都是白说,人们不会在乎他说什么,甚至不会在乎他是否有机会把话说出来。他的言语总是消散在冷漠的荒原,永远得不到回应。……握有话份的人,他们操纵的话题被众人追随,他们的词语、句式、语气等等被众人习用,权利正是在这种语言的繁殖中得以形成,在这种语言的扩张和辐射过程中得以确证和实现。"话份"一词,道破了权利的语言品格。

这是一个相当透彻的阐述。它的意义远远不限于马桥。然而,人们首先可以想到的是,马桥词汇和普通话之间,谁握有"话份"?这样,两种话语体系都将携带着它的所有背景材料——例如它与特定时代的政治、经济、文化、国防力量乃至领袖人物籍贯之间的关系——加入竞争。通常,一个论断的宣布,一条语录的解说,一份鉴定的发表,这一切并不仅仅是真理的考辨,同时——某些时候应当说在更大程度上——还是话语权力的较量。这是谁、使用何种语言体系予以表述?这个问题上,语言与社会之间呈现出特殊的联系,两个领域之间出现了种种复杂的权力抗衡和权力兑换。这样的形势下,马桥词汇与普通话之间一旦产生分裂,前者将处于不利的位置上。的确,人们都承认真理是唯一的尺度,可是,此前人们还有意无意地考虑过一个问题:谁更有资格说出真理?在马桥词汇与普通话之间,能有多少人更尊重马桥人的资格?

事实上,马桥词汇正在普通话的巨大声威之下节节败退。人们可以看到的一个显著的修辞学特征是,普通话词汇已经大面积地覆盖马桥词汇。这是一个不可逆转的演变。韩少功发现,九十年代的马桥出现了许多新词,诸如"电视"、"涂料"、"减肥"、"操作"、"国道"、"生猛"、"劲舞"等等。面对这些新词,马桥词汇黯然失色。马桥词汇源自古老的罗家蛮,亦即所谓的罗子国,源自罗人与巴人的久远合作,源自那些已经粉化的青铜器。这些词汇遥遥地传下一个不变的马桥弓。然而,如今这些新词却挟带着巨大的现实迫力,它们伴随着经济和文化的输入蜂涌(拥)而来,难以阻挡。难道"蛮人三家"这样的说法和"下里巴人"这样的古歌能够阻止"电视"或者"国道"这样的词汇驾临吗?

不过,从《马桥词典》之中看到,扭转马桥语言史的重大事件是政治话语的强制性进驻。在如火如荼的政治局面之中,马桥更像一叶飘摇的小舟等待着掌舵人;这时,来自政治中心的声音具有不可抗拒的威望。政治话语中的大字眼气势如虹,这些大字眼镶嵌在马桥人的话语之中,剥蚀刻镂,渗透改造,繁殖发展,并且逐渐取代了许多马桥词汇的位置。不知不觉之间,马桥人所喜爱的发歌被宣传队挤掉了,杨子荣或者大抓春耕的歌词赶走了马桥人听得津津有味的情歌。马桥人曾经习惯于用"同锅"作为社会群体的划分标准,这表明了吃在马桥人心目中的分量;然而,这样的标准如今已经改为"阶级"——人的政治成分同样在马桥上升为首位。马桥词汇之中有"公地"或"母田"之说,性、生殖崇拜和农业生产、丰收之间构成了古老的暗喻关系;可是,在"抓革命、促生产"的口号面前,这样的暗喻还能维持多久?这种气氛之下,马桥人也很快地学会了利用政治话语的权威,例如杜撰毛主席语录吓唬人。久而久之,这些政治话语成为一种不可避免的堂皇套式,真实的马桥词汇只能在这样的套式下面悄悄地活动。于是,如同许多地方一样,马桥人语言中的大量政治词汇仅仅是一种点缀辞令。人们没有必要认真对待他们所说的"革命群众"、"全国形势大好,越来越好"、"在上级的英明领导和亲切关怀下"、"讲出了我们的心里话"等等,在某个颇为隆重的追悼会上,党支部代表如此发言:

> 金猴奋起千钧棒,玉宇澄清万里埃。四海翻腾云水怒,五洲震荡风雷激。在全县人民大学毛泽东哲学思想的热潮中,在全国革命生产一片大好形势下,在上级党组织的英明领导和亲切关怀下,在我们大队全面落实公社党代会的一系列战略部署的热潮中,我们的罗玉兴同志被疯狗咬了……

如果人们置身其中,那么,这幅语言漫画并不可笑。这幅语言漫画所显出的分裂表明,马桥人正被迫从他们所熟知的词汇之中出走,进入一个他们十分无知的文化空间。他们在这样的文化空间里面成为一群边缘人。更为深刻地说,这是另一种生活的强行介入。马桥人无法坚守他们的词汇,这首先追溯到话语权力的剥夺。当然,这个语言学事件后面积聚了无数重大的社会学事件。事实上,马桥人放弃自己词汇之时,也就是开放自己生活之日。这是"话份"丧失之后的必然结局。从话语权力的转让到交出主宰自己生活的权力,这是一个不可避免的过渡。

编 纂 者

"我"在这本《马桥词典》之中屡屡出现。"我"是何许人也?

"我"是《马桥词典》的编纂者,这似乎是个不言自明的事实。然而,这个编纂者不同于通常的词典作者。通常的词典编纂依托于相应的知识结构,例如辞书编委会;同时,这些词典还将由特定的知识机构审定,例如辞书出版社。这同样涉及〔到〕话语权力——知识话语的权力。只有那些权威的知识机构才享有公正、全面和客观的信誉。这恰恰是一般的词典所标榜的。

《马桥词典》的编纂者是一个作家。作家的一个不成文的特权在于,他们天然是个体经验的写作者。显而易见,《马桥词典》充满了个人的智慧、体验和感触。某些词条似乎还保留着作家的体温,譬如"嗯",或者"渠"。其实,"嗯"并不是马桥的公用词汇,这个字眼仅仅是经过某一个女性的使用从而对编纂者的耳朵显出了丰富的意义。这个女性曾经目睹过编纂者生命之中最为难堪的时刻,她只能用"嗯"表达她的全部心意:"她的'嗯'有各种声调和强度,于是可以表达疑问,也可以表达应允,还可以表达焦急或者拒绝。'嗯'是她全部语言的浓缩,也是她变幻无穷的修辞,也是一个无法穷尽的意义之海。"的确,除了这个编纂者,还有谁能够如此准确地注释这个"嗯"字呢?"渠"在马桥词汇里面是"他"的近义词。"渠"与"他"的区别在于,前者指的是近处的他,而后者指的是远处的他。然而,这个词条的注释无疑和盐早这个人物分不开。如果没有深深钉入编纂者记忆的那一颗闪耀的泪珠,这个词条的注释又怎么能如此撼人呢?

事实上,《马桥词典》的成书是一个个性化过程。编纂者曾经深深地扎入马桥,他不仅逐渐通晓了马桥话语,并且用全部心血感知拖曳在这种话语背后的马桥生活。因此,这些词条的注释不是来自严谨的考据,而是来自内心久久的感动。当然,不管怎么说,韩少功是作为一个外来的他者编纂这部词典。"他者"的标志是,韩少功是一个普通话的写作者——"我已经普通话化了"。不仅如此,《马桥词典》的编纂还不时参照了英文或者法文,力图使马桥的面貌获得一个纵横交错的国际坐标。当然,韩少功并不是充当一个翻译,他的目的不是将马桥词汇翻译成普通话,并且顺便站在后者的立场上嘲笑或者讥诮马桥。相反,韩少功恰恰是将马桥词汇从普通话之中剥离出来,提示马桥话语的特殊之处,指出马桥如何隐藏在普通话的帷幕后面,不可化约。于是,马桥的生活通过这一部词典成为一种不可磨灭的永存。

这是一部重要的著作。这部著作流露出不可掩抑的智慧和洞察力,流露出丰富的思想和对于马桥的久久眷恋。这部著作制造了许多话题,批评家和理论家将有许多话可说:从人类学、历史学、社会学到语言学。当然,同样可以预料,肯定有人不喜欢这部著作:一些人会觉得这部著作趣味不够,缺乏他们所热爱的悬念和曲折;另一些人恰恰不喜欢这部著作所制造的话题,他们更向往那种动人心魄的著作,那种让人有了千言万语但是又临纸难言的著作。

我想必须承认,《马桥词典》是一部独一无二的著作。但是,我仍然无法说明,《马桥词典》是一部严格意义上的小说吗?现在,这个问题已经逐渐显出了迫力——它将迫使人们全面地追问小说的形态、定义和功能。

——原载《当代作家评论》1996 年第 5 期

戴锦华

奇遇与突围

——九十年代女性写作

幻影与突围

如果说,八十年代的女性写作犹如涉渡之舟,女性知识分子与男性同道的文化努力共同背负着、推进着一场伟大的进军,一次由黑暗艰辛的此岸向黄金彼岸的涉渡,那么九十年代的女性写作便如同一场幻影密布、歧路横生的镜城突围。

换言之,尽管八十年代群星灿烂的女性写作,使女性的性别表述艰难地从单调的“女性风格”规定、与书写行为自身的“花木兰境遇”中浮现,但女性性别的边缘身份与彼时知识分子群体的边缘身份的“天然”契合,使得其间潜在的女性话语不断为男性精英知识分子的话语所借重并遮没。而且在八十年代一系列迅猛的中心突破中,女性写作与话语进而被有效地阐释、吸纳为主流叙事及话语的一部分。然而,八十年代的女性写作毕竟以其丰富的创作实践,在自觉与不自觉之间延伸并开拓着女性文化传统,拓展了女性头顶上那方“狭窄的天空”。八十、九十年代之交,女性写作的突出之处,不仅是八十年代登场的女作家群的成熟与突破,而且(和整个当代中国文学与中国文化一样),是六十年代出生的一代人的精彩出演。当然,九十年代,女性所面临的文化情境要丰富复杂得多。一边是急剧推进的现代化、商业化进程,不仅事实上不断恶化着女性的社会生存环境,而且是经商业包装而翻新的传统女性规范的涌流;在另一边,男性写作不断丰富着某种阴险莫测、歇斯底理(里)、欲壑难填的女性形象,作为一个新的文化停泊地,用以有效地移置自身所承受的创伤体验与社会性焦虑。与此同时,商业化进程所造成的主流社会及话语的裂解与多元化,在制造着挤压女性的社会力量的同时,也造成着新的裂隙、诱惑与可能。如果说,此前女性写作的“花木兰式境遇”——化妆为超越性别的“人”,是男人、至少是准男人而写作的追求,在撞击男性文化与写作规范的同时,难免与女性成为文化、话语主体的机遇失之交臂;并在有意无意间放弃了女性经验的丰富庞杂、及这些经验自身可能构成的对男权文化的颠覆与冲击;那么,九十年代女性写作最引人注目的特征之一便是充分的性别意识与性别自觉。然而,一旦女性写作以明确的性别身份进入文化视野,那么,它立刻面临的不仅是男权文化的狙击与壁垒,而且更重要的是立刻面临久已围困着女性的文化镜城。一如卡罗尔的小说《阿丽斯镜中奇遇》①,在这处镜城之中,对目标的逼近,间或成为一次远离;自觉的反抗常成就着不自觉的陷落。漫长的男权文化及历史中众多的女性规范,在此间犹如幢幢幻影,对某一规范与幻影的突围与奔逃,不期然间,或许成了对另一幻影或规范的遭遇与契合。然而九十年代女性写作的重要特征之一,便是以颇为成熟的方式与丰富的形态,顽强地从这处镜城、从落网处突围。

原画复现

作为对八十年代女性写作的继续与伸延,九十年代的女作家们有力地加入了对她们曾参与构造的伟大叙事的裂解,并尝试从这裂隙间显现始终被遮蔽的女性经验。新时期最重要的贯穿性作家之一,王安忆推出了她的第一部成熟的长篇《纪实与虚构》。长篇的两条主脉:家族史与民族史、女性自传与作家心路,彼此交织,在造就了王安忆的、同时也是新时期文学的又一个空前的伟大叙事的同时,王安忆终结了她自己、也是八十年代女性文学对理想、信念之帆的力不胜任的追寻与飞升。继而,王安忆的新序列:《文革轶事》、《香港的情与爱》、长篇小说《长恨歌》,则开始了女性写作的一次新的尝试或曰文化历险。如果说,《文革轶事》作为王安忆八十年代名作《流逝》的反写,写大时代风云中的死水般的小角隅,写"革命"年代苟存的琐屑而细腻的性别游戏规则;那么,《香港的情与爱》、《长恨歌》则成为王安忆的另一序列《逐鹿中街》、《岗上的世纪》的变奏与伸延:仍是危险而精明的性别间的游戏,但王安忆再度变风:这类微妙而不无残忍的游戏被赋予一种无限铺陈而华美的语言。在这类"赋"体文字的繁复细腻间,在这不断繁衍增殖的语言能指之间,女性、女性命运再次从另一个角度凸现出无奈与丰富——一份轻飘中的沉重,一次对男性文化中的盲点的显露。香港,这一"飞地",作为一个文化与叙述的踏板,使王安忆的叙述由现实而历史,《长恨歌》由此而成了女性写作一个新的精神历险的开始。

如果说,九十年代初年,历史写作成了女性写作的潜流之一,那么应引起特殊关注的,是两位将及而立之年的女作家须兰与孟晖。须兰的作品构造了一个回声碰

① 英国作家刘易斯·卡罗尔的作品。

撞、光影重叠的历史空间，我们或许可以将其称为“历史的内景”，或一个“革命之前”的年代。在另一个层面上，如果我们说九十年代的文学存在着一种女性与“个人”间的合谋，那么这一合谋不仅呈现在陈染、林白等女作家的准自传式写作之中——事实上，这与其说是九十年代女作家写作的特征之一，不如说是九十年代文学与文化的表征之一；在另外一些出生于六十年代的男性作家，诸如韩东等人那里，类似的“自传”性场景的复沓出现同样比比皆是。所不同的只是某种男性观看、或曰窥视欲望放大、扭曲了这一女性写作的特征，并改写了其中凸现女性经验的努力。事实上，在须兰的作品中，这一女性写作者与“个人”的合谋呈现了更为丰富或深入的形态。我们说须兰所呈现的某种“历史的内景”，不仅是指绣楼或内院式的传统女性空间的再现，尽管须兰的《红檀板》、《闲情》、《樱桃红》确乎将笔触深入了这些“帘幕低垂”的场所。须兰所长于写作的，是悲剧历史、或曰灾变中的个人，但不是跌宕起伏的戏剧性场景，而是重创后的凄厉而微弱回声，是在不愈的伤痛中徘徊的心灵景观。她以自己闪烁着古瓷般晖光的、极富质感的语言，勾勒这类灾变中恍惚而创痛的个人：男人或女人（我们无疑可以于其间分辨出借八十年代末新潮小说的影响）。《仿佛》写为众多的、彼此衍生的传奇所缠绕的、一个毫无传奇色彩的阿明，悲剧性的剥夺使他如同一个漫游的幽灵。《纪念乐师良宵》堪称须兰的力作之一，在少女良宵的视点中全景、同时又是残片般地显现出南京大屠杀那幕惨绝人寰的浩劫。但不是、不仅是历史对个人的劫掠，而是历史的灾难场景的“个人化”呈现；这幕现代史中至为惨烈、悲壮而屈辱的一幕，这一不断被记忆、又不断被忘却的一幕，在一个十六岁的恍惚少女的眼中，呈现为回声悠远、血痕犹在的震撼。

如果说，在须兰那里更多的是对中国历史的感悟，那么在孟晖那里，便是对汉语、汉语文学的反思与自觉。这无疑是孟晖为数不多的优美篇章的重要特征，但它同时是在“为翻译而写作”的当代中国文学、文化的深刻危机之畔的另一潜流。在这种意义上，孟晖与男性诗人、作家万夏、李冯、李大卫等进行着同一共向努力。在孟晖精美如内绘瓶画、简约洒脱如笔记文的“有堂听雨”系列中，在孟晖和鬼魂出没与似真似幻的心灵漫游中，一个显在的张力是，这些感发自《阅微草堂笔记》、脱化自《诗经》“汉上有女”、庄子的“梦”等的汉语文学写作，一方面明显地受到欧洲现当代文学的影响，另一方面无疑隐含着某种对文明及女性命运的感悟（尽管孟晖曾明确地表示对“女权主义”的质疑）①。

一如美国女剧作家莉莲·海尔曼曾以《原画复现》作为她自传的名称——一幅

① 参见孟晖《我的小说观》，朱伟《孤独的恍惚——孟晖小说浅读》，《钟山》，1994年第3期。

油画间或会在年深日久之后剥落其油彩，于是，或许在大海的波涛中显露出一片青山，在浓密的树叶后面出现了一个孩子；九十年代女性写作的重要特征之一，便是多个层面上的“原画复现”。它不仅指在种种经典叙事、或伟大叙事的浓墨重彩剥落之后，色彩各异的个人化叙事的呈现；而且指自觉、不自觉之间的女作家对女性写作传统的承接与伸延。在《香港的情与爱》、《长恨歌》中，在须兰迄今为止的作品序列之中，尤其是《红檀板》等的作品中，我们不难辨识出张爱玲式女性写作的清晰印痕(尽管王安忆本人否定这种“联想”，须兰则将张爱玲的“沉香屑”式叙事宣称为自己之所爱①)。我们可以在其中发现张爱玲所开始的一种特定的、女性对繁华与毁灭的审视、对文明的质疑与彻悟。当然，王安忆以她的张扬、铺陈、绵绵不绝的文字，以她对性别游戏特有的敏感和活泼反讽的语调改写着张爱玲的苍凉莞尔；须兰则以她对劫难的着魔般的凝视，以她合谋、诉求于“个人”的写作方法成就着属于她们自己的篇章。不仅如此，我们间或可以在此间其他女作家的作品中发现或辨识出凌淑华、萧红或苏青的女性写作传统。

景片裂隙处

九十年代女性写作所构成的“剥露”，不仅在于伟大叙事的裂解、或对女性写作传统的复活，而且在于，在宏观历史与时代叙事的景片裂隙处，女性写作显露出在历史与现实中不断为男性话语所遮蔽、或始终为男性叙述所无视的女性生存与经验。此间王安忆、方方、徐坤的长篇《长恨歌》、《何处是我家园》、《女娲》，均以女主人公的一生展现了类似努力；须兰的《红檀板》则揭开了沉重的历史帷幕，再度展露老世界、中国历史生存中的女人。一个有如曹七巧、却比曹七巧更为复杂干练的女人，一个从挣扎于平凡的生存到必须进入中国式的家庭权力之争的女性，一个普通女人的生活戏剧性而平常地联系着大时代与民族命运。而海男的《观望》的确更接近于一首叙事诗，一首为艳丽而惨淡的感官印象所充满的民谣故事。它涉及了逃离与无可逃离。娇女因逃离婚姻场景出现在古老的小镇，终于在猩红的婚床上告别了小镇和人间。其中“我”——观望者可以成功地逃离小镇，逃离“属于婚姻、生育、维系旧时代的记忆，属于那些瞑目后埋在山坡上的人”的小镇，但未必就真正逃离了“我”渴望而又恐惧的“鲜红色的樊篱”——婚姻。“我”逃离了小镇，却未必逃离了娇女式的宿命。“我”的故事，或许仍是娇女故事的复沓与延宕。在九十年代，在对历史情境中的女性书写之中，十分引人注目的，是迟子建九十年代的历史系列写作。其中

① 参见《王安忆访谈》，《中华读书报》，1995 年 10 月 4 日第 1 版。须兰创作谈《古典的阳光》、《听来的故事》，收入《须兰小说选》，上海文艺出版社，1995 年。

《秧歌》、《旧时代的磨房》等，都以对女性命运的叙述裂解着男性经典叙事的景片。《秧歌》中，在一如萧红的《生死场》般的沉重、艰辛的边地生活间度日的女萝与万人空巷、以图一睹芳颜的传奇女子小梳妆之间，迟子建构制了一种异乎寻常的交织与相遇。如同一个神话的坠落、或一幅迷人景片的撕裂，小镇上唯一不能去观看小梳妆秧歌的女萝，因此而得以与小梳妆对坐——但那却是一个无从辨认的平常孤寂的老女人；她留给女萝一枚戒指，留给她一个奇迹，同时留给女萝一个秘密，一个女人间的秘密："没有薄情的男人，只有痴情的女子"——一个无助女人的平常而悲惨的故事。她长久地作为一个迷人梦想，填充着小镇人们苦涩艰难的生活，却无从为自己创造一个奇迹，给自己一份女人的幸福。而《旧时代的磨房》的开始和展开颇像一个八十年代中后期的"妻妾成群"，其间有四姨太视点中的妻妾间的明争暗斗，有"老爷"对磨房的怪癖与迷恋，有老屋中的种种怪诞；但结尾处，迟子建却以她特有的平实消解了类似原型叙事中的诸多怪影：古老的磨房中深埋的只是充裕的粮食，老爷的怪癖只是并不遥远的，对饥荒的记忆；对粮食和女人的占有平抚着一个农业社会中的男人、主人并不安全自信的内心。而仍然年轻的四太太并未囚死在老屋之中，她带着类似故事中"必备"的呆傻儿弃屋而去，远走他乡。而林白的《回廊之椅》则一如稍前池莉的《凝眸》，两者都在关于大时代的、革命主流叙事的边角处凸现出不曾为人关注或叙述的女人。所不同的是，《凝眸》中池莉书写的是因一个男性的姿态而被卷入大时代涡旋的知识女性，但当她身心交瘁地返回家园时，已义无反顾地拒绝否定了属于男性的历史。《回廊之椅》则记述一个始终试图规避历史与时代的神秘女人朱凉，事实上，这一形象是不断萦回在林白作品序列中的一个幽灵般的呼呼（吁）与魅惑，但她唯一可能逃入的是同性间的回护之手，是作品中朦胧暧昧的女性之邦的想象。在《回廊之椅》中，出现了另一个女性作品中常见的恍惚孤寂的"我"，事实上，正是在朱凉这个幻影般的女性身上，林白寄予着自己同样绝望、无助、进退维谷的无名渴求。

话语的栅栏与越界

如果说，九十年代的女性写作的特征是一种更高于八十年代的自觉性别意识，一种顽强地从幽暝与雾障中显现女性生存与女性体验的努力；那么，任何一个成熟的女作家在其写作生涯中都必然遭遇的，远不仅是"未敢翻身已碰头"的男权压迫，而首先是语言的陷阱与话语的网罗。事实上，正是男性文化的语言、话语的规范，构造了女性所必然遭遇的镜城。于是，此间女性写作的趋向之一，便是自觉而有力的对经典的男性叙述女性之话语的越界。早在八十年代后期王安忆、铁凝的写作已然开始了这一女性文化的有力突围；而九十年代，铁凝的一个出色的短篇《遭遇礼拜八》则以一幕令人忍俊不禁的小喜剧延伸了这一有效的努力。其中女主人公朱小芬颇为主动、且极为幸运地得以从乏味困顿的婚姻中解脱出来，但她必须面对的并非社会的冷眼，而是无所不在、叫人啼笑皆非的同情怜悯：因为人们如此天经地义地认定一个始为人母、已到中年的女人，如若离婚，便不可能不是弃妇。而我们必须以社会的正义、俯瞰的同情、无限的怜悯将她包裹起来。于是，幸福的朱小芬度过了难熬的、似无尽头的一礼拜，直到人们看到她眼中的泪水。如释重负的人们并不深究那泪水的出处，它终于再度证明了女人是天生的弱者，它再度完满了一个"秦香莲"的感人叙事，它再度让社会和人群在一个女人身上印证了他们的权力与安全。在这一女性写作趋向中，于九十年代异军突起的蒋子丹的作品序列成为极为有趣的一例，《桑烟为谁而升起》无疑是九十年代重要的女性作品之一。在她的人物萧芒身上，蒋子丹显然放置了她对现代女性生存及命运的质疑与迷惘。然而，不同于一些女作家写作难于逃离的自恋哀怨（也是自我回护与镜城间的文化"宿命"），蒋子丹的写作中有悲悯、也有间离，有创楚、也有反讽。在《桑烟》的起始处，她便将小说暴露为一次虚构写作行为，而这写作基于她对女性命运的困窘与思考。于是，这是一次女性构造女性人物——书写性别自我的过程，也是女性的生存现实——人物寻找作者、寻找她们无言境遇的讲述者的过程。萧芒生命的两个阶段、或者说萧芒生命中的两个男人，与其说呈现了女性对于自己命运的两种可能的选择，不如说是现代女性也难于逃离的两种规范、两种男性话语中的原型阐释。萧芒的前期，作为一个贞女为男人所怜爱、敬重，但却因其"乏味"而难逃被弃；萧芒的后期，作为一个献身、热情的女子而拥抱恋人，却无奈于为男人所盘剥、利用并轻蔑无视。如果说，萧芒的故事在不期然（间）显现了男权文化纵横的裂隙与欲兼得"鱼和熊掌"的矛盾欲望，那么蒋子丹所更为关注的是其间女性（也许更准确地说是知识女性、或曰智慧女性）辗转挣扎、进退维谷的性别宿命。蒋子丹无法、确切地说，是不愿给出萧芒命运的终点与结局，于是，她以三个"开篇"结束了故事，让萧芒这一显然为她所钟爱的人物隐没在迷朦，而非死亡之中①。此间蒋子丹作品中相映成趣、异曲同工的是两部出色的短篇《左手》和《绝响》。如果说，前者以精妙的结构、炉火纯青的语言写了人类行为的怪诞、人类心理的幽暗，文明的脆弱及都市生存的凶险，那么，后者则以准侦探小说的戏仿形式，围绕着女诗人黛眉之死，讲述了一个个妙趣横生的故事。其中或许隐含着一个古老的、"痴心女子负心汉"的凄婉的故事，或许隐含着一部"廊桥遗梦"式的丝丝缕缕的温情和绝望，但这显然并非蒋子丹之所欲。《绝响》

① 1995 年 12 月笔者与蒋子丹的访谈中，她曾谈及《桑烟》的写作，谈到她不愿给萧芒以死亡的结局，宁肯牺牲了她构思中的三部作品的开篇。

所记述的，是一个女人关于自己生命的叙事，一个不惜以死来完满的爱情故事。她将自己的死亡设计为一部倒叙的戏剧，她留下了悬念，留下了足够的线索；在她的预期中，这幕催人泪下的爱情绝唱将在尾声、她的葬礼上，因那追悔无穷、肝肠寸断的男人的出现而达到高潮。然而，这个精心设计的剧目不仅因男主角、或曰自杀案的“元凶”不曾出场而满盘皆输，而且因她所固执的女性“故事”的“陈旧”、“过时”而终由悲剧转为啼笑皆非的喜剧：没有人愿意相信当今的人们会为爱情而死，相反人们倒宁愿相信这是因两条黄花鱼而起的无聊怄气。如果说，葬礼上文大肥手中的两条黄鱼足以构成一个令人捧腹的情境喜剧，那么无言的创楚与悲哀所呈现的，正是一个任情任性的女人，如何因固执于男权文化关于女人的叙事而枉付生命。

事实上，徐坤的新作《游行》所叙述的，正是蒋子丹在《桑烟》和《绝响》中所呈现的女性悲喜剧。作为一个在九十年代脱颖而出的新一代女作家，迄今为止，徐坤似乎擅长处理既存的文化与话语材料；与其说《游行》讲述了一个都市青年女性的故事，不如说她所涉猎的正是关于类似女性命运的话语材料，或曰三种关于女人与爱情的“古老”叙事：一个少女对她心目中伟大偶像的献身；幸福家庭之第三者的荒诞而辛酸的地位；而作为他人偶像而生的、不能自已的母爱与牺牲。其中徐坤不仅以她娴熟的戏仿，消解着支撑类似叙事的神圣的关乎人性与爱情的话语，而且辛辣地显现出类似经典叙事所遮蔽的男性的或孱弱、或伪善的内心世界。其间并未完全裸露出或许是一份《桑烟为谁而升起》的悲悯：尽管作为一个当代都市的知识女性，尽管保持了足够的清醒与反讽，女主人公无从逃脱女性的社会“宿命”与陷阱。

穿越都市

从某种意义上说，自八十年代始，女性写作的重要特征之一，便是对社会变迁的极度明敏与准确把握。而九十年代中国社会最重要的变迁便是急剧推进的商业化与都市化的进程。徐坤为此中特例之一。从她的处女作开始，徐坤便以一个纵横恣肆、挥洒自如的姿态成为一个经典文化的批判者与调侃者。其作品序列中的一支无疑成为了九十年代的新儒林喜剧或当代中国的《小世界》，《先锋》和《鸟粪》间或成为“辞旧迎新”间的文化绝唱。如果说，徐坤作品有力而有效地构成对诸多伟大叙事的有效颠覆与消解，那么它在有力而有效地消解文化角色的性别规定的同时，以别一种方式凸现了女性的文化身份。不是“女王朔”或“女钱钟书”，不是一个女人化妆或出演一个男性的角色，而是女性的文化身份与视点赋于（予）她特殊的“放肆”与酣畅：对经典文化或曰对精英文化的戏仿与调侃同时成了对男权文化、男性知识分子形象——八十年代文化英雄的冒犯[1]。此间的女性写作不仅直面现代都市，而且别具慧眼地开始在都市空间中凸现女性的文化经验与性别体验。铁凝的长篇小说《无雨之城》尝试在“布老虎”的商业包装及爱伦·坡的《一封失窃的信》的悬念框架下，书写并不以泪洗面、或愤世嫉俗的当代都市女性的情感悲喜剧，迟子建的《晨钟响彻黄昏》则将现代都市呈现为一处悲恸之地，甚至是罪恶、杀戮之地。而铁凝九十年代的重要作品之一《对面》却从一个别致的角度，显现了为孤独的人群所充塞的现代都市。一个为男性窥视者的行为和视点所结构的故事，不仅讲述出一个女人困窘而疲惫的都市生存，而且再度成为对男性心理的揭秘与嘲弄。

或许九十年代女性写作的另一特征，在于女性的都市故事与魔幻或荒诞的合谋。不是、不仅是借助魔幻或荒诞的手法去书写都市与都市女性的性别经验，而且是敏锐地发现都市生活自身的荒诞经验。蒋子丹的作品无疑是此中的佼佼者，而方方的《行为艺术》，亦是颇为有趣的一例，其间，方方再度显露了她的明敏、幽默、平实与悲悯。在罪行与爱情之间、在男人与女人之间、在神秘与神秘的破解之间，“行为艺术”成了一个有效的遁词，同时也是“合理”的解释。在当代都市生涯中，在“可以写入艺术史”的每一个日子里，古老世界识别是非、善恶、真伪的尺度已告失效。

八十年代，王安忆曾在《男人和女人，女人和城市》[2]一文中，认定女人与城市之间的盟约关系。在此且不论都市是否给女人提供了救赎与机遇（至少在多数女性作品的叙述中并非如此），但九十年代的女性作品中，都市确乎给女人提供了一个恰当的文化舞台，使女作家们得以在其中展露女性的文化经验、性别创痛并再度反观自身。如果说，八十年代后期女性的文化位置与性别体验使她们率先窥破了性别与种族间“通用”的权力格局与游戏规则，那么，作为商业化大潮的首当其冲者——女人，她们不仅仍是中国社会现代化的主体与推进者，而且无可回避地成了商业化的对象；商业社会不仅愈加赤裸地暴露了其男权社会的本质，而且其价值观念体系的重建，必然再次以女人作为其必要的代价与牺牲；女性写作因之而成了对这一进程的记述及抗议性的参与。其中池莉的两部中篇在某一侧面成了这一女性现实、文化困境的呈现。《绿水长流》的叙事无疑建立在一种文本间性之上，我们显然可以将其视为一部戏仿之作，将其读解为“庐山故事——解构爱情神话”，自八十年代中期王安忆的《锦绣谷之恋》到《绿水长流》，对爱情神话的消解无疑构成了对某种神圣叙事、男性话语的消解；但是，与其说《绿水长流》贯穿性故事构成了对爱情故事的戏仿，不如说只是一个不断被长鸣的警钟所中断并延宕的爱情故事，主人公与叙事人一起，

① 参见徐坤的“新体验小说”《从此越来越明亮》，《北京文学》，1996 年第 1 期。

② 见林建法主编《当代作家面面观》，时代文艺出版社，1991 年。

不时地在经典的爱情叙事中痴迷。

从某种意义上说,九十年代女性写作的着眼点之一,是在与荒诞、魔幻的合谋中,书写这种对现代文明的质询。与其说它来自于理性的思考,不如说,它更多地来自于女性身心交瘁的性别体验。或许九十年代的女作家们更多书写着都市女性的深刻的疲惫感;但不同于张洁的《方舟》或张辛欣的《在同一地平线上》,八十年代的类似书写,不仅仍在女性体验的书写中寄寓着对理想男性的梦想与"剪不断,理还乱"的诸种柔情,而且无疑将女性的希望救赎寄寓于现代化的进程。晚近的女性写作,不仅书写女性的创伤体验,而且在不期然间消解着关于女性于社会"进步"中彻底获救的"叙事"。徐小斌的《双鱼星座》不期然间涉及了急剧的商品化的社会中女性地位与遭遇的"复位",小说的副题索性是《一个女人和三个男人的古老故事》。无论是向情感奇遇索取慰藉、向异文化索取认同和救赎、在想象与梦幻中经历反叛与抗议,女主人公卜零都无从逃脱那个女人的"古老的"命运与故事,作为一个先尝禁果的性别,"天门"在"很早以前"已永远地对"她"关闭。类似作品中极为突出的一例是迟子建的《向着白夜旅行》。同样是一个疲惫孤独、身心交瘁的都市女性的故事,她与前夫同赴极地、分享白夜奇景的旅行,无疑是绝望地试图圆满一个昔日的爱情承诺与梦想,但她未曾经历、获得一次温情之旅,那只是昔日琐屑的磨难、无止息的叛卖的继续。她无法抵达自己所梦想的白夜,而仅仅经历了一个"与幽灵同在的夏日"。重归的男人只是一个幽灵,而且是一个未曾改邪归正的幽灵。这间或传递出九十年代女性写作的某种信息:不再是"寻找男子汉"、甚至不再是"男子汉的喜剧",而仅仅是与幽灵结伴、与绝望的想象同行。

作为都市的穿行者与无"家"可归的放逐者,女性写作者已不再将其女性人物获救的希望寄于(予)男人或"进步"。

都市中的姐妹之邦

在九十年代女性写作的风景线上,凸现而出的是在都市底景之上的对姐妹情谊的书写。此间张欣的写作引人注目。作为一个在风格和题材的意义上都充分"女性化"的作家,张欣的作品序列渐趋圆熟而迷人地构成了一种新的中国通俗小说的样式。在此,笔者所谓"通俗"并非一个经典文学等级意义上的分类法,而是联系着叙事模式、类型与畅销。从某种意义上说,张欣是新时期以来第一个成熟而成功的女性的通俗小说家。或许正是由于其小说样式与都市文化的"血亲"关系,张欣比其他(女)作家更为准确而明敏地触及并把握了都市、商业社会与女性的关系及变迁。是张欣而非其他作家,在她的"白领丽人"的系列故事中,以细腻、痛楚而温存的笔调展现了现代化、商业化进程中人们所体味到的那份深刻而无言的创痛感与弥散着的辛酸。其中《爱又如何》的结尾，饭店前那出人意料的一幕，以一份钝痛攫取了现代人的都市生存体验。丈夫摩托车后座上长发飞扬的少女，并不指称着背叛；相反，是一份尝试而无法相濡以沫的夫妻无力而无奈地试图减轻生存困窘的挣扎。非人化的大都市、金钱的诱惑与挤压比“性战”更为深刻而有力地侵蚀着女性的现实生存。于笔者看来，张欣小说更为感人至深的，是她在这幅流光溢彩而又荆棘丛生的都市景观中对姐妹情谊的书写。同样不断地在讲述爱情故事，但不同于一般意义上通俗小说的爱情描写：痴情的女主人公为爱情而献身，间或为阴谋所陷害，但终因多情、坚忍的男主人公为爱情而获救；张欣在主人公低回与痴迷的爱情描写中始终保持着一份不无创楚感的，对男人、男性社会的清醒。在张欣的作品中，女人不乏来自男性的温情，但姐妹情谊是她们在日渐残酷的现实中唯一一片间或避风避雨的天顶，唯一一份可以永远依赖、相濡以沫的依偎。姐妹之情可以超越爱情、亦可以超越你死我活、风云变幻的商战。在张欣那里，如果两难相交，那么女主人公将会牺牲爱情以保全姐妹间友谊——尽管她们经常面对的是无从分担的都市生存中的绝望。这是《首席》中那个穿越了男性的离间而彼此回护的故事；是《永远的徘徊》中那则启示；是《冬至》中那次辛酸的团圆。

毋庸置疑，在九十年代的文学与女性写作之中，陈染是令人瞩目的作家之一。经常被批评家们与林白并提的陈染，大多在“个人化”、“自传式写作”或“私小说”的意义上为人们所论及。姑且不全方位地讨论陈染写作的意义与特征①。显而易见的是，姐妹情谊始终是陈染小说中一个繁复而缠绕不去的主旋。如果说在《无处告别》中，陈染尚在爱恨交织、既欲且怕的感情中书写女性情谊与男女之恋；那么在《破开》中，陈染已对姐妹情的书写获得了一份空前的绝抉（决）与明朗。在人都市的感情沙漠和钢筋水泥的丛林面前，姐妹情感成了唯一的屏障与庇护。那成了唯一可能的“家园”、一处姐妹之邦，尽管同样在这大都市面前，那象征姐妹情谊的珠串再度散落。都市生存之中，女性渴望在同性情感中获救；但正是这都市在侵蚀着、间离着女性的可能的生存空间与文化空间。或许陈染晚近的创作展露了九十年代女性写作的又一趋向：在《破开》中，陈染在姐妹之邦的意义上，重提对性别规定与性别秩序的超越；而在她的第一部长篇《私人生活》中，她在女性的拒绝姿态与自我放逐之后再度涉及了女性与社会间的定位——那在阳台（私人、个人空间）上长得过大的龟背竹，是否该移到窗外的世界中去？女性写作是否应走出“私人生活”再度寻找它与社会现实的结合部？

---

① 参见笔者《陈染：个人的和女性的写作》，《当代作家评论》，1996年第3期。

经历了新时期女作家创作的繁荣,九十年代女性写作在性别自觉与文学自觉的双重意义上进入展现了更为成熟厚重的格局。然而,一如“女性”——关于女性的话语与女性的社会及个人生存始终是一片“雾中风景”,女性的写作依然是一次再次的精神历险,但它无疑将继续。有突围、有陷落,但于陷落处再度突围的尝试间或构造着,托举出一处女性的文化空间。

——原载《文学评论》1996 年第 5 期

薛 毅

荒凉的祈盼

——史铁生论

一

本源性问题始终为知青一代作家所关注,在史铁生那里,它是一个需要苦思冥想却永远无法猜透的谜,谜底被上帝牢牢隐藏起来。一代人既悲壮又焦虑地寻求着文化之根源、生存之依据,上穷碧落下黄泉,渴望着一种普遍化的、能说明万事万物的终极性价值。而相比之下史铁生的回答透着几分沮丧:

> 要想回答譬如说——世界是从什么时候开始的?——我想最大的难点就在于:我只能是我。因为事实上我只能回答——世界对我来说开始于何时?——这样的问题①

一句同义反复的话"我只能是我",隔开了"我"与"我们"、与他人。史铁生说:"我找不到非我的世界,而且我知道我永远不可能找到。"②这样,对于史铁生来说,回答世界何时开始非他所能,他只能回答"我"何时开始。史铁生出生于1951年1月4日,但他进一步说这个生日,"对我来说是一片空白,是零,是完全的虚无,是我从虚无中醒来听到的一个传说,对我甚至就像一个谣言"。史铁生给予的一个确切回答是世界从他产生意识的时候开始。他非常清晰地写下了一个冬日的午睡之后,他才从虚无中醒来,与奶奶的一次对话。——但我们不要忘了,史铁生是在八十年代发表的题为《一种谜语的几种简单的猜法》的小说中,写下的这次对话,它听起来,也颇像是一个传说,充满了今天对过去的想像。史铁生自己也说过,"我站在今天设想过去又幻想未来,过去和未来在今天随意交叉,因而过去和未来都刮着现在的风。"③

---

① 《一种谜语的几种简单的猜法》,《史铁生作品集》二卷,第306页。
② 《一种谜语的几种简单的猜法》,《史铁生作品集》二卷,第308页。
③ 《务虚笔记》,第6页。

重要的是讲述话语的年代。史铁生是在八十年代发现了一个对于他非常重要的命题:“世界只能是对我来说的世界。”在他出生、产生意识的时候,在他受着“大同”文化的教育直至成为知青的时候,他不可能发现这样的命题。只有在他病残回京之后,在他无数次地经受病魔折磨之后,在他得知自己永远无法站立之后,在知青生涯成为永远的昨天之后,在他无数次地摇着轮椅走向地坛之后,在他提笔写作之后,他才可能发现,“我们”与这个大同世界中,分离出一个“我”。但是,与许多作家不同的是,这样一个“我”并不令他欣喜若狂,并不令他产生自由和解放的感觉。

残疾命运的打击至关重要,它将“我”硬生生地从“我们”中分离出来。一个生龙活虎的小伙子无法预料,在未来的某个时间,一辆轮椅在静悄悄地等待着他。从此,世界完全不同,他被驱逐到一个没有太阳的角落。史铁生以残疾为主题的小说总是痛切地表达“我”与这个世界的分离感。他人的任何一种表情,无论轻蔑还是同情,总是提醒着残疾人,他与正常人不同,他是“废物、累赘、负担”,他像“处理的西瓜似的被人扒拉过来又扒拉过去”,他没有资格像正常人一样要求平等、要求爱情。他甚至无法产生孤独地与世间恶势力相抗争的悲壮感,因为理智提醒他,“那些人本来也都是好人”。相反,他更愿意把驱逐了他的人间作为一个乌托邦世界。《山顶上的传说》中说:“他从来没有觉到人间是这样美过、这样平和、温柔、安逸……但又是这样遥远,可望不可即。他像一个鬼魂[①]窥视着人间……”一个残疾人的自我意识只能在命运无情的打击中,在被告知他与所有正常人不一样中产生,这种自我意识只能是生命中无法承受之重压。《来到人间》讲述的是自我意识产生时的剧痛的心灵体验:在重复的反抗、否认之后,一个无辜的孩子不得不接受她与正常人不同的事实。所有与正常人不同的方面,才构成一个残疾人的“自我”,只有他意识到这一点,才意味着他“觉醒”,意味着他来到了人间。

无论怎样强调史铁生的残疾人自我意识,也不会过分。但这并不是“我”与“我们”分离的全部原因。史铁生目睹的另一个重要事件是知青运动的分崩离析,“大同”理想随之似大厦倾,似灯将尽。在很早的时候,他借一个女知青之口传达出他的心灵体验:“……又一批人走了,当兵去了,回城去了,进歌舞团去了,进报社去了……都是靠了好爸爸的功劳。试验田荒芜了、农科站倒闭了、人心散了、各谋归宿去了、八仙过海、各显神通……”

“好一似食尽鸟投林,落了片白茫茫大地真干净。”[②]

丧钟敲响的时候,史铁生没有用轻松或者轻薄的态度对待“大同”理想,他似乎

---

① 下点系作者所加。

② 《爱情的命运》,《作品集》一卷,第15页。

更愿意记起那昔日美丽而没能实现的预言。他叙述过一个牧师如何非常虔诚地认同“大同”主义①,在九十年代所写的《钟声》中,又出现了一位牧师,更深情地更具体地赞美着“我们”的家园:“上帝所应许的那个乐园正在实现,一个没有人奴役人、没有人挨饿、没有人贫穷、没有战争、罪恶、暴行、甚至没有仇恨和自私的乐园就要实现了。”“他把这样的乐园最先赐予我们,上帝把全世界梦寐以求的、把全人类自古以来梦寐以求的那个人间天堂最先给了我们的祖国。”这位牧师同样改变了自己原先的信仰,因为发现没有上帝的垂怜和恩赐,一个由人建造的实实在在的乐园就要落成,没有贫富贵贱之分,所有的人都将丰衣足食,大家都是兄弟姐妹,所有的人都是一家人……史铁生的写作重现了牧师的激情,那也是几代人的激情。这当然不是意味着史铁生无视历史事实,《钟声》触目惊(心)地〔的〕写着紧随着大同理想而来的是一场灾难,人们毫无防备,更显惊心动魄。

当代“大同”文化与知青一代作家的关系,是一个很值得重视的课题。这一代作家往往凭着心灵直觉与情感本能,将记忆中的“大同”理想因素转化为他们写作中的梦魂牵绕的插队的地方,史铁生也以一篇《我的遥远的清平湾》,以一曲田园牧歌,以“我的白老汉,我的牛群”的声声呼唤,深情地描绘了他的心灵栖居地。“几回回梦里回延安”,正是“大同”文化中至今魅力不减的诗句。贯串史铁生的清平湾之梦的,是与“树梢树枝树根根,亲山亲水又亲人”相一致的情感。

通常地说,史铁生早期小说有两条线索,一条是对插队生活的回忆,一条取材于残疾人生活。后者表达了“我”与“我们”之间的紧张关系,前者则似乎沉浸于“我们”的回忆中,这一条更容易为世人接受,《我的遥远的清平湾》因此而得到了“全国短篇小说奖”。只有在他由回忆分崩离析前的知青生活转向面对更为重要的“大同”世界的倾覆时,他的“自我意识”才会有更广泛的意义。不管多么令人留恋和感叹,圣殿倾覆了,真正意义上的白茫茫大地才显露出来。“我们”世界永远成为过去,个体不再被归化在一个没有差异不分男女尊卑高下的群体上,史铁生才真正“从虚无中醒来”,史铁生因此开始真正思考从人群中分离出来的个体的命运,思考那些从乐园倾覆的废墟中走出来的个体。他笔下的那些缺胳膊断腿的人、那些耳失聪目失明的人、那些永远瘫痪的人、那些无法长高的人、意指的不再仅仅是残疾人、而是白茫茫大地上游走的孤魂。

> 一个人总有一天会发现自己是孤零零的一个人。②

嫦娥其实是被罚到广寒宫去的。③

---

① 参见《关于詹牧师的报告文学》。

② 《礼拜日》,《作品集》二卷,第232页。

③ 《礼拜日》,《作品集》二卷,第220页。

就像残疾人一夜间突然被告知放逐的命运一样，个体毫无心理准备，突然间发现自己是孤零零的一个，突然间成为被判离群的鸟。这是史铁生所领受的震惊，也是当代人或迟或早将会领受的震惊。尽管可以避免肉体的残疾，却无法避免——一个“我们”的世界分散为无数个“我”的世界，被打碎成零零落落的个体脸色苍白、手足无措，面前没有什么康庄大道，“醒来”的个体只发现两手空空，孑然一身，所有以前不证自明的价值、依据全都离他而去。在此，当代个体降生了，“我的世界”开始了。《务虚笔记》有一章题为“生日”，以对儿童时代的回忆寓言性地写下了当代个体的降生状况。真正致命的“生日”开始于眼睁睁地发现他人与自我不再同处一个世界，被彻底孤立的时候，这是“一个被流放者的生日”。“生日”喻指着被判流放的自我意识的产生，所以，史铁生说：“我的生日没有一劳永逸地完成”，“它不在过去而在未来，我看不见它躲在了哪儿，我不知道它将在什么时候出来找我，但只要我不可避免地长大我知道我就非与它遭遇不可。它就像死亡一样躲在未来，我只有闭上眼等待，闭上眼睛、祈祷、让又一个生日降临……”①个体的每一次自我意识的增长都伴随着毫无防备的命运的震惊，就这样，在一次次持续的打击中，个体的“我”降生了，来到人间，这里没有自由与解放的欢呼，没有“上帝死了”的狂喜，而带着巨大的创伤，如同一个残疾人在创伤中成为残疾人一样，这创伤意味着更广泛意义的残疾，是人的残疾，史铁生愁云密布地把这种降生作为一种问题和危机来看待。

二

> 如果没有绿洲，骆驼走向哪里？如果没有港湾，小船往哪儿划？有时候，他们真不知道为什么还要活着。②
>
> 人到这个世界上来干吗呢？
>
> 千万年来，人类就这么走着，要走向哪儿呢？走弯了腰，走驼了背，走得青筋布满了双手，走得灯油熬瞎了两眼……还是走，走死了一辈，又出生了一辈，走老了一辈，又有一辈年轻的继续走，到底为什么呢？……人类奋力地向前走，却几乎是原地未动。痛苦还是那么多，欢乐还是那么少，你何苦还费那么大劲往前走呢？欢乐不过总是在前面引诱你，而痛苦却在左右扎扎实实地陪伴着你，你为什么还非要走不可呢？③

这是新的天问。在白茫茫大地上游走的孤魂，丧失了原有“大同”世界里的一切，生存危机赫然出现。史铁生说他的写作生涯由此开始，从询问这一切究竟是为

① 《务虚笔记》，第113页。

② 《在一个冬天的晚上》，《作品集》一卷，第176页。

③ 《山顶上的传说》，《作品集》一卷，第289页。

什么开始。① 他这样回答为何写作的问题:“为了不至于自杀”,“写作便是要为活着找到可靠的理由,终于找不到就难免自杀或还不如自杀”。② 问题在于,史铁生至今为止还没有找到那可靠的理由,那似乎已找到的也被他随后否定了。他仍然在寻找之中。史铁生首先要面对的,恐怕是在那可靠的理由找到之前,如何不至于自杀。八十年代后期以来,诗人自杀的意义被空前张扬,活着需要理由,这个命题被普遍地推导出一个可怕的反命题:没有理由毋宁自杀。人们应该对此保持慎重的态度。相比之下,史铁生在具体地面对死亡诱惑时的选择更为明智、独特和可取:死是一件不必急于求成的事,是一个必然会降临的节日。既然它迟早会来,又何必不再试着活下去?何必不再试一次?他在不同的地方重复表达了这个相同的观点。让充满危机的生存持续下去,虽不比张扬诗人之死那样慷慨激昂,那样悲壮,却更符合人性。

这当然没有解决危机,而是使危机深化。失去理由的生存,既然没有被推向死亡,那么在死亡之前的如此漫长的时间里变得极为可怕,没有目标的人们在这时间中能干些什么?十几年,史铁生重复地摇着轮椅走向地坛,一天到晚耗在这荒芜的园子里。在我看来,《我与地坛》这篇被公认的杰作仍没有写出他在园子里的最痛楚的体验:无聊!一遍又一遍地承受日出日落,被漫长的时间咬啮的无聊。史铁生对此并非麻木无知觉,在另一处,他写道:

> 据说有一种最残酷的刑罚:将一个人关在一间空屋子里,给他充足的食物、水、空气、甚至阳光、但不给他任何事做,不给任何理睬,不给他与任何矛盾和意义发生关系的机会,总之就这么让他活着性命,却让他的心神没有着落没有个去处,永远只是度着空洞的时间。据说这刑罚会使任何英雄无一例外地终致发疯,并在发疯之前渴望死亡。
>
> ……地球是一趟大车,在更为广阔的空间中走;生命是一趟大车,在更为漫长的时间中走。我们落生人间,恰如上了一趟有七八十年乃至更长行程的列车,在这趟车上,有吃的、喝的、空气、阳光以及活命所需的一切条件。但若在这趟车上光有一副牌一副棋之类的玩艺就大大地不够,这一回不是要熬三天三夜,而是要度过一生!“无聊”这个词汇的出现,证明我们有点恐慌;前述那种最残酷的刑罚,点明了我们最大的恐惧并不是死亡,而是漫长而空洞的时间。③

这恐怕才是史铁生在荒芜的园子里的最可怕的遭遇。它实在令人不寒而栗。他愿意通过写作来逃避这种时间的刑罚。写作对于史铁生,最基本的目的就是为了

① 参见《务虚笔记》,第101页。
② 《答自己问》,《作品集》二卷,第407页。
③ 《游戏·平等·墓地》,《作品集》三卷,第272页。

"填满今世的时间"。① 史铁生由重视目的转而重视过程。他认为,唯有过程才是实在的,目的皆是虚空,人生只有一个实实在在的过程,你无法找到过程之外的意义,过程本身才有意义。人生不为目的,而为过程。理想本来不是为了要实现的,而是为了引出一个美好的过程。史铁生于是区别于以往的理想主义者,那种坚信人类乐园就要实现的想法原来是一个错误,理想本来就没有真实性可言,它只是为过程确立一个方向,让人们在过程中驱除一切孤独、寂寞、无聊,实现精神的自由、泰然和欢乐,使人们在这必死的路上纵舞欢歌,使生命的每一时间段变得如同艺术一样可观照、可感受、可沉思。自此,无论乐观还是悲观,坦途还是困境,只要仔细谛听着人的脚步和心声,欣赏人们在命运主宰下那不屈的抗争,那么,时间就不再空洞,生命不再无聊,美、艺术与生活就完全合为一体……这种想象非常浪漫,富有诗意。在史铁生的散文中是高昂的华彩乐章。但是,我们却可以在他的小说中读出这种哲学的背后,隐含着更多的是矛盾和无奈。

《命若琴弦》是史铁生最优秀的小说,虽然在一定程度上它是史铁生虚设理想使过程辉煌这一观念的演绎,但这种观念在叙述中却出现了疑问。瞎子们在莽莽苍苍的群山之中行走,带着三弦琴,说书为生。他们生存的信念是,当一个瞎子弹断了一定数量的琴弦,就可以在琴槽内找到一张可以让他重见光明的药方。但所谓的药方是一张空白的纸。如此一代代传下来,这张白纸重复地支撑着瞎子们在人间流浪、说唱。老瞎子的师傅弹断八百根琴弦,方知这原来是谎言,死前把谎言传给老瞎子,告诉他要弹断一千根。老瞎子用五十年弹断一千根弦,最终又发现这原来是谎言,他生命全然失去了支撑,死期将至。但他省悟到了这谎言的意义,它可以使生命这根琴弦拉紧,弹好,使生命欢跳。于是,他又把那谎言传给小瞎子,告诉他要弹断一千二百根。"目的虽是虚设的,可非得有不行,不然琴弦怎么拉紧;拉不紧就弹不响。"史铁生的困境体现在老瞎子身上。他明白虚设的目的仍有意义,但自己一旦发现它是空的、虚无的,则无法再继续追寻下去,他只有让小瞎子仍然相信目的是真实的,才能继续支撑小瞎子的生命。换言之,我们无法想象,如果小瞎子知道它是谎言,还能奔那个目的而去么?这不正是史铁生意欲解决的问题么?史铁生散文中浪漫哲学在小说中却带着巨大的问号。

《命若琴弦》是个体生存困境的寓言。生存需要目的,如今目的已然是虚空和谎言,弃绝这个虚构物,生命的过程不堪忍受,人们只能无奈地留住它,但这并不意味着生命由此获救。史铁生感叹:"没有一个魂牵梦绕的目标,我们如何能激越不已满怀豪情地追求寻觅呢?无此追求寻觅,精神又靠什么能获得辉煌的实现呢?如果我们不信

---

① 《山顶上的传说》,《作品集》一卷,第274页。

目的为真，我们就会无所希冀至萎靡不振。如果我们不明白目的为空，到头来我们就难逃绝望，既不能以奋斗的过程为乐，又不能在面对死亡时不惊不悔。这可真两难了。”史铁生的回答是：“我们既知那是虚构，又全心沉入其中。”①史铁生举神话为例，说明人类如何认真地奔向那个神话，使生命获得真实的欢愉。但他忘了，人类奔向神话的前提是相信它的真实性，一旦知晓那是虚构的，就再也没有将它设置为生存目的。

史铁生讲述了一个故事：“一个人在爬很高很高的山。一个人，和很高很高的山。于是，他很寂寞，这寂寞简直要摧毁他的力量。这样，他开始给自己讲一个故事——有一只猫，如何爬上大树，如何跳上屋顶，又如何弄到了一条鱼，又如何失去了这条鱼……他讲得兴奋了，嗓门也不免高上去，在上间荡起回声竟似有问有答有多少人同他谈笑了，他心里脚下都添了力量。我便想，小说必是这样发端，演讲至今而呈各种各样。人生于斯世行斯路，受得了辛苦劳累却受不了寂寞孤独，于是创造了文学。”②史铁生这故事来自于电影《摩羯星五号》，他似乎不忍心把它讲完：那个人在故事的鼓励下终于爬到了山顶，他震惊了，追杀他的直升飞机早已等候多时。——为了逃避时间的刑罚，史铁生在散文中提倡人们讲述一种能驱走寂寞、孤独、给人力量的故事，但在小说中，史铁生讲述得更彻底，讲故事人本身构成故事，这故事却带着巨大的阴影。

《原罪》讲述的就是讲故事人的故事。十叔，一个脖子以下全不能动的人，整天躺在屋子里，靠镜子反射才能窥见屋外的一方世界。显然，这是一个空洞的时间咬啮个体生命的故事。但十叔努力用想象的故事来取代他自己的故事。屋外的那方世界里，一个小女孩走过了多年成为一个少女，他多年的观察积累为一个公主与王子的爱情神话。窗外男子重复出现的歌声让他想象这男子的风采，这男子被幻化为他自己。十叔符合史铁生的要求：“既知那是虚构，又全心沉入其中。”他明知那都是神话，是别人的神话，但他只有这些虚构的神话，要不他更无法活下去了。没有人能忍心剥夺十叔讲故事的权利，但只要将十叔的故事与十叔所讲的故事相对照，就可知道，那想象的故事再精彩、美丽、再让人沉入其间，也无法取代孤独、寂寞和空洞的时间。它拯救不了生命，只是(有)生命在漫长时间中的无奈的行为。史铁生用虚幻的目的引导辉煌过程的观念，也总是隐含着个体在漫长时间中的悲凉的呻吟：要不，就活不成就完了。

三

史铁生很早就开始讨论上帝。《树林里的上帝》讲述一个女孩，在树林里成为昆

① 《答自己问》，《作品集》二卷，第425页。

② 《〈瀚海〉序》，《作品集》二卷，第449页。

虫的保护神,她寻找每一只遇难的小虫,将它们从危险中解救出来。但是有一种情况打破了她的上帝之梦:一只螳螂在接近一只瓢虫,是夺去螳螂赖以生存的口粮呢?还是见瓢虫死于非命而不救?小说既怀疑人僭越上帝的可能性,又抱怨上帝既然是众生的救星,为什么搞成这样的局面。本世纪,人僭越上帝的最伟大举动便是如前所述,意欲建立一个人间乐园,一个去除差异的平等的世界,而且那个乐园的倾覆并没有完全打消人们对它的迷恋。史铁生却惊异地发现,假如它真的在人间实现,也绝不是天堂,而是死地。《中篇1或短篇4》的"众生"一章,两位超人用模型实现了人类创造新世界的梦想,未料想在这个消除了差异和矛盾的模型中,亿万众生呆若朽木枯石,没有一丝生气,行将毁灭,只有再用差别和烦恼才能拯救他们,只有放入坏人、魔鬼才能拯救这些好人与圣者。史铁生总结道:"众生都若成佛,世间便无差别和矛盾,也就同于死寂。若从死寂中再升华出一个更高明的世界,也只有了更高明的差别和矛盾……"①如此循环不已。在此,史铁生已完全解释清楚了,为什么富有魅力的"大同"世界只能是虚设的,为什么个体离开"我们"世界后,永远走着一条无法回归的孤独之路。所谓理想,只可追寻,如同瞎子琴槽里的那张白纸一样。史铁生认为,差异和平等都不可抹杀。没有差异的世界是一潭死水,没有恶劣和卑下,善良与高尚就不成其为美德,因此,丑女造就了美人,愚氓举出了智者,懦夫衬照了英雄。但倘若平等的理想消失,就又如同一种没有方向的游戏,生命也将失去动力。因而,"大同"乐园以新的方式被肯定了下来,史铁生找到了两全其美的办法既能保住差别又可以挽救平等。史铁生说:"在现实的舞台上不能消灭角色的差别,但在理想的神坛上必须树立起人的平等。"②而这,正是上帝对人类秩序的安排。史铁生从人类僭越上帝的失败,推导出上帝存在的合理性。他不再抱怨上帝,而是接受了这一事实,理解了上帝的慈悲。但是,我们不要忘记,史铁生的逻辑推导已引出一个可怕的结论:现世的不平等是合理和无法消除的,平等永远是彼岸和不可实现的,是虚幻的。这当然不是史铁生的用意所在。史铁生似乎进入了一种逻辑圈套,走向逻辑推断的死角,在此,他想象不出人间新的发展的可能性。这当然不是史铁生个人的问题。

在史铁生的讲述下,人间成了上帝导演的一出永远不可能结束的戏剧。为了使这出戏剧演下去,上帝给人间设置了一个美好的方向,自由的方向,爱的方向,使剧情朝这个方向发展,又为人间设置了许多歧路,以避免剧情的简单和乏味。③《脚本构思》中,上帝玩了令万物入梦的游戏,让每一个角色拥有有限度的能力与无限度的欲望,每一次欲望的实现都同时是千万个欲望的产生,使角色永远在梦想中将这个

---

① 《随笔十三》,《作品集》三卷,第253页。
② 《游戏·平等·墓地》,《作品集》三卷,第275页。
③ 《游戏·平等·墓地》,《作品集》三卷,第275页。

游戏玩下去。上帝还让角色们永远坚持对这场游戏保持新奇感,让乏腻的角色及时下台,叫一批批不知天高地厚的角色们出场,让角色们不相信这场游戏是由上帝为了摆脱无聊的日子导演的……——无论如何,仁慈的上帝在此已带有恶作剧的魔鬼的影子了。因为个体已完完全全成了上帝的玩偶。尽管差异的存在被史铁生理解为出于上帝的仁慈,但随之,一个绝望的结论等在这里,“由谁去充任那些苦难的角色?”“谁应该作坏蛋?谁应该作丑角?凭什么,根据什么究竟根据什么?”①史铁生一次次发问,他能回答的只能是一个词:偶然。上帝周密地策划了这场游戏,个体只能听凭命运的主宰,被锁定在游戏的牢笼里。史铁生说:“万事万物,你若预测它的未来你就会说它有无数种可能。可你若回过头去看它的以往,你就会知道其实它只有一条命定之路。”②这条命定之路原来是上帝设定的。史铁生也成了上帝主宰下的玩物,像一盘电影胶片,“我的未来可能也已经制作好了,正装在一只铁盒子里,被卷作一盘,上帝正摆弄他,未及放映,随着时光流逝地转星移,我就一步步知道我的命运都是怎么回事了”③。对此,并不是所有的个体都能坦然、欣然地接受和认可。因为在上帝导演的戏剧中,作为玩偶的个体的苦难绝对无法漠视。

在史铁生看来,由于上帝的安排,人生来就被规定了一种处境,被安置在一团纵纵横横编就的网中,被编织在一个既定的网结上,而且看不出条条脉络的由来和去处,这是上帝即兴的编织。④ 这意指着每一个个体居于特定时空,无法被取代,因此,每一个个体的世界也与他人的世界绝对不同。史铁生发问:“真实是什么?”⑤“我们凭什么说我们可以发现一个纯客观的世界呢?”⑥只有发现真实与客观,我们才可能找到沟通个体与个体之间的桥梁。但是,个体的降生似乎意味着真实与客观的丧失。在《我之舞》中,几位残疾人发现他们永远不可能找到数学王国中的一个点、一条线、一个面。史铁生甚至发现,同一个人,随时间的变化和状态的不同,眼中的世界也不同。史铁生描述到:50 亿个人等于 50 亿个位置,等于 50 亿条命定之路,等于 50 亿种观察系统或角色。⑦ 这是一个充满差异的大世界,每个人驻于与他人不同的世界中。但共同体的丧失又是不堪忍受的,也许是上帝的旨意,个体在寂寞与孤独中寻求沟通、理解。史铁生说,在每个人走进孤独后,所有人都生出一个渴望,

① 《游戏·平等·墓地》,《作品集》三卷,第 276 页。
② 《一种谜语的几种简单的猜法》,《作品集》二卷,第 328 页。
③ 《随笔十三》,《作品集》三卷,第 250 页。
④ 《务虚笔记》,第 55 页。
⑤ 《散文三篇》,《作品集》二卷,第 234 页。
⑥ 《随笔十三》,《作品集》三卷,第 242 页。
⑦ 《一种谜语的几种简单的猜法》,《作品集》二卷,第 332 页。

"走出孤独,回归乐园"。那乐园就是——爱情[1]使心灵敞开,相互呼唤与应答。这是否又属上帝虚设的一个目的?《礼拜日》讲述一对恋人相爱、结婚,最终失败、分手。这对恋人各自的朋友在他们分手之日,重新认真地相互寻找,渴望破除罩在自己身上的硬壳,摘下假面具,找到一片真正自由的敞开的天地,但他们只是重复了那对恋人的过程,最终仍是分手。《一种谜语的几种简单的猜法》中,一个男子用电话偶然结识一个女人,两人开始了没有任何防范和假面的对话,这对话使得两人相爱,但见面方知,他们是一对分手多年的夫妻。他们能再试着像电话中那样交谈么?《别人》讲述了自我与他人的全然隔绝的故事。一个失恋的游走在城市里的孤魂,渴望知道他人,他人的故事,他人的生死状况。他似乎想证实他生活在人间,而不是在现代科技所制造的幻景中,因此,他要亲自触摸这个世界的树叶、树枝,触摸到这个世界具体的人,他渴望证明,那不是幻景,是真的。他知道,每一个窗口里都发生着故事,但他只能去猜想那个故事,无法知道那真实的故事的内容,他询问:

人都藏在哪儿?从理论上讲有千百万人,正共度这雨后凉爽的月夜。树丛中有虫鸣,不只一处,此起彼落。偶尔的人语。间断的顽童的笑闹,笑声朗朗……人都在哪儿?在哪儿,你干什么?婴儿啼哭。远处建筑工地上的哨子。什么地方一声急刹车,司机必是吓了一跳,有人嚷,嚷了好一会儿,渐渐安静下来,时隐时现地有一把萨克斯吹着,有一条沙哑的嗓子唱着,唱着远方或者唱着从前……为什么不相信这是录音机的作为呢?为什么这一切肯定不是导演、美工、灯光师和音响师的作为呢?

这是否又属上帝游戏的一部分?自我真实地生活在人间,但无法区别于幻景,因为他所能感知到的仍不能告诉他这是真实的人间。"每一个人就像每一个窗口,里面肯定有一个故事,不知道是什么,但肯定有。肯定,毫无疑问。""街上走着很多故事。我只知道我自己的故事。"我很想随便抓过一个人来,听听他(她)的故事,握住他(她)的手感觉到他(她)的真实且听听他(她)的故事。我也很想随便抓过一个人来向他(她)说说我的故事。甚至握住他(她)的手甚至张开双臂扑在他(她)怀里感觉到他(她)是真的,感到他(她)真的在听我的故事。但这一切都失败了。所以,

我与别人与所有别人的距离,应以光年计算。[2]

如果每一个个体只知道自己的故事,触摸不到别人,倾听不到别人的故事,如果个体间的交往只是擦肩而过,不管付出多大的努力,永远没有彻底理解和敞开、呼唤、应答的那一天,那么,50 亿个人就等于 50 亿座地狱,每个人都被无形的力量锁定

---

① 《爱情问题》,《作品集》,三卷,第 308 页。

② 下点系作者所加。

在自己的世界里，生在那里、疯在那里、死在那里。这样一个世界如果来自上帝的安排，这个上帝必定是魔鬼，是罪魁。

将个体的宿命归结为上帝的安排，这里的上帝指的是一种超越于个体之上的无法解释的力量，人们发现宿命的存在又无法找到更好的一种生存方式，只能将宿命理解为独一无二的生存方式，并将它形而上为上帝的安排，以宽慰自己，认可命运对自己的控制。史铁生在无法找到生存的可靠理由的情况下，在陷入逻辑死角的情况下，才制造出这么一个上帝来，也许人们所能接着做的是重新返回史铁生关于平等、差别的逻辑前提，思考消灭差异的平等与“我们”世界、与大同文化的关系，思考悬搁平等、肯定差别与个体世界的关系。也许，我们可以发现，设置虚幻的目的以便让个体在虚妄中走完今生今世，强调此岸只能有差别、彼岸才能有平等，这并不是个体的唯一的宿命之路，而是由于并非某个人能左右的文化想象力的枯竭，换言之，正是在这种枯竭的文化制约下，个体才走着这么一条漫长而灰色的宿命之路。

在谈论上帝时，史铁生似乎倾向于达观、平静甚至不无欣然地接受了上帝对个体命运的安排，但在叙述个体的故事时，那平静的外表下隐含着更深的悲哀，特别是《别人》那种渴求与绝望扑面而来，这两者呈现着有意味的差异，他的逻辑判断和推论，尽管明朗、有时不乏高亢，却饱受已有的文化的制约，而他关于个体生存的叙述，虽然仍与他的观念相呼应，却是在疑惑、反顾中展开的，因而那些观念性结论在经验性叙述中，往往受到质疑。

四

《务虚笔记》中写道：

> 每一天我都能看见一群鸽子，落在邻居家的屋顶上咕咕地叫，或在远远近近的空中悠悠地飞。你不特意去想一想的话你会以为几十年中一直就是那一群、白的、灰的、褐色的、飞着、叫着，一直就是这样，一直都是它们，永远都是那一群看不出有什么不同，可事实上它们已经生死相继了若干次，生死相继了数万年。

长期以来，我们关于人的观念就像所见到的这群鸽子一样，不能了解其中的生死、不同，我们对人的信心，对人类创造世界的信心，人类永恒的信心，所有的文化观念，都建立在大写的人基础上，“我们”的世界就是这样一个不能了解其中生死、不同的世界。只有在“我们”作鸟兽散，人成为离群的鸟，被逼成为孤零零一个的时候，才发现了个体的存在。当代的困境在于，已有的文化观念，究竟能不能为个体安置一个栖居地，为个体寻找一个可靠的存在的理由，而不是给他一个谎言，一个虚假目标，一个海市蜃楼的家。史铁生和他的作品，呈现着的就是这样一个个体的生存状况，他真正发现了个体，同时真正发现了个体的危机，并无奈地试图用现存的文化对付这些危机，可无意中更深入展现了危机状况。

《务虚笔记》中，有一个女子形象，她美丽、安静、随和，又心事重重、两眼空空地望着别处，一个如梦如幻的女子。史铁生将她作为一种象征，“总是有这样的人，在残酷的春天我常感到他们的存在，在无论是繁华还是偏僻的地方这世界上处处分布着他们荒凉的祈盼[①]。‘她’是蹲在春天的荒草丛中，蹲在深深的落日里的执拗于一个美丽梦境的孩子”。她正是死在平等与差别这个逻辑圈套里的，无法接受史铁生在散文中认同的上帝的安排。我们不能谴责她的祈盼，只能质疑上帝的安排。因为“荒凉的祈盼”是史铁生作品中最动人的最有感染力的主题，像《山顶上的传说》中那个残疾青年整日整夜游走在人间街头，寻找着他心爱的鸽子，吟唱着他灵魂的呼唤：

马车从天上下来，把我带回我的家乡，马车从天上下来，把我带回我的家乡……

这个家乡，不可能来自观念的推导，只能来自生命的渴求，来自欲望的花蕾，来自爱情的喷涌和流淌，来自母亲的歌，在她慈爱的眼里，隐约闪着泪光。没有什么篇章能比得上史铁生关于母亲的叙述：在他走向地坛时，痛苦和惊恐的她悄悄跟随着儿子，寻找着儿子，又怕干扰儿子，缓缓离去。在他插队回农村的时候，母亲为儿子收拾行装，将吃的东西尽量往里装，又怕儿子扛不动，只得把不要紧的东西往外掏，掂来倒去，偷偷抹眼泪。在他孩提时候，她会把受了委屈的儿子拉进怀里，一边亲吻一边说：“噢对不起，噢，对不起……”这一切绝不是可以用“虚幻”或“彼岸”来概括的。“荒凉的祈盼”，尽管荒凉，却不应被视为一张白纸、一句谎言。或者说，一代代传承的白纸、谎言必须被真实的心灵呼唤取代。只有倾听每一个具体的个体发自灵魂深处的真实的呼唤，并让它保持和持续下去，我们的文化想象力才可能得以拓展，才有可能找寻到真正关怀具体的个人的绿洲。它能使我们在牢牢地把握现在，感知当下个体凄凉的处境的同时，提醒自己，个体的生长尚未完成，这不是天然的和唯一的宿命，这里仍有真实的祈盼。

1996 年 8 月

——原载《上海文学》1997 年第 3 期

① 下点系作者所加。

孟繁华

东方风情与生活寓言

——八十年代的文学想象与文化批判

1979年文学的社会批判大潮过后,一种走向日常生活的写作悄然兴起。与情感浓烈、金刚怒目的批判潮相比,它风和日丽,安静平和,它没有宏大的社会目标和英雄惨烈的战吼,意识形态的背景已经大大淡化,东方古老的风情却成为主要情调得以凸现,它如诗如画,如梦如烟。在文学的"战乱"中它仿佛是一片远离"兵荒马乱"的世外桃源。当然,在宏大的社会批判潮流风行文学界的时代,它们是不被注意的。在文学的批判职能被推向首要位置的时候,它的审美功能自然要被削弱并受到轻视。然而,这一并非源于倡导,而是"自为"兴起的文学趋向,却产生了意想不到的影响。它深长悠远的境界,充满怀旧情调的叙事,以及平实素朴的表达,日渐深入人心,它没有轰动性的效应却赢得了久远的审美魅力,尽管当时它们没有得到应有的推荐和评价。

这一现象,在百年中国文学史上并非偶然。那些游离于时代主潮,具有"唯美"倾向的作家作品,命定处于边缘而鲜有问津。周作人、沈从文、张爱玲、废名、李金发、徐志摩、戴望舒以及早期的冯至、何其芳等等,他们的清新、细致、哀婉或感伤等写作风格,尽管独树一帜,显示了不寻常的文学成就,但概因与现实的功利目标不相符,而难以走进生活。主流意识形态无可非议地成了文学的意识形态,它倡导作家关怀现实、关怀国家民族的命运原本是不错的。但这一倡导一旦形成制度化、合理化,并以此排斥不能纳入这一制度规约的作家作品,使他们得不到"合理化"的解释,则必然导致一体化和"霸权"话语的形成。百年来,被边缘化的作家作品大多由于与现实的疏离,源于他们对个性化的顽固坚持。不同的是,在八十年代初期,这一潮流又能够再露端倪,它虽然不被举荐,但能够面世,业已说明时代的宽容和进步,同时也说明了文学审美追求的难以旋灭。

1. 东方风情的追寻

“文革”后文学对现实主义的呼唤和强调，曾被认为是一种极其重大而迫切的事情。这一呼唤不止是针对阴谋文学的“假大空”，同时也强调了要恢复过去的文学传统，以“现实”的态度关注时代新的变动，使文学加入到揭批“四人帮”的斗争中。但是，“现实主义”一词的内涵显然有不同的理解。百年来，对现实主义的历次阐释，都程度不同地隐含着主流意识形态话语对文学的导引，它的所指并不是始终如一的。新时期的现实主义，从理论阐发的依据来看，它仍是经典马克思主义对现实主义的理解，如对真实性、典型人物、典型环境、细节、本质等概念的大量使用；但从创作实践来看，它又多有批判现实主义的特征，“伤痕文学”、“反思文学”以及社会批判的其他作品，都具有揭露阴暗、鞭挞时弊的功能。因此，当实践的现实主义真的得以恢复之后，它又无可避免地要与现实产生牴牾。“文化英雄”们纷纷检讨，并使批判的锋芒锐减，已说明，文学的“主义”在现实并不是那么重要。

社会批判文学的受挫，并不是具有东方浪漫情调作品“应运而生”的逻辑起点。就中国而言，现代性的追求虽然自近代以来就呼声不绝于耳，但它多限于上层知识分子的文化表达，广大的领土上依然是古风依旧的传统生存，那形态久远并不可更改的风俗风貌，代代相同，绵绵不绝。许多作家先后离开了那里，来到了标示现代文化中心的大都市，但乡土中国留给他们的情感记忆并未因此而远去。特别是体验目击了城市的罪恶之后，对乡土的情感怀恋，几乎成了所有来自乡村作家共有的“病症”。这一现象，一方面使他们获得了同底层人的情感依恋，使他们在精神上有一个依托；另一方面，梦中的追寻和叙事，又使他们保持了文学上的东方韵味。这种现象自鲁迅的《故乡》始，到沈从文、巴金、孙犁、赵树理、“山药蛋”、“荷花淀”乃至“知青文学”，一脉相承。其间虽有不同的变化，但乡土中国的“梦中情怀”却依稀可辨。

因此，八十年代初期，当汪曾祺重新以小说家身份面世时，他那股清新飘逸、隽永空灵之风，并非突如其来。不同的是，与现实关系习惯性紧张的心态，才对这种风格因无以表达而保持了短暂的缄默。八十年代最初两年，汪曾祺连续写作了《黄油烙饼》、《异秉》、《受戒》、《岁寒三友》、《天鹅之死》、《大淖记事》、《七里茶坊》、《鸡毛》、《故里杂记》、《徙》、《晚饭花》、《皮凤之楦房子》等小说。这些故事连同它的叙事态度，仿佛是一位鹤发童颜的天外来客，他并不参与人们对“当下”问题不依不饶的纠缠，而是兴致盎然地独自叙说起他的日常生活往事。

《受戒》，本应是写佛门故事的，但小说中的佛门显然已经世俗化，那个叫明子的和尚，不仅可以随意地同女孩小英子交往而其他和尚也可娶妻生子，赌博骂人，高兴了唱小调，过年也杀猪吃肉，不同的只是例行公事地念一通“往生咒”给世人听。佛门的戒律清规荡然无存，即使是在做法事放焰口时，和尚们也一如游戏，年轻和尚甚至大出风头，引些姑娘媳妇私奔快乐去了。因此，在庵赵庄，和尚与俗人并没什么不同，它极类似一个职业，如同有的地方出弹棉花的，有的地方出画匠，有的地方出婊子一样，明子的家乡就出和尚。出和尚也成了一种乡风。因此，家里决定派明子出任和尚时，他绝无悲戚伤感，甚至认为实在是在情在理，理所当然。这佛门再也不是看破红尘的避难所，也不是为了教义信仰的圣地，佛门再无神秘可言，它同俗世已没有了界线。和尚与俗人在这一点上达成了共识。明子初识小英子时，两人有一段对话：

> “你叫什么？”
>
> “明海。”
>
> “在家的时候？”
>
> “叫明子。”
>
> “明子！我叫小英子！我们是邻居。我家挨着荸荠庵。”①

小英子的对话非常重要，她一定要叫“明子”而不叫“明海”，在她眼里，“明子”终还是亲切些，可那个“荸荠庵”——本是“菩提庵”，又被她认真地当做“邻居”。小英子对已出家的“明海”又一次施之以俗世的命名，连同乡里对“庵”的重新命名，便完成了庵赵庄对佛门的俗世化过程。

小说的用意显然不在于表达作者对佛门佛事的探讨。重要的是，他传达出了日常生活快乐的情调，传达出了普通人对生活的乐观态度。在作者那一如江南风情画的叙述中，受到美好情绪的感染。

更有趣的是，作者文末的“注释”：“1980 年 8 月 12 日，写四十三年前的一个梦。”这一注释成了理解这篇小说的关键所在。这样，对小说中叙述的那一切，都不能“如实”的理解，它是作者的梦中回忆，而不是往事实录，它是“梦中情怀”，而不是“昨日重现”。因此，《受戒》，这残酷的“烧戒疤”，在小说中全然蜕去了肃穆沉重。当“明海”完成了受戒仪式后，迎接他的依然是“俗人”小英子，并宣告她要当他的老婆。那个庄重的仪式终还是在世俗生活向往中被拆解了。俗世的日常生活不战自胜，那本是由人设定的“信仰”，终因其虚幻性而徒有其表，最普通的生活，也是最有魅力的生活。所以，小说的基调是相当浪漫、诗性、抒情的。

但《受戒》在当时并没有受到应有的重视。汪曾祺小说的名声大振，还是由于《大淖记事》的发表。这不仅在于小说在形式结构上别具一格，它更借助于 1981 年全国短篇小说评奖，因榜上有名而证实了文学意识形态对抒情小说的承认和举荐。

---

① 汪曾祺：《受戒》，《北京文艺》，1980 年第 10 期。

《大淖记事》在形式上更具有散文化和诗化的特点。小说六节,有三节介绍“大淖”的风情风貌,为人物和故事的发展做了相当充分的铺垫。第四节始,那名叫巧云的俏女子才出现,那发生在大淖的人间平常事才渐渐呈现出头绪。大淖的乡风亦十分独特:“婚嫁极少明媒正娶”,“媳妇多是自己跑来的;姑娘,一般是自己找人。她们在男女关系上是比较随便的。姑娘在家生私孩子;一个媳妇,在丈夫之外,再‘靠’一个,不是稀奇事。这里的女人和男人好,还是恼,只有一个标准:情愿。”因此,虽然巧云恋着十一子,但她被刘号长破了身之后,不仅“邻居们知道了,姑娘、媳妇并未多议论,只骂了一句:‘这个该死的!’”而且巧云也“没有淌眼泪,更没有想到跳到淖里淹死。人生在世,总有这么一遭。”①这种对生活的达观与超脱,构成了汪曾祺小说的基本风貌。明子做和尚,巧云破了身,都属于生活非正常的变故,但他们都以达观的心态面对,这种超脱的生活态度使汪曾祺笔下的人物显得卓然不群,因此也构成了汪曾祺小说的独特性。

在他平和素朴的叙事中,给人最初的感受是谦和练达,虽阅尽人间沧桑而心如止水。其实不然,汪曾祺的小说充满了反常态的理想精神:那佛门的俗世化和人间情怀;大淖女性的豁达和单纯等,都隐含着作者对清规戒律的不满和反叛,显示了他对主流文化传统的不屑和轻视。不同的是,作者没有流行的激进和虚张声势,而是通过人物自然地传达出来。因此,它貌似轻柔,而风骨犹存,在平和中透着坚定,在飘逸中显示明澈,他的文化批判立场是相当有锋芒的。

《黄油烙饼》被批评家注意的不多,它在风貌上也不同于《受戒》和《大淖记事》。后者有极强的追忆往事的抒情性,而《黄油烙饼》则多为客观的呈现。“大跃进”年代,日常生活失去了保证,爸爸送给奶奶的两瓶黄油显得格外珍贵,奶奶至死也没有吃这两瓶黄油。后来,在开“三级干部会”的伙食中,萧胜闻到了黄油烙饼的香味,他问爸爸,他们为什么吃黄油烙饼:

> “他们开会。”
>
> “开会干嘛吃黄油烙饼?”
>
> “他们是干部。”
>
> “干部为啥吃黄油烙饼?”
>
> “哎呀,你问得太多了!吃你的红高粱饼子吧!”②

母亲无言地为萧胜烙了一张黄油烙饼,萧胜吃了两口,忽然咧开嘴痛哭起来,高叫了一声:奶奶!然后小说就结束了。作者没有刻意渲染一个儿童对奶奶的怀念,但他

① 汪曾祺:《大淖记事》,《北京文学》,1981年第4期。

② 汪曾祺:《黄油烙饼》,见《汪曾祺作品自选集》,漓江出版社,1987年。

特有的方式却催人泪下；作者也没有直接表达他对“三级干部会”的看法，但一句“三级干部会就是三级干部吃饭”，已表达了他的全部情感。而《黄油烙饼》对人间亲情的关怀，对和谐境界的向往，又几乎是在“瞬间”实现的，萧胜对奶奶的一声长叫，如电光石火，划破人心。这一表达策略，使汪曾祺深得老师沈从文的真传。沈从文在《烛虚》中说：

流星闪电刹那即逝，即从此显示一种美丽的圣境，人亦相同。一微笑，一皱眉，无不同样可以显出那种圣境。一个人的手足眉发在此一间即逝更缥缈的印象中，即无不可以见出造物者手艺之无比精巧。凡知道用各种感觉捕捉住这种美丽神奇光影的，此光影在生命中即终生不灭。

这些人写成的作品虽各不相同，所得启示必中外古今如一，即一刹那间被美丽所照耀，所征服，所教育是也。①

对“美”的情有独钟，使汪曾祺小说具有了强烈的浪漫性和抒情性，对小说于人的潜移默化的浸染力，他有深刻的理解。较早评论汪曾祺小说的凌宇曾仅就《大淖记事》指出，作品：

给人的教益，主要不在它的题材本身。作者不是诱惑读者去猎取特异的世态风俗，也不只是让人陶醉于一个浪漫的爱情故事。透过题材的表皮，我们获得了一种启示：应该如何面对现实生活中的矛盾。它触及到一个虽不是永恒，却决不是一个短时期就消逝的问题。《大淖记事》里的故事早成过去了。它所涉及的问题却仍在困扰着现代人的心。作者从一种特殊的生活形态里，看到了某种闪亮的东西，提出了自己的看法。这看法对不对？许多人会这样发问。在一个相当长的时期内，这个问题也许得不到统一的结论。但我敢说，《大淖记事》对生活矛盾的回答，不是悲凉，不是绝望，它具有一种向上的自信，一种健康的力。这种对生活的态度，也许逾越了题材本身的范围，散射到生活的各个领域，适用于面对现实世界的一切矛盾。②

论者是沈从文研究专家，丰富的文学史知识使她意识到了汪曾祺小说的价值，她在那些历史往事中也发现了现实的意义。后来，汪曾祺也对自己的小说和美学追求作了如下陈白：

我觉得作家就是要不断拿出自己对生活的看法，拿出自己的思想、感情，——特别是感情的那么一种人。作家是感情的生产者。那么，检查一

① 沈从文：《烛虚》，见《沈从文选集》第五卷，四川人民出版社，1983年，第78—79页。

② 凌宇：《是诗？是画？》，《读书》，1981年第11期。

下，我的作品所包函（含）的是什么样的感情？我自己觉得：我的一部分作品的感情是忧伤，比如《职业》、《幽冥钟》；一部分作品则有内在的欢乐，比如《受戒》、《大淖记事》；一部分作品则由于对命运的无可奈何转化出一种常有苦味的嘲谑，比如《云致秋行状》、《异秉》。在有些作品里这三者是混和（合）在一起的，比较复杂。但是总起来说，我是一个乐观主义者。对于生活，我的朴素的信念是：人类是有希望的，中国是会好起来的。我自觉地想要对读者产生一点影响的，也正是这点朴素的信念。我的作品不是悲剧。我的作品缺乏崇高的、悲壮的美。我所追求的不是深刻，而是和谐。这是一个作家的气质所决定的，不能勉强。①

汪曾祺的自况让人想到另一位资深作家：杨绛。她的散文《干校六纪》于1981年出版后，很快引起了研究者的注意。这部散文所记述的生活和事件，有一个宏大的时代背景，它的写作年代，是这个时代刚刚过去不久，主流文学正如火如荼地实施对它的控诉和批判。然而，杨绛却平静如水般地记述了干校的日常生活，她没有激愤或痛惜的情感波澜，在被认为是“不平常岁月”的时代，记述知识分子极平常的生活和心态。因此，它“不过是这个大背景的小点缀，大故事的小穿插”②。

《干校六纪》是一个相当“个人化”的文本，它表达的是作为知识分子的杨绛，在往事追忆中所体现出的趣味和情怀。作品中没有那个时代的“经典”场景，也没有司空见惯的、挣脱了压抑之后的狂躁渲（宣）泄，以及夸张的情感姿态，她仍以平常心和普通人的情感，传达着她淡泊、宁静、乐观的生活态度。那里也有忧愁和焦虑，但这些情感仅限于对亲人的牵挂。因此，文本中出现最多的人名是默存、阿圆、和一得，他们都是杨绛的亲人。亲情，在杨绛这里成了弥漫性的关怀，它几乎无处不在，尤其是自己的丈夫默存，几乎占据了她的精神空间，而夫妻之情也成了她生活的基本支点。这一情感关怀自然不够阔大，自然不如那些时代的流行色激烈或壮丽，更符合那一时代的需要。然而，历史向前移动一步，那激烈或壮丽便迅即退去，而留下来的，却仍然是人间的亲情。这一情感的真实可靠馈赠给她的，便是对生活的达观和愉快。

杨绛文中常常讲起生活趣事，这些趣事淡化了特殊岁月知识分子的“艰难时世”。何其芳吃鱼、钱锺书烧水即是一例：

当地竭泽而渔，食堂改善伙食，有红烧鱼。其芳同志忙拿了自己的大漱口杯去买了一份；可是吃来味道很怪。他捞起最大的一块想尝个究竟，

① 《汪曾祺作品自选集·自序》，漓江出版社，1987年。

② 钱锺书：《干校六记·小引》，见《杨绛作品集》卷2，中国社会科学出版社，1993年，第3页。

一看原来是还未泡烂的药肥皂,落在漱口杯里没有拿掉。大家听完大笑,带着无限同情。他们也告诉我一个笑话,说钱锺书和丁××两位一级研究员,半天烧不开一锅炉水!我代他们辩护:锅炉设在露天,大风大雪中,烧开一锅炉水不是容易。可是笑话毕竟还是笑话。①

“改造”,使知识分子再也找不到往日的优雅和自尊,生活残酷地、带有恶意地让他们去从事最不擅长的活动,以加剧他们的自卑,从灵魂上将他们打垮。他们成了生活的“笑话”。

当然,这种摧残不止是心理的,生理上的代价同样触目惊心。干校里的钱锺书“又黑又瘦,简直换了个样儿”,于是,便发生了类似黑色幽默般的一幕:

我们干校有位心直口快的黄大夫。一次默存去看病,她看他在签名簿上写上钱锺书的名字,怒道:“胡说!你什么钱锺书!钱锺书我认识!”默存一口咬定自己是钱锺书。黄大夫说:“我认识钱锺书的爱人。”默存经得起考验,报出了他爱人的名字。黄大夫还待信不信,不过默存是否冒牌也没有关系,就不再争辩。事后我向黄大夫提起这事,她不禁大笑说:“怎么的,全不像了。”②

这玩笑后面却透着不尽的辛酸和悲凉。但杨绛叙述它们时,平淡无奇,并无忍俊不禁的感伤或感慨。

“六记”中,“小趋记情”最是生动。这只小狗对主人的忠诚和依恋,给人带来的快乐和情感联系,写得细致入微,格外动情。它也从一个侧面反衬了那一时代的人际关系。作者虽然喜欢它,但“有人以为狗只是资产阶级夫人小姐的玩物。所以我待小趋向来只是淡淡的,从不爱抚它”。但狗没有意识形态,它对主人仍是情意缠绵、情深意笃。

《干校六纪》的叙事风格虽然平和,但它却显示了一个知识分子独立的精神地位的不可动摇。民粹主义东渐后,虽然经历了东方化的过程,但民众崇拜却是主流意识形态的一部分。知青下乡、干部下放干校,虽然有策略上的考虑,但在话语层面则是“民众”优于知识分子。这种等级关系的建立,使知识分子接受改造得到了“合理化”的解释。但是,人是很难改造的,这在改造者与被改造者那里都得到了证实:

我们奉为老师的贫下中农,对干校学员却很见外。我们种的白薯,好几垅一夜间全部偷光。我们种的菜,每到长足就被偷掉。他们说:“你们天天买菜吃,还自己种菜!”我们种的树苗,被他们拔去,又在集市上出售。我

---

① 杨绛:《干校六记·下放记别》,见《杨绛作品集》卷2,中国社会科学出版社,1993年,第9—10页。

② 杨绛:《干校六记·下放记别》,见《杨绛作品集》卷2,中国社会科学出版社,1993年,第11页。

们收黄豆的时候，他们不等我们收完就来抢收，还骂“你们吃商品粮的！”我们不是他们的“我们”，却是“穿得破，吃得好，一人一块大手表”的“他们”。①

“老师”无以确认自己的身份，“学生”自然仍是他们范畴之外的“他者”，不能进入他们的生活和情感领域。而“学生”对这一关系亦没有倾心认同过，身在干校，心还是“没有不希望回北京”的。当遣送回京的消息传来时：

不能压减私心的忻喜。这就使我自己明白：改造十多年，再加干校两年，且别说人人企求的进步我没有取得，就连自己这份私心，也没有减少些。我还是依然故我。②

“六记”至此结束，“我还是依然故我”，宣告了“改造”的失败，也宣告了杨绛作为知识分子独立精神地位的获得。

洪子诚在评价《干校六记》等作品时指出：“她并不需要大声抨击，却往往展示了事物的乖谬，她并不需要撕开伤痕，却能透出心中深刻的隐痛。她冷静，但不冷漠；嘲讽，但有宽容。在对知识分子进行反思自审时，不因他们命运多煎(蹇)而停留在一掬风情之泪的地步，不回避对他们身上污垢的抉剔。”③杨绛的创作在这样的评价中得到了具有深度的阐释。

2. 生活寓言与文化批判

日常生活被表达的方式，取决于作家的价值目标和对日常生活的理解。汪曾祺的乐观，使他的作品空灵飘逸；杨绛的淡泊，使她的作品宁静达观。而高晓声的《陈奂生上城》和古华的《爬满青藤的木屋》，则在日常生活的表达中，渗透着明确的文化批判意味。日常生活被诉诸〔于〕寓言的形式，从而有了象征性的意义。

1980年，有两篇写农村题材的短篇小说格外引人注目，一篇是何士光的《乡场上》，一篇是高晓声的《陈奂生上城》，两篇小说都写得光彩照人。《乡场上》在民间找到了一个寓言性的人物和场景，喻示了在新的时代普通人获得了解放，挺直了腰杆，走上了生存有保障、人格有尊严的道路，思想解放运动带来了普通人的解放。因此，《乡场上》生动而深刻地阐释了主流意识形态话语，它是新时代响遏行云的一曲颂歌。它明显地隐含着知识分子的想象。

《陈奂生上城》，也是发生于粉碎“四人帮”之后的故事，主人公陈奂生的生存处境与冯幺爸大体相似，他已摆脱了生存困境，“肚里吃得饱，身上穿得新”，他心情格

---

① 杨绛：《干校六记·下放记别》，见《杨绛作品集》卷2，中国社会科学出版社，1993年，第17页。
② 杨绛：《干校六记·下放记别》，见《杨绛作品集》卷2，中国社会科学出版社，1993年，第49页。
③ 洪子诚：《作家的姿态与自我意识》，陕西人民教育出版社，1993年，第158页。

外地好，“稻子收好了，麦垅种完了，公粮余粮卖掉了，口粮柴草分到了”，还有什么能比这些更让一个在贫困中生活了很久的农民，更宽舒忘情呢，陈奂生的心情是完全可以理解的。但这一切并没有从本质上改变陈奂生的劣根性，他的文明程度仍然是一个农民的。他的满足与不满足都密切地联系着他的生活背景。由于贫困，他“对着别人，往往默默无言”，“别人讲话也总不朝他看，因为知道他不会答话，所以就象等于没有他这个人”，他也“总觉得比人矮一头”。人越缺乏什么就越要实现什么。生活好转之后，他渴望过“精神生活”了。他还没有自尊的意识，他的这一渴望也源于自己的经验。他过去不被看重，一是因为贫困，一是因为无言，这二者又是相关的，贫困使陈奂生失去了话语权力。当生活的贫困摆脱了之后，陈奂生渴望过的“精神生活”，实际上是对话语权力的要求。因此，有人出了“在本队你最佩服哪一个”的题目时，“他忍不住地也答了腔，说：‘陆龙飞最狠。’”陈奂生佩服陆龙飞的原因，是因为陆龙飞是说书的，有一张嘴。陈奂生渴望被注意、被尊重，而话语权力则是最直接有效的途径。这里隐含着农民固有的，也是普通人固有的虚荣心理和权力欲望。

另一方面，陈奂生的经验又使他极度看重实际利益，他的“无忧无虑”，“精神面貌和去年大不相同了”，有时“兴致勃勃睡不着”，就是因为“囤里有米、橱里有衣，总算象人家了”。生存处境的改变给陈奂生带来了愉快和自信，但他小生产者的自私和狭隘并未因此而得到改变，没有什么比个人的利益更敏感地触动他的神经。他上城生病后，被吴书记送到招待所，临行时，是小说写得最精彩的地方：陈奂生走到柜台处：

> 朝里面正在看报的大姑娘说：“同志，算账。”
>
> “何必急，你和吴书记是老战友吗？你现在在哪里工作？”大姑娘一面款款地寻话说，一面就把开好的发票交给他。笑得甜极了。陈奂生看看她，真是绝色！
>
> 但是，接到发票，低头一看，陈奂生便像给火钳烫着了手。他认识那几个字，却不肯相信。“多少？”他忍不住问，浑身燥热起来。
>
> “五元。”
>
> “一夜天？”他冒汗了。
>
> “是一夜五元。”
>
> 千不该，万不该，陈奂生竟说了一句这样的外行语：“我是半夜里来的呀！”

陈奂生再也不是“吴书记的战友”。他农民的真实背景还是没有使他获得“身份感”。但五元钱却使陈奂生的性格得到了充分的展示，他再也不怕弄脏地板，不怕弄坏沙发，不急于回家，而是决心困到可以滞留的规定时间——十二点。五元钱一夜，使陈奂生沮丧无比，很苦恼了一阵子，他怕面对老婆交不上账，但陈奂生毕竟还有农民的狡猾，他无意间想到了与吴书记的关系，这偶然的邂逅成了陈奂生可以利用的精神资源，五元钱又使他买到了精神的满足。

《陈奂生上城》与许多流行的农村题材小说最大的不同，就在于他不是为了诠释“当下”的合理性，而庄重地为农民罩上了各种光环，将农民升华为不能、或还没到达的境地。高晓声曾自述说：“我写《陈奂生上城》，不是预先有了概念，不是为了证实这个概念，而是在生活中接触了一些人和事，有所触发，有所感动。并且认为这些人和事对读者也有触发、感动作用，于是才写了它。”①在另一处，高晓声又说：“我沉重、慨叹的是无论陈奂生或是我自己，都还没有从因袭的重负中解脱出来。”因此，对陈奂生的批判，也是作者对包括自己在内的“国民性”的再次检讨与批判。它将小说从政治批判的激进立场，转移到了文化批判的立场，在日常生活中，揭示了国民性的顽固延续。在这一点上，高晓声继承了鲁迅的遗产。

《爬满青藤的木屋》的环境设置是相当独特的。故事发生在与世隔绝的深山老林，它像是一个原始的酋长国，它远离现实，显示着神秘而遥远的设定。它的人物也相对单纯，只有王木通、盘青青、李幸福三人，他们分别被赋予暴力、美和文明三种不同的表意内涵。因此，这貌似与世隔绝的环境，却并非仅仅是一处流光溢彩的天外之地，它的诗性和风情仍不能掩埋现实的人性冲突。于是，这个“爬满青藤的木屋”就不再是个孤立的存在，它所发生的一切冲突，都相当完整地表达了山外的整个世界。

应该说，小说是对人的生存方式、中国文化及文明的丰富表述。那个幽深的老林本身就是一个混沌未开、急待开蒙的原始环境。在这个环境中的王木通与盘青青过着与环境相适应的恒定日子。王木通自以为自己是这里的“主人”，“女人是他的，娃儿是他的，木屋山场都是他的”。他也以“酋长”的方式统治着山林和自己一家。盘青青也没有太多的欲望，她也认为“男人打她骂她也是应分的”。只希望男人打她时不要下手太重。但小说一开始就揭示了“文明与愚昧”的冲突。王木通虽然自视为“主人”，但他“本能”地具有对“文明”的恐惧。盘青青生娃前曾提出要去90里外的“场部”去看看，90里外的世界对她构成了新奇的盼待，但她被王木通粗暴地拒绝了，“他是怕自己的俊俏女人到那种热闹地方见了世面，野了心，被场部那些抻抻抖抖、油光水滑的后生子们勾引了去”。“文明”对“愚昧”构成的威胁被王木通敏锐地感知并产生惧怕。盘青青只能在王木通的转述中，了解一点山外的事情，她每

① 高晓声：《且说陈奂生》，《人民文学》，1980年第5期。

每“总是睁大了乌黑乌亮的眼睛，心里充满了新奇，仿佛男人讲的是些天边外国的事情”。

但是，“文明”终于还是不期而至。李幸福本是被放逐到绿毛坑的，他无意中成了一个启蒙者和文明的传播者，他的护林建议、牙刷、镜子、收音机和卫生习惯，对与世隔绝的绿毛坑来说，都带来了新鲜的刺激。于是，李幸福便始料不及地处于矛盾的漩涡之中，他不知不觉中便充当了改变绿毛坑生活的角色。这样，必然引起王木通、盘青青的不同回应。在王木通看来，李幸福是在挑战，是“跟老子比高低！”他只能借助主流话语来抑制启蒙话语：“场里早派定了，绿毛坑里的事由我来管！政治处王主任对你的约法三条，你不要当耳边风！”“如今这世道就兴老粗管老细，就兴老粗当家！”作为启蒙者的李幸福带有先天缺陷（那个因只有一条胳膊而被命名的“一把手”外号，具有极大的讽喻性），这个缺陷不仅由生理残缺作了转述，而他本身的“接受教育、改造”的身份，也注定了他的启蒙不具有合法性。所以，他的“四点建议碰在王木通的岩壁上，白印子都没留下一点”。

渴望文明洗礼的盘青青始终处于被争夺的位置。她对李幸福的生活方式和状态心向往之，并在潜意识中把他当作“拯救者”，她不失时机地靠近“文明”，她的温柔与笑声传达的是她对“文明”的亲近。但这一亲近由于“契约”关系的规定，使盘青青的向往和行为具有了叛逆性质。这样，就使李幸福和盘青青在与王木通的冲突中，先在地潜含了危机，他们的悲剧从一开始就已经孕育。

另一方面，“文明”和启蒙话语一开始就遭到主流意识形态的压抑。李幸福虽然有文化，他理所当然地肩负起启蒙的职责，这并不是源于他的使命意识。事实上，自二十年代末起，启蒙话语逐渐退隐，知识分子或启蒙者的地位早已被颠覆，他们的启蒙欲望已大大减弱，而一种向人民大众认同的意识大体支配了他们的思想。因此，李幸福在这样的思想背景下，他的启蒙角色是无意中承担的，完全是因他的教育背景和生存方式暗示的。但他是主流意识形态拒斥的对象，他的身分（份）是接受教育的“学生”，接受“改造”的异端。而王木通则是意识形态的守护对象，是主流话语对象化的依据和基础。因此，王木通不仅优越地在等级关系中占支配地位，是权力的代码，同时，小说本文还喻示了在是非颠倒的时代，文明与愚昧的倒置，必然会使愚昧以自信的疯狂和仇恨，对文明施之以暴力，这是愚昧对付文明唯一的、也是最后的手段。王木通对盘青青和孩子们接近李幸福，开始是暴力语言恫吓：“从今天开始，你们和你们阿妈，谁要再敢走进那小木屋里一步，老子就挖了他的眼睛，打断他的脚杆！”继而是施之以暴力打击，盘青青近来“常常挨男人的打，身上青一坨，紫一块。一天到晚看着男人的脸色、眼色，大气都不敢出”。最后，他终于放了山火，要烧死盘青青。

小说结束时,李幸福和盘青青下落不明,语焉不详。但它无言地喻示了启蒙的失败,叙事者只能以理想的方式将其悬置:

在万恶的“四人帮”倒台后,林场也有蛮多的人议论,要是盘青青和“一把手”李幸福还活在什么遥远的山场里,他们过的一定是另一种日子。更有些人猜测,全国都在平反冤假错案,讲不定哪一天,盘青青和李幸福会突然双双回到林场来,要求给他们落实政策呢。可不是,连绿毛坑里那些当年没有烧死的光秃秃、黑糊糊的高大乔木,这两年又都冒芽吐绿,长出了青翠的新枝新叶哩!

作家对启蒙话语的被压抑和知识分子的地位深怀同情,但它在现实中的地位已无可挽回,作家只能感伤地寄予幻想,它从另一侧面表述了知识分子话语的无力和无奈。

古华在谈到自己创作这篇小说时说,在一个封闭的环境中:

人们日出而作,日落而息,过着麻衣粗食、愚昧保守、与世隔绝的生活。无须什么外来文化,也无须什么现代科学,应该说,这种生活方式在我们这个古老的民族、古老的国度里是很有典型意义和代表性的。我们不就是以这种生活方式世代相传、度过了漫长的数千年岁月,才进入到现代社会来的么?而且,就是在这种生活方式似乎已经销声匿迹了的城市、乡村,它长期以来所形成的意识形态、风俗习性,却还广泛地存留于人们的头脑里,表现于人们的行动中。①

古华在创作这篇小说时,已有了明确的文化批判意识。这种悲剧虽然有当下的意识形态原因,它成为愚昧的守护者,并视其为可靠的政治力量,但古华并未仅在这一层面展开,成为流行的社会政治批判小说;而同时更注重“风俗习性”的巨大力量,它的难以更移,在更深的层面上阐释了民族现代性追求的困难重重。

但古华在自述中仍不免虚妄,他认为:“三个守林人之间发生的这场文盲愚昧和文化文明的斗争,后来是以各有胜负告终的。森林山火之后,盘青青和李幸福终于赢得了他们的幸福,而王木通则到另一个更为偏远的林地里,依他原来的生活方式,传宗接代去了。”②这一解释初读是合理的,但它经不起分析。事实上,王木通逃离了被文明沐浴过的“不祥之地”,貌似失败了,但他依然如固(故),没有任何改变,恰恰说明了启蒙的失败,启蒙没有改变撼动自己的对象,反证了启蒙的有限性;而盘青青和李幸福的胜利是虚幻的胜利,他们的“幸福”在现实中没有立足之地,由于表述

① 古华:《木屋,古老的木屋》,见《中短篇小说获奖作者创作经验谈》,长江文艺出版社,1983年,第291页。

② 古华:《木屋,古老的木屋》,见《中短篇小说获奖作者创作经验谈》,长江文艺出版社,1983年,第291页。

和处理的困难,作家只能在想象中去实现。因此,他们的胜利也只是体现了知识分子话语的胜利。

但无论如何,日常生活在文学中成为表述的主要内容,改变了文学与“当下”的紧张关系,从而使文学的表达具有了极大的弹性,也深化了文学的文化内涵,拓展了它的思考空间。因此也可以说,那激进的思想潮流,在日常生活中逐渐趋于平和,它的战斗性传统在渐次削弱,而生活的柔和之风开始弥漫四方。

——原载《文艺争鸣》1997 年第 4 期

罗　岗

书写"当下":从经验到文本

——"现实主义冲击波"之检讨

一个新旧杂陈、方生未死的时代,恰如哈维尔所言:"仿佛某种东西正在崩溃、衰败和消耗其自身,而某种尚不十分真切的东西正从瓦砾中生发。"①这样一种状况不仅是对各种理论话语解释力的考验,更是对文学想象力的挑战。早在六十年代,美国文学面临急剧变动的社会,反应迟钝,诺曼·梅勒就曾指出:"(美国社会现实主义)是一种文学,它正被一种特殊的美国社会现象所纠缠,即艺术家缺少能力去记录和反映快速变化着的社会。美国的这种现象是与不同寻常的加速度有关系的,一切事情好像都在以比过去高十倍的速度在美国变化着。这种状况给文学带来了巨大的困难。"②九十年代的中国文学遭遇了同样的困难。一方面,"摸着石头过河"的改革创造了经济持续高速增长的"中国奇迹",据统计,从1978年到1993年,国民生产总值增加了两倍半,年平均增长速度达到9.4%的水平;另一方面,中国的经济改革虽然没有像"大爆炸"和"休克疗法"那样给社会造成巨大的震荡,但它也深刻地触动了主导的政治、经济制度和基本社会结构。改革的展开过程既显示出丰富多样的可能性,又隐含着前所未有的困境和危机。它不仅转换了整个社会运动的方向,同时也改变着这个社会中个人的命运;它不仅重新构造了人们认知世界的方式,同时也改写着人们的心理结构和抒情态度……"近十余年来中国所发生的深刻变革,并非仅仅只是相对于1949年以来甚至1911年以来而言的变迁,而且意味着:自秦汉以来既已定型的古老农业中国,已经真正开始了其创造性自我转化的进程。这一历史巨变已经将一系列重大问题提到了中外学者的眼前,例如,乡土中国的这一转化将会为华夏民族带来甚么样的基层生活共同体?甚么样的日常生活结构?甚么样

---

① 1994年7月4日哈维尔在费城自由勋章授勋典礼上的演说,转引自克里斯蒂·麦克唐纳:《焦虑的现代故事》,社会科学文献出版社,1996年。

② 转引自翰·霍洛韦尔:《非虚构小说的写作》,仲大军、周发寒译,春风文艺出版社,1988年。

的文化表达和交往形式?甚么样的政治组织方式和社会经济网络?所有这些都历史性地构成了‘中国现代性’的基本课题,同时恰恰也就提供了‘中国传统性’再获新生的历史契机。”①回答上述一系列追问,不仅为理论创新拓展了空间,同时也为文学创造提供了新的可能。与理论界方兴未艾的关于中国改革道路和中国现代性问题的讨论相呼应,人们也迫切希望文学说出它对当下中国的“理解”和“表达”。

文学作为人类文化形式的一种,不可避免地存在着“形式”与“生活”之间的内在紧张:稳定的文学形式不足以配合流动的生活内容,反而拘束、制约了生活的变化;同时变动不居的生活期待被“形式化”,进入文学的视界是获取意义的一条途径。文学写作始终处于“变”与“不变”的辩证关系中,它不再是一个简单地在白纸上深涂黑字的过程,借用奥斯汀的说法,是用语词行事的一种方式,是“做出”而非“报导”某件事情(“doing” rather than “reporting” something)。文学所“做”的事情即是对“现实”的重新“书写”。在“书写”的过程中,“书写者”的主体位置,他的动机、欲望、经验和认识,不可避免地卷入其中,可以依据不同的意识形态对“现实”加以解释和想象,赋予形式和意义。现实即使再变化莫测,“书写”也要使之无可遁形。文学之所以能够完成一段段锁闭的叙述,讲述一个个完整的故事,是因为“思想”稳稳地掌握着“现实”,“形式”牢牢地控制着“生活”。

但是,飞速变动的时代常要挣脱“意义”的掌控,使“现实”从旧形式的拆裂中获得“脱轨”的机会。逸出“常轨”的现实当然期待着“新”的表达方式,可对仍被束缚在旧的解释系统的人们来说,它却变得不可理解,成为一个意义的“空白”。为了填补这个空白,急需将它整合进固有的解释系统中,对它重新“命名”,让它重获“意义”。特别是在理论解释捉襟见肘、无能为力的情况下,这种“意义”的获得端赖文学营造出的形象化的感性图景,作为理解匮乏的想象性补偿。

何申的《年前年后》正如小说的标题所示,它直接关涉的是一段“时间”。《人民文学》的“刊首语”则将“时间”进一步坐实,“如果你说《年前年后》就是今年——己亥年的年前年后,你没有说错,当何申写这篇小说时,广大的农村正自 1995 年农历新年的醉意中苏醒”。将现实的“年前年后”和小说《年前年后》并置,体现了“讲述话语的时间”与“话语讲述的时间”的微妙同一。② 这种同一状态似乎取消了“历史

---

① 甘阳:《社会与思想丛书缘起》,载哈贝玛斯等:《社会主义:后冷战时代的思索》,牛津大学出版社,1995 年。

② 福柯指出:“重要的不是话语讲述的时代,而是讲述话语的时代”,这是他“知识考古学”的一条重要原则,他在《知识考古学》中表述得很清楚:“它(指知识考古学)要知道的是这些话语的存在形式……它们——只是它们而不是别种话语——在某时某地的出现究竟意味着什么。”参见徐贲:《人文科学的批判哲学——福柯和伦的话语理论》,载《文化:世界与中国》第五辑,三联书店,1988 年。

时间”与“文本时间”的距离,使小说得以直接介入当下的“现实”。但“现实”并不等于“现时”,叙述时间与被叙述时间永远不可能平行,没有一部小说占用的时间长度会和它叙述的故事的长度一模一样,它可以自由地调配各种事件所占的时间比例,同样的页数覆盖着不同的时间进程,一个重要的事件可以写得比它实际发生的过程长得多,而漫长的历史则被一笔带过。对这种时间的灵活性,E. M. 福斯特有过一个形象的比喻:“……在小说中则永远存在着一个时钟,作者可以不喜欢他的时钟,如爱弥丽·布朗黛在《咆哮山庄》中将她的时钟隐藏起来;斯顿在《屈斯全·宣狄》中把他的时钟上下倒置;而普鲁斯特更聪明,他不断地更动时钟,以致在同一段时间之内,书中的男主角可以以晚宴取悦情人又可以和他的护士在公园里玩球。这一切技巧都无不可,但没有一种超出我们的论点:小说的基本面是故事,而故事是一些依时间顺序排列的事件的叙述。”①叙述时间只能是线性的,而被叙述时间则是立体的,在现实中,几个事件可以同时发生,但是“小说”则必须把它们一件件地叙述出来,把一个复杂多变的形象投射到一条直线上。小说叙述学对“时间”的研究往往集中在作者是如何通过对“自然时间”的扭曲,来达到小说的艺术目的,②而忽视了叙述时间其实是对被叙述时间的一种“整理”。稳定、统一、线性的时间观念是一个历史建构的产物,最早可以追溯到亚里士多德,“它首要地是一种行动观点,其目的就是要确定和指出一种分析的道路,而这种分析的纲领性目的往往要通过活动来展开。事实上,正象在西方整个哲学和逻辑思想范围内一样,亚里士多德在这里也扮演了一个重要的角色。当然,这里并不是历史地解释亚里士多德学说中的各种促动因素的地方,而指出一点就足够了:形式逻辑的出现,分析思想的统治,与亚里士多德相联系的整个形式逻辑体系的真实构成,都注定会带来以前各个分裂的和长期不和的希腊城邦暂时地联合成一个在马其顿和亚历山大统治下的国家”③。小说的叙述时间是线性时间观的集中体现,正如分崩离析的希腊城邦被联合成一个统一的马其顿帝国,“小说时间”作为一种“行动”,它操纵了多维、散漫、无序的“自然时间”,使变幻莫测的现实变得可以理解,可供分析,并且指向一个明确的目标。因为人们无法掌握无始无终的“自然时间”,而小说的叙述时间无论怎样花样翻新,最终都要受到作者的控制。

小说对时间的“控制”具有必然性和必要性,其实人类所有的文明创造都是“控制”的结果。只不过人们往往试图抹去“控制”的痕迹,将“人为”的成果转换成“天

① E. M. 福斯特:《小说面面观》,花城出版社,1981 年。

② 参见托多罗夫:《叙事作为话语》,载《美学文艺学方法论》,文化艺术出版社,1985 年。

③ 阿努瓦·阿布戴尔——马里克:《文明与社会理论》,张宁、丰子义译,浙江人民出版社,1989 年,第 242 页。

然”的产物。小说时间与现实时间相比，前者是对后者的一种“解释”，它甚至可以更有力地表现出现实时间的延缩、曲折和变化，譬如小说中一个人物出现，可以回过头去描述一下他的经历，然后再返回起点并继续前进，但是，它与现实时间的区别仍然显而易见。小说时间在有限的篇幅里“造端积成”，发展终结，现实时间则在无限的时空中绵延不绝，无始无终……作者对小说时间的把握，想象性地抚慰了“时间到哪里去了”的现实焦虑，可在许多作品中，作者故意省掉对叙述者的任何直接暗示，以抹去他存在(的)痕迹，现实仿佛自行进入到作品中，所指物在自言自语。罗兰·巴尔特说：“现实主义时代的小说家们大多数都认为自己是‘客观的’，因为他们在其作品的文本中压制了一切‘我’的痕迹。”①这种诉诸“客观性”的书写方式通过对叙述者的压抑，力图达到的是小说时间对现实时间的置换：一种“时间幻觉”的诞生，文本与现实之间的界限被取消，叙述的圆满同时就意味着现实的圆满。因此，在急剧变动的时代，文学对“现实主义”的期待与呼唤，不在于它能“叙述”出多少“真实”的境遇，而是通过这种“叙述”，“现实”被重新书写，“真实”得以继续延续。

卢卡契对“现实主义”的理解，正是基于这样一种认识：资本主义的“异化”日益加剧一般和特殊、概念和感觉、社会和个人之间的分裂，与这种分裂状况相反，伟大的作家则把这些方面辩证地结合成一个复杂的整体。因而，他的小说是以缩影的形式反映复杂的社会整体本身。在这样做的时候，伟大的艺术与资本主义社会的异化和分裂作斗争，展示丰富多样的人类整体形象。卢卡契称这样的艺术为“现实主义”，它包括巴尔扎克和托尔斯泰，也包括希腊人和莎士比亚。② 卢卡契式的“现实主义”体现了文学对“意义”的超强控制，弗雷德里克·詹姆逊在分析卢卡契的现实主义小说理论时指出：“小说作为一种形式，是试图在现代时期重新获得史诗叙事的某些品格，作为物质与精神、生活与本质之间的一种调和”，而“史诗的叙事，只有在仍然感到日常生活具有意义，并且直到其细节都可以直接理解时才是可能的”③。破碎、零散的现实在“小说”中被整合成一个意义均衡、秩序井然的世界，“现实主义”不是对时代症侯(候)的诊断，而是对未来“康复”的允诺。

由此我们便不难理解，为什么在新文学的草创期，陈独秀明明知道：“十九世纪末，宇宙人生之真相，日益暴露，所谓赤裸时代，所谓揭开假面时代，宣传欧土，自古相传之旧道德旧思想旧制度，一切破坏，文学艺术亦顺此潮流由理想主义再变为写

---

① 罗兰·巴尔特：《历史的话语》，《现代西方历史哲学译文集》，第 87 页。

② 参见特里·伊格尔顿：《马克思主义与文学批评》第二章“形式与内容”，文宝译，人民文学出版社，1980 年。

③ 弗雷德里克·詹姆逊：《马克思主义与形式》，李自修译，百花洲文艺出版社，1995 年。

实主义(Realism)更时而为自然主义(Nuturalism)。"①但在中国,他仍然倡导业已"过时"的现实主义,"吾国文艺,犹在古典主义理想主义时代,今后当趋向写实主义,文章以纪事为重,绘画以写生为重,庶足挽今日浮华颓败之恶风"②。沈雁冰也曾指出:"西洋的小说已经由浪漫主义(Romanticism)进而为写实主义(Realism)、表象主义(Symbolism)、新浪漫主义(New Romanticism),我国却还是停留在写实以前,这个又显然是步人后尘",可按照"其间进化的次序不是一步可以上天的",所以还是该"尽量把写实派自然派的文艺先行介绍"③。这是因为"文学革命"服务于"思想革命",新文学的创制从属于一个更大的新文化的建构。近代中国遭遇了一系列危机,产生了严重的意义匮乏,新文化的首要使命便是寻求新意义,重建新秩序。按照克里福特·吉尔兹的观点,在丧失文化方向的情况下,要解决社会危机和意义危机,意识形态起着非常重要的作用。④ 当人们普遍丧失认识、感知和想象世界与自我的能力时,期待恢复和重建的便是人与世界的想象性关系,新文化自觉地承担起意识形态的使命。为了确立新文化意识形态的主导地位,各种理论话语提供的是认识和解释世界的理性化的观念、方法和结论,而文学则必须营造出与理论话语相适应的形象化的世界图景,两者交相运作,共同完成了对历史、现实和未来的圆满阐释,离开了这种阐释,我们找不到这个世界的其他"意义"。新文学始终应和着主导意识形态的询唤,它只能选择"现实主义"作为最主要的书写方式。

晚近,何申、谈歌、刘醒龙等创作了一批小说,这批小说"……并不专注于揭示个人的或某个家庭的悲欢……关心的是一个乡镇、一个工厂、一个大的社会组织的运作状态,在这种对群体性生存现实的艺术概括中,就渗透着当代政治的影响"⑤。得到批评界的普遍赞扬,文学期刊惊呼"现实主义再掀冲击波"⑥。将这批小说概括成"现实主义冲击波",是编者和作者共同塑造的结果。《人民文学》的编者拿普通人的"震惊"与何申的"自信"相比,普通人的"震惊"源于"人的经验和体验"不断受到"冲击",源于面对不可测的命运而感到的恐怖和痛苦,源于无法抵御随时降临的欺凌与侮辱;何申的"自信"则是因为他掌握了一整套"书写"方法,从人物的设置,到叙事的完成,从文学的要求,到风格的提炼,这套严格的"书写"有效地转化了普通人的"震惊",使得他们原本难以置信的命运获得了一个有意义、可以理解的形式,无法

① 陈独秀:《现代欧洲文艺史谭》,《青年杂志》,1915年1卷5号。
② 陈独秀:《答张永言信》,《青年杂志》,1915年1卷4号。
③ 沈泽冰:《小说新潮栏宣言》,《小说月报》,1920年11卷1号。
④ 参见克里福特·吉尔兹(Clifford Geertz):《作为文化体系的意识形态》,载《文化释义》,纽约1973年。
⑤ 《文学审美中的公民意识——编者的话》,《上海文学》,1996年第10期。
⑥ 《现实主义再掀冲击波——编者的话》,《上海文学》,1996年第8期。

言说的经验在文本中终于得到了发声的机会，但发声的同时也是消音的过程，那些暧昧难懂、粗哑刺耳的部分已被当作“噪音”清洗掉了。在何申式的“现实主义”作家笔下，“当下”被书写成“历史”，这不是指他们在当代生活中充分意识到丰富复杂的“历史内容”并由“历史内容”出发去寻找新的表达，而是指他们匆忙地将“当下”尚未完结、难以预测的变化纳入到一个稳定统一的意义系统中，并明确地标画出未来发展的方向。《年前年后》以及一批与此相类似的小说“由乡镇到县城，中国农村一系列尖锐的社会问题表现为主人公复杂的动机、欲望、焦虑、烦恼，历史就运行在个人的经验和体验之中，而在个人的信念和理想的烛照之下，混浊纷乱的日常生活呈现了它的历史意义”①。这不仅是编者对作品的阐释，同时它也内化为作者对自我写作方式的理解。

在文学话语生产的过程中，文学刊物和文学编辑正发挥着越来越显著的作用。我们阅读文学作品，或多或少地要受到登载作品的刊物的影响。近年来在文学界引起争议的许多话题和口号，都是由刊物率先提出的。这种现象当然是社会转型的“症候”之一，譬如商业因素的介入，但更重要的是刊物和编者背后牵涉到一个更大的话语系统、意识形态系统。九十年代的中国出现了巨大的意义空白，产生了严重的认同危机。一系列令人瞩目的社会变化不仅是传统中国现代转化的继续，而且对一百多年来逐步形成的中国人的知识结构和意义系统提出了严峻的挑战。怎样完成现代知识的转型，如何建立中国人的认同，当代意识形态若要维持其权威性，就必须对此做出正面的应答。就文学而言，认同问题其实就是有关“再现”的问题，就是一个“叙述”的问题，被称为“现实主义冲击波”的小说巧妙地用故事解决了当代意识形态面对现实的困难：既无法直面现实的严酷，又不能绕过现实的“困窘”。几篇反响强烈的小说，如《大厂》、《分享艰难》等，虽然触及到当下最尖锐的国有大中型企业和农村基层政权的问题，但所有的矛盾随着小说的结束，在文本中都得到了想象性的解决。而无法解决的难题则难以进入到“故事”中。谈歌的小说《雪崩》讲的是一个据说由毛主席题写厂名的东风啤酒厂破产的故事。工厂破产了，党委书记谢光自杀，他的遗书是给厂长向大跃的：

> 东风厂真是完了吗？我一直弄不明白，你那样热衷破产，好像破产就能使得东风厂寿终正寝似的。可是东风厂破产是破的东风厂的产，还是破的东风厂工人的产？那天我问陈书记，如果一家企业欠了银行一笔钱，不管这家企业还债能力如何，如果这家企业想赖掉这笔钱，我都可以使用破产这个战术，它可以在主管部门帮助下破产后再注册一家类似业务性质的

① 《何申的雄心》，《人民文学》，1995 年第 6 期。

企业，然后可以以假造业务的方式逐渐将资产向新企业转移，完成这一工作后即宣布破产，留下一堆破烂给银行去处理。而在西方国家，如果有人想用这种办法坑银行或者坑其他债权人，是很难行得通的。操作上最大障碍来自企业制度本身，股东们可以允许企业董事，将旧企业的资产向新企业转移，但是它却不能掩住外界的耳目。产权和所有权是不可分裂的。我常常想，中国现在的企业制度，是不允许破产这一个行为存在的。破产只是一种梦话。

可是东风厂的确是要破产了，实际上也只是我们谢家父子在人格上的破产，我们父子在道义上对家乡破产了，如此而已。

东风厂破产受害最大的是三千名职工。这一下子要砸了他们的饭碗。我不知道市委如何安排这三千名职工的出路和生计。①

一大段议论突兀地楔入到小说叙述的肌理中，的确不伦不类。小说家当然无法回答令经济学家也感到头痛的问题，但他不能将问题转化为叙述的动力，显示出“形式”上的贫乏，只能让向大跃划一根火柴，把这封信烧成灰烬。而在小说的结尾，作者则安排了一段向大跃和他妻子的对话：

“雪崩了。”许雁正在看电视。

“哪儿啊?”向大跃恍惚中问了一句。

许雁说了一句什么，向大跃没听清，又问：“死人了吗?”

许雁说：“没死人。”

向大跃又放心地睡了。②

谢光的自杀使得“没死人”的说法苍白无力，但小说家为了叙述的完满，却希望读者在听到“没死人”的允诺后，也能“放心地睡了”。这批“现实主义”小说家，大多自称写小说：“就是站在大众的立场上。”③这也许是他们的本意，可一旦娴熟地操练起那套行之有效的“书写”方法，写作便走向了它的反面，成为对大众的控制。用福柯的说法是：“在那里有真正的斗争在进行着，争夺的是什么？争夺的是我们可大略称之为人民记忆。由于记忆是抗争的重要因素，如果控制了人民的记忆，就控制了他们的动力。同时也控制了他们的经验，他们对过去抗争的理解。”

---

① 谈歌：《雪崩》，《当代》，1996 年第 4 期。

② 谈歌：《雪崩》，《当代》，1996 年第 4 期。

③ 谈歌：《小说与什么接轨》，《小说选刊》，1996 年第 4 期。

为了摆脱这种控制,我们只有回到原初的“震惊”,本雅明意义上的“震惊”。① “震惊”体验不仅指人们因秩序的“整体”崩溃而茫然失措,更是指现代生活中经常发生的片断,不连贯的知觉冲突,这种冲突使习以为常的对象与经验失去传统的“味道”,要求新的表现与表达方式,仿佛电线断路,本来各行其是的事物突然碰撞在一起,迸发出耀眼的光芒。“震惊”选择的是冲突,而不是冲突的解决;要求的是“开放”的形式,而不是锁闭的叙述。新文学的主流是所谓“现实主义”,但作为新文学奠基之作的《狂人日记》却既不“写实”,也不“逼真”,鲁迅在癫狂与文明的边缘处“寓言”般地重构了“吃人”的历史图景;詹姆逊在《政治无意识》一书中更是重新解释了现代主义的现实性和社会性,他指出:“现代主义的运作应当被视为一种尝试制服人们的历史性、社会性等深层政治本能倾向的意图才比较适当;也就是说,失之去势,用代替品满足之……”然而,事实上社会性内容的移置并非那么容易达到,那么“历史性,社会性本能”,只有在被激起后才能真正地被压服,因而现代主义的运作必须先具有写实性,“伺后才能将甫被唤起的现实意识重新涵纳制服”。所有这些都提醒我们,为九十年代中国人的“震惊”体验寻求新的表现和表达方式,应该拥有更大的想象力和创造性。无论是“现实主义”还是“现代主义”,如果凝固成一整套僵化的“书写”模式,那么在不同的历史语境中,极易转换成新的文学等级制度和霸权地位,缺乏现实经验的终极关怀,流于空洞;丧失终极关怀的现实经验,失之鄙俗。如何在文学上超越“主义”的神话,仍然是摆在当代中国文学面前的重大课题。

——原载《上海文学》1997 年第 5 期

① 关于“震惊”效果,参见本雅明:《发达资本主义的抒情诗人》,张旭东、魏文生译,三联书店,1989 年。亦见他收在《启发》中的文章《打开我的图书馆》,其中谈他在收集方面的热情。对于本雅明来说,收集艺术品不是把这些艺术品和谐地排列次序,而是接受过去的混乱,收集希罕的艺术品,只是他不赞成予以分类。收集是消灭旧时代咄咄逼人的权威性的一种方法,从中挽救出它的一些片断。

艾晓明

纪念早逝的自由作家王小波

今年四月十一日以前,对于中国广大的文学读者群来说,王小波还是一个陌生的名字,四月十一日,突然传出消息,正当盛年的王小波在北京寓所去世。这个消息通过电话,从一个编辑部到另一个编辑部,一个朋友到另一个朋友,从北京到各地,尤其是广州,引起强烈的震惊。王小波是广州《南方周末》这家发行量达二百万份的大报的专栏作者,每隔一至两周,就可以在“专家评点”栏目看到他的杂文。他的著作《黄金时代》、《白银时代》、《青铜时代》在多家出版社流浪之后,也是在广州的花城出版社找到了最后的停泊站。近百万字的小说总题为《时代三部曲》,正在最后发排阶段,他甚至答应朋友们,要开车来这里,在出书时。然而,一夜之间,他猝然离去。

小波在他的小说《红拂夜奔》中重写唐传奇人物红拂的死,那个死旷日持久,好像永远死不完。但最后坏老婆子想收尸时,红拂却不见了。这个结局好像卡尔维诺《树上的男爵》,小男孩为吃蜗牛而上了树,他从此就下不来了。他在树上读书,在树上恋爱,还在树上经历了战争。你会想,他总不能死在树上吧?可他就是没有下来,连人们摆好了被单等他摔下来,他也没下来,他抓住一只偶然飞过的热气球,飞走了。

小波就像男爵一样,“生活在树上……始终热爱大地……升入天空”;这棵长绿之树,这片大地,是他热爱的文学和生命。他辞世二十天后,他的书就正式出版了。在北京,在他书中以为篇名的《万寿寺》所在地——中国现代文学馆,开了他的作品首发暨研讨会。这天是小波四十五岁生日,他在一张照片上,听朋友、读者们的悼念、评说和争论。

已有上百家报纸杂志登出有关王小波生平和他的遗著《时代三部曲》出版的文章、消息。现在他被称〔之〕为“中国文坛的骁将”、“文学天才”、“自由思想家”、“理想的知识分子”……

生前，小波说起斯汤达的墓志铭“活过，爱过，写作过”；他说还得加上一句，书都卖掉了。小波的小说三部曲现在正在各地的书店上架。他的照片经过多家报刊辗转复制，变得朦胧而美好。传媒界受到年轻一代读者和王小波在知识界众多友人的感召，向这位理应生前享有出版机会的作家，表达了无限的哀悼。

一

王小波1952年5月13日出生于北京一个知识分子家庭，在他出生之年，这个家庭正在经历着一场突如其来的风暴。他的父亲王方名，1933年投身进步学生运动，1938年在延安参加中国共产党，在抗战和解放战争的硝烟中渡（度）过了青春岁月。在小波出生的这一年，王方名因为给领导提意见，以及来自家乡的一封诬告，被开除党籍，定为阶级异己分子。在高教部任高教司专员的职务也随之撤销。当时，小波的母亲宋华正在中国人民大学统计专业学习，她是山东老解放区人，很早就参加革命。王方名在胶东抗大任教导员的时候，宋华是他的学生。新中国成立后作为调干生进入大学。在怀小波期间，王方名蒙冤，宋华承受着极大的心理压力。多年以后，家人回忆起来，觉得小波的早逝跟母亲妊娠期受的刺激不无关系，而他的名字也隐喻了这一波折。

王小波的父亲以后到人大附中任教，他反对苏联那一套讲逻辑学有阶级性的说法，写出一系列文章，引起激烈争议。毛泽东当时正对苏联不满，他注意到这些文章，专门约了持少数立场的周谷城、王方名这一些作者到中南海去谈逻辑问题。此后王方名处境有所改善，调到人大哲学逻辑学教研室任教，但党籍仍未恢复。作为一位热衷于学术思考、力图有所建树而又忍辱负重的学者，此后遭遇是可想而知的。王小波在自己一篇题为《思维的乐趣》的杂文中谈到父亲说：“在老年时，他告诉我自己一生的学术经历，就如一部恐怖电影。每当他企图立论时，总要在大一统的官方思想体系里找自己的位置，就如一只老母鸡要在一个大搬家的宅院里找地方孵蛋一样。结果他虽然热爱科学而且很努力，在一生中却没有得到思维的乐趣，只收获了无数的恐慌。”

类似王小波父亲这样的经历，在中国知识分子中并非少见，有许多人提及这种处境时，会叙述当时人们肉体上受到的摧残。王小波说的是另一种痛苦，这是思想史上的大劫难，它从根本（上）摧毁了人的创造、求索、独立思考的欲望。这种根本的人性的被剥夺，是隐藏在肉体折磨之后的更惨重的牺牲，却也往往是被反省得很不够的。王小波提出的正题是思维应该是一种乐趣，这不仅是说人有思想的自由，而且还是说，这种自由原本应该是个人幸福和快乐的本源。这后一点，如果不是他这样说，在本世纪，几乎已经被从中国人的个人幸福的范围彻底剔除，彻底遗忘了。

父亲的坎坷经历也以变形想象的方式进入王小波后来的小说创造,谈到小说《寻找无双》的时候,父亲挨整后,在街上碰到过去认识的人,那人转身就走,好像从来就不认识一样。《寻找无双》中,王仙客到长安城里找表妹,熟人全说不认识她,没有一个街坊邻居说实话。小说〔谬〕以寓言传奇的形式,透视了现代中国的荒谬世相,所有的悲剧都无人作证,这是智慧的遭遇。

二

王小波是家中的第四个孩子,他有两个姐姐,一个哥哥,一个弟弟。他在作品中多次讲到哥哥王小平对他的影响:

小时候,有一次我哥哥给我念过查良铮先生译的《青铜骑士》

我爱你,彼得建造的大城
我爱你庄严、匀整的面容
涅瓦河的流水多么庄严
大理石平铺在它的两岸……

他还告诉我说,这是雍容华贵的英雄体诗,是最好的大字。相比之下,另一位先生译的《青铜骑士》就不够好。

王小平比王小波年长三岁,是家中公认的最聪明的孩子。上小学就跳级,比小波高四(个)年级,高中上的是北京著名的一零一中学,而小波则是在北京二龙路中学,一所普通学校念书,还是班上的调皮蛋。但和哥哥在知识上的交流肯定大大地刺激了他的求知欲。哥哥提前给他讲了一点几何,小波参加区里的数学竞赛,正好用上,拿了名次。

但他和哥哥的文学趣味渐渐就呈现了分野。哥哥喜欢优美的、自然的、带有圣徒色彩的东西,这在当时渴求知识和理想,又在精英学校念书的青年中是较普遍的。而小波喜欢有趣的、幽默的、带点恶作剧色彩的作品,他和哥哥到旧书市上,他就直奔马克·吐温的书。

大概十来岁时,在家中的几个孩子中,小波就显出说故事的兴趣。母亲记得他记性好,看了书都能记住。弟弟记得,二哥带他回家的路上给他编的故事,那是小动物们打仗,武器不断演变,小波讲得口干舌燥,弟弟听得出神,故事在每个星期六持续……

讲故事的才能也使小波在同学伙伴中受欢迎,他平时不爱说话,一付木讷、随便的样子,讲起故事就变得神采飞扬。十几年后,他的大学同学仍能想起他讲的故事。

父亲有大约两千本书，孩子们在书架上随便找书看。下乡时王小波带到云南的书中，有一本是《变形记》，不是卡夫卡的那本，是古罗马作家奥维德的。这本书也在知青里流传，被看成一卷海带的样子，最后活活给看没了。

小波在云南得了一场肝炎，后来回北京治病，又转插队到母亲的老家山东。大约七十年代中期回城，到了一家街道工厂当工人。回北京等工作这段时期，他开始在一个八开的大练习簿上写作。朋友们记得他写的最早的一个作品是《绿毛水怪》，富有童话色彩，女主人公长了蝙蝠的翅膀，生活在水下。他在大练习簿上写的故事很有几分奥维德《变形记》的影子，一个穷愁潦倒的农民受尽羞辱，就变成了一条狗。一个多吃多占的干部在梦中变成一条驴，他开始尝尽作驴的辛苦和世态炎凉。他还重写了一个《刘三姐》的故事，三姐奇丑无比，阿牛虽然爱她的歌声，却承受不了她的容貌……这些手稿上的故事虽然稚拙，但决不是当时流行的风格，其中有一个青年人对生活迷惑，有幻想，有嘲讽和疑问。

1978 年，小波以高分考上人民大学经济贸易系商品专业，这对已经失学十年的青年来说意味着什么，经历过长期精神饥渴的那一代都清楚。新的生活终于开始了。小波说，他们不学文科是出自父亲立的家训。但现在看来，对他来说，这也正是一个接受系统的科学训练的机会。这个训练使他在知识背景上与众多的同龄作家不同。小波后来的一些文字记录了他在重获受教育机会后欣喜若狂的心情："我在大学里遇到把知识当作幸福来传授的数学教师，他使学习数学变成一种乐趣。我遇到了启迪我智慧的人。"他终其一生保持了大学时代建立起的对科学和理性的信仰。他重述老师的话说：科学是不断学习的过程，而且他这样阐发科学的素质，它是平等和自由的事业，每个人都可以通过实验参与；它没有人的毛病，它比人更美好。

在大学时代，他仍未能忘情文学，有一本书，他后来曾经几次提及，从这个思路，发展了他后来在《白银时代》中写的那一批反乌托邦的未来故事。他说："1980 年，我在大学里读乔治·奥维尔的《1984》，这是一个终身难忘的经历。这本书和赫胥黎《奇妙的新世界》、扎米亚京的《我们》并称反面乌托邦三部曲，但是对我来说，它已经不是乌托邦，而是历史了。"这段话出自他原来为自己作品《怀疑三部曲》而写的总序，当时作品包括《寻找无双》、《革命时期的爱情》和《红拂夜奔》，现在收在花城版中作品次序变化了，这段文字没有用上。

七十年代后期，在他个人生活中的另一个重要事件应该是恋爱。1977 年，他和当时在《光明日报》作编辑的李银河相遇，李银河当时已经大学毕业了。虽然同在北京，经常见面，他仍写了大约三万多字的信给她，这些充满激情，诗人的性灵和语言的美感在字里行间弥漫。小波作品中的女性总是聪明、性感又淘气，她们和机智而无奈的男人唇枪舌剑，也相濡以沫。这些都让人想到，他必定经历了最美好的爱情的体验。

三

1982年王小波大学毕业后，留校任教，这一年，他的妻子李银河到美国匹兹堡大学社会学系读研究生。两年后，王小波也去了匹兹堡大学，他在著名华人学者许倬云的指导下修读东亚研究专业。两年后取得文科硕士学位，再学计算机，在统计系当助教。

1988年，李银河获得社会学博士学位，夫妻俩决定一起回国。李银河在回忆她和王小波的选择时说："在中国，我们的相对社会地位会高于美国，而最可贵的是，我们可以自由地做自己真正想做的事：这对我来说就是搞社会研究，对于小波来说就是写小说。"

王小波在美国留学期间重拾写作线索，用他的话来说，他一直抑制着这种倾向，到了那边，又开始写小说，"这种危险的倾向再也不能抑制了"。

回国之后，王小波出版了他的第一本短篇小说集《唐人秘传故事》（山东文艺出版社，1989年9月），其中收有5个作品：《立新街甲一号与昆仑奴》、《红线盗盒》、《红拂夜奔》、《夜行记》和《舅舅情人》。其中第一篇后来在刊物上发表过，小说集没有引起注意，那个时间是不注意小说的。

但这本集子却有非常特异的素质，不似惯常的小说所有。首先它是一些纯小说，无关乎意识形态的旨意。读它的时候可以揣摩到作者专心致力的异端：第一，讲一个故事。第二，把它讲到足以类似金庸武侠小说的那样引人入胜的程度。第三，还要有大侠小说所无，而潜藏在诸如《情人》、《少女与死亡》等现代外国名篇中的那些素质。

那些素质，王小波后来在《我对小说的看法》一文中谈到："现代小说的名篇总包含了极多的信息，而且极端精美，让读小说的狂喜，让打算写小说的人害怕。"

《唐人秘传故事》还说不上极端精美，但它用现代顽童的口气调侃唐人，为讲故事人建立起一个自由戏谑的本真面目。就此而言，它是一个欢天喜地的逃离，逃离中国现代小说一直艰难背负的观念使命。这又是一个奇异新颖的起点，是王小波为未来世纪的中国小说显现的另一个起点。

再则，这里面已有了后来作为王小波小说精华的故事雏形，当然，此时《红拂夜奔》比后来收在《时代三部曲》中的同题小说还显然稚嫩得多，线索也简单得多。

可以感觉到美妙奇趣的想象、语言游戏对作者的吸引。他注定为语言可能繁生的想象之花执迷不已，他一定也在这样繁生的迷宫之美、巴比伦的花园之美，在文字织锦面前，升腾起确信："我相信我自己有文学才能，我应该做这件事。"

巴比伦的花园，早已失传。王小波用文字追寻失传的、无从见证的景观：热带雨林的食人树，暖水河里比车轮还大的莲花。当他用绿草中的骸骨一样雪白的意象，来形容少女的情欲和惊恐时，当他以冰凉蠕动的绿色作为故事情节的内核时，他把极端通俗的形式和优雅精致的意象做了一个嫁接。

然后是《黄金时代》获奖。1992 年在台湾出了单行本（台北，联经）。一个爱情故事，王小波十几年前的小说手稿中就有一个可爱的姑娘，她叫陈清扬，但除此之外，这只能说明，他想写一个那个年代的爱情故事，别的什么也不能说明。“文革”—知青—爱情，王小波在美国时开始写《黄金时代》，前前后后写了几十遍——他用这种致命的方式写作，这种方式贯穿一生。

由于《黄金时代》，那个怪诞年代里被压抑的激情和性爱的力量，第一次以毫不羞怯的姿态，喷薄而出。这是王小波第一个自己满意的小说，他把它称之为“我的宠儿”。

和《黄金时代》同以“文革”的性爱为相关主题的还有《革命时期的爱情》和《我的阴阳两界》，王小波写到 1993 年。这一年，他作出辞职决定，辞去在母校人大的教职，他以此回答了他在《似水流年》时给主人公提出的一问：我必须全身心地投入，“在衰老之下死亡之前不停地写。这样我就有机会在上天所赐的衰老之刑面前，挺起腰杆，证明我是个好样的”。

1993 年，处于自由状态的王小波是高产的一年，他写了他的第一个长篇《寻找无双》，他重写唐传奇《无双传》，但与八十年代末的重写不同，复杂的叙事层面和变幻的情节分支取代了早期作品的单纯风格。还有，他把极权制下的荒谬剧变做无穷的笑料，在小说中尽兴言说。这个作品开启了后来作为《青铜时代》二部长篇的新寓言风格。不过，如果你说那里硬有一个你可以清楚捕捉的寓意，那又未必了。这就是小说的弹性，它可以意会，却无从言尽（传）。

写了这个作品，小波愉悦和舒展心情见之于他的序言：写完的时候，我忽然想了《变形记》（奥维德）最后几行：

吾诗已成，
无论大神的震怒，
还是山崩地裂，
都不能把它化为无形！

这一年，以充沛的想象力和顽童心，他终于把《红拂夜奔》也扩写成了长篇。从这个长篇中可以看到，他发展出一种对话体叙述。这样一个故事里可以建构出多个空间，这就是所谓跨越，是对叙事限制的一种跨越。而古今之间如此跨越，互相拼贴和趣味性想象，是从来没有任何一个中国作家做到过的。

还有,他把小说变成一种思想方式。在小说中,他的想象、运思、推论比他后来在杂文中进行的思考要复杂得多,也深邃得多。也是他要做到的,即让小说有趣,并且充满思维的智慧。这也是我们这个世纪的中国小说差不多丢得干干净净的东西。“我正等待着有一天,自己能够打开一本书不再期待它有趣,只期待自己能受到教育。与此同时,我也想起了《浮士德》里主人公感到生命离去时所说的话:你真美呀,请停一停!我哀婉正在失去的东西。”

1993年,小波的小说在国内的刊物和出版社流传,在知心的朋友手中传阅。他笔下性描写的从容坦荡,还有他那种让人摸不清寓意的反讽风格,使出版社有决策权力的人拿不准。新作出版无着。

四

而小波正准备着蓄势一跳,他要挑战自己的限度,写自己没尝试过的东西。“我要拥有一切”——这是他在小说中写一个碰壁的小说家结尾的一句话,而这正是他的抱负。

作为一个小说家,他希望拥有无限的写作资源。这个资源,他确信,是在创造性的想象中。在《未来世界》(台北,联经,1995)的自序中,他说:“我喜欢奥威尔和卡尔维诺,这可能因为,我在写作时,也讨厌受真实逻辑的控制,更讨厌现实生活索然无味的一面”,“有时想象比摹写生活更可取。”

深秋和隆冬过去,1994年初春,他写完了《未来世界里的日记》,写一群聪明人,在大多数人不识数的社会生活,整个逻辑荒诞不经。总之,人人必须装傻才活得好,必须和自己聪明的本性作对。他想象了这个处境下智慧和爱情的遭遇。

但也许他不满意这个作品中奥威尔的影子。他写完了就把这个作品放下了,而写了另一个《未来世界》。这个中篇参加1994年联合报文学奖评选,再次获奖。

小波寄去了“得奖感言”:

> 人在写作时,总是孤身一人,作品实际上是个人的独白,是一些发出的信。我觉得自己太缺少与人交流的机会——我相信,这是写严肃文学的人的共同的体会,但这个世界除了有自己,还有别人;除了身边的人,还有整个人类,写作的意义,就在于与人交流,因为这个缘故,我一直在写。

《未来世界》的作者设想了一个本世纪末的小说家在他的外甥记忆和虚构中的形象。未来是下个世纪,外甥成了历史学家,由于犯了直露和影射错误,遭到重新安置,接受各种荒唐无稽的羞辱摧残。

由这个作品开始,他在1995年完成了《2015》,在1996年写了《白银时代》,这三个作品构成了他的反乌托邦未来叙事系列。作品都是以未来时间为舞台,以我们这个时代乌托邦逻辑为经纬，推展演变。电脑时代的网络空间、艺术家、知识分子的趣味和他们受钳制，变得滑稽可笑的情形出现在小说中。

1994 年夏天，他受到电影导演张元之约，为他写一个有关男同性恋的剧本。这个剧本经两个人多次互相拔河般的讨论争执，结晶为电影《东宫西宫》，王小波、张元在阿根廷电影节上同获最佳编剧奖。在小波的电脑里则保留了小说形式的原稿《似水柔情》，还有为这个故事在北京实验小剧场上演出用的话剧脚本。

而能写出这个题材，还基于王小波和妻子李银河合作进行的社会学研究，这本著作:《他们的世界——中国男同性恋群落透视》，在 1991 和 1992 年分别在香港和国内出版。

五

1994 年秋天，王小波的小说集《黄金时代》终于由华夏出版社推出。有一股不屈不挠的力量，要支持这个人沉默的创造精神。这股力量一直存在，推动了王小波作品的问世。与此同时，《花城》杂志持续地，每年一次地刊用了王小波在其他刊物被拒绝的作品。他独特和机智的说理方式引起不少报刊注意，杂文随笔约稿越来越多。1995 年以后，他写了大量杂文，分别结集为《思维的乐趣》和《我的精神家园》。他生前看到前一本集子(北岳文艺出版社，1997 年 1 月)成书。

无论如何，对他来说，最热爱的工作还是写小说。他在 1996 年夏天把以前写过的《红线盗盒》重写，叙事繁复，处处是挑衅禁忌的笔致，却不失优美的韵味，这就是《万寿寺》，是他的篇幅最长，也是迄今为止被小说编辑们认为不可超越的一部小说。他选择丧失记忆到记忆复原这么一个小说家做叙事者，让手稿、追忆、想象交融，令故事场景不断增殖。他以出神入画(化)的意象表达了他的理想:一个人仅仅拥有此生此世是不够的，他还应该拥有诗意的世界。

秋天，他写完了《白银时代》，把他的时代三部曲编定，冬天——谁会知道这是他的最后一个冬天，他与“花城”签了约。同时，他的新长篇正在缓慢地延展，这是《黑铁时代》，故事在“黑铁公寓”发生，大学毕业后，一个青年被关进这个网络监控的公寓……大雪、女邻居、施虐场景、抑郁和调侃的风格，作品还不成形。

他想做的事情还有很多，他不仅想做完，而且，最重要的，他想做到最好。在给友人的信中，他说:我敬重的作家是独特的一群，可以用 Perfect 来形容。但不是说他们总是 Perfect，只是说他们 Perfect 过。一辈子 Perfect 一两次，也就很可以。

他说:我写《寻找无双》时，还是中规中式，写《红拂夜奔》时，对叙述本身就有点着迷，不再全神贯注于写故事。《万寿寺》则全然不关注故事，叙事本身成了件抒情的事:那篇小说从头到尾回旋不休，营造一种浪漫的旋律——当然不是夹入煽情文字营造，而是靠叙事的节奏来营造的……

他说：小说应该诗化，从经典小说家笔下的那种沉重的文体羽化为一只翩翩蝴蝶。

《青铜时代》的序《我的师承》可能是王小波为自己的小说写的最后一篇序，其中挑出了我们这个世纪汉语文学中一直不为人提及的线索，作为他继承的传统——他师承的不是任何作家，而是那些卓越翻译家，那些被迫放弃了创作而从事翻译的诗人作家们。王小波盛赞他们对中国文学语言的把握，“他们发现了现代汉语的韵律，没有这种韵律，就不会有文学”。

由此，他也呈现了这条潜在的线索，这条“无限沧桑尽在其中”的文化线索，对一代废墟上长大的青年，对于他本人的养育之恩：

> 对于这些先生，我何止是尊敬他们——我爱他们。他们对现代汉语的把握和感觉，至今无人可比。一个人能对自己的母语做这样的贡献，也算不虚生。

由翻译家们提供的世界文学的精神泉源，由他们体现的音韵优美的现代汉语，哺育了这颗世纪之交的文学心灵。王小波，他没能遭遇已然走近的下个世纪，然而，他所体现的文学素质，他的独立性和爱智慧的精神，他的勇敢、诚挚和想象奇趣，必会在未来找到更好的处境。这个世纪的中国文学也许是贫弱的，但有了这样的心灵，它终于无愧于未来世纪。

——原载《黄河》1997 年第 5 期

唐晓渡

谁是翟永明?

这当然不是在明知故问。我质疑的并非是现实中的某位女性,而是某位诗人;尽管二者使用了同样的符号,却不应混为一谈。可是,作为诗人的翟永明难道不是和现实的翟永明一样确凿吗?由于与之对应的是一系列作品,她难道不是更不容置疑,更具有独一无二性吗?未必。在涉及对具体诗人的评价时,往往会发生某种类似诗歌修辞中的"借喻"或"转喻"现象;换句话说,喻体成了主角,而喻本却退隐其后。事实上,1983 年最早介绍我和翟永明认识的朋友就是这样说的:"这是我们四川的小舒婷。"他热情地向我推荐当年《星星》诗刊隆重推出的翟永明的一个大组诗:"你好好读一读,就会知道此言不虚。"

没有人会怀疑这位朋友的善意。然而,正是这样的善意使一个诗人成了另一个的"副本",而这个"副本"的最大价值就是为强化或放大其"正本"聊尽义务。自然,那时翟永明还没有写出《女人》和《黑夜的意识》,还没有成为"女性诗歌"的"头羊"和"重镇",因此尽一尽义务也无妨;但此后的情况又如何呢?

1986 年我写了《女性诗歌:从黑夜到白昼》一文。据我所知,这篇首先评论《女人》的文章也最早涉及了"女性诗歌"的话题。这么说倒不是要标榜自己有"为风气先"之功,而是意在将它当作一个案例,以揭示有关"女性诗歌"的讨论从一开始就存在的问题。这篇文章有一个黑格尔逻辑学式的开头:"当我想就这部长达二十首的组诗说些什么的时候,我意识到我正在试图谈论所谓'女性诗歌'";接下来我描述了"在一个远非公正而又更多地由男性主宰的世界上,女性诗人似乎更不容易找到自我,或者说,更容易丧失自我"的种种现象,然后试图给"女性诗歌"下一个可能的定义:"追求个性解放以打破传统的女性道德规范,摈弃社会所长期分派的某种既定角色,只是其初步的意识形态;回到和深入女性自身,基于独特的生命体验所获具的人性深度而建立起全面的自主自立意识,才是其充分实现。真正的'女性诗歌'不仅意味着对被男性成见所长期遮蔽的别一世界的揭示,而且意味着已成的世界秩序被重新阐释和重新创造的可能”;在文章的结束,我如此概括《女人》的意义:“如果说翟永明是通过‘创造黑夜’而参与了‘女性诗歌’的话,那么可以期待,‘女性诗歌’将通过她而进一步从黑夜走向白昼。”

整整10年后,在“女性诗歌”似乎早已成为一个不争的事实,而“女性诗歌”的队伍也早已蔚为大观的背景下重读这篇文章,我发现我犯了和那位朋友相似的错误:无论当时是否意识到,也无论可以指望在具体论述中得到什么样的补偿,当我试图把所谓“女性诗歌”表述成一个孤立存在的、高高在上的运动主体时,我实际上也使它变成了一个新的“喻体”;在这个新的“喻体”面前,不仅翟永明,几乎所有适合讨论的对象都有可能成为另一意义上的“副本”或“注脚”。这个错误由于在试图给出关于“女性诗歌”的定义时缺少更有效、更充分的诗学考虑,并且仅仅以“男性成见”为唯一参照而显得格外不可原谅。现在问题已变得足够清楚:正如在反观并重构任何思想、文学流派或哲学思潮的发展历史时会发现的,当我们反观并重构“女性诗歌”迄今的历程时也会发现,“与作者和作品那种坚实而根本的单位相比,这些思想、流派、潮流反而变得相对脆弱、次要并成为附属的了”①。在读到翟永明以下的一段话时,我庆幸我后来没有再就“女性诗歌”发表更多的看法,因而不致在错误的道路上走得太远:

> 我不是女权主义者,因此才谈到一种可能的“女性”的文学。然而女性文学的尴尬地位在于事实上存在着性别区分的等级观点。“女性诗歌”的批评仍然难逃政治意义上的同一指认。就我本人的经验而言,与美国女作家欧茨所感到的一样:“唯一受到分析的只是那些明确讨论女性问题的作品。”尽管在组诗《女人》和《黑夜的意识》中全面地关注女性自身的命运,但我却已倦于被批评家塑造成反抗男权统治争取女性解放的斗争形象,仿佛除《女人》之外我的其余大部分作品都失去了意义。事实上“过于关注内心”的女性文学一直被限定在文学的边缘地带,这也是“女性诗歌”冲破自身束缚而陷入的新的束缚。什么时候我们才能摆脱“女性诗歌”即“女权宣言”的简单粗暴的和带政治含义的批评模式,而真正进入一种严肃公正的文本含义上的批评呢?事实上,这亦是女诗人再度面临的“自己的深渊”②。

在某种程度上翟永明恐怕言重了。就我视野所及,似乎并没有哪篇文章“简单粗暴”到把“女性诗歌”直接等同于“女权宣言”的地步,更谈不上这样的“批评模式”了。

① 米歇尔·福柯:《什么是作者》,见《后现代主义文化和美学》,北京大学出版社,1992年,第287页。

② 翟永明:《再谈“黑夜意识”和“女性诗歌”》,《诗探索》,1995年第1辑。

事实上，正如引进女权主义理论并没有导致一场当代的女权主义运动，而几乎所有的女诗人都否认（或不承认）自己是女权主义者一样，也不存在什么像模像样的当代女权主义诗歌批评。或许是不得已，或许是缺乏相应的兴趣，或许是出于更复杂的历史原因，诗人和批评家们几乎是合谋式地悬置了，至多是曲折表达了"女性诗歌"作为一个批评概念本身具有的女权内涵。这是一个有趣的、尚待研究的现象。当代对"女性诗歌"的批评大多还停留在玛格丽特·阿特伍德所指出的"奎勒—库奇症状"阶段①，充其量可以看到一些西方女性主义文学的片断主张，或女性社会学、人类学、文化人类学、神话学研究片断成果的临床应用。这种批评的软弱涣散对"女性诗歌"的发展未必不是一件好事。

但是翟永明仍然有充分的理由表示她的不满和焦虑。因为无论有关"女性诗歌"的批评有多么软弱涣散，在"唯一受到分析的只是那些明确讨论女性问题的作品"这一点上，却表现出了惊人的一致（女权主义者们立刻就能从中发现即便是变形和升华了的"窥视癖"）；而只要"女性诗歌"一天不能进入"一种严肃公正的文本含义上的批评"，女诗人们就一天不能摆脱被形形式式的"喻体"所遮蔽，成为其不同程度上的"副本"或"注脚"的命运。显然，隐藏在这种命运中的、"事实上存在"的"性别区分的等级观念"，本质上并不比那种赤裸裸的性别歧视（比如我们一再看到的、指认某些女诗人由于使用了"身体语言"而"有伤风化"的道德批判）来得更公正，它所造成的伤害较之后者也毫不逊色。具有讽刺意义的是，这种伤害往往采取对"女性诗歌"不分青红皂白一律肯定，并通过一套几乎对所有的女诗人都统统适用的赞词而恭维不暇的方式；以致相比之下，倒是女诗人们自己，尤其是翟永明，显得更加冷静。② 然而这并不能保证她免受伤害。说"仿佛除《女人》之外我的其余大部分作品都失去了意义"也许有点"牢骚太盛"；但若把《女人》改为"女人"，把"其余大部分作品"改为"作品中的大部分意义"，则所去不远。在这种情况下，"谁是翟永明"难道还不足以成为一个问题吗？

可当我把"女性诗歌"推为背景，重新阅读翟永明的作品，认真追问"谁是翟永明"时，却发现这实际上是个无法回答的问题。我不仅不可能复原一个本真的、完整的、金瓯无缺的翟永明；相反，随着阅读的深入，那最初看来极为鲜明的翟永明的形象（无论她自我分裂到什么程度）也慢慢变得模糊，难以分辨，以至不时从作品中消失。这似乎证实了米歇尔·福柯关于作者和写作关系的一个观点："写作就像一场游戏一样，不断超越自己的规则又违反它的界限并展示自身。在书写中，关键不是表现和抬高书写的行为，也不是使一个主体固定在语言之中，而是创造一个可供书

① 参见玛格丽特·阿特伍德：《自相矛盾和进退两难：妇女作为作家》，载《女权主义文学理论》，湖南文艺出版社，1989 年，第 133 页。

② 参见翟永明：《"女性诗歌"和诗歌中的"女性意识"》，《诗刊》，1989 年第 6 期。

写主体永远消失的空间。”①

福柯所言的“写作”是“只指涉自身”的写作，即“符号的相互作用与其说是按其所指的旨意还不如说是按其能指的特质建构而成”②的写作。如果这确实可以成为解读翟永明迄今作品的某一角度，以回答“谁是翟永明”这一无法回答而又必须回答的问题的话，那么，它显然还需要叶芝的一个著名观点来予以平衡。在《在学童们中间》一诗中叶芝写道：“栗树啊，根子粗壮的花朵开放着，/你就是叶子，花朵，或树身？/随乐曲晃动的躯体，明亮的眼神，/怎叫人把舞者和舞蹈分清。”

这一平衡对像《女人》这样的作品来说尤其必要。它使得这部作品即便是在不考虑其摆脱权力美学控制的阴影，于主题和题材方面有所重大突破的豁目优势时，也仍然保持着在诗歌史上无可动摇、无可替代的地位。尽管有时在表达上过于夸张、粗放和咄咄逼人，并且有明显的借鉴痕迹（不仅仅来自美国“自白派”女诗人普拉斯，也不仅仅是像她那样，从灵魂/肉体的双重施虐—受虐体验，或生/死的边缘和裂隙中提炼尖新奇诡的意象，尤其是那些无所不在的黑色象喻），但作品本身呈现的天、地、人、神错综交织的内在结构；体现着这一内在结构、在不同的层面和向度上充分展开、彼此冲突而又彼此容涵的复杂生命/审美经验；不可遏止地从这种经验的深处源源涌出、又反过来贯通、滋养着种种经验的巨大激情；以及节制这种具有不择而流倾向的巨大激情，把作品综合、凝聚成一个有机整体的结构能力，所有这一切都表明，《女人》的轰动一时并成为人们长久关注的语言事件，自有其超越历史语境的原因。多年后重读这部作品，我依然震惊于它变化无端的活力、难以言说的神秘和浑然自在的实体性。作为一种基于生命个体和大化宇宙内在同构的意识，即所谓“黑夜意识”的产物，它就像那些由宇宙所孕生的恒星一样，什么时候你把目光朝向它，什么时候你就会感到在它虚无的内部那受控聚变式的猛烈燃烧，感到那在抛射和收缩、转折和回旋之间奇幻莫测的光和影的运动。这种运动犹如印度教中的湿婆之舞，不仅“周身体现出整个世界的女性美”③，而且在生命—语言的临界点上，使我们同时看到了诗歌之树的叶子、花朵、树身和它粗壮的根。

把这样一种形象归之为翟永明本人的形象，正如把舞蹈归之于舞者一样，是一种常见的视觉思维“短路”。我相信没有人在读到这样的诗句时不会产生类似的“短路”：我来了　我靠近　我侵入/怀着从不开敞的脾气/活得像一个灰瓮（《荒屋》）我，一个狂想，充满深渊的魅力/偶然被你诞生……//我是软得像水的白色羽毛体/你把我捧在手上，我就容纳这个世界……//以最仇恨的柔情蜜意贯注你全身/从

①② 米歇尔·福柯：《什么是作者》，见《后现代主义文化和美学》，北京大学出版社，1992年，第288页。

③ 翟永明：《黑夜的意识》，载《磁场与魔方》，北京师范大学出版社，1993年，第141页。

脚至顶，我有我的方式(《独白》)我微笑像一座废墟，被光穿透(《秋天》)我是诱惑者。显示虚构的光/与尘土这般完美地结合(《人生》)就作品本身而言，由于通篇使用第一人称和穿透打击力极为直接而强烈的自白语气，很容易使“我”如同磁铁般把周围的形象吸向自己，构成其丰满性的一部分。除此之外，出现频率甚高的疑问和反诘句也有助于在看似间离主体与话语关系的同时强化主体自身的形象。这当然是一个诗歌史上前所未有的超级女性—女诗人的形象。

《女人》中这一形象的塑造是如此成功，以致诗还没写完，诗人已经意识到，这一形象将和这首诗一起，成为她继续写作所亟待逾越的障碍和新的焦虑根源。在组诗的末篇《结束》中，“我”如同完成了创世行为的上帝(自己的上帝)，“又回到/最初的中心点”，在那里她“睁开崭新的眼睛”“并莫测地微笑”；她一遍又一遍小声而固执地问：“完成之后又怎样?”

以此作为“我”形象塑造的最后一笔是意味深长的。其结果是在这个创世神话将圆(从《预感》到《结束》，确实像是在呈现一个圆)未圆之时留下了一个可供诗人“倾心注视黑夜的方向”的缺口；而这首采用一咏三叹、复沓回环方式写成的诗，也就成了嵌在这个缺口中的一个小小的、关于写作自身的寓言——正如 T. S. 艾略特在《四个四重奏》所说的，这里“我们称为开始的经常是结束，/作一次结束就是作一次开始。/结束是我们的出发之处”。

有一点翟永明当时或许没有意识到，或许比谁都清楚，那就是：尽管她可以写出更成熟、更优秀的作品，但像《女人》这样充满神性的诗将难以复得。《女人》产生于这样一个特定的时刻：这里被偶然的创作契机所触发的，是一种同样受到致命压抑、并具有典型的女性(不限于性别意义上的女性)受虐性质的个体经验和人类经验、个体幻觉和集体幻觉、个体激情和历史激情的奇妙混合。犹如在地底奔突的岩浆，它巨大的能量积蓄已久；犹如宿命，它早晚会由于“既对抗自身命运的暴戾，又服从内心召唤的真实”①的矛盾冲突而被写上天空，成为黑暗和苦难的想象奇观。在这一过程中命名者不仅“注定成为女性思想、信念和情感的承担者”②，而且被允许扮演先知和造物的角色。扮演这样的角色当然有赖于卓越的个人诗歌才能，却又为即便拥有最卓越诗歌才能的个人所不可及。在这个意义上，命名者又只不过是一个签名者而已。

“被允许扮演”和“乐于扮演”在任何时候都不是一回事。这不是说存在着一个更高的仲裁者，而是说存在着某种写作过程中主体置换的现象。很可能，正是这一点区分开了“只指涉自身”的写作和把诗视为“成功之道”或“反抗之道”的写作——

①② 翟永明：(黑夜的意识)，载《磁场与魔方》，北京师范大学出版社，1993年，第141页。

尽管渴望成功和立意反抗是两种无可厚非的写作原始驱动力。“媚俗”和“愤世疾(嫉)俗”是当代写作中最常见的模式;奇怪的是,并非仅仅由于语境的变化,二者之间的界限有时显得非常模糊,甚至可以互相转化。对于那些不惜被形形式式的思潮、流派和理论搞昏了头的写作者来说,就更是这样。当热衷此道的人们“在应当沉默的地方坚持一片喧嚣”(这句话本身在特定的上下文中无疑是一个应予高度评价的局部真理)时,诗的真实领域实际上遭到了忽视,而写作的本义也因此被弃置一旁。写作在或许有违写作者初衷的情况下重新落入了意识形态化的窠臼。

与此相反,“只指涉自身”的写作始终是打探、叩问沉默,并向沉默敞开的写作。它唯一能保持长久兴趣的,是使那些隐身于沉默中的——那些尚未被人们觉察和认识,或被人们忽略和遗忘(包括故意遗忘和被迫遗忘)的——东西显形,发出自己的声音。它对所有“来自时代的指令”无一例外地保持着距离,而宁愿倾心于更古老、更原始、更朴素的艺术态度,即静观和倾听。不难想象,长诗《静安庄》出现在诗坛鼎沸的1985年需要怎样的定力。在某种意义上,这首先是一部“倾听”的诗。起手《第一月》中有关“听”的意象比比皆是:

我来到这里,听见双鱼星的嗥叫/又听见敏感的夜抖动不已
昨夜巨大的风声似乎了解一切
已婚夫妇梦中听见卯时雨水的声音/黑驴们靠着石磨商量明天
我听见公鸡打鸣/又听见轱辘打水的声音

在《第二月》中,我们看到了一个更大的、被动式的主题性听觉意象:从早到午,走遍整个村庄/我的脚听从地下的声音/让我到达沉默的深度。《第四月》以强调语气再次重复了这一意象:我的脚只能听从地下的声音/以一向不抵抗的方式迟迟到达沉默的深度。“静安庄”本是诗人多年前插队劳动的所在;但这肯定不是它来到诗人笔下的主要动机。从诗歌写作的角度看,不如说它在更大程度上是翟永明所谓“黑夜本体”的一部分。很显然,诗人着意的并非是那个她曾于彼度过一段青春岁月的、在成都市郊确切存在着的静安庄,而是一个介乎确切存在和子虚乌有之间、只可能在诗歌地图上找到其坐标的“静安庄”;她所要做的也不是通过追忆将那些曾经经历过的再经历一遍,而是为记忆中那些令人不安而又喑哑失语的声音找到一个象征性的结构,通过重新命名“静安庄”显示她所抵达的“沉默的深度”,亦即命运的深度。由此,“怎样才能进入/这时鸦雀无声的村庄”被同时赋予了过去和当下、经验和文本的双重意味:仿佛早已存在,仿佛已经就序/我走来,声音概不由已。

对结构的重视是翟永明诗歌创作的一大特色。当代诗人,尤其是女诗人中能像她那样强有力地处理作品结构,特别是长诗结构的,确也为数不多。这不仅是指根据表现需要而灵活把握诸如虚实、疏密、浓淡、徐疾、冷热、轻重,以及主题与变奏、骨

干与肌质、语势和笔触、发展与照应等整体和局部的关系,也包括一些突兀的、反常规的、“别出心裁”的手法。在《从死亡的方向看》一文中我曾说到,《静安庄》的“结构的考虑主要是通过使诗人内心的节奏和律动、诗的节奏和律动与自然的节奏和律动彼此呼应来实现的”,“十二个月份的设置既不是物理学意义上的时序划分,也不是一个供诗句凭附的外在框架,而是意味着一个心理上完整的来去入出过程”,最终使“一个莫须有的”、“鸦雀无声”的村庄变成了一个巨大的空间隐喻;但重读此诗时我发现,《第九月》的开头四句实际上是一个插入部分:去年我在大沙头,梦想这个村落/满脸雀斑焕发九月的强度/现在我用足够的挥霍破坏/把居心叵测的回忆戴在脸颊上。这里角色出人意料的转换很像小说中“叙事主体突然现身”的策略。类似的转换同样发生在全诗的结尾,虽然第一人称变作了第三人称:最先看见魔术的孩子站在树下/他仍在思索:所有这一切是怎样变出来的,/在看不见的时刻。《第九月》的插入导致了回忆幻觉的中断;末尾这个从天而降的“孩子”则具有某种本文“自我解魅”的效果。这种效果是由双关性的“魔术”一词来体现的。它既可以指那种“使我强有力的脸上出现裂痕”的不可知的力量,但也可以指作品本身。因为诗在某种意义上正是一种“在看不见的时刻”使不可见成为可见的“魔术”。一般说来,诗人们不愿意看到自己的作品中出现“自我解魅”的现象而倾向于幻觉的完整性,这似乎也是诗这种主观性很强的文体自身的要求;考虑到《静安庄》事实上具有自传片断的性质,就更是如此。那么,翟永明干嘛要拆自己的台呢?

在我看来,这恰好是翟永明的不同寻常之处。正如《第九月》的插入引出了一个主题变奏,即“是我把有毒的声音送入这个地带吗”的追问,从而突出了在“发育成一种疾病”的“我”和“此疫终年如一”的静安庄之间;“保持无边的缄默”的“我”和“鸦雀无声”的静安庄之间,既奇怪默契,又紧张对峙的复杂关联一样,全诗结尾处的“自我解魅”也有效地破除了(对那些足够细心的读者而言)把一首用第一人称写成的诗认作作者自传的“意图谬误”,从而使阅读的注意力回到(或在重读时集中到)诗本身的陈述方式,以及由这种陈述方式所构成的“巨大的空间隐喻”上来。

相对于《女人》那种激烈的、充满颠覆性和伸张欲望的自白方式,《静安庄》显然致力于另一种诗歌话语的可能性。“我”在诗中并不像前者那样,处于发话者的绝对中心位置,而更像一个集受话、对话(包括潜对话)和陈述者于一身的复合体;其语境也不像前者那样尖锐、白热、眩目,而是更为从容、隐曲、暖(暧)昧,并且由于更多叙事的成分(它们主要被用来营造某种神秘的、不可理喻的氛围)而大大扩展了客观的广延性。这两种话语方式对翟永明来说都是必须的;因为她的目光无法同时贡献/个人和历史的幻想(《人生在世》)。换句话说,她需要这两种话语方式同时满足她对个人和历史的幻想。前者在经过削缩后主要被运用于组诗《人生在世》、长诗《死亡的图案》、《在一切玫瑰之上》等,后者则在另一首自传性的、令人惊讶地混合着成人和婴孩双重目光的长诗《称之为一切》中得到了更充分的发展,并预示了她九十年代的风格变化。当然二者的分别并不严格,在许多情况下不如说它们是互相渗透的;使二者更紧密地联系在一起的则是压抑和受伤害的经验,以及试图通过想象来疗治、矫正被扭曲的内心世界而发展出来的一种多变的、以极端求平衡的、常常充满自嘲和反讽的修辞风格:漂亮、茁壮,一个女人的病例/内部不断蛀空,但又装满世界的秘密(《人生在世,研究死亡》)当我们亲尝死亡/发现这可怕的知识:/诞生只是它恶意的摹仿(《端劳龅耐及府第六夜》)。现在当然有老年的风景/确保我们死去的感情(《称之为一切,当年是历史名城》)这种修辞风格的一个副产品是可以在作品中"犯忌",大量使用成语和习语而非但不令人生厌,反倒有一种意外的新鲜感,以至横生出种种妙趣:没有靠山,不会哭哭啼啼/天幸也还强壮,不会早夭/那么,把自己变得有条有理,竖起旌旗/然后日月飞渡,大显身手。/但是——/无法达到公众的愿望/不能使家人称心如意/因而被一些眼光镇压/无法自得其乐,只好将计就计(《人生在世,夏天的阴谋》)。这或许算得上是翟永明的一项小小"专利"。仅仅将其视为某种诗歌才华是不够的;它还是诗的智慧晶体的一个剖面。尽管从一开始就被归入"先锋诗歌"的行列,但翟永明从来不追求表面的"先锋"效果,更不会将其视为某种特权而滥加使用。正像她总是凝神于静观和倾听一样,她也总是专注于语言本身:不仅从其固定陈规的鞭短莫及之处,而且从往往为那些一味"创新"的人们所忽视的、陈规自身的罅隙中发现新的可能性——对"只指涉自身"的写作来说,这几乎是一回事。

我不知道"只指涉自身"的写作是不是很容易被理解成"象牙塔"中的写作;如果有人这样责难,那是他自己的事。话说回来,"象牙塔"这一比喻早就因其过于奢侈而失去意义了。在当代写作中我没有看到过"象牙塔",充其量只见过一些"单身牢房"——除非我们把"象牙塔"同时认作心灵和语言的炼狱,或史蒂文斯所谓"俯瞰公共垃圾堆和广告牌"的地方。① 但即便如此,把"只指涉自身"的写作与"象牙塔"中的写作混为一谈也仍然有点不伦不类;至少前者没有后者那种道德/美学洁癖的意味。"只指涉自身"的写作首先关注的当然也是作品的内在性,却无意据此划地为牢。这种内在性与其自身无限敞开的外在性是一致的。在二者的互动过程中把握变化的活力甚至比关注某种风格的成熟更为重要。

同样,"只指涉自身"的写作"按其能指的特质建构而成"也不必然导致削弱作品指涉现实的力量,相反有助于强化这种力量。能指和所指总是同时出场的。突出

① 参见《史蒂文斯诗集·后记》,国际文化出版公司,1989年,第189页。

“能指的特质”并没有改变这种关系，而只是取消了所指作为一种先入为主的“旨意”的特权（由于这种特权，所指不但规定了作品现实的内涵，而且成为意义阐释的边界和最终归宿），使能指—所指的关系始终处于不确定的状态，从而为作品本文构建更丰富、更饱满，具有更多可能的感悟维度和更大阐释空间的语言—现实的“结蒂组织”（梅洛·庞蒂语）开辟了道路。就翟永明而言，即便是在她那些最具有“纯诗”意味的作品中，例如在长诗《颜色中的颜色》中，也不难看出她对人们普遍的生存境遇，对这个充斥着“有劲的大厦”、“忧郁的白痴”和“公开的暴行”的时代的关顾和推拒、汲纳和反刺（讽）。我们甚至可以说诗中“白色”这个主题性的语词本身就是一颗从命运之火和骨血的余烬中提取出来的“舍利子”；它随着主题的展开和变奏缓缓转动，呈现内在的复杂光谱，其中凝聚着生命、艺术、时间和死亡的秘密。自然，只有具备“分裂的眼光才能看清/那些抽象的白色”；但是，只有既具备这种“分裂的眼光”，又懂得“虚弱的事物在等待”，懂得创造的“更为纯洁的要求”的“冬天的否定者”，才能体会“在白色中建造白色之塔”这“极端的风景”究竟意味着什么。

翟永明从不根据市场的“行情”，尤其是报刊的眼色制定写作日程。这种绝对自主的意志保证了她作品的内在连续性。她对长诗和组诗的特殊兴趣与其说表明了她写作的勃勃雄心，不如说体现了罗兰·巴尔特所说的“欲望的真理”。总是这样：“有多少欲望，就有多少语言”①；有什么样的欲望，就有什么样的语言。因此，无论翟永明阶段性探索的主题是什么，也无论她探索的方式发生了什么样的变化，都不会妨碍我们辨认其作品整体上的“史诗性”，不会妨碍它们从内部透露出巴尔特式的“文本的欢欣”。因为所谓“史诗性”，在当代无非是指个人对其精神和语言历险的叙述；而“文本的欢欣……产生于不仅仅是心灵的，而且是身体的节律”。②如果说“错位同裂断、撕裂、裂变”对二者同属题中应有之义的话，那么，把所有这一切不断转化成写作的新的可能性，就恰好是“欲望的真理”本身。

这一点在九十年代诗歌所面临的、某种程度上始料未及的新情境中甚至看得更加清楚。无论这种新情境是否如欧阳江河所说，具有“把我们的写作划分成以往的和以后的”③严重性，它都构成了对诗人们的有力挑战。翟永明对此作出的最初应对看上去几乎是本能的刺激——反射式的。在《我策马扬鞭》一诗中“来自遗忘之川”而又因绝望的驱策获得加速度的“内心的马”疾驰过令人沮丧的诗歌低谷和恐惧的深渊：我策马扬鞭　在有劲的黑夜里/雕花马鞍　在我坐骑下/四只滚滚而来的白

---

①② 转引自伊哈布·哈桑：《后现代景观中的多元论》，见《后现代主义文化和美学》，第142、143页。

③ 欧阳江河：《89后国内的诗歌写作》，见《今天》，1993年第3期。

蹄//踏上羊肠小道　落英缤纷/我是走在哪一个世纪？哪一种生命在斗争？//……/我策马扬鞭　在揪心的月光里/形销骨锁　我的凛凛坐骑/不改谵狂的禀性。然而“我”并不是一个斗士，连堂·吉诃德式的斗士都不是；倒不如说他是一个真正的梦幻骑士。他“在痉挛的冻原上”“纵横驰骋”，不是要寻找寇仇交锋，而只是在踏勘他梦境的疆域。正因为如此，那些无一不与战争、血腥和暴力有关的场景才显得格外触目惊心。它们在诗中如一连串电影镜头剪辑般次第掠过，直到最后隐入“一本过去时代的书”；而这本书上“记载着这样的诗句”：在静静的河面上/看呵　来了他们的长腿蚊“长腿蚊”的意象借自叶芝的名作《长腿蚊》。它一方面在上下文中构成了对“我策马扬鞭”的反讽，从而有效地节制了诗中的浪漫激情；另一方面又保留了叶芝诗中关系创造心态的“踪迹”，从而显示了成熟的写作在任何时候都不会丧失的透彻眼光。在这种眼光的凝视下，正如伟大的歌德所言，一切都将归于“寂静”和“安息”，包括风波险恶的历史。

这首充满戏剧性的诗并没有结束或开始一个时代的写作；它只是预示了某种既与我们正在经历的时代相对称，又与个体经验（包括写作经验）和诗的想象类型相适应的方法转换。如果可以勉强称之为“戏剧化”的话，那么很显然，这种“戏剧化”和我们熟悉的例如英美“新批评”所推崇的“戏剧化”并不是一回事。在某种意义上毋宁说这是一种“反戏剧化的戏剧化”：它敏锐地捕捉并呈现矛盾和冲突，但既不展开，也不探究，同样不寻求“象征性的解决”（勃克语）。它的内在张力不是来自“各种成份在冲突之中发展，最后达到一个‘戏剧性整体’”（布鲁克斯语）的“一致性”，而是来自不但无法构成，相反不断消解其整体性的、各种成份彼此之间的漠不相干和连续错位。在最为显著地运用了这一方法的《咖啡馆之歌》中，作品的“一致性”仅仅维系于抽象的地点（域外某一咖啡馆）、时间（从下午到凌晨）和事件（阔别多年的朋友聚会）；而本应为此提供主要保证、从一开始就由一支歌曲暗示出来的怀旧主题，却因聚会者始终找不到相关的新鲜话题和恰当的交流方式，以及由此产生的、横亘在“我”和交谈者之间无可逾越的心理距离而变得支离破碎、软弱无质。正如“我”在诗中更像是一个心不在焉的旁观者和旁听者一样，这场聚会也更像是一幕角色的面目模糊不清、并因缺少导演和必要的情节而各行其是的皮影表演；结果令人印象深刻的反而是叙述者（一个不在场的“我”）冷静、克制而又细致入微的叙述，包括那些在旁白和独白、铭文和对话之间摇摆不定，像不明飞行物般孤立、突兀、来去无踪的引语。换句话说，叙述本身吸收了作品可能具有的戏剧性，它在把一次不成功的怀旧聚会成功地转述为一首诗的过程中扮演了唯一的主角。

翟永明自认“通过写作《咖啡馆之歌》，我完成了久已期待的语言的转换，它带走了我过去写作中受普拉斯影响而强调的自白语调，而带来一种新的细微而平淡的叙说风格”①，可见她对这一转换是相当自觉的。进一步说，这一转换所带来的并不仅仅是某种新的风格，它还标志着翟永明真正形成了她的“个体诗学”。由于篇幅关系，这里不拟过多涉及；我只想指出一点，即尽管《重逢》、《莉莉和琼》、《祖母的时光》以及《乡村茶馆》、《小酒馆的现场主题》等作品不同程度上都运用了上述“戏剧化”的方法，但对这一方法的理解却不应只停留于现象的层面。在某种意义上，它不过是翟永明基于她始终深切关注、并事实上构成了其个体诗学核心的一个更为根本的问题，即本真的写作在当下语境中是否可能，以及怎样成为可能的问题所作的某一方面的尝试而已。显然，对翟永明来说，所谓“本真”既不是无条件的但又不带有任何附加条件。她以此区别于那些简单的虔信者，就像以此区别于那些独断的虚妄之徒一样。前者往往把海德格尔或荷尔德林当作一个跳板，指望借此一跃就可以飞越生存—语言的险境，径直切入一种被事先允诺的“本真状态”；后者则往往在适当地向拉康或德里达脱帽致敬后，转身就把问题一笔勾销。翟永明的态度更像是“试错”式的，介于狂放和谨慎、笃诚和怀疑、前瞻和后顾之间；并且她总是着眼于由写作行为所牵动的经验主体和语言现实之间既相互敞开又彼此隐匿、既相互澄清又彼此遮蔽、既相互诱导又彼此遏制、既相互同化又彼此异化的复杂关联展开其探索意向，以始终保持住问题及其难度。从这一角度去解读《道具和场景的述说》和《脸谱生涯》会是饶有兴味的。这两首诗直接涉及了不同的“戏剧化”因素，表面看来与当下语境毫无干系，并且在旨趣和语言上有一种奇怪的“退步”色彩，但依我看来其中恰好渗透着翟永明对上述问题的深切感悟。在某种意义上不妨将它们看作是对此借题发挥式的讨论，尽管它们并不提供任何有关的结论：戏中距离不是真实的距离/体内的灵魂是否是唯一的灵魂（《脸谱生涯》）万物与万物之间有一个名字/一卷书把这一切推向将来（《道具和场景的述说》）。为了不致使这篇业已过分冗长的文章更加冗长，我不得不放弃对翟永明新近写的《时间美人之歌》、《编织行为之歌》、《三首更轻的歌谣》和《十四首素歌——致母亲》作单独分析的最初计划。这几首集中处理女性主题的诗无疑体现了翟永明写作的另一重要策略。它们与《女人》（不止是《女人》）的遥遥呼应和对照不仅极大地加强了其作品整体上的互文性，而且表明，通过这种互文性，“个人和历史的幻像”可以怎样从一种“不变的变化”中，由于“缓慢地靠近时间的本质”被有力地创造或重新创造出来。说“策略”也许是不贴切的，因为“大脑中反复重叠的事物/比看得见的一切更长久”（《盲人按摩师的几种方式》）。这同时也修正了本文第二节开头说到的福柯的观点：正如这几首诗的标题中反复出现的“三”这个数字在中国文化传统中代表着万物无穷变化和再生的神秘力量一样，主体并没有、

① 翟永明：《〈咖啡馆之歌〉以及以后》，未见刊。

也不会“永远消失”在写作所创造的空间里。他(她)注定要以不断变化的面貌和其作品一起重新出现。在这个意义上,真正能回答“谁是翟永明”这一问题的,最终还是她的作品:

我所做的一切被称为谎言/与生命一道活下去

——《称之为一切》

1996 年岁末至 1997 年新年

——原载《中国女性诗歌文库·翟永明集》

程光炜

不知所终的旅行[①]

——九十年代诗歌综论

就我个人而言，比较认真地注意中国诗歌的现代写作倾向是从1986年开始的。我自己的诗歌写作止于这一年，而我更具现代意义的诗歌批评却在这一“中断”之后开始了。我清醒地意识到，我所从事的批评在某种意义上实际是非常典型的诗歌写作，它意味着，我业已将自己的想象力及思想探索介入到我的很多朋友共同参与的八十年代中国现代诗的创造性的进程之中。对我们这一代人来说，历史给了我们施展诗歌抱负的机会，然而，这种允诺与文化积累在写作中造成的压力，也是前几代人所无法想象的。

但我“非非”式的、或说准八十年代式的诗学趣味，一夕之间完全变了。1991年夏，诗人陈东东从上海寄来民间诗刊《倾向》第3期。该刊“编辑前记”开宗明义地申明：“从一开始，《倾向》就不希望成为一个……呈示和包容性的诗刊，它最好能够指点方向和引导诗人。《倾向》关注理想的诗歌，提供秩序或尺度，它要把一只坛子放在田纳西——‘它使凌乱的荒野围着山峰排列’。”我们心里都非常清楚，促使心境、艺术趣味乃至整个灵魂完全转变的因素绝不止于美国诗人斯蒂文斯的这一格言式的诗句，而是由于更深刻的原因。反过来说，斯蒂文斯使我们在一种茫然失措的心情中，突然意识到还有一个更为重要的东西。恰在半年之前，我与诗人王家新在湖北武当山相遇，家新拿出他刚写就不久的诗《瓦雷金诺叙事曲》、《帕斯捷尔纳克》、《反向》等给我看。我震惊于他这些诗作的沉痛，感觉不仅仅是他，也包括在我们这代人心灵深处所发生的“惊人”的变动。我预感到：八十年代结束了。抑或说原来的知识、真理、经验，不再成为一种规定、指导、统驭诗人写作的“型构”，起码不再是一个准则。

① 本文系《九十年代诗选》一书的导言，社会科学文献出版社。

那么,“编者前记”暗示的,正是九十年代诗歌所怀抱的两个伟大诗学抱负:秩序与责任。在八十年代的朦胧诗、第三代诗那里,对此要么做了偏误的理解,要么给弄颠倒了。朦胧诗人希图重建的是一种二元对立模式里的政治意味的诗学秩序,第三代诗人则通过达达的手段对付复杂的诗艺,文化的反抗被降低为文化的表演。《倾向》以及后来更名的《南方诗志》对《今天》、《他们》、《非非》艺术权威的取代,不是一般意义的一个诗歌思潮对另一诗歌思潮的顶替,它们之间不是连续性的时间和历史的关系,而是福柯所言那种“非连续性的历史关系”,乃是两种不同文化背景下的“知识型构”。或者说它也不是一种“艺术趣味”能够涵括得了的。关键在于,这个同仁杂志成了“秩序与责任”的象征,正像彼得堡之于俄罗斯文化精神,海德格尔、雅斯贝尔斯之于二战后德国知识界普遍的沮丧、混乱一样,它无疑成了一盏照亮泥泞的中国诗歌和人心的明灯。团结在这个杂志周围的,有欧阳江河、张曙光、王家新、陈东东、柏桦、西川、翟永明、开愚、孙文波、张枣、黄灿然、钟鸣、吕德安、臧棣和王艾等。或者围绕这一群体的写作所呈现、生发、回旋与阐明的,是上述两个诗学抱负所包含的是诸多涉及九十年代诗歌写作的根本命题。

所谓知识分子写作是针对现实的“散文化”现状而言的。在当代诗歌无比艰难的现代化进程中,“知识分子性”是一个至关重要、然而屡屡受挫的未完成性话题。然而,在很长一个时期里,被抽去了主体的它顶多只具有显而易见的中性的特征。在今天,它经历了一百八十度的大转弯,身份变得更加难以确认。在欧阳江河看来,“知识分子诗人有两层意思,一是说明我们的写作已经带有工作和专业的性质;二是说明我们的身份是典型的边缘人身份,不仅在社会阶层中,而且在知识分子阶层中我们也是边缘人,因为我们既不属于行业化的‘专业性’知识分子,也不属于‘普遍性’知识分子”①。西川可能更倾向于获得一种未经严格限定的自由知识分子的写作立场,他说:“我们并不缺乏良知和善恶观,但作为诗人,我们必须有另一种思维方式。”又说:“我不是一个百分之百的诗人,我是一个百分之五十的诗人,或者说我根本不关心我是不是一个诗人,或者说我根本不关心我写的东西是不是诗歌,我只关心‘文学’这个大的概念。”②事实上,知识分子写作不是通常而言的阶层确认,而是对当代思想文化中种种“知识分子概念”的驳难、质疑,以期在更宽阔和复杂文化背景中加以修正。这种“修正”的工作提出了两个问题:第一,作为一个诗人,他必须坚持一种理想化的灵魂状态;第二,在这同时他深切地意识到了,“坚持”这一状态之不可能。现今的知识分子写作是充满了悖论色彩的写作,也正因为这样,诗人与他具

① 欧阳江河:《国内诗歌写作:本土气质、中年特征与知识分子身份》,《南方诗志》,1993 年夏季号。

② 西川:《与弗莱德·华交谈一下午》。

体的"写作"之间是一种互文的微妙与尴尬的关系。写作在很大程度上就意味着,他与它必须时时证实双方的"在场",并不容置疑地去追求双方在场所可能达到的最紧张的想象与幻觉的张力。这种两重性,或许就是:"一方面,它证实了纳博科夫所说的'人类的存在仅仅决定于它和环境的分离程度';另一方面,它又坚持认为写作和生活是纠结在一起的两个相互吸收的进程","它并不提供具体的生活观点和价值尺度,而是倾向于在修辞与现实之间表明一种气质,一种毫不妥协的气质"①。所以,在张曙光的《西游记》中,"知识分子"戴着两个不同的面具,一个坐在"书房里"发呆,另一个是"愤怒的青年"。在开愚的《国庆节》里,一个是精神逃亡中的悲剧诗人,另一个对女人充满准色情的好奇心,"漂亮的检票员(她突出的嘴唇　为了有力的接吻?)"而在翟永明眼里,生命是如此离奇、最后往往又高度统一:在前台,"我唱出谁的曲调?/后台的阴谋无止无休/戏剧却总是如此凄美"(《脸谱生涯》)。在这个意义上,"知识分子性"指涉的显然是当代思想文化史的意义,诗人们着意揭示的则是一部充满诗意和戏剧性张力的思想文化史。

正因如此,反对"纯诗"并在复杂的历史中建构诗意,成为九十年代写作另一个追求的目标。王家新说:"我们应从我们今天而非马拉美的那个时代来重新认识'纯诗',或者说我们应用'文本的间离性'来代替'文本的自律性'。"他把这种"历史化"地看待事物包括文学问题的方式,目为"对'非历史化诗学'倾向的纠偏"②。在后来,臧棣又把它延伸成反对诗歌的对峙主题。在一篇试图深入挖掘晚近诗歌写作意义的文章中,他认为:"更为普遍的看法是,将这种对峙的艺术仪式作为一种潜在的话语情境,或一种隐含的隐喻结构来加以运用,以期在不拘一格的艺术视野中挖掘尽可能多的诗意,更深切地触及我们在本土现实中所意识到具有普遍意义的人的困境、希望、欢悦、悲痛和存在的奥义。"③应该说,上述工作对九十年代写作具有某种理论"清场"的意义。"纯诗"主张暴露了八十年代写作上的严重缺陷,在更多的人那里,暴露的则是创造力的危机。在这方面,九十年代诗学发生了根本的转变。诗歌包括诗人不再是历史的全部,而只是历史活动的一个话语场;诗歌包括诗人的工作可以隐喻历史的活动,比如悲伤、欢乐,存在的复杂和集体的愚不可及,然而它与历史是一种磨擦的、互文的关系,它希望表达的是难以想象、且又在想象之中的诗意;诗歌既不是站在历史的对立面,也不应当站在历史的背面,诗的写作不是政治行动,它竭力维护和追寻的是一种复杂的诗艺,并从中攫取写作的欢乐。这正是西川所言的"我是一个百分之五十的诗人",是钟鸣所说的"对词语冒险的兴趣,显然大

① 欧阳江河:《国内诗歌写作:本土气质、中年特征与知识分子身份》,《南方诗志》,1993年夏季号。

② 王家新,陈建华:《对话:在诗与历史之间》,《山花》,1996年第12期。

③ 臧棣:《后朦胧诗:作为一种写作的诗歌》,《中国诗选》。成都科技大学出版社,1994年,第346页。

于对观念本身的兴趣"①。或就像开愚所说,写作不仅要有赖抱负,同样更要有赖政治、经济、爱情乃至时事和日常生活的"资料",它要把自己置入广阔的文化语境当中。② 因此,反对纯诗或反对诗歌的对峙主题,并不意味着简单的摒弃,而是相反,各种题材在现代的眼光下焕发出诗意。比如,张曙光对"个人情感"和"个人生活"的研究,在诗歌题材上与于坚、韩东经常触及的日常生活是似曾相似的,但他的处理方式却与前者截然不同。在《岁月的遗照》里,他运用了于、韩二人惯用的反讽手法,但也将后者少有的有古典怀念意味的独白纳入其中。与他们单纯的讥讽明显形成差异的是,"判断"的权力显然被放弃了,代之而来的是或喜剧、或悲剧的模糊闪烁的现代人复杂的"观察"眼光。《尤利西斯》带着后期朦胧诗人的某种气味,如对"历史"、"道德"等题材的回溯,这首诗给人留下突出印象的,却是对上述题材的"尤利西斯式"的处理:"我们的恐惧来自我们自己,最终我们将从情人回到妻子"——严肃的、滑稽的、生活的、道德的话语,都找到了自己的巴赫金意义上的"排场",却不再有各自单一品质的道德的承诺。在这一写作前提下,所谓"历史的题材"在经过重新挖掘、翻找之后,它的视野被大大地拓展了,或者说,它与现代人各种复杂、隐秘的个人生活之间,确立了可能性的通约关系。诗歌写作有足够的能力进入各种生活,而不至于磨损和取消艺术的想象力;它有惊人的创造力和自信心,在生活之外或生活之中发现"生活"。

随着建立宽阔的写作视野而来的,是九十年代诗歌对叙事能力的特殊要求。对它的技艺的开发始于张曙光八十年代中期孤独和不为人知的写作,进入九十年代后,又相继被开愚、孙文波、臧棣等人进一步阐发,及至晚近,我在两篇文章里对之进行了较为全面的论述。③ 在一定意义上,"叙事性"是针对八十年代浪漫主义和布尔乔亚的抒情诗风而提出的。叙事性的主要宗旨是要修正诗与现实的传统性的关系,而它的功能则主要有以下几个方面:一,它的目的是藉此打破规定每个人命运的意识形态幻觉,使诗人不是在旧的知识—权力的框架里思想并写作,而是把自己毕生的思想激情和想象力交给真正的而非虚假的写作生涯。二,因此,在此前提下的叙事不只是一种技巧的转变,而实际上是文化态度、眼光、心情、知识的转变,或者说是人生态度的转变。换言之,它不再是原先那个被"叙事"的人,不是离开了那个宏大叙事就茫然无措、不能生活的、丧失掉主体内涵的人,而第一次具有了极其强盛的"叙述"别人的能力和高度的灵魂的自觉性。三,但最终,叙事的任务需要叙事的形

---

① 钟鸣:《海神的一夜·序》,改革出版社,1997 年。

② 开愚:《九十年代诗歌:抱负、特征和资料》,《学术思想评论》,1997 年第 1 期。

③ 见拙作《九十年代诗歌:另一意义的命名》、《九十年代诗歌:叙事策略及其他》,两篇文章分别刊于《学术思想评论》1997 年第 1 期、《大家》1997 年第 3 期。

式和技巧来承担。它们显然包括了经验利用、角度调换、语感处理、文本间离、意图误读等等更加细屑的工作，以及在这一过程中每个人显然不同的创造力。四，最后，叙事意图的实现有赖于写作之外的高水准、对话性和创造性的阅读。叙事创造了另一批不同于八十年代背景的读者。也可以说，九十年代的诗歌文本是由诗人、作品、读者和圈子知识气候共同创造的。它是一种典型的处于完成之中、始终在探索着语言之可能性的展开着的诗歌文本。因此可以认为，四个方面之间不是一种由此及彼的递进的关系，而是一个不断向阅读敞开的循环往复的诗学过程。孙文波是这样阐明他的叙事理论的，他说："诗歌与现实不是一种简单的依存关系，不是事物与镜子的关系。诗歌与现实是一种对等关系。这种对等不产生对抗，它产生的是对话。但在这种对话中，诗歌对于现实既有呈现它的责任，又有提升它的责任。这样，诗歌在世界上扮演的便是一个解释性的角色，它最终给予世界的是改造了的现实。"如果说，孙文波为人们提出的是一个叙事的方向性问题，那么可以说，在臧棣这里则是对叙事性写作的精细入微的研究。在《后朦胧诗：作为一种写作的诗歌》一文中，他把叙事直接运用到写作中的可能性和意义强调到了前所未有的高度。他认为，九十年代诗歌"最基本的写作策略"是："它将'诗歌应是怎样的'、中国现代诗歌'应依傍什么样的传统'等诗学设想暂时搁置起来，先行进入写作本身，在那里倾尽全力占有历史所给予的写作的可能性；让中国现代诗歌的本质依附于写作中的诗歌的写作，而不是相反。"①臧棣使用的不是"叙事"，而是"写作策略"，这无非说明，他无意使这成为写作另一种新的被滥用的权力。所以，他认为存在着一个"写作的限度"，也即叙事的限度。臧棣对叙事权力的警觉，在西川近期的表述中得到不期而遇的回应。他认为叙事在他的写作中只是一部分手段，而非全部；在叙事性以外，诗歌的因素还应有抒情性、戏剧性等。"叙事不指向叙事的可能性，而是指向叙事的不可能性，而再判断本身不得不留待读者去完成。……所以与其说我在九十年代的写作中转向了叙事，不如说我转向了综合创造。既然生活和历史、现在与过去、善与恶、美与丑、纯粹与混浊处于一种混生状态，为什么我们不能将诗歌的叙事性、歌唱性、戏剧性溶（熔）于一炉？"②在叙事之外，西川为诗歌指出了一条实验性的途径，似亦能说，叙事性与歌唱性、戏剧性原不是对立的、不能彼此融合的。但显然，诗歌叙事性的命题在更多诗人的阐释性理解中，愈加拓展和复杂了。这倒不是一种"新的美学"，而是表明，诗歌向九十年代敞开了它自身表现的可能性。它是一种未来。

在这么一种思想状态下，我有意识搁置个人艺术的好恶和研究尺度，而以一种

① 臧棣：《后朦胧诗：作为一种写作的诗歌》，《中国诗选》，成都科技大学出版社，1994年，第346页。
② 西川：《大意如此·序》。

陌生无知的态度进入诗人个案的阅读。我把自己变成一个陌生化的“读者”，想用直感来掂量它们。正如批评家与他的自我发挥并不相等一样，诗人们与他们的自由创造亦并不相等。当我们在读一本诗集而非某一首诗时的感觉尤其如此。在浩若烟海的九十年代诗歌中，能说具有真正创造力和启示意义的毕竟是少数。这促使我在进行这一工作中，采取了相应苛刻的标准，我想艺术的宽容应该在批评之后。

我选择张曙光作为第一个批评对象理由很简单，我能与他进行直接和开诚布公的对话。得知他的诗名是在1991年，而我见到他本人则已迟至两年之后的深秋。在北大一个名曰“大学生餐厅”的小餐馆，张曙光以他平实、内在的音容攫住了我的批评感觉：他身材略嫌单薄，寡言，微笑，然而态度沉潜。与他《岁月的遗照》、《尤利西斯》、《边缘的人》、《西游记》、《疾病》、《这场雪》等一批令朋友们刮目相看的诗作相比，这种印象的“差异”让人惊诧，但又让人顿然领略其中深沉犀杂的奥义。八十年代中期，当中国诗坛的形式主义诗风正甚嚣尘上时，张曙光已在哈尔滨默默开始了他相当孤单的叙事的诗歌技艺。这一“先行者”的形象多少令人想起西伯利亚时期的约瑟夫·布罗茨基——假如不是开愚因偶然的原因与他通信的话。张曙光大概是打算不发表什么作品就度过自己的一生的。他的作品里有叶芝、里尔克、米沃什、罗伯特·洛厄尔以及庞德等人的交叉影响，与继他之后对叙事技艺感兴趣的诗人相比，他的诗作中更为触目的是一种只有五十年代出生的人才会深深经(体)验到的个人存在的沉痛感、荒谬感和撕毁感。他诗歌中的现代感受似乎不如那些更敏捷的诗人，在平稳、无可挑剔的结构的设置中，他把句子的变化尽量缩小到难以觉察的程度，而把震撼力的语言效果留给了读者。这无形中也束缚了他的想象力的进一步扩充。

欧阳江河是那种时常使人震惊的诗人。这种“震惊”来自他语言根柢的悲剧气质，以及连续不断的修辞所达到的意料不及的效果。在一篇短文中，我曾以为“他同波德莱尔一样，把一种毁灭性的体验作为语言的内蕴，把一个要将他的过去和现在碾得粉碎的时代作为思考的主题”，早熟的艺术自觉，使他写作的“见习期”明显短于他人。① 有一个最好的时期，他似乎是在个人的高峰体验状态中写作，不过这种状态也令人怀疑它本身的持续性。我想，欧阳江河贡献于当代诗坛的，当属对诗句的悖论性处理，如《聆听》里“音乐厅”与“亡灵气息”的相互否认关系，《傍晚穿过广场》里在实在与幻影之间的“广场”意象，《雪》里纯洁与肮脏的敌视，等等。在写作中，他突然改变词汇意义方向、或扭曲词意的目的，是想使阅读始终处在现实与幻觉的频频置换中，并产生雅各布森所说的“障碍之感”。这使他成为那种既能复杂地

① 程光炜：《透过词语的玻璃·序》，改革出版社，1997年。

写、又能与人进行深刻对话的少有的几个诗人。不过,他出国后的诗作大多意象干涩,显得恍惚不定。与朦胧诗人交往,固然有种“国际诗坛”的集体性幻觉,其中是否也预设着前者业已经(体)验到的结局,是颇难逆料的。好在他发现了依靠记忆写作的尴尬,发现写作原不等于一种居无定所的旅行,班师回京,于他或者不妨是一种幸运。

王家新对中国诗歌界产生实质性影响,是在他自英伦三岛返国之后。在我看来,《帕斯捷尔纳克》、《临海孤独的房子》、《卡夫卡》、《醒来》等诗的主要诗学意义,是它们揭破了八十、九十年代之交的王家新、也包括所有中国人惊心动魄的命运,而这并不是所有的诗人都能够做到的。这是我与某些批评家的主要分歧。米沃什、叶芝、帕斯捷尔纳克和布罗茨基流亡或准流亡的诗歌命运是王家新写作的主要源泉之一,同他不少有趣的文化随笔和诗学文章一样,前者与他的思考形成一种典型的互文性关系;正像本雅明“用引文写一部不朽之作”的伟大遗愿,他显然试图通过与众多亡灵的对话,编写一部罕见的诗歌写作史。王家新运思深邃,笔意沉痛,作品每每打动人心。他拙于复杂的技巧,但长于令人警醒的独白,有的诗作甚至可以说是通过一连串的独白完成的。这在男性诗人中堪属特例。1996 年之后,他的《伦敦随笔》和《挽歌》等诗有意向复杂的经验敞开,表现出在私生活研究中建构“挽歌气氛”的兴趣。然而,有的诗作在分节上明显有点零乱,作者对作品的控制并不十分自信。它让我想到,中国诗人是否都应该像不断变换写作形式的庞德那样,才被证明为才华横溢?我们为什么非得要为一种潜在的时尚而牺牲写作的可能呢?王家新是有“代表作”的诗人,这一其他人鲜有的幸运,大概正好是一个反证:写作最终是个人气质、经验的考验,而不是其他。

在八九十年代以来的女诗人中,表现最坚韧的,大概就是翟永明——虽然,她对“女诗人”的称谓还有一种莫名其妙的敌意。用钟鸣的说法,是她把普拉斯还给了普拉斯。①《我策马扬鞭》、《莉莉和琼》、《道具与场景的述说》和《脸谱生活》等近作,表现出她趋向于非个人化的惊人的艺术创造力。在写作中,翟永明总是能让你感觉到她非凡的词语自制力,她借重于日常经验,而取自于极客观的观察眼光;她通过与母亲的对话分析人性,每每坦然出之,即所谓“以微言写大意”。不过,她又是那种于大悲、大喜之中不露声色的诗人,这表明她研究人生的经验之深透,在我看来,它更取决于翟永明对人的人格缺陷不可思议的宽容。正如她借“莉莉”之口所说:“命运赶制着镀金的脸谱/为了一个晚上在台上颠扑/有人中箭落马　辗转而死/有人扮相清雅　唱做具(俱)佳”——对“脸谱”——人格面具的研究,使她九十年代的诗发散着一种深不可测的悲悯,也使她的叙事游离开纯粹的个人体验,而变得愈加混沌。

① 钟鸣:《黑夜里的素歌·序》,改革出版社,1997 年。

翟永明对诗歌做了小说化的处理,也就是说她对结构极其在意;她更看重词语之间的游戏关系,无非说明,戏剧性历来是她孜孜以求的效果。翟永明愈发心仪“舞台”的体验了,恰如几年前我在一篇文章中所言,在骨子里,她是极其渴望“表演”的。问题是,她始终关心的是,怎样不露痕迹,而又接近于逼真,让观看的人为之所动?她关注文本超过了她自己,我相信这个判断今天还不算陈旧。

西川的诗歌资源来自于拉美的聂鲁达、博尔赫斯,另一个是善用隐喻、行为怪诞的庞德。他杂览甚广,视野开阔,仿佛来自神助。这无形中培养了他挑剔和启示性的艺术口味,在日益残酷与毫不留情的诗艺竞争中,也使他风格独具,且葆有了较为明显的写作的弹性。西川身上,有一种与年龄不太相称的早熟的睿智,或者说,有某种介于现代诗人和博尔赫斯式国家图书馆馆长之间的气质。他语言圆熟,结构匀称,写作中显得非常放松,这在当前的诗人中是十分少见的。西川是写短诗基本没有毛病的少数几个人之一,如《写在三十岁》、《中学》、《重读博尔赫斯诗歌》等。当我吟哦这样的诗句:“我偷盗,别人也偷盗/我烧死麻雀,别人也烧死麻雀/生活如此,而我有突出的才华/我描画理想的山水风光/我没有太多的罪行要求世人原谅”,我会想,他缘何不朝短诗写作大师的方向努力呢?但我似乎更喜欢西川的长诗如《致敬》等,它们的技术含量和思想含量远胜于前者,有一种与众人交谈的苏格拉底式的口吻。我听过他当众朗诵这首长诗的片断,我承认被深深陶醉其中;我开始相信了,他确乎出身(生)在一个与王家新、张曙光们稍有不同的时代,不禁有了某种难言的隐痛。是不是只需机智就可以达到认识事物的顶峰呢?我承认自己是糊涂的,所以愿就教于各位方家,也包括这位智慧出众的书写者。

我是在相互通信中认识陈东东的。它类似某些旧时士人的交往:平淡,自然,但似乎也比较节制。南方文人传统和超现实主义,成为东东写作两个重要的出发点——有如法兰西学院和巴黎街头之于福柯。在写作的经验中,陈东东追求干净,文字上略为带点南方花园的湿润和病态、幻想的性质,如《病中》、《厌倦》、《生活》、《八月》和《秋天》等。在一种近于懒惰、腐朽的南方生活的气氛里,阿波利奈尔、布勒东是怎样渗透进陈东东的诗句中的,这实在是一个难解之谜。九十年代初,当他提出“喜剧气氛”这个诗学命题,并在长诗《炼狱的故事》中恣性所加以实验时,我仿佛看见了他写作的用心。我们每个人不都生存在腐朽的心情中么?近于虚无,毫无生气。或者说,写作帮助我们反抗着、同时也观察着这一命运。这实际上也构成中国现代诗歌的另一个传统:在二十年代是李金发,三十年代则是戴望舒,我们心灵的一半实际也浸渍在它的阴影之中,只是没有机会发挥得淋漓尽致罢了。这是陈东东在九十年代写作中的与人不同之处。一次东东来信说,他想找一个乡下小镇,写作,读书,在那了结一生。我想,这种打算已不再有反抗都市生活的含义了。或者说,它不具有任何含义。

在朋友们当中,开愚是一个形式实验最多、变化也最大的书写者。他的短诗强悍,声调逼人,语言类似美国的某些现代诗,分明又是当代中国知识分子经验的缩影。然而,我是从小型长诗《国庆节》认识到开愚的个人创造力的。他擅长处理复杂的生活场景,引入世俗的对话,甚至粗鄙的俚语,但不仅限于此。与专于一端的诗人不同,这类长诗(包括《向杜甫致敬》)蕴含了他对今昔经验的独特省察,对时间、空间的综合能力,所以,与其称他是一位悲剧或喜剧诗人,不如称他为一个风格化的诗人更为妥贴(帖)。因此可以认为,开愚的写作是开放的、扩张性质的和创造性的。或者说他代表着九十年代诗歌写作的另一个努力。令我担心的是,写作形式和角度的大幅度变动,是否会造成作品质量的不够平均,比如他的某些过于仓促的短诗,我就更愿意把它们看做是富于想象力的诗歌片断,抑或诗学札记。开愚身上有着庞德的某些影子,不乏出色的诗歌理论家,勇于推动现代诗歌的运动,而且可以把有些诗写得很好,这真是个有趣的话题:在当今诗坛,还有谁比开愚更热衷谈论写作的危机、对众人良好的感觉反唇相讥呢? 公牛式的莽撞与知识分子的敏感,阴谋者的神秘与诗人的忠于职守,混在同一个人身上。

有一个时期,柏桦是一个不一定写得最多,但却是最难以遗忘的诗人。假如说每个后代诗人身上难免会有前代诗人的影子,那么不妨说,他的作品里混淆着唐后主李煜和晚唐温、李二人的气味。他的诗分明透露着"梦里不知身是客"的刻骨铭心和心灰意懒交织的亡国之音。所谓"挽歌气氛"实际是从柏桦开始、而后被人总结出来的。"疲倦还疲倦得不够/人在过冬"、"这是温和,不是温和的修辞学/这是厌烦,厌烦本身/呵,前途,阅读,转身/一切都是慢的"——虽时过境迁,人们依旧记得这些自弃式的诗句。柏桦不是预言家,亦不是殉道者,而只是一个不乏现代感受的旧式文人。他的语感古旧,想象奇特,写法上近似三言、二拍等亦真亦幻的笔记小说;常有痛切表现,不过又显得恍惚,仿佛作品出自落第士人之手。但他的诗从整体上看,不免显得瘦削、单薄,他过于相信超常的感觉而忽略分析了,这多半是深受传统文化浸染的诗人无法躲避的陷井(阱)。最近几年,柏桦在写作上更加吝啬,几乎给人封笔的印象。这难免使人怀疑他的想象力,以及处理当下生活经验的自信。我想,当写作的语境发生变化时,总会有一些人伺机而变,而另一些人则自甘落伍,充当前代的文化遗民罢。这也是未必不可的。

进入九十年代以后,孙文波的写作变得不同凡响。他跳跃很大、含混着反讽、自嘲的家族史研究,令众多读者耳目一新。孙文波的贡献在于对叙事能力的开掘,在我们周遭发生过的"现实",经过他的编码,是那样的不可思议,触目惊心。这样又难免表现单调,抒情的功能变得干瘪。臧棣是一个越来越重要的诗人和批评家。他自费印制的诗集《燕园纪事》着实让朋友们吃了一惊。臧棣是情感分析的专家,他态度冷静,运笔犀利,长于理性,而不失丰沛的想象力。然有时深度不够。他的批评,专注于写作的研究,发微洞幽,辨析有力,具有很高的建设性意义。王艾是另一个值得注意的新人。他长发披肩,貌似现代派诗人,然有时脆弱得不堪一击。他生就是为了写作,却又不懂得生活。王艾的诗,成熟得超过了他的年龄:细腻,敏锐,深入,有一种不同寻常的洞察力。钟鸣、黄灿然、张枣、王寅、海男、吕德安、庞培、唐丹鸿、童蔚、宇龙、沉河都有自己引人注意的表现。钟鸣身上有玄学的气质,黄灿然博识,张枣语感自如,王寅松驰(弛),海男自省,吕德安有迷人的幻想色彩,庞培怀旧,童蔚热衷灵魂的游戏,宇龙怪涎(诞),沉河过敏而沉痛。这多少有点像巴赫金所言的众声喧哗,但与八十年代的瞎闹在本质上是截然有别的。在写作上,它无疑是一次风气的"纠偏"。虽然,我尊重八十年代几位认真写作的诗人的劳动。诗歌的写作不是新老交替的关系,它不是东西上的弃旧换新。诗人于他生存的时代而言,在于他是否深入到了本质性的问题之中,他能否在发现"生活"而不是有意要游离它,他的叙说方式是否提高与创造了另一批读者。另外就是,他的写作是否是一种创造性的、而不是纯属自恋的精神生活。我想,这是牛汉、郑敏、苏金伞三位前辈仍然受到人们敬重的主要原因。最近几年,牛汉先生步入了晚境中通常会有的平实、简洁的境界,寄意却愈益沉厚,促人深省。但他的经验是中国的感悟式的,对事物的处理是以少寓多的,另外就是,他的近作中增加了颇多的"梦游"的成份,或说老年式的幻想色调。这多多少少有一点王国维在清华后期的味道。郑敏先生仍旧是思辩(辨)的、发散性的,表现出与牛汉先生截然不同的思维方式。长诗《诗人之死》是对知识分子心灵史的一次浮士德式的不乏冒险性的探寻,知识,玄学,梦幻,象征,在作品里得到了难以想象的综合。郑敏愈到晚年,似乎愈爆发出与年纪不相称的创造力;愈让人感到,学识在有些人身上或像大雨倾盆中流失的水土,在另一些人身上,则如层层累积的岩石——人的知识在灵魂的检查中,有着多么不同的质地和含义。由此可见,把诗写得复杂,依赖的并不完全是技术的手段,还有复杂的经验本身。在九十年代,两代诗人不约而同地回溯了四十年代的诗学主题:在艾略特那里是非个人化表现,现实、玄学与象征的综合,在奥登那里是不避俗话俚语的叙事技艺。历经挫折之后,中国现代诗歌又开始在寻找相对成熟的艺术的品质。苏金伞先生是另一方面的例子。文学史对他的冷淡不仅未能影响他晚年的创造力,相反,文学史轻率的裁决倒是证明了他写作方向的正确性:对灵魂的忠实而非对时代风气的忠实。在历史的一个个所谓"转折期",他没有留下其他著名诗人那样的"代表作",然而,却是为数不多几个承受住了时间检验的诗人。他的写作被证明是有效的,而不是像诸多的诗人一样,当历史翻过新的一页,他们的诗也随即被历史的书页翻掉了,消(销)声匿迹了。在这个意义上，所谓的九十年代诗歌，绝不等同于一种替旧换新的诗歌的美学，而是一个极其严格的艺术标准。是一个诗歌写作的道德问题。

这势必就会引出下一个问题：九十年代诗歌写作的有效性在哪里呢？假如说它并不是无可挑剔的，那么，它本身的问题又在哪里？

自五十年代以来，意识形态在诗歌中行使着它二元对立思维的权利。这种思维模式形成了一个因果关系的怪圈：越是虚假的、幻觉的存在，越是受到歌颂；越是被怀疑、被批判的东西，越是据说在社会生活里具有普遍的“真理性”。那么不妨说，无论是“十七年”的诗歌、朦胧诗歌还是八十年代诗歌，社会的正面或反面的存在，即是其写作的根本性思想逻辑。巴尔特说：“任何一种政治写作都只能证明存在一个警察的世界；而任何一种知识分子的写作也只能构成一种副文学，那是不可以称为文学的。所以，这些写作在总体上是毫无出路的，它们只能返回一种同谋的关系……”①因此，九十年代诗歌希图打破的正是这样一种写作中的意识形态“幻觉”。它把写作的根基建立在对这个思想逻辑的根本怀疑上。所以我想，所谓写作的有效性并不是一个普遍的真理，也不是一个可操作的程序；具体到每个诗人而言，它是具体的、经验的、也是生长着的，它构成了写作能力对诗人自己的一场苛刻的检验。九十年代诗人所做的恰好是对“两种诗歌态度”的纠偏工作：一种是服务于意识形态或以反抗的姿态依附于意识形态的态度；另一种是虽然疏离了意识、但同时也疏离了知识分子精神的崇尚市井口语的写作态度。这种纠偏因此向诗人提出了不同于前者的独立性的精神要求，它把诗歌看作是一项相当独立的个人工作。首先，它的思想活动虽然不排斥历史生活的存在，然而与前者比较，却具有了完全不同的内含(涵)。它坚持的是一种个人的而非集体的认知态度。它要求写作者首先是一个具有独立见解和立场的知识分子，其次才是一个诗人。这种“个人”因为不仅包括了个人也不排斥历史的存在，因为不等于个人英雄主义却坚持个人思想的独立，相信写作始终应该是个人的而非“他者”的灵魂行为，而表现出了前所未有的复杂性。其次，这一切都要求写作重新考虑个人与历史的关系，要求一种不再“被叙述”的话语的权力和能力。因此，一时间，写作的技术不仅将上述“关系”予以颠倒，它不只成为纯粹的技术的手段，而且也成为革命性的手段。在一部分诗人那里叙事成为改变人与历史关系的相当重要的技术、策略和预期的艺术目标；在另一部分诗人那里，叙事虽然被频频运用，但只被看作是在替代历史叙事的缺席，它是替代性的、暂时的，而非诗歌手段的全部。这一切都说明，诗歌表现出与历史的某种偏离，但同时又以各种姿态和方式批判、检验与叙述后者。它是以更主动、自觉、怀疑与包容的态度在反

① 巴尔特：《写作的零度》，《西方文艺理论名著选编》，北京大学出版社，1987年，第448页。

省过去。这多少有讽刺意味的表明,尽管诗歌在整体上已变异为一种写作,但诗歌所包含的精神特质并没有过时。为此,我们在一些诗人那里听到了诸多“高尚”、“道德”的表述。在传统的通约中被公认的诗歌的品质永远都不会“过时”,语言在诗人的怀疑和挑剔中,反而会经过个人化的处理,预示另一种生活,激活人们对非诗意生活的诗歌感受力。因此不妨说,九十年代诗歌写作的有效性在于它颠覆了二元对立思维的语言权威,个人写作僭越了合法性与非法性的历史界限,它使人相信,有多少写作者,就有多少语言的可能。

如果我们不仅仅站在引导写作、而且也站在批评写作的立场上,会发现,九十年代的诗歌不是无懈可击的。一个有趣的逻辑是:当人们在竭力提倡某一写作的方向时,写作所赖以维持的根据,恰恰就在那削弱或抹杀写作的意义。写作与根据、目的与效果两相背离,形成令人深省的思维上的悖论现象。

有一种说法,由于中国传统诗歌没有为现代诗的发展提供有效的审美空间,因此可以说,中国现代诗歌是在另一个审美空间即西方诗歌里成长和发展的。这种说法为我们提供了一个假设:人们只能在西方诗歌的口味中谈论九十年代诗歌。我丝毫不怀疑诗人赋予中国现代诗歌以伟大品质的真诚与责任,我怀疑的是,二(两)难中的写作处境,是否就有利于现代诗歌合乎理性的发展。一方面,我们试图用庞德、艾略特、奥登、叶芝、米沃什、曼杰施塔姆,包括国际汉学家带有偏见的判断和随时变化的口味,建立现代汉诗实际等于虚拟的“传统”,另一方面,在内心深处,在对汉文化及其语言的刻骨铭心的理解上,我们则对这一建立在沙滩上的“传统”毫无信心;一方面,我们对所谓的“国际诗坛”抱有足够的警觉性,另一方面,我们却极其渴望得到它的承认,藉此获得一个什么是伟大诗人的标准;一方面,我们希望做冲锋陷阵的堂·吉诃德,另一方面,即使前进一百步,我们最多(也)不过是那个优柔寡断的哈姆雷特。我们的教养、人格决定了,这不过是一场没有结果的艺术演习。

当人们热衷于谈论具体、准确,谈论叙事功能,谈论词语的创造力,实际是在谈论语言的工具理性。在韦伯看来,现代性从根本上讲是工具理性的胜利,手段的有效性成为判断认知对象的决定性标准。他指出:“独特的现代西方资本主义显然受到技术能力发展的影响。今天,这种资本主义的合理,基本上取决于最重要的技术因素的可计算性。”①它变得越来越像是一个新的权力并具有支配权。而在哈贝马斯看来,它恰好是“合理性的危机”。② 于是,接下来问题就会是,语言是导向有效性的诗歌的源泉之一,但它果真是支配诗歌的独一无二的神话吗?如果不是,那语言

① 刘北成编:《福柯思想肖像》,北京师范大学出版社,1995年,第247、248页。
② 陈学明编著:《哈贝马斯的“晚期资本主义”论述评》,重庆出版社,1993年。

在九十年代写作中的适当位置是什么？或者如巴尔特所说，在“小说的写作”与“诗歌的写作”之间，恰如其分并有诗意的语言应该被控制在何种程度？它是无限膨胀、不受任何约束的，还是承认自己是有限的，而实际上有一个传统、时间、个人诗学和阅读上的阈限？另一方面，我们承认叙事性在诗歌写作中具有某种先锋性和扩充性的作用，同时也可能意味着，我们过分夸饰了它的语言功能。我们又在牺牲其他一些东西，比如，古典品质，抒情性，意象的深度；我们在鼓吹诗歌结构的零散化时，也在破坏它实际应该具有的文体的整体性。因此，我觉得需要警惕的是，人们在强化诗歌的某些功能的时候，同时又将其他一些必要的功能丢弃了，树立起来的合理性权威，却遭到来自合理性内部的怀疑。

在这个意义上，企图用过去的大一统的趣味和美学总结一并要求于九十年代诗歌，只会是徒劳的。它惊人的创造性的活力和深刻的困惑，都给人们留下了十分突出、触目的话题。正像今天这个时代带给我们的所有麻烦一样，人们不可能一夕之间解决所有的问题。但这不是要降低写作和批评在文学发展中的特殊作用，相反，它们始终影响与决定着文学在某一个时期的趋向性，并在发现的惊喜中构筑新的审美空间。我同时意识到，对更多的人而言，批评是本雅明所说的战略性的东西，它只对圈内的人发言，并不真正对大众发言。诗歌除提供文化消费之外，还拓宽人们的经验，锤炼人们的思想或激发人们对复杂生活的感受，使人们的精神世界有所作为。诗歌可以帮助人们洞察——包括对世界、对社会、对他人以及对自己的洞察——它非常直接、有效地提供那种洞察，因为它能十分形象地进入内心欲望和人们的生活状况，甚至人们的白日梦和非分之想。好的诗歌能深掘乃至激励人们的生活意识，把人们更深入地引向另一种生活，尽管它借助于虚构中的想象。因此说，批评在很大程度上提供的是生活的这样或那样一种标准。诗歌却展开着生活的可能。如果这样看，我想说，我在本文中从事的并非盖棺论定式的九十年代诗歌的批评，而是我对今天诗歌的态度。我无意将它强加给任何一个人。在诗歌的发展连诗人自己都无法预料的时候，批评应保持适度的缄默——好的堪与诗人对话的批评，可能要在拉开距离之后才会出现。然而，这一切并不能掩饰我对九十年代诗人们种种努力的欣喜。是的，当二十世纪即将从我们的视线中消失的时候，还有什么比重温一遍我所喜欢的若干诗篇更有意思呢？

——原载《山花》1997 年第 11 期

吴义勤

在边缘处叙事

——九十年代新生代作家论

一

某种意义上，九十年代中国文学的潮汐似乎是与鲁羊、韩东、朱文、陈染、林白、徐坤、邱华栋、刘继明、何顿、海男、述平、东西、张旻……这些年轻而响亮的名字紧紧联系在一起的，他们独特而尖锐的存在、他们异军突起般的崛起与走红已经构成了世纪末中国文学的一道最为生机勃勃的风景。尽管评论界以“新状态作家”、“晚生代作家”或“六十年代出生作家”等名义对他们的阐释、言说和命名充满了种种矛盾与歧义，尽管把这批不仅年龄上不在同一层次，而且在文学的追求、文本的风格上也可以说是大相径庭的作家作为一个群落或流派来谈论充满了冒险和牵强。① 因为，在我看来，这些作家在文学风格上的差别是显而易见的，它（他）们之中至少存在三种不同的写作类型：其一是哲学型（或技术型）。这类作家继承了新潮小说的文本探索风格，仍以对深度主题的哲学化表述为主，因而文本的晦涩与技术上的实验色彩可以说与八十年代新潮作家一脉相承。这类作家的代表人物有鲁羊、刘剑波、毕飞宇、东西等。其二是私语型。这类作家的小说重在表达纯粹私人化的生活体验，个体的边缘性的经验在文本中被强化到了一个突出甚至极端的地位，这些小说尽管在形式上仍坚持着新潮小说的实验性，但对于读者来说形式也只是他们私人经验的附庸或陪衬，它几乎被那种梦幻般的个体心理体验的宣泄所淹没了。这类作家的代表人物主要是当今文坛正走红的几位女性作家如陈染、林白、海男等。其三是写实型。这类作家以对于当下现实的书写为主，文本透发出浓郁的时代心理写实气息，对九

---

① “六十年代出生”这个说法显然无法涵盖新生代全体作家。因为即使同是“六十年代出生”的作家，八十年代成名的作家和九十年代成名的作家在创作倾向上也是迥然有异的。故在本文范围内，我把所论述的作家统称为“九十年代新生代”。

十年代的商业语境下的种种生存现实进行了全方位的透视与描写。这些作家基本上已经放弃了新潮小说的技术实验色彩,而是追求一种朴素的与生活同构的叙事方式,作品具有强烈的生活感和现实感。这类作家的代表人物是何顿、张旻、朱文、韩东、邱华栋、述平、徐坤等。然而,这样的分类并不意味着三者之间就不存在某种共同的可言说性和相似性,也不意味着在当今这个混杂了赞誉、推崇、否定、质疑等众多声音的时代喧嚣之中我们就不能达到某种对于这些作家的共同理解。相反,我觉得,在他们纯粹个人化的小说态度和卓尔不群的文本方式中正蕴含了一种崭新的文学可能性。对这种可能性的确认和阐释将是我们审视和把握这个新生代作家群体并进而描述整个九十年代中国文学面貌的一个必然的理论前提。当然,罗兰·巴特在《写作的零度》中说过:“一位作家的各种可能的写作,是在历史和传统的压力下被确定的。”①对我们来说,新生代作家之所以在九十年代会发展成为一种引人注目的文学现象也是有着深刻复杂的思想文化“压力”与动因并与其所赖以生存的特殊文化背景密切相关的。离开了对这种背景的描述,我们对新生代作家的阐释将注定了是浮泛而不得要领的。

首先,新生代作家是九十年代边缘化文学语境的必然产物。进入九十年代以后,随着市场中心的确立和商业社会的到来,中国文学在八十年代的那种轰动、喧腾的热闹景象早已成了昨(明)日黄花。文学在经济和物质的冲击、挤压下似乎成了一种被遗忘的存在,只能无可奈何地由中心走向边缘。文坛只是在“触电”、包装、哄炒等商业化的硝烟之中才能偶露一丝纯文学的峥嵘,各种各样的非文学的空洞叫喊已经吞没和掩盖了那些真正的文学崇奉者们默默前行的身影。但在我看来,这种边缘化境遇对于文学来说却并不是悲剧性的,它一方面固然为文学的生存制造了许多困难,但另一方面却也为文学带来了轻装上阵的自由。实际上,文学现实空间的被侵占导演的却正是文学想象和精神空间的无限延展。在边缘处写作,在边缘处叙述,对于作家最大限度地释放自己的想象力以及随心所欲地营构真正属于自己的个人话语都无疑是十分有益的。作家们既无需为时代的“伟大叙事”而焦虑,也可以无所顾忌地反对观念性的、使命感的、集体性的以及形式与内容相对立的诸种小说写作传统。在此意义上,我觉得,九十年代中国文学的边缘化境遇至少应被理解为文学走向成熟的一个特殊机遇,在我们这个文学空间为各种各样的传统和积淀所充斥的国度里,它理应是文学酝酿突破的一个阵痛阶段。也许正因为如此,鲁羊、韩东等新生代作家才对边缘化充满了感激。对于他们来说,边缘化正是时代对于他们文学生命的一个最好的馈赠。在这种边缘化语境中,他们拥有了中国几代作家梦寐以求的

① 见《罗兰·巴特随笔选》,百花文艺出版社,1995年。

那种放松、自由、也是健康的心态。这种健康的心态最突出的表征就是作家与生活之间健康关系的获得，作家们不再如前期新潮小说那样抵制生活和现实、否认文学与生活的关系，而是一再强调生活对于文学无可替代的价值。他们既不必以批判、否定的态度也不必以认同的态度来对待现实，而是能够以一种宽容、平和、同情、淡泊、超越的心情来观照、理解和表现生活。诚如李劼谈到张旻小说时所说："张旻有着健康的心理状态；因而也有着健康的写作状态。张旻的这种健康主要体现于他的怜悯和他的淡泊。……我以为小说家的同情心比义愤填膺或愤世嫉俗更具小说性。同情，或怜悯，其要点不在于高高在上的精神或情感的施舍，而在于理解，尤其是对自己所不喜乃至憎恶的事物的理解。张旻在他的小说中总是那样宽厚地理解着笔下的人物，不管对方有多么变态，多么丑陋，他都能以理解为前提，给予应有的同情。他善于从最为暴虐的人物或事件那里看出其可怜和其荒诞，一如他善于从表面上很美的现象背后发现其丑陋，从看上去很庄严的事情上揭示其虚假。但他很少愤愤不平，他也从来不因为自己的健康而对病态的人物显露自己的优越。"①他们不向现实企求，也无需对现实作出意义的或价值的承诺。他们没有拯救文学的使命感，也不追求明确的功利目的，而是陶醉于"无人喝采"的自由自在之中，进行着绝对个人化的建构或者破坏。可以说，边缘化正是文学的个人化以及私人化得以真正实现的现实前提。中国当代文学从新时期发展到现在虽也曾有过一个又一个辉煌，但却一直也没有找到真正属于作家个体的个人话语，即使以标新立异为旗帜的新潮小说也是如此。如果说从前的文学只有一个政治的或意识形态的集体话语的话，那么新潮文学在远离了意识形态的合唱之后所完成的也只不过是一种非意识形态的合唱，他们以对西方话语的集体言说来取代对于意识形态的集体归附，仍然是用群体的声音覆盖了个体的声音，这也正是新潮小说充满重复和模式化倾向的一个深层原因。而在九十年代边缘化语境中登场的新生代作家这里，"个人"的声音开始得到了前所未有的强调，中国文学的面貌也正由此经历着从集体性风格向私人化风格的转型。正如郜元宝所指出的，在这些作家这里，"统一的"小说发生了根本的裂变。他们不想为了某种非此即彼的小说观念写作；更不愿为某种非此即彼的生活规范所牵制，而是力图在裂变所产生的缝隙中争取写作和生存的空间。小说由此变成了或此或彼的精神行为。② 显然，这种"自由"状态的莅临也正是"边缘化"对于中国世纪末文学的一个独特贡献。

其次，新生代文学又是对八十年代以降的当代新潮文学的一个自然接续。虽

---

① 《自己的故事·后记》，作家出版社，1995 年。

② 郜元宝：《匮乏时代的精神凭吊者》，《文学评论》，1995 年第 3 期。

然,早在八十年代末、九十年代初关于新潮小说“终结”和“死亡”的宣判就不绝于耳,但我总觉得这样的宣判完全是批评家一厢情愿的武断结论,它根本就不符合中国当代新潮文学的发展实际。在我看来,当代新潮小说的发展经历了三个阶段:一是1985年前后以马原、残雪等为代表的前期新潮派。他们在从“写什么”到“怎么写”的转化中对传统现实主义小说的叙事原则和文本规范进行了全面颠覆和革命,整个中国当代文学的面貌和方向由此发生了巨大的转折。一是1987年之后以余华、苏童、格非、孙甘露等为代表的后期新潮派。这些作家在继承马原等人的新潮叙事传统的同时更注重于新潮小说自身美学规范的建构,他们的创作业绩也更为骄人。在小说形式和技术的追求之外,他们更多地挖掘了“历史”,以“历史”作为他们技术操作的审美框架,这一方面拓展了新潮小说的艺术功能,另一方面又限制了新潮小说表现生活的广度与涵量,并进而孕育了新潮小说的危机。正是在这一阶段新潮小说自身的艺术矛盾触目地彰现(显)了出来:其一,新潮小说对于革命、反叛以及“自由”写作境界的极端化追求,却最终适得其反恰恰导致了写作的不自由。新潮作家处理经验的形式和技巧都是很极端化的。形式上,它要处理一些前所未有或至少中国还不曾有过的感知形式、语言表达形式、结构形式等;内容上,它要处理一些中国小说以前不曾或不忍或忌讳处理的经验、感觉、想象、幻想、意象等。对于写作者来说,极端化的处理无疑是一件难度和风险极大的事情,因而难免会有吃力不讨好的尴尬。更可怕的是,在这种“极端”身边,新潮作家心驰神往的“自由”却悄悄溜走了。新潮作家总是要反叛什么,总要革什么的命,这个反叛、革命的对象对他们的制约就太大了,使他们不管写什么都要走到极端的路上去,而把许多有价值的东西轻易排斥掉了。从这个意义上说,新潮小说只是一种对象性的文学,是牺牲了的文学,是为了争取自由而永远与自由失之交臂的文学。其二,新潮小说观念层面上对于个性的坚执和张扬与他们实际创作中的模式化和非个性化构成了一对触目的矛盾。新潮小说的历史虽然不长,但却已形成了一个根深蒂固的模式化传统。不仅主题是千篇一律的灾难、性爱、死亡、历史、罪恶,而且叙述上也是千人一面的孤独、回忆、梦游、冥想。对于西方文学经典的模仿、翻译以及对于中国传统文学典籍的改写已经成了这代新潮作家的一种最典型的写作方式,这种方式无疑是对他们标榜创造性和独特性的文学姿态的有力讽刺。有人说用十部西方现代文学的经典就可以概括中国新潮文学的全部历史,这话虽然苛刻,但也确实击中了中国当代新潮作家们的要害。而在我看来,新潮小说也是最经不起比较阅读的文本,我们可以读单个作家的单个作品,但不能读他的全集;可以读一个作家的作品,而不能把他放在新潮作家群体中去阅读。我觉得,中国的新潮小说其实仍然没有找到真正属于他们自己的“个人话语”,他们只是陷在对西方文学话语的集体言说之中不能自拔,离开了法国新小说和马尔克斯图腾,他们将注定了一无所有。可以说,此时的新潮小说既已经发展到了它的巅峰,又迫近了深渊的边缘。特别是当一些作家在八十年代末纷纷转向故事性和通俗性写作之后,新潮小说的"先锋性"就受到了普遍的怀疑。而上文我们提到的种种关于新潮小说终结的宣言也正是由此而起的。我们承认,这种宣言具有一定的合理性,它看到了新潮小说自身的艺术蜕变,但它并没有能看到恰恰在新潮小说的"废墟"上新潮小说第三阶段来临了。我们现在所谈论的九十年代新生代作家可以说正是新潮小说的第三代作家。他们有感于新潮作家由"革命"的写作沦为"媚俗"的写作的教训,一登场就高举起"非功利主义"和"自由写作"的大旗。他们认为,本质上说,第一、第二阶段的新潮作家都没有获得一种自由的写作心态。对第一代作家来说,革命的热情、现实的挫折、读者的冷漠构成了一种巨大的心理压力。对第二代作家来说,成名的快感、商业的策略、大众的诱惑也都加剧了他们心态的浮躁。而对他们这一代作家来说,虽然并没有拯救新潮小说的雄心,但他们对于小说审美本性的强调,对于自由和非功利主义的追求,都赋予了他们一种新的可能性。也许正由于他们有这种自由的心态,这才使他们的作品有效地克服了八十年代新潮小说的局限和矛盾,并进而构成了对于八十年代新潮小说的全面超越。我觉得,新潮小说对于新生代作家的意义和价值就在于,一方面他们对于文学观念的全面背叛和对于各种文学形式的成功演练作为一种文学成果被新生代作家完整继承了下来,垫高了他们的艺术起点,也使他们的"个人化"的文学风格真正能以一种轻装上阵的方式展开;另一方面,新潮小说的困境、失误和矛盾也成为一面镜子,使新生代作家避免和减少了重蹈覆辙、再走弯路的可能。更重要的是,新生代作家在新潮小说的废墟中崛起就不必再以"叛逆者"的激进、夸张形象出现,而是使他们任何意义上的"个人"写作都具有了某种水到渠成的意味。如王干所说:"他们无意去侵犯别人的生活领地和精神领地,也不通过'打倒'或'宣言'方式来宣判其他作家的死刑,他们乐意与所有的写作者和睦相处,这与八十年代先锋派所显示的破坏性和挑战性相比有了一个深刻的变化。"①可以说,新潮小说的经验教训都是九十年代新生代作家的精神遗产。只有在新潮小说发展演变的大背景的参照和映衬之下,我们才能对新生代小说的特征、风格、价值、意义等等作出符合实际的判断与阐释。

二

海德格尔在《艺术作品的本源》中说:"世界不是立于我们面前让我们细细打量

① 王干:《诗性的复活》,《钟山》,1995 年第 4 期。

的对象，它从来就是诞生与死亡、祝福与亵渎的路径，使我们失魂落魄般地把持着存在。”①米兰·昆德拉也指出：“存在并不是已经发生的，存在是人的可能的场所，是一切人可以成为的，一切人所能够的，小说家发现人的这种或那种可能，画出‘存在的版图’。”②显然，小说与“存在”和小说与“世界”的关系无疑正是我们考察、审视和阐释新生代作家群体的一个重要视角。实际上，新生代小说的全部独特性和“个人性”也自然首先表现在他们对于“存在”的态度以及对于“存在版图”的体认、言说和“绘制”上。对我们来说，新生代作家与其说是以他们的文本在九十年代独树一帜，倒不如说是以他们对于小说与存在关系的个人化的理解以及与这种理解相伴的他们的独特的写作姿态使他们与流行的写作区别了开来。而在我看来，唯一标识新生代作家个性和革命性的写作姿态就是一种“在边缘处叙述”的姿态。对这个汉语词组有两种阅读方法，一是“在边缘处叙述”，一是在“边缘处叙述”，它们分别代表了新生代作家人生和小说的不同方面。一方面，在新生代作家这里“写作”已经被等同于生活本身，他们中的不少人都辞去公职而以写作为生。所谓“在边缘处”既是对他们文本状态的描述，又更是对他们生命状态的描述。在他们看来，小说写作是“作为特殊的精神冲突和难题”③的缓释，甚至有时是用来“克服自己难以克服的某种情绪，为了更好地生活下去”④，而小说的价值是“行走在现实泥土之中的人内心的一种飞翔的愿望”⑤。这就意味着，小说成了确证他们个体生命存在的一种方式，意味着他们对于小说家作为一个“存在者”对自身生命存在性的警醒、自觉和关注。他们清醒地意识到“自觉的小说家必须对小说有某种与其说新的不如说更个人化的理解”⑥，而这种“个人化”本质上也正指向了小说家的生命存在和自我实现。在此，我们看到了小说家的人生方式和小说方式的同构与重迭(叠)。新生代作家似乎总是一半在生活中，一半在小说中，小说是生活，生活也是小说，小说写作和作家个体的存在在本质上对应等同了起来。韩东在为朱文的小说集《弯腰吃草》写的“序”中对朱文写作方式的描述其实也可以说正是对于整个新生代作家群体的共同描述，他说：“把握住自己最真切的痛感，最真实的和最勇敢地面对是唯一的出路。朱文的方式就是要不断地回到自己，他从不间断地考察和追问自己的写作动机和文学热情是否真实和纯粹。与其说是完善自身的需要不如说是把自己当成了一条道路、一座桥梁或者一块铺路的石子，那流淌于天上地下的精神洪流从此经过，伤及自身、流血流

---

① 海德格尔:《存在与时间》,三联书店,1987 年。
② 米兰·昆德拉:《小说的艺术》。
③ 韩东:《小说的理解》,《作家》,1992 年第 8 期。
④ 朱文:《片断》,《作家》,1995 年第 1 期。
⑤ 鲁羊:《天机不可泄露》,《钟山》,1993 年第 4 期。
⑥ 海德格尔:《存在与时间》,三联书店,1987 年。

汗,甚至被完全碾碎也在所不惜。这样的写作显然是献身性的。但不因其献身的意义而变得悲壮,同时它也是坚实而痛快的。其中的奥妙谁又能解呢? 朱文曾这样对我说:真实的写作将和你的生活混为一体,直到我们相互交织、相互感应,最后不分彼此。这和那些杜撰悲哀和绝望的作家是截然有别的。他们的写作不伤皮肉、名利双收,一面侈谈崇高之物,既虚无又血腥,一面过着极端献媚和自得的庸俗生活。他们把写作看成了成功的一种方式,如果能从其他方面获得更多的成功和回报,放弃写作又有何不可呢?"[①]显然,新生代作家是把对于"存在"无限可能性的开掘和对于小说无限可能性的寻找作为两个相互依存的环节统一在他们的"写作姿态"里的。这种小说方式和人生方式重合的写作姿态不仅直接导致了新生代作家对于自我经验的偏执与坚守,而且也使得他们"在边缘处叙述"的小说理想得以真正成为可能。在这个意义上,"在边缘处叙述"[②]可以说是新生代小说区别于以往的任何小说也区别于同时代的其他形式的小说的一个最为显著的特征。"在边缘处叙述"[③]意味着对于自我私人经验的强调和对于公众经验的远离,意味着对于小说叙事传统的拒绝,意味着个人化"经验"对于小说技术和观念的全面超越,意味着自由的莅临和自我的重新发现。另一方面,"在边缘处叙述"[④]表现在新生代小说的艺术形态上又体现为一种"返朴(璞)归真"的艺术境界的实现。这种艺术上的"返朴(璞)归真"当然也主要是针对新潮小说的参照系而言的,在我看来它包括三个方面:一是叙述人的返朴(璞)归真。前期新潮小说的叙述基本上是一种贵族化的"高调"叙述,它维系着作家自我的乌托邦情结。而新生代小说中的叙述者则大都被还原为以主人公形态出现的与作者具有生命同构性的世俗性、俗望化的生存个体,更真实也更具有生命意味。二是叙述方式的返朴(璞)归真。新生代作家在叙述中已经放弃了文本游戏和技术表演的倾向,而开始返回小说叙述的初始状态,生活的流程和故事的流程紧紧联系在一起。三是语言的返朴(璞)归真。新生代小说中的语言已经背离了欧化风格和华丽色泽,方言、口语和本色生活语言构成了新生代文本的主体。新生代作家以朴实无华的文字讲述着一个个当下的生活故事,这些故事具有着原初、真实的生命气息和粗糙、质朴的形态,这里既没有游戏化的叙述,也没有艺术上的雕琢和安排,无为而为,甚至比现实主义的叙述还要本分。作为新潮小说的传人,新生代从极端的叙事实验向朴素的"无技巧"叙述的还原、从凌空高蹈的想象虚构世界向直面当下生活的回归无疑是有意义的。它意味着新潮作家创作心态的成熟和艺术水平的提高,意味着新生代作家主体和自由得到了真正的解放,他们已经不再是技术

---

① 《韩东弯腰吃草·序》。

②③④ 下点系作者所加。

的奴仆，也不再需要通过夸张的极端的姿态来证明自己了，他们对于“边缘”的主动撤退和坚守本身就已是一种高度艺术自信的体现。

而从这样一种“在边缘处叙述”的写作姿态出发，我们发现，“边缘化”也正是新生代作家的一种最根本的文本叙述立场。这个立场包含着互为因果的四重内涵，即心灵化、个人化、经验化和民间化。在我看来，从“中心”退居“边缘”，实际上就是退回内心、重返个体、立足民间，而对于私人经验的强调以及对于主流或流行价值观念的疏离也都是题中应有之义。从观念和写作革命的意义上说，“民间化”立场对于新生代作家无疑是举足轻重(的)。中国文学近年来一直在探讨和呼唤“民间”立场，但这个问题却一直也没有得到真正解决。即使前期新潮小说高扬反叛和革命的大旗，他们也只是寻找到了“西方”的立场，而没有或者不愿意回到“民间”立场上来写作。而到了新生代作家这里，“民间化”立场已不再是一个问题了，它已溶入了他们的生命存在和文学存在之中，成了标示他们个性和风格的前提。因为，所谓“民间”立场乃是一种真正个人化的立场。它既无需打破什么，也无需建构什么，而是纯粹回到个人的视点上来观照生活和艺术。作家不企望进入“中心”，无须(需)遵守“中心”的话语秩序，也不靠“中心”的认同来证明自我的存在。主体的解放和创作心态的放松自由是“民间化”的最直接馈赠。而从新生代作家的文本来看，“经验化”立场对新生代小说的影响则又更为直接和具体。这不仅因为“经验”曾一度被新潮作家遗弃和鄙视过，而且还因为“经验”的崭新审美形态直接决定了新生代小说的文本面貌。在新生代作家的叙述中，“存在”无疑首先呈现为一种“经验”，他们正是在对经验自我的偏执和坚守中确立他们小说写作的基本支点和出发点的。他们将小说家的角色从固有的社会期待中解脱出来，而变成一个普通的人，将激情内敛为对生命存在的守望，以经验自我的敏感的触须去触摸生存的真实和本质。① 经由作家“经验”的过滤真实与虚幻的界限已经消弭，心理想象与生活实在的边界不再清晰，过去、现在、未来溶(融)为一体，“存在”的可能性和丰富性得到了最大程度的敞开和呈现。正如张旻在《一种状态》的创作谈里所说：“在我的感觉上，除了现实和梦幻，我们的生活中还存在着第三种状态，这是一种不能用任何标准去衡量、用任何概念去阐释的非真非假的状态，是一种不确定的、不可知的、若隐若现、随机应变的状态。”“我不能简单地把它们剥离开来。它不象我的朋友所相信的那么虚幻，也不象我妻子所疑心的那般真实。它是一种可能太逼真的状态，又是一种我只能以虚构(或编故事)的方式让你信以为真的状态，一种简单、自然、合理的事实。”②在我看

① 林舟：《在爆破现实中拯救自我》，《钟山》，1995 年第 6 期。

② 转引自《钟山》，1995 年第 4 期。

来,“经验”对于新生代小说的意义主要表现在下述两个层面:

其一,“经验”表现域的拓展与存在可能性的挖掘。我们当然承认在一切形式的文学作品中都当然地存在着“经验”的因素,但“经验”在文学作品中的呈现方式却是迥然不同的。在新生代小说中,“经验”主要呈现为两种形态:一是欲望化形态;一是私人化形态。就前者而言,何顿、朱文、张旻、刘继明、邱华栋等人的小说对于世纪末中国社会的欲望化生存表象所进行的多方位的表现和描述无疑是新鲜而有开拓性的,他们从一个特定的角度切入了当下社会和当下个体的生命真实和存在真实。何顿对于小中产者积累财富过程中无限膨胀的人生欲望的纪实,邱华栋对于都市“玩主”追逐金钱、游戏爱情的欲望化生命的放大,朱文、张旻对于知识分子欲望心理的剖析……无疑都是对于我们当今时代的整体生存景观和心理氛围的成功素描。就后者而言,新生代作家文本中的“经验”又完全是一种个性化、私人化的“经验”,它远离公众和集体意识形态的“经验”,特别是在对于具有文化和意识形态禁忌色彩的边缘“经验”的发现和言说中凸现了他们个体的生命存在。可以说,新生代小说的个人化风格首先就直接来自于他们个人化的“经验”。这种“经验”一方面对于公众体验来说是全新的、陌生的,另一方面也是对于我们的既有文学传统的封闭格局的一种打破和拓展,他们使人类的一切“经验”都得到了敞开并从容而堂皇地进入了文学的领地。在此,韩东、鲁羊、刘剑波等作家的“诗人”化的经验构成了新生代小说“私人化”景观的一个层面,而陈染、林白、海男、徐小斌等新生代女作家对女性“个人化”经验的言说则代表了“私人化”景观的另一个层面。而我们今天所讲的新生代小说的私人化问题其实主要是针对女性作家的文本而言的。陈染从《嘴唇里的阳光》、《在禁中守望》等中短篇小说到长篇新作《私人生活》,都以一种近乎“呓语”式的内心独白体对女性的私人隐秘体验进行了大胆的挖掘和表现。林白在她的《守望空心岁月》、《子弹穿过苹果》、《回廊之椅》等小说中对于女性同性恋、自恋、恋父等尖锐而“边缘性”女性经验的言说可谓率直而大胆,她的长篇小说《一个人的战争》则更是在一种“自传式”的氛围中前所未有地凸显了一个女人成长历程中个别的、个人的铭心刻骨的记忆,并由此把女性的奇特经验渲染到了极至(致)。有人甚至认为她们就是依照法国女性主义学者埃莱娜·西克苏的“身体写作”原则来写作的,“几乎一切关于女性的东西还有待于妇女来写:关于她们的性特征,即它无尽的和变动着的错综复杂性,关于她们的性爱,她们身体中某一微小而又巨大区域的突然骚动。不是关于命运,而是关于某种内驱力的奇遇,关于旅行、跨越、跋涉,关于突然的和逐渐的觉醒,关于对一个曾经是畏怯的继而将是率直的坦白的领域的发现。妇女的身体带着一千零一个通向激情的门槛,一旦她通过粉碎枷锁、摆脱监视而让这明确表达出四通八达贯穿全身的丰富含义时,就将让陈旧的、一成不变的母语以多种语言发出回响。”①我觉得，陈染、林白等女性作家对于隐秘的女性意识、女性欲望、女性躯体等的言说和体认既彻底地呈现了那些被遮蔽的女性经验，又在对于女性这个神秘领地的真正打开中实现了对于生活“可能性”的敞开。实际上，无论是“欲望化经验”还是“私人化经验”，在新生代作家这里都只是寻找和发现生活与存在无限可能性的一种有效的艺术手段。对于“经验”的强调表面上似乎是一种内缩和封闭的姿态，但实质上却是以一种私人化的方式延展了小说的艺术空间。可以说，私人性和经验性正是“存在”的可能性得以凸现的前提，因为生活的可能性既包容了个体的可能性，又只有在个体的可能性身上才能体现出来。韩东是新生代作家中对于存在可能性的表现最专注和突出的一个。虽然韩东把他的小说称为“虚构小说”，但这种“虚构”却又是与“生活”和“经验”紧紧相连的，他表示：“我赞成小说家的写作有赖于他的生活。但我认为更重要的还在于他对生活的理解，甚至就是对于‘生活’这一词语的理解。由于对‘生活’的不同理解产生了〔对〕小说家的不同要求，他们的作品因此面貌也迥然有别。”同时，他又觉得虚构小说面对的是“生活的可能性”，他相信“以人为主体的生活它的本质、它的重要性及其意义并不在于其零星实现的有限部分，而在于它那多种的压抑或无限的可能性”②。他总是不动声色地把我们生活中习以为常的那种“被湮灭和潜在的可能性”挖掘和呈示出来。无论是表现知青和下放生活的《西天上》、《田园》、《下放地》等具有童年记忆色彩的小说对于历史反本质化的日常性、具体性和细节性的叙述，还是描写充满“自传”意味的校园和诗人生活的《反标》、《同窗共读》、《三人行》等小说在生活的现行逻辑秩序内开拓出“反逻辑”可能性的艺术尝试，抑或在表现普通人生存状态的《房间与风景》、《于八十岁自杀》、《吃点心，就白酒》等小说中对各种不同人物“关系”的透视与剥离，韩东在对他自我个人化经验的理性叙述和呈现中所完成的正是对于生活和文本可能性的双重建构。

其二，哲学化主题的生命性。我不同意所谓新生代作家对于“经验”的强调导致的只是平面化叙述和深度主题丧失的观点，相反我觉得新生代作家正是在“经验”的帮助下才真正完成了对于八十年代新潮小说哲学化主题的重构与超越。新生代作家显然并不满足于对生活和现实表象的书写，相反他们倒是时常在他们的文本中表现出了穿越生存表象而直抵生存本真的愿望，这也使得他们的小说对人类生存的关怀总是透发出一种浓重的哲学意味。某种意义上，我觉得，陈染、鲁羊等新生代作家的价值其实正体现在他们对于“存在”进行哲学思索的巨大深度上，离开了对其文本

① 转引自香港《读书人》，1996年6月号。

② 韩东：《小说家与生活》。

哲学化主题的确认,我们对他们的把握将是片面而不得要领的。不过,不同于八十年代新潮作家的地方在于,鲁羊、陈染等人的哲学性主题不是观念性而是体验性的。他们的小说总是充满一种真实的生存痛感,他们以个体生命经验的方式切入对于存在的哲学追问,根本上超越了前期新潮作家对于西方现代派理念的观念性认同、趋附与模仿,从而赋予了其哲学主题以强烈的生命性和真实性。陈染是当今作家中对于个人化的风格追求最绝对的一个,她宣称:"我以为,在人性的层面上,恰恰是这种公共的人才是被抑制了个人特性的人,因而她才是残缺的、不完整的、局限性的。……我想,应该说,恰恰是最个人的才是最人类的。"①在她充满女性自我经验的小说中对于人类生存之痛的抚摸与言说是尖锐而触目惊心的,她勇敢地暴露和敞开了她所体验和感受的全部生命之痛,用她自己的话说就是:她努力做到的就是"让那些应该属于我的一个三十岁女人的血血肉肉真实起来,把欲望、心智、孤独、恐惧、病态、阴暗等等一切的本来面目呈现出来"②。无论是《空的窗》、《时光与牢笼》、《无处告别》、《潜性逸事》等小说对于"孤独之痛"的表现,还是《秃头女走不出来的九月》、《巫女与她的梦中之门》、《饥饿的口袋》等小说对于"家园之痛"的体认,抑或在新近的长篇小说《私人生活》中对于女性成长史的回顾,陈染都赋予其对于"存在"的哲学思索以鲜明的生命性和体验性。某种意义上,现实世界中的陈染和小说世界中那些陈染的创造物是有着互文性、同构性和互为阐释的生命关系。这也是陈染的小说卓尔不群的个人风格的一个主要方面。而鲁羊的小说在新生代作家中则是技术实验色彩最浓的,同时它对于存在的把握和表现也是相当哲学化的,他认为"小说可能是写作者融入梦想和智力的某种精神综合体,是否要借助于外部形状和故事情节的描述,只不过是此刻的考虑"③。他的小说通常由"现实文本"和"梦的文本"共同构成,作家以"冥想"的方式对存在和人生加以审视。他的小说主人公也都是终极意义上的冥想者,冥想是他们的基本的人生存在方式,他们不仅在冥想中泯灭了历史和现实的距离,实现了对于世俗的弃绝与抛弃,而且还以对存在的恒常性的体认构筑了存在和小说本身。但对于鲁羊来说,他对于存在的思考是和他的人生经验紧紧结合在一起的,他的《银色老虎》等技术化、哲学化色彩很浓厚的小说就我所知都融入了大量的真实生活经验。在鲁羊这里,甚至形式策略的选择体现的恰恰也是他自身经验的生动展开。即便是《洞酌》、《九三年的后半夜》、《岩中花树》这样一些呈现形式极端化外观的小说中,我们也不难看到作家本人的生命轨迹和情感印记,这些小说中呈现出的作家本人对疼痛的经验〔上〕敏感以及对于自身精神痛苦的抚摸都与作为诗人

① 陈染:《私人生活·附录》,作家出版社,1995年。
② 转引自《小说评论》,1996年第3期。
③ 转引自《当代文坛》,1995年2期。

的鲁羊的悲悯情怀互为因果。与鲁羊等新生代作家不同,朱文、何顿、邱华栋等人的小说似乎更具有感性化和表象化的外观。朱文的小说总是具有一种情绪化的抒情外壳,但即使在他的《我爱美元》这样直接书写欲望的小说里,我们也能够从文本“反讽”的叙述基调中感受和触摸作家思索人类生存困境的哲学之思。而张旻的《校园情结》等小说对于知识分子“意淫”心理经验虚拟化的表现,邱华栋的《环境戏剧人》、何顿的《无所谓》等小说对于城市多余人、空心人、流浪者放荡漂泊的欲望化生存表象的白描也都在具有强烈现实感和经验性的人生画面中触摸到了现代人的生存困境和心灵的痛楚,让读者看到了深受挤压的现代人生命存在的盲目、无聊、焦虑、厌倦及其卑微的本质。

不过,需要指出的是,我们对于新生代小说文本中的“经验”性的强调更多的是为了凸现新生代作家写作方式的意义,我们不能把文本中的“经验”和作家本人的“经验”完全等同起来,更不能以文本中的“经验”来反证和指控作家本人的生活态度。这本是一个基本的文学常识。但遗憾的是目前文学界对新生代小说的种种责难却正是由这一个常识性的错误引起的。新生代小说确实对于纯粹私人化、边缘化的心理、生理经验表现出了巨大的热情,也确实对于种种欲望化的人生场景和人生画面进行了淋漓尽致的展现,新生代小说的主人公也无疑都是些远离公众生活轨道放浪形骸的游荡者和漂泊者,但这一切都不足以证明新生代作家本人就没有对于人类精神家园的关怀,也不足以指责新生代作家就是没有责任感和使命感的欲望主义者和价值虚无主义者。恰恰相反,我觉得新生代小说对于“经验”的书写,对于欲望化生存表象的书写并不是一种对现实的平面化的复制而是一种有深度的超越。新生代小说是以自我体认的方式完成了对于我们当下时代欲望化生存景象和欲望化精神心理氛围的生动观照,他们只不过是以现实主义的态度表现了我们时代里真实存在的人生景观。小说中“我”的率真、坦直的表白与表演并不是作家本人的“自传”,即使是“自传”当其出现于小说中时它也已具有了虚构的意义。主人公、叙述者的游戏人生也好,欲望舞蹈也好,都不是作家精神的写真。实际上,虽然新生代小说家把我们时代精神沉沦、家园迷失的“废墟”景象展现在我们面前,但作家们却是有着自己鲜明的精神立场和诗性立场的。“遥望废墟中的家园”可以说是新生代作家的一个共同的叙事形象,而在世俗的生存之痛的体认中向往超世俗的诗性理想可以说是新生代小说的共同主题。我觉得,在这个问题上,我们评论界对新生代作家“缺乏精神高度”的批评恰恰是空洞、非分而不切实际的。什么是“精神高度”呢?以语言的方式或者以口号、宣言的方式直接在作品中呼唤价值、信仰、道德等“精神高度”实在是一件再简单不过的事,但那根本不能说明任何东西。它既不表明言说者就是这些“精神”的拥有者,也不能为作品在艺术上凭(平)添多少光彩,相反倒有可能因为“虚伪”而放弃了诚实。如果那样,新生代作家就不成其为新生代作家了,因为,“诚实”恰恰是新生代作家最可爱的品格。我们不能因为作家没有在文本中表现义愤填膺的呐喊、悲剧性的哭泣和正面的价值评判,就否定作家主体的精神性,也不能把文本表层的轻松、调侃、反讽、荒诞风格等同于作家心态的轻浮或空虚。这(那)其实仍是一种要求文学只以一种模式发展的单极思维的体现。我觉得新生代作家对于各种欲望化现实的表现本身就已寓含了一种价值态度,他们并没有如有些论者所指责的那样丧失对现实的“否定性”和“批判性”,在我看来新生代作家对“民间性”立场的坚守本身就是一种对现实的否定和潜对抗态度的体现。而所谓零度叙述也并不能掩盖他们直面现实、穿透表象的精神努力。当然,我这样说也并不意味着新生代小说就没有其局限性。美感的缺失、叙述的琐碎与粗鄙化、理性力量的不足、作品气度和格局的狭窄、自我的重复与模式化倾向都是阻碍新生代小说向更高境界迈进的拦路虎,期待新生代作家成长为大作家、期待新生代小说出现“大作品”似乎还为时过早。

——原载《钟山》1998 年第 1 期

张志忠

试论九十年代文学的文化视野

一

当代文学的文化自觉,始于八十年代中期思想界的“文化热”和文坛的“寻根文学”运动。一批思想活跃,勇于创新的青年作家,韩少功、阿城、郑义、王安忆、贾平凹、李杭育等等,在文学报刊上推作品、发宣言,给波澜起伏的文学潮流,增添了一道亮丽的新风景,在文坛引起巨大的轰动。今天看来,比起那些传诵一时的《棋王》、《老井》、《爸爸爸》、《小鲍庄》来,“寻根文学”更重要的意义在于,它极大地强调了文化的意义,如同阿城所言,“文化制约着人类”,文学的视点转变到对于社会文化形态和心态的关注上来,这就为文学寻找到了新的立足点,为文学提供了广阔的前景。“文化制约着人类”的命题,与当代文化哲学的兴起遥相呼应,与恩斯特·卡西尔的“人是文化的动物”的定义暗合,可以说,这是对于人的新的发现,是对于“文学是人学”的文学观的重新确认和拓展。也许,文学把自己的立场转移到文化上来,把对于中国当代社会文化心态的关注作为己任,这并非是“寻根”作家的发明专利,也并不是说只有“寻根文学”运动产生的作品才掌握着解开中国文化之谜的钥匙(比如,刘心武发表于1984年的长篇小说《钟鼓楼》,就明确定位为是对北京市民文化生态的关切,汪曾祺贯注在作品中的传统文化的蕴含,陆文夫所描绘的苏州小巷人家的风情,也是得风气之先的),但是,“寻根文学”的集团冲锋造成的震撼力,它对于当代文学的冲击,其意义是非常重大的。可以说,正是文化意识的自觉,造成了中国当代文学的根本性转变,造成了九十年代文学的基本态势。

九十年代的文学,正是以文化为支点,而开创了新的景观;反之,从文化视野去考察九十年代文学,我们也可以对那些看起来是互不相干的文学热点梳理出内在的关联,对那些表面上相去甚远的文学现象有一个进行整合的基本框架:

在九十年代初期活跃异常的王朔，他的小说也好，影视作品也好，正是以描摹带有浓郁地域特色的北京青年市民的文化心态为其着力点；异军突起的余秋雨，把他创作的一系列叩问历史之谜的散文，命名为《文化苦旅》，他的这些作品被视为“文化散文”而风行一时；

九十年代的长篇小说，排除商业效益对于作家的诱惑和刺激，其文学的内在推动力，仍然离不开文化意识的自觉。即如所谓“陕军东征”，陕西作家陈忠实、贾平凹、高建群等人的长篇小说《白鹿原》、《废都》、《最后一个匈奴》等几乎同时问世，究其内涵，就是以独特的西北黄土文化为其底蕴的；

女性文学的繁荣，无论是苏叶、斯妤、叶梦到素素、黄茵等人的散文，还是陈染、林白、徐小斌等的小说，都是当代女性文化崛起的重要标志；

关于“人文精神”的倡导和论战，其出发点是如何评价市场经济大潮推涌下的文化现状，其要点则是人文知识分子如何在新的社会现实面前坚定自己的文化选择；

还有，因为郑敏的《世纪末的回顾：汉语语言变革与中国新诗创作》一文所引发的关于“传统与现代”的讨论，论争的焦点，是如何评价五四新文化运动的文化价值观，是如何评价中国现代诗歌的文化选择，是以二十世纪的中国诗歌历程为例证，对于文化激进主义与文化保守主义的此消彼长所进行的评说……

或许，正是这些作家作品和文学论争的热闹非凡，异彩纷呈，显示出九十年代文学的勃勃生机，因此，在纵向的历史发展上，人们似乎过多地看到的是九十年代文学与八十年代文学的差异性，过多地强调的是二者间的断裂和对立，是前者对后者的简单否定，这显然是以偏盖(概)全，一叶障目。九十年代文学的基本态势，是与八十年代中期的“寻根文学”所唤起的文化意识相关联的，不论作家们对此是自觉还是自发的，恐怕都是难以例外。

二

中国当代文学和它所依存的中国当代社会，从党的十一届三中全会以来，形成或者正在形成前所未有的新格局。随着改革开放的进程和市场经济的确立，中国社会的民主程度不断提高，社会生活与心灵空间得到进一步的拓展；活跃的日渐强大的经济力量，在社会生活中占据的地位不断增强，有了自己的独立意志，市场经济的意志；与此同时，包括文学艺术在内的文化，也在寻找和调整自己的位置，建立自己新的立足点，这与当代中国曾经走过的艰难曲折相比较，不能不说是极大的进展。

文化的价值受到重视，文化的功能凸显出来，又是社会现实的迫切需要。1985 年，在“文化热”初起的时候，在一批著名学者参加的“文化问题讨论会”的纪要中，留下了这样的记载：“五四运动以来，现代化的口号提出了半个世纪，而现代化的进程却一次又一次被打断,这是什么原因?看来,有一个问题没有很好的解决。现代化不只限于科学技术层面,更重要的是应该有文化深层的现代化相配合,其中包括价值观念、思维方式以及对我国新旧传统的历史反思等等。现代化是一个很复杂的问题,提出要实现现代化就说明我们仍然处在'非现代化'的历史时期。那么,首先就有一个'现代化'与'传统'的关系问题,其中包含着深刻的价值观念上的冲突,这个问题不能不和传统文化息息相关。"①可以说,面对二十世纪中国社会的基本命题:实现现代化,人们的思考在经过对于政治、经济等方面的反省以后,开始注意到文化的领域,开始解答文化的难题,希望通过对传统文化的批判和摒弃,对于西方现代文化的借助,实现民族文化的现代化。相应地,在社会生活和文化范畴内都属于最活跃最敏感的文学,不能不受到这一思潮的影响并且作出积极的回应,并且以自己的方式强烈地表达出来。于是,当代的"阿Q相",在仁义和忠厚中蕴含的麻木、保守和愚昧,成为作家鞭笞的现象(如韩少功的《爸爸爸》、王安忆的《小鲍庄》),评论家则用"文明与愚昧的冲突"(季红真)、"民族灵魂的重铸"(雷达),表达他们对于新时期文学主潮的判定。

历史有惊人的相似之处。自从近代以来,中国社会的演进,就总是沿着经济—政治—文化的次序逐步展开的。从"师夷长技以制夷"的洋务运动对西方先进工业技术的引进,到百日维新和辛亥革命的政治变革,都曾经给在迷惘和痛苦中挣扎的中国知识分子带来热情和希望;直到中国知识分子再一次地感到幻灭,认识到沉重的文化传统对于民族进步的桎梏,才会有五四新文化运动,才会有充当这一运动主力的现代文化的诞生,有鲁迅的以"改造国民性"为标的的文学创作。只是这一思想文化的启蒙运动,被酷烈的民族战争所阻断而没有完成,迫在眉睫的生存危机,当然要优先于思想文化的务虚之举。

就此而言,民族精神的现代化,是一个漫长而艰巨的历程,它不可能一蹴而就,不会"毕其功于一役"。虽然说,九十年代的中国,在市场经济机制的确立及其推动下,又向前大大地迈进了一步,以致(至)于有些热情甚高的评论家欢呼中国已经进入"后现代主义"的时代,但是,民族现代化的进程,依然是任重而道远,民族文化的更新和重建,依然是当前文学从八十年代承继而来的、必须面对的基本课题,这也就是决定九十年代的文学视野的根本原因。

三

如果说,八十年代的文学,在文化的思索方面,自觉地继承五四运动的文化遗产,已经有所作为,在地域文化的描绘上,已经初露端倪,那么,九十年代文学的文化

① 转引自汤一介:《"文化热"与"国学热"》,《二十一世纪》,1995年10月号。

视野，比前者要显得开阔和成熟许多，在创作的规模和质量上，都上了一个新的台阶。比如说，八十年代的文学，在“文化热”的激荡下，较多地表现的是中国的农村文化，并且由此而接近中国的传统文化；在当下的文学中，对于新兴的城市文化以及城乡文化的冲突，对于知识分子文化都有上佳的表现——这显然是对九十年代社会发展的及时回应。

生活在广州的张欣，没有愧对这经济改革首善之区的风雨朝夕对她的丰厚馈赠，她敏感而勤奋地写作，从《首席》、《伴你到黎明》到《你没有理由不疯》，以女性细腻而感伤的笔触，刻画了一批随时代转折应运而生的白领丽人，她们或者主动或者被动地告别“铁饭碗”，投身于商海，有的经过一番苦斗打开了局面，有的带着累累伤痕败下阵来，然而，无论是商战中的成功者还是失败者，她们天生的浪漫情怀，和她们对于爱情的痴心不改，都在严峻的现实面前撞得粉碎，令人感叹“爱又如何”，感叹“无人倾诉”（《爱又如何》和《无人倾诉》都是张欣作品的篇目），把满腹辛酸都无处托付，怎一个愁字了得。《生活无罪》的作者何顿，《城市战车》的作者邱华栋，同样致力于表现城市中出现的“新人类”。何顿用他的笔墨刻画出一群个体户怎样从生活的缝隙中手足并用死打硬拼，为自己的生存闯出一条路子，为城市经济增添一种新的活力。他们不那么纯洁，对金钱和性充满了欲望，同时也富有冒险精神，充满了野性和生机，他们逞勇斗狠如狼似虎，为自己在市场上争得一块地盘，但他们并没有在本性上完全堕落为金钱的奴隶，他们还保留了一片心灵的天真。邱华栋所写的，却是一批大都市中的漂泊者，一群自愿来到京城的流浪人，其中，有都市奢华所催生出来的寄生物，也有在五光十色中到处窥视和寻找的思考者。刘心武跨越八九十年代创作的“三楼系列”，《钟鼓楼》、《四牌楼》、《栖凤楼》，是他大规模地表现北京城的文化景观的作品。如果说，写于八十年代中期的《钟鼓楼》所洋溢的是改革开放的时代给人们带来的希望和憧憬，希望通过人们的历史感的建立和理性精神的张扬，改善和重建市民文化生态，那么，他的近作《栖凤楼》，则表现了一个知识分子面对飞速变化的现实和难以忘怀的历史的种种困惑：时间在推移，生活在改变，今天的风云人物出入的五星级豪华饭店的附近，就是一个大型的垃圾场，而且形成了以翻拣垃圾为生的外地来京的农民村落，二者之间的反差何止以道里计；作家关注的另一个焦点是，三十年前“文革”中所表现出来的形形色色的人们的丑陋心态，在时光的流逝中并没有得到清理，灵魂的拷问至今尚未完成，却又汇入现实的都市生活舞台上进行各自的表演……

这里不能不提到王安忆和俞天白，大上海风情的表现者。王安忆的《长恨歌》被誉为承继了张爱玲的风韵，俞天白的《大上海沉没》、《大上海漂移》等作品则使人想到大规模地表现切近的城市现实而写《子夜》的茅盾。把他们两人放在一起进行研究和比较，是非常有趣的。《长恨歌》是以当年曾经当选为“上海小姐”的王琦瑶从四十年代末期到八十年代中期的生活际遇为线索,折射出大上海半个世纪的风雨沧桑,剖析上海弄堂里小市民那种不无发达的幻想,却又在自己无力把握的时代风云中随波逐流,务实而达观、精细而雅致的日常生活心态,用作家自己的话来说,"我写了一个女人的命运,但事实上这个女人只不过是城市的代言人,我要写的(是)一个城市的故事","我是在直接写城市的故事,但这个女人是这个城市的影子"①。如果说,当年王琦瑶参加的选美比赛,正代表了城市奢华凄艳的一面,那么,她在八十年代被入室行窃者谋财害命而死亡,正是宣告了一个曾经创造过自己的辉煌的旧上海繁华梦的终结,预示了上海历史上一个新时代的到来。不同于王安忆用王琦瑶生命中的今昔对比抒发心中的感慨,俞天白的"大上海"系列,采用的是横截面,把笔墨伸向大上海在经济上再度起飞之际的一个个家庭里,通过展现乡镇企业对上海大企业的围攻和蚕食,香港和海外华人到上海投资办实业,以及雄心勃勃的乡下人到上海创业。而上海人仍然在现实的困境和精神的萎顿中(处于)苦苦挣扎自我更新的难堪和尴尬,揭示大上海跨入新时代、迎接新挑战之际亟待克服的现实的和精神的桎梏。王安忆和俞天白的出发点,都是面对浦东开发之前正处于艰难蜕变之中的上海,他们所感慨的都是大上海在计划经济时代受到的严重伤害,并且面对后来居上的香港、深圳等地自然而然地联想到上海在本世纪上半叶曾经有过的辉煌。王安忆把她的这种感受总括为"美人迟暮",她认为上海曾经是一个风华无限的美女,如今,她已经衰老,风光不再,只是在这里那里留下一些历史的痕迹,让人追思不已。俞天白则提出了"巨人综合症"的命题,认为上海在多年来的大量出超而很少输血的情况下,徒有巨人的规模,内在地〔却〕衰弱疲惫了,上海人也失落了当年拼搏创业的进取精神。可以说,他们对上海的感受和评价是非常相近的,却又可以从性别意识上(即"美人迟暮"与"巨人综合症"的分野)把他们区分开来。

与城市文化的崛起一道成为九十年代的新风景的,是知识分子在九十年代的彷徨和游移。市场经济的冲击,把文化及其载体——人文知识分子冲击得踉踉跄跄,知识分子的信念和地位都经受着新的考验。与此同时,作家自身的反省和批判,也变得空前峻切和激烈。因此,一方面是在文学理论领域率先展开了关于"人文精神"的讨论,并且由上海向全国扩展,由文学界延伸到哲学界和经济界;另一方面,是一批剖析文化人心态的作品纷纷问世。张承志、韩少功等人的杂文和随感,锋芒犀利,尖锐泼辣,虽然不无偏颇之处,但却有很大的警世作用,对于盲目认同于商业化潮流或者盲目认同于西方理论界话语的文学现象予以无情鞭笞。

在以刻画人物见长的小说作品中,取代了八十年代作品中知识分子的九死不

---

① 齐红、林舟:《王安忆访谈》,《作家》,1995年第10期。

悔、坚韧追求和充满对于普通民众的感戴之情的正面形象,知识分子在作家的笔下,成了被揭露、被批判、被嘲弄的对象,他们身上那些并不神圣的一面,那些平庸、灰色、卑琐的一面,被具有强烈的自省意识的作家揭示得淋漓尽致。王蒙的“季节系列”已经发表的3部长篇,揭示了和共和国一道成长的钱文等新一代青年知识分子在建国初期经历过的悲欢离合,充满了强烈的自省意识——《恋爱的季节》揭示了从北平解放和全国胜利带给一代青年人的欢乐、幸福和浪漫憧憬怎样在逐渐平淡化、体制化和严峻化的现实面前开始幻灭,人们为革命所催唤出来的激情洋溢怎样无法抵御日常生活消磨和在个人性格弱点的销蚀下淡化,艰苦岁月里凝聚起来的群体意识和同志友谊怎样被人们各自的需要和选择而瓦解,这一切又往往通过人们对于爱情的热烈追求和婚姻实现后的平淡和无奈所寓示。《失态的季节》则写反“右派”运动开展以来,这些青年知识分子在厄运突然降临时的慌张失态,为了洗刷自己而主动揭发他人,为了争取表现而互相倾轧,为了取得谅解而故意自我惩罚,以及面对未知的命运所产生的种种惶惑和迷茫,等等,都有着深刻的自我解剖的意味。

四

九十年代文学对于现实的迅速回应,非常耐人寻味。中国迅速加快的城市化进程,城市中的经济变革在社会生活占据了中心的地位,和知识分子对自身位置的重新寻找,文化的自主性的确立,这些本属于九十年代的新现象,无可置疑的是,它们是时代进步的重要表现。然而,当它们进入文学的时候,却是带有很大的批判和否定性色彩的。

八十年代的文学,它面对的是十年内乱结束不久的社会现实,它的重要任务是对于十年内乱给民族带来的毁灭性灾难的追诉和反思,是对于林彪、江青等推行封建法西斯专制主义的愤怒鞭笞。在对造成十年内乱的思想渊源追根究底的时候,人们不能不把思索的目光投向历史深处,投向曾经决定了中国社会数千年基本格局并且极大地影响了当代社会生活的传统文化,尤其是作为被历代统治者所推崇的儒家学说,人们关注的是传统文化的封闭、保守、等级制度、愚民政策、盲目崇拜、伦理至上、扼杀人性等等负面的内容,正像人们必须面对的是十年内乱所遗留下来的诸多社会难题一样。就“寻根文学”而言,虽然说有阿城的《棋王》、《树王》等褒扬庄禅处世思想的作品,但是,就其主导倾向来说,是对于民族传统文化负面价值与当代社会的弊痼的批判。韩少功的《爸爸爸》、王安忆的《小鲍庄》、莫言的《红高粱》等即是明证。与此同时,“寻根文学”作家之外的作家作品,冯骥才的《三寸金莲》、陆文夫的《井》、古华的《贞女》、李宽定的《良家妇女》等,通过对于古代和现实中的女性的可悲命运,对于传统文化对于女性的摧残迫害,提出了愤怒的控诉。同样,王蒙的《活动变人形》、张炜的《古船》等，对于传统文化扭曲下的人性异化的揭示，具有强烈的震撼力，而受到人们的关注和好评。这种种追诉和清算，都让人想到五四时期新文化运动倡导者对于传统文化毫不容情的批判态度。

如果说，八十年代的课题是拨乱反正、除旧布新，那么，进入九十年代，人们需要面对的是新的现实。九十年代初期以来，中国在继续保持改革开放的姿态的同时，也不能不承受在东欧剧变和苏联解体以后逐渐加剧的来自外部世界对于中华崛起的敌意和压力。因此，对于西方文化的认同受到来自政治上和民族情绪上的抵触，从传统文化中发掘新的文化资源，汲取其积极的对现实有帮助的方面，成为一种新的思潮，虽然说，这难以摆脱实用主义、急功近利的痕迹，但是，这却为九十年代文学创作提供了新的生长点。

以《道士塔》、《一个王朝的背影》、《风雨天一阁》等沉郁顿挫的文字著称的余秋雨就这样说："我发现自觉特别想去的地方，总是古代文化和文人留下较深脚印的所在，说明我心中的山水并不完全是自然山水而是一种'人文山水'。这是中国历史文化的悠久魅力和它对我的长期熏染造成的，要摆脱也摆脱不了……在我居留的大城市里有很多贮存古籍的图书馆，讲授古文化的大学，而中国文化的真实步履却落在这山重水复、莽莽苍苍的大地上。大地默默无言，只要来一两个有悟性的文人一站立，它封存久远的文化内涵也就能哗的一声奔泻而出；文人本也萎靡柔弱，只要被这种奔泻所裹卷，倒也能吞吐千年。"①

像余秋雨一样，对传统文化进行审视，从历史深处汲取激情，在九十年代产生了一批很有影响的长篇小说，如唐浩明的《曾国藩》、二月河的《雍正皇帝》、韩静霆的《孙武》、颜廷瑞的《汴京风骚》、杨书案的《孔子》等。这些作品所选取的人物和时代虽然有所不同，但是，它们的共同特征，都是在于着力刻画主人公的文化人格，并且借此展示传统文化的某种蕴含。

比如说，在海峡两岸都产生很大影响的《曾国藩》，对于书中这位同名主人公，"同光中兴"的开创者，作家所着力表现的，是他作为一个浸淫于儒学之中，以传统文化的传承为己任的知识分子，在动荡不已的时代中的艰难选择：他以文化人的眼光看待现实。把太平天国起义理解为是对于正统的儒家文化的挑战，痛斥其灭圣诋孔，废儒弃祖，而以传统文化的保卫者自居，把一场阶级和民族间的战争改造成为保卫儒家教义的文化之战，从而号召和团结了湖湘一带的儒生集结在他的周围，并且以此形成异军突起的地方武装湘军的骨干力量，也形成遏制和战胜太平军的思想舆论基础；然而，湘军发展壮大的过程，也是其内部逐渐分化和腐败的过程，精神的力

① 余秋雨：《文化苦旅·自序》，知识出版社，1992年。

量毕竟无法抵御掠夺和占有的欲望,连他自己的亲弟弟都不能听从他的管教。他是为保卫大清王朝而组织乡勇,屡战屡败,百折不挠,为扑灭太平天国起义,和实现清王朝最后的回光返照,立下盖世之功的中兴名臣,是死心踏地信守儒家的忠君思想的。尽管说,他的朋友和部属一再劝告他乘兵威将勇,自立为王,与清朝统治者争夺天下,他却始终不为所动,对清王朝可谓忠贞不渝;可是,他却始终不能得到清朝最高统治者的信任,而是动辄遭咎,处处掣肘,他的胜利被人猜忌,他的强大令人恐惧,他的汉族身份总是让清朝当局认为异己,从而被迫常常处于"战战兢兢,如履薄冰"的境地,时时自危。面对西方列强的入侵,坚船利炮的挑战,他敏锐地感知这是数千年未有之大变局,可以迅速地引进西方的先进技术,选派出留学生远赴欧美,成为洋务运动的创始人;但是,他对于天津教案的处理,为了在彼强我弱的形势下委曲求全息事宁人,作出错误的决断,在国际冲突中留下耻辱的一页,也使他明察时势多谋善断的令名毁于一旦,自我感叹"萃六州之铁,不能铸此一错",儒家文化对于曾国藩来说,真是成也萧何,败也萧何,在他身上,可以说是集中地体现了儒家文化的深刻的内在矛盾。个人的才华气度,终究挣不脱文化伦理的僵硬桎梏,但是,在经过了荣辱毁誉的百年身后事以后,曾国藩的文化人格,藉作家之笔再次赢得人们的赞叹,却是不争的事实。从而,像《曾国藩》等作品塑造出体现儒家理想的文学典型,为九十年代对于中国传统文化的重新评说,争取了众多的读者,为文学的文化视野,拓出一片新的领域。

因此,九十年代的文学,可以这样说:因为作家们各自的文化背景和价值选择的不同,构成了当前文坛上的种种冲突的内涵。商业文化与知识分子文化(或者说精英文化)成为一对重要矛盾,影响甚广。在知识分子文化中,由于文化价值观的不同,又产生种种分化。粗略说来,则有继承五四文化精神,坚持启蒙理想的文学;有转向民间、在化外之民中间寻求精神力量,从而肯定民间文化价值的文学(例如近年来大量的"气功文学"、"土匪文学");有从杰姆逊的"文化寓言"理论得到灵感,从而把当代中国文学解读成"后现代寓言"的后现代主义文化论者(具体地说,他们又分别提出过"超寓言"、"反寓言"等文化策略并且进一步分化);有相信东方文化能够克服现代社会病而皈依传统文化的回头浪子;有从佛教、基督教、伊斯兰教等各种宗教学说中获取精神信仰的现代信徒的文学;有在西方女性主义文化理论影响下性别意识逐渐觉醒的女性文学;还有近年来在文坛上崭露头角的一批放弃公职专门从事文学写作的自由文化人的个人化写作……对于这些现象,我们无法在此展开加以论述,不过可以肯定的是,正是这多种多样的文化构成,相互撞击,相互制约,给中国当代文学带来空前的热闹和丰富,带来空前的生机,并且将会把这些文化冲突带向跨世纪的门坎。只要保持目前这种生动活泼的自由发展的态势,文学的新的丰收期,是可以预期的。

——原载《文学评论》1998 年第 1 期

蔡 翔

九十年代小说和它的想象方式

所谓九十年代,似乎不仅仅只是一个时间概念;相反,在更多的时候,它被赋予一种强烈的文化暗示。一个通常的,甚至烙有人为痕迹的时间概念,因为这种暗示,而变得生动起来。

似乎是一种巧合。几乎在每一个"十年"之中,我们都能找到一个或者几个重大的政治—文化事件,这些事件影响甚至改变着一个时代。因此,所谓的九十年代,在其背后,同样隐藏着这样一些因素。从八十年代末开始,一连串的事件炫人耳目,直至邓小平南方谈话、市场经济体制的最终确立并获得某种合法性,等等。

这些事件极大地影响了九十年代,并赋予其强烈的文化暗示。由于中国当代文学与政治文化的天然的血缘关系,在如此重大的事件激荡中,自然会潜在地改变着其文化想象,某些新的想象关系暧昧地生长出来,而另一些想象则顽强地坚守着自己的最后立场。

在九十年代,集体性的观念,随着现实的冲击以及知识分子内部的日益分化,而逐渐趋于解体。个人日益退守到自己的经验,世俗的存在则逐渐显露出它的重要意义,经验,尤其是个人的日常性经验,极大地介入到价值的判断之中。而更为重要的是,一个有关现代性的神话开始变得犹豫起来,在八十年代,曾经洋溢过的,对现代化的热情想象乃至潜在地存有的某种乐观情结,在这个时代,已经不那么容易感觉。

尽管,在九十年代,仍然偶有一个或者几个口号闪过,人为地制造出某些流派,但这并不能遮盖日益明显的写作的个人化特征。因为这种个人化特征的日益加强,思想的对立乃至对抗,也随处可见。而在"人文精神"口号提出的前后,这些对立乃至对抗,则逐渐地浮向表面。

也许,这就是九十年代小说的人文景观,每个人依据自己的历史、观念乃至当下的经验,作出各自不同的想象,而这些想象,因为一些重大事件的突然发生,乃至一个时代的突然到来,多少显得仓促甚或暧昧不清。坚守显得愈发地孤独甚或悲壮,而随波逐流亦不鲜见。更多的是迷茫、拆解、怀疑乃至自我怀疑。那种空洞的承诺由于自信心的缺乏,明显减弱。而质询不仅面对当下,同时返身向后,历史再一次成为人的想象的依托,并在想象中受到篡改,以作为对抗当下寄托主观情致的物的载体。

一路的高歌猛进,在这里暂且驻足。原地的彷徨,使人获得一个清理自己的喘息之机。小小的十年,亦将藉此成为一个过渡,一个眺望另一个一百年的港口,船终将远航,但彼时的航向,在今日仍旧显得模糊。这使得此时的港口热闹非凡,但也喧哗躁动。

因为编选此书的需要,使我得以重新阅读了九十年代的各类小说,其数量之多以及新人辈出的景观,似乎并不逊于八十年代。断断续续的阅读,渐渐地构成一些思想的残片,我为这个年代所蕴含的强烈的文化暗示所诱惑,注意力基本集中在作品的文献意义上。即使这样,由于出版者的编选体例要求使得此书不得不首先排除先锋派作家和女性作家的作品①,这种先天的局限,相应使得此书不可能单独给出九十年代的文化概况。同时,因为篇幅所限,另一些同样重要的作品,也只能忍痛割爱。这样,便使得此书序言的工作无形中加重,除了给出编选作品的理由,同时,还必须兼及九十年代小说的文化描述。但是,任何一种对文本的阐释,都无法替代文本本身。它仅仅只是一种阅读导向,或者,仅仅只是一种阅读提示。

在论述九十年代的小说概况时,已经有人提出九十年代性或者类似这种意思的概念。这类概念的提出自有其理由,但是同样重要的另外的理由却在于,不能因为九十年代自身内在的某些特殊性,而将其处理成一个封闭的时代,或者说,人为地切断它的历史联系。

正是基于这样一种历史视角。我首先选择的是韩少功的《鞋癖》、李锐的《北京有个金太阳》、张炜的《融入野地》等这样一类作家作品。

这些作家成名于八十年代,并且构成八十年代重要的文学景观(寻根文学),当他们从八十年代直接进入九十年代时,自然带着已经形成的某些思想观念,并以此为依据,构成文学的审美想象,甚或直接介入到对当下的价值判断,如果说的确存在着所谓的"九十年代性",那么,这些作家作品也相应构成了九十年代性的一个重要方面。

无论从哪一方面说,韩少功的《鞋癖》都可以算是一个相当优秀的短篇小说。假如仅仅从八十年代的视角出发,那么,《鞋癖》可能被视之为"寻根文学"的余波,在这篇充满隐喻的作品中,显示出"寻找"的意义所在以及作者对"寻找"本身的尊崇

① 这些作家的作品已被分别选入《女性作家小说卷》和《先锋作家小说卷》。

迷恋。但是，如果我们将其置放在九十年代的文化格局中，也许意义会更深入一层。

这一意义在于，八十年代末乃至九十年代初，在知识分子之间，已经普遍流行着某种悲观情绪，同时，由于商业化的席卷而至，加速了人格的分裂乃至萎缩，理想之旗开始降落，精神受到调侃，信仰不再，世俗化导致了另一种文化的平庸倾向。在此之际，《鞋癖》重树寻找之帜，不仅是一种时代反应（映），同时有了警世的寓言性质。联系到韩少功尔后的一系列的文化散论，实已发端于此，亦可见这位作家一贯的态度与立场。

与八十年代相比，《鞋癖》中的“寻找”更多一层焦虑、失落乃至悲观以及悲观中的奋起的执著与坚定。然而问题在于，所谓“理想”、“信念”诸如此类在九十年代被奋起保卫的字眼，其具体所指，尤其是具体的政治文化涵义究竟是什么，迄今未见详尽的解释。这一相对含糊的语义特征，一方面可见九十年代知识分子对社会政治理念所持的谨慎态度，而另一方面又隐约可知，相当一部分知识分子对这些概念的理解，仍然偏重于它的美学意义。而执著于人的美学想象，正是经由八十年代而逐渐构成的想象关系。这一想象方式，在九十年代而渐渐显示出它的批判力量。但是也由于这些概念在其具体的政治文化涵义上的含糊，在后来的一些文化争论中，其美学特征要明显强于思想特征。或许因此，《鞋癖》对“寻找”的符号重视，远甚于“寻找”的具体目的，而其美学意义则充盈于行为的过程之中。

李锐自《厚土》系列开始，一直未曾停止对民族文化心理的反省与探究。相较而言，九十年代的《北京有个金太阳》则更为厚实。可以揣测的是，如同其他的“寻根”派作家一样，在其意识深处，可能一直存有挥之不去的“文化大革命”情结。或者说，“文化大革命”成为某一事件启因，启示人去探究更深的民族文化心理的构成。对于李锐以及相类的作家来说，个人性和民族性一直和谐地相互依存。一方面，他们对个人的普遍价值予以强烈的认同，或许因此，而从未走向“本土性”的极端。而另一方面，他们对人的美学想象又多少隐约烙有群体特征，因此对个人主义的极端的价值形式，又常持有警惕之心，并伴有某种天生的道德反感。或者可以这样说，在此之间，他们希冀寻找的，是民族新的精神支点，因此在批判之中，又蕴含着强烈的建构欲望。而在民族文化与西方文化之间，便蕴含着认同与拒绝的双重态度。对于他们来说，困难的将是精神资源的匮乏，或许因此，而极强调“寻找”的意义和价值所在。从李锐后来对鲁迅的尊崇以及价值强调，可以略知其精神皈依的迫切之心。这样，我们或许可以理解他们对充斥于当下的物欲和商业化倾向为何持如此激烈的批判态度。对于这些作家来说，一个商业化的社会，远非他们的乌托邦想象。而一个民族本已有限的精神资源如果因此流失，则更是令人痛心疾首的事情。而由于他们的乌托邦想象主要建立在美学基础之上，其所包含的哲学意蕴要远甚于社会学意义。

这一点在张炜、史铁生的作品中表现得更为明显。

收入张炜的《融入野地》,可能会在文体上引起歧义。的确,这篇作品更近于散文。之所以考虑收入,一方面是因为发表和转载都用了小说的名义,另一方面,在九十年代,张炜的小说创作主要集中在长篇。当然,最主要的是这篇作品自身的重要意义,不仅对了解张炜,同时也对了解九十年代的文化对抗,有一定的参考作用。同时,对当代文学来说,小说与散文的界限有时候已经不如以前那么明确。

正是在《融入野地》之中,张炜明确使用了"野地"的意象,从而使"人民、土地、母亲"这类意象变得更为丰满,而这些意象在这些作家的作品中一直反复出现。要理解这一点,并不能从九十年代,甚至八十年代就可以找到解答,真正的廓清,可能要远溯六十年代的文化构成以及持续的潜在影响。

不过,可以明确指出的,是这篇作品所传递出的某种类似"敬畏"的心态。而这种敬畏的心态,实为这类作家所共有。关键正在于,神圣正是由敬畏所生。当他们把这种心态投之于对象(实体或非实体),比如人民、土地、历史等等,即成为终生守护的神圣的精神家园。不仅以此成为生命的存在依据、对抗力而拒斥俗世,而且成为不竭的精神资源和信念所在。

在某种意义上,他们可以说是"神圣人生"论者,在世俗之上,悬置着一更高的精神存在。不管他们承认或不承认,在其意识深处,存有某种真理的客观化倾向,并激励着他们跨越深渊的勇气。他们能够接受现代主义,但是相对来说,则较难接受(尤其是中国版的)后现代主义。他们注重批判,但绝不滥用"解构"。他们实际上置身于这样的"漩涡"之中:既注意到现代化可能带来的种种非人结果,并以此作为批判的对象,但同时又与现代化的美好前途并存。〔在〕涉及到现实的社会政治,又往往对改革持有极为理性的支持态度。这种严肃的生命立场,影响到他们的叙事风格,不仅绝无亵渎倾向,甚至很少幽默调侃。而这类作家的存在,以及对当下所持的激烈的批评,在某种意义上,阻止了九十年代在文化上向平庸的过于倾斜。而这一点,正在被时间逐渐证明。

而较为遗憾的是,由于张承志在九十年代主要从事散文写作,使我们无从领略其更深邃也更复杂的内心世界以及更为完整的想法。好在他的散文为我们提供了某些更加直接的意见,这样,将帮助我们更全面地了解九十年代的文化的对抗状况。

无论从哪一方面,经历、思想、艺术见解、生活态度等等,史铁生都与上述作家有着更为亲近的血缘联系。但是任何一个对当代文学稍有了解的人,又都会隐约感觉到史铁生独异的气质乃至独异的艺术见解。

从九十年代初史铁生的散文《我与地坛》再次撼动文坛开始,直到新近问世的长篇小说《务虚笔记》,显示了这位作家非凡的生命见解以及持续不衰的艺术才华。我想史铁生的独异性或许在于,他对个体的普遍的生命价值予以了更多的关注,而那种对生命的敬畏态度则几近于宗教境界。在九十年代的写作过程中,史铁生更近于一个哲人,一个沉思者,一个冥想者,对存在的不断追问,对生命的眷恋、热爱以及对爱的探问,使他的作品具有一种浓郁的形而上色彩。相对而言,他与民族、与群体的生命存在乃至各类历史事件、具体的社会现实的距离要稍许远些(至少在作品的表面形态如此)。但也惟其这样,使他得以专注于个体的存在和生命价值,并且激发出更为丰富的想象能力。他对个体的普遍价值的着力保卫,自然使其对理想主义的极端形式心生警惕。我以为,在这位作家的作品中,具有一种更为浓郁的自由主义的思想色彩。

本书所选的《老屋小记》,从一段已逝的生命时光中,孕育出一缕不绝的情思,一种淡淡的怅惘,一种可资记忆的美的情愫。由于史铁生的坚持,当然,还有其他一些作家的努力,他们的作品极大地丰富了九十年代的写作,拓展了我们的想象空间,继续思考个体的生命存在,并且使我们有可能跃出所谓的"时代性"而进入人的更高也更普遍的审美存在。

在当代文学中,许多著名的作品都出自军队作家之手,比如莫言的《红高粱》、乔良的《灵旗》等等。相对而言,九十年代的军旅文学未及八十年代之辉煌。相反,一些摹写战争的作品,反而出于非军队作家之手,比如邓一光的《父亲是个兵》,其对战争、对战争中的人性,尤其是对中国的"兵"的心史,刻画得特别传神。由于篇幅原因,本书未及收选,而本书收选的惟一的军队作家朱苏进的《接近于无限透明》,却并不仅仅基于上述埋由,更多的,则是小说中充盈着的乌托邦冲动,一种难以拒绝的"英雄"诱惑,以及对人的存在的极具浪漫的想象能力。而在九十年代,在几乎是普遍的沮丧的"英雄死去"的主题之中,《接近于无限透明》,独树一帜,显示出激烈的对峙态度。

对某种近丁极致的美的强调,事实上已经体现在朱苏进的早期作品中,比如《绝望中诞生》,而在九十年代,朱苏进重走偏锋,激烈地推崇那种"超人"般的品质,浪漫的超于实在的想象,以及对于平庸的拒绝甚或某种恐惧,自有其深刻的时代理由。或许因为如此,朱苏进后来在张承志的某些作品中感觉到了一种愉悦的共鸣。正是在那篇著名的散文《分享张承志》中,朱苏进酣畅淋漓地表达了他内心的冲动,一种对美,即使是一种危险的美丽的如痴如醉的欣赏与向往。

综观上述作品,起码可以使我们感觉到九十年代并非如有些人所想象的那样,充斥着低迷之气;相反,仍有一些作家坚守着其美学理想,关注着民族的命运以及人的普遍的生命价值,并以一种近于敬畏的态度守护着他们的神圣的精神家园。当然,一些具体的见解将会引起异议。

在论及九十年代的小说时，不能不提到这样一些作品，比如池莉的《热也好冷也好活着就好》，范小青的《杨湾故事》，叶兆言的《挽歌》，苏童的《十九间房》，余华的《活着》，等等。

不仅仅是某一突发事件的影响，事实上，自八十年代后期开始，一种沮丧、无奈、疲惫及至回归日常生活经验的写作态度，已经悄悄侵入到小说写作，其发端者，自然可追溯到池莉的《烦恼人生》。后来，持有大略倾向的写作，被称之为“新写实主义”。当然概念总是相对简约的，它无法包涵（含）更为丰富复杂的写作心态乃至写作背景。

在某种意义上，这种写作心态源自于理想与现实的冲突。正是在八十年代，对人的存在的理想与憧憬被张扬到极致，因此反而造成价值—事实之间的辽阔距离。在这种时候，普通的日常性的生活经验起到了有效的抵制作用，甚至开始怀疑“启蒙”的价值传统。池莉在《热也好冷也好活着就好》中，构置了四（作家）与猫子（普通市民）的对话。“四”反复诱导（“你的名字叫作人”），但这种诱导却被“猫子”坚决拒绝（“四讲到一半的时候，猫子睡着了”）。这一明显戏仿的场景构置，透露出一种反讽的意绪。一种知识分子与普通市民、理想的价值准则与日常生活经验之间的深深的隔阂与对立。

这并不是一种简单的嘲笑与讽刺，而是伴随着更多的无奈与失望。而由于日常生活经验介入到价值判断之中，相应亦使写作的叙事视角起了一些微妙的变化。原来单一执著的知识分子化的生命态度现在开始变得暧昧起来，尤其是，相应的价值系统在现实中的可能性受到了怀疑。正是在九十年代初，有这样一些小说，比如叶兆言的《挽歌》、苏童的《十九间房》，都隐约突出了“英雄死去”的主题。在更多的时候，生活处于一种二项对立的状态时，“英雄”往往作为第三项，而介入到对立之中，它实际代表的，正是写作者的某种乌托邦冲动。当“英雄死去”的主题被无意突出，也许正意味着这种乌托邦冲动正为一种更深的失望与疲惫所替代。正是在这个时候，在小说中，日常生活显得异常沉重以及人的某种无奈状态。

我们有必要提及余华的中篇小说《活着》，这不仅仅是在这篇小说中，体现出余华个人的叙事风格的某种变化，而且这种变化在相当一些先锋作家的身上均有所体现。然而，《活着》代表的并不仅仅只是这些。当个人放弃了那种形而上的冥想，而回归到一种日常性的生活经验，那么，在叙事风格的变化方面，潜藏着的可能是一种更为复杂的立场的变化。《活着》拆除的是所有精神性的装饰，而且，几乎解构了所有人对对象的想象关系。当活着仅仅成为“活着”本身，某种世俗性的存在的重要性则被无意强调。显然，《活着》（包括《活着》所代表的某种写作倾向）平实的近于客观化的描写，正突出了一种客观性的压迫力量（命运或者其他）以及人的无奈的接受和想象的放弃。

由于这些作家的作品已被分别选入《女性作家小说卷》和《先锋作家小说卷》，因此，为了节省篇幅，本书在这一倾向的写作中，只选取了刘震云的《一地鸡毛》，同时也由于《一地鸡毛》所具的代表性更为明显。

《一地鸡毛》的代表性在于，普通人的日常生活经验正式进入小说叙事，并有意无意地成为价值判断的依据。世俗存在的重要性被突出，但是它的正当性仍然受到质疑。写作者在回归日常生活经验的同时，感受到这种日常生活本身对人的磨损与腐蚀。① 然而，某种无奈的认同替代了更为理想性的批判（"好好过日子"），这种压抑、失望与无奈的认同，在此前的池莉小说《烦恼人生》中已有明显表露。必须指出的是，这类普通人的日常生活经验，更多的是指涉体制内的生活状态（普通市民、工人、职员、机关小干部等等）。尤其是在九十年代初期，生活在体制内的人，原有的想象方式被迫解体，而新的想象关系则无法确立，生活便显得异常的艰难与灰涩。因此，在其背后，应该还存在着更为重要的经济、政治包括体制本身的原因。

《一地鸡毛》等作品所确立的叙事风格，对后来的写作，尤其是九十年代中期的所谓"现实主义"作品，产生了某些持续性的影响。除了那种琐屑的流水帐式的写作方式，同时，普通人的日常生活亦开始受到重视。在某种意义上，它悄悄导致了写作者的立场变化。比如说，在某些方面，开始从普通人的日常生活的视角，去观察世界，等等。

然而，此后不久，又有了这样一类小说，比如何顿的《生活无罪》，邱华栋的《手上的星光》，等等。在论及这些作品时，不能不提到此时所发生的一些事件以及这些事件所构成的写作背景。这就是市场经济的全面启动以及体制上的合法性的确立，而社会的商业化程度进一步加剧，传统的政治、经济体制出现了更为松动的迹象，有更多的人从"体制内"走向"体制外"，欲望的旗帜开始从人的心底升起，等等。

综观这些小说，人们可能会发现，世俗性的欲望被进一步强调，物质化的利益——幸福要求，移入人的行为的意义范畴。尽管某些语词（比如理想、信念、意义）也会偶尔浮现，并对"金钱"构成质疑和批评（《生活无罪》），但其构成的批判力量已明显减弱。印象中更为鲜明的，是日常生活的正当性被明显突出，相较于《一地鸡毛》这一类小说，日常生活不仅没有使人的存在意义"磨损与丧失"，相反，由于"欲望"的引进和各种可能性的现实存在，进一步刺激了人的生存竞争以及为个人幸福所作的种种现世努力。

个人物欲的满足及其追求，构成了人的世俗性的行为目的，而且这种目的的合

① 参见刘震云：《磨损与丧失》，《中篇小说选刊》，1991 年第 2 期。

理性被反复强调。“活着”不仅仅只是为了“活着”本身，相反，“活着”因为欲望的诱惑而开始变得绚丽起来。在《一地鸡毛》等小说中所充斥的压抑、无奈和沮丧，现在开始改变为一种积极的物的占有。尽管，在这些小说中，仍然残留着某些知识分子化的话语成分，但传统的“义/利”之辩，并不再统辖全局。对存在的意义追问，让位给更有生气的世俗的物欲追求。

而在事实上，这种对欲望的强调，此前已发端在八十年代中、后期的王朔的作品之中。相异性仅仅在于，在王朔的小说中，由于这种欲望所面临的坚硬障碍，因此表现出更为强烈的文化的破坏性。而到了九十年代，“体制外”提供了更多改变个人境遇的可能性。在某种意义上，这些小说曲折传递出一个新兴的市民阶层的朦胧要求，对利益的强调，对金钱的占有以及这种占有的合法性的承诺，改变自身所处的境遇，等等。而在这些朦胧的要求中，所突出的正是某种“身份”的自我认同，从而构思了一种新的想象关系。

但是这些小说及其所产生的影响力并未能持续存在，其间一个关键的问题就是，欲望能否替代我们对存在的追问，或者说，仅仅依靠对物的占有，能否解决这个时代普遍存在的意义匮乏的危机。

也许，有必要提及这样一些作家，比如韩东、朱文、鲁羊、李冯、刁斗、西飏等等。这些作家有时候被归入“新状态”，也有时候被称之为“新生代”作家①。这些作家的群体特征已被一些批评家所指出，比如他们基本都出生在六十年代，比如其中的大多数人都是诗人出身等等。详细论述这些作家，显然不是本文的任务。我们在此，仅仅要讨论的，只是在这些作家的小说中，所呈现出的焦虑，内在的紧张、虚无，以及某种无聊的感觉。

同他们的上一代人相比，他们与欲望的关系缠绕显得更为紧密，其存在的世俗化倾向也明显加剧。然而欲望的满足并未能替代意义的匮乏，相反，欲望有时候反而成为一种压迫性力量，加剧着内心的紧张与焦虑。当欲望本身被存在消解，生命呈露的正是一种无聊的状态。西飏近期发表的《青衣花旦》讲述的正是这样一类故事，似乎有些事情就要发生，而最后什么事情也没发生。生命本身呈露出一种疲软状态，一种对欲望本身的疲倦。而其中，作为某种文化符号的性，亦呈露出它的无聊。提及这一点是有意思的，正是新时期文学中，性曾作为个人意志的指代，以激发出不死的生命热情。而在另一些小说中，性则被指称为某种欢乐，可以替代世俗幸福的追求。性被填注的是各种意义。而在这些作品中，曾被填入的意义被有意抽空，只是一种行为，而失去意义的行为，则自然走向疲乏与无聊，通过朱文、西飏、刁

① 这些作家的作品大多已被选入《先锋作家小说卷》。

斗等人的作品，我们都能读到相关的描写。

欲望不再成为一面导引的旗帜，相反，欲望把人推进一个更为无聊的境遇之中。它们终结了何顿、邱华栋等人的努力，也正显示了在九十年代想象方式的丰富性与复杂性。

1996 年，小说界掀起了一股所谓的“现实主义冲击波”，被划入这一范畴的，一般通指刘醒龙、谈歌、关仁山、何申等人。对于这些作家的写作，褒贬不一。誉者称其为深刻地反映了中国现实；毁者则干脆以“伪现实主义”称之，认为他们回避了中国最尖锐的现实矛盾，并有粉饰与装点之嫌。但是不管怎么说，这些小说构成了九十年代一个重要的文化现象。然而限于篇幅，本书只收了刘醒龙的《分享艰难》和谈歌的《大厂》，前者描写了现实中的乡村境况，后者则以国营企业的困窘为其叙事背景。

以改革中的现实为叙述对象，早在七八十年代就已蔚然成风，并被称之为“改革文学”。在“改革文学”中，流行着一个最为通俗的叙事模型，即“道路是曲折的，前途是光明的”。这一模型正好吻合了八十年代的现代性情结。对现代化的美好前途的憧憬，使人对现实的某些困窘持有一种乐观的态度，所有的困难都将是暂时的，而个人所付出的一些沉痛代价，不仅是历史的必然，同时也会因为现代化的最终实现而获得相应的回报。邓刚发表在八十年代的短篇小说《阵痛》，非常形象地描述了这一现代情结。

相对来说，九十年代，现代性情结受到了质疑，那种乐观主义的情结在这种质疑中渐渐淡化。应该说，刘醒龙等人的作品和八十年代的“改革文学”存有许多差异。这种差异首先就在于现代化情结的渐趋消解。而在对现实的困窘描述中，这些作家的叙事视角逐渐移向社会底层，普通工人、农民以及城镇居民的日常生活成为主要的叙述空间，面对底层人民的艰难，已经难以作出现代化的美好承诺。相反，正义、公正、平等等等价值观念，开始有意无意地成为判断依据。在这些作家的小说中，多少有一种平民情感的本能冲动，这也正是其感人的地方。不仅仅是《分享艰难》和《大厂》，其他如谈歌的《车间》，何申的《穷人》、《年前年后》，关仁山的《大雪之乡》，等等，应该说，大都含有这种底层视角以及相应的道德力量。

一些新的问题被陆续引进这些小说，仅仅从社会学的角度，在刘醒龙的《分享艰难》（包括尔后的《路上有雪》），我们也能触及到“乡村建设”的命题。梁漱溟自三十年代开始其乡村实验。1949 年以后，中国的基层政治产生根本的变化，似乎宣告了这一实验的终结。然而数十年过后，由于中国现代化的加速推进，却再一次将“乡村建设”作为一个严峻的命题推向我们面前。小说中的“洪塔山”是一个容易引起异议的人物，但是如果撇开道德诘难，我们就会发现，某种新兴的势力，正在逐渐渗透到乡村政治,这一势力的引进开始打破原有的一体化的政权格局,并使乡村建设显得更加扑朔迷离(相类的小说还有王祥夫的《雇工谣》、《腊月谣》等等)。

“底层”概念的两度复活,正是由于阶层之间重新产生差别,“穷人”和“富人”作为一组对立的概念也再一次折射出其传统的历史涵义。而关键在于,建立在现代化基础之上的乌托邦想象之中,富裕与平等曾被热烈地幻想。现实的阶层差别粉碎了这一有关平等和富裕的乌托邦想象,并终结了对现代性的浪漫憧憬。正是由于知识分子传统的人道精神,使其创作明显偏向对底层人民的同情。除了上述作品外,我们还可读到陈应松的《承受》,等等。而池莉近年的小说,似乎尤其着力于对此种差别的叙述,并最终悲观地发现阶层差别的不可逾越(在此之间,已有王朔的《许爷》,比如《你以为你是谁》等等)。乌托邦想象的终结,使人从现代性的迷狂之中逐渐趋于清醒。

谈歌的《大厂》(包括尔后的《车间》),在其“找出路”的浅显层次之下,真正感人的仍是这一类对普通人命运的焦虑和关怀。相对来说,这一类问题应该属于“老问题”的范畴,但是真正严峻的,正是这类“老问题”的复活。而在“老问题”的面前,许多人产生困惑甚至不知应对。

应该顺便提及的是,在这一底层视角中,还多少含有对某种文化—审美符号的留恋之情。在谈歌等人的小说中,屡次出现“工人”的概念。现实中的“工人”境遇,与其历史中的“工人”概念,产生了极大的反差。不过,这一历史中的“工人”概念,严格地说,只是一个被制造出的文化符号(主人),往往掩盖了“工人”在其历史中的实际境况。然而由于这一符号被赋予了强烈的美学涵义,同时融入到个人的经验之中,因此,它构成了个人审美想象的某一部分,并将其幻化为某种历史真实,以对抗现实。与其说这是一种历史的观照,不如说是某种对符号的迷恋。

当历史被符号化,尤其是被审美化,它常常会被用来作为对现实批评的美学依据。必须指出的是,谈歌的《天下荒年》正具有这种历史的符号化倾向。结果是,一段真实的历史遭到篡改,道德至上的陈腐观念只是使人重新领略到“饿死事小,失节事大”的滑稽说教。

由于缺乏对“中国问题”更为深刻的了解以及更为准确的把握,极大地削弱了这些小说的现实批判性。而精神资源的匮乏,则使想象显得暧昧不清,甚至造成观念的混乱。

《分享艰难》和《大厂》(尤其是《大厂》续篇)等小说也相继受到“找出路”的叙事影响。此一出路,用“同舟共济”来形容似乎更为准确。这固然是作家的一种善良的道德愿望,然而它的虚构性却极大地破坏了小说的批判精神以及更为深刻的现实表现。而更为重要的是,它由此可能构筑起一种新的共同体精神,对共同体的认同,必然会造成共同体精神对个人权利的压制。

我们实际感觉到的,可能正是“个人”向“社会”之间的悄悄过渡,这一概念的重大变化几乎是在不知不觉之中完成的。这里面显然存在两个问题。一个问题是,当个人“自由”到一无所有,这时候,“自由”是否还是至高无上的存在价值,它向我们提出的是,在“自由”的真正实现过程中,正义、公正、平等等等概念将是不容忽视的,并且将直接影响到“自由”的生长。另一个问题则是,当我们的注意力集中到社会现实层面以及某种群体性的利益存在,这时候,个人自由可能会被视之为一种过于奢侈的精神冥想,进而被轻易舍弃。一百年来,人们为之奋斗的“自由”观念,在九十年代,无意之中,重新受到了“现实主义者”的诘难。

现实的复杂以及精神资源的匮乏,使得“现实主义”的想象多少有些暧昧不清。尽管如此,对于九十年代中期开始的“现实主义冲击波”我仍然倾向于它的出现的重要性。文学应该具有它的现实关怀的人文品格,这需要介入现实的勇气和战斗精神。而对底层人民的同情,正是知识分子的人道传统。我们需要的,只是对现实的更为准确的把握和更为深刻的想象。

九十年代,由于社会商业化程度的突然加剧,不仅引发了各类表层矛盾,同时曲折地导致了更为深刻的存在的意义危机。某种有关现代性的乌托邦想象被迫中断,一系列有关政治、经济、文化等等的问题被重新提及,文学被要求介入现实并提供更为深刻的思想,形式的探索热情暂遭冷落,批评更为热衷的是发掘作品的意识形态涵义以及对现实的诸种文化分析。

但是,我仍然倾向于认为,文学与非文学之间的区别之一,应该是它的艺术性,以及对人的美丽存在的更为超然的想象。

选择汪曾祺的《露水》,首先即在于这是一篇真正优秀的短篇小说。汪曾祺对短篇小说的艺术驾驭,已到了一种出神入化的境界。其简洁的文体风格,显示出这位作家对汉语的深刻理解。如果按照某种机械并且有害的艺术观点,《露水》的故事显得过于陈旧,一个旧时代的爱情悲剧难以为“九十年代性”所包涵(含)。但是,正因为如此,方得以使我们从某种封闭的时代性中走出。《露水》的警策力量正在于,对普遍人性的深刻揭示以及对此的更为优美的想象,仍然应该是小说不容忽略的地方。坦率而言,在九十年代,类似《露水》这样的优秀短篇小说并不多见。而《露水》(包括相类的作品)的顽强存在,则多少矫正着文学过于意识形态化的发展,并不至于完全为“宏大叙事”所吸引。

贾平凹的《废都》曾在九十年代引起激烈的批评,这些批评不乏正确之处。但是这位作家近期发表的《梅花》,却给人一种极为优美的艺术想象。应该说,在这篇小说中,存有一种唯美主义倾向,那种对人的艺术性存在的浪漫憧憬,显示了一种难能可贵的美学情致,人需要多种营养的滋润,正是这一点,决定了艺术多样性的存在。

应该提及的,还有许辉的《碑》。这篇小说显示了作者的构思能力,以及结构上的精致安排。自所谓“新写实小说”问世以来,由于过度偏重日常经验的描述,其叙事略显单调平面。《碑》的故事并不复杂,但经过作者的匠心安排,于叙述中间,留出“空白”,从而生出许多意境。这种叙事手法,在八十年代并不鲜见(比如阿城、郑万隆等人的一些作品),然而到了九十年代,这类精巧的艺术构想,反而不怎么被人重视。《碑》的意蕴,应该含有一种较为强烈的现实思想。不过,由于思想已被自然地融入艺术之中,反而不露痕迹,留给读者的,只是一些意味深长的艺术想象。

在一些先锋作家的创作中,倒是不乏精新的短篇小说问世。比如毕飞宇的《哺乳期的女人》、李冯的《墙》等等。由于这些作家的作品已被选入《先锋作家小说卷》,此处只能从略。但是有兴趣的读者,仍然可以找来一读。

就其整体而言,九十年代的小说在艺术上未见得能超过八十年代。同时受种种因素的影响,反而有一种粗糙化的倾向。这种粗糙化表现在:叙事略显单一、平面,展开过于平实,注重故事和情节,戏剧冲突被再度引入小说,语言陈熟,缺乏必要的提炼,以致小说越写越长……

当然,这并不是说九十年代的小说在艺术上一无是处,而且艺术见解也各有不同,尽管如此,仍然有一些优秀的短篇小说向我们展示出其艺术才华。而更为重要的是,这些作品向我们提供了一种对人的美丽存在的更为超然的想象,而不至于使我们为所谓的时代性完全遮蔽,而真正优秀的艺术,原本是穿越一切时代,以把我们引入一个更为阔大也更抽象的想象空间之中。

九十年代即将走过七年,一个时代的尾声已经隐约可见。经过最初的商业化大潮的突然袭击,知识分子渐渐从沮丧、彷徨、困惑中走出,尤其是近年,对世事的关怀重新成为思想的主题,以社会良知自恃的信念,也渐渐开始重新复活。

这一切,都有赖于某种精神的持续,文明的薪火并不会因为某个时代的到来而永远中断。蕴含于八十年代的人文信念,始终流注于九十年代之中。曾经显得孤独的坚守,经过反复的讨论和争论。仍然显示出它的生命力所在。而事实上,在九十年代,所谓“八十年代”已经成为一个特别涵义的符号,它意指着理想主义精神家园的恪守,真理的寻找,对人的尊严的保卫、抗拒强权、正义和公平的呼吁、自由精神,等等,人类一切优美的传统,经过“八十年代”这一特殊符号的处理,而自然延续到我们所处的当下之中,并且始终成为这个时代主要的想象方式之一,不仅突破了所谓的“时代性”,而且使人们从其中走出,重新回到一个阔大而又开放的思想空间。

尽管如此,九十年代仍然应该有它的特别的时代涵义,这就是某种有关现代性的乌托邦想象被迫中断。人们曾经坚定地与现代化的美好前途并存,并且把各种美的想象统统赋予这一社会进程。而随着这一过程的实现,所有的善都将融汇在同一终极点上,这一乌托邦想象导致了八十年代普遍潜在的乐观情结。我想,正是在九十年代,随着社会商业化程度的突然加剧,这一乌托邦想象开始出现裂痕。一些老问题重新复活,阶层差别,现实的不义不公,穷人和富人的概念复活,底层和上层的尖锐对峙。事实上,人们最感困惑的,往往不是新问题,而是老问题的反复再现。正是这些老问题的再现,迫使平等、正义、公正之类的概念开始与现代化的美好想象产生分离,也就是说,在它们之间,并不存在必然的联系。而更为重要的是,以往的思维方式在九十年代开始有了变化,价值的同一性受到质疑,自由、平等、正义、公平等善的概念,不仅不可能融汇在同一个终极点上,相反,它们之间本身就存在着矛盾和冲突。自由不仅依然受到权力的压制,同时,现代化程度的加剧,迫使自由遭遇到更多的威胁,比如传媒对私人空间的大规模侵入等等。而在这个时代的尾声,许多问题也还隐约可见。比如随着资本的全球化,人们将不得不重新考虑诸如国家、民族、主权这样一类问题,以及在这些问题以及格局之中,自由可能遭遇到的新的威胁与侵犯。现代化曾经成为乌托邦的符号特征,在这一想象之中,不仅充溢着人的现代性向往,同时还积淀了许多传统的乌托邦因素。这一乌托邦想象构成了普遍的集体性观念,并且统辖了一个时代的写作。而随着这一想象的被迫中断,不仅导致了写作的个人化倾向,同时也导致了想象的多样性乃至复杂性。

九十年代的想象正是环绕着此一现代性焦虑展开,应该说,其多样性与复杂程度要远甚于八十年代。由于集体性观念的解体,个人更多地依据自己的经验、记忆、日常性存在境遇展开想象。在这一想象过程中,尤其是集中在现实批判层面,往往显得暖(暧)昧不清。在对现代性的批评之中,又往往不同程度地复活了传统的共同体精神及其相关的想象。在这个时代,思想显得尤其艰难,个人将面临理性与情感本能的冲突,而更为重要的是,想象的依据乃至思想资源出现了严重匮乏。然而这一切,却导致了九十年代的想象特点,即它的个人化、分散化和多样化。

九十年代的想象特征,并未被有效地揭示出来。由于在九十年代,批评未曾有力地介入创作,尤其是缺乏对作品个案的具体细致的分析,从而使这种想象的多样性常被某些流行的观念所遮蔽。

八十年代的高歌猛进,受到九十年代的有力阻击,想象开始分流,思想重新艰难跋涉。回首以往,难免生出岁月的感慨,然而聊以自慰的是,经过一段时间的痛苦挣扎,文学终于从商业化程度的突然加剧中,由困惑、迷茫而重新走向清醒,写作的严肃品格多少又可略见一斑。

1997 年 9 月 11 日

——原载《当代作家评论》1998 年第 1 期

林 莽

食指论

谢冕先生在《新诗潮的检阅——〈新诗潮序集〉序》一文中写道："1978 年底，有一批向着今天礼赞的诗人开始聚集，他们唱着新的歌，他们试图改变原有诗歌的凝滞状态。他们庆幸'历史终于给了我们机会'。"谢冕先生把这场为中国诗坛带来冲击的诗之革命运动命名为"新诗潮"（因 1983 年前后围绕新诗的一场争论，人们更习惯于把它称之为"朦胧诗"这一约定俗成的称谓）。自此，一批陌生的名字出现在中国的新诗史上。然而有一个名字一直被忽略着，甚至 1985 年北京大学"五四文学社"编选的第一本《新诗潮诗集》仅仅选入了他的一首短诗。他就是 60 年代末以手抄本形式，在一代青年中广为流传并产生过重大影响的诗人食指（郭路生）。

新诗潮的重要成员们都曾宣称，食指是开辟一代诗风的先驱者。那是比 1978 年要早十个年头的"文化大革命"运动初期，这位当代中国文学史上不可或缺的天才诗人，已写出了数十首具有历史价值的光辉诗篇。他以独特的风格填补了那个特殊年代诗歌的空白，以人的自由意志与独立精神再现了艺术的尊严与光荣。而他的后继者们正是在这种人格力量的启示与带领下，开启了中国诗歌艺术的新篇章。

历史有时是不公正的，中国近代的艺术史，似乎是一个负债累累的历史，许多艺术家在本应得到那份荣誉的时候，却被无情的现实剥夺了。"文革"后的十几年，在纷乱的争执与前进中，在补偿了老一代的旧账时，又欠下了新账。各种各样社会动荡的尘埃所生成的历史积垢，需要时间来消解。当那些浮泛的社会问题不再干扰人们的正常思维，许多问题才会显露出来。当又一个十年过去了，当人们追寻"新诗潮"的源流，食指（郭路生）——那个当年在一代青年中广为传颂的、传奇式的诗人，才再一次被发现。

一

梵高讲："厄运助成功一臂之力。"这是伟大艺术家的切身体验。食指自初中时开始沉湎于文学,一向学习优秀的他,升高中的考试前,因一时的晕场而考试失误,这一挫折使诗人初次尝到了人生的苦果。那一年,他开始找到了自己诗歌创作的基调。回顾食指的创作历程,也可以说:食指在艺术上的起步,正是他心灵漂泊的开始。

1978 年,当诗人走过了十几年的创作历程,在他的名作《相信未来》的姊妹篇《热爱生命》中,他写到:

> 我流浪儿般地赤着双脚走来,/深感到途程上顽石棱角的坚硬。/……/但我有着向旧势力挑战的个性,/虽是屡经挫败,我绝不轻从。

60 年代一现代诗歌组织的发起者张郎郎在《"太阳纵队"传说》一文中说:

> 郭路生(食指)来找我参加"幸存者诗歌节",用食指点着我说:"别客气了,我那首《相信未来》,题目得自于你。"那首名作,我在大狱里听说过。70 年代,在地下隆隆地轰鸣过一段。白洋淀的好汉们,差不多都知道,都读过。有人说,那是一种火种的传递。
>
> 那四个字,就算是我先说的,又算得了什么?真正的力量在于他的诗本身,他的诚挚,他的敏感,他的激情。那时我听他念了那首关于鱼的诗,关于在浮冰上的那条鱼。至今,他还是当年那样,他是那个时期的一条鱼。
>
> 我们是某种鱼出现的前奏。

该文还记叙了早年食指作为最年轻的文学沙龙成员参加秘密文学活动的情况。在那个政治文化极端封闭的年代,一批有志献身于中国文学发展的青年,以心灵之光相互照耀,唤醒了许多颗探索者的心。

食指保存下来的最早的诗歌作品是短诗《波浪与海洋》,这首写于 1965 年的诗歌共分四节,诗人通过对海洋的歌颂,抒发了自己的寻求与希望:

> 喧响的波浪/深沉的海洋/引我热烈地追求/使我殷切地向往。
>
> 因为我有时惆怅,/所以我喜爱大海宽阔的胸膛。/因为我有时怯懦,/所以我喜爱大海的无比坚强。/……

这首短诗与食指"文革"初期所写的《再也掀不起波浪的海》、《给朋友们》组成了一首挽歌般的长诗《海洋三部曲》。它与一代青年的失望与痛苦溶为一体。从 60 年代"太阳纵队"的那种"前奏"所形成的历史积淀,到食指最初的写作,似乎有一种潜在的指向,仅从食指而言,这位从最初透明而热情的诗句中所显现出的少年天才,是"史无前例的那场大革命"触发和启迪了诗人生命内在的潜能,他智慧的诗句成为了那个动荡年代永恒的碑文。

二

1966 年那场使每一个人都遭受了一次灵魂冲击的"伟大运动",并没有偏爱风华正茂的一代青年。从“红卫兵”的发起到沉落，这场青春的“游戏”由激情与狂热的心态而突然坠入了沮丧与无奈，继而是一代青年的反抗与觉醒。如何把握自己的人生与命运，如何认识五六十年代的社会教育与“革命理想”，如何面对广大知识青年上山下乡这一规模宏大的放逐，成为了一代青年最为关注的心灵命题。

食指以诗人的敏锐与天分为一代人立言。

纵观诗人食指的创作，可分为四个时期和两个特征。

1966—1969年，在那个社会极端动荡，思想极度混乱的岁月，食指完成了他最为辉煌的青春创作期。代表作《相信未来》、《海洋三部曲》、《鱼儿三部曲》、《这是四点零八分的北京》、《烟》、《酒》、《愤怒》等诗歌作品，正是对那些心灵命题的记录与回答。

1970—1977年，因辗转插队、参军、患病，“文革”的无序状态，诗人的作品较为分散，是其创作的相对停滞期。这期间也曾写过长诗与叙事诗等作品。

1978—1982年，“文革”结束，新时期开始，诗人写出了再次引起人们关注的《疯狗——致奢谈人权的人们》、《热爱生命》等诗作，进入了回复心灵震荡的再创期。

1983年—现在，诗人步入中年，写出了《愿望》、《诗人的桂冠》、《向青春告别》、《人生舞台》、《归宿》等不可多得的诗歌佳作。诗中对人生的认知，对社会的领悟让我们充分体会到诗人已进入了沉郁的历史回顾期。

食指在三十多年的创作过程中，经历了“文革”中极端的文化压抑与后来流派纷呈的“新时期”，但他不曾屈从，也不为之诱惑，一直坚持自己的新格律体风格，他在整齐的分节与排列中达到了他所说的：“我的诗是一面窗户，是窗含西岭千秋雪”的至高境界。

在这种境界中，食指感悟“文革”的动荡，回顾以往的希求与向往，他以自己的诗向人们表明了艺术不是工具，而是人的自由意志与独立精神的体现。正是食指这种姿态，启示了他的同代人。

三

我在另一篇文章中曾说：“如果我们称食指为‘红卫兵’诗人，这无疑是偏狭的，但却是一种有益的提示，因为他的创作正是发韧（轫）于那个时期。”

一代青年满怀激情投入的“大革命”几乎在几阵秋风中骤然面目全非，憧憬与未来也如同残枝败叶，幻灭与痛苦使人们开始自省，食指在失落与惆怅中站起来歌唱，歌声中充满了苦行者般的哀婉与深情。

不，朋友，还是远远地离开/离开这再也掀不起波浪的海/我噙着热泪劝你/去寻求灿烂的未来。

（《海洋三部曲》之二《再也掀不起波浪的海》）

呜咽的风啊，掀起滔天的浪/精神的船啊，划着意志的桨/……/深情的嘱托絮絮地叮咛/乘海风随帆船飘零/待海风再把它们送回岸上/也化作令人心碎的桨声

（《海洋三部曲》之三《给朋友》）

“红卫兵”运动的兴衰，是“文化大革命”这场非理性运动的缩写。那种冲动与盲目的激情受挫之后，很快地，反思与觉醒替代了幻灭之后的沮丧，成为了那个时期青年思想的主流。食指以与生俱来的悲剧意识，面对这场民族的动乱，以清醒的艺术洞察力，准确无误地表现了那个时代青年的心灵与声音。食指在回忆《鱼儿三部曲》创作经过时说：

那是1967年初的冰封雪冻之际，有一回我去农大附中途经一片农田，旁边有条沟不叫沟，河不像河的水流，两岸已冻了冰，只有中间一条瘦瘦的流水，一下子触动了我的心灵。因当时红卫兵运动受挫，大家心情都十分不好，这一景象使我联想到在见不到阳光的冰层下，鱼儿（即我们）是怎样的生活。

（摘自《鱼儿三部曲》写作点滴）

这首又名为《鱼群三部曲》的长诗，表达的正是这一代青年的心灵发问以及追求神谕与阳光的“鱼群”的声音。诗人以象征的手法面对历史发出了纯洁而透明的歌唱。

为什么悬垂的星斗像眼泪一样晶莹？/难道黑夜同样也有真挚的友情？/但为什么还没有等鱼儿得到暗示，/黎明的手指就摘落了满天慌乱的寒星？

（摘自《鱼儿三部曲》第二部分）

这种心灵的颤栗来自诗人切身的体验，诗人用血和泪为那个时代写下了两篇永恒的祭文。如果说《海洋三部曲》表现得更宏大而悲怆，《鱼儿三部曲》则更深入而细微。诗人既是在潮退之后海岸边那个虔诚的殉道者，又是那条在历史的冰层下追求神谕与光明的鱼。诗人心中深知自己的职责与命运。20年后，食指在《诗人的桂冠》一诗中说：

诗人的桂冠与我毫无缘份/我是为了记下欢乐和痛苦的一瞬/……/人们会问你到底是什么/是什么都行但不是诗人/只是那些不公正的年代里/一个无足轻重的牺牲品

岁月与涛声渐渐远退，诗人不朽的歌声却永存在人们的心中。

四

白洋淀诗歌群落的成员宋海泉先生在他的长文《白洋淀琐忆》中谈到食指时，有

既清醒又准确的认知：

有人评论郭路生为“文革”诗歌第一人，应该说这是一个恰当的评价，是他使诗歌开始了一个回归：一个以阶级性、党性为主体的诗歌开始转变为一个以个体为主体的诗歌，恢复了个体人的尊严，恢复了诗的尊严。

可惜，这个回归不是在一个人性健康发展，并受到了普遍新生的条件下完成的，相反，是一个人的尊严受到普遍的蔑视、践踏、摧残乃至丧失的情况下开始这个转变的。

……这种复苏与觉醒的初步的、肤浅的。虽然幻灭的痛苦已经击倒他们，但还固守着旧日的精神家园，编织着已破碎的梦。大有“虽九死而犹未悔”的气概。这种矛盾或者这种张力，使这种觉醒的感觉更加敏感。正因为如此它们受到上山下乡的知识青年们的热烈的欢迎。

初步的复苏与觉醒，固守旧有家园，编织破碎的梦，这种评价是准确的，正如其他的评价并非过誉之词一样。食指面对那个时代，不是为个人的恩怨，而更关切的是国家以及人民的命运，他的这种精神是纯粹的，清彻而明亮的。他的预言性的诗歌力作《相信未来》以一个充满希望的光辉命题，照亮了沉郁之中的前途未卜的命运。那是混沌之中，一个诗人的灵魂发出的智性的声音。尽管是“用美丽的雪花”、“在凄凉的大地上”、“用孩子的笔体写下：相信未来”：

我之所以坚定地相信未来/是我相信未来人们的眼睛/她有拨开历史风尘的睫毛/她有看透岁月篇章的瞳孔/……/我坚信人们对于我们的脊骨/那无数次的探索、迷途、失败和成功/一定会给予热情、客观、公正的评定/是的，我焦急地等待着他们的评定

一位好的诗人，不仅是语言的匠人，也是与他所处的时代以及人类的文化背景相通的，他所表达的不是一时一事，而是属于全人类共同的情感，古往今来，千秋万代，人类的情感深处是共通的，艺术家为我们打开了一条贯穿历史与未来的情感的道路。使我们在另一个世界，那个艺术的世界中找到并实现自己的光荣与梦想。

希望的破碎、爱情的失败、生活的无望构成了60年代末期的社会病。《相信未来》像迷雾中的闪电，撕裂了沉郁的幕布，为人们心中投下了一线光明。

一个背负历史十字架的灵魂是沉重的，诗人在述说希望的同时，内心充满了压力，70年代初期，诗人被无情地击倒在生活的尘埃中，但他心中依旧充满抗争的力量：

我的一生是辗转飘零的枯叶/我的未来是抽不出锋芒的青稞/如果命运真是那样的话，/我愿为野生的荆棘放声高歌。//哪怕荆棘刺破我的心，/火一样的血浆火一样地燃烧着，/……

（摘自《命运》）

我的愤怒不再是泪雨滂沱,/也不是压抑不住的满腔怒火,/……/但是在我未完全成熟的心中,/愤怒已化为一片可怕的沉默。

(摘自《愤怒》)

这两首写于60年代的作品,和诗人其他的创作一样,表现了诗人心灵的纯正与独立的人格。诗人是什么,是语言的艺术家,是时代的歌者,是生活的预言家,从食指的作品中我们感到了这些,他无疑是一位伟大的歌者。

五

当"朦胧诗"的主将们还处于蒙昧之中,食指已写出了划时代的篇章。他以严谨的形式,真实的情感,朗朗上口的音韵,鲜明而准确的意象与象征,完成一首首自由的新格律体诗作。食指的作品基本上遵从了四行一节,在轻重音不断变化中求得感人效果的传统方式,以语言的时间艺术,与中国画式的空间艺术相结合,实现了他所反复讲叙的"我的诗是一面窗户,是窗含西岭千秋雪"的艺术追求。

食指的诗是质朴的,没有华而不实的语言,一切从体验出发,经过了认真而严格的推敲,因而他的作品每一首都是独到而完整的。早期的代表作《这是四点零八分的北京》现在读来仍有新意。这是一首描写别离的作品,它写于1968年大批知识青年上山下乡的热潮中。诗人在赴山西插队的列车上开始创作这首作品,几经删改后成了一首留传于世的佳作。

这是四点零八分的北京,/一片手的海浪翻动;/这是四点零八分的北京,/一声雄伟的汽笛长鸣。/……/我的心骤然一阵疼痛,一定是/妈妈缀扣子的针线穿透了心胸,/这时,我的心变成了一只风筝,/风筝的线绳就在母亲的手中。//线绳绷得太紧了,就要扯断了,/我不得不把头探出车厢的窗棂。/……

(摘自《这是四点零八分的北京》)

这首诗作,即使拿到今天,经历了现代诗歌各种风潮冲击与涤荡过的今天,它的语言与构思也并不滞后,比喻与情感的微妙的结合令人叹服。而重要的是,诗人诗歌背后的巨大载力,它使诗的生命植根于时代与人们的心中,那种血与泪的历史史实,使诗歌的魅力永不衰竭,每当我读到这首诗时,心中就会浮现出当年惊心动魄的告别场景:"北京站高大的建筑,突然一阵剧烈的抖动。"就会浮现出那些远离家乡的岁月与生活。

崔卫平在《郭路生》一文中评论他的诗歌作品时说:

……郭路生表现了一种罕见的忠直——对诗歌的忠直。在任何情况下,他从来不敢忘怀的诗歌形式的要求,始终不逾出诗歌作为一门艺术所允许的限度，换句话说，即使生活本身是混乱的、分裂的，诗歌也要创造出和谐的形式，将那些原来是刺耳的、凶猛的东西制服，即使生活本身是扭曲的、晦涩的，诗歌也要提供坚固优美的秩序，使人们苦闷压抑的精神得到支撑和依托；即使生活本身是丑恶的、痛苦的，诗歌最终将是美的，给人以美感和向上的力量。

食指不仅对诗歌是忠直的，对生活、对爱、对友情亦是如此。

我下决心：用痛苦来做砝码，/我有信心：以人生作为天秤，/我要称出一个人生命的价值，/要后代以我为榜样：热爱生命。

（摘自《热爱生命》）

经历插队、参军等生活辗转的磨难之后，在那个特殊的年代里，诗人无法实现自己所追求的理想与愿望，被无情的现实抛弃在坎坷的生活之路上。在农村生活的经历中，他深深为祖国人民的贫困与坚韧所打动，他一直念念不忘自己故乡的那些一生勤劳而终生贫困的劳动者，因而在生活中他从不挑剔，即使朋友再三的劝说，在第三福利院里，他一直保持最低的生活标准，抽最差的烟，唯一的要求是能在夜深人静的病院中，冲一杯浓茶，加少许白糖，他有这种静夜深思苦读的习惯。食指为人极为谦和，一向怕妨碍他人，怕为别人带来麻烦，每次朋友们去看望他，他都一再致谢，说自己什么都好！不必惦记。这些在许多朋友的文章中都曾提到过。对自己的诗作也是同样平和与谦逊，正如他诗中讲的：

诗人的桂冠与我毫无缘份

我是为记下欢乐与痛苦的一瞬

（摘自《诗人的桂冠》）

诗人敞开自己的心胸，面对世界，面对自己，面对他所热爱的这片土地与人们。他的每一字，每一句都源于生命，都是以血泪，以体验作为代价的。无论是六七十年代，那个充满政治口号的时期，还是80年代实验之风席卷全国的风潮中，诗人都以独立的、自由的人的精神歌唱，他以直觉、以经验、以真情、以人的自由意志与人格的力量，为后来者们树立了榜样，朦胧诗正是沿袭了这一点，而开辟了新一代诗风。从这一点上讲，食指无疑是一位划时代的诗人，是新诗潮诗歌的第一人。

虽然食指对自己发自生命的歌唱没有过高的评价，但经过了历史的考验，他的价值已镌刻在我们的文学史上。经历了精神的崩溃，理想的幻灭，生活的磨难之后，他的生命也渐渐澄彻起来："当惊涛骇浪从心头退去"，诗人已"跨越了精神死亡的峡谷"。

六

在经历了30年的创作生涯之后，诗人写了一组题为《人生舞台》的诗作，仿佛诗人要对自己的生活作个适当的小结,那种平静的语调,如秋风吹拂大地,但那丝寒意也来自诗人的心底。

愁苦过早地把皱纹深刻在眼角
可嘴边还是那丝对人生的嘲笑

(摘自《人生舞台之一》)

在人生舞台上我匆匆行走/谁知已走过了四十五个年头/
人世的冷暖给了我一颗心/虽外表寒酸,但内心富有

(摘自《人生舞台之二》)

从惊涛骇浪中的歌手到草木知秋的吟唱,诗人的生命之火依旧在不熄地燃烧着。这组诗到目前为止已写了五首,诗人说:"我不愿拖着舞台腔在人生舞台上/扮演叱咤风云的英雄",只是"……一点一滴地品味着/稍有些苦味的人生"。

对于食指诗中那一丝悲凉之感,也许对这段文学史与社会发展史了解甚少的读者不愿接受,也许它显得过于"古典"。然而经历了现代主义风浪冲击后的中国现代诗坛,应该在食指的诗中再次发掘出一种启示,应该提倡食指这样的创作精神:以纯净的精神质量抗拒那些哗众取宠的花样翻新;以几十年如一日的坚韧人格抗拒那种急功近利的市侩作风,以一丝不苟的严谨创作态度抗拒那些自欺欺人的伪劣作品。食指之所以受到一代诗人的敬重,正是他发自生命的诗歌作品与无限真挚的创作态度。自 80 年代起,他每年只写几首诗作,经过反复的苦思冥想,克服疾病的折磨,为我们留下了许多好作品。他从一位青春型的诗人成为了一位更全面的成熟的诗人。我在《生存与绝唱》一文中曾说:"他的作品中充满了青春的力量,但绝没有虚拟的欢乐;他的作品中充满了渴求,但绝不认为欲望是万能的,他的作品使读者沉醉,但他也告诉我们,生活充满了挑战,逃离是没有希望的。当然,如果说他的作品充满了失望与沉重的历史负罪感,这也绝不为过,因为我们所经历的历史正是如此。诗人毕竟是与他生存的世界融为一体的。"这种说法现在想来似有些不足,他的作品中没有浪漫主义的欲望万能与矫揉造作,更应指出的是他的作品在经历了精神死亡后的复苏,变得澄彻而凝聚了。那些历史的回声让我们感到了过去,也认知着未来。虽然经历了理想的幻灭、精神的崩溃:

但终于我诗行方阵的大军
跨越了精神死亡的峡谷

(摘自《归宿》)

食指近几年的作品《人生舞台》、《归宿》、《诗人的桂冠》、《向青春告别》等向我们表明,诗人久经磨难之后,成熟的灵魂正渐渐沉静下来。《在精神病院》一诗中他写到:"为写诗我情愿搜尽枯肠/可喧闹的病房怎能苦思冥想/……当惊涛骇浪从心

头退去/心底只剩下空旷与凄凉……”。时代的变革并没有改变一名伟大歌手内心深处的理想与愿望，他依旧为诗歌努力地写作着。

长年居住于福利院的诗人食指，牢牢地固守着艺术的良知，依旧如当年一样不为功利与其他非诗的力量所动。虽然，人们开始关注了他的存在，但他的境遇并没有发生根本的改变，历史好像仅是供人们回顾与使用的，公正的评价也只是纸上文字。也许食指是幸运的，正如他的笔名一样，如不再被人们于背后指指点点，他已是幸运的了。

近几年来，我在许多书本及文章中读到了有关食指的文字与记叙，人们并没有遗忘了那个当年叱咤风云的传奇式的诗人，因为他确实为我们记录下了历史的一瞬。而今天，在他沉郁的历史的回声之中，我们仍可寻觅到那种巨大的精神潜能。而这种精神无疑已在社会的变革与进步中发挥了他的作用，食指那精神潜在的神秘，当我们以敬心待之时，或许会隐约间将其接近，任何一位伟大的歌者，一定是与他生活的世界浑然一体的，无论他是一位古典主义的还是现代主义的诗人。

诺贝尔奖获得者，希腊大诗人埃里蒂斯讲：“双手将太阳捧着不为它所灼伤，并把它像火炬般地传给后来者，这是一项艰巨而我认为也很幸福的任务，我们正需这样做。”诗人的使命感与敬业精神使食指坚定地生活着，他给予我们的是巨大的，他开拓者的姿态，将被载入中国当代文学史。

——原载《诗探索》1998 年第 1 期

吴　俊

斯人尚在　文统未绝

——关于九十年代的学者散文

小　引

考察九十年代中国文学的发展态势和特征面貌，不能不注意到这样一种明显的事实，即一般所谓的“学者散文”的勃然而起及其方兴未艾、蔚为壮观之势。即使主要从现象层面而言，学者散文的创作也已成为九十年代中国文学的总体表现特征之一。顾名思义，学者散文大致可作二解，一是学者所作的散文，二是学者型的散文。前者重在提示散文的作者身份，即多为职业或准职业的学术研究者；后者主要关涉散文的表现形态，注重其内在的学理因素，并以此区别于通常的抒情言志、议论、纪实类的散文作品。自然，学者所作的散文中，也不乏通常观念中的散文篇什。因此，对于学者散文的认识，基本上可就其两方面——作者及作品形态——统而观之，即主要由学者创作的且以才学、理趣等学术文化内涵的表现见长的散文作品。这样的界说，实际上也含有对学者散文的精神品质的揭示。九十年代中国学者散文的精神品质究竟表现何在？这正是我们所要探讨的核心问题。

学者散文的概念既经提出——虽然我们几乎无从查考这一概念最初见之于何处，但它为公众读者、作者和研究者所普遍接受与认可，并与其创作实绩相得益彰，则无疑是九十年代中国文学中的现象——那它便成为近似于文学（散文）中的一种“类”的概念了。这是对其进行相对独立的理论探讨的可能性的保证。同时，“九十年代”又是一个明确的时间（时代）范畴，它一方面突出了学者散文作为一种讨论对象在九十年代才充分具有的时代性价值，另一方面也理所当然地暗示了，只有在历时（历史）演进的过程中，才能充分把握其作为“类”的文学概念的内涵。换言之，我们必须将九十年代的学者散文置于中国新文学的历史流变乃至整个中国文学史的传统谱系中来加以考察。由文学史的源流承传来认识作为一种“类”的文学即学者散文在九十年代的面貌特征，并对其进行某些价值评估，这是我们所可能(采取)的一种基本分析思路。〔本文〕以下将就此展开讨论。

中国散文源流及文体的历史勾勒

作为一种文体的概念，散文一词始见于宋代罗大经的《鹤林玉露》①，该书丙编卷之二“文章有体”条，记有杨东山②评骘宋人诗文的议论，以文体立论，强调“文章各有体”。其中盛推欧阳修，例举各体文章、文学，称欧阳修为“得文章之全者”。余举二苏、曾巩等人，因其文体各有不能，便有褒贬。论到黄庭坚时，他说：“山谷诗骚妙天下，而散文颇觉琐碎局促。”杨氏标举文体，以体论文，他把“散文”与“诗骚”对举，显然已经明确认识到了散文——散体无韵之文——的文体特点。而对山谷散文“琐碎局促”的批评，也正合于历来散体之文的通弊。姑置褒贬不论，关键在于，杨氏从文体的角度，确立了散文的一般观念，并且，这一散文观念与近世、当代的文体理论也大致相合。

散文文体概念的自觉，虽已在中国各体文学的发达时期，但散文的创作，则可追溯到现今可考的中国文学史的源头。中国文章(包含文学)源远流长，其中广义的散文作品较之诗歌，似乎为时还要更早。例如，殷周时代的甲骨卜辞、青铜铭文等，便可以散文视之。《易》、《书》等书，也能不妨归入散文的范畴。至于先秦诸子之作，则更是名副其实的散文了。其他如《左传》、《国语》、《战国策》等史传著作中，也不乏散文佳作。现在来看，除了《诗》、《骚》、《春秋》而外，中国的先秦文章，几乎便是散文的渊薮。中国可称诗文大国，如果说诗歌有其诗骚传统的话，那么先秦文章——诸子和史传——便是散文传统的渊源了。

当然，所谓散文的概念，从古至今有一个流变相承的历史过程。一般而言，中国的古代散文，主要是指与韵文、骈文等相对的一种文章体制，大凡散体无韵之文，都可网罗在内。如实用文章、理论著述等，也在古代散文之列，并非主要以后世的文学品质为其标准。这就要比现代的(文学)散文的范畴宽泛得多了。③

从历史演进的角度来看，先秦文章当然是中国散文的先河。先秦散文的特点在其鲜明的政教功用性，以实际应用为其旨趣。但《孟》、《庄》、《左传》、《国策》中极

---

① 罗大经，字景纶，庐陵(今江西吉水)人。生平事迹不详，生卒约当(南)宋宁宗庆元初年至理宗淳祐末年以后。《鹤林玉露》是其晚年之作，以“详于议论”(《四库简目》)见称。本文所据该书，系由王瑞来点校的，中华书局，1983 年。

② 杨东山，名长孺，字伯子(一作子伯)，号东山，生卒未详，杨万里(诚斋)子。《鹤林玉露》、《宋元学案》等有其事迹，但均简略不详。

③ 关于散文、韵文、文章、文学之类概念范畴的古今嬗变，迄今已多有论者道及，不难查考。本文对此仅在必要时随文说明，不予详及。

具文学性的段落篇什，却也成为后世文学散文的典范。这是人们一般的看法。如果把先秦散文的政教实用性与所谓“诗教”联系起来，并对应于后世的“载道”之说，将其置于整体的中国文化传统中来思考，则“移风俗、正人心”的社会教化思想，实在便是中国文学精神中的一种核心观念。这种观念一经形成传统，便不能不直接影响于历代中国士人、知识者的“铁肩担道义，妙手著文章”的文化抱负。正面提出这一点，对我们认识九十年代的中国学者散文精神，具有十分重要的意义。

两汉文章的最高成就，主要体现为辞赋、史传和政论。在这三种文体中，可以明显地看出它们与先秦文章的历史传承性。其中，以散文而论，两汉政论——如贾谊《过秦论》、晁错《论贵粟疏》、桓宽《盐铁论》、王充《论衡》诸文（集）——渊源有自，直承先秦诸子散文。而被鲁迅称之为“史家之绝唱，无韵之离骚”的《史记》，则不仅开创了纪传体的正史撰述体例，而且也成为传记散文的高峰，对后世历史散文、传记文学的发展，产生了不可估量的深远影响。特别是在（史传）文学的意义上，《史记》与《左传》的贡献，要远远超过《春秋》的价值，从而成为（文学）散文的经典。

在文学（创作的）精神上，如果说两汉政论无愧为经国济世的一代宏文，那么以《史记》为代表的史传文学，则堪称忧天悯人、悲世愤俗的历史忧患之作，其中不仅洋溢着人性关怀的激情，而且也充满了历史文化批判的挑战精神和理性意识。作为一种文体的精神传统，理性忧患的历史意识，在九十年代的中国学者散文中，也同样得到了强烈的呼应。

魏晋南北朝被史家称为是“文学的自觉时代”。这在文学文体方面的表现是区分并增强了各体文学作品的形式审美性。由此，在实际创作中，散文的独立性渐趋明朗。当时最为重要的文章（文学）观念变化是骈散分立、文笔相别。骈散分立，重骈轻散，固是一代文学潮流，但骈体的主流地位，也从反面刺激了散体文学性的自觉。这一时期曹氏父子、嵇康、阮籍、陶潜等的散文名篇，便是散文的文体意识获得觉醒、独立的证明。甚至在《水经注》这样的学术类著作中，也表现出了丰富生动的散文之美。文笔相别，尚文轻笔，同样可以从两方面来理解。刘勰《文心雕龙·总术》篇说：“今之常言，有文有笔，以为无韵者笔也，有韵者文也。”以有韵无韵为文笔的分野。梁元帝萧绎的《金楼子·立言》篇则认为：“笔，退则非谓成篇，进则不云取义，神其巧惠，笔端而已。至如文者，惟须绮縠纷披，宫徵靡曼，唇吻遒会，性灵摇荡。”另外，又有“有情辞声韵者为文”，“直言无文采者为笔”（《学海堂文笔策问》）之说。① 结果，萧统的《文选序》便把经、子、史排斥在“文”外了。这在文学观念上，因重“文”而强调文笔之别，强调作品的文学性，自然有助于纯文学创作的发展，但另

① 关于文笔之说，近人刘师培在其《中国中古文学史》一书中涵括甚详，颇可参见。

一方面,有声韵情辞的“文”的自觉,必然同时赋予直言无韵散体之文(即笔)的独立地位,韵文、骈文、散文,从此在创作的自觉意义上分道扬镳,独立发展。特别是因六朝崇骈尚文过甚,以后才在唐代激起反动,而中国的古代散文也因此反动获得了空前的发展。

魏晋六朝散文对后世的影响,还有其中的人格魅力。文以人传,人以文显,人文互见,这在文学史上并不少见。但由文章著述而透露出强烈的人格魅力,并能为后世所感染、推崇,则不能不以某种深刻的文化背景为凭藉。也就是说,人格魅力的深广播传,必须要获得文化传统的认可。中国文化的博大精深,为文化人格的自由发展提供了足够广阔的天地。建安七子、正始名士、竹林七贤等等,实际上都有其文化先导,可以上溯直追到先秦的庄子、屈原。但较之于庄子的高蹈、屈原的哀怨,魏晋六朝文章中别有一种冷然傲世、坚执理想的精神风骨。这可以嵇康、阮籍、陶潜的人格表现作为显证。他们都是文章的大家,留传有世不二出的散文名篇,而他们的人格魅力尤为后世文人士(大)夫所颂传。九十年代中国学者散文中所表现出的独立傲世、执著于理想主义的襟怀,也分明有着中国传统文化人格特别是魏晋风范的投影。

唐代的古文运动是对六朝骈文时尚的反动。因其予(矛)头所指在骈体,所以从文体而言,古文运动实际上也就是一场散文运动。中国古代的散文创作高峰就此出现,它直接影响到两宋,而余波所及,竟直至封建末代。

可以把唐代的古文运动与宋代的诗文革新运动联系起来考察。这主要是基于以下几点理由:首先是在文体和文风上,宋代的诗文革新运动以反对柔靡的西昆体为发端和初衷,与唐代古文运动之反对骈体一样,都是对过犹不及的形式主义的反动,从而倡导自然、真实的文风。这可以说是对散文文体的大解放。其次,这两场运动都以“明道”为文学的思想宗旨,崇尚儒道,以承续儒学文统自负,很有一点文化上的“拨乱反正”意味。再次,中国古代文学散文的高峰是由唐宋两代作家共同构成的,这又可以从两方面来看,一是散文文体的大备是在唐宋之间,且各体(类)散文的经典之作,都以唐宋两代为最盛;二是唐宋散文不仅有其思想、文风上的直接承传关系,而且在文学史上历来是作为一种有机的整体面貌而显示其共同特点的,所谓“唐宋八大家”之说,便是唐宋散文整体性特点的一个注解。最后,唐宋散文是作为一个整体,共同影响了后世(文学)散文的发展。比如,明代前后七子的文学复古运动,就明显含有唐宋古文运动的旨趣,而差不多同时的明代唐宋派古文运动,则更是旗帜鲜明地以唐宋古文相标榜。另如明末清初的复社、几社士(大)夫文人,也曾以“复古”为号召。张溥、陈子龙、夏允彝及其子完淳的散文,气势神韵不弱于唐人,且有魏晋文章的凛厉之概。黄(宗羲)、顾(炎武)、王(夫之)三人则以才学、思辨和历史批判意识镕铸文辞，堪成一代“学者散文”的独特气象，其意义和价值又超过文学一域。史称“清初三大家”的侯方域、魏禧和冯琬的作品，远追汉晋，而散文的文学自觉性则远过古人，多以才情见长。至于清代桐城派散文，既为有清一代文章的宗主，也算唐宋古文的末流，更是中国古代散文的殿军。从方（苞）、姚（鼐）、刘（大櫆）到梅（曾亮）、曾（国藩）直至张（裕钊）、吴（汝纶）、黎（庶昌）、薛（福成）诸人，桐城散文可谓翼盖一代，领袖风骚。凡此种种，其中总能寻出唐宋散文的理念和家数。因此，作为一个整体，唐宋散文之远播后世来者，不能不说是斑斑可考。

扼要地来说，唐宋散文的历史影响，并尤其是在近现当代激起反响的，一是散文文体形式的解放，二是“文以载道”的文学（文章）观念。这在论及现代白话散文和九十年代学者散文时，还要作进一步的说明。

唐宋至清，中国古代散文的发展还另有波澜。其中，能与“唐宋八大家”争一隅之地，别放异彩的，在宋代有理学名家的文学之作，特别是在文体方面可称标格的，是语录体散文。言简意赅，虽多说教，也有理趣。在明代，则有以三袁兄弟为代表的公安派，主张抒写性灵，文风清新自然，流畅而有生趣，且有意识地以民间俚俗之语和口语入文，平添一种散文魅力。如果把以后张岱等人的散文创作与三袁特别是（袁）宏道并视的话，那么中国古代的山水游记之体，至此算是达到了巅峰。较之于唐宋游记名家如柳宗元、欧阳修，袁宏道、张岱的文字之间，更有一种曲折入微的雅致和亲切之感。从明代开始，中国的山水游记繁复异常，散文作家几乎没有不染指于山水之间的，竟成为中国散文创作中的一种文体传统，迄今依然。这种情形有点像是宋元以后，中国画中以山水为主流一样。情寄山水，舒展性灵，或许便是中国文人作家对抗俗世、超迈现实的一种方式吧。

降及清代，除桐城派古文而外，在散文领域有所表现的还有所谓“经世派”文学的兴起，其代表人物先有包世臣、魏源、龚自珍，后继则冯桂芬、王韬。在政治文化及思想领域中，此派诚为一股革新势力，但他们的散文（文学）成就却相对逊色。这是与他们的经世致用的文章（文学）宗旨不无关系的。不过，这一类的作品既非由他们所首创，更未从此成为绝响。以文章致用历来都与因文学为文分立交替，彼此互补，而悬于其上的则是所谓“道”，即中国正统文化中的核心观念及其不同的诠释。

经过从先秦至清的漫长历史发展，中国古代散文的文体几经流变，也达到了体备而全的程度，几称无体不有。凡论说（含政论、议论、说明文）、记叙（叙述）、语录、序跋、游记、书牍（书信）、笔记、杂文、小品、传记、日记、寓言、箴（谏文）、铭、檄、颂、赞、策问、诏令（册、制、诏、诰、谕等）、表（奏表、奏疏）、连珠、行状、碑文、墓志、哀辞、诔、吊、祭诸文（体），都有登峰造极的经典创制。这一切为近世以来中国散文的进一步发展，提供了深厚丰富的文化蕴藏，并使之绵延不绝，浸润于当代散文之中。

新文学的传统及现代散文的盛衰

我们把清代的桐城派古文视为中国古代（传统）散文的殿军，它在晚清的“中兴”，则是其余波流韵，已非江洋大河可比。而几乎同时，以维新派领袖人物康（有为）、梁（启超）、谭（嗣同）、黄（遵宪）等为代表性作家的近世新派散文却似平地而起，风靡士林。中国散文的文体、文风为之巨变。其中，特别是梁启超的“新文体”，直开现代白话散文的百年先河。

十九、二十世纪之交前后，是中国的政治、文化和思想观念发生世纪性革命的时代，中国的语言文学也在这一时代开始了自觉意义上的颠覆和再创革命。在这种时代背景中，我们把梁启超们的“新派”散文，看作是现代散文的先河，有其特殊而必然的历史原因。首先是散文（作品）刊载、流布的形式发生了变化。由于近代报刊媒体的空前发达，维新派作品大多在自己所掌握的报纸、杂志上揭载，直接而广泛地传之于社会读者，由此而产生的社会影响，以前历代均无可比拟，也使同时的传统文学为之兴叹。以后的新文学、新文化运动，之所以能在短时期内形成摧枯拉朽之势，与其对于大众传媒的自觉利用有必然关系。在这一点上，《新青年》和《新潮》可说是步《新民丛报》和《民报》①后尘的。第二，在经历了传统（古代）散文的千数百年发展之后，散文的文体、语言及思想观念的变革已势在必行。梅（曾亮）曾（国藩）之后，清代的传统散文已无大家，桐城余子虽有文名，实则难以为继，文体、语言的创新竟似到了山穷水尽的地步，倒是严（复）译作品能够些许翻新出奇，但已非文学散文，而是理论著述了。在思想观念上，除了老调重弹，继续乞灵于往圣先哲之外，更是走投无路，徒劳奔波。黎庶昌所编的《续古文辞类纂》，本为补姚鼐的《古文辞类纂》之不足，却正可显出这一派无力自新更生的颓相。传统（古代）散文的不合时宜，已是彰明较著的历史事实，当此之际，梁启超的新文体——连同“诗界革命”、“小说界革命”等——便应运而起了。在《清代学术概论》中，他自述说：“启超夙不喜桐城派古文，幼年为文，学晚汉魏晋，颇尚矜炼，至是自解放，务为平易畅达，时杂以俚语韵语及外国语法，纵笔所至不检束，学者竟效之，号新文体。老辈则痛恨，诋为野狐。然其文条理明晰，笔锋常带情感，对于读者，别有一种魔力焉。”如果把同时的谭嗣同、黄遵宪、裘廷梁、陈天华等的文体更新观点及其新文体、白话作品的创作，以及白话报刊的大量出现，与梁启超鼓吹的“新文体”运动联系起来，视为一种历史变革的势

① 《民报》是孙中山、章太炎等革命派的机关报，但是与梁启超们的维新派也不无渊源。如章太炎便是由《新民丛报》而入《民报》的。这里，我们为突出当时最具影响的报纸媒体，故同时一并提及。

力，那么，世纪之交中国文学的语言、文体革命，可认为肇始于此，而终结于胡适、陈独秀的新文学运动。我们所说的梁启超的新文体和维新派散文，是现代新文学散文的历史先河的第三个重要原因，也与此有关，即新文学革命的第一代作家，几乎都是梁启超文体革新精神的直接传人，也是梁启超一辈的政治、文化运动成果的直接受益者，而梁启超则同时又是新文化、新文学运动的最有力赞助人之一。在新文化和新文学营垒中，正不乏梁氏的门人弟子和晚学后进。第四，读者观念的变革，也可以视为维新派、新文学与传统文学之间的巨大分野。在这一方面，新文学又比维新派更具有一种彻底的民众意识。传统文学的主流是士大夫的文学，小说的被贬斥就是一个显例。士大夫既是传统文学的作者，又是其读者，文学（文化）被控制在特权阶层，社会民众几乎无权参与文学的创制和传播。而士大夫对于民众的态度，一方面是居高临下，另一方面则是诱导利用。凡正统文化不能有效企及深入的层面，便以鬼神设教，以愚民为其独享文化权利的不二法门。因此，近代维新派出于政治革新的目的，对于民众的关注突出地表现在文学（文化）的读者（受众）观念的转变中。特别是在梁启超的"小说界革命"理论中，这一点反映得极为鲜明。他把更新国民思想与创作新小说联系在一起，声称"欲新一国之民，不可不先新一国之小说"①。其理由在于如梁启超转述的康有为所说："仅识字之人，有不读经，无有不读小说者。故'六经'不能教，当以小说教之；正史不能入，当以小说入之；语录不能谕，当以小说谕之；律例不能治，当以小说治之。"②这样，民众读者在政治、文化生活中的地位便有了极大的提高。虽然动机在于政治改良，目的也仅非纯为文学而吸引读者，但新派（白话）文学在民众中产生了远非传统文学作品所可比拟的广泛影响，却是无可置疑的事实。否则，当时的维新派报刊和白话杂志等，就不可能如此风行，遍及士林民间。在读者观念上所表现出的民众意识，到了新文学运动的理论家和作家身上，又更增添了一种现代民主和现代人权的内涵，并隐含有非（政治）意识形态化的倾向。从这个角度来看胡适的"白话文学正宗说"及"平民文学"（周作人）和"平民教育"主张，当能获得某些崭新的价值评估结果。它的意义将远超于文学革命的范畴，而具有深刻的文化思想的历史创见性。最后，新文化、新文学运动的兴起，直接承因于维新人士译介的西方人文社会科学著作、文学作品及其思想观念和价值观念的滋润与激发，或者说，由于维新势力先期改变了中国传统的政治文化环境，使"西风东渐"

① 详见梁启超《论小说与群治之关系》。

② 梁启超：《译印政治小说序》。当时持这种相同或相近看法的人并不在少数，如严复、夏曾佑《国闻报馆附印说部缘起》、夏曾佑《小说原理》、王无生《论小说与改良社会之关系》、陶曾佑《论文学之势力及其关系》、《论小说之势力及其影响》、沈惟贤《论小说之教育》等，比比皆是。鲁迅也有类似观点，参见《月界旅行·辨言》。

成为中国知识分子和整个思想文化领域中占主导地位的自觉要求,以留学生和青年知识分子为领袖,以西方近代文化观念为内涵,以颠覆中国正统文化统制、重建现代新文化基础为目标的“文化革命”,才能势如破竹,所向披靡。而在“文学革命”的范围内,继维新的“新文体”之后,现代白话散文(文体)的创作及其文学成就,在“五四”时期及二十年代,恰恰又是最为突出的。对此,当时便已获得公认。如胡适说:“白话散文很进步了。长篇议论文的进步,那是显而易见的,可以不论。这几年来,散文方面最可注意的发展,乃是周作人等提倡的‘小品散文’……这一类作品的成功,就可彻底打破那‘美文不能用白话’的迷信了。”(《五十年来中国之文学》,1922年)朱自清说:“最发达的,要算是小品散文。”(《论现代中国的小品散文》,1928年)曾孟朴说:“第一是小品文字”,“第二是短篇小说”,“第三是诗”(复胡适信,载《真美善》杂志第一卷第12号,1928年)。鲁迅也说:“到五四运动的时候……散文小品的成功,几乎在小说戏曲和诗歌之上。”(《小品文的危机》,1933年)而早在1921年,周作人就已明确提出了“美文”的观念(《美文》)。所以,新文学的成就,是能够用现代散文的文学成就作为一种标志的。这在历史现象的比较上,正如同“新文体”之与改良维新的关系一样,并相承其传统而又有彻底革命、全新创造的划时代气象。

以文学革命为发端的新文学散文还有其独特的传统,那就是由杂文(文体)为主要形式、以鲁迅为代表性作家所体现的思想启蒙和文化批判精神。鲁迅不仅是一个杰出的文体作家,而且更是一个伟大的文化思想家。在进行文体创造实践的同时,他更自觉地执著于思想革命的文化事业,并以之贯穿于自己一生的包括杂文创作在内的所有著述活动中。鲁迅的思想(启蒙)革命的核心内容,是改造中国的国民性,即主要在思想文化和精神人格的意义层面上展开历史批判及价值比较与评判。因此,鲁迅思想的丰富性和复杂性,正是一个启蒙者所特有的思想表现形态。甚至可以这样说,在中国现代的激进思想家中,鲁迅是惟一一位避免了将文化意识和启蒙思想最终政治意识形态化的思想家。鲁迅杂文历久弥新的生机魅力,与此有必然联系。而现代杂文创作的盛衰消长,与此也可进行某些相应的比照和印证。从中国现代作家和知识分子的生存环境、生活方式及表现可能而言,杂文的文体精神最能显示出思想自由所能达到的范围极限。作为一种文学(散文)样式,杂文是以多元、自由的价值观而反正统、反载道、反专制的标志性文学存在。它的价值取向反映了一个时代中国知识界的思想面貌和精神状态。鲁迅杂文的典型意义表现在此,鲁迅杂文的精神传统也由此被当代中国文学特别是九十年代的学者散文以独特的方式所认同。

自中国新文学成立之时起,散文向称繁富,几无所谓高峰低谷之说。即使在三四十年代的战争时期,各体散文的创作仍然持续不断,以散文名世的新老作家代有其人,且风格纷呈,各有千秋。这种态势一直流行到五十年代。但至六七十年代,散文数量虽不足悲观,文风却产生巨变。文学表现的自由度渐为种种禁区所逼迫,代之而起的是以政治意识形态挂帅的模式化叙述,即使是凤毛麟角的可称之作,也掩不住"戴着枷锁跳舞"的困窘之态,或是那时尚未流行所谓"打擦边球"的作品。至于杂文,更是一度低迷、消歇之极。这种历史局面要一直等到"文化大革命"结束才得以改观。新时期散文的再度复苏和繁荣,那是在八十年代中后期。不过,那时的散文作家多为专业、准职业(准专业)的文学(散文)创作者,还没有"学者散文"一说,虽然学者也有写作散文的。学者散文之形成一代文学气象,那是中国文学进入九十年代以后的话题了。

九十年代学者散文的崛起及其精神品质

在以上述及中国古代和近现代散文时,我们已对九十年代学者散文的某些文学内涵、文体面貌和精神品质作了粗略的提示,如果对此要有比较切近、合理的认识和把握,不能不对学者散文何以会在九十年代迅速崛起并方兴未艾的时代性原因进行充分的探讨。这也是本文最为关注的一个问题。

进入九十年代时的中国学者和知识分子的一个普遍敏感和焦灼的问题是生存方式问题,而这又与其生存境遇直接相关。知识者的生存问题,不仅关涉到物质条件,而且更重要的是有关精神、思想、文化各方面的因素或氛围。九十年代初,关于知识分子的生存方式问题,能够讨论而且成为公众话题的,主要是物质、经济困境状况,因此,"脑体倒挂"之说流行一时。这虽然还只是一个浅层、显性的话题,但由此也引发了对于知识分子生存状态及生存价值的更为深层、隐性的思考。比如,文化教育——尤其是大学教育——的现状和前景,就自然而然地成为社会关注的焦点性问题之一。人们甚至有可能提出这样的问题:学术文化还能不能继续生存和发展?它的价值何在?在社会生活层面上,它的价值实现方式是否存在并且切实可行?在这些相关的问题中,其实含有学者、知识者对于自身在新的社会境遇中如何重新定位的思考。这种思考在多种层面上展开,在学术领域,人们开始强调学术研究规范的建立;在文化思想方面,有轰动一时的关于人文精神的讨论;在反思知识者的价值取向问题上,有人提出了所谓"民间意识"观点;在学者个人的生活意识方面,又有叫做"人间情怀"之说的鼓吹,凡此种种,都说明了在大变动时代知识分子对于自身及学术文化价值的全面思考。而这些思考及其表现方式,又大多呈现出一种相当明显的焦虑性。因为从根本上来说,这一切都是学者、知识人的生存(方式)本身的问题。学术文化的价值不容置疑,但它们的社会实现方式却不能不受到实际条件的限制,这种限制的严重性,有时甚至引起人们对于学术文化价值本身的怀疑和困惑。同时，在较为纯粹或专门的学术文化领域之外，还有作为社会主体的民众生活形态的存在，民众自有其更为关注的切身问题，例如就业、教育、收入、物价、住房、医疗问题等等；在文化方面，都市时尚、通俗文学、流行文化在九十年代的空前繁盛，也是适应了社会开放后的民众需求，并且，这已越来越成为一种渗透与普及到社会生活所有层面中的潮流性因素，几乎无人能够避开。在这样一种日趋明显的时代变化及社会环境中，学者、知识分子的"文化对应"方式及更为深层的文化心态，便不可能不进行巨大的调整。这种调整所反映的是中国学者和知识者在相对被动的态势中努力回复自身主动性的自觉意识。纯粹的学术文化价值观既已受到某些根本性的压制，甚至它已不可能成为一种社会的文化主导力量，那么，要想顽强保持它的纯粹性、严肃性和高尚性，并且不致被其他反对或歧义因素所侵蚀和消解，积极的对策便是将其价值观念以社会能够接受——至少不会排斥——的方式，主动而全面地播散于民众生活和社会文化中去。在文学（文体）方面而言，内蕴学理文化和历史意识的学者散文，无疑便是一种可行而有效的形式。在这种意义上，学者散文创作的高潮，正意味着中国学者和知识分子的生存方式——包括学术文化的表现方式——的改变已趋于完成。将书斋学术融入社会文化，把学者精神灌注民众生活，这不仅是九十年代学者散文蔚然而起的现实动因，而且也是中国学者和知识分子在九十年代的社会文化环境中所明确的一种历史意识和文化觉悟。在某种程度上，这同样是对八十年代学术文化发展态势的一种反思收获和结果。

不过，仅仅从文化境遇方面来探讨中国知识分子的生存方式及学者散文创作的繁荣原因，还只是对于现实因素的思考。任何现实形态都有其较为深远的历史成因，而这种历史成因往往是更为深刻内在的因素，并且，它往往会作为一种传统意识积淀传衍下来。这对中国文学来说尤其是如此。中国传统文学的主流是士大夫的文学，士大夫的理想、抱负又以"修齐治平"和"立德、立功、立言"为其最高境界。因此，在中国的传统社会和国家结构中，士大夫不仅有其政治上的自觉意识，而且在文化上也有其责无旁贷的使命感。道德、文章、事功，历来都是品评人物的准绳。以道德完善自身，以文章见出学问，以事功造福社会，这是中国文化传统于士大夫所提出的要求。在这样一种文化传统的氛围中，士大夫个人的价值取向便往往与其对国家、社会利益的思考联系在一起，在理想状况中，还甚至是以之为前提的。换言之，中国的士大夫对于国家有一种当家作主的主人翁意识，连皇权也得受其制约。这是中国文化所赋予士大夫的政治和文化的责任意识。它一方面有其理论的和历史的凭藉，另一方面也有其制度、体制上的保证。维系中国数千百年的国家形态和文化传统的，正是具有这样一种政治和文化的自觉意识的士大夫群体。所以，"忧天下"从来也不是中国士大夫一厢情愿的自作多情和自命不凡，而是他们的节操、情感和责任、义务的自然流露和自觉承担，从来都是被视为美德和楷范的崇高价值观念。这在现代，便传衍为中国知识分子对于国家、民族、社会和文化的忧患意识。学术文化的价值信念在大变动时代中的失落，对中国知识分子的最强烈刺激，乃是极度激发了他们良知中的忧患之感。以专业学者的身份而走上文坛成为文学（散文）作者，便不仅仅是因生活境遇才选择了一种新的表现方式，而是以其对民族和文化命运的幽愤深广的内心忧患为最深刻驱动力的。这是九十年代学者散文风起云涌的最为根本的原因。

从这一点我们还有可能对九十年代的学者散文作更为细致的分析。专业学者的散文与通常作家的散文，有其表现内容和风格形式的不同。一般来说，学者散文富才学，作家散文具才情。这就有点类似古代儒者和文人的区别。儒者因学问而入《儒林传》，文人由文辞归属《文苑传》。两者虽可兼通并擅，但泾渭俨然，以其著且显者为主要门径所在。而在学者散文之中，因术业有专攻，所见之才学可谓各领风骚，无须强别高下。但才学所附丽或所由生发的主要依凭，却有其文化内蕴和社会心理的不同。这主要体现在老辈作者和中青年作者之间的学者散文的旨趣方面。如果说作家散文多少含有一点"为文学（散文）而文学"的纯文学创作动因，那么，老辈学者的散文多涉掌故与经验的述古谈往，中青年学者则以自觉的价值确认与追求为矢的。因此，所谓忧患意识、社会批判意识和文化重建意识之类，似在中青年学者的散文中尤为强烈，其原因也或在对于生存境遇的感受有所不同。作为学术文化的中坚力量，中青年学者对于这个时代的社会和文化的承诺与承担，要显得更为自觉和广泛吧。他们的痛苦、焦虑和奋斗，也就更为深沉和激烈。中青年学者的散文，不满足于停留在知识层面，对于价值观的阐发与证明，及对于终极关怀的理论思考，并以之升华而超越于世俗蔽障的精神，这才是他们的主旨大要。

九十年代学者散文的崛起，又有其明显而重要的客观条件，这就是大量的文字媒体所提供的散文版面。大众传媒对于社会生活和文化时尚的影响，在九十年代达到了空前水平。其中，文字媒体（报纸、杂志、通俗书籍、广告、宣传品等等）的数量又是最多的。举一例就可证明，即全国各地的晚报品种便当有数百份之多。而所有的报刊都无一例外地辟有各类散文的栏目和版面，这说明散文的读者量与作者数和作品量是呈正比而为全社会所需求的。至于学者散文终于在散文创作领域居有举足轻重的地位，又有时势使然。八十年代末、九十年代初，中国的出版业全面滑坡，特别是学术著作的出版，更是举步维艰。但〔近〕九十年代中，整个社会的状况渐趋稳定，经济发展也呈持续增长态势，学术文化随之便有了复苏之相。关于人文精神的讨论在这一时期——1994年前后——的兴起，决非偶然。拓展学术文化的空间，争取自由言论的权利，强调精神价值的作用，恢复知识和思想的尊严，这一切逐渐由学术界、思想界弥散于整个社会文化领域，并形成为一种强大的舆论倾向。在这过程当中，媒体、出版作出了热烈的响应。学术著作的出版迅速回升，甚至连传统国学著作的出版竟也成为热点。报刊的散文类版面同时向学者敞开，积极呼吁专业学术研究者加盟文学(散文)创作的队伍，终使学者散文形成气候。这从文学角度而言，由于学者散文的介入，九十年代中国文学(散文)的收获，就足以显得自傲。

九十年代学者散文在文学(文体)方面的成就与它的广受瞩目不无关系。从题材上看，它大致可分四类。一是言情，二是述学，三是记人，四是叙事。除述学外，其他三类与通常作家散文近似而又有显著差别。大凡学者散文都蕴含有一种强烈的学者情怀。这种学者情怀的表现就是对于文化价值观的深刻关注。人、事、情之所以进入学者散文的表现领域，决非纯粹由于题材因素的吸引，而是笼罩在学者作家对于广泛的文化形态的关注视野之中的。其中，以才学为根柢的价值判断，是最鲜明的创作动力。

从文体风格上看，学者散文的表现特点主要在于铺陈之文含蓄节制，不事枝叶雕琢，理趣所在则务尽极致，活现智慧面目。同时，却又没有明显的枯涩生硬和显才露能的流弊。否则，学者散文的广为流传便难以理解了。对于学者散文，读者获得的是理趣情致的享受和熏陶，这是通常作家散文所普遍缺乏的一种文学素质。学者散文满足了读者对于思想智慧的文学表现的渴求愿望。

从思想倾向上看，学者散文更以其文化批判色彩凸现在各体文学之中。学者是一个社会中的文化精英，代表的是社会的良知，他们的使命在于引导社会人群的理性发展和自由进步，因此，反媚俗，反愚昧，反强权，反专制，便是他们的批判性的责任，也是学者散文的文化思想本色。在九十年代中国文学中，没有任何一种文体(文学)能够像学者散文那样，一以贯之地保持这种文化批判的精神色彩，并以之作为自己的生命。由此来看，现代新文学的历史传统和鲁迅的杂文精神，在九十年代的中国学者散文中得到了充分自觉的呼应和继承。

以上种种，既是九十年代学者散文崛起的时代原因，同时也贯穿和连结了九十年代学者散文的精神品质。作为一种文学样式和一代文学景观，九十年代的学者散文将在社会文化和历史发展的各个层面、多种视野中显示其更为丰富悠远的意义。

结　语

我们在历史的流变和时代的氛围中讨论了九十年代中国学者散文的承传、崛起及精神品质等问题。对于九十年代学者散文的认识，必然地要与对中国知识分子的精神传统、价值信仰、历史境遇、生存方式、表现形态等等问题联系起来思考，如果仅限于文学一域，则是远不能充分说明关键大节的。同时，在思考这一问题时，我们对自身也应当具备必要的文化批评意识和价值判断能力。其原因首先在于我们(本文)处在与讨论对象——学者散文——完全相同的历史传统和现实社会中。既然置身其中,便不能不感同身受。对于学者散文的探讨,也就成为我们对自身的一次挑战。我们的自我认识与我们对九十年代学者散文的认识,是大体相同的。在这种意义上,我们期待有更多的人来将学者散文作为一种学术文化的现象或问题,进行全面深入的研究。这不纯粹是文学评论份内的事。

1997 年 10 月

——原载《当代作家评论》1998 年第 2 期

施战军

新散文的艺术视域

如果心灵作好了学习的准备,那它就不需要去搜寻外物。智慧的永恒标志就是从平常中看到神奇。一天是什么?一年是什么?夏天是什么?如果我们处于盲目状态的话,那么这一切似乎对人都是漠然的。我们创造出寓言,将事物的直接性掩去,让它与心灵的最高规律相适应。

——R.W.爱默生

一、诗性的梦游

——新散文的叙事风度

让我们先避开"什么是新散文"这种逼问式的论题,我想最首要的应该是表达出阅读这些作品所不断涌进心内的新鲜的感应。我们这个时代的文学,由于年轻而优秀的一批诗人对其他文体的不可遏止的激情介入,正在发生着诗性意义上的绿色革命。埃利蒂斯提示我们:"请注意诗人的嘴唇,世界就靠近它们。"韩东、朱文、鲁羊、吴晨骏等之于小说,王小妮、于坚、钟鸣、庞培、张锐锋等之于散文,因为诗的质感,照亮了母语的内核,使我们在单纯的社会现世观察之外,进一步关注内心的真相,意会到"词语——意绪"、"氛围——精神之场"的互文性,在这种微妙的创造当中,他们也以"晚生代"这一模糊的名义,明晰地超越了父兄辈的写作规范,获得了自己的艺术视域。

找出他们的小说与散文的文体形式的区别是容易的,而那种细微的叙事风度上的差异我们只好借助于隐喻的方式:他们的小说和散文都凸(突)出了个性成长的亲历性,韩东等人的小说也写夜晚的故事,但其所有的叙事从语句、动作到过程的交代都仿佛处于"光天化日"之下,是一种白天的亲历叙事;张锐锋等人的散文也写白天的故事,但由于他们的散文无一例外的"手记"特征,成为诗性的叙事层面上的自由延伸,没有视线的障碍,是一种夜间的亲历叙事。这是一群梦游者对于梦境的感知性表达，他们在相对寂静的时刻，将世界之夜指给我们，让我们一起感念光的暖意，接受诗性之光的照临。

新散文的叙事具有从容自如的风度。与诗人小说相对完整的成长虚构叙事相比，新散文的叙事则相对零散、断续地表达成长的体验。新散文从容的叙事取决于梦游所及的可能性。回忆是这梦乡的常驻居民。张锐锋的《倒影》、《月亮》、《幽火》，庞培的《五种回忆》、《乡村肖像》，王小妮的《一直向北》、《下雪》，于坚的《十八幅画》等等以回忆为底色的叙事，无不是对梦想的追忆。张锐锋的童年回忆几乎是他写作的原点，也是成人的黑夜中不熄的燃点，它凝结成记忆与想象的内核，与外部世界相抗衡。童年相对于成年的时间性是客观的，但在成长与经验的意义上却是生命激情的活性源头。“我们的迷失是从哪里开始的？”（《我为什么写童年》）这便是张锐锋以写作确立信仰的追思所在。《月亮》的叙事在大开大阖中盈满优美的感伤，密集的细节构成对童年记忆的修复，绵延其中的对童心的拯救意愿像月辉一样细碎又顽强。初涉人世之时戏台上的锣鼓喧声与母亲那“孩子，先睡一会儿吧”的安抚话语夹杂于对月亮的发现之间，入学后对月亮二字的朗读和书写以及陷阱、地窖中对“光”的注视等等，在叙事的层面上都是成长的寓言；《幽火》中对“风”、“雨”、“雾”的冥想似乎淡化了童话的故事性，却更接近着梦游者呓语的境界，比醒着的有头有尾的叙事更贴近于自身的经历。庞培的《五种回忆》记述的“许许多多阴郁的岁月”却有鲁迅的《从百草园到三味书屋》一样的情味：温暖、感伤、生趣盎然甚至有庆幸的窃喜，安妥灵魂的力量蕴藉于童心之内，对“平安”的渴望是成人面对孩童时代极为敏感的返照，这种“有我”的感念是成年最可依靠的乌托邦。我们依靠着它，在童年之梦的游历之中，回忆不仅仅是精神的，它是成长中的物质存在，梦游是真实的，诗性不可怀疑。

在夜的茫茫怀抱里，梦的眼睛使深远的事物了然于心。

散文是最充分地显现“我在”的一种文体。在“我”与“处境”的观察体验之中，散文表达的姿态与声音正在发生新的变化，这一变化仅从“叙事”这最一般的角度上就足以令人瞠目——面对新一轮散文家这种“梦游者”的大气平和，此前某些父兄辈作家的散文创作的造作与“无我”竟如此昭然。这种造作与“无我”几乎体现在他们实地考古或史料梳理类的文化大散文、人烟稀疏之地的探险或道德理念宣谕类的精神大散文全部炙手可热的代表作之中，成人的自得与成就感像明晃晃的白光模糊了辨识夜与昼的眼睛，在急于为人的类族或阶层代言的权力欲望中，“成长”已经倒伏，初衷迷失得无影无踪，瘦硬的“诗意”被复制成标签挂在僵直的排比、反问、联想组织的外套上，诗性的梦游经历被遗忘于日益著名的见多识广的身体之内，其来龙去脉业已迷乱不堪。“诗意”/“诗性”，“旅游”/“梦游”，“自得”/“我在”……新散文之

“新”的奥义,也许就在这些地方。

二、内心的光线所及
——新散文的场景世界

新散文的写作更是一种场效应。这种效应容易使我们想起伍尔芙“墙上的斑点”一类,是的,“童年”便是这样的斑点之一,至少是个光斑,尽量照亮自己与周遭。新散文是内心之场,这种写作的笔触便是内心的光线所及的所有景象,这一切构成新散文最突出的对于“情境”表达的沉缅(湎)。这是对“黑暗叙事”的补充、证明与完形。那些场景的浮现,是内心的及物,是闪光的刹那梦境不可磨灭的显影。

王小妮的说法是“目击疼痛”。她的散文和她的诗从来都是关于生命的梦想手记。散文有更便利的扩容条件,王小妮的散文是诗性之场,是“人与自己内心的碰触方式”,是碰触时“那缤纷闪光的东西”,使我们“在多么庞大的人群中”,“看到诗在”(《重新做一个诗人》),她以散文的方式继续着诗人的光热,她及他们用散文的方式述说:重新做一个诗人。《手执一枝黄花》便是内心对生命及其情境的深切的探照,她发觉不是物质(水、电、火、刀子和煤气)而是人的误差和恶念构成生命的凶器,是诗人的内视之眼看见了个人生命尊贵的喻体——“茎上最新鲜、唯一的一枝黄花,一枝受到折损就再也不能复原的黄花”。她看见一种潜隐的力量活着,“那力量像血液,正通过我们举着花朵的右手”。诚恳的护爱与坚韧的言说,王小妮像尘世之夜梦想的萤火,梦游者的灯笼点破了黑色的屏障,这一场景渗透进白天的生活,使散文获得了临界的关怀。在夜与昼临界的门口,散文是内心的明镜,清楚地映出生命的疼痛与鲜亮。

《乡村肖像》最能体现新散文场景世界的魅力。庞培具有诗人最难得的静观气度,那种罕见的平和观察与宁谧想象之中透射着钻石般珍贵的才气。镇静,多思,光影斑驳,笔下的场景无不自然而神秘,生命的眷顾带有露水草的香味飘忽其中:乡村教堂、摇面店、白铁匠店、生产队附近的浆粽店、茶馆、灵堂、糖果厂、钟表店、浴室、农村公共汽车、夜、音乐课……众多场景织成一曲交响诗,乡村就是这诗性回旋的“场”,一切由这个场而生成,又由这个场收回。长长的篇幅没有阅读暴力,只有乡村静悄悄的黎明的降临、河边柳村与河面朝霞被微风抚弄的波动,内心的光普照在我们目力所及的每一处,包括往昔的记忆和今天的想象。其中的《摇面店》有以场景来吸摄灵魂的魔力,已经快(坍)塌的摇面店的午间时光使我们的心肠在怀旧的光线中透骨彻髓地温软起来:

> ……只要一有太阳,大面积的阳光就会透过天窗折射进强烈的光线;一排排斜斜的光柱里飞扬着空气中许许多多静止的粉粒、尘埃,像封存在

瓶子里的儿时的嬉戏。午间，镇上一片静谧。一辆乡间的拖拉机在田埂头挣扎，不时喘息几声，又嘎(戛)然而止。能听得见风吹着屋瓦缝里的草的声音。一名男孩去井台打水，铅桶重重地撞到井壁，然后“嗵!”一声拎上清冽的水，“啪达啪达”地走开。一个牵牛的老人正从镇的另一头走来，他要如此悠闲有致地穿越全镇，而落在石板和泥路上的牛蹄子声音清脆、笃实，仿佛孩子们互相之间稚气的许诺——相互赌咒并且加上天真诚实——在牛蹄子的声音里太阳光越来越热。干燥的青砖在墙上不安地(因为长时间缺水)蠕动。癞蛤蟆从一间坍塌的房子的废墟里翻出它青黄色的身子。镇上的建筑物的阴影越来越清晰。……

此类场景在张锐锋的散文中也有天然精细的展现，比如《倒影》的“小河”、“大河”中对乡村夜晚浇水、烟火的极尽情境化的表述。这使我们觉得只有在俄罗斯文学或英法文学(屠格涅夫、邦达列夫、哈代、吉辛、都德这些场景描写大师)才能存在的笔致和情味，在今日的新散文中终于达到了这样的境界。中国作家的想象力在贴近场景的瞬间一向缺少诗性的喷发，大概正是内心少有梦想及其依托的缘故，新散文作家使想象与梦游的光线不再空掷，在清新宁澈的及物状态之中，神思流转。让我们在夜的伟大寂寞中默诵起它们吧，这是世界即将温馨醒来的场景……

三、声音、金属、味道、水、树……

——新散文的物象构件与词语迷恋

在新散文中经常出现的“关键词”，使这种新的创作进向出现了两类有所不同的诗性趣味。这种细读的方式表面上更像一种拆解的游戏，却往往能够有效地示意某种近于本质的东西，尤其运用在对比式的阅读分析过程中，最可能收到“判断”的效果。

一类新散文作家靠近的是意象之场，他们用较为具体的物象构件担任诗性的某个寓言单位的主人公，文风与气质上趋近于古典的境界。这些作家包括庞培、张锐锋、王小妮、周晓枫、杜丽、钟鸣等等，后者的物象之群虽常伴有诡异或神秘倾向，在对人与自然生命生存和睦梦想向度上，这些作家是基本一致的。钟鸣说：“我在写动物随笔时，充满了惊喜。像在一条瘦长的洞穴里遇上了老朋友”，“我关心的是趣味，不是观念。中国文学最重要的问题是失去了热情和丰富的想象力”(《窄门》)。他从《鼠王》写到《叩头虫》，兼及植物、单血管人，煞有介事的论证本身正是想象激情的凝聚，他徒步者的姿态正适合俯下身来看草、树、蜜蜂甚至瓦、镡、弯刀，一切因为诗性的梦游性质变得真实可信、毫发毕现。只是它们与现实生活保持着一定距离；王小妮却是将诗性联结于实物之中的，她眼中的“苍凉的白菜”、“两斤土豆”、手执的"黄花"、口衔的"罂粟"都与生命息息相关,她的散文的每个断句间都留有生命呼吸的动静。庞培、张锐锋、周晓枫、杜丽他们是以上两种姿态的化合。周晓枫的《它们》中对长颈鹿等动物由衷的感恩,杜丽的《脆弱的器皿》中的女人与瓷器、《族语》里在沉船最高处凌厉招展的旗帜经由岁月印进内心的镜子,都饱含着对生命的怜惜和对生命情境的伤感经验。庞培在《五种回忆》里对水缸盖上的大铜勺的"锈味道"的通透感知的确让我们的心跟着一沉:"那是一种复活的味。一种人在水里仍剩有某种前行的欲望的辛苦的滋味,大梦初醒的滋味。"不仅这铜的金属锈味,庞培对于大地上的气味、阳光与风的敏感简直有天赋的本能,因而对于平安、欢乐、水汪汪这些爱感丰盈的梦想形状怀有难以止息的渴念,那些麻雀、狗、农具、河道、鸡爪印、水葫芦、女孩子的小辫子因为爱感的缘故,都编织在梦游者的路旁,有着"生气、永恒、短暂的秩序",我们带着惊呆更怀着陶醉了悟这世界在静默之时的奇迹——原来有这么多的物象与我们自身共同呼吸和心跳啊!与庞培这种平和的陶醉稍有不同,张锐锋没有对物象任意丰富的摄入,他有稍加严格的抉取,比如"月亮",他终至关心到月亮之于人间的救助价值,"纯洁的月亮轻轻地托住了人们,它可能不能阻止一切发生,但必定减缓了人们的堕落速度"。由于梦境的充分敞开,新散文很难用主题学的研究来深入其文本,这一点正是新散文与别样的传统散文的重大区别之处①。物象像夜明的珍珠闪耀于文本之中,亮光的强弱自有其限度,却整体上构成意蕴的饱满和悠长。

另一类新散文作家则迷恋于词语本身对世界言说的可能性,在意向上趋于零散的瞬间把握,书卷气的叙说或自身隐秘的破解,有某种自娱性。相对于前一类,这类新散文有间离的况味隐在词语的背后,阅读起来仅是领受是不够的,更需要精神的贯注。他们是海男、翟永明、于坚、彭程以及陈东东等人。于坚的《三个词》使词的生命与诗人的代谢相对应,《十八幅画》对云南的"游记"是以词把捉地气的能力展示,《戏剧作为动词,与艾滋有关》却是对先锋剧场的一种角色内记述,几乎完全没有文采或意蕴什么的内容,戏剧的随意性被名词变为动词所启动——这一事实的确存在于我们中间,诗人迷恋于词语的变异和扩容情境中,也同样将暗处的真相指给了我们。词语的动力使翟永明将写作视为"纸上建筑",使海男抓紧了生命中的关键词汇:死亡、自由、眺望、极限,语言在想象雾中奔流而下,感觉张开触角,"词"与"我"在写作的幸福中奇妙地互动相生,呈现无限生机。彭程认为"一个出色的写作者必定迷恋语言",他的《解读节气》更是道破了命名与宇宙秩序的拍合,生命在那些命名之中过活的情形不禁让人感叹唏嘘。陈东东的《词·名词》则是一种冷关照,散文

① 下点系作者所加。

仅是诗的练习,“月亮”、“鸟”、“燕子”等等不叫作意象,仅仅叫作词或名词,它们做着准备,随时加入诗的句子。这类词语迷恋到陈东东这里已少有散文的“内心之场”效应,散文的诗性是以生命气息做底的,也就是说,仅仅有“个识”是构不成一种文学的文体的,“个性”是一种文体成立的基础,在最基本的那些词或物象之中,必然有内心的声息和光亮。这也是文学的艺术标准的要求。

四、欢悦的“低语”的长流

——新散文的抒情个性

新散文是“有我”的表达。那么,那个“重新做一个诗人”的“我”,在怎样的程序上参与着新散文物象与词语的重组？在新的语言秩序中,“我”的分寸感体现在哪些方面？这些问题都指向散文所必然涵纳的抒情因素的成分问题。

声音的质感,最能体现新散文的抒情个性。海男将自己的新散文集名为《屏风中的声音》,庞培最早引人注目的新散文作品叫作《低语》,张锐锋甚至息声屏气地名曰《遐想录》。内心的宁静表达必然拒绝喧嚣,新散文因为不是代言、发言、宣言,其声调必然合于内心的感叹、静观、冥想、记录,散文于是汇成欢悦的低语的长流。低语式的内心抒情正是自身强大、底气充足的表征,呐喊式的口号抒情才是内心虚弱、无可依傍的暴露,震耳的感官刺激总是表皮的神经反应而难以唤引心灵的震颤。

也正是这样“低语”式的抒情给梦游者带来欢欣与忧郁掺杂的沉缅(湎),因而新散文的抒情是对知觉与感受不过量不吃力的软抒情,是生命向内心取暖时血脉的吟唱。在光晕里微微荡漾的感情和音色决不会是尖锐的,只能是旖旎的述说和亲切的试问,像柔软的手抚摸镜面,微凉的摩挲响声轻悄。于是那些文字的光感更加清晰,那些“低语”也转化成了光线,传导着“低语”——梦游者从容夜行的脚步声。从这样的阅读感觉上,新散文的抒情也是一种暖抒情。软与暖,不是肤表的触觉,是内心的感应,诗性抒情的至境不外乎此。

五、绿篱内的游历或眺望

——新散文的艺术精神及其文本限制

新散文将我们的艺术视域布满了“绿色写作”的迹象。绿色写作初步的可能性正在参差不齐地生长。文学新的根性植于内心的营养之中。绿色是生长色,生长而不是伤害,使新散文葆有蓬勃的艺术精神。

一方面,新散文的艺术精神寓〔于〕“我”于“一切”的等观气度之上,尤其体现在人与自然和谐梦想之中(钟鸣、庞培、张锐锋、周晓枫等人的创作就是这个梦想的寓言),人文性的自大消隐了那些不足为凭的根据,人作为“我”仅仅是大生态圈的一个生命，这样才能发现万事万物之上的喜怒哀乐，人自身的劳作、休憩、看、听、说才能获取生命一员的乐趣和丰富性。共同的生长，使人找到了生路。新散文正是在这一层面上给世界之夜点亮了灯盏的。黑夜，是世界给人文主义的自大狂想还以颜色的折磨。以卑微的心看取世界，绿色写作首先告知我们这种“共生”的必要。

另一方面，新散文的艺术精神表现为内心的自尊、自救与自赎，所有的新散文作家都意识到“内心”或“心灵”作为写作的核质的重要，词语或物象的光亮就是内心的境像的反射。“面向心灵的写作”（翟永明语），“我必须从一百个方向向内心窥探”（张锐锋语），诗情必须抵达“日常生活底下的个人心灵的大海”（于坚语），“当我追求文字的亮度时，我同时也展示了灵魂与精神的趋光性”（周晓枫语）……“趋光性”恰如其份（分）地表达了新散文艺术精神的方向。

新散文有自己的边界，这个边界就是前面说过的内心光线之所及，在绿色写作的意义上，那个梦游者不会走出绿篱之外，在“有我”、“共生”的临界处向光取暖，以低语向内心漫溯。

而在文本的层面上，新散文的“大卷”恰当地给“共生”提供足够的天地，却也容易给“内心”造成光源不足的负累。新散文的篇幅越发长了，长有长的自由，长也有长的限制，几部近作已有感情枯槁的迹象，知性的过多填充，会丧失内心的感召，断送新散文的前程。语言既能确立秩序也能破坏秩序，这取决于它是否发自诗性的内心。

新散文的艺术视域的绿篱是用生命的真韧和心性的光线扎注而成的，并不是说它的作者必然是一个写诗的诗人，但他必须具备真正诗人的“我思”气质。唯其如此，新散文的艺术视域——“我在”——才显示其梦想的实有和极大丰富。九十年代蔚成整体形象的新生代散文一味地纵向“上升”而缺少横向“打开”，这个问题发展到今日的新散文阶段，正在得到成功的解决。

——原载《大家》1998 年第 2 期

周政保

"落不定的尘埃"暂且落定

——《尘埃落定》的意象化叙述方式

《尘埃落定》(人民文学出版社,1997 年)是阿来的长篇处女作,也是近年来可以被称为"佳作"的小说。如何谈论这部小说?很理性地分析其中的故事及思情倾向,固然不失为一种方式,但最契合实际的方式,或许还得推问:我们从小说中感受到了一些什么?无论如何,感受是小说效果的最直接最可靠的体现。在这里,我们尽可以淡忘作者的民族属性,也不必过分强调小说题材的特别性或历史色彩——正如作者所说,藏族人的生活"并不是另类人生";又说:"欢乐与悲伤,幸福与痛苦,获得与失落,所有这些需要,从它们让感情承载的重荷来看,生活在此处与别处,生活在此时与彼时,并没有什么太大的区别。因为故事里面的角色与我们大家有同样的名字:人。"①事实上,当我们一旦走进这个因了作者的经验及想像力而诞生的精神故乡时,所关注的或最终感受到的,也正是人的命运及小说叙述的艺术可能性。但在感受小说的具体过程中,有一点倒是值得注意的,甚至可以作为倾听小说底蕴的一种绝对不是可有可无的提醒,那就是《尘埃落定》的作者曾经是、而现在仍然是一位诗人。其中的意义在于,诗的目光或诗的思维直接地牵连着小说的创造性——"尘埃落定"便是一句诗,即便把这句诗放入诗的海洋,漫漫波涛也掩盖不了它的夺目光彩。

就我的感受而言,与其说《尘埃落定》是一部小说,还不如把它看作是一首长诗。诗是什么?诗是意象表达的另一种说法,是融合着具象与思情的写意形态。我之所以主张不要拘泥于题材的特别性或历史色彩,原因也在于这部小说的题材处理是充分诗化的。小说所讲述的,虽是麦其土司的统治逐步走向崩溃的故事,而且是一个

① 引文出自阿来的创作谈《落不定的尘埃》,原载《小说选刊·增刊》(1997 年第二辑);以下文中凡阿来的创作言论,均出自《落不定的尘埃》。

生动的、富有精神原乡意味或人性原色气息的故事,但这个造就了小说的“故事”,最终却以“大流动”的意象方式抵达了“尘埃落定”的境界。或者说,这部小说的故事本身就是一种意象体现。在这里,题材是特别的,被描写的人与事是特别的,包括视角在内的叙述方式也是特别的。但“特别”并不是小说的终极目的——我们从小说中感受到的,则是一种与人类进程息息相关的审美目光,一种可以解释人的精神存在的诗的意识,或一种源自“特别”、但又超越“特别”的普遍意味。小说叙述的意象方式导致了我们阅读小说的意象方式,就如欣赏优美的音乐必须具备音乐的耳朵一般——于是,我们经由一个精神原乡的“文化亡灵”,或一个历史进程的旁观者的记忆,即通过“既傻又不傻”的二少爷的极富人性本相的讲述,从诗意的传达中感受到了一种真正属于历史的生动过程,一种社会嬗变的起伏,一种命定的循环,一种人的生存景况或生命形式,一种永远使智慧与愚昧处于失衡或模糊状态的命运规则,甚至倾听到了一种历史与现实相互碰撞而终于难分彼此的沉重声音。显而易见,关于麦其土司由一时兴旺而迅速走向衰亡的故事,仅仅是承担小说寓意的复杂载体,而那种写意或象喻的思情张力,则造就了感受这部小说的多元可能性。当然,首先是命运的解释,人的命运,历史的命运,社会群落的命运,文化精神的命运,乃至亲情与爱情的命运——无论是怎样的命运结局、怎样的命运规则,只因是垂示了命运的过程,也就给小说注入了鲜活而久远的生命力。

正是在这里,小说像寓言一般刺激了阅读的想像力,并逃脱不了“尘埃”的笼罩。譬如说,人是尘埃,人生是尘埃,战争是尘埃,情欲是尘埃,财富是尘埃,而历史进程的每一个环节,也同样是尘埃。像尘埃那样升腾、飞扬、散落,始于大地而终于大地,寂静之后便又响起新的旋律。这,便是茫茫宇宙的无休无止的苍凉而让人感到痛楚的歌唱了。确凿无疑,落定的尘埃又会微微泛起,又会在阳光下闪烁出耀眼动人的光芒。往日的开始与结束,就如发生在今天。无论是苦难还是欣慰,也无论是懵懂无奈还是历史前行的不可抗拒,对于小说创造来说,重要的仅仅是其中的“人的过程”,而对于《尘埃落定》来说,还在于与这种过程相关的情节或场面的描写所可能实现的意象化程度。不难感觉到,小说中的关于色欲导致杀戮的描写,关于“罂粟花战争”的描写,关于粮食与土司间争斗的描写,关于权力、信仰或宗教纷争的描写,关于土司们的“最后的节日”,特别是其间的悠闲、无聊、堕落、已成强弩之末的阴谋的描写,等等,大都在充满象喻色彩的过程呈显中获得了思情的凝聚与突围,并经由意味的超越而产生出一种呼唤联想的启示性——譬如说,我或我们是谁?我或我们也是“尘埃”、也要“落定”么?尤其是,小说所选择、所维护的相对“写实”的叙述秩序,非但没有妨碍历史底蕴的传达,而且还让人在阅读过程中由远而近地感觉到了那种真正可以被称为“历史感”的弦外之音的徐徐泛显。当然,这都是一些只能感悟或心领神会的东西,几乎是不可诠释,一旦诠释便会呈显偏颇——微笑的表达可能是偏颇,沉痛的分析也可能是偏颇。作品拥有一种与理念、与“现成思路”、与划地为牢的创作法则相对抗的质核。它不动声色地冷落了先入为主的近似于“八股”的主题设定方式。既没有写成牧歌,也不是那种被规范了叙述程序、且又涂抹了鲜艳胭脂的所谓史诗。它只是一种精神的寻找或发现,一种被作者感觉到了的关于历史与人性或“人的过程”的旋律:“尘埃”徐徐升起,“尘埃”缓缓落下,优美而又残酷,是人为又是命定。① 与作者一样,我们生活在新的状态之中,这旋律是在想像的废墟上倾听到的。于是,感受“尘埃”的升起或落下,也就意味着感受者要拥有相应的智慧及另一种“同情”,要拥有一双人性的眼睛,一种活泼而又宁静的、善于投入想像世界的心绪。

我这样说,绝无认定《尘埃落定》便是完美之作的意思。或者说,尽管是“佳作”,但也不可避免地留下某些叙述上的粗疏芜杂及大规模驾驭的顾此失彼,甚至是比较明显的败笔,如“尘埃”即将“落定”时,作品设定了“白色汉人”、尤其是“红色汉人”的直接介入,便有“狗尾续貂”的嫌疑,至少是忘却了含蓄,且冲击了诗化的初衷及原拟题旨寓意(旋律)的艺术完成,在结构上也有点儿“召之即来,挥之即去”的味道(所谓“白色汉人”与“红色汉人”,或许可以成为另一部小说的描写内容)。在我看来,《尘埃落定》所描写的,仅仅是一个由土司统辖的世界,为了作者所追求的“酣畅”与“写意”,也为了模糊生活的“此时与彼时”,以及找寻那种“普遍的历史感,普遍的人性指向”,便不能不注意到这个世界的崩溃——“尘埃落定”的普遍寓意或“诗意”。可以断定,因了外部力量的直接介入而“尘埃落定”,非但不吻合“普遍的眼光”投射下的找寻“普遍的历史感,普遍的人性指向”的审美企图,反而可能由特殊性折损普遍性的最终实现。

但我还是要说,这是一部难得的值得一说的小说。譬如,作者“怀旧”而不“恋

① 所谓“命定”,绝非历史宿命论。我的意思是,凡一种社会的或文化的“人的生存状态”,无论是社会制度还是约定俗成的生活秩序及规范,都不可避免地面临命运的挑战。从发生到消亡,而消亡之后依然会留下文化精神的阴影——作为规律,谁也无法抗拒。这便是“命定”。“命定”之下,人所可能的也只是影响这一过程的快慢、长短、繁简之类。其实,小说的描写已经暗示,土司统辖下的社会生活的动摇、瓦解或倾覆,只能是一种必然的归宿——尽管外来力量起到了重要作用,如罂粟种植(包括机关枪及军事训练)、“粮食市场”、妓女(包括梅毒)的引入或侵入,极大地影响到了这种“命定”的过程。但归根结蒂,这种过程是在小说所描写的生存状态中发生的。也因为小说所描写的生活已经呈显了“命定”的动摇、瓦解或倾覆迹象,所以外来的“引入”或“侵入”,才可能如此迅速地产生影响力,称得上是一拍即合,无抵抗可言。但只能说,是外部通过内部所发生的作用,才加速了“尘埃落定”的过程。正是基于这种观点,我才认为小说中所描写的“白色汉人”、特别是“红色汉人”的直接介入,是一种艺术上的疏忽或败笔,或一种寓意结构上的“失控”。当然,我们可以说,这也是一种“命定”的方式,但无论如何,这种方式或多或少有悖于小说整体设定的“命定”风格,即那种吻合普遍意义的、意象化的或如寓言一般的美学风格。

旧”,特别是那种独特而自信的文化态度,那种充满了现代人激情的对于历史生活及人的命运的感悟方式,都给作品的思情内含(涵)及表达造就了浓厚的新意。又如,作者虽则声称不屑于“畅销书的方法”,也“不期望自己的小说雅俗共赏”,可我们读到的小说,还是讲述了一个很动听很迷人也不排斥“魔幻”的故事,一个关于命运、关于“土司世界”分崩离析的跌宕起伏的故事,不同的仅仅是,这个故事具备一种意象化的特质:是故事又不仅仅是故事,或不止于特定故事的特定意义。尤其值得一说的,还在于这部独特的小说还刻画了一些独特的人物——现成的诸如个性之类的套话或术语似乎很难概括这些人物的不同凡响。我只能说,这都是一些很有意思的、很值得品味的、也是中国长篇小说中从未有过的人物。如二少爷(“我”)、麦其土司、翁波意西、桑吉卓玛,还有二少爷的两个小厮索朗泽朗与尔依,即便是落墨不多的济嘎活佛与门巴喇嘛,也给人以意味深长之感。在谈论《尘埃落定》的创作时,作者对于“人”的刻画的见解很值得今天的小说家们深思:“在我怀念或者根据某种激情臆造的故乡中,人是主体。即或将其当成一种文化符号来看待,也显得相当简洁有力。而在现代社会,人的内心的更多的隐秘与曲折,却避免不了被一些更大的力量超越与充斥的命运。如果考虑到这些技术的、政治的力量是多么强大,那么,人的具体价值被忽略不计,也就不难理解了。其实,许多人性灵上的东西,在此前就已经被自身所遗忘。”显然,这种比较是富有历史感的,对于作者感受生活、感受“人”,也是极其有效的:不仅是过去的“人”,而且是现在的“人”。重要的是,这种被人忽略了的“性灵”的比较,也就可能可靠地发现“人”在历史行程中究竟丢弃了一些什么,而留下来的又是一些什么。所谓“在此前就已经被自身所遗忘”,也就是作者强调的:“生活在此处与别处,生活在此时与彼时,并没有什么太大的区别”。所以,当我们持这样的观点再来感受小说中的人物时,也就不会觉得“普遍的意义”是一种玄奥而抽象的说法了。

从某种意义上说,作品中的一些重要人物,不仅可以视为独特的文化符号(如作者所言:“显得相当简洁有力”),而且是一种富有意象特质的社会人性标志(作为“人”的艺术形象)。当然,“文化”与“社会人性”(只能是社会化的人性)是互为一体或互相印证的概念,只不过各自具有不同的重心或倾斜罢了。小说中最出色的人物形象当推二少爷、即那个“既傻又不傻”的“我”。“既傻又不傻”的丰富性或多义性、乃至历史感或现实感,在中国当代长篇小说的人物画廊里是绝无仅有的——我觉得,我的这个说法并不过分。这部小说的第一句话是:“那是个下雪的早晨,我躺在床上。”而小说的最后一段话则是:“血滴在地板上,是好大一汪,我在床上变冷时,血也慢慢地在地板上变了颜色。”所以我说,这部小说是一个“文化亡灵”、一个历史参与者或旁观者的“回忆”,而“回忆”的人——小说中的二少爷或“我”,便成为一个拥有多重身份的角色(假设叙述者);他那独特的,但又司空见惯的生存状态,以及各种可能的深厚寓意,也就由此而获得了蓬蓬勃勃的生长。我始终感觉到,他所走过的“既傻又不傻”的生命历程,是一种历史过程中的“人”的象征,而作为具体的人的描写,又生动地传达着历史本身,以及那种极为真实的、既有“遗忘”又属原生的社会人性状态,甚至可以留下这样的“幻象”,即在二少爷的人生旅程中,不难发现同样作为人的我们自己的影子:二少爷的渴求之中有着我们的渴求,二少爷的理想之中有着我们的理想。他的“既傻又不傻”,一如现代人的生存景观,两者之间没有质地的差别。倘若我们乐意回眸历史,那就很容易发现,历史发展的状态并不比二少爷聪明。当然,“傻”或“不傻”,完全是一种功利的世俗观念;一旦丧失了功利的平衡,也就向着“傻者不傻”或“不傻者傻”的状态倾斜了。二少爷的“傻”,便是他的不识时务或不谙功利或不入世或一切顺从天性,其中也包括了他对于性的选择及对于人事的好恶,而他那种被证实的、客观上的“不傻”,往往是超越了功利逻辑之后的“傻”的结果:“傻”使他进入了“大智若愚”的境界,即那种非自觉的、无深思熟虑可言的、高度服从情性与直觉的境界——是种罂粟还是种粮食,便是一个绝好的例证①。可谓懵懂而又智慧——是“傻”还是“不傻”?全然是一种永无谜底的状态——二少爷是如此,现实中的我们不也是如此么?细细想来,人类所走过的道路及各式各样的选择,还不是这样一派难分智愚、难分理性与天性的混沌风景?彼时彼地的“傻”就是此时此地的“傻”么?或此时此地的“不傻”就是彼时彼地的“不傻”么?在这里,“人”与历史难以走出悖论的泥沼。我之所以意识到二少爷是一种“人”的或历史的象征乃至意象,还在于经由二少爷的生命过程,不仅感受到了因生活推进或演变而使人的性灵遭受折损或被自身“遗忘”同时又在“既傻又不傻”的状态中窥见了人的天性的真实可爱,以及人自身的希望或归宿——尽管显得游移或迷茫,但反过来说,倘若“人”与历史都呈黑白分明之状,且又清晰可辨可鉴,那这个世界就真实了么?

但从特定的角度感受,这个世界的混沌或迷茫,并没有导致小说中的人物(被)描写得无所指向或乱糟糟地如一地鸡毛。二少爷的“既傻又不傻”,就是一种富有历史感的社会人性指向,而他的生命过程,也同样包孕着文化养成的意味。至于其他人物,我觉得也是如此。譬如二少爷的两个“小厮”:小家奴索朗泽朗与小行刑人尔依,他们的“下人”意识是养成的,是一种从不自觉到自觉的人性过程;或者说,作为

① 实际上,小说下半部的关于二少爷想当不想当土司的描写,也是很好的例证。只是有点儿落入“王权争斗”的俗套,而“傻”与“不傻”的描写也有些“走调”。譬如,二少爷公开披露了自己想当土司的念头,但这种追随自己天性的“傻”,并没有造就“大智若愚”的“不傻”的效果。而他为了当土司,借助仇人及那件紫红衣服的魔力,终于杀死了大少爷,便是一种很“不傻”的“不傻”了。特别是,这里的“不傻”也没有带来情节或人物刻画上的“傻”。就是说,效果也是很“聪明”的。当然,因了小说的缘故,我们还可以获得别样的“感受”。

"下人",他们的奴性或犬性是逐步变成的。索朗泽朗是因他母亲触犯了有关私生子的律条而与母亲一起成为没有自由的家奴的;家奴的概念是土司太太的皮鞭向他灌输的。他之所以毫无顾忌地与二少爷嬉闹,那是因为幼小的心灵中并无"辖曰(骨头)"的意识,或根本不懂得自己的"骨头"在胎中便是"下贱"的了。从不懂到懂,从不自觉到自觉,直至自觉到可以甘心情愿地为主子(二少爷)的受辱舍弃自己的一条胳膊——作为生命的过程,也作为社会人性的变迁或养成,小说所诉诸的描写很出色地抵达了自己的美学彼岸——不仅仅是所谓"文化符号"。而那个行刑人的后代、并注定要成为行刑人的尔依,从起初认为"杀人是很痛苦的",且明白被杀的人里面"也是冤枉的",到"我想要亲自动手",并说("苍白的脸上浮起女孩子一样的红晕")"是行刑人就不会害怕,不是行刑人就会害怕"。其间便有着一个渐进的生动过程——尤其是,当他要自觉成为行刑人的时候,受刑的不是别人,而是那个传播新教的喇嘛翁波意西,因为他"攻击"了所谓"信奉了许多代的宗教"——难道尔依不认为割去他的舌头是一种"冤枉"么?事实上,这也是一种人性过程——在特定的环境之中,耳濡目染,而且为了生存,尔依必须变成行刑人,也自然而然地会变成符合主子规范的行刑人。显而易见,人物描写的意义,无论是审美的还是文化的,也就隐含在这种并无突兀迹象的过程之中。就此而言,尔依的过程与索朗泽朗的过程是一致的:都是一种由人变成"下人"的过程,或是人的性灵上的一些东西被自身"遗忘",并被一些奴性、乃至犬性占领的过程。如果再往下说,那就是:这里所呈显的"过程",也一样分不清"此处与别处"或"此时与彼时"的界限。当然,这并不是说作品的刻画模糊了两个人物的所谓性格,因为读者很容易感受到索朗泽朗与尔依是两个完全不同的"小厮"。

小说作者说:"在一种形态到另一种形态的过渡时期,社会总是显得卑俗;从一种文明过渡到另一种文明,人心萎(委)琐而浑浊。"这见解很精彩,也是我们感受这部小说的一种启示。的确,这里所说的"卑俗"或"人心萎(委)琐而浑浊",连门巴喇嘛与济嘎活佛也无法例外。英雄时代过去了,整个社会开始腐败了,土司们无所事事了,全面的崩溃也就无法阻挡了。于是,智慧变成愚蠢,"傻"与"不傻"的衡量尺度走向颠倒。人的价值也就趋于无足轻重。在这样一个愚昧的"尘埃"沸扬飘舞的时代,先是新教传播者、后为书记官的翁波意西算得上是一位英雄了。他说,"是那些身披袈裟的人把我们的教法毁坏了",而且指责了"野蛮土王"的权势对于"黑头藏民"的统辖。于是,新教僧人便招来了割去舌头的祸事,但也悟到了:"为什么宗教没有教会我们爱,而教会了我们恨?"他的第二次被"割舌",是因为藉"聪明"与"愚蠢"而干预了本不能干预的"土司政治",即对于"逊位"及"继位"的问题发表了自己的见解。翁波意西的"割舌之祸",全是因了他的"聪明"及敢言,或在于丧失了如门巴喇嘛与济嘎活佛那样的入世的曲折与复杂。于是,在“卑俗”或“人心萎(委)琐而浑浊”的目光中,新教僧人或历史书记官的“聪明”及敢言,也就是一种“傻”或“蠢”了——作为小说中的人物,翁波意西所传达的深长意味,就在于他的“傻而不傻”或“蠢而不蠢”,也在于他对于“傻”或“不傻”的历史性判断,以及那种勇敢直言的献身精神。小说中也因了翁波意西的精神姿态,“尘埃落定”之前或之后的茫茫人世及幽暗空间,便有了一柱让人欣慰的光线——我读罢《尘埃落定》,至今记得翁波意西的那句话:“凡是有东西腐烂的地方都会有新的东西生长。”①

《尘埃落定》所实现的诗化的或意象化的叙述方式,尤其是在凸现人的生存状态的特殊性(如康巴土司制度)的同时,艺术地模糊了“人”——生活在“此处与别处”、“此时与彼时”的差异,并使作品的思情张力及题旨寓意超越了描写的具体性,或从审美上突破了题材的局限。我觉得,这是一部可以走向世界的小说。当然,我在这里写下的,不过是一些“感受”或“感受”的综合,绝对算不得全面的“分析”。若要细致地“分析”,那作品中的很多情节或场面的描写(即局部叙述),都称得上是精湛的“神来之笔”。就“叙述”而言,那种流畅潮润的表达,那种写意的感觉化的描写,那种注重象喻、暗示,注重“弦外之音”的具象方式,在当今长篇小说创作中都是很少见的,但这只能是另外的话题了。读者可能也已注意到,我在感受这部小说的表达中,几乎没有涉及女性形象的刻画——或最生动的、也是给人留下深刻印象的女性人物,或许就是那个当侍女的家奴桑吉卓玛。作为人生的过程,其中透露出相当丰富的文化意味及社会人性内容。但小说中的其他女性人物,在很大程度上仅仅停留在“道具”的地位上,或只能起到“穿针引线”的作用,而且过于偏重肉体天性的传达。也许,这种传达是真实的。但鉴于作者是男性、感受者也是男性的缘故,也就使判断呈显出一种尴尬,一种非常值得自我怀疑的危机。好在优秀的小说都摆脱不了虚构的游戏的召唤,这样也就留下了许多探索的空间。

1998 年 2 月初北京六里桥

——原载《当代作家评论》1998 年第 4 期

---

① 需要说明的是,我之于宗教是外行。我之所以从感情上倾向翁波意西,一是因为他是“新教派格鲁巴”,着眼于“新”,一是根据小说的描写,并意识到小说的描写仅仅是一种“虚构”。还有的“同情”,一则来源于他因敢于发表意见而遭受的二次“割舌之祸”。而关于这个人物的描写,也确实传达出一种实实在在的从未有过的“新鲜独到”,一种被意象化了的精神张力(或内涵)。

张清华

十年新历史主义文学思潮回顾

一 背景和前提

对历史文化的执著是八十年代中国知识分子和作家们一个斩割不断的情结。对现实的焦虑和不安使他们渴望到历史中寻求答案和出路，并找回民族情感上的自尊。这就注定要将这个年代文学的空间引向历史。在八十年代中期，整个文化学术界出现了一个关于历史、文化、民俗与宗教研究的热潮。然而，在这场研究的热潮中，关于它的"目的"性，却经历了一个巨大的落差与转移，在一度时间里，写作者相信，他们对祖先历史文化的发掘和寻找可以直接服务于当代中国人的精神启蒙与文化重建，这一点我们从1982年至1985年的许多诗人和小说家的言论中都可以看出。然而事实上在历史题材的写作中，这样一个目的却难以得到实现，当他们把审美的目光投向某些积存了古老民俗与风情的"文化板块"和生活在这里的那些"先祖遗民"时，连他们自己都感到心虚和困惑，难道这就是他们要重铸的民族文化精神？很明显，历史空间写作的目的必须"下移"，它不可能给中国当代文化的走向提供现成的范本，它所主张张扬的民族传统中的感性生命精神也仅只能存在于审美的想象之中，写作只是追怀与"献祭"而已。当写作者一旦意识到这样一个矛盾和不得不将目的下移的境遇时，他对历史的介入姿态马上也会发生变化，即介入主体突然"缩小"。他不再是当代民族文化实践的映象和"化身"。那种自认为可以洞穿历史的理性判断力瓦解了，消散了，他变得孤立、渺小起来，而他面对的历史却飘忽弥漫起来，成为一团谜一样的烟雾。这一点，只要我们将贾平凹、郑义、韩少功（甚至包括莫言）等人的"寻根小说"同苏童、叶兆言、格非等人的"新历史小说"稍加对照，就不难得到证实。

知识背景的变化是文学新历史主义意识产生的直接原因。在原有阶段论和认识论的基础上，当代文学曾诞生过包括姚雪垠的《李自成》在内的大量历史题材的小说作品，但受到过于狭隘的历史观的限定，它们大都变成了某种“红色官史”的虚构，成了红色主流历史的演义，而除此之外的其他历史因素则被排挤在历史和文学的文本之外，历史本身丰富的事实和丰厚的文化蕴含被取消了。八十年代中前期，随着简单阶级论、庸俗认识论观念的瓦解和文化学方法的恢复与拓展，历史观念趋向一种客观和理性的方向发展，历史探寻的热情、寻求历史本真的理性判断与目的，以文化社会学、宗教民俗学、文化人类学等新的方法论为指引的近代科学主义的历史观，成了历史文化与民俗研究热潮和寻根文学思潮产生的直接动因。但是，上述带有科学主义倾向的历史方法中同时也包含了非理性的因素，比如由弗洛伊德的泛性论观念延伸而来的一些思想，如关于人类爱欲是历史文明的“动力”的观念，种族记忆、集体无意识对民族心理结构的影响的观念等等，都在给作家以启示的同时也使他们产生深深的困惑。他们对历史的理解和把握由此而产生了根本性的位移，即由原来着眼于主流历史的“宏伟叙事”而转向更小规模的“家族”甚至个人的历史叙事；由侧重于表现外部的历史行为到侧重揭示历史的主体——人的心理、人性与命运；由原来努力使历史呈现为整体统一的景观到刻意使之呈现为细小的碎片状态；由原来表现出极强的认识目的性——揭示某种“历史规律”，到凸现非功利目的隐喻和寓言的“模糊化”的历史认知、体验与叙述，这些都构成了寻根文学向新历史主义文学过渡的背景原因及其审美特征。

在上述转折过程中，结构主义的理论启示起到了关键性的作用。很显然，在八十年代中后期，“新历史主义”作为独立的理论方法尚未得到译介和关注，因而不能想象在国内已经出现了一股以“新历史主义”方法为指导的“新历史主义文学思潮”。但是毫无疑问，结构主义乃至后结构主义的理论在八十年代中后期却已对当代中国的学术文化产生了重要影响。而结构主义和后结构主义也正是西方新历史主义的基本方法，正像西方学者所指出的，“新历史主义出自……后结构主义，出自米歇尔·福柯的历史编纂学”①。结构主义历史学与文化学的研究在八十年代中后期已经广泛地影响到当代中国人的历史观念，如克劳德·列维—施特劳斯的结构主义人类学在1986年和1987年就已经陆续被译解，同时，结构主义语言学、符号学的方法也渗透到历史与文学领域，它们最大的影响就在于改变了人们关于文本的传统观念，看见了它内部的各个构成要素，并因此产生了对于文本同内容之间的关系的质疑和种种新的认识。反映在文学的历史主题写作中，就是一方面对作为文本的历史的真实性发生了怀疑，同时又对作为存在的历史的真实性——“究竟发生了什

① 朱迪丝·劳德·牛顿：《历史一如既往？女性主义和新历史主义》，《新历史主义与文学批评》，张京媛编，北京大学出版社，1993年，第202页。

么"[①]产生出强烈的兴趣,并努力寻求新的文本表达方式,这就"引起了逼挤正统和颠覆性的冲动"[②],他们对以往的"主流历史"采取了不约而同的拆解态度,一改以往那种被动和屈从的"对由稳定不变的、结成一体的历史事实构成的'背景情况'的反映"[③],而转为采取那种类似福柯的"历史编纂学"式的"多种声音的奇怪的混合"的方式,由此,"全部的社会生活都在其最古怪、最细微末节的层次上"[④]得以再现。这样,文学便成了"一台记录文化领域里十分复杂的斗争与和谐的特别敏感的记录器"[⑤],它由此获得更广泛和原本的真实。

很显然,当我们把西方新历史主义的观念同1987年以后的新历史小说,甚至在八十年代中期的"第三代诗歌"中的某些作品相比较的时候,会发现种种惊人的契合之处,这并不是巧合,也不是我们出于主观的误读式的比附,而是来自当代西方文化人类学、符号形式哲学和结构主义等哲学方法的影响,它们是西方新历史主义观念的思想和哲学基础,同时也影响了当代中国文学中历史与文化意识的更新。事实上,当代中国的作家和诗人们在理论上表现了令人惊叹的卓越的直觉和敏感的悟性,比如早在1984年至1986年出现的"整体主义"、"新传统主义"和"非非主义"等第三代诗歌群体就已经以相当自觉并且已经"消化"得很好的结构主义理论来导引他们的文化与语言策略了,尤其是"非非",他们在1986年的诗歌大展中对自己的诗歌理论主张的阐述,实在已远远超过了同时期国内理论界对结构主义理论的认识的深度。从这个角度上,说当代中国文学从八十年代中期已出现了一个具有"新历史主义"特征的文学思潮,并不是没有根据的臆想。但限于篇幅,关于第三代诗歌中的新历史主义意识拟另外撰文论述。在本文中主要以具有新历史主义倾向的小说思潮的发展为例来说明之。

另外,现代西方某些史学流派观念的影响也应是当代中国文学新历史主义观念的重要的理论渊源。如早在1982年上海人民出版社就出版了田汝康等编选的《现代西方史学流派文选》,其中收入了狄尔泰、雅斯贝斯、克罗齐等哲学家和史学理论家的论著,他们的史学观念融合了存在主义、精神分析学、结构主义、计量统计学等各种理论,成为以福柯等人为代表的当代新历史主义理论的前引和基础,这些史学思想同样也直接或间接地影响到当代中国史学观念的变化,并进而影响到当代作家的历史意识。

---

① 海登·怀特:《作为文学虚构的历史文本》,《新历史主义与文学批评》,第163页。

②③④ 弗兰克·伦特里契亚:《福柯的遗声——一种新历史主义》,见《最新西方文论选》,王逢振等编,漓江出版社,1991年,第464—465页。

⑤ 斯蒂芬·格林伯雷语,转引自《最新西方文论选》,第464页。

二　概念和内涵

在最近的两三年中,“新历史小说”可谓是评论界所关注和讨论的热点之一,但在我看来,评论者对此的指涉仍是相当含糊的,缺少认真的区分。实际上,它们应当分为互相联系又互相区别的“中心”与“边缘”的两个部分,其边缘部分是与“旧历史小说”相对立的“新历史小说”,其中心部分则是与旧的历史方法和历史观对立的具有“新历史主义”倾向的小说,边缘与中心、基础与先锋,它们的面貌和特征有很大差别,但是它们又有许多重合的部分,又都是新的历史观与历史方法作用的结果,只不过后者更自觉,走得也更远些而已。事实上,也正是由于它们两者之间又区别又相联系的特点,以及它们自身的阶段性演变,才使得我们不是仅仅从现象上而是从内在动因上考察它,用“新历史主义文学思潮”这样一个更能够涵盖其内部动因与特征的视角对之作更具有整体性和客观性的阐释。从包容性上说,它既以新历史主义小说为主要载体,同时也涉及其他新历史小说的一些特点。

那么,如何区分和界定上述两个概念呢?

先说与“旧历史小说”相区别的“新历史小说”。这里所指的旧历史小说不是泛指过去所有的历史小说,而是特指当代那些受到特定政治与意识形态因素影响限定的历史小说,其特征主要有三:一是红色虚构与意识形态视角;二是泛政治话语写作;三是善与恶、进步与反动、革命与反革命的简单二元对立。而“新历史小说”与此相对的基本特征则是:一是回到民间的整合的或多元论的历史视角,民间视角的融合性、整体性、中和性、非功利性的审美特性消除了单一立场上的片面性,而更接近历史的本然状态;二是民间话语的叙述特征,语义的单一所指“红色逻各斯”与叙述的模式化得以消除,而其中性的、文化和审美的内涵得以复归;三是化简单二元对立为复杂二元对立或二元复合状态,价值判断趋向于相对化、内在化和隐蔽化。实际上,“新历史小说”的这些特征除去其有意消除以往当代历史题材小说中过重的意识形态化痕迹的“策略”以外,同传统的更“旧”的历史小说则有着更相接近的特征,如“民间视角”、“野史”和“稗史”的视角同样也是历史上的《三国演义》、《水浒传》和大量历史演义小说所采取的方法与视角。这正是历史小说的“本然”状态。只是由于时代、文化背景、认知水平的差异,他们对历史切入的深度和认知的结论存在不同罢了。比如在《三国演义》中,尽管善与恶的二元对立给人以深刻印象,但作者的历史观又很有几分超然,“天下大势,分久必合,合久必分”,这显然是带有“中性”色彩的,更何况这种善恶对立也仅仅是在道德层面上的,“滚滚长江东逝水,浪花淘尽英雄”自然亦包括曹操,且作者又叹道:“是非成败转头空”,这种未以是非成败论英雄、同时又以“空”字消解其过重道德判断的历史观是非常聪明的,它在一定程度上既表达了个人的取舍,但又避免了个人的偏颇,使之转化为一种纯粹的民间化立场。而在其他的演义、武林侠义小说,尤其是在《东周列国志》、《水浒传》等作品中甚至更显示出历史的某种恣意的“虚构”和“游戏”倾向。可见,“新历史小说”完全是一个相对性的概念,它应是对当前出现的大量回到民间视角的历史小说的一个总称。

“新历史主义小说”的概念相比前者要狭义得多。尽管它的一些特征与当前其他新历史小说有重合之处,但它的特定意义在于,它们主要是指一批具有较新知识结构与艺术追求的,直接或间接地受到西方存在主义、结构主义、后现代主义和解构主义等理论观念的启示而介入历史领域的“先锋”青年作家所写的历史小说。从一定程度上可以说,他们的小说反映了一种具有“新历史主义”倾向的历史观。当然,如同前文中指出的,新历史主义的历史方法在中国不是其“原生”理论的移植,也不是近一两年的事实,而是结构主义、后结构主义等外来哲学方法同中国当代的历史意识直接融合的产物。因此,它在中国存在的事实实际上先于它的“名词”的引入。那么,“新历史主义”理论方法的核心是什么呢?归根结底,它是一句追问,即,历史上“到底发生了什么?”,这个追问的前提是,在新历史主义理论家看来,作为存在的历史永远只存在于想象与既成的文本之中,“什么是历史客体?……准确地说,历史客体就是对曾经存在的人与事物所作的‘表述’。表述的实体是保留下来的记录和文件。历史客体,即曾经存在过的东西,只存在于作为表述的现在模式之中,除此之外就不存在什么历史客体”①。这就是说,作为“存在的历史”永远是以作为“文本的历史”形式存在的,而它们之间又永远不是一个等号,用海登·怀特的话来说,“文本的历史”仅仅是作者的一种“修辞想象”,只是一个文字合成的结构,一种话语拼合的产物。这就既为人们对以往历史观的质疑和挑战提供了依据,同时也为文学创作对历史的介入活动中的某种虚构与想象提供了合法性依据。从八十年代后期苏童、叶兆言、格非、余华、北村、方方、刘恒、刘震云等人的小说中,我们不难看到这样一种自觉的观念,历史在他们笔下,或已由历时性文本变成了共时性文本,或已由整体化成了碎片,或已由“仿真”性的描述变成了虚拟性的寓言,或已由某些单个的象征性事件构成了一种历史的氛围。总之,历史呈现出全新的、丰富多彩的面貌和内容。关于这些特征,下文中还将进一步展开论述。实际上,在这里用赵一凡对西方新历史主义的概括性评述来描述上述作家文本特征也是恰当的:“福柯曾宣告,为发掘西方文化的深层构造,我将使我们平静而显然不变的地表上现出裂豁、动荡与缺陷。新历史派正是以此为纲,辅以差异和断裂法则,展开对传统史学整体模式的冲击,打

① 辛德斯和赫斯特:《前资本主义生产模式》,引自杰姆逊《马克思主义与历史主义》,《新历史主义与文学批评》,第42页。

乱其目的演进秩序，瓦解由大事和伟人拼合的宏伟叙事，以消除人们对历史起源及合法性的迷信，重现它们被人为掩饰的冷酷面貌。”①的确，在当代中国，解构和拆除旧的历史文本，同时构建新的历史文本这项巨大的文化工程事实上首先不是在思想界和史学界进行的，而是在文学领域中，文学创作中的历史解构与重构运动成了历史文本的重构和替代形式，这一点，亦应看作是当代文学的一个特殊贡献。

三 阶段与现象

纵向来看，当代中国的新历史主义文学思潮的发育发展和沉落大致经历了三个逻辑阶段，它们分别可以称之为“启蒙历史主义”阶段、“新历史主义”阶段、“游戏历史主义”阶段，其中前者是一个前提和基础，后者是一个余绪和尾声，中间则是其主体阶段。

“启蒙历史主义”阶段大致是指1987年以前，其最早源头可以追溯到八十年代初。它的背景是来源于七八十年代之交人们对当代社会现实的深思与批判。而深入历史，则是这一当代目的的借助形式和自然延伸。因此，对历史的探寻和思考实际的目的并非是审美的需要，而是一种自觉的文化理性。就这一观念的表现形式“寻根文学”思潮来看，其核心的两个方面——文化认知和文化批判与“五四”以来鲁迅等前代作家所作的努力是相似的，文学创作表现了改良文化和变革现存的强烈功利性与目的性，作家所展示的“历史”是整体性的、文化模型性的、价值承载性的，这是一种“旧历史主义”和文化人类学理论相结合的产物。他们试图通过对历史文化的重新梳理与构筑，达到一个十分宏伟的功利化目的，重振民族精神和性格。这一点，我们从后期朦胧诗人中的杨炼、江河及其追随者，“整体主义”诗人群体，以及韩少功、李杭育、阿城、郑万隆等寻根小说作家们在1985年前后的各种宣言和论述中都可以看出。但是，这个诱人的乌托邦并没有随着他们的创作实践得到兑现，相反，他们自己也发现，他们所表现和赞扬的种种文化遗存中的原始、落后和愚昧实际上同他们改造民族文化、重铸民族精神的承诺甚至还是背道而驰的，在这样一种自我的悖论中，一批继起的作家便不得不放弃不堪重负的启蒙任务以及介入历史时的种种关于价值判断的理性意识，将这场运动带入了第二个阶段——“审美历史主义”，或曰“新历史主义”时期，这便是先锋小说应运而生的契机。完成这一过渡的作家应以莫言等人为代表，1986年莫言“红高粱系列”的问世，较多地淡化和消解了寻根小说文化分析和判别的主题中心，进一步使历史成为纯粹的审美对象和超验想象领域，在观照历史的时候更倾向于边缘的“家族史”和民间的所谓“野史”与“稗

① 赵一凡：《什么是新历史主义》，《美国文化批评集》，三联书店，1994年，第238页。

史”。“民间化”,在这里具有决定性的意义,莫言的作品不仅从故事的历史内容上民间化了,而且叙述的风格本身也民间化了,这与此前许多寻根作家如张承志,甚至韩少功、李杭育、郑义等人,那种精英知识分子式的严肃叙事构成了区别,这就为新历史小说在嗣后1987年的崛起做好了逻辑铺垫与创作准备。从这个意义上说,甚至莫言等人的历史小说也可以看作是新历史主义小说的一部分。他的“红高粱系列”,正是“新历史小说滥觞的直接引发点之一”①。

在1986年出现的乔良的《灵旗》也是一个信号。这部中篇以五十年前红军长征途中湘江之战的惨败展开故事的背景。但它所关心的并不是这场战役本身的性质、胜败,它并没有像旧的历史小说那样去表现社会与历史范畴中的所谓主题意义;相反,主流意识中习见的“历史”在这里退隐了,而剩下的是被剥去了政治与历史外衣的“战争”本身,是生死场。它通过青果老爹这一人物的目击、追忆和他当年作为一个红军逃兵“汉子”的遭遇,展示了构成这幕历史惨剧的那些琐碎场景,从另一方面“还原”了历史的真实。“历史”在这里是具体的、偶然的、个别的、互为割裂的、未经选择和提炼的、原生的历史,而不是被人为地“主流”和“本质”化了的历史。这已经反映出新历史小说把握历史的特有方式。

“新历史主义”小说思潮的全盛期大约是1987年到1992年的几年间。在我看,先锋小说从其核心和总体上,也许可以视为一个“新历史主义运动”,因为其中最典范的作家从莫言到苏童、格非、叶兆言,再到方方、杨争光、北村,甚至包括余华等在内,他们的代表作品在很大程度上都是一批新历史主义小说。除他们之外,还有一大批外围的青年作家,甚至有早已成名的作家。他们放弃了寻根作家和八十年代初启蒙思想家的文化理想与社会责任,使历史化解为古老的人性悲歌和永恒的生存寓言,成为与当代人不断交流与对话的鲜活映象,成为当代人“心中的历史”。这样,为意识形态中心所虚构的“官史”和具有启蒙主义话语特征的寻根小说的“宏伟历史叙事”便被化解为生动鲜活的民间史、“心灵史”,而宗教、神话、民俗、寓言等超历史的内容又使这些零散的、卑微的和边缘的历史表象具有了更为广泛的结构、渗透、辐射、隐喻、象征等各种意义与力量。可以说,从1987年到1992年前后,当代文学历经了一个最富有变异与转折色彩的“新历史主义时期”。

从发生的时间上看,这一时期大致产生了这样几个互为联系的现象。

一是大量出现在1987年到1990年前后的,以近现代历史为背景空间、以中短篇小说为主的新历史小说,我们不妨称之为“近世新历史小说”。1987年的叶兆言的《状元境》、苏童的《一九三四年的逃亡》、格非的《迷舟》;1988年叶兆言的《追月

① 王彪:《新历史小说选·导论》,浙江文艺出版社,1993年,第5页。

楼》、《枣树的故事》,苏童的《罂粟之家》,格非的《青黄》;1989 年苏童的《妻妾成群》、《红粉》,格非的《风琴》;1990 年叶兆言的《半边营》、方方的《祖父在父亲心中》、张永琛的《45 年的秋景》等,都是以近世历史为背景的作品。它们或着眼于家族历史的沧桑,或着眼于个人命运的变迁,将以往红色或主流历史幻象中的巨大的板块溶解为细小精致的碎片,散射出历史局部的丰富而真实的景象。在这些作品中,叶兆言的真切细微和浮世人生的沧桑感、苏童的凄婉感伤和深入内心的人性力量、格非的扑朔迷离和对历史的不可知的宿命与规定力量的表现,都给人以极深的印象,从各个不同的角度展示出新历史主义小说广阔的空间。从这些作品的叙事风格来看,整体基调与语境的"寓言化"和局部叙述与细节的写真性的结合是其主要特征。总体上看,具有相对可行的历史依据与具体氛围,力求对近距离的历史(大多为民国以来的历史)加以新的体验和描绘,是这几年新历史小说的鲜明特点。另一个现象是从 1990 年到 1992 年出现的第一批长篇新历史主义小说,主要有格非的《敌人》(1990)、苏童的《米》(1991)和《我的帝王生涯》(1992)等,这是几部典型的寓言化的长篇新历史小说,它们所涉及的年代基本上都被剔除或虚化了,由此,历史的纵向的实际流程、事实背景和时间特征就被空间化了的历史结构、生存情态和人性构成所替代,这与西方学者在评述罗兰·巴特的结构主义批评、罗伯—格里耶和米歇尔·布特的新小说等现象时所指出的"超越历史"或者"致力于使时间空间化"的特征,他们"试图使文学代表人的真正历史意识的恢复介入与世界的本体论对话"①的特征是基本相一致的。这些作品都以比较大的结构和规模展示了先锋小说作家对于历史、生存和世界本体的种种认识。《敌人》是一篇兴衰无常、祸福相踪、恩仇扭结、因果轮回的家族历史的寓言,充满了种族文化中关于复仇、报应、生死、财劫等种种原型主题;而这些主题都是穿透了悠久时空而代代相因的基本的历史内涵。正像格非自己在陈述这部小说的写作原因时所指出的,它是一种"贯穿了我的整个童年并延续至今"的"年代久远的阴影的笼罩",这种"无法被忘记的恐惧","从某种意义上来说,它既是历史,又是现实"②。"既是历史,又是现实",这是对新历史主义小说方法的最直观和扼要的说明,它们就是要拆除"定格"在某一时间区限的历史陈迹,而使之成为贯透在永恒历史过程中的风景,这同福柯式的"反历史的历史学家"强调"对整体历史的共时性把握"③的方法,同克罗齐所说的"每一种真正的历史都是现

① 威廉·斯邦诺斯语,转引自汉斯·伯顿斯《后现代世界观及其与现代主义的关系》,《走向后现代主义》,王宁等译,北京大学出版社,1991 年,第 25 页。

② 格非:《格非文集·寂静的声音·自序》,江苏文艺出版社,1996 年。

③ 海登·怀特:《解码福柯:地下笔记》,《新历史主义与文学批评》,第 113—114 页。

代史"①的观点可以说如出一辙。这种特点同样也表现在苏童身上。与格非相比，苏童的小说更具有感性的饱满魅力，故事更加曲折、自然、细腻和熨帖，他的《米》是一个关于人的基本生存需求与人性构成的寓言演示，古老而无边的南方城镇的生活图景被他轻巧而娴熟地纳入了自己的画框。五龙从遥远而饥饿的枫杨树故乡来到瓦匠街的米店，从寄人篱下到做了冯老板的女婿，在种种的忍辱含垢中渐渐扎下根基并做了父亲和老板，生存的需要使他入了黑道的帮会，并干了种种打劫抢掠的坏事，变得凶恶狡诈、好勇斗狠。但在动乱的浮世中他终究也无法把握自己的命运。他的家业很快败落下去，与他有过情怨的几个女性也相继惨死，他自己则在返回北方故乡的火车上结束了人生。结局是意味深长的，他留给儿子的唯一的遗产是两排金牙和一箱被误以为是珍宝的米。这部小说是对种族历史中全部生存内涵的追根刨底的思索和表现。在这个农业民族所有的情感、观念和欲望中。"米"（食）乃是根之所在，五龙的苟活、发迹、情欲、败落和死亡，无一不与米联在一起，米是五龙也是整个种族永恒的情结，米构成了种族生存的全部背景、原因、内涵和价值，米，永恒的生存之梦和生存之谜。苏童的另一部长篇《我的帝王生涯》，可以说是一部充分体现了"新历史主义"倾向的作品，它对历史的"戏仿"态度和整体上对于虚构叙事的"有意暴露"都达到了一个前所未有的程度。它以第一人称"我"作为叙事视角，叙述遥远而未有确定时间的"过去"一个"莫须有"的国家——燮国的国王荣辱浮沉的一生，实质上是对历代王朝宫廷权力争斗与刀光血影的一个提取式的"浓缩"。在叙述过程中，小说完全悬置了关于"历史真实"或依据的概念，叙述的纯粹体验与游戏性质始终敞开着，暴露无遗。这是一个信号，新历史主义小说已经呈现出它的终极形态，向前一步即滑向无边的游戏空间。

除上述几部作品以外，格非的另一部《边缘》（1992）似乎也可以算作是一部长篇新历史主义小说，它像是一串闪亮的碎片和曝光在心灵与记忆中的历史镜头，对近现代历史背景上中国人"在生死与真幻之间无从把握"的生存状态，对人与社会、人与历史之间无力与命定的关系作了生动揭示。小说所表现的人物可以说是主流历史中的"他者"，而作家在表现这些人物（仲月楼等）的历史与命运时，也同样是采取了游离和漫笔在"边缘"处的叙事策略。

作为新历史主义文学思潮的一个副产品，在1990年到1993年的几年中还出现了一个"匪行小说"热。② 之所以把这类作品也看作是新历史主义文学思潮的产物，是因为它们也大都是依据历史空间结构故事的。最早的"匪行小说"似乎亦可追溯

① 本纳德多·克罗齐：《历史和编年史》，《现代西方史学流派文选》，上海人民出版社，1982年，第334页。

② 关于这一现象，可参见笔者的两篇拙作：《近年"匪行小说"抽样漫评》和《走向文化与人性探险的深处——作为"新历史小说"一支的"匪行小说"论评》，分见《文学世界》1993年第5期、《理论学刊》1995年第5期。

到1986年莫言的《红高粱》等系列小说，其中一半是土匪、一半是英雄的主人公“爷爷”余占鳌曾给人们传统的历史观念与道德审美立场以极大的震撼。在他身上，“匪性”已成为他的人性与生命力的基本特征与必然表达，其出生入死、纵身红高粱密林“杀人越货、精忠报国”的英雄行为与匪行特质已经完全以二元复合的形式重叠于一体，互为依存、无法分拆了。没有他的“匪性”，也便没有他高扬的生命活力与辉煌的历史。比较“爷爷”，虽然“我”辈已然“进化”，再无匪气，但生命力与伟大气质的衰退与丧失也使“我”无法与他比肩而立。这里，一个关于历史和文明的主题已赫然立起，该怎样认识一个民族的过去和现在?

在《红高粱》之后几年中，匪行小说基本上处于空白，但在1990年，一向以安分忠厚的商州百姓为描写对象的贾平凹却一股脑推出了被他称为“土匪系列”的四个中篇:《烟》、《美穴地》、《白朗》和《王魁》。与之同时，杨争光也以他的中篇小说《黑风景》而赫然崛起，这篇叙述村庄人同土匪游寇周旋搏杀的悲剧的作品同他次年发表的《赌徒》、《棺材铺》等构成了他令人瞩目的匪行系列。之后构成系列的还有尤凤伟发表于1992年到1993年的《金龟》、《石门夜话》、《石门呓语》等。除此之外，发表于1991年的朱新明的《土匪马大》、阎新宁的《枪队》，1992年到1993年的贾平凹的《晚雨》、刘国民的《关东匪与民》、冯苓值的《落草》、苏童的《十九间房》、李晓的《民谣》、池莉的《预谋杀人》、刘恒的《冬之门》、季宇的《当铺》、陈启文的《流逝人生》、孙方友的《绑票》、蔡测海的《留贼》、廉声的《月色狰狞》等等，也都是相当典型的匪行小说。到1994年以后，随着“新历史小说热”的冷却，匪行小说也渐渐稀少了。

一个显而易见的疑问是，为什么众多的作家要通过匪行小说来表现他们的某种历史意识或观念呢?显然，这是由于解构传统的道德历史叙事的需要。“匪行”，作为对抗旧式道德主流政治的符号，它的文化内涵已被深化，带上了某种“江湖”和“民间”历史叙事的意味，这在《水浒传》等古典小说中已经得到过很好的证明:即使江湖匪盗，也仍然有着“行侠仗义”、“除暴安良”、“劫富济贫”等民间的道德精神。“节义”是不同于“忠君”的另一种道德，它是纯粹民间的，而且无损于人性的自然张扬，后者则是“主流”和“官方”的，经常表现为对个人自由意志的牺牲。因此前者的人格光辉在历史叙事中更加充满着某种自由的魅力。在对抗和解构传统主流历史观念方面，它已成为一个反主流的民间叙事的象征符号。不过，究其实质，“匪行小说”只是新历史主义小说思潮边缘的产物，它过分脱离历史客体的虚拟倾向，使它在接受了新历史主义小说观念的启示的同时也远离了它。

从1992年以后，新历史主义小说思潮进入了它的末期，即“游戏历史主义”时期。主要表现是，离历史客体愈来愈远，文化意蕴的设置愈加稀薄，娱乐与游戏的倾向越来越重，超验虚构的意味愈来愈浓。事实上，这种倾向在苏童的《我的帝王生涯》中已经显示出来。而在1994年，以叶兆言的《花影》和苏童、格非、北村、赵玫、须兰五人同时创作的同题小说《武则天》（苏童的小说又名《紫檀木球》、格非的又名《推背图》）为标志，新历史小说的"新"似乎正越来越与无数迎合大众口味与商业规则的"旧"小说重合，并主动迎合影视大众艺术的要求与口味①，这似乎已标志着这场历史与文化乌托邦式的艺术运动的最终衰变与终结。

但是，在另一个特殊的领地——长篇小说那里，新历史主义思潮的影响似乎仍未消失，而且仍间或显示出很强的生命力，这或许是由于长篇小说创作周期较长，在体现其与整个当代艺术思潮的关系方面节奏略迟的缘故。新历史主义思潮在近年的长篇小说写作中的体现主要有两个，一个是比较典型和接近核心的，如陈忠实的《白鹿原》（1993）、莫言的《丰乳肥臀》（1995）、张炜的《家族》（1995）、叶兆言的《花影》（1994）、《1937年的爱情》（1996）等。这些作品仍以近世历史情境中的虚构为主，不依托真实的历史事件和人物，作家对于原有主流历史观念和"官史本文"的颠覆、解构与"重写"意向十分明确，追索和"还原"历史的真实与丰富，揭示出"宏伟历史叙事"的遮蔽之下，近现代历史中民族生存的种种细微的图景，展现出一部充满着战争与杀戮，伟人与政治的"主流历史"背后民族苦难的生命史与心灵史，是这些作品所试图完成的主题。从这个意义上，我甚至认为余华的《许三观卖血记》（1995）也属于这类作品，有的评论者依据其叙事的朴素和"写真"意味而称其为"现实主义"小说，而实际上许三观以"卖血"为生甚至卖血成瘾的一生，正是民族和芸芸草民苦难生存历史的一个"寓言"。

在上述作品中，或许以莫言的《丰乳肥臀》最为典型地体现了新历史主义的小说观念。这部问世之初颇以其"艳名"而惊世骇俗的巨制同莫言以往的"红高粱系列"等作品一样，是以历史和人类学的复调主题展开叙述的；但与以往稍有不同，有关性、潜意识情结、生殖繁衍、种族性质等等人类学内容在这部小说中只是感性的表层部分，而莫言所要认真探究和回答的却是"历史上到底发生了什么"这样一个问题。他将一部近现代历史还原或缩微到一个家庭诸成员的经历或命运之中。把历史"还原民间"，以纯粹民间的视点，写民间的人生，写他们在近世诸多重大历史事件中的命运，莫言所自称的"献给母亲和大地"正是对这一观念的一种比较模糊的描述，并非如某些指斥者所说的是一种"矫饰"。从叙事结构与风格上看，它也典范地体现了类似于新历史主义理论家所总结和推广的某些方法，如朱迪丝·劳德·牛顿所描述

① 叶兆言在《花影·后记》中称，《花影》是电影导演陈凯歌的命题作文，完全是按照陈的设想编出，"没有陈凯歌就没有《花影》"。

的那种“交叉文化蒙太奇”式的方法，即把不同意义的“文化符码”故意“并置”或拼贴在一起，以有利于隐喻历史的本然状态与丰富复杂的情境，他们将“广告、性手册、大众文化、日记、政治宣言、文学、政治运动”等等文化文本或符码并置于一起，构成了一幅“交叉文化蒙太奇的蓝图”①。《丰乳肥臀》在展开其关于历史的叙事时，正是采用了这类拼贴法、并置法。他不无“暴力”倾向地将二十世纪中国所发生的所有重大事件——从1900年德国侵占胶东、日寇侵华、国共战争、新中国成立后的历次政治斗争，一直到改革开放市场经济的当代生活——都通过母亲上官鲁氏及其众多儿女所组成的家庭命运的描写而汇聚一起，这种通过家族和个人辐射历史的方法不仅是感性和鲜活的，而且也以极大的气魄与包容性恢复了历史的整一性。同时，在叙述的过程中，作家将官方的和民间的（国共不同政治力量的斗争和民间百姓的古老不变的生活观念与方式）、东方的和西方的（以母亲为象征的民族精神和以马洛亚牧师为代表的西方文明，当然，混血儿上官金童就更具有“中西结合”的文化意义）、古老传统的与现代文明的（“鸟仙”式的生活同美国飞行员所放的电影）种种截然不同的文化情境与符码有意拼接在一起，打破了单线条的历时性叙事本身的局限，而产生出极为丰富的历史意蕴与鲜活生动的感性情景。从而生动地实现了中国近现代历史烟云动荡、沧桑变迁和五光十色的斑斓景象的隐喻性叙述。这种表面看来有些“荒诞”和戏剧化的叙事同以往线性的主流历史叙事，以及近年来具有过重的“寓言”化倾向的虚拟和个人体验化的历史叙事相比，不但更为新鲜逼真，而且更加大气磅礴、富有表现力。从一定意义上说，《丰乳肥臀》是一个具有总括和典范意义的新历史主义小说文本。

另一类长篇小说应该说也与新历史文学思潮有着呼应的关系，不同程度地受到过这一思潮的启示和影响，或者说就处在这一思潮的“边缘”。不过从观念上看，它们的异端与挑战色彩不像前者那样强烈，水平也参差不齐，难以定性，总体上看，它们可以称为同“十七年”和“文革”期间的“红色官史”一类历史小说相区别的“新历史小说”。其主要特点有两个：一是大都以真实的历史事件或人物为叙述内容和材料，如八十年代后期以来相继出版的凌力的《少年天子》、杨书案的《孔子》、唐浩明的《曾国藩》、刘斯奋的《白门柳》、吴因易的《唐宫八部》、穆陶的《林则徐》等，它们大都在以往的历史定见之外有新的发现，在评价人物的功过是非与人格时对以往简单化的道德判断有意予以突破；另一个特点是还原民间性的历史叙述，它们虽大都也依托一定的历史背景，但具体人物与事件却多属虚构，如近年来出现的众多以民

① 朱迪丝·劳德·牛顿：《历史一如既往？女性主义和新历史主义》，《新历史主义与文学批评》，张京媛编，北京大学出版社，1993年，第203页。

间历史事件如义和团运动、民间抗日义勇军等为题材的小说,这类作品虽然质量上良莠杂陈,但总体上与以往“革命历史小说”的意识形态化的叙事风格相比也出现了根本变化,叙述的内容、情境、人物以及所表现出的审美立场也都民间化、民俗化了。

以上,对新历史主义文学思潮的历时演变以及出现的各个相关的创作现象作了简要的梳理。从当前的情形看,虽然仍不断有个案新历史小说出现,但作为思潮和运动,新历史小说实际上已经完结,同西方的新历史主义理论从怀疑历史(文本)、以“反历史”的策略寻找历史(存在)到最终虚化、粉碎和远离了历史的逻辑悖论一样,当代中国文学的新历史主义运动也由于其渐愈加重的虚构倾向,由于其刻意肢解历史主流结构的努力而走向了偏执的困境。游戏历史主义不但是历史主义的终极,同时也是它的坟墓,从一定意义上说,正是这种过于偏执的游戏本身最终虚化、偏离和拆除了历史和新历史主义,这虽然是一个矛盾和一个悲剧,但却势出必然。

四 类型与特征

之所以把一些先锋作家的“新历史主义小说”作为新历史主义文学思潮的典型例证,是因为它们在总体上呈现了类似西方新历史主义观念的一些特点。为了对这些特点做一些归纳,我们可以参照西方新历史主义理论家的观点列出以下几点。

一是在“新”与“旧”的关系上,采取了选择和重构的双重策略,比如作为新历史主义重要理论家的格林伯雷同典范的“旧历史主义者”泰纳之间的许多主张就有着一致性,他们都认为文学应当是历史特别直观、感性和“敏感的记录器”①,但他们的区别在于,旧历史主义者往往都确信历史的某种主流化存在,而新历史主义者则意识到这是一种“历史的假设”,他们在切入历史的时候,就怀着这种先在的“不可知论”的警觉去试图恢复历史那种无数细微的时空所联缀起来的破碎和偶然的本然状态,这样他们在自己的历史文本中就刻意采取了征引“稀奇古怪的、显然是远离中心的各种材料,故意违反传统的文学鉴赏力”的“修辞手段”②,以对历史作出新的描述,比如他们在重新研究文艺复兴时就是采取了这样的方式。这同当代中国的新历史主义小说的情形是相似的,它们大都对以往受到意识形态框定的历史小说所反复描写过的近现代历史表现出浓厚的兴趣,试图以新的观念“重构”这段历史,描画出它在曾经被忽略和遮蔽了的细部丰富多彩的景象,用有的评论家的话说,这是对“中国民间社会原初记忆的修复。……意在改变对封建传统简单化的价值判断。对中

① 弗兰克·伦特里契亚:《福柯的遗声——一种新历史主义?》,《最新西方文论选》,王逢振等编,漓江出版社,1991年,第464—465页。

② 弗兰克·伦特里契亚:《福柯的遗声——一种新历史主义?》,《最新西方文论选》,王逢振等编,漓江出版社,1991年,第464—465页。

国文化的内在性进行认真清理，而且这实际上是在传统经典和意识形态的边缘对历史的重写”①，且不说方法上，单是就所关注的历史对象物来看，就构成了对旧的历史主流论观念的区别。这是对简单阶级论、社会学和庸俗进化论以及一元化道德判断等观念所驱控下的历史叙事的一种修正，这样的历史意识和内容本身就有着某种“新”意。这一点，我们从《白鹿原》、《丰乳肥臀》和《家族》等作品中都能看得出来，尽管主流历史视野中的诸多重大历史事件或背景仍在小说的内容结构中占据重要位置，但作品的整体视点、判断标准却已完全落脚于民间，历史不再是单面和一维的叙事。因为所谓“民间记忆”事实上是一种基本消除了集团政治和意识形态倾向性的“中性”或整合状态，在这样的框架中的历史叙事才最可能接近历史的真实。

从当代新历史主义小说同中国传统历史小说的关系来看，似乎也呈现出了一种“修复”的趋势。最“新”的实际上也可能意味着最“旧”。中国本来是一个历史叙事特别发达的民族，从富有文学特性的史书典籍《史记》起，到《三国演义》、《水浒传》等经典历史小说，到《东周列国志》、历代演义小说、大量的野史、外史著作，主流的“官史”和民间的历史记忆不但同时受到重视，且互相渗透影响，尤其民间的历史观念对于文学历史叙事一直起着决定性的影响。即使是在《三国演义》这样的以王权、战争和政治为主要内容的“宏伟历史叙事”作品中，民间的“义”与“善”的标准，“不以成败论英雄”、“是非成败转头空”的人本历史观念仍在书中起着主导性作用；而在《水浒传》等作品中，民间性的英雄气节、民俗化的人物描写，甚至对历史的恣意“虚构”等等更与今日的“新历史主义”有着惊人的相似。实际上，民间化，这也许就是文学历史叙事的一个永恒性的叙事原则或基础，从这点上说，当代的新历史主义同历史的传统之间也许只有一步之遥，这也是它为什么在将近十余年的历史中兴盛一时，产生了众多优秀作品的一个根本原因。

总体阐述新历史主义小说的各种特点未免流于空泛。下面，我将以西方新历史主义的一些理论观点作为参照，以抽样的方式对其主要特征作一些概括和分析。

首先，侧重于表现文化、人性与生存范畴中的历史，是新历史主义小说最重要的特点。把历史的具体历时形态与外观予以打碎，而找出其中那些基本的元素，予以重新的组构，用西方学者的话来说，就是“用一种文化系统的共时性文本来代替一种独立存在的历时性文本”②。这种重构的历史，既具有历史的客在真实性，同时又更具有当代的体验性，是现在与过去的对话，是“我们与过去的关系，以及我们对……

---

① 陈晓明语，见董之林整理：《叩问历史，面向未来——当代历史小说创作研讨会述要》，《文学评论》，1995 年第 5 期。

② 蒙特鲁斯语，见海登·怀特：《新历史主义，一则评论》，《最新西方文论选》，第 502 页。

历史遗迹的理解的可能"[①],是永恒人性与生命经验在历史空间中的感验、认知与示演。这一点在苏童的历史小说中表现最为典型。

苏童早期的新历史小说如《一九三四年的逃亡》、《罂粟之家》等还显得有些支离破碎和图解某种新潮的认识论观念的痕迹,但在1989年之后,他则进入到了一个相当自由而和谐的境界。正如他自己所说:"从1989年开始,我尝试了以老式方法叙述一些老式的故事,《妻妾成群》和《红粉》最为典型,也是相对比较满意的篇什。我抛弃了一些语言习惯和形式圈套,拾起传统的旧衣裳,将其披盖在人物身上,或者说是试图让一个传统的故事一个似曾相识的人物获得再生。我喜欢这样的工作并从中得到一份快乐……"[②]在这类描写近代"妇女生活"的作品中,历史不再呈现为破碎的表象,而成为十分完整典范的人和事,它们所负载的文化意蕴虽然不像早先的寻根小说那样明确和积极,但也十分鲜活生动,具有深邃细密的历史、人性与经验的深度。

《红粉》是一个取材不远、但却十分具有某种"古意"的小说,两个妓女和一个嫖客之间的悲欢离合、恩恩怨怨,濡染上了浓重深厚的历史文化神韵。秋仪、小萼和老浦之间的聚散纠葛是历史上最平常和朴素的那种事情,让人如读宋元以来的某篇情节相似的"话本"小说。可以说,这是人性化了的历史,是经验化了的事件,是一个富有"原型"意味的故事。另一篇《妻妾成群》更加精致,这篇小说由于设定了一个十分具有传统文化意味的"一夫多妻制"的家庭生活背景,而分外具有了某种生动可感的历史氛围,它是一个典范的历史模型,是一个陌生而又熟悉的故事。一个家遭不幸,被迫嫁人为妾的弱女性,在一个阴森恐怖、尔虞我诈的封建家庭中,其悲剧命运似乎是不可避免的,从这一点上说,它同以往的许多"反封建"主题的小说是相似的。但苏童又远远没有拘同在这样一个旧套路中展开描写,这个"主题中心"被他有意瓦解了,而那些通常被认为仅具有"边缘"意义的内容如原罪感、乱伦意识、白日梦、死亡预感、通奸、同性恋、嫉妒、诅咒……种种潜意识的或变态的心理行为,都在这个畸形的生存环境中透射出深邃的历史的悲剧力量。尤其是,当这些内容以一个曾经是知识女性的软弱而敏感、不幸而多幻想的人物颂莲的命运与活动组织起来的时候,更具有了细腻、精致、鲜活、微妙的特征和温婉弥漫的人性力量。历史,那种在以往观念中早已僵淀而冰冷、成为亡去旧物的历史,在这里被生动地复活了。这种"中心消解、边缘耀目"的意义建构方式,正是新历史主义小说最鲜明的特点。

新历史主义小说的另一个特征,是对"官史"历史观与主流文化立场的策略反

---

① 弗雷德里克·杰姆逊语,见布鲁克·托马斯:《新历史主义与其他过时话题》,《新历史主义与文学批评》,第68页。

② 苏童:《怎么回事》,《红粉·代跋》,长江文艺出版社,1992年。

叛，而代之以“野史”、“稗史”与“民间史”的视角。当然，这与历史上的那些良莠混杂的野史文本并不相同，它所强调的主要是“视角”的变化，历史观与价值评判立场的变化。它不强调所谓历史的“主导”力量、主流逻辑，而是着眼于个人家庭、寻常百姓、轶闻传奇，把弥散在历史时空中的烟云重新予以涂抹；它着眼于历史的局部具体性与个案生动性，在一角一隅、半鳞半爪中让人感知其沧桑变迁、世事轮回，由此而触摸到历史那无处不在的宿命力量与悲剧逻辑。这一特点，在莫言的“红高粱家族”和苏童早期的作品（甚至包括其1991年《米》）中都已有明显体现。在乔良的《灵旗》中也明显表现了民间视角（青果老爹）对历史客体（湘江之战）的重新审视。

抽样而论，最能体现这一特点的当数叶兆言。叶兆言的历史小说主要是其发表于1987年至1990年的“夜泊秦淮”系列中篇《状元境》、《追月楼》、《半边营》、《十字铺》，以及其他表现近代与民间历史风俗的作品，如《枣树的故事》和数篇同题作品《挽歌》等。叶兆言的作品不像苏童那样充满了苍茫的古韵与空灵的诗意，相反，他的叙事风格似更有意追求“真实”，因而有人亦把他看作是“新写实”作家。“夜泊秦淮”无疑可以看作是迄今为止叶兆言最能引起反响的代表作品。它们以极为冷静、简练的叙述，逃过历史纷繁迷乱的烟云，通过几个小人物的命运而呈现了一部“缩微”了的近代史。这种笔法不免令人联想到美国学者海登·怀特所阐述“新历史主义”的理论策略：“1.‘精简’手中的材料；2. 将一些事实‘排挤’到边缘或背景的位置，同时将其余的移近中心位置；3. 把一些事实看作是原因而其余的为结果；4. 聚拢一些事实而拆散其余的，使历史学家本人的变形处理显得可信……”①用这段话来说明叶兆言小说的叙事特征和介入历史的方法，似也是很准确的。

《状元境》被认为是“夜泊秦淮”系列中最具“神韵”之作。这篇小说通过一个世居南京的市民子弟张二胡的半生经历，活画出了一幅五光十色的市民生活图景，同时也从侧面勾勒出一部民国历史的风俗画卷。在这篇作品中，作家力图表现的是历史沧桑中的“无端”与荒谬，但它却将社会历史的变迁同百姓寻常生活作了“巨细”的倒置，并将主流的历史图景予以拆散，使其消融在琐细的生活之中。（虽）有意回避了正面历史事件，但却在历史的边缘和“细部”找回了历史真实。

叶兆言极善（于）在从容的叙述中展现那些纷纭多变的世相人生、善恶恩怨、悲欢离合、命运无常、世事变迁，这在他的小说中，都化作了流水行云，纹丝不乱。历史的真实性与沧桑感也得到了很好的结合，成为一部活生生的民间现代史或现代民间史，尤其在涉及现代史上的重大事件时，“民间视角”起到了令人意想不到的效果，将历史转化成了文化，把事件描绘成了风景，使“官史”分解还原成了“稗史”和民间故

① 《历史主义、历史与修辞想象》，《新历史主义与文学批评》，第192页。

事。这在《枣树的故事》等作品中也有十分典型的表现。

新历史主义小说的另一个特点是对历史施予某种解构活动，把具有客在长度与时空特性的历史变构成某种形式或者寓言，这里同前两者一样含有当下主体对历史客体的哲学把握与抽象体验，但不同的是它们更具有外在的“解构”痕迹与虚拟意味。这一点，在格非与余华的小说中表现(得)尤为突出。

格非在所有历史小说写作者中也许是最具有“新历史主义”倾向的一个，历史对于他来说，其可以表述的方式不过是“寓言或作为例证的解说性寓言”(弗莱语)罢了。他认为，一切表象的现存实际上是“抽象的、先验的，因而也是空洞的，而存在则包含了丰富的可能性，甚至包含了历史”①。而如何展现“存在的历史”和“历史的存在”呢？对存在的言说是不可能通过“再现”来完成的，而只能像海登·怀特所说的，是一个“象征结构”，一个“扩展了的隐喻”，或者是“利用真实事件和虚构中的常规结构之间的隐喻式的类似性来使过去的事件产生意义”②。格非的历史小说从一开始就表现出这种对历史存在的“勘探”意识和解构方法的策略倾向。他(的)被认为是新历史小说的作品主要有中篇《青黄》、《迷舟》、《风琴》、《大年》以及长篇《敌人》等。在这些作品中，历史已被浓缩和抽象化了，成了一种“类似于瓦雷里的纯诗”一样的“纯虚构”③，但这种虚构又由于其对历史和人的命运的某种高度概括，高度经验化命名与揭示，而具有了历史寓言的力量。比如《迷舟》，就是对历史在某些关头选择与转向的偶然性非逻辑性的生动描述。另外，《大年》、《风琴》和《青黄》等也主要是揭示了历史存在的某种偶然的“不确定性”与“可怀疑性”，它们迷离飘忽，若有似无，如历史的迷雾和“遗案”样难以把定。

与格非在历史领域中的形而上探索不同，余华更多的是注重对历史的某种形式的浓缩与概括。短篇《鲜血梅花》(1989)、中篇《古典爱情》(1988)是两篇叙事风格十分相近的小说，它们都可以看作是一种小说的形象化的“原型或结构分析”。前者是对“江湖恩仇”与武侠小说结构模式的一个形式提取；后者是对“书生赶考”和“惠女相助”的古典题材与民间故事的原型再现。这两篇小说的故事情节均已不具有自足性文体特征，故事本身是带有“元虚构”色彩的艺术抽象。读之似乎是对无数古典传统小说的一次性重读。

具有新历史主义特征的作家作品还不止这些，相当一些青年作家都创作了不少引人瞩目的新历史主义小说，如经常被提及的刘恒的《苍河白日梦》、刘震云的《故乡到处流传》、须兰的《宋朝故事》等也都属典范之作。

---

① 《边缘·自序》，浙江文艺出版社，1992年。

② 海登·怀特：《作为文学虚构的历史文本》，《新历史主义与文学批评》，第170—171页。

③ 张旭东：《嘹哨·跋》，长江文艺出版社，1992年。

总体上看，在最近的十余年中出现的“新历史主义小说”或“新历史小说”已构成了这个时期最重要的文学现象之一，相形之下，关于它的研究就显得很不够。在理论上未能廓清和深化，基于此我提出了从思潮角度对这一现象的内部进行深入探究的思路，随着时间的推移，相信人们会对这一现象有逐渐清晰的认识。

这里尚有一个问题需要强调，即当代中国的新历史主义文学思潮并不是在西方新历史的理论方法的直接“指导”下的结果，它是当代中国文化总体的解构和转型的产物，作为它的一部分，当代中国人的历史意识也必然发生嬗变，加之结构主义人类学等方法的启示，自然会使这一历史意识的转型在实质上契合了西方新历史主义的诸种特点，其“先锋性”也即由此而来。从另一个角度说，它也包含了中国人传统历史叙事观念在经过几十年的被意识形态与政治中心主义所扭曲之后的一个“自然复位”，一种对传统民间历史观的恢复，它的“新”意是具有一定历史相对性的。另一方面，从局限性上看，它也没有始终把握住观念与历史、文本与存在之间的关系，它强调了文本及其叙事主体的作用，但又由于过于放纵的虚构而“虚化”了这种作用，这使新历史主义的历史观很快便滑入了叙事游戏的空间，最终变成了商业规则和消遣大众读者的“历史妄想症”的俘获物，从而最终消解了它的先锋性质。

——原载《钟山》1998 年第 4 期

唐晓渡

九十年代先锋诗的几个问题

一、中断和延续

在整个八十年代一直保持着强劲势头的先锋诗写作，至八十年代末突然隐入了不可名状的命运颠踬之中。我无意为先锋诗在九十年代的境遇勾勒一幅灾难性的背景；事实上，当代中国向现代社会转型过程所具有的、往往以戏剧化方式呈现出来的复杂性，已经令我无法在原初的意义上使用"灾难性"一词。这不是说灾难本身也被戏剧化了，而是说人们对灾难的记忆很大程度上浸透了浓厚的戏剧色彩。在强迫性遗忘机制和急于摆脱巨大的精神屈辱经验（包括道德上的不洁感）所导致的欣快症倾向的双重作用下，它似乎不再具有被遮蔽的、可供探寻和吸取的现实内涵，更谈不上凝聚力和灵魂的净化作用了。它既不能唤起恐惧（由于有太深的恐惧），也无从令人振奋（一种太纯粹的诉求），其功能介于颓唐和亢进之间。当意识形态的强控制和经济活动的优先权巧妙地合纵连横，从而使权力和金钱的联合专政与大众媒介的商业化操作所诱导的拜金主义的消费主义潮流彼此呼应，成为无可争议的社会性支配力量，而这一切又和人们对现代化生活的迫切向往纠缠在一起时，我们甚至难以确切地勾勒出所谓"灾难性"的边界。

在这种情况下，如同欧阳江河在《89'后国内诗歌写作》一文中所尝试的那样，从"专注于写作本身"的角度论述先锋诗以1989年为契机实现的"历史转变"，或许更为正当。不过，有些问题因此也就变得更需要深究。欧阳江河写道：

> 对我们这一代诗人的写作来说，1989年并非从头开始，但似乎比从头开始还要困难。一个主要的后果是，在我们已经写出和正在写的作品之间产生了一种深刻的中断。每个人心里都明白，诗歌写作的某个阶段已大致结束了。许多作品失效了。就像手中望远镜被颠倒过来，以往的写作一下子变得格外遥远，几乎成为隔世之作，任何试图重新建立它们的阅读和阐

释的努力都有可能被引导到一个不复存在的某时某地，成为对阅读和写作的双重消除。

确实，“深刻的中断”当时是一种普遍的感受。作为“后果”的后果，这使得本来就非常可疑的写作的意义在一些诗人那里几乎是转眼间就沉入了虚无的深渊；而对另一些诗人来说，“写作将如何进行下去”已不只是某种日常的焦虑，它同时也成了陈超所谓“噬心的时代主题”。然而，把造成这种“中断”的肇因仅仅归结为一系列事件的压力是不能让人信服的，除非我们认可先锋诗的写作从一开始就是对历史的消极承受。时过境迁，在最初由于尖锐的疼痛造成的幻觉有可能代之以较为平静的回顾和反思后，我们或许可以更多地根据诗歌自身的发展，说它们充其量起到了某种高速催化的作用。另一方面，这种“中断”无论有多么深刻，都不应该被理解成一个戛然的突发事件。它既很难支持“开始”和“结束”这样泾渭分明的判断，也无从成为衡量作品“有效”或“无效”的标尺。关于这一点，只要阅读一下欧阳江河自己的两个组诗，即《最后的幻像》和《致友人》，就不难得到印证。这两组诗同样不缺少他所说的“那种主要源于乌托邦式的家园、源于土地亲缘关系和收获仪式、具有典型的前工业时代人文特征、主要从原始天赋和怀乡病冲动汲取主题的乡村知识分子写作”资质；但前者尽管写于 1988 年 11 月到 12 月间，却已通过标题透露出足够鲜明的告别意向；而后者尽管写于 1989 年 9 月到 10 月间，却非但没有结束漫长的告别，反而一再撞响那“有时比一个时代的终结更为辽阔”的“弥留之钟”。更有说服力的是，它们即便在今天读来也仍然令我们感动，甚至比当初更感动；换句话说，它们并没有因为与一个业已逝去的时代，或某种已成昨(明)日黄花的写作方式的致命关联而“失效”，至少在阅读层面上如此。

但这样一来，所谓“深刻的中断”岂被抽空了意味？对此我的回答是，必须在同时考虑到“延续”和“返回”这两种倾向(不仅仅是相对于八十年代，但“回到诗本身”正是先锋诗在整个八十年代一以贯之的响亮追求)的前提下，并基于三者的互动关系，才能更深刻地领悟“中断”的意味。并没有从天上掉下来一个九十年代，它也不会在被我们经历后跌入万劫不复的时间深渊。这里作为历史的写作、写作的现状和可能的写作之间所呈现的并非一个线性的过程，而是一种既互相反对，又互相支持的开放性结构；其变化的依据在于诗按其本义地在自身创造中不断向生存、文化和语言敞开，而不在于任何被明确意识到的阶段性目标——不管它看上去有多么重要。

不妨落实到具体的有关问题，例如，“对抗”这一先锋诗的传统主题在九十年代是否具有新的可能性问题继续我们的讨论。由于这一问题牵涉到对先锋诗极为敏感，在前苏联和东欧发生剧变、全球性“冷战”时代宣告结束后又显得格外不可回避的所谓“意识形态化写作”，诗人们就此表现出高度警觉是必然的；因而，可以把欧阳江河于此所持的否定态度理解成某种“过度阐释”式的策略。但断然宣称对抗主题的可能性“已经被耗尽”则是另一回事。正如不应把当代现实和精神生活中普遍存在的对抗因素和“意识形态幻觉”混为一谈一样，我们也应该仔细甄别使对抗主题在向变化着的历史语境敞开的过程中焕发出新的活力，和简单地重复早期“朦胧诗”那种意识形态对抗之间的差异。饶有兴味的是，欧阳江河本人恰恰属于率先寻求这种“新的活力”的诗人之一，并且很可能走得最远。写于1990年(的)《傍晚穿过广场》表面上没有涉及对抗主题，实际上却巧妙地借助“广场”这一被从不同方向、以不同方式反复强调的时代“圣词”所唤起的有关记忆和期待，从反面不着痕迹地直接进入了主题内部。这里，新的可能是通过对“广场”作为传统的对抗场所被赋予的神圣性，以及主题本身在意识形态框架内历来具有的、黑白分明的僵硬对峙色彩的双重消解获得的。这种消解伴随着另一个似乎越来越令欧阳江河着迷的主题，即时间主题的呈现；因为正是时间揭示出，“从来没有一种力量/能把两个不同的世界长久地粘在一起”。然而，使对抗成为不可回避的道德和良心的界限并没有因此归于消失；甚至相反，由于诗人从一开始就放弃了以道德和良心的主体自居的话语立场(这正是所谓“意识形态化写作”的特征之一)，它变得更锋利了。它像一柄双刃剑，在生命既短暂易逝又追求永恒的悖谬中，在一个“幽闭时代”的深处，同时劈开了某些“坚硬的石头脑袋”和人们心中珍藏着的“影子广场”。它提醒“两手空空的人们”“在穿过广场之前必须穿过内心的黑暗”，从而重新体会“生存的重量”，并且有可能换一种眼光，重新看待被“石头的重量减轻了”的“肩上的责任、爱情和牺牲”。

欧阳江河的双刃剑在某种意义上也同时劈向了写作和阅读。它同样要求一种与“新的可能”相匹配的新眼光。这里，对形形式式的诗歌成见的警觉，较之对“意识形态化”的警觉并不显得更不重要——二者有时简直就是一回事。就“对抗”主题而言，像王家新的《瓦雷金诺叙事曲》《帕斯捷尔纳克》，或周伦佑的《刀锋二十首》，或孟浪的《死亡进行曲》那样作尖锐而集中的正面处理，往往标示了人们的接受边界，充其量可以扩大到例如陈超的《博物馆或火焰》那种融(熔)忏悔录与升阶书于一炉，在个人宿命和“两个时代脱钩”的龃龉间展开的命运交锋，而像《傍晚穿过广场》那样致力(于)消解的反面处理，或像翟永明的《颜色中的颜色》那样，使其融入另一个平行的主题及其变奏的更大织体中，则很容易遭到忽视乃至无视，就不必说王寅《灵魂终于出窍》式的秘响旁通，或像西川的《致敬》《厄运》那样充满着细节的反讽，看上去更琐屑、更具中立色彩的陈述了。我不知道这样说是否会给人留下竭力扩张某一主题外延的印象；但我的本义却是要指出其内涵的深化——既然我们不愿意使对抗在诗歌中“意识形态化”，我们就应该首先做到“非意识形态化”地对待这一诗歌主题。正如它不必然导致"群众写作"和"政治写作"一样,它也远非仅仅指涉对社会现实的介入。随着对抗的所指在现实中越来越具有匿名的、非人格的性质,它也越来越成为一个更内在、更多和写作自身相关的诗歌领域。也许我们最终应该如布罗斯基所说的那样理解"对抗"之于诗歌——反之亦然——的意义,即:

> "一首诗是不服从的语言形式。它的声音挑起的疑窦远远不限于具体的政治制度。它究诘整个存在秩序,它遭遇的敌手也相应地更加强大。"(《文明之子》)

我之所以为辨析一个问题花费如许的笔墨,是因为在我看来它如此重要,以致任何不必要的混乱都会损及先锋诗存在的依据:它怀疑的、批判的、冒险的灵魂。此外也是想借此澄清自己的有关困惑。当然,时代变了,语境变了,甚至诗歌写作的性质也有变化;但从根本上说,诗人作为"种族的触角"、"历史和良心的双重负重者"而应该"在种族的智慧和情感生活中"担起的责任并没有变,追问"在经历了那么严酷的误解、冷落、淘汰以及消解之后,实验诗歌究竟有多少能够幸存下来的作品?这些幸存的作品又能够对精神或语言的历史贡献些什么"(欧阳江河:《对抗与对称》,1988)也未必已经过时。对九十年代的先锋诗来说,继续保持"对抗"与"对称"的平衡或许和"重新夺回某种永恒的东西"(福柯评波德莱尔语)一样重要,或许本身就属于需要"重新夺回"的一部分。

二、个人写作

读者或许已经注意到我一再涉及欧阳江河理论和创作之间的矛盾,但愿这仅仅是因我的阐释所致。无论如何,这使得我们有可能换一个角度,再次回到他所说的"深刻的中断"。立足这一角度,我倾向于将其看成是两种冲动的混合表达。

首先是追求"现代性"的冲动。这种冲动自"五四"前后就从内部紧紧攫住了中国诗人,并在历经坎坷后导演了从"朦胧"到"后朦胧",贯穿了整个八十年代的先锋诗运动。现在,当历史由于恶性变故又一次显得暧昧不明时,它也又一次站出来申明自身,申明一个与社会的现代转型既彼此平行,又互相颉颃的、独立的现代化进程。这就是为什么在欧阳江河的表述中,"中断"不是发生在诗人与历史之间,而是发生在"已经写出和正在写的作品"之间,并且多少有点令人奇怪地宣称,因之"失效"或"难以为继"的,不仅是那种具有旧时代人文特征的"乡村知识分子写作",也包括"与此相对的城市平民口语写作,以及可以统称为反诗歌的种种花样翻新的波普写作",甚至包括"被限制在过于狭窄的理解范围内的纯诗写作"的原因——浑然无告的精神受挫感就是这样,经由追求"现代性"的冲动的改造,被转述成了某种并非从头开始,却更像从头开始的新契机。在这个意义上,所谓"中断"或可视为构成"现代性"主要内驱力的"革命"观念及其"决裂"传统的曲折隐喻。

但它同样可以视为追求"现代性"的冲动受到强大制衡的曲折隐喻。这种制衡与其说来自写作与语言现实之间的亲和力,不如说来自另一种更古老、更原始的冲动,即致力于去蔽破障,使那些沉默(或被迫沉默)的事物从幽昧的黑暗中站出来,发出声音和光亮的诗本身的冲动。这种冲动决定了先锋诗的写作从一开始就具有的自省和自否难度,因为"现代性"意义上的先锋和"诗本身"意义上的先锋毕竟不完全是一码事。如果说八十年代前者占了上风,其更多诉求的运动形式及其集体性质("把一生中的孤独时刻变成热烈的节日")明显带有"革命时代"的遗风的话,那么同样明显的是,对这种倾向真正有力的质疑、牵制和挑战也恰恰来自先锋诗内部,来自那些持有更坚定的"诗本位"立场、在写作方向和方式上更自主、更具个体色彩的诗人及其作品。事实上,作为"运动"的先锋至八十年代末已呈颓势,强制性的中止只不过使它的终结平添了某种悲壮而已。就此而言,"中断"不妨说就是"了断":既是对一代人青春情结的了断,也是对二十世纪中国新诗关于"革命"的深刻记忆,或"记忆的记忆"的了断,是对由此造成的"运动"心态及其行为方式的了断。

从这里出发,我们或可围绕为九十年代先锋诗人普遍认同的"个人写作"问题,进而讨论先锋诗在九十年代的"历史转变"。

考虑到 T. S. 艾略特的"非个人化"作为公认的现代文学,尤其是现代诗歌的经典尺度在今天差不多已成常识,而哲学和社会人类学意义上的"个人"也早被当做一种神话遭到反复解构(其在文学理论和批评上的延伸,就是相继为"作者"和"读者"发出了讣告),首先对所谓"个人写作"进行必要的澄清似乎并不多余。我的意思不是要给它下一个确切的定义,而是要提请注意聚集在这一概念上的若干"踪迹"和"投影"。这样的"踪迹"和"投影"包括:意识形态写作、集体写作、青春期写作、对西方现代诗的仿写(和对整个西方文学、文化的服膺),或许还得加上近些年大行其道的"大众写作"和"市场写作"。所有这些都有助于我们意识到"个人写作"在一个缺少"个人"传统的历史和现实语境中的针对性,及其更多从反面被界定的语义渊源。

这其中值得多说几句的是所谓"青春期写作"。它是"个人写作"的直接"涂擦"对象。作为一个借喻,"青春期"在这里意味着:对生命自发性的倚恃和崇信,反叛的勇气和癖好,对终结事物和绝对真理的固执,自我中心的幻觉,对"新"和"大"的无限好奇和渴慕,常常导致盲目行动的牺牲热情,以及把诸如此类搅拌在一起的血气、眼泪和非此即彼,"一根筋"式的漫无节制,暗中遵循雅罗米尔(米兰·昆德拉小说《生活在别处》中的主人公)所谓"要么一切,要么全无"的逻辑。尽管不能一概而论,但回头看去,八十年代的先锋诗写作在许多方面确实表现出浓重的"青春期"特征。此外还应该考虑到,这是一种因长期压抑而被迟滞了的、曾经严重受损并仍然一再受损的"青春期",其结果是往往为写作带来了格外的颓伤、怀旧和晦涩色彩,或者在绝望中使语言的狂欢有意无意地蜕变成语言的暴力。

"青春期写作"的根本弊端在于以最富于诗意的方式悬置了诗本身。尽管如此,不能脱离特定的语境来评价"青春期写作"。正如它的浮躁、情绪化和急功近利很容易在集体无意识的致命纠缠中诉诸"运动"这种意识形态行为一样,它的感性、挑战欲和不断被刺激的创造渴望也天然地具有"个人化"倾向,从而在相当程度上满足了时代对诗歌"非意识形态化"的要求。无论是怎样的"破绽百出",一代诗人正是经由"青春期写作"发展和检验了自己的写作才能,锻炼和修正了自己的诗歌抱负,并在私下完成的、每每把摹仿妄称为创造,或二者兼而有之的学徒生涯中,逐步领悟和掌握了写作这门古老技艺的秘密。

但更重要的也许是与此同时日臻成形的"个人诗歌知识谱系"和"个体诗学"。我相信这既是使真正的"个人写作"成为可能的前提,也是它区别于"青春期写作"的主要分野。

所谓"个人诗歌知识谱系",尽管广泛涉及诗歌史和相关领域,但并非是指具备这些方面的完整知识——这在一个知识爆炸的时代几乎是不可能的事,就诗歌写作本身而言也无必要——而是指与具体诗人的写作有着密切的精神血缘关系、包含着种种可能的差异和冲突,又堪可自足的知识系统。其显著特征在于它的非常规性;或者不如说,它是往往被常规的知识所忽略、无从进入其谱系的非常规知识(尤其是相对的、难以通约的个人观察、感受、想象和反思的经验),和可以征诸史实或典籍,却又被具体诗人的洞见、曲解与误读改造了常规知识,二者混而不分的特殊知识系统。如果你愿意,不妨说它是某一诗人独享的材料库;但它更主要的价值却在于构成了使这一个诗人的写作有别于另一个的独特的上下文:一个仅供其出入的语言时空,一套沟通外部现实和文本现实的独一无二的转换机制。

"个人诗歌知识谱系"具有显而易见的自我相关性质。它既是诗人写作的强大经验和文化后援,又是他必须穿越的精神和语言迷障;既是布鲁姆所谓"影响的焦虑"的渊薮,又是抗衡这种焦虑的影响,并不断有所突破的依据。使这样一个本身充满悖谬的系统具有可操作性,而又相互生成的知识,我称之为"个体诗学"。其特质并不在于理论上的新颖奇特或宏大严整,而在于可以有效地处理诗人感兴趣的主题和题材的实践品格;不在于某一诗人公开表述自己的诗歌观点时参照常规诗学提出的或激进或保守的原则主张(更不必说关于诗歌的宣言了),而在于能够参证其作品加以辨识,但在实际写作过程中往往具有随机性和难以言传的私密性的具体诗歌方法:语言策略、修辞手段、细节的运用、对结构和风格的把握,以及其他种种通过语词的不同组织，迫使“诗”从沉默中现身的技巧。

如果说先锋诗写作在九十年代确实经历了某种“历史转变”的话，那么在我看来，其确切指谓应该是相当一部分诗人的“个人诗歌知识谱系”和“个体诗学”的成熟。它适时满足并体现了由“青春期写作”向“个人写作”的过渡，同时又提供了对此作出评估的尺度。试图直接依据“社会转型”或“知识转型”的“时代气候”来描述先锋诗在九十年代的“转变”是荒谬的（如同这种做法所复制的“历史决定论”的逻辑一样荒谬），它必然以牺牲转变本身的复杂性和经由这种转变扩大了的差异性为代价。事实上，在有着不同的“个人诗歌知识谱系”和“个体诗学”的诗人那里，“转变”也有着不同的意味；反过来，只有当“转变”导致了“个人诗歌知识谱系”和“个体诗学”的深刻变化时，它才是真正有意味的转变。这一点较之诗人们在某些方面表现出来的共同倾向或对某一话题的共同兴趣（毕竟，“时代气候”深刻影响着诗歌的发展，就像诗人们之间也彼此影响一样）更值得关注。

以西川和翟永明为例：对西川来说，“转变”建立在由于“八十年代末、九十年代初中国社会”及其“个人生活的变故”所引发的、对此前所持“象征主义的、古典主义的文化立场”进行反思的基础上；他意识到“从前的写作可能有不道德的成分”，因而这种立场“面临着修正”（《大意如此·自序》，下同）。而对翟永明来说，“转变”更多地与努力摆脱塞尔维娅·普拉斯那种自白风格的影响有关。这种努力可以一直追溯到八十年代中后期，跨越了从《静安庄》（1985）到《咖啡馆之歌》（1993）这一漫长时段。和其他一些先锋诗人一样，他们在谈及各自的转变时都强调了“叙事性”和“戏剧化”的重要。然而，在“无论从道德理想，还是从生活方式，还是从个人身价来说”，都突然“陷入一种前所未有的尴尬状态”的西川那里，“叙事性”是和重新考虑一种“在质地上得以与生活相对称、相较量”的语言方式联系在一起的。这种语言方式致力于“在抒情的、单向度的、歌唱性的诗歌中，异质事物互破或相互进入不可能实现”。它在现实性上是一种“能够承担反讽的表现形式”，可以充分接纳“经验、矛盾、悖论、噩梦”；其可能的指向则是“把诗歌的叙事性、歌唱性、戏剧性熔于一炉”的“综合创造”。而在对西川所说的“尴尬状态”早有深切体验（当然是另一种体验）的翟永明那里，“叙事性”和“戏剧化”的重要在于可以借以打破那种“来自经验底层”，并逐步凝定为一套“固有语汇”的力量对写作的控制，由此发展出一种具有“细微的张力、宁静的语言、不拘一格的形式和题材”的更见成熟的个人风格。尽管二者在“叙事的不可能性”方面隐有灵犀一点，但主旨毋宁说大相径庭；因而毫不奇怪，正如在西川九十年代的写作，尤其是在《致敬》《厄运》《芳名》《近景和远景》等长诗中，由叙事性导入的“异质事物互破或相互进入不可能实现”使语言表现出明显的复合、加速和增殖倾向一样；在翟永明近期的作品如《盲人按摩师的几种方式》《乡村茶馆》《小酒馆的现场主题》中,其叙事的因素越是有所加强,语言就越是趋于单纯、舒缓和缩削。

西川和翟永明并不是两个极端的例子。仍就“叙事性”话题而论,比如,相对于西川、翟永明的被动态度,王家新,特别是肖开愚、孙文波的叙事显然就更像是一种主动的揭示。在对八十年代先锋诗写作中普遍存在的“不及物”现象有所强烈针砭的前提下,这种主动提示具有肯定的性质:既肯定了叙事本身的意义,又肯定了使叙事成为必要和可能的“本事”。“本事”在这里可以是一个人,一个场景,一段余响不绝的经历,也可以是渗透在这一切当中、大到难以限量的“中国语义场”。然而,在不改变上述前提的情况下,陈东东的叙事却是对“本事”,从而也是对叙事本身的无穷颠覆:所有有可能被认为“本事”的,在他的作品中最终都成了巨大的超现实幻境的一部分。于坚的叙事则从另一端点与此构成了对称:他的“事件系列”(某种程度上也包括他那首不幸未能得到充分关注的长诗《0 档案》)与其说是试图在对具体事件不厌其详的述说中呈现事物本身,不如说是在实验罗兰·巴尔特所谓“零度写作”的可能。而对认为“我们更多地是处于与之相反的状态中从事写作”的欧阳江河来说,叙事的意义仅仅在于可以通过叙述使事情变得不可叙述;换言之,“叙事”只是作品完成虚构的活力来源之一,它不享有任何特权。

关注由上述粗率的比较和分析所显示的、类似的复杂性和彼此差异,无疑增加了理解先锋诗在九十年代“历史转变”的难度,却更能切中肯綮。当然,在致力于不断地向存在敞开这一点上,不同的“个人诗歌知识谱系”和“个体诗这(学)”又是相通的。这或许既是其“成熟”的真义,又是对所谓“个人写作”最抽象、然而也是唯一可能的界定。我猜想这还是诗人们不惮于“个人写作”这一说法会引起种种误解的原因。

三、疏离、身份和阅读

具有讽刺意味的是,上述先锋诗在九十年代的“历史转变”不但没有缩小,某种程度上还扩大了它和现实(作为阅读期待的现实)之间的彼此疏离。当肖开愚一方面持续地提请人们注意在九十年代先锋诗中大大增强了的“中年的责任感”,一方面向同行呼吁一种“响应市场号召的灵活性”,一种“让读者轻松取得贷款、重重支付利息的窍门”时,先锋诗的“市场行情”却在一路看跌:原先为其所吸引的读者群越来越萎缩(且日益表现出一种“中年”式的淡漠),新的读者群又没有适时形成(即便有,也多像是些“站错了队”的“追星族”),这和诗人的大量“离队”恰成一种对称现象;出版界的态度变化仅仅在于用赤裸的、人人都能看得见的利润天平,取代了另一具暧昧的、似乎不便言说、说也说不清的天平,其结果可想而知,不多的例外则很可能伴随着某一迹近“扶贫”的善举；至于批评界，大多情况下仍像过去一样，或装聋作哑，或扮演精神理疗大夫的角色。有趣的是一些曾经为先锋诗作过有力辩护的批评家，最近也转而加入了为“读不懂”而摇头叹息的行列，并立刻被那些一直指责先锋诗“脱离时代”、“脱离人民”的人引为最有说服力的证词。

试图在先锋诗和思想界的“话语实践”之间达成“沟通”的努力也很难说得到了积极的回应。问题不在于学者们——这里主要说的是一些卓具影响的青年学者——解读现代诗的能力往往令人惊讶地贫弱，而在于他们甚少表现出这方面的意向。他们对诗的兴趣和理解大都停留在抒情的阈限内；一旦超出这一阈限，就宁可敬而远之。二十世纪哲学最重要的动向之一就是实现了“从认识论到阐释学”的转变(罗蒂语)，其中对文学和艺术语言的分析居有某种中心地位；然而在当代中国，至少就目前而言，有关的迹象似乎还微乎其微。

凡此种种都令人不禁想到老黑格尔所谓“历史的狡计”。由于这种狡计，先锋诗先是被迫成为“孤独的反叛，语言或历史在地下的捣乱”，然后又被迫经历它同样孤独的成熟。但现在我们已经知道，并不存在这样的狡计，只存在“孤独”这一有待勘破的斯芬克斯之谜；而先锋诗人们显然很快就勘破了这个谜。今天已不再会有哪一位先锋诗人宣称要“给公众趣味一记响亮的耳光”。在几乎称得上是平静的上下文中，孤独的成熟被欧阳江河转称为“只为自己的阅读期待而写作”，“以亡灵的声音发言”。他希望用“影子作者、前读者、批评家、理想主义者、‘语词造成的人’”这样一种“多重角色”构成的“自己”，确认其作为诗人的“真实身份”。同样，王小妮也在《重新做一个诗人》中写道：

“……而海从不为别人工作/它只是呼吸和想。/不用眼睛。/不用手。不用耳朵。/那些被炎热扑打的人/将再摸不到我/细密如柞丝的暗光。”

类似的超然态度无疑体现了一种诗歌意义上的不妥协精神，同时也使围绕先锋诗和现实的疏离这一命题形成的或焦虑或兴奋不已的有关舆论意外地带上了喜剧色彩，以致我们有理由进一步追问，这个命题究竟是基于什么意义，又在多大程度上真实地指陈了先锋诗与现实的关联？或者不如说，在什么样的前提下它将自我揭示出，它在更大程度上不过是出于种种原因无法或拒绝阅读先锋诗的口实，因而迹近一个假命题？奥·帕斯的一句名言于此意味深长，他说“现实是最遥远的”；他在诺贝尔文学奖授奖仪式上演说的标题就是《对现实的追寻》。出于同样的动机(“追寻”，而不是人们常说的“反映”或“把握”现实)，米兰·昆德拉深入进行了他对“遗忘”的研究。显然，对帕斯和昆德拉来说，所谓“现实”，决非是既在、了然、自明的，相反它倾向于自我隐匿，因而更多属于未知的范畴；即便是通常被我们称为“经验”的，也需要一一加以勘察和诘究。

应当永远记住：那种被指称为既在、了然、自明的“现实”，从来都是按照某一权力或中心话语组织起来的“现实”。它所索要的，从来都不是“追寻”而只是“追随”。这也就是为什么“现实”可以被有些人像他们自认在握的“真理”一样拿在手上，用作尺子以至(致)——如果必要的话——鞭子的原因。从这种“现实在握”的奇怪特权中还顺理成章地引申出某种同样奇怪的豁免权。有一段时间，我发现几乎人人都在津津乐道于某作家的一句令人听来肃然、凛然的责难：“诗人，你为什么不愤怒！”他们是在要求诗人“拷打良心的玉米”。诗人当然应该“拷打良心的玉米”；使我不解的只是，为什么似乎只有诗人才需要“拷打良心的玉米”？为什么没有人向那些几乎无需“拷打”就能发现大大的“良心”问题的领域，比如新闻领域，或者进一步，就造成社会性“良心危机”的根本所在提出同样的要求？更使我不解的是许多人在责难诗人时的那种不屑的，甚至洋洋自得的口气或神色，仿佛他们可以自外于良心，仿佛他们就是一再请求“拷打”，却被一再延误的“良心的玉米”本身。

先锋诗一直在“疏离”那种既在、了然、自明的“现实”，这不是什么秘密；某种程度上尚属秘密的是它所“追寻”的现实——体现为文本的、可由创造性阅读的不断参与而不断得以自我揭示的现实。进入九十年代以来，先锋诗在这方面最重要的动向，就是致力于强化文本现实与文本外或“泛文本”意义上的现实的相互指涉性。不同的诗人于此采用了不同的写作策略。例如，张曙光有关个人生活和个人情感的研究或孙文波对平凡家族史的批判大多数复合性的叙述笔调，在这种笔调中，回忆所调动的怀旧感和当下严苛的甄别眼光彼此渗透，从而既可以更多地汲解日常经验并造成亲近的幻觉，又保持住了作品的张力；臧棣的《燕园纪事》系列同样在一个被主动限制的、相对狭小的范围内展开，路径也大致相似，但更具目击的现场感。欧阳江河写于九十年代的大部分作品明显具有他自己所说的“异质混成的扭结性质”，其特征在于“诗歌文本中所树立起来的视野和语境、所处理的经验和事实大致上是公共的，但在思想起源和写作技法上则是个人化的”，诗人“以诗的方式在言说，但言说所指涉的又很可能是‘非诗’的”；而西川则越来越倾向于把哲学、伦理学、历史、宗教、迷信中的悖论模式引入诗歌，据此形成一种“伪哲学、伪理性语言方式”，“以便使诗歌获得生活和历史的强度”。我们当然会注意到隐涵在这些不同的写作策略中的诗学差异。譬如，欧阳江河所实践的“异质温成”在出发点上就很难说和针对八十年代先锋诗写作中存在的“不及物”倾向而倡行的“及物写作”是一回事：前者在强调“诗歌对‘关于痕迹的知识’的倾听，并不妨碍它对现实世界和世俗生活的倾听”的同时，还充分注意到“现代诗歌包含了一种永远不能综合的内在歧异”，即“词与物的异质性”；而后者恰好是以词与物具有可以彼此替代的一致性为前提的。这种区别很可能由于围绕对所谓“中国语义场”的不同看法而被发展成某种带根本性的分歧；

然而，仅就“追寻”现实，并进而使呈现在文中的现实拥有对称于文本外现实的活力、强度和不确定的复杂性这一点而言，又不妨说有异曲同工之妙。

显然，当不再偏执于那种既在、了然、自明的“现实”时，讽刺就变成了“反刺”。在这种“反刺”中真正感到尴尬的也就成了对先锋诗的阅读。先锋诗多年来一直未能创造出无论在数量和质量上都说得过去的“范式读者”，这或许称得上是一个小小的悲剧——不是哪一方面的悲剧，而是双方共同的悲剧。进而我们会发现，这还是一幕没有悲剧主人公的悲剧，因为他不在场。然而，不在场不等于不受伤害。就阅读而言，这样的伤害远不自今日始，只不过一直没有被充分觉察和反思而已。在另一篇分析作为二十世纪中心事件的“革命”对当代诗歌写作和阅读的影响的文章中，我曾试图触及这种受伤害的阅读的“中枢神经”：“其最敏感的部分奇妙地混合着‘革命’的模模糊糊的记忆、怀旧的需要和文化审美主体的幻觉。”这实际上勾勒出了一个失意的“诗歌监护人”的形象。这位监护人乐于追随他被赋予的权力幻像；他采用所有“文献式阅读”中最糟糕的一种来阅读诗歌：他总是希望从中读到一些像当年的“革命”一样具有“轰动效应”的“大事”、大排场，以便证明他那偏狭的、封闭的、被扭曲成一团的阅读期待的正当性；对凡是使这种阅读期待落空的诗歌他或者满腹狐疑或者忧心忡忡，因为他既担心失职又唯恐受到愚弄。这表明他无意中已经沦落为和他试图扮演的相反的角色：一种需要受监护的角色；而他总是能够指望及时得到这方面的支持——我说的是大多数有关诗歌的舆论。他看不到也无法看到，这类舆论及其操作者距离诗歌其实比他更远，因为他们感兴趣的从来就不是诗，而仅仅是舆论——一个真正以尽可能制造“轰动效应”为目的的领域。

认为这位“失意的监护人”或“被监护人”只有一副刻板的面孔是不公正的。如果他碰巧还有一点多余的鉴赏力，他会很适意地让自己成为一只看不见的鸟笼，里面豢养着一只他所宠爱的诗歌的金丝雀。这是他“监护”权力的诗意延伸。夜深人静或他想闭目养神的时候，他会给自己沏一壶茶，找一把躺椅，然后愉快地聆听那只想象中的金丝雀可人的鸣啭；而假如他忽然发现他已久久没有温习这不可或缺的功课，他就会惊慌失措，就会像《生活在别处》中那个列车里的小女孩一样，用无限的伤感以至麻木的声音一遍又一遍对自己唱道：“我的金丝雀死了，我的金丝雀死了，我的金丝雀死了……”因为对他来说，正如对雅罗米尔来说“生活在别处”一样，诗也在别处。

我们可以很容易地发现，诗歌在这位“监护人”那里本质上只是一种消遣：变形了的意识形态权力的消遣或私人感情的消遣，而诗所追寻的现实恰好从这两种消遣形成的缝隙中漏掉了。我想这也是为什么这种“消遣式阅读”很容易与一段时间以来渐成“主流”的“消遣式阅读”接轨或向后者“转型”的原因。二者之间本来就只有一步之遥。

我无意侵犯任何读者的尊严和权利。在世界上所有的事情中,阅读当属最无可强制之列。面对他所不愿意阅读的作品,一个读者可以在任何时候掉头而去。不过,此前或与此同时,他也不妨对自己的“读者身份”有所质疑和反思。这种质疑和反思同样适用于他的阅读方式。一个持有消遣或消费念头的人,一个把阅读抵押给某种非此即彼的宏大热情的人,面对充满反讽和矛盾修辞的诗歌而深感蒙羞受辱有什么可奇怪的呢?这正是对他把自由误解为放任的惩罚。因为“阅读是放任的对立物;阅读是一种聚精会神的活动,它将我们引进那些陌生的世界,这些世界渐渐会向我们提示一个更加古老的真正的祖国:我们来自那里。阅读是发现通向我们自身的无可置疑之路。是一种承认。”(帕斯《诗歌与世纪末》)

问题在于,随着大众媒介和大牌明星互相爆炒越来越成为这个时代的盛事,还会有多少人有耐心进行这样的阅读?据此认为存在一个“以全面遗忘表达当代社会对诗歌的厌恶”的“公开的阴谋”或许是过甚其辞,但它并非不关涉到诗歌的命运。毕竟,作品的有效性是由写作和阅读共同决定的,而诗人同时兼任两者(社会学意义上的)乃不得已之事。先锋诗十多年来一直孜孜于新诗自身传统的建设和巩固;然而我们也不应忘记:“诗歌传统……是两个轴交叉的结果,一个是空间的轴,一个是时间的轴。第一个存在于不停地互相联系的公众的多样性;第二个存在于一代又一代的诗人与读者的连续性中。不同领域的读者的相互联系以新鲜的血液和新的目光丰富了诗歌传统。”没有这样一个生生不息的传统,没有由此造就的同样伟大的作品和读者,所谓“回到伟大的标准”,就无从落到实处。

因此,九十年代先锋诗一方面在沉稳地展现自身,一方面持续传达着来自诗歌内部的某种吁求,首先是对阅读的吁求——它吁求那种经过充分反思的、尽可能排除了先入为主的偏见或成见的阅读,那种同样经历过“孤独的成熟”、既不倚仗背后人数的多少,也不凭靠任何统计学意义上的市场尺度的阅读,那种愿意共同“追寻现实”,并在此过程中与写作形成创造性对话关系的阅读,那种“一对一”的阅读。当然,一一得一;但我们都知道,这后一个“一”既是哲学的,也是诗歌的极大值。希门内斯之所以把他的诗“献给无限的少数人”,所基于的大概就是这个奇妙的“一”吧。

是的,“一对一”:少数,然而又是无限。

——原载《山花》1998 年第 8 期

李 陀

汪曾祺与现代汉语写作

——兼谈毛文体

1

写这样一篇东西有相当的困难,因为我不想把它写成一篇学术味十足的论文,汪曾祺不会喜欢这样的文字,在他温和的微笑后面,我看见他在不以为然地摇头。可是这样讨论问题,不能不涉及许多学术性非常强的课题,例如不把现代汉语看做是某种已经定型的语言,而是相反,强调现代汉语只不过有百年左右的形成、发展历史,强调它当下还处在剧烈的成熟演变当中,然后再把汪曾祺的写作和这个历史联系起来,看他的写作怎样纠缠于这个历史当中,又怎样成为这样一段历史发展的某种推动力——这就很难躲开现代汉语语言学这个专业性非常强的学科领域。这个领域,不仅云雾缭绕,山路崎岖,而且各家各说之间争议激烈,近几十年中一直共议不多而歧见不少,一个只熟悉文学批评的人怎么敢随便涉足其中?

不得已,只有采取一个有点懦弱却不易出错的法子:不进入现代汉语的语言学内部的讨论,小心地擦着这个学科领域的边边走,只讲文学写作和现代汉语形成之间的关系,只在这"关系"里做点文章。这办法虽然有点笼统,有点朦胧,可是值得一试,因为这方面的讨论并不多。汪曾祺外表谦和,给人以"心地明净无渣滓"①的印象,但实际上骨子里又好胜又好奇。有人若不信,只要读一读他在1982年写的《桃花源记》、《岳阳楼记》两文,就不会认为我是瞎说。当年在《芙蓉》双月刊的目录上一见这个题目,我真是吓了一跳,且深不以为然:这老头儿也太狂了!用现代白话文再写《桃花源记》和《岳阳楼记》?但当我一口气将这两记读完之后,竟高兴得近乎手舞足蹈,如游人于寂寞中突入灵山,只觉眼前杂花生树,春水怒生。不久后我见到

① 《蒲桥集》,作家出版社,1992年,第63页。

汪曾祺，问他："汪老师，《湘行二记》你是有意为之吧？"汪曾祺不动声色地反问："怎么了？""那可是重写桃花源记和岳阳楼记，这事从来没人干过。"汪曾祺仍然声色不动，眼睛望着别处，默然不答。我以为老头儿要回避问题，不料他突然转头向我调皮地一笑："写了也就写了，那有什么！？"汪曾祺就是这样一个人。这样一个人会支持我在讨论他的写作时，再做一点冒险的、犯禁的事，至少试试。写了也就写了，那有什么！？

就现代汉语的形成、发展和汉语写作之间的互动关系而言，可说的当然不只汪曾祺一人。如果从晚清时期办白话报那些先行者算起，一百余年来从事现代汉语的创造这一宏大工程的人，包括有名的和无名的、有名无实的和有实无名的，进入"经典"的和被排斥的"经典"之外的，恐怕得以万、十万、百万甚至千万来计算吧！何况，文学写作只不过是各种各类写作中的一种，对现代汉语的形成来说，其他形式的写作，如新闻写作、理论写作、历史写作都起了不可或缺的重要作用，其实都应该做详尽的研究。这也是一项大工程，恐怕不但要追究现代汉语形成史、现代汉语语言学史和现代汉语写作史之间的复杂关联，还要对各种形式的汉语写作之间的相互作用做深入的研究，这令人望而生畏。不过，就拿汪曾祺开头吧，他有这个资格，就凭他有那个气魄，也有那个秉赋，重写了《桃花源记》和《岳阳楼记》——用白话文。

2

在讨论汪曾祺的写作对现代汉语的意义之前，我想对现代汉语形成的历史过程，尤其是其中特别重要的某些"节骨眼儿"做些回顾。但这样做，哪怕是再粗略，也要很大的篇幅，非我所能。这里只对三十年代"大众语运动"先做一点分析，也许不能算是偷懒，因为这件事在现代汉语形成史上算得一件大事，一个重要的节骨眼儿，其中暴露和掩盖的问题，或许比"五四"前后的白话文运动更尖锐、更复杂，分析起来也更有意思。用这样一幅图画做（作）为讨论汪曾祺写作的背景，可以了。

陈望道先生在1934年7月《中学生》第四十七期以南山署名发表了一篇题为《这一次文言和白话的论战》的文章，其中对"大众语"的讨论有如下形容：

> 这一次文言和白话的论战，从汪懋祖先生五月初在《时代公论》上发难以来，已经继续了三个多月。论战的范围，从教育扩大到文学、电影，从各个日报的副刊扩大到周刊、月刊。场面的广阔，论战的热烈，发表的快速，参加论战的人数的众多，都是"五四"时代那次论战以后的第一次。……现在的阵营共有三个，就是大众语、文言文、（旧）白话文。大众语派主张纯白，文言文派主张纯文，旧白话文派，尤其是现在流行的语录体派主张不文不白。主张不文不白的这一派现在是左右受攻，大众语派攻它"文"的一部

分，文言文派攻它的“白”部分。究竟哪一部分被攻倒，要看将来大众语和文言文的两方面哪一方面战胜。①

这段引文中有一个地方值得玩味，就是“白话文”这个词前面为什么加了一个带括号的“旧”字？白话文就是白话文，为什么还要特别强调“(旧)白话文”？陈望道对此似乎没有做特别的说明②。但翻阅一下“大众语”讨论留下的文献，有一件事在我们今天的人看来十分触目，那就是所谓“白话文运动”质地不纯，这运动中不仅有《创造月刊》、《现代评论》，还有《良友》画报、《红玫瑰》杂志，不仅有鲁迅、胡适、郭沫若，还有新式“礼拜六派”③诸家，不仅有“高跟鞋式”欧化白话文④，还有张恨水式的“旧式白话”。白话文运动在实际发展中形成这样一个局面，大约很出那些新文学运动的发起者的意料，在他们的理想里，文言文被打倒之后，本应是一个被新式白话文的光辉照亮了的语文新天地，谁料半路杀出了个程咬金！令人尴尬的是，“五四”之后的白话文运动不仅分化成欧式白话和旧式白话两股潮流，而且凭藉着各自背后的出版机构的支持展开了一场竞赛，更不幸的是，如果以拥有的读者数目来看，旧式白话的写作明显占了上风！时至三十年代，那么多新派或左派知识分子都对白话文运动不满，欧式白话文的这种失利无疑是一个非常重要的原因。只是这些人或出于清高，或出于蔑视，往往不肯面对事实，不肯承认“旧式白话”(这里主要指所谓“礼拜六”式白话)是白话文运动一个重要组成部分，更不肯承认“旧式白话”的写作也为现代汉语的形成提供了不可缺少的动力。陈望道的“(旧)白话文”的用法，多少反映了当时知识界这种尴尬又无可奈何的处境。

对“五四”之后白话文发展的不满，当然不是自“大众语”讨论才尖锐化。早在1931年，瞿秋白就写了《鬼门关以外的战争》的长文，系统总结了新文学运动的得失，激烈抨击“现在‘新文学’的新式白话，却是不人不鬼的言语”，其中即便有“呱呱叫的真正白话，也只是知识阶级的白话”，“更加充分暴露出‘新文学界’的小团体主义。因为‘新文学界’只管自己这个小团体——充其量也不过一万人”。不仅如此，他还批评这个小团体“和旧式白话文学讲和平，甚至于和一般的文言讲和平，而没有积极的斗争”，总之，新文学运动根本没有实现自己的目的，瞿秋白因而大声疾呼，要发动“第三次的文学革命”来建设“真正现代普通话的新中国文”。如何来实现这样

---

① 《陈望道文集》(第三卷)，上海人民出版社，1981年，第78页。

② 在《这一次文言和白话的论战》一文中，陈望道没有对“(旧)白话文”多做解释，翻阅《陈望道文集》第三卷其他有关文章亦未见说明，但在《大众语论》一文(第87页)又有“文言文、通俗白话和大众语三种不同文体”的提法。

③ 关于“礼拜六派内部的转变”和“新式礼拜六派”都见瞿秋白《鬼门关以外的战争》，《瞿秋白文集》(二)，人民文学出版社，1954年，第626、634页。

④ 《中国语文的新生》，时代书报出版社，1949年，第97页。

一个目标呢？瞿秋白也在文中提出了他的设想，主要是：一、建立一种“言语一致”的文学，“使纸上写的言语，能够读出来而听得懂”；二、“用正确的方法实行欧洲化”，“中国的言语欧洲化是可以的，是需要的，是不可避免的”；三、“现代普通话的新中国文必须罗马化”，“要写真正的白话文，要能够建立真正的现代中国文，就一定要废除汉字采用罗马字母”。[①] 如果说《鬼门关以外的战争》是三十年代现代汉语发展的一个纲领性文献，那大概是不错的。整个“大众语运动”的发展过程就是很好的证明。“五四”之后开展的白话文运动是否是那么严重的失败？新式白话的写作固然穿着欧式高跟鞋，但是否和大众的口语一致做标准来衡量其得失，这是不是合适？旧式白话的写作是不是真的一无可取？它能够获得那样广泛的读者到底是什么原因？这两种白话文对现代汉语的创立都做出了什么贡献？这些问题对大众语运动的提倡者来说都是不存在的。他们都深深沉浸在一个语言学的乌托邦之中——创立一种“大众说得出，听得懂，写得来，看得下”[②]，“把白话文的距离缩到最少甚至零”[③]的新语言。正是在这种乌托邦冲动的驱使下，大众语运动很快与汉语拉丁化运动合流，把实现大众语这一目标与消灭汉字等同。今天的中国人已经很难理解发动“五四”运动的先贤们怎么会对汉字有那样的敌意，必去之而后快。但他们是认真的，例如鲁迅就正是在“大众语”讨论中声明“汉字和大众，是势不两立的”[④]，并斩钉截铁地说：“汉字不灭，中国必亡。”[⑤]

现代汉语的实际发展当然没有沿着“大众语”的方向延伸，历史为现代汉语的流变做了另外一种设计。如果以今天的立场对大众语运动做一些后设的批评，我以为有一点应该特别提出讨论，那就是在整个“大众语”论战中，论者往往都把新旧语言的冲突、替代与在特定话语场当中发生的文学话语之间的斗争混为一谈。而“五四”之后发展起来的新文学运动和白话文运动，恰恰一个属话语领域，另一个则大致是语言领域。新文学运动对于传统的文言写作来说，既是一场话语的激烈冲突（科学民主对孔孟之道的批判），又是一场空前未有的语言变革（白话文对文言文的颠覆），这两者错综在一起，却不是一回事，只是由于某种历史机缘，它们碰了头。[⑥] 麻

① 见《鬼门关以外的战争》。

② 《陈望道文集》（第三卷），上海人民出版社，1981 年，第 88 页。

③ 《陈望道文集》（第三卷），上海人民出版社，1981 年，第 83 页。

④ 《中国语文的新生》，时代书报出版社，1949 年，第 102 页。

⑤ 《中国语文的新生》，时代书报出版社，1949 年，第 119 页。

⑥ 任何一种话语都要通过某种语言形式才能被表达、传播、转述，但话语不是语言符号。话语和 discourse 的对译，目前已得到普遍的认可，不过由于望文生义，许多人仍然把话语和语言混同。具体到“五四”时代，由于正值现代汉语在一场文学革命的催生之下渐渐成形，文学话语和文学语言两者的关系就出现了十分特殊复杂的交错，这是需要今天的研究者特别注意的。

烦的是，这种错综还渗透到白话文运动之中，在新式白话和旧式白话之间也存在着类似的情形。大众语运动的推动者后来对汉语的发展采取那样激进和极端的态度，恐怕都与此有关。

和文言写作的命运不一样，旧式白话的写作不管新白话作家们多么不情愿承认它，它仍然是白话文运动的一部分，在某种意义上，甚至可以说是新文学运动的一部分。[①] 它一方面参与文言被推翻后形成的宽阔文化空间的重新分配，一方面又不失时机地迅速进入都市兴起后的通俗文化，从而使旧白话比新白话更为流行。如果文言写作在三十年代后终于完全衰落，旧白话的作用不能低估。要是没有旧式白话文的蓬勃发展，仅靠"充其量也不过一万人"的新白话小团体，是否能那么快就能把在历史上延续了两千多年的文言统治推翻呢？难说。只是生活在三十年代的新白话作家们并不这样看。不管新式白话阵营内有多少激烈的冲突（陈独秀和胡适之间、鲁迅和梁实秋之间、左联和新月派之间、左联内部各派之间），也不管这一阵营围绕"文学的革命"和"革命的文学"发生过多少分化和组合，新式白话写作在话语层面上都受制于一个东西，那就是现代性——他们不仅一齐高举科学和民主的旗帜，而且共同分享着理性、进步等启蒙主义的理念遗产。正是"现代性的追求"[②]，使新白话写作能够以他们的"新"，和鸳鸯蝴蝶派的"旧"相区别、相冲突，并且在话语实践中形成长达数十年的斗争历史[③]。这种不可调和的话语冲突使新白话作家们不可能承认旧白话写作也"新"，在现代汉语形成史中和他们有相当密切的联盟关系。相反，前者凭藉自己的理论优势在文化消费市场之外，把鸳鸯蝴蝶们打了个落花流水。在刘禾的《跨语际实践》一书的"新文学大系的建造过程"一章中，对此有这样的评述："可以说，由于'五四'新文学的作家们关注和推动理论，他们才能对鸳鸯蝴蝶派取得优势。在特定的话语场中，理论有生产合法性的作用，从长远观点看，这个场中象征资本比真实货币有更好的投资效益。鸳鸯蝴蝶派完全依赖文化娱乐市场而兴盛，其行情完全决定于大众消费，而'五四'新文学作家则正是依仗理论话语和设置经典、文学批评以及文学史写作等学术机制立足。理论一边生产其论述对象的合法性，同时也使自己获得合法性：理论有能力命名，能够援引权威，能够雄辩，它还能将

---

① 瞿秋白在《鬼门关以外的战争》一文中曾说旧式白话小说"某种意义上是'新的文学'，这种提法很重要，很少见于其他批评家和文学史家"。参见《瞿秋白文集》（二），第627页。

② 参见李欧梵《追求现代性》一文，《现代性的追求》，麦田出版社，1996年，台北，第285—289页；还可参考李氏英文著作："In Search of Modernity：Some Refleetions on a New Mode of Consciousness in 20th Century Chinese History and Literature。" in Paul A。Cohen and Merle Goldmaneds，Ideas across culture Essavs in Honor of Benjamin Schwartz（Cambridge：Harvard East Asiar Monographs，1977），pp. 109—135.

③ 但这种斗争很少表现为激烈的在理论层面上的正面论争，而是通过各种出版物，实际地争夺文化和话语空间。

象征资本增值、生产和再分配。'五四'新文学的作家和批评家正是凭藉这种象征意义上的权威把自己描述为现代文学的开拓人，与此同时把论敌置于所谓传统阵营，从而这样在为双方命名和论说中获利。"①《中国新文学大系》影响深远，此后有关的现代文学史写作，一律都把旧式白话写作关在门外，至于这种写作对现代汉语的形式和发展有什么意义，提出了什么新的可能性等问题，当然也都不在视野之内。

事情还有另外的一面。《中国新文学大系》的初衷是总结和保护"五四"新文学，但它恰恰与大众语运动相对立，甚至是对后者的反动。因为大众语运动的推动者不仅反对旧白话，也反对新白话，而且重点是在批判新白话："白话文在形式上继承了封建文言文的象形方块字，这是对封建文言文的一大妥协"②，"'五四'时代所提倡的白话文，早就包含着妥协的病根"③，"'五四'的白话文运动只是给中国的死文学尸身剥了一层皮，大众语运动就是要更进一步设法火化这尸身"④。但"大系"通过把新白话写作经典化，实际上否定了建设大众语的必要。"大系"的出版正值大众语的论争渐入尾声，这或许有些偶然。不过，为什么"大系"一直流传到今日，大众语运动却是昙花一现，这大约并不偶然。前者与在中国实实在在进行的民族国家的文化建设过程有着深刻的联系（这里不可能对此做详细讨论）⑤，而后者"把语文距离缩到最少甚至零"的设想，乃是一种语言学上的乌托邦。

三十年代激进知识分子们梦想的大众语没有成为现实，但它并不是过眼烟云。它的乌托邦精神不久后即在另一种不但对整个中国的社会变革，而且对现代汉语的发展产生深刻而广泛的影响的语言实践中复活——那就是毛文体。我过去已经在几篇文章中，对毛文体做（作）为一种革命的话语实践进行了一些讨论⑥，但对它做（作）为一种语言实践则未及深入，这里正好做些补充。

我过去的文章主要是把毛文体当做一种话语，当做一种 discourse 来讨论的，因此毛文体这一命名带来很多误解。许多人问我，为什么不干脆直接叫做毛话语？在《丁玲不简单》一文的一个注里，我曾经有过一点简单的解释："毛文体其实也可称做毛话语，但这样命名曾过多受到福柯的话语理论的限制，对描述毛体制下话语实

---

① Lydia H. Liu, Translingual Practice: Literature, National Culture and Translated Modernity-China 1900—1937(Stanford: Stanford University Press,1995),P233.

② 叶籁士:《大众语·十语·拉丁化》,《中国语文的新生》,时代书报出版社,1949 年,第 81 页。

③ 黄宾:《关于白话文与文言文的论争的意见》,《中国语文的新生》,时代书报出版社,1949 年,第 97 页。

④ 闻心:《大众语运动的几个问题》,《中国语文的新生》,时代书报出版社,1949 年,第 87 页。

⑤ 刘禾在 Translingnal Practice 一书第八章"The Making of the compendinum of Modern Chinese Literature"中有详尽论述,可参看。

⑥ 这几篇文章是:《雪崩何处?》,见《文学报》1989 年 6 月 5 日;《现代汉语和当代文学》,见《新地文学》1991 年第 1 卷第 6 期;《丁玲不简单——毛体制下知识分子在话语生产中的复杂角色》,见《今天》1993 年第 3 期;《转述与毛文体的产生》,见《文化中国》1994 年 9 月号。

践的复杂性有不利之处。"①这个不利之处主要是忽略毛话语在实践中的另一个层面:在逐渐获得一种绝对霸权地位的历史过程中,毛话语同时还逐渐为自己建构了一种物质的语言形式,也可以说是一种文风,一种文体,换句话说,这个话语在一定意义上又和一种文体相关,它和这个文体有一而二、二而一的不能分解的关系。在延安整风时期,毛泽东对"整顿文风"格外重视,《反对党八股》和《在延安文艺座谈会上的讲话》都专门讲语言问题,那绝不是偶然的。今天再看这些文献,联系整风中对"学习"的强调,我以为不难看出延安整风在更深刻的意义上,是一次整顿言说和写作的运动,一次建立整齐划一的具有高度纪律性的言说和写作秩序的运动。这个"秩序"既要求所有言说和写作都要臣服于毛话语的绝对权威,又要求以各种形式对这种话语进行复制和转述的时候,用一种大致统一的文体来言说和写作。因此,延安整风可以说是毛文体形成历史上的一个最重要的环结(节)。但是,这一切不能都看成是毛泽东个人的发明。我们在瞿秋白的《鬼门关外的战争》,以及稍后的《普洛大众文艺的现实问题》、《大众文艺的问题》②等文中都可以发现这种把一定的革命话语与特定的"大众化"的"语体"相结合的冲动:"这个革命就是主张真正用俗话写一切文章。"③不只是瞿秋白,其实在三十年代前后展开的几次论战,例如早些的有关"革命文学"的论战,后来"大众文艺"的论战以及抗战爆发后进行的有关"民族形式"的论战,都贯穿着这种冲动,至于1934年开展的"大众语"运动,只不过是把戏演到了高潮而已,毛文体对汉语写作的整饬有自己的历史(对此有很多的研究要做),但这个历史又和现代汉语的形成历史有密切关系,尤其和"大众语"这条线索有更密切的关系。由此我们才不难理解,当毛文体在话语和语言两个层面建立革命秩序的时候,为什么中国知识分子的言说和写作会一下子"一面倒"。当然,不能把事情过于简单化,不用说这种"一面倒"还有其他社会和政治的原因(这也应该做更多的研究),不过自"五四"之后中国知识界对大众语的神往迷恋和毛文体形成之间的密切关系,我以为绝不可低估。很多对中国革命持批评态度的人,特别是一些西方人,在解释中国知识分子和毛泽东领导的革命的关系的时候,总是喜欢用"压迫"来做理由,似乎知识分子参加革命都是被"抓壮丁",都是在铁链的牵动下才做出了选择。没那么简单!仅就毛文体而言,我们只要看看当年在大众语讨论高潮中推出的《我们对于推行新文字的意见》这一篇宣言,再看看在这宣言上以蔡元培为首的688名文化人的签名④,就一定会得出一些更复杂的看法,会有一些更历史化的诠释。

---

① 见《今天》1993年第3期,第241页。

② 见《瞿秋白文集》(二)。

③ 见《瞿秋白文集》(二),第858页。

④ 《中国语文的新生》,时代书报出版社,1949年,第120—124页。

毛文体无疑是现代汉语发展历史上一个非常重要的阶段或方面,它在几十年的长时间里影响、左右或者完全控制了上亿人的言说和写作,大概再也不会有另一个语言运动能和它的影响相比。可以肯定(地)说,它对现代汉语的成熟起了很大的推动作用。很多语言学家把现代汉语的规范化归功于五十年代后开展的推广“普通话”运动,认为这一运动(的)最大成绩是为全民族确立了典范的现代白话文和普通话,使口语和书面语都有了一种民族共同语为依据。这种看法在一定程度上并不错,比如经过这种规范化之后,不仅文言文完全失去合法性,连半文半白的汉语写作也差不多绝迹。但是语言学家们似乎忽视了毛文体在这一规范化中的作用。是毛文体为这一规范化提供了一套套修辞法则和词语系统,以及统摄着这些东西的一种特殊的文风——它们为今天的普通话提供了形和神。这些都不能低估。事情另一面是毛文体对现代汉语发展的可能的严重束缚,这也不能低估。大众语论战中暴露出的那些现代汉语发展中的矛盾和困难,不但在毛文体中未能真正解决,反而更尖锐了。因为毛文体真正关心的是在话语和语言两个实践层面对言说和写作的控制,而不是汉语多元发展的诸种可能性。这一局面的首次突破靠了两件事,一件是七十年代末“朦胧诗”的崛起,另一件是八十年代“寻根文学”的出现。我始终认为这两种文学运动无论对现代汉语的发展,还是对打破毛文体的统治,都有着重大的意义。而汪曾祺正是“寻根文学”的始作俑者,他的短篇小说《受戒》早在 1980 年就发表了。

3

1986 年我写了一篇题为《意象的激流》的文章①,同年 7 月我到德国南部根斯堡(Guenzburg)参加一个国际现代中国文学讨论会,就在会上宣读了这篇文章——那时候我还不明白所谓 paper 是什么东西,如今明白了,西方的“paper”也是一种“体”,而且是一种糟糕的文体,比毛文体也高明不了多少。这个会大约算是一次盛会,各国研究中国现当代文学的学者差不多都到了,但我惊奇地发现,大多数与会者可以说根本不知道八十年代中国文学界都发生了什么事,他们大多还在那里研究“伤痕文学”,而且基本上是把它当某种政治情报来读。是,有人知道阿城,可是我向他们提起汪曾祺,提起莫言和何立伟,提起韩少功的《爸爸爸》和王安忆的《小鲍庄》,听者脸上都一片茫然,我一惊之下也只好瞠目以对。

至八十年代末,汪曾祺可以说有了大名,这大概很出他的意外。从前我曾多次听他说:我的小说可有可无,永远成不了主流!但是在 1986 年为《晚翠文谈》为序的

① 见《文艺研究》1986 年第 3 期。

时候,他有这样的话:“在中国文学的园地里,虽然还不能说‘有我不多,无我不少’,但绝不是‘谢公不出,如苍生何’。”①可见他改变了一点看法。不过他仍然说:“人要有一点自知。我的气质,大概是一个通俗抒情诗人。我永远只是一个小品作家。我的一切,都是小品。就像画画,画一个册页,一个小条幅,我还可以对付;给我一张丈二匹,我就毫无办法。”②今天读这些文字,不禁怆然。这个自视很高又十分自谦的可爱的老头儿,可曾想到在一个重大的历史转变时刻中,自己是一个关键人物吗?当然没有。在《意象的激流》里,我曾给汪曾祺画过这样一幅像:“说他是这一群体的先行者,一头相当偶然地飞在雁群之前的头雁。这是有点奇怪,有点不寻常,因为这只头雁是个老头儿,当年是西南联大的学生,听过闻一多的课,平日好书、好画、好花木、好与各样的怪人闲谈,还是个真正的艺术家,绝不像一个先锋人物。”然而就是这样一个人,在把现代汉语从毛文体解放出来这样一个重大历史转变中,做了一名先行者,一名头雁。

如今头雁飞走了,留下一片清冷。

4

汪曾祺非常重视语言。他曾在《自报家门》这篇自传体散文中说:“我很重视语言,也许过分重视了。我以为语言有内容性。语言是小说的本体,不是外部的,不只是形式,是技巧。”③说语言是小说的“本体”,语言即是内容,这很容易使人联想到现代主义小说的写作路子。事实上,早年的汪曾祺也确曾对这类写作有过兴趣,也承认自己“年轻时受过西方现代派的影响,有些作品很‘空灵’,甚至很不好懂”④。在西南联大读书期间写的短篇小说《复仇》,就是这种作品之一。应该说汪曾祺从一开始写作,语言就不是特别欧化的,很少用那种以“翻译体”演化过来的,有着强烈的印欧语句法形态的句子。但是由于《复仇》这篇作品的大的叙述框架是“现代派”的路数,在这个框架下的语言就不能不受制,特别是句法,不能不带有清楚的欧化味道,以开篇的一段为例:“一枝素烛,半罐野蜂蜜。他的眼睛现在看不见蜜。蜜在罐里,他坐在榻上。但他充满了蜜的感觉,浓、稠。他嗓子里并不泛出酸味。他的胃口很好。他一生没有呕吐过几回。一生,一生该是多久呀?我这是一生了么?没有关系,这是个很普通的口头语。谁都说:‘我这一生……’就像那和尚吧,和尚一定是常常吃这种野蜂蜜。他的眼睛眯了眯,因为烛火跳,跳着一堆影子。他笑了一下:他心

---

① 《汪曾祺文集·文论卷》,江苏文艺出版社,1993年,第202页。

② 《汪曾祺文集·文论卷》,江苏文艺出版社,1993年,第202页。

③ 《蒲桥集》,作家出版社,1992年,第366页。

④ 《蒲桥集》,作家出版社,1992年,第363页。

里对和尚有了一个称呼,'蜂蜜和尚'。这也难怪,因为蜂蜜、和尚,后面隐了'一生'两个字。明天辞行的时候,我当真叫他一声,他会怎么样呢? 和尚倒有了一个称呼了,我呢? 他会称呼我什么? 该不是'宝剑客人'吧(他看到和尚一眼就看到他的剑)。这蜂蜜——他想起来的时候一路听见蜜蜂叫。是的,有蜜蜂。蜜蜂真不少(叫得一座山都浮动了起来)。"①这里频频使用相当西化的"自由间接引语"("浓、稠……他的胃口很好。他一生没有呕吐过几句"等)和"自由直接接引语"("我这是一生了么? 没有关系,这是个很普通的口头语"等)②,再加上适度的心理描写("他充满了蜜的感觉"等),很有意识流的效果。这种叙述技巧在句法上很难避免欧化,表现在不长的段落中人称代词出现频率很高:十五个"他"和五个"我"。其中十三个"他"和三个"我"都是做主语。人称代词是这全段叙述的轴心。另外,除了个别句子之外,绝大部分句子都有完整的主谓结构,大多数句子都以动词做组织全句的中心。这样行文和修辞,明显是一种"翻译体"的作风。除了小说起首"一支素烛,半罐野蜂蜜"这样的句子(上句和下句之间还隐约对仗),《复仇》的语言整体上是相当欧化的。如果汪曾祺一直这样写,那还会有今天我们熟悉的汪曾祺吗?

是什么原因使汪曾祺很快就离开了这样的写作路子? 我们已经不得而知,连《自报家门》也对此语焉不详。《复仇》写于 1944 年。《老鲁》写于 1945 年,相隔顶多一年。但《老鲁》开篇就是:"去年夏天我们过的那一段日子实在很好玩。我想不起别的恰当的词儿,只有说它好玩。"和《复仇》是完全不同的另一种语言。如果这两个句号前的句子,还可以用主谓结构来加以分析的话,那么像小说第一个段落中这样的句子:"到这里来教书,只是因为找不到,或懒得找别的工作。这也算是一个可以栖身吃饭的去处。上这儿来,也无须通过什么关系,说一句话,就来了。"或者:"校长天天在外面跑,通过各种关系想法挪借。起先回来还发发空头支票,说是有了办法,哪儿哪儿能弄到多少,什么时候能发一点钱。说了多次,总未兑现。大家不免发牢骚,出怨言。然而生气的是他说谎,至于发不发薪水本身倒还其次。"③其中许多句子脱胎于鲜活的口语,已经很难用欧式语法去规范了。我这样说或许会有人反对,认为这些句子仍然有语法,能够进行严格的句法分析。对此我不想多加争辩,因为自《马氏文通》至今,汉语到底能不能用欧式语法学做范型去分析,汉语中的语法到底是什么东西,可以说一直未有定论。近些年来,语言学界对此争论愈多,分歧日深,但不少语言学家,如王力、陈望道、张世禄、张志公等都有汉语语法不能再以西洋

---

① 《汪曾祺文集·小说卷》(上卷),江苏文艺出版社,1993 年,第 14 页。

② 有关叙述学方面的分析,见刘禾《语际书写:现代思想史写作批判纲要》中"不透明的内心叙事"一章,香港天地图书公司 1997 年。

③ 《汪曾祺文集·小说卷》(上卷),江苏文艺出版社,1993 年,第 55 页。

语法做准绳,而应从汉语自身特点出发的意见。① 这些意见值得从事汉语写作的作者深思。很多作家(绝大多数吧)并不研究语法学,也不关心西方语法和汉语之间有什么区别,可是由于"五四"之后"翻译体"大兴,无形中成为白话文写作的模范,使欧化的语法深刻影响了白话文的形成,使它变成一种文绉绉的脱离日常口语甚远的书面语语言。这里可以举朱自清先生著名的散文《桨声灯影里的秦淮河》中的一段文字为例:"夜幕垂垂地下来时,大小船上都点起灯火,从两重玻璃里映出那辐射着黄黄的散光,反晕出一片朦胧的烟霭;透过这烟霭,在黯黯的水波里,又逗起缕缕的明漪。在这薄霭和微漪里,听着那悠然的间歇的桨声,谁能不被引入他的美梦去呢?只愁梦太多了,这些大小船儿如何载得起呀?"②语言确实美,这种语言在某种意义上可以说是白话文成熟的标志,想到此文写于 1923 年,我们不能不对那些创立和建议现代汉语的先驱者肃然起敬,他们竟在白话文运动发动后几年的时间内,就能把现代汉语的写作推进到这种境地!但是,这种语言又不能不使我们想到瞿秋白的尖锐批评:"新文艺——欧化文艺运动的最初一时期,完全是资产阶级知识分子的运动,所以这种文艺革命运动是不彻底的,妥协的,同时又是小团体的,关门主义的。这种运动里面产生了一种新式的欧化的'文艺上的贵族主义':完全不顾群众的,完全脱离群众的,甚至于是故意反对群众的欧化文艺。"③瞿秋白是革命家,他一说到文艺和语言就总是把它们和革命联系起来,因此特别极端和激烈。可是这有个好处,就是把问题提得格外尖锐。如果把问题只局限在现代汉语发展的可能性这一视域里,瞿秋白的批评至少有这样的警示作用:若是白话文写作不想陷入某种"贵族主义",那就必须向活生生的"群众"使用的口语打开大门。我们今天已经不能知道汪曾祺在 1944 年前后是否读过瞿秋白的这类文字,也不知道关于大众语的讨论是否引起过他的注意和思考。无论如何,自 1945 年之后,汪曾祺毅然和欧化的白话文分了手,再没有回头。

王安忆在 1987 年写过一篇讨论汪曾祺写作的文章,写得真是好,文章题目是《汪老讲故事》。王安忆说:"汪曾祺老的小说,可说是顶容易读的了。总是最平凡的字眼,组成最平凡的句子,说一件最最平凡(的)事情。"④确实如此。王安忆又说:"汪曾祺讲故事的语言也颇为老实,他几乎从不概括,而尽是详详细细,认认真真地(的)叙述过程,而且是很日常的过程。"⑤汪曾祺这种"平凡"和"老实"打哪儿来的?

---

① 参看申小龙:《中国文化语言学》,吉林教育出版社,1990 年,第 102—103、154—155 页。

② 《朱自清选集》,香港文学出版社,1955 年,第 3 页。

③ 《瞿秋白文集》(二),第 880 页。

④ 王安忆:《故事和讲故事》,浙江文艺出版社,1991 年,第 184 页。

⑤ 王安忆:《故事和讲故事》,浙江文艺出版社,1991 年,第 186 页。

我以为有意地用口语化的语言写作是主要原因。举个例子："我家的后园有一棵紫薇。这棵紫薇有年头了，主干有茶杯口粗，高过屋檐。一到放暑假，它开起花来，真是'繁'得不得了。紫薇花是六瓣的，但是花瓣皱缩，瓣边还有很多不规则的缺刻（口），所以根本分不清它是几瓣，只是碎碎叨叨的一球，当中还射出许多花须、花蕊。一个枝子上有很多朵花。一棵树上有数不清的枝子。真是乱。乱红成阵。乱成一团。简直像一群幼儿园的孩子放开了又高又脆的小嗓子一起乱嚷嚷。"①试把这段文字和前引朱自清先生的文字比一比，其间的区别一目了然。一比之下，朱自清的语言不是确实显得有点贵族气吗？或许有人会说，这么比不公平，《桨声灯影里的秦淮河》是1923年写的，汪曾祺这篇《紫薇》写于1987年，中间差着六十四年呢！但是，看看今天的文学写作，朱自清式的这种欧化味很足的白话文至今仍然控制着大多数作家的写作，而能够走汪曾祺这种路子的，少而又少。这样说，不一定是在朱和汪之间比孰优孰劣，也不是要在两种写作路数里确定谁是模范。我想强调的是汪曾祺的白话文给人一种解放感——原来白话文可以这么写！我还记得十多年前，有一次汪曾祺怎么样让我吃了一惊。那是读他的《虎头鲨、昂嗤鱼、阵螯、螺蛳、蚬子》这篇专讲吃的散文，其中有这样一段："苏州人特重塘鳢鱼。上海人也是，一提起塘鳢鱼，眉飞色舞。塘鳢鱼是什么鱼？我向往之久矣。到苏州，曾想尝尝塘鳢鱼未能如愿。后来我知道：塘鳢鱼就是虎头鲨，嗐！"②——就是这个"嗐！"吓了我一跳。熟悉普通话，特别是熟悉京白、京片子的人，都能领会各种不同语气的"嗐！"能表达多少不同的意思。但是"嗐！"也能够溶入优美的散文？汪曾祺就这么写了，一声"嗐！"韵味无穷。叶圣陶先生曾主张把学校中的作文课改叫做"写话"，大概也是从"正名"入手，想缩短说和写的距离。我以为现代汉语到了汪曾祺手中，已经到了"写话"的境界。

自"五四"以来，尝试把口语溶入写作的人当然绝不只汪曾祺一个。老舍也热衷于此，并且是极少数被公认为在这方面非常成功的作家。但是倘若拿这两个人相比，我以为汪曾祺更胜一筹。这不仅是因为老舍的语言中留着更多的早期白话文的"文艺腔"的痕迹，而且还有一个更大的理由。以小说而论，老舍的口语因素多半只构成一定的"语言特色"，多半是在人物情态的描写和对话等具体叙述层面中表演，一到小说的总体的叙述框架上，还是相当欧化的。以其名作《骆驼祥子》而论，老舍主要是通过小说主人公祥子的中心意识做贯穿线索，来展开故事——这种叙述方式本身就是一种"翻译体"；与这叙述相配合，作家大量使用了心理叙事、自由间接引语

① 《蒲桥集》，作家出版社，1992年，第232页。

② 《蒲桥集》，作家出版社，1992年，第198—199页。

和自由直接引语等技巧，这不能不使小说总体上显得很“洋”（这方面，刘禾近著《语际书写》论之甚详，可参看①）。汪曾祺与此不同，他的小说往往在大的叙述框架上就有意受制于现代汉语中口语叙事的规则。王安忆说：“汪曾祺的小说写得很天真，很古老很愚钝地讲一个闲来无事的故事，从头说起，从前有座山，山上有座庙地开了头。比如：‘西南联大有一个文嫂’（《鸡毛》），‘北门有一条承志河’（《王四海的黄昏》），‘李二是地保，又是更夫’（《故里杂记》），‘全县第一个大画家是季匋民，第一个鉴赏家是叶三’（《鉴赏家》）。然后顺着开头徐徐地往下说，从不虚晃一枪，弄得扑朔迷离。他很负责地说完一件事，再由一件事引出另一件事来。”②我以为王安忆对汪曾祺小说的叙事和语言的特征，描写得相当准确。读汪曾祺的小说确乎如此，什么都平平淡淡，但读完之后你却不能平静，内心深处总会有一种隐隐的激动，沧海月明，蓝田玉暖，不能自已。为什么汪曾祺的小说会有这样的魅力，它是怎么达到的？这大约是另一篇大文章的题目。如果只从语言层面讨论，我想这或许和他把某些口语的特征引入小说的总体叙述框架有关。汪曾祺曾多次说他的小说的最显著的特点是“散”。在《汪曾祺短篇小说选》自序里，他说：“我的一些小说不大像小说，或者根本就不是小说。有些只是人物素描。我不善于讲故事。我也不喜欢太像小说的小说”，“有人说我的小说跟散文很难区别，是的。”“我的小说的另一个特点是：散。这倒是有意为之。我不喜欢布局严谨的小说，主张信马由缰，为文无法。”③他还在《自报家门》一文中这样说：“我的小说似乎不讲究结构。我在一篇谈小说的短文中，说结构的原则是：随便。”④汪曾祺的小说在结构和叙述框架上的“随便”，使他的小说有一点像“聊大天”，而且聊到哪儿算哪儿，毫无顾忌。这种“随便”有时候到了一种惊人的程度。以《大淖记事》为例，全篇字数一万四千多字，开篇近三千字真是“信马由缰”地闲聊，全是关于“大淖”这地方的风俗画，至第二节结尾才出现了主人公小锡匠十一子，但也是一闪即逝。随后的第三节又是风俗画，全不见故事的痕迹。至小说的第四节才出现了另一个主人公巧云，可是仍然是聊天式地描写巧云的生平和种种琐事；在本节的结尾，两个主人公才终于相遇，故事似乎要开始了。这时汪曾祺已经用掉了近八千字。

出乎读者意料，第五节开始，故事又断了，转而讲水上保安队和“号兵”们的事，又是一幅风俗画，直至这一节将尽，才有巧云和十一子在大淖的沙州中野合这一发展，但是寥寥数行，惜墨如金。小说第六节——最后一节——全力讲故事，整节不足

① 刘禾：《语际书写：现代思想史写作批判纲要》。

② 王安忆：《故事和讲故事》，浙江文艺出版社，1991 年，第 184 页。

③ 《汪曾祺文集·文论卷》，江苏文艺出版社，1993 年，第 193—194 页。

④ 《蒲桥集》，作家出版社，1992 年，第 365 页。

三千字。如果较真儿，把《大淖记事》全部用于讲故事的文字加起来，至多五千字，只及全篇幅的三分之一。是不是由此就可以说，汪曾祺写小说全然不讲结构？我想不能。汪曾祺曾说他的“随便”是一种“苦心经营的随便”①，这也不是随便说的。在好几篇文章中，汪曾祺都说及他对苏轼的写作主张的钦服：“我倾向‘为文无法’，即无定法。我很向往苏轼所说的：‘如行云流水，初无定质，但常行于所当行，当止于所不可不止，文理自然，姿态横生。’”②这种对“为文无法”、“文理自然”的追求，我以为反映了一种对汉语特性的深刻认识。

比起欧洲语言来，汉语到底有什么特性？这种特性又怎样在理论上表达？这在语言学界已经有了很多讨论。我对此是外行，没有多少发言权。但我对申小龙近年来在《中国文化语言学》、《中国句型文化》等一系列著作中，从汉语的人文内涵出发来探讨汉语特性这一研究有十分的好感。③ 特别是对今天的现代汉语写作，我以为申小龙的研究尤其有重要的意义。以文学而论，“翻译体”对写作的影响绝不只在修辞或句法层面，作家如果在欧化的语言中浸淫日久，句法上的限制必然会形成对总体叙述或结构的限制，对汉语叙事的想象力的限制。在这方面，申小龙的下述看法值得从事汉语写作的人特别重视：“较之西方作家视语法为牢房的焦虑，汉语作家对民族语法的心态则要从容自在得多。汉语是一种非形态语言。由于语词及其组合不受形态成分的制约，汉语语词单位的大小和性质往往无一定规，有常有变，可常可变，随上下文的声气、逻辑环境而加以自由运用。语素粒子的随意碰撞可以组成丰富的语汇，词组块的随意堆迭（叠）、包孕，可以形成千变万化的句子格局。汉语这种富有弹性的组织方略，为主体意识的驰骋、意象的组合提供了充分的余地。它放弃了西方形态语言视为生命之躯的关系框架，把受冷漠的形态框架制约的基本语粒或语块解放出来，使它们能动地随表达意图穿插开合，随修辞语境增省显隐，体现出强烈的立言造句的主体意识。”④汪曾祺一定会同意这些意见。只不过，汪曾祺的小说写作更强调以鲜活的口语来改造白话文之“文”，一方面使书面语的现代汉语有了一个新面貌，另一方面使汉语的种种特质有机会尽量摆脱欧化语法的约束（完全摆脱是不可能的⑤），得到了一次充分的表达。又正是这种被解放出来的汉语特质，反过来使汪曾祺获得在小说结构和叙述上“无定质”的自由。

讲到用口语化的语言写作，不能不提到的一个人是赵树理。《小二黑结婚》、

① 《蒲桥集》，作家出版社，1992 年，第 366 页。

② 《蒲桥集》，作家出版社，1992 年，第 366 页。

③ 当然我也不是没有保留地同意申小龙著作中的所有意见，例如在现代汉语语言学研究中如何“挪用”西方当代理论，就似乎可以采取更慎重的态度。

④ 申小龙：《中国文化语言学》，第 197—198 页。

⑤ 完全没有欧化，就不可能有今日的现代汉语，请参看笔者《现代汉语和当代文学》一文。

《李有才板话》即使今天看，还是现代汉语写作中的珍品。拿赵树理和汪曾祺做比较，是非常有趣的。比如，他们小说开篇常常很相像，都是“从前有座山，山上有座庙”的方式。看赵树理：“刘家峤有两个神仙，邻近各村无人不晓：一个是前庄上的二诸葛，一个是后庄上的三仙姑。”（《小二黑结婚》）“阎家山有个李有才，外号叫‘令不死’。”（《李有才板话》）“李家庄有座龙王庙，看庙的叫‘老宋’。”（《李家庄的变迁》）“福贵这个人，在村里比狗屎还臭。”（《福贵》）汪曾祺对赵树理很推崇，说：“赵树理是非常可爱的人，他死于文化大革命。我十分怀念他。”①用这样动情的口气说一个人，这在汪曾祺是很少见的。和赵树理一样，汪曾祺热爱甚至可以说迷恋民间文化，不只民间的戏曲、故事、歌谣让他着迷，甚至连北京八面槽有一家接生婆，门口写的“广告”：“轻车快马，吉祥姥姥”也得（到）他由衷的赞美，说：“这是诗。”②五十年代在北京做《说说唱唱》和《民间文学》编辑的时候，他和赵树理还共过事（当然那时赵树理已经是名作家），这段经历对他一定影响很大，不然汪曾祺不会说出这么极端的话：“我编过几年《民间文学》，得益匪浅。我甚至觉得，不读民歌，是不能成为一个好作家的。”③我以为赵树理对汪曾祺的写作有很深的影响，可能比老师沈从文的影响还深。不过，汪曾祺的语言和赵树理的语言有很大的不同。正是这个不同使汪曾祺在为现代汉语的发展提供了更广的视野和更多的选择的时候，比赵树理有更大的贡献。不同在那（哪）里？我以为主要是：汪曾祺除了从民间的、日常的口语中寻求语言资源之外，同时还非常重视从古典汉语写作中取得营养。“我受影响最深的是明朝大散文家归有光的几篇代表作。归有光以轻淡的文笔写平常的人物，亲切而凄婉。这和我的气质很相近，我现在的小说里还时时回往着归有光的余韵。”④“我的散文大概继承了一点明清散文和‘五四’散文的传统。有些篇可以看出张岱和龚定庵的痕迹。”⑤有了这些“余韵”和“痕迹”，汪曾祺的语言就在现代口语和古代文言之间建立了一种内在的联系。为什么那些平平凡凡、普普通通的日常口语一溶入汪曾祺笔下就有了一种特别的韵味？秘密恐怕就在其中。举《受戒》起头的一段为例：“这个地方的老名有点怪，叫庵赵庄。赵，是因为庄上大都姓赵。叫做庄，可是人家住得很分散，这里两三家，那里两三家。一出门，远远就可以看到，走起来得走一会。因为没有大路，都是弯弯曲曲的田埂。庵，是因为有一个庵。庵叫菩提庵，可是大家叫讹了，叫成荸荠庵。连庵里的和尚也这样叫。宝刹何处？——荸荠

① 《汪曾祺文集·文论卷》，江苏文艺出版社，1993年，第3页。
② 《汪曾祺文集·文论卷》，江苏文艺出版社，1993年，第32页。
③ 《汪曾祺文集·文论卷》，江苏文艺出版社，1993年，第4页。
④ 《蒲桥集》，作家出版社，1992年，第358页。
⑤ 《汪曾祺文集·文论集》，江苏文艺出版社，1993年，第205页。

庵。”①这是一段大白话，白得几乎连形容词都没有，但读起来如长短句，自有一种风情。倘我们读一读归有光的《寒花葬志》，我以为不难发现《受戒》这段大白话的节奏、韵律与《寒花葬志》有相通之处。很明显，文言写作对“文气”的请求被汪曾祺移入白话写作中，且了无痕迹。但“痕迹”非常明显的以文言直接入白话的做法，他也不忌讳，不但不忌讳，相反，大张旗鼓。举《端午的鸭蛋》一文中的一段：“高邮咸蛋的特点是质细而沙多。蛋白柔嫩，不似别处的发干、发粉，入口如嚼石灰。油多尤为别处所不及。鸭蛋的吃法，如袁子才所说，带壳切开，是一种，那是席间待客的办法。平常食用，一般都是敲破‘空头’用筷子挖着吃。筷子头一扎下去，吱——红油就冒出来了。”②这里文言成分和白话成分水乳交融，自自然然，一点不勉强。再如《观音寺》中这样的行文：“我们在联大新校舍住了四年，窗户上都没有玻璃。在窗格上糊了桑皮纸，抹一点青桐油，亮堂堂的，挺有意境。教员一人一间宿舍，室内床一、桌一、椅一。还要什么呢？挺好。”③也是白话，可是和赵树理的白话相去甚远，多了一股文人气。这种带股文人气的白话又和“五四”之后的“旧白话”不同，没有那种遗老遗少味儿。

无论是“五四”的白话文运动，还是三十年代的大众语运动，都把文言混入白话文视为心腹大患。后来的汉字拉丁化运动，其重要的目的之一，就是想通过拼音化的“新文字”把汉语书面语写作中的文言残余扫荡干净。但是这种扫荡遇到了顽强的抵抗，特别是在商业化的通俗小说写作领域，文白相杂的文体一直受到广大读者的欢迎，形成现代汉语发展的另一股潮流。有讽刺意味的是，这种以市场为依托的“旧白话”文体也实现了“大众化”，比朱自清模式的白话文更“大众化”。如果当年张恨水的写作还不足以服人，那么当代金庸的写作就再也不能被忽视——已经很难再把《天龙八部》中的语言简单地说成是“半文半白”，或是“旧白话”，它大约分另一类型的现代汉语。或许可以说，通俗小说中半文半白的写作经金庸的笔，被集大成、被提升、被炼制、被显示为现代汉语发展的另一种可能性。在“严肃文学”领域写作中尝试文白相亲、文白相融的作家当然并不只是汪曾祺一个，但是，我以为能在一种写作中，把白话“白”到了家，然后又能把充满文人雅气的文言因素融化其中，使二者在强烈的张力中达到和谐，好像本来就是一家子人，这大概只有汪曾祺能吧。说到这里，我想我们应该庆幸现代汉语最终没有实现拉丁化。如果用一种表音的文字写出“吱——红油就冒出来了”，“还要什么呢？挺好”，自然谁都会明白，还挺生动；可是“质细而沙多”，“油多尤为别处所不及”，“室内床一、桌一、椅一”，该怎么办呢？

---

① 《汪曾祺文集·小说卷》（上卷），江苏文艺出版社，1993年，第158页。
② 《蒲桥集》，作家出版社，1992年，第196页。
③ 《蒲桥集》，作家出版社，1992年，第162页。

5

汪曾祺在现代汉语写作中进行的种种试验（本文并没有对此进行全面的讨论）显然都是有意而为，但是，老头儿大约没有想到，他在语言中做的事情还有重要的文化政治方面的意义，那就是对毛文体的挑战。

现代汉语的形成、发展始终与自晚清开始的一部话语斗争史纠缠不清。处于大变革中的新老话语都想占有刚刚出现的、正在形成中的白话文做（作）为自己的物质媒介。由于新生的白话文不能在很短的时间内形成固定的形式，这个“占有”过程往往又夹杂着话语实践对语言形成〔的〕种种干预。我想这是毛文体形成的一个大的历史背景，也是毛文体做（作）为一种话语在其实践过程中所面临的历史环境。这样的历史背景和历史环境，不能不使都处于中国革命过程中（的）话语实践和语言实践有更密切的关联。当然，任何一场社会革命都会关心怎么样用通俗生动的语言来动员社会和群众，都会关心如何寻找一种媒介使话语实践和社会实践相联结。但是，毛泽东和他领导的革命所创造的机制，却通过“毛文体”寻找了实行这种联结的有效方法，形成了一种相当特殊的毛话语对社会的统治和支配形式。

毛泽东的《反对党八股》是毛文体形成史上的重要文献。在这篇文章里，毛泽东一共列出八条“党八股”的罪状，其中前五条（“空话连篇，言之无物”、“甲乙丙丁，开中药铺”等等），都是有关文风或文体的；而后三条（即“不负责任，到处害人”、“流毒全党，妨害革命”、“传播出去，祸国殃民”），则都是关系到能否“采取生动活泼新鲜有力的马克思列宁主义的文风”，会不会“使革命精神窒息”①的严重问题了。显然，在这里“文风”问题已经和要不要革命、如何革命直接联系到了一起。一篇《反对党八股》当然不足以推动毛文体的形成，这个过程要复杂得多，我在《丁玲不简单——毛体制下知识分子在话语生产中的复杂角色》一文里对这个过程做了一点初步的分析，希望将来能深入一些。特别是，在延安整风时期做（作）为要整顿的“三风”之一的文风，在后来怎样被渐渐落实到与一整套修辞原则和词语系统相配合的文体的过程，更需要做细致的分析。但是，《反对党八股》的重要性，在于它在革命的理论话语和一定的文体写作之间，建立了一个固定的关系。这种关系在开始时还有些模糊不清，随着毛文体自身的成熟，随着它的霸权的建立，文体成了一种隐喻，要不要进入毛文体写作也成了一种隐喻——对知识分子来说，在毛文体和其他语言之间做选择，成了一个要不要革命的问题。

“朦胧诗”出现之后，官方批评家和许多老诗人都进行了激烈的批评，但是批评

---

① 《毛泽东选集》（第三卷），人民出版社，1953 年，第 831—846 页。

的焦点主要不在诗的内容上的政治性，而是因为它是“古怪诗”，因为“看不懂”。按理说，看不懂有什么关系？看不懂可以不看嘛！何必动这么大肝火？何必把它和什么诗歌发展方向之类的问题扯在一起？原因在于，“朦胧诗”在文体上犯了规、越了格。一群胆大妄为的青年诗人公开拒绝了毛文体，这在隐喻层面就是拒绝毛文体对话语秩序的权威性，这当然是一种犯上作乱式的挑战。1953 年郭沫若在人民文学出版社出版了一本诗集，叫做《新华颂》。这大概是郭沫若一辈子里写得最糟的诗，也许是自有诗歌以来最糟的诗，例如其中有这样的“诗句”：“钢铁可以打成针/宝石可以钻成花/谁说咱们脑筋不开化/以前的日子咱们当牛马/读书识字莫说它/有嘴谁敢说半句话/如今呢，咱们当了家/文化就是咱们的文化”①能相信这是写《女神》的同一个郭沫若写的吗？但是，不像有些人批评的那样，郭沫若写这些诗是因为没有骨气。如果说郭沫若一个人没有骨气，成百上千的进入毛文体的诗人、作家都是没有骨气吗？反对“朦胧诗”的风波起自八十年代初，正值“思想解放”，批评“朦胧诗”的人更没有必要为了讨好谁才那样闹一通。不，郭沫若写那些糟诗是认真的，激烈反对“朦胧诗”的人也是认真的。对他们来说，以什么样的文风和文体写作，是象征、是隐喻，是他们在革命实践中能不能取得主体位置的关键。

任何一种话语生产都不会没有其要进入社会实践的功利目的。但并不是处于激烈竞争和斗争中的各种话语都能进入社会实践，能够进入社会实践的话语在影响社会变革的程度上也各不相同。从话语理论角度看，话语实践和社会实践的关系恐怕也是一个需要更深入讨论的领域。话语实践在什么样条件下才能转化为社会实践？又在什么样的条件下两者会相互渗透？在话语史中，话语实践和社会实践的联结有过什么样的先例？它们提供了什么样的历史经验？又为我们提供了什么样的对未来的想象？这些问题无论对研究历史，还是研究今天，都是难以回避的。如果话语理论只从话语实践层面着眼，我以为会使话语分析产生一种方法论上的萎缩。

毛文体以及生产毛文体的相关机制，最值得我们今天分析和总结的地方，正在于它成功地把语言、文体、写作当作话语实践向社会实践转化的中介环结（节），并且使这种转化有机地和毛泽东领导的革命成为一体。在毛文体的号召和制约下，知识分子的写作已经不再是简单地写小说，写诗歌，写新闻报导，或是写学术文章，它获得了另外一种意义，即经过一个语言的（文体的）训练和习作过程来建立写作人在革命中的主体性。在这个过程中，千千万万个知识分子正是通过“写作”完成了从地主阶级、资产阶级或小资产阶级立场向工农兵立场的痛苦的转化，投身入一场轰轰烈烈的革命，在其中体验做一个“革命人”的喜悦，也感受“被改造”的痛苦；在这个过

① 《新华颂》，人民文学出版社，1953 年，第 61 页。

程中,也正是“写作”使他们进入创造一个新社会和新文化的各种实践活动,在其中享受“理论联系实际”的乐趣,也饱尝意识形态领域中严峻阶级斗争的磨难。如果说这样的写作使知识分子在革命中获得主体性,知识分子又正是通过写作使话语实践和社会实践在革命中实现了转化和连结。毛泽东领导的革命之所以能够在不到三十年的时间里,就把原来不过在几十个知识分子心中浮动的革命思想,转化为几亿群众参加的急风暴雨式的社会运动,知识分子的写作这个环节可以说是一个关键。但是,这不是一般的写作,而是毛文体的转述、复制和集体生产。

或许我们可以把“文化大革命”看做是毛文体写作的顶峰。1997 年第 5 期的《天涯》在“民间语文资料”栏目中发表了一篇《十一岁红小兵日记》,日记时间是 1969 年 12 月 24 日至 1972 年 1 月 1 日,共 26 篇。今天再看这些充满革命套话的所谓“日记”,自然味同嚼蜡,但是只要一想这些文字出于一个十一岁孩子之手,想一想当年曾经有上千万的孩子和上亿的成人都用这种文体写作、思想、说话,不能不让人心惊肉跳。1971 年 10 月 6 日的一篇日记如下:“今天,通过学习毛主席的《反对自由主义》这篇光辉著作后,我思想有了开窍,想起开学来我有很大退步,我感到惭愧,想起去年有了很大进步,今年就有了很大退步,这是为啥呢?是因为我骄傲自满,认为差不多了,躺在老本上睡大觉,所以退步了。‘金猴奋起千钧棒,玉宇澄清万里埃。’我决心今后要努力学习毛主席著作,彻底改造世界观,丢掉包袱,赶上形势,当一名毛主席满意的合格毕业生。”很多人读了这些文字都一定会觉得熟悉,甚至感到一种带苦味的亲切。由于缺少对毛文体发展阶段的细致研究,我不能肯定这种使我们又熟悉又亲切的语言是什么时候(大致在哪些年)成为现代汉语在中国大陆写作中的标准样式的。至少毛泽东在延安批评“党八股”的时候,大约不会想到他会提倡这样的文风。然而,这样的文风和文体毕竟牢牢地统治过几亿中国人。

想到这一切,我们不能不感激汪曾祺在 1980 年至 1981 年忽然提笔又写起了小说,其中有我们今天已经耳熟能详的《受戒》、《异秉》、《大淖记事》和《岁寒三友》诸篇。

6

关于汪曾祺的写作,没想到一口气写了这么多。因为是边想边写,文章将要结束时未免心中忐忑,怕有什么大的偏颇。我想我得声明,说汪曾祺对现代汉语的发展有大贡献,绝不是说这事只有他在做,汪曾祺把这事包了,当然不是。在现代汉语形成、发展的近百年的历史中,以写作推动现代汉语发展的作家实在太多了。首先就是鲁迅。如果说中国人在这么短的时间内(当然这也是被逼无奈——从某种意义上,连中国的语言变革也是西方“列强”逼出来的),创造出“白话文”这样的汉语是个奇迹，鲁迅的写作就是奇迹中的奇迹。从一种意义上说，即使今天，在鲁迅先生逝去半个世纪之后，也还是没有人能在汉语写作上和他匹敌。研究鲁迅的著述早已汗牛充栋，数不胜数，但鲁迅先生对现代汉语发展的深刻影响，还根本没有说清楚，做(作)为将来现代汉语发展的一个取之不尽的资源，鲁迅的写作的意义也没有被足够地评价。这一切都还有待后人做深入的研究。另外，近百年来无数的翻译家通过外国名著的译介，完成了大量著作，其中许许多多都是优美的现代汉语，形成“翻译体”这种独特的汉语形式。他们的写作对现代汉语的形成和发展，起了至关重要的作用，这恐怕是人所共知的事实。但是，把文学或理论的翻译也当做现代汉语写作的重要组成部分，研究这种写作与现代汉语发展之间的复杂关系，这件大事似乎还没有多少人认真去做。与此非常相似的，是当代诗歌评论和研究的不足。诗歌本来就是语言变革和发展的前沿，自“朦胧涛”以来的当代诗歌运动，我以为可能是现代汉语出现以来一次最大规模的实验性写作。在眼下历史条件所允许的范围内，诗人们对汉语的想象可以说发挥到了极限，对汉语发展的可能性的探索也几乎到了极限。二十年来的诗歌写作所积累起来的语言经验，对未来的现代汉语发展的重要意义，我们今天大约不能充分估计。但是这一切都没有得到理论界应有的关注，我自己不懂诗，对讨论和分析诗歌写作没有足够的知识，只能干着急。让人干着急的不只是诗，很多我很熟悉的小说，读起来喜悦，但评起来就觉得棘手，若是想讨论这些小说写作与现代汉语发展之间的关联，自然更觉棘手。林斤澜就是这样的作家之一。林斤澜是汪曾祺的挚友，也是酒友和文友，这两个人只要凑在一起，他们身边的气氛就会有变化，如清风徐来。但是林斤澜的写作与汪曾祺全然不同，全走生涩险怪的路子，尤其是语言，似乎专以破坏常规语法和修辞为乐，有一种“冷露滴梦破，峭风梳骨寒”的峻峭作风。这在现代汉语写作中是相当少见的，我每每欲写点分析文字，但都因自己语言学及语法学知识不够而掷笔做(作)罢。

总之，对文学写作和现代汉语之间关系做研究，是一项很大的工程。除了汪曾祺之外，还有很多写作都值得花力气深入讨论。考虑到语言符号对人的生存的重要意义，考虑到我们所“运用”的语言其实在决定着我们如何认识和改造世界，包括我们改造自己的范围和限度，这类研究花多大力气都是值得的。

在这方面，似乎常常是作家比理论家更为敏锐。在 1997 年 1 月号的《上海文学》上，李锐发表了一篇题为《我们的可能》的专门讨论语言和文学写作之间关系的文章。这篇文章涉及问题很多，有很多洞见，但最吸引我的，是李锐对当前写作中书面语的尖锐批评：“在长年的写作之中，在许多年对前人和同时代人的阅读中，早已‘自然而然’地‘下意识’地‘习惯了’书面用语，并常常以之为‘雅’，以之为美，以之为〔是〕‘艺术的’和‘文学的’。固守在这个书面语的岛礁上，渐渐地，竟然忘记了口语的海洋。”这是我所见到的对今日写作最激烈的抨击,它把当年大众语论争中对白话文写作的质疑,又重新提了出来,当然是在全然不同的新的历史环境中,又是以一种自我检讨的方式。但我以为这是非常有意义的。因为这样的批评和质疑不是只针对某种“文学创作”,而是针对文学写作和现代汉语当下的关系,就把这问题扩大了,使我们有可能把已经关闭了很久的一个重要的批评空间重新打开。也许有人会怀疑,李锐这样批评书面语,那么他自己的写作除了加强口语化之外,还有什么高招呢?对这样的疑问,李锐已经准备了一个回答,那就是他的长篇新作《万里无云》。这个长篇小说是一个大胆的实验,它不仅把通常小说中叙述的语言来了个颠倒,变成语言的叙述,并且利用长篇小说的空间,“试着把所有文言文、诗词、书面语、口语、酒后的狂言、孩子的奇想、政治暴力的术语、农夫农妇的口头禅和那些所有古典的、现代的、已经流行过而成为绝响的、正在流行泛滥成灾的,甚至包括我曾经使用过的原来的小说,等等等等,全都纳入这股叙述就是一切的浊流”①。浊流?是,《万里无云》真是一股有意而为的语言的浊流——这浊流试图冲垮在八十年代重新筑起的书面语大坝。说到这里,我不能不提到另一个同样在语言上表现了丰富想象甚至狂想的长篇小说《马桥词典》。这篇文字即将收尾,我已经没有可能对《马桥词典》做哪怕是最粗糙的评价,我想在这里引述韩少功本人在这本书的“后记”中的一段话,也许更说明问题:“词是有生命的东西,它们密密繁殖,频频蜕变,聚散无常,沉浮不定,有迁移和婚合,有疾病和遗传,有性格和情感,有兴旺、有哀(衰)竭还有死亡,它们在特定的事实情境里度过或长或短的生命。我反复端详和揣度、审讯和调查,力图像一个侦探,发现隐藏在这些词后面的故事,于是就有了这一本书。”“五四”前后那些为建设新汉语而殚精竭虑的先贤们,可曾想到中国的作家有一天会这样面对和思考语言和写作吗?倘他们地下有灵,多半会目瞪口呆。

可是我知道,汪曾祺喜欢《马桥词典》,他永远会喜欢新的想法。

7

我最后一次见到汪曾祺,是去年夏天,大约7月。我陪刘禾去他虎坊桥的寓所拜访,坐下不久,他就把事先预备好的一副对联和一幅画拿出来送给刘禾。对联是李商隐的诗:“红楼隔雨相望冷,珠箔飘灯独自归。”画是几串淡紫色的藤萝花,开得很旺,一片“真是乱,乱红成阵”的景色,花旁有一只小蜜蜂,正飞得嗡嗡作响。汪曾祺笑着问刘禾:“喜欢吗?不喜欢我再另画一张。”“喜欢!喜欢!”刘禾急忙把画往自己身边拉,好像担心老头会把画抢回去。

① 《上海文学》1997年1月号,第75—76页。

我过去也曾几次说起想要汪曾祺一幅画，但和他约定，得什么时候我自己想个好题目，再请他就题作画。只是由于始终没寻思出一个好主意，这事就拖下来了。看着刘禾得的一字一画，我突然想，请汪曾祺写幅对子给我，内容用我“文革”期间写的一首旧诗中的一联：“唱晓雄鸡终是梦，横眉孺子竟无踪”。汪曾祺让我在纸上写下，他接过去看了句子，又看了我一眼，小心地把那张纸收了起来。当我们离开汪曾祺的家，在路灯下沿着暗暗的胡同向大街走去的时候，刘禾回头看了看说：“这老人真可爱！”然后叹了口气，又说：“这样的人可越来越少了。”我回答说：“也许是最后一个了。”

我一直惦记着汪曾祺是否给我写了那幅字，但是后来再没有见到他。

我一直不能相信这个老头儿真的不在了，我有一种感觉，如果我拿起电话，拨通6351—9173这个号码，我还能听到一个略带沙哑但是非常亲切的声音：“是我，汪曾祺。”

——原载《花城》1998年第5期

许子东

“感谢苦难”与“拒绝忏悔”

——解读有关“文革”的当代小说

一

本文所讨论的“文革故事”，都是在“文革”之后所写。“文革”如果不过去，就不会有这样一些“‘文革’故事”(1966—1976年间中国大陆也有不少描写“文革”的“文学”，但完全是另外一种风貌)。但这些在“‘文革’后”写成的有关“文革”的故事，是否描写“‘文革’后”的情况，却取决于不同叙说者的不同叙述策略。在某种程度上，也反映着听故事的人们的不同接受需要。

虽然，大部分主人公都能够熬过苦难，逃出生天，但男女主角在“文革”后的境况、心情却有明显不同：“文革故事”中的女主角们，在“文革”以后的生活大都比以前(不仅是比“文革”之中落难时，而且也比“文革”之前未落难时)更加幸福——不仅社会地位上升、经济状况改善，而且女主人公们“文革”之前在爱情与家庭生活方面的某种缺憾、某些不如意处，也可以在灾难之后得到相当程度的弥补。这个在很多“文革”小说中普遍出现的情节呼应，并非偶然巧合，而是出于某种意义结构上的设计需要：女主人公们虽然在“文革”中饱受创伤历经磨难，但最后(不仅在事序逻辑的“最后”，而且也在文本安排、话语叙述的“最后”)却发现：“文革”这件“坏事”，在她们的生活道路中归根到底，产生了“好的结果”。

另一个值得注意的现象是，“文革故事”女主人公们在灾难后重获幸福、缺憾得到弥补之时，她们回首灾难总可以找到具体的“敌人”，而且这“敌人”总会得到某种“惩罚”。换言之，它说明“文革”这场政治运动及其种种恶性成果，并不只是抽象的历史必然性或玄奥的历史偶然性所造成，而是有具体的特定的人为因素存在。这些女主人公的“文革后反思”，是组成“文革叙述”不同意义结构的一条重要线索。

能够活到“文革”之后的“文革小说”中的男主人公，在灾难以后大都也有一个

"幸福结局"。但形式与内容却与女主人公的 Happy Ending 显然不同。对女主人公来说,"幸福结局"主要是指情感与家庭生活方面的缺憾(没有子女、爱错人等等)得到弥补。一般说来,她们的政治地位在"文革"前后变化不大。

但对男主人公来说,幸福结局多数表现在吃尽苦中苦后,能获得比"文革"前更高的官职,其社会政治地位在灾难之后明显上升。《芙蓉镇》中,前县文化馆员秦书田平反后当上了文化馆副馆长,原粮站主任谷燕山升任镇委书记。王辉凡"文革"前是省计委主任,"文革"后升为省委副书记,并且眼看就要接班当省委第一把手。《人啊,人!》男主角何荆夫运动前已是"右派",后来至少被调回大学,重新做研究,政治身份有明显改善。张思远在"文革"爆发时是某城市的市委书记,运动后期便复职升官。《重逢》中的朱春信"文革"初是"北宁市委主要领导干部","文革"后升任地委副书记。还有,五十年代因写诗而当"右派"的章永璘,灾难以后神采飞扬地脚踩"人民大会堂的红地毯"……

"文革"小说的叙事模式,归根到底是与其意义结构互相制约的。如何总结"文革"的教训,是"文革叙述"种种不同意义结构的共同的中心课题。在这个意义上,女主角能够弥补从前的情感缺憾,男主角能够复职升官,这可以(说)是同一个幸福结局分工合作的两个侧面。当然,"分工合作"其实仍是有所偏重的,在"你了你的愿、我升我的官"之间,叙述结构常有微妙倾斜。这种叙述上的偏重倾斜不仅会直接导向不同的意义结构,而且也会使作品面向不同的读者群体。比如,同样出于女主人公的视角,胡玉音对秦书田官职的关注,就不如刘丽文对王辉凡的级别的重视;而刘丽文描述子女的篇幅又远远不及芙蓉姐。同样是以"坏事变好事"的哲理来赋予灾难某种积极意义,但什么是"好事"的内涵呢?是了却伦理情感上的宿愿(怨),还是更有权力忧国忧民?是建造一种能契合大众情感道德愿望(包括无意识中的赎罪需求)的民间的"文革"想像呢?还是构造一种主要满足知识分子忧国救世热忱的士大夫落难式的历史图景呢?——在这些"文革集体记忆"的不同整理、营造方案中,男女主人公在叙事层面上的角色分工,会有举足轻重的影响作用。

"文革"小说中的男主人公在获得平反、回到城市、复职升官之后,通常都要重游(或神游)受难之地。在现实生活中,很难找到统计材料来证明究竟有多少干部和"错划右派"在"文革"后曾经专程重访当初他们接受劳动改造的地方;真正成行重返(或者哪怕是重游)乡村的回城知青,人数恐怕也不会很多。但在中国当代文学中,几乎绝大多数的受难主人公都必须重新回到(或至少反复梦见)自己的受难之地,而且绝大多数都会在回首苦难历程时发现某种积极意义,并对苦难表示某种程度上的感激——这种"感谢苦难"的态度,使得中国当代叙述"文革"的灾难文学,与世界上其他类型的灾难文学(比如英语文学中描写德国纳粹迫害犹太人、俄语文学描写第二次世界大战,或者在香港、台湾地区及海外创作的有关"文革"的文学,等等),有很大的区别。

"文革"小说男主人公的重游故地,从社会身份与重游方式上看,可分为三类,即"干部重访旧地"、"右派神游故地"与"知青再次下乡"。但如果从重游的性质及其在"文革叙述"意义结构中的不同功能看,则基本上只有两个类型,即干部和"右派"的"感谢苦难历程",与知识青年的"重新寻找理想"。

干部重访当年受难之地,常常故意不要司机、勤务兵的陪同与地方官员的接待。虽然这些昔日的"走资派"("叛徒"、"特务"、"反革命修正主义分子"等),当初可能也在工厂、街道、学校或其他基层单位被监督劳动,但在文学作品里(《蝴蝶》、《月食》……)被渲染描写的,几乎总是干部平反后重访"乡村"。似乎只有乡村,才真正住着人民大众。似乎只有在乡村,主人公才真正可能获救,才真正感到无官一身轻!无官暖人心啊!……虽然也有不少的乡亲问起他的官职,并咋舌惊叹,还一致认为他的升官是一件好事,一件可喜可贺的事,但谁也没有把他当作"上级"看待。当然,张思远如果真的无官一身轻无官暖人心,小说的结构就被颠覆了。所以,张思远再留恋乡村,他也还要再离开再回城,以证实、体现他这次重访旧地的意义:"他一无所得?他满载而归。他丢了魂?他找到了魂……回去以后他面临的任务棘手而又大有可为,他什么都不怕了……"一定要回到城市,回到官位,回到(乃至超越)"文革前状态",小说才可以正式结尾:"他觉得有那么多人在注视他、支持他、期待他、鞭策他。明天他更忙。"①

如果没有这一次重访受难之地,张副部长大概不会像现在这样全心全意为人民服务;如果没有受难经历,张思远便无法与乡亲民众如此亲密沟通;如果没有"文革"灾祸,市委张书记也不会受难,也不会感悟到自己在五六十年代的很多过失。② 所以,塞翁失马,焉知非福?

文学中的"错划右派"常常也像复出干部一样重访旧地感谢苦难。干部是故意不坐轿车不要当地干部接待,但平反后的"右派"(尤其是文人),却不仅要在官员陪同下坐车重回受难之地,有时还要特别标明进口轿车的牌子。在很多喜欢歌颂自己的劳动经验以及描述自己如何与民众建立情感纽带的当代作家中,张贤亮其实是比较坦白的:他在语言陈叙上已清楚表明"我"和"普通的体力劳动者"之不同。"我"

---

① 引自《蝴蝶》。

② 海外的"文革"研究也有类似的看法,如邹谠认为:"'文革'也使某些掌权者受到再教育。他们年轻时满怀理想投身革命,反对压迫和社会不公正,他们在中年时期成了掌权者、整人者。'文革'中的遭遇使他们反思中国政治制度中的法西斯主义,他们产生了改革党和国家制度的愿望。"Tsou Tang, The *Cultural Revolution and Post-Mao Reforms*. Chicago:The University of Chicago Press,1986,pp. 148,257,302. 转引自徐友渔:《西方学者对中国"文革"的研究》,《二十一世纪》,总第31期(1995年10月)。

不仅坐"丰田"车住"设备很好的招待所"重访劳改农场,而且还有更精彩更著名的"神游"——出现在某种特定的时刻和地点:"一九八三年六月,我出席在首都北京召开的一次共和国重要会议。军乐队奏起庄严的国歌,我同国家和党的领导人,同来自全国各地各界有影响的人士一齐肃然起立,这时,我脑海里突然掠过了一个个我熟悉的形象。……我要永远记住在我的灵魂处在深渊的边缘时,是他们,那些普普通通的体力劳动者,给了我物质和精神力量……是他们扶着我的两腋,开始踏上通往这座大会堂的一条红地毯的。"①

知识分子对民众的歌颂、美化以及对自己与民众的关系的想像,自"五四"新文学以来有了很复杂的变化。鲁迅在《一件小事》中描述车夫的高大,颇有些士大夫在反传统以后继续为忧国使命寻找精神支柱的意思;觉慧在《家》中感叹自己无力救鸣凤,则有意无意地在模仿十九世纪俄罗斯文学中的"忏悔"姿态;沈从文赞美湘西村民之纯朴,可以说是想以传统"人生形式"对抗都市文明堕落及三十年代"左"倾潮流;到《太阳照在桑干河上》(以及"太阳"照遍中国大陆)以后劳动者形象越来越完美,则是因为毛泽东主席提倡文学应该"为工农兵而创作,为工农兵所利用"。而在张贤亮以上述"神游"为结尾的《绿化树》中,我们一方面看到知识分子的现实地位从来没有这么低下,仅因出身资产阶级及写诗便成为"右派"劳改入狱几十年;一方面又看到知识分子的心理优越感从来没有这么明显,"我"已成为"来自全国各地各界有影响的人士"之一了。不管是低于民众还是高于民众,这位被"人民"扶着两腋走进"人民大会堂"的男主人公,却既不是普通的"人",也不是普通的"民"。受难之后冉感谢苦难,便是"文革"小说男主人公们显示他们异于普通人的关键程序。② 但是,值得深思的是,这种看似超越常人的"感谢苦难"的姿态,又是如何在阅读心理的层面,契合着"文革"后的某种"常人"的普遍意愿呢?(否则,这些作品怎么会畅销得奖?)

上述重游受难故地的情节,在叙述策略上有点类似鲁迅所开创的"离开——归来——再离开"的归乡模式。③ 但鲁迅的回乡,最后失望离去。"文革"后"复职干

① 张贤亮:《绿化树》,香港耕耘出版社,1990年,第168—169页。

② 《人啊,人!》中的"右派"何荆夫,在回顾苦难历程时,使用了"感谢母亲"的隐喻:"我流浪,是为了生活,更是为了寻求,为了爱…… 颗受到歪曲和伤害的心,怎样才不至于失去血气、停止跳动呢?它需要粮食的喂养,更需要精神的滋补。到哪里去找这种滋补?只能到人民中去,到母亲的怀抱里去。正如你失去了父爱,就更依恋母亲。我流浪,风餐露宿,但离母亲最近。我直接吸吮着她的乳汁,抚摸着她的胸膛。我看见了母亲的不加修饰的容颜,看到了她的美丽、优雅,也看到了她鬓边的白发,背上的伤痕。母亲的胸膛里装载着几亿儿女,没有歧视和偏爱。儿女们的不同命运牵扯着她的心,她有欢乐,又有痛苦;有时歌唱,有时呻吟。母亲给予我的不只是爱抚,更有鞭策……"香港远东评论社,1983年,第90页。

③ 参见钱理群、温儒敏、吴福辉:《中国现代文学三十年》,北京大学出版社,1998年,第42页。

部”和“右派”知识分子却都能在重游故地时有所收获。这些“感谢苦难”的情节在“文革叙述”中的功能是基本相同的,都在证明“文革”如何“由坏事变成好事”。为什么当年流血受苦伤心地,今日重临会骄傲、兴奋、感激多于愤恨、耻辱和哀痛呢?关键是这个“临”字,即今日重游之身份。换言之,如果今天干部还是“走资派”,知识分子还是“右派”,同样的乡村山河劳动百姓,还有什么可骄傲、兴奋、感激的呢?只是因为“文革”灾难下乡经历劳改痛苦,锻炼教育了受难者,使得他们(男主人公们)现在及日后可以更加胜任其干部或知识分子的使命职责,所以这苦难的昨天,才显得有价值。这也就是说,“坏事变好事”,即坏事是过程,好事是结果。因为最终导出“好”的结果,“坏”的过程才有意义。其实干部和“右派”知识分子真正所感谢的,是“苦难”的“结果”。

知识青年重回乡村的情况就有很大不同。神游、重游乃至重归乡村,也是知青文学的重要主题,其创作成就与影响都超过属于伤痕文学范畴的哭诉下乡之苦的早期知青小说(如孔捷生《在小河那边》、叶辛《蹉跎岁月》等)。在种种描述知青生活的作品中,最有代表性也最有成绩的当然是史铁生的《插队的故事》。首先,在题目上标明“故事”,说明作者自己清楚意识,同时也明白告知读者:他笔下的插队经历(下乡苦难),并非历史,只是记忆;并非一种“事实”,而是一种“叙述”(同样的“故事”意识,使得王安忆得以解构干部“右派”等前辈的“苦难记忆”与“爱情神话”,如《叔叔的故事》)。但史铁生要重新整理的,却是自己的经验。所以小说一方面和《我的遥远的清平湾》一样,真诚歌唱“我曾经在这里生活”的那一种一去不复返的青春热情,一方面又时时提醒读者(也提醒自己):这是事后的重游,这是事后的记述,这是洗去痛苦后的平静,这是搅拌着苦难的青春。这其实也是史铁生创作的一贯特点:在某种真诚感人的浪漫抒情有可能沦入主流意识形态宣传模式之际,清醒地轻轻点出现实处境,使得他的叙事风格既抒情动人又不失反讽意味。如史铁生由衷赞美他自己在山坡上的放牛生活:

> 秋天,在山里拦牛简直是一种享受。……和牛在一起,也可谓其乐无穷了,不然怎么办呢?方圆十几里内看不见一个人,全是山。……那生活倒是自由自在,就是常常饿肚子。①

在“和牛在一起,其乐无穷”与“不然怎么办”的问号之间,在“那生活倒是自由自在”与“就是常常饿肚子”当中,没有分段与语词转接,甚至没有句号。但恰恰是这种不露痕迹的转折,透出了史铁生牧牛野趣与黄土地情结后面的那一份无奈与悲凉。在农村因劳累导致两腿残废的史铁生,将他的知青生活描画得如此悠闲浪漫其

---

① 《知青小说选》,四川文艺出版社,1986年,第474—476页。

乐无穷，可以说是既契合了歌颂知青理想旧梦的读者（及评论者）需求，又显示了一种无可奈何的微妙反讽。在《插队的故事》里，这种知青寻找旧梦的旅程，就更加细节化、细腻化了。史铁生的天才在于能以简单平淡的文字传递复杂含蓄的指涉。他一方面顽固、虔诚、不厌其烦地捍卫“知青记忆”的神圣与神秘：“有人说，我们这些插过队的人总好念叨那些插队的日子，不是因为别的，只是因为我们最好的年华是在插队中度过的……得承认，这话说得很有些道理。不过我感觉说这话的人没插过队，否则他不会说只是因为。使我们记住那些日子的原因太多了。我常默默地去想，终于想不清楚。”但另一方面史铁生又清醒地警惕乃至拒绝将“知青记忆”过分美化理想化：“发自心底想去插队的是极少数。像我这么随潮流，而又怀了一堆空设的诗意去插队的就多些。更多数呢？其实都不想去，不得不去罢了；……今天有不少人说，那时多少多少万知青满怀豪情壮志，如何如何告别故乡，奔赴什么什么地方。感情常常影响了记忆。冷静下来便想起本不是那么回事。”①将神奇、神圣与神秘的知青旧梦“冷静”下来，史铁生重访旧地时的那份感慨，在我读来比张承志的草原记忆更平实，比韩少功的“归去来”更朴素，当然也比梁晓声的北大荒情怀更真切。

表面上，知识青年重新评价下乡苦难经历与干部、“右派”回顾劳改炼狱过程不无相似之处：都有些“感谢苦难”并论证“文革”“由坏事变好事”的倾向。但是细加辨察，可以见出其间的关键性的不同：干部和“右派”是因为坏事（“文革”灾难）最终导出了好的结果（“文革”后主人公地位明显高于“文革”前），所以（坏事）才变成好事。而对于知识青年来说，很多作品都描写主人公“文革”后回城也未见得有好的结果（比起下乡之前，状态并无明显改善），所以“坏事变成好事”这个主题在知青文学中，就必须论证为“坏事本身就是好事”，或曰坏事本身包含积极的意义（下乡受苦之时，也是青春迷人之日；劳累即锻炼；离开城市进入底层，才真正开始认识中国社会，真正接受了有别于官方宣传与学校课程的活生生的“再教育”；等等）。换言之，同样是“塞翁失马”，干部、“右派”主人公是因“文革”之祸，得“文革”后之福；知青作家则强调下乡之祸，即青春之福。

重游受难旧地的不同反省姿态，最终会影响乃至决定“文革”叙述的不同类型。值得注意的是干部、“右派”知识分子和知识青年主人公这三种受难者身份与反省姿态之间的微妙关系。干部身份的主人公与“右派”知识分子角色持相似的感谢苦难姿态，一则是因为张思远、王辉凡等颇有书卷气及自省意识的干部，其实大都是文人作家（甚至是“错划右派”）的一厢情愿的想像；二则也说明章永璘等“右派”的内心颇有些忧国忧民的做官心态与士大夫优越感。而同样是“知识分子”，“错划右派”

---

① 《中国新写实小说选》，第178页。

与知识青年在怀念苦难经历时的不同姿态,既是由于年龄、时代、文化背景之差异,也显示了读书人社会角色(及心态)在当代中国的某种转变。

另外,从叙述功能看,重游受难故地的情节可以成为从头至尾贯穿和支撑全部故事的叙事主线(《插队的故事》、《归去来》、《绿夜》、《月食》等),可以成为小说后半部分的重要章节(《蝴蝶》、《金牧场》等),也可能只占全篇结尾处的一两页篇幅(如《绿化树》)。但篇幅并不影响这个情节在整个"文革"故事意义结构中的重要性。只要有"重游旧地,感谢苦难"这个情节出现,这个情节在小说中就不会是可有可无、无关紧要的。

二

"文革"小说中的男主人公在灾难过后,在获得平反恢复官职而且地位上升以后,当然要回顾反思"文革"期间的种种政治是非人事恩怨,当然会回想一下在自己受难之时被谁出卖、侮辱或迫害。在对帮助拯救过他的人(及经历)表示感激的同时,耐人寻味的是男主人公的这种反思是非恩怨的过程,要比女主人公复杂困难得多。他们通常不能(也不会)像女性受难者那样主要凭感觉与情感就找到应该憎恨可以惩罚的具体的敌人。换言之,男主人公在反思"文革"时常常找不到具体的祸首和"坏人"来对这场灾难负责。"文革"当初就是以"审判"和"惩罚"的形式而展开的,但"文革"后的这一轮"审判惩罚"(至少在文学中)却是,第一,没有"敌人",所以无需惩罚;第二,如有"敌人",也无法惩罚;第三,如有审判,却大都是错误的惩罚。

这三种男主人公的是非恩怨反思方式("文革"后的审判惩罚方式)必须区分开来逐一讨论。

《蝴蝶》、《晚霞消失的时候》、《绿化树》、《插队的故事》及《一九八六年》等作品中的男主人公,在"文革"后回顾反思整个受难过程时,都发现并没有什么坏人可以归罪,也并没有具体的个人应对他们所承受的苦难负责。《蝴蝶》中冬冬曾在"文革"初的批斗会上打过父亲的耳光——这是张思远受难过程中最严重的一次打击。但小说后半部着力描写父子之间的沟通与理解。所以等到张平反复出时,已全无理由再记恨儿子了。至于背叛他的第二位妻子美兰,因为张思远觉得自己当初对不起海云,所以美兰的背叛也可以看作是某种报应;而且张思远本来就不怎么爱美兰,所以当美兰贴出造反声明与他划清界限时,"对他几乎没有产生什么影响";当美兰又来要求复婚主动认错时,张思远当然拒绝逃避——他对美兰早已无多少愤怒怨恨可言。除了冬冬和美兰以外,张思远在"文革"前后,虽然历经磨难,却着实无人可怨。这种"灾难过后全无怨恨"的情况不仅仅〔只〕出现在提倡"费厄泼赖应该实行"并主张"不轻易恨"的王蒙笔下,被认为是反映青年人信仰危机的《晚霞消失的时候》,男主角李淮平和长老高僧站在泰山之巅再回首“文革”恩仇乃至国共纷争，也是找不到任何可以或应该对灾难负责的“敌人”。类似的“恕道”也贯穿《插队的故事》。主人公在插队期间伤病致残，但回忆(乃至回到)清平湾，小说里尽是乡情温暖，从何报怨？即使是风格冷酷的《一九八六年》，一样没有重要的反面角色。男主人公即使不疯，也找不到当初害他的人。眼前只有包括其亲生女儿在内的“新时期”的满街围观的群众，疯子找不到敌人来无法发泄其愤恨，只好在自己身上动刀复仇。至于被错划成“右派”的章永璘，虽然在劳改农场里为了生存不择手段与人奋斗，一旦踏上人民大会堂的红地毯，却也立刻忘却怨恨，心中只有感激。以上这些作品，精神倾向不同，艺术手法迥异，可男主人公反思“文革”的姿态居然如此相同：灾难过去之后，都找不到可以怨恨、归罪和报复的“敌人”。

在另外一些作品里，作家让男主人公(以及读者)明白，有谁应该对刚刚过去的灾难或多或少或直接或曲折地有些责任。但这些作品中的男主人公们几乎无一例外，都不想或无法表达他们的愤恨，也不想或无法惩罚他们的“敌人”。

《记忆》中的宣传部长秦慕平，当年是在文化局副局长黄喜强的误导下才重判电影放映员方丽茹的。“文革”后当秦部长愧对青春已逝的方丽茹时，黄喜强却已升为宣传部副部长。秦部长和读者一样，无法惩罚黄喜强。同样的无奈也出现在《如意》里：对于在运动期间几变其色做了不少丑事的“蒜薹”，第一人称主人公“我”除了偶然忍不住朝他吼一声以外，还有什么别的办法呢？在努力清理“文革运动”之是非恩怨的《人啊，人！》里，官僚奚流、投机分子游若水、前造反派许恒忠、负心汉赵振环及“坏女人”陈玉立，都在“文革”前后有某种过错，都对昨天的灾难有某种责任。女主角孙悦，如前所述，无意隐藏她的气愤；但男主角何荆夫却更愿意用历史眼光来“超越”“文革”恩怨。何荆夫不仅是无可奈何，无力报复，而且有意无意也要表现自己实行恕道，不想怨恨。

不少“文革”小说中的男主人公，都喜欢原谅甚至帮助害过自己的“敌人”。原谅的主要理由是“害人者其实也被人害”。在写实风格的《洗礼》中，造反派头目陈射洪曾亲自批判“走资派”王辉凡，又占有了王辉凡的第二任妻子。但在陈射洪被打成“五一六分子”后，王辉凡在干校向陈射洪伸出援手。

男主人公有“敌人”而且千方百计想进行惩罚的例子(例外)也不是完全没有，比如《辘轳把胡同九号》。将这篇以造反派为主角的作品与别的“文革”小说放在一起看，似乎可以带出这样一个信息：只有昔日“文革”中的肇事者，在“文革”后才会念念不忘争斗恩怨且时时企图惩罚“敌人”；但同时，从“反思是非恩怨”这一情节的叙事功能上看，陈建功这个短篇又和其他“文革”小说一样：男主人公最终还是无可奈何，无法在清理“文革”恩怨时惩罚他心目中的“敌人”。

虽然大部分"文革"小说的男主人公,要么"没有敌人无仇可报",要么"不想或无法惩罚敌人",但也有少数的作品描写了"文革"后的审判惩罚。不过"文革"后的惩罚审判在文学描写之中绝大多数都是错的——这是一个很值得注意的现象。

《重逢》中的造反派叶辉"文革"初为保护"走资派"朱春信而在武斗中不慎打死了人,当时朱春信为了自卫其实也参与了武斗。"文革"后叶辉被控"打砸抢首恶分子",审判者便是主管政治的地委副书记朱春信。小说从执法者的内心愧疚写起,对灾难后这"新一轮"的审判与惩罚的正义性提出了质疑。在"文革小说"中,灾难来临时的"罪与罚"(大字报、抄家、批斗、审查等等)大都是荒谬的。但精彩的是,"文革"后对昔日荒谬的"罪与罚"的"新一轮审判惩罚",在"文革小说"中通常也常常是荒谬的:不是冤枉误判,便是缺乏道义基础。如《枫》的红卫兵李红钢,在运动后期被控害死卢丹枫而被判处死刑;如《错误》中的两次对"错误"的惩罚(黑枣因"我"的搜查失误而打伤"我"的左腿;"我"踢伤怀疑偷军帽的二狗),事后证明都是错误。甚至韩德来幻想中的对同院街坊的审判惩罚,以及街坊民警对韩德来闲着无聊买票退票的过分严重的警告(干预私人生活),也是一种双重的错误。为什么"文革小说"叙述"文革"后的审判惩罚,大都不是"错误"便是"不义"呢?这是否也从反面呼应了前两种男主人公的反思"文革"姿态:既然恩怨无法理清报仇难免出错,那还不如"找不到敌人,眼不见为净"可以更好地忘却灾难"向前看",或者即使回想到昔日恩怨也无可奈何只好实行"恕道"?

"文革小说"中的女主人公,在"文革"后通常能够凭情感梳理恩怨是非,且明确憎恨她的"敌人"(如有可能便加以惩罚);而男主人公们却较难整理恩怨旧债较难澄清昔日是非,所以找不到具体的"敌人"来对"文革"灾难负责,就是找到了"敌人"也只好宽恕。一旦采取新一轮的审判惩罚,也每每弄错或陷入不义。——以上都是"文革故事"的叙事者对他人对昔日的社会的反思,但如果是对自己对"昨天的我"的反省呢?情况又会怎样呢?

"文革小说"的主人公至少有四种不同的方式来谈论自己的过错:第一种主要是干部身份的受害者的自省:"运动前会有过失,灾难中再无错误";第二种是"右派"知识分子的自省:"我在受难时也有错,但都是以恶抗恶";第三种是"前造反派"的自省:"我犯了错,但别人的错比我还大";第四种则是红卫兵—知青的自省:"我曾经有错,但我不忏悔!"

第一种干部身份受害者的自省,通常在情节设计上是和小说开始部分"灾难前状况"相呼应的。像《蝴蝶》与《洗礼》等作品,在铺垫"文革"前因,即描写"反右"、"大跃进"、三年自然灾害等历史背景时,已经交代了主人公当年的错误。正是因为已经有了这些错误,主人公才会在"文革"灾难中感到"重新接近民众"、"重新发现自己”的收获。需要指出的是，张思远也好，王辉凡也好，其他各种干部身份的受害者也好，他们自“文革”初倒霉之日起，就再没有任何政治判断或道德操守上的错误了。“文革”是一次洗礼，批斗是一个仪式，可以赎尽、洗净他们早先的错与罪。从此以后，他们就一直正确了。在“文革”中，他们既不屈服，又能宽恕对手。在“文革”后，他们更重回旧地感谢民众，或像朱春信、秦慕平那样，随时准备纠正眼前的错误。所以，严格说来，这第一种自我反省不是忏悔，而是在批判昨天的“我”而肯定今天的自己。

第二种类型的反省是“我有错，但错出有因”。“右派”章永璘在劳改农场利用科学知识骗取更多稗子面，到集市买土豆也设计骗老农，这些被着意渲染的“道德堕落”，一则明显是环境所迫，故情有可原；二则不也反过来揭示环境之非人、命运之不公正吗？《波动》中的“流氓”白华在抢钱泡妞打架拐带少女时，基本上也是以类似的环境非人的逻辑来解释和原谅自己的反社会行为。《动物凶猛》中的男孩在偷窥、打架、欺负女友时，也会自我反省觉得“错出有因”。这叫“以恶抗恶”。

第三种类型的反省严格说来也不是自我反省，而是自我辩解。其辩解逻辑是“我虽然有错，但别人的错比我更多更大”。这个自辩逻辑基本上是《人啊，人！》中“前造反派”许恒忠的原话：“……我犯过错误，可是奚流的错误比我还大。我没有把任何人打成走资派、反革命，他呢？错划了多少右派啊！我没有表面上正人君子相，暗地里乱搞女人。……批邓的时候，他比我积极得多。……他们的错误应该由历史承担，可是我为什么就必须承担历史？”①许恒忠这段自我辩解甚至也得到女主人公孙悦的认同：“许恒忠的错误与游若水相比又算得了什么？”这样比下去，“造反派”的错不如“当权派”，支书厂长的错不如局长部长……所以最后，自我反省的结论就是将“文革”归罪于“四人帮”（或者毛主席）。《重逢》中在武斗中打死人的叶辉，也以同样的逻辑来看春信：您当初不也在武斗现场吗？您有罪吗？——将自省与人事恩怨混合再与司法审判搅在一起，“自省”难免会演变成“他审”。“文革”后类似的例子，在文学与现实中都相当普遍。

也许只有最后一种反省，即红卫兵—知青的反省，才是真正想检讨自己的过失。在这方面有几个文本，尤其值得留意礼平的《晚霞消失的时候》，梁晓声的《一个红卫兵的自白》，张承志的《金牧场》与马原的《错误》。

在《晚霞消失的时候》结尾处，当年的红卫兵李淮平用第一人称“我们”（代表其解放军父亲或代表红卫兵的一代？）在泰山之巅向南珊忏悔：“……你应该理解，那件事，就是那次抄家，它对于我一直都是一个不小的折磨。你应该给我一个解脱的机

① 《人啊，人！》，第38页。

会。……多少人都是这样留下了永远也医治不好的创伤。抄家,那只是抄家吗?那些印满私人情感和家庭往事的财物,一去不复返……是我们破坏了你们生活的宁静与和谐。”受害者马上愿意帮助男主人公“解脱”:“真想不到,你把那些微不足道的事情看得这样沉重。其实,如果公正地看待你们的话,我更感激你们。在那个时候,当整个社会都被敌视和警惕武装起来的时候,你们能那样对待我们一家人,应该是很难得了。真的,你在那件事中给我的印象是相当好的。毕竟,你是抛弃了自己的一切在为理想而战斗,虽然它并不正确。”南珊这段话非常重要。不仅原谅了李淮平,而且也足以“解脱”千千万万“文革”参与者的良心愧疚——毕竟,你也不是红卫兵中最凶恶的;而且,理想虽不正确,为之奋斗的精神仍然可嘉——这是红卫兵文学忏悔(或者说是拒绝忏悔)的两个最重要的精神支柱。于是,李淮平宽慰了:“……不,她并不需要任何抱歉和悔恨的表示。”于是李淮平就听从南珊的劝告:“把一切都忘掉吧……是的,往事已经过去,从今天开始,我们的视野应该转向更广阔的未来。”

《晚霞消失的时候》的忏悔能够如此迅速地净化犯罪感并获得“解脱”,基本上是因为“受害者”的全力配合。但更多的“前红卫兵”,是不需要也不愿意接受受害者的宽恕的。[①] 梁晓声在他的自传体长篇小说《一个红卫兵的自白》里虽然也写到了主人公在“文革”初期的种种荒唐错误行为,但小说的扉页上清楚标明:“我是一个红卫兵。我不忏悔。”仔细辨察,“我不忏悔”的理由主要有两条。第一,当主人公在顺应革命大潮的情况(下)做错事(对错依今日之标准),比如身为班代表在中学“文革”誓师大会上激动发言;成为首批红卫兵有心无意地欺负“红外围”与“黑七类”的同学;严刑拷打“流氓阿飞”;参加“炮轰派”武斗;等等……因为主人公当时是怀着理想主义热情自愿积极投身运动的,所以错是错在“革命”本身,红卫兵的热情可爱真诚,有何可忏悔之处?第二,当主人公在违背革命大潮的情况下做错事,比如隐瞒父亲历史问题;帮朋友王文祺冒充红卫兵欺骗群众;看管抄家物资时偷阅《金瓶梅》删节文字;执行红卫兵任务时做逃兵,事后又自砸手臂伪装负伤以获得女生尊敬;在接受毛主席检阅前还偷首都博物馆的矿石;大串联途中与女红卫兵胸贴胸且心猿意马;等等因为这些错事都是违反“文革”中的革命原则的。既然今天已证明“文革”是错的,那主人公不是正确地保卫了自己且破坏了“文革”吗?应该说这两条使得红卫兵免于忏悔的理由,单独看都是可以成立的。问题是同一个主人公,在

---

① 张抗抗明确表示过她不赞成“在‘文化大革命’中,我们每个人都有罪”的说法:“我觉得这种忏悔也是没有必要的。……我现在要建立一种观念,就是这些错误是人所必然要犯的,没有必要忏悔……忏悔是没有用的,错了就是错了,是当时必然要犯的错误。”从这种观念出发,张抗抗认为很多作品“说红卫兵是坏的”,“不能真正尊重历史……其实,红卫兵也有可爱的一面”。(《从红卫兵到作家》,台北万象图书股份有限公司,1993年,第183页。)

同一个时间(不管是当时还是"文革"后),同时使用这两套道德标准,且毫不自觉——这是否是红卫兵的真正迷失所在呢?如果红卫兵当初的革命热情真的单纯"可爱",他还能欺骗组织和群众而且装伤沽名钓誉吗?如果红卫兵当时已看穿革命之荒唐无聊,何以仍然热衷于以拷打流氓或投身武斗?或许梁晓声这部虚构成分绝不亚于任何其他小说的"自白",精彩就精彩在展示了红卫兵先天的矛盾处境:这是一些以保卫皇帝为最高使命的"造反派";这是一批以保卫自己(害怕被整)为无意识动机的凶猛攻击者。作品中大量有关红卫兵造反的细节(批斗校长、展览女演员内衣、强奸"女流氓"、沥青锅煮人……)使得主人公"我不忏悔"式的事后反省显得苍白无力。在一定的意义上,这种"我不忏悔"的口号也是某种写作策略。八十年代文坛一片反"文革"的气氛,这时红卫兵说"我不忏悔"很能吸引一部分读者的注意。① 但再想深一层,"我不忏悔"能够成为"卖点",不也反过来说明对于某一部分读者来说,"忏悔",始终是个在潜意识里无法摆脱的题目。或者,反复强调"我不忏悔",正是"文革"叙述(及阅读)中某种特殊的忏悔方式?

张承志虽然没有像梁晓声这样直接在文中宣告"我不忏悔",但实际上,《金牧场》要比《一个红卫兵的自白》更能体现"我不忏悔"的"红卫兵精神"。

张承志与梁晓声的创作表面上颇为相似,如红卫兵题材,"工农兵大学生"经历②,不愿全盘否定"文革"等。其实却有一个很重要的差异,那就是张承志"我不忏悔"的理由只有一条:即"造反有理"错在革命潮流,红卫兵本身的反叛精神是可爱的。《金牧场》中虽然也描写了红卫兵长征途中用皮鞭打人以及在武斗中用自行车链条报复的细节,并将这些少年狂热联系到"人性之恶"来检讨,但作品中的绝大部分篇幅表现的是红卫兵理想可爱的一面:步行几千里,真诚追随红军足迹,而且至死不悔。同梁晓声的自白相比,《金牧场》主人公的红卫兵立场更痴迷更浪漫,其道德标准也能够一以贯之至少自圆其说,所以拒绝忏悔的反思立场更加坚定。

《错误》中的一群颇有红卫兵风度的知青,也像张承志的主人公一样,身处乱世却仍依照一定的道德准则行事,而不是像梁晓声笔下的红卫兵,面对社会混乱自己的行为标准也随之混乱。"我"在错怪同学(怀疑他们偷军帽,错误抄捡)之后接受黑枣惩罚并无怨言;黑枣事后发现错怪了"我"便自己罚自己以示两清;二狗被冤枉

---

① 张抗抗1994年在香港天地图书公司出版一本小说集,特别选取其中一个中篇的题目作书名:《永不忏悔》。周明主编的《历史在这里沉思——1966—1976年纪实》收录了安文江的《我不忏悔》(卷五,北岳文艺出版社,1989年,第229—335页);冯骥才在《一百个人的十年》中也记录了一位"文革"当事人的自白:"想起'文革',说老实话吧我不忏悔。我可以忏悔,但我不忏悔。因为当时我们不是怀着卑鄙的目的参加的。"(江苏文艺出版社,1991年,第228页。)

② 张承志在"文革"之中(1972年),离开内蒙古进北大当工农兵学员;梁晓声也在1974年到复旦大学做工农兵大学生。

被踢伤以后知道无法挽回后果,为免主人公“我”难过便索性隐瞒实情直到临死。马原这个短篇当然在否定悲剧性的后果并反思前因。但与此同时,在造成错误过程中青年人所遵循的某种原则(江湖义气?红卫兵—知青道德?)是否也得到了不无浪漫夸张的坚持与歌颂呢?马原与张承志的不同在于:《金牧场》是淡化今日“错”的后果以歌颂当年“误”得(的)可爱;而《错误》则是既渲染“错”的荒唐又展示“误”的合理。

总之“红卫兵—知青”角度的“错误”反省,在“文革叙述”中通常都会导致“我不忏悔”的结论,但导致的途径是不同的:可以通过受害者的迅速原谅而得以解脱(《晚霞消失的时候》),可以利用双重道德标准,追随“革命潮流”的错是“受蒙蔽无罪”,违反“革命原则”的错是“反戈一击有功”(《一个红卫兵的自白》),也可以不讨论造反成果只歌颂“革命”的真诚热情浪漫可爱(《金牧场》)①,或者既渲染错误之荒谬,也研讨犯错过程之严肃(《错误》)。

——原载《上海文学》1999 年第 1 期

① 海外也有研究者认为,“文革”的重要后果,便是使中国学生“失却纯真”。“对于多数中国学生而言,‘文革’使他们不可补救地失去了政治上的纯真——以及相伴的乐观和献身精神——对于奋力拼搏以告别过去,并在现代各国确立自己地位的国家而言,是宝贵的资源。这种纯真只会失去一次。在一个老革命家为从不可避免的历史风暴中保留自己遗产的很不成功的斗争中,这种纯真失落了,这是‘文革’的真正悲剧。”See Martin Singer, *Educated Youth and the Cultural Revolution in China.* Ann Arbor: University of Michigan, Oenter for Chinese Studies, 1971, p. 83. 参考徐友渔中译,见《西方学者对中国文革的研究》,《二十一世纪》,总第 31 期(1995 年 10 月)。在某种意义上,《金牧场》夸大红卫兵“浪漫可爱”的一面,也是实在不愿失却“纯真”。或者更准确地说,是不愿面对“纯真”普遍失落的现实。

刘志荣

如水的旅程

——论1958—1976年唐湜的“潜在写作”①

五十—七十年代，随着越来越频繁的政治运动，一批批在新文学史①上有着不可或缺的地位的作家被剥夺了发表的权利，陷入沉默之中。他们有着辉煌的早年，也有着丰硕的晚年，中间的一段却仿佛电影断了片，是十年甚至更长的空白。自然，即使在“文化大革命”中，也有一些坚韧的作家进行“潜在写作”，但在身陷逆境的十几年中一直创作不断并取得了丰硕成就的作家，“九叶派”诗人唐湜如果不是惟一的一个，也至少属于最值得注意的之列。从早年的先锋与幻美，到晚年古典式的平静，唐湜经历了一个漫长的过程，这就是他1958年—1976年的“潜在写作”②。

① 本文所引唐湜诗歌据以下诗集：《海陵王》（江苏人民出版社，1980年）、《泪瀑》（人民文学出版社，1985年）、《春江花月夜》（中国文联出版公司，1993年）、《霞楼梦笛》（人民文学出版社，1993年）、《蓝色的十四行》（北京燕山出版社，1995年），所引唐湜有关诗论据《新意度集》（三联书店，1989年），所述唐湜生平、创作概况据《我的诗艺探索历程》唐湜手定稿（该文曾较完整地刊于《新文学史料》1994年第2期）。引文不再一一注明。

② “潜在写作”这个概念由陈思和提出，按照他的阐述，这个概念“是为了说明当代文学创作的复杂性，即有许多被剥夺了正常写作权力的作家，在哑声的时代里，依然保持着对文学的挚爱和创作的热情，他们写作了许多在当时客观环境下不能公开发表的文学作品”。“‘潜在写作’的对立概念是公开发表的文学作品，在那些公开发表的创作相当贫乏的时代里，不能否认这些潜在写作实际上标志了一个时代的真正的文学水平。潜在写作与公开发表的创作一起构成了时代的文学，使原来的当代文学史的传统观念得以改变。这也是时代的‘多层次’文学的具体内涵”。按照这种理论，唐湜1958—1976年的创作显然属于当代文学中“潜在写作”的重要内容。参阅《中国当代文学史绪论》，该文刊于《文学评论丛刊》1998年创刊号。

1. 潜隐民间①的歌者

哎，你们闪光的星辰们，
我在向你们的真挚致敬！
你们吞下了可怕的棘刺，
面对着什么经与剑的放恣，
却能在诗的欢乐的祭坛前，
燃起圣洁的献祭的火焰！

——《遐思：诗与美》

“反右”斗争开始后，唐湜也被卷入这场可悲的风暴之中。为了使自己不至于精神崩溃，他开始了南方风土故事诗《划手周鹿之歌》的写作。这是他的第一次“潜在写作”，属于他所说的“南方风土故事诗”之列。在这以后的颠沛困惫之中，他写了不少这类长诗，如《泪瀑》、《魔童》、《明月与蛮奴》、《白莲教某》等。除此之外，还有相当多的历史叙事诗与抒情诗。

在“反右”运动后，唐湜被流放到北方荒原渡（度）过了“严峻沉默”的三年，三年后回到故乡，他开始了生平第一次的江湖生涯：“随着些昆剧艺人在浙东沿海的一些山村、水乡、渔港之间做着富于浪漫意味的漫游”。他此后的诗歌中充满了民间的气息与历史的意象，显然与之不无联系。两年的浪游后，他在“纯洁文艺队伍”时被赶回家，随着十年“文化大革命”开始，更是坠入了漫漫长夜。让人感佩的是，无论在颠沛流离之中，还是在身处险境之时，唐湜都没有再放弃对诗与美的追求。也许，在这个几乎被剥夺了一切的时候，诗歌不但成了他的精神寄托，而且是在窘境之中惟一能做的事情，这段时间反而成了他最高产的时候，“就在城中武斗枪声紧密，一家逃奔乡间时，也写了《海陵王》这样近百首变体的十四行组成的历史叙事诗”。诗歌真正化入了他的生命，成为不可或缺的一部分。

虽然身处逆境，但唐湜仍然保留了对人间与友情的热爱。民间的朴素的爱和友情，成了他这个时候的精神支柱。所以不难理解，为什么他这时期的写作，带上了相

① 参见陈思和在《民间的浮沉：从抗战到文革文学史的一个解释》中为民间文化形态下的定义，该文收入《陈思和自选集》（广西师大出版社 1998 年版）。在本文中，我们不仅把“民间”当作一种文化形态，而且把之当作一块远离权力中心的文化空间，在这种相对自由的空间中，作家面向“民间”的写作立场、价值取向、审美风格等等才有可能得到不受权威意识形态干扰的较充分的发展。这在比较唐湜等人带有浓厚民间色彩的“潜在写作”与五十—六十年代同样带有浓厚民间色彩的柳青、闻捷等人的“公开文学”时（其）差别尤其明显，由于离“权力中心”太近，公开文学中的民间意识与权威意识形态合流，只有在符合后者的叙事框架时才能得到较充分的发挥，否则就只能以扭曲的方式出现；成为“落后分子”的意识与改造、批判的对象，如《创业史》中的“梁三老汉”，《锻炼锻炼》中的“吃不饱”与“小腿疼”。

当浓重的民间色彩,最典型的如他的"南方风土故事诗"。与当时一般的以主流话语为原则来改编民间文学的作品不同,唐湜的"南方风土故事诗",是把自己的非常个人化的想像与感受,与在逆境中备受压抑的激情,融入了对民间传说的改写之中。这几首诗都有着民间传说的基础。"周鹿"与"魔童"可以说是他的家乡朴素而充满原始意味的"爱神"与"水神"。在这些人物身上,充满了原始的蛮暴的活力,所有的等级秩序都不在他们的眼里,他们所看重的只是自己的生命力的冲动,这种生命力往往以"爱情"作为具体现者,唐湜祛除了这些故事原来可能具有的蛮暴之气,而将之处理成类似于《罗密欧与朱丽叶》那样的纯洁忠贞、一清如水的爱情故事。但它仍然带着强烈的民间色采(彩),尤其当这种爱情受阻时,它爆发出非常大的力量,使得山水海洋也为之撼动,宇宙间充满了这种原始的生命力的呼喊与震颤。唐湜以前的诗歌从来没有达到过这种力度,只有在回到家乡与民间的原始活力与想像发生共振后,才出现了这个飞跃。这一类诗可以说是他的潜在写作的精华。

这些长诗的优秀之处在于,在叙述故事时能够把牧歌的质朴单纯与传说的神秘奇幻几近完美地结合起来,从而创造出一种深沉而又透明的叙事与抒情风格。为了达到这种风格,唐湜对这些民间故事做了一些选择与改动,不过这些选择与改动其主要依据是他个人的审美偏好,而非如五十—六十年代流行的以权威意识形态为标准的对民间故事的改编。唐湜有一种对"纯洁"与"浪漫"的偏好,所以他剔除了民间传说中含义暖(暧)昧的因素。例如,在传说中周鹿的爱情导致死亡,显然有一些唐·璜那样的邪气在内,可是作者把他处理成一个纯洁忠贞的爱者,只"挑了他的单纯的爱与为了爱的悲剧的死来描绘"。"魔童"的故事其实也像"白娘子水漫金山"那样,既有其为爱情抗争世俗的权威秩序的合理性,也有一种代表原始生命力的妖气。唐湜显然偏爱这个"爱捣乱的江湖小水神",所以他把魔童描绘为一个惹人喜爱的自由自在的小精灵,把他与龙王的冲突设计为颟顸强暴的现实秩序的代表者与自由自在的生命力的冲突,而代表自由自在的民间原始生命力的魔童是最后的胜利者。在一个万马齐喑的年代,民间的那种蔑视权威、无拘无束、自由自在的精神恰恰也是唐湜自己所向往的境界,作为一个带有浪漫主义色彩的诗人,他在周鹿、魔童、泪瀑的传说中发现了这种精神,而他自己所向往的那种纯洁的境界,使得他一方面本能地与权威意识形态对民间精神的改写划清界限,另一方面又本能地剔除了民间传说中暖(暧)昧的因素,而增添了精致、优雅的文人趣味。

除过这些"南方风土故事诗",唐湜这时候还有为数不少的历史叙事诗,如《边城》、《海陵王》、《桐琴歌》、《春江花月夜》、《萨保与摩敦》、《敕勒人,悲歌的一代》等。在这里,民间的思想与个人的艺术冲动同样排除了历来相传的各种各样的意识形态对历史的解释。他的潜在写作中还包括一千多首抒情诗。例如颇为受人注意的十四行连缀的长诗《幻美之旅》与《遐思：诗与美》。不过，唐湜的抒情长诗中真正的优秀之作是不大受人注意的《默想》，它记录了作者面对灾难与死亡的威胁时对生命的沉思。在被迫流离于民间以后，唐湜也写了相当多的“山海巡礼”式的抒情诗。不过这些为数甚多的“山海巡礼”性的诗篇，记录的仅仅是直接的经验与情感，因为缺乏意象的沉淀与凝定显得有些浮在表面，而那些将山海作为背景的叙事诗以及对直接经验做过反思与过滤的沉思性的哲理抒情诗篇，反而更能得“山海”之灵气。自然的意象，历史的追忆，人生的经验，哲理的沉思，融合在一起，代表着他的抒情诗达到的最高成就。它们最后达到了一种幻美而澄澈的程度，慢慢地，浪漫主义的冲动被升华了，达到了一种古典式的宁静。

2. 水的诗人

随着世界的寒冷变硬变僵，
随着空间的广阔铸成山谷、大江，
丰富的是那透明的时序，
一粒沙里有一个完整的宇宙，
生命的盈盈水流永不会停留！

——《交错集·坠落的天使》

一般情况下，唐湜的“南方风土故事诗”，其诗境是纯洁到透明的程度的。在表现那种淳朴的爱情时，这一点尤其明显。《划手周鹿之歌》中周鹿与小孤女一见钟情的场景犹如闪光的梦幻，使得这种境界中的爱情，也带上了纯洁的梦幻那样的色彩。可是当这种爱情遇到波折与阻挠时，故事就带上了神秘的色彩，这种神秘色彩在当代文学中很少见到，值得佩服的还不是“幻化”的情节，而是作者的描述确实能传达出那种神秘和氛围。这种氛围主要是通过对人物心理的渲染传达出来的，如小孤女在幽愤之中化为一只小翠鸟去寻找自己的在远方的爱人时，诗中有一长段对小孤女化为翠鸟以后在空中飞行时恍惚心态的描绘，她仿佛看到了周鹿在砍树的情景，听到了树木倒地时的呻吟，闻到了倒地后的树木的芳香——这种恍惚的心理在作者笔下表达得很为出色，甚至诗歌的韵律也带上了跳跃与迷离恍惚的色彩。再看诗中对周鹿与小孤女赴死的描绘，在作者的笔下，死亡被描绘得神秘莫测、迷离恍惚、恐怖而又美丽，“爱”与“死”这种传统的浪漫主义的主题，在他的笔下得到了颇具中国的地方色彩的处理。在伴随着祭神的喧闹的鼓声中，周鹿与他的爱人乘着美丽的龙舟沉入深深的海底，在一片热闹而美丽的景象中迎接死亡。唐湜自述，他要在这首诗中追求一种“彩画”般的效果。就这首诗而言，这种彩画的效果是通过颇具地方特色的意象表现出来的；南方海滨的“水”的特点浸润了这首长诗，“水”的意象与长诗要表现的各种情绪融合得亲密无间。从我们上举各例中可以看出长诗中不论是“纯洁安静”的牧歌情调还是“神秘奇幻”的想像境界,都离不开对“水”这一意象的各个方面——或平静透明、或幽深虚幻的发掘而表现出来,“水”的狂暴激烈也与作者的激情紧紧地融合在一起,从而为全诗的牧歌情调增加了一种激情奋发的抒情风格。我们看周鹿与小孤女在赴死时的景象——狂暴的大海、热烈的鼓点与主人公心中的沸腾的激情融汇在一起(诗歌的节奏在这里也类似于波浪与鼓点的声音),只有这样的热烈的气氛才能表现出那种为爱而死的庄严境界:

呵,我们的周鹿拿他的生命的画笔/要给我们画出最浓艳的一笔!他的最后最浓烈的一笔,/他的最后最壮烈的一击!……呵海洋,我生命的故乡,/我要奔向你无比辽阔的胸怀!你给我的童年孕育过金色的想像,/你欢乐的水涡也叫我舒展过自己的臂膀;……这忽而,我可要在你的胸怀上/唱出我最后的一支歌,欢乐之歌;我要唱出我青春的怀恋,/拿我的爱,我的生命!我要唱出最初一次燃烧的恋情,/拿我的爱,我的生命!我要唱出最后一次燃烧的搏斗,/拿我的爱,我的生命!……风忽忽地在海上飞奔,/轰雷追着闪电,岸然向海上轰来;疯狂的风暴,深沉强大的奔流,/合成一片山峦突兀的九级浪;白鲸似的巨浪一个个涌来,/怒吼着,张开大口吞下了龙舟……

在这里,诗人的激情与周鹿的激情合而为一喷发出来,唱出了这首诗歌中最高昂的乐章。更为可贵的是:作为一曲对青春与爱情的颂歌,长诗并没有因为主人公的命运的不幸而沉入一种悲观的氛围,而是像莎士比亚的《罗密欧与朱丽叶》一样充满着青春纯洁、激情与生命力,彩画般的意象与生命力的喷发形成了一幅幻美的图画。考虑到作者在创作这首长诗时正处于遭受严重的不公平而颠沛流离的时期,这种情形就显得更为难能可贵。我们不妨设想,作者把自己的备受压抑的激情融入了诗中,所以才会写出这样激情饱满的诗篇,可是这样的情况在许多人身上都会出现,唐湜的优秀之处在于他的激情整体上有一种纯洁、健康的因素在里面,而没有陷入阴沉狞厉的疯狂境界,其中的原因何在,非常值得思索。也许除了作者一贯的对“美”的执著追求而外,置身于底层之后,他更能体会到中国民间那种活泼泼的生命气象,从而在民间文学的营养中找到了一种流动健朗、生生不息的生命力。

我这并不是无稽之谈。我们可看到:“水”的意象充溢了唐湜的南方风土故事诗——以“水”的意象为代表的南方自然风物,与唐湜自己个人化的对明丽纯净的境界的追求,以及民间的流动不息的生命力,达成了一种非常成功的融合。“水”的意象显示出潜隐到民间的唐湜,确实得到了南方海滨的地气;他不再仅仅是一个歌唱着自己的小小的世界的烦恼喜悦的诗人,而是一个自然、民间、历史的广大的歌者;

但他也不是一个简单的自然的描摹者与民间的传声筒，而是经过了自己的心灵的过滤，他的描摹，他的传唱，本身就包含了深深的激情。自然—个人—民间这三个层次的融合，而归结为“水”的象征，使得唐湜在某种意义上可以称得上是一个“水的诗人”。“水”的各象：明丽纯净、神秘奇幻、变幻莫测、危险恐怖、澎湃汹涌与诗歌的主人公以及诗人自己的各种感情状态打成一片，形成了一种富有中国风格的叙事、抒情境界。

这种境界不仅仅表现在《划手周鹿之歌》中，在《泪瀑》、《明月与蛮奴》、《魔童》、《白莲教某》这些诗歌中也有着非常充分的表现。如果说《划手周鹿之歌》中“水”的意象表现了一种明丽纯净、神秘奇幻的境界，《泪瀑》中“水”的意象，却增添了变幻莫测、危险恐怖的因素，大海的形象人格化为海公主的爱，既瑰丽奇幻，又可怕恐怖。海公主在引诱渔人时，诗歌〔中〕以一连串的意象表现出一种瑰丽奇幻境界，从而传达出一种难以抵挡的魅惑力，唐湜在这里表现出高超的语言造型能力，仿佛能够以语言来绘出一幅幻丽的画似的。当代文学中很少出现这样美的境界。然而这不过仅仅是对海洋的可怕的爱的一个铺衬，年轻的渔人不理会海公主，“小龙女一气，尾巴一掸，就把渔郎的小船儿打翻”。渔郎沉入千年的黑夜，沉入大海可怕的爱，可他却“一直漂流往来，/奔突着，对抗那浪涛的迫害”，绝望地抗争着，企图反抗那奇伟的大海，回到自己陆地上的故乡，回到自己的妻子身边……然而这种反抗却是徒劳的，海公主发出一串串恶毒的预言：“你有力的四肢要变成一片/海底的树林，叫鱼儿来穿游//就是你的肉身消溶在海底，/你灵魂幻灭在海的震撼里，/你火红的骨骼也要变成片/珊瑚枝，燃起一朵朵火焰！”面对宏伟的海洋，人显得多么渺小；人道面对天道，是多么地(的)不可类比。唐湜是一个浪漫主义者，所以他让人的灵魂仍然没有屈服于凶暴的自然，而且把这自然化为一个可怕而幻美的境界。这里的海洋不同于西方文学中的荒凉凶蛮的大海，象征着残酷的命运；人与海的关系也不完全是敌对的、征服与被征服的关系，而幻化为一种既诱人而又可怕的爱的关系，天道无情而又有情。这是一种海滨土生土长的人对海洋的理解，而又有着古(代)中国“天人相亲”的传统的影子。一直到这里，大海都是人格化的，她像凡人一样有爱有妒，有愧有恼，完全是一个蛮暴而不讲理的小女子的形象，所以她的爱虽然可怕，虽然恐怖，但仍不失其美。不过在诗的最后一节，浪漫主义者唐湜再也控制不住自己的激情，他让渔人的妻子对着海洋发出一串串毒咒：“拿沸腾的热泪去煮海，/煮熬得东海日夜翻滚/海里的鱼龙们没一刻安静。”海洋在这时也脱去了幻美的面纱，完全化为一种凶暴可怕的自然力，吞没了渔妇。可是她仍不屈服，对着阴沉的天穹，汹涌的大海，发出最凄厉的诅咒，她的愤怒化作了一个火山，而她的怨恨化作了奔泻的泪瀑，一直到千百年后，这个泪瀑仍然汹汹倾泻，诉说着她的怨恨，她的不幸，她的痛苦,她的悲酸。诉说着天道的不公,也诉说着世界的残忍。这种悲愤是几千年来积郁在民间的悲愤,从“时日曷丧,予与汝偕亡”一直到《窦娥冤》中窦娥悲愤的呼天问地,这种民间的悲愤从来就没有停息过。它针对着人世间一切不公,也针对着天地无情。一个最古老的伦理学的质疑,为什么“恶”可以在人间横行霸道,而“善”却总是无藏身之地?中国民间对这一个问题的最朴素的追问就是“呼天问地”,而这种最朴素的追问却是最基本的伦理问题。这也不仅仅是中国人所追问的问题,在西方自从《约伯记》以后,类似的追问也从来没有间断过。事实上这是一个无法回答的问题,它仅仅是以追问的形式表达了人类自古以来所面对的悲剧处境,这是所有的悲剧的来源,也是悲剧的最朴素然而又最深沉的本质。在《泪瀑》的最后,唐湜牺牲了自己的幻美透明的风格,却成全了更为深沉奔放的悲剧。

事实上,《泪瀑》中的悲愤也可以做更为实在的解释。唐湜创作这些叙事诗的年代,正是当代中国历史上最黑暗的时期:无数无辜的人突然陆沉,被以“革命”的名义掷于黑暗的深渊。潜流在民间的怨愤的眼泪,决不会弱于“泪瀑”的奔涌。只是这种怨愤,还要等几个年头,才像火山爆发一样喷涌而出,造成了新的时势。潜藏在民间的诗人唐湜,在写作这首诗的时候对这些不一定具有清醒的意识,可是以诗人的敏感,他不可能不感到民间的愤忧,而以无辜流放之身,他自己也不可能对这种黑暗、荒谬的年代处之泰然。那种民间自古以来的怨尤,流淌在时代底层的怨恨,与诗人自己的意识与潜意识合流,终于奏出一曲高昂的控诉的乐章。不是说诗人自己一定是有意识地表达这种情绪。可是在表达那种民间永恒的原始的对不义的怒愤时,他还是不能摆脱时代底层的情绪。诗人自己说得好:那奔泻的泪瀑,“像是拿她心儿上的痛苦、悲酸/诉说着那黑暗年代的灾难!”

唐湜的叙事诗,离不开“水”的意象作为背景。这不但在他的“南方风土故事诗”中可以见出,即使在他的历史叙事诗中也不例外。譬如以北朝的故事为题材的《萨保与摩敦》、《敕勒人,悲歌的一代》,虽然用了一些现代诗的手法,离开了“水”的意象,它们却不能不显得干枯。而较成功的《海陵王》中,滔滔的长江是实际上的主人公,还是离不开“水”的意象。《海陵王》是二十世纪中国叙事诗上罕有的巨制,其罕见不仅仅来源于它的以近百首十四行诗连缀的体制,也不仅仅因为它选取的是历史上被描述为荒淫残暴之尤的海陵王作为长诗的主人公,而是来源于它一泻千里的气势,来源于它所设置的采石一战的背景:那种浩浩大雾笼罩着浩浩大江所形成的神秘雄浑的境界。这垂江大雾既是海陵王博大无边的野心与豪气的象征,也是使他一败涂地的原因,从而也象征了命运的神秘不测。人物的性格、命运与浩浩的江雾融为一体,传达出一片神秘而博大的境界。海陵王的草原猎人雄豪原始的性格,通过这浩浩大雾而有了一个“客观对应物”,他一方面觉得“这片浩荡的大雾不就是/

打我心胸里吐出来的豪气”，吞灭了“河朔、幽冀”，意犹未尽，还要来吞灭这“南国半壁”，另一方面心中又有一种预感：“葬送自己的许就是这雾海。”

可就是拿这样壮丽的奇观/来结束自己壮丽的梦幻，/埋葬自己的梦幻里的飞霞，/也算不了什么，有什么可怕？//这么壮阔的垂江大雾，/这么弥漫着的一片雾彩呵，/就作为生命最后的茔墓，/也该是可以自豪、骄傲的，/有什么可怕，有什么可悲呢？//多么壮阔的送葬行列，/多么奇美的送葬的彩旌呵，/把整个大地/整个世界都掩盖起来，吞下去了，/自己不早就有这样的预感么……

唐湜在这里写出了海陵王雄豪原始的性格中的神秘感〔来〕，仿佛这雄伟的景象是天然地作为自己的墓葬似的，他的不祥的预感中竟然有一些向往，希望自己能在这雄伟奇幻的景象中死去。在雄豪原始中竟然有一些唯美神秘，一些挥洒自如。根据一些记载，历史上的海陵王见柳永词中描写杭州“有三秋桂子，十里荷花”，遂兴南下之思，可见唐湜这样塑造海陵王的性格，也并非无因。不过当他使得海陵王的性格中增添了那么多的唯美与潇洒时，更多反映的却是作者自己一贯的对幻美境界的追求。海陵王在众叛亲离的情况下毫无悔意，自杀前反而说出一段更加雄豪的话来：“打泥土来，要归入泥土，/死亡，就是个黑沉沉的乡土，/我们的豪气压不倒大江，/就该来结束这生命的旅途，/叫匆促的一生更显得悲壮！”这里有一些猎人的豪气，赌徒的潇洒，野心家的沉雄，却更多惟(唯)美主义者面对死亡与自然的神秘时的挥洒自如。

事实上，唐湜叙事诗中写到死亡时情景，总是写得非常崇高而且幻美。周鹿的死有一种回家、返回原初的向往、兴奋与安宁之情；以悲剧为基调的《泪瀑》，写到渔人的死亡时，也非常地奇幻美丽，与海陵王死亡前漫天江雾所形成的壮美景象相似。死亡在这里没有一点阴暗可怖的气息，而被描绘为一种幻美的境界，而且竟幽幽然显出一种奇特的吸引力。事实上，这种境界也可以与唐湜的抒情诗相参证。在十四行组诗《海娌之歌》中他借海娌的口说道：“——可生命的航行为了什么？/人为了什么要默默地活着？/我就想去海上奋自一跃，/哪怕一刹间就沉溺于浩渺，/沉溺于浩渺的风涛，/一片火焰样飞扬的狂飙！”在另一首长诗《海之恋》中他自己更直接地说：“你是拿闪电的奔驰吸引我，/叫我离开了那心灵的水涡，/……呵，我忧郁的蓝色血液，/会融入你的心，如一滴水。”参照这些抒情诗，我们可以理解他为什么一写到死亡，总是把之与壮阔的景象联系起来；为什么死亡在他的笔下，一般都被描述得非常幻美，甚至人物意识或者潜意识中向往着这种死亡。在这里死亡象征着与一种更为广阔壮丽的存在的融合。沸腾的生命奔涌着，企图挣脱一切的羁绊，一切世俗的羁绊，一切现实的拘束，而融入更广大的存在的海洋，并在这种广大的存在中扩张了自己，使自己更为广大，也使自己融入了一种永恒的存在，从而在这种永恒的存在中获得了永恒——也许唐湜的诗还没有完全达到这种境界,但它却保持了为了达到这种境界而努力的精神向度,并使自己处于一种扩张的姿态之中。值得注意的是:这里的生命力的扩张,其指向不同于"文化大革命"中流行的与"革命"理想的融合,这里的"自然"、"大海"即使有象征色彩,所指涉的也是某种更为广阔、也更为模糊的存在,它们所指向的只是一种朦胧而抽象的精神向度。这是一种真正的浪漫主义激情,在与自然的融会中,人企图挣脱各种各样的拘束与羁绊——自然也包括"时代"所人为设置的外在樊篱与人自己心灵中阴沉的旋涡——使自己的精神得到解放,得以提升。恐怖的时代可以造成种种逆境,设置种种障碍,然而精神还是奔涌着,反抗着,奔突而出,不但超越了时代,而且超越了自身,甚至超越了生命,而走向某种更为广阔深远的境界……

唐湜很追慕冯至的《蚕马》、《帷幔》与孙毓棠的《宝马》,不过与冯至相比,他的叙事诗的神秘感仍不脱明丽的影子,达不到冯至那种分说不清的原始的神秘;与孙毓棠相比,他又缺少后者的崇高、壮阔与他的铺排的气势;但是南国的诗人唐湜自有自己的纯净的风格,他的明丽,他的幻美,都是以前的叙事诗很少见的风格。学习冯至与孙毓棠而能自成一家,唐湜叙事诗的成就是二十世纪新诗史所不应忽略的收获。而这种成就是在这样背景下取得的:1949年后,新的叙事诗的高潮成了主流意识形态的重要参与者,在今天看来仍然能够站住脚的作品实在是少之又少,唐湜的叙事诗的成就更是在"反右"以后自己处于颠沛流离的处境中,尤其是朝不保夕的"文化大革命"中达到的,这就更让人觉得可贵。何况这些诗歌是一点没有沾染上动乱年代的暴戾之气的明丽清澈、珠圆玉润的杰作,这真让关注这个年代的文学的研究者有一种意外之喜——这种喜悦来自于一种发现:新文学的传统在这个年代并没有完全中辍,而是流入了地下,与底层间的精神合流,造成了一片新的文学景象。老子说:"上善若水。水善利万物而不争,处众人之所恶,故几于道。""水"的诗人唐湜仿佛得到了"水"的哲学的精华,在一个黑暗的年代,在一种艰难的处境中,他不但没有被黑暗所吞噬,反而以流动不息的精神接通了民间的源头活水,并像水一样奔涌着,在逆境险滩间断的迂回后,磅礴而下,达成一种生命的升华,创造出另一种诗的境界,仿佛是一个预言。诗人早年的一首诗的结句说:"生命的盈盈水流永不会停留!"

3. 月光下的追忆与沉思

呵,孤独常叫人深思,
要是人间没有了寂寞,
哪儿又能有灵感的飞驰?
孤寂的探求者可能先把捉

未来的脉搏,在时间的峰顶上
向一片片早晨的飞霞探望!

——《孤独常叫人深思》

一个人在面对普遍而又突如其来的灾难时,不可能排除心中充溢的对时代与命运的怨恨,以及理想破灭的怅惘之情。诗人唐湜也有他对时代的反应,只是与一般的直接表达自己情感的抒情诗人不同,他只有在情感有依托的对象或者最初的情感冲动得到理智的反思过滤之后才达到了自己最好的抒情状态。

在中国抒情传统中,"水"与"月"向来是两个互相联系的意象。"水"的流动性有赖于朦胧的"月光"而得到了一个大致确定的形式,仿佛得到了一种确定性。但由于月色的"朦胧柔和"的性质,"水"的变幻莫测的性质却仍旧没有改变,甚至因之而得到一种"神秘感"。置身于月光之下也是沉思的时候,但月光下的沉思也带上了月光的"朦胧"、"柔和"、"幻美"的性质。月光之下,思接千载,浮想联翩,难免"有情",这可能不适合于理性化的哲学,却天然是哲理诗尤其是中国哲理诗的内容。如果以他在《春江花月夜》中借宋之问之口对刘希夷与张若虚的品评为依据,唐湜自己的潜在写作中最好的抒情诗可以分为两类:一类诗"能霎时间感悟/永恒的变幻",另一类诗则"像参悟了宇宙的寥廓、深沉",引着人进入"爽朗的幽夜"、"月光下无比的宁静"。在这里,时间是共同吟咏的主题,只是一类更注重于其流动变幻性,另一类则仿佛"纵浪大化外,不喜亦不惧",以沉静的心态关照与沉思变幻的哲理。

在第一类诗中,"追忆"是共同的姿态。"追忆"的力量在于:它能使得千载融于一时,因而见出个人与世界的广大变换,而这变动不息的世界本身,在追忆之中幻美而苍凉,使人起怅惘之感。英国作家佩特曾说:"最高级的诗剧的理想境地在示给我们一类有深远的意义而且全然具体的瞬间——无论如何悠久的历史所有的一切动因,一切结果的关系都凝结于这瞬间内,仿佛吸收了过去和未来于当前紧张的意识中。"刹那间的时辰里集中了永恒,渺小的一点地方集中了无限,这自然只是一种理想,对于个人来说,事实上是无法达到的境地。可是在一瞬间,融会过去与未来的多种可能性却并非不可能的,甚至是常常在意识中出现的。敏感的诗人的特点是能够抓住这特有的瞬间,于是时序的更迭,世间的变幻,刹那间融会于眼底。

"追忆"首先是对个人经历的追忆。我们看他的一首《闻笛》:

正徘徊在梦的迷径之中,/忽东山头起一片凄凉笛声,/把我从迷离之中摇醒,/呵,朗月仍照临着疏林!//忆一夜在长安城望凄然关塞,/也曾闻幽燕少年横长笛/吹落那万里浩瀚的沙尘,/这忽儿哪儿寻这湖海豪气?//乃披衣步上山下小弓桥,/望水榭旁一片月色凄迷,/独自在水风中悄然凝立,/觉千里风烟奔骤于眼底!

如果人生可以比作一次旅程,那么这次旅程是变幻无常的。“追忆”导致的就是这样一种感悟。在这里,“追忆”显出了时空的剧烈变换,已经失去的时间的片段因为一种偶然的机缘而得以显现,然而不仅隔着千里的距离,而且隔着更加难以跨越的时间的距离。因为这难以跨越的间隔,更加显出风烟变幻的无常。失去的少年时候的清辉不再返回,空有凄迷与怅惘,时序的变幻引起个人的迷思。同样是追忆,对于不同的个人来说,可能具有并不完全相同的意义。唐湜的追忆,不像普鲁斯特那样是在感觉中重现过去,企图使过去复活,对于他这样的中国诗人来说,“变幻”是更重要的因素,过去的意义并不在它本身,而是在一种与现在的对照中显出世间的变换(幻)无常,并因之产生一种对世界空幻的感喟。在另一首《感怀》中更是感觉不仅世事变幻,而且自己也变幻无常,这里有对人生的反讽,却更多的是无奈的哀伤。“生涯犹水中月,镜里虹霓,/一声砉然,许就敲碎/一池琉璃,一地幽碧”,显然有着个人对自己的悲剧处境的感悟在里面,不过在这里,唐湜能够超脱对自己的悲剧生涯的直接的感情反映,而将之上升为一种普遍的人生感喟。

不仅对个人的追忆显出时间的无常变幻的性质,对历史的追忆也何尝不是如此。在《春草池》一诗中,诗人吟咏昔日的春草池已是满池圆荷,而当初吟出“池塘生春草”的名句的诗人也早已逝去。“早就没有了春草萋萋,诗人/死去千多年,这一片波心/在清晨还一样艳丽、澄明,/晴光下静谧地映现着浮云,/有蝉声在四面轻轻儿奏鸣,/圆荷上闪亮着露珠如水银!”这里的感慨要比“物是人非”更深一层,不但“人非昔人”,而且“物非昔物”。时间的变幻空使人感觉无限的惨伤,“风物非殊,举目有江山之异”,是一种饱经忧患而又心系世运的感慨;“人世几回伤往事,江山依旧枕寒流”,则更见世间法的变幻无常。唐湜的怀古兼有二者的特点,是一种从个体生命的角度对时间变换的体悟,而又化去了个人感伤的痕迹,融入了一种更广大的感喟。《生命的列车》一诗追忆古今中外乱世的文豪,却归结为对自己的生涯乃至人类的生涯的哀伤:“谁能知道生命的列车/到哪儿会悄然无声地停歇,/……我们都只凭欢然的憧憬/拿每日的忙碌来堵满生命!”在《淳于棼》一诗中,更直接把历史上的故事与自己个人的生命感受融合起来,个人经历的追忆与历史的追忆在这儿合而为一:

> 三十个年华水一样过去了,/淳于棼从梦中的槐安国惊醒,/夕阳的足迹才移动了几寸,惆怅的微醺里,不觉失落了/胸中的豪情,他不想再追涉/那槐树下蚁穴里梦中的旅程;/上街买醉去,他拉着友人,/忽天末有飞扬的尘沙四合,/一片阴暗,夕阳不见了,/熟稔的城市觉苍老了三十年,/熟稔的人们像是在打哆嗦,/戴上了三十年风尘的脸壳,/他恍然似进入了庄生的寓言:/“我梦蝴蝶呢?蝴蝶梦我?”

“追忆”在这里不是一种姿态,不是对中国传统诗歌中的“怀古诗”的简单摹拟,它有着更为实在的本质。历史的变幻在个体的生命中得到了印证，所以其感喟既是个人的，也是全人类的。面对广垠无限的时空，每一代人都会产生一种浮生若梦、时不我待的感觉。而优秀的诗人面对这种永恒的感喟，不是再一次重复这种感伤，而是用自己的生命为这种感喟增添新的内容。在唐湜感喟生命的徒劳〔的〕以及人生恍然若梦、梦中的豪情徒然对照着世界的灰暗空虚里，显然听得出灰暗的时代在他的生命中的回响，而这些诗里又留下了很多的空白，每一个人都可以用自己的生命体验去填充。历史与现实的叠合，使得唐湜超脱了简单的个人的感伤，而上升到一种普遍的哲理性的内容。因为这种面对永恒的哀伤以及面对人生的不可测的悲叹不仅仅是中国诗人的，而且是全人类的。晚年唐湜在一首诗中感到我们是以波涛为家，飘荡在时间之河里，只能惊悸地眺望着过去的风烟，却永远不能再回头倒流，而在前面闪烁的未来，也是不可测的，要我们再一次去水上漂泊才能体悟，这似乎是在饱经忧患之后对人生变幻莫测的可悲的一面的一个总结。

"追忆"有悲哀的一面，也有欢乐的一面。例如下面的一首诗：

> 你可记得长安街的葱茏古槐，/有一叶飘落就知秋意渐浓？/风起处有阵灰蒙蒙的尘埃卷来，/笼着月，笼着宫柳，笼着不老松！//你可记得琼岛上的古昔妆台？/阳光早冲散了千年沉沉的雾，/哪儿找萧后霸幽的风采？/飘着旗，飘着纸鸢，飘着云树？//呵，我的亲爱的古怪孩子，/你可会忆起往事如一片云烟？/华表上有回归辽海的白鹤垂翅，唤向云，/唤向秋水，唤向遥遥天！//哎，会有人弯弓，向纯洁的白羽/射去千年的系念里永恒的欢愉！
>
> ——《你可记得……》

不仅仅是发思古之幽情，在往事如云烟的怅惘中有着"系念里永恒的欢愉"，对历史"低徊留之，不忍去云"，其实正是在"追忆"里验证现实的存在。喧嚣的时代正在尽力消灭这种怀古的幽情："文化大革命"企图毁去一切历史的遗留，以一种可笑的"创世纪"的姿态宣称以前的历史为虚妄；"文化大革命"也企图消灭历史上的"幻想"与"梦"，而以一种干瘪的"革命"理想取而代之。在这种背景下，我们发现还有人不仅对历史怀着真挚的怀恋，而且对"丁令威化鹤"的美丽幻想恋恋于心，不能不有一种深深的感动。"追忆"在这里说明了，至少在历史上还有过另一种生活，不仅是雄豪的，而且是美丽的，而且这种往昔的"美丽"在现实中化为了心灵中的存在，从一个角度说明了历史如何延续到现在——这里没有直接对现实的批判，却深于一切批判。

而对广垠的时空，从其变者而观之，万物皆动，从其不变者而观之，万物皆静，仅仅见于一面，则不免一偏之蔽。注意于时间变幻的一面的唐湜，也发现了"静"的哲理与诗意，并将之化入了自己对生命意义的追寻。《读古画卷》两首借助于古画卷的意象,显示出这种“静”的样态。可以说这里有对生命被迫凝滞于世界之外的悲怆,但隐隐然也对那种主动的“离开那风涛澎湃的海/遗落于历史的潮汐之外”,有一种向往。被迫处于历史之外自然是可悲的,可是当现实的历史的脉动是肮脏的时,任谁都会产生这种遗世独立的向往。如果世界是冰冷、阴暗、丑恶的,至少在孤独中可以保持自己的心灵成为一块温暖、明亮而美丽的地方。所以诗人有时向往着孤独:

黎明,谷中涌起了一片雾,/人在无边的雾海里望不见/蓝天、树林,/陷入了一片/奔涌的波涛,完全的孤独;//一草一木都完全孤独,/谁也见不到别人的眉眼,/浩荡的大江多空阔无边,/可就消失了白帆的追逐;//我在雾海里悄悄儿散步,/渴望在孤独里静静地思索,/呵,孤寂的时日,我就爱/远离着人类喧嚣的海,/豁达地品味着生之惋怛,/蝉似的蜕去了一切牵挂。

——《雾》

这宛如一代人的命运的一个象征,突然而降的漫天大雾使得他们陷入了孤独,却并没有毁掉他们,而是给他们提供了一个机会,沉思变幻莫测的世界的哲理。与注意于世界变幻的一面相比,这是一种静观的态度,它们似乎是相反的,其实也是相成的,正因为经历了世界的变幻,才更能看出这变幻的虚妄,从而能够以一种不动心的态度来观照这世界,获得对于生命的感悟。

在这种观照中,诗人仿佛得到了庄子的旷达的智慧。这在诗人的包括十六首“十四行”的组诗《默想》中,表现得尤其明显。这是诗人接近于生命的极境,在外来灾难的威胁下对生命的沉思。在这样的背景下,诗人一方面看清了自己生命的悲剧性,悲叹着“我最好的船舰,最美的年华,/我整个庞大的舰队,只一下/都在怕人的风暴里沉没了,/就有些折断的残破的帆樯,/无尽的悔恨呵,漂浮在水上!”同时,也祈求“伟大的遗忘”,“不要叫可悲的沉沦的记忆。/来搅乱睡眠里无梦的安静”,而最后归结为对生命之谜的参透:

生命就是个神秘的谜,/到时候,谜底就要给猜透,/我们应该学习旷达的庄周,/把生与死,苦恼与欢喜,都一样看作是生之旅程里/相依的环节,没什么可怨尤/要没有苦难的悲剧,哪儿有/可贵的欢愉?没火焰的灭熄,那知道生之庄严的幻梦/是什么光辉,一闪过就湮没?

仍然有悲愤,可是悲愤得到了理性的节制,因而能够安静地面对逆境安时顺变。这是一种自然主义的哲学,它豁达地面对着世界的“死”和“变”,所以能够超越绝望,而归结为生命的重新振作。

生命在孤独之中,有悲哀,也有欢乐,有沉思,也有奋飞;生命在与人世间隔之后,却在自然之中获得了更广大的融合;生命在深渊之中,也企图欢欣地飞翔,“再一次呼喊,再一次闪耀”,而且“决不沉默,决不躲闪!”也许经历了严峻的气候,这些快乐的呼喊里带上了悲苦的声音，却具有不可替代的力度：

呵，我们有凄楚的回忆，/就能感受到你纯洁的欢腾，/就在你嘹亮的欢乐之歌里，/也听得出深渊中悲苦的呼声，/要没有哀痛里凝结的幻望，/你怎么能这么欢欣地飞翔？

——《季候鸟》

是的，即使在逆境之中诗人仍然没有忘记自己的“鹏鸟梦”，在幻想中高飞远举，俯瞰广阔的世界，万事万物尽收眼底，生命力冲破了现实的阻碍，刹那间看透了世间的变幻，哲理的感悟化为了激情，冲破了心中的郁结与现实的封锁，企图飞往一个高远的世界……

如果对照唐湜的叙事诗与抒情诗，你会发现他的生命力的两种冲动：一种是企图超越现实的一切束缚，与一种更宏伟的存在融合，这是一种“动”的哲学，仿佛水的流动永不止息；另一种是超脱于这种运动之外，仿佛月亮一样在高天之上俯瞰人寰，在孤独与静默中观照世间法的变幻无常，感悟人生与世界的存在的哲理。这两种冲动交替着在他的诗歌中出现——如果生命不能在一瞬间的爆发中发出慧（彗）星一样璀璨的光辉，那就在静静的流动中经历自己应该经历的流程，在静默中体会“动”的哲理。朗照的“月光”赋予“水”以形式，追忆与沉思使得情感沉淀定型并普遍化，慢慢地通向晚年的古典的安静与明澈。

结语：幻美之旅

庄严的历史会给予一切人
严肃的裁决：对诗与美的
虔诚的追求，应该得到尊敬。

——《幻美之旅》

“奥斯威辛之后若还有诗，就是野蛮。”可是我们不应忘记诗与美本身就是对野蛮的反抗。仅仅因为时代是丑恶的，艺术也就必须是丑恶的吗？我们需要粗粝的反抗与呐喊，可是却也不应忘记文明几千年来所取得的可怜的进展，其中的一方面就是美与想像力的发展，而一个极端野蛮的社会正是从开始取消对美的个人想像开始的。六十—七十年代，唐湜虽然被迫回家乡一隅，在一个狭隘的环境中生存，但他对诗与美的追求却从来没有中断过。在一个野蛮的时代，唐湜等人的“潜在写作”不仅是延续了新文学的传统，而且在一定程度上，也是对人类文明的一个承传。它不必经后人的称誉才能估定其价值，作为一种存亡绝续、薪尽火传的努力，它们的存在本身就决定了自己的意义。

——原载《当代作家评论》1999 年第 3 期

谢　冕

文学的纪念

特殊的文学阶段

中国新文学发展至今,已有八十年的历史。对这段历史加以划分,前三十年是一个大阶段,后五十年又是一个大阶段。一般指称前一阶段为现代文学,后一阶段为当代文学。这两个大阶段,又可按不同的切割,作更为具体的划分。但这前后两个阶段的划分,已约定俗成,并无太多争议。作为中国新文学的组成部分,始于1949年而无限延长的当代文学的命名,近年来已受到越来越多的质疑。这一问题的解决,只是时间和精力的问题,当然也有学界同仁重新约定和认同的问题。本文的论述仍然沿用目前通用的“当代文学”的概念,而且仍然遵从以1949年为这一阶段文学的起点的惯例。

1949年是一个重要的年份。以这一年为标志,中国的政局有了巨大的变化。由于中国当代文学与中国当代政治有着非常亲密的关系——在很多的时候政局的变化对于文学的影响,几乎就是决定性的。何况,以往呈整体状态的文学,也是以这一年份为标志,开始了以台湾海峡为分界的同一文化母体的一体异向的发展。两岸三地的文学从此开始了历时数十年的既彼此分割,又相互补充、相互辉映的历史性时期。这也是自有新文学历史以来所仅见的。

这一阶段文学对于中国新文学来说,是一个产生了巨大变革的特殊文学阶段。一方面是诞生于五四新文化运动的新文学传统得到延续,另一方面,则是这一文学的若干品质产生了大的变异,原来的文学流向有了重大的改变。由此生发出有异于前的文学新质,它无疑是对新文学历史的一次改写,同时又以它的特质给中国现代文学史以新的经验。这些文学经验中最重要的一点是,文学的内容有了新的拓展,即新的生活和新的人物大量地涌进文学。当然,与此同时,更多的旧的生活和旧的人物也退出了文学。在这一进一退之间,文学也给我们提供了许多有意义的话题。

强国新民传统与社会功利主义

中国当代文学直接承继了近代以来文学强国新民的传统。中国几代的社会精英,面对严重的内忧外患,四方求索而救国无门。当军事上连连败绩而实业救国或洋务运动等又无以奏效的时候,文学则成了他们实现强国新民理想的重要选择。这些先进的知识者认为,强国在于新民,新民必先铸魂,而诗歌、小说、戏剧和各种文章则是唤醒民众的可行方式。由此可见当时文学在他们心目中的位置。

从文学改良到文学革命,中国作家想以文学的内容和形式的全面革新的努力,使之有效地接近民众、并为民众所接受。这正是使文学有益于改造民众这一思路的延展。由此,我们看到了从新文学革命开始的"为人生",到后来的"为救亡"、"为国防"、"为政治",以及每一个时期都有的"为"的号召、主张和实践,其中的用意也正在于使文学能够和社会的发展、民心的建设结合起来。

这些因素,自然地形成了近代以来中国文学的功利主义的理念。文学尽管有多种功能,但"文为世用"的观念,却是中国人自古而有。这与中国的国情有关,也与中国的文化传统有关。而把这种"有用"的文学观念加以改造、并大面积地移用于政治的动机、直接为政治服务,则以中国当代文学为极致。早在抗战结束之后的国内战争时期,即有为工农兵服务的文学思想出现。所谓"工农兵",工人及士兵都来自农民,其中心则是农民。中国以农立国,抗日战争的主力是农民,广大的根据地也在农村,把文学发展的基点放置于农村,则是社会情势之必然。

从农村进入城市,从根据地转向全中国,胜利者把赢得胜利的经验,带到了建设新的生活之中,其中也包括"为工农兵服务"的文学经验,并把这种文学经验上升为中国文学的方向。1949 年 7 月 5 日,新中国成立的前夜,在第一次文代会上,周扬作《新的人民的文艺》的报告,其中说:"毛主席的《在延安文艺座谈会上的讲话》规定了新中国文艺的方向,解放区文艺工作者自觉地坚决地实践了这个方向,并以自己的全部经验证明了这个方向的完全正确,深信除此之外再没有第二个方向了,如果有,那就是错误的方向。"周扬用不容置辩的坚定的语气来说这番话,这番话决非随意而为。1949 年以后的全部事实,证明中国文艺正是按照他所表达的路线和方向来进行的。这就是我们所认为的文学社会功利主义在当代的强化。

农民文化的支持

这是一种非常强大的力量。不仅是由于新建立的政权的行政力量坚强有力,以及决心的坚定,而且,还由于在这一经验的背后,是中国广大国土上的占人口绝大多数的农民的习惯和趣味,特别是,在此基础上建立起来的农村文明和农民文化。

乡土中国文明与现代都市文明的冲突，一直贯穿并折磨着中国文学的全部进程。中国是一个幅员广大的农业国，农人们创造了田园式的乡村文化，它成为主导式的文化形态。都市知识分子在中国是先天的力量单薄，它没有根。这些知识分子，他们或者本身就出身于乡村，即使来自中小城市的，他们的根底还是乡村。他们是从那些地方走进大城市、并经由诸如上海、北京这样的城市走向西方。他们为中国引来了西方现代文明的火种，用以烛照封建中国的暗夜。这些受到西方熏陶的知识分子，可以在特定的时代（例如“五四”）起到非常大的作用，但在通常时期，他们则始终被乡土中国文化所包围。他们基本上处于孤立无援的状态。

这不仅表现在内地，也表现在战争时期的延安。当民众（包括当日的军队及其干部）比较乐于接受“小放牛”时，在那里引进并演出《大雷雨》或曹禺的作品就显得有些突兀。许多文艺的悲剧由此产生。五十年代围绕《我们夫妇之间》的争论和批判，其实也就是乡村和都市的文化冲突的外现。这种文化冲突的思想，在韦君宜的《露莎的路》中也有涉及。“亭子间”里的大小知识分子，把他们的趣味和习惯带到了延安的窑洞，这在当时是显得有些荒唐的。

围绕着文学各个产品种之间展开的讨论，看似复杂，究其内因，说透了都要追溯到这个根本上来。都市文明和乡村文明之间的冲突，在中国，往往体现为现代性与传统性的冲突。从这个角度来考察，长期争执不休的新诗格律问题的讨论，以及八十年代关于“朦胧诗”问题的讨论，不论是主张格律体反对自由体、还是主张明朗反对晦涩，既是现代性与传统性的冲突的体现，也是都市文明与乡村文明的冲突的体现。

由于战争实践的胜利的鼓舞，农民及其所代表的文化得到了极大的强化。它摇撼了本来就很脆弱的都市知识分子意识。它改变了“五四”所形成的以都市文明为主导的运动方向。毫无疑问，以胜利者姿态出现的乡村文明，正以其巨大的覆盖改变着中国文化的格局。

政治的统一自是不必说了，经济上也正在大力推进社会主义的全面改造，即把原先多种形态的经济，改造为单一的社会主义经济，工厂、农村、商业和手工业都如此。至于在意识形态方面的“统一”，其中最复杂和最麻烦的，则是文学艺术。因为文学的生产是个别的，是和每个作家的个人经历、个性、修养以及审美趣味相联系的。一个作家就是一个独立的世界。更重要的是，作家总是以独特的思想、飞跃的想象、与众不同的艺术表现来获得创作的成功。这样，整个文艺创作就面临着非常严重的局面，即“个人”与“集体”的矛盾，文学一体化的工程困难重重。

把形形色色的、多种多样的作家改造成单一构成的作家，这看来像是一个神话。但还是在坚定的号令下展开了。至于改造的标准，已非常明确，那就是毛泽东《在延安文艺座谈会上的讲话》中所指的工农兵方向。这是一次旷日持久的、用农村和农民的标准在广大的精神领域,对非工农兵的思想感情和创作方法进行改造的大工程。

这个工程推进的方式,一是通过知识分子自觉或非自觉的思想改造,一是通过接连不断的政治和文学的批判运动。关于作家的思想改造,其总体倾向是按照新的方向和标准,对过去的创作进行自我批判和自我否定。许多作家都以"集体主义"的眼光检查和批判自己与工农兵迥异的"个人主义"。这是一个特殊的文学阶段。文学以空前的魄力和持久的坚持,推进它的一体化理想。它为自己设置了很高的目标,寻求一种理想式的倾斜,目标在于建立一种前无古人的文学模式。每一次政治批判或文学批判(尽管各个时期的提法和内容均有变化),但都旨在把全部作家的实践(从内容到形式无不如此),一步步地推向它所规定的方向。

中国作家进行这种否定的结果,是这些作家在新的形势面前的普遍"失语"。那些不失语的作家,除了来自农村、或长期生活在农村的以外,也少有成功的例子。即使是用新的语言进行创作的,也大都表现不自然和不娴熟,正如毛泽东《在延安文艺座谈会上的讲话》所形容的,"不但显得语言无味,而且里面夹着一些生造出来的和人民的语言相对立的不三不四的词句","倘若描写,也是衣服是劳动人民,面孔却是小资产阶级知识分子"。

正是在这种大形势下,众多的中国作家为实践这个方向而纷纷抛弃自己所拥有的生活体验,同时也"隐藏"和取消自己的艺术个性,去描写和表现(更多的时候叫"反映")他们所陌生的生活和人物。这种避开和抛弃自己的长处以就自己的短处、压抑个性去适应共性、消隐个人的眼光和观察的角度而代之以群体共有的表现方法,使许多富有才华的、当年正处于创作成熟期的作家丧失了自己的才华和智慧。我们在《太阳照在桑干河上》中看不到"这一个"丁玲,而在《莎菲女士的日记》中看到了,尽管后者比前者写得早得多。是莎菲使丁玲在她的作品中和文学史中存活着,而不是后来那些使她赢得了荣誉的新作。

同样的情景在曹禺的创作中也有表现。曹禺早年写过许多堪称传世之作的戏剧,使他在盛年便登上了中国现代文学的艺术高峰。随后的创作如《明朗的天》、《胆剑篇》,特别是《王昭君》,都是听从他人的指引而失去了自己个性的失败的经验。大师的辉煌都是在他的前半生完成的,这使人们为之扼腕。曹禺自己也是晚年方才"悟"到,然而岁月不居,已晚了。也许老舍的《茶馆》是个例外的成功。然而了解老舍的人都明白,是他原先拥有的生活而不是后来外加的"体验",使个人的才华在"古老"的"茶馆"中发出了光辉。现代文学的其他几位大师,生当五十年代,都正是盛年时期,可谓风华正茂、意气风发。但是,不论是郭沫若、茅盾,还是巴金、沈从文，他们有的从此缄默（如沈从文），有的改作别事（如茅盾），令人遗憾的是，继续写作的那些作家，并没有写出堪与他们先前的作品如《女神》、《家》、《憩园》等相比拟的创作。

新的文学形态的胜利

文学的统一化尽管带来了许多弊端，但事实也不全是暗淡的。也有一批在新形势下得心应手的作家，他们取得了成功。赵树理无疑是这个文学时代的骄傲。他以一批关于中国农村和农民的故事，取得了自有现代文学以来表现中国农民的最高成就。赵树理创造了一系列生动、切实的农民形象，他成为以文学的形式表现中国农村的圣手。他是个集大成者。赵树理在实践新文学的新方向方面，取得了他人无法企及的成功。也许由于他本身就是农民，他深知中国的黄土地上辛苦耕作的人们。所以，问题不是不可以写工农兵、也不是文学不可以以农民为中心，而是不可以所有的人都放下他们熟悉的人物和故事、去写他们不熟悉的人物和故事。在赵树理那里是成功，而在别人那里可能就是失败。

这个理论的倡导显然在一些作家那里取得了重大的成就。中国新文学中有所谓“乡土派”的写作，这些作家在表现中国农村方面作出了贡献。鲁迅通过他儿时的乡村生活经验的再现，表达了甜蜜而苦涩的乡情，以及中国大地的积重。更多的现代作家都在“为人生”的旗帜下，传达了广大的中国乡村的哀愁。但这些作家由于明显的知识分子立场的局限，他们在表现中国农村所达到的深度和广度，都远不及四十年代响应了“工农兵方向”的号召、以赵树理为代表的这一批作家。

在这一批作家那里，表现新的时代和新的人物的命题就不是空泛的，而是一个一个切实的行动。值得提及的作家还有孙犁、柳青，以及“山药蛋派”的作家们。他们创造了一批战胜苦难、争取新生的中国农民的典型形象。《红旗谱》中的朱老忠的反抗性格，遥远地接连着《水浒》英雄们“替天行道”的功业。《小二黑结婚》里的人物让我们依稀看到鲁迅《故乡》中的人物的影子。这些作家和他们作品中的人物的心是相通的，这里看不到“代言者”，也看不到传统知识分子那种旁观的“悯农”的痕迹。他们是一同站立在大地上共享悲欢的兄弟。他们是真诚地感受到了中国黄土地的苦难和欢乐的作家。孙犁的《山地回忆》、《荷花淀》飘散着北方大地诗意的芳香，尽管他表达的是一个苦难深重的年代。

中国当代文学由于致力于推进工农兵方向，因而在表现占中国人口绝大多数的农民生活方面，作出并取得了超越前人的贡献。回顾“五四”以来的文学，由于发动和支持那场文学革命的是城市知识分子，他们中的中坚分子多是留学外洋受到良好的西方教育。他们中虽然有不少人来自农村，但由于那时的兴奋点不在农村，而旨在“以洋为师”，借引进西方的观念和经验以改造中国的旧文学。因而，对那些人来说，尽管他们也许了解农村并同情农民的命运，但也可说是所知有限，表现既不广泛也难有深度。显然，有更为迫切的目的吸引着他们关注的目光。

四十年代初延安文艺座谈会以后，直至进入五十年代，上述那种忽略农村的情况就有了大的改变。有力的号召，再加上认真的实践，造出了自有新文学历史以来文学表现农村和农民的高潮期。在这个高潮中涌现出堪称农村圣手的赵树理。他的名字和那些成就卓著的大师的名字并列在一起也毫不逊色。文学史总是一种独特性的加入。赵树理创造了文学的乡土中国的经典性的业绩。农民式的机智和幽默，对中国农村穿透性的洞察力，以及惟妙惟肖的艺术表现，赵树理的作品散发着来自中国大地的香喷喷的“土气”。这一切，都使他在新文学史中具有了他人无法替代的、独特的意义。除了赵树理以外，还有一批为数不少的中国作家在这一方向的引导下，向现代文学的积存提供了一批有异于前的、同样具有经典意义的作品。小说如《红旗谱》、《荷花淀》、《创业史》，诗歌如《漳河水》以及民间歌手如王老九的歌谣等，都为中国文学增添了新气象。

所以说，问题不在写农村是否正确，问题是在要求所有的人都去写农村是否正确。要是在战时，为了发动农民支持战争，号召所有的人都投入、并实现战争的目的，这是一种可以理解的功利主义的动机。那么，在取得政权之后，面对社会的全部复杂性，而要强行推进这一战略，就显得是窄狭而短视了。也许更为严重的还在于，为推进这一战略而采取了一系列非常的做法——观念的偏狭，加上方式的粗暴，这样，悲剧就不可避免地发生了。

五十年代第一场为贯彻上述方针而开展的批判，是针对一篇表现自农村进入城市、并表现了其中人物的内心矛盾和抗争的复杂性的小说，这就是萧也牧的《我们夫妇之间》。这篇小说的情节许多人都已熟悉，此处不再赘述。值得注意的是，这一批判是针对作品处理作为农民出身的“工人干部”的妻子与作为知识分子的丈夫之间、他们在进城之后对于城市的看法的差异引起的。妻子坚持了正确的立场，她看不惯城市，认为要以农村的习惯“改造”城市，而丈夫则对此有不同的见解。小说当然是在如何对待农民的问题上“触雷”了。而批判的来势之猛，则是出人意料之外的。例如有的批判文章谴责作者对“女工人干部张同志”（即小说中的妻子）的态度是“满足他玩弄和‘高等华人’式的欣赏的趣味”，并把作者定性为“一个最坏的小资产阶级分子”。萧也牧因文罹祸，最后死于非命，其结局十分悲惨。然而，更可悲的是，这远不是萧也牧一人的命运。

曲折的文学道路

中国文学在新时代面临着严重的局面。原先成分复杂的作家和艺术家都面临着必须告别过去、迎接新生的极为艰巨的改造和被改造的形势。中国文学正在坚定地按照统一化的计划，进行着史无前例的调整。这种调整的内容是全面的，即不仅在大的方向上必须一致，而且在到达这一目标的方式上也是规定好的，例如作家必须深入到“火热的斗争”中去熟悉原先陌生的生活中的人和事，观察、体验、研究、分析，以及建立生活根据地，等等。对于文学的创作，从内容到形式也无不有一致的、即使不能也要大体一致的要求。例如，要写“英雄人物”以及不可写“中间人物”的要求；作品的情调必须明朗不可低沉的要求；艺术形式的大众化—民族化的要求等。

当日不间断开展的政治的和文学的批判运动，虽然各个阶段有各不相同的指称，但大体都针对作家创作有悖于统一化战略的错误的、“不正确”的、甚至“反动”的倾向，旨在纠正这些倾向而开展的斗争。这种批判运动开展的结果，造成了大批作家的“流失”、或进一步“失语”，以及某一时期，某一阶段文学的单一甚至枯竭的后果。中国曾经有过若干个文学极端一律化的时期，例如“大跃进”和“文革”时期，尤以后者最为突出。“样板化”就是最极限的例子，而样板化的结果则是文学的空前萧条。

我们的文学是从“文革”的极限和绝境中走出来的，正是开放的社会给了文学以新的生命。由此，我们获得了巨大的认知，即我们已经认识到，对于一个社会而言，已从计划的经济和单一的经济的实行中得到深刻的教训，我们于是决心改变这一状况。而计划的文学和单一的文学实行的结果，虽不如经济那般地直接影响于国计民生——因为它并不直接关涉到人民的“穿衣吃饭”，仅从这个意义上说，文学似乎是“可有可无”的。然而，这种对于文学破坏性的结果对于社会的影响，则是更为深远的。它造成几代人的精神贫困，当文学变得枯竭时，人们的情感也会因枯竭而变异。

由此可知，自由的文学能激发社会的生机，而经过改造的“计划”的文学，不仅扼杀才华、制造个人和家庭的悲剧，而且将造成几代人的精神失态。要是说，“五四”当初，一代先驱为挽救国难，而曾经四处探求重铸民魂的药方，那么，时至今日，却是自己动手制造枯竭的文学。这——无异乎是在自毁民族的精神长城。要是由此退回二十年，我们站立在“文革”造成的、让人触目惊心的精神废墟之前，我们要是未曾忘却当日的“伤痕”文学所揭露的一切，我们对上述的判断就不会感到是危言耸听了。

写实主义及其流变

中国新文学诞生不久，当时的文学探求者如饥似渴地吮吸着众多的外来理论，以为自己的创作指针。《新青年》杂志一开始就致力于新理论的介绍，这种介绍大大地开阔了中国作家的视野。中国作家由于文学的强国新民的理想的支持，从新文学的试验期开始就把文学表现的镜头，对准了底层民众生活的艰辛：严重的贫富对立，人力车夫在寒风中的挣扎，都在当时的诗和小说中得到表现。

中国作家一开始就很注重写实派的文学主张。文学研究会的成立，以及他们“为人生”的创作主张和实践，可以说是受到了这一文学思想的很大的影响。文学和中国人的实际生存状态、和他们的苦痛与希望紧密地联系了起来。至于鲁迅早期的小说，简直就是中国人平常生活的人生百图。鲁迅一开始就把批评现实的视点，对准了中国人的灵魂，他创造了后人无以企及的高度。

写实主义的文学在当时人的心目中，无疑是一件珍宝，因为它能把现实生活的实际图画生动而形象地再现出来。早期的新文学作家，从这种文学和社会的直接而神秘的关系中，觉察到它的价值——他们本来就追求以文学改造民心进而改造社会，本来就追求文学“有用”。写实主义在此时的出现，恰恰是与多数中国作家的追求相吻合。

后来，苏俄的民主主义文学思想以及辩证唯物论的文学思想传了进来。这些理论非常注重文学的社会性，注重文学对于社会的作用，以及作家的社会使命感。这些理论是建立在文学产生于劳动的基础之上的，劳动创造人类，劳动也创造文学。这种理论极易于与当日中国新兴的激进社会理想相结合。当日中国知识分子中的先进分子，由于饱经忧患，时刻都在寻找疗救中国的药方，很少不受到上述这种新进思想的感染和影响。

三十年代的中国是左翼文学蓬勃发展的时期。由于左翼文学与共产主义思想的传播保持着非常密切的联系，以这种文学理念为基础的、注重文学社会性的思潮于是陡然兴起。新进的社会思潮与革命的文学理念，几乎是一拍即合，汇成了一股强大的潮流。从这样的角度来看，从新文学运动初期的“为人生”，到后来广泛流行的“为政治”，几乎就是一步的跨越。

当代文学由于直接承继了解放区文学的传统，那些与这一传统不谐调的文学思潮，经过有力的改造之后，很快地也汇入了上述的潮流。五十年代以后由于对文学领导的强化，文学的社会性得到了更为充分的肯定。文学与社会，特别是与社会的政治的关系得到更完整、也更系统的阐释。文学是从属于政治的，文学应当积极而主动地反映社会的实际，政治化的文学要求作家自觉地履行他对社会的责任。这样，由于社会对于文学的要求进一步提高，文学已不仅是被动地(的)对社会生活的反映，文学还应该是主动的阶级斗争的“晴雨表”和“风向旗”。五十年代以来的许多文艺的领导，都反复地使用这些耳熟能详的词汇。

文学和社会的关系从来也没有表现得像如今这样的紧密。在五十至七十年代这漫长的三十年过程中，文学被紧紧地捆绑在社会政治这部大机器上。这一时期的中国社会是极为多变的，这个舞台演出了无数动人的活剧。这些活剧的悲欢情节，在文学中被广泛地表现、并被大量地保存了下来。因为社会要求于文学的是充当阶级斗争的工具，在变幻莫测的“阶级斗争”中一方面是文学在疲于奔命的“紧跟”中逐渐地丧失了自身；一方面则是文学的这种几乎是直接的“配合”，又使它大面积地保留了社会盛衰、政治进退的生动画面和氛围。因为政治要求于文学的是它的即时性，由于文学亦步亦趋地跟随政治的状态，从而使当日丰富的社会的资讯，意外地被大量地“积存”在文学中。

从五十年代开始，中国社会的这个大舞台的活剧的演出是愈演愈烈。无以数计的政治的、准政治的运动过后，又有了一个叫做“大跃进”的大演出。而这似乎还不是高潮，到了“文化大革命”可说是到了极致。中国社会的极度癫狂，全世界为之瞠目！这样，在我们通常描写为“萧条”和“贫乏”的文艺现象之下，我们却容易地发现了贫乏中的“丰富”、萧条中的“繁盛”。丰富和繁盛加不加引号都没有关系，总之是，我们从通常的描写中，看到了另一面的景象。

如今看来，我们在这一时段中为中国文学积存了可贵的社会—文学的实践经验，这里的经验是一个中性的词，既说明实践中的获得，也记载实践中的丧失。当代文学的确为文学历史提供了大量有用的“文本”。这些文本既是社会行进的生动记录，又为文学的变异提供了见证。例如，被保留下来的那八个“样板”，它作为动乱时代的文学遗产，如今已被视为“红色经典”被人们所记忆：偌大的中国至少在长达十年的时间里，竟然由区区八个作品供应、并“满足”着至少十亿人的精神需要！这本身就是奇异的社会历史景象。

回首往事，人们难免会产生疑惑，那漫长的岁月究竟是怎么挨过来的？事实是，在这景象的背后已有了长期的积累，再加上当时趋于严整的体系化的理论的支持，人们早已习见不怪。至于那八个作品从创作到演出、从文本到舞台，包括从人物形象的构成到故事情节的配置，都活脱脱地、完备地展示了当时的社会—政治—文艺的精神画图。这就是丰富，这个丰富有力地说明着濒临绝境的贫乏。

中国在五十年代之后的文学历史，基本上是被这样一些大大小小的政治—文学运动推进着。这构成了当代文学的主流现象。这种文学运行模式的形成，是长期积累发展的结果，并不是一时间突然降临的。中国本来就有社会化的文学理想。由于文学自身以及文学以外的原因的促成，到了这个阶段，既已定型又到达极限。这种文学经验留给后人以绵长的思考。它的确严重地伤害了文学自身的品质和规律。它把文学应当拥有的本质特性都放逐了，例如文学个人生产的特点，文学创造的独特性和自我表现的特点，甚至文学的审美性和诗化表现的特点，文学对全人类的超种族、超阶级、超时空的关怀的特点等，都被驱赶于文学之外，而独独留下了文学与社会的关联这一点。即使是这一点，也还是局限于当前的、及时的政治功利这狭隘的范围之中。这对于文学来说,确实是致命的危害。

但是,我们要是平心静气地加以考察,我们也不难从这些巨大的变异中,既可以感受到社会政治对于文学的急切要求,也可以了解到文学对于政治主动(更多的时候则是被动)的承诺。但是,我们也从社会和文学的这种非常紧密的配合中,以及从文学为政治作出的牺牲中,通过今昔对比,觉察到我们如今的匮缺。现时的文学的确是挣脱了外加羁束的自主的文学,但文学的外界约束解除之后,在世俗的追逐中,却普遍地失去了自律性。文学变得对于社会而言更像是可有可无的事物了。文学在一些文学家那里,越来越像是一种自说自话,不管窗外门边有了怎样的事件发生,大多数的文学几乎无视无闻。要是说,文学曾经因为太近切地"为社会"而失去了自己,那么,如今则是文学在失去与社会关联的"为自己"中大面积地失去了受众。

当文学在读者中变得是"存在等于不存在"的时候,这对于文学的打击,同样是致命的。当前的文学因大幅度地迎合世俗而变得普泛化了。被消解了意义和失去了价值感的文学,除了对自己怀有兴趣以外,对自己以外的一切都很冷漠。当文学不再关怀社会和人类的命运与处境时,事情显然正在起变化。在这个时候,要是反问一句,既然文学不再关怀人们的生活和命运,人们还有什么理由要关怀文学?这也许是一句并非多余的提问。

文学营造"欢乐王国"

中国从五十年代开始,社会上弥漫着一种欢乐的、朝气蓬勃的气氛。这是一个充满憧憬和希望的时代。这样的时代必然也给文学打上了鲜明的烙印。许多作品都记载着这个时代欢快的、乐观的心境和情绪。这是一个弃旧迎新的年代,人们满怀喜悦地投身于劳动和工作。他们毫不犹豫地告别了过去,每一天都创造着新的开始。他们就是创世的一代人。这个时代的文学普遍地表达了冬天过去、春天来临的早春情调。这种心境凝聚在作品中成为基调,甚至本身就是作品的内容。一个时代的文学集合起来看,它构成了代表那个时代的整体风格。

五十年代以来,由于倡导文学一体化的结果,个人风格在作品中的体现,包括作品表述上的个人化追求、作家叙述风格的独特性、作家偏爱的作品基调、甚至遣词用句方面的独异性等,均被视为不符合时代潮流的、带有个人主义倾向的艺术实践。在这种总趋势下,多数作家是自愿地、有的作家则是非自愿地放弃了自己毕生追求的创作的个人风格,而向着被指定的"集体主义"的、代表社会整体的、标准化的风格靠近。

社会的巨变使作家真诚地感到了一个新的时代的来临。我们已把黑暗留在了身后,而前面则是磅礴而起的日出的万丈霞光。与此同时,一体化社会—政治—文学的要求也通过种种行政性的措施(包括层出不穷的政治运动)步步进逼,这一切主客观的条件有效地构筑着文学在新时代的一致性风格特征。显然,随着个人和流派艺术特征的弱化以至消失,实际上正在形成一个时代一种风格的局面。这个时代是充满希望的,因而文学也应该是乐观欢快的。悲观、忧愁,都是灰色的,也都是不合时宜的。许多政治和文学的批评都指责低沉的调子,指责作品缺乏"亮色",其原(源)盖出于"风格一律"的主张。

文学的生命从来都羁系于个别性,文学赖以存在和得以流传的依据是作家的个人独创性。这种独创性既体现在内容的涵容量与表现生活的深刻性上,也表现在艺术表现力的强烈和作家的艺术个性上。成功的作家往往致力于使自己的作品具有有异于他人的独立风格。因而,代表一个时代文学繁荣的理想境界则往往是:一个作家就是一个世界,一个作家独立的(地)拥有一个自己的天空。尽管这很难做到,但却是古今中外所有作家追求的高境界。

而中国当代文学在长期间内的情况却并非如此。我们是在追求文学与时代的密切联系上、在文学表现社会生活的即时性上,要求文学有一种公共的、统一的风格,这就是被我称为"早春情调"的欢乐风格。我们在本应是多色调的、多情绪的、色彩斑斓的世界里,创造了一个不可靠的、同时也是不真实的虚幻的"欢乐王国"。说是虚幻,因为它只是社会生活的皮表的、甚至是人为制作出来的现象。事实上,在当时这一乐观主义的外表掩盖下,生活的全部复杂性都存在着,"欢乐"并没有把生活变得单纯起来。生活中有欢乐,但不是没有痛苦,作为人们通常的生活,自古而今、天老地荒的喜怒哀乐、烦恼、苦痛以及忧患,全都在,一样也没有少。一切并没有因为一个时代的开始而宣告消失。是人们的"意志"把生活"纯化"了。于是,保留在我们的文学中,只剩下一种色调、一种情绪、最后是一种"风格"。

从社会现实来看,尽管五十年代初期战争的硝烟正在逐渐散去,朝鲜战争结束后,国内开始了全面的建设,的确有一种和平景象。但随着生活的展开,生活中的矛盾、冲突,在光明背后的全部阴影,正在悄悄地生长。当时批评界流行一句对于生活的另面、另种的表现的指责:"难道生活是这样的吗?"其实,生活就是那样的。而且,甚至比那样表现的还要严峻。五十年代中期,许多有良知的作者,已经望见了或预感了生活中正在酝酿着不幸和悲剧。当时有人提出"不要在人民的痛苦面前闭上眼睛",以及提出文学的职能在于"干预生活"等,就是一种觉醒和使命感的催促。但一切都已无济于事,因为社会政治要求于文学的,是要它作为工具无条件地礼赞和肯定前者所展开的业绩,而且为此规定了描写的调子和底色。

其实,这样一种文学现实不仅不符合于当时的社会实际,也不符合公众生活的各异的、千差万别的平常状态。即就文学与生活的最通常的关系来看,要文学在传达时代的精神特征时采取统一的“欢乐”的基调和氛围，也是违背文学创作的一般特性的。中国文学史上曾经流传过一个著名的论点，这论点是说文学描写欢乐最难，而文学在表现苦难方面往往得心应手。唐元和三年（公元808年）韩愈在洛阳为诗集《荆潭倡和集》作序，提出了这样的论点：“夫和平之音淡薄，而愁思之声要妙，欢愉之词难工，而穷苦之言易好也。”我们从五十年代开始的文学努力，整个地与这个论点相违。我们是下定决心要把这个时代的文学做成一个铺天盖地的欢乐颂，而要在文学中驱逐那怕是一丝云翳的哀愁。

两个世纪末：三次文学“改道”

以上所述，大体是中国文学进入五十年代以来的若干重要现象，这些正负面的经验，已经成为我们的宝贵财富。这是半个世纪文学留给我们的纪念。随着七十年代末政治动乱的结束，文学也开始缓慢地调整。从那个时候开始，不论是什么样的文学潮流的涌动，它的每一次运行，都是一次把文学带出那非正常的阴云笼罩的运行。“文革”的结束是一次伟大的宣告，它宣告：一个凝固的、板结的、一体化的文学秩序由逐渐的松动而终于解体。被严重控制的文学于是开始了自由的运行。这是中国现代文学的又一次重大的转折。

中国文学的革新运动可以溯源到上一个世纪末，那时的一批先驱者把中国命运的改变羁系于文学的改变。社会的危急情势迫使他们把文学和政治捆绑在一起。在他们的理念中，文学改良或文体革命与富国强民之间的关系不仅是紧密的，而且是必然的。这样，我们便看到了从上一个世纪之交到这一个世纪之交的近百年间中国文学激烈而多变的涌动。纵观这一百年的文学进程，重大的潮流的“改道”，总的算来有三次。1919年那次新文化运动中的文学革命是第一次，是用新文学代替旧文学的改天换地的巨变。本世纪四十年代初确定的、并在1949年以后予以全面推进的工农兵方向的文学，是第二次。这是文学的第二次“改道”，其特征是以文学的一体化秩序代替“五四”新文学业已形成的多样化的格局。“文革”结束以后，以“新时期文学”的出现为标志、包括实行市场经济以来的“后新时期文学”（从时限看，业已长达二十年）的发展期为第三次。

关于近期出现的这一文学潮流，有必要用多一些的笔墨加以描述。这一阶段的文学，改变并基本消解了自左翼文学兴起以来不断影响、并不断强化着的意识形态对于文学的坚固的统制。尽管原先制约文学发展的因袭力量继续存在，文学呈现出前所未有的多向度选择的良好局面，但无可置疑的是，文学也正大幅度地被置放在商品经济运行的原则之下。世俗的欣赏趣味的扩张、广告和传媒的炒作、市场的诱惑——使得写作者和出版家都乐于使自己从这种新的秩序中得到好处。以往听命于意识形态驱遣的、失去自由的作家,如今在经济和商品的支配下,同样地失去了自由。也许,那些特别坚定的人是一个例外。

这一次潮流的改道,同样带给中国文学以巨大的震撼。尽管它改变了中国文学单一的流向,使文学的发展渐趋于正常,但对于"五四"新文学而言,它的主要意义并不在于对"五四"传统的"修复";对于四十至五十年代开始的一体化文学而言,它的意义也不仅仅是在于对这一文学异化的"解构"。这同样是一个全新的文学时代。文学从过去的作为庞大的和整体的"机器"中"脱出",而变成了(其实是恢复到)一个又一个的"零件"——在现今,每一个作家、每一部作品,都是这样的"零件"。

统一的机器于是解体。文学写作不再是"集体"或受命于"集体"的行为,文学写作也不再代表群体和他人,极而言之,文学与社会的关系达到了空前的淡化。文学写作和文学表现的个人化的现象,于是就成为当代最重要的文学风景。私人写作、私秘性、极端的个人体验以及只有写作者自身才能了解的最隐秘的心理和情绪等,成了文学极为重要的题材,甚至成了文学的基本内容。

这同样是一个特殊的文学年代。文学的基本价值受到质疑,意义被消解,审美功能被忽视,主潮不再存在,而且,人们也不再崇拜、甚至否认有所谓权威。他们听从的只是自己的召唤。"畅销书"、"排行榜"、"首发式"、"研讨会"、"签名售书"——都在有力地激发着人们的欲望和热情,都在把文学推向一个前所未有的新界的境界。这是中国文学在二十世纪最后一个时段的重要景观。要是用一种不准确的比喻,说这是一个"皇纲解纽"的年代,对比已往曾经有过的文学禁锢的史实,却也未必含有贬义。尽管我们仍然感到不满足,但较之已往,文学的确获得了前所未有的自由度。拥有此等自由的人,理应珍惜这来之不易的权利。现在的情势却是相反,人们似乎缺乏自制,他们中的不少人都患了健忘症,他们很容易地忘记过去,而以轻率的态度对待他们业已获得的一切。

中国当代文学半个世纪的行程,给人们留下了欲说还休的纪念。它仿佛是行进在榛莽与泥泞途中,一路艰难地走来,把泪水、血水以及更多的汗水洒在那绵长而悠远的路上。有许多的狂热与悲慨,也有许多的悔恨与醒悟,苦难曾如头顶挥之不去的阴云,而突破层云之后的灿烂阳光,更让人感到了生活毕竟还是美好的。

如今,我们反顾来路,透过那迷漫的尘烟,在发现有许多失落的同时,竟然发现也有许多的获得。是的,我们曾经贫瘠过,然而,我们更是富有。把中国几代作家的亲身经历以及他们的内心经验集合起来,便是一座雄伟而悲烈的精神博物馆。世界上有很多的人不及我们"幸运"。在历史的滴血处我们获得,我们的内心有很多这样的冰川刻痕,很多人本身就是深埋地底的活化石。我们有很多记忆,而记忆是一种无价的财富。人当然不应生活在记忆中,人应当往前走。但是作家不同,作家天生地要肩负历史的重载和承受时代的重压。

作家也有微笑的时候,人们从作家的微笑中看到了生活的希望。但即使作家在微笑,我们也能在他们的笑容中看到深刻和沉重。这是作家与普通人的不同之处。普通人可以没有历史感,而作家不能没有。只要不是有意地忘却,每个中国作家都自然地感受到了中国历史之重。把这种“重”用各自的方式表现出来,则是中国作家不可推卸的历史责任。

1998 年 11 月 7 日初稿于北京

1998 年 11 月 8 日至 11 月 20 日修改于重庆—福州

1999 年 1 月 1 日再改于北京大学畅春园

——原载《文学评论》1999 年第 4 期

汪政 晓华

词与物

——有关于坚写作的讨论

在最近的一篇文章中，我曾经这样说过："在文学领域，几乎对所有的问题与现象都很难自信地保持惟一的立场，即使在比较短的时间内也可以一眼看出，如果对某些问题始终如一的话，那么，不是对其已然存在的不同观点视而不见，就难免有些意气用事。"①在较多地阅读了于坚的作品之后，我又一次想到了它。一名读者，或一名批评家，是如何与一位写作者相遇的？如果将相遇不只看作一次性的面对，而是看作一种过程性的交流，那么，在这样的过程中会发生一些变化吗？甚至会出现一些戏剧性的"事件"吗？于坚远在遥远的云南，与于坚写作的第一次真正的接触是在1994年，我是在偶然之中读到他的散文的。说实话，在当时，包括现在，这样的"散文"在散文写作中都是一种"另类"的写作。但是，我知道，从本质上讲，于坚以及《他们》的作者首先是一些诗人，如韩东、朱文、鲁羊、李冯、刘立杆、朱朱、吴晨骏等等，但由于种种原因，我与当代诗歌的疏离已有了相当的时日，因此，当我今年春天企图表达我对诗歌的一些看法时，我发现我在小说与散文的立场上容易认同他们，而在诗歌上，我觉得还存在着沟通上的困难，一些提法，如口语化，诗到语言为止，如果不作详细的剖析，分歧也许不大，但提倡诗歌的日常化却无论如何有悖于我的诗歌趣味。现在，日常生活已成为一个分水岭，成为区别九十年代与八十年代诗歌的重要方面。具体地说，八十年代的诗歌是张扬的、"宏大抒情"（与"宏大叙事"相应）的和隐喻的，所谓张扬与宏大抒情意味着诗歌的非个人化、意识形态化与意义形态化，在抒情中，个人被遗忘，一切诗人的努力都在企图构筑非个人的、非日常生活的诗歌空间，对象之所以被纳入到诗歌领域，就在于它与民族记忆、社会记忆的深刻联系；而隐喻则与语言有关，与惯常的诗歌方式乃至思维有关。当诗歌不去言说时，此

① 《叙述的代价》，《文艺报》，1998年1月10日。

物在,而当诗歌试图去言说它时,它倒可能被推拒、被遮蔽、被扭曲。这样的状况一方面是诗人自觉的结果,另一方面则是语言自为的。比如诗人们说出“梅花”时,他是在说“梅花”?不,他实际上在说或者试图要人们明白“梅花”作为能指并不指向作为植物的所指,而是指向品质、气节抑或某一类人物。因此,当韩东写出《大雁塔》时,当于坚写出《罗家生》时,立时引发了诗学界的震动,韩东所使用的语言是直白的,但在直白的语言背后的努力却是巨大的,因为韩东面对的是人们强大的隐喻性的诗歌接受模式,而且,不知韩东是出于挑战还是出于自信,他选择的对象是历经时间沧桑,有着深厚人文积淀的历史景观“大雁塔”。韩东此类冒险甚多,比如,《你见过大海》,“大海”虽是一自然景观,但也是一个积淀了丰富内蕴而且有着相对固定喻指的意象,于坚就曾具体分析过这一能指极有可能引发的“垂直”联想。我们当然应该从复杂的诗歌背景上去理解于坚等第三代诗歌运动的美学主张,诸如如何解构中国诗歌与政治意识形态的一体化关系,如何抵抗古典诗学传统的强大延伸,甚至如何抵御西方诗歌的侵蚀,等等,确实是我们文学应该思考的问题。应当说,从理论上构建新的汉语诗歌写作理想是有一定的可能性的,而且,第三代诗歌回到日常生活、口语化、诗到语言为止的美学理想也都是可以理解的,它们确实构成了与前述八十年代诗歌浪潮有别的九十年代的诗歌核心,其深层次的立场表明,诗歌以及诗人都应该是第一性的,他们不应当是现代政治、文化的传声筒,诗本质上是诗人与对象、与语言遭遇的结果,是诗人对事件的直接面临,因此,这样的语言理当是未被污染的语言,而且,相较于书面语,口语更显得纯洁、轻灵、未遭重负,这样的语言能够最大限度地减少中间过程,使诗人的所有“愿望”和“想法”能在语言中“当场”实现。但问题是,这样的愿望在实践中将会如何?当日常生活来到诗歌之中时,它还是日常生活吗?什么是诗到语言为止?诗歌语言作为一种艺术符号能否仅仅在“能指”上滑翔?韩东《大雁塔》的日常效果以及它对传统文化的消解实际上是以大雁塔的人文积淀为前提的,没有后者的“重”,就没有前者的“轻”;没有后者的繁复,就没有前者的简单;没有后者的经典,就没有前者的世俗和日常。我也注意到人们对韩东《你见过大海》的读解,也许,这样的读解在第三代诗人眼中可能是一种误读,韩东在诗中拟想了“见过”、“想像”、“喜欢”大海的几种情态,之所以如此拟想是想阻隔另外的拟想,是想以日常的拟想去替代可能出现的传统诗学的拟想,韩东试图重新构建或还原人与大海的日常关系,所以韩东从日常的角度设想了一些基本情状后反复出现了这样的词句,“就是这样”,“顶多这样”,“就是这样/人人都这样”,是人人都这样吗?假若我的上述复述是合乎《你见过大海》的写作意图的话,那么,与这样的意图相左的读解力量可能更为强大。一位诗评家认为:“任何能够传之久远的文学作品必然是象征性的作品”,韩东的这首诗幸运地被作为了例证。“批评家的责任就是指认出其中的象征”,“这首诗是一个典型的原型象征。‘大海’就是生活,就是传统,就是社会,就是比个人强大的一切”。① 韦勒克说过:“诗歌不是一个以单一的符号系统表述的抽象体系,它的每个词既是一个符号,又表示一件事物,这些词的使用方式在除诗之外的其他体系中是没有过的。”②换句话说,诗歌中语言的隐喻的垂直结构可能是命定的,对这一点,于坚有清醒的认识,他说:“隐喻从根本上说是诗性的。诗必然是隐喻的。”(《棕皮手记·1990—1991》)因此,从某种角度看,试图拒绝隐喻的写作可能是无法摆脱的,于坚在回忆《罗家生》的写作时对此就不无遗憾,诗中有这样的一节:“文化大革命/他被赶出厂/在他的箱子里/搜出一条领带”。于坚当然知道“领带”并不或主要不是指领带,而是“隐喻西方生活”,领带只不过是一个细节或语词,而《罗家生》作为一首完整的作品亦复如此:“《罗家生》之所以赢得一些读者,乃是它的隐喻力量,它对一个时代某些本质方面的把握。我在写作时曾想客观地不带任何暗示地写这首诗,最终这首诗却充满了暗示,它至少暗示了一个时代对个人的不公正。这也是它赢得读者的原因。我觉得这是不合我写作的初衷的。”(《谈谈我的〈罗家生〉》)如果说《罗家生》尚未摆脱八十年代于坚的影子的话,那么到了《尚义街6号》,于坚倾向于反隐喻的姿态已相对决绝,这确实是于坚近于日常叙事的转喻式写作的一个转折点,于坚在《对二十五个问题的回答》③一文中详细地谈到了该诗写作的真实背景,这样的背景对诗人来说也许是真实的,这样,诗歌的能指与所指就有了惟一性的指称关系,但这样的指称关系对阅读来说存在吗?“那是热闹的年代”是否会引起特殊的记忆?“一些人成名了/一些人结婚了?一些人要去西部”是不是带有某种沧桑,某种落寞,某种寂寥与无奈?“后来,在世界的另一些地方/我们常常提到尚义街6号”这样的诗句是不是又有一些怀旧,一些怀旧与感伤?现在,提到于坚,人们首先想到的是他的《0档案》与《飞行》这两首长诗,这两首本世纪中国特殊的汉语长诗读的人已经很多了,本文不拟再谈,只是从我的疑问指出它在文本上的一些值得关注的地方。先看《0档案》④:

砸烂　勃起　插入　收拾　陷害　诬告　落井下石
干　搞　整　声嘶力竭　捣毁　揭发
打倒　枪决　踏上一只铁脚　冲啊　上啊

——《0档案·卷四　日常生活·6·一组隐在阴暗思想中的动词》

照片　半寸免冠黑白照　姓名　横竖撇捺　笔名　11个(略)

---

① 张远山:《汉语的奇迹》,《名作欣赏》,1995年第5期。
② 韦勒克·沃伦:《文学理论》,三联书店,第201页。
③ 《他们》第七辑,1994年。
④ 限于篇幅,只节录部分诗行,其实对整个文本的特点均可作如是观。

性别　在南为阳　在北为阴　出生年月　甲子秋　风雨大作
籍贯　有一个美丽的地方　年龄　三十功名尘与土
家庭出身　老子英雄儿好汉　老子反动儿混蛋
职业　天生我才必有用　工资　小菜一碟　何足挂齿
文化程度　少壮不努力　老大徒伤悲
本人成份
肌肉30公斤　血5000CC　脂肪20公斤　骨头10公斤
毛200克　眼球1对　肝2叶　手　鼻子　1个
婚否　说结婚也可以　说设法结婚也可以　信不信由你
政治面目　横看成岭侧成峰　远近高低各不同　民族
遥远的东方有一条龙……

——《0档案·卷五　表格·1·履历表　登记表　会员表　录取通知书　申请表》

人们从这些“摇滚”式的诗行中看到了什么呢？是的,这其中确实有许多已经成为了中国百姓日常生活用语的固定词组,但就是这些固定词组总会暗示出其特定时代的语境。正是“借助”于这些特定语境才构成了《0档案》的反讽效果,而这样的反讽效果惟有在中国当代文化背景中也才可以发生。诗歌(文学)虽然被当成一种艺术符号,但以语言作为一种符号与其他媒体是不同的,线条、色彩、音响,乃至大理石、青铜与陶土……在艺术家的眼里,虽然都被看作“语言”,但这些语言是广义的,而狭义的语言总是要被读解的,它不可能止于“形式”、节奏、氛围,它不可能完全抽象,也不可能摆脱语义的“纠缠”,当诗人沉醉于“止于语言”的诗歌写作时,他笔下的诗行却现实地从语义上被反复琢磨。《飞行》的语言是密集的,其节奏也是迅捷的,但假若我们放慢阅读的速度呢？

过去我相信诗歌不朽　大地永恒　熟读唐诗　我夜夜故国神游
何时石门路重有金樽开？
在滇池的渔船上　我经常遇见才子王勃　他骑着白鹤像骑自行车
哦　那个秋天落霞与孤鹜齐飞　我学习笛子与骚体　热爱白居易
过去我吸附着大地　我知道怎样像一棵橡树那样扩张
轻盈　脱离物质的局限　又获得地基的重量　一旦我不再受限制
我知道怎样融合淫荡与贞洁　最优美地生长
我知道如何与风一致　又像花岗岩一样坚硬
如何像高原的花朵那样舒展繁荣　又像冬天的心那样简单清秀

所以,才有了于坚对汉语的看似矛盾的态度,一方面:“语言是存在的家园？所谓家园是何谓？在汉语中,家园实际上不是存在本身,而是某种远离存在的乌托邦,正像这个词所隐喻的世外桃源一样。”(《棕皮手记·1994—1995》)“拒绝隐喻,就是对母语隐喻霸权的(所指)拒绝,对总体话语的拒绝。拒绝它强迫你接受的隐喻系统。”(《棕皮手记·从隐喻后退》)“我用汉语说的不是我的话,而是我们的话。汉语不再是存在的栖居之所,而是意义的暴力场。”(《棕皮手记·从隐喻后退》)另一方面:“汉字是一种艺术,它更适合于写诗。”(《棕皮手记·1996》)“因为汉语是世界上最优美、最富于智慧和诗性的语言,用汉语写作使我具有存在感和自信。汉语与世界的关系是抚摸亲和的关系,汉语的性质是世俗、柔软、温和、幽默的。它与人生世界的关系不是批判对立、不是改造征服开发的关系,在这个英语在世界各国泛滥成灾的世纪里,汉语是一种坚持着神性的语言,我相信这个世界如果还有诗人的话,那么它肯定是通过一只汉语之舌说话的。”①

写到这里,我对自己已经渐渐产生了疑惑,也许我与于坚们并没有什么值得讨论或分歧之处?真正的汉语诗歌写作依然是在一个与生活、与我们的日常语言不同的世界,只不过,于坚更注重它的动作化、过程化和解构性,汉语诗歌的写作在今天应该成为一种拒绝、消解的冒险之旅,“诗人应当在对母语的天赋权力的怀疑和反抗中写作。写作是对隐喻垃圾的处理清除。”(《棕皮手记·从隐喻后退》)当我们的论述进行到这里时,于坚的根本性的立场才凸现出来,无疑,这样的立场是富于生机与活力的,一种崭新的诗歌张力是否能于此中呈现呢?也许,对隐喻的解构是永远不可能进行到底的,正如用带有颜色的刷子无法清除带有颜色的墙壁一样,当用以解构隐喻的是可能潜伏着隐喻的语言时,谁又能保证诗歌究竟要止于哪一步语言呢?或许会如于坚所言:“我确实喜欢想写‘A = A’一类的东西,然而我最终堕入语言的陷阱。”(《谈谈我的〈罗家生〉》)也正如符号学家埃科指出的:“只要纠缠在一起的各种解释开始相互作用,文本就迫使我们重新考虑常规的代码和它们转变为其他代码的各种可能性。”②《对一只乌鸦的命名》作为一个诗歌动作可能典范地体现了诗人“解构的过程本身是语言还原的过程,是命名的行为”(《棕皮手记·1992》)。但我们明显地感受到作品被东西方文化缠绕的挣扎。“我要说的,不是它的象征 它的隐喻或神话//我要说的 只是一只乌鸦……”但是,正如乌鸦“不会因此逃到乌鸦以外”一样(乌鸦不再是自然界的作为“在”的乌鸦,它当然是一只鸟,但它已不可能还原为那只鸟),“我又如何能抵达乌鸦之外,把它捉住”,因为诗人一旦开口,就会被“一大群动词、乌鸦的动词”套牢,“我说不出它们/我的舌头被这些铆钉卡住”。这真应了中国古代审美哲学所讲的“遇之匪深,即之愈稀”③了。也许,对“乌鸦”的

① 《我为什么写作》,《东方文化周刊》,第43期。
② 《符号学理论》,转引自特伦斯·霍克斯《结构主义符号学》,上海译文出版社,1987年,第87页。
③ 司空图:《二十四诗品》。

命名并未达到预期的目的,但一种有意味的“诗”却在这不可能中建立起来,诗人也许不可能说出“是”,但诗人却可以说“不是”。

全面考察于坚等人的第三代诗歌的诗学立场和诗学精神远非这篇文字所能承担的,何况,由于笔者先在的立场,是否能客观地再现它们都不能自信有相当的把握,但当我在1994年与于坚遭遇之后,我就感到,即使在诗歌立场上我们可以讨论,甚至不排除我的保留,却以为诗人的立场在散文写作中的移植起到了惊人的效果。我之所以将于坚的散文写作看成另类,其道理就在于这种移植。当时我凭直觉认为,如果诗人主张的诗歌应当“后撤”、应该避免“升华”、应该重返“大地”、应该“从隐喻后退”在通常的意义上遇到“困难”的话,它们却可以在“散文”中得到实现,因为散文类作品从本质上讲是、也应该是“转喻”的。所以下面的分析我们将侧重到于坚的散文作品,而读者可能看出,在这样的分析中对于坚的诗学主张的诠释依然在进行。

在写作上讨论得比较多的话题之一就是有关“意义”的问题,比如写作要不要对意义进行探究,在一开始,不少先锋派写作认为应该把写作还给写作,写作就是写作本身,而不是意义的奴隶,所以,在某一时期,在写作中流行着所谓的“对意义的消解”式的写作,现在看来是相当可疑的。其问题出在对“意义”这一概念的理解上,表面看上去,那种把写作还给写作,或在写作上对“意义”进行解构好像显示了与传统写作模式的决绝,其实,在深层次上对“意义”却保持着与传统完全一致的理解,即意义意味着意识形态,意味着形而上,意味着流行的趣味和理念。其实,真正的“无意义”的写作是不存在的,但当你认同通行的意义概念却又不愿蹲在这意义里面时,你自然就得首先自我认定自己的无意义,所以,另一些问题随之而来,即日常生活、乃至什么是真正的生活以及我们看取和保存生活的立场与方式等等。如果要对这些问题进一步展开,那么对下面的概念及其关系就要有明确的认识,一是生活作为经验有没有区别,捷克作家克里玛认为是有区别的,他将其分为“极端经验”与“日常经验”①。第二,既然经验有了区别,那么,不同的经验与意义的关系又是如何?从一般的认知角度讲,生活中的超出我们日常生活规律与节奏的事件与现象的“极端经验”因其边缘的相对清晰使它具有了解释的自足性,又因其发生的原因的绝对的偶然或自觉化的必然而使得其阐释具有了客观的“理路”,同时,因为人类的历史意识和思维模式往往都建立在对极端经验的记忆、叙述上,并相应形成了各种价值判断系统,使得对极端经验的解释具有了丰富的传统甚至理论资源以至这样的解释有时会成为一种不证自明的言说,这样,建立在极端经验上的言说在其意义构建上

① 克里玛:《布拉格精神》,崔卫平译,作家出版社,1998年,第18页。

具有了相对优先的条件。但这并不意味着日常经验就与意义无缘，即使这样的意义仍然是形而上的。以美国小说家卡弗为例，他写的都是普通人及其普通的日常生活，但是卡弗却从中发现了普通人难以承担的东西，这种东西不是什么具体的事件，而是一种弥散的心理与氛围，书评家欧文·豪说："他的小说情节多半从日常生活中的一些麻烦开始，可叹时乖运蹇，最终走向失败的婚姻、破碎的生活。从表面看，这样的生活我们十分熟悉，然而，这些故事还是让读者感到震颤，因为这意味着崩溃的开始。习以为常的指导日常生活的约束力瓦解了，恐慌乘虚而入。"①豪说是"恐慌"，卡弗自己则说是"威胁"②。卡夫卡也是一个几乎与"极端经验"无缘的人，但克里玛认为卡夫卡却有一种将日常生活与"世界崩溃"联系起来的天才的能力。③昆德拉则认为，"卡夫卡不仅限于个人范围，也不仅限于公共范围，它包容了它们两个。公众是私人的镜子，私人反映出公众"④。第三，日常生活本身的意义，这是曹雪芹的方式，也是普鲁斯特的方式，张爱玲的方式，它既是本体的，又是喻体的，从喻体上看，就是卡夫卡，就是卡弗，于坚则坚持将其看作本体，于坚的立场是：历史是一种相当感性的、偶然的、琐屑的存在，生活不可能中断，生活是人的生活，生活是由人的不间断的言谈、举止、思维构成的，这样的生活是大量的、日常的，正因为它们是大量的、日常的，所以人们常常视而不见、充耳不闻，之所以如此，仍然是因为"意义"在作怪，因为这些生活在传统的历史视角之外，在流行的意识形态之外。于坚认为，人们不必去费心地在其中寻找什么形而上，日常生活本来就是形而下的，"真正的生活乃是无意义的生活。也就是所谓常识的生活，这种生活其实正由于它的无意义才成为生活的常态和永恒"⑤。日常生活是人们的"家"，当人们只关注于与己无关的大事和"意义"时，实际上是从本体论上遗忘了自己的家，对每一个个体来说，生活是线性的，个体之所以成为一个丰富的存在，不仅仅他正在进行着的当下即时的生活，而且还在于他的已发生的已经流逝的岁月中的生活，这些生活通过"记忆"而被个体葆有和珍藏，如果个体都从相同的意义去记忆，那么个体生活实际上即被取消，个体成为没有记忆的人，这便是"遗忘"的发生。言说、写作连同文本都可以看作回忆，看作记忆的物化⑥，如果这么看，我们的生活是多么的贫乏，由此再可以重新认识写作的意义，至少应该将其看作写作的真正意义之一，即从遗忘之处出发，"正是作家们对

① 《芸芸众生》，《书城》，1998 年第 4 期。

② 《雷蒙德·卡弗访谈录》，《外国文艺》，1997 年第 3 期。

③ 克里玛：《布拉格精神》，崔卫平译，作家出版社，1998 年，第 185 页。

④ 《小说的艺术》，三联书店，1992 年，第 109 页。

⑤ 《回到常识，走向事物本身》，《南方文坛》，1998 年第 5 期。

⑥ 有关"记忆"或"回忆"的哲学及美学阐释可参阅刘小枫《诗化哲学》，山东文艺出版社，1987 年。

无意义生活的记录，构成了真正的意义”①。所以，写作就是：“寻找失去的时间”（《追忆逝去的时间》），是这时间中精细的“物质”化式的可以触摸与感受到的点点滴滴。这样，于坚的散文一是要撩开集体记忆（无记忆）去还原“生活”在日常生活中的本来面目，这是一种抵近，一种搏斗，与传统思维模式和“取景框”的搏斗。于坚在这方面的代表性作品是《一日记》，作品是从疑问开始的：

我的一日在哪里？我是否能够在已经被文明记录在案的那些有意义有价值的日子之外，在那些被历史剪贴簿郑重地撕下来保存着的日子之外，想起我的某个庸俗、无聊、毫无意义、千篇一律的白开水似的日子？

《一日记》的写作既是放松的，又是嘲讽与揭露的，说它放松，是因为它是按时间的顺序，按照一个机关的小公务员的生活与工作程序来记叙的，它确实是平常的一天，但是我们会发现，一旦采取这样的视角，对任何一个作者都是一个严峻的考验，因为当我们不再以一个预设的意义的框架去切割、筛选、重组时，我们将什么放置到我们的笔下呢？放松还意味着对经验采取平等的态度，意味着打开我们的感觉器官，不仅仅是个人的行为，而且包括目之所接，耳之所闻，肌肤之感觉，这样的写作是一种打开，类似于中国古代诗学的一种“虚静”，我们平时浑然不觉的东西会纷至沓来，那样的鲜活，那样的细腻，甚至我们平时自以为是一带而过的东西实际上都是很不准确的：

当我在某个这种一日的第一秒醒过来，就看着窗子上的微光发愣。微光，不是光明，不是灿烂，不是熠熠生辉，不是闪烁，只是像一层毛，某种鼠类肚子上的绒毛而已。颤动着，犹如一位老妇人患风湿的手，正在把一种灰色的药粉状的东西抖开，然后慢慢地在一根银勺子的搅动中消散开来。光线混浊，不清楚，还不能说它是黎明（多么健康而美丽的词，但我却不能断然使用！），但也不能说它是最后的黑暗（多么悲壮有力的字眼，我却不能用来造句！），只是一些微弱稀薄的光而已，发着灰，或者在发蓝，或者发出的是白，都不是，不能确定。

不仅仅是身外的人事景物，还有我们内心的活动，它也是我们的“生活”，但是，我们什么时候去面对过它们？琐屑的，卑俗的，于“意义”无关的，过去了，就永远过去了，但可能这些东西真正地与我们自身相关，与我们的私人性相关，首先，我们是否排斥它们？其次，是否有勇气对待它们？《一日记》中有一段对“我”上班时与科长相遇于卫生间的描写与叙述，这一段叙述与描写极富戏剧性，这样的戏剧性不是外部的，而是内心的，从一般的意义观看来，实在卑俗不堪，但这就是我们的内心，它

① 《回到常识，走向事物本身》，《南方文坛》，1998年第5期。

存在过，我们能抽空它？在公共性、通用性的价值思维的引导、诱惑与逼迫下，人们不得不放弃私人性，放弃个体的内心生活，日记、信件，都成为公共性的，这实际上是取消了私人性。如前所述，我们总是很少从本体论，从人道主义的角度考虑这些问题，严峻的事实并不是任何人都意识到的：我们活着，但我们不存在。

于坚的许多写作可称为“元写作”，它是面对语言的写作，《棕皮手记》的第一篇为《三个词》（三个词分别为“春天”、“玻璃”、“道路”），我始终认为这样的编排意味着于坚对这一写作的重视。对于语言问题，于坚在某些方面与索绪尔，与海德格尔有一致的地方，人们经常遇到这样的苦恼，人们离不开语言，这个离不开有正负两方面的涵义，从正的方面说，离开了语言，人们无法认识、组织、表达世界，包括表达自身；从负的方面说，这个离不开意味了人们无法摆脱语言的纠缠，人们基本上不可能在初始的意义尤其是“属我”的意义上（正如维特根斯坦所说，世界上并不存在真正的私人的语言）运用语言，于坚问：

> 我们如何与一个词发生关系？

经过思考，于坚在常见的表象后面发现了真实：

> 我们跟在一个词的屁股后面，随着它去说出所见所闻。我来了，我看见，我说出。这是春天、玻璃，这是道路。
>
> 但我们如何在所见所闻之前就知道这是春天，这是玻璃，这是道路？
>
> 恰恰相反，我们不是尾随着一个词，而是在它来的路上与它迎面遭遇。我来了，我看见，我说出的是一个现成的它，不是我的发现。它已经在历史中被完成，它已经是道路，已经是玻璃，已经是春天。

也就是说，我们必须接受这样的“不平等”的事实，当我们试图使用语言时，就必须承担语言的历史，而且，没有谁能保证我们是在我们的“本意”上使用语言，更不可能保证我们使用的语言不会被误读。可惜这样的基本事实注意者甚少，因此，人们自以为是地沿袭着历史给我们的语言，而不去注重对于本真，我们究竟应该如何言说，所以，陈词滥调才充斥着我们的世界。如果这样，我们的言说就真的成为海德格尔所说的“闲谈”：“因为这种言说丧失了它和所谈的存在者本源性的在的关系，或者它根本就没有获得这样一种关系，所以，它就不会以让这种在者被它享有的方式本源地传达，只能以人云亦云玩弄词藻的方式传达……闲谈即形成于这种人云亦云玩弄词藻的传达之中。……它甚至扩展到我们写的东西，在那时，它的形式是‘陈词滥调’。”①这样的“陈词滥调”无疑“破坏了我们和事物本真的关系”②。面临这样的

① 《人，诗意地安居》，上海远东出版社，1995年，第62页。
② 《人，诗意地安居》，上海远东出版社，1995年，第78页。

困境，诗人何为？写作者何为？海德格尔认为新鲜的言词并不是我们的创造，而是我们对存在体察的结果。与前述立场存在着根本性的联系，于坚也主张写作者首先要认真地具体地生活，于坚反对浪漫，反对语言与生活的脱离，于坚跑了许多地方，但他从未炫耀过自己，他对那些只在拉萨的八角街转了几转就大唱蓝天、白云、雪山，甚至侈谈灵魂与神性的人极为反感，当我们为语言所困时，我们首先要自问我们有没有竭尽全力去抵近我们的对象。于坚对普鲁斯特和乔伊斯钦佩不已，因为他们确实具体地生活、认真地记录："这是真正生活过的作家的作品，生活在此地的作品。它们具体地与时代无关，仅仅与个人的房间有关。"（《棕皮手记·1996》）作家首先要解决的问题是真正地在"现在"、在"此处"生活，而不能总是装模作样，一副高蹈风神，"生活在别处"。与此相关，于坚反对过分地依赖想像力："在我看来，如果一个诗人仅仅为想像力的丰富，或为一个想像中的世界而写作，那么这是非常糟糕的。"（同上）"作为一个主观的、虚构的世界，诗所提供的语言现实就是，消除想像的方法，消除幻觉和罗曼蒂克的方法，消除乌托邦和恶之美学的方法。"（《棕皮手记·从隐喻后退》）所有这些，都是因为从根本上说，它们妨碍了我们真正的感性生活，妨碍了我们与物的具体的观照。所以，于坚的写作常常开始于身边的生活，同时注意重新书写被想像夸饰、歪曲了的生活。《火车记》、《治病记》、《住房记》等等都相当细致而深刻地描摹了我们的生存境况，一些细节在于坚的笔下得到了再现，我们从这样的写作中真正地体会到什么是还原的写作，什么是将"悬空"拉回到"大地"的写作。于坚在《大地记》中记叙了自己对云南中部的考察，对阿细人生活的考察，他通过与阿细歌手的交谈再现了被改装过了的阿细人史诗的原初文化面貌；而在《高原上的高原》中，他以自己亲历的图景无情地嘲笑了被一群文化人制造出来的草原神话，草原就是草原，并不是那装神弄鬼者所能改变的。我特别欣赏《滇越铁路记》，这是一篇无法归类的近于自然科学报告的严谨的融文献与野外作业于一体的文字，于坚无疑试图穿过由流行的和既成的结论所构成重重雾障抵达真正的"彼时彼地"；《幸存之城——丽江大研镇记》也是一篇类似的作品，当然更近于人文地理这一端，如果将其看作一篇人类学的报告也不为过；《我在美丽的云南》虽然是一组风景散文，但其中体现的仍然是这种"物质"的精神。

有了这种"物质"般的生活精神才会有"物质化"的写作。写到这里，我才仿佛真正找到了对于坚语言态度的较为恰当的形容或命名，以物观物、以物写物构成了于坚写作中表里一致的词与物的关系。也只有认识到这一点，我们才能恍然大悟地体会到仿佛不那么诗意的诗人于坚写下的朴素的文字的价值，"语言，只有当它在被客观地使用着的时候，它的一切奥秘才会呈现出来"（《棕皮手记·1986—1989》）。我们在《我在美丽的云南》中体会到的就是与传统风景散文风格卓然有别的这种

“物质”与“客观”，虽然，“诗意”好像少了许多，但这样的书写会引领我们对物无限地逼近的。我们试以《云南冬天的树林》为例略作分析。

1. 如果要真正地接近对象，就必须抛弃“意义”的干扰，澄怀滤思，卸去我们对对象的种种先入为主的“知识”与想像，以“物”（相对于人就是一种“空”）的状态去接近对象：

> 在这美丽伸手可触的林子中，惟一的愿望就是躺下，躺下了，在好日子，进入林子深处，在松树叶或桉树叶的大床上躺下，内心充满的不是孤独、反抗或期待（期待另一种季节），而是宁静、自在、沉思或倾听。

2. 这样，物与我同一了，不是“我”去同物，而是物来同“我”：

> 有什么在叶子上“沙沙沙”地走，没有脚踵地走，那“沙沙沙”也不是声音，不能模仿，不能复述，只能倾听。你最后连倾听也放弃了，你进入到声音中，和那声音是一个内部，你像你身子下面那黑暗中的土层一样，和根，和根周围的土、水、昆虫在一起。你并不意识到“在”，只是“在”着，在那儿，冬天，山中的某处。

于是，人与对象会突破二元的框架而处于同一世界，当我们去掉自设的种种遮蔽，去掉人的种种优越与主动（“连倾听也放弃”），就会与世界同在，在这里，世界敞开了自己，当然，不是传统的“真理的显现”，而是无言的整体的物的呈示（“‘在’，只是在着，在那儿，冬天，山中的某处”）。

3. 由此，物的许多层面将被我们把握，而原先被我们忽视的许多细节会以全部的丰富性展现在我们的面前。我们自以为了解了许多，甚至对对象的书写也已超越或溢出了对象（我们对落叶歌唱了多少呢？我们又越过落叶的歌唱抒发了什么自我的情怀呢？真是不知其数呵），回过头来，却会发现我们原来是多么的粗疏：

> 没有人知道这些树叶是如何掉下来的，世界上有无数善于写树和森林的书，但没有一本描述过一片叶子的落下。

而实际上：

> 一片叶子的落下包含多少美丽的细节啊！
>
> 一片叶子的落下就是一次辉煌的事件。它忽然就离开了那绿色的属性，就离开了它的“本质”。离开了树干上那无边无际的集体，选择了它自己内在的、从未深露过的深红或褐黑。它从它的角度，经过风的厚处和薄处，越过空间的某几层，在阳光的粉末中，它并不一直向下，而是漂浮着，它在没有水的地方创造了漂浮这个动作，进入高处，又沉到低处，在进入大地之前，还有一阵绵延，那不是来自某种心情、某种伤心或依恋，而是它对自身的把握。

4. 一旦到了对象向你敞开展示了它在既成的意义和语词世界之外的丰富性的时候,语言便成为首要的问题,如何言说才能呈现这种"在场"呢?

> 一切的细节都被抹去,只被概括为两个字"落叶"。
>
> 这个活蹦乱跳的小生命,和那个被称为"鸟"的东西毫不相干。
>
> 它们的丰富使"落叶"这个词显得无比空洞,"落叶"是什么?没有落叶。只有这一片褐红的或那一片褐黑的,一个诗人永远想不出用什么来区别、表现它们……

不知道这样的个案分析能否说明我对于坚词—物观的理解?从于坚的诗到他的散文,我还只能说这是"讨论",于坚是一个有极强的理论兴趣的写作者,一般说来,选择这样的写作者作为自己讨论的对象是冒险的,我坦率地承认我们在许多观点上看法并不一致,但是当从于坚的作品出发时,我却不得不认为它们对当代写作提供了许多富有启示性的东西,它的坚实,它的力量,包括一种专注和耐力。因此,我们的讨论还可以继续下去,它的出发点和目的地是同一的,它们是具体的事物和原初的语词。

1999年5月8—10日,二人转书屋

——原载《当代作家评论》1999年第4期

王 尧

关于“文革文学”的释义与研究

正在逐渐成为我们背影的二十世纪留下了一些永远牵动着后来者的话题，“文革文学”便是众多重要的话题之一。

“文革文学”，是与二十世纪中国的重大事件“无产阶级文化大革命”（以下简称“文化大革命”或“文革”）相关联的。1966年5月中国爆发了持续十年的“文革”。对这场给当代中国带来深重灾难的“文化大革命”，中共十一届六中全会通过的《关于建国以来党的若干历史问题的决议》（以下简称《决议》）作了彻底的否定，《决议》认为：“实践证明，‘文化大革命’不是也不可能是任何意义上的革命或社会进步。”“历史已经判明，‘文化大革命’是一场由领导者错误发动，被反革命集团利用，给党、国家和各族人民带来严重灾难的内乱。”《决议》对“文革”的评价是研究“文革文学”的政治原则，并且包含了某些方法论上的启示。

为了能够更深入地把握“文革”与“文革文学”的关系，我们有必要了解“文革”时期的经典文献对“文革”的释义。1966年5月16日《中国共产党中央委员会通知》中说：“我们必须遵照毛泽东同志的指示，高举无产阶级文化大革命的大旗，彻底揭露那批反党反社会主义的所谓‘学术权威’的资产阶级反动立场，彻底批判学术界、教育界、新闻界、文艺界、出版界的资产阶级反动思想，夺取在这些文化领域中的领导权。而要做到这一点，必须同时批判混进党里、政府里、军队里和文化领域的各界里的资产阶级代表人物，清洗这些人，有些则要调动他们的工作。”1966年8月8日通过中国共产党中央委员会《关于无产阶级文化大革命的决定》进一步说：“当前开展的无产阶级文化大革命，是一场触及人们灵魂的大革命，是我国社会主义革命发展的一个更深入、更广阔的新阶段。”“资产阶级虽然已经被推翻，但是，他们企图用剥削阶级的旧思想，旧文化，旧风俗，旧习惯，来腐蚀群众，征服人心，力求达到他们复辟的目的。无产阶级恰恰相反，必须迎头痛击资产阶级在意识形态领域里的一切挑战，用无产阶级自己的新思想，新文化，新风俗，新习惯，来改变整个社会的精神面貌。在当前,我们的目的是斗垮走资本主义道路的当权派,批判资产阶级的反动学术'权威',批判资产阶级和一切剥削阶级的意识形态,改革教育,改革文艺,改革一切不适应社会主义经济基础的上层建筑,以利于巩固和发展社会主义制度。"后来毛泽东又把这场革命看作是"无产阶级反对资产阶级和一切剥削阶级的政治大革命,是中国共产党及其领导下的广大革命群众和国民党反动派长期斗争的继续,是无产阶级和资产阶级斗争的继续。"这些论点被概括成所谓"无产阶级专政下继续革命的理论",它的核心意义是:在无产阶级取得了政权并建立了社会主义制度的条件下,还要进行一个阶级推翻一个阶级的政治大革命,"文化大革命"就是这种"继续革命"的最重要的方式。"在上层建筑其中包括在文化领域中对资产阶级实行全面的专政"则是"继续革命"的重要组成部分。

我国五十年代末期提出"文化革命"的问题,当时所讲的"文化革命"的内容,主要是社会主义的文化、教育事业,指提高人民的文化水平和健康水平,建设工人阶级的知识分子队伍,改变我国教育、科学、文化的落后状态,这正是列宁在十月革命之后提出的"文化革命"的本来意义。而"文化大革命"不是马克思主义经典作家所讲的原来意义上的"文化革命"。"按照科学意义上的革命,'文化大革命'不能在任何意义上称为一个革命。它不是用一种什么先进的生产关系去代替一种落后的生产关系,也不是用一种先进的政治力量来取代一种反动的政治力量。"①冠以"文化"二字的这场"革命"是由文化领域的"批判"开始的。《五一六通知》说:"我国正面临着一个伟大的无产阶级文化大革命的高潮。这个高潮有力地冲击着资产阶级和封建残余还保存的一切腐朽的思想阵地和文化阵地。"在"文革"当局和为主流意识形态支配的舆论中,都明确无误地把"文艺革命"看作"文化大革命"的"开端"。1967 年《人民日报》、《红旗》杂志元旦社论《把无产阶级文化大革命进行到底》中说:"一九六三年,在毛主席亲自领导下,我国进行的以戏剧改革为主要标志的文艺革命,实际上是无产阶级文化大革命的开端。"中央文革小组组长陈伯达,在中央直属文艺系统联合斗批党内最大的一小撮"走资派"的大会上说:"文艺界的革命是我国无产阶级文化大革命的开端。"由文艺而及政治,这正是当代中国政治在相当长一段时期内的运作特点。

"文革文学"就在这样的历史语境中产生和发展。文学与政治的关系成为最基本的问题,并在根本上规定了"文革文学"的性质和它的品貌,即在整体上"文革文学"是"无产阶级在上层建筑其中包括文化领域对资产阶级实行全面专政"的组成

① 胡乔木:《谈〈关于建国以来党的若干历史问题的决议〉对"文化大革命"的几个论断》,《学习》,1993 年第 1 期。

部分。关于"两个阶级、两条道路、两条路线斗争"的"基本路线"成为"文革文学"的出发点;"塑造无产阶级英雄典型形象"是社会主义文艺代替"根本任务";"三突出"是"创作原则";"革命的浪漫主义和革命的现实主义相结合"是创作方法;"革命样板戏"的话语霸权则贯穿"文革文学"始终。这些构成了"文革文学"的基本方面。因此,"文革文学"的主流是意识形态话语。在文学沦为主流意识形态话语的过程中,文学的理想、精神、审美属性、语言等发生了灾难性的变化,几乎所有的问题到了这时都被推到了极端。在民众的审美情趣借助主流意识形态话语的力量不断膨胀的情形下,"五四"新文化的传统被否定,知识分子的写作失去了合法性,而代之以政治写作、阶级写作、革命写作和专制写作,文学中断了现代性的追寻。这样一种非常态的文学成为中国文学史上的独特构成,因此当我们在今天的语境中讨论"文革文学"的文学史意义时不可能不存在分歧。

在检讨"文革文学"的创作时,我们选择1972年作为时间界限,这一年出版了《虹南作战史》与《牛田洋》。前此以"革命样板戏"为主体,其他文学样式的创作处于无序状态,而且几无文人形式;此后,主流文学以"样板戏"的创作经验为指导,开始按照主流意识形态的设计,形成主流文学的话语系统,并有两个侧重:作为"历史"的"社会主义改造"和作为"现实"的"无产阶级文化大革命",前者以《虹南作战史》、《牛田洋》为代表,后者以《初春的早晨》、《金钟长鸣》等为代表,中间的过渡是《金光大道》。《虹南作战史》与《牛田洋》的创作形成了一种新的叙事模式,这一模式后来被广泛地仿制:情节的结构原则是政治运作的程序,在小说的情节链中最重要的环节不是情节本身的内在逻辑而是"正面人物"对政治理论认识到的程度,因此小说的叙事和与此相关的情节设计只不过是为了完成对某种意识形态的确认。文学创作由"历史"到"现实"的变化,是进一步实践"文革"理论的结果,如何评价"文革"已经成为"文革"本身的组成部分。《朝霞》征文启事《努力反映文化大革命的斗争生活》在颂扬了"文革"之后写道:"根据毛主席的指示,党的十大文献指出:'这样的革命,今后还要进行多次。'这就号召我们,应当以无产阶级文化大革命的精神来做好我们当前的各项工作。文学事业作为党的事业的一部分,也表现贯彻这个精神。热情歌颂无产阶级文化大革命的光辉胜利,大力宣传无产阶级文化大革命涌现的新生事物,努力塑造具有无产阶级文化大革命精神的英雄形象,通过文学这个形式来说明,'这次无产阶级文化大革命,对于巩固无产阶级专政,防止资本主义复辟,建设社会主义是完全必要的,是非常及时的。'这应当是我们工农兵业余作者和革命文学工作者的光荣任务。"于是"塑造无产阶级英雄形象"这一社会主义文艺"根本任务"的内涵,发展成为"努力塑造与走资派斗争的无产阶级英雄形象",主流文学的一部分也就成了"阴谋文艺",《初春的早晨》、《第一课》、《金钟长鸣》、《典型发言》、《只要主义真》这类作品因此受到主流文学评论的重视。

在“文化大革命”中知识分子身份的转换和知识分子话语权的剥夺,改写了知识分子的当代历史,知识分子“救亡与启蒙”的冲突,转换成了“‘再教育’与‘全面专政’”的统一。在当代,知识分子阶级属性的定性是决定知识分子命运的关键。知识分子无论是作为“全面专政”还是作为“再教育”的对象,其前提是对新中国知识分子属性的错误估计。在“文革”中作为知识分子的作家有着双重的“原罪”,既有“阶级”的原罪也有为“文艺黑线”服务的原罪。1971 年以后,知识分子重新有了写作的可能,但是知识分子话语并没有获得合法性,主流文学中的知识分子写作在本质上是非知识分子的。“非知识分子写作”在“文革”中成为一种潮流和倾向。由于“工农兵”被赋予了特定的“阶级性”,民间大众话语又以“工农兵话语”为主体。“文革”民间大众话语与主流意识形态达到了空前的一致,只有获得一致,民间大众话语才具备合法性。意识形态对社会的控制和整合不仅对知识分子起到了改造的作用,而且也通过阶级意识的激发改造了民间。在知识分子已经失去话语权的情形下,“工农兵创作”对“文革”作出了积极的呼应。知识分子的重新写作并不是由他们的“知识分子性”决定的,而是他们在“同工农兵结合,为工农兵服务”中被赋予了“阶级性”。浩然等少数人虽然还能以个人的名义写作,但是这种写作只能是认同主流意识形态话语的结构。

“文革”和“文革文学”包含了对现代性的选择和反抗,现代性在“文革文学”中的演化不是现代性的重建,而是现代性的中断。尽管“文革”也声言“建设社会主义强国”,但它只是一个空洞的口号,它否定了以理性为基础的启蒙精神,抛弃了自由、民主、法治、科学这些现代性的目标。“文革”主流意识形态是“在无产阶级专政条件下继续革命”,除此之外,“文革文学”已经没有任何可以依托的合法的思想资源。“文革文学”是在中外文明史、世界现代化进程之外的写作,它以“革命”的名义对传统与现代作出了双重的否定。集中体现在鲁迅身上的现代知识分子的品格在“文革文学”中消失了,独立思想和自由精神的失去从根本上抽调(了)知识分子话语的灵魂,个人的写作和纯形式的写作也失去了合法性,等等,这些都决定了“文革文学”不是现代性的写作。

在有限的缝隙中出现了相对疏离主流意识形态的作品,“理念”与“生活”的冲突是这些作品的基本矛盾。我们必须强调这种疏离只是相对的。七十年代初期批判极左思潮和七十年代中期文艺政策调整所带来的空间是有限的,对极左思潮的批判不久便夭折,文艺政策的调整也不是否定“文革”,文学创作者不可能在更广泛的范围内和更本质的问题上清算极左思潮对创作的影响,因此,那些相对疏离政治中心的话语也显示出被主流意识形态话语钳制的无可奈何。这样一种状态被《创业》

的编剧张天民描述为"处于摇摆之中",在"'左''右'之中摇摆"。张天民在"文革"结束后对《创业》所作的剖析表现了一个严肃的作家对待历史的真诚与勇敢,从而将历史的真实状态存活下来。张天民谈《创业》的这段文字常常为研究者疏忽:"《创业》当然也处于这种摇摆之中,但当时的社会环境,我更多地向左,向左……其中,写人、写个性、写感情的因素还有,但已是十分克制,为了保存作品中的一点'人性',我从剧本到拍摄过程中,经过多次斗争,有时与批评者大喊大叫,获得不走群众路线的罪名,至于其中的削足适履,硬加阶级斗争的情况,是很明显的。一方面是由于压力,一方面也是自己认为大概这是正确的,主动地这样。在剧本修改过程中,每次讨论提的意思都是'阶级斗争'条件线。话说回来,如果不是其中硬加了不少阶级斗争,这部电影大概也就不会问世。生活中当然有阶级斗争,但其表现形式、特点都不是作品中那样的。因此,可以认为,作品中生动的人与人的关系,是我的生活感受,而阶级斗争、路线斗争则是从书本和理念出发,硬编造的。为了这恼人的'斗争',我在生活了一段之后,在积累了大量工人生活素材之后,仍感到茫然,不得已派了几位助手,跑到公安部门、保卫部门,看了许多案例,尽管有几十件案件,仍然用不上,最后还得求助于大脑。在当时的情况下,高明一点的只是:我在这个理念的东西之中,注入了我对文艺规律的一些理解,一些生活感受,比之那些纯理念的写法,要好一点,这就是《创业》被人们所接受的原因。"①《创业》作者的"茫然"是"理念"与"生活"的冲突。这一冲突几乎存在于包括相对疏离政治中心的创作中。冲突的结果决定了创作的疏离程度,也即"理念"与"生活"在作品中的"比重"决定了艺术品位的高低甚至是艺术品位的有无。

民间话语也出现了分层的特征。我们这里所说的民间话语,包含了通常所说的"地下文学",这两个概念的使用有时因人而异。大众与知识分子在各自都疏离主流意识形态时,两者往往又是民间的不同侧面。在相对自由的空间中,民间话语的分层特征是明显的。这样也就有了一个复杂的"民间"。

曾经有学者归纳过文化与文本的分层现象:"'文革'地下文学呈现了中国文化的分层格局,有正宗的亚文化文本——《曼娜回忆录》、《少女的心》这样的色情文学,《一双绣花鞋》、《绿色尸体》这样的恐怖文学(它们甚至抛开了书面形式,回到宋元前的口头流通),也有利用俗文学形式的政治文学:《第二次握手》、天安门诗等。自然,也有与这些拉开很大距离的文人文学——朦胧诗与实验小说。"②这大致是准确的。但是即使是文人文学也有大的不同。丰子恺的散文写作则是传统文人型的;

① 参见《张天民回顾自己的创作》,《当代文学研究参考资料》,1981 年第 1 期。

② 赵毅衡:《自由与文学》,《文艺争鸣》,1993 年第 2 期。

曾卓、穆旦等人的诗歌接续了“五四”新诗的传统。“实验小说”如《波动》接受的存在主义思潮的影响是明显的。

以早期朦胧诗为代表的个人话语显示了它的特殊意义，尽管这种意义的被承认经历了较长的时间。这种话语的出现与知识分子逐渐恢复已经丧失了的思想能力有关，它是和青年一代知识分子的思想历程同步的。思考能力和怀疑精神的获得在更大程度上是“红卫兵”转换为“知识青年”的必然。这样的转换，扩大了曾经作为“文革”“急先锋”的青年一代与“文革”政治的缝隙，并渐渐有了鸿沟。这时的“红卫兵”是充满了矛盾和困惑的。诗人郭路生 1967 年就在《命运》中写出了他的悲伤：“我的一生是辗转飘零的枯叶，/我的未来是投不出锋芒的青稞；/如果命运真是这样的话/我愿为野生的荆棘高歌。……”地下沙龙的出现是青年知识分子成为思想者的民间形式。在这种相对自由的空间中，青年诗人们有了感情交流的机会，也有了聆听心灵倾诉的可能。“黄皮书”和“灰皮书”这些异文化文本，不仅带给他们全新的语言感觉，而且更为重要的是有了可以依傍的思想文化资源。中国当代文学与世界的关系差不多由此悄悄开始。

“文革文学”不是一个孤立的存在。我们不仅可以在“文革文学”中发现一些存在于“十七年文学”中的东西，而且也能够在“新时期文学”中捕捉到若隐若现的“文革文学”的阴影。最为显著的一个例子是创作贯通“文革前”、“文革”、“新时期”，而又以“文革”时期最为活跃的浩然。浩然的《金光大道》与《艳阳天》在文学精神上的一致性，浩然在九十年代重新出版《金光大道》时为自己所作的辩解，都表明了“文革文学”是一根“链条”上的一“环”。这当然只是一个个案，与这一个案相关联的问题需要深入思考。

恩格斯在谈到“十八世纪的唯物主义”（主要是机械唯物主义）的局限性时说：“它不能把世界理解为一种过程，理解为一种处在不断的历史发展中的物质。”“这种非历史的观点也表现在历史领域中。在这里，反对中世纪残余的斗争限制了人们的视野。中世纪被看做是由千年来普遍野蛮状态所引起的历史的简单中断；中世纪的巨大进步——欧洲文化领域的扩大，在那里一个挨着一个形成的富有生命力的大民族，以及十四和十五世纪的巨大的技术进步，这一切都没有被人看到。这样一来，对伟大历史联系的合理看法就不可能产生，而历史至多不过是一部供哲学家使用的例证和插图的汇集罢了。”①显然，我们也不能把“文革”和“文革文学”看成是历史的“简单中断”。突出恩格斯的这一思想并非肯定“文革”与“文革文学”有什么“巨

① 恩格斯：《路德维希·费尔巴哈和德国古典哲学的终结》，《马克思恩格斯选集》第四卷，人民出版社，1972 年 5 月。

大进步”，而是强调历史阶段之间的相互联系以及历史的整体性。

关于“文革文学”由1966年至1976年的时间设定，依据的是已经为一般人所认可的“文革”起（发动）迄（结束）时间，上限以《五一六通知》为标志，下限以“粉碎‘四人帮’”为标志；“文革文学”不仅是个时间概念，更为重要的，是个历史概念。无论之于“文革文学”的实际，还是从文学研究的学术要求来看，我们都必须理清“文革文学”的来龙去脉与“文革文学”的内在理路。因此不是孤立的，而是将“文革文学”置于一个更为宏阔的时空中加以研究，发现“文革文学”的历史因素，并同时揭示“文革文学”作为一种背景与新时期的文学的关系，这样就为理解“文革文学”构筑了一个由“历史”与“现实”组合而成的“平台”。关于“文革文学”的这样一种整体观将贯穿在本〔论〕文中。

在发现历史因素时，我们可以追溯到1942年毛泽东《在延安文艺座谈会上的讲话》发表之后的解放区文学，也可追溯到二三十年代的左翼文艺甚至追溯到“五四”新文化运动；但是，“文革文学”最直接的背景是人们通常所说的“十七年文学”，因而“文革前”的概念不是大而无当的，它主要指称“十七年文学”。研究愈深入就愈发现，“十七年文学”中某些因素的恶性发展最终产生了“文革文学”，而不是像有的研究者所认为的“文革文学”是偏离“十七年文学”的结果。文学的“文革”与“文革前”之关系是复杂的。我们都知道，“文革”的发动是以否定“十七年”为前提的，作为“文革文学”的官方纲领《林彪同志委托江青同志召开的部队文艺工作座谈会纪要》同样是以全盘否定“十七年文学”为前提的；也许由于这样一个政治原因，新时期之初人们为了否定“文革文学”，又几乎是全盘肯定了“十七年文学”。在肯定/否定的二元对立的思维中，事物之间的内在的逻辑被忽略。当我们在学术的视野中把“文革文学”与“十七年文学”作为一个整体加以研究时，就不能不对“十七年文学”作部分的否定。有意义的是，无论是在当时还是在今天，无论是那时的“文革”当局还是现在的一些研究者，都注意到了文学的“文革”与“文革前”的关联，只是解释的角度不同而已，这样不同的角度显示了历史的巨大差异。姚文元在《评反革命两面派周扬》中说：“当我们回顾解放以来文艺斗争的历史时，可以清楚地看到两条路线的尖锐斗争：一条是毛泽东文艺路线，是红线，是毛泽东同志亲自领导了历次重大的斗争，把文化革命一步步推向前进，作了长时间的准备，直到发动了轰轰烈烈的、向资产阶级全面进攻的、亿万人民参加的无产阶级文化大革命，一直挖进周扬一伙的老巢。”姚文元在文章中提到的作了长时间准备的重大斗争有：“第一次斗争，是一九五一年对电影《武训传》的批判。”“第二次斗争，是一九五四年对俞平伯的《〈红楼梦〉研究》和胡适反动思想的批判。”“第三次斗争，是一九五四年到一九五五年紧接着批判胡适而展开的反对胡风反革命集团的斗争。”“第四次斗争，是一九五七年粉碎资产阶级右派猖狂进攻的伟大斗争。”“一九五八年社会主义建设总路线提出以来的历史,是我国社会主义革命更加深入发展的历史。在这个期间,以毛泽东同志为首的党中央马克思列宁主义的领导,同党内的反革命修正主义集团、资产阶级反动路线,进行了两次大斗争,即一九五九年一次,最近的一次。在斗争中我国社会主义事业取得了空前伟大的胜利。”在“文革后”,对姚文元所说的这些重大斗争的性质、意义我们已经作了完全不同的价值判断与阐释,此之谓“拨乱反正”。但无论从什么角度来理解,有一点是明确的:这些“历次重大的斗争”一步步推动了“文化大革命”。姚文元在这篇文章中还提到了一条事实上不存在的因而在“文革”后被否定了的“黑线”:“一条反党反社会主义的资产阶级文艺路线,是黑线。它的总头目,就是周扬。周扬背后是最近被粉碎的那个阴谋篡党、篡军、篡政的反革命集团。胡风,冯雪峰,丁玲,艾青,秦兆阳,林默涵,田汉,夏衍,阳翰笙,齐燕铭,陈荒煤,邵荃麟,等等,都是这条黑线之内的人物。”姚文元点名批判的这些对新文学事业作出过程度不等贡献的人,都在“文革”中遭到了残酷迫害和无情打击。作为大悲剧的承受者,他们其中的一部分人同时又是“文革前”文学体制的重要组成部分,对这样一个悲剧是否也承担什么责任?我以为,巴金和周扬在“文革后”的反思与忏悔所体现的不仅仅是思想与人格的力量,同时在他们的自我否定中包含了一种反思“文革文学”和“文革”形成原因的角度。

作为一个目睹了新时期文学进程的学人,我对新时期文学的成就一直怀有敬意。能够在“文革文学”之后创造新时期文学的辉煌是中华民族再生力在审美领域的一次明证。新时期文学之于“文革文学”是否仅仅是否定?1976年的“四五”运动是“文革”作为一段历史终结的前奏,而作为这一场政治运动重要组成部分的“天安门诗歌”,在由“文革文学”到“新时期文学”的过渡中所起的最大作用,在我看来是知识分子对“文革”的一种反抗;只有当文学能够对“文革”作出批判时,一个新时期才能到来。由反抗到批判这期间经历了政治上的徘徊期。众所周知,中共十一届三中全会结束了这一徘徊。由“伤痕文学”到“反思文学”,文学才由对“文革”的反抗与控诉转到对“文革”的批判与反思上来。而这些创作仍然是在体制内进行的,其中的一些创作仍然是意识形态话语。而“文革文学”到新时期文学的另外一条线索是,“朦胧诗”不仅由地下而地上,而且以“朦胧诗”为主体的新诗潮一时成为文学的主潮之一。这样一个转换,重新开始了文学对“现代性”的追寻,也启发我们重新认识“文革文学”的复杂性。从作家这一层面看,汪曾祺、浩然、蒋子龙、谌容、张抗抗、陈忠实、余秋雨等等这些在“文革”期间或者活跃或者发表过作品的作家也在发生转换,他们在新时期的创作和“文革”期间的创作判若两人。这中间在文学精神、审美理想上的变化留下了很大的研究空间。毫无疑问,仅仅是文学不能完成对“文革”的批判与反思，这又牵制着新时期文学，影响着作家的“知识分子性”的发育与生长。“文革文学”的阴影与消极面仍然存在于新时期文学之中，这不仅表现“文革文学”某种方式的惯性“运动”，还表现在长期的“心理暴力”对作家的禁锢；甚至在一段时间内仍然有学术政治化的现象，而一些人还习惯运用“大批判”的方式。1992 年邓小平南方谈话发表后，随着市场经济体制的运行，文化开始转型，也只有在这样的形势下，知识分子与体制、知识分子与意识形态的关系才发生了重大的转换。这是我把“文革后”的下限划在 1992 年的主要原因。

对一个在“文革”时期充分发展，又与整个中国百年历史相关联的文学史阶段“文革文学”，人们在文学批评、文学史写作以及日常生活领域中作出了不同的解释。见诸批评和文学史的较为流行的看法是：“文革文学一片空白”，有些文学史著作则干脆不提这段历史。事实上，无论我们如何叙述和理解，“文革文学”作为一种存在是历史的。“文革”已经结束二十年，关于“文革文学”的研究非常薄弱甚至是“空白”。——因此，百年中国文学的研究是残缺不全的。对“文革文学”的理解不仅与个人的精神背景和文学观念有关，而且与政治文化有密切的联系。有几方面的因素妨碍着“文革文学”的研究并影响了对“文革文学”的认识。这些因素有众所周知的政治原因，但症结并不全在这里。

我在前面的叙述已经说明“文革文学是一片空白”的论断是心理的而非历史的。在进行深入的研究之前，有几个问题需要辨析，因为对“文革文学”的误解和关于“文革文学”研究的误区是与这几个问题联系在一起的。首先是关于文学的“常态状”和“非常态状”。在文学批评和文学史写作中，我们习惯于研究“常态状”的文学，对“常态状”的文学往往有丰富的阅读经验和理论准备。“文革文学”是“非常态状”的文学，对它的研究既需要一般理论，还需要与研究对象相契合的视野、理论和方法，因此关于“文革文学”的研究如果要提升到高水平的学术层次上，这样的研究过程应当是一个创造性的过程。其次是“文革文学”的研究价值与“文革文学”本身的价值。从价值取向上否定以极左意识形态话语为主体的“文革文学”不能代替对“文革文学”的研究，以为研究就是肯定“文革文学”或者以为否定就是放弃研究的想法是一种误解。“文革文学”的研究价值不仅在于它在历史的范围之内，而且在于它从极端处启示我们认识人类和作为人类认识、掌握世界的一种方式的文学。“文革文学”反人性、反文化等本质特征所包含的启示，是中国文学史的另外一种财富。第三，专门研究与文学史写作。我不主张将二者截然分开。不能离开文学史这样一个参照系，但是又不能把文学史写作归于审美判断一途，对文学作出审美价值的判断是常见的、习惯的文学史模式，然而不是唯一的模式。这些年来学术发展的成就之一是形成了多元的文学史观念和文学史写作方式，如果按照选经典、排座次的方式来研究“文革文学”那就不能不错位，相对于这样一种方式，“文革文学”的研究和关于“文革文学史”的写作更加要注重文学发展的过程。作专门研究的多种可能性同样存在于文学史写作中。在这里还涉及〔到〕“文革文学”的研究是“描述”还是“判断”的问题，我以为表明倾向性的判断存在于“描述”之中。最后，从政治上批判“文革文学”不能代替对“文革文学”的学术研究。对这些问题的辨析，将会防止种种偏见限制我们研究“文革文学”的视野。

对“文革文学”的研究，应当在学理的层面上体现“文革文学”研究的特色。我以为，有这样几点是需要强调的：注重揭示意识形态与文学的互动关系，研究“文革”对文学的影响，阐释“文学”中的“文革”；注重作家的思想命运与心路历程的描述，把握“文革文学”内在的思想结构；注重对“文革文学”整体的、本质的把握，不作单独的体裁研究；注重文学思潮、现象、文本形成过程的研究；注重剖析“文革文学”的审美变态现象；注重“文革文学”史料的梳理、积累并加以描述。

——原载《文艺理论研究》1999 年第 5 期

洪治纲

无边的质疑

——关于历届“茅盾文学奖”的二十二个设问和一个设想

必要的背景

著名作家茅盾先生于1981年3月27日在北京逝世。逝世前的两周，即3月14日，他躺在病榻上向儿子韦韬口授了如下遗嘱——

中国作家协会书记处：

亲爱的同志们，为了繁荣长篇小说的创作，我将我的稿费二十五万元捐献给作协，作为设立一个长篇小说文艺奖金的基金，以奖励每年最优秀的长篇小说。我自知病将不起，我衷心地祝愿我国社会主义文学事业繁荣昌盛！

致

最崇高的敬礼！

茅　盾

一九八一年三月十四日

这封信是由韦韬记录，茅盾先生亲笔签名的。从这临终遗愿中，我们可以真正地感受到茅盾先生对小说艺术至死无悔的关爱，对繁荣我国长篇小说的热切企盼。

中国作家协会接到这份特别的请求后，立即给予了高度重视，并于同年10月召开主席团会议，正式决定启动“茅盾文学奖”（为准确起见，中国作协将茅盾原信中的“文艺奖”改为“文学奖”①）。

由于资料所限，我们无法确知“茅盾文学奖”完整的评奖条例（实际上每一届的条例都略有变动），但从有关介绍这一奖项的文章中，我们可以大体归纳出评选此奖

---

① 参见顾骧《我所知道的中国茅盾文学奖》，《中华读书报》，1997年8月20日。

的几个主要原则：

第一，茅盾文学奖一般为每三年一届。所评作品应是在这三年中发表或出版的长篇小说，如遇特殊情况，经中国作协书记处决定，可延长参评作品时间，但最长不超过五年。

第二，在本届评选中未能获奖、但经此后的实践证明确属优秀的长篇亦可继续参加下届评选，即参评作品的时间有下限无上限。

第三，多卷本长篇小说，一般应全书完成后参加评选，但个别艺术上已相对完整，能独立成篇的多卷本中之一卷，亦可单独进入评选。

第四，茅盾文学奖由中国作协创研部负责操办，前期进行作品征集工作，由各省市自治区作协、中直和国家系统文化部门、各地出版单位和大型刊物共同推荐初选篇目，然后在此基础上由各地专家临时组成的读书班进行认真审读，并筛选出一定数量的候选篇目，交评委会评选。

第五，评委们除对读书班提供的候选篇目进行评选外，必要时还可以由一名评委提议、两名评委附议，随时增加候选篇目，然后进行无记名投票，凡获得三分之二票数以上者即为获奖作品①。

迄今为止，"茅盾文学奖"已经历四届，累计评出十八部长篇小说（两部荣誉奖作品除外），其评奖情况及获奖作品如下：

届　次	作品发表时间	评选所用时间	获奖作品及作者
第一届	1977—1981	一年	1.《许茂和他的女儿们》　周克芹
			2.《东方》　魏巍
			3.《李自成》（第二部）　姚雪垠
			4.《将军吟》　莫应丰
			5.《冬天里的春天》　李国文
			6.《芙蓉镇》　古华
第二届	1982—1984	一年	1.《黄河东流去》　李准
			2.《沉重的翅膀》（修订本）　张洁
			3.《钟鼓楼》　刘心武
第三届	1985—1988	两年半	1.《少年天子》　凌力
			2.《平凡的世界》　路遥

① 此点归纳参见顾骧《我所知道的中国茅盾文学奖》与胡平《我所经历的第四届茅盾文学奖评奖》（《小说评论》，1998 年第 1 期）两文中的有关介绍。

			3.《都市风流》 孙力、余小惠
			4.《第二个太阳》 刘白羽
			5.《穆斯林的葬礼》 霍达
第四届	1989—1994	三年	1.《白鹿原》(修订本) 陈忠实
			2.《战争和人》 王火
			3.《白门柳》 刘斯奋
			4.《骚动之秋》 刘玉民

设问1：茅盾先生为什么投入二十五万元的巨资来设立全国长篇小说奖，这是否意味着他对长篇小说有着格外的偏爱？抑或他觉得当时的长篇小说与其他的文学门类相比更亟待提高？

这是一个涉及茅盾先生设立此奖的动机问题，同时也关系到我们在具体实施这项大奖过程中是否真正理解并实现了他的真正动机。从1981年的生活水平来看，茅盾先生拿出二十五万元作为奖励基金，的确是个相当庞大的数目。他之所以在临终前还要设立这样一个奖项，我认为这与他对长篇小说的偏爱关系并不是很大。纵观他的一生创作，无论是长篇、中篇还是短篇，都取得了相当突出的成就，尤其是他的短篇“农村三部曲”和《林家铺子》等，至今仍可视为优秀之作。而且从他生前的一系列文论来看，亦没有任何理由证明他对长篇小说格外地(的)钟情。他在临终前提出要设立这个全国性的奖项，这与他对建国以后长篇小说的发展态势有着紧密的关系。众所周知，从1949年到1979年这三十年时间里，只有《创业史》、《林海雪原》、《山乡巨变》、《保卫延安》、《红旗谱》、《红岩》、《青春之歌》以及《金光大道》等有限的几部长篇引起过反响。作为写过《子夜》这样作品的茅盾，深知上述这些长篇的艺术水平以及它们的局限性，这构成了他的一块心病。同时他自己建国后也一直在创作长篇《霜叶红似二月花》，但由于种种原因，历时数十年都未能完成，构成了他临终前的又一块心病。他实际上一直在两块心病中煎熬并等待着。当“四人帮”粉碎之后，随着思想上拨乱反正的完成和艺术创作上自由空气的复苏，他觉得是应该了结自己心病的时候了，虽然由于身体的关系，自己已难以完成《霜叶红似二月花》，但用重奖的方式，激活作家对长篇小说的创作热情，是他作为一个文学前辈、有良知的作家所力所能及的。

所以我们有理由认为，茅盾先生设立此奖，在本质上是为了表达自己对建国后长篇小说创作现状的忧思，是为了激励作家对长篇小说艺术的积极探索和追求，是为了倡导和繁荣一种具有历史厚度和生命深度、可以经受时代检阅的小说新格局。

设问2：茅盾先生在设立该奖的遗嘱中强调“以奖励每年最优秀的长篇小说”，

对于“最优秀”这三个字，应如何理解？

茅盾先生虽然没有为“最优秀”三个字加上更为详细的特别注解，但他是一个深谙创作规律并有着丰富创作实践的优秀作家，而且他将这份遗嘱交给的是中国作家协会这样一个同样也是深谙创作规律的组织机构，所以他觉得没必要加上更特别的注解。这里的“最优秀”毫无疑问是针对艺术性而言的，即在长篇小说的叙事艺术上取得了突破性成就、创作出真正具有艺术深度并让人深受震撼的优秀之作。它不可能与“最积极”、“最及时”、“最宏大”之类等同，也与“最现实主义”、“最现代主义”、“最主流意识”等等无关。

如果我们进一步理解，这里的“最优秀”还应该体现出长篇创作的某种艺术制高点，即通过历届茅盾文学奖的获奖作品，我们可以看出长篇小说的艺术发展在一段时期内一个较为清晰的“高峰走线”。

设问3：从四届茅盾文学奖的十八部获奖作品来看，它们是否体现了我国新时期以来长篇小说创作在艺术上的“高峰走线”？为什么？

显然没有。如果仅仅从这些获奖作品来认定新时期以来长篇小说的艺术成就，那么我们只能用“贫乏”两个字来进行总结。因为除了《白鹿原》、《白门柳》以及《少年天子》等极为有限的长篇有着一定的艺术深度之外，大多数获奖作品还处在平面化的叙事状态，无论是作家对生活的认知方式、对人性的体察深度，还是对叙事艺术的探索动向、对长篇小说审美内蕴丰繁性的开掘程度，都没有获得突破性进展。而相比之下，另有一些未能获奖的作品却以自身较高的艺术水准证明着新时期以来长篇小说所取得的成就。

为了便于说明这种情况，我们有必要对新时期以来的长篇小说整体走势进行一番粗略的考察（限于最后一届评奖时间截止于1994年，我们也只考察到此时间段）。

从审美格局上看，新时期以来的长篇小说基本上是沿着这样三种艺术程式在发展：传统现实主义，新历史主义，现代主义。但并不是所有的作家都只是严格遵照其中的一种审美原则进行叙事，很多人都积极采用多元融会的方法，试图将各种审美原则有机地结合在一起，追求多元互补的审美理想。

传统现实主义无疑是长篇小说创作的主流，尤其在作品的数量上占有绝对的优势。从早期的《第二次握手》开始，一直到《白门柳》，至少有三分之二以上的长篇都是现实主义的产物。它们在叙事中追求的是对生活本来面目的真实再现，强调典型人物、典型事件的塑造，力图通过对现实生活各种信息的及时把握和对历史事件的准确推衍来表现自己的审美理想。但是，由于我们的现实主义审美原则长期以来一直受到各种意识形态观念的不断篡改，在表现形态上常常成为一种庸俗社会学的创作方法，即以社会现实信息遮盖人物的生命情怀，以历史事件的宏阔性取代历史人物的命运悲剧,使创作主体的社会学观念上升为话语的核心,人物真实的生命状态、人性潜在的欲望动向、精神本源上的困顿与伤痛……常常被淡漠、忽视,成为屈从于表现各种社会表象的铺垫。在这种被异化了的现实主义原则驱动下,创作不可避免地出现艺术上的失误,典型人物常常隐含在典型环境里,人物自身的话语力量被创作主体的理性所钳制,作家的叙事无法激活人的生命特质,无法洞穿社会现实的本质,而只是对社会和历史面貌的某个方面的外在集纳。

就表现对象而言,这些现实主义作品基本上是针对当下的生存现实和针对真实的历史事件。在反映当下生活的作品中,又尤以表现社会发展动态性过程为主,强调对生活面貌的全景式概括、对各种生存观念的理性表达、对现实社会矛盾的及时披露,如《沉重的翅膀》、《许茂和他的女儿们》、《钟鼓楼》;在推衍真实历史事件的作品中,它们注重对历史宏大事件的捕捉,企图以事件本身的重要性和人物自身显赫的历史地位,获得艺术上的某种"史诗"品位,如《李自成》、《皖南事变》、《曾国藩》等。如果站在今天的时空境域中再来重新回顾这些作品,我们不难发现,绝大多数早已逃离了人们的记忆,无法再重新勾起人们的阅读欲望,其艺术生命力的孱弱令人震惊。倘若要真正地从艺术的"高峰走线"上看(这种"高峰走线"只是相对于此一阶段的现实主义创作实绩而言,并非具备经典意义),可能只有古华的《芙蓉镇》、张炜的《古船》、贾平凹的《浮躁》、杨绛的《洗澡》、路遥的《平凡的世界》、铁凝的《玫瑰门》、陈忠实的《白鹿原》、凌力的《少年天子》以及刘斯奋的《白门柳》可以权作代表。

作为一种对所谓的"真实历史观"的艺术反拨,新历史主义的崛起首先是从中短篇小说开始的。以莫言的"红高粱"系列、冯骥才的"怪世奇谈"系列等为标志的一批小说在将叙事指向以往的历史时空时,不再注重历史事实的可勘证性,也不讲究历史事件的宏大性,而只是借用过去的生活背景,来表达自己对传统文化制约下人的生命情态的认识。这种新历史主义艺术观,非常有效地排斥了一切先在的历史观念对叙事的干扰,使小说能够从容地向生活开放,向人的生命内层开放,向自由灵活的话语时空开放,能够充分地表达创作主体的种种审美理想。所以,它几乎一出现就赢得了大量作家的积极尝试,并在长篇创作中也形成了一种不可忽视的审美动向。刘震云的《故乡天下黄花》、格非的《敌人》和《边缘》、苏童的《我的帝王生涯》和《米》、陆天明的《泥日》等都是这种审美方式的代表性作品。

尽管现代主义被中国作家大面积地袭用是在八十年代中期以后,但是以王蒙、高行健等为代表的思想敏锐者早在七十年代末和八十年代初就已经对此表示了高度的热情,并以自身的创作实践进行了许多富有成效的努力。然而,由于"左倾"思想的长期影响以及意识形态领域的文化封闭所致,现代主义思潮一直像精神癌症一样在相当长的时间里让人谈之色变,直到改革开放全面深入之后,它才得以跟在外资的后面悄悄地来到中国大陆,并在一群具有前沿意识的作家心中找到了着陆地点。它不仅完成了文学在形式上的彻底革命,还对现实主义一统天下的创作思潮进行了合理的补充以及有效的反拨,使人们清楚地看到自身艺术思维的单一性、自身创作与世界文学发展总体水平的巨大失衡。更为重要的是,它还从根本上动摇并改变了我们的审美观念,为大量作家及时调整了艺术理想和创作目标。就长篇而言,它带来的直接影响便是作家对一些所谓"典型化"理论的自觉规避,使叙事彻底地从"五老峰"(老题材、老主题、老人物、老故事、老手法)和"三突出"(突出主题、突出人物、突出环境)的潜在阴影中解放出来,而在真正意义上开始直面人类鲜活的生命、人性的种种本质潜能以及人自身在存在境域中的种种困顿和忧思。虽然这种努力在具体的文本中还带有某些模仿的痕迹,但也产生了不少颇具审美价值且赢得广泛关注的作品,如王蒙的《活动变人形》、张承志的《金牧场》、残雪的《突围表演》、马原的《上下都很平坦》、张抗抗的《隐形伴侣》、张贤亮的《习惯死亡》以及余华的《在细雨中呼喊》、孙甘露的《呼吸》等。

从上述回顾中我们可以看出,四届茅盾文学奖的十余部获奖作品根本没能较为完整地体现1994年以前的新时期长篇小说创作在艺术上的"高峰走线",它们充其量只是对现实主义这一种创作思潮的成果作了有限的总结。

设问4:从历届获奖作品来看,茅盾文学奖的评选与茅盾先生设立此奖的原始动机是否还存在着一定的距离?

没能真正地评选出"最优秀"的长篇小说,自然无法真正地体现茅盾先生的初始愿望。这种距离是不言自明的。问题是,这种距离不能仅从评奖结果上来认识,它实质上体现了这种评奖背后某些观念上的局限性。茅盾并没有要求评奖要限定在某种单一的创作方式中,虽然他自身的创作一直在遵循着现实主义审美原则,但他从来没有(在)任何文章中对其他创作原则进行过否定,而且他的《腐蚀》等作品还曾积极地尝试过一些现代叙事手法。他在要求设立文学奖的那封信中,最后一句是"我衷心地祝愿我国社会主义文学事业繁荣昌盛",如果我的理解没错,这里的"繁荣昌盛"实际上是指一种真正意义上的"百花齐放"、多元并存且相互融会的创作格局。他老人家"衷心祝愿"的就是这样一种繁荣,可我们的评奖离他的愿望究竟有多远不是显而易见吗?

设问5:也许任何一种评奖都不可能十全十美,也不可能反映出每一个人的审美愿望。茅盾文学奖当然也不例外。从历届评奖结果来看,其局限性何在?

纵观十八部获奖作品,我认为其局限性主要在于四个方面:对小说叙事的史诗性过于片面地强调;对现实主义作品过分地偏爱;对叙事文本的艺术价值失去必要的关注；对小说在人的精神内层上的探索、特别是在人性的卑微幽暗面上的揭示没有给予合理的承认。当然还有很多其他的局限，譬如对主流意识的过分迎合，对长篇小说审美特征缺乏科学的认知等，但这些局限都源于上述四个方面。所以，我觉得有必要对这四个局限作些细致的分析，以避免本人有“胡言乱语”之嫌。

对小说史诗品性的强调本身并没有错误，从雨果、巴尔扎克到托尔斯泰、马尔克斯等等许多世界一流的作家，都是以史诗性的长篇巨著而享誉文坛的，史诗虽不是长篇小说必不可少的艺术特质，但也是长篇走向经典的一种重要途径。庞大的叙事时空、丰繁的文本结构、深邃的艺术思想以及繁富的人物形象都为长篇向史诗品格靠拢提供了有利的客观条件。但是，并不是每一个作家都能写出史诗性的作品，也不是每一个事件都具有史诗意义。史诗在本质上体现为一种思想层面上的博大与精深，它是创作主体对某个历史过程中精神主流绵延性的精确把握和生动的艺术再现，是寄寓于庞大的形式结构之中同时又超越于形式之上、具有多方位隐喻功能的审美旨归。从叙事表层上看，一切重大的、影响人类生活和历史走向的事件都有可能成为长篇小说走向史诗的有力依托，但作家必须要拥有洞穿这种历史深度的感知能力，要能够真正地沉入到这种历史本质之中，击穿它的种种表象，抓住它的主脉，找到作家自身独有的审美发现，并以高超的心智在叙事上驾驭它，使它在凝重的话语流程中展示出来，即“史”与“诗”的和谐结合。“史诗”是一个具有神性品质的艺术境界，是经典中的经典，它的产生必然决定了它的作者是一位不折不扣的大师。坦白地说，除了《白鹿原》具有一点史诗的迹象之外，所有获奖作品都毫无史诗气息。但是，我们注意到，很多人却非常轻率地使用“史诗”这个词来表达自己对某些作品的看法，譬如对《李自成》、《东方》、《黄河东流去》、《第二个太阳》、《战争和人》等作品。其实，这些作品只不过是在取材上选择了一些重大历史事件和人物，即具有“史”的意味或者说是沾了一点“史”的便宜，而并没有完成“诗”的升华。它们的叙事仍带着明确的理性指使，有的甚至带着阶级论的偏狭观（如《李自成》），创作主体没有从根本上激活历史生活，也难以体会到对这种历史过程的深刻思考，充其量只是按照公众既定的历史观将历史事件进行了一些必要的艺术拼接而已，不少作品还明确地呈现出对主流意识的攀附姿态。它们看起来都“很厚重”，不少作品还是多部头，但那仅仅是一种表象，而在审美内蕴上并没有丰富的意旨，无法负载史诗所应具备的广阔的阐释空间。不错，像《战争和人》、《白门柳》等作品也具有一定的艺术成熟性，但我认为它还停留在对人性的复苏、对历史事件生活化的真实还原上，它们充其量还只是运用了一种史诗的写法，离真正的史诗品质还有相当的距离。而将这些作品冠之以“真正的史诗”在每一届茅盾文学奖中大力推举，显然是一种对史诗过于简单的理解而又片面追求的粗率行为。

现实主义审美原则在历届茅盾文学奖中占据着绝对垄断的地位,这已是一个不争的事实。所有获奖作品,除了极少数有一些零星的现代叙事手法介入(如《白鹿原》中使用了一些魔幻手法,《钟鼓楼》中运用了极少的变形手法),其余均为纯粹的现实主义之作。如果说这种评奖结果仅出现在前两届还可自圆其说——因为那时的确也没什么成熟的现代主义之作,但在后两届仍出现这种倾向,这在我看来无论如何都是一种失误。这种失误并非因为大量优秀的现代派作品遭到了不公正的待遇,失去了一次次证明自身艺术价值的机会,而是评委们审美眼光的偏狭,缺乏对小说艺术中一些基本常识的维护。其最根本的不幸,还是导致了人们对这项全国性大奖失去应有的敬重。我这样说,不是否认现实主义本身的价值,它作为长期承传下来的重要创作方法,曾产生过大量的经典之作并且还将产生大量的不朽之作。但是,过分地偏爱它,甚至独宠它而偏废其他创作方法,这无疑会使它在过度被溺爱的环境中走向变异,从而失去它自身应有的艺术力量。

也许正是对现实主义过分强调的缘故,重温历届茅盾文学奖的获奖作品,我们还深深地感受到,这一奖项对叙事文本自身的审美价值缺乏积极的关注。由于现实主义在本质上注重的只是“写什么”,强调的是对现实生活真实状态的临摹和再现,对生活本质的发掘与表达,所以评委们在这种现实主义审美定势的制约中,自然而然地更看重小说“写了什么”,即它的思想含量(而且这种思想含量还更多地归服在庸俗社会学的层面上,归服在主题的明确性、导向性上),而对长篇小说“怎么写”,即它在文本上的种种探索失去了兴趣。

的确,就叙事技巧的复杂性而言,长篇与中短篇相比要淡一些,因为庞大的时空构架、繁杂的事件组合以及众多的人物纠葛本身已给作家驾驭话语带来了巨大的挑战,也给读者的接受心理形成了一定的潜在压力,如果再在话语运作过程中像创作短篇小说那样大量地、频繁地使用一些不断颠覆人们阅读习惯的现代手法,势必会导致文本自身的艰涩,影响接受过程中的流畅性。但这并不意味着长篇创作对形式的要求就很简单。一部优秀的长篇总是要向人们提供多向性的审美意蕴,它应该拥有巨大的理解空间,可以让审美接受超越故事本体延展到社会、人生、历史和生命的各个领域,它的故事也许并不一定复杂,但它的审美触角利用长篇固有的多重结构和各种事件可以向不同方向延伸。要获得这种艺术境界,仅仅运用一般的客观性叙述显然是不够的。作家必须动用一切合理的叙述手段在时间、空间、结构、语言、视角等各个方面激活形式自身的审美功能,使之摆脱单一的意义传达,在“陌生化”过程中成为多种信息的承载体。犹如俄国形式主义理论家什克洛夫斯基所说,“艺术之所以存在,就是为使人恢复对生活的感觉,就是为使人感受事物,使石头显出石头的质感。艺术的目的是要使人感觉到事物,而不是仅仅知道事物。艺术的技巧就是使对象陌生，使形式变得困难，增加感觉的难度和时间的长度，因为感觉过程本身就是审美目的，必须设法延长”①。我们无意于对形式的重要性再作更多的阐释，历经了八十年代的文本革命，无论是理论界还是创作实践中对此都已有了清醒的认识。但茅盾文学奖并没有对这种文本自身的重要价值给予必要的重视，表明了评委们对叙事艺术的一些基本特质缺乏科学的体察。

撇开这种对小说叙事形态学上认识的局限性，如果仅仅从主题学角度来审度它的历次获奖作品，我们还惊人（诧）地看到，他们对人类内在精神的丰厚性也进行了刻意的回避，尤其是对那种向人性的困厄状态和丑陋状态、精神的伤痛状态和焦灼状态、生存的荒谬状态和虚无状态进行必要追问的回避。他们更多的（地）关注主题的“积极性”、“健康性”，致使大量获奖作品的主旨仅仅停留在庸俗社会学层面上，停留在人的现实性状态上，像《李自成》之类所谓的“史诗性”作品。即使有些作品看似触及到了人物内在的精神困顿，但这种困顿只是源于人物与社会之间的抵（牴）牾，是一种外在于生命的痛苦，是生活性的，不是存在性的，并不具备生命内在的原创性，像《沉重的翅膀》、《钟鼓楼》等（只有《白鹿原》是个例外）。我始终认为，一部长篇小说如果要获得某种永恒性的审美价值，必须要通过对生命的鲜活展示，表达出人类精神的原创性痛苦，表达出人在现实境域中所遭遇到的存在的不幸与尴尬，像《堂·吉诃德》、《局外人》、《百年孤独》等等。只有鲜活的、具有难以言说的精神伤痛感的生命形象，才能构成长篇小说穿越时间的长久艺术基质。一个作家或者说一个优秀的作家，他的全部存在意义不是为了表达自己对于现实生活的某种认识，而必须通过有效的艺术手段、充满智性的话语方式在现实生存的内部，感受并表达出人在存在意义上的悲悯。它在塑造出各种人物形象时，不是以作家的理念来安排人物的生命际遇，而是通过他们在生存的诸种冲突中自然而然地打开生命的风景。长篇小说由于拥有充足的文本空间和自由的叙事领域，在对人类精神痛苦性的探索上无疑可以更深入、更细腻、更全面。实际上，只要我们认真地回顾一下二十世纪中期以来世界上所有具有经典意义的长篇小说，都可以清楚地看到这一点。回避对人类生命中种种不幸、丑陋、背谬状态的揭示，实际上是回避小说向精神深度挺进，回避作家对存在之域的严肃审视，它导致的结果是让作家永远驻足在对现实表层状态的抚摸上。

设问6：从当时的创作实际出发，有不少人认为第一届茅盾文学奖的评奖结果还是令人满意的，这种看法能否成立？

这种认识是对历史的不负责任，也包含着某种圆滑的献媚倾向。今天再审视这

① 转引自张隆溪《二十世纪西方文论述评》，北京三联书店，1986年。

届评奖,至少有两点失败:一是获奖面过宽;二是过于追求“全景式”的史诗品格。在评奖的准备阶段,作为评委会主任的巴金就曾委托孔罗荪转述了自己的意见,要“少而精”、“宁缺毋滥”①。这不仅说明巴金对当时长篇小说创作的总体水平有着清醒的认识,还说明他对茅盾文学奖权威性的极为注重。他心里非常清楚,一旦获奖作品过多过滥,必然会导致人们对这一全国性大奖失去信心。但是,评委们对巴金这一重要意见却没有给予足够的重视,他们满怀激情、充满乐观地一下子评出了六部获奖作品。众所周知,从1977年到1981年,作为中国社会特定的历史转折时期,很多人的思想观念包括艺术观念根本还没有完全校正过来,长篇小说的整个创作数量也并不多,更何况在艺术上的成熟之作!实践证明,十多年后的今天,还有谁会愿意重读这些长篇?也许我们有理由认为,评委们是基于大力繁荣当时长篇小说创作的良好愿望,可是他们却让茅盾文学奖在权威性上作出了巨大的牺牲。如果要从艺术性上看,我觉得有《李自成》和《芙蓉镇》两部就足够了,这既体现了这一奖项的慎重性,也表明了它对叙事艺术品质的维护。

另外,本次获奖的六部作品,只有《芙蓉镇》反映的是普通人的普通生活,其余作品都是涉及宏大事件的历史叙事。《许茂和他的女儿们》是“反映了十年内乱带给农民的灾难,和农民热爱党的忠贞感情”;《东方》是“艺术地概括了抗美援朝的面貌”;《将军吟》是“通过三个将军不同命运的描述,反映了部队‘文化大革命’的面貌”;《冬天里的春天》是“通过对历史的回溯和对现实的描写,把抗日战争、十七年的社会主义建设、十年内乱和当前现实这四个时期的社会生活融合起来,交叉、对比地加以描绘,表现了四十年的斗争生活”②。当然,我并非是在此否定长篇小说对宏大历史事件的关注姿态,我想说明的是,小说的艺术价值在本质上并不是以事件本身的重要性与否来决定的,我们可以从《静静的顿河》、《古拉格群岛》中品味到艺术的丰厚性,也同样可以从《喧哗与骚动》、《城堡》中感受到艺术的不朽,其中的关键在于作家是否穿透了这些事件的本质,是否对这些历史事件有着超越于一般史学定论的审美发现,是否把这种历史的宏大事件真正地化解到了人物的精神世界中,以生动而真实的生命形象来表现出来,就如劳伦斯所言:“除了生命之外,没有任何重要的东西。至于我本人,除了在有生命的东西之内,我在其他任何地方根本看不到生命。用大写的字母L写的生命只表示活的有生命的人。甚至雨中的白菜也是活的有生命的白菜。一切有生命的活的东西都是令人惊异的。一切死亡了的东西都是为活的东西服务的。活狗胜过死狮,当然活狮比活狗更好。”③小说在本质上就是

---

① 参见顾骧《我所知道的中国茅盾文学奖》。

② 《首届“茅盾文学奖”获奖的六部长篇小说及其作者简介》,《人民日报》,1982年12月16日。

③ 《英国作家论文学》,北京三联书店,1985年,第509页。

要作家动用自己的经验和想象塑造出种种鲜活的生命,作家只有把自己对历史事件的独到认识渗透到人物的精神深处,让他们以真实的生命活力折射出来,才能够获得深厚的艺术价值。但从这一届中的六部获奖作品来看,离这种要求显然相距较远,它们大多只是对那些历史定论进行了一些形象的注释而已。评委们对这些作品的重视,导致了此后类似作品不断进入获奖之列,严重曲解了有关"史诗"品格的科学内涵。

设问7:与第一届相比,第二届茅盾文学奖的获奖作品减少到三部,这是否意味着评委们对这一奖项的权威性开始有了较清醒的认识?或者说是更加关注作品的艺术质量?

我不这么认为。从客观上看,减少获奖作品的数量,可以有效地遏止一些平庸作品进入获奖行列,以确保某一奖项的权威性,这是当今世界上很多著名文学奖都采用的通常做法,即使诺贝尔文学奖也不例外。但是,某一奖项的权威性,并非仅靠限制获奖作品的数量就能实现,关键还在于获奖作品的艺术质量。即使只有一部作品获奖,如果它仍是一般的平庸之作,也不可能让人们对它的权威性感到有多少信服。只要我们认真地读一下本届的三部获奖作品,不难发现它们在总体艺术质量上同第一届相比并没有多少提高。《黄河东流去》明显地带着阶级定性在操纵叙事话语,使人物简单地被划分成好人与坏人。尤其是下半部,以物质财富的拥有量来决定人性的善恶,将富裕的认定为坏人,贫穷的认定为好人,这无疑是带着早期无产者的政治哲学来图解历史生活,不仅使得小说中的人物关系变得平面化、简单化,还使人物自身的个性欲望、价值观念都变得一元化。所以,尽管这部小说在对农民文化心理的描写上不时地露出精彩之处,但它总体叙事的平庸性不言而喻。

《沉重的翅膀》作为一个社会问题小说,明显地带着从政治体制的先在观念出发,用作家自己的政治敏感性和超前的社会体察,来虚构一种平面化的现实冲突。这种冲突仅仅驻足在生存经验上,无法进入精神存在的部位,即,它们还只是一种合理性与不合理性的简单冲突,未能深入到合理性与合理性之间的、超越逻辑理性的精神对垒。创作主体的艺术心灵无法彻底地放开,或者说被现实矛盾缠绕得无法走得更远,诚如林为进所说:"《沉重的翅膀》着力于政治角度的描写,却没能深入到文学的内核,也就无法真正表现出中国政治的特色及内涵,而仍然只能是一种表层现象的扫描。……从社会学的角度看,《沉重的翅膀》固然不乏一定的价值和意义,但用小说的标准去衡量时,却又让人觉得它过于粗糙,难以忍受阅读的痛苦。没有生动精彩的情节营构,也没有具备性格内蕴的艺术形象。"①

① 林为进:《历史的限制与现实的选择》,《当代作家评论》,1995年第2期。

《钟鼓楼》作为一部表现普通北京市民生活的小说,在文本结构上的确进行了一些颇有意义的尝试。作品围绕着薛家办喜事,写了各色人等在这一天中的活动轨迹,并以此幅射出各种生活矛盾。“不过,刘心武从来不是一个艺术感觉细腻的作家。他的创作历来都是侧重于社会学层面的反映,往往以提出问题的社会代言人为己任。这样,他的作品多是图解生活而不是表现生活,《钟鼓楼》同样如此。”①要准确地表现普通市民的生活质地,作家不能将自己定位在社会代言人的身份上,他必须也是生活的参与者,他的全部心智和情感都必须浸润在现实生活的角角落落,惟有如此,他才能获得极为细腻的语言感觉,才能发现极有韵致的情节演化,才能使叙事直逼生活的原相〔时〕,又以虚构的方式达到艺术的整合,像老舍写《四世同堂》那样,具有“在平凡中见不凡”的艺术效果。但《钟鼓楼》却始终停留在生活表象上,停留在现实矛盾的简单冲突上,没有捕捉到世俗生活的潜在质地,没有表达出在这种普通生活覆盖下各种人物的丰富性格以及这种性格中隐含的文化背景。

严格地说,这三部作品作为长篇小说在艺术上都不能称为成熟之作,不仅一些人物的言行都带着创作主体的理念色彩,主题都相对单一和明确,对生活的叙事处理也都处在平面化的思维程式上,而且在叙事技术上也没有取得什么成功的突破,其文本自身的丰润性、话语间的隐喻功能都没能全面打开。它们“所关心和表现的不是人的灵魂、人的精神和人的命运,而是生怕读者不明白,因此,十分通俗、十分直接地告诉读者某一时期或某一阶段,在我们这块土地上曾经发生过什么样的事情。为了达到这样的目的,一般都是以虚构的人物,成熟或不那么成熟的故事,按主观的意图,突出某种问题去解释生活”②。不过,话又说回来,如果重新审视这三年的长篇小说创作实绩,的确也没有什么更好的作品。因此,本届评奖多少也显示出“巧妇难为无米之炊”的尴尬。但是,倘使能真正从“宁缺毋滥”的角度来评选,再剔除一两部获奖作品也许更为明智。

设问8:第三届茅盾文学奖与前两届相比,有何不同?这种不同意味着什么?

第三届茅盾文学奖与前两届相比,的确出现了较大的不同:一是评选过程所费时间大大地延长了,花去了两年半;二是评委成员进行了大幅度的调整;三是在获奖作品之外,增设了“荣誉奖”。

第三届茅盾文学奖本应产生于1989年,由于当年的“政治风波”影响,使得它的评选过程不得不推迟。这是无法预料的客观事件所导致的结果。虽然“政治风波”在较短时间内得以平息,但随之而来的是有关思想界的清查清理和必然的人事调

① 林为进:《历史的限制与现实的选择》,《当代作家评论》,1995年第2期。

② 林为进:《历史的限制与现实的选择》,《当代作家评论》,1995年第2期。

整，这些都使得这项大奖的组织机构——中国作家协会难以按既定程序进行评奖。所以，直到 1991 年下半年才重新进入评奖阶段，所费时间仍是一年左右。我个人认为，它并不存在什么更复杂、更特别的意味。

关于评委成员的大调整，在本届中显得尤为突出。前两届一直都是由中国作家协会主席巴金先生任评委会主任，而第三届没有设主任一职，以至我们无法判断仍是中国作协主席的巴金先生是否参与过本届评奖，或者说对这次评奖结果持何种态度。在具体的评委成员中，只保留了冯牧、陈荒煤、康濯和刘白羽四人，其余由玛拉沁夫、孟伟哉、李希凡、陈涌等人取而代之。从被替换的人员看，相当一部分都是 1989 年之后被调整了相应职务的，如谢永旺、唐达成等，这说明了茅盾文学奖评委成员的组成，不只是注重评委自身的艺术素质和对作品艺术价值的判断能力，还应具备相应的职务和权力身份。众所周知，一项大奖的产生，最终取决于评委们的投票，而评委们的艺术眼光和思想倾向直接影响到评奖结果的公正与客观。第三届茅盾文学奖在评委成员上的这种调整，显然强化了评奖过程的政治要求，使本应超越于一切外在因素干扰、拥有相对独立自治空间的评奖，不可避免地带上了非文学因素的制约。从评奖结果来看，除了五部获奖作品之外，还评出了萧克的《浴血罗霄》和徐兴业的《金瓯缺》作为“荣誉奖”。对本届设立“荣誉奖”这一颇为例外的行为，我认为可能是基于评委们对某些情况的平衡，但这种平衡实际上是弄巧成拙。因为按照茅盾文学奖的有关条例，既没有对获奖作品的数量作过限制，也没有对参评时间的上限进行严格的界定，只规定了作品发表的下限时间，所有长篇小说虽然在本次评奖过程中没有中奖，但可以在此后的任何一届中继续参与角逐，这也就是说，完全可以在正常的程序中对这两部荣誉奖作品进行评审。现在破例地设立了这样一项没有奖金的“荣誉奖”，我觉得不仅不能对一些作家起到安慰作用，反而让获奖者有些尴尬。要知道，对于一个作家，以这样一种方式来慰藉意味着什么？

设问 9：从第三届的五部获奖作品来看，评奖的价值取向似乎仍集中在对现实主义审美原则的维护和对“史诗性”审美品格的强调上，是不是这一阶段仍像前两届那样，并没有出现在审美价值上更为丰富、更为多元的优秀之作？

从第三届的评奖结果来看，评委们的价值取向并没有丝毫改进。但是，由于前两届的评选对象有一个客观条件的制约，即确实没有什么审美价值上具有突破意义的作品，所以评选也只有“矮子中挑长个儿”。而在第三届茅盾文学奖评选所允许的时段内（1985—1988），正是各种审美观念的小说大汇演的高峰期，并且产生了一系列相当优秀的长篇作品，如张炜的《古船》、贾平凹的《浮躁》、张承志的《金牧场》、杨绛的《洗澡》、王蒙的《活动变人形》、张抗抗的《隐形伴侣》、铁凝的《玫瑰门》等，评委们却没有给予应有的重视，这实在有点让人难以接受。只要稍稍具备一点小说审美能力的人都不难发现,如果将《都市风流》和《第二个太阳》与上述任何一部长篇进行比照,其艺术上的差距就可以清楚地判别出来。《古船》和《浮躁》在我看来是直到今天为止在反映乡村生活中仅次于《白鹿原》的长篇佳作,它们对中国乡土文化沉重性的深刻揭示、对普通人性的独到体察、对现代文明与封建文化冲撞的艺术传达,到现在仍具有一定的超前性。《金牧场》在叙事话语中所透示出来的那种高亢的民族主义激情、那种超越了庸常生活原相的英雄主义理想、那种对叙述语言诗意化的成功尝试、那种对现代都市文明与古老草原文化的双向梳理、那种使草原复活为艺术生命的叙事技能,都是一种极为难能可贵的探索。而《洗澡》对"反右"运动的深刻反思、对知识分子自身的独到反省,《隐形伴侣》对以往知青题材的明显超越、对心理叙事的熟练运用,都具有深远的意义。正是在这一点上,第三届评奖的平庸性暴露得最为彻底。

设问10:第三届获奖作品中,《第二个太阳》是在评选过程中由一名评委提议,两名评委附议的情况下进入评选程序的,并且顺利地获了奖。如果当时刘白羽不是评委成员之一,《第二个太阳》会有这种机遇吗?

这是一个涉及评奖公正和人事纠葛的问题,作为局外人无法进行判断。但有一点我比较相信,即如果作者不是评委成员之一,恐怕没有人会想起《第二个太阳》,就像我们现在也不会记得还有这么一部长篇一样。当然从有关文章中,我们知道作者本人在评选这部作品时还是采取了回避的方法①。

其实,人们之所以对这部作品的获奖表示质疑,关键不在于刘白羽是不是当时的评委,而在于这部小说在艺术上的确没什么独到的审美价值。从艺术构思上看,这部小说明显地带着"三突出"的思维痕迹——主题非常明确,正面展示我军在解放战争历史进程中的大无畏精神和锐不可当的气势;人物突出——着力表现我军高级将领秦震刚毅、沉着、果断的大将风度和超凡脱俗的英雄品格;环境鲜明——从解放战争拉开战幕、武汉战役开始直到彻底打败国民党反动派,获取全国解放的最后胜利。这种"三突出"的构思在很大程度上削平了作家对这段历史的多向度思考,将敌对双方的丰富冲突转变成我军单向的历史推进过程。

从叙事方式上看,这部小说带着创作主体自身强烈的情感宣泄倾向,这种倾向在表面上似乎是为了强化小说的诗性品质,渲染故事的叙事氛围,但从小说的叙事功能上说,它并没达到这种审美目标,反而使故事的正常节奏、人物的命运发展被人为地错断,话语的审美信息被作家的情感所覆盖,叙述者、人物以及作家之间的角色距离被严重混淆。小说最基本的叙事法则受到严重破坏,话语的统一性被肆意颠

① 参见顾骧《我所知道的中国茅盾文学奖》。

覆。而且更为严重的是，作家还在不少地方武断地插入自己的评说和议论，试图更明白地向读者交待故事的意义，实则使整个故事流程受到了人为的干涉。

从叙述语言上看，这部小说也存在着较为严重的缺陷。由于它过分强调作家自身在小说中的主导地位，不是让故事中的人物以自己的生命方式说话，而是让他们带着作家的情绪说话，所以它的语调始终处在一种高亢的抒情性上，无论情节的发展是在高潮阶段还是处于平缓时刻，它都没有必须的起伏性。通篇都是短句、诗化的语言，看似简洁、凝炼，但细细读来又不时地发现叙述的失败。如第一章第四节的最后部分就有这样的叙述："冰冷的水泥地面上敲出清脆而有节奏的皮鞋声响，说明他的脚步是灵活而敏捷的"，显然这后半句是无须表述的废话；再如第二章的第一句："风雨不知何时已经停息，黎明晨光正在慢慢照亮人间"，将"黎明晨光"重叠在一起，无疑是犯了一个小学生式的语病。诸如此类的语言问题在这部小说中相当普遍。可是，就是这样一部小说，还被认为是"在解放战争的史诗性画廊里填补了一个空白"①，确实让人难以信服。从这里我们也可以看出本届茅盾文学奖在评审过程中的粗率性。

设问11：如果说第三届评奖是因为特殊的条件制约（即1989年的"政治风波"）从而延长了评奖时间，那么第四届评奖应该是在各方面条件都较为成熟的情况下进行的，可是竟花了三年时间才评选出来，这意味着什么？

一项评奖居然花了三年时间，说起来确实让人不可思议。遗憾的是，我们至今无法洞悉导致这种马拉松式评奖过程的真正原因。如果仅从外在条件来看，这个时期的长篇小说创作实绩是非常突出的，不存在"无米之炊"的情况；由于该奖是由茅盾先生提供的资金作为基金，因此也不存在奖金不能落实的尴尬；整个社会形势稳定团结，没有一切不可预料的其他事件会直接影响评奖。那么，究竟是什么导致了它历时三年才得出结果？说实在的，只能是组织者的主观原因。但是什么主观原因恐怕是任何旁观者都无从知晓的。同时我们还看到，由于评奖过程的延长，导致了参评作品的时间段也不得不延伸，从1989年到1994年，横跨了六年时间。这比茅盾文学奖最初规定的最长时间还超过了一年，破坏了评奖者自己设置的评奖条例。这无疑使这一奖项的严肃性和权威性都受到了消极影响。

设问12：有人认为"第四届茅盾文学奖无论如何是历届评奖中用时最长、波折最多、最富有戏剧性的一次，也是较为成功的一次评奖。其成功的主要意义在于它比较准确地反映了1989到1994年间中国长篇小说创作取得的成就，保持了迄今为

① 《第三届茅盾文学奖获奖作品简介》，《人民日报》1991年4月5日。

止中国当代文学最高奖项——茅盾文学奖的荣誉”①。这种认识是否正确？

这种认识显然不够正确。说它是“用时最长”这谁都知道，既然费时三年才评出此奖，多波折、富戏剧性是必然的，只不过我们无缘知晓究竟是何波折和戏剧性罢了。然而要说本次评奖是历次评奖中较为成功的一次，让人难以信服。

众所周知，在这段时间内，长篇小说同其他文学形式一样，虽然经历了市场经济的巨大考验，但仍以多元化的审美格局保持着上升的姿态。不仅一些老年作家在继续创作长篇，一些中青年作家也在积极地从事长篇的写作，他们以其良好的艺术素养、敏锐的艺术感觉以及对各种现代叙事方法的合理借鉴，不断地推出各具特色的长篇力作，使长篇小说出现了一个相对繁荣的局面，并产生了一系列颇具影响的作品。

在以传统现实主义为主要价值取向的审美追求上，出现了陈忠实的《白鹿原》、朱苏进的《醉太平》、王安忆的《纪实与虚构》、刘恒的《逍遥颂》、贾平凹的《废都》、方方的《落日》、程海的《热爱生命》等代表性作品；

在以传统历史主义叙事观念为基调的审美追求中，产生了王火的《战争和人》、唐浩明的《曾国藩》、二月河的《雍正皇帝》、刘斯奋的《白门柳》等广受读者关注的作品；

在新历史主义的审美探索上，涌现了格非的《敌人》和《边缘》、苏童的《米》和《我的帝王生涯》、高建群的《最后一个匈奴》、李锐的《旧址》、刘震云的《故乡天下黄花》、须兰的《武则天》等优秀之作；

在先锋叙事的积极实验中，出现了残雪的《突围表演》、孙甘露的《呼吸》、余华的《在细雨中呼喊》、张炜的《九月寓言》、北村的《施洗的河》、吕新的《抚摸》、洪峰的《东八时区》等相当成熟的作品。

但是，从第四届评奖结果来看，所有获奖作品都集中在传统现实主义和传统历史小说中，而新历史主义和先锋小说则全军覆没。这不能不让人对本届评奖的“成功性”表示怀疑。虽说新历史主义小说与传统历史小说相比，从所谓的“厚重性”上看似乎要单薄些，但它们对人物生命的真实展示、对人性本质的发掘以及给人们审美视角上的冲击都要强得多。而且从文本上看，大量的新历史小说都成功地运用了一系列现代叙事手法，使故事本身包蕴着颇为丰富的隐喻意旨，如格非的《敌人》等，在艺术性上显得更具灵性和智性。先锋小说更不例外。像《九月寓言》和《在细雨中呼喊》，无论在审美理想上还是在叙事话语的运作上，都对长篇小说发展的可能性进行了极为有效的探索。这些作品被评委们忽视，其实暴露了本届评奖同以往一样仍然存在着很大的局限性，即在审美观念上缺乏必要的艺术宽容，尤其是对各种新

① 胡平：《我所经历的第四届茅盾文学奖评奖》。

型审美范式没有给予公正的评定；在价值判断上缺乏对文本自身艺术质地的关注，尤其是对各种先锋文本的探索意义没有给予合理的认同；在审美内蕴上缺乏对人性阴暗面揭示的积极支持，尤其是对一些表现了人们在现代生活中种种丑陋性、绝望性和荒谬性的作品没有给予充分的重视。所以整个评奖在总体上是以守旧的姿态来进行的，无法保持真正的客观与公正。

设问13：如果纯粹地从长篇小说的艺术价值上来评判，本届获奖作品应该是哪几部才更为公正和客观？

这是一个真正的假设，虽说历史是不可重复的，但我们还是不妨以假设的方式来重构一下合理性的文学秩序，以便最大可能地还原历史自身的客观性。

从我个人的审美眼光来看，如果对这一时段的长篇进行纯艺术的评判，获奖的应该是《白鹿原》、《九月寓言》、《醉太平》和《白门柳》。其中《醉太平》作为一部现实主义的小说，对现实生活内在人际关系的揭示、对人性潜在欲望的展露、对既定生存秩序的反讽，都远比《骚动之秋》来得尖锐和深刻。但倘若要真正不折不扣地贯彻本届评委会主任巴金先生"宁缺毋滥"、"不照顾"、"不凑合"的意见①，只要评出《白鹿原》和《九月寓言》两部作品就足够了。我相信，用这样两部作品来维护茅盾文学奖的声誉比曾经评定的四部更有力量。其理由如下：

第一，《九月寓言》并不是一般意义上的先锋小说，其叙事话语完全摆脱了纯粹的文本实验性，在强大的隐喻功能中暗含了作家对整个人类文明进程的深刻反思。小说将故事时空定位在一种极不确定的背景中，尽管在空间环境上似乎是在表现一个小小村庄的历史，但它在现代时间与历史时间的往返穿梭中不断地改变着自身的地域文化质地，传统文明中的那些神秘性、宗教感和现代文明的物质技术同时交织在故事之中，使叙事不断地超越福斯特所说的"时间生活"而直入"价值生活"，折射出作家对古老生存秩序和现代物质欲望的双重质疑。而且，这种审美思考不是局限于某个固定的历史时段和某个独特的事件上，而是明显地带有人类共性倾向，是作家对整个人类社会发展命运的一种艺术探讨。张炜虽然没有在小说中对人类的前景作出明确的回答，但以话语自身的潜在意向表达了创作主体自身深远的艺术眼光。

第二，《九月寓言》在文本结构上彻底地颠覆了时间一维性所带来的故事走向上的平面化，并且将故事冲突有效地化为外在的社会背景冲突和潜在的细节对立。尽管这种努力使小说在审美接受上破坏了常规的阅读定势，但它加大了故事中"价值生活"的表现力度。历史、神话、现实从三种角度不断地冲击着小村庄中的生活秩

---

① 胡平：《我所经历的第四届茅盾文学奖评奖》。

序,不断地激化那里人们的生活信念。这里,历史代表着既定的生存逻辑,神话隐喻着人们对精神理想的寻求,现实涵纳了现代工业文明的强权姿态。它们一起进入叙事并负载在一个个人物的心灵中,让不同的人物之间以各种富有情趣的方式发生碰撞。但作者又有效地控制着这种碰撞程度,在一种优雅的节奏中保持着故事的内在张力,使小说摆脱了由于故事情节的大冲突、大起伏而有可能带来的理念操纵话语的尴尬。

第三,《九月寓言》在话语基调上保持了相当独特的叙述姿态——充满诗性的、平静温柔的语言质地。这种话语方式有效地激活了小说中的生存环境,使自然复活成一种极富生命质感的艺术载体,带着灵动的气息跳荡在读者的眼前,从中我们不仅可以深深地感受到作家对那种返朴(璞)归真式的田园生活充满了迷恋之情,还可以看到作家内心深处对现代文明的逃离愿望。同时,也正是这种诗性语言,将叙事上的经验与超验、现实与魔幻、事实与隐喻、纪实与象征和谐地组接在一起,获得了一种令人惊悸的审美效果。

同《九月寓言》相比,《战争和人》、《白门柳》和《骚动之秋》在艺术上都要稍逊一筹,尤其是在叙事手法的灵活性、文本结构的丰富性和审美内蕴的多重指向上,都无法相提并论。《九月寓言》和《白鹿原》一样,实际上都是茅盾文学奖无法绕过去的作品,只不过《白鹿原》更注重现实主义叙事法则,容易被评委们接受,而《九月寓言》在叙事上更"现代派",所以遭受了无端的排斥。

设问14:据有关文章透露,《骚动之秋》本来并未列入由读书班最后推荐的二十部作品之列①,它的获奖〔是否〕有何更深的意味?

几乎所有的局外人都对《骚动之秋》获茅盾文学奖感到意外。我也如此。这并非是因为这部作品从问世以来就没有引起什么阅读反响,更重要的是,它在艺术上确实较为平庸。

首先,就审美旨意而言,它还停留在对改革进程中一些外在矛盾的表述上。回顾有关改革题材的长篇,从张锲的《改革者》、张洁的《沉重的翅膀》到柯云路的《新星》、钱石昌和欧伟雄的《商界》等,它们虽曾轰动一时却又瞬间消失于人们的阅读记忆。造成如此短暂的艺术生命力,我想最主要的原因就在于这些作品都未能真正地沉入社会底部,未能发掘出那些改革矛盾中的深层冲突——观念冲突下所隐含的文化、人性以及精神本源上的缱绻与决绝的状态。《骚动之秋》虽然在这方面前进了一步,但它的基本冲突仍处在人物观念的表层,特别是主人公岳鹏程,他从一名退伍军人成为了一个农民企业家,在这种漫长的社会角色转变过程中,作者试图将他放

① 胡平:《我所经历的第四届茅盾文学奖评奖》。

在各种矛盾的中心，他让与儿子冲突、与妻子冲突、与上级冲突、与群众冲突、与情人冲突，以一种全方位的冲突强化他的内心世界和生命个性。但是，所有这些冲突以各种方式煎熬着他的内心，却难以促动他作为一个“农民英雄”在某些精神本源上的撕裂与嬗变，他的痛苦始终是一种观念性的、道德化的，是社会理想与自身角色的不协和造成的，本质上是守旧与创新的冲突，包含着简单的合理与不合理性。这使他的悲剧仍停止在不同观念的自我对抗上，没能像《白鹿原》那样触及〔到〕观念背后的文化和人性的深处，折射出作为社会的人、文化的人、历史的人和生命的人之间无法调和的伤痛。

其次，在文本结构上，它仅仅停留于对故事时空顺延性的机械维持上。《骚动之秋》作为一部长篇，它的所有叙事努力似乎就在于把故事说完整，让人物的“英雄形象”树立起来，使他们变得绝对的真实，而不是动用一些合理的文本技巧让叙事更充满审美内蕴。我们无意于否定小说在“真实性”上的力量，但站在二十世纪末的小说发展进程中，再来看这种对生活真实的还原目标，无论如何都不能说是一种叙事的进步。《骚动之秋》的平庸性主要就在于作者对整个故事的营构没有什么创造性，一切都遵循着既定的时空顺序，完全为了交待人物命运的发展和事件的起落，没能在文本中构成应有的叙事张力，有限的话语紧张感都是来自于各种冲突事件的安排。

第三，在叙事语言上仅仅满足于对故事的再现。《骚动之秋》的叙述虽也动用了一些方言，增加了叙事的民间性和故事的生活气息，但整个叙事语言显然不如《白鹿原》那样更具凝重感，它质朴但缺乏韵致，明净却缺少内涵，饱含生活的真实感却难以激起审美上的亲切感。

由于这些显在的艺术局限，导致了它只进入读书班最初选定的三十部小说之列，而在此后稍加精选的二十部长篇中，它即遭淘汰。但是，由于读书班不具备任何法定意义上的权威性，仅仅是给评委们作一些基础工作，评委的最终裁决可以全面自由地选择任何一部他们所注意的作品，所以《骚动之秋》还是侥幸地分享到了这份“迟来的爱”。如果要说它的获奖有什么更深的意味，那只能在文学之外，艺术之外。

设问15：《白鹿原》以“修订本”的方式在本届评奖中才得以通过，而它的“修订本”在评奖时还没有出现。这种评奖情况似乎在古今中外都还未听说过，这是不是茅盾文学奖的一个历史创举？

以“修订本”的方式来进行评奖，在张洁《沉重的翅膀》中曾出现过，不过那是以一本已经出现的“修订本”来进行的。而《白鹿原》的“修订本”还没有出现，却已经获奖了。这在我有限的阅读经验来看，的确是闻所未闻。广大读者对此也觉得非常难以理解，因为我们完全有理由设想：如果作者从自身的审美理想出发，坚持不愿意进行修订，那么《白鹿原》的奖项会不会因此取消呢？如果作家在修订过程中，并没有按照评委们的意见,而是进行了另一种审美倾向的修订呢?

当然这都是可能性之外的设想。事实是,我们终于看到了《白鹿原》的修订本,并且这个修订本是严格地按照评委们的意见进行删削的。所以一切可能会引起的尴尬得以安全地消解。但是,从中我们可以看到,对于第四届茅盾文学奖的全体评委们来说,《白鹿原》的确是一部绕不过去的作品。它的历史厚重性、内蕴丰繁性、审美的震撼性都已成为有目共睹的事实。它确实是新时期以来我国在长篇小说中出现的一部难得的精品。如果不评它,不仅有可能使人们对茅盾文学奖的权威性进一步地失去信心,还有可能导致大家对评委们最基本的审美判断力失去信任。所以评委们只好小心翼翼地走了一着不得不走的棋——让作者重新出版一本"修订本",将小说中涉及〔到〕的一些宿命性和政治倾向性的言语(主要是翻鏊子和国共之争无是非)删去,以消除有可能导致的误读和意识形态上的误解。虽然从修订本来看整个小说的艺术性并没有受到什么大的影响,不过,我们还是感受到了这个奖项对政治导向性的严格要求。

《白鹿原》获奖了,这是一个(的)确值得重视的事情。贾平凹为此还专门发表了一则颇有意思的短文,我觉得很能代表一部分人的心理,所以不妨在此全文贩卖一下——

> 当我听到《白鹿原》获奖的消息,我为之长长吁了一口气。我想,仰天浩叹的一定不仅我一人,在这个冬天里,很多很多的人是望着月亮,望着那夜之眼的。
>
> 其实,在读者如我的心中,《白鹿原》五年前就获奖了。现今的获奖,带给我们的只是悲怆之喜,无声之笑。
>
> 可以设想,假如这次还没有获奖,假如永远不能获奖,假如没有方方面面的恭喜祝贺,情况又会怎样呢?但陈忠实依然是作家陈忠实,他依然在写作,《白鹿原》依然是优秀著作,读者依然在阅读。污泥里生长着的莲花是圣洁的莲花。
>
> 作品的意义并不在于获奖,就《白鹿原》而言,它的获奖重在给作家有限的生命中一次关于人格和文格的正名,从而使生存的空间得以扩大。外部世界对作家有这样那样的需要,但作家需要什么呢?作家的灵魂往往是伟大的,躯体却卑微,他需要活着,活着就得吃喝拉撒睡,就得米面油茶酱,当然还需要一份尊严。
>
> 上帝终于向忠实发出了微笑,我们全都有了如莲的喜悦。①

① 贾平凹:《上帝的微笑》,《小说评论》,1998年第1期。

设问16：《白鹿原》为什么是一部让评委们"绕不过去"的作品？它的艺术价值究竟在哪里？

实际上已经由很多重要的评论家和作家对此发表了极为深刻的见解。作为一部十分难得、也是人们期待已久的长篇佳作，我认为《白鹿原》的重要价值在于：

它成功地改变了中国传统家族小说的叙述模式，不仅将家族作为一种故事枢纽和文化载体，而且将它深植到人类自身固有的自缚性悲剧根源上，并以此作为审视的契口，辐射出作家对中华民族近现代史的全面思考。众所周知，家族小说是中国传统长篇小说中一个最通常的叙事模式，从《金瓶梅》、《红楼梦》等古典小说到巴金的《家》、《春》、《秋》以及老舍的《四世同堂》等现代小说，都是以家族结构为故事核心来进行审美的多向度表达，但它们大多侧重于某一两个方面，或家庭伦理，或权力纠葛，或社会沧桑，而《白鹿原》"把白鹿原作为近现代历史替嬗演变的一个舞台，以白、鹿两家人各自的命运发展和相互的人生纠葛，有声有色又有血有肉地揭示了蕴藏在'秘史'之中的悲怆国史、隐秘心史和畸恋性史"①。它改变了人们对"家族"这一中国传统文化结构形态的通常认识，将人物的生命际遇投置（掷）在无法把握的广阔空间进行全方位的探讨，使小说在现实、历史、文化和人性的多种层面上都有着深刻的思考。

在历史叙事的处理方法上，它既摆脱了传统历史小说对事件真实性过于依赖，又逃离了新历史小说对历史背景的纯虚构性。它注重大事件大背景的合理和真实，从清朝改（制）民国、民国到新中国成立的近四十年里一系列重大的政治斗争，都在白鹿原这块土地上有着真实的记录，督府的课税引起的"交农"事件、军阀与国民革命军的你争我夺、国共两党的合作与分裂以及新中国成立后的一连串政治运动，都具有历史的实证性；但在内部的情节和事件的处理上又动用了想像和虚拟，将这些历史风云化解到人物的具体言行之中，化解到他们的生存命运中。这样不仅确保了整个作品对历史进程的动态反思，还充分发挥了作家的想像与虚构的能力，使作品在叙事上获得了广泛的自由度，作家的审美理想得以全面的展示。

在叙事手法上，它灵活地容纳了传统现实主义和魔幻、隐喻等现代主义的表现手段，将这些叙事方法有机地交织起来，使整个叙事虚实相间，在一种看似混乱的、千头万绪的文本结构中将审美触角延伸到广阔的想像空间，给读者的解读和思考提供了多种向度、多种可能。从整个故事来看，它以时间的延伸为主轴，让不同的人物围绕着这根主轴不断地发生各种纠葛，没有彻底改变人们的阅读习惯。但在一些具体的细节上，它又动用了大量的虚幻手法，将宿命的、迷幻的、象征的话语引入叙述，

---

① 白烨：《观潮手记》，河北教育出版社，1998年。

使一些事件负载着非确定性的审美信息，给读者的审美再创造设置了大量的契口。法国作家布托尔曾说："所有的伟大作品，无论多么富有智慧，多么大胆和严峻，都会以这种或那种方式与这种无穷无尽的幻想，与这种含糊不清的神话，与这些无数的触点发生关系。但是这类作品也具有全然不同的、最为重要的作用：它们改变着我们对世界的看法，改变着我们关于世界的叙述，因而可以说它们在改变着世界。"①《白鹿原》在某种意义上就具备这种审美意图。

设问17：茅盾文学奖至今已进行了四届，从评奖过程来看，每一届在评奖之前都设有一个"读书班"，即由一些全国重要的中青年评论家和编辑组成的审读小组，对各个地方部门报上来的长篇小说进行初选，但他们的初选又没有任何决定性作用。这种"读书班"是否有存在的必要？

有关读书班的性质和地位，曾参加过数次茅盾文学奖的评委顾骧作了这样的说明："邀请若干评论工作者、编辑组成读书班，这些同志对长篇小说有比较专门的研究，做了十分重要的筛选工作，读书班是评奖活动中十分重要的一环。但是茅盾文学奖不是两级（初评、终评）评选。读书班是评委会的工作班子，任务是对各地推荐的大量作品进行筛选，提出供评委阅读的书目。读书班提出的阅读书目没有法的效力，没有荣誉意义。评奖办公室可以在读书班提出的阅读书目供评委阅读（如第二届茅盾文学奖评奖活动），评委本身更可以建议增加阅读书目，只要经过评委一人提议、两人附议的程序即成（如第三届茅盾文学奖评奖活动）。"②从这里可以看出，读书班在整个评奖过程中的确没有什么决定性作用，第二届、第三届、第四届的获奖作品都不是全部产生于读书班最后推荐的篇目之中。他们只是评委会的一个助理班子，为评委会减少一些阅读工作量，对评委们的最终裁决没有任何影响。如果评委们早已在心中圈定了某部作品，可以轻松地超越读书班而直接将它推入终评。

但读书班又是重要的。仅从第四届茅盾文学奖的读书班组成成员来看，他们是：蔡葵、丁临一、李先锋、胡良桂、白烨、林建法、张未民、朱晖、陈美兰、朱向前、张德祥、王必胜、盛英、周介人、陈建功、雷达、胡平、林为进、潘学清、雍文华、吴秉杰、牛玉秋③。这些成员大多是资深的评论家和编辑家，年龄不高，其艺术活动的经历基本上与新进（时）期的文学发展是同步的。他们不仅对整个文坛的态势了解全面，而且都具有良好的艺术素养和较准确的审美判断力。应该说，他们的参与，给茅盾文学奖的评选工作提供了一个重要的艺术保障，其存在的必要性是不言而喻的。从评奖结果来看也是如此。凡是超越了他们最后提供的评选篇目而获奖的作品，艺术上确

---

① 《"冰山"理论：对话与潜对话》，工人出版社，1987年。

② 顾骧：《我所知道的中国茅盾文学奖》。

③ 胡平：《我所经历的第四届茅盾文学奖评奖》。

确实实是较为平庸的作品，如第三届中的《第二个太阳》、第四届中的《骚动之秋》。这也反证了读书班的审美眼光。遗憾的是，由于读书班是处在一个“言不顺，名不正”的尴尬地位，“他们提出的阅读书目没有法的效力”，所以他们的存在价值就大打折扣了。

设问18：一项文学大奖的公正与否，关键取决于评委们的审美判断力以及对自身审美判断力的有效维护上。即他们必须站在较为客观的文学立场上，以一种容纳的姿态和开阔的视野来全面衡量、比较不同审美类型的作品，不以个人的艺术偏爱来影响评审结果。从已经产生的四届茅盾文学奖来看，评委们是否做到了这点？

评奖的公正与否无疑来自于评委们评审行为的公正与否，这种行为的公正合理不是指评委是否受到某些文学之外因素的左右，而是指他们是否能对新时期以来我国长篇小说的发展现状有着准确而清醒的把握，尤其是对多元化的艺术现实是否能够全面科学地理解。要回答他们是否做到此点，有必要看看评委们的组成情况：

第一届 主　任：巴　金
副主任：无
成　员：丁　玲　韦君宜　孔罗荪　冯　至　冯　牧　艾　青　刘白羽
张光年　陈企霞　陈荒煤　欧阳山　贺敬之　铁依甫江　谢永旺
总人数：15人

第二届 主　任：巴　金
副主任：张光年　冯　牧
成　员：丁　玲　乌热尔图　刘白羽　许觉民　朱　寨　陆文夫　陈荒煤
林默涵　胡　采　唐　因　顾　骧　黄秋耘　康　濯　谢永旺
韶　华
总人数：18人

第三届 主　任：无
副主任：无
成　员：丁　宁　马　烽　刘白羽　冯　牧　朱　寨　江晓天　李希凡
玛拉沁夫　孟伟哉　陈荒煤　陈　涌　胡石言　袁　鹰
康　濯　韩瑞亭　蔡　葵
总人数：16人

第四届 主　任：巴　金
副主任：刘白羽　陈昌本　朱　寨　邓友梅
成　员：丁　宁　刘玉山　江晓天　陈　涌　李希凡　陈建功　郑伯农
袁　鹰　顾　骧　唐达成　郭运德　谢永旺　韩瑞亭　曾镇南
雷　达　雍文华　蔡　葵　魏　巍
总人数：23人

从上述这些组成成员来看,有两点值得注意:一是普遍年龄较大,除了极少数中年评论家和作家加盟其中(如第四届中的雷达和陈建功),基本上都是老龄化的评委,说明茅盾文学奖不可避免地被资历所影响;二是大多身居文学工作部门的要职,或者说是政府部门的某种代表,这无疑意味着这个奖项必须对政府部门负责,对主流意识负责。这两种特定的现实情况实际上还暗含了更深的评奖局限。因为众所周知的原因,这些老一代专家大多是在现实主义传统艺术思维的长期熏陶下成长起来的,他们的审美观念基本上固定在现实主义一元化的艺术模式中,他们的艺术素养是从长期以来我国固有的、带有明显封闭性的文学形态中积淀而成的,缺乏与世界现代艺术范式融会的格局,这使他们无法与那些具有现代审美倾向的作品站在同一维度上进行对话,无法在审美价值上对它进行合理的评断,从而导致了他们在评审过程中对现代性叙事的本能抗拒。同时他们自身的权力身份,又规约着他们必须站在社会学的层面上,从文学的教化功能上考虑评奖结果。这种双重局限无法使他们保持纯粹的艺术原则立场,也无法全面地、多元化地审度各种不同艺术特质的作品。

此外我们还应该注意到,这些评委成员的产生不是民主选举的结果,而是直接由"有关部门"来任命的。诚如评论家朱晖所说:"似乎没有理由怀疑评委们的鉴赏能力,正像我们深信'有关部门'在选择评委的时候,并非把鉴赏力放在首先的和惟一的位置。……'有关部门'将钦定的'专家'、'内行'推向评选的前台,至于社会公众和没有发言权的文学艺术家们则是地地道道的看客。就此而论,第三届茅盾文学奖评选结果,无非是以夸张的形态,暴露了这种评奖方式及其权威性所固有的败笔。"①朱晖在这里虽然说的是第三届评奖情况,其实也是历届茅盾文学奖所暴露出来的共同弱点。

在具体评选过程中,巴金作为其中三届评委会的主任,由于身体的原因一直没能真正地参与到评奖的全过程,这也是一个巨大的遗憾。否则,我们有理由相信,以他的艺术素养和威望,以他清醒的审美判断和每次所强调的"宁缺毋滥"的评奖主张,茅盾文学奖的评选结果一定会有所不同。

设问19:评奖标准是维持一项文学大奖的重要依据。从历届茅盾文学奖的评选结果来看,它们的标准如何?

这是一个令所有人至今仍迷惑不解的问题。现在,我们无法从相关的材料上找到相对具体的评奖标准。在那些较为详细的评奖条例中,只强调了评奖的程序和方法,惟独没有突出评奖标准。但是,按照我们通常的文艺评奖思路,对一切文艺作品

① 朱晖:《第三届茅盾文学奖之我见》,《当代作家评论》,1995年第2期。

的审定基本上是沿着两种标准来进行的，一是政治标准第一，艺术标准第二。只有作品主题符合主流意识的要求，符合一定时期内的思想倾向，具有积极的、明确的导向意味，才能进一步审度它的艺术性是否成熟、是否生动、是否完美。一是坚持艺术原则立场，兼及政治导向性。这种情况并不普及，仅在一些小范围的评奖中还有所坚持。它强调艺术作品自身的审美价值，注重它们在艺术的创造性上是否有着成功的突破，是否潜示着某种新的审美动向，是否向人们提供了新的思想信息和艺术信息。毫无疑问，用这种标准去审度作品更合理、更科学、更权威些，因为无论如何，任何一部经典的作品都是以它艺术上的审美价值而获得不朽的。

回顾历届茅盾文学奖，虽然我们无法准确地判断他们在具体执行标准中更强调哪一种规则，但从评委成员和评奖结果来看，政治的质量认证明显大于艺术的审美认证。诚如有人所言："几十年间的经验教训告诉我们：几乎在每一个时期，所谓的政治的质量认证，标准的制定和运用，总是一目了然的，往往也是公之于众的且被不折不扣地执行的；而所谓的艺术的和审美的认证，则不幸总是居于从属的和附加的地位；标准，也往往并不取自文学发展实践及其理论形态的最新的和最高的成果，而是见出了僵化的、'外行'的或者是以偏概全的、先入为主的眼光，因而不可能不是含混不清的和经不起辨析的，往往也只能是任由可以'说了算'的那一部分人'见仁见智'地制定和执行；以致在许多文学的评奖活动和评选结果中，所谓的政治上合格而艺术上'过得去'的作家作品总是最容易被选中；而在艺术和审美上不同凡响、不拘格套的作家作品，即使侥幸不被忽略不计，充其量也不过是担当'点缀'罢了。"①茅盾文学奖的标准实际上仍是局限在这种思维定势中，这不仅影响了评委们以自身的审美眼光和艺术标准来评选作品的独立裁决空间，还使大量的远离政治意识的小说失去了公平的竞争机会，在本质上，也使该奖的科学性受到了动摇。

设问20：有人认为，"评奖即引导即提倡"，如果从创作自身的艺术规律角度来说，这种提法是否科学？茅盾文学奖进行到今天，是否对我国长篇小说的发展真正起到了"引导"和"提倡"的作用？

所谓的"评奖即引导即提倡"，只是评奖者一厢情愿的良好愿望或者迫切要求而已，并不符合文学创作自身的发展规律。纵观古今中外的所有经典之作，我们至今还无法确认有哪部不朽之作是在"引导"和"提倡"下产生出来的。文学创作作为作家生命律动的一种特殊形式，是一个独立的个体精神劳动行为，它是直接受制于作家自身审美表达的需要，是作家将自己的全部艺术感觉投放到社会生活、历史文化中，吸纳、咀嚼、思考后的一种自然结果。对于任何一个成熟的作家来说，他对自身

① 朱晖：《第三届茅盾文学奖之我见》。

精神独立性的要求是极为苛刻的,他的全部创作都只针对自己的心灵空间、针对自己的审美理想、针对自己的叙事欲望。只有拥有这种绝对独立的人格立场和绝对自由的精神空间,才有可能确保他的创作全面体现自身的艺术目标。

我这样说,并不是强调作家可以逃避自己作为一个社会的人、文化的人在群体意识上所必须履行的职责,而是他的内心深处必须与生俱来地拥有这种使命意识和良知情怀。没有崇高的艺术良知和人文品质,他不可能站在人类精神的制高点上,不可能洞悉现实表象背后的深远意义,不可能触及〔到〕人类生命的某些存在本质,更不可能对人们期待已久的困顿作出独到的回答。任何一个优秀的作家,其实都必须具备这样三重素质:对人类永无止境的博大之爱,对自我精神独立性的严格恪守,与生俱来的良好的艺术感觉。这三重素质都不是"引导"和"提倡"所能达到的。相反,对于提倡某种意识导向,反而会使作家失去自身的艺术个体,失去对社会、现实以及人生的独立思考能力,其结果不是出现精品,而只能产生平庸的应时之作。这样的教训,在"文化大革命"时期已有太多的例证。

回顾茅盾文学奖评选以来的创作情况,我们可以看到,长篇小说的整体创作格局也并没有受到这项大奖的多少影响。这在那些具有先锋意识的作家作品中可以更清楚地得到证明。至今为止,还没有一部严格意义上的先锋小说获得过此奖,但这方面的探索却从未停止,而且不断地有一代代文学新军加盟其中。譬如像一些六十年代出生的作家,他们在首次尝试长篇写作时,都在自觉地袭用种种现代叙事法则,进行完全属于自己审美追求的艺术实践,产生了诸如曾维浩的《弑父》、东西的《耳光响亮》、王彪的《身体里的声音》、林白的《一个人的战争》等等大量的具有全新审美倾向的长篇小说。

所以说,想用评奖的方式达到"引导"和"提倡"的目的,是有违创作规律的。这种愿望是美好的,而事实是不可能的。科学的说法应该是:评奖即鼓励即关怀。

设问 21:能否用一句简单、直率的话来总结历届茅盾文学奖的评选情况?

公正性受到怀疑,科学性值得思考,权威性难以首肯。

设问 22:第五届茅盾文学奖的评选即将进行,如果从长篇小说自身的艺术性来看,这次评选有望获奖的作品有哪些?

这是一个绝对虚妄的假设。在第五届茅盾文学奖参评作品的发表时段内,长篇小说的整体水平无疑有了明显提高。作家们经过了市场经济秩序的荡涤和艺术积累的加强,无论是创作心态还是艺术水平都获得了进一步的提升,并且出现了不少不同审美特质、不同叙事风格、不同思考向度的优秀长篇。如果以我个人的审美眼光来看,我觉得能够代表这一时间段里长篇小说艺术成就的作品是:余华的《许三观卖血记》、阿来的《尘埃落定》、王安忆的《长恨歌》、刘震云的《故乡面和花朵》、贾平凹的《高老庄》、张宇的《疼痛与抚摸》、徐小斌的《羽蛇》等。其中《许三观卖血记》是一部无法绕过去的长篇精品。但是,鉴于上述的大量考察,如果本届的评奖在各个方面没有更多的改变,那我们还是不要对第五届茅盾文学奖寄寓太多的希望。

一种设想

当我对茅盾文学奖进行了长达二十二个设问之后,我感到我的回答充满了苦涩和复杂。作为迄今为止我国长篇小说中惟一一项大奖,从茅盾先生到巴金先生等老一辈作家都倾注了自己的大量心血,它理应在一次次评比中更科学、更公正,理应全面地展示出新时期二十多年来长篇小说的最佳成果,理应在中国当代的每一个作家心目中构成一种艺术的权威性,但我们伤心地看到,它却没能做到这点。

这无论如何都是一个让人难以接受的事实。

的确,从客观上说,任何一项文学奖都不可能像科学奖那样做到绝对的公正和合理,因为它无法具备科学奖在评审过程中所拥有的明确的量化标准。文学作为一种精神性产品,它的价值时常会见仁见智,但这并不意味着"茅盾文学奖"的评比结果就有其合理性,因为我们完全有理由、也有办法改变它的现有局限,更有效地增加其权威性和公正性。

正是基于这种维护艺术良知的愿望,也是基于对茅盾先生等老一代作家良苦用心的积极回应,我觉得,在世纪末的钟声即将敲响的时刻,应该全面地反思这一奖项的评审情况了,应该重新考虑它的科学性和合理性了。我们无法对既往的历史作出补救,但我们可以在经验的积累和教训的自省中使明大做得更好。以我个人的看法,要彻底扭转这一被动局面,必须对评奖过程中一些关键性问题进行卓有成效的改革。

首先是确立明确而科学的评审标准,即坚持艺术原则立场。茅盾文学奖不同于政府奖,它是一项旨在提高当代长篇小说艺术水平的大奖,目的是为了忠实准确地记录长篇小说在艺术上的"高峰轨迹"。它的评审必须将长篇小说的艺术价值放在首位。这种艺术价值包括了长篇小说在审美内蕴上的深厚性、文本结构上的丰繁性、话语运作上的独创性,不能只强调一种而偏废其他。在通常意义上,人们总是将长篇小说作为一个时期和一个民族小说发展的制高点来看,这不只是因为它像巴尔扎克所说的那样具备有"百科全书"的性质,还由于它拥有虚构艺术所具备的一切有利条件,可以全面地、不留余地地表现作家的叙事理想和精神深度。它在叙事上的自由组接功能十分巨大,可以同时集纳多种叙事手法的交换演绎,使作家的艺术探索能够从容地、淋漓尽致地发挥出来。只有将评审标准定位在长篇小说的这种艺术质地上,才能使评委时刻保持艺术价值的警惕性,注重小说对人的精神空间的开发,注重人物心灵的深度以及作家对存在的深度发掘，注重文本在审美表达上的独特“意味”，而不只是局限在对现实生活的表层观照上。

其次是强调对多元化小说审美理想的积极推崇，尤其是对一些具有探索意义的作品给予积极的重视。任何一种真正意义上的艺术繁荣，都不是某一种审美风格的独霸天下，而是“百花齐放”、多元相融的审美格局。文学的发展同其他事物一样，都离不开对新的叙事模式的探索、对新的文本形式的实验。没有新的审美追求，就意味着文学发展的僵化和终结。正是从这个意义上说，文学的先锋精神尤其值得关注。因此我们的评奖过程尤其要对这种多元格局进行合理的维护，对那些具有先锋品质的作品进行合理的鼓励，并根据各种审美倾向的作品所应有的艺术价值进行全面比较，以一种宽广的艺术视野审视所有作品。

对于评委成员的组成，有必要进一步民主化、制度化。由于他们直接掌握着评审大权，所以他们自身的艺术素养、审美眼光都必须适应现代文学发展状况，必须能对所有形式的长篇小说进行准确的艺术质量认证。而要使每一位评委都具备这种能力，仅靠“有关部门”来圈定显然难以做到，所以一个有效的办法就是采用候选人制，有关部门可以圈定数十个目前在全国颇有影响的专家，然后交给中国作家协会全体会员，由他们进行民主推选，产生出一定数量的评委会成员。

有效地提高读书班的预选权力，使它的预选具备法的效力，也是不可忽视的一个环节。这不仅能对终评委的行动进行有效的制约，还可以使更多的评论家、作家和编辑加入到评审活动中，让每一部优秀的作品都能更大范围地接受检视。

当然，这些仅仅是一种民间的期待。虽然他的心灵是诚挚的，但他的声音是非常孱弱的。

1999 年 4 月 4 日于杭州

——原载《当代作家评论》1999 年第 5 期

董之林

"新"英雄与"老"故事

——关于五十年代革命传奇小说

1

五十年代是文学中政治意识逐渐强化的年代,也是小说在曲折路径上寻求发展的年代。伴随新中国诞生,一方面,延安时期毛泽东提出的文艺为无产阶级政治服务、为工农兵服务的思想得到文艺界领导进一步倡扬;另一方面,社会又要求文学不断提供适应审美接受心理的阅读空间,而不仅是对观念和政策的演绎。

领导的号召和读者审美需求之间的矛盾,从建国初期《文艺报》收到的读者来信中可见一斑。当时人们曾直言不讳地表示不喜欢看类似宣传品的作品,认为"这些书单调、粗糙","老是开会,自我批评,谈话,反省",人们原本"工作生活都紧张,娱乐还要紧张,怕要'崩了箍'"。即使工农兵也不喜欢看当时一些写他们的书,"天天都是工农兵,使人头疼",而且"这些书太紧张了,他们乐意看点轻松的书"。他们所说的"轻松点的书",是指作家"能按照过去巴金、冯玉奇、张恨水的办法,来写些革命的浪漫故事"。据当时的图书市场统计,像这些读者希望的这类"比较通俗的作品,一般的可以销十万册以上,突出些的就不止这样,各地翻印,其总数有些应该是超过十五万本的"①。

尽管五十年代文学时时处于时代和读者需求的夹缝中,但它又在不断弥合其间的歧义,为自身开辟着新时代的生路,在这条蜿蜒曲折的路上,一些作家和学者不约而同把目光投向了传统。1951 年,北京大学国文系教授孙楷第的文章比较典型地反映了这种弥合歧义的努力。他认为中国古典白话小说的特点是"故事是内容,说白念诵是形式,宣讲是语言"。并举明末短篇白话小说的"说白念诵体"为例说:"明

① 参见丁玲:《跨到新的时代来——谈知识分子的旧兴趣与工农兵文艺》,《文艺报》2 卷 11 期。

朝为故事而写短篇小说的风气,现在过去了。现在写小说,要教育人民,要为人民服务。这个理论,颠扑不破,稍微通道理的人,都不反对。不过,我想,人民是喜欢听故事的,并且听故事已经习惯了。我们要教育人民,必须通过故事去教育。故事组织得好,教育人民的效果愈大。若是以故事性不强的小说去教育人民,人民一展卷,就知道是教育他。他若是不愿在小说中受教育,索性弃去不观,则作小说的一片好意,一时化为乌有,岂不可惜?"明代的短篇小说很少有教育人民的意味,但"他的教育在宣讲的故事中,已经成功。这一点,我觉得可以供热心作短篇小说的同志们参考"①。虽不能说小说创作由此便转向去编织一个个好听的故事,但向古典小说学习,用这样被文学史家证明有效的小说方式来结构新时代的故事,的确在小说实践中逐渐成为人们心照不宣的共识,尽管新时代作出了摈弃旧传统的种种姿态。

从五十年代中期起,一批表现革命题材却又包含传统小说因素的通俗作品应运而生。特别是当时大量反映战争年代生活的作品,基本上都可以列入这种通俗小说的行列。人物、故事、情节是构成这些作品的基本要素,而且内容浅显易懂,比较适合大众读者的文化水平和欣赏需求。如果做进一步分析,这些作品又可以大体分为两类:第一类作品本身并不提供更深刻的思想内容,但情节迂回曲折,人物与故事神奇而引人入胜,像《林海雪原》、《烈火金刚》、《红色交通线》等即是这方面的代表;第二类的情况相对复杂一些,作品既表现了社会的主流思想,又极力将这主流思想与个人的情感和生活体验,以及富于传奇的故事描写结为一体,构成一种新意念的通俗小说蓝本,像《红旗谱》、《青春之歌》、《苦菜花》等可作为第二类代表。

2

先说第一类。这些作品面世不久,文艺理论家王燎荧便将它们命名为"革命英雄传奇"。他认为像"《林海雪原》可以说是这样一种特殊类型的小说,我把它称之为'革命英雄传奇'"。这一方面固然是由于作品"比普通的英雄传奇故事要有更多的现实性,直接来源于现实的革命斗争",但它们之所以称为"英雄传奇",说明这样的写作与传统的"英雄传奇"具有内在的联系。② 一是作品具有传说的性质。我国古典描写战争的长篇小说,比较著名的像《三国演义》、《水浒传》都不是一次完成,而具有在民间传说的基础上经过文人不断加工、不断补充的特点。二是这些传说在流传过程中,不同时代的人根据自己的意愿不断想像、夸大和再制作、再叙事,为的是使故事越来越好听,越来越符合现时的接受需求,也使传说中的人物和事件越来

---

① 参见孙楷第:《中国白话小说的发展与艺术上的特点》,《文艺报》4 卷 3 期。

② 王燎荧:《我的印象和感想》,《文学研究》,1958 年第 2 期。

越加入到这个时代的生活中来。"在激烈的革命斗争中常常出现一些出乎意料之外的事件、异常勇敢的人物和异常地出奇制胜的行为等等。就是当事人也往往事后吃惊,非在平常的日子中所能想像。这种人和事随即传播开来,听者当作神奇的故事来听,传者当作神奇的故事来传,因而被赋予了传说的性质。"①

当传说变成小说和故事,新时代的再制作过程也必然强化了宣讲的成分。因此"革命英雄传奇"得到时代与读者的双重接受和认可,与建国初期回落在文化精神领域的浪漫情愫和对历史与现实的理想化叙述迅速融为一体。

《烈火金刚》用章回体的评书形式写成,全书三十回,特别具有对抗日战争生活神奇想像的特质。作品以1942年冀中军民的反"扫荡"斗争为背景,力图塑造冀中根据地八百万抗日军民浴血奋战、前仆后继的英雄群像。这部作品有比较完整的叙事结构,作品从一次意外事变写起,八路军排长史更新为掩护主力部队转移身负重伤,被小李庄群众解救后,便和区干部齐英、村干部孙定邦、八路军班长丁尚武等人组成新的战斗集体。接着作品便绘声绘色地讲述了由一个个富于传奇色彩的段子组成的这个战斗集体的故事。虽然作品中几个主要英雄人物贯穿始终,事件的发展也按时间的演讲构成叙事的基本线索,但每一段又相对独立成篇,富于情节且引人入胜,正如胡适所论晚清小说的布局:"拆开来,每段自成一篇,斗拢来,可长至无穷。这个体裁最容易学,又最方便。"②

英雄与传奇具有天然的血缘联系,作品中史更新、肖飞等人物的传奇经历固然是说书人可以大展宏图、大显身手的段子;但不可忽视、也不能以英雄的光辉全部遮掩的,是使这部小说特别具有民间传说性质的一个芸芸众生中的人物——解文华(绰号"老转"),由于他的形象,使反映抗战题材的作品多了一分来自庶民百姓经历的传奇色彩。小说中解老转处世圆滑,不论共产党八路军、普通村民,还是日本鬼子、汉奸、伪军都同他打交道,他也因此成为各种力量争取的对象。作品生动地描写他周旋于各类人物之间,真是用尽了浑身解数,不愧人称有"七十二个心眼,九十六个转轴"。作品描写他随汉奸何大拿和何志武搜查八路军,结果何大拿发现地洞里藏着的不是别人,正是何大拿的女儿何志丽(即林丽),何家父子顿时傻眼了,这时汉奸高铁杆儿因在外边听何志武说了一声"出来了"就没有下文,便问怎么回事,于是解老转就用何大拿"中了哑巴番"来打掩护:

> 还是老转的转轴来得快,他像准备好似的,冲着高铁杆儿直摆手儿:"别问啦!快走吧。"高铁杆儿把眼一瞪:"什么事把你们吓成了这个馅儿

---

① 王燎荧:《我的印象和感想》,《文学研究》,1958年第2期。

② 参见阿英:《晚清小说史》,东方出版社,1996年,第6页。

饼样子?"老转走到他的跟前说:"出了老仙儿啦!""什么老仙儿?""我告诉你:何志武在屋里翻腾得正有劲儿的时候,我就看见佛龛上吊着的那个小门帘儿像气儿吹着似的一掀,我还以为是藏着人哩,你猜怎么样?出来了一个白胡子黑尾巴的小黄鼬,何志武一说出来了,就要拿枪打,可是你说邪门儿不邪门儿吧,那个小黄鼬冲着他作了个揖,他的枪也没有打响……"高铁杆儿本来有点儿迷信,他过去"拉杆儿"当土匪的时候,还烧香供神,请财神拜罗汉哩。现在他虽然不烧香了,可是他还不敢说没有神仙鬼怪,所以他对这个事儿也有些相信……别的伪军看见高铁杆儿走了,不用下命令就都自动撤离了这个院子。这工夫解文华在后头暗暗地说了声:真是险啊!他也就跟着走出来了。

解文华了解社会下层各类人物、包括大小汉奸和伪军的心理,善于随机应变,把听者哄得将信将疑,使剑拔弩张的事态化险为夷。一方面他为何家父子和自己解围,另一方面也保护了地洞里的八路军和群众,关键是他从此便把何家父子的"短处"攥在手里,因为何大拿知道日本人不会相信与八路军有父女和兄妹关系的人。解文华是抗日战争时期处于拉锯地带老百姓中的普通人,他既恨日本鬼子和为虎作伥的汉奸、伪军,又慑于他们的淫威,害怕八路军打不赢日本人,原想两边不得罪,结果害死了女儿小凤,这才下决心要和八路军一起打日本。解老转的故事虽然可以纳入战争的深厚伟力在于民众之中的主流观念,但作为一部传奇小说,这个人物却不是概念化的,而具有生动的民间智慧的物质。

《红色交通线》描写1931年以后,川陕地区中共地下党工作人员利用各种社会力量之间复杂的矛盾,克服重重困难,开辟了一条从白区向根据地秘密输送物资的红色交通线。作品的主人公是中共军事情报系统的工作人员吴智,他的公开身份是西北军某军部的参谋。吴智的出身经历也显示出人物来自下层社会的复杂和多样性。吴智不是共产党部队出身的人,而是在旧军队"被官长的大皮靴"踢了好多年,由于他所在的"军阀部队正在拼命扩充,新兵不断地往里增添,老兵就逐步熬出了头,他这才从一个挨打的士兵,一步步提升为一个军部的参谋",后来又在旧军队因寻求救国救民的道理,才加入共产党的。复杂的经历使他在斗争中采取的方法也灵活多样,更使作品增添一分神奇的色彩。

比如作品描写吴智离开徐耀明的地盘,采取迂回的路线继续向苏区进发,他利用徐耀明的势力找当地一个老头儿做向导,老头儿开始答应得挺好,还主动帮吴智拿行李,可到了半路却变卦了:

老头叹了一口气,又感慨地说:

"人哪,也就是活一口气。这年头,'今天脱了鞋袜,谁知明天穿不穿!'说不定哪个时辰,大祸就能飞来,说实话,我老头虽然命基(苦),可还不想死呢!"

吴智心想,这糟老头儿,走到半路可拿起火来了,说来说去,就是不想走。若是来硬的,逼着他带路也不好。忽然,他想起临动身的时候,听说山里缺少大烟,爱抽大烟的人很多,有点烟膏子比银子还吃香,那时多了个心眼儿,就准备了一点,可以试试灵不灵。他从口袋里取出来,掰了一块,递给老头:

"老人家,这玩艺能提神,你还是'送佛送到西天',把我送到塔子坪再回家吧!"

老头儿一瞧见大烟土,神色完全变了,喜得眉毛眼睛挤在一块堆了。嘴里说着:"你这么客气,不留着自己用呀!"吴智正想告诉他,自己连纸烟都不会抽,那老头儿的一只干枯的手,早抢似地把大烟夺过去,扔进嘴巴里,三步两步跑到一边,两只手接住石缝里流出的小股泉水捧着,把大烟送下肚去。这一下子,精神就来了,情绪也高了,抹抹嘴说:

"咱们走吧,歇够了!"

小说不从流行观念出发,比如说吴智看见老头儿贫穷,便用无产阶级革命或抗日战争的大道理去启发他;而是用烟土去收买他(在公式化和概念化的作品中这是决不可能出现的,因为那部分作品讲究手段和目的的一致性,既然为了达到高尚的目的,手段也必须是高尚的)。正如吴智来自旧军队而非"根红苗正"的出身那样,作品保留了充满杂质的生活样态,使读者获得艺术的新鲜感,又符合人物性格和情节的逻辑,不使人感觉突兀乖张。

故事充分利用了来自民间的艺术资源,使叙述浸染着地方民风与民俗色彩。这种传奇的艺术实践表明,尽管当时极端化的政治趋向已经向文学提出种种不合理的要求,但公式化和概念化的弊端仍有可能泯灭在民间叙事的无限丰富之中。传奇本身具有民间传说的性质,这种来源于下层社会对事件和人物的口口相传,只要适合作为谈资,就会经过谈话人的加工与修改在叙述中流传开来;既是聊天,谈话人注重的是话题的新颖有趣,以及表述的尽兴,而没必要刻意宣讲那些流行观念。因此,传说所包含的生活的偶然性和复杂性因素,比理论所能涵盖的更广泛得多。

尽管上述革命传奇小说,把民间丰富的生活样态引入小说,使作品情节与人物有力地突破一些观念的囿制,但这些作品的叙事模式与时代的主流观念仍然有深刻的内在联系。作品中必胜的信念,乐观的情绪,不以悲剧为结局的处理方式,与"五四"时期一些小说中沉郁悲凉的格调迥然相异,形成了一种近似于"好莱坞"的英雄叙述模式。考察这一时期小说创作的这种叙事成规自然首先来自小说的社会与历史成因,来自历史深处中国人对这个时代文学的诉求:“今索诸中国,为精神界之战者安在?有作至诚之声,致吾人于善美刚健者乎?有作温煦之音,援吾人出于荒寒者乎?”①鲁迅在1907年发出的呼唤,在近半个世纪之后,伴随抗日战争胜利和新中国成立的现实,终于在文学的叙事作品中得到了有力的回应;但与此同时,也说明一种中国必胜的思想,一种被压迫、受侮辱和受损害的民族和人民终将赢得自身解放的历史观念,有力地介入了现代白话小说创作的历史,也影响了小说布局。

3

一个时代的主流观念强有力地介入小说叙事,并通过作家把叙事传统、个人生活体验和感情意向等各种因素融合在一起,突破传统的叙事成规,构成新的叙事模式,这在第二类作品中表现得更为明显。《青春之歌》、《苦菜花》等这样一些同样富于传奇色彩的作品,更突出体现了新的人生观念的故事布局,并为当代小说创作形成新的叙事契机。关于一定时代思想观念与小说布局的关系,杨绛当时这样认为:

> 也许有人要问:人生是否像故事般具有完整的布局?人世间的事情并不像故事那样剪裁得干净;人事的变迁不像故事里那样起、承、转、合,起以后愈变愈繁,转以后便理出头绪,马上得到结局。我们常见的事往往看不到结果;我们的生活中许多事是无聊琐屑、毫无意义的,没有斐尔丁的小说或其他人的小说里那种紧密的安排,整齐的剪裁。如果因此就说斐尔丁的小说不符合人生的真实,恐怕一切有布局的故事都不符合人生的真实。那末,小说就不该有布局;小说只可以反映生活的片段,描摹一鳞一爪;或者这可以像有些自然主义的作品一样,反映生活表面的杂乱琐碎,才算符合真实。但生活的表面现象尽管杂乱无章,我们不能否认事物演变发展的一定规律。鲁迅说,“世界大文”,都能启示“人生之闷机”。“闷机”,就是“人生之诚理”,也就是我们所谓人生的真理。一般人在短促的一生中,狭隘的天地里,看不清这种“闷机”。小说家凭他的智慧和经验,要把所见的人生真理“启示”给大家看,就是要抉出这种“闷机”,使它显而易见。小说家不用议论来解释,却是用具体的事实来显示。②

杨绛的这番话虽然出自对十八世纪英国小说家斐尔丁及其作品的研究,但她的论点却表明当时国内对小说文体的认识所达到的水平。在论述中,她把马克思、恩格斯关于典型和文学真实性的理论与西方的小说叙事传统联系起来,认为“从纷乱

---

① 鲁迅:《坟·摩罗诗力说》。

② 杨绛:《斐尔丁在小说方面的理论和实践》,《文学研究》,1957年第2期。

的生活现象中攫取最常见的特点和事实，‘把他们创成生活的图画’，就是按事物演变的规律把故事剪裁安排，给以贴合人生真相的布局”；这样的作品，就是亚里斯多德所认为的“比历史更加真实的诗人的创作”①。按事物演变的规律来布局小说，实际上意味着小说创作受一定的观念的支配，那些可以被作家视为“事物演变的规律”的思路，成为“把故事剪裁安排”的依据或构成小说创作潜在的叙述格局。

就当时我国的小说创作来说，这种看法也并非空穴来风。杨沫的《青春之歌》等另一批表现革命历史生活的传奇性作品就是比较生动的例证。在这第二类作品中，虽然作家主要也描写紧张激烈的斗争和惊险的地下工作，但在近乎传统戏剧讲究“唱、念、做、打”似的程式化内容之外，与第一类革命英雄传奇小说明显不同的一点是它们体现了现代史上一些新的人生观念，这些人生观念与固有的“起、承、转、合”故事套路结合在一起，形成一种既具传奇因素为读者乐于接受，又富于现代意味的新长篇类型。

《青春之歌》描写的是三十年代北京一批青年爱国学生从1931年“九一八”事变到1935年爆发“一二·九”学生运动这一段历史生活。作品顺延主人公林道静的生活轨迹，表现了以北大为核心的一批知识青年在民族存亡的危急时刻不惧强权、不畏牺牲，与反动政府坚决斗争的事迹，从而揭示了中国知识分子与革命的关系。林道静的爱情经历是作品一条主要线索，她与于（余）永泽同居却又分手，与卢嘉川（冯森）相恋而最终没来得及表白，与江华（李孟瑜）结婚却最终不知爱人的生死下落。作品通过这种爱情描写，把当时地下工作者惊险曲折的经历，其间人物情感的跌宕起伏表现得极富于传奇色彩；另外作品还描写了林道静如何在同学们的帮助下逃出特务的魔爪，怎样经受监狱生活的考验，以及地下党处治叛徒戴愉的经过等，这些情节也都表现得紧张而扣人心弦。因此作品出版后，何其芳在批评郭开对作品的指责时，认为《青春之歌》是一部出色的富于传奇色彩的小说：

> 《青春之歌》是这样一部作品，粗粗一看，好像它的题材是写青年知识分子的生活，而且是二十多年前的一些青年知识分子的生活，好像它未必能够吸引青年知识分子以外的广大的读者。然而它的流行的广泛仅次于《林海雪原》。事实上它的爱好者并不只是青年知识分子。这是为什么呢？《青春之歌》里面最能吸引广大读者的是那些关于当时的革命斗争的描写。紧张的地下工作，轰轰烈烈的学生运动和英勇的监狱斗争。这些斗争都是能够激动人心的。②

① 杨绛：《斐尔丁在小说方面的理论和实践》，《文学研究》，1957年第2期。

② 何其芳：《〈青春之歌〉不可否定》，《中国青年》，1959年第5期。

何其芳的这些话表明这部作品具有一般通俗小说的传奇性质,因此它能赢得所谓“充满小资产阶级情调”的青年知识分子以外的文学爱好者欢迎。但与此同时,它所描写的显然又超出一般通俗小说恩怨情仇的故事范畴。作者恰恰在介于传统和现代观念两者之间找到了写作的契合点。作家在1958年出版的《青春之歌》小说后记中说:

> 我的整个幼年和青年的一段时间,曾经生活在国民党统治下的黑暗社会中,受尽了压榨、迫害和失学失业的痛苦,那生活深深烙印在我的心中,使我时常有要控诉的愿望;而在那暗无天日的日子中,正当我走投无路的时候,幸而遇见了党。是党拯救了我,使我在绝望中看见了光明,看见了人类的美丽的远景;是党给了我一个真正的生命,使我有勇气和力量度过了长期的残酷的战争岁月,而终于成为革命队伍中一员……这感激,这刻骨的感念,就成为这部小说的原始的基础。

显然这部作品有作者的影子,甚至有作者自传的成分。从这样的意义说,《青春之歌》也在回答一个现代社会“娜拉出走以后”怎么办的问题,回答现代社会的知识分子在急剧的社会革命风暴中的走向和出路问题。五四时代所寻求的人的解放的命题,曾激荡着成千上万青年的心灵,也许主要不在于这个命题表达了他们在物质上的诉求,而是表达了他们对传统生活方式的反叛,对人摆脱传统制囿、获得精神解放的渴望。林道静等人物在选择生活道路和对人生意义的理解方面,也包含这场运动带给一代又一代青年知识分子精神上的巨大影响。正如林道静不安于做于(余)永泽的家庭主妇,或“教授夫人”,而苦苦追求自我参与社会的人生价值;就作品而言,与其说共产党通过这些知识青年展开了轰轰烈烈的城市革命斗争,不如说是这些青年通过参加共产党领导的革命,冲出了传统家庭的制囿,摆脱了亭子间生活的苦闷。他们是吸吮着启蒙时代的乳汁寻求冲破精神困境的一代,即使坐牢、牺牲性命也在所不惜,因为他们终于找到了从根本上不同于传统生活氛围而充满活力与动感的理想的人生出路。

作家把这种人生感受赋予小说,谱写了一首发散着“五四”时代气息的青春之歌。于是,从苦闷、彷徨到参加革命,从个人反抗到参加群体斗争,最终汇入时代政治活动的洪流,就成为《青春之歌》在表现知识分子传奇人生时所采取的布局方式。《青春之歌》中所描写的一代青年生活经历,以及这部作品在社会中引起的反响,标志着一种有别于《伤逝》、《二月》等现代小说的叙事模式和情节布局正在形成,而这种叙述方式是与社会和历史观念的迁移密切联系在一起的。正如杨绛在谈到斐尔丁的写作时又说:“斐尔丁看到有些人一味损人利己,想贪便宜;害人者往往自食其果,好人心安理得,也不受害。斐尔丁认为这是天理昭彰……他相信上帝神明,不亏负好人,也不饶过恶人。他以为这是'真理',就按照这'真理'来安排他故事里的情节。他几部小说的布局显然全受他世界观的支配。"①因此,至少在斐尔丁小说中,小说模式与作家的"真理"并不矛盾。

但是,小说家毕竟不是哲学家。还是杨绛在讨论这个问题时所说的:"小说家的世界观往往不是经过自己有意识的思辨、精密的分析和批判后综合起来的,里面有偏见,有当时的主流思想,有从切身经验得来的体会等,感情成分很重。"②创作的复杂性也同样反映在《青春之歌》、《苦菜花》等长篇小说中。初版的《青春之歌》尽管表现的是青年知识分子与革命的关系,却没有完全按照"当时的主流思想",以较多的笔墨描写林道静到农村接受思想改造,而是描写她在青春、爱情与革命相互影响、相互作用的人生经历中所获得的情感体验。书中特别体现这一点的是关于林道静与卢嘉川的爱情描写,林道静对革命的感受,对革命的追求,可以说都与他们之间的爱情紧密联系在一起,正如她向王晓燕剖白内心时拿出的那首写给卢嘉川的诗:"在漆黑的大风大雨的夜里,/你是驰过长空迅疾的闪电。/啊,多么勇猛!/多么神奇!/你高高地照亮了我生命的道路,我是你催生下来的一滴细雨。""啊,朋友!/你在哪里?/你在哪里?/能否知道/有一个人正凝眸等待着你。……/她用着美丽的青春,/用着深藏在心底的不变的热爱,/永远、永远地等待着你。……"作家动情的描写,向读者揭示了历史上知识青年认识革命、参加革命的多种可能性:青春期奔突无羁的热情,不甘于平庸的人生〔也〕追求,对异性的爱恋与仰慕等,都可以理解为促使林道静义无反顾地投身革命的动因。

《苦菜花》描写抗战时期山东昆嵛山区复杂的斗争形势。作品以"母亲"一家的经历为线索,使家庭关系成为表现人物错综复杂关系的焦点。作品主人公是一位普通的农村妇女——母亲,做农活、操持家务和照顾孩子是她生活的基本内容,也是小说主要的叙述环节。正如作品中"母亲"就是人物的名字,母亲对家庭和亲人的爱护,已不是外在于她生命的付出与牺牲,而是她自身重要的组成部分。因此,母亲对抗日战士的爱和对日本侵略者的恨,不是说教与宣讲性的,而是与她角色逻辑融为一体的。小说以一个普通农村妇女的战争经历,展示了仁慈与残忍、善良与暴行、道德与无耻、正义与邪恶等一系列本世纪历史舞台上凸现的人生主题。

然而,作为小说描写的辅线,或增强小说表现力的因素,还在于作品展示了家族、亲缘关系在政治和战争中迅速分化的过程。"过去被命运驱使到一起的人重新发生另一种组合。地主和农民,本来就存在着严重的冲突,现在从地主家庭内部也

① 杨绛:《斐尔丁在小说方面的理论和实践》,《文学研究》,1957年第2期。
② 杨绛:《斐尔丁在小说方面的理论和实践》,《文学研究》,1957年第2期。

发生了阶级性质和民族性质的矛盾，雇农血统的女儿反叛她的汉奸地主父亲。土匪和革命军队，相互处于对立的境地，但在民族矛盾下，由于潜在的阶级意识得到启发，土匪头目终于皈依革命，把生命献给人民。”①换言之，作品没回避描写家庭和血亲之间错综复杂的关系，例如描写王柬之、王常锁和杏丽母亲之间的三角关系。这是当时已比较流行的僵硬的阶级论所无法说明也不能承认的。但至于王柬之如何由一个反抗封建包办婚姻的进步知识青年堕落为衣冠禽兽、民族败类，其间经历了哪些苦闷和矛盾，作品没有细致的描写，也无意将这个探索人性的命题再深入一步。作为一部通俗小说，作家略去这一段曲折复杂的人物心理过程，固然是打算创作一部正面的反映抗日战争的小说，编织一个具有永恒魅力的善恶有报的故事；但同时也说明通俗化表现形式对叙述的制约。在续写五四时代人性解放的命题、揭示人性与民族性之间错综复杂的关系，和讲述一个善恶对比鲜明、情节惊险曲折的好听的故事之间，作家选择了后者。

欧阳山的《三家巷》也是表现民间生活在民族矛盾和阶级矛盾日益激化的状态下发生分裂的作品。如果说，《苦菜花》是北方作家描写北地生活的英雄故事，那么《三家巷》则是表现了南地生活氛围的人物传奇。作品描写二十年代大革命前后，广州一批青年逐渐分化，在阶级矛盾日趋激化的年代选择了不同生活道路的故事。然而在这个具有和历史教科书相近的演义故事中，作家的叙述却具有提示人性、人情，展示生活复杂性的特点。作品主人公周炳从小生活在三家巷一个铁匠的家庭，当时虽有贫富悬殊、阶级对立，但那里的人们特别是青年却几乎浑然不觉。洋买办陈家大少爷陈文雄热恋着周炳的姐姐周泉；陈家的二小姐陈文娣热爱着周炳的二哥周榕，而且和妹妹陈文婷一起省出零用钱帮助周炳读书；周炳与区桃更是引巷里人嫉羡、天造地设的一对；等等。南方都市小巷深处的这种生活和青年男女之间错综复杂的感情，都不是整齐划一的阶级论所能规范得了的。然而“四一二”反革命政变的枪声撕裂了三家巷和谐的生活气氛，区桃在沙面罢工游行时被枪杀，周家三兄弟成为追捕通缉的对象，陈文娣也与周榕解除了婚约。作品结尾，周炳告别了三家巷，远去上海寻求革命，他面对海洋高喊着：“再见了，可爱的家乡！”在“家乡”一词勾起的相关记忆里，这部小说留给人印象至深的是南方小巷里发生的那些美好而氤氲的生活故事。家庭、亲情和不同门第出身的青年之间的信任、友谊和爱情，共同交织为《三家巷》最动人的一幕。

4

西方社会学家树立了一个“大传统”(great tradition)与“小传统”(little tradition)对

① 王燎荧：《我的印象和感想》，《文学研究》，1958 年第 2 期。

立的观念，试图为已成“定局”的历史发掘出新的叙述契机。“大传统也好小传统也好，民间的忠孝观念实为支撑宋、元、明、清以来大帝国之有为支柱”，这是任何了解历史的人所不敢忽略的；但是，如果就历史学的“视界看宽看深，才能将资料重新编排”而言，或者就丰富文学的视角和想像力来说，会聚了“小传统”的“‘民俗’也可以成史”，确是作者了解和认识生活更不可忽略的方面。①

五十年代的革命传奇小说与“有正规的组织、结构和形式化，但只适应于高层人物”②的“大传统”虽无大牴牾，但作为小说，它们至今能为读者留下深刻印象的依然是那些来自下层社会、甚至具有社会学意义的“小传统”。《林海雪原》是当时引起轰动的作品。小说描写解放战争中东北土匪武装“中央先遣挺进军”被解放军歼灭后，小股残匪逃窜到深山密林；为巩固后方，支援前线，解放军组织成小分队进山剿匪的故事。作家当年曾参加东北的剿匪战斗，与侦察排长杨子荣并肩作战，因此“对英雄人物，对杨子荣排长，我熟悉透了。他的手法巧妙，惊险场面，比书上写的还丰富，这一年的战斗是独特的，给我打下了深厚的生活基础”；这部长篇小说就是作者把他亲身经历的“七十二仗”概括为“四个各有特色的战斗”而串联起来的。③ 尽管如此，作者“深厚的生活基础”仍不足以说明小说中那些出色的场面为什么会吸引众多读者，当然不能否认作家的经历是其中重要的方面，但有这样经历的人并不一定都能写好小说，关键问题还不仅仅在于作家沉潜到社会下层，而是他抓住了反映民俗民风、或者可以称为“小传统”的那些细节。

比如《林海雪原》“杨子荣献礼”的前半部分有一段特别精彩的场面描写，特别为人称道。杨子荣为打入敌人内部，冒充土匪胡彪带许大马棒“先遣图”进威虎山，路上打死一只老虎，枪声引来土匪。这时小说写道：

> 想着，他哼开了小调，溜溜达达，缓步向马走去。
>
> ……他对那五个人一瞧也不瞧，只当没看见，满不在乎的搅拌着马草料。心想：“我等着他，看他先来啥？”
>
> “蘑菇，溜哪路？什么价？”（土匪黑话，意为：“什么人？到哪去？”）④
>
> 杨子荣一听，心想：“来的好顺当。”他笑嘻嘻地回头一看，五个人惊瞪着十只眼，并列地站在离他二十步远的地方。杨子荣直起身来，把右胭一摸，用食指按着鼻子尖，“嘿！想啥来啥，想吃奶，就来了妈妈，想娘家的人，

---

①② 参见黄仁宇：《赫逊河畔谈中国历史》，三联书店，1992 年，第 56—57 页。

③ 曲波：《我是怎样写〈林海雪原〉的》，该文是作家在中国作协山东分会举办的青岛笔会上的发言摘要，由记者整理，发表于《山东文学》，1981 年第 10 期。

④ 人物的“黑话”在小说当页均有脚注。为阅读方便，这里将其附在每句话的后面。原文引自《林海雪原》，作家出版社，1957 年。

小孩他舅舅就来啦。”(找同行)

他流利地答了匪徒的第一句黑话,并做了回答时按鼻尖的手势,接着他走上前去,在离匪徒五步远的地方,施了一个土匪的坎子礼道:

“紧三天,慢三天,怎么看不见天王山?”(我走了九天,也没找到哇?)

五个土匪一听杨子荣的黑话,互相递了一下眼色,内中一个高个大麻子,叭的一声,把手捏了一个响道:

“野鸡闷头钻,哪能上天王山。”(因为你不是正牌的)……

这段黑话对白曾吸引了不同时代的众多读者。小说当页对黑话都有注释,如果把注释内容连起来看,实际就是江湖上的人(也是社会生活下层的人)相遇时的寒暄。比如彼此先打个招呼(“蘑菇……”),然后说明自己和对方是同道(“嘿!想啥来啥……”),接下来又施礼,表示有求于对方(要问路),对方则以本地人的自得在语气中略加卖弄(“野鸡闷头钻……”)。这段描写一语双关,声情并貌(茂)地写出中国下层社会的某种交往方式,既非常讲求实际,又不缺乏彼此寒暄的礼数。以杨子荣后来见座山雕的那段黑话与之相比,同样都表现人物的英雄气概,但这一段更生动的原因在它富于世俗社会的生活气息,而不仅(仅)是烘云托月的戏剧化手段。

个别情节也许尚不足以说明当代传奇小说从地方民俗或“小传统”中汲取的养分,如果以传统“义”的理念在下层社会生活中活跃的表现形式来考察这些作品,就会更清楚地看到革命传奇小说自“小传统”的收益。“义”字在我国传统文化中可以上溯两千多年,“以仁安人,以义正我”,“人之法在爱人,不在爱我;义之法在正我,不在正人”①。“义”自上而下向社会底层沉潜,成为“孝悌”观念之外,维护下层社会成员相互情感和交往关系的不成条文的道德指令。“够朋友”,“讲义气”,也是人们经常挂在口头的说法。费孝通曾将中国乡土社会视为人情社会:“亲密社群的团结性就依赖于各分子间都相互的拖欠着未了的人情”②,其中也包含由“义”字构成的、历经时代迁徙而连续不断的人际关系网络。这是与西方讲等价、公平交易的人际关系原则十分不同的地方。我国古典小说像《水浒传》的“聚义厅”,《三国演义》的“桃园三结义”等都生动地表现了这样的传统与民俗。在继承古典小说传统的当代传奇小说中,像《林海雪原》中的杨子荣、孙达得,《野火春风斗古城》中的关敬陶、韩燕来,《烈火金刚》中的史更新、丁尚武,《红旗谱》中的朱老巩、朱老忠父子,等等,也都是写得有情有义的人物。可谓无情无义,不成其为中国历史上的英雄。尽管在特定的时代风气下,朋友间义气相投的故事都被赋予了阶级和阶级斗争的色彩,但

① 汉·董仲舒:《春秋繁露·仁义篇》。

② 费孝通:《乡土中国》(原著1947年由三联书店出版),三联书店,1986年。

是从那些比较出色的人物情节描写中,仍可拆解出"义"的蕴含。

《红旗谱》出版后,有评论把这部作品与《水浒传》中英雄人物的言谈举止进行对比,随即不得不辩解:拿这两者作比拟"自然是不恰当的","朱老忠是一个新时代的父亲,在他的血管里流着新阶级——无产阶级的血液"①。实际上,"义"作为一种文化观念在我国社会生活中能长期流行,说明它与社会状况具有一定适应性;在这种社会状况没有完全改变之前,把它的文化内涵从小说人物身上剔除,是造成小说公式化、概念化的主要原因之一。试想,如果《红旗谱》去掉了朱、严两家关系中"义"字的纽带,去掉了朱老忠为朋友不惜两肋插刀,去掉了他代严志和看望济南狱中的大儿子运涛,解救围困在保定二师的二儿子江涛等一系列构成小说枝干的情节;那么,这部描写现代农民英雄的小说,除了一些革命概念还能剩下什么呢?如果朱老忠没有了他所说的"咱们穷人们,没有三亲六故,就是朋友为重"的为人风格,人物的英雄气概也一定失色不少。

身处"众声喧哗"的九十年代,也许很难理解五十年代作家和批评家的困惑,连同他们在不停辩解中甚至迷失了自己。然而,那就是革命传奇小说生长的环境。正是在一个艰难的文学时代,这些作品竭尽所能地向读者展示了自己的存在,而且正因创作艰辛,它们至今让我们驻足流连;正因时代艰难,它们留给后人无尽言说的天地……

——原载《当代作家评论》1999 年第 5 期

① 胡苏:《革命英雄的谱系——〈红旗谱〉读后记》,《文艺报》,1958 年第 9 期。

何言宏

胡风的牢狱写作及晚年心态

一个尚待深入的沉重话题

当我们在世纪之交的苍茫时分回首百年并为“过去的时代”“送别”之际，中国现代知识分子在二十世纪的诞生与成长自然是令人欣慰的，因为正是它意味着中国“知识人”已经完成了由古典的“士大夫”形态向“现代知识分子”的“现代性”转换，但这丝毫不能增添我们“送别”的“喜庆”色彩。“送别”注定是沉重而悲凉的。因为，一方面，中国现代知识分子承受了太多诞生的阵痛与蝉蜕的艰难；另一方面，“王权”的余威所滥施的伤戮更使他们的苦难无以复加，而后者无疑是我们时代最为深巨的内在隐痛，也给知识者留下了过多的“内伤”，对于它的触摸与揭示虽然在很多时候仍属“禁忌”，也往往为知识者自身所“不忍”。但是，如果我们的“送别”回避了对于伤痛的正视，那它就不光是一种“矫情”和“做秀”，更是一种自欺，一种虚妄。作为一个影响深远的“二十世纪中国的政治事件和精神事件”①，“胡风集团案”早已随着时代的变迁而成为既往，然而，“过去的时代是过去了，但它还会留下可供参考的教训和可供吸收的感情经验”②，对于“经验”和“教训”的吸取，显然是胡风所曾采取的“送别方式”，在这里，我正是想通过对胡风的牢狱写作及晚年心态所蕴含的政治文化心态的揭示来完成这样的“送别”。行文至此，我忽然惊觉到自己的“送别”实际上也是远难“完成”的，它固然不是一种“矫情”的“自欺”与“做秀”，但在本质上，它仍然是一种“虚妄”，因为我无疑又一次面临了“送别”者的尴尬。如果说，我们揭示胡风政治文化心态的一个重要途径便是对其牢狱及晚年写作的“文本”进行深入解读的话，那么，我们的尴尬和困难便在于这些文本的严重“匮乏”。就胡风

---

① 林贤治：《“胡风集团案”：二十世纪中国的政治事件和精神事件》，《黄河》，1998 年第 2 期。

② 《胡风全集》(第 4 卷)，湖北人民出版社，1999 年，第 4 页。

的牢狱写作而言,我们一方面无法获得他在牢狱中所写的大量“交代材料”和“思想汇报”等非文学性文本;另一方面他在狱中所“默吟”的数千首①牢狱诗歌大部分也都消泯于他的记忆之中了。据胡风回忆,他的牢狱诗歌“明确举得出的有:一、《求真歌》——古风长短句十四章,二、《怀春曲》——二百二十余篇,共三千来首。……”②即使是这些“明确举得出”的牢狱诗歌,我们也都难得其详,它们要么因为胡风在去世之前未及抄出,要么是由于其他原因难得“面世”,反正目前出版的《胡风全集》所收录的只是其中的一小部分。至于胡风的晚年写作,梅志说他从 1979 年初恢复自由“一直到 1985 年逝世时止,他共创作及修改旧作 40 余万字(其中一部分是写呈给党中央的)”③,这里自然没有包括其晚年的书信和日记,对于后者及“其中一部分”的阅读,我们显然要有待来日。

“文本”的“匮乏”自然局限了我们探究的深入与全面,从而也注定了我们“送别”的无法“完成”和难以“彻底”,实际上,我们的尴尬还远不止于此,在胡风的悲剧生涯中,牢狱生活中的“囚犯”以及在牢狱后期形成并且一直延续至“新时期”的“恐怖症患者”是其两个非常重要的“身份”,因此,当年的“案件卷宗”以及“病历材料”也许更能从一些侧面揭示他的文化心态,而完成这些工作,显然也是我们所难以胜力(任)的。在以上一些意义上,胡风研究,确实是一个“尚未结束的话题”④,就目前而言,它还是个无法结束的话题。不过,在一定程度上,我们又是“幸运”的,胡风毕竟又有其牢狱写作最为重要的组成部分“狱中诗章”4 000 余行得以公开出版,其“默吟”方式以及贯穿 24 年牢狱生涯的巨大时空跨度、基本一致的艺术风格和心态显示与被迫的“交代”、“汇报”和“表态”相比,无疑更加真实地代表了胡风牢狱时期的思想情感,正如胡风在其晚年最为重要的文章《〈胡风评论集〉后记》中指出:“我在追求过程中的艰难的内心经验,是贯注在诗的形式里面的。……在与世隔绝的二十多年中间,由于环境的限制,创造了传统格律诗的变体,用它记录了在我的感情里反复出现的劳动人民的艰苦生活和希望,战斗者们的坚强性格和情操经验。”⑤对其牢狱诗歌的散失和被搜缴,胡风认为是“等于失去了我精神中极宝贵的东西”⑥,他的牢狱诗歌,不仅是其度过囚牢生涯最为重要的精神支柱之一,更是其晚年的一个重要牵挂,这在梅志、绿原、牛汉和杜谷等的回忆性文章以及前述《后记》中均都有着相当动人的表述。虽然胡风在出狱之后给绿原的一封信中指出:“要说明

① 梅志、绿原、牛汉等人的回忆文字均曾记述胡风对其狱中诗作数量的估算。

② 《胡风全集》第 7 卷,湖北人民出版社,1999 年,第 212—213 页。

③ 梅志:《胡风晚年作品选·前言》,漓江出版社,1987 年。

④ 樊骏:《胡风——尚未结束的话题》,《文学评论》,1988 年第 5 期。

⑤ 《胡风全集》(第 3 卷),湖北人民出版社,1999 年,第 628—629 页。

⑥ 绿原:《胡风和我》,《我与胡风》,宁夏人民出版社,1993 年。

自己的经过和精神状态,是很不容易的"①,但他紧接着又用了很多的文字谈到了自己的狱中诗草。从这样一些情况来看,胡风的牢狱诗作无疑为我们对其牢狱时期的文化心态的接近与把握提供了可能,循此,我们显然能够进入牢狱时期胡风的精神世界,这无疑也极为符合胡风本人的"解诗"主张。他在谈到诗歌阅读时,曾经要求我们主要应该把握"特定时代,特定社会立场的特定诗人,怎样从生活实际形成了他底特有的精神状态。他底精神状态又采取了怎样特有的射击姿势,朝向了怎样的射击方向"②,本文所遵循的,实际上也正是这种"解诗"方法。

牢狱写作:"革命知识分子"胡风的反思与"射击"

对于诗歌创作,胡风始终强调诗人的战斗精神,认为"无条件地为人生上的战士者,才能够有条件地为艺术上的诗人"③,"人生战斗底根源,正是艺术创造底根源"④,所以,实际上与"战士"身份两位一体的诗人应该"走进历史底深处"⑤,"应该在受难的人民里面受难"⑥,并且还应该从自己的"受难"与斗争当中汲取诗情,表达其心灵"在历史命运这个无情的审判者前面的搏斗的经验"⑦。正因为诗歌来源于历史中的搏斗者的灵魂深处,所以,诗人的呐喊与歌唱实际上是任何外部的强暴都无法压制的。正如胡风所曾指出的"牢狱囚得住人底身体,牢狱囚不住人底心灵"⑧,"悲喜动于衷而噤若寒蝉,不发而为声,这就是希特勒及其信徒们也不能够使人真正遵命的"⑨似乎是一种宿命,胡风在四十年代提出的诗学主张正是由其二十余年的牢狱写作得到了检验与贯彻,就艺术表现方式而言,胡风的牢狱写作也相当突出地体现了他的诗学主张。与其独特的文艺思想体系相一致,胡风在强调诗人战斗精神的同时,也强调了这种战斗精神的"主观性"表现,主张"诗人的心同时也要伸入或拥抱客观的对象"⑩,"诗人应该通过被生活斗争所形成的自己的情绪感觉去拥抱对象,感觉对象。对象无论是事件、自然、人物,就(都)会以它自己的特征和你相溶合……"⑪实际上,胡风的牢狱写作,无论是记事怀人、咏史感物,还是记梦述

① 绿原:《胡风和我》,《我与胡风》,宁夏人民出版社,1993年。
② 《胡风全集》(第3卷),湖北人民出版社,1999年,第81页。
③ 《胡风全集》(第3卷),湖北人民出版社,1999年,第82页。
④ 《胡风全集》(第3卷),湖北人民出版社,1999年,第394页。
⑤ 《胡风全集》(第3卷),湖北人民出版社,1999年,第438页。
⑥ 《胡风全集》(第3卷),湖北人民出版社,1999年,第438页。
⑦ 转引自温儒敏:《中国现代文学批评史》,北京大学出版社,1993年,第246页。
⑧ 《胡风全集》(第2卷),湖北人民出版社,1999年,第302页。
⑨ 《胡风全集》(第3卷),湖北人民出版社,1999年,第74页。
⑩ 《胡风全集》(第3卷),湖北人民出版社,1999年,第164页。
⑪ 《胡风全集》(第9卷),湖北人民出版社,1999年,第115页。

怀,我们都能从中感受到一个坚强战士的灵魂,虽然,这是一颗充满着痛苦、愧悔、困惑以至恐惧的"受难"者的灵魂。

在胡风的牢狱写作中,目前所见最早的一首诗作对于探讨其牢狱心态显然有着极其重要的"原型"意义:"竟在囚房度岁时,奇冤如梦命如丝;空中悉索听归鸟,眼里朦胧望圣旗;昨友今仇何取证?倾家负党忍吟诗!廿年点滴成灰烬,俯首无言见黑衣。"(《一九五五年旧历除夕》)。在这里,身陷囹圄的胡风表达了异常复杂的思想情感,他不仅抒写自己"奇冤如梦""竟在囚房"的冤愤、归鸟惊心的恐惧和"倾家负党"的痛悔及理想失落、"点滴成灰"的痛楚,而且也表现了他仰望"圣旗"却又"朦胧"的复杂心态;同时,他还对作为"告密者"的"昨友今仇"表达了强烈的愤慨,实际上,这也是贯穿胡风牢狱生涯始终的最为基本的政治文化心态。

作为"一个真正的悲剧主角"①,牢狱中的胡风不仅勇敢而顽强地直面自己的"受难",而且还在这种"受难"中不断地"体味"自己的"苦难",其牢狱写作突出地显示出一颗在"炼狱"之火中受难者的火辣辣的心灵:"举眼烦冤哭,扪心血泪垂","心伤空易地,泪竭枉求天",他在诗中经常直抒胸臆,表现自己"受难者"的哀痛与无告;而在一些感物诗作中,他往往以其"受难者"的心灵"拥抱"对象并且"突入"其中,传达一种异常沉痛的冤愤:"怀君怀老树,默默历风霜;根乞无知土,叶求不语光;火烧皮肤痛,刀砍骨头伤,兵到枝皆怕,官采果更慌。"(《苦情诔·六》)在这里,"老树"和受难者胡风之间显然已经融为一体,其他如"笑声似哭声"、"默默咽酸辛"的"老酒"和"忠唇终喋血"、"默默照沧桑"的"古镜"等等,无不是受难者形象的自我写照。

牢狱之中的胡风所念想的,并非仅仅是其自身的生死存亡以及内心痛苦,他在书写自己"受难"的同时,更多的是为其给家人、朋友所带来的"牵连"感到痛悔,如他的《一九五六年五月十七日》"回首年前受谪时,离愁渗血血凝丝,如闻进出门前路,屡梦晨昏屋上旗;旧柜静封悲乐画,浮尘浅葬爱憎诗;剧怜稚子思亲泪,背向人前湿敝衣"和"无情刀割久分时,恋子民如指绞丝;认得天人拼短句,学分敌我画红旗;惯同阿姐争鲜果,戏伴狸猫读小诗;累汝孤零依老祖,可怜白发补童衣"诗里所表现的因思亲恋子而心如刀绞的痛苦和对"白发补童衣"的"老祖"(指胡风的岳母)的愧疚不仅催人泪下,令人同声一哭,而且极为有力地控诉了"冤案"对于胡风家庭的摧残。在另一个方面,以胡风为"主角"的"集团案"由于"连坐"了数十位与其较为亲密的朋友以及无数个无辜者,所以他在诗作中还经常为此深深地忏悔。"赢得交

① 梅志:《往事如烟》,河南人民出版社,1997年,第84页。

情皆铸错”,胡风的忏悔心态实际上一直延续到他的晚年①。

“痛苦”和“愧悔”虽然在胡风的牢狱诗作中有着强烈表达,但其更多的时候却是在反思自己的“战斗”历程②,探讨其悲剧形成的基本原因,正是这种更为重要的反思心态,暴露了作为“革命知识分子”胡风政治文化心态的根本性特点与缺陷。

应该说,胡风对其冤案的反思是十分自觉和全面的,他的反思涉及了个性、历史和人事等各方面,就这些具体方面而言,其反思无疑非常准确。胡风的很多诗作都是从个性视角反思其罹祸因由的,如他为《记韵事》加的注释认为“我的错误是,我陶醉在本业(文学)特点(个体劳动)里面,以至违背了具体领导上的期待”,在其他注释中,不断强调了对一些情况的“关心和‘远虑’,都成了一种‘多事’”,其“很难克服”的“职业造成的癖性”、“任性”和“急性病”“终于在客观上造成了‘反党’的、严重的、一时无法消除的误会和影响”。他还屡次运用“闯祸”二字来表述自己的致祸。在《记蠢事》的题词中,他甚至“用一个‘蠢’字来说明我的‘无知’和‘不悟’”,因此,他对自己“因蠢而错的言行”无比“悔恨”。现在看来,胡风在当时的自我反思所检讨的性格上的“缺点”正是其光辉人格的重要方面,他的“多事”和“远虑”正是源自于一个知识分子的责任心和使命感,而“任性”和“不悟”正是意味了他的正直坦诚及率真而毫无世故,其实,胡风本人对这些性格“缺点”及与其相反的另一方面并非没有自觉,因为他一方面在检讨自己的“任性”和“闯祸”,另一方面却在《吊贾宝玉》中对敢于“闯祸”的宝玉盛赞不已,更是在其几乎全部的牢狱诗作中歌颂“真诚”抨击“虚伪”,并对前者所喻示的人格境界无比企慕。至于其所检讨的“陶醉在本业(文学)特点(个体劳动)里面”及“职业造成的癖性”却是极为深刻的,鲁迅先生在《文艺与政治的歧途》中的见解也许更能帮助我们体会胡风的深长意味。

个性之外,胡风更多的是将其罹祸根源归因于人事方面的原因。“左联”内部特别是作为“革命知识分子”的胡风、冯雪峰、周扬、丁玲之间的恩恩怨怨是众所周知的事实,胡风冤案形成过程中的卖友求荣、告密构陷以至于借刀杀人等人事方面的因素也是尽人皆知的,从胡风的牢狱诗作来看,他无疑将这些因素看做自己罹祸的主要原因并以大量的诗句表达了对“求荣先害友”的鄙视、愤慨和嘲讽,在这些诗作中,我们看到了“发怒冲冠缨”、“能死不能摧”的战士胡风的“射击者”的身影。胡风的“射击”所朝向的,主要是握有实权的“文官”及其宰制下的“文场”,在这里,我们也发现了胡风对现实政治之中特别是文学界的不义与无耻所作的批判,这和他的“30万言书”所提出的意见无疑有着基本一致的思想取向。自然,胡风的“射击”即批判

① 胡风:《胡风晚年作品选·代序》,漓江出版社,1987年。

② 胡风认为:“哪里有生活,哪里就有战斗”,因此其“反思”的“战斗”,不仅是“历史”的,也包括其更重要的“现实战斗”。

主要是通过对历史的感怀来进行的,这些咏史和忆往之作从题材上来看虽然没有明确的"现实性",但是,就其情感寄托及思想取向和选材标准来看,"现实性"和"战斗性"却是颇为明显的。胡风的《狱中诗草》之二"怀春曲"中有一首题为《重音篇》的10章五言诗,主要是对中国数千年的"一部刀兵史"的沉痛思考,其第6章云:"一部刀兵史,求真志敢捐?说经前墨翟,释器后船山。鲁迅翻尼采,胡风读厨川,心诚怜眼近,摸索几千年!"在这里,我们看见了历史的刀光剑影之中不畏捐躯的知识者对于真理的艰难"摸索",而且显然,胡风是自觉地将自己置放于"历史"之中进行反思的,在《重音篇》的第8章中,我们又发现了历史的暴戾与无耻,也感受到了胡风的沉痛寄托:"一部刀兵史,民情似火煎。无权皆可杀,有力不能闲。……地黑真官吏,天昏假圣贤。圣贤名压榨,官吏实凶残。吁地山河惨,呼天日月寒!一生除九死,苦痛几千年!!"

如果说,我们在此只能依稀发现"现实"的"历史幻象"的话,那么,在胡风的一系列怀念其充满"被困"与"突围"的战斗生涯的诗作中,"现实"的面目已经是昭然若揭,"文官"的嘴脸也遭到了有力的刻画和无情的讽刺。"耻举木枪充武士,愧抓泥印扮文官"、"怒骂乌鸦啼屋上,欣逢白马饮江干",他在这里借对三十年代投机文人(文官)的不屑与怒骂表示自己对后者的鄙视,而"不义方能称义士,无文更会做文官"、"人为奴隶狗为官"、"无能思想做文官"和"下石文风'正'、帮刀党性'纯'"等诗句在表达其对"文官"的厌恶的同时,无疑也对这些"文官"的"入仕"方式实际上也即政治组织制度的一个重要方面提出了质疑。"文场如黑市,丢人又骗人。强拳玩狗盗,毒舌搞蝇营。"(《昙花诔·七》)"狗求人散伙,蝇愿菌成群。散伙人该败,成群菌便赢。"(《昙花诔,七》)。胡风的诗作不仅有力地揭露了"文官"的无耻,同时更对充斥此类以及被此类所控制的"文场"表示了愤慨。

"狱室几间关闯将,文场一片树降旗。"(《怀春室杂诗·一九五六年冬某日》)"蝇"的集结和"狗"与"强拳"的合谋及对后者的借助终于导致了"胡风集团"的"散伙"与溃败,面对这一悲剧,虽然"酷吏开怀乐",而胡风却是"埋头磨凛然,斜眼看纷纭"并以"难饶恶敌人"的勇猛与刚烈对无耻的丑类进行了"射击"与讽刺:"传情求大笔,可叹丑文场。跳蚤装狮子,飞蚊扮凤凰,苍蝇开画会,白蠹守书房。作画蝇生色,藏书蠹吃香。"(《除虫菊赞·二》)《除虫菊赞》是胡风咏诵其老友、曾任周恩来秘书的吴奚如的一组11首五言诗,在这组诗中,胡风以集中的火力进行了自己的"射击",除上引其中的第2首对"文场"以及混迹其中的"文官"的鞭挞之外,还对后者的"虚假"、"平庸"、"虚无"、"荒唐"、"空虚"与"逢迎"等作了漫画式的有力嘲讽:"屠场谈画意,赌桌讲文心"、"过关抄社论,报帐置官书。吃菜能务实,喝汤会务虚"、"拍马他皆帝,吹牛我即王。牙膏都拌醋,脚水也加糖"、"未读先称快,将谈已赞成”……这些类似打油的诗句无疑活画出了“文官”们的灵魂与嘴脸。

在对胡风及其冤案的研究与反思之中，胡风的文化性格一直是研究者极为关注的重要问题，在二十世纪中国历史特别是共和国的历史之中以及当前，胡风的文化性格无疑是中国现代知识分子的光辉典范，而其牢狱诗作所表现的人格理想及人格要求正是胡风的人格写照，实际上，也正是这种人格理想激励着胡风进行着顽强的抗争与“射击”。在胡风理想的人格结构中，对于理想、真理、信念和友谊的“忠诚”是一个重要的人格因素。现实政治斗争的翻云覆雨和“城头变幻大王旗”无疑会产生为数不少的变节者，但是胡风所企慕的却是“耻作趋炎色”、“捧心还捧胆，知死不知降”的人格操守以及“蚯蚓含泥走”和“青皮”似的韧性战斗精神。在残酷的斗争之中，自然会有杀戮与牺牲，胡风对此也是极为清醒的，他曾说过：“一颗脑袋落地，历史证明是接不起来的”，但是即使面对死亡，忠诚的战士也绝不知降，而且即使为理想而献身，其亡灵也绝对不罢休，他也要“厉鬼笑封侯”。就其实际的人格选择来看，胡风无疑是极为完美地实现了他的人格理想，而其为了这种人格理想所付出的代价也是我们众所周知的。胡风的人格理想和人格选择不仅彰显出其所鄙视的卖友求荣、趋炎附势的“文官”、“变节者”和残暴的“加害者”的渺小，更使整整一个时代丧失了必要的道德基础，一个不义而无耻的社会从来就是依靠对真理的封杀与对正直的迫害加以确立的。

我们从胡风牢狱诗作所透显出的政治文化心态可以发现，他更多的是从道德人格的层面来反思其悲剧根源的，就历史实际而言，这样一种反思很大程度上确实击中了历史的要害，共和国历史由1949年的一元复始万象更新而逐渐陷入“文革”时期的“癫狂”，中国知识分子的人格缺陷确实难辞其咎，但是，对“胡风集团案”这样一个二十世纪中国尤其是共和国以来尤为重大的政治事件和精神事件，单纯进行道德主义的思考显然又是远为不够的。令人遗憾的是，作为事件核心人物的胡风思考无疑却仅止于此，正如康德为理性划有边界一样，胡风也为自己的反思和“射击”留下了一个极为明显的边界，这也是作为“革命知识分子”胡风政治文化心态的一个根本性局限。

在胡风的牢狱诗作中存在着一个经常出现的“浮云遮日”的重要意象，如《狱中诗草》之三《怀春室感怀》中的《记往事（三）》：“忠奸面目皆多样，对错言行各一端；不义方能称义士，无文更会做文官；抒情气正亲心悦，据理声高敌胆寒；莫怕浮云连（遮）日月，可挥敞（敝）帚扫栏干。”这首副题为“密云期小景”的七律虽然由作者在1983年新加注释对“浮云”意象进行了说明，指出了它所喻指的是当时的“反动局势”，但是联系到《怀春室感怀》中的全部24首诗作以及作者在牢狱时期和八十年代之初的特殊处境及特殊心境，“浮云”一词自然有着明显的现实指向，更何况，密云期的胡风所面临的斗争实际上也非忠、奸之争呢。而且，即使当时胡风所受的误会使其发出了忠、奸之辩，那么，彼时之所忠与此时之所忠实际上也是一致的，亦即，当时之“日月”其实也就（是）此时之“日月”，彼时之“浮云”自然也就是“此日”之“浮云”了，实际上，胡风《怀春室感怀》中的全部诗作及注释皆可以此来破解。如果我们再联系胡风的“真光为啥昏？光怕雾云深”、“人间消宿雾，地上出朝阳”和“日高无黑雾，路远有红标”等诗句，那么，“日、月”之所指，“云雾”之所喻，应该是昭然若揭的，实际上，胡风的“莫怕浮云遮日月”以及“人间消宿雾，地上出朝阳”这样的信念与其对党和领袖的信念无疑是相当一致的。胡风的牢狱诗作有数处表现了他的这种信念，他相信党和组织一定会实事求是地解决自己的问题（如“信心怀组织，实际不应差。……潮落升沉石，雾消出彩霞”、“信心怀党性，结论不容偏。……”），在这样一种情况下，他在诗中不断地表白自己对党的无比忠诚（“忠党要忠心”）。如果说，胡风的牢狱诗作所表露出的浮云遮日、忠信见疑，圣上英明、小人作乱的心态还过于婉曲甚至略显牵强的话，那么，梅志的记述及胡风本人的自白却是这种心态的直接呈露。胡风曾经自陈他“对党对毛主席的信仰很深”①，即使是身陷囹圄，他“对党都没有失去过信心”②，都“没有动摇过自己的信念”③，对于自己的冤狱他虽然表示不服，但却“绝对相信毛主席和党中央的领导，不想解释什么，也认为用不着解释什么”④，“我为了维护党的威信，不但不上诉，甚至都不愿辩解……”⑤，1980 年，当胡风回首往事，仍然说“在这近四分之一的世纪里，支撑我活下去的，就是对党的信念”⑥。蒙冤的胡风不仅自己靠着对党的信心坚强地忍受着磨难，而且对家人（梅志、孩子）还不断地以这样的信念鼓励他们，屡次告诫“伴囚”的梅志“无论如何，你一定要坚强，对自己、对我、对党，千万不能失去信心”⑦，在胡风的牢狱写作及梅志的记述中，胡风关于这种“信心”的自白几达数十处之多，而这些记述及自白实际上正是其牢狱诗作信心表达极为有力的参证。至此，我们已经发现，胡风显然是将其〔之〕所信置放于其反思及“射击”的边界之外的。对于这样一种心态，胡风是这样解释的：“糊涂人对阶级事业的理想、对党，总有一种糊涂的自信或痴想也！”⑧就胡风而言，他的坚定的理想主义品格，他的对党数十年几近痴愚的苦苦追随自然是其

① 梅志：《往事如烟》，河南人民出版社，1997 年，第 131 页。
② 梅志：《往事如烟》，河南人民出版社，1997 年，第 125 页。
③ 梅志：《往事如烟》，河南人民出版社，1997 年，第 125 页。
④ 梅志：《往事如烟》，河南人民出版社，1997 年，第 165 页。
⑤ 梅志：《往事如烟》，河南人民出版社，1997 年，第 86 页。
⑥ 胡风：《胡风晚年作品选·代序》，漓江出版社，1987 年。
⑦ 梅志：《往事如烟》，河南人民出版社，1997 年，第 126 页。
⑧ 梅志：《往事如烟》，河南人民出版社，1997 年，第 110 页。

沉冤之中亦不失其志的重要原因,我们从其早期诗作中亦极易发现这种精神联系,但是我认为,胡风的信念动力在很大程度上还根源于他对“革命知识分子”的身份认同。胡风不仅在实际上具有“革命知识分子”的身份,而且在内心深处对此也有固执的自我认同。他一直视自己二十多年的牢狱是在“坐自己的牢”,在反思自己冤狱的时候,从不承认自己“反党”和“反革命”的“罪行”,认为自己的蒙冤除了个性方面的因素之外,主要是“文官”和“文侩”们的“小人作乱”。因此,他将自己的甘愿服刑解释为“心安理不得”,即在“感情”和“信念”方面,他愿意服刑;而在“道理”(即“证据”、“材料”)上,他是坚决不服的。与此紧相联系而且更具悲剧意味的是,胡风在内心里一直认为他和最高领袖有着根本上的一致,其和后者之间是“定见同归海”,只不过是“志合失途殊”而已。在身份政治学的意义上,身份认同的本质便是个体在不同的身份系统之中寻求个体意义以安身立命的一种努力,虽然每一个个体均是一个复杂的身份集体,他可以分别在民族、政党、文化以及社会阶层的不同身份系统之中进行认同从而建立其自身的身份结构,比如狱中的胡风,其实他既是一个“革命知识分子”,亦是一个“汉人”、一个“囚犯”,更应是一个继承“五四”的科学和民主精神的“现代知识分子”,但是,身处一个高度政治化的历史时期,政治意识形态“要么是敌人,要么是朋友”这样一种雅各宾党人式的二元对立的思维方式以及特殊的政治处境(牢狱),使得胡风对其政治身份的认同变得尤为紧迫,他不仅要在自身的身份结构之中突显出自己的政治身份,而且要努力将其置入当时的主流意识形态和政治权威之中,这样,便产生了一个相当深刻的矛盾,一方面,当局将其坚决地视为“反党”和“反革命”分子,而另一方面,胡风却拒不“服罪”。对于前者而言,将胡风逐出“革命者”的身份系统除了极其复杂的人事因素之外①,在很大程度上,还导因于其建立思想文化权威的根本需要,对于这一点,毛泽东其实已有相当准确的说明。在《关于胡风反革命集团的材料》“序言”中,毛泽东指出:胡风“作为一个集团的代表人物,在解放以前和解放以后,他们和我们的争论已有多次了”②。在毛泽东这里,胡风并没有被视为他的“同路人”。因此,胡风一案,不过是其运用“暴力”的方式对胡风的“革命者”身份加以剥夺,政治暴力变成了解决思想文化差异极为便当的手段。而在胡风这里,他的“革命者”身份无疑有着相同的历史基础(起码他自己是如此认为的)③,一旦出现与“革命者”相反的身份认同(即“反革命”),那他所背叛的,

① 对于这一点,胡风是相当清醒的,除了我们前述其狱中诗作对“文官”的痛恨外,他对“伟大领袖”之所打倒他的原因也曾有自己的思考:“他老先生不愿意听不同意见,不喜欢别人不佩服他,也许他觉得我不尊重他。”见《胡风回忆录》,人民文学出版社,1993年。

② 毛的“他们/我们”思路其实在建国之初便有明确表现,在第一次文代会上短短的即兴讲话中,竟用了数个“你们”与“我们”以明确二者之间的界限。

③ 就胡风的生平经历来看,确实如此。

就不光是党和党的领袖，而且还有其自己数十年的奋斗与追求，这在理想主义者胡风，显然是不会出现而且也是无法容忍的。实际上，胡风对“革命者”身份的认同以及伴之而生的“革命者”信念还导因于其所未能自觉的原因，这便是他在狱中研究《红楼梦》时所发现的“统治阶级思想的厉害”①。

指出胡风政治文化心态之中反思与“射击”的边界及其政治身份的自我认同所发生的严重危机和面临的深刻矛盾，显然是近乎“亵渎”的发现。对于胡风而言，这是一种“道德上”的“不公”；而对笔者，实际上也是于心不忍。但正如笔者在本文的开首所指出的，我们对过去时代的告别注定是沉重的，指出胡风政治文化心态的历史性限制更使这种告别以及胡风命运的悲剧性具有了不堪的意味。但在我看来，惟其有了这种沉重与不堪，才使我们的告别不致虚妄，因为胡风政治文化心态的历史性限制并非为其所独有，相反，这正是中国现代知识分子特别是一代“革命知识分子”普通(遍)性的精神症候。我们深知这种症候的历史性特点，所以我们才能尊重和理解，也才能更为全面地领会其丰富复杂的悲剧意味，从而也会使我们的告别更为彻底，因为我们还深信，历史的合法性并不能够被简单地移用以证明现实的正当，无论是精神，还是权力。

晚年心态：恐惧在继续……

我们在主要通过胡风的牢狱诗作探讨其政治文化心态的时候，未及详述狱中胡风的另一个精神特征，即他的“精神恐惧”。实际上，对于狱中胡风而言，“恐惧”是无处不在的。“心惊迎破晓，肉跳待临宵”、“囚首忽惊身在锁”是其“恐惧”心态的真实写照。“世途多险恶，人面半炎凉”，他所看到的，是“似锤还似斧”般的“锱铢逼命刀”。他咏树，是“眼惊人眼白”、“忧遭折干风”，他思恋亲情，同样会感到“恐惧”的无处不在。胡风在其《怀春曲——亲情赞》中追忆与梅志共同的生活道路并对后者的“良”、“慈”、“柔”、“诚”、“强”、“仁”等美好品格进行了赞美，而他的赞美又是通过对“猫”、“燕”、“袋鼠”等动物的咏物方式来进行的，其中的第6首是这样写的：“袋鼠防凶手，怀君母性慈；兽贪皆可怕，林茂总堪疑；母腹能拖重，儿身得避危；病忙皆不散，风雨也无离。”胡风在这里所表达的，无疑是一种怵目惊心的疑惧与惊恐。

政治权威对于胡风的长期迫害与精神折磨导致了胡风在牢狱后期出现了严重的“恐怖症”，这种充满疑惧的“精神疾病”实际上一直延续至胡风的晚年，这在梅志的《往事如烟——胡风沉冤录》及绿原、牛汉、孙钿、何满子等人关于胡风的回忆文章中有着十分生动而又令人无比痛心的描写，结合胡风的晚年写作以及有关人士的记

① 《胡风全集》(第1卷)，湖北人民出版社，1999年，第317页。

述，我们发现，晚年胡风的政治文化心态其实呈现着“常态”与“病态”的两种状况。“常态”之中，胡风一如既往地表示自己的“相信党、相信群众”，无论对家人，还是对知己，他都不愿谈及自己的牢狱之灾，“显得非常沉静”，而且即使触及，他也用“近三十年来，我的遭遇比较杂乱些”①，“在这以前是特殊待遇，不必说了”②这样的话语“搪塞”与“敷衍”，他所念念不忘的，便是在“身体允许的时候，做点什么事情”③，因此，他才在晚年写出了数十万字的回忆文字。但是，正如孙钿所追问的“果真如此吗？”“胡风果真是蠢了吗？”④答案自然是否定的，“常态”中的“崇信”与“平静”只是胡风晚年心态的一个方面，而在我看来，与此相对的“病态”也许更能反映其晚年最为深隐、也最为真实的政治文化心态。患有“恐惧症”的胡风最为突出的“症状”便是严重的幻听与幻视，他经常怀疑其亲人以及朋友是被派来的“奸细”，“病”中的胡风“会不自觉的两只手绕来绕去，模仿着他在监狱里搓毛线的动作。他会突然看见病床底下有一副镣铐，由于幻听，他耳朵里老是有个小人儿在说话，告诉他一些可怕的事情。有一次，他拉住梅志说：‘快逃，有人要来抓我们了！’一边打开窗户就要往楼下跳”⑤。很显然，我们毋宁将胡风的“病症”称为“政治恐怖症”，因为“政治恐怖”无疑是其“精神病”最为突出甚至唯一的“精神恐惧”。

实际上，晚年胡风的“常态”与“病态”之间并非是断然没有内在的精神联系的，在出狱后，胡风最为重要的诗歌活动便是对雷抒雁《小草在歌唱》的“解读”与“修改”。我们发现，被胡风称之为“在一个读者的感情上引起的说得出的所感”⑥的“修改”，主要是专制主义的“暴力”及其对“战士”的摧残：

原诗：

1. 他们的脚踩到
一个女儿、
一个母亲、

① 绿原：《胡风和我》，《我与胡风》，宁夏人民出版社，1993年。《我与胡风》书中化铁、朱谷怀、路翎、孙钿、罗洛等人的回忆文章。

② 绿原：《胡风和我》，《我与胡风》，宁夏人民出版社，1993年。《我与胡风》书中化铁、朱谷怀、路翎、孙钿、罗洛等人的回忆文章。

③ 绿原：《胡风和我》，《我与胡风》，宁夏人民出版社，1993年。《我与胡风》书中化铁、朱谷怀、路翎、孙钿、罗洛等人的回忆文章。

④ 绿原：《胡风和我》，《我与胡风》，宁夏人民出版社，1993年。《我与胡风》书中化铁、朱谷怀、路翎、孙钿、罗洛等人的回忆文章。

⑤ 绿原：《胡风和我》，《我与胡风》，宁夏人民出版社，1993年。《我与胡风》书中化铁、朱谷怀、路翎、孙钿、罗洛等人的回忆文章。

⑥ 胡风：《读诗随感》，《胡风晚年作品选·前言》，漓江出版社，1987年。《胡风晚年作品选》书。新版《胡风全集》略去胡风“拟诗”，不知何故。

一个为光明献身的战士的心上。

胡风的修改

他们的脚

踩在一个女儿、

踩在一个母亲、

踩在一个为光明献身的战士的身上、心上。

原诗：

2. 真理的嘴却被封上！

胡风的修改：

真理的嘴却被暴力狠毒的封上！

原诗：

3. 这样小小的年纪，

心灵上就刻下了

胡风的修改：

娇嫩的心灵就被毒刀划下了

原诗：

4. 抽在我的心上。

胡风的修改：

抽在我的身上、心上。

比较一下雷氏的原诗以及胡风的"修改"，后者显然对"暴力"进行了突出的强调，我们循此自然发现了晚年胡风思想感情深处对于"暴力"的仇恨与恐惧，也发现了其"常态"与"病态"之间的共同特征与深刻联系。这样一种联系还经常出现于晚年胡风的其他文字之中。晚年胡风极少对文艺现状发表意见，《胡风晚年作品选·代序》也许是目前仅见的两篇之一，但就是在这篇一千余字的短文中，他便以一定的篇幅提醒文艺界要"好好对待"文学界的"丰富性"，防止和"摒弃'棍子'、'帽子'、'辫子'"，这里表露的忧虑自然谈不上严重，但〔其〕和他对雷诗的修改一起，无疑沟通了"常态"与"病态"之间的精神脉络。

对于专制暴力的"政治恐惧"实际上并非为胡风所独有，相反，它是中国知识分子最为典型的"精神症候"，作为"胡风集团"重要成员的路翎如此，而在"文革"之中身陷囹圄的陈明远也是如此，即使是比他们远为年轻的"朦胧诗"人，一样在诗中表达了这种恐惧，从历史的角度进行考察，这种恐惧甚至在共和国建立之初便已出现于中国知识分子的精神深处，无论是其时茅盾、巴金、曹禺、张天翼等人的自我痛责，何其芳交织着"惊恐"的"甜蜜"，还是后来公刘们对旭日光彩的"难以捉摸"以及梁南们被践的鲜花拥抱马蹄的“狂吻”,我们都能发现这种“精神症候”不同程度的表现,知识者的“政治恐惧”显然是跨越时空、绵亘久远的,只不过在胡风这里,这种“病症”表现得最为强烈或严重而已①。在米歇尔·福柯看来,精神疾病在本质上并非一种自然疾病,而是一种知识和文化的建构,它同时还是“权力”得以建立的结果。具体在胡风身上,他的“精神疾病”无疑更是一种社会政治和意识形态的建构,其对专制暴力的恐惧是否“病态”,历史终将会给出明确的答案。

牢狱写作:文学史意义的简单评估

在二十多年的牢狱生涯中,胡风“默吟”了几万行的旧体诗词,即以其后来所能回想并抄录发表出来的,便有4 000多行,对于我们来说,这无疑是一笔丰厚的文学遗产,它不仅对研究胡风本人以及二十世纪中国知识分子和中国的现实政治有着极为重要的“心态学”的和“政治文化学”的意义,而且它在中国当代文学史特别是建国后三十年的文学史上,也有着不容低估的意义。

胡风的牢狱诗作与其入狱前的诗歌相比,不仅数量要多,而且所传达的感情浓度及对时代的反映也更为深广,它与前期的自由体诗歌共同组成了规模宏大的“史诗”②,其所反映的时空跨度在二十世纪中国诗歌史上是极为罕见的。建国以前步入诗坛的诗人在建国以后的三十年中,要么被迫沉默,要么在精神上发生变异,进行浪漫而虚假的歌唱,只有极少数的诗人仍然坚持秉持良知的写作,而且数量及思想情感的深广表现〔均〕都不及胡风。在这个意义上,胡风的牢狱诗作在中国当代诗歌史上甚至是中国当代文学史中的地位便得到了鲜明的突显。另一方面,由于胡风的牢狱诗作无疑属于真正的现实主义写作,它便与同一时期(1956—1976年)甚嚣尘上并且取得主流地位的“革命现实主义和革命浪漫主义”及充满“瞒”和“骗”的粉饰现实的虚假现实主义诗歌构成了鲜明的对比,自然,它也使后者顿失光彩。

建国后三十年文学中实际上存在着一种重要的文学史现象,即旧体诗的盛兴不衰,现有的当代文学史著作一般都极为重视其中革命领袖及天安门诗歌运动中的旧体诗写作,这在某种程度上自然符合文学史实际,但这显然又是极为片面的,因为另外两种重要的旧体诗写作现象即“文化大革命”之中知识青年及在建国以后备受压抑的老知识分子的旧体诗写作显然未受关注。从最近几年文学史料的重新发掘、整理和出版的情况来看,后者的旧体诗写作无论是思想情感的真挚与深刻、历史内涵

---

① 胡风所患的“恐怖症”在医学上被称为“心因性精神病”,王元化在五十年代和“文革”期间的被隔离审查也导致其患有此病。参见王元化:《编余丛谈二篇》,《文学评论丛刊》第1卷第1期,江苏文艺出版社,1997年;亦可参见笔者:《胡风们的“精神病”》,载《方法》1998年第11期。

② 对于这种“史诗性”,牛汉与绿原有着独到的阐述。参见《胡风诗全编·编余对谈录》。

的丰厚，还是艺术水准的高超及艺术创新方面的贡献（如胡风所创的连对诗体）都不比前者逊色①，就对现实主义精神的坚持而言，甚至是远为前者所不及的，对于这些诗歌写作的重视与研究，不仅会改变中国当代诗歌史特别是其所包含的诗词史的基本格局，也会在一定程度上改变中国当代文学史（1949—1979 年）的基本面貌。我想，毋宁将本文的写作视为这种努力的初步尝试，在这样的意义上，我们极为沉重的“告别”才会是一种新的“开始”。

——原载《文艺争鸣》1999 年第 6 期

① 另如陈寅恪、聂绀弩等的旧体诗。

陈思和

试论当代文学史（1949—1976）的“潜在写作”

一、我们的抽屉是空的吗？

有一位朋友告诉我，她想写一篇文章，题目是《我们的抽屉是空的》。她大概是想说，真正的优秀作家的写作是听从良知召唤的，即使环境不允许他发表作品，他也会写出真正不朽的艺术作品，放在自己的抽屉里，静静等待命运再次对他发出召唤。——但是我们的文学史上却没有这样的作家。不知道我有没有理解错那位朋友的想法，她把那种写出来准备放在抽屉里的文学作品称作为“抽屉文学”，我则称它们为“潜在写作”。两者意思有点相似，就是指那些写出来后没有及时发表的作品，如果从作家创作的角度来定义，也就是指作家不是为了公开发表而进行的写作活动。但这两个定义还都有补充的必要：就作品而言，潜在写作虽然当时没有发表，但在若干年以后是已经发表了的，如果是始终没有发表的东西，那就无法进入文学史的研究视野；就作家而言，是以创作的时候明知无法发表仍然写作的为限，如有些作品本来是为了发表而创作，只是因为客观环境的变故而没有发表的（如“文革”的爆发迫使许多进行中的写作不得不中断），这也不属于潜在写作的范围。

其实，当代文学史上并不缺乏潜在写作。这类写作含有多种意思，第一种是属于非虚构性的文类，如书信、日记、读书眉批与札记、思想随笔等私人性的文字档案。作者写作的最初目的显然不是为了公开发表，其“潜在”意义只是在于这些作品虽然不是创作，却具有某种潜性的文学因素，在一些特殊环境下这样一些文字档案被当作文学作品公开发表出来，不仅成为某种时代风气的见证，而且也包含了作者个人气质里的文学才能被认可和被欣赏，比如近年被整理出版的《从文家书》，除了书信等抒情文字外，还包括沈从文先生精神崩溃期间涂写的“呓语”，真实地反映了作家个人彼时彼地的精神状态，也真实地反映了大变化中极为复杂的时代精神现象。当然也有些文类只有历史的认识意义,却没有文学的价值,这就不属于文学研究的范围。第二种是属于自觉的文学创作。或抒情言志,或虚构叙事,但由于某种原因作家在当时不可能发表这类创作,也就是我的朋友所说的放在抽屉里的,在若干年以后才能公开发表,对这类作品,过去文学史作者也曾注意到,但一般情况下是将这类作品放在它们公开发表的时代背景下讨论,这对于写作者本人是无关紧要的,可是一旦置于文学史背景,意义就不一样了。现在提出“潜在创作”现象就是把这些作品还原到它们的创作年代来考察,尽管没有公开发表因而也没有产生客观影响,但它们同样反映了那个时代知识分子的严肃思考,是那个时代精神现象的一个不可忽视的有机组成。重视这种已经存在的文学现象,才能真正展示时代精神的丰富性和多元性。文学史著作研究潜在写作现象,也同样以还原某些特殊时代的文学的丰富性与多元性为目的。另外,潜在写作从文学史的角度来看还有多种类型可作进一步的讨论,比如对某种通过非正式发表渠道来传播的创作,如某些知识分子在五六十年代写的旧体诗词,当时虽然没有发表,可是在朋友熟人中间互相流传,直到诗人身后才公开出版,那算不算潜在创作?还有,有些作品不是发表在正式出版物上,但在当时已经产生了一定的社会影响,直到若干年以后才陆续被正式出版物所刊登或转载,这样的创作算潜在写作还是公开写作?这些现象比较复杂,需要有时间来作进一步的讨论和界定。

我把这个问题提出来讨论完全是出于编写当代文学史的需要。近十年我一直思考着五十年代以来的中国文学史的编写问题,也相应做过一些理论上的探索。潜在写作的问题正是其中之一。五十年代以来,不断的政治运动和其他各种原因,使许多作家失去了公开发表作品的可能性,但他们并没有放弃写作的努力,在各种艰难的生活条件下依然用笔来表达自己的内心渴望,写下了许多弥足珍贵的文字,并开拓出一个丰富的潜在写作的空间。“文革”结束以后,这些作品大多数都已经公开发表,但是由于这些作品属于过去时代的文本,放到时过境迁的新的环境下很难显现出它们原有的魅力,新时代有新的情绪与感情需要表达,所以这些作品很快被更具有时代敏感性的话题所掩盖。但是,如果还原到这些作品酝酿和形成的年代的背景下来阅读和理解它们,并将之与同时期公开发表的文学作品相比较,它们所具有的热辣辣的艺术感染力就马上突现出来。过去编写的文学史著作,均以当时占主流地位的文学作品作为其时代的代表作,而一般被忽视和被否定的作品很难写进文学史,更不要说没有公开发表的“潜在写作”。从表面上看这样研究文学史的方法没有什么大错,因为在一个精神生活激进浮躁的时代里,其代表性作品也多少带有该时代的气息。但是如果我们深入一步把潜在写作的现象考虑进去,情况就不一样。在那个时代里仍然有作家在严肃地思考和写作。不过作家身处不同的社会处境,思考的方式和表达的方式都不一样。那些被时代的喧嚣之声所淹没的声音,恰恰具有可贵的个人性和独立性。以七十年代"文革"后期的主要文学现象为例,除当时公开发表的作品以外,郭小川在干校里创作的《团泊洼的秋天》等政治诗,属潜在写作;牛汉、曾卓、绿原等托物咏志诗,属潜在写作;民间大量流传的知识青年创作的诗歌和小说创作潮,属潜在写作;等等。

二、我们的抽屉里有些什么?

要了解我们的抽屉里有些什么?目前还难以列出详细的书目。潜在写作的一片尚待开发的研究领域,许多遮掩在传统文学史观念与话语之下的作家作品正在逐步被重视,许多发表了的作品的意义正在被重新认识,研究潜在写作的过程也正是开发这一项课题的过程,因此许多方面还需要做进一步的探索。我写作《试论〈无名书〉》时,起先对这部二百多万言大书的文学史定位感到为难;《无名书》共六卷,前三卷完成于四十年代末,后三卷完成于五十年代,这样跨时代的长篇小说又与那个时代的风尚毫无关系,如何判断这部小说的文学史价值?大陆学界原先对此讳莫如深,一些海外传媒又心怀叵测,不恰当地夸张其中的政治意味。但从文本研究的角度出发,这部小说的后三卷只是按照前三卷的思路完成了既定的创作计划,作家身临其境的大陆生活经验基本没有掺杂到小说创作中去,更没有因此改变原来的小说结构。我将它列入潜在写作来考察,很多创作现象都由此迎刃而解了。像无名氏那样在五十年代不能公开发表作品但仍然写作不止的作家数量很少,但决不是没有。更多的则有沈从文那样的作家,他们在工作岗位改变后不再发表文学创作,但仍然在业余时间通过书信、诗词、札记、随笔等形式继续写作了大量的文学性作品。还有像老诗人陈寅恪先生也是一个特殊的例子。陈先生在1949年以后不仅创作了大量诗词,他所从事的《柳如是别传》等巨著的写作,在当时也是无望公开出版,陈先生因为旧论文集再版久久不能实现,已经作了"盖棺有期,出版五日"的心理准备,新作的问世自然更难有所希图,因此这些诗词与著作大致都可以归为潜在写作一类。四十年代末中国政治体制的大变革也造成文化发展上的革命性裂变,使一批习惯于传统文化模式写作的知识分子退出文坛,但他们以后不再为发表而进行的写作,构成了当代文学史上第一批潜在写作者。

1955年以后,以胡风为代表的一大批诗人、小说家和思想家被剥夺了正常写作的可能性,所谓"胡风集团"分子绝大多数都是在抗战烽火中成长起来的青年知识分子,他们进入五十年代的时候,正是年富力强、创作精力旺盛、思想艺术走向成熟的生命阶段,突如其来的劫难并没有彻底熄灭他们的倾吐自己表达自己的创作欲望。于是当环境稍稍松懈,他们很自然地将凝聚着对命运抗争的毅力与包含着痛苦的心理经验,熔铸到艺术的创造之中。我们今天读到的胡风、绿原、曾卓、牛汉、彭燕郊等人的诗作,彭柏山的长篇小说,张中晓的随笔札记等,都是那个时代的这种作品,尤其是绿原的《又一名哥伦布》、《面壁而立》、《自己救自己》等,曾卓的《有赠》、《凝望》、《醒来》等作品,在五六十年代诗坛上,这些作品无论在思想性(即知识分子的人民立场与不屈的批判精神)还是艺术性(即现实主义的艺术深度与感染力)上都达到了时代的高水平。它们在当时没有公开发表不等于没有存在,恰恰是因不能发表才使自我批判精神达到了那个时代难得的高度。胡风一案所牵连的诗人们对中国文学最重要的贡献,正是在他们哑声的年代里保存了旺盛强健的创作力,他们一直坚持以诗言志,直到“文革”后期的《重读圣经》(绿原),《华南虎》、《悼念一棵枫树》(牛汉),《悬崖边的树》(曾卓)等高亢有力的诗,仍然是那个时代最优秀的文学创作。

1957 年“反右”运动以后,文艺界“右派”的人数比胡风案所牵连者多得多,但从潜在写作的角度来考察,真正优秀之作反而少了。但也许是现在掌握的材料不够,还不足以作如此断言。当时有许多被错划“右派”的作家都曾经埋头创作,冯雪峰、丁玲、姚雪垠等都在厄难期间创作长篇小说,但是否有潜在写作的自觉似乎还需作进一步的研究,至少姚雪垠的《李自成》的出版情况不属于潜在写作。比较年轻一代的“右派”作家的潜在写作也很少,我能看到的材料中,刘绍棠蛰居运河边上的故乡期间写过一些生趣盎然的小说,可惜这样的例子并不多。诗歌领域有不少优秀作品,如唐湜在被错划“右派”后隐入民间,汲取大量民间文化的营养,在改编民间传说的基础上创作了数量可观的叙事诗。当代叙事诗创作向来少有佳作,唐湜的《海陵王》、《划手周鹿之歌》等可以说是填补了这方面的空白。因此,从总体上看,潜在写作在 1957 年以后范围还是更加扩大了。

1966 年的“文化大革命”给文学创作带来了毁灭性的摧残。六十年代后期,公开性的文学读物只有样板戏和浩然的《艳阳天》(早期尚有金敬迈的《欧阳海之歌》),大批作家遭受迫害,生存都受到威胁,遑论文学创作。但令人震撼的是,肃杀之气下文学仍然如同圣火,在人类的理想之境里不会灭绝。在谢冕和钱理群主编的《百年中国文学经典》里收入黄翔的短诗《野兽》(1968 年)和长诗《火神交响诗》片断(1969 年),不能不让人震动于诗人对时代拥有的尖锐而深刻的审美感受,从诗的语言到诗的意境都强烈体现了那个疯狂时代的精神特征。七十年代以后,“文革”的疯狂性稍稍受到遏制,但荒诞性则如桃偶登场,层出不穷,导致了一批中学毕业的知青在生活实践的磨难中早熟,杨健的《文化大革命中的地下文学》、廖亦武编的《沉沦的圣殿》等书中提供了这批后来构成潜在写作主力的青年诗人和小说家许多可贵的材料。老作家在七十年代以后也开始在各种困难的环境里秘密写作,穆旦的诗歌、丰子恺的散文、朱东润的传记文学等等,“五四”以来的文学传统在潜在写作里慢慢地聚拢起来,达到了那个时代的文学最高艺术境界。七十年代民间的文学创作浩浩荡荡,从反映上山下乡命运的“知青文学”雏形到流传在社会上的各色手抄本与口头创作,即使在“文革”毫无自由可言的环境里,仍然以其粗糙、野性、活泼的创造形态,生气勃勃地生长着。这样一种来自民间地火的文学趋势发展到1976年天安门广场的诗歌运动中达到了喷薄欲出的地步,于是,“文革”时代的丧钟也终于敲响了。

不难发现,1949至1976年间的当代文学史上,潜在写作的发展趋势与公开发表的创作的发展趋势成反比,即在政治运动越来越紧迫地压抑文学创作的过程中,公开发表的文学创作是在不断地萎缩,而潜在写作却在不断发展和繁荣,品种越来越齐全,写作者的队伍也越来越壮大,尤其到了“文革”后期,潜在写作的成员已经从老一代作家向年轻一代作家过渡,写作的形式也从起先不自觉的非虚构作品向较为成熟的诗歌、小说、散文等方面开拓。虽然从绝对的数量来说,潜在写作的数量暂且是无法统计的,但毫无疑义,现在保存下来的潜在写作的创作实绩已经显示了它的文学史价值。

三、我们的抽屉里究竟是什么?

我们的抽屉里有没有东西是一回事,但究竟是什么东西又是一回事,当我们确认了潜在写作的存在以后,还必须对潜在写作的性质及其与现实生活的关系作大致的鉴定。我在罗列“文革”时期的潜在写作时提到过一本书,即杨健著的长篇纪实报告《文化大革命中的地下文学》,因为作者不是采用严峻的学术态度来处理这一文学史题材,所以这本很有价值的书在写作上却表现出相当的随意性,包括取名为“地下文学”,正是这种随意性的产物。由于“地下文学”这个词比较流行,很可能使人们对当代文学史上的“潜在写作”作出望文生义的理解,即认为凡是不公开的写作,尤其是被剥夺了写作权利的知识分子的秘密写作,那么,其一定是与现实政治处于对抗性的立场,使用“地下文学”一词正是包含了这样的理解。从俄罗斯的民粹运动起,人们就习惯将这类民间知识分子的觉醒与反抗运动称之为“地下”,如著名的民粹派革命家斯特普尼雅克写过一本书名为《地底下的俄罗斯》历史小册子,论述了十九世纪俄罗斯知识分子的觉醒和反抗沙皇专制的斗争。后来苏联政权下出现的持不同政见的知识分子的文学活动,即所谓的“地下文学”也缘此而来。

但是,中国当代文学史上的潜在写作不应该是俄罗斯“地下文学”的翻版或者分支,从词意上说,潜在写作的含义远较地下文学宽泛得多。潜在写作的现象,是在任何时代任何国度里都可能发生的。它除了作家的日记、书信、笔记等不自觉的写作外,创作之所以不能公开发表,主要有三种原因:一种是与某个时代的风尚不相符合,作家出于某种私自的考虑,不愿意立即披露这些作品。如法国罗曼·罗兰的《莫斯科日记》便是这种情况。第二种是因为与国家的政权和社会制度处于自觉的对立状态,作家通过创作来表达政治上的不同声音,所以这类潜在创作的意义仅限于创作过程,一旦完成创作,就往往将作品转移到国外去发表。如苏联和东欧的许多持不同政见的知识分子的作品。第三种原因是作家的身份受到限制,或者是失去了公开发表作品的自由,他们的创作不一定与国家政权和现实社会制度处于自觉的对立立场,有的只是抒发个人的情愫,有的甚至表现出对主流意识形态的一定程度的迎合。中国五十至七十年代的许多潜在创作恰恰是属于这类。这三种创作各有发展的规律和特征,不能混为一谈。如无名氏的《无名书》,海外有人把它比作索尔仁尼琴的《古拉格群岛》,但在我看来两者是风马牛不相及的。因为《无名书》的主题是四十年代的政治历史条件下已经形成的,并不是针对五十年代的现实社会制度。其书的最后一卷描写了四十年代后期中国正在进行的一场内战即将见出胜负分晓,但从文化的角度作者依然给以深切的理解:“东方正在上‘最后的一课’,打算把西方某一空间进行的社会试验全部学来,在中国复制一遍,看它是不是一种百宝灵丹,能叫这个古老民族脱胎换骨。如不估计它的后果,只分析它的动机,那么,这是中国四千年古老文化表现巨大生命活力的又一明证。”①印蒂用这样的口气讨论未来中国的命运,仍然是预言式的,并没有明显与现实政治制度对抗的态度,它宣扬的仅仅是作家个人认定的一种所谓东西方文化相融合的乌托邦理想。

无名氏是当代文学史上一个境遇非常特殊的作家,他是与文坛与社会断绝了一切关系、处于隐居状态下写作的。但即使如此,《无名书》也没有直接对现实批判的挑战性,他所提倡的社会理想也仅仅是文化意义上的探索与想象。这是五十至七十年代的大陆汉语作家潜在写作的第一种基本形态②。在有些非常私人化的写作文本里,作家与现实政治不和谐的精神指向也是隐藏在晦涩含混的抽象层面之上。如陈(寅恪)先生晚年诗词及“颂红妆”著述的含义所指,至今仍是学坛争论不休的公案,但陈先生的诗词中埋藏有嘲讽现实的今典,也仅是知识分子不愿曲学阿世的独立人格之展现,与苏联及东欧的知识分子那样具有鲜明目标的政治热情有着质的区别。陈寅恪先生高扬的独立精神、自由思想两大旗帜一开始就是明确限定于知识分子的学术传统与岗位范围内的,也就是说他在现代中国政治与学术之间自觉规定了知识分子岗位的范围,建构起现代学术与现行政治权力及政治体制平行互不侵犯、

① 引自《创世纪的大菩提》,台湾远景出版社,1984年,第432页。

② 这里之所以特指出汉语作家,是因为我对非汉语的少数民族文学不了解,如朝鲜族作家金学铁的长篇小说《二十世纪的神话》是一部现实主义的作品,但因为文字的原因我无法阅读。所以本文所论暂不把少数民族文学包括在内。

而非对抗性的关系模式①。再者,张中晓的《无梦楼随笔》可以说是潜在写作中最尖锐的文本,他本人在胡风一案所牵连的知识分子中,也是最具自觉批判意识的思想家,但《无梦楼随笔》的反思性语词都是限定在历史经验和哲学理想领域里作抽象议论。《无梦楼随笔》里俯拾即是这样的议论:“如果精神力量献给了腐朽的思想,就会成为杀人的力量。正如人类智力如果不和人道主义结合而和歼灭人的思想结合,只能增加人类的残酷。”②又如:“对待异端,宗教裁判所的方法是消灭它;而现代的方法是证明其系异端。宗教裁判所对待异教徒的手段是火刑,而现代的方法是使他沉默,或者直到他讲出违反他的本心的话。”③谁都看得出来这些尼采式的语录饱蘸着现实批判意义,但他对现实政治及其权术的批判却是不得不借助历史与哲学的语言来进行,现实的真实阴影仅在“寒衣当尽”、“早餐阙如”、“写于咯血之后”之类的字样里才含糊不清地透露出来。无名氏的小说、陈寅恪的诗词与张中晓的随笔都是迄今为止所看到的比较明显含有现实批判精神的潜在写作部分,但如果说这些文本具有现实对抗性的自觉意向,那也只是停留在文化(包括历史与哲学的)的抽象层面和美学的感性层面上。

五十至七十年代的潜在写作的第二种基本形态:一部分作家因为文化美学领域的自觉卫道构成了与现实相对抗以后,仍然回避了现实政治层面上的对抗。在一批批被剥夺了写作权力的受难者当中,自然有真正的殉道者,他们所殉的道,都是属于知识分子学术传统进而也是知识分子的精神传统范围的“道”,而同时与现实的政治权力与社会体制却形成相当微妙的关系。胡风在监狱里创作的大量诗词(包括《〈红楼梦〉交响曲》、《怀春室杂诗》、《怀春室感怀》、《怀春曲》及集外诗歌)可以作为其代表。胡风为坚持自己的文艺思想和文艺理论而受难,进而也是为了捍卫“五四”以来鲁迅为代表的新文学战斗传统而受难,表现出一种现代知识分子的价值取向。从文学史的立场来看,胡风冤案尖锐反映了五十年代两种文化规范、两种文学传统之间的冲突,而冲突的另一方是当时的政治权威。可是胡风在这场冲突的全过程中始终回避这一点,而宁可将冲突的严重性质降低到文艺界宗派之争。他的狱中诗抄充满了内在的分裂意象,如《怀春室杂诗》中《一九五五年旧历除夕》:“竟在囚房度岁时,奇冤如梦命如丝;空中悉索听归鸟,眼里朦胧望圣旗;/昨友今仇何取证?倾家负党忍吟诗!/廿年点滴成灰烬,俯首无言见黑衣。”④作品中诗人对“昨友今

---

① 参阅拙作《读〈陈寅恪最后二十年〉》,收《豕突集》,上海汉语大词典出版社,1998 年。

② 引自张中晓:《无梦楼随笔·〈狭路集·六九〉》,上海远东出版社,“火凤凰文库”本,1996 年,第 116 页。

③ 引自张中晓:《无梦楼随笔·〈无梦楼文史杂抄·八十〉》,上海远东出版社,1996 年,第 25 页。

④ 引自《胡风全集》第 1 卷,湖北人民出版社,1999 年,第 466 页。

仇”的现代政治权术的愤怒质疑和“眼里朦胧望圣旗”的现实妥协、“忍吟诗”的表白和“俯首无言”的绝望交织为一体，构成一种特殊的诗歌意象。胡风是比较直白地诉说内心痛苦与矛盾的诗人，有许多写作者可能还不敢或不肯像胡风那样直诉胸臆，他们更多的是将暂时不能发表的创作视为表明心迹的工具，或者即使是想在困厄中有所作为，也习惯于以当时形势所许可的方式来表达，这样的潜在写作是大量存在的。

潜在写作的第三种基本形态：作家的独立人格与政治理想主要表现为对艺术个性或独立审美意识的追求，艺术境界里充沛着张扬个性的魅力和生命不屈服的元气，但其与现实政治的对抗性却被淡化或者悬置。从五十年代到“文革”间的政治运动中，受难者无一例外被指责为现实政治体制的敌人(即所谓反党反社会主义)，但从现存的受难者的潜在写作文本看，几乎没有留下这方面的证据；反之，大多数受难者的诗文除了明志以外，更多的是通过艺术形象的刻画和艺术语言的倾诉，表现出当代知识分子威武不能屈的高贵的内在品质。以曾卓的《有赠》为例，诗人写受难者归来，妇人擎灯奉水相迎，重渡人间温馨。于是诗人(受难者)用嘶哑的声音问道：“我全身颤栗，当你的手轻轻握着我的。/我忍不住啜泣，当你的眼泪滴在我的手背。/你愿这样握着我的手走向人生长途么？/你敢这样握着我的手穿过蔑视的人群么？”①诗中妇人的含泪微笑的眼睛成了诗人炼狱，诗人灵魂以此获得升华。这让我们想起但丁的《神曲》、屈原的《离骚》以及涅克拉索夫的《俄罗斯妇女》，甚至也联想起列宾的名画《突然归来》等优秀文学传统。诗的意境无疑是诗意的、美好的，这样的诗歌可以毫不犹豫地称之为六十年代最优秀的抒情诗。但如果从社会学的角度来分析诗歌所表达的意象，受难者的崇高与妇女的伟大都是在单面的环境中塑造出来的，或者说是在对立面缺席的环境下营造起来的。诗歌里对制造受难的现实环境当然可以虚写，而诗人只是用非常含糊的“蔑视的人群”一词来暗示，这个词含有启蒙话语的特指性，即鲁迅笔下常见的“众数”的意象，但这个意象的原来对立面通常是作为先觉者的知识分子出现的，而这首诗里的受难者的身份与意义显然与之不同。这个词用在这里显然是减低了受难者面对社会冲突的尖锐性及其悲剧程度，或可以说，诗人的不屈服的自我形象已经通过艺术创造完成了，而其与现实相对抗的一面则有意淡化。

潜在写作是个多层次的文学形态，它还包括第四种基本形态：一些本身是在当时的社会趋势中成长起来的写作者，他们或许是因为年轻而无拘无束地表达了对生活的感受(如食指的诗)，或者是被剥夺了写作的权利以后更加严肃深入地思考了生

---

① 引自《曾卓文集》第1卷，长江文艺出版社，1994年，第140页。

活(如郭小川在干校里创作的诗),但我们不难发现他们在同一时期可能是既写了非常有个性的作品,也写了迎合潮流的作品,这在某些特殊环境下是很可以理解的,这部分写作者并不是自觉的潜在写作者,他们只是如实地表达了自己对生活的感受,只是客观环境不允许他们发表作品才使他们成了潜在写作者。以食指的诗为例,食指比较尖锐的诗是《疯狗》,这首诗歌是由作者个人私生活的遭遇而起的辛酸之言,自然让人联想到时代的悲剧性,但它并非是自觉的对“文革”时代的本质揭露,只要对比黄翔的《野兽》,区别自然清楚。不自觉的潜在写作与被迫的潜在写作与自觉的潜在写作,其不同文本与现实的关系都是不一样的。

不管哪一种潜在写作,在五十至七十年代的特殊环境里都不可能走上与苏联相似的“地下文学”,这是中国社会环境与文学互相作用下的产物,也与知识分子“五四”以来的人文传统有关。比较中国的潜在写作与同时期的苏联“地下文学”可以更加清楚地看到这种特征。恩格斯在《路德维希·费尔巴哈和德国古典哲学的终结》里比较法德两国的启蒙运动时说过一段很精彩的话:“法国人同一切官方科学,同教会,常常也同国家进行公开的斗争;他们的著作要拿到国外,拿到荷兰或英国去印刷,而他们本人则随时准备着进巴士底狱。反之,德国人则是一些教授,是一些由国家任命的青年的导师;他们的著作是公认的教科书,而全部发展的最终体系,即黑格尔的体系,甚至在某种程度上已经被推崇为普鲁士王国的国家哲学!在这些教授后面,在他们的迂腐晦涩的言词后面,在他们的笨拙枯燥的语句里面竟能隐藏着革命吗?不正是那时被认为是革命代表者的人即自由派激烈反对这种使头脑混乱的哲学吗?但是不论政府或自由派都没有看到的东西,至少有一个人在1833年已经看到了,这个人就是亨利希·海涅。”①恩格斯对德国哲学的论述方法使我获得这样的启发:研究某种社会形态的文化现象,一定要从文化自身的生存环境与展开方式出发,来讨论其是否具有革命性的意义,而不是以外界某种“公认”的标准来衡量特殊的环境和特殊的现象。恩格斯没有因为德国哲学家们不像法国启蒙主义学者那样富有政治进攻性而把他们简单抹杀,相反是从官方和自由派都没有察觉到的那些迂腐晦涩的哲学言词后面发现了巨大的革命思想。回到本文开始讨论的“我们的抽屉是否是空的”这一设问,也就是先不要讨论抽屉里存在的是不是外界理想中的或“公认”的“地下文学”,而是应该先确证这是不是“我们”的抽屉,如果确是“我们”的,那么,它里面的东西也只能依据现在的存在形态和方式来讨论它的意义。

四、抽屉打开后给我们带来了什么?

最后本文要讨论的是,潜在写作的提出将给当代文学史编写带来什么变化?其

① 引自《马克思恩格斯选集》第4卷,人民出版社,1972年,第210页。

实促使我研究这个课题的直接动力是关于文学史的编写。现在可以毋须讳言了,在二十世纪中国文学发展中,五十至七十年代的文学一向被认为是比较贫乏的,它既缺乏“五四”到抗战时期的文学那样大师如云;它也不同于“文革”后二十年的文学那样多姿多彩,它是特殊状态下的文学。这期间作家的个人声音主要表现在两个方面,一是作家利用民间文化形态的积极因素,建构起文学创作的隐形结构,使作品在表现时代风尚的同时展现生气勃勃的民间生活场景(如赵树理为代表的农村题材小说和《红旗谱》、《林海雪原》等现代历史题材小说都吸收了民间文化中有生命力的因素,使作品产生特有的艺术魅力);二是有的作家依然在创作中曲折地表达了独特的生活感受,如田汉的《关汉卿》、双百方针实行期间的许多优秀作品,等等,但这些作品大多都遭到批判和否定。这种状态下的文学创作,雷同与单调是不可避免的,以往的当代文学史仅将公开发表的文学作品(作)为文学史讨论的对象,就不可能改变这种贫乏与单一的文学局面。

同时,在一个哲学与社会科学不发达的国家里,文学常常又成为时代的精神现象的主要标志。当列入潜在写作以后,文学史所展示的精神现象出现了不可想象的丰富性。一个时代的精神的现象,不可能从单一的思想理论形态来展示,也不可能从正反两极的二元对立模式来展示,它应该是一种多元的生命感受世界方式的共生状态,各种生命现象及其欲望的互相冲突和融合的过程异常复杂,时代精神应该包容并反映这种复杂状态而不是净化它。关于这一点,在六十年代终于有人意识到、并把它提了出来,那就是周谷城教授提出的“时代精神汇合论”①,而他的理论没有得到充分的展开就被扼杀了。但是,时代精神的丰富性并没有因为人们的无视而不存在,它通过文学创作中的潜在写作终于被零碎地保存了下来。

我们要在以往五十至七十年代的文学史里寻找时代精神的多重性似乎是很困难的,因为公开出版物里难以提供来自这方面的信息。但在引入“潜在写作”的文学史概念之后,这种单一的文学史图像就被打破。八十年代陆续出版的一些作家的书信与札记让我们看到,知识分子的精神世界仍然是多层面的,“五四”以来的知识分子的精神传统在受到冲击之后并没有自行消失,而是从公开出版的报刊书籍等公众领域转移到了处于边缘、民间的私人领域,以书信、札记、日记等私人话语的形式存在,可是对估量一个时代的精神成果来说,正是这些私人性的文献显示了那个时代

① “时代精神汇合论”是周谷城在《艺术创作的历史地位》(载《新观察》1962年12月号)等文中论及时代精神与创作关系问题时,认为时代精神广泛流行于整个社会,包括着不同阶级互相对立的各种思想……各时代的时代精神虽说是统一的整体,然而从不同的阶级乃至于不同的个人反映出来,又个个截然不同。这种种不同,进入各种艺术即成为创作的特征或独创性,或天才出现。见潘旭澜教授主编的《新中国文学词典》中的条目内容,江苏文艺出版社,1993年。

人们精神追求的多样性。如《从文家书》、《傅雷家书》、《顾准日记》、《无梦楼随笔》等,写作者大体上与时代风尚保持一定距离,并发出了不和谐的声音。《从文家书》所收的《五月卅下十点北平宿舍》,是作者因某些精神压力致病后所写的手记,虽为"呓语狂言",却富有象征意味地记录了知识分子在一个大转型的时代里呈现出来的另一种精神状态。病中的沈从文敏锐地感受到时代的变化:"世界在动,一切在动",但他真正感到恐慌的不是世界变动本身,而是这种变动中他被抛出了运动轨迹:"我似乎完全孤立于人间,我似乎和一个群的哀乐全隔绝了","我却静止而悲悯的望见一切,自己却无份,凡事无份"。正因为沈从文从来就不是"有意识的作为反动派而活动",所以他才会对这个变化中的时代既不怀有任何敌意和戒心,也不是明哲保身地冷眼旁观,而是想满腔热情地关爱它和参与它,所以才会对自身被排斥在时代以外的境遇充满恐惧和委屈。所以他要大声地宣布:"我没有疯!"他还要进一步地反复追问:这"究竟为什么"①?作者在病中的文字仍然充满力量,读完这篇手记,一个善良而怯懦的灵魂仿佛透明似地毕现在读者的眼前,人们忍不住想问:一个新的时代的到来,难道不能容忍这样一个微弱而美好的生命的存在吗?以往当代文学史从五十年代初写起,一味强调的是欢呼新的时代的文学,却没有看到欢呼声下依然有着多重的犹疑与苦恼。所以我在主编《中国当代文学史教程》②时就有意分析了沈从文的这篇手记,并将它与胡风的《时间开始了》、巴金的《奥斯威辛集中营的故事》作了比较,这样也许对五四新文学传统转型过程中知识分子的复杂心态会有更为具体和感性的把握。同样,以往文学史在讲解大跃进运动以后的诗歌创作时,总是一片歌功颂德的赞歌,以为非如此不能体现时代的精神,但如果我们将歌颂性的诗歌与体现了诗人疑惑迷茫心理的《望星空》,还有绿原、曾卓等诗人的潜在写作并立起来给以综合的分析,其时代精神的多重性不就能够真切地表现出来了吗?

当然,一个时代的真正的精神现象不是消极地并置各种生命感受和生命欲望,它应该展示的是人类与生存环境的激烈搏斗,我所理解的"时代精神汇合"的过程也是各种生命现象相生相克地在互相冲突中丰富与壮大自身的过程,其过程甚为壮丽惨烈,生生不息如火如荼。这反映在文学上的精神现象,就不仅仅是消极展示自身对时代的感受,还应该体现出生命体所含有的强烈冲动与改变生存环境的战斗渴望。潜在写作者大多数在现实生活中都受到过不同程度的压抑和磨难,并不能主宰自己的命运,唯一能做的事就是在潜在写作中释放出强烈的主体的战斗精神,来抗争命运的残酷打击。如七月派诗人的潜在写作,大都采用了伤残的自然意象,让它

① 引自《从文家书》,上海远东出版社"火凤凰文库"本,1996年。

② 参阅《中国当代文学史教程》,陈思和主编,复旦大学出版社,1999年。

们遍体鳞伤地身处更大的阴谋或者危险之中,紧张的社会关系常常使诗人的精神处于高度兴奋的临战状态。华南虎,昏眩在铁笼子里,它的命运使人想到里尔克笔底下的豹子,但是当诗人想到自己以戴罪之身竟去观赏老虎的破碎趾爪和牙齿时,他突然感到了深刻的羞愧,以下便是不被里尔克的玄妙哲理所笼罩的牛汉式的诗句:“我终于明白……/羞愧地离开了动物园。/恍惚之中听见一声/石破天惊的咆哮,/有一个不羁的灵魂/掠过我的头顶/腾空而去,我看见了火焰似的斑纹/火焰似的眼睛,/还有巨大而破碎的/滴血的趾爪!”①深刻的羞愧不但使诗人生出幻觉,而且从灵魂深处爆发了抗争的欲望,这时候,诗人心底里的咆哮与想象中的虎的咆哮已经很难分辨了。绝望,本来是令人压抑的心理,可是在绿原的诗篇《自己救自己》里,绝望的心理过程与阿拉伯神话里的所罗门的瓶子联系在一起,那个关在瓶子里的魔鬼终于在希望与诅咒中平静下来,变成了真正的强者:“我不再发誓不再受任何誓言的约束不再沉溺于赌徒的谬误不再相信任何概率不再指望任何救世主不再期待被救出去于是——大海是我的——时间是我的——我自己是我的于是——我自由了。”②这首诗篇让人想到鲁迅的《野草》,诗人的人生希望无数次碰碎在现实的悬崖峭壁上而后迸发出绝望的精神火花,这种绝望里包含了无数希望的尸骸残片,进而使绝望也被消解掉,于是进入了一个新的人生境界——我自由了。

与其所反映的精神的丰富性相联系的,还有潜在写作强烈体现出作者面对生活所把握的感性存在。当一定的社会时尚制约作家的创作时,只能以抽象的观念为先导,创作难免会发生概念化。这大约是五十至七十年代公开发表的文学创作的最大弊病之一。但是潜在写作由于大量写作者被迫沉入社会生活底层,他们被迫看到了现实生活中的真实的另一面,并始终与此保存了直接的感性的认识。潜在写作者不再为发表而写作,所以毋须迎合时尚,按照政治概念去把握生活现象,只有当生活中的现象真正地楔入了他的灵魂,换句话说,也只有他从生活中感受到与自己生命血肉相连的感受时,才有可能以触犯天规的激情来投入艺术的伊甸园。所以比较同一时期的文学创作,潜在写作较之公开发表的作品不乏对生活的巨大激情以及艺术感染力。有了潜在写作的支撑,我们的当代文学史才能真正地丰富和完整起来,文学在外部世界的压力下通过自身内部的裂变和对立,来捍卫不死的艺术生命力和知识分子的精神追求。

对于潜在写作,我只能说这么一些不成熟的想法,这项研究工作刚刚开始,收集和发掘原始资料以及鉴定工作还是主要的任务,理论研究还将在大量资料的重新发

---

① 引自《牛汉诗选》,人民文学出版社“诗世界丛书”本,1998年,第67页。

② 引于《绿原诗选》,人民文学出版社“诗世界丛书”本,1998年,第239页。

现和研究以后才能可望有进一步的深入。我提出这个问题不仅仅是为了向我的朋友证明我们的抽屉不是空的,而希望有更多的学者来关心这个文学史研究的重要现象,以期从根本上改变我们对文学史的狭隘理解。

——原载《文学评论》1999 年第 6 期

黄发有

日常叙事：九十年代小说的潜性主调

在八十年代小说与九十年代小说之间很难划出一道界限分明的分水岭，但就叙事的整体印象而言，八十年代小说的伟大想象、宏伟场景和九十年代小说的日常状态、经验碎片所形成的强烈反差不能不给人一种震惊。当然，日常叙事绝非破壁而出的怪物。它在八十年代末期的文化语境中孕育出雏形，精英理想的受阻和城市化进程的推进使它获得了一种畸形的生长间隙，因此，它在九十年代(的)崛起与泛滥拥有着社会、经济、文化的多重支撑，依恃着具体而特殊的物质环境与精神背景。九十年代的小说创作是无序而混乱的，但日常叙事却是这一无主调时代的潜性主调，它以无形之链统摄起碎裂的散片，渗注着一道暧昧模糊却又依稀可辨的精神暗流。

一

以池莉、方方、刘震云、刘恒、叶兆言等为代表作家的“新写实”小说为日常叙事奠定了基调。1987 年前后，随着池莉的《烦恼人生》、方方的《风景》、刘震云的《塔铺》、刘恒的《狗日的粮食》和《伏羲伏羲》等作品的问世，日常叙事的流向初露端倪。而在 1989 年以后的社会与文化情境中，对精神困境既敷衍又关注的日常叙事极为契合知识分子的彷徨心态，加上《钟山》等传媒的推波助澜，各路作家趋之若鹜，“新写实”小说异军突起，成为九十年代前期最为壮观的文学风景线。为了还原出生活的原生状态，新写实作家力图将叙事情感压制到“零度状态”，以“流水帐”式的“只作拼版工作，而不是剪辑，不动剪刀，不添油加醋”(池莉语)，使“当下此时的真实”凸现出来。作家对艰辛困苦、无所适从的尴尬处境的津津乐道，使日常生活的皱褶与沟回纤毫毕现。作家在返回“事物本身”的归途中，将生活还原成了日常状态。刘震云以一种赌气的口吻说：“我们似乎看到生活像一个宏大的虎口在吞噬我们”，

“这个世界原来就是复杂得千言万语都说不清的日常身边琐事”。①

将新写实开辟的日常化审美情趣铺展开来的是新生代作家。朱文、韩东、何顿、张旻、述平、刁斗、邱华栋、鲁羊、毕飞宇、王彪、东西、李冯、陈染、林白、海男等作家尽管风格各异,其中一些作家在恍惚中还不时释放出精英幻想,但日常叙事已经成了他们难以挣脱的精神磁场。整体而言,他们的叙事话语不作保留地卷入了现实生存样态,以自然主义的笔法,再现庸常人生的本然与情状。新写实作家在刻画平民生态与凡庸场景时,以无法自弃的平民主义立场揉渗进稀薄的生存忧患与人文关怀,池莉就说:“我总想反抗自己,总想写个大世界……让一个民族一个国家的生死存亡从最大多数人们的命运中点点滴滴地反映出来。”②而新生代作家对都市平民的价值形态的认同却产生了一种不易察觉的精神位移,他们的视线偏离了关爱平民的人道主义立场,执著于物的迷恋和欲的沉溺,邱华栋的《手上的星光》有这样的表述:“以当卜为主流精神,以欲望为核心”,他们在“对现实的强烈参与认同”和“热烈拥抱”③中消解了主体性。“人”的退隐与“物”的浮凸是新生代的日常叙事的变貌。邱华栋说:“由物及人,这是我写作的一个努力。”④物的丛林对人的淹灭决定了这种写作的浮浅,但它却敏感地反映了都市化程度愈来愈高的中国社会坚硬的现实。

七十年代出生的写作者面容模糊,但他们对现世生活的认同蕴含着一种与生俱来的固执,不再有前代人的进退维艰的犹疑和沉痛。心血来潮和不着边际的日常叙事对他们而言,实在是一件轻而易举的事。写作的艰难是捆绑愚人的绳索,他们以放言无忌的疯狂和絮絮不休的诉说拆解了小说的规则,爱不释手地玩味着、炫耀着极为有限的日常经验。他们的日常生活特征明显,渴望“一种无法抗拒的颓废力量”(棉棉《啦啦啦》、《一个矫揉造作的晚上》),“对一切都有热情对一切又都很快厌倦”,“这种日常生活就是毫无诗意的一种繁琐,绝对不是生活本质,而是悬置于强大的生活之流上方的恍恍惚惚的东西”(卫慧《像卫慧那样疯狂》)。“我们是想干点什么的,可我们什么也干不了。”(周洁茹《我们干点什么吧》)他们的日常叙事可以视为陷于物的漩涡中的疯狂的喘息和无奈的叹息。

日常叙事就如一道越来越壮阔的流水,横贯了九十年代的小说创作,而且,它从表面的漫流转入深层的渗透,成为支配作家的习焉不察的审美旨趣。日常叙事的覆盖难免让人感到单调和餍足,激起对八十年代辉煌灿烂的宏伟叙事的怀恋和缅想。必须指出的是,日常叙事恰恰是对曾经一统天下的宏伟叙事的反叛和修正,但最终

① 刘震云:《磨损与丧失》,《中篇小说选刊》,1991年第2期。

② 池莉:《两种反抗》,见《预谋杀人·池莉小说近作集》,中国社会科学出版社,1993年,第372页。

③ 刘心武、邱华栋:《在多元文学格局中寻找定位》,《上海文学》,1995年第8期。

④ 杨匡汉、李洁非、邱华栋等:《启动中的都市战车》,《天津文学》,1998年第4期。

滑向了矫枉过正的斜坡。

八十年代末期以前的宏伟叙事可视为一种文化母题式写作，公共话语兼并了个人话语，作为个人的知识分子价值不断被淡化，不断被整合进一种彼此认同的意义结构系统。丁玲说过一段意味深长的话："我们的日常生活在上，是脱离群众的，而我们又要写下边的这些人，因此要下去。于是，写作之前就先下去生活几个月。"①作家的生活空间和写作空间的分裂，必然给写作掺进不真实的成分。从伤痕文学到改革文学，从知青文学到寻根文学，作家"思考问题和探索问题的材料都来自时代的主题，个人独立性被掩盖在时代主题之下"②。发轫于"新写实"的日常叙事不自觉地将隔绝数十年的生活空间和写作空间重新统一起来，试图以话语主体的退隐还原经验世界的真实性，拒绝以主观的理性判断或先行的主题删削经验世界的丰富性。刘震云就说："五十年的现实主义实际上是浪漫主义。它所描写的现实生活实际在生活中是不存在的。浪漫主义在某种程度上对生活中的人起着毒化作用，让人更虚伪，不能真实地活着。"③但是，作家对日常世界的触摸与逼视并非一种自由的选择，而是在特殊的文化语境裹挟下的精神漂流。当生存的黯然、生命价值的空落、灵魂的被抛和沉沦状态压迫着日常叙事时，超越的翅膀就被无情地折断，在世俗的泥淖中愈陷愈深。这样，日常叙事对宏伟叙事的空洞、虚伪、冷漠和专横等弊病的矫治就值得怀疑，它确实让个人话语拥有了挣脱公共话语空间的钳制的可能性，但重复单调的日常叙事同样是磨损个人性的无形之锉，当知识分子不无委屈地沉入民间，观察平民的日常生态时，日常叙事很可能濡染上大众文化的媚俗和煽情性，这就使剩余的个人性或者说初萌的个人性遭受到不容忽视的暗创。

二

中国九十年代小说对日常叙事的青睐是对现存文化危机和信仰危机的回应，同时也是一种自欺欺人的掩蔽。宏伟叙事以这样的时间信仰为基座："只有通过时间才能被征服"④，是用广袤对比现在的孱弱和空虚，通过这种对比以提升人们的精神境界。也就是说，宏伟叙事汹涌着不能自抑的乌托邦冲动，在时间的尽头始终敞开着希望的视域，八十年代的启蒙立场和人道主义关怀等共同的价值系统无不笼罩着理想乌托邦的神圣光环，氤氲着强烈的现代主义情绪。然而，市场经济和意识形态的双管齐下迫使脆弱的精英理想在顾影自怜中逐渐溃散，不断的幻灭使时间成为灵

① 丁玲：《到群众中去落户》，见《生活・创作・修养》，人民文学出版社，1981 年。
② 陈思和：《共名和无名：百年中国文学管窥》，《上海文学》，1996 年第 10 期。
③ 见《新写实小说家、评论家谈新写实》，《小说评论》，1991 年第 3 期。
④ 托・艾略特：《四个四重奏》见《燃烧的诺顿》，漓江出版社，第 186 页。

魂的重压,对时间的焦灼感也就汹涌而至,苦苦坚持的对美好未来的追求和对时间向度的执著变得摇摇欲坠。因此,日常叙事也可视为"幻灭叙事"或"后撤叙事",它抛开了对未来的承诺,沉醉于零散化的瞬间感受中。这种描述可以从"新写实"作品对于过重的生存负荷的反复叙说中得到印证,而新生代作家对于放浪形骸的生活的沉迷又何尝不蕴积着一种灵魂无可依托的深痛呢?

当生命被生存的利刃切割成碎片时,时间的整体性和连续性就成了一种被嘲弄得体无完肤的虚假神话。在某种程度上,"新历史小说"可以视为日常叙事的特殊变种,堂而皇之的历史成了"皇帝的新装",那些扭转了日常现实的巨大历史事变、改变了历史流向的帝王和英雄在稗史与民间视角的多棱镜中,伟人与政治的"主流历史"被日常情态下的平民的苦难历程和精神轨迹冲撞得支离破碎。苏童的《米》、《我的帝王生涯》、《武则天》,叶兆言的《花影》、《1937 年的爱情》,莫言的《丰乳肥臀》,陈忠实的《白鹿原》,刘震云的《故乡相处流传》和《温故一九四二》等代表性作品都或隐或显地闪现出颠覆原有主流历史观念和官史文本的意旨,偏离了约定俗成的历史主导力量和主流逻辑,津津乐道个人家族的兴衰浮沉、芸芸众生的悲欢离合和帝王将相的庸常情态,在把历史还原到日常语境的过程中敞开被"官史"所遮蔽和封锁的历史图景,它把局部和个案作为切入历史纵深的入口,让人在窥斑见豹的具体而生动的感知中探察如烟世事的变幻莫测和沧桑轮回,"全部的社会生活都在其最古怪、最细微末节的层次上"①得以再现。新历史主义对稗史的钟情闪跳着矫正和修补历史的冲动,也沉潜着重释现实的隐秘体验。正如克罗齐所言:一切历史都是当代史。历史盘旋于种种日常活动之间,并且深深嵌入当下现实,如溶剂一样渗透流动的、液态的现实的日常情景。格非在陈述写作《敌人》的动机时就指出:"从某种意义上来说,它既是历史,又是现实。"②这种叙事在离弃和嘲弄权力话语方面的一致把握了历史的荒谬,但叙事的魔力仅仅局限于对文化幻觉的复制。基于个人记忆之上的叙事表演造成了对历史客观性的消解,历史成了满足自我对共同记忆的复古幻想的舞台。话语的权力凌驾于历史文本的优先性之上,历史偶像和英雄传奇在审丑的涂抹中倒塌成一片废墟,叙事人只鳞片爪(片鳞半爪)的记忆取代了历史自身的规律和权威。历史与现时、记忆与当下的相互交融不但没能激活和缝合历史的碎片,反而造成了现在对过去的挤压。相对于现实的飘忽与变幻,历史是个较为稳定的世界,但叙事话语对线性因果法则的冲破所制造的混乱与芜杂,使追求真实性和确定性成为不可能,对历史的无限可能性的追逐使历史成了无法回逆的发散物,横在检视历史

① 弗兰克·伦特里契亚:《福柯的遗产:一种新历史主义?》,见王逢振等编《最新西方文论选》,漓江出版社,1991 年,第 465 页。

② 格非:《格非文集·寂静的声音·自序》,江苏文艺出版社,1996 年。

的主体面前的只有无法选择的歧途。叙事游戏对线性时间的主观性消解所获得的并不是还原历史和预测未来的自由，而是把自己推向更为迷茫的境地之中。过去、现在、将来混融于一个平面之中，这正是柏格森所言的“时间的空间化”倾向。在此意义上，新历史主义小说可以视为宏伟叙事的一次回光返照，它在表面上具备“一种贯穿‘过去’、‘现在’与‘将来’的事件联系和‘作用联系’”①，实际上却以一种刻骨的怀疑粉碎了线性时间观，更主要的是丧失了“未来”眼界。必须指出的是，新历史小说与日常叙事尽管神合貌离，但它在某种程度上却修正了日常叙事的单调与随意，有限地拓展了作家的想象空间，甚至一度扼制了日常叙事的泛滥之势。遗憾的是，新历史（小说）使出浑身解数也未能扭转早衰的宿命，当它的创作激情如潮退去时，日常叙事积蓄了充足的反冲力，名至实归地成了九十年代主流叙事方式。

日常叙事中深刻地淤积着时间的迷茫和无奈。“人生活着，便是捱过无数点滴的、琐屑的、流动的、时而欢乐时而沉闷、时而理智时而下意识的时光。人的生活由恒河沙数般的瞬间组成。”（叶兆言《艳歌》）当瞬间被放大成现实时，时间就被浓缩在这一结点上，时间高度密集，压迫灵魂的时间箭头就被消解于无形之中，失去了清晰的向度。这样，时间感就会被阻断，人们在对瞬间的咀嚼中就可能获得一种轻松和陶醉，在逃避状态中浮游：“没有过去也没有将来，没有爱也没有恨、没有近处也没有远方。”（朱文《傍晚光线下的一百二十个人物》）将眼光集中于当下的日常叙事不仅逃避了对历史重负的承担，而且丧失了对未来的企望。对于当下的缺乏审美距离的打量在窒息未来想象力的同时，由于失去了历史的参照，也必然导致现世批判力的衰退。这样，对于当下的沉溺就成为一种自我囚禁，当下成了无边无际的沼泽，成了没有栅栏的牢笼。

阿格妮丝·赫勒在《日常生活》中的批判性解释切中肯綮，她认为“我们的日常思维和日常行为基本上是实用主义的。遵循最少费力的原则……以便能对功能的‘如是性’进行反应而不考虑它的‘来源’：他对其起源不感兴趣”②。可能性原则、模仿、类比的行动模式和认知模式常常导致将一个特例纳入一个类比类型，将具有一般性质的习惯规范和规则强加于单一性案例，忽视甚至阉割其很高程度的新奇性和陌生性，跌入“过分一般化”的陷阱，而“过分一般化”还可能发展成对单一事例的粗略处理。赫勒认为，日常生活是“自在的”类本质对象化的领域，是重复性思维和重复性实践占主导地位的领域。她揭示了日常生活领域的行为与知识的一般图式，尖锐地认为日常生活的特点在于一些同质图式（归类模式）支配着极为宽泛的异质

① 海德格尔：《存在与时间》，三联书店，1987年，第445页。

② 阿格妮丝·赫勒：《日常生活》，重庆出版社，1993年，第178页。

行为范围。因此,整个日常生活的结构和图式本身就具有抑制创造性思维和创造性实践的趋势,即具有一种抵御改变的惰性。① 日常生活的这种特性决定了单一的日常叙事的先天不足,未经艺术过滤的日常经验直接进入叙事必然会磨钝作家的艺术感觉,无法警惕到日常经验的现场感背后的麻醉性。如果说八十年代末九十年代初的日常叙事还多少能够在置身其中的聒噪中为批判性视角保留可怜的席位,那么,九十年代中后期的日常叙事对于世俗的介入可谓毫不保留。新写实作家将情感维持在零度状态的努力使他们的叙事无论采取什么人称,都有一种旁观的意味,典型者如刘震云的《一地鸡毛》,尽管叙事在日常的漩涡中愈陷愈深,将琐碎事件对人的重复折磨表现得入木三分,但主人公在半推半就地卷入日常世界的过程中,无法自抑地流泄出精英梦境碎裂的委屈和沉痛,生存的卑微性对个体的难以挣脱的吸附也在戏谑中闪烁着狡黠的批判锋芒,贯穿叙述的反讽意味常常出人意表地戳破日常生活的厚茧,让人隐约窥见其中严峻的现实本相。而新生代与七十年代出生的作家唯有以第一人称讲述"自己的故事"时才能舒展自如,以第二或第三人称讲述"别人的故事"时便显得捉襟见肘,他们缺乏对"自己的故事"之外的外部世界的了解,生活视野的狭窄使他们的作品无可避免地濡染上自传性。对本身就具有重复性的日常经验的重复叙述必然使作家对生活的敏感度下降,甚至变得麻木不仁,在循环迟滞的日常轨道中随波逐流。这一批作家对于平淡生活的单调重复不仅不作抵制,还将之视为生活的常态以至完满境界,在平中寓奇、自得其乐的叙述语调中与市民理想一拍即合。何顿的《我不想事》、《生活无罪》、《弟弟你好》、《无所谓》、《太阳很好》、《不谈艺术》和长篇《就这么回事》都把逐利原则作为支撑当今城市各个阶层的日常生活的杠杆,在对日常情境的粗鄙而逼真的展示中,神采飞扬地把枯燥甚至病态的日常现实点柒(染)得生气盎然。他振振有词地说:"人是生活在局部中,生活在自己的碎片中,不是么?"②邱华栋的"人"字系列和长篇《城市战车》以奇观式的渲染呈现当前中国都市的消费化趋势,尽管充斥作品的"单面人"、"面具人"、"平面人"、"空心人"等语词依稀地飘散出一种文化批判意味,但实际上只是对法兰克福学派的文化批判理论的生吞活剥,这种似是而非的批判具有极大的迷惑性和暧昧性,是暗度陈仓的文化烟幕。日常叙事就如一个文化黑洞,它常常使作家的左奔右突成为徒劳。如果作家与日常生活的结构和图式融合无隙,不能保持一种必要的紧张与抗拒,那么,日常叙事很可能产出一些日常垃圾。

---

① 阿格妮丝·赫勒:《日常生活》,重庆出版社,1993 年,第 178 页,第三编。

② 何顿:《局部》,《南方文坛》1998 年第 2 期。

三

九十年代的日常叙事冷落了广袤的乡村，将燃烧的激情倾倒进城市的怀抱。作为一个有着悠久的农业文明传统的国家，其都市化进程往往表现为一种急迫的追赶行为，为此而不能不烙上模仿的印痕，并遗留下草率的尾巴。一位作家这样感慨："我们自以为是'城市文学'，或许叫'郊区文学'更为确切。"①但不管如何，以城市为对象的和以乡村为对象的日常叙事毕竟不能混为一谈。在农业文明主导的传统礼俗社会中，人们同自然环境的联系极为密切，宗族纽带具有相当强的凝聚和束缚作用，人际关系的密切在大多的时间里蕴含着可以打听别人隐私的意味，伦理与价值取向显得相对狭隘和保守。这导致了以乡村为叙事对象的文学将矛盾冲突的本质聚焦在人与人的相互影响和相互制约的层面，而在城市社会中，传统和习俗不再强烈地影响个人的精神行为，宗族也不再是社会组织最主要的基础。"都市化的含义是，人与人之间联系紧密的公社将被由个体形成的团体所取代，这种社团中多数人之间的关系是临时的和不具个人感情色彩的。"②个人在城市中几乎是无足轻重的，他们的熟人很少。当然，城市居民无疑比村民们认识的人要多得多，但这种认识多是表面的和瞬间的，人际关系一般不以倾慕与信任为基础，而是以合理的自我利益为基础。"在城市中，尤其是大城市中，人类联系较之在其他任何环境中都更不重人情，而重理性，人际关系趋向以利益和金钱为转移。"③这样，以城市为对象的日常叙事逐渐地从表现人与人之间的关系转向表现人与物之间的关系，物成了主宰都市众生命运浮沉的上帝。

王朔在八(十)、九十年代之交的姿态让人震惊，因为在别人仍然遮遮掩掩地言及不可阻挡的物化现实时，他却毫不犹疑甚至不无炫耀地纵身于物欲的漩涡。从《顽主》、《你不是一个俗人》到《千万别把我当人》，王朔将传统、政治和中心话语与当下、世俗和边缘话语奇异地拼贴起来，在非驴非马的戏谑中表现出对主流意识形态的似是而非的反叛。但透过王朔发表于九十年代的作品，诸如《刘慧芳》、《谁比谁傻多少》、《修改后发表》、《无人喝彩》、《过把瘾就死》等，我们就会发现这样一个问题：王朔对正统文化的调侃是暧昧的，甚至在嬉笑怒骂中暗送秋波。他的这些作品所钟爱的男女主人公，都是那种聪慧善良、为人正直、蔑视嘲讽社会规范的青年男女，他们的美德（典型如刘慧芳）甚至以误己害人的结果显示其不仅束缚自己也束缚他人自然合理的本性要求的虚假与伪善。王朔小说对社会规范的拆解以对世俗性

---

① 祁智：《"郊区文学"》，《广州文艺》，1998 年第 9 期。

② 尹恩·罗伯逊：《现代西方社会学》，河南人民出版社，1988 年，第 740 页。

③ R. E. 帕克等：《城市社会学》，华夏出版社，1987 年，第 21 页。

幸福的强烈吁求为内驱力,这在某种意义上就和主流意识形态对市场经济的推动殊途同归,那些“破落子弟”对于特殊的“政治身份”的蔑视中隐隐地透露出一种自豪,正是得益于这种身份的荫庇,他们从政治等级社会向经济等级社会的身份转换才可能如此地迅捷。只有政治保驾的金钱要求才可能顺畅无阻。这表明正在崛起的市民阶层在政治上的模糊状态,它和西方相对独立于政治和经济之外的市民社会迥然有别。王朔小说的真正意旨是将人的日常性存在从知识分子的精神性追求的捆缚中松解出来。他不无得意地宣称:“像我这种粗人,头上始终压着一座知识分子的大山,他们那无孔不入的优越感,他们控制着全部社会价值系统,以他们的价值观为标准,使我们这些粗人挣扎起来非常困难,只有给他们打掉了,才有我们的翻身之日。”①其实,在夹缝中生存与延续的知识阶层及其价值系统远远没有那么强大,当他们被正在觉醒的市民阶级作为“想象之敌”时,市场化与都市化就必然向粗鄙倾斜,而且缺少一种相对超越的精神力量来矫正这种偏颇。

市场化和都市化本来可以将人从旧有的生产关系和意识形态的束缚中解放出来,自由、平等、公正的原则的真正深入人心也能够使个体从群体的压迫中突围,拆解和颠覆传统文化中的腐朽因素,激发人们的自由精神和创造意识。然而,单纯的物欲的苏醒使人们成为私利的囚徒,急功近利的短视往往诱迫人们屈从于逐渐潜化却依然主导社会大势的正统力量,视此为获得最大效益的最省力的捷径。

细读九十年代小说,我惊异地发现这样一种趋向:作家对“景”与“物”的随心所欲、细致入微的描写淹没了人的在场。为了强化作品的现场感,男作家喜欢在作品中填充城市的标志性建筑、各种现代化设施、流行汽车牌号和流行音乐,试图“以我的作品保留下九十年代城市青年文化的一些标志性符码”的邱华栋表现得尤其明显;而偏嗜感性生活的女作家则在摆设、时装、首饰、化妆品、宠物、美食堆砌成的文字积木中留连忘返。真正将视线迷失在物的磁场中的还数七十年代出生的作家。棉棉的小说充斥着对酒吧的内景的颠来倒去的描摹;周洁茹的作品基本上陷入了“移步换景”的叙述套路,《告别辛庄》、《我们干点什么吧》和《到常州去》的视点被飘忽的物象牵扯得七零八落;卫慧的《爱人的房间》沉迷于对房间的布置、装饰和外景的不厌其烦的刻画,人物的精神之光在隐晦不明的物体表面的折射作用下堕入无边的空茫。这让人联想到法国新小说派的代表作家罗伯·格里耶,他的作品“企图把人从世界中驱逐出去”,从物到物的“写物主义”以详尽无遗的笔触撕破了人逐步被物所取代的可怖现实。但是,我们的作家却远远不能像罗伯·格里耶那样以僵滞的叙述对应地揭示置身其中的社会结构的机械性。

---

① 王朔:《王朔自白》,《文艺争鸣》,1992 年第 1 期。

耐人寻味的是，九十年代以都市为对象的日常叙事始终充盈着一种脱离日常生活的越轨冲动。一般而言，日常叙事是一种惯性叙事，但恰恰因为这种先天不足，作家们爆发出摆脱单调的内在激情。从根本上来说，已知的东西就会熟悉，之后转为倦怠。熟悉就会习惯，习惯是机械式行为方式，意味着人类意识的退化，也就是说丧失了个性。所以人类就要经常寻求一些强烈的刺激，才能恢复已经丧失的意识。这类抛离正常生活轨道的欲望叙事以恍惚迷离、惊心动魄的陌生化效果改变了日常现实的迟滞与枯僵，但在榨干了情感汁液后对欲望的反复揉搓必然迅速地耗尽驱动叙事之流的新奇心理，矫揉造作的新奇也会很快地变为陈腐。而且，作家无法隐瞒的猎奇冲动对市民趣味的迎合决定了他们不管如何纵跳，都无法逾越支配当代消费社会的商业法则。对日常生活的殚精竭虑的突围竟然使自己在日常现实的泥潭中愈陷愈深，这种悖谬暗示了消费社会所实施的对人的控制将更加间接、更加隐蔽和更为有效。

四

千篇一律的日常生活以其永无休止的重复感让人倦怠和麻木，日常叙事的风靡也必然抽空孕育了个体主义哲学的“主体性”神话，以夕阳斜晖的迷朦与苍凉催萌残破的主体的无限挽念，追怀飘扬于八十年代上空的，由理想、价值、独立、个体、自由等精神丝绒纺织而成的主体性旗帜。蔡翔鞭辟入里地指出：“日常生活对主体性的侵蚀或者修正，意味着事实一价值的日渐分离，理想与激情悄然远逝，个人在‘事实’的困窘中，不得不收敛起自我的浪漫想象，主体性玫瑰般的精神性笑容以及它的偏执与狂妄在此受到日常生活的无情嘲谑。”①进入九十年代以后，主体性剥落了高蹈的精神彩釉，它被新兴的市民阶层改造成为替自己的物质占有欲望赢得合法性护照的法宝。“人们竟然认为所谓自我就是手中所拥有的财产，用以表达这种自我观念的公式已不再是：‘我是我认为的那个样子’，而是：‘我是我所已拥有的那些东西’，‘我所占有的东西就是我’”。W. 詹姆士说：“利益所包含的一切，便是自我的一部分。……很显然，在人们通常所说的‘我’与‘我的’之间，很难划分一条界线。”②当无孔不入的物的力量笼罩一切时，个体的完整性和连续性变得十分可疑。而且，作为日常叙事主要对象的城市环境更是个性的天然的粉碎机，要在城市那种毫无个性特征的大众环境中保持一种个体的感觉，有时是十分困难的。

在相对独立的历史时期，个人化写作跟统一规范或宏大叙事是相悖离的。利奥

① 蔡翔：《日常生活的诗情消解》，学林出版社，1996 年，第 83 页。

② W. 詹姆士：《心理学原理》，转引自埃里希·弗罗姆《寻找自我》，工人出版社，1988 年，第 175 页。

塔尔认为，在后现代社会，那种以单一的标准去裁定所有差异进而统一所有的话语的“元叙事”已经被瓦解，没有一个宏大的能够支配一切思想的逻辑的规范，“大叙事失去了可信性，不论它采用什么统一方式：思辨的叙事或解放的叙事”①。在这种情况下，所有人的写作都各自守着一个小圈子，写自己的东西。也就是说，个人写作应运而生。但中国毕竟尚未进入后现代社会，许多压抑个体价值的前现代因素仍然在发挥作用，不分青红皂白地以西方后现代理论窥察中国现实难免牵强附会。市场经济的冲击使政治权力话语相对有所削弱，价值取向也从大一统的辖制中游离出来，但统摄八十年代的文化逻辑依然存在，其新变是逐渐潜化，变得更加隐蔽和复杂，渗透进盘根错节的文化根系。商业主义、技术主义话语的喧哗并没有摧毁原有的价值体系，它们的抛头露面在某种程度上恰恰为之提供了一种掩护。把城市视为现代性的核心，过分地强调它使人从初级的和把义务加之于人的关系中摆脱出来的解放作用同样会陷入迷误，因为中国的市民社会尚未赢得独立空间，它不仅是各种利益和社会力量冲突的场所，还是政治和经济的势力范围，社会与国家、个人与团体、私人领域与公共领域依然相互窜换，界限暖（暧）昧。因此，在这种文化语境中奢谈个人化写作似乎为时尚早，当前的所谓个人化写作也只能宽泛地指涉文学的个性风貌、创作个性、题材的独特性或叙述的私语性，它还不是捍卫个体独立人格的写作，不是以个人的名义写出来的文学。

阿格妮丝·赫勒指出，使日常生活人道化不在于一般地抛弃迄今为止的日常生活结构，而在于通过以主体自身的改变去改造现存的日常生活结构，在于使个体再生产由“自在存在”向“自为存在”，向“为我们存在”的提升，使个人由自发向自由自觉的提升，在于人类本质建立起自觉关系的个体的实现。② 这种批判性前瞻显然是抽象而空洞的，它与中国现实的距离更是鞭长莫及。但经过诗性和想象点化的日常叙事很可能是真正的个人化写作的必经之途，而这种探寻的绚丽与艰难至今尚未完全展开。

——原载《上海文学》1999 年第 10 期

① 让—弗朗索瓦·利奥塔尔：《后现代状态——关于知识的报告》，三联书店，1997 年，第 80 页。

② 阿格妮丝·赫勒：《日常生活》，重庆出版社，1993 年，第 178 页。

编　后　记

林建法先生和王尧教授主编《中国当代文学批评大系》，意在汇集六十年来中国当代文学批评的重要成果，为中国当代文学批评的历史发展及其所取得的重要成就提供一套权威性的文献资料。在这一浩大工程中，我的任务是编选其中的第五卷——二十世纪九十年代的部分。在具体的编选过程中，我的一个非常强烈的感受，就是我们所从事的工作，实际上就是批评的经典化，是对漫长的六十年间几代批评家们的批评实践所做的经典化的遴选与认定。

在中国当代文学的历史发展中，文学批评家们的批评工作无疑起到了相当重要的作用，他们不仅积极、而且也很活跃和深入地介入到不同时期的文学现场，非常及时地发现文学创作中的基本问题，并且予以非常有力的纠偏或阐扬，从而也在一定程度上介入了包括作家作品、文学现象与文学思潮等在内的文学生产，影响着文学史的基本面貌与基本走向。作为一种学术实践，文学批评对于当代中国文学经典的确认、文学遗产的清理和对文学史的编撰与书写，意义亦更巨大。正如两位主编先生在编选之初就曾指出的，当代中国的文学批评还与当代中国的社会发展与思想文化之间存在着相当密切的关联，它不仅从一个侧面反映了当代中国社会思想文化的变迁，很多时候，甚至也很有力地介入其中，并对它们产生了很大的影响。从这些方面来看，“文学批评的经典化”与“文学作品的经典化”相比，虽然是少有人做，却具有相当重要和无比独特的意义，也正因此，《中国当代文学批评大系》的编纂，才堪称为功莫甚焉的巨大的历史性工程。二十世纪九十年代，中国的社会、政治、经济、思想、文化与文学，特别是我们的民族精神均发生了相当巨大的历史性变化，作为文学知识分子的重要实践，这一时期的文学批评不仅很深地介入其中，而且还是这些变化中的一个相当重要的表征，本卷中的很多文章，都很突出地说明了这点。

当然，一旦在经典化的意义上来初步确认本卷所选的批评文稿，它们所将面对的，无疑是时间或历史的进一步考量，在此意义上，对于编选者和这些文稿的作者——相关学者和批评家们来说,实际上又是在冒险。所以说,在任何选本所通常具有的遗珠之憾之外,本书一定还存在着其他方面的问题,欢迎方家赐教!

何言宏

2009 年 10 月

王　尧　林建法　**主编**

中国当代文学批评大系

一九四九—二〇〇九

卷　六

张学昕　**编选**

苏 州 大 学 出 版 社

图书在版编目(CIP)数据

中国当代文学批评大系：1949～2009：全6卷／王尧，林建法主编；郭冰茹等编选. —苏州：苏州大学出版社，2012.6
ISBN 978-7-5672-0081-4

Ⅰ.①中… Ⅱ.①王… ②林… ③郭… Ⅲ.①中国文学－当代文学－文学评论－文集 Ⅳ.①I206.7－53

中国版本图书馆CIP数据核字(2012)第106349号

中国当代文学批评大系：一九四九—二〇〇九

卷六

王　尧　林建法　主编

张学昕　编选

策划　沈海牧　朱绍昌　倪浩文

责任编辑　杨　婷

苏州大学出版社出版发行
（地址：苏州市十梓街1号　邮编：215006）
丹阳市兴华印刷厂印装
（地址：丹阳市胡桥镇　邮编：212313）

开本 787 mm×1 092 mm　1/16　印张 200.25(共六卷)　字数 3 790 千
2012年6月第1版　2012年6月第1次印刷
ISBN 978-7-5672-0081-4　定价：500.00元(全六卷)

苏州大学版图书若有印装错误，本社负责调换
苏州大学出版社营销部　电话：0512-65225020
苏州大学出版社网址　http://www.sudapress.com

目　录

栾梅健

历史的造化

——“五四”与新时期文学的一点比较

一

“五四”和新时期两代作家①不同的文化水准，几乎是一眼就可以看出来的。

由于新式教育的推广与留学生制度的实行，“五四”作家大都有良好的外国文学基础。鲁迅、郭沫若、郁达夫、周作人、成仿吾、张资平、陶晶孙留学日本；徐志摩留英；苏雪林留法；蒋光慈留苏……即使没有出国留学而仅仅是在国内学校毕业的，也可能掌握一至二门外语。

从北京大学预科毕业的茅盾就翻译过《衣·食·住》《雪人》等许多作品，更不用说本身就是从大学外文系毕业的冯至、冯文炳、凌叔华、黎锦明等作家了。因而，“五四”作家在外国文学方面的素养以及对西方现代文学思潮的吸收，无疑要大大超过新时期的作家。不过，这还只是问题的一个方面。

同样重要的一个方面是，“五四”作家也还有着相当深厚的中国古典文学的根底。鲁迅在《中国小说史略》中所透露出来的渊博学识，郭沫若在进入文坛之前就已熟背的上千首古诗，茅盾在中学时所受“书不读秦汉以下，文章以骈体为正宗”②的严格训练，以及朱自清、俞平伯在散文中所显示出来的古文影响，郁达夫的旧体诗，胡适的小说考证，等等，都能使新时期的作家望洋兴叹。

这是一代极其特殊的作家群体。急剧变化的时代潮流使他们从传统的“老屋子”中冲了出去，尽情地沐浴着欧风美雨，急切地吸收着国外一切新鲜的、先进的东西，然而同时在他们还被关在“老屋子”中时，就接受到我国传统小说和诗词歌赋的

① 在本文中，“五四”的概念大致是指1917—1927年十年，“新时期”的概念大致是指1979—1989年十年。

② 茅盾：《我走过的道路》（上），人民文学出版社，1981年，第79页。

影响,从小就领略到我国古典文学的艺术醇味。

这是一个不可多得的历史机遇。他们是我国传统文学的最后一代,也是我国全面接受西方先进思想的最新一代。他们既是作家,又常常是翻译家;他们能热切地向人们介绍国外最新的文艺动态,但又能坐下来进行功力深厚的古典文学研究。"五四"作家将永远在人们心中留下一个博闻强识、不可重复的美好形象。

新时期的作家就完全不同了。不仅在"四人帮"粉碎之后出现在文坛的王蒙、陆文夫、高晓声、刘心武、蒋子龙、张洁、谌容、林斤澜、邓友梅、冯骥才等一大批产生过广泛影响的中年作家,没有接受到全面、系统的中外文学的熏陶,而且知青作家,如韩少功、王安忆、张承志、陈建功、叶辛、张抗抗等,也都缺乏"五四"作家那种开阔的眼光。这两股力量正是新时期作家队伍中最为重要的组成部分。

高晓声曾经这样谈到他的文学知识积累:

> 我平生接触文学书籍较多的时期一共三次。第一次是少年时在家;第二次是1950年到1956年在江苏文联工作时;第三次就是"四人帮"粉碎之后。比较起来,第二次读得最好,有目的性,记忆力也好;第三次最差,读了记不住……但是,我反复考虑,我为什么向往文学,为什么向往写作以致(至)于走上写作的道路,在很大程度上,取决于家里原有那几十本书。①

高晓声的这种文学积累过程其实典型地代表了与他同时代的那一批中年作家。

古华自称,小时候在家乡农村半生不熟、囫囵吞枣地读过的一些"剑侠小说"、"志怪传奇",使他与文学结下了一种前世末(未)了缘似的关系。王蒙认为:"小时候我受中国古典文学熏染最深的还是古代的诗词,我可以背诵非常之多。在与我这个年龄或比我更年轻的作家中,我对音韵,对平仄,对旧诗格律诗的写法可能比他们知道多一些。"②这可能也正是王蒙的创作涉笔成趣、才情横溢的一个重要原因。但与鲁迅、郭沫若、朱自清、周作人等"五四"作家相比,其差距又何止一二!

比较起来,一大批知青作家眼界要开阔一些。尽管他们在农村插队时连苏联文学作品也难以觅到,但是在"四人帮"粉碎之后,或上大学深造,或出国交流,或自觉提高,大都给自己进行了补课的工作。然而,也正如高晓声所说,尽管"有目的性、记忆力也好",但是年龄的关系也使他们不可能彻底地改变自己的文化心理结构。因此,陆文夫的这段话倒也颇有自知之明:"有人提出要我成为大作家,成为鲁迅和茅盾……你看鲁迅和茅盾他们多么渊博!中外古今,天文地理;能创作,能翻译;能写小说;能做学问;一手毛笔字在书法中也是上乘的!环顾我们的同龄人,没有一个人

---

① 高晓声:《想起儿时家中书》,《生活的交流》,中国文联出版公司,1987年,第173页。

② 王蒙、王干:《王蒙小说悖反现象》,《小说评论》1989年第3期。

的文化基础有他们那么深厚。”①这确是新时期的所有中年作家以及知青作家，无法与“五四”作家相比的地方！

文化层次与知识修养的不同自然影响到各自的文学面貌与创作特点。“五四”作家强有力地受到外国文学作品的影响。鲁迅称：“我的来做小说……大约所仰仗的全在先前看过的百来篇外国作品和一点医学上的知识。”②郭沫若说：“我接近了泰戈尔、雪莱、莎士比亚、海涅、歌德、席勒，更间接地和北欧文学、俄国文学，都有了接近的机会。这些便在我的文学基底上种下了根，因而不知不觉地便发出了枝干来。”③叶圣陶说：“如果不读英文，不接触那些用英文写的文学作品，我绝不会写什么小说。”④……在“五四”作家那里，几乎可以从每个作家身上都发现一位或几位外国作家的影子。例如鲁迅与契诃夫、果戈理，郭沫若与歌德，郁达夫与日本身边小说，叶圣陶与华盛顿·欧文，冰心与泰戈尔，李金发与波德莱尔……表现到作家的创作风貌方面，果戈理《狂人日记》中开“心理分析小说之先路”⑤的表现手法，陀思妥耶夫斯基着重于人物病态心理描写的创作特点，法国象征派强调表现人的内在感觉、在远距离的事物中发现诗的联系的艺术技巧，主张再现作家自己生活和心境与排斥技巧不注意外部事件描写的日本“自我小说”，等等，都在“五四”作家那里留下或深或浅、或隐或露的印痕，表现出他们对西方现代文学的全方位接受。至于在古典文学的影响方面，鲁迅与魏晋文学、周作人与晚明小品、郭沫若与李白、郁达夫与黄仲则……都可以清晰地捉摸到他们的继承关系。

因此可以说，“五四”作家群要比新时期作家群来得绚丽，中外文学之花都在他们那里结出了丰硕的果实；“五四”作家要比新时期作家显得博大，他们之中有些人本身就显出大百科全书式的知识容量；“五四”作家要比新时期作家更能代表社会精英文化的水平，他们总是站在社会先进思想观念的制高点上，影响着社会思潮的发展……“五四”作家正是从这里获得自信，获得创作的活力，促成了“五四”新文学的空前繁盛。而新时期作家在此则显得信心不足。冯骥才承认：“我们都在努力，也都感到各自的不足。感到自己的文字功力不深，知识范围狭窄，修养浅薄，创作准备不足，等等。”⑥陆文夫认为自己“底子太薄”，只是“马马虎虎当起作家来了”⑦。而王蒙则也由此产生了作家必须“学者化”的焦虑。

① 陆文夫：《艺海入潜记》，上海文艺出版社，1987 年，第 121、122 页。
② 鲁迅：《南腔北调集·我怎么做起小说来》。
③ 郭沫若：《学生时代·我的学生时代》，《沫若文集》等（第）七卷。
④ 《叶圣陶选集·自序》，开明书店，1952 年。
⑤ 郑振铎：《文学大纲》，商务印书馆，1927 年，第 323 页。
⑥ 冯骥才：《下一步踏向何处》，《新时期作家谈创作》，人民文学出版社，1983 年，第 58 页。
⑦ 陆文夫：《艺海入潜记》，上海文艺出版社，1987 年，第 121、122 页。

二

如果说特定的历史机遇使“五四”作家具有了难以企及的中外文学的丰厚素养，那么，也同样是特定的历史环境，使新时期作家具有了其他时代的作家不可能获得的如此丰厚的生活功底。前者主要体现为书本知识，后者则是指实际生活经验。

反右扩大化运动，“文化大革命”以及知识青年上山下乡等一系列重大社会事件，使一大批中年作家和知青作家受尽磨难，历经艰辛。他们长期在社会底层所遭受到的许多不公正的待遇，以及心灵上所受到的摧残，都使他们接触到社会，认识到人生，使他们成了新时期文学作家队伍中最出色的部分。高晓声在“反右”之后被撤在农村22年，他曾深有感触地说：“回顾这些年来，我完全不是作为一个作家去体验农民的生活，而是我自己早已是生活着的农民了。我自己想的，也就是农民想的了。”①他对农民是如此之熟悉，以至他可以“从他们的呼吸声中把他们一一辨认出来”②。蒋子龙在创作《乔厂长上任记》时，只觉得那么许多人和事在他的“脑子里飞旋，忽而是一团乱丝，忽而又很清晰”③。他不得不一吐为快，以笔写下他对生活的感触与爱憎。创作过《许茂和他的女儿们》的周克芹，认为“我生活在农民群众中许多年了，我从来不拿笔记本对谁进行探访，不为搜集材料专门召开座谈会”，然而，他凭着对生活中人和事的熟悉，觉得生活素材“很多很多，写不完，有时简直来不及写，我恨自己笔太笨，手太慢”④。他在生活中，找到了取之不尽、用之不竭的创作源泉。同样的情况也在知青作家那里表现了出来。陈建功认为《丹凤眼》是矿工生活的情景在他心中“反复萦绕”⑤的结果，王安忆觉得《小院琐记》是对那段文工团生活“非常熟悉”⑥的产物，韩少功因为对插队生活的无法忘怀，才不得不留下了他对“茅草地”的思索⑦。因而，新时期作家大都脚踏在坚实的生活土壤中，从生活中获得养分，获得自信。不止一个作家宣称：“文学是生活之果……瘠薄的土层生长不出参天的大树，地肥水美才能绿树浓荫。”⑧“生活是基础，人物是核心。没有自己的生活……难以写出像样的小说来。”⑨“如果不依靠生活……我是什么文章也做不出来

① 高晓声：《且说陈奂生》，《新时期作家谈创作》，人民文学出版社，1983年，第50页。
② 见1988年高晓声的《为密西根大学的二年级学生讲他们看过的几篇小说》的复印件。
③ 蒋子龙：《〈乔厂长上任记〉的生活账》，《新时期作家谈创作》，人民文学出版社，1983年，第27页。
④ 周克芹：《〈许茂和他的女儿们〉创作之初》，《新时期作家谈创作》，人民文学出版社，1983年，第167页。
⑤ 陈建功：《〈丹凤眼〉点滴》，《新时期作家谈创作》，人民文学出版社，1983年，第73页。
⑥ 王安忆：《感受·理解·表达》，《新时期作家谈创作》，人民文学出版社，1983年，第123—131页。
⑦ 韩少功：《留给“茅草地”的思索》，《新时期作家谈创作》，人民文学出版社，1983年，第93—97页。
⑧ 古华：《木屋，古老的木屋》，《新时期作家谈创作》，人民文学出版社，1983年，第58页。
⑨ 邓友梅：《〈寻找“画儿韩”〉篇外缀语》，《新时期作家谈创作》，人民文学出版社，1983年，第104页。

的。”①这是新时期作家赖以成功的最根本的原因。

“五四”作家在生活的积累方面比之要远为逊色。除了鲁迅,他是带着半生积聚起来的深刻思考走上“五四”新文坛这一特殊的例子之外,五四时期的绝大部分作家都是热情洋溢的、单纯的青年。他们尽管已经接受到许多先进的科学文化知识,在中外文学修养上也已打下了相当深厚的基础,然而,他们大都还局限于学校之中,局限于知识分子之中,局限于少数人的圈子之中,并没有真正深入到普通的民众中去,并没有真正熟悉一般民众的生活。这确是“五四”作家的一个通病!茅盾在当时就曾一针见血地指出:

> 现在热心于新文学的,自然多半是青年,新思想要求他们注意社会问题,同情于“被损害者与被侮辱者”,他们要把这种精神灌输到创作中了,然而,他们对于这些人的生活状况不熟悉;勉强描写素不相识的人生,随你手段怎样高强,总是不对的,总要露出不真实的马脚来,最容易招起不切之感的便是对话。大凡一阶级有和别阶级人相异之点最显见的,一是容貌举止,二是说话的腔调。容貌举止还容易些,要口吻逼肖却是艰难。现在的青年作者大都是犯了对话不逼肖的毛病。②

茅盾所指出的“五四”作家的毛病确实是普遍存在的。而且,需要进一步指出的是,对描写对象的不熟悉与隔膜,表现到创作中并不仅仅只是在“对话不逼肖”方面,它还更为广泛地表现在对人物性格的刻画、故事情节的展开与艺术技巧的运用方面。

叶绍钧也指出:“现在的创作家,人生观在水平线以上的,撰著的作品可以说是有一个一致的普遍的倾向,就是对于黑暗势力的反抗,最多见的是写出家庭的惨状、社会的悲剧和兵乱的灾难,而表示反抗的意思。”③叶绍钧对“五四”文学缺陷的认识更进了一层。当家庭的惨状、社会的悲剧与兵乱的灾难,被众多作者一而再地反复描写以致成为一个“普遍的倾向”时,不正是意味着“五四”作家对生活的皮相之见吗?事实上很显然,如果没有深厚的生活积累和自己对生活的亲身感受,光凭先进的思想与艺术技巧,也是很难创作出不朽的作品的。

这真可谓是祸兮福所倚:生活的磨难一方面使新时期作家备尝艰辛,然而另一方面却也使他们出乎意料地获得了宝贵的生活积累。在1979年全国第四次文代会召开之际,当那些从牛棚、从五七干校、从监狱、从农村而再次汇聚到一起的作家们,十分庆幸地向对方发出“你还没有死”的问候时,新时期作家就已经向社会准备了任何时代似乎都无法相比的精神食粮,新时期文学从那时开始就要成长为一株参天大

① 叶文玲:《丝丝缕缕话〈心香〉》,《新时期作家谈创作》,人民文学出版社,1983年,第80页。

② 茅盾:《自然主义与中国现代小说》,《小说月报》第13卷7号。

③ 叶绍钧:《创作的要素》,《小说月报》第12卷7号。

树。与他们多年所受的苦难相比,走马观花式的“深入生活”算得了什么?新时期作家可能一方面为自己的中外文学功底不足而感到惭愧、自卑,然而对生活的熟悉与了解,却又可能使他们鼓足了勇气,在中外文学名家面前不气馁,不失信心。冯骥才说:“我不认为一个作家必须读千卷书,方能动笔写作。那种观点只能使作品变成千篇一律的书生腔。作家写作不是考状元,作家与学究是两码事。粗犷、生涩、野性,会形成原始气味、一任自然、无雕饰的艺术……世界上没有两个相同的灵魂,因此模仿别人风格便是糟蹋自己。”①如果这话是出自“五四”作家之口,那么很可能会像刘半农被胡适之博士讥讽为“浅薄”一样,认为充其量只能扮演个文学爱好者的角色。

周克芹的下列这段话正是讲中了要害:“事实正是这样:一个作家如果仅仅是一个生活的旁观者,他没有成为一个具体的生活斗争的参与者,不是身临其境,与那一具体历史时期、具体的环境里的群众一起同忧患、共哀乐,那么,无论他的思想是多么正确,概念是多么明确,其作品的主题当然也无可非议,但是,总给人‘隔着一层’的感觉。甚至使人感到作者仅仅是一个并不高明的‘阿姨’,在那儿板着面孔教育小弟弟。”②“五四”作家尽可以表现出中外文化思想方面先进的知识容量,但是新时期作家却大都不愿“隔着一层”从书本上看生活,而是实实在在地写下他们亲身经历的生活感受。冯骥才的下列这段话颇令人深思:

> 我们这辈作家(即所谓“在粉碎‘四人帮’后冒出来的”那批),大都是以写社会问题起家的。那时,并非我们硬要写“社会问题”,而是十年动乱里堆积如山的社会问题迫使任何一个有良心、有责任感、有激情的作家不能不写;不是哪儿来的什么风把我们吹起来的,而是社会迅猛的潮流、历史的伟大转折、新时代紧急的号角,把我们卷进来,推出去,呼唤着挺身而起。我们一边写,一边潸然泪下,义愤昂昂,热血在全身奔流,勇气填满胸膛……哪怕写得还肤浅、粗糙,存在各种明显的缺陷,每一篇作品刊出,即收到雪片一般飞来的热情洋溢的读者来信。③

“五四”作家也广泛关注“社会问题”,涌现出无数的反映社会问题的作品,人力车夫问题、婚姻自由问题、妇女就业问题、劳工问题、儿童问题、家庭问题、宗教问题……几乎无所不包,无所不有。然而,“五四”作家所感到的却是觉醒者的悲哀:自己不是登高一呼、应者云集的英雄,他们对社会问题的思考往往在黑暗的社会环境中被化解得无影无踪。与新时期作家的许多重要作品,如《班主任》(刘心武)、《伤

① 冯骥才:《下一步踏向何处》,《新时期作家谈创作》,人民文学出版社,1983年,第58页。

② 周克芹:《〈许茂和他的女儿们〉创作之初》,《新时期作家谈创作》,人民文学出版社,1983年,第166页。

③ 冯骥才:《下一步踏向何处?——给刘心武同志的信》,《新时期作家谈创作》,人民文学出版社,1983年,第497—498页。

痕》(卢新华)、《乔厂长上任记》(蒋子龙)、《人到中年》(谌容)、《新星》(柯云路)等,发表后即"收到雪片般飞来"的来信的动人情景相比,其差距何啻判若云泥!原因在哪里呢?结论当然不外乎他们对社会生活的熟悉与对时代神经的敏锐把握。

这是两个特定时代的历史产物。如果说"五四"文学主要得益于众多作家深厚的学养与知识内涵,那么新时期文学则是主要依赖于众多作家不可思议的生活磨难与现实经历;一个是张望着蔚蓝的天空,凭着知识的翅膀振臂欲飞,另一个则是深陷于现实的泥淖,步履维艰。它们都是历史的造化:人们既无法再如"五四"作家那样拥有全面的中西文化知识与熏陶,似乎也无法完全重复如反右扩大化和"文化大革命"那样"史无前例"的磨难。在20世纪中国文学的发展过程中,"五四"文学和新时期文学分别站在了时代的首尾两端,如两峰对峙,熠熠生辉,格外引人注目。

三

正如在每一个伟人身上都存在一定的缺点一样,尽管我们可以指出这两个时期的文学都是那么的繁盛,那么的难得,然而事实上,它们都还带有各自普遍的局限,这里所指出的局限都与它们各自的知识构成息息相关。

"五四"是一个思想启蒙的时代。接受了现代多种多样先进思想的"五四"青年,他们站在了几千年封建文明古国的思想巅峰,俯视着在西方现代文明面前显得那么陈腐、落后的传统文化。他们充满自信,充满义不容辞的历史责任感,充满把沉睡的铁屋子中的人们唤醒的焦灼感,因此,"五四"作家以思想先驱自诩,以救世者的面目自居,以能够解答人生之谜而显得才情横溢。于是表现在"五四"时期的文学中,一般作家都带有思想家的特点,在文学作品中显示出自己作为思想家的精神风范。鲁迅认为,他一直抱定"启蒙主义"的文学宗旨,认为文学不仅要"反映社会",而且还要能"改良社会"①。李大钊宣称,"宏深的思想、学理、坚信的主义"②,不仅是新文学区别于旧文学的根本之处,也是新文学赖以成功的最重要保证。沈雁冰则指出,新文学必须要"有表现人生、指导人生的能力","要注重思想,不重格式"③。

可以说,"五四"是一个理性色彩非常强烈的文学时期,是一个以"启蒙"为其主要思想特征的文学高涨时期;而在这里,正是"五四"作家所特有的知识构成使他们支撑起了思想探索的风帆,反映出在那个时代我们民族智慧复苏的积极成果。需要进一步指出的是:由于"五四"作家大多数还是未出校门的青年学生,或者是尽管已进入社会但毕竟还是涉世未深的青年,因而,除了鲁迅,不仅以"格式的特别",而且

① 鲁迅:《南腔北调集·我怎么做起小说来》。

② 李大钊:《什么是新文学》,《星期日》社会问题号,1919年12月8日。

③ 沈雁冰:《新旧文学平议之评议》,《小说月报》第11卷1号,1920年。

还以“表现的深切”，显示了思想探究的深度与感人的艺术魅力之外，大多数的“五四”作家还未能把他们的新颖思想化为活生生的艺术形象，意蕴清浅的人物形象往往负荷不起相当深奥的思想容量。这必然会使“五四”新文学存在肤浅、直露的问题。

冰心在“五四”运动爆发时才是刚刚20岁的年轻女学生，在“五四”惊雷的震动下，便在文学中宣扬以“母爱”为中心的人与人之间的关系，憧憬“爱”的哲学。然而《两个家庭》《超人》等作品，却可以看到她是在如何勉强地演绎着她的“爱”的哲学！一个家庭因为太太贤淑，精心照料小孩与丈夫，因而全家和睦向上；而另一家庭中的太太只顾自己享乐，以致家政凌乱，儿女啼哭，作者所要宣扬的是“母爱”对当时非常流行的男子建设事业的影响。但是在这里却缺乏对周围环境的深入剖析，而主要通过人物的对白来进行直接的说教。因而，当时就有人指出：读冰心的作品，“一望而知是一个没有出过学校门聪明女子的作品”①。

同样的情况，也可以在沉浸于“爱”与“美”的哲学中的叶绍钧（即叶圣陶）那里明显地感觉到。他于“五四”初期创作的“问题小说”，诸如《这也是一个人》《阿凤》《晓行》《隔膜》等篇，一方面反映了农村妇女和知识分子的痛苦心灵，倾注着叶绍钧希冀彼此理解、沟通、友爱的诚挚爱心，但是另一方面，这些形象缺乏鲜明的特征和艺术内在品格的丰富性，不可能发挥出诸如人们在阅读《闰土》《伤逝》时产生的那么强烈的艺术震撼力量。这种缺陷在王统照、许地山、朱自清、庐隐、王鲁彦、徐玉诺等众多的“五四”作家那里，都有着或深或浅的表现。

因而，在1921年，文学研究会的一位重要成员郑振铎就大声疾呼：“缺乏个性，与思想单纯，这是现在作者的通病。”②极其准确地指出了“五四”文学作品缺乏思想深度的严重不足。茅盾则进一步指出：“所以要点不在一位作家是不是应该在他的作品中‘提出问题’，而在他是不是能够把他的‘问题’来艺术形象化。”③这确实极其准确地揭示了“五四”文学作品缺乏艺术力度的真实原因。

与“五四”作家恰恰相反，新时期作家所值得骄傲的就是对生活的熟识，就是一种在长期患难与共的生活中所培养起来的对群众的深厚感情。刘绍棠认为：“我给自己的创作规定了一个方针，抱定了一个宗旨，即永远感激人民、歌颂人民；这是因为在我的21年多的坎坷中，是人民扶危济困，救护我免遭于难，对我恩重情深，我要感恩图报。”④这种“感恩图报”的思想与其说是刘绍棠一个人的倒不如说是新时期作家的一种共同想法。是人民群众的坚韧精神支持他们度过了那些极其痛苦的岁

① 陈西滢：《冰心女士》，李希同编：《冰心论》。

② 郑振铎：《平心与纤巧》，《小说月报》第12卷7期，1921年。

③ 茅盾：《中国新文学大系小说一集·导言》，良友图书出版公司，1933年。

④ 刘绍棠：《我是一个土著》，《新时期作家谈创作》，人民文学出版社，1983年，第144页。

月,是人民群众的日常生活构成了他们生活积累的几乎全部内容,所以一旦他们可以拿起笔来进行创作的时候,他们怎么可能不紧紧抱住“感激人民、歌颂人民”的创作宗旨呢?正是在这里,新时期文学切入生活、反映生活、揭示了生活中的各种矛盾,产生了极其强烈的社会反响。这是新时期文学发挥的积极作用。

但是,新时期作家这种普遍地贴近生活、反映生活的创作特点,也使新时期文学产生了过于平面化的缺陷。尽管像高晓声、古华、韩少功等一些作家,在反映农民身上积极因素的同时也注意到他们身上沉甸甸的因袭重负,表现出“改造国民性”的意向,但是,更多数量的作家在歌颂人物身上进步品德的同时,却忽视了自己与人物对象之间所应保持的适当距离。也就是说,他们并没有能站在一定的思想高度,对人物的各种性格特征与心理内涵进行实事求是的分析,以致在作品中往往将历史的标准转化成道德的标准,从而影响到作品的思想深度。且不说刘绍棠的《蒲柳人家》、王润滋的《内当家》、张炜的《古船》这些明显表现道德说教的作品,即使像路遥的《人生》这样较为隐秘的、并不以道德说教为目的的小说,也常常不知不觉地把“道德批判”作为分析与思考的主要出发点。例如路遥通过高加林形象,向人们显示的一方面是高加林对生活的不断追求,另一方面却是德顺老汉对高加林生活哲学的训导。他这样“教育”高加林:“这山,这水,这土地一代代养活了我们,没有这土地,世界就什么也不会有!只要咱们爱劳动,一切都还会好起来。”作者在面对这种现代生活要求与古朴生产方式的冲突时,对“知足常乐”的传统美德的难舍难分,对古朴生活方式的流连往(忘)返,因而对人物的评价同样也没能超越于道德评价的框架之外。

再可以仔细地看看不太为研究者所注意的张一弓的中篇小说《流星在寻找失去的轨迹》①这篇曾荣获《中篇小说选刊》“优秀奖”的作品,描写一位饱经沧桑的农民宋福旺,在拥有了充分的物质财富之后,为寻找失落的价值与尊严所经历的艰难而痛苦的心理历程。作品精细的描写与这一题材本身所具有的现实意义,使这篇小说一发表便受到了人们的普遍好评。小说的主人公宋福旺原来是一个心地善良、助人为乐、富于同情心的新中国第一代少年,然而狂热的“大跃进”,连年的自然灾害,使他的性格扭曲,以阿Q式的自轻自贱来为自己的行为解嘲。党的十一届三中全会以来,宋福旺成了捷足先登的农民企业家,收入万元还要乘以三。物质财富的积累与生活条件的改善,唤醒了他性格中美好、善良的一面,他拿出4500元盖起了三间幼儿教室,给每位适龄儿童赠送了一套的确良“园服”,并让未过门的儿媳妇亲执教鞭……在宋福旺的这种诚心诚意面前,人们对他的前嫌冰释了,而他也终于“把自

① 《莽原》1985年第3期。

己赎回来了”。但真诚并不能使宋福旺赎回自己,人的价值与尊严并不能依靠真诚而获得。作为一个伦理道德范畴,真诚起着促进与加强人与人之间友好相处的作用,是精神文明的一个方面,但是,把它作为一种寻求人的价值与尊重的手段,而且是唯一的手段,不能不说是作者的一个天真想法。

在中国这样有着几千年封建传统的“礼仪之邦”,长期形成的心理定势使得人们在审美观察与价值评价时,常常以道德作为衡量的标准。不是考虑事物的合理性,而是顾及所谓传统的美德;不是进行理性的思考,而是赖于感情的好恶。这种情况,在“五四”作家那里表现得并不明显。而到了新时期,由于作家大都紧紧贴近于生活,缺乏对传统文化审慎的批判态度,以平面化的观察视角对待周围生活,亦即以农民的眼光来看待农民时,便不可避免地在作品中表现出将历史道德化的倾向,从而严重影响到新时期文学的思想深度。

著名历史学家克罗齐认为:“历史也像从事工作的个人一样,一次只做一件事情,对于当时来不及照顾的问题则加以忽视或临时稍加改进,任其自行前进,但准备在腾出手来的时候给以充分的注意。”①“五四”作家和新时期作家秉持特殊的知识构成与实际生活经验,在20世纪的中国文坛上划过了两道最为耀眼夺目的光环,永远值得后人景仰与钦佩。对于他们各自优点与局限性的认识,对于他们在历史选择中所留下的成就与缺憾的了解,确是构成了文学史研究者的重要课题。

——原载《文学评论》2000年第5期

① 《历史学的理论与实践》,商务印书馆,1982年,第229页。

孙绍振

余秋雨:从审美到审智的“断桥”

——论余秋雨在中国当代散文史上的地位

忏悔名义下的野蛮

20世纪90年代的余秋雨在中国当代散文史上,可能是一大奇迹;在受到了海内外读者空前热烈的欢迎以后,不久就引发了规模巨大的围攻。近五六年来,《中华读书报》《文学自由谈》《南方周末》《文汇读书周报》、各种大学学报还有各种晚报,对于余秋雨展开了空前激烈而混乱的争论,其水平之低,除了历史上的大批判以外,可以说创造了文学批评的记录,如今要将有关余秋雨争论的文章完全收集起来,作全面反思的参考似乎已经不可能。值得庆幸的是,从1996年开始就有有心人在收集有关争论文章,先后出版了《感觉余秋雨》(文汇出版社,1996年2月)、《余秋雨现象批判》(湖南人民出版社,1999年8月)、《秋风秋雨愁煞人》(中国文联出版社,2000年1月)、《世纪末之争的余秋雨:文化突围》(浙江文艺出版社,2000年5月)、《审判余秋雨》(四川文艺出版社,2000年6月),正是这些集子给人们提供了一份虽然并不完全,但大致还可以从中感受到争论各方的观念和情绪发展的过程。

针对同一个作家居然在四五年内,出了5本评论集子,在当代中国作家中可能是绝无仅有的,这本身就是一个值得注意的现象,在这文学评论陷入商业化和庸俗化吹捧的时期,余秋雨现象中,必然有某种从美学和文学理论上来说相当深刻的东西。

争论涉及的内容相当广泛,其中有些属于局部性的,如对于深圳这样一个特殊地区文化特点问题,本文作为一篇文学评论,可以暂时不管。至于一些属于个人政治身份问题本来也可以超脱,但是,问题一度相当严重,闹得沸沸扬扬,成为全国读者的热门话题,似乎不能置之不理。说余秋雨是“文革余孽”、“四人帮文胆”、“四人帮”“帐中主将”,“文革”时期上海市委写作班子“石一歌”成员,还写作了《走出彼得堡》等数十篇文章,为“四人帮”文化专制张目,等等。

余秋雨反复严正声明:这种说法没有事实根据,但是无济于事,这一切仍然被一些文章作为立论的前提,认定余秋雨为"文化杀手"。这些说法本已超越了文学评论的范畴,从性质上来说,属于政治上和法律上的问题,应该是党委会和法院的事,但是由于和余氏有无文化反思的道德和人格资质的前提联系在一起,人们就不能不分外关注。在报刊传媒大肆炒作之下,形成了一股"批余热",其间,还出现了余开伟、余杰那样的逼迫余秋雨写"忏悔"文章的闹剧。但是上海《新民周报》《法制日报》《上海法制报》三位记者金仲伟、杨慧霞、王抗美的联合调查《余秋雨"文革问题"调查》一经发表,真相大白。当事人胡锡涛——上海写作组的正式成员声明盛传为余秋雨所作的《评斯坦尼斯拉夫斯基体系》并非余秋雨所作,而是他本人的作品,而《走出彼得堡》则是另一位写作组成员之作。当年主持审查上海市委写作班子的负责人,深受过"四人帮"迫害的王素之将军,更是直截了当地声明余秋雨在"文革"中"没有问题,是清白的"。正是因为这样,他曾在清查后期设法把余秋雨调动到部队去工作,由于上海方面不放而未果。当年审查组后期负责人、审查报告的执笔者夏其言先生不但断言余秋雨没有任何问题,甚至主张:对那些发表污蔑性言论的人,"余秋雨可以打官司"①。

谣言就是谣言,沸沸扬扬了好几年的"批余热"终于戛然而止。

其实,真正严肃地提高到理性的层次上去反思,"文革"开始时才20岁的余秋雨即使在政治上犯过某些错误,也应该不妨碍对他的文学成就作出公平的判断,更不应该成为强迫忏悔的充分理由。不论是中国传统修身的内省(慎独),还是西方基督教的忏悔,都有两个前提:(1) 不是强制的,而是一种内在道德的自由和自觉;(2) 对于人格的充分宽容、尊重、保护和等待。在西方是神父对于忏悔者隐私的绝对保护,在中国是忠恕之道:君子之过,如日月之蚀。如果背离了这两点,忏悔这样神圣的名义就可能转化为文化专制的恐怖手段。红卫兵所滥用的强迫"认罪"就是强迫忏悔的一种历史形式。

我们终于有了充分的条件来反思,在对待余秋雨态度上在多大程度上暴露了我们文化人格潜在的阴暗成分。

如果拿余秋雨和浩然相比,问题就变得特别滑稽。

浩然明明在"文革"中做了相当多的不光彩的事,然而他就是公然宣言:不后悔,不忏悔。一些对于余秋雨(浩然)义愤填膺的激烈人士,就是拿他无可奈何。然而对于余秋雨则恰恰相反,不管你如何反复声明毫无事实根据,反正是我行我素,而且纲上得越来越高。

---

① 福州《海峡都市报》2000年8月23日第17版。

这是不是欺软怕硬呢?

余秋雨和浩然究竟有什么不同呢?无非是浩然名声不够大,而余秋雨则是“文化明星”,炒作的价值,大大的有。不管结果如何,对于报刊的发行量和个人的知名度,不但绝对无害,反而有利。余秋雨现象闹成这个样子,弄到这种程度,完全是因为余秋雨如此大的名声是一块大肥肉,包含着极大的商业价值,不花什么力气就能参加全国性的名利大会餐。

光是冤枉人这一点,高唱忏悔意识的义士们,难道不应该拿出自己的道德理性的百分之一,来检验一下自身的人格面具下隐藏的东西吗?

当然,话说回来,余秋雨现象,从根本上来说,毕竟是一个文学现象,其主要方面,并不完全是一种道德现象。仅仅从道德视角去评述,是片面的。

这里有许多复杂的学术和艺术的专业问题。

审美价值和“硬伤”

在对余秋雨的批评中,最为引人注目的论题是他在学理上的“硬伤”。应该承认,在余秋雨散文中,学理上不是没有瑕疵的,只是这个问题,在报刊炒作的过程中往往是被夸大了。有些是批评者根本就没有看清原文导致的误解(如把余氏的“中国古代”错引成“中国文化”①)。又如,一个批评家说,余秋雨在《阳关雪》中从中国西北的“坟堆”联想到艾略特的《荒原》,艾略特的原著中根本没有“坟堆”的意象,可见余秋雨根本没有读过原著。但是后来,更细心的读者,发现弄错了的不是余秋雨,而是批评家。有的则是一味危言耸听,误以为余秋雨不懂任何外文,就否定其所有研究西方戏剧美学著作的学术价值。② 有的仅仅根据自己不同意“本体象征”这一本可争论的提法,就断言余秋雨的学术是“荒唐可笑”的。除了这些明显的误解和武断之外,余秋雨的散文中确也有些值得挑剔的地方,例如,关于天柱山有没有出版过独立的志书?安史之乱时期,李白是不是在天柱山隐居过?笼统地从俗将潜山、皖山、天柱山混称,是不是容易引起混淆?这些批评,对于余秋雨应该是有启发和帮助的。至于余氏散文中一些常识性的错误,例如,本是舜的妃子的娥皇、女英被误为舜的女儿,把钱玄同做的事,弄成刘半农的事,范仲淹在写《岳阳楼记》时,有没有身临其境?周庄沈万山的宅第究竟是他自己〔所〕建造的,还是他的孙辈造的?王维送别

① 高恒文:《学者的架子》,《感觉余秋雨》,文汇出版社,1996 年,第 140 页。《文学报》第 822 期。

② 参阅李书磊:《余秋雨评点》,《三联生活周刊》,1995 年第 2 期,又见《秋风秋雨愁煞人》,中国文联出版社,第 82 页;王强:《文化的悲哀:余秋雨的学问及文章》,《文学自由谈》1996 年第 1 期,又见《秋风秋雨愁煞人》,第 209 页,原文是:“单凭余秋雨不通外文,而又大谈西方戏剧理论这一点,笔者对余秋雨的治学态度及学问功底,就不敢恭维。”杨长勋:《捏造和谩骂不是学术批评》,《文学自由谈》1996 年第 2 期;李庸:《余秋雨的两处“硬伤”》,《光明日报》1995 年 5 月 3 日,又见《秋风秋雨愁煞人》,第 84 页。

朋友时，手里握的是不是酒壶？（当时有没有酒壶?）王国维家里是不是可能藏有《四库全书》？金圣叹是因为哭明王朝而遭处死的吗？这本是不难避免的疏漏。余秋雨本该更谨慎一些，但却留下了某些不可讳言的遗憾。虽然修改起来并不会费太多的工夫，但是损失毕竟造成了。

这么多学者和批评家，为余秋雨的散文花了这么多心力和时间，从各方面进行挑剔，哪怕用词比较尖刻，秋雨先生实在应该正面表示衷心的谢忱，光是对于胡晓明先生一个人表示感谢，可能是不够的。

我想，当激烈的情绪过去以后，秋雨先生回忆起那些细心的挑剔家们的名字时将会引起亲切的怀恋。同样，那些曾经尖刻地挑剔过余秋雨的学者和批评家，在若干年后，站在当代散文历史的新高度回顾当年的言词，我想也会引起某种亲切的微笑的。说到这里，我不得不复述一位批评家的说法：余秋雨的《遥远的绝响》中毛病如此之多，只要把鲁迅同样是论述魏晋人物的文章《魏晋风度及文章与药及酒之关系》比较一下，就知道文章的高下了。这位批评家行文时，如果重新仔细读过鲁迅的这篇文章，我相信他绝对不会轻率地提出这样的对比。鲁迅的文章虽然根据记录发表过一次，后来又经过鲁迅修改，重新发表，在引用文献上还是留下了不少的疏漏。例如，把曹操的“求贤令”说，只要是人才，就不管他是否“不仁不孝”，都可以起用，说成是“不忠不孝”（要知道，魏晋时代，当权者都是不忠的家伙，他们不敢提倡忠，只能提倡孝），杀嵇康的是司马昭，鲁迅误记为司马。[1] 鲁迅文章中的疏漏和误记是常见的现象，只要查查《鲁迅全集》的注解，就不难知其大概。这一切都没有防（妨）碍后世对于鲁迅的高度评价。然而，对于余秋雨却奉行着一条特别苛刻的准则：在他十多年的作品中，众多的批评家通力合作，查出了几条“硬伤”，居然就得出了对于余秋雨学术和艺术成就全盘否定的结论。

本来“硬伤”是一种有关学术规范的通俗说法，强调的是，对任何学术资料细微末节的严密和准确。但是，细节比起整体来说，毕竟是局部，除了个别关乎整体生命者外，一般地说，细节毕竟是细节，对整体生命的影响是有限的。这本来是常识范围内的事情，但是，众口一词，往往形成一种话语权力，吹毛求疵，不及其余，只能导致理性的丧失，水平的降低，有些批评者口口声声责备余秋雨缺乏“学术理性”，而自己却用一种非理性的情绪化语言和逻辑进行文学评论，陷入了悖论而不自知，实在令人嗟叹。

滥情、抒情逻辑和“偏见”的关系

“批余热”中旋出来的“硬伤”风潮，虽然声势浩大，但是，毕竟是软弱的，广大读

---

① 参阅《鲁迅全集》（第三卷），人民文学出版社，第524、533页之注释。

者有时也觉得有趣，总是并不认真对待，因而余秋雨的作品，还是十分畅销。但是，所有这一切不过是余秋雨现象的表层，许多批评家之所以对余秋雨这样怀着溢于言表的情绪，往往不在于余秋雨的为数不多的所谓“硬伤”，而是对于余秋雨所创造的散文风格的反感。最初提出异议的李书磊先生还比较理性，后来朱国华就略带一点情绪化，认为余秋雨的散文不过是“毫无新意的感伤情调”，他对于余秋雨散文中的诗化的成分难以接受。他反对感伤，是因为感伤缺乏现代理性，由于他尽可能地压抑着情绪，因而文章中多多少少还有一些中肯甚至于深刻的分析。① 到了王强的文章中，诗性的感伤被称为“伪浪漫主义”②，就只有情绪的发泄了。批余愈热，理性成分越是稀薄，有一篇《“文化苦旅”七气》，把《文化苦旅》归结为七种完全是否定性的性质：霸气、商贾气、小家气、八股气、童稚气、猥亵气、市井气，这是一篇基本不讲任何学理、轻浮而痞气的文章，居然发表在一家高等学校的学报上。③ 到了朱大可先生那里，更多是把余秋雨和妓女联系在一起，《文化苦旅》被比喻为“文化口红”、“文化避孕套”④。这自然是耸人听闻，有朱大可先生惯有的故作惊人之语的风格，但是，在这种惊人之语的背后，却有着相当严肃的学术和艺术观念的分歧。

许多批评余秋雨的作者个性不尽相同，观念也有出入，但是在一点上是相近，甚至是相同的，那就是对于散文中抒情成分的厌恶。不过朱国华把抒情委婉地称为“感伤”，而王强先生称之为“伪浪漫主义”，而一般批评家则名之以“滥情”或者“矫情”，而到了厌恶一切情感色彩的朱大可先生那里，则用了一个更为带情绪色彩的术语——“煽情”。正是因为对于煽情、滥情、矫情、感伤的反感，才导致了一位批评家把余秋雨散文贬为“文化散文衰败的标本”⑤。到了《审判余秋雨》中，事情就更为严重，余秋雨不但要为自己的创作负责，而且犯下了“谋杀”当代散文的罪行：“装腔作势谋杀了散文的真实平易”，“余式矫情谋杀了散文的真诚与深刻”⑥。

但是所有的批评家们都无法阐明两个问题：第一，抒情到了什么程度，就变成了滥情和矫情；第二，余秋雨受到这样广泛的欢迎，是不是也意味着他为中国当代的抒情带来某些新的东西。忽略这样重大的理论问题的并非朱大可先生一个人，几乎所有的批评家都没有对自己的大前提进行必要的理论免疫。

---

① 朱国华：《别一种媚俗》，《当代作家评论》1995 年第 2 期，又见《秋风秋雨愁煞人》，中国文联出版社，第 98—102 页。

② 王强：《文化的悲哀》，《文学自由谈》1996 年第 1 期。

③ 一般地说，在讨论余秋雨散文的过程中，几家高校学报的文章比之报刊上的文章都比较富有学术气息，因而显示了较高的水平，唯一的例外是《“文化苦旅”七气》，载《贵州教育学院学报》1998 年第 3 期。

④ 《十作家批判书》，陕西师范大学出版社，1999 年，第 32 页。

⑤ 汤溢泽：《〈文化苦旅〉：文化散文衰败的标本》，《秋风秋雨愁煞人》，中国文联出版社，第 115 页。

⑥ 《审判余秋雨》，四川文艺出版社，2000 年，第 47、65 页。

在这个关键问题上，我想理论和艺术感悟水平比较高的李书磊和朱国华先生，尤其是朱国华先生的一些分析是比较深刻的。朱先生在《别一种媚俗》中指出，《文化苦旅》并非只是滥情，其中还有其他的东西，他把余秋雨的散文归结为“故事 + 诗性语言 + 文化感叹”。而文化感叹中除了抒情成分以外，还有文化哲学，但是他对此并不看好①。

应该说，这是触及了要害的。在余秋雨所创造的艺术世界中，朱国华先生所说的故事，事实上是文化历史的阐释和批判，他所说的文化感叹，则是文化人格的建构和历史的批判。而所谓诗性语言，并不是游离的。不是和前二者相加，而是相乘，抒情、历史和文化智性三者组成统一的结构以后，就发生了重大的变化，抒情就带上了深邃的智性，就与虚假、肤浅而缺乏思想的滥情不可同日而语了。

抒情与矫情和滥情在根本上是不同的。文学作品的根本价值是与人的情感分不开的，审美在希腊文中原来就是相对于理性的感性（情感和感觉）的意思，文学艺术区别于科学理性的根本特点就是以情感为核心的包括感觉和深层的智性的心灵奇观。情感是一种黑暗的感觉，对于真诚情感的发现一如科学的发现一样难得，因而对于才气不足的作家来说，就有了一种偷懒的办法，刘勰在《文心雕龙》中早就警告过“为文而造情”的倾向，也就是虚假的倾向。所谓“矫情”，也就是假情，从这个意义上说王强对所谓的“伪浪漫主义”的厌恶，不是没有理由的。所谓“激情”，从根本上来说，也是假情，不过从形式上来说，它是以夸张、虚张声势为特点。滥情与抒情的根本区别还在于深层思想的有无，滥情者往往在感觉表层滑行，而杰出的抒情则表现出深刻的人格和哲理底蕴。

在反对矫情和滥情方面，我们和许多批评家们是一致的，但是问题在于，他们不但反对矫情和滥情，而且笼统地、豪迈地厌恶一切抒情，其理论纲领完全包含在朱大可先生的理论范畴——“煽情”中。朱大可先生不想在这些问题上浪费宝贵的精力，给滥情和抒情进行明确的划分，只是用“煽情”——一言以蔽之，表示他对抒情的鄙视。其他一些评论家没有朱大可先生这样大的理论原创的气魄，只能在具体论述的时候，对于余秋雨的一切抒情加以彻底的否定。幸亏这些评论家没有系统地评论中国当代散文，如果他们之中的任何一个，按否定余秋雨的高标准，系统地评论一下中国散文，有幸逃离横扫之列的，能有几个呢？不过，读者不用悲观，据韩石山先生的文章《散文的冷与热》，至少还有他的同乡散文家卫建民是好样的。②

---

① 朱国华：《别一种媚俗》，《当代作家评论》1995 年第 2 期，又见《秋风秋雨愁煞人》，中国文联出版社，第 98—102 页。

② 韩石山：《散文的冷与热》，《当代作家评论》1996 年第 1 期，又见《秋风秋雨愁煞人》，中国文联出版社，第 253—262 页。

当然,朱大可并不是等闲之辈,他之所以藐视余秋雨的抒情,是出于一种现代文学理念——文学发展到20世纪末,浪漫主义和现实主义经典早已成为历史,而现代世界文学是冷峻的,超越情感的,在散文中还絮絮叨叨地抒情,简直是落伍得可笑。其他一些评论家,包括在理论上缺乏修养和准备的,全凭情绪起哄的,但是在文学趣味上,无疑和朱大可先生同调,一见余秋雨比较抒情的句子,就恼火起来。

问题在于,中国现代散文要达到和现代小说与诗歌同样超越抒情,上升到智性的水平,并不能凭空产生。直接废除抒情代之以纯粹〔以〕智性话语吗?那就意味着彻底的“无情”,这样做难度太大,就连以智性见长的周国平先生,也不敢完全脱离情感的渲染,在这方面最为勇敢的南帆是完全拒绝了抒情,甚至也拒绝了幽默,的确他已经取得了成就,但是,他的逻辑中还是充满了情绪性,我把它叫做“亚审美逻辑”①。余秋雨的艺术个性显然和南帆相去甚远,但是在追求智性上是和南帆有共同之处的。余氏抒情的特点,就是与智性的深思沟通的。如果说以情感为主的文学作品,一般属于审美的范畴,南帆先生以冷峻见长,超越了情感和幽默的境界,但是又没有完全脱离情感逻辑的散文可以说接近了审智的境界的话,那么,余秋雨的抒情中渗透着智性的散文,只能说是从审美到审智的过渡桥梁。然而正当余秋雨力图把诗情和智性结合起来,从单纯的审美向审智建筑起一座桥梁的时候,他遭到了呵斥。

余秋雨在《废墟》中说:“废墟有一种形式美,把拔离大地的美转化为皈附大地的美。再过多少年,它还会化为大地和泥土,完全融入大地。将融未融的阶段,便是废墟。母亲微笑着怂恿儿子们的创造,又微笑着收容儿子们的创造。”这里把现实中的丑,转化为它的对立面美,不正是把抒情转化为智性沉思的努力吗?可是批评家就义愤填膺地说:“母亲和儿子的比附令人摸不着头脑:废墟是母亲的创造吗?那不是说废墟诞生了建筑?”“哪里像一个教授的学术散文,说是一个中学生的小作文还差不多吧。”②

应该说,《废墟》并不是余秋雨最好的作品,但是即使这比较差的作品,也并不十分简单,正由于把废墟当做一种美,才含着哲学、宗教和神话的丰富内涵。出自泥土,归于泥土,这不仅仅是辩证法的转化,而且隐含着古希腊大力士安泰和大地之母力量源泉的暗喻,典故非常通俗,虽然并不须要读过《圣经》的人才能理解,但是绝对不是中学生就能写出来的。因为这里,有着把哲学、神话、宗教文化内涵进行变形、变质,转化为抒情的逻辑——超越于现实的实用理性和科学理性的陌生化的境界,

① 参阅孙绍振:《审智散文中的亚审美逻辑》,《福建师大学报》2000年第3期。

② 《审判余秋雨》,四川文艺出版社,2000年,第56、57页。

用我国清代诗评家吴乔的话来说，就是“无理而妙”。这就进入了抒情的艺术感知变异和逻辑变异的境界。

有一个相当深刻的问题是不可忽略的，这就是理性与情感的矛盾问题。具体来说，一旦抒情和哲理结合在一起，就从学术的境界进入了艺术的境界，这时，再单纯从学术理性来评价，就难免给人外行之感了。

一些徘徊在艺术境界以外的批评家，对于艺术的抒情的逻辑不同于理性逻辑的特殊性视而不见，就不能不闹一些笑话了。余秋雨在《都江堰》中说：“我以为，中国历史上最激动人心(的)工程，不是长城，而是都江堰。”一些死心眼的先生就想不通了，怎么能这样说？他们的理性告诉他们，中国最伟大的工程只有一个标准答案，余秋雨没有权利违反这个标准答案。在《三峡》中，余秋雨又“自由化”起来，他竟然告诉一位外国朋友说，中国最值得去一下的地方，是三峡。那故宫、张家界、桂林怎么办？在《流放者的土地》中，他说：“我敢断言，在漫长的封建社会中，最珍贵、最感人的友谊必定产生在朔北和南荒的流放地。”这种说法距离全面的要求更远，你把俞伯牙和钟子期往哪儿放？但是，除了死心眼的评论家，没有人发傻到要剥夺他心灵的自由。这些抒情话语之所以感人，就是因为它偏激得如此天真，又率性得如此可爱。而在我们的理性主义者眼中，却产生了“突兀之语何其多”，“语不惊人死不休”，“主观武断”、“片面”的感觉。①

习惯于理性思维的学者可能不太清楚，情感逻辑不同于理性逻辑的关键，就是它不像理性逻辑那样追求全面性，它常常绝对化，不讲一分为二，它的生命恰恰在于片面性、绝对化。爱之欲其生，恶之欲其死，月是故乡明，情人眼里出西施，这是情趣，也是理趣。你可以埋怨学者不全面，但是，如果你责备诗人、艺术家不全面、不客观就糊涂了。

大凡艺术家，有谁的想象不是超越客观和全面的？任何艺术作品中，如果没有一点主观、率性的武断，没有一点儿绝对化的任性，还可能有任何审美价值吗？鲁迅说：“好诗到唐朝已经写完。”那么唐朝的诗要不要一分为二？宋朝以后的诗就没有好的啦？毛泽东认为，历史就是阶级斗争，一个阶级失败了，一个阶级胜利了，这就是几千年来的文明史。而美国国务卿艾奇逊却不懂，他在《唯心史观的破产》中说：“艾奇逊的历史知识等于零，还赶不上一个普通的人民解放军战士。”理性主义者可能又要苦恼了，人家艾奇逊很有学问，怎么可能历史知识是一片空白呢？应该改为“艾奇逊先生的关于阶级斗争的历史知识比较少”，才全面一些。但是鲁迅和毛泽东

① 高恒文：《突兀之语何其多》，《余秋雨现象批判》，湖南人民出版社，1999年，第16页。其实高恒文先生还可以去看看余秋雨的《一个王朝的背影》，其中写到为什么对中国人心目中的长城情节(结)持保留态度。文见《文明的碎片》第72页，或者《山居笔记》第52页。

的话却能把读者带入一种激情的诗性、情趣和理趣交融的精神境界。不这样说，就一点气魄都没有了，普通读者读到这里，只觉得痛快，只有冬烘先生才觉得武断、片面。余秋雨为了表现对于海南文化的独特理解，把它归结为“母性文化”，用诗的想象对之加以美化，强调表现宋氏三姊妹的美：“她们作为海南女性的目光，给森然的中国现代史带来了几分水气，几多温馨。”有些批评家，对这样普通的诗意的想象都要大惊小怪。这实在说明我们文学理论从理性反映论到审美价值论本以为早已完成了的过渡，在有些地方，还有着相当严重的空白。

钱钟书先生在他的散文集《写在人生边上》中的《一个偏见》中说：

> 偏见是思想的放假，这是没有思想的人的家常日用，而是有思想的人的星期日娱乐，假使我们不得怀挟偏见，随时随地都要讲公道正理，那就好像造屋只有客厅，没有卧室，又好比在浴室里照镜子，还要做出摄影机前的动人姿态。人心位置，并不正中，只有人生边上的随笔，热恋时的情书等等，那才是老老实实、痛痛快快的一偏之见。世界太广漠了；我们圆睁两眼的平视正见，视野还是偏（褊）狭得可怜，狗注意着肉骨头时，何尝顾到旁边还有狗呢？至于通常所谓偏见，只好比打靶的瞄准，用一只眼来看。但也有人以为这倒是瞄中事物红心的看法。①

钱钟书先生散文所蕴含的人生哲理，这里不可能细谈，光是散文，尤其是智性散文的艺术真谛，也够发人猛省的了。老实说，要向任何一种学术理论（尤其是人文学科）要求绝对的“全面”、“客观”，从现代文化哲学、语言哲学上来说，已经不大可能。历史的发展不是直线的，往往是以片面的深刻的形式前进的。在散文中，包括学者散文中，如果真的有了某种高恒文先生所藐视的“片面的深刻”，就是很了不起的成就了。对于任何学过一点现代文化哲学的人来说，所谓一劳永逸的“全面真理”，其理论基础就是一片陈旧的废墟。

余秋雨反复声明过，他写的不是学术散文：“我自认为写得比较好的几篇并没有太多的学术气息，而过于知识化的篇目或段落，常常文气滞塞，艺术文化常常受到学术知识的吞食。”②神圣的文化知识、历史资料，为什么会使“文气滞塞”呢？就是因为，情感和理性是一对永恒的矛盾，超越形式逻辑和辩证法的情感与遵循形式逻辑和辩证法的理性不但属于两个范畴，而且属于两种不同的人生价值。确定性很强的文献、历史资料和作家假定性很强的想象发生冲突是正常的现象。散文艺术作为作家的不可重复的精神人格的艺术创造不能完全用学术理性来衡量，它有它自身的

---

① 《写在人生边上》，有中国社会科学出版社版本，本人所用的是台湾辅新书局的《人兽鬼》，1987 年，第 195 页。

② 《文明的碎片》，春风文艺出版社，1994 年，第 273 页。

一套价值体系，那就是个人的生存状态、全部生命的感觉、情感和自由。

光有理性的人，是不完整的人，借用高恒文先生的话来说，是“片面”的，只有把它和生命体验的全部丰富性加起来才是比较全面的。这就是科学特别发达的美国教育要强调人文课程在大学教育中不可动摇的地位的一个原因，我国的教育正在克服文理绝对分家的局限，也正是这种规律在起作用。

余秋雨早在《文化苦旅》的《自序》中就说过，学术对于他生命的丰富是一种片面性的束缚：“我们这些人，为什么稍做一点学问，就变得如此单调窘迫了呢？如果每宗学问的弘扬，都要以生命的枯萎为代价，那么世间的学问，又是为了什么呢？如果辉煌的知识文明总是给人们带来如此沉重的身心负担，那么再过几百年，人类不是就要被自己创造的精神成果压得喘不过气来了吗？”①他就是为了超越学术研究，才选择了文化散文，恢复全部生命感觉，也就是借助散文，找回超越理性的、感性的、内在的、丰富的自我。他曾经坦率地说过：“我把想清楚了的问题交给课堂，把能够想清楚的问题交给研究，把想不清楚的问题交给散文。想不清楚，就动笔为文不是不负责的，而是肯定苦闷、彷徨、混沌、生涩、矛盾的精神地位和审美价值。”②理性的认识价值是要明确的科学的结论的，而没有结论的苦闷、彷徨是没有任何学术价值的；然而恰恰富有审美价值。学术和艺术两个领域都是属于生命不可缺少的部分，可是我们的评论家偏偏不买这个账，硬是以为只有他所热爱的那半个世界就是全部。因而对于他们不熟悉的以外的另一半世界，不是责备其滥情、矫情，就是藐视其缺乏“现代学术理性”。其实，只要抛开理论的偏见，稍稍认真读读余秋雨的散文文本，并不需要太强的艺术感受力，就可以感觉到余秋雨对中国当代散文的贡献。

在余秋雨出现在中国当代散文文坛上的前后，中国当代的散文正面临着一个发展高峰上的平顶。作家们早已从政治抒情的虚假颂歌中摆脱了出来，用巴金所说的“讲真话”来写散文，但是，讲真话只是一种社会的、政治的共同立场，还没有涉及艺术的追求。艺术是一种逼真的假定，脱离艺术特殊规范的“真话”可能变成大实话，不见得就是真理，也许是占主导地位的意识形态的流行话语，可能陷于流行的成见，余秋雨的目的是追求他个人的、更加自由的话语。真话不是放在盘子里可以任意取得的，对于个体来说，却是一种人格的提炼和创造。他一再宣言：把散文的写作当做是文化人格的深度建构和升华。应该补充的是，这不但是一个人格建构的过程，而且是一个个体话语的建构的过程。

这个过程并不如像迷信讲真话的天真的理论家想象的那样轻松，要摆脱现成的

---

① 《文化苦旅》，知识出版社，1992 年，第 2 页。

② 《山居笔记》，文汇出版社，1998 年，第 21 页。

话语的束缚是一场搏斗。不但要和现成的抒情、滥情、矫情的话语搏斗，而且要和自我对这些话语的幼稚的迷恋搏斗。在这种搏斗的过程（中），余氏并不是无往而不胜的，有时流行的话语包括那些滥情的矫情的话语对他这样一个多情种子，也有魔鬼一样的诱惑力，有时在他写得非常精彩的时候，突然来了一段令人遗憾的滥情。虽然这种滥情很快就被他相当大气的智性所渗透而变得厚重，但是某种不舒服的感觉免不了要留在心头。艺术人格的建构同时又是个体话语的建构，比之单纯道德层面人格的建构要复杂得多，也艰难得多。这一点不但我们的一些自以为是的批评家忽略了，连余秋雨这样的艺术家本人也都忽略了。

一些批评家嗤之以鼻的某些滥情的例证，不是完全没有道理。在《道士塔》中，写到敦煌文物为西方人所劫掠时，他抑制不住心头的愤怒忍不住要呼喊起来：“住手！”甚至在想象中要向出卖文物的王道士“跪下”；到天一阁去参观，想到历史上的学者要进入天一阁是难乎其难的，而他自己居然进去了，他就激动得“要举行一个狞厉的仪式”。诸如此类，不但是他对自己的情感失去控制，而且是话语的某种腐败，他忘记了用他得心应手的智性对情感保持适当的张力。除了这些局部的败笔以外，还可以找出整篇的弱笔，朱国华先生提到过《废墟》和《夜雨诗意》，据我看来，这还不完全，至少还可以列出以下篇目，如写一个女护士的《腊梅》、写骆宾王遗址的《狼山脚下》，还有一口气写了五座城市的《五城记》等等，这些作品失败的原因各有不同，但是就对于情感失去控制话语落入俗套来说，则是一样的。

值得庆幸的是，他对于自己的某种滥情和矫情，并不经常容情，随着创作经验的积累，理性的、冷峻的成分显著增加，出现了像《酒公墓》《信客》那样的冷峻叙述，而这恰恰是用了许多韩石山先生非常反感的“小说笔法”。在《历史的暗角》那样集中写他身受其害的“小人”主题时，他也大体上克制着自己的情绪，比较宁静，偶尔出现了一个有滥情、煽情之嫌的段落，在《山居笔记》中就毫不容情地删节掉了。①

不应忽略的是，余秋雨即使早期的散文中的抒情也常常是有节制的。比如，在《吴江船》中写“文革”下乡劳动时期一个非常活跃的女同学横遭冤屈，投太湖自杀

---

① 删节掉的一段，在《历史的暗角》第三部分的第三自然段。“但是回避显然不是办法。既然历史上那么多的高贵的灵魂　直被这团阴影罩住，而欲哭无泪，既然我们民族九数百姓被这堆污秽毒害而造成的整体素质严重下降，既然中国在人文领域曾经有过的大量精雅构建都已被这搞脏或沉埋，既然我们好不容易重新唤起的慷慨情怀一次次被这股阴风吹散，既然我们不仅从史册上，而且还在大街和身边经常看到这类人的面影，既然过去和今天的许多是非曲直还一直被这个角落的嘈杂所扰乱，既然我们不管白天还是黑夜，只要一想起社会机体的这个部位就情绪沮丧，既然文明的力量在和这种势力的较量中常常成不了胜利者，既然直到下世纪我们社会发展的各个方面，还不能完全排除这样的暗礁，既然人们都遇到了这个梦魇，却缺少人来呼喊，既然几下说不定能把梦魇暂时躯（驱）除一下，既然暂时的躯（驱）除有助于增强人们与这团阴影抗衡的信心，那么，我们，为什么要回避呢？”

的场面:人被打捞了上来,人工呼吸,折腾了一番,毫无效果,"卫生员决定给心脏注射强心针,她的衣衫被撕开了,赤裸裸地仰卧在岸草之间,月光把她照得浑身银白,她真正成了太湖的女儿"。把女性同窗的死亡写得这样宁静,比之喧嚣一番,要深沉厚重得多了。也许把最后这一句"她真正成了太湖的女儿"删去更好。最好的是,写到末了,他离开这个太湖,在船上还打了一个瞌睡,最后是:"就这样,我终于坐了一次夜航船。算来,也有二十年了。"把情绪放在无言的宁静中,比浪漫抒情更加耐人寻味。《信客》的结尾是,他默默无闻地死了,没有引起特别的关注,他那荒废的坟墓,人们也只是漫不经心地修了一下,并不是为了特别地纪念他。他写到悲剧性的事件时,往往节制着形容和渲染,用无声的空镜头,代替强烈的情绪的宣泄,在艺术上显得比那些呼天抢地的俗套话语要成熟得多。

人文意象和余秋雨式的话语重构

余秋雨的出现之所以引起如此强烈的反响,就是因为他为中国当代散文开拓了一个新的艺术天地,提供了一种广阔的视野,从文化历史的画卷中展示文化人格的深度,开拓想象的新天地。要做到这一点,就必须挣脱流行的自然景观的赞叹的现成话语,更新话语的内涵。对于传统的抒情话语,余秋雨既是横空出世,又有一点眷恋徘徊。所幸的是,他的智性追求和他的诗情在话语的重构上取得了某种平衡。

诗情和智性的矛盾是永恒的,即使能够结合也难免抽象。他有意寻找古代文人曾经立足的地方,超越时空的界限进行文化反思,为可能陷于抽象的智性和可能流于肤浅的激情找到了潜在空间很大的载体,赋于(予)哲理内涵,使二者能够血肉丰满地结合起来的是山水和人文。正是通过山水和人文,余秋雨实现了他的话语更新。

中国古典文论强调言与意的矛盾,意是灵魂,单纯的声音符号无法穷尽,言不尽意,言不及义,只可以意会,而不可言传。但是中国古典文论又强调"立象以尽意",艺术的任务就是要通过有限的象来传达无限的意。象就是对于具体对象的艺术感觉。这就构成了所谓"意象"。意与象的化合,就使言不但感性化了,而且使言的内涵发生了自由的重构。余秋雨写得最好的散文,往往与自然景观和人文景观有关,就是因为自然景观和人文景观为他的意,也就是情绪和理性的灵魂提供了象,也为他的言提供了自由转换的天地。

余秋雨取材于文化胜地和旅游景点,本来是非常冒险的,不论是西湖,还是三峡,不管是敦煌,还是苏州,早已有许多散文大家留下了名篇,甚至经典名篇。余秋雨要在自然景观上与任何经典作话语的较量几乎是必败无疑。他说过,"过三峡,是寻找不得词汇的"。他的聪明就在于他只精选了有限的自然景观,结合与之相联系的人文景观,为他内在独特的意寻找到了独特的“象”,他的独特之处,还在于将此二者进行双向的相互阐释,这就使得现成的抒情话语在感性和智性语义上发生了深度的变异。他就这样创造了一种“人文山水”。例如,对于三峡,只选择了李白的《下江陵》和川剧《刘备托孤》,而在三峡的自然景观中,也只选择了滔滔江流。继而对人文景观的性质作了对立统一的概括:白帝城本来只有两番神貌,两个主题:诗情和战火,对大自然的朝觐和对山河主宰权的争逐。接着就以这种人文景观的概括对自然景观进行阐释:三峡的“滔滔江流”就是这“两个主题在日夜争辩”。三峡江流的意象的功能就是使言(话语)在感性和智性上发生深化变异,余秋雨的语义就是这样衍生出来的。这不但是对于自然景观的重新阐释,而且是对于文化景观的崭新概括,更重要的是对于言,对于话语的内涵的更新。

在意象的表层是自然和人文历史的意味的更新,而内在的深层则是人文精神的深化。话语内涵的更新则充分表现了这种深化,这实际上也意味着生命的密码解读。充分感性的意象中深刻的哲理意味就是这样互动、生成和转化着的。

余秋雨借助历史文化意象的成就太大,以致(至)于没有任何历史故实(事)纯粹写自然景观的《沙原隐泉》几乎被所有的批评家忽略了。写的是登临鸣沙山和月牙泉的经历,登沙山意味着生命的搏斗,全文集中写沙上“脚印”,这本是现成的话语,但是这个意象却不断推动话语内涵的重构:“你越是发疯地快步,它越是温柔。”这还是生命话语的表层的,更进一步,生命密码就向哲理深化了:从台阶上去当然方便,但是却没有自己的“脚印”。待到登上所谓山顶,不过是刚能立足的狭地,不能横行,不能直走。君临万物的高度,到头来不过是自我嘲弄。最后是“人生真是艰难,不上高峰发现不了它,上了高峰又不能与它近乎,看来,注定要不断地上坡下坡、上坡下坡”。借助脚印这样的意象,感性的话语自然而然地衍生出某种形而上的生命的哲理。或许,余秋雨的感性、激情,某些批评家对之表示不满也不无道理,但是他的情感经过意象,和智性一起对现成话语进行了语义变异以后,就深邃了,这就为当代散文提供了一种崭新的情感和理性、智性交融的途径。

他的话语特点是文化诗性的,同时也是哲理诗性的。

话语的表层是文化的阐释,而在其深层,则是生命哲理的崭新概括。

可以毫不夸张地说,余秋雨创造了一系列他自己的话语。而这一切,正是情感和智性在文化历史的沉思的结晶。在余秋雨心目中有一种文化中心主义的诗学,文化就是生命,生命就是哲理的诗学。他的一切独创的话语实际上是以文化、个体生命为本体的话语。以文化个体生命价值为核心,他对文化话语进行了诗学的和哲理的阐释:飞瀑是湿淋淋的生命,连一座小山的起伏的弧线,(也)是生命的曲线。不管是莫高窟的绘画,还是中国传统书法流派,不管多么丰富复杂,然而在他看来,都是活生生的生命的历史,笔墨间流露出人的温情和激情,线条象征着畅快飞速和柔美温和的运动,舒展和细密的笔触组成流利的交响,“这才是人,这才是生命”。生命的冲击是美的,但是更高的是做人的准则,也就是人格。教育是人格力量的灌注,很会做生意的山西人的最值得称道的是为中国商业文明增添了人格意义上的光彩,正是因为此,余秋雨那些最为独特的话语中,总能(把)审美的激情和生命的哲学融化在历史和人文景观之中。

余秋雨的杰出之处就在于他用人格建构的话语重新阐释了自然山水。他抛开了传统丰厚的经典话语,超越了对于有形的自然景观的欣赏和玩味;选择了与自己灵魂相通的无形的历史文化景观,在相互阐释的过程中,“相互生成”了一套他个人的话语,以这样的话语来展示对于文化人格的追求、分析乃至批判。

激情和冷峻的张力

他写得最好的散文,不是那些放纵自己情感的篇章,而是把智性和情感,也就是在情感的审美中渗入智性的概括的篇章。在这方面余秋雨往往表现出气魄。他的心灵不屑于概括一种有限的场景,而常常是一个时代的文化性格(魏晋),乃至一个王朝(清王朝)、一个地区(海南)、几个朝代的文化遗址(敦煌)。如果他要写某种具体的风景,那他的构思也超越了现场的景致,像他写《庐山》《洞庭一角》和《西湖》一样,把千百年的宗教、文化的历史概括融入他的话语。再加上,他心灵的活跃,总是把诗的激情、文化历史的沉思和哲学的概括统一起来,或者升华为一种统一结构。其时间空间距离的跨度之广,思绪反差之强,歌颂与批判,赞美与追怀,智性的概括情感的渲染,历史的沉吟与个体经验的叙述,诸多意念纷至沓来,跌宕起伏,民俗和艺术经典的穿插,时间〔空间〕和空间的紧密的连贯和空白,意象远距离的呼应,使得他文章的结构繁复而多彩。当在多彩的结构中,三者统一协调的时候,他就写出了最好的作品,《一个王朝的背景》《石筑的〈易经〉》(《千年一叹》,作家出版社,第80页)《这里真安静》《江南小镇》《风雨天一阁》《千年庭院》《抱愧山西》《笔墨祭》《流放者的土地》《苏东坡突围》《遥远的绝响》《脆弱的都城》堪称杰作,绝对可以列入当代散文的经典。这是因为智性和诗情再加上哲理,三者不是相加,而是相乘,使得艺术感染力和思想的穿透得以互补。余秋雨用这三位一体的构思方法在《这儿真安静》中,写日本人留在新加坡的坟场。如果不是诗情、智性和历史的水乳交融,有谁能够想象,通过无名的妓女、战败的军人和偶然路过病死的文人,能够揭示出日本国民性的深层奥秘?思想的完整和艺术的完整,达到如此程度,真是有点让人惊叹了。

因此,他的文化散文不是传统的性灵小品,更不是“匕首和投枪”所暗示的轻型艺术话语,他的散文是货真价实的大散文话语。“五四”以来,中国现代散文除了极少数屈指可数的篇章以外,还没有他这样的融(熔)思想、智慧、情感为一炉的大容量和大深度的话语。

思想的容量和深度越大,激情就越是受到抑制;成功与否取决于二者是否和谐。

激情和冷峻的和谐是他的课题,也是当代艺术的一个重大课题。

在其他艺术形式中,已经有了现代派乃至后现代派的超越情感的智性的层出不穷的旗号了,其流派更迭迅速,有把西方200年文学流派史浓缩在20年中之势。特别是诗歌,早在“五四”时期就有了象征派,(20世纪)三四十年代就有了现代派,而散文中的现代(派)艺术方法直到八九十年代,除了在台湾地区、香港地区有少数艺术家在探索以外,整个大陆还没有现代派散文的任何动静,相对于备受读者冷落的诗坛上那么多旗号来说,散文领域连个现代(派)的风声都没有,实在是咄咄怪事。

散文流派更迭的缓慢和不自觉,也许因为在当前的历史语境中,其社会职能和诗的个人化好像真的要分家,因而它的艺术革新也是世界性的迟缓。这就造成了朱大可们的急躁,也决定了余秋雨对于散文艺术更新缺乏流派自觉。

那些给他带来巨大声誉的最成功的散文,有一个共同的特点,那就是其构思不是像流行的散文那样,以单纯取胜,而是以大气魄取胜。他能把宏大甚至庞杂的历史和文化信息,用两种办法统一。第一,他能把看来是毫无联系的多元的故事、景物,联系成一个统一的整体。在外部形象来看,集中为某种诗的统一而单纯的“象”,或者用流行的术语说:“意象”,集中的意象把抽象的概括性化为可感性,在他以前没有什么人会想象出来,把清代的历史集中在承德山庄的意象上:“它像一张背椅,在这上面休息过一个疲惫的王朝。”《夜航船》所涉及的历史和民俗的头绪也相当纷纭,集中的意象是:夜航船上笃笃的声响,既使人失眠又使人梦想。第二,意象不过是外在形态,通过这外在形态,余秋雨对丰富的历史自然信息用一种单纯的智性观念贯穿到底,并且层层深化。清王朝的统治者的文化人格,从庸(雍)容大度、强悍开明到懦弱狭隘,从汉族知识分子对于清王朝的拚死抵拒,到王国维作为汉族知识分子的“殉情”,在承德山庄和颐和园的意象有限对比中,他的观念一点也不受拘束,好像穿着紧身衣裤,仍然长袖善舞,他居然揭示出一种历史大变动时期,知识分子总是难以摆脱悲剧命运的规律:“文化认同的滞后效应。”固守原本的文化本位,使得他们总是跟不上社会变动的形势。在他以前有谁能想象,不去渲染西湖风景,倒说西湖的水波中融入了道家、儒家、佛家的意识,西湖把深奥的教义和感官的享乐结合在一起,弄得中国历史上从西湖出发的看客比鲁迅笔下的“过客”要多得多。如此深厚的智性和他充满情感的话语结合起来,就给余秋雨的散文带来了一种特殊阅读效应:那就是既有审美的激情,又趋向于审智的冷峻。

如此深邃的思绪当然是带着冷峻色调的,这种冷峻和他的激情结合在一起,他就往往唱出了对于历史文化人物，对于文化遗产〔唱出〕(的)颂歌和悲歌。从苏东坡的被文化群小的围困，到阮藉(籍)、嵇康的孤独，从名胜古迹凋敝到地区民俗的顽强，都是他的激动和沉思的对象。但是，光是这些也许还不能充分表现余秋雨的创造才华，他的杰出之处，就是在颂歌中，还伴随着文化人格的批判。

文化人格的批判当然是以冷峻为前提的，这和没有思想为特点的，只能在感官上滑行的滥情、矫情是不可同日而语的。然而朱国华先生却无视于此，说他的散文中有一种"遗老遗少式的吊古伤今，牧师布道时的悲天悯人，并且夹杂着旧式文人的似乎聊充排遣之用的故作通脱"(《别一种媚俗》)。在我看来，余秋雨什么都有，就是不会通脱。他写得最为精彩的常常〔是〕并不是文人的"通脱"，而是文人在历史的悲剧中精神的升华。

他善于在悲剧中把冷峻和激情结合起来。在他的散文中，围绕着他文化人格建构的大主题，响彻着多重变奏，不管什么样的变奏，都有激情与冷峻的展开、呈示和对比。

他反复展示着在历史文化的苦难中的人格的对峙；在苦难中的人格总是显出了品格的高贵和卑贱，高贵者往往不是一般政治的高贵，政治品格的高贵不是他的主题，他写到庐山的时候，懒得向庐山的政治遗址投去一瞥。在他笔下，卑贱者却常常是政治上的龌龊，但是，光是政治上的龌龊是太表面了，更为可怕的是：作为精神的退化。在《一个王朝的背影》中，好像破例写政治人格，然而他着眼的是，从一座皇家园林——承德避暑山庄中概括出清王朝从兴旺发达到一败涂地的历程，而这个历程，不是政治的历程，而是文化人格衰败、退化的历程。他的目光更多地投向了政治上失意的落难者和那荒凉的土地，在《流放者的土地》中，他表现了苦难净化人的灵魂的信念，苦难升华为高贵是由于有了文化的寄托，这就显示了他心目中的文化至上主义。嵇康为文化贡献出生命是很平静的，使他不能"通脱"的是《广陵散》的失传。文化比之个体的生命重要得多。与之相对照的是，对文人在逍遥中的安逸，也就是传统文化中特有的"隐逸"范畴，他持批评的态度。对林和靖的西湖归隐，他这样分析：一方面是"自卫和自慰"，一方面则是"把消除志向当做志向"。"安贫乐道，成为中国文化人格结构的一部分，使得文化成了无目的的浪费。"说他伪浪漫主义是冤枉的，他的确有点浪漫，他的浪漫表现为一种超越现实幸福的精神美的追求，特别是苦难的美，在苦难中表现出来的文化品格的高贵。这种高贵，不仅仅是世俗意义上的高贵，而且是在生命哲学意义上的，形而上学的自由。苏东坡在那找不到慷慨陈词的目标，抓不住从容赴死的理由的环境里，孤独而悲凉，在政治实践上近乎绝望的逆境中，进行了自我解剖，文化人格重新获得，达到升华，他变得"成熟"，而这种"成熟"，正是余秋雨式的话语。

成熟意味着“达到了一种无须声张的厚实,一种洗刷了偏激的淡漠”。在余秋雨的话语中,这既是一种自由的境界,也是一种形而上的美的境界。这样的境界就是激情和冷峻的统一,统一到化合的程度,很难分出什么是激情,什么又是冷峻。以这样的方式,余秋雨的高贵的内涵也发生重构,那些文化水平很高的文人,流放到东北蛮荒之地经受了苦难,甚至饱受肉刑,“弄得组成人的一切器官和肌肤,都成了痛苦的由头”,然而就是这些人,从中国传统文化中得到生命的安慰。流放创造了一个精神世界,构成了一个文化群落,获得了灵魂的安定,从事着文化传播的事业。除了他,谁曾经在散文中作出这样的话语重构:“政治上的流放者,却变成了文化意义上的占领者。”正是文化意义上的高贵,使得那些在政治上本来完全对立的流放者,却因为诗歌,因为文化,超越了政治,而有了情感的交融。

激情和冷峻正是这样达到水乳交融的程度,这种交融并不是静态的,而是动态的。

作为一个艺术家,他有着情不自禁的浪漫的热情,有时,甚至有滥情之嫌,他一不小心,就让感情失去控制,被那些反对他的抓住把柄。然而,他还有另外一面:作为一个理论家,他又〔有〕相当冷峻,在特殊情况下,甚至有可以称之为“残酷”的一面。他当然热爱他的家乡,在《乡关何处》中,他歌颂了他家乡悠久的文化传统,以河姆渡文化和远古的瓷器文明而自豪,然而,他并没有掩盖文明的反面的野蛮:就在河姆渡文化遗址上,又发现了当时煮食婴儿的器物。在《流放者的土地》中,他为文明的摧残变成了文明的创造而鼓舞,可是在《乡关何处》中又为文明可能产生于野蛮而感到悲哀,然而,这样的冷峻并不意味着悲观,不管文明伴随多少野蛮和苦难,他把宁静地面对苦难写得更具有诗意和哲理意味,对野蛮的极致又能反过来孕育高贵,更是感到欣慰。

这种高贵的文化品性有时并不集中在某个人物身上,而是表现在文化精神的传承的冷静分析上作为一个戏剧理论家,他最为欣赏的是那些具有悲剧性的文化人物,因为悲剧的孤独和个体生命的强悍有着比之喜剧更为深邃的联系;在《青云谱随想》中,他表示特别喜欢疯疯癫癫的徐渭、石涛、朱耷等等,而不喜欢舒适得难以看出个体精神状况的唐朝画家周肪(昉)。《千年庭院》《风雨天一阁》之所以值得他大书特书,就是因为他从中看出了文化人格上的惊人的坚韧。

作为健全对照的是人格的堕落和腐败,除了在一些篇章里零碎写到的以外,也许由于深感小人对名人“起哄式的传扬”和“起哄式的贬损”,他专门为这些无人称的“小人”写了一章《历史的暗角》,这是中华文化人格中特有的范畴,“我们民族的暗疾”,光是一个费无忌这样的小人,就演绎出了小人的八大特点、四大类型,最为深刻的是:小人必须“把自身的人格结构踩得粉碎,获得一身轻松”,然后才能“不管干什么都不存在心理障碍”。在人格上他们是小人,而在要阴谋方面是大师。这些在这些篇章中,余秋雨愤世嫉俗的一面显了出来,身受小人之害的余秋雨,在写《苏东坡突围》时,对于善于利用名人的小人,写得还比较克制,到了这里,就显得有点尖刻了。幸而由于他的发现来自冷峻的沉思,读者几乎没有过分注意到情感的泛滥。

当然,文化人格的腐败的关键还不在于这些小人,余秋雨还从体制上去挖掘根源。

《十万进士》正是在文化选择的机制上解剖了中国知识分子群体人格腐败的过程,科举选拔的过程变成了恶性塑造的过程,群体人格的退化就成为必然。

在这里思想是这样宁静,可能宁静到有点智性压倒了情感〔万分〕的程度,再加上史料的堆积,情采和睿智都受到了窒息。这就显出了余秋雨真正的局限,在一般情况下,审美的情感和审智的理性并不常常兼容,一旦睿智的成分超过了限度,散文的艺术世界就有可能为哲学理性所压倒的倾向。《废墟》〔和〕《霜冷长河》和《山居笔记》中一些着重谈思想的作品,在艺术上之所以显得逊色,就是因为太多的哲理离开了感性的人文意象。

余秋雨从个人气质来说,属于情感型的,〔在〕他抒情有一种自发的倾向,而他所受的熏陶,又使他习惯于超越时间和空间,作理性的概括。在理性的修养方面,他不如周国平,但是才情方面他要比周国平高得多。但是要把诗情、智性和历史的信息和谐地结合〔成〕在一个升华了意象和深化了的话语中,难度是不言而喻的。整篇完全被动地写历史的情况,而窒息了诗情的,在学者散文中是并不罕见的,远的如周作人后期的散文,近的如潘旭澜的《太平杂说》。这种遗憾在余秋雨比较少见。进入纷纭的历史资料,而不为史料所役,还要用自由的想象和深邃的理性去驾驭它,是须要真正的才气的。几乎写每一篇比较大的散文,余秋雨的才气就受到一次考验,完全失败的比较罕见,但是局部陷入被动则不难发现。例如在《十万进士》中,有些介绍历史背景的文字,就暴露了余秋雨自己也都引以为戒的“滞塞”(《访谈录》,《文明的碎片》,春风文艺出版社,第273页)。许多不乏才华的作家,写大文化散文时,难免“滞塞”,据梁衡写辛弃疾的《把栏杆拍遍》之所以不大成功,就是因为客观的史料压倒了主体的情感。

就是三位一体,情感、智性、历史比较统一的作品,达到某种文化历史诗性的,其艺术的成就也是不平衡的。他好用一种统一的意象来囊括一个名胜古迹的众多不同时代、不同流派和历史文化。他追求不但在外部意象上,而且在内在的意蕴上,用一根思想的线索把纷纭的信息贯穿起来。有时,就不能不显得有点勉强,例如用“女性文明”和“回头一笑”,来笼括海南上千年的历史文化,是并不十分自然的。这也许就是他自己常常引以为戒的“搓捏”(《访谈录》,《文明的碎片》,春风文艺出版社,第274页),也就是牵强。

诗情和智性在历史中统一,三者的结合部、临界点是非常惊险的。如果说这三者之中,他最不能离开的是抒情,因为这是在他心灵里现成的。但是过分发达的情感因素,不免有失去控制的时候,这时他的审美追求就窒息了他的审智追求,这时就不但有一种滥情的苗头,派生出一种"滥智"的败笔。比如,出于对家乡的偏爱,他竟然把同乡张岱的《夜航船》和法国大革命时期狄德罗的《百科全书》相提并论,这就不是个体的诗性逻辑所能解释的了。而历史资料却(是)无限的,绝对不是现成的,对于每一个人物和景物来说,都是一个新的课题。他的文化意象成熟度,要达到话语深化的自由度,更是一种艰难的攀登。正是因为这样,他不能像朱大可先生他们期望的那样,放弃诗情,做一个以无情为特点的现代(派)散文家。

中国现代散文,从"五四"以来,主要靠三个要素,一是抒情(诗性),一是幽默,一是叙事(戏剧性的和冲淡的)。据周作人的研究,其渊源主要是中国的明人小品和英国的幽默散文。长期以来,我们的散文就是(在)这三种要素和两种渊源中发展,此外就是鲁迅的社会思想批评杂文,基本上是审智的,并不完全是审美的。值得注意的是,在50年代以后的中国现代散文史上,诗性的抒情和智性的概括是分裂的。正是因为这样,我国现代艺术散文的思想容量非常有限;当代散文思想比之小说和诗歌相对贫弱是不争的事实。

余氏的散文,在这历史的难题面前应运而生。他在当代散文史上的功绩,就是从审美的此岸架设了一座通向审智的桥梁,但是这座桥是座断桥,他不可能放弃审美,去追随罗兰·巴尔特写作不动情感的被认为是后现代的"审智"散文,他连香港作家也斯先生那样的不动声色也做不到,他更不是南帆,他不可能撇开情趣,更无法把无情的理性变为艺术的可感性。因而他只能把现代派的散文,把南帆、也斯和罗兰·巴尔特当做彼岸美好的风景来观看,同时也为在气质和才华上能达到彼岸的勇士们提供已经达到河心的几座桥墩。

——原载《当代作家评论》2000年第6期

李 杨

没有“十七年文学”与“文革文学”，何来“新时期文学”？

洪子诚先生曾经指出过80年代中期著名的“二十世纪中国文学”概念中存在的一个问题：“《论‘二十世纪中国文学’》在讨论20世纪中国文学的总主题、现代美感特征时，暗含着将(20世纪)50—70年代文学当做‘异质’性的例外来对待的理解。如关于文学的‘悲凉’的美感特征的举例，从鲁迅的小说、曹禺的著作，便跳至‘新时期文学’的《人到中年》等。唯一例外是老舍的《茶馆》。”

无独有偶，王晓明先生在其出版于1997年的《二十世纪中国文学史论》中专门设置了一个“表达编选者所持有的对20世纪中国文学的基本看法”的“作品附录”，收录了他认为在20世纪中国文学中最重要的83部作品，其中属于“十七年文学”的作品仅有3部，分别是王蒙的《组织部新来的年青人》(1956年)、老舍的《茶馆》(1957年)、柳青的《创业史》(1960年)，“文革文学”则是完全的“空白”。

类似的问题不胜枚举。对“十七年文学”与“文革文学”的“盲视”几乎成为了80年代以来的“当代文学史”与“二十世纪中国文学史”写作的共同特征。这一立场完全可以用80年代流传极广的“断裂论”加以说明，即所谓“新时期文学”，“接续”了被中断了数十年的“五四”文学传统，使文学摆脱了政治的束缚，使文学回到了“文学”自身，或者说使文学回到了“个人”——有的评论家干脆认为是“回到了‘五四’”。

“文学的归来”意味着一个先在的前提，那就是文学曾经“离开”过“五四”，或者说“离开”过“五四文学”代表的“文学自身”。在显然并非“科学”的“当代文学”范畴中，这种离开了“文学自身”的“非文学”的阶段当然不言而喻，指的是“十七年文学”与“文革文学”。这种文学史的叙述方式显然只是一个更为宏大的以二元对立方式建构的有关“启蒙”与“救亡”、“个人”与“民族国家”、“文学”与“政治”关系的历史叙事的一个组成部分而已。如同“十七年”与“文革”时期的文学史叙事以“救亡”、“民族国家”、“政治”为主体一举否定了“启蒙”、“个人”、“文学”的意义，“新时期”的文学史写作则以接续了“左翼文学”、“延安文学”的“十七年文学”与“文革文学”的“救亡”、“民族国家”、“政治”为“他者”，建构了以“启蒙”、“个人”、“文学”为主体的“新时期文学”。虽然两种文学史观的结论完全不同，但思维方式却惊人一致——不是粗暴的肯定，就是同样粗暴的否定。90年代后期，钱理群先生曾深有感触地回顾王瑶先生当年对“二十世纪中国文学”倡导者的一次批评，王先生质问自己的学生：“你们讲20世纪为什么不讲殖民帝国的瓦解，第三世界的兴起，不讲（或少讲，或只从消极方面讲）马克思主义，共产主义运动，俄国与俄国文学的影响。”在今天看来，王先生的质疑显然是〔有〕大有深意的。将“五四”文学仅仅理解为“个人性”的“启蒙”文学，将其与同时兴起的“民族国家文学”以及随后产生的“左翼文学”乃至“延安文学”、“十七年文学”、“文革文学”对立起来，将“启蒙”与“救亡”对立起来，实际上过于狭隘地理解了“五四文学”乃至“启蒙”的真正意义。事实上，20世纪中国现代性的“启蒙”并不仅仅是指“个人”的觉醒，它同时还是作为“想象的共同体”——民族国家的觉醒，“救亡”不但不是“启蒙”的对立面，而且是“启蒙”的一个基本环节。正因为这一原因，中国现代文学中的“个人”就始终是民族国家中的“个人”，或者是作为民族国家变体的另一个“想象的共同体”——“阶级”中的“个人”。用詹明信的话来说，就是：“第三世界的文本，甚至那些看起来好像是关于个人和利比多趋力的文本，总是以民族寓言的形式投射一种政治：关于个人命运的故事包含着第三世界的大众文化和社会受到冲击的寓言。”

正是在这个意义上，我们有充分的理由将“左翼文学”、“延安文学”、“十七年文学”乃至“文革文学”视为“二十世纪中国文学”这一现代性范畴不可或缺的组成部分，——就“当代文学”而言，“十七年文学”与“文革文学”不但没有割裂“新时期文学”与“五四文学”的关联，相反，它们成为了沟通“新时期文学”与“五四文学”的桥梁。——在某种意义上，将“新时期文学”视为对“个人性”的“五四文学”的“回归”，反倒不如将其视为对“十七年文学”乃至“文革文学”的“回归”更为贴切。

“新时期文学”中影响最大的作家群主要有两个，一个是以王蒙、张贤亮等为代表的所谓“五七族”作家群，另一个则是包括张承志、王安忆、史铁生、阿城以及主要的“朦胧诗人”在内的“知青作家群”。如果我们相信作家的创作与其知识背景、文化结构、精神资源有关，那么，这两个作家群的精神、知识与文化背景恰恰不是所谓的个人性的“五四文学”，而是“十七年文学”与“文革文学”。因此，“新时期文学”的主潮无不打上了“十七年文学”与“文革文学”的深深的印迹。正如黄子平先生分析过的，“伤痕文学”以恩怨相报的伦理圈子来结构故事，对历史的道德化思考，常常以个人品质的优劣来解释历史的灾难，“反思文学”则无一例外地建构政治和道德化的主题，充满着英雄主义和悲剧色彩，出发点是50年代理想主义的价值体系，试图恢复的是“十七年文学”的“革命现实主义传统”。张贤亮以《唯物论者的启示录》为题的“知识分子成长小说”中的苦难崇拜、超越意识及其民粹主义与“十七年文学”息息相关，而一些引起广泛社会反响的作品如古华的《芙蓉镇》等，其极端的政治道德化的叙事策略，类型化、脸谱化的修辞方式和“十七年文学”和“文革文学”更是一脉相传。如果说“五七族”作家更多的是回归“十七年文学”，那么，“知青作家群”则在回归“十七年文学”的同时，更鲜明地体现出“文革文学”的色彩。“朦胧诗”中那种自我扩张一切、包揽一切的典型的浪漫主义诗风，那种真理在手、舍我其谁，“让所有的苦水都注入我心中”的受难英雄的形象都直接源于刚刚过去的那个时代。“我来到这个世界上/只带着纸、绳索和身影/为了在审判之前/宣读那些被判决的声音”，当我们重新阅读这种在“新时期文学”中发聋振聩的诗行时，我们不仅会想起“十七年文学”的经典《红岩》中的英雄人物成岗的诗句：“面对死亡我放声大笑/魔鬼的宫殿在笑声中动摇”，同时，我们还会很容易地记起充满了献身精神与拯救意识的“红卫兵诗歌”。这种“红卫兵意识”在张承志、梁晓声的小说中更是昭然若揭，弥漫在“知青文学”中的“回归”情绪书写的是对“新时期”现实的拒绝与对逝去的岁月的怀想，是对被高度形式化与审美化的“青春”、“理想”、“激情”的皈依。抛开一些以“青春无悔”为主题的直接描述知青生活的小说不论，即使是《北方的河》这样描写后“文革”生活的作品，仍然完全可以视为对“文革”记忆的书写，虽然信仰的对象已经由“阶级”、“党”、“革命”、“去远方”等置换成了“黄河”、“母亲”、“人民”、“人文地理学”等另一套现代性的符码，但信仰的形式并没有真正的改变。实际上，在“新时期文学”中，连《棋王》这样以强烈的“文学性”著称的“寻根文学”作品都无法真正摆脱与过去时代的联系，阿城通过出身于知识分子家庭，热爱杰克·伦敦、巴尔扎克，向往精神生活的小说叙事人“我”和在“吃”与“棋”这种凡俗生活中生存的贫民子弟王一生之间两种不同人生观的撞击，写出了“我”对“民间”凡俗生活意义的发现、臣服与认同，再现了知识分子在民众中获得生命意义的历史命题，小说无论在对王一生这个人物的刻画还是对其生活环境的摹写上，都充满了“十七年文学”与“文革文学”中特有的超现实的力量。因此，完全可以将其视为对“十七年文学”与“文革文学”的一个至关重要的文学母题——“民粹主义”的又一次重新书写。

事实上，在“新时期文学”中，与“十七年文学”、“文革文学”关系密切的作家并不仅仅局限于以上这两类作家，即使是那些沉默多年的“五四”一代老作家开始重新写作时，他们的作品也更多的不是以“五四”的方式，而是以他们更熟悉的“十七年”与“文革”的方式进行言说。以巴金的著名作品《随想录》为例，一方面，这部作品充分展示了“文革”违反人性的暴力，或者人道与道义上的犯罪，另一方面作者回应这个荒诞时代的方式恰恰又是这个荒诞时代最典型的叙事方式——政治道德化的方式，因而，作家开出的“道德形而上学”的药方——“忏悔”也总是让人联想起“文革”中不断触及灵魂的“批评与自我批评”以及因为“原罪”意识而被不断要求真诚忏悔、强行改造的知识分子伦理学……

我们显然不难举出更多的例子来说明几乎被目前的文学史写作完全割裂的两个时代的联系。非常遗憾的是，甚至在面前的语境中，有关“十七年文学”与“文革文学”的文学史意义的讨论仍然不是一个轻松的话题，因为它常常会被人们理解为一种非“学术”的“政治”表态。事实上，探讨“十七年文学”与“文革文学”的意义，并无意于为“十七年文学”与“文革文学”辩护，——它们无须“辩护”，因为“它们”与“我们”形影相随。作为现代性的重要元素，“道德理想主义”、“政治道德化”的认知方式、“民粹主义”、“民族主义”、对“乌托邦”的梦想等等已经与“民主”、“自由”、“个人性”、“文学性”等等一道构成了我们在20世纪这个特殊的语境中认识世界和认同自身的基本方式。——甚至在目前我们置身的“后新时期”，我们仍不断目睹其以令人惊讶的方式一再重现。因此，与其将对这种“文学史”的清理理解为一种肤浅的价值选择，不如将其视为我们认识自身的一种方式。

——我至今仍把《棋王》视为“新时期文学”的极品。至今重读，我仍能体味到在小说深处的“语词的密林”中奔涌着的那股巫术般的“文学”的力量，然而，正因为这一点，我才把对这种作品的“解构”看得如此重要。

当然，由于涉及〔到〕“文学史”乃至“历史”“写作”的可能性、“文学史”到底是“历史”还是以“历史”为名义的“文学叙述史”、“文学史”与“历史”这些概念与学术体制的关系以及我们为什么需要“文学史”以及“历史”等等诸多更复杂的“真问题”，同时还由于决定“当代文学史”基本框架的诸如“五四文学”、“文学性”、“个人性”这样一些基本的“元概念”都需要运用新的理论成果重新进行清理，因此，我们在此讨论的当代文学史写作中面临的问题显然并不仅仅是“当代文学史”的问题。然而，近年来，在“当代文学史”乃至“二十世纪中国文学史”的写作中仍然发生了一些极富象征意义的变化。陈平原先生在参与提出“二十世纪中国文学”之后即将主要精力转向了对“晚清文学”的研究，许多人对他“离开”如此宏阔与明晰的“二十世纪中国文学”困惑不解。其实，他并没有“离开”“二十世纪中国文学”，——或者说，对“二十世纪中国文学”的把握只有在更广阔的空间、更长的时间中进行才会具有真正的价值。事实上，80年代中期提出的“二十世纪中国文学”即是以“晚清文学”而不是以我们习以为常的“五四文学”作为“二十世纪中国文学”的起源。“晚清文学”的研究者以详实的证据有效地解构了“传统”与“现代”的二元对立。在回答来自“五四”意义的捍卫者的关于“晚清文学”的侵入会模糊现代文学的“性质”与“界限”的诸多责难时,王德威先生在一篇著名的文章中提出了这样的诘问:“没有晚清,何来‘五四’?”

就“中国当代文学”而言,“十七年文学”与“文革文学”对于“新时期文学”的意义,非常近似于“晚清文学”之于“五四文学”的意义。因为“文革”结束后,被称为“新时期”的历史阶段的展开,不断地被人描述为另一个“五四时期”。因而,我们完全有理由提出类似的追问:“没有‘十七年文学’与‘文革文学’,何来‘新时期文学’?”

或许,进一步的追问还可改变为:“没有‘十七年文学’与‘文革文学’,何来‘二十世纪中国文学’?”

——原载《文学评论》2001 年第 2 期

李　陀　李　静

漫说“纯文学”

——李陀访谈录

一、为什么要反思“纯文学”

李　静：长期以来，“纯文学”这样一个概念相当流行，至今对文学写作和文学批评仍有很大影响，甚至在商业化已经深深锲入文学机体内部的(20世纪)90年代，“纯文学”的观念仍然被大多数作家和批评家所信奉。但是，近来已经有越来越多的人认为当前的“纯文学”观念问题很大——文学应该是一个广阔的领域，她对人类存在状况的审视和表现本来就是没有边界的，或许文学本来就是最“不纯”的？听说您最近几次在会上说，现在应该对“纯文学”这一习惯性的概念和观念进行反思。您能不能具体说一下：“纯文学”究竟是怎样一个概念？为什么要对它进行反思？作为80年代“先锋文学”和“纯文学”的倡导者，您对90年代“纯文学”的创作状况作何评价？

李　陀：“纯文学”这个概念最早什么时候出现，它的形成历史是什么样的？这恐怕要做仔细的梳理和研究才成。大约80年代初，开始有“纯文学”的提法，但是当时没有成为大家都认可的文学规范。这样一种观念为什么到80年代后期才在中国得到普遍的赞同？还有，为什么它作为一种文学理想、文学坚持，到90年代才成为主流的文学概念？这才是问题的核心所在。

90年代中国一直处在急剧变化的社会环境当中，文学就像一条不知所终的河流，你不知道它会流向哪里。现在90年代已经到了尾声，十年来文学总的势态和大的方向，我们已经可以看得比较清楚。在这种时候回一下头，一边检讨和反省80年代的文学，一边对“纯文学”这种观念在90年代所起的作用作一下回顾和讨论，我觉得很有必要，对以后文学的走向也许会有些好处。

总起来说，我认为“纯文学”在这十年里对文学写作的影响不是很好，有很多问题。你知道，追求文学和艺术的“纯”这样的想法并不是中国独有的，但是“纯文学”

这种说法在中国出现并且存活下来,这有一个七八十年代之交的特殊历史环境,那就是:“文革”刚刚结束,非常僵化的文学教条还严重地束缚着文学——比如“文艺从属于政治”,文学一定要写“典型环境中的典型人物”,以及从样板戏里总结出来的“高、大、全”等等,这些“艺术原则”都成为不能违背的教条,成为文学“解放”的严重障碍。在那种情况下,作家只有冲决、抵制、批判这些文学教条,写作才能解放,才可能发展一种新的写作。“文革”以后,最初是“伤痕文学”受到全社会的认同和喜欢,批评界当时普遍认为这是一种新的文学发展(所谓“新时期文学”),把它看成是“拨乱反正”在文学领域的具体实践,具有非常的创新意义。但是我一直对这种写作评价不高,觉得它基本上还是工农兵文学那一套的继续和发展,作为文学的一种潮流,它没有提出新的文学原则、规范和框架,因此“伤痕文学”基本(上)是一种“旧”文学(我这些看法后来在《1985》这篇文章里有较详细的论说)。由于当时主流批评家们对“伤痕文学”的评价非常高(现在也还有人对它评价非常之高),而对此持怀疑、反对态度的人也不是我一个,于是围绕着“伤痕文学”就有了很激烈的冲突,这种冲突到1985年前后尖锐化,对80年代有着决定性影响的“新潮批评”也由此而起。但是这段历史现在很多人都忘记了。

李　静:您认为什么时候当代文学发生了真正的变革?

李　陀:我看是1985年以后,因为那前后出现了汪曾祺、阿城、莫言、韩少功、李锐、王安忆、刘索拉等人的写作,开始打破“伤痕文学”、反思文学等在表面上进行“变革”,实际上却沿袭“工农兵文艺”路线这样一个文学局面。大概1987年末,我发表了一篇题为《昔日顽童今何在》的短文,说真正的文学革命正在1987年发生。当时很多人都嗤之以鼻,因为这就根本否定了那时普遍的一种看法:“伤痕文学”才是“文革”后文学变革的标志。其实,如果认真地追根溯源,这一文学变革应该从“朦胧诗”的出现,到1985年“寻根文学”,到1987年实验小说这样一条线索去考察,直到出现余华、苏童、格非、马原、残雪、孙甘露这批作家,又出现了黄子平、孟悦、吴亮、蔡翔、程德培、王晓明、陈思和这一群批评家,这时候文学才发生了真正的变化,或者说革命(是不是应该叫做革命?我到现在也还拿不准)。当然这么说有点简单化,就拿1985—1987(年)间的写作来说,那是非常多样丰富的,无论“寻根文学”,无论“实验小说”,无论“新写实”,都只是其一端,并不能代表当时文学写作的整体面貌,更不能以此看轻或忽视其他的写作,那一段历史是非常复杂的。我希望有一天文学史家能对这种复杂性进行充分的分析,比如不仅把那一时期的文学当做“创作”,而且当做内部充满矛盾与紧张的文学话语的“生产过程”来分析,分析这一过程中宏观和微观的权力关系所构成的条件,分析各种权力和各种文学话语间的复杂关联,分析变革中的制度性实践和话语生产的互动关系,等等。还应该强调的一点是:从汉语写作的历史来看,80 年代后期的文学成绩是相当高的,应该说超过了“五四”以后的任何一个时期,可惜文学史写作跟不上(包括钱理群、黄子平、陈平原提出的“二十世纪文学”,都还是因循守旧,并没有多少新意),使得文学史写作不能突破旧模式,这不能不影响了对 80 年代文学进行深入的分析和足够的评价。

但今天看来,“87 变革”有很多问题,主要是在冲决旧的文学教条和旧的意识形态时,它还无法提出新的意识形态,这在文学批评上表现尤其明显。很多批评家(包括我自己)由于对意识形态上的冲突并不很自觉,也很难对未来的文化发展有一个整体性的想象,对文学的功能(例如,按照阿尔图塞的说法,文学完全可以看做是“国家意识形态机器”的重要组成部分)也很难有深入的思考和研究,因此只能就文学说文学,比如强调文学形式的重要性。当时我们有一个武器,就是“形式即内容”,反复强调形式变了内容就变了,以这种方式避开政治对文艺的直接干预,使文学观念的更新变成了一种在文学“内部”讨论的“专业问题”。在 80 年代,对“怎么写”比“写什么”更重要的强调之所以那么得人心,还因为那时候,“延安文艺座谈会上的讲话”也好、“样板戏”也好,强调的都是“写什么”,至于“怎么写”是规定好了的,那不单纯是文学观念和文学技巧问题,那里有意识形态。因此大家就用强调“怎么写”来冲决“写什么”,来打破对文学的专制,而且在某种意义上是成功了。大概就是在这种情况下,“纯文学”概念慢慢被大家认可了,甚至被官方批评家认可,因为它对社会上的任何方面都是“有益无害”,没有任何实际触动嘛。但是这样做也有代价,它削弱了甚至完全忽略了作家坚持知识分子的批判立场,以文学话语参与现实变革的可能性,这方面的历史经验还有待深入检讨。

李　静:当时有没有想过,不建立新的意识形态就是在沿袭旧的意识形态?

李　陀:当时不这么认为,那时候很幼稚,认真相信新的东西会在新的形式下面暗暗滋长。但是对要长出来什么新东西并不清楚。要说明的是,就 80 年代整体而言,知识界,特别是思想理论界在意识形态领域还是做了很多事,这主要表现在“思想解放”和“新启蒙”这两个互相紧密联系又彼此有所区别的思想运动上。不过,今天看来,它们生产的知识基本上是为“新时期”重新定义现代性(虽然当时没有用现代性这个词),为发展市场经济作理论的、意识形态的准备,因此不能不局限于发展主义的话语框架之内。这无疑对 90 年代发生的社会经济变革产生了至关重要的影响,只是这些理论和知识具有什么样的意识形态性质,算不算是新东西?这目前在学术界和理论界正在进行激烈的争论,情况很复杂,这里不能多谈。与我们这里讨论相关的是,80 年代的文学发展(包括“87 变革”)和刚才说的那些思想运动是什么关系?文学是其中的一个部分吗?文学和它们有对抗吗?这些都需要反思和讨论。1993 年我到台湾地区去参加一个有海峡两边的作家和批评家参加的关于中国文学的讨论会,会上我提交的一篇论文题目是《对抗现代性》,就想讨论这些问题,后来觉得想法不成熟,没有发表。

李　静:当时你们是想用“文学性”来反抗当时的“政治性”,其实是一种策略,对吧?

李　陀:可以这么说。在那时候,强调“文学性”实际上是一种策略,虽然并不怎么自觉。当时我们主要是和那些代表官方正统文学观念的人相冲突,坚决不认同“生活是创作的源泉”啊、“文学是生活的反映”啊、“真实是艺术的标准”、“典型性”啊什么的,于是西方现代派文学艺术就成了很多人非常热心的参考和资源,想从那里寻找文学发展的新的可能性,在文学领域里也解放思想。今天回顾起来,这也是我们的局限,所能选择的突破口也就是形式啊、创新啊之类。80 年代初围绕“现代派”问题有一场争论,还有“四个小风筝”的事,现在回头看,当时争论双方对现代主义其实都了解不多,就是高行健那本引起麻烦的小书《现代小说技巧初探》也很幼稚,不过是很浅的现代派小说 ABC。我自己在 1982 年《十月》杂志上也发表过一篇题为《论“各式各样的小说”》的长文,想从形式和技巧层面为“现代小说”正名,结果挨了一顿批。其实我当时可以说完全不具备讨论那样一个大问题的所必需的知识,也应了现在流行的“无知者无畏”这话。

李　静:到了 90 年代,中国人已经充分经历了各种风风雨雨,市场经济带动的巨大社会变革,为有才华的作家提供了非常广阔的题材和想象的空间,但是为什么却没人写出像奥威尔的《1984》、库斯勒的《中午的黑暗》或者布尔加科夫的《大师和玛格丽特》这样在艺术水准和思想高度上都非常伟大的作品呢?这种状况和作家恪守“纯文学”信念有怎样的关系?

李　陀:我先声明,我不认为《1984》《中午的黑暗》有多么高的艺术水准,更不认为它们是伟大的作品。至于《大师和玛格丽特》我还没有读,不能说什么。但我同意你说的一部分,可以说,如果中国作家一直坚持“纯文学”这一信念和原则的话,就不会出现像《中午的黑暗》这样的作品。在 80 年代末期,如果文学界能及时地反省“纯文学”这一概念的局限性,想办法把文学变革再推向深入,也许可能出现一个更好的局面。但遗憾的是,历史突然发生了变化,它不仅使 1987 年以后形成的文学变革不能再继续,反而由于 90 年代突然汹涌喷薄起来的市场经济从根本上摧毁了这场文学变革得以存在的社会条件,文学坚持“纯”,坚持“阳春白雪”,似乎是不可能了。可奇怪的是,“纯文学”经历这样一场风暴却坚持生存下来了,当然,面对新的历史,它也更加强化了它的“不及物性”——其实就是使文学与现实发生严重脱节的封闭性。

那么在 90 年代,究竟发生了什么事情,产生了怎样的外在条件,使“纯文学”这一观念不但活下来，反而变得更有凝聚力了呢？我想，这恰恰是由于市场经济的来临，由于文化商品化和文学商品化的巨大压力，使文学写作不得不面对新的环境寻找新出路，于是一部分文化人和作家下了海，干脆做生意去了，也有的人以自己的写作投入到商业化大潮当中，比如把自己的批评当做一种谋利的手段，比如写商业化小说。但是有更多作家不愿意这样做，他们决心抵抗商业化对文学的侵蚀，问题是他们必须找到一个护身符、一个依托、一个孤岛，使这抵抗获得一种合法性，获得一种道德与精神的支持，那么这个护身符和依托就是“纯文学”。刚才已经说了，80 年代至今，“纯文学”内部也有很多不同的流向，贾平凹、韩少功、王安忆、马原、余华、阎连科、阿来、韩东、朱文等等都是各各不同的；特别从写作风格上看，90 年代的写作也的确形成与 80 年代不同的特色，形成新的文学景观。这引起很多批评家对此进行各种命名，企图说清这之间的区别，但他们忽略了，90 年代的写作分享着 80 年代写作的同一观念，实际上，在 90 年代汹涌澎湃的商业大潮中所坚持的，是 80 年代形成的“纯文学”的文学理想。我认为，今天敢于正视这一点非常重要。

我这样说，可能会有人不同意，因为无论在 80 年代还是 90 年代，很难找到一份权威的文献（比如，宣言之类）能够完整表达“纯文学”的理念，也很难弄清到底有多少作家、艺术家和批评家没有保留地认同这种艺术的追求。相反，如果检阅一下这些年作家和批评家谈文学、谈写作的各种文字，给人印象是五花八门，各有主张，并不一致，但我觉得这是比较表面的现象。毫无疑问，有自己独特的追求，一直在坚持自己独有的文学理念的作家当然是存在的，问题是这样的作家人数不多，比如张承志、韩少功、王安忆、莫言这几个作家，我们就很难用“纯文学”这样的说法概括和评价他们在八九十年代这 20 年中的写作，他们在这些年中写作的丰富性，特别是〔在〕他们在文学追求和写作风格上的种种复杂的变化，应该说至今还没有得到充分的评论和研究。可惜的是，少数作家（我刚才说到的几位不过是例子，当然还有其他人）这种种努力，或者不被理解（甚至歪曲），或者不被注意，不可能影响到文学的大气候。就文学的“主流”而言，“纯文学”很像是一种“魂”一样的东西，尽管它难以找到一个具体的物质性的躯壳，可它无处不在，支配着成千上百的作家的写作。

可正是这样的一个形势，使批评、讨论“纯文学”的时机成熟了，不管过去它的出现和发展有多么充足的理由，现在却是到了进行反省的时候了。

二、90 年代“纯文学”的状况和问题

李　静：那么你的意思是在这种文学坚持的“合理性”之外，还有一些“不合理”的东西需要指出？

李　陀：对。这种“坚持”的“不合理”之处究竟在哪里呢？

是不是可以这样说:由于对“纯文学”的坚持,作家和批评家们没有及时调整自己的写作,没有和90年代急剧变化的社会找到一种更适应的关系。很多人看不到,随着社会和文学观念的变化与发展,“纯文学”这个概念原来所指向、所反对的那些对立物已经不存在了,因而使得“纯文学”观念产生意义的条件也不存在了,它不再具有抗议性和批判性,而这应当是文学最根本、最重要的一个性质。虽然“纯文学”在抵制商业化对文学的侵蚀方面起到了一定作用,但是更重要的是,它使得文学很难适应今天社会环境的巨大变化,不能建立文学和社会的新的关系,以致90年代的严肃文学(或非商业性文学)越来越不能被社会所关注,更不必说在有效地抵抗商业文化和大众文化侵蚀的同时,还能对社会发言,对百姓说话,以文学独有的方式对正在进行的巨大社会变革进行干预。不过,我觉得真正严重的是,90年代的文学批评并没有指出这一问题,相反,批评家或者以“后现代”的名义赞扬、鼓动那些应和市场化与商品化的写作,或者和作家一道慨叹“文学边缘化”啦、“知识分子边缘化”啦,然后更进一步论证“边缘化”怎样必要、怎样合理。我基本上不赞成这样的态度。

还有一个更大的问题:在这么剧烈的社会变迁中,当中国改革出现新的非常复杂和尖锐的社会问题的时候;当社会各个阶层在复杂的社会现实面前,都在进行激烈的、充满激情的思考的时候,90年代的大多数作家并没有把自己的写作介入到这些思考和激动当中,反而是陷入到“纯文学”这样一个固定的观念里,越来越拒绝了解社会,越来越拒绝与社会以文学的方式进行互动,更不必说以文学的方式(我愿意在这里再强调一下,一定是以文学的方式)参与当前的社会变革。当然这样说有一个缺点,就是忽略了一些长期以来一直坚持与社会变革同步,坚持以自己的写作对现实进行大胆干预的作家,比如80年代就有张炜的《古船》,到90年代,有陈忠实的《白鹿原》、莫言的《酒国》、余华的《许三官卖血记》、李锐的《无风之树》、阎连科的《日光流年》等等。但正如我上面所说,这些写作所代表的倾向在90年代的文学批评中并不被看好,虽然也有批评家对这些作品进行了评论,但影响不很大,何况其中有些评论依据的仍然是“纯文学”的观念和方法。

“纯文学”另一个表现,就是“七十年代写作”的出现。应该说,被批评家涵盖在这一命名下的,是人数很少的一个写作群体,可是在90年代末,对这一群体的宣扬和炒作一时占据了很多报纸刊物的版面(这使得“纯文学”开始不那么纯,以致某些“纯文学”写作和市场之间的暧昧关系本身,就是一个很好的批评题目),甚至给人一种它们已经成为文学中“主流”的错觉。

这一文学现象中最值得注意的就是“个人化写作”这个主张,包含在这一概念中的种种写作追求,不仅使文学与社会的脱节进一步加剧,而且,公开宣扬写作就是要脱离社会现实,脱离现实冲突,就是要用写作的“个人化”有意地、自觉地在作家和社会之间建立一个屏障,并认为有了这层屏障才能保证写作的纯粹性。这些作家中的极端者还干脆声明写作要“私人化”,说文学就是私人的事情,文学就是写自己,写我的身体、我的感情、我的情绪,这就把文学最终变成了“写自己”,如果只作为某一种文学流派,或作为某一些作家特别的坚持,这样的写作主张也未尝不可。就这么写怎么了？我就愿意这么写！从古到今,一直到现代派写作,这种坚持也并不少见,所以我觉得陈染、林白也好,卫慧、棉棉也好,还有其他坚持“个人化”乃至“私人化”写作的作家,是有自由和权利进行那样的写作的。现在我所批评的,是为什么这种写作在90年代被批评界评价这么高？熟悉文学界的人其实都知道,近十年的文学的产量是相当高的,即使是“纯文学”,各地、各界写作构成的风景还是相当驳杂的,可是在媒体中,在文学刊物中,对“个人化”写作的批评和赞扬一时占据了最突出最显要的位置,并且把这种写作和市场经济的急剧发展相联系,说它是市场对写作的解放,是市场经济带来的写作自由。这给人一种印象,似乎“个人化”写作不仅是一种“新”的写作,而且和其他各类写作比较,它更和时代合拍,只有它才实现了真正的、也就是纯粹的写作。虽然“个人化”写作只不过是90年代“纯文学”的一种形式,是其中的一个类型,但由于批评所给予的特殊荣誉地位,它对“纯文学”的整体生存和发展有了特定的意义——尽管很多作家并不赞成甚至要反对“个人化”写作的具体主张,他们却赞成其中所包含的文学写作要“纯”,要从个人经验出发考虑自己对写作的态度这种文学倾向。也许他们也不赞成批评家对“个人化写作”的肯定,但还是从这种批评里受到鼓舞,越发相信自己在90年代坚持“纯文学”立场是对的。

所以我觉得,90年代在坚持“纯文学”这个问题上,固然作家们应该重新思索,有所批评和讨论,但是批评家们就更需要反省。我们不能不想一想:面对这么复杂的社会现实,这么复杂的新的问题,面对这么多与老百姓的生命息息相关的事情,“纯文学”却把它们排除在视野之外,没有强有力的回响,没有表现出自己的抗议性和批判性,这到底有没有问题？到底是什么问题？当然,这问题非常复杂,我们还不能一个劲儿只在自己身上找原因,做自我检讨,实际上,这也不是只有中国才有的现象,而是20世纪全世界知识界共同面临的问题:不仅仅是作家,整个知识界的人文知识分子都在被媒体、被大众文化、被科学的霸权、被掌握了社会和国家管理权的专家、被大公司和垄断集团、被富人阶层联盟所排斥和压制,人文知识分子的声音不断在被减弱,许许多多涉及人的尊严、人的生存意义的大问题,都或者被抹煞,或者被当做经济问题、技术问题处理。这一切都触动着世界各国的知识界,引起他们的警觉,也引发了越来越热烈的讨论。我想,我们的作家和批评家应该联系这样一个大背景重新考虑“纯文学”这种文学观念,我们不能自缚手脚,主动放弃对社会重大问题发言的权利。

李　静:我倒是觉得中国作家的主要问题和当年哈维尔对捷克人的描述有些相似:就是不能“生活在真实中”,由于无所不在的强制性禁忌,他们不得不将自己的兴趣转移到物欲的方面,将道德精神的自主性降低到生物学的水平。这种降低起初还是被迫的,随着整体性市场化氛围的日益加剧,他们也逐渐“变被动为主动”,“市场价值”似乎也真的成了中国人生活中的主导价值了。所以我同意您说的:作家不能放弃对社会重大问题的关注。那么,您认为作家和批评家还得做些什么,才能更有力地形成文学与社会的良性互动?

李　陀:蔡翔有一次跟我说的话我特别赞成,他说80年代文学界有一个优点,它和思想界是相通的,思想界有什么动静文学界都有响应,甚至那时候文学界有时还走在思想界的前面。可现在,文学界就是文学界,躲进小楼成一统,成了一个自我封闭的小圈子,根本不注意思想界和学术界发生了些什么,这使得90年代大多数作家视野很窄,有种小家子气。我想这应该引起作家和批评家们的警惕。实际上,近些年在思想界和理论界展开的许多论争都和中国目前正在进行的社会变革有着非常密切的关系,因为这个变革所造成的不同社会阶层和利益集团存在着冲突和紧张,这些冲突不可能不在理论上有所反映,从这些理论冲突了解当代中国发生的事对文学是非常重要的。中国向何处去? 文学向何处去? 这两个问题是联系在一起的,你没法离开一个去思考另一个。

现在想来,80年代的文学虽然强调形式变革,但那时对形式的追求本身就蕴含着对现实的评价和批判,是有思想的激情在支撑的,那是一种文化政治。但是90年代的“纯文学”几乎没有政治激情了,也许有人会问:你怎么又提“政治”? 我的意思是,你可以拒绝国家政治,但你不能没有自己的政治,仅仅就是“为写作而写作”。这样,你形式上的探索很容易就失去意义,或者成了花样表演,沦为没有思想的语言杂耍,或者成了琐碎的个人经验的记录,还硬要发表出来让别人分享这经验。这样,文学失去了它本来可以争得的读者,这时候很多本来热爱文学的读者也弃文学他去,就是理所当然的。今天严肃文学的影响在急剧缩小,当然原因很多,缺少思想和政治的激情我想也是一个非常重要的原因。这里我说两句文学以外的话。就在90年代,几乎与“纯文学”活跃的同时,中国出现了一批专做纪录片的电视人和电影人,他/她们在非常艰难的条件(没有资金,缺少设备,甚至自己生存都非常困难)下,拍摄了大量电视和电影纪录片,大约每年都有三四百甚至四五百部。这些片子的题材、视觉风格、制作方法都各各不同,五花八门,其中有很多激动人心的上佳作品,棒极了! 不过这些纪录片最让我震动的,是它们和中国现实生活之间那种迷人的动态关系,那是决不能用我们又熟悉又反感的“反映”关系来描述的。这两年我到处呼吁中国在90年代出现了一个“新纪录片运动”,希望大家都来注意并且支持这一运动。

我想作家和批评家们是不是也能关心一下它，和这批相当寂寞的纪录片制作人来往来往，也许我们能学到不少东西。

三、“纯文学”为什么“不好看”

李　静：自从1998年《北京文学》提倡“好看的小说”以来，文学作品的“好看”问题越来越受到重视和谈论，这可能是因为长期以来“纯文学”太“不好看”了。您觉得“不好看”的原因在哪？

李　陀：90年代中国市场经济迅速发展以后，随着消费文化兴起而形成了新的文学环境，还出现了新的读者群和新消费文化群体，在审美趣味和注意力上已经发生了巨大的变化。这个变化真是太快太大了，让人很难适应。很明显，坚持“纯文学”立场的大多数作家没有真正重视这个变化，他们的写作也没有发生相应的变革，于是它和新的消费群体的兴趣之间就产生了很大的隔膜。尤其是一批年青的读者群，他们是在“文革”以后长大的，和那些在80年代已经成名的中年作家有完全不同的生活经验，他们面临的生存和生活问题也是不同的。在这种情况下，对相当多数的有80年代文学背景的作家来说，要不要适当地考虑和读者建构一种新的约定、新的互动关系，就变得非常迫切。当然也有作家会说：我不了解年青(轻)人，我写不了他们，我只能按我熟悉的方法写。但是，即使是你原来的那些80年代的读者，现在也变了，复杂就在这儿。读者是什么呢？有趣味和注意力永远不变的读者吗？大概没有，特别是在社会大变革的时代，阅读行为不可能不发生变化。从根本上说，读者是被建构起来的一种存在，阅读不可能有固定的审美标准和价值标准，往往要受时代风尚和主导话语以及意识形态等因素的制约。一旦价值和趣味发生普遍的变化，它就不可能只影响年青(轻)人，它也会波及年龄更大的人群。我想作家的写作应该考虑这些东西。不考虑这些的话，80年代那些读者非常喜欢的技巧、修辞、叙事方式，今天可能就不那么让人喜欢了。所以现在“纯文学”读者减少，固然一方面是由于视觉文化、网络文化、消闲报刊等等，吸引了大量的文化消费者；但另一方面，也由于80年代发展起来的叙事技巧，在90年代不但和新的一代有隔膜，和原来追随你的读者也有隔膜。可是，我认识的一些作家对这种形势的反应是：“我不管！我只要写得好，作品就会有人读！”你不管，实际上读者可一天一天在减少，而那些快餐文化的消费者却在迅速增加，这难道不是事实？还有些优秀的作家老觉得减少的都是别人的读者，自己的读者并没有减少，作品一次发行几万册就乐得不行，非常满足，但是他就不想：明天呢？明年呢？你的读者会永远对你“忠诚”？这在今天可能吗？

还有一些作家，干脆就宣布自己不在乎读者多少，甚至是少了更好，因为这恰恰表明自己的写作不媚俗(我自己过去就赞成这说法)。如果有少数作者抱这种态度，也没什么,萝卜青菜,各有所爱。但如果它是流行于很多作家中的比较普遍的观念,就是问题。作家“只为自己写作”这种态度,也有它的历史,以欧洲为例,在17、18世纪的时候印刷文化虽然有一定发展,但在普及上根本不能和今天相比,能读能写的人并不多,阅读实际上是上层社会的特权,作家为少数人写作很自然形成一个写作传统。19世纪印刷资本主义高奏凯歌,读者问题就变得重要起来,所以狄更斯、巴尔扎克、托尔斯泰这些作家的写作都很重视读者。比较麻烦的是19世纪末到20世纪初这一段,由于出现了现代主义,写作与读者的关系变得比较复杂。一方面,现代派写作出于反传统、反体制的立场,往往有一种为少数人写作的倾向(这方面他们很自然地接过了欧洲17、18世纪的写作态度);另一方面,很多现代派作家和艺术家又都和20世纪刚刚形成的文化市场拚命拉关系(想想毕加索),梦想占有更多的读者。因此,现代主义和市场、读者的关系是相当暧昧和混乱的。可我们主张“纯文学”的作家和评论家往往就真的相信现代主义是为自己写作,其实情况很复杂,不那么简单。何况,更重要的变化发生在二战之后,大众文化兴起,文学艺术一下子成为上亿人日常消费的商品,文学写作的社会环境发生了根本的变化,现代主义和市场、读者之间的暧昧已很难维持——这恐怕是现代主义在二战前后衰落下去的一个重要原因。不过,有一个因素常常使现代主义的衰落被遮掩,那就是无论欧洲或是北美,还有前殖民地国家,都有一个以大学作支撑的文学教育和文学研究的庞大体系,这个体系不但把现代主义作品放进大量文学课本作教材,而且还以批评或研究的方式大规模地生产现代主义话语,这一切都造成今天在西方似乎现代主义还有大量读者,还对社会有很大影响的幻觉。这种幻觉至今对中国的很多作家还是一种鼓舞,走“现代派”、“先锋小说”的路子至今很时髦。但是,中国的社会本来就和人家不同,何况市场经济形成社会变革也已经根本改变了中国作家的写作环境,大众消费时代已经来临,文化正在成为一种消费形式,严肃文学的写作面对这些就不能不正视消费文化的挑战,不能不重视由“大众”构成的新的文学环境,不能不重新考虑自己和读者的关系。正是在这样的历史背景下,作品“好看”还是不“好看”才成了严重问题,读者多少也不能再无所谓。

李　静:现在有这样一个现象:先锋文化作品形式讲究,语言也讲究,而关怀现实的作品如《国画》等在形式上却过于滞重和粗糙,缺少现代感。为什么会形成这样的分化?为什么那么缺少把讲究形式和关怀现实完美结合起来的作品?

李　陀:“写什么”不是最重要的,最重要的是“怎么写”,这样一个观念对20年来的文学写作,特别是先锋文学的写作有着至关重要的影响,因此坚持先锋姿态和立场的作家,在写作中讲究形式,注意语言,这没有什么奇怪的。但是在我看来,就文学整体状况而言,“怎么写”今天固然还是重要的,但是“写什么”也变得同样重要了。仅仅注意前者,严肃文学的地盘肯定会越来越小,社会影响也会越来越小,这才是真正让人忧虑的。近两年常有人论及文学的"边缘化",似乎这是历史规律,是命定的,没法子改变。我不太同意这种说法,太简单化,有历史决定论的味道。作家是干什么的?写作意味着什么?作家写作这件事,其实已经包含着、意味着他有对现有符号和话语体系所建构起来的社会秩序进行质疑和挑战的可能性,问题只是他愿意不愿意利用这可能性,以及他如何利用这可能性而已。在西方,由于中产阶级看不到改变资本主义制度的前景,也由于中产阶级生活对资本的倚赖,所以充满无力感,也由此围绕所谓"精英知识分子"出现种种论说,总的意思就是人文知识分子已经干不了什么了,也根本无事可干。前几年,有些"后现代"论者把这些东西套用到中国来,以讥讽"精英"的方式否定人文知识分子在历史变革中的积极作用,完全是不负责任的时髦胡扯。中国作家甭听那一套!中国作家对中国目前进行的历史变革要保持充分的发言权,为此要重新考虑"写什么"的重要性,考虑怎样把"怎么写"和"写什么"结合起来。当然这不容易,可也不是那么难,比如王小波的《黄金时代》在这个方面就做得不错。

我想我这么说不会引起误会,以为我又重新提倡老的写实主义,提倡文学要反映生活,当然不是。作家以自己的写作关切社会,参与历史变革,和他采用什么写作方法完全是两回事。(拿《变形记》和《等待戈多》来说,现代主义的写作并没有影响卡夫卡和贝克特对资本主义现代文明的尖锐批判,可在我们这里,这种批判性常被忽视。)这没有一定之规,对于坚持先锋文学立场的作家来说,可能现在"写什么"是更重要的;对于现实关怀的作家来说,也许"怎么写"是更重要的,但具体到每个作家就可能完全相反。所以,虽说"写什么"和"怎么写"今天应该同时并重,作家们的做法肯定花样百出,不会一致,也根本不应该一致。

四、严肃文学应该向古典小说和通俗小说汲取营养

李　静:80 年代文学的一个显著特点是对形式的强调和探索,也取得公认的成绩,今天您怎么看这些成绩?这种形式主义试验对现在的写作还有没有积极意义?或者换一个提法:在消费文化盛行的形势下,文学写作对技巧问题应该采取什么样的态度?

李　陀:80 年代是一个充满解放感也充满探索激情的年代,也出现了很多有才华的作家,他们探索、试验现代汉语写作的可能性,努力把 20 世纪写作提供的多种多样的经验和技巧与这种探索结合,可以说是当代中国作家第一次把"怎么写"的问题放在了"写作"的中心位置上,这对将来的汉语写作也会产生深远的影响。另外,作家们也的确获得了很高的成就,他们对发展汉语写作的贡献,我看超过了自白话文出现以来任何一个时期。但是这不等于80 年代的写作就没有问题,恰恰相反,问题

很多,其中最明显的就是:除了个别作品,大多数长篇都不成功,成功的都是中短篇,怎样在现代汉语的写作中创造并掌握长篇小说的叙事技巧,应该说一直是个没能解决的难题。这个难题有历史了,由于现代汉语发展历史很短,不过一百多年,这使得“五四”以来很多小说的基本技巧问题,比如说怎样塑造复杂性格人物,怎样利用长篇小说提供的空间和时间进行叙事的结构、布局,怎样编织情节、讲好故事等等,一直没有能够(或者说来不及)在写作中,特别是长篇小说的写作中被充分地掌握。这是个被很多作家和批评家都注意和讨论过的老问题,但也一直没有尖锐化到非解决不可的程度。到90年代以后,由于人们对文学有了新的认识和新的需求,比如说对它的娱乐功能就有很高的要求,这个老问题就又突出起来。因为80年代形成的小说叙事往往提供不了今天读者所要求的娱乐功能,它提供的是另外一种东西。它需要读者阅读作品时乐于辛苦,乐于以自己的能力“解读”,甚至以自己想象中的写作最后“完成”作家的作品。可是,眼下这样写作和阅读已经不再被读者欢迎,现在大作家的呕心沥血之作常常敌不过大量的通俗小说、美国大片、MTV。怎么办?

这办法我也没完全想好,但总不能束手无策。我的一个想法是我们应当重新重视、学习那些“讲故事”等“基本”技巧。我在《莽原》上写了一篇题为《总得想点办法》的文章,建议中国的严肃作家放下架子,向通俗小说学习一些东西。我并不是建议大家写作商业小说、通俗小说,我的意思是:西方18、19世纪的古典小说写作所积累的很多技巧现在都沉淀在通俗小说里了,这种资源应该重新加以开掘和利用。20世纪现代派创造的另外一套小说修辞学系统,其中包括乔伊斯、普鲁斯特、卡夫卡等人的种种尝试和贡献,但毕竟都是小说技巧的一个分支,没准还是一种极端的特例。如果这种修辞传统成为今天中国纯文学的普遍倾向,那么无疑会是文学的灾难。

李　静:为什么当代小说总是处于这种不成熟、不理想的状态呢?

李　陀:在讨论汪曾祺、金庸写作的文章里我说过,20世纪中国作家的困难在于,他们的使命的确是太沉重了,是两副担子一肩挑,一边是锻炼、创造现代汉语,一边要把锻炼、创造的这种现代汉语变成写作实践。可以说,现代汉语是一百多年来被中国人硬生生地创造出来的,在这种情况下,一定要求作家里出现文学大师就有些不现实。说中国作家没有才华啦、受到政治压抑啦,我觉得都不是最主要的原因,最主要(的)原因是我们的现代汉语历史太短暂了,和人家已经应用了几百年语言的文学历史相比,我们的资源的确比较贫瘠。为什么当代有些人写的旧诗词都像模像样,甚至不比古人差到哪里去?因为它有漫长的历史和丰富的传统。所以中国文学的首要问题就是现代汉语历史太短,即便如此,还是出现了像鲁迅这样的大作家,何况我们在这20年来还涌现了那么一批有才华的作家呢?无论如何,经过一百多年的持续努力,写作空间被大大扩展了,现代汉语也被大大发展了,这是一个非常了不起的形势。可是这不足以掩盖这样一个问题：就是人家西方18、19世纪在长篇小说里形成的小说修辞技巧我们始终没有来得及细致学习和熟练掌握，自80年代以来，直到最近一个时期，很多作家重点补的又是人家20世纪小说修辞学的课。这也是历史造成的，成事在天吧。回想“五四”以来的小说，哪一部能像《三剑客》或《水浒传》那样吸引你，让你手不释卷？很难。许多小说都没法作为故事来讲给人听。

李　静：其实中国的古典小说也有很引人入胜的叙事传统，为什么现代小说却没有继承下来呢？

李　陀：你提了一个非常好的问题。很长时间以来，在小说写作里我们当做资源的都是西方的东西，认真对待中国自己的叙事传统，从中汲取营养的人并不多，正因为这样，张爱玲的贡献是非常大的。她明显地继承了《红楼梦》的传统，包括阿城、汪曾祺，他们和中国古典写作都有很深的渊源。可是这样做的作家太少了，不成气候。所以我最近越来越看重金庸，金庸很了不起呀，是他把现代汉语的写作和中国古典叙事传统接起来了，而且是相当全面的衔接，包括叙事技巧，也包括语言。当然他也不是这样做的唯一的作家，他也是在一个传统里，旧白话的写作传统。当年鸳鸯蝴蝶派的写作在这方面做得很突出，他们有意继承古典叙事传统，解决了不少这个继承中的技术问题。所以张恨水等人的小说在那时候那么受欢迎，决不是偶然的。后来鸳鸯蝴蝶派的旧白话被反掉了，一时这个传统后继无人。其实，我认为新白话、旧白话都是“五四”以后形成的白话文学组成部分，这也不是我的发明，瞿秋白在《鬼门关以外的战争》一文里早就提出这看法。当然，在30年代瞿秋白在批评“新式白话”的“小团体主义”的同时批判旧白话，认为旧白话不革命，要防止旧白话传播封建主义文化遗毒，也是有道理的。可是后来人们过多地从意识形态的角度看待旧白话，完全否定了这一传统对发展现代汉语写作的资源意义，就过头了。所以，如你所说，今天现代汉语小说的写作应该重新重视对古典写作的学习，包括从旧白话小说里吸取技巧和语言的营养。整个20世纪我们的文学受“西方中心论”的影响太深，资源太单一太贫乏了。近来由于后殖民理论的传播，国内各领域都在讨论如何摆脱“西方中心论”的影响问题，但作家们似乎对这问题不大关心，好像觉得它和文学写作关系不大，很多人还是死盯着20世纪现代派不放，老是卡夫卡、博尔赫斯。文学是不是也能对过去许多成见重新进行审视？

李　静：这是不是和社会环境有关呢？话本小说是古代的产物，如果小说采用那种形式，和我们的时代距离就更远了，许多东西就都装不进去了。汪曾祺和阿城虽然是继承了笔记小说的遗产，但是他们的题材也只能是非现代的。现在的问题是：古典小说的形式技巧在现代化愈演愈烈的今天还有生命力吗？如果有的话，怎么继承它们呢？

李 陀:张爱玲继承了《红楼梦》,并没有妨碍她写城市,写现代生活,对不对?我觉得就看你的创造力和想象力如何。假定像张爱玲这样的作家能有十几个,我们的白话写作就更丰富了,就不至于像今天这样,大多数写作都是用相当欧化的现代汉语。我这么说,不是反对用欧化的现代汉语写小说,不那么简单吧,我说的是现代汉语有没有多元化的可能?我认为,我们应该有想象力,让现代汉语进一步多元化,不应该只有一个路子。所以张恨水、张爱玲、金庸、汪曾祺这些作家的重要就在这里:他/她提供给你一种方式、一个方向,让你看到现代汉语可以这么写,古典写作作为资源在现代写作中是有意义的、有生命力的,就看你有没有本事利用这些资源!

现在的问题是很多人,特别是一些青年作家,脑子里就只有20世纪的几个西方大师,熟悉的就是现代主义所形成的小说修辞学体系。这种情况是不是也该结束了?我们是否还应该考虑到另外一些资源?比如重读19世纪西方古典文学大师的作品,重读中国古典作品,另外,也要读当代优秀的通俗小说。20世纪通俗小说的发展是非常快速非常活泼的。拿美国的读者来说,现在读现代主义小说的人很少,多数人还是读通俗小说。有些通俗小说家也的确是非常好的作家,而且你也知道,有很多西方著名作家像毛姆、格林、迪伦马特……他们在文学商业化强大的压迫之下,也曾尝试为严肃文学的生存探索一条新路,做法是借鉴通俗小说的许多写作技巧和手段,试着写一种又严肃又通俗的小说,而且很成功,像迪伦马特的《诺言》、艾柯的《玫瑰的名字》都是例子。他们的做法应该对我们有启发,我们是否也应该把“纯文学”观念放下来,重视借鉴那些在中外通俗小说里积淀了两三百年的经验。

李 静:其实现在被我们认为是经典名著的古代小说在当时就是通俗小说。

李 陀:非常对。明代的李渔就很明白雅和俗的关系,所以他亲自写《十二楼》《无声戏》这类通俗小说,还自己组戏班子,亲自编戏导戏。还有冯梦龙,也大量地做了这样的工作。

今天,从事通俗小说写作的人为了利润,不大可能愿意向严肃小说靠拢,同时写严肃小说的作家也不愿意、不可能都把自己降格成通俗小说,但是严肃小说可以吸取通俗小说的一些有活力的因素,创造出更有趣的写作方式。

一般来说,有三个或四个(也许更多)小说修辞学的传统可以给我们提供营养:一个是西方18、19世纪形成的包括写实主义或批判写实主义以及浪漫主义在内的修辞学传统;一个是20世纪现代主义的小说修辞学传统;还有就是中国自己的章回小说和笔记小说传统;最后是我们都很熟悉的发展于拉丁美洲的以魔幻现实主义著称的非常独特的小说修辞学传统,惭愧的是我对这个传统不够了解,不敢乱说。还有,在这几个传统之外,像拉什迪、托妮·莫瑞森等一大批作家的写作也影响越来越大,这些人写作的独特性使人很难把他们一下子归于哪个传统,也许他们正在创造一个新的传统?不管怎么样,我以为我们今天应该眼界更开阔一些,不是眼睛只盯住现代主义,而是有选择地从多种传统中吸取营养。

五、文学写作中的“速度”问题

李　静:还有一个小说写作和阅读的“速度”问题:为什么文学作品爱看的人越来越少?而好莱坞电影为什么那么多人爱看?我想一个原因就是好莱坞电影的叙事有一种特殊适合现代人感觉的速度,而我们很多小说的叙事速度却太慢了。当然这是非常技术化的问题了。

李　陀:不,一点都不技术化,这个“速度”问题至关重要。你说的速度问题,也可以说成是节奏问题,都一样。经过 20 世纪这样一个重要的历史发展(阶段)以后,无论是国外或国内的读者,他们在阅读、鉴赏的过程中,对作品的节奏确实有一种完全不同于过去的要求。这很重要。有人把速度和节奏问题当做一个受众的需求,其实不然,它也是写作主体对技巧的新认识,对时代的真实的感受。

李　静:也是一种精神状态。

李　陀:也可以这么说。问题的复杂性在于,这个“速度”观念的根源并不能从文学或艺术的实践自身来解释。从根上说是 20 世纪的现代化造成了社会生活的速度问题:飞机等等现代化交通、无线电技术,还有近年迅速发展的电脑网络系统,这一切与资本主义对“效率”、“竞争”的无限追求相结合,最终建构起了我们今天生活其中的以速度为首要的文化和制度。从批判的角度上来说,如此强调速度的社会对人类其实危害很大,所以,如何抵制、批判过高的生活速度,今天不仅是理论界,而且也是作家们面临的一个重大课题。但是从写作上来说,还得把叙述中的速度和节奏问题作为重要技巧来对待。我注意到,在 90 年代的很多小说里,“内心叙事”这种心理描写特别时髦,尤其是第三人称的自由间接引语这种技巧,几乎变成了很多作家,特别是青年作家的主要写作手段。这种写法的一大问题就是速度慢,慢得让人不耐烦,让人头疼,我真奇怪为什么有那么多文学刊物的编辑,能容忍这种往往是冗长、单调又十分随意的写作风格充斥自己刊物的版面?单从技术角度讲,今天文学刊物面貌的单调和整齐划一,和这样一种粗糙而简单的写作技巧的流行(甚至是统治)有很大关系。我们知道自由间接引语的盛行与亨利·詹姆斯有关,我想批评家应该追寻一下詹姆斯创造的这种写作技巧什么时候进入中国的?什么时候开始被中国作家采用的?又怎样变成了 90 年代那么多作家最喜爱用的一种写作方式?这些值得研究。不管怎么说,作品的叙述速度上不去,现代读者就不耐烦。说到这里,我愿意推荐《挪威的森林》这部小说。在这部作品里,村上春树对“速度”有很好的处理,它是满足现代读者对于节奏和速度的需求的一个相当好的实例。这个小说发行几百万册绝对不是偶然的(当然它也不是什么了不起的作品)。它的叙事很有节制地处理了自由间接引语式这种技巧,叙事和情节往往通过非常简洁的人物对话和行动展开。村上春树的这种写作方法,或许和美国的侦探小说的影响有关?美国的侦探小说没有那么(多)的心理活动,推动叙事的往往只靠直观的对话和行动,与电影的叙事有很多共同之处。(我这里主要是指以钱德勒为代表的那批侦探小说家的写作,至于其他派别,特别是近年美国更为新派的侦探小说,情况还要更复杂些。)或许还有海明威的简洁的影响(海明威是对詹姆斯那种传统的一个自觉的反动,马原的写作就受海明威影响很大)。其实中国也有这种简洁叙事的传统,像《红楼梦》就没有什么心理描写,总是对话—行为—对话—行为。总之,中国作家确实应该把“速度”和“节奏”问题,当做小说叙述当中一个最重要的技巧和手艺来对待。作家根本不考虑今天读者对“速度”的要求恐怕是不成的。

李　静:小说的速度有两个极致,恐怕会更吸引人:一个是特别的快,让读者去追赶你;要么是特别的慢,就像汪曾祺的小说,他给人的是一片世外桃源,使现代人在这里忘记了速度对自己的压迫和驱赶。

李　陀:不,你说的那个复杂了。汪曾祺小说的叙述速度并不慢,他没有大段的场面描写、大段的内心叙事,但是他的叙述速度所体现的生活速度是很慢的,这一点他跟村上春树的小说正相反。汪曾祺叙述的快速度和他所描述的生活的缓慢之间的那种张力,是很迷人的。

六、现代主义面面观

李　静:您是80年代“现代派”文学的提倡者,现在又极力倡导文学界重视西方和中国古典文学传统,为什么会有这样的变化呢?看来您对现代主义又有了些新的思考?

李　陀:我先要说明,说我是什么“现代派”文学的提倡者,这不敢当,也不准确。就像前面所说,我在80年代也坚持“怎么写”比“写什么”重要,所以主张要大胆学习现代派的写作技巧,可一直不赞成在中国也搞什么现代主义。当年《北京文学》进行“伪现代派”的讨论的时候,我和黄子平争论的那篇文章就明确提出:干吗要跟着人家西方跑?不过,这一点不说明当时我对现代主义有什么深刻的认识,恰恰相反,那时真是很幼稚,对20世纪这一非常复杂的社会文化现象可以说了解很少,更不必说对它进行批判。

十几年过去了,我现在对现代主义的确有了些新的认识。总起来说,我认为西方人,尤其是他们的文学批评家和文学史家对现代主义评价过高,我们中国人没有必要跟着跑,我们应该有自己的评价。

认真地追寻现代主义的发展,从这发展中清理、认识它,现在已经有很多研究和著述,但我以为认识现代主义,一定要重视它和20世纪中产阶级社会的形成之间的关系。现在,“中产阶级”、“中产阶级社会”这些概念非常流行,但它们和当代资本主义之间的历史渊源和内在联系,认真的研究并不多。19世纪已经有中产阶级(米尔斯称之为旧式中产阶级),但正如马克思分析的那样,以产业工人为主体的劳动阶级与大资产阶级的对立构成了那时的主要社会冲突,在那样的社会环境里,虽然这些(旧式)中产阶级的利益与资本主义发展密切关联,共荣共辱,但他们仍然有自己的利益和社会诉求,形成那个时代文化场域中相互冲突的力量的一极。我们不能简单地说现代主义的兴趣就是那个时代中产阶级文化趣味的表现,可以肯定的是,这种由于中产阶级参与其中所形成的文化和意识形态领域里的冲突与张力,应该是现代主义崛起的必要条件,因而早期现代主义的文学和艺术中有那么浓烈的中产阶级味道(无论是莫奈的敏感和安逸,还是劳特累克的病态和颓废)是不奇怪的。到了20世纪中后期,在二战以后新的资本主义发展当中,以公司职员为代表的新兴的中产阶级代替了原来的产业工人和劳动阶级,形成和大财团、大资产阶级之间对立的主要社会成分。可是这个“对立”与19世纪情况很不相同,因为倚赖第一世界对第三世界的剥削和压迫,西方的中产阶级在“富裕社会”里过得相当舒服,而且,资本主义制度和中产阶级社会之间还形成了深刻的结构性的制约,使得他们能够容忍甚至满意自己的“单面人”的生活状态。这样,中产阶级社会一方面和资本主义之间有矛盾,有对资本主义进行批判的情绪和理由,但另一方面,他们的意识形态和资本主义又有一种基本上的和谐。正是这一新的历史条件造就了旧式现代主义(其极致即所谓High Modernism)向当代现代主义(所谓后现代主义)的转化,以及这二者之间剪不断理还乱的复杂关系。总之,在我看来,无论现代主义的兴衰采取何种形式,它们其实都是中产阶级社会创造的精英文化,很多人认为它们是资本主义社会的主流文化,这是很成问题的。至少在20世纪,资本主义的主流文化是文化工业所经营和生产的大众文化、商业文化,其中最有代表性的是好莱坞电影、畅销小说、广告艺术、MTV,还有近些年兴起的迪斯尼主题公园这类东西。实际上,正是这些文化产品,以及围绕它们形成的大众文化话语,为资本主义社会提供了正统的生活意义和道德、文化的基本价值,而不是现代主义文化。如果在二战前这一点还不够明显,那么自(20世纪)50年代西方发达国家先后都进入了消费社会(或消费资本主义)之后,现代主义只是在少数精英知识分子中生产、流通的小圈子文化,对西方社会并不具有人们所想象的影响这一点,已经是不争的事实。

为什么那些本来是当代资本主义社会主流文化的东西长期没有得到应有的重视,例如,对大众文化的研究长期以来进不了大学的课堂?这是个很复杂的问题。

我想这和长期以来历史地形成的精英文化的霸权有关，现在，我们正眼见这霸权的衰落。另一个值得注意的和这有关的变化是，由于第一世界中产阶级社会的不断壮大和成熟，资本主义社会的文化目前又在发生一些结构性的变化，其中精英文化和大众文化的融合，现代主义和后现代主义的融合，都是值得我们重视、研究的重要现象。我为什么啰里啰唆地说这些？因为我不赞成目前流行的对西方现代主义的迷信，一说现代主义就言必称大师，哪有那么多大师？在文学领域，我们也必须批判西方中心主义，要对现代主义有一个历史分析，对成分相当复杂的现代主义应当做具体划分。中国人其实一直和西方文化有距离，这使我们可以旁观者清，由我们来批评现代主义，有我们的优势。话说回来，今天我还是觉得有必要向现代主义学习和借鉴，问题是借鉴什么？我以为，它最值得我们重视的还是那些对社会现实进行批判的作品，如卡夫卡有关“异化”的写作、新浪潮电影、荒诞派戏剧等等。但是现代主义的很大一部分创作是表达中产阶级的理想追求、生活态度以及他们特有的快乐和痛苦，里面有什么东西和在非西方中产阶级社会生活的人相关？到底哪些东西对我们中国人有意义，有思考价值？这都要做具体的批评和分析。

这也涉及〔到〕90年代一些人对中国中产阶级的幻想，卫慧式的小说（对这样的写作感兴趣的人还不少）就是这种幻想的一个表现。这类小说往往都有这样的特点：在思想意识和写作形式的两个方面同时做“先锋”姿态的表演，并且以为（也被许多人误认为）这类表演是在创造一种后社会主义时期的“中产阶级主体”。其实她所描绘的那种生活只是一个小圈子里的事情，很难说和现实中正在生长中的中国中产阶级有多少意识形态上的交叉。不过，对中国的文学发展来说，重要的不是现在有没有人在试图创造一种中产阶级文化，而是作家和批评家们要让自己的写作和中国正在急剧分化的社会建立一个什么样的关系？这里一个大问题是：理论界已有这样的声音，以中国的有限资源，以及中国在资本“全球化”中的历史位置，可以预言在中国虽然会出现一定数量的中产阶级，但不可能出现一个以中产阶级为主体的中产阶级社会。当然这问题目前还在争论之中，我想文学必须关心这争论甚至参与这争论的必要性是很明显的，因为文学写作不能只为人们提供消遣和娱乐，它还能参与社会变革。

李　静：我想卫慧不一定会有那么明确的“创造中国的中产阶级主体”的意识，写作在她那里更重要的意义可能在于“创造一个新的自我”。我更想知道的是：从因为远离现实而变得“不自由”的“纯文学”，矫正为强有力地对各种社会问题作出“回应”的“问题文学”，会不会产生另外一种“不自由”——把文学“工具化”的不自由？毕竟文学不是用来表达观点的武器，而是呈现人类存在之复杂性和含混性的一种艺术方式。我想，文学关怀一切现实，只是由于文学自身的道义自觉，以及它呈现人类存在之复杂性的需要。您说呢?

李　陀:人各有志。我们今天讨论文学应该对“纯文学”的观念进行反思,作家是否应该根据中国正在发生的巨大变革重新考虑写作和现实的关系,也不过是一种看法,顶多是一种提倡,不可能限制谁,更不能强迫谁。现在的问题恰恰是很多人都感到严肃文学的路越走越窄,文化的市场化的压力使严肃作家的写作遇到了很多新问题、新困难,逼得我们不能不想办法,找出路。如果有些作家认定现代主义就是自己写作的唯一资源、唯一方向,那也无关大局,但如果迷信现代主义的人过多,就会妨碍我们对文学和现实的关系重新定位,更不能解决在新的形势下如何锻造新的文学的问题。所以我觉得在多个层面上对文学发展的可能性进行广泛的讨论非常必要,尤其是批评界,批评家应该对不同的写作予以分析,重新建立批评规范和批评标准,特别是强调文学对现实的批判性,把它作为一种价值标准确立下来。

李　静:您觉得“纯文学”会消亡吗?从您对文学史和文学现状的了解来看?

李　陀:很多概念都是开放的,历史上的任何一个概念都会在特定的话语实践中被重新定义,用来容纳新的东西,参与社会和历史变革。我觉得“纯文学”这个概念将来也会被重新定义。但是今天,我们首先要做的是对“纯文学”这个观念,这个观念在当前所体现的方向以及它和时代的关系加以把握。至于将来在新的历史条件下这个概念会不会被重新定义呢,那是将来的事情,咱们今天瞎议论也没用。

——原载《上海文学》2001 年第 3 期

黄发有

文学期刊与90年代小说

(20世纪)90年代市场经济的推进,对新中国成立以后形成的数十年一贯制的文学体制产生了强烈冲击。文化市场的初步形成,使文学传媒(主要包括文学报刊、文学出版机构等)的生存环境出现了重大转变。纯文学期刊的定位从生产本位走向了消费本位,从买方市场向卖方市场过渡。随着政府拨款的减少直至“断奶”,相当一部分纯文学期刊相继“改嫁”或“关门”,一些期刊开始标举通俗文学,另一些期刊则改版为文化类、综合类期刊,另觅出路。1998年是文学期刊运行最为艰难的一年,《昆仑》《漓江》《小说》相继宣布停刊,被称为“天鹅之死”。而那些纯文学的“留守者”,大多数依然靠着四处“化缘”苦苦支撑,积极者则如《收获》《钟山》《上海文学》《山花》《作家》《北京文学》《花城》《大家》《十月》《当代》等,开始注重可读性与外部包装,通过高层次的期刊品牌竞争来抢占市场份额。为了获得品牌效应,文学策划的重要性日益加强。策划的概念最初运用于广告业和唱片业,“造势”、“炒作”似乎是其题中之意。90年代的文学策划以编辑为核心,集结了相当数量的作家和批评家,推出了一大批文学口号与文学命名,几乎所有的文学思潮都和期刊的策划有不同程度的相关性。在某种意义上,文学策划潜在地改变了传统的文学格局。文学史家在面对90年代文学时,首先必须清理的就是由文学策划留下来的泥沙俱下的各种名词。

一、救亡或殉道

90年代的文学策划一开始是以“反抗危机”的面目登场的,编辑对于文学的边缘化深怀着一种焦虑,希望通过新的文学实践来恢复生机与活力。《北京文学》在1994年推出“新体验小说”时刊发了“卷首语”,其中有这样的话:“对于非商业性文学期刊来说,‘洛阳纸贵’已经是明日黄花,或许还将‘黄花’下去。然而,这既不能成为文学拒绝反省的理由，也不能成为本刊回避反省的借口。”①《上海文学》在同年推出“新市民小说联展”时，在“编者的话”中表述了触发动机：“自今年1月号以来，我们一直做着从内容到形式更新纯文学刊物的试验。我们的体会是光怨天尤人，以作茧自缚为荣，不可能给纯文学带来真正的尊严。相反，这可能意味着‘慢性自杀’。在一个竞争激烈的文化市场中，纯文学只有敢于自审，善于自救，才能走上自强自立之道。”②但是，随着商业意味的加强，期刊策划与文学建设的相关性日益削弱，期刊在面对市场运作时也不再羞羞答答，拉山头树旗号成为策划的首要目标，至于命名的科学性早已被忘到了九霄云外。《青年文学》的编辑就理直气壮地说：“刊物不仅仅是一种编辑行为，而更是一种动作和操作（甚至炒作）。”③

90年代的期刊行为接连不断。《钟山》在1989年第3期推出“新写实小说大联展”，在1994年4月与理论刊物《文艺争鸣》合作，为“新状态文学”鸣锣开道；《北京文学》在1994年第1期祭起“新体验小说”的大旗，1997年与中国当代文学研究会以及20家大型文学期刊联合举办“中国当代文学最新作品排行榜”活动，1998年第10期刊登朱文的《断裂：一份问卷和五十六份答卷》、韩东的《备忘：有关“断裂”行为的问题回答》；《上海文学》在1994年倡导“文化关怀小说”后，又与《佛山文学》联手推出“新市民小说联展”，1996年该刊还推出了“现实主义冲击波”专栏；《青年文学》从1994年至1997年开设“60年代出生作家作品联展”栏目，1998年还开设“文学方阵”栏目，集束性地刊登某一地区的作家作品；1995年3月，《作家》《钟山》《大家》《山花》共同开设“联网四重奏”栏目，在同一个月份共同发表同一个作家的作品，意在推出文学新人，评论报纸《作家报》随后加入，在刊发联网作品的月份里配发评论专版；《小说界》早在1988年就开设了“留学生文学”栏目，并一直坚持至今，1996年至1999年该刊开设“70年代以后”栏目，专门刊登70年代出生作家的作品与个人简介；推举70年代出生作家的栏目还有《芙蓉》1997年第1期开栏并延续至今的“70年代人”和《山花》1998年推出的“70年代出生作家”（只开了一年），《人民文学》从1998年开始设立的“本期小说新人”栏目也推出了部分70年代出生作家的作品，《作家》更是在1998年第8期推出了“70年代出生的女作家小说专号”；自1997年开始，《小说选刊》与漓江出版社每年联合出版一套《中国年度最佳小说》；1999年，《时代文学》《作家》《青年文学》联袂举办“后先锋小说联展”，并且配发脱离文本的理论主张；《山花》从1999到2000年开设“自由撰稿人”专栏，发表职业作家的作品和创作谈。此外，《大家》一创刊就与企业联手，推出10万元的高额文学奖；《东海》在举办30万元文学巨奖

① 《卷首语》，《北京文学》1994年第1期。

② 《绿的缠绕——编者的话》，《上海文学》1994年第9期。

③ 《青年文学》2000年第1期。

与每千字300元的全国纯文学最高稿酬奖之后,1998年至1999年又推出“广厦杯”50万元文学征文,旨在广揽海内佳作,争创一流文学期刊。

回顾90年代文学期刊策划的文学运动,能够清晰地看到“轰动情结”的演变轨迹。90年代初期,“文学终结”的声音回荡在文学上空,“失去轰动效应”成了对文学困境的最为简明扼要的概括,于是,重新唤回80年代的轰动效应就成了文学留守者责无旁贷的文化使命。《雨花》主编周桐淦在抚今思昔中流露出无限的缅怀和叹惋:“也许,作为计划经济时代的派生物,传统意义上的文学期刊,从形式到内容,从体制到运行,在勃发生机的市场经济面前,都显得严重失去活力,慢慢锈涩、慢慢萎缩了。‘天鹅’真的就该这样慢慢地、一个一个地静静死去吗?”①为了起死回生,编辑们的努力就显得无比悲壮,《红岩》主编谢宜春刻骨铭心地说:“沉重的经济压力,也让文学期刊的老总们再也无法静下心专心致志地去构建雕饰他的艺术圣殿了。我们已习惯清贫,并不惧怕寒酸的尴尬,但是他们唯恐刊物在他们手上寿终正寝。文学是他们的钟爱,编辑工作是他们心甘情愿投入终生的事业,刊物上凝聚着他们的心血与生命。他们无法面对终刊那样的感伤局面。因此,都身不由己地奔忙起来,进行各种各样的尝试与探索。改刊、改版,乃至改变宗旨者,有之;重新包装,活跃发行渠道者,也有之;以文养文,以商养文,文企联姻者,也不鲜见;直到改换门庭,引入现代企业管理机制,实行现代企业化管理等等,可以说是八仙过海,各显其能,凡是能做的他们都做了,令人感佩之至。”②但是,把维持刊物的生存作为最高目标,很容易使刊物偏离了文学本身,这算得上是“救亡压倒启蒙”的另一种情境了。这样,即使刊物重新焕发生机,也仅仅意味着商业方面的成功,而文学在口号、运动、市场的压力下,逐渐地沦为一种配角甚至工具。“好死不如赖活”的办刊思想很容易把文学推入商业的泥潭,对“轰动”的盲目追求只能使文学的功利性畸形地膨胀,而文学的审美性则日益萎缩。

如果说90年代初期的期刊行为带有明显的应急性,主要的切入点也着眼于标举文学口号与倡导审美试验,如“新写实”与“新体验”等,那么,90年代后期则往往从文学之外入手,进行具有商业意味的炒作,诸如以年龄划分出的“新生代”、“60年代作家”、“70年代作家”、“80年代作家”、“文革后一代”等文学代群,更荒唐的是将美色与文学拼凑在一起的“美女文学”。将量化指标引入批评实践的“排行榜”与重金悬赏的做法开始流行。还值得注意的是1999年的“改版热”,《作家》杂志在小说、诗歌、散文和报告文学这四类文体传统之外开辟了一批新栏目,形成所谓的“泛文学”概念,在期刊的定位上也有重大转换,比如在原来的口号“作家们的《作家》”

① 周桐淦:《梦幻天鹅湖》,《北方文学》1999年第9期。

② 谢宜春:《悲壮的努力》,《北方文学》1999年第12期。

后加上“读者们的《作家》”，正是这种“把为作家办刊转变到为读者办刊”的“立足点的转变”①，直接导致了2000年与上海全景文化发展有限公司的合作，以创办“中国的《纽约客》”为目标，由“纯”向“杂”转轨；《青年文学》主张打破文体界限，倡导把小说的叙事、散文和诗歌的个人化感受以及报告文学的纪实成分融汇在一起的“模糊文体”；《山花》和《莽原》为“新文体”开辟了专栏；《大家》则近乎极端地呼唤一种突破了所有成规的“新的文学精灵”——凹凸文体；《黄河》《小说家》《北京文学》都缩减了文学作品的容量，大量刊登思想性文字。② 文体交融是文体演变的关键，但文学期刊联手呼唤“跨文体写作”却是项庄舞剑，意在沛公，它们对于形式的革新并无太多的兴趣，更多的是从当时的思想随笔热中获得启示，试图把文学的战场扩张到政治、经济、社会、文化等更加广阔的领域，而文学的审美本体倒是成了一种外在包装，成了食之无味、弃之可惜的鸡肋。另外，《芙蓉》在1999年制定“挑战传统阅读，推出新人新作”的办刊路线，大打“青春”牌；而四川的《青年作家》则在同年11月改版，瞄准大学生和网虫读者群，高扬“中国高校互联网”的旗帜，从面向大众转为面向“小众”。期刊改版的背后，隐藏着编辑群体非常微妙的心态转变。2000年《湖南文学》“变脸”为《母语》，主编王静怡说：“《母语》的前身《湖南文学》一年才3万元，在编4个人要吃饭，要出刊，那时我全部的工作不是办刊，而是拉赞助。后来停发了半年工资，真的养不起了。我在《湖南文学》的第6个年头决定改版，我们也是实在活不下去了。只要有一口饭，我也不愿动的……我现在意识到，多数文学刊物改版还不仅仅是生存问题，其实是个理想问题。办文学刊物的其实多少有点理想主义，如果真是他挚爱的美好的事业，就是穷点、苦点大家也会坚持的。可现在他们是对文学怀疑了，对办文学刊物这项事业怀疑了：为现在这种质量的‘文学作品’付出时间和心血值不值得？”③相对于经济的困顿而言，文学理想的泯灭对文学期刊的影响将更加致命。

如果说80年代的文学轰动是成功地引爆了政治、社会的兴奋点，那么，90年代能够称得上轰动的文学现象只能是商业对文学的成功招安。在这样的变迁中，文学始终没有摆脱依附和寄生的命运，正如王晓明所感叹的：“我过去以为，文学在我们的生活中占有非常重要的地位，现在明白了，这是个错觉。即使在文学最有‘轰动效应’的那些时候，公众真正关注的也并非文学，而是裹在文学外衣里面的那些非文学的东西。”④

---

① 段儒东（《清明》主编）：《立足点的转变》，《北方文学》1999年第8期。

② 参见邓凯：《1999：文学期刊何去何从》，《中华读书报》1998年10月21日。

③ 陈洁：《文学期刊改版后的生存状态》，《作家文摘》2000年12月第411期。

④ 王晓明等：《旷野上的废墟》，《上海文学》1993年第6期。

二、编辑的文学

反思90年代文学期刊的种种“策划”，不难发现其基本的精神逻辑，那就是：喜欢归纳拒绝分析，追求速效鄙视“慢功”，偏爱“特色”冷落“复调”。大部分期刊都希望发表在自己刊物上的作品能够体现出统一的文学主张和审美倾向，以“合唱”的宏大声势为文坛带来激动，也为刊物带来声誉与效益。在这样的思路下，刊物对于作家作品的“群体性”的重视远远超过“个体性”，对于适合自己办刊思路的“个性”能够极力栽培，对于不合自己胃口的“个性”就拒之门外。于是，那些无门无派的“独行侠”无人问津，而那些“流派”作家门庭若市。顺此下去，“独行侠”要么放弃“独唱”融入“合唱”，要么湮没无声；“流派”作家紧跟刊物，“特色”日益鲜明，路子越走越窄，泯然于众人，成为缺乏创造性的大路货。渐渐地，编辑成为文学的判官，大有“顺我者昌，逆我者亡”的意味，90年代的文学在某种意义上成了“编辑的文学”。像在80年代以后推出了王朔、苏童、余华、莫言等“大腕”作家的《收获》，被称为中国新时期文学的“编年简史”，但其相对稳定的编辑风格也是对作家的一种限定，“一个新起作家只要在这里一连几次亮相，离享誉全国也就不远了。这使不少新起者趋而往之。久而久之，这些趋往者可能不再是为自己写作，也不是为读者写作，而成了为《收获》写作，为《收获》的编辑倾向写作。我们可以把这种现象叫做刊物对写作人的修改。这种修改不但发生在作家起步之后，更可怕的是发生在作家起步之前。此间必会有不少误导和误铸，这对作家的成长和文学的发展是有害的”①。刊物对作家作品的随意整合，差不多是90年代的“常规”。比如《钟山》举办的“新写实小说大联展”，是编辑在归纳了1987年、1988年发表的《风景》《烦恼人生》等作品后精心策划的，但发表在这一名义下的作品实在是参差不齐，像赵本夫的《走出蓝水河》、高晓声的《触雷》延续了他们一贯的风格，并没有从传统现实主义向新写实转轨的痕迹；与“新写实”的审美趣味最难谐调的是朱苏进的《绝望中诞生》，小说的叙事充盈着旺盛的激情和自由的想象，对个性的张扬闪现着浪漫主义的精神面影，“非常精彩地把那种意识形态的两极对立状态转换成为个体生命层次上欲望与目的的对立，把硝烟弥漫的战场转换成人内心深处的痛苦挣扎”②，这种风格与“新写实”的冷漠和无奈完全是两码事。为“主义”的召唤而写作很难摆脱牵强附会的陷阱，“新体验”的倡导人和实践者陈建功就说：“‘新体验小说’是在1993年岁末仓皇上阵的，我那篇《半日跟踪》‘跟踪’的如此仓皇便是明证。”③

---

① 罗岗、摩罗、梁展：《几重山外从头说——文学期刊与文学创作》，《文艺争鸣》1996年第1期。

② 陈思和主编：《中国当代文学史教程》，复旦大学出版社，1999年，第361页。

③ 陈建功：《少说为佳》，《北京文学》1994年第2期。

90 年代期刊快速更新的口号,也使“润物细无声”的“慢功”成为不可能,而这恰恰是文学健康、持续地发展的重要保证。正如《上海文学》编辑所描述的:“在我们的理想中,一本好的文学刊物,不应该像一列火车,除了危险品什么都装,每到一站还要仰天长鸣,总想造成轰动效应,其实反而增添了彼此的不安全感……我们追求的好刊物,应如一架生命力顽强的葡萄藤,它的躯体柔韧而富有弹性,它每年都会向前延伸……带给人的是一片荫凉与家园感……有千万之众可以分享它的甜蜜……编辑工作,说到底,是带给人间‘绿的缠绕’。”①《小说林》主编、作家阿成进行了一个很有趣的自问自答:“问,……有的编辑特别‘政工’,有的编辑特别喜欢玩‘关系稿’,有的编辑特别唯我独尊。有的编辑,的的确确任劳任怨。你如何面对,如何处理? 答,不知道。但对任劳任怨的编辑特别关照。……问,你认为一个及格的主编应具有哪些条件? 答,遵守出版纪律。有正确的判断能力。懂业务。妥协主义者。爱才如命。幼稚。周期性宣泄。自嘲。工作一丝不苟。”②从中我们可以感知编辑工作的艰难和复杂,整体语境与社会风气都会影响其工作成效。

中肯地说,90 年代的文学期刊在活跃文学空气方面功不可没,城市文学期刊实际就是一个个文学碉堡,它们的存在标志着纯文学的存在。在培养新人、推出新人方面,文学期刊可谓不遗余力。“联网四重奏”在开出专栏时就旗帜鲜明地表明了态度:“90 年代的文化转型,大众传媒空前发展,文学迅速走向边缘,文学期刊的影响力受到限制,文学新人的成长失去了往日后浪推前浪的繁盛。为了更充分地发挥文学期刊的潜能,及时发现新人并向文坛推举,我们四家刊物经过商议,决定改变原先独自惨淡经营的局面,采取文学联网的形式……为勃勃生机的黑马开辟广阔的原野,也为那些大器晚成的作家提供机会。”③另外,像《山花》推举“自由撰稿人”的专栏对新世纪文学的新生力量有着潜在的促进作用。但是,推举新人的行动如果发展到极致,一者挤压了那些进入成熟期的作家的发展空间,二者对年轻作家会产生揠苗助长的负面影响,90 年代末期文学期刊对“70 年代人”的追捧就颇有这种意味,所以我个人认为 70 年代作家群在某种意义上是“激素催生的写作”,缺乏自然生长的文学的特质④。

90 年代的文学期刊越来越重视社会反响,而衡量反响程度的一个重要指标就是转载率,可观的转载率在编辑的眼里意味着媒体之间的良性互动。以量化指标衡量办刊水平显然失之偏颇,这和 90 年代重名不重实的文化氛围密切相关。期刊对外部反应的过分关注折射出期刊编辑内在的价值迷惘,文学的边缘化导致了文学期

① 《绿的缠绕——编者的话》,《上海文学》1994 年第 9 期。
② 阿成:《主编:值得商榷的角色》,《北方文学》1999 年第 7 期。
③ 《作家》《钟山》《大家》《山花》:《“联网四重奏”编者按》,《作家》1995 年第 3 期。
④ 参见拙文:《激素催生的写作》,《人大复印资料·中国现当代文学研究》2001 年第 8 期。

刊在媒体中的边缘处境,价值和心理的落差都使编辑迫切地希望得到来自外部的肯定,从而克服虚无的焦虑。这种导向使《小说选刊》《小说月报》《中篇小说选刊》等文学选刊的地位日益提升,那些处于边缘地位的省级文学期刊在审美选择上更是把选刊的趣味奉为圭臬。选刊的审美倾向可谓老成持重,素来青睐名家新作、写实型作品(或者说"主流型"作品)和社会正面反响较大的作品,素来忽视那些倾向于形式探索的作品、新人新作和引起争鸣甚至非议的作品。这就造成了选稿范围和审美趣味的狭窄,对于那些大胆创新的作品的漠视鼓励了那些保守的(也可以理解成"稳健的")作家作品和审美选择。《小说选刊》和《小说月报》在选目上的经常性重复,入它们法眼的原发期刊数目和作家数目的有限性,表明选家的审美定势和文化惰性已经基本成型。选家当然可以有所偏爱,但当这种偏爱发展成漠视甚至排斥某种类型和风格时,其权威性就成为一种误导。由于像鲁迅文学奖等权威性奖项都习惯从选刊入选篇目中遴选候选作品,选家的偏失就产生了马太效应,形成一种恶性循环。小说新人为了得到选刊的垂青,就必须奉行选刊所推崇的审美风格和叙事模式,就必须洗净浮躁走向成熟,可年轻的浮躁和不完善常常伴随着创新的锐气和探索的激情,而成熟更是常常意味着虚与委蛇和浮光掠影。在选刊选入的名家新作中,像李国文的《垃圾的故事》、刘心武的《护城河边的灰姑娘》、莫言的《倒立》、铁凝的《树下》、池莉的《两个人》、苏童的《伞》……实在算不上什么好作品。而入选的一些新人作品,又往往是这些作家的最没特点、最缺乏审美冲击力的作品。错误的鼓励称得上是温柔陷阱,这种力量很可能无声无息地将"先锋"改造成了乡愿。另外,选刊也一直在强调可读性,它们对现实主义作品的偏爱充分体现了其读者定位,典型如《小说月报》的"百花奖",读者的选票在确定获奖篇目时就产生了决定性作用,这样的标准显然助长了小说创作中的市民趣味,选刊的口味和《故事会》的标准越来越接近。读者多的作品就一好百好了吗?以量化指标衡量文学和盲人摸象没有太大区别。"断裂"行为对两家选刊的质疑还是不无道理,张新颖的评价就颇为中肯:"它们代表文学界中庸的趣味、水平和标准。不能够体现包含着可能性的状况和进程。"①

三、代群的怪圈

90年代的期刊策划对文学的最为深层的影响是"代群意识"的强化,以代群划分文学已经演变成了一种恶性循环。以年龄、地域将作家划分为若干群落,已经成了文学期刊推举或炒作作家的惯例。这种约定俗成的做法已经成了文学期刊设置

① 《断裂:一份问卷和五十六份答卷》,《北京文学》1998年第10期。

栏目的主要依据，而且，这种做法还将继续下去，毫无衰退的迹象。王蒙说："分代我一点也不反对，如果单纯地用年龄用经历划分作家，我觉得这本身的幼稚性比用观念划分作家还要廉价。第四代人是最新的人，他们有最新的观念、最新的艺术方法，第一代老了，所以过时了，第二代人正在过时，第三代人一半过时，一半不过，第四代方兴未艾，这样来划分就更可笑了。"①随着90年代大众传媒的繁荣，炒作文学作为一种时尚，为了发挥集团作战的声势，媒体与批评界在制造文坛新热点时习惯以"代群"作为基本单元。而且，由于文学的边缘化趋势，社会对文学的注意力是有限的，这就使媒体与批评界在推出新宠时往往打压旧爱，厚此薄彼。面对这样的文学气候，作家们为了不被冷落，就尽量避免成为独自作战的散兵游勇，为了进入文学的主流而不惜牺牲自己的创作个性，潜在地表现出一种趋同倾向。不管是所谓的"新生代"还是"70年代作家群"，其中的同代作家在初登文坛时还算个性鲜明，他们被生硬地整合进一个群体实在是牵强附会，但不幸的是，他们渐渐地变得大同小异。更为悲哀的是，随着90年代关注文学外部空间甚至脱离具体的文学创作的文化批评的兴盛，加上媒体对文学中的"趣味"资源的开掘，作家们开始不务正业，通过明星路线和一些诸如"断裂"的"行为艺术"来炒作自己，真可谓"功夫在诗外"，文学的内在品质在内外交困中逐渐地走向媚俗。90年代的小说作家大都走向了偏至(执)的审美，他们要么过分依赖于经验，典型如"三驾马车"的新现实主义小说；要么沉迷于形式游戏，典型如戏仿小说。这样的路径在刚开始时能够给读者带来一点新鲜感，但随着有限的个人经验的耗尽和叙事形式的逐渐定型，他们的内在缺失便水落石出，而自由意志的匮乏是其致命的地方。作为个体，他们陷入了自我重复的怪圈，喋喋不休地、语无伦次地诉说着；作为群体，由于文化背景的相似，他们在作品中出现了经验同化的倾向，而且在亲和感与相互模仿意识的牵引下，在叙事形式上表现出雷同化现象。这样"代群重复"现象在自知青文学和先锋小说以降的大陆文学中表现得尤其突出。"代群"现象在新时期中国电影中也是一种奇异的风景。被划入第六代导演的张元说："说'代'是个好东西，过去我们也有过'代'成功的经验，中国人说'代'总给人以人多势众、势不可挡的感觉。我的很多搭档是我的同学，我们年龄差不多，比较了解。然而我觉得电影还是比较个人的东西，我力求与上一代人不一样，也不与周围的人一样，像一点别人的东西就不再是你自己的。"但即使像他这样比较清醒的导演，在同一个场合中，随后表现出的依然是代群意识："我们这一代人比较热情。"②在某种意义上，代群意识已经成了一种集体无意识，其中当然有以群体为

① 王蒙、王干：《今日文坛：疲软？滑坡？》，《钟山》1989年第3期。
② 郑向虹：《张元访谈录》，《电影故事》1994年第5期。

本位的传统文化的投影。戴锦华的论述颇为精到:"从某种意义上说,自'天朝倾覆'的上一世纪之交,中国的近、现、当代历史始终处于'大时代',中国几代知识分子始终在出演'大时代儿女'的角色。而1949年以来,特定的社会与文化结构,个人难以幸免的政治运动的席卷,造就了人们必须分享而又实难达到共识的历史经验……一种文化的代群的指认,不仅意味着某个生理年龄组,而且意味着某种特定的文化食粮的'喂养'。某些特定的历史经历,某种有着切肤之痛的历史事件的介入方式……因为被纳入某一代群,意味着某种艺术地位的获得,同时也无疑意味着本来已如'风中芦苇'的'个性'、'自我'的再度湮没。"①一种过分发达的代群意识还容易造成一种代群隔离,也就是代沟,认为自己这一代人比另一代人出色。张承志就曾在《绿夜》中宣称:"应当对属于不同世代的人闭紧心扉。"面对人们对红卫兵的批评,他更加激烈地说:"我尚未发现有谁比我对红卫兵的造反含义更肯定;也没有谁比我对特权阶级更敌对。"②这种代群封闭在很大程度上阻碍了个人的精神开放,作茧自缚。其实任何一代人都有自己的局限,也都有特殊的时代烙印。代际之间的交流有利于文化的绵续与精神的传承,能够取长补短,互相促进。恰如张新颖在评价一本叫做《"六十年代"气质》的书时所说的:"这样一来,关于代的独特性的认识就变成了划地自限,'人'这个概念的丰富可能性和个体生存的敞开性往往就容易为代的自恋所圈定和锁闭……天宽地阔,在天地间做人,不要退居内心变成'琥珀'。"③

过度的代群意识导致了中国文学的代群重复,同一代人的文学创作常常是大同小异。20世纪的中国文学始终未能摆脱"八股"幽灵的纠缠,旧八股、新八股、洋八股、党八股、帮八股的继起与叠加窒息了文学创作的个性,而新时期的伤痕、反思、改革、寻根、知青以至先锋文学思潮的潮头作,也大都从寂寥低沉的独唱转向众口一词的合唱,而后在时间与自我的双重淘洗下"集体退场"。90年代的小说创作可谓变本加厉,其中只有王安忆、王小波、史铁生等个别作家能够以自由精神咬破"代"的厚茧。我把这样的文学现象称为"代群八股"。当一群人的写作走向八股化的歧途时,连起码的创作个性都难以得到保证,还何谈"个人化"呢? 称之为"化(化解、溶化)个人"还差不多。而文学期刊以"代群"划分文学的做法,使"代群重复"成为难以挣脱的怪圈。任何"著名的"或"新生的"作家,只要进入文坛接受代代相传的文学发表与出版体制,就很难不进入"代"的陷阱。

——原载《文艺争鸣》2002年第1期

① 戴锦华:《隐形书写——90年代中国文化研究》,江苏人民出版社,1999年,第135—136页。

② 张承志:《三份没有印在书上的序言》,萧夏林编:《无援的思想》,华艺出版社,1995年,第90页。

③ 张新颖:《自恋是迷人的,但是……》,引自"说话网"(http://www.say-you.net),2001年3月。

罗振亚

后朦胧诗整体观

当历史终于将艺术桂冠奉献给朦胧诗时，事实上，北岛、舒婷们的黄金时代已经过去；甚至连朦胧诗人的足跟尚未来得及站稳，一股后朦胧诗浪潮便以轰天气概汹涌着逼近，诗坛再度失去了平静。

这股反拨朦胧诗的浪潮是由众多抒情群落与层面汇成的合声鸣奏。两千多家社团星罗棋布，诗歌流派也数以百计，仅《中国诗坛 1986，现代诗群体大展》就一次共时性地推出了非非主义、整体主义、莽汉主义、撒娇派等几十个诗歌团体，真是派别林立、主义如云；并且它们相互间层次错落、形态纷然，大有群芳荟萃、多元并举的鼎沸趋势。富有趣味的是，最先向朦胧诗抛出白手套的恰恰是朦胧诗人梁小斌，一篇《诗人的崩溃》宣告决裂开始，继而杨炼与吮吸朦胧诗奶汁长大的于坚、宋琳、韩东、车前子等人反戈一击，共同促成了朦胧诗的最终解体。这内讧式的反叛无法不令人深思，后朦胧诗究竟哪里比朦胧诗优卓而诱惑得人们趋之若鹜？它把缪斯的诺亚方舟引向了何方？

如果“把后朦胧诗狭义地限定在第三代诗的范围甚至可能更准确”①的话，那么作为一种有别于（20 世纪）90 年代相对独立的个人写作的诗歌运动，后朦胧诗（1984—1988 年）的历史已过去十余年。因此在缪斯的版图上，标示出它的位置是时候了。

生命本体的喧哗

成熟往往也意味着死亡，不断衍生与变化才是充满活力的象征；一种范式一旦凝固定型，便会容纳不进新事物而导致革命发生。缪斯的每次艺术革命出现，决非

① 臧棣：《后朦胧诗：作为一种写作的诗歌》，《中国诗歌：九十年代备忘录》，人民文学出版社，2000 年，第 202 页。

仅仅因为单纯的外力刺激，而肇源于艺术内部饱和酿成的萎缩。后朦胧诗的崛起就是因为朦胧诗的停滞。不错，契合于一个时代怀疑、悲愤、亢奋、觉醒的整体心态，众多张扬个体心灵的诗篇，使朦胧诗在中国诗坛刮起了一场飓风，它以强烈的忧患意识凸现与抒情主体“我”之回归，恢复了诗歌情感哲学的生命。但随着时光推移，民族腾飞时期经济战略的转移，仍然耽于咀嚼心灵潮汐、频频哀怨感伤、构筑梦的童话的精神天地，显然有些不合时宜了。于是，从1984年开始，伴着“PASS北岛”、“打倒舒婷”的口号，一场超越公开进行。在一片鼓噪声中，北岛、舒婷们像历史的中间物，被那些曾经是真诚的崇拜者置于对立面。

对朦胧诗的“定点爆破”是分两翼展开的。一个阵营的诗人难再满足一己鸣唱与诗歌的自身反思，力图寻找诗与外界客观事物重新交合的途径，把视角伸延向历史文化、自然人类等相互交错的宽阔抒情空间，诗又获得了现实气息的生命。它大致包括边塞诗派、生活流诗派、史诗和部分校园诗。这一阵营的诗强化了诗的参与意识，以富有质感的具体现实替代了朦胧诗的空幻迷离，完成了朦胧诗走进自我后的走出自我、主观情志与客观物象重新统一的过程。另一支劲旅则是自诩为“第三代”的诗人们，它包括非非主义、整体主义、莽汉主义、他们、海上诗派、女诗人等抒情群落。后朦胧诗人对朦胧诗人那种英雄主义倾向、忧患意识与使命感格格不入。他们不愿再做“类的社会人”，无意代表时代与他人，只代表自己。而他们是一群“野家伙，是腰间挂着诗篇的豪猪”，“是一群小人物，是一群凡人，抽烟、跳迪斯、性爱，甚至有时酗酒、打架……”（于坚语）。他们公开宣称“只有艺术家的良心，没有什么乱糟糟的社会责任感”（尚仲敏语）。平民意识的觉醒，使后朦胧诗人们从朦胧诗的情思阴影下走出，走向了人自身生命存在状态的顿悟与袒露。他们认为诗只是纯内心的行为、只是灵魂的眷顾与牵挂，“诗价值实现是一种无目的的实现”（宋琳《青春诗话》），“诗是纯粹的生命体验”（《“超前意识”宣言》），种种宣言无不昭示着诗人们在寻求着对艺术外在负累的摆脱、艺术与生命同构的途径。而真正的人间气味残酷而平庸，是崇高、恬静、和谐与琐屑、嘈杂、崩溃的统一共存。于是他们不约而同地踏上了否定朦胧诗热烈地切近现实的英雄主义思想倾向的道路，实现了向生命本体的内向化转移，不再关注外部世界的意义与深度。如面对同一对象大雁塔，朦胧诗人杨炼的《大雁塔》是民族命运、人文历史的凝固与象征，深度象征与悲壮高昂的语调里爱国情感宛然可见；而韩东的《有关大雁塔》却以淡漠姿态指向文化的神秘与不可知。“有关大雁塔/我们又能知道些什么”，大雁塔只是一般物体，诗人爬上去也就是想看看四周风景。两首诗的对比表明，后朦胧诗在以反文化、反英雄、反崇高视角构筑平民意识的世界，除了平凡、平淡、平常的自己，世界上别无他有。

理想主义的丧失、世纪病与西方哲学氛围的弥漫，以及对人类生命真相的反思，使后朦胧诗的精神网络布满的再不是正义与人性的理想光环与伟大的人格乃至艺术良知，而完全嬗变为个体自我意识与下意识、潜意识的冲突纠葛，以及由此滋生的压抑、恐惧、无聊、荒诞、焦躁、悖谬等现代人灵魂的躁动不安，从另一角度“向人的既艰难又平庸的生命更真实地靠近了一步”①。

后朦胧诗的变革首先从对自我的戏谑反讽，对自我弱点的审视拉开了序幕。后朦胧诗人以把玩的态度无可奈何地放纵自我，做超脱奇想。“撒娇派”宣言：“活在世上看不惯就愤怒，愤怒无济于事便做超脱的撒娇”；“情绪哲学”也渴望在情绪释放中解脱生之苦闷。于坚的《好多年》以众多琐屑而不相干的生活片断组合，反讽生命过程的平淡艰难和无价值，简直酷似一幅现代人的嘲谑图。王寅的《想起一部捷克电影想不起片名》题目本身就暗示了平民生活的尴尬，叙述更充满调侃意味。另一方面，后朦胧诗远离人群，放逐自我，进入更为孤独之圈，充满绝望与宿命色彩。郭力家认为，“无聊也是艺术的一个生命要素”，“你究竟是谁呢/你根本就不是谁/你只是你自己的一种尴尬”（闲梦《尴尬》）。人已被完全异化，肉体与灵魂普遍分裂，询问的焦灼里浸染着生命不可知的惶惑。朱凌波的《空位》意在表明孤独乃现代人的本质心理，它如空位一样无处不在、永难填补，完全是对萨特存在主义哲学的皈依。后朦胧诗以生命本位的野性冲动，彻底揭去了人类头上那层虚伪的掩饰，暴露出猥琐零碎的本质面目来。其次，后朦胧诗踏上了黑色幽默似的荒诞行旅。放纵也好，孤独也好，世界依旧是老样子。在人生苦痛与无奈之间的二律背反中，后朦胧诗人们再没有愤世嫉俗的慷慨悲歌，而完全以玩世不恭的态度去面对虚伪、神秘与冷酷。“孔明于2000年复活/世界上一下子死去两千个总统/宫殿造在我的肩膀上/腋窝里长出许多野草”（詹小林《荒诞》），一切都荒唐悖谬、越轨可笑。当然，因为它源于生命与生活本身的荒诞，有时又“冷得使人浑身发烫”，滑稽外衣里隐藏着一些严肃的内涵。张锋的《本草纲目》俏皮的语句组合，未尝不是对中国文化缺少男性气概、自我伤感特征的讽刺与不满。这一代诗人的荒诞感以极大的破坏力进入对生命的体验，并表现一种人生的智慧。诗人把丑也大胆地推上了缪斯的圣殿。现代主义的大师也都曾将丑的事物引入诗中，但总是把它作为被征服、被超越、被弥合的对象；而后朦胧诗却要以粗鄙来袒露人的原本状态。它写人置身于“广袤无垠的垃圾场”，与远方伟岸的屎壳郎、白胖的蛆虫、黑黄的蚁群、绿头苍蝇互为感知，发出造化神奇的感叹。这种丑的引进对于缪斯大煞风景，在它面前一切美与秩序都不复存在，诗成了“放荡的缪斯”。朦胧诗人也曾大面积咏叹，死亡与人类的寂灭，但它总是和历史、具象混同一处，后朦胧诗人则从形而上层面思考死亡。这是自渎意识的逻

① 徐敬亚：《生命：第三次体验》，《诗歌报》1986年10月21日。

辑结局，是对痛苦的超越。他们认为，死是自然理想的归宿，甚至就是生命的进一步延续。陆忆敏的《可以死去就死去》写道："汽车开来不必躲闪/煤气不关不必起床/游向深海不必回头。"恐惧与幻灭的悲哀已杳无踪迹，仿佛肉体的消逝能换来生命的永恒。

我们无法不承认，寄居传统诗歌中几千年的崇高感在后朦胧诗中已被残酷地消解了。后朦胧诗对于现代人的悲剧意识、孤独感、荒诞感、存在感的深入揭示，已突破理性教化的精神樊篱。这种感性的释放，表现了现代人类的世俗本质，对传统理性构成了强有力的挑战。如果说朦胧诗代表着人本质形态的社会属性，后朦胧诗则体现着对人的心理和生理属性的回归，他们试图摆脱类意识的角度，某种程度上动摇了理想主义、集体主义，以及禁欲原则支撑的价值观念。

从意象到事态

朦胧诗的胜利说穿了是意象艺术的胜利。意象艺术的内敛含蓄，消除了以往诗歌理性直说的弊端，可时间久了，则因意象无节制的泛滥暴露出明显的局限性。意象对意象的多情，意象间的叠加派生，完全成了苍白意味的遮掩，诗人用大暗示牵动小暗示，由大象征套迭（叠）小象征，隐喻与象征的多义、游走性，使诗渐成无谜底的呓语，背离了生活的可感性。装腔作势、拐弯抹角的意象艺术开始令读者厌倦，其原有的新鲜、弹性与深度也因稠密意象的憋闷随之消失。后朦胧诗断然将消解意象纳为超越朦胧诗的最佳选择。这样，伴着意象艺术沉落，后朦胧诗的事态结构艺术应运而生，并在抒情策略上发生了一系列变异。

朦胧诗乃古典诗的冤家对头，可二者骨子里的诗感方式却如出一辙，它们都属于以主观扩张重构时空秩序的变形诗。如李白之月、陶渊明之菊多人格理想渗入，舒婷之橡树、顾城之黑夜也不乏历史人文色彩。其实，月、菊、树、夜都只是客观宁静的存在，本无生命意识可言，但诗人们却偏扰乱它的死寂，使它变形为情思意念的象征载体。后朦胧诗提出了"反诗"（或曰不变形诗），主张与意象诗抗衡，要求弃绝象征等外在修辞倾向，还原语言（如非非主义），回到事物中去（如"他们"诗群）。诗人们直接处理审美对象，以情感"零度状态"正视世俗生活，没有事物关系打破后的再造，没有意象的主观变形，比喻与象征已完全撤出。"我在街上走/起初我走得慢/走快的超过了我/走不快的没超过我/后来我想走快点/走快了就超过了/其它人也在街上走/一些刚才超过我的人……"（斯人《我在街上走》）全然似局外人的冷漠旁观。韩东的《你见过大海》、阿吾的《三个一样的杯子》等诗也都呈现出这样的状态。后朦胧诗的冷态，把世界还原为无法再还原的程度，强化了诗的叙述性效应，总体倾向日趋淡漠。

在后朦胧诗那里，朦胧诗赖以生存的意象变得异常疏淡，而一些动作、行动的事态细节却上升为结构主角。它以人的意绪张力为主轴，联络带动若干连续或颠倒、或貌似不相干的具事（动作、行为、子情节）链条，把诗演绎成一个个片断或还原为一种种现象，以“走向过程”的努力，使诗获得了一定的情节性和叙事性。这一倾向早在吕贵品的《小木屋搬走了》等女人系列诗中已初露端倪，到于坚的《对一只乌鸦的命名》、杨黎的《对话》、周伦佑的《想象大鸟》、李亚伟的《中文系》等大量诗中则弥漫为一种普泛现象。“回忆起某个日子不知阴晴/我从楼梯上摔下，伤心哭泣/一个少年的悲哀是摔下楼梯/我玩味着疼痛、流血、摔倒的全过程/哭泣的时间很长哭到天黑/直到遍地月色改变了我的处境/直到我用心解了这一天的大便/才安然无恙，动身回家”（丁当《回忆》），理想的抒情已让位于行为与事态的陈列，一反垂直纵式组合状态为横组合水平倾向的话语方式，使诗走向了连续过程，井然的语义单位不仅占据着空间，也占据着时间秩序。稀疏的意象已引不起人们的注意，而普通的生活细节和情节片断却占据了人们的兴趣热点，物性过程的还原，对抗了文化积淀。这类诗散点式的叙述造成了大面积的“净线空白”，使诗充满了动感。事态与叙述强化带来的直接后果是，大批诗人不再注重诗歌局部精密的语词意，转而注重整体语句意的提炼，从而促成了诗歌的词意象（心理意象）向句意象（行为动作的事态结）的位移。

反意象的选择使后朦胧诗人的语言意识高度自觉，倡导“诗歌从语言开始”，“诗到语言为止”，语言成了他们诗的目的与归宿。他们以为朦胧诗精致华美的语言与平民普通人的生命隔着一层；而语言理应把权力从外在意义之核处夺回，消除与诗人生命的派生关系以求与其统一，走口语化道路，以自足的本体构筑对抗意象与象征的文化语言模式。“关于这份报纸的出版说来话长/得追溯到某年某月某日某个夜晚……”（尚仲敏《关于大学生诗报的出版及其它》），随便洒脱，内心与语言的统一使读者读着它即可径直走进生命存在本身，生命状态的直接外化。口语化趋向的后朦胧诗极崇尚语感，即用语言自动表演呈现生命感觉状态。杨黎的《高处》即靠语感取胜，“A/或者 B/总之很轻/很微弱/也很短/但很重要/A，或者 B/从耳边传向远处/传向森林/再从森林/传向上面的天空”，诗是非非主义“回到声音”主张的具现，透明的语境与客观描述将情感流转换为畅达的语言流，连绵轻微的声波纯粹而飘忽，闪回着生命深处的内在空寂。这些诗表现了一种倾向，即语感上升为诗之灵魂，诗借它达到了诗人—生存—语言的三位一体，语感就是生命形式的外化，有时语义反倒并不重要了。这种语感追求使文本趋于清晰准确、随意鲜活。口语化是老而又老的话题，可“新诗的白话企图几十年来，从没有像他们这样彻底而淡漠”①；口语化运动与语感强调，乃当代诗史上影响深远的事件。它通过作品能指与所指同构，造成了诗歌一次性阅读倾向，打破了形式主义禁锢，其透明性与原生性取向有使诗歌语言重新陌生化的功能，引出了于坚、韩东、杨黎、王小龙、何小竹等一批诗人。

告别优雅

朦胧诗把诗从庸俗引向典雅的使命一经完成，便宣告了自己美学原则的崩溃与终结。因为它在还诗以生命的同时，又把诗推入了贵族性的泥潭。它那种人间烟火的稀薄、类型化规范上的情思萎缩、超凡脱俗的名士气息，都使人感到隔膜与疏远。所以随着英雄到平民、“高大全”到小人物位置的转换与觉醒，后朦胧诗理所当然地向朦胧诗的贵族化发难，一群俗美的精灵纷纷跳起惊世骇俗的“霹雳舞”，诗美逃离了优雅的怪圈。

舒婷、顾城们避免了诗的虚假苍白，但以一种高傲的先觉者姿态呈露着思索者的“殉难之美”，或对高远心境的憧憬，在某种程度上美化了自己，远未真正地走向民众。而反文化反崇高的后朦胧诗人，对“博大高深”则十分厌倦，在他们那里，世间一切无诗性与非诗性之分均可入诗。他们以普通人身份表现普通人的普通生活，日常生活细节、事件受到了极大关注，性生活与揭露灵魂缺点的题材第一次大量辐射于诗中，形成对世俗生活本来面目的恢复。听听《我们的朋友》（韩东）这芸芸众生中复杂而真实的人间温情的汩汩流淌，看看《临睡前的一点忧思》（丁当）中琐屑无聊、没头没脑的疲惫生命状态，读读《越过这片神奇土地》（廖亦武）中性欲象征性宣泄的情愫就会发现，诗写的仿佛就是我们的生活中已经发生或随时都可以发生的一切。面对崇高博大的人或事也施行淡化处理，改仰视为平视。震撼世界的伟人马克思“叼着雪茄”、“字迹潦草”、“满脸大胡子”、“到处流浪”（尚仲敏《卡尔·马克思》）。梁小明的《读鲁迅书》把鲁迅当做一个平凡的温和师长，“他把手放在我的手上，抽大烟斗、皱眉、弹烟灰”，对生命细节的刻画，流泻出鲁迅对青年的理解、关怀与爱。这种凡俗化描写，这种倾心交谈的写作方式，把诗彻底从高傲和贵族气中解脱了。

平民意识的回归，使后朦胧诗常常以揶揄替代庄严。诗变得轻松随便，在崇高与优美之外，幽默俏皮的美学品格悄悄成熟。它甚至还时常要些荒诞嘲讽（善意的）的把戏捉弄人。“你的课是五十年代就准备好的吗/没关系你讲吧讲吧/不过允许我看一本现代化杂志（20 世纪 80 年代的）”（伊甸《写给一位老师》）。这种诗常以幽

---

① 徐敬亚：《圭臬之死》，《鸭绿江》1988 年第 7、8 期。

默或戏谑的语气,发掘生活本身充满幽默感的令人捧腹而又引人深思的严肃主题。这种幽默有的是生活中固有的人事情节,只要诗人稍加处理便使之喜剧感极强,如李亚伟的《中文系》、阿吾的《相声专场》。而有些题材无喜剧幽默因素,可诗人却借助轻松叙述和议论等方式使之同样俏皮风趣。这也是一种幽默,但不同于战斗的幽默、含泪的幽默,更有别于畸形变态的"黑色幽默"。它调侃谐趣的背后是丰富严肃的内蕴,非崇高的形式表现的是近乎崇高的命题。它改变了诗的生硬面孔,强化了诗的趣味性。

后朦胧诗的平民意绪凭借的是通俗易懂的语言传达。一般人以为,诗与美乃孪生子,传统诗语符含蓄婉约,所以面对后朦胧的语言时却禁不住惊惑,神圣的诗语言怎么竟可以平淡到这样彻底的程度?可是当将观察视角调整到生命本体时就会发现其存在的合理性。如《在4号楼210号客房》(江堤):"夜半的时候/许多感觉已经睡去/我就很孤独/总想你送我一个礼物或别的什么",不故作高深之语,更无洋化妩媚之嫌,出奇平静的语气却把情感渲染得细腻缠绵,悠长旷远,虽娓娓道来却比高声大喊更有力。为对抗奢侈矫情的甜美,为与琐屑的尘世认同,它甚至将粗话也掺入诗中,《节日》(宋琳)中"我们会攥着拳头乌拉乌拉狂叫歇斯底里狂叫/突然陷入难言的死寂",语言意象的优美度已不失涵养地为粗鄙度所替代。再如,"把流出的泪水咽进肚子里/在厕所里尽量把屁放响"(娄方《印象》),笑骂与肆无忌惮背后现出一副嬉皮笑脸的生活相,只是它又不等同于粗野的骂娘和趣味低下,而完全出于对世俗生活的依偎与回归。后朦胧诗的语言仿佛漫不经心,实则有着一种非技巧化的潜在力量。尤其在今天,人们都在尽量把诗写得像诗的努力中,它就更显得纯粹可人,有种洗尽铅华的本色之妙,昭示了一种文体生长的可能。

阅读朦胧诗就像欣赏"华尔兹",优美舒缓,柔曼谐和;阅读后朦胧诗则仿佛欣赏现代野性霹雳,完全是随意而不规则的即兴扭动,不时还夹杂着一些噪音,"吸上一支烟/考虑考虑中东的动荡局势/瞎混一天/脚丫气味不佳不必不安/被子八年前就该拆洗……"(丁当《临睡前的一点忧思》),全然是潜意识的呓语或琐屑的流水账,动荡局势、被子、青春痘、西装、油条,风马牛不相及,仿佛散漫意识的无序流动,可又让你感到亲切轻松,它恰好与现代人既追求高尚幸福又苦痛琐碎的疲惫生命状态构成了呼应。诗人们不仅在叙述方式、诗思结构上造成前言不搭后语的非逻辑效果;在形式外观上也花样繁多。岛子的《树 · 兽骨 · 冬日黄昏的墙》、万夏的《打击乐》把汉语同字母或外语互相缠绕扭结,排列上毫无秩序;而吴非的《过程》则更为零碎积木的堆积,扑朔迷离。这种近乎图案诗的形式探索,一定程度上怪诞新鲜,但大段大段的断裂、故意硬性的搭配与凸现,则易把诗体引入形式主义的怪圈。后朦胧诗形式的不和谐源于抒情主体的思维方式和生活本身,他们生活的迷乱琐屑,他们心灵的困惑与艰难，折射到艺术中只能产生这种紊乱而复杂的频律(率)与节奏。

迷踪后的沉寂

真正的艺术繁荣总有相对稳定的偶像时期与天才代表。郭沫若、徐志摩之于20年代，戴望舒、艾青之于30年代，贺敬之、郭小川之于五六十年代，北岛、舒婷之于70年代，无不印证着这一点。可放目后朦胧诗界，众声鼎沸、热闹喧腾的背后是繁而不荣的空前沉寂，群星闪烁而无太阳，多元并举却少规范，潇洒的宣言并未带来丰满绚烂的果实，撼人心魄的大手笔仍然虚位。我以为后朦胧诗走向沉寂低谷源于多种因素的消极辐射，但根本症结在于诗同社会情结、民族传统、读者审美心理脱节造成的本质倾斜与迷踪。

后朦胧诗里形而上学与人间气味的同构，其两股主潮——文化诗与反文化诗(生活流诗与体验诗)精神生命的共同孱弱无法不令人忧心忡忡。

整体主义诗群以及欧阳江河、杨炼等人构筑的文化诗，在文化热统摄下用自然与历史文化景观承载人类的精神意绪，曾一度充盈阳刚之气。如廖亦武的《大盆地》，王家新的《中国画》，宋渠、宋炜兄弟的一些赋体诗，均在历史—文化空间表现民族精神与东方智慧，获得了一种深邃幽远的审美指向。但事物发展总充满着物极必反的悖论，文化极度扩张的一窝蜂倾向，则使诗人们把“愈是民族的，愈是世界的”理论作为探索的唯一取向，使诗滑入只为传统与文化画像的意识泥潭，背离了自身的内视点和艺术的本质。不少诗人以铺排文化风景、风情、风俗为乐事，忽而陶罐，忽而悬棺，忽而敦煌、半坡，忽而《易经》、恐龙蛋，仿佛文化只停留在历史古迹中。实际上这并无新鲜可言，它无非就是所谓的“寻根”，找原始、找神秘文化、找史诗；可惜因多数诗人艺术敏感度较低，对驳杂的对象并无深入的情思体验与理性认识，所以常沉浸于其中却难以超乎其外，弱于当代意识与生命气息的灌注，从而失去了时代制高点，淡化了诗与现实的联系，将诗蜕化为只具民俗学价值的自然历史形态展览，是东方的而非现代的，是生态的而非心态的。如面对石光华的《疏影》等诗设置的蒙昧久远境界，任你使出浑身解数，也难以谛听到现实风雨潮汐的脉音与抒情主体发自内心的使命意识。其实寻根本身并没有错，但文化不是表面的装饰，后朦胧诗的寻根应透过外在视角，发掘渗透积淀其中的民族心灵和历史精神。可是检视一下后朦胧诗中的文化诗，人们无法不认为那是一种装腔作势的卖弄，甚至不得不怀疑它的真诚。后朦胧诗旗号大实力小的文化诗探索，本意要创造《荒原》似的史诗，但由于诗人们文化积累的浅薄，注定了他们难以企及史诗的辉煌与成熟，只留下一些故作高深难以阅读的文化堆积物。最好的史诗应从现实中直接升华，失却现代意识去观照历史只会堕入泥古的死路，抽去主体情感靠掉书袋与凭吊古迹创造史诗乃是自欺欺人。

而由非非主义、莽汉主义诗群以及散乱各地的女诗人为主体的反文化诗呢？它从感性接近生活的“向内转”追求，契合诗歌本质同时矫正了以往诗歌一般化的形容与泛性传达的弊端，引渡出韩东、于坚、王小龙、何小竹等一批心灵表现能手。但个人体验的过分强调则使不少歌者滋长出严重的自恋情结，将诗当做盛装圆熟、甜腻、无伤大雅的闲情或个人隐私的器皿，除了嘲弄、无奈与野性、媚俗外，剩下的就是给未来世界的空头支票和小打小闹的空洞自娱，个人欲望的暴露宣泄把诗搞得面目皆非，没有对人类生存及命运的终极关怀，没有能给人美感的气质与思想，传统的真诚的使命感与忧患意识被远远放逐了。诗人们对死亡与绝望故作洒脱的玩味蛰伏着刻骨铭心的焦灼的苦痛，“绝望是我的全部哲学”，与其说是一个人毋宁说是一代诗人的灵魂自画像。像海子的《思念前生》、陆忆敏的《美国妇女杂志》等，把西方存在主义哲学的翻版移植在钟情人生的中国读者面前并无天然市场。尤其是一些女诗人诗中汹涌的黄色浪潮更不能给人以美的感受。有些诗构筑的世界虽有人间烟火味，但多为琐碎、平庸、浅薄、无聊的生活的展览，如丁当的《爱情夜话》、大仙的《工艺品》等诗，像苍白而萎缩的无可奈何的流水账，很难产生共鸣效应。不错，在失去自我就等于取消个性的诗中强调主体意识无可厚非，但个体意识不与群体意识、人类的本质接通，不上升为人类情思的诗意闪烁，就难以得到读者认同，疏远人类的艺术必然被人类所疏远。

在艺术探索方面，后朦胧诗的极端形式主义道路，也将读者引向了狭窄的死胡同。后朦胧诗人艺术素质与心智的不成熟，诗作精神内涵的贫乏，限制他们无法提供新的精神向度，所以从 1987 年文学形势急转直下开始，一些诗人以回归本体为由，以纯粹的形式操作取代了诗本身；尤其是某些形式主义群落，大谈“语感至上”、“技巧就是一切”，错误地认为凭着才气只要掌握了技巧就可以成为诗人，作为本质的内容可有可无。这种操作，将诗引向了形式迷津与灾难性境地。

人生与艺术的双重迷踪，铸成了后朦胧诗繁而不荣的沉寂。也正是在这种诗之窘境的延宕中，一些肤浅媚俗的“塑料诗”文本才乘虚而入，以虚假的热闹使本已虚弱的诗坛愈加苍白和荒芜。这里指出后朦胧诗的迷踪与负值不是说现代主义诗歌就将终结。后朦胧诗的困惑与沉寂只是跋涉途中的暂时停歇与必要调整，只要它能扬长避短，奋然前行，说不定哪一天还会荡起一股泱泱潮流。

——原载《文学评论》2002 年第 2 期

王晓明

从“淮海路”到“梅家桥”

——从王安忆小说创作的转变谈起

一个素来小心翼翼的人，忽然变得大大咧咧，满不在乎；一个作家写着写着，忽然换了笔法，弄得他的作品的这一部分和前面的部分明显不同。你遇见这种事情，一定会停下脚步多瞧他几眼，或者合上书页，凝神思忖：“他为什么要这样做”吧？读完王安忆写于2000年初春的长篇小说《富萍》①，我正是有了这样的感觉。

《富萍》的篇幅不长，17万字，讲述一个农家姑娘到上海谋生的故事。这姑娘就叫“富萍”，来自“扬州乡下”，勤快，结实，却并不笨：在王安忆的小说世界里，这样的人物已经有不少，富萍并不是新面孔。她到上海的第一站，是投靠给人做保姆的“奶奶”，“奶奶”的东家住在淮海路，她就由此进入这“上流”地段的弄堂，见识了其中形形色色的人物——这也是王安忆小说中常见的情景，她笔下有多少人物，一直就穿行在这样的弄堂里。富萍接着找到了她在苏州河上当船工的舅舅，于是搬去那河边的船民区，很快熟悉了那些依旧保持着不少乡村生活习惯的居民——王安忆曾经在淮北“插队落户”过三年，青年时代的记忆太深刻了，她虽然回到了上海，20年来，还是不断往小说里引入淮北的农民，或者是类似这农民的人物，富萍在舅舅家看到的场景，王安忆的读者早已经见过多次了。

不但场景是熟悉的，作家的态度也是熟悉的。毕竟出身于上海西区的弄堂，王安忆对这弄堂里的生活，总是有几分亲近。但她又有一份近乎天生的敏锐和细致，这两样结合起来，就造成她一种特别的态度：总是怀着善意去刻画人物，却又不断在这里那里揭出他的一点毛病；即便是动情地歌咏弄堂深处的荫凉和静谧，她也要捎上一笔，指出后窗上有油垢，阴沟边还有烂菜皮。在她迄今为止所有描写上海弄堂生活的小说中，你几乎都能看到这种混合着欣赏和挑剔的笔致。唯其欣赏，她每每

---

① 王安忆：《富萍》，湖南文艺出版社，2000年。

能写出别人不容易体会的诗意，又唯其挑剔，繁密的叙说就不至于越走越浅，总能保持一定的深度。我觉得，往往正是这些混合型的描写，构成了她作品中最精彩的部分。这在《富萍》中同样很明显。小说一开篇就介绍“奶奶”，非常详细地叙说她如何挑拣东家：太清闲的人家不做，东家夫妻之间太肉麻的也不做，“奶奶”的勤勉和自尊，就在这叙述中凸现出来。可是，你读完这一节，会不会又觉得这勤勉和自尊里面，也含着一点狭隘和凄苦呢？“她虽然也不是那么不势利，但她很自尊，见不得太傲势的人”，这就是王安忆了，她总要两句话一起说。再来看对富萍的描写——这么年轻的姑娘，作家又欣赏她，就当然会尽力将她写得好看一点，可是，只有当熄了灯、房间里一片漆黑的时候，作家才放纵自己的心意：“她的脸变得生动，浮着一层薄光。她侧身躺着，勾着头，头发顺在耳后，露出腮，看上去很纯净……”一旦富萍走在阳光下，笔触就立刻不同了，虽也要强调她的“妩媚”，却同时会写到她的“单眼皮的小眼”，甚至直截了当：“有些呆滞。”甚至写到富萍舅舅的孩子，着力显现他们的质朴和厚道时，作家也不忘记用一个更不幸的孩子的眼光，照出他们不自觉的傲慢：“他们穿着劳防用品的大头鞋”，鄙视穿布鞋的小同学，因为他们的前途“是有保障的”，就是书读得不好，也可以像父母那样当船工，成为国家体制中的一员。这就不只是一般的敏锐，更有几分洞穿人心的犀利了，作家对自己情感的克制，或者说这情感本身的复杂，又一次显露出来。

但是，从小说第十七节开始，一种我们不熟悉的东西出现了。富萍并没有在舅舅家止步，她又走进了一处新的地方：梅家桥。这是一片建在垃圾场上的更破旧的棚屋，居民的生计也很卑琐，过去是拾荒，现在则磨刀、贩小食、折锡箔，当然还有人继续拾垃圾。比如，富萍在这里结识的一户人家，孤儿寡母，儿子一条腿还残废，住一间潮湿的披屋，靠糊纸盒为生。在王安忆的小说世界里，我还是第一次看见这样的地方。令人意外的是，富萍在这里“心境很安谧”，“她很快就学会了糊纸盒子”，也很快成了这家庭的新成员。这一片来自扬州乡下的萍叶，在上海西区和苏州河边几经盘旋，终于在梅家桥的一间小披屋里扎下了根。富萍到上海之前，本来是被安排着与人成婚，挑起一大家人的生计，终老田间的。后来她拒绝回乡，也还有两条路可以走：或者如“奶奶”那样与人帮佣，在繁华的上海市区落脚；或者像舅妈一样穿上橡皮背心，加入苏州河船工的队伍。无论选哪条路，似乎都更符合她拒绝回乡时的心愿——不愿如村人一样受穷也罢，向往新世界也罢，王安忆早已看透这姑娘的心思，也让小说的读者都明白了。可是，为什么最终她却让富萍走进梅家桥，加入这一对处境“连她都不如”的母子的生活呢？

还有更重要的变化，就是作家的叙述态度。只要一讲到梅家桥，她似乎就变得天真起来。她专门写了一节，题目就叫“母子”，交代那残废青年的历史。不知道是因为有现成的人物原型,还是想给这青年人一点来历,作家将他的人生起点,放在了上海西区的一所银行宿舍里,还细致地描述他如何坐在带遮阳篷的童车里,被母亲推着去公园。起点是这样,最后却到了梅家桥,其间的过程总该很悲惨吧。可你看王安忆,虽然也写到种种不幸的事情,叙述的重心却明显在另一面。父亲病故以后,先有旧同事凑钱接济,又有一位老工友长期照顾;母亲是越练越坚强了,儿子更早慧,学什么会什么。才写了一点老家妯娌们的薄情,立刻就补上一句:她们"究竟是被各自的男人辖制着,也不好太过分"。甚至还用了鬼魂托孤的情节,渲染老工友们的仁义。这母子住进梅家桥以后,叙述的偏向就更为明显。儿子拄着小拐走在路上,"冷不防,就会有一双手,粗鲁有劲地将他拎起来,连人带拐往平车,或者三轮车上一墩",送他去目的地;他上学了,邻居们就将拾荒时捡到的书本"送来给他挑选","省得再花钱去买";母亲老了,做不动重活了,又会有"邻人让出纸盒厂的一份计件工",供她维持生计……怎么一进了梅家桥,这孤儿寡母遇到的就全是这样温暖的事情?

不仅如此,王安忆还让富萍也享受到同样的温暖。她初到梅家桥,就觉得这里的人对她"很友善"。作家接着评论道:这里的人"对外面来的人都有着谦恭的态度。但这并不等于说是卑下,而是含有一种自爱"。他们虽然捡破烂、做粗活,"难免会给人腌臜的印象",但你真正了解了,"便会知道他们一点不腌臜。他们诚实地劳动,挣来衣食,没有一分钱不是用汗水换来的。所以,在这些芜杂琐碎的营生下面,掩着一股踏实、健康、自尊自足的劲头"。"腌臜"的意思是脏、不干净,可你看这些用来证明梅家桥人"不腌臜"的话,完全脱离了"腌臜"的本意,难道作家就没有意识到,这有点扯偏了吗?她继续夸赞下去:不但梅家桥人"厚道",善待沦落主人,新落户的人也非常"谨慎"、"识趣",如此一来一往,相扶相应,就造成一种生活的气氛,使那青年"自然而然养成"了一种"弱者的自尊自爱"。莫非正是这样的气氛,迅速吸引住了富萍?不用说,她的加入也反过来增添了小披屋的生气,以致作家再次用上了以光线来烘托诗意的手法。"房间里很静,炉上焖着一锅菜饭,不时从锅盖沿下发出'呲'的一声。她走过去,将饭锅略斜着,慢慢在炉上转着。房间里暗下来,门外却亮着,她的侧影就映在这方亮光里面。"确实是动人的画面,但我依然心存疑惑,怎么一到面对梅家桥人,王安忆就把她描述淮海路时的敏锐和洞察力统统收起来?《富萍》一共是二十节,梅家桥的故事只是到最后三节才开始,为什么作家要改变那已经覆盖了小说大部分内容的叙述态度,不惜从多面走向单一,从深刻走向浅描?这个逼仄破陋的梅家桥,有什么值得她这样做?

揣着这份疑惑,我重新打开《富萍》。很奇怪,这虽是一本讲述上海生活的小说,灯光却几乎全都打在这生活的边缘上。乡下来的姑娘,苏州河上的船工,来自浦东的房管所的木匠……就是作为中心人物的“奶奶”和吕凤仙，也都是当保姆，住在后厢房里，进出于后门口。莫非王安忆不愿意像许多描写上海故事的同行，或者六年前她自己写《长恨歌》的时候那样，再将读者领入公寓、舞场和花园洋房的客厅了？当然，《富萍》的这一段或那一段里，有时也会露出公寓和洋楼的一角。小说介绍“奶奶”的身世时，就讲到一户私人医生，“上下班有汽车接送”，神气俨然，从不与帮佣的“奶奶”说话，“也不同她一桌吃饭”。到了第七节“女骗子”中，更有一段相当细致的文字，展示那出身贫苦、几近孤儿的女学生陶雪萍踏进一幢公寓大楼之后的感受：“她走在大理石的楼梯上，听得见自己的脚步从高大的穹顶上碰回来的声音，有一股森严的空气笼罩了她。”这家的主人回来了，“戴一副金丝边的眼镜……从她身边走过去，看都没看她一眼。陶雪萍不由便瑟缩起来。看大楼的老头，看她的眼光也是冷漠的，她不敢与他多说话”，“只有这家的老太对她热切，虽然很多变。这一回与她说很多话，下一回却像不认识她似的……”可你看，虽然是描画公寓大楼了，作家真正注意的，却不是那楼里的居民本身，而是他们对“奶奶”们的态度，是“奶奶”们对他们的观感。因此，这些段落最后凸现出来的，依然是“奶奶”们的后厢房，是这后厢房的窗口，是从这窗口望出去的视线，是这视线的受阻，是“奶奶”们收回视线时感到的冷漠和威严。

从《富萍》的其他一些段落里，你有时还能看到另外一个与后厢房不同的世界的一角。小说的第二节题为“东家”，详细地描述“奶奶”的东家——一对从部队转业的干部——的生活。他们生活简朴，大大咧咧，食欲旺盛，口味却不细，来吃饭的客人也一样，“进门就问：‘有没有狮子头？’……然后就宽衣脱帽，打仗似的坐到桌旁。”作家更着意显示“奶奶”在这家中领受到的尊重，“他们真把她当自家人呢！”那些客人也“大都从解放军出来……抱着平等的观念，并不将她当下人看”。这就和那衣着笔挺的公寓主人的冰冷眼光形成强烈的对照。有意思的是，作者特地说明，这东家虽是出身解放军，“但籍贯是江浙一带，所以就和那些山东南下的干部不同些。他们很适应上海的生活，在奶奶这样的保姆的指导下，他们的吃穿起居很快就和上海市民没什么两样了”。那么，“从山东南下的干部”的生活世界是怎样的呢？“奶奶”很坚决：那些说山东话的人家，“她是不做的”。她去过虹口区一位解放军司令的家，屋子里布置得像会议室，等级森严，一家人分吃几个食堂。不但院子里空空荡荡，高墙外面的马路也很荒凉，“一辆军车开过去，扫起一片尘土”。这当然是“奶奶”个人的感觉，但这感觉被表达得如此生动，说明作家是很有几分同感的。和东家屋里的情形相比，这虹口大院的森严刻板的气氛，显然更能代表“南下干部”们带进上海的新的生活文化。它虽然和公寓大楼里的生活完全不同，但以“奶奶”和富萍的感受来说，却同样是一个隔得远远的、对自己居高临下的异己的世界。难怪小说只是粗粗描了一段这世界的轮廓，就再也不提了。

这就很耐人寻味了。上海本来是一个以殖民地式的租界为中心的城市；1949年5月解放军占领上海，共产党的新政府开始用自己的理想来改造它。到了《富萍》所描写的（20世纪）50年代，上海已经明显地混杂化了。收音机里是字正腔圆的声音在宣读党报的社论，街头有浓眉大眼的炼钢工人从宣传画上俯视行人，几乎所有的商店招牌都添上了“公私合营”的字样，小学生的脖子也都围上了象征革命的红领巾。但是，在昔日租界的弄堂深处，在淮海路、南京路上的西服店和咖啡馆里，十里洋场的遗风依然顽强地延续着。一度，甚至一些“南下干部”都会在政府机关的舞会上，笨拙地踏着圆舞曲的节奏摇摆身体。而《富萍》中那位年轻的水上运输工人光明，也喜欢套一条“笔挺的西装裤”，“梳了一个大大的飞机头”，活像“旧上海的一个流氓”。50年代的上海人的生活，正如一方新旧交杂、土洋混合的场地，殖民地的遗风和“社会主义”的时尚，就在其中交手相搏。可是，当在《富萍》中再现50年代上海的生活世界时，王安忆却将这两位主角都推到了边上，另外请出梅家桥那样的棚户区，将这种既非洋场，也不合时尚的生活放置在小说世界的中央。看上去小说的大部分叙述都盘绕在梅家桥之外，可你仔细体味就会发现，它们的意蕴几乎都〔是〕指向了梅家桥，恰似一番长长的开场锣鼓，最后还是要引出真正的主角。一旦看清楚这一点，我先前的疑问就更往前走了一步：她为什么要撇开那在“历史真实”中更具分量的淮海路和工人新村，另外拖出一个梅家桥式的棚户区来充当上海故事的主角呢？①

这就要说到（20世纪）90年代的上海了。自从70年代末中国社会举着“思想解放”的旗帜开始改革，20年来，这片土地上的许许多多地方，都发生了堪称巨大的变化。尤其是80年代末和90年代初，国际国内一系列震撼性的大事件，使改革本身也发生了根本的变化。“市场经济”逐渐成为改革的主要形容词，效益、经济增长率、消费、年薪……日益有力地挤开80年代的流行物：诗、哥德巴赫猜想、美学、存在主义……成为生活中醒目的标志。纽约、洛杉矶、伦敦和东京，这就是“现代化”火车的终点站。“人民公社”、“焦裕禄”、“上山下乡”，如今统统退出了社会的视野。从铺天盖地的商业广告中，从电视节目、报纸和“白领”杂志的彩色画页上，那个西装革履

① 至少从《小鲍庄》的时候开始，王安忆笔下就明显有一类小说，看上去人物故事都很完整，但真正的主角却不是某一个或某一群具体的人物，而是一种抽象的生活氛围、状态、文化，或者一个承载着上述东西的地方。从《长恨歌》开始，王安忆的这个倾向更趋膨胀，本文所论的她的两部新的长篇小说和一些短篇小说，都是如此。

的胖胖的“成功人士”①微笑着向社会招手，向青年人描绘通向“成功”的人生捷径——名牌中学、工商管理的学位、外资公司的“白领”职位、总经理……至少在沿海地区和大中城市，他的号召获得热烈的响应，连小学三年级的孩子都能明确地告诉你：“长大要当总经理！”

正是改革之潮在90年代初的大转弯，将上海托上了弄潮儿的高位。上海凭借历史、地理和政府投资的三重优势，迅速显示出新的神威。两千多幢高楼拔地而起，40年没有粉刷过的淮海路被大理石墙面装潢一新。殖民地时代的老店名纷纷重现街头，权威报纸更以醒目的篇幅报道“百乐门”舞厅的重修工程，粗黑的标题动人心魄：“昔日的夜夜笙歌，今将重现！”仅仅10年时间，上海带动长江三角洲地区，一跃而成为中国经济最发达的地区，上海也取代10年前的海口和15年前的深圳，成为各地走投无路者和跃跃欲试者寻求生计和财路的首选。就在一些钱包日鼓的上海人组团去香港地区购物的同时，全国最大的10家私人企业，先后将总部迁入浦东。上海市民终于可以扫去40年封闭的晦气，放开喉咙说“阿拉上海人”了。

不过，上海今日的显赫地位却并不仅仅因为经济的繁荣。中国毕竟有这么大一片国土，地区之间的差别本来就很大。就在沿海地区和大中城市在90年代扶摇直上的同时，内地和乡村的许多地方却愈显枯竭。当一家国营工厂宣告“改制”甚至“破产”，原任和新来的厂长、经理们觥筹交错、举座皆欢的时候，那些预感自己将要“下岗”的工人却为将来的日子暗暗发愁。因此，今日的改革不仅需要继续推行实际的社会变动，而且需要对这变动作出令人宽慰的解释。在某种意义上说，重要的已经不仅是社会变动实际上是什么，而是人们觉得它像什么。这当然是一个讲究实际的时代，但同时也是一个需要意识形态的时代。

正是在这里，上海显出了它或许在今日中国是独一无二的价值。它当然有许多黯淡破败的区域，在高楼的背面蒙尘积垢；它也有庞大的失业和贫困人口，靠着紧缩开支、四处寻觅零散工作维持生计。要论贫富差异、论对盘剥的痛恨和对将来的迷惘，至少有相当数量的上海人，一点都不比别处的人缺乏感受。但是，上海还有别的可以用来冲淡这感受的东西：它有过在中国规模最大的租界的历史，它不但留下了难以计数的花岗石银行大楼和花园洋房，还留下了它们所培养的生活方式和日常趣味，留下了市民对这方式和趣味的由衷的迷恋；上海还有过广纳南北甚至外洋的逃亡者和冒险者的历史，它造就了上海人五方杂处、总是朝外面张望的习惯，也造就了

① 这是指90年代中期开始，在东南沿海地区和大中城市里，首先由商业广告和传媒制造出来的一种新的形象。它通常形象化为一个红光满面、西装革履，一看就像是“总经理”的中年男人，由此展开一种以富裕的物质生活为基本内容的“成功”的人生状态。对于这种形象及其背后的意识形态含义的初步分析，见于《上海文学》1999年第4—6期以“当下中国的市场意识形态”为总题的系列文章。

他们善于体会、模仿的本领,以及那勇于相信自己就是时尚先锋的气概;上海还有过现代中国最热闹的文化中心的历史,它的遗赠亦相当丰富,不但是那些金融、会计和家政类的专科教育,它们培养出上海中产阶级特有的“实惠”品性,而且是一系列富于“海派”特色的文艺创作,它们共同营造出一种生动、精致和奢靡的气氛,让上海人陶醉于日常生活的细碎诗意,甚至不惜在逐渐临近的社会危机前转过脸去……当然,中国的其他几座大城市里也有过租界,有过洋人和“高等华人”并肩出入花岗石大楼和咖啡馆的历史,但是,能像上海这么炫耀昔日的繁华,这么顽强地迷恋这繁华,又这么自信地以为可以迅速重现这繁华的城市,大概没有第二座了。这城市的历史、民风和生活条件,都使它特别适合新时代的需要,简直无需费什么心计,就能复活、涂改,进而牵引它的记忆和欲望,使它精神振奋,手舞足蹈,置强射灯,铺大草坪,仿佛独得了“全球化”的先机,俨然是“国际大都市”……如果说今日的“市场经济改革”正需要一处地方来发酵人对于“现代化”的崇拜,酿制能安抚人心的意识形态①,那上海无疑是最恰当的地方了。

这就是为什么从90年代中期开始,一种新的意识形态,它的最大规模的萌发和扩散,会在上海蓬勃展开。这也就是为什么,那个脸色光鲜的“成功人士”,会在上海掀起远远超过别地的浩大声势②。“其他都是空谈,钞票才是真的!”“美国那才叫现代,我们这里……”“别人关我屁事,我活得好就行了!”“香港有什么好?上海很快就超过了;台巴子?哼!”当诸如此类的朴素情感在一般市民间迅速蔓延的时候,这情感的一些较为学术化的表达,也在文化和社会科学界蒸腾不已:“必须和国际接轨!”“白领文化,中产阶级,历史规律……”“这就是商品经济,自由竞争,现代化嘛!”“世俗化、欲望:现代化的真正动力!”从大报的严正的社论,到小杂志的花边新闻,从商家的广告和产品发布会,到文人学者的生花妙笔,这城市的各种文化力量,似乎都一齐加入了由那“成功人士”指挥、以高架吊车的嘎嘎声和淮海路上的刹车声伴奏的大合唱。一种对“冷战”以后的全球新秩序的由衷赞叹,一种对“市场经济改革”神力的几近无限的期许,一种对人生价值的坚决的调整——生命的意义就在于此刻,在于此地,在于能触摸得着的利益;一种对自己终于攀上了“现代化”的末班车的欣慰,就在这合唱声中弥漫开来。就大体而言,上述的这些赞叹、期许、调整和欣慰,早已汇聚成一套不断膨胀的观念,牢牢地罩住了人心。这十多年来,人们已经习

① 此处及本文其他地方的“意识形态”这个词,大体是依照H.马尔库塞所论述的意义而使用的,即指一种与“真实”并不“相符”,但能在一定程度上系统地阐释历史、社会现实和未来、生活的意义和趣味等,且为社会的多数人所不同程度地接受的思想观念。

② 对“成功人士”这个符号及其社会、文化原因的分析,最先也是在上海的一部分文学和人文学者中间展开。这正可以反证它在上海地区的流行程度。

惯于抱怨说,这是一个人心涣散、信仰尽失的时代,可你看上海,看那些与上海相邻或相似的地区,分明有一种新的意识形态,正在相当迅速地成形。它当然还没有完成最后的总结,还在不断地变化,但说它已经取代原先那一套"文革"式的权威意识形态,占据了这座城市或这些地区的精神生活的主导权,却是一点都不过分的。①

就我对《富萍》的疑问而言,这新意识形态的大合唱当中,就有一个声音特别值得注意:对于旧上海的咏叹。几乎和浦东开发的打桩声同步,在老城区的物质和文化空间里,一股怀旧的气息冉冉升起。开始还有几分小心,只是借着张爱玲的小说、散文的再版,在大学校园和文学人口中暗暗流传。接着可就放肆了,一连串以"一九三一"、"三十年代"或"时光倒流"为店名的咖啡馆、酒吧、饭店和服装店相继开张,无数仿制的旧桌椅、发黄的月份牌和放大的黑白照片,充斥各种餐饮和娱乐场所。甚至整条街道、大片的屋宇,都被重新改造,再现昔日的洋场情调,"这里原先是××的公馆"几乎成为所有在旧洋房里开张的新餐馆必亮的广告。在这怀旧之风四处洋溢的过程中,纸上的文字,小说、散文、纪实文学,乃至历史和文字研究著作,始终腾跃在前列。不但十里洋场的几乎所有景物都蜂拥着重新进入文学,构成许多小说故事的空间背景,那据说是旧上海极盛时期的二三十年代,也随之成为这些故事发生的基本时间。老爷、少爷、太太、小姐,蓝眼睛的阔人,黄皮肤的舞女,这老上海的形形色色的人物,他们的悲欢离合、戏剧传奇,更是大量被借取、被夸张,既当做虚构的素材,也当做传记的对象。在今天,你随意走进一家书店,都会看到几本以怀旧为主题的虚构或纪实作品,摆放在醒目的位置上。差不多十年了,上海人的怀旧热情依然如此旺盛,文学真是功不可没。

不用说,那大合唱的主旋律,也始终贯穿这怀旧的咏叹。它是怀旧,却不会去怀两百年前那城墙弯窄的小县城的旧,也很少怀沦陷时期满街日本军警、路人动辄被搜身那样的旧,它的视线始终流连在二三十年代,仿佛那之前和之后的事情都不曾发生。它是怀上海的旧,但它既不怀苏州河两岸工厂、仓库和棚户区的旧,也很少怀市南、市北那些弯弯曲曲的平房里弄中的贫民生活的旧,甚至也不大怀石库门里"七十二家房客"式的拥挤生活的旧,它的目光只是对准了外滩、霞飞路(今淮海路)和

① 如何描述和分析这个从80年代后半期开始、首先在东南沿海和大中城市发展起来的"新意识形态",是目前思想界非常重要的一个工作。可以将它简述为一组分处于不同层面、互相呼应,但有些也并不十分配合的观念,它们包括:人首先应该追求个人的物质生活的改善;"现代化"是人类共同的理想和必由之路;"世俗化"、"欲望"和改善物质生活的要求才是"现代化"的基本内容和动力;"市场经济改革"体现了"现代化"的潮流,只要这个方向不变,中国将很快赶上西方发达国家,变得富裕和自由;现有的所有社会弊病都是因为"现代化"不充分,没有真正与"国际"接轨,只要人均收入达到两千美元,这些弊病都不难消除;只要"现代化"了,所有的人都至少能成为中产阶级,有汽车和洋房……但应该看到,这些观念边界模糊;它们也并不都有某一明确的学说作为公认的代表,而通常是散布在无数文字、图像和口头的表述当中。

静安寺路(今南京西路),对准了舞厅、咖啡馆和花园洋房。历史上的上海其实是一个多面体,即便是30年代吧,在琳琅满目的繁华旁边,也还有风雨飘摇的动荡,有逼仄破旧的贫穷;这城市的人们一面艳羡着发财的奢华,目睹灯红酒绿、夜夜笙歌,一面却也亲历着破产和逃难,担心闸北地区的炮轰移近家门。可是,在今日的怀旧风中,上海的历史被极大地简化了,而且是一面倒的简化——凡是悲苦的往事,能不提就不提;凡是豪华和繁荣的传奇,则一定着意渲染,详细铺陈。这也难怪,今天的上海正全力打造"国际大都市"的身份,它迫切需要一个"辉煌"的历史给自己垫底;这城市的上上下下,正由衷或努力地相信,今天的目标就是昔日的繁华,岂容你再翻出旧上海的阴暗历史,硬生生去扫人兴致?发了财的新富人要造家谱,辛苦忙碌的"白领"想入梦,就是那些已经或将要"下岗"的人,多半也愿意上海能"再造辉煌",向他们提供新的生机吧。在这样的时候,谁又愿意听你讲那些令人泄气的往事,平添一份忧虑或绝望呢?新的意识形态既已经相当完整地叙说了上海的现状和将来,它用简化和涂改历史的方式,再为这叙述增加一个新段落,也是合乎逻辑、顺理成章的吧。

在新意识形态撰写的上海论述当中,这如此删削而成的关于"老上海"的新段落,正显示出越来越重要的意义。已经到了20世纪的最后十年,饱经40年"革命"悲欢的中国社会,早就丧失了"一张白纸,可以画最新最美的图画"式的激情。尤其在上海,人们对将来生活的希望当中,始终掺杂着一份历史被割断的无奈。因此,要将这座城市里的人重新集合到一面旗帜下,将他们的视线收聚到"将来"的某一幅"效果图"上,就必须先向他们解释"过去",化解他们心头的无奈。当然,40年"教育"下来,上海人已经不怎么知道老上海的事情了,他们的无奈其实十分含糊,自己也不大能够确定。但也唯其如此,重塑上海社会的历史记忆,再通过这"记忆"来引导它集中视线,排齐队形,反而就比较容易。从90年代中期开始,一面是新的"成功人士"在媒体和广告上日渐成形,一面是昔日洋场的大亨故事再次流传;一面是新时代的"上海宝贝"风靡市场,一面是老上海的"风花雪月"被涂描一新;年轻的"白领"环顾着咖啡馆墙上的旧照片憧憬未来,那些已经差不多自暴自弃的中年人,也在街头和电视上洋场画面的暗示下振作起来,更严厉地督促儿女苦练英文……新的历史"记忆"逐渐覆盖这城市的各个角落,许多上海人面对现实和将来的心情,似乎的确是一天比一天更平和了。

在现代社会里,"意识形态"的感染、洇渗和吸纳力量,几乎无所不在,因此,看到90年代的许多叙说老上海故事的文学和非文学作品,都先后被它收编,成为它的某一个段落的或长或短的句子,你其实是不该觉得惊讶的。90年代的新意识形态就有这样的力量,就在作家自以为是发掘被埋没的生活诗意的同时,它已经悄悄地将若干特别的语法输入你的笔下,不知不觉就引导了你的叙说,甚至改换了作品的基本结构。在这个国家和资本力量共同布下细密大网的时代,真正能够撕开一个口子、持久地游离其外的作家,又能有多少呢?就是王安忆吧,她的用力甚苦的长篇小说《长恨歌》里,不也有一些部分没能避免那怀旧风的洇染,依然可以在一定程度上被人看成是那些老上海故事的巨型分册吗?①

但是,王安忆毕竟是一个警觉、有慧心的作家,虽然可能一下子被强劲的时风扰乱脚步,却终究能够相当迅速地重新站稳。我很少看到她长篇大论地议论新时代,但她对这一场以“现代化”的名义重组生活的浩大变革,却是非常敏感、有自己特别的看法的②。1999 年春天,她以《寻找上海》为题写了一篇短文,直截了当地表示对上海现状的迷惑:从大批印刷精美的老上海的故事里,她“看见的是时尚,不是上海”;“再回过头来”看现实,“又发现上海也不在这城市里”,“新型建筑材料为它筑起一个壳,隔离了感官。这层壳呢?又不那么贴,老觉得有些虚空”③。那么,通过对流行物的怀疑和挑剔、对被时尚排斥的诗意的敏感、对遭强势压抑的声音的共鸣,打破这隔在我们与真实的世界——“上海”——之间的时尚的“壳”,是否就是文学写作在新时代里的新的意义呢?在今天,如果文学不能创造出与“当代潮流”不同的趣味、悟性和想象,不能向社会提供一个比时尚所勾描的宽广得多的精神视野,它的价值的确是相当可疑。王安忆始终记得母亲告诉她的一个故事:“一个女孩子,患深度近视,因家中十分贫困,无法为她配一副眼镜,所以她便生活在迷蒙中……”后来终于有亲戚帮她配了一副眼镜,“可是她戴上眼镜,却惊怵地看见千疮百孔的贫民窟景象。这真是很可怕的一幕,世界突然在清晰中破裂开来”④。在某种意义上,我们每个人都曾经是,并且依然是度数不等的近视眼,一旦由于某种机缘,突然看清了人生的真相,那就无论多么“惊怵”,也再难返回那幸福的“迷蒙”了,所以王安忆说“真是很可怕”。但是,这“惊怵”却是你必得要承担的,因为正是它打开了你通向真实的人生的大门。于是王安忆这样来比较苏青和张爱玲:苏青是“缺少回味,是真正入世的兴致”,“张爱玲却不是,她对现实生活的爱好是出于对人生的恐惧,她对世界的

① 从《长恨歌》气势不凡的第一章,其实可以很清楚地看出,作者是想描述一个与流行眼光所看到的完全不同的“上海”,一个与“浮在面上”的闪亮的“点和线”不同的、隐在“暗”中的“上海”。可是,由于小说选取了一位“上海小姐”做主人公,又是从电影制片厂、晚会和 40 年代的“百乐门斜对面”的“爱丽丝公寓”一路讲下来,读者就很容易将它与那些一意渲染“风花雪月”、“美人迟暮”的老上海故事混淆起来。

② 在 1995 年至 1999 年间,王安忆写过一组总名为《屋顶的童话》的散文,其中许多部分都写得相当晦涩,但依然可以看出她对所谓“现代化”的一些远非欢欣的理解。这组散文收入她的《剃度》,南海出版公司,2000 年。

③ 王安忆:《寻找上海》,《妹头》,南海出版公司,2000 年,第 198—199 页。

④ 王安忆:《我读我看》,上海人民出版社,2001 年,第 8—9 页。

看法是虚无的"①。她甚至更进一步,这样来比较张爱玲和鲁迅:张爱玲"略一眺望到人生的虚无,便回缩到俗世之中,而终于放过了人生的更宽阔和深厚的蕴含……所以,我更加尊敬现实主义的鲁迅,因他是从现实的步骤上,结结实实地走来,所以,他就有了走向虚无的立足点,也有了勇敢"②。"惊怵"了之后却不逃避,而是更深地进入人生,去体味它的更深广的"蕴含",尽管这可能同时也意味着"走向虚无"。这样借鲁迅来澄清了自己,王安忆就更明白该怎么做了,那就是尽可能地伸展小说的触角,破"壳"而入,汲取实际延续着的人生的丰厚和智慧——她把这样的人生称为"生活"。当然她知道这很困难:"人们都在滔滔不绝地议论着生活,讲述着生活……或者给生活下着种种定义,或者就是将自己的经验和盘托出。这种或者是虚或者是实的写作情形,其实说明了'生活'在这个时代里的萎缩和退化"③;"上海这个奇异的城市,处于发展中情形,却飞速走向现代化。于是,每一种诠释都可在强势文化的词典中找到出处,建设起观念的壁垒。感官更加脱离触摸的实体,衰退了功能。人们不是以身体生活,而是以概念、比概念更为简单,是以名词生活"④。但她依然聚精会神,要掀开那"强势文化"播撒的厚厚的观念、名词的覆盖层,直接去触摸真的人生。她称赞一位前辈作家白桦:"他对世界的浪漫主义的看法,有效地规避了意识形态的影响"⑤。一种凭感性和诗情去深入"生活"、摆脱"强势文化"的决心,是表达得相当鲜明了。

我对《富萍》的疑问似乎可以找到解答了。心中既然形成了这样的意愿,王安忆就自然要处处与那新意识形态编撰的老上海故事拉开距离。它总是让事情发生在二三十年代,富萍却偏偏只在50年代来到上海;它总是将读者一径领入高楼、酒吧和花园洋房的客厅,富萍却偏偏在这些人家的后门口逗留,后来更干脆不辞而别,直接去了水上工人的居住区;它的上海是外滩、霞飞路和静安寺路,富萍遇见的上海却偏偏多是闸北,是苏州河两岸;它的人物总是听到客厅里的钢琴声,对着爬满藤叶的旧洋房惆怅不已,富萍却偏偏只感觉到棚户区里的艰辛和"仁义",为那一对贫寒母子的安然和自尊所吸引;它的叙述通常都很华丽,富于书卷气,仿佛某个伤感的诗人在感慨世事沧桑,《富萍》的文字却大多很简单,句子短短的,像是口语,叙述的节奏不快,却一点不拖沓,与这农家姑娘的身份很相配……当然,这一切未必都是刻意做成的,但只要王安忆执意远离"物质主义"和"强势文化"的笼罩,她的注意力和兴奋

① 王安忆:《我读我看》,上海人民出版社,2001年,第189页。
② 王安忆:《我读我看》,上海人民出版社,2001年,第194页。
③ 王安忆:《我读我看》,上海人民出版社,2001年,第336页。
④ 王安忆:《我读我看》,上海人民出版社,2001年,第354页。
⑤ 王安忆:《我读我看》,上海人民出版社,2001年,第363页。

点就势必会掠过洋场和西装革履，下落在截然不同的人事和风俗当中；当几乎所有老上海故事的叙述者都习惯以美人迟暮式的唏嘘终结全篇的时候，《富萍》就自然要特别彰显一种勤劳、朴素、不卑不亢的“生活”诗意。如果这样来看，王安忆会绕过市中心的花园洋房，特别创造出“梅家桥”这样一片低矮的棚户区；她会改变素来的叙述态度，那样热烈地赞美梅家桥人的生活；她会更改女主人公的心意，让她最后在梅家桥扎根。《富萍》的叙述重心会如此不断转移，由淮海路到苏州河，又从苏州河到梅家桥，都实在是有几分必然的了。

何止是《富萍》呢，王安忆近期创作的其他小说，都或多或少、或隐或显地讲述着《富萍》式的故事。譬如写于《富萍》之前一两年的那些短篇小说，或者将你领进上海市区一条民工聚集的小弄堂，细细地展示其中一家小饭店的日常情景（《小饭店》），或者描述苏南农村一位乡村教师的婚宴，将那场面上的人物和气氛呈现得如此逼真，你仿佛也能闻到细细的雨雾和木桌上“四喜丸子”的气味（《喜宴》）；或者写一位能干的农村姑娘为在县城开会的村干部准备晚饭，不厌其烦地描述她如何燃柴、下油、炒腊肉（《开会》），或者写一对在村里落户的知识青年，如何为招工曲折奋斗、悲欢交集（《招工》）。背景和故事各不相同，但一种着意贴近底层人民的日常生活，努力显现粗陋艰辛中的人情、趣味和生气的努力，愈益执拗地贯穿其中①。2001年9月，王安忆又写出一部长篇小说《上种红菱下种藕》，让读者跟随一个9岁的女孩子“秧宝宝”，去浙西一座名叫“华舍”的水乡小镇。所有的叙述都是依着“秧宝宝”的视线展开，从她寄读的人家，这人家楼上的租客，到她同学的家，这人家对面的店铺，再到这店铺后面的别的人家，小巷尽头的水泥教堂，“黑洞样”的茶馆，倒闭的织绸厂，河埠头边上的木廊桥……小说几乎没有什么情节，只是领着你在小镇上兜来兜去，有两次好像是走出去了，却很快又折了回来。如果是一个急性子的读者，一定会很不耐烦：你到底要说什么？终于，到了小说的最后一段，作家和盘托出了这小镇“是那么弯弯绕，一曲一折，一进一出，这儿一堆，那儿一簇。看起来毫无来由，其实是依着生活的需要，一点一点增减，改建，加固……它忠诚而务实地循着劳动、生计的原则，利用着每一点先天的地理资源……你要是走出来，离远了看，便会发现惊人的合理，就是由这合理，达到了谐和平衡的美。也是由这合理，体现了对生活和人的深刻的了解。这小镇子真的很了不起，它与居住其中的人，彼此相知，痛痒关乎”②。原来，这小说的真正主角不是“秧宝宝”，而是华舍镇，之所以选了“秧宝宝”做领路人，是因为只有这天真的未受时尚污染的小孩子的眼睛，才能看到小镇的生

---

① 这里举出的四部短篇小说，均收入《剃度》。

② 王安忆：《上种红菱下种藕》，南海出版公司，2002年。

活的“美”。到这时候,你一定已经联想到《富萍》对梅家桥的赞美了吧?在某种意义上,华舍镇正是又一个梅家桥。

也正是这个华舍镇的故事,让我最终明白了王安忆为什么要创造“梅家桥”,当然是要借此叙说一个独特的上海故事,但这梅家桥的寓意,又远远超出了“上海”这一座城市。在一部上海作家的小说选集的序言结尾,她强调说:“生活以万千种姿态表演出她恒定的性质,就像大地上长出各色花草、果木和庄稼,当然需要辛勤耕作。你去仔细地观察自然,就会惊讶,在这一种单纯的自然力之下,如何会养育出无限的生物。”①她所以要那样渲染梅家桥人的勤劳和“仁义”,描绘华舍镇的相貌的“合理”,一个基本的用意,不就是要向读者显现“生活”的“恒定的性质”、它的“辛勤”和那透过“辛勤”而显露的“单纯的自然力”吗?她当然知道,在顶着“现代化”名号的“强势”潮流面前,这“生活”是非常容易被扭曲的,在《上种红菱下种藕》的最后一段,她就感叹道:“可它(指华舍镇)真是小啊,小得经不起世事变迁。如今,单是垃圾就可埋了它,莫说是泥石流般的水泥了。眼看着它被挤歪了形状,半埋半露。它小得叫人心疼。”这笔触细密、充满了诗意的小镇风俗画的忧郁的底色,作家内心深处的悲哀,都由这“心疼”二字,一下子涌现出来。岂止一个华舍镇呢?整个上海,甚至更大得多的地方,不都在发生、而且势将继续发生种种“泥石流”淹埋大地、“垃圾”覆盖生活的事情吗?在许多地方,这种淹埋和覆盖已经变得稀松平常,人们几乎都熟视无睹,甚至还很有一些欢欣鼓舞呢。华舍华舍,真可以看做是世界上许多地方共同的缩影!但也唯其如此,王安忆就更要用浓墨和重彩,更加用力地去刻画那“生活”的本相。她给《富萍》和《上种红菱下种藕》这两部小说,都套上一个颇似晚清“社会小说”的风俗画式的结构,就是为了能更充分地展示这“生活”的细节,对于那总要用概述来遮蔽现实的意识形态,多样的细节是最有破坏力的。这是一种重压下的反拨,一种堪称是自觉的对抗,它既是针对身外的恶劣和麻木,也是针对内心的沮丧和悲哀。因为是反拨,便难免有控制不稳的时候,是对抗,也就容易显得夸张,当王安忆称赞白桦的“浪漫主义”的时候,她是否意识到了自己会从一个与白桦不同的方向,也走入“浪漫主义”呢?“资本主义”、“现代化”、“发展”、“全球化”、“新经济”……当所有顶着上述名号的势力沆瀣一气,席卷世界的时候,当它们不但控制了物质的生活,而且深入人心,要遮住我们的全部视野的时候,几乎所有的反抗都难免会走入“浪漫主义”吧?王安忆生于上海,长居于上海,到目前为止,她讲得最多的也是上海的故事。但是,她的上海故事里的“梅家桥”却清楚地显示了她对现实变化的敏感,她因此而生的悲哀,她对这悲哀的反抗,她这反抗的“浪漫主义”的情味,都已

① 王安忆:《女友间》,上海文艺出版社,2001年,第18页。

经远远超出上海，超出城市，也超出了中国广阔的大陆。与15年前相比，甚至与写《长恨歌》的时候相比，她都明显是变了，我想说，她真是有一点大作家的气象了。

对今天的中国文学来说，王安忆这样的变化有什么重要的意义吗？就她个人的创作而言，这变化中是否也有什么潜在的东西值得警惕呢？要比较清楚地回答这些问题，我还得回过头去，稍微具体一点地谈谈80年代。那可真是一个“浪漫主义”的时代，也是一个中国作家好长时间都没有遇到过的好时机。没有内战，没有大的灾荒，50年代中后期形成的种种物质和精神规范，都开始有了松动。当然还是贫困、匮乏，但整个民族都激动起来了，渴望自由、富足，想张开双臂拥抱新的生活的冲动，弥漫于社会的上上下下。文学，就自然而然成了表达这些冲动的先锋。从70年代末到80年代中期，最活跃的作家们大都自觉到文学的这种意义，种种不乏悲苦的个人生活经验，又给了他们敏感社会心声的充沛能力，于是，他们各逞己意，四面出击，文学开拓的精神领域一寸一寸逐渐扩大。创作能及时表达社会的各种冲动，读者就自然给予热烈的响应，文学杂志的销量动辄几十万、上百万。就在那随处可见的思想和技术的幼稚当中，文学丰富多样的潜力一点一点地冒出头来。①

但我不得不说，80年代也是“浪漫主义”迅速被收编的时代。从80年代中期开始，社会的变化大致沿着两个方向展开，一个是从耽于理想的呐喊转向实际功利的计算，另一个是从朦胧模糊的多样转向明确响亮的单一。譬如“现代化”这一面“改革”的重要旗帜，就和其他的旗帜一起被重新裁剪：在70年代末期，它的含义极其宽泛，从“思想解放”、“美学热”到“联产承包责任制”，几乎无所不包，可到80年代末期，它却越来越像是专指西方式的“蓝色文明”、资本主义的“市场经济”，甚至是专指美国式的物质生活。不用说，正是这两个方向的收缩，合力促成了“改革”之潮在90年代初的大转变，而那个被大大剪小了的“现代化”，也就理所当然地上升为社会变革的唯一目标。80年代散乱无边的“浪漫主义”思绪，现在是被它摘剔、压缩，差不多完全改造成“市场经济”的一圈金色的镶边了。

文学当然也很难逃脱这样的收缩。从80年代初关于“现代主义”的争论开始，至少在“文学圈”内，人们对文学现象的描述和评判，就几乎再也没有逾出过新输入的那些欧美理论所提供的词汇。倘说在70年代末，评价文学作品优劣的标准，基本上是系在“暴露/歌颂”这个结子上，那到80年代后半期，这个标准已经明显改到了“现代/传统”，具体地说，即是否“现代主义”的结子上。许多新诗人常常这样骄傲地宣布自己和前辈——譬如“朦胧诗”派——诗人的区别：“他是浪漫主义，而我是

---

① 只需想一想，到80年代中期，在小说领域里，高晓声、王蒙、汪曾祺、张洁、张承志、阿城、刘索拉、韩少功、王安忆、马原……这些在视野、意趣、风格的技巧上都截然不同的人一齐在写作，而且各自获得不同范围的读者的关注，你就能感觉到这丰富的潜力了。

现代主义!”就在《河殇》版的“现代化”教条愈益深入地收编整个社会的思绪的同时,一种“现代”崇拜也在文学领域里大面积蔓延。不用说,这个“现代”也是依照那“收缩”的原则不断被剪小的:首先,它属于“西方”,非西方地区的文学统统不算;其次,就在“西方”文学内部,能称得上“现代”的作家也越来越少。譬如小说,先是排除巴尔扎克、福楼拜、托尔斯泰和索尔仁尼琴……他们太“现实主义”了;接着是剪掉帕斯捷尔纳克、海明威、艾特马托夫……他们太“浪漫主义”了;再后来,连哈代、纪德和麦尔维尔……也不行了,他们太缺乏“形式”!从80年代中期起,在文学杂志、讨论会和大学课堂上,“形式”这个词的含义飞速膨胀,不但压倒了“内容”,还大有将“思想”、“历史”和“哲学”等都一齐压倒的气势。“现代”似乎仅仅成了“形式”的同义词,这又反过来加剧它自身含义的进一步缩减:在越来越多的作家,尤其是跃跃欲试的文学新人眼里,伍尔夫和福克纳就只是“意识流”,普鲁斯特就只是铺排卧室里的琐事,罗布·格吕叶就只是时空错位,博尔赫斯也就只是语言“迷宫”……好不容易发现了马尔科斯,却又是因为他得了诺贝尔奖,因为他用“许多年以后……”这样反常的句式开头。“现代主义”作家对资本主义和“现代”主流文化的洞察和绝望,他们对当代生活的各不相同的兴趣、迷惘和悲观,似乎反都成了次要的、常常被忽视的东西。“现代”归结为“形式”,“形式”又被归结为“语言”——这样一个骨骼支离的“现代”被供上高案,成为大批作家追求的几乎唯一的目标。

但是,在整个80年代后半期,作家和批评家们却并没有警觉到文学的这种被动的收缩。在某种意义上,他们也似乎有理由这样迟钝。作家是对文字特别敏感的人,他们天生就容易迷恋“语言”和“形式”。当在坚硬的物质领域里遭受挫折的时候,他们更本能地会缩回文字的世界,往那里面寻觅生存的意义。偏偏在80年代后半期,重新升腾起来的保守气氛盘旋不散,一度还黑云压城、越聚越浓,在刺激人向社会的更深层去发掘那“保守”的“文化”根源的同时,也强化了他们退出直接的思想和政治漩涡的冲动。在我看来,主要正是这深入追究的理性和退缩自保的本能的奇特结合,造成了80年代中期以后文学界对于形式意味的普遍迷恋。物质性的压迫并不重要,重要的是那些在社会深处不断滋养它的精神压迫;外在的专制也不可怕,可怕的是人自己脑子里与它呼应的那些习惯;如果能在微观的思维层面打破桎梏,那就是迈出了在宏观的社会层面争取解放的决定性一步:在80年代后半期,类似这样的看法在文学界非常流行,它们共同构成了许多风行一时的议论背后的一个基本的逻辑。借助新传入的欧美理论,尤其是语言哲学、符号学和叙述学的理论,批评家们很快确定了思维层面的桎梏的基本内容,那就是人们对空间、时间和符号的确定性的迷信。于是,向这样的迷信挑战,打破“确定性”,渲染“不确定性”,就成了新锐批评家阐释作品的流行视角,也成了年轻的文学教师在讲台上慷慨激昂的流行主题。这一切又反过来影响了作家,催促他们更放肆地“颠覆”读者的阅读习惯,一面释放被成规压抑的灵感,一面也渐渐远离自己各不相同的特质。高晓声式的“为农民叹叹苦经”也罢,张承志式的寻找“九座宫殿”也罢,更不要说白桦式的“苦恋”了,统统都被“马原式”的写作挤到了边上。马原自己呢,也不知不觉疏远了那些最初将他引向写作的特别的情感,越来越贴近那个时势造成的“马原式”的写作。时空错位、情节裂变、意旨飘忽、语言“狂欢”……小说成了创造“不确定性”的圣地,读小说也不知不觉成了艰苦的精神跋涉。太迷恋“不确定性”,自不免远离“确定”的现实。跋涉得太艰苦了,就会有许多人放弃阅读。在80年代后半期,文学开始明显遭受社会的冷淡,可文学圈中愿意正视这冷淡的声音却很弱①。许多作家,特别是年轻的作家依然相信读者那种艰苦阅读的社会和政治意义,许多批评家、编辑和大学教师也依然将“马原式”的写作奉为最“现代”的文学。你是不是可以理解那些偏爱“不确定性”的作家的迟钝了?一个人相信自己在艺术上是先锋的,是富于创造性的,在政治上也是前卫的,是具有尖锐的挑战意味的,他为什么还要自我怀疑?

90年代的现实却毫不留情地将作家的这种自信打得粉碎。当文学纠缠于抽象的“确定/不确定”性的时候,现实生活却大开大阖,80年代后半期社会改革“收缩”的全部后果,都逐渐清晰地暴露出来。作家是多么敏感的人,立刻感觉到了现实的逼人力量。可他们转回身来面对现实的时候,却发现很难看清楚它。80年代后半期流行的那一套“现代化”思路:“传统/现代”、“计划经济/市场经济”、“专制/民主”、“确定性/不确定性”、“集体/个人”、“社会主义/资本主义”、“黄色文明/蓝色文明”……似乎都和纷乱的现实对不上号。怎么办呢?有一些作家比较勤快,虽然不知道该如何理解,对现实生活的印象却很强烈,那就先写起来吧。平静、舒缓、细致,还有一丝淡淡的无奈:对于这些震慑于现实的变动,却又不知道如何判断的作家来说,这样的无奈恐怕是唯一可以确信的了。另外一些年轻的作家却颇亢奋,凭着一股子青春激情,他们拉开嗓门赞美“欲望”、挖苦“精神”,他们将自己想象成新时代的弄潮儿,其中也真有一些扑下“海”去。不过,他们很快就明白了,这是个错觉,现实远没有这么简单。一旦钱包稍鼓、青春稍逝,种种无聊、迷惘和空虚的情绪,就迅速罩住了他们。当然,也有一些作家一开始就很在乎自己对现实的异己感。依循

① 在整个80年代后半期,许多作家和批评家都不断重复一个说法:随着社会逐渐进入现代状态,各种文化消费渠道相继打开,文学的读者数量必然大幅度减少;而随着各种社会科学的充分发展,文学无需再承担“文学”以外的其他思想和社会功能,也就势难再引起社会的“轰动”。在我看来,这个说法一方面配合了当时文学界对所谓“文学本身”(即“形式”甚至仅仅是“语言”)的热衷,同时也妨碍了文学界从“现代化”的单一视角之外去理解读者的冷淡。

在80年代后半期养成的文学观念,他们很愿意将这种感觉归类于普鲁斯特、卡夫卡,或者干脆就是加缪;可是,实际的生活经验又使他们觉得如此归类不大合适,他们就这样疑疑惑惑地关闭门窗,收回视线,专心在小说里讲述“我”的故事。这个“我”有许多不同的姓名,却都很像是作家自己:是女性,就描述孤独、发现自己的身体、与男人的战争和与女人的默契;男人呢,则虚构或回味与女人的暧昧交往、激烈的性爱和无谓的写作。细节写得非常感性,整个故事很抽象;他们就用这样的方法与社会巨变保持距离,你甚至会觉得,他们到底还是活在80年代后半期的树荫里①。但是,新的现实的压力与日俱增。到90年代中期,乡村的困窘愈益显露,在许多城市里,作家一推开家门,就满眼是“下岗”、“待业”的凄苦景象了。于是,一些作家开始正面触碰这个现实,或者叙写乡镇上的分化、冲突、新的觥筹交错和新的走投无路,或者刻画国营工厂里的挣扎、愤懑、新的投诉无门和新的英雄主义。但是,这些都只是“触碰”,因为它们所凭借的,只是对现实问题的感觉和义愤,而不深思和洞察,与现实漩涡的巨大的复杂叵测相比,这感觉和义愤的力量是太弱了,它们很快就会被转晕、打散,甚至被吸纳、利用。所谓的“现实主义冲击波”,在90年代晚期的迅速消退,是将文学面对社会巨变不知所措、赤手空拳、几乎一无所凭的被动局面,暴露得再清楚也没有了。②

人类迄今为止的文学的历史,一再向我们证实了,文学对于人的生活是作出了多么重大的承担。最近三百年来,世界各地无数优秀的作家,更以各不相同的创作,持续地挑战愚昧和黑暗。中国现代文学也不例外,即如鲁迅那一代作家开创的“新文学”传统,就直接组成了现代中国人追求自由、解放的艰苦斗争的重要部分。即使到了今天,一切似乎都面目全非了,我仍旧相信,文学的这个精魂依然活着,依然有力地跳动在许多作家的写作当中。事实上,进入90年代以后,一面手足无措、东倒西歪,一面却也屡错屡试、竭力调整,文学始终在本能地挣扎,要回应现实生活的巨大变动。尤其是90年代中期以来,重返当代中国人生活的现实,重建对最近20年社会巨变的深入理解,更越来越触目地凸现为文学河流中的两道互相引发的激流。当然,这“生活的现实”绝不仅仅是指一些具体的社会“问题”,而更是指我们的整个生存状态;“二十年社会”的“巨变”,也不仅仅是指发生在这20年里的事情,而还包

① 在像中国这样拥有庞大的文学人口的国家里,少数开风气的作家和大批尾随其后的作家之间,总会有相当明显的差别。当90年代初那些最敏感的作家纷纷放弃“马原式”写作的时候,仍然有大量作家,尤其是新作家继续沿着80年代后半期的流行方向往前走。这种情况一直要到90年代中期才比较明显地改变。

② 以上这一段有关90年代的文学(主要是小说)状况的论述,只是就一些最明显的、带有普遍性的现象来说的。在这一时期,依然有少数比较优秀的作家,例如莫言、李锐、张承志、史铁生、张炜、韩少功、阎连科等,继续表现出各不相同的创作风貌。从他们笔下,你能够强烈地感觉到对于社会巨变的尖锐的体会和艰苦的思考。但是,除个别情况外,这些作家的创作对整个文学风气的影响都比较弱。

括这巨变背后的历史和国际因缘。因此，“重返”和“重建”就不是简单地去记录日常生活、揭发社会弊病、暴露现实“问题”，而是要通过对生活的重新想象和刻画，打开不止一道能由此洞察当代中国人基本生存状况的审美门户，开辟不止一条能据此深思我们的现在、将来和过去的精神思路。由于中国大陆各个地区之间，甚至同一个地区之内，各种差异都已经非常巨大，各地的作家对现实生活和社会变化的感受和想象，就自然很不相同。但是，以我个人的阅读来看，到90年代晚期，那主要是在大批新作家的写作中洇染开来的、刻意营造“不确定性”的“先锋”写作的风气，已经基本消退；一种从雷同化的、与世隔绝的“个人”和迷宫般的“语言”、“形式”那里退出身来，转向更宽阔、也更实在的生活经验和文学想象的强大冲劲，正在越来越多的写作当中显露出来。不用说，这样的写作势必会中止从80年代后半期延续而来的那种不断收缩、越来越狭隘的文学理解，以多样的方式重新定义“生活”、“现实”、“政治”和“社会”，也重新定义“语言”、“形式”、“孤独”和“个人”……

但是，这一切都会非常困难。我们的身外和身内，有太多的障碍横在那里。在今天，文学写作在种种旧式的限制之外，又添了许多新的限制。看起来是信息爆炸，可实际上信息的情形却极大地助长了王安忆所说的“强势文化”的传播和膨胀，倘若一个作家有意去质疑它，他到哪里去获取真正多样的信息呢？社会生活的分隔已经发展到如此精细的地步，足以使事实上息息相关的人们，在知觉上彼此隔膜。即如我所居住的城市，不同收入的阶层，在衣、食、住、行，几乎所有的方面，都愈益互相远离，在这种情况下，一个习惯于面对书桌的作家，又如何了解和想象其他阶层的生活？今天的生活越来越复杂，政治、经济、文化之间，甚至物质和精神之间，界限都日益模糊，中国的事情也早已不仅仅是中国本身的事情。如果你的兴趣向来比较单一，只是喜欢文学和艺术，甚至只是喜欢读卡夫卡或博尔赫斯一类的作品，那又如何能透视这复杂的人生、感悟多样的心灵？至于那为历史和现实境遇所合力造成的相当普遍的人文意识的淡薄、心灵视野的狭窄和知识结构的老旧，那被“市场经济”“大潮”所激发的牟利欲望的膨胀和随之而来的艺术激情枯竭，就更是人所共知，无需多说了。

正是在这样的社会、精神和文学的背景下，王安忆的转变显出了格外重要的意义。她一直都是一个对人生怀着善意的作家，我从未见过她在文学作品中出言激烈、咬牙切齿，好像连紧锁眉头的表情都很少有。但是，就是这样一个温情的作家，现在却相当明确地形成了一种对于当代生活的深具批判意味的理解，一种由此而来的对于文学写作的新的使命的领悟。她不但公开宣布自己的这个理解和领悟，而且在创作中全力去实践它。她的笔触依然舒缓，表情也依然温和，但你从这舒缓和温和的后面，却能感觉到一种过去没有过的紧张，我甚至想说，一种过去没有过的激烈。她的创作的这种新的面貌,犹如荒凉土地上的一簇醒目的新绿,使人不由得要欣然认定,在今日的中国,不是没有这样的作家,能突破"现代化"和新意识形态的重重障碍和诱惑,创造出真正多样的情感体验和艺术境界;也不是没有这样的作家,能逾越狭隘的意识形态政治,使写作焕发出广泛的社会政治意义,在更深刻的层面上挑战愚昧和黑暗。王安忆当然不是唯一一个这样的作家,也不是第一个这样的作家,但是,她写出了《富萍》,紧接着又写出了《上种红菱下种藕》,却会使人——至少是我这样的读者——对当代文学能否洞见社会生活的巨变,能否深入地回应这巨变,增加一份不小的信心吧。

那么,王安忆这创作的转变当中,是否含有某种潜在的危险呢?我觉得也是有的。从《长恨歌》到《上种红菱下种藕》,作家一步一步地竭力远离那新意识形态的老上海,在她和那个老上海故事之间,明显有一种对峙、一种精神的紧张。越是感觉到对立物的强大①,就越不自觉地往相反的方向倾斜——正是这样的情形,一面不断激发新的艺术灵感,一面也会悄悄地删削这灵感:倘若作家过分关注自己和对立物的对峙,一意要与它拉开距离,就很容易丧失对自己的新姿态的反省,减弱文学写作本来可能孕育的更大的丰富性。说到底,文学所以有可能抵抗意识形态,就因为它拥有对方不可能拥有的丰富和多样;意识形态的问题也就在于,它常常能将抵抗者拽下居高望远的位置,不知不觉就将它变成仅仅是自己的对手,一个虽然对立却同样缺乏丰富的事实上的同类。在《富萍》对梅家桥生活热烈的赞叹当中,在《上种红菱下种藕》的一些过于琐碎的叙述当中,你是否正能看出一丝这样的丧失丰富性的迹象呢?在今天的中国,要成为一个大作家,真是非常不容易的,他不但要穿透各种浮面的繁复,洞察那背后的狭隘和专断,还要能在与狭隘和专断的长期的苦斗当中,始终保持自己的敏感、从容和丰富。看看最近十年的文学和思想界吧,那在抵抗中不知不觉就移向极端、减弱了艺术想象和思想的丰富和从容的例子,实在是很不少。挡在王安忆面前的这个潜在的危险,其实也正挡在所有优秀的作家、艺术家和思想家面前。

但我仍然要说,至少在整个当代文学的范围内,王安忆近来小说创作的转变是一件非常重要的事情。它所显示的"浪漫主义"的想象、批判和创造力量,包括它所暗含的潜在的创作障碍,都明显拓宽了人们对于当代文学、社会和精神生活的感受。而从王安忆的一些优秀的同行笔下,正有一些与"梅家桥"和"华舍镇"不同,却同样打动人心、引人深思的人物、故事和场景,已经和将要诞生。这些年来,每当与友朋

---

① 这强大的一个例子是,90年代上海的"怀旧热",通过对张爱玲作品的重新解释和包装,相当迅速地"消化"掉了这位作家,将她变成了"新意识形态"的老上海故事的一部分。

谈到那些当代生活的主宰势力，听人列举它们的无边法力，断言“你不可能挡得住”的时候，我心中总会冒出一个固执的声音：不见得吧！现在，这个声音是更固执了，从王安忆近来的小说当中，它又一次看到自己的根据。

2002 年 2 月 上海

——原载《文学评论》2002 年第 3 期

曹文轩

论近二十年来文学中的“流浪情结”

一

流浪形象一向是文学艺术所青睐的形象。堂·吉诃德、老残、阿Q以及《麦田里的守望者》中的那个叫霍尔顿的孩子，皆大名鼎鼎。流浪形象早在《荷马史诗》中就已经出现。16世纪中叶，流浪汉小说已成为西班牙文学的重要一支。从《小癞子》《痴儿西木传》《吉尔·布拉斯》，直到后来的德国作家君特·格拉斯的《铁皮鼓》，流浪形象一直存活于西方文学。中国文学也早已有这一形象。而到了中国的现代文学，则有许多作品是写这一形象的，比如郁达夫的《沉沦》《零余者》、蒋光赤的《少年漂泊者》、艾芜的《南行记》和张乐平的漫画文学《三毛流浪记》等。这些形象大致上可划分为三类。一类为贫者。他们讨人残羹、宿人檐下、受人白眼，是一些让人厌恶又叫人怜悯的苦人（“苦儿流浪记”是文学的一个古老模式）。一类为侠义之士。这些人四海为家，漂泊无定，如西方侠客片中所描述的一般，来自天边，又走向天边。他们性格豪放、举止潇洒、疾恶如仇、路见不平拔刀相助，是少年人崇拜的马上英雄。一类为多愁善感、性情雅致的文化人。他们或是被怀才不遇之感所缚，或是饱经沧桑之后很有点厌世，绝门而出，或流连于山水，或沉沦于娼寮酒肆，时有伤感、狂放或多情的文字（西方文学中常出现背着曼陀铃游走四方的游吟诗人）。

在20世纪80年代以来的中国文学中，又再度出现了这类形象。但有新质，不类从前。他们在物质方面实际上并无匮乏之窘。失落、横生无家、无根、无父、无主之感，主要是在精神上。他们既非乞丐，又非侠客，也非我们司空见惯的知识者。他们的流浪欲望，或者说是流浪意识，是由种种现代观念诱发或养育出来的。他们中间，确实有一些是在本意上流浪的——即出家门而远行，而绝大多数人，只是在灵魂深处深刻地感受到了一种流浪感。人虽分明处在家中，伸手可触门窗，耳畔还有妻子儿女的嗡嗡嘤嘤之声，但内心深处，却被无家可归的感觉牢牢拘着。这种形而上的精神流浪，从80年代中期开始，达抵今天，仿佛万众如一，皆上无片瓦、下无立锥之地，统通(统)流放，一个个都被弃落于茫茫荒野，只能“踽踽独行”。堂·吉诃德、老残、阿Q和“麦田的守望者”，在形而上的层面上，活跃于新时期的文学之中，构成世纪末一大风景。

二

在流浪的大幌子下，作家们所做的文章其实是大不一样的。

首先，流浪是体悟人生、面接社会，然后识其真面目的一种方式。《老残游记》中的那个游客老残，好吃好喝不要，姣好女子不要，花园别墅不要，“不愿留在一个地方，也不愿有人跟随”，一路走下去，却并不是一路把玩云烟泉石、轻鸥文禽，抑或是残山剩水、板桥茅店，而是尽往人群里走，往社会的腹地走，以窥世事实相。窥来窥去，这人性、这社会，都不大干净。说是游记，却无一般游记呈给人的佳景胜境，而是人的恶态与社会的黑暗。老残之流浪，其用心在于揭露人性、呈示社会，并通过这种流浪，锻炼自我，在污泥浊水之中独显一份清雅品质。塞林格《麦田里的守望者》，也是这个路数。一个16岁的男孩被开除，不敢归家，在外流浪。这个少年所见到的是什么呢？贩毒与卖淫、抢夺与欺诈……作品将高楼林立、一街豪华、灯火初上时只见璀璨夺目的大都市纽约，翻转成一副邪恶、肮脏透顶的样子。这个涉世未深的少年，在这个“背后”的世界里木然地张望，慌张地逃遁，战战兢兢却不无快感地享受着，从而一下跌进了严峻而真实的人生。

余华的《十八岁出门远行》描写的也是一个少年，那天“在外面高高兴兴地玩了半天”之后，走向家中，在窗外看到父亲在屋内整理“一个红色的背包”，以为父亲要出门，不想父亲却说：“不，是让你出门……是的，你已经十八了，你应该去认识一下外面的世界了。”父亲在他的脑后拍了一下，“就像在马屁股上拍了一下”。于是他走出了家门，开始了短暂的也许是永久的流浪。被这个背着红书包的天真无邪的18岁少年“认识”的“外面的世界”究竟如何？竟是与那个16岁的少年所看到的景象，在本质上惊人的一致。最后，他躺在“遍体鳞伤”的汽车里，意味深长地想起了父亲让他出门远行的那个“晴朗温和的中午”，并一下领悟到了父亲的这一举动(让他远行)所包含的意义。

徐星的《剩下的都属于你》，依然未出塞氏窠臼。“我”和西庸从北京出发，一路流浪，直至Z市，几乎走遍大半个中国。所见所闻所经历的，只是《十八岁出门远行》的一个扩大与增加。在这个到处充满欺骗、肮脏、手淫、没有节制的性冲动等卑劣品质的世界里，他们没能做到像老残一样出污泥而不染，倒是与这个世界沆瀣一气。这个世界没有成为他二人的反衬，反使他们步步堕落。

出门远行这种古老形式，所要完成的任务便是：让现实来颠覆从前的信念。

一出门就别想看到好光景，流浪过程成了览丑受恶的过程。这未免有点片面。然而，让流浪者一路风光，满眼美物好人，这出门远行似乎就没有什么味道了，也就不必了。那个让儿子背着红书包出门远行的父亲是早预料到的，那个“不干不净”的世界定要向儿子显示儿子从未想到过的丑恶情景。我们也可以说，这些丑恶情景是“父亲”或是说是余华，早设计好了的。目的只有一个：毁掉儿子从前的“晴朗温和”的记忆。

与这种作品相反的一种情况却是：流浪是因为对现实状况的不满，而产生“逃亡冲动”，企图去寻觅美好的世界。这种行为是一种在米兰·昆德拉看来为背叛的行为：“背叛是什么？背叛就是出自所处的地位，走向未知。莎宾娜再没有经历过比走向未知更美的了。”（《生命中不能承受之轻》）前一种情形的流浪的结局是：外面的世界是丑恶的，不如归家。西庸们正是在走遍大半个中国之后，又“回到了老地方”。而后一种情形的流浪，其结局只能是：无穷尽地寻觅。海子的诗中经常出现“飞翔”意象。他有不少诗作的名称，都具有“飞”之动态：《单翅鸟》《野鸽子》《黑翅鸟》《天鹅》《我飞遍草原的天空》……“像静静的天马/向着河流飞翔”（海子《黎明：一首小诗》），是一种最优雅也最高贵的姿态。他无法安于滞在。因为滞在意味着对平庸与恶俗现实的苟同。他希望自己永远是“远方的忠诚的儿子”。

杨牧、昌耀、周涛等人笔下的“浩大奔突”，是突围之后的壮烈场景。“让你选择一种方式吧，让我选择一种方式吧/准备突围……/悲歌在于你的不可能成功的执著，你把流泪的/书埋入地底，鸽子全部放飞，预言家的沙器重新摇响。是时候了。你平静地起身/跨过门槛，跨过道路上横陈的所有祭坛/走呵——走呵——走呵”（牛八《大突围》）。突围之后的“狂奔”是无法遏制的。

而女性作家的“出门”是“娜拉式”的“出走”，是逃出腐蚀性情、压抑欲念的“温柔之乡”。“我在被囚中到处流浪。”（伊蕾《流浪的恒星》）“孤注一掷，我对自己说/家是出发的地方。”（翟永明《人生在世》）在女性作家眼中，女性似乎更有“流浪的血统”（嵇伟《永远的女人》）。“假如有假如，我将在无数的前途中选择流浪。”（张辛欣《年方二八》）“走异路，逃异地”，是许多女性的命运。

其次，由文化的衰竭与断裂所生成的无根感，转而生成的流浪意识。寻根意味着从前无根。事实上，当寻根的作家们一道出这一话题时，就等于宣布，在此之前，他们是无根的漂泊者——命题背后必藏匿着一个反命题。

可以想见，他们当时的心情是急切的，一种归根——归文化之根的急切。当“文学必须受制于民族文化”这一理念越来越清晰、越来越有深透的阐述时，这种归根之感便会越发深切。但当时这个意识是颇为含混的：是觉得文学这样一种意识形态本身无文化之根，还是觉得文学所表现的生活（内容）无文化之根？是文学的漂泊还是生活的漂泊？是在文学的意义上归根，还是在文学所要表现的生活的意义上归根？

回顾最初的寻根欲望，大概还是因为受了文学本身缺乏民族文化的气质、格调，一味模仿西方这一事实的刺激。在此之前，中国文学缺乏坚实的归属感。人们在它这里所看到的是西方文学里的形形色色的把戏，而少有中国传统的影子。但它毕竟生在中国、由中国人所写，所以又很难做得像地道的西方文学。它非驴非马，不可人类，有一种无处可归的尴尬。(20世纪)70年代末，它企图跻身于世界文学之林。而若要跻身于世界文学之林——它认为，则必须接通西方文学的精血。但轰轰烈烈地实践了一遭之后，中国作家发现，学西人所长，因生活情景的差异、人文传统的不一、修养的乏力，永远只能学得皮毛，即便是真的学得，不过也就是学得像人家罢了。东一榔头西一棒之后，中国文学依然没有走出困窘，还生出一种孤零无靠、谁也不认的无根感。于是，一批有思考能力的作家在西滑的路上突然顿住，提出：文学要寻根。

但他们的念头反映在作品里，却变成：一方面开始注重民俗、民风、民情以及中国特有的（或某一地方特有的）礼仪、生活习尚等（以为这是回到中国文化，抓住了救命之根），一方面干脆就写断根之后的生活情状——逐渐衰弱、朽没的情状。韩少功的《爸爸爸》被公认为“寻根文学”的经典之作。我们可以将这篇作品的“主题歌”，看做是一首流浪者之歌：奶奶离东方兮队伍长，/公公离东方兮队伍长。/走走又走走兮高山头，/回头看家乡兮白云后。/抬头望西方兮万重山，/越走路越远兮哪是头？

《爸爸爸》中的那个部族，是一个失去文化血脉的苍白无力的部族。据传这个部族是刑天的后代、“风”的后裔。然而，他们除了把“看”说成“视”，把“说”说成“话”，把“他”说成“渠”，令周围的人感到莫名其妙之外，他们便没有任何实在的历史记忆。他们从“东海”到“西山”，并没有找到“落脚地”——还要继续流浪：“赶着牛，带上犁耙、棉花、锅盆、木鼓，错错落落，筐筐篓篓”地“过山”了，“向更深远的山林里去了”。作品中的丙崽，是一个来自天国、难以破译的符号。我们至今也很难说明白韩少功设计这一个怪物、这一个白痴到底出于何种动机。我们有理由相信，这个既无根又无父的小老头，是一种象征。他象征着无根所带来的白痴状态，象征着无根的衰老。他对“爸爸爸”的单纯的反复叫唤，总不太像是作者的偶然安排，而是深藏了心机的。正是这个会不住叫唤“爸爸爸”的人，在许多人倒毙之后，他却活着。这一笔意味深长。也许正是他在潜意识中，还能有着对爸爸——父亲的呼唤之欲望，才使他有了生存的理由。《爸爸爸》直到最终也丝毫没有让我们看到那个失去了血脉的部族有停止迁徙的可能性。这种迁徙大概只有到这个部族彻底灭亡为止。《爸爸爸》是一幕悲剧——一幕和历史与文化断裂而飘移，而衰落，而消失的悲剧。

再次,流浪是浪漫主义者的大情趣。

浪漫主义者大概比任何人都更加偏爱流浪。因为流浪最能实现浪漫情调,满足浪漫主义者心理上的与美学上的需要。从浪漫主义者永不满意现实、世俗,永不以为有终点与目的地,而总是疲于眺望前方、寻找所谓的“乌托邦”这一角度来看,浪漫主义者的流浪意识几乎是必然的。欧洲的浪漫主义者留下了无数的流浪形象:堂·吉诃德(塞万提斯《堂·吉诃德》)、爱丝梅拉达(雨果《巴黎圣母院》)、阿达拉(夏多布里昂《阿达拉》)……张承志对欧洲浪漫主义的切近程度(是自觉的合拍还是无意的响应),大概是自有现代文学史以来任何一个浪漫主义者也不可相比的。他自称是“走马浪人”,说放浪、游牧乃是“天命”。他称自己是“草原义子”,而草原的儿子本应流浪:“我觉得草原母亲赋予儿子的应该是不安的游荡气质,定居在几顶毡帐之间让马镫长锈那不算什么牧人。于是我又出发了,盲目地怀着一种坚信。”无论是离开草原,“怀着一颗更丰富、更湿润的心迎接明天”(《黑骏马》),还是跨越一条又一条大河(《北方的河》),抑或是对富于宗教色彩的金牧场的追寻(《金牧场》),张承志笔下的人物总在路上,而不在家中。浪漫主义无家,一旦有家,浪漫主义便会终止。但浪漫主义并非不希望有家。它对归宿的希冀,比任何一种主义还来得格外强烈。它总在感情夸张地叙说着无家的苦闷,然后用华贵的诗样的言辞去编织家所具有的美感与温暖。然而,浪漫主义的家总是个幻影,他终于接近了它之后,便很快说:这不是家。于是,又仰望新的幻影——新的家。“我独来独往地欢乐地走在我的流浪路上。我在茫茫人世中不异于别人,但我知道我的血液驱使着我的流浪。我看见了唯我才能看见的美好,于是我追逐着一次又一次地启程了。”(张承志《金牧场》)浪漫主义疲于奔命,但却一路激情。它在“透明的坐骑上”“踽踽独行”于漫漫的“自由长旅”,永无下马之日。浪漫主义者的家的形象其实是天堂的宫殿,那里面有神圣,有忧郁,有一切美学要求的落脚点,是一片没有丝毫污染的圣洁的“金牧场”。然而,每当他们以为已经靠拢了这座宫殿时,却总是走近一看,原是“黄泥小屋”,又见庸俗,再见庸俗,匆匆一瞥之后,赶紧掉转马头,又向前方。浪漫主义者实是一颗颗永不能满足的不安的灵魂。

如果说张炜的《古船》中的故乡仍还是地理意义上的故乡的话,那么他的《九月的寓言》中的故乡就具有抽象意义了。作品以“奔跑—停留—再奔跑”为架构,隐喻着人的存在的悲剧性循环:漂泊—栖居—再漂泊。这里的“流浪/还乡”主题,显然是在浪漫主义意义上被形象化地阐释的。“我觉得我踏上了一条奇怪的道路,这条路没有尽头。当明白了是这样的时候,我回头看一串脚印,心中怅然。我发现自己一直在寻找和解释同一种东西,同一个问题——永远也找不到,永远也解释不清,但偏要把这一切继续下去。”在他看来,文学永远只能在两种感觉中摇摆不定:“一种是一直向前，走向遥远的地方，可称为‘出发感’；一种是越来越近，正从远处返回，可以叫‘归来感’。”（《温柔与羞涩》）但归来是相对的，出发是绝对的：“走下去吧，时间几乎是无边的，大漠也是无边的。走下去吧。”（《融入野地》）尽管“前面什么也没有”，但流浪却是永远经得起审美的行为。所以《我的田园》中的肖潇的最高理想才会是：我要嫁给一个“真正的流浪汉”。

有感于社会理想屡屡破灭并且实无指望再去实现，浪漫主义的归宿只有两个：或是宗教或是田园。自有浪漫主义以来，大致如此。

与吃饱了混天黑、破罐子破摔、随遇而安或是宣扬存在的荒谬绝伦、刻薄地提示人性的现代主义（现代主义当然还有其他积极的品行）相比，浪漫主义者在面对现实时似乎坚贞得多。他们激情满怀，一路雄风，唱着歌，吟着诗，骑着马，昂着头，刚强，向上，泪水盈眶，永不失情操。其实，当我们改换审视与质疑的目光再来看时，我们将会看出，浪漫主义的这一切，只是其表。单走向宗教这一点，就足见他们所求的软弱。最初走上宗教的原因与宗教的崇高和必要，不可相提并论。没有一个天生的宗教信徒。成为宗教信徒，也并非来自他人的诱导或教义的感染。而是这个人终于觉得现实无奈、实在已无回天之力，于是便在一个早上，忽然信仰宗教。宗教最终将他变成一个高尚的人、一个有德行的人。但这并不能改变当初信教是因为他面对现实时已只剩下脆弱这个事实。他也许又会变得十分坚强，但这份坚强，是由后来的宗教精神培养起来的，并且只用于宗教。我们在面对张承志的激烈的宗教情绪或面对张炜等人变相的宗教情绪时，我们可以对他们的“清洁的精神”产生仰慕与崇敬之情。但我们必须要说：他们并非战士。鲁迅是，他们不是。他们可能是圣徒。圣徒与战士，是性质完全不同的概念。此处，我们无意褒扬战士和贬损圣徒，只是指出这两者的本质的不同。我们甚至可能会在喊腻了“战士”的今天更亲近“圣徒”这一个概念，承认他们“没有宗教的民族与国家，是没有力量与前途的民族与国家”这一说法所存有的合理性。

以田园为家园，是几乎所有的浪漫主义流浪者的共同特征。浪漫主义者终于失去了对人类社会的耐心，并且彻底失望，认定在人类社会永不可能寻找到他们称心如意的归宿，于是对自然表现出了如痴如迷、如醉如狂的爱恋。与对现实采取冷视或不正经态度但毕竟还死盯着现实的现代主义相比，浪漫主义者又显出了他们的软弱。而与心目皆正视现实、锲而不舍地欲要改变现实的现实主义相比，浪漫主义者更显出了他们的软弱。对于那些充满激情，似乎对丑恶耿耿于怀、高举旗帜永不投降的浪漫主义者，我们必须揭穿了看。浪漫主义对田园充满诗意。对田园，他们具有宗教的情感。张炜说：“我拒绝这种无根无定的生活，我想追求的不过是一个简单、真实和落实。”这个简单、真实和落实是什么？是“野地”。“当我还一时无法表述‘野地’这个概念时,我就想到了融入。因为我凭直觉就知道,只有在真正的野地里,人可以漠视平凡,发现舞蹈的仙鹤。泥土滋生一切;在那儿,人将得到所需的全部,特别是百求不得的那个安慰。”(《融入野地》)

海子诗歌中的“麦地”并非是现实主义意义上的(从他的出生地而言,他更熟悉的应是“稻地”,而不是“麦地”)。它的象征性是显而易见的。“温暖”而“美丽”的“麦地”,其功用并不在它能长出麦子,能提供物质的食粮。它只是海子无家可归之后的一种心灵想象,一种落寞情绪得以缓解的非物质性物象。这里的“麦地”实与“家园”为同一概念。“我本是农家子弟”,不是档案意义上的家庭出身。它暗含着的,是海子的一种意义更为广泛也更为抽象的身份确立。这种身份与“淳朴”、“圣洁”、“充实”、“诗意”等单词相连,代表着认识意义与美学意义上的价值。而所有这一切的心理动机是:我是有家园可守的。而在这种动机的背后,恰恰是永不能寻找到家园的恐惧。当他反复呼唤麦地时,正说明,他希望自己栖息于麦地——诗意地栖息,在“家园”聊慰平生。

这里,我们清楚地看到:浪漫主义的归宿总是虚幻的,即便是田园,也不是我们这些俗人所看到的长着青菜萝卜的田园,而是没有确定形象的田园。这个田园大概是不能有烂泥巴,不能有粪臭与植物的腐烂气息的。像19世纪欧洲浪漫主义的田野不是实际上的功用的田野一样,这里的“麦地”、“野地”只能是梦幻般的。浪漫主义永远也不会有个终点,浪漫主义者一辈子只能在途中,不住地唠叨着:“我出发了。”“我的希求简明而又模糊:寻找野地。我首先踏上故地,并在那里迈出了一步。我试图抚摸它的边缘,望穿雾幔:我舍弃所有的奔向它,为了融入其间。跋涉、追赶、寻(询)问——野地到底是什么?它在何方?……我无法停止寻找……”(《融入野地》)浪漫主义虽然千呼万唤宿地,但,他们的真正的乐趣,大概永远也不可能在宿地,而只在流浪——为了那片“金牧场”,九死不悔。

另外,还有一种“边缘人”的流浪。由于各种各样的原因,从70年代末,一批又一批中国人到了国外。这是中国历史上又一次人口外流。这些新移民中的一些人,于近几年写作了大量的作品,为中国当代文学提供了新的视野、新的情景和新的关于文化、人、国家、民族的见解。《信从彼岸来》《丛林下的冰河》《到美国去!到美国去!》《漂泊在伦敦》《上海人在东京》《如果你是王蕾》《纽约不是天堂》等作品虽然千差万别,但有一个共同之处,这就是隐匿于文字之下的深刻的流浪感。查建英说:“我们实际上是一种流浪汉的心态,哪边都不完全有归宿,是‘边缘人’……”①

文化的规定性与排他性,种族血缘的亲近与排斥,使得这一批又一批流落异国

① 《留学生文学专题座谈会纪要》,《小说界》1989年第1期。

的中国人，很难融入别样的文化，也很难被他人毫无顾忌地接纳。即使他们所面临的是一种开放性、大度的文化，水乳交融的情景也还是难以发生。加之中国文化的悠久与长命不衰的力量以及它种种神奇的魅力，使得这些中国人很难舍弃它。

对边缘人存在状态以及心理状态的描绘与叙述，当然不是从苏炜、查建英、程乃珊等人开始的，於梨华、聂华苓、白先勇等人早就将这一切付诸文字了。但是，带了现代意识，并从更深刻的意义上来把握这种事实，从更大的范畴里来寻思这一现象的，却是查建英们这些经历了特殊的体验（他们的许多体验，是早已离开中国的於梨华、汤婷婷、谭爱梅们所没有的）的新一拨中国人。但他们——无论是以前的於梨华们，还是现在各有自己认识的查建英们，都清楚地看到了自己永不可改变的“边缘人”角色和“流浪”这样一种基本的生存感觉：“这类人夹在两种文化、两个世界之间，经验到了两种在某种意义上分别自圆其说的现实和思维方式，而又很难彻底融入其中任何一个或与之达成较深刻的和谐。”他们在“矛盾与尴尬”之中。而当他们以为重回故乡，可以平息或冲淡这种感觉时，他们发现，从前的文化却再也不像从前那样表示亲近，而他们也不再觉得从前的文化值得让他们亲近了，这如同一个孩子被别人家抱走抚养，而家人几乎已将他忘却时，他却归来了，即使看上去亲切如常，但却总有一种看不见的隔膜一样：“特别是重访故乡时，半是过来人，半是回来人，所历所思往往会刺激这类感觉，使之肿胀触目。一面心理充满牢骚，一面又听不惯别人的牢骚；一面不满于外国人的不理解中国人，一面又不满于中国人的不理解外国人；一面认可了相互理解难于登天，一面又身不由己企望搭个登天云梯。我们就是这样一批不三不四的怪物。”①他们拥有两种文化，却又可以说什么文化都不真正属于他们。最要命的是，他们在两种文化的对比之中，对两种文化看出了不进行对比的人们看不出的各自的丑陋之处和优美之外，而产生了选择的彷徨、矛盾与痛苦。于是，倒心甘情愿地踯躅于两种主流文化的中间。而这种“堕落”与消极，只能使他们永在缝隙，永在悬浮，永在无家的荒凉之中，永在“路上”的苍茫与无望之外。他们必须学会与他们不能超越的现实共存。

当然，这并不妨碍他们有“超越”的认识：“一个没出过远门的乡村姑娘一步跨出乡村，走进了城市，而且住下去了。她所经历的异化与冲突自然有某种悲剧性，但她若永远足不出村，是不是也成为一种悲剧呢？”②然而，这也许确实是一种认识的高度，又也许是一种心灵的慰藉。在“两边都不属于的灰色地带”，他们只能作悲哀而洒脱的流浪。

---

① 查建英：《关于“边缘人”的通信》，《小说界》1988 年第 5 期。

② 查建英：《关于“边缘人”的通信》，《小说界》1988 年第 5 期。

三

《失乐园》是文学的一个经典形式，而亚当夏娃被逐出乐园，漂流于罪恶、悲惨与死亡之路，也是人类存在的一个基本形式。流浪是人类自可以被称为人类的那一天起，就与身(生)俱来的命运。弥尔顿不甘心人类的这一悲哀处境，又写《复乐园》。然而，这除了显示他虔诚的信仰、坚定的意志和坚韧的精神而外，在事实上并不能终结人类的这一先天性的命运。文学家们早看出了这一永恒不变的事实，因此，自有文学史以来，就有大量的文字用在对流浪主题的提示与流浪情调的抒发上。单一部中国古代文学史，就有多少笔墨用在了这种文章上？惜别、思旧、望乡、无家可归与有家难归、有家不能归的篇章，挤去了文学史多么大的篇幅？那些经久不衰的句子，因合了人内心永在的流浪期望与归宿无奈的情态，被吟诵不已，代代相传不绝："渭城朝雨浥轻尘，客舍青青柳色新，劝君更进一杯酒，西出阳关无故人。"(唐·王维《渭城曲》)"千里黄云白日曛，北风吹雁雪纷纷。莫愁前路无知己，天下谁人不识君?"(唐·高适《别董大》)"昔人已乘黄鹤去，此地空余黄鹤楼。黄鹤一去不复返，白云千载空悠悠。晴川历历汉阳树，芳草萋萋鹦鹉洲。日暮乡关何处是？烟波江上使人愁。"(唐·崔颢《黄鹤楼》)"千山已尽一峰孤，立马行人莫疾驱。从此蜀川平似掌，更无高处望东吴。"(宋·范成大《望乡台》)"枯藤老树昏鸦，小桥流水人家，古道西风瘦马。夕阳西下，断肠人在天涯。"[明(元)·马致远《天净沙·秋思》]"山一程，水一程，身向榆关那畔行。夜深千帐灯。风一更，雪一更，聒碎乡心梦不成。故园无此声。"(清·纳兰性德《长相思》)……中国古代文人留下的是无家的凄惶、路上的空茫、漂流的困顿和害怕归去、不肯归去的矛盾心灵的自创。"游子主题"，始终是一个在文学家脑中萦绕不已的基本主题。

也可以说，流浪是人类史前的一种深刻记忆，一种固有的本能，一种培养已久的欲望，一种——借用荣格的一个概念说——"集体无意识"。由于人类智慧的增长与物质的相对丰富，人类逐渐有了"家"的概念。家所带来的稳定、舒适与温馨的感觉，使人类对固定一处、扎根一方产生了美好的记忆。依托的本能，在"家"的概念日益丰富与固定之后，在家所给予的经验越来越可人心之后，使人类对家有了顽固的依恋与追求。人类开始害怕流浪，害怕距离，将无家可归看成了一种不幸。这种心态，还由于某一种文化对家的强调，使得有些民族会对家有格外注重的态度，如汉民族。"父母在不远游"、"穷家难舍，熟地难离"、"在家千日好，出门一时难"……诸多说教与经验，使汉民族对流浪与距离有着格外浓重的悲观主义情绪。守望家庭与田园，成为平和与幸福人生的重要内容。然而，无论是汉民族，还是其他民族，都不可摆脱地储存着史前人类的迁徙记忆与并未退化的迁徙欲望，在害怕流浪与距离的同时，却又压抑不住地产生着喜欢流浪与距离的冲动。人们对游牧部落的诗化想象,对长途跋涉者进行赞美并从内心希望自己也是一个长途跋涉者,都是例证。日益发达的旅游业,使人类的迁徙欲望得到了一种满足。人渴望家也渴望路。查建英打了这样一个比方:“一个渔夫出海打鱼,岸上得有个家,要不总在船上多难受啊,但你回家过一阵后又想出海了。这种家园与出海的对立关系,各有各的特色,各有各的美丽。”①而一个年轻的流浪者干脆说“流浪出于本能”:“我想从《诗经》时代起就有一种善于出走的人,这种人不能呆在一个地方,他们永远忧伤永远把远方当做天堂。对于他们来说流浪的理由多种多样,但出于本能,出于对山川大地的一种原始感应,总有个声音呼唤他:走吧,上路吧。我确信自己和他们一样,我将走到比生活比死亡更远的地方。”②

随着人类精神世界的拓宽与无限制的隆起,“家”这一具象,逐渐成为抽象。家不再是一个由砖木或其他什么材料构成的实物,而成为一个没有形象的概念。人们依然居住在具体的家中,却依然有无家的感觉。那是因为,家的原始记忆,已经脱离具象的家,而成为一种形而上的经验了。人们感觉到,一个精神世界远比一个被肉眼所见的具象的世界广阔无边,从而也更难把握得多,在这个精神世界里,人永在漂浮状态中。人们带着对家的记忆,希望在这个世界里也能有个家,然而,这个家却永不能出现,永不能具体。崔颢在《黄鹤楼》一诗中对“日暮乡关何处是”的发问就展示了这种心理状态。其他文人也曾表达过这样的体验。丰子恺在《家》中写道,他从朋友家到旅馆,又从旅馆到寓所,总在流浪,从心底里想回“本宅”,然而终于回到了本宅,并且“芭蕉鞠躬,樱桃点头,葡萄棚上特地飘下几张叶子来表示欢迎”,他却觉得这儿并不是他“真的本宅”,不是“真的归宿之处”,不是“真的家”(《家》)。於梨华、查建英们来来往往地走动于美国与中国,固然可以从形而下的层面上作很实际的分析,但,说到根子上,还是因为他们想寻找到一个精神家园。而这个家园是不存在的,他们便只能将形而下的家作为代用品。然而代用品毕竟是代用品,实际上是并不能满足他们的精神需要的。于是,他们只能走来又走去,像崔颢一样不住地发问:家园何在?既然海子说“上帝本人开始流浪/众神死去,上帝浪迹天涯”(《太阳》),人又如何守得了家园?

然而,家、家乡、故乡又总是萦绕于心,乡愁、回乡冲动、家园的凄美迷离,无时无刻不在“路上”折磨着人、诱惑着人。这20年光散文写这些情绪的就有《梦断潇湘》(苏叶)、《老家》(孙犁)、《西北偏东》(秦巴子)、《故乡是一种图腾》(叶延滨)、《乡

① 《留学生文学专题座谈会纪要》,《小说界》1989年第1期。

② 肖青春:《只身徒走青城》,《中国校园文学》1995年第10期。

愁》(蒋子丹)、《故乡在远方》(张抗抗)、《月明星稀》(林斤澜)、《太阳下的风景》《乡梦不曾休》(黄永玉)等,以各自不同的人生经验和美学经验又重吟崔颢、柳永们感伤的思乡曲调。尽管我们总有“再推开这篱笆小门/今天我回家”(崔健)的欲望,但最终我们还是:“收拾破碎的梦想/背起破旧的行囊/舔着心头的伤口/永远都不会忘记/午夜搭一班货车/去流浪一直向北方”(张楚《北方过客》)。之所以变动不居、永成“过客”形象,其原因除了以上种种,还有就是——如兰波所言——“生活在别处”。这是人类一份不改的痴心。他总以为脚下此刻的世界/家,平淡无奇、庸碌难忍,而对彼时/远方则意趣荡漾、充满激情。尽管梦中之洲,依旧景色苍凉,了无生趣,然而,他又会惦记着前方——生活永远在别处。

流浪也可能出于一种风雅之心。从前的行吟诗人,虽然不多见了,但他们留给我们的风雅形象却总在不时地使我们产生模仿他们的冲动。流浪成了塑造风雅形象的举动。人们在流浪中企图显示一种格调、一种派头。

鲁迅小说《在酒楼上》有这样一段文字:“我在少年时,看见蜂子或蝇子停在一个地方,给什么一吓,即刻飞去了,但是飞了一个小圈子,便又回来停在原地点,便以为这实在可笑,也可怜。可不料现在我自己也飞回来了,不过绕了一个小圈子。又不料你也回来了。你不能飞得更远一些么?”这大概才算真正揭示出了流浪的悲剧性实质:以为远去了,但九死一生之后却发现自己仍在出发点上。

——原载《文学评论》2002 年第 4 期

王鸿生

文化批评:政治和伦理

一、两次“文化”遭遇

1978 年以来,汉语文学批评至少在其大陆本土,有两次重要的“文化“遭遇。一次是(20 世纪)80 年代中后期伴随着“寻根文学”而形成的“文化热”,另一次则是 90 年代晚期迅速勃兴的“文化研究”。

但从文学批评与历史语境的互动关系来看,这两次“文化”遭遇的差异却相当大,甚至触目地表现为批评话语的断裂和对峙。比如,前者是对“现代化”作出反应,后者则是对“全球化”作出反应;前者的中心范畴是“文化心理”、“原型”,后者的中心范畴则是“权力”、“意识形态”;前者更多与心理学、神话学、文化人类学接壤,后者则十分倚重社会学、政治学乃至经济理论;前者在对民族文化的历史审视中意向于“自我”身份的转换,后者则在文化比较的基础上寻求“民族”身份的确立、认同;前者的批评策略是“疏离”主流意识形态以重构个人的历史意识,后者的批评姿态则是“进入”主流意识形态发掘其实施压抑的运作机制;前者提供的文化想象常常是民间的、美学的、怀旧的,后者提供的文化想象主要是学院的、批判的、现实的……就以上种种差异来看,我们的确可以认为,当代汉语文学批评已拥有两种不同的文化批评经验,这两种经验虽然在获得的时段上靠得很近,但并没有呈现出经验的连续性和知识的谱系学特征,反而在批评的对象、范式、旨趣和取向上显得难以相容。

如果考虑到两者之间还夹着一个为时不短的批评的“语言学转向”过程——即随着海德格尔语言思想、伽达默尔解释学、结构主义叙事学、德里达解构理论、福柯话语考古学的分别引进,当代文学批评同时经历了“形式热”、“语言热”、“文体热”、“诗学热”、“后现代热”等等——那么两者对文化批评的理解及实践则更见分殊。在后者,“文化批评”一词显然已远远溢出狭义的批评方法范畴,如通常所谓的“用文化学方法来研究文学”,或“借助文本来研究文化”等。事实上,今天汉语大陆的文化批评取向，更像是杰姆逊就文化研究而说的“是一种愿望”，这一愿望的真实含义起码有三点：（1）把文化研究看做“探讨普遍社会问题的特殊途径”①；（2）通过文化研究凸现和回应“当下社会的精神和文化问题”②；（3）把文化研究当成一项“学术改革方案”，以维护“交叉学科”的优越性③。更值得注意的是，由于既有学科、学术体制本身就是文化研究的反省对象，所以，为了避免刚刚崛起的文化研究落入学科分工的老套，杰姆逊还建议将文化研究定位于“后学科”，把它看成一项促成学科“历史大联合”的事业④。

在我看来，“后学科”的设想非常有意味，它似乎暗示着某种谨慎的、有限度的宏大用心，这一用心也许想赋予文化研究一种特殊的“连结”功能，依靠这一功能，文化批评可以灵活地游击、穿梭，并在不同的社会文本、意识形态和人文社会科学话语之间发现并建立有效的互文性和描写关系，以满足一种知识的也是行动的期待。就这一期待的实际指向而言，或可称之为“开放的总体性”⑤。这一说法可用来表述那种走出普遍化/零散化、大叙事/小叙事、整体主义/个体主义、本质主义/虚无主义等两极震荡模式的可能与努力。同时我还认为，这一概念大概也适用于解释杰姆逊对福柯、利奥塔予以部分拒绝的潜在原因。从表面看来，“开放的总体性”的知识抱负和社会憧憬，既像是一种文化研究自诩的野心，又像是一种无奈的话语调停策略，但它的确是某种不乏学理依据的且具有语言界面意识的考虑⑥。支撑其信心的有话语分析方法，有“文本—世界”（对应性和相关性）这一上手的理论批评图式，还有马克思主义的批判理论和大量来自符号学、叙事学、修辞学、传播学等现代语言研究所积累的资源⑦。

由此可知，“语言学转向”的经历与否，对文化批评的命运是内在相关的，这不仅牵涉到文化批评如何理解和界定自身，而且也牵涉到其所出示的问题场域、知识范型、当代性程度、现实介入能力等一系列可供考量的学术指标。毕竟，文化是最“语

---

① 参见杰姆逊：《快感：文化与政治》，中国社会科学出版社，1998 年。

② 王晓明：《中国现代文学研究的“当代性”问题》，《郑州大学学报》2002 年第 1 期。

③ 参见杰姆逊：《快感：文化与政治》，中国社会科学出版社，1998 年。

④ 参见杰姆逊：《快感：文化与政治》，中国社会科学出版社，1998 年。

⑤ “开放的总体性”亦可理解为“隐秩序性”，以区别于绝对主义的价值秩序和相对主义的价值无序。

⑥ 比如，张志扬以“语言的两不性”——“语言不能证明本体存在/语言也不能证明本体不存在”——诊断后现代主义单向的解构逻辑，认为其症结在于将“语言不能证明本体存在”推论成为“本体不存在”，必陷入虚无主义。据此，张志扬认为，语言把“本体”还原到“超验领域”，可以相关指涉，不能实指实证；语言成为经验（先验）与超验的界面，是经验（先验）与超验处在悖论式偶在的相关性中，不能僭越。参见萌萌主编：《启示与真理》，中国社会科学出版社，2001 年，第 123 页。

⑦ 顺便插一句，对“语言”问题的敏感、亲和，也是中西方文化批评的倡导者、响应者中文学批评出身者甚众的原因之一。

言”的。甚至,像社会学这类有关世界运动规则的知识也很像语言的使用规则①。以此而论,第一次汉语文化批评短暂地热了一阵,打了场“遭遇战”就草草收兵,就不是什么不可理解的事情了。与之相对,作为一种新兴的活力范示,揭幕未久的第二次文化批评,则无疑的将会是一场艰苦的“持久战”:它有太多的工作面,也有太多的具体的可能性,同时,不同价值观念的多重叠加,文化变异情况的交相激增,再加上“语言学转向”所揭示的人文社会科学的表述危机和理解视域的反身性、复杂性,还将会给它带来太多的压力、困惑甚至陷阱。在这种情况下,对目前文化批评的进路及其局限性予以审视和分辨,以期在接受和推进的过程中获得一个反思性前提,当然是非常必要的。

二、“大辞条”与“小辞条”

就有限的接触来看,国内文论界对目前文化批评的批评和担忧大致基于下述理由:(1)不顾社会运行框架和真实语境的差异,以狭隘的功利主义心态,浮光掠影地借用西人的术语、方法、逻辑,甚至植入其立场、主题而不自觉;(2)把“文化研究”当做可以与国际接轨的学术新潮来追捧,甚至成了用学术来拥抱“流行文化”的最佳借口,再现了全球资本主义认可的国际分工,即从西方进口“理论”,然后根据“理论”对第三世界的“原料”进行加工,最后再次“出口”到西方世界②;(3)由于文学研究与文化研究的混同以至文化研究完全取代了文学研究,使文学文本沦为一种社会档案,从而使艺术探讨处在一种停顿状态,并导致文学史写作者错误地写作文学史③;(4)文化研究缺乏稳定的边界和对象,需要不断重新安排自己的工作平台,有点大而无当,弄不好还会搞乱一些正需稳定发展的学科;(5)典型的文化研究如早期的伯明翰学派,虽发端于经验主义传统深厚的英美,但其完全有别于该传统的学术主流(客观化、中立性、科学主义等),而是一开始就受到某种“文化理论”的内在制导,带有选定的理论归旨和左翼立场,但“在文化研究引进的整个过程中,国内学者往往多偏于对它价值的正面阐扬,而缺乏对这一固有模式中所隐含的特殊学术倾向的反省与疏解”④。

对上述批评作出正面回应非本文题旨,之所以概略性地予以归纳和转述,是因为这些批评与我试图提出的问题及其求解方案存在不同程度的相关性。虽然上述

---

① 马丁·奥布赖恩:《安东尼·吉登斯的社会学》,《现代性》,新华出版社,2001年,第11页。

② 罗纲(岗):《政治与诗学》,《郑州大学学报》2002年第1期。

③ 曹文轩:《二十世纪中国文学现象研究》,北京大学出版社,2002年。

④ 黄卓越:《群体性的限度及其他:对文化研究问题的再思考》,见作者向“全球化语境与民族文化、文学的前景”国际学术研讨会提交的论文,2002年,西安。

看法谈论的可能是不同的“文化研究”,但至少可以感到,类似的担心和质疑并不都出于误解或无的放矢。尤其是第二、第五项批评,的确触及了当代文化批评无法回避的关节点,如果这些关节尚未打通或无法打通,那么人们完全有理由对其持观望的甚至是反对的态度①。

也许可以从这样一个问题开始:当代文化批评将如何看待20世纪八九十年代的文学批评?我想,不管是悬搁还是批判地审理,是推倒重来还是坚持或推进,总得有所交待,有一些像样的理由,因为这就是我们自身的历史。这就是说,当我们频频地、大量地使用“民族国家”、“跨国资本”、“文化帝国主义”、“市民社会”、“公共空间”、“城市化”、“科层制”、“阶级”、“种族”、“性别”、“社区”等概念的时候,总不能装作“自我表现”、“主体性”、“向内转”、“审美”、“纯文学”②、“诗意生存”、“个人化”、“人文精神”、“身体性写作”乃至更老派的“心灵”、“感觉”、“情绪”、“趣味”……这些东西就从来没有发生过。

对属已的文化“过去”,不能像对待“隐私”一样,有意无意地让它处在一种与“现在”隔绝的状态。因为,自我认同的障碍和学术的浮荡,常常与这种建立在自欺基础上的“保密习惯”密不可分。尤其是人文知识分子,是一种极易把个人感受普遍化的动物,我们会把因“保密”而产生的压迫感、焦虑感变形地转移和投射于文字。这样,我们自己的真实的“紊乱”,既可能变成世界的“虚无”,也可能变成历史的“规律”,唯生活世界本身的实实在在的“隐序性”却可能变成一片盲区。矫治这一点,历史学的确可以教会我们一些东西,因为历史学天生是拒绝“遗忘”和“保密”的。

由此看来,如何在当代文化批评的“大辞典”中安顿好那些小辞条,如何在大辞条(比如“民族国家”)与小辞条(比如“个人”)之间形成新的解释关系,实在不是一桩可有可无的小事情。的确,恰当地建立批评传统与现实问题的相关性,把传统看做可以调整和修改的、富于弹性的活的资源,不仅牵涉到文学知识范畴的史的料理,同时也关系到如何理解文学话语生产、选择与变迁的社会历史条件及其隐秘的原因,而且“文学话语与社会历史之间的彼此开放,也包含文学话语与社会历史之间的角力③,探明那些“小辞条”的译介、修辞策略、合法化过程及叙事模式,探明那些没有作者的话语与国家意识形态、市场意识形态之间的复杂关系,与文学史现实和文学制度、文学评价体系之间的关系,与其所处的文化现实之间的互动性等等,实际上都可以被导入关于文学意识形态如何建构又如何运行的别开生面的研究。这一切,

① 由于目前中国社会矛盾的特殊的复合性、过渡性,依赖单一理论框架的解释实践,肯定要大打折扣。

② 2001年第3期《上海文学》发表的李静对李陀的长篇访谈:《漫谈(说)“纯文学”》,及随后开展的讨论,值得关注。

③ 南帆:《文学理论·导言》,浙江文艺出版社,2002年。

本来也就是文化批评的题中之意,在这方面,我们当然不是做得太多,而是做得太少①。

但这里,关于那些“小辞条”的安顿问题,又另有一番考量。如果把目下成流行趋势的“大辞条”与八九十年代通用的“小辞条”作对比观照,则不难发现两者之间存在显著差别:前者是“硬”的,后者是“软”的;前者属于“制度”层面,后者属于“心性”层面;前者着意的是“政治”,后者着意的是“审美”。用较学理的话来说就是,大辞条以“群体”为分析单位,小辞条则以“个体”为分析单位,这就好像面值不同的“大票”与“小票”。当代词语流通变化的货币学特征似乎在告诉人们,该换“票”了,现在又已是“大票”的时代。可问题在于,小票虽买不来大票能买的东西,大票同样也买不来小票想买的东西,要买的话,大票也得兑换成小票。更何况,我们习惯用大票的时间较长,而学会用小票的时间还很短。这就迫使人思考,单以国家、种族、阶级、性别等差异性群体为组构范畴而建立起来的理论框架,会不会过滤、吞没掉个体经验以及群体内部的差异性,从而使我们无法面对当代中国生活中极为丰富的文学和文化表现?更要紧者,“群体价值的张扬”会不会“以牺牲个体价值为代价”,从而使我们重蹈覆辙?当然,最好是大票、小票一起用,但事情又不是那么简单,“一起用”的前提有两个:首先,得在大票、小票间建立合适的流通机制;其次,为了顺应这一流通机制,大票、小票都得进行用法的改造。能否获得这两个前提,当然还要看当代文化批评的词语解释或转换能力究竟如何。西方人在这方面倒是肯下功夫,的确值得学习。即以“自我”这个小辞条为例,已不知在各种变动的“大辞典”里折腾过多少遍了——“我思之我”(笛卡尔)、“意向性自我”(胡塞尔)、“本我、自我、超我”(弗洛伊德)、“不充足自我”(阿尔都塞)、“镜像之我”、“被他人话语占有的自我”(拉康)、“被规训的自我”(福柯)——直到上世纪八九十年代,关于自我、人格等是否还应该作为分析性范畴而使用的争论仍在进行。

但无论票面是“大”还是“小”,意义是“确定”还是“不确定”,词语的命运并不单一地取决于诗人、作家、学者的意志。有些词语“死”去了,再大能耐也叫不醒,叫醒了也没有用。归根结底,使词语、观念活着和死去的是生活,也可以说,是词语和词语、观念和观念之间的斗争,这一斗争构成了思想的生活。从这个角度看,八九十年代的小辞条的确存在不少问题,其中最大的一个问题就是,文学艺术的主要价值全被汇入了“审美”的乌托邦银行。那时候,西方现代主义文学以“艺术”填补“上帝”之空位的英雄情结也缠绕在我们身上,许多人相信:情感、美感、感性经验或审美

① 刘禾的《跨语际实践》以及黄子平的《“灰阑”中的叙述》、余虹的《革命、审美、解构》等,已给汉语文化批评提出了不同的启发。

形式,是艺术的本质,也是反抗、拯救和争取自由的唯一方式。我们根本不知道,文化过程也是意识形态不断规训人感性的过程,被“现代主义文学”规训过的人所感到的东西,也仍是一些被统一好了的叙事和解释,而正是这些叙事和解释所包含的观念支配了我们的情感。我们的情感并不“纯洁”。很快,从马尔库塞式的“审美反抗”,到利奥塔式的“只剩下快感”或福柯式的“自我呵护的伦理”,再到市场的“收编”而流为“时尚”,八九十年代中国的“审美”乌托邦在实践和逻辑这两个方面迅速走向了末路。已不再有避难所和象牙塔,审美话语及其意识形态在文化批评的视野中并不享有豁免权。也许,这正是那些“小辞条”与“大辞条”格格不入的根本原因。那么,这些曾用来抵制“‘政治’专断”的“小辞条”还有去处吗?一旦脱出“审美”乌托邦语境,它们能否在“审美伦理”的语境中重获生机呢?

三、伦理与政治

众所周知,西方文化研究与批评的历史实践,主要沿人类学、社会学、政治学一路演进,“后殖民理论”以来,政治取向无疑地更居于主导地位,至少在学院派知识分子手中便是如此。这当然要归功于福柯,是他的谱系学方法和话语/权力理论,帮助人们真正地认识了文化的“政治性”。而福柯思想在西方知识界的广泛传播,怕是要归功于“冷战”结束、“全球化”兴起所提供的历史机遇。正是在这一特定时刻,资本主义世界的批判知识分子才更感到需要一种武器,一种学术上强大的、方法上又可实践的“抵抗的文化政治学”①。现在的问题是:当代中国的文化批评,是否也要循单一的政治取向?如果不是,要不要再开辟伦理取向?为什么②?

不妨先扼要讨论一个杰姆逊的命题。在《政治无意识》里,杰姆逊表达了他的关于“集体生活”的乌托邦冲动,这一冲动的批判指向是资本主义的个人主义。在他的运作中,传统的伦理词汇被重写和置换,变成了一种特殊的现代主义话语,用于“个人”并受“个人”限定。这样,“伦理”便被置于马克思主义任务的对立面,因而,杰姆逊呼吁,当代批评应该“在政治和集体方面超越伦理”③。

假如在中国语境中再现杰姆逊的美国经验,情况会怎么样呢?我的中国经验告诉我,不行!这是因为:(1)中国现在是儒家伦理、共产主义伦理、资本主义伦理并存、消长,而不是西方社会自由主义伦理一头独大;(2)多年以来,中国用于“集体”的是“政

---

① 此语借之谢少波书名。谢著是论杰姆逊的,但杰姆逊的“武器”在使法上似不如福柯的路数清楚,故追随者便少得多,虽然他早就在提倡和践行一种“抵抗的文化政治学”。

② 意识到这一区分的重要性,始于蔡翔安排的一次交谈。交谈中涉及我近年思考的叙事伦理问题,美国纽约大学教授张旭东先生追问:为什么是伦理而不是政治?此即本文缘起,特此致谢。

③ 可参见王逢振:《道德、政治欲望和政治无意识里的乌托邦主义》,《抵抗的文化政治学·代前言》,中国社会科学出版社,1999年。

治”话语而不是“伦理”话语,用于“个人”的是“审美”话语也不是“伦理”话语;(3)中国虽有数千年“德性”文化传统,但这一“德性”是超伦理、超认知的,孔子所谓“天生德于予”,反而造成当代生活中伦理冲突的紧张感一再被政治冲突的紧张感所遮蔽;(4)在社会急剧转换尚未定型的情况下,一方面集体的价值亟待自觉、深化,不能再单一地依赖“政治”保障;另一方面个人的伦理责任意识和自我承担能力仍需进一步催化;凡此种种,对当代中国的文化批评来说,能够或者应该“超越”吗?

但事实上,拒绝道德探讨几乎已成为当代中国生活的一种“惯例”,也已是当代批评的一种“时髦”。一方面,我们常常把道德问题看做保守的、无用的、虚假的或非学术的;另一方面,又不时地以来历不明的道德优越感去审视、批判别人。饶有意味的是,对当代中国的人文知识界来说,远离“道德”和远离“政治”不仅是同步发生的,而且两者实际上也被看做是一回事。其根源当然在于人们曾经吃够了“道德政治化”和“政治道德化”的苦头。不健忘的人都记得,我们曾拥有一段奇特的历史,在这段历史中,否定一个人的政治立场势必要否定他的道德立场,剥夺一个人的道德人格也将同时剥夺其政治人格。这一点,想想关于“地富反坏右”的说法,想想政治性的“地主、富农、反革命、右派”与道德性的“坏分子”被同一定性、同作为“敌人”来对待的叙事逻辑便可以知道。

因此,对传统的道德批评与当代文化语境中的伦理批评加以严格的区分,则显得十分紧要。从当代汉语伦理批评的有限实践①和人们对它的期待来看,作出这区分已不是不可能的事情。目前,我们起码可以获得如下表述:其一,批评依据不同。传统道德批评的价值尺度是理性的、绝对的、一元性给定的,伦理批评的价值尺度则是在经验(先验)与超验悖论式偶在的相关性中自由抉择的。其二,批评方式不同。传统道德批评是说教的、权威的、单一外指向的。故不能出示道德困境,伦理批评则是对话的、抗拒权力的、自我相关的,故只能在道德与否的伦理追问中达成道德的自觉,即使追问得不到终极解答,但追问本身已显示批评的德性。其三,批评视域不同。传统道德批评无意也无力介入文本结构或审美形式,伦理批评不但要深入话语层面考察其伦理意义,还要对语构、语式、语象、语调、语气等进行修辞伦理的探讨。其四,批评语态及其效果不同。传统道德批评注重“应该”,语态往往是断言式的、谴责的或颂扬的、威胁的和道德归罪的,伦理批评注重“可能”,所以语态是开放的、质疑的或反省的、分析的和道德触动的——通过以上区分可看到,把对传统道德批评的畏惧转嫁到伦理批评上来,实在是错位了。

① 例如,刘小枫:《沉重的肉身》,上海人民出版社,1999年;再如,耿占春:《小说的话语》,《山花》2002年第7期,等等。

也许,还有人担心文化批评的伦理取向会干扰甚或抵消政治批评的力量。这大概是忽略了伦理与政治的内在相关性,从某种意义上来讲,政治正是群体间的伦理,伦理则是个体间的政治,也可以说,政治是国家生活的伦理,伦理是日常生活的政治。虽然,政治批评与伦理批评的确不能够互相取代,但正如罗素早就提醒的,要把政治学与伦理学区分开来是不容易的。我想补充的是,彻底的区分在批评实践上也许是不必要的。这是因为,作为伦理要求的实现途径和利益冲突的平衡方式,政治正确性的根据恰在于伦理的正当性,而一旦涉及价值,政治问题就变成了伦理问题。

但在美学、心理学、经济学、社会学、政治学相继"退场"和"登台"后,伦理学迟迟未能走向当代中国思想文化生活的前台,这不能不是一个意味深长的"事件"。它表明,人文知识界对自身知识活动的伦理基础,已不想再认真过问了。麦金太尔说,现代化即功利化。假如我们都已经"功利化",再假如我们也还要批评"现代化"乃至"全球化",这不是一桩让人挺尴尬的事情么?

四、一点道德"隐痛"

为了进一步突显汉语文化批评的内在困惑,也许我们还可以谈论一个极易被忽略的小问题:前述两次文化批评的经验,为什么会出现如此明显的断裂?在直观层面上,可考虑的解释可能有:"个人兴趣变了"(偶然性原因),"问题转换了"(世界格局与社会现实变化的原因),或"原先那套过时了"(知识效用价值的原因);当然,这些原因马上可翻转为另一种相对说法,如"不执著"(随意性),"跟风"(学术上无操守),"狗熊掰棒子"(盲目求新求异)等等。如果从类似的角度去观察当代知识生活中随手可拣的个别例子,这些解释多少有一定道理,自20世纪80年代的"新潮批评"以来,这类方式的议论简直就不绝于耳。但无论是辩护性解释还是指责性解释,似乎都没有意识到事情比想象的要棘手得多,因为在文学批评界乃至整个人文学术领域,经验、知识、思想、立场的非连续性,作为一种现代性的文化症状,已经是一个相当普遍的长时段存在的问题。相对而言,这一问题的弱表现在西方(因其有三四百年的缓冲时间,且能不断返回希腊、希伯来文化的原点,至少在知识谱系上保持了一定的延续性或逆相关性),强表现则在中国(一百年的西学冲击,近20年尤甚,根本回不到周易、先秦诸子,最多能回到"五四"),其间所淤积的深重的文化苦闷实在无法与外人道。

若干年来,思想学术的非连续性所造成的跳跃、动荡、阻隔,已扩散成恶的无序状态,并把"独白"而不是"对话"推到了人文语式的前台①。这一方面使各种知识价

① 可参见笔者:《无神的庙宇》,上海人民出版社,2001年,第351—358页。

值不断地相互贬低、抹煞；另一方面却催生了一批又一批文化机会主义者。结果呢，年年辛苦年年收成不好，原创性的东西没出多少，副产品却弄了一大堆，多半也是些时论、策论、概论之类抽象不上去又具体不下来的东西。更可观者，则是革命、否定、语言狂欢、学术表演和层出不穷的花样更新，直搞得满目生机又遍地疮痍。虽然，我描写的这幅图景可能过于惨淡了，但文化建设的乏力和人文知识界普遍的犬儒心态，绝不是出于一种虚构。现在，不仅文化认同无望（文化人已不“认得”文化人），人格认同也无望（连自己也已不“认得”自己），“如果从日常用语或经验层面来理解自我组织能力的丧失，我们只能承认，我们自己差不多已安于一种极端分裂的状态”了①。

“安”当然是安不了的。除非按德勒兹对“现代派”的重新想象，把自我分裂者一概看成尼采式的文化/反文化英雄；或者干脆对自我装聋作哑，直至麻木、遗忘，让时间消化这一切。然而，岂止“安”不了，说话者的神情中分明还有一种难言的隐痛，正是这一点“隐痛”在问：那个意识到自我在分裂的并为此而痛苦的又是谁？是马丁·布伯“我—你”关系中的“你”（“神性”）？还是印度人“我—我”关系中的“我”（“我中之我”）？反正不会是现时流行的“我—他”关系中的“他”（“他者”）。这是因为，“他”与“我”平行、对峙，能互相参照、互相投射甚至互相转化、互相仇杀，就是不能互相同情、互相痛苦，一旦后者成立，“他”即又成了“我”或者归化了“你”。那么，那个意识到自我在分裂并为此而痛苦的“谁”叫什么？可不可以叫“连续”、“统一”或者“和谐”？——且慢，值此后现代文化语境，一切“叫法”都已经能指化、叙事化，如杰姆逊所告诫的：我们没法阐释概念本身，只能去阐释概念（产生）的历史情境；像“现代性”就是一大堆故事，但只有一种故事要拒绝，就是用主体性去结构世界②。如果“自我”（或“主体”）已完全不堪信任，而足可信任的“上帝”又不在场，因“分裂”而导致的“隐痛”该如何处置？如果“隐痛”本身就构成“历史情境”的一部分，那么，是否也可以允许我们面对实际上存在的更多的混合着集体性与个人性、全球性与地方性的“隐痛”，来讲述一些关于我们自己的“文化”故事呢？如果可以的话，那么我以为，讲述（哪怕是结结巴巴地学着讲述）一个这样的故事，也应该是当代文化批评广阔版图上不可或缺的一笔——哪怕仅仅是为了那一点“隐痛”！

“隐痛”当然是一个比喻性说法，无非想借此表明，不论“文化批评”的触角伸展到哪里，它所关注的问题都应当有切身性。一般来讲，切身性存在于时间和空间的尺度之中，离自己越近的当然越具有切身性。但由于交通方式、电信媒介的改变和

---

① 陈家琪：《我们自己是谁》，见萌萌主编：《启示与真理》，中国社会科学出版社，2001年，第181页。

② 据杰姆逊与上海学者座谈时笔记，2002年7月。

国际互联网的出现,现代世界发生了安东尼·吉登斯所谓的"时空分延"现象,即时间与空间能够互不相干地组织起来,所以切身性的时空尺度便不能作传统的直观的理解,它更多的倒体现为一种关心的程度。真关"心"还是假关"心",不是看问题发生在哪里或发生在什么时候、什么人身上,而是看问题是否真正成了属己的问题。

切身性或关心程度,还可以作为一个区别"文化研究"与"文化批评"的标志。虽然文化研究与文化批评实际上不能完全割裂,"研究"中有"批评"、"批评"中有"研究"的情况多的是,但其在目的旨趣与表述形态上的不同侧重,也是有目共睹的事实①。当然,对社会文化的自然科学式研究(实证、价值中立)与人文科学式批评(实践、价值预设)都有各自的麻烦:前者基本上不可能,因为研究者就置身于他的研究对象之中;后者往往不可靠,因为价值预设的主观性。这两个麻烦很不好解决,所以西方才不断有人出来宣称,现在是一个人文科学的实验时代。

有幸的是,作为文化的政治批评或作为文化的伦理批评,由于"文学"、"文化"本身的特殊性和"批评"所持的实践态度,实证方面的困扰相对要少一些。但这并不能减轻其压力,因为这同时也意味着,对"切身"与"关心"的要求肯定会高一些。那么,对我们来说,最切身、最关心的问题是什么呢?不是别的,首先是价值问题。价值问题的核心是生活的意义即何为好生活的问题,这一问题首先是伦理问题,其次才是政治问题,即使好生活成为可能的问题。

"全球化"带来了许多问题,后殖民问题、全球资本主义化问题、世界市场和国际分工问题、自然生态和文化生态问题、文明的冲突与融合问题、身份的归属问题等等,这些大都是新问题,但价值问题却是个老问题。新问题并没有取消老问题,非但没有取消,反而使之空前地尖锐了,有意思的是,这个老问题倒又是全球化问题组中最具有"文学性"的一个问题。

——原载《文化批评》2002 年第 6 期

---

① 荷兰人佛柯玛、蚁布思曾对研究(Research)和批评(Criticism)作过区分,认为前者强调经验材料和客观性以及方法的可重复性、结果的可检验性等,后者强调主观的参与和创造,强调内在的合理性。

蔡 翔

何谓文学本身

所谓"回到文学本身",实际上内含着这样一层意思:意即文学完全独立于国家、社会、政治、意识形态等等公共领域之外,从而是一个私人的、纯粹的、自足的美学空间。这一说法之所以能够得到确立,其背后,显然是来自于"纯文学"这个概念的有力支持。2001 年,我在主持《上海文学》日常工作的时候,曾经就"纯文学"这个概念组织过一场相关的讨论。这场讨论的缘起是《上海文学》2001 年第三期发表的李陀的文章《漫说"纯文学"》,正是在这篇文章中,李陀对"纯文学"这个概念进行了具体的历史梳理,并且率先提出了批评。而在以后开展的讨论中,韩少功、南帆、罗岗、薛毅等人都对此发表了自己的意见①。

近 20 年来,"纯文学"是一个极为重要的核心概念,它不仅创造了一种崭新的文学观念,同时也极大地影响并且改写了中国的当代文学。这个概念有效地控制了具体的文学实践,同时,也有效地渗透到了文学批评甚至文学教育之中,任何 个人对此都不可能漠然视之。而在某种意义上,甚至可以毫不夸张地说,"纯文学"这个概念在中国的产生、兴起乃至对整个文学史的控制,都留下了现代性在当代中国的影响痕迹。因此,在今天,对"纯文学"这个概念的重新辩证,实际上亦暗含了对现代性的重新思考,以及对中国社会发展的重新认识。而对一个概念的辩证,也就自然转化为一种具体的历史叙述,一种对思想源流的追溯与描写。

一、一个移动的能指

近 20 年来,在我的记忆和阅读印象中,尚未见有人对"纯文学"这个概念的外延和内涵作过完整的明确的定义,这似乎也暗合了当代文学史上一个惯常的现象:愈是所指模糊的概念,愈能得到广泛传播。因此,在我们进入文学史的时候,常常会发

① 参见《上海文学》2001 年第 3 期至第 9 期的相关文章。

现，某些概念本身有时候并不重要，重要的是它作为一个语词，一个“移动的能指”，或者说作为“一个叙事范畴”，是当代文学依靠“纯文学”这个概念究竟讲述了一些什么样的“故事”。因此，把“纯文学”概念历史化、阶段化就显得非常必要。只有这样，才能如杰姆逊所说的“对未来作考古学的发掘”①。

“纯文学”概念的具体的产生时间，现在还未有人作专门的考证，但是可以大致地确定在(20世纪)80年代初期。而这个概念产生的特殊的历史背景，倒是正如李陀所说：“‘纯文学’这种说法在中国出现并且存活下来，这有一个七八十年代之交的特殊历史环境，那就是：‘文革’刚刚结束，非常僵化的文学教条还严重地束缚着文学——比如‘文艺从属于政治’，文学一定要写‘典型环境中的典型人物’，以及从样板戏里总结出来的‘高、大、全’等等，这些‘艺术原则’都成为不能违背的教条，成为文学‘解放’的严重障碍。在那种情况下，作家只有冲决、抵制、批判这些文学教条，写作才能解放，才可能发展一种新的写作。‘文革’以后，最初是‘伤痕文学’受到全社会的认同和喜欢，批评界当时普遍认为这是一种新的文学发展(所谓‘新时期文学’)，把它看成是‘拨乱反正’在文学领域的具体实践，具有非常的创新意义。但是我一直对这种写作评价不高，觉得它基本上还是工农兵文学那一套的继续和发展，作为文学的一种潮流，它没有提出新的文学原则、规范和框架，因此‘伤痕文学’基本上是一种‘旧’文学(我这些看法后来在《1985》这篇文章里有较详细的论说)。由于当时主流批评家们对‘伤痕文学’的评价非常高(现在也还有人对它评价非常之高)，而对此持怀疑、反对态度的人也不是我一个，于是围绕着‘伤痕文学’就有了很激烈的冲突，这种冲突到1985年前后尖锐化，对80年代有着决定性影响的‘新潮批评’也由此而生。”②韩少功也认为：“‘纯文学’的定义从来就是含糊不清的。在我的印象中，80年代‘纯文学’意念浮现是针对某种偏重宣传性和社会性的‘问题文学’，到后来，主张自我至上者，主张形式至上者，主张现代主义至上者，甚至提倡严肃高雅趣味从而与地摊读物保持距离的作家，都陆续被划入‘纯文学’一类——虽然他们之间有很多差别。”③作为当年“纯文学”运动的当事者，李陀和韩少功的说法大致可信。

概念的意义常常产生在事物的对立之中，正是由于所谓旧的文学的存在，“纯文学”才有可能在文学史上获得它的合法性地位。因此，所谓旧的文学的存在正是“纯文学”概念在当时赖以成立的先决条件。而李陀所谓“旧的文学”实际上指的是那种把传统的现实主义编码方式圣化的僵硬的文学观念，这种文学观念在七八十年代

① 杰姆逊：《现代性的神话》，《上海文学》2002年第10期。
② 李陀：《漫说“纯文学”》，《上海文学》2001年第3期。
③ 韩少功：《好“自我”而知其恶》，《上海文学》2001年第5期。

仍然具有一定的影响力,而且直接派生出“伤痕文学”、“改革小说”等等“问题文学”。正是在这一特殊的历史环境中,“纯文学”概念的提出就具有了相当强烈的革命性意义。这一意义在于,它对传统的现实主义编码方式的破坏、瓦解甚而颠覆,在“形式即内容”的口号掩护下,写作者的个性得到了淋漓尽致的发挥,从而获得了一种真正意义上的内在的创作自由。而现代主义在中国的兴起,则使“纯文学”概念不仅得到了文学实践的强力支持,而且进一步推动了这一实践的向前发展,正是在这一现代主义运动中,“纯文学”借助于现代哲学、美学以及心理学,得以深入到人的内心世界,转向一种内心叙事,即当时所谓的“向内转”,极大地丰富了中国当代文学的叙事手段。而更为重要的是,借助于“纯文学”概念的这一叙事范畴,在当时成功地讲述了一个有关现代性的“故事”,一些重要的思想概念,比如自我、个人、人性、性、无意识、自由、普遍性、爱,等等,都经由“纯文学”概念的这一叙事范畴,被组织进各类故事当中。因此,在某种意义上,“纯文学”概念正是当时“新启蒙”运动的产物,它在叙述个人在这个世界的存在困境时,也为人们提供了一种现代价值的选择可能。应该承认,在80年代,经由“纯文学”概念这一叙事范畴而组织的各类叙述行为,比如“现代派”、“寻根文学”、“先锋文学”,等等,它们的反抗和颠覆,都极大程度地动摇了正统的文学观念的地位,并且为尔后的文学实践开拓了一个相当广阔的艺术空间。然而,我们还是不能把“纯文学”概念仅仅放在文学领域进行考察和辩证,这样的话,就会低估这一概念在当时的革命性意义。如果我们把福柯的“话语”理论引入对“纯文学”概念的分析之中,就会发现,在话语冲突的背后,同样隐藏着一种权力斗争。作为“新启蒙”或者“思想解放”运动的产物,“纯文学”概念的提出,一开始就代表了知识分子的权利要求,这种要求包括:文学(实指精神)的独立地位、自由的思想和言说、个人存在及选择的多样性、对极“左”政治或者同一性的拒绝和反抗、要求公共领域的扩大和开放,等等。所以,在当时,“纯文学”概念实际上具有非常强烈的现实关怀和意识形态色彩,甚至就是一种文化政治,而并非如后来者误认的那样,是一种非意识形态化的拒绝进入公共领域的文学主张,这也是当时文学能够成为思想先行者的原因之一。因此,在80年代,“纯文学”曾经是一个非常有用的概念,正如南帆所说:“如果传统的现实主义编码方式已经被圣化,如果曾经出现的历史业绩正在成为一个巨大的牢笼,那么振聋发聩的夸张就是必要的。如果文学之中的社会、历史已经变成了一堆抽象的概念和数字,那么,个体的经验、内心、某些边缘人物的生活就是从另一方面恢复社会、历史的应有含义。如果武侠小说、卡通片、流行歌曲和肥皂剧正在被许多人形容为艺术的全部,那么,提到‘纯文学’是另一种存在又有什么不对?……‘纯文学’的概念正是在八九十年代的历史文化网络之中产生了批判与反抗的功能。这个概念从另一个方向切入了历史”①，同时也帮助知识分子确立了自己的批判立场。

不过，也正如南帆所说，在“纯文学”切入历史的时候，历史的辩证法也在同时启动，“这个概念很快就敛去了锐气而产生了保守性”，“‘纯文学’开始被赋予某种形而上学的性质。一些理论家与作家力图借用‘纯文学’的名义将文学形式或者‘私人写作’奉为新的文学教条。他们坚信，这就是文学之为文学的特征。这个时候，‘纯文学’远离了历史语境而开始精心地维护某种所谓的文学‘本质’。电子传播媒介、现代交通和经济全球化正在将世界连为一体。种种新型的权力体系已经诞生。历史正在向所有的人提出一系列重大的问题。然而这时的‘纯文学’拒绝进入公共领域。文学放弃了尖锐的批判与反抗，自愿退出历史文化网络。‘纯文学’的拥护者不惮于承认，文学就是书斋里的一种语言工艺品，一个语言构造的世外桃源。先锋文学的激进语言所包含的意识形态解构已经为漫不经心的语言游戏替代。这与艺术之中的其他领域一致——所有的拼贴或者即兴的恶作剧都有理由自称为先锋艺术——没有深度，没有什么含义，不必与那些纷杂的历史文化发生深刻的联系……”等等②。

一个概念必须依赖于其特定的历史语境方能得以存在，并且获得它存在的合法性依据。一旦时过境迁，这个概念如果不能及时调整自己的外延和内涵，就极有可能成为一种新的理论教条，只有那些本质论者才会顽固地认定这个世界上存有某种永恒不变的事物本质。同样，当中国进入90年代以后，整个的历史条件和社会关系都产生了剧烈的变化，当初“纯文学”概念赖以存在的某些具体的历史语境也已发生极大的变化（比如传统的现实主义编码方式的圣化），这个时候，如果我们继续自囿于“纯文学”概念，并且拒绝历史新的“召唤”，就极有可能成为一个新的文学的教条主义者和保守主义者。然而，这只是问题的一个方面，问题的另一个方面是，在“纯文学”这个概念产生的同时，已经预设了一种理论上的保守可能。

作为“思想解放”运动或者“新启蒙”运动的积极倡导者和参与者，知识分子无疑在中国社会的历史性变迁中起到了决定性的作用。但这同时，也培养了知识分子的精英心态，而社会在其发展过程中，也逐渐孕育出一个相对的知识精英阶层，这两者之间的相辅相成，构成了90年代中国的一个新兴的利益集团③。然而在80年代初期，知识分子尚是社会的一个弱势群体，不仅他们的坎坷遭遇引起了整个社会的同情，更重要的是，在这一时期，知识分子的权利要求，比如对现代化的憧憬、对人性

---

① 南帆：《空洞的理念》，《上海文学》2001年第6期。
② 南帆：《空洞的理念》，《上海文学》2001年第6期。
③ 有关知识分子的利益化倾向，我将在另一篇文章中加以分析。

化生活的向往、对自由和民主的追求、对极“左”政治的反抗和拒绝，等等，都在某种程度上吻合了整个社会的利益需要，从而与社会的大多数阶层结成了一个利益同盟，这正是“思想解放”运动的广泛的群众基础。因此，所谓的“纯文学”，在当时是非常隐晦、曲折地传达了某种时代精神。即使其中较为激进的“先锋文学”，由于它对意识形态的激烈的破坏和解构作用，也仍然拥有一定的革命性意义，这也是“纯文学”能获得社会支持的原因之一。只有到了90年代，种种新的权力关系开始形成，社会重新分层，利益要求与权力要求也开始分散化，80年代的社会同盟事实上已经不复存在，这个时候，知识分子作为一个集团或者作为一个阶层，也已经很难代表弱势群体的利益要求。因此，当“纯文学”继续拒绝进入公共领域，在更多的时候，就演变成一种“自恋”式的文字游戏，同样，“怎么写比写什么更重要”这个80年代的著名口号，因其对传统的现实主义编码方式的破坏而发展出一种新的写作可能，虽然夸张仍不失为一个有效的文学主张，但是一旦失去其反抗前提，也就自然转化成形式至上或者技术至上主义者，而其保守性也就愈加明显地暴露出来。

对于80年代的知识分子来说，其思想，更多的是来自于现代性的有力支持，而在“纯文学”这个叙事范畴中，现代性不仅表述为一种具体的西方想象（包括对西方现代理论的过度迷恋），同时还转化成一种本质化的思维方式，比如习惯于把概念抽象化和普遍化，而不是把它放在具体的历史语境中加以考察和辩证。这种思维方式严重地削弱了中国知识分子的观察能力和思想能力，尤其是在知识分子日益精英化以后，更加阻碍了他们继续发现问题和提出问题。尽管现代主义为“纯文学”提供了一种反抗现代化的文本实践（这在“寻根文学”中可以找到某些蛛丝马迹），但是，现代主义在其本质上又是与现代化共存并且认定了它的美好未来，因此它的反抗又只能是不彻底的。而这种在现代性的召唤下形成的“集体性”想象，在今天，遭遇到了现代性所可能遭遇的许多问题，这些问题包括：个人、自我、主体性、自由、国家、政治、意识形态，等等。而正是这些话语，构成了“纯文学”概念的衍生物——“回到文学本身”。

二、什么是文学本身

在80年代，曾经流传过一个著名的比喻，意思是文学这驾马车承载了太多的东西，现在应该把那些不属于文学的东西从马车上卸下来，而这些不属于文学的东西自然是国家、社会、政治、意识形态，等等。这实际上就是对什么是“文学本身”的一个极为形象的概括。在当时，这一说法广为流传，不仅形诸〔于〕文字，同时还渗透到大学的课堂教育或者即兴演讲之中，以致（至）于至今仍有不少年轻人记忆犹新①。

而在被文学这驾马车卸下来的东西当中，意识形态显然是一个极为重要的概念。如果我们把意识形态作一简单的历史化、阶段化处理，就会发现它所指涉的内容极为复杂。在特雷西时代（据说是他发明了这个词），意识形态被用来命名为一个新学科——观念学。而在半个世纪以后，马克思在其《德意志意识形态》一书中使用了这个词刻画一种狭隘的、利己主义的世界观（即资产阶级的观点），也就是说意识形态是特定的社会阶级为了最大限度地维护自己的阶级利益而扭曲真实的社会关系的结果，是一种"虚假意识"或者"错误观念"，而它注定是要被科学取代的（反映了工人阶级的观点），这就是马克思主义有关意识形态的经典认识。曼海姆则在这两种意识形态之间作了进一步区分，一种是没落阶级的思想偏见——"意识形态"；一种是新兴阶级的思想观念——"乌托邦"，并且认为乌托邦是不属于任何阶级的知识分子的创造。第二次世界大战以后，丹尼尔·贝尔表达了对意识形态和乌托邦的失望情绪，进而宣告了意识形态的终结，他这样说的时候，想到的主要是马克思主义，认为马克思主义正让位于一种温和的、非意识形态的、基于对政治局限性认识的自由主义②。可是意识形态并未如丹尼尔·贝尔所想象的那样已经终结，而是在当代理论的重新解读下，展示了另一片生机勃勃的新天地。在有关意识形态的种种新的解释中，阿尔都塞给意识形态的定义是："对个体与其现实存在的想象性关系的再现"，也就是说意识形态的整体感是一种想象性功能，并且与理想自我联系在一起。这一说法显然存有精神分析学说的痕迹（比如，盖格尔把意识形态看成是以"理论"的形式掩饰着的原始情感、审美情趣和价值判断）③，尤其是拉康理论。杰姆逊在介绍阿尔都塞的意识形态理论时，虽然坚持了"阶级"的概念，"没有阶级这个概念便不可能有意识形态的观念"，"意识形态是个中介性概念，是辩证法所说的个别与一般事物之间的中介。所有的意识形态都包括个体性与集体性两个层次，或者是群体意识，或者是阶级意识"④。不过，意识形态中的个体因素还是引起了许多人的注意，齐泽尔在拉康的影响下，认为"意识形态不是掩饰事物的真实状态的幻觉，而是构建我们的社会现实的（无意识）幻象"。而且意识形态本身并不是一种"社会意识"，而是一种"社会存在"。这样，意识形态不仅是一种思想和观念，是一种信仰，更是一种行为和"实践"⑤。这样，意识形态不仅没有终结，相反，它已经渗透到我们

① 薛毅：《开放我们的文学观念》，《上海文学》2001 年第 4 期。
② 华勒斯坦：《自由主义的终结》，社会科学文献出版社，2002 年。
③ 参见齐泽尔：《意识形态的崇高客体》的"译者前言"，中央编译出版社，2002 年。
④ 杰姆逊：《后现代主义与文化理论》，陕西师范大学出版社，1988 年。
⑤ 齐泽尔：《意识形态的崇高客体》，中央编译出版社，2002 年。

的日常生活当中,我们实际上被各种各样的意识形态所包围。就像杰姆逊在介绍阿多诺时所说的,"阿多诺说过一句话:商品已经成为它自己的意识形态。这句话的含义是指出意识形态的变化……我们现在已经没有旧式的意识形态,只有商品,而商品消费同时就是其自身的意识形态。现在出现的是一系列行为、实践,而不是一套信仰,也许旧式的意识形态正是信仰"①。而意识形态的作用或者功能也依然存在,因为意识形态毕竟为人类体验世界提供了某种模式,没有这种模式人类就会失去认识世界和体验世界的可能性。正是意识形态的这种"无所不在",使得文学事实上无法非意识形态化,相反,如果真有"文学本身",那么,这种所谓的"文学本身",也正是意识形态或者意识形态冲突的一种"场合"。

不过,在80年代,我们对意识形态不会有如此复杂的认识。那个时候,我们把意识形态仅仅理解为一种主流意识形态,更具体一点说,就是极"左"政治的意识形态。这种意识形态不仅控制了我们的全部生活内容,同时也控制了文学写作,使文学仅仅成为某种政治主张的简单的"宣传机器",而所谓的"再现",只是再现了这种意识形态的虚假图像而已。因此,在这一特定的历史环境中,当时"纯文学"强调的"非意识形态化"显然有着相当积极的意义。它借此拒绝了极"左"的政治——意识形态对文学的控制,从而使文学得以独立地表达当时时代的声音②。可是,我们同样可以说,这种拒绝本身亦是一种意识形态,具体而言,就是在个体和现代化之间,重新确定了某种想象关系,也就是"人的现代化"(个性解放、自由、权利等等)。而要实现这种"人的现代化",就必须首先消解意识形态这种"错误意识"对人的控制。这样,在历史和现实之间就产生了一种真正的"断裂",以往的历史很轻易地被处理成为一种"荒谬",或者,干脆就是一个"笑话"。而在"意识形态终结"的背后,正是现代性在80年代中国的最后确立,所有对未来的想象最后都指向现代性,指向"进步"和"发展"这两个现代性的核心概念。而我们所有的一切(包括文学),都只不过或者只能是对现代性"母本"的复制。这些在中国当代文学中,似乎形成了一种"宿命",由于放弃了对未来的多种可能性的探索,因此,一方面是对现实的激烈解构,而另一方面又自动放弃了新的历史乌托邦的想象甚至冲动。先锋文学就明显表现出如上两种特征③。对意识形态的这种片面和简单化的理解,实际上使我们逐渐丧失了"去蔽"和"乌托邦"这两种能力。在以后很长的一段时间里,我们面对市场、资本、商品等等新的社会现象,都只能持一种道德化的批判姿态,而没有能力认识到商品消费同时

① 杰姆逊:《后现代主义与文化理论》,陕西师范大学出版社,1988年。

② 比如(20世纪)70年代末关于文学是否是阶级斗争的工具的讨论,参见《上海文学》1979年第3期《为文艺正名》。

③ 蔡翔:《日常生活的诗情消解》,上海人民出版社,1994年。

就是其自身的意识形态,是对现代性的一种回应,是一种新的想象关系的确立。而"去蔽"能力的缺乏,同时还因为我们"乌托邦"能力的丧失。当我们以现代化(西方化)为唯一的未来蓝本时,实际上就意味着我们"乌托邦"资源的枯竭。而当我们无法确定自己和现实存在条件的想象性关系时,我们也就无法建立起自己的意识形态。因此,当各种意识形态都在运用自己的"说服—训练"功能,以使自己代表的事物"合法化"时,"纯文学"又在或者说又能够做些什么呢①?

而就在"纯文学"强调非意识形态化时,另一种与此相应的说法也随之产生,这就是所谓"原生态的生活"。什么是原生态的生活,这句话在今天看来语义上显得非常含混,但是在当时却的确为写作提供了一种新的想象空间。这是因为,当意识形态作为一种"错误观念"的形态出现时,就会掩饰、遮蔽和篡改人的日常经验,而文学相对提供的也只能是一种虚假的生活图像。因此,所谓"原生态的生活",实际上是为写作者打开个人的记忆之门而提供的一种理论支持,并以自己的日常经验对抗和消解作为"错误观念"的意识形态。但是,这一说法本身却又相对隐藏了另一种可能性,就是说,它默认在这个世界上的确存有某种可以在意识形态之外独立存在的"本真"的生活,因此,生活是需要寻找的。这一说法的直接后果之一,就是"纯文学"日渐轻视我们直接置身其中的现实的日常生活,而把想象力更多地投注于内心,这样,不仅在某种程度上加快了"纯文学"和社会存在的疏离,同时也使"纯文学"逐渐丧失了关注现实和把握现实的能力。而另一方面需要追问的是,个人的日常经验究竟是怎样浮现到我们的意识表层,而这扇记忆之门又是如何被打开的?实际上,即使是"原生态的生活",也来自于另外一种意识形态的支持,是一种对"现代性"的回应方式。我们只要读一读80年代的作品,就会发现围绕"原生态的生活"展开叙事的,大都是"个性解放"这样一类日常经验和生活要求。这里,也许有一个例子可以说明问题。1999年,我在主持《上海文学》日常工作时,曾经在刊物上开设了一个名为"城市地图"的栏目,当初为这个栏目撰稿的作家年龄许多都在45岁左右。也许是受其个人经历、家庭出身和社会背景的影响,这些作家所描写的对象大都集中在城市的北部,提供的是一个历史的、底层的上海。大概在一年多以后,一批更年轻的作家开始出现,也就在这个时候,淮海路、南京路、徐家汇等等所谓的"高尚地区"在这些作家的笔下频频出现,而其所提供的场景、人物、情节等等也时有雷同之处。这些作家未必都生活在这些区域,而其个人记忆也未必都能由这些生活概括。显然,在选择生活的背后,正是意识形态的作用。这些作家所接受的,正是当下媒体制造并

① 有关意识形态的"说服"和"合法化",参见杰姆逊:《后现代主义与文化理论》,陕西师范大学出版社,1988年,第57页。

提供的一种生活模式,或者说是一种意识形态的幻象。我们实际上一直生活在意识形态之中,并没有绝对的"原生态的生活"。问题只在于我们用什么来使自己的日常经验浮现到意识表层,并打开个人的记忆之门。

当然,我们不能把"纯文学"的"退出社会"完全归之于"历史终结"或者"意识形态终结"的思想影响,这样,未免过于武断。事实上还存有另外一些因素,比如说某种政治高压①,80年代同样存在着思想斗争的残酷性。而正是这种残酷性,迫使作家开始回避现实,而强调审美的重要性。但是,现代性的影响痕迹也是同样明显存在。正是对"自我"的过于强调,而使文学日渐轻视和疏离国家、社会、群体等等这样一些概念。

有关"自我"在当代文学中的确立和发展,已为许多作家和批评家论及,韩少功就曾这样认为:"'自我'似是'纯文学'诸多概念中很重要的一个。我曾经也十分赞同文学家要珍惜自我,认识自我,表达自我,反对写作中那种全知全能的狂妄和企图规制社会的独断与僭越。我至今以为这种说法一般说来仍然有积极意义。"②而文学也因为"自我"而同时发现了另外一个与之相应的概念——"主体性",围绕"主体性"这个概念而展开的各种叙事活动,在80年代的文学中,主要是"个人主体间为赢得承认而展开的斗争"③。由于当时的这一"自我"大都含有弱势背景,因此在文学中尽管以"个人主体"的形象出现,却又具有相对的群体性(比如,早期女性文学的杰出文本《在同一地平线上》)。但是,"自我并非与生俱来,而只能产生于特定的社会环境与文化过程,只能产生于公共群体之中"。因此在"纯文学"退出社会之后,"自我"就逐渐演变成一个封闭的概念,"'自我'说确实在一些作家那里诱发了自恋和自闭,作家似乎天天照着镜子千姿百态,而镜子里的自我一个个不是越来越丰富,相反却是越来越趋同划一,比如闹出一些咖啡吧加卧床再加一点悲愁的标准化配方"。我近年在审读小说来稿中也发现,越是接近"私人化"写作标准,作品越是趋于雷同。这只是问题的一个方面,问题的另一个方面是,"自我中心化"的过程,同时也是一个不断扩张的过程,是一个对"他者"殖民化的过程,其结果必然造成一种精英心态,"'自我'甚至成为了某些精英漠视他人、蔑视公众、仇视社会的一个伪贵族的假爵位。臆必固我的偏见乃至放辟邪侈的浪行往往都是在这一说法之下取得合法性。在一个新旧权贵自我扩张资源越来越多于平民的资本自由化时代,这种倾向会产生什么样的人品和文品,当然不难想象"④。

这样,在国家、政治、社会、群体、意识形态等等都被从文学这驾马车上卸下来之

---

① 比如"清除精神污染"、"反对自由化",等等。

② 韩少功:《好"自我"而知其恶》,《上海文学》2001年第5期。

③ 杰姆逊:《晚期资本主义的文化逻辑》,生活·读书·新知三联书店,1997年。

④ 韩少功:《好"自我"而知其恶》,《上海文学》2001年第5期。

后，文学这驾马车上还剩下些什么呢？是自我和主体性，还是审美和诗意？这时候，有两个人引起了人们的注意，就是海德格尔和博尔赫斯。我们从“林间小路”上找到了“诗意的栖居”的文化装饰性，而博尔赫斯的书斋写作则为我们提供了最好的知识借口。但是，谁知道我们是在多大程度上篡改和阉割了这两位作家和哲学家。

但是问题并没有到此结束，在文学退出社会拒绝现实的背后，可能还隐藏着一种对世界的建构愿望，这种愿望来自于人性是一静止的、永恒不变的本质。于是，在文学中，欲望、个人、主体性、权利、性、无意识、自由等等概念的组合就相应建构起一个新的世界，而自我的同一性也正是在这样一个被建构起来的虚幻的情景中得以完成（现在，这种虚幻性正在向大众文化转移，“人性化的空间”、“人文关怀”等等诸如此类的字眼充斥于各类广告之中，而文化工业的从业者，有许多正是当年的文学青年）。而在这种情景中完成的自我同一性就显得相当可疑，它同时也造成了现实中价值—事实之间的辽阔距离。当文学沉迷于这个世界并且认定它就是真实的存在本身时，实际就压制了“关于历史的思想的作用”，也就此失去了把握永恒变化着的历史和现实的能力。

三、沉默的大多数

一个梦想已经破灭，世界并未能如我们想象中的那样，在现代性的语境中，完成自由、民主、平等和公正的统一，历史的辩证法仍然存在，“幻想人性会剧烈的改变，现行制度的社会关系也会随之改变，只不过是胡思乱想，乌托邦罢了”①。我们曾经执著于或者迷信过的一些观念，终于遭到现实的致命一击。

阶层分化早已开始，“穷人”和“富人”的概念也早已在消费时代变得日渐明晰，大多数人重新“沉默”，他们的声音不仅难以得到“再现”，而且我们几乎无法听见。当有些人继续拒绝政治、阶级、利益、对抗、意识形态这类语词，并且搬出个人的历史体验，来形容对这些语词“不堪回首”的个人感觉时，他们不知道，这些语词早已又一次转化为现实，而现实也变得更加严峻和急迫，只是，知识分子已经无法“体验”罢了。

“自由”这个语词曾经帮助人们挣脱了国家的同一性控制，我们至今仍然心怀感激。但是，假如我们不把这个概念放在新的历史语境下重新进行考察，而是继续幻想用这个（以及相近的）概念作为本质去建构世界，那么，这个概念就将成为一种新的陈词滥调。它除了使“精英立场”更加变本加厉，使文学变得更加“小家子气”，更加“伪贵族”，还能为我们提供些什么呢？即使我们继续使用这个语词，可是，如果我

① 杰姆逊：《后现代主义与文化理论》，陕西师范大学出版社，1988 年。

们不考虑新的“沉默的大多数”，那么，这个概念的普适性又在哪里呢？它还是一个普遍的“本质”吗？

不仅仅是当下的媒体，即使当下的知识，也在拒绝这个“大多数”，以至于他们显得更加（或者强迫他们）“沉默”。但是，正是这个新的“大多数”的产生或者存在，才促使我们反省现代性，反省资本化的过程，反省“历史终结”或者“意识形态终结”的神话。因此，关注这个“沉默的大多数”，实际上是让我们更深地切入现实，寻找问题所在，以及一种新的乌托邦可能，而不仅仅是简单地持一种道义的立场。任何一种对底层人民的同情甚或怜悯，不过是旧式人道主义的翻版，在今天，毫无新意可言。因此，如何使“被压迫者”的知识成为可能，并且进入文学的叙述范畴，就成为一个相当重要的问题①。

由于对“启蒙”、“公意”这类概念的反省，以及文学中“全知全能”的叙述者角色的退出，使得我们对“代言人”这个概念深为警惕。的确，在很长的一段时间内，隐藏在“代言人”背后的，是知识分子的“精英”姿态和一种规制社会的狂妄企图。但问题是，如果不经过知识分子的“转述”，这个“沉默的大多数”的声音能够进入知识领域吗？而他们的政治和利益诉求，又如何能够得到体现。也许，我们可以使用另外一个词：“代表”。实际上，社会上的任何一个阶级、阶层、群体或者团体，都能够在知识领域中找到他们的“代表”，既然如此，那么这个“沉默的大多数”同样需要自己的代表，以使自己被忽略、被遗忘甚或被压抑的“声音”得到“再现”。而在这一“代表/再现”的过程中，知识分子的任务就不仅仅是“代表”，更要学习如何“再现”，正如萨义德所说：“知识分子是以表述/再现的艺术为业的个人。”②

可是，在文学中，这种“表述/再现”却会显得困难重重。不仅仅因为我们一不小心就会陷入“阶级意识”的传统陷阱，还因为在今天的中国，“阶级意识”实际上显得非常模糊不清。文化工业的兴起固然是一个极为重要的因素，媒体对人的大面积覆盖，在意识层面上模糊或者缝合了阶层差别。而作为传统的阶级分析的单位之一——家庭（比如，“革命家庭”），今天也显示出它的多义性，就像王晓明在《九十年代的中国与新意识形态》中所描述的，在一个家庭中，可能母亲退休，父亲下岗，然而子女中，却有可能是公司白领，是证券投资者，甚至是私营企业的老板……正是这一多种成分的并存，使“阶级意识”变得极为复杂甚或模糊不清。

可是，正是这种复杂或者模糊不清，为文学提供了一种“表述/再现”的叙事可能。

---

① 罗岗：《“被压迫者”的知识如何成为可能》，《上海文学》2002 年第 7 期。

② 萨义德：《知识分子论》，生活·读书·新知三联书店，2002 年。

四、有没有一种新的写作可能

我们正在与某种体系性的哲学观念告别，这类观念代表了一种要发现一个一举解释所有事物的根本概念的企图，或者说是一种有关人类本性或人类实质的理论。可是这样一来，我们所要面对、所要把握的现实就变得更加复杂、更加不可琢磨。而辩证法也“不是一种一劳永逸的，来自主观的原则，而是人与环境和历史的永恒变化之间的近于绝望的搏斗。在这场斗争中，人们不得不一次又一次地与自己的主观性决裂而去接受严酷的现实法则，但却一次又一次地被来自主观和环境的假象所包围而回到这场斗争的起点。在此，真理是一个稍纵即逝的瞬间，为了在这个瞬间找到一个讲述历史变化和现实矛盾的叙事，人们不得不永无休止地向时间的激流、矛盾的不可穷尽的复杂性以及种种意识形态的蒙昧发起攻击”。而能够传达这一真理的过程已经不是哲学，“而是一场永无止境的文学实验”①。这是迄今为止对文学最为乐观的估计。

可是文学如何才能把握这个永恒变化着的现实？如何才能再现历史境遇，再现那个稍纵即逝的瞬间？即使我们承认文学就像那只“密涅瓦的猫头鹰”，艺术家“不过是新现实的记录仪”②，那么这个新的现实又是什么，我们又究竟怎样来进行“记录”？文学最后总是要诉诸一定的审美形式，而更重要的是，文学必须通过个体的存在才能再现历史境遇，因此，个体与群体的诸种复杂关系就成为文学叙事所必须面对的问题。

福柯在《词与物》中有过关于“知识型”的论说。他认为，每个时代都标志着一个确定其文化的潜在外形，一个使每个科学话语、每个陈述产品成为可能的知识框架，这就是所谓的“知识型”，即确定和限定一个时代所能想到的——或不能想到的东西——深层基础。每种科学都是在某个知识型的范围中求得发展，因而也就与其他同时代的科学发生联系③。如果我们借用福柯的这一理论，就会发现，在80年代的“纯文学”周围，并与之发生联系的正是现代美学、哲学和心理学这三门人文学科。应该说，“纯文学”从这三门学科中获取了相当多的思想资源，从而丰富了自己的叙述内涵乃至表现形式。而在某种意义上，这三门学科和文学有着天然的血亲关系，它们都共同诉诸〔于〕人的内在的观念、情绪、精神、意识乃至无意识，可以毫不夸张地说，正是在80年代，这几门学科实际上是在共同完成“人的现代化”。而对于80年代的“纯文学”来说，更为有利的条件是，它在西方现代主义文学中找到了它可以

① 参见《晚期资本主义的文化逻辑》张旭东的编者序言，生活·读书·新知三联书店，1997年。

② 杰姆逊：《晚期资本主义的文化逻辑》，生活·读书·新知三联书店，1997年。

③ 参见迪迪埃·埃里蓬：《权力与反抗：米歇尔·福柯传》，北京大学出版社，1997年。

借鉴和模仿的“蓝本”,这也是80年代文学获得辉煌成果的因素之一。

而在上个世纪的90年代,当我们把目光重新投向外部世界,有另外的三门学科开始引起文学的注意,这就是政治学、经济学和社会学。当文学把自己的注意力从人文学科转向社会科学时,实际上意味着文学开始切入现实,开始关注社会和群体,以及获得另外一种思想资源的企图。的确,在反省80年代的伟大传统当中,人们意识到,如果丧失和经济结构的联系,那么,对权力的认识和反抗就会陷入某种片面性。我们只要重新解读一下80年代的一些小说(比如,贾平凹的《腊月·正月》,等等),就会发现,对当时发生在中国的经济改革,写作者更多注意到的,是个人主体性在这一改革中如何得到确立,而忽视了这一改革的全部复杂性,以及新的危机的产生可能,更不用说随之产生的社会分层和种种新的权力关系的确立。在这一意义上,社会科学为文学打开了另一扇思想之门,或者说,提供了另外一种认识模型。可是,随之而来的问题是,社会科学和文学毕竟相距甚远,而且它们之间缺乏一种天然的血亲联系。如果说,社会科学的注意力更多地投向社会和群体,那么,文学则更多地围绕人的个体性存在展开自己的叙事活动。尽管近年来,社会科学成功地渗透到文化研究领域,但是我们仍然鲜见社会科学直接进入文学的成功可能。相反,如果文学“生搬硬套”社会科学的研究成果,倒极有可能成为一种新的拙劣的图解,无论在文学观念还是叙事方式上,都是一种严重的倒退。因此,如果我们要寻找一种新的写作可能,就必须处理好知识和知识之间的转化。

进入现实并不是文学的最终目的,如果是这样,那么近年来,我们并不少见那些所谓反映现实的作品,然而我们从来不会认为这些作品为我们提供了一种新的写作可能。不是说这些作品没有揭示社会新的矛盾,而是说它们除了缺乏一种对现实的深刻的洞见和把握,在其叙事过程中,也隐约可见传统的现实主义编码方式的复活。因此,文学的最终目的仍然是如何通过一定的审美形式来“再现”现实。

然而,“现实”是什么呢?就是目前正在发生的人和事?那么这和我们传统的理解又有什么不同?也许,我们可以使用另外一个词:“语境”。的确,在一些当代的理论著作中,我们常常可以看见这个词和“现实”的并列或者交叉使用。可是语境又是什么?这个从现代语言学挪用过来的概念到底在指涉什么?是实在之物还是非实在之物?一个抽象但也只能如此的回答或许是,它既是政治、经济、社会的等等意义上的此时此刻,又不仅仅是这一此时此刻,它是实在之无物,但更多的是非实在之物,它的语义常常需要在一个时段中才能慢慢呈现。它集会了现实中的种种矛盾、种种关系以及关系之间的互动,然而它又是分散的零碎的……可是经由这样的解释,现实也相应地变得暧昧起来,游移不定又难以琢磨,总之,这个所谓的“语境”,使得文学的“再现”遇到了极大的困难。可是,文学的叙事性在此也体现出了它的强大的力量，就像杰姆逊在《晚期资本主义的文化逻辑》中说的："艺术作品（包括大众文化产品）的形式本身是我们观察和思考社会条件和社会形势的一个场合。有时在这个场合人们能比在日常生活和历史的偶发事件中更贴切地考察具体的社会语境。"而"再现"的困难性也相应地激发起艺术创新的勇气和动力。

在80年代，我们常常把"艺术创新"简单地理解为一种"为艺术而艺术"的形式探索，而忽略了正是由于"再现"的障碍性才激发起追寻一种新的表现形式的内在动力。而当我们失去了这种内在的动力，艺术创新就会停滞不前。正是在这个意义上，近十年来的小说，呈现的，或者是传统的现实主义编码方式的复活，或者是继续沿着内心叙事的轨迹向前滑行，但是却鲜见艺术的创新。今天，我们已经很难在技术上对这些作品继续进行诘难和挑剔，即使一些新人的创作，其文字也是十分的流畅。但是过于流畅的文字不正暴露出思想的独异性已经不在？而正是在近年的小说中，我们已经很难"更贴切地考察具体的社会语境"。

尽管"语境"呈现出它的非实在之物的特性，但是我更倾向于认为，它仍然在某种意义上依靠着实在之物的支持。而这种支持，为文学提供了某种新的写作可能。正是在最近的一些作品中（比如，王安忆的《上种红菱下种藕》），我们看到了一种"细节"的写作倾向。在这些作品中，细节不再仅仅是一种环境的装饰之物，或者展示人物性格的一种技术手段，而是有其独立的地位乃至意义。由于细节来自于生活本身，因此它具有浓郁的现实意味；由于细节总是附着于一定的民族情境，因此它所暗示的问题就带有相当明显的本土性特征。而由这些细节构成的图像（比如，路边的一家小发廊，或者一条广告），不仅形成了艺术作品中的一个生活的"场合"，而且无不暗示着我们存在的"语境"本身。

寓言也许是另一条通向"再现"的道路，杰姆逊曾经就这个问题有过一段精彩的论述，他说："至于寓言，我想这是不同的事情。这是一种再现事物的模式。尽管我们说要抓住历史变化中的环境，打破旧有的关于变化的叙事形态，并着眼于活生生的事物间的矛盾，但这一切没有一样是实物。随之而来的问题便是怎样描述这些事物，怎样为你的意识找到一个模型。寓言就在此刻出现。它提醒我们，告诉我们，即使我们强调环境，环境却并不是一个实在之物供我们简单地'再现'。即使我们信奉叙事，叙事却不是一件轻而易举的事情。说世界自有其叙事结构，不等于说你能够以一个小故事就把它说得清清楚楚，不等于说世上有现成的表现技巧可供人调遣。同样，重视矛盾并不意味着矛盾是看得见摸得着的东西，或我们可以画出一幅矛盾的图示。强调寓言因而便是强调再现深层现实的艰巨性甚至不可能性……"不过，在寓言问题上，杰姆逊多少持有一种悲观倾向，因而反复强调它的艰巨性和不可能性，“寓言是一种知其不可为而为之的再现论”①。可是，我们在汉语中或许能够找到这种寓言的可能性，不仅因为我们拥有一个强大的寓言传统，而且由于汉语本身的多义性、联想性乃至模糊性，经过一定的剪辑、拼贴，也为这种寓言写作提供了某种语言上的支持，韩少功最近出版的《暗示》似乎也暗示了这种可能性的存在。

谁也无法事先给出一个完整的新的写作可能性，但是这种可能性却已依稀可见，也许一个新的伟大的文学开始就酝酿在这一可能性之中，尽管它困难重重。

随着对历史和现实的不同的体验和理解，一场文学观念的分裂也会随之而来。一种最为乐观的预期是：分裂将会使文学世界变得更为丰富多彩。但是在今天，同样会出现另外一种情况，一些伪“多元论”者常常会以维持“多样性”为借口，而拒绝新的写作可能性的出现。不会再有人愚蠢到企图重新一统天下，因此，伪“多元论”者的借口实质上只是为了维护既有的文学秩序而已。我们所需要的，只是在这个多样化的文学世界中，再发展出一种新的写作可能。

任何一种写作，最终都是一种个人的写作，就其这点而言，强调写作的“个人化”并无不当之处。问题只是，如果把这种“个人化”的写作主张推向极致，并成为文学拒绝进入公共领域的借口，进而丧失了知识分子最基本的批判立场，这时候，这种文学主张才会显现出它的保守性。正是在90年代，“纯文学”开始被主流意识形态所渐渐接受，并默认它是一种“有益无害”的写作。这种默认不正暴露出“纯文学”在今天的尴尬境遇吗？

文学不是时代精神的简单的“传声筒”，同样，它也不可能成为某种意识形态的拙劣图解，尽管在其背后仍然有着意识形态的支持。我更倾向于认为，文学是一个场合，一个矛盾和冲突的“场合”，唯其如此，文学才能成为一个“叙事者”，一个历史和现实境遇的伟大的“记录仪”。

我一直怀念80年代，这个伟大的时代造就了一个伟大的文学传统，但是时过境迁，新的问题的提出，迫使文学进行新的叙事选择。然而这并不意味着一个新的“决裂”的开始，所有的选择实际上都是在传统的延续中进行。这样说并不是一种策略或者妥协，而是提醒我们在反省“纯文学”的历史化过程中，继承一切可以继承的伟大传统，也唯其如此，我们才能避开危险。在文学的小桥两边，左、右都是陷阱，稍有不慎，就会铸成大错。

——原载《当代作家评论》2002年第6期

① 杰姆逊：《晚期资本主义的文化逻辑》，生活·读书·新知三联书店，1997年。

汪 政 晓 华

日常生活的叙事伦理

人的历史上不曾有过日常生活完全不受艺术影响的时代，艺术总是起到某种作用。当然，这在相当大程度上取决于哪一艺术分支进入人们的日常生活中，正如在相当大程度上取决于这些艺术品的质量一样。

——[匈]阿格妮丝·赫勒①

文学话题重复出现的原因是多种多样的，或者是因为现象的激发，或者是因为它依然存在深发的必要与可能，比如日常生活的美学表现问题。我们在对池莉的一篇评论中曾这样论及她的《烦恼人生》及其新写实运动："《烦恼人生》并不见得是池莉最好的作品，但它对池莉写作的意义却怎么说都不为过分，《烦恼人生》以及其后那一写作高峰是她写作生涯中的一次巨大的进步，它使池莉获得并相对定型了写作的意义、态度和风格。这种意义、态度和风格与当时的文学季候并不是很和谐，相比较而言，《烦恼人生》确实是有些另类的，它选择了别一种写作方向，而其中最重要的一点是最大限度地突出了日常生活的意义和价值，它让人们意识到，此前不为人注意的相同风格的写作实际上是一个新的生长点，它们预示了一种新的叙事伦理。"记得在当年，围绕池莉、方方、刘震云等作家的创作，日常生活及其美学表现成了讨论的热点话题之一，但现在看来，那时的讨论还是相当不充分的。从客观上讲，20 世纪 80 年代末 90 年代初的社会情势很大程度上打乱了人们日常生活的节律或者造成了人们对日常生活的忽视，用 A. 赫勒的话说，那又是一个要求"个人生活的取消"的时代。应该说，这种情况到了 90 年代中前期就已经发生了改变，国家对市场经济的引领以及社会目标的重新确立都使社会大众从思想观念到生活实践全面回归日常生活，而从写作上看，余华、刘恒、王安忆等人的写作也比池莉等人更深刻地将目光投向了这个领域，出现了刘恒《贫嘴张大民的幸福生活》、刘震云《一腔废话》、张

① 本文所引赫勒与列斐伏尔语均见《让日常生活成为艺术品》，云南人民出版社。

炜《能不忆蜀葵》、苏童《蛇为什么会飞》、王安忆《上种红菱下种藕》、朱文颖《高跟鞋》《水姻缘》、魏微《流年》、荆歌《爱你不容易》等作品。但是,有关日常生活的美学问题不但没有得到深入,相反,由于现实主义、人文精神等话题的介入,使得已经取得的理论成果受到了程度不同的怀疑,对上述作品的概括与描述也大多使用"当下"、"写实"和意识形态色彩很强的"底层"等概念。说白了,这里面实际上含着对日常生活的歧视。可以说,那种对社会、国家、民族等主题的偏好以及对虚构、夸饰、浪漫趋骛的美学趣味一直占据着我们理论的制高点。事实上,从美学传统来看,也确实鲜有从日常生活的角度来建构艺术理念的,不管是东方西方,艺术总是以日常生活的对立面出现的。这种对立主要表现为:(1) 艺术是对于世界的本质的认识,而且这种本质是建立在必然律和可然律的概念之上的,比如亚里士多德;(2) 艺术是神或超自然的物自体的创造,比如柏拉图和康德;(3) 艺术是人内心隐秘力量的冲动和对象化,它虽然发生于个体,却是以对个体及其现实社会敌对、叛逃的形态出现的,如叔本华和尼采。因此,以往的写作似乎没有给我们提供过十分丰沛的日常生活写作遗产,也从来没有将日常生活在其本真的意义上认真地对待过。在文学是对社会生活的反映这类耳熟能详的理论话语中,日常生活实际上是缺席的(人们需要的是所谓"重大题材"),或者必须借助于他者的身份才能进入(人们需要的是所谓"重大主题")。日常生活被认为是不可能具有"意义"的,它只能是现象的、偶然的、瞬间的,也是重复的、卑琐的与浮杂的,只有当它与各种各样人为的、他设的"意义"相联系,成为后者的符号或象征时,它才是有价值的和值得书写的,以至有论者认为可以干脆将"日常生活"从理论中予以剔除,他们认为没有什么日常生活与非日常生活的区别,生活不可能分割与剥离,它总是在一维的时间中发生的。

看来,问题的关键之一是我们对日常生活是否有了真切的了解,是否从伦理上、价值论上给予日常生活以充分的地位。什么是日常生活,作为人自身的再生产活动,其关键之处在"日常"二字,它应该被理解为人类社会生活中最基本的活动,它维系着人们起码生存的生命状态,因而是不能缺少的那一类生活。赫勒曾借助于马克思的社会结构理论对社会生活作了三个层次的划分:一是日常生活层面,它是以衣食住行、饮食男女、婚丧嫁娶、言谈交往为主要内容的个体生活领域;二是制度化生活层面,这是个人参与的政治、经济、技术操作、公共事务、经济管理、生产制造等社会生活领域,它受社会体制、法律、政治的约束、规范;三是精神生活层面,即由科学、艺术、哲学等构成的人类精神和知识生活领域。是不是可以这样来描述:日常生活是物质的、"此岸"的和身体的,因为它承担着人们"活着"的功能;它是连续的,因为日常生活的中断将意味着社会或个体重大的变故,甚至危机;它是细节化的,因为真正的日常生活是由所有获取生活资料的动作与这些动作的对象所组成的;它是个体的,因为不可能有抽象的类的日常生活,它必定因人而异;但同时,又由于人类物质生活的相似性等其他可以想象的原因,它在具有私人性的同时又具有普泛性,它是公众化与非公众化、特殊性与平均化的矛盾体,因此,它总是针对着一定社会的最大多数的民众;最后,日常生活是风格化和多样化的,因为它在最细节化的层面上反映了特定时期、特定地域和特定人群的生活方式,所以,日常生活总是人们最真实、最丰富的生活。特定时期人们的生活面貌是其相应的日常生活的总和,它蕴藏着特定时期人们的价值观念、审美理想、风俗习惯、流行时尚以及文明程度和生活水平,是某一范围人们生活的生态史和风俗史。一切其他生活的最终实现总是以日常生活的变化为最终目的的,因此,日常生活具有本体论的地位,它是起点,又是终点,它完全可以被看成是一个看似简单却是最基本的细胞,因为它几乎包含了人们生活的所有秘密。

所以,若要在文学叙事中给日常生活以应有之地,就必须从伦理上肯定它的这些特性及其表现形态。魏微的《流年》被评论家称为"完整的小说",就是因为它撇开了其他的生活层面保持和突现了日常生活的恒常与连续,作品以一个乡村水利管理机构"微湖闸"为叙事空间:"总的来说,微湖闸是平静的,安宁的,人们有计算地过着小日子。革命时代的种种风潮,并没有太大地影响到这个地处偏僻的水边大院。"作品将视点集中在作者认为更需要关注的地方,它是政治、意识形态、社会革命以外的东西,同时,也是后者无法改变的东西。作品中有一处居室布置的描写,真可以看做是这样的隐喻:"毛主席的画像在正中央……他的目光遍及四野,到处都是。无论从哪个方向看他,他都在端视着我们。他注视着我们的日常生活,一天又一天,他看着我们慢慢地成长,衰老,他看见了我们每个人的苦痛,我们的无聊,一点点微小的快乐,我们的挣扎……可是他是无能为力的。"说到底,政治对日常生活是无能为力的,日常生活是最有力量的相对恒常的东西,是生活的底线和底色,是无法逾越的。

> 我想记述的是那些沉淀在时间深处的日常生活。它们是那样的生动活泼,它们具有某种强大的真实,它们自身不带有任何感情色彩,它们态度端凝,因而显得冷静和中性。当时间的洪流把我们一点点地推向深处,更深处,当世间的万物——生命,情感,事件——一切的一切,都在一点点地堕落,衰竭,走向终处,总还有一些东西,它们留在了时间之外。
>
> 它们是日常生活。它们曾经和生命共沉浮,生命消亡了,它们脱离了出来,附身于新的生命,重新开始。
>
> 远古洪荒,一代又一代的生命、生活,就止于这些吧。

魏微这种叙事伦理和叙事策略，王安忆早在上世纪80年代初，也就是说在新写实之前就已经开始了，并且，一直保持到近作《富萍》《上种红菱下种藕》，从而形成了她这一类小说的叙事策略，这在她的城市小说中体现得最为典型。城市与乡村在小说中是两个对比性的叙事对象，一般而言，城市聚集着更多的政治与经济变化因素，本不是日常生活理想的叙事对象，但王安忆认为依然有更具韧性的日常性城市，"在浮泛的声色之下，其实有着一些基本不变的秩序，遵守着最为质朴的道理，平白到简单的地步"，它们是决定城市运动方向的"永动的力"，也是艺术所要着力表现的。她强调应该表现日常生活里的"平实、细致、活泼"①，这是城市的肌里。王安忆早在其城市小说的开篇之作《流逝》中就展开了这方面的思考。《流逝》表面上看是"文革"的，但仔细看却是写欧阳端丽在革命的冲击下，在政治的缝隙里如何将日常生活坚持到底的，小说写欧阳端丽如何精打细算，在精打细算中流露出的趣味与感觉，它们是感性的、实在的，正是它们构成了欧阳端丽、欧阳端丽一家以及一座城市如水一样不断地流淌的生活。所以，当作品中的文光问到"不知怎么搞的，我常常感到无聊呢！我不晓得人活着是为了什么，真的，人活着究竟为了什么"时，欧阳端丽毫不犹豫地回答说："为什么？吃饭，穿衣，睡觉。"这三个词是日常生活的精华，也是王安忆城市概念的代码，只有它们，才是城市丰满的血肉。《流逝》的结尾有着那个时代作品里常有的意味深长，但我们可以将它误读为一种提示，提示我们在日新月异地变化着的城市中关注日常生活的沉淀与积累：

> 时间在过去，悄悄地替换着昨天和明天。它给人们留下了露水，雾，蓓蕾的绽开，或者凋谢。它终究要留给人们一些什么，它不会白白地流逝。

这样的提示首先将城市从政治、经济、文化的中心中拉了出来，因此，到了《海上繁华梦》的创作阶段，王安忆更加彻底地将上海这样相比较而言更为合乎现代都市概念的城市的日常生活推上了前台加以细致地摹画，它们虽然显得零碎，篇幅也参差不齐，但叙述时间的跨度是很大的，甚至通过回忆将旧上海拉回人们的视野，从多侧面多角度地再现了上海这座城市的人与故事。不过，如果要从中找到在这座城市发生的惊天动地的政治及历史事变是不可能的，即使有，也只剩下了抽象的时间概念，不变的或者积累着的是这城市的"日子"，发生在高楼深宅以及亭子间、弄堂里、马路上的平常的生活和这种生活中弥漫的城市心境。若干年后，王安忆谈到了上海已逝的一位女作家苏青，王安忆认为苏青比张爱玲、丁玲更理解城市，也更理解上海，苏青更接近一个城市的日常生活，苏青没有什么革命的乌托邦，苏青关注的就是

① 《女友间·序》，上海文艺出版社。

一个城市的“日子”。苏青“只说些过日子的实惠,做人的芯子里的话。那是各朝各代,天南地北都免不了的一些事,连光阴都奈何不了,再是荏苒,日子总是要过的,也总是差不离的”。都市里的平常的日子总会有乐趣:“外头世界的风云变幻,于它都是抽象的,它只承认那些贴肤可感的。”这样的日子不可小觑,“它却是生命力顽强,有着股韧劲,宁屈不死的。这不是培育英雄的生计,是培养芸芸众生的,是英雄矗立的那个底座”。在王安忆看来,城市的生态并不是由政治来维系的,而是由城市人积累起的生活方式来支撑的,这样的生活方式有时也许并不是抒情诗,甚至,它们也如政治一般是一些特殊的“战争”,只不过这样的战争非关“风云”,而是城市人为了自我的生存而世世代代挤兑、腾挪与计算的延续。王安忆时常有意选择在政治的大背景下来描写这些“战争”以强调后者与“外头世界的风云变幻”的距离,这在早期的《鸠雀一战》中露出了端倪,这个化用成语命名的短篇小说叙述的是上海最为敏感的住房问题,小妹阿姨原是浙江人,自小做了丫头并随嫁到上海,半辈子的沪上生活养成了她精打细算的性格,她已俨然是个上海人了,但当她打算一辈子就在上海时才发现她没有自己的房子,这时,外面是轰轰烈烈的“文化大革命”,而小妹阿姨则开始了为房子的两条战线的斗智斗勇。至于《“文革”轶事》就更清晰了,“‘文革’轶事”这个说法本身就反映了王安忆的认识,“文革”在那个时代席卷了乡村与城市主流生活,但她看取的或者寻找到的是这主流生活之外,或被这主流生活遮蔽着的边缘的隐藏着的另一种生活,相对于“文革”,它们只能算做“轶事”,但就是这所谓轶事,让人们看到了日常生活的生命力。

这样的叙事伦理显然突出了日常生活的本体论地位,但是却在相当程度上是对现代小说的反动,因为现代小说据说重点根本不在于对客观世界(包括日常生活)的呈现,而是通过个人化的转述来赋予世界以意义,也就是说,日常生活本身并不具备意义,如果日常生活执意要表现出自为的意义,那么作为知识分子的叙事人只有退场,这就是所谓新写实“零度叙事”的来由,“为了还原出生活的原生态,当代小说便有意使判断和解释‘退出’,造成一种话语主体的‘缺席’状态,一种流水账式的叙事方式取代了某种情节模式”①。转型后,余华发现这种叙事方式确实不是偶然的,他在《许三观卖血记》的《自序》中这样说:

> 在这里,作者有时候会无所事事。他从一开始就发现虚构人物同样有自己的声音,他认为应该尊重这些声音,让它们自己去风中寻找答案。于是,作者不再是一位叙述上的侵略者,而是一位聆听者,一位耐心、仔细、善解人意和感同身受的聆听者。他努力这样去做,在叙述的时候,他试图取

---

① 参见蔡翔:《小说与日常生活》,《作家》1997年第11期。

消自己作者的身份，他觉得自己应该是一位读者。事实如此，当这本书完成之后，他发现自己知道的并不比别人多。

分歧依然在这里，日常生活并不是反诗的，对日常生活的描写并不是“对诗意的消解”，恰恰是为了表现“另一种诗”。卡尔维诺曾经这样认为，一个小说家必须“把日常生活俗务变作为某种无限探索的不可企及的对象”①。也许为了对抗传统叙事伦理对日常生活之诗的漠视和轻慢，池莉、刘震云、刘恒都曾在自己的创作中不约而同地通过隐形的戏剧性结构来表达相反的立场，那就是平民叙事与知识分子叙事、日常叙事与诗性叙事的交叉和并峙。毫无疑问，叙事人的立场是站在前者的，也就是说，当人们责怪他们创作的妥协和小市民趣味时，他们似乎就在同时担负着解构宏大叙事与“诗性”叙事的任务。刘震云《单位》的主人公小林原来也是有着理想、抱负和诗人之心的大学生，对爱情、对生活、对人生也有很多浪漫的、富于诗意的幻想，但是，这样的幻想以及他原先所预设的生活的意义被日常生活慢慢地消(销)蚀了，在《单位》中实际上存在着两个小林，一个是诗人的小林，一个是日常生活的小林，《单位》的叙事因此也可以看做是两个小林的战争，而日常生活的小林的胜利，无疑表明了社会向常态的回归和转型时代人们价值观的转型。而这样的对立在刘恒《贫嘴张大民的幸福生活》中是通过张大民与他在政府里做科长的弟弟之间的冲突来展开的，在张大民的世俗、执著与顽强面前，小科员的文化与清高显得是那样的苍白和可笑。当然，对这一结构展示得最为淋漓尽致的是池莉，在《烦恼人生》中，这样的结构是通过印家厚及周围人与文学爱好者小白来呈示的，《不谈爱情》本身就是知识分子与市民之间两种生活方式和生活理想的较量，在《你以为你是谁》中是陆武桥与李老师心照不宣的较劲，《生活秀》中的来双瑗一直以知识精英自居，她对来双扬说：“你好自为之吧。我实在闹不懂，吉庆街，一条破街，有什么好的呢？小市民的生活，又有什么好的呢?”可吉庆街不因为来双瑗的慷慨陈词与激烈反对而消失，相反，她的生活却不得不需要来双扬来照顾，用来双扬的话说，来双瑗将来万一走霉运，来双扬不管她谁管她？最为典型的是《你是一条河》对王贤良的塑造，作为一名乡村知识分子，王贤良可以说是一个集大成式的人物，在他的身上，既有封建士大夫式的清高与隐逸之气，又有现代知识分子的启蒙热情，更有非常时期的政治狂热。他在自然灾害食不果腹时大胆地向嫂子献诗求爱，又在“文革”到来时举起了造反大旗成了独霸一方的红卫兵领袖，而一旦被打断了左腿、理想不能实现时便愤世嫉俗闭门读书，甚至过起了陶渊明式的田园生活。身体的残疾在作品中成为一个象征，隐喻出这个小镇知识精英的浪漫与空虚，亢进与脆弱，斯文无限而又百无一用。作为对比的却

---

① 卡尔维诺：《未来千年文学备忘录》，辽宁教育出版社。

是粗俗的辣辣于逆境中一次次爬起来，在操持一家八口人生计的同时还要照顾这个可怜而又可笑的小叔子。辣辣似乎从来没有瞧得上他，辣辣有她日常生活的标准："贤良啊，对一个快生孩子的女人写诗什么的呀，不滑稽么？""王贤良也许不是粗人，可挑担水都喘大气，上屋顶拾个漏都不会，哪是个男人，要他做什么！""诗性"是这样被日常生活消解的。我们必须认真而又谨慎地对待这一结构，只从表层的叙事着眼一概以粗鄙化和反智主义而论之并不能解决问题，在池莉等人的写作中，反对从知识分子的精英立场出发对日常生活进行的否定和漠视，反对对日常生活进行所谓的提升以及任意地将它诗意化等等各种各样的伪饰，其最终目的并不是真正地拒绝意义，拒绝对日常生活进行诠释和批判，而是为了抗拒所有的强势话语，还日常生活的本来面目，最终达到保卫日常生活的目的。池莉说："我以为我的作品是在写当代的一种不屈不挠的活；是在写一瓣瓣浪花，而它们汇聚起来便体现大海的精神。"①只不过这种精神不是异体的强加和植入，而是日常生活本身就具有的自在的意义，因此，富于人道主义的日常生活意义观和伦理观应当是不再从日常生活之外寻找意义和价值，不是用日常生活之外的目标去控制日常生活，而是用日常生活之内的意义和价值去评判，去分清什么有益于生活，什么在威胁生活，什么是幸福的生活，什么又是不幸的生活。在对待日常生活时，首先要设定生活无罪的前提，日常的乃至个人的和家常的生活不应该是人们的敌人和必须唾弃、贬损乃至毁灭的对象。所以，池莉非常反对"提升"之类的说法，她认为，如果要寻找意义，那么最恰当的姿态就是"沉潜"与"撕裂"，只有这样，才能去除长久堆积在日常生活上面的陈年污垢而达其本真。"我认为只有撕开了，只有揭示了本质，才是抚慰的前提，在虚假的语境里进行的虚假的关怀与抚慰，对真实的生命和社会的进步毫无意义。"

正如德国哲学家鲁道夫·奥伊肯对古今生命哲学所论述的那样，生活不可能不具有意义与价值，但这种意义与价值不应当如过去一样是外部的，是与个体、与具体的生活世界对立的，而应该是和谐的、从内部建构和统一的："生活不可能从外在于它自身的任何存在形式获得确定性或可靠性。它永远不可能从外部获得这些，而必须从它自身内部去寻求。""返回个人生活的自我直接性时，我们不仅实现了形式上的态度改变，而且触及了实在的一个深刻源泉，从而在某些本质的方面改变了我们关于世界的总的构想。"②问题如果说穿了，围绕日常生活的伦理态度的争论反映了我们在小说功能上惯有的启蒙主义立场，但是如果我们放低自己的姿态呢？比如承

---

① 本文所引池莉语均见《池莉文集》，江苏文艺出版社。

② 鲁道夫·奥伊肯：《生活的意义与价值》，上海人民出版社。

认日常生活或“民间”存在着“意义”，存在着另一种启蒙的方式，比如以平等的和个人化的方式？也就是说，知识分子面对日常生活依然拥有话语权，但它应该首先关怀、接纳，应该不断地为日常生活开启新的可能性，并揭露那日常生活之外控制和毁坏日常生活的一切力量。所以，日常生活同样是可以开掘的精神资源。在日常生活中，人们有他们非常本真的角色定位、角色心理和角色行为，它们共同构成特定的日常生活的秩序、伦理、游戏规则、民间智慧与情绪体验。它同样值得并期待人们去发掘和反思。池莉的叙事就开始于一种“烦”，这种烦不但是池莉写作转变后对日常生活的一种体认，同时也是(20世纪)80年代整个社会在理想失落和冒进受挫之后不得不面对颓败、贫困的现实而产生的特殊的失落、无奈和焦虑，这是中国人真正地正视日常生活、真正地进入日常生活，并开始将日常生活当成自己的主体生活之后必然的态度与体验，他们仿佛到这个时候才发现自己面临着这么多的生存问题。《烦恼人生》中的印家厚没有自己的房子，租借的一间房只能容下一张床，烧饭、上厕所都得排队，就是这样的一间房还要接待乡下来治病的亲戚，而且说不定第二天就要因拆迁被扫地出门；印家厚收入不高，他买不起礼物给父亲贺寿，老婆想吃一顿西餐却怎么也挤不出钱来；在单位里又难以得到一个好的境遇，拿不到理想的奖金，却时时遭到领导和同事的误会，生存的压力、糟糕的心情使他连徒弟的那份美好的情感也不敢多想。印家厚的一天是忙碌的一天，带孩子、跑月票、赶轮渡、上班，被人吆喝来吆喝去，窝囊得吃饭都碰到虫子……生活就这样向前过着，似乎找不到特别的不幸与悲哀，因为你的不幸也是他人的不幸，因为这样的不幸是司空见惯的不幸，想说却说不出来，说出来了又是那样的微不足道惹人耻笑：“那现实琐碎、浩繁、无边无际、差不多能够淹没一切销蚀一切。在它面前，你几乎不能说想干这，或者想干那，你们难和它讲清道理。”“这悲哀犹如一声轻微的叹息，在茫茫苍穹里缓缓流动，那么虚幻又那么实在，有时候甚至让人们留意不到，值不得思索，但它总有一刻使人感到不胜重负。”刘震云《一地鸡毛》里的小林比印家厚也好不到哪里去，“单位，家庭，上班下班，洗衣服做饭弄孩子，对付保姆，还有如何给人搞到房子，如何求人让孩子入托，如何将老婆调到离家近一点的单位，以及排队买豆腐白菜”等等。而毕飞宇的《玉米》等作品则着力于一种无形的“伤害”，《玉米》《玉秀》的故事背景都是“文革”，但在小说中，“文革”的影子却是若有若无，然而，这丝毫没有减少伤害的程度，相反，因为这伤害就在小说所展示的日常生活之中，就在小说所结构的家庭和邻里关系之间，因而更加无法回避和消弥(弭)，也更加痛彻肺腑。日常生活在勘探中会显示出不同的意义模式，比如余华的《活着》《许三观卖血记》和荆歌的《爱你有多深》几乎都将苦难作为日常生活的重要主题，而由于生活经验的不同，日常生活到了魏微和朱文颖的笔下则变得温和。也就是说，我们一旦对日常生活采取了认同的姿

态,它的意义便以无限的丰富性向我们敞开:它可以是池莉的"烦",可以是毕飞宇的"伤害",可以是荆歌的"命运":

> 人确实就是可怜又可悲的,我经常会深刻地意识到人短短的一生,需要随的苦难太多了,要面对的问题太多了,生活着的确非常艰难。我写张学林(《爱你有多深》主人公——引者注)这样一个人,觉得我是将人与命运的关系这个问题进行一次打开,试图与生命的本质更接近些。①

可以是余华的"活着":

> 人是为了活着本身而活着的,而不是为了活着之外的任何事物而活着。②

也可以是魏微的"享受"和"朴素的美质":

> 一草一木,万物生灵,在这片土地上,呈现出一种别样的、活泼的姿势。它们是那样的合(和)谐,具有某种朴素的美质。③

日常生活既不能被忽略,也不能被马尔库塞等人那样一直置于排斥和否定的地位,而应将其理解为人的生活、人的对象化和人的本质的现实性,也正因为此,日常生活的俗世价值,它的朴素与温情,连同它的狭隘、封闭、重复以及越来越强烈的排他性才会恰当地被我们所认识,并且在此基础上展开叙述。日常生活的所有品质都是在与自身的搏击中体现的,无论从哪个方面看,人们都在试图从向善的愿望出发来改变自己的日常生活。列斐伏尔当年曾将之提高到与异化作斗争的高度,对此,赫勒虽然不同意,但她也指出,由于生活于持续变化的社会所要求的易变的关联中,人们必须发展在必要处"变速"的能力,以适应这一系列社会框框中的任何一种变化,"他终生的日常存在是同世界的锐利'锋刃'所进行的搏斗"。正是这种"搏斗"的最根本的最动态的特性,使日常生活叙事在最根本的层面获得了无限的丰富性和可能性。所以,日常生活叙事从来不拒绝冲突,而且,这样的冲突具有一种不可逆料的力量,常常关乎人性幽暗的深处。毕飞宇《玉米》《玉秀》都是屋檐下的故事,玉米是一个农村女孩子,父亲王连方原来是大队支部书记,但当这个土皇帝因为男女关系意外落马,导致家庭一落千丈时,玉米显出了力量,这力量不是体现在她对社会时势的把握上,而是她从农村日常生活的历史中承继下来的情感态度、处事智慧乃至特殊情况下的形象姿态与语言方式的选择,因为只有这些才与一个家庭日常生活的延续休戚相关,小说展示了一个女人在日常生活中的近乎本能式的反应。所以,余华虽然说,在生活面前,作家无须多言,其实,这种无言只是他个人叙事态度当中的

① 叶开:《荆歌访谈》,《新民晚报》2002 年 5 月。

② 本文所引余华语均见余华:《灵魂饭》,南海出版公司。

③ 魏微:《乡村、穷亲戚和爱情》。

一种,因此,他又说,真正的倒应该是一种无处不在的紧张关系,泛泛的作家与现实的关系因日常生活的加入而使现实成为一种"真正的现实,也就是作家生活中的现实",这样的现实"是令人费解和难以相处的",而"作家要表达与之朝夕相处的现实他常常会感到难以承受"。总之,日常生活的叙事伦理是剥离与接纳,是关怀与抵抗,是对它内在紧张关系的揭示与批判。

其实,当现实是日常生活加入之后的"朝夕相处的现实"时,对日常生活的叙述同时也就负载着自我生命记忆传递的功能,在以往,这种叙述中留给自我的伦理关怀常常被忽视和遭到质疑。保罗·康纳顿在《社会如何记忆》中谈到了社会记忆与个人记忆的关系,谈到了权力对记忆的控制作用。的确,在如何记忆的问题上,人们的认识是残缺和偏(褊)狭的,对技术层面的关注使人们忽视了许多更为重要的方面,当人们以为记忆是个体的心理活动时,实际上是没有认识到记忆在绝大多数情况下是被动的,人们总是认为、总是相信必须记住那些有价值的东西,而将无价值的东西从记忆中随时剔除,但这个标准却由不得自己。如果将上世纪我们的记忆史作一些笆(耙)梳会得到什么呢?比如,在人们的记忆中,日常生活的位置又在哪里?我们可能这样生活却被告知必须那样记忆,或者,我们生活着自己的生活,却被要求记忆别人的生活。列斐伏尔在说明他的工作时曾经这样解释道:"哲学家总是将日常生活拒之门外:始终认为生活是非哲学的、平庸的、没有意义的,只有摆脱掉生活,才能更好地进行思考。我则与之相反……"他认为不能仅仅关注宏观世界,而且要重视微观世界,即要重视日常生活。列斐伏尔以及赫勒都认为日常生活必须人道化,日常生活应该成为一种人类的总体性的生活,但这首先需要对日常生活中个体和对全体生活权利的尊重,这种权利之一就是能自由地占有自己的生活而不必异己地活着,我以为这非异己的生活必然包含着非异己内心世界以及非异己化的言说,这种言说不就可以从自身的日常生活开始么?这样,前面讨论的出发点可能这时才出现,而这,也成了日常生活叙事伦理的最基本的含义:

(如果)历史变成了一种声音,整个民族只有一副抽象的面貌,这不能不说是对于个体人性的巨大消(销)蚀和淹没,我们面临的是彻底失去自己的危险。因此,文学就显得尤为重要了。我们的日常生活便是我们个人的记忆和历史。探索,描述和铭刻个人记忆与历史,使得个体生命变得有意义起来,这是我写作的最重要价值所在。只有个体生命拥有了意义,整个民族才会拥有意义。这个民族才会突破极权与专制,显示出人类应有的生机来,这个民族的母语和使用这种语言进行的文学创作,也才会显示出无限意趣和勃勃生机。而我自己,也才能够从这样的写作当中,获取自己最需要的独立个性与生命快乐。对于日常生活价值的发现与认识,是中国人最困难的物事,因为我们长期以来都被宏大话语所笼罩和教育着;然而同时,也是我们内心最迫切地需要被启蒙的物事,因为谁的生命都不愿意被干涸。①

——原载《长城》2003年第1期

① 作家笔记,未刊稿。

李敬泽

莫言与中国精神

一

莫言已成“正典”。他巨大的胃口、充沛的体能，他的欢乐和残忍，他的宽阔、绚烂，乃至他的古怪，近20年来一直是现代汉语文学的重要景观。

尽管莫言可能是承受了最高声望的作家，他被反复阐释甚至过度阐释，但他却不是特别令人喜爱或令人厌恨的作家。在中国，一个人可能厌恨王朔，因为王朔冒犯了他；也可能无保留地喜爱王安忆，因为王安忆为他提供了一种对自身经验和生活的想象方式，但大概很少有人以同样的激情对待莫言。当然，身处剧烈的文化冲突的时代，莫言始终面临各种偏见和误解，他有固执的反对者，但无论反对他或支持他，人们都很难确定一种简明的、自足的立场，莫言过于宽阔，人们难以确定他的要害。

通过喜爱或厌憎什么作家，我们在某种程度上整理自己对世界的看法，确认自己是什么人。在这个意义上，作家有助于形成社会的自我意识，同时也必然地被社会意识分类、编纂。这是一个博尔赫斯式的情景：一本一本的书被写出来，堆积在巨大、阴暗的图书馆中，幽灵般的图书馆员忙碌着，他们凭着嗅觉就能把大部分书送进了碎纸机，然后把剩下的书沿着大脑沟回般的通道上架、归档。

那么，莫言将引起争议，究竟把他存于何处？

——这种想象中的困难，体现了莫言与他的时代、他的时代中的读者和文学的复杂关系。

二

莫言很少对他的时代直接表达看法。他的作品中最具共时性志向的也许是中篇小说《师傅越来越幽默》，但这无疑是一次失败。在小说中，下岗的老工人不得不以一种颇具讽刺性的方式谋生,他在荒僻的林间开设了一座情人小屋。由此,“下岗”这个社会性的主题暗自转化为了“欲望”的喜剧,“排泄”(情人小屋的创意由收费厕所而起)、窥淫(师傅守在屋外——眺望)、身体和金钱(两者互相激发、互相证实)、中心与边缘(是去市政府闹事还是在城郊自生自灭?)、合法与非法(小屋如同一间容纳非法欲望的阁楼,它本身可能是非法的,但也可能被默许——以两条“中华”的代价),通过这一系列次生的主题,“师傅越来越幽默”了。

——这终究是莫言的小说。社会有社会的议程,作家有作家的议程,莫言几乎是蛮不讲理地把小说开上了他自己的轨道。莫言常常是粗暴的、不讲理的,他有绝对的自信,无论怎样他都能把事情摆平,但在《师傅越来越幽默》中,事情看来是摆不平了,尽管莫言轻易地抓住了要点,但在每个要点上他都无法展开,似乎他不幸误入一个没有宽度的世界,他只能尽快地穿过去,草草收场,这篇小说在莫言的作品中罕见地气力疲弱。

失败往往标明了一个作家的限度,莫言如果从那间郊区小屋再往外走、从某个世纪末的日子再往回走,一直走进田野、走进过去,那么他就会重新获得力量——这不是在谈论题材,而是说,莫言本身的艺术气质有一种天高地远的宏伟,他的眼光是总体性的、俯瞰式的,他所能看见的是发生了什么,而不是为何发生。这样一个作家如天地不仁,他需要把伦理和美学的自由保存在自己的手里,人的所有弱点、人的所有感觉和经验皆如草木荣枯,雷霆雨露、白云屎溺皆是壮阔、自在,没有任何外在尺度。

所以,尽管莫言因《红高粱》而广为人知,但在此前的《透明的红萝卜》中,他的世界的基本元素已经就绪。这篇小说对当时的主流文学界来说是个丑闻,而对莫言和他的支持者来说则是一次大胆的挑战、一次袭击。而在今天,它看上去其实是平和的、美丽的,只有当我们注意到那个在田野上游荡的少年实际上没有理由时,我们才能看出它在当时的危险性——

一个精灵原来不需要理由。同样的,《红高粱》《狗道》中,人物从不思考,他们只是感受、行动,他们的世界是被呈现的,而不是被阐述、被评估。如果说,《红高粱》中你还可以把日本鬼子理解为有具体历史内容的“恶”,那么在《狗道》中,“恶”仅是一种自然之力,是自然的属性,狗道亦是天道,天道亦是人道,人的挣扎和斗争不需要任何理由。

这种“齐物”的眼光在《三十年前的一次长跑》中充分展现了它可能达到的深度:一群“右派”分子正在庆典般的欢乐气氛中奔跑,30 年的时光滤去了他们身上的意识形态内容,他们进入了乡村传奇,每个人皆如《封神榜》上人,有各种奇技和怪癖。如果把这篇小说与莫言同时代的关于“右派”这一特殊人群、关于“文革”这一历史时期的主流叙事相比较,你会看出,后者通常预设一种历史理性,它为其中的每个人提供一个根本理由、一个“意义”的支点，即使这种意义相对于每个人来说常常显得不相称。也许我们必须谅解这种主流叙事的夸张、滥情和简化，但是，这种将个人在历史中合理化和合法化的不懈努力反映和强化了中国精神中“成王败寇”的偏(褊)狭一面。而《三十年前的一次长跑》那种惊人的欢乐和驳杂表明，莫言对用历史覆盖生活怀有异议，当然，历史最终介入了这次长跑，警察来了，有人被带走了，但这更像是生活中不可避免的意外，是一次“故障”，是生活中富于魅力的惊奇和秘密。即使“历史”也夺不走我们的生活，我们的欢乐、丰饶，我们的生命力，莫言对此有一种大地般安稳的信心。

——在这个意义上，莫言是我们的惠特曼，他有巨大的胃口、旺盛的食欲，似乎没有什么东西是他不能消化的，他刚健、粗俗、汹涌澎湃，他阐扬着中国精神中更宽阔的一面，那既是经验的、感觉的、身体的，又是超验的、终极的，超越自我、超越历史理性。

在《欢乐》中，那个屡考不中的乡村青年在田野上彷徨，他当然极度地苦闷极度地累，我们或许可以由此进行社会历史的和个性的考察，把它视为中国考试制度和乡村知识青年之间的一份心理学档案；但在莫言这里，人物的命运是与自然世界疯狂的丰饶和腐烂相互投射的，这种投射不仅是诗学的隐喻关系，更是确凿的判断：无论生或死，人永远要承受一切或舍弃一切，这就是生活的真相，也是自然的秩序，在莫言的世界中，人最不可能产生的情感就是可怜自己。

所以，我们的惠特曼其实也有他的限度，他说到底是个神话作家——尽管“神话”这个词在莫言的时代并不体面，但究其实质，莫言表达这个民族浩大的自我想象，很难说它是肯定性的或否定性的，也许莫言对此并不在乎，重要的是，现代性的焦虑、历史的焦虑在这种想象中被超越，这个被焦虑折磨得精神憔悴的民族在这些小说里获得一种自由：为善、为恶、为一切。

正因如此，莫言特别不适合处理诸如“下岗”这样的题材，这个题材本身隐含着具体的道德疑难，它涉及〔到〕现代都市中人随时面临的琐屑、繁杂、模棱两可的各种界限。尽管莫言在《师傅越来越幽默》中蛮横地力图执行自己的议程，但当他以对人物处境的分析性陈述开始时，他已经注定失败，因为随着这种处境而来的是充塞着各种各样“理由”的世界，人只能在其中踯躅而行，那如同漫天飞尘，莫言无法下咽，他吞得下一切，除了尘土。

三

1.《檀香刑》是一部伟大作品。

我知道“伟大”这个词有多重，我从来不肯在活着的中国作家身上用它。但是，让我们别管莫言的死活，让我服从我的感觉，“伟大”这个词不会把《檀香刑》压垮。

2.《檀香刑》的第一句看上去纯属败笔：“那天早晨，俺公爹赵甲做梦也想不到再过七天他就要死在俺的手里。”

这太像《百年孤独》的第一句，我们知道，莫言也知道，但他偏就这么写了，似乎是自报家门，有意呈露他与魔幻现实主义的血缘关系。

这是向马尔克斯致意，也是向马尔克斯告别。从第二句开始直到小说的最后一句，莫言一退十万八千里，他以惊人的规模、惊人的革命彻底性把小说带回了他的家乡高密，带回中国人的耳边和嘴边，带回我们古典和乡土的伟大传统的地平线。

3.《檀香刑》是21世纪第一部重要的中国小说，它的出现体现着历史的对称之美。

20世纪是中国小说现代化的世纪，我们学会了在全球背景下思想、体验和叙述，同时，我们欢乐或痛苦地付出了代价：斩断我们的根，废弃我们的传统，让千百年回荡不息的声音归于沉默。

而《檀香刑》标志着一个重大转向，同样是在全球背景下，我们要接续我们的根，建构我们的传统，确立我们不可泯灭的文化特性。

4. 莫言说，他写了声音，火车的声音和高密地方戏猫腔的声音。《檀香刑》也是历史的声音。故事发生于1900年，是年，八国联军侵入北京，古老中国的现代化危机达到空前绝后的顶点。在山东，义和团运动被德国占领军和西式装备的清朝新军联合扑灭，骇人听闻的大刑将在高台之上、万众之前展开……

这个场面很像演戏，这就是戏，在中国民间，历史是戏，戏是现实。让我们闭上眼，倾听1900年的声音，高亢的、愤怒的、绝望的、凄凉的、凶恶的、阴冷的，撕心裂肺荡气回肠，这是中国的声音，它像利刃一样穿透了一百年的时光。

5. 莫言不再是小说家——一个在“艺术家神话”中自我娇宠的“天才”，他成为说书人，他和唐宋以来就在勾栏瓦社中向民众讲述故事的人们成为了同行。

这不是指《檀香刑》采用了“凤头”、“猪肚”、”豹尾”之类古老的结构原则，而是指它的叙事精神：直接诉诸听觉，让最高贵和最卑贱的声音同样铿锵响亮；直接诉诸故事，却让情节在缭绕华丽的讲述中无限延宕；直接诉诸人的注意力：夸张、俗艳、壮观、妖饶（娆），甚至仪式化的“刑罚”也是“观看”的集体狂欢……

——这是中国的民间美学，大“俗”久不作。

6. 说书人需要训练，做一个传统的说书人要比做现代小说家难得多，因为现代小说家可以放纵自己，哪怕把读者吓跑或气跑，而一个说书人的至高伦理是听众必须在，一个都不能少。

《檀香刑》中，莫言表现了精湛的艺术功底——我这么说似乎不是在夸他，哪个小说家不觉得自己功底精湛？但是，大多数中国小说家并无功底可言，他们顶多是聪明或绝顶聪明，但他们甚至没有能力让两个不同的人物说不同的话。因为他们把小说当成自己的事，从“我”开始，到“我”结束。

当莫言模仿说书人时，他回到了小说艺术的原初理想：小说家没有自己的故事、自己的声音，讲故事如同在讲已经发生、尽人皆知的事，而声音是世界的声音，它封闭在故事中，等待着一张嘴张开让它流动、激荡。

7. 我们对小说艺术的思考方向，我们在全球背景下对自身境遇的思考方向都将改变。这种改变在社会、文化和文学事件的涌动中正在逐渐显现，而《檀香刑》是一股强劲的推动力，它使混沌变得清晰，使低语变成呼喊，它写出的是我们的历史，但它也在形成文化和文学的未来历史。

四

——这是我在《檀香刑》出版不久所写的札记。在仅仅两年之后，我觉得此文在某些环节上表达含混，比如“历史的声音”，比如“历史是戏、戏是现实”，这里的“历史”概念其实未经检验和界定，它是把历史当成了某种不言而喻的自在之物，但在我看来，“历史”恰恰是必须言喻的，不被说出的一切就不是历史。正是通过“说”，我们才会确定和皈依某种历史理性。

《檀香刑》所处理的题材是各种历史论述激烈争辩、讨价还价、勉强妥协的场所，“义和团”运动可以说是一个民族、一种文化自我保存的绝望斗争，是对帝国主义的反抗；但也可以说是开“历史”之倒车，是对现代性的反抗。由于我们选择不同的论述立场，同一件事获得了截然不同的判断：前者具有历史的正当性，而后者在历史的尺度上是不正当的。如果我们假设历史是有理性的，那么，我们所面对的困境却是，我们很难在这件事上达成意义的自洽，我们必须忍受断裂。

这也是中国精神的一个持久伤口，中国现代民族国家在这个伤口的血泊中建立和成长，它直到现在依然红肿，阵阵作痒。我们被两种不同的自我想象所支配：一种是被侵犯、被剥夺的软弱和愤怒，另一种则是接受侵犯者和剥夺者的逻辑，终有一日会消除我们的软弱。两种想象其实是相互派生的，在它们各自内部都涌动着“力”的焦虑，但是，在这两者之间始终存在着充满疑问的混乱区域：无力的愤怒将激发力，而这种力同时却是对无力的肯定和坚持，而任何有力的梦想的前提是忍受无力。

这种绕口令式的表述恰好说明了我们所面对的其实不是如何认识和遵从历史理性的问题，不是如何合于目的的问题，不是工程和博奕（弈）问题，而是一个巨大的精神疑难：我们就像《拇指铐》里的那个男孩儿，被铐在“历史”的树上，无可选择却渴望自由；而在《祖母的门牙》中，“力”在祖母和母亲之间转移，但我们却不知强者和弱者究竟谁还是她们自己？

所以，《檀香刑》那个血腥而壮丽的脔割场面尽管会使神经脆弱的读者感到不适，但却是中国现代精神的一个伟大神话，它把“力”的复杂缭绕、矛盾重重的迷宫在身体上展现出来：它是外来的、它是自身施于自身的、它是绝对的软弱、它是绝对的强大、它是痛苦、它是迷狂、它是卑贱的死亡、它是高贵的救赎、它是律法、它是人心、它是血、它是手艺和技术、它是传统、它是传统的沦亡、它是历史、它是对历史的反抗……

——莫言在这部小说中必须选择大地般超然客观的叙述立场，他取消了自己的声音，甚至取消了自己的角度。在此之前，田野、记忆和孩子是莫言叙事的三个支点，通过记忆，通过孩子的目光，他可以打开宽阔的世界，也就是说，孩子的目光拒绝任何选择，而记忆再通过时间将一切事物在天空和地面之间拉平。但是现在，他只需要田野，因为任何一种声音、一种角度都不足以覆盖中国灵魂的痛苦、艰难、辽阔和孤独。

而这正是莫言与他的时代、他的时代中的读者和文学的复杂关系的症结所在，他表现着我们很难正视、力图忘却的图景，那是被“历史”、被社会、被我们兢兢业业的日常生活和日常经验、被我们的文学齐心协力地遮蔽的我们世界的底部。

所以，莫言离他的时代无限远、也无比近。

——原载《小说评论》2003 年第 1 期

邵燕君

《平凡的世界》不平凡

——“现实主义常销书”生产模式分析

如果不是从事有关“当代文学生产机制市场化转型”的课题研究，我这个“科班出身”的职业研究者恐怕永远也不会注意到路遥和他的《平凡的世界》。在我的印象里，路遥在当代文学发展中的意义到《人生》就为止了，他在文学史上的位置更因其英年早逝而被圈定。虽然《平凡的世界》是一部规模宏大的巨著，但当代文学早已前进了十万八千里，一部传统现实主义风格的长篇小说还值得进入研究视野吗？

然而，当我在为以上那个应该说很前沿的研究课题收集材料时，这部平凡得几乎被我忽略掉的作品却不断冒出来，通过一个个具有说服力的调查数据，一次次地冲击着我的研究视野，默默地向我显示着其“不平凡的力量”。

几份令人震动的调查报告

最先让我感到冲击的是一项在业内颇受称道的读书调查：“1978—1998 大众读书生活变迁调查”，它是中国科学院生态环境研究中心国情研究室受中央电视台“读书时间”栏目委托，对 1978 年以来中国公众的读书生活及历史变迁进行的调查研究。调查范围虽然限于北京，但调查结果被认为对全国出版业有参考价值①。

该调查中有一项是关于“20 年内对被访者影响最大的书”的调查，调查方法是分几个时间段，由被访者②根据回忆列举出在每个时间段内对自己影响最大的书。

① 该调查结果及研究分析见康晓光等著：《中国人读书透视——1978—1998 大众读书生活变迁调查》，广西教育出版社，1998 年。现任北京印刷学院出版系主任、在期刊研究界颇有建树的李频先生在其力作《期刊策划导论》（河北教育出版社，2001 年）中，称赞它是一本“特色鲜明、颇富理论与应用价值的出版文化研究著作”（见第 22 页），并将之作为重要参考资料之一。

② 被访者共有 1000 位，其中 500 位为街区随机抽样访问，500 位为书店、书摊随机拦访。调查者认为，这样的抽样方式可以更准确地呈现出北京人的读书状况。

这样的调查方法难免产生一些记忆上的失误,但却最能见出经过岁月的淘洗,真正铭刻在读者心中的书籍的影响力。

调查者根据被访者所列举书目进行综合统计,统计结果是:在 1985—1989 年期间,对个人影响最大的书籍居前 3 位的依次是:《红楼梦》、"金庸作品"、《水浒传》,"新时期"小说中,入选的唯一作品是《平凡的世界》(第 17 位)。在 1990—1992 年期间,居前 3 位的依次是《读者文摘》杂志、"金庸作品"、《红楼梦》,共有 5 部"新时期"小说榜上有名,分别是《平凡的世界》(第 13 位)、"贾平凹作品"(第 16 位)、《穆斯林的葬礼》(第 19 位)、《白鹿原》(第 24 位)、《曼哈顿的中国女人》(第 28 位)。在 1993—1998 年期间,居前 3 位的依次是"经济学书籍"、《中国可以说不》、《读书》杂志,《平凡的世界》的位置明显上升到第 7 位,其他被列举的"新时期"小说有:《曾国藩》(第 17 位)、《白鹿原》(第 29 位)、《穆斯林的葬礼》(第 30 位)、"王朔作品"(第 37 位)、"贾平凹作品"(第 39 位)。

在此基础上,评选出"到现在为止对被访者影响最大的书",前 3 位分别是《红楼梦》《三国演义》《钢铁是怎样炼成的》,《平凡的世界》排在第 6 位,在调查公布的前 28 部作品中,没有其他的"新时期"以来当代小说入选。

从以上调查可以看出,《平凡的世界》自问世起,就在读者中产生着持久的影响①。这种影响不仅是稳定的,而且是逐步上升的。也就是说,随着时间的推移,它不但在读者的记忆中显示出越来越重要的意义,而且在当下读者的阅读生活中占据越来越中心的位置。北京的读者群在全国的读者范围内属于较高的层次,从以上调查结果来看,这个读者群特别崇尚经典,经典的范围包括古今中外,《平凡的世界》可以说是唯一入选的由"新时期"以来作家创作的"当代经典"。

第二份对我产生冲击力的调查是由唐韧、黎超然、吕欣于 1998 年进行的"茅盾文学奖获奖作品调查"②。它是针对茅盾文学奖前 4 届 20 部获奖作品的接受情况所进行的一项全面调查,调查范围集中在广西地区,收回有效问卷的 470 位读者中,大部分是在校文科学生(354 位),也有从事记者、编辑、大中学教师、图书管理、会计、工程师、行政管理等工作的人员,年龄在 30 岁以下的读者占绝大多数(369 位)。

这次调查的重点之一本来是针对《白鹿原》的接受和评价状况的,但结果却让调查者感到"耐人寻味"。调查结果表明,在 20 部获奖作品中,读者购买最多的是《平凡的世界》(占读者总数的 30%),读者最喜欢的作品也是《平凡的世界》,324 位回

① 《平凡的世界》第一部发表于 1986 年,但在这项调查中,它在 1978—1984 年这个阶段就被列入提名,这显然是一个错误。这或许是由于提名者将《人生》等路遥其他作品与《平凡的世界》混淆,或许正说明《平凡的世界》对这些提名者的影响非常久远。

② 调查结果《茅盾文学奖获奖作品调查报告》,《广西大学学报(哲社版)》1999 年第 5 期。

答该问题的读者中,有 145 人将之列为第一喜欢的作品，列它为“最差作品”的仅 1 人。而《白鹿原》的知名度虽最高,但只有 20 人将它列为“第一喜欢的作品”,却有 21 人将它列为“最差作品”。

调查者在分析中也特别指出,《平凡的世界》受欢迎程度最高有一个特殊的因素,即调查对象为大专以上文化的知识分子,他们自身在艰难中成材的经历使他们对作品产生了特殊的感情共鸣,而且广西地处偏远,如果调查对象是城市长大的高级知识分子、文学圈子中人或初中文化程度的其他行业的从业人员,这部书与其他作品受欢迎程度的反差,也许不会有这么大。但同时,调查分析者也指出,茅盾文学奖获奖作品在这部分被调查读者中受欢迎的程度仍有重要意义,因为他们是文学作品传播的重要中介,他们的意见在其他受众中比较受重视,“大概可以与有持家经验的主妇对她的邻居在购物方面的建议,比教授在电视上的推荐更容易被采纳相似”。与之相比,许多专家在《白鹿原》一面世就给予其各种高度评价(如称《白鹿原》为“传世之作”),虽然暂时能对增加销售量产生一定影响,但也会激发读者的逆反心理。

第三份令我惊讶的调查来自我自己于 2002 年 6 月在北京大学学生中做的一项小小的“一手调查”。我选择的是大学一年级的一个数学班。从专业来看,文学与数学可以说是“南北两极”,从年龄来看,这些学生大都出生在 1983 年前后,是真正的“80 年代新一辈”。选择这样一个班做调查,应该可以得到一个比较自然的结果。事实上,当调查问卷发下去后,我想,如果收上来一大堆“白卷”,应该说正属于很“自然”的一种结果。

但当问卷收上来后,我再次感到了震动。47 位接受调查的同学中,超过三分之一的人(16 人)读过这本书①,其中有 5 位表示“非常喜欢”,并认真写下了喜欢的理由。其中,左俊城同学写道:“路遥能在平凡中揭示现实生活中的人们所忽视的东西,能有一种感人至深的震撼,在平凡中告诉我的却是不平凡。生活这本书,路遥读得很认真,抓住了不为常人所注意的农村的生活现实,然后用朴实的语言写出伟大的作品。”在回答“如果只有买一套书的钱,是买‘反腐作品’还是《平凡的世界》”这个问题时,他表示:“我宁愿再买《平凡的世界》,再仔细用心去读三遍。我实在喜欢这部作品。”李彩艳同学写道:“最让我感动的是书中主人公在艰苦环境中奋斗不息

① 作为对比数据,我还在调查中询问了其他一些当代作家的被阅读情况,结果是:读过余华、莫言、阿来、苏童、马原、格非作品的分别为 10 人、9 人、9 人、7 人、2 人、1 人。而读过张平、周梅森、张宏森等“反腐作家”作品的合计为 3 人。

的精神。它常常在我遇到困难时给我巨大的精神力量，使我克服它并勇敢地走下去。”①还有4位同学表示，虽然现在还没有读过这部作品，但有人向他们认真推荐过，如果有时间会去读②。

我在北京大学图书馆所做的图书借阅率调查显示了大体类似的结果。我选择的是从1999年7月起到2002年5月止的离现在最近的3个学年的借阅情况。结果显示，《平凡的世界》这部1986年问世的作品，其借阅率并不大低于在它之后陆续出版的曾轰动一时或正在轰动的纯文学作品(《平凡的世界》平均每套的借阅人次③为21.5；《白鹿原》为22人次；《废都》为31人次；余华的《活着》为24.5人次；阿来的《尘埃落定》为19人次；王安忆的《长恨歌》为20人次)，与正在走红的畅销小说的距离(张平的《抉择》为23人次；周梅森的《人间正道》为17人次；卫慧的《蝴蝶的尖叫》为24.5人次；池莉的《来来往往》为34.5人次)也相差不远。

除此之外，一项在山东、广东、湖北、四川、重庆等省市的中学里针对429名优秀女初、高中学生的调查也显示，《平凡的世界》是她们最钟爱的当代文学作品④。在《出版广角》杂志举办的“感动共和国的50本书”评选中，《平凡的世界》也成为3部有幸进榜的“新时期”小说之一⑤。

所有这些调查都显示了《平凡的世界》所具有的常销书的魅力。常销书与畅销书的主要区别在于，它并不一定曾轰动一时，但是在读者中有着长久的影响力。这种影响不止表现在稳定的、“细水长流”的销量上，更表现在对读者认同机制长期、深度的契合上。从时间上看，读者对常销书的认同不仅不会因时间的推移而弱化，相反，随着时世变迁，常销书原本的基础内涵会被赋予新的价值，焕发出新的生机；从认同方式上看，常销书读者的认同更多地表现为个体、一个阶层的小群体间潜移默化的认同。其认同不是停留在愉悦、猎奇等较浅的层面上，而是在人生观、社会观等深层价值观念上。通过一部书的凝聚，个体或小群体的这些观念和感悟逐渐融合，可能汇成一股“内力深厚”的社会性的文化力量⑥。这正是《平凡的世界》十几年来

---

① 这两位同学来自农村的贫困家庭，但另3位也表示“非常喜欢”的同学两位来自大城市，一位来自小城市，家庭经济条件为“一般”。在这次范围有限的调查中，出身背景与对这本书的喜爱程度关系不明显。

② 其中康宁同学写道：“真没看过路遥作品，但读完的朋友说很感人，故事很真实很贴心，包含着一种不屈的个性。”

③ 因为不同书籍图书馆馆藏套数不同，为做对比，只能用平均每套的借阅人次。

④ 这些中学优秀女生钟爱的书刊还有《读者》《青年文摘》《辽宁青年》《简·爱》以及鲁迅著作，参见田良臣、刘电芝：《影响优秀女中学生成长因素的调查分析》，《西南师范大学学报(哲社版)》1999年第6期。

⑤ 另两部进入前50名的“新时期”小说是张志扬的《第二次握手》、李存葆的《高山下的花环》。参见《“感动共和国的50本书”评选透视》，《出版广角》1999年第8期。

⑥ 参阅伍旭升：《大轰动——中外畅销书解秘》，广州出版社，1993年，第104、179页。作者对常销书(他称为“长命书”)和读者认同机制的问题进行了富有见地的深入论述。

在读者中所展示出的"不平凡的力量"。

以上调查所及的仍是比较显见的读者层,其实,《平凡的世界》还有一个"隐见的读者层"是我们的调查难以抵达的,这就是该书盗版本(特别是其中低劣盗版本)①的读者层。据笔者观察,《平凡的世界》一直是盗版书摊上的常销书,越靠近民工聚集区的书摊上,它越是常备书。盗版书虽然大大损害了该书正版的发行量②,但低廉的价格却使它到达了许多像《平凡的世界》中主人公那样在底层挣扎的人群手中。想想那些用身上仅余的饭钱来购买一部精神食粮的穷学生,那些在低矮的窝棚里、昏暗的灯光下寻找温暖和激励的"揽工汉"们,他们绝对是路遥的"核心读者"。我们不知道这个读者群到底有多庞大,也许他们构成了《平凡的世界》实际读者群中"沉默的大多数"。

传统现实主义与"审美领导权"

像《平凡的世界》这样一部十几年来在读者中产生深远影响的常销书有可能成为"新时期"文学的经典。用提出"文学生产场域"理论的法国思想家皮埃尔·布迪厄的说法,所谓"经典"就是"长久的畅销书"③。但"长久畅销"并不意味着经典,一部作品能不能迈入经典之列不在于它是否能得到"沉默的大多数"的认可,而在于它是否能得到握有颁发"象征资本"权力的权威机构的认可。这些机构包括评奖机构、批评研究机构、教育机构等。特别是教育机构的认可尤为重要,因为唯有教育机构才可以为一部"被认可了的作品"长期提供"经教育转化了的公众",从而形成"广大和持久的市场"④。

从"主流"的角度上看,《平凡的世界》获得了最高规格的"象征资本"。它以榜首的位置获得"第三届茅盾文学奖";在全书还没有完成的时候,就开始在中央人民广播电台"小说连播"节目全文广播;2000 年又入选"百年百种优秀中国文学图

① 笔者所见到的盗版本有4种。一种较高级的"仿正版",按中国青年出版社出版的3卷本仿制,售价为30元(书上标价为64元)。一种为假冒"云南人民出版社"的1卷本,字型很小,但印刷质量尚好,售价大约12元。还有两种假冒"内蒙文化出版社"和"时代文艺出版社"的1卷本,纸张、印刷质量都极粗劣,售价大约7元至10元。据书摊老板介绍,30元的那种购者多为城市居民,后几种的购者主要是打工者。

② 该书"华夏版"责编陈泽顺先生表示,这部书的正版发行一直深受盗版书的困扰,盗版盛行是其正版印数不高的主要原因。据他估计,盗版至少有十几个版本,盗版总数在40~50万套之间。材料来源:笔者于2002年8月26日、27日对陈泽顺先生进行的采访,经陈先生审核,同意引用,下称《陈泽顺访谈录》。

③ 参见皮埃尔·布迪厄(Pierre Bourdieu):《艺术的法则——文学场的生成和结构》,刘晖译,中央编译出版社,2001年,第181页。

④ 参见皮埃尔·布迪厄(Pierre Bourdieu):《艺术的法则——文学场的生成和结构》,刘晖译,中央编译出版社,2001年,第180—181页。

书”①,权威的现实主义批评家秦兆阳、朱寨、曾镇南都曾给予路遥很高的评价和切实的鼓励、支持②。

但是,这样一部在“官方”和“民间”都轰轰烈烈的作品,在我这样一个 1986 年(是《平凡的世界》出版的那一年)进入大学中文系学习的“纯种学院派”的感觉里却是“默默流传”③,主要原因是,自(20 世纪)80 年代中期起,一向在文艺界居于主流地位的“现实主义审美领导权”④开始受到严峻挑战。至少在“学院派”的圈子里,处于实际强势地位的是另一个集团——这里姑且称之为“文学精英集团”。这个集团的核心基本由以“语言学转型”之后的西方理论为主要资源的批评家和研究者组成,他们与纯文学杂志、出版社编辑、专注于文学形式探索的各种新潮作家一起形成了一个布迪厄所谓的“文学场”。以“回归文学自身”为旗帜,这个“文学场”宣称只遵守文学自身的原则,而在那个特殊的发展阶段,所谓“文学自身的原则”在相当大的程度上是以西方的文学标准为参照系的。西方的强势话语有效地支持了中国的“文学场” 在与强大的“政治场”的艰难对抗中一步步地分裂出来,但同时,其“话语权力”也对许多不够“新潮”的研究者和作家形成强大的辐射力和压制力。

这个“文学精英集团”对《平凡的世界》的价值评判可以从文学史的写作中体现出来。在近几年出版的文学史论著中,被公认学术成就高、影响大的有洪子诚所著的《中国当代文学史》(北京大学出版社,1999 年 8 月)、陈思和主编的《中国当代文学史教程》(复旦大学出版社,1999 年 9 月)和杨匡汉、孟繁华主编的《共和国文学 50 年》(中国社会科学出版社,1999 年 8 月)。其中洪子诚先生的《中国当代文学史》极其深刻地论述了“社会主义现实主义”这一新中国文艺“规范”确立和逐渐解体的过程,但路遥的《平凡的世界》没有成为作者论述这一问题的关注对象。杨匡汉、孟繁华先生主编的《共和国文学 50 年》设有“农民文化与乡土之恋”一章(共 10 章),论及“知青文学”、“寻根文学”、张炜的《古船》、陈忠实的《白鹿原》以及贾平凹的一些作品,也是只字未提路遥。陈思和先生主编的《中国当代文学史教程》以“民间”的概念开创了一个全新的文学史视角,该书在第 13 章第 4 节专门讨论了路遥的《人生》,但提到《平凡的世界》的只有一句话。

---

① 由人民文学出版社组织,专家投票选出。一直十分推崇路遥的朱寨担任“终评委员会”的两名主任之一。

② 参见路遥:《早晨从中午开始——〈平凡的世界〉创作随笔》,陈泽顺选编:《路遥小说名作选》,华夏出版社,1995 年,第 513 页。

③ 我的感觉不是特殊的,我询问过不少中文系的教师和学生,很多人表示知道这部作品但没有好好看过,并对我所介绍的该书流行情况感到惊讶。

④ 有关经典(canon)和审美领导权(aestheic hegemony)的概念和分析请参阅陈晓明:《经典焦虑与建构审美霸权》,《山花》2000 年第 9 期。

这几部文学史之所以在学术界获得很高的评价，其中一个重要原因，就是它们各自以鲜明的学术个性突破了以往以现实主义为基本原则的写作规范，从而具有了“重写文学史”的意义。所谓“重写”，正意味着“审美领导权”的较量。或许是出于对“现实主义”规范的有意疏离，或许由于传统现实主义风格的作品难以被容纳进新的文学史框架，《平凡的世界》成为这些文学史的“盲点”，这样的“集体忽视”，其实正显示了在“现实主义审美领导权”弱化以后继续创作的传统现实主义风格作品的位置。

需要强调的是，这几部文学史的态度并不体现“文学精英集团”的激进观点，因为虽然以个性见长，但它们毕竟是作为高校学生的教科书或重要参考书，有的还是“集体创作”，无论是立论还是行文都尽量平衡、客观。应该说它们是对这些年来“学院派”整体批评观念比较全面、折衷的反应。正因为如此，《平凡的世界》被“学院派”忽视的状况就表现得更为彻底。这些文学史是建立在著述者多年的教学和研究成果上的，曾经影响了一大批学生，作为最权威的教科书，它们还必将在很长一段时间内影响中国大部分“科班出身”的文科学生的价值体系（“学院等级”越高、越接近“文化中心地区”的学生受影响越深①）。大学中文系的教育对象是未来的高校教师、研究者、杂志编辑、出版编辑（出版商）、记者、书评人、作家和文化官员。他们是“有影响力”的人，精英文化标准会潜在影响文化生产的类型。

这样的影响在《平凡的世界》的出版、传播和接受的过程中已有了生动的体现，其中最有代表性的一个“细节”就是被称为“支撑了中国当代优秀长篇小说出版半壁江山”的人民文学出版社与这部“现实主义力作”失之交臂。

路遥在完成《平凡的世界》（第一部）时，最初是请人民文学出版社的编辑来看稿的。路遥的成名作《惊心动魄的一幕》就是在当时任《当代》（人民文学出版社所属刊物）主编的秦兆阳的直接帮助下刊发的，以后，《当代》又刊发了路遥的《在困难的日子》里。由发现路遥的老牌出版机构为其进行最后的“封顶”，这原本可以成为出版界的一则佳话。但是，人文社派去看稿的年轻编辑在只看过一部分书稿后就轻率作出退稿决定。痛失《平凡的世界》令老编辑出版家何启治先生（人文社前副总编辑、《当代》杂志前主编，路遥《在困难的日子里》责编，也是主发《古船》《白鹿原》的终审负责人）追悔不已，引为他在人文社40年编辑生涯的最大憾事之一②。这件

① 在一些书写体例相对传统、影响范围相对“地方”的文学史中，如王庆生主编的《中国当代文学》（华中师范大学出版社，1999年），金汉、冯云青、李新宇主编的《新编中国当代文学发展史》（杭州大学出版社，1993年），对《平凡的世界》有所论及，但基本是内容介绍及其获“茅盾文学奖”的情况，对其在读者中的广泛影响力没有特别关注。另外，田中阳、赵树勤主编的《中国当代文学史》（湖南师范大学出版社，1998年）和陈其光主编的《中国当代文学史》（暨南大学出版社，1998年）也都没有提到路遥。

② 参见何启治：《文学编辑40年》，人民文学出版社，2001年，第73—74页。

事表面看来是一次“个人失误”，但一位年轻的编辑居然如此自信，以致违反操作常规①，轻率对待路遥这样一位与人文社素有渊源的著名作家以宗教般的虔诚惨淡经营数年的呕心沥血之作，正说明他背后所依恃的那套审美价值体系此时是何其的强势和傲慢。对此，何启治先生的分析是：“路遥用生命的最后几年写作《平凡的世界》时，正是新潮人物纷纷拥到前台的时候。现在看来已显盲目地追新求异风一时成为主流，赢得阵阵喝彩，像是进行一场文学革命。一个编辑在这种形式下没有足够的定力，很容易随波逐流，甚至成为新潮的忘情歌者。”②

这次“失之交臂”既是人文社的损失，更是《平凡的世界》的损失。这部书后来版权几经辗转，印数都不高③。如果对照一下《白鹿原》的销售状况（1993 年出版，初版时未预计会畅销，印数为 14850 册，后来应销售需求陆续加印，到 2002 年印数已突破百万册，据何启治先生估计，盗版数只多不少④），这部书如果一开始就落户于人文社这样的“现实主义作品生产大户”，即使初版时没有赶上大规模的“市场化”运作，以它在读者中受欢迎的程度，应得到比现在更广、更有效的传播。

如果说《白鹿原》因吸取了一定的现代文学观念和技巧，获得评论界的较高评价，因而在流通中获得了更多“象征资本”的支持的话，《平凡的世界》却因恪守传统现实主义风格而受到读者更深切的喜爱。在《平凡的世界》流行的过程中，读者间的相互推荐起到了更重要的作用⑤，朋友推荐给朋友，老师推荐给学生，父母推荐给孩子，哥哥姐姐推荐给弟弟妹妹……这种令人感动的“口口相传”与“学院派”的淡漠之间形成巨大的反差。

经过“五四”以来现实主义文学的长期影响，特别是经过“社会主义现实主义”文学的强力“打造”，现实主义的审美规范已经内化为读者深层的阅读期待，它正是过去教育体制长期教育的结果，是一种潜在的市场资源。而自从 80 年代初王蒙等作家局部吸收“意识流”等现代派技巧以改善现实主义表现功能起，当代文学就开始

---

① 像《平凡的世界》这样的作品按常规至少需要 3 位以上的资深编辑认真审读后才可以表态。参见何启治：《文学编辑 40 年》，人民文学出版社，2001 年，第 73 页。

② 见何启治：《文学编辑 40 年》，人民文学出版社，2001 年，第 73 页。

③ 《平凡的世界》出过多种版本。最初由中国文联出版公司出版（1986 年），后又由北京华夏出版社出版（1994 年），1999 年以后，版权又转入《经济日报》和陕西旅游出版社。另外，西安陕西人民出版社 1993 年出版的 5 卷本《路遥文集》、广州出版社和太白文艺出版社 2000 年出版的《路遥全集》都包含《平凡的世界》。中国青年出版社 2000 年出版的“百年百种优秀中国文学图书”，获得路遥家属一次性授权，印刷 1 万册《平凡的世界》。陈泽顺先生认为，这部书版权的频繁转移，也是造成多种盗版本流行的原因之一。材料来源：《陈泽顺访谈录》。

④ 参见何启治：《写作未必和市场的回报成正比》，《传媒》2002 年第 2 期。

⑤ 笔者在北京大学数学班进行的调查显示，16 位读过《平凡的世界》的读者中，14 位曾经接受他人推荐。中央电视台曾拍摄过 14 集同名电视连续剧，对扩大传播产生一定影响，但从笔者所看到的调查情况来看，影响有限。

了对西方各种文学浪潮进行高速率、高密度追赶的旅程，其速度恰如路遥所说如进入“火箭时代”①。表面上看，“文学失去轰动效应”不过几年，实际上，“文学精英集团”所推崇的文学潮流和普通读者的理解力和趣味之间已隔了一两个世纪。要读懂先锋文学的作品，必须先从包法利读到博尔赫斯，要做完这番功课，非大学文学专业10年、8年的训练不可。每一种文学上的创新从获得“权威机构”的认可到经教育机构传播普及都需要一段很长的时间，但中国的当代文学却没有一个相对单纯、平稳的发展环境，这样，文学没法不成为“圈内人”的事。由于与普通读者的接受水准之间存在着巨大的鸿沟，“文学精英集团”颁发的“象征资本”的权威性也受到很大的限制和置疑。而像《平凡的世界》这样作品的价值无须专家鉴定，读者完全可以根据自己的审美能力做出自信的判断，他们也倾向于把自己心中“经典”的位置留给这样的作品。

《平凡的世界》的畅销并不是孤立的个案，与它同获第三届茅盾文学奖的《穆斯林的葬礼》也一直在读者中广受欢迎，它在读者中的影响力也远远大于在文学界的影响力②。《平凡的世界》和《穆斯林的葬礼》一刚一柔，一土一洋，在纯文学曲高和寡的时代，满足着广大读者的阅读需要。当然，“茅盾文学奖”也为这两部作品的畅销提供了“象征资本”③，但比较一下其他获奖但未畅销的作品就可以看出，这两部作品受读者偏爱主要是凭借自身的魅力。这样的畅销作品实际上为“茅盾文学奖”增添了含金量，以致(至)于在其屡屡受到来自“文学精英集团”的批评时，成为有关组织者反驳的有力论据之一④。正是在现实主义这一点上，主流意识形态的审美原则与市场原则找到了某种意义上的契合点。

市场化转型后，“市场原则”日益对“文学场”的“内部等级秩序”产生影响。“市场原则”的过度膨胀对文学的发展产生很多危害，但有一点是值得肯定的，它使普通读者的阅读口味受到尊重，普通读者“一人一票”的权利既打破了“长官意志”的控

① 见路遥：《早晨从中午开始——〈平凡的世界〉创作随笔》，陈泽顺选编：《路遥小说名作选》，华夏出版社，1995年，第465页。

② 参阅李跃红：《理想价值的极地之光——论〈穆斯林的葬礼〉及在当前文学中的意义》，《云南学术探索》1995年第5期。唐韧等人发表的《茅盾文学奖获奖作品调查报告》也显示，在“读者最喜爱的作品”中，《穆斯林的葬礼》居第二位，仅次于《平凡的世界》，《广西大学学报(哲社版)》1999年第5期。

③ 《平凡的世界》“华夏版”责编陈泽顺先生是路遥的大学同学和多年好友。他认为，该书1991年获得茅盾文学奖有偶然性，与“89风波”有直接关系。在当时的政治环境下，一部分比较“讲政治”的评委认为这是一部正正经经的现实主义作品，而比较“讲艺术”的评委认为，这毕竟不是一部“政治化”的作品。双方评委在这方面达到了一致。如果不是特殊的政治事件改变了文坛的标准倾向，这部作品未必能获此殊荣。材料来源：《陈泽顺访谈录》。

④ 茅盾文学奖评选办公室负责人牛玉秋在接受采访时曾说：“虽然有各种各样的议论，但获得茅盾文学奖的作品一直是畅销的，说明读者还是欢迎的。这句话我不知对采访者说过多少遍，但不知什么原因，没有一家媒体刊登出来。”见徐林正：《茅盾文学奖背后的矛盾》，《陕西日报》2000年6月23日。

制,也打破了"精英趣味"垄断,为争夺"审美领导权"的斗争注入了新的因素。这大概是这部"平凡"的作品近来屡屡"浮出水面",使像我这样的"纯种学院派"不再敢漠视的原因。

经典现实主义的"未了情结"

特别值得注意的是,对于文坛的"冷遇",甚至对于发表和出版的艰难,路遥在创作《平凡的世界》之前就有着清醒的意识。对于他来说,运用一种"类似《人生》式的已被宣布为过时的创作手法"结构这部长篇巨著不是出于一种文学观念上的无知或文学技巧上的无奈,而是一种"清醒状态"之下的坚定选择,是"个人对群体的挑战"①。路遥在生命最后一段时间内完成的长达数万字的《早晨从中午开始——〈平凡的世界〉创作随笔》可以视作一份补发的挑战宣言。

在这份"宣言"里,路遥表示,他之所以采取这样一种"冥顽而不识时务"的创作态度,是因为他坚信现实主义在中国没有过时,"在现有的历史范畴和以后相当长的时代里",仍会有"蓬勃的生命力"。原因主要有两个方面,一方面是,现实主义在当代文学的发展中还没有达到类似19世纪俄国和法国现实主义文学那样的高度,以致(至)于作家必须重新寻找新的路径。事实上,现实主义文学无论在表现当代社会生活还是在表现五千年历史上都还没有"令人十分信服的表现"。另一方面,路遥认为,检验一种文学手法是否过时,"目光应投向读者大众"。以目前中国读者的接受状态来看,只有"出色的现实主义作品"才可能满足各个层次读者的需要,这是任何一种"新潮"文学手法都做不到的②。

显而易见,路遥这里所说的现实主义不是一般意义上的文学精神和创作态度,而是以托尔斯泰、巴尔扎克、司汤达等欧洲19世纪批判现实主义大师为代表的"经典现实主义"。由于经典现实主义原则(强调客观的真实性和理性法则,以及"典型环境下的典型人物")在50—70年文学,尤其是"文革文学"中发生极度变异,"新时期"文学的起步是从向经典现实主义原则回归开始的——回归就意味着发展。但回归的路并没有走多远,就被汹涌而来的现代派浪潮所打断。路遥十分不满于当时理论界"一窝蜂"地"趋新"的风潮,他虽承认对西方现代派文学技巧的借鉴和实验对中国文学发展的积极意义是"毋庸置疑"的,但严厉指责文艺理论界对这类作品创作实绩的过分夸大,乃至贬低、排斥其他文学表现形式,甚至认为这种"病态现象"会造

---

① 参见路遥:《早晨从中午开始——〈平凡的世界〉创作随笔》,陈泽顺选编:《路遥小说名作选》,华夏出版社,1995年,第464—465页、第469—470页。

② 参见路遥:《早晨从中午开始——〈平凡的世界〉创作随笔》,陈泽顺选编:《路遥小说名作选》,华夏出版社,1995年,第467—468页。

成与"'四人帮'的文艺"殊途同归的"新的萧瑟"①。

可以说,向经典现实主义回归是路遥深怀于心的"未了情节(结)"。这个"未了情结"其实也深怀在许多作家和广大读者心中②。但在当时"听不到抗争和辩论的声音,看不见反叛者"的情况下,支持路遥的唯一力量是读者,"你之所以还能坚持,是因为你的写作干脆不面对文学界,不面对批评界,而直接面对读者。只要读者不遗弃你,就证明你能够存在。其实,这才是问题的关键。读者永远是真正的上帝"③。

一部只面对"读者上帝"创作也深受这个上帝喜爱的作品必然包含了中国当代读者认同机制中最普遍、最恒定的因素。挖掘出这些因素对当下的文学生产有重要的参照价值。

从读者调查的情况来看,《平凡的世界》在读者中深受欢迎最主要的原因是这部作品对农村生活的真实描写和主人公(如孙少安、孙少平)艰难奋进的个人经历在读者中引起极大的情感共鸣,那些如梦魇般的生活经历通过一个个精雕细镂的细节描写(如"吃饭"的细节、"揽工"的细节、种种"活人"的细节,等等)勾起有相似经历者刻骨铭心的记忆④。尤为可贵的是,路遥在创作中始终要求自己"不失普通劳动者的感觉",他不是像"民粹派"、"启蒙者"那样"到民众中去",而是"从民众中来",他不是为民众"代言",而是为他们"立言",他自身的形象经常是与笔下的典型人物形象——浑身沾满黄土但志向高远的"能人"、"精人"合二为一。以"血统农民"的身份塑造出从中国农村底层走出来的个人奋斗的"当代英雄",这是路遥对当代文学的独特贡献。

以扎实可信的细节创造逼真的现实感,这本就是现实主义作品最基本的魅力所在。路遥与其前辈作家(比如,路遥极其崇拜的、堪称其"文学教父"的柳青)的不同之处在于,他书写的不是集体的记忆,而是个人的记忆。无论是孙少安办砖场,还是孙少平求学打工,都不再像"梁生宝买稻种"那样是肩负集体的使命,而只是为了自己更好地"活人"。在社会主义现实主义的作品中,"个人记忆"一直受到"集体记忆"的压抑,而正是这些被压抑、被扭曲的"个人记忆"实际上构成了一些"流行革命

---

① 参见路遥:《早晨从中午开始——〈平凡的世界〉创作随笔》,陈泽顺选编:《路遥小说名作选》,华夏出版社,1995 年,第 464—465 页、第 464—466 页。

② 有关论述参阅於可训:《在经典与现代之间——论近期小说创作中的现实主义》,《江汉论坛》1998 年第 7 期。

③ 见路遥:《早晨从中午开始——〈平凡的世界〉创作随笔》,陈泽顺选编:《路遥小说名作选》,华夏出版社,1995 年,第 464—465 页、第 464 页。

④ 比如在关于茅盾奖获奖作品的调查中就有读者表示,《平凡的世界》是"我生活的写照"。见《茅盾文学奖获奖作品调查报告》,《广西大学学报(哲社版)》1999 年第 5 期。

经典”(如《钢铁是怎样炼成的》《青春之歌》)的流行因素,但它一直没有得到真正自由充分地书写。在《平凡的世界》之前的“伤痕文学”、“改革文学”中,主人公所负载的仍主要是“集体记忆”,只不过支撑这些“集体记忆”的意识形态系统有所变更。《平凡的世界》是路遥立意创作的一部史诗性的作品,政治斗争一直是这部作品的大背景和情节主线,但路遥有意让他的主人公远离政治旋涡的中心,孙少安、孙少平的成长历程基本像约翰·克利斯朵夫、于连那样是在特定历史环境下个人奋斗的历程。这种向经典现实主义回归的努力使“典型人物”从“高、大、全”中解放出来,成为既扎根于黄土地、又闪耀着“永恒的人性”光辉的“民间原型”,也使“批判现实主义”批判、抗争的对象从具体的政治制度、社会现实转移到更广义、抽象的生活、命运。同时,也使这部作品在一定程度上脱离了具体的时代背景,在中国当代的文学生产环境中获得了更广泛的适应性:既以朴实、真实深得读者信赖,又在被主流意识形态接纳的过程中比《白鹿原》等作品顺利①。

优秀的现实主义作品不但能创造出逼真的现实感,还能成功地创造一种乌托邦式的意识形态幻觉。《平凡的世界》里那套扎扎实实的现实描写背后有一种非常光明乐观的信仰:聪明、勤劳、善良的人最终会丰衣足食、出人头地、光宗耀祖。书中一个个推动故事发展的情节安排(孙少安、孙少平不断获得善人帮助,大人物赏识,润叶、田晓霞等高干女儿“七仙女式的爱情”)都是基于这种信仰,这给了读者极大的心理满足和阅读快感。如果把《平凡的世界》与《人生》作一下比较就可以看到,《平凡的世界》不仅是细演的人生,更是完美的人生。高加林在事业追求和道德背叛之间的矛盾、“王侯将相,宁有种乎”式怨愤不平在孙少安、孙少平这里消失了。在他们这里,事业成功与道德完善是一致的②。他们是“精人”、“能人”,又是最仁义的好人,是中华民族传统美德的化身。有人认为,在《平凡的世界》里,路遥减弱了与现实抗争的力度,有意调和矛盾③。如果真是这样的话,很难解释为什么高加林和孙少平同样得到读者的普遍认同,创造他们的路遥会得到读者的一贯信赖。更合理的解释是,不是路遥变了,而是现实生活的基础变了。《平凡的世界》写的是 1975 年到

---

① 《白鹿原》的终审负责人何启治先生认为,该书出版以后之所以在一段时间内受到“莫名其妙”的待遇,主要是因为书中的某些政治、历史观念与长期以来形成的教条化、简单化的文艺政策发生了冲突。资料来源:笔者于 2002 年 8 月 20 日对何启治先生进行的采访。采访记录经何先生审核,同意引用。

② 王大进于《当代》2000 年第 5 期发表的长篇小说《欲望之路》也以传统的现实主义笔法讲述了一个“高加林进城以后”的故事,被认为是“《人生》的延续和深化”(参见闻立:《现实主义——道路依然宽广》,《当代》2000 年第 6 期)。但在主人公邓一群身上,事业成功和道德完善是背道而弛(驰)的。这样的人物虽然体现了“直面惨淡人生”的现实主义真实性,但由于没有成功地制造意识形态幻觉,很难得到读者的深切喜爱和自愿认同。

③ 参阅邢小利:《三个半作家及三个问题》,《陕西日报》1996 年 1 月 22 日。

1985年期间北方农村的变迁史，酝酿、创作于1982年到1988年这6年期间。这段时间内应该说是农村发展的“黄金时代”。土地所有制改革刚刚实行，在饥饿线上挣扎了多年的农民有望过上丰衣足食的好日子。靠政治秩序建立起来的人与人之间的等级关系开始解体，民间伦理重新确立，勤劳者致富，懒惰者受穷，被农村户口束缚了多年的“能人”“精人”们也有了寻求别的生活机会的可能，高加林的问题有了可能的解决方案。路遥是一位真诚而敏感的作家，他在书中也写到了一些改革的负面效应，如孩子们不再上学，农民掠夺性地使用土地，农民的欲望被刺激起来，“共产主义时代”的温情关系解体……但后来越来越恶化的农民不堪重负被迫外出打工、社会腐败和不公现象益发严重的情况此时还没有出现。正是这样一个相对的“黄金时代”的生活基础，奠定了这套朴素信仰的“光明内核”：社会虽然有无数的不公正，但通过不屈不挠的艰苦奋斗终能获得成功和幸福。这套信仰是民间土生土长的，又符合资本主义个人奋斗的精神，它提倡以个人的而非集体的方式改变底层人民的命运，在一个“后革命”的时代正是政府倡导、老百姓普遍接受的主流意识形态。

其实，《平凡的世界》十几年来魅力不减，而且越来越在读者的阅读生活中占据中心位置的原因正在于这种时间上的错位：当年孙少安、孙少平面临的生存困境至今在很大程度(上)仍是广大农村青年现实面临的困境，对于许多希望凭一己之力拼命向上爬的求学者、打工者来说，他们甚至面临着更残酷的生存压力，而路遥在“相对黄金时代”形成的“黄金信仰”又在一个道德危机的时代为苦苦挣扎着的下层青年带来了难得的温暖和有力的抚慰。

也正是这套在特定“黄金时代”形成的“黄金信仰”，使《平凡的世界》在客观真实性和意识形态的包容性之间达到了极佳的平衡。近几年来，随着现代性压力的有所缓解、文学市场化程度的加深以及“主旋律”的大力提倡，现实主义又回到“强势”、“主潮”地位。但如果路遥面临着“现实主义冲击波”作家面临着的生活现实，他的作品里还能有如此明朗的“黄金信仰”吗？抽调了这样的“黄金信仰”，现实主义作品还能保持常销书的魅力吗？答案是不容乐观的。目前的现实主义作品深为人诟病之处就在于廉价肤浅的人道主义和缺乏批判立场、价值观念模糊。现实主义作品如果失掉了内在坚实的价值系统，其结果只能向两个方向发展，一个方向是平面展现、罗列现象，成为新的“问题小说”，如果所写问题有新闻性，可能成为畅销书。另一个方向是向主流意识形态靠拢，回到“喉舌”、“工具”的位置，这两者从“新时期”以来文学的发展轨迹上看都是倒退。这样看来，路遥当年抓住宝贵的“黄金时光”在回归经典的道路上一意孤行，所达到的也许是“顶峰”，所留下的可能是“绝唱”。即使如此，作为标尺，《平凡的世界》创下的被广泛认同的文学模式及其“耐人寻味”的流通方式都可以在很长一段时间内为同类作品的生产提供一个有多面价值的参照。

作为“现实主义常销书”的代表作品,《平凡的世界》的文学史价值不仅在于它恪守了现实主义的原则,更在于它发展了现实主义,在向“经典现实主义回归”的道路上达到了其他当代文学作品未曾达到的高度。虽然经过现代派大规模的冲击、洗礼,面对剧烈变化了的社会结构,让现实主义完全地回到经典的道路上已不可能。与在20世纪整个世界范围内发生的现实主义由经典向现代的转变一样,中国当代文学中的现实主义也逐步从经典形态向现代形态发生转化,在吸收了大量现代主义技巧和文学观念后形成的“现代现实主义”,理应成为未来中国现实主义文学的一种主要形态和发展方向。但是对于现实主义的发展在另一个方向上探索的意义和价值,文学史和文学批评如果不作出适当的评估和肯定,无论出于何种原因都是有缺憾的。

虽说一部作品主要凭借自身的魅力在一两代人之间“默默流传”,这本身就是一种光荣和伟大,但不借助文学史的力量,这样的光荣与伟大迟早会被历史长河淹没得不留痕迹,这对于路遥这样的作家来说是不公平的,特别是当我们想到,在那个文坛“一窝蜂”地乘坐“火箭”飞离公众的时代,他甘遭“遗弃”,忠心耿耿地为“读者上帝”写作,他以青春和生命写下的作品曾激励了那么多的处于逆境中的读者,而且还必将在很长一段时间内继续温暖人心。

——原载《小说评论》2003 年第 1 期

南 帆

四重奏:文学、革命、知识分子与大众

一

愈来愈多的人倾向于相信,文学正在消失;或者说,文学退隐了。一个漫长的文学休眠期已经开始。大部分公众已经从文学周围撤离。作家中心的文化图像成了一种过时的浪漫主义幻觉,一批精神领袖开始忍受形影相吊的煎熬。如果没有诺贝尔文学奖的定期颁布,如果不是充当某一部电视肥皂剧改编的原材料,文学已经波澜不惊。当然,文学出版物并没有减少,统计数字仍然节节攀升。但是,文学不再扮演文化先锋的角色。启蒙的口号再度受挫。如今,引人注目的是财政金融,证券市场动向,计算机精英,生物学"克隆"风波,剩下的就是一些明星轶闻和体育消息。一些解嘲式的解释之中,这仿佛是小康时代必然出现的文化局面。这时,也许有必要重提海德格尔的一句著名追问:诗人何为?

回溯历史,诗人曾经作为普通的一员混迹于芸芸众生。鲁迅的《门外文谈》戏谑地形容过文学源头的"杭育杭育"派。的确,那个时候的诗并不是什么了不起的魔咒。《毛诗序》云:"情动于中而形于言,言之不足故嗟叹之,嗟叹之不足故永歌之,永歌之不足,不知手之舞之,足之蹈之也。"①——这毋宁说更像是一种日常的抒情表述形式。按照卢卡契的想象,古希腊的史诗诞生于一个同质的世界之中。那个时候,灵魂的轮廓线与物质的轮廓线并没有什么差别,"史诗赋予内部完美的生活总体以形式"。换言之,主体、客体、内部、外部、文学或者现实之间并不存在清晰的界限。表现即是再现。文学的自律、独立以及文学形式的强制性均是后来的事情了。生活的整体和谐破裂之后,生活意义的内在性成为一个问题。这时的文学形式不得不担

① 《十三经注疏》,《毛诗正义》卷一。

负起呈现生活内涵的重任①。这是文学形式分离出日常话语的开始,也是分裂的现实赋予文学的职责。的确,康德规定纯粹美仅仅是一种孤芳自赏的形式;审美挣脱了现实关系的各种羁绊,艺术仿佛是现实划出的一个杜绝任何欲念插足的特殊区域。理性、道德和审美分疆而治。然而,至少在现今,马尔库塞式的观念更富于启示:自律的艺术形式不是回避现实,而是打入现实,并且以抗拒现存关系的方式成为现实的“他者”,从而开启另一种可能的维度。所以,现今人们仍然有许多理由证明,文学的存在是因为文学的自律和独立,但是,这种自律和独立包含了尖锐的意义。

如果现代社会的文学丧失了尖锐的意义从而与现实达成和解,甚至销声匿迹,这并不是表明那个古老的同质世界又重新降临。很大程度上可以说,这是文学与意识形态的默契。发达的意识形态是现代社会的特征之一。人们不再生活在赤裸的、直观的世界上,而是生活在无数有关世界的解释之中。屈从于意识形态的强大功能,文学不再是一个刺眼的异数;相反,文学与意识形态的各个门类彼此呼应,协同推动一个巨大的观念体系缓缓运转。在阿尔都塞所论述的“意识形态国家机器”之中,文学与宗教、教育、家庭、法律、政治、工会、大众传播媒介从属于同一个结构,唇齿相依,荣辱与共②。

相当长的时间里,文学史叙述学被规范为革命话语的一个分支。20世纪40年代之后,“大众”已经成为文学史叙述学之中的一个举足轻重的概念。从民粹主义的传统到大众文学的论争,一系列复杂的理论运作终于使大众成为一个不容置疑的褒义词。因此,“大众”的喜闻乐见是文学的不懈追求,投入“大众”是对一个作家的重大褒奖。这是“文学新方向”的主要内容③。然而,尽管“大众”这个概念具有特殊的分量,它的含义仍然闪烁不定。“大众”仅仅表明了庞大的数量而不存在固定的边缘;许多时候,各种群体可以自由地出入,理所当然地分享“大众”的名义。这些群体分别从属相异的文化圈,拥有不同的价值观念体系——文学史必须信赖哪一批大众呢?

的确,没有人可能提供确凿的“大众”花名册。“大众”仅仅是相对而言。大众的含义必须依靠种种相对物给予确认。文学史叙述学之中,“大众”的相对物往往是“知识分子”。相当长的时间里,大众与知识分子锁在一个隐性的二元结构之中,前者充当了一个不言而喻的主项。因此,大众的革命品质——正义、勇敢、直率、诚实、朴素——时常是在贬抑知识分子之中得到了表述。大众的主体是被压迫贫民,他们

① 参见卢卡契:《小说理论》第一部分,杨恒达编译,丘为君校订,台北唐山出版社,1997年。

② 参见路易·阿尔都塞:《意识形态和意识形态国家机器》,《外国电影理论文选》,李迅译,上海文艺出版社,1995年,第629—630页。

③ 参见洪子诚:《中国当代文学史》第一章《文学的“转折”》,北京大学出版社,1999年。

大公无私,不再惧怕失去身上的锁链,无产者的联合形成了一种牢不可破的革命集体主义;相反,知识分子"胆子小,他们怕官,也有点怕革命"①,知识分子通常倾心于个人主义,心存梦想同时又软弱无能。革命话语清晰地界定了二者之间泾渭分明的谱系。

不言而喻,这种隐性的二元结构将知识分子设定为尴尬的甚至是危险的角色。如果知识分子扮演的是大众的"他者",那么,他们只能浮游于革命的外围。的确,知识分子时常被视为站在革命门槛上的人。他们必须迅速地将自己的立场转移到人民大众的阵营之中,否则,知识分子必将被自己的出身阶级——小资产阶级——所俘虏。这预示了严重的后果:"小资产阶级出身的人们总是经过种种方法,也经过文学艺术的方法,顽强地表现他们自己,宣传他们自己的主张,要求人们按照小资产阶级的面貌来改造党,改造世界。在这种情形下,我们的工作,就是要向他们大喝一声:'同志'们,你们那一套是不行的,无产阶级是不能迁就你们的,依了你们,实际上就是依了大地主大资产阶级,就有亡党亡国的危险。"②人们看到,所谓小资产阶级的自我表现并不是以赤裸裸的反革命形象出现;如果用洪子诚的话说,知识分子作家时常在文学之中表现了革命背后的"酸楚"。然而,当高调的革命文学成为唯一的模式之后,作家必须"只发现'力'的快乐,而不能体验'美的悲哀';只急于完成,而不耐烦'启示';只喜欢高潮和'斩钉截铁',而不喜欢变化和复杂的过程;只喜欢力的英雄,而不喜欢不彻底的凡人"③——多愁善感背后隐藏的软弱即是知识分子的阿喀琉斯之踵。如果他们无法跟上粗犷豪迈的大众,那么,这些落伍者必定是反动阶级的俘虏。王蒙曾经觉得,革命与文学目标一致,二者都想把旧世界打个落花流水:"文学是革命的脉搏,革命的讯号,革命的良心;而革命是文学的主导,文学的灵魂,文学的源泉。"然而,意想不到的是,温情脉脉的文学逐渐与坚硬的革命棱角格格不入,文学与革命二者不可两全——这甚至导致可怕的"人格分裂"④。从知识分子、大众的二元结构到文学、革命的二元结构,这是一个必然的逻辑演变。

这种隐性二元结构的瓦解源于革命话语的清理。这是六七十年代革命狂热之后的总结。人们开始重新考察 20 世纪革命的形式及其社会意义。当然,考察的目光也可能向遥远的历史扩展。1999 年,一份享有盛名的报刊在"我们这 1000 年"的通栏标题之下如此描述革命:

在最近一千年里,要找出人类最惊惧而中国最熟悉的一个共同词汇,

① 毛泽东:《中国社会各阶级的分析》,《毛泽东选集》第一卷,人民出版社,1991 年。
② 毛泽东:《在延安文艺座谈会上的讲话》,《毛泽东选集》第三卷,人民出版社,1991 年,第 875—876 页。
③ 洪子诚:《问题与方法》,生活·读书·新知三联书店,2002 年,第 288 页。
④ 王蒙:《我在寻找什么?》,《文艺报》1980 年第 10 期。

> 也许只有“革命”。革命是历史的火车头，革命能使历史沸腾，革命是摧枯拉朽的风暴，凡是革命的正面作用，和其魅力长存的精神遗产，人们已经谈得很多，也都对。但是人们往往遗忘了革命遗留的代价，并且由于遗忘而轻信了许多神话。①

言辞之间，作者显然对革命的激进持一种保留态度。“英语 revolution 一词源自拉丁文 revolvere，指天体周而复始的时空运动。”经 14 世纪、16 世纪之后，“revolution 转生出政治含义。1688 年的英国‘光荣革命’和 1789 年的法国革命，使‘革命’在政治领域里产生新的含义，衍生出和平渐进和激烈颠覆这两种政治革命模式”②。由于种种历史原因，20 世纪的中国挑选了急风暴雨式的革命。以暴易暴成了历史新陈代谢的方式。无伤大雅的修修补补不可能诞生新时代，摧毁旧世界才会有凤凰涅槃式的新生。按照余英时的看法，近现代史内部存在一个激进主义压倒保守主义的倾向。“从清末到民国初年，我们发现政治的现实是没有一个值得维持的现状。所以保守主义很难说话。”于是，“基本上中国近几百年来是以‘变’：变革、变动、革命作为基本价值的③”。王元化同时还指出了激进主义与无政府主义之间的渊源关系④。马克思主义的学说深入人心之后，阶级斗争成为激进主义选择的表现形式——阶级斗争是埋葬剥削体制的唯一手段。“革命是暴动，是一个阶级推翻一个阶级的暴烈的行动。”⑤的确，一个前所未有的时代如愿以偿地矗立在地平线上。然而，递进式的激进主义能否持久地维持一个新时代？在此思想背景下，一些人自称是“温和的改良派”，宁可赞成英国式的渐进。一个社会的运转不该依赖大规模的革命运动，而是依赖一系列程序。民主必须是一些理性程序之下的活动，而不是轰轰烈烈地互相攻击。

当然，更重要的是，执政党战略思想的转移导致了历史性的转移。1978 年，中国共产党形成一个深刻的历史判断：大规模急风暴雨式的群众性阶级斗争基本结束，实现工作中心转变的条件已具备，“全党工作的重点应该从一九七九年转移到社会主义现代化建设上来”⑥。与此同时，另一个历史判断废除了知识分子身后挥之

---

① 朱学勤：《革命》，《南方周末》1999 年 12 月 29 日。

② 陈建华：《“革命”的现代性——中国革命话语考论》，上海古籍出版社，2000 年，第 7 页。

③ 余英时：《中国近代史思想上的激进与保守》，《知识分子立场：激进与保守之间的动荡》，时代文艺出版社，2000 年，第 9 页。

④ 参见王元化：《近思札记》，《对于“五四”的再认识答客问》，《九十年代反思录》，上海古籍出版社，2000 年，第 8 页，第 147、148 页。

⑤ 毛泽东：《湖南农民运动考察报告》，《毛泽东选集》第一卷，人民出版社，1999 年，第 17 页。

⑥ 《中国共产党第十一届中央委员会第三次全体会议公报》（1978 年 12 月 22 日通过），《三中全会以来重要文献选编》（上），人民出版社，1982 年，第 1、4、5 页。

不去的阶级异己身份："总的说来，他们的绝大多数已经是工人阶级和劳动人民自己的知识分子，因此也可以说，已经是工人阶级自己的一部分。"①新的历史阶段开启之后，大众与知识分子之间隐性二元结构终于丧失了理论依据。

二

相对于20世纪之初的"五四"时期，(20世纪)80年代曾被称为"新启蒙"。知识分子重新活跃起来，指点江山，激扬文字。80年代初期，文学知识分子——一批作家和批评家——成为先锋。统计资料显明，70年代末期开始，文学的文献数量名列社会科学文献的首位②。与经济学、法学、社会学的精确严谨不同，文学的生动故事和犀利辞句具有振聋发聩之效。人道主义、主体、自我、内心生活是文学理论撤出激进主义革命话语的概念通道。这种历史氛围之中，知识分子与大众之间的相互关系出现了微妙的转移。大众不再是一个面目不清的匿名整体，大众由形形色色的性格组成，他们与知识分子之间的联系包含了复杂的情节；另一方面，知识分子开始恢复自信，精英主义意识再度抬头。

首先，知识分子与大众之间的差距得到了正视。知识分子没有必要时刻因为这种差距而羞愧。如果知识分子是时代的先知，他们必然走在大众的前方——甚至超出大众的视域。这时，知识分子无法迁就大众而停步，尽管他们的根本意图是解放大众。鲁迅身上曾经集中了这种矛盾。鲁迅的许多小说、杂文之中都存在"独异个人"与"庸众"之间的紧张。李欧梵分析了鲁迅那个"铁屋子"之中的动静："少数清醒者开始时想唤醒熟睡者，但是那努力导致的只是疏远和失败。清醒者于是变成无力唤醒熟睡者的孤独者，所能做到的只是激起了自己的痛苦，更加深深意识到死亡的即将来临。他们中的任何人都没有得到完满的胜利，庸众是最后的胜利者。"③然而，这并不表明大众是异于知识分子的另一个阶级，泾渭分明地拥有另一套阶级属性。总之，二者之间的复杂联系远远超出了"阶级"的含义。王蒙《蝴蝶》之中的秋文，高晓声的陈奂生和李顺大，张贤亮的马樱花和黄香久，张承志的额吉和马背上的牧人，莫言《红高粱》之中的我爷爷奶奶，韩少功《爸爸爸》之中的丙崽或者王安忆《小鲍庄》之中的捞渣……这些"大众"并不是同一张面孔。当然，这些形象如何呈现业已寓含了知识分子的眼光和叙述层面。这些形象从各个角度进入知识分子的视野，种种故事喻示了知识分子与大众之间的多重关系。同情、庇护、嘲笑、敬重、冲

① 邓小平：《在全国科学大会开幕式上的讲话》，《邓小平文选》第二卷，人民出版社，1983年，第89页。

② 参见范并思：《社会转型时期的中国社会科学：社会科学的科学计量学分析》，《上海社会科学院学术季刊》2001年第3期。

③ 李欧梵：《来自铁屋子的声音》，《现代性的追求》，生活·读书·新知三联书店，2000年，第40页。

突，相互蔑视或者相互佩服，相互可怜或者相互疏远，时而觉得对方强大，时而觉得对方软弱，如此等等。总之，知识分子与大众之间的故事远远超出阶级本位的二元结构，暴露出分岐（歧）的历史线索。传统的革命话语无法完整地解释知识分子与大众之间的差距及其原因，无法完整地描述二者合作、共谋、分岐（歧）、对立等复杂的历史纠葛。知识分子与大众之间隐性的二元结构瓦解之后，知识分子不仅更为深刻地认识了大众，同时也更为深刻地察觉他们可能与大众之间共同参与的各种历史活动。进入历史的前沿甚至可以发现，知识分子与大众赖以定位的经济基础正在改变。“对于精英们说来，大众几乎一直是贫困的同义语，是悲惨命运的同义语。光是这一条，就足以使大众获得神圣的地位，并且成为精英们愧疚的理由。”可是，如同韩少功发现的那样，这个历史判断至少已经部分地过时：“在很多国家和地区，定义为中产阶层的群体已经由原来的百分之五扩展到百分之七十甚至更多，加上不断补充着这一阶层队伍的广大市民，一个优裕的、富庶的、有足够消费能力的大众正在浮现。”相对地说，许多人文知识分子反而转入清贫者之列①。知识分子与大众的历史沉浮不仅迫使人们重新想象未来的社会图谱，同时，启蒙的意义和形式也将改写。

无论知识分子如何重新认识大众，多数作家仍然对“五四”以来的文学传统保持敬意：大众必须是文学的主角——除了文学形式问题。的确，文学形式问题令人惊奇地表现出了知识分子的精英主义观念。20世纪70年代末至80年代初，新诗形式的争论掀起了轩然大波。一批新诗深奥晦涩，语义暧昧，甚至被戏称为“朦胧诗”。争论的焦点很快汇聚到这个方面：大众怎么可能读懂这些新诗？诗人们对于形式实验作出了口干舌燥的辩解和阐释之后，一种久违了的傲慢终于浮出水面：诗并不是像粉条那么容易下咽，你们读不懂，那就希望你们的子孙能够读懂吧。所有的人都读得懂的诗常常不是好诗。一些批评家及时跟进，他们的理论表述终于将问题推到了极端：新诗“不屑于作时代精神的号筒，也不屑于表现自我感情世界以外的丰功伟绩”。因此，晦涩不可避免。文学形式实验之中的诗人没有必要谦恭地检讨自己。必须坦然承认，“在当艺术革新潮流开始的时候，传统、群众和革新者往往有一个互相摩擦，甚至互相折磨的阶段”②。

新诗争辩之后，小说与戏剧都发生了相似的事件。争论的焦点如出一辙。耐人寻味的是，形形色色的文学形式实验持续了下来，大众的名义并没有阻止住作家标新立异的冲动。考察之后可以发现，两种理念隐蔽地支持着文学形式实验的展开。首先，许多人认为，文学形式的演变是生活演变的产物。王蒙曾经解释说：“复杂化

① 韩少功：《哪一种“大众”？》，《文学的根》，山东文艺出版社，2001年，第133—134页。

② 孙绍振：《新的美学原则在崛起》，《诗刊》1981年第3期。

了的经历、思想、感情和生活需要复杂化了的形式。”①通常认为,作家是拥有异秉的人。大众已经在日常的琐事之中渐渐迟钝,作家时常更为迅速地洞察历史事变的蛛丝马迹;大众还浑然无知地沉溺于传统的文学形式,作家已经开始炼铸新的文学形式给予表现——如康德所言,天才的作家制定艺术规则②。这种理念之中存有浪漫主义的文学观念;更为普遍的意义上,这种理念同时暗示了知识分子的精英身份。文学形式实验的另一个理念可以追溯至文学自律观念。从新批评、俄国形式主义到结构主义,文学形式被视为独立自足的系列,只有一批受过严格训练的专业人士才有资格诠释文学形式的意义,大众的多嘴多舌无济于事。无论是雅各布森对于诗的条分缕析,还是罗兰·巴特对于小说的精致解读,他们的形式考察已经远远地超出了大众的视域。他们所运作的一套一套术语来自某些高深莫测的学科。只有知识分子才能胜任如此奥妙的思想。迄今为止,文学形式实验仍然盛行不衰。诸如“私人写作”或者“身体写作”之类主张也依附于这个名义之下粉墨登场。作家摆出精英主义姿态回绝一切所谓“读不懂”的非议。但大众还是露骨地表示了他们的反感——许多实验之作没有得到任何响应。不过,这一次大众与知识分子精英主义的矛盾并不会形成大规模的政治对抗。大众反感的后果无非是,某些自以为是的文学著作只能辗转于一个小圈子而无法占领市场罢了。相对于传统的革命话语,这是一个至关重要的区别:这时的大众已经不是阶级意义上的大众,而是市场意义上的大众。

三

文学史叙述学中,大众曾有另一种含义:文化市场上的大量消费者。例如,20世纪二三十年代的鸳鸯蝴蝶派也曾经赢得众多读者。当然,这些“大众”许多时候的别名是“小市民”,是有闲阶层或者竟日以消遣打发时光的太太们。他们醉生梦死,得过且过,身上几乎看不到多少革命的能量——这种“大众”的意义并未纳入革命话语。20世纪50年代之后的文学史叙述之中,“大众”的这方面含义遭到了压抑乃至删除。

这方面含义的大规模复活是20世纪90年代的事情了。这时,大众文化骤然崛起;大众——一个庞大的读者群体——拥有了特殊的经济学意义。如果使用经济学术语给予描述,那么,文学是一种商品,某些文学的生产部落甚至形成了相当可观的文化产业。这时,大众是文化产品的消费主体。当然,这三者之间还夹杂了一个令

① 王蒙:《我在寻找什么》,《文艺报》1980年第10期。

② 康德:《判断力批判》,商务印书馆,1988年,第152—153页。

人雀跃的字眼:利润。显然,商品、文化产业、消费主体、利润必须在市场环境之中形成一个循环的结构。然而,20 世纪 90 年代之后的一个醒目的历史事件不就是市场的真正降临吗? 市场的降临不仅是一个经济事件,市场形成的意识形态同时还深刻地改变了一系列社会关系以及文化的功能。市场唤醒了文学之中潜伏的商品属性。文化甚至是现今最为抢手的商品———一些发达国家文化产业的 GDP 比重已经超过了传统的制造业①。如果说,“著书都为稻粱谋”曾经是传统文人的谋生手段,那么,现今的大众文学业已深深地卷入资本市场的运作。投资、大规模批量生产、抢眼的广告宣传、大面积市场覆盖、巨额利润——这些企业的常规手段已完整地移植到大众文学的生产。市场体系扩张导致知识分子精英主义迅速收敛,“读者就是上帝”成为新的名言,大众又回来了,而且得到隆重的礼遇。当然,这时的大众正在购买之中创造利润,而不是在呐喊之中揭竿而起。

这又有什么不对? 一些如鱼得水地活跃于市场的作家尖锐地反问。他们的版税收入的确可观,但是,他们更乐于援引另一些与市场无关的理论为自己辩护。他们认为,市场是一个公平交易的平台;大众的自愿认购雄辩地证明了文学的价值。这是文化民主的实践。对于大众文学频频皱眉毋宁说是知识分子精英主义的痼疾。文化权威们供奉一整套经典体系作为文学的楷模,学院的文学史教学成为保护精英主义的机制。他们无视大众的喜怒哀乐,专制地断言《诗经》或者莎士比亚比金庸、古龙或者侦探小说更值得一读。其实,这些知识分子仅仅在口头上念叨“民主”或者“人民”,他们对于大众文学的蔑视令人迅速地想到了叶公好龙的寓言。这些作家理直气壮地将市场视为对文学优劣的验证。他们申明,不在乎教授或者文学史的提名——他们只想为大众写作,并举出许多例子证明,历史上众多名著就是赢得了大众的作品。洛阳纸贵不就是因为大众喜爱左思的《三都赋》? 他们的叙述之中,民主、人民和市场都在大众这个术语之中汇合了。

这些作家的历史记忆并没有错——只是他们对于现代市场不那么了解。现代市场如此成熟,它们业已形成了支配甚至操纵大众的庞大系统。市场不仅以种种巧妙的方式包装商品,炫人耳目;市场甚至可以煽动乃至制造大众的各种购买欲望。大众传播媒介的辅佐与炉火纯青的广告设计无时不刻地诱导大众。商品购买已经组织到生活的想象之中,消费与意识形态同声相应。时髦、时尚、身份、情调、某种生活的认同感——总之,一系列意识形态的制造物——正在愈来愈大程度地决定大众的消费趣味。这一切表明了市场背后隐藏的权力体系,资本成为这种权力体系的中

① 参见江蓝生、谢绳武主编:《2001—2002 中国文化产业发展报告》,社会科学文献出版社,2002 年,第 1 页。

心——资本可以在很大程度上左右大众传播媒介和广告的主题。大众文学并没有逃离这种权力体系，包括作家本人。作家不再是一个高瞻远瞩的启蒙者，他们更像是一个向市场供货的生产者。许多时候，大众购买文学读物的依据并非文学价值，而是大众传播媒介的动静。不是读者数量决定销售声势，而是销售声势决定读者数量："畅销排列榜之中，读者无非是一批抽象的数字，20 万、40 万或者 100 万不等。这些数字的最大意义体现于利润的账本之中，这些数字背后不存在读者个体。数字背后的读者没有姓名，没有个性，没有职业和文化差别。从文化官员、职业批评家、民众到富裕的商人，数字拉平了他们的所有界限。每个读者之间的差异被弃置不顾。"①

由于大规模投放市场，大众文学时常出现模式化生产：侦探小说、武侠小说或者青春偶像剧均是某些历史悠久的类型，性别、种族、高贵或者卑贱、中心或者边缘等各种意识形态信息隐秘地支持着这些类型的承传。一切都是按照标准的固定程序制作，个性的意义被大幅度压缩了。大众的想象力将被这些千篇一律的文学阉割。读者只能呆滞地陷于这些模式之中，被既定的意识形态所支配。对于大众文化的尖锐批判多半源于法兰克福学派。阿多诺和霍克海默——法兰克福学派的骨干成员——在《启蒙辩证法》之中指出，大众文化是商业社会的组成部分，它是一种虚假的意识，是资本主义社会关系的再生产，是一种新的控制形式。这个意义上，大众文化是文化危机的表征。

已经有许多人指出了法兰克福学派的偏激。英国的伯明翰学派对于大众文化的社会意义远为乐观。现今，或许约翰·费斯克的观点具有相当大的代表性。费斯克刻意地区分了"大众文化"（popular culture）与"群众文化"（mass culture）。在他看来，"群众"（mass）才是法兰克福学派所描述的那种被动、异化、消极和无力的主体。相形之下，大众文化内部包含了被宰制阶层的主动性。费斯克强调说："我不相信'大众'是'文化傻瓜'，他们并非被动无助的一群，没有辨别力，因此在经济、文化和政治上受文化产业的大资本家任意摆布。"②大众文化毋宁说是他们反抗资本主义体制的一个前哨阵地，大众利用文化产品偷袭、躲避、冒犯、转化、抗拒那些宰制性力量。

换一句话说，大众文化发现了资本主义体制之中存在的空隙；作家利用文学暴露这种空隙，大众在符号的特殊解读之中扩大这种空隙。这也许是"转向葛兰西"——使用托尼·本内特的概括——之后的文化动向。这时，人们不再局限于大

① 南帆：《歧义的读者》，《文艺理论研究》2000 年第 2 期。

② 费斯克：《大众经济》，《大众文化研究》，戴从容译，上海三联书店，2001 年，第 132 页。

众文化考察之中结构主义与文化主义的著名对立。按照葛兰西的观点，统治阶级与被统治阶级之间文化与意识形态的关系与其说是统治与反抗，不如说是争夺“霸权”。前者必须以妥协的方式给后者留出席位。

现今的理论旅行如此频繁，人们对于法兰克福学派或者伯明翰学派渐渐耳熟能详。然而，这些思想毋宁是一种启示性的理论背景。20 世纪的中国文学深刻地介入了知识分子、大众、启蒙、革命、市场、社会体制、全球化等一系列错综的话语，并且在互动之中形成了一批独特的问题。这些问题包含了更为复杂的脉络和两难权衡。作家以及人文知识分子的思想、视野、洞察力和良知正在遇到全面的挑战。他们之间出现得了中国的阿多诺或者费斯克吗？

四

不管怎么说，锁住大众与知识分子的隐形二元结构解体了。知识分子逐渐恢复了活力，并且开始自觉地对历史发言。不少知识分子认可这种观念：知识分子不仅仅是一些专业人士，他们必须承担社会的良知，有责任关注社会的公共事务。的确，现代社会的分工导致种种行业分割，许多知识分子只能活动于一个狭窄的方格之内。漠视公共关怀的倾向正在精通专业知识的口号掩护下日益抬头。一种观点正在得到愈来愈多的默认：尽职地坚守专业岗位即是援助公共事务——这显然是默认专业岗位与社会结构的既定关系，默认学院逻辑的全部意义。尽管如此，许多人还是听到了萨义德的声音。他在《知识分子论》（中）坚持主张：“知识分子是社会中具有特定公共角色的个人，不能只化约为面孔模糊的专业人士，只从事自己那一行的能干成员。我认为，对我来说中心的事实是，知识分子是具有能力‘向’（to）公众以及‘为’（for）公众代表、具现、表明信息、观点、态度、哲学或意见的个人。”①

如果说，20 世纪 80 年代的“新启蒙”赢得了相当普遍的支持，那么，90 年代的知识分子不一定是公认的代言人。现实发生了急剧的变化，利益群体的重组必将诱使一系列观念的重新洗牌。知识分子必须在复杂的历史脉络之中作出独立的判断，申明自己的立场。这个意义上，90 年代中期“人文精神”的争论有理由得到充分的肯定。很长的时间里，人文知识分子已经没有如此独立地提出问题和表述观点了。

可以看到，许多倡导“人文精神”的知识分子不约而同对大面积的精神素质低下痛心疾首。当然，他们是因为一个特殊的历史契机而发现了问题的严重程度：许多人——包括不少知识分子——卷入市场体系之后方寸大乱。大规模的思想危机必须追溯近现代知识分子的历史境遇，但是，市场经济的活跃环境却使潜伏的思想危

① 艾德华·萨义德：《知识分子论》，单德兴译，台北麦田出版社，1997 年，第 48 页。

机浮向了表面。这个发现初步显示了这批知识分子的历史洞察力。由于历史的紧迫性，他们甚至来不及按照学术惯例界定“人文精神”的精确含义。我曾经指出这种现象后面的原因：“有趣的是，这种状况并未削弱人们的发言激情。或许，两者之间的反差恰好证明，人们迫切需要一个相宜的话题。某些感想、某些冲动、某些体验、某些憧憬正在周围蠢蠢欲动，四处寻找一个重量级的概念亮出旗帜。这种气氛之中，‘人文精神’慨然入选。不论这一概念是否拥有足够的学术后援，人们的激情已经不允许更多的斟酌。”①

20 世纪 80 年代，知识分子心目之中的“市场”隐含了激进的含义。“市场”概念之中潜伏了打开种种桎梏的历史冲动，“市场”被视为个性、主体、解放、自由的归宿。市场必将解除封建式的人身依附，个体的才智、能力以及自由选择权都将因为市场环境而得到充分的尊重。同时，知识分子理直气壮地认为，大众始终站在他们的身后。然而，这种浪漫的想象迅速在真正的市场之中陷入窘境。猝不及防之间，知识分子的大部分话语突然失效。蔡翔曾经生动地描述了这种状况：“经济一旦启动，便会产生许多属于自己的特点。接踵而来的市场经济，不仅没有满足知识分子的乌托邦想象，反而以其浓郁的商业性和消费性倾向再次推翻了知识分子的话语权力。知识分子曾经赋予理想激情的一些口号，比如自由、平等、公正等等，现在得到了市民阶层的世俗性阐释，制造并复活了最原始的拜金主义，个人利己倾向得到实际的鼓励，灵—肉开始分离，残酷的竞争法则重新引入社会和人际关系，某种平庸的生活趣味和价值取向正在悄悄确立，精神受到任意的奚落和调侃。”②

若干年之后，这批人文知识分子逐渐意识到问题的复杂程度。或许，市场形成的经济特征并不是精神溃败的直接原因。直接的原因毋宁说，实利主义或者消费主义派生的一系列观念粗鲁地冲决了业已十分脆弱的精神守则。王晓明将这一批观念称为“新意识形态”。“新意识形态”将“新富人”阶层或者“成功人士”奉为生活偶像，脱贫致富的欲望被悄悄地改写为物质即是一切，刻意回避阶层、地区、政治、文化等方面的深刻差异，简单地推崇丛林法则，如此等等③。20 世纪 90 年代中期，许多知识分子还无法全面地描述新意识形态依赖的复杂关系网络以及各个社会阶层的分化，解读新意识形态如何在全球化背景之中运作；他们不无仓促地举起“人文精神”的大旗应战。“人文精神”似乎企图承担一种拯救：知识分子没有理由沉溺于物质生活而成为“单向度的人”。他们竭力脱颖而出，恢复精神理想的标高，用“文明”抵制“粗鄙化”。虽然“人文精神”的内涵没有得到严格的界定，但是，可以从上述动

① 南帆：《人文精神：背景和框架——读〈人文精神寻思录〉》，《读书》1996 年第 7 期。

② 许纪霖、陈思和、蔡翔、郜元宝：《道统、学统与政统》，《读书》1994 年第 5 期。

③ 王晓明：《在新意识形态的笼罩下—导论》，《在新意识形态的笼罩下》，江苏人民出版社，第 18、19 页。

机察觉这个概念的基本指向。

然而,一开始就不是所有的知识分子都乐于肯定"人文精神"的口号。王蒙、王朔、陈晓明、张颐武等作家和批评家均不同程度地表示怀疑或者异议。反方的质疑并不是吹毛求疵,这些质疑源于另一批生活经验和理论资源。诸多质疑之中,知识分子的身份以及与大众的关系模式再度成为焦点之一。这个始终没有解决的问题再度露面:知识分子有什么资格代表大众?大众刚刚开始拥有自己的选择,知识分子纷纷表示不适。"人民获得了某种程度的感性解放,文化精英却立即焦虑不安。"①——这时的知识分子是不是正在扮演偏执的堂·吉诃德?

然而,20世纪90年代重新遭遇知识分子问题的时候,人们没有理由无视历史环境的剧烈变动。这时的知识分子已经不是"五四"先哲的简单复制了。也许,首当其冲的问题是,知识分子为谁发言?——这是知识分子与大众关系问题的当今版本。

福柯关于知识即是权力的论断震撼人心。这个论断动摇了知识分子的真理卫士形象。换言之,知识分子的公正与客观仅仅是一个不可靠的表象,他们隐蔽地在权力网络之中扮演一个重要角色。知识分子没有勇气说,权力所产生的压迫机制与他们彻底无关——"那种关于知识分子是'意识'和言论的代理人的观念也是这种制度的一部分"。② 如果联系布迪厄"文化资本"的概念,知识运作与利益之间的交换关系就会更为清晰地揭开帷幕。历史——特别是20世纪以来现代性急剧扩张的历史——正在给知识分子提供愈来愈大的空间。他们在社会财富的生产之中承担的角色愈来愈重要,并且因为专业知识而赢得高额回报。在阿尔文·古尔德纳看来,知识分子在占有生产资料问题上已经形成了一个新阶级。他们手中握有特殊的"文化资本或人力资本"③。如果知识分子愈来愈明显地成为现代社会的一个独特的受惠群体,那么,他们还能不能负责社会大众的公共事务,甚至积极为被压迫者发言?传统的道德责任感,知识话语系统训练出来的规范还能多大程度地支持他们的批判锋芒?

这个问题决定了知识分子可能看到什么。20世纪90年代,福山看到的是"历史的终结",德里达的《马克思的幽灵》却发现马克思的幽灵并未死去。可是,中国知识分子遭遇的复杂问题远远不是勇气和传统所能解决的。人们无法用一个简单的命题表述这个国度的现状。中国的庞大版图之中,前现代、现代、后现代迥异的价值观念体系混杂于相同的历史空间,相互冲突同时又相互制约。某些区域的市场经济仍然是一个被压抑的主题,另一些区域的消费主义成了唯一主宰。一些人毫无眷

① 陈晓明:《人文关怀:一种知识与叙事》,《上海文论》1994年第5期。

② 福柯:《知识分子与权力》,《福柯集》,上海远东出版社,1998年,第206页。

③ 阿尔文·古尔德纳:《新阶级与知识分子的未来》,杜维真译,人民文学出版社,2001年,第8页。

恋地抛下土地涌入城市，另一些人正在玻璃幕墙背后怀念田园风光。许多时候，迥异的价值观念体系分别得到了权力机构的有力支持，派生出相互矛盾的现实①。如果说，现代性曾经在20世纪80年代成为强大而统一的号召，并且提供了巨大的历史能量，那么，90年代的社会显示了诸多不平衡的方面。公平、效率、竞争、垄断、以人为本、企业管理这些不同谱系的字眼分别在各自的场合担当正面的关键词。这些不平衡动摇了知识分子的传统身份，而且导致重大的思想分歧。人们可以同时听到他们对于现代性的企盼和批判。理性、启蒙、工业时代、消费社会这些概念既可能是贬义词，也可能是褒义词。这时，中国知识分子进入的是哪一支历史脉络？一系列分歧如此尖锐，后现代风格的知识分子宁可避开个人好恶的表态而止于分析。这是洞悉历史复杂性之后必要的谨慎，还是不负责的退缩？当然，并不是所有的知识分子都认定书斋是他们唯一的空间。从张炜的小说、韩少功的随笔到某些赞赏印度知识分子如何活跃在民间的散文②，一批作家仍然在倡导知识分子的实践精神，修复知识分子进入大众的桥梁。但这些作家并不能彻底摆脱这种疑虑：大众是不是知识分子的最终归宿？

五

这个意义上，20世纪90年代"新左派"与"自由主义"之争具有历史的必然性。"新左派"与"自由主义"的一个分歧是"个人"的概念。"在经济、政治、法律、文化等各个领域建立'自主性'或主体的自由……另一些学者则通过在哲学和文学等领域中的主体概念的讨论，一方面吁求人的自由和解放，另一方面则试图建立个人主义的社会伦理和价值标准（它被理解为个人的自由）。"③然而，这恰恰是受到质疑的"原子论的个人概念"："如果一人真正地坚持个人的权利，并承认这种权利的社会性，他就应该抛弃那种原子论的个人概念，从而必然具有社会主义倾向。"④许多人迅速意识到，这个分歧后面隐藏了全面的思想交锋。继思想史、经济学、法学、政治学之后，文学也开始受理这个问题。"纯文学"可以说是上述分歧的文学代理⑤。

---

① 参见南帆：《冲突的文学—导言》，《冲突的文学》，上海社会科学院出版社，1992年。

② 见蒋子丹：《如是我见》，《视界》第6辑，河北教育出版社，2002年；李少君：《由印度知识分子想到的》，《上海文学》2002年第11期。

③ 汪晖：《当代中国的思想状况与现代性问题》，李世涛主编：《知识分子立场——自由主义之争与中国思想界的分化》，时代文艺出版社，2000年，第98、99页。

④ 汪晖：《关于现代性问题答问》，李世涛主编：《知识分子立场——自由主义之争与中国思想界的分化》，时代文艺出版社，2000年，第145页。

⑤ 首先对于"纯文学"概念进行深入反思的是李陀与李静的对话录：《漫说"纯文学"》，刊于《上海文学》2001年第3期。

据考,“纯文学”一词至少可以远溯至王国维①。冻结了很长一段时间之后,这个概念重新盛行于20世纪80年代。“纯文学”肯定了文学的自律、自足和独立。相对于20世纪50年代至70年代的文学史,“人们设想存在另一种‘纯粹’的文学,这种文学更加关注语言与形式自身的意义,更加关注人物的内心世界——因而也就更像真正的‘文学’”②。独特的形式是文学个性的证明,内心世界是个体不可重复的标记,“纯文学”意味了美学上的个人主义。至少在当时,这个概念显示了强烈的反抗性。

20世纪80年代,文学的一个功绩是从千人一面之中发现了“个人”。现在的问题是,文学有没有新的发现——文学是否察觉,许多“个人”正在丧失与身边的历史相互对话的能力。他们的“灵魂”似乎只剩下一些神经本能的抽象悸动。揭去一切历史烙印之后,这些“灵魂”之中还有超出弗洛伊德描述过的内容吗?可悲的是,文学之中“个人”似乎正在再度变得千人一面。“纯文学”庇护的美学个人主义愈来愈苍白。历史辩证法开始暴露这个概念的保守一面。

然而,在我看来,重提“以文学独有的方式对正在进行的巨大社会变革进行干预”③,这种表述必须在承认“纯文学”的全部合理性之后。换言之,“纯文学”概念的出现并不是一次徒劳无益的误会。否弃“纯文学”庇护的美学个人主义并不是把文学驱赶回粗糙的社会学文献;抗议或者批判不是再度以牺牲文学形式或者人物内心的丰富性为代价。相反,“形式的意识形态”表明,文学与身边历史的深刻对话恰恰要诉诸深刻的文学形式。也许,名噪一时的《切·格瓦拉》一剧是一个恰当的例证。

《切·格瓦拉》的演出成了一个醒目的文化事件。尖锐的揭示、激烈的言辞和观众之间针锋相对的辩论无不表明,《切·格瓦拉》是这个时代的产物。饶有趣味的是,《切·格瓦拉》的形式即是争议的焦点之一。一个批评家看过《切·格瓦拉》之后刻薄地“追着问:‘话剧在哪里?’”④的确,《切·格瓦拉》放弃了一个完整的戏剧情节,放弃了悬念,造型、歌唱、朗诵构成了戏剧的主体。同时,也有不少的观众指出,《切·格瓦拉》大刀阔斧地将社会分割为“富人”和“穷人”,并且给予不无夸张的褒贬。这制造了强烈的现场效果,同时又把简单的生活肢解为非此即彼的两个区域。剧作没有看到复杂的性格,没有看到剥削者和革命者之间宽阔的中间地带,更

① 参见韩毓海主编:《20世纪的中国学术与社会》(文学卷),山东人民出版社,2001年,第47页。

② 南帆:《空洞的理念——“纯文学”之辩》,《上海文学》2002年第6期。

③ 李陀与李静的对话录:《漫说“纯文学”》,《上海文学》2001年第3期。

④ 郝建:《用不满情绪打造聚光灯》,刘智锋主编:《切·格瓦拉:反响与争鸣》,中国社会科学出版社,2001年,第337页。

没有看到历史隐含的多种可能。答复这些疑问的时候,剧组不惮于《切·格瓦拉》被称为"活报剧":"活报剧不是坏东西。戏剧到底是应该让老百姓看懂,还是成为有闲阶级的玩物?人民戏剧有自己的立场。"①主创人员张广天坚持认为,尽管"人性是丰富的,但只能屈从于财富分配"②。或许人们会意识到,《切·格瓦拉》的简单剧情、爆炸性的现场效果和单纯的戏剧形式是共存的一个整体。将传统的话剧形式称为"有闲阶级的玩物",这种托词忽视了相对独立的文学形式演变史,忽视了文学形式与阶级意识不对称的一面;然而,《切·格瓦拉》的确不适于传统的话剧形式。这种剧作的主题和理念还悬浮于种种生活细节之上,仅仅是一批尖锐的口号和批判性言辞。它们并未全面进入人物的日常对话或者真实的内心活动。《切·格瓦拉》也很难设想一个严谨的戏剧性冲突,格拉玛号、切·格瓦拉的人格魅力以及"起航!起航!前往陈胜吴广大泽乡,前往斯巴达克角斗场,前往……"的合唱仅仅以一种象征性的文化符号代替性格冲突导致的故事结局。这种戏剧形式暗示了作家与历史相互对话的现有水平。他们忽略的许多细节可能恰恰是不可删除的历史复杂性。例如,《切·格瓦拉》演出背后的商业活动即是这种复杂性的一个证明。这不是一个令人尴尬的场外花絮,这甚至是一个比剧作的内容更为真实的细节。这个细节悖论式地显示了现今的历史为"革命"提供表现方式。《切·格瓦拉》产生的影响愈大,商业活动愈成功,剧组的主创人员愈需要考虑自己是不是《切·格瓦拉》主题的实践者。换言之,他们所说的"革命"又一次开始追问知识分子与大众的关系。

按照福柯的观念,权力与宰制广泛而分散地存在,反抗也将广泛而分散地存在。这个意义上,传统的"革命"或者阶级的最后对决是否依然会如期而至?或许,大众已经从"革命"这个概念背后撤离;大众正在分化,"阶级"的范畴不够用了。种种不同类别的共同体正在许多局部上演袖珍型的反抗故事。现今还很难判断,这是另一个"整体"的雏形,还是证明"整体"不再可能。总之,知识分子不得不重新阐释这一切,包括阐释自己如何定位。如果作家也在这种阐释之中发现了什么,那么,文学必须提供胜任这种发现的形式。

——原载《文学评论》2003 年第 2 期

① 《〈切·格瓦拉〉剧组与观众交流日记》,刘智锋主编:《切·格瓦拉:反响与争鸣》,中国社会科学出版社,2001 年,第 222 页。

② 《〈切·格瓦拉〉剧组与观众交流日记》,刘智锋主编:《切·格瓦拉:反响与争鸣》,中国社会科学出版社,2001 年,第 200 页。

洪子诚

中国当代的“文学经典”问题

这里所说的“当代”，指的是20世纪的50—70年代；文章讨论的，是这个时期中国大陆文学经典的问题。这些问题，涉及文学作品等级价值的评定，评定所依据的标准，评定的制度和程序，以及和“经典”问题相连的文化冲突等。

近100多年来，现代中国在社会政治、经济、思想文化等方面发生剧烈变革。这种变革的重要征象之一，就是大规模的“价值重估”，出现“经典”（文学经典是其重要构成）在不同时期的大规模重评的现象。有的研究者指出：“在中国，现代经典讨论或许可以说是开始于1919年，而在1949、1966和1978这些和政治路线的变化密切相关的年份里获得了新的动力。”①这一描述应该说是能够成立的。在这些年份中，1949、1966和1978，在目前的文学史叙述中，常被称为“十七年文学”和“文革文学”：它们可以看做现代中国文学的一个重要时期。在这一时期里，中国“左翼”政治、文学派别试图建立一种以阶级属性作为基本表征的新的文学形态；文学经典的重新审定，就是这种努力的重要组成部分。

讨论这个时期的文学经典重评，会涉及许多复杂的问题。这里将提出若干值得注意的线索。它们主要是：（1）文学经典在当代社会生活中的位置，经典重评实施的机构、制度；（2）当代文学经典重评的焦点；（3）经典确立的标准（“成规”）和重评遇到的难题。

一

在现代社会里，尽管经典在各个时期的社会生活中有重要地位，但是，像（20世纪）50—70年代的中国那样的情形，还是比较少见：在这一时期，文学经典在社会生活、政治伦理等方面的意义，对现存制度和意识形态维护或危害的作用，被强调到极

① 佛柯玛、蚁布思：《文学研究与文化参与》，北京大学出版社，1996年，第45—47页。

端的高度。基于这样的理解，当代对经典审定十分重视，有时甚至达到紧张的程度。自然，现代社会已不可能出现那种审定、确立经典的专门机构，也不可能制定一份有关经典的确定的目录。在1949年以前，经典秩序的形成，分散在学术部门、出版、报刊和政府相关机构中进行。新中国成立之后，这一情况得到延续，但“分散”的状态受到控制，出现了事实上的统一的审定机构。这就是这一时期政治、文学的权力中心。它对文学经典的审定，主要是确定不同文类、不同作家作品的价值等级，建构等级排列的基本“秩序”，并监督、维护这一秩序，使其不被侵犯，并在必要的时候，对具体作品性质的认定，以不同方式加以干预。①

文学经典的审定和监督、干预实施的制度保证，在50—70年代，同样借助各种机构（学校、文学研究机构、出版社、报刊等），通过不同的方式进行。方式之一是，建立具有权威性质的文学理论体系，其作用是为经典审定确立标准。在文学研究、文学批评和大学文科教学中，对一种规范的文学理论的重视程度，相信另外时间从未有过。自从1944年周扬在延安编辑出版《马克思主义与文艺》一书之后，《马恩列斯论文艺》《毛泽东论文艺》等，获得文学批评和文学经典审定依据的“圣经”地位。这一点是不必多言的。第二，文学书籍出版上的管理。这包括“可出版”部分的规划：重点和先后次序的确定②，也包括对“不可出版”的“非经典”的“封锁”。因为这一时期，出版社为国家所控制，在出版选题上，将会制订总体上符合所确立的经典秩序的计划。图书市场上的利润因素也会得到考虑，但这一切都在不得动摇这一秩序的前提下进行。如果将40年代和50年代作比较，在外国文学、中国古代和现代文学作品的出版方面，都可以看到明显的变化。如50年代被作为中国文学“范本”③的苏联现代作家作品，出版上取得优先的地位，而西方20世纪的现代作家作品，则受到十分严格的控制、筛选。40年代已有译本的伍尔夫、劳伦斯、纪德、奥尼尔、里尔克、T. S. 艾略特等的作品，50年代以后不再刊行。这是对可能会动摇经典秩序的“非经典”作品的封锁。有的“封锁”并非针对一个作家的全部作品；依据标准，某一作家的作品会被分别对待。以中国现代作家为例，曹禺的《原野》《蜕变》，老舍的《猫城记》《二马》，冯至的《十四行集》等，便不再印行。这种对某些敏感的“非经

① 毛泽东在（20世纪）50年代初干预了胡适、俞平伯等对《红楼梦》的阐释；50年代末，在当时被树立为“诗与劳动人民结合”的诗人李季的艺术成就受到质疑时，冯牧等撰文加以制止，而当有的报刊（上海《新民晚报》）在“大跃进”中刊出《托尔斯泰没得用》的文章后，《文艺报》立刻作出反应，刊出主编张光年的《谁说托尔斯泰没得用？》的头条文章，以阻止全面颠覆经典的思潮的蔓延。

② 在（20世纪）五六十年代，不同的出版社出版的作品的“经典”性程度是有区别的，如北京的人民文学出版社有较高级别，而作家出版社则主要出版未经“经典化”鉴别，还难以确定的作品。

③ 周扬在《社会主义现实主义——中国文学前进的道路》中说，中国文学应“向先进的苏联文学学习”，“许多优秀苏联作家作品……是我们学习的最好范本”。见《人民日报》1953年1月11日。

典”的“封锁”，是维护经典秩序的有效方法。

第三，批评和阐释上的干预。这包括对经典确立标准的阐释，对作家作品的评论和对读者阅读习惯的直接“矫正”、引导。后者如丁玲对喜欢巴金、张恨水，而不喜欢解放区小说的读者的批评、劝导①，冯至关于如何看待欧洲表现人道主义和个人奋斗的古典作品的论述②。这种直接引导，也常以“读者讨论”的方式展开。50年代“关于高等学校文艺教学中的偏向问题”的讨论③，对巴金《灭亡》《家》等的讨论，对《红与黑》《约翰·克利斯朵夫》的讨论④，都是如此。60年代，毛泽东曾指示出版部门，在出版中外过去的名著时，要加强“前言”的撰写工作，也出于引导、规范读者理解阐释趋向的这一目的⑤。

第四，丛书、选本，学校的文学教育，文学史编撰。这些也属于文学经典确立的重要环节。也许可以这样说，一个时期文学经典的秩序，最终需要在文学教育和文学史撰写中加以体现和“固化”，以实现其“合法性”，并在教育过程中普及和推广。因此，在“当代”刚刚开始的时候，文学决策阶层的紧要工作之一，便是筹划、出版中国现代文学的丛书，编写、审定作为大学文科教材的新文学史大纲。1949年和1950年，《中国人民文艺丛书》（收解放区文艺代表作品100多种）⑥和《新文学选集》（两辑共24种，收1942年前已写出成名作的24位作家作品）⑦相继面世。1950年，教育部召开全国高等教育会议，通过“高等学校文法两学院各系课程草案”，其中“《中国新文学史》教学大纲”是重要一项。这一大纲，贯彻毛泽东《新民主主义论》的思想，这也是彼时出版的《中国新文学史稿》（王瑶）的编写指导原则。1954年，臧克家主编了《中国新诗选》。“鲁郭茅巴老曹”的“大师”排列也在此时逐步完成。50年代末到60年代初，全国文科统编教材的编写工作，在周扬主持下全面展开。其中，文学理论和文学史占据重要地位。《中国文学史》（游国恩等主编）、《中国现代文学史》（唐弢主编）、《西方美学史》（朱光潜主编）、《欧洲文学史》（杨周翰等主编），先后成为全国各高校采用的“统编教材”。上述文学史对作家作品的评价，不仅在观点

① 丁玲：《跨到新的时代来——谈知识分子的旧兴趣与工农兵文艺》，《文艺报》2卷11期，1950年8月25日。

② 参见《略论欧洲资产阶级文学里的人道主义和个人主义》，《北京大学学报》1958年第1期。

③ 1951年底在《文艺报》上进行。见《文艺报》第5卷第2期，1951年11月10日。

④ 这些讨论，见1958—1959年的《中国青年》《读书》《文学知识》等刊物。

⑤ “文革”前的（20世纪）60年代，人民文学出版社出版的“外国古典文学名著丛书”，一般都有由译者或相关学者撰写的前言，讲解该作品产生的社会历史背景、主题思想，及它的“积极意义”和“时代局限”等，以引导、规范读者的接受方向。

⑥ 新华书店1949年开始陆续出版，开始署周扬、柯仲平、陈涌主编，后来改署“中国人民文艺丛书编辑委员会”。

⑦ 茅盾主编，开明书店，1950年。

上，而且在体例上（作家是否设专章、专节，是否在目录中出现，占有多大篇幅等），都有精心设计，从而为当时确立的文学经典“秩序”，画出相当清晰的面貌。①

二

当代文学经典的重新审定，涉及的范围广泛。从时间上说，有古典作品和近、现代作品；从国别、地域而言，有中国和外国，以及外国的东西方等的区别。它们对于中国“当代文学”的重要性和处理上的紧迫性，不是同等的。比较而言，“五四”以来的中国新文学和西方文学（主要是欧美文学，尤其是欧美的现代文学），被置于较为紧迫的位置上。这种紧迫性，根源于它们与中国现实政治和当代中国人的世界观、价值观的确立，以及当代文学形态和格局的建构关系的密切程度。很明显，鲁迅、胡适的经典地位问题，与王维、陶渊明、李煜和《长生殿》《琵琶记》②的问题，在当代并不是同等的。《红楼梦》《水浒传》等在当代的紧迫地位，在很大程度上不是出于这些作品本身，而是它们所牵连的中国现代政治、文学问题。有些作品的经典地位的判定，在一个时期里处于紧张状态，如毛泽东的诗词、“文革”期间的“样板戏”；因为这些“经典”成为现实政治的组成部分。某些西方古代和现代作品在重评中的紧迫性，也应从这方面来理解。西方文学可能对当代政治和文学权威地位构成的侵犯和损害，是文学权力阶层（也是经典监督机构）所十分警惕的。③

虽说50—70年代可以看做当代文学的一个时期，其经典重评有着统一的特征，不过，在这一时期里，也呈现不断调整、变动的状态。在政治、文学形势发生变化、文学权力阶层认为需要调整知识前景和文学取向时，“经典”的标准和构成的空间和自由度，也会发生或加大或紧缩的张弛运动。在1956—1957年的文学“百花时代”，废名的小说，戴望舒、徐志摩的诗选，何其芳的《预言》、张恨水的《啼笑因缘》等得以出版。有的刊物发表了波德莱尔《恶之花》的选译。④ 50年代，苏联的高尔基、马雅可

---

① 在“文革”后组织编写的《中国大百科全书》的外国文学和中国文学卷中，“经典”的次序、等级，一方面也体现在这种体例的严格设计中，如条目区分为大、中、小条，字数的限制，是否配以照片，照片的数量和内容等。

② 这些中国古典作家、作品的评价问题，（20世纪）50年代都曾在《光明日报》“文学遗产”专刊、《新建设》《文学评论》等报刊上进行过讨论。

③ 1951年，《文艺报》编辑部指出，高等学校的文艺教学，存在相当普遍的严重脱离实际和教条主义倾向，表现为“只喜欢空谈《哈姆雷特》《奥勃洛莫夫》”，而轻视“新的人民文艺”，“把西洋古典作品看做第一等的文艺，人民文艺是学习它之后产生的第二等的文艺”，应开展对这类“欧美资产阶级意识”的批评。见《文艺报》第5卷第2期。冯至在反右派运动中说，大学里的不少右派分子，常“窃取”欧洲古典作家的作品和言论（列举的有莎士比亚、伏尔泰、拜伦、雪莱等）作为进攻的“武器”；“值得注意的是，从中国古典文学、苏联文学，以及中国现代文学中窃取武器的，则非常稀少”。《从右派分子窃取的一种“武器”谈起》，《人民日报》1957年11月27日。

④ 陈敬容译：《译文》，1957年第7期。

夫斯基、法捷耶夫、肖洛霍夫等确立了他们的经典地位,但这一地位在"文革"激进思潮中,却受到削弱和"颠覆"。①

在当代这一时期,文学经典问题上出现的争论、冲突,主要是不同的文化力量在这一问题上的摩擦。由于"左翼"之外的文学派别、作家在当代已失去参与决定文学走向的资格,在经典问题上发生的文化冲突,大体上是在"左翼"内部展开。② 最主要的冲突,表现在周扬、邵荃麟等与胡风、冯雪峰之间,也出现在后来周扬与江青等激进派别上。胡风、冯雪峰对"五四"、对中国新文学性质的理解,显然与毛泽东、与周扬等不同。将"五四"文学革命运动看做是"市民社会突起了以后的、累积了几百年的、世界进步文艺传统底一个新拓的支流"③,自然会更重视如胡风所说的"19 世纪批判现实主义和反抗的浪漫主义"的作家作品,也会更重视与这一流脉有渊源的新文学创作。在(20 世纪)50 年代中期关于"创作方法"的论争中,质疑社会主义现实主义的作家、理论家(胡风、秦兆阳等),在经典等级上,实质上是把 19 世纪的现实主义作品,看得比社会主义现实主义作品更高。④ 不过,周扬等虽然撰写了《社会主义现实主义——中国文学前进的道路》的文章,但是,当文学派别的冲突暂时得到解决的时候(1957 年,丁玲、冯雪峰成为"反党集团"被清除之后),他们表达的文学理想,其实与胡风等的主张相当接近。西欧的文艺复兴、启蒙主义和批判现实主义被看做人类文艺史上的"高峰",是他们所要创建的新文艺的蓝图。⑤ 因此,在"文革"中,这便遭到主张与一切"剥削阶级文艺""彻底决裂"的文艺激进派的批判,说"鼓吹资产阶级文艺就是复辟资本主义"。⑥ 对于中国古典文学经典,周扬等也愿意继续维护其地位,虽然当代提出的古代文化的评判标准常常威胁到这种地位。⑦ 他们通过组织一系列的针对陶渊明、王维、李煜、《琵琶记》、山水诗等的讨论,来寻找继续保持其地位的理由。

---

① 江青等主持制定的《部队文艺工作座谈会纪要》(1966)中,提出对苏联十月革命以后出现的"比较优秀"的"革命文艺作品"不能"盲目崇拜",认为肖洛霍夫是"修正主义文艺鼻祖",要开展对《静静的顿河》《一个人的遭遇》的批判。后来,报刊也发表了批判文章。

② 有时候,原来不属"左翼"的作家、批评家也会发出一些抱怨,如 1957 年,若干研究英美文学学者批评当代过分评价苏联文学,而对西方文学价值重视不够。但这些声音一般来说,对经典的重评并不具影响力。

③ 胡风:《论民族形式问题》,《胡风评论集》(中),人民文学出版社,1984 年,第 234 页。

④ 参见胡风:《关于解放以来的文艺实践情况的报告》、秦兆阳:《现实主义——广阔的道路》、周勃:《社会主义时代的现实主义》等文。

⑤ 参见周扬:《建设马克思主义的美学》(1958 年 11 月 22 日在北京大学的讲课稿)、《在文艺工作座谈会上的讲话》(1961 年 6 月 16 日)。

⑥ 上海革命大批判写作小组:《鼓吹资产阶级文艺就是复辟资本主义——驳周扬吹捧资产阶级"文艺复兴""启蒙运动""批判现实主义"的反动理论》,《红旗》1970 年第 4 期。

⑦ 列宁的两种文化的论述,毛泽东有关以对待人民的态度来判断古代文化的进步、落后或反动的标准,显然不能用来支持王维、陶渊明、李煜、李清照诗的经典地位。

在文学经典的重评中，文本的阐释趋向是重要方面。经典秩序的变动，可以表现为某一过去不在经典序列的作品的进入，或原来享有很高地位的被从这一序列中剔除。也可能表现为某一作家的一组作品在次序、位置上的改变。但也可能是作品的经典地位并未受到怀疑，其构成经典的内在价值在阐释中却发生很大的转移和变易。在五六十年代主流批评中，《呐喊》显然比《仿（彷）徨》更具积极意义。[①] 当时《野草》被看做是鲁迅还未完成转变时思想苦闷的产物，而80年代则因其揭示人的生存困境的深刻性，而被有的批评家誉为20世纪中国最伟大的作品之一。在当代这一时期，《复活》被认为是托尔斯泰最重要的作品，《战争与和平》《安娜·卡列尼娜》只能位居其后：这种排列，相信不为许多国家的文学评论界所认同。[②] 因为在当代，托尔斯泰最主要的价值是对“旧世界”的揭露和抗议，而《复活》显然最能体现这一评价。[③] “五四”以来，像《红楼梦》这样的作品的经典地位在不同时期都相当稳固。但是，在50年代初和在“文革”时期的阐释中，对其面目的描述和价值认定所发生的变化，现在看来令人讶异。对鲁迅的阐释更是如此。

三

文学经典秩序的确立，自然不是某一普通读者，或某一文学研究者的事情。它是在复杂的文化系统中进行的。在审定、确立的过程中，经过持续不断的冲突、争辩、渗透、调合（和），逐步形成作为这种审定的标准和依据，构成一个时期的文学（文化）的“成规”。人们一般认为，当代这方面的标准，来自毛泽东的《讲话》和他各个时期的论述。不过，由于“当代”文学内部事实上存在多种文化构成，因而，标准、成规的性质并不是那么单一，更不是那么稳定。

在文学的情感、审美和认知、劝诫等功能的认识上，当代强调的是后者，并特别突出文学与社会政治之间的直接关系。因而，当代经典秩序的确立标准，最为紧要的是作品所表达的历史观和政治立场。二战后冷战所形成的对立阵营和中国内部的政治现实，最为快速、直接地制约经典秩序的状态。在对西方、俄苏，以及现代中国作家作品的选择上，首先体现的是这一尺度。以现代西方作家为例，曾是，或曾接近达达主

---

① 在国外的汉学家中，也存在这样的评价的分歧。如夏志清在他的《中国现代小说史》中，对《彷徨》有较高评价，而捷克学者普实克则认为，比起《呐喊》来，《彷徨》的“战斗性和艺术独创性都稍显逊色”，“反映出某种衰退”。《普实克中国现代文学论文集》，湖南文艺出版社，1987年，第211—245页。

② 但据韩国学者白乐晴指出，在20世纪六七十年代的韩国，《复活》也被文学界认为是托尔斯泰最重要的作品。他认为，这表现了“第三世界国家”在对待西方经典上的“自主姿态”。见《全球化时代下的文学与人：分裂体制下的韩国视角》，中国文学出版社，1998年，第440页。

③ 1960年，在北京纪念托尔斯泰逝世50周年大会上，茅盾所作的报告是：《激烈的抗议者，愤怒的揭发者，伟大的批判者》，《文艺报》1960年第21期。

义、超现实主义的法国作家艾吕雅、阿拉贡,在50年代初的中国得到较为积极的评价,是因为他们当时都属于和平、进步阵营,其创作加入了革命事业。① 把德莱塞、法斯特(在他宣布脱离美国共产党之前)、马尔兹,而不是福克纳、海明威看做20世纪美国最重要的作家,决定性因素也是作家的政治倾向。当然,苏联文学中的另一线索,如阿斯塔菲耶夫、布尔加科夫、曼德尔斯塔姆、帕斯捷尔纳克、茨维塔耶娃等排除在苏俄文学经典之外,根据的也是这一原则;这也与当时苏联文学界的步调一致。不过,50年代的"社会主义阵营"在对待古典遗产上的包容性,对当时中国文学经典秩序的确定,也带来影响。②

文学文本在揭示"历史规律"、展示历史发展前景上的典型性和深刻性,是当代经常起作用的经典衡量尺度。虽然卢卡契在当代中国的"命运"颇为尴尬③,但在这一尺度上,与他关于"整体性"和"典型性"的理论有关。由此,既画出了现实主义与现代主义的界限,也廓清了"批判现实主义"和社会主义现实主义的区别。依照这一尺度,"现代主义"被认为是"抽象的形式主义的文艺",其思想基础是"非理性","把直觉、本能、意志、无意识的盲目力量,抬到首要的地位",拒绝"概括和典型化",只表现了现实的表面现象、碎片,无法达到对本质的把握。④ 因此,"现代派"文艺在当代这一时期被坚决拒绝。在杨周翰等主编的《欧洲文学史》中,虽然有对于托马斯·曼的成就和局限性的分析,却看不到有关同一时代的乔伊斯、普鲁斯特、卡夫卡、加缪、萨特等的评述。三四十年代认同西方"现代主义"的作家、学者,他们在当代如果要取得"话语权",前提是与"现代主义"划清界限,这也是他们思想进步的证明。⑤ 对于"本质"、"历史规律",当代认为主要为阶级斗争和重大事件所体现。因此,表现阶级斗争的"重大题材",在经典秩序序列中,理应占据首位。在这种尺度下,茅盾自然是比老舍更重要的作家。⑥ 而京派小说家和张爱玲等在40年代所倡导的"日常生活"的美学,也必然受到抵制。

---

① 参见罗大冈:《艾吕雅诗抄·译者序》,人民文学出版社,1954年。

② 最重要的例子是,当时"社会主义阵营"的组织"世界和平理事会"每年举行世界文化名人纪念,推动这些"世界文化名人"著作在中国的出版和宣传、评析。他们有拉伯雷、何塞·马蒂、契诃夫、亨利·菲尔丁、阿里斯托芬、果戈理、密茨凯维支、席勒、安徒生、孟德斯鸠、雨果、迦梨陀娑、陀思妥耶夫斯基、萧伯纳、关汉卿、杜甫、海涅、易卜生、布莱克、哥尔多尼、密尔顿、朗费罗、彭斯等。

③ 在五六十年代的中国大陆,卢卡契常被认为是反对社会主义现实主义的理论家。他一度担任匈牙利纳吉政府的部长这一事实,加强了中国革命文学界对他的反感。

④ 参见茅盾:《夜读偶记》,《文艺报》1958年连载,百花文艺出版社,1959年。

⑤ 徐迟对1957年穆旦诗作流露的"现代派"痕迹提出批评;冯至对他的《十四行集》作了自我批判;袁可嘉、王佐良在(20世纪)60年代初发表了揭露、批判艾略特等的文章。

⑥ 普实克和夏志清都认为,老舍对"个人命运"更为关注,而茅盾则更关心"社会力量"的冲突,"个别人物的奇异命运只有在服务于表现社会问题的范围内才使他感兴趣"。但夏志清推重的是老舍,普实克推重的是茅盾。

在当代经典价值评定中，还可以指出另一些经常起作用的尺度，它们和上面谈到的构成问题的各个方面。比如，经典的次序的判断，必须考虑作品对读者的世界观和行为模式的影响情况，教育作用的大小是一个重要因素。“政治化阅读”被强调和提倡。从这一点出发，与当代读者生活更贴近的作品获得较有利地位①，带有消遣、娱乐功能的“通俗小说”等文类受到排斥。出于相同的考虑，作品在表现上的明朗、清晰，也是一个重要条件；晦涩、难懂、含糊不清等不仅是风格学层面的问题，而且是文本“政治”的问题。“陌生化”技巧、文本的“多重编码”所产生的含混性和多义性，总是受到质疑和警惕。

当代文学经典的重新确立，无论在方法和尺度上，都留下若干难题。这些难题，困扰着新秩序的确立者。前面说到，对有可能危害到新秩序的“非经典”的“封锁”（不予出版，文学史不予评述），是维护新秩序的有效方法。但问题在于，“封锁”如果绝对化，也会导致政治和文学的决策层（及其研究机构）的“闭目塞听”，使他们对新秩序的论述缺乏依据和说服力，也有可能使新型文学的创造粗陋化。作为一种弥补措施，对某些受“封锁”的“非经典”，会以作为参照的“资讯”的对象，在“内部”出版发行，按照严格规定的阅读范围加以“分配”。这就是当代的所谓“内部出版物”。② 这种做法后来证明，它其实又培育了“颠覆”新秩序的力量和知识。③

在50—70年代，文学经典的另一难题是“精英化”与“大众化”的冲突。民族化、大众化是毛泽东制定的革命文化战略。周扬等人的响应，使赵树理的小说、李季的诗、歌剧《白毛女》等在当代进入了革命经典的序列。但事实上，以西方经典为目标的“文艺复兴”理想，是周扬等人的主导意识，这导致了这方面冲突的持续不断。

最为重要的难题在于，周扬等当代文学的决策者，他们并不愿意如后来的激进派那样，对中外文学遗产采取断裂的态度，但他们又要建构“新的人民文艺”（“社会主义文学”）的经典；而且后者还应该处于更高的级别位置上。于是这种新文艺经典，就不得不经常面临成熟的、并为广大读者所熟悉的经典遗产的巨大压力，使新的

---

① 在50年代，《文艺学习》等刊物曾组织“表现与我们的生活离得较远的作品有什么意义”的讨论。在当代，现代题材具有更高的等级。

② 50—70年代以“内部发行”方式出版的书刊，种类繁多。涉及中外文学、政治、哲学、经济学等领域。在文学方面，除一部分古典作品（如《金瓶梅》《十日谈》、足本的“三言二拍”）之外，主要是现代西方、俄苏作家的作品。如茨维塔耶娃、爱伦堡、西蒙诺夫、叶甫图申科、阿克肖诺夫的诗、小说、散文，以及《恶心》《等待戈多》《在路上》《麦田里的守望者》等作品。

③ “文革”中“地下诗歌”的作者和“新时期”最早进行文学革新的思潮，都从五六十年代的“内部出版物”中受益。

经典的确立和稳固性总是成为问题。他们用以“捍卫”新经典的方法，“积极”方面是反复宣布经典确立的新“成规”（新的题材、新的人物、乐观主义等），“防御”的手段则诉诸“时间”的限制，把出现睥睨一切旧经典的辉煌，放置在谁也无法预测的未来。①

——原载《中国比较文学》2003 年第 3 期

① 这是当代为新的经典辩护并减轻文学遗产对新文艺巨大压力的通常方法。周扬的《文艺战线的一场大辩论》、茅盾的《夜读偶记》、姚文元的《社会主义现实主义文学是无产阶级时代的新文学》，以及《部队文艺工作座谈会纪要》等，都从题材、人物、历史信心、乐观精神等方面，指出“社会主义文学”“无产阶级文学”是过去的文学无法比拟的。同时又“防御”性地指出，无产阶级文学诞生时间还很短，“怎么能拿衡量几百年、几千年中所产生的东西的尺度来要求几十年中所产生的东西呢?”“社会主义文学一定能够不但在思想上而且在艺术结晶化的程度上很快地赶上并超过过去任何时代的文学。”（周扬:《文艺战线上的一场大辩论》）

杨 扬

20 年来中国文学思潮

要考察 20 世纪最后这 20 年的中国社会思潮，离不开对文学思潮的认识。中国的当代文学尽管在艺术上还显得不那么成熟，但就文学与社会关系的密切程度而言，可能是世界上少有的。中国古代就有通过文学作品来观风俗察民情的传统，近代以来，这种传统依然存在，梁启超在《论小说与群治之关系》中，就把文学与改良社会振奋人心的神圣使命联系在一起。“五四”运动更是借文学开道，揭开了中国现代化的新篇章。而今，中国文学仍然是中国社会生活的晴雨表，它是了解当代中国的重要途径之一。从“新时期”起步的中国当代文学，一方面从当代社会生活中汲取经验和灵感，成为当代社会生活最直观的写照；另一方面，文学作品也成为人生经验的指南，假如我们要了解中国社会的人生世态的变化到底有多大，最好的办法之一，就是去翻阅这个时期的文学作品，它会告诉你社会进程的一步一履。20 年来，中国当代文学尽管希望有一种唯美的象牙之塔能够供奉自己，躲避风雨，但事实上，当代文学与社会生活的密切关系从来就没有真正动摇和分离过。这 20 年来中国社会的一点一滴的波动变化，都在文学中留下了自己的踪影。

一

一般而言，最近这 20 年的中国文学常常被划分为两个阶段。第一阶段是从(20 世纪)70 年代末、80 年代初至 1989 年，也就是通常所说的“新时期”文学。第二个阶段是整个 90 年代。这样的划分无论从当代社会生活着眼，还是从文学自身的形态来考虑，有其充分的理由。

从社会生活方面看，70 年代末起步的思想解放运动贯穿了整个 80 年代。在结束了“文革”之后的中国社会现实，迫切需要从封闭的状态中走出来，社会生活需要摆脱原有体制的羁绊，思想观念更是呼唤变革。那种火焰般的冲动意志呼之欲出，革命的气息弥漫着思想的空间。文学创作作为当时社会情绪的主要表达方式，成为社会关注的焦点。其实,“新时期”文学的序幕,一直可以追溯到1976年的天安门诗歌运动。尽管天安门诗歌运动选择的是中国最最古老也最最普通的古典诗歌形式,但那种对现实黑暗的痛恨以及对做人尊严的呼唤,定下了“新时期”文学的基调。1978年思想解放运动的展开,文学不仅成为社会民意的代表,而且也是思想解放的急先锋。一方面是所有的社会公共情绪全都涌向文学这一通道来释放自己。“新时期”文学最初的各种思潮,诸如“伤痕文学”、“知青文学”、“反思文学”和“改革文学”等,无不应合着社会变革的需要而以文学的方式呈现着民意。像《伤痕》《班主任》《人啊,人!》《爱,是不能忘记的》《晚霞消失的时候》《乔厂长上任记》《新星》等作品,几乎牵动着全民的心。每一新作露面,就会引来社会情绪的波动和亢奋,作家作品常常是一夜红遍天下。这样的文学现象构成了中国文学史上一道独特的景观。另一方面,所有关心当代思想意识形态问题的人士,不管是左的,还是右的,全都将关注和思考的目光投注到中国当代文学领域,而国家意识形态的主管部门更是将文学领域视为意识形态的主战场,不断在文学领域刮起政治旋风。如70年代末有关“歌德”、“缺德”的讨论,曾引来当时中国最高层领导的批示。① 后来在思想文化领域开展的一系列政治运动,也沿袭了历来政治运动的传统,首先从文学领域的整顿开始,然后波及整个意识形态领域。

“新时期”文学思潮作为一种思想表述,其主要内容毫无疑问是关于人性和人道主义的。曾任中国社会科学院文学研究所所长的刘再复,在“新时期”第一个10年即将结束的时候,发表《新时期文学的主潮》一文,总结“新时期”文学的经验。他认为,“新时期文学发展的过程,是社会主义人道主义的观念不断取代‘以阶级斗争为纲’的观念的过程。我们的作家通过自己的精彩作品,为结束‘以阶级斗争为纲’所导致的错误和提高人的尊严和地位而作出了重大的贡献”。在“新时期”文学的发展中,“我们可以找到一条基本线索,就是整个新时期文学都是围绕着人的重新发现这个轴心而展开的。新时期文学的感人之处,就在于它是以空前的热忱,呼唤着人性、人情和人道主义,呼唤着人的尊严和价值”。在学术专著《性格组合论》中,刘再复又从文学主体性的高度,系统地阐述了人道主义文学思想。尽管当时的学术界对刘再复仅仅从主体性方面来阐释人的文学有不同看法②,但对“新时期”文学中的人道主义文学主流还是给予肯定。

进入90年代以后,中国的社会生活发生了重大变化。基于经济建设的发展需要,稳定和秩序成为一种社会需要,这与80年代那种痛定思痛,要求社会变革的革

① 参见徐庆全:《胡耀邦对两场文艺风波的关注》,白烨选编:《2002年选大系·中国年度文坛纪事》,漓江出版社,2003年。

② 如,敏泽:《论〈论文学的主体性〉——与刘再复同志商榷》,《文论报》1986年第6期。

命氛围形成了巨大的社会反差。从 90 年代社会经济的发展状况看,中国社会的确在朝着一种建设性的开放的方向发展。以致(至)在 90 年代亚洲金融风暴中,中国经济一枝独秀,成为地区经济稳定的重要力量。不仅中国本身需要这种稳定,而且,被原来意识形态视为敌对势力的西方社会从自己的利益出发,也希望中国经济能够稳定发展。在思想意识上,人们更关注的是彼此之间的文化差异和自我特色,而不是敌对和纷争。从中国的意识形态领域看,90 年代以来,几乎消除了 80 年代那种剑拔弩张的紧张的思想气氛。不再搞各种思想整风运动,知识分子也改变了在对立情绪中思考问题的方式,转而走向正面阐述自己思想和观点的路径。与此相呼应的中国当代文学,也成为这一时期社会生活变动的历史见证人。随着社会意识形态结构的改变,原本凸现在意识形态风口浪尖的文学,在 90 年代逐步边缘化,作家作品不再像 80 年代那样全身心地关注和投身政治生活。如果说在 80 年代,中国作家因为政治问题而遭受批判的事件屡见不鲜的话,那么,90 年代就很少发生过当局因意识形态问题而对具体作家作品进行公开批判的事件。原本披挂在文学外表的神圣的思想外衣剥落以后,随之出现的是一种世俗化的文学潮流。所谓世俗化,本是西方宗教社会学中的术语,它是指宗教信仰和宗教制裁作为在社会中的行为或决策的指导,变得(或正在变得)日益削弱。而 90 年代中国文学的世俗化表现在对政治的冷淡,对各种与意识形态相关联的文学表述的偏离。社会代言人的角色让位于写作者的职业身份,90 年代作家更愿意把写作视为一种职业的行为,作家作品钟情于普通人的日常生活,读者对文学的要求,也从原有的寻求正义和人生精神寄托,转变为普通寻常的阅读需要,阅读是审美乃至愉悦放松,而不是孜孜不倦痛苦不堪的人生寻觅。这样的文学状态尽管招致不少思想界人士的不满和批评,但作为一种社会存在,90 年代的文学的确呈现出了与 80 年代文学截然不同的精神风貌和审美态度。

当然,将 80 年代文学与 90 年代文学作为当代文学的两个阶段,并不意味着历史的断裂,而是为了凸现出这 20 年来中国文学自身的一种演进和变化。

二

如果说,“新时期”文学是最近这 20 年中国文学的一个重要开端的话,那么,以人为中心,尊重人、关心人,表现人的要求的人道主义思潮就是这一开端的重要标志。当“四人帮”被粉碎,但“凡是派”依然执政,积压在人们心底有关以往岁月的痛苦无处导泄,此时是文学作品率先发出了人性的呼唤,开启并推进了人道主义思潮的发展。1977 年白桦的剧本《曙光》通过对历史上极“左”路线危害革命事件的表现,有力地控诉了极“左”政治的黑暗;刘心武的短篇小说《班主任》则展现了极“左”路线对中学教育的毒害;徐迟的长篇报告文学作品《哥德巴赫猜想》为广大遭受歧视的知识分子的命运鸣不平。1978年8月11日,卢新华的短篇小说《伤痕》在《文汇报》发表,引起广泛讨论,文学创作中涌现出一大批揭露极“左”路线危害、呼唤人道主义的文学作品,这就是所谓的“伤痕文学”。这些作品与先前“文革”时期公开发表的作品形成鲜明的对照,它们不再粉饰太平,而是直面痛苦的人生现实。包括巴金的《随想录》,戴厚英的《人啊,人!》,张洁的《爱,是不能忘记的》,谌容的《人到中年》等,从各个方面揭示现实生活中人性的压抑和人道主义的抗争。这些作品以人道主义为旗帜,批判现实,讴歌人性,让人们重新感受到“五四”新文学传统的复活。“新时期”文学因为正视现实人生而使文学创作重新回到表现现实人生的经验上来,为文学创作找回了坚实的基础,也为作家寻找到文学创作所必需的人格力量。由此,“新时期”文学进入一个恢复、发展的历史过程。在文学创作的感召下,文学观念的革命也开始起步。1979年第4期《上海文学》发表的评论员文章《为文艺正名——驳“文艺是阶级斗争的工具”说》,从文学理论的角度,批评了那些“以阶级斗争为纲”指导下创作的假、大、空文学,呼吁文学创作要立足现实,关注现实人生。①1985年文学研究中普遍开展了“方法论”问题大讨论,对原有的文学思维,从理论研究的层面上进行清理,凸现出文学主体性的要求。随后,是文学观念的讨论以及在“文化热”的名义下,对传统文化进行历史反思。

人道主义思潮对“新时期”文学产生这样大的吸引力,除了文学内在的思想需求之外,还在于人性、人道主义在当时拥有深厚的社会基础。“文革”结束之后,人们痛定思痛,深感社会生活应该建立在关心人、尊重人,以人为最终目的的基础上,而不能借革命名义,将人变相地作为工具、手段,残酷使用。所以,人的问题在新时期受到广泛的社会关注,是与反思“文革”教训、拨乱反正、建立新的社会秩序的需要有直接的关系。在思想领域,特别是后来周扬的《关于马克思主义的几个理论问题的探讨》与胡乔木的《关于人道主义和异化》而引发的争论,使得人们意识到有关人的问题并没有在理论上真正得到解决。因此,不管有多少压力,只要有可能,有关人性的要求、有关为人道主义辩护的文章总是不断地以各种方式发表出来。而文学作为一个时代社会情绪的风向标,最敏感最直接也是最集中地表达着这种人性的呼声。整个“新时期”文学所致力的就是要确立起人在社会生活中的尊严和地位。它所要揭露和鞭挞的,则是与这种关心人、尊重人相反的人的异化现象。差不多所有新时期最出色的文学作品,都是从人道主义中获取最多的精神滋养。那些感人的文学作品,也正是在人性和人情味的开掘上,显示了当代中国人的思想深度。或许,从文学

① 李子云、周介人:《为文艺正名——驳“文艺是阶级斗争的工具”说》,徐俊西主编:《上海50年文学批评丛书·思潮卷》,华东师范大学出版社,1999年,第28页。

的丰富性来考虑，人们会觉得人性、人道主义也只是文学的一个方面，但由于新时期中国社会面临的现实问题，使得社会和文学的关注焦点几乎全部集中在人的问题上。这也就是人道主义思潮不仅成为“新时期”中国文学中最强大的潮流，同时，也是当时社会影响最大的社会思潮。

“新时期”文学因张扬了人性和人道主义而成为时代的思想代言人，而时代对人性、人道主义的急切呼唤和迫切需要，又强化了“新时期”文学中的人道主义思潮，推进了文学自身的发展。所以，从文学思潮的角度，我们可以看到，“新时期”文学在审美方面，有着自己的时代特征。第一，就是强烈的社会使命感。尽管不少作家喜欢说自己偏重于审美而不是社会问题，但对社会生活，特别是政治气候的敏感，成为这一时期文学的普遍特征。如，汪曾祺的《受戒》和《大淖记事》，这类被评论家认为写得极其空灵散淡的作品，其社会的情怀依然还是可以感受得到。第二，是对人的价值的肯定和讴歌，对社会异化现象的批判。像张贤亮的《绿化树》、张承志的《北方的河》、阿城的《棋王》等作品，表达出面对困境时人性的不可战胜。第三，对人性的多方开掘。新时期文学对人性的认识从开始的全面肯定，发展到逐渐意识到人性本身是一个复杂的概念。特别是西方精神分析理论和意识流理论的传入，使得作家们对人性中被遮蔽的幽暗部分，如潜意识、梦幻和性心理等，给予关注和揭示。这方面王蒙的意识流小说、莫言的“红高粱”系列作品，开启了现代小说的写作尝试。第四，是文体实验意识的萌生。80 年代中后期，马原等一批年轻作家的小说创作与一些青年批评家的小说叙述理论相呼应，注重小说形式的变革，使得文体问题被凸现出来。小说开始从表现社会问题和关注社会现实的关系中脱离出来，向着讲故事、偏重叙事技巧的虚构方向发展。这也显示出 90 年代文学审美上的形式主义先兆。

三

90 年代标志着中国文学进入了另一个时代。从文学思潮的角度来考察，人们会发现这一时期文学的思潮特征没有像“新时期”文学表现得那么鲜明。所以，不少人用没有主潮的文学来描绘这一阶段的文学。但在我看来，90 年代依然还是有自己的思潮特征，只不过 90 年代的文学特点与“新时期”文学有所不同。

整个“新时期”文学，从文学史的渊源关系来看，主要是延续了“五四”以来的中国新文学传统，特别是那种直面人生的现实主义文学传统，对新时期作家创作有很大的影响。“新时期”文学，与其说是新的社会条件下成长起来的新文学，倒不如说是“五四”文学的历史回声。因为在“新时期”文学所表达的人的主题中，我们可以强烈感受到“五四”新文学所开创的那种张扬个性的人道主义文学特征。在审美方式上，尽管有 80 年代后期的实验文学，但现实主义的美学表达方式始终牢牢占据着

“新时期”文坛的中心，以致(至)于“新时期”最为成功的文学作品，从美学的角度看，基本上都可以归入现实主义范畴。从这一意义上讲，“新时期”文学是中国现代文学的一部分。80年代中期，一些中国现代文学研究者用“20世纪中国文学”①这样的概念来涵盖包括中国当代文学在内的20世纪中国文学，这一提议得到了广泛的响应。其实这倒是真实地反映出“新时期”文学在审美和精神源流上，与“五四”新文学的血脉传承关系。90年代的文学情况有些不同。90年代不是一个文学的终结时代，也不是历史经验在今天的重现，而是一种新的社会人生经验的起步，以及文学尝试着表现这样的社会人生经验。所以，对“新时期”文学，我们可以用经典的尺度来要求作家作品，但对90年代文学，我们只能以成长和发展的可能性来衡量和评价文学。

90年代的文学的确增加了不少新的东西。第一，城市生活成为文学表现的重要对象，这与“新时期”文学大量的农村题材的文学表现方式形成了鲜明的对照。第二，审美方式上90年代文学基本上是解构崇高，反对宏大叙述，转而关注和描写普通人的日常生活，进入一种世俗生活的细节描写状态。第三，整个文学写作呈现出职业化的趋势，作家不是为了某种社会使命写作，而是把写作仅当做自己的一种职业。第四，所有的文学写作深受文化市场的影响，作家在读者市场的压力下进行写作。所以，90年代文学思潮尽管表现得不是非常清晰，但总体上讲，受商品经济、市场化的影响，原有意识形态解体，文学对抗、批判的现实参照物淡化，一时间世俗化倾向的凸现成了一条由隐而显、由小趋大，越来越成为主流的文学发展线索。可以说，整个90年代文学就是在一种世俗化的氛围中成长(的)。之所以人们对90年代文学从一开始评价有争议，就是这条主线发展得不明朗、不迅速、不充分，同时，在审美经验的把握和表现上也有一个逐渐成长、发育和成熟的漫长过程。

90年代的文学是在市场经济背景下生长起来的，世俗化成为一种潮流。我们不妨从作家、作品和读者这三个最基本的方面来考察。90年代作家队伍构成中，最引人注目的是两批人，一批是新时期过来的“知青”作家，另一批是90年代新成长起来的统称为“新生代”的作家。就社会身份而言，“知青”作家大都是专业作家或职业作家，“新生代”作家大都是自由撰稿人或自由职业者。换句话说，这些作家与80年代靠国家工资为生的作家有一个明显的区别，就是90年代的作家与计划经济体制下的单位的关系疏远了，而与社会和市场的关系密切了。90年代大大小小的作家基本上都是以个人身份与出版社、书商或影视公司打交道。他们的经济来源中，

① “20世纪中国文学”由北京大学的黄子平、钱理群、陈平原提出。参见黄子平、钱理群、陈平原：《论“20世纪中国文学”》，《文学评论》1985年第4期。

相当重要的一部分是通过稿酬获得的。靠稿费生活的作家与靠领取国家工资的作家，在写作中面临的压力和心理状态是不同的，这就是通常人们所讲的体制外的作家与体制内的作家的差异。这种差异散布在文学的各个方面。就自我身份的认同上，作家们更多是直接与出版社、书商交往，而不是宣传政府部门，所以，作家的自我感受中职业撰搞（稿）人而不是公意代言人的身份感更强。就这些作家的生活范围而言，基本上是在大城市中，特别是那些"新生代"作家，几乎清一色地都在城市中完成人生最重要的青春期的成长阶段。所以，城市生活成为作品的主要表现内容，即便是写农村生活，也是在与城市生活经验的对照之中来写农村。像贾平凹的《废都》、张炜的《九月寓言》，都是将城市与乡村作对照。从 90 年代文学作品的构成看，除了题材上，城市题材凸现外，在审美方式和表现技巧上也受到市场经济的影响，世俗生活全面占领文学的表现空间。在审美方式上，现代化的都市意象在文学想象中是成长最快的一支。如果说，"新时期"文学中最集中的意象是图书馆、会议室、车间、森林、旷野等，那么 90 年代最集中的文学意象就是高档商品、商务大楼、酒吧、别墅、休闲胜地等。后者显然是市场经济起步后世俗生活提供给人们关于人生的想象。在表现技巧上，受影视作品及流行音乐等大众文化的影响，文学作品不仅吸取影视等大众传媒的表现手段来开拓自己的感官空间，而且还借助于大众传媒来扩大自己的社会影响。90 年代不少作家创作的灵感来源不再是单一的文字作品，而是影视作品。"梦工厂"的出现，影视作品的大量涌现，这是 90 年代市场经济条件下文化产业化的结果。随着影视等传播方式成为 90 年代强势的传播方式，文学作品要想在 90 年代获取巨大的社会影响，几乎都要与影视等强势传媒联手，这样文学作品才能够在主流文化空间中获得自己的位置。从文学读者的情况看，90 年代读者地位不再像 80 年代那样处于一种被启蒙、被感染、被教育的被动状态。读者的阅读需求直接影响到 90 年代图书市场的销量，而那些面向图书市场写作的作家，不同程度地受到读者需求的制约。特别是一些文学杂志，为了占据图书市场，不得不对作家作品进行包装甚至炒作。所以，90 年代文学现象之一，就是以"后"或"新"什么为前缀的文学命名方式特别流行。如，"后现代主义"、"后新时期文学"、"新写实"、"新状态"等。这一类文学命名的方式，并不意味着这些作家作品之间真有什么差异，而主要是为了赢得市场空间而已。事实上，在这些文学命名方式的包装下，确实使一批作家作品为读者和文学研究者所注意。如，池莉、林白、陈染等作家，尽管在 80 年代就已发表作品了，但并不为广大读者所注意，而经过出版社和文学杂志的命名炒作后，她们的作品和文学特征在 90 年代被凸现出来了。这样的文学宣传方式是市场经济条件下的产物。不管人们喜欢不喜欢，反正是 90 年代特有的文学存在方式。

90 年代文学受市场经济影响而呈现出的世俗化的流向，对于 21 世纪今天的人们而言,可能觉得有些可以接受了,或者不再会感到吃惊。但在90年代初,不同的作家、评论家对世俗化的文学状况所作出的反应是全然不同的。有持激烈批判态度的,有宽容、肯定的。① 各种文学主张和争议,实际上都是围绕文学与市场经济的关系而展开的,市场经济影响下文学生存和构成的世俗化状态是90年代文学发展的重要思潮之所在。在这条主线之下,才有各个层面的文学思考和文学实践,形成大大小小类别不同的文学潮流。

四

把20世纪最后20年的中国文学分成两部分,并且是在对照之中来把握,并不意味着这20年的文学之间没有共同的思想联系。事实上,假如没有前10年的人道主义文学的奠基和开拓,90年代文学的多元局面就不可能获得。而对于90年代这10年的文学而言,假如不是根据市场经济条件下社会发展的具体情况有所变化和调整,而是一味地以"新时期"文学的经验来要求90年代文学,那么,中国的当代文学就不可能有新的积累和探索,也不可能涌现出一大批年轻的作家、批评家。文学史的经验表明,任何一种社会形态之下,都有其审美经验的表达可能。70、80年代,在计划经济条件下,产生出一些优秀的作家作品,在90年代以来的市场经济条件下,同样也有不少成功的作家作品逐渐被社会所认可。所以,问题不在于计划经济或是市场经济与文学创作之间必然是一种融合或冲突的关系,而在于不同社会形态之下的作家、批评家能不能把握住自己熟悉的社会人生的经验。90年代市场经济刚刚起步,市场经济条件下的人生经验和文学表达方式这方面的积累的确不如计划经济条件下的文学经验积累得多,所以,90年代成熟的文学创作不多。但对于21世纪的中国文学而言,90年代又是最直接相关的时间段落,从这一意义上,我觉得90年代文学是21世纪中国文学的先声。很多90年代的文学现象和文学思潮仅仅是新世纪文学的开端,而不是结束。90年代文学还处在一个未完成的进行时态之中,对它的完整把握,还有待时间来完成。

——原载《华东师范大学学报(哲学社会科学版)》2003年第3期

① 如,90年代初围绕"人文精神"问题展开的讨论,有的人认为在市场经济条件下,"人文精神"失落了。而针锋相对的观点认为,市场经济条件下"人文精神"未必会失落。当时参加讨论的文章有王晓明等:《旷野上的废墟》,朱学勤:《城头变幻二王旗》,高瑞泉等:《人文精神寻踪》,王蒙:《人文精神偶感》《沪上思絮录》,收入丁东、孙珉选编:《世纪之交的冲撞——王蒙现象争鸣录》,光明日报出版社,1996年。

旷新年

小说的精神

——读韩少功的《暗示》

在《词与物——人文科学考古学》的前言中，福柯曾经描述这本书的灵感之源："博尔赫斯作品的一个段落，是本书的诞生地。本书诞生于阅读这个段落时发出的笑声，这种笑声动摇了我的思想（我们的思想）所有熟悉的东西，这种思想具有我们的时代和我们的地理的特征。这种笑声动摇了我们习惯于用来控制种种事物的所有的秩序井然的表面和所有的平面，并且长时间地动摇并让我们担忧我们关于同与异的上千年的做法。这个段落引用了'中国某部百科全书'，这部百科全书写道：'动物可以划分为：① 属皇帝所有，② 有芬芳的香味，③ 驯顺的，④ 乳猪，⑤ 鳗螈，⑥ 传说中的，⑦ 自由走动的狗，⑧ 包括在目前分类中的，⑨ 发疯似地烦躁不安的，⑩ 数不清的，⑪ 浑身有十分精致的骆驼毛刷的毛，⑫ 等等，⑬ 刚刚打破水罐的，⑭ 远看像苍蝇的。'在这个令人惊奇的分类中，我们突然间理解的东西，通过寓言向我们表明为另一种思想具有的异乎寻常魅力的东西，就是我们自己的思想的限度，即我们完全不可能那样思考。那么不可能思考的东西是什么呢？我们在这里涉及的是哪种不可能性呢？"由于与传统的文学经验的某种疏离，韩少功的小说《暗示》也给人们带来了陌生、惊愕与魅力。

韩少功被一致公认为中国当代文学界"值得期待的作家"之一，他不断地带给我们惊异，他的作品经常是文坛注目的焦点。当年《马桥词典》的出版引起热烈的争论；《暗示》的出版，立即又成为文坛的重要话题，尤其是其文体实验再一次成为议论的中心。《暗示》很难在传统体裁的框架内加以解读，是对文学成规和阅读经验的破坏和瓦解。在某种意义上，它使我们联想到博尔赫斯式的"中国百科全书"反常的思维方式及其导致了某种荒诞感的知识构造。同时，它是对于某种"不可能性"的探索和呈现。

小说本来就是一个极端现代的文类。不论在中国还是在西方，都是一种新兴的、“低级的”文类，直到20世纪才真正进入文学和知识的殿堂。从形式上说，小说具有明显的“寄生性”，它具有海纳百川的精神、态度和气象，通常以各种模仿的方式收编和征服其他高级或低级的文类和知识。马丁·华莱士在《当代叙事学》中说：“几乎每一种纪实叙事——历史、传记、自传、游记——都产生了一种以之命名的虚构翻版。”①根据以往的知识，小说和史诗、神话、传说、讲史等有着深刻的渊源；然而，巴赫金的研究又发现，小说和笑话、狂欢节等民间隐秘的生活却有着更为密切的联系，和民间文化血脉相通。在内容上，以巴赫金所说的“众声喧哗”瓦解和嘲弄官方的道德和秩序，表达异端的思想和价值。不论是在形式上还是在内容上，相对于其他文类来说，小说都是“不正经的”，人们能够把戏剧做成“样板戏”，但是却没法把小说做成“样板小说”。同样，“颂诗”构成了一种传统，然而却没有“颂小说”。甚至小说没有固定的定义，它就像一个恶毒的精灵，罔顾一切“王法”——文类、知识和道德的禁忌，拆除文学秩序和社会结构的等级鸿沟，在一切固定的文学体裁和社会区隔之间引起骚动和反叛。中国古典小说同样是广泛复杂、不断变化调整的知识谱系。钱大昕甚至视小说为中国传统儒、释、道三教之外的下流异教。

马丁·华莱士在《当代叙事学》中提出了“‘小说’存在吗”的问题，其结论是悖论：“‘小说’无法加以定义，因为其规定性特征就是不像小说。”他在“小说作为反对话语”一节中引述了瓦尔特·里德的观点，不同的小说共同分享的不是某些特点，而是某些关系，在各种社会和文学环境中始终如一的反对立场：“那些定义小说为一种似是而非的形式的理论中包含某种颠倒：在文类系统中，小说的反常性被作为它的正常存在方式而接受。结果，小说就被设想为一种‘没有自然的或确定的存在’的实体，‘它在不同时代的不同区域文化中一而再、再而三地出现’，它不是一种只有连续历史的独立类型，而是‘具有类似的家族特征’的作品的‘前后相续’。”在形式上，它与其他文类和文学理论特有的规则相对立：“当小说发展出自己的成规，批评家也开始将其各种规则加以法则化时，小说家却通过滑稽模仿，通过新形式的发明，或者通过吸收和混合当时的‘纯’文类而与这一‘（标准）小说（规范）’作对。”在内容上，它与法定文化相对立：“通过描写那些在公认的价值体系中没有一席之地的人与环境，小说使这一价值体系受到潜在怀疑。通过肯定自己不在文学领域之内、而在非文学话语的‘现实’世界之中的‘地位’——小说的‘现实主义’由此而来——小说揭示了无情的事实与传统的认识方式之间的差距。”马丁·华莱士说：“下个宽泛的定义，可以说，‘小说话语’就是任何一种突出了不同民族语言或言语共同体之间的对比的言

---

① 马丁·华莱士：《当代叙事学》，伍晓明译，北京大学出版社，1990年，第39页。

语、行为和写作。”①小说努力避开创作公式的技巧和成规，大胆“盗用”回忆录、传记、历史、书信、日记等“大说”和纪实叙事类型。昆德拉说：“在历史的进程中，这种或那种艺术的概念（小说是什么?）以及它的发展方向（它从何而来？又向何处去?）总是不停地由每一个艺术家、由每一部新作品来定义和再定义的……拉伯雷肯定从来没有把他的《巨人传》称为小说。”②

日本学者认为，有关文学与政治的关系的不同看法以及不同的风雅观，反映了中国文学和日本文学的最重要和根本的区别。铃木修次说：“中国人认为真正的文学不能与政治无缘，不回避政治问题并且以它为对象的那才是‘风雅’的文学、更好的文学，在‘风雅’的作品中才有中国的正统文学精神。”③梁启超提倡“政治小说”在文学史上长期被看做是对日本“政治小说”的仿效；然而，实际上日本“政治小说”的产生本身是承受了“汉学”影响的结果。“新时期”将中国当代文学的贫乏归罪于与政治的联系。然而，伟大的文学既不迎合政治，也不归（规）避政治。昆德拉说：“政治并不产生媚俗，但它需要媚俗。”④

“五四”文学革命和中国现代文学的发生使中国传统文学的格局发生了重大的改变。文学革命建立了小说、诗歌、戏剧的现代“纯文学”秩序，对中国文学史进行了颠覆和重建。以此为界，1904 年林传甲出版的《中国文学史》和 1928 年胡适出版的《白话文学史》体现了完全不同的中国文学史图景。即使林传甲的《中国文学史》是在日本学者著作的影响下产生的，但是其“中国文学史”包括了国学、经学、诸子、小学等广泛的内容，同时恰恰忽视了小说、戏剧等文学的内容。而在 1896 年林乐知等人翻译出版的《文学兴国策》一书中，“文学”的内涵并不是文学艺术，而是文化教育。自“五四”文学革命和胡适的《白话文学史》之后，我们才真正以一种现代“纯文学”的眼光来看文学，构建了诗歌、小说、戏剧的文学知识体系。胡适的《白话文学史》第一次以现代“纯文学”的眼光重理了中国文学史，使之面貌一新。在清末，林纾匪夷所思地把英国狄更斯和中国的司马迁相提并论。而胡适则抱怨中国没有真正的长篇小说，它们“没有布局，全是一段一段的短篇小品连缀起来的；拆开来，每段自成一篇，斗拢来，可长至无穷”⑤。长篇小说的结构与文化、哲学有着内在的联系，中国现代长篇小说的“结构”并非凭空地、孤立地从西方移植过来的，而是标志着中

① 马丁·华莱士：《当代叙事学》，伍晓明译，北京大学出版社，1990 年，第 41、52 页。

② 昆德拉：《被背叛的遗嘱》，吕同六编：《20 世纪世界小说理论经典》下卷，华夏出版社，1995 年，第 560 页。

③ 铃木修次：《中国文学与日本文学》，海峡文艺出版社，1989 年，第 14 页。

④ 《小说是让人发现事物的模糊性——昆德拉访谈录》，《小说的艺术》，社会科学文献出版社，1995 年。

⑤ 胡适：《五十年来之中国文学》，姜义华编：《胡适学术文集·新文学运动》，中华书局，1993 年，第 138 页。

国现代世界观的深刻变化。

韩少功并不认为中国现代文类的区分具有天经地义的合理性，不同文类也并没有不可跨越的鸿沟。他对现代小说深感不满，憧憬中国古代文史哲三位一体水乳交融的境界。韩少功表示，他企图把“小说”扩展成一种广义的“读物，同时包括了小说和非小说的因素，就像历史上那些跨体裁的作品一样，结合了叙述和议论，尝试一种叙事性的理论”。他将《暗示》称为“长篇笔记小说”。他说：“现代社会里传媒发达，人们很容易知道这个世界发生了什么事，因此，一个文学写作者描述这些事可能是不重要的，而描述这些事如何被感受和如何被思考可能是更重要的。这就是我有时会放弃传统叙事模式的原因。我想尝试一下将笔墨聚焦于感受方式和思考方式的办法，于是就想到了前人的笔记体或者片断体。”①

实际上，经过罗兰·巴特等人的实验和后结构主义理论的冲击，原来理论与创作、历史与叙事之间的界线已经发生了动摇和改变。20世纪60年代以后，在美国以及西方学界寄生于创作的批评已逐渐获得自己独立的生命，逐渐成为一种特殊形态的理论。“理论”已经脱离经验成为一个自洽（治）的知识生产领域，其性质和功能都发生了根本的变化。“理论”不再是“创作”的总结，同时也不再指导“创作”，“理论”已经成为一种“创作”。不仅如此，“理论”在国际间，在不同的地域空间和语言之间不断旅行，衍生出各种各样不可预知的冒险、奇遇和故事。在今天，我们怎么还可能简单地区别“理论”和“创作”、“历史”和“虚构”之间的关系？

《暗示》是一种跨文体写作。它也不再严格区分真实和虚构。拆开来看，《暗示》是一百多篇各自独立成篇的小品。它们一方面可以独立成篇，但是另一方面作为一个文本又改变了原来随笔的性质。它们有着内在的联系，在它们的统一后面蕴藏了作者独特的思维方式和整理结构，形成了一种独特的知识方式和视野。它们不再发出孤立的光芒，而是由于作者的整体思考和作品的统一结构而获得了崭新的意义。

分类并不是消极的行动，分类本身就是对于世界的建构和认识。知识的重新分类，必须产生新的不同的知识，使得世界因此呈现为新的不同的面貌。《暗示》对于新的文体的探索，也就是对于世界的重新认识和发现，探索和挖掘传统知识所屏蔽的那些隐秘、幽暗的区域，揭露那些习以为常、习焉不察的事物的反常性。它给予世界一种新的眼光，并使世界呈现为新的结构和面貌。

人们把《暗示》看做是一部“象典”，作者有意探索语言和具象的关系，深入言词未曾抵达的幽暗之处。“在我们的交谈之外，一定还有大量的信息在悄悄地交流：表

---

① 《韩少功：我喜欢冒险的写作状态》，《南方日报》2002年12月31日。

情在与表情冲撞，姿态在与姿态对抗，衣装在与衣装争拗，日（目）光在与日（目）光搏杀，语气停顿在与语气停顿厮咬，这一切都在沉默中轰轰烈烈地进行。”（《默契》）《暗示》第一卷《隐秘的信息》就是对于各种“象”的符号学解读，发掘其“言外之意”。“中国传统知识者皆以语言为尊，比如从来不乏‘文’的字典、辞典、语法以及修辞，不乏各种语言研究成果登堂入室，却一直未见世上有过‘色典’或者‘象典’，一直没有什么人对生活中万千声色的含义、来源以及运用规则有过系统的记录整理。”（《色》）语言的有限性，实际上也就是知识的有限性，也就是知识对于这个世界事物和经验的无法穷尽和无能为力：“白纸黑字可以在历史中存留久远，而历史中同样真空的表情、动作、场景、氛围等等，却消逝无痕难为后人所知，而这一切常常更强烈和更真实地表现了特定的具体语境，给白纸黑字注解出了更丰富和更真实的含义。”（《证据》）“象”的丰盈性溢出了苍白的语言范围。

然而，在这个符号化与权力化的世界里，对于符号的争夺无所不在。“象”也像语言一样摆脱不了权力的操纵与控制。第二卷《具象在社会中》揭示了镜头、电视、广告怎样通过光怪陆离的图像塑造，影响人们对于世界的感觉、理解与想象。“广告代表着金钱的力量，以出神入化的形象制造，慢慢进击人们重要的感觉区位并且在那里攻城掠地，力图最终操纵和改造我们。”（《广告》）图像和语言一样，作为符号，既能表达真实，又能湮没真实，同时还能制造真实。第二章实际上是一部微观的图像政治的历史。电视图像在“文革”后期怎样悄悄地瓦解了文字对于思想的控制，意外地带来了思想的解放。“电视确实是宣传革命的工具，充塞着社论、报告以及官方口径的新闻。但文字崇拜传统之下电视管制往往只及于文字，声象则因意义的多向性和隐晦性而很难辨认，无法得到严格规限，于是留下了较为广阔的空间，常常出现‘文’‘象’相离或者‘文’‘象’相违，形成了实际上的信息失控。”（《镜头》）在某种意义上，不是政治改变了中国，而是电视改变了中国。但是，最终很快图像又被权力收编、征服和改造，甚至在国际政治中，传媒殖民主义取代炮舰殖民主义不战而胜。“媒象可远程传输，可复制增量，因此能使‘卖点’无限膨胀，最终淹没真正的现实。在这种情况下没有视听‘卖点’的世界将会成为编辑间里的废料，将会退出镜头，隐入黑暗。”（《商业媒体》）因此，哪里存在着符号，哪里就存在权力和控制，哪里就存在对真实的压抑和遮蔽。

《暗示》明显地不同于经典现实主义那样去塑造“典型环境中的典型人物”，通过“典型”再现世界。它所追求的也不再是传统意义上的再现和似真意义上的“真实”。尽管《暗示》包含了人物和故事，但是故事和人物都融化了，弥散于小品的片断之中。传统那种高度本质化和演绎化的典型环境和典型人物以及整体性的世界观在《暗示》中破碎了，人物不再是“典型化”的人物，故事也不再保持故事的形态，人物在不同的情景、氛围、环境中浮现出不同的面目和性格，故事被融于情绪、感受和记忆的碎片之中。传统的笔记体在这里获得了新的意义。人物无法脱离具体的境域，故事无法强行穿越具体时空的规定，它们情景化、境遇化了。脱离了具体的语境发生漂移，言、象、意就可能脱节和错位。

《暗示》没有完整的情节、结构，没有必然的开头、结局，也没有中心和唯一的主题。传统的笔记小说将我们带入到了新的文学世界，提供了新的文学经验。在《记忆》一节中写道："你的记忆中留下了很多景象，但与之有关的前因后果却大多消失无痕，就像博物馆里的墙上图片尚存，说明文字却大多已经脱落……我的记忆力变得如此糟糕，脑海里的零落图景总是缺少必要的说明文字。即使我十分珍视那一段故事，也没法把碎片重新编织成章。"曾经有人指出，《暗示》的写作源起于《记忆》。确实，《记忆》是解读《暗示》的关键。"韩少功曾面临一次写作困境，他无论如何写不出当年知青生活一个脉络清晰完整的故事，他脑子里只有一些零落的景象，而忆不起前因后果，没法把景象的碎片重新编织成章。这似乎是解读《暗示》的一个'暗示'，它意味着表意的链条发生了断裂，历史的连贯性终止了，线性连接的时间成了一堆断线头，知青生活、革命年代和现实世界、全球景观就无法整合成一个连续性、整体性的宏大图景或叙述，而只能是零碎化(的)破碎感了。作家的写作方式、策略的选择源自他的深层意识，而这种意识的形成是外界强烈刺激的结果。也许这是后现代社会浸染下韩少功书写的宿命？"①如果我们把《暗示》比做雪崩式的景观，而《记忆》则是最初的裂痕。知青记忆的破碎引发了常识和经验的崩溃。可以说《暗示》深刻地"暗示"了现代知识的危机。

许多人认为，《暗示》是对于《马桥词典》的否定，我则以为，它是《马桥词典》探索的继续，在沿着《马桥词典》的思路进一步深入。《马桥词典》是从"方言"的立场出发，从个人独特的语言实践出发。中国现代小说使白话"欧化"和提高到"国语"的地位，使一种方言上升成为"普通话"，并且被纳入到民族国家的现代性规划和建设之中。《马桥词典》则是去寻找那些散落在民间的、"普通话"所无法涵盖的"方言"的复杂含义，揭示"普通话"背后的语言、思维和生活方式，其生存与价值图景。《马桥词典》继承了从《搜神记》到《聊斋志异》中国古代志怪小说的传统，与中国现代小说"史诗化"和"经学化"以及宏大的民族国家想象的传统反向而行，走向历史的边缘和旮旯儿。它记录的是那些被"宏伟叙事"所无法概括也无意囊括的边缘记忆，那些从历史的大故事上脱落的稗史和碎片。正如《白话》这一词条中所诠释的："白话"是一种闲谈，它往往是"无意义的"和"非道德的"、"怪异的"和"耸人听闻

① 张伯存：《〈暗示〉眉批》，《世纪中国》(http://www.cc.org.cn/)第97期，2003年1月15日。

的”。“我的小说尝试，我青年时代最重要的语言记忆，就是从他们白话的哺育下蜷缩着身子，乐滋滋地交流一些胡说八道。因为这个无法更改的出身，我的小说肯定被他们付之一笑，只能当做对世道人心毫无益处的一篇篇废话。”《暗示》一方面既是这一古代小说传统的承续，另一方面同时也是梁启超《新中国未来记》及其现代小说传统的承续。梁启超在《新中国未来记》序言中称“似说部非说部，似稗史非稗史，似论著非论著，不知成何种文体”。尽管《新中国未来记》是一部未完成的长篇小说，但是却深刻地改变了中国小说的形态和想象力。《马桥词典》就已经被人称为“大杂烩”。在《暗示》中，利用传统笔记小说的形式，叙述和思考缠绕和糅合在一起。可是，《暗示》的文体试验决不是故弄玄虚，而是为了表达作者独特的经验和思维方式。这种经验和思维方式只有透过新的形式才能体现出来。《暗示》要打破知识规范对于我们思想的规训与驯化，以及由此产生的知识盲区和意识遮蔽。作者通过具象细节，通过发散化的感觉，突破体制化的知识，打破语言的囚笼，冲出思想的牢笼。文体的陌生化是为了凸现知识的危机。突破文体的界限，也就是突破习惯的思维方式，挑战既成的知识规范。

曾几何时，“思想解放”已经凝结成为了一个固定的姿势。“历史的终结”已经成为了一个“常识化”的神话。中国文学不断地宣布和庆祝“史诗”作品的诞生，而茅盾文学奖也毫无例外地授予那些“史诗”风格的作品。那些小说因为正确地演绎了新的意识形态，具有新的历史教科书的功能，而被冠以“史诗”的称号。许多“史诗性”作品既保证了内容上的“政治正确”，在形式上又与“现代主义”“国际接轨”。这种“史诗性作品”披挂着政治和文学的时尚，就像花花绿绿的百衲衣，格外炫人眼目。然而，在“历史终结”的时代，高声叫卖“史诗”这种东西，即是一件滑稽的事情。这些奇怪的、互相矛盾的赞誉也不能不令人生疑。

与此相反，韩少功纵身投入被终结了的历史的深处，在那些被整理和打包、平静如水的“历史”下面重新挑起冲突、叛乱和变化。韩少功的长篇小说《马桥词典》和《暗示》都有一个不可或缺的穿行于不同语言和空间的叙述者——“知青”。这是韩少功的长篇小说一个引人注目的特点，并且也因此产生了特殊的“散点透视”的思想和艺术效果。许子东曾经指出，“韩少功在骨子里是个‘知青作家’。不仅因为他有两篇作品直接影响‘知青’文学发展，还由于他几乎全部的重要作品里，都有一个‘知青’人物作为‘视角’存在”①。韩少功的写作与“知青”经历有着隐秘的联系。“知青”的特殊经历和记忆已经成为韩少功创作的宝库。然而，值得注意的是，“知青”是一个越来越被本质化、同时也越来越空洞的概念，或者被浪漫化，或者被苦难

① 许子东：《〈爸爸爸〉与〈小鲍庄〉》，《当代小说阅读笔记》，华东师范大学出版社，1997年，第113页。

化，都难以逃脱符号化的命运。“知青”一度是共产主义红卫兵，“改天换地”的新人，最终被定格为“耽误的一代”。与知青相关的“文化大革命”，一度被称为历史的新篇，最终却被判决为“历史的浩劫”和“空白”，因此一位作家便接口说，“减去十岁”。然而，对于“知青”生活本身的叙述并不是韩少功的兴趣所在，他既不是要为“知青”铭刻一座纸上之碑，也不是要代其立言，进行历史的申诉；而是这种历史裂痕为韩少功提供了思考和突入的契机。在韩少功这里，“知青”构成了不同文化、历史时代、社会群体和阶级之间的桥梁和链接，“知青”是一个社会和历史的越界游走者。对于韩少功来说，“知青”不是一个关注的对象，而是一个不断游动的观点。“知青”是历史断裂与空白之间剩余的“边缘人”，处于不同生活、经验、知识和价值的边缘，那种游动的目光，那种游击式的思考，都带来具有特殊的穿透力的智慧和力量，使其对于生活和世界发生出奇制胜、匪夷所思的诘问。

《马桥词典》凸现了“普通话”和“马桥方言”之间的冲突和歧义。在《暗示》中，曾是“知青”的叙述者往来于不同的国家、阶级、时代、文化与历史记忆之间。《马桥词典》是对于语言的思考。在《马桥词典》后记中写道：“每一个人都需要一本自己独特的词典。”也就是说，每一个人都应该有自己不可化简的立场。韩少功不满福山“历史的终结”的大话和“全球化”以及“帝国”的强迫想象。对语言帝国的拒绝，也就是对于“历史的终结”的拒绝。作者并没有急切地提出任何一种替代的方案，提出替代的方案并不是一个小说作家的责任和义务。小说家的存在就是用批判性的想象力拒绝和质疑任何“历史的终结”与霸权。

在20世纪90年代“后新时期”的卡拉OK中，中国也加入了全球化的歌唱之中。有人曾这样给人们“演示”过多元化的社会理想：多元化就好比一个城市的交通，有的人坐小车，有的人坐中巴，有的人坐大巴。韩少功对这种巧妙地区隔化的所谓多元化表达了另一种看法，他说：“隐形地图的多样化，是生活方式多样化的空间曲变，暗示各种生活模式相对封闭和分隔的趋势。”这种“多元化”导致了社会共同体的瓦解，导致了一种隔离的新的形式：“在一个更加自由和宽容的世界，一个没有种族隔离的时代，一种新的种族隔离在这里出现了。在一个信息交流和文化开放更加充分的时代，一个新的族群隔离在这里出现了。在一个信息交流和文化更加开放的时代，一个鲜见闭关锁国的时代，一种新的生活封闭在这里形成了。”（《地图》）全球化已经深刻地改变了人们的感觉经验，全球化已经重新勾画了“世界地图”。不同的文明、时代、民族国家、阶级、社群和个人都有自己不同的地图，正如他们拥有自己不同的知识一样。随着文明的演变，农业时代、工业时代、殖民时代的地图已经过时了，消费时代重新绘制了自己时代的地图。

《暗示》对于历史和文明有着不同的看法，“文明”变成了干净的、没有血迹的屠杀,“文明”成为了罪行的化妆术。“我知道老木是文明的受益者,把两千多工人文明地掠夺以后,用文明的泡沫洗净了手上的血迹。”(《文明》)同时,战争不再是面对面的近距离的血腥拼杀,取而代之的是空中打击和卫星图像。战争变成了一场干净、卫生的杀人游戏(《残忍》)。“历史的终结”,同时也是压抑的历史。

在《暗示》中,“我”作为红卫兵的同时代人,知道有些红卫兵的手上沾有鲜血,他们确实应该忏悔。在“文革”中,确实有过批斗、抄家。但是,他认为决不是笼而统之抽象的“全民大忏悔”。针对空洞的“忏悔”潮流和时尚,他说:“如果我想赶一把道德时尚,用假惺惺的真诚在满世界谴责红卫兵的异口同声中再添一道尖音,把特权与反特权的关系颠倒过来,把歧视与反歧视的关系颠倒过来,那才是铸下了大恶,才真正值得忏悔。”(《忏悔》)“文革”被书写成一段单纯的好人斗坏人的故事,一出偶然的道德悲剧,完全抹去了在这出历史悲剧下面所蕴藏的真实、巨大和剧烈的历史动力和社会冲突:“在这样一种文字的独断之下,谁要提到当时无谓的折腾之外还有真实的社会矛盾,谁要提到当时不公和歧视所引起的造反是造反的一部分,谁要提到激进行为动机中还有合理与不合理的相对区别,就是为红卫兵辩护,就是为罪恶的历史辩护,就是可耻的‘不忏悔’。”(《忏悔》)这样一种“全民大忏悔”的同质化思维方式实际上和“文革”的思维方式本身并没有任何区别。

这样一种思维方式本质上是反知识的,同时也是反文学的。千人一面,众口一词。这不仅导致了思想的简单、僵化和愚昧,而且也导致了文学的贫乏,文学的公式化和概念化。历史不能被抽象。“对于有些聪明的强者来说,有什么道理不可以接受?任何意识形态的时髦口号都可以接过来,成为他们左右逢源并且大获暴利的机会。同样,对于有些朴素的弱者来说,有什么道理可以接受?”(《词义》)文学恰恰是抵抗这样一种单向、平面的思维。“文学总是喜欢注意细节,注意生活中琐屑的具象,就像一个虚拟的在场者注意现场中一切可看、可听、可嗅、可尝、可触的事物。”文学的精神就是固执于个人的记忆,拒绝任何时尚的规训,拒绝任何追赶流行歌曲的媚俗(《性格》)。因此,政治正确和媚俗并不等于美:“与其说被宣传机构推到耀眼的位置上去哗众,美更愿意沉默,成为人们不经意的一种遭遇,成为人们悄然入心的一丝灵魂战栗。历史中一切有沉沉分量的美,从来离不开受压迫和受剥削的人民,从来离不开无法在耀眼位置上去哗众的多数。这决定了美的沉默地位,美的边缘地位。”(《包装》)

《暗示》与其说是反映了后现代精神,不如说是对于“历史的终结”和“全球化”霸权的抗议和质疑。麦克尔·哈特和安东尼奥·奈格里在《帝国》一书中开篇写道:

"帝国正在我们的眼前出现。"①然而,韩少功却是要在历史和思想已经终止的地方重新产生不满、怀疑、问题和变化。卢卡契和昆德拉都把小说看做是上帝退隐后问题化了的世界,我认为这体现了小说的一种重要的精神。昆德拉说:"小说有某种功能,那就是让人发现事物的模糊性……当堂・吉诃德离家去闯世界时,世界在他眼前变成了成堆的问题。这是塞万提斯留给他的继承者们的启示:小说家教给他的读者把世界当做是问题来理解。在一个建基于神圣不可侵犯的确定性的世界里,小说便死亡了。"②

相对于那些被悬赏的"不同政见",小说是一种新鲜的想象力,同时,也是一种另类的真实。每一种新的文字的出现都提供了新的不同的"真实";同时,每一种不同的"真实"都需要并且产生了一种新的不同的"说法"——新的叙述方式和文体,从而形成了新的知识。而每一种新的"真实"和知识都是通过思想的搏斗而诞生的:"所有真实都是我们理解中的真实,是某种文化语境规定的真实……事实与价值并不是那样截然两分,总是处于互为表里的状态,纯粹的事实判断和纯粹的价值判断并不存在。每一项'真实'都源于历史上某些非常复杂也非常激烈的文化斗争。"(《真实》)而任何一个拆解和破坏知识的过程,必然同时是一个建构和更新知识的过程。《暗示》作者并不企图建筑一种一劳永逸的成功,甚至并不追求作品本身直接的成功,而是因为这是"一本非写不可的书",因为这是一个思想的过程。它正体现了小说的精神。然而,韩少功的写作如果使得一种新的文体获得生存,正如"四不像"这种动物存在一样,它必然引起某种知识的后果。

——原载《文学评论》2003 年第 4 期

① 麦克尔・哈特、安东尼奥・奈格里:《帝国》,江苏人民出版社,2003 年,第 1 页。
② 《小说是让人发现事物的模糊性——昆德拉访谈录》,《小说的艺术》,社会科学文献出版社,1995 年。

谢有顺

铁凝小说的叙事伦理

一、身体、语言和伦理

我在和诗人于坚的一次对话中,用了一个新的说法,“写作是身体的语言史”①。我坦诚,这句被自己意外捕获的话,一度照亮了我内心中许多幽暗的角落,并有效地解答了我对文学的诸多困惑。尽管“身体”一词,在当下写作界受到了商业和艳情的双重绞杀,已经被彻底地妖魔化,但我坚持认为,在写作与身体之间,有着一种内在而深刻的联系。

说写作是身体的语言史,强调了两个要素,一个是身体,一个是语言,二者缺一不可。身体是说出写作者作为一个存在者的在场,他是出现在写作里面,不是跟写作脱离关系的。写作者作为一个有身体的存在者,生活在这个世界上,他身体所感知、接触和想象的每一件事,都跟他的写作有关,唯有如此,他的写作才是一种在场的写作;另外一个要素是语言,所谓“语言史”,是说写作者用语言描述、记录和想象了自己的身体在经历这个时代时的景象。离开了身体的独特经验,语言的创造性就无从谈起;照样,离开了语言的创造性,身体的经验也就不会获得有价值的出场空间。二者在写作中应该是同构在一起的。因此,真正伟大的作家,都能将身体语言化,语言身体化,使语言具有自己身体的形状。比如,读李白的诗,可以感觉到李白这个人是豪放的、飘逸的,有一种神采飞扬的身体印象;读杜甫的诗,你会觉得这个人比较沉着、忧伤,身体前进的步伐感觉是缓慢的,这些都是他们的语言留给读者的基本印象。② 当然,身体与写作之间的密切关系,并不能作这样机械的理解,只是,作为个人语言史的写作,如果没有身体的参与,仅凭知识、幻想,确实是难以获得真

---

① 于坚、谢有顺:《写作是身体的语言史》,《花城》2003 年第 3 期;又见《于坚 谢有顺对话录》第四章,苏州大学出版社,2003 年。

② 参见于坚、谢有顺:《写作是身体的语言史》,《花城》2003 年第 3 期。

实的生命感受的。

但从身体出发,也可能发展出一种身体迷信,使写作沉迷于一种身体(甚至肉体)乌托邦之中。已经有一些作家在为身体(甚至肉体)乌托邦而写作,他们忽视了语言对身体的制约,结果写作就成了性爱感受和肉体经验的单一展示,丧失了基本的理想,也丧失了生命的基本信念。因此,我不想再在这个层面上使用"身体写作"这个说法(因为它已经变质),而更愿意援用"写作是身体的语言史"这一判断,强化身体的在场,也强调语言的创造性。前者是经验的,后者则是伦理的——语言伦理不同于一般的道德伦理,道德伦理注重价值判断,而语言伦理则注重呈现生存的状态,注重理解个体的生活。我认为最好的写作,就应该既是经验的,又是伦理的,比如卡夫卡的写作,就是经验与伦理相统一的典范。中国目前的写作状况,有两种模式值得警惕,一种是将身体不断肉体化,从而导致写作经验彻底私秘(密)化和性爱化,写作成了一种庸俗的宣泄;一种是抽空身体细节,忽视身体在场时的生活景象,一味地经营语言的修辞效果、叙事的技术成分,结果,写作成了一种知识的演绎,或者修辞的表演,语言也就不再是有身体的、活泼的语言,而成了一堆死去的词语,一个生命的废墟。

如何使身体语言化以及语言身体化,就成了写作真正的难度之一。身体若和语言脱节,势必产生写作的陷阱,进而伤害写作的尊严和光辉。——说到写作的尊严,它似乎是一个古老的话题了,其实,写作的确是有尊严和光辉的,失去了这个维度,写作的品质总是可疑。但我们不要一说到尊严,就总是想到形而上、理想、意义、价值这些概念,其实,身体何尝没有尊严,日常生活又何尝没有尊严!生命的光辉是内在而坚实的,并非一些空洞的概念所能代替。现在的困境是,总有一些作家,或者完全否认身体和日常生活的地位,把它们直接斥为堕落或庸俗的代名词;或者把身体和日常生活当做写作的全部经验和存在的终极,拒绝精神和灵魂性的事物进入自己的写作,完全取消了写作的伦理性——这种危险的写作方式,在当下还有泛滥的趋势,可见,文学界对身体和日常生活的误解还在加深。

在这种状况下,强调写作也是一种语言伦理,似乎就显得尤其必要。身体作为一种经验性的在场,需要经过语言伦理的检查和确证,才能抵达写作的腹地;泛滥身体经验而忽视语言伦理的写作,最终必将发展成为践踏身体和精神的失败的写作。

就写作而言,身体伦理的本质就是语言伦理,而语言伦理学即叙事伦理学——这一伦理诉求,对于小说写作,是内在、隐秘而重要的维度。关于叙事伦理学,刘小枫先生有过精彩的表述:

> 叙事伦理学不探究生命感觉的一般法则和人的生活应遵循的基本道德观念,也不制造关于生命感觉的理则,而是讲述个人经历的生命故事,通

过个人经历的叙事提出关于生命感觉的问题,营构具体的道德意识和伦理诉求。叙事伦理学看起来不过在重复一个人抱着自己的膝盖伤叹遭遇的厄运时的哭泣,或者一个人在生命破碎时向友人倾诉时的呻吟,像围绕这一个人的、而非普遍的生命感觉的语言虚气……叙事伦理学从个体的独特命运的例外情形去探问生活感觉的意义,紧紧搂抱着个人的命运,关注个人生活的深渊……叙事伦理学在个别人的生命破碎中呢喃,与个人生命的悖论深渊厮守在一起,而不是像理性伦理学那样,从个人深渊中跑出来,寻求生命悖论的普遍解答。理性伦理学的质料是思辨的理则,叙事伦理学的质料是一个人的生活际遇。理性伦理学要想搞清楚,普遍而且一般地讲,人的生活和生命感觉应该怎样,叙事伦理学想搞清楚一个人的生命感觉曾经怎样和可能怎样。①

按照刘小枫的研究,听故事和讲故事都是伦理的事情,这种伦理诉求虽然也能激发一个人的道德反省,但总的来说,它的道德实践是不明晰的,它的道德指向是模糊区域。因此,叙事是一种生存伦理,而叙事伦理学则是更高的、切合个体人身的伦理学。

——面对当下日渐肤浅而轻松的写作处境,叙事的伦理向度应该成为一个新的尺度,以保证写作的精神重量。它不以简单的道德评价出现在写作中,而是以生命对一个人生活际遇的理解贯穿写作的始终。这或许是拯救写作脱离过度的经验主义或抽象主义的有效途径。

对叙事伦理的召唤,甚至可以看做是一场新的叙事革命。过去,一说到叙事,指向的总是形式、语言和结构等要素,而很少在语言伦理的层面上来审视叙事可能有的空间。我们当然不应忘记,形式意义上的叙事革命,对于当代小说获得现代艺术品格有着重要的意义——这种革命大约发生在20世纪80年代中期,以先锋小说为代表的文学潮流,为中国小说的发展划定了新的起点和边界;在此之前,中国小说的叙事是现实性的,多为表达社会、历史、现实自身的变动和前进方式,虽为虚构,其实仍是现实的投影和映像。先锋小说使作家的叙事在语言的维度上获得了独立的意义——形式和语言不再是表现现实和价值的方法,而成了叙事的目的。叙事代替现实,成了写作的主体。也就是说,叙事在过去的写作史上,只是为了表达现实、反思历史和承载意义,现在,叙事本身获得了独立的意义,甚至是唯一的意义;写作不重在叙述一个故事,而重在如何叙述一个故事。

叙事建构的是一种虚拟的真实,想象的真实,叙事中的人物,也是一种"想象的

① 刘小枫:《沉重的肉身》,上海人民出版社,1999年,第4—5页。

人物”(米兰·昆德拉语)——它看起来是假的,却呈现出另一种真;相反,用昆德拉的说法,原先那种借由写实、模仿写成的所谓现实主义小说,才是实实在在的“假小说”——在这里,昆德拉似乎重申了现代叙事中想象和虚构的地位,并强调叙事具有自为建构的特征。叙事的自在性,发展到极端的时候,便只见语言的自我指涉,自我繁殖,故事线条和事实细节都从语言的地图上消失,语言成了叙事的主角,语言的景象成了叙事的新型真实。类似的叙事实践,熟悉先锋小说基本面貌的读者都并不陌生。它使文学获得了某种本体性的意义,并使小说在表达现代生活和现代精神上,有了新的进入方式。

叙事方式和叙事话语,随之也就成了当代文学批评的主要考察对象。凡新作家,若不以叙事革命者现身,就很难跟上文学革命的潮流,也难获得必要的关注。这是20世纪80年代中期至90年代初期当代文学的基本状况。但这种状况很快就发生了改变。大约是1993年以后,小说又一次恢复了和现实、故事、人物之间的亲密关系,叙事从语言游戏中醒来,试图重新领会事实层面上的存在秘密。当代生活形象开始成为小说主要的关注对象。但这种对现实的回归,不再是对现实的简单复制,而是经由叙事的重新建构,创造出了一种新的现实——虚拟的、心灵的现实,它和叙事革命中纯粹的语言现实相对。

但是,如同当年叙事革命中的激进主义,产生了一大批以语言游戏为旨归的小说一样,如今,叙事再一次亲近现实和心灵,也出现了众多滥情的身体故事和闺房秘史;叙事革命走向语言游戏需要现实观照来提醒,如今现实关怀走向了过度的肉体化和私秘(密)化,则需要伦理关怀来修正。——当代小说的复杂性,由此可见一斑。

二、现实是一种伦理处境

叙事伦理问题,在女性作家那里,更多的是体现为一种对经验的处理,所谓的女性视角,其实就是强调一种经验的视角。所以,女性作家的崛起,加快了文学的经验化进程,使文学在领悟自身的身体和心灵秘密上,往前推进了一步。一般地说,女性写作,都是身体细节丰富的写作。但是,经验并不能完全拯救文学,经验只有在语言的创造中形成伦理观照,它才能获得艺术品格,脱离庸常。我甚至认为,写作最终创造的并不是经验,而是语言。语言在写作中个性化、伦理化,并不是鼓励走向一种语言理性,而是“想搞清楚一个人的生命感觉曾经怎样和可能怎样”,也就是说,语言要身体化。只有获得生命和身体形状的语言,才是最好的文学语言。

一个女性作家,如果放纵自己在性别上的写作潜能,那是很容易淹没在经验的泥淖里,因为过度的经验化,必然会冲淡写作中的伦理感觉;经验一旦变成终极,写作就会变成表象化的写作,无法企及生存的核心地带。很多女性作家的写作障碍,大致就在于此。因此,当代中国最好的女性作家,往往都不是对女性的写作身份有强烈认同的那种,相反,她们更愿意体会性别中的共性成分,体会一种普遍的人类关怀。像王安忆、铁凝、迟子建等人,大约都属于这类作家。铁凝在谈到长篇小说《玫瑰门》的写作时就说:

> 我本人在面对女性题材时,一直力求摆脱纯粹女性的目光。我渴望获得一种双向视角或者叫做"第三性"视角,这样的视角有助于我更准确地把握女性真实的生存境况。在中国,并非大多数女性都有解放自己的明确概念,真正奴役和压抑女性心灵的往往也不是男性,恰是女性自身。当你落笔女性,只有跳出性别赋予的天然的自赏心态,女性的本相和光彩才会更加可靠。进而你也才有可能对人性、人的欲望和人的本质展开深层的挖掘。①

这样的表述中,可见铁凝坚持的写作不仅是经验性的,她是自觉使自己的叙事走向一种生存伦理的。

并非每一个女性作家都有这种自觉。伦理感觉好像天生就喜欢亲近男性,女性则注重情感的个人建构。正因为如此,"身体写作"的标签才会直接贴在了女性写作的身上。许多的女性主义者甚至喜欢说,男人用理性想问题,女人用身体想问题。以致在相当长的时间里,讨论女性作家都逃避不了"用身体想问题"的命题,仿佛除了女性主义,此外就别无解释的路径了。我对女性主义理论甚为欣赏,但我并不认为它在阐释所有的女性作家时都是有效的,因为除了性别特征,文学可能还存在着更为重要的问题——许多的时候,人类的个人性只有与人类的普遍性相连时,它的矛盾、局限和意义才能被真正地凸显出来。即便支持女性主义写作的"身体"一说,其实也不是什么新鲜的创见,早在约一百年前,尼采就曾在《权力意志》一书中声称:"要以身体为准绳……因为身体乃是比陈旧的'灵魂'更令人惊异的思想。"②当我们推崇女性作家笔下的身体性时,是否想过,男性的写作也同样需要身体的参与,而反对凌空蹈虚?——要求男性进行身体写作,同样是可能的,因为男性也有身体。可见,如果没有语言上的建构,身体也不过是一个放纵经验的借口,或者是类似行为艺术式的标签。写作中的身体伦理,必须最终建构成语言伦理才有价值。

其实,伟大的写作往往都有超越性别的精神趋向,它渴望的是人类性的认同。而真正的女性主义,是并不需要写作者刻意地去标榜的。我的一个年轻的写作朋友说:我生于 1973,当然是 70 年代人;我是女性,当然是女性写作;我不是类人猿,当然

---

① 《玫瑰门·写在卷首》,《铁凝文集》第 4 卷,江苏文艺出版社,1996 年,第 12 页。

② 尼采:《权力意志》,张念东、凌素心译,商务印书馆,1991 年,第 152 页。

就是新人类。——把常识当做文学的新发现,这已经成为批评界经常闹的笑话之一。我无意在此纠正什么,我只是想说,当我准备阐释铁凝的小说时,请给我不谈女性主义的自由。

我当然知道,铁凝也经常被人归到女性主义的阵营里来论述,她的《玫瑰门》《麦秸垛》《棉花垛》《大浴女》等作品,已经被人阐释成了女性主义的重要范本,但我依然认为,铁凝写作中的性别特征其实并不显著,如她自己所说,她的写作还有意回避了单一的性别视角,"一直力求摆脱纯粹女性的目光",而更多的是在描绘人类的某种普遍性——普遍的善,普遍的心灵困难,普遍的犹疑,以及人性里普遍的脆弱。我有意说到人类性和普遍性,并不等于宣告铁凝的小说就一定是在解决宏大的命题,也不等于她笔下的人物都向往"生活在别处",而听不进任何尘世的消息;恰恰相反的是,铁凝的小说有着非常实在的生活面貌,在她所出示的事实框架里,我们可以轻易地辨别出它的气息来自北方的乡村还是城镇,她所安排的人物活动,白天和晚上泾渭分明。可就是这样一批老实的小说,却长期吸引着大量读者,分享着批评界的众多话题,它的秘密到底是在哪里?是因为那些动人的故事,还是因为她持守着容易与读者达成和解的现实主义叙事?

我或许无力回答这样的问题。但我想,从铁凝的写作中可以看出,她应该是并不害怕自己被称为现实主义者的——这在她所经历的那个崇尚现代与时髦的写作岁月里,未尝不是一种勇气。其实,真正重要的不是现实问题,而是作家如何处理现实的问题。叙事的意义就在这里凸现出来了。叙事既是经验的,也是伦理的,被叙事所处理的现实,应该具有经验与伦理的双重品格,这才是小说中最高的现实。我感觉,铁凝的小说是很注重经营这种双重性的。现实是经验的基础,伦理是现实之上的人性关怀,这二者的结合,保证了铁凝小说中的现实没有成为一种现实事象学,而是成了更具生存意味的现实处境学。——后者使现实获得了存在的伦理品格。从终极意义上说,现实主义是每一个人存在的基本处境,也是每一个作家写作的基本视角,正如先锋作家罗伯·格里耶所说:"所有的作家都希望成为现实主义者,从来没有一个作家自诩为抽象主义者、幻术师、虚幻主义者、幻想迷、臆造者……"大家都认为自己是在表达现实。在古典派看来,现实是古典的;在浪漫主义者看来,现实是浪漫的;在加缪看来,现实是荒诞的;在凡·高看来,现实是模糊的;在毕加索看来,现实是割裂的。如果我们抛弃有关现实主义的一切陈规陋俗,就会发现,现实的图景一直都在变动,但它们在作家那里依然是真实的。真实的就是现实的。

这表明,现实主义的边界正在扩展,我们需要用新的眼光来理解现实主义之于作家的重要意义。法国著名的文艺批评家罗杰·加洛蒂在他的名著《论无边的现实主义》一书中说:

> 从斯丹达尔和巴尔扎克、库尔贝和列宾、托尔斯泰和马丁·杜·加尔、高尔基和马雅可夫斯基的作品里,可以得出一种伟大的现实主义的标准。但是如果卡夫卡、圣琼·佩斯或者毕加索的作品不符合这些标准,我们怎么办呢?应该把他们排斥于现实主义亦即艺术之外吗?还是相反,应该开放和扩大现实主义的定义,根据这些当代特有的作品,赋予现实主义以新的尺度,从而使我们能够把一切新的贡献同过去的遗产融为一体?①

对此,罗杰·加洛蒂的回答是:"我们毫不犹豫地走第二条道路。"这确实是一个新的思路,它能使我们更有效地面对业已变化的存在本身,面对写作中可能出现的新的趋向,而非像一些保守人士那样,随意地指责谁远离了现实。试想,卡夫卡最初所描绘的世界图像不也是被人看成是一种病态想象的产物吗,可现在,他的作品所呈现的,已经变成类似于历史现实了。这就是现实主义的胜利。"如果我们把现实主义看做是作家精神在场的根本处境的话,你就会发现,它决不像过去那样仅仅是模仿现实的形象,而是为了写出现实更多的可能性;它也决不是简单地复制世界的外在面貌,而是有力地参与到对一个精神世界的建筑之中,并发现它的内在秘密。"②用罗杰·加洛蒂的话说,写作是创造一种新的现实,一部真正的作品不是别的,而是"人在世界上存在的形式的表现"③。

这里说的,当然是一种变化和前进了的现实主义,而不是那种简单模仿现实、缺乏想象的死去的现实主义;是处境学意义上的现实主义,而非事象学层面上的现实主义。

我不厌其烦地说这些,是想将铁凝的小说作为如何建构叙事伦理的话语个案来加以分析④。经验意义上的现实主义面貌,是很多作家的小说所共同具有的,但如何在这种现实关怀中,建构起自己的叙事伦理,实现经验与伦理、事实与存在、身体与精神的统一,却不是每一个作家都有这种意识的。我特别注意到,铁凝的小说都蕴含着强烈的此在关怀,而此在,正是叙事伦理最终的旨归之地。

三、叙事伦理是个体伦理

铁凝或许并没有清晰的叙事伦理意识,但她的话语实践却暗合了这一伦理诉

① 罗杰·加洛蒂:《论无边的现实主义·代后记》,吴岳添译,百花文艺出版社,1998 年。

② 谢有顺:《现实主义是作家的根本处境——〈2001 中国最佳中短篇小说选〉序》,《当代作家评论》2002 年第 2 期。

③ 罗杰·加洛蒂:《论无边的现实主义》,吴岳添译,百花文艺出版社,1998 年,第 263 页。

④ 我曾就此问题作有《发现人类生活中残存的善——关于铁凝小说的话语伦理》一文,载《南方文坛》2002 年第 6 期,本文在林建法先生的提议下,由《发现人类生活中残存的善》一文扩写而成,行文中重点加强了对叙事伦理的论述,特此说明。

求。很多作家的小说都有伦理的向度，但那种伦理向度可能是一种理性伦理，并非小说所需要的叙事伦理。理性伦理追求人生和存在的结论，叙事伦理则呈现人生的状态，存在的悖论；结论是清晰的，悖论则常常是模糊的。所以，叙事伦理学，也可理解为模糊伦理学，它拒绝进入明确的道德世界——尽管叙事伦理学也有自己的处理道德问题的方式，但它总归是反对把道德问题说得一清二楚的。

> 上帝这位最高的道德法官退位后，人生就成了一个充满不可解决的道德悖论的过程。在此之前，人生过程在道德上是井然有序的，像阳光普照的大地，万事万物的样子一清二楚，所以，人们不需要小说，有上帝给出的宗法性道德法则就可以了。如今，善恶分明的道德原则不存在了，这些原则的制定者走了，生活世界中没有了可以让人分辨事物的阳光，只有潮湿的、灰蒙蒙的雾霭。在灰蒙蒙的道德雾霭中，人们才需要小说。①

这或许就是叙事伦理学诞生的缘由。铁凝笔下的叙事伦理的建构，虽也指向价值区域，但指向的也只是价值的模糊区域，这个模糊区域滋生的是生命的喟叹和困惑，与道德决断无关。对此，铁凝自己似乎一直有着清晰的认识。她在一次接受记者采访时说：

> 人之所以为人，就是因为人有精神层面更高的渴求，文学是守护人类精神家园的。当然文学不可能对生活提供简单答案，好的作品都是多意的，开放性的，存在一种"建设性模糊"，你可以这么想，也可以那么想，但最终有一种心灵的指引。作家对人类生存状态的展示和人类精神命脉走向的展望，都蕴涵在作品中，需要读者自己去感悟。可以说，文学要有捍卫人类精神健康和心灵高贵的勇气和能力。②

"建设性模糊"，这正是叙事伦理的核心所在。以我的理解，"建设性模糊"就是悖论叙事，就是呈现状态，就是以一种超然的态度面对现实和人性的起伏变化。比如铁凝的《玫瑰门》，大背景是荒谬而残酷的"文化大革命"，但经由铁凝的处理，我们的阅读并没有停留在对"文化大革命"的价值决断上，小说真正的目的是写以司猗纹为主的三代女人的命运和沧桑。那面对"文化大革命"，一个作家又该如何出示自己的价值立场？我想，这就是写作中的叙事伦理所要解决的问题。历史研究者在材料和事实的基础上，很容易对此作出价值判断，但这样的判断于文学而言，并无多大的意义，因为文学不是诉诸〔于〕社会价值的，而是发现各个领域里生命的感觉和存在的澄明。对错、善恶不是文学考虑的首要问题，文学不解答应该如何，而是呈现曾

① 刘小枫：《沉重的肉身》，上海人民出版社，1999年，第146页。

② 《铁凝：贯穿始终的是对生活的爱》，黄蓥采访，《燕赵晚报》2002年12月26日。

经如何、现在如何。大约是意识到了这一点，在关于“文化大革命”这个题材的处理上，铁凝没有回避，也没有援用现成的结论性语气来书写，而是想起了波兰一部名叫《麻疯女》的电影中的两句话：“从前的一切我可以不再提起，但我却永远不会忘记。”①

——这就是“建设性模糊”，这种模糊，使铁凝的叙事走向了更为广阔的人性领域，从而写出了《玫瑰门》这部“中国那个特殊时期的妇女生活史”。假如铁凝在这部小说中专注于时代对一个人的改造，最终她会发现，在那个时代，个人的面貌往往是千人一面的，毫无个性可言；那个时代只有群众，没有个人。文学如果只是去书写时代中的群众，伴随而生的必然是集体叙事，接通的也肯定是公共结论的血管，就没有“模糊性”一说了；但我更倾向于认为，文学是个体叙事，叙事伦理也应该是个体伦理，它呈现的应该是“模糊”时代中清晰的个人——对于我们这个长期被历史总体性支配的民族来说，如何把个人从“群众”中拯救出来，使之获得个体的意义，这是文学的基本使命之一。

《玫瑰门》的叙事，主要落笔在司猗纹及其外孙女苏眉这一老一少两位女性身上。司猗纹渴望的是认同——早年渴望获得传统家庭的认同，后来渴望获得政治社会和革命群众的认同。为了这种认同的实现，司猗纹付出了巨大的代价，也使尽各种手段，包括身边的亲人，都成了她讨好时代的道具之一。但由于她身上有着过于坚硬的个人特征，她再怎么妥协和委屈自己，终究和时代格格不入。一个渴望消失于群众中的女性，在时代和群众眼中，其实并没有消弭自己身上的个人特征；与之相反的是，苏眉从一开始就厌倦于群众生活，也不愿意生活在外婆（司猗纹）的阴影之下，但她渴望坚持的个人性却总是被司猗纹所摧毁，就像她站在镜子前，发现自己不过是年轻时的司猗纹的复制——和司猗纹对时代的认同感所不同的是，苏眉从一开始就是反抗者，但她的反抗像司猗纹的认同一样，频频遭遇挫折，最终，这两个女性的命运还是宿命般地相遇了。司猗纹，一个敢于背叛父亲和丈夫的革命者，当另一场革命（“文化大革命”）来到的时候，却成了妥协者和投机者，成了在时代中以谋略获利的人；苏眉，一个渴望自由成长的女孩，却发现自己的每一步成长历程，几乎都踩在外婆为自己设计的图纸上。血缘、命运的力量随时随地在影响着她，生命的延续似乎总在公共的轨道上进行，苏眉觉得无奈、恐惧，她想逃跑，但外婆司猗纹总是能准确地出现在她的面前，提醒她与她之间有着无法摆脱的深刻渊源。最终，苏眉的恐惧转化成了对生命本身的恐惧——她后来会有中断生命、厌倦生育的冲动，其实正是这种恐惧所致。

---

① 《玫瑰门·写在卷首》，《铁凝文集》第4卷，江苏文艺出版社，1996年，第2页。

铁凝的《玫瑰门》，借由个人与时代、个人与个人之间的隐秘斗争，深刻地写出了三代女性在一个荒谬年代里的命运脉络。由于个人与时代总是处于错位之中，所以《玫瑰门》显露出了复杂的面貌——这是铁凝之前的小说所未曾有过的。《玫瑰门》之前，铁凝的小说以清新、质朴、善良的风格著称，到《玫瑰门》，竟然出现了铁条插进姑爸的下体、生吃大黄猫等残酷的场景，还有姨婆身上触目惊心的疤痕……这些残酷话语的出现，一些人为此不解，一些人则为铁凝丢失了早年的清新而惋惜，但铁凝却认为，自己的变化中一直有一个"不变的核心"：

> 我创作前后有着贯穿不变的核心——那就是我作为一个作者，对人类对生活永远的善意、爱和体贴。所以我说，作家的变与不变是相对的，既要有勇气打倒自己，也要有勇气固执地捍卫一些东西。①

这个"不变的核心"，在铁凝后来的写作中得到了证实。比如《安德烈的晚上》《省长日记》《永远有多远》等篇章，的确又生动地体现了她"对人类对生活永远的善意、爱和体贴"，因此，在铁凝的写作中，一直贯彻着她对生命的信心。这也是铁凝小说的叙事伦理中最为突出的特点之一。

对生命的信心，可以说是20世纪以来，现代主义文学残存的希望之一。观察20世纪的文学，到处是绝望、晦暗的精神图景，在这个图景里浮现出来的，往往是写作者那痛苦而扭曲的面影。这种绝望主义的写作，在20世纪80年代的中国文学革命中，得到了热烈的响应。卡夫卡作为绝望的源头，如同一场精神性的疾病，感染了大多数中国作家，一时间，生命被作家们描述成了一种最为荒凉、阴暗、恐怖的存在。阅读残雪、余华、苏童等人在那一时期的作品，你便会发现，生命没有希望，活着仅仅是为了给绝望作证。这场绝望的风暴，无疑深化了中国作家对存在的理解，但希望在哪里，却没有人能作出回答。——或许，整个20世纪的世界文学，充斥的多是绝望的叹息，希望的声音总是那么的微弱，那么的细小，一不小心，就有熄灭的可能。

铁凝本来也可以加入这场绝望的大合唱，书写20世纪以来人类共有的生命悲剧，但她终归对未来存着希望，对人性存着善意的理解，所以，她并没有走向绝望的深渊，而是不忘在生活的磨砺中倾听生命中可能残存的微弱的希望之音。就像《玫瑰门》的结尾，那个硕大的女婴，终于"靠了她对母亲的毁坏"，来到人世，她也许就是微弱希望的象征吧？来之不易的希望，是经历种种苦难之后积攒下来的欢乐生活的痕迹，庄严而坚韧，它构成了铁凝小说叙事中的信心——它稀薄，却真实地存在，就像生活本身，希望总是残存在它的隙缝之中。

---

① 《铁凝：贯穿始终的是对生活的爱》，黄蓥采访，《燕赵晚报》2002年12月26日。

四、发现善,积攒生活的希望

在铁凝所出示的叙事伦理中,除了对生命的信心,还有一点也是非常突出的,那就是她对人性善的品质的守护。当代作家的小说叙事,多半倾向于展示存在的荒凉景象,或者表达人性的限度,他们的写作伦理指向,是以暴露或批判为主的,只有很少的作家,能够在暴露和批判之余,通过叙事呵护一些脆弱而温暖的事物,作为其作品的亮色所在。铁凝算得上是这少数作家中的一个。她在小说中成功地塑造和呵护了一大批坚韧而善良的心灵,这在当代作家(尤其是女性作家)中是不多见的。而且,铁凝不仅在小说中描绘了人类中还残存的根本的善,更重要的是,她还将这种善在现实中证实为是可能的,它不是一种幻想,也不是对人类的有意美化——我认为,这种善,为20世纪以来衰败的人类提供了新的人性参照,为文学在现代主义的阴影和噩梦下赢得了一个喘息的机会。

这决非我的夸大其词。我们都知道,从20世纪(甚至更早的时候)开始,人类的善好像就从作家笔下悄悄地退场了,恶——不是法律意义上所理解的恶,而是哲学意义上所理解的阴冷、无力、黑暗的绝望状态——反而成了作家们关注的基本的日常现实。甚至可以说,恶是20世纪文学最重要的精神母题。而与恶的母题相伴而生的,是罪,阴冷,恐惧,变异,绝望,死亡……是它们,最终勾销了人类存在的价值和希望。我们可以举出一大批作家的名字,如陀思妥耶夫斯基、卡夫卡、加缪、鲁迅,还有当代的余华、残雪等,这些人都通过对恶的洞察和书写,深邃地让我们看到了人性的绝望限度,并让我们领会到了文字所传达出来的透骨寒冷。

恶和绝望最重要的书写者卡夫卡曾经哀叹:“我虽然可以活下去,但我无法生存。”这是一句经典的叹息。它把“活着”和“生存”区分开来,是为了找到探查人类存在的新的道路。——“活着”指向的是庸常的过日子哲学,它的背后可能蕴含着苟且;但“生存”所要追索的却是价值的确认、存在的承担,以及对幸福的向往。“生存”是自觉的,产生意义的“活着”。但卡夫卡、陀思妥耶夫斯基、鲁迅等人,几乎都不约而同地看到了横亘在生存途中的致命障碍——恶。刘小枫在《拯救与逍遥》一书中,对恶是如何成为生存的基本事实的,有着精彩的论述。他说:

> 恶是人生在世的基本问题。除非像道家、佛家那样让生命退出历史时间,生命不可能不沾恶。任何一种严肃的思想、一种真正的哲学,都不可能不认真对待恶……无处不在的恶勾销了人反抗恶的能力,迫使人要么对恶袖手旁观,要么成为恶的造作的参与者或受害者。随之,人被迫漂流于无意义的生与死之间,没有任何现世力量可以接济人进入纯净的世界……在

日常的恶中生存就是崩溃。①

卡夫卡、鲁迅和早期的余华等人的写作,都证实了刘小枫所说的,正是20世纪的作家所共同面对的精神困境。尤其是卡夫卡,他的一生都在试图寻找一种力量来对抗恶,但他最后也不得不承认,找不到这种力量正是人的不幸的本质。卡夫卡还把这样的不幸称为"普遍的不幸"。面对恶这种巨大的势力,人的无力性昭然若揭,人根本没有力量把恶赶出这个世界,因为人本身就是世界的恶的根源。卡夫卡的绝望正源于此。

我一直认为,卡夫卡是现代主义文学运动中至今也无法逾越的精神限度;或者说,整个20世纪,东西方的文学重述的都不过是卡夫卡式的主题。卡夫卡会成为20世纪的经典,实在是现代人的生存经验在他身上找到了最为准确的响应的缘故。在他的身后,恶、腐朽、黑暗性、绝望感,成了文学的主流,神圣、高尚、信心和美均被放逐。可以说,20世纪的文学是作家们集体讲述绝望故事的文学,在他们所留下的那些浩瀚的作品中,你几乎读不到任何希望,因为人性中的善——希望和信心唯一的生产器官——彻底地隐匿了。

能不能找到一条路,把卡夫卡及其追随者所摧毁的人的信心和希望重新找回来,把已经溃败的人的形象重新建立起来?多年来,我的内心一直有这样一个隐秘的愿望。但我知道,如果没有找到强有力的依据,没有获得克服绝望的力量之前,作家所出示的任何希望处方都是无效的,也是不真实的。在这期间,我也确实读到过一些快乐、积极、表达希望的作品,但它们无视了整个20世纪卡夫卡等人所留下的盛大的绝望遗产,其虚假性便显得不证自明。在我看来,他们的快乐和希望,如果没有付出受难和绝望的代价,就不过是一些廉价的自我安慰品而已。

铁凝显然不愿使自己的作品成为这样的自我安慰品,可她又不愿像卡夫卡等人那样无奈地讲述绝望故事(潜在地说,她实际上是想从卡夫卡的精神背景里突围出来),那么,她就要找到一种方式,来证明她远离了20世纪的文学噩梦,并证明她所出示的希望是真实的。起初,我也怀疑铁凝在小说中所写的人类残存的那种根本的善,会不会也是一种无视20世纪那笔绝望的遗产而表现出来的假性乐观。但当我读完铁凝这些年有代表性的小说时,我是确定地知道,那个我们久违了的善,那个被恶和绝望彻底放逐了的善,那个唯一能缓解内心寒冷的善,在铁凝的笔下,是被坚定地呈现了出来。

或许正是出于对善的发现,铁凝的小说很少直接写到死,尤其是非正常的死——这也可以理解为铁凝是一个对人的看法并不灰心和绝望的作家,尽管她也有

① 刘小枫:《拯救与逍遥》(修订本),上海三联书店,2001年,第336、343页。

忧伤和失望的时候,但她没有绝望,没有被20世纪文学中恶的狂潮席卷进去。它(她)即便写到死,更多的也只是用一种转述的方式来处理,如,某某人的妻子车祸死了,或者多少年前我看见了谁谁谁的死,等等。铁凝一般不让自己的主人公亲历死亡,也不把他们往死路上逼,生活再难,也总让他们存着活路和希望。

比起那些喜欢写凄惨的死的作家,铁凝似乎更喜欢写一种坚韧的生。

坚韧的生其实就是表明生活还有希望。而人类中还残存的根本的善,正是这种希望之所在。我作了粗略的统计,发现铁凝的中短篇小说,大多是以善良的好人(请注意:但不是完人)作为她的主人公的。白大省仁义、友善、吃亏让人,即便使点小计谋,也显得笨拙心虚(《永远有多远》);安德烈和姚秀芬作为同事,在同一个工厂互相关爱、体贴和闲聊了二十多年,直到要分手了,他们才大着胆子想做一次告别演出——幽会,可急忙之下就是找不到那个借来的房间,无功而返之后,生活又迅速回到了原来的模样(《安德烈的晚上》);老同学项珠珠当上了市长,老于却鼓不起勇气向她反映自己的家庭困难,回来后,还坚信"日子会好起来的"(《树下》);因为家里穷,孟北京午饭时没吃过菜,为了避免工友难堪的追问,他只好声称自己根本就不爱吃菜,他长期忍受着没有菜吃的苦难,到头来反而被人看做是不诚实,后来,他试图用家里藏有一本省长做红卫兵时的日记这个事实来挽回自己的诚信,可那本好不容易才找到的日记却偏偏没了省长当年的签名扉页(《省长日记》);乡下女孩山杏到城里照相馆照相,领到的却是另一个女子的照片,可她不但没有生气,反而对这张陌生人的照片倍加欣赏,并告诉别人那是她嫂子(《意外》);因凑不齐乡里的税款,村长和会计急得"砸骨头"(打架),可鼻青脸肿之后,他们还得拿出自己娶亲盖房的积蓄作为税款垫上,这一举动,感动了那些拒交税款的村民(《砸骨头》);被新婚大妇冷落了的人,还自己买喜糖送给自己,以维护新婚者的形象(《喜糖》);农村妇女嫦娥,凭自己的质朴能干取得了城里人的信任,和作家佟先生离婚后,她与锅炉工老孔过起了新生活——种花和卖花,但每逢星期一,她都不忘给曾经的邻居们的办公室送一枝鲜花,连佟先生家保险门的把手上,也会插上一枝玫瑰(《寂寞嫦娥》);尽职尽责的县政府公务员小郑,被人阴谋"捉奸"之后,依然敬业,而悄悄地把苦水往自己肚子里咽(《小郑在大楼里》);脸上永远漾着笑容的李曼金,一心要把来她家做客的表姐一家三口接待得滴水不漏,善始善终,可表姐一家实在太难伺候了,他们总是牢骚满腹,肆无忌惮地向她提出各种各样的要求,而完全不顾她的感受,她陪着笑脸忍受了七天,直到分手前二十分钟,她终于忍不住地对他们说:我讨厌你们!说完之后,她又觉得表姐一家有点无辜(《有客来兮》)……即便是《对面》中的"我"(他长期偷窥一个女人的生活,并在这个女人与情人做爱时,故意拉亮灯、放音乐,突然暴露出自己的偷窥身份,导致这个女人心脏病猝发死亡)和《午后悬崖》中的韩桂心

(她似真似假地声称,自己五岁的时候将一个中班男生从滑梯上推了下去,致其死亡,她现在决定将这个故事讲述给“我”听,既是忏悔,也是还历史以真相),他们也算不上是什么坏人,这从他们事后的反省就可看出来,他们心中依然残存着善的痕迹,或者说,生活教会了他们应该拒绝什么……

——这就是铁凝小说的叙事伦理,她为我们提供了很多有意义的话题,但我特别看重她对人类生活中残存的善的发现,并把这种发现视为当代文学一个重要的精神事件。因为在此之前,我不知还有哪一个有现代意识(即他的写作在叙事和精神上都没有忽略20世纪现代主义文学运动的背景)的年轻作家能如此执著地去发现人性的善,积攒生活的希望,并以此来对抗日常生活中日益增长的丑陋和不安。铁凝选择善作为自己的叙事伦理的指向之一,她实际上是把自己的写作推向了一个从未有过的难度——我想,铁凝不会不知道,人类在20世纪遭受了一系列的耻辱和幻灭之后,人的神话早已破产。特别是人类经历了哥白尼、马克思、达尔文、弗洛伊德等人的解释后,似乎在文学、哲学、生物学、精神分析学、经济学、物理学等方面都遭遇到了根本性的瓦解,尤其是在卡夫卡身上,人已经被消解成了零。人已经死了,为什么还活着?这个困扰着许多哲人、作家的悖论,像铁凝这样的作家同样需要作出认真的回答。

也就是说,在这个问题获得有效的答案之前,我们难免会问:铁凝在小说中所出示的善可信吗?真实吗?它在现实中的存在真的能那么坚韧吗?它会不会被更为庞大的恶所吞灭?——面对这样一些问题,或许铁凝自己也不能作出完全肯定的回答,所以,善只是作为她写作中一种潜在的叙事伦理,具体应用在那些个体身上时,铁凝也开始显露出犹疑和矛盾的心态。以《永远有多远》为例,白大省这个人,可能是我们的经验里所能找到的最为善良的人,用小说中九号院赵奶奶的话说,这孩子仁义着呐。看得出,铁凝在骨子里是非常喜欢这个人的,她曾经在这篇小说的“创作谈”中说:“唯有她不变,才能使人类更像人类,生活更像生活,城市的肌理更加清明,城市的情态更加平安。”①但铁凝在白大省这个人身上建立善良品质的同时,却并没有使善良成为善良者的通行证,反而让白大省因这份善良遭遇了更多的生活负累和情感挫折,她“永远空怀着一腔过时的热情,迷恋她喜欢的男性,却总是失恋”,“事情一开始她给自己制定的就是低标准,一个忘我的、为他人付出的、让人有点心酸的低标准。她仿佛早就有一种预感,这世上的男人对她的爱意永远也赶不上她对他们的痴情”。但她的仁义、好心和善良,在前后几个恋人身上都付诸东流了,最后跪到她面前的只是一个当年利用和抛弃了她,现在离婚了抱着一个孩子回来的郭宏,她

① 铁凝:《永远的恐惧和期待》,《小说月报》1999年第2期。

原本想拒绝他,因为她不想再成为别人想要的那种"好人",可郭宏遗落在她沙发缝里的一小块小孩用的散发着馊奶味儿的脏手绢就彻底摧毁了白大省的防线,她觉得郭宏太可怜了,她不能这样对待郭宏……白大省终于还是和郭宏结婚了——善良并没有找到它该有的美好归宿,时代用温和的方式嘲笑了它的不合时宜。这正是铁凝的叙事伦理中的犹疑之处。

五、反抗绝望,呵护慢

铁凝想说的是,善存在着,但善已经不是这个时代有效的通行证了,它面临着过时和被嘲笑的命运,因此,善在人类生活中的存在,是艰难的,稀少的,尴尬的。白大省这个人,把善在我们时代存在的最大可能性展现出来了,但她同时也把善变成了我们时代的"古董"。这是多么令人心酸的事实!从这个意义上说,铁凝既是当代生活中善的存在的发现者,也是善的神话的终结者,《永远有多远》就是这方面的巅峰之作。还有《安德烈的晚上》《省长日记》——这是铁凝最好的几个短篇,善良的主人公到最后都面临着无言的尴尬:安德烈本想大胆地越轨一次,可突发的记忆短路(他怎么也找不到朋友借给他的那套房子的门了)使他错过了难得的机会,他觉得自己的名字和那些苏式旧楼有着一种相似的背时,所以"他和它们格外容易互相愚弄";而《省长日记》中那个因为无奈地宣称自己不喜欢吃菜,结果就得长久地忍受不吃菜的苦难的孟北京,不管他怎么努力,似乎也无法再回到同事们对他的信任轨道中来了,生活到底在哪里出了问题?"他开始把事情一点一滴地从后往前捯起,他想弄清他这几十年的生活。他一遍遍地捯着,每次捯到他当众宣布他不爱吃菜的时候他的思维就停了。他隐约觉得他的生活如此别扭,如此不听他的吩咐。这么趔趔趄趄地一路跌撞下来,就是从必须不吃菜开始的,可是他错在哪儿呢?他招谁惹谁了?但是谁又招他惹他了?他的思维乱了,脑袋嗡嗡作响,他觉得他没有力量把这一切想清楚。"

——细心的读者或许已经读出了这些小说中所透露出来的善意的滑稽成分。但这决不是铁凝的主观意愿(她的文字,没有任何要嘲笑主人公的意思),而是已经变化了的生活本身把古老的善良品质逼得不合时宜、破绽百出了。铁凝清醒地看到这一点,她没有坚持一定要让善走向胜利,走向幸福,而是现实地承认了它的尴尬,它的困难,它的过时和滑稽,这既是铁凝的矛盾之处,也是铁凝的深刻之处。

我甚至愿意大胆地猜测,铁凝的叙事伦理在处理善所面临的困难局面的时候,其实是回应了卡夫卡的那句著名论断的——

善在某种意义上是绝望的表现。①

这是一个悖论,可它却真实地交织在铁凝笔下的一些人物身上。当安德烈哀叹那些旧楼和自己“相互愚弄”时,当孟北京“每次掬到他当众宣布他不爱吃菜的时候他的思维就停了”时,当白大省说她不知道永远有多远,不过她可能是永远也变不成她一生都想变的那种人了,“原来那也是不容易的,似乎比和郭宏结婚更难”时,我真的在他们身上体会到了一种温和的绝望,尤其是当白大省几乎叫喊着说“永远到底有多远”时,那个恒久的善好像在她心中突然变得慌乱了,绝望感就是在这个时候窜了出来,但它很快就被铁凝制服了,因为这种绝望是温和的,忧伤的,它不是卡夫卡式的撕裂的、黑暗的绝望;或者说,这种绝望之中正孕育着新的希望。

虽说“善在某种意义上是绝望的表现”,但我还是喜欢铁凝所呈现的善,以及那善意的绝望,也喜欢铁凝以善来制服绝望的叙事姿态。或许,正是这种带着轻微的绝望感的善,才能最终对抗那个即将来临的更大、更黑暗的绝望,因为善使人变得有耐心,而耐心正是绝望的天敌。照卡夫卡的理解,这个世界之所以会有恶,会有绝望,都是因为人类“缺乏耐心和漫不经心”;“由于缺乏耐心,他们被逐出天堂;由于漫不经心,他们无法回去。”②于是,恶诞生了。而恶的对立面就是善。如果恶的诱惑是一种残酷的生存斗争的话,那么,善就是在这种斗争中的耐心。只要还有耐心,绝望就有希望被制止。

耐心,这是我读铁凝的小说时经常想到的一个词。是呀,一次次的上当受骗却丝毫都没有磨损白大省身上的善良和仁义(《永远有多远》);互相在一起面对面闲聊、体贴了二十多年的两个人,却连手都没拉过(《安德烈的晚上》);为了遵守自己在众人面前的一次无奈的宣告,一个人居然可以忍受几十年午饭时不吃菜的苦难(《省长日记》)……这些都是何等的耐心呀。这种耐心,也许并没有真正改变“存在的不幸”这一现实,但因为它坚韧的存在,因为从它那里生长出来的善滋养了那些本是脆弱的心灵,才有效地遏制了恶的滋生——这些,在铁凝那里已经形成为一种重要的叙事伦理,它几乎支配着铁凝的一切写作。不仅她的小说贯彻着这种叙事伦理,她的散文,也总能在平凡中让我们见出一种坚韧的精神,让我们看到美好的光辉。在她眼中,生活似乎没有不能克服的阴暗和荒凉——我想,她不是在逃避,而是获得了一种更为超越的淡定和自然。所以,读铁凝的任何文字,你都会发现,那里面蕴含的力量一直是温暖而坚定的,即便有偶尔闪现的阴暗和悲观,也很快就会被一种更根本的善所化解。

---

① 《卡夫卡散文》,叶廷芳、黎奇等译,浙江文艺出版社,2001 年,第 5 页。

② 《卡夫卡散文》,叶廷芳、黎奇等译,浙江文艺出版社,2001 年,第 1 页。

令我讶异的是，铁凝的作品并没有因为引进了善的维度而变得简单，反而充分写出了人的复杂性，尤其是写出了善在我们这个时代的两难境遇——这点，的确大大地拓宽了当代文学的精神边界。正如悲剧容易传世，喜剧则容易流于肤浅一样，要写出善的力量肯定也要比写出恶和绝望的力量困难得多。但铁凝做到了。她笔下的善，也许不能再以古典小说中那种完整的面貌出现在现代人身上（这是因为善在现代社会本身已经变得越来越匮乏的缘故）了，甚至还不得不混杂着明显的滑稽和轻微的绝望，但因为有了铁凝的努力，我们便多了那么一块小小的寄寓希望的地方——人性中潜藏的根本的善，它可能只是一些碎片，一些小心翼翼收集起来的碎片，但有了它，我们也可以大胆地与当代文学中的恶和绝望争夺地盘了。

铁凝的叙事呵护出了一种新的话语伦理。它看起来传统，实际上是另类，因为少有作家会从善的角度切入当代生活。更重要的是，这种叙事伦理里的善，指向的不是简陋的道德，更不是道德的审判（昆德拉说，"将道德判断延期，这并非小说的不道德，而正是它的道德"），而是指向了一种更为广阔的责任。正如1999年铁凝在挪中文学研讨会上所作的题为《无法逃避的好运》的发言中所说：

> 文学可能并不承担审判人类的义务，也不具备指点江山的威力，它却始终承载理解世界和人类的责任，对人类精神的深层关怀。它的魅力在于我们必须有能力不断重新表达对世界的看法和对生命新的追问；必须有勇气反省内心以获得灵魂的提升。①

显然，铁凝守护的是慢的价值观，是人类生活中恒久的事物。在我们这个唯新是从、崇尚速度的社会，我尊敬像铁凝这种坚守不变的基本价值、坚守慢的作家。"速度是出神的形式，这是技术革命送给人的礼物。"②但我认为，文学应与速度相对，是慢的历史。慢应该成为我们这个时代新的价值观。荷尔德林说，文学是为存在作证，但存在的基础永远是那些不变的、基本的事物，也就是慢的事物。慢不下来的作家，不会是好作家。昆德拉有一部作品就取名为《慢》，他说："慢的乐趣怎么失传了呢？啊，古时候闲荡的人到哪儿去啦？民歌小调中的游手好闲的英雄，这些漫游各地磨坊，在露天过夜的流浪汉，都到哪儿去啦？他们随着乡间小道、草原、林间空地和大自然一起消失了吗？"③慢是文学的宿命，哪一天，文学试图想去和技术、图像、生活步伐比快，文学就失去了其独有的存在价值。真正的文学不是为了使我们的生活更快，而是为了使生活中的慢不致失传。

作家完全没必要为自己的慢感到恐慌。一个作家的价值，不是体现在

① 《铁凝散文》，浙江文艺出版社，2001年，第267页。

② 米兰·昆德拉：《慢》，马振骋译，上海译文出版社，2003年，第2、3页。

③ 米兰·昆德拉：《慢》，马振骋译，上海译文出版社，2003年，第2、3页。

他和时代的同步性上，而恰恰是体现在他和时代的差异和错位上。一个和时代没有差异和错位的作家，他反而最容易被时代所抛弃。你看二十世纪的中国文学，流传下来的，几乎都是和时代产生错位的作品。那些和时代联系紧密、甚至讨好时代的文学，今天都在哪里？跟时代潮流是没有出路的。真正伟大的作家，是能够让时间在自己身上停滞的作家，像曹雪芹、沈从文，他们都是留住了时间的作家，时代对他们并不重要，重要的是时间，一种永恒的时间，慢的时间。①

如果说文学是慢的历史，那文学中的叙事伦理，就是一种更慢的事物了。

——原载《当代作家评论》2003 年第 6 期

① 参见《于坚 谢有顺对话录》第二章，苏州大学出版社，2003 年。

张新颖

行将失传的方言和它的世界

——从这个角度看《丑行或浪漫》

一

中国当代小说家的语言自觉,近些年来渐成一种"小气候"。这其间说不上有多少"共识",不同作家的思想见解和创作实践往往互相矛盾、彼此辩难、冲突不已,但它们却表露了一个共同的前提:对文学来说,通行的现代汉语/普通话的不足,以及写作者在其中所感受到的限制。

也就是说,一个需要共同面对的问题,"抓住"了一些以各自不同的方式来面对它的作家们。

这样也就容易明白,我在这里所说的中国当代小说家的语言自觉。(1)指的不是个人的语言修养和语言能力的提高,这通常是在对现行标准充分承认的前提下进行的,它的意义是个人的,而不是语言的;(2)指的也不是作家的语言哲学观念,譬如说在"第三代"诗人那里,"诗到语言为止"、"语言即世界"一类的观念产生过重要的影响,也波及小说界,但这样的语言哲学观念可以在抽象的层次(上)讨论,可以在不涉及具体创作,不涉及具体语言种类(如现代汉语)的层次上讨论。在这里,重要的是中国小说家在现代汉语/普通话的写作实践中各自的困惑、反省和"突围"之道。

从这个意义上来看当代文学,其特殊的价值和与其相对应的要害问题,就有可能会逐渐显现。我们至少应该注意到贾平凹的小说语言意识和实践,莫言汪洋恣肆的"胡说",李锐坚持多年的对现代白话传统的质疑性思考,韩少功的"准词典式"写作,张承志文体的异质因素。说到张承志,我们更多地着眼于他的精神立场和他的文字所承载的内容,往往忽略了他语言上与标准的现代汉语/普通话之间的巨大差异以及由此而来的文体上的独特魅力。

我还愿意提到刘震云,他的《故乡面和花朵》《一腔废话》,有强烈的语言追求,但这种追求不怎么被当回事，作者的苦心不被解。这种语言追求的前提也就是那个需要共同面对的问题，刘震云自己的说法是："汉语在语种上，对于创作已经有了障碍。这种语种的想象力，就像长江黄河的河床，其功能在很大程度上沙化了，那种干巴巴的东西非常多。生活语言的力量被破坏了。这种语言用于以往那种'新理想'的创作，即使是夸张一点，也足够了。但是像《一腔废话》这样的，想用这种语言表达一种非常微妙的状况，就非常捉襟见肘，非常不够用。""一个作家存在的意义是什么？无非是对一种语种的想象力负责。这需要一个过程。我们的语言在沙漠里呆得太久了。"①

我同意这个意思，不同意在表达这个意思的时候"语种"这个词的用法。因为一说到"语种"的问题，就说到了根子上，而"语言的沙漠化"不是根子上的问题，还用那个比喻来说，长江黄河的河床，不是一开始就沙漠化了。但我非常认同"生活语言的力量被破坏了"这一基本判断，更为"对一种语种的想象力负责"这一自我认同的"野心"而感奋。

"生活语言"——当代小说创作中还有多少"生活语言"？王鸿生在对一个年轻作家的批评中，敏锐地指出，小说的语言是"瘫痪的语言，无根的语言，没有故乡的语言。它无法脱离情节要素而自立，也没有生命的质感和自然的气息，更不会焕发某种经由地域文化长期浸润而形成的韵致和光泽。主导这种语言的力量，既不是痛苦的人生经验，也不是参悟不透的命运玄机，而是被竭力掩饰着的肤浅的说明冲动……人、事、理均处在一个真正的'缩减的旋涡'之中，'生活世界'在这旋涡里宿命般地黯淡下去，逐渐堕入'存在的遗忘'"②。在我看来，这种批评完全可以在更大范围内针对某类创作的一般情形而言，而不仅仅是对个别作家；反过来说，之所以会导致这种状况，导致"小说之死"，恐怕也不仅仅是个别作家的问题。

二

在另外一个意义上，即使是优秀的小说家，他作品的语言也可能是"没有故乡的语言"。余华曾经表达过类似的感受：对他这样在南方小城镇长大的人来说，用普通话写作，差不多就好像是用一门外语写作。也就是说，他的"生活语言"与"写作语言"差不多是两种不同的东西。只不过，余华把这门"外语"掌握得很好——这主要是靠他个人的能力；但不能指望大多数作家都有这样的能力，更根本地说，不能指望

① 刘震云：《在写作中认识世界》，林建法主编：《中国当代作家面面观 · 寻找文学的魂灵》，春风文艺出版社，2003 年，第 147 页。

② 王鸿生：《小说之死》，林建法主编：《中国当代作家面面观 · 寻找文学的魂灵》，春风文艺出版社，2003 年，第 497 页。

靠这样的个人能力来掩盖、来弥合“生活语言”和“写作语言”之间的差异、断裂和不可通约性。

我们可以想象这样的过程:对于一个“生活世界”的语言与普通话差别很大的作家来说,写作在某种程度上变成了“翻译”:“生活世界”——“生活语言”——“写作语言”。但从“生活语言”到“写作语言”的转换,是写作者在暗中完成的,读者看到的只是最终的纸面结果。

这个被掩藏起来的环节困难重重,其中当然包含了无法克服的问题。一个“翻译者”的无奈、妥协、挫折,或者他的得意、喜悦、胜利,都藏在了纸面语言的背后。

我这样想象的时候,预设了面对这个问题的是一个好作家,他为了自己的忠实而甘愿去经受这个艰难的过程。但即使是一个这样的好作家,时日既久,他也会慢慢习惯了写作和“写作语言”,习惯了用“写作语言”来描述和思考,甚至当他想什么的时候在他心里响起的不再是方言的腔调而是普通话的声音,这个时候,他的写作可能就发生了相当大的变化,他不再需要把“生活语言”转换成“写作语言”,他不再需要去暗中经历这个痛苦的“翻译”过程,他胜任直接用“写作语言”来打量、描述、分析“生活世界”,他已经成为一个富有经验的好作家,他可以把那个困难重重的环节抛弃了,他可以不再理会多余的“生活语言”。

当这样一种并非和“生活世界”相生相伴的“写作语言”来“深入生活”的时候,“生活世界”就不能不面临着被缩减、删改、戏弄、强暴的威胁;还有比这更糟糕的,是“写作语言”的极端自负把写作完全变成了“写作语言”的自说自话、自我表演,它似乎是在“写生活”却对“生活世界”视而不见,“生活世界”也就只有堕入“存在的遗忘”。

当然还可以设想另外的情形,就是一个作家,他的生活和他的写作自始至终都是隔绝的,这样他的写作从一开始就不需要“生活语言”,他不需要在错综复杂的关系中纠缠,他可以让他的写作建造一个无所指涉的孤立世界。这不在我们讨论范围之内。

这样想来,几年前的《马桥词典》就是一部了不起的作品。韩少功把通常写作过程中被暗中“翻译”乃至被粗暴省略的“生活语言”从纸面的背后写到了纸面上,而且放到中心聚光的位置,通行的标准语言通过对“马桥词语”扎根其中的“生活世界”的描述使这些方言土语得到有效的阐释。“马桥方言”不是韩少功的方言,他是一个外来者,也就是说,“马桥方言”不是韩少功的自然语言,他需要去弄明白,需要有意识地去体会,需要用他的语言去“翻译”。这个“翻译”的过程和性质,与我们上面讲的把自己的自然语言的某种方言“翻译”成“写作语言”的过程和性质正好相反:韩少功的“翻译”凸显了方言、“生活语言”的独特性、差异性和丰富性,而另一种暗中的“翻译”则把这些东西牺牲掉了，因为它需要“写作语言”的胜利，需要“写作语言”驯服“生活语言”、方言不能进入公共流通领域的个性，以保证写作的进行。

但是，《马桥词典》仍然留下了不可克服的矛盾，这是韩少功的身份、方式和与这种语言的关系决定了的。尽管外来者韩少功对这种语言保持了足够的谦逊和尊重，尽管他把“马桥词语”放到了中心的地位，这种方言仍然无法获得充分的主体性。这不仅是说阐释总不可能尽善尽美，用通行的现代汉语/普通话来阐释方言一定会留下阐释的“余数”；更根本的是，阐释进行的时候，是通行的现代汉语/普通话在说话，而不是“马桥词语”在说话，“马桥词语”只能被动地等待着被描述、被揭示、被凸现。它是在中心，可是它不是充分的主体。

三

那么，方言能够自己说话吗？它不需要经过“翻译”就能够直接进入到文学写作中？

1892 年，松江人韩邦庆创办文艺期刊《海上奇书》，他自己的小说《海上花列传》就在上面连载，1894 年出版完整的 64 回单行本。孙玉声《退醒庐笔记》记载了他和作者的一段对话：“余则谓此书通体皆操吴语，恐阅者不甚了了；且吴语中有音无字之字甚多，下笔时殊费研考，不如改易通俗白话为佳。乃韩言：‘曹雪芹撰《石头记》皆操京语，我书安见不可以操吴语？’”①

刘（韩）邦庆这话说得理直气壮，毫不掩饰为人的狂傲和文学上的抱负。这部作品虽然不获风行于时，三十多年后却被新文学的开山人物胡适奉为“吴语文学的第一部杰作”。1926 年亚东书局出版标点本《海上花》，前有胡适、刘半农序，合力推举。胡适说：“方言的文学所以可贵，正因为方言最能表现人的神理。通俗的白话固然远胜于古文，但终不如方言的能表现说话的人的神情口气。古文里的人物是死人；通俗官话里的人物是做作不自然的活人；方言土语里的人物是自然流露的人。”②“死人”/“活人”的对立当然是胡适典型的“五四”式思维和判断，“古文里的人物是死人”正确与否这里不论，但通俗的白话和方言土语的区别的确意义重大，关乎“神理”。“神理”这个词出现在小说的《例言》里，胡适是接过来顺着用。

刘半农强调“地域的神味”，与胡适说的“神理”相通；但刘半农比胡适更敏感、更明确地指出了普通白话（通行的小说“写作语言”）与方言土语（“生活语言”）之间的不平等关系，以及人们对这种不平等的“习惯”，对因此而“牺牲”“地域的神味”

① 孙玉声：《退醒庐笔记》，范伯群主编：《中国近现代通俗文学史》（上），江苏教育出版社，1999 年，第 34 页。

② 胡适：《海上花列传序》，《胡适文集四 · 胡适文存三集》，北京大学出版社，1998 年，第 408 页。

的“习惯”。刘半农是这样说的:“假如我们做一篇小说,把中间的北京人的口白,全用普通的白话写,北京人看了一定要不满意;若是全用苏白写,那就非但北京人,无论什么人都要向我们提出抗议的。反之,若用普通白话或京话来记述南方人的声口,可就连南方人也不见得说什么。这是什么缘故呢?这是被习惯迷混了。我们以为习惯上可以用普通白话或京话来做一切文章,所以做了之后,即使把地域的神味牺牲了,自己还并不觉得。”①

新文学重要人物的郑重其事,显然不单是就作品论作品,而是从中国新文学的整体建设着眼的,胡适在序里就很明白地说:“如果这一部方言文学的杰作还能引起别处文人创作各地方言文学的兴味,如果从今以后有各地的方言文学继续起来供给中国新文学的新材料、新血液、新生命,——那么,韩子云与他的《海上花列传》真可以说是给中国文学开一个新局面了。”②

遗憾的是,这样一个“新局面”并未出现;不但如此,就连这部作品本身也一直挣不脱失落的命运。以至于许多年后,对这部“失落的杰作”情有独钟而对它的命运耿耿于怀的张爱玲,费时费力,不仅将它翻译成英文,而且把它改写成国语。“我等于做打捞工作,把书中吴语翻译出来,像译外文一样,难免有些地方失去语气的神韵,但是希望至少替大众保存了这本书。”③

韩邦庆和胡适说的“神理”,刘半农说的“神味”,张爱玲说的“神韵”,到底是什么呢?为什么用方言就能表现出来,用普通白话就会失去呢?

从晚清就已经开始、至“五四”而大张旗鼓地推进的中国现代语文运动,目的是创造和规范一种统一的“普遍的民族共同语言”,它不仅反对文言,而且要超越方言。虽然文言的因素、方言的因素都可以利用,但它们只能作为这种新的现代普遍语言的极为有限的零星资源而被吸纳,整体性的取向是被排斥的。方言的多样性、差异性,特别是它的土根性,正是需要克服和牺牲的东西。

早在20世纪之初,章太炎就对各种脱离语文的本根建造新语文的设想持强烈反对意见,他反对的不是现代语文的建设,而是极力主张要“有根柢”地达成这种建设。他身体力行,从当今民间语言入手,博考方言土语的古今音转、根柢由来,从古语今语中探求古今一贯之理,以应将来现代语文之用。1908年,撰成《新方言》,序中说:“世人学欧罗巴语,多寻其语根,溯之希腊、罗甸;今于国语顾不欲推见本始,此

---

① 刘半农:《读〈海上花列传〉》,《半农杂文》第一册,北平星云堂书店,1934年,第245—246页;本文据上海书店1983年影印本引。

② 胡适:《海上花列传序》,《胡适文集四·胡适文存三集》,北京大学出版社,1998年,第412页。

③ 张爱玲:《〈国语海上花列传〉译者识》,《国语海上花列传Ⅰ·海上花开》,上海古籍出版社,1995年,第2页。

尚不足齿于冠带之伦，何有于问学乎？”又说：“读吾书者，虽身在陇亩，与夫市井贩夫，当知今之殊言，不违姬、汉。”①刘师培在《新方言》后序中也说：“委巷之谈，妇孺之语，转能保故言而不失。”又说：“夫言以足志，音以审言；音明则言通，言通则志达。”并寄希望“异日统一民言”，“有取于斯”②。

且不说这一思路与中国现代语文运动的主流相违，单是这“推见本始”的工作，繁难艰深，与在现实的压力和危机中急迫地想拿出应对性方案的历史情境格格不入。大势所趋，现代白话文应机运而生，随时代而长。

语言的“神理”、“神味”、“神韵”，是与语言的“根柢”紧密相连的，之所以说方言是有“根柢”的语言，一方面，“但令士大夫略通小学，则知今世方言上合周汉者众”③。另一方面，方言又是当今“生活世界”的语言，是“生活语言”。两方面——语言的“根柢”和生活的“根柢”——合起来，可以说方言是有历史的活的语言。虽然中国现代语文运动一开始就倡导并长期致力于言文一致的目标，但时至今日，“写作语言”和“生活语言”的分离仍然是创作中令人困扰的问题。

四

就这样，我们遇到了张炜的《丑行或浪漫》，一部用登州话创作的长篇小说。

登州地处山东半岛东端，武周如意元年(692 年)置州，明洪武九年(1376 年)升为府，1913 年废。废后很长时间里，当地百姓仍习惯沿用旧称。我的祖父生于 1916 年，一生不理行政区划的变更，不顾登州府在他出生之前就没了的现实，开口还是登州府如何如何。

登州话和普通话之间的距离，与吴语和普通白话之间的距离，当然不好比；《海上花》的对白，吴方言区以外的人读不懂，《丑行或浪漫》却并没有给山东半岛以外的人造成多大的障碍。这当然主要是因为普通话本就以北方方言为基础。但北方方言的区域十分广阔，各地语言的个性和之间的差异，被笼而统之地“超越”了，产生出在这之上的、清除了“土”性的普通话。各地方言是“土”的，除了“假洋鬼子”，没听有人说普通话“土”，因为普通话在“上边”，离“土”远；方言呢，不仅就在“土”上，而且还有扯不断的长长“土根”埋在土里。登州这块悠久之地，它的方言“土根”自然也深；登州自古至今又一直是一块生机盎然的活泼之地，它的方言也不僵滞，也不拘泥，也不顽固，倒是根深叶茂，生机盎然，活活泼泼。

张炜怎么会用登州方言创作一部小说呢？《海上花》主要是用方言写对白，张炜

① 章太炎：《新方言序》，《章太炎全集》(七)，上海人民出版社，1999 年，第 3、5 页。
② 刘师培：《后序一》，《章太炎全集》(七)，上海人民出版社，1999 年，第 134、135 页。
③ 章太炎：《汉字统一会之荒陋》，《民报》第 17 号，1907 年。

的这部作品不仅里面的人物说话用方言，整个作品的叙述都顺从着方言的声韵气口，渗透着方言的活泼精神。他是怎样走到了这一步？

简单回答这个问题。对于一位有二十多年的创作历史，并且贡献了中国当代文学极为重要的作品的作家来说，他的文学语言经验，不可不谓丰富；他的绝大部分作品是用规范的现代汉语写成的，而且，用通行的标准来衡量，也无法否认作家出色的语言才华。也就是说，他完全可以一直就用这样的语言写下去，规范，而且规范得才华出众。但是，随着民间的生活世界在他创作中越来越深入、越来越充分的展现，民间语言的因素也越来越突出地融入到作品中，譬如中篇《蘑菇七种》、长篇《九月寓言》等。民间语言因素的融入，拓开了一个创作的新境界。这样一个新境界有着特殊的吸引力，吸引作家再进一步地走下去。

陈思和用“民间”的理论来重新梳理20世纪中国文学史的一种走向，是90年代以来中国现当代文学研究的一个重要创见。① 随着创作实践不断出现新现象，提出新问题，这一理论阐释有可能进一步深化。文学表现民间，是依托语言来实现的，(1) 用规范的现代汉语/普通话来表现民间，(2) 用融入了民间语言因素但整体上仍基本规范的现代汉语来表现民间，(3) 用民间语言来表现民间，显然处在不同的层面上。不仅是语言的层面不同，而且不同类型的语言所内含的视角、价值立场、选择倾向，也不相同。

用民间语言来表现民间，民间世界才通过它自己的语言真正获得了主体性；民间语言也通过自由、独立、完整的运用，而自己展现了自己，它就是一种语言，而不只是夹杂在规范和标准语言中的、零星的、可选择地吸收的语言因素。

张炜登州出生登州长大，登州方言是他的“母语”，他让这片土地的“生活语言”上升为他自己的“写作语言”——更准确地说，是他自己的“写作语言”下降为这片土地的“生活语言”——事情就是这么简单。

与语言的位移同理，文学里的真正民间，更准确地说，不是把民间上升为文学，而是把文学下降到民间——事情也就这么简单。

五

现在，我们应该到里面来看看这个登州方言的世界了。

主人公叫刘蜜蜡，她抗暴抗恶，踏上出逃(外力逼迫)和寻找(内心渴求)的坎坷长路，在大山广野间奔跑流浪，二十多年后与当年的俊美少年重新聚首。小说的线

① 见陈思和：《还原民间——文学的省思》，台北东大图书公司，1997年。除了《民间的沉浮——从抗战到“文革”文学史的一个尝试性解释》和《民间的还原——“文革”后文学史某种走向的解释》两篇长文外，还有评论张炜创作的《还原民间——谈张炜〈九月寓言〉》。

索就是这一个丰硕健美女人的生命传奇。

但是,线索串起的,却是一个阔大的生活世界。如果在这部作品里只读到一个人或几个人的故事,就把这部作品读小了。事实上,这个宽阔的生活世界比哪个人物都重要。所有的人物,都是这个生活世界的活生生的表现。这样也许就可以理解,为什么作者在写到刘蜜蜡之外的人、事、物,或者与刘蜜蜡关系不大的各种情形时,也总是兴致盎然,涉笔成趣。

譬如,刘蜜蜡第一次出逃,寻找启蒙老师——也是她深爱的一个男人——雷丁,得知雷丁跳河被枪打死,深更半夜在野外仰天大哭。接下来写,白天,河两岸红薯掘出来了,成堆成簇晒着太阳;村子家家做南瓜饼,"人说吃多了这样的饼,身子就会长得圆鼓鼓的,从屁股到大腿胳膊,再到乳房。河边姑娘小伙子在正午的庄稼地里干活,被太阳晒得舒心大叫。他们相互夸着,小伙子说:'瞧大腿像水桶似的,妈耶吓人'、'哎呀胖成了犊子哩,保险你一冬不瘦'。姑娘红着脸说:'你才是犊子哩,没遮没拦胡咧咧。''那边过来的更胖哩,哎呀我看清了,多大的婆娘哎。'刘蜜蜡听到议论,就索性走到了地中央。年轻人见了赶路的主动搭话,还掏出兜里的花生和杏子给她吃。'我来帮你们做活吧。''做吧做吧,头儿不在怎么都行。'蜜蜡挨近的是两个小媳妇,就问她们:'快有孩儿了吧?'一个摇头说:'没呢。不歇气吃酸杏儿的时候才是哩。'另一个接上:'也有的到时候撒了泼吃辣椒,一口一个大红辣椒眼都不眨。'她们啧啧着,都说这是早晚的事儿:'那些不懂事的男人哪,像小孩儿一样怪能闹腾,早晚有一天嘭嚓一声,让咱怀上了。'几个人哈哈大笑。小媳妇说:'男人们真有办法,能让咱爱吃酸和辣什么的。'另一个说:'那得看是谁了。如果是俗话说的盐碱薄地,就生不出根苗了。'最后一句让蜜蜡瞪大了眼睛,长时间不再吱声。有人问她:'大妹妹咱多句话儿:你有了婆家还是没有?''没有。''哟哟,快许下个吧,大奶儿暄蓬蓬的,日子久了也不是个法儿呀。'"①

所引的这一段(其实只是一个长自然段里节出来的一小部分,全书的段落大都很长,像没有停息的生活世界),并不是作品里特别突出的部分,单从字面上看,方言土语的性质也不是特别强。我多少有些随意地挑选一段能够体现作品一般情形的普通的文字,正是想说明这个方言的民间世界的一般情形。

在作品里,我们会遇到诸如"窝儿老"、"懵了瞪"、"书房"、"张口叉"、"上紧"、"嚯咦"、"来哉"、"砸了锅"、"郎当岁"、"白不洌刺"、"泼揍"、"老了苗"、"撒丫子"、"脱巴"、"酒漏"、"不喜见"、"坏了醋"、"搅弄"、"迂磨"、"悍气"、"物件"、"饿痨"、"泼皮"、"人家老孩儿"、"主家"、"骚达子"等等字词,从写到纸面上的字词来看,其

① 张炜:《丑行或浪漫》,云南人民出版社,2003年,第154—155页。

中有的是北方方言区共有的，大多是登州一带独用的；但即使是字词共同的（这一类在作品里不少见），说话的“气口”也绝不相同。也就是说，在方言里，声音比文字重要，有不少方言是有音无字的；说到“气口”，就更见方言的精细微妙、源远流长了。一种地方“气口”不仅发散当时当地生活的气息，而且更能够上接古音古韵，所以有时特别有力和生动。

更进一步说，在乡村民间世界里，语言（也就是方言）远比文字重要得多，费孝通在他的名著《乡土中国》中甚至认为，在传统的中国乡土社会，语言即已足够，哪里用得着文字？“这样说，中国如果是乡土社会，怎么会有文字的呢？我的回答是中国社会从基层上看去是乡土性，中国的文字并不是在基层上发生。最早的文字就是庙堂性的，一直到目前还不是我们乡下人的东西。我们的文字另有它发生的背景，我在本文所需要指出的是在这基层上，有语言而无文字。”①“言为心声”，乡野的“心声”存在于乡野之民的语言，文学表现民间，如果不能贴近这语言，也就与“心声”隔了、远了，自然也就与民间隔了、远了。

我们从方言的角度来看《丑行或浪漫》，注重的不是一些特别的字、词、句，而是这样一种语言浑成一体的自然表达所呈现出来的一个整体性的世界的精神。

回头看上面摘引的那一段叙述。这短短的一段，从食物（红薯、南瓜饼、花生、杏子）说到身体（屁股、大腿、胳膊、乳房），从身体说到怀孕生殖（男人们“怪能闹腾”，“嘭嚓一声，让咱怀上了”；生出“根苗”），转换顺畅，语意天成。这里说的是乡村生活的基本内容，突出的是它的“天然”的性质。一个现代的城里人也会说，饮食男女是人生的基本内容——这之间有什么不同吗？

对于一个现代人来说，饮食男女，不论哪一项，都是个人的、个体化的，这首先是因为，一个现代的身体是私有的、个体的；而在这里，在这片乡野民间，身体的本性还没有脱离生活领域，没有彻底个体化，没有和外界分离，这与现代那种狭隘意义和确切意义上的身体和生理截然不同。在这里，身体的因素被看做是群体性的，同一切自我隔离和自我封闭相对立，同一切无视大地和身体的重要性的自命不凡相对立，它的体现者不是孤立的生物学个体，也不是私己主义的个体，而是人类群体，并且是生生不息的人类群体。身体的因素具有积极的、肯定的性质，在这样的身体形象中，主导的因素是丰腴、生长、繁殖和兴旺，而且带有一种从本性发出的欢乐。②

刘蜜蜡健壮丰硕，女性特征突出，这一点作品屡屡彰显；这样的女性身体，也许只有在大地之上的民间世界里才水灵俊秀，在气韵生动的方言描述里才生气勃发。

---

① 费孝通：《乡土中国　生育制度》，北京大学出版社，1998 年，第 22—23 页。

② 这里的论述化用了巴赫金讨论“拉伯雷的创作与中世纪和文艺复兴时期的民间文化”时对“物质——肉体因素”的观点，《巴赫金全集》第六卷，河北教育出版社，1998 年，第 22—24 页。

民间大美，绝不是一个孤立和隔绝的概念，这其实是对与之相联的整个生活世界的积极肯定，是对人类繁衍不息的生命过程的积极肯定。说句实在话，也只有身心被民间精神充分浸染过的作家，才敢写“丰乳肥臀”，像莫言，像张炜：莫言写得放肆而大气磅礴，张炜写得深蕴而意远情长、光彩照人。大地之上的身体，与各种各类现代空间/房间里的身体是不一样的。现代的人体观念，或者更进一步，时尚的人体观念，与这种民间观念的悬殊差异，反映出来绝不仅仅是所谓的“审美”观念的变化，而是人、身体与整个生活世界的关系的重大变化。韩少功在他的长篇作品《暗示》里，谈到了他称之为“另一个无性化时代”的“骨感美人”：“这些超级名模们在T型舞台上骨瘦如柴、冷漠无情、面色苍白、不男不女，居然成为了当代女性美的偶像。骨瘦如柴是一种不便于劳动和生育的体态，冷漠无情是一种不适于在公共集体中生活的神态，乌唇和蓝眼影等等似乎暗示出她们夜生活的放纵无度和疲惫不堪，更像是独身者、吸毒者、精神病人以及古代女巫的面目。体重或三围看来已经逼近了生理极限，她们给人的感觉，是她们正挣扎在饿死前的奄奄一息，只是一片飘飘忽忽的影子，一口气就足以吹倒，随时准备牺牲在换装室里或者是走出大剧场的那一刻。”显然，韩少功并不想克制自己，他认为这些“身体自残”的超级模特，“表现为她们对生命正常形象的一步步远离”①。刘蜜蜡“泼吃”“泼长”、“大白脸庞喜煞人”、”大奶儿暄蓬蓬”、“大腚”、“浑实”，这样的“大水孩儿”与现代美女是两个世界的人。

与身体因素的积极肯定性质结为一体的，是刘蜜蜡整个生命传奇的积极肯定性质。刘蜜蜡所遭受的种种骇人听闻的折磨、虐待，所经历的种种非同寻常的艰难苦痛，足以摧垮一个人的生命意志，毁坏一个人对生活的基本信念。但刘蜜蜡没有。在刘蜜蜡漫长的流浪生涯中，我们强烈感受到的，是生命的趣味不熄、不灭，是生活的世界活泼无尽。她甚至感受到一种她未曾明了的“幸福”，她想：“我这辈子就在野地里跑哩，一直跑到‘有喜’。”②生命和生活世界都会遭受大恶的强暴摧残，但这里的生命和生活世界都没有转化为消极的否定性质。刘蜜蜡胜利了，但这种胜利不是个人的胜利，是生命与之紧密相连的生活世界的胜利，是民间积极肯定的精神的胜利。方言叙述了这种胜利，方言也分享了与之紧密相连的胜利。

六

《丑行或浪漫》的第三章《食人番家事》、第五章《河马传》，集中呈现了这个生活世界里的坏和恶，而且是大坏大恶。

---

① 韩少功：《暗示》，《钟山》2002年第5期。

② 张炜：《丑行或浪漫》，云南人民出版社，2003年，第145页。

在我们的文学中,常见的是小奸小坏;而且,似乎是要写出人物复杂性的思想在起作用,常常坏也坏得压抑,坏得不彻底,坏得鬼鬼祟祟,总之,坏得不爽。复杂性似乎是,好人也不真那么好,坏人也不见得多么坏。面目模糊差不多就是复杂性了。

《丑行与(或)浪漫》抛弃了这种所谓的复杂性,却并没有走向简单、教条和僵化。它敢放笔直写大坏大恶,而且,它有能力把坏和恶不当成一个本质性的定义来演绎,而是当成一种同样丰富多彩的生命现象来叙述。坏和恶是一种生命现象,而且有些时候具有强大的生命力。所以,我们在这部作品里看到的坏,坏得有活力,坏得有感情,坏得有追求;坏得趣味横生,坏得花样翻新,坏得淋漓尽致;还有,坏得满足,坏得快乐。

大坏大恶,就是要这样坏和恶得没有限制,没有好和善作为一个对立面,没有好和善的意识,同时也就是没有坏和恶的自我意识,坏和恶得不知道什么是坏和恶。

在一个乡野小村,再坏再恶又能如何？多大的人物啊？这样问就似乎不太懂得中国乡村社会了。小油烑和他父亲老獾,那是伍爷一人之下众人之上的人物;什么叫一人之下众人之上？伍爷呢,当然就是皇帝。这个道理伍爷的"军师"二先生说得明白:"使上了'缩地法',把一村缩成一国,差不多也就是皇上了。"①这样一来,至高的权力就保证了坏和恶的蓬勃发展,保证了坏和恶充分施展的舞台空间,甚至保证了坏和恶的艺术性,保证了坏和恶的持久魅力。想想看吧,伍爷巨大的身躯,像大河马一般丑陋,可是这具丑陋的躯体似乎有着领袖般的各个方面的超凡魅力(chrisma),有着似乎无穷无尽的能量。从民间权力运作显影特殊时期的现代社会政治风云,当然非作者本意,但读者未尝不可以得其某种"神似"之处。

坏和恶其来有自,作品追究了历史。但像这样的历史追究,恐怕只有民间的视角和方言的叙述最适合担当。老獾讲家史,说:"世上人叫咱'食人番'呢,咱这支人嘴里一左一右有两颗尖牙,后来一代一代下来大荤腥没了,尖牙也就蜕成两颗小不点儿萎在嘴里,你照着镜子擎着灯扒拉着看吧,一看就知道了。"②"伍爷为什么对咱好？他也是古谱上寻不着的人口,用一个假'伍'藏住了身哩……(口)里边一面一颗小獠牙。你当这是怎么？这是要在人堆里啃咬哩。"③

特别有趣的是二先生为伍爷写了一部"传书",自然从上溯几代写起,来龙去脉交代清楚;一路下来,写到传主伍爷,"十五岁长成街上霸主,大小童子皆为身边喽啰。孬人闻其声而色变,常人观其行而规避。大小村落,泱泱民间,莫不知虎门又添豹子,苍天再降灾星。先人既老,兵权私授,上级倚重,根红苗正。君不见都督来视,

① 张炜:《丑行或浪漫》,云南人民出版社,2003 年,第 174 页。
② 张炜:《丑行或浪漫》,云南人民出版社,2003 年,第 88 页。
③ 张炜:《丑行或浪漫》,云南人民出版社,2003 年,第 114 页。

执手而行，酒过三巡，声色俱厉……吾虽年长十岁有二，或可为伍爷记叙日常行止，收拾一路碎银……吾半生觅得病妻一枚苟延残喘，幸得伍爷关爱方获一分活趣，不至轻生。吾平生所见伟人多乎不多，身材宽大声如洪钟者仅此一例。且不说治理保甲技高一筹，设文臣置武将以逸待劳，平日里安卧榻上身覆朱红缎被，大街上一片升平井井有条。真正是以静制动，运筹帷幄，决胜于千里之外。其人声势远播，恩威并举，毗邻如上村之头黑儿来见，每每弓身低眉，乃畏惧之状。凡强力之士必有余兴存焉，俺伍爷虽日理万机，仍旧异趣盎然令人惊骇。本传书依据不为贤者讳之原则，在此慎记传主瑕疵一二，以承续太史公之遗风。"①以下所记"余兴""异趣"，无非"袭人妻女"之类。

二先生写"传书"，对方言土语，虽终不免夹杂一二，整体却是极力回避的，一是因为，为"伟人"作传，当然不能用村语野言，须得"高雅"之文才相般配；况且，"传书"为古已有之之体裁，有它自身的原则、模式和要求。二是因为，二先生是有文化的人，"有书底子"，这一优势——意味着特殊的资格和权力，意味着乡村的"文治"——的明显标记，就是和那些无知乡民说话不一样，且会写字作文。这部"传书"实在有些妙不可言。它歌功颂德，阿谀逢迎，文过饰非，却又从记叙中透露了真实生动的历史信息；它满篇陈词滥调，随处可见各类文体的混合杂交，却在新的组合和拼接中碰撞出了或大或小的缝隙和裂口，得以窥见被掩藏的图景；它有时老谋深算，有时却轻率放肆；它可能刚刚说皇帝穿着新衣服，马上又接口说皇帝没穿衣服；它常常一知半解，不懂装懂，可是，这一知半解和不懂装懂反倒可能一语中的，一针见血。

在《丑行或浪漫》这么一部方言之书的里面，放进了一部戏仿的"伟人传"，堪称神来之笔。作者写大坏大恶，对这部"传书"借力多多。同时，在方言的大地上，我们又可见别样语言的奇观。

七

在《丑行或浪漫》里，一如在《九月寓言》和其他的一些中短篇里，出现的人物大都有非常独特的名字，这几乎可以说是张炜小说的一个特殊记号。这样的记号，可以算作作家个人化风格的一部分；但其根底是非个人化的，是民间生活世界和民间精神的自然标记。

张炜讲过这样的事："三十年前有这样一个小村，它让人记忆深刻：小村里的很多孩子都有古怪有趣的名字。比如说有一家生了一个女孩，伸手揪一揪皮肤很紧，

① 张炜：《丑行或浪漫》，云南人民出版社，2003年，第208页。

就取名为‘紧皮儿’；还有一家生了个男孩，脸膛窄窄的，笑起来嘎嘎响，家里有（人）就给他取了个名字叫‘嘎嘎’；另有一家的孩子眼很大，而且眼角吊着，就被唤做‘老虎眼’。小村西北角的一对夫妇比较矮，他们希望自己的孩子能高一些，就给他取名‘爱长’。”

张炜把这称为“自由命名的能力”。

这种“自由命名的能力”是依托生活世界、靠方言来实现的。

这种“自由命名的能力”并不仅仅表现为取名字，而且表现为对置身其中的生活世界的自主性。譬如说，《九月寓言》里写的“忆苦”、《丑行或浪漫》里写的“辩论会”，本来都是政治意识形态的仪式，但是这种自主性却把它们变成了集体共同参与的节日性活动，意识形态的因素没有被完全消除，但却在整体上充分民间化了。这种自由的自主性把这样的仪式改造成了平凡日常生活之外的另一种戏剧化的生活，而且人人都不同程度地参与其中。可是，这种“自由命名的能力”，这种自主性，正在逐步丧失。

我们也许可以想得到“三十年后的小村怎样了”——“满街的孩子找不到一个古怪有趣的名字——所有名字都差不多……不仅这样，当年的‘紧皮’、‘爱长’、‘嘎嘎’、‘老虎眼’们，他们自己也不喜欢别人叫原来的名字。显然他们认为那是一种羞愧”①。

这种“自由命名的能力”的丧失，背后是“自由命名的语言”的丧失，是生活世界的完整性的丧失。

方言已经没有办法统一乡土农民的生活。今天已经很少有乡村集体活动——集体劳动、集体娱乐，方言的集体场域不那么容易见得到了。方言和方言的语境、方言和方言的大地之间那种天生的默契和亲密无间的交融没有了。说方言的农民们，即使他们没有背井离乡加入到涌向城市的“民工潮”里，即使他们还留在他们的土地上，那片土地也已经大大不同了。在现在的这片加速变化的土地上，他们只是一个个孤单无助的人，孤单无助地对付生活的重压，孤单无助地面对越来越普通话化的世界：不仅是教育的彻底普通话化，而且是生活也越来越深入地普通话化，就连娱乐也是，娱乐内容是普通话化的，娱乐形式是家庭化、私人化的。普通话化，简单一点说，也就是现代化在语言上的变体。偶尔在某类电视节目里听到方言，可那样的方言只不过是点缀，是调味品，甚至是可笑的东西，被嘲笑的对象。他们的语言不断遭受剥夺，他们生活世界的完整性不复存在。

---

① 张炜：《世界与你的角落》，林建法主编：《中国当代作家面面观·寻找文学的魂灵》，春风文艺出版社，2003年，第31页。

20世纪产生了重大影响的语言学家索绪尔在《日内瓦大学就职演说》中讲道："语言不会自然死去,也不会寿终正寝。但突然死去却是可能的。其死法之一,是因为完全外在的原因语言被抹杀掉了。"譬如说,把普遍的共同语强加给说方言的人,就有可能抹杀掉方言吧。索绪尔继续说："在这种情况下,只有政治的支配是不够的,首先需要确立文明的优越地位。而且,文字语言常常是不可缺少的,就是说必须通过学校、教会、政府即涉及公私两端的生活全体来强行推行其支配。这种事情在历史上被无数次地反复着。"①

不过方言还会持续存在下去吧？但又能持续多久呢？如果方言活泼泼的精神没有了,与这活泼泼的精神共生的生活世界没有了,只剩下一个声音的躯壳,除了做一种语言的"标本",被当做一种语言的"遗迹",还有什么活生生的意义？

由此而言,《丑行或浪漫》生气灌注、自由流淌的方言及其神理、神味、神韵,行将从生活的大地上失传？这部作品是登州方言和这个方言的生活世界的绝唱和挽歌？

我很疑惑。

也许不是这样？也许我们对方言及其生活世界所内涵(含)的积极肯定性质估计得太不够充分,也许这样的积极肯定性质会创造出新的生命活力？也许这样的积极肯定的性质——而不是整体性的贬黜、否定、对立——会引导我们去重新寻找与悠久之根柢相沟通的新的方式,重新建立生活、语言、写作之间的息息相通的联系？

2003年10月8日

——原载《上海文学》2003年第12期

① 柄谷行人在讨论"书写语言与民族主义"时引用了索绪尔在《日内瓦大学就职演说》中的这段话,本文是从这里转引的,见柄谷行人:《日本现代文学的起源》,赵京华译,生活·读书·新知三联书店,2003年,第198页。

郜元宝

二十二今人志

一、王蒙:说出复杂性

读王蒙的书首先应该留意他的语言。这里有细心挑选不露痕迹的文言、外来语、方言和新旧杂陈的北京话。他还特别擅长大量化入各个历史时期的政治术语——这其实是现代(当代)汉语的主干。当代作家大概没有谁比王蒙的语言更庞杂了,呼吁纯洁汉语的专家学者或许要对他皱眉,但纯净雅致的汉语,并不在专家学者的理想中,它应该是忠实于当代生活,能让当代人把自己的思想感情尽情发挥出来的那种新鲜活泼无拘无束的放肆的呐喊,是和人的思想意识水乳不分的表达,是王蒙写的那些“多话”的当代人做梦也在使用的忘乎所以脱口而出的言辞。只要中国人的意识或潜意识里曾经或仍然有这种庞杂的语言潮流,就应该有王蒙对这种语言潮流或滑稽或正经的模仿。他的小说和杂文,更多地反映了近半个世纪以来某种主导性的汉语精神,它的品质、要素、腔调。你尽可以吃不消他的重叠、夸饰,尽可以抗议那永远不肯节省的同义词或反义词的排比,也尽可以批评他的几乎胀破结构的长句,但你要想获得当代汉语的最佳“拷贝”,就不得不研究他的语言。

说今天的事,要有生活在今天的核心的活人在语言上的大胆创造。这创造联系着某种语言的遗产,但根本必须源于今日语言的汪洋大海。当前许多小说文章都缺少鲜明的时代特征,我们感受不到作者与今日语言的紧张关系,看不出他们和今日汉语交往肉搏的痕迹,要么抄袭现成的语言,要么依从过去的风格,就是没有语言在作者手里的发展,听不见它拔节生长的声音。在这种语言背景前,王蒙显得特别刺眼。

但语言的自由与解放,是为了说出意识到的复杂性。正因为尊重复杂性,才会将表达上的狂放尽兴看得比什么都重要。语言的自由与意识的复杂是王蒙的作品最值得重视的两件东西。

(20世纪)70年代末到90年代中期,文坛争论可谓多矣,王蒙往往处于漩涡中心。在每一场或主动参与或被动卷入的争论中,他为之抗辩和持以争辩的,都是自己所意识到的社会文化的复杂性。就拿"人文精神"之争为例,现在看来,所争的并非一二具体的意见分歧。以往不是没有分歧,却没有演成同一阵营那样径庭悬隔的局面。关键在于思想方法与作风的异趋,在于有没有充分意识到以及肯不肯充分尊重当代生活(包括知识分子自身存在)的复杂性,敢不敢投身到复杂性中去,替复杂性说话,而不是仅仅替它的某一维某一度而慷慨陈言。王蒙的一些言论慢慢为更多的人认同,这些人并非特别赞同他某个具体观点和说法,而是同情他持此观点说法时始终一贯的对复杂性的尊重。他对"人文精神讨论"令人吃惊的诘问,实质上只是担心以往在政治领域以理想崇高等名义进行的宏大而荒唐的试验会在文化领域重演,政治家扔掉的东西会被"知识分子"当做宝贝稀里糊涂地捡回来。换言之,他关心的不是具休那个说法得当与否,而是人们会不会在复杂性面前变得盲目轻率。

"复杂性",就是理性与意识形态讲不清道不明的一堆乱麻的真实。因为要竭力说出意识到的复杂性,王蒙不得不既和左面据理力争,又和右面、和80年代的文坛俊彦、和曾经为之骄傲并引以为同调的一帮年轻朋友大争特争,经常是面红耳赤、昏天黑地,大有兵来将挡水来土掩孤家寡人四面树敌的架势——"过于聪明"云云真是冤哉枉也。当今文坛有几人肯这样吃力不讨好?那些号称激烈勇猛的文坛慷慨家们,有的不也眼观六路、耳听八方、远交近攻、广结善缘吗?倒是似乎一贯左右逢源的王蒙,往往"前门驱虎,后门迎狼",不得不站在相对孤立的地位独力支撑,自言自语。

同龄人他写得最多,但正是在同龄人中间,他感到知音寥寥。他比许多同龄人多了一份相信,更多了一份因相信而导致的困惑。对他来说,相信与困惑是一种心情的两面。介入生活愈深,这情形就愈明显。有些东西早就被人遗忘,他还记着,还一再地提起;人生四十而不惑,他到了耳顺之年仍然放不下许多事情,样样都想再重新推敲一番。这是因信而惑,因惑而信,但根本还是顽强的复杂性体验所致。

"复杂性"是他复出以来一直冲击文坛的东西。他的复出伴随着中国文学"复杂性"的重构,终于自己也成了复杂人物和众矢之的。怪只怪半个世纪以来当代中国社会太复杂,发展变化太快,主客两面均缺乏定性,迁流不已。王蒙刚刚慨叹同上一辈人沟通困难,很快就发现自己与下一代之间的巨大代沟。岂止王蒙,(20世纪)50年代人与"老三届","老三届"与80年代人,80年代人与90年代人,不都有无法理解难以沟通的隔阂吗?不同时代不同年龄难以沟通,同一时代同一年龄也缺乏充分对话所必须(需)的稳靠语境。没有共同关心的问题,没有大致相同的经历背景,没有使一切关于意义的活动成为有意义的相对稳定而可以共享的传统,时空如此陌生，大地好像分崩离析了。“目前是这么离奇，心里是这么芜杂”（鲁迅语），在如此诡秘的历史情境中，作家真应该有一种“分身术”，既能勇敢地潜回过去，又能频繁地返归现在。他总要把上下四方都经历一遍，把各种视点上的所见所思都缝合在一起，复又超越这些所见所思，真正贴近生活的地面，才能化诡秘为寻常，驾驭历史的“复杂性”。

坚持对“复杂性”的体认，最大的危险还不是孤立，而是和孤立一样不易被人理解甚至连自己也不可理喻的含糊与空无——这大概正是艺术家的立场与方法最易导致的结果。

比起从某个原点出发构造庞大精密的体系的理论家，比起向大众解说既定观念的政治家道德家，艺术家的语言与逻辑总显得含糊无力，因为艺术家始终面向被抽象和被简化之前的原生态的复杂性存在。“复杂性”是众多方向不同的力，它将坚持复杂性的主体横拉竖扯，令他茫无所归，时有车裂之刑的痛苦。可供选择的太多以至于无所选择，应该抗拒的太多以至于无所抗拒，这就很容易落入空无之境。但恰恰在理论家、政治家、道德家最想回避的困境中，我们看到了艺术家的可贵。他虽然很难提供理论家宏伟的体系，政治家美妙的理想，道德家高尚的境界，但靠着一种含糊无力的言词，他能够始终和“复杂性”结合在一起，始终不失其源于生活的勃勃生气，始终能让我们“想起生活”；而“想起生活”，不也是一切言之有物诚实不欺的哲理学说的出发点与归宿吗？

王蒙的作品无疑有许多不尽如人意处，但至少有一点，即便对他不满的人也会报以宽容和欣赏，那就是在经历了种种复杂与难堪之后，他依然葆有新鲜的生命感受、乐观的生活兴致、善意的对人生的感谢、活泼的有时是透着一点踌躇自得的好心情。生活的沉重乏味容易压弯人们的脊梁，麻木人们的敏感，冷却人们的血液，使人们变得庸（慵）懒、持重、枯槁、愤激、尖刻，乃至故意漠视美好的光点，不愿甚或羞于说出对生活的感念。这是造化在残酷匮乏破败无聊之后给我们的第二度打击，而我们也未尝没有用自己的坏心情反过来打击生活。很遗憾，这好像正是多数人的生命途辙。王蒙曾借小说人物之口，说他就是恨不起人来，因为太爱生活，太善于从无数细小的场景中汲取欢乐，太容易落入多种情感彼此抵消的情绪真空，太喜欢在这真空徜徉、微醉，又太自然而然地转向无条件地感谢生活，哪怕是像钱文那样感谢一顿西瓜之赐的“满不吝”。这也是读者在他作品中最常碰到的真实的告白与朴素的体验，不妨称之为王蒙式的“基本感情”或“好心情”，它出于天性、遗传，更有赖于修练（炼），不是掩盖假恶丑，也不是顺境所引发的自然反应。或许只有在中国北方特殊的人文气候与自然环境中才会有这样的“基本情感”或“好心情”吧。人生天地间，保持这种“满不吝”，绝不比苦着脸儿冒充激烈表演崇高更容易。至少，它可以和真正的崇高或激烈并存而不相害。

王蒙经验丰富，想象发达，因为过分活跃，刻意经营一事时，往往情不自禁旁逸斜出甚至走向反面，如儿童的无目的之游戏。他喜欢高蹈，又入世甚深，拘执甚迫，是社会中人、问题中人。他不愿做纯粹艺术家，甚至否定所谓纯艺术，但又不愿将自己整个儿交付出去，甘当“箭垛”。当成为焦点而不免“来劲”时，他念念不忘的是文学的经验，他在文学中体验到的“此种真意”。他因此善于用社会中人、问题中人的方式谈论文学艺术，又用艺术家的情怀对待社会问题，叫你分不清哪是现实，哪是虚构，哪是历史，哪是艺术，哪是正言，哪是反语。他是矛盾的、“杂色”的。他渴望浪漫，又相当实际；喜欢和谐，又偏爱杂音；向往透明，又玩弄模糊；追求完美，又爱指出瑕疵和遗憾。他让崇高和凡俗联姻，美丽与缺陷共生，得意和尴尬相伴，热情与冷漠沟通，沉溺和出神交替，严肃持重与自嘲戏耍合流。“过于聪明”了，随即感到聪明之无谓；过于自是了，马上又意识到自是者的可悲。真诚的赞美词里，他喜欢夹杂一点揶揄调侃；微妙的意境中，总要放进去几分粗糙；随时准备承受一切，却总有太多不能承受者。

穿梭在两个极端中间，很少在某一点上固定下来，这是他思维与话语的习惯。然而绝非中庸，倒是真诚的究诘，是若有所知的不知，茫无所知的知道一点。他有一种习惯、一种能力、一种追求、一种癖好，将截然不同的异质之物拼在一起，玩味由此而生的反讽。

这还是追求对“复杂性”的充分叙述。

王蒙，一个吸纳了极度和谐与极度不和谐的骚动不宁的生命，其存在本身就是对半个世纪以来中国社会与中国心灵之“复杂性”的不倦的“说”。

二、张承志：无神时代的精神圣徒

张承志在90年代突然成了一种象征，许多人人向往的头衔，“理想”、“道德”、“崇高”、“正义”、“良心”，诸如此类，都为他所囊括。西哲说，即使上帝不存在，也要把他制造出来。在这个既无圣人也无英雄的时代，人们用同样的方式为自己制造了一个准圣人或准英雄，尽管很快就会将他丢在脑后（这是可以预期的）。

张承志值得注意的东西不少，但议论纷纭，大多只针对他近来深刻而偏激、锐利而虚弱的思想随笔。随笔家张承志慢慢掩盖了小说家张承志。渐渐地，连他到底有哪些随笔，也不甚了了。《无援的思想》《清洁的精神》《致先生书》《再致先生书》几篇，差不多成了他的化身和招牌。晚近创作，也确乎迎合了这种不爱看书只想赶热闹的风气。人们现在对文学的要求与兴趣，似乎仅仅满足于文学家的随笔，以及他们的某种姿态。随笔和姿态成了文学精神的全部。文学好像获得了前所未有的重视,实际上,文学消失了,只剩下姿态。这不仅掏空了作家,也掏空了文学。

作家或文学的存在,收缩为某种象征与姿态,或许可以视为世纪末特有的慌乱情绪对精神世界的大幅度省略。体察细节的兴趣少了,都想总揽全局,甚至希望从猥琐繁密的生存中删荑枝叶,抽取精华,作为救赎的舟筏。据说,张承志正是这样的精华。人们给予他崇高的赞美,是要拿他做救命稻草。

他是支撑精神的梁木吗?也许,但要看看靠他支撑的是怎样一种精神。太多年轻浮薄之徒怀着所谓孤独、痛苦、虚无以及某种不得发泄的冲动或者难以对象化的理想,摇摇欲坠,急于寻找支柱;定海神针既搬不动,目力微弱也看不到参天大木,便只想拥有一根拿得起放得下既可支撑片刻又能做好看的装饰品的手杖。此等物事,大学校园里偶尔读书看报的男生几乎人手一根,而幸乎不幸,往往就是张承志牌。

有人把他比做鲁迅,他好像并不介意,甚至还对鲁迅微示不满。《致先生书》就认为鲁迅不知"哲合忍耶",到底是个遗憾。

鲁迅一生很少把自己的主张当做旗帜,凌越世俗荒野。翻遍《鲁迅全集》,没有一句标语口号。在鲁迅看来,任何高明的东西一旦成为旗帜,总是很尴尬。鲁迅自有心灵之旗,他只想独擎,不愿任何别人去扛。唯其如此,鲁迅的旗帜才真实而持久。张承志高举信仰的旗帜,这是他最值得钦佩的地方,在这一点上无论怎样肯定他的价值都不过分,但是应该知道,信仰带有强烈的个人色彩,贵在内心默默执守,不能招摇,更不可强求他人信奉,否则一切都将事与愿违。

爱信仰的人啊,你所爱者只是信仰,何必以一些具体的有信仰者为信仰对象呢?

鲁迅对世俗的憎恶无人可比,但这并不妨碍他比任何俗人更懂得现世此生之爱。鲁迅固然常常攻击庸俗和丑类,但他始终寄希望于平凡的人,认为只有他们才真正支撑着生活。张承志就少了鲁迅那种宝贵的生命兴致,更缺乏对常人的理解、尊重和信任。一味高蹈,遂造成姿态日益僵硬,资源日益枯竭。

都说张承志猛烈地抨击世俗,但又说不清他究竟抨击了世俗哪些方面,更不知道他从什么角度深入细致地解剖了世俗。他更多是抽象的抨击,是咆哮,怒吼,甚至辱骂,而被他唾弃的并不见得有什么实际损伤。他是一个抽象的战士,并不是鲁迅那样务实的批评家。真要攻击现实,便不怕在现实中打滚,甚至同归于尽。从云端扔炸弹,立在崇高的基地发射火箭,和近体肉搏,不可同日而语。

鲁迅并无超人法术,而文章能够"寸铁杀人",这只因他深入研究了历史,对人对事始终从历史角度审视,因而能把事情说得明白透辟。张承志也治历史,但他的历史似乎很片面,带有极大的主观随意性,拣(捡)到篮里就是菜,一味为我所用。他的历史图景和人文世界残缺不全,充满臆断与虚构,这样的历史怎可观照现实?

比如,他曾经猜测鲁迅祖上是"胡人",断定东南汉族不可能有这样的血性男儿。

他精研西北历史,也许太自重了,对汉族历史蛮不在乎;他该知道,“会稽乃报仇雪耻之乡,非藏垢纳污之地”,南人的反抗性决不下于北人,而北人的虚伪和奴性,倒每每为南人所不及。

他主要根据伊斯兰文化背景写作,对汉文化漫不经心。这也无可非议。但他抨击对象,偏偏又是汉族文化。抨击汉族痼疾,当然应参照其他文化(却也不能仅仅以伊斯兰文化为参照),但任何作为参照系的异质文化都无法越俎代庖,充当衡量汉族文化的唯一标准。不幸张承志正是这样做的,还要这样做下去。这是他和“先生”根本的区别。

他勇毅刚强,只是缺乏宽容与沉静。他的卓越真诚和偏激空疏同样明显。他的才能偏于抽象高蹈一路,焦灼峻急慌乱无措的时代,很容易拿他充当空洞的文化象征,掩盖荒凉与虚伪。

他的存在始终是对世俗社会的一种挑战,简单的赞美和抹煞是无谓的,倒应该接受他的挑战,在同他的论辩和对攻中分享并检验一种理想。

三、张炜:民粹主义者的批判及其困境

他是一个土地主义者。他坚持无党派无宗教偏见的民粹主义立场,直接从土地汲取灵感,站在拥有土地的劳动者一边,站在故土野地的亲人一边,“站在弱者一边”。他认为,一切肯定性价值都必须以弱者的利益为基准。“善,就是站在穷人一边。”他所谓的“善”,超出一般伦理学范畴,是人类历史的根基之物。一切都必须建基于“善的根本”,必须和穷人、弱者、劳动者的道德保持一致。

读他过去许多作品,时时被一种真诚的德性之美打动。这正是从他对弱者苦难命运真诚严肃的思考中升腾起来的。弱者的哲学,是他的“中心思想”。

他有两大精神资源。一是从根本上影响本世纪中国新文化的俄罗斯文学,特别是那种深沉博大的人道主义精神。由于特殊的身世、资质以及山东一地特有的灵性和历史文化积累,他从这份世界文学共同的资源中获得了许多养料。另外,长期底层生活体验,还使他接通了散播民间的儒道哲学“天地一体之仁”的血脉传承。

两种文学资源根本上是可以相通的。张炜对人,对动植物,对所有生灵以及承载一切的大地的赤子之爱,其涵容万品的人类情怀和天地境界,以及洞悉历史底蕴的那份自信,都可以看出中俄文化传统的融会。《古船》《九月寓言》的成功就在于此。

他以往写作设为对立面的,主要是政治意识形态造成的荒唐与罪恶(如“血统论”)。正义良知与不竭的艺术情思,正是在反抗对立面的斗争中,在与恶的较量中激发出来。

他还很早就开始思考农业故国现代化进程与人性自我完善的关系。

这二者构成其作品的精神内核。

进入90年代,政治意识形态开始减压并淡化,现代化道路愈趋澄明,善恶问题也随之进入新的天命运行轨道。心灵争斗的背景由紧张激烈的政治厮杀,转换为平凡琐碎的日常生活,以及现代商业技术的文化空间。工商技术文明不再作为一个模糊的暗影和农业文明对垒,原有的道德谱系受到极大震荡。客观情势要求作家不得不对以往思路有所调整,尽管他现在面临的新问题,也许恰恰是老问题稍稍改头换面的延续。

和大多数深受政治意识形态与农业文化长期熏染的中国作家一样,在目前这个暧昧两可的时代,他也很容易迷惘、不适、愤激而焦躁,由此造成的认识盲区,使他在批判商业技术的种种弊端时,苦于抓不住症结所在,难以掌握批判的分寸。和普通人一样,在他眼里,崛起中的生活世界还是一个陌生的怪物,仓猝作出的判断,往往不得要领。长篇《柏慧》以后的创作,就是一例。

对传统的农业文明,或者更准确地说对即将成为过去的宁静生活投去最后的深情一瞥之后,张炜好像也因此而失去了自己的耐心,和理解别人的同情心。他的理论和他现在的小说的距离,我想就是这样造成的。他现在给人一种想用小说阐明一个道理的意思,可惜阐释得并不太成功。回顾他的创作道路,我还是坚持自己以前的一个判断,就是张炜在青少年时代跟着父辈受苦,无所排解,无可诉告,——这是我们许多人共同的经历,于是,在长久的无望的受难、恐惧和耻辱中,在无处发泄的怒火的煎熬中,他很自然地走向了俄罗斯文学的德性超越,就是先把自己升华到道德理想的一种很高的高度,在心里将那些强权者、作恶者踩在脚下,然后再来用一种怜悯和鄙视的眼光来宽容他们。这是一种"道德战胜"的叙事策略,也是张炜根本的心理依靠。在80年代,当许多人用未来的理想、用思想解放的意识形态来审判过去时,张炜的这种"道德战胜"就明显有他高标独举的优势。但是,"道德战胜"最后的支撑,应该是也只能是一种取消自我、倒空自我、彻底谦虚的宗教归依,这个张炜没有;相反,他有太多的太热中的自我。当道德优势不来自超越的信仰对象——我说的当然(不)是宗教作家的神灵——而是在现实的泥潭中苦苦挣扎着的自我,那就有些不妙了。因为很明显,任何一个优秀的自我,都没有资格充当美德的来源。更可怕的是,如果用这个多少有些僭越的自我来审判别人、审判时代,就不能不显得力不从心甚至相当可笑了。

但张炜毕竟具有少见的自我再生力。他的思想即使陷入困境,也显得生气勃勃,毫无败象。这得归功于山东那片灵地对他的佑护。

他也许会暂时偏离原来的道路和立场,被世事的喧嚣扰乱了心性(可以读读近来越写越多的随笔和对话,它们再也没有超出 1993 年的《融入野地》),然而我希望总有一天,他还会带着全部创伤和屈辱,再一次出发,在几乎难以立足的土地上,一如既往地去寻找“善的根本”。总有一天,他会拿出真正足以抗衡时尚、警醒昏聩的力作。他不会离开土地,哪怕这土地已经完全变得不利于生存。他也不会买舟东游,更不会像写《柏慧》时那样,寄希望于海潮来淹没大地上的罪恶。

他常常提醒我们在变动不已的时代想想那些不断被抛在后面的东西。他是能够把“根本”和“奇迹”带到我们这里来的一个有希望的作家。不过这都有赖于他对真正属于自己的东西痛苦的忠诚。

四、王安忆:感觉穿上了思想的外衣

王安忆是“知青”作家中一个耐力惊人的长跑者,尽管她似乎有无穷的变化法术,但我们总还能从其基本的处世态度和写作方法上看到“知青”一代知识分子的某种共性,比如,对生活热情而近于热中的投入,对个人在社会中的声名与成就的过分顾惜,对某种公认的道德姿态、理想准则乃至立身方法的认可,包括由此而来的骨子里的谨慎与平庸。

她和同辈人的不同,仅仅在于她是一个勤苦而有灵性的小说艺术家。《小鲍庄》、“三恋”、《米尼》等,是王安忆昔日的辉煌。这以后较重要的是《叔叔的故事》。《叔叔的故事》敏锐地抓住了三代知识分子在(20 世纪)80 至 90 年代的典型心态,像这个时代的内心档案。她借鉴了索尔·贝娄的阐述体叙述,高度理性化的语言突入事件和心理深处,显示出男性作家也少见的凝练泼辣。

她不满新时期偏于情感表达而疏于理智概括的浪漫主义,开始对此有所调整。中篇只是尝试,反映她近年创作路向的还是两部颇有争议的长篇,即《纪实与虚构》和《长恨歌》。

她说长篇不仅考验中国作家个体能力,更是对群体文化极限与生命极限的挑战。《纪实与虚构》和《长恨歌》对她自己来说,就是一种极限性写作。这两部作品几乎使她倾尽全力。

《纪实与虚构》的“纪实”未脱尽过去的影子,只加入了日益精熟的阐述体叙述。她对“雯雯”的情绪天地不再作情感的缅怀与体贴,而是理性的追问和剥离,是用思想来感觉,让感觉穿上思想的外衣。这势必要滑向理智层面的机械推演。

所谓“虚构”,就是凭着蛛丝马迹,不知疲倦地追溯家族历史的沿革。她的兴趣当然不在考据,只是借考据的形式,利用考证出来的大段空白,发挥小说家想象与推测的权利,也就是精神“虚构”的权利。“虚构”与故事无关,而是用理性刻刀雕世界真形。落实在语言上,就是对人物、事件、场景作纯粹理性化的分析、推测、想象、阐述、归纳、演绎、概括。由此开始，王安忆渐渐失去了直接介入当下生活并迅速作出反应的兴趣，她将自己逐渐定位成安坐于书斋里的一个耐心十足的生活素材的精神现象学的分析家。

从情感返回理性，从现象返回精神，就是从客观世界的逻辑返回语言本身的构造。不是让语言跟着世界跑，而是让立体世界平面化、静态化，归顺于语言，一切在语言中予以解决。这是赤裸裸的退缩、逃避，又是赤裸裸的进取和扩展。用她的话说，是“创造世界的另一种方式”。

《长恨歌》讲述一位“上海小姐”40 至 80 年代的简单经历，她希望由一个人写到一座城。新旧上海的风情韵致徐徐展出，半个世纪的沧桑，满纸低回的凭吊。读者似乎又碰到了一代才女张爱玲的文字魔性，《倾城之恋》《十八春》的意境。但张写上海，身在其中，故能体贴出上海的“动”；王写上海，置身局外，只抓住了上海的“静”，并细心平静地分析和品味这静止的图画。上海之于她，并无张氏锥心刺骨的牵扯。她和上海的关系基础是智不是情。张氏小说智的发现无非情的自然延伸，惊世骇俗的意境比况，浸透了奇突怪异的情感。《长恨歌》的智是情感的归宿和停泊地。一切尽在语言的巧智中展开。

很简单，王安忆不是依靠亲身经历，而是凭借语言的构造力。你会指责这种情感的虚拟化，但你或者又会佩服她由此开掘的理性世界之深邃细腻。

《长恨歌》是一个接一个比喻堆积起来的。世界静静地展开，作者用无穷的比喻来“强逼力索”，满纸“什么什么是什么什么”，朴素而富有蕴藏。这不是张爱玲乾坤颠倒杂色错综的语式，倒更像“《围城》体”的极端变化。《围城》的巧喻点缀在故事情景的动态褶皱里，《长恨歌》则一点不躲闪，直接堆积着。这是王安忆的朴素率真。很少有人敢如此毁坏故事的动态绵延，如此片面地倚重智力和语言，如此从容地面对故事退隐后整个一副不可收拾的局面。她的极端在此，实力也在此。

这是语言对世界无条件的统治，是退居书斋的写作，深锁心底的绮思。它的魅力在语言一点一点地扩展，比喻一个一个的追加。它诉诸沉静爱智的心，像深秋雨线，丝丝打在寂寞无人的湖面。又像暮春江南晨雾，人在雾中行，浑然忘却原来的清明世界，只感到无边无际的雾气迷蒙。

走出语言之雾，王安忆还会写出怎样的作品呢？

似乎并不十分美妙。有一些读者对她也有很多不满：写了这么多，变化也很多，但那种特别淋漓尽致的东西少，冲击力很大的东西毕竟太少。比如，《香港的情与爱》与《我爱比尔》，虽然题材上有所超越，形式也更加精致，但那执拗地挖掘内心隐秘的笔力，是明显不如从前了。作为一种补偿，是增添了太多细碎重复的理性分析的语言。她现在的一些小说确实撒得太开了，似乎无所不写，无所不能写，不管什么人,一旦落到她的视野,就总可以写出个子丑寅卯来。她喜欢向读者展示她笔墨的强大的适应能力,特别是喜欢展示她的理解力和体贴入微的对人物的同情,她似乎在扮演孙悟空的角色,不管什么人,她都能够钻进去,然后以人物的语言和心理来说话,代替人物来发表一般来说总是很长很长的一些个思绪。由此,她既可以写解放初期的上海小保姆(《富萍》),也可以写90年代的香港小姐(《香港的情与爱》)和上海的新生代女性(《我爱比尔》),甚至民工与发廊妹(《民工陈建华》《发廊情话》)。

她的问题不在于缺乏理解力,缺乏想象力,而恰恰在于自以为太有想象力和理解力了,她过高地估计了人与人之间的可沟通性,过高地估计了自己对别人的理解的可能性,而忽略了乃至可怕地无视了人与人之间巨大的隔膜和不可沟通性,用存在论或现象学的术语来说,叫做“主体间性”吧？在这方面,王安忆的思想基本属于古典人道主义,似乎还没有大胆突入到现代。

王安忆的“才能的本质”还是在于对自我的大胆逼视,特别是对自我深处难以理解也难以驾驭的那些幻想、冲动、渴望、羞耻和畏惧的大胆挖掘。由于对文化时尚过于敏感和笔头的过于活泼,她往往会离开自己的根据地而进行一些并不成功其实也并不必要的所谓探索。

目前,中国文坛的正宗仍然承继30年代“左翼”而来,它在美学上的特点,是以不管怎样的“关心现实”为标准,但因为难度太大,这个标准早已不伦不类,甚至仅仅成为有名无实的幌子,但它也有另一种功能,就是始终容忍乃至鼓励艺术上的粗糙,而将精致和高雅视为额外的追求。倘有人将这额外的追求当做主要努力方向,就要受到指责,至少那追求精致和高雅的创作不会被普遍关注,因此相当长的时间里,精致和高雅的艺术一直是文坛的潜流与支脉。

但精致和高雅是一把金交椅,以前坐在别人(比如,“自由主义作家”)屁股下面,横竖不顺眼,必欲毁坏而后快;一旦自己坐上去了,马上就会变成宝贝了。

这是当今中国文坛呼唤大师杰作并提倡精致高雅的一般心理。

王安忆的创作,从《小鲍庄》、“三恋”开始,一直遭到非议,不过正如大家已经注意到的,这种非议的力度在逐渐减弱,等到《长恨歌》出来获得“茅盾文学奖”,一直追求文学的精致和高雅的王安忆,就终于被慢慢学会附庸风雅的中国读者全面接受了。

在中国文坛的正宗看来,王安忆的作品大概就相当于曾经属于别人而今天终于为自家所拥有的一件宝贝。对王安忆本人来说,她当然可以把公众一相情愿的认可撇在一边,继续走自己的路,然而其中的难度也可想而知,至少她近来一些作品,已经越来越符合凡事远远看去因而无不赏心悦目的所谓审美(也就是精致与高雅)的标准,而30年代“左翼”文学十分强调的突入事物内部并与之一道燃烧一道搏斗的粗暴而执著的力，则明显减弱了。

和王安忆遭遇类似的还有已故作家张爱玲。以前怎么痛恨高雅和精致，现在就怎么喜爱高雅和精致；以前怎么否定张爱玲，现在就怎么捧——而且仅仅捧高雅和精致的——张爱玲，再捎上一个王安忆。

“现当代文学”这条隐秘的线索还可以表述为：从反对高雅和精致到欢迎高雅和精致，从跟在“海外学人”后面“重新发现”张爱玲，到全面肯定王安忆并带动新一辈“海外学人”以王安忆小说为经典来研究上海的热潮，从“破落户”子弟的“精致的聪明”，到爆（暴）发户的浓艳的门面装潢。

这也许是任何一个现代国家的文坛在趣味提高的过程中必定要走的一步罢。

五、贾平凹：失真走调的纸上秦腔

贾平凹可算是当代大大有名的一个俗物。如果说王朔以俗为立身之本，有意夸耀卖弄，一点也不掩饰，唯恐俗得不到家，俗得不够哲学，那么贾平凹则不肯自认其俗，他很不情愿地打了一个擦边球，一面被迫硬撑风雅，后来发展到自觉追求风雅（美文是也），一面情不自禁地慨呈俗态，这样遮遮掩掩，有藏有露，倒也把世人撩拨得不轻。

俗是贾平凹的私货，是贾平凹作品精华所在。这里所说的俗，首先是某种民间生活情态、民间价值理想。贾平凹深知其中三昧。他关于“商洲（州）”系列风俗画式的短篇，以及从这几个短篇脱胎而来，内容更充实，艺术更讲究，专门讲述西部乡村异人异事的那些中篇小说，像《黑氏》《天狗》《人极》《美穴地》《五魁》等，无不根基于一个俗字，舍此就不会有贾平凹的昨天与今天。

这个俗字，包含了贫穷、落后、愚昧、卑陋，也包含了善良、勤恳、忍耐、勇敢，清浊互见，美丑并陈，是那块土地上长期养成的生活方式，更是实践这种生活方式的一个个男人和女人。它带着土地的气息，民间的蕴蓄，不同于庙堂或书斋文化，所以特别具有原始朴拙的美。

这是贾平凹本色的一面。但他也曾经和本世纪后半叶大多数中国文人一样，捧着《鲁迅全集》、笔记小品刻苦攻读，种下一点慧根，为日后出道，在文坛结下不少善缘，并且顺利挤入“文化寻根派”队列。这是贾平凹后天习得的一面，是本色的堂皇包装，甚至时时改造着他的本色，提升着他的本色，也疏离着他的本色。

当贾平凹的这两个方面配合默契的时候，他的许多创作就显得从容不迫，亦俗亦雅，既有普及，又有提高，虚实相间，荤素搭配，叫人微微兴奋、偷偷脸红、暗暗诧异的各种小故事，并不一味地浮薄，葫芦里还有一点微物要与君猜，算是一道相当不错的小菜了，所以多数食客皆啧啧称美，乐不思“俗”。

然而,论才学,论眼界,贾平凹基本上还是一个传统型的乡村秀才,他不可能始终从现代文化立场审视传统,也无意对民间生活的诸种俗态作理智的分析、客观的批判或冷静的抉择。他只是一味笼统地赞美民间,欣赏传统,更因为赞美与欣赏的笼统性,导致一种惊人而典型的“内陆狂想症”,表现在小说叙述上,就是夸张不顾事实,玄虚常失分寸,以至谈狐说鬼,妄道阴阳,写当代秽史,著白话聊斋,本来要介绍、赞扬、光大潜伏在民间的文化机运与生命真力,却不自觉地走向歪曲和掩盖,结果既俗得不地道,也雅得失却伦类。

《废都》一出,骂声四起,便是证明。如此俗恶之作,也敢放一条“哲学牛”在里面,假模假样,整天作思考状,搞什么“知识分子批判”、“城市文化批判”、“世纪末反思”,自然两面都不讨好。既俗极而滥,又妄充风雅,结果非但没有雅起来,反而蚀了老本,丢掉原色的俗,只弄来几个当代的古人,打扮成欲火攻心的旷男怨女,勉强凑成一幅臆想中的春宫行乐图。

实际上,《废都》的败笔并不在于它专写知识分子的纵欲或纵情,而在于试图通过描写知识分子的纵欲纵情一举写尽所谓世纪末知识分子(的)颓废心理。知识分子的颓废,确实往往表现为以醇酒妇人为逃避所,但将醇酒妇人堆积起来,又并非颓废心理的全部。

本来在世俗天地打滚,却常常不安其位,老想往别的路子上靠,这是贾平凹的尴尬之处。

《鸡窝洼人家》《浮躁》等的图解政策,和《废都》中刻意点缀的政治忧患,是眼睛(睛)朝上,心在庙堂,用民间的方式谋肉食者之所谋,以此扮演轰动视听的世俗英雄。化用鲁迅的硬语盘空,羡慕笔记小品的飘逸隐秀,承袭话本小说的叙述声口,喜谈士大夫的性命易理,乃至营造蒲留仙的狐魅世界,追求辞章灿烂境界高华的所谓“美文”,则是有意靠向知识分子古今同调的风雅一途。

事实证明,贾平凹这两种追求,都没有如愿以偿。文化政治的流行色涂抹多了,由那个俗字支撑的一点灵明,反而愈显暧昧。

这倒有点像他大力刻画过的“秦腔”,作为一种俗而又俗的大众艺术和艺术化了的民间节日庆典,只能在古风犹存的秦人秦地盛演不衰,一经文人插手,或者当做政治传声筒请进庙堂,也就濒临绝迹了。

贾平凹的作品,正是这样一种往往失真走调的纸上秦腔。

六、王朔:左右为难一俗物

王朔也是当代大大有名的一个俗物,他凭着俗而又俗的作风,一度大获成功,但也正是这股俗劲儿,最终使他在更高水平面上四面楚歌,从中兴走向末路。

他自知其俗,有意夸耀卖弄,一点也不掩饰,唯恐俗得不到家。他用俗作武器,排头砍去,开腔就满堂喝彩。

这或许也是应了向来的逻辑:不怕不恶,就怕小恶,恶得透顶彻底,章法谨严,艺术纯熟,恶出风格来,游戏于犯规的边缘而又有惊无险,也就挣来恶的威仪与恶的马太效应,纵心所欲不逾矩了。

俗也如此。小俗,自己脸红别扭,对方也觉得不好意思,两下里都不潇洒。大俗,打破记录,无与伦比,人家也便心服口服。好事者还会绞尽脑汁,概括种种俗态为这“现象”那“现象”,锻炼周纳,做成文章,揩一点俗油。所以王朔嬉笑怒骂,全无正经,“千万别把我当人”,在戏台上蹦蹦跳跳,出丑卖乖,指桑骂槐,拚命解构权威也作践自己时,看客既借他舒愤懑,出怨气,一面也提升了自个儿的雅(壮夫不为或不敢为的事小丑抢着代劳了),这便大度地发下话来:“王朔真能侃”(“阿 Q 真能做”),于是皆大欢喜。

但俗也因此成了王朔的招牌,成了大家给他贴好不能随便撕下来的标签。突然免俗了,反倒不美。

所谓物极必反,俗极生悲,王朔后来的跟头,就栽在这个俗字上面,毕竟没有让他著一俗字,尽得风流。当他用世俗的准则批判意识形态的文化权威时,不仅获得市井小民的喝彩,也能得到知识分子的赞许,其作品的正面价值一开始就这样定位好了。他只能在大家认可的范围内施展拳脚,稍稍越位就不行。以俗为武器的所谓“流氓哲学”,只配攻击特殊意义上的权威与偶像,而不能全无顾忌,到处树敌,否则就会两面不讨好。

但王朔的俗劲儿天生就要攻击一切偶像,哪怕你皇亲国戚,哪怕你迁客骚人。官儿骂得,舞文弄墨者照样骂得。中国文化自古以来就由庙堂、民间和知识分子构成,王朔之俗基本来自民间,三分天下居其一,也是有根底的,怕你不成?所以王朔与知识分子的冲突是迟早的事。王朔当红,连平素与时文无缘的老翻译家杨宪益,也有“痞儿走运悲王朔”的酷评,实在不难理解。王朔的失策,大概就在他没有熟读三国,本来只能撩拨一根筋,偏偏两根全挑了。主攻方向是戏台上某一类剧中人,演着演着,就台上台下一锅煮了,这还了得?俗便俗吧,却总想变换角色,撕掉一半自造一半被大家伙认定的标签,由俗返雅,一脸正经,教训起知识分子来了,既练邪门兵器,又想进正宗门派,天下哪有鱼与熊掌兼得的便宜事?也不看看自己的德性,起码汉语都难说过关——阿 Q 也要革命吗?再说台上台下原是约好的,你当小丑出风头,大家帮着搞热闹,一直配合得丝丝入扣,怎么不打招呼便反悔了,法律上可是“撕毁合同罪”啊。

他号称不读书,不看报,赤条条婴儿一个,绝顶精明,和之至也,逢人侃人,遇佛诋佛,也曾如鱼得水,如入无人之境,但不多会儿就被人侃了,遭人骂了。其错不在不聪明,而是太聪明也太相信自己的聪明了,以为读者心理早已摸透,其实到底"隔膜"。解构也好,侃和骂也好,关键要端正方向,否则,侃人者人皆侃之,骂人者人皆骂之,"顽主"玩到自己头上,也就势所必至,理有固然了。

七、刘震云:草民的立场与局限

刘震云的作品基调在讽刺。他写为官不仁乃至为官不人者,写被权力之磨碾碎的小人物,那种冷嘲、悲悯、忧患与愤激,与文学史上的讽刺名篇声息相通。

他是90年代中国文坛并不多见的一位具有强烈讽刺激情的作家。他看准了权势这个部位,如庖丁解牛,批大款,导大隙,恢恢乎游刃有余。复杂的社会现象,一旦投入他的权势方程式,顿时变得异常简单,简单得显出虚假。一个单位是一张权势之网,一地区,一国家,整部历史,都无非权势之手导演的滑稽戏。抓住权势的总纲,损而又损,最终抖落出社会、历史和人生的一个"简单"。人是权力的奴隶。权势面前,人人平等。这种历史还原法,大概可以说是一种草民的虚无意识吧。什么事情,在草民眼里都翻不出多少花样。经过草民一估定,一衡量,权势把戏就露底了。草民虽然也在权势网中,但他们始终处在权力的边缘,比那些身居高位的权势之奴,更能清楚地理解权势的底蕴。

草民每天睁开眼睛,都要为衣食住行这些基本东西发愁。这些基本的东西样样都和权势沾着边。生存竞争,即权力之争,就是争一个你在下我在上你占少我占多你难过我舒服你委屈我风光你提前退休我再干一阵子。权势说了归齐,都是冲着生存必需来的,也就是冲着几长筐烂梨、几包猪杂碎、红绕(烧)肉和两毛钱一块还要起早排队的水豆腐来的。草民对这些生存必需最熟悉,所以他们更善于理解权势的微妙,比那些权术大师更能洞察权力背后简单的所指。由他们来揭穿权势的把戏,确实再合适不过了。

刘震云坚守草民立场展开讽刺,怀疑、拒绝一切意识形态和知识分子的观点。他只认草民,别的一概不认。这种立足于草民的讽刺精神,是他的独到之处。

他的小说颇有点"话本"味。"酒、色、财、气","话本"作者抓住一点,就能解释人世沧桑、万古轮回。给我一个支点,就能解释整个宇宙,这种阿基米德式的自信,就是一种草民心态。刘震云把一切都还原为权势游戏,大笔一挥,包举寰宇,不也一样吗?

他的厉害在此,他的简陋、虚弱、浊气和邪气也在此。

应当承认,他讽刺权势对人的捉弄,顺便也讽刺了一些趋炎附势的草民之愚。但他借以讽刺权势的支点,最终又不得不退回草民的立场。从《官场》到《温故一九四二》，从《单位》《故乡天下黄花》到《故乡相处流传》，他把一个权势的魔方玩得过于专注了，眼光不免愈来愈狭小，很难体察到历史和人性的复杂内涵。他在讽刺统治者的虚伪凉薄时，对被统治者的愚暗往往认识不够，特别是未能揭示出，在阶级社会，占统治地位的思想，始终是统治者的思想，被统治者的愚暗，包括他们的不合作态度和似乎与身（生）俱来的嘲讽气质，对统治者推行统治术而言，是障碍，也是成果，是统治者加给被统治者的精神伤害。被统治者不太容易看清这一点，反而常常把这当成聊以自慰和自傲的凭据，这是很可悲的，聪明的作者应该将这种悲剧中的悲剧写出来。

早期作品如《塔铺》《新兵连》《一地鸡毛》，都能细写人情世故。《官场》中那几个比较靠近草民的父母官的酸甜苦辣，也还处处透出情字。《官场》写“官人”对权势的追逐，但权势还没有完全扼杀情感。但《官人》中除了那个为女儿就业问题忧愁终日的懦弱的老赵，其他几个，就都成了无情之物了。《官场》比《官人》耐读，原因在此。看那些无情之物翻来覆去地表演，除了滑稽可笑，就没什么更多可以回味的了。至《故乡相处流传》，人物完全成为权势的玩偶，其他内容一概抽空。这种历史还原法，未免太过分了点。

写到这一步，对草民立场也该反思一下了。这是决定他的讽刺精神还能坚持多久的一个根本问题。

八、莫言：乡村知识阴郁的转述者

现代乡土文学大概经历了四个发展阶段。首先是“五四”一辈由故园迁居城市的新型知识分子浪漫而感伤的乡愁，代表人物是鲁迅。其次是30年代沈从文式的农业文明神话，张炜可算殿军。40年代延安解放区，赵树理模式崛起，那是政治意识形态和民间生活方式有趣的杂糅。这个阶段历时最长，中经周立波、冯德英，迤逦而至新时期高晓声、古华、贾平凹等。莫言处在第四阶段，他对中国乡村知识略显阴郁的转述，没有“五四”的感伤和浪漫，也无意用农业文明对抗现代工商技术，更洗汰了政治意识形态对乡村风俗画面无孔不入的渗透。

《大风》《枯河》《石磨》《爆炸》《金发婴儿》《透明的红萝卜》等中短篇，让我重温了契诃夫、屠格涅夫对民间自然的深爱，以及最能检验艺术家才能的对早年生活无比牢靠的记忆。比较起来，我更喜欢这些早期作品。

他是带着显微镜看世界，色彩、声音、气味充分放大，从中央爆炸开来，密密麻麻堆积在画布上。读者好像坐在俯冲向下的飞机上，地面可怕地高速迎面扑来，几乎撞碎了神经。中国文学曾经一直停留在注经解史水平，莫言轻易改变了这种局面。感觉原来可以这样汹涌澎湃，不受限制，特别是孩童的感觉，最接近生命核心，可以滋润经的枯索，回避史的虚伪。

他爱用家族传奇经纬故事，算是开风气之先，但这实在不敢恭维。“我爷爷”、“我奶奶”叫个不休看起来既亲切又大方的叙述，并无实质性创获，故事本身也不足称道。家族传奇只是堂而皇之回避历史叙述的借口罢了。

他是那种“观奇而跃心”的作家，像初次参加收获的孩子，专拣新鲜有趣的拿，迷醉于炫人耳目的声色犬马，步伐不免歪歪斜斜。缺乏冷静缜密的历史叙述，缺乏必要的节制和现实指向，感觉的倾泻，不免要冲出河床，漫溢横流，其势甚大，却未必能够持久。

他的语言称不上明快婉转，磕磕碰碰，不太利索，也有点儿造作。他是绝对的苦吟派，但峥嵘跌宕、一唱三叹又是其优长。用字十分谨慎，等到整篇写出来，又有点狂野放肆。这大概可以看出他的另一面。

在传统乡村生活行将消失之际，他用感觉的方式建构世界图景，是挽留，是证明，是抗拒，也是自慰。他站在两个世界中间，也站在两种时间的接缝，用突兀的言语，放大的感觉，去收拾那些落满尘埃的乡村油画，把它们组织起来，说这就是历史。这是莫言的讨巧之处，也是他致命的弱点。

大概他也知道那手法材料，可吸引读者一时，但不能长久征服他们，而“征服读者”，恰恰是乡土作家最大的愿望，也是最大的弱点。作为文化转述者，向一个人群介绍另一个人群，向一个世界介绍另一个世界，总是难得从容镇定。他要争取现代都市读者乃至海外关心中国文化的人士的认同，向他们灌输，与他们辩论，时而笼络，时而批评，这就打破了乡村的寂寞与宁静，扰乱了乡村油画清晰的设色构图。由此，莫言往往喜欢依仗强化、夸张、重复、炫耀甚至编造的方式，这些固然帮助他突出了乡村世界的怪异与魅力，却疏远了原初的记忆，其阴郁的调子正由此而来。

九、韩少功:超越修辞学

韩少功的《马桥词典》给我触动不小，它促使我换个方向，重新思考“文学语言”这个老问题。

中国作家以往并非不重视语言。批评界和一些作家圈子，已经不止一次大讲特讲过“语言独立的审美表现力”了。但这种“重视”，一般只在普通修辞学领域打转，没有超出工具论语言观。因为看到语言是表达工具，“工欲善其事，必先利其器”，这才想起要小心翼翼地使用语言，建立个人化的语言风格，达到某种修辞效果。80 年代至今的语言意识大抵如此。

视语言为世界之外偶尔拾来包裹世界的工具，无论如何经营锻造，都无法消除先验的迷误。这种语言观不从根本上揭示语言的渊源所自，一味在修辞平面“完善”

语言，恰如把游鱼拉出水面，逼它在岸上游出各种花样，非但不能“完善”语言，反而会日益拉大语言和世界的鸿沟。路头一差，愈驭愈远，语言由此越来越离开它的根基，越来越疏远生活世界，濒临枯竭衰亡的绝境。

具有讽刺意味的是，恰恰那些语言资源极其匮乏的作家，整天嚷嚷着语言的重要，寻思如何恰当而优美地“使用”语言，效贫家巧妇勇为无米之炊。他们越看重语言，越追求美文，对语言的伤害越重（这正是许多令人啼笑皆非的“语言艺术”的正解）。往往不重视倒罢了，愈重视愈糟糕，愈修饰愈无生机，一切努力，终归南辕北辙，适得其反。在这意义上，抱怨当代文学语言“太水”或“太涩”，“太清”或“太混”，“太浅白”或“太看不懂”，都是不无道理的。

《马桥词典》的一项重要提示，就是如何消除现代汉语的无根性，如何弥合语言和世界、词与物的分离。作者不止把语言当做对象化工具，表演某种“语言艺术”。他也在工具意义上使用语言，然而不是“通过”语言，表现语言之外的世界，像“通过”云雾，察看被蒙蔽的真实。他做得比这要多。叙述人物故事的同时，他领我们“走进”了语言。语言的发生发展蜕化变异，真正作为活的事件，应和着各种权力关系的转移，情感命运的变化，由此构成“语言—存在”的一体化世界。

在“语言—存在”一体化世界里，语言透露了一切，写作活动变成了不折不扣的关于语言的语言。作者退到词典编撰人的位置，“马桥弓”的奇人异事，都见于马桥人自己的语言，由“马桥话”自己“说”出来。词典编纂人只是努力让这个“说”更顺当些而已，他没有赶在这个“说”前面抢着说，也不落在这个“说”后面代它说。首先是语言自己在告诉我们一切，是语言在说话。作者作为听话人，在听的方面有些优先，即最先见证了马桥世界和马桥话，这才充当了马桥和读者的中介。至于马桥和马桥话之间，并无中介。马桥话“说”马桥人，马桥人“说”马桥话。长篇小说的主要事件，就是语言的根本的“说”。作者的“说”只是基于有所听闻的转述，属于第二位的“说”，融入第一位的“说”。

如此变换主体、语言和世界的关系，是《马桥词典》最大的创意。在此之前，一些外国作家已经尝试过用词典形式结撰长篇小说了，我不知道这中间有多少模仿的痕迹，但倘若一定要说模仿，汉语典籍中，倒是可以找到更贴近的范本——《周易》许多卦爻的“系辞”，不就是用一个或多个生动的故事来注释，不就是词与物、语言和世界这样无中介的相互“说”吗？

《周易》以极朴素的方式揭示语言和事件、命名者和所命名者之间的原初联系，正是韩少功的努力方向。泰初有言，只因泰初有人，泰初有事。人言离不开人事，反之亦然。这是语言的历时性诞生，也是语言繁荣滋长的共时性原则。用语言现象解释生活历史，反过来就是用生活历史解释语言现象。马桥等于马桥人使用的方言的总和(包括方言土语和“普通话”的各种奇妙嫁接);马桥方言,也只有放到马桥人的生活历史中才好理解。

“语言—存在”一体化的思路,不仅使讲述生活的语言更贴近生活,也使所讲述的生活有更恰当的语言来讲述,这就不止修辞学上的“完善”语言了,而是企图让语言回到生活的大地,回到它从中不断涌出又不断寂灭不断兴起又不断隐伏的根基处。

卮言日出,自有万斛泉水,“修辞”何为?

表现生活就是表现语言,回忆往事,就是在语言的隧道搜寻,就是回忆一种语言。不是有了现成的语言,你才去表现生活,有了工具,才去捉鸟。词与物,语言和世界,总在同一维度,要么一起触着,一时俱现,要么同时错过,同坠黑暗,不会容你先后获得,分别把握,像捕具和飞鸟,网罟和游鱼。

在这意义上我们也许可以说,《马桥词典》超越了工具论语言观所支持的写作修辞学,带着强烈的冒险精神,走在通往语言的道路上——目前这条道路显然还并不怎么宽广,所以我们从作者的步伐中看到某种踉跄迟疑,也是很自然的事。

以上只是针对作家韩少功近来的语言追求而说的一些话,其实这些话并不涉及作家韩少功的真实存在,而只是徒然抓住了他的一件理论外套。

作家韩少功的其他可说之处在哪里?

在小说之外。甚至,在“文学”之外。

韩少功的存在,首先并非作家,更非小说家,而是一个“知识分子”——这个本来含混的词在韩少功身上变得尤其含混。

他是这样一个知识分子:有很好的文学修养,文字功夫很过硬,小说、散文甚至产生过或正在产生极大的影响,但我们还是很难把他归入“文学性知识分子”,因为他的全部文学活动所依靠的智慧形态与思维形态是非文学的,他对生命,对这个世界的态度,也都是非文学性的,他写一部小说、一篇散文或一首诗歌,最终目的是告诉人们应该怎样做,社会应该怎样发展,而非启迪人们与这个世界建立某种想象性的复杂而丰富的关系。文学在他眼里只是影响人的手段和技巧,他真正要贡献给社会的货色是一整套改造社会的“锦囊妙计”。他不认为这个世界的本相是虚空,是混乱,是目标不明确的一个航程,他认为单靠理性力量就可以轻而易举地赋予世界以意义,以秩序,条件是必须授予他一定的权力,公众必须信服他的说教,必须接受他的目标为自己的终极关怀。他总喜欢把文学和“崇高”、“理想”、“真理”、“使命”最终是“政治”联系起来,而不是和具体而完整的生活世界联系起来;总喜欢在文学中显示一种真理在握的清醒的责任感与使命感,竭力避免迷惘或沉醉。他的职业是文学,也披了一件很不错的文学的外套,但骨子里的东西并非文学性的。

十、马原:以公开的形式营造神秘

马原对自己正在写作这件事显然感受至深,他是(20世纪)80年代中期把写作事件置于显要位置的第一人。这和善于表演喜欢夸张的秉性有关,却无意迎合了某种酝酿已久的文学时尚。马原之后,写作的写作,故事的故事,曾经风靡一时。“我就是那个叫马原的汉人”,“我想现在就开始讲故事吧”,类似的叙述语式几乎成了青年作家竞相仿效的楷模。

强调写作本身的真实性,这并不新鲜。话本小说或英国现代小说之父亨利·菲尔丁的作品,作者直接亮相的频率就一点也不亚于马原和他的追随者们。马原强调写作本身的重要,与其说是想在小说形式上来一场革命,不如说是想从小说之为小说的角度,重新考虑小说与现实的关系这一古老命题。

小说不是单纯模仿现实的狂妄而谦卑的劳动,在马原看来,似乎更应该把小说当做对小说家当下写作活动的忠实模仿和记录。“作者之体验”占据了意识中心,随意组接、拼贴、杜撰以及那种似乎是有意闪烁其词的叙述圈套(吴亮语),成为本文快感的根源。再也不必为某种凝固的外在现实劳思费神了,写作是某种隐秘情感的泛滥,是想象力的飞翔,是语言的游戏和冒险。这当然不能营造一个客观可通达的世界,却相当忠实地再现了作者的当下体验,使小说更趋向于个体内心。

在马原的小说中,不大能够听到熟悉的现实声音。他的现实要么是神奇的边地(西藏),要么是拟想与杜撰的空间,或封闭的写作活动(多半玄妙而驳杂)。他不再打算和外面世界过多周旋,只用心等待新的现实的诞生,以神话性的现实,对抗另一种同样神话性的现实,以语言和艺术的乌托邦,对抗政治或形而上学的乌托邦。或者说,用私人性的明目张胆的虚构,对抗群体性的羞羞答答的虚构。

在极端的哲学看来,我们生活于其中的现实,和我们在阅读时沉浸于其中的现实,虚构程度正相等。走出小说,或进入小说,无非是在两种不同形式的虚构天地或神话世界穿梭。区别仅仅在于,同样是虚构,同样是制造神话,有些作家偏偏认为那是在模仿现实,而马原则抛弃了这种自欺欺人的信仰。

在这种对抗式写作中,马原从一种现实,逃向另一种现实。浪漫气息加玄学意味,大概是这种逃亡式写作的显在特点。

但他到底没有掉进纯粹的形式游戏,始终有某种特定的现实,即马原式的世界神秘现象存在。他的工作,就是轻轻地触动某种神秘,并把它保持在前解释学的自在状态。他只希望挑起读者的惊愕,不想用自己的解释继而消除这惊愕。他是地地道道的神秘主义作家。

这是马原留给许多读者模糊而持久的印象。模糊,因为我们不能简单地叫出那神秘的名字;持久,因为神秘犹如阳光背后的阴影,是生活世界永远的底色。并不是任何一个作家,都能用我们熟悉的文字,组建这种超越语言的世界神秘图景。

所以他的作品并非没有深度可言。相反,他的笔触灵动而沉重,在貌似游戏的外表下,涌动着一种难以言明的世界感受。这和所谓“马原后”的众多模仿者不同。马原也因此而常常显得孤独落寞。

他现在告别创作,主动请求被编在大学教师之列,享受着牛刀小试带来的巨大荣耀。这无疑是一种明智的做法。暂时的搁笔,有利于必要的调整,也可避免和仿效者混为一谈。在目前这种主要是较量分贝和“点击率”的写作狂潮中,马原的戛然而止,恰似一个有力的休止符,相当巧妙地表达了沉默的宣言。

这不仅使在其作品中一直处于妥善保护状态的世界神秘图画避免曝光,同时也使他作为一个小说家的形象本身,多少蒙上了一层神秘的保护色。

他的叙述方式很容易给人造成错觉,似乎他喜欢袒露隐私。其实,他是很懂得有所保留的。他不是那种把一切积蓄统统倒给你的倾诉型作者。他的写作,毋宁是以表面公开的方式营造这个世界本质上的神秘。

十一、洪峰:荒漠时代的那希索斯

《奔丧》和《瀚海》使洪峰暴得大名。《瀚海》可以说是马原的叙述圈套与莫言的残酷反讽不露痕迹的杂糅。马原的叙述圈套,是指洪峰也喜欢在小说中直接亮相,击破模仿现实的幻觉。莫言的残酷反讽,是指洪峰小说的叙述者讲述悲惨壮烈的家族故事,也惯于表演冷漠超然的态度。《奔丧》希图挣脱莫言的影响,传达对悲惨人生的哲学关注,但卡夫卡、加缪的痕迹又太明显了。属于洪峰自己的东西,不在这两篇受人注意的作品。

洪峰的个性往往因为太讲究形式,而被自己掩盖了。《极地之侧》的叙述,甚至比马原更有马原味,但也正因为如此,他的自我更难展现出来,这种情况一直到《离乡》才有所扭转。

《离乡》着力渲染的基调,是一个有教养的现代书生对时代生活某种哲学的追问,以及由此生发的浪漫情怀。这才是洪峰小说的内核。即使像《东八时区》那样的历史小说,主要也还是一种感情的宣泄。

洪峰的情绪心理,是知识人特别是青年大学生比较熟悉的。它常常表现为非物质的幻想,容易破碎的希冀,情感上不太成熟的自我确认,概而言之,是精神生活走在世俗前面的青年,对人生意义求之过深索之过切所造成的迷惘、厌倦、空虚,以及反面的症候:病态的亢奋和缠绵。

洪峰是一个深于情者。他的情感激烈,但不稳定、坚固。从生命源头带来的似水柔情,往往容易碰碎在物质主义时代冰冷的墙壁上,接着就转向那希索斯式的自我赞叹与自我抚慰。

那些一样为情所苦在文字中企求安慰的同行们,甚至也不能欣赏洪峰的柔情。小说应该节制情感,洪峰偏偏喜欢在激情尚未冷却时就开始写作。但或许洪峰比他的许多同行,更珍惜原始情感。现在感情的表达,往往非得采用非感情甚至反情感的方式,才能获得成功,洪峰就是不肯接受这种折中迂回法,他总是像纯情少年那样,泪流满面地走在情感的狭路上,宁愿滑入滥情的沼泽,也不回避任何来自情感的呼吁。他有时也会故作老成,但他的旗帜上面,始终写着柔情二字。他的小说感动读者的地方,就是成功地表达了我们这个时代越来越滑向边缘的浪漫柔情。许多作品都是有关青春期俊男靓女的故事,当然决非偶然。

可爱者终究可爱,即使它已经失去;艺术不就是对已经失去了可爱者的回忆吗?美好的东西就是美好的东西,哪怕它也可能掺杂着粗蠢和丑恶。走在真情的道路上,往往要和理智的方向背道而驰,要当众展示心灵的脆弱和稚拙。在谁都不肯示人以弱,谁都拼命摆出一副强悍相的日子里,洪峰的柔情告白,当然不合时宜。今天,要么是嗲声嗲气的矫情,要么是刀枪不入的老成,而温情、柔情,好像再难以本来面目出现了。

所以就滥情吧,哪怕扮演一个荒漠时代的那希索斯。在沉稳厚实的感情出现之前,像洪峰这种略显轻薄的真情,也是可贵的,因为它至少远胜于矫情和无情。

十二、朱苏进:在绝望中诞生的精神

朱苏进的人物,像《绝望中诞生》的孟中天、《接近于无限透明》的李言之、《醉太平》的季墨阳,我们在别处也能依稀看到一点侧影。不能说这些人物完全出于独创,但他确实添进了自己的东西,那是别人没有的。读他的作品,似曾相识,又觉得陌生。

他从非我的他者中逃出而彰显本我,像《金色叶片》那个警卫,艰难地挣脱了和首长水乳不分的异己化存在,站在新的立场,冷静地打量昔日的首长和昔日的自己。这种自我拯救自我设计特别是在绝望中诞生的精神意志,正是他的主题。

大多数读者对部队作家特殊的写作背景、精神资源、表达欲望、压抑与反压抑、限制与反限制的生态,特别是由此造成的叙述策略和语言才华,难免感到隔膜。莫言是个例外,他挂着部队作家头衔,写的和部队生活并没有直接联系。张承志说,莫言始终在倾泻某种乡村知识,可谓一针见血。朱苏进不同,至少就作品来说,他算得上地地道道的军旅作家。他在部队中沉浸得很深,字里行间散发着部队生活的气息。不同于一般所说的“生活气息”,那是一个特殊的世界。他是从这常人难以涉足更无法深深介入的世界中汲取资源的。

我们可以把朱苏进、刘震云放在一起，讨论他们共同的现实讽刺精神。但这样朱苏进的特点便很难浮现。他身后有一道长长的阴影，联系着谜一样的生活空间，容易造成批评的死角。

有一类作家，像苏童、王朔，在自由自在很少压抑的状态下写作。他们摧毁偶像，打破限制，拆除障碍，写得很放肆。他们回避对立面，回避头顶上的重物，回避可能框住他们的一切体制。朱苏进并不回避这些，他甚至需要以此激发自己的才华。在气质禀赋上，他属于那种不该受压抑受限制的具有张承志式冲撞意志和天才情结的作家。可一旦进入写作，他又不得不预设一个对立面，不得不挑选狭隘逼窄的空间，不得不在头顶上放一块沉重的巨石。他的语言明白畅达，本可以挥洒自如，但总有某种顽固的力量牵扯着，不能充分施展。他的自由一开始就受到阻碍，然后你才看到，他极其兴奋地扑向阻碍他的力量，与之周旋、搏斗，把它化解掉，使它成为自己的力量。

压抑、阻碍，恰恰为他提供了精神掘进的方向。没有那种泰山压顶的紧张气氛，没有种种约束和限制，他的才华就会丧失方向。比如中篇《轻轻地说》，演绎生命的诞生和死亡确实很成功，但我们找不到作者的落脚点，更感觉不到《接近于无限透明》《绝望中诞生》《醉太平》中精神爆炸产生的耀眼光芒，看不到孟中天、李言之超常的想象力，季墨阳出类拔萃的城府、手腕与反抗意志，看不到这些人物身上深藏的傲劲，以及那种逼人的气息，包括死亡的气息，而这些才是朱苏进特有的。

在限制状态下如何更好地想象与写作？如何在不自由的情势中争取精神上的挥洒自如？对朱苏进来说，这个问题并不容易解决。反抗限制和压抑，不能不受限制和压抑之物的影响，由此争取来的自由，往往带点病态。所以别人以为孟中天关于地球形成的猜想奇货可居，他自己却迫不及待地放弃了。李言之甚至矢口否认曾经有过那么一种“变了质的才华”。

抚摸创伤的战士，当然最清楚成败利钝。

十三、李锐：“自己说话”及其限度

《无风之树》讲述的故事和许多具体细节，确实是并不多见的一种生活图景。这不是随便想出来的，而是作家李锐多年乡村生活经验的收获。小说的成功，它的撼人心魄的效果，首先就得力于素材的新奇。

《无风之树》让我们在日益轻薄的精神风气中，又一次感受到生活的沉重。小说中几个主要人物的遭遇，无一不是沉甸甸的。唱主角的拐五叔，因为替远走他乡的哥哥照看过几亩田地，土改时划为富农，从此再也无法挣脱历次政治风暴的折磨，一辈子都得做矮人坪村“清理阶级队伍”时的活道具。善良胆小的他终于不堪忍受了，加以要保护“瘤拐”们的公妻暖玉，使她不受连累，毅然离开了这个本来就不怎么值得留恋的人世。暖玉更惨，她为了爹娘和弱弟一顿饭，就卖给矮人们做公妻，还要经常接受“革委会”主任的“定期蹲点”。至于其他矮人们，上自村长天柱，下至一般村民如糊米、捞饭、丑娃等等，无不整天干活受累，忍饥挨饿，不时承受“领导”的训斥。小矮人们更可怜，教育、温饱、童年的幸福根本谈不上，就是父子之情母女之爱，在极度贫穷面前，也似有若无。谁要是胆敢拿父母视若命根子的一毛钱去买“糖蛋蛋”吃，就得“剥皮饱打”。矮人坪村两个外来户领导苦根儿和刘主任，某种程度上就是矮人们悲惨生活的制造者。但是，他们的遭遇，同样只能引起我们深重的叹息。刘主任号称革命一辈子，却一无所有，一贫如洗。他之所以要到谁也不愿去的矮人坪村来抓革命，主要是因为矮人坪村有个暖玉。那是他手中的权利(力)唯一可以兑换的幸福。但是，把政治把戏玩得透熟的这个老资格，并不能在暖玉身上如愿以偿。暖玉真心爱着的并不是他，而是被整死了的拐五。他后来因为苦根儿告状被撤职，“参加学习班接受审查”。烈士后代苦根儿发誓要到矮人坪村来“改天换地”。他像苦行僧一样不近女色，整天忙着用中央文件教育群众，再就是拼命干活，一心梦想着有朝一日能够把这里变成人间乐园。他的理想当然归于破灭，而且他怎么也不肯承认，正是他的神圣理想，害得自己失去正常人的思想感情，更害得矮人们成年累月劳而无功，甚至使无辜的拐叔丢了性命。

当然《无风之树》如果仅仅讲述了以上几个人物的悲惨故事，那么它的效果和一般报道社会问题的纪实作品，就没有多大的区别。李锐不是从某个外在视觉，描写矮人们的日常生活，而是让人物自己说话，直接呈现他们深刻的心灵真实。这里所谓“让人物自己说话”，并不限于恰到好处地安排对话，或者在叙述过程中穿插人物的内心独白。李锐在这部小说中完全改变了我们习以为常的对话和独白概念，他把人物对话与独白上升为小说主要的叙述手段，通篇就是让每一个人物直接向读者诉说他们内心的所思所感。

许多描写农民生活的小说，都是用知识分子的眼光去看农民，用知识分子身份的叙述人在小说中代农民说话。这固然也能反映某种生活的真实，但是由于小说中充满了知识分子叙述人的声音，到头来，所描写的农村，仍然是个无声的世界。从这种叙述中，我们得到的主要是观察者所能获得的那种知识，很难听到被观察者灵魂的诉说，或许不难由这样的叙述了解一些和农民有关的社会问题，至于农民在想什么，怎样想，我们并不知道。这就是我们阅读某些农村题材小说时总难消除那么一层隔阂的原因之一。《无风之树》基本上舍弃了知识分子身份的小说叙述人，它让我们主要不是作为观察者去看，而是做一个自始至终默不出声的聆听者，耐心地倾听每一个人物絮絮叨叨的诉说,倾听他们内心深处发出的声响。叙述者对故事的整理、讲述、分析和评论都不见了,占据前景的,是不同人物对同一事件的内心经历和讲述。人物不再是明显由叙述人操纵的行动者,而是自己跑上前来的说话人、讲述者。

比如,我们从刘主任的讲述中看到的,是乡村领导的乖戾之气,是他对待平头百姓的专横霸道,对暖玉性的贪婪和情的畏怯,政治上的豁达、自信以及因为待遇不公而产生的抱怨。拐叔的讲述,展出的是一个饱受歧视和迫害的底层农民无告的悲哀,对于命运的不解,特别是自杀前对生命源头与归宿"漆黑一团"的存在体验。苦根儿的讲述则生动地揭示了一个极端狂热的青年内心的偏执,对心造的幻境惊人的痴迷。至于那些表面上呆板木讷任人摆布的"瘤拐"们,每个人心中都蕴藏着一个灵魂的海洋和不尽的诉说。沉重的痛苦的无聊的生活表象下面,是"瘤拐"们心灵述说的洪流。他们向情人述说,也向仇人述说;向活人述说,也向死去的亲人述说;向驴子述说,也向风述说,向树述说,向石头述说,向内心中另一个自我述说……众多的述说,汇集成一个实实在在的有声的世界。

这种努力造成小说语言上的一大特点,开辟了一个富于诱惑的语言空间,同时也暴露出不少问题。最大的问题,就是代替叙述的人物讲述语言明显的重复和单调。苦根儿也罢,刘主任也罢,暖玉也罢,拐叔也罢,糊米也罢,每个人翻来覆去好像就只有那么有限的几句话。有些段落,甚至部分章节,为了表现人物某种激烈的情绪,或者某种模糊的思想意识,作者甚至不惜以大段大段我想可以称之为"有词无语"的形式,用一些词语的反复叠加,来表现正常的语言无法表现的东西。到了这时候,语文好像不起作用了,非得打乱它原有的规则,寻求介乎语言和非语言之间的某种新的表达。实际上,这与其说是李锐的一种大胆创造,不如说是李锐在吸收农民口头语言方面还未到火候。确切地说,李锐舍弃了他写《厚土》《北京有个金太阳》和《旧址》时已经相当成熟的知识分子叙述语言,转而进入毕竟还比较陌生的民间口头语言领域,必然会有这种挫折,必然要遇到这种语言的匮乏。这是让人物自己说话的叙述方式本身的限度。

小说语言知识分子化与大众化的关系,是"五四"以来中国新文学发展中的一大分歧与争论焦点。许多作家都在大众化还是知识分子化这个两难选择中进退维谷,困惑不已。《无风之树》有意避开这条充满泥泞的道路,却又落入另一种语言匮乏的困境。看来这个世纪性的难关,需要一代又一代作家去攻克。

十四、孙甘露:酿造语言的烈酒

我曾经称孙甘露为"低产闲散慢先锋",这当然是相对于目前中国作家普遍的多产而言。其实他并不偷懒,《跨世纪文丛》有中篇小说集《访问梦境》,早就写好了的长篇《呼吸》也已出版。这两本书大致翻翻,就要花去不少脑筋。他写得那么密集,书本上短短的距离,阅读时却好像一次长长的旅行。

他曾经以有限的几部作品(《信使之函》《访问梦境》《请女人猜谜》《岛屿》《我是少年酒坛子》《忆秦娥》《呼吸》等),赈济了许多善于建构理论支撑局面的批评家,使他们神气十足地操练理论时,不致(至)于落入巧妇难为无米之炊的尴尬。叙述80至90年代中国先锋文学短暂的历史,马原的叙述圈套与孙甘露的语言游戏,怎么也绕不过去。对孙甘露来说,这种局面与他的相对低产不无关系。低产保证了语言游戏能够展开密集的生存与想象的空间,他正是以此触动了现时代颓败而凝固的语言氛围。语言颠覆造成的强大气息,吹嘘到众先锋的高产写作中,以潜在的散播方式,勾勒出这个小说运动清晰的灵魂之象和语言之象。

《信使之函》曾用五十多个"信是……"的判断句,把书写行为巧妙地偷换为一系列生活场景。信使奔跑着,把信函投入城市的许多所在。信使所经之地的一切景观,连同由此生发的种种心象,都可以由那从未启封的神秘信函来解释。语言之外的存在似乎和语言行为有天然联系,甚至就只是书写行为的脚注或延伸。书写和书写涉及的对象,语言和语言所指的世界,在孙甘露的小说中并无不可逾越的界线,也没有绝对的主从关系。

从写实的原则看,这也许可以说是疏远客观世界一味放纵语言的狂欢。简单的叙事平面上,蔓延着疯长的言辞。他主要是和语言本身搏斗。

和语言搏斗也可以是写作的主要目标?语言难道可以脱离现实而存在?这类问题,孙甘露不会没有考虑。但另一类问题几乎同时存在,要想回答前者,就不得不也回答后者。这类问题是:语言为什么不可以成为写作的主要指涉对象?语言难道不可以暂时脱离现实,拥有相对的独立性?所谓现实,可以脱离语言而存在?我们的痛苦与欣喜,澄明与困惑,不都和语言难解难分吗?当我们休息时,当我们稍稍安静下来,摆脱具体事务的纠缠,不是偶尔也能听到单纯的语言的声音吗?这声音不也是我们的一种现实,甚至是我们最内在的一种现实吗?但这种二律悖反的命题还是少想为妙,因为到现在为止,还没有人真能把它说清楚。

如果有人问孙甘露究竟写了哪些现实,真是不好回答。但有一点很清楚,他的语言游戏(这个术语其实也很暧昧不清)已经构成了一种现实,而且这个现实使我们对所谓"语言本身"有了某种模糊的体认,至少对"语言本身"产生了惊奇。语言原来有这么个怪脾气,稍不留神就会让你不知所云。

同样是透明液体,有喝了没什么感觉却不喝不行的水,也有喝了五内俱热感觉强烈但又不必每天都喝的酒。孙甘露就是这样的一个稍稍有点特别的作家,他把本来是水的东西变成酒,他让你感到语言的浓与烈。“我是少年酒坛子”,这少年喝了太多的语言之酒,便不免疯言疯语起来。如果你偶尔也喝了这样的酒,或许就能够从他的疯言疯语中听到什么有趣的东西罢。

上海这座城市现在除了语言(上海话)以外,确乎没有什么独特之处了。作为一个巨大的移民城市,上海话虽然也在悄悄发生变化,但这种变化是相当微弱的,并没有从根本上影响它深刻的自足性和排他性,——包括对无处不在的“普通话”的排斥。这一点不能不令人吃惊。我说这些倒不是想暗示孙甘露的语言和上海话有什么社会语言学上的联系。一点也没有。但另一方面,他又确实分享或模仿了上海话在现代汉语体系中的角色位置。孙甘露语言的华贵的外表,象征着沪语唯我独尊的性格;它和现代汉语翻译文体的亲密联系,同样让人想起曾经盛极一时的“洋泾浜”,想起中西语言接触所产生的特殊的舶来风味,最终顺理成章地将它和“海派”概念联系起来。现代文学史上,“海派”小说曾经以其先达的主题演绎,开放的生活画面,现代的写作技巧使人一新耳目,但孙甘露所持以取胜的,只有语言。他在语言上的孤行独造,某种程度上复现了昔日海派的辉煌。我这样说可能他本人很不愿意接受,因为他对所谓的“海派”并没有什么好感,他在许多地方,尤其是他的趣味和理想,与今日上海生活以及影视界刻意追寻的那个海派格格不入。孙甘露一直在摆脱这一切(他始终坚持的语言游戏就是今日上海各种艺术形式根本难以有所作为因而干脆放弃的领域),但恰恰因为这种固执的努力,使他远离了肤浅的“海派”,向人们显示出真正的海派精神。

十五、陈村:都市弱型的抗议者

陈村曾有过声势不小的长篇,但现在似乎已经和这种持久的消耗性写作无缘了。他越写越短,最后干脆转向小品,零零碎碎地倾述他对于现代都市弱型的抗议。

他很少直接描写具体的都市生活场景,只是特别关注苟活着的某一群都市人,尤其是饱受折磨与压抑的心灵。这里没有喧哗和噪音,没有都市生活方式与现代意识形态震耳欲聋的合奏。强音有意无意地隐去了,被放大的是幽暗的角落里隐隐约约几乎无声的私语。

这当然不能概括都市的存在。何况许多场合,我们能够听到的只是更微弱模糊的梦呓与谵妄。比如《愿意》《起子和他的五幕梦》,等等。都市在陈村作品中,仅仅是伤害弱者心灵的一种象征。

人和城市,经过大幅度选择和抽象,个性色彩极其浓厚,但描写的普遍性有时也会因此而减弱。他的都市感受更多积淀在理性中,然而往往停顿在某一层面,并不深入进去,或扩张开来,而是一个急转弯,奔向预先设计好的理性通道。他的叙述,更少感性,更多巧智。放弃小说,沉湎于小品,也算是得其所哉。

客观视野的窄小和主观触角的单一化,都使陈村许多精彩之处,显得尖锐而脆弱,明亮刺目却又闪烁不定。他极想在一点上把文章做尽,把人生宇宙的道理讲全,要用一把利剑挑起整个地球,难度和危险性都可想而知。

他很容易融入都市众多弱者含糊暧昧的聒噪,就是说,很容易被埋没。这是许多弱型抗议共同的悲哀。在都市常常可以看到类似的叙述者,包括小说家,批评家,疯子,天真汉,神经病,幻想家,抗议者,或演说家,他们不时抛出令人吃惊的句子,但你静下心来,准备聆听下文时,他们早就走开了,连同刹那的愤激与澄明。都市的叙述是格言警句式的,是一些破碎的发光体,布不成阵势。

陈村最能触动读者的是那种都市男性透底的悲哀。小说(比如《死》)毕竟是虚拟,后来《弯人自述》《四十胡说》《鲜花和》有了较全面的呈现。但他传达这悲哀可能过于用力了,刻意的深究,有失节制的幽默,甚至智性的戏耍和冷漠的玩味,反而减弱了哀情的真实性与动人效果。

男人悲伤在心里面。陈村往往不免当众陈述自己的悲哀。他在言与默之间似乎拿不定主意,话说多了,他一定又会感到空虚懊恼。不该说那么多的,尤其不该把不可说的东西全说出来,这不符合其个性或命中注定的位置。

许多人都想从鲁迅那里学到思想感情的深度演绎,但由于种种不难想象的原因,他们对自我的表达,几乎无例外地采取了倾其所有的自我宣泄式,看不到鲁迅的言与默的张力,说与不说的分层。因为缺乏必要的保留,缺乏深刻的自尊与自守所维护的丰富精神储备,特别是那种无言与不说的矜持,自我表达就变成无所遮掩无所节制的自我暴露。本来十分痛苦的自剖,也会无可挽回地蜕变为轻飘飘的精神自虐。他们的文学抗议所以软弱无力,原因就在这里。

这该是更深一层的悲哀吧?

十六、刁斗:窥视者的叙述与告白

通过朋友的转述,我大略可以想象刁斗在沈阳的生活:每天早晨拎着妻子做好的饭菜,到离家不远的另一个地方去处理工作上的一些事情,然后迫不及待地进入真正的工作——写作。这时候,刁斗变成了中国北方那座古老城市的一个隐者,满心欢喜地从一个不为人知的位置眺望他的城市,从想象的万千门缝中窥探居民们的日常生活。

窥探者的位置令人羡慕。这是一个职业作家所能设想的最好的位置:自在暗处,悠闲地看人世一切的忙碌,悠闲地将观察所得记录下来,并在这样的窥探和记录中同样悠闲地度过自己的人生。

我们首先看到刁斗看到爱情像蒿草一样在城市蔓延。但是,他绝不抄袭那些似乎难以回避的经典模式,也不迁就流行的套路,他恰恰是有意识地努力偏离并修正经典作家和流行写手对爱情故事的处理方式。他很少在感情和道德两端缠绵不休,他不打算拿这种问题吊人胃口。但他又不是处心积虑地向世俗道德伦理体系挑战,故意做出一副离经叛道的姿态,以博取好事者的喝彩。在所有经他之手编织的爱情故事中,他的位置都在经典和流行以外。

《捕蝉》写一个作家(职业窥视者)某天在未婚妻的居室铺开稿纸,正准备记录一段时间的窥视所得,无意中发现一个窥视邻人的机会,轻而易举地进入了别人的世界。从此,他的创作变得异常艰难,因为与这种货真价实的窥视相比,通过写小说来窥视他人已经落到第二义了。他乐此不疲,欲罢不能。但进一步的窥视使他这个职业窥视者也大惊失色:未婚妻家所在的一个单元三户人家,原来存在着连环窃听的关系,螳螂捕蝉,黄雀在后!更妙的是,他得意洋洋,正要把偷看他人隐私的乐趣告诉另一个婚外性伙伴,才知道她早就在丈夫的熏陶下成了一个资深窥视者。不知道是小说家引诱我们窥视生活,还是生活本身教会了小说家炉火纯青的窥视艺术。

刁斗也经常写到(窥视到)别人的“偷情”。这其实是他窥视的主要对象。偷情,这是多么富于浪漫气息的生活的补充!但他笔下的偷情者个个卑琐不堪。他们有太多的私心杂念,彼此猜忌和怨恨、龌龊、虚伪。他把古典主义作品中激动人心的偷情还原为日常生活全无色泽的同样日常乃至制度化的分泌物。他不是用古典作家温柔宽厚的目光抚爱偷情者,而是用窥视者刻毒的双眼,剥析可怜的世俗文化以偷情为题替他们假造的温馨而神秘的情感面纱。

《组合方式》和《证据》两个短篇,有助于我们理解爱情和窥视或者说生活和窥视的关系。刁斗极精彩地展示了恋爱中男人和女人相互之间疯狂的跟踪和刺探。哪里有爱情,哪里就有窥视。情人们为了更全面地了解对方,占有对方,身不由己地盯梢、打探甚至逼供,务求破获对方的隐私。出乎窥视者的意料之外,在窥视过程中,爱情之火尚能熊熊燃烧,一旦窥视大获成功,身心就会冷却。他们其实不知道,爱情的生命恰恰在于容忍恋人的晦暗面,而不是揭示这个晦暗面。一旦被窥视的欲望攫住,自己的存在也付诸遗忘。糟糕的是,窥视他人的欲望总是那么强烈,往往超过了亲历自己的存在的热情。

刁斗尤其善于观察人物独处时内心欲念的萌动,绘声绘色地描摹窥视欲的发作过程,从而在根本上抓住支配生命并败坏生命的这种下作的激情。

人们往往疏离自己的生活,无法亲历自己的生活,更谈不上主宰、提升自己的生活。自己的生活残酷地远去了,变成陌生的风景。这确实痛苦万分。但人们不甘心,人们总想通过别的什么挽救这种悲剧。这就用得着窥视了。不能站出来存在,便只能远距离用目光抚摸和拥抱,想象性地占有失去的东西,特别是爱情(所以窥淫成为一切窥视活动的最高表现形式,当然还有与之匹配的政治窥探癖)。

刁斗确实善于描写鼓励和制造窥视欲的"后革命时代"的爱情生活。他写到了父辈(老革命)、兄弟辈(红卫兵)和(20世纪)60年代出生的"我们",隐隐布置了三个后革命时代:"后三八"、"后文革"、"后八九",从而依次描写了三代人"家族相似"的爱情/窥视生活。或许可以说,他从根本上打破了"革命加恋爱"的强大叙述模式,揭露了"后革命时代"爱情的窥视本质。

要么是自己的生活。要么是窥视者的生活。刁斗展示的是后者。他告诉我们,"后革命时代"的所谓生存,所谓爱情,往往已经变成或正在变成可悲的窥视。他对这一事实的陈述,冷静、机敏而且含蓄,让我们深感不安,因为当我们卷入刁斗所布置的人物的窥视活动时,窥视者的激动正是我们日常心境的一个重要组成部分。我们在刁斗的窥视小说中看到了自己的影子。

刁斗的窥视小说最终将自己摆在了一个窥视窥视者的位置。

这是一个特殊的位置,在这个位置上,刁斗既和广大的人群同在一个时代,却又不和这个时代的大多数发生实际交往。换言之,他只是以人群所不知晓的隐蔽方式和人群共处一个时代。人群在他既在场却又近乎缺席的情况下演出各自的悲喜剧,而他,一个孜孜不倦的窥视他人的窥视的最外围最权威的窥视者的所有日积夜累的对于时代和人群的感情,也始终只能以人群乃至时代所不能理解的语言独自动情地诉说不休。

在长篇小说《证词》中,刁斗选择了一个不得已而隐姓埋名平庸度日的小人物,向一直被他窥视着因而客观上知之甚深的这个时代和人群痛痛快快地倾诉了他的无比丰富的内心话语。在20世纪和21世纪之交,《证词》中那个隐形人大段大段撕肝裂肺的对家人对世界的告白,也许是最近许多年里中国文学向世界所贡献的最痛切的声音。

不妨这样理解刁斗所有小说共同的潜台词——

"你们不认识'我',但你们的所作所为所思所想,'我'都看到了,'我'都听到了,'我'都知道了。那么,也请听听'我'(始终注视着你们的互相窥视着纠缠着的卑琐生活的超级窥视者)一直要向你们诉说的内心话语吧。"

十七、苏童:在过去时代的阳光下行走

苏童有三类小说:写当代城市生活的所谓"新写实",演绎古代帝王生活的所谓"新历史",以"香椿树街"为背景的自传体小说。我喜欢后者,尽管在这些小说中,他陷入了明显的自我重复。但他写得那么专注,那么得心应手,驾轻就熟,有些地方

甚至可以说是婉转自如、出神入化了。小说集《少年血》《刺青时代》、“民丰里”系列以及长篇《城北地带》。每次读来,都能让我异常亲切地回忆起自己的童年,再次从现实的激流中退出来,想想那个曾经走过的世界。

王朔改编成电影《阳光灿烂的日子》的中篇《动物凶猛》,讲述了典型的“干部子弟”(“大院里的孩子”)在60至70年代某种鲜为人知的“民间生活”,苏童则成功地记载了70年代许多出生寒微的读者大同小异的“早年”生涯。历史缝隙中一群顽童的故事,靠了那种稗史笔法,总算留存下来。对过去略知珍爱的人,应该感谢苏童,并原谅他或有的重复。

和许多60年代出生的作家一样,他属于游荡在生活边缘的新一代“顽童”。他很自然地避开了父兄辈作家曾经盘踞的社会意识中心,在“早年”生活经历以及其他类似的非中心地带驰骋笔墨。这就造成他和当下现实之间的某种疏离。对目前社会普遍关注的小康化进程,他并不怎么在意(尽管传媒常常介绍他如何迷恋名牌,如何会花钱)。他很少闯入那些商业气息浓厚的小康社会。即使贸然光顾,也大不自在,他更乐于关注前小康或准小康社会那些依然窘困的人们,描写他们在周围忙于富起来或已经富起来的气氛中不合时宜的心态与举措。这是固恋“早年”必然导致的创作取向,他虽然被称为“先锋作家”,精神上和他这一代人在70年代度过的青春期,依然不能割舍。

他是前小康生活的一个执拗的凭吊者。即使在21世纪之初,当他在长篇《蛇为什么会飞》中不得不以现实的眼光打量“城北地带”那些昔日“顽童”们的当下生活时,他的调子依然是凭吊者所特有的,灰暗、低沉、悲观,而又留恋不去。

他总是站在某种反历史的唯美主义立场,竭力将过去时代的生活场景加以诗化描绘,让人们在疑惑地迈向未来之际,能够从渐行渐远的过去寻求告慰。当你在现代生活节拍中感到迷失时,读读苏童的小说,就像走在人潮如涌的街上,忽然听到有谁哼一首快要遗忘的老歌,心头油然生出几分暖意。这支歌很可能同时还勾起了某种记忆中的伤痛,也许还夹杂着粗糙、浅薄、暧昧、浮华和艳俗……顾及这一切之前,我们已然被那种回到过去的感动攫住了。在苏童总是那么优美流畅的叙述中,我们尽可以用知情者和凭吊者的心态,在历史废弃的荒原,一一捡拾起昔日顽童随手抛掷的衣物和玩具:U形铁、回力牌球鞋、工装裤、黄军装、海魂衫、刺青、滑轮车等等匮乏时代的少年曾经为之意醉神迷的器物,进而融入少年游荡过的破败的校舍、古旧的街区、肮脏的运河、河上传统的石拱桥、播放小城飞短流长的茶楼酒肆、少年喋血的石灰场……已经很少有人回望诸如此类的旧风景了。从此以后的文学将在一个新的没有“风景”的生存空间上升或坠落。在这将去未去将忘未忘的当口,最适宜于凭吊者作最后的心灵抚摸了。

他和张爱玲的亲缘关系有目共睹。他们都是过去时代的凭吊者,但是张爱玲追怀的是一个轰然解体的大时代,苏童则仅仅叙述了一群顽童在70年代特殊的历史空隙中本来就不受重视的荒凉岁月。他并没有简单地模仿张爱玲,他毕竟有自己值得凭吊的往事,有趣的是现在还出现了不少他的模仿者。他和张爱玲之间,还有那么一点灵犀相通,至于他的模仿者,恐怕就声气难接了。

谁叫他那么固执地叙述一个匮乏的时代呢?“香椿树街”早该被新时代掩盖了。再说谁也不愿永远带着挥之不去的苍凉落寞,在过去时代寒冷的阳光下行走。

十八、余华:面对苦难的言与默

余华的冲击力,在他始终以阴沉冷静的笔调叙述苦难与不幸,于习见的苦难文学之侧独树一帜。日常生活的伤害和凌辱,恐惧与悲痛,更深的失望、沉沦与死亡,涉及人类感觉和知性的多层次,直观地刺激麻木的神经,并能唤起思想道义上的深度警觉。

他几乎一开始便踩着鲁迅的脚印向前。《现实一种》写亲人之间骤然而起的仇恨与虐杀,夸张放肆的笔墨,虽然不是一一对应,精神根源却和鲁迅相通,即尽力揭开温情脉脉的面纱,指出内里的悲凉与残酷来。个别作品甚至像鲁迅的摹本,如《四月三日时间》之与《狂人日记》。鲁迅的《弟兄》不也曾借沛君的一梦,展示了“兄弟怡怡”背后可能有的虐杀如《现实一种》吗?另外,在艰辛冷酷中还能极不张扬地保留欢乐的底色,这也很自然地使人想起鲁迅。

苦难是新文学的重要主题。余华心里所有眼中所见全是苦难,但他很少顾及苦难的造因和解救之道,这是他和鲁迅等启蒙作家的根本区别。有人因此误以为他生性残酷,缺少同情心,一味追求描写的刺激性以哗众取宠。这误会相当普遍,对作家不能不形成压力。很长时间余华就是顶着压力写作,像《一个地主之死》,过于乖张失态,有意摆出反讽的冷面孔,以玩笑戏谑的方式玩味苦难,或许就是不足为训的一种心理反弹吧。

冷静,阴沉,残酷,不能仅仅归于策略或者风格,而有其不得不然的无奈。看过创作谈《虚伪的作品》,大概不会怀疑他的理性分析和表达力,但如此侃侃而谈在小说叙述中绝无仅有。他的叙述很纯粹,不掺杂叙述之外的其他内容,如情感宣泄和理性探讨,诗的高蹈或哲学的深沉更难得一见。故事始终占第一位。这在晚近作品中越来越明显。余华排除的本质上是并不属于他的东西。让这种东西过多地进入创作,无益而且有害。作家或许觉得在同时代人那里找不到有关苦难的有益教诲,更自认无能,所以如果不想继续各种虚无的游戏,便只能像古人所说的那样,“但愿空诸所有,慎勿实诸所无”,老老实实把见到的真相告诉给别人,而不存参透或超越苦难的奢望。何况小说首先是叙述,叙述得不好,遑论其他?处今之世,文化一衰再衰,人心一坏再坏,语言一乏再乏,观念一乱再乱,几乎转念即差,张口便错,小说家要在叙述之外不甘缄默而别有建树,确实很难很难。在令人气馁的精神背景下,讲自己的故事,把假话、大话、空话、废话、笑话,留给别人去说,是无奈之举,也是精明之处。叙述以外的问题以沉默待之,非不能也,实不愿也,即不愿拿写小说的语言加入各种清谈和扯淡的变奏。这当然太不够昂扬,甚至近于畏缩取巧,但总比大言遮天之后照例吸进几口冷气要好得多。

面对苦难,人们总希望说些什么,想些什么,就连追求解脱号称不立文字的佛家也不例外。对不可说的东西有所说,对无法可想的事情有所思,正是艺术所以为艺术的辉煌与执拗。古今中外描写苦难的作家们,最终都忍俊不禁,说了许多关于苦难的话。在这强聒不舍的言说中,庸才和大师的区别才泾渭分明。像余华目前这样不随便说话,只用心叙事,清洗掉许多不必要的虚文浮辞以突兀苦难人生的细节真实,固然回避了同时代人的浮躁峻急,但终究不能以此回避自身的先天性虚弱。《活着》和《许三观卖血记》成功在此,不足也在此。

十九、残雪:捏住"众数"的咽喉

残雪很少关心常态生存,虽然对南方的骄阳,村野布谷鸟鸣叫的瞬间,诸如此类永恒与美好也很珍爱,但这一切埋得极深,几乎遗落在文字以外。她的笔习惯指向相反的生活,阴沉、逼仄、秽恶、敌对、怪异、扭曲、暴露和愤恨的快意,她喜欢深深地遮盖着人道主义的爱、柔情、幻想、温怡以及廉价的幸福意识。她没有妥协,没有庸俗辩证法,没有折中,没有平常心,只有极端的情感发泄和单一颜色(黑色)的尽情涂抹,——不是杂色,也乏亮色,更无所谓线条的美感,她笔下的景物始终是黏稠状的。

她的特点,就是这种根深蒂固的偏激。

她主要写人对世界的陌生,厌恶,恐惧,仇恨,报复。早期爱用强刺激意象,梦,幻觉,秽物,任意堆砌,倾筐而出,但很快就现出固定所指:变态的人际关系压迫敏感的神经太重了,这神经对世界的感应随之发生变态,一切都异于常规。

人际关系的变态,根子在典型的中国式的"忘我"。剥夺了自由意志的人,只是无差别的"众数",全部生命力都不受自己支配,也不用自己负责,都用来"关心"他人,"过问"他人,"帮助"他人,其实是干涉他人,窥探他人,压迫他人,用谈心、汇报、造谣、告密、盯梢、打击、恭维、欺骗、恐吓种种合法手段,剥夺他人超出"众数"平均值以外的那点个性自由。他们是被剥夺者,空空如也,倘能正视自己,便会感到不可承受之轻,但敢于正视的人毕竟太少了,更多的是把眼睛盯住别人,把嘴巴架在别人肩上,把神经接在他人的神经上,把性爱兑换为不知疲倦地谈论他人的性事,自我于是变成他人的牢笼和地狱。

残雪所描写的中国的人群，就像一堆巨大的分拆不开的黏合物，每个人都负着“他人”的全部重压，如果不能走出这堆黏合物，则挣扎愈甚，压迫愈紧，痛苦愈深。突然有谁冒出头来，能回望这堆黏合物，讲述压迫之罪了，那便是残雪。她是这堆黏合物中生长的恶之花。

被剥夺一空转而又去剥夺他人的“众数”的强暴统治，正是残雪感兴趣的。那把所有人胶在一起的黏合物，一如鲁迅所说的“酱缸”。她想揭露这堆黏合物的黏合方式，探讨这个酱缸的深度，揭穿单个人如何落入酱缸沦为“众数”的秘密，挑明自己负责的主体怎样消融于千篇一律的“他人”的生存机制，例如通过不厌其烦地模仿典型的中国式的说话(《突围表演》《思想汇报》)，捏住“众数”的咽喉，诱使那种习以为常的表达方式乃至呼吸系统于不知不觉间中断、窒息，看看在极致的生存表演过后，“众数”的酱缸能否被打碎，真正的个人能否突围。

她的文体像卡夫卡，由一点荡漾开来，一圈圈扩张，沉闷，重复，但激情不减。

可惜残雪总是纷乱，潦草，急不择言，语无伦次，滔滔不绝，颠三倒四，快速写出的东西，轮廓不清，乌黑一片。她把生命最污秽丑陋的内脏整个挖出，还来不及刻画。刻画需要耐心和技术，而她暴露一切愤恨一切的意志太强烈了，不允许有这样的耐心。她自顾自地挥写，沉入酱缸底部，横冲直撞，肆意破坏，呼吸急促，时时面临灭顶之灾。她难得从容，每写一篇都要耗尽气力，精神也被这样牵制着，而置读者于脑后，不给他们提供什么帮助。她的小说于是缺乏理想的形式，模糊之力——力是有的，没有很好地使出来，往往消散在很不经济的语言迷阵。她的神秘难懂，未必是好事。

她一开始就端出了根本之物，但太急切，太鲁莽，也太自信，太高傲，对这根本之物的开掘，至今还停留在纷乱潦草和盘端出一笔勾销一揽子解决的喷发阶段。再大的天才，也经不起这样的喷发，也会在这单一化倾诉中渐渐委顿。保持开头水准，已经够难为她的了。

和黑暗战斗，特别是和中国式的人际关系(鲁迅所说的“无物之阵”、“无主名的暗杀团”)战斗，战法必须高超，必须勇猛，韧性，老练，深沉，纠缠如毒蛇，执著如怨鬼，一击而中，还要不断积蓄力量，扩大战果。包括残雪在内的当代许多具有现实战斗精神的中青年作家，在这一点上都要愧对鲁迅传统了。

二十、张旻：于繁华的边缘寻找孤寂

在近年文学界，大概还没有谁像张旻这样坚定不移地抱住一个中心写作——他的小说多半围绕着在“我”早年供职的城乡结合部某个中学发生的师生恋故事展开叙述。很长一段时间以来，张旻就是凭借这一点菲薄的原料，不断经营着他那个在过去的阳光照耀之下的寂静的小世界，似乎刻意要为大多数作家热情拥抱的繁华的现在构造一个冷色调的边缘地带。

一般来说，人们总应该与时俱进，抢占历史的前沿，这样才可维持生存的真实感，张旻却执拗地避开潮流，一味沉入个体或某一部分群体的寂静的过去，好像只有这样，他才能抓住某个记忆的亮点，借此唤醒自己重新拥抱真实的能力。

张旻打捞过去的真实，并非为突入现在做准备——他的过去与人们的现在是隔绝的。现在的人隔着一层透明玻璃，无动于衷地静观而无法真切地触摸张旻用一颗沉寂的心慢慢焐热的过去。张旻觉得有意思的故事，在沉迷于现在的读者看来，也许毫无意思。但张旻并不在意发生在他身上的这种过去与现在的断裂，他孜孜不倦地从事着复活过去的工作，偶尔也会把他自认为已经复活的过去与一瞥之间呈现出来的现在并置，但即使这样，他也并不希望用自己的寂静的过去来惊扰现在的繁华，而只是提醒读者，在现在的繁华的边缘曾经有过那一份无所谓好坏的寂静的生活。

张旻的创作冲动，或许就是试图给已经流逝的过去一个清晰的定格，所以他甚至并不奢望有关过去的回忆会在反复叙说中不断有所增殖，每一次回忆，只要如期抵达过去生活的某一地层，就戛然而止了。不过，张旻的隐秘的激情虽然充满了对于过去的留恋，但奇怪的是，在他身上你很少看到当代文化普遍流行的那种矫揉造作的“怀旧病”的影子，因为他所留恋的过去既非单纯用来自我抚慰的工具，更不是别有所图地自我炫耀的标签。对原本匮乏的过去亲切而丰厚的回忆，如果能让沉迷于现在的人们意识到时间的多维性，意识到“只有现在”的那种健忘症式的生存无处不在的麻木和虚飘，就足够了——这样猜测张旻的意图也许还不会过于唐突吧？

二十一、阎连科：乡土中国的寓言化叙事

阎连科的题材领域很宽泛，先后有“市井风俗的历史”、“军旅小说系列”，最近又开始触及“文革”，但比较起来，我对他的“耙耧山脉”系列更感兴趣，正是在这一系列小说中，阎连科成功地经营了“自己的‘小说世界’”。

中篇小说《年月日》结尾，叙述者似乎不经意地说，大旱过后，外出逃荒的村民们纷纷“从世界外边走回来”。“世界”的含义不同于词典上的解释，即不是向外伸展的开放性空间，而是向内收敛的狭小天地。对“耙耧山区”村民们来说，世界限于他们的活动范围，就是他们应该终身坚守不能随便迁徙的土地。当他们说“满世界”如何如何时，其实仅仅(是)指他们的“耙耧山区”，并非“全世界”。“外边的世界”云云，在他们看来是讲不通的，应该叫“世界外边”。

这首先是一种封闭的自我中心主义的世界观。但“世界”的本质不仅是名词性

的静止现象，也是动词性的不断扩张不断生成的存在，二者互相依存又彼此争斗，才是“世界”完整的含义结构。长篇小说《日光流年》几次写到“三姓村人”与外界交往，逻辑上都是对封闭的乡村的巨大冲击，逼迫它和外部世界沟通。但实际上，走出乡村的冲动始终被以村长司马蓝代表的一股更加强大的力量抑制着。司马蓝自己也要与外界沟通，不过按他的雄图大略，那只是和外界进行一劳永逸的单向接触——从遥远的山那边引进未受污染的活水，好让“三姓村人”从此更加安稳地封闭下去。只有在司马蓝的号令之下，与外界接触才是合法的，否则就要遭到道德谴责和实际的禁止。一方面是司马蓝的意志约束着村民们向“世界外边”的张望，一方面也正是村民们一度浓厚的对“世界外边”的兴趣，刺激了司马蓝誓死将大家拽回来的意志力更加骇人的爆发。对司马蓝来说，封闭的乡村世界一切贫穷病痛都可以忍受，而来自“世界外边”的空虚之境的无形引力才更加可怕。意识到彼地的吸引力，对此地的血肉联系和由此而来的深深依恋才会在心理上被再次强调。

阎连科小说的“世界”就是在这两股力量的较量中形成，以承认世界无限为前提的西方式的进去意识和扩张精神，最终不得不让位于以肯定世界有限的中国传统式的保守安详的世界观。后者作为对西方式世界观的现代补充，其实一直顽固地存在着，而且注定要发挥应有的作用。我们在阎连科小说中很难描述现代的世界性因素对中国乡村社会的渗透，倒是可以依稀看出“先爷”、“司马蓝”们逃避这种世界性因素的一路退守的心理线索。

这种世界观是中原腹地贡献给“当代文学”的生存领悟，它在积极意义上并非否认外部世界的真实性，而只是强调外部世界是“别人”的，不属于“我们”；不同的人有各自不同的世界，因此坚守故土的价值永远在神往或逃往他乡之上。在中国不断向世界开放的今天，这种对故土安全感近乎迷信的依恋，无疑可以医治因为骤然开放而产生的“广场恐惧症”，那些在外部世界屡遭不幸或者暂时还无望走出乡土的人群，当他们不得不重新建立其自我认同时，对此自然也会有同情的理解罢。“耙耧系列”可以说是对我们注定要生活在其中的乡土中国的寓言化叙事，它在此时此际出现并受到许多有心人的欢迎，绝非偶然。

二十二、池莉的有限招数

托尔斯泰让忏悔的贵族涅赫留朵夫与年轻时的恋人、如今已沦落为妓女的“小市民”玛丝洛娃在法庭重逢，由此对他们的灵魂一层一层精彩的“发现”，至今还无人企及。

那两人的相见，也是作者与人物的对视——既“看”对方也从对方眼中审视自己（或者说“被看”）。这是19世纪经典现实主义作家经典的描写人物的方式，它相比鲁迅之与阿Q、祥林嫂,你以为如何?托尔斯泰式的包容在愧疚与羞涩(还有爱)中的讽刺与憎恶,较之鲁迅,你又以为如何?还有托氏的雄浑,以及在包含不可知因素的复杂事物面前主体视野巨大的清晰度,较之我们几乎一律的糨糊脑袋,你更以为如何?

如果地球若干年后不爆炸,如果那时中国人还看托尔斯泰,不幸抑或有幸也看“现当代文学”,就一定会以为他们先辈的脑子坏了,倘不,则他们的脑子也坏了——还继续吃我们正在吃的毒药。

重读《复活》,并拿来与“现当代文学”略作比较,这才可以看清池莉和许多类似的“当红作家”的面目。

他(她)们其实并没有揭示中国目前“市民社会”的真相,他(她)们对市民精神的挖掘,还没有达到托尔斯泰在“小市民”玛丝洛娃身上发现的灵魂世界的第一层:每个人都会像玛丝洛娃那样从当下位置出发建立一整套为自己辩护的哲学,即认为唯有自己是最重要也是最无辜的,因而在心灵上把自己封闭起来,保护起来,不肯虚心与别人交流,形成真诚的对话和碰撞。灵魂世界的这第一层,倘要真实地写出来,也很不容易,至少在池莉们的据说专门以描写小市民见长的小说中,至今还没有发现。

池莉们只愿看他(她)们知道的和能理解的,对不知道和难以理解的就不感兴趣;他(她)们固然写出了自以为必然如此或已经如此的市民,却不想知道也不打算让读者知道市民可能会怎样。类似托尔斯泰所发现的灵魂世界的第一层,他(她)们写不出;这以下更深更丰富的作为人的“小市民”的精神,在他(她)们的小说中,就更难看到了。

所以,现在就将他(她)们奉为真实地反映了中国市民社会生活并具有市民精神的作家,绝对是个误会。他(她)们笔下的市民,仍然是“典型环境中的典型人物”,仍然属于“社会主义新人形象”谱系——这自然也包括他(她)们在“塑造”那些人物时所采用的从观念出发进行什锦拼盘式的“性格组合”之类一味讨巧的招数。

——原载《当代作家评论》2004 年第 1 期

张清华

叙事·文本·记忆·历史

——论格非小说中的历史哲学、历史诗学及其启示

一个当代作家的生命力如何,能不能成为一个命题?之所以这样说,是因为在一些作家那里,他们的创作生命力的确是一个问题——一旦停顿几年,作为一个作家的身份就被人们淡忘了。仅有极少的例外,格非就是一个例子。尽管作为小说家格非的写作几乎已经停顿了10年(差不多是以1995年的长篇小说《欲望的旗帜》为结),但他的作品却仍然没有"过时",他的小说中那些有价值的探索仍然具有值得研究和阅读的魅力,而且依然称得上是我们时代的先锋写作的标志。这就足以证明他是一个真正有生命力的作家。而且在我看来,格非之所以表现出了持久的艺术价值,是因为在他的作品中充满了在通常的作家那里很少见的历史哲学意蕴——换言之,格非是以小说来表达他对现代历史乃至全部历史的认识,包括其认知历史的方式、其历史观、历史美学等等,而这些给予读者的启示,实在要远远超过一般的历史学家、小说家,正像马克思在称赞巴尔扎克时所说的一样。

格非在哲学上是一个"存在主义者",对于"历史"和"现实",甚至作为它们的载体与存在方式的"记忆"和"叙事"的所谓"真实性",都抱着深深的怀疑,对人性和存在都抱着深深的绝望。这使他的小说不但在某些方面记录了当代、近代乃至传统中国社会的历史,而且还得以成为一种"历史哲学"和"历史诗学"——一种对"历史的本质"的哲学探究与讨论,一种关于历史如何在记忆中存留、又怎样成为充满偶然因素的值得怀疑的"叙事体"的过程的思索。这是非常有意义的,我确信还没有哪一个当代作家,在如此形而上的意义上,对历史叙事的哲学与诗学内涵作过如此丰富而敏感的探求。他由此成为了一个典范的"新历史主义者",一个为杰姆逊所描述过的

“存在历史主义者”①。

精神分析学对于格非的历史探讨具有深刻的影响，这又使得他不同于通常的“新历史主义者”，弗洛伊德关于梦境——意识动机对人的记忆的影响的理论，在格非这里变成了生动的叙述。某种意义上，是人类自身的无意识决定了人的个体命运，也决定了历史在某些关键时刻的走向，这在格非的长篇小说《敌人》以及一系列中短篇小说如《追忆乌攸先生》《迷舟》《褐色鸟群》以及《傻瓜的诗篇》等作品中，都有极其生动的表现。这一叙事倾向可以解释为一种“历史的无意识结构”。另外，从个体作为历史的主体的角度（也只有个体才能构成历史的唯一真正的主体），个体的无意识动机也是影响记忆和叙事的最重要的因素，“记忆是靠不住的”，格非反复地揭示这样一个朴素的道理，因为它是按照对自己有利的原则来完成的，既然个人是历史的唯一主体，而个体动机又决定了他对历史的记忆方式与倾向性，那么还有什么“历史的叙事”和“作为文本的历史”是靠得住的呢？

显然，是格非把当代历史小说的意识追问引向了深处。在进化论、必然论和目的论的主流历史叙事遭到质疑之后，是先锋小说作家将新的历史叙事建构提到了一个前所未有的高度。可以肯定地说，在对当代中国人历史观念的反思和推动当代历史哲学向着更新层次迈进的过程中，先锋小说作家作出了其他任何一个领域无法与之相比的贡献。自然，在几个有代表性的作家中，他们的特点又是各不相同的，比如余华就更注重历史的某种多元结构，像《活着》所揭示的是“财富—人性—历史”的三重结构，财富的无限丧失是使主人公福贵的人性得以拯救的前提，也是其伴随的过程，是他人生中一个个无法抗拒的灾难，使他由原先的一个令人憎恶的恶少，变成了一个令人悲悯的老人乃至受苦受难的圣者。这样，福贵及其所经验的当代历史，就呈现了一个被意外地予以“哲学升华”的境地。“人本主义”显然是余华关注历史的出发点和核心，《许三观卖血记》也是这样，“用透支生命（卖血）来维持生存”既是许三观个人的历史，也是当代中国历史的缩影。而在这一点上，苏童就表现出了完全不同的倾向，在他看来，人性是注定不可拯救的，人性之恶不但是原发的，而且也符合历史的一般逻辑，《米》就是这样，本能、贪欲、倾轧、算计，金字塔式的压迫与豪夺的过程本身就构成了历史。和他们相比，格非与之有着明显的共同和一致之处，但在个性方面，他则更有着一种“玄学”的不可知论者和神秘的宿命论者的倾向。

格非通常被人们认为是“历史小说”的作品有《风琴》《迷舟》《青黄》《锦瑟》《大年》等中短篇，长篇《敌人》《推背图》和《边缘》也都属此列，有的评论者还在很早就

① 杰姆逊：《马克思主义与历史主义》，张京媛主编：《新历史主义与文学批评》，北京大学出版社，1993年。

指出了其“对历史充满错位和悖反的疑惧，以及无法把握的茫然心理”，其“历史是由偶然的许多不期而至的巧合组成”①的历史观念。不过在今天看来，这个范围也许应该更大些，某些“现实”情境中的作品其实也完全可以作历史解。比如《褐色鸟群》，过去也许从未有人会把它当做一个“历史文本”来解读，但它却正是一个讨论“历史—记忆”的基本问题的作品，不但在叙述上非常有意味，而且还具有相当复杂的“理论色彩”，可以看做“元历史叙事”的一种实验文本。

不过为了方便，这里只抽样选取其几部主要的作品来说明其特点。

一、历史的偶然论与不可知论

美国的新历史主义理论家海登·怀特在他的《作为文学虚构的历史本文》一文中，曾对历史叙事中的许多“根本问题”和“修辞问题”作过非常精细的哲学分析，比如，人们通常对历史的兴趣，是来源于对历史上“到底发生了什么”的好奇。但解答这样的问题，显然没有一个现成的终极真实的“历史客体”，而只能看叙事者采取何种策略了。从这个意义上说，任何单个的“事件”，在进入一个“历史叙述”的结构之中时，实际上已经变成了“一个扩展了的隐喻”，它所完成的“对历史的叙述”，实际上是“利用真实事件和虚构中的常规结构之间的隐喻式的类似性来使过去的事件产生意义”。因为很简单，没有哪一个人能够在一个“文本”里，真正完成一个对一切过去年代里发生的“历史客体”的完整的描述，所有的描述“只能以适当舍取一些事实的范围来制造关于过去的综合故事”②。这个论述非常精辟地揭示了历史叙述中的奥秘：历史中的许多“必然性”其实都是“被解释”出来的，某些“真实”在本质上恰恰是一种“虚构”，这不是因为事件本身有虚假性，而是源于“叙述结构”本身的虚构性和修辞性。因为一旦某个事件进入了一个叙述结构之中，它就只能为这个结构所要实现的叙事目的来服务，“真实”就变成了以偏概全的虚假——中国人经验中的“三人成虎”，“曾参岂是杀人者，流言三布慈母惊”，都近似于这样一个道理。

所以，不可过分“信任”历史，因为任何历史在根本上都只是某种“叙事”而已，它完全取决于叙事人的态度与修辞方式。格非是一个历史的怀疑论者，一个历史的偶然论和不可知论者，这使得他的历史叙事产生了特别强烈的哲学和玄学的色彩与意味。前面说格非是一个“存在主义者”，在存在主义者那里的一个最具有“人道主义”或者“人文主义”的立场，即是他们对“个人”的尊重，“个人”才是历史的唯一主体。在传统的历史哲学看来，或者“帝王”，或者“群众”和“人民”，才是历史的主体，

---

① 王彪：《新历史小说选》，浙江文艺出版社，1993 年。

② 张京媛主编：《新历史主义与文学批评》，北京大学出版社，1993 年。

但在存在主义的历史哲学中，只有克尔凯郭尔所说的“那个个人(that individual)”才是真正“存在”的历史主体，而“群众不过是虚妄”①。任何试图用群体的意志来解释历史的，都是由某种专制的目的所驱使的。在这个意义上，新历史主义叙事最重要的一个特征，也是其最大的“合法性依据”，在于它对个人的尊重，对于个人在历史情境中的处境的关注，由此它才更接近于对人的“命运”的揭示。

确立了“个人”这个主体和历史的基点，我们就不难来理解格非了。个人作为历史的主体，必然会导致历史的偶然论和不可知论。因为一方面，个人的意志可能会在很偶然的情况下作用于历史，但另一方面，更多的时候个人在历史面前又是弱小和无能为力的，历史的某些关节点往往是基于某些偶然的因素，比如，假定荆轲刺秦成功，中国的历史就可能是另一个样子。如果孙中山不是因为癌症而那么早地去世，中国现代的历史也可能完全是另一个格局。这是从大处说，那么对更多的芸芸众生来讲，他们所面对的，往往不但是连自己的命运都无法掌握，甚至连自己的意念也无法完全控制，《哈姆莱特》的悲剧不就是产生于他自己“内心的深渊”吗？哈姆莱特表明，“命运”可能是“情势”与“一念之间”甚至是“潜意识”的合谋的产物。个人不但无法掌握历史，甚至无法控制自己的意志，所以历史往往只是“一念之差”。

但这样根本的属于“历史本原”的问题，却无法在通常的“历史文本”中表现出来，而只能在“文学文本”中表现出来。文学在某种意义上是承担了历史文本所无法完成的使命，达到了历史文本所很难达到的历史深度，这样的例子在中国古代的典籍中是很常见的，比如《三国演义》虽然比《三国志》有更多虚构性的东西，但某种意义上我们却更认同前者，所以难怪连马克思都承认，他们在巴尔扎克的小说中所读到的19世纪30年代的法国历史，比从所有的政治经济学家、历史学家那里所读到的总和“还要多”。格非的小说正是从个人的敏感的历史处境出发，来关注细小的个体事件对历史的影响，对无力改变一切的如同洪水中的一叶小舟一样的个人命运，表示深深的悲悯，并敏感地揭示以往历史的“宏大叙事”或者“国家叙事”模型中被忽略的微妙因素与“个人秘史”。《迷舟》就是这样一个“个人面对历史”的理念的实验和展开。

首先《迷舟》的写法就很有意思，它是用了一个“历史实录”的形式，来写一个纯属虚构的故事。这和扎西达娃那种使用“编年史”的方式虚构一个小村廓康的故事，很有异曲同工之妙。为了“证明”其真实可信，他甚至还用画出“地形图”一类的方式来摆迷魂阵，让读者弄不清他是在讲故事，还是在说历史事实。小说的背景是出自史实，但故事应是完全的虚构。1928年3月，国民革命军北伐至涟水和兰江一线，

① 克尔凯郭尔：《那个个人》，考夫曼：《存在主义》，商务印书馆，1987年。

与驻守此地的军阀孙传芳相遇，形成对垒之阵。但《迷舟》并不全景式地来描写这场战争，而是把笔触对准了这一形势下的个人——历史已把一个人推上了风口浪尖：这个人就是萧。北伐军的先头部队攻占了兰江西侧的榆关，而孙传芳所属的一个旅则部署在兰江东侧、涟水南岸的棋山要塞一带，形势相当紧迫和微妙。然而更巧合的是，驻守棋山的32旅旅长是萧，而北伐军先头部队的指挥官则是萧的亲哥哥，一对同胞兄弟，竟戏剧性地变成了战场上的敌手。对于萧来讲，他的处境非常尴尬而敏感，大敌当前，他的潜意识中不免有一种恐惧和逃避的倾向。正在这时，偶然事件给了他逃避的理由和机会——他的住在涟水北岸名叫“小河”的家中，年迈的父亲在爬上房顶清理烟囱的时候，不慎从房上摔下亡故，萧便急切回家奔丧，却遇见了从榆关前来走亲的远房表妹、他曾经在榆关的药房学徒时暗恋过的杏，两人相见恨晚。在父亲的葬礼上，萧心神恍惚，之后在别人的暗示下，萧大胆与已经嫁给了榆关的兽医三顺的杏幽会了3天。之后，当他故作镇静地与警卫员在河边钓鱼时，马三大婶又来告诉他，他与杏的事发了，三顺已发现杏不贞，把她阉了，并扬言要杀了萧。萧有些紧张，这时警卫员提醒他应该回棋山，萧焦躁地用枪敲着桌子，萧的母亲看到这番情景顺手把萧的手枪放进了抽屉。萧决定立即回棋山，但转念又想到了杏。傍晚他告诉母亲，自己要连夜去一趟榆关。在路上他遇到了三顺，三顺要杀他，萧下意识地摸枪，却发现自己竟意外地忘记了带。三顺不知为何又突然改变了主意，放了萧。萧看望了被伤害的杏，心情压抑地回到小河，似乎正准备要回军营了，但不想当他回到家的时候，发现自己的警卫员正拿枪抵着他，说上峰担心他会通敌，一直指派自己暗中监视萧的行踪，他深夜潜入已属于北伐军领地的榆关，看来已属于通敌无疑。所以现在要代为执行对他的枪决，萧此时有口难辩，无奈之下准备逃跑，可就在这时全然不知情的母亲正在关门捉鸡，准备犒赏一下自己多日奔波辛劳的儿子，萧无路可逃，被其警卫员一枪击毙。

这便是“迷舟”——个人在历史中的处境，同时也是历史的无数“单元”中的一个，是历史本身的构造、情状、向度的一种隐喻。历史是无法判断和预测的，因为其中的人即犹如逝水上的一只迷舟。同胞兄弟在战场上成为了敌人，这是“历史安排”而主人公自己无法改变的一种悲剧命运，而且某种意义上，也是萧的母亲“害”了他，她先是把他的手枪放进了抽屉，后又在萧逃命的关头插上了门闩。从心理的无意识角度来看，萧自己的逃避与软弱、沉湎儿女情长的一面，也是他违背军人常规而做出了愚蠢的事情的原因。作为一个高级军官，他不可能对战争形势和敏感的敌我关系没有认识，但“下意识”的东西却支配着他，向着毁灭的深渊滑行。

显然，格非对萧这个人物作了非常“知识分子化”的理解，他身上的敏感气质使他看起来不像一个军人，反而倒像一个“书生”，一个被剥离了诗人和哲人气质的哈姆莱特式的人物。无意识的驱动使他无可挽回地扮演了一个悲剧人物的角色,这是格非新历史主义理念中一个非常特别和重要的思想,和他人不一样的东西。其实在某些历史的关头,极可能是很多无法言说的因素影响甚至决定了历史。这样,或者那样,历史的歧路看起来是彼此背道而驰,当初却只有半步之遥。某种意义上甚至也可以说:是"无意识"和"下意识"的驱动书写和决定了历史。历史的隐秘性和荒谬性正在这里。如果萧不是一个内心孱弱敏感的人,如果他根本上就是一个"粗人",他是不会在大战之前沉湎个人的情感的。但他内心世界的过于细腻和"忧郁"毁了他,同胞兄弟很偶然地成了战场上的敌手,这样的情势在他内心中产生了强烈的敏感和担心,潜意识里产生了难以抗拒的"通敌"的担心与"犯罪感",这使他像面临突如其来的命运的哈姆莱特一样有点措手不及。他可能已经意识到了自己的命运,并一直强化着这种内心的"自我暗示",所以他不顾军情紧急,一再因为与杏的缠绵而拖延归队的时日,甚至在紧急和危险的时刻还"忘记"了带枪,这都是他按照自己的"无意识指令"一步步滑向深渊的步骤,是他内心逻辑的不经意的体现。

显然,他之所以不"面对现实",是因为他在潜意识里已经清楚地预知了自己的命运。

历史原来是如此脆弱和微妙的,格非当然也没有忽略对他的主人公的同情,在历史转折关头的重压下,历史表现为一种"人无法战胜自我"的悲剧,萧无法控制自己的内心,正如他无法控制战争和历史的走势。个人是历史中唯一存活着的主体——但他在现实面前却注定只有茫然而不知所措的悬浮感与漂泊感,这正是历史无法驾驭的本质。通过萧的命运的描写,格非对以往必然论与目的论的历史观表达了强烈的否定与哲学的反思。

二、文化心理结构的历史宿命论

以上似乎可以看做是格非对历史的一个"无意识层次上的分析",或者一种"精神分析学的历史主义",毫无疑问这是一种非常具有创造与"发现"性质的历史视角。下面一个作品则具有反向的对照意义:如果说《迷舟》是表现了个人在历史面前的慌张与错乱的话,那么《敌人》则刻意表现了历史的结构因素——种族文化与心理——对人物命运的不可抗拒的控制与注定。

一个文化与心理的结构导致了一个家族的兴亡史,而家族其实又是种族和国家的一个缩微的标本,所以,可以想见,格非对历史的思考还充满着文化反思的意味。在这一点上他好像从先锋小说家又"退回"到了"寻根"作家的立场。但这只是从"宗旨"的角度看两者之间的一点近似,在历史的理念上,格非与寻根派则有着根本的不同,从上面《迷舟》中也可以看出,心理和意念这些最"抽象"和虚缈的东西,对历史和人的命运的作用力是何等的巨大。而在其《敌人》中,格非更集中地表达了“一个意念的逻辑导致了一个家族的灭亡”这样一个主题。

这个“意念”不是个人的潜意识,而是一个“集体无意识”,一个种族文化中的结构性要素。

这同样充满了哲学的趣味。在余华的《活着》中,福贵的悲剧命运固然和他早年的玩世不恭有直接的关系,好像也是“文化”在起着某种作用,是古老的民间逻辑(诸如“富贵无常”、“祸福相踪”)在起作用,但与后来的政治变迁也有着密不可分的关系——福贵的受苦受难当然也包含了作家对当代社会现实的直接触及。而《敌人》则完全把悲剧的原因抽象化和哲学化了。

很显然,是传统宗法社会的生活方式所引发的“仇恨”,导致了“关于敌人的想象”与本能的恐惧,又是这种恐惧的本能,导致了一场连环的家族历史的悲剧。这样说似乎很大,可是我们在《敌人》中看到,真正的和最后的“敌人”不是别人,也不在别处,就在赵家的内部,是这个大家族中的“父亲”赵少忠——这还不够发人深省吗?某种意义上是这样一种逻辑支配了中国几千年来的战乱与杀戮。一场偶然的大火,烧掉了赵家曾经富甲一方的庄园、票号与宅院,使一个大家族陡然陷于衰败。但这还不是最要命的,最可怕的是主掌这家族的赵老爷赵伯衡在死前,还为自己的后人们留下了一个“敌人”的名单,那上面写满了他怀疑的纵火人的名字,正是这个名单毁了他的后人,也毁了他的大火中劫后余存的那些家产。因为很显然,在这个宗法制的社会里,不可能有一个真正的“执法者”能够完成一个合法的严密而有效的调查,这注定是一个没有结局的悬案,赵家的后人们只能生活在猜忌的恐惧和“想象敌人”的阴影中,直到最后的毁灭。

在过了两代之后,名单上的那些人差不多都已死尽了,赵家的主掌人已换成了赵少忠,但他的一生仍然活在忧郁与恐惧之中,在他的六十大寿即将来临的时候,他的家庭正发生着一系列不祥的事件:大儿子赵龙的老婆跟人私奔了,而他自己则整日沉溺于赌博;大女儿梅梅赶集时被一个神秘的难以摆脱的“麻子”盯梢;做生意的二儿子赵虎从江北回来,说是路上遭到了抢劫(是真是假?);二女儿柳柳去村头烧纸消灾,又受到皮匠的挑逗……赵少忠对这些事情似乎充耳不闻,但其实是他已经被几十年来的巨大压力压垮了,他已经无力作出什么反应,他在逃避着这一切。

之后,麻脸青年来娶梅梅,家里所有的人都反对,只有赵少忠一个人坚持。出嫁的时候,赵少忠突然不见了。经过一段压抑的平静,不祥的征兆继续出现:赵少忠拉胡琴时,琴弦突然绷断,同时赵家水缸上的铁箍也断了,水缸破裂。这时赵虎一直莫名其妙地策划着去江北,柳柳被不断出现的死老鼠弄得惊慌失措,赵龙成了一个十足的赌徒,梅梅则在麻子那里受尽了其兄弟几个的轮番侮辱,跑回了家,而赵少忠对这一切却不闻不问，他只是忙于在院子里“剪枝”，还同前来“要人”的麻子喝酒喝到深夜。

不久赵虎的尸体深夜被人送至家中，赵少忠不知出于何种心理，竟一个人秘密将他埋葬——也许是不愿意面对这样一个悲惨的现实，他在欺骗自己。而且那时他的潜意识里还出现了恐惧的幻觉，“慌乱之中他竟感到好像是自己亲手杀死了赵虎……”这是未经证实和证伪的，不知这和赵少忠前面的“剪枝”是否有着某种隐喻式的关联？这之后赵家开始加速走向崩溃，柳柳开始堕落，夜不归宿；赵虎的尸体被人挖了出来，赵家不得不面对这个残酷的现实，为赵虎出殡。不多久，柳柳赤裸着的尸体也在野地里被发现（此前她已经怀孕），赵家又一次出殡。

两个瞎子来到赵家，说院子里的白果树已经死掉，赵少忠锯倒了树，发现里面已经蛀空，并有无数只老鼠。瞎子给赵少忠算命说，你不该把树锯倒，这样令郎“大限”就到了。瞎子的话里似乎有一种暗示：“大树虽已枯死，但朽伏之日尚早，现在既然它已被你锯倒……”赵少忠大概也听出了其中的弦外之音。全村的人都相信瞎子预测的时间，认为赵龙在腊月 28 日必死无疑，都已经为他预定好了花圈。赵龙看到这情形，喝了酒，在恐惧中一直熬到了这天的深夜。就在他庆幸自己就要躲过这一劫难的时候，房门开了——赵少忠悄悄走了进来。

最后是赵龙的葬礼。这之前梅梅也已经因为忍受不住虐待而远走他乡。赵龙的死因已没有别的解释，“凶手”不是别人，就是他自己的父亲赵少忠。掩埋了赵龙之后，赵少忠等于结束了他的“剪枝”的使命，完成了他的家族世代的“敌人”一直想做而没有做成的事情。卸下了身上的担子，他竟然有了一丝多年不见了的情欲——他和他的早已徐娘半老的佣人翠婶之间，似乎发生了一点迟来的恋情，真是叫人匪夷所思。

与格非其他的作品一样，《敌人》的故事中弥漫了浓厚的“宿命”色彩。这是一个“在劫难逃”的故事，巨大的财富导致了“大火”之灾，但赵家最后的颓败则是发生在自己人的手里——赵家的人共同自编自演了这幕悲剧。格非不愧是一个搭建作品的复杂思想与意念的高手，这部小说中蕴涵的主题实在是非常丰富：首先，作为一个典型的“家族历史叙事”的结构，赵家是一个传统中国社会的缩影，赵家的历史与整个中国传统文学中的历史叙事相比，在内在结构上是完全同构的，富贵无常，盛衰轮回，它和余华的《活着》中的前半部分也有着异曲同工之妙。按照中国人的传统的历史观，这场衰败的悲剧是无法避免的，是一个“定数”，就像《三国演义》中的“分久必合，合久必分”、《水浒传》中的“由散到聚，聚而必散”、《红楼梦》中的“昏惨惨似灯将尽，呼喇喇似大厦倾”一样，是社会的内部结构和历史运行中的固有逻辑自然运行的结果，迟早是要发生的，只不过是一个“时间问题”罢了。从这个意义上，它揭示出了中国社会的一个民间性的规律，表达了一个循环论的、宿命论的和悲剧性的历史观，而和现代中国历史中出现的“进化观”则完全不相干。某种意义上，说“新历史主义其实也最旧”，就是这样一个意思。“敌人”的概念在现代以来的中国曾经是一个烫手的阶级论理论的基础，而现在，格非所描写和解释的“敌人”，则完全瓦解了以“阶级斗争”为根本构造的历史观。

不过，《敌人》中也仍然有着“现代”的一面，它的核心理念中包含着这样一个意思：假定赵家并没有决心追究“敌人”，是以“和解”而不是无谓的猜忌来面对灾变，也不会导致几代人不堪重负而心理失衡。是中国人“冤冤相报”的传统文化/心理结构导致了这个悲剧。这一点用中国文化的视点来解释就是“宿命”，用西方文化的视点来看则是“结构”所导致的必然性后果。在一个结构性的文化逻辑与情境中，一切看起来偶然的东西，都可以得到“规律性”的解释，这是一个结构主义的历史观。

再者，我感到《敌人》还对中国现代的历史构成了十分敏感和有力的隐喻力量。正如大家都知道的，在现代中国曾出现过一个非常紧张而气氛恐怖的时代，这种紧张导致了人们关于敌人的“条件反射”般的想象。某种意义上是先有“恐惧”，后才有“敌人”。赵龙的父亲借着这样的恐惧而杀了他，不知道是否也属于一种“历史无意识”的支配？如果不营造恐惧的气氛，这样的权力与杀子的合法性，至少在心理上是不会自动获得的。此前赵虎的死，其实也可以作同样的理解。在巨大的恐怖压力之下，赵家所有人物的活动其实都已经呈现为一种垂死的挣扎——像那棵内部已朽枯的白果树一样。对敌人的恐惧当然可以〔会〕有两种结果，一种是铁板一样的一致对外，另一种就是内部的纷争和自相残杀，但最终的结果往往是后者。《敌人》使一个中国人对现代的历史会产生某些不寒而栗的联想。

还有个人面对历史的情境感。这一点和《迷舟》相似，赵少忠实在是压力太大了，在恐惧的心理支配下，所有偶然的事件在他的心理上都会产生“必然”的解释，不祥的征兆越多，他的压力就越大，他的沉默常常是“虱子多了感觉不到咬”的疲倦反应症，他不但不敢面对这样的现实，甚至在心理上还产生了强烈的早日结束这一切的欲念——这正是他先后杀死了自己的两个儿子（？）的潜意识动机。在这个意义上，赵少忠是《敌人》中最具悲剧性的人物，他虽然还活着，但其实早已经心死，成了一具“活尸”。

单纯就小说的故事情节而言，《敌人》似乎不能说是一部完美成功的作品，和苏童的《我的帝王生涯》的缺点一样，它写得过于玄虚和神秘了。它有处理得极好的气氛和悬念，但却不是一部非常有机融合的小说，情节的推进显得过于随意了一些，人物过于漂浮和“符号化”了，面孔模糊，性格不明。这大概是先锋小说在其艺术实验的后期（1990年以后）所共同存在的问题。

三、记忆与历史的虚拟论者

新历史主义的理论起点即来源于对历史的“不信任感”。“究竟发生了什么?”谁也无法真正得知,因为人们关于历史的记忆在本质上是“靠不住”的,没有哪一个人能够回溯至历史的客体之中,而只能是通过某种“对历史的修辞活动”来影射历史的某些部分,并用极少的单个事件的连缀之后产生的“蒙太奇效应”,来虚构出某种“历史的动向”。美国的新历史主义理论家正是基于此而把历史看成一种“文学的虚构”或者“修辞想象”,把历史研究和文本的编修看做是一种“诗学”范畴的活动。

但这还不是终点,非但“历史是靠不住的”,作为历史的主体的“个人”的“记忆”,也是靠不住的,因为人的记忆是按照一个“对自己有利”的原则来实现的,在对记忆的编纂过程中,人不可避免地要做某种加工和修改,很显然,没有哪一个人会把自己的“犯罪记忆”放在大脑中最显赫的位置上,弗洛伊德所揭示的潜意识世界在根本上即是那些“非法”的经历或记忆。因为历史往往是靠单个的人(某一个生理体的大脑)来记忆的,之后才能转化为“文字”或者文本式的记忆,但在作为文字之前,其实这记忆就可能已经发生了问题,因为它必然会受到特定的人的经验、心理、情感倾向、价值判断、瞬间情境等等条件的影响,在此基础上形成的文本当然会带上人的偏见——即便是在刚刚发生的“新闻”中,这种情况也普遍存在着,对同一个事件会有完全不同的报道角度甚至完全相反的解释结论。

非但如此,再进一步说,“叙述也同样靠不住”。一切“历史”都首先来自“记忆”,而一切记忆又必须通过“叙述”来转化成文字,任何文本首先是一种“叙事体”,而叙事说到底就是一种“修辞”,其主观性质是非常强的。这是结构主义和精神分析学介入到历史研究领域所产生的新的历史理性,它应该非常具有哲学的启示意味。叙述和修辞能够保证历史的“客观性”吗?恐怕很难,就像鲁迅说的,吃饭前和吃饭后,倘按自己的胃,说话的态度就会不一样。这当然是就“个人”的倾向性而言的,它所体现的只是“人性的弱点”而已,而意识形态对历史叙述的介入,那就不再是这样一种人性的缺陷,而是一种政治的需要和政治的必然,历史叙述因此会变成政治的工具,这就非常可怕了。新历史主义小说家最“先锋”的一面,除了在形式的实验上花样繁多以外,更重要的恐怕就在于他们对这类“历史哲学”问题的强烈关注与形象探讨了。

除了余华,也许格非在这方面是最突出的。他的最早的成名作之一《追忆乌攸先生》,就暗示出当代历史被掩盖和伪造的某些实质。乌攸先生大约是一个“知识分子”,他爱着美丽的少女杏,但却争不过那个喜欢“演讲”和掌握着权力的“头领”,头领憎恨乌攸先生,他强暴并杀死了杏,然后嫁祸于乌攸,并强迫他人作伪证,使乌攸先生无法辩解而给予定罪。头领还让村人康康(乌攸先生曾经为他母亲治好过病)开枪杀他,而包括“我”和弟弟“老K”在内的“群众”,则一起把这场奇冤的杀戮演变成一出狂欢的观赏喜剧。很显然,这是一个关于谁掌握着“历史的叙述”谁就拥有了生杀予夺的权力的寓言。可见历史不仅仅是一个“解释”和“叙述”的问题,它关涉到这样一个根本的问题:谁“叙述”了历史,谁就“创造”了历史,谁也就拥有了历史,成了历史的主人。这是多么荒唐的逻辑,但却曾经是残酷的现实。

《追忆乌攸先生》也许体现了格非试图探寻“历史的正义”的努力,这毫无疑问应该是新历史主义小说的应有之义。但也许这些问题太沉重了,不应该由小说家来承担——小说家可能会解释出这样的道理,但却无法完成这一历史的纠偏。而格非的所长却远不止体现在这一方面,他对历史—记忆—叙事—文本这类问题的认识达到了极具有“玄思”意味的高度,几乎使他的一些小说变成了“哲学的文本”。

在这方面,《褐色鸟群》应该是一个杰作,尽管它不是一个真正意义上的“历史叙事”,但它所揭示的关于记忆和叙事本身的哲理却非常富有启发的意义。它以完全的“暴露虚构”的叙述手法,揭示了叙述的随意与虚构本质,以及“记忆是靠不住的”这样一个道理。其中“小说”、“故事”、“画夹”、“镜子”这样一些关于“认识”、“反映”、“叙述”的概念,与事实、历史和真实之间完全不是那种想象和期望之中的对等关系,他们就像黄昏或者某一时刻盘旋在天空的“褐色鸟群”一样,是实在而又虚幻的,上下翩飞,闪烁不定。

小说中有两段叙事和几个虚拟的人物。首先是两个对话人:“我”与来访者“棋”。棋来到“我”很“抽象”的住所——那个叫做“水边”的地方,举止如同“妻子”一样喝水,并坐下来聊天。夜里她让“我”给她讲故事。“我”的故事显然是随意虚构的:几年前,我在城里看到一个女人,好像她有着一种奇怪的吸引力,就一直跟踪她,她发现了,似乎很慌张,就跳上了一辆公共汽车向郊外的方向驶去。我骑了一辆自行车追赶,一直到了郊外的河边,看到女人上了河上的一座桥就不见了。天已经黑下来,我匆匆忙忙追上去,感到和什么人摩擦了一下,有什么东西掉到河里去了。到了桥头,一个似乎是守桥人模样的老头,手举一盏马灯拦住了我,我问他有没有看见一个女人从桥上过去,他竟说这座桥在20年以前就被洪水冲垮了——根本就没有桥。我感到很奇怪,第二天一打听,知道自己是撞翻了一个男人,他掉到河里淹死了。

中间插上了“我”与棋的另一些闲话:是关于“李劼”和“李朴”的——其中李劼是格非在华东师大中文系的同事,“李朴”则是棋“虚构”的人物,当格非表示不认识“李朴”时,棋说了一句意味深长的话:“你的记忆已经让小说给毁了。”

接下来棋又追问“以后”,“我”继续开始叙述:“我”来到乡下写稿,又见到了那个女人。她的丈夫是个瘸子和酒鬼,似乎经常虐待她。“我”见到她时,她正搀着喝醉的丈夫回家,“我”帮她并问到几年前在城里追她的事情是否还记得?她却说,“我”10岁之后就再也没有进过城,不过她倒是记得丈夫曾说过这一情景(她还特别提到了他手拿“马灯”一节),第二天人们从河里曾捞起一辆自行车和一个年轻人的尸体(是谁?)。

然后棋又追问,“我”继续讲道:一个大雨天,女人来到“我”的住处,说她的丈夫酒后坠入粪池淹死了(这是不是我希望的?),“我”去帮她张罗丧事,入殓时“我”竟看见死人似乎是“嫌热”在伸手解衣扣(幻觉?),但“我”还是很沉着地把棺材盖上了。后来似乎就与她有了很亲密的举动,同居,做爱,结婚(?)……棋听到这里似乎不高兴,就走了。

“我”天天盼着她再来(其实“我”并未结婚)。后来,又一个和棋一样的女孩走来,也像熟人一样来喝水,“我”问她旧事,她却一无所知,她说她不是棋,她只是一个过路人,来讨杯水喝的。

小说的讲述到这里也就结束了,但格非又给我们留下了难解的疑惑:在开始,那个女孩背着一个夹子,既像镜子又像画夹,“我”问她,这是镜子吗?她说,这不是镜子,是画夹;到最后,她还是拿着那个夹子,“我”又问她,这是画夹吗?她却说,这不是画夹,是镜子。

读者当然可以把这篇小说当做一个“叙述的游戏”,但我们却可以从中看出,人的愿望、欲念、想象和幻觉这些最“主观”的因素对记忆和叙述本身的干预作用,这其中的复杂的情形至少有这样几种:首先“愿望”和“真实”之间是没有界限的,女人丈夫的死,与其说是一个事实还不如说是一个想象,尤其“我”明明看到他在棺材中还“活着”,也“残酷”地把棺材盖上,这一举动尤其可以看出潜意识对记忆的某种干扰和“篡改”;其次,不同的讲述人对同一件事的记忆会完全不一样,“我”明明看见女人上了那座桥,可看桥人却说桥根本就不存在,女人坚持说自己10岁以后就没有进过城,可她又说她的丈夫知道这件事;再者,同一个人在不同的语境和不同的时空里也会有完全不同的认识方式与记忆,棋前后所带的东西在“我”看来没有区别,但她自己却微妙地将它们区分为“画夹”和“镜子”。正是这个东西导致了她和“我”之间的错位和陌生感。其实无论是镜子还是画夹,它们都是人的“认识”的某种形式,和“真实”之间永远是有距离的。

还有一句极富哲理的话——“你的记忆已经让小说给毁了”,它揭示了“叙事”对记忆的“篡改”和破坏性的作用,这既是对于“文学叙事”而言的,对于“历史叙事”也同样适用,正如新历史主义理论家所阐述的“诗学”,对于文学和历史学来说,最后形成“文本”,在本质上都是一种“诗学活动”。叙述会使得“历史”呈现出面目全非的分裂,完全不同的多面,在叙述中,历史呈现着无数的可能性,因此,一般地和机械地追寻所谓“历史的真实性”而不对叙述本身保持警惕和反省,都是愚蠢的。这样的一种理念当然会引起争议,它的正面无疑是一种当代性的新的历史理性,它的反面则是一种最终的历史相对主义和不可知论。但无论如何格非作为小说家,他为我们提供的历史哲学方面的启示,应该是极其珍贵的。

在其他的作品中,格非对此也有着极巧妙的表现,如《傻瓜的诗篇》中关于莉莉是否杀死了她的父亲一事,就是极好的例子。莉莉憎恨他的父亲的不伦之举,但毕竟又与之相依为命,所以她既想杀死他,又对此有着深深的犯罪感,所以受到这样的强烈的潜意识的矛盾的压抑,她关于这件事的记忆便发生了扭曲——到底是不是她杀了自己的父亲?任何人都难以肯定和否定,包括“作者”,也只能尊重这一“谜”一样的矛盾,某种意义上这才是真正的“历史真实”。

——原载《山东师范大学学报》2004年第2期

陈思和

文本细读在当代的意义及其方法

在中国的语境中，文本分析的实际含义可表述为：细读文本。目前，文学批评或文化批评渐渐成为一种技术性、工具性的僵固模式。在这一理论套路的操练下，文学作品的文学性、审美性被遮蔽和湮没了。因此，有必要从作为文学史教学最基本的教学类型——细读文本出发，解读文学作品，提升艺术审美性，认识文学史的过程和意义，实现"细读文本"作为主体心灵审美体验的交融与碰撞，回到文学之所以为文学的文学性上来。

一、文本细读与文学史教学

近20年来的中国现代文学研究和教学的发展，大致经过了一个转折。在20世纪的五六十年代，现代文学是一门新兴的学科，那时学术界占主导地位的学术流派和治学方法都是从古典文学派生出来的，学习研究现代文学者也多是从古典文学的治学方法中寻找路径和方法。比如，作家的著述系年和年谱的编写，作家资料的收集以及文本细读，等等。但从整体上说，由于那个时代的意识形态的影响，现代文学研究也不得不从以论带史的立场出发，将学术服务于国家意识形态的需要。"文化大革命"结束后，学术界为了纠正原先过于强调意识形态化而导致的以论带史倾向，更加强调了学术的客观性和资料性的重要意义，方法上似乎又回到作家作品的具体研究上来。20世纪80年代，研究现代文学的学者几乎都是从系统阅读一个作家的作品开始起步，他们的第一本论著，多半是具体的作家研究和作品论。这也就意味着，后来提出"20世纪中国文学"和"重写文学史"的一代学者，其实都是在阅读大量的文学原著以后再提倡和进行宏观研究的。1985年以后的情况就有所不同，一来是学术风气强化了宏观研究的必要性，二来是西方理论学说的不断引进，导致了学术界盛行新方法和新理念，对文学史的理论研究逐渐取代了具体的作家作品研究，文本细读逐渐不被人们所重视。到现在，20年过去了，一届届的研究生都被笼罩在宏观的体系的理论的阴影里，虽然在理论上也能自圆其说，但心里总也是虚的，没有充分地阅读文学原著，理论底气很难会充足。

当轻视文本阅读的治学态度渐渐地成了一种风气时，问题就有些严重起来。我这样说，当然是有感而发的——我每年主持研究生入学考试的时候，都发现一些相同的现象：许多考生对几本流行的文学史著作准备得相当充分，对于一些流行的学术话题和读物也相当熟悉，但当你抽样地选一些文学作品作为问题的话，立刻就会发现破绽，他们对于文学作品阅读量不仅相当少，而且几乎不具备解读作品的能力。曾有一位考生诚实地告诉我：他的导师对他说，做学问就先要建立起一个自己的理论框架，然后把符合框架的作品往里面填。我听了当时就很想告诉他，如果你学习现代文学史没有成百成千地阅读作品，没有对于现代文学史上的名著融会贯通、如数家珍，那么，所谓的文学史理论体系都是别人的，而与你无关，你将永远被关在这一专业的门槛以外，你不会产生真正的独立见解和自己的学术观点。现在考研究生的考生只注意招生章程上开列的参考著作，其实，再详细的参考书都不可能把阅读作品的细目开列出来，而这恰恰是考你专业基础是否扎实的关键所在。

我常常想，所谓文学作品和文学史的关系，大约类似于天上的星星和天空之间的关系。构成文学史的最基本元素就是文学作品，是文学的审美，就像夜幕降临，繁星闪烁，其实每个星球彼此都隔得很远很远，但是它们之间互相吸引，互相关照，构成天幕下一幅极为壮丽的星空图。这即是我们所要面对的文学史。我们穿行在各类星球之间，呼吸着神秘的气息，欣赏那壮丽而清奇的大自然。这就是遨游太空。研究文学史，就是一种遨游太空的行为。星月的闪亮，反衬出天空夜幕的深邃神秘。我们要观赏夜空，准确地说就是观赏星月，如果没有星月的灿烂，我们很难设想天空会是什么样子的，它的魅力又何在呢？我们把重要的人物称为“星”，把某些专业的特殊贡献者称为“明星”，也是为了表达这样的意思。当我们在讨论文学史的时候，就不能不把主要的注意力放在这样一批类似“星”的文学名著上。换句话说，离开了文学名著，没有了审美活动，就没有文学史。

只有在对文学名著有了充分的理解和欣赏，我们才会有好奇心去关心这些名著是怎样诞生的？作家是在怎样的生活环境下创作这部文学名著的？作家的生活经验与创作之间构成怎样的关系？于是，才进入文学史的第二个层面即文学史知识的掌握。文学史知识包括文学思潮流派的发生原因和经过，包括作家的生活环境与命运遭际，也包括文学与外部社会的各种关系，诸如出版、市场、经济和各种社会制度等方面的关系。但所有这些因素都是围绕文学名著的解读和传播服务的。离开了文学著作的审美意义，所有文学史知识都成为文学外部的因素，文学外部的因素只能证明外部世界的一些原因，而不能针对艺术审美本身。所以，许多文学史构成因素用之于社会研究或者文化研究是有价值的，但并不能为文学的审美自身证明什么新的证据。我把文学史上的精品视为艺术奇观，其原因似乎很难从具体的生活环境给以准确地揭示，我们只有在不断地欣赏与体验中来确认其价值。

只有在充分掌握了文学史的知识的基础上，我们才能进一步来了解现代文学的一个基本特征，即它的并不长远的历史过程本身体现了知识分子人文精神的寻思。20世纪，中国文学在世界格局的观照下并不能说已经达到了很高的艺术境界，但是它是活的文学，有血有肉的文学，这意味着文学创作中体现和包容了知识分子的巨大的精神探求的动力。这是与我们每个人都有关的精神传统，或许我们正是其中的一员。在这个意义上学习和理解现代文学，我觉得是直接关联到我们自己的人生道路选择和行为模式的规定。但即使是这样一种比较崇高的目标，作为借助现代文学这个专业来完成的知识分子人文精神的指归，同样是从审美出发的。我们生活在一个人性力量普遍缺失的环境里，尔虞我诈、追名逐利都成为了社会发展的主要动力，人心干枯就仿佛土壤的干枯，它无法再生出新鲜活泼的生命意义来。为了寻求精神甘泉，一些人走宗教的道路，这也是人们精神不死的证明之一。但我更相信人性的自身力量，相信人依靠理性与美好感情可以保卫自己的尊严和自信。这就是人文精神。在中国这样一个宗教传统相当薄弱的国度里，坚持和弘扬人文精神，是凝聚民族信心的主要力量；而对于美的感受和对于美的创造，则是人文精神的基础部分。阅读文学作品也是一种训练，训练读者对文学语言和文学美感的感受能力与把握能力，进而发现和洞见人性的丰富性，使自己的内心世界丰富起来，滋润起来。

我常常以胡风为代表的“七月派”创作为例来说明这个过程。如果说第一个层次需要我们认真细读文学作品，从诗歌里领悟诗人们的美好感情，那么，第二个层次需要我们掌握的是有关“七月派”诗人的遭遇和整个胡风事件的来龙去脉；而在第三个层次里，我们将学习和讨论中国知识分子面对种种特定环境的精神反应、自觉的使命、追求以及他们所遭受的灾难的教训。然而，对胡风事件的所有理解都是从对“七月派”创作的美好的感性认识开始的。只有在艺术上认定了诗人们的创作价值，才能提出后来的质疑：创作了这么美好的作品的人们为什么会遭受如此的灾难？我们应该从中吸取什么样的教训？这一切都是从阅读作品开始的。如果离开了第一个层面的感性认识，那么整个理解都会出现片面性。

我把文学史的教学分为三大类，其中最基本的教学类型应该是从细读文本出发，通过文学作品的解读，在提升艺术审美能力的同时认识文学史的过程和意义。由于艺术创造是与人的生命运动联系在一起的，是生命的自我实现的一种方式，所以，以艺术形式出现的社会道德意义的评判标准应该是以生命的开花为目标。就像“五四”时期新文学运动所提出的以“人的文学”为其标准一样，人的文学也是以生命开花为其核心的。只有建立在以读解作品为主型的文学史基础上,我们才能够进一步探讨以文学史知识传播为主型和以知识分子人文精神为主型的两种文学史的教学意义与可能性。后一种可能要到研究生阶段才能探讨,而在大学本科生阶段,甚至是硕士研究生阶段,能够指导学生细读文学名著,提升学生的艺术审美能力,通过文学名著的阅读提高他们对文学史的基本理解,要比盲目的理论鼓吹或者死记硬背一些文学史知识有益得多。何况作为一门文学作品细读的课程,它总是为文学史学习做准备的,所设计的作品选读课程的背后依然构建着文学史的模式,或者说是教师对20世纪中国文学史的一种理解和描绘。文学作品选读不会离开对文学史的认识,我们通过对文学作品的选读,同样能够达到对文学史的基本了解,也同样能够普及必要的文学史知识。读单篇的具体的文学作品当然不需要顾及文学史知识,但如果你学的是一门课程,修了整整一个学期的文学作品选读,或者读了整整一部文学作品选教材的话,实际上已经接受了某种文学史的观念。修一门文学作品选读的课程,读一本文学作品细读的专著,都是进入文学史领域的必要台阶。

二、细读文本与文学性因素

细读文学作品的过程是一种心灵与心灵互相碰撞和交流的过程。我们阅读文学,是一种以自己的心灵为触角去探索另一个或为熟悉或为陌生的心灵世界。我这里所指的心灵世界,包括两个主体:一个是作家的主体,即作家在创作的背后应有一个完整的理想境界,是作家对作品应达到的境界的期待;另一个是读者的主体,即读者对阅读作品所期待的一种理想境界。但文学作品本身是一个自在的客体,它既不可能完全等同于作家的主体期待,也不可能完全重合读者的主体期待。文学阅读的过程也正是这样三个元素的互相融合与冲突的过程。我试图用三个定语来作为自己阅读文学作品的途径,那就是欢悦地、投入地、感性地阅读作品才能使自己真正地进入文学。欢悦即快乐,这是最重要的一点。曾经有许多的学生问过我:人生有许多选择,你为什么选择文学?我回答说,因为我喜欢文学,我读文学作品的时候是最放松最快乐的时候,也是想象力最活跃最放纵的时候。读作品当然不能为了应付考试,也不是为了完成什么写作任务,首先是为了快乐。通过阅读文学作品,让我重温人性的温馨与美好,让我窥探人性的黑暗和深刻,同时也让我遐想、励志、憧憬和寻找生活的勇气,人生所有不能达到的境界几乎都可以在文学里得到满足。我想,很多人都有过这样切身的体会,无论遭遇了什么样的困境和绝望,读一部好的文学作品会使你平静下来,忘却身边的烦恼。人需要最后的精神家园,而唯有文学才能给予。其次是投入,读文学不是读文件,可以放松自己的情绪,任自己被文学的语言和审美境界所吸引所感动,你可以哭笑自如,可以拍案叫绝,可以舞之蹈之,可以废寝忘食。

投入是一种忘我境界，只有“忘我”，才能把你的人生经验和内心欲望都极大地调动起来，使你与文学产生生命相连的亲密关系，你从文学中读出的是你自己内心隐秘的声音。这时候的文学是属于你的，属于你的独立的精神世界的，于是就有了第三条保持感性的要求。读文学最怕是失去了主观的感性内容，当你情绪与文学融为一体的时候，你需要了解的是：你为什么读之感动？这既要了解文学，也要了解你自己，你需要通过阅读文学来认识自己内心深处纠缠着怎样的情感因素。这时候最忌讳的是依靠一个教条的理性指令：就像多数评论家所教导的那样——从主题思想到政治教条，或者是验证某种思想理论，最终把文学自身的魅力割裂得支离破碎，荡然无存。一旦属于你个人经验和完整的生命意象的审美效果失落了，那么，再精致的文学也会索然无味。文学的魅力就在于，它能使人的生命变得丰富起来，满溢开去。这就是巴金老人所说的“生命的开花”，也是文学艺术所能达到的最高境界。离开了这根本的一条，文学的意义都变得非常可疑了。

以上三个定语所修饰的阅读态度，都说明了阅读者对作品的主体性参与。作为阅读者，他首先是在当下环境中生活着的人，是一个对当下生活有着自己的感情寄托和主观要求的人。当他欢悦地、投入地、感性地进入文学世界，必然会带入自己强烈的生命信息和主观愿望。从这种主体性出发，他在阅读中总是会读到他所愿意读到的东西。文学是美好的，也是丰富的，它能够从各个方面来满足阅读者的阅读需要。但这种主体性包含了文学性和非文学性两个部分。前者是诉诸感情或者出于审美的需要，后者解决的是知识或者工具的需要；前者没有功利性的目的，而后者则相反。在其他社会科学尚不发达的情况下，社会科学研究者不能不利用文学作品作为研究政治历史、文化经济以及各种相关学科的资源与材料，这本来是社会科学研究者不得已而为之的做法，而不是文学自身的本质功能。比如，我们对古代社会生活的研究，常以当时的文学作品描写为研究材料，这当然不失为一种办法，但随着考古的发现和其他历史文献的发掘，逐渐建立起更加专业性和实践性的科学方法，而文学作品即使能为历史生活细节提供某些资料，也不可能成为其主要的研究依据。文学曾经有过一个畸形繁华的时代，它背负了极为沉重的非文学的责任和功能而成为一门显学。人们在文学文本里寻找着各种非文学的信息和答案，以弥补各种学科的知识的缺乏，但文学自身的审美功能则很容易被遮蔽。与此相关，还有一种不容忽视的现象，就是长期统治文学理论领域的工具论倾向，把文学创作视为意识形态传播的工具。从“左翼”文学运动开始，这种非文学的功利主义就逐渐渗透到文学分析与文本解读之中，直到后来庸俗社会学的文学批评成为中国文学理论的主要方法。这两种倾向——无论是以知识为目的还是以工具为目的，都是属于文学批评的非文学性的要素，表现为文学性要素的异化。

当然,不能否认非文学性要素在读者的阅读过程中同样体现为主体性,也不能否认文学创作确实包容非文学性的功能。但是,当文学批评者以明确的功利主义标准来决定文学创作的价值的时候,当庸俗社会学的研究方法逐渐取代了文学性的批评与研究的时候,文学的文本意义就会发生质的变化——文学性被放逐、被忽视甚至遭受耻辱的野蛮时代离我们也就不遥远了。之所以要在讨论文本细读时提出这个问题,是因为我一直在思考:文本细读本身是一种方法,可以为各种文学批评和研究的目的服务,也可以体现为各种层面的阅读需要。因此,我们必须先要解决的是,文学名著的文本细读究竟应该从文学性着眼还是从它的社会性着眼?我们有没有可能提供一种方法,即透过文学性读解以达到对社会性的认识,而不是回复到庸俗社会学的批评方法?提出这一问题与思想的倾向性无关,只是对那种把文学作为意识形态工具的批评方法的一种警惕。

在当代文学史上,曾经存在过长期把文学当做思想演绎工具的危害。直到1985年,寻根文学崛起以后,创作才从文学观念上形成走向审美境界、转向语言与形式革命以及开始重视文学的主体性的趋势。近20年来,文学创作虽然在审美境界上并没有创造出引人注目的贡献,但这与创作主体的疲软和客观环境的压抑有关,不能归咎于文学审美本身的价值。文本细读本来是文学批评的独立人格的展示,文学批评不是文学创作的附庸,批评者与创作者同样是站在生活的面前,以创作为对象来抒发对当下生存环境的主体感受。任何文学作品里都可以发现文本所含的社会性意义,只是由于艺术观念和表现方法的不同,有些社会意义必须通过对作品的艺术分析后才能感受到,有些则直截了当地表达出来。我以为,我们在今天重新来探讨文本与社会分析之间的关系时,首先要警惕的是跨越了文本的文学性而片面强调其社会性意义。这样做的话,本来就淡漠甚至不为人们重视的文学性因素会因此而淡出,庸俗社会学的阴魂也会卷土重来。

文学作品的文本细读,当然是应该从文学性出发,那么,文学性因素究竟应该怎样衡量?是什么样的文学性因素在文学作品里足以包容社会性而不是排斥它?如果抽象地来讨论这些问题,就会显得含糊不清,但如果从文学艺术的审美功能这一点上来理解,文学性就是诉诸感情或者满足审美的需要。阅读审美当然是主观的形式,也只能在极为主观的体验下才能真正确认文本的文学性因素。我可以举一个自己阅读的例子。对于阅读文学名著的经验可能每个人都会遇到,只是有些人时过境迁忘记了,有的人却受其教益终身(生)难忘。为什么我总是把文学作品的阅读与人生的意义看得那么重要?因为这与人格的熏陶非常有关系,我自己切身的经验就是这样。我的学术生涯是从研究巴金起步的。最初读巴金的小说是在“文化大革命”时期,我才十三四岁,那个时候每个少年都百无聊赖。有一次,我读了巴金的长篇小说《憩园》,这是一本旧书,封面都撕掉了,我那时读繁体字直排本还很吃力,但读完以后却被它深深地感动了。“文革”中泛滥成灾的暴力事件与小说描写的温馨故事完全背道而驰,风马牛不相及,我的内心竟然遭受了很大冲击。每天黄昏的时候,太阳斜斜地照过来,树的影子慢慢地长下去,我就呆呆地朝着树底下看,仿佛眼前就会转出这么个人来——我脑子里想,这个人是灰白的长头发,胡子很肮脏,穿一件蓝绸布大褂,是个很瘦的老乞丐。我不知道是怎么回事,老是觉得看见过这么一个人物,脑子里老是出现这样的形象。然后我就想,如果他出现了,我就会像书中的孩子一样给他什么东西。其实,生活里从来没有过这么一个落日、黄昏、老人的衰败的形象,但是,这个故事却让我激发了全部内在的同情心,激发了人性中的善良的道德力量,帮助我辨别当年的形势和以后的人生道路。后来我读大学写毕业论文时,就毫不犹豫地选择读巴金的书,研究巴金,进而再研究现代文学史。艺术这个东西就是这样,你未必能够有效地利用它,但它会在你心里生下这么一个根,那就是对人生的理解,对自我的理解,对生命的理解。也许《憩园》并不是巴金最有影响的小说,我也没有对这部作品作过深入的研究,但杨梦痴这个形象我就一直深深记得。人文的培养就是这样,文学的魅力也就是这样产生的。文学性因素对读者的影响,主要体现在人格上的潜移默化作用,而非清晰的理性的指点迷津,更不是思想理论的演绎图解,文学对社会的理性批判也并非是很重要的标准。正如我从《憩园》里所受到的感动,在“文革”时代,正是一种当下意识的批判立场,它与当时的主流意识形态格格不入,这样的独特的感情世界里包含了对社会主流意识的抗衡和批判。如果读者一定要在这个文本里寻找社会批判的意义,其深刻性或许不及巴金其他的革命小说(如《激流三部曲》《爱情三部曲》等),而我却在它问世20多年以后的中国现实环境下,切实地感受到了它的微弱温馨里所含有的尖锐的批判力量和孤独的人道力量。我讲这个例子只是想说明,文本细读的功能在于探讨一部作品可能隐含的丰富内涵与多重解释,窥探艺术的奥秘与审美的独特性,而不是重返以往庸俗社会学所作过并被实践已经证明是错误的所谓的社会学分析。

既然文本细读的文学性因素联系着极为隐秘的个人感情经验,那么,文本细读的过程则是个人经验的传播与交流,是使人心从互相隔膜到互相了解的心灵撞击与交流的过程。我不赞成把文本细读看做是与作家主体和社会客体都无关的纯技术形态,因为作家主体的所有信息都会从文本中反映出来,包括他对社会的态度与立场。但文本也不是一个思想或者意识形态的简单图解。文本细读不应该有标准答案,它只是一个待启发、待补充与交流的开放性的文学性平台,有时候需要热烈的争辩来充实其留白空间,有时候需要静静的玄想才能感受其丰富的内涵。中国古代有“诗无达诂”的说法,西方也有“说不尽的莎士比亚”之说,我觉得两者的意思差不多，任何对文学作品的解读都不能穷尽其艺术魅力，也没有一种永恒的标准答案。而如果过分强调文本的非文学的因素，尤其是知识性的考据或者工具论的演绎，丰富的艺术魅力就只能简化为一些类似数学公式般的教条，失去了文学创作应有的生命活力。我想，这是文学和非文学因素在文本细读中的必然区别。

三、文本细读的方法

文本细读是一种能力，它可以帮助你阅读文学名著，帮助你透过文字或者文学意象，达到作品所隐蔽的精髓之地。通常来说，优秀的文学名著总是含有多层次的丰富内涵，其表层所承载的总是社会上一般流行观点的意义，但其真正的精华不能仅仅以此为目的。前面已经说过，作家在创作的背后有一个完整的理想境界，这是他对自己的创作应达到的境界的期待。这种期待有的时候是作为一种无意识存在于作家的创作心理中，可能连作家自己也不怎么清楚，但是它恰恰是创作的最初或者最根本的动机，决定了作品的文学性因素。细读文本的任务是揭示出这些隐含在作品里的真正的动机，把作品的艺术内涵充分地显现出来。

（一）直面作品

直面作品，是阅读者最重要的把握作品的途径。我们细读的一般都是文学名著，经过了许多人的研究和解说，这些解说仿佛是一层层外衣，可能把文学名著装饰得五彩缤纷，也可能把它的真身包裹得严严密密，使我们读不出它的本来的光鲜面目。既然阅读是一种个人隐秘感情世界的自我发现和自我保护，那么，我们必须强调要直面文学作品，以赤裸的心灵和情感需求来面对文学，寻找一种线索，来触动文学名著所隐含的作家的心灵世界与读者参与阅读的心灵世界之间的应和。而其他外在的因素——研究和解说，只能在读者与文本之间已经有了心心相印的可能性以后，才能够发挥它的有益的意义。如果一个读者在没有直接阅读作品之前先读了大量的有关评论，那就很容易陷入自我迷失，找不到自己的感觉。有一次，我向学生布置了阅读茅盾《子夜》的课前作业，到了课堂上讨论的时候，许多学生都迷茫地问道：吴荪甫不是很可怜的一个人吗？为什么说他体现了资本家的两重性？很显然，关于“两重性”这个结论不是学生们读小说读出来的，而是他们从相关的评论和解说中获得的，然而他们的当代生活经验已经无法与这样的结论联系起来了。我不想讨论这个“两重性”的结论到底还有没有意义，只是想说，这样一种从评论中理解作品，事实上反而束缚了他们对作品的理解和想象，也妨碍了从作品里寻找他们自己的隐秘的经验。

每个人可能都是带了自己的隐秘的经验进入阅读的，但这并不意味着文本可以被随心所欲地肢解和剖析。因为作品一旦形成，就有它自身的逻辑存在，即使作家也无法完全支配作品的思想倾向和内容发展。所以,最成功的文本细读不是研究者依据一种理论对文本作任意分析,而是研究者将自己的阅读心得与文本的内在逻辑合二为一,才能够达到细读所需要的主客体的和谐。我可以举王安忆的《长恨歌》为例。这部小说在最初发表时并没有引起很大的轰动,很多读者都认为它不过是正在兴起的"上海热"文化炒作中又多了一个时尚文本。事实上也是这样,当这部小说在海外出版、获奖以及引起轰动时,海外研究者也是把王安忆定位为张爱玲之后的"海派传人"。但问题就接踵而来,如果这个作品仅仅是图解海派文化的时尚之作,就无法解释为什么最后结局如此杀风景——如此的凄凉寂寞?从我的个人兴趣所好而言,我是不喜欢那些时尚的"海派怀旧热",但我读《长恨歌》之后感到有一种说话的欲望,恰恰与海外的"怀旧说"相反,我从小说里读出了一种巨大的反讽和挑战:王安忆在向形形色色的矫揉造作的"海派怀旧"文章挑战。她以王琦瑶卑琐的死,讽刺了当今上海所谓的"怀旧热"文化的粗鄙性实质。这样一解,我完全理解了小说第三卷里出现的长脚、老克拉、张永红等一批粗鄙的怀旧者的意义。再往前推论,我把王琦瑶看做是上海文化的人格象征,清楚地读出了这一人格象征如何经历了第一卷的繁华与腐朽同体生成的短暂辉煌时期,经历了第二卷的民间记忆如何以抗衡巨大政治风暴来保存都市颜色的潜在时期,最终又如何在重睹芳华时期被"文化大革命"遗留下来的粗鄙文化所扼杀的悲惨结局。

我这样细读《长恨歌》,当然是出于我对上海这座城市文化的理解和期待,也是依据了小说的自身逻辑,还原了小说真实的创作动机和蕴涵的都市文化意义,同时也得到了王安忆继《长恨歌》以后创作长篇小说《富萍》的证实——在这部小说里,王安忆歌颂了新时代的上海的主人翁是如何创造现代都市文化的。我不想在读解这部小说时运用各种时髦理论,但我想从中获得作家有关这座城市的真实的想法和表达的意图。

（二）寻找经典

我这里所指的经典不是指作品本身,现代文学谈不上什么经典。"经"是指经书,"典"是指典籍,指那种经得起历史上反复被人引用、被人阐发的文化资源。所谓的"经典",是指文化传统中最根本的意象。比如,西方的文学经典是古希腊文化、希伯来文化,是《圣经》。在西方,即使是现代主义的、后现代的文学,也都离不开对文学资源的依赖。哪怕是创造一个新的名词,也要从古希腊语或者拉丁语的词根开始讲起,这个单词是什么意思,怎么演变过来,到今天是什么意思。这就是引经据典,表示现代人说话是有依据的。尼采,这是一个反传统反基督教最激烈的人,他说"上帝死了",可是他所依据的日神精神、酒神精神都有古希腊文化的原型,他还是回到了经典。这一点与我们现代文学研究的治学态度非常不一样。

我讲现代文学史,要从鲁迅的早期小说《斯巴达之魂》说起。这部小说一般无人注意,即使讲鲁迅的早期作品,也是讲他的论文或者文言小说《怀旧》。不过我还是喜欢《斯巴达之魂》,它不仅神采飞扬,体现了鲁迅强烈的浪漫主义的创作精神(这也贯穿了鲁迅一生的创作精神),而且是因为在20世纪初到"五四"新文学运动,大多数作家都是自觉斩断自己的文化传统转而向西方的流行文化和时尚文化模仿,这既是"五四"新文学保持了青春活力的特色,也是它之所以肤浅不远的根本原因。但这种趋势并不妨碍少数优秀的作家从头开始学习西方文化,企图从文化源头上理解和引进西方文化的传统。鲁迅从古希腊的历史中攫取了这个片段,并融化到自己的艺术创作里,正是反映了当时的中国文学中世界性因素的形成。《斯巴达之魂》所表达的就是一种创作中的"经典"意识。

好的文学作品少不了经典的帮助。因为经典所反映的是作家观察、思考和表述生活现象的思维依据。这是我们所不能忽略的。例如,最近读张爱玲的《倾城之恋》,白流苏和范柳原两人在香港的恋爱进入关键的那个晚上,范柳原的话里引了一句《诗经》里的话:"死生契阔,与子相悦。执子之手,与子偕老。"这首诗引自《诗经·邶风·击鼓》。原来的诗句是,"死生契阔,与子成说。执子之手,与子偕老",可是张爱玲把第二句改成了"与子相悦"。我不知道她这是要显示范柳原引诗引错了呢,还是其他的什么原因?张爱玲并不是不知道,她后来写了一篇创作谈《自己的文章》,里面又把这首诗引用了一遍,而这次的引文是"与子成说"。这样的手法似乎只有张爱玲会做,她把她小说的意思上升到经典意义去讨论,从古代的经典意象里找出一种来跟小说相对应的因素。

这首诗是什么意思呢?就是打仗的时候,人们觉得生死茫茫,生死散聚就在一刹那之间,人是把握不了的,那么,虽然生生死死把握不住,但是可以"与子成说",即我曾经跟你相约,跟你立过誓的,我们一定要生生死死在一起,一定要白头到老。这是闻一多的解释。还有陈子展教授的解释,他说这不是夫妻间的誓言,而是战士之间的友谊:我们在一起打仗,我们说过,我们生在一起,死在一起。这两种解释都可以通。"与子成说"说明了这是一首非常积极、非常肯定的民歌,在生死渺茫当中有一种肯定性的东西。张爱玲是知道这首诗里有肯定性的东西,她本人也赞同这个东西,她骨子里有一种追求积极性的东西。可是另一方面,张爱玲又是个虚无主义者,在她看来,什么都是假的,爱情也没有真心的。她为了强调范柳原和白流苏都是自私自利的人,她说,一个是自私的男人,一个是自私的女人,两个人都是精刮,整天为自己打算,玩弄小计谋,直到战争爆发,两个人才不得不在一起了。她为了表达这样一个庸俗的看法(世界上是没有爱情的,没有肯定性的),为了表现范柳原是个浪荡子,她就改了一个字——所谓"相悦",就是说我看到你很高兴,你看到我也很高兴。

这样一改,意思就变得很油滑,天地无情,生死无常,人都掌握不了自己的命运,因为掌握不了,大家相悦一下就可以了。这样一改,后两句就变得很轻浮,就没有办法来解释后面的东西。这就是修改经典,这一改就把小说里面人物的性格改掉了。

我原来不喜欢《倾城之恋》,我对庸俗虚无主义都不喜欢。我最终读懂张爱玲这篇小说,就是发现这两个字有差异,本来我还以为这两个字是印错了,后来发现不可能,因为《传奇》再版过的,如果印错,再版的时候完全可以改过来。当然,《诗经》也可能有很多版本,但即便如此,张爱玲为什么要使用不同的版本呢?我的感觉就是,张爱玲本人的创作意图跟这个作品所展示的艺术形象之间是有距离的,通过无形中的修改,表达了她内心深处对爱情的根深蒂固的不信任,对人生的根深蒂固的虚无感。张爱玲喜欢调侃,喜欢把庄严的事说得很不堪。但不能掩盖这样一个事实,就是张爱玲的骨子里是相信"死生契阔,与子成说"的,问题是她从她的家庭教育中感觉不到真正的爱情。这样一种理性因素和她内在本能是有矛盾的,我们通过《倾城之恋》里所引的经典可以看出来。

（三）寻找缝隙

读《倾城之恋》,还会发现另外一个有趣的现象:故事写的是白流苏和范柳原两人的"倾城之恋",作家却漏掉了一个重要场景的描写,那就是两人的第一次见面。按照张爱玲婆婆妈妈的叙事习惯,这样重要的场景(决定了两人一见钟情的开端)本来是不应该把它疏漏的,只能说这是作家故意的,因为只有这样才能使白、范两人的恋爱变得不真实。我们在阅读文学作品的时候要学会寻找缝隙。文本细读不是笼统地讲故事,我们细读的时候要注意读出它的破绽,读出作家遗漏的或者错误的地方。我有一个信念,任何一部好的文学作品,背后一定有一个完整的世界。——只有诗歌不一样,因为诗歌是抒情的。小说的背后有一个完整的故事,有一个完整的理想的模型,但是作家没有能力把这个模型全部写出来。比如说,作家写一个爱情故事,他的意识里肯定存在着一个完整的爱情故事,但他不可能把心里感受到的爱情原原本本地表现出来,写出来的只是所要表达的一部分。很多作家在写完作品以后说,我的笔无力啊,我写不出这个伟大的故事。有的作家把作品改来改去,就是达不到他想要达到的这么一个完整的境界。这就有一个差距。所谓的"缝隙",就暗示了这种差距的存在。"缝隙"里隐藏了大量的密码,帮助你完善这个故事。

《雷雨》里也有一个遗漏的情节:周朴园在蘩漪之前还有一位妻子,就是取代鲁妈的那个有钱人家的小姐。这个妻子在《雷雨》里面好像完全被忘掉了,什么都没留下。西方文学里不是有《阁楼上的疯女人》(the Mad Woman in the Attic)吗?从女权主义来说,这是一个值得关注的缝隙。为什么曹禺在剧本里对这个连名字也没有的女人一点信息也不提供呢?相反,对于生育过两个孩子的梅侍萍(鲁妈),周家却保留了大量的信息,又是照片又是老家具,还以周萍生母的身份时时挂在周朴园的口头上。其去后荣辱相差如此之大,不能不引起细读的深思。

还有就是剧中人物口头上经常提起"30年前"怎么怎么,指的是30年前周家把鲁妈赶走的事件。可是,有一次讲课,我突然觉得不对呀,鲁大海出生三天的时候鲁妈被赶走的,鲁大海在剧本里出现时是27岁,应该是27年前被赶走才对啊?为什么说是30年前呢?可能是"30年前"说起来比较顺口,这里当是口误,可我觉得还是不对。我仔细排他们的年龄,周萍是28岁,那么周朴园与鲁妈在一起至少是在29年以前,也就是说,周朴园和鲁妈两个人相爱的时间是三年,所以,一点儿也没错,"30年前"恰恰不是把鲁妈抛弃的日子,而是他们相爱的日子,他们两个人从相好到生子再到分离,正好是三个年头。那么,我就想,周朴园和鲁妈都不是在回忆一个悲惨的日子,而是在他们的潜意识里回忆着一个美好的日子。什么样的事情能这么刻骨铭心,值得他们在潜意识里面一再出现?那只有他们美好的爱情。我再想,周朴园并不是强奸了这个丫环,他们是相好了三年,而且三年里生了两个孩子,他们的家还布置得非常像个样子,事情已经过去30年了,周朴园还保持了鲁妈当年的布置,他每次与蘩漪吵架,就要拿旧衬衣来怀旧。所有的事情都联系起来,你就会发现,其实周朴园对鲁妈的感情是非常深厚的。一个中年人有过一次失败的恋爱,这次恋爱又是刻骨铭心的,那后面的婚姻肯定是不幸福的,曾经沧海难为水嘛!所以,后来周朴园与蘩漪的婚姻生活当然是不幸福的。通过蘩漪的不幸福,通过那个已死的无名妻子的悲惨命运,周朴园和鲁侍萍其实是幸福的。这个故事就这么倒上去看,什么都想通了。

以前我们解释《雷雨》总说周朴园是如何的虚伪,可感觉里总是稀里糊涂的。如果从那些被遗漏的缝隙里寻找信息,《雷雨》说的就是一个非常完整的家庭伦理悲剧。周朴园和鲁妈的悲剧不就是过去陆游与唐婉的故事吗?《钗头凤》为什么可以流传千古,而周朴园就要遗臭百年呢?我觉得我对《雷雨》读到了能读通的东西。我们过去对文学名著的很多解释都是从教条出发的,我们不相信文本背后还有一个更加完整的世界,我们只相信显文本提供的东西。这是我要说的寻找缝隙,通过作家的遗漏和疏忽,慢慢读出很多我们从字面上读不出的东西。

（四）寻找原型

原型与经典不一样,原型指作品里隐藏了一个隐形结构,通常隐形结构来自民间的文化资源,反映了民间对于现实生活的习惯性理解。我们听一个作家讲一个故事,好像是千变万化非常丰富。其实,千变万化的故事背后是有一个原型的。这个原型结构就是文化模式,也是民间故事的基本模式。人的想象力是非常有限的。我再举个例子。20世纪90年代初,王朔与人合伙创作了电视连续剧《渴望》,引起过许多争论。这个故事写的是老干部王某在“文革”中落难，其女婿也遭株连，不得不遗弃孩子小芳，后被普通市民刘慧芳收养；刘慧芳嫁给了干部子弟王沪生，为了小芳受尽王家的白眼，最后导致离婚并放弃亲生儿子；然而最终真相大白，小芳正是王家当年所遗弃的孩子。这个故事让我想起传统剧目里《赵氏孤儿》的模式：赵家蒙难——孤儿遗失在外——程婴为了保护孤儿牺牲亲生儿子——程婴含辛茹苦，遭受世人遗弃——孤儿长大，赵家昭雪——程婴含笑而死；而《渴望》的故事模式也是：王家蒙难——小芳遗失在外——慧芳为抚养小芳，不得不放弃儿子冬冬——慧芳含辛茹苦，遭到王家遗弃——小芳长大，王家团圆——慧芳却瘫痪在床。很显然，这是同一个原型在起作用。刘慧芳的故事正是忠臣义仆原型的现代版本，而正是这种“信而见疑，忠而被谤”的文化原型引起了民间观众特别是在皇城根儿下的北京市民的激动。同样的原因，这种原型在“十里洋场”的文化环境下脱胎而来的上海市民心目中却反应平平，尤其在知识分子中间更难获得认同。刘慧芳说到底就是一个义仆，对“文革”中落难的忠臣，即一个老干部家庭，充当了他们的义仆。我讲这个故事，不是要去套两者的关系，其实这两者之间是没有关系的，只是传统民间文化原型的再延续。它不是通过实际上的模仿，而是通过文化原型的反复出现，把一些基本的文化观念传播开来、保留下来。义仆的故事在中国古代文学作品里是很多的，“五四”以后被逐步淡化，20 世纪 50 年代以后不再提了，现在又改头换面地重新流行起来，大家都为这个刘慧芳伤心流泪，好人一生难以平安。我觉得，这个故事里面宣传的奴性思想太浓厚了。王朔早期的小说作品我还是比较欣赏的，我喜欢这种“痞子精神”里面含有的反抗因素，代表了北京下层市民的某种冲动情绪。可是，到了 90 年代，王朔从小说到影视创作，媚俗的因素越来越多。当他的影视作品被传媒炒得很热的时候，“痞性”也就逐渐转而向“奴性”靠拢了。通过不同的文本分析，你就可以看出人的精神状态。而这种精神状态，在我看来是很悲哀的，也可以说是我们中国文化的悲哀。

文学作品的阅读，最直接、最感性的层次就是直感，就是你直面文本时的那种感觉；再深入下去是对技巧的分析，寻找经典，发现错误，发现缝隙；再深入分析的话，就能看出其原型。这对作家创作来说可能是无意识的，只是文化教育和文化熏陶的结果，它在无形中寄寓于人们的心灵。你心灵有多少东西，它都会无意间表达出来。这种细读就使阅读变得有趣，就是说，我们通过阅读可以看到的东西比这个文本本身所描写的东西要多得多。

四、简短的结语

我很喜欢“完美”这个词所指向的境界。这个境界里不仅包含了完整，而且还包含了美好,真正的生命境界就应该是这样的。社会上很多庸人总是千方百计地诋毁文学的理想和美好的力量,嘲笑这是不切实际的空洞之论。但我要说,美本身就是人的生命构成的一部分,如果丧失了对美的感知能力,丧失了对好的伦理的自制能力,那么,这种生命形态至少是极不完整的,也是极不美好的。这就是阅读文学在现代生活内容中不能缺少的关键所在。我们今天都生活在纷乱之中,似乎每个人都在匆匆忙忙地奔走,日理万机。——我自己也是这样一个红尘中人,在我的周围,总是有许多事情迫在眉睫地等待着我去做,每一件事单个来看都是很重要的,为了努力我就不得不疲于奔命,有时会感到心力疲惫不堪,越是要追求完美的人生就越是不完美。终于有一天我走进一位朋友的家里,那天他正在给研究生们上课,内容是讲解《庄子》,在那小小的客厅里挤了20多人,有学生,也有慕名而来的商人、职员和作家,大家静静地听着,一句一句地读解。我坐在一旁听着讲解和读着文本,忽然感受到一种无比的幸福。宁静的读书气氛和神秘的天地境界使我忘记那些杂乱无章而又喧嚣骚动的生活,这时候我才感受到人生还有如此完整美好的境界。现实生活环境下找不到的乐趣,只有在读解文本中才能真正地感受到。

——原载《河北学刊》2004年第2期

孟繁华

重新发现的乡村历史

——本世纪初长篇小说中乡村文化的多重性

当代中国社会发展的不平衡性，不仅为政治学家、经济学家所发现，在他们的表达中显得越来越急切和尖锐，而且它同样被文学家强烈地感知到了。在不同的文学作品中，城市和乡村的巨大反差以形象的方式被表现得越来越突出。这种反差和不平衡，不只是城乡的空间物理距离，或者是城乡现代化水平和物质生活的天然差距，而是说，在整体上欠发达的中国，其乡村潜隐的文化问题可能仍然是中国最本质、最具文化意义的问题。进入21世纪以来，中国现代化进程不断加快，中心城市与发达国家和地区的差距不断缩小，发达国家和地区享受的物质、文化生活，在中心城市几乎已经无所不有，发达国家的生活图景似乎指日可待。但是，中国最广大的乡村甚至还没有告别"前现代"的生活，在极个别的地区，由于土地征用、环境恶化等因素的制约，生存境况甚至比现代化的承诺之前还要恶劣。因此在当代中国，一直存在着两种文化时间：一种是都市快速奔涌的现代化时间；一种是乡村相对稳定和变化缓慢的传统时间。这两种文化时间在表面上是城乡之间的差别，但就近期小说创作表达出的文化精神来说，却是"前现代"与"现代"的矛盾或冲突。或者说，乡村对现代化的渴求，具有历史的合目的性，但乡村在现代化过程中遇到的危机、矛盾，也从一个方面表达了现代社会发展过程的整体危机和矛盾。这与中国还没有完全蜕尽乡村传统的文化形态现状有关，当然更与文化传统延续、接受和导致的文化统治有关。因此，当下小说创作所揭示、表现的问题，也就具有了民族精神史和文化史的意义。

一、乡村身份和精神危机

在现代中国，对乡村的表达一开始就是犹疑和不确定的。比如在鲁迅那里，阿Q、华老栓、祥林嫂等农民形象，他们是愚昧、病态和麻木的，这些"前现代"的人物形象蕴涵了鲁迅对国民性的批判诉求。但是，在鲁迅的社戏、少年闰土等作品的表达中,乡村的质朴、悠远和诗意又跃然纸上,它几乎就是一首韵味无穷的古老歌谣;在沈从文的笔下,湘西乡村生活几乎就是田园牧歌式的世外桃源,那里既粗俗又纯净,既寂寞静穆又趣味盎然;到赵树理那里,由于第一次塑造了中国乡村健康、生动的农民形象,乡村的神话在建设现代民族国家的意识形态叙述中进一步得到放大。因此,对乡村中国的颂歌几乎就是当代中国的主题曲。特别是在20世纪中国文学的历史叙述中,由于农村对中国革命的意义,对农民、乡村的歌颂从某种意义上说是道德化的。因此,中国乡村文化的全部复杂性,在近一个世纪文学历史叙述中得到部分揭示的同时,却也显得扑朔迷离。而由于时代的变故,中国乡村文化的多样性越发显示出了多重的功能和可能。

乡村身份在革命话语中是一个可以夸耀的身份,这个身份由于遮蔽了鲁迅曾经批判的劣根性,而只是抽取了它质朴、勤劳以及与革命的天然、本质联系的一面。当代文学经典作品中的形象几乎都是农民或者农民出身的军人。知识分子阶层被排斥的主要依据也是因为他们和农民巨大的心理和情感距离。但是,接近现代社会之后,乡村身份遭遇了危机。如果说20世纪50年代初期萧也牧的《我们夫妇之间》,试图在精神和情感急于迈进“现代”而遭到压制的话,那么,30多年过后,1982年路遥的《人生》的发表则适时地反映了乡村进入现代的精神危机。但是,遗憾的是,由于路遥把同情完全偏移于乡村姑娘巧珍一边,对高加林走进“现代”的要求诉诸批判,并明确告知只有乡村乌托邦才能拯救高加林,使他的小说仍然流于传统而未能成为一个具有现代意义的小说。但是,更值得我们注意的是,小说和电影与读者、观众见面之后,社会舆论几乎众口一词地偏向了巧珍而斥责高加林。如果说那一时代的美学原则还含有鲜明的道德意味的话,那么,进入新世纪之后,我们在表现乡村文化的作品中,却明确地感知了乡村文化的真正危机。

城市现代化建设的全面展开,使农村过剩的劳动力大量地涌进了中心城市,他们成了城市强体力劳动的主要承担者或其他行业的“淘金者”。但是,走进城市的只是农民的身体,事实上城市并没有也不可能在精神上彻底接受他们。城市因“现代”的优越在需要他们的同时,却又以鄙视的方式拒绝着他们。因此,走进城市的乡村文化是小心翼翼甚至是胆怯的。城市的排斥和乡村的胆怯构成了一个相反的精神向度:乡村文化在遭遇城市屏蔽的同时,那些乡村文化的负载者似乎也准备了随时的逃离。

刘庆邦在近期的小说中,格外关注乡村文化与城市文化的冲突。《到城里去》和《神木》表达的都是农民在与“现代”关系的焦虑、困苦和绝望中的坚忍与挣扎。《到城里去》甚至成了一种战斗的姿态,城里仿佛就是农民改变命运唯一的归宿,是前现代向现代过渡的唯一途径,但是这个途径是那样漫长和遥远;《神木》还是一群“走窑汉”,是社会边缘的弱势群体。社会生活的变化以及新的世风,对离开土地的底层人同样有观念和心理上的影响,作家在凄楚的故事中,令人惊心动魄地展示了人与人之间具有的时代特征的关系的变化,同一阶层的关系、与老板的关系以及与欲望之间的关系,都被作者不动声色地表达出来。但其间流淌的那种沉重和无奈,表达了作者对底层生活深切的理解和同情。特别是15岁的孩子走出“小姐”房间后的号啕哭声,尖锐地揭示了乡村文化危机的不可避免。

青年小说家吴玄的《发廊》和《西地》也是表现乡村危机的小说。西地本来没有故事,它千百年来就像停滞的钟表一样,物理时间的变化在西地没有任何痕迹。西地的变化是通过一个具体的家庭的变故得到表达的。如果按照通俗小说的方法解读,《西地》就是一个男人和三个女人的故事,但吴玄要表达的并不只是“父亲”的风流史,他要揭示的是“父亲”的欲望与“现代”的关系。“父亲”本来就风流,西地的风俗历来如此,风流的不只“父亲”一个。但“父亲”的离婚以及他的变本加厉,却具有鲜明的“现代”色彩:他偷卖了家里被命名为“老虎”的那头牛,换回了一只标志现代生活或文明的手表,于是他在西地女性那里便身价百倍,女性的艳羡也招致了男人的嫉妒或怨恨,但“父亲”并没有因此受到打击。他在外面做生意带回来一个女人。“带回来”这个说法非常有趣,也就是说,“父亲”见了世面,和“现代”生活有了接触之后,他才会把一个具有现代生活符码意义的女人“带回”到西地。这个女人事实上和“父亲”相好过的女教师林红具有相似性。林红是个“知青”,是城里来的女人。“父亲”喜欢她,虽然林红和“父亲”只开花未结果。林红和李小芳这两件风流韵事,从一个方面表达了“父亲”对“现代”的深刻向往。“现代”和欲望的关系,在“父亲”这里是通过两个女性具体表达的,但最终“父亲”仍然与现代无缘而死在欲望无边的渴求中。这个悲剧性的故事在《发廊》中以另外一种形式重演。故事仍然与本土“西地”有关。妹妹方圆从西地出发,到了哥哥生活的城市开发廊。“发廊”这个词在今天具有非常暧昧的含义,它不仅是个美容理发的场所,同时它和色情似乎总有秘而不宣的关系。妹妹和妹夫一起开发廊用诚实劳动谋生本无可非议,但故事的发展却超出了我们的想象:发廊因为可以赚钱,他们就义无返顾地开发廊,当做了妓女可以更快地赚钱的时候,方圆居然认为没有什么不好。贫困已经不只是一种生存状态,同时它也成了一种生存哲学。妹夫李培林死了之后,方圆曾回过西地,但西地这个贫困之地已经不能再让方圆流连,她还是去了广州,还是开发廊。城市对乡村文化来说虽然对立,但“现代”的巨大诱惑和对其不能遏止的渴望,是乡村文化悲剧的双重引力。

2004年初,人民文学出版社出版了作家邵丽的长篇小说《我的生活质量》。在读过了许多“官场小说”之后,再读邵丽的《我的生活质量》,我相信有过官场经历和官员身份的人,既可能心情舒畅也可能忧心忡忡。原因是,在过去的官场小说中,官场几乎就是人性的墓场:尔虞我诈、欺下瞒上、鱼肉百姓、贪污腐败,最后,或者亡命天涯或者苦海余生。这些小说在“反腐败”的主流话语或生活的浅表层面,确实获得了固若金汤的依据。但它的文学性始终受到怀疑,总让人感到文学力量的欠缺。这与这些小说对官场生活追问的不彻底,对人性深处缺乏把握的能力是大有关系的。我们在这些小说中看到的还只是官场奇观,或者是夸大了的畸形黑暗的生活。邵丽的小说《我的生活质量》也描摹或书写了官场人生,但这不是一部仅仅展示腐败和黑暗的小说,不是对官场异化人性的仇恨书写。在某种意义上,这是一部充满了同情和悲悯的小说,是一部对人的文化记忆、文化遗忘以及自我救赎的绝望的写真和证词。

小说的主角王祈隆,是一个传统的农家子弟,他在奶奶的教导下艰难地成长,终于读完大学,并在偶然的机遇中走上仕途。他并不刻意为官之道,却一路顺风地当上了市长。在这个为世俗社会羡慕的角色的背后,却有许多不足为外人道的人生苦衷和内心的煎熬。他恶劣的生活质量不是物质的,而是精神和心灵的。一个人的生活幸福与否,不是来自外在世界的评价,外在的评价只能部分地满足一个人的虚荣心和成就感。特别是一个人的虚荣心和成就感已经获得满足的时候,其他方面的欠缺就会强烈地凸现出来。王祈隆的生活质量之所以成为问题,就在于他已经实现的社会地位、社会身份与未能忘记的文化记忆之间存在着巨大反差。王祈隆先后遇到了几个青年女性:旧情人黄小凤、妓女戴小桃、大学生李青苹和名门之后安妮。如果小说只写了王祈隆与前三个女人的关系,那只能是并无惊人之处的平平之作。王祈隆的欲望和对欲望的克制,与常见的文学人物的心理活动并没有本质区别,但邵丽的过人之处恰恰是她处理了王祈隆与安妮的情感过程。

王祈隆与安妮都是当下的“成功人士”、社会精英,按照一般理解,他们的结合是皆大欢喜、情理之中。但面对安妮的时候,王祈隆有难以克服的心理障碍:他脚上的“拐”——那个“小王庄出身”的标记,是他深入骨髓的自传性记忆。这个来自底层的卑微的徽记,即便是在他当上市长之后仍然难以遗忘,难以从心理上实现他的自我救赎。他见到安妮就丧失了男性功能,而面对相同出身的许彩霞他就勇武无比。文化记忆的支配性在王祈隆这里根深蒂固。哈布瓦奇在《论集体记忆中》区别了“历史记忆”和“自传记忆”两个不同的范畴。他说:历史记忆是社会文化成员通过文字或其他记载来获得的,历史记忆必须通过公众活动,如庆典、节假日纪念等等才能得以保持新鲜;自传记忆则是个人对于自己经历过的往事的回忆。公众场所的个人记忆也有助于维系人与人的关系,如亲朋、婚姻、同学会、俱乐部关系,等等。无论是历史记忆还是自传记忆,记忆都必须依赖某种集体处所和公众论坛,通过人与人的相互接触才能得以保存。记忆的公众处所大至社会、宗教活动,小至家庭相处、朋友聚会,共同的活动使得记忆成为一种具有社会意义的行为。记忆所涉及的不只是回忆的“能力”,而且更是回忆的公众权利和社会作用。不与他人相关的记忆是经不起时间销蚀的,而且,它无法被社会所保存,更无法表现为一种有社会文化意义的集体行为。哈布瓦奇的集体记忆理论强调记忆的当下性。在他看来,人们头脑中的“过去”,并不是客观实在的,而是一种社会性的建构。回忆永远是在回忆的对象成为过去之后。不同时代、时期的人们不可能对同一段“过去”形成同样的想法。人们如何建构和叙述过去在极大程度上取决于他们当下的理念、利益和期待。回忆是为现刻的需要服务的①。

“回忆”当然也是一种社会资源和争夺的对象。在过去的历史叙事中,农民因在革命历史中的巨大作用,这个身份就具有了神圣和崇高的意味。但在当下的语境中,在革命终结的时代,农民可能意味着贫困、打工、不体面和没有尊严、失去土地或流离失所,它过去拥有的意义正在向负面转化。这样,农民——尤其是带有“小王庄”标记的农民,在王祈隆这里就成为一种卑微和耻辱的象征。面对安妮,这个具有优越的文化历史和资本的欲望对象的时候,王祈隆就彻底地崩溃了,他不能遗忘自己小王庄的出身和历史。这是王市长的失败,也是传统的乡村文化在当下语境中的危机和失败。因此王祈隆/安妮就成为传统/现代冲突的表意符号,他们的两败俱伤是意味深长的。

二、蛮荒之地的精神史

当代小说对乡村文化的重新发现和表达,肇始于“寻根文学”。韩少功、郑万隆、阿城、贾平凹、王安忆等作家对乡村文化的重新书写,使我们发现了乡村文化的另一种历史。作为一种文学潮流或运动,“寻根文学”似乎早已过去,但“寻根文学”留下的思想遗产却仍在乡村文化的不断书写中发挥着影响。

2003年,人民文学出版社出版了林白的长篇小说《万物花开》,这是林白为数不多的乡村题材的长篇小说。林白似乎是在飞翔中写作这部长篇的,她独行侠般地天马行空如影随形。《万物花开》与她此前的作品相比,是一部变化极大的作品。这里没有了《说吧,房间》的现实主义风格,也没有了《玻璃虫》亦真亦幻的写实加虚构。这是一部怪异甚至是荒诞、完全虚构的作品。小说的人物也由过去我们熟悉的古怪、神秘、歇斯底里、自怨自爱、也性感、也优雅、也困惑的女人变成了一个脑袋里长着五个瘤子的古怪男孩。窗帘掩映的女性故事或只在私秘(密)领域上映的风花雪

① 徐贲:《文化批评的记忆和遗忘》,《文化研究》第一辑,天津社会科学院出版社,2000年,第111页。

月，在这里置换为一个愚顽、奇观似的生活片段，像碎片一样拼贴成一幅古怪的画图。瘤子大头既是一个被述对象，也是一个奇观的当事人和窥视者。王榨这个地方似乎是一个地老天荒的处所，在瘤子大头不连贯的叙述中勉强模糊地呈现出来。我们逐渐接触到了那些只会说出人的本能要求的各式人物，他们是杀猪的人，是制造土铳的人，是没有被命名的在荒芜中杂乱生长出的人。这些人物在原初的生活场景中或是粗俗地打情骂俏，或是人与兽共舞。那些难以理喻毫无意义的生活在他们那里兴致盎然地过着。人的最原初的要求在这里成为最高正义甚至是神话，他们的语言、行为方式乃至兴奋的焦点无不与这个要求发生关联，它既是出发点也是归宿。这个类似飞翔的写作，没有为我们提供一个完整的故事，也没有一条清晰可辨的情节线索，它留给我们的恰似散落一地不能收复的石玉相间的珠串。

有趣的是，小说附录有"妇女闲聊录"及"补遗"。这个"闲聊录"以"仿真"的形式记录了王榨发生的真实事件。所谓事件，同样是一些琐屑得不能再琐屑的生活片段，同样是细微得不能再细微的日常符号，但在小说中却有了"互文"的作用：正文发生的一切，在"闲聊"中获得了印证，王榨的人原本就是这样生活的。在我看来，这是林白一次有意的艺术实验和冒险。她与众不同的艺术追求需要走出常规，需要再次挑战人们的想象力和艺术感受力。在这种挑战中她获得的是飞翔和独来独往的快感，是观赏万物花开的虚拟实践，她面对的是乡村古老或亘古不变的精神史，是具象的模糊表达形上真实的一次有效实践，它可能更需要艺术勇气和胆识。

张炜是书写大地的当代圣手，也是这个时代最后的理想主义作家。在他以往的作品中，乡村乌托邦一直是他挥之不去的精神宿地，对乡村的诗意想象一直是他持久固守的文学观念。"张炜的方式"一方面延续了 20 世纪中国文学的民粹主义传统，一方面也可理解为他对现代性的某种警觉和夸张的抵抗。但是，从《能不忆蜀葵》开始，张炜似乎离开了过去城市/乡村、理想/世俗僵硬的对立立场，而回到了文学的人本主义。

他的长篇小说《丑行或浪漫》，是一部典型的人本主义的本文：一个美丽丰饶的乡村女子刘蜜蜡，经历重重磨难，浪迹天涯，最终与青年时代的情人不期而遇。但这不是一个大团圆的故事。在刘蜜蜡漫长的逃离苦难的经历中，她以自己的身体揭开了"隐藏的历史"。在传统的历史叙事中，当然也包括张炜过去的部分小说，中国乡村和农民都被赋予强烈的意识形态色彩：乡村是纤尘不染的纯净之地，农民是淳朴善良的天然群体。这一叙事的合法性如上所述，其依据已经隐含在 20 世纪激进主义的历史叙事之中。但《丑行或浪漫》对张炜来说是一次空前的超越。尽管此前已有许多作品质疑或颠覆了民粹主义的立场，但张炜的贡献在于：他不再从一个既定的理念出发，不是执意赞美或背离过去的乡村乌托邦，而是着意于文学本体，使文学在最大的可能性上展示与人相关的性和情。于是,小说就有了刘蜜蜡、雷丁、铜娃和老刘懵;就有了伍爷大河马、老獾和小油矬父子、“高干女”等人。这些人物用“人民”、“农民”、“群众”等复数概念已经难以概括,这些复数概念对这不同的人物已经失去了阐释效力。他们同为农民,但在和刘蜜蜡的关系上,特别是在与刘蜜蜡的“身体”的关系上,产生了本质性的差异。因此,小说超越了阶级和身份的划分方式,在乡村文化对女性“身体”欲望的差异上,区分了人性的善与恶。在小说的内部结构上,它不仅以刘蜜蜡的身体叙事推动情节发展,而且在一定程度上敞开了乡村文化难以察觉的隐秘历史。特别是对小油矬父子、伍爷大河马等形象的塑造,显示了张炜对乡村文化的另一种读解。他们同样是乡村文化的产物,但他们因野蛮、愚昧、无知和残暴,却成了刘蜜蜡凶残的追杀者。他们的精神和思想状态,仍然停留于蛮荒的时代,人的最本能又没有道德伦理制约的欲望,就是他们生存的全部依据和理由。

值得注意的是,张炜在这里并没有将刘蜜蜡塑造成一个东方圣母的形象,她不再是一个大地和母亲的载意符号,她只是一个善良、多情、美丽的乡村女人。她可以爱两个男人,也可以以施与的方式委身于一个破落的光棍汉。这时的张炜自然还是一个理想主义者,但他已不再是一个乌托邦式的理想主义者。他在坚持无产阶级文学批判性的同时,不只是对城市和现代性进行批判,而首先批判的是农民自身存在并难以超越的劣根性和因愚昧而与生俱来的人性“恶”。对人性内在问题的关注,对性与情连根拔起式的挖掘,显示了张炜理解乡村文化和创造文学所能达到的深度。

阎连科的长篇小说《受活》刚一出版,在批评界就引起了强烈的震动。他以狂想的方式在当代背景下书写了乡村另一种蛮荒的精神史。《受活》的故事几乎是荒诞不经的,它像一个传说,也像一个寓言,但它更是一段我们熟悉并且亲历的过去:故事的发生地受活庄,是一个由残疾人构成的偏远村落,村民虽然过着听天由命的日子,但浑然不觉其乐融融。女红军茅枝婆战场负伤掉队流落到这里后,在她的带领下,村民几乎经历了农村革命的全过程。但在“圆全人”的盘剥下,受活庄仍然一贫如洗。茅枝婆最后的愿望就是坚决要求退社。小说另一条线索是总把自己和政治伟人联系在一起的柳鹰雀副县长带领受活庄人脱贫的当代故事。苏联解体的消息,让他萌生了一个极富想象力的致富门路——从俄罗斯买回列宁遗体,在家乡建立列宁纪念堂,通过门票收入致富。为筹措“购列款”,柳县长组成了残疾人“绝术团”巡回演出。这虽然是个荒诞不经的故事,但这个故事却会让人联想到汤因比对《伊利亚特》的评价:如果把它当做历史来读,故事充满了虚构,如果把它当做文学来读,那里却充满了历史。在汤因比看来,一个伟大的历史学家,也一定是一个伟大的艺术家。阎连科是一个文学家,但他却用文学的方式反映或表现了那段荒诞历史的某个方面。如果从故事本身来说,它仿佛是虚拟的、想象的,但那些亦真亦幻、虚实相间的叙述,对表现那段历史来说,却达到了“神似”的效果,它比真实的历史还要“真实”,比纪实性的写作更给人以震撼。

对历史的书写,就是对记忆的回望。那段历史在时间的意义上是“现代”的,但在精神史上,它仍然是蛮荒和荒诞的,对这段荒诞的历史,阎连科似乎深怀惊恐。不只阎连科,包括我们自己,置身历史中间的时候,我们并没有察觉历史的残酷性,我们甚至兴致盎然并且真诚地推动它的发展。但是,当历史已经成为陈迹,我们有能力对它做出反省和检讨的时候,它的严酷和惨烈的一面才有可能被呈现出来。当它被呈现出来的时候,惊恐就化为神奇。这个神奇是杰出的艺术表现才能所致。我们发现,在小说中阎连科汪洋恣肆书写无碍,但他奔涌的想象力和独特的语言方式,并不是为了求得语言狂欢的效果,恰恰相反的是,那些俗语俚语神形兼具地成为尚未开蒙的偏远和愚昧的外壳,这个独特性是中国特殊性的一个表意形式。尤其是中国广大的农村,在融入现代的过程中,它不可能顺理成章畅行无阻。因此,《受活》在表达那段历史残酷性的同时,也从一个方面表达了中国进入“现代”的复杂性和曲折性。阎连科对历史的惊恐感显然不只是来自历史的苦难,同时也隐含了他对中国社会发展复杂性和曲折性的体悟与认识。

当然,阎连科不是历史学家和社会学家。作为一个文学家,在表现那段历史的时候,他在某种意义上甚至比历史学家和社会学家为我们提供的东西还要多。“茅枝婆”、“柳县长”、“绝术团”、“购列款”,可能不会发生在真实的历史和生活中,但它就像这本书夸张的印制一样,让我们心照不宣地回到了历史记忆的深处,同时也认识了我们曾经亲历的历史。阎连科曾经写过《耙耧山脉》《耙耧天歌》《日光流年》《坚硬如水》等优秀作品,他的苦难感和悲剧感在当下的文学创作格局中独树一帜。但是,可以肯定地说,《受活》因对乡村蛮荒精神史的逼真再现,从而使他走进了中国当代杰出作家的行列。

三、抵抗现代的权力意志

现代文明的诞生也是等级社会衰败的开始。现代文明所强调和追求的是赫尔德所称的“本真性”理想,或者说我们每一个人都有一种独特的作为人的存在方式,每个人都有自己的尺度。自己内心发出的召唤要求自己按照这种方式生活,而不是模仿别人的生活。如果我不这样做,我的生活就会失去意义。这种生活实现了真正属于我的潜能,这种实现也就是个人尊严的实现。但是,当乡村文化遭遇了现代文化之后,它因家族宗法制度和等级观念培育的“权力意志”并没有妥协和再造。因此,乡村文化和家族宗法制度中的权力意志就和“现代”构成了对峙甚至抵抗关系,在本质上它是反现代的。

上世纪末，作家李佩甫发表了长篇小说《羊的门》，这部作品的发表在批评界引起了强烈的反响。这部小说是对包括中原文化在内的传统乡村文化重构后，对当下中国社会和世道人心深切关注和透视的作品，它是乡土中国政治文化的生动画图。呼家堡独特的生活形式和一体化性质的秩序，使呼家堡成了当下中国社会政治生活的一块“飞地”，它既实现了传统农业社会向现代文明转化的过程，使农民过上了均等富庶的生活，又严格地区别于具有支配性和引导性的红尘滚滚的都市文明，它是一片“净土”，是尚未遭到现代文明浸染的“世外桃源”。从消灭剥削、不平等的物质形式来说，那里已经完成了解放的政治；但从权力与资源分配的差异性来说，从参与机会与民主状况来说，又没有从传统和习俗的僵化生活中解脱出来。它是现代的，又是传统的；它的井然有序是文明的，而那里只有一个头脑，表明了它又是前现代的。呼家堡就是这样一个复杂、奇特的不明之物，它是传统和社会生活遭遇了现代性之后，产生的具有中国特色的社会生活场景。但它的非寓言性显然又表达了作者对当下中国社会生活的某种理解和洞察。

呼家堡的主人呼天成，是一个神秘的、神通广大和无所不能的人物，是一个隐于野又呼风唤雨式的人物。在社会生活结构中，他的公开和合法性身份是中国共产党基层组织的负责人，但他的作用又很像旧式中国的“乡绅”，他是呼家堡联系外部社会和地方统治的桥梁，但他又不是一个“乡绅”，呼家堡的一切都在他的掌握之中，他是呼家堡的“主”，是合法化的当家人，是这块土地不能缺少的脊梁和灵魂，他所建立起来的权威为呼家堡的民众深深折服，他对秩序和理性的尊崇，使他个人的统治也绝对不容挑战和怀疑。呼家堡的生活方式是呼天成缔造的，在缔造呼家堡生活方式的同时，呼天成也完成了个人性格的塑造。这个复杂的、既有乡村传统、又有现代文明特征的中原农民形象，是小说取得的最大成就。

事实上，呼天成是多种文化交互影响、特别是政治文化影响的产物，因此他是一个矛盾的复杂体。乡村文化在民间有隐形的流传，它不是系统的理论，它是在生活方式和人们的心理结构中得以表达的，其中实用理性、随机应变等文化品格在民间如影随形，呼天成的性格基调就是由这种文化品格培育出来的。它的土壤就是中原文化/乡村文化中盲从、愚昧、依附以及对私有利益的倚重。从这个意义上说，中原文化也就是中国乡村农民文化。呼天成的王朝统治正是建立在这样的文化基础上的。它的经典场景就是用一“贼”字对几百口人的震慑：

> 一个“贼”字使他们的面部全部颤动起来。一个“贼”字使他们的眼睛里全都蒙上了一层畏惧。一个“贼”字使他们的头像大麦一样一个个勾下去了。一个“贼”字就使他们互相偷眼望去，相互之间也突然产生了防范。那一层一层、看上去很坚硬的人脸在一刹那间碎了，碎成了一种很散很无

力的东西。

这个场景启示了呼天成,他对书上说的“人民”有了新的理解,也启发了他统治呼家堡的策略,通过向孙布袋“借脸”、通过开“斗私”大会让妇女“举手”等政治行为,呼家堡民众的尊严感、自主性、自信心就完全被剥夺了,呼天成不容挑战的权威也就在这个过程中建立起来。值得注意的是,呼天成不是我们在一些作品中常见的腐败的村干部,也不是横行乡里的恶霸,而恰恰是一个修身克己、以身作则的形象。他不仅在一个欲望无边的时代,将激情逐出了“私化”领域,以自我阉割和超凡的毅力克制了他对秀丫的占有,而且即便是他的亲娘,也不能改变他“地下新村”的统一安排,一个命定的数字就是他亲娘的归宿。究竟是什么塑造了呼天成的“金刚不坏之身”?或者说我们究竟应该如何评价呼天成“公”的观念、集体信仰和他的道德形象以及民众对他的信任亦恐惧?在呼天成那里,他拥有的权力使他可以视统治对象为“贱民”,他在权力和“贱民”的镜像关系中获得了统治的自信。这种权力意志使他难以走向以民主为表征的现代而止步于遥远的乡村文化传统。

董立勃《白豆》的人物和故事,也许并不是发生在典型的乡村中国,但边陲军垦的生产、生活方式,是中国乡村文化的另一种延伸和接续。那里的等级、权力关系是以另一种形式表现出来的。《白豆》的场景是在空旷贫瘠的“下野地”,人物是农工和被干部挑了几遍剩下的年轻女人。男人粗陋女人平常,精神和物质一无所有是“下野地”人的普遍特征,一如我们常见的乡村经典场景。主人公白豆因为不出众、不漂亮,便宿命般地被安排在这个群体中。男女比例失调,不出众的白豆也有追逐者。白豆的命运就在追逐者的搏斗中一波三折。值得注意的是,白豆在个人婚恋过程中,始终是个被动者,一方面与她的经历、出身、文化背景有关,一方面与男性强势力量的控制有关。白豆的自主要求,是在她经历了几个不同的男人之后才觉醒的。但是,白豆的婚恋和恋人胡铁的悲剧,始终处在一种权力关系之中:吴大姐虽然是个媒妁角色,但她总是以“组织”的名义给年轻女性以胁迫和压力,她以最简单,也是最不负责任的方式处理了白豆和胡铁、杨来顺的关系。马营长死了老婆,马营长看上了白豆,就意味着白豆必须嫁给他。但当白豆遭到“匿名”的强暴之后,他就可以不再娶白豆而娶了另一个女性。

胡铁不是白豆的强暴者,但当他找到了真正的强暴者杨来顺之后,本来可以洗清冤屈还以清白,但一只眼的罗“首长”却宣布了他的新罪名。在《白豆》里,权力/支配关系是决定人物命运的本质关系。但是,如果把白豆、胡铁的悲剧仅仅理解为权力/支配关系是不够的。事实上,民间暴力是权力的合谋者。如果没有杨来顺图谋已久的“匿名”强奸,如果没有杨来顺欲擒故纵富于心计的阴谋,白豆和胡铁的悲剧同样不能发生,或者不至于这样惨烈。因此,在《白豆》的故事里,权力和暴力是人性的万恶之源。在乡村文化的结构里蕴涵着权力意志和权力崇拜:“万般皆下品,唯有读书高”、“学而优则仕”才是真正的目的。入朝做官“兼善天下”不仅是读书人的价值目标,而且也是人生的最高目标。要兼善天下就要拥有权力。对于更多的不能兼善天下和入朝做官的人来说,权力崇拜或者说权力畏惧,就是一种没有被言说的文化心理。这种政治文化是一个事物的两面,它们之间的关系越是紧张,表达出的问题就越是严重。

在迈向“现代”的过程中,经过“祛魅”之后,乡村文化蕴涵的历史多重性再次被开掘出来。如果说20世纪50年代机器隆隆的轰鸣打破了乡村的宁静,乡村文化对现代文明还怀有羡慕、憧憬和期待,乡村文化与现代的冲突还没有完全显露出来的话,那么,进入新世纪以后,有声和无声的现代“入侵”和诱惑,则使乡村文化遭遇了不曾料想的危机和困境。但是就在乡村文化风雨飘摇的时代,重返自然却成为“现代”新的意识形态。那么,在追随“现代”的过程中,乡村文化的永远滞后就是难以逃脱的宿命吗?这显然是我们尚未明了的文化困惑。

——原载《文艺研究》2004年第4期

贺桂梅

挪用与重构

——80 年代文学与“五四”传统

“成也‘五四’，败也‘五四’”

(20 世纪)80 年代的文学、文化及思想状况与“五四”传统之间的密切关系，是一个形成了广泛共识的话题。这种关联不仅体现在 80 年代开端的时刻，人们关于“新时期”文学/文化的理解与构想当中；也体现在经历 80—90 年代转折，人们立足于 90 年代的社会文化现实对 80 年代的反省当中。

“文革”结束，伴随着经济、政治和社会文化的调整，文学界也提出了“新时期”文学的概念。这种预期中的文学之所以“新”，在当时实则以否定“文革”文学并重提 50—70 年代受到批判的各种文艺观念和文艺政策为前提，比如对“文艺是阶级斗争的工具”提法的否定、为“黑八论”的平反、“百花文学”以“重放的鲜花”为名的重新出版、周恩来 1961 年在“新侨会议”上讲话的重新发表并组织学习等。这表明在 50—70 年代受到批判并处在边缘位置的文学形态和文艺观念，已经渐次成为主流。但“文革”后文化/文学的转型却并不仅止于此，一个更重要的文化传统的重新启用，深刻地影响了 80 年代的文化想象和文学建构的方式，这就是被重新评价的“五四”传统。70 年代后期 80 年代初期，这种重新评价的重心在于，突出“五四”新文化运动的“反封建”意义，并将其视为当代“思想解放运动”的榜样。与此同时，人们在文化/文学实践中，也找到了“新时期”与“五四”的契合点。李泽厚如此写道：

> 一切都令人想起“五四”时代。人的启蒙，人的觉醒，人道主义，人性复归……都围绕这感性血肉的个体从作为理性异化的神的践踏蹂躏下要求解放出来的主题旋转。“人啊，人”的呐喊遍及各个领域各个方面。这是什么意思呢？相当朦胧；但有一点又异常清楚明白：一个造神造英雄来统治自己的时代过去了，回到“五四”时期的感伤、憧憬、迷茫、叹息和欢乐。但

这已是经历了六十年之后的惨痛复归。

正是在这样的意义上，80 年代被看做是“第二个‘五四’时期”，开启了以“五四”思想进行的“新启蒙”运动阶段；而新时期文学的发展也被视为类似于“五四”时期那样的“文学复兴”。

经历 10 年的发展，原本将出现于“五四”运动七十周年纪念活动中的总结和推进，并没有获得预期中的深入展开。但这种总结和清理随后出现于 1990 年代初期的知识界活动当中。由《学人》杂志发起组织的关于“学术史研究”和“学术规范”的讨论，在反思 80 年代“学风空疏”，并希望重新选择“学术传统”时，讨论者明确提出了“走出‘五四’”的说法，因为“在思想文化领域，我们今天仍生活在‘五四’的余荫里”；而 1993—1995 年间文化界展开的“人文精神”论争，则在直面 90 年代后的商业化冲击和大众文化兴起时，将问题的症结诊断为以“五四”为核心的“人文精神”的失落；而在文学界和理论界造成很大影响的“后现代”理论，则宣告“五四”知识分子建构的“现代性的神话”的终结，并判定 1989 年后的中国社会已经进入“后新时期”，一个“后启蒙”的时代。——类似讨论，关于 80—90 年代社会转型的意义、对 90 年代社会现实状况的判定，以及人文知识分子对此应做出的反应方式等，都有着不同的取向，但他们的一个共同点，则是将对 80 年代的思考，直接导向对“五四”传统的重新评价。同样，在 90 年代思想界相继展开的关于全球化、文化保守主义、民族主义、自由主义等的讨论中，“五四”和 80 年代的关联依旧是一个无法绕开的争论的原点。

80 年代与“五四”传统的这种密切关系，套用一句成语，或许可以概括为：“成也‘五四’，败也‘五四’。”但到目前为止，对于这种关系的讨论，大多停留于一种印象式评介或意识形态判定的水平上，而缺乏更为深入的历史清理和理论辨析。本文将在较为开阔的思想/文化背景下，相对深入地探讨 80 年代文学的基本问题与“五四”传统之间的复杂互动关系。80 年代文学以何种内在逻辑接续并重构了“五四”传统，“五四”传统以怎样的方式制约着 80 年代的文化想象和文学实践，同时形成了怎样的错位关系，这是本文试图探讨的主要问题。

“重写历史”和历史的重写

“重写文学史”思潮，构成整个 80 年代文学活动的核心面向之一。这种对文学历史的重新书写，并不简单表现为新文学史写作范式的调整，更为深刻而内在的是蕴涵于这种书写活动中的文学、历史观念和意识形态诉求。它不仅建构出一种不同于 50—70 年代的文学史图景，同时更为 80 年代的文学实践提供了历史依据和意识形态的合法性。

明确提出“重写文学史”这一说法，是陈思和、王晓明1988年在《上海文论》杂志上主持的“重写文学史”专栏。但也可以说，80年代新文学研究的整个过程，都是一种“重写”文学史的行为。这种“重写”历史的契机，最早来自70年代后期作为学科重建工作的重要组成部分的文学史写作。针对“文革”时期文学史形成的空白，不仅50—60年代的现代文学史被重版或修订再版，同时，一些被排除在50—60年代文学史之外的作家作品，开始被纳入研究范围。这种拓展现代文学史边界的做法，导致人们最初就如何理解文学的“现代”标准发生争论。争论的分歧所在，是到底把“现代”理解为一个时间概念，即“从‘五四’时期起，我国开始了真正现代意义上的文学，有了和世界各国取得共同的思想语言的文学”，还是从是否表现了超越古典文学的新品质这一标准衡量文学的“现代性”，即“从内容到形式，都具有真正现代意义的文学，它只能是近代思想影响下的‘五四’的产物”。相对而言，前者形成了更大的影响，这使得文学的“现代”面目开始变得模糊起来。更具有挑战性的文学标准，来自海外70年代出版、并在大陆学界产生很大影响的两本文学史专著：夏志清的《中国现代小说史》(1979年)和司马长风的《中国新文学史》(1974年)。夏志清对沈从文、张爱玲、钱钟书、凌叔华等人的高度评价，司马长风以“诞生期”、“收获期”、“凋零期”来划分新文学发展的时段，并对“新月派”、“语丝派”、“孤岛文学”等文学思潮的重视，在很大程度上形成了一种与以“反帝反封建”作为基本线索的文学史彼此冲突的历史图景。与上述争论相伴随的，是持续的“重新发现”现代作家和文学流派的活动。从80年代初期出现的“沈从文热”，到80年代中后期重新发现张爱玲、梁实秋、周作人、钱钟书等现代作家；从“现代派”诗歌的重评，到“新感觉派”、“新月派”、“京派”等文学流派的重新挖掘，都构成这一思潮的组成部分。尽管这种重评在80年代初期的语境中，所强调的是如同司马长风所说“打碎一切政治枷锁，干干净净地以文学为基点写的文学史”，或如夏志清所说，是在“寻找一种更具备文学意义的批评系统”，但非左翼文学在现代文学史当中占据了越来越大的比重却显示出：以“文学/政治”作为对立的评价标准，隐含的是一种不同于50—70年代的文学观念和历史图景。1985年“20世纪中国文学”概念的提出，成为隐含在“重评”活动中的文学史观念的明确表达。它不仅仅是用“20世纪”这一公元纪年，取代“现代文学”/“当代文学”的学科划分，而是将整个新文学视为具有统一的衡量标准和历史座(坐)标的历史过程，即“一个由古代中国向现代中国文学转变、过渡并完成的进程，一个中国文学走向并汇入‘世界文学’总体格局的进程，一个在东西方文化的大碰撞、大交流中从文学方面形成现代民族意识的进程，一个通过语言的艺术来折射并表现古老的中国民族及其灵魂在新旧嬗变的大时代获得新生并崛起的进程”。——在此，传统/现代(同时是旧/新)、中国/世界(西方)统摄了自鸦片战争直到80年代的文学进程;在这一进程中,“五四”构成一个历史的制高点,并与“新时期”文学叠合在一起:“如果把新时期文学和‘五四’新文学看做是两个高潮的话,这之间是不是有一种否定之否定的现象。既然它是一种螺旋式的上升,那就带有一种整体性”;或者,“五四”以来的文学史构成了一个“圆形图”,新时期文学“在废墟中接受了‘五四’传统,形成新文学的第三阶段”。

“重写文学史”不仅表现在现代文学研究领域,也同样表现在当代文学界。“当代文学”这一范畴在50年代后期的提出,用以概括并规范文学的“社会主义”性质。基于毛泽东所提出的两次革命的进化历史图景,“当代文学”具有比“现代文学”(作为新民主主义文学)更“高级”和更“进步”的性质。因此,以“现代文学”和“当代文学”对新文学进行的不同性质的阶段划分本身,就包含了一整套历史观、文学观。这种文学史以左翼文学作为基本线索,并以不断筛选和剔除非左翼文学的纯粹化激进实践作为主要特征。“文革”的中断,事实上也是这种文艺实践的中断。在强调“新时期”文学的“新质”时,如何重新整合“当代文学”的性质,成为一个暧昧的问题。关于“当代文学”能否“写史”的争论中,“当代文学”的性质被做了一次重要的改写,即将其转换为一个抽离历史语境的普泛性概念:Contemporary Literature。隐含在“当代文学”“不能写史”的观念中的,正是对“当代文学”在50年代后期所建构的历史内涵的否定。与此同时,评价“现代文学”与“当代文学”的标准,也发生了变化,即不再以是否具有“无产阶级”品性这样的“政治”内涵,而是以“形象性”、“含蓄性”、“多样性”这样的“文学”标准。当后者成为衡量新文学的统一标准时,“当代文学”相对于“现代文学”的优越地位就发生了逆转。1980年,赵祖武在《一个不容回避的历史事实——关于“五四”新文学和当代文学估价问题》中,依照这样的标准,发现“当代文学”的文学价值“赶不上”“五四”新文学,而且“在一定程度上扭曲了”后者。因此,他提出“新时期文学”的任务,应当是“完全恢复和真正全面地继承、发扬‘五四’新文学优秀传统”。

将“新时期”文学直接接续到“五四”新文学传统之上,事实上建构了一种不同于毛泽东在《新民主主义论》等文章中勾勒的“新民主主义文学——社会主义文学”的线性进化史图景,而呈现为“上升(‘五四’文学)——降落(从‘革命文学’到‘文革文学’)——回升(新时期文学)”的回旋图景。也正是在这样的历史图景中,“新时期”与“五四”形成了一个结构性的类同关系,并以“五四文学”的标准(“文学”)取代了“当代文学”的标准(“政治”)。这构成了“新时期”文学的历史自我意识,并将“五四”时期的历史/文化座(坐)标直接挪用于80年代。

如果更进一步追溯这种历史类同关系如何得以确立,则必须将文学问题纳入70—80年代转型过程中的整体社会/思想氛围之中加以考察。

在某种意义上,70—80 年代的社会文化转折,清晰地呈现于关于“五四传统”的阐释之中。1979 年的“五四”运动 60 周年纪念,构成这一转折时期的重要事件。问题的关键首先在于如何判定“文革”历史。“文革”被认为是“封建法西斯”“复辟”的历史,“长期封建专制主义在思想政治方面的遗毒”被认为是造成“文革”这场历史浩劫的原因。正是在这样的意义上,“五四”开启的“反封建”任务并没有完成,“反封建”应当成为“新时期”的“总任务”,以“补‘五四’的课”、“还‘五四’的债”。对“五四传统”的阐释,强调的是其“思想解放”的意义,并直接将这种阐释指向当代的社会现实,即当代的“思想解放运动”就是如同“五四”时期打破“封建传统”那样,从“文革”所制造的“现代迷信”、“新蒙昧主义”、“新奴隶主义”的束缚下解放出来。毛泽东对“五四”运动的定性——“彻底地不妥协地反封建主义”——之“彻底”,被阐释者改写为:“‘彻底’一词,是指当时对帝国主义和封建主义采取了坚决反对的态度,而不是指反帝反封建运动所达到的程度。”1979 年“五四”纪念活动的另一重要特征,是非常重视“亲历者”的回忆和关于“五四”运动史料的重新整理。这事实上针对的是由毛泽东阐发并在 50—70 年代成为官方说法的“五四”阐述。通过亲历者的重新讲述和对史料的整理,50—70 年代“五四”叙述中置于中心位置的鲁迅(革命家)、毛泽东、周恩来等“五四”人物,渐次被鲁迅(思想家和文学家)、胡适、陈独秀、蔡元培等人物取代;而“五四”运动的性质,也由“标志着无产阶级登上历史舞台”转移为以知识分子主导、以一刊(《新青年》)一校(北京大学)为核心的新文化运动。——由此,强调“五四”运动中工人运动面向的阐释,被强调知识分子文化运动面向的阐释所取代。1986 年,李泽厚的《启蒙与救亡的双重变奏》,则集中将这种重新阐释“五四”的取向表述出来。他首先将“五四运动”一分为二:“一个是新文化运动,一个是学生爱国反帝运动”,由此区分出“启蒙”与“救亡”,并重构了整个现代中国历史。“这是现代中国的历史讽刺剧。封建主义加上危亡局势,不可能给自由主义以平和渐进的稳步发展……革命战争却又挤压了启蒙运动和自由思想,而使封建主义乘机复活……启蒙与救亡的双重主题的关系,在“五四”以后并没有得到合理的结局,甚至在理论上也没有给予真正的探讨和足够的重视,特别是近 30 年的不应该有的忽视,终于带来了巨大的苦果。”正因此,“新时期”便应当重新提出“五四”的启蒙问题,在当代中国社会展开“新启蒙”运动。

“启蒙/救亡”论所勾勒的现代中国历史,正是文学史领域出现的“上升——降落——回升”图景的同一版本。毋宁说,由于“启蒙/救亡”论在 80 年代所形成的巨大影响,被重写出来的文学史图景是这一思想史图景的翻版。它们共同以一种历史隐喻的方式,将“文革”(革命、毛泽东时代)等同于“五四”运动之前的“封建社会”(前现代历史),进而把“新时期”视为第二个“五四”时期,从而为 80 年代的现代化运动提供历史依据。这种历史叙述将毛泽东时代视为“农民小生产者的意识形态和心理结构”的历史表现,从而将其剔除出“现代”历史。但它所忽略的,是毛泽东时代“作为反现代性的现代性”特征。即一方面完成了工业化基础建设和建立独立的民族国家,同时又强调缩小“三大差别”的平等意识,以及对官僚国家体制的破坏。更重要的是,当“启蒙/救亡”论强调用“民主与科学、人权与真理”等源自西方的现代性规范“启蒙”中国时,始终忽略了现代中国是在反抗西方帝国殖民扩张的过程中开始现代化,因此必然存在着“反现代”这一抵抗西方的面向。

也正是因为这一历史类比关系(“文革”=封建社会)的存在,“五四”时期的历史座(坐)标,被重新移置于80年代的历史语境之中,构成了80年代社会/文化启蒙的起始点。它以重写历史的方式重构并挪用了“五四”时期的历史座(坐)标。而这一“现代性装置”一旦形成,便构成了80年代书写历史和现实的方式。

历史座(坐)标的挪用与重构

自1919年5—6月间的社会运动中出现“五四运动”一词,继而又提出“新文化运动”这一范畴之后,关于这场运动的阐释,便成为一个不断赋予其意义、不断将其符号化和寓言化的书写过程。这种书写构成了“五四传统”颇为歧义而又具有一定的“同一性”的独特内涵。这种“同一性”不仅表现于“民主、科学、人性”等具体提法,更重要的在于其所提供的一套规范现代中国走向的历史座(坐)标,即在传统/现代的二元对立格局中,将批判传统文化作为现代化的基本前提;在中国/西方(世界)的二元对立格局中,将“西方”视为现代性规范的来源。处于此一座(坐)标中心的,是从传统宗族秩序中摆脱出来、并以人道主义话语表述的“新人”。80年代所借重的,正是“五四传统”的这一基本内涵。它不仅规范了“新时期”提出问题的框架,也规范了人们所能提供的关于“现代化”的想象形态。但正因为80年代并不是“五四”时期,而是在批判毛泽东时代的现代化实践的基础上,结束冷战阵营造成的“封闭”时期以纳入全球资本市场和政治格局的市场化过程。这也就决定了80年代对“五四”传统的重新启用,仅仅是一种“挪用”;而同时在具体的文化实践过程中,对这一传统进行了改写和重构。

1. “文明与愚昧的冲突”

传统/现代的框架,是“新时期”文学确认自己历史意识的首要座(坐)标。这种框架隐含在“伤痕”、“反思”等文学作品关于历史/现实的对立描述中。《伤痕》(卢新华,1978年)、《天云山传奇》(鲁彦周,1979年)、《月食》(李国文,1980年)和王蒙的《春之声》(1980年)、《蝴蝶》(1980年)等作品中,“离去/归来”的叙述模式,同时显示的是一种“终结/开端”的现代时间意识。与此同时,一种深切的“落后”焦虑开始萦绕在文学关于现实的表述当中,正如改革英雄乔光朴的名言:“时间和数字是冷酷无情的,像两条鞭子,悬在我们的背上。”(蒋子龙:《乔厂长上任记》,1979 年)这种理解历史/现实的方式,形成了一种被季红真所概括的“文明与愚昧的冲突”主题。在此,“新”/“旧”、“现实”/“历史”对应于“现代”/“非现代”,并被赋予“文明”/“愚昧”这样的价值内涵。构成历史参照的反面形象,则是“文革”时期:“对于中华民族来说,‘文革’十年动乱无非意味着:野蛮代替文明、迷信代替科学、愚昧代替理性。”与此同时,在思想界,“最引人注目的问题是:为什么中国封建社会长期延续达两千年之久”,并进而提出中国封建社会的“超稳定结构”。在这样的理解中,造成的一种错觉是:似乎中国社会的现代化是从“新时期”开始的。但其“现代化”的理论资源与“五四”时期相比却发生了很大变化。取代毛泽东时代以“革命”范式实践的现代化方案的,是一种现代化理论(modernization theory)。与“五四”时期关于“现代”的想象不同,这种源自二战后的美国社会科学界的现代化理论,不仅仅是一种参照“传统”而成立的现代价值,同时是一种全球性的经济、政治和社会组织方案,而且,“这次是明确地以美国为中心的”。当文学界启用“五四”话语来描述这种现代化构想时,它与其所指涉的社会现实之间,形成了一种错位关系。

作为一种修辞方式,80 年代的文学再度借用了“五四”时期的乡村/都市的对立模式,以确立传统/现代、乡村/都市的同构叙述。《乡场上》(何士光,1980 年)、《爬满青藤的木屋》(古华,1981 年)等作品中,乡村再度成为“封建”的化身,成为现代化的障碍和为现代化所拯救的对象。但随即发生的一种微妙而相当重要的变化是,“封建乡村”在文学中的形象逐渐向“田园牧歌”转移。1983 年,《我的遥远的清平湾》(史铁生)、《那山那人那狗》(彭见明)、《鲁班的子孙》(王润滋)、《最后一个渔佬儿》(李杭育)等的发表,构成了文坛的重要现象。以至王蒙质问道:“是不是这几年又时兴‘古朴’了呢?怎么那么多人、那么多作品热衷于写混沌未开之地、混沌古朴之民、混沌原始之人性呢?为什么有不止一篇作品用混沌古朴之美善与通都大邑之罪恶、科学文明之罪恶、富足之罪恶相对比呢?”而 1984 年“沈从文热”的出现,在这样的脉络中也就并非偶然。同样的情形也出现于电影界,戴锦华将之解释为“心理/知识构架中的裂痕”和“前行中的后倾姿态”。如果说类似的现象所呈现的,是人们对于“现代化”的认知因切身体认而开始变得复杂化,那么它同时显现的,也是以“文明与愚昧的冲突”来对应传统/现代的认知框架的矛盾。

在传统/现代的框架中,被启用的另一重要“五四”资源,是“国民性”话语。关于“文革”的反思,使得人们不再满足于以忠奸、善恶的戏剧性情节来表现历史的罪人,而开始追问国民性格中的问题。高晓声如此判断:“李顺大在十年浩劫中受尽了磨难,但是,当我探究中国历史上为什么会发生这样的浩劫时,我不仅(禁)想起李顺大这样的人是否也应该对这一段历史负一点责任。”国民的这种“劣根性”不仅是造成“文革”浩劫的土壤,同时也是阻碍现代化的历史惰性。《我们建国巷》(叶之榛,1980年)、《辘轳把胡同9号》(陈建功,1981年)、《高女人和她的矮丈夫》(冯骥才,1982年)、《井》(陆文夫,1985年)等作品,延续了鲁迅小说的叙事视角,即叙述视点的发出者,是散播种种“流言蜚语”、“人情世故”并把持种种“习惯”裁决的无名的庸众,从而在叙事结构上构成虚拟的群体与孤独的个体之间的“看”与“被看”关系。更为集中地体现“国民性”话语叙述的,是高晓声的“陈奂生系列小说”。在此,构成国民性话语核心形象的阿Q,被直接对应于当代农民陈奂生。高晓声在借用国民性话语颠倒毛泽东时代的“工农兵文艺”中农民的主体地位的同时,在很大程度上略去了鲁迅在《阿Q正传》中经由叙事人的暧昧特征而表现出来的复杂性。正如刘禾在她的文章中分析到的,《阿Q正传》中,“鲁迅不仅创造了阿Q,也创造了一个有能力分析批评阿Q的中国叙事人”,这个叙事人在小说的第一部分中直接出场,后来导向第三人称叙事。这种叙事位置的复杂性,形成了小说试图通过阿Q来描述“中国人”国民性的裂痕。但是在高晓声的小说中,并不存在这种叙述者的焦虑和含混,他在一种置身事外的“善意的嘲讽”中,完全将陈奂生表现为一个被叙客体,从而将鲁迅的高度抽象性和漫画化的国民性书写,转换为一种写实性和具有说明特征的表达。这种差别的存在,也可以说是80年代的作家略去了“五四”国民性话语生产者的矛盾性,而将其接受为一种既成的话语“神话”。如果说,“国民性”是一个包含了“知识的健忘机制”的现代性神话,从而隐去了产生这种话语的地缘政治中的权力关系,那么,真正破解这一神话的,是被80年代知识界所呼唤的“全球化”时代。

2.“中国”想象与“世界文学”

将“古今”之争等同于“中西”之争,构成80年代“反传统”和“世界主义”的两面。如甘阳表述道:“中国文化与西方文化之间的地域文化差异常常被无限突出,从而掩盖了中国文化本身必须从传统文化形态走向现代化形态这一更为实质、更为根本的古今文化差异问题。”但正如酒井直树所提醒的:“前现代—现代—后现代这一系列似乎给人一个纪年性顺序的印象。然而,必须记住这个顺序从来都不是与世界的地缘政治的格局截然分开的……这个基本上属于19世纪的历史图式提供了一种视角,通过它来系统地理解各个国家、文化、传统与种族的位置。”当80年代的新启蒙话语将“古今”等同于“中外”时,他们抛弃了毛泽东话语中的“反帝”层面,并且在将“铁屋子开裂”时分“西方”的介入理解为“现代性”发生的时刻的同时,内在地接受了“中国”作为“非现代”的特点。“国民性”话语尚在寻找传统国民的精神层面的非现代性,而80年代中期的“寻根文学”则在“世界主义”的导向下重构了“中国”形象。

“寻根文学”的产生有着不同的引发因素：其一是将对历史的反思从“政治”层面引向“文化”层面，其反思的指向，仍使得“老（传统）中国”的形象成为当代中国政治形象的隐喻；其二是“知青”作家的集体登场，并不约而同地将知青的乡村经验作为“中国”想象的来源；其三，正如倡导者明确提到的，“寻根文学”的提出正来自拉美作家加西亚·马尔克斯获得诺贝尔文学奖这一事件的刺激。后一因素使得“寻根文学”不同于80年代前期仅仅在传统/现代的向度上理解现代化，而是将“西方”内化为文本构成，颇为自觉地建构“民族寓言”。在以“封闭的空间”和“停滞的时间”作为主要叙事特征的寻根小说中，虚位以待的正是一个“西方他者”的观看眼光。正因为这种“民族寓言”的书写内在地接受了“前现代—现代”这一纪年顺序所给定的地缘政治位置，“中国”的“非西方”的、因而是“非现代”的位置，使得“寻根文学”不可能给出一个关于中国未来的叙述。颇有症候性的是，“寻根文学”的两篇代表作品《爸爸爸》（韩少功，1985年）和《小鲍庄》（王安忆，1985年），都以一个中国孩子的诞生作为叙事的起点，这无疑可以作为拟想中的民族未来的主体形象。但这两个孩子一个成为丑陋的永远不会死绝的生存象征，一个则死于“仁义”。同时，这两篇小说中所谓“新派人物”（仁宝、鲍仁文）的滑稽化处理，也可以象征性地看做曾被“五四”文化设想为拯救力量的“现代文明”的反讽性呈现。“寻根文学”的困境，集中表现为其宣言与创作实践的矛盾，它不期然地使“寻根”转为了“掘根”。而造成这种困境的原因，正在于隐含在关于“现代化”想象中的以“传统/现代”对应于“中国/西方”的地缘政治位置。

与“寻根文学”同期构成80年代文坛另一面向的，是所谓“现代派”文学。这是“世界文学”想象在文学创作中的具体实践。80年代打开国门的开放政策，被理解为结束“闭关锁国”时期，迈向“地球村”、“世界”的举动。在这一理解中，“五四”新文化运动的历史意义被建构为“东西方文化的大撞击、大交流”，是“东西方交流的产物”，也是“在推动东西方文学交流和融合的基础之上的一体化世界文学的实现”的一个历史的制高点。这种迈向“世界文学”的举动，也被理解为实现文学现代化的方式。但真正构成80年代“现代派”文学的悖论的，是这种在西方社会中具有“反现代”特征的现代性美学，却被用于推进80年代中国现代化进程的资源。

在80年代前期，对于西方现代派文学的译介，曾展开过较为激烈的争论。徐迟在这场论争的纲领性文章《现代化与现代派》中，论证现代派文学的出现正是“现代”社会的重要标志；而叶君健在为《现代小说技巧初探》所作的序言中，更是以人类文明的阶段与文艺形式的对应，说明一个“电子和原子时代”，必然需要用“20世纪的现代主义”取代“19世纪的现实主义”。这种将文学进化的形态对应于社会进化形态的方式，正源自“五四”时期。陈独秀在1915年的《现代欧洲文艺史谭》中，就勾勒出了“古典主义—理想主义—写实主义—自然主义”的文学进化脉络；茅盾也描绘了相似的路径:“古典主义—浪漫主义—写实主义—表象主义—新浪漫主义。”他们不约而同地从中国的“国情”出发,认定“写实主义”应当成为“五四”时期中国文学的当务之急,茅盾且预期了未来的方向:“新浪漫主义声势日盛,他们的确可以指人到正路……我们定然要走这路的。”但有趣的是,在(20 世纪)50 年代,也正是茅盾自己否定了这文学进化路线顶端的“新浪漫主义”,将其称为作为假古典主义的本质的形式主义的“僵尸”。他同时还说明,所谓“新浪漫主义”正是“现代派”:“现在我们总称为‘现代派’的半打多的‘主义’,就是这个东西。”而在 50 年代被茅盾所否定的“现代派”,被 80 年代的倡导者重新拾起,所采用的逻辑,正是茅盾在“五四”时期所创立的进化论思路。

由于 50—70 年代对于“现代派”的严格防范,导致 80 年代的文学者感觉“现代派”的出现,“就好像在空旷寂寞的天空上,忽然放上去一只漂亮的风筝”,并将其视为“走向世界文学”的必经之道。正如同传统/现代框架中的“中国”想象,以文学“现代化”作为诉求的“世界文学”构想,同样以西方文学作为最高规范。这使得 80 年代文学界对于“现代派”文学的态度,以一种悖论的形式展开。以反抗“资产阶级的现代性”作为主要特征的“现代派”文学,它的“给资产阶级的庸俗趣味的一个耳光”的反现代性特征完全被忽略,西方“现代派”文学所批判的东西恰好成为 80 年代“现代派”文学所追求的东西。从朦胧诗中的“自我表现”和反理性的感伤姿态,到《无主题变奏》和《你别无选择》中不无自我欣赏意味的“颓废”,在某种意义上都被视为一种步入“现代”的标志。也正是出于这样的原因,“真/伪现代派”才得以成为一个问题在 80 年代中期提出。

3. 人道主义话语及其变奏

在整个 80 年代的文化/文学进程中,人道主义话语构成了一种绵延不绝的思潮,这事实上也正是在实践一种现代化“新人”的话语。这种思潮在不同的时段呈现为不同的表述形态,但其内在的二元对立框架却始终如一。

如同汪晖的研究所显示的,在“五四”时期,存在两种 humanism 话语的论争,即《学衡》派的人文主义话语和《新青年》的人道主义话语。与《学衡》派信奉“人性既非纯善,又非纯恶,而兼具二者”的人文话语不同,《新青年》信奉的是人性善,“人生下来,本是善的”。因此,在他们眼里,“青年”是天然的“新鲜活泼之细胞”。而破坏人性的,是“社会”:“社会与个人互相损害;社会最爱专制,往往以强力摧残个人的人性,压抑个人自由独立的精神。”——这种社会/个人的二元对立,在“五四”新文化运动时期,对应的是封建宗族社会与现代个人的关系。“五四”之后,尽管革命话语以“阶级论”重组了个人/社会的关系,但 50—70 年代始终在阶级/个人、集体/个我、大我/小我的二元对立的格局中讨论个体的认同关系,其极端表述,则将“个人主义”视为“万恶之源”。这使得“阶级论”话语并没有摆脱“五四”时期确立的二元对立框架,不过从相反的层面延续了这一逻辑。

80年代初期批判50—70年代“阶级论”话语的理论形态,是马克思主义人道主义话语。从1978年到1984年间,理论界以马克思的《1844年经济学—哲学手稿》中的“异化”理论作为资源,批判那种“把‘人性’和‘阶级性’对立起来,把‘人性’、‘人情味’、‘人道主义’等等奉送给资产阶级,无产阶级只要党性和阶级性”的正统马克思主义,并认为社会主义也存在“异化”现象。但因为这种关于“异化”的讨论,始终是在“人类本性”、“恢复人的本来面目”的思路上展开,因此,对于社会主义历史实践的反省并未引向关于现代性本身的反思,而再次延续了“五四”人道主义话语的批判逻辑。在文学修辞层面,以阶级斗争为纲的社会主义国家政权,被呈现为类似西方中世纪神权或中国传统政权的专制形象;而所谓“人性”,则表现为爱情、婚姻、家庭等涉及私人生活空间的人际关系。“公”/“私”领域的区隔带有明显的价值判断色彩,“国”与“家”之间的对抗关系,成为了伤痕、反思文学在表达“人性”时的重要修辞。历史的残暴表现为“国”对“家”的破坏,如《伤痕》(卢新华,1978年)、《我该怎么办》(陈国凯,1978年)、《如意》(刘心武,1981年)等;而昭示历史重回正轨的方式,则是让“好人”“有情人终成眷属”,让“坏人”无家,如《人啊,人》(戴厚英,1980年)、《芙蓉镇》(古华,1981年)等。家/国修辞尽管相对于“五四”时期发生了反转,但此“家”非彼“家”。“五四”小说是将“家”视为压抑“个人”的社会力量,而“新时期”小说则将“家”视为一种从专制政权中拯救“个人”的力量;而隐含在这种世俗生活关系中的性别、阶级关系,则成为80年代人道主义话语的盲点。

1984年马克思主义/人道主义的讨论告一段落,但人道主义话语却并未终结,而是获得了新的表达形式。“主体论”的哲学表述由李泽厚提出,并经由刘再复的更为通俗的文艺学阐释,获得了空前广泛的影响。事实上,在李泽厚的主体论与刘再复的主体论之间存在着微妙的偏差。李泽厚在“实践论”和重新阐发康德哲学基础上形成主体论,他虽然强调人具有“能动”地改造和认识社会的能力,但历史和社会“积淀”却会内在地规范人的行为和心理。而在刘再复那里,人的“主体性”却强大得多。他建构了“内宇宙”和“外宇宙”的说法,同时认为:“这个内宇宙是一个具有无限创造能力的自我调节系统,它的主体力量可以发挥到非常辉煌的程度,而这,正是人的伟大之处。”正如夏中义指出的,刘再复“最终将一个受制于历史具体的有限能动‘主体’,演化成一个漫游于历史时空之外的无限能动的‘主体’”。刘再复所建构的“内宇宙”与“外宇宙”的对立关系,并将其现实批判指向毛泽东时代的社会主义实践对人的限制,事实上,正重复了“五四”时期在个人/社会之间的对立逻辑。他进而直接将“性格组合论”和“文学主体论”推向“国魂反省论”,从而将“主体论”结合进关于“人的现代化”的论述中。在此，“主体论”不仅与“五四”话语建立了直接的关联，而且其“主体”被作为“国民性”的理想形态（即新型的现代化的国民）而出现。

由于“主体论”始终将“人学”和“文学”相提并论，认定“文学就是人学”，而并未形成更为学科化的美学表述，因此80年代后期所形成的“文化哲学”（或称“诗化哲学”），在某种意义上，构成对“主体论”的发展。“文化哲学”出现的标志，可以说是1985年翻译出版卡西尔的《人论》。卡西尔提出的“人是一种‘符号动物’”，被译介者作了很大的偏移：“‘人—符号—文化’成了一种三位一体的东西，而‘人的哲学’—‘符号形式的哲学’—‘文化哲学’也就自然而然地结成了同一哲学”。这也就是说，人可以通过文化—符号自由地创造意义，并进而创造生存价值。刘小枫的《诗化哲学》、周国平的《诗人哲学家》等著作，则从德国浪漫美学和欧洲存在主义哲学那里寻找思想资源，并将“审美”视为“人类唯一能走向自由的捷径”。这种“文化哲学”与“人道主义话语”的相关性在于，它的基本前提仍旧在于：把人性视为无限创造的源泉；所不同的是，它确立了“审美”这一“自律性的概念”，将其视为超越一切社会限定，并能完成人的自我价值生成的“飞地”。尽管这种美学/哲学表述，为80年代文学始终寻求的与“政治”的脱离，提供了更为学理性的表述，但它将“审美生成”等同于“价值生存”，或“把本体诗化或把诗本体化”的诉求，却使得它成为80年代实践“新人”理想的人道主义话语的一脉。更有意味的是，这种美学理论在90年代的市场社会中呈现出它所未曾预期的政治意味，如同伊格尔顿所阐释的：“自律的观念——完全自我控制、自我决定的存在模式——恰好为中产阶级提供了它的物质性运作需要的主体性的意识形态模式。”在某种意义上也可以说，不仅是人道主义话语，整个80年代文学现代化的实践本身，都在90年代遭遇了它未曾预料的繁复后果。

结　语

80年代以一种历史隐喻的方式，将自身的历史起点对接于“五四”时期。“五四”新文化/文学为80年代文学所提供的，不仅是用以表述自身的思想资源与文化传统，同时更是一个借以建构自身的理想镜像。然而，由于话语建构与社会实践层面的错位关系，如同张旭东所说，在某种意义上，“80年代变成了90年代的感伤主义的序幕”，“一个世俗化过程中的神学阶段”。而“五四”话语则构成这种“感伤主义”和“神学”特性的核心养料。正因为此，80年代文学的展开，并非印证“五四”话语的过程，毋宁说，这种展开本身，其实就构成对“五四”话语的重构和解构。

在今天，重新清理80年代文学与“五四”传统的关系，必然是一种立足于90年代之后的中国社会/文化现实,揭示出“80 年代文学”与“五四传统”之间如何彼此建构、彼此塑造的解构行为。这种“解构”的便利显然得益于某种“后见之明”,但这并不意味着我们可以轻视“五四”话语在 80 年代文学中所鼓动起来的那种创造的冲动和激情。在这样的意义上,对历史的清理,或许同时也是一种调整我们看待历史与现实的眼光,并借以寻找文化出路的方式。

——原载《上海文学》2004 年第 5 期

陈　霖

论大众传播与当代文学批评的空间构成

西方传播学派中的“巴罗阿多学派”在其提出的理论假说中指出:“传播活动……有两种语言,一种是说的语言,一种是信息的语言。一种是功利性、经济性交换的手段,要求肯定性、迅速性、单义性,要服从经济秩序以便进行服务和商品交换;另一种是开拓一个可以分享的模糊的文化空间,是世界观,表达了人的文化属性和人对这个世界的象征交换关系。”①进入20世纪90年代以来,大众传播在中国的发展,经济利益的驱动因素日益突出,媒介经营的产业化方向渐趋明晰,传媒变革成为市场经济建设、新经济秩序建构中一个举足轻重的环节,并且与政治制度变革密切相关。与此同时,大众传播对文化领域产生了空前的影响,催生出以大众文化的兴起为标志的新的文化空间,“人的文化属性”和人对世界的“象征交换关系”因此而发生变化,包括文学在内的文化传播的结构性转型因此而产生。在此过程中,“可以分享的模糊的文化空间”,其丰富而混杂的内涵当然需要不断被提示出来,为此,一个重要的工作即是对大众传播媒介的产品及媒介自身作用、运作方式进行理性思考和价值评判。具体到文学,当发行量、码洋、收视率、点击率、版税、稿酬、版权交易,不断涌上文学传播的前台的时候,文学所包含的精神、思想、情趣等无形之物,以及其与当代的社会意识、思想观念之间的多方面联系,客观上呼唤着文学批评以冷静、理性的眼光将文学心灵的价值从单一的商业价值中剥离出来,将精神的意义从非理性的喧腾中拯救出来,将文学的独特性从文化的丰富性中凸显出来。问题是,面对大众传媒的文学批评,其自身也在大众传播主导的文化语境之中,而并非在另一个超然物外的空间里存在,文学批评的声音也要通过大众传媒发出,而无法建立独属于自己的话语频道。那么,文学批评在大众传播格局中是否拥有一席之地?如何拥有一席之地?

---

① 陈卫星:《西方当代传播学学术思想的回顾和展望》,《国外社会科学》1998年第1期。

一、媒体批评走上前台

法国学者阿尔贝·蒂博代指出，文学批评行业的诞生是19世纪诞生的教授行业和记者行业的延长，教授的批评用于总结历史，记者的批评用于剖析现实，二者之间存在着对立和斗争。① 蒂博代的说法有其特定的法国历史背景，但撇开其间的宗教因素来看，大体上也适用于中国近现代文学批评的起源和分流。这种区分也意味着学院和媒体这两种不同的批评空间的对峙。以此观之，我们今天所谓学院派批评和传媒批评，实际上是由来已久。二者的对立也许本来是在一种自然的状态中存在，尽管互不相让，可也各得其所；而随着大众传播日益拓展的覆盖面和强大的社会影响力，学院批评似乎遭遇被"屏蔽"的尴尬，偶尔为人们所注意，也不是在高校讲堂、学术研讨会以及学术杂志上，而是在电视、广播、大众报刊和互联网上。

这种空间的区分，其意义显然不止于物理的层面，即不仅仅是文学批评的载体不同。如果仅仅从言论的载体来看，我国的现代文学开始以来，文学批评就与其他言论一起在作为现代传媒的报刊上发出自己的声音，由"时务文体"到"四大副刊"，到《新青年》，再到《申报·自由谈》，现代报刊成为文化思想启蒙运动的前沿阵地。并且这种思想启蒙也向更具大众传媒性质的通俗文学期刊渗透，像茅盾对《小说月报》的改造，巴金等"新文人"对《春秋》这样的杂志的介入，等等。② 但是，由于城市化和工业化的程度、教育普及的程度以及媒介自身运作的商业机制等方面的限制，尚未达到对社会的广泛渗透，大众传播以及大众传播催生的大众文化尚未真正形成，大众报刊媒介上的言论空间基本上可以看做知识分子精英们的书斋和讲堂的扩展与延伸。③ 及至1949年中华人民共和国建立，此后的30年，传播媒介为文学批评提供的空间，实际上成了政治运动的一个场地，因言得祸抑或以言得势，都在文学批评领域频频发生。20世纪80年代，文学批评经历了同政治斗争相剥离的过程，大众传播也开始显示其对公众生活的影响，不管是传统的政治意识形态色彩很浓的文学批评还是受西方哲学文艺思想以及批评理论启发的新方法热，都表现出对社会热点的积极呼应，并开始更多地通过现代大众传媒发生影响。但是，这时候大众传播和大众文化所赖以生存的市场经济环境并没有形成，而且就对当下文学的具体批评活

---

① 阿尔贝·蒂博代：《六说文学批评》，生活·读书·新知三联书店，1989年，第2—5页。

② 中国近现代文学中大量存在的通俗文学期刊，性质上无疑最为接近现代大众传媒下的大众文化，但是，这些期刊仍然无法构成大众传播的系统，一方面它们专注于通俗文学，另一方面它们局限在上海（后来延至北京）这样的大都市，其影响所及不出市民阶层，而无法构成现代大众传播所定义的"大众"。这方面的具体情况参见范伯群主编：《中国近现代通俗文学史（下卷）·通俗期刊编》，江苏教育出版社，2000年。

③ 拥有大众传媒并不意味着就进入大众传播的时代，参见张国良：《现代大众传播学》，四川人民出版社，1998年，第88—95页。

动而言，大部分是现代文学研究、文艺理论研究等学术活动的延伸，具有突出的历史感和学理背景。

进入20世纪90年代以后，大众传播以其巨大的能量楔入文学批评的空间，形成文学批评的新格局，其突出表征乃是文学批评成为传媒合唱的一个嘹亮的声部。我们看到，电视里的文化类节目、人物访谈、谈话节目，大众报刊（晚报、周末报、都市报、周刊）上的文艺副刊、读书和书评版块、文学专栏、文学报道，以及在90年代最后几年兴起的互联网上各种文学类网页和论坛，等等，成为公众获知文学信息和文学价值评判的主要渠道。在许多从事文学研究和批评的人看来，正是从这里产生出所谓"媒体批评"或曰"传媒批评"，它"在前台占尽风光，人们一般都看不到或者是干脆不屑于去看学理批评的身姿"①，而"随着文艺娱乐版在各媒体版面上的比重的增长和扩张，这种媒体批评实际上已经位居文学批评的'中心'位置，对于公众变得愈益庞大和具有控制力。这是90年代以来新近获得急剧扩展的新的批评形态"②，它对原有的批评格局的冲击之大，表现在文学批评的文本呈现出"一次性消费特征"，批评因为成为"文坛速递"而"速朽"③，"批评主导趋势不再是强化学术品质和理论含量，而是变成一些消息、奇闻和事件……批评变成制造事端的工具，变成现场的记录者，变成流行的快餐"④。

从以上引述中我们可以看到，媒体在文学批评空间中的这种"前台"和"中心"位置以及由此产生的影响，显然是在比较中给出的，它采用了分边游戏的策略，包含着对文学批评空间的对比/对立状况的对抗性构想。这固然可以在一定程度上凸显问题，引起关注，尤其是为学理（学术、学院）批评在获得道义上的同情的同时显示其优越和尊严。但是，当我们充分注意到大众传媒为文学批评提供的空间与其他空间之间的交往与联系时，就不会简单地确认"势不两立"的情况，相反，我们将会看到不同的批评空间表现出的相当程度的一体性，而对这种一体性加以辨析，是我们透视大众传播对当代文学批评产生结构性影响的基础。

二、批评空间的向心结构

如果以大众传媒为中心来对不同空间之间的交往与联系进行考察，那么可以说，文学批评的空间呈现出一个多层的结构。离中心最远的是各级社会科学研究院、文学研究所的学术刊物，各高等院校哲学社会科学类的学报，它们代表着学术的

---

① 贺绍俊：《热闹的批评和静悄悄的批评》，《人民日报》2000年6月17日。
② 王一川：《批评的理论化》，《文艺争鸣》2001年第2期。
③ 张清华、余艳春：《批评为何速朽》，《长城》1999年第4期。
④ 陈晓明：《媒体批评：骂你没商量》，《南方文坛》2001年第3期。

空间层次。这些刊物大都载有关于当下文学的批评和研究文章,这些文章也是写给专家学者同行看的,其发行量极少,覆盖面有限,看起来与大众传媒系统基本处于隔绝状态。但是,对大众传媒来说,这里潜伏着巨大的“学理资源”和“专家资源”,在必要的时候,大众传媒会调用这些资源,达到传媒系统与专家系统的“嫁接”,而实现传媒服务①。其次是专门研究当下文学的理论刊物和行业报纸,它们多为文学机关报刊,更贴近文学在当下的现实,关注当下文学的热点问题、焦点问题、重要作家和作品,这些刊物中刊发的当下文学评论文章相对集中,是最为纯粹的文学批评阵地。其对大众传媒上的批评的斥力也较小,大众传媒则往往直接从这里获取文学批评的人力资源,正如我们所看到的,许多批评家在行业媒介与大众传媒之间穿梭自如。第三类情况是各种文学杂志上所设的评论类栏目,文学评论在这里虽然是“配料”,但无疑更接近文学的现场,能够较为迅速地跟进文学趣味的变动,加上文学杂志与大众传媒在媒介性质上又十分靠近(有的文学刊物正在努力突破有限的发行范围,加入大众传播系统),大众传媒往往从这里的文学批评获得关于文学的最新行情,甚至直接以之进行自身关于文学的议题设置。

我们可以将这个多层的空间看做一个以大众传媒为中心或者说原点的向心结构,它由包含着方向相反的两股力量的合力构成,即向心力和离心力。上述三种情况中的每一个都具有作用于原点的离心力,如果其离心力大于原点的向心力,那么它就会从结构中逃逸,向心结构就会崩解。如果离心力和向心力相等,那么合力为零,它们会处在相对静止的状态,多层结构的空间区隔分明,虽相安无事但也因毫无生机而陷入死寂之中。向心结构之所以成立,是因为原点的吸附力和指向原点的向心力大于离心力,从而原点会以加速度运转。正如我们上面分析的,处在原点的大众传媒的运作不断吸纳着其他层次的资源,强化着指向自身的向心力,确保着大众传媒系统的加速运转。

不仅如此,这个空间结构中的各个层次都在试图向原点借力,从而维系着这个空间。拿离原点最远的学术空间层次来说,如果它真的与大众传媒系统处于隔绝状态,那么它就会从这个向心结构中摆脱出来,而实际上,学术的空间层次则表现出对大众传媒的趋赴。颇能说明这一点的是,某些高校将教师在电视上露面——做嘉宾、当主持、开讲座折算成定岗、晋级的考评分数。最极端的情形是,即便是来自学术界的激烈批判和否定大众传媒的“斗士”,往往也是通过大众传媒确立其形象的。就当代文学批评领域来讲,其中的专家学者、权威人士的确立,在很大程度上离不开大众传媒的“身份授予”之功,用法国思想家布迪厄的说法,他们由此将文化资本转

① 参见陈力菲:《传播史上的结构和变革》,江苏文艺出版社,2001年,第206页。

化为社会资本①。至于上述第二和第三个空间层次,则更加有意识地借鉴大众传媒的方式,如开辟批评家专栏、设立栏目主持、汇集文坛资讯、刊载作品印象、点评,等等。

综上所述,我们看到,当大众传播楔入文学批评空间的时候,建构了批评空间的新的一体性,这也从一个方面表明,“将学者文化与大众传媒文化进行对照并将他们从价值上对立起来,这种做法是毫无用处且荒诞不经的”②。即便是在最远离大众传媒的空间层次,学界的浮躁在精神氛围上与大众传媒也表现出相当的一致。所以应该警惕的是,将大众传媒视为文学批评失范的终极原因,而因此忽略文学批评整体的症状。汤林森在论述文化帝国主义问题时指出:“媒介是最明显的一个目标,因此也就是最为公众所熟知。但这也正是危险之处,由于媒介是那么触手可及,我们也就可能认为媒介的种种问题正是文化帝国主义的实质问题,殊不知媒介问题只是更为深层结构文化过程的指标而已。”③同样,我们对大众传媒格局下的文学批评空间的描述,不应将任何问题归结为大众传媒的存在,而应逼近时代的更为深层结构文化过程。

三、批评的活力与困境

一个来自学院体系的批评家,当他出现在电视节目上的时候,他显然无法按照课堂授课的方式面对观众,更不可能按照他的论著或论文方式发表评论,他在电视媒介的作用下意识到需要调整策略,如果他调整得不够好,电视编辑会在后期制作中对他的评论进行编辑——删节、调序、配上音像资料背景,等等。于是,专家对媒介的介入实际上变成媒介对专家的重塑,媒介的功能在悄然作用于文学批评的方式和内容。传播学家麦克卢汉从传播媒介的功能角度提出的“媒介即信息”的论断,启发我们对媒介功能的关注,他指出:“所谓媒介,即信息只不过是说:任何媒介(即人的任何延伸)对个人和社会的任何影响,都是新的尺度产生的;我们的任何一种延伸(或曰任何一种新的技术)都要在我们的事务中引进一种新的尺度……对人的组合与行动的尺度和形态,媒介正是发挥着塑造和控制的作用。”④当我们考察大众传播对文学批评空间的影响时,应该看到大众传媒所发挥的不仅仅是载体作用,而且更是由此而产生的空间结构的功能与规则的作用。就像足球比赛的场地一旦划定给出,必然伴随着一系列规则:端线、中场、发球弧、禁区,等等。对这些或隐或显的规

① 参见包亚明主编:《文化资本与社会炼金术——布迪厄访谈录》,上海人民出版社,1997 年;皮埃尔·布迪厄:《关于电视》,辽宁教育出版社,2000 年。

② 让·波德里亚:《消费社会》,南京大学出版社,2001 年,第 107 页。

③ 汤林森:《文化帝国主义》,上海人民出版社,1999 年,第 114—115 页。

④ 麦克卢汉:《理解媒介——论人的延伸》,商务印书馆,2000 年,第 33—34 页。

则的分析，当有助于我们揭示大众传媒建构的一体性的具体内涵。

大众传媒的规则和特性首先表现为对文学批评主体的选择和建构。在80年代的文学批评活动中，有学院和科研机构工作背景的人员，构成了当下文学批评的主力阵容，而到20世纪90年代，这一阵容发生了分化。一些人远离了当下的文学现实，遁入更为纯粹的学术领域，甚至告别了文学。另一些人则携带着在80年代形成的名声和影响力，介入到当下的文学批评，与大众传媒发生亲密而频繁的接触，以“公共知识分子”的姿态和身份对公众发言。我们可以看到，从事当代文学研究的教授学者们，身影活跃于报纸的读书版面、文化新闻、电视相关栏目和网络论坛上；他们的名片被各路大大小小的文学记者、编辑、出版商们小心收藏，他们随时会被邀请到作品研讨会上，被约请撰写评论，参与媒介选题策划、书刊宣传，接受记者采访；他们在这些活动中传播批评理念，提供关于当下文学的价值判断，引导读者对文学的消费，从而成为沟通大众传媒与“小众”学术之间的桥梁。除了专家学者，不可忽视的是文学新闻记者、编辑、出版商，他们虽然一般没有直接发表形式标准的文学评论，但通过对文学生产和消费过程的介入，在文学价值评判和价值导向上同样起着举足轻重的作用。有的时候，可以称之为“准评论”的东西从他们这里产生，文学记者从追赶文学潮流变成引领文学潮流，文学编辑从幕后为人作嫁走向前台指点江山，他们往往因为同时具备文学中人与传媒中人的经历，既对文学有极强的现场感，又对传媒有自觉的适应能力，能够对大众传播语境下的文学作出敏锐及时的判断。可以说，专业的批评家（教授、学者）联合刊物和图书的文学编辑、传媒文学记者共同营造了文学批评空间。

大众传媒对文学评论构成的影响和制约最直观的表现还是言说方式。作为社会各种信息的中介，大众传媒要求尽可能地接触最大数量的受众，所以，它必须尽可能地采用人们容易理解的书写方式或表达方式。正如传播学研究者所指出的，一篇报纸的社论要做的声明可能是世界上最重要的，但是，要是这篇社论写得只能被大学以上程度的读者看懂的话，那么它将失去80%以上的读者。① 因此，大众传媒所期待的文学批评，是通俗易懂、直截了当的批评。进入20世纪90年代以来，大众传媒上活跃着的批评，刺激了诸如随笔、札记、印象、书评、书话、谈话、访谈录之类的批评文体的广泛采用，它们不仅成为大众报刊和图书出版中受欢迎的方式，也在专门的文学批评报刊和文学杂志上大量出现。同样，适应于大众传媒尽可能接触最大数量受众的需要，那种富于刺激性和冲击力，耸人听闻、吸引眼球的语言方式受到极大的鼓励，其极端便是所谓“酷评”和“艳评”的走俏。相应的，文本细读、微言大义式

① 参见沃纳赛·佛林等：《传播理论——起源、方法与应用》，华夏出版社，2000年，第129页。

的批评,长线的、历史总结式的批评,注重学理规范、讲究技术法则的批评,则无可逆挽地受到大众传媒的排斥。设想这样一种批评文本:关于一个女作家的评论,先介绍他人对这个女作家已经研究到了什么程度,再把她放到女性写作的历史或文学史中确立其位置,并且要阐明采取什么方法研究这位女作家,然后才开始进入正题。可以肯定的是,没有哪一家大众传媒会刊载这样的文章。但是,值得一提的是,虽然学院批评的语言方式在其产生的过程中与传媒格格不入,保持着相当的距离,但是,当它或主动寻求大众传媒的关注或被动地被大众传媒捕获与吸纳的时候,往往会经由大众传媒一系列的“改写”、“翻译”,而或快或慢地进入大众传媒的表意系统;而这时候批评为自身的凸显和流行付出的代价是歧义、误解和曲解的衍生。

与追求通俗易解相联系,大众传媒因其对公众吸引力的永无止境的追求,发展出对新异奇特的无尽癖好和偏嗜。这对文学批评在对象选择上产生了制约和影响,其突出的表现之一是,文学批评与批评对象之间的时间距离趋于缩小:作品一经问世甚至还没公开出版,文学事件刚刚发生甚至还没有发生,即有评论像抢早市一样迅速跟进。与此相应的是,20 世纪 90 年代批评界对文学现象的命名之频繁更新,到了疲于奔命的程度,这不仅体现在一系列以“新”、“后”做前缀、“代”做后缀的概括中,也体现在对紧跟时尚的写作概念的推举中。前者如“新生代”、“新状态”、“新人类”、“新新人类”、“后先锋”、“70 后写作”、“现实主义冲击波”,等等;后者如“小女人散文”、“中产阶级写作”、“小资写作”、“美女作家”、“反腐小说”、“行走文学”、“低龄写作”,等等。应该注意到,这些概念并非都是大众传媒率先炮制(的),而是在专业领域提出,因为契合或者迎合着大众传媒的方式而很快流行开来。另一个突出的表现是,文学批评往往对文学事件的关注超过了对文学作品的关注。大众传媒出于其自身的特点,对越出常规、新鲜奇特、具有冲突性和戏剧性的事件总是青睐有加,对文学事件也不例外。像三毛自杀,顾城杀妻后自杀,“马桥风波”,“顽主”挑战“大侠”,“长江读书奖”事件,“二余之争”,各种文坛官司,等等。这些事件和现象当然也应该得到文学批评的关注,但是,批评的声音一旦要在大众传媒发出,便往往会为大众传媒所限定,总是在传媒所设定的框架内进行。一方面,大众传媒通过对批评的选择而使之成为炒作事件的手段,它往往鼓励抓住一点不及其余,偏激、片面的批评声音得以传播,而与其不一致的声音则遭到删削或者忽略。① 另一方面,大众

---

① 这方面,“马桥风波”可以说是一个突出的个案。1996 年 4 月,在《马桥词典》被指为对《哈扎尔辞典》的“粗陋的模仿”和“完全照搬”之后,全国四十余家报纸以及《文摘报》《报刊文摘》刊载了有关韩少功《马桥词典》“剽窃”“抄袭”的文章,甚至中央电视台于 1997 年 6 月 3 日晚的“文化视点”的节目主持人,也批评韩少功“不能正确对待批评意见”(该栏目后来及时作了更正和道歉)。实际上,并非没有别样的声音出现,只是传媒没让它出现,或者将其淹没。譬如,批评家南帆在此之前和在此过程中,都有对《马桥词典》的肯定性评价,但是,大众传媒置之不理。

传媒对文学事件或者现象的报道,对作家作品的聚焦,也对批评家们对批评对象的选择产生了微妙的影响。尤其是当大众传媒有意识地设置某一议题的时候,密集的信息传播往往产生"我不能决定你怎么想,但我可以决定你想什么"的效应,那些吸引和占据了社会公众视听的热点、焦点,实际上也极容易刺激起批评的欲望,因为这样似乎能够使批评对当下文学充分地介入,并且迅速地生效。

大众传媒以其自身的规则所产生的上述影响,对文学批评来说并非毫无积极意义。它对那种刻板的、学究式的批评是一种有力的反拨,激发出一种尖锐泼辣、活跃轻灵的文体风格;它作为一种批评策略和战术,使批评通过大众传媒走出象牙塔而面对大众成为可能;它促使批评对文学现实保持应有的敏感,迅速地作出反应。如果我们将长线的、有稳固对象的学院派批评比做固定靶赛,那么,适应大众传媒特性的批评则更像是移动靶赛,后者在难度上并不逊于前者。也就是说,上述影响给文学批评带来的危机不是表意策略的通俗易懂抑或高深莫测;真正的危机是意义的匮乏或丧失。对大众传媒要求的通俗活泼的语言方式的顺应,可能导致文学批评在产生快感的同时将快感作为目的,而未能将其作为接近和通往批评对象并生产出意义的途径,文学批评成为即时消费、即用即弃的别一种"创作"。对大众传媒的新闻时效性和新鲜性原则的顺应,文学批评与对象之间时距的缩短,对时间刻度标示出的"新"的追捧,则可能导致文学评论作为"时评",而放弃对恒久的精神价值的关注和丧失对美学趣味的敏感。而传媒先于文学批评提供甚至规定了批评的对象,为后者省去了寻找与发现的过程,同时也动摇着批评的独立与公正,从而销蚀批评应有的批判精神。

四、功能转换与价值迷失

进一步看,文学批评的意义危机突出地表现为文学批评功能的削弱,也就是说,文学批评难以发挥对文学作品和文学现象作出价值评判的作用。文学批评的空间并非孤立自足,而是置身于同时代的文学/文化空间之中,同经济秩序、政治生态密切关联。从文学/文化的角度看,与80年代相比,进入90年代后文学一个显著的变化是,它不再是引发和折射思想事件甚至政治事件的场所,不再是社会公共空间建构的重要方式,涵括文学并在文学中得到反映的文化状态由"共名"走向"无名"①。这与整个社会的急剧变化有着复杂的关系,大众传播是其间最为突出的因素。大众传播的迅猛发展及其催生出的大众文化兴盛,一方面既是社会变化的结果,譬如市场经济的推进,媒介产业化政策的拓展,权力运作的公开化程度相对提高,等等;另

① 参见陈思和:《当代文学史教程·前言》,复旦大学出版社,1999年。

一方面也是这些方面的社会变化的助动器。在此过程中,大众传媒无往弗届的覆盖,部分地取代文学在公共空间建构中的地位,更重要的是,与此同时,大众传媒将文学纳入到其娱乐功能的实现——满足社会公众的文化接触和消费需要、提供个人休闲和逃避的途径。

至于文学批评,大量的生产,需要大量的消费,大量的消费需要大量的劝服,大量的劝服依赖的正是大众传媒。这是现代工业生产与传媒产业的逻辑联系,文化的生产与消费就其经济利益的实现过程而言,也概莫能外。美国社会学家刘易斯·科塞在谈到大众文化产业中的知识分子问题时指出:“大众文化产业,正因为它是一种产业这个明显的事实,最关心的是销路。产品必须打入市场。在正常活动过程中,销路的要求优先于所有其他考虑。大众文化产品的生产者私下里也许和其他人一样十分关心美学价值与人类现实,但是,作为生产者的角色,他们必须首先考虑商业利润。”①当文学批评被纳入大众文化的生产/消费的链条中的时候,它便或自觉或不自觉地遵从“销路优先”的原则。在当代中国文坛上,我们并不陌生这样的情形:一部作品出来,接下来是新闻发布会,作品研讨会,组织书评,等等,这些都是需要文学批评的地方,或者说用得着文学批评家们的地方;更重要的是,这些活动必得有大众传媒的关注。大众传媒在确认批评家身份的同时,又将他拉入“身份授予”的活动之中。如果说媒体像一个旋转的舞台,那么批评就充当了这个舞台上的追光灯,光源来自舞台背后观众无法看到的所在,灯光打在谁身上,谁就赢得了观众的瞩目。在这个过程中,重要的不是产品本身的价值判断,而是大众传媒的关注程度如何,传媒关注的程度决定了生产者社会身份的高低,从而决定了其产品的销路。当文学批评进入大众传媒的信息传递系统,作为文学生产与消费之间的桥梁和纽带的时候,商业利益必然地渗透进来,模糊乃至消解文学的价值判断。美国学者黛安娜·克兰在《文化生产:媒体与都市艺术》中,援引奥曼的研究成果表明,《纽约时报书评》的评论在一本书得以畅销的过程中(有着)举足轻重的作用,而且书评对评论对象的选择与投放广告的出版公司之间有着密切的关系。② 也就是说,文学批评的价值判断实际上被先于它和外在于它的经济利益的链条所决定,于是批评被仪式化、表面化。在这种情况下,文学批评空间在被大众传媒凸显和扩大的同时,也在被经济利益共同体分割、挤兑、压缩和利用,而在实际上成了一个非常虚幻和脆弱的表象。

文学评论自身的价值评判功能的萎缩,在20世纪90年代以来的中国文学中有着触目的表现:某个平庸的作家突然间大红大紫,众多评论家将高规格的词语和句

① 刘易斯·科塞:《理念人——一项社会学的考察》,中央编译出版社,2001年,第355页。

② 黛安娜·克兰:《文化生产:媒体与都市艺术》,译林出版社,2001年,第74—75页。

子都堆放在对他的评论之中，好像在为自己曾经错过了天才而竭力补过；某部缺乏创造性而只是善于借势用力的小说，被出版商设定为畅销书，书一出来便有批评家冠以“理想主义”、“扛鼎之作”的评语，在各种大众传媒上传布开来；某部乏善可陈的话剧居然能在北京连演数十场，获得可观的票房收入，其秘诀在于一批专家学者把它抬到了可以跟老舍《茶馆》相媲美的高度……文学批评于是成为其他利益主体与大众传媒为了商业价值而进行炒作的一个常规手段。对此，有学者非常清醒地指出：“炒作并不承诺和保证对于批评的责任，但它能够极度充分地利用批评的形式……在这种情势下，文学批评很难做到不为所动，始终如一地保持自身的情形和独立会变得十分困难，而身不由己地随波逐流却是最常见的现象。炒作的可怕之处在于，它能够造成一种既定而强大的事实，这种事实将剥夺你的怀疑能力，逼你缴械，甚至将你一同席卷进去。你在为虎作伥却又根本不能自觉。于是，文学批评沦为一种话语工具，它的丰富性和多元性消失了，单一的目标主宰了它的价值取向。”①

在大众传播的格局中，文学批评在价值判断的功能遭到削弱的同时，面临的更深层次的问题是，它所持守的价值尺度陷入暧昧不明、恍惚无定的状态。这在很大程度上是由于大众传播的发展和大众文化的兴起促生了多义、矛盾的价值空间：有的着眼于文化民主的取向，看到大众文化对过去的政治意识形态独断和文化专制的颠覆性，譬如王蒙对王朔的赞扬②；有的看到其对世俗物欲、商品经济的追逐，痛心于精英文化地位的动摇和文学的精神价值的丧失，譬如王晓明等对“人文精神”的呼唤③；还有的则持有双重标准，即在意识形态的纬度中肯定大众文化，但是又站在精英文化的立场上对其文学趣味和艺术性予以贬低，譬如李泽厚对王朔作品的看法④，等等。应该说，这里显示出的价值多元化是历史的进步，如果每一“元”都得以坚持和贯彻，从而形成价值观的碰撞、交流、博弈，谋求尽可能大的公共空间，那将是最理想的状态。

然而，文学批评领域却出现了在文化价值多元化的名义下将价值相对性推向极端的价值观。充分注意价值相对性的批评观，对独断论不言而喻是有力的冲击，为处于弱势和边缘的文化和文学形态争取到获得表达自身的权利，开掘出文学存在的

① 吴俊：《发现被遮蔽的东西》，《南方文坛》2000 年第 4 期。

② 王蒙：《躲避崇高》，《读书》1993 年第 1 期。

③ 王晓明等：《旷野上的废墟——文学和人文精神的危机》，《上海文学》1993 年第 6 期。

④ 譬如，李泽厚与刘再复在一次谈话中涉及王朔小说时，就表现出这样的矛盾的评价，他说：“现在玩世不恭的时髦所谓痞子文学，可以满足暂时的心灵的虚空，也能撕毁一些假面具，但艺术境界不高，我不太喜欢。王朔的小说毕竟出现在中国的现实土壤上，应该说有其真实意义的一面。”“它（指王朔小说——引者）恐怕属于大众文学范围。我对大陆的‘大众文学’的兴趣超过对‘精英文学’的兴趣，大众文学乃至大众文化，对僵化的意识形态具有很大的解构作用。”见李泽厚：《世纪新梦》，安徽文艺出版社，1998 年，第 361、381 页。

丰富的可能性。然而，当这种价值相对性被绝对化之后，它便走向了反动。它抹煞了批评的批判性和否定性特质，而一味地用肯定句描述文学的存在，从而导致了另一种独断论，即在价值论的层面认可“一切存在的即是合理的”。你只要留意就会看到这样的情形：有批评家昨天还在为小资写作摇旗呐喊，今天却大谈要为无产者写作；有批评家在一个场合痛心于文学写作没有灵魂，在另一个场合却在为物欲大声辩护；有批评家一面肯定非主流、民间性，一面又转过身去高唱主旋律……这种没有价值尺度的价值尺度，没有立场的立场，除了透现出文学批评主体精神的虚无状态，也暗合着大众传媒的商业化原则，即按照供需平衡的原则，什么好卖卖什么，什么时新走俏卖什么，名利的回报至关重要。只要有市场需求，只要能占领市场，二流、三流的作品也可以包装成一流作品，平庸无奇之作也可以夸耀成传世杰作。反过来也如此，如果没有市场，杰作也会（被）视为垃圾；而为了引人注目、耸动视听，同样也可以将白璧微瑕〔可以〕夸大为致命硬伤。没有立场和原则的批评正可以参与到这种游戏之中，并且成为这种游戏的一个组成部分，一切都是策略，一切都是权宜，应时而动和相机而行才是不变的原则，就像在股票交易所里，随时作出抛出和买入的决定。

应该说明的是，当我们试图厘清大众传播对当代文学批评的空间构成所产生的影响的时候，我们应该警惕将文学批评的危机全部推给大众传播负责，就像布迪厄所说的：“知识分子的批判力受到摧毁，这不能由记者这个整体来负责。如果说，约束和控制是通过记者才得以实现的话，那么，也是通过记者，通过他们中的某些人才在这里或那里开辟了自由的空间。”①大众传播给文学批评带来新的生机的同时也带来新的制约，如此形成的抗力当是催生真正有效的批评的动力源；任何一种社会情境中都存在着类似的抗力，不同的是具体的结构形式和表现方式而已。可以说，大众传播格局中的文学批评，在以自身的健康状况检测着大众传媒在建立真正的公共空间上所达到的深度；但是，文学批评主体能否承受上述抗力而激发起批评的热情则冀望于批评人格和批评伦理的建设，它意味着文学批评能否承担与反抗我们时代的精神困境。

——原载《南方文坛》2004 年第 5 期

① 皮埃尔·布迪厄、汉斯·哈克：《自由交流》，生活·读书·新知三联书店，1996 年，第 20 页。

贺绍俊

重构宏大叙述

——关于当代文学批评的检讨

后现代思潮使文学批评的功能发生了重要的改变。按罗蒂的描述,西方对于人类文明的思考,经历了三个阶段,先是从上帝那里寻找救赎,继之从哲学,如今则从文学。从文学中寻找救赎,指的就是后现代思潮兴起以来的文学理论和文学批评所承担的思想任务。① 从韦伯开始的理论,历经奥尔特、阿多诺、本雅明、哈贝马斯、利奥塔,都把文学艺术作为从资本主义社会的痼疾中救赎人类精神和心灵的有效武器。因此作为后现代以来的一个重要趋势,文学越来越与哲学、社会学、历史学、人类学融为一体,而且在这其中,文学成为领军人物,大有替代哲学等学科的姿态。因而一系列有关哲学认识论和本体论的探讨就能够引起文学的极大兴趣,似乎成为了文学理论的基本内容。据盛宁介绍:"今天在英语国家的大学里,开设较多的有关法国和德国哲学课程的不是哲学系而是英语系。'文学理论'成了一个远远超出传统的文学理论概念的专门领域,它所包括的许多极其有趣的著作并不明显地诉诸文学,但它又不同于时下所谓的'哲学',它既包括索绪尔、马克思、弗洛伊德、德里达、福柯和雅克·拉康,又包括黑格尔、尼采、海德格尔、利奥塔、保罗·德曼和汉斯-乔治·伽德默尔。"②代之而起的,是文学批评从拘泥于文本的新批评中走出来,转变成视野更为广阔的文化批评。文化批评表现出这样一种愿望:即使是对文学的文本发言,也必须表达出介入社会和政治的思想主张。同样的,文化批评也体现出对文学的新的定义:文学没有明确的边界,它包容着社会、历史所折射的一切问题。文学是我们认知世界的重要方式。尽管西方现代后现代思潮风起云涌,流派纷呈,观点

① 陆扬:《文学不是常有振聋发聩的力量吗? ——罗蒂在南开大学作讲演》,《文艺报》2004 年 7 月 27 日。

② 盛宁:《人文困惑与反思——西方后现代主义思潮批判》,生活·读书·新知三联书店,1999 年,第 95 页。

迥异,但我们大致上可以看到一个整体的趋势,就是文学和文学批评在现代后现代理论的激发下,具有越来越鲜明的社会批判性和现实针对性。

毫无疑问,西方现代后现代的思想集装箱运送过来后,被我们全部照单收下。但有意思的是,我们的文学批评并没有因此而更加底气十足起来,相反其功能和影响越来越萎缩。文学批评不仅没有一种介入社会和政治的气度,甚至对于文学本身也越来越失去其权威性。当然,我们的文学批评对于西方思想丝毫也不陌生,而且我们的文学批评能够娴熟地运用西方的理论和术语。但这些理论所蕴含的社会批判性和现实针对性却在我们的移植过程中丧失殆尽。这固然说明了西方理论对于中国本土的文化和现实存在着不适应性,但同时也说明我们在接受西方理论的过程中还存在着认知的偏差,这种偏差同时包括了对本土认知的偏差。

就文学批评本身来说,可以从主客体两个方面来检讨这种认知偏差。

首先从批评者主体来看,文学批评的职责转化为批评者的身份确立,文学批评不过是批评者实现自己社会职责的具体方式。20 世纪以来,中国社会的现代化进程固然培育起中国的现代意义上的知识分子,但文化传统与社会结构的根本差异,使中国知识分子的社会职责带有强烈的中国特色。中国的知识分子应该是从传统的士阶层脱胎换骨产生的,虽然"五四"以后的社会变革赋予了中国知识分子以现代性意义,但社会结构的沿袭决定了中国知识分子与传统士阶层的延续性。中国传统的士阶层是仕的基础,"学而优则仕","士"的社会道德职责与"仕"的国家政治职责融合为一体,而且,"士"的社会道德职责更多的时候必须通过"仕"的国家政治职责才能得以实现,这就先天性地决定了士阶层的政治属性,这种政治属性在诞生于现代化进程中的中国知识分子身上并没有得到根本的改变,特别是在五六十年代政治意志扩张的社会氛围下,知识分子的社会道德职责变异成一种政治幻觉,而知识分子同时携带着的国家政治职责在被不断地夸大之后,反过来成为了知识分子的思想囚牢。因此,当大的政治环境发生变化,知识分子首先觉醒到的是自身的独立性,而现代后现代理论自然而然地就成为知识分子寻求独立性的思想通道。自 80 年代以来,我们学习西方现代后现代理论的过程,就成为了知识分子对其身份的传统性不断进行"脱脂"的过程,特别是对"仕"意识的"脱脂",注重于对传统性的"脱脂"就带来一个后果:我们认同了现代知识分子的独立品格,却抽去了知识分子社会职责中的政治内涵。说到底我们还是对本土和传统缺乏真正现代意义上的认识,仍然在"入世"还是"出世"间游离。事实上,中国知识分子独立品格的缺失并不在于对政治的热情投入,而是在于社会政治结构的约束,因此我们所要否定的是致"士"与"仕"于一体的政治、文化结构,而不是传统士阶层沿袭至今的忧国忧民的政治立场。因为对社会职责的放弃,知识分子独立意识的觉醒最终导致了知识分子的自我放逐。这一点在文学批评中表现得尤为突出,80 年代的文学批评一度引领着思想解放的潮流，但到了 80 年代末期，伴随着“向内转”，文学批评逐渐从政治、思想、社会批判等阵地大幅度地后撤。后来，人们抱怨文学被边缘化了（同时也有人欢呼文学的边缘化），从一定意义上说，文学边缘化不是被动式，而是自我放逐的必然结果。

另一个方面，从批评客体即文学的承担来看，文学应该是人类精神的承担者，文学提供给人们的是精神的想象，是理想的家园。文学批评的重要功能就是将文学的精神内涵进一步阐发出来。现代社会基本上由三股力量构成发展的合力：政治、经济与艺术。这里所谓的艺术，并不是平常意义的艺术创作和艺术作品，而是哲学层面上的一种人类特殊的精神活动。在这三股力量中，艺术明显不同于前二者。政治和经济是一种制度化、工具化和权力化的物质性的硬力，而艺术是一种非制度化、情感化和道德化的精神性的软力，艺术通过无形的、精神熏陶的方式实施影响，艺术精神的本质体现在哲学、文学艺术等人文性的作品中，体现在社会的文化活动、教育活动中，体现在知识分子的公共话语中。在一定意义上说，西方现代后现代思想家都是在企图发挥艺术在人类文明进程中的作用，以匡正政治、经济带来的社会发展偏差。当然这有一个重要前提，就是艺术作为一种精神的力量是独立的，它才可能与政治、经济一起在现代社会进程中构成三足鼎立的局面。在 80 年代得以复苏的中国当代文学迫切希望从政治的束缚中摆脱出来，独立成为第一要务而压过了文学对精神的承担，西方现代后现代思想顺理成章地成为其武器，这一点显然也是与当时的知识分子寻求独立性相互应合的。后现代关于颠覆的理论得到了格外的青睐。颠覆使 80 年代末期的文学在狂欢与恣肆中开创了一个多元化的非中心时代。西方后现代的颠覆理论固然是对以往的理性主义进行了彻底的摧毁，但颠覆不是理论的唯一目标，颠覆的目的是要营造起与这个时代相吻合的精神空间。可惜的是中国当代文学只完成了颠覆理论的前半截工作，他们还来不及营造起自己的新的精神空间，就受到了市场经济的巨大冲击。90 年代的中国社会逐渐给市场化加温，经济几乎成为社会的主宰。而自我放逐中的文学此刻就像一个流离失所的弃儿一头撞进了市场化的甜蜜乐园，市场经济的利益原则和自由竞争原则诱使文学朝着物质主义和欲望化的方向发展，这就是我们看到的 90 年代文学的整体形象。

文学批评同样没有逃脱市场化的腐蚀。文学批评与市场是通过媒体作为中介而发生关系的。市场化的重要标志之一就是把我们所处的时代变成一个媒体的时代。特别对于处在社会主流中心位置的城市来说，这一点表现得更为突出，几乎可以说一切公共或个人的生存活动，都需要通过媒体作为中介，而媒体出于自身的需要便充满了攻击性，它无限扩张自己的话语霸权。另一方面，媒体具有一个消化功能极强的巨大的胃，它可以吞噬性质各异甚至与自己完全相左的物质，以一种狸猫换太子的颠覆方式,变成与媒体终极目标相一致的东西。于是,媒体也对文学批评表现出极大的兴趣,因为它需要文学批评所具有的权威面貌、理论色彩和评判立场,但支撑这一切的文学批评的独立品格却被阉割掉,以便更好地服务于媒体的实际利益。随着国内媒体大战,促使媒体批评迅速发展起来。媒体批评的直接结果之一便是使得文学批评变成了公众化的角色,而另一个结果便是造成了社会的普遍误解,以为媒体批评就是文学批评的全部内容,媒体批评的强烈光芒遮蔽了其他的批评活动。媒体与消费的合流,形成当下的文化主体,其对文学批评采取的是一种收买的政策。收买的结果是造成了许多变异的批评活动,同时也使得批评有可能成为一种谋生的手段。这两年兴起所谓的"酷骂批评",可以说是媒体批评的登峰造极之作。比较有代表性的是《十作家批判书》的出版。据策划者介绍,他们是试图以媒体批评和商业批评的话语方式来表达学理批评深刻的思想内容,是要"让批评从批评家的课堂里、书斋里和那些发行只有几百份、几千份的所谓学术刊物上解放出来"①。我以为这也许只能是一种良好的愿望而已。因为这种操作的商业本质是不容改变的,在这种状况下,其学理性是十分虚幻和空泛的,它所表现出的咄咄逼人的批判性和尖锐性,充其量不过是萎靡不振的文学批评服用了商业的"伟哥"之后,发出的一种虚张声势的威力而已。

也许可以这样描述中国当前的文学理论和文学批评:尽管我们在理论和话题上越来越与世界"接轨",但文学理论与文学批评与现实的关系却越来越疏远,而这一点恰是与现代与后现代的精神实质背道而驰的。改变文学理论与文学批评现状的途径之一,便是重建起文学的宏大叙述。当然,后现代思想首先就是从消解宏大叙述打开缺口的。在中国当代的文学批评中,消解宏大叙述一直是我们用以对抗政治意识形态的理论出发点。但我们还应该对宏大叙述作更细致的辨析。利奥塔在70年代宣布宏大叙述的解体,在他看来,后现代的努力都是向一切标志着"同一性"的宏大叙述进行挑战。② 宏大叙述显然是指被社会认可的秩序和原则,而最宏大的叙述可以说就是资本主义体制"大一统"的宏大叙述。因此,关于解构宏大叙述的论题是一个很具体的西方语境的论题。另外,后现代对于宏大叙述的解构是为了建立起新的知识标准,解构本身就包含着重构。而这个重构过程至今也没有终结,因为它面对着社会文化现实的新的矛盾和问题。这些新的矛盾和问题也在为后现代理论提出种种悖论,一方面,旧的宏大叙述被解构了,一切差异都具有了存在的合法性;但另一方面,我们又被装进新的宏大叙述结构之中,这个宏大叙述就是全球化的叙事,全球化的叙事正在通过经济、政治和文化的方式,把新的一致性和标准化贯彻到

① 中国文联理论研究室编:《双刃剑下的评说》,大众文艺出版社,2001年,第67页。

② 周宪:《20世纪西方美学》,南京大学出版社,1999年,第159—164页。

世界的每一个角落,全球化最终取消了所有的差异。后现代思想的批判精神当然不会在全球化趋势面前止步的。这同样也是对中国的当代文学和文学批评的设问。

中国当代文学为了从中国特定的"大一统"的政治格局中摆脱出来,借用解构宏大叙述的观点,不失为一种聪明的借用。但是,我们必须看到这只能说是一种策略,而不构成真正意义上的理论主张,因为对于中国当代文学来说,宏大叙述不过是一种理论的虚构。当代文学曾经要摆脱的是极端的政治意识形态化,而不是启蒙思想的终止。对于西方后现代思想家而言,他们的确面临一个资产阶级启蒙神话的解体,而中国当代文学却是在一种迥然不同的社会形态中发展起来的。新时期开始的中国当代文学,的确面临着从革命神话中挣脱出来的问题,但挣脱革命神话的目的是为了开启所有思想的阀门。这实际上就是一个重构知识标准的问题。20 年过去了,这期间文学又受到经济权力的严重威胁,重构的问题再一次凸显出来。今天,我们是一个多种社会形态交织在一起的状况,前现代、现代和后现代呈现在同一空间内,而每一种状态都是在发育不良的过程中生长起来的。在这样一种复杂的社会形态下,艺术精神对于保证社会良性、和谐发展的作用就显得非常重要,因为在政治、经济、艺术这三股力量中,政治和经济往往是现实主义的,追求的是现实的利益;只有艺术才是浪漫主义的,艺术指向人的精神世界,指向人的未来。文学应该是艺术精神最大的策源地和栖息地,这也就是文学的精神承担。那么,文学批评是干什么的?文学批评要通过自己的阐释和批判功能,最终完成文学的精神承担。因此文学批评应该为文学的精神承担重构起自己的宏大叙述,这个宏大叙述独立于政治、经济之外,体现出批评主体的独立品格和社会职责。从这个意义上,如果要问什么是宏大叙述,那么回答就是:文学的精神承担就是最根本的宏大叙述。

——原载《中国社会科学》2004 年第 6 期

丁晓原

报告文学:虚拟的问题与现实的问题

曾经冷寂的报告文学,近来从诸种文体中凸现出来,引得文坛的关注。这种凸现,一方面自然与创作中某些可喜的现况有关,但另一方面更大程度上导源于被"制造"的与报告文学相关的若干"事件"。其中,颇为热闹的一是有关报告文学是否"枯竭"的论争,二是围绕《报告文学》主编辞职引起的风波。在我看来,"枯竭"之说对于报告文学而言,只是一个虚拟的问题;而主编风波,撇开其中各执一词的琐屑之事,值得我们关注的是,它反映了在新的文化生态条件中,报告文学存在着不少现实的问题。现在,这两个事件大约已经平息。当事人其时更多地关注事情的表层,对其中包含的本应得到彰显的意义及相关问题却未能给予必要的展开。

我之所以指认报告文学"枯竭"之说为一个虚拟的问题,是因为这一观点的言说者既虚拟了报告文学创作的景况,又虚拟了支撑这种说法的所谓的理论假设。虚拟的产生来自于持论者对报告文学某种程度上存在着的隔膜。认为报告文学已经或正在走向"枯竭"的人不在少数,但代表人物当是李敬泽。李敬泽在颇有影响的《南方周末》发表了轰动一时的《报告文学的枯竭和文坛的"青春崇拜"》。① 敬泽以为:"我们不大可能创造出一个奇观般的精神废墟:在全世界消灭小说、消灭诗。然而,有一种文体确实正在衰亡,那就是报告文学或纪实文学,真正的衰亡是寂静的,在遗忘中,它老去、枯竭。所以,我赞同编者的议论,让我们确认'恐龙已死'。"他这里所说的编者,是指《当代》杂志的编者。《当代》2003 年第 5 期推出邓贤的纪实文学《中国知青终结》。编者大约是为了突出这一部作品对于报告文学或纪实文学所具有的起死回生的意义,就特别地将此前的报告文学作了贬抑的处理。有意思的是《当代》看重的《中国知青终结》,在李敬泽这里却成了报告文学正在走向"枯竭"的证据。对他们之间存在的这种矛盾我当然不感兴趣。我只是认为,敬泽仅凭少数作品,而

① 《南方周末》2003 年 10 月 30 日。

且是他觉得不合格的一篇作品,就“确认”报告文学“已死”,这种“确认”未免有些轻率,因而显得很不科学。

我知道李敬泽对小说情有独钟,所以他不相信小说会被消灭的“奇观”出现。他是一个有影响的小说评论家,我们相信他说的是真实的。但他似乎又没有看到报告文学,特别是一些还应算是报告文学存在的事实,而硬是“创造”报告文学如恐龙已死的“奇观”。报告文学这种独特的文体不以个人的意志为转移地“活”着,它虽然不像托尔斯泰早先所预言的那样一花独放:“将来的世纪,一般将不再虚构文艺作品。如果还有作家的话,他们将不是编造,而是叙述他们中碰巧遇上的那些有意义的,令人喜闻乐见的东西。”但是假如是一个没有文体偏见的读者,而且还是一个读了不少报告文学作品的人,我相信他一定不会无视这种文体的存在的。2003 年的“非典”是中国历史上的一次“劫难”。《瘟疫,人类的影子》《北京保卫战》等报告文学,为我们,更为未来存活了非常态中人们的生存景象、精神世界和思考的成果。这些作品的价值是其他文体没有,也是无法取代的。陈桂棣、春桃的《中国农民调查》所产生的近来少见的报告文学“轰动”效应,部分地也可以“确认”报告文学在当下的存在及其价值。不必做更多的例证。总之,报告文学的创作实际并不支持这一文体“枯竭”或“已死”的想象。

那么,是什么遮蔽了言说者明亮的眼睛,使他们不相信报告文学存在的可能性的呢?

原来是他们所信奉的先验化的未经证实的理论。在李敬泽看来,报告文学“它既承诺客观的‘真实’,又想得到虚构的豁免,天下哪有这等左右逢源的便宜事?”因此报告文学“它在叙事伦理上是不成立的”。这便是“报告文学作为一种文体的根本症结”。支持这种观点的还有吴俊等评论家。吴俊在《文汇报》发表了《也说“报告文学”身份的尴尬》一文①,对《报告文学的枯竭和文坛的“青春崇拜”》,他表示“我基本认同此文的观点”。因为,在吴俊看来,“该文是从文学的常理和规定性对报告文学提出了质疑”。报告文学既然违背了“文学的常理和规定性”,那么报告文学就必然地会“枯竭”或“消亡”。吴俊说:“我相信,报告文学之名及其所指,终将会消亡。”由此可见,问题的关键在于一个他们所命定的“文学的常理和规定性”了。对此,李敬泽语焉不详,倒是吴俊说得明了。其基本观点大致可归纳为以下几点:“纪实和虚构,向来是文学文体与其他写作文体的主要分水岭”;“文学的特性在虚构和想象,只有当报告文学进入虚构和想象的世界中时,它才是文学。当然,这时也就没有报告文学了”;“报告文学想鱼与熊掌兼得,既想让人相信它是完全真实的,又

① 《文汇报》2004 年 1 月 18 日。

想把自己圈定在虚构的世界中”，那么报告文学就只能如李敬泽所说的那样了。吴俊、李敬泽是按照他们预设的“三段论”来推理的：因为凡是文学都得虚构；报告文学不虚构；所以报告文学不是文学，所以报告文学“枯竭”或“消亡”。推导出报告文学不是文学倒也无妨，而得出报告文学“枯竭”或“消亡”的结论，则实在是危言耸听。

其实，仔细想来，这些说法不免有些似是而非，或者径直地说是虚拟的。吴俊、李敬泽所设定的推理的大前提，也就是他们自认的“文学的常理和规定性”，不能说完全错误，但至少是片面的。“文学的特性在虚构”，这是一个无法得到文学创作实际普遍地支撑的“伪命题”。将“虚构”说成是“文学的常理和规定性”，这本身就是一种“虚构”。文学为何，很难以“一言以蔽之曰”的方式把它概括，而且人们对它的认知也不会固化不变。我国古代最早的有关“文学”的表述可见于《论语·先进》篇：“德行：颜渊、闵子骞、冉伯牛、仲弓；言语：宰我、子贡；政事：冉有、季路；文学：子游、子夏。”这里所说的“文学”，是指“学问”、“学艺”。这种情形与西方相似。杰弗逊、罗贝在《现代文学理论》中曾说：“现代对文学的界定是一个狭窄的定义。例如，在17世纪的法国，我们现在称之为文学的文体，只不过是具有广泛领域的知识的一个部分。而知识并不包含我们现在所说的文学与非文学作品的区别。”①现代对于文学的界定当然不同于先前，研究者倾向于将其指向一个相对较小的范畴，但对文学的释义莫衷一是。然而，其中的几个关键词如作为语言的艺术、形象性、情感化等，是不同的解释者差不多都会给出的。在我看来，从总体上说“虚构”对于文学而言是重要的，但并不是不可或缺的；“虚构”并不是文学的目标，它只是使创作更多地走向文学（独特的形象性、深度的情感化等）的手段。从具体的文学创作看，要不要虚构，一般要因体制宜，因题制宜。与此相关的问题是，纪实也并不如有些论者所说的是文学的天敌。中国文学中有文学与历史合致的传统，典型的例子是司马迁的《史记》，它是一部历史著作，同时又是散文，是文学，是中国文学史叙述的重要对象。再如杨绛的《干校六记》完全是自叙传式的纪实性著述，但我们又有谁能说它不是一部富有历史况味和人生意味的优秀散文呢？诗歌中也有这种情况，我们耳熟能详的“床前明月光，疑是地上霜。举头望明月，低头思故乡”，是一首写实景真情的好诗，没有人说它不是文学。还有杂文，这种吴俊毫不犹豫地认定为文学的文体，它也不是致力于虚构的。由此可见，虚构对于文学之为文学并不是必不可少的；纪实也不见得就使文学变为非文学。我想这应该是一条文学的常识吧。

就报告文学而言，如果我们不再认定“不虚构无以文学”的死理，那么对它的文体性质就有讨论的可能了。报告文学是一种独特的文体，它的独特性体现为兼具新

---

① 《中流》第11期，1937年2月20日出版。

闻与文学的特点,它的这种边缘性规定了报告文学非纯文学的特点,就像杂文等文体一样。因此,我们不能用纯文学的某些规定性要求,评价报告文学。报告文学的新闻性,表示这一文体写作的纪实性(内容)、时代性(主题)和趋新性(时效)。作家选择报告文学,也就选择了一种写作立场和态度,即关注现实、直面现实、介入现实,基于事实作出自己作为知识分子存在的言说。报告文学的文学性,并不表示"借文学来提升报告文学地位的用意",而是通过导入文学的一些元素,优化"报告"的表达,在具象的世界中更好地传输作品的意旨情味等信息。对此,茅盾早在70多年前写的《关于"报告文学"》中就有说明:"'报告'的主要性质是将生活中所发生的某一事件立即报告给读者。题材即是发生的某一事件,所以'报告'有浓厚的新闻性。"但"它跟报章新闻不同,因为它必须将'事件'发生的环境和人物活生生地描写着,读者便同亲身经验,而且从这具体地生活图画中明白了作者所要表达地思想"①。茅盾这里对报告文学文体性所作的界定是明确而得体的。其中就报告文学的文学性而言,就是在写作中除了虚构以外,"必须充分的形象化"。那么,不用虚构能不能实现"充分的形象化",答案应该是肯定的。文例很多,无须赘述了。

以敬泽、吴俊的智慧,是不会有报告文学"枯竭"、"消亡"这样的偏颇之论的。问题出在他们偏信自己未经很好验证的"文学常识"。以本身就不够准确的"文学的特性在虚构"这一简单化的断语,去概括复杂多样的文学存在,特别是无视报告文学的独特性,这就难免要出错了。另外,他们大概阅读报告文学作品无多,说话有些踏空随便。我想要客观地评价报告文学,还是需要我们回到报告文学的现场。

现在,我们要关注批评者未及关注的报告文学的现实问题了。这可从有关《报告文学》主编辞职风波说起。现在的《报告文学》杂志由湖北的长江文艺出版社主办,主编由出版社聘请报告文学评论家李炳银担任。2004年4月出版社在报上登广告另外招聘主编,李炳银提出辞职。这中间一些具体的事情,我们不加论评,但双方有关办刊的想法是很值得我们思考的。某种程度上它反映了报告文学现时的生存状态和问题。李炳银陈述:出版社要求《报告文学》"刊登一些迎合大众口味,诸如反映'打工妹'生活、'包二奶'现象等文章,名人狗零鸡碎的轶事、耸人听闻的社会传闻等,以求赚得更大的利润;而我始终坚持刊登有责任与使命感、关注国计民生、对社会灰暗面具有批判精神的报告文学作品"。出版社社长周百义辩难:"他所谈及的低俗、无聊的文章,就是我们所说的报告文学大众化,我们提倡贴近生活、贴近百姓、反映当下社会热点的报告文学,即新闻加文学的创作手法。根据当今的大众阅读环境,只有这样的文章才能赢得读者,扩大发行量,而李炳银提倡的所谓'精英阅

① 吴调公主编:《文学学》,百花文艺出版社,1987年,第13页。

读’，不能做到这点。”①由于言说主体的立场不同，所以他们各自所持的重点自然就相异。在经济中心主义时代，出版社作为一个经济实体，或曰商家，它必然地要追求利润的最大化。这是无可厚非的。李炳银作为报告文学精神的守望者和代言人，他有责任和使命坚守报告文学的文体品格。但李炳银最终还是带着几分无奈辞职了。从某种角度而言，这可能是所谓的“大众阅读”打败了“精英阅读”。这似乎并不是哪个个人一己的主观选择，大约是一种社会文化生态的使然。因此，如果说报告文学现在真的有什么问题的话，那么最主要的便是所谓的“大众化”。

在谈到报告文学时，说者往往会“怀念”上个世纪80年代的时光。那时，人们常用“轰动”一词来形容许多报告文学作品所产生的效应。80年代依然是一个文学中心化的时代。在一个需要思想启蒙的时代，报告文学这一时代文体，正好以自己独特的方式参与了时代主流话语的建构，在表达新启蒙思想的基本主题取向中，实现了文体自身的价值。而当下的社会流行着以经济为中心的价值观念，思想的启蒙让位于物质的崇拜。作为精神生产的方式，文学已经成为边缘化了的存在。同时，文化形态的多样性，使受众接受信息的路径日趋丰富。原来的报告文学之所以更受人关注，部分地是因为在新闻受到更多限制的情况下，报告文学拥有相对自如的言说空间。当时，一些社会热点问题，新闻是无法作具体的报道的，而在80年代，“问题报告文学”成为报告文学创作中最重要的体类。现在报告文学的这种优势差不多已经没有。在一个“全媒体”的时代，新闻必然会不由自主地走向开放。网络、电视等强势传媒具有某种无法拒绝的魅力。中央电视台的《焦点访谈》《新闻调查》《面对面》《新闻会客厅》《讲述》等栏目，对新闻事件、新闻人物、社会热点问题等作快捷、可视的报道。其中做得较好的一些专题，实际上可视为另一种形态的报告文学。在这种情况下，报告文学原有的题材“垄断”已不复存在了。一方面由于社会主题的变异，“大众话语”成为时尚，另一方面由于电视、网络某种替代效应的形成。这就是目前报告文学所居处的文化生态。于是，由“精英”的报告文学转型为“大众”的报告文学。一些名为报告文学的作品，热衷于披露名人的私人生活档案，展览社会另类人生的生活图像。其间充溢了“身体写作”的感官刺激，满足的是读者的窥私欲和某种低级趣味。正是在这种“大众”的名义下报告文学被扭曲了。

问题不在于报告文学要不要大众化，而在于如何大众化。如果说大众化只是通过展览“打工妹”生活、“包二奶”现象之类，以迎合大众口味，满足读者感性阅读的快乐，那么这类写作，与其说名不副实地举着报告文学的招牌，还不如径直地称名为泛化的纪实文学更贴切。（更换主编后的《报告文学》，同时也可更名为《纪实文

---

① 李炳银、周百义语，见《〈报告文学〉主编李炳银要辞职》，《京华时报》2004年5月20日。

学》)。报告文学的大众化,应体现为反映与大众生存发展攸关并为大众关注的社会生活题材,同时作家还应通过自己对题材(人物、事件、现象)的思考与表达,给读者以思想的资源。在我看来,报告文学并不是一种大众的写作方式,而是一种知识分子的写作方式。从报告文学文体的历史看,优秀的报告文学无不具有关注现实、介入现实、思考现实等重要的文体品格。报告文学不只是展示感性的材料,它还应该为读者提供思想的元素。如《中国农民调查》叙写的是中国最大众化的题材,农民、农村、农业是关系到中国七八亿人口生存的第一大事。作者的写作态度是极为严肃认真的,他们不只是在为农民诉苦,而且更是站在一个高度上较为深刻地思考着中国农村的问题。由这一文例可见,报告文学的"大众化"应是具有知识分子品格的作家,基于强烈的社会责任感和崇高的人文精神,对人民大众实际生存状态进行报告,而不是在"大众化"的幌子下,使报告文学变为一种低俗化的写作模式。

在新的文化环境中,实际上报告文学并不是没有自持的可能。近来广获好评的一些优秀的报告文学的存在,已经对此作出了证明。(在)视觉文化取得某种文化霸权地位的时代,电视新闻的吸引力相当的强大,但它的劣势也是很明显的。一般来说,它的缺少深度的平面化的制作,为受众提供的是一种"快餐"文化。一时可能影响力很大,但由于常常缺少思考挖掘的空间,所以往往历时未能持久。文字媒介,特别是文学作为一种语言艺术,它以富有表现力的语言建构的蕴藉丰富的形象世界,会给读者带来持久深刻的影响力,读者在阅读作品的时候会形成一个可供从容咀嚼回味、想象内化的空间。当然文学的这种优越性不会自动生成,它有赖于作家优异的文学能力。就报告文学而言,面对图像媒体的竞争,它应注意在选择、叙说和语言诸方面凸现自身的优势。报告文学的纪实性决定了"选择真实"对于这一文体写作的基础性意义。选择的意义既见于报告对象的物色上,更体现在对所选对象作"二度选择"。因为如上所说,当下报告文学的题材优势已经不复存在,作者必须根据对象的实际选择其中有利于用报告文学方式报道的部分。对报告文学的叙说我们强调它的立体和深度。立体和深度,一般来说这是图像媒体和其他的纪实文学所短缺的,报告文学正可在这些方面造就自己的优势。2003 年的"非典",各类媒体作了大量的报道,但为什么杨黎光的《瘟疫,人类的影子》,何建明的《北京保卫战》还别有阅读吸引力和独特价值?杨黎光的作品由题目告示,作家是用历史叙事和现实叙事相结合的方法结撰全篇的。这种构造不仅使作品得以传输立体化的信息,而且立体化的叙事强化了作品意蕴的张力,使读者能在一个广阔的时空背景中认识"非典"这样的瘟疫。何建明的作品致力于具有"收藏价值"的历史性现场的存活和凸现,大量珍贵的细节为这种存活和凸现提供了保障。细节是立体化了的,并且内含了感动人心的冲击力。对于报告文学来说更为重要的深度是思考或者说思想的深度。读过

《矿难如麻》的读者，一定会为长江从作品中传达出的沉重的叩问之声而警醒；读了卢跃刚的《东方马车》，我也为作者拨开表层事象，从中国文化的某种规定性中看取、透视、把握对象的洞察力和穿透力而深感满足。

语言之于文学，不仅是表达工具，而且也是表达本身，是文学之为文学的前提。现在有不少报告文学粗制滥造，表现在语言运用方面就是随心所欲，芜杂冗长，单调沉闷，缺少滋味。报告文学的语言，在我看来，它应具有新闻的客观，小说的形象，散文的笔调以及政论的力度等。语言对读者、对作者而言，是一种感觉，大约很难作标准化的处理。在现在活跃的报告文学作家中，我是比较喜欢赵瑜的语言方式的。他的语言有一种吸引人的磁性。

报告文学现实的问题中，作者队伍的存在状况也是值得重视的。作为一个报告文学的读者和研究者，我在跟踪这一文体的创作时，一方面为何建明、赵瑜、杨黎光、卢跃刚、邢军纪、长江等一批跨越世纪依然保持着写作活力的报告文学作家而高兴，他们的创作支撑了报告文学的局面，但是另一方面又为他们较长时间“垄断”着报告文学创作的高端，后续的青年作者很少能走到报告文学的前台而担忧。报告文学创作的可持续发展有赖于创作队伍的可持续发展。20 世纪 80 年代是一个报告文学的时代，那时老中青三代报告文学作家星光灿烂。现在的景况对青年报告文学作家的成长并不有利。文学的私人化写作思潮与作为社会写作的报告文学是格格不入的，而私人化写作在年轻一代作者中已产生了深入的影响。报告文学写作的经济成本较高。深入的采访是写好报告文学的前提，而采访需要时间、精力和经济的投入，特别是揭露问题的采访，一般是不会有人给作者买单的。这是青年作者必须面对的实际。有时是一种无奈，他们只能选择放弃。此外，报告文学是一种“危险”的文体，危险来自于作家的良知和作品的真实。如果没有强烈的社会责任感和作家的使命意识，是不可能有为于报告文学创作的。而社会责任感和作家的使命意识，在现在的青年作者中是相对欠缺一些的。这些大约就是青年报告文学作家不能迅速后来居上的原因吧。

——原载《文艺评论》2005 年第 1 期

吴 俊

关于“寻根文学”的再思考

一

对于“寻根文学”现象的历史考察,研究者一般以1985年为时间点,由此往前可以追溯到(20世纪)80年代初,往后则基本上不会逾越80年代末。这意味着“寻根文学”是在“新时期”文学范畴或时间段中发生和流变的。“新时期”构成了“寻根文学”的基本时空环境。

“新时期”上承“文革”结束而来,它的命名首先且主要是缘于中国当代政治的转折及其需要。新时期伊始,社会各方面的变化几乎都围绕着政治的轴心发生和展开。在文学领域,其时的“伤痕文学”、“反思文学”、“改革文学”,也莫不如此。但是,进入80年代未久,社会思潮的发展开始渐渐出现了类似“拐点”的迹象,政治轴心的时代尚未结束,一种以文化为主要视点的观念和思维方式却已悄然呈现。到了80年代中期,以文化为思想旨归的“文化轴心”时代俨然形成。“文化热”成为当时的思想时尚。“寻根文学”也随之达到高潮。

为什么“文化热”、“寻根文学”会在80年代中前期取代政治的激情而成为思想和文学的兴奋点?究竟如何理解“寻根文学”的发生和兴起?对此,当然可就“文化热”和“寻根文学”的整个流变过程寻绎出某些基本的认识。但我觉得,仅以文化和文学的自身逻辑作为历史判断的依据恐怕很难圆满回答这种明显具有社会思潮性质的问题。或许应该将其置于更为宏观的社会历史进程及其结构关系中去才能获得比较妥帖的答案。

“寻根文学”(乃至“文化热”)的理论和思考方式无疑主要是在“历史—文化”的层面上展开的,这与“五四”新文化的思想特点极其相似。换种说法也就是,这两者都未刻意寻求其政治作为。那么,这是一种理论的自觉还是策略?或者,这主要是一种社会历史逻辑的必然(演绎)结果?我想不妨简单地说,不管是“五四”新文化还是“寻根文学”、“文化热”，都是在既定的且被社会所充分认可的政治框架中展开的，即其从一开始（天生）就没有预设明确或强烈的政治诉求，而只是希望在政治的范畴以外（超越政治）去寻求社会和文学、文化发展（即现代化）的思想与历史资源（价值依据）。就“五四”新文化而言，它接受的是辛亥革命的政治遗产。共和政体与民主政治，是“五四”新文化的社会政治条件。也就是说，辛亥革命的成功基本满足了当时中国社会发展的政治要求，从而消解了今后相当长一段时间内政治革命的必要性和可能性。这为新文化运动在历史中的凸现安排好了逻辑的连贯性和必然性。当然不能由此导致对新文化的思想自觉或运动策略的否认，但新文化运动显然是在当时的社会和政治的气候“默认”（甚至不乏鼓励）之下才演为大潮并奠定胜局的。新文化运动的这种历史合理性（命运）同当时的社会政治条件密不可分。政治的问题解决了，文学、文化的问题才有可能（或接着）成为社会发展的焦点。所以，“五四”新文化主要会在“历史—文化”而非政治的范畴内展开就有了现实的合理性和可行性。

“寻根文学”（包括“文化热”）的兴起与此极为相似。“文革”结束和新时期政治的确立及其被广泛地认同，使得上层建筑的革命宣告了一个段落的完成。在80年代中前期，文化和意识形态的“革命”作为一种社会发展的结构性需要而成为政治目标以外的思想诉求。特别是在此之前，文学和意识形态中的政治激情已经找到了宣泄的途径，如“伤痕文学”、“反思文学”、“改革文学”等等，它们对政治革命的胜利和完成，都起到了补充和支持的作用。在这种意义上也可以说，是80年代的中国政治条件催生了超越政治的“文化热”乃至“寻根文学”。“文化热”和“寻根文学”的相对独立性及其文化、文学的命运，其实是由当代政治的变局所赋予的。不仅是对中国社会的走向或结构改变，而且对中国文化、文学的走向或结构变化，能够产生决定性、支配性影响的还是中国核心政治的格局。对于“寻根文学”的思想自觉或策略的判断，必须充分考虑政治与文学的现实关系，后者是一种前提性的存在，它决定了文学的可行性。前文所谓新时期（文学），构成了“寻根文学”的基本时空环境，大旨在此。那么，这也就比较扼要地说明了为什么不可能单纯从文化、文学的自身逻辑来获得诸如“寻根文学”兴起的宏观历史原因。

我的一个基本结论就是，在批评的意义上看，正因为“寻根文学”（包括“文化热”）是在既定的政治框架中（或至少没有突破既定的政治框架的自觉）进行的，它对中国当代文学的革命性价值和深刻性意义都只能是非常有限的。大而言之，这个判断也适用于我对辛亥革命和“五四”新文化（运动）的评价，后者的历史价值也许远逊于前者。

二

还是把“寻根文学”与“五四”新文化(新文学)相比而言。在思想方式或策略上,两者都在“历史—文化”的维度上展开,但他们在观念内涵(即价值判断)上却大异其趣,甚至可说是正好相反的。简言之,“五四”的理念是反传统(文化),“寻根文学”则对传统(文化)基本上持肯定立场。这是什么缘故?我以为,这同双方与传统的(距离)位置不同有关。“五四”新文化发生在传统“终结”的时代,辛亥革命为其政治先导,这意味着在文化上传统也已不再可能成为其主要的思想资源和价值依据。而“寻根文学”则兴起于传统的“断裂”或与传统的“历史疏离”时代,此前的当代历史和政治事件与传统(文化)的现实处境并无直接的利害关系——更早时期的“文革”,更是“反传统”的——这导致对传统(文化)的当代价值判断的不同(这是仅就两者与传统的历史关系而言,暂不涉及域外文化的影响)。但也正因为如此,“五四”新文化对传统的价值判断显得偏至(执),而“寻根文学”对传统的价值判断则显得困惑而暧昧。或者说,“寻根文学”的思想立场看似明确,实则相当暧昧。

“文化”是“寻根文学”理论和创作中的核心词即核心观念。综合当时“寻根文学”作家对“文化”一词的阐释,大致可以这样来概括他们对“文化”的基本描述和特定理解。一是指地域文化,特指边缘化的地域文化。这是对“文化”的地理空间定位。二是指传统(历史)文化,特指具有原生态、原始性的传统文化。这是对“文化”的纵向时间(历史性)界定。三是指民族或族群文化,特指少数民族或弱势族群(尤其是蛮荒未开化且处于封闭状态的人群)的文化。这是对“文化”的族别身份的认定。四是指乡土(民间)文化,特指日常世俗生活中不规范的文化形态,即未被“现代文明”所侵扰或改造过的乡土生活文化。这是对“文化”的呈现形态的规定。五是指业已失落了的文化,特指游离于现有文明社会以外的文化遗存。相对于主流的“文明社会”而言,这是一种“已经消失”了的文化。“寻根文学”中的“文化”,基本上(同时)满足上述五种条件。因为“寻根文学”的旨趣是要在文明社会之外寻其文学之根的文化,故而也可以简单地说,上述第五点即失落的文化则被视为文学之根,即“寻根文学”的文化。而上述的前四点,则构成其文学表现的具体背景或内容。

这就有可能产生一个疑问:这种文化是否足以成为文学(包括“寻根文学”)的资源或价值支持?因为在“寻根文学”中,这种文化不仅是文学表现的对象即作为文学描写的对象而存在,同时也是文学创作的价值判断依据。但恰恰是由于寻根“文化”的这种双重身份和功能,造成了“寻根文学”创作与其理论的一种悖论现象,即“寻根文学”作品所导致的实际文化价值判断大多与其理论旨趣相悖。也就是说,“寻根文学”将其“文化”描述了出来,却并不能导致对这种文化的充分价值肯定。

在“寻根文学”中,它寻到的文化仍然不能不是“失落的文化”,仍然不能或没有理由改变其“失落”的历史命运。那么,注定了失落命运的文化是否有可信的理由成为(寻根)文学的真实支持力量呢?究竟如何判断这种文化的真实性或虚幻性呢?

“寻根文学”创作与其理论(文化价值判断)的悖论现象,在很大程度上源于“寻根文学”在理论上的不彻底性,即它的文化价值立场实际上是犹豫和暧昧的。这可以从几方面比较明显地看出来。首先,“寻根文学”在理论上并未坚定而明晰地处理好所谓“失落的文化”与当代文化、文明社会的关系。它只是单向度地企图对“失落的文化”予以理论上的价值肯定,而回避了或没有回答“当代文化、文明社会能否(甚至何以不能)成为文学之根”这一必然的关联问题。这说明“寻根文学”的理论表面上是一种历史思维的方式,而实质上却是静态、静止的思维方式。它把一种可能性当成了绝对性,并且无限地提升了“失落的文化”的价值高度。但它同时又并不想也不愿沾上反现代、反文明的嫌疑。这就使“寻根文学”陷于一种进退维谷的尴尬境地。如果对此处境没有明确的自觉意识,只能说明“寻根文学”的理论立场确有其不彻底的暧昧性。只是这种暧昧性在当时还处于潜在状态,否则,应该会引起理论(表达)上的警觉。其次,因为回避了上述问题,即没有对当代文化、文明社会予以必要和基本的价值分析或判断,“寻根文学”理论一方面似乎是成功避免了二元对立的绝对性思想表达,另一方面却不由自主地陷于价值判断(立场)的游移状态。这导致“寻根文学”创作事实上不可能充分实现或对应其理论观念,有时还会与其明显相悖。这说明在“寻根文学”内部实际上存在着互相消解的矛盾或对立因素,这对其理论尤其是致命的。因此,我们也就有可能怀疑“寻根文学”对其理论立场的坚定性和自觉性的程度。再次,“寻根文学”对其价值观念的认同实质上也是相当暧昧的,即对所谓“失落的文化”的当代性价值认定并无足够的自信。虽然“寻根文学”明确宣称“失落的文化”乃为“文学之根”,但是,这种文学之根却又只能在“失落”的时空背景下存在(获得文学方式的追溯性再现),而无从体现其文化的现实生命活力,无从表达其对当代的文化抗衡,也即无从肯定其价值的当代真实性。因此,“寻根文学”创作才主要体现为“挽歌”的格调,而无法真正作为一种文化力量介入当代的实际生活,连它的精神力量也可能是相当软弱的。那么,这种“失落的文化”真的能够成为当代的“文学之根”吗?

我以为“寻根文学”没有或回避了对这些问题的回答(甚至是不能、无法回答这些问题),而原因主要就在其理论或价值立场的先天暧昧性。换言之,“寻根文学”的理论还不足以被视为一种成熟的文学(文化)理论。它更多地表达了一种处于文化困扰中的情绪性思想。

三

"寻根文学"的文化价值立场的暧昧性与其"出身"有关。从20世纪70、80年代之交起，中国文学（包括整个社会思潮和文化）普遍经历了一场剧烈的"西方冲击"，现代主义（文学）潮流以席卷之势震荡着中国文坛，今天的"寻根文学"在昨天都还簇拥在现代主义的旗帜下，在文学观念的渊源上，是可以将"寻根文学"归入现代主义文学（或称现代派文学、先锋派文学等）一脉的（李陀等人在80年代中期就已表达过这种看法）。所以，当"寻根文学"偏离现代主义的"阳光大道"，另辟蹊径转向传统文化的幽暗隧洞时，还来不及（或本就无意）斩断自己的思想血脉。事实上，"寻根文学"的观念并非由本土的传统文化资源所提供，而是由域外的现代主义思潮武装起来的。只是话语方式变得"中国化"了，特别是以"中国经验"的表达方式取代了赤裸裸的"西方口吻"。但其价值立场其实并无彻底或自觉的改变，西方文化乃是"寻根文学"的思想和精神教父。在此意义上，"寻根文学"是带着现代主义的"原罪"试图重新投胎做人的。如果将"寻根文学"视为对现代主义的否定，恐怕只是表相（象）之见。

正因为存在着这种斩不断的思想"出身"关系，而又试图重建一套属于"自己的"文学价值系统，"寻根文学"便显出了理论上的贫困，并不能不处于思想的暧昧和困惑状态之中。说到底，在"寻根文学"高涨时，整个中国文学都尚未具备"反思"现代主义、现代化现代性及西方文化之类概念和思想的自觉意识与能力。中国文学（包括中国思想）在某种程度上还处在（不能不）被（西方思想）"殖民"的时代，甚至，这种"被殖民"状态很大程度上还是自觉自愿的。"寻根文学"当然也不可能完全自说自话。对于这种受制于时代局限或思想自觉能力程度而产生的困惑与尴尬，"寻根文学"理论也并没有完全遮蔽或无视，只是无力立即予以正面的理论回应。有一些细节颇可玩味。

就在后来被视为"寻根文学宣言"的《文学的"根"》一文最后，韩少功另有一段"补记"。他以澳大利亚作家怀特的小说为例说："我们在那里看不到什么文化纵深感，也找不到什么民族传统的背景。""也许相对于那些对人的心灵作纵向历史追索的作者来说，怀特是在对人的心灵作横向的时代概括。这大概向作家们提供了另一种有意义的范例。对这一类作家的文学的'根'，我们还可另作讨论。"[①]这里我们看到的是四两拨千斤的太极功夫，借势将一记袭来的重拳轻轻荡开了。同是作为"文学的根"，"纵向历史"与"横向时代"的相互关系，包含着在文学实践中须对传统与

---

① 韩少功：《文学的"根"》，《作家》1985年第4期。

现代的实际关系和理论认知作出清晰的回答,特别是对"寻根文学"理论来说,包含着须对西方文化、现代文明等的价值地位作出明确的回答。显然,"寻根文学"理论在此没能或无法随机转身拐弯了,留给我们的是一个悬念。

相比之下,有的"寻根文学"作家似乎并没有完善自己的理论的企图或期待,而是直言出了"困惑"二字。如扎西达娃就说,在获得了民族文化身份的自觉以后,除了"自信","还有个感觉:困惑"。"你看看这里面有没有圈套,你不会掉进去吧?我总以为这里面很有可能是一个奇妙的圈套,你在掘宝的同时也给自己掘出了个陷阱","当你将眼光从本土的疆域中游开,游向海边,游向海洋,游向太平洋大西洋彼岸,你会有所发现……是什么你自己会知道的,你不妨试试看"①。其中已经有对"寻根文学"观念的警惕和怀疑,同时也有对域外文化、当代文明的探寻和期望,但这两者都还未成为一种明确而坚定的思想认识,对其都还未作直接或肯定的价值判断,都还只是在"可能性"的程度和意义上作为(困惑的)问题提了出来。

我以为从这两个细节(它们的文字表达方式)中可以看出"寻根文学"的真实思想处境,特别是其理论上的为难之处。事实上,直到现在为止,面对同样的问题,我们也还是有些难言之隐的。在此意义上,"寻根文学"发出了先声。

对于"寻根文学"的探讨,大多着眼于小说及其文学主张。"寻根文学"几乎就等同于寻根小说。但大部分研究者又都不约而同地会提到诗歌(理论)在同一个话题上的先导作用。确实,诗人和诗歌所表现出的理性直觉往往能够直击问题的核心所在,他们在文学史上已经多次充当了先觉者的角色,而且也并不缺乏深刻性。比如,你将"朦胧诗"与同时或稍后的其他文学创作相比,就很容易发现诗人、诗歌的"启蒙"价值。但是,每一次的结果也很相似,思想的成熟果实往往就被小说(家)和批评(家)摘走了。关于"寻根文学"的理论也未出惯例。1982 年,诗人杨炼写有《传统与我们》一文,据其后来复述,他在这篇文章中已经明确提到,"真正加入传统必须具备'成熟的智慧',即怀疑和批判的精神,重新发现传统内在因素的意识和综合的能力。一个诗人是否重要,取决于他的作品相对历史和世界双向上的独立价值——能否同时成为'中国的'和'现代的'?这样,我实际上是在强调一种自觉——寻求困境的自觉"。这段话尤其是最后一句"寻求困境的自觉",正中"寻根文学"的软肋。同文稍后,还有一段话可作为补充:"在今天,作为诗人,不仅要意识到生存对于人的压迫,而且必须意识到整个文化传统乃至世界文学的总秩序对我们作品的压迫。"②如果把这篇文章也纳入"寻根文学"(理论)范畴的话,那么,在 80 年代中期,

① 扎西达娃:《你的世界》,《文学自由谈》1987 年第 3 期。

② 杨炼:《诗的自觉》,《当代文艺探索》1987 年第 2 期。

它可能是用最明晰的语言表达了关于中国文学(包括“寻根文学”)现实的最清醒也最深刻的一篇文章。在90年代乃至世纪之交,当资本主义(经济)全球化、后现代及文化研究等成为中国思想言论的主要背景时,这篇文章的一系列观点又得到了充分的呼应。相比之下,当时大多数的“寻根文学”主张都显得太廉价、太缺乏“寻求困境的自觉”意识了。

诗人又一次走在了我们的文学和思想的前头。

四

将凝聚着地域、历史传统、民族、乡土等特定内容的“失落的文化”视为自己的“文学之根”,在“寻根文学”(作家)中有一个“极端”的例子,就是乌热尔图。但绝大多数“寻根文学”研究者都未给予乌热尔图以足够的重视,都未能从这一个“极端”的例子中察觉出某些重大而普遍的文化疑问。

乌热尔图是个鄂温克族作家。这个民族的人口不到两万,而且,还是“一个没有来得及用文字记录下自己全部文化特性的民族”,即这个民族没有自己的文字语言。这使鄂温克这个民族的历史、文化乃至其民族的特性(尤其在现代文明的冲击下)不能不显得暧昧或不确定——它只能依靠“异族的文字(文化)”来呈现自己的本来面目,这势必导致它的“本来面目”实际上只是被“他者”阐释的面目,“本来面目”因此变成了“可能的面目”。也可以反过来说,在现代文明的构图中,即便相对于汉族,鄂温克族也只是一个“他者”的存在。纵然如此,乌热尔图却越发表现出对本民族本性的真实性存在的强烈认定意愿,并以此作为文学价值的判断标准。这构成了他的(寻根)文学的自觉动力。在此意义上,乌热尔图不仅是“寻根文学”中的一个极端例子,而且也成了“寻根文学”中的一个典型例子。

可以想见,乌热尔图的文化处境将是极其尴尬和两难的。在多重意义上,他和他的小说的民族(文化)身份都是被混淆或无视的。首先是他的民族出身(经常)会被搞错,我们时常在有意无意间将他认定为蒙古族作家,这种民族出身的误会在80年代中期就已经发生过。但恐怕没有人会因此深察其中可能存在着强弱势民族(文化)关系的潜在(无意识)影响。因为误会者都属于相对强势的汉族,而乌热尔图所面对的整个世界,都只视其为少数民族,特别是,“少数民族”在这里实际上成为一个混沌的具有遮蔽作用的庞大概念,它模糊甚至抹煞了其中的“族别”差异性。那么,作为被误会者,乌热尔图的自我民族意识往往只能以一种文化反弹的方式得到强化和激发,他必须大声告诉世界:“我是一个鄂温克人,免得下次再把我毫无代价地赠送给另一个我不熟悉的民族。”①

可是，个人的民族出身（身份）的被错认还可以比较容易地予以改正，这个民族自身的特性一旦也陷于难以确定的状态，就会导致民族文化命运的危机。因为能否重建自己的民族文化，在此成了一个疑问。乌热尔图是这样反省的：“虽然我在多年的文学创作中，在自己所有的文学作品中贯注的是鄂温克民族的文学特征，但现在看来还是远远不够的。”“我翻弄刚刚出版的自己的小说集，有个清晰的感觉叩动我的心房，这用汉字堆砌起来的文字，到底有多少真正属于鄂温克民族……我终于认定了，这堆经我手中成形的东西，只有一半是我熟悉和认可的，而另一半却变得陌生和疏远。”②这段反省表达出的民族忧虑感和文化命运的严峻性在于，作为民族文化的主要符号，民族语言（文字）是极端重要的。没有文字的民族，其文化注定了是“失落的文化”，或只是生存在“保护区”里的文化标本。同样，文字的地域性或世界性的差别，标志的是民族文化的地位差别，即边缘文化或主流文化、弱势文化或强势文化的差别。这种区别在实际状态中很容易引导出文化价值判断上的差别，即优劣文化、先进和落后文化的差别。这种差别观念固然是歧视，但它几乎是必然的存在。其次，边缘文化、弱势文化注定了是要被主流文化、强势文化所改造、整合甚至支配的。在边缘文化、弱势文化的历史流程中，伴随着的是自身文化主体性被不断消解的过程。也就是说，边缘文化、弱势文化的（民族）文化本性其实是很难追索的，特别是对于“失落的文化”的追索，最终往往只能走进乌托邦。再次，如果无法改变边缘文化、弱势文化或失落的文化必须依赖主流文化、强势文化的资源进行自身言说的文化现实，如乌热尔图必须依赖汉字、汉族文化才能表达鄂温克民族的文化和文学特征，反之就无法言说、无法表达，那么，问题的关键就不应该是“文学或文化的寻根”，而是主要在对主流文化、强势文化的价值分析和思考。不依赖于汉字和汉族文化，乌热尔图大概只能成为鄂温克族的“行吟诗人”，他的足迹和文学表现不可能超出鄂温克人群和疆域的范围，他的文学因此也将被封闭在单一民族的文化圈内。从民族文化的表现及传播来看，汉字和汉族文化对于乌热尔图和鄂温克族文化其实也产生着“解放”的作用，虽然这种“解放”的代价巨大，必须以民族文化的某种牺牲为条件，但这是文化发展中的现实或宿命，无法改变。

乌热尔图是“寻根文学”中的一个“极端”例子，但如果把鄂温克族文化与汉族文化的关系置换成中国文化与西方文化的关系，那他就是“寻根文学”乃至中国文学的一个典型或缩影了。对他的分析也同样可用于我对“寻根文学”的看法。概括地

① 乌热尔图：《我属于森林》，《文学自由谈》1986 年第 5 期。
② 乌热尔图：《我属于森林》，《文学自由谈》1986 年第 5 期。

说，对于汉字和汉族文化的实际历史地位与价值地位、对于民族文化追寻的局限性或乌托邦诱导、对于异族文化（包括西方文化乃至世界文化）可能产生的“解放”作用即民族文化间的博弈关系等等，“寻根文学”（理论）都还未及进行自觉、深入的思考，至少没有成为其主要的思考对象或方向。

五

“寻根文学”创作的发生特别是其观念的自觉并形成潮流而达到高潮，几乎只在三四年间。在这整个过程中，西方现代主义文学“冲击波”的激发，既催生出了新时期的现代派和先锋派，同时对“寻根文学”的特定价值追求也起到了直接的诱导和支持作用。所谓拉美（魔幻）文学的影响，也是随西方现代主义文学潮流而来，并非中国文学的独特发现。因此，从时间角度看其文学形态和文学观念，“寻根文学”都处于“后发”的位置。翻检80年代中期的文学评论，也可以明显地看到，评论界的兴奋点和聚焦点更多地汇集在现代主义的文学话题上。即使是在“文化热”的两年中，“寻根文学”也并未受到我们后来所想象的那种足够的重视。随着80年代末期中国社会变化的急剧加快，思想和文化的兴奋点也迅速转移，特别是进入90年代之后，“寻根文学”已基本上成为历史。90年代以来对80年代文学的回顾和探讨，更多的也以现代主义文学思潮或现象为主要关注对象或讨论框架，而对其中的“寻根文学”的研究并不充分。这使得“寻根文学”迄今仍可能是一个远未说尽的话题。从文学批评的角度看，“寻根文学”还是 个未完成的文学现象。

可能是出于对90年代以来文学批评状态的不满或责难，批评界自身在这十几年里一直都表现出对80年代文学批评的怀念。但是，如果从“寻根文学”现象来看，80年代的文学批评其实并不值得留恋或推崇。至今我们所看到和使用的相关批评概念、批评思路，乃至有关“寻根文学”的命名和整体形象塑造，几乎都与当时的批评家无关。贾平凹、阿城、韩少功、莫言、王安忆、扎西达娃、郑万隆、乌热尔图、李杭育等等，既是“寻根文学”的主要作家，同时也承当了“寻根文学”批评的先驱角色。甚至可以说，他们还奠定了我们今天对“寻根文学”研究的理论基础。只有很少的批评家如李庆西（他也是一位作家）、李陀、雷达、吴亮和程德培等人在这个问题上有建设性的理论贡献。他们在某些方面深化了有关“寻根文学”的理论探讨，同时也开拓了相关批评的可能方向。相比之下，更多专门的文学批评（家）在当时或稍后都只是在对“寻根文学”进行“说明”和“概括”的工作，批评意识并不敏锐，不仅“问题意识”相当薄弱，而且理论阐述也明显缺乏深度。

比如，“寻根文学”中的现代意识问题，“寻根文学”所体现出的对小说叙事结构（方式）的改变问题，“寻根文学”的思想和文学来源（资源）问题……在当时或被触及，但都未能充分展开或进行恰当的分析，有些话题只停留在问题的表层。文学批评的不充分和不深入，自然也影响到对"寻根文学"局限性的认识。这只要对比一下当时对现代派（或伪现代派）的讨论就能看出两者间的批评差距。

但这种批评的滞后性和浅层性，或许又能反过来引导我们今天来思考这样一个问题："寻根文学"本身是否易于使人误读？对于民族传统、历史文化的重新认识，在中国当代是主导意识形态高度关注的问题。如果加上当时还未完全自觉的"全球化"带来的文化刺激和压迫背景，则出于民族文化自身命运的思考，寻找"文学之根"意识的勃兴，就很有可能演成一时的文学和文化思潮。但是，"寻根文学"恰恰在这一文化思考上表现出相当的暧昧性和不彻底性，使得新的思想尚未全部显现（或还遭到了相当的遮蔽），既有的思想习惯便将其纳入原先的经验之中，最终使一个崭新的时代主题被归属在陈旧的理论框架内。这部分地阻碍了对"寻根文学"在文学价值和文化（思想）价值方面的准确评价。当然，理论上的责任应由批评家承担。我认为，关键问题在于，不仅在理论上，而且在实践中，传统与现代，民族与世界（特别是中国与西方），它们的"关系困境"自"五四"以来一直未能基本解脱，甚至在许多时候还缺乏基本的"困境自觉"。包括"寻根文学"在内的许多试图解决这一困境局面的努力，或因其文化价值取向上的绝对化，或因其暧昧性，都使这一关系困境实际上与时俱进地不断成为了当下性的问题。每一次我们面对的都是困境的现实，并且，理论思考都无法深入，特别是无法认同其有效性。或许，这本身并不主要是文学和文化问题。文学和文化只是将这一问题呈现出来的一种形式，本身并不足以提供解决问题的充分可能。"寻根文学"再次使我们怀疑单纯的文化设计的可信度，文化的复兴必有其民族国家力量的整体支持。循之世界历史，我们绝难找得到文化单独复兴的先例。任何一种文化，当它一味企图自我证明（纯粹在自身系统内部寻求价值支持）时，那它必定就还是极其脆弱的。在西方，当"东方主义"被提出来与西方主流文化相抗衡的时候，它是作为西方的"政治—文化"话语系统中的一种结构性存在而发生作用的。如果将其作为东方的"东方主义"来利用，则这种东方主义极易走入绝对化，因为在东方（文化）中或许无法找到与之抗衡的力量，互为制约的结构关系无从建立，它也就无法真正成为摆脱上述"关系困境"的有效机制和途径。"寻根文学"的当代意义和价值，主要并不在其为我们的文学开拓了什么独特的新资源，而在其再次重现了"困境"的严峻性。

——原载《文艺研究》2005 年第 6 期

丁　帆

中国乡土小说生存的特殊背景与价值的失范

一、特殊的文化语境和乡土文学边界的重定

我曾经提出过前现代、现代、后现代(也即前工业、工业、后工业)这三种文化模态的共时性问题,也就是在中国大陆这块幅员辽阔的土地上,农耕文明和游牧文明、工业文明和商业文明、后工业文明和信息文明都共生于20世纪90年代以后的地理版图之上①。在如此错综复杂的文化语境下,所谓同步进入"全球化语境",的确是一个非常难解的命题,它似乎并不能完全解释当今中国社会的复杂现实。如果下列结论可以成立的话,那么,我们就可以看到中国文学是在一个什么样的文化背景下生存的:"前工业社会的'意图'是'同自然界的竞争',它的资源来自采掘工业,它受到报酬递减律的制约,生产率低下;工业社会的'意图'是'同经过加工的自然界竞争',它以人与机器之间的关系为中心,利用能源来把自然环境改变成为技术环境;后工业社会的'意图'则是'人与人之间的竞争',在那种社会里,以信息为基础的'智能技术'同机械技术并驾齐驱。由于这些不同的意图,因此在经济部门分布的特点以及职业高下方面存在巨大的不同。"因为"在另一种意义上,我们可以说封建主义、资本主义和社会主义的序列以及前工业社会和后工业社会的序列都是来自马克思。马克思主义关于生产方式的定义中包括社会关系和生产'力'(即技术)在内"②。如果说西方的资本主义从17世纪以后的发展是按时间顺序进行的,它的历时性链接是环环相扣的;而今天中国经济与政治发展的不平衡性和落差性,以及它在同一时空平面上共生性的奇观,无疑给中国的文化和文学带来了极大的价值困

① 丁帆:《"现代性"与"后现代性"同步渗透中的文学》,《文学评论》2001年第3期。

② 丹尼尔·贝尔:《后工业社会的来临——对社会预测的一项探索》,新华出版社,1997年,第126、128页。

惑。因此,在这样一种复杂的时代背景下,近年来的乡土小说所呈现出的斑斓色彩是值得深深品味的。在那些描写原始农耕文明和游牧文明形态的乡土作品中,或是表现出对静态的田园牧歌和长河落日的礼赞与膜拜,或是再现了封建礼教的邪恶;或是表现出对工业文明的向往和对乡土意识的扬弃;或是表现出对城市文明的仇视和对乡土的深深眷恋;或是表现出对兽性、野性的膜拜和对生态保护的浓厚兴致……凡此种种,正是乡土小说作家在三种文化模态下难以确立自身文化批判价值体系的表征。当乡土文学遭遇到工业文明和后工业文明的诱惑和压迫时,作家主体就会表现出明显的双重性:一方面是对物质文明的向往,另一方面是对千年秩序的失范痛心疾首。所有这些,不能不说是乡土文学在三种文明冲突中的尴尬。

毋庸置疑,随着农耕文明和游牧文明形态的逐渐衰微,同时随着中国城市容积的不断扩张(据报载,中国的城市人口每年以千万计增长),农民赖以生存的土地大量流失,农民像候鸟一样飞翔在城市与乡村之间,他们中的大多数人已经不再是面朝黄土背朝天"日出而作,日落而息"的农耕者,不再是马背上的牧歌者,他们业已成为"城市里的异乡人"和"大地上的游走者",就像鬼子在《瓦城上空的麦田》里所描写的那个既被乡村注销了户口,又被城市送进了骨灰盒的老农民一样,他们赖以生存的"麦田"只能存在于虚无飘渺的"城市天空"之中。是谁剥夺了他们的生存空间和生存权利? 他们甚至连姓名的权利都没有了,成为这个特殊文化语境里的一个个"无名者"和"失语者"。归根结底,他们遭遇到的是空前的身份认同的困境,是阶级和阶层二次分化的窘迫。"从流动农民初次流出的不同年代来看,在 20 世纪 90 年代,初次流动者更偏重于认可农民的社会身份,而对农民的制度性身份的认可在减弱,出现了对自己农民身份认可的模糊化、不确定现象,从而导致年轻的流动人口游离出乡村社会体系和城市体系之外,由此可能出现对城市的认同危机。"①几亿农民已经成为"乡村里的都市人"和"都市里的乡村人",而这种双重身份又决定了他们在任何地方都是边缘人,都是被排斥的客体,他们走的是一条乡土的不归路。"正如许多研究表明的那样,流动农民的社会交往圈局限在亲缘、地缘关系中。社会经济的低下导致他们与城市人接触交往的困难,而这种困难又直接妨碍着他们与城市文明同化、交融。同时,流动农民在城市接触的是一种与他们以前社会化完全不同的价值观念和行为规范,他们不可避免地会感到迷茫和无所适从。这种情况可以用迪尔凯姆的'失范'来描述,表现为个人在社会行为过程中适应的困难,丧失方向和安全感,无所适从。"②乡村不是他们的,城市也不是他们的。"面对被工业社会和城市

① 王毅、王微:《国内流动农民研究的理论视角》,《当代中国研究》2004 年第 1 期。
② 王毅、王微:《国内流动农民研究的理论视角》,《当代中国研究》2004 年第 1 期。

化进程所遗弃的乡间景色，我像一个旅游者一样回到故乡，但注定又像一个旅游者一样匆匆离开。对很多人来说，‘乡村’这个词语已经死亡。不管是发达地区的‘城中村’，还是内陆的‘空心村’，它们都失去了乡村的灵魂和财宝、内容和形式。一无所有，赤裸在大地上。”①

鉴于上述的特殊文化背景，我以为乡土文学的内涵和概念就需要进行重新修正与厘定②。当农民开始了艰难的乡土生存奔波和痛苦的乡土精神跋涉时，我们看到的是一群既离乡又离土的无名者，他们想择良栖而息，但是谁又给他们选择的权利呢？显然，90年代以来，尤其是进入21世纪后，离乡背井进入城市的农民愈来愈多，他们不仅需要身份的确认，更需要灵魂的安妥。“农民流动呈明显的阶段性变化：1984年以前，农民非农化的主要途径是进入乡镇企业，即‘离土不离乡’；而1984年以后农民除就地非农转移外，开始离开本乡，到外地农村或城市寻求就业机会，特征是‘离乡又离土’。”③其实，“离乡又离土”到了21世纪已经成为中国社会不可遏制的大潮，并且呈现出许许多多新的社会和思想特征，这些特征都有意无意地裸露在乡土小说的创作之中。像关仁山的《九月还乡》中的妓女还乡重操农事的返乡文化模态已成绝无仅有的乡土社会现象了。既然作为乡土的主体的人已经开始了大迁徙，城市已经成为他们刨食的别无选择的选择，那么，乡土的边界就开始扩大和膨胀了。许许多多的乡村已经成为“空心村”，其“农耕”形式已经成为城市的“工作”形式；同样，许许多多的牧场已经荒芜，其“游牧”形式已经成为商业性的“都市放牛”。“农民工”或“打工者”这一特殊的命名就决定了他们是寄身在都市里觅食的“另类”，他们是一群被列入“另册”的城市“游牧群体”。在那种千百年来恪守土地的农耕观念遭到了根本性颠覆的时刻，乡土外延的边界在扩张，乡土文学的内涵也就相应地要扩展到“都市里的村庄”中去，扩展到“都市里的异乡者”的生存现实与精神灵魂的每一个角落中去。我认为这样的结论是有事实和理论根据的：“……在20世纪末期，随着城市的快速崛起，一个国家的乡村史终于被史无前例地改写、刷新或者终结。数以亿计的‘农民工’是这些变化的主体，同时也是强烈的感受者。”④

这一没有身份认同的庞大“游牧群体”的存在，改变了中国乡土社会的结构和生产关系，同时也改变了中国城市社会的结构和生产关系。因此，在中国大陆这块存在了几千年的以农耕文明为主、以游牧文明为辅的文化地理版图上，稳态的乡土社

---

① 柳冬妩：《城中村：拼命抱住最后一些土》，《读书》2005年第2期。

② 我在十几年前所阈定的乡土文学的边界是：乡土文学一定是要不能离乡离土的地域特色鲜明的农村题材作品，其地域范围至多扩大到县一级的小城镇（参见丁帆：《中国乡土小说史论》，江苏文艺出版社，1992年）。

③ 王毅、王微：《国内流动农民研究的理论视角》，《当代中国研究》2004年第1期。

④ 柳冬妩：《城中村：拼命抱住最后一些土》，《读书》2005年第2期。

会结构变成了一个飘忽不定、游弋在乡村与城市之间的“中间物”。而“农民工”的身份便成为肉体和灵魂都游荡与依附在这个“中间物”上的漂泊者,“亦工亦农”、“非工非农”的工作状态就决定了他们在农耕文明与游牧文明向工业文明与后工业文明转型过程中的过渡性身份。“这些‘乡村’原来都有十分稳定的结构和规范的人际关系,但在二十年的城市化工业化中业已产生了巨大的变化。这些变化无疑是显示了这个社会在全球化与市场化的大潮之中的新的空间格局的形成,也显示了中国变革的全部力量与巨大速度。它冲垮了乡土中国的结构基础,改变了‘农民’生活的全部意义。一切都在逝去,一切又在重构。”①所以,表现这些在生产形式上已经不是耕作形态的新的“农民”群体的生存现实,应该成为当前乡土文学不可或缺的有机组成部分。如果说美国文学史中的乡土性的“西部文学”是从发达地区向落后的荒漠地区“顺流而下”的梯度性的“移民文学”的话,那么,当今中国在进入“现代性”和“全球化”的文化语境时,却是从乡村向城市“逆流而上”的反梯度性的“移民文学”。也就是说,美国乡土文学中的文化语境是城市文明冲击乡村文明,而当今中国乡土文学的文化语境却是乡村文明冲击城市文明。因此,中国城市中的“移民文学”无论从其外延还是内涵上来说,都仍然是属于乡土文学范畴的。

值得深思的问题是,在2004年召开的“第三届青年作家批评家论坛”上,作家们首先感到困惑的问题就是“乡土经验”重构。可以说,无论在意识层面,还是无意识层面,作家们已经预感到表现这一庞大的“游牧群体”在城乡之间的“游走”的生存状态是不可回避的写作现实。李洱说:“中国作家写乡土小说是个强项,到今天,我认为有必要辨析一下,现代以来的乡土写作传统,对我们今天的写作、对我们处理当下的乡土经验,有什么意义。也就是说,怎么清理这些资源,然后对现实做出文学上的应对,我感到是个重要的问题。”毫无疑问,如今许多乡土小说作家面临的困境是:一方面历史环链的断裂,使他们在面对现实和未来时,失却了方向感;另一方面面对从未有过的新的乡土现实生活经验,他们在价值取向上游移彷徨;再一方面就是可以借用的资源枯竭,作家需要自己寻找新的思想资源和价值资源。鬼子说:“……我是生活在乡土之中的,你们说乡土文学城市化、符号化了,你要使写作逃脱这种模式,最后无非也是发现或发明另一种‘乡土’,我估计走着走着,还是另一种符号。可能关键是哪种符号更可爱。”②因为城市的边界在不断扩大,而乡土的边界在不断缩小,乡土中人带着农耕文明的忧郁进入都市,但这并不能说乡土文学就城市化、符号化了,而是在它与城市文学的碰撞、冲突和交融中,出现了一种空前的“杂交”现象,

① 柳冬妩:《城中村:拼命抱住最后一些土》,《读书》2005年第2期。

② 参见《2004·反思与探索——第三届青年作家批评家论坛纪要》,《人民文学》2005年第1期。

一种乡土文学的新的变种。

也许，乡土小说在近年来的悄然变化是习焉不察的，但是，其中所孕育着的巨大裂变却是有迹可寻的。如果无视乡土文学的这种实质性的变化是情有可原的话，那么，如果无视乡土文学的存在，以为城市文学就可以取而代之的言辞就有些过激了："'乡土文学'这个概念是怎么产生的呢？在近代社会向（现代）社会的转型中才会出现这样的话题。到了工业化完成后，这一概念就不存在了，必然会被抛弃。在中国这样的社会中，最关键的问题是转型期中城市人群的生活和情感问题，这是当下的前瞻性问题，现在社会的大趋势是城市化。有人说我这是进化论的观点，认为我对城市化说好话，其实这不涉及〔到〕价值判断，我们不去探讨城市化好不好这一问题，只是说在城市化这一进程中'乡土文学'、'乡土中国'肯定只是社会生活中极小部分的问题。"①是的，乡土文学只有在与工业文明的比较中才能凸显其鲜明的特征，这一点我在1992年出版的《中国乡土小说史论》中已经有过论证，不再赘述。但是，这并不意味着乡土文学在工业化以前就不存在，更不意味着工业化以后乡土文学就消失了。远不说欧美，就拿资本主义工业化文明已经相当发达的日本来说，那里仍然存在着乡土社会生活和乡土文学，何况在中国这个幅员辽阔的地理版图上，农耕文明形态和游牧文明形态还未消失，当然，在相当一段时期内也不可能被消灭，尽管工业文明和城市文明在不断地蚕食着它们，可是要想在中国一次性地完成工业文明谈何容易！再退一步说，即使中国工业文明和城市文明达到了惊人的水平，那些祖祖辈辈从事农耕文明活动而失去土地的人们，也不会把有几千年意识形态惯性的农耕文明心理痕迹抹去。其实，持"中国进入了城市文学"观点的人所忽略的正是我要阐释的：大量失去了土地的农民流入城市以后，给城市带来的是农耕文明的意识形态和社会生活方式的信息，他们影响着城市，尽管这种影响是微不足道的；相反，工业文明和城市文明倒是以其强大的辐射能量在不断地改变着他们的思维习惯。就此而言，在相当一个时期内，反映这样的文明冲突，就成为许多作家（不仅是乡土文学作家，也是城市文学作家）所关注的焦点，它并不是"社会生活中极小部分的问题"，而是在这一漫长的转型期里最有冲突性的文学艺术表现内容。

二、在价值的悖论中游移

不要以为在一片"全球化语境"的喧嚣声中，我们就能够与先进文化对接。由于地域、民族、体制以及各种文化因素的制约，我们的文学处于一个充满着矛盾冲突和极大悖论的文化状态和语境中：一方面是新的都市文学的兴起，它带着强烈的商业

① 参见《2004·反思与探索——第三届青年作家批评家论坛纪要》，《人民文学》2005年第1期。

文化的色彩,在现代(工业文明)和后现代(后工业文明)文化语境中徘徊,展示着它妩媚与龌龊的两面;另一方面是旧有的和新生的乡土文学以其顽强的生命力,从多角度展开了对现代物质文明的抵抗,它所面对的是与工业文明和后工业文明的双重挑战,同时对乡土社会的重新审视与反思,也成为其生命力增长的重要因素。总之,一切存在的乡土和城市生活的对撞,都呈现出它的双重性和悖论特征,因此,它给作家,尤其是给乡土作家带来了价值选择的巨大困惑。从近几年来的乡土小说的创作中,我们可以强烈地感受到作家们在艰难的选择中所走过的历程。

毋庸置疑,我们绝大多数的乡土作家仅仅站在同情和怜悯的价值立场去完成对农民的人道主义的精神安慰是远远不够的:“西北地区两极分化还是比较严重,农村存在很多问题。刚实行承包责任制的时候,生机勃勃,但如今,强壮劳动力都进城了,农村只剩下‘老弱病残’。农村城市化是社会转型期的必然现象,牺牲一两辈人的利益也是必然的。农民永远是很辛苦的,是需要极大的关怀的群体和阶层。”①诚然,能够看到乡土社会生活的危机,并关心着这个群体的疾苦,已经是很有文化批判精神的底层意识了,但是,如果我们不能在更广阔的社会背景下来超越普泛的人道主义价值观,从而确立新的有价值意义的“乡土经验”,就会在转型期失去最佳的观察视角和创作视角。可以看出,所有农耕文明在与工业文明、后工业文明冲突中的农民心理的劣根性和优根性的交混与杂糅,都形成了一种悖反现象,呈现出它的双重性,而作家在这种悖反的现象中往往会产生强烈的困惑,形成价值理念的倾斜与失控。如果说在鬼子的《瓦城上空的麦田》中用过多的笔墨倾注了对那些既失去了土地又失去了身份认同的农民的深深的同情和怜悯,给予主人公人道主义和人性的关怀,表现出一个作家强烈的批判现实主义的情怀,使作品达到了较高的批判现实主义高度的话,那么,弥散在作品中的不为人们所觉察的那种对浪漫乡土的过分迷恋与美化,又不能不说是对历史进化的一种隐含的讽刺,尽管作家是处在一种“无意后注意”的状态之中。同样,在孙惠芬的乡土系列小说中,在许多新锐的乡土小说作家的作品中,都普遍存在着这种价值的悖论。也许,正是作家这种无意识的书写,暴露出了从“五四”以来的乡土小说由“乡土经验”的一成不变所造成的乡土小说难以跳出阈定的单一化主题模式的弊病——非批判即颂扬。而在当今这样一个农民大迁徙的时代里,生活恰恰为我们的乡土作家提供了一个“乡土经验”发展进化和多义阐发的艺术空间,为作家在价值理念定位时提供了可依持的多个参照系数。就此而言,“乡土经验”的转换确实是作家们亟待解决的价值立场问题。作家所面临的价值选择并非是往常的非A即B的简单选项,他们在选择书写“下层苦难”时,在“哀其

① 《贾平凹答复旦学子问》,《文学报》2005年3月31日。

不幸，怒其不争”的愤懑中，须考虑另一种文明所隐含着的历史进步作用；而他们在选择书写“田园牧歌”时，也不得不顾及对静态之美的农耕文明意识形态的无情批判。

如果说高速发展过程中的西方资本主义文化在19世纪向20世纪过渡时，也遇到过价值选择的两难境地的话，那么，由于他们的文化背景要比现时的中国简单得多，因此，尽管他们也成为“迷惘的一代”，但是其价值取向却是明晰的：“尽管城市代表了农村文化拒不接受的那些受到污染的价值观，但是中西部的人仍然向往在田野劳动之余美化自己的家庭生活。他们的视野越过城市，似乎看到了根据自己的经历所回忆起的，或书本上所记载的，或从亲友们的谈话中所了解到的新英格兰村庄。这些点滴的知识构成了他们想象中的文明社会的基础，帮助他们形成了上流的礼仪、礼貌和正确的态度的准则。这样的做法不仅使中西部人避免了城市兴起的后果，而且也使他能及时回顾一个由于面临中西部更为肥沃的土地的竞争造成的新英格兰砂(沙)砾土壤的衰退以及工厂的出现而不复存在的世界。”①显然，从历史进化的角度来看，这种观念有碍社会进步和人性的发展，但不可忽视的是，那“迷惘的一代”与当下中国所处的文化语境是不尽相同的，他们之所以用保守主义的态度来对待城市生活方式却能得到认同，就在于他们的“移民运动”是呈梯度进行的，是从一个充满着“城市经验”的文明形态向另一个“乡土经验”形态的透视与转移，不存在两种文明板块的直接碰撞。所以，抵御城市文明的那些“受到污染的价值观”成为普泛性的共识。但是，如果我们今天也用这样的眼光去衡量中国的乡村文明和城市文明，就难免陷入一元认知的陷阱。

而在中国当下的许多作家尤其是年轻作家的心目中，“乡村经验”是模糊的、悖反的，显然，这与他们的价值观念的游移是相对应的：“说到关于乡土的写作，好像总离不开‘乡村经验’。就是说，我们已经从乡村撤出，那些乡村生活已经退到身后，像昨天的夕阳一样悬在记忆的天幕上。不是么，今天，在我们面前，高楼林立，浮华遍地。”“与一直在乡村的黑夜里摸爬滚打的经历相比，城市霓虹灯下的那些‘乡村经验’往往更像那么回事。”“我有了一点教训，开始正视自己的乡下人身份，也就是说，正视自己的‘乡村经验’。我这才注意到，我那一双炫耀的皮鞋，底下沾满了乡村的泥。我一步一步走回记忆的乡村，并在现实的乡村驻足。”“我们或许需要强调生长庄稼的乡村才是真实的，但乡村生长梦幻，梦幻改变乡村，这也是真实的。”②从这些出自同一个作家的同一篇文章的充满着悖论的文字中，我们不难理解这些年轻的

---

① 拉泽尔·齐夫：《1890年代的美国——迷惘的一代人的岁月》，上海外语教育出版社，1998年，第82页。

② 马平：《我的另一个乡村》，《文学报·大众阅读》2005年4月1日。

乡土作家所面临的困惑与选择的两难。一方面是沿袭着“五四”以来的居高临下的用知识分子启蒙的“乡土经验”来书写乡土的记忆，这必然需要城市文明作强大的参照和依托；另一方面是像沈从文那样站在一个“乡下人”的立场去批判城市文明给乡村带来的灾难，在一定程度上又忽略了工业文明和城市文明“现代性”的历史进步意义，这又必然需要舍弃参照系而孤立狭隘地去观察乡土社会生活。

如何区别当下和“五四”的文化背景的差异，选择更适合历史发展的价值理念与创作道路，也许有的批评家对此还是比较清醒的：“我们讨论乡土中国时不能局限于原有的固化的乡土概念，就是说你在讨论村里的事的时候不能就仅仅是村里的事，和城市隔绝，和中国社会的变动不发生关系。”①“‘五四’以来的作家大多数是从农村出来的，书写乡村的时候，本来应该是最动人的，因为这跟他们童年记忆有关，但很多作家采取的方式是抛弃故乡——也许把‘乡土’换成‘故乡’会更好理解一点——生活在别处。这种姿态必然会导致对乡村现实的改写，这种改写不仅发生在乡土文学中，哪怕对城市的现实，不是也存在着改写吗？”②是的，我们不可以忽略城市文明和工业文明作为强大参照系对“乡土经验”的制衡与催化作用，但也不可以忽略作为乡土文学根本的面对乡土现实的精神，光凭“童年记忆”的书写往往是有毒的，那种对乡土文学的“改写”是致命的，价值的失范必然会给乡土文学作家作品带来文学史意义上的偏离。其实，这个问题从80年代开始就已经在乡土作家作品中呈现过，像贾平凹的《鸡窝洼人家》《腊月·正月》《小月前本》等，像铁凝的《村路带我回家》《哦，香雪》等，像郑义的《边村》《老井》等，像路遥的《人生》等，像张炜的《古船》《秋天的愤怒》等，像王润滋的《鲁班的子孙》等，都可以清晰地看出作家在两种文明冲突中所表现出的惶惑的价值理念，田园式的农耕文明和牧歌式的游牧文明以其魅人的诗意特征牵动着作家的每一根审美的神经，使其陶醉在纯美的情境中而丧失文化批判的功能；而工业文明的每一个毛孔里都沾满了污秽和血，其狰狞可怖的丑恶嘴脸又使作家忘记了它的历史杠杆作用，而陷入了单一的文化批判。于是，一元化的审美或批判成为“五四”以来乡土作家难以摆脱的创作枷锁。其实，创作主体的惶惑也好，眩惑也好，困惑也好，一直延续至今都没有得以解决，甚至随着中国工业文明和城市文明越来越发达而愈加凸显。这不能不说是近一个世纪以来，由于乡土文学理念的停滞不前而带来的创作的低水平重复的关键问题。

阅读了近年来的几百部乡土小说，就我的能力所限，只能将其大致分为三类：一类仍是描写乡土社会生活的旧题材作品。其中，既有反映农耕文明生活内容的，又

① 参见《2004·反思与探索——第三届青年作家批评家论坛纪要》，《人民文学》2005年第1期。

② 参见《2004·反思与探索——第三届青年作家批评家论坛纪要》，《人民文学》2005年第1期。

有反映游牧文明生活内容的;既有浪漫主义手法的,又有现实主义理念的。一类是属于乡土小说新的题材领域,描写农民进城"打工"生活的题材。一类亦属于乡土小说新的题材疆域的作品,就是所谓生态题材小说。

就第一类题材的乡土小说而言,我们看到的作家价值理念的困惑是:一味地沉湎于对农耕文明和游牧文明的顶礼膜拜和诗意化的浪漫描写,而忘却了将现代文明乃至带着"恶"的特征的新文明形态作为参照系,这就难免造成作品形式的单一和内容的静止。其大多数作品至多停留在对乡村"苦难"的人性化的书写层面,就连鲁迅式的文化批判锋芒都钝化了。究其原因,我以为有一个很重要的因素就是这十几年来对西方"后现代"理论的误读,把西方已经经历过的资本主义高速发展阶段切割掉,试图与他们同步地去寻找田园牧歌式的原始社会生活形态与自然社会生活形态,这无疑是一种错位的价值观。我们才刚刚向工业文明和城市文明迈步,许多农耕文明与工业文明的矛盾冲突还未解决,倘若把一个凝固的农耕文明和游牧文明直接与后工业文明相对接,那种对工业文明时段的省略所带来的民族心理的缺损和伤痛将会更甚。无疑,在农耕文明中,"首先同人发生冲突的是自然。在人类生存史上,人的大部分生活本身就是一场与自然的争斗,目的是要找到一种控制自然的策略:要在自然界寻得栖身之地,要驾驭水和风,要从土壤、水和其他生物中夺取食物和滋养。人类行为的许多准则就是在适应这些变化的需要中形成的"①。其实,谁也不愿意把自己的生活置放在人与自然搏斗、刀耕火种的落后的文明语境中,历史的进步就在于召唤人在社会发展的进步中去寻找最佳的人性表现,而非停下脚步蜷缩在低级的、原始的文明社会生活形态之中。因此,对于那些大多数的乡土小说创作者而言,需要首先解决的问题就是抛弃那种把迷恋农耕文明当做思想时髦的价值倾向,将复杂的问题复杂化,而决不是简单化。

就第二类题材的乡土小说而言,我们看到的价值理念困惑是:作为创作主体的作家一俟进入这个创作领域,往往首先确立的价值理念就是鲜明的道德批判。这一视角虽无错误,但是这个沿用了一百年的人道主义视角却往往成为作家向更深层面——人类发展和社会进步开掘的阻碍。不错,我们看到了工业革命过程中"人"的丧失(卓别林在百年前的默片《摩登时代》里就讽刺过它的"现代性"),但是,比起前现代的农耕文明,它却是一种历史的进步:"作为劳动者的人设法制造物品,在制造物品的过程中他梦想改造自然。依赖自然就是屈从自然的反复无常。通过装配和复制来再造自然,就是增进人的力量。工业革命归根结底是一种用技术秩序取代自然秩序的努力,是一种用功能和理性的技术概念置换资源和气候的任意生态分布的

---

① 丹尼尔·贝尔:《资本主义文化矛盾》,生活·读书·新知三联书店,1989年,第199页。

努力。”①比起农耕文明人与自然的争斗，工业文明的技术和复制虽然表现出了它的双重性，但它毕竟是人类的一次很大的历史进步，我们的作家决不能熟视无睹，否则我们就会对许多事物失去基本的判断能力。就像有的文学史论家描述“迷惘的一代”那样：“这些作家脱离了旧的东西，可是还没有新的东西可供他们依附；他们朝着另一种生活体制摸索，而又说不出这是怎样的一种体制；在感到怀疑并不安地做出反抗的姿态的同时，他们怀念童年时的那些明确、肯定的事物。他们的早期作品几乎都带有怀旧之情，满怀希望重温某种难以忘怀的东西，这并不是偶然的。在巴黎或是在潘普洛纳，在写作、饮酒、看斗牛或是谈情说爱的同时，他们一直思念着肯塔基的山中小屋，衣阿华或是威斯康星的农舍，密执安的森林，那蓝色的花，一个他们‘失去了，啊，失去了的’（如托马斯·沃尔夫经常说的）国土；一个他们不能回去的家。”②过分的对农耕文明和游牧文明的自然之美与舒缓的节奏之美的迷恋和激赏，同样是一种思想的肤浅和残缺，或许艺术的残缺是美的，而思想的残缺绝不是美的。也许有人会以为，作家只对作品的审美功能负责，他甚至无须对人与社会、生活与道德作出价值判断。许许多多的世界名著都表现出了作家的困惑意识，像托尔斯泰那样的思想彷徨也丝毫没有防（妨）碍他成为大作家。但是，有一个不可忽视的前提就是：时代不同了，工业革命走到今天的情形托尔斯泰和巴尔扎克们没有看到。所以我们不仅需要道德批判和文化批判，而且更需要对两种文明甚至三种文明冲突下的人与人、人与自然的关系作出合理的判断。

就第三类题材的乡土小说而言，笼统地将它概括为“生态小说”是不合适的，因为，虽然生态环境保护在中国已经到了刻不容缓的地步，但是，它和西方后现代意义上的生态文学的目标是有本质的不同的，因为，“后工业化秩序对于前两种秩序不屑一顾。由于获得了显著的工作经验，人生活得离自然越来越远，也越来越少与机器和物品打交道；人跟人生活在一起，只有人跟人见面。群体生活的问题当然是人类文明最古老的难题之一，可以追溯到洞穴和氏族时代去。然而，现在的情况已经有所不同。形式最古老的群体生活不超出自然的范围，战胜自然就是人群生活的外在共同目的。而由物品联系起来的群体生活，则在人们创造机器、改造世界时给人们一种巨大的威力感。然而在后工业化世界里，这些旧的背景对于大多数人来说已经消失。在日常工作中，人不再面对自然，不管它是异己的还是慈善的，也很少有人再去操用器械和物件”③。关键就在于我们的地理版图和精神版图上还清晰地标有农耕文明和游牧文明的印记，我们还处在在人与自然、人与机器的争斗和交往之中，我

① 丹尼尔·贝尔：《资本主义文化矛盾》，生活·读书·新知三联书店，1989 年，第 199 页。
② 马尔克·考利：《流放者的归来——20 年代的文学流浪生涯》，上海外语教育出版社，1986 年，第 6 页。
③ 丹尼尔·贝尔：《资本主义文化矛盾》，生活·读书·新知三联书店，1989 年，第 199 页。

们的物品还没有极大地丰富，一切“旧的背景”还没有消失，我们的人民还在大量地“操用器械和物件”，否则就难以生存。一方面是温饱，一方面是发展，我们的价值取向就更偏重于后者。而我们的“生态小说”却更多的是农耕文明和游牧文明中那种带有“神性色彩”的乡土书写，而非“后现代”语境下的奢侈审美活动。从(20世纪)90年代郭雪波开始创作的“狼系列”题材，到如今姜戎的《狼图腾》，其实中国作家都是在演绎着一曲神性图腾的无尽挽歌，是典型的传统乡土社会生活中对神的祭拜与讴歌。由此我想到了贾平凹的《怀念狼》，除了作品中反映出的对人类天敌的敬畏之情的神性色彩外，恐怕更多的是作家面对现实的乡土社会所不得不发出的人与自然争斗的吼声，无奈地表现出农耕文明对动物世界的残酷的一面。从这个意义上来说，当我们还不能完全摆脱人与自然的直接关系时，那种生态和谐的理念是乏力的。就像《怀念狼》中所描写的那样，如果不去打狼，狼就要祸害乡村和农民。要知道，我们的乡土还是在一个与兽类争夺资源的弱肉强食的文化语境中，与后现代的理论家们一同去呼喊生态保护的口号，是一种奢侈的思维观念，起码是一种不在一个物质层面和文明层面上的不平等的对话。因此，在调适我们的价值观的时候，就得充分考虑到“生态小说”的错位现象给中国的乡土小说所带来的价值倒错。

另外，还须注意的问题是，许多理论家和评论家都毫不犹豫地提到了“五四”新文化先驱者提出的所谓张扬“兽性”的理论。殊不知，他们所提出的这一“兽性”理念是针对那个羸弱的国民性和民族性的，恰恰是站在人的立场上来仰视强大的“兽性”的。从这个意义上来说，关注生态平衡是对的，但是，忽略了人的生存和发展，那是更危险的，起码在当今中国这样一个特殊文明形态下来大肆书写和宣扬生态小说，可能还是一种文学审美的奢侈活动。

综上所述，我们可以看出，在这样一个三种文明相互冲突、缠绕和交融的特殊而复杂的文化背景下，中国乡土小说既面临着种种思想和审美选择的挑战，同时也蕴含着重新整合“乡土经验”，使乡土小说走向新的辉煌的契机。所有这些，正是中国的乡土小说作家们应该深刻反思的问题。唯有反思，我们才能获得新生。

——原载《文艺研究》2005年第8期

陈晓明

本土、文化与阉割美学

——评从《废都》到《秦腔》的贾平凹

贾平凹在当代中国文学界是一个争议最大的人物,这无疑是因为他的《废都》。《废都》的销量如此之大,影响如此之广,引发的争论如此之剧,这可能是上个世纪末最大的文学事件。中国当代文学史中事件频仍,但只有《废都》是文学界自发性的事件,其他的力量不过推波助澜而已。自《废都》之后,贾平凹还有多部作品问世,但反应并不热烈,相反受到相当程度的冷落,人们开始疑心贾平凹是不是江郎才尽,再也无所作为了。但在2005年,贾平凹的《秦腔》还是让评论界吃了一惊,这种手法,这种笔法,这种文学观念,令人惊惧不已。贾平凹还是宝刀不老,游刃有余。从《废都》到《秦腔》,中间是省略号,倒不是因为中间的作品没有什么分量,而是因为这两部作品本身构成一种对话关系,贾平凹肯定是站在"废都"之侧哼起了"秦腔",他既不能忘怀《废都》,又深知《废都》的利害关系——那样的历史遭际还记忆犹新。两部作品如此巨大的差异,真让人疑心他是反其道而为之。重读一下《废都》,再看看《秦腔》,这可能使我们对贾平凹的文学观念和文学手法有更深的了解。

一、《废都》的历史误置与批判性情境

如果说到本土性或民族特色,贾平凹无疑是这方面最突出的代表人物。本土性或民族性在文学价值评价方面并没有多少优先权,其优越感不过是典型的第三世界心态在作祟,是那种既要把西方资本主义文化作为参照,又要以自己的所谓文化特殊性来获得承认的把戏,本质上还是承认的政治在起作用,并无真正平等客观的文学态度。文学就是文学,所谓的本土性或民族特色也只能是在文学性的构成的整体中去认识,也就是说,它在构成文学性方面可能起到的真实有效的积极作用,而不是为了民族性而民族性,为了本土性而本土性。讨论贾平凹的本土性只是指出他的文学特征,而不是强调他的本土性在文学性上的优越性。如此看来,本土性只是贾平

凹的一个特征,也应该是贾平凹的一个特征,既不应该被抬举,也没有必要被贬抑。但是,贾平凹的文学写作却在这个基础上产生力量或者错位。

贾平凹的小说很有地方的乡土味,他谙熟民俗风情,他的文化品味(位)趣味限于此,当然,这是他的长处,这种文化不是外在的概念术语,或者一些可识别的标志,在他的作品里非常恰当地融化为那些风土人情。

早在“寻根”时代,贾平凹就已崭露头角,以他的“商州”地域文化,以那些“山野风情”而引人注目,名噪一时。他的《商州初录》《商州又录》《商州再录》,以实录笔法,寻常道来,游龙走丝,下笔成形,倒是别具一格。那时的文坛为“本土文化”所困,都竭尽全力,去寻民族的生存之根。有寻“优根”者,有寻“劣根”者,以期响应于“世界范围”内的文化认同和国内学界关于中国传统文化的种种诘难。当然,归根结蒂是对中华民族走向现代化做一番文化上的通盘考虑。(20 世纪)80 年代中期的中国知识分子(当然包括作家)擅长做这些宏观雄伟的思虑,纵横古今,坐而论道,以天下为己任,文学当然也是经国之大业。贾平凹偏居西北,有地利之便。那时他也煞有介事查录十八本商州地方志,发现商州历史悠久,出过“乌骓马”,虽是胯下之物,毕竟“追风逐日”;更有米脂貂蝉,绝世佳人,风流韵史,看来是源远流长;玉环客死马嵬,这又是文化丰厚之佐证。这显然是贾平凹为自己壮胆,那是他早就了然于心的文化,何以还要查阅典籍?贾平凹这才有理,责怪世人,何以不管商州地理内情?有这些“文化”垫底,商州地界的寻常琐事,自然浸含文化的原汁原味。贾平凹这时才领悟到他的那些“地缘文化”占据有利地形,可以出奇致(制)胜,比人技高一筹。

实际上,现在看起来,贾平凹比那时的寻根派要更高明些,他并不把文化当做全部,文化只是他的一些原料、一个背景。他的小说一开始就奔“性情”而去,他要在性情中流露出民俗风习,要在风土人情中展现出人性。贾平凹一开始就没有让历史断裂,没有在文化寻根与新时期的文学人性论之间断裂开来,只有他弥合了两个时期而没有沦为落伍者。这就是贾平凹,既聪明过人,又偏执顽固。有文化作底蕴,原来被认定为封建落后的那些现象,现在已经没有进步尺度作为压制,贾平凹借助地理风情,下功夫去发掘那种文化状态中的人们的心灵美德、高尚情操,同时细致刻画那些偏离道德规范的野情私恋。要强调正面道德化的意义,那就必须在强调道德的纲领下来进行,贾平凹一开始就精通写作的辩证法,这种辩证法一开始就使贾平凹的写作在“性情”中游刃有余,而且充满了含蓄的暧昧性。

读读贾平凹那时的作品,都是在地域文化的氛围下充分表现男女性情。天狗(《天狗》中的人物)36 岁尚未娶妻成家,对师母情有所钟而想入非非。不想师傅中途遇难,瘫痪在床,师傅作主让天狗和师母结合,而天狗勇敢承担起一家人的义务,却并不完成多年的宿愿。在对性的努力压制中,细致委婉地展示了性的意识和各种心理,同时道德升华也得到充分完善的表现。师傅以自杀成全了天狗和师母,又一次给性的话语提示了道德的背景。

《逛山》中的那个柳子言,则充分表现了性的话语如何向着怪诞一方发展。这个年轻英俊的风水先生类似古代民间知识分子。他对四姨太一见钟情,想入非非,却没有行动,与其说他怯懦,不如说他更偏爱沉迷于性幻想。他的行动无力、愚蠢,甚至被人打断一条腿,他唯一一次挺身而出却又被下人愚弄。然而,作为一个幻想狂,他的想象却细致而美妙。他对性诱惑的逃避,恰恰给性诱惑的细致展示提供了充分的前提条件。这个幻想的主角,期待诱惑又逃避诱惑。这个满足于幻想的性焦虑者是贾平凹叙事的理想主体,由此既展示了"山野风情"那些超越文明生活规范的性情景,又给这一情景蒙上了一层温馨而感伤的面纱。这些关于性焦虑和性幻想的故事,又由于地缘文化转而变成对"人性"的探索思考和追溯之类的宏伟叙事。

这种性情总是打上了风土人情的烙印,以至于贾平凹要把它们推向更具乖戾特征才能显示出它的独门家法。那个五魁从 16 岁开始干背新娘的角色,这使年纪轻轻的五魁过早地开始了性焦虑和性幻想。遭土匪抢劫却为能与新娘相拥为伴而感到庆幸,捏一双女人的小脚"浑身的血管就汩汩跳"。挺身而出救出新娘,理由是新娘是"白虎星"(这又是性话语),乃至于土匪唐景也是一次乱伦的结果。性的话语支撑着故事的源头和各个关节。在后来的岁月里,五魁在柳家大院扛活,为的是能体味少奶奶的音容笑貌。与对女性温情脉脉的幻想相平行的虐待女人的叙事也在展开,它映衬了五魁性幻想的美好和精神之高洁。终至于五魁救出女人,在山野同居。然而,面对着性诱惑道德感却又油然而生,一个血性男子居然对活生生的心爱的女人退避三舍。在道德上成全这个性焦虑者是必要的,这是性的话语更加详尽更加乖戾地向前推进的必要条件。果不其然,这个菩萨一般的女人却压制不住如火的性欲,偷偷在干着与狗交媾的勾当,这个不可思议的场景当然击碎了五魁的道德感,女人也以身殉情(还是殉德)。贾平凹的性情在"文化"的怂恿下,必然向着怪诞和病态发展,非如此不能有文化。文化是什么? 不就是文明的病态部分以及对病态的治疗吗? 这就是弗洛伊德的观点了。

这就不难理解,贾平凹一直在写的和要写出的实际上就是"性情"二字,特别是处在秦地文化区域里的人们,这种性情以地方文化为依托才能表现得淋漓尽致,如果脱离了这种地域文化,贾平凹的性情必然干枯,同样,如果离开了性情,贾平凹的文化就没有血肉。

但是,1993 年,贾平凹同样地应对时代潮流,他确实抓住了某种历史情绪、历史无意识,他显然是过分看重了时代的期待而偏离了原来的位置,他转过来描写城市中的知识分子。平心而论,他确实抓住时代潮流,90 年代初的问题就是知识分子问题。90 年代的知识分子不仅无所事事,也处于失语的困扰中。王朔的调侃替代了知识分子话语真空,但却替代不了知识分子的位置,知识分子还是处在那个尴尬的位置,他们对王朔进行了集体围攻。知识分子的话语以毫无历史方向感的形式第一次获得了表达,那就是对现实强烈不满的表达,王朔不幸成为杂语喧哗的对象。失语后的复活没有别的方式,只有强烈的攻击性,矫枉必须过正,下一个对象是贾平凹,他显然是一个更合适知识分子恢复失语症的治疗对象。因为贾平凹唤起的是道德记忆,道德话语是知识分子最熟悉的话语,是在他呀呀(牙牙)学语时就掌握的语言。贾平凹不幸中又是万幸,这样的攻击其实太外在,并没有抓住贾平凹的实质。那时对贾平凹的批判集中于露骨地写了性,而批判者也无法自圆其说。那么多作品都写了性,也露骨得可以,中国古代的就有《金瓶梅》,西方的有劳伦斯的《查特莱夫人的情人》,后现代的还有纳博科夫的《洛丽塔》,怎么都成了名著?而贾平凹写性就不能露骨?这不是问题的实质,更何况还有福楼拜说,"所有的名著只有一个主题,那就是通奸"。还有什么话说?

那时我这样认为(现在还是这样认为),贾平凹的问题在于:他的性情与文化概念出了问题,他的文学态度与他的实际文本建构出了问题。写性情,这是贾平凹的强项,性情二字最是贾平凹特色。但现在,他的性情离开了乡土,离开了民俗风土,这里的性情没有了恰切合适的背景,这个庄之蝶作为西京城里的名人,他的知识分子身份,他的文化素养,上不着城,下不落村,显得不伦不类。只剩下性情,但孤零零的性情,也就只剩下性。贾平凹不得不倾注笔墨去表现庄之蝶的性生活。

贾平凹本来是要对这个时期的知识分子精神状况做出描写,但这种状况实在不是久居秦地的贾平凹所熟悉的——他熟悉的是山野风情,这个知识分子精神颓败史总是要在知识分子的历史中来书写,而这种历史也不是贾平凹习惯于描写风土人情的笔墨所容易刻画的。贾平凹还是擅长描写性情,他还是要把握性情,他把知识分子颓败史,把对一个时代的精神"废都"的描写,还是变成了对性情的描写。而这个性情不再有真实的文化作为底蕴,那种文化诗书字画又如何与这种性情联系在一起呢?文化如何与性欲交媾联系起来,这实在是一个难题。这是贾平凹叙事上的断裂带,他无法缝合,但他可以强制性地缝合。于是,一方面是纯粹的性欲,另一方面是文化典籍充当交媾的道具。

唐宛儿把性交当成是文化奉献,是对文化想象激发的一种方式。她说道:

> 我看得出来,我也感觉到了,你和一般人不一样,你是作家,你需要不停地寻找什么刺激,来激活你的艺术灵感……但你为什么阴郁,即使笑着那阴郁我也看得出来,以至于又为什么能和我走到这一步呢?我猜想这其中有多原因,但起码暴露了一点,就是你平日的一种性的压抑……人都有

追求美好的天性，作为一个搞创作的人，喜新厌旧是一种创造欲的表现……我也会来调整了我来适应你，使你常看常新，适应了你也并不是没有了我，却反倒使我也活得有滋有味。反过来说，就是我为我活得有滋有味了，你也就常看常新不会厌烦。女人的作用是来贡献美的，贡献出来，也便使你更有强烈的力量去发展你的天才……（参见原书第123—124页）

唐宛儿如此表白，似乎她不是潘金莲式的淫妇，而是献身文学事业，拯救文学天才的纯情少女，他们的交欢因而具有了历史的和文化的意义。现在，文学存在的源泉动力都来自女人，唐宛儿的肯定是个双重肯定，她肯定了庄之蝶作为男性的健全的性功能，并且肯定了庄之蝶文化名人的现实地位——原来这二者都是沟通的。性情中如何有文化流露出来，这是贾平凹的困局，现在似乎被轻而易举地解决了。

在另一些场合，贾平凹利用那些经典名作和暗喻着经典文化的符码，给男欢女爱的故事提供原始素材，给那些引人入胜的场景提供句式笔法；而且它们直接构成了那些场合的背景和道具。在那些寻欢做爱的时刻，那些女人经常手持《红楼梦》之类的书籍阅读（参见第310页），诸如《浮生六记》《翠潇庵记》《闲情偶记》之类的古籍读本使唐宛儿获益匪浅。这些女人也自觉跨越时代界限，等同于古典时代的淑女妇人（如董小宛）。这些女人的错觉显然是贾平凹的强制性错位，在性/情中要透示出文化。当代知识分子的精神颓败史却不得不转向古典时代，这是贾平凹没有办法的办法。因为他对这个时代知识分子的精神荒废并不真正了解，他的文化记忆主要还是富有地方乡土韵味的那些东西。这些东西的延伸勉强可以沟通中国传统古籍，那些野史笔记，那些禁书另册，总算是与山野风情还能异曲同工。贾平凹进一步设想，这些女人本来就从那些古典读本中脱胎而来。甚至连阿灿都谙熟“所有古典书籍中描写的那些语言”，他们在造爱中“把那些语言说出来”，所有曾在《素女经》中读过的古代人的动作“都试过了”。这是一次次奇怪的交媾，一次次模仿式的交媾，对古籍的模仿成为交媾的动力和快乐的源泉。没有文化，贾平凹的交媾不是不爽，而是缺乏合法性，他的性情历来都要有内涵。现在时代的内涵——原来写作的初衷已经遗失了，而本能式的内涵则要补上，这个废都般城市里的庄之蝶只有去借用古籍来充当文化。

贾平凹很可能是意识到给这种性情补充进古籍文化并不协调，他再灵机一动，表明他的本义——其实是写作之后他从他的文本感悟到，古典古籍文本的重大价值。他在“后记”中写道：

中国的《西厢记》《红楼梦》，读它的时候，哪里会觉得它是作家的杜撰呢，恍惚如所经历，如在梦境。好的文章，囫囫囵是一脉山，山不需要雕琢……这种觉悟使我陷于了尴尬，我看不起了我以前的作品，也失却了对世上很多作品的敬畏,虽然清清楚楚这样的文章究竟还是人用笔写出来的,但为什么天下有了这样文章而我却不能呢?!

贾平凹在这里表达了对古籍的尊崇,这种态度本来无可厚非,而且也不能怀疑它是发自内心。问题在于,在这部作品中,贾平凹却是经历了多个转换。小说的封面上被命名为“废都”,它首先给人的印象是在描述这个时代知识分子的精神颓败史;然而这个“颓败史”实际上是“性情”的表现,并无多少历史的和文化的反思,但仅此,也依然无可厚非。问题在于,没有了文化底蕴的性情实际上并不是贾平凹所能忍受的,他要给予文化蕴含,这种文化并不是具有时代意义的文化,而是退回到古籍野史中去。这个不得已为之的补充,被贾平凹说成是一种内心真挚的乞求。

确实,《废都》抓住了时代潜意识,否则它不会有如此巨大的影响,不会在商业上获得如此巨大的成功。但是他(它)并不是贾平凹的自然写作,在一部作品与时代构成的关系上,《废都》堪称杰作;在贾平凹与作品构成的关系上,那是一部异化之作。《废都》投合了时代知识分子失语的空隙,也抓住这样的历史空场时期人们对性话语的巨大热情,同时抓住了正在兴起的图书和文化的市场化形势。但贾平凹并不真正了解这个时期的精神“废都”到底是怎么回事,知识分子的精神颓败、空虚和放纵到底是何种形式。庄之蝶是古典时代的破落士大夫与秦西乡间风水先生奇怪的混合物,那是一个没有欲望的欲望怪兽,那是一个没有文化的文化巨匠,因此,那是一个没有时代精神的假想“废都”。只有在这一个意义上,才能真正理解《废都》的意义和它的局限性。

因此,整个90年代上半期,人们对贾平凹的兴趣和攻击都有一定程度的错位,其主导势力是道德主义话语在起支配作用,那些批判不过是恢复知识分子话语的自言自语。没有人真正深究贾平凹的问题症结,实际上也没有人真正想深究,因为没有必要深究,所有的历史都是被假象铸成的。

二、从《废都》到《秦腔》:阉割的必要

90年代上半期,对贾平凹的批判曾经一度构成知识分子出场的话语,众声喧哗,但饱含着道德主义激情,它构成了知识分子随即展开的对市场经济和文化商业主义的批判的序曲,随后还有时代的最强音——弘扬“人文主义精神”。到这里,知识分子在90年代的出场就算是完成了亮相。放在历史语境中来看,对《废都》的批判不管有多么严重的错位和过激之处,它都是必要的,而且它也造就了《废都》作为一个时代情绪和话语的聚焦的目标。对于贾平凹本人来说,他也是咎由自取,他试图对历史发言,给时代提供一个精神镜像和解决的答案。这使他的《废都》充斥了太多观念性的东西,那是关于一个时代的精神困境问题,那是知识分子的存在状况问

题,那是一个人的存在的真实性情和颓败的问题,那是文学写作与传统典籍的关系问题……这些问题都不是贾平凹擅长解决的。《废都》与时代结合得太紧密,在历史语境中,它显得太充实,贾平凹一直要写出一种"有",一种期待解决的精神焦虑,让它在场,让它在文学话语中显现出来,这就成为一个时代的把柄,人们都可以看到的把柄,它必然要成为那个失语时期的话语之靶。所以贾平凹也并不冤,《废都》作为那个时期的牺牲品,是知识分子重新出发的祭品,这是一个难得的有分量的祭品,这就是贾平凹才能做出的特殊贡献。作为一次声势如此浩大的重新出发,这个祭悼是必要的和值得的。

因此,在今天看来,《废都》并不是一部多么差的文学作品,何以要遭致如此严厉的批判,会让人们大惑不解。平心而论,《废都》相比较当时乃至现在的大多数小说在文学性上,或者在叙述形式上,或者在艺术语言上都可属于上乘之作,但毫无办法,谁也拯救不了《废都》。《废都》就像一张招贴画,被牢固地张贴在历史之墙上,谁也揭不下来,无法还其纯粹的文学之身,只要揭下来,它就破碎不堪。它已经与那段历史紧紧地粘附在一起,那是它的葬身之地,它是它(历史)的碑文,它只有在铭刻着自己的死亡时它的意义才能全部显现。

《废都》在很多方面都表示着终结与开始,它以"有"开始,这个"有"被历史狙击,被历史俘获,恰恰说明历史是多么需要它的给予,它的无私的赠予。贾平凹经历过90年代的磨练,那是炼狱般的磨练,他要逃离《废都》的记忆和阴影,他甚至不敢正视它。《白夜》《高老庄》《怀念狼》,这些作品不能说写得不好,但都写得没有生气。它们是贾平凹苟延残喘的掩饰,作为纯文学最后的大师,贾平凹没有名符其实的作为,他没有内在的想象力。他没有成为自己的主心骨,他没有正视《废都》之死,在《废都》里死去这个事实。而《废都》之死是一场意外伤亡,从历史来看虽然并不冤枉,但从贾平凹来看,他难道没有冤屈?他不想鸣冤?他不想报复?他内心的仇恨怎么才能公之于世?看看那个老李尔王是怎么刺瞎自己的双眼,在旷野里呼叫,他为什么不呼叫?他当然不能呼叫,他不会呼叫。作为一个大师他不能呼叫。他要把怨恨全部转化为一个怪诞的动作,大师,真正的大师只要一个动作就行了,这个动作看似不经意,看似无所谓,然而,一个动作就可以表露全部的内心隐忧,表露全部的怨气和仇恨。点到为止啊,这就是高人一筹的动作。这个动作我们在等待贾平凹做出,这不是什么高难度的动作,但是一个非同凡响的动作。

直到2005年,贾平凹才做出这个动作,就一个动作就化解了自己心中的冤仇,就把一个过往的不可解开的历史死结打开了,就能够轻松自在地向前看。这段历史冤恨只有自己能够解开,只有自己才能超越。其超越的方式只有在文本中,在真正具有破解性的文本建制中,在有贯穿自己的历史的美学创生中才有意义。这就是

《秦腔》的出现，那个阉割动作的出现，那是怀恨在心的阉割，那是解开历史的阉割，那是重新展开的美学追寻的阉割。

小说中引生偷了白雪的胸衣被饱打一顿后，引生痛不欲生，小说这样写道：

> 我的一生，最悲惨的事件就是从被饱打之后发生的。我记得我跑回家，非常地后悔，后悔我怎么就干了那样的事呢……我掏出裤裆里的东西，它耷拉着，一言不发，我的心思，它给暴露了，一世的名声，它给毁了，我就拿巴掌扇它，给猫说："你把它吃了去！"猫不吃，猫都不肯吃，我说："我杀你！"拿了把剃头刀子就去杀，一下子杀下来了。血流下来，染红了我的裤子，我不觉得疼，走到了院门外，院门外竟然站了那么多人，他们用指头戳我，用口水吐我。我对他们说："我杀了！"染坊的白恩杰说："你把啥杀了？"我说："我把×杀了！"白恩杰第一个跑进我的家，他果然看见×在地上还蹦着，像只青蛙，他一抓没抓住，再一抓还没抓住，后来是用脚踩住了，大声喊："疯子把×割了！割了×了！"①

引生是个半疯半癫的少年，他疯狂地爱上白雪，有人劝他说："引生……不该你吃的饭，人家就是白倒了，也不让你吃的。"但引生对白雪的爱，那是一个疯子的爱，是疯狂之爱，无法用理性加以解释。为了这个爱，引生把自己给残了。这个疯癫的叙述人本来没有什么稀奇，早在现代主义时期的福克纳就用过，后来中国的阿来又仿着用了一回，都获得奇妙的效果。贾平凹用就算不上什么独创，不过贾平凹用这样的叙述人还是有着显著的区别。福克纳那个白痴的视点是为了表现理性不能看穿的真相，为了进入潜意识的深度，揭示人性和心理的复杂性。阿来的那个白痴，几乎从来就不痴，头脑比正常人还清醒。贾平凹的这个疯癫的引生却是看到生活的散乱，看到那些毫无历史感也没有深度的生活碎片。

这个阉割的动作阉割的不过是引生的器官，那些欲望并没有完全割去，它还是经常冒出来，而且对白雪的思念和欲望还是始终如一，这个没有器官的欲望是对贾平凹的写作史的一次割断，对过去历史的阉割。说得更明确些，是对《废都》的唤醒和逃离。这个去除欲望之根的动作是对庄之蝶的欲望历史的割裂，他不再书写欲望的器官历史，这是一个无根的欲望，无论如何，贾平凹再也不可能施展那个器官的威力。它在《废都》里也是起死回生，是唐宛儿唤起了它的超凡功能，但唤起后就不可收拾，它闯下了祸，它闹下了事。现在贾平凹干脆把那个根去除掉，他不再会书写它的作为。无根的欲望无论如何是值得同情的，是可以放开来表达的。这个割舍是把《废都》做了彻底的了结，在了结的同时，也把《废都》的冤屈做了了结，"现在割掉了

① 贾平凹：《秦腔》，作家出版社，2005年，第46页。

它,还有什么可说的呢?"这是终结,也是开始,它们带着复仇式的快意纠缠在一起,就像引生一样,他几乎是自豪地宣称:我把×杀了!我真的把×杀了!现在《废都》的恩怨可以一笔勾销了吧?

这是一个全新的开始吗?这部书写乡村在改革时代现状的作品,回到了贾平凹最熟悉的乡土叙事中,看上去和过去的那些写乡土风情的小说没有不同,一样的深情,一样的责任,一样要为民做主鸣冤。按贾平凹自己的阐释那是凝聚了他对当代乡土中国的全部血泪般的理解。书的封底有这样的句子:"当代乡村变革的脉象,传统民间文化的挽歌",还有:"魔幻笔触出入三界,畸形情恋动魄惊心;四稿增删倾毕生心血,一朝成书慰半世乡情。"乡土中国的历史与文化发展到今天正在经受着深刻的裂变。在中国社会全面走向脱贫致富的历史进程中,乡土中国也在遭受着种种的困境。"三农"问题比任何时候都更突出,因为乡土中国与"新新中国"的高速发展很不相称,与城市的繁华盛世场景更不相称。年轻一代的农民涌向城市,土地荒芜,偏远的农村只剩下老弱病残无人料理……中国几千年文明建立在农业的基础上,即使是毛泽东时代,也是以农业为基础,社会主义的总路线也离不开农民积极参与和新农村的繁荣昌盛。但这一切现在变了,在中国参与全球化的资本和技术的角逐的伟大的历史现场,农民和农村被边缘化了,农村在萎缩——主要的是在精神上的萎缩。这意味着中国几千年的社会性质、文化传统价值发生了根本改变,也意味着中国曾经进行的社会主义农村改造运动的遗产也无法继承。现在,贾平凹以小说叙事的方式,更彻底地回答这些问题。更重要的是,他是否以文学的方式,以他的独特的文学表达方式表现了当代——也就是"后改革"时代中国农村的存在状况,也就是贾平凹在"后《废都》"时期对乡土中国做了何种表现。《废都》是90年代初中国城市的废都,而《秦腔》则是21世纪中国乡村的废墟场景。前者是精神与文化,后者还是文化与精神。

文学作品不是对历史的解释,也无法解决现实难题,作家一思考,上帝就要发笑。作家的思想和对现实的理解基本上都是片面的,我相信贾平凹对中国农村,包括他对乡村的表现会遭到不少经济学家和别的什么家的质疑。我们只能就文学的书写来看,他是如何来写作这个时代的乡村的废墟的。

用疯子的视点来看废墟是颇为恰当的,疯子能看到什么真实?能看到最本真最原生态的真实。这就足够了。这个疯子引生看到了当今中国乡村杂乱的日常生活,粗俗的生活原状,那是没有意义,再也没有历史感的生活状态。这里阉割掉的已经不只是引生的生殖器,而是一种对历史的冲动,一种历史化的欲望。这个疯癫的视点不再是在巨大的历史理性引导下来思考历史之有,思考内在之充盈性,而是随心所欲,毫无章法,四处窥探,呈现出乡土中国的生活碎片。这个视点,既可以控制,又可以全面抛撒出去。引生的自我阉割，也阉割了历史叙事的动机、深度和总体性。引生所言是疯人之语，所见是不可归纳之象。贾平凹这次就试着用理性支配力最低的一种视点来展现生活，展现那种破碎的、颓败的如同废墟一样的乡土生活世界。这又不得不看成是对中国占主流地位的乡土叙事的彻底反动，这不只是那种宏大乡土叙事所讲述的历史原景的破灭，在美学上的意义是，那种宏大的乡土叙事再也没有聚集的逻各斯中心，再也没有自我生成的合理性。

三、阉割的意味：历史与美学的终结

中国的社会主义文学经历了80年代漫长而艰难的与西方现代主义的交融历程，几乎都要生长出后现代主义了，但在八九十年代之交，这种历史意向被打断。90年代以来，中国确实有一个城市化的高潮，但是这样的城市化在精神上被认为是西方资本主义的文化入侵。而人们也从中看到物质主义欲望、金钱欲望肆意涌动。正如我们前面论述的那样，贾平凹的《废都》就试图表达这种历史意识，但显然处在错位之中。中国文学的主流是乡土文化，那也是贾平凹所擅长的方向，但他要写作城市，城市中的知识分子。这种城市中的有自我意识的人们是一种奇怪的族类，无论如何表达，他们都只能是被驱魔的对象。无法书写的城市，可能也是贾平凹《废都》遭遇集体围堵驱魔的缘由之一。到了21世纪初，中国的城市化已经发展到一个相当热烈的阶段，然而，文学却再次顽强坚韧地回到乡土叙事，回到革命文学一直赖以寄生的文化大地和美学氛围中，这确实存在蹊跷之处。

在近几年的中国文学中，乡村经验依然具有优先性，并且是具有新的时代特质的优先性。这种判断可能会让大多数人感到意外，农民乃是弱势群体，乃是被现代性侵犯、被城市盘剥的对象，乡村经验在现代性中是失败的经验，城市是现代性的赢家。我在这里说的是一种话语权，中国的现代性一直在玩两面派手法，中国现代性包含着精神分裂症。现代性带着坚定的未来指向无限地前进，城市就是现代性无限发展的纪念碑；乡村以它的废墟形式，以它固执的无法更改的贫困落后被抛在历史的过去。但在中国的现代性话语中，始终以农村经验为主导，这就是由革命文学创建的以人民性为主题的悲悯基调。这种基调包含着知识分子的历史责任，在民族国家建构的历史时期，它具有历史的正当性和合理性，从而变成主导的权威话语，它把知识分子上升为关怀人民的历史主体。但在中国革命话语的建构中，知识分子的主体地位被激烈的政治运动颠覆了，剩下的是话语空壳，这一话语空壳在“文革”后再度获得充实的本质。在现实主义回归的历史途中，文学叙事再度把人民/农民作为被悲悯的表现对象。应该说这种悲悯的主体态度经历过80年代后期的文化多元化的重组有所减弱，但在21世纪中国经济高速发展的时期，悲悯的态度又重新回到知识分子中间。例如,关心“三农”问题不只成为一项基本国策,而且成为人文知识分子的口头禅。反映在文学领域,那就是对“底层人民”(或弱势群体)的关怀。

很显然,熟悉乡土中国的贾平凹不再去关注城市,那座墓地一样的废都。那正是他的文学写作的墓地,他要更加本分地回到乡村,回到他的故土。他有什么新的作为呢?有什么绝活呢?要知道乡间的手艺人都有绝活,每一次做活都有绝活。

贾平凹会有的,这个纯文学“最后的大师”,也是乡土文学“最后的大师”却要以阉割手法来展开乡土叙事。贾平凹也依然一如既往地回到乡土风情中,例如,这部作品的主要内容之一就是讲述“秦腔”衰落的故事,地域性的民俗文化这是贾平凹的拿手好戏。但在这部作品中,这些文化标志只是他在的文化符码,并没有化解成文本中的叙事风格,这部作品再也没有贾平凹原来的那些清雅俊朗,明媚通透,而是更多呈现为奇谲怪诞,粗粝放纵。虽然不失原有的自在,但这些自在却更倾向于生活的原初状态。没有必要把贾平凹这部作品中透示出的风格与过去做一个断裂式的对比,也没有必要在二者中做出优劣之分。而是指出贾平凹在这部作品(中)领悟到的一种表达方式,那就是去除乡土叙事所笼罩的规范性形式,那种在主导的美学霸权底下的和谐的美学风格。贾平凹现在则是逃离了规范化的乡土叙事,不再具有历史的深度关怀,不再有一种文化的自在沉静,而以一种“无”的态度,阉割了那个历史理性的欲望目标,把它转化为一个疯子的视点,一个随意看到的乡村自然景观。原来的那个宏大的乡土叙事,具有历史发展方向和远景的乡土中国正走向终结,并且携带着它的更久远的文化传统。在乡村这一切正在终结,乡村的废墟正在蔓延。

历史与文化的终结在小说中一点一点透露出来。

清风镇是当今中国农村的一个缩影,小说描写了清风镇在“后改革”时期面临的境遇。随着改革的深入,中国城市建设步伐加快,大量需要农村劳动力,而农村和农业遭遇冷落,农民工大量涌向城市。小说当然不是报告文学作品,贾平凹是从清风镇的日常生活入手,一点点呈现出生活的变化,揭示出乡村中国传统的生活形式的改变,乡村生产方式和生产关系的改变,人们的行为方式和心态的改变。当然,小说一直是跟踪那个疯子引生的视点,以他的眼睛看到的清风街的历史是衰败的历史,一如他的命运遭遇,是被阉割的,是无望的自我阉割的历史。这样的视点本身表达了对历史的无望之情。引生养了一只老鼠,老鼠到处乱窜,钻到草堆里,引起了火灾,到处弄得乱哄哄的。另一边村委会开得乱哄哄的,那是新一代的村干部君亭在说话,他说道:

“现在不是十年二十年前的社会了,光有粮食就是好日子?清风街以前在县上属富裕地方吧,如今能排全县老几?粮食价往下跌,化肥、农药、种子等所有农产资料都涨价,你就是多了那么多地,能给农民实惠多少?

东街出外打工的有四人，中街有七人，西街是五人，他们家分到的地都荒了啊！我是支持出外打工的，可是也总不能清风街的农民都走了！农民技术员为什么出外，离乡背井，在外看人脸，替人干人家不干的活，常常又讨不来工钱，工作事故还那么多，我听说有的出去还在乞讨，还在卖淫，谁爱低声下气地乞讨，谁爱自己的老婆女儿去卖淫，他们缺钱啊！"君亭说得很激动，一挥手，竟然把茶杯撞倒了，茶水像蛇一样在桌面上窜，茶杯掉到地上破碎了。巨大的破碎声使大家都惊了一下……①

不用说，小说借君亭的口说出清风街，也是当下中国农村的困境：土地荒芜，农民工涌向城市，农民丢掉了家园，也失去了做人的尊严。当年的社会主义新农村并没有迎来农业现代化，几十年过去了，中国农村更加贫穷落后。清风街的颓败，是革命文学关于乡土叙事的宏大历史解体象喻。

这种变化是惊人的，改变的不只是农村的生产方式、生产关系，还有一套体制和人们的伦理道德与价值观念。最鲜明的变化体现在（以）夏天义为代表的老一辈农村干部向年轻一代的君亭和上善这样的干部的变化。（以）夏天智为代表的尊崇传统秦腔戏和传统文化的这代人也逐渐老去和死去。夏天义和夏天智以及夏家的四兄弟都死去了，现在年轻一代的农民以及农村干部，他们以完全不同的方式在推进农村的历史。但这种历史与传统的中国乡村，甚至与社会主义总路线时期的中国乡村都很不相同。历史在改革中断裂了，或者可以说终结了。农业政策一年一变，弄得农民无所适从。到处都是一刀切，没有人体谅农民的苦衷，各种税赋，加上各种罚款，搞得农民痛不欲生。狗剩是个倒霉鬼，因为在退耕还林的地上种菜，结果被取消补贴不算，还要罚款 200 元。这 200 元对农民狗剩就是一笔巨款，狗剩为了这 200 元钱喝了农药死去。

中国农村在应对市场经济时显得力不从心，新一代的村干部君亭做的一套完全是市场化的方式，也是媚上的工作作风。但小说并没有谴责和批判君亭这样的年轻一代干部的意思，只是写出他们的生活方式，他们在官场的表现，他们领导农村扩大再生产的方式。他要办市场，在为乡村致富找到道路，他要在干旱季节找来水，找来电。他采取的方式都很独特，他有办法摆平他们。他也偶尔吃喝玩乐，但并不过分。他也有权力斗争的诡计，秦安就是他整垮的，但却不露声色。在另一种表述中，他可以说是勇于开拓、与时俱进的农村干部。秦安则跟不上时代，结果患病，甚至像狗一样在地上爬。小说的本意可能是要写出好人偏偏没有好报，但客观实际的效果则是写出，秦安这样老实忠厚的干部却不能适应形势，只能被淘汰。既有惋惜，也有无

① 贾平凹：《秦腔》，作家出版社，2005 年，第 92 页。

奈。显然秦安的形象表达了对当今农村历史走向的批判。秦安的悲剧就像是夏天义的历史再也无法承继，传统中国乡村和社会主义总路线的乡村都终结了，君亭们开启的是什么样的乡村的未来？贾平凹显然表达了迷惘和疑虑。

这部被命名为《秦腔》的小说，更为内在的是表现乡土中国文化想象的终结。"秦腔"是传统文化及其价值的象征。清风镇民风纯朴，本来安居乐业，热爱秦腔，民间艺术应有尽有，这里的人虽然生活于贫苦之中，但有厚实的文化底蕴，他们坚韧而乐观。当然，"秦腔"在某种意义上表达了贾平凹对他描写的生活对象和他的作品的命名，那是一种原汁原味的秦地生活，那是具有文化意味的秦汉大地，那是中国传统历史在当代中国乡村的全部遗产的象征。然而，现代性的进程使秦腔难以维持下去。白雪这个美丽的女子作为秦腔表演的代表，她的遭遇本身就是传统中国的文化价值的失败写照。新一代的农民陈星已经不会唱秦腔却会弹吉他，秦腔迷的夏天智的孙女翠翠却迷上弹吉他的陈星。夏风这个从清风街出来的知识分子，他最大的理想就是要把妻子白雪调到省城妇联去。依然在艰难地坚持唱秦腔的白雪，只是到四邻八乡的红白喜事上去唱咏，更多的情况下是到丧事上去歌唱。这是个绝望的讽刺。后来白雪生下一个残疾儿，它隐喻式地表达了白雪的历史已经终结，民间艺术的纯美只能产生怪胎，不会再有美好的历史的延续。最后，白雪与夏风也离婚了，回到娘家，她在夏天智丧葬时唱着秦腔。夏天智一辈子热爱秦腔，是秦腔最执著和纯粹的传人。白雪唱的是《藏舟》，引生这个疯子就在白雪身边，引生的眼里都是白雪凄楚的样子：

> 白雪唱得泪流满面，身子有些站不稳……看见白雪哭了我也哭了，白雪的眼泪从脸上流到了口里，我的眼泪也流到了口里。眼泪流到口里是咸的。我从怀里掏了手帕，掏了手帕原本要自己擦泪，但我不知怎么竟把手帕递给了白雪。白雪是把手帕接了，并没有擦泪，唱声却分明停了一下。天上这时是掉云，一层一层掉，像是人身上往下掉皮屑。掉下来的云掉到院子上空就没有了，但天开始亮了起来。院子里一时间静极了，所有的人都在看我。竹青就立过来站在了我和白雪的中间，她用脚暗中踢我，我才惊觉了站起来退到厨房门口。退到厨房门口了，我涨红着脸，庆幸白雪能接受了手帕，又痛心那手帕白雪不会再给我了！白雪的手帕又回到了白雪的手里，我命苦，就是这一段薄薄的缘分！①

之所以引这一段，是因为这是前后呼应的。引生这个疯子在小说的开头就是看着白雪唱秦腔爱上白雪的，现在小说结尾处，白雪唱的是挽歌，她为夏天智去世而

---

① 贾平凹：《秦腔》，作家出版社，2005年，第547页。

唱,也是为自己的命运而唱,也是为乡村和秦腔的衰败命运而唱。只有引生对这一切是那么理解,理解其中全部的悲剧蕴含。一种死亡的氛围在小说的结尾处弥漫,也是在乡村弥漫,在传统民间文化的末日弥漫,如吼如哭的秦腔作为哀歌倒也恰如其分。

当然,从小说艺术的角度,这部小说在艺术上显示出一种独特性,在不少人看来,这是杂乱无序的乡土生活的拼盘,是无法忍受的语言大杂拌。然而,如果从乡土中国叙事的历史及其未来的面向来看,这部作品的力量也是独到的。它的叙事方式本身表达了乡土美学的终结。

这部小说采用的视点是引生这个半疯子的视点,这个视点不只是看出乡土中国历史的破碎和衰败,同样重要的是,这个视点表达了对中国主流的乡土叙事的拒绝和逃离,甚至非常尖锐地表达了乡土美学想象的终结。叙述人引生的自我阉割是个叙述行为的象征,只有去除个人的欲望、个人话语欲望,去除建构历史神话的冲动,才能真正面对乡土中国的生活(当然也可能是对《废都》的遭遇的愤怒,他干脆上来就自我阉割,使欲望不再有真实的行为)。秦腔的失去就像美的失去,就像是白雪这样一个乡村美人不能再生产健康的后代,只能生产畸形儿,这是个终结的美丽的传统的观世音。贾平凹也一定在设想,文学写作本身,文学乡土中国的书写,也不再有美的存在。正如他对秦腔的叙述构成自我博弈一样,他的写作是对自己的书写的书写,这样的书写是对乡土的绝望,如同秦腔,这是对中国乡土文学的挽歌。

小说的阉割是一个象喻,引生作为一个叙述人过早地自我阉割,他不只是阉割了自己对白雪的欲望,也阉割了对历史倾诉的欲望。他只是看到乡村的日常生活,这里只有平凡的琐碎的生活。贾平凹不再虚构历史,不再叙述宏大的合乎历史目的论的故事,这里没有剧烈的历史矛盾,也没有真正的深仇大恨,只有人们在吃喝拉撒。小说的叙事主要由对话构成,这是对宏大叙事最坚决的拒绝。这里到处都是人,并没有主要的人物,没有戏剧性冲突。这是对资产阶级现代小说的彻底背叛。资产阶级现代小说是以情爱为主导,以人物性格发展和命运变异为线索,小说经常是在独处的空间,如客厅和卧室,或者大自然的野外,那种小说的空间总是有一种整洁和安静的气氛。但在贾平凹这里,到处乱哄哄的,到处都是人,众声喧哗,杂语纷呈。一会儿是说陕南土语方言,一会儿又是唱秦腔。引生这个孤独的视点从来不会透视人的内心,现代主义的小说则是以叙述人进入内心为自豪。但引生的视点看不到历史的连续性,看不到生存的意义,也看不清真相和人的内心。只有生活在流动,只有人们在活着和说话。与其说引生躲在一边在看,不如说他躲在一边在听。这么多的对话,几乎全是对话,这是反叙事的小说叙述,是没有叙述的叙述。这是听的小说,就像生活本身在场一样,生活以其存在在表演,生活就是戏剧本身,就是“秦腔”,

这是唱出的小说。

因为引生的半疯癫状态,他经常陷入迷狂,在迷狂中他最经常看到的是两个人,一个是他父亲,另一个是白雪。在一次实际中也可能是迷狂中,引生又见到白雪,这是一个精彩且惊人的细节,引生与白雪在水塘边遭遇,引生掉到水塘里,而白雪给引生放下一个南瓜。引生抱起南瓜飞快地跑回家里,把南瓜放在中堂的柜盖上,对着父亲的遗像说:"爹,我把南瓜抱回来了!"我想,他爹听到的一定会是:"我把媳妇娶回来了!"引生开始坐在柜前唱秦腔。这些叙述,把日常生活的琐碎片断与魔幻的片断结合在一起,使小说在日常生活的场景中,也有飞扬跳跃的场景。这个叙述人引生不再能建构一个完全的历史,也不可能指向历史的目的论,他的叙述只能是一些无足轻重的贱民的生活与一个疯子的迷狂想象。

乡土美学想象的终结也就是乡土历史的终结,乡土历史说到底是乡土叙事的历史,是乡土的叙事历史。贾平凹并不是一个有政治情结或对宏大历史特别反感的人,对于他来说,回到乡土生活本身可能是他写作的一种本真状态。如果说有一种乡土叙事,那么就是贾平凹的这种叙事莫属了。乡土中国在整个现代性的历史中,是边缘的、被陌生化的、被反复篡改的、被颠覆的存在,它只有碎片,只有片断和场景,只有它的无法被虚构的生活。乡土中国的生活现实已经无法被虚构,像贾平凹这样的"乡土文学"最后的大师也已经没有能力加以虚构,那就是乡土文学的终结,就是它的尽头了。《秦腔》表达的就是它的挽歌,就是它的最后一次的虔敬。从此之后,人们当然还能以各种方式来书写乡土中国,但我说的那种最极致的、最畏惧的和最令人畏惧的写作已经被贾平凹献祭般地献上了,其他的就只能写和重复地写。

说到底,被指认为乡土美学的那种东西,白描的、平淡的、简洁的、行云流水般的、明晰的……〔等等〕,是在左翼革命文学传统下对乡土中国的一种自为想象,这是革命文学那种激烈动荡心灵不得不自我平复的一种形式。中国的革命文学,以至于迄今为止的革命文学(当然包括俄苏文学在内),在艺术审美这点上无法始终激进化,或者说它的激进化采取了形式简化的手法,不用说是因为革命的接受主体是工农兵群众,其创作主体只能简单而直接地适应人民群众。革命作为人民的狂欢节,在艺术上以其通俗读物的形式来表现这种狂欢节,这无论如何都不是革命的真谛。革命在艺术上的激进性并没有真正超越资产阶级艺术,无法盗用资产阶级的先锋派策略:既以其艺术上的炫目技法,又以其媚俗的伎俩俘获大众,革命的艺术在美学形式方面其实只是半途而废。如果革命是按照马克思的设想,那是在资本主义高度发达的基础上展开的历史行动,那么革命文学艺术完全是另一番景象。革命在历史中适应了民族国家独立自主要求的历史条件,革命文学艺术也同样没有按照自身的理想性完成其激进化的理论方案。但这并不等于革命文学在其历史中实现的状态就是理想的合理的状态。革命文学就像革命事业一样,只是一个未竟的方案。其未竟性就在于它只能和乡土文学结合在一起,就像革命没有在资产阶级的文化基础上前进,只是在走乡村包围城市的革命道路,这样的道路是曲折的道路,其历史前进性和合理性是不充分的。文学艺术始终是在资产阶级艺术倒退的道路上呼唤前进,回到乡土的叙事一直被当成历史前进性来表达,一直当成革命文艺方向来表达。革命文学艺术在美学上没有前进性,它是对革命的修正,是将革命变得平易、温和与平庸的手法。乡土叙事平淡无奇,尽管在历史可还原性这点上对革命历史的建构起到积极作用,但在革命的想象激发这点上,没有美学上的创造激情。

这个激情一直在延期,这是自我的延搁,以至于在漫长的历史期待中它具有了历史本来的正当性。这真是应了黑格尔的老话:存在的就是合理的;而其合理性也就是它的历史终结。

但是,我们在贾平凹的《秦腔》这里,看到乡土叙事预示的另一种景象,那是一种回到生活直接性的乡土叙事。这种叙事不再带着既定的意识形态主导观念,它不再是在漫长的中国的现代性中完成的革命文学对乡土叙事的想象,而是回到纯粹的乡土生活本身,回到那些生活的直接性,那些最原始的风土人情,最本真的生活事相。对于主体来说,那就是还原个人的直接经验。尽管贾平凹也不可能超出时代的种种思潮和(时代)给予的各种思想(甚至"新左派")的影响,他本人也带有相当鲜明的要对时代发言的意愿。但贾平凹的文学写作相比较而言具有比较单纯的经验纯朴性特征,他是少数以经验、体验和文学语言来推动小说叙事的人,恰恰是他这种写作所表现出的美学特征,可以说是最具有自在性的乡土叙事。贾平凹本人在80年代的寻根文学时期就一直寻求风土人情、地域特色,那种最能体现中国乡村生活本真状态的特征。不管人们如何批评贾平凹,贾平凹的作品无疑表现出相当鲜明的中国乡土特色。恰恰在回到乡土本真性的写作中,我们看到,贾平凹的《秦腔》这种作品在以其回到乡土现实的那种绝对性和纯朴性上,却是写出了乡土生活解构的状况。这种解构并不是在现实化的意义上的解构,而是对其想象的解构,也就是在文学想象的场域中(维度里)使乡土生活解构。那是破碎的、零乱的、不可整合的乡土末世论。在文学上的根本意义在于,贾平凹的叙事再也不可能建构一个完整性的新世纪的乡土叙事,在回到生活的原生态中去的写作中,革命文学在漫长的历史中建构起来的那种美学规范解构了,只剩下引生那个半痴半疯的人在"后改革"时代叙述。在这样的历史场合,乡土中国找不到他的真正的代言人,贾平凹其实也没有把握,他只能选择那个自我阉割的引生,他的自我阉割可以读解成是对他具有的历史冲动的阉割,那个宏大的历史眷恋现在只能变成一个巨大的精神幻象,如白雪一样也日益香销玉殒。他永远不能及物,不能切入新世纪的历史场域中,只能看着那个历史客体以他不能理喻的方式转身离他而去。这样的文学叙事或美学风格不能弥合深刻的历史创伤,不能给出历史存在的理由和对未来的预言,相反,这是一个破碎的寓言。

正是这个破碎的寓言,它使乡土中国叙事在最具有中国本土性的特征时,又具有美学上的前进性。这是中国新世纪文学历经现代主义后现代主义所想要而无法得到的意外收获,他具有更加单纯的中国本土性,但是这样的叙事和美学表现却又突破经典性的乡土叙事的藩篱,它不可界定,也无规范可寻,它展示了另一种可能性——或许这就是新世纪文学在其本土性意义上最内在的可能性。与《受活》《石榴树上结樱桃》这些小说一道,它们以回到中国乡土中去的那种方式结束了经典的主导的乡土叙事,而展示出建立在新世纪"后改革"时期的本土性上面的那种美学变革——既能反映中国"后改革"时期的本土生活,又具有超越现代主义的那种后现代性,更重要的是,它的表意策略具有中国本土性特征:语言、叙述方法、修辞以及包含的所有的表意形态。这个破碎的寓言却使当代小说具有了对这样的全球化进行质疑、穿透和对话的可能性,破碎性的叙事本身,是乡土自在的本真性生活的自我呈现,它是一种杂乱的呈现,一种对新世纪历史精神无须深刻洞悉的呈现。乡土文化崩溃了,消失于杂乱发展的时代,但对其消失的书写本身又构成另一种存在,那是一种文化以文字的形式的还魂和还乡。这种书写困难而勉强,但却倔强。就像叙述人引生那样,没有巨大的视野,只有侧耳倾听,只有勉强去充当一个配角时才能观看。但那样的内心却有着怎样的虔诚,在破败的乡土中始终不懈地追求单纯性和质朴性,它始终说不出真相,它只是在听,它引导我们在听那曲挽歌。这肯定是我们不能理喻的乡土,也是新世纪中国文学更具有本土性力量的乡土,它可以穿越过全球化的时代和后现代的场域,它本身就是挽歌,如秦腔般回肠荡气又令人不可忍受,在全球化时代使汉语写作具有不被现代性驯服的力量。

2006 年 2 月 9 日改定于北京万柳庄

——原载《当代作家评论》2006 年第 3 期

施战军

独特而宽厚的人文伤怀

——迟子建小说的文学史意义

一种一以贯之又逐渐深化的文学意绪含化在迟子建的小说中，那就是对在时代日常流程中逐渐流失的美与爱的追怀和寻求，追怀是向后回溯，寻求是面对目下和向往未来，而这一切，关涉当今时代人性的健全发展和人类永恒的生存理想，基底上是对生命的殷切惜重。

这种文学意绪所牵引而出的生动可感的人与人、人与其他生灵、人与神魅、相对中心地带的人与边地人等等关系，构成了人心与世情的丰饶景象和阐释的丰厚可能性。情韵如诗如画也如泣如诉、生命有繁花易落也有劫运难躲。

社会生活的历史主潮永远是趋利和新变的，它不注重被遗落的东西。中外无数的经典性作家以特有的本能质疑历史主潮对人性的异化，普遍的社会生活的热潮引发了作家对其冷漠的负面不断质疑的激情。而对持守着人之为人的底线，自然地忠诚于善意的人际情感关系的存留，并对其迹象进行呈现性观照的文学，由于和“现代性”时尚趣味保持着距离感和疏隔感（至多是审视的眼光），常常不能不领受被忽视的待遇。它不是“批判”因而也没有夸张的动作，于是难以醒目，没有放大音量的“罪与罚”，于是响声相对微弱，对热潮中的日常人生并不构成鲜明的针对性。这没什么不好，反而可以免受更多的非文学因素的干扰，可以凝神、透悟和沉思。正如爱默生所说的作为“一种规范的例外”的“美德”：“他们的美德是赎罪。我不愿意赎罪，我只愿生活……我宁愿它是平淡无奇的，因而也是真实而宁静的，而不愿它闪闪烁烁，毫不稳定。我希望它完整而甜美，不需要节食和流血。我寻求的是你作为人的基本的证据……”①即便面对突袭而来的生命风暴，作家心底早已有之的伤逝情怀也能缓缓地对所受的重创有所释解和平复。这些对并不能成为强势的生命个体

① R. W. 爱默生：《自然沉思录》，博凡译，上海社会科学院出版社，1993 年，第 131 页。

和群落抱以仁厚宽解的心志，尤其是经由自身遭际的体验的溶解，汇流到柔弱中见刚强、单纯中见博大的情怀，它的广阔和深沉也就不必声张地潜隐在文本内部。作品所透出的作家品格的坚韧和心态的安详，又无疑是现代以来声色并不刻意显扬的人文性文学的耐心的留存与绵延。不在前场主演也不做主角的对手戏，但是决不意味着它会从生活着的人群中逃逸，它始终在场，倾心于日常人生的细密质地的呵护。在命运的道道横线之上，自主地完善着人性人情人心的路向，势成“对生命抱有一贯的暖意关爱的写作”①在现时代已经是一种所剩甚少的真正珍稀的“个性”；在历史/社会/时代的潮涌之中，其文化意念的恒久性和文学情思的当代性兼具，以不可或缺的价值体现它的和谐制衡的结构性力量。

这就是我所认为的人文性文学的基本取向。

这也正是迟子建小说的特有价值所在。

随着写作视阈的渐次张大，迟子建小说的文学史意义已经到了有必要揭示出来的时候。

一个逆行的精灵

回望的捡拾的情感视线，而不是趋前的争抢的猎取眼光，从一开始就给迟子建的小说带有了与众不同的个人色彩。《那丢失的……》发表时，作家不到21岁，她本然的生命感悟，在最初的写作中就与清凉如水的伤感优美的调子对准了，除了天赐，我们实在找不到更合情合理的猜想。短篇《那丢失的……》到《逝川》之间，还有《沉睡的大固其固》《旧土地》《在低洼处》《北国一片苍茫》《无歌的憩园》《关于家园发展历史的一次浪漫追踪》《白雪的墓园》《在松鼠的故乡》《从山上到山下的回忆》《守灵人不说话》《回溯七侠镇》等等；中篇《北极村童话》到《岸上的美奴》之间，又是《遥渡相思》《原始风景》《怀想时节》《炉火依然》《旧时代的磨房》《秧歌》《向着白夜旅行》《洋铁铺叮当响》《原野上羊群》等等，涓涓细流汇成了自己的一条河，作家的主体姿态也许并非出于自觉，但均朝着一个不变的自然落日、故园人情的方向回游。到了20世纪90年代中期，当迟子建这样的自觉开始体现在《逝川》《庙中的长信》《亲亲土豆》《雾月牛栏》等动人的佳作的时候，她才被当时的部分专业人士如吴俊、李师东等发现了她“追忆”的意味和“还原生活”并对“灵性的世界”探照的价值。甚至，一直到现在，迟子建这个向后寻觅人类家园的“习性”也没有丝毫改变。相对于红尘滚滚一往无前的时代，迟子建的小说里始终活跃着那一个顽固而无可救药、可亲可敬的“逆行精灵”。回忆使寒冷的时间转化为温暖的岁月，留恋让荒凉的空间

① 施战军：《九十年代创作走向分流的实质》，《文艺争鸣》1997年第4期。

变换成葱郁的家园。在现实中沉睡和流逝的，在文学中被她唤醒与激活。

从发表时间上看，迟子建的小说面世始于1985年。从此其特异性仿佛与生俱来，一直到新的21世纪，她的创作始终不能让人依各阶段文学的基本类型来给出归属。

（20世纪）80年代中期到末期，文坛上小说的醒目标志一类是“实验”、“新潮”或者“先锋”，一类是“寻根”或“民族文化”。前者趋于形式的奇观和生命的抽象，后者显示内容的魔幻以及与“五四”民族性批判性的对接，表层上看是汉语文学及民族文化，但是写作的动力引擎大都是从国外特别是拉美进口。这些扎堆出现的创作容易构成“现象”或者“事件”，而且作家一定要在作品之外说出高屋建瓴的话，创世的热望使他们成为预言家和寓言的最后寓意的阐释者，反而忽略了活生生毛茸茸的现世人间关怀，于是我们看到，他们对写作观念的极大彰显甚至压过了写作本身，这有利于归类并方便了偷懒的文学史家的工作。迟子建似乎并不清楚也没有思量过那些入队的便捷和好处，她沉浸在“北国”的纯粹之爱里，不嗜畸变也不喜欢残缺，宁肯从格局不大的阳面柴门进入世界，也决不选择山阴豁口以冷风肆虐的方式刺痛生命，她钟情于生养自己的土地和亲人，生命的自然状态的完美，是她写作的理想。

这样的跟生性融为一体的写作，由于潜心一致，必然有越来越整饬和氤氲开来的气象。早期的作品稍显稚嫩的散文诗化的抒情语感，渐渐地浸洇在人物和事物的体内，通过人物的语言、心事、表情、动作以及交会中的人事物理吐露出来，从《沉睡的大固其固》夜晚“星星仍然鼓着腮帮在唱”到《北国一片苍茫》“娘脸上的黄昏越来越浓”，短短的数年时间，我们从中可以明显感知到她对家园的亲近使她逐渐触摸到了丰盈的质感的痕迹。

对家园的亲近或者就在家园中领受它的四季冷暖和隐秘灵性，这是迟子建从不移变的情感和信念。不变中让这种信念和情感清晰和深化，长篇小说《树下》更为确凿地为迟子建活现了童话与北方中国的人性理想温柔相洽的情韵。到了90年代中期，又一部长篇小说《晨钟响彻黄昏》的发表，标志着她驾驭长篇作品的能力和对生命与人生的思考的新深度。连同数量不少的中短篇小说，几乎篇篇精致而富于感染力，其艺术价值在喧乱的文学情境中安然卓立，无论外在的环境因素怎样的纷杂，她的作品都带着空谷幽兰的气质和林间水滴的晶莹，更值得重视的是，她所倾心的“伤怀之美”，此时已经具有了独特的人间洞察和丰富的体验的深度，这些已经奠定了迟子建作为中国最优秀的特色作家的地位。直到现在我仍然这样认为：“迟子建是九十年代中期最高艺术理想的追望者，她的《白银那》《日落碗窑》《雾月牛栏》给刻意走向极端的分流写作提供了高不可攀的反响参照。这最简单的事情一直做下去，就容易获得对生命的大悲悯的品质，就可抵达文学理想之巅。安宁、纯然的艺术理想以本色发出光亮,刻意而为的一切都只能作为这光亮的阴影。”①

永在的长久的人类关爱如何会让我们常生伤怀之痛?迟子建的作品呈现给我们的问询常常是脆弱和坚韧伴生着的,热流和凉意总是给苍生带来不可知的遭遇。除了温慰,迟子建更多地对命运给予了深切的理解。在她创作十年之后,作家将自然、人情、世事糅合得更为不落雕痕,而情感、生活的去向显得不再像以往那样有把握,敬畏生命的同时,作家对风俗的规约、自然的神性也饱含喜爱和敬畏(比如三年前发表的《一匹马两个人》),更重要的,命运对理想生活的成全和修改都得到了尊重。以和解、分析性呈现的而不是反抗为特征的人文性文学,就是有所爱有所畏的文学。大概应该从《逝川》这里,命运和性格、记忆、岁月的关系作为内核慢慢地长成在迟子建作品中。命运会时不时地造成人的误伤,命运面前,人们以及人与其他生灵之间暖老温贫,相怜相携,互通音讯,彼此体恤。命运只能更加让我们懂得珍惜生命,哲人说:“世界不是为我们而造的,而且,不论我们渴望的东西如何美丽,命运都可能禁止我们获得。”②《逝川》《亲亲土豆》和《雾月牛栏》就是在这样的层面上显现出了经典般的光泽。还有堪称珍品的《清水洗尘》《微风入林》等也是这种艺术光晕的照映。命运之手造成的生命、亲情和爱情的痛失感一度在迟子建的笔下得到了强化,长篇小说《越过云层的晴朗》、中篇小说《世界上所有的夜晚》《第三地晚餐》等等在美妙的行文中贯穿着悲哀的力量和对人间生存的荒诞意味的观照。即便如此,迟子建也没有放大命运的凶相,渲染残酷和黑暗,表达恐惧和仇视,这是别人的嗜好;自忍大恸,紧抱怀念,有所原谅,这是迟子建对命运之错的宽解和慈心,了解她的读者只能更加由衷地敬重并祈福于她。

迟子建的创作也给类型化的文学研究与评论出了难题,前面说过,她的作品既不“先锋”也不“寻根”,而我们看到有不少的评论者意欲用“乡土小说”和“女性文学”来框定,也同样吃力而无关痛痒。即便稍显有效性的研究比如将迟子建与萧红进行对比分析,也仍然不能准确理解迟子建内在的人文情味。

我们的文学评价上的很多习惯都是可疑的。对重大、沉浑、震撼以及性别奇观的追求和倡导,让我们见识了无数实际上是肿大、浑浊、空喊、怪异的废品。向爱向美的艺术的理想似乎被攀高求大的气势汹汹的疯狂劲给撕扯得面目全非了,正常的善意在情感上表现为爱与痛惜,好像这就一定是格局小的、思力浅的、分量轻的,而要成为大作品必须要有巨型的恶,它生长惊心动魄的恨与仇,仿佛那才是重大的、深邃的、有分量的——于是,如迟子建这样的不符合通用的标准化评价的不愿出奇制

---

① 施战军:《九十年代创作走向分流的实质》,《文艺争鸣》1997年第4期。

② 罗素:《一个自由人的崇拜》,时代文艺出版社,1988年,第23页。

胜也不以“重大、沉浑、震撼”为尺度的作家就多多少少被遮蔽在了文坛幕布的后面。这又使得迟子建免于遭受了被势利的文坛所异化的可能性，成就一种与文坛的急功近利的舞蹈反向而行的人文漫步，不是忙于追赶无暇他顾，而是在时有停顿并从停顿中采撷欣喜，不是黏着于世风人声的漩涡里不肯自拔，而是并非傲慢地秉有离地轻飞的超然之美，是谓“逆行精灵”。

《额尔古纳河右岸》

我想先从《伪满洲国》说起，我总是觉得它与《额尔古纳河右岸》有着某种气脉相承的联系。

长篇小说的“史诗”企望，曾经强劲地鼓荡着中国作家的心旌。现代以来的“史诗性”汉语长篇小说常以主流意识形态的历史观作为参照系，20 世纪 30 年代的“革命文学”、40 年代的“抗战文学”、五六十年代的“革命历史题材”和体现“社会主义建设”的“工农业题材”创作，无不是顺着意识形态强势力量的历史论断，以相关的题材内容展现所谓“史诗性”；而 80 年代以来的“史诗性”长篇小说更多的是对以往历史认识的补写和改写，同样是“史”大于“诗”。只要参照已有的给定的历史观，其史诗性必然只是对人所共知的重大历史过程的文学性注释和稍加细化而已，历史褶皱中的生活样态和人的生存心态等等的丰富性内藏，这些最能体现文学的艺术价值的东西一旦被抽空，就失却了活的血肉筋骨和生动的心神表情。现代文学史上的“东北沦陷区”文学曾与《伪满洲国》的历史情境同构。那时候的作家，除了萧红，基本都行进在历史主流叙事的帮衬之路上。即便是萧红，《生死场》的社会历史意义也是明显重于它的艺术价值；《呼兰河传》因为有了时间和空间的距离感，平民生态和风俗世情的因素得以较多呈现，其中鲜明的哀民生的意蕴虽然富于强烈的感染力，但是基本的历史判断在民族自尊的伦理规约下仍是服膺于社会主潮的需求，结构上的散漫也使得这个以“小城镇”意象构织“史诗”的良好意图没能得到充分的实现。伪满时期是东北地域最富历史复杂性和人性遭际意味的历史，无论谁来书写，都必然首先面对一个既要保持忠实于历史气氛和史实的严谨态度，又要超越萧红的难题。迟子建要驾驭这么一个有着较大跨度和如此繁复的史事的俨然庞然大物的“满洲国”，确实令人始料不及。历史被转换或者说被还原为生活，而且是平民的日常生活，小说以难能可贵的勇毅探照到了北国平民日常生活中的人际世界深处，构成了以平常普通的“人”为支点，“个人”——“家园”——“国族”的关系史，前两者都具体可触，“国族”则被小心翼翼地呵护在了“人”与“家”的底限处，一点也不妨碍它的尊严的存在。那个不伦不类的伪“国家”横陈在普通百姓的头上，也是一场“命运”的考验，只不过是整体性的厄运与磨难，但是“人”依然要生活，他们生活的表面模式和内在的复杂性,还是被迟子建照料得分寸恰当十分得体。《伪满洲国》的文学史价值至今为止仍然没有得到业内人士足够的重视,原因也许就在于我们对史诗性文学理解上过于倚重对意识形态的指涉程度的认知,而对平民生活与历史的关联缺少应有的敏感,因而无法予以学理诠释的偏差。

从《伪满洲国》再看《额尔古纳河右岸》,这也可以看做平民生活的史诗,但是会随着位移于特殊的区域,文化习俗信仰的不同,其平民生活史诗的风貌就有了与汉民族文化相区别的特征。无疑,《额尔古纳河右岸》也可属于在热潮中的"边地书写"。

看看今天,尽管描摹边地尤其是对少数民族聚居区的生活风情的描写已经成为热点,迟子建的很多小说也始终进行着对边地的书写,但是仔细辨识,就整个文坛风向而言,她的写作仍处于热闹的文场之外,具有真正的"边地"特色,边地是她的肉身的近邻和精神的原乡,她不是边地的旅行者造访者,也不是借宿者暂居者,没必要摇铎采风或者非要把动物写成人,因为她将自己置身其中,仿佛与生俱在。

鄂温克作为中国人数最少的少数民族之一,中国北端边地的森林是他们赖以栖身并形成自己的民族信仰和民族文化的渊薮。但是事实上的山林的毁坏性利用,曾使他们不得不短暂地委身于城市文明的屋檐下,但是没有自己的文化依傍的族群其生存本能和生活趣味便失去了根由。于是他们顺着驯鹿的足印重返山林,回到了他们的历史和日常生活之中。带有原始气息和外族渗透的味道的生活史于是在回溯中情意绵绵绿色葱茏地展开。

他们的命运不能不让我们想到在强大的现代文明强力入主情境下的印第安人。这是来自迪格尔印第安智者的声音:最初,"每个民族一只陶杯,从这个杯子里,人们饮入了他们的生活"。如今的情形是:"杯子碎了,那些曾经赋予他的人民的生活以意义的东西,他们自家的饮食仪式,经济体制内的责任,村中礼仪的延续,跳熊舞时那种着魔状态,他们的是非准则,这些东西都已丧失殆尽,随着这些东西的丧失,他们生活原有的那些样式与意义也消失了……世间留下的是诸种别样的生活之杯。"①本尼迪克特认为,应该"承认他们的文化也具有与本文化同等的重要意义"②,因为"一种文化就像是一个人,是思想和行为的一个或多或少贯一的模式。每一种文化中都会形成一种并不必然是其他社会形态都有的独特的意图。在顺从这些意图时,每一个部族都越来越加深了其经验。与这些驱动力的紧迫性相应,行为中各种不同方面也取一种越来越和谐一致的外形"③。按照文化人类学者的理

① 露丝·本尼迪克特:《文化模式》,生活·读书·新知三联书店,1988年,第24页。
② 露丝·本尼迪克特:《文化模式》,生活·读书·新知三联书店,1988年,第39页。
③ 露丝·本尼迪克特:《文化模式》,生活·读书·新知三联书店,1988年,第38页。

解，首先应该像承认和尊重一个“人”一样来承认和尊重一个部族的“文化”；其次，一种文化的消失对“和谐”构成的也许就是破坏作用。我们从《额尔古纳河右岸》里读到的那些萨满文化信仰和住宿、狩猎、食用、穿戴的民俗以及和驯鹿、野兽、鱼类的关系，让我们领略的是生之欢乐，而眼见得赖以存活的境况的毁坏，又让我们经受了死之迅速和沉痛。穿梭其中的是这个部族的几代人的生活史，这里曾经静谧祥和如高天阔地，但是随着历史的动荡，任何一个时期的历史大事都曾威胁着吞噬着这里的安宁生活。左岸的时世的冲击和右岸之右的同化，物质资源引诱而来的现代性涤荡，使得额尔古纳河右岸这个小小的山林显得无比弱小，处在命运的生死劫。

《额尔古纳河右岸》是目前为止写得最具感性之美，也是最能体现迟子建的人文伤怀的作品。时间跨过的百年，但读来毫无吃力之感，她再次延展了命运的暴力，将“宿命”的笼罩大网一样撒开，向死而生的人群每有不同的生来，也一定有各自异样的死去，整部书就是酋长、萨满以及那么多可爱鲜活的人物的安魂套曲。魂灵在此安妥，生命无可挽回。此前当《世界上所有的夜晚》发表后，蒋子丹撰文道：“实际上，这是迟子建第一次用‘轻’来形容自己的不幸。她的一颗曾让伤痛塞得满当当沉甸甸的心，在大自然的怀抱里，被一股充盈的活水荡漾起来，沉郁的笔尖又重现了丰富的浪漫意象。”①这确实也是生死爱交织之下的文学救助。就像尼都萨满面对血河的那悲怆的歌唱：“只要让她到达幸福的彼岸，哪怕将来让我融化在血河中，我也不会呜咽。”如果说这部长篇小说是在写一个部族的衰落史，莫如说它是一曲大自然和与大自然同生死的人类的挽歌。在河边山脚，做到了最美最感性，也就是她看到了普遍性的文化危难和价值失衡，文字的美轮美奂，便是心头的伤痛欲绝。

集中阅读迟子建这几年的作品，我惊讶于她已经拥有了属于自己的文学世界。这个世界不以沿海和内陆、城市和乡村来区分，看似地貌边远，实则穿越普遍的人类的密林、生活的心海。以往那个清水醇酿般的感伤的纯美意义上的迟子建，已经走在通往人文关切的大山深处的路上。细小如缕的人文关爱，不再是以自身记忆为核心的情愫，而是普照式的情怀，绵长弥漫，宽悯如天云浩茫。伤怀之美还在，但更多的是悲凉之雾遍披华林。如果说，早期和几年之前的迟子建总是令人不期然地联想到萧红的话，这个时期，迟子建已经分明蝉蜕为一个新的她自己。

一个拥有自己独特的艺术世界和宽厚绵长的人文思想的优秀作家，是可以不用借助群体和社会历史思潮的力量，而以完全独立的文学品格和业绩面对文学史的严格筛选的。

——原载《当代作家评论》2006 年第 4 期

① 蒋子丹：《当悲的水流经慈的河》，《读书》2005 年第 10 期。

王彬彬

毕飞宇小说修辞艺术片论

1996年,毕飞宇在《作家》杂志上发表了短篇小说《哺乳期的女人》,引起广泛注意,收获了如潮的好评。于是,作为小说家的毕飞宇广为人知,《哺乳期的女人》也被视做毕飞宇的“成名作”。但在此之前,毕飞宇已有很优秀的作品发表。1993年同样发表于《作家》杂志的短篇小说《那个男孩是我》,已是相当精美和富有意味的。它与《哺乳期的女人》某种意义上属同一类型,都写了孩子的难以被大人所理解的心事,写了孩子的孤独、寂寞和忧伤,写了孩子的尊严被大人残酷地蹂躏,写了孩子心中神圣的东西被大人们所误解、所亵渎。或者说,这两个短篇,都写了孩子精神上的“孤苦无告”。而较之《哺乳期的女人》,《那个男孩是我》的内涵似乎更丰富些。就我来说,更愿意把《那个男孩是我》看做毕飞宇的“成名作”,尽管他并未因此而成名。1994年,毕飞宇在《青年文学》上发表了中篇小说《雨天的棉花糖》。这部作品也是颇为独特和圆熟的。个体生命与社会意识的紧张关系在小说中有着撼人心魄的表现。1995年,毕飞宇在《人民文学》上发表了短篇小说《是谁在深夜说话》,十分机智地表达了对历史中不可避免地存在着的神秘性的理解,而且通过对几次“偷情”的描写,让历史的神秘性与人生的神秘性形成某种对照,很是耐人寻味。《那个男孩是我》《雨天的棉花糖》《是谁在深夜说话》,都有资格成为毕飞宇的“成名作”。但实际上它们问世之初都悄无声息。直到《哺乳期的女人》出现,人们才知道,在写小说的人中,多了一个叫毕飞宇的年轻人。

大体可以2000年发表的中篇小说《青衣》为界,将毕飞宇迄今为止的小说创作分为两个阶段。在修辞方式上,前后两阶段的差别是很明显的。前期小说的叙述语言,一般说来典雅整饬而又不失清纯流丽,叙述语调则总是那么庄严端重,是一种“书生气”很重的话语方式。在写小说之前,毕飞宇曾迷恋于诗歌。在前期小说中,偶尔有些句子还让人想到他从诗人到小说家的“身份转型”。例如,“我站在大街上,路灯一拳头把我的影子撂倒在水泥地面”(《叙事》)。这样的句子让人觉得它像是从哪首诗中开了小差，混进了小说里，于是便如一碗绿豆中的一粒红豆，过于显眼。毕飞宇开始写小说的时候，被称做“先锋作家”的那个群体，正在文坛上大红大紫，毕飞宇多多少少地、有意无意地，有着对他们的模仿，即便在叙述语言上，也能隐约看出其时的所谓“先锋小说”的影响。《青衣》在修辞方式上有点突变的意味。较之此前的作品，《青衣》的故事性明显增强了，人物形象也更加具有立体感。叙述语言则向粗实豪放转变，口语的色彩大大加强，并且时有苦心经营的凌乱和芜杂。如果说，在前期小说中，叙述者基本上只有一种很“书生气”的声调，那从《青衣》开始，叙述者的声调变得多样化了：时而一本正经，时而插科打诨；时而温文尔雅，时而夹枪带棒、捉鸡骂狗。如果说前期小说中的叙述者像一个严肃的教师，总用一种规范而考究的语言说话，那从《青衣》开始，叙述者变成了一个高明的说书艺人，他的语言随着叙述对象的变化而变化着，说曹操不同于说刘备，说关公不同于说张飞。修辞方式的这种变化，无疑意味着作者创作观念的变化，意味着作者对文学与现实之关系的重新认识。通过修辞方式的大幅度调整，毕飞宇大幅度地调整了与现实的关系，从而也大幅度地调整了与读者的关系。当然，反过来说也许更易理解：首先是作为小说家的毕飞宇大幅度地调整了自身与现实的关系，然后是大幅度地调整了小说的修辞方式，而修辞方式的大幅度调整，便使得毕飞宇与读者的关系也被大幅度地调整了。

《青衣》以后的小说，引人注目的变化之一，是具有了一种幽默的品格。说到幽默，其实应是小说的一种重要品格。昆德拉甚至说：“小说的智慧跟哲学的智慧截然不同。小说的母亲不是穷尽理性，而是幽默。”①昆德拉的小说，的确具有强烈的幽默感，他惯以幽默的方式展示着极权政治下人性的种种表现。以幽默的方式表现悲剧，往往比涕泪交加的控诉更具有艺术效果。昆德拉之所以为昆德拉，很大程度上取决于那种“昆德拉式的幽默”。幽默，在毕飞宇《青衣》以前的作品中，不能说绝对没有，但的确不很多见。要举例的话，可举发表于1998年的《男人还剩下什么》。这个短篇中的有些叙述，是颇为幽默的：“住在办公室没有什么不好。唯一不适应的只是一些生理反应，我想刚离婚的男人多多少少会有一些不适应，一到晚上体内会平白无故地蹿出一些火苗，蓝花花的，舌头一样这儿舔一下，那儿舔一下。我曾经打算‘亲手解决’这些火苗，还是忍住了。我决定戒，就像戒烟那样，往死里忍。像我们这些犯过生活错误的人，对自己就不能心太软。就应该狠。”主人公“我”一再煞有介事地说自己“犯过生活错误”，而我们知道，他的全部“错误”不过是与一个大学时代的女同学有过一次短暂的拥抱。他实际所做的事，与他自认为所做的事之间，有了

① 昆德拉：《人们一思索，上帝就发笑》，《生命中不能承受之轻·附录》，作家出版社，1991年。

一种距离,幽默由此而生。我们在品味着这幽默的同时,不禁对主人公的遭遇有了更深的同情。这种艺术效果的取得,当然与修辞上的幽默有关。

从《青衣》开始,这种修辞上的幽默明显增多。到了2001年的《玉米》和《玉秀》,幽默性的叙述甚至成为一种基调。《玉米》和《玉秀》的故事背景是“文革”时期的农村。那是一个政治全能的时代,政治性话语满天飞。而毕飞宇往往通过对那时代所流行的政治性话语的戏仿和挪用,使叙述幽默化。《玉米》在说到支部书记王连方利用权力公然奸淫村里的许多有夫之妇时,有这样的叙述:“关于王连方的斗争历史,这里头还有一个外部因素不能不涉及。十几年来,王连方的老婆施桂芳一直在怀孕,她一怀孕王连方只能‘不了’。施桂芳动不动就要站在一棵树的下面,一手扶着树干,一手捂着腹部,把她不知好歹的干呕声传遍全村。施桂芳十几年都这样,王连方听都听烦了。施桂芳呕得很丑,她干呕的声音是那样的空洞,没有观点,没有立场,咋咋呼呼,肆无忌惮,每一次都那样,所以有了八股腔。这是王连方极其不喜欢的。她的任务是赶紧生下一个儿子,又生不出来。光喊不干,扯他娘的淡。王连方不喜欢听施桂芳的干呕,她一呕王连方就要批评她:‘又来作报告了。’”把王连方对村中妇女的奸淫说成是“斗争”,把施桂芳的干呕说成是“没有观点,没有立场”的“八股腔”,把王连方对老婆的讥讽说成是“批评”,通过王连方的口把施桂芳的干呕说成是“作报告”,这都是在用那时所流行的庄严的政治性话语来说明奸淫和妊娠反应一类的生理现象,让人忍俊不禁。《玉秀》这样叙说公社革委会副主任郭家兴的儿子郭左:“郭家兴玉米他们一下班,郭左又沉默了。像他的老子一样,一脸的方针,一脸的政策,一脸的组织性、纪律性,一脸的会议精神,难得开一次口。”用“方针”、“政策”、“组织性、纪律性”、“会议精神”等来形容郭左的表情,也让人哑然失笑。这种对那时代流行性政治话语的巧妙“挪用”,在产生幽默感的同时,也让人感到强烈的“时代气息”。毕飞宇小说在运用这类政治话语时,语气里有着明显的调侃。毕飞宇以对那个时代流行性政治话语的妙用,调侃了那个时代的得势者,更以对那个时代流行性政治话语的妙用,调侃了那个时代。

毕飞宇小说在修辞上的幽默,不仅体现在语言选择上,也体现在情节设计上,或者说,也有着一种情节性的幽默。《玉米》中的王连方,因为“破坏军婚”而被开除党籍、撤销职务,沦为“一介草民”。他决定外出学漆匠。离开家乡前,仗着酒劲,他想与有庆的老婆再鬼混一次,遭到拒绝。王连方这时的表现,大出读者意料,却又让人击节叹赏:

> 王连方一直听不到动静,只好提着裤子,到堂屋里找。有庆家的早已经不在了。王连方再也没有料到这样的结果,两只手拎着裤带,酒也消了,心里滚过的却是世态炎凉。王连方想,你还在我这里立牌坊,早不立,晚不

> 立,偏偏在这个时候立,你行。王连方一阵冷笑,自语说:“妈个巴子的!”回到西厢房,再一次扒光了,王连方重新爬进被窝,突然扯开了嗓子。王连方睡在床上,一个人扮演起阿庆嫂、胡传魁和刁德一。他的嗓门那么大,那么粗,而他在扮演阿庆嫂的时候嗓子居然捏得那么尖,那么细,直到很高的高音,实在爬不上去了,又恢复到胡传魁的嗓音。王连方的演唱响遍了全村,所有的人都听到了,但是没有一个人过来,好像谁也没有听见。王连方把《智斗》这场戏原封不动地搬到了有庆的床上,一字不差,一句不漏。唱完了,王连方用嘴巴敲了一阵锣鼓,穿好衣裳,走人。

王连方的举动令人发笑,同时又令人发指,或者说,正因为令人发笑,所以令人发指。这个情节因其具有幽默性,所以具有极大的表现力。一场《沙家浜》唱下来,王连方把自己作为一个乡村地痞的无赖本性表现得淋漓尽致。地痞,自古是中国乡村的一种不可忽视的存在。历史上许多赫赫有名的大人物,从江洋大盗到帝王将相,原都是乡村地痞出身。对近代中国极为熟悉的美国人明恩溥(阿瑟·史密斯),在其所著的《中国乡村生活》一书中,专题性地探讨过中国的“乡村地痞”。他说:“可以说,不充分了解乡村地痞的地位,就不可能完全理解中国人的生活。换句话说,准确了解了中国地痞的特点和作用,就在很大程度上理解了中国社会。”“地痞一般都是穷人,他没有什么可损失的。这是十分有用但不一定是必要的条件。”①毕飞宇的一些小说,写到过这类乡村地痞。长篇新作《平原》中的佩全、大路、国乐和红旗这一群人,实际上就是地痞这种古老的“种属”在“文革”时期的延续。发表于1998年的短篇小说《白夜》中的李狠、张蛮、王二等,由于年龄尚小,只能称为乡村中的“不良少年”,但再大几岁,他们就是《平原》中的佩全、大路、国乐和红旗。而从王连方遭有庆家的拒绝后出人意料的表现,我们就能断定,他原本也是这一类人。毕飞宇对作为大队书记的王连方的刻画,令我想到赵树理的一些作品。赵树理曾经敏锐而又深刻地指出:“据我的经验,土改中最不易防范的是流氓钻空子。因为流氓是穷人,其身份容易和贫农相混……流氓毫无顾忌,只要眼前有点小利,向着哪方面也可以。”②赵树理的不少小说,写到了这类在“土改”中执掌了乡村基层政权的流氓地痞。对此,“文革”后的周扬有这样的评价:“赵树理在作品中描绘了农村基层组织的严重不纯,描绘了有些基层干部是混入党内的坏分子,是化装的恶霸地主,这是赵树理同志深入生活的发现,表现了一个作家的卓见与勇敢。”③而毕飞宇《玉米》中当了20年大队书记的王连方,正是在“土改”中“混入党内”、执掌了乡村基层政权的。

① 明恩溥:《中国乡村生活·乡村地痞》,时事出版社,1998年。
② 赵树理:《关于〈邪不压正〉》,《赵树理全集》第4卷,北岳文艺出版社,1990年。
③ 周扬:《〈赵树理文集〉序》,《工人日报》1980年9月22日。

在一种有限的意义上，不妨把《玉米》看做是赵树理那一类小说的续篇。赵树理相当谨慎地写了“土改”中流氓的“钻空子”。而这些原本是乡村流氓地痞的人，在此后的数十年间有怎样的作为呢？毕飞宇的《玉米》从一个特定的角度做了回答：他们成了自己所管辖的土地上的土皇帝，而这土地上的女人们，都成了他的嫔妃。

准确，也是毕飞宇小说一种值得重视的修辞表现。读毕飞宇小说，尤其读毕飞宇《青衣》以后的小说，我常在某几句话，或者某一段话边上，写下“到位的叙述”几个字。所谓“到位的叙述”，是指小说对某种行为、某种场景、某种心理的叙述，异常准确，让人觉得不可移易，让人觉得不可能想象还有别一种叙述比这更精彩，更过瘾。——的确，读这样的叙述，首先感到的是过瘾，像大汗淋漓时喝下一杯冰水，像长途跋涉后饮下一杯甘醇。读着这样的叙述，你仿佛看到一根螺钉缓缓地旋转着进入了螺母，最后静止、固定，天造地设般地与螺母成为一个整体；读着这样的叙述，你仿佛感到一只灵敏的手不慌不忙地伸向一处正痒着的肌肤，恰到好处地搔着、恰如其分地抓着；读着这样的叙述，你仿佛看到一注清泉潺潺地流向一处干裂的土地。例如，《青衣》这样写筱燕秋为重返舞台而减肥：“筱燕秋不是在‘减肥’，说得准确一些，是抠。筱燕秋热切而又痛楚地用自己的指甲一点一点地把体重往外抠，往外挖。这是一场战争，一场隐蔽的、没有硝烟的、只有杀伤的战争”；“减肥的日子里头筱燕秋不仅仅是一架轰炸机，还是一个出色的狙击手。筱燕秋端着她的狙击步枪，全神贯注，密切注视着自己的身体。身体现在成了她的终极标靶，一有风吹草动筱燕秋就会毫不犹豫地扣动她的扳机。筱燕秋每天晚上都要站到磅秤上去，她对每一天的要求都是具体而又严格的：好好减肥，天天向下”。准确的叙述往往具有强劲的表现力，能够以一当十、事半功倍。这番话虽然说的是筱燕秋的“减肥”，但却让读者感到筱燕秋重返舞台的强烈渴望。这渴望如熊熊燃烧的火焰，它的巨大能量驱使着筱燕秋自虐般地对自己的身体“抠”着“挖”着。再例如，《玉秀》中，这样写玉秀和那几个轮奸过她的男人的关系：“最让玉秀难以面对的，还是那几个男人。他们从玉秀身边走过的过程中，会盯着玉秀，咧开嘴，很淫亵地笑，像回味一种很忘我的快乐。特别地会心，你知我知的样子，和玉秀千丝万缕的样子”；“因为恐惧，却更不敢说破了。他们当然也是不会说破的了。这一来玉秀和他们反而是一伙了，共同严守着一份秘密，都成了他们中的一个了”。这番话充分表现了事情的微妙和荒谬，充分表现了玉秀内心难言的痛苦和尴尬。这种准确的叙述，往往产生浓郁的诗意。也许不能说诗意必定产生于准确，但似乎可以说，准确必定产生诗意。王国维在《人间词话》中所说的“隔”与“不隔”的问题，其实就是准确与否的问题。“池塘生春草”、“空梁落燕泥”之所以被王国维认为“不隔”，就因为它们写景状物的准确。“谢家池上，江淹浦畔”之所以被王国维认为“隔”，就因为其模糊空泛，就因为其不够准确。所谓“语语都在目前,便是不隔”,说的也还是状物写景的准确。只有准确,才能“语语都在目前”。准确意味着深层的真实。而诗意正产生于这种真实。李健吾在谈到戏剧中的诗意时,说过这样的话:“还有一种诗意。作成它的不是幻想,而是真实,而是向生活深处掘发的成就。它是高度的现实主义精神的果实。”①真实在戏剧中能够产生诗意,在小说中当然也能。毕飞宇的《青衣》《玉米》《玉秀》等小说,因为时有这种准确的叙述而诗意盎然。

读《玉米》《玉秀》《玉秧》等小说时,我还不时在某一句话或某一段话边上写上“贴着人物叙述”这几个字。所谓“贴着人物叙述”,用理论术语来说,就是这一句话或这一番话的叙述视点发生了变化,从作者的外在视点变成了人物视点。这几部中篇,总体上采取的是外在的全知视点,但在叙述中,视点不时会转移到人物身上,不时会以人物的口吻说话,短则一句,长则数十句。这种在全知视点中适时地夹杂着人物视点的修辞方式,令小说大为增色。这是《玉米》开篇不久后的话:“施桂芳一只手托着瓜子,一只手挑挑拣拣的,然后捏住,三个指头肉乎乎地翘在那儿,慢慢等候在下巴底下,样子出奇地懒了。施桂芳的懒主要体现在她的站立姿势上,施桂芳只用一只脚站,另一只却要垫到门槛上去,时间久了再把它们换过来。人们不太在意施桂芳的懒,但人一懒看起来就傲慢。人们看不惯的其实正是施桂芳的那股子傲气,她凭什么嗑葵花子也要嗑得那样目中无人?”施桂芳因为终于生下了儿子而心态和神态都变了。这番话通过几个极精彩的细节,把施桂芳的心态和神态勾画得十分生动,可谓“语语都在目前”,也属那种准确而富有诗意的叙述。这番话前面都是全知视点,但“她凭什么嗑葵花子也要嗑得那样目中无人”这一句,视点却陡然移到了人物身上。这“人物”当然不是哪一个人,而是村里的众人。这句话是以村中众人的口吻说出的。接着,小说仍采取作者外在的全知视点,但紧接一句“她的男人是村支书,她又不是,她凭什么懒懒散散地平易近人?”却又是以村中众人的口吻说出的。《玉米》以施桂芳的出场开头。在介绍和描述施桂芳时,时而是那个全知的叙述者在说话,时而是村中人直接对读者说话,这比那种单一视点的叙述意味要丰富得多。适当地以人物的口吻叙述,有时正是让人物自己跳出来,自我暴露。例如《玉秀》中有这样的叙述:“财广家的几年之前做过王连方的姘头,事发之后财广家的还喝了一回农药,跳了一回河,披头散发的,影响很不好。”这里,前面几句话都是全知的叙述者在叙述,但“影响很不好”这一句却是对王连方口吻的模仿,或者说是以王连方的视点叙述的。这表现的是王连方对财广家的服毒跳河的评价,更暴露其内心的卑劣与无耻。再例如,《玉秀》中这样写公社革委会副主任郭家兴:“‘中年男人三把火,

① 李健吾:《戏剧新天》,上海文艺出版社,1980 年,第 95 页。

升官、发财、死老婆。郭主任赶上了。’这是一句老话了，旧社会留传下来的，格调相当地不健康。话传到郭家兴的耳朵里，郭家兴很不高兴。”这番话前后都是以全知的外在视点叙述，但“格调相当地不健康”这一句，却是对郭家兴口吻的模仿，或者说是以郭家兴为视点的。郭家兴在对玉米的身体进行占有时，是十分低俗粗鄙的。这样，以他的口吻说出“格调相当地不健康”，就把其内心的虚伪暴露无遗。在全知视点中适时地插入人物视点，且经营得自然妥帖，是《玉米》《玉秀》这几部中篇受到好评的原因之一。

在读毕飞宇小说时，我还在某些部分边上写上“分析性叙述”几个字。所谓“分析性叙述”，是指在对某种对象进行叙述时，带有分析的意味，或者说，是以一种分析性的语言在叙述。例如，《玉米》写玉米的所谓“恋爱”：“玉米的那个人在千里之外，这一来玉米的‘恋爱’里头就有了千山万水，不同寻常了。这是玉米的恋爱特别感人至深的地方。他们开始通信。信件的来往和面对面的接触到底不同，既是深入细致的，同时又还是授受不亲的。一来一去使他们的关系笼罩了雅致和文化的色彩。不管怎么说，他们的恋爱是白纸黑字，一竖一横，一撇一捺的，这就更令人神往了。”这番话，不是单纯的“讲述”，更不是单纯的“展示”，字字句句都有着明显的分析意味，却又不同于一般意义上的夹叙夹议。讲述与分析在这里水乳交融，从而让叙述特别经得起品味咀嚼。这种修辞方式，在当代作家中虽非毕飞宇独有，但也不多见。

现在该谈谈毕飞宇小说中的比喻了。在现当代作家中，最重视比喻的，恐怕要算钱钟书了。钱钟书在《读〈拉奥孔〉》一文中，曾做出这样的判断：“比喻是文学语言的根本。”①这话说得有些绝对。但钱钟书是在论述语言艺术与绘画雕塑等空间艺术的区别时说出这句话的。文学作品中的比喻，是不能为绘画雕塑所表现的，因此是语言艺术的特长，是语言艺术不能被绘画雕塑所取代的方面。无疑是觉得“根本”二字用得不太妥，该文在收入《七缀集》②时，钱钟书将“根本”改成了“特点”。“根本”也好，“特点”也好，都说明钱钟书对比喻的重视。别人的创作姑且不论，假如从钱氏的《围城》中去掉所有精彩的比喻，那这部小说不知要减色多少。毕飞宇也是善用比喻的。这里聊举几例。《玉米》中郭家兴与玉米在旅社的房间初次见面时，郭家兴一开始表现得很正经：“什么也不说，什么也不做，脸上布置得像一个会场。”把郭家兴此时的表情比喻成“会场”，与他的身份极为吻合，又让人感受到他即将开始“男盗女娼”前的道貌岸然。再例如，《玉秀》一开始便写玉米乘着公社的小快艇嫁到郭家兴家时：“小快艇在夹河里冲起了骇浪，波浪是‘人’字形的，对称地朝两岸

① 钱钟书：《读〈拉奥孔〉》，《旧文四篇》，上海古籍出版社，1979年。
② 钱钟书：《七缀集》，上海古籍出版社，1985年。

哗啦啦地汹涌。它们像一群狗,狗仗人势,朝着码头上女人们的小腿猛扑过去。”把公社的快艇比喻成仗势欺人的狗,也颇为精彩。比喻的妙用,令毕飞宇小说明显增色。这也意味着,一般说来,一个小说家不应该忽视对比喻的经营。

2006 年 8 月 26 日

——原载《文学评论》2006 年第 6 期

耿占春

失去象征的日常世界

——王小妮近作论

王小妮是一个凭着直觉写作的诗人,她似乎并不关心理论,但她具有一种社会的敏感性,她可以在只关心日常的世界和日常的事物时,出人意料地直抵时代的核心问题。并且这些问题总是和写作自身的问题纠缠在一起,使其诗本身具有批评的意义。在我们这个时代写作,有意义的写作总是具有批评的意义。不论其写作文体是什么形式,这些文本中都包含着批评:既是文体自身的批评,也是社会批评。一个人的写作能否同时具备批评的意义是衡量一种写作的尺度。这样的写作所具有的批评意义,其主题(不论是社会批评还是文学批评主题)不是外加的,而是深入于观察方式和叙述形式之中。这意味着一个写作者是否具备把细节、经验主题化的能力,或者是否具有把细节隐喻化的形式动机。它和直接的观念论证与言说不同,但又包含着无可反驳的论辩力量。

一

在描述日常事物时,王小妮的诗具备这样一种力量:那就是把细节隐喻化的能力,在她独特的观察方式中,一个事物或细节就会形成一个时代性的隐喻,并且通过隐喻把某个细节问题主题化。这是王小妮的一首诗《喜鹊只沿着河岸飞》①,它所描述的不仅是一个瞬间景观,也是我们时代意识的状况,这种寓意使它获得了寓言性质。“负责报喜的喜鹊/正划开了水/它的影子却只带坏消息。/好和坏相抵/这世上已经没有喜鹊/只剩下鸟了”,而“黑礼服白内衣的无名鸟/大河仰着看它滑翔。/人间没什么消息/它只能给鱼虾做个信使”。它的幽默和所蕴涵的意味,耐人琢磨。诗歌所叙述的喜鹊飞行的瞬间值得我们慢慢品味,它呼应着这个短暂景象之外的更深

---

① 王小妮:《半个我正在疼痛》,时代文艺出版社,2005年,文中所引诗均出自本书。

远的历史诗学语境。需要我们唤起并且描述这个语境,这首诗才能被理解。在事物的传统语境里,一个事物不是单独的存在,它存在于某种象征秩序之中。正像每个词语都是象征并构成了文化的象征秩序,诗中的“喜鹊”和许多民间故事、吉祥的想象和传统习俗联系在一起。而在这首诗里,它表现的却是事物在现代世界中的“去象征化”的命运。“负责报喜的喜鹊”曾经像一个报喜天使,为人们带来喜讯或带来幸运的暗示,然而现在“它的影子却只带坏消息”。诗人说,“这世上已经没有喜鹊/只剩下鸟了”。

喜鹊变成了“黑礼服白内衣的无名鸟”。“喜鹊”有着特殊的象征寓意,而“鸟”就是一个一般的事物。在传统象征主义语境里,喜鹊和乌鸦是一个对立的寓意范畴,就像幸福与痛苦、吉祥与凶险是一种语义对立模式一样。而今这种寓意似乎在消失,它们开始变成无差异的词汇。当传统的象征主义衰退,象征主义的思想模式解体,事物之间的差异就在缩小甚至消失,而事物之间的寓意对比也在日益模糊,意义变得暧昧不清。这意味着人们赖以言说的语义基础在悄悄改变。在语言的意义层面上,这正是我们面临的虚无主义得以孳生的一个语言学的根据。人们不满意于传统的象征主义思想中的两元对立概念,不满意于意识形态和革命象征主义中的非此即彼的二元论概念,在理论上和认识论上,我们认同于对二元论的消解与批评,认同于复调、多元论的意义模式,以及狂欢化的世界感受,然而,事情并没有到此为止,二元论概念的消解并不必然走向对意义的多重感知,我们正经由多元论走向意义认知的无差异性。从复调走向“喧哗”和“噪声”:他不传达意义,“喜鹊”只带来坏消息,或者不传达任何信息。

象征主义既依赖于事物之间普遍等同的谱系,也离不开符号之间差异的体系。语义符号和它所意指的事物之间的差异是意义感知的基础,当符号之间的差异模糊或一切语言都相互等同时,对意义的感知就陷于空白。作为批评的诗歌写作承担着双重的含混使命:它不只是传达和传播消息,不只是进行批评,诗歌转化消息,重新组织消息,在这个意义上诗歌是虚构,是把世界的事实组织进诗歌的修辞方式之中,以修辞想象或修辞幻象转换事物的通常形象。在这个意义上,诗歌并不认同于好消息或坏消息之间的区分,它力图创造出使意义活动得以继续的感知图式,即创造出恢复感知的框架。

诗人接下来讽刺说:“连一只喜鹊都叛变了。/我看见叛徒在飞/还飞得挺美。”读到这里,一个醒目的隐喻出现了:对喜鹊的嘲讽式的描述已经暗将锋芒指向了诗人自身。整首诗篇出现了叙述的转义,转向一个隐喻结构。对一只喜鹊的叙述变成了对传统习俗和民间信仰遭遇现代社会的叙述,暗含着对先知传统或者诗歌传统的现代观察。传统社会里的诗人与先知能够给人间带来的慰藉、神喻(谕)、预言和启迪的能力丧失了。在现代世界，喜鹊成为“喜鹊”的叛徒，诗人也是“诗歌”的叛徒，而且他只有作为自身的“叛徒”存在时才具有真实性。喜鹊变成了无名鸟，其原因是事物在现代社会普遍的去象征化的命运，在许多地方，人们以“祛魅”、“非神话化”、“去神秘化”或者世界观的合理化描述了这种状况。它意味着事物从象征秩序移往工具理性的秩序。事物在现代世界被抽空了它的象征内涵，即被抽空了事物的神秘、巫魅和诗意内涵，失去了一个事物与其他事物的相关性与普遍联系的网络。而这些曾经是诗歌和诗人赖以存身的基础。事物的去象征化，使诗人像喜鹊一样失去了预言能力。但他们还在写，并且写得“还挺美”。这样一首看似简单的诗暗含着诗歌与现代社会、传统信仰以及诗人与世界之间多重性的批评关系。

二

在这一节里，我将通过王小妮的几首诗来关注这样一个问题：我们的生活世界曾经是象征的，但现在我们已经置身于一个普遍“去象征化”的世界。诗歌的象征并不是一种孤立的文学现象，象征主义不是一种独立的创造物，它依赖于我们语言的象征功能，事物普遍存在的象征作用，依赖于象征化的世界观。为了理解上的方便，姑且给语言的变化一个描写性的图式：从词语的立场上看，语言最初是“象征的”，无论这种象征的基础是原始的自然宗教还是一神教的；其后语言演变为“再现的”，福柯在《词与物》中把这个过程描述成17世纪以后才发生的，但在中国诗歌和文学中，语言的再现功能显然远为早于这个时间；自从马拉美开始，在语言的再现危机中转向语言的自我指涉功能。我们可以看到诗歌写作相应的模式变化，象征的、再现的和注重自我指涉的。可以进一步说，诗歌的象征主义在文学史上的演变不仅与语言的象征模式有关，对应于语言的三种模式（阶段）的变化，诗歌象征主义还对应于我们象征主义的世界观、再现的世界观，到语言学的世界观的变化。从事物的角度看，事物最初是象征的，而后成为客观的，现在成为首先被关注的语言学的事实。也许这样的对应是程式化的也是象征主义的，本文不打算论述这一关系，只想限定在这样一个问题上：在现代世界，语言与事物的去象征化，以及诗歌写作与去象征化的社会语境的关系。

在我们的语言中，尤其在现代诗人成长的历史语境中，除了传统的宗教象征，还有现代历史赋予语言的革命象征。革命的象征语境不仅借用了宗教象征模式，也借用了自然事物的象征以及工业形象的象征意义。农业社会的自然形象具有充实的象征意义，那个时代的文学、宗教与神话发展了相应的文化象征体系。具有权力需求的历史唯物主义，为了使其真理便于传播，它也创造了自己的象征体系。太阳与花朵，土地、水与火，风暴，光明与黑暗等等现象，都在象征的意义上成为观念，革命意识形态借用了宗教象征模式并且更新了内涵。就像宗教的神圣文本离不开象征类比，革命权威也把象征类比的语言风格变成一种意识形态话语属性。

革命象征的形成与现代化的早期形象密切相关，由于工业化社会早期所创造的形象一方面与自然相联系，另一方面又显示了人对自然的征服，显现了人的力量而具有象征意义。工业化的早期形象如大工厂、烟囱、水电站、拦河大坝、火车头、拖拉机等等，它们形体的巨大、高速的运转、轰鸣的声音、看得见的速度，都似乎是人类精神能量的巨大宣泄。它们几乎被本能地用来与人类的情感、心理与身体活动的“速度”和状态作类比，就像在同样具有革命意味的未来主义、先锋派的艺术宣言中所曾经表述过的那样。在革命的政治象征语境里，它们意味着改天换地的力量、一日千里的进步，意味着时间和历史的更新。就像托洛茨基在20世纪初期的著作《文学与革命》中所表达的，对自然的人化不再只是意味着在(文学或诗歌)语言中或者在画布上进行，艺术行为或对大自然与生活世界的创造性转化，现在由一个伟大的社会阶级群体来集体地加以实施，对世界的创造性转化由大工业的方式在大地上、在山河之间进行。技术和工业体系犹如人类伟大的行为艺术。工业的形象成为各种思想与精神能量的视觉化表达。人对这些工具的掌握表现了人力和理性力量的伟大，征服了自然力的机械力成为人或者人民群众力量的象征。

而后工业社会的典型形象则无关乎自然，也难以成为人类价值的视觉形象的象征。工业化和发展生产力的革命象征的消失几乎与革命意识形态的衰落同时发生。在临近20世纪结束时，杰姆逊冷静的声音则成为降低了最初热情的未来派的一个回声：“也许能这样想一想：在资本超过我们自身的那个阶段机器所给人带来的兴奋，未来主义尤其〔特别〕是马里内蒂对机关枪和汽车的欢庆所具有的那种愉悦。所有这一切都仍然是视觉上的象征、雕刻般的能量中心点。它们赋予了现代化早期那一阶段的运动能量以有形性和喻形化。——显而易见，我们自己这一阶段的技术已不再拥有与此相同的再现可能：不是涡轮机，甚至也不是希勒的谷物升运器或者烟囱，不是精心制作的巴洛克式管子和传送带，甚至也不是呈流线型轮廓的有轨火车——所有的快速交通工具仍然是集中地处于静止状态——，但是计算机却相反，其外壳既没有象征性的或视觉化的能量，甚至也没有各种媒体自身所具有的保护性外套，就像被叫做电视的那种家庭用具之类，它无所言说，而只是集中于一点、带着自身变平的图像表面而已。”①

与此相关，人的身体及其动作姿势的象征意义也在丧失。随着劳动方式的改变，随着生活世界的改变，挥舞有力的手臂，发达的骨骼与肌肉紧张的形象，已经没

① 转引自阿莱斯·艾尔雅维茨：《图像时代》，胡菊兰、张云鹏译，吉林人民出版社，2003年，第160页。

有了与劳动、力量、征服相关的胜利感或道德优越感。过去时代遗留在广场或公园门口的挥舞手臂指挥千军万马或指点江山的手势,工农兵的群体塑像:手把铁铲的钢铁工人、手持步枪刺刀的士兵、紧握镰刀怀抱麦穗的农妇都不再代表先进的生产力。不仅是宗教神话、诗歌语言和民间习俗受到去象征化的力量的瓦解,革命意识形态也遭遇到这一去象征化的语境。

王小妮的诗歌出现在这样的语境中,作为一个敏锐的诗人,她从事物的许多存在瞬间,从许多细节入手描述了这一语境。她既不因劳动者的形象失去其革命的象征意义而不去关注他们,也没有放弃从这些劳动者的身上发现微弱的道德意义,这些意义是从对其象征语境的祛除回到其自身的过程中获得的。她在《背煤的人》身上观察着世界,几乎没有象征意义的光明与黑暗:

我穿过桑林,观察那个漆黑的驼子。
他完全不看我
他浑浊的眼睛正把我灰一样擦掉。
大地无光的心胸,从那儿到四张百元纸钞
有一条背煤人的秘密捷径。

他就躬着,紧守着捷径走,不偏离。
从暗到亮,再从亮到暗
这个被事先装置在煤层里的人。
黑被他走得更黑
所以,光才显得更亮。
他的眼睛受不了大明大暗
成了一对硬木珠。……

既没有了自豪的劳动者或建设者的形象,也不是苦难矿工的悲愤象征:他的形象和他的生活一样早已失去了任何象征意义。虽然诗人并没有对背煤人的这一幕社会短剧创造出任何意义上的象征,但在这样的蕴涵着内疚与悲悯的目光中,叙述中已经出现了令人感到一丝人间温暖的伦理语调。尽管这种伦理的语调是这样的低。当革命时代里的事物与形象失去其象征主义之后,许多写作者从这些暧昧的事物面前转过脸去,事实上人们几乎不知道如何去叙述它。这些形象既没有旧日的革命象征,也没有现在时的诗意之物。虽然意识到自己所描写的事态正从或已经从这个象征主义语境中分离出来,王小妮却经常瞩目于这些事物,表面看来她常常以一种素描式的简洁呈现了事物,但在某种意义上是在其诗歌话语中利用了这些事物的剩余价值。她描写的对象与事态无可回避地置身于这些事物的象征主义谱系之外,正是这些人与事物所曾经有过的充足的象征主义,形成了诗人观察这些变了形的事物的一个暗含的背景。这些灰色的图景事实上曾经显现在极度灿烂的革命象征主义之中。正是这种反差暗中构成了阅读这些诗歌的意义期待。王小妮的这些诗作显示了我们社会生活中某些事物的去象征化处境,但更加显示了革命象征主义或者意识形态并不能完全垄断社会伦理意义,即使没有了作为统治的意识形态所装扮的社会伦理面具,社会自身也不应该是一幅(副)无情而冷漠的面孔。在一个成熟的社会里,社会自身的伦理感受和伦理话语要比任何意识形态化的观念更加重要。只是诗人作为个体难以独立地把他所描绘的事物真正地象征化。诗歌作为一种抒情话语,作为一种抒情性的叙事话语,它的一个社会伦理职能应该是创造出社会伦理感受并且创造出表述它的话语。

王小妮写农民的《11 月里的割稻人》,也是这种伦理话语的表达:"从广西到江西/总是遇见躬在地里的割稻人","一个省又一个省/草木黄了/一个省又一个省/这个国家原来舍得用金子来铺地。/可是有人永远在黄昏/像一些弯着的黑钉子。/谁来欣赏这古老的魔术/割稻人正把一粒金子变成一颗白米。"这《11 月里的割稻人》也是一首描绘劳动者的诗,但劳动者的形象已经被重新塑造了。诗人在描述背煤人和割稻人时,都使用了"躬着"的意象,在前者诗人直接使用了"驼子"这个词,对于割稻人也使用了"一些弯着的黑钉子"这样的修辞。这是王小妮特有的话语方式,直接、简洁。她果敢地使用大白话,却不动声色地祛除了口语中的冗余信息,使大白话变得干干净净。

这些修辞与叙述彻底修正了革命象征主义中的劳动形象,如果是在革命前的语境里,劳动者弯腰或躬身现象是世界的压迫与苦难的象征,或者意味着将要爆发的反抗姿态,是蓄势待发的革命力量的显现;而在革命后的语境里,劳动者变成了昂首挺胸的形象,它是力量、豪迈与自豪的象征,也是国家主人公和革命主体性的象征。在王小妮的诗中,劳动者躬着的身子不仅具有形象自身的含义,他们的低下身位甚至还包括了他们的社会身份的降低,他们对社会需求的降低,并且也再不具备更高尚的受苦的含义。上面两首诗中都写到了钱或者金子,这是他们最为需求的,这些叙述使劳动者失去了劳动创造世界的意义,抹去了其历史主体的虚幻光环,每月谋求四张纸币的意象使劳动者还原为卑琐化的社会形象,并且仍旧是"含金量最低"的人们。甚至在这些诗篇中,王小妮都没有使用"矿工"和"农民"这样的字眼,因为这样的字眼意味着一个观念性的群体,一个社会群体,王小妮使用"背煤的人"和"割稻人"这样的字眼似乎暗示了作为社会群体的功能已不存在这一事态。不仅这样的社会群体被边缘化,事实上他们也被分散化了。在某种意义上可以说,这个群体曾经具有的革命象征意义正是把它自身凝聚起来的方式,当它的象征意义消失时,它所具有的社会功能也随之消失。不再拥有一致的社会目标,只有被分散化了的短期短效的个人利益。王小妮的诗篇最终指向的不是革命象征主义的道德,诗人作为观察者所遭遇的内心不安,揭示了某种社会伦理感受的缺失以及它令人内疚的涌现;这个时代的道德感受经常是作为它的社会伦理功能的缺失现象来表达的。

本文所选择王小妮的诗歌涉及这些事物:喜鹊(鸟)、水莲(鲜花)、拖拉机(机械)等。这些事物处在传统的或现代的象征语境之中。王小妮在诗中不仅描写了这些事物在现代社会场景中的去象征化命运,还进一步使这种描述产生隐喻结构,使叙述发生转义。她的诗应对了象征寓意的缺失,又力图给予新的修辞想象。《拖拉机跑得真快》既表现了对机械力的革命象征主义的"去象征化"或者"去意识形态化"的解构意图,更重要的是找到了这些既不融合于现代观念也不融合于自然世界的机械,在乡村生活中所发生的转义。诗中,"拖拉机像村庄里养的野兽/左右扑腾着跑出来/不是着急/是天生的飞快",而"尘土和茅草跟着它/青萝卜和红萝卜也想进城/风忽高忽低/三个农民驾雾一样骑上去了"。由此,"拖拉机使乡村也有了动物。/榕树听见了叫声/鸭子游得欢/人啊好像也活了"。这首诗就像是当今乡村风俗画的一幅速写,透露出王小妮诗歌惯有的幽默与简洁。通常,人们已经不知道如何叙述乡村,因为它似乎既没有了传统也不够现代。乡村的生活还在继续,可是没有了生活方式。诗歌中的主要事物"拖拉机",在革命象征主义的语境里曾是农村科技和生产力发展的象征,而在"后工业"或市场经济时代,这种革命寓意已经被去象征化。王小妮出其不意地发现"拖拉机像村庄里养的野兽",这一修辞幻象的诞生几乎拯救了乡村中的一切,使拖拉机向农村生活世界还原。"像村庄里养的野兽"表明了拖拉机与农民的生活性关系,而非生产性关系,这一已经过时的工业化和机械化的象征,转变为一种"自然"关系的隐喻:农村、乡土、"动物"和蔬菜。开拖拉机进城(卖菜)就像过去的时代里农民骑着毛驴进城一样欢快,拖拉机在乡村世界几乎成为一种最大、最能干、最勤快的动物,它的"左右扑腾"几乎开始具有牲畜的灵性。诗人以非常具有活力的方式对乡村生活的质朴描述,使这样一种场景具有了乡村节日般的瞬间欢乐。这首诗歌既有对陈旧象征物的去象征化,也有给予事物以新的修辞幻象的能力,使隐喻成为发现生活意义或赋予其意义的一种力量。王小妮的诗歌修辞一方面致力于对词语与事物的去象征化,另一方面又力图使去象征的词与物重新变成隐喻。

现在,技术和市场经济还原了物自身。商人们除了继承某些情感俗套的象征,借以把平庸无奇的物品变成意义非凡的商品外,事物的丰富的转义、能够扰乱简单意识的含义都被抛却了。自然和人的行为都在失去象征。所谓象征的消失,并非仅仅是指语言表达或文学形式的象征作用,而主要是我们生活的世界的去象征化,事物和形象的去象征化。

现代世界象征的贫困,本身已经成为意义贫困的一个象征。因为象征是意义的制造者。在现代世界,物质的功能保留了下来,其象征意义则阙如:供暖设备取代了火炉,电灯替代了油灯,火焰和火苗不会再在风中飘曳不定,一切都十分方便,只是使用的事物曾经提供的心理能量暂时或永久性地缺失。在现代物质体系中,事物的实用功能被保持下来,甚至更好,但是其形象却改变或者是已经消失。这个形象正是象征所倚赖的。意义暂时地或永久性地付诸阙如。在这个意义上,王小妮是一个善于发现"缺失现象"的〔一个〕诗人。她的诗歌常常描述了这种缺失现象,物质丰富的现代社会里的某种付诸阙如的东西。

王小妮《我喜欢不鲜艳》描述了鲜花寓意的缺失,虽然鲜花的形象未曾改变,仍是现代社会最具有象征的事物,它也不能幸免意义的缺失或象征的暧昧。

种花人走出他的田地
日日夜夜
他向载重汽车的后柜厢献花。
路途越远得到的越多
汽车只知道跑不知道光荣。
光荣已经没了。

农民一年四季
天天美化他没去过的城市
亲近他没见过的人。

插金戴银描眼画眉的街市
落花随着流水
男人牵着女人。
没有一间鲜花分配办公室
英雄已经没了。

这种时候凭一个我能做什么?
我就是个不存在。

水啊水
那张光滑的脸

我去水上取十枝暗紫的水莲
不存在的手里拿着不鲜艳。

在这个十分崇尚审美的商业社会,鲜花的生产与需求比任何时代都更具规模。农民在他的土地里日日夜夜向“载重汽车献花”,然而诗人注意到“光荣没有了”。诗人使用了鲜花与光荣之间的语义关系,然而却清醒地把鲜花与光荣之间的象征关系拆解开了。不仅是种花的农民和运输鲜花的汽车不知道这种光荣,那些需求者也不知道。“没有一间鲜花分配办公室”,鲜花和办公室之间的结合让我们想到鲜花曾经具有的政治象征寓意,在政治象征语境里鲜花象征着流血牺牲,也象征着对它的奖赏和对光荣的册封。鲜花是政治仪式上必不可少的神圣事物,英雄是光荣(鲜花,以及如花似玉的女人)的享有者。但现在“英雄已经没了”。诗中说“落花随着流水,男人牵着女人”意味着男人的非英雄化,也意味着女人与鲜花之间关系的非政治化和世俗化。就是这些男女,就是这样的“插金戴银描眼画眉的街市”对鲜花有着纯粹的巴洛克化的需求。

即使是一个诗人也难以给予花朵赋予它的象征意义,似乎诗人意识到其自身的存在就是一种缺失现象。就像鲜花的大量生产与销售就是光荣与英雄的缺失现象一样。诗中强调了所选择花的“暗”和“不鲜艳”。但是如果到此为止,我们就把这首诗解读成光荣与英雄的挽歌,而事实上诗人并不是在写作挽歌,她只是我们社会生活的缺失现象的表达者。在我们仍然享受着的一些事物中,她让我们注意到这些事物中缺失的元素,以描述性的话语说,让我们注意到事物中的必要而真实的减损部分。我们不应忽略诗人在这首诗的标题中所明示的态度,“我喜欢不鲜艳”。这样的表述既可以理解为对没有光荣与英雄的日常事物的接受,也可以理解为本来就不喜欢“光荣”与“英雄”。但一首诗不需要如此明确的解释,因为在语气和修辞上,每一种明确或极端的态度都受到另一种暗示的纠正。

三

与许多诗人的不同之处在于,王小妮对事物和世界的描述,乍一看几乎是纯净无染的,是一幅调子洁净而愉快的素描,但她的声音中总是有一种话语因素提醒读者其中失去了东西。是事物本身失去了一些品质,同时也是我们今天观察世界时所失去了一种象征主义的目光,是我们目光中所消失的事物的成分。有时候那是事物的意义,有时候它是事物的象征内涵,有时候它更重要的是表现为人们内心中所失去的东西。王小妮在失去和拥有之间,表达着这些事物的存在方式。在祛除旧日的革命象征主义和诗歌本身的隐喻生成之间,形成一个意义领域。

在她的《太阳下去了》这样的感叹中,我们能够听到的是事物原先的象征已经消失,我们在感知着事物自身的存在,然而似乎又有一些尚未明朗的意义在复杂的感受中正在涌现。她说:“没有什么是自然的/天被迫着黑沉,连挣扎都没有。/我亲眼见到太阳在自刎/没有拔刀相助者。/义士们,他们隐逸得太早了。”在某种意义上,自然界的一幕短剧被诗人的观察象征化了,或者说它被描述为一种寓言,也被戏剧化了。我们并不确定知道太阳、这里是落日象征着什么。太阳在革命意识形态的象征主义体系中是一个主角,但这里似乎并没有对此做了什么提示。其中的叙述与修辞仍然可以把它理解为一种英雄寓言。在太阳的寓言里似乎可以追溯到更早期的自然神和泛神论的观念之中。对于早期的思想形式来说,对自然形象和自然事物的戏剧化就是神话产生的动机之一。在一个普通的落日时分,太阳的下落这个自然过程被叙述性所赋予了另外的寓意。然而这种寓意只能留在寓言中。王小妮在一首长诗《太阳真好》中再次叙述了这个寓言的另外一面:

……早晨,有人走出地铁站,有人升上矿井。
这些忽然亮起来的人
在太阳的光明里一点感觉都没有
照耀是母亲式的
永远的不声张。

从里到外,全是金的
但是,没有人敢挪动它,没人敢独占它
贪婪的门儿都没有。

下午,它站在冬天的街口颁发金像奖。
每一个出门的人都得到了
每一个都不觉得这是奖励。
满世界走动着小金人
满街排开了金店。

王小妮的诗中很少有这样颂歌般的调子,她在描述一种福音书式的世界景象。就像是一种新的创世纪,一种新天地,一种新人,具有童话色彩。也像是古老的太阳颂歌太阳崇拜在这个时代里的一个罕见的翻版。然而“新人”是可疑的,因为他们并没有从内心去领受这些金子的馈赠。诗人说:“我停在晃眼的时间庭院中心”——“很久很久,只剩下太阳/只有它独自一人还对我们好。/一直不放弃/一直像峭壁抓紧了一根荆棘草”。

对王小妮来说,颂歌的立场是一种批评的立场。“而错误更多更重的人还在钻井取火/他们迷恋在黑暗的底下挖掘”,这里的意味甚至批评了那些只看见了黑暗的批评者。诗人接下来把这样的批评指向了自身,“年轻的那些时段,我从来没注意过树,/当然也不注意太阳,我没空儿”,甚至变成了自我忏悔:

另一个我,一直卡在阴影里。
像没发现过错一样
就在今天以前,我都没有发现这世界上还存留着好
我不相信金子的成色始终没变。
我总在怀疑正确
而正确必然不知不觉。

脱掉雪天灰暗的冬装。
我知道,对待别人要像对待自己
虽然穿着雪白衬衫的我做得不够
虽然时间不多了,我得把今后全部用来悔悟。
我要赶快设想,今天以后我该对谁好
在这个冬天,人人有了反光的内疚之心。

在王小妮的话语里,光、太阳,与黑暗、灰暗、阴暗等等尽管已经明显地祛除了意识形态的固有象征,废黜了“能指的统治”,还原了自然事物与事态的特征,但仍然保持着基本的语义对比,保持着它们的类比和隐喻意义。她把光、太阳的自然语义转换到道德的和社会伦理的寓意之中,然而无疑清除了它的革命象征。王小妮的叙述方式,她所描述的对象、事态揭示了一个时间性的世界,显现出事物、主题和隐喻所构成的话语的历史形式。对王小妮而言,语言的比喻功能不局限于语言的欢乐或语言的自我庆贺,不以放弃对现实世界的指涉功能为代价。这首长诗的结束,再现了落日的悲剧:“这个时候,太阳在松手/它在半沉的雾里躺下”,光芒从“每一个人身上离开……”但是它留下了——“诵经的按住了嘴,人隐进了寺庙。/软的力量,悲伤的力量/不出声,止不住流眼泪的力量”。值得关心的是这些:“流眼泪的力量”,“悲伤的力量”这些“软的力量”。甚至伤心、悔悟和内疚的力量。这是一些力量,是真正的力量所在,是人们内心的光芒所在,社会伦理的力量所在。这和诗人在叙述背煤的人、收割稻谷的人一样,产生的是社会伦理感受。

虽然对于这个社会、对于诗人本身来说,尖锐的善与恶的价值冲突和阶级对抗,以及阶级斗争意识形态的象征主义所表达的两元对立被消解了,但是我们并不能够完全接受或认同于一切语义的无差异性。如果一切语义对立都是虚假的,如果一切语义之间都不存在差异,那么语言的意义就会彻底消失。我们形成和表达意义的能

力就会丧失。王小妮的话语意识到了传统象征结构的丧失、革命象征主义的破灭，但她的诗歌话语仍然在致力于一种寓言式的寓意的建立，并且是从最日常的事物与现象出发。在祛除了古老的民间象征，也祛除了革命意识形态的象征之后，王小妮回到日常世界、日常生活和自然事物本身，在他们身上重新发现可能的寓意。

——原载《文学评论》2007 年第 2 期

洪治纲

多重文体的融会与整合

随着史铁生《我的丁一之旅》、韩少功《暗示》、林白《妇女闲聊录》、刘恪《城与市》、孙惠芬《上塘书》以及李洱《遗忘》、刘震云《一腔废话》、祝勇《旧宫殿》等长篇小说的问世，近些年来，中国作家在小说叙事上正在恢复对文本形式的重新关注。这种关注，已明显超越了上个世纪80年代中期对域外现代小说模仿的痕迹，也摆脱了某种口号化的集体喧嚣。他们带着“跨文体”的思维方式，不断地在叙事中融入大量非小说文本，如诗歌、散文、戏剧，理论辨析乃至考据、释义、史志、图片等等，使小说呈现多重文体相互融会与整合的特征。细察这一创作现象，我们不仅可以看出作家们对小说的形式空间及其审美内涵进行积极开拓，还可以探究到某些更为复杂的文化根源。

一

以碎片拼缀方式，自由接纳各种非叙事性文本，让小说在逃离传统故事化结构模式的同时，在艺术形态上走向多重文体的融会与整合，是上述这些小说的显著特征之一。在小说中融合大量非叙事成分，并非近年才出现的一种文体实验，如我国很多古典小说都融入了大量的诗词歌赋等，并以此构成了中国传统小说特有的结构形态。但传统小说中的这种互文性倾向，并没有从本质上突破小说的故事化模式以及颠覆人物性格和命运的线性发展逻辑。

不同的是，细读近年来所出现的这些多重文体相互融合的小说，我们却发现，它们不仅无一例外地消解了传统小说的故事化结构，也极力规避了小说对人物性格和命运的专注，从而使叙事呈现出某种碎片化的自由拼接状态。如史铁生的《我的丁一之旅》，就是以互文的方式集纳了《圣经》文本、莎士比亚的戏剧文本、萨特的戏剧文本、索德伯格的电影文本以及散文文本、诗歌文本、报纸的新闻文本等等，从而在叙事上彻底改变了小说对故事的依赖，以一种精神漫游者和灵魂审视者的姿态，在零散化的情节拼缀中缓缓地打开了人物隐秘的内心情境。孙惠芬的长篇《上塘书》则采用地方志式的史志结构，分别从地理、政治、文化、交通、教育等方面，对一个叫上塘的中国乡镇进行了多方位的审美表达。韩少功的《暗示》也大力消解了小说、散文、理论等文体之间的差异，将纪实与虚构、叙事与议论、个人经验与宏大历史熔于一炉，使整个文本类似于随笔——没有相对完整的故事，没有相对稳定的时空秩序，也没有贯穿始终的核心人物。

刘恪的长篇《城与市》则更显复杂。小说在总体上设置了一个类似于寻找金羊毛式的母故事，然后在这个母故事中又精心营构了三个青年的子故事，但作者在叙事上不仅采取逆向的时间结构，从 21 世纪 20 年代开始进行反向叙述，而且通过各种文体的相互渗透，将日记、诗剧、随笔、散文诗、词条分析、观察笔记、诗歌、考证等不同的文本糅合在一起，从而彻底地颠覆了故事的完整性，使文本呈现出片段化和零散化的絮语性特征。祝勇的《旧宫殿》在深入大明王朝的皇权潜规则中，一方面吸取了传统历史演义的某种审美趣味，另一方面又将演义性的叙事碎片化，使之消散在浓郁的意象化描述之中。而陈锟的《爱情说明书》则采用商品说明书的结构模式，讲述了一个女人在自己的丈夫和其他三个男人之间的欲望战争。林白的《妇女闲聊录》也一改作者往日的个人化叙事格调，而以口述实录的新闻体叙述方式，在口语化、片段化、场景化中，记录了一位乡村妇女木珍的历史记忆和生存经历。它看起来充满了底层生活的庸常气息，带着浓厚的民间俗世情趣，但是，在木珍原汁原味的叙述语调中，小说却异常鲜活地展现了当代乡村社会繁复驳杂的生存景象。刘震云的《一腔废话》则采用戏剧的结构方式，大量地运用纯粹的戏剧场景和对话，展示了五十街西里一群富于幻想的人们，他们不断地挣脱自己的现实角色，去追求那些所谓的时尚生活，譬如模仿秀、辩论赛、欢乐总动员之类等等，结果他们发现在这种幻想生活中越走越远。于是，为了恢复往日的自我，他们又开始大规模地迁徙和医学治疗。李洱的《遗忘》在重构嫦娥奔月这个神话传说时，不仅以碎片化的方式，频繁地糅进了大量的考据学知识，而且还通过一些历史图片对叙述加以补充，让叙事在纯粹的语言之外获得直接的视觉效果。

碎片意味着断裂，意味着整体性被拆解。因此，这种碎片化的文本结构，不仅有效地帮助作家对各种非叙事文本进行了自由的组接，而且使他们能够更为自由地沉入人物隐秘的内心世界，并由此形成了这些作品在审美上的另一种重要特征——人物的性格和命运不再成为叙事的重心，而人物的主观感受、内心体验以及隐秘欲望，则成为表达的焦点。尤其是多重文体的不断渗透和融合，为展示那些丰饶而又极具生命质感的精神空间提供了灵活多变的表达手段。像《我的丁一之旅》就明确地将丁一的"心魂"与"身器"分离开来。一方面，作者将丁一的心魂"我"作为叙述者，

“我”与丁一之间的关系是:“我们同命运共呼吸,有福同享有难同当,总之,在他报废之前我们相依相携片刻不可以分离。”①这个特殊身份的“我”(包括不时出现的“史铁生”),既是故事的旁观者和追述者,又是撕开丁一内心世界的见证人和评判人。他以无时不在无处不在的方式,附着在丁一的身上,完成了对丁一生命的全程性跟踪,也确保了整个叙事的“心魂”属性。另一方面,作为一种纯粹的心灵化叙事,史铁生的叙事目标就是展示丁一的内心梦想——它是一种生存的诗意向往,也是一种生命的内在冲动——于是,围绕着丁一对理想、爱情、欲望的冲动和追求,作者不断地往返于各种文体之间,以诗歌、散文、戏剧乃至电影等形式,多方位地推衍丁一对梦想(尤其是对情爱梦想)的自由体验。《遗忘》运用了一种看似极为严谨的学术性话语,试图让人物去实现对历史“真相的揭示”,而当人物按照自身的逻辑法则去进行严密的考据和推理时,结果却使历史成为一种新的伪证,人物的身份也因此走向自我预设的反面。认知与理性、理想与结果,总是在看似科学严谨的逻辑法则中凸现出某些悖谬的情形。

刘恪的《城与市》通篇都带着某种心灵絮语式的主观意绪。三个自传故事里的人物形象,不仅显得若即若离,游移不定,而且带着高度抽象的符号化意味。如迷恋北京胡同、钟情四合院生活、酷爱京剧《三岔口》的祥,显然是一个恪守京城传统文化的代表。玩世不恭且及时行乐的冬,则是商业时代的一个欲望符码。文文作为“京漂族”中的一员,处于现代都市的边缘,饱尝着挤压和蹂躏,成为伤感和孤独的见证。至于出生于知识分子家庭的画家姿,更是体现了现代都市白领阶层各种典型化的精神征兆——自尊而又自恋,癫狂而又抑郁,自足而又不安……他们以一种独语的方式,袒露着各自最为隐秘的精神意绪。有人甚至认为,它“传导了中国知识分子一种独特的现代性体验”,“是现代城市人物的精神大聚汇”,是一部“中国式的《尤利西斯》或现代《红楼梦》”②。《妇女闲聊录》完全以木珍的所见所闻和自我感受为主体,随着木珍遐想式的闲聊,叙事成为一个乡村妇女隐秘内心的倾诉和漫游,而有关木珍本人以及她所讲述的那些人物的性格命运,都不是表达的主要目标。刘震云的《一腔废话》则完全是一场心灵乌托邦的盛宴,所有人物都被幻想激发起来,以至于不可遏止地奔向各种荒诞的生存境域。他们在想象中自我狂欢,在狂欢中远离自我,而大量戏剧性场景的铺排,不仅使他们的幻想在狂欢中获得了空前的释放,也使他们最后再也无法回到现实的世界。

在极力突显人物内心世界的同时,通过多重文体的相互渗透与整合,这些作品

---

① 史铁生:《我的丁一之旅》,人民文学出版社,2006年,第6页。

② 王一川、刘恪:《现代性、修辞术和中国式〈尤利西斯〉》,《中国教育报》2004年7月17日。

还明确地体现了创作主体的在场身份。一般而言,小说的叙事规则都极力规避作家主体对叙事的过度介入,创作主体的退场或隐蔽是确保叙事走向客观和真实的重要策略。而在他们看来,“作品的整体指向必不可免地是作家心神的指向(或超越),强行消隐自己倒像是弄虚作假,遮遮掩掩不仅会使作品流俗,而且,如果仅仅是客观记录又为什么称之为创作呢?天界的(或曰终极的,形而上的,甚至唯美的、潜意识的)追索毕竟是写作的根本,因而作者于此应该放心大胆地写意——这就是我所谓的‘时而升天’。作者必是这样‘时而地,时而天’地参与着,否则不会有创作,否则倒是一种自命全知的狂妄”①。这种对创作主体自我“心神”绝对服膺的态度,不仅让他们不再回避自我心绪的直接介入,而且更愿意“放心大胆地写意”。因此,读《我的丁一之旅》,我们会感到其中的“我”、丁一、“史铁生”几乎是三位一体,如同毕加索的画作,从不同维度上将创作主体展示出来。而《旧宫殿》里,无论是宫殿的整体布局、外观形态,还是宫殿内部的设置、浮雕的形象,乃至龙椅龙袍上的图案……它们之所以充满了符号化的意味,潜藏着隐蔽的权力欲望,也完全是通过作者在文化学意义上的解构与重构所得。换言之,我们所看到的许多历史背后极为精粹的隐喻,以及大量格言式的论断,其实都是创作主体理性思考的直接呈现。阎连科的《受活》在表现乡村社会浪漫主义的致富狂想过程中,却动用了一种类似于注释的“絮语”方式,不断地让创作主体对故事进行补充性叙述,既加强了叙事中某种地域风情的文化内涵,也拓展了其中某些事件产生的历史渊源。《暗示》更加是作家自我的一种理性化的审美表达。它试图逃离人类语言自身的交流体系,探讨语言之外各种具象在信息传达上的作用和功能,动摇并解构某些具象在人生与社会中相对稳定的意义系统,从而实现创作主体内心的一次哲学化的理论建构。

当然,倘若创作主体调控不当,也会导致某些不尽人意之处。最典型的,就是孙惠芬的《上塘书》,由于作家过分讲究“史志”的均衡结构,反而制约了创作主体审美想象的自由伸展。在“上塘的交通”、“上塘的通信”等章节中,其功能主要是介绍而非叙事,似乎可以简略一些;而在“上塘的教育”、“上塘的文化”等章节中,丰饶的细节因为“篇幅的控制”又没有丰满地演绎出来。刘恪的《城与市》也因为过度追求创作主体的修辞欲望,致使语言的能指与所指不断发生错位,审美表达显得迷离不清;同时,作家又大量推衍各种感觉化、神秘化叙事氛围,考据性、辨识性的理性细节,最终使文本在审美接受上成为一个智力较量场。而李洱的《遗忘》和陈锟的《爱情说明书》则在主体介入的过程中过于强调不同文本的强制性组合,使小说显得形式有余而内蕴不足,即它们在形式上的夸张表现要远远多于作家对现实存在(尤其是荒

① 史铁生:《史铁生散文》上册,中国广播电视出版社,1998 年,第 356—357 页。

诞性体验)的深度思考。或许正是基于此类情形,有人认为,这种“跨文体”的写作并没有显示出多少革命性的意义,倒是呈现出某种“焦虑”的景象,“以失败告终或许正是它合理的归宿”①。但我以为,以“失败”来为这些局部的欠缺作出“合理”的总结,显然还为时过早。

二

王国维在谈及诗体盛衰规律时曾说:“盖文体通行既久,染指遂多,自成习套。豪杰之士,亦难于其中自出新意,故循而作他体,以自解脱。”②从进化论角度来看,这话并没有错。但若仅仅以“出新意”的理由来推断近年来小说创作中出现的这种多文体相互渗透之情形,似乎有些简单。因为任何文体的变迁并非只是一种单纯的形式创新,它实质上取决于创作主体内在精神的审美冲动和作家审美表达的内在需求,所谓“夫情动而言形,理发而文见,盖沿隐以至显,因内而符外者也”③。只有作家心中的“情”与“理”发生了变化,其“言”和“文”才会产生变异。如果我们以此来审度这一多重文体相互融会与整合的小说创作现象,我们便不难看到,在这些“有意味的形式”的背后所隐含的,并非只是“为艺术而艺术”的简单逻辑,更不是单纯的形式主义实验,而是折射了创作主体非常自觉的文体意识,体现了他们对小说文体进行深度开拓的积极意愿。

早在上个世纪90年代初,史铁生就曾强调:“我一向认为好的小说应该是诗,其中应渗透着诗性。什么是诗性呢?最简单的理解是:它不是对生活的临摹,它是对心灵的追踪与缉拿;它不是生活对大脑的操练,它是一些常常被智力所遮蔽所肢解但却总是被梦所发现所创造的存在。常有人把写作者比作白日梦者,这很对,这白日的梦想,是人类最可贵的品质。人间需要梦想,因而人间需要艺术。”④这里,史铁生以一种断然的态度表达了他对文学本质的体认:文学就应该是一种纯粹的个体心灵的产物,是“对心灵的追踪与缉拿”,它寄生于人类与生俱在的梦想之中。强调对个人心灵的追寻,强调对诗性梦想的归依,这是史铁生告别“知青小说”之后一直苦苦追求的叙事理想。如果说《一个谜语的几种简单的猜法》《命若琴弦》等还只是作者对心灵“缉拿”的初步演练,带有某种形式主义的实验倾向,那么从《务虚笔记》《关于一部以电影作舞台背景的戏剧之设想》等开始,他就完全沉入到自我内心的梦想之中,成为一位非常典型的冥想型作家,其叙事也由此转入高度自觉的文体整合

① 赵勇:《反思“跨文体”》,《文艺争鸣》2005年第1期。
② 王国维:《人间词话人间词》,群言出版社,1995年,第47页。
③ 刘勰:《文心雕龙·体性》。
④ 史铁生:《新的角度和心的角度》,《钟山》1993年第5期。

之中。

在《务虚笔记》中，史铁生开宗明义地宣称，“写实”不是他的目的，“务虚”才是他的追求，“我从虚无中出生，同时世界从虚无中显现。我分分秒秒地长大，世界分分秒秒地拓展”①。为此，他不断地让各种破碎的爱情际遇和童年往事在梦幻中重组，又让梦幻般的思绪和遐想在现实中破碎。小说看似叙写了众多的人物，如医生F和导演N、教师O和画家Z、诗人L和T、残疾人C和他的恋人X，等等，但在一种碎片式的文本拼接中，所有人物都呈现出高度的符号化，并在某种程度上只指向两个人：男人和女人，甚至是指向一个人，即“我是我的印象的一部分/而我的全部印象才是我”②。他们不断地在过去与现在、梦想与现实、个人欲望与社会伦理之间往返奔突，其目的就在于追问整体的人的存在，“什么才能使我们成为人？什么才能使我们生命得以扩展？……唯有欲望和梦想！……欲望和梦想，把我们引进一片虚幻、空白，和不确定的真实，一片自由的无限可能之域”③。这也就是说，对梦想和欲望的追寻，即是对生命存在的追问，这既是史铁生内心里“混沌”式的冥想和体验，也是他选择大量非叙事话语与叙事话语相互整合的一个核心因素。在谈到《务虚笔记》时，史铁生曾说：“我常有一种感觉，就是在心魂深处，朦朦胧胧总有那么一大片混沌，吵吵嚷嚷地不能让我放下，它们并不适合完整的故事，也不符合现成的结构和公认的规律，那么是不是这种不合规范的东西，就应当作废和忽略呢？不对！我老觉得在那片‘混沌’里肯定有什么新的东西，我对那种东西特别有兴趣，总想去把它们尽量表现出来。”④为了完整地展示自我“心魂”里那些“混沌”状态的体悟和冥想，传达创作主体对内心梦想的绝对皈依，史铁生终于彻底地打破传统叙事的逻辑链——他不仅取消了情节演进的连贯性、人物命运变化的因果链，而且在叙述中融进了大量的非叙事成分，使得《务虚笔记》成为一种纯粹的心灵絮语式的审美表达。

《我的丁一之旅》不仅再次延续了《务虚笔记》的审美追求，还进一步突显了作者对心灵自由的恪守姿态。它以情爱作为契入点，“以其种种自由的、放浪的、富于奇想的方式”⑤，展示了人类克服孤独、寻求慰藉的心灵途径。在小说的第84节，史铁生插入了索德伯格的电影《性·谎言·录像带》。这是一个隐秘的叙事纽带，它隐含了整个小说所要探讨的生存困境——在情爱、道德、权力和现实伦理之间，如何才能获得真正的自由。丁一不停地奔波于娥、泠泠、依和姑父、秦汉之间，寻找着理想

① 史铁生：《务虚笔记》，上海文艺出版社，1996年，第89页。
② 史铁生：《务虚笔记》，上海文艺出版社，1996年，第10页。
③ 史铁生：《务虚笔记》，上海文艺出版社，1996年，第462页。
④ 何东：《史铁生病中闲谈》，《南方周末》2001年4月30日。
⑤ 史铁生：《史铁生散文》上册，中国广播电视出版社，1998年，第353页。

与欲望的安顿方式，最后虽然在娥那里实现了一种无拘无束的戏剧式表达，但是，当娥决定不再为这种梦想式的自由而逃离现实生活时，丁一也便迅速地走向了死亡。这也意味着，爱、梦想与自由，一旦剥离了私密的个人空间，一旦失去了对等的价值理念，便不可能获得真正意义上的实现。所以史铁生说："其实爱情根本就是一个理想……这种梦想是非常好的一件事情。我们不损害其他人，我们自己觉得这是一个最好的时候，我们梦想这样一个状态……如果这个梦想我强迫你实现这个事就出来了。出来权利的问题了。因为原来我们的梦想是建立在我们两个自由的梦想之上。现在我还存在我的梦想，而你已经破坏了这个梦想。我要强求你还要回到这个梦想来，现在你已经不是自由地在这个梦想里了。那么我们的梦想已然破灭而且破灭的最严重的事情是自由问题。这就是我那《丁一》最后写的。"①

韩少功的文体意识也非常突出。与史铁生一样，韩少功也是一位冥想型的作家，不过，史铁生强调的是对内心梦想的执著表达，而韩少功则更加突出自我的理性思辨。在韩少功的晚近小说中，他极为注重创作主体理性思考的审美表达，注重言词与意义、欲望与现实、文化伦理与个体存在之间差异性的演绎。为了突显这种饱含思辨色彩的差异性景观，韩少功非常推崇一种杂糅式的叙事文本。他曾说："我从八十年代就渐渐地对现有的小说形式不满意，总觉得模式化，不自由，情节的起承转合玩下来，作者只能跟着跑，很多感受和想象放不进去。我一直想把小说因素与非小说因素做一点搅和，把小说写得不像小说。我看有些中国作家最近也在这样做。当然，别的方法同样也写出好小说，小说不可能有什么最好的方法。"②他甚至认为，"对文体的关注，也许是我们必要的基础性作业之一"；"我们当然不必要也不应该统统投入跨文体和多文体的写作，不必要也不应该接受对任何形式的迷信。但我们至少应该心脑并用，通情同时达理。'通情'的理论就是富有经验感觉积蕴的理论，哪怕最为枯燥的思辨推理中也伏有情感的脉动。'达理'的文学就是富有思想智慧积蕴的文学，哪怕最为冲动的诗情画意中也隐有思想的重力和引力。很自然，我们还应该对文体分隔壁垒抱有必要的反思和警觉，对某些'非典型写作'援以宽容。这不是什么很高的要求。这只是无法禁锢的心灵自由，让我们自己在写作之前，首先成为一个精神健全的常人，像常人一样来感知与言说这个眼前的世界"③。有意识地打破文本间的"分隔壁垒"，于诗情画意中彰显"思想的重力和引力"，其实是韩少功从《马桥词典》便开始努力实践的一种创作理想。

在《马桥词典》中，韩少功不仅以词典的形式展示了"马桥"的各种人文形态（包

---

① 史铁生、陈村：《在家的状态》，《上海文学》2006年第11期。

② 韩少功、崔卫平：《关于〈马桥词典〉的对话》，《作家》2000年第4期。

③ 韩少功：《文体与精神分裂主义》，《天涯》2003年第3期。

括人事物理、轶闻趣谈、风土民情、村落环境等），而且叙事与议论并举、抒情与说理交织，既颠覆了“词典”在科学定义方面的规范，使词与义之间蔓延出极为丰富的文化信息，也动摇了“马桥”的地域性审美空间，使“马桥”成为人类生存的某种隐喻。我以为，这正是《马桥词典》在多重文体整合之中所获得的特殊意蕴。此后，韩少功又创作了长篇小说《暗示》。其文体既类似于古代笔记小说，又类似于现代思想随笔——它“以散点透视的思维方式，在零散化、碎片化的叙事过程中，试图通过对各种具象的有效解析，全方位地展示个人与社会、生命与历史之间种种被遮蔽的隐秘关系，揭示语言与物象、话语与精神之间难以协调的错位状态，并从中发现和披露现代社会里某些脆弱的本质——尤其是在越来越严密的知识结构中所形成的种种僵化的思想意识和思维方式”①。而在作者的心目中，“《马桥词典》是一本关于词语的书，需要剖示这些词语的生活内蕴，写着写着就成了小说。而眼下是一本关于具象的书，需要提取这些具象的意义成分，建构这些具象的读解框架，写着写着就有点像理论了——虽然我无意于理论，只是要编录一些体会的碎片”②。以碎片化的文本整合，展示创作主体零散的理性思辨，并以此实现自我内心的审美诉求，这是韩少功一直寻求的写作方式，也折射了他对文体意识的高度自觉。

事实上，除了史铁生和韩少功之外，很多作家在进行多重文体的融会与整合时，都带着明确的文体意识和自觉的审美追求。如刘恪就一直强调：“好的小说应该对生活有新发现，对文体有新贡献，是由自身个体特点建构起来的话语世界。”③从《蓝色雨季》开始，刘恪就致力于其“新发现”和“新贡献”的审美探索，并在《墙上鱼耳朵》《鱼眼中的手势》《梦与诗》等小说中进行了不懈的“跨文体”式表达。在谈及《城与市》的创作时，他也明确地表示自己“要破坏的是人物的性格化、典型化、类型化，着意表达人物的零散性、幻觉性、体验性……我试图把人物的符号化、幻觉化、感觉化结合起来，尽量剔除意识形态痕迹，但又通过词语考释暗含某种意义”④。李洱在创作《遗忘》时，也是试图让“当代知识分子、中国的远古神话与后现代主义的文化背景，在这里狭路相逢”，以便达到“喜剧迭出”的审美效果⑤。林白在谈及《妇女闲聊录》时说，它“是我所有作品中最朴素、最具现实感、最口语、与人世的痛痒最有关联，并且也最有趣味的……我首先要做的是，把自己从纸上解救出来，还给自己以活泼的生命”⑥。进一步解放自己，让心灵获得表达的自由，让想象穿越既定文体的

① 洪治纲：《具象：秘密交流或永恒的悖论》，《当代作家评论》2003 年第 3 期。

② 韩少功：《暗示 · 前言》，人民文学出版社，2003 年。

③ 转引自何镇邦：《对生活有所发现，对文体有所贡献》，《当代文坛》2005 年第 5 期。

④ 王一川、刘恪：《现代性、修辞术和中国式〈尤利西斯〉》，《中国教育报》2004 年 7 月 17 日。

⑤ 李洱：《遗忘 · 〈遗忘〉自序》，漓江出版社，2002 年。

⑥ 林白：《妇女聊闲录 · 后记一》，新星出版社，2005 年。

规范，让文学在更高层面上服膺于作家内心的真诚，不仅仅是林白的审美意愿，也是这些作家的共同追求。因此，从这些具体的创作实践看，让小说突破各种文体之间的疆界，走向更高层面的整合，无疑是源自作家文体意识的觉醒以及叙事自由的冲动。

当然，这种文体意识的自觉，也受到了一些文学刊物的积极鼓动。早在1999年，《大家》就主动开辟了“凸凹文本”专栏。紧接着，《山花》和《莽原》也分别推出了“文体实验”和“跨文体写作”两个专栏。不久，《花城》也开辟了类似的专栏“花城出发”。尽管这些刊物在栏目的冠名上各有差异，但是，它们的基本目标却非常一致——以自觉的方式冲破既定的小说文体模式，通过非常规的艺术探索和实验，积极地开拓小说发展的可能性空间。因为在他们看来，“文体像牢笼一样局限和阻碍着写作的自由”，为此，他们“就是要在文体上‘坏’它一次，‘隔塞’它一次，为难它一次，让人写小说时也能吸取散文的随意结构，诗歌的诗性语言，评论的理性思辨；同样让人写散文时也不回避吸纳小说的结构方式。我们希望，在文体的表述方式上能以一种文体为主体，旁及其他文体的优长，陌生一切，破坏一切，混沌一切”①。而且他们认为，这种文体的多重糅合“就像在自己的身上插上别人的翅膀一样，再也不是为了形式和形象，而是为了表现的实用，为了更自由的飞翔……”②如果说刊物的主动呼应是一个客观条件，那么，正是在这种主客观双重意愿的驱动下，新世纪以来的作家们开始积极主动地寻求小说形式的突破，以审美现代性的精神诉求，向过度自律化的文学圭臬发出了挑战。

三

任何一种文体的探索，既是作家个体审美创造能力的体现，也是一种文化深层结构的折射。因为人的意识在其本质上都是受文化制约的，就像莱斯利·怀特所说：“个人在做什么，信仰、思维和感觉什么，这不由个人，而由文化和环境决定。精神只是文化的一种反射，只有通过思考文化，才能使人类意识成为可以理解的东西”；正因如此，“要理解意识，必须也通晓文化，人类的‘精神过程’不过是超有机体的文化过程的心理表现形式”③。而上述作家对小说文体的积极探索和整合，从文化根源上看，其实也表明了审美现代性在中国当代文化领域中的内在渗透。因为，从现代性的角度上说，文学艺术的发展是一个不断走向高度自律的过程。韦伯曾以“祛魅”和“理性”来界定现代性的突出特征，认为现代性“表现在宗教与形而上学之

① 李巍：《凸凹：文学的怪物》，《文学自由谈》1999年第2期。

② 张宇：《理性的康乃馨》，《莽原》1999年第1期。

③ L. A. 怀特：《文化的科学》，沈原等译，山东人民出版社，1988年，第178、181页。

中的这种分离构成了三个自律的范围。它们是科学、道德和艺术。这三个方面最终被区分开来,因为与宗教和形而上学结为一体的世界观分道扬镳了”①。其实,随着现代性话语体系的不断发展,不仅艺术与科学、道德彼此分离开来,形成了各自独立的知识范畴,而且在政治、经济、哲学、艺术等等领域,也同样形成了各自相对完整的知识结构,出现了不断规范化、科层化的理论谱系。

但是,现代性从诞生时起,便蕴藏着种种潜在的悖论,譬如理性的文明秩序与继续变革的可能性之间的悖论。这便是人们通常所说的启蒙现代性与审美现代性的冲突。后者既是前者的产物,也是对前者的一种反动,“如果我们把启蒙的现代性视为秩序的追求的话,那么,审美的现代性则是对混乱的渴求和冲动;……如果我们把启蒙的现代性当做一种对绝对的完美的追索的话,那么,审美的现代性则是一种在创新和变化中对相对性和暂时性的赞美;假如我们把启蒙的现代性看成是对普遍性片面强调的话,那么,审美的现代性则显然是对普遍性的反动,是对平均一律的日常生活的冲击,因为它更加关注个别和差异;如果说启蒙的现代性把意义的确定性作为目标的话,那么,审美的现代性则是对意义不确定性与含混多义的张扬,甚至是对意义的否定;倘若我们把启蒙的现代性界定为对人为统一规范的建立的话,那么,审美的现代性无疑是以其特有的片断和零散化的方式反抗着前者的‘暴力’,它关注着内在的自然和灵性的抒发”②。一言以蔽之,审美现代性代表着现代主义的反叛、不确定、混乱和碎片化,是现代主义对启蒙运动以来所形成的新传统主义的颠覆,就像鲍曼所言:“现代性的历史是社会存在与其文化间充满张力的历史。现代存在迫使其文化成为自己的对立面。这种不和谐正是现代性需要的和谐。”③而在文学领域中,随着各种文类审美体系的完善,这种相对独立、完整的文学格局也就自然而然地成为一种传统,从而制约着文学内部的变革和发展,由是,一些旨在改造和颠覆业已形成的各自理论规范的新文学实验也开始不断涌现。

我无意于探讨审美现代性的历史作用。作为一种崇尚变革的文化力量,审美现代性的主要目标是对抗启蒙现代性中的过度理性化原则,彰显人类生命的某些自然吁求。它同现代性本身一样,是一把无法规避的“双刃剑”。尽管启蒙现代性在我国尚未获得全面深入的发展,但是,伴随着全球化语境的飞速扩张,审美现代性在我们文化领域中的出现已成为事实。早在上个世纪80年代后期,有些作家就开始向传统的小说模式发出挑战。如苏童的《你好,养蜂人》就将新闻、广告、诗歌等不同文体有机地整合到叙事之中。史铁生的《我与地坛》既是一篇优美的散文,又是一种独具

① 王岳川、尚水编:《后现代主义文化与美学》,北京大学出版社,1993年,第16页。
② 周宪:《现代性的张力——现代主义的一种解读》,《文学评论》1999年第1期。
③ 鲍曼:《现代性与矛盾性》,邵迎生译,商务印书馆,2003年,第15页。

韵味的小说,甚至有不少人就将它收入不同的散文集和小说集中。但是,从文化影响的自觉程度来看,这种审美现代性的大面积蔓延,还是90年代以后的事——在我们的创作上,尤其是在小说创作中,各种碎片化、感官化、不确定的叙事开始大量涌现。它们在多元化口号的支撑下,不仅向一些科层化、谱系化的文学规范发出挑战,而且向一些现实伦理甚至价值观念发出挑战。尤其值得注意的是,有不少作家甚至以消解人类社会基本伦理秩序或普世价值为乐事,在极端个人化或欲望化的体验中,不断地创作出一些庸俗化、平面化、粗鄙化的作品。

从文学发生学上看,这也许正是审美现代性这把“双刃剑”所体现出来的本质特征。一方面,有些人借助它的反理性主义的思想冲动,试图颠覆我们人类赖以生存的某些重要的价值谱系,不断推销所谓“犬儒主义”的情绪;但另一方面,它又真正促动了一些清醒者对各种文本圭臬进行有效的质疑和突破。而在小说创作中所涌现出来的这种多重文体相互融会和渗透的现象,从某种意义上说,虽然也是审美现代性崛起后的产物,但它们在文本形式上的努力,并非是为了颠覆某些具有普世意味的价值理念,而是针对人类日益复杂的精神景象和创作主体越来越细密的内心体验,所进行的一种自我超越式的探索。也就是说,他们试图打破的只是一种既定的文体规范,使之更好地迎合作家主体的审美理想,增强小说对人类隐秘精神表达的准确性,激活创作主体的智性创造能力,同时为当代小说的发展提供某种可能性的空间。

事实也是如此。细察上述这些多重文体相互整合的小说,不少作品确实体现了在传统形式规范下所无法呈现的审美特质。像史铁生的《我的丁一之旅》,如果没有一些诗歌、戏剧和电影文本的整合,整个小说就很难传达丁一心中近乎狂野的诗性梦想和人性里那些自然而又隐秘的生命冲动,也很难展现人物在面对精神困境时所做出的奇特的抗争方式。韩少功的《暗示》也是如此。作者精心选择了一些具有特殊功能的具象,然后撕裂它们在日常生活中的惯常意义,展示它们的“另一种内涵”。这种解读手段看起来很随意、很松散,其实却在创作主体的内在心智控制下,直指历史记忆、文化形态甚至现代社会中的种种沉疴与精神盲区——因为其中的大量具象,要么是经过了现代社会各种理性意志的精心编织与熏染,要么是经过了现代技术神话的不断改造和修饰,致使不少具象甚至已经比语言更具有直观化和感性化的优势,更能够潜移默化地塑造、影响、操纵着人们对世界的感觉、理解与想象。如果撇除这种随笔式的文本形式,很难想象作者如何来抵达那些具象背后的幽暗区域。祝勇的《旧宫殿》为了展现明末历史谜案、宫廷隐秘生活以及封建权力潜规则之间的复杂关系,特意从文化符号学的角度,对大明王朝的宫殿布局和装饰进行饶有意味的解析。这种感性化和诗意化的解析,实际上是从历史的缝隙之中撑开了另一片艺术的审美空间，也让我们看到了中国封建权力结构内部源远流长的思维方式和价值取向。刘震云的《一腔废话》正是借助了大量戏剧场景，才有效地催发了人类对于乌托邦式理想生活的追崇和热捧。因此，就其喜剧性审美效果来说，这种对戏剧的整合，无疑是非常有效的。而林白的《妇女闲聊录》之所以饱含着乡村生活的原始汁液，莫言《檀香刑》的叙述语流充满了某种奇特的旋律感，都离不开作家对其他非叙事性文本的有效整合。

米兰·昆德拉曾说："小说具有非凡的合并能力，散文或哲学没有能力把小说合并进去，小说却有能力把诗与哲学合并到它的里面，而且它并不因此而失去自己的个性特点，小说的特点正是包容其它形式，吸收哲学与科学的认识。"①小说这种巨大包容性特质，为作家们探求更好的文本形式提供了广阔空间。我们或许不必急于对这种不同文本相互融会和整合的小说现象作出"成功"或"失败"的判断，而应将更多的目光投向这些作品本身，看看它们是否为我们这个时代提供了更丰富更精细的审美内蕴。

——原载《文学评论》2007 年第 3 期

① 米兰·昆德拉：《小说的艺术》，孟湄译，生活·读书·新知三联书店，1992 年，第 62 页。

宋炳辉

王安忆的世界文学视野及其小说观念

对像王安忆这样多产又多变的作家来说，企图从任何一个角度进行一以贯之的说明和研究，都是对批评者的挑战。在近30年的创作历程中，她总是在不断地超越自己，否定自己，从题材到人物，从叙述方式到文体风格，几乎每个阶段都有着出乎意料的变数。正如曾跟踪研究过王安忆创作的评论家程德培所说，“由于她的富于变化的多产，致使对其创作的描述与概括，都免不了马不停蹄式的浮光掠影”①。从王安忆的外国文学视野来考察她的小说观念及其在创作中的体现，肯定也免不了这样的处境。

王安忆的创作与外国文学之间的联系，已经引起不少研究者的注意，也有从中外文学关系的角度进行十分精彩的比较论述。比如她的“三恋”等小说与欧洲自然主义思潮的关系；《小鲍庄》的神话象征与《圣经》的原罪意识和救赎模式的相似性；从“雯雯系列”到《纪实与虚构》《伤心太平洋》等作品中的自传性因素与欧洲成长小说的关系等等。这种在中外参照中分析作品特点和作家意图的做法，显然有助于揭示对象的创造性因素。不过，也有论者直接将《小鲍庄》与拉美魔幻现实主义相比附，或者把《叔叔的故事》归结为后现代的原小说，一方面将这种创作的原初契机直接归结为某种外来文学思潮或者作家作品的启发，另一方面又以外来文学思潮和手法作为依据，评判作品的价值高低。这种做法，其实反而模糊了对象的价值，缩小了对象的意义。

事实上一个作家的文学资源是多方面的，它不仅来源于学养，也来源于经验、体悟和思考，而她（他）的文学独创性则更来源于其写作实践本身。不过，独创性这个词，肯定是（20世纪）90年代后期以来的王安忆所抵制和排斥的。外来文学资源作为文学传统和文学环境的一部分，当然无法全面有效地阐释作家的独创性，但至少有助于理解作家的某些创造性特点。按照T. S. 艾略特的说法，任何一个作家，都是面对着传统在写作，同时他的写作最后也都要汇入传统经典序列之中，并因其对传统系列的调整而

① 程德培：《面对“自己”的角逐》，《当代作家评论》1987年第2期。

显现它的意义。这位英国诗人的话,至少在某一点上支持我在本文中的尝试,它应该有助于说明王安忆的创作与已有的其他文学创作之间的关联和区分。

作家的阅读大多是非常广泛的,他们的阅读书目往往相当庞杂,尤其对王安忆这样既敏感又理智且好学的作家来说,更是如此。作为一个写作者,王安忆在精神追求和艺术探索之外还有着广泛的知识兴趣,仅就读书而言,她不仅读经典的和当代的文学,读中外戏剧和音乐,读历史,读哲学,甚至还有读《化石》《地理研究》《历史》《考古》一类科技杂志的爱好。但就她的文学阅读而言,外国文学肯定是其中最重要的部分,而在外国文学当中,19 世纪西方包括俄国的文学又是其中的重点。这里的“重点”是就数量,更是就这种阅读和其写作的关系而言。

王安忆的文学阅读,开始于“文革”时期的少年时代,她在一篇散文中称自己是“吞书长大”①的。那正是她的人格精神发育成型的岁月,却遭逢了一个精神匮乏、文化荒漠的年代,因此读得饥不择食,驳杂而没人指导,但正是这青春期的阅读,与她后来的文学理想、文学观念的形成和整个写作历程都有着重要的关联。在一次谈话②中说到当年的阅读,她说她的整个古典文学的阅读都是在那个时候完成的。我注意到她用“完成”这个词来描述这个阅读时期。这显然不是说,她以后就不看古典文学了,事实上她在后来给复旦学生所作的题为《心灵的世界》③的系列讲稿中还专章分析了包括《红楼梦》《巴黎圣母院》《复活》《约翰·克利斯朵夫》和《呼啸山庄》等古典名著在内的一系列中外文学作品。也不是说她当年的阅读在数量上如此之多,以致后来的阅读累计始终超不过了,合理的解释应该是,这里涉及的是某种在具体的历史时间和场景中的阅读,以及这种阅读与她的文学观念与写作实践的关联性程度,换句话说,也就是这种阅读关乎她对文学传统的选择和倾向。

我们先来大致看看王安忆的外国文学阅读书目。这份书目不是由作家提供,而是对王安忆所发表文字中相关内容的概括,因此肯定不会包罗殆尽,或者竟是冰山一角。这本属无奈,但也未必是憾事,因为但凡作者有所提及,甚而是反复提及的东西,正表明这种阅读对她的重要性程度,而如何提及,何时提及,又当与她对文学的整体理解和具体变化有关。从总体上说,王安忆的文学阅读在广泛涉猎中更多地倾向于西方翻译文学,其中被经常提及的作家包括英国的狄更斯、勃朗特姐妹,法国的雨果、罗曼·罗兰、福楼拜、都德,俄国的托尔斯泰、屠格涅夫、普希金、陀思妥耶夫斯基和柯罗连科等等;被提及的作品有《远大前程》《简·爱》《呼啸山庄》《悲惨世界》《约翰·克利斯朵夫》《包法利夫人》《不朽者》《安娜·卡列尼娜》《复活》《初恋》《贵

① 这篇散文的题目就叫《吞书长大》,《王安忆读书笔记》,新星出版社,2007 年,第 6 页。

② 见王安忆、张新颖《谈话录(一):成长》,《西部·华语文学》2007 年第 2 期。

③ 王安忆:《心灵的世界——王安忆小说讲稿》,复旦大学出版社,1997 年。

族之家》《前夜》《普希金诗集》《被污辱与被损害的》《我们同时代人的故事》以及英国作家伏尼契的《牛虻》等。这些作家作品，都是在60年代之前已译介到中国的，都是欧洲19世纪的浪漫主义和现实主义作家，尽管在“文革”中曾被相继排斥和批判，但的确是少年王安忆在那混乱年代可以获得并阅读的西方文学经典了。

在那个时代的文化环境里，王安忆这种阅读的选择倾向并不显得格外特殊，要说特点也是时代的特点，限制也是时代的限制。问题是这些阅读在当时留下怎样的心理痕迹，又在后来的不断累积当中占有怎样的地位。在她的创作日渐成熟之后，阅读与其说是出于学习和借鉴的功利之心，倒不如说是她写作之外的一种享受，一种广泛的知识兴趣，甚至是一种生活习惯。按王安忆的说法，除了写作，如果几天不读文字——注意她说的不是文学——就会感觉没着没落的。因此，考古一类的科技杂志也就进入她的阅读视野了，更何况古今中外的其他文学作品呢。不过，在王安忆所有虚构和非虚构文字所涉及的外国文学书目中，20世纪作家就只有福斯特、D. H. 劳伦斯、乔依斯、詹姆斯、博尔赫斯、马尔克斯、昆德拉和杜拉斯等有限的几位了。更重要的是，相比之下，上述19世纪欧洲浪漫主义和现实主义的作家作品，仍是被提及最多评价最高的文学经典。她对20世纪西方文学有自己的评价，这种评价又是在与19世纪经典作家的比较中得出的，她觉得20世纪西方现代派作家告诉人们的都是方法，就像教科书一样的方法，而古典作家给你的是整个的教养。她还借用了余华的一个比喻，说托尔斯泰是银行而卡夫卡不过是一笔贷款。

可见，后来的更为广泛的阅读，并没有动摇这些经典文学在她心目中的地位。究其原因，首先是青春阅读的痕迹之深。王安忆自己的解释是，“在那个少年时代养成了一个阅读基础，像一个堡垒一样的，我对后来的东西有一点儿排斥，好像有种抵抗力”①。但这种所谓“抵抗力”需要进一步的解释，如果这种抵抗力仅仅是一种先入为主的简单排斥，那只能是一种心智狭隘的表现。事实上，对王安忆来说，即使是对19世纪欧洲文学的认识和理解，也有着重要的变化，具体表现是在不同时期对其中不同作家的偏好各异。比如，在青春阅读时代，她对于富于感伤主义倾向和抒情特征的普希金的诗、罗曼·罗兰的《约翰·克利斯朵夫》，特别是屠格涅夫的小说十分沉迷，自称不知道“从中攫取了多少美丽的哀婉的忧伤”②，而很难喜欢《包法利夫人》的残酷的写实。直到成年后再读时，她才体会到福楼拜这种残酷中的“完美”。而且，王安忆对20世纪西方文学的整体性有限性的评价，并没有成为她排斥性的理由，相反，她在《小鲍庄》《叔叔的故事》《纪实与虚构》等各个写作时期的代表性作品

---

① 王安忆、张新颖：《谈话录(一)：成长》，《西部·华语文学》2007年第2期。
② 见《残酷的写实——重读〈包法利夫人〉》，《王安忆读书笔记》，新星出版社，2007年，第125页。

中对叙述行为的强调，恰恰体现了其大胆的借鉴和改造。因此，王安忆对西方文学的这种选择性倾向和评价，并不是青春阅读本身可以全部说明的。在王安忆个人的阅读历史中，这种选择和倾向还包含了成长过程中反复的肯定和不断的修正。而这种修正中的选择和肯定，是与她的生命历程、精神探索和写作实践紧紧纠缠在一起的。在这个意义上，她对福楼拜的重新发现，并不是福楼拜本身的特征可以完全说明的。进一步说，她与外国文学之间的关系，也不是她所阅读的外国文学作家作品本身所能解释的。外国文学对于王安忆来说，与其说是(当然是)一种重要的文学资源，倒不如说是她30年来不断发展自己、反观自己的一个窗口，也是我们观察王安忆的一个窗口。这就涉及〔到〕作为一个成熟作家的王安忆的世界观、人生观和文学观的内涵，更关乎这些观念的历史形成，因此也与王安忆写作的创造性特征密切相关。

就途径而言，王安忆的外国文学阅读几乎全部是通过翻译作品进行的。因此，从对外国文学和文化的理解角度来说，除了文本的限制之外，更有一层语言的过滤。这样，对异域文化的亲身体验就显得特别重要，其作用不仅体现为对文学作品本身的理解，更体现为对当代世界的文学使命和作家命运的领悟，在这个意义上，文学的阅读已不仅仅限于文本了。1983年的第一次出国旅行，对王安忆的精神历程和写作转型就有着特别重要的意义，她后来多次提到这次美国之行在精神上所给予的冲击："我想世上怎会存在着与我们完全不同的生活方式，不论在环境上、历史上、在文化上与我们有那么大的差别。"①她在最近的一次谈话中对这次精神冲击做了更为详细的分析，她称这次旅行是自己创作和生命历程中的一个"关节口"②。尽管事后的分析会具有越来越明显的理性色彩，并非她20多年前所明确意识的，但这正说明了它对其精神发展历程的重要性。这次出国旅行，除了对异域文化差别的震惊之外，她通过一起参与爱荷华大学"国际写作计划"的来自其他国家的作家发现，原来世界上有那么多的"问题国家"，有那么多民族的命运比中国还要悲惨，而它们的作家同样面临着各种尖锐的困惑和问题。在这个背景的对照之下，她对自己以及整个新时期文化对西方世界的盲目憧憬和迷信，对当时普遍存在的那种个人急于挣脱与国家民族的干系而显露的怨愤，对文学中所泛滥的对现实苦闷、个人和历史创伤的耿耿于怀，对文学中流行的感伤主义倾向，等等，突然有了一种超越性的醒悟和反思。由此她再反过来质问写作的意义，质问文学的理由，就有了一种豁然开朗的境界。

而这次精神震撼在创作上的直接后果就是《小鲍庄》的写作。王安忆自己的表述是："我是觉得我运气好，回来不久，就碰到我们这边一个'寻根文学'，我觉得这

① 见《我做作家，是要获得虚构的权力——与台湾作家张灼祥对话》，《重建象牙塔》，上海远东出版社，1996年，第173页。

② 王安忆、张新颖：《谈话录(二)：关节口》，《渤海大学学报》2007年第2期。

两个事情简直结合得是天衣无缝,就等于说,正好是在我开始怀疑自己的时候,'寻根运动'来临。"①值得注意的是,她在说到《小鲍庄》写作与美国之旅间的关系时,不惜用"运气"和"天衣无缝"这样的字眼。虽说王安忆总是远离众多的文学潮流,但研究者又总能在她与寻根文学、性别文学、新写实文学等等思潮之间找到明显的共同之处。这本来自有其合理性,作者自己也承认:"我自以为是一个远离一切文学潮流的作家,其实却得了一切文学潮流的好处。"②不过,如果忽略了其精神内部的具体性,则往往将王安忆描述成这一思潮的代表。同样,以往的研究者大多注意到了《小鲍庄》与"寻根文学"思潮的联系,而如果将它与作者的这次美国体验联系起来,从作家的精神转变的层面考虑,就会发现其新的内涵,就会看到这篇小说逸出"寻根文学"思潮之外的某些因素,更可以凸现它对于王安忆创作转型的真正意义:它处于从一个创作低潮到一个创作高潮的衔接当中,并在这个衔接中给作者以特殊的精神养料。这样的"关节口"在王安忆至今近30年的创作历程中还不止这一次,也并不都是以出国旅行这种具体的方式体现出来,但多少都与她的外国文学视野有关。而这次震撼的影响所及,我们甚至在王安忆的另一次转折性标志的《叔叔的故事》中,通过作者对于父辈一代的严峻审视和尖锐批评的眼光里隐约感受到。她后来的《我爱比尔》《伤心太平洋》等作品中所体现的第三世界的民族身份感和命运感,也可以从这里找到精神上的源头。

接下来要说到王安忆的小说观念了。这就是她那著名的"四不要"论,她把它叫做写作小说的理想。即不要典型环境的典型人物,不要材料太多,不要语言的风格化,不要独特性。这一表述,最初是为她发表于《文学角》上的专栏文章结集《故事与讲故事》(浙江文艺出版社,1991年)所作的自序,写于1990年12月24日,1996年又编入自选集,在2003年的一篇自述文章中再一次发表了这段文字③。这是作者人生观、世界观和艺术观成熟之后的写作理想,也是最具个人标记的文学理念的表达。在前后相隔12年的时间里,这种表述被她一再地强调,可见她的这一态度没有什么根本变化,这也是她成熟的证明。结合她的文学写作来看,1991年前后是她的另一个"关节点",这时候她刚刚发表《叔叔的故事》,随后又相继发表《歌星日本来》(1991年)、《乌托邦诗篇》(1991年)和《伤心太平洋》(1993年)等重要的中篇小说及长篇小说《纪实与虚构》(1993年),这是她在80年代末短暂沉寂之后的另一次创

① 王安忆、张新颖:《谈话录(一):成长》,《西部·华语文学》2007年第2期。

② 《面对自己》,收入《王安忆自选集·漂泊的语言》,作家出版社,1997年,第440—441页。

③ 前者题为《写作小说的理想》,刊《读书》1991年第3期;编入自选集时更名为《我的小说观》,《王安忆自选集·漂泊的语言》,作家出版社,1997年,第332页。《自述》一文刊《小说评论》2003年第3期,在这段文字之前,围绕"为什么写作"这一问题,又加上一倍以上篇幅的文字。

作勃发期。可以肯定的是,这些写作实践与这一理论表述之间是互为表里、相互阐释的。这也表明,这种成熟的观念和理想的形成,是具体的、历史的,它与王安忆的阅读和写作历史,特别是与她的生存处境和精神探索历程密切相关,其中的许多环节,也肯定与王安忆的世界文学视野有着某种内在的关联。

再来看看她对这一写作理想的表述方式。“不要某某”是一种否定式的表达,它只是排斥了某些东西,但对所“要”的理想是什么却没有正面说出来。这四个“不要”乍一看相当突兀和尖锐,因为它所否定的东西几乎都是别人所努力追求的;再体味一下,则又似乎不过是一种权宜和无奈的表述,它只在不要的东西面前表现得干脆利落。但如果完整地看待这一表述,并结合王安忆的写作与思考实践,其实它倒正是一种开放的、成熟的理想表述方式。它向多种可能性保持着开放姿态,又将自己的所有探索和努力置于通向这一理想的过程中。不要忘了,在这段著名的四个“不要”之前,她概括了自己的创作追求历程,她说她的写作经历了“自我倾诉的需要”和“创造的需要”两个阶段。在前一阶段,她不承认小说的思想与物质的区分,她的情感都具有自然的形态;后一个阶段则要突破个人经验的限制而创造一个独立的存在物,因此她就特别强调小说的叙述方式和逻辑推动力,强调小说的物质部分,也就是说,在这个阶段,她写作中的思想与物质是分裂的、两歧的,或者说常常处于分裂的威胁之中。而“最高的境界,应当是思想与物质的再次一元化。就是说,故事降生,便只有一种叙述的方式。但在目前对我来说,这还只能是一种审美观念,我只可能叙述和描绘着一种观念。并且,我还只能从否定的一方去表述,就是说,我知道不要什么,却还不知道要什么”。那么,我不禁要问,在王安忆提出并反复强调这一写作理想的时候,她的创作成果及其探索努力①又应该属于她所说的哪一阶段呢?这样的计较显得有点迂腐,它颇类似于“社会主义初级阶段”到底有多长这样的问题。可以肯定的是,王安忆已经感受到并努力追求着这一“最高境界”,她意识到思想与物质相分裂的局限,但同时又坚守着各自的合理性,在新的和谐境界出现之前,绝不肯轻易放弃其中的任何一种努力。因此,如果把王安忆的说法稍做改造,她的意思其实就是:凡否定性的东西,可以想明白了再做,而肯定性的东西,则只有做起来才能明白;说不清想不明白的就边想边做,既要不断探究和追问,同时又对理想的境界保持一种敬畏。

在这个意义上,我们就可以看出这“四不”主张的革命性、开放性和包容性了。

① 1996年和2003年前后,都是王安忆创作的丰收年份:主要作品有:《长恨歌》(1995年)、《我爱比尔》《姊妹们》(1996年)、《文工团》《蚌埠》(1997年)、《上种红菱下种藕》(2002年)、《上海文学》(2002年第3期)和《小说界》(2002年第4期)各有两组共11个短篇,2003年又有长篇《桃之夭夭》和短篇《发廊情话》等作品问世。

结合王安忆近十多年的创作探索,我们还可以分辨出其中的两个基本向度:一是对小说"物质性"的强调;一是对精神性的探索和追求。在具体的创作实践中,两者之间有时各有侧重,但在总体上又努力寻求相互间的融合。她不要典型环境的典型人物,代之以类型化、纪实性方式塑造人物,放弃了人物的独特性和戏剧性,追求概括力与普遍性,因此人物甚至可以没有具体的名字(比如《叔叔的故事》中的叔叔),而只是一种类型化的代表;与此同时,为了使对理想追求的表达不致过于虚幻而有所依托,她又不惜采用纪实性人物(比如《乌托邦诗篇》里的陈映真、《伤心太平洋》中的父亲等)。她不要材料太多,表明她开始摆脱类似欧洲自然主义写作的繁琐细节,另一方面又对西方现代派文学的象征、隐喻提出批评(比如昆德拉的小说),认为他们的材料太少太轻而不堪意义的重负,不得已才只能借助于阐释的拐杖①。她不要语言的风格化,开始放弃对人物语言的模仿性再现,努力追求小说叙述语言的整一性,以期完整地表达作者的精神追求,其实又在叙述语言层面上形成了王安忆式的语言,以至于我们可以从众多的当代小说中一眼就分辨出她的作品来。她不要独特性,努力以客观性即群体性的经验和严密的逻辑推演来与现实相抗争,其实这种群体经验和逻辑推演的背后,又在在都有作者的眼光和精神的笼罩。总之,这四个"不要",看起来都是一种决然的否定,而在王安忆的具体实践中,却总是各自显示了不同方向的张力。因此对于读者或者研究者来说,有人从这些理论主张中明确感受到对"物质性"的强调,也有人则处处看出她的精神性追求②。这四个"不要"的特立独行的姿态,既针对她自身,也针对八九十年代各种流行的文学思潮;它是超越了作家前两个写作阶段后的"物质"与精神二元的融合汇通,又是为通往"更高境界"所铺设的桥梁。而在这两个向度的探索努力中,我们都可以结合王安忆的世界文学视野进行考察,找到这一视野与她的小说观念和写作实践之间的往返回复的关联。

王安忆反复强调小说特别是长篇小说的物质性、逻辑性和技术性,强调艺术家就是一个工匠,他的工作都是做活儿。出于对中国文学传统和现状的不满③,她认为中国文学不是缺乏经验,也不是缺乏情感和思想,而是思想缺乏质量,情感缺乏力

① 王安忆:《事实与诠释》,《王安忆读书笔记》,新星出版社,2007年,第188—193页。

② 参见李静:《不冒险的旅程——论王安忆的写作困境》,《当代作家评论》2003年第1期;陈思和:《营造精神之塔——论王安忆九十年代初的小说创作》,《文学评论》1998年第6期。

③ 王安忆的这种看似夸张的强调,有着自己的抱负,在一次谈话中她这样表述:"我的目的是做一种工作,培养出我们中国人以前不大有的一种思维习惯。也许这种习惯太远离世俗,对个人来说甚至根本没有什么直接的意义,但是长远地看,还是大有用处的。也许这种工作要有几代人来努力,我们只是铺铺石子而已。中国缺少优秀的长篇小说,我认为主要的原因在于缺乏一种成逻辑的思想,也就是我刚才讲的哲学。我们头脑中的思想大都散乱不堪。写长篇需要一个井然有序的过程,这个过程必须依靠逻辑来推动。"见《轻浮时代会有严肃的话题吗?》,引自王安忆《谈话的岁月》,复旦大学出版社,2004年,第152—153页。

度，原因是没有理性的有力控制和支撑，没有逻辑的步步推演，而“情感走向伟大其实是有着操作过程的”，中国传统讲求意境的艺术思维习惯，不过是一种趣味化的审美观念，它有着化险为夷的本能，再加上汉字多义和同义词众多，语义边界模糊，语法含混，这样，激情与理想往往成为分散的碎片，形不成大规模的整体结构①。因此她反复肯定福楼拜的“残酷”，托尔斯泰的“结实”，艾米莉·勃朗特的“拼死力气”和“做加法”。她甚至还推崇侦探小说的严密推理。她对通常被视作通俗文学的英国侦探推理小说家阿加莎·克里斯蒂所作的专门研究，就是新近出版的《华丽家族》②一书。我一开始有意不提她早年阅读中对《月亮宝石》(威尔基·柯林斯)和《福尔摩斯探案集》(柯南·道尔)的沉迷，其实这是王安忆阅读书目的另一条脉络。王安忆几乎读过克里斯蒂作品的全部中译，而且有的肯定不止读一遍。这可以看做她的特殊个人趣味，但当这种趣味被纳入她的整体艺术思考时，我们就不得不认真地对待了。读克里斯蒂的作品，当然不会像那些欧洲经典作家的作品那样给她带来思想和精神的震撼，她知道：“探案小说肯定是造假的艺术，不必像现实主义小说那么认真地对自然负责，它的真实只在于叙述本身的合理度，就是说要组织周密，不能露马脚”，因此她的“感受相当单纯，那就是‘享受’，你可以放弃意义的追寻，径直进入故事”。但是，王安忆特别钦佩克里斯蒂一种本事，即由一些简朴的理由生发出一连串令人目眩的谋杀案，“她就像编织毛线活的女工，凭着简单的工具、材料，加上基本的针法——于是，杂树生花，万树千树”，这些五光十色的谋杀案，就是克里斯蒂创造的“华丽家族”。王安忆尤其肯定她在叙述中所呈现的“精致与和谐的图案性”，她的“逻辑图案”底下的充沛的人性，她的“流丽的叙事线条”使普通的“人性焕发出绚烂的色彩”。在通常被视作“纯文学”作家的王安忆那里，通常被视作通俗文学的作品得到如此的宠爱和评价，可能出乎许多人的意料吧。

不过，就在王安忆带点夸张地强调物质性、操作性和技术性的同时，其实心里想着的一直是精神性和思想性的东西。她在许多场合一再地提及情感的力度、思想的质量和精神的崇高，她推崇雨果、罗曼·罗兰的思想力度，在肯定托尔斯泰的“结结实实”的叙述逻辑的同时，更注重其作品中的精神提升力量。她在自己的许多作品中呈现庸常之辈的卑琐和心计，展现平凡人群的日常生活，她严格遵循叙述的逻辑，不愿走入传奇性和戏剧性的狭隘当中，但同时又时时感觉到精神上的矛盾、困惑和不满足，所以她不满足于福楼拜对现实逻辑的过于丝丝入扣，佩服托尔斯泰能够从猥琐卑劣的人生叙述开始，结结实实地铺就一条通往崇高境界之路。她手上严格地

---

① 参见王安忆：《情感的生命》《我看散文》《我看长篇小说》《我看短篇小说》及《小说的物质部分》等，均收入《王安忆自选集·漂泊的语言》，作家出版社，1997 年。

② 王安忆：《华丽家族：阿加莎·克里斯蒂的世界》，安徽文艺出版社，2006 年。

遵循着批评现实主义，但脑子里却时时闪过雨果式的精神超越、罗曼·罗兰式的思想激情和托尔斯泰式的崇高，她渴望通过对中外传统的继承、生存体验的积聚和思想灵魂的冒险，探索着以一种强大的生命力从事“批判之后再能够建设起来”①的工程。其实，她在创作中或隐或显地贯穿着一个一贯精神主题，即不断地追问：我是谁？我从那(哪)里来？我到哪里去？从“雯雯系列”的倾诉，到《小鲍庄》的观照，从《叔叔的故事》的审视，到《长恨歌》的批判，再到《伤心太平洋》的寻根，都是如此。而《乌托邦诗篇》更是将自身的跨文化经历和体验直接作为叙述对象，不惜纪实性地塑造理想性的人物，以寄托自己的精神追求，在乌托邦理想的牵引下，展开精神传统的启示录式的叙事。

不过话说回来，即使在这种直接以精神或思想为叙述对象的作品中，她还是尽可能保持着对小说“物质性”的坚持。她一直坚持在写作中发现和表现思想的发生情景和逻辑过程，在《乌托邦诗篇》中虽然没有故事意义上的完整情节，但以五个与理想人物精神交往的具体场景，演绎着叙述着精神上的不断推进和提升过程。王安忆认为，文学中的思想不是像摘桃子那样摘来，然后振振有词地演绎一遍，而“需要的是一种理由，我想知道所有这些思想是怎么来的”，在这方面，罗曼·罗兰的克利斯朵夫是她的一个榜样。罗曼·罗兰通过“下苦力下死力”写出了一种自然力的精华，“它的光辉使它超越了真实，成为一个神话”②。同样，她在叙述方式上的不断探索，其实也始终围绕着意义的追寻展开，如《叔叔的故事》《纪实与虚构》这样的叙事变革，不同程度地体现了叙述与精神的契合，从而使“叙事产生了内容”。这样，在王安忆的两种向度的追求之间，始终保持着一种紧张、一种张力，她一直寻找着两者之间的统一和融会之路。在这个意义上，《纪实与虚构》虽然不算完美，但实在是这种统一性尝试的可贵努力。

——原载《当代作家评论》2007 年第 3 期

① 参见王安忆、张新颖：《谈话录(三)：“看”》，《当代作家评论》2007 年第 3 期。
② 参见王安忆：《心灵的世界》，复旦大学出版社，1997 年，第 207 页。

孙 郁

日光下的魔影

——《日光流年》《受活》《丁庄梦》读后

当陀思妥耶夫斯基、安德烈夫这样的作家征服读书界的时候，他们似乎并未意识到自己文本的深层意义。因为对这样的作家而言，写作的过程并非炫耀的过程，而是内心焦虑、无助的过程。后来的卡夫卡、加缪都有类似的特点。他们燃烧在那里，精神的河任其流淌，至于意义，是不太顾及的。只是到了批评家那里，内在的逻辑才浮现在解析的文字中。但我想，这其实和作者已没有什么关系了。

那些久久地吸引和折磨我们的文本，唤起了我们对精神盲区的凝视，在此能够感到作者自己内心的忧郁。好像体内无法承受的不安的水，汩汩地流了出来。惊悸、彷徨、绝望，充塞在篇章里。文学的写作，有时是困惑的释放，因为生命的无法把握的惶惑，乃久久折磨我们的原因之一。“五四”以来的许多感伤的作家，其实就是这样的。

忧郁的文字多是知识阶层的内戕，象牙塔内外的苦楚是它的温床。但写乡间的故事，似乎大不合宜。中国的作家，除鲁迅之外，仅有乡愁和乡恋。土地里的清幽与温情，还是把黑暗的影子遮掩了。民国以来的乡间记忆，无论多么灰暗，还是残留着些许温情的。土地里的诡秘，谁能知道呢？

我第一次读阎连科的小说，忽如跌进冷窖里，被山野里的暗影所罩住。就想起鲁迅译过的安德烈夫、迦尔询、阿尔志巴绥夫的作品，都是暗暗的光线和窒息的空间。其间的死亡意识和虚无感，雾一般地蔓延开来，席卷着人心。这一些惨烈的意象的中国化，在乡土小说的夜色里流着，也许自鲁迅开始的吧。以前，没有人这样描述过吃人的寓言，他之后，才有了一种宿命的笔调。我们在莫言、刘震云、刘恒、刘庆邦的文字里，都多少嗅出一种压抑的气息。而阎连科在同代人里，走得还要远些。他几乎抛弃了士大夫的田园之梦，抛弃了小布尔乔亚的幻想，走进了另一类的荒原，一如陀思妥耶夫斯基的幻象，外在的精神之衣，一层层地剥落了。

我们现当代的作家，从乡下走出的时候，都有着复杂的心绪。要么自夸和神往，要么逃逸和厌恶。还有的腾越起来，在冲荡之中唤起神性的图景。萧红的呼兰河，爱憎相间；萧军的血色则弥漫着不安分的神往；台静农的泥土的记忆、乡愁的调子隐隐的；孙犁在苦难里还不忘美丽的打捞；赵树理的村落则由暗渐明。(20世纪)80年代后，乡土的描述开始还原到鲁迅的起点上。《苍河白日梦》《故乡面和花朵》《酒国》都以悲壮和苍冷动人。刘恒、刘震云之后，乡土世界的记录被黑色涂抹着。阎连科的小说就是在这样的氛围里展开的。

从《日光流年》开始，每一部长篇的写作都是忧郁的果实。他在苦难里埋得太深，以致把体外的温暖的存在都舍弃了。对他而言，讲故事、谈传奇，都并不重要，那个在心灵中沉下的盐，才是自己关注的所在。就叙述的风格而言，我们的作者是个本质主义的了(瞭)望者。他以感性的形式抽象历史，所以文字是诗性的。《日光流年》通篇是寓言体的，一种苦难套着一种苦难，一个悲剧接着一个悲剧，情节的离奇和意绪的幽微，超出了人们忍受的限度。《受活》的滑稽的寓言体，依然遮不住地狱般的阴冷，作品的结构就像寒夜里的冰谷，是无边的冷寂。作者在荒唐的故事中，进行着人间的一个偈语。暗示、象征、浓缩，把畸形的生活漫画化了。至于《丁庄梦》，现实〔的〕场景的抽象逻辑化，死亡记忆的铺陈，隐埋着不可理喻的倾诉。既非赞美也非诅咒，生活就这样无情地展开着。文明的退化是纠葛着作者的一个长恒的难题，已不仅是乡村世界的葬曲，人性的诘难在这里显得比什么都重要了。

为什么如此地折磨着自己？连一点闪亮的暖色也不留下一分？阎连科几乎不在意读者的感受，在刺向心脏的笔端里，横在乡野里的诗意消失了。莫言在表现乡村的灾难时，学会了以狂欢的笔致释放不安，贾平凹在绝境中找到图腾的光影，以慰己身。这些乡土社会的描绘者，不是不知道存在的荒诞，但他们却从荒诞中找到了出离的大门，各自有着延伸的路，且从那里得到创造的快慰。可是阎连科没有这些。拉伯雷式的摇滚和曹雪芹式的繁复，对他都没有引力。对他而言，没有比赤裸裸的苦难和寓言、赤裸裸的内心的拷问更直接于内心了。他紧紧地拽住了黑暗的感受，让自己沉下去，沉下去，没有一点逃走的欲望。甚至渴望连同自己的肉身一起，与地狱般的黑夜一同消失。那是极为痛苦的选择，但也是销蚀内心焦虑的抉心自食。神经质的、被虐的痉挛，颤抖着一个世纪的绝句。所有的叙述几乎被一种声音所缭绕：我们应当回到那个黑暗的初始的记忆中去。

《日光流年》一起笔就是这样的句子：

> 嘭的一声，司马蓝要死了。

而《丁庄梦》的开篇，也几乎一个韵律：

> 庄里的静，浓烈的静，绝了声息。丁庄活着，和死了一样。因为绝静，

因为深秋，因为黄昏，村落萎了，人也萎了。萎缩着，日子也跟着枯干，像埋在地里的尸。

日子如尸。

阎连科写死，是深邃的。人间的一切，均无法逃出这一劫难。而且人生的本然，在此表现得甚为实在。在阎氏眼里，人生繁复的存在太多，死亡才是唯一不变的。基于这样的理念，他的小说几乎没有恬静的诗意的描绘，古老遗存的审美价值也散落了。由于执著于此，他将自己逼向窄小的天地，可毫不使人觉得那是无意义的劳作，却因此走得很深，也很远，以致自己也几乎崩溃了。《丁庄梦》闪烁的死亡的光，是人间悲剧的极境。艾滋病这个神秘可怕的存在，象征着人类的宿命。死于自己挖下的坟墓，恰好联想起我们昨日的历史。在叙述那些乡间的故事时，日常的爱意的图景很少进入他的视野，一向逃避历史的叙述，有时在象征的情绪里偏偏最接近于历史。以往人们关注的琐碎的、热闹的生活，在作者眼里不过是表层的闪光，而背后那个冷寂的死灭，才是使人选择路向的根据。因了这个原因，旧的文学的表达手段，已经远远不够了。小说对入土的葬仪的描绘，死者与生者的对话，乡民世俗理念在棺椁文饰上的表现，都有出奇之处。他冲进了思维的盲点里，撕开浅（潜）意识的外衣，人间的陋习和人性的劣根被诗意地嘲笑着，将生死间混沌的盲点打开了。

80年代以来的小说家相信历史的神话，希望从母语和远古的图腾里找（到）我们今天的病源。韩少功这样相信的，郑义这样相信的。然而我们的阎连科却淡化了这些。他是不会显示学问的人，也缺少李锐对文体的自觉，以及古魂的诗意的表达。阎连科的三部著作都是本色的书写。士大夫的幽雅、新学派的灵动在他的世界是一个空白。他以本能的谈吐，压抑的释放，使自己在不拥有哲学的地方拥有了哲学。他的小说读完后是窒息的沉重，那一瞬间的感受，丝毫不会想起儒道释的清浊，历史的恩怨隐到了非历史的长廊里。我想起了萧红的原生态的叙述，那些迷人的篇章都非来自学识和玄想，一切都流自生命的躯体。小说完全可以以心灵的对白坦对着自然和乡土。师法自己和土地，不正是初始艺术的起点？

描写乡野的文字里，刘恒、刘庆邦都有很惨烈的代表作。他们善于写实，且长于细节的勾勒，欧洲人的精致被他们很好地继承了下来。用传统的白描手段，似乎解决不了局部的真实，赵树理、孙犁都只是简约地写出黑暗的感受，马上就把笔端滑入到美的路径上去了。阎连科没有在上述的路上走下去，他选择的是自己的方式，以沉重的荒诞而带寓言的模式，直面着人生。《受活》的滑稽不堪的故事，是现代生活的反讽，他用带泪的讥语描述了中原大地的故事。荒诞不经的存在，其实折射的是农民的苦难。而人性的劣根是不是社会畸形的酵母？他在不可言说的文字里，昭示着一个乡村的生态。在韵律上显得比一般作家更隐曲、更多意、更无常，也更让人难以忍受。一般读者在这样凄惨的绝境里,被猛然地吓跑了。

我们这个时代的描绘乡村社会的作家,最终是跳出乡村的。李锐在《厚土》里,借着泥土里的故事,要隐含的是人类学家式的学问。成一的《白银谷》是长长的风俗图,背后乃一个史家的影子。贾平凹的《秦腔》是人类学的感性显示,在乡村社会的细节里,品出了诗意与学理的滋味。那么阎连科呢,只剩下了坟茔前的荒景。他既没有逃到学识的殿堂,也没有归入哪个精神的堡垒。阎连科一无所有,就那么在荒原里站着,赤裸裸地面对上苍与大地。对他而言,那些外在的理论和学说,不属于自己的世界,唯有生命的感受是自己的。所以在一个诗书消失的村落,不需要诗书的陪衬。在粗鄙横亘的乡下,只有粗鄙才是原色。在讲到《日光流年》的写作时,他说:

> 我不是要学习陶渊明,我活到五百岁,读到五百岁,也没有陶渊明那样的学识。最重要的,是没有陶渊明那样内心深处清美博大的诗境。我想实在一点,具体一点,因为今天我们生命过程就这么实在,具体,活着就是活着,死亡就是消失。我们来到尘世匆忙一程,原本不为了争夺,不是为了尔虞,不是为了金钱、权力和欲望。甚至也不是为了爱情。真、善、美与假、恶、丑都不是我们的目的。我们走来的时候,仅仅是因为我们不能不走来,我们走去的时候,仅仅是因为我们不能不走去。而这来去之间的人事物景,无论多么美好,其实也不是我们模糊的人生目的。我不是要说极终的什么话,而是想寻找人生原初的意义。

从作者的自白里,一个谜被拆解了。他清楚地和同代的许多作家隔离开来,也和历史的名流隔离开来。阎氏在静谧的独行里,穿越了时代抛给自己的形形色色的概念的枷锁,穿越了现代话语的种种迷津,返回到自己的世界。一个忠实于自己的感受,排斥外来经验暗示的独行者,能够建筑出自己特有的世界么?当神话消失的时候,能否得到精神的抚慰?而没有被抚慰的世界,没有诗人光环的天地,是人类的本原么?

一般读者认为他的叙述是反现实写真的寓言。因为许多作品都不愿讲完整的故事,也排斥流行的观念。小说的场景都有些荒诞,一看就是一种隐情的表达。可是这些元素的本质,在我看来依然还是写实的传统。理念的深度里流动着镜子般的光泽,反射着我们时代的精神一角。但是他意识到写实的手段是无助的,只有生存的意念的捕捉才具有快感的存在。所以在几部重要的作品中,他不仅故意远离赵树理、柳青的模式,也在避开刘恒、刘震云这些人的表达方式。他相信自己所进行的,正是别人没有的劳作。《受活》的故事和立意,完全是怪异、荒诞的,村庄里的上百个残疾人组成的“绝术团”上演的荒唐的故事,乃中国乡村社会的畸形梦想的一次聚焦。完全是不可思议却又是精神实质的摹写。作品在滑稽的反讽里,几乎亵渎了所有的虚假的意识形态和道德价值。人物情节的慢腾腾的演义被具象的场景和幽默的心绪所取代。任何一种不可能的想象中的片影,在小说里都变成了可能。它们在作者的眼里,都含着精神的真实。在写完《受活》之后,他感慨地写道:

> 真的,请你不要相信什么"现实"、"真实"、"艺术源于生活"、"生活是创作的唯一源泉"等等那样的高谈阔论。事实上,并没有什么真实的生活摆在你面前。每一样真实,每一次真实,被作家的头脑过滤之后,都已经成为虚假。当真实的血液,流过写作者的笔端,都已经成为了水浆。真实并不存在于生活之中。真实只存在于某些作家的内心。来自于内心的、灵魂的一切,都是真实的、强大的、现实主义的。哪怕从内心生出的一棵人世本不存在的小草,也是真实的灵芝。

使阎连科不断摆脱写实的叙述方式的一个原因,在我看来是来自本质化审美意识。现实主义的理论在中国流行多年了,已经成为窒息创作的僵死的模式。他的诅咒现实主义,其实是对流行的话语解释权的疏离,而本质上与传统的理念差异甚微。所以在阐释这一美学观时,他显得有点概念混乱。他的理论远没有其文本具有诱惑力,因为那些篇章流动的意象,实在是丰富的。他蔑视世俗逻辑呈现的人际之网和江湖之图。本真的东西从来都在事物的背后。在作者那里,人间上演的许多戏剧,都是虚幻的东西,人最终无法摆脱的是关于死的困惑。前面那个闪动着惊恐的丛葬的光,才是唯一实在。天灾、人祸、饥饿、死灭,乃困扰人类永恒的存在,逃离对它们的审视,是大的罪过。为了生存,人们选择了反人性的方式,美的陨落,爱的扭曲,成了这个世界的唯一的真实。他的众多作品,都以匪夷所思的方式,点染反人性存在的内蕴。用沉重的笔触写荒唐之事,既消解了滑稽的内涵,也加重了精神的负担。驱除美的光环,将乡野的静谧之美卷到空洞中,使他陷入精神的单一化的绝境。在诸多的小说里,他残忍地咀嚼着丛葬里的苦味。一切生命的归宿都是死,有什么快慰可言呢?这种悲观的情绪,网一般罩在他的上空,乡村社会的诸种神奇的景观,从他的世界里消失了。

但他的悲剧故事的叙述,在美学的层面是有创造性的。那就是充满了原始的力量感。小说奇异的悲怆的力量感,使那些碎心的篇章没有滑入黑色的死寂中,或者幻灭的颓唐里。在阎氏的作品里,一直有着奔腾的气韵。写乡下的野鬼冤魂,几乎没有他那样的光与力的气脉。在天灾与人祸的写实中,叙述者把灭亡的过程冲荡地表现出来。一面是生命的凋落,一面是叙述者涤荡尘世的飓风的流转。即使那些死是可怖的与惨烈的,但是那种风卷残云的力量,却在阴晦里诞生了不安于死灭的地火的光。它照耀着贫瘠无声的大地。黑暗得酣畅淋漓,凋落得酣畅淋漓,挣扎得酣畅淋漓。在审美的记忆里,他将读者脆弱的灵魂一个个地拷问着,恍然进入到一个陌生却又诱惑的世界。

到目前为止，在他的作品里，《日光流年》是我印象里最好的佳品。小说作为一种命运的暗示，几乎涉及〔到〕了乡村社会所有的厄运。怪病、蝗虫、饥馑、淫行、恶权等等，一幅幅惨不忍睹的画面，述说着千百年的百姓摆脱不了的光景。不过有时作者的不动声色的勾勒，却显得异常刺激，比如蓝四十被主任占有的那场戏，就撼人心魄。一个为村民而牺牲了自己的女子的选择，没有被道德化的语序所袭扰。一切都在无声之中。小说不动声色地勾勒出村民的反应，静静的笔触溅着泪光。整篇作品显得含蓄、朦胧而肃杀。仿佛一切都缘于宿命。在死亡和寂寞中，那些为摆脱苦难的一切生命的进行，都无所谓光明与黑暗。为了爱而弃爱，为了活而苦活，为了生而逆生。在小说里，社会不过是一堵怪墙，把人围在笼子里，甚至是窒息的王国。自然乃无情的存在，荒凉与贫寒无所不在。人与人，吃与被吃扭在一起。阎连科的世界是悖谬纠葛的世界。在小说里，他写出了鲁迅式的寓言。其实这也无意中重叠了新文学的一个传统。

托尔斯泰讲到陀思妥耶夫斯基时说过这样一句话，意思是小说家在写出疯狂的人物时，是用来报复自己和人们的。我在读阎连科的作品时，感到了类似的倾向。但他的小说不是简单的报复，而是无情的折磨。既折磨了自己，也折磨着别人。我在他那里感到了无言的心痛。最美的人的光泽竟闪现在荒唐的、反人性的选择里。作者不愿意或很少描绘美的生长，而是关注于美的陨落。为善则恶，难道就失去了别的选择？“五四”时期人们对罪恶的解释，乃文化的惰性使然，是对旧有文明的控诉。而这位年轻的作者却从人类原点中，看到问题的实质。这和传统作家的写作拉开了距离。鲁迅与巴金在描述死亡时，是文化理念上的大烦恼。《野草》《毁灭》《死去的太阳》都是文明的碎片，显然受到了现代主义的洗刷。那都是知识分子的文本，个人的焦虑和宗教式的冲动渗透其间。小说有两个苦难的世界。一是作家的个性的内省，二是现实悲剧王国。叙述者与被叙述者是处于隔膜、冲突状态的。但我们看《日光流年》《受活》《丁庄梦》，作者将知识人的高贵的感受扬弃了。描写者与被描述者是一体的。混沌的精神，朦胧的梦，照着可怜的乡间的路。一切外在的乡村记忆的概念在他的世界都被无词的言语代替了。作者面对的，是一个鲜被叙述的世界，一个冥冥之中的未易显现的世界。他知道自己也恰恰在这个世界上。

我由此而想起卡夫卡这个怪异的天才，在致友人闵策的信里，他说每个人心里都有咬食他的魔鬼，说不上是好是坏，这就是生活。阎连科的创作就是一直与魔鬼为伴的，他知道外在的一切都是幻象，只有那个魔鬼是挥之不去的存在。这魔鬼在他而言是命，命不可抗，大家同在可怜的世间。在更大的范围来说，命是不可扭转的天意，人间的诸种努力都是徒劳的。在《日光流年》里是活不过四十的困惑，在《丁庄梦》里是艾滋病的死亡,这些都是横在乡民面前的山,拦住了人们的去路。而令人惊异的是,所有的有意义的选择,最终等于没有意义。司马蓝的率人修渠,看起来是神圣的,可是那过程却在消磨人性的光泽。丁庄小学校的患者的集聚,乃善良之举。在那样的绝望的环境里,没有比这样的选择更让人感动的了。但所有的人都知道这是无谓的欺骗,等待众人的不过是一个个面孔的消失。在窒息的环境里,所有的可能诗化的存在都被荒诞化。比如蓝四十的爱情故事,竟缠绕着残忍的肉体生意。玲玲病中的情感碰撞,一点美感的东西都没有了。爱,这个美丽的存在,在作家的笔下染有恶魔般的死气,那些本可以典丽、神性的爱欲的闪烁,一点没有愉悦的空间。作者说在写这些作品时,压抑得几乎崩溃,那一定是绕不过的命运的魔鬼折磨所致。所以凡是喜欢柔软的读者,不会亲近于他,隐士和名士也与其颇有距离。阅读阎连科必须忍受酷刑的折磨。在那些文本里,较少学识的渗透,观念也是散发式的。缘于此,小说有时缺少变化,思想被囚禁在一个地方。持久地在一种方式里内戕自己,乃因为存在着一种信念。可是信念的发展,也会演变为固执。在我看来,我们的作者就是少有的固执的歌者。比如不求变化,在一种旋律里舞蹈,甚至堵住了通往晨光的路。我有时担心他被死亡的影子纠缠得过久了,无法了(瞭)望天边的路。为什么不向另一个方向挺进呢?难道生活就没有除此之外的歌咏和创造的愉悦么?

几乎所有的有批判感的艺术家都是有忧郁倾向的。人们在创作时时常也为了摆脱忧郁,制造出种种幻影。我记得读徐悲鸿的文章时,谈到己身之苦,悲凉之气,充塞四边。但一面绝望着,一面憧憬着,似乎在艺术的女神那里得到解脱。据徐悲鸿自己的观点,创作既要有写实的精神,也应有超出实体的别类的境界。而这别类的境界,就可以使人得以精神的升华。画家和小说家在根本的层面上,是要在心造的影子里解脱自己。沈从文写湘西,不是没有苦楚的情思,但他忍住了苦难的发泄,建起了淡雅的世界,不仅给那个蒸腾了凄苦的世界,也给自己带来了抚慰。可是阎连科那样的作家,残忍地告别了这一虚幻的存在,自己拒绝了腾飞,拒绝了一切可以使人自慰的方式。现代作家中悲观主义者很多,除鲁迅之外,许多人在作品中还残存着一丝的希望。巴金在极为虚无的笔墨后,还依稀留下安那其主义的影子,那是他活下去的动力。可是阎连科一无所有,就那么直面着上苍。一切存活过的生命都将过去,我们注定要进入到那个黑暗的洞穴里。想起那些存活过和正在存活的一切,悲剧才是最后的真实。作者在袒露着这样的思想时会是什么心态,我们不好猜测,但我在其间读出了血泪之音。他搅动了我们木然的心,随着那黑暗的影滑入森然的空间。我记得鲁迅在《彷徨》和《野草》有过这样的心境,可那毕竟是知识阶层的呻吟,内中有玄学的召唤。在阎连科的世界里,知识阶级的自我意识被乡土社会的谶语代替了。那一切都缘于土地的体验,又不远离土地。在遍野的死魂里,我们有什么理由快乐起来呢？唯有溅泪的歌哭，方能释放出无量的悲哀。阎连科是一个有爆发力的作家。在描述极端化的情境时，他把阳刚之美梦幻化了。作者善写悲壮，在《日光流年》里有修渠的愚公式的知其不可而为的信念。在《受活》中有从俄国搬来列宁遗体的宏图。在《丁庄梦》中，爷爷的顽强和苦梦，依稀残存着乡民的不灭的幻想。在作者所写的梦中，有时残存着南阳汉画像的刚烈与朗然。那里是作者的心里隐含，我以为恰恰是这一点，对比出他内心美妙的一隅。虽然是空幻，也寄寓着失去的期待。《丁庄梦》中的那个象征性的梦境写道：

可是三天后，三天还不足，那墓又给人打开了。盗开了。叔的金棺被人抬走了。玲玲的银棺被人抬走了。官家墓的墙壁上，刻的城市繁华图，还有尼龙土麒麟，都被人用镢头和锹铲掉了。墓被盗的那一夜，爷做过一个梦，看见天上有一群红日头，五六个，七八个，烈烈的日光把地上到处都晒下了裂的口。平原上，世界上，所有的庄稼都旱死了，所有的河都枯干了。井都没水了。为了把天上的日头赶下来，有九个赶下八个来，各村各庄都在选汉子。每十个人中要选出一条汉子，集中起来用铁叉、铁锹和铡刀在平原上追着那一群日头跑，要把那日头追到天边去，然后把日头从天上赶下来，扔到汪汪洋洋的海水里，只在天上留下一个日头就够了。男子汉们就拿着武器把日头朝着天边赶，老人、女人和孩子们，就都立在庄头上，村口上，路边上，敲着锣鼓和脸盆，给男子汉们加油和助威，日头就在天上跑，汉子们就在那地上追，人群所到之处，烟雾腾腾，杀声震天，被那群日头烤焦了的树木和草地，土地和房子，到处都是腾起的烟，都是闪着光的火焰和灰烬。

阎连科就是在这样的独白和孤寂里，与当代人进行着对话。不是那些真理的占有者的炫耀，也非表演派的独舞。他自知知识结构无法与民国的作家相提并论，可所写的是前无古人的心得。只有经历了灾难、幻灭的人，经历了死亡般窒息的人，才能正视乡村社会的深层隐语。愚钝的乡民不会高吼，他在替他们高吼；死去的灵魂不会去申诉，他在为他们申诉；一层层骗人的光环积郁得太久了，他在替认识和不认识的人一个个剥落。那些木然的乡民早已忘记悲惨的昨日了，可他把那些痛感统统压在了自己的身上。去为一个民族背负黑色的棺椁，并踩出一道道的墓志铭。在这样一个沉重之旅中，他把自己也刻到了酸楚的印记间。哪些是自己的，哪些是别人的，我们已不太清楚了。

2007年7月20日夜于北京

——原载《当代作家评论》2007年第5期

王兆胜

平衡感·平常心·平淡美

——谈散文写作的难度

一般说来，在文学创作中，恐怕没有哪一种文体能像散文写作这样容易！因为散文家可以不是诗人和小说家，但几乎所有的诗人和小说家都是散文家，都写过大量的散文作品。时下还有这样的误解：我们人人都可以写散文，都有望成为散文家。但实际上，散文在众多文体中是最难的，一是作家普遍感到散文比其他文体难工，二是真正能留传后世的散文经典往往少之又少。那么，散文写作的难度何在？有人认为是"真情难觅"，也有人认为是"缺乏思想"，还有人认为是"难以创新"。我认为这些看法都不错，但都不是主要的，散文写作最难的是达不到"平衡感"、"平常心"和"平淡美"，而极容易陷入失度、浮躁和雕琢之中。

一、平衡感

如果说诗歌、小说甚至戏剧都追求强烈的冲突和倾度效果，那么散文恐怕是最讲究"平衡感"的文体。一首诗可以用"飞流直下三千尺，疑是银河落九天"来形容，一篇小说可以发挥无限的虚构和想象力，一部戏剧可以有惊心动魄的冲突，但一篇散文则要适度和平衡，给读者以真实和平稳感。换言之，与小说等文体主要给人带来的"历险"与"奇异"相比，散文则是让读者"安稳"和"踏实"下来的文体，是一只抚慰精神和灵魂的温暖之手。

因此，真正优秀的散文讲究适当、节制和平稳，是从容不迫、和谐如一的。从内容上说，它们的情、理适度，从不裸露、过度和消化不良；从形式上看，它们的节奏、声调和语言自然而然，从不夸张变形和众声喧哗。像一只白鹤掠空而飞，它充满着安逸与优雅，即使有风阻碍了翅膀，也不会影响其翔飞和落地无声的英姿。如庄子的《逍遥游》、陶渊明的《归去来兮辞》和布封的《天鹅》都是如此，文章以"大自由"作为引擎，以和谐与优雅之美为双翅，于是在天地间产生了一种强烈的"平衡感"。文章自始至终有"珠玉在金盘中流动”的平衡感，所以给人以宁静充实的艺术感受。又如王羲之的《兰亭集序》也是如此，文中虽有“况修短随化，终期于尽”和“死生亦大矣，岂不痛哉”的悲情，但开篇的“天朗气清，惠风和畅”以及整篇文章的旷达超脱，最后达到了一种“平衡感”。还有欧阳修的《秋声赋》，其作品中的悲秋精神因“奈何非金石之质，欲与草木而争荣”一句，而达到了人生智慧的升华。另外，作品开始是用其“动”和“险”，极力渲染秋声之来快，但结尾则以“童子莫对，垂头而睡。但闻四壁虫声唧唧，如助余之叹息”之“静”和“平”戛然而止，从而达到协调中和的“平衡感”。

然而，现代以来的散文尤其是当下的中国散文却不明此理，只一味地用“险”求“奇”，从而使作品失了准度和平衡，于是一系列的痼疾便应运而生！余秋雨散文在打破长期以来散文的“小”格局时，文体的不加节制、感情的泛滥、理性的裸露等，都是因为他不解散文“平衡感”的重要性所致。有些散文家则将散文看成知识的传声筒，给人“材料”撑破散文的感觉。一些年轻女散文家将“下半身”和“性”大胆地引入作品，表面看来新奇，其实它违背了散文的“适当”和“节制”，因为优秀的散文必是合“度”的，失度和失衡就会如马失前蹄一样令人难堪！梁实秋曾说：“散文之美，在于其适当。”①林语堂也表示过，他写文章“刚刚足够暗示我的思想和别人的意见，但同时却饶有含蓄”，“这样写文章无异是马戏场中所见的在绳子上跳舞，亟须眼明手快，身心平衡合度”②。显然，散文可以具有突破性的意向和努力，但它不能失“度”，更不能打破“平衡”，否则就远离了散文的本性和美感。

当然，就像生活和人生的平衡感很难把握一样，散文的“平衡”和“度”对散文家来说尤其是个难以逾越的瓶颈。因为这既需要对散文本质的理解与驾驭，更需要人生的经验和智慧。就好像锻造铁钻，在千锤百炼后，必须经由点水的淬火，之后才能使之成钢不折。“百炼钢化为绕指柔”也是此理，刚柔相济方能臻于化境。我们的散文创作也当如此，要使自己的作品真正成为天地至文，这平衡感的适度的“淬火”至为重要，也是非常困难的。

二、平常心

我曾在《形不散—神不散—心散》③一文中强调，那种认为散文“形可以散、神也可以散”的散文观是不正确的，因为这种“破体”将会导致散文的支离破碎和失魂落魄，从而导致散文的异化。同时，也指出所谓的“散文”之“散”，主要不表现在“形散”和“神散”上，而应表现在“心散”上，而这个“心散”即包括了一颗“平常心”。我

---

① 梁实秋：《论散文》，《新月》1928 年 10 月 1 卷 8 期。

② 林语堂：《八十自叙》，北京宝文堂书店，1994 年，第 112 页。

③ 王兆胜：《“形不散—神不散—心散”——我的散文观及对当下散文的批评》，《南方文坛》2006 年第 4 期。

认为,“平常心”是散文的灵魂,也是作家最难达到的境界。

可能由于现代文化与现代文学观的影响,也可能与当下的市场经济直接相关,我们的文学包括散文充斥着太多的急功近利,于是一颗散文之心像沸水也似风中云一样,失去了宁静与根本。我认为,现代散文尤其是现代主义散文在获得了现代意识的同时,它最大的问题就是一颗心的异化,即失了“平常心”,于是散文变得焦虑不安、世俗功利、肤浅无聊,有的甚至是无耻肮脏。现在,有不少散文家不是在“创造”而是在“复制”散文,因为散文的长短与稿费有关;不少散文家不是将真善美献给读者,而是将假丑恶随地倾倒;不少散文家不是不断地修心养性,而是变得自私、自大、自恋。今天的散文问题多多,一个重要原因就是一颗“平常心”的丧失。

何谓“平常心”?在我看来它主要是指:一个人从生命意义上所获得的“平平淡淡才是真”之人生智慧。更多的人有“富贵心”,于是他们乐与高官大贾联姻为伍,并以此为荣;但有的哲人却发出“富贵于我如浮云”的感叹!有人曾向张中行请教养生之道,他却说:“我一不想当官,二不想发财,如此而已。”①这就是没有“富贵心”的“平常心”,一派看透了世俗人生风云变幻的恬淡从容、优哉游哉!季羡林曾称赞张中行是“高人、逸人、至人、超人。淡泊宁静,不慕荣利,淳朴无华,待人以诚”②。也许有的“平常心”是先天的,但更多的“平常心”则是靠后天的磨砺修养,但不论怎么说,它都包含着对世界本相和人生的觉悟,即将自然、自由、宁定、自足、快乐、幸福等,看得远比身外之物重要得多。

评价散文一向有多个标准,但从是否有“平常心”角度来看往往更具内在性。当下中国散文普遍存在着一种“名人情结”,尤其是“政治名人情结”。于是,与名人见过面、合过影,到名人家中或书房坐过,受到名人的礼遇甚至赞赏,所有这些都成为不少散文津津乐道的内容,有的散文还将帝王将相、富商大贾作为歌颂对象,极力渲染“富贵”甚至“专制”的思想。其实,散文不是不可以写名人、富贵者,而关键的是有没有一颗“平常心”,如果没有,甚至用一颗“富贵心”写作,势必陷入俗不可耐的境地。美国作家戴可曾写了一篇散文《一撮泥土》,这是一撮生在河边被人践踏、孤独的泥土,它的最大愿望就是被人发现后变得高贵起来。结果有一天,这撮泥土被窑工挖起后装上车子,于是经过崎岖山路的颠簸、陶工的拍打、炉火的烧冶,它终于成为一件器皿。由于样子难看,层次低劣,它不能进入高门大户,而只能被用作垃圾盆,这是泥土最感烦恼和耻辱的事情!然而,经过“心灵”的挣扎,有一天泥土垃圾盆终于觉悟了:在这个世界上多是一些平凡者,平凡也是一种真实和美好。于是,它的

---

① 田永清:《给张中行先生祝寿》,《光明日报》2005年2月24日。

② 韩小蕙:《追念布衣学者张中行》,《光明日报》2006年2月25日。

心灵归于平淡。后来，这个垃圾盆被用作教堂的花盆，但它却仍有一颗“平常心”，在圣乐的歌唱中快乐地度日。这是一篇震动过我灵魂的散文，其实它是关于“富贵心”和“平常心”的思考，由追求“富贵心”到甘于“平常”的转变或者说开悟过程。我们常说当下中国散文“庸俗”，就在于缺乏高尚的境界，而追求“富贵心”和缺乏“平常心”则是其一。

三、平淡美

散文如同天地万物一样，有着各式各样的美。它可以奇异浪漫，也可以摇曳生姿，还可以辛辣讽刺，更可以浓妆艳抹，但是这些美往往都不是最好的，也是比较容易达到的；而散文最高、也是最难达到的境界则是“平淡”。这往往极容易被散文家和读者忽略。林语堂曾说过：“吾深信此本色之美。盖做作之美，最高不过工品，妙品，而本色之美，佳者便是神品，化品，与天地争衡，绝无斧凿痕迹。……文人稍有高见者，都看不起堆砌辞藻，都渐趋平淡，以平淡为文学最高佳境；平淡而有奇思妙想足以运用之，便成天地间至文。”①

“平淡”何以能成为散文之至美？一是“平淡”乃是“自然”地表现，因为“绚烂之极”都要“归于平淡”，如果说“绚烂”是火焰，而“平淡”则是灰烬，“绚烂”是大海的潮起，那么“平淡”则是大海的潮落。可以说，“平淡”是天地间自然而然的本相。二是“平淡”有亲切之致，因为没有巨大的起伏变化，所以“平淡”才不会令人困惑，因为没有高高在上的威严，所以“平淡”才不至于让人望而却步。“平淡”颇似祖母的笑脸和摇篮曲，它能在孩子心中开放永不败落的花朵，这就是它的面目可爱和亲切可感。三是“平淡”充满着内在的安详，是人生智慧的深在表现。这颇似盐溶于水，看似了无痕迹，实则却是无中有之，人生的滋味亦尽在其中！这又像空气和水之于人的重要性！它不易觉察和看重，但人们却须臾离不开它。事实上，无论“散文”抑或“人生”，“平淡”都是最高的境界，认识到这一点不易，要真正做到更难！因为大凡多数人都是俗人，都有强烈的欲望，都有一些难以克服的弱点，都有被世俗社会裹挟的强大惯性，一个身陷滚滚红尘、没有一颗平常心的人，我们很难想象他能写出平淡的散文。

沈复《浮生六记》中的陈芸就是一个有“平常心”的人，因为她的理想是“布衣饭菜，可乐终生”，也因此这个外表并不十分美丽的女性有着熠熠生辉的人性的光芒，也因此有了沈复热烈的爱恋和饱含凄楚的美妙歌唱！正因为其中有一颗“平常心”在，所以这本散文才能打动和震撼人们的心弦，一如天风用巨手弹奏万物而成仙乐。所以，要有散文的“平淡美”，必须有一个有“平常心”的作家在。如果在古典文化的

① 林语堂：《说本色之美》，《林语堂名著全集》第18卷，东北师范大学出版社，1994年，第387—388页。

氛围中这是可以指望的,而在当下的商品社会尤其金钱至上的语境中简直是太难了!不过,作为人类良知和灵魂的表现者,作家不能等同于世俗之人,他或她必须冲破外在和内在的“硬壳”,这样才有望羽化翔飞,否则他们就只是一些靠“写作”获利的俗人。

因之,对于散文创作来说,首先是作家认识到“平淡美”的重要性,而后是将自己修养成一个平淡的人,再就是发现生活、人生、生命中伟大而美好的“平淡”,然后才是以“平淡”的形式和美学趣味将之表现出来。这一过程显然是相当困难的,它不亚于水滴石穿和点石成金的量变与质变。否则就会走上匪夷所思甚至啼笑皆非的道路上去。比如,许多人都说宋家三姐妹美妙,但我却觉得她们最大的不足就是有“富贵心”,缺乏“平淡心”,所以达不到至美的境界。又如,莫言曾这样谈女性美:“因为职业的关系,我也算看了不少文学作品,让我难忘的女性形象,不是貂蝉也不是西施,而是我们山东老乡蒲松龄先生笔下的那些狐狸精。她们有的爱笑,有的爱闹,个个个性鲜明,超凡脱俗,不虚伪,不做作,不受繁文缛节束缚,不食人间烟火,有一股妖精气在飘洒洋溢。你想想那几个世界级名模吧,她们那冷艳的眼神,像人吗?不像。像什么?像狐狸,像妖精。所以我说真正的美人,全世界也没有多少,她们不能下厨房,也不能缝衣服。我认为跳孔雀舞的杨丽萍算一个可以与蒲松龄笔下的狐狸精媲美的小妖精,她在舞台上跳舞时,周身洋溢着妖气、仙气,唯独没有人气,所以她是无法模仿、无法超越的。”①在这里,莫言的女性观是有问题的,他以充满妖邪之气的女性为美的理想,与“平淡美”的境界判若天壤!反映了作者审美境界和趣味的平庸低俗。当一个女性周身没有“人气”,而是充满“妖气”,她的美从何谈起?

散文写作的难度归根结底在它背后的“人”,在于这个“人”有没有一颗独特的“心灵”,就如有学者指出的:“我强调写作的个人情怀,就是要召唤一颗广大、敏锐的心——唯有心觉醒了,作家才能了悟写作的根本意义,才不会在消费主义的喧嚣中丧失必要的道德关切。”②而现在作家包括散文作家的异化非常突出,他们不少人个性减退、道德虚无、人格脆弱、心灵干瘪、精神恍惚,当然离散文的本性越来越远。当下的散文写作越来越难,问题主要出在作家身上,而其中最突出的是,他们的写作失衡无度、焦躁不平和追新猎奇。没有高尚中正的境界和品位,散文只能越写越差,以至于最后美丑和香臭不分,直到走火入魔。

——原载《南方文坛》2007年第5期

① 莫言:《美女不是“人”》,《兰州晨报》2003年3月11日。

② 谢有顺:《对现实和人心的解析——以新世纪散文写作为中心》,《文艺争鸣》2007年第6期。

王光明

文学与社会关系的重建

——论20世纪80年代的文学转型

如今人们在财经挂帅的时代里浮沉，面对经济的激流漩涡和大众传媒的喧嚣，许多动人的历史都迅速变成了尘封故纸。即使激动过多少人的“新时期文学”①，不仅现在的青年感到陌生，也在以梳理历史为己任的学术中被价值中立的概念所替代，一般被称为“80年代文学”。这是社会与学问的进步，表明我们对时间与价值的关系有了更为理性(的)态度。但是，当其在(20世纪)90年代演变为“个人化写作”的趋势，许多人把它作为一种政治与道德上的“抗衡的文学”加以贬抑；或者相反，进入21世纪，出于另一种意识形态的眼光或文化研究图式，把它作为“纯文学”简单打发。这个时代文学的复杂意义与问题又被简化、遮蔽了。看来，把文学从一个时代的意识形态命名中剥离出来，并不表明对这个年代的文学特点和历史行程有了真正的认知。唯其时代匆促，置身其中不辨庐山，而置身其外又与究里隔膜：20世纪80年代文学的研究，表面上成果丰富，实则只是由当年的琐碎走向今天的化约与漠然。

然而这是富有转捩意义的文学，它对一种既能重演过去，又能创造未来的想象方式的寻找，不仅具有历史的意义，也是现实的借鉴。虽然“新时期文学”历史的“新”意，只有历史语境的相对性，但在文学史上，它实在是重建文学与社会关系的一座桥梁。

主流文学的“拨乱反正”

一般的中国当代文学史在叙述七八十年代的文学思潮时，都非常重视当时的

---

① 中国(20世纪)70年代后期至80年代的文学，在当时及后来的论著和文学史中常被称为“新时期文学”，这个名称与当时政治界对“时代”的定义有关，但在文艺界，则直接来自周扬1979年11月1日在第四次文代会的报告：《继往开来，繁荣社会主义新时期的文艺》。

“思想解放运动”①,它包括“实践是检验真理的唯一标准”的大讨论、“天安门反革命事件”与“右派分子”的平反等政治上的“拨乱反正”②。七八十年代文学的确直接受到开明政治的鼓舞,许多停办多年的文学刊物得以复刊,许多消失多年的作家、作品重见天日,许多被“盖棺定论”的问题被重新提出。但一方面,文学既是当时思想解放运动的受益者,也是它激进的推动者;另一方面,虽然主流意识形态总是希望把这场“思想解放运动”纳入自己的轨道,但既因为制定政策者本身的思想存在分歧,也由于“群众”与“领导”的见解远不如五六十年代那么“一致”。因此,文学运动与文学思潮的发展,既没有完全遵循“向前看”的方向,也不完全朝着“拨乱反正”路线,重返(20 世纪)50 年代文学或“五四”文学的格局,虽然人道主义和启蒙主义仍然是这个时期文学最为醒目的旗帜。

在某种意义上,1979 年 11 月 1 日召开的第四次文代会,的确可以说是“当代文艺史上的一个里程碑”③。但这次会议的意义主要还不在于接纳了萧军这样从来没有资格出席文代会的作家和不少在 50 年代中期被打成“右派”的作家,也不在于为 50 年代中期以来许多被打成“毒草”的优秀作品恢复名誉,而在于正视了“指导思想上的‘左’的倾向给党的文艺事业带来的损害”④。中共中央在总结 30 年正反两方面的经验与教训的基础上,根据新的历史条件,用“文艺为人民服务”的口号替代了“文艺为政治服务”的口号,并且承诺:“党对文艺工作的领导,不是发号施令,不是要求文学艺术从属于临时的、具体的、直接的政治任务,而是根据文学艺术的特征和发展规律,帮助文艺工作者获得条件来不断繁荣文学艺术事业,提高文学艺术水平,创作出无愧于我国伟大人民、伟大时代的优秀文学艺术作品和表演艺术……文艺这种复杂的精神劳动,非常需要文艺家发挥个人的创造精神。写什么和怎么写,只能由文艺家在艺术实践中去探索和逐步求得解决。在这方面,不要横加干涉。”⑤

第四次文代会作为当代文学主流意识形态调整的一个标志,如果参考 1949 年召开的第一次文代会,当会得到更深入的认识。就基本特点而言,第一次文代会的

---

① 1978 年 12 月 18 日召开的中共十一届三中全会提出了“解放思想,开动机器,实事求是,团结一致向前看”的方针。1979 年 5 月 7 日,周扬在《人民日报》发表《三次伟大的思想解放运动——在中国社会科学院召开的纪念五四运动六十周年学术讨论会上的报告》,把当时正在进行的思想解放运动称为第三次思想解放运动,而另外两次分别是“五四”运动与延安整风运动。

② 1978 年 5 月 11 日,《光明日报》发表“特约评论员”文章《实践是检验真理的唯一标准》,次日为《人民日报》转载,从此开始遍及全国的“真理标准问题”大讨论。1978 年 11 月 15 日,北京市委决定为 1976 年 4 月 5 日“天安门反革命事件”平反。1978 年 11 月 6 日,中共中央决定在全国摘掉“右派分子”帽子。

③ 参见胡余的报道:《当代文艺史上的一个里程碑——第四次全国文代会侧记》,《文艺报》1979 年第 11、12 期合刊。

④ 见周扬:《继往开来,繁荣社会主义新时期的文艺》,《文艺报》1979 年第 11、12 期合刊。

⑤ 见邓小平:《在中国文学艺术工作者第四次代表大会上的祝辞》,《文艺报》1979 年第 11、12 期合刊。

目标，是要确立以延安解放区文学为蓝本的“新中国的文艺的方向”，他们坚信：“毛主席的《文艺座谈会讲话》规定了新中国的文艺的方向，解放区文艺工作者自觉地坚决地实践了这个方向，并以自己的全部经验证明了这个方向的完全正确，深信除此之外再也没有第二个方向了，如果有，那就是错误的方向。”①而第四次文代会，则是要为阶级斗争色彩过于明显的文艺与政治的关系“松绑”，以便适应“现代化”的战略目标。因此，周扬在第四次文代会上所作的那篇“总结三十年的经验”和规划“新的光荣任务”的报告，也重新回顾了自“五四”以来新文艺的“艰巨的战斗历程”，不仅重申了“五四”以来许多优秀作品的意义，而且检讨了左翼文艺运动中的“教条主义和宗派主义的倾向”。这种对30年前第一次文代会某些结论的自我修正，包含着开放评价尺度，接续“五四”以来新文艺传统的愿望。

当然，这是体制内文学观念的自我调整，并且仍然以现实主义文艺为正宗。而从“伤痕文学”出发的“新时期文学”主流，集中表达的也仍然是对“极左政治”的控诉和抗议。譬如“伤痕文学”的奠基之作《班主任》与《伤痕》②，写的都是青年的心灵被“文革”政治路线扭曲的故事：《班主任》通过宋宝琦和谢惠敏两个表面上完全不同的人物，写出了“文革”政治对青年成长的一样的伤害：或是让人堕落，或是让人思想僵化；而《伤痕》，则通过王晓华与家庭决裂的故事，展示了十年动乱中血缘与家庭观念的崩溃。这些作品，就政治主题、叙述模式与技巧而言，与“文革”前“十七年”的写作不见得有多大的区别，但非常值得注意的是，讲故事的立场和基色发生了很大的变化：以往的故事，几乎都是革命、不断革命的故事，也是从胜利走向更大胜利的故事，因此无论是小说的主人公还是诗歌的抒情角色，无一例外地充满着斗争的激情和单纯的信念。而“新时期文学”，讲的则是“剪辑错了的故事”③，虽然忠实于“寻求多年的理想”，但面对的是历史的“曲折”和记忆中的伤痛，以及普遍的社会问题，即使像《班主任》这样沿袭了描写“正面人物”模式的小说，也无法让主人公张俊石老师成为一个解决矛盾的英雄，而只能陷入痛苦的思索，向人们呼唤“救救被‘四人帮’坑害了的孩子！”

60年前鲁迅的《狂人日记》也是以“救救孩子”的呼吁结尾的，也许《班主任》在写作过程中想起了现代文学史中这个著名的开山短篇。不过，在《狂人日记》中，“狂人”是一个充满反讽力量的形象，而且有自省精神，并不以为自己就那么干净清

① 周扬：《新的人民的文艺》，《中华全国文学艺术工作者代表大会纪念文集》，新华书店，1950年。

② 《班主任》（刘心武）发表于《人民文学》1977年11月号。《伤痕》（卢新华）发表于上海《文汇报》1978年8月11日。

③ 《剪辑错了的故事》是茹志鹃发表在《人民文学》1979年2月号的短篇小说，通过1958年人民公社“放卫星”的故事，描写了（20世纪）50年代的急（激）进主义思潮。小说开明宗义：“这是衔接错了的故事”，因而让人提问：谁把情理之中的“故事”变成了“错乱”发展的故事？

白,遗世独立于“吃人”者的行列以外。而《班主任》却没有这样的丰富性。不唯《班主任》,当时绝大部分的主流文学作品的政治诉求都过于明确,流于单调的批判抒情风格。不过,正是这种面向“伤痕”的批判与抒情,逆转了当代描写革命历史和社会主义新人新事的创作模式,使1949年以来“断裂”的“五四文学传统”得到了衔接。

从“伤痕文学”出发的“新时期文学”最大的功绩,就是把当代与现代的“断裂”,变成了延续,使新文学历史不再显得“中断”,变得源远流长、跌宕起伏,并且拥有了未来。这种衔接历史的工作,在当时主要以搁置现实主义的政治意识形态限制,恢复其比较朴素的理解为特点。现实主义在文学史上,既是一个思潮性的概念,也是指一种描写现实生活的方法,因为据说具有真实反映生活的功能,被20世纪中国主流文学视为最重要的文学原则。但自从巴尔扎克写出《人间喜剧》以来,文学与社会学文献的区别问题也引起了许多人的关注:小说家是艺术家,还是社会历史学家?然而,这种角色身份的含混性正是以改造社会为己任的中国作家所需要的,因为含混,感时忧国精神才可以通过描写现实找到出路,也因为含混,意识形态才拥有规训、阐述的空间。所以,在20世纪中国文学的历史进程中,现实主义从来不是一个所指,而是一个能指。不同的时代有不同的内涵与外延:在“五四”时期,指的是关怀个人与社会的现实问题,而在“左联”开始,阶级意识开始主导现实的阐述权,后来,则进一步通过“典型”来规范现实主义,提出了“社会主义现实主义”、“革命现实主义”、“革命现实主义与革命浪漫主义相结合”的当代现实主义文学概念。

在20世纪文学中,现实主义理论的再生产、再阐述,以及流通与实践,是意识形态和权力较量的一个缩影。“伤痕文学”在当时之所以被一些“保守”的批评家指责为“批判现实主义文学”、“向后看”的文艺、“缺德”的文学①,就在这种写作不符合“社会主义现实主义”这一“文艺创作和批评的最高准则”,不符合其表现历史发展的“必然趋势”、描写新时代典型环境中的典型性格和塑造社会主义新人等相关指标②。而“新时期”批判与反思的文学潮流,之所以被思想解放的批评家视为“回到现实主义”,就在于它回到了“从生活出发”的“真实”的原则。

也许,重提“从生活出发”与“写真实”,仍然未能澄清现实主义创作的复杂理论问题,因为生活与写作、存在与语言、现实与想象并不存在天然的对应关系。然而,在20世纪七八十年代的语境中,现实主义的朴素“原则”在各种各样“说真话”的阐述中复活,却为冲破当代文学写作的意识形态限阈,提供了理论上的合法性。

---

① 1979年春夏,《广州日报》与《河北文艺》分别发表黄安思的《向前看呵!文艺》、李剑的《“歌德”与“缺德”》等文章,对“用阴暗心理看待人民的伟大事业”的“伤痕文章”表示强烈不满。

② “以社会主义现实主义作为我们文艺界创作和批评的最高准则”是1953年11月召开的第二次全国文代会的“一致”共识,周恩来、周扬、茅盾、邵荃麟的报告中都有这样的表述。

第一,五六十年代形成的题材、主题、人物的等级观念得以破除,阶级斗争、工农兵题材和描写社会主义新人新事的作品不再享有优先权,知识分子、男女爱情和普通人的悲欢离合成了作家描写"伤痕"、反思历史的重要题材。进入80年代,"我国社会主义文学画廊正在出现一个引人注目的重大变化……普通人,越来越成为文学创作的主要描写对象"①。不仅穆旦1976年写的那些回到孤独的个人,品味生命的秋凉,"独自回顾那已丧失的财富和自己"的《春》《秋》《冬》《自己》等诗,在1980年2月号的《诗刊》发表,连汪曾祺《受戒》《异秉》《大淖纪事》等重温旧时代记忆里人情风俗的作品,也占有了一席之地,并受到读者的欢迎。

第二,人道主义重新成为作家想象历史和现实问题的思想出发点。诗人北岛关于通过作品建立一个"正直的世界,正义和人性的世界"的创作主张,舒婷"用诗表现我对'人'的一种关切"的表白,以及戴厚英《人啊,人!》后记中对人性、人情、人道主义的重新体认,以及大量爱情题材诗作、小说的出现(如舒婷的《致橡树》、林子的《给他》、刘心武的《爱情的位置》、张抗抗的《爱的权力》、张弦《被爱情遗忘的角落》、张洁《爱,是不能忘记的》等),都把人被压抑、剥夺的东西当做了文学的主题。这些作品,放在整个现代中国文学传统中当然是算不上独特,但追溯30年代以来革命文学以阶级性规训人性描写的历史过程,便会发现,在中国,现实主义文学的提出和讨论,一直与人的认识有关,现实主义内涵与外延的改变,也是从批判资产阶级人性、人道主义开始的。人道主义实际上就是现实主义文学所持的基本立场和价值尺度。它在"新时期"成为历史与现实价值重估的一把尺度②,既反映了当时新启蒙主义思潮对阶级斗争意识形态的反思,也反映了对"五四"文学传统的承接与深化。而这种深化最集中的表现,是1986年前后关于文学主体性问题的讨论,它试图在作者、描写对象和接受三个层面,全面确立主体的地位,超越和补充机械反映论的不足③。

文学主体性问题的提出与讨论,反思了"现实主义文学理论的凝固化和片面化",集中体现了当时作为主流的现实主义文学在主客关系问题上的理论深化。但这种理论在破除"唯物论"的历史与现实神话的同时,也构造了一个"主体"的神话,用表现论替代了反映论,并没有走出30年代以来现实主义文学理论的思维模式:30

---

① 王进:《试论社会主义文学中的普通人形象》,《文学评论》1981年第3期。

② 应该指出,人道主义不仅是当时的文学主题,也是当时中国整个思想理论界的热切话题。在思想文化界,以阐述马克思的早期著作《1844年经济学—哲学手稿》和康德哲学中的"主体性"为契机,周扬、汝信、李泽厚、王若水、胡乔木等许多著名理论家都先后介入了讨论。

③ 文学主体性问题的讨论由刘再复的文章《论文学的主体性》(《文学评论》1985年第6期、1986年第1期)所引发,相关讨论文章汇集于《当前文学主体性问题论争》(何火任编,海峡文艺出版社,1986年)、《文学主体性论争集》(红旗出版社,1986年)。

年代以来的中国各种“革命现实主义”文学理论也是反对自然主义和纯客观描写的，在某种意义上，它们也在强调“主体性”，只不过这种“主体性”是被剥夺了个人能动性的阶级化、国家化了的主体性罢了。

现实主义文学的问题不是压抑了主体性，而是强调主体与复制、本尊与再现之间的契合对应，却对语言与世界的离合关系和话语中的权力关系视而不见。不过，我国现实主义文学因其介入现实、自觉承担历史的传统，以及在当代被尊为社会主义文学的标志，本身就拥有诸多的“象征权力”。因此，理论上的含混不仅不妨碍，反而帮助了中国作家和批评家实现自己的时代诉求：利用现实主义丰富的理论、实践资源和“象征资本”，清除“左”的思想路线，完成文艺界的“拨乱反正”和现实主义自身的解放。现实主义以忠于现实的道德优势和“真实”表现生活的承诺，不仅为自己开辟了“广阔的道路”，涌现了一批优秀作家和作品，也为创作的多元化创造了条件。至于茹志鹃的《剪辑错了的故事》、王蒙《春之声》等一些当时颇有影响的探索性小说，高行健的戏剧实验、昌耀和“朦胧诗人”的写作是否属于现实主义文学范畴，也有批评家提出了“社会主义文学的现实主义也不应该仅仅理解为一种创作方法，而应该理解为文学精神这一比创作方法更广泛的概念”的说法①。

现实主义从理解为一种创作方法到理解为“文学精神”，既可以解释为对它原有含义的回归，也可以理解为对其含义的开放。在修辞学的意义上，它又是一种“去定义”运动（1985 年以后，现实主义的诸多前置性定语开始在文学批评中淡出）。当然，语法关系实际上是文化权力关系，定语从来就是栅栏和禁令，去除定语就是解放思想。

“边缘文学”的冲击

应该充分重视“回到现实主义”的意义，它是“五四”以来含冤蒙尘的几代作家的嘉年华〔会〕。不仅使当代历次运动中被打成“牛鬼蛇神”（“反党分子”、“反革命”、“右派”）、“毒草”的作家和作品成为“重放的鲜花”，也使许多当代读者“发现”了新文学原来还有沈从文、钱钟书、张爱玲等那么优秀的作家和“新感觉派”、“七月诗派”、“九叶诗派”等重要的文学流派②。自然，这些作家和作品并不能全部纳入现

---

① 邹平：《现实主义精神和多样的创作方法》，《文学评论》1982 年第 5 期。

② 《重放的鲜花》（上海文艺出版社，1979 年），主要收入 1957 年“反右”运动中被打成“反党反社会主义的大毒草”的作品。《九叶集》（江苏人民出版社，1981 年）为 20 世纪 40 年代主要在《诗创造》《中国新诗》发表作品的诗人的选集，由于这本选集，这群诗人后来被称为“九叶诗派”。《白色花》（绿原、牛汉编，人民文学出版社，1981 年），主要收入 20 世纪 30—40 年代在《七月》《希望》发表作品的一批年轻诗人的诗作。《新感觉派小说选》（严家炎编选，人民文学出版社，1985 年），收入 20 世纪 20 年代末到 30 年代初期刘呐鸥、穆时英、施蛰存等人的现代主义实验小说。

实主义的范畴,但包括当时创作界、理论批评界把诸多“资产阶级的反面教材”作为正面成果来吸收利用的现象①,却可以视为现实主义“去定义化”运动的成果。因为现实主义回到“真实”的原则,势必要面对各种各样的“真实”,包括对“真实”的不同解释与竞争。

这种对“真实”的不同理解与竞争,主要体现在年轻一代对当代写作的意识形态模式和文学体制的冲击上。这是无正可“返”的一代,不像被革命学说武装和改造过的“复出”作家,虽然历经劫难却有美好的50年代可以追怀,有明晰的叙事、抒情观点可以依附;也不像拥有旧学新知又富有探险精神的现代作家,创造了新的传统可以随时回归。他们是“迷惘的一代”,新文学传统早在他们出生之前就被改造过了,而体制化了的社会主义文学也被“不断革命”所摧毁。他们正如多多《教诲》一诗所写的那样,“是误生的人,在误解人生的地点停留”,只能“和逃走的东西来搏斗,并和/无从记忆的东西生活在一起”。不过,“不断革命”的持续否定使一代人变得“无从记忆”,也抹去了许多的清规戒律,正如他们无学可上、无书可读,反而读得博杂,避免了正统教育的单一性和社会人生见解的给定性一样②。

因为“无正可返”,也因为内心迷惘,他们也就不按五六十年代的模式想象世界。小说《波动》(赵振开)、《公开的书》(靳凡)、《晚霞消失的时候》(礼平)、《同一地平线上》(张辛欣)以及发表在民间刊物《今天》上的诗歌,都是与当时现实主义主流文学大异其趣的作品。它们大多表现“文革”时期青年人的精神苦闷与人生寻求,表面上也可以列入“伤痕文学”的范畴,但叙述与抒情观点却非常不同。像《晚霞消失的时候》③,就是一部既“另类”于50年代的《青春之歌》,也与当时走红的“知青小说”不同的“成长小说”。它有相爱却不能结合的爱情故事框架,却不像当时许多“伤痕小说”那样仅仅把爱情的悲剧都写成“极左路线”造成的历史悲剧,而是立足于探讨历史存在与个人选择的困境,以及文化延续和自我完善的意义。从少年到中年,萦绕于作品主人公心灵的,是始终支配着历史与人类命运的文明与野蛮的冲突:

> 几千年来,人类为了建立起一个理想的文明而艰难奋斗,然而野蛮的事业却与文明齐头并进。人们在各种各样无穷无尽的斗争和冲突中,为了民族,为了国家,为了宗教,为了阶级,为了部族,为了党派,甚至仅仅为了

---

① “文革”前和“文革”期间,一些国家出版社曾出版过若干“内部读物”,但许多当时“供批判时参考”的书籍,在七八十年代之交成了“思想解放”和观念变革的资源。

② “文革”期间,大学停办、中小学“停课闹革命”和知识青年“上山下乡”造成了这一代人知识上的严重缺陷。但他们中一些人在苦闷、求索中近乎贪婪的读书热情,远非别的时代能够相比。在(20世纪)70年代初,全国各地都出现一些不同形式的读书群体。

③ 《晚霞消失的时候》是礼平的一篇小说,发表于《十月》1981年第1期。据《文艺报》编辑的“内部刊物”《文艺情况》1985年第4期《恳谈·对话·交流》一文介绍,该篇小说“构思于1976年”。

村社和个人的爱欲而互相残杀。他们毫不痛惜地摧毁古老的大厦,似乎只是为了给新建的屋宇开辟一块地基。这一切,是好,还是坏?是是,还是非?这样反反复复的动力是什么?这个过程的意义又究竟何在?

不容讳言,小说是在文明与野蛮冲突的立场上,想象社会历史的矛盾和人生悲剧的。作者写南珊、李淮平这一对不同阶级出身的青年的爱恨情仇,实际上是要揭示历史与人生的矛盾(也正是立足于这种矛盾,小说把南珊的外公、淮海战场上投诚的国民党将领楚轩吾,写成了一个具有儒家人格风范却受"命运捉弄"的人,而把洞悉真善美矛盾的泰山长老写成了一个智者)。尤其重要的是,作者塑造了南珊这样一个外表柔弱却内心刚毅的人物形象。通过她非常痛苦和不幸的成长经历,探讨了强权与人的尊严的关系:人的品格并不会因为强权而树立或者诋毁,它存在于人的心灵中,因为任何一种伟大的文明都有深厚的、渗透于人伦日常的、让人倾慕和追随的传统。南珊这样一个背负着出身不好的"原罪",在"文革"持续的灾难中弱小无助的少女,之所以能避免了仇恨与嫉妒的腐蚀,让强权显得虚弱,就得益于这种传统和个人对人生境界的自觉追求。

一部分由于小说人物的独特背景与思想来源的复杂性(特别是其中对宗教问题的描写),更多的原因是创作思想和评价标准的问题,《晚霞消失的时候》发表后引起了很大的争论。不少资深评论家写了文章,《青年文学》《文艺报》也召开了座谈会和恳谈会,虽然人们也肯定这篇小说反思"文革"的意义,认为它不是一篇浅薄、庸俗的作品,却普遍对小说的叙述观点和主人公的人生哲学表示异议。这方面,王若水的批评最具有代表性。他评《晚霞消失的时候》的两篇文章,《南珊的哲学》和《再谈南珊的哲学》①,重点讨论主人公南珊的人生见解。他认为,"小说作者写南珊的思想是可信的,合乎逻辑的,然而那样予以肯定与赞美,却是不能同意的"。为什么不能同意呢?一是认为这篇作品"以抽象的道德尺子去衡量历史",二是小说人物所欣赏的儒家风范和向善的宗教情怀,不是改造社会的哲学,而是"一种毫无战斗性的随遇而安的处世哲学"。"总之,南珊的哲学不可能产生巨大的力量。它不是改造世界的哲学,因为它只是诉诸抽象的人类心灵而否定实际的斗争;它不能说明世界,因为它贬低理性而自居朦胧。"

像当时绝大多数当代文学批评一样,王若水对文学作品的内容(思想倾向)保持着特殊的敏感。但有趣的是,差不多同一时期女作家张洁同样表现小人物内心道德力量的小说《谁生活得更美好》,却受到人们毫无保留的肯定。这篇小说有一个刻画

① 《南珊的哲学》,发表于《文汇报》1983年9月27—28日。《再谈南珊的哲学》,发表于《文艺报》编辑部主编的内部刊物《文艺情况》1985年第4期。

精致的细节，一个不文明的小伙子乘公交车不买票，下车时当售票姑娘请他补票时，他掏出一把事先准备好的分币扔到地上，这个文弱的售票员姑娘却平静地拾起分币，让那个小伙子自惭形秽，无地自容。且不论两篇小说艺术上的短长，仅主题而言，探索的都是心灵的高尚和精神力量问题。但《谁生活得更美好》描绘的是新时期的生活，可以轻易归入社会主义新人形象的谱系，在现行社会和主导理论框架中得到阐述。而《晚霞消失的时候》则超越了这一谱系，南珊的成长不那么单纯，虽然成长的社会环境是"十年动乱"，但她接受了包括家庭美德在内的传统熏陶，和科学、哲学、艺术、宗教在内博杂的思想，远非宏观的时代特点和历史哲学能够完全解释的。然而《南珊的哲学》一开头，王若水就先入为主地认为："南珊属于在'文化大革命'中成长起来的一代。这个时期成长起来的青年，有人说是'垮掉了的一代'，有人说是'思考的一代'。我以为不能用一个名词来概括他们全体，事实上是两种情况都有。不管是垮掉的还是思考的，他们的心灵都带着十年动乱的创伤，失去了精神的支柱，不过前者沉沦下去了，后者还在寻求、探索。探索也有不同的结果：有的重新发现了，认识了马克思主义，这样他们就成为'大有希望的一代'（我相信这样的青年会越来越多）；有的却由于想在别的哲学里找到安身立命之所而陷入迷途。"

被主流观念和理论武装的批评家难以理解边缘人物的挣扎与求索。南珊不是这个社会的主人，而是被主流社会排斥与歧视的弱小无助的个体，她也不是以天下为己任的改造社会的斗士，在"文革"这样的乱世中，她悲凉而坚韧的努力不过是，让心灵有所安顿并活出人的尊严来。

尽管正处于人道主义的讨论热潮，当时的批评家却无法接受这种内化于心灵和人格的"人生哲学"。这不奇怪，当时对人道主义的讨论，在语境上，主要是出于批判"极左路线"的政治需要，在理论脉络上，则带着正统意识形态的烙印。文艺复兴时期反封建、反迷信、反蒙昧的人道主义诉求，被挪用来批判"现代迷信"和个人崇拜；而对马克思《1844 年经济学—哲学手稿》中"异化"理论的普遍重视，也主要是为了阐述社会主义时代的"异化"现象。更重要的是，文学仍然是感时忧国作家"干预生活"的方式，对社会历史的"反思"的兴趣远远超过了"人性"的分析和想象，即使在理论上重提"文学是人学"的命题，创作中也以悲剧、扭曲、"异化"故事为主，主题却仍然不外于揭露当代社会的政治失误，回到历史唯物论的社会实践上来。这样，"和社会改革是无关的"道德自律、人的尊严和精神自持就很轻易地被归类到"唯心主义"范畴，不仅算不得什么力量，而且是"消极的人生观"，"一种逃避现实的倾向"。批评家们并不认为个人与社会、内心情怀与历史逻辑之间，存在着亲和与疏离的辩证，却习惯于相信"离开了改革社会就不能有什么'至善至美的人格'，因为人只能在改造客观世界的过程中改造自己"①。

围绕《晚霞消失的时候》的讨论,是历史哲学与人生哲学的分歧,也是文学观念的差异。一种是面对当代的思想危机,基于革命与斗争的历史哲学,以改造世界为目标,视文学为社会改革的利器;一种是面对当代的精神困境,探讨人的尊严、力量和心灵归属,从表达人生体验出发,试图通过文学去反观和辨认自己的内心挣扎。前者有唯物论的系统理论背景,是国家的主流意识形态,具有某种正统性和明晰性;而后者,思想来源比较复杂,主要基于痛苦的人生体验和不系统的阅读,是一些朦胧的意识和未成型的思想。因而,王若水批评《晚霞消失的时候》宣扬"朦胧的哲学","贬低理性而自居朦胧",实在是可以理解的。不仅小说中有这种"朦胧",早于小说出现的诗歌中的"朦胧"更是过犹不及,"令人气闷"。1980 年 8 月号《诗刊》发表章明的文章《令人气闷的"朦胧"》,虽然针对的"朦胧"也包括"九叶诗派"诗人杜运燮在内的一些"晦涩、怪癖"的诗作,但"朦胧诗"一词却最终成了异质于"传统"的青年诗歌作品的总称。

"朦胧"是一个贬义词,是对游离于当代现实主义文学传统的作品的评价。它被批评的原因主要是让人读"不懂"。但"不懂",在当时实则可以分为表现上的难以理解,思想、情调上的不可思议两种。在表现上,他们觉得杜运燮"连鸽哨也发出成熟的音调"的诗句叫人捉摸不透②;认为"在他的心灵深处,在那个可能他自己的理智也不常能达到的心灵,却是一个清醒的世界"之类的描述"说法也不通"③;他们不能接受西方现代主义的感受和表现方式,不能理解年轻一代作家怎么会写出具有非现实主义倾向的作品,"为什么在中国这样一个经济凋敝、国民经济濒于崩溃的这样一个国家里头(就说那十年),怎么会哺育出这样一群小鸟来,它怎么孵出来的? 是什么东西哺育出来的?"④在作品的思想和情调上,当然也有人真的不懂,但更多的还是对那些"感伤和困惑的目光",那些"消极的人生观",以及叛逆性的思想"不胜骇异"和不敢相信:"太低沉、太可怕! ……在我当年行军、打仗的时候,唱出的诗句,都是明朗而高亢,像出膛的炮弹,像灼伤的弹壳。哪有这样! 哪有这样!"⑤

正因为不完全是艺术风格上的朦胧、晦涩,而是文学观念、思想方式与艺术趣味上的不可思议与无法接受,才引发了政治上的"清除精神污染"、"反对资产阶级自由化"运动,文学理论批评领域的"朦胧诗"论争和"现代派"文学论争,以及这两种

---

① 王若水:《再谈南珊的哲学》。

② 参见章明:《令人气闷的"朦胧"》,《诗刊》1980 年 8 月号。

③ 参见王若水:《南珊的哲学》。

④ 《公刘在全国当代诗歌讲座会上的发言》,《当代文学研究参考资料》第 1 期,1980 年 8 月 15 日出版。

⑤ 顾工:《两代人——从诗的"不懂"谈起》,《诗刊》1980 年 10 月号。

论争互相纠缠的现象。就文学内部而言，在“思想解放”和“改革开放”的氛围中，80年代初期对“五四”文学传统的回望和对西方现代文学（与文化）的大量翻译介绍同时发生了作用：整体趋势上看，年轻一代作家的艺术探索得到了越来越多的宽容和鼓励，即使争议最多、在“民刊”上发表的一些“朦胧诗”作品，有的也被《诗刊》这样的主流刊物揭载。

青年一代对当代文坛的冲击和影响，除思想和文学观念之外，还体现在发表和传播作品的形式方面，这就是“民刊”的出现。当代的出版体制与文学体制、教育体制一样，经过50年代社会主义改造之后，全部纳入了“事业单位”编制，享受“行政级别”规定的工资、住房、公费医疗等国家福利。这是一种仿效苏联模式，用行政方式行使思想监督和组织管理的文化机构，成了当时唯一合法的出版、传播渠道。不过，这种出版体制在“文革”中，也像别的部门一样遭到了“浩劫”，除少数代表国家形象的文学出版社（如人民文学出版社）和杂志（如《人民文学》《诗刊》）在“文革”结束之前恢复了出版业务外，大多数陷于瘫痪状态。“文革”结束后的“拨乱反正”，虽然让废除的秩序得到恢复并涌现了许多新的文艺出版社与文学期刊，但仍然遵循从前的管理制度，因此常常与思想解放要求相冲突，满足不了作者与读者的需求。尽管它不像90年代“下放”为企业后，受制于经济与市场，但它必须承诺政治上的安全，因此很难接受体制以外的思想观念和文化身份。

这就是1978年后，时有体制内出版部门印行“内部发行”读物和“参考资料”，以及踩入禁区一方面受欢迎一方面受警告的原因，也是许多“民刊”出现的原因。“民刊”是“思想解放运动”的一种形式，一个见证。其分布非常广泛，数量难以统计，质量良莠不齐，出版周期与寿命受各种因素（人员的聚散、经济、政治等）的影响，大多没有规律。“民刊”的主办者有的是城市青年文学爱好者，有的是大学生文学社团，也有不具备出版资格的县、区文化馆。它们以蜡纸刻写、打字和手工油墨印刷的方式制作，成本非常低廉。其中创办较早、影响最大的文学“民刊”，是北京的《今天》。

《今天》是一份文学双月刊，于1978年12月23日创刊，油印出版，为综合性文学刊物。至1980年8月，共出版九期。另有“《今天》丛书”四种，《今天文学研究资料》三种。因出版、传播上的非体制性，发表（过）不少与主流文学风格迥异的作品，受到青年学生的欢迎，也在国外产生了影响①。在当时的环境中，《今天》与主流文

① 李陀认为，当时《今天》的影响不局限于大学校园，“工厂也有相当的影响”。而华裔美籍汉学家、哈佛大学教授李欧梵说，海外不少学者很早就对《今天》有所耳闻：“我第一次去北京是1981年5月，在去之前就听说过《今天》了，所以在北京的那几天，白天忙完了，晚上就满脑子想去找‘地下刊物’。”（参见《〈今天〉的意义》，《今天》1990年第1期）

学最为重要的区别,在于它是体制以外的同人刊物,不能享用公有制的资源,却必须面对当代出版体制的压力。其生存与活动方式,既让人想起现代同人刊物的传统,也烙着现当代"革命斗争"形式的印记,——那"未经注册"的刊物,未经批准举行的朗诵会和美展等活动,以及在北京西单"民主墙"和大学校园张贴作品等,实际上延续了当代诗歌运动(如"大跃进"、小靳庄民歌,"四五"天安门诗歌)、政治运动的"群众形式"(如"反右"、"文革"的大字报、红卫兵小报等),还可以更远追溯到抗战和延安的街头文化活动。这当然是"思想解放"年代的产物,在社会建立起正常秩序和制度之后,大多不再存续,唯有"民刊"一项,不仅被诗歌界认同,而且习非成是,成了"民间诗歌"与主流诗歌保持距离的象征仪式:后来的《他们》《非非》等一大批著名诗歌"民刊",都视《今天》为先驱。

早期的《今天》有两个鲜明的特点。第一,刊发了不少在"文革"中流传的"地下"作品,如有广泛影响的《这是四点零八分的北京》《相信未来》(以上食指)、《回答》《宣告》(以上北岛)、《天空》(芒克)、《致橡树》(舒婷)和小说《波动》(艾珊)等;第二,所刊发的作品内容上真诚有力,震撼心灵;编辑风格也非常简朴前卫(粗糙的纸张,富有个性的手刻标题,配以若干出自"今天派"画家简洁、抽象的素描)。它给读者留下的最深印象是,当主流文学普遍面向历史的时候,把目光投向了"今天"的地平线:

> 今天,当人们重新抬起眼睛的时候,不再仅仅用一种纵的眼光停留在几千年的文化遗产上,而开始用一种横的眼光环视周围的地平线了。只有这样,才能使我们真正地了解自己的价值,从而避免可笑的妄自尊大或可能的自暴自弃。①

所谓把目光投向"今天",一是不再简单以"昨天"的价值观念和创作方法裁剪真实的内心经验和艺术想象,二是重视二战以后西方现代文学的了解与借鉴。《今天》创刊号明显体现了这一特点。后来成为名篇的诗作《回答》《致橡树》《天空》,小说《在废墟上》等,与当时文坛趣味的不同之处,就是从真实的心灵体验和语言出发想象世界,追求思想、形式与语言的自在自由。并且,他们还直接批评刘心武的小说《醒来吧,弟弟》,认为刘心武正在"从突破转向僵化","哼着催眠曲在光滑的表面上溜来溜去",因而不仅未能透过表象走入年轻一代的内心世界,反而"把弟弟这样清醒的人误解为沉睡的人"②。而作为该期另一个重点的西方文学翻译,刊登的作品分别是西班牙超现实主义诗人卫尚·亚历山大(Vicente Alexandre Merlo,1898—1983,现

① 《今天》编辑部:《致读者》,《今天》创刊号,1978年12月23日。
② 林中:《评〈醒来吧,弟弟〉》,《今天》创刊号,1978年12月23日。

通译为“维森特·阿莱桑德雷·梅洛”)的《诗三首》及介绍,英国现代作家梅雷厄姆·格林(Graham Greene,1904—1991)的小说《纯真》,以及西德战后“废墟文学”的代表作家亨利希·标尔(Heinrich Böll,1917—1985,现通译为“伯尔”)的论文《谈废墟文学》。他们关注的重点与前代人很不相同:年青一代关注的是战后西方的现代文学,而前一代人则对西方19世纪人道主义文学和东欧的社会主义文学情有独钟。

《今天》这种独立的思想艺术倾向,体制以外的文化身份和出版形式,在当时被一些人视为持有政治上的不同见解和艺术上的非现实主义倾向。但从本质上看,却是思想解放、文学转型年代“反思文学”与“文学反思”两种文学意识的对话。当时的“新时期文学”,正处于“反思文学”的潮流中①,而“反思文学”,延续的是思想启蒙和社会动员的传统,所扮演的是社会历史道义承担者的角色,出发点和目标主要在改善社会现实。年轻一代却不是从改造社会,而是从对自由的向往走近了文学。关于“这一代人与文学相遇的形式”,小说家张承志的谈论,具有相当的代表性。他说:“文学,多神圣和激动人心的字眼儿!我不相信你能找到任何一个领域、职业或者专业能像文学这样,既能尽力创造,又能诉说内心;既能有益于人,又使自己日趋美好;既能最大限度地摆脱干扰、束缚和限制,并满足自己的事业心、责任感,又能最大限度地以个人之力摧枯拉朽、赞美颂新了。或者正是我们承受着的一切,包括特定的时代、环境、历史传统和社会现实,造成了我们今天这种简直可称作畸形(褒义!)繁荣的文学局面”②。

《今天》所代表的非体制化的文学实践,呈现了文学思想上的个人话语与国家话语、面对心灵自由与承担历史使命的差异。他们是主流以外坚持自己的文学理想的一群,以边缘和中心对话的一群,跟时间和潮流抗衡、“争论”的一群,“和青春,和死亡,和地狱,和语言,这最终是和自己争论,说服自己继续写作,不要让这种痛苦的手艺失传。”③

文学功能与想象方式的转变

在某种意义上,80年代早期的文学都是争论性的文学。所谓“历史反思”,就是和有结论与没有结论的当代历史争论;所谓“文学反思”,就是与诸多成文与不成文的文艺思想和写作成规争论。因为争论,所以思潮迭起,充满着喧哗与骚动;又因为争论存在着“拨乱反正”与“无正可返”的矛盾,思想与思想、思想与权力的角力犬牙

① 当时批评界曾出现用“伤痕文学”、“反思文学”、“改革文学”标示(20世纪)70年代末至1984年文学思潮的演进,但它们的界限非常模糊,不少人干脆统称为“反思文学”。

② 张承志:《后记》,《老桥》,十月文艺出版社,1984年,第304—305页。

③ 北岛:《编后语》,《今天》1992年第1期。

交错，偏见与真知、喜剧与悲剧同时上演。但无论是悲剧还是喜剧，都带着复活的热情和历史的庄严感。后来的人们尽可以认为，那时的创作“故事”多于文学、情感淹没艺术，代际的特点超过个人风格，那时的批评经验胜过理论、常识大于心得，提出问题多于对问题的梳理。但假如他们受其争辩、抗衡对象的牵制，没有创作出伟大的作品和坚实的理论体系，许多人却在历史分派的角色中到位并完成了自己的人格：他们怀着申诉与抗衡的冲动，为人的权利和文学的自由作战，留下了许多壮怀激烈、激动人心的“史话”，为正常的文学生态打下了基础。

也许可以以1985年为界，把“80年代文学”大致划分为“成蛹”与“化蝶”前后两个时期。前者的特点如前所述，是在争辩中蜕变；后者则以小说界的“文化寻根”和诗歌界的“第二次背叛”为标志，重建文学与世界的想象关系。

小说界“文化寻根”的背景，是80年代中期中国现代化进程中传统文化与西方文化的紧张，是现实主义与现代主义的争战；其基础是知青作家上山下乡时的文化感受和生活体验，以及沈从文、汪曾祺、陆文夫等人风格迥异的现代风俗小说。张承志的《黑骏马》《北方的河》等具有草原文化感的小说，贾平凹的“商州”地域小说，特别是1984年7月阿城在《上海文学》发表的小说《棋王》，直接启发了一批作家文化关怀的向度；而(以)哥伦比亚作家马尔克斯(Gabriel Farcia Márquez，1928—)为代表的拉丁美洲文学在中国的翻译介绍①，则鼓舞中国作家以现代意识发掘民族文化的信念。它们成了1984年12月《上海文学》与《西湖》杂志在杭州联办的创作座谈会的主要话题，并凝聚于“文化寻根”的基本共识中。会后，阿城、郑义、韩少功、郑万隆等人都发表了相关文章②，提出了“文化制约着人类”，现代与传统文化的联系已经“断裂”的观点。他们认为，文学探索必须“跨越文化断裂带”，而出路就是寻回文学的“根”，“文学有根，文学之根应深植于民族文化的土壤里，根不深，则叶难茂”。由于“寻根”作家论述的前提与结论都是文化，因此一些研究者把“寻根文学”阐述为“将文学溶解在文化之中，或者说将文化弥漫在文学中”的创作思潮，而更多的研究者则把“寻根文学”的本质理解为“文化寻根”，认为它是一种以现代意识发掘与反思民族文化的内核、源泉和“深层结构”的潮流。《棋王》(阿城)《小鲍庄》(王安忆)、《爸爸爸》(韩少功)等小说，被视为“寻根文学”的代表作。

诗歌界的“第二次背叛”是一股接受过“朦胧诗”的影响，又以“朦胧诗”的美学

① 马尔克斯于1982年获诺贝尔文学奖，但在该奖评出之前，他的小说已经在《外国文艺》上译载。《加西亚·马尔克斯中短篇小说集》于1982年10月在上海译文出版社出版；此外，马尔克斯的长篇小说《百年孤独》也于1984年出版了中文译本。

② 主要有：郑万隆《我的根》(《上海文学》1985年第5期)；韩少功《文学的“根”》(《作家》1985年第6期)；李杭育《理一理我们的“根”》(《作家》1985年第6期)；阿城《文化制约着人类》(《文艺报》1985年7月6日)；郑义《跨越文化断裂带》(《文艺报》1985年7月13日)。

趣味为反叛对象的诗歌潮流。作为一种代际性的命名，有“新生代诗”、“第三代诗”、“后朦胧诗”等不同的提法。这是一次旗帜林立、派别蜂起的诗歌实验运动，以《他们》（1985年3月创刊）、《非非》（1986年5月创刊）等“民刊”为代表，在1986年10月《深圳青年报》、《诗歌报》（安徽）联办的“‘中国诗坛’1986群体大展”中全面亮相。它们与“寻根小说”的相通之处，是要疏离当代主流文学的写作立场和美学趣味，但比“寻根小说”更为激进并带有行为主义色彩。所谓“他们”，一是不同于“朦胧诗”的“表现自我”，主张“自我对象化”；二是“表明位于主流以外”。因此，《他们》鲜明的特点是“回到诗歌本身”与“回到个人”①。所谓“非非”，“乃前文化思维之对象、形式、方法、过程、途径、结果的总的原则性的称谓。也是对宇宙的本来面目的‘本质性描述’”②。“非非”不是否定之否定（“不是‘不是’的”），而是“我们自己带着自己，把立足点插进了前文化的世界。那是一个非文化的世界，它比文化更丰富更辽阔更远大；充满了创化之可能”③。“非非”的“前文化”理论在阐述上充满矛盾与悖论，甚至连“宣言”也有不同的内容与版本（有两个《非非主义宣言》；一是由蓝马执笔、刊登于《非非》1986年5月创刊号上的《非非主义宣言》，一是由周伦佑、蓝马共同执笔、刊载于1986年10月“中国诗坛1986群体大展”、收入《中国现代主义诗群大观1986—1988》一书的《非非主义宣言》。后者主要以《非非》1986年5月创刊号上的《非非主义诗歌方法》一文为蓝本，但内容和表述作了较多的修订）。但诉求是明确的，这就是超越历史与现实的文化、语言陈规。以《他们》与《非非》为代表的“新生代诗”的主要特点，是反抗诗歌文本的“寓言化”，摒弃“朦胧诗”的深度精神对应和象征、意象化技巧，让诗歌具有原创的、自由的活力和平凡人的生活气息。韩东的《有关大雁塔》《你见过大海》、于坚的《作品第52号》等编号诗作，李亚伟的《中文系》，以及翟永明、陆忆敏等人的女性诗歌，都是从个体生命体验出发，实验性很强的作品。

表面看来，小说界的“文化寻根”与“新生代诗”的“回到个人”、“反文化”是相反的两种文学思潮，本质上却同属中国文学现代性寻求的不同实验。一方面，在“实现四个现代化”和改革开放的格局中，文化视野和文化期待都已经发生极大的变化，人们既在80年代前期外国现代文学的介绍热中认出了自己的远亲，也开始借鉴他们的想象方式和艺术技巧，既渴望成为“世界文学”中的一员，也开始思考中国文学与世界文学的关系。另一方面，中国作家又面临自己要解决的课题：既要破除本土

---

① 韩东：《〈他们〉，人和事》，《今天》1992年第1期。

② 《非非主义宣言》（蓝马执笔），《非非》1986年5月创刊号。

③ 《非非主义宣言》（周伦佑、蓝马执笔），《中国现代主义诗群大观1986—1988》，同济大学出版社，1988年，第35页。

几十年来习非成是的陈规偏见,又要从自己的现实处境和文化传统出发想象世界,在学习西方与抵抗西方文化的矛盾中找到支点,以便凝聚自己的体验与焦虑,跟传统与世界构成某种对话关系。

有趣的是,虽然直到1984年,主流意识形态还把讨论社会主义的异化问题、人性和人道主义问题,以及"反现实主义"的现代派文学,作为"精神污染"的清除对象①,但80年代前期对"朦胧诗"的批评和"现代派"文学的争论,反而促进(了)它们的普及和实验。"朦胧诗"以外,80年代初王蒙的《春之声》《海的梦》《夜的眼》等"意识流小说"已经"胀裂"现实主义小说的叙事模式,高行健的《车站》《绝对信号》等小剧场戏剧,则从荒诞派剧作家贝克特(Samuel Becktt,1906—)的作品中得到灵感。而到了1985年,刘索拉的《你别无选择》、莫言的《透明的红萝卜》、徐星的《无主题变奏》、残雪的《山上的小屋》等现代主义小说,在人物的感觉、心理探索和叙述技巧上,已经非常接近西方现代主义的想象风格。"寻根文学"和"新生代诗"也是这种文学实验潮流的组成部分,但它们一个非常不同的特点,是想开拓一条既与本土"现实主义"相区别,又不被西方现代主义同化的中国现代文学。这才是"新生代诗"的初衷,也是"寻根文学"的主要倡导者之一韩少功把"寻根"明确解释为"寻找东方文化的思维和审美优势"的原因②。

不过,"东方文化的思维和审美优势"的神韵,更多体现在汪曾祺这样为数不多、有过深厚的旧学根基的老作家的小说散文中,体现在昌耀那些破译"泥土绝密的哑语"、承接土地的"地气"与民间文化血脉的诗歌作品中,而不在"新生代诗"和"寻根文学"的作品中。虽然"朦胧诗"诗人杨炼、江河有过写民族文化"史诗"的抱负:杨炼在此之前就试图以组诗的形式探索西安的半坡遗址、四川九寨沟的诺日朗瀑布,以及西藏、敦煌的文化底蕴;江河则在1985年发表了《太阳和它的反光》,以中国上古神话为题材,写盘古开天、精卫填海、夸父追日、吴刚斫木、愚公移山等。而"新生代"也有不少诗人写悬棺、大佛及民俗方面的题材。虽然"寻根小说"作家贾平凹笔下的商州、韩少功笔下的湘山鄂水、莫言笔下的高密、郑万隆笔下的黑龙江民族杂居地、张承志笔下的内蒙古草原和宁夏的西海固、阿城笔下的西南村落等,呈现出生命的"图腾"与"风流"(郑万隆"寻根文学"的代表作取名为《生命的图腾》;阿城自觉

① 参见《文学评论》1984年第1期的"本刊评论员"文章《清除精神污染是文学工作者的主要任务》。

② 在"新生代"形成诗潮之前,诗人王小龙就提出过不同于"朦胧诗"的艺术主张:"用地道的中国口语写作,朴素、有力,有一点孩子的口气;强调自发的形象和幽默,但不过分强调自动作用,赋予日常生活以奇妙的、不可思议的色彩。"(参见《青年诗人谈诗》,北京大学五四文学社编,1985年)韩少功的《文学的"根"》在某种意义上是"寻根文学"的宣言,但一年后他认为:"当时用了'根'这个词,觉得不大合适……就我自己的理解,所谓寻根,就是力图寻找一种东方文化的思维和审美优势。"(《寻找东方文化的思维和审美优势》)(1986年),《夜行者梦语——韩少功随笔》,知识出版社,1994年,第22页。)

实践“寻根”主张的一组短篇总题为“遍地风流”)。但这些本意上通过“民族的自我”与世界文学潮流对话的作品,主要还是“释放现代观念的热能”,而非“民族的深层精神和文化特质”的呈现。汪曾祺“不希望人们把阿城的小说和道家联在一起”①,有的文学史认为韩少功的《爸爸爸》“有太明显的鲁迅式的批判意图”②,这些都提醒人们对这种文学思潮不能只看宣言,不看复杂的写作实践。

实际上,从“五四”到“文革”,主流意识形态都把传统文化作为革命与改造对象,传统中国典籍中的文化思想并不是这一代作家思想和精神生活的主要背景。就像杨炼的《诺日朗》,那道被藏佛教赋予神性的瀑布,在诗人心目中只是欲望与超越的化身。就像阿城的《棋王》,与其说王一生的故事演绎了以庄禅为代表的道家哲学,毋宁说通过吃与棋两件事把生活“常谈”重新带进小说,让它与意识形态神话对话并使之充满平民哲学的多重意味,从而沟通了俗与雅、无为与有为的深层联系,呈现其交涉相向的辩证性和互动性。或许正由于此,这篇小说的叙述者才会在结尾时“想”:“不做俗人,哪会知道这般乐趣?家破人亡,平了头每日荷锄,却自有真人生在里面,识到了,即是幸,即是福。衣食是本,自有人类,就是每日在忙这个。”③

真正潜在支配着“寻根”作家的想象经验和叙写观点的,是他们铭心刻骨的早年经历,或上山下乡时所切身体验的被“大历史”忽略、少见于经传的民间文化。它们是亘久如斯的“常谈”,千百年来渗透在普通人的生活习惯、处世方式与人情风俗中,有形与无形地维系着种族的命脉,呈现出他们对于出生与死亡、生存与欲望、荣耀与耻辱的态度。在这里,当代意识形态化的叙事观点和抒情观点被搁置或解构了,当代建构的价值标准也不再是追逐的目标而是存疑的问题:在莫言以《红高粱》为代表的乡土传奇中,父亲以下子孙们的心已在酱缸中变色,只有爷爷、奶奶以上的先辈才是与山河同在的英雄。而阿城与王安忆的“寻根小说”虽然以当代生活为背景,主题却是生命文化对当代神话的质疑:人能否在自我构造的神话中封闭地生存?在生命与自然面前,能否筑坝建碑把权力物化,无视生存与人性的特点?尽管“小鲍庄”在历史上曾以无数人丧失言说能力为代价筑了一道“仁义”坝,并以匿名叙述赋予一种神秘、自然的色彩,却无法摆脱真实人性的挑战与反讽;那么,利用权力叙事的“理水”功能,将“历史神话”转化为“当代神话”,以坝与碑汇集事实、价值和权威,是否就能获得永恒?《小鲍庄》的回答实际上就是鲍秉义拉着坠子唱的那三句曲儿:“一

---

① 参见阿城小说集:《棋王》季红真的“序”,作家出版社,1985年。

② 参见孟繁华、程光炜著:《中国当代文学发展史》,人民文学出版社,2004年,第207—208页。

③ 这个主题可以在《棋王》被转载时阿城写的创作感言《一些话》(《中篇小说选刊》1984年第6期)中得到印证:“小至个人,大至中国,衣食是一个绝顶大的问题。以王一生的出身,他自然带了这个极现实的问题……如果有什么人为了什么目的,不惜以我们的衣食为代价,我和王一生们是不会答应的。”

二三四五六七八九十/十九八七六五四三二一/珍珠倒卷帘那么一小段。”更不用说“新生代”诗了:李亚伟声称他们是“莽汉”,是“腰间挂着诗篇的豪猪”;韩东则强调像农民一样知道粮食的由来和“把贫穷的日子过到底”,才是自我“温柔的部分”;而“女性诗歌”的崛起,就像翟永明诗中夤夜而来的穿黑裙的女人,“她秘密的一瞥”激活的性别意识,带动了女性诗歌颜色与趣味的改变。

不是回归笼统的文化传统,不是简单的“反文化”,而是通过召唤被当代意识形态放逐到边缘的、最贴近骨肉和渗透到饮食起居、处世待人方式中的民间文化,摆脱当代文学的想象陈规和西方现代主义的美学时尚,让文学获得“真人生”的亲近感与想象的自由,——这才是 80 年代中期以“寻根文学”、“新生代诗”为代表的文学思潮的要义。它既是对文学归属感的思考,也是文学摆脱社会学的一种策略。虽然这股文学思潮受当时思想界“文化热”和欧美现代主义文学的影响,思想来源十分复杂,题材、主题、技巧与风格斑驳陆离,但它重建了文学与社会的想象关系,从叙事抒情观点和想象方式上改变了延续几十年的当代文学模式:把以改造社会为目标、作为社会动员力量的文学,转变成了一种从人的关怀与美学关怀出发想象世界的文学。

从此,一直延续到“伤痕文学”的集体经验(如工农兵生活和大众化诉求)、创作原则(如服务政治与“反映生活”)、想象范式(如诗歌中政治抒情诗式的颂调和象征套式,小说从黑暗走向光明、从失败走向胜利的情节结构模式,以及人物塑造上脱胎换骨的“成长”模式等),已经失去支配的力量。这时的文学虽然仍要面对来自外部的压力,但依靠政治勇气(无论是顺从还是反抗)和道德力量是远远不够了,作家面临着更加内在的考验:良知、境界、才华与技艺,等等。许多作家开始意识到,文学作为一种人类想象世界的方式,既不是要对现实政治作出直接承诺,也不是承担社会“立法”或直接“干预生活”的职能,而是正视符号(语言)与世界的关系,与世界产生有意义的互动:在经验与符号相互吸收的可能中,追求感性与抽象的平衡,通过象征世界的创造,表达对存在的意识和想象,从而使人类获得更高的认识和开拓能力。

——原载《上海文学》2007 年第 6 期

王光东

主题原型与新时期小说创作

在新时期文学的发展过程中,民间文化一直起着相当重要的作用,它成为不可忽略的内动力和精神资源。充分揭示民间文化的意义,不仅可以从本土文化的角度进一步解释新时期文学的生成和发展过程,而且能够发现文学史叙述中的民间文化与其他各种文化形态之间的联系,使新时期文学与本土经验、记忆、信仰、伦理、历史传统之间建立广泛的精神联系,推动民族的、个性的文学发展和建设。目前,对于这一问题学术界少有关注,而通过原型建起中国民间文学、文化与新时期小说之间的深厚联系,其研究成果更不多见。本文试图通过对中国传统民间故事、传说中的"原型"在新时期小说中的呈现,探求新时期小说中民间文化的意义、民间审美的特点及其文学演变的某些规律。

一、"原型"的概念内涵及本土化理解

从20世纪80年代中期开始,已陆续出现了一些用西方的"原型批评"理论阐释中国当代文学的研究成果,在阐释新时期文学作品时,它们相对忽视了作为世俗神话的民间故事、传说在文学原型建构中的意义。在神话相对贫弱,民间故事、传说十分富有的汉语言文化背景下,我们更应从中国的立场出发,把建立在丰富神话谱系基础上的西方"原型理论"与中国经验联系起来。从中国现有神话和传说故事的保存情况来看,民间传说故事比神话丰富得多,仅以神话原型为基础,往往难以说明丰富的中国文学,特别是现当代文学创作与中国文化、文学传统之间的关系,因此,从中国民间故事、传说中发现"原型"在新时期小说中的呈现方式,也许能更深入地说明新时期文学与本土文化的关系,揭示汉语言文学的特点。在展开论题前,首先对"原型"概念的内涵和在汉语言文化背景下如何理解"原型"的几个相关问题作一论述。

"'原型'的英文是'archetype',又译为'原始模型'或'民话雏型"。[①] 原型批评有两个文学之外的渊源:即文化人类学和心理分析研究。在弗雷泽影响下的文化人类学家,特别重视从早期宗教现象(包括仪式、神话、图腾崇拜等)入手探索和解释文学的起源、发展。荣格在集体无意识的基础上提出了"原型"概念,"原型"指的是心理中明确的形式的存在。1957年,加拿大文学批评家诺斯洛普·弗莱出版了《批评的解剖》,标志着原型批评理论的成熟。"弗莱的原型批评理论的核心是'文学原型'。弗莱在构建其文学理论时对原型进行了移位,把心理学或人类学意义上的原型移到了文学领域,赋予原型以文学的含义。原先的原型是一些零碎的、不完整的文化意象,是投射在意识屏幕上的散乱的印象。这些意象构成信息模式,既不十分模糊,又不完全统一,但对显示文化构成却至关重要,现在经过弗莱的移位,原型成了文学意象,一个原型就是'一个象征,通常是一个意象,它常常在文学中出现,并可被辨认出作为一个人的整个文学经验的一个组成部分。"[②]弗莱的"原型理论"被归纳为如下四个方面:"第一,原型是文学中可以独立交际的单位。就像语言中的交际单位——词一样。第二,原型可以是意象、象征、主题、人物,也可以是结构单位,只要它们在不同的作品中反复出现,具有约定性的语义联想。第三,原型体现着文学传统的力量,它们把孤立的作品相互联结起来,使文学成为一种社会交际的特殊形态。第四,原型的根源既是社会心理的,又是历史文化的,它把文学同生活联系起来,成为二者相互作用的媒介。"[③]由此,文学史上无数千变万化的作品就可以通过某些基本的原型串连起来,构成有机的统一体,从中可见文学发展中变与不变的规律。把原型批评的理论和方法运用到新时期小说与中国民间文化研究中,其目的是进一步深入分析当代文学与民间文化的关系,那么,在中国民间文化、文学的范围内,怎样理解"原型"问题呢?

钟敬文曾说:"中国,是一个'传说之国'……她也是极丰饶于民间传说的。有些学者说,中国是神话很缺少的国度,和这相反,她于传说却是异常的富有。中国是否为世界上于神话最贫弱之国,这还是一个有待商量的问题,但她于传说方面的富有,却是不容争辩的事实"。[④] 那么,神话和故事、传说之间有哪些区别呢?周作人曾认为:"神话与传说形式相同,但神话中所讲者是神的事情,传说是人的事情;其性质一是宗教的,一是历史的。传说与故事亦相同,但传说中所讲的是半神的英雄,故

① 叶舒宪选编:《神话—原型批评》,陕西师范大学出版社,1987年,第14页。
② 朱立元主编:《当代西方文艺理论》,华东师范大学出版社,2005年,第171页。
③ 叶舒宪选编:《神话—原型批评》,陕西师范大学出版社,1987年,第16—17页。
④ 《钟敬文文集·民俗学卷》,安徽教育出版社,2002年,第222页。

事中所讲的是世间的名人；其性质一是历史的，一是传记的。”①依据周作人对故事、传说的理解，这样表述民间故事传说的定义似乎更为确切：“它是老百姓用口头语言描述自己的生活、讲述自己的故事、叙述自己的历史、表述自己的愿望的一种文学样式。”②当然，神话和传说故事也有内在的联系，神话不仅是传说故事的源头之一，而且都具有超现实性、奇幻色彩和“泛灵论”的认识世界的特点，称民间传说故事为世俗的神话的原因就在于此。西方的“原型”理论所背倚的是它的神话谱系和传统，在“神话”相对缺乏的中国，难以在神话原型与后来丰富、复杂的文学创作之间建立深厚的历史联系，丰富的民间传说、故事则有可能承担这一功能。当我们以民间传说、故事为“原型”理论批评的文学资源时，还应特别重视民间文学研究中的两个概念：类型和母题。民间传说、故事（含其他样式的口头文学）作为世俗的神话，有一个最明显的特征，“就是由不同人口中讲出的故事，它们的情节结构常常大同小异。甚至远隔千山万水的人，所讲的故事也惊人的相似……‘类型’是就其相互类同或近似而又定型化的主干情节而言，至于那些在枝叶、细节和语言上有所差异的不同文本则称之为‘异文’……‘母题’在文学研究各个领域的含义不尽一致，就民间叙事作品而言，它通常被认为是一种情节要素，或是难以再分割的最小叙事单元，由鲜明独特的人物行为或事件来体现。它可以反复出现在许多作品中，是有很强的稳定性；这种稳定性来自它不同寻常的特征、深厚的内涵以及它所具有的组织连接故事的功能”。③ 对这种世俗神话中的“原型”进行分析，所要讨论的就是这些民间叙事作品中的类型、母题以及与此相关的主题、人物、结构、想象等内容，在人们文化心理形成过程中所产生的意义以及在文人文学作品中的“置换变形”及其价值。因此，我们借弗莱的“文学原型”理论，把民间文化历史中相对稳定的民间故事类型、母题与文学创作心理、叙述方式、主题内涵、结构方式、想象方式等诸多方面联系起来，研究新时期文学中的民间文化传统及其民间审美特征。由于篇幅所限，不可能就中国民间传说、故事中的种种“原型”进行讨论，本文仅选取“主题原型”这一问题展开论述。由于中国民间传说、故事的类型繁复，其“主题原型”也较为复杂，在此，仅就与新时期小说创作密切相关的“主题原型”进行深入讨论和分析。本文运用的“主题原型”概念是指在民间故事、传统中反复出现、较为稳定的核心思想，与作为情节单元的“母题”是有区别的。

恩格斯说：“每一个民族的民族性不在于那一个民族秘密的服装与烹调，而在于

① 周作人：《神话与传说》，《自己的园地》，北京晨报社，1923 年。

② 黄景春：《民间传说》，中国社会科学出版社，2006 年，第 1 页。

③ 刘守华主编：《中国民间故事类型研究》，华中师范大学出版社，2005 年，第 2 页。

理解事物的方式。”①讨论中国民间传说、故事中的“主题原型”，应重视儒、道、佛等多种文化因素对其思维方式的渗透和影响，正是这种影响使中国民间故事传说中的“主题原型”与西方有所不同。在西方的原型批评中，主题原型有创世主题、永生主题、英雄主题等，在中国的民间故事传说中，主题原型则有报恩主题、忠义主题、善恶相报主题、忠于爱情主题等，并且具有浓郁的伦理道德色彩，呈现出鲜明的中国化特点。这些主题则是在人与自然、仙境、阴间、阳世的相互联系和转换中体现出来的。由此就牵扯到了中国民间文化、文学认识、理解世界的方式问题。以庄子为代表的道家思想和以孔子为代表的儒家思想对民间传说、故事的影响是深刻的。庄子在《大宗师》中说：“夫道，有情有信，无为无形，可传而不可受，可得而不可见，自本有根，未有天地，自古以固存。神鬼神帝，生天生地，在太极之先而不为高，在六极之下而不为深，先天地生而不为久，长于上古而不为老。”这个“道”产生万物，而它本身并不是其他任何东西产生的，它就是它自身产生的终极原因，并且在时间上无始无终，空间上无边无际，存在于天地万物之中，人与道为一，也就与自然界万物之间没了隔膜，而是彼此有着生命联系的统一体，“认出天地万物之一体，而本此一体之观念，努力于自我之扩充，由近而远，由下而上，横则齐家治国平天下，纵则赞化育参天地，四通八达，圆之又圆”。② 郭沫若认为这是儒家伦理的极致，人的意义是在与自然、社会的联系中体现出来的。显然，在民间故事、传说中，人与自然生命的联系及其对儒家伦理人格的表达都与这一文化传统密切相关，当佛教的轮回转世、善恶报应等观念与这样的文化融为一体时，在民间故事、传说中出现人、鬼、神，阳世、阴间、仙境可以自由转换的空间形式以及重视道德训诫功能也就不足为奇了。同时，我们还应重视中国本土的“道教”信仰对民间传说故事的影响。“中国的道教按照自己的学说，构筑了一个颇为生动完整的神秘幻想世界，它既是人们的信仰，又深刻地影响着各类民间叙事文学的创造和演变。道教以‘道’为最高信仰；道是统摄宇宙万物运动变化的虚无玄妙之物，修炼得道即可长生不死，飞升成仙，并能通达宇宙奥秘，成为无所不能的强者。神仙就是得道者，他们成为神秘幻想世界的中心。就整体而言，这个神秘幻想世界的最高统治者是玉皇大帝及其配偶王母娘娘，其左右有太白星君、天兵天将、日月北斗诸神、风雨雷电诸神等；掌管其他领域的神，幽冥地府有酆都大帝，水里有龙王，山里有山神，地里有城隍、土地、财神及闲游浪荡的八仙；居留千家万户的有门神、灶神等等，还有众多的鬼怪精灵混杂其间。能沟通这个神秘世界与凡俗世界的是道士，道士扮演着半人半神的角色，有的著名道士如张天师，甚至

① 转引自王轻鸿：《汉语语境中的原型阐释》，中国社会科学出版社，2005 年，第 108 页。
② 郭沫若：《文艺论集》（汇校本），湖南文艺出版社，1984 年，第 60 页。

直接受命于玉皇大帝,具有支配人间众多神秘力量的巨大神通。天宫居住着众多的天仙,过着逍遥自在的日子,得道成仙特别是成为天仙,是修道者追求的最高境界。动植物年久即可成为精灵,幻化成人形。这些自然界的精灵如逞凶作恶就会被视为妖魔,受到惩处,道士的主要职责就是对付在人间威胁着普通民众的各种妖魔鬼怪。它们如按道教学说进行修炼,再加上给人们行善造福,也可以在完全化身为人的基础上得道成仙,位列仙班,进入道教设想的最美好境界。‘仙道贵生’,在道教神秘幻想中,贯穿着珍爱生命和现实生活,渴望发挥人的潜能以创造奇迹的积极浪漫主义精神。”①在这样的文化背景下产生的中国民间故事、传说既具有超现实的幻想又具有强烈的现实性内容。

我们正是在这样的背景下,讨论中国民间传说、故事中的“主题原型”及其独特的表达方式和构成特点,讨论“主题原型。在新时期小说中“置换变形”的当代意义及其美学价值。

二、人与自然关系中的“主题原型”

不同民族的文学受着不同文化传统的影响。今道友信认为:“在西洋的思想史上,人一开始就在宇宙中占据着独立的存在,人不是自然的兄弟,而是以自然为舞台的存在。”②中国人“天人合一”的观念,使传统文化呈现出与自然和谐共处、融为一体的文化精神。在传统的民间故事、传说中,人和自然、其他生命的关系是不可分离的,彼此共生共存于想象的艺术世界,他们彼此的交往方式有着浓郁的道德化、伦理化色彩,其主题原型往往与忠义仁厚、善恶相报等内容联系起来。在“动物报恩系列传说”和“感恩的动物、负义的人”等故事类型中呈现出的主题原型与新时期以来小说创作的联系尤为密切。

钟敬文曾说:“中国古来传说中,有一个‘动物报恩系’,如隋侯救蛇得珠、杨宝救雀子孙四世为三公之类,不胜枚举。”③有人对于“动物报恩”的故事列举了两种类型:蜈蚣报恩与人虎情缘,“蜈蚣报恩”型故事的情节结构是:1. 一年轻人(书生)救了一条蜈蚣(或蟾蜍、蛇、青蛙),以后又一直喂养它,带了它上路;2. 途中听一声音叫他的名字,他答应了,别人告诉他:“这是恶蛇(或妖精),半夜里会来吃你的。”3. 他把蜈蚣放走,蜈蚣不肯离去;4. 夜里,恶蛇袭来,蜈蚣与其搏斗,杀死恶蛇,蜈蚣也中毒死去。与此类似的文本在浙江、四川、广西、山东等地都有流传。“义虎情缘”型的故事情节结构是:1. 受困获救。虎遇到困难,(1) 刺卡住喉咙或钉入脚掌。(2) 卡

① 刘守华:《道教信仰和中国民间叙事文学》,《中国文化研究》1996 年第 2 期。

② 今道友信:《关于爱》,徐培、王洪波译,生活·读书·新知三联书店,1987 年,第 110 页。

③ 转引自刘守华主编:《中国民间故事类型研究》,华中师范大学出版社,2005 年,第 122 页。

在树杈之间。(3) 难产。(4) 掉入陷阱或猎人的其他机关,得人帮助,困难解除。2. 恩人的厄运,恩人(1) 被诬陷。(2) 负难度日。(3) 无人赡养。(4) 没有妻子。3. 出山报恩。这两种故事类型的情节单元有所不同,但所表达的思想却非常接近,即人与动物相互依存、和谐共处。但对于“感恩的动物”来说,却常常遭遇忘恩的人,因此,在民间故事、传说中还有一种类型是“感恩的动物、负义的人”,在这一类故事类型中往往是人救了动物——动物感恩——人心贪婪,负义索取——遭受惩罚。在这些民间故事、传说中,人的世界和自然的动物世界是相联系的,表达着彼此关爱、同舟共济的美好情感。除此之外,在民间还有人与动、植物幻化的精灵成婚,共同克服困难、幸福生活的故事、传说。民间故事、传说中的这些类型在中国数千年的发展过程中,虽然部分母题(或者说情节单元)发生置换,但其基本主题却没有太大变化。那么,在新时期以来的小说中,这种主题原型是怎样被呈现出来的? 在新时期小说中这种“主题原型”主要有两种呈现形态:1. 像民间故事、传说那样,通过想象使自然中的动、植物幻化为人形,与人共存于生活的世界中,发生着情感联系,构成虚拟的艺术世界。2. 自然世界的人格化或人回归自然的自然化,使人和自然构成亲密、和谐的关系,在此自然世界中的动、植物虽未幻化成人形,但作家却把自己的思想情感融入自然,使自然具有人性的意义,构成人的生命存在的一部分。

在新时期小说中,有许多把自然世界中的动、植物拟人化,让它们幻化为人形,具有人的情感和思想。韩少功《爸爸爸》中的蛇见了女人会动情,贾平凹《废都》中的牛会像人一样思考哲学问题,张炜《刺猬歌》中的动物会变成女人与人生活,等等。在通过这种艺术方式呈现“主题原型”的作家中,张炜最为典型,所以在此拟以张炜的作品为例作一具体分析。张炜的小说与民间文化、文学有着极其深刻的联系。从“主题原型”的角度看,张炜在20世纪80年代中期以后的《三想》《问母亲》《我的老椿树》《梦中苦辩》等作品应特别引起重视,在这几篇作品中,“主题原型”所生发出的意义,都体现在其后出版的《九月寓言》《刺猬歌》等长篇小说中。张炜的这几篇作品所着力表现的都是人与自然之间的关系,《我的老椿树》和《梦中苦辩》的主题原型特征十分明显,它是“感恩的动物”和“感恩的动物、负义的人”等民间传说、故事的变体。《我的老椿树》与“感恩的动物”的故事相比,传说中的“动物”在小说文本中转换为“有灵性”的植物——老椿树。老椿树和那位老人相依为命,老人对老椿树的照顾可谓无微不至,老树化为老翁与老人聊天时说:“我无非是一株草木,能有如此大寿,全仰仗小院主人几辈子的精心照料。”老人却感激老翁的慷慨周济,帮他度过了灾年,给他以生命。在张炜这篇小说中,老椿树与老人之间的关系并不仅仅是感恩,他们还在漫长的日常生活中建立了亲如父子的深厚情谊,就这一点来讲,民间故事中的原型在这里生长出新的意义。这种新意义的生成联系着张炜对当今社会与人、自然与人之间关系的思考。在张炜看来,人不能脱离自然和其他生命而独立存在。当代人对自然和其他生命的肆意摧残必将带来人类自身受到惩罚。因此,在这篇小说中,张炜不仅复活了人与自然及其他生命之间平等的亲情关系,而且以柔情和爱意确立了生命的尊严,以坚韧和无私构筑起生命的辉煌,而对世俗的丑陋给予尖锐的批判。张炜的《梦中苦辩》这篇小说中又出现了"负义的人"的原型,这个原型是"感恩的动物、负义的人"的变体,"感恩的动物"这一母题在这篇小说中不是叙述的重点,他重点叙述的是人怎样"负义",怎样破坏植物、杀戮动物,人这样"凶狠残酷的对待生活、对待自然,必遭报应,你听说这样一个故事了吧? 一个人无法战胜他的仇人,最后就在身上缚满了炸药,紧紧地抓住了仇人,然后拉响了导火索! 人类身后此刻就紧紧跟随着这样的一个自然巨人"。① 张炜小说中的这段话可以看做是《梦中苦辩》的主题,人对"自然及其他生命的负义"必然带来自己的厄运。张炜在人与自然关系的思考中,所构建的小说世界的"主题原型"在《刺猬歌》中演变得更为复杂,但从整体上来说其情节结构仍然是:人粗暴地对待自然、生命—自然、生命给人以惩罚。这样的"负义"原型,在张炜小说中有着两方面的意义:1. 在人与自然这一永恒的矛盾中展示了带有哲学意味的命题,呼唤着新的道德、伦理的产生;2. 由此进入现实,展示当代人的某些所作所为潜在的深重危机,表现出深沉的忧患情思。

在新时期以来的小说中,人与自然的关系还有另一种呈现形态,在这些作品中自然界的动、植物虽然没有幻化为人形,以"人"的方式与人发生意义关联,但自然的整体化人格隐喻,使人与自然发生了深切的生命联系。人"与苍天和大地神交成为他日常生活不可或缺的一部分"。② 自然界中勃勃的生命力、灵性、智慧融于人的灵魂中,使人的生命获得有意义的存在形态,这样的艺术世界无疑蕴涵着对世俗化现实的反思和对人的理想生命形态的追求。在这些作品中,一方面可以看到道家"天人合一"世界观对作家的影响,另一方面也可以看到民间故事、传说中的主题原型的隐性存在。在民间故事、传说中,"感恩的动物"作为自然的一部分,往往化为"人形"或以人的方式去帮助、拯救危难中的人,体现出人与自然和谐共处的美好想象,但在这些作品中作家是直叙人与大自然的意义联系,并且不是在人所遭遇的具体事件上展开叙述,往往侧重于人的精神、灵魂方面的感悟和升华。从小说呈现形态的角度来说,这些作品是传统民间故事、传说的情节单元在新的文化语境中的"置换变形"——由拟人化的幻想向自然世界主观叙述的转换,所表达的仍是民间故事、传说中反复出现的人与自然和谐共处、相互依存的"主题原型"。张洁《从森林里来的孩

① 张炜:《美妙雨夜》,上海文艺出版社,1991 年,第 418 页。

② 爱默生:《自然沉思录》,博凡译,上海社会科学院出版社,1993 年,第 5 页。

子》中的“少年”被自然赋予了音乐天赋，在天籁之音的熏陶下，他成为出色的艺术家；张承志《黑骏马》中的白音宝力格，感悟着草原的仁慈、深厚与博大，获得了灵魂的升华，捕捉到草原上无处不在的灵性和人生价值坐标；《北方的河》中的“青年”在“黄河父亲”的身上，体验到了旷健、深厚的精神和人生力量；邓刚《迷人的海》、郑万隆《老棒子酒馆》则让我们感到汹涌大海和冰雪严寒背景下人的强悍气韵。这些作品中的“自然世界”都构成了人的生命存在形态的一部分，自然的精髓化作缓缓流淌的血液，给人带来生命和精神的活力。在这里我们也隐约听到了传统民间故事、传说中人与自然动、植物之间亲密呼唤的声音，这声音在人们心灵历史的演进过程中是那么深厚、有力、绵绵不绝。自然不仅是人类生命活力的来源，而且还是幸福、快乐的源泉；自然不仅赋予人们行动的力量，而且在人回归自然的自由中，还体验到生活的美丽和超越世俗的精神魅力。汪曾祺的《受戒》涌动着人生的自由和快乐，人在顺乎自然天性的生活状态中，演绎了一曲淳朴的爱情之歌。明海与小英子那种脱俗、自然的生命人格流露出的是人与自然合一的美丽。特别是小英子天然、纯洁、善良的形象与民间故事、传说中的那些幻化的自然精灵有着内在的一致性。与此相类似的女性形象在贾平凹、张炜等许多作家作品中不止一次出现过，这些自然化的女性形象寄寓着中国传统文化、民间文化对于真、善、美的追求。

在中国民间故事、传说中，人与自然关系中所呈现出的“主题原型”与新时期小说创作有着密切的关系。作家在与自然建起有意义的生命联系时，在现实层面指向的是，对中国现代化进程中所出现的一系列问题——自然生态的失衡、人的异化及生命力和道德伦理精神的萎缩等——的思考；而在文化层面指向的是，在与传统文化、民间文化对接过程中，构筑新的生命伦理和价值理念。主题原型的复现或转换的意义与价值也正在于此。

三、人与仙道幻境关系中的“主题原型”

在中国的民间文化传统中，虽然没有像西方那样发达的神话谱系，但却有着发达、丰富的神奇幻想故事、传说，其中的一个重要类型就是以神仙、佛道为重要角色与人间生活发生联系，在这样一些叙述文本中，人、神、仙境共处，日常的生活空间和日常生活之外的虚拟空间共存于一个文学的想象世界，并有着浓重的人性化、伦理化特点。这些神奇幻想故事与中国传统的道教信仰有着密切的关系。中国民间口头传承的许多神奇幻想故事尽管情节变化多端，有着不同的主题原型，却常常受到上述结构模式的支配。当然，在民间传说、故事中，它也受到了佛教观念、儒学思想的影响，有时纠缠在一起难以具体说明其来源，但在许多传说、故事中，道教的色彩是极为明显的。在新时期小说中，与道教相关的一些民间传说、故事中的“主题原型”仍在产生重要影响并生成新的意义。在新时期小说中出现的与道教信仰相关的民间传说、故事中的主题原型,往往不是通过单一的传说、故事的变形或情节置换来体现,而是体现为彼此相关的传说、故事的母题(情节单元)的融合,其主题也往往是一个或多个“主题原型”的集合。在此,有几个在新时期小说中体现得较为充分的“主题原型”值得进行具体分析。

(一)歌颂人经过考验、发挥潜能,张扬人的主观精神力量。这一“主题原型”主要体现在“神仙考验”这一类型的故事中。这类故事往往是说两个人(有时是多人)访道求仙:一个人意志坚定、心地善良、人格高尚,能克服种种诱惑和困难,终于获得成功;另一个则因意志薄弱,或心怀邪恶和私欲而失败或受到惩罚。类似的传说故事在民间广为流传,其主题原型也在文化发展过程中影响着人们对人生价值的理解。在新时期小说中,与这一“主题原型”相关的作品主要有阿城的《棋王》、史铁生的《命若琴弦》和《来到人间》、张炜的《九月寓言》等等。阿城《棋王》中的王一生,迷恋于下棋,“棋艺”的提升及其下棋时物我两忘的境界体现着人对“棋道”的追求,传说故事中是“得道成仙”,而他是得道成圣——成为棋圣。为了成为棋圣,他经受了常人难以忍受的磨难,忍饥挨饿,到处奔波,向高手学艺,不去留恋世俗的物质享受,他虽然喜欢“吃”,但“吃”仅仅是他生存的基本条件,他并非为“吃”而“吃”。《棋王》中的情节单元和得“道”目的虽与传说、故事有着很大的不同,但其基本结构模式和主题却无多大差异。这篇体现着道家精神和民间传说故事“主题原型”的小说的当代性意义何在?简言之,即是对现代人所面临的精神困境的自觉超越。《棋王》中的王一生迷恋于“吃”和“下棋”,“一旦外界需要他有所作为时,内力鹊起,阴极而阳复,获取九局连环之胜。小说最后对王一生下棋景象的描写,完全把一个人的生命之光,借助肉体与精神和盘托出,使之与茫茫宇宙气息贯通。”①王一生成为超脱现实生活束缚的智者,成为审美化人生的理想形象。就《棋王》的情节单元来看,它与“烂柯山”的传说也有密切联系,“‘烂柯山’的故事讲述的是某人进山砍柴,见二人(童子或老者)下棋,他在旁观棋片刻,发觉手中斧柄已烂。回到家里,才知已过百年,同辈之人相继离世”。② “烂柯山”型故事中的两位老者身居深山,抛弃一切功名利禄,清心静气对弈,沉醉于悠然的快乐之中,把世俗生活的血腥风雨、艰难困厄置之度外,这恰是民众理想的乐园和内在的精神渴求,这一母题和“主题原型”也包含于阿城的《棋王》中,它与“神仙考验”型故事结合在一起,共构了《棋王》内在的精神意蕴及情节的演进和发展。发挥生命的潜能,在人生的执著追求中实现主体价

① 《陈思和自选集》,广西师范大学出版社,1997年,第252页。
② 刘守华主编:《中国民间故事类型研究》,华中师范大学出版社,2005年,第179页。

值。这一民间传说、故事中的主题原型,不仅体现在阿城的《棋王》中,同时也体现在史铁生的《命若琴弦》和《来到人间》中。《命若琴弦》中有一个预设的前提:老瞎子弹断一千根琴弦后就能从琴槽中拿出药方,让自己的眼睛重见光明,这就像凡人求仙要经过许多磨难才能得道成仙一样。当他最后发现药方是空白的纸条时,预设的目的成了虚空。然而,虽然如此,他的精神却得到了升华,并悟出了生命的意义。他知道了目的虽是虚空的,但一辈子被虚设的目的拉紧,生活中才有了生气,以往那些奔忙和兴致勃勃地翻山、赶路、弹琴,乃至心焦、忧虑都是快乐。人的命就像琴弦,拉紧了才能弹好,弹好也就够了。"神仙考验"型的民间故事意义指向"成仙",《命若琴弦》则指向人的生命自身,虽然情节单元发生了置换,但主题意旨都是"得道以完成生命的升华"。《来到人间》中的残疾小女孩对于生命历程的理解也有相同的意旨。张炜《九月寓言》中的"金祥千里背鏊"的故事,在更加具体的日常生活中与"神仙考验"型民间故事的"主题原型"有着深刻的内在联系。金祥是小村中有着坚韧生命力的一个普通劳动者,他在小村里邂逅庆余,带来了小村生活中一个革命性的事件——人们由吃地瓜变成了吃煎饼。为得到做煎饼用的鏊子,他踏上了艰辛的寻鏊历程。正如凡人成仙一样,金祥含辛茹苦、餐风饮露,在漫长崎岖的山路上奔波,一道道山梁耗尽了他的气力,沿路乞讨的凄苦使其身体变得瘦弱不堪,但他终于把鏊子背回小村。在金祥这个人物身上,我们看到了源于民间自身生命要求的悲壮英雄行为,与"夸父追日"等神话原型也有内在联系。类似于"神仙考验"型的小说叙事,在新时期小说中并不少见,从原型的角度分析这些作品时,可以发现当代人的精神构成及其文学叙述方式,与民间文化是有着深层的联系的。虽然母题(或情节单元)或人物所经历的事件并不完全一致,但其主题却是一脉相承的。

(二)书写带有浓重理想色彩的神奇幻境,表达对现实的不满。这一"主题原型"在民间传说、故事中大量存在,许多故事在人、神、鬼的相互联系与转化中,表达了人们惩恶扬善、追求美好生活的愿望。从理想生活境界的角度来理解民间文学中的"主题原型",我以为最有代表性的是"桃花源记"所表现出的那种没有战乱、自给自足、鸡犬之声相闻、老幼怡然自得的东方"乌托邦"世界,这一世界呈现出明显的"仙道"意味,所表达的主题在其后的文学作品中以各种不同的方式体现出来。在新时期小说中,汪曾祺的《受戒》、张炜的《一潭清水》、阎连科的《受活》等许多作品在世俗人生的层面上,都赋予了这一"主题原型"以新的意义。汪曾祺的《受戒》把"桃花源"世界转变为一幅世俗的民间生活图景,在单纯的人生中洋溢着生命的快乐和自由。这里虽没有幻境的神奇,却有民间的理想。张炜的《一潭清水》赋予了"桃花源"世界更多的现实性内容,理想的主题与现实世界发生了剧烈碰撞。作品中的两个老人和那个吃瓜的小孩,在责任制实行前,他们在一起烧鱼、吃瓜,过着田园牧歌式的生活，他们的关系单纯、洁净，就像瓜田间那一潭清水，传递着“桃花源”世界的纯朴与“仁义”。但是，世事的变化，瓜田的承包却打破了这种平衡，民间世界的纯朴与道义正在慢慢消失，作品呈现出明显地对现实进程的忧虑和不满。在此，“桃花源记”的主题原型作为一种情感向往和文化记忆，在张炜的作品里融化为对新时期伦理道德的生命呼唤，传递着东方古老文化的美丽之声。由“桃花源记”的主题原型所唤醒的文化记忆，在阎连科的《受活》中有着更深刻的当代性意义。阎连科的《受活》写到了“受活庄”的两个世界：一个是民间自在形态的受活庄，“受活庄”的人虽然都是有瞎、有聋的残缺户，但却扎扎实实种地、收割，忙秋忙夏。冬季里，家里有吃不完的粮食和蔬菜，日子过得殷实而富足。世外之事和“受活庄”的人遥遥相隔，他们过着“不知秦汉，遑论魏晋”的幸福生活。另一个是外部世界影响下的受活庄，受到中国社会整体潮流的冲击，“受活庄”的自在状态崩溃了，人们跌入苦难的深渊，他们的命运受到一次次毁灭性打击。为什么“受活庄”的人总被外力所摧残？他们在历史的发展进程中何以总是扮演悲剧性角色？是“受活庄”的人不能适应社会进程还是社会的运行法则出了问题？当我们追寻这些问题的答案时，就发现了阎连科作品中“桃花源—受活庄”这一意象置换所具有的深刻文化意义：从民间传说、故事中所演绎出的这一世界，是他抗拒社会变动对人所带来的深刻伤害的精神支撑，“桃花源”的现实虽是虚幻的，但这一虚幻世界成为他理解社会变化和人心残酷的参照物，他带着滴血的心，让笔下的人物伤痕累累地踏上返乡之路时，实际上走向的是民间文化的理想，民间的“主题原型”在他心中幻化为一个人类的宿命福地。

（三）在新时期小说中，许多作品表现出对重利轻义、贪得无厌之物化人格的批判。这一主题在20世纪80年代的山东作家作品中体现得极为明显。王润滋的《鲁班的子孙》、张炜的《古船》等作品都指向在历史发展过程中对人的道德精神的审视。《鲁班的子孙》的主题在“重义轻利”的老木匠和“轻义重利”的小木匠的冲突中体现出来。老木匠以道德、信誉、助人为乐为目标，可是奋斗了几十年，仍然家徒四壁，他穷得连老婆都饿死了；小木匠以经济为杠杆，迅速致富，可是由于过分贪心，结果弄得四面楚歌、逃之夭夭。张炜的《古船》也涉及“道德”与“实利”之间的冲突。《古船》中的隋见素精明、实利，获得了世俗的成功，但他却背负“不义”的罪名；其兄隋抱朴沉思苦难，追问人性，富有仁爱，成为道德精神的化身，在他身上显现的是作者对农民乃至整个社会和历史苦难的解剖，以及对理想道德价值的守望。类似的小说主题在矫健的《老人仓》、王润滋的《小说三题》、张炜的《秋天的愤怒》和《一潭清水》等作品中都有相似的体现，人物冲突大都在父子、兄弟、朋友之间展开。这样的主题表达及其所体现出的价值趋向，与民间传说故事中“人为财死，鸟为食亡”的故事类型相似，或者说“人为财死，鸟为食亡”的“主题原型”在新时期小说中生成了新的意义。这一主题原型主要体现在有关“太阳山”的众多传统民间故事中。“在众多的‘太阳山’型异文中,流传在山东的《拾黄金》较为典型,其故事梗概大致如下:两兄弟分家,哥哥欺侮弟弟。播种季节,弟弟向哥哥借种子。嫂子将高粱种子炒过后交给他。弟弟种下后,精心照看,长出一棵特大的高粱,老雕把高粱穗子叼去了,弟弟为此哭泣。老雕让弟弟准备一条布袋,驮他到太阳升起的地方去拾金子,关照他一听头鸡叫就得趴在老雕身上飞回来。到了那里,弟弟拾了半口袋金子,就赶紧回来了。哥哥知道此事,也学着这么做。老雕关照了一通后,把他驮到那里。哥哥贪心不足,拾个没完,眼看太阳升起,老雕飞走了,哥哥被太阳烤死了。”①这个在全国各地广为流传的故事,有大量异文出现,但故事的情节结构和主题都与山东的《拾黄金》大致相仿,都是表现对美与善的褒扬和对丑与恶的摒弃,人对物质贪得无厌的追求必然招致惩罚,而美的道德人格和修养却有好的回报。因为在人世间有着一种比财富更珍贵的东西——那就是仁义道德。显然,张炜、王润滋等人小说中的主题是这一传统民间故事的“主题原型”在当代生活的展开和转换,这里虽由奇境转向了现实生活,但道德训诫的功能仍在进一步延续。由此可见,儒家的“义利观”在中国文化中的强大力量,它不仅渗透在传统的民间故事中,而且深刻影响着新时期作家理解当代生活的价值观。

四、“主题原型”转换的当代动力与意义

在新时期小说创作中,有许多与民间故事、传说相关的“主题原型”在不同作品中体现出来,除上之外,还有莫言小说中的“英雄主题”,苏童、叶兆言、李锐对“孟姜女哭长城”、“后羿射日”、“许仙与白蛇”神话传说的重叙,以及对其“主题”的新解等。在众多小说中,“主题原型”的复现显然不是简单重复,而是赋予了“原型”新的创造性意义。在西方的原型批评中,特别重视原型的复现功能及其相互间的意义联系,不过,我们更应重视“原型”的创新功能及动力,否则就无法说明“原型”为什么会在当代发生置换,也无法说明“原型置换”的当代意义和价值。正如王一川在对维柯《新科学》做出评述后所言,何以如此强调原型的复现功能而轻视其生成与创新功能呢?原型显然意味着复现、回忆过去,但同时或者更重要的是它极富生成能力,他说:“它既是一种规范,又是一种开放的空地,毋宁说它永远是一片充满种种可能性的空地,诗人们耕耘其上可以各得其所。与其说原型是一种胚胎,不如说原型是子宫,它只是孕育着什么,而不是像胚胎那样预示着什么。被孕育的东西就等同于子

① 刘守华主编:《中国民间故事类型研究》,华中师范大学出版社,2005 年,第 313—314 页。

宫,它自有其独特的生命力和本性。"①那么,新时期小说中的"主题原型"独特的生命力是怎样被表达出来的呢?"每一时代的理论思维,从而我们时代的理论思维,都是一种历史的产物,在不同的时代具有非常不同的形式,并因而具有非常不同的内容。"②这种生命力的独特表达与当代历史发展进程和时代、现实问题紧密相关,即是现实的文化力量在推动原型的置换和意义生成。

首先是作家对"现代性"问题的反思。"现代性"是一个宽泛、笼统的概念,在不同的范畴谈现代性,其理解自会不同。但通常意义上说,"现代性"是与社会的现代化进程相关,它往往包含着现代科技的发展、商业规则的成熟、物质生活条件的提高、农业文明向工业文明的转变等内容,"其另一种表述就是现代同过去的断裂:制度的断裂、观念的断裂、生活的断裂、技术的断裂和文化的断裂。现代之所以是现代的,正是因为它同过去截然不同,它扭断了历史进程并使之往一个新的方向——我们所说的现代的方向——发展"。③"现代"的历史发展向度有巨大的意义和合理性,但在发展过程中所引发的问题正在引起人们深刻的反思。在中国当代社会"现代性"展开过程中,人与自然、人与道德精神、人与生命的关系正面临前所未有的挑战。在人与自然的关系上,人们为了现代化的发展,对自然资源的开发、利用所带来的破坏和污染已严重威胁自身的存在空间;在人与道德的关系上,人们趋利的物质化冲动已带来道德伦理精神的萎缩;在人与生命的关系上,技术理性对于人生命的压抑已使人们日益感到生命的困扰与焦虑。如此种种必然引起作家对于现代性的反思,重思上述诸类关系。张炜在短篇小说《三想》中说:"事实上,哪里林木葱茏,哪里的人类就和蔼可亲,发育正常。绿树抚慰下的人更容易和平度日,享受天年。土地的荒芜总是伴随着人类心灵上的荒芜,土地的苍白同时也显示了人类头脑的苍白。这之间的关系没人注意,却是铁一般坚硬的事实。树木与阳光、空气、土地的关系,比任何其他生命都来得更亲近……它们是真正具有灵性的扫帚,不断地扫去自然的尘埃。"④在这里,他呼唤人与自然要建构新的伦理关系,人与自然要相互适应,人与自然的一切生命要共同相处;他还认为,人只相信自己、依靠自己是决不能生存的,人的可悲之处就在于自己决定了自己至高无上的地位,而这种决定的不合理性从根本上讲就在于忽视了大自然的一切。在当代文化语境中,张炜对人与自然关系的这种理解,所指向的是对人在现代性追求过程中对"自然"的蹂躏和对人自身存在的反思,在这里他认识世界的方式呈现出"泛灵论"的特点。民间故事传说作为世俗

---

① 王一川:《意义的瞬间生成》,山东文艺出版社,1988 年,第 144 页。
② 恩格斯:《自然辩证法》(1873—1883),《马克思恩格斯全集》第 20 卷,人民出版社,1971 年,第 382 页。
③ 汪民安:《现代性》,广西师范大学出版社,2005 年,第 28 页。
④ 张炜:《美妙雨夜》,上海文艺出版社,1991 年,第 313 页。

的神话，也呈现出浓郁的“万物有灵论”色彩，他也就必然在一个新的层面与民间故事传说中的“原型”相遇。王润滋对于人的道德问题的思考以及在作品中对于物化人格的批判，也与当代社会出现的文化问题有关。在当代社会中，商品经济影响着城乡的每一角落，它以蓬勃的活力给社会带来生机，同时也以强烈的破坏力冲击着人们的生活方式和价值观念。不能回避的一个事实是，自私、贪婪和赤裸裸的物质（欲望）正在使人们的道德人格发生变化。虽然对于历史的发展进程不能只用道德标准去要求和衡量，但以人的“道德堕落”来完成现代化的进程，也未必是人类的福音，因此，对非道德化人格的批判也是现代性反思的一项重要内容。王润滋回到传统的民间文化中，发现纯朴道德的美好价值，把道德化“主题原型”在当代作品中呈现出来也就具有了重要的现实意义。对于阿城的《棋王》来说同样是如此，阿城作为“寻根文学”的重要代表性作家，回到传统，寻生命之根，是他自觉的文化追求，其目的就是复苏民族文化的生命力。在当代文化语境中，多种力量对于人的生命的压抑已日益激发出作家的这种追求，莫言、贾平凹、韩少功等许多作家作品中“生命意识”的觉醒，都潜在地承接了民间故事传说中的主题原型。可见，新时期小说中“主题原型”的复现并不仅仅是与传统民间文化建立联系，更重要的是从当代出发，发现了原型新意，正是这种思想发现的动力推动着“原型”在当代生活中展开其置换的过程。

其次是作家本土审美意识的觉醒。本土审美意识的觉醒也是“主题原型”呈现的动力之一。巴赫金认为：“艺术形象世界的结构形式不仅是对空间和时间因素的安排，而且也是对纯思想含义因素的安排；不仅有空间和时间的形式，而且也有思想含义的形式。”①从这个意义上说，“主题原型”作为文学的思想因素也是审美意识中的重要内容。在中国当代文学的发展过程中，政治意识形态和西方文化、文学对其产生了不可估量的影响。第一，在 1949 年新中国成立后相当长一段时间内，政治意识形态一直规范着文学的发展和变化，民间文化、文学中许多内容都被当做封建迷信予以批判，虽然在政治意识倡导下，也曾出现过“大跃进”民歌运动、传统戏曲的改编等文学现象，但其“主题原型”都是包含于政治性主题的表现过程中，自身的思想力量未能充分呈现，仅仅成为一种结构性因素隐含于文本之中，民间文化、文学中的有益内容被忽略，甚至被遮蔽了。第二，新时期以来，伴随着对外开放的发展进程，西方的文化、文学成为文学创作的重要资源，作家对民间文化、文学的意义相对也重视不够。中国当代文学中本土审美意识的觉醒是源于 20 世纪 80 年代中期前后的“寻根文学”思潮，这种传统审美意识的觉醒，自然激活了民间文化、文学中的审美因素，把存于其中的原型主题、原型结构、原型想象、原型人物等纳入小说创作中。正

① 巴赫金：《巴赫金文论选》，佟景韩译，中国社会科学出版社，1996 年，第 474 页。

如张炜所说:“假使真有不少作家在一直向前看,在不断地为新生事物叫好,那么就留下我来寻找我们前进路上疏漏和遗落了的好东西吧……我觉得艺术家应该是尘世上的提醒者,是一个守夜者。他应该大睁双目且应该负起道德上的责任。而道德方面的经验和尺度,也只有从长期形成的东西中去寻找……一个作家要写东西,只有从沉淀在心灵里的一切去升华和生发。他们整个工作简单说就是回忆。而回忆,就是向后看,眼前刚刚发生的事难以写成好作品。”①这种“向后看”的审美意识所确立的正是当代与传统、现代性与民间性的沟通与连接。那么,为什么包含了原型内容的一些作品能给人以审美愉悦,而有些同样包含了原型内容的作品却显得低劣庸俗呢?产生这种情形的根本原因就是:那些能给人审美愉悦的优秀作品,其原型内容包含有对当代生活的深刻感悟和理解,原型的置换变形体现着巨大的当代性力量;那些仅仅为“复现原型”而无视当代生活和思想的创作,自然会流于简单的重复和俗套之中。对于那些一味模仿西方的作品,他们不会自觉以“原型”连起与深厚文化传统的关系。由此,就引出了第三个问题,即作家应有自觉的原型意识,这是提升当代小说审美价值和文化价值的重要途径。在新时期小说创作中,一些优秀作家都有较为自觉的“原型意识”,贾平凹在《白夜》完成后答陈泽顺先生提问时说:“荣格说过:谁说出了原始意象,谁就发出了一千种声音。但是,得看到,太形而下,虽易为一般读者接受,也易被一般读者看走眼,而形而上的东西是给另一部分读者看的。形而上和形而下融合得好了,作品就耐读,就可产生多义的解释。”②韩少功谈到寻根文学时说,寻根“是一种对民族的重新认识,一种审美意识中潜在历史因素的苏醒,一种追求和把握人世无限感和永恒感的对象化表现”。③ 这些作家虽没有明确提出“原型”的概念,但这种艺术追求中包含了对于“原型”的激情,“原型”与传统文化、民间文化是联系在一起的。因此,韩少功对那些具有传统文化、民间文化特点的作家,表示了由衷的赞美。他谈到20世纪80年代中期前后的小说时说:“近来,一个值得欣喜的现象是:作家们开始投出眼光,重新审视脚下的国土,回顾民族的昨天,有了新的文学觉悟。贾平凹的‘商州’系列小说,带上了浓郁的秦汉文化色彩,体现了他对商州细心的地理、历史及民性的考察,自成格局,拓展新境;李杭育的‘葛川江’系列小说则颇得吴越文化的气韵。”④这种与传统文化、民间文化的对接,必然与“原型”相遇,可能是中国当代文学优秀作品产生的前提,韩少功借助对高更的评价说出了这一道理,他认为高更之所以创造了杰作,是(因为)他到土著野民所在的丛

① 张炜:《美妙雨夜·代后记》,上海文艺出版社,1991年,第424—425页。
② 贾平凹:《答陈泽顺先生问》,《小说选刊》1996年第2期。
③ 韩少功:《文学的根》,山东文艺出版社,2001年,第79—80页。
④ 韩少功:《文学的根》,山东文艺出版社,2001年,第79页。

林里，长年隐居，含辛茹苦，在原始文化中找到了现代艺术的支点。为什么有了这种"原型意识"，文学作品就会有价值呢？因为作家与"原型"的对接过程，就是历史与现实、传统与现代之间意义关系的确立过程，在这个过程中，不仅拓展了文化的纵深感，而且使作家心灵释放出独特的、蕴含着民族文化精神的审美能量。

总之，任何传统只有和当代生活发生联系时，才能成为有意义的传统，传统的活力也只有依靠当代精神才能被激活，"原型"的意义也只能在这种情境下才能呈现或置换。新时期小说中的"主题原型"就是在传统和当代的深层联系中建构起来的，这样的主题原型不仅联系着丰富的传统民间文化、文学思想，而且这些思想已进入我们当下的文化、文学发展。在如上所论的"主题原型"中所体现的"天人合一"的世界观、"重义轻利"的人生观、肯定道德生命人格和现实幸福的价值观，不仅丰富了新时期小说的文化意蕴和审美内涵，而且已成为当代作家理解、思考当代问题的重要思想组成部分。当下，中国正处于世界全球化和一体化的过程中，"正在经历实现现代化和反思现代性这双重的挤压，正在承受经济、政治、文化、社会习俗各方面的变化和震荡，每个人在这个大漩涡里寻求精神的救助。"①在此情况下，我们更应重视传统民间文化、文学中的有益内容，因为它们很有可能成为我们回应现代生活、重建生活诗学的出发点。由此，我们更应以自觉意识激活传统，从而获得文化生命的更新和再生。

——原载《中国社会科学》2008 年第 3 期

① 韩少功:《文学的根》,山东文艺出版社,2001 年,第 213 页。

王 尧

关于“底层写作”的若干质疑

“底层写作”的提出、兴起与推动，以及随之而来的异议、批评与反对，是近几年文学界的一个热点①。争论的是“底层写作”，但涉及〔到〕的是文学的一些基本问题以及中国社会转型期文学发展的路向问题。

也许我们现在还不具备充分评述“底层写作”及论争的条件，因为堪称“底层写作”的代表性文本还不足以构成一种文学思潮；但另外一方面，关于“底层写作”论述的话语张力则大于“底层写作”本身，这一有趣的现象，透露出“底层写作”兴起过程中某些斧凿的痕迹。尽管如此，“随着讨论的深入，问题的复杂性也逐步暴露出来。比如，谁在写‘底层’，‘底层’的问题是否仅仅是苦难可以描述或涵盖的，‘底层写作’的文学性如何评价，如何看待这一文学现象中的情感和立场等等”②。

如果对“暴露”出来的问题复杂性作一清理，关于“底层写作”的意义以及分歧的焦点，也有大致的脉络。我想借用安敏成在谈到现实主义问题的一段话、两层意思，来概括意义与分歧的焦点。“中国人对现实主义的偏爱，部分由于它对中国社会中‘别人’的关注，在历史上这些‘别人’被剥夺了发言的权力。将这个被忽略的群体纳入到严肃文学的视野里，在某种意义上，对改变中国社会的结构是十分重要的。”这里所说的“改变”，是“底层写作”的倡导者与支持者强调得最多的“现实意义”。“然而，这一新的观审也要冒作家与他的对象——可见的但又是沉默的‘别人’——分离的危险。新的问题产生了。作家与对象之间的关系是否应理解为人道

① 孟繁华认为，关于“底层写作”的争论，“可以肯定的是，这是继 1993 年关于‘人文精神讨论’之后，十几年的时间里唯一能够进入公共领域的文学论争，因此意义重大”。《“到城里去”和“底层写作”》，《文艺争鸣》2007 年第 6 期。

② 孟繁华认为，关于“底层写作”的争论，“可以肯定的是，这是继 1993 年关于‘人文精神讨论’之后，十几年的时间里唯一能够进入公共领域的文学论争，因此意义重大”。《“到城里去”和“底层写作”》，《文艺争鸣》2007 年第 6 期。

主义式的,或者向被损害者投以怜悯,或者是从意识形态上警告当权者,促使底层阶级的觉醒?现实主义作家的自我否认是谦恭的表现,还是掩盖了另外一种形式的傲慢——即讲述别人的目的是要帮助他们,还是为了借标定和确认以示区分?”①

围绕“底层写作”的论述,我对一些问题的质疑和思考也只是初步的,不周详的,与其说表达了我的观点,毋宁说是陈述了我对诸多问题的困惑。

一

关于“底层”能否表述的问题,是分歧点之一。强调“底层写作”重要者,其实也“一分为二”,有论者强调知识分子介入“底层”的重要,也有论者认为知识分子作为“他者”并不能书写真正的“底层”,甚至只能是“扭曲”②。

当一些学者将贾平凹的《高兴》纳入“底层文学”时,另外一些学者则在此之前对贾平凹这批已经成为“中产阶级”作家的“底层写作”表示怀疑:“莫言、贾平凹写的是农村的底层,余华写的是小城镇的底层,残雪写的则是大城市小市民聚居区的底层。类似作家作品估计,可以占到当代小说的一半以上。很显然,我们一般不认为这些作家的作品就是所谓的底层叙事。”③在这样的区分中,“底层”与“底层叙事”被预设,虽然这些作家写的是“底层”,但又不认为是“底层叙事”,那么,究竟写怎样的“底层”才是“底层叙事”,这在“底层写作”的论述中并没有定见。虽然也有一些论者给出了答案,比如“农民工进城”等就被视为典型的“底层叙事”,但这只是题材上的个案,它并不能确认什么是“底层”以及“底层叙事”。当然,这里的核心概念是“底层”,如果这个问题解决了,就可以回答何谓“底层写作”或者“底层叙事”。如此困惑,表明将“底层”的定义本质化是困难的。

许多关于“底层写作”的论述,是在“面目模糊”的“底层”面前,将重心转到“底层”的表述者身上,在这样的情形中,“底层”的表述者也成为批评家表述“底层”的“他者”。“底层”表述究竟有无可能,其实已经不只是“知识分子”能否“代言”,而是具体到什么样的“知识分子”才能“代言”的问题。前面提到的那些作家为什么不被认为是“底层叙事”?“因为第一,贾平凹、余华、莫言这类作家,是在拿底层的酒杯,浇自己中产阶级或上流社会的块垒。他们可能出身底层,但早已脱离底层而进入了中层乃至上层社会,贾平凹不在底层的商州而在西安,余华不在底层的海盐而在北京,莫言不在底层的高密东北乡也在北京。正如人民之子经常是政客作秀的面具一样,以农民之子自居的人早已不是农民。他们的感觉、情感、想象、趣味、理想早

① 安敏成:《现实主义的限制》,江苏人民出版社,2001年。

② 我个人认同南帆《底层表述:曲折的突围》中关于知识分子能够表述“底层经验”的论述。

③ 单正平:《底层叙事与批评伦理》,《江汉大学学报》2006年第10期。

已脱离底层民众。第二，顺理成章，他们从主观上就不是为底层民众写作的，他们的目标读者主要是中产阶级和上流社会，是文学界的专业人士，或者就是外国读者，甚至干脆就是为着诺贝尔文学奖的评委们写的。第三，退一步说，即使他们主观愿望上有为底层写作的真诚愿望，但效果如何似乎还不能肯定。"①当"商州"、"海盐"、"高密东北乡"等被冠以"底层"，而"西安"、"北京"等则被排除在外时，城/乡二元结构又将"底层"从社会结构的关联中剥离出去。这些矛盾的方面，在"底层写作"的争议中已经有很深入的涉及。

我比较关注的是，究竟怎样界定写作者以及"底层"表述者的文化身份。有趣的是，"底层写作"因为出现"代言人"的身份，不仅在许多学者、批评家那里，其实也被一些作家认为是不平等的。莫言便认为所谓的"为老百姓写作"，听起来似乎很低调和朴素，但其实是一种居高临下的姿态，是一个道德的说教者。于是他提出"作为老百姓写作"，不是"为"而是"作为"，用这样的态度写作的小说家就会平等地对待小说中所有的人物，自然也会平等地对待读者。莫言的这些想法，肯定会有人持不同意见，但至少让学者和批评家知道，作家对自己文化身份的认定、对自己与"底层"关系的思考，并不是如我们想象的那样简单②。

也有论者虽然承认知识分子对"底层"的表述也是"对他们的表述方式之一"，但这种表述被视为"也是一种扭曲"："对于一个没有能力表达自己、更谈不上有发言权的群体，去说他们'是什么'或者站在他们的'立场'说话是没有意义的，因为他们是什么从来都是谜，他们没有历史、没有特点，他们的面目向来模糊不清。从任何角度去发现他们的优良品质、他们的革命性乃至他们的'伟大'，都只是对他们的表述方式之一，他们都是被表述的'他者'，表述得再伟大也是一种扭曲，真正的他们仍然没有出现。"既然"底层"的面目"向来模糊不清"，那么我们依据什么论定表述者的表述是"扭曲"？而那个"真实"的"清晰"的"底层"又在哪里呢？顺着前面的逻辑，"被表述"被认为是不可靠的，只有"底层"的"自述"才是书写"底层"的正途："只有当底层有了表述自己的能力的时候，才会有真正的底层，一切底层之外和从底层出身但已经摆脱了底层的人都丧失了表述底层的能力，因为被表述意味着被使用和利用，即使最善意的他者化表述也是使用底层来证明不属于底层的东西，或将底

① 单正平：《底层叙事与批评伦理》，《江汉大学学报》2006年第10期。

② 关于中产阶级的趣味问题，张清华基于对中国社会的分析认为，"具体在今天我们就可以这样来理解这个中产阶级趣味：它是我们时代的文化与艺术所表现出的一种新的审美观，它所代表的是一种删除了精英知识分子的启蒙批评立场的同时也隔绝了底层社会的利益代言角色的、与今天的商业文化达成了利益默契的、充满消费性与商业动机的、假装附庸风雅的、或者假装反对高雅的艺术复制行为"。如果以此衡量，文中的一些作家还不能确认他们的写作是"中产阶级趣味"。参见《我们时代的中产阶级趣味》，《南方文坛》2006年第2期。

层引入误区。”①而现在，我们谁都还不能乐观地说，“底层”已经有了表述自己的能力，既然如此，如果得出“底层”也只能在“底层”那里的结论自然是可疑的。

对鲁迅“多讲别人，是写实主义”的观点，安敏成说：“这个朴素的解说含义深远。借助它，鲁迅将文学上‘主义’的差别归结为一个基本的社会关系问题。他暗示，对文学模式的选择，取决于文学经验参与者之间的特殊关系——小说作者是‘我’，读者是‘你’，而‘他’或‘她’构成了作品中的人物。”②这个理解对我们仍然是有启发性的，也就是说，至少当那个“纯粹”的、“真实”的“底层”尚未由“底层”自述出来时，我们无法避开“社会关系”来讨论写作中的问题。我们只是在相对的意义上划分出“底层”和其他阶层，因此，如果不是在“社会关系”中讨论“底层经验”的表述，“底层”也只能变成一个空洞的、没有历史感的概念，而现在关于“底层”的“本质主义”论述，否定了“底层”表述的复杂性。南帆在对“底层经验”的表述作了历史考察后提出：“这个意义上，文学的底层经验表述复杂而丰富。创立一套独特的底层修辞，捍卫底层表述的纯洁性——如果这不是一种无益的空想，那也仅仅能维持在一个狭小的规模之内。返回20世纪文学史可以发现，底层经验的成功表述来自一批知识分子，来自一个阶层对另一个阶层的描述；这种描述的动力，很大程度上，恰恰源于两者的差异。相对说，过于依赖底层修辞的作品远不如想象的那么出色。底层的自我表述远未达到预计的目标。”③南帆以鲁迅和赵树理为例，认为重要的原因在于小说内部有无知识分子与底层之间复杂的对话。

联系到“底层”有时被置换成无产阶级、人民、农民、劳苦大众等阶级概念，而作家也被作了阶层甚至是阶级的区分，在这里，我们的讨论实际上还涉及〔到〕文学创作中的阶级、世界观、倾向性这些现实主义文学中的老问题。我们当然不否认知识分子身后阶级地位的结构性制约或者是利益的制约，因为如此，表述与被表述有时又被视为一种权力关系，并且注意到了“作家表达的底层经验可能被塞入某种意识形态”。但是，即使作家的世界观真的有什么问题，或者他们中的一部分已经是“中产阶级”，也不意味着创作中的倾向性就完全被世界观决定。马克思主义的经典论述，也强调了在一定条件下，作家的创作有可能突破世界观的局限，特别是在现实主义创作中，作家在创作中所表露出来的对社会生活的某些认识和评价，甚至可以违背作家一贯的思想立场或固有的见解。这也就是以前常讲的世界观与创作方法的

---

① 参见刘旭：《底层能否摆脱被表述的命运》，《天涯》2004年第2期。刘旭在论文中还提到，“现在要做的〔是〕只是去发现他们如何被表述，每一种表述扭曲了什么，其目的又是什么，对他们产生了什么影响，扭曲之后整体的社会后果是什么”。针对“他们”的“表述方式之一”考察表述的“扭曲”，当然是一种批评的思路，但是否还要考虑这样的扭曲和批评之于“底层”的意义在哪里。

② 安敏成：《现实主义的限制》，江苏人民出版社，2001年。

③ 南帆：《底层表述：曲折的突围》，《五种形象》，复旦大学出版社，2007年。

矛盾。恩格斯在给玛·哈克奈斯的信中，以巴尔扎克为例，指出现实主义甚至可以违背作者的见解而表露出来，巴尔扎克“不得不违反自己的阶级同情和政治偏见”，恩格斯认为这是“现实主义的最伟大胜利之一”。我觉得，我们在讨论这些问题时，不应当在恩格斯的论述基础上往后退。

如果认为只有底层的自述才能出现纯粹的真实的“底层”，那么，我们应当记取当年“工农兵创作”的教训。“文革”时期，当时的主流批评在谈到工人写作时，工人只有作为阶级的一分子，才有权力。这也是我们熟悉的一段历史。

二

将“底层写作”与“纯文学”相对立，又将“纯文学”与“现实主义文学”相对立，是“底层写作”论述中的主要观点之一。而此一问题的分歧，不仅涉及〔到〕对“纯文学”、“现实主义”的理解，更重要的是影响我们对新时期文学的认识和评价。

在一些论者看来，“‘底层写作’思潮可以说是对‘纯文学’弊端的一种纠正，它使人们关注以往视而不见的群体，让人们看到了现实中存在的种种社会问题，以‘引起疗救的注意’，同时也让人们重新认识到了文学与现实社会的联系，不在(再)将文学当做孤芳自赏的‘玩意儿’，这对文学的发展起到了积极的作用”①。这样一种看法在“底层写作”的文论中具有相当的广泛性，甚至也是“底层写作”立论的依据，而这些“纠正”“纯文学”“弊端”的设想，在很大程度上也误解了“纯文学”。

把“底层写作”与现实主义的复兴相联系，是“底层写作”论述中的又一个特征和方法，而且包含了试图以现在理解的“底层写作”来重新解释“新时期文学”和“乡土文学”历史的企图，这样的企图应当说是一种历史意识，但又在处理“底层写作”与“纯文学”的关系时，未能将这两个概念进入历史化的过程。在谈到贾平凹的长篇小说近作《高兴》“与‘底层写作’正面相遇”时，有批评家提出：“自从八十年代中期文学开始‘向内转’以来，中国当代文学的现实主义传统其实发生了严重的断裂。中国当代文学对农村当代生活的反应几乎到路遥的《平凡的世界》就中止了。此后达到乡村只是奔向‘纯文学’作家们的叙述容器。连贾平凹自己也是先进入‘废都’，后‘怀念狼’。以致到二〇〇四年前后，‘底层文学’发轫时，成名的‘乡土作家’几乎集体缺席。至今，在“底层写作”中活跃的作家，大都是来自基层的中青年作家，著名作家只有刘庆邦一人，但他主要写的是中短篇。而贾平凹长篇《高兴》的推出，不但提高了‘底层文学’的主题质量，也使得对‘底层文学’的讨论被纳入到‘新时期’，乃

① 李云雷:《底层写作所面临的问题》,《江汉大学学报》2006 年第 10 期。

至鲁迅以来开创的‘乡土文学’脉络之中。”①我们可以注意到，在“底层写作”的论述中，有两种不同的路径，一种是我在前面提到的把一些作家从“底层写作”中剔除出去，一种是把一些作家纳入进来。

我个人以为，上述关于“底层写作”与“纯文学”和“现实主义”的论述，其实是一种“旧现实主义”的观点，而有些论者本人对“旧现实主义”并不满意，甚至还认为“底层写作”需要借鉴“纯文学”的经验与积累：“现实主义的创作方法，是当前‘底层写作’的绝大部分作品所采用的，也为不少批评家所提倡。但现实主义也面临一系列问题：何谓现实与真实？如何才能认识现实？主体是否有认识的能力？这些问题的提出，不是要将现实主义抛弃，而是为之提出了新的问题与新的可能。现代主义与后现代主义正是因为上述问题而产生的，在某种意义上说也是一种‘现实主义’。这也就是为什么卢卡契终于认识到卡夫卡也是‘现实主义’，为什么加洛蒂将毕加索也看做‘现实主义’。如果现实主义也不能面对这些问题，而依然停留在旧现实主义的观念上，认为一个‘完整的主体’可以‘透明’地‘反映’现实，那么则不但不能面对现实中的问题，也不能真正面对人类的精神困境。正是在这些方面，‘纯文学’的一些探索提供了一些经验与积累，如果‘底层写作’不能借鉴这方面的遗产，则只能在低水平上简单地重复。”②前后的论述似乎是矛盾的③，既然“底层写作”所坚持的“现实主义”还只是“提出”了“新的问题与新的可能性”，那么“底层写作”在什么意义上纠正“纯文学”的弊端，应当还是个疑问。由此不仅见出“底层写作”对“纯文学”的“误解”，也反映出“底层写作”的思想资源至今仍然是个问题④。

相对(20 世纪)80 年代文学回到自身的实践，“纯文学”概念在 2001 年《上海文学》集中讨论之后，才有了更充分的论述，而这些论述是基于对“纯文学”的反思展开的，也就是说，讨论是在确认“纯文学”当下的问题时追认了“纯文学”的内涵。这与 80 年代文学发展过程中形成的一些可以称为“纯文学”的观念其实是有差异的。李陀认为，“在这么剧烈的社会变迁中，当中国改革出现新的非常复杂和尖锐的社会问题的时候，当社会各个阶层在复杂的社会现实面前，都在进行激烈的、充满激情的思考的时

---

① 邵燕君：《2007 年中国小说·导言》，曹文轩、邵燕君主编：《2007 年中国小说》，北京大学出版社，2008 年。

② 李云雷：《底层写作所面临的问题》，《江汉大学学报》2006 年第 10 期。

③ 对“底层写作”的矛盾和混乱的表达，也出现在对“底层写作”的命名之中：“在内容上，它主要描写底层生活中的人与事；在形式上，它以现实主义为主，但并不排斥艺术上的创新与探索；在写作态度上，它是一种严肃认真的艺术创造，对现实持一种反思、批判的态度，对底层人民怀着深切的同情；在传统上，它主要继承了 20 世纪左翼文学与民主主义、自由主义文学的传统，但又融入了新的思想与新的创造。”参见刘继明、李云雷：《底层文学，或一种新的美学原则》，《上海文学》2008 年第 2 期。

④ 在这一意义上，我赞成邵燕君所说的观点：“思想资源的落后和贫乏，曾是使‘底层文学’难以深入的症结，如今又成为‘乡土文学’难以前行的障碍，也是这些年作家们做‘时代大书’的企图屡屡落空的原因。”

候,90 年代的大多数作家并没有把自己的写作介入到这些思考激动当中,反而陷入到‘纯文学’这样一个固定的观念里,越来越拒绝了解社会,越来越拒绝和社会以文学的方式进行互动,更不必说以文学的方式(我愿意在这里再强调一下,一定是以文学的方式)参与当前的社会变革”①。90 年代以后的中国当代文学,比之 80 年代某些时段的文学,与社会的互动方式确实发生了变化,这个变化其实不仅是文学之于社会,而且社会之于文学的关系也发生了重大的变化。因为我们一直对文学干预或者介入社会的方式存在分歧,对“干预”和“介入”本身的理解也存在分歧,所以究竟怎样判断 90 年代作家的创作与社会的互动状况,其实也存在很大的差异。以我们通常认为的那些“纯文学”作家来说,如莫言、王安忆、贾平凹、韩少功、李锐、张炜、阎连科等,即使我们认为的那些注重先锋实验的作家如苏童、格非等,还有被认为是个人写作的代表作家陈染、林白等,都可以举出他们介入社会现实的重要作品。当今的中国正处于社会转型期,如果说,文学与社会脱节或者未能有效地以文学的方式参与社会变革,那么“陷入到‘纯文学’这样一个固定的观念里”也只是其中一个重要的原因,而非全部。我赞成李陀关于“纯文学”的谈话中包含的重建文学与公共空间关系的想法,但我主张在更广泛的社会联系中揭示当下文学症候的成因。

如果我们做一比较,就会发现,“底层写作”的提出和兴起,基本上与反思“纯文学”是同步的,而且论述“底层写作”之于现实社会意义的思路,也与反思“纯文学”问题一致,是大致相同立场的论述。如果我们暂时避开对“干预”和“介入”理解的差异,也暂时回避“底层写作”的历史化过程,必须注意到,许多人倡导的“底层写作”,也只是在“干预”或者“介入”这个层面上成为“纯文学”与历史之间的通道之一,而不会与“纯文学”形成全面的“对抗”关系。在近 30 年的文学史中,即使按照我们在反思之中对“纯文学”的认识,“纯文学”与社会的互动历史也是一个复杂的过程:“纯文学”在 80 年代与新时期之前的“政治”构成了紧张关系,在 90 年代则与“商业文化”相对抗;而“纯文学”在 90 年代逐渐成为一个主流概念以后,文学缺少对社会变革的干预和对现实的介入。正是在这个意义上,有论者认为“纯文学”概念因此具有了“保守性”,在“纯文学”观影响下的写作也出现了与社会相“脱节”的现象。

对“纯文学”的理解,涉及〔到〕我们对 80 年代以来文学的认识。在这些年来关于 80 年代的文学论述中,“回到文学本身”是我们的基本判断。在解释“回到文学本身”时,蔡翔分析道:“所谓‘回到文学本身’,实际上内含着这样一层意思:即文学完全独立于国家、社会、政治、意识形态等公共领域之外,从而是一个私人的、纯粹的、

---

① 李陀:《漫谈(说)“纯文学”》,《上海文学》2001 年第 3 期。

自足的美学空间。这一说法之所以能够得到确立，其背后，显然是来自于‘纯文学’这个概念的有力支撑。”换言之，“纯文学”是建立在“公共领域”/“美学空间”的二元结构之中的，这是对当初常用的政治/文学二元结构的重新表述，这当中隐含了理论批评界对“政治”的重新理解和谨慎使用。蔡翔的表述非常谨慎，分析的是“一层意思”，因为如何阐释“回到文学本身”在当年也存在不同的看法。关于这一点，我们可以从当代文学史著作的撰写中看出，在各种不同的文学史观中，关于新时期文学的叙述，基本上都采用了“伤痕文学”、“反思文学”、“改革文学”、“寻根文学”、“先锋文学”等这样的序列，但对作家作品的选择评判标准则有异同。所以，我们现在所看到的文学史著作中关于80年代以来文学的历史，也只是一个宽泛的“纯文学”史，而没有纯粹的“纯文学”史。

由这样的分析入手，我们或许可以说“纯文学”观念表达的是“回到文学自身”的诉求。正如陈晓明指出的那样，80年代并没有明确的对抗意识形态的“纯文学”运动，在大多数情形下，“纯文学”只是代表着文学创新所认同的那种文学品质①。80年代的文学在1985年“小说革命”前后有很大的不同，虽然“回到文学自身”的努力是一致的，但在文学秩序之中，对“文学自身”或者“文学性”的理解并不一致，正因为如此，才有文学思潮之间的差异。“纯文学”只是“回到文学自身”的一个“共识”，但各自的理解却是不同的，也可以说一个共识各自表述。我愿意在这一宽泛的层面上，认同蔡翔对“纯文学”之于当代文学意义的阐释：“近二十年来，‘纯文学’是一个极为重要的核心概念，它不仅创造了一种崭新的文学观，同时也极大地影响并改写了中国当代文学，这个概念有效地控制了具体的文学实践，同时，也有效地渗透到了文学批评甚至文学教育之中，任何一个人对此都不可能漠然视之。而在某种意义上，甚至可以毫不夸张地说，‘纯文学’这个概念在中国的产生，兴起乃至对整个文学史的控制，都留下了现代性在当代中国的影响痕迹。因此，在今天对‘纯文学’这个概念的重新辩证，实际上亦暗含了对现代性的重新思考，以及对中国社会发展的重新认识。”

我之所以对“纯文学”做这样的辨析，是想破除“底层写作”与“纯文学”对立关系的论述，而这些论述可能导致我们对八九十年代文学历史的解构，导致我们对一些基本问题认识的模糊和偏差。在重新建立文学与历史的多重通道时，在“纯文学”概念形成与文学重返自身的历史中所确认的文学的自律性、独立性和自足性仍然应当坚持不懈。如果把对“纯文学”概念的辩证也转化为一种具体的历史叙述，或许能

① 参见陈晓明：《从“底层”眺望纯文学》，《不死的纯文学》，北京大学出版社，2007年。

够确立“底层写作”与“纯文学”的连接点①,而不是对立面,并进而对“回到文学自身”或者“重返自身的文学”作出新的解释。如前所述,即便是认为“底层写作”可以纠正“纯文学”弊端的论者,也主张“底层写作”所遵循的现实主义需要借鉴“纯文学”的经验。

三

反对“题材决定论”,应当是中国当代文学经过多少次争论之后形成的一个常识性的文学观。对因片面强调“底层写作”而出现新的“题材决定论”的担心不是没有根据的。一方面,“底层”已经逐步沦为“题材决定论”的陷阱,另一方面,“底层写作”的倡导者又逐渐把“农民进城”、“农民工捡破烂”和“打工族”的生活等论定为“典型”的“底层题材”,这样的结果不仅缩小、抽空了“底层”的复杂性与要义,造成另外一种“底层的陷落”,而且可能割断“底层”与转型期中国社会政治、经济结构之间的紧密联系,从而有违倡导者的初衷。在文学观上,也与文学的基本理论相冲突。在许多论者那里,“底层写作”的出发点之一,是维护和声张社会的公平正义,因此认为“底层写作”具有“道德优越感”和“政治正确”。尽管多数论者在表达这两层意思时加了引号,但背后的心态仍然是“题材决定论”在支配。

我们都很熟悉“左联”的历史和《中国无产阶级革命文学的新任务》这篇著名文献,它规定了“现代中国无产阶级文学所必须取用的题材”。鲁迅先生针对性地说了一段同样为我们所熟悉的话:“如果是战斗的无产者,只要所写的是可以成为艺术品的东西,那就无论他所描写的是什么事情,所使用是什么材料,对于现代以及将来一定是有贡献意义的。”②“左联”以后一段时间,“社会主义的现实主义”的一个局限,就是片面强调题材的意义。

我之所以说,反对“题材决定论”是一个文学常识,还因为,新时期以来,我们已经解决了“写什么”和“怎么写”的问题。即使为了纠正某种偏差,或者因为需要而强调“写什么”的问题,我以为也应当在“写什么”和“怎么写”的相互关系中加以论述。用是否写“底层”判断作家的现实精神,用是否关心“底层”确认作家的道德观,用写什么样的“底层”论定作家的成就,甚至用“底层”作为核心概念来批评文学思潮阐释文本等,都反映了“底层写作”论述中“题材决定论”倾向。当文学与外部世

① 陈晓明认为,“当代文学并非不关注底层民众的贫困现实,而这一点恰恰是当今文学始终存在的主导潮流,这一潮流从来没有断过,只不过是有了新的美学上的意义”。“也就是说,正是对底层苦难现实生活的表现,当今文学(主要是小说)找到与‘纯文学’融合的一种方式。”陈晓明:《从“底层”眺望纯文学》,《不死的纯文学》,北京大学出版社,2007 年。

② 鲁迅:《关于题材问题的通信》,《二心集》。

界的关系被等级化和简单化时，文本的合法性和意义不是来自于文本，而是外部世界。在一些论者那里，是否写“底层”已经成为判断作品成功与否、评价作家精神崇高与否的最高标准。我以为，这样的取舍是不当的。至少在我的阅读中，一些被称为“底层写作”的作品或者被不适当地夸大了意义，或者曲解了。一些被“底层写作”理论解释、比较和评价的作家作品也因为被限定在“底层写作”范畴，而失去了更大的解释空间，这在某种意义上也是不幸的。如果因为写了“底层”就被视为“底层写作”，可能会误读一些作品，比如贾平凹的《高兴》。

虽然已经有不少称为“底层写作”的作品（主要是小说，也有部分诗歌），但为什么被批评界认可的少？这不能全归咎于部分批评家对“底层写作”的“偏见”和“成见”。对“底层写作”的一些作品持肯定态度的批评家，强调的也是作品题材之于社会问题的意义。雷达说他注意到2005年的一些中短篇小说，之所以引起较强烈反响，“是与他们提示了一个特有的社会问题，即‘农民工’问题有关。此前，有人用‘打工文学’来概括这一类作品。应该看到，由打工者和一些作家所创作的这类作品也许与知青文学一样是一个过渡性的阶段性现象，但是，‘打工文学’在现代转型和城市化进程中的中国社会是极其重要的，这个方向的文学可以包括现阶段中国社会几乎所有的政治、经济、道德、伦理矛盾，充满了劳动与资本，生存与灵魂，金钱与尊严，人性与兽性的冲突，表现了农民突然遭遇城市环境引发的紧张感，异化感，漂泊感，因而不容忽视”。[①] 所以在“怎么写”这个问题上，当下的作品大都是不尽如人意的：“我认为，在强调底层关怀的同时，如何表达底层生活或许是一个更重要的命题，因为它潜示了一个作家的全部情感和全部心智是否真正抵达了那些默默无闻的弱者，是否真切地融入到他们的精神内部，是否成功地唤醒了每一个生命的灵性，并让我们在复杂的审美体验中，受到了艺术启迪或灵魂的洗礼。”[②]论者在这段文字中想要表达的意思是多重的，除了对“底层写作”究竟能否“抵达”、“融入”、“唤醒”怀有疑虑，而且提出了“底层写作”具有“复杂的审美体验”的重要（性）。因此，对“底层写作”抱有“审美期望”是讨论问题的应有之意。

在谈论90年代以来文学未能参与社会重大变革时，论者也大多强调是以“文学的方式”来参与。这也是“底层写作”回应转型期中国问题时不能回避的，我们不应当窄化连接现实的通道，但需要在美学上连接包括“底层”在内的中国社会问题。以非文学的方式，在经济学、社会学、政治学等领域，无疑有比作家更熟悉更专业的人士。对于一个作家而言，他要发现的是社会结构中的人文冲突问题、人

① 雷达：《2005年中国小说一瞥》，《光明日报》2006年1月24日。
② 洪治纲：《唤醒生命的灵性与艺术的智性》，《文艺争鸣》2007年第2期。

性问题,而不仅仅是苦难。对苦难的特别强调,是与作家对“底层”的同情有关。如果我们把“底层”视为重要的题材,那么这个题材所包含的意义,远未被发掘。

四

无论是前面提到的“代言”与“自述”、“纯文学”与“现实主义”以及“底层写作”的题材问题等,都涉及对中国“左翼文学”的关系。

将“底层写作”与“左翼”和“新左翼文学”联系在一起的论述,不管是否赞成,但这样的论述确实揭示了“底层写作”的主要思想资源与叙事资源。当代社会转型中,社会矛盾加剧,与社会底层、弱势群体等相关的公平、正义问题成为关注的焦点。当批评家、作家以“底层写作”的方式来回应这些问题时,既以此为道义上的出发点,也连接了90年代以来的“新左翼”思想,在对新的资本文化和消费主义意识形态的批判中显示了激进姿态。正因为如此,在一些论者和作者那里,“底层文学”是“新左翼文学”的重要构成,也与90年代以后的“左翼”思潮有着默契。但我认为,尽管包括作家在内的知识分子在面对当下社会问题及未来发展的路径时有立场的差异,但关于写作的分类仍然要小心谨慎使用“左翼”和“右翼”的概念,积极稳妥地对待“左翼文学”传统。

90年代以来,中国的知识界好像已经被分为“新左派”和“新右派”,这是我无法也无力论述的问题。这样的情形其实在80年代以后的中国现代文学史写作与当代文学批评中已有充分的反映,特别是关于文学史的论述,基本上是张扬自由主义精神的,“左翼文学”思潮与作家作品被压缩,而曾经被压缩的另外一个路向的思潮与作家作品被有效地扩大了文学史的篇幅。80年代提出的“纯文学”概念,曾经是具有不同知识与思想背景的作家学者的最大公约数,但近几年来对“纯文学”的反思与批评,也出现了不同的路径(也许,这种分歧在最初就是存在的),当年的一些重要倡导者和实践者,在“现实”与“政治”这两个维度上对“纯文学”的反思,比较多地衔接了曾经很长时期被搁置的现代左翼文学精神以及社会主义现实主义的传统。尽管,许多论者没有使用“左翼文学”和“社会主义现实主义”这样的提法,但实际的论述中,对现实主义的理解和认识,仍然在社会主义现实主义或者革命现实主义范畴内。

我主张谨慎地使用“左翼”、“左翼文学”等概念及思想资源的原因之一,(是)我们现在不是在阶级对立的社会中讨论问题的。当代中国社会的分层现象是明显的,这是否需要用我们熟悉的关于“阶级”的理论来分析中国社会,是一个不可轻率而为的事件。如果我的理解没有错的话,“底层写作”的一些论述背后是阶级分析的方法。“阶级”和“革命”是相关联的概念,如果沿用“左翼文学”的资源,需要对许多关键的问题作出辨析和重新界定。因为社会主义市场经济的建立等众多原因,关于文学背景的论述已经由“革命”转移到“后革命”的时代。在这样一个斑杂的语境中，中国问题的复杂性是不言而喻的。不仅有“资本”的问题，也有“权力”的问题，公平与正义的问题不仅只是反映在“底层”，其实也同样反映在其他领域，许多问题是纠结在一起(的)。在解决这些问题，即使是以文学的方式参与，传统的思想资源与叙事资源也已经不够。

我并不否认“底层写作”关注这些问题的必要，但受这些问题困惑的不仅是作家，而是整个知识分子。它必然带来作家和写作的调整，但作家和文学并不能回答和解决这些问题。主张关注和判断这些问题的学者也是谨慎地提出了自己的想法。“那些令贾平凹等作家深深困惑的问题，如社会发展的效率与正义，城乡关系、阶级差异等，也是自上个世纪九十年代以来，被称为‘新左派’与‘自由主义’的两派知识分子争论的焦点，至今很难说有哪一种观点能获得‘上下一致的认同’。也就是说，作家在面临这样的问题时，必须作出自己的思考和判断，即使形不成完整的观念体系，也应该在面对现实进行详细解剖中提出有深度的质疑。”如果联系到茅盾先生写《子夜》的历史，我们就会发现，中国作家在用文学的方式回答中国社会论争的问题时，鲜有成功的经验。

从“左联”到“延安”再到新中国文学，“左翼文学”有着重要的成就和历史，公允地对待“左翼文学”遗产，在今天的文学史写作中有很大的空间。但与此同时，我们不能不吸取“左翼文学”的教训，而这些工作也是新时期以来文学研究中的重要收获。除了文学与政治的关系外，作为“左翼文学”思潮中的主体，“社会主义的现实主义”排他性的局限，以及在“左翼文学”审美特征(方面)的倾向，都曾经在历史中产生过负面的影响。“底层写作”在面对这些遗产时，不能轻易和简单地衔接。

当年“社会主义的现实主义”的提出，区分了“旧”与“新”的现实主义；80年代以后，对“社会主义的现实主义”的反思，又一次区分了“旧”与“新”的现实主义。“底层写作”如果强调现实主义，也应当在这样的历史过程中展开。

我们曾经认为“新时期文学”已经是现实主义和现代主义两分天下，但事实上，无论是包括新时期文学在内的当代文学还是整个20世纪中国文学，现实主义话语仍然是主流话语。但新时期的现实主义已经不是“左联”和“延安”时期，也不是“十七年”时期的现实主义。在80年代，传统意义上的现实主义不仅被“解放”，而且被“改革开放”，在“现代性”概念引入之后，文学思潮之间的融合已经让我们不能再像往昔那样条分缕析地区分出作家作品的“主义”归属。

最近这30年来，文艺界对现实主义在中国的命运是有深刻反思的。当“现实主义”在晚清救国运动和“五四”启蒙运动背景下被引进以后，“在创作与接受两个方面,现实主义都为中国人提供了一种崭新的美学经验”。作出这一判断的美国学者安敏成在他1990年出版的《现实主义——革命时代的中国小说》中,曾深入揭示了他作为一个旁观者对现实主义与中国文学关系的认识:“中国知识分子对新文学的召唤,不是出于内在的美学要求,而是因为文学的变革有益于更广阔的社会文化问题。现实主义,一方面由于它的科学精神,一方面由于它比早先的贵族形式描写更为宽广的社会现象,被当成了最为先进的西方形式。中国知识分子认为,一旦现实主义被成功地引进,它就会激励读者投入到事关民族危亡的重大社会政治问题中去。这种功利性考虑是可以理解的,因为西方的理论家(中国人正是从其中一些人那里了解了现实主义),也常常将这种力量赋予现实主义。但在实际创作中,如我所描述的,现实主义的实效与其说是对社会问题的积极参与,不如说(是)一种美学上的回避。”①在80年代以后,文学史研究和文学批评其实也是基于这样一个“与其,不如”的历史背景的,而改变此一状况的路径是“回到文学本身”,重返自身的文学也就成为研究界对80年代以来的文学历程的基本判断与描述。无论是回到,还是重返,处理的基本问题是“文学性”与“政治性”的关系,如果说以前是“美学上的回避”,那么在“纯文学”概念兴起之后则是“政治上的回避”。对现实主义文学在当代中国命运的重新思考自然是“回到文学本身”的题中之意,而在这个过程中,现代主义虽然曾有挫折但在80年代中期之后也就长驱直入了。因此,“纯文学”也可以说是一个超越了“现实主义”与“现代主义”的概念,而“现实主义”也是一个超越了“左翼”和“右翼”的概念。

“底层写作”如果笼统地说向“现实主义传统”致敬是不行的,应当告诉人们是哪一个现实主义传统。文学史的吊诡之处在于,许多关于文学的理想都是在现实主义的名义下进行的。因此,法国“新小说派”代表作家阿兰·罗伯-格里耶说,人们很容易明白,“为什么一次次的文学革命总是以现实主义的名义得以完成。当一种写作形式失去了它最初的生命力、它的力量、它的强列(烈)度时,当它成了一种庸俗的处方,一种学院派,追随者只是出于惯常或者懒惰才尊重它,而对它的必要性毫不提出疑问时,这时候,对已然死亡的套式提出质疑,并探求新的、能够继续接班的形式,就构成了一种对形式的回归。只有当人们抛弃了用旧了的形式,对现实的发现才将继续向前走一步。除非人们确认,这世界已被彻底发现了个够(而在这一情况下,最明智的做法将是完全彻底地停止写作),人们一定要尝试着走得更远。问题并不涉及〔到〕‘做得更好’。而是在依然陌生的道路上想前进,在这一道路上,一种新的写

① 安敏成:《现实主义的限制》,江苏人民出版社,2001年。

作将成为必要。”①

因此，期待“新的写作”，也成为讨论“底层写作”的出发点。

——原载《当代作家评论》2008 年第 4 期

① 阿兰·罗伯-格里耶：《快照集：为了一种新小说》，李奇志、余中先译，湖南美术出版社，2001 年。

张学昕

苏童与中国当代短篇小说的发展

一

相对于同时代的作家,苏童无疑是近20年来最年轻、最富才华和灵气的短篇小说家。这可以从他的《桑园留念》《飞越我的枫杨树故乡》到《西瓜船》《拾婴记》等约一百五六十个短篇小说得到有力的证明。如果从1983年发表于《青春》杂志的短篇小说《第八个是铜像》算起,苏童已经有25年的短篇小说写作史了。尽管苏童的长篇小说《城北地带》《米》和中篇《妻妾成群》《罂粟之家》曾给他带来巨大的声誉,但我感觉苏童面对这三种文体的时候,最为自信也最得心应手的还是短篇小说的写作。一般地说,一个作家的写作观和对于世界、存在的理解,以及他所形成的审美、写作惯性,在他写作的前七八个年头才会清晰地显现出来。实际的情形是,苏童一走上文坛,他的每一篇小说的写作,都无不深深地浸染着深长、灵动、唯美的浓郁风格底色。并且,他的出色的想象力,他的语言感受力和叙述、结构能力,使我们特别地惊异他高起点的写作。这些,在他的越写越成熟的短篇小说中日益显出咄咄逼人的力量。即使是那些发现其写作"存在一些问题"的批评者和研究家,也不能否认苏童写作的灵性、出色的虚构能力和行文的唯美气质。而且我们在苏童的短篇小说中看到了一个作家,如何凭借智慧运用最精炼、最集中、最恰当的材料或者元素,去表现复杂、丰富、开阔而深远的内容。我们在他的一篇篇小说文本里,不仅体验到一个作家的想象情貌,还被叙述带入一个有重量、有精神、有隐喻和无限张力的存在和现实当中。就短篇小说这种文体的凝练、精致和唯美品质而论,苏童的作品在中国当代短篇小说中是首屈一指的。他的写作,从文学的繁杂、多变的80年代到纷纭、喧嚣的世纪之交的文学气场,长达20余年里总是显得踏实稳重,不焦躁也不算计,完全可以用快乐、从容不迫、丰饶多产来描绘他短篇小说写作的旅程。这或许也是他能将短篇小说写得如此空灵、精妙的重要因素。我们可以在苏童身上,充分地感觉到一个真正小说家的天分和执著。这一点,不仅在他那一代作家当中是出类拔萃的,就是将其置于整个当代文学创作的视野中,我们也无法忽视他在短篇小说写作方面的重要贡献。

对一位同样也擅写长篇和中篇的作家来说,我还是忍不住将其称为"短篇小说大师",这似乎并不会掩抑住他整体创作上的魅力。当然,我对苏童的"短篇小说大师"的称谓,并非那种类似文学史的"盖棺定论",而是表达着一种尊重和敬畏,是对其短篇小说写作品质和魅力的真切肯定和强调。因为苏童对短篇小说写作的酷爱,孜孜不倦的精心耕耘,不仅给他的写作带来激情、兴奋和快乐,而且给它的阅读者带来了无比的幸福。谈到短篇小说的写作,苏童甚至放弃掉一个作家擅用的含蓄的表白而直言:

> 我想我患有短篇病,尽管它在我的创作中曾被莫名地压制了,但我知道它在我的内心隐匿着,它会不时地跳出来,像一个神灵操纵我的创作神经,使我深陷于类似梦幻的情绪中,红着眼睛营造短篇精品。我不知道我是否已经写出了理想中的短篇精品,也许这对于我将永远是一个甜蜜的梦幻,而我也乐于沉浸在这个梦幻中。我希望辉煌的、流行的、声名显赫的中长篇给我一个好作家的名声(这是我对时代和文学潮流的妥协),然后我可以有足够的资本让我的短篇病成为我真实的标签。这个想法也许同样显得一厢情愿,而且多少有些俗气之处,但我不想隐藏我的阴谋。
>
> 上帝,有朝一日让我成为一个优秀的短篇大师吧,我将为此祈祷。①

我想,这看似多少有些"戏言"的表述,其中必定有着苏童内心不言而喻的渴望与期待。关于苏童对短篇小说写作的迷恋,苏童在给自己五卷本短篇小说"编年"集的序言中还坦言:"很多朋友知道,我喜欢短篇小说,喜欢读别人的短篇,也喜欢写。许多事情恐怕是没有渊源的,或者说旅程太长,来路已被尘土和落叶所覆盖,最终无从发现了,对我来说,我对短篇小说的感情也是这样,所以我情愿说那是来自生理的喜爱。"②我觉得,在这里,苏童一方面为自己写了这么多的短篇有一种莫名的自豪,他不为自己的崇高自豪,而是为自己的忠实自豪;另一方面,他很清楚,喜欢写短篇并没有什么特别的意义,既没有什么可羞愧的,也没什么值得夸耀的,也没有任何殉道的动机。仅仅是喜欢而已。他说这也许就是一种"生理性"的喜爱,尽管不够贴切或确切,但是我们会感到非常真实和真切。一个作家喜欢一种文体是很自然的事情,这种文体与他擅长的结构方式、语言感觉、叙述节奏,乃至作家的精神状态都有

① 苏童:《我的短篇病》,《小说林》1993 年第 1 期。

② 苏童:《桑园留念 · 自序》,人民文学出版社,2008 年,第 1 页。

密不可分的关系。对于苏童而言,他并没有因为短篇这种文体,将自己逼向一种狭窄,相反的,他更愿意在某种单纯或是和谐之中表现深邃的意蕴。我注意到,20 世纪 80 年代以来的小说家,几乎没有谁会像苏童这样,会对一种文体如此钟爱甚至是偏爱,并且对自己少年时代的记忆格外珍视,并虔诚地进行满怀敬畏之意的表现、挖掘。这其中最大的一个动因,我想一定是源于苏童对文学的赤子之心。记忆、想象和对文体的偏爱,都成为苏童写作宝贵的精神资源。

具体谈到小说创作,苏童认为,“小说应该具备某种境界,或者是朴素空灵,或者是诡谲深奥,或者是人性意义上的,或者是哲学意义上的,它们无所谓高低,它们都支撑小说的灵魂”①。这也可以视为苏童的小说观。苏童完全算得上是一位自觉的、对文学境界有着较高追求的小说家,他的审美态度,他的结构智慧,他节制或松弛的叙述,将自己的精神和灵性注入作品的勇气,都可看做他对小说那种精妙充实境界的沉浸。就像林斤澜的“矮凳桥”、莫言的“高密东北乡”、阿来的“机村”、阎连科的“耙耧山”和“瑶沟”,苏童一下笔就找到自己的精神故乡和地理坐标——“枫杨树乡村”和“香椿树街”。正是在这块“邮票大的地方”,苏童的写作呈现出新的想象和小说的可能性。他通过它,用心地经营、演绎或注释了南方文化及其人性、历史、存在的迷魅。而短篇小说的凝练、细致和谨严特征,使得他能够从不同的视角和侧面,耐心地、逐一地打开生活、人性的皱褶。以“城北地带”和“枫杨树乡村”为视景的南方想象的疆域,在苏童笔下的小说中,构成独具特色的苏童的“纸上的南方”。尤其他的大量短篇小说文本,更加显现出个性化的、深邃的意味。这些文本,在很大程度上已经构成记录南方文化的细节和数据。无论是对历史的模拟和描绘,对家族、个人的记叙,还是对乡间、市井的营构,都隐藏着诗性的意象和浪漫、抒情的气息。在这里,其他文体所无法替代的、短篇小说的幽韵,丝丝缕缕地从字里行间发散出来。这些,都成为新鲜而不多见的小说叙事的美学经验。因此,从一定的意义上讲,正是短篇小说这种文体,宿命般地、静悄悄地在使苏童的写作发生一些根本性的变化,同时,铸成了许多中国当代“现代文人抒情小说”的经典篇章。

从最早的、也是苏童最钟爱的短篇《桑园留念》,到近期写作的《西瓜船》《拾婴记》《茨菰》等,我们可以感受到,苏童在将近二十几年的创作实践中,对现代短篇小说艺术有自己独到的理解。他认为,“谈及短篇小说,古今中外都有大师在此领域留下不朽的声音。有时候我觉得童话作家的原始动机是为孩子们上床入睡而写作,而短篇小说就像针对成年人的夜间故事,最好是在灯下读,最好是每天入睡前读一篇,玩味三五分钟,或者被感动,或者会心一笑,或者怅怅然,如有骨鲠在喉。如果读出

① 苏童:《苏童创作自述》,《小说评论》2004 年第 2 期。

这样的味道,说明这短暂的阅读时间都没有浪费,培养这样的习惯使一天的生活始于平庸而终止于辉煌,多么好!"①看得出,这的确是非常唯美、非常旷达,接近文学本性的现代小说理念。文学只能承担它所能承担的,不可能负载它无法负载的,这才是真正艺术自然的品质。与此同时,他在写作中开始重视技术、不断探索和丰富着这种文体的艺术表现力,并将小说自身的抒情性、诗性、形式感等美学元素和意蕴推向一个新的表现层面。

也许,对于一些作家,包括一些日后可能对文学史来说非常重要的作家,他在20世纪80年代的写作状况,必然会决定这位作家在此后写作的文学史评价,但是,对于苏童这位以"先锋"姿态出场的年轻作家而言,当"潮流化"的惯性渐渐湮灭之后,他似乎更加清楚文学本身的奥义,更善于从种种西方小说传统的"影响的焦虑"中挣脱出来。塞林格、博尔赫斯、福克纳、雷蒙·卡佛,对他写作的启迪和影响,逐渐成为激发他善于叙述和结构的灵感和动因。在既定的文学秩序中,虽然他的兴趣或志趣并不像许多作家那样宽广,但他却能不断地走出所遭遇到的写作困顿和迷茫,找到属于自己的叙事形态和固有本色。所以,早在20世纪80年代末,苏童就渐渐脱离了被评论者、研究者们所"界定"的范畴和某些轻薄的命名,愈发显现出自己的写作个性。也就是说,离开了"八十年代",苏童就已经很难再被"归类"了。具体地说,在他的中篇成名作《妻妾成群》《红粉》之后,苏童的写作就变得更加"自我",也更加自由了。对于苏童来说,这是一次极为重要的变化。后来,他写作的非功利性,他的小说意识,使得苏童小说的文字纯粹,结构精致、典雅,清澈而平静,他的叙事个性也愈发难以为某些理论、概念所覆盖。而从苏童对短篇小说写作最用心的1988年迄今,恰是中国当代文学被普遍认为"式微"的一个时段,也许,对于像苏童这样的作家,文学"边缘化"的语境,会给那种甘于寂寞、快乐地从事自己喜爱的工作的人,个很好的契机,因为丰富的想象力和对艺术的挚诚,都极可能成就一位短篇小说大师的诞生。因此,我们对他的写作充满了信心和更大的期待。

回顾苏童的小说写作轨迹,进入他二百余万字的小说文本世界,我们除了能够真切地感觉到他个人写作历程的错综复杂、起伏变化,我们也会强烈地意识到,他的写作与中国上个世纪80年代以来的"新时期"文学历史,甚至与1949年以来中国当代短篇小说的发展,有着非常密切的关系。或者说,苏童的写作,尤其他的短篇小说写作,他在短篇小说创作中的实践和取得的成就,他对前辈作家的继承、对小说艺术的探寻,为我们思考和研究中国当代短篇小说在大半个世纪以来的变化与发展,提供了一个新的视角和美学维度。我们虽然还不能说苏童开启了一个短篇小说写作

① 苏童:《短篇小说,一些元素》,《当代作家评论》2005年第1期。

新的时代,但我们可以坦言,苏童对短篇小说这种文体的敬畏以及其作品所呈现出的很高的文学境界,尤其是游移飘动,幽丽神奇,精致唯美,蔚为大气的文本形态,数十年来极为鲜见,确是一种无可争议的坚实存在。

二

应该说,短篇小说在当代,一直是较为“受宠”的文体形式,尤其在20世纪五六十年代曾备受青睐。这一点,与新中国成立以来的社会生活形态,特别是社会政治意识形态有着密切的关联。因为这些决定着一个社会的审美取向的变化。多少年来,人们也始终在寻找理想的短篇小说文体,努力地摆脱以往的某些规范,从旧有叙事模式里跳出来。当然,一种艺术形式或体裁的产生、发展和存在,以及它和时代变化、存在的微妙关系不是可以简单说清楚的,即使这种文体在今天正日趋成熟。其实,有关“短篇小说”的概念,包括它的起源、传统、文体界定、主要特征和基本规范,早在50年代,一些重要的理论家和作家就有过较为广泛、深入的讨论。其中,茅盾、侯金镜、魏金枝、孙犁等大家,对此都有各自独到的阐释和引申。那时人们所关注的重心,更多的不免还是集中在短篇创作的主题、题材、表现或囊括社会生活容量等几个方面,以此去考虑这一文体的演变、发展和美学价值。所以,五六十年代谈及短篇小说时,最流行的“关键词”大多是如何“剪裁”、“截取横断面”、“以小见大”、“以局部暗示整体”、“在生活中取用小的纽结”①。特别是,小说如何选择现实生活世界作为表现内容和对象,是衡定一个作家地位、等级的重要砝码。并且,短篇小说还被认为是略优于长篇小说的能快速“反映”生活的“尖兵”和“后卫”。也就是说,五六十年代大家对短篇的认识,还基本停留在这种体裁或文体同外部世界的相互关系,如何讲好“短篇故事”,主要还是纠缠于它与社会现实之间的外在关系上,尚有许多文学以外的因素左右这种文体的表现形态。在具体的创作中,尽管短篇的“功能”、“意义”格外受到关注,但与“五四”时期鲁迅所开创的短篇小说的辉煌时代相比,整体的势头已大为减弱。由于对生活本身以及政治、历史的重视和判定大于对艺术本体的思考,“写什么”才是决定作家写作取向、作品形态的关键,短篇小说这种文体的艺术品质始终为非艺术因素所拖累。所以,短篇小说的艺术发展遭到根本性、实质性的制约,这也就自然地限制了其表现生活、世界的深广度。作家小说写作的冲动和艺术感被“扭曲”为一种“被规训的激情”,短篇小说的文体魅力和精神风格也已被革命、神性的英雄主题所禁锢或消解。可以说,在整个“十七年时期”,作为一种尚

① 茅盾、魏金枝、侯金镜等的《杂谈短篇小说》《短篇小说琐谈》《漫谈短篇小说中的若干问题》等文章关于短篇小说的讨论。

处于发展中的文体,短篇小说的美学功能大体局限在一个极其狭窄的叙事空间里。在此,可资论述的短篇佳作的范例更是乏善可陈。

尽管如此,在当时的主流文坛,从短篇小说的艺术品质、美学风貌的角度考察,仍有一些重要的小说家在努力地传承“五四”文学的精神血脉和气质,使短篇小说的“文学性”得以艰难地延续。“当新中国诞生,各种文艺大军会师北京的时候,我们在短篇小说领域仍然能看到三位作家的名字:赵树理、孙犁、沙汀。也许可以说,他们分别代表着短篇小说的各项主要艺术功能——叙事性、抒情性和讽喻性,在那新旧交替的大时代中发挥着作用。”①这几位作家的艺术风格,在那个年代里还是十分鲜明而且显得有些特立独行的。主要是,他们在短篇小说的写作理念方面,还是有一定的探索性的。赵树理对人物、故事、情节的处理,显示出他以短篇形式“概括”当时农村社会现实的功力和“功利”;沙汀想以小说集《过渡》为“过渡”,转移、变化自己的写作风格,试图找到与时代的“契合点”,但不经意间渗透出的阴郁和沉重,反而让我们眼前一亮,使我们从另一个“侧面”窥见时代生活的境况。需要我们格外重视的,则是作家孙犁。仅就短篇小说而论,我们就可以视其为“大师级”的人物。他的小说集《荷花淀》和《芦花荡》,堪称开创中国当代抒情小说先河的经典之作。他将严峻、残酷、惨烈、恶(噩)梦般的战争生活,写成一首首如生命抒情诗般的文字,他创立一种至今看来仍然是不同凡响的叙事结构和风格,让我们在一个个生活“断面”中感受人性的光芒。所谓“于平淡中见浓烈,于轻柔处见刚强,于儿女风情中见时代风云”,就是对他的短篇小说的一种中肯的评价。在此之后的茹志鹃、林斤澜和峻青等,分别在他们著名的短篇《百合花》《新生》《黎明的河边》中,在很大程度上拓展了对历史“伟大瞬间”的把握视角,在非常困难的情况下,张扬了短篇小说艺术的抒情脉络、艺术传达的美学情调,极大地丰富了五六十年代短篇小说的表现力和美学维度。同时,也给那个寂寥、荒凉的文学年代平添了些许珍贵的亮色。

茅盾是较早意识到短篇小说的结构形态,以及各种小说元素相互关系的理论家之一。他在对当时短篇小说状况的评价时,就曾指出“故事比人物写得好”、“在故事方面,有机的结构还比较少见”等问题。这种进入小说本体的小说意识,终究还是超越了当时比较流行的对卢卡契关于长篇和短篇相互关系,以及从反映论的角度分析短篇与社会生活关系的理论。虽然,对中国当代文学来说,五六十年代是“长篇小说的时代”,但短篇小说,却在一定程度上承担了文体形式的探索性工作。至少,关于短篇小说的“结构功能”,在那时已经成为作家如何有效处理叙事与生活、情节与

① 黄子平:《论中国当代短篇小说的艺术发展》,《沉思的老树的精灵》,浙江文艺出版社,1986 年,第 202 页。

思想的修辞策略。我们从孙犁、沙汀、赵树理、茹志鹃的小说里，也的确感受到短篇小说“诗意的萌生”。在一个重视“现实”、“时代精神”，强调政治实用性、文化戏剧性的时期，尚能有如此的艺术思考已属不易。可以说，作家们的这些努力，形成了中国当代短篇小说的最初表现形态。

可以这样讲，任何时期的小说家的目光，都无不在现实和诗性之间游弋，他们的笔触都渴望在现实世界和文本之间所可能建立的联系中找到自己写作的支点。社会总体的意识形态变化这个因素，却常常影响和干扰作家对文体的选择或创造。而某种文体的确立，叙事方式的运用也绝不仅仅是一个修辞学的问题。那么，对于五六十年代的作家来说，用“生不逢时”和“不幸”，来形容他们那一时期写作上的困窘和尴尬一点也不为过。

中国文学在经历“文革”十余年的“短路”、“休克”之后，人们开始普遍喜欢用“突破”来形容、比喻这之后的当代文学的种种“复兴”状态。由于“文革后”文学是紧密围绕时代的思想解放运动展开的，文学与时代的意识形态的关系依然极为密切。所以，在“新时期”开始的相当长的一段时期，文学还难以轻易地确立自身的独立品格。短篇小说除了继续充任“轻骑兵”和“先驱性”角色，配合当代主流意识形态实现新的历史建构，其自身的革命并没有开始。像刘心武、蒋子龙、陈世旭、张弦、方之，甚至包括王蒙、张洁、高晓声等人的短篇小说，都积极参与了以文学的方式清算过去的“文革”伤痛，清除思想障碍，呼唤价值回归。这一时期，如王干所言：“短篇小说在特定的历史时期，可以说在意识形态功能方面发挥了最大值，是短篇小说最辉煌的政治时代。”[①]直到80年代中后期，艺术启蒙和文体创新的年代才真正来临。几波“潮流化”的文学现象：“现代派小说”、“寻根文学”、“先锋小说”和“新写实主义”，使得短篇小说在故事、叙述、语言、结构等小说元素，尤其小说与现实、时代的想象关系等文学观念、写作方法上，发生了根本性、诉求性的变化和历练。中国作家终于有机会、也极为自信地开始向着个人经验、向着语言等艺术感觉层面，进行大胆的借鉴和实验。这时，王蒙、莫言、马原、张承志、韩少功、王安忆、残雪、苏童、格非、余华等都是短篇小说的有力探索者。他们在一个更为复杂的社会文化背景和话语语境中，在曾经处于强势的现实主义和现代主义风行的缝隙中，重新确立自己的叙事起点，纷纷写出颇具影响力的重要作品。毫无疑问，这个时期，对当代短篇小说这种文体的革命与创新来说，是历史性的。无论是前者对外国现代短篇小说形式策略的模仿、借鉴，还是如阿城、刘恒、刘震云、何立伟、郑万隆等对本土文化、文学经验的深刻体悟，短篇小说已经走向了一个文体自觉的时代。

---

① 王干：《三十年短篇小说艺术创作轨迹回顾》，《文艺报》2008年7月24日。

在这期间，出现了两位无可争议的短篇小说大师：学养极深的汪曾祺先生和林斤澜先生。汪曾祺的《异秉》和《受戒》等一系列作品，显示出与当时文坛语境大相径庭的“异质性”特征。同时，它也被认为是对鲁迅、废名、沈从文、萧红、师陀开创并延续下来的“现代抒情小说”一脉源流的赓续①。其小说的语言、意境、气韵、结构，都令人耳目一新，味道醇厚，清雅耽美。我认为，倘若仅从短篇小说文体这个角度考虑的话，汪曾祺的意义，还在于他以身体力行的短篇小说写作，使这一文体的本体内涵和美学功能获得精彩、睿智的阐释，并给当代小说提供了一种深厚的文化精神和历史积养。这些，在后来的许多文学史叙述中曾得到极高的评价。林斤澜先生是一位对短篇小说有独特理解、有艺术胆识的作家。不夸张地讲，名之为“系列小说”的《矮凳桥风情》和《十年十癔》，是当代短篇小说中最难以模拟、难以企及，更难以界定的小说文本世界。他在小说中有效地处理历史、现实时空的现代小说技术和笔法，通过人物、情节结构、寓言、意象所建构的一个完整的、象喻性的、有历史感的世界，其形式的怪诞和先锋性，都体现出那种无师自通的“后现代”特征和复杂的文化成分。孟悦认为，无论面对历史还是现实，林斤澜的叙述“要给你一个已经变成话语的现实，一个话语中的现实，而不是透明窗外原封未动的现实”，“这样一种位置和选择，使林斤澜的作品往往有别一角度、别一种辩证、别一种洞悟。他的作品似乎自然而然地走向了寓言”②。林斤澜短篇小说语言、结构、意象和种种“变形”艺术，恰恰与这期间出现的“现代派小说”、“先锋小说”形成有趣的映照。我们体味到，两位先生的艺术感觉出奇之好，从作品的精妙构思到语言风貌，或庄或谐，或记叙或抒情，或含蓄冷峻，或放达空灵，都能看得出是大手笔，绝对是既文备众体，又自成一家的大家。他们的写作，推动了当代短篇小说的艺术发展，其对后代作家的影响也可想而知。

实际上，最难描述、或以理论的方式界定的文学时段，是世纪之交的当代中国文学。对于作家而言，这也是当代文学写作最困难的时期。整个社会价值观念和体系的剧烈变化，也在很大程度上，影响或者说干扰着作家的写作方式。文学写作的发生、生产方式和阅读日益变得复杂起来，这也直接影响小说文本的形态。从文学对人们精神生活的影响力角度看，文学叙事也历史性地遭遇了前所未有的挑战。一方面，在我们长达二十余年的社会物质、精神、文化日趋商品化、娱乐化，思维方式、行为方式的巨大转型过程中，人们的文化趣味和阅读兴致经历了复杂的变化。可以说，一些作家的心态及其短篇小说的写作，出现了极其复杂的景象。短篇小说与其

① 凌宇：《中国现代抒情小说的发展轨迹及其人生内容的审美选择》，《中国现代文学研究丛刊》1983 年第 2 期。

② 孟悦：《从历史的拯救到历史的诊断》，《林斤澜小说经典》，人民文学出版社，2005 年，第 280—282 页。

他文体一样，在经历了20世纪七八十年代异常活跃、激情丛生的岁月之后，渐渐进入了一个相对成熟、相对自觉但也相对沉寂的时期。另一方面，人们开始普遍对小说尤其短篇小说这种文类表示忧虑、怀疑，以为文学叙事已经走到了时代和自己的叙事困境当中，进而猜测小说这种文类是否出现走到终极的迹象。很多作家写作的着力点很“实际”地转向了长篇，甚至一些在短篇写作上有着巨大潜力的作家，也放弃了短篇，成为长篇的“专营户”或是电视剧的写手。总体上看，作家的想象力、叙事能力都暴露出相当虚弱的倾向。难能可贵的是，仍然有一些有使命感的作家还在有意地尝试着、积蓄着有效的突围，数年来一直保持着对短篇小说的挚爱和热情。只有这样，一大批优秀的短篇小说佳作才有可能横空出世。苏童、刘庆邦、王安忆、阿来、迟子建、阿成，无疑是这个时代短篇小说的圣手，正是他们继续着短篇小说这一文体在当代的写作史。

行文至此，我感到，当代短篇小说发展的基本轨迹似乎仍难以理清。我相信，面对丰富、鲜活的文学写作，任何逻辑的、理论的、概念的厘定都可能是挂一漏万、苍白乏力的。短篇小说的生命，似乎与历史、社会、现实和想象、虚构之间有着说不清的宿命联系。真正的短篇大师一定会深深体悟到个中三昧，他们以极好的个人控制力，在有限的篇幅里摆平其中的各个元素，朝思暮想，构思演绎，独具匠心，不惜为之消耗自己的艺术生命。

就在短篇小说的写作正在成为一件非常奢侈的事情，成为文学在我们时代最寂寞的事业的时候，苏童近20年对短篇小说写作的坚持或者说是执著，让我们感受到文学纯粹、清晰而澄澈的生命律动。他代表了一种艺术走向，一种更单纯的接近艺术本性的途径。我并不想夸大这种艺术存在在当代的影响力，但苏童就像八九十年代的汪曾祺和林斤澜一样，在纷纭的文学格局中自成一格，书写沉稳老到又活力四射，是一个极其珍贵的作家“个案”。我们感到，苏童仿佛就站在中外前辈大师们的身后，揣摩这种文体的堂奥，探索这门艺术的奇妙路径。那么，我们现在需要仔细探究的是，苏童二十余年来写作的156个短篇小说，在一定程度上给这种文体注入了怎样新鲜的活力？他在写作中究竟克服了哪些叙述的压力和困窘，拓展想象的维度，为我们时代的审美提供了多少新的可贵的因子？他是如何以自己的探索、实验，捍卫着短篇小说写作的尊严？在叙事的殿堂显得日益黯淡的时分，苏童怎样抓住了短篇小说写作的那根灯绳？

三

在中国现当代短篇小说史上，无数的优秀短篇小说都是依据其不朽的艺术审美力量，结构、抒情或写实魅力，凭借作者独特的生命体验，经过时间的历练，留下来成为经典。一般地说,短篇小说对作家的写作来讲,较之长篇、中篇文体有着更高的精神要求和技术指标衡定。这不仅需要作家思考世界的功力,对生活进行有效的甄别,个人性经验的鲜活与丰厚,超越现实的激情和爆发力,而且,需要作家非凡的艺术创新能力。与长篇小说文体相比较,短篇既不容许任何叙述上的拖沓、冗长或混沌,也不会给你文本表现上时间、空间的阔绰和铺张。而且,它还要求结构、语言的智性品质。它看似谨严、精致、内敛,实则需要诗意、灵动、松弛、随形赋势。20世纪80年代以来,文学已经逐步建立起渐离意识形态规约的审美叙事,所以,小说叙事,尤其短篇小说的叙事方向及其所承载的使命,包括思想性、精神性,就需要更大的独创成分,而不是一般性的大众化经验和感受。并且,艺术上还要不断地跳出种种模式的制约。所以,说短篇的写作是寂寞之道,丝毫也不为过。可以说,近些年来,人们对短篇的要求早已是大大高于长篇小说和其他文体的,那么,这种期待也就给作家的写作带来了更大的难度。近年选择短篇小说的作家,明显地越来越少。对一些作家来说,长篇中篇是主业,而短篇则是"副业",成了偶尔换换口味、放松自己的一种调剂。这也是世纪之交短篇小说在整体上呈现颓势的主要原因之一。

苏童短篇小说写作的价值和意义,正是在这样的话语情境下愈发地显示出它的魅力和力量的。

从某种意义上讲,苏童的短篇小说,作为一种艺术存在,在当代小说史上具有特殊的意义。其实,从很早的时候开始,苏童对短篇小说的精心结撰,对短篇小说形式感的追求,就已经远远地超出了"表现生活"的主题学限制和范畴。"先锋小说"的潮头和命名之后,苏童的短篇小说就具有自己的个性特征,构思奇特,想象力丰富,质量上乘,体现了与"潮流"迥异的风格风貌。尤其短篇小说的写作,后来渐渐成为他自觉的意识和选择。苏童似乎竭力要通过短篇小说来表达他的叙事美学和艺术哲学。特别是1998年以后,苏童主要的精力都悉心倾注于短篇小说的创作上。他曾多次表示:"我写短篇小说能够最充分地享受写作,与写中长篇作品比较,短篇给予我精神上的享受最多","我觉得很多短篇我可以用成功来形容"①。可以这样讲,苏童在短篇的写作中,才真正地发现、找到了自我。他的短篇写作,仿佛始终在一种特有的自我感觉、情绪和节奏中进行。像《祭奠红马》《小偷》《巨婴》《向日葵》《古巴刀》《水鬼》《骑兵》《白雪猪头》《西瓜船》《拾婴记》等一大批作品,写得极其自由、自信,轻松、洒脱而从容,其极好的叙述感觉,精致的结构,想象的奇特,故事的魅力,现代文人的唯美话语,这些,业已形成了独特的美学形态;他对叙述的有效把握、控制,使他的短篇越来越接近纯粹现代意义上的小说,确为当代短篇小说中所罕见。

① 苏童、王宏图:《苏童 王宏图对话录》,苏州大学出版社,2003年,第185页。

在他的几部重要的长篇小说《我的帝王生涯》《城北地带》《米》和《碧奴》中，尽管这些作品宏阔的构思凝聚着一个小说家的出众的才华和智慧，但我们仍然能从中强烈地感觉到他短篇小说的叙述功力，对他精致、谨严而考究的结构的影响痕迹。也许，我们会不约而同地说：这个长篇小说的作者必定是一位短篇写作的高手。

关于小说艺术，苏童曾不止一次地表达过他的叙事目的和叙事姿态："我是更愿意把小说放到艺术的范畴去观察的。那种对小说的社会功能、对它的拯救灵魂、推进社会进步的意义的夸大，淹没和扭曲了小说的美学功能。小说并非没有这些功能和意义，但对于一个作家来说，小说原始的动机，不可能承受这么大、这么高的要求。小说写作完全是一种生活习惯，一种生存方式。"①这无疑是一种非常放达、朴实的小说观，这种对小说的理解更接近文学的本性。当然，我们的社会也需要满怀忧愤、勇于以文学的形式振臂一呼、披肝沥胆的时代写手，发出狮吼雷鸣之声，这是文字的大力神。但是，以曲折的作品情境，透射人生，隐喻世界，阐释存在哲学和独特体验，寓深度、深刻、深厚于平淡、平静的叙述，同样能开启人们的灵魂之门。苏童无疑选择的是后一种方式。这也就决定了苏童小说写作的精神起点。这也是苏童写作形态、作品形态与众不同的主要原因。

从短篇小说的结构功能角度看，苏童较早就意识到短篇小说的技术要求，重视作品的内在力量和外部形态之间的关系，努力发掘小说结构的弹性和张力。而且，他不是将其视为简单的叙事技巧问题，而是对短篇小说这种文体有相当理性和充分的认识和把握。面对这种文体的时候，苏童是敬畏和谦卑的。他认为，"谈短篇小说的妙处是容易的，说它一唱三叹，说它微言大义，说它是室内乐，说它是一张桌子上的舞蹈，说它是微雕艺术，怎么说都合情合理，但是谈短篇小说，谈它的内部，谈论它的深处，确是很难的"②。短篇小说，在一定程度上，也像诗歌一样，其本然的品质注定了它较高的艺术含量，它是要"戴着镣铐舞蹈"的。汪曾祺先生对短篇小说的理论和创作，都是身体力行的实践者。他认为，短篇小说艺术的精髓是空灵和平实，是恬淡、潇洒、飘逸③。看得出，苏童的短篇小说基本上是与这种理念和感觉相契合的。总体美学倾向上的内敛、含蓄、和谐，以及不同文本所透射出的或诡谲、或清晰的种种人生况味显现着艺术的旷达和幽远。

这里，我要特别强调的是苏童短篇小说的语言。我认为，语言不仅决定了苏童小说叙述的方向，也决定着苏童短篇小说艺术的形态和风貌。

在当代作家中，有成就、有影响力的作家一定是非常重视语言的作家。从孙犁、

① 林舟：《苏童——永远的寻找》，《中国当代作家访谈》，海天出版社，1998年，第81页。

② 苏童：《桑园留念·自序》（苏童短篇小说编年卷一），人民文学出版社，2008年，第1页。

③ 汪曾祺：《晚翠文谈新编》，生活·读书·新知三联书店，2002年，第284页。

王蒙、茹志鹃、汪曾祺、林斤澜等,到贾平凹、莫言、王安忆、王朔,再到苏童、格非、阿来、迟子建、李洱,莫不如此。我想,一个作家终其一生都在与语言搏斗。小说究竟是语言的艺术,小说家在语言上下功夫是必不可少的,终生不能偷懒的。如汪曾祺先生所言:"一般都把语言看作只是表现形式。语言不仅是形式,也是内容。语言不只是载体,是本体。思想和语言之间并没有中介。世界上没有没有思想的语言,也没有没有语言的思想。读者读一篇小说,首先被感染的是语言。我们不能说这张画画得不错,就是色彩和线条差一点;这支曲子不错,就是旋律和节奏差一点;我们也不能说这篇小说写得不错,就是语言差一点。这句话是不能成立的。语言不好,小说必然不好。语言的粗俗就是思想的粗俗,语言的鄙陋就是内容的鄙陋。"①语言不好,小说必然不好,这是一位小说家的切肤之感和肺腑之言。语言是文化的表征,也是文化的内涵。可见,语言问题,是一个作家写作的最根本的问题。小说家的语言是写作的基本功,是内功,并且有天分和后天的感悟共同参与在其中。语言是构成小说叙事美学、风格个性的关键性因素。而一个作家在短篇小说的写作中尤其如此。短篇小说的语言表现方式及其风貌,对作家是一个巨大的挑战和考验,是每一位写作者必须面对的问题。短篇小说的语言究竟应该是什么样的?如何讲述故事和人物?每一个短篇都需要创造、拥有什么样的叙述氛围?这些都是短篇小说写作的关键性问题,决定着短篇小说叙述的成败。我觉得在这方面,苏童是解决得非常好的。苏童的写作,一上手就解决了语言的问题,似乎他没有练笔的过程。语言在他的笔下,近似一种流淌。早在他的短篇《桑园留念》《祭奠红马》、中篇《妻妾成群》《红粉》中就体现出他小说语言方面的天赋。他的语言是一种始终贯注于字里行间的美学气韵,不仅极大地扩展了短篇小说表达的话语、意识边界,而且,作家的心理体验、文学感觉、想象的故事、人物的情绪情态、叙述人的感受在文字中相互依傍、相互渗透。语言单纯、干净,甚至沉溺,语流随着故事、人物和叙述人的意绪起伏波动。句子与句子之间,相互推动、通仄,体现着逻辑而规整的语言质地和叙述声韵。这种叙述语式虽然在一定程度上受到像塞林格、福克纳、博尔赫斯等人翻译小说的影响,但苏童主要还是通过语言所建立的"抒情性"和"古典性",以及汉语独特的"只可意会,不可言传"的美妙"通感",避免了句子的"欧化"意味,形成了自己的"苏童式"文体。他大量短篇小说文字中的诗性品质,早已超出了一般性语言技巧,关乎着叙述、结构、意象乃至故事和人物形态。这方面,我觉得苏童潜在地受到林斤澜和汪曾祺的深度影响,后者在短篇小说上表现出的独异的诸多艺术元素,都可能构成苏童写作的机缘和生长点。我们分明已在这些短篇文本中发现了它们与"矮凳桥系列"和

① 汪曾祺:《晚翠文谈新编》,生活·读书·新知三联书店,2002年,第83页。

《受戒》《异秉》《大淖记事》等文本上的某种呼应和精神因缘。在这里，我们可以用"沉潜的神韵"，来描述和概括自孙犁、汪曾祺、林斤澜、阿城、苏童、刘庆邦、阿来、迟子建这一脉当代短篇小说大家的精神传承和文体延续。也许，这更是一种以语言为主体和中轴的文化的积淀。我们不会忘记，出生于南方苏州的作家苏童，他还要在他的文字叙述中与地域性极强的方言、口语进行"对抗"，在小说文本中建立起自己的具有现代汉语魅力的语言修辞。这无疑是对他写作的又一种考验。

关于苏童小说的语言和浓郁的抒情品质，近些年来陈晓明、王干、朱伟、阿城、洪子诚、王德威等学者和作家，都已有不少的论述和精到的阐发。他们认为，"苏童小说的抒情风格，不是实验性技巧或狂乱的语法句式表达的结果，它是故事中呈现的情境"，"苏童创造了一种小说话语，这就是意象化的白描，或白描的意象化"①。其实，苏童叙述语言在短篇小说有限的结构里，创造出的特别的语境、意境和情调，以及叙述带给短篇小说的绵密通透又疏朗的质地，唯美、颓败、感伤、宿命的气息，非启蒙、越出某种意识形态话语规约的抒情语态，都是当代短篇小说中极为少见的。这也是苏童有别于前辈作家的独到之处。像《樱桃》《白雪猪头》《桥上的疯妈妈》《拾婴记》《哭泣的耳朵》《二重唱》等都是这方面的佳作。我觉得，其中有很重要的一点，就是短篇小说虽然看上去篇幅简短，规模相对很小，但内在的蕴涵丰厚，有许多复杂性包含在里面。读罢掩卷，又会感觉到小说好像回归到一个很简洁、很单纯的境地。这也许就是短篇小说的劲道。苏童仿佛极富生气，元气也异常丰沛，尤其是想象力的力量，使得他能恰当地把有限的构想推至无限。苏童不惜精力，在叙述方面投入很大的力量，精心结撰意象和营构情境，通过叙述找寻语言与生活、存在相对应的结构，使自己和读者都能够更换一种方式去面对事物，这样，诗意的文本，就必然会创造出一个有别于普泛经验的小说世界。而且，我们更早在《沿铁路行走一公里》《木壳收音机》《一个星期天的早晨》《犯罪现场》《像天使一样美丽》《稻草人》等文本中还看到，苏童不仅赋予人物基本的、必要的动作，铺设诡异的场景，隐现空灵的意象，凸现强烈的主观感受，还加大作品整体的容量。死亡、暴力、荒诞、悖谬、苦难、病态、孤独、惆怅等母题大量进入小说表现的视域。这些复杂的内涵因素，就会对文学叙述话语提出更多、更高的要求，这已经远非是20世纪50年代至80年代中前期单一的二元话语所能呈现。在他近年结构最独特的短篇小说《西瓜船》中，他成

① 我认为，陈晓明的《无边的挑战——中国先锋文学的后现代性》（时代文艺出版社，1993年第1版；广西师范大学出版社，2004年修订版），是最早关于中国20世纪80年代"先锋派"以及苏童、格非、余华为代表的当代小说叙述话语转型研究的权威著作。王干的《苏童意象》（《花城》1992年第6期）、胡河清的《论格非、苏童、余华与术数文化》（《当代作家评论》1992年第5期）、王德威的《南方的堕落与诱惑》（《读书》1998年第4期）、张清华的《天堂的哀歌——苏童论》（《钟山》2001年第1期），都是近些年来苏童研究的重要文章。

功地在一个短篇结构中完成了对于两个语境或故事的讲述。前半部分是一个杀人的暴力故事,后半部则是一个助人的温暖的故事。这篇小说将短篇小说结构和语言的内在变化作了有效的尝试,叙述人话语、人物、故事在一种特殊的结构里达到了和谐。小说语言超越日常话语、传统文学语言所造成的陌生化效果,将具有历史的、具体的、直觉的、道德的形而下内容,引入超验性体悟,并被婉约、神秘或轻曼的话语讲述、推衍,形成一种苏童式的"现代文人话语"。可见,对一个短篇小说作家来说,语言对短篇的结构和整体艺术形态这种重大的影响和制约,差不多也是一种宿命式的存在。只有对事物、存在进行诗性的把握,才能激活现代汉语的光芒,并且最终不为任何文体的局限所囿。

若要回溯当代作家的短篇小说写作与自身生活经历、经验,尤其是与早期生活的关系,苏童恐怕还要算非常切近或贴切的一位。20 世纪 60 年代中国少年经历的,可以说是一个无爱的岁月,没有自我人格,人性基本被绞杀掉了,更没有诗意和神圣,生活和生命本身尽是精神的迷惘、灵魂的虚空。苏童之所以对那些故事极度沉溺,主要源于他想象、重构生活的激情和虚构生活的能力。具有虚构能力,在现实之上自行建构一个存在,这的确是苏童、格非、余华这一代作家所具有的天分①。苏童一定是怀着"对旧时代的古怪的激情",在这一个个可怜、干枯的故事中,还原出不可思议的与那段岁月切近的苦涩和怅惘。显然,苏童不是从某种观念或文化的继承上创造短篇小说的艺术文本,而是从独特的生命体验中,从自然、自我、自尊的气质中,找到了自我的文学表达式。

苏童的短篇小说,几乎都以"香椿树街"、"城北地带"为叙事背景。从第一个短篇《桑园留念》开始,苏童就"陷"在这条街里不能自拔。尽管后面的作品在技术上不断变化和"腾挪",写得愈发精致、飘逸和灵动,但这一系列作品所散发出来的气息,叙述中可触可感的甚至有些粗糙的"毛面",都弥散、灌注于后来的大量短篇小说中。有意味的是,苏童的笔一旦触及这个经典的南方背景,就仿佛灵光四射,尤其在短篇小说这种文体中,更加游刃有余,挥洒自如。由此可见,经验的可靠,必然带来虚构和文字表现的自信和从容不迫,苏童也就能够更好地控制住自己写作的节奏。当然,这也不免会给他带来负面的影响。由于苏童始终是在一种文人的常态里写作,因此,也就难免那种不由自主地对生活的艺术外饰,这种意识也就不可避免地带来较重的匠气,甚至伴随叙述的自信和优越而来的"贵族气"。许多动人、委婉和含蓄的故事,仿佛都留有丝丝缕缕的雕琢痕迹,裹胁在一种独有的叙事秩序里。再加之苏童语言、结构和叙述上的干净、整洁、精致,特别是他长达二十几年的短篇写作,

① 王安忆、张新颖:《谈话录》,广西师范大学出版社,2008 年,第 243 页。

尤其是90年代中后期以来彻底职业化的写作状态,对他的写作就形成了一种新的挑战。好在苏童不是王安忆所说的那种“很快就能把经验变成文字的人”①,他所笃信的是,真正的艺术是千锤百炼和磨砺的结果,真正的艺术都像格律诗、短篇小说所要求的,要“带(戴)着镣铐舞蹈”。这更符合他的心态和艺术旨趣。“原汁原味是艺术的镣铐,但是艺术之所以成为艺术,必不可少的恰好就是这副镣铐。我们让人类的思想自由高飞,却不能想当然地为艺术打开这副镣铐。艺术的镣铐其实就是用自身的精华锤炼的,因此它不是什么刑具。我们应该看到自由可与镣铐同在,艺术的神妙就在于它戴着镣铐可以尽情地飞翔。”②其实,个性化风格就是这样形成的。近年来令人欣喜的是,苏童的短篇小说越写越平实、朴素,他更加充分地意识到,只有“贴”着现实、“贴”着生活,并修炼叙事的节制、约束和自控,想象的翅膀才会更自由地飞翔。

无疑,苏童写短篇小说始终是极其自信的,所以,我们就期待苏童写出更多的他感到非常自信的短篇小说,虽然他从未想过或意识到中国当代短篇小说的发展,与他的短篇小说写作有什么直接或间接的关系。正如王安忆所说的,苏童属于精力特别旺盛的那一类人,他肯定会一直写下去。他在今后漫长的写作行旅中,也许会写出很差的东西,但并不妨碍他继续写出非常好的小说③。那么,就像吴亮说“真正的先锋一如既往”一样,我们是不是可以这样讲,真正的短篇小说大师也应该是一如既往的。

2008年9月8日 大连

——原载《当代作家评论》2008年第6期

---

① 王安忆、张新颖:《谈话录》,广西师范大学出版社,2008年,第247页。

② 苏童:《苏童散文》,浙江文艺出版社,2000年,第204页。

③ 王安忆、张新颖:《谈话录》,广西师范大学出版社,2008年,第247页。

吴义勤

新世纪中国当代文学研究的现状与问题

进入新世纪以来，市场经济、全球化以及现代传媒的合谋使得中国文学的境遇变得越来越"险恶"。虽然优越的文学制度和意识形态对于文学的倡导仍然一以贯之，虽然主流意识形态对中国当下文学"大繁荣大发展"的"历史最好时期"的判断仍然坚定而可信，而一年一千部的长篇小说以及上万部的中、短篇小说也足以支撑这种"大繁荣大发展"的判断，但是大众文学期待的降低、文学接受和传播方式的变化、作家身份与形象的改变、当代文学史的滞后以及当代文学评价标准的混乱，等等，都造成了中国当代文学面貌的被"改写"和当代文学地位无可奈何的衰落。与中国当代文学这种发展状况相呼应，对当代文学的研究也面临种种困境与问题，这表现为：其一，中国当代文学缺乏一个令人信服的评价体系，极端的、二元对立的、非此即彼的文学判断再次"复活"，批评界无力让全社会在当代文学问题上形成普遍的共识；其二，文学批评和文学史跟不上中国当代文学的发展节奏，这是成千上万的文学作品被视为"无物"或"垃圾"的主要原因之一；其三，文学评价环境的混乱导致了文学生态的恶化，畸形的社会心理、"暴力"化的文学话语方式的流行使得正常的文学批评已经无法展开。这些或隐或显的困境与问题，在 2007 年终于因为德国汉学家顾彬那个耸人听闻的关于"中国当代文学全是垃圾"的访谈而日益尖锐地暴露了出来①。本文将以此为契入点，对中国当代文学研究面临的问题做尝试性的分析。

① 2006 年 12 月 11 日，《重庆晨报》以《德国汉学家称中国当代文学是垃圾》的醒目标题，称顾彬在接受"德国之声"访问时，以"中国当代文学是垃圾"等"惊人之语"，"炮轰中国文学"。这篇报道转述道：对在国内红极一时的《狼图腾》，顾彬的评价是："对我们德国人来说是法西斯主义，这本书让中国丢脸。"而对上世纪末在国内红极一时的"美女作家"，顾彬认为那"不是文学，是垃圾"。

一、中国当代文学究竟有没有“经典”，应不应该“经典化”？

对于中国当代文学的轻视和贬低，其实早在顾彬之前就已不是什么新鲜的事情。对于(20 世纪)50—70 年代的中国文学，学界因为其受到了政治和意识形态的“过度”影响而否定其文学性；对 80 年代以后以先锋小说为代表的“纯文学”，学界又因其对西方文学的“过度模仿”、缺乏“原创性”而质疑其价值；对新时期的“伤痕文学”、“寻根文学”等等，刘晓波在 1986 年 9 月初中国社会科学院文学所召开的“新时期十年文学讨论会”上则提出了所谓“新时期文学危机论”，给予新时期文学全面否定。他认为，“新时期文学存有危机，不是‘五四’文学的继续，而是古典文学拙劣的翻版”。在纵的方面，“新时期文学以‘寻根’文学为代表表现出一种向后看的意识”；在横的方面，“大多数作家作品受理性束缚太甚，呈现出艺术想象力的贫弱，缺乏发自生命本体冲动的艺术创造力”①；而对于 90 年代以来的中国文学，“缺乏精神高度”、“价值混乱”、“没有大师”、“没有经典”等的指责也不绝于耳。事实上，顾彬的“垃圾说”不过是以一种特殊的身份把种种对中国当代文学的否定和不满进行了集中与放大。而他的“说法”之所以会演变成一个“事件”，也似乎正是新时期以来中国学术界不良学术风气的一种放大。因现代化的自卑而导致的对西方的崇拜，不仅表现在经济和社会领域，而且也表现在学术领域，西方汉学家的赞赏会令中国作家身价倍增甚至文学史也因此被改写，沈从文、张爱玲、钱钟书等“文学神话”的诞生固然是西方汉学家一手制造的，而他们信口开河的“胡说八道”也更能引人注目。客观上说，顾彬的“垃圾说”根本不值一驳，刻薄一点说，他连对中国当代文学的发言权都没有。他研究中国古代诗歌，对中国当代文学的阅读量是少得可怜，他之所以敢于煞有介事地诊断中国当代文学的“病根”，之所以敢于对当代文学全盘否定，一方面，出自于他根深蒂固的无知、偏执与狂妄，另一方面完全靠的是中国学术界的西学崇拜所纵容和培育的“学术胆量”。他认为：第一，当代作家普遍缺少对文学坚定执著的信念，以功利和游戏之心对待文学，他们的文学生命短暂如蜉蝣；第二，当代作家普遍缺少外语能力，在这个国际化的时代，只能靠翻译获得国际文学资源，没有真正的国际视野；第三，当代作家普遍不重视写作语言的提炼和升华，没有达到一个作家应有的专业水平，因此是“业余写作”；第四，当代中国作家普遍缺少关注现实的勇气，回避问题，重复历史题材，不能成为当代中国社会民众的代言人②。他对中国当代文学以上四点诊断，几乎全是不靠谱的“歪理邪说”。尤其是“外语水

---

① 见刘晓波：《危机！新时期文学面临危机》，《深圳青年报》1986 年 10 月 3 日。

② 参见白烨：《在变动中争议　在争议中前行》，《新华文摘》2008 年第 6 期。

平”和“业余写作”的说法简直是荒唐之极，在我看来，汉语是最具有文学性和审美性的语言，世界范围内的外国作家有几个精通“汉语”的？他们又怎能成为伟大作家？文学的本质就是“业余”的，文学一专业恐怕就不是“文学”了。而“代言人”问题更恰恰是说反了，自“五四”以来中国作家就是因为“代言人”意识过于浓郁，才不同程度地牺牲了文学。事实上，顾彬对中国当代文学的“炮轰”，正如北京大学教授陈平原所指出的那样：“顾彬对当代中国文学的批评是哗众取宠，根本不值得认真对待。”“顾彬对当代中国文学的批评不是一个学者对中国当代文学进行研究分析之后做出的学术判断，而是一种大而化之的，凭感觉说出来的话。因此，中国作家也没有必要太在意。”①

然而，我们可以不理会顾彬的“炮轰”，却不能不反思中国文学界内部对于中国当代文学根深蒂固的轻视与否定。从“五四”中国现代文学开端到现在，中国文学已走过了近百年的历程，但是对这百年中国文学的认识，学术界似乎一直都停留在中国现代文学阶段，经典作家和经典作品的认同似乎也仅限于现代文学 30 年。而从 1949 年到现在，中国当代文学已有了近 60 年，两倍于中国现代文学的历史，但却笼罩在现代文学的“阴影”中，一直陷于没有经典、没有大师的窘境之中，学术界很长时间宁可前赴后继地去“研究”、“挖掘”、“重新发现”现代文学史上的那些二流、三流的作家作品，也不愿正视当代文学的成就。是中国当代文学真的没有经典、没有大师？还是种种偏见蒙蔽了我们的双眼，使我们不能发现和认识经典与大师？这是今天的中国当代文学界不能回避的问题。如果真的没有经典、没有大师，我们的文学“大繁荣大发展”不就是虚假的繁荣，不就是一句空话？这 60 年留给后人、留给历史的不就是一个可怕的空白？如果有经典也有大师的话，那么阻碍中国当代文学经典化的症结又是什么呢？首先，我觉得，厚古薄今、轻视当代、“文人相轻”的心理自古就有，而在今天的中国文学界尤其严重。其次，“当代人不宜写当代史”、“当代文学没有经过时间的沉淀和检验”、“当代人与当代文学之间没有必要的距离”等等文学史观点也阻碍了当代文学的经典化。其三，从大学的学术体制来说，对现代文学和现代文学学者的“崇拜”是当代中国大学人文学科的普遍状况。这是因为现在学科体制里“中国现当代文学学科”是由研究现代文学的一批杰出学者开创的，“重现代轻当代”是理所当然的。当代文学作为现代文学的衍生品、附属品，不仅其成就会自然而然地被看低一格，而且研究队伍也无法跟现代文学的队伍相比。在“中国现当代文学学科”领域中，各大学“现代文学”研究力量与“当代文学”研究力量的不平衡一直是一个显著的问题。不仅如此，甚至当代文学研究本身的价值也常受到怀疑。

① 参见白烨：《在变动中争议　在争议中前行》，《新华文摘》2008 年第 6 期。

许多人认为,对当代文学作品的评论与研究没有学术性、没有“学问”,正如陈晓明先生所言:“文学批评在大学科目里没有位置,因为大学教授都不是批评家,从事文学批评很难跻身教授行列,这样一个矛盾使大学的文学研究与现实的文学创作相隔绝。”①可以说,正是如上种种主客观的原因造成了对中国当代文学的“误读”,影响了中国当代文学的经典化与历史化过程。

在我看来,中国当代文学尤其是新时期文学的成就无疑是20世纪中国文学史最为辉煌的篇章。无论是从汉语本身的成熟程度和文学性的实现程度来看,还是从当代作家的创造力来看,“当代文学”的成就都远远超过了“现代文学”。现在的问题,不是中国当代文学没经典、没有大师,而是我们对于经典、大师不敢承认。正如王尧、林建法在其主编的“新经典的文库”序言中所说的:“对中国当代文学的偏见和无知,不仅来自‘外部’的影响,也同时在受到‘内部’的干扰。这些影响和干扰,使许多人不能正视这样的事实:在这二十年当中,我们已经有一批杰出的或伟大的作家。”因此,对于中国当代文学来说,理直气壮地去筛选、研究和认定那些涌现在我们身边的“经典”正是一个紧迫的任务。一个没有“经典”的时代是可悲的,也是不能容忍的,我们应该理直气壮地呼唤和确立当代“经典”。当然,我们也要承认,“经典化”问题是一个非常复杂的问题,并不是凭热情和冲动一下子就能完成的,但我们至少应该完成认识论的“转变”并真正启动这样一个“过程”。在这个问题上,我们首先应该澄清几个误区:

其一,对于“经典”的神圣化与神秘化误区。什么是经典呢?就人类的文学史而言,“经典”既是一个约定俗成的概念,它是人类历史上那些杰出、伟大、震撼人心的文学作品的指称,又是一个无法进行精确检测和证明的修辞性概念,因为对于不同的人来说,因为各自的角度、背景和趣味、修养等的不同,他们对所谓“杰出”、“伟大”、“震撼人心”等等词汇的理解也可能完全不同。应该说,经典既有客观性、绝对性的一面,也有主观性、相对性的一面,经典的标准也不是僵化、固定的,政治、思想、文化、历史、艺术、美学等等因素都可能在某种特殊的历史条件下成为命名“经典”的原因或标准。在这个问题上,我们应该明确的是,“经典”不是十全十美、无可挑剔的代名词,在人类文学史上似乎并不存在毫无缺点并能被任何人所认同的“经典”。因此,对每一个时代来说,“经典”并不是指那些高不可攀的、神圣的、神秘的存在,只不过是那些比较优秀、能被比较多的人喜爱的作品而已。从这个意义上说,当今中国文坛谈论“经典”时那种神圣化、莫测高深的乌托邦姿态,不过是遮蔽和否定当代文学的一种不自觉的方式,他们假定了一种遥远、神秘、绝对、完美的“经典形象”,并以

---

① 陈晓明:《批评的历史与超越媒体的可能性》,《传媒与文艺》,人民文学出版社,2007年,第11页。

对此一本正经的信仰、崇拜和无限拔高，建立了一整套关于中国当代文学的伦理话语体系与道德话语体系，从而充满正义感地宣判着中国当代文学的死刑。我们有趣地看到，“经典”的神圣化和神秘化在此又演变成了“经典”的伦理化与道德化，它们共同构成了中国当代文学“经典化”的根本性障碍。

其二，“经典”的“自动呈现”误区。与对“经典”的神圣化和神秘化倾向相呼应，许多人宣称经典是自动呈现的，经典的价值是先天具备、无须命名的。所谓“酒香不怕巷子深”、所谓“是金子总会发光的”等生活哲理似乎也证明了这样的观念。但是，这样的观点恰恰又忽略了文学“经典”的特殊性，文学经典是在阅读的意义上体现其价值的。一个没有被发现的经典，一个没有被阅读的经典，一个没有对人类的精神生活产生影响力的经典，其实是没有任何意义的。我们知道，在人类历史上能正式出版、发表、流传的作品只是极少数，而可能有大量的文本会因为编辑、审稿体系或其他原因而无法面世，这些没有面世的作品中可能就隐藏了无数的经典杰作，然而，这些经典杰作无论多么伟大，因为它没有现实化，因而就是没有任何意义与价值的。而对于已经被认可的经典文学作品来说，它的价值也不是固定不变的，在不同的时代、面对不同的阅读者，经典完全可能呈现不同的价值。从这个意义上说，“经典”的价值不仅不是自动呈现的，而且更是需要不断地被发现，被赋予，被创造，被命名的。一个时代的作品，如果没有被同时代人阅读、研究、评论、选择，那么，这个时代的“经典”是不会自动“现身”的。在对经典确立方式的认识上当下文学界存在一种普遍意义上的错觉：即“经典”只是过去时代的作品，总是过去时、历时态的，它好像与当代没有什么关系，当代人不能命名当代“经典”，当代人所能做的就是对过去“经典”的缅怀和回忆。这种错觉的一个直接后果就是在“经典”问题上的厚古薄今和轻视当代，似乎没有人敢于理直气壮地对当代文学作品进行“经典”的命名，甚至还有人认为，当代人连写当代史的权利都没有。这实际上就“人为”地阻隔了当代人、当代文学通向经典的道路，并以“悬置”的方式剥夺了当代人认识和言说当代经典的“话语权”。更重要的是，在这样一种“阻隔”面前，当代人正在逐步失去对当代生活和当代文学的信心，我们仿佛不是生活在当代，所谓当代，所谓当代文学，似乎都成了一种“缺席”的、不在场的存在，更不要说当代经典了。这种对于当代文学变相的“虚无主义”可以说也正是当代文学面孔暧昧的一个重要原因。

可以说，中国当代文学的经典化问题最为核心的就是命名权的问题。在当代文学经典的确认和命名问题上，当代人常常被剥夺了命名权。我们总是把对当代文学的经典化和历史化的责任推给时间和后人，我们总是以时间沉淀不够、距离太近、情绪视角的影响等等理由延宕对当代文学经典的命名。然而，后人的命名就比同代人更可信吗？我当然相信时间的力量，相信时间会把许多污垢和灰尘荡涤干净，相信时间会让我们更清楚地看清模糊的、被掩盖的真相，但我怀疑，时间同时也会使文学的现场感和鲜活性受到磨损与侵蚀，甚至时间本身也难逃意识形态的污染。我不相信后人对我们身处时代“考古”式的阐释会比我们亲历的“经验”更可靠，也不相信，后人对我们身处时代文学的理解会比我们亲历者更准确。我觉得，一部被后代命名为“经典”的作品，在它所处的时代也一定会是被认可为“经典”的作品，我不相信，在当代默默无闻的作品在后代会被“考古”挖掘为“经典”。（换句话说，即使它被后人“考古”挖掘为“经典”，那它对所处时代的读者也是毫无意义的。我很难想象一部对它所处的时代和它所处时代的读者毫无精神影响的作品会成为“经典”。）也许有人会举张爱玲、钱钟书、沈从文的例子，但我要说的是，他们的文学价值早在他们生活的时代就已被认可了，只不过新中国成立后很长时间由于意识形态的原因，我们的文学史不允许谈及他们罢了。正是从这个意义上说，我觉得当代人、同时代人的命名更可靠，更不可或缺。不仅，我们每一个作家都首先应该有追求“经典”、成为“经典”的勇气，而且每一个读者也应该是一个“经典”的确立者和命名者。实际上，文学的经典化过程，既是一个历史化的过程，又更是一个当代化的过程，它不应是“过去时态”，而应该是“现在进行时态”的。文学的经典化时时刻刻都在进行着，它需要当代人的积极参与和实践。文学的经典不是由某一个“权威”命名的，而是由一个时代所有的阅读者共同命名的，可以说，每一个阅读者都是一个命名者，他都有命名的“权力”。而作为一个文学研究者或一个文学阅读者，参与当代文学的进程，参与当代文学经典的筛选、淘洗和确立过程，更是一种义不容辞的责任和使命。

二、“纯文学”神话破灭后，“文学性”还是判断中国当代文学的核心价值与基本尺度吗？

很长时间以来，中国文学的价值观其实都是与文学之外的因素联系在一起的，文学性从来就没有成为一种核心价值。这一方面是因为在中国“文以载道”的功利主义文学思维可谓源远流长。另一方面，则是因为近现代以来的中国面临着比文学性更为峻切的国家、民族现代性问题。“五四”以来中国文学中的“启蒙”与“救亡”之争，现实主义与唯美主义之争，为人生的艺术与为艺术的艺术之争，都体现了历史的要求与审美的要求之间或者说历史现代性与审美现代性之间的矛盾、冲突，中国文学和中国作家面对种种矛盾与冲突时的选择往往进一步强化了而不是弥合了这种价值观的分裂与对峙。这大概也是中国文学能够具有强烈的意识形态表征并有资格充当“阶级斗争晴雨表”的主要原因。如果说，中国当代文学的前30年，中国文学仍然是在此种价值观的轨道上滑行的话，那么新时期以来中国文学的“纯文学”冲动则似乎是在寻求一种新的文学价值观，是在努力完成向文学性本质的回归。尽管这种回归“文学性”的历程本身是曲折的、充满了变异与犹疑的。然而,90 年代以后,随着市场化的到来,意识形态对于文学组织与管理方式的变革,“纯文学”文学性的价值又受到了广泛的质疑。某种意义上,80 年代对“纯文学”的热烈想象和诉求与 90 年代对“纯文学”的反思和批判似乎构成了中国新时期文学一条充满悖论的内在逻辑线索。

事实上,考察“纯文学”与“文学性”的命运也正是认识中国当代文学的一个极其重要的视角。中国当代文学的“纯文学”之旅应该说是中国当代先锋(新潮)小说拉开帷幕的。新潮小说之所以能够被视为一场文学革命并取得前所未有的巨大成就,很大程度上是与其在“纯文学”以及“文学性”问题上的新认识与新突破密不可分的。在另一篇文章中,我曾详细分析过新潮小说“纯文学”诉求的“现代性”背景:

> 回到新时期之初的文学现场,我们就会发现中国新时期文学的一个巨大矛盾:一方面,粉碎“四人帮”之后,国家民族的现代性焦虑在文学中得到了迅速的呼应,“现代化”成为全民族的共同诉求,文学也不例外,它不仅狂热地参与了现代化神话的建构,而且成了民族现代性诉求最重要的载体;另一方面,新时期文学又是以“旧的文学形态”来承载民族的现代性诉求的,除了空洞而狂热的现代性激情外,文学关于自身现代化的想象是迷茫而残缺的。强烈的意识形态性以及惯性的文学话语方式仍然是新时期文学的本质,它陈旧、落后的形态本身天然地就与它所要告别的那个旧时代有着血脉相应的联系,因而也必然与它所呼唤和建构的现代性镜像构成了悖反关系。特别是随着改革开放和中国社会现代化进程的加快,人们对文学的不满更为强烈,这表现在:其一,呼唤“纯洁化”,中国文学长期在意识形态阴影的笼罩下,文学话语与意识形态话语高度融合,致使文学话语严重“不纯”,因此,“纯文学”就是新时期文学的最高想象之一;其二,呼唤“现代化”,社会的现代化呼唤文学的现代化,但中国文学的一身旧装却似乎总难脱下,新时期文学同样如此,这显然与“现代化”的狂热气氛不协调,因此如何实现与“过去”彻底“决裂”的、真正脱胎换骨的“文学现代化”就成了中国新时期文学的主要焦虑。80 年代初期所谓“真伪现代派”之争,其实也正是这种焦虑的体现。——这就是中国先锋小说产生的背景。一个在时代的“合唱”中失去自身独立性的文学,一个无法建构自身话语体系的文学,一个没有纯粹而自由的话语空间的文学,是无法建构自身的现代性目标的。①

① 吴义勤:《秩序的他者》,《南方文坛》2005 年第 6 期。

在这个背景上,以马原为代表的先锋作家在西方现代主义文学的滋养下,开始了对于中国当代文学从“写什么”到“怎么写”的“纯文学”建构。先锋小说对于西方先进叙述方法的大规模引进和出神入化的融会贯通,初步满足了新时期中国社会关于审美现代性和文学现代性的想象与期待,释放了文学的焦虑,也在某种意义上解决了现代化的时代诉求与陈旧的文学形态之间的矛盾。既与社会其他领域的现代化诉求相呼应,完成了中国文学的“现代化”,又极大地提高了汉语小说的叙事水平。先锋作家把“叙述”的地位抬到一种神圣的地步之后,在“怎样写”、如何叙述的问题上他们倾注了巨大的热情。西方从“新小说”派、意识流到后现代主义、拉美魔幻现实主义等各路的形式实验都无一例外地在他们的文本中得到了重现。更为可贵的是,先锋作家在“引进”这些先进的陌生于我们的文学传统的叙述方法时表现出了相当的自信和主体创造性。对于他们来说,这些叙述方式虽然是“拿来”的,但却是他们完全可以自由驾驭的。因此,叙述方式的革命在先锋小说文本中总是给人以得心应手的感觉,他们仿佛不是“模仿者”,而是创始人在小说中进行着炫耀式的表演。在这个过程中,先锋小说以对“想象力”和“语言”的崇拜,形成了以形式主义为核心的“纯文学”理念,并极大地改写了中国(当)代文学的“形象”。更重要的是,先锋小说的形式主义实验,不仅使中国文学的“文学性”由空洞的想象变成了具体可感的形态,由观念的演绎变成了真实的实践性内涵,而且真正实现了文学话语与意识形态话语的剥离,从而为中国当代文学“文学性”的真正展开创造了条件。然而,先锋小说建构的这个“纯文学”的乌托邦神话并没有维持多久,很快就因主、客观的原因而破灭了。一方面,先锋小说是以对“纯文学”的承诺来回应80年代中国社会对于现代性文学的想象与呼唤的。事实上,从一开始先锋小说就建构一系列关于文学的神话,这些神话包括:形式的神话,语言的神话,创造的神话,自我的神话,下个世纪读者的神话等等。但随着先锋小说的展开,这些神话却一个接一个破灭了。先锋小说利用人们对神秘、陌生“形式”的敬畏与宽容,建构了一个“仿制”性的形式大厦。这个“大厦”作为纯文学的示范性“榜样”,确实在一个时期内对促进中国文学的现代转型和“脱意识形态性”发挥了巨大作用,但是随着“形式”被自我和他人的反复复制,小说已不是“创造”而成了作坊式的“生产”,“形式”所内含的创造性和个性就被挥霍殆尽,“形式”日益蜕变为一种姿态、一种符号,成了平庸的、放纵的、不知所云的文学的庇护所,读者对这样的“纯文学”也越来越失去了耐心。另一方面,随着政治和时代语境的变化,90年代以后的文学气氛已远非80年代的狂热气氛可比。文学温度的降低,不仅使纯文学失去了存在的土壤,而且使得纯文学本身的价值也受到了怀疑。很多人把市场经济社会人文精神的失落、价值观的混乱以及道德的滑坡都归罪到“纯文学”身上。在对“纯文学”以及“形式主义”的反思、批判中,“文学性”

似乎又成了文学的社会承担能力、对现实发问能力、责任感与使命感等等的对立面。先锋小说在80年代以轰轰烈烈的“革命”方式确立的“纯文学”价值观似乎在一夜之间就被颠覆了。

从这个角度来说,中国文学的评价问题其实是由中国文学评判标准问题衍生而来的。一方面,中国文学的评判标准一直缺乏稳定性,一直没有能够形成超越历史和意识形态拘囿的普适性的核心价值与核心尺度;另一方面,中国的文学评判标准又一直不是有机性的,而是随机的、割裂式的,没有形成兼容不同形态、不同诉求、不同审美理想的综合性的标准体系,总是或左或右,以偏概全,从不同的角度、不同的局部、不同的理念出发完成对其他文学形态或整体文学状况的判断。这也是社会的批评、历史的批评、政治的批评、审美的批评、道德的批评、精神的批评总是被极端化的原因。新时期以来,随着“政治标准”第一性的被消解,随着多元化文学诉求的逐步实现,随着文学性想象的空前高涨,历史其实为中国文学提供了建构有机性、综合性文学标准的机遇,但是遗憾的是可能性并没有转化成现实性,“政治标准”被消解后带给文学的价值真空,非但未能给中国文学界一种有机性、生态性的文学思维,反而从一个极端走向另一个极端,在“纯文学的狂欢”之后,在全球化、文化研究、大众媒体的操弄下出现了无所适从的价值混乱和价值虚无的状态,经典与非经典、好与坏的界限变得模糊,甚至又出现了复辟过去的文学思维、否定“文学性”、重新回归意识形态批评的倾向。“一夜回到解放前”,当今的文学评判尺度再次出现巨大变化,也使得中国当代文学的经典化、历史化问题再次被延宕,这主要表现在:

其一,“题材决定论”、作家身份论等文学评价尺度在90年代以后的中国文坛有再度复活之势。某种意义上,所谓无产者写作、底层写作、农民工进城、打工文学、中产阶级文学、主旋律写作、反腐小说、新生代小说、80后写作等等话语在中国文坛的流行,正是从题材、主题、世界观和作家身份角度判断文学价值高低的文学思维方式的典型体现。我们总是习惯于从文学本身提炼出“非文学”的话题来谈论,并自然而然地忽略文学本身。我们当然知道“纯文学”之类的话题本身就具有假定性、策略性和乌托邦色彩,并不是说文学可以纯粹到不涉及题材、主题、作家身份、作家代际等问题来“真空”状态地讨论文学性,而是说这些问题应该在文学的意义上被谈论,更重要的,它们不应该构成对文学性本身的遮蔽。在这个问题上,我们不妨以底层文学热为例来进行讨论。

进入新世纪以来,关于“底层文学”的讨论越来越热烈,不仅各类文学刊物开辟了底层文学的专栏,各种级别的关于底层文学的研讨会不断召开,而且“打工作家”、“打工文学”、“底层叙事”、“草根文学”等话语范畴也是层出不穷。作为一种文学现象,“底层文学热”本身其实无可厚非,它代表了全社会对一个弱势的社会阶层的关注与支持,代表了文学界对一个新的文学群体和新的文学可能性的审美期待与想象。但是,与此同时,我们也看到了在"底层文学热"背后一种令人不安的幽灵般的文学思维的复活,看到了一种以"文学的名义"进行的对文学的歪曲与遮蔽。这不能不引起我们的忧虑和警惕。

首先,对"底层文学"与底层作家身份的"神圣化"倾向,某种程度上掩盖了对底层文学本身的探究。很多时候,底层文学和底层作家的意义、价值似乎变成了一种先验的、不证自明的存在,"因为是底层所以有价值"、"因为是打工作家所以有价值"成了许多人讨论底层文学问题的基本逻辑。我觉得,从政府和管理部门来说,对于"底层文学"和"打工作家"等给以特别的关怀,甚至采取特殊的政策给以扶持帮助,都是应该且必须的。但是,从文学界内部来说,我们实在没有必要把底层文学和底层作家作为一个特殊的文学阶层"供奉"起来,说穿了,这种"供奉"表面是对底层文学的一种"神圣化"的尊重,但实际上却是一种贵族化的、高高在上的充满优越感的"怜悯",是对于底层文学变相的"拒绝"和轻慢,其潜台词就是:底层文学是一种"弱势"的文学,是一种没有独立性的文学,是一种需要"照顾"和"特别关照"的文学。也正由于此,我们看到,文学界似乎不屑于对底层文学的文学性本身进行探究,而是不自觉地重弹"题材决定论"和"身份决定论"的老调,以简单化的方式完成着对底层文学和底层作家的"捧杀",有些评论家甚至公开宣称不要从文学性角度去讨论底层文学,而只要肯定这种底层文学的"草根性"、"民间性"以及"自我实现"、"自我安慰"功能就行了,似乎又要在中国文学领域开辟一个文学性之外的"新特区"。

其次,对"底层文学"之文学性元素和审美性元素的忽略,实际上混淆了文学的普遍性与特殊性的关系,是在变相地制造文学问题上的"双重标准"。我们当然承认,文学的差异性和特殊性,无论是从创作层面上,还是阅读层面上,这种差异性和特殊性都是有目共睹的。某种意义上,文学的张力和魅力也就蕴含在这种差异性和特殊性里面。但是,同样不可否认的是文学有其客观的规律,有着穿越时代和不同种族的永恒的元素。文学之为文学,作家之为作家,是有着基本的标准和条件的。真正的文学都有着文学史的情结与冲动,都有着对于文学本身的严肃而庄严的信仰,它与各类"文学票友"的玩文学是有本质区别的。从这个意义上说,底层文学也好,打工文学也好,都只有在"文学"的层面上才有意义,它不是因为我们的同情、怜悯、特别关照或降低门槛而进入文学领地的,而是因为它们本身就具有了文学的品质。在这个问题上,我们实际上应该超越底层作家或打工作家的身份、遭遇与处境来看待他们的文学创作。他们写作是因为他们有着文学的天赋与能力,有着对于文学的信仰与追求。底层有着千千万万的人,他们并不会都成为作家,只有少数有文学天赋与才能的人才会走上文学之途,这正如上层社会、中层阶级、知识分子也并不会都成为作家是一个道理。本质上一个不具备文学天赋的人,无论怎样扶持,怎样照顾,都不会成为作家。“全民写作”、“大跃进”民歌那样的历史其实证明的正是文学的悲剧。底层作家一旦成为作家,他就是一个“普遍意义”上的作家,而不是一个“特殊性”的作家,他与任何一种类型的作家都是平等的。他们的文学理想和目标绝不仅仅针对那个底层环境,而是同样指向文学本身那些永恒的艺术与审美元素。因此,我们完全没有必要为“底层文学”、“打工文学”另立一套评价标准,超越“底层”的限制一视同仁地从“文学”本身的意义上研究底层文学、底层作家才是对他们最大的尊重。

再次,对“底层文学”的社会学层面的狭隘关注,对“底层文学”之于左翼文学、无产阶级文学关系的片面强调,对其“草根性”、自发性、原始性的歌颂,实际上在纵容、夸张和放大“底层文学”中非文学性的因素,这极易给底层作家以思想和精神上的误导,从而忽视了对作家的人格境界、精神境界和高远文学品位的要求,最终只能造成对于底层作家和底层文学的双重牺牲。实际上,对于底层文学来说,真正有价值的是那种源自切身生命体验与精神冲动的原生态、自然、粗犷、野性的文学性,这对于长期以来那种被各种文学观念、文学教条、政治与道德说教反复修饰、污染过的文学性而言,无疑是清新、原始而有力量的。如何呵护这种文学性,如何让这种文学性健康地孕育、发展、壮大,并最终成为中国文学乃至世界文学的宝贵财富,才是今天的文学界迫切需要重视和研究的工作。

其二,从灵魂、精神、道德、世界观角度审判文学与从游戏化、娱乐化的角度来“妖魔化”文学,成为一种殊途同归的文学“谋杀”方式,它使得中国当代文学的面貌被严重扭曲与改写。就前者而言,我们看到,一方面,由于 90 年代以后市场经济的快速发展以及全球化时代的到来,中国当代社会的精神危机、道德危机、信仰危机出现了某种程度的加剧倾向,而中国当代文学以新写实和私人化小说为代表的世俗化、欲望化的写作潮流也印证了这种倾向,这使得全社会在对当下文学不满的同时,也对于文学的启蒙价值以及“改造民族灵魂”的功能有了新的期待。人们希望文学重新成为弘扬人文精神、理想人格和道德准则的工具;另一方面,由于 80 年代“纯文学”诉求中先锋小说以形式主义为保护伞对于人性恶和各种畸形欲望进行了过度的表现,使得文学色调变得越来越灰暗、阴冷,随后以新写实小说和新生代私人化小说为代表的世俗化、欲望化的写作潮流又以另一种狂热的姿态诠释着同样的主题,并极大地改写了文学的形象。可以说,90 年代以后时代和社会对于文学的期待与文学本身的发展态势构成了尖锐的冲突。这也许正是人们对于当代文学越来越失望、越来越不满的根源。在某种意义上,也正是 90 年代中国知识界所发起的“人文精神大讨论”的背景。在这个背景上,张炜、张承志与王朔的争吵、王蒙与王彬彬的争论都已在某种程度上超越了文学本身而进入了道德与伦理的层面，道德优越感和伦理优越感常常是双方的主要话语武器。批评界也据此完成了由纯文学话语体系向道德话语体系的转换，一个时间以来“道德”、“善良”、“同情”、“怜悯”、“精神”、“灵魂”、“信仰”、“温暖”、“忠诚”、“高贵”、“纯洁”、“正义”等等词汇成了批评家们最擅长使用的词汇。批评家从对先锋小说艰深晦涩文本进行形式批评的辛苦中解放出来，重新获得了在面对和评判作家、作品时的道德优势与精神优势。而文化批评热潮的走红也在某种程度上加快了批评界告别80年代纯文学批评的步伐，诸如李陀、王晓明、南帆等80年代中国纯文学的主要鼓吹与倡导者，都纷纷以对“纯文学”反思的方式转向了文化批评领域。90年代以来，我们看到，对中国当代文学的否定变得越来越轻率、容易、理直气壮，对文学的肯定则越来越轻微而不自信。但无论是肯定与否定，基本上都告别了“文学性”的尺度，是纯粹道德、精神、伦理话语的一次狂欢。可以说，文学界对贾平凹《废都》《秦腔》、余华的《兄弟》、莫言的《丰乳肥臀》《檀香刑》《生死疲劳》、卫慧的《上海宝贝》、棉棉的《糖》、朱文的《我爱美元》等小说的否定无一不是从道德和精神层面切入的。批评家在此显示了无比的精神优越感和盛气凌人的道德审判官的气势，似乎市场经济社会的价值混乱、人心不古、道德滑坡都是这些小说造成的。就后者而言，随着网络等新兴媒体的出现，以及大众媒体的日益娱乐化和流行文化、大众文化的崛起，文学的被大众传媒“妖魔化”和游戏化似乎正是一种无法逃避的命运。大众传媒对于文学本身并不感兴趣，感兴趣的只是文学能以怎样怪异的形象、变调的声音吸引大众的眼球，制造轰动效应。这也是90年代关于文学的负面新闻、批判的声音总是被放大、夸张到极点的原因。“酷评”的流行，骂派批评家的吃香、走红，以及韩少功的《马桥词典》事件、郭敬明的《梦里花落知多少》事件、余华的《兄弟》事件、麦家的《暗算》事件等等背后也都有着大众传媒翻云覆雨的巨手的操弄以及市场经济时代畸形的文化心理的投影。今天的文学界，在道德主义者眼里完全是一无是处、一片黑暗：作家道德境界低下，作品缺乏想象力与创造力，文学评奖充斥黑幕，毫无公信力和可信度……他们对文学的态度就如布鲁姆所指出的：“人们尽力表示敬意的‘理想主义’正是当今学院里的风气，在保持社会和谐与矫正历史不公的名义下，所有的美学标准和多数的知识标准都被抛弃了。”①我们当然承认这些事实的存在，但另一方面我们也要看到，这种对于中国当代文学的全面贬低和否定，其实也正是大众传媒妖魔化中国文学时所期待的。我们的道德主义批评家在这个意义上，也只不过是大众传媒手中的一个棋子和工具而已，他们的“怒吼”赢得的只不过是商业文化的窃笑。

---

① 布鲁姆：《西方正典——伟大作家和不朽作品》，江宁康译，译林出版社，2005年，第5页。

在这里，我其实丝毫没有否定道德、精神等词汇之于文学的重要性的意思，相反，我以为道德、精神的元素永远是文学的最重要的内涵，也是文学评价的重要标准，它们的存在只会强化文学作品的文学性，而不应该构成对文学性的反动与伤害。现在的问题是，我们对这些道德词汇的运用是否是在文学话语的体系内运行的？我们是否偏离了文学性的轨道？事实上，分析中国当下文学的语境，我们就会发现，很多时候我们的批评家其实不自觉地就滑入了媒体与大众文化的圈套，以非文学的方式谈论着文学，这也是中国当代文学的价值建构非但没有进步反而具有某种后退趋势的原因。我觉得，对于中国当代文学来说，如果我们试图建构一种有机、稳定、多元、包容、开放的文学评价标准体系，文学性应该是一条基本的底线，没有这条底线，文学不成为文学，文学史也不成为文学史。我们必须重申并坚守文学性的信念与纯文学的理想，否则，当我们重新在题材和主题的意义上、在作家的身份与世界观问题上、在道德和伦理立场上谈论文学时，给人的感觉是历史在不断地重复与循环，仿佛80年代以来的文学实践根本就没有发生过，那些纯文学的神话与想象只不过是一场春梦，在这样的背景下，我们怎么企盼中国当代文学能获得科学的定位与正确的评价？

三、批评功能被曲解，批评形象被颠覆，文学批评还有正面建构文学史的能力吗

对一个时代的文学来说，文学创作与文学批评是相互依存、不可分割的两个组成部分。正如陈晓明先生所指出的："我们称为活生生的文学创造活动，实际上由两部分构成，一部分是文学作品，一部分是文学批评。"①文学的繁荣既是指文学作品的繁荣，又是指文学批评的繁荣，两者有着互为因果的互补与互动关系。在西方，文学批评的地位甚至比文学创作本身还高，"事实上，50年代西方批评就在文坛占据主导位置，按照兰德尔·杰拉尔的看法，50年代典型的文学季刊有两页半诗歌、11页小说和134页评论"②。但是，在当今中国的文学生活中，文学批评却正遭受着前所未有的巨大误读，批评的地位日趋衰落，批评的形象被颠覆，批评的功能被曲解，文学批评陷入了一场空前的困境。而这某种意义上也正是中国当代文学被否定和贬低，它的经典化和历史化无法完成的重要原因之一。

在我看来，文学批评的功能主要体现在三个方面：一是对文学现场的敏锐介入与反应。文学批评应该能够对当下的鲜活的、正在发生的文学作品、文学现象、文学

---

① 陈晓明：《批评的历史与超越媒体的可能性》，《传媒与文艺》，人民文学出版社，2007年，第11页。

② 转引自《传媒与文艺》，人民文学出版社，2007年，第21页。

思潮、文学经验有着第一时间的反应能力，它能够在作家和读者之间、文学与社会生活之间架设一座桥梁，从而有利于文学作品的传播、接受、流传。从这个意义上说，文学批评应该有着文学现场的温度，就如有批评家所指出的那样，“始终去寻求和阐释活的文学，从中发掘新的文学经验和存在的经验，这是我们对文学的一种态度”①。二是参与当代文学经典的筛选，确立文学的价值，“批评的存在，批评价值和意义有赖于它对经典的建构，如果经典的建构功能丧失，批评存在的力量和进一步的可能性就大受影响，如果批评依然有能力重建文学经典，维护文学价值，就是在文化传媒肆意扩张的时期，也依然有自己的道路可走”②。三是进行文学史的建构。对于一个时代的文学来说，文学史研究和文学批评其实是无法分开的，韦勒克和沃沦（伦）在其影响深远的《文学理论》中就曾给文学批评以很高的地位，认为文学批评是文学史的基础。文学批评是文学作品进入文学史的中介，离开了文学批评，文学史将无从呈现。而文学批评参与文学史建构的方式就是对文学进行历史总结，诚如法国批评家蒂博代所言：“批评之所以是一种总结，因为它是针对既成事实和历史的。就某种意义而言，批评是由亚历山大的一些图书馆的工作人员创建的，它产生于一种保存、整理、清点和复制某些文献的努力。总结这个用语尤其与对过去的著作的批评、对文学史的批评相关，而远非对当时作品的批评。我们因此可以补充说，在批评家的两大分类中，一种，即教授的批评，用于总结历史；另一种，新闻记者的批评，用于剖析现实。我认为，一个聪明的，或者深刻和敏锐的批评家肯定会始终力图超越总结的范围，摆脱历史，利用历史而不受其限制，像哲学家或伦理家或伦理学家那样，飞越时间。这显然不是当今成熟了的批评赖以生存和发展的条件，而是批评在19世纪诞生时的条件。”③

然而，对于文学批评来说，这些功能的全部实现其实只是一种理想状态。在不同时代，批评无疑会遭遇不同的困境与问题。拿中国当下的文学批评来说，阻碍文学批评功能实现的障碍既来自于批评环境的恶化以及对于批评本身的普遍不信任，也来自于批评自身能力的退化。批评功能的实现首先当然依赖于批评家主体的能力。我们衡量一个批评家是否优秀，通常看他两个方面的能力：一是理论创新能力；一是对文学作品的领悟、阐释能力。就前者而言，文学批评家固然需要熟悉和掌握古今中外的各种文学理论，但这种掌握不是仅仅为了获得一种“武器”，而是为了提升你作为一个批评家的文学修养，是为了理论素质的提高、理论思维的培养和批评方法的更新，它应当有助于批评家文学阐释力和审美判断力的提升，而不是以批评

① 陈晓明：《批评的历史与超越媒体的可能性》，《传媒与文艺》，人民文学出版社，2007年，第18页。
② 陈晓明：《批评的历史与超越媒体的可能性》，《传媒与文艺》，人民文学出版社，2007年，第27页。
③ 蒂博代：《六说文学批评》，郭宏安译，生活·读书·新知三联书店，2002年，第37页。

家文本解读能力的牺牲为代价。用既成的理论去套文学作品，这不是批评家理论能力的体现，反而是批评惰性的证明。好的批评家，应该有一种超越“理论→文本”模式的反向思维能力，即形成“文本→理论”思维模式，从文本研究出发，发现、总结、升华出理论品质、理论内涵。这才是文学批评的创造力和创新性的体现，这才是文学批评能够推动文学及理论本身向前发展的根本原因。因为，从根本上说，空洞的、与文本无关的理论对于文学实践是没有什么实际意义的。就后者而言，批评家对于文学作品的领悟、理解与阐释能力永远是最重要、最核心的能力。这其实也正是文本研究的重要性决定的。文学史的主体是文本，但文学史中的文本又是有选择的文本。对于文本的选择过程其实就是文学批评的发生与展开过程。一方面，文本的意义不是敞开、透明、一次性呈现的，而是隐藏的、潜隐的、渐显的。也就是说，文本的意义是需要不断被发现、被阐释、被赋予的，文本研究的过程实际上就是文本意义的“开发”过程与“增殖”过程。另一方面，文本本身是动态的，未完成的，不断丰富的，一个时代的文学作品总是处于“生产状态”中，它需要文本研究的追踪来把它们“经典化”。可以说，面对汹涌而来的新文本，批评家是否足够敏感、足够有耐力与毅力，可以说是检验批评家能力的试金石。从这个意义上说，文本研究应该是批评家的立身之本。一切从文本出发也应该是文学批评的基本原则。但令人遗憾的是，这个原则在当今的批评界却遭到了普遍的背弃，文本研究已经成了当今批评界最大的软肋。正如我在另一篇文章中所指出的那样：许多批评家的阅读量已经低到了令人吃惊的地步，一方面是文学生产力的空前高涨，一年1000部的长篇小说产量可以说是世界上任何一个国度都难以想象的，另一方面却是批评家对文学作品的冷漠甚至拒绝，有些批评家一年的阅读量恐怕连10部长篇小说也达不到，这种巨大的矛盾就造成了当今批评无法避免的“失语”现象。可以说，正由于没有文本阅读量作基础，批评家已经失去了在批评对象面前的主动权。他们无法自觉而主动地选择批评对象，只能听命于“媒体”或某种权威的声音。在某种意义上，我们时代媒体以“炒作”的方式对我们时代文学的判断已经影响了批评家的判断，他们无法在比较的座(坐)标上来抵制和抗拒媒体的声音，因为他们不比媒体阅读得更多。而即使对所阅读作品的批评，也常常不是“细读”式的、学术化的，而是蜻蜓点水式的臆想化的批评。许多批评家不仅不会去反复阅读、探究一部文本，而且似乎已经失去了完整地阅读一部作品的耐心，有时只看看内容提要、故事梗概就可以写批评文章或在研讨会上高谈阔论了。20世纪90年代以来，这样的现象我们看得实在太多，有些批评家想象力已发达到不看作品就可以写出关于这部作品的长篇大论的地步，而各种各样的作品讨论会上,那些洋洋洒洒的宏论也几乎都是即兴臆想出来的。① 在这种情况下,“文学批评再难给文学的经典化做出决定性的贡献,批评在当今表面的依然繁荣下陷入的困局,促使我们去思考批评在当下的幸存的意义和面向未来的可能性”②。批评在文本研究上的“不作为”,在某种意义上不仅不能够为文学史提供帮助,反而造成了对文学文本的遮蔽,它使得许多重要文本被时代的浮华之声吞没,难以呈现。

不仅如此,当今文学批评的困境还表现在文学批评和批评家本身的被扭曲和异化。通常来说,对于文学正面价值的发现、寻找与阐释应该是批评的最重要的功能和“在场方式”,批评家应该有能力指出我们这个时代的文学成就、文学价值所在,应该有能力在第一时间告诉读者我们时代的好作家、好作品是哪些,它们的“好”、它们的价值体现在哪里,但是,在今天,“否定”、“批判”、“酷评”正在成为一种时尚,并成了证明批评家价值的一种手段。“酷评”的兴盛,一方面与媒体和商业陷阱的诱惑有关,因为,媒体热衷和需要的正是各种各样的武断而夸张的“判词”,它们不需要你给出理由,不需要的分析论证,只需要“怪腔怪调”的声音去吸引眼球,一不小心,你对文学的判断就会被媒体改写、扭曲和异化,你将会身不由己地陷入商业的漩涡,成为它的俘虏;另一方面,也与时代心理和文学内部某种“破坏性”畸形的看客心理有关,社会氛围对于否定、批判充满期待,任何一种极端的“否定”的声音都会赢得热烈的喝彩。然而,对一位作家、对一部作品说“不”,远比对一位作家、对一部作品说“是”更容易。因为这个世界上本就没有十全十美的东西,作家也好、作品也好总是有这样那样的局限,总会有这样那样的问题,要发现这样的局限和问题是一件十分简单的事并没有什么特别的难度。相反,能否从一位作家、一部作品里面发现与众不同的、令人信服的正面价值倒是对一个批评家的真正考验。我们不能假定一个乌托帮(邦)的、至高无上的文学标准,而无视文学本身的可能性与丰富性,如果某种价值立场或价值标准被唯一化、极端化,甚至成为打倒和否定其他文学可能存在的借口,那就会导致文学的虚无主义,我们看到的将不是文学的繁荣,而是文学的凋零甚至死亡。正如徐讦所指出的那样:“用一个标准来衡量真假美丑,在人类历史上,自苏格拉底起,不知道有多少惨剧,多少现在流传下来的文艺作品在当时都曾经受过色情的或异端的排斥,人类发展成一种自由主义容忍精神是通过鲜血的,不要凭一己一时的想法而定出禁条才对。”③在我看来,文学批评家应该是整个社会上最爱文学的人,如果我们的批评家没有对于文学的“热爱”,没有对于文学的信心,没有对于文学价值的呵护与信仰,没有起码的宽容,那么文学和文学批评的真正悲剧就来临了。

---

① 吴义勤:《批评何为》,《文艺研究》2005 年第 9 期。

② 陈晓明:《批评的历史与超越媒体的可能性》,《传媒与文艺》,人民文学出版社,2007 年,第 10 页。

③ 徐讦:《回到个人主义与自由主义·自由主义与文艺的自由》。

在众声喧哗的媒体时代,批评家已成了名符其实的“弱势群体”,并正在遭遇着前所未有的信任危机,批评家即使努力发出自己的声音,但是这种声音在与媒体的对抗中也显得势单力薄、力不从心。然而,我们似乎没有必要由此对批评家和文学批评本身绝望,许多严肃的批评者,始终兢兢业业地坚守在文学批评的第一线,在文学批评之路上,他们的步伐坚定而从容,他们的反思严苛而深刻。我们应该相信,不管面临怎样的困境,文学不会死亡,文学批评前行的步伐也不会停止,当代文学和当代文学批评一定会突破时代的宿命,凤凰涅磐(槃),重获新生。

——原载《文艺研究》2008 年第 8 期

谢 冕

为了一个梦想

——中国新诗1949—1959

放声歌唱的年代

这一年对于中国现代史而言非常重要,它是改变历史的一年。当这一年的第一线阳光降临时节,白雪皑皑的淮海战场上,炮弹正在空旷的冰雪原野上空飞驰,连天的爆炸震惊了一个动荡的岁月。中国人在创造一个新的开始。这一年春天到来的时候,长江上万船齐发,这就把春天的绿意带到了江南。诗人说,“时间开始了!”①时间就是这样开始的。这位后来受尽磨难的诗人,当时用明亮的语言表达了他的感恩的心情——1949年的一场初雪,小草感谢明媚的阳光的照耀:我是幸福的,冰保卫着我,雪拥抱着我,我会睡得很温暖,我会梦得很平安的。②

全中国的诗人,都以满心的欢喜迎接了这个新开始的时间。这一年秋天,一个新的政权在隆隆的礼炮声中诞生。袁水拍的《新的历史今天从头写》以坚定的语气对此总结说:“几千年人吃人的道路到此走完!一百年帝国主义侵略史的道路到此走完!”③徐迟也用断然的语气宣告:“雪封山的季节已经过完,雪封山的时代也已告终。”④何其芳把这一天称为《我们最伟大的节日》:

中华人民共和国
在隆隆的雷声里诞生。
是如此巨大的国家的诞生,
是经过了如此长期的苦痛

---

① 这是胡风的一个诗歌总题,下分《欢乐颂》《光荣颂》《安魂曲》等乐章。

② 胡风:《小草对阳光这样说》。诗后注:“1949年12月4日晚看见初雪的时候,口成。在北京。”

③ 袁水拍此诗写于1949年9月22日。见《袁水拍诗歌选》,人民文学出版社,1985年,第331页。

④ 徐迟:《春雷》中的诗句,作于1955年。引自诗集《战争,和平,进步》,作家出版社,1956年。

而又如此欢乐的诞生，
就不能不像暴风雨一样打击着敌人，
像雷一样发出震动着世界的声音①

轰鸣的雷电把一个受尽苦难的民族带到了一个新的起点上。不论今后的道路如何坎坷曲折，但这终究是一个伟大的开始。对于全社会而言，战场正向着南方推移，而且用不了多少时间，战争即将结束。经历了长期战乱的中国人民，从此将在和平的阳光下劳动和工作。尽管前途的艰难险阻不可预料，但可以肯定的是，荡涤战争的乌云，清理道路的泥泞，建设的年代从此开始了。

全中国的诗人满心欢喜地迎接了这个新时代。新中国成立初期，诗人萧三曾赋诗赠友，那时他们都已不年青，却依然是一派的青春曼妙：“休看我饱经风霜模样，一辈子不失赤子心肠。这时代说什么‘老当益壮’？来来来，我和你大声歌唱！”②这是放声歌唱的年代，“凡是能开的花，全在开放；凡是能唱的鸟，全在歌唱”③。这首短诗，是迄今为止对那个时代最精简的概括。新的春天一般灿烂的生活在广袤的国土上展开，从祖国的四面八方传来了年轻的、充满希望的歌唱。诗人们满怀喜悦地向亲爱的祖国祝贺晨安：

我推开窗子，
一朵云飞进来——
带着深谷底层的寒气，
带着难以捉摸的旭日的光彩。

在哨兵的枪刺上
凝结着昨夜的白霜，
军号以激昂的高音，
指挥着群山每天最初的合唱

早安，边疆！
早安，西盟！
带枪的人都站立在岗位上

① 诗前有序：“1949 年 9 月 21 日，中国人民政治协商会议第一届全体会议在北京开幕。毛泽东主席在开幕词中说：‘我们团结起来，以人民解放战争和人民大革命打倒了内外压迫者，宣告中华人民共和国的成立了。’他讲话以后，一阵短促的暴风雨突然来临，我们坐在会场里面也听到了由远而近的雷声。”见《何其芳文集》第 1 卷，人民文学出版社，1982 年，第 213 页。

② 萧三：《自题照片赠老柯》，《诗刊》1957 年 1 月号。

③ 严阵：《凡是能开的花，全在开放》，《诗刊》1957 年 1 月号。此诗写于 1956 年 9—10 月。

迎接美好生活中的又一个早晨①

全社会都弥漫着这种早春情调。中国时局动荡,从(20世纪)30年代到如今,一个战争接连着另一个战争,民众心理普遍存在者(着)对于和平安宁生活的祈愿。他们把这种突然降临的日子,看成是满天朝霞的清晨,看成是开满鲜花的春天。在这个时期,人们来不及回顾往日的辛酸,更无暇重品曾有的忧患,明朗的色彩,欢快的节奏,透明的形象,乐观的情调,这是与新时代相称的单纯的诗。

这里引用的是50年代一首非常典型的诗:“一个姑娘走在田边大道上,她一面走着一面歌唱;她肩上飘着一条花围巾,她黑黑的脸上透出红光。天空那么蓝,那么光亮,没有边界的麦田像一片海洋;哦,她不是在大道上行走,她是在春天里轻轻飞翔。”②应该说,许多人都写过这样的诗,李季写过,闻捷写过,徐迟和邹荻帆也写过。这里所传达的情感是轻松的,节奏是明快的,它表现了健康而乐观的时代风尚,字里行间,有一种无所牵挂的轻松与安逸。那个单纯的年代,人们的思想也单纯,也许前面还有泪水和血污,但真纯的人们只知无牵无挂地向着前路。

充满希望的时代诱发着诗人的灵感,这是放声歌唱的年代。〔作为〕这个年代最具代表性的诗人是贺敬之,他的最具代表性的诗篇就叫《放声歌唱》。在歌剧《白毛女》中曾以激情的笔墨揭露黑暗的诗人,在新的年代用同样激情的笔墨歌颂光明和新生。贺敬之是来自延安的共和国新一代诗人,他与那些长期生活在大后方的诗人不同,他与新生活不隔膜,也很少陈旧的包袱,他的放声歌唱自然得近于天成。他用的是“楼梯体”。在错落有致的诗行排列中,有时舒缓,有时激荡,释放着充盈的革命激情。

“楼梯体”在此时的流行是可能有马雅可夫斯基的影响。但不论是贺敬之还是郭小川,以及写《和平的最强音》的石方禹,他们的创作采用这一文体是由于表达的需要。50年代流行的政治抒情诗,因为激荡澎湃的抒情需要这样激荡澎湃的文体。他们不是对马雅可夫斯基的照搬,而是放声歌唱的需要。特别是贺敬之,他的贡献在于使这一看来欧化的体式拥有了中国的神韵。研究者指出:他的诗中“句与句、节与节之间经常有相当工整的对偶,这不但有助于诗篇节奏的匀称与多样的统一,而且也加强了诗篇的句节之间的内在联系”③。

因为政治上采取“一边倒”的策略,所以诗的创作也受到苏联诗歌的影响。除了马雅可夫斯基的“楼梯体”,还有伊萨柯夫斯基,他的基本整齐的抒情体式被很多诗

---

① 公刘:《西盟的早晨》。此诗作于1954年。选自诗集《黎明的城》,中国青年出版社,1957年。

② 吕剑:《一个姑娘走在田边大道上》。见《溪流集》,中国青年出版社,1957年。本诗写于1954年3月。

③ 潘旭澜、曾华鹏:《为伟大的党伟大的祖国放歌——读贺敬之近年来的诗》,《文汇报》1963年1月8日。

人移植过来。从闻捷的《天山牧歌》以及李季后来的"石油诗"、到李瑛和诸多军旅诗人表现边疆生活的抒情诗,都可寻到伊萨柯夫斯基抒情叙事的痕迹。这些诗后来被称为生活抒情诗,是早春时节的放声歌唱另一种通行的体式。

一个时代有一个时代的诗。这个新开始的时代,空前的胜利和成功,展示在全体中国人民面前的是无限光明的前途,整体的早春时节的氛围,奠定着这个时代的诗的基调:乐观、向上、喜悦和欢快,它杜绝灰色和阴暗,后者被认为是失去信心的与时代不和谐的落伍。这些判断今天看来有些幼稚,但事实上很长时间都是评价一首诗的隐性的标准。

"一体化"的宏图

在此之前,就影响而言,延安事实上已经是中国的中心。在战争还未结束时,延安就已为夺取全国的胜利做了准备。延安要把它的希望与梦想在广大的国土上变为现实。在意识形态方面,特别是在文艺和诗歌方面,延安有充分的决心,要把它在战争环境中形成的模式,向着中国广袤的国土推广。在诗歌领域,这更是坚定不移的目标。在中国新文学的发展中,曾经有过诸多的不同的文艺观点的论争。那时的论争也涉及革命的文艺理念的传播与推广,但由于缺乏有力的行政力量的支持,大体也只停留在争论的层面,而不可能形成统一意志而付诸实施。现在的形势有了根本的变化,文艺是在政党和政权的领导之下,行政力量的强大足以使抽象的理念成为具体的事实。

早在延安文艺座谈会讲话之后,就有一系列的行政措施以贯彻执行讲话所涉及的文艺政策。据材料,讲话后即作出"决定",强调"讲话"是具有"普遍原则性的,而非仅适用于某一特殊地区或若干个人的问题。无论是在前方后方也无论已否参加实际工作,都应该找到适当和充分的时间,召集一定的会议,讨论毛泽东同志的指示,联系各地区各个人的实际,展开严格的批评与自我批评"①。这种通过行政手段贯彻推行一种文艺思想的方式,在获得全国政权之后有了空前的加强。这是一种行之有效的方式,能够保证把延安点燃的火种在更广大的地区予以推进。应该说,进

① 《中共中央宣传部关于执行党的文艺政策的决定》(1943年11月7日)。原载《解放日报》1943年11月8日。这份决定内容非常具体,涉及面很广也很具体。例如,指出"今天的文艺战线上,与民族斗争阶级斗争的其他战线一样,不但存在着保持着小资产阶级错误思想的分子,而且还混有若干为敌人反动派所派遣的奸细破坏分子,他们过去利用我们的尊重文化人(这是对的)与若干同志中的自由主义倾向(这是错的),散布思想毒素,进行反对人民的破坏革命文艺队伍与革命文艺队伍的纯洁性的活动"。又如,"内容反映人民情感意志,形式易演易懂的话剧与歌剧(这是熔戏剧、文学、音乐、跳舞甚至美术于一炉的艺术形式,包括各种新旧形式与地方形式),已经证明是今天动员与教育群众坚持抗战与发展生产的有力武器,应该在各地方与部队中普遍发展"。

入50年代的中国文艺(包括诗歌在内)所追求的,就是这种把火种普遍点燃的工作——就是说,通过一定的措施在全国范围内推广并实行已经在解放区实现的文艺、诗歌模式。在小说和戏剧方面,出现了以赵树理为代表的一批表现根据地生活的作品。① 这些作品的出现给延安讲话提供了事实的验证,日后也成为一种范例。诗歌的出现要晚一些,因此,当李季的《王贵与李香香》出现的时候,引起了一番惊喜。②

1949年7月5日在北京举行第一届文代会。会上周扬的报告详细介绍了解放区的文艺创作成就,其中作为诗歌的例子,提到李季的长诗《王贵与李香香》。周扬以肯定的语气断言:"毛主席的《在延安文艺座谈会上的讲话》规定了新中国的文艺的方向,解放区文艺工作者自觉地坚决地实践了这个方向,并以自己的全部经验证明了这个方向的完全正确,深信除此之外再没有第二个方向了,如果有,那就是错误的方向。"③在这里,周扬用的是"规定",用的是"完全正确",事实证明这是不可讨论、也无可置疑的。

大约也是这个时候,新华书店及时地以"中国人民文艺丛书"④的名义,出版了系列的体现了延安讲话精神的作品,此举意在为全国的作者提供一种范例。这套丛书中诗歌的选本有王希坚等的《佃户林》、阮章竞等的《圈套》、李季的《王贵与李香香》、阮章竞的《漳河水》等。⑤ 这些诗集中前两种是多人诗选,后两种是个人长诗,风格大体都是来自民间老百姓喜闻乐见的体式,以民歌体为主。如"王家集有个小王五,王五命乖黄连苦"(刘衍洲:《弹唱小王五》);"长辛桥家西,有个佃户林,远看草连草,近看坟连坟"(王希坚:《佃户林》),都是来自民间的歌谣的借用与变种。

当时的理论也竭力推进这种主题和风格的普及,40年代中后期,劳辛是一位专注于诗歌的批评家⑥。他在《叙事诗的本质》一文中指出:"假如我们要把诗歌从暖

① 周扬在《新的人民的文艺》中列举了马烽、西戎的《吕梁英雄传》,赵树理的《李家庄的变迁》《李有才板话》《小二黑结婚》,袁静、孔厥的《新儿女英雄传》,邵子南的《地雷阵》,王力的《晴天》,王希坚的《地覆天翻记》,丁玲的《太阳照在桑干河上》,立波的《暴风骤雨》,马加的《江山村十日》等小说为例。

② 陆定一在《读了一首诗》中说:"比较来得迟的,就是诗了。《王贵与李香香》就是这样的新诗,用丰富的民间语汇来做诗,内容形式都是好的,在外面有袁水拍先生,现在我们这里也有了。"原载《延安日报》,1946年9月28日。转引自王永生编《中国现代文论选》第一册,贵州人民出版社,1982年。

③ 周扬:《新的人民的文艺》。原载《中华全国文学艺术工作者代表大会纪念文集》,新华书店,1950年。

④ "中国人民文艺丛书"编辑例言:一、本丛书定名为"中国人民文艺丛书",暂先选编解放区历年来,特别是1942年延安文艺座谈会以来各种优秀的与较好的文艺作品,给广大读者与一切关心新中国文艺前途的人们以阅读和研究的方便。二、编辑标准,以每篇作品政治性与艺术性结合,内容与形式统一的程度来决定,特别重视被广大群众欢迎并对他们起了重大教育作用的作品。(下略)

⑤ 《圈套》,1949年(其中包括阮章竞的《圈套》《送别》和《盼喜报》,以及张志民的《王九诉苦》和《死不着》),《佃户林》和《王贵与李香香》,1949年,《漳河水》,1950年。

⑥ 劳辛:《诗的理论与批评》,上海正风出版社,1950年,第97页。

房里的盆景移植于广阔的旷野里，使它是属于人民的艺术，那么，我们的诗人必须去掉那些知识分子的抒情心情，使自己的诗能表现农民的泥土气息和工人的组织性。”只有这样，它才能作为斗争的一把利刃，作为幽暗中的一支火把。那么，我们的诗作者应该向群众学习他们的情感，向现实生活去觅取诗的题材。同时，必须向丰富的民间歌谣去学习他们的技巧，只有在这条件下产生的诗才能够合老百姓的脾胃。这些提倡和启示，特别是关于向丰富的民间歌谣学习技巧的提倡，都旨在导引新中国的诗歌向着延安确定的方向，把当日的实践成果在更广阔的地区普遍地展开。它的指向是非常明确的，那就是内容上表现工农兵的喜怒哀乐和形式上的为工农兵所喜闻乐见。30 年代以来争论不休的大众化的内容和民族的形式等等，在这里都找到了定论和答案。现在的问题就是实践。这种既定的关于民族、民间风格的推广，在当时是令人鼓舞的长期期待的一种梦想的实现。这方面成功的典范既已出现，一切的讨论已无意义。

对以往解放区经验的充分自信，导致一种更为坚定的提倡。殊不知这种提倡因周围环境的改变，特别是它已不能适应幅员广阔的疆土上自然、语言以及习俗的巨大差异，以及更为广大的地区民众文化素质和欣赏习惯上的巨大差异，任何一种诗歌风格都难以做到融通一致。但是坚定得近于固执的观念，却始终支持着在已经变动的时空中，以一往无前的决心推行一种认定是“最好的文学”中的“最好的诗歌”形态。其实，早在 50 年代初期，人们就有过这样的隐忧。何其芳批评过那种“企图简单地规定一种形式来统一全部新诗的形式”的倾向①。

李季的《王贵与李香香》、阮章竞的《漳河水》，还有张志民的《王九诉苦》等等，都是向民间歌谣形式学习借鉴获得成功的典范。整个形势是要求向更广泛的层面推广这种已被认定为成功的写作。但是，新诗业已形成的传统，产生新诗的根据和基础，以及新诗自身的多向追求，方方面面都在质疑着这种走向单一模式的可能性。应当承认，民族的和民间的风格有它的优长之处，也是中国新诗所欠缺的，但是使之成为一种新的诗歌的统一风格能否行得通，这是不能不加以考辨的。

在全国范围内推广一种诗歌的运作方式，一般是鼓励诗人放弃自己的“小天地”和“小情趣”，投身到工农兵群众中的“大天地”和“大情趣”中去，彻底改变自己的习惯和趣味，最好是彻底放弃自己的知识分子的优越感，把立场转变到工农兵方面来。这种号召和实践的结果，首先是以广大诗人彻底否定自己过去的实践及其经验，最后导致诗人创作个性和自信力的丧失为沉重的代价。

在新的时代里，诗人所能做的，就是以“改造思想”的方式批判自己过去的写作，

① 何其芳：《话说新诗》，《文艺报》第 2 卷第 4 期，1950 年 4 月。

重新确立目标,使自己纳入并接受一个既定的模式。化"个人"为"集体",化"知识分子"为"工农兵",改变应当否定的"洋腔洋调"为工农兵所喜闻乐见的"土腔土调"。这种思路有其形成的历史。由于革命取得成功,条件变得更为充裕,对建立新秩序及实现诗歌的"大一统"也更有信心。

已经拥有盛名的李季认真地执行了这样的路线。他的《王贵与李香香》的创作,是他在三边工作生活了整整三年之后,"把自己变成不折不扣的当地人"①才写出来的。战争胜利之后,李季试图在玉门油田重寻三边那种感觉,但已是事过境迁,原先的"信天游"已不适用于当时。李季说:

> 生活向前发展了,当我们还没有来得及研究生活的这种巨大变化时,我们的描写对象(也是我们的读者对象)——广大的人民群众的思想感情,已经发生了根本的变化。一句话,过去的个体农民的汪洋大海,变成了合作化的新农村。这时候你要用"五谷里数不过豌豆圆,人数里数不过咱俩可怜!庄稼里数不过糜子光,人数里数不过咱俩凄惶"的调子来描述这些正在形成中的社会主义新型农民,那会是多么不协调啊!②

诗人仍在新时代探索新的可能性。李季后来写《菊花石》,采用了"盘歌"和湖南民歌的调式,但这种改变也未曾获得成功。李季一直想坚持他的民间诗歌的道路,终究还是选择了放弃。而使他获得新的荣誉的,是他在《玉门诗抄》中的多数诗篇所采用的格式,即四行一节,大体整齐、基本押韵的"半格律体"。许多来自战时乡村的诗人,在新的历史时期虽然想坚持、但终究也只得另辟蹊径,张志民、阮章竞、戈壁舟、王希坚,都不同程度地对自己原先的风格作了调整。唯一不变的也许只有王老九,他原本就是农民,民歌到底是属于他的。

诗歌发展的历史已经昭示,在诗的领域中强行推进一种或几种诗歌模式是违背诗的规律的。舆论一律尚且难以做到,诗歌一律更是匪夷所思。文学和诗歌的"一体化"并不是福音,它可能意味着一场灾难。

人们现在终于认识到,诗到底是一种个体作业,唯有充分的个性化,才能有充分的创造性。愈是个人的,便愈是诗的,这与"方向"无关,也与"道路"无关。但是这种诗歌观念的形成已久,不易轻易改变,因此这种向民歌学习的潮流,并不因一些诗人的创作的受阻而式微。在随后发生的"大跃进"中掀起了一番更大规模的论战,此是后话。

---

① 李季:《我和三边、玉门》,李季说:"总结了三边的生活经验,我尽力地忘掉自己的作家身份,从一切方面(从工作、生活到思想感情)把自己变成一个和当地所有人一样的'玉门人'。这当然是困难的,但却不是不可能的。经过几个月的努力,连最熟悉我的同志,也不得不好心地告诉我说,'你简直一点儿也不像个作家,可不要忘了你的本行哪!'"载《文艺报》1959年第18期。

② 李季:《热爱生活,大胆创造》,《文艺学习》1956年第8期。

第一关键词是颂歌

颂歌是20世纪50年代中国诗歌的灵魂，它极大程度地影响了中国诗歌在当代的行进和发展。谈论这一时段的诗歌，颂歌是绕不过去的一个概念。追根溯源，颂歌的理念应该到延安的讲话中去寻找。周扬无疑是这一理念最忠实的阐释者："我们是处在这样一个充满了斗争和行动的时代，我们亲眼看见了人民中的各种英雄模范人物，他们是如此平凡，而又如此伟大，他们正凭着自己的血和汗，英勇地勤恳地创造着历史的奇迹。对于他们，这些世界历史的真正主人，我们除了以全副的热情去歌颂去表扬之外还能有什么别的表示呢？"①

牵涉到歌颂还是批判、揭露的话题，延安讲话已经在敌我和善恶的层面做了明确的判定。讲话当时就驳斥了"我不是歌功颂德，歌颂光明者其作品未必伟大，刻画黑暗者其作品未必渺小"的论点，说："歌颂资产阶级光明者其作品未必伟大，刻画资产阶级黑暗者其作品未必渺小；歌颂无产阶级光明者其作品未必不伟大，刻画无产阶级所谓黑暗者其作品必定渺小。"②

颂歌有着明确而确定的内涵，这也是受到普遍认同的："当诗人歌颂祖国的时候，首先想到的必然是领导人民推翻反动统治、建立人民共和国的中国共产党"，"爱祖国的主题是和爱我们的国家制度、党和政府的政策相结合的"③。为了维护这一判断，周扬从文学史的角度对鲁迅关于"国民性"的批判予以防卫性的、新的诠释，他没有直指鲁迅的"过时"，而认为在新的时期一种"新的国民性正在形成之中"。他指出："我们不应当夸大广大人民的缺点，比起他们在战争与生产中的伟大贡献来，他们的缺点是不算什么的，我们应当更多地在人民身上看到光明。这是我们所处的这个新的群众的时代不同于过去一切时代的特点，也是新的人民的文艺不同于过去一切文艺的特点。"④在新的历史时期，许多诗人正是这样出于道义的认知，以感恩的心情把诗歌置放在歌颂的基座上。因此，不能认为颂歌形态的出现及其推广只是由于提倡，客观地说，也出于"自愿"。诗人们感受到了新的生活的全部辉煌，他门(们)感到了责任和使命，在很大程度上这种歌颂是出于内心的要求。同时也在这种急切之中忘了诗功能的宽广和博大。

"我们的文学应当去发掘我们的伟大的人民的心灵之美，从而把这心灵的'火焰山'煽得更旺盛。我们的人民是勤奋而又聪敏的，朴质而又乐观的，朝气勃勃而又善

---

① 周扬：《新的人民的文艺》，《中华全国文学艺术工作者代表大会纪念文集》，新华书店，1950年。
② 毛泽东：《在延安文艺座谈会上的讲话》，《毛泽东选集》第三卷，第828—830页。
③ 袁水拍：《诗选》(1953.9—1955.12)序言，人民文学出版社，1956年。
④ 周扬：《新的人民的文艺》，《中华全国文学艺术工作者代表大会纪念文集》，新华书店，1950年。

于思考的。现在,又处于一个意气风发、精神振奋的前所未有的时代,党的思想力量和社会主义精神已经掌握了千千万万人的心。诗作者可以从这里得到无穷的启发,并且真正能够像普罗米修斯那样从这里取得了圣火,然后赋予高度的热力还给人民。"①上述郭小川的论点体现了当年诗界的总体氛围和基本认知。不仅乎此,有的诗人还把这种诗歌的责任和使命感与诗的基本性质相混淆:"诗人对于现在,应该是个歌颂者,对于将来,应该是个预言者。"②说这话的是当年被鲁迅推为最优秀的抒情诗人的冯至。当时认同一种简单的推理,所谓诗歌,即指颂歌,诗人的根本使命定位于新生活的歌颂者。极而言之,有的诗人甚至认为文学和诗歌的重大使命就在于歌颂领袖③。这些立论在50年代是谁都不会产生异议的正常。而且一直延续到"文革"动乱的结束。这种"诗歌只能是颂歌"的观念,是支配20世纪大部分时间的基本观念。它造成了20世纪后半叶中国诗歌的独特景观,却也造成这一漫长时间中的诗歌灾难。前面已经提及,20世纪中期的当代诗歌,在颂歌这一总的理念的笼罩下,诗歌形态基本不出于政治抒情诗和生活抒情诗这两大门类。前者的代表诗人是贺敬之和郭小川,后者的代表诗人是闻捷和李季。这四位来自解放区的诗人,他们举重若轻,承担了奠定共和国诗歌主流形态的创造性工作。

政治抒情诗是应时代的召唤而诞生的诗体,也是50年代最主要的诗歌体式。在政治意识高扬的年代,日益膨胀的阶级斗争的理念激发着全民高昂的政治热情,政治抒情诗为传达这种激情提供了适当的方式。这是一种专为表现大题材而设的诗体,它一般由重大的政治性事件所引发,而后以全方位的历史陈述所覆盖。往往是由今日的胜利回望历史上的抗争,从中揭示今昔之间的内在关联,论证这些斗争的正义性和必然性。

贺敬之的政治抒情诗大抵从当下的某一重大政治事件出发,围绕一个或数个历史性画面而展开抒情。他注重历史对于现实合理性的印证。郭小川的政治抒情诗也以广阔的历史为大的背景,但他更注重针对当前的问题发言。因为这类诗歌往往紧贴现实的政治,而政治又往往多变,于是被诗歌"固定"的政治往往会成为诗歌的

---

① 郭小川:《权当序言》,见郭小川著:《谈诗》,上海文艺出版社,1978年,第103页。

② 冯至:《漫谈新诗的努力方向》,《文艺报》1958年第9期。

③ 诗人郭小川的儿子郭小林有不只(止)一次的回忆谈到此事。"父亲几年前讲的不也是'造神说'吗?他曾在给我的信中写道:'无产阶级革命文学的最高使命是歌颂伟大的领袖毛主席'。"(语见郭小林:《惶惑与无奈》)又有一则:"这十年他的创作方向已几经转换:首先是真诚地作为党的喉舌在热情讴歌;后来发现党也会犯错误而开始有了一点粗浅的独立思考,几乎是无意识地流露了一些个性色彩,竟遭到了粗暴无情的猛烈批判;从此他再也不敢心有旁骛,放弃了'文学是人学'的定律,越来越痴迷于'造神文学'——1971年初他在给我的信中就曾说:'歌颂伟大领袖毛主席是无产阶级革命文艺的最重要使命(大意)。"(见郭小林:《1976:一个政治诗人的最后痛苦》)以上材料均见郭小惠等编:《检讨书——诗人郭小川在政治运动中的另类文字》,中国工人出版社,2001年,第308、328页。

“陷阱”。现实的“政治”说变就变，而诗歌无法变。政治抒情诗常常因为这种“事过境迁”而陷入尴尬的境地。①

在那个年代，政治抒情诗是易于接近群众的一种诗歌方式。在重大的政治性集会上，在节庆日的朗诵会中，在报刊和机关团体的出版物上，都有它的身影。那个年代盛行大型的现场朗诵，而政治抒情诗则是朗诵会的主角。贺敬之的《放声歌唱》《十年颂歌》，郭小川的《向困难进军》《投入火热的斗争》《闪耀吧，青春的火光》，已经成为50年代影响深广的诗歌经典。

功利主义的价值理念并不满足于抽象的意识形态抒情，它还要求具体地再现那值得歌颂的一切，包括事件、场景、情节和人物，亦即富有细节的叙事的因素。要是说颂歌有它特定的内涵的话，这就是除了政治激情的传达（这是非常重要的）外，还应该具体而形象地表现当今生活的丰富多彩。这就形成了50年代颂歌主体的另一个形态——生活抒情诗。在这一方面，李季和闻捷是最有代表性的诗人。其实，将此类诗歌定性为“抒情诗”未必适合，它应属于广义的叙事诗的范畴。但说这种诗体采取“说事”的手段以达到政治抒情的目的，则是实况。

50年代形成的生活抒情诗写作，更多地决定于对新生活的认识和发自内心的热爱。战争的结束，建设的开始，过去荒芜的土地，如今鲜花盛开，过去贫穷的穷乡僻壤，如今响起马达的轰鸣，过去贫病交加的人民，如今昂首阔步行进在自由的国土上。新的生活、新的人物、新的故事，诱发着诗歌的“贪婪”。新生活给予新诗人的职责，是要满腔热情地、而且是要详尽地“记述”这一切。记述即意味着歌颂，越是详尽的记述就越能显示歌颂的诚意。诗人的庄严使命在于将这新生的一切保留在诗歌的记忆之中。

人们终于找到了颂歌的另一种形态。即除了歌颂政治，还要歌颂政治笼罩下的生活，生活中的故事、情节和细节，当然更主要的是人物。生活抒情诗有效地把叙事的因素引进到颂歌中来（这种引进可能给诗歌的抒情本质造成损害，以后的论述将要涉及），它的确造成了50年代颂歌形态的一道独特的风景，从而也极大地拓展了颂歌的范围和内涵。

---

① 例如，贺敬之的《十年颂歌》涉及庐山斗争的文字即是。贺敬之自述：“我曾用真情实感去歌颂光明事物——我们的党、人民和社会主义祖国，是应当做的。但是另一方面，我还必须说，我对社会主义事业的理解是太肤浅、太幼稚了，对我们生活中的矛盾的认识是过于简单，过于天真了。这就使得我在作品中不能准确而大胆地表现矛盾斗争，因而就不能更深刻、更有力地反映和歌颂我们的时代。例如《十年颂歌》这首长诗，今天看来不仅显得无力，而且其中关于庐山的那段批判性的文字还是错误的。在编印这本集子时，尽管我对别的作品除仅做个别文字的改动外一概保存原来的面貌，而对这一篇中的这一整段，我不能不以负疚的心情把它删除。”见《贺敬之诗选—自序》，1979年7月10日。引自北京师范大学中文系当代文学教研组编：《当代文学教学参考资料—诗歌卷》，1980年，第95—96页。

还是李季，是他率先把描写的笔触从战争中农民翻身的故事及时地转移到建设新的生活的场景中来。诗人一如既往地投身到火热的建设中的厂矿和工地，如同当年选择“三边”那样他选择了玉门油矿。他在油矿的工地上寻找新人新事，在那里他发现当年赶着毛驴驮盐的边民，如今开起了拖拉机。他在生活中发现了新的诗意。《玉门诗抄》中的“石油诗”就这样一篇一篇地展示在新的读者面前。

李季给我们带来我们所陌生的新的生活场景和新的人物形象。他以热情的笔墨再现那沸腾的建设工地动人情景：“辽阔坦平的戈壁滩就在我的脚下/行驶着的车队/像一群小小的甲虫/排成长列的白云前来把我慰问/乐队总是那高傲的山鹰的嗥鸣。”①在这样充满热情的画面上，总有从战争中走过来的今天的建设者：“刀痕是长征时留下来的/抗日战争的纪念在肩膀上/解放战争中丢失了一个手指头/这一脑袋白头发是转业以后的奖赏。”②他追求的就是这种把战争和建设加以“拼接”的效果，李季的颂歌意识就建立在这个基础上。

闻捷有自己的关注点。他把目光移向了遥远的边疆，那里是一片新展开的沃土，那里生长着新的人物和他们新的业绩。闻捷的抒情对象是生活在天山南北的各族儿女。他的选择是时代的选择。他以诗人的直觉感应了时代的召唤。随着战争的走向远方，祖国的劳动者和建设者的脚步也迈向了远方。时代展开了华美的画图，在西北边疆也在西南边疆，新的生活向人们展示它无限的丰富、美丽和神奇。

闻捷的目光和彩笔定格在那里，他以锦心绣口向我们传递神秘边疆的全部美丽。诗人感知我们这个多民族组成的大家庭，应当有与时代协调的新诗体式来表现它的丰富性。于是他向我们唱出了一曲又一曲迷人的《天山牧歌》。说是牧歌，其实已经脱离了原始民歌形式的简单照搬，而是采用了与新的时代审美情趣相和谐的体式。这种体式的基本特征是基本押韵、字节大体整齐的半格律体。闻捷在这些诗中成功地创造了与时代风尚相一致的劳动加爱情的叙述模式。他把美好的劳动和同样美好的爱情加以衔接，通过歌颂劳动和爱情来歌颂创造新生活的新人。

这种诗歌模式很容易让人追溯起30年代文学中的革命加爱情的叙述模式。这种联想有其合理性，革命已经成功，现在代替革命的是建设和劳动。正如当年歌颂革命一样，如今歌颂建设，凡是为革命或是为建设作出贡献的，都是诗歌和文学应当歌颂的，这正是颂歌的功利性的合理表现。不同的是，现在诗人笔下的劳动已告别了以往时代的痛苦和沉重，在天山牧场和葡萄沟展开的劳动场面是伴随着歌声和舞步进行的。

---

① 李季：《我站在祁连山顶》中的诗句。

② 李季：《厂长》中的诗句。

李季和闻捷都是以诗叙事的能手。在《玉门诗抄》和《天山牧歌》之后,他们都有长篇叙事诗问世。李季的《杨高传》三部曲分别由《五月端阳》《当红军的哥哥回来了》和《玉门儿女出征记》组成,是以诗记事的一种尝试。闻捷则有长诗《复仇的火焰》一、二部问世。两人在短诗创作取得丰富经验之后写作长诗,已经表现出相当的成熟。《复仇的火焰》注重引边疆风物的细节入诗,它注意把中亚腹地静穆苍茫的自然景观与民族习俗的华贵富丽结合起来。史诗性的宏伟结构与充满当地风情的细节描写,在闻捷的诗中也有完美的融汇:

落日的光辉渐渐暗淡,
晚霞的彩色正在飞速变幻,
橘黄、桃红陡然变成了绛紫,
绛紫瞬息间又化为灰蓝。

帐篷的天窗升起炊烟,
漫游的羊群低鸣着涌进围栏,
飞倦的云雀悄声落入林丛,
黄昏笼罩着巴里坤草原。

闻捷成功地将哈萨克民间习俗、歌谣、服饰、自然风光融成了一个草原民族的诗意世界。但不论是闻捷还是李季,他们擅长的作为颂歌的生活抒情诗,由于过分追求把生活的具体情景纳入诗中,造成了抒情环境中叙事的泛滥。这缺陷不单属于闻、李二人,它几乎是50年代诗人的"现实主义传染病"。

当"叙事"在诗中肆意泛滥,当抒情诗变成了无节制的事实交代的絮叨,当烦琐的对话和事件的堆砌充斥着诗歌的时候,抒情诗是否还存在就成了问题。这种弊端,在李季的名篇《师徒夜话》和《客店答问》中,也在公刘的《毛泽东思想照猛丁》(1951年)、《兵士啊,你们要小心!》(1952年)中有明显的流露。这种对于"叙事"的痴迷,这种照搬和堆积的"现实主义",已经泛滥成灾。在那些诗中,因为过度"热情"的、急切的"装填","情"已被"事"挤压得无处藏身,"诗"理所当然地也"蒸发"无可寻觅了。

以上对50年代诗歌作为"灵魂"和"第一关键词"的颂歌的产生和发展作了回顾,对颂歌的两种体式也作了剖析,应该承认,颂歌这种诗歌形态的确代表〔了〕并体现了50年代开始的社会想象,它与那个充满激情、而且"一往无前"的时代精神是完全合拍的。但是,当颂歌成为一种戒律,以此来厘定诗人的立场并判决诗歌的优劣、存亡时,它的负面的价值就突显了出来。单以"反右派斗争"为例,许多被认定为"毒草"的诗歌,其实就是一些非歌颂的诗歌。流沙河的《草木篇》、公木的《据说,开会就是工作,工作就是开会》、邵燕祥的《贾桂香》都是触犯了这一戒律的。几乎所有这类诗歌都遭到了雷殛。从这点看,50 年代开始的颂歌,又是制造诗歌悲剧的渊薮。

抒情主体的移位

一旦认定诗歌的性质在于歌颂,随之而来的必然是对抒情主体身份的重新认定。如前所述,对于作为颂歌主体的歌颂者而言,首先必须拥有正确的意识与立场。正如那篇著名的讲话指出的,你是无产阶级,你就不会歌颂资产阶级,反之,亦然。因此,对于唱颂歌的诗人来说,抒情主体的先进性就是首要之义。这种体认把抒情主人公的“纯化”推到了一个极限的高度。

新中国成立之后第一本《诗选》①的主编袁水拍通过该诗选的序言对抒情主人公提出了新的要求:“诗人既不能是一个隐身者,也不能是一个旁观者,更不能是一个伪善者! 诗人只能是一个革命者,一个共产主义的战士,一个像毛泽东同志所说的‘毫无自私自利之心’的人,‘一个高尚的人,一个纯粹的人,一个有道德的人,一个脱离了低级趣味的人,一个有益于人民的人’。”②贺敬之在“大跃进”高潮中也发表了类似的主张,认为诗人必须有“对共产主义光辉未来的理想”,“必须是共产主义者的无限广阔的胸怀”,而且还“必须是集体主义者,是集体的英雄主义”③。贺敬之一直坚持这样的认识,直至“文革”动乱结束。“诗,必须属于人民,属于社会主义事业。按照诗的规律来写和按照人民的利益来写相一致。诗人的‘自我’跟阶级的、跟人民的‘大我’相结合。‘诗学’和‘政治学’的统一。诗人和战士的统一。如此等等。”④他认为,这代表了社会主义诗歌的根本特征和本质意义。

许多诗人都在这样的标准面前处境尴尬。他们所能做的,只能是对以往的创作予以彻底的否定。这种否定,何其芳早在《夜歌—后记》中已经做过。⑤ 如今的诗人面临的是比何其芳当年更为强大的压力。许多诗人都有过像冯至这样的自我检讨:认为自己先前的诗作“真是苍白无力、暗淡无光。它们干巴巴的,没有血肉,缺乏又远大又切实的理想”,“我最早写诗,不过是抒写些个人的一些感触,后来范围比较扩大了,也不过是写些个人主观上对于某些事物的看法;这个‘个人’非常狭隘,看法多

---

① 人民文学出版社 1956 年 2 月出版,内收 1953 年 9 月至 1955 年 12 月期间的作品。

② 此文写于 1956 年 1 月 18 日。见《诗选》(1953.09—1956.12),人民文学出版社,1956 年,第 12 页。

③ 贺敬之:《漫谈诗的革命浪漫主义》,《文艺报》1958 年第 9 期。

④ 贺敬之:《战士的心永远跳动》,《郭小川诗选》英文本序,1979 年 5 月 30 日,《郭小川诗选—续集》,河北人民出版社,1980 年。

⑤ 何其芳曾经真诚地对自己那些“反复地说着那些感伤、脆弱、空想的话”,“有什么了不得的事情值得那样缠绵悱恻,一唱三叹”的写作进行检讨。认为“现在自己读来不但不大同情,而且有些感到可笑了”。见《夜歌和白天的歌—初版后记》,《何其芳文集》第 2 卷,人民文学出版社,1982 年,第 254 页。

半是错误的，和广大人民的命运更是联系不起来”①。

大约从20世纪30年代左翼文学运动开始，文学理论方面就开始了对“个人主义”的批判。这种批判的势头到了“工农兵文艺”时期达到了极限的状态。与批判文学个人主义相对的是关于“集体主义”的提倡。集体主义是进步的，顺乎潮流的，而个人主义则是落后的、渺小的，它明显地具有不合法性。个人主义被认为是对群众意识的消解，“阶级斗争精神在这里被个人反抗的精神所代替了”，“强调个人与生命本位，主张宽容而反对斗争，实际上是企图把文艺拉回到为艺术而艺术的境域中的反动倾向”②。此种理论的偏（褊）狭性，在其他文体那里也许不甚突出，而在诗歌这里，却无异乎是对于抒情主体的取消。

在这样的背景之下，抒情诗中的“我”就成为一个非常敏感的话题。诗人社会的、阶级的，乃至国家的代言的身份，必然无限止地要求着这个“我”必须从“真我”中脱壳而出。它必须彻底改变那种自然的、本真的，同时也必然是“狭窄”的“小我”状态，他必须将此转化为一个实际代表着、代替着无限广大的“集体”而存在的虚拟的个体——“大我”。而这个以“我”的面目出现的“大我”，其实就是“我们”。这个“大我”所指称的是通体光明、力量无边，而且始终代表着真理和正确方向的群体。

对于“小我”的否定和排斥，对于“大我”的肯定和张扬，使许多诗人在抒情主体的确立上如临深渊，如履薄冰。他们小心翼翼地尽量不在诗中出现我的形象，他们宁肯摸（模）棱两可。在50年代的抒情诗中，出现最多的是“我们”，典型的句式如“社会主义——我们来”③。而要是需要在诗中直接出现“我”的字样时，则要格外地谨慎。

比较成功的是《放声歌唱》中关于“我”的描写。有评论肯定地指出：“一首歌颂党的长诗，用了四分之一的篇幅来抒写‘我自己’，这是一般并不多见的。如果诗人在这一章里仅仅是为了表现‘我自己’，那么就很可能成为这一支颂歌中的噪音”，如今出现的“诗中的‘我’，是诗人自己，也是成千上万在革命圣地延安成长起来的革命者”。这篇评论进一步论述了特定条件下“我”的属性：“抒情诗中的‘我’，可以是但又不一定是诗人自己。然而，无论那（哪）一种情况，‘我’与‘我们’越是充分的统一，诗篇就越有力量，越能引起读者共鸣。”④既然诗中的“我”可以是、也可以不一定是诗人自己，既然强调了“我”与“我们”的“充分统一”，那么，“小我”存在的合法

---

① 冯至：《漫谈新诗努力的方向》，《文艺报》1958年第9期。

② 邵荃麟：《对于当前文艺运动的意见》，原载《大众文艺丛刊》第1辑，香港地区，1948年。转引自谢冕、洪子诚主编：《中国当代文学资料选》，北京大学出版社，1995年。

③ 贺敬之：《三门峡——梳妆台》中的句子。

④ 潘旭澜、曾华鹏：《为伟大的党伟大的祖国放歌》，《文汇报》1963年1月8日。

性就是非常可疑的。这种抒情主人公从“小”到“大”的移位，造成了决定中国新诗命运的旷日持久的动荡。诗中的“我”因其神圣化的身份导致愈演愈烈的膨胀，最后当然只能是“自我”的消失。在相当长的一个时期，我们在中国诗中看不到各具个性的“真性情”，也看不到诸多仅仅属于诗人自己的“小情趣”。随着真我的消失，诗也就消失了它应有的那份趣味和韵致。事实证明，不间断的对于“小我”即“个人主义”的批判，摧毁了诗歌的根基。

更为严重的是，由此形成了一种理念，认为诗是非此不可的，人们开始围追堵截哪怕是仅仅残余的“小我”的痕迹，包括穆旦那样要“埋葬”昔日之我的真诚用心①，也被判定为“毒草”。这种风气一直蔓延到六七十年代，形成了抒情主体的“假、大、空”现象。“假”是由于失真。“大”则是抒情主人公的指代失当，往往是至高无上的“群众”、“党”和“国家”，大而无当的言辞比比皆是。至于“空”，则是这一切恶性发展的必然指归并由此形成陋习。

在处理“大我”与“小我”的关系上，郭小川显然没有贺敬之那般幸运。他因在总题为《致青年公民》的组诗中使用了“我号召你们”，“我指望你们”等句子，遭到强烈的责难。郭小川事后不得不承认：“实在是口气过大，所以，在以后的各首中，我就改正了。”他为此专门作了解释：“我要说明的是，我所用的‘我’，只不过是一个代名词，类如小说中的第一人称，实在不是真的我，诗中所表述的，关于‘我’的经历，‘我’的思想情绪，也决不完全是我自己的。”②自此之后，他修改了自己的看法，他认为“诗中间，是可以出现‘我’字的。但这个‘我’，必须是无产阶级或英雄人民中的一个，最好是他们的代表，是他们的代言人。个人是集体中的一员”③。

诗中的我当然不会是“真的我”，这与文学的再创造规律有关。但文学的再创造，是以作家的亲身体验及其积累为前提，而后经过提炼和综合的“糖化”作用，再造而为作品中的人物情节。在诗歌的再创造过程中，诗人自我的存在比任何形式的文学创作都重要，可以这样认为，无我就无诗。要是说，在其他的文学写作中应当回避“真我”的直接进入，而在诗歌这里，这种回避的必要性就会降到最低点。诗不应当排斥“真我”。回过头来看上面郭小川关于“实在不是真的我”的辩解，就显得没有必要了。

“百花时代”

20 世纪 50 年代，中国大陆有一个短暂的“百花时代”。这个梦幻般的早春情调

---

①　穆旦的《葬歌》发表于《诗刊》1957 年 5 月号。诗中说：“哦，埋葬，埋葬，埋葬！”“希望”在对我呼喊：“你看过去只是骷髅，还有什么值得留恋？你的七窍留着毒血，沾一沾，我就会瘫痪。”

②　郭小川：《关于“致青年公民”的几点说明》。此文作于 1957 年 9 月 2 日。转引自北京师范大学中文系当代文学教研组编：《当代文学教学参考资料—诗歌》，1980 年，第 4 页。

③　郭小川：《谈诗书简一二》，1969 年 10 月写于北京，《谈诗》，上海文艺出版社，1978 年，第 28 页。

神奇地出现在急雨暴风的夹缝之中。进入50年代，随着新生活的开始，也开始了不见终点的学术和文艺的批判运动：关于电影《武训传》的批判，关于小说《我们夫妇之间》的批判，关于胡风文艺思想及“胡风反革命集团”的批判，关于胡适、俞平伯学术思想的批判，关于丁玲、陈企霞和对《文艺报》的批判，以及愈来愈频繁的对所谓的“右派分子”的批判，如此等等。那时仿佛有不竭的热情和嗜好，发动并开展着这些连环套般的文艺批判运动。从整体上看，它们构成了50年代中国大陆特殊的文化景观：是一个又一个批判运动，驱使着中国文艺陷入愈来愈窄狭的逆境之中。

与这种批判运动形成巨大反差的，是50年代中叶提出了“百花齐放、百家争鸣”①的方针。这一举措虽然出人意表，却也暗合了当时隐在的对现实的不满和变革的要求。外界的学者评价说：“百花齐放政策给予了知识分子一定程度的自由，以赢得他们的合作和提高他们的本领。另一方面，也允许他们批评官员，以改进官僚体制和提高它的效率。”②

敏感的诗歌首先对此作出回应，1957年两本诗歌刊物同时问世。《诗刊》创刊号刊登了毛泽东的旧体诗词18首，毛泽东在来信中支持了新诗的创作和发展③。《诗刊》创刊之初决心贯彻双百方针，先后发表了风格流派各异的诗人如汪静之、穆旦、杜运燮、陈梦家、萧三、饶梦侃、柯仲平、林庚、王老九、黄声孝、纳·赛音朝克图、康朗甩等的诗作，发表王统照、朱光潜、谢冰心等的诗论，卞之琳、罗大冈等的译诗。

与北京的《诗刊》相呼应，在成都创刊的《星星》发出了让人耳目一新的稿约，这篇稿约表达了《星星》编者的诗歌观念：

> 我们的名字是“星星”。天上的星星绝没有两颗是完全相同的，人们喜爱启明星、北斗星、牛郎织女星，可是，也喜爱银河的小星，天边的孤星。我们希望发射着各种不同光彩的星星，都聚集到这里来，交映着灿烂的光彩。④

---

① 毛泽东在指出：“百花齐放、百家争鸣的方针，是促进艺术发展和科学进步的方针，是促进我国的社会主义文化繁荣的方针。艺术上不同形式和风格可以自由发展，科学上不同的学派可以自由争论，利用行政力量，强制推行一种风格，一种学派，禁止另一种风格，另一种学派，我们认为会不利于艺术和科学的发展。艺术和科学中的是非问题，应当通过艺术界科学界的自由讨论去解决，通过艺术和科学的实践去解决，而不应当采取简单的办法去解决。”见《关于正确处理人民内部矛盾的问题》(1957年2月)。《毛泽东选集》第五卷，人民出版社，1977年，第388页。

② R.麦克法夸尔、费正清编：《剑桥中华人民共和国史——革命的中国的兴起》，中国社会科学出版社，1998年，第256页。

③ 毛泽东在《关于诗的一封信》(1957年1月12日)中指出：“诗当然应以新诗为主体，旧诗可以写一些，但是不宜在青年中提倡，因为这种体裁束缚思想，又不易学。”原载《诗刊》创刊号，1957年。

④ 见由石天河、流沙河、白航等任编辑的《星星》创刊号，1957年1月。创刊号上发表了流沙河的《草木篇》、曰白的《吻》等作品，引起巨大震动。

这种对诗歌多样化的期待在阴晴莫测的年代顷刻间化为了泡影。《稿约》在第二期的版面上消失得无影无踪。即使如此,勇敢的《星星》编者还是采用《编后草》的方式重申他们的主张。在这篇题为《七弦交响》的《编后草》中,他们再次表达了他们对于诗歌情感的丰富性以及创作自由的期望:

人民有七种感情:喜、怒、哀、乐、爱、恶、欲。

缪斯有七根琴弦:喜、怒、哀、乐、爱、恶、欲。

诗人的心,就是缪斯的七弦琴。

诗,总是要抒情的。没有不抒情的史诗,没有不抒情的叙事诗,没有不抒情的风景诗,也没有不抒情的哲理诗。

中国有六亿人民,六亿人民的感情,是一个无比宽阔的大海。如果谁说“抒人民之情”会限制诗,那真是一件奇事。但如果谁要偏爱着“单弦独奏”,只准抒某一种情,那也只能说是一种怪癖。

“百花齐放、百家争鸣”,在诗应该是让七弦交响。

人民的情感是丰富的,各式各样的。往往在一首诗里有各种不同的情感交织在一起。

让七根琴弦交响起来吧!只不要忘记,这七根琴弦的基调,是:爱人民!爱祖国!爱生活!①

一方面是严厉的批判运动在进行,一方面却是充盈着理想主义的浪漫情怀在展开,仿佛真是一个“解冻”的百花盛开的季节的到来。这是后来同样难逃批判命运的《解冻》,它的确传达了当年的那份纯真:

是花都在开,有芽的都绽出来,
欢呼这只爱抚的手,拿出最好的,
一切都从头创造,过去的已经深埋

春风伸出慈爱的手,温柔而有力
推醒了沉睡的,抹掉不必要的犹豫,
使一个个发现新的而大欢喜。②

以两种诗刊的创刊为标志,中国诗歌理所当然地迎接了它的“百花时代”。20世纪中期欢呼新生活的热潮过后,人们的心境平静下来,在习以为常的日常生活景象中发现了它的缺陷,乃至“光明中的阴影”。恰值此时,上面号召“整风”和“鸣

① 《星星》第2期,1957年2月。
② 杜运燮:《解冻》,《诗刊》1957年5月号。

放”。诗人们天真而单纯,激情使他们遗忘并违逆了“颂歌”的坚定的律则。他们一偏离,随之而来的“整治”却是无情的。

五月正是繁花似锦的季节,那一天,在北京大学校园大膳厅的东墙上,张贴了一首题为《是时候了》的诗篇:

是时候了
向着我们的今天
我发言!
昨天,我还不敢
弹响沉重的琴弦,
我只可用柔和的调子
歌唱和风和花瓣!
今天,我要鸣起心里的歌,
作为一只巨鞭,
鞭笞死阳光中一切的黑暗!①

作者是两位在校学习的中文系学生。诗人高擎“五四”民主自由的火炬,以无畏的“火葬阳光下的一切黑暗”的呐喊,传达了他们心中的愤懑和不平。当年他们激情汹涌,少不更事,却也为此付出了沉重的代价。② 这是一个特别的春天,也许是由于时势的感应,也许是由于多时的积郁,满眼繁花中竟然刮起了一阵巨风。勇敢的诗歌打破了周遭的宁静:“那无边的林海被我激起一片狂涛/那平静的山川被我掀得地动山摇。”这阵摧枯拉朽的风显然十分自信,“那些枝枝烂叶在我面前企图逃退/那些陈旧的楼阁 被我吹得遥遥(摇摇)欲坠”③。

---

① 沈泽宜、张元勋:《是时候了》,原载《广场》1957年创刊号。《是时候了》是北京大学第一张诗体大字报,写于1957年5月19日,作者是北京大学中文系的学生。该诗张贴后反响甚大,两位作者随即均被错划为“右派”。《是时候了》也被当做“反面教材”广为转载和批判。《中国百名大右派》(张衫尔著,朝花出版社,1993年)和《反右派始末》(叶永烈著,青海人民出版社,1995年)征引了该诗。

② 张元勋在《北大往事与林昭之死》中回忆说:“五月十九日那天,春光明媚,气候宜人,确实是兴致最浓。参加那次活动的有马嘶、李任、孙克恒、薛雪、康式昭、谢冕、任彦芳、杜文堂、张钟、林昭和我,我们一早就从北大西校门口乘‘332’公共汽车到颐和园,十张入园券共一元五角,而后沿知春亭向北,走长廊至排云殿,登佛香阁至智慧海,到后山沿苏州河从后门出颐和园,而后乘车返校,抵北大已是下午五点多。那天,林昭带着一个‘120’照相机,她做摄影师,拍了许多照片。后来我们每人都洗印了,但至今只有一张在知春亭畔的合影还夹在我的一本旧书里,在公安局、监狱、‘文革’之火的历次洗劫中幸存了下来。成为‘5·19’《红楼》编委会颐和园之游的唯一的纪念,也是《红楼》编委会的唯一的一张合影纪念。那天的黄昏时分,北大的学生大餐厅的东门外的墙上出现了大字报。非常巧合,那天在大餐厅里正举行一个全校性的大会,是党委副书记作报告。天气已暖,在餐厅外的广场上坐满了人,于是墙上的大字报立刻便被人发现了,大餐厅东门外渐渐围满了同学,许多人用手电照着,注意地读着那在红色标语纸毛笔大字写成的诗行:《是时候了》。”引自陈均编选:《诗歌北大》,长江文艺出版社,2004年,第211页。

③ 张贤亮:《大风歌》,《延河》1957年7月号。

当然,不论是火炬还是大风,都不会创造奇迹,现实一如既往地按照自身的逻辑进行。“百花”在无情的风暴中凋零。事实击碎了人们关于春天的幻想。无经验的人们遇到了“阳谋”的尴尬。① 春风何事也欺人! 关于百花齐放的号召,发表于此年的早春二月,正是春寒料峭、乍暖还寒的时节。到了五月,本应是繁花似锦的绵绵春意,却迎来了风狂雨暴之后的满园荒芜。花朵们不知就里,把无情的风雨看成了吹绽百花的暖流。

“新民歌”与“开一代诗风”

在“意气风发、斗志昂扬”的50年代,诗歌仿佛是一只被不断抽打的陀螺,旋转就是它的宿命。也许有一天它将停住它的“红舞鞋”,但不是现在。1957年严酷而炽烈的夏季过去了,而季节并未退烧,要是把50年代以来历次批判运动以至反右派斗争所达到的高潮比喻为火,那么,随之而来的体现更大狂热的“大跃进”,就是浇在这火上的油。火遇到了油,会产生怎样的效果,不言而喻。

在中国,历史的很多时候,诗歌会成为社会的焦点。“大跃进”时代,诗歌不仅没有缺席,而且扮演了主角。“新民歌”(也叫“大跃进民歌”)的提倡及其推行,使诗歌成为大跃进时代的文化标签。“新民歌”作为毛泽东发起的“大跃进”运动的先行者,热火朝天地进入了历史舞台。毛泽东本人对新诗的不满由来已久,他企图改变新诗的现状,在理论上提出中国诗的出路是在民歌和古典诗歌的基础上发展的主张。② 1958年4月,中共八大二次会议发出“各省搞民歌”的号召。1958年4月14日《人民日报》发表《大规模地收集民歌》的社论。新民歌运动于是大规模地兴起。

这个关于新诗发展基础的理论,是以无视新诗产生的背景,以及新诗业已形成的传统为前提,在学理上和事实上都与中国新诗的实际相违。③ 但因为这意见来自最高当局,当日无人公开质疑。关于新诗发展道路的提倡,继续印证了自(20世纪)40年代开始酝酿、至50年代已蔚为大观的诗歌的“大一统”意图。不过这次定下的

---

① 毛泽东:《文汇报的资产阶级方向应当批判》(1957年7月1日):“让资产阶级及资产阶级知识分子发动这一场战争,报纸在一个时期内,不登或少登正面意见,对资产阶级反动右派的猖狂进攻不予回击,一切整风的机关学校的党组织,对于这种进攻在一个时期内也一概不予回击,使群众看得清清楚楚的,什么人的批评是善意的,什么人的所谓批评是恶意的,从而聚集力量,等待时机成熟,实行反击。有人说,这是阴谋。我们说,这是阳谋。”《毛泽东选集》第五卷,人民出版社,1977年,第436—437页。

② 最早关于提倡民歌的意见见诸文件的,是以中共四川省委名义发出的关于收集民歌民谣的通知。通知指出:“中国诗的出路,第一是民歌,第二是古典诗词歌曲,在这个基础上发展起来的新诗,可能更为人民群众所欢迎。”(这是毛泽东的话)《四川日报》1958年4月20日。

③ 不管“五四”时期的新诗革命存在什么问题,但新诗的诞生是以反抗旧诗并用白话诗取而代之的事实是确凿的。新诗以西方诗歌为师,这也是事实。再说民歌(主要是汉族民歌),它的句式和押韵都与旧诗有纠缠不清的千丝万缕的关联。现在再以此为发展的“基础”,甚至曰之为“出路”,岂非历史的颠倒?

目标和规模都较以往更为明确，它进一步强化了工农作为文艺创作主体，以及文人写作必须彻底改造的理念。质而言之，即通过新诗的民歌化（实质即掺和了“大众”因素的新诗的古典化），达到新诗的一体化的宏远目标。

新民歌运动展开的节奏与气势，与当日如火如荼的“大跃进”配合默契。这是政治与诗歌“联姻”之后产生的奇妙的结合体。它由握有权力的最高行政部门发出号召，而后逐级下达，动员了最广大的群众参与。这是一次全民的文化运动。“大跃进”时代需要“大跃进”民歌为其造势，“大跃进”民歌又反过来歌颂了这个全民的“狂欢节”。当日的口号和目标是：人人都写诗，人人是诗人，即所谓的“如今歌手人人是，唱得长江水倒流”。

按照统一的目标和要求，发动并吸引全民来参加一个诗歌运动，来为一个同样是全民参加的政治运动服务，它极大地扩展了“颂歌”的实践、并且使诗歌的“大一统”变得更为切近和可预期。就此，当日的《诗刊》及时发起了“开一代诗风”的讨论。① 舆论全面地支持和配合了这个讨论。这些举措，其实就是进一步强化50年代开始的文艺和知识分子的改造运动，从而在统一的主题和功能的涵盖下推进诗歌风格和形式的一律化。

这个诗歌运动的气势和规模是空前的，犹如当日“大跃进”的气势和规模。“新民歌”是50年代特有的时代精神的集中体现。它全面地体现了这个时代的总体氛围，从而成为文艺为政治服务的典范。这种受到特别推崇的诗歌形态，是在所谓的革命的现实主义和革命的浪漫主义相结合的目标下，用民歌形式（基本是汉族民间歌谣七言四行的绝句形式）以不加节制的形容表现极其夸张的内容的一种随意性的小诗。因为它有很强的现实的政治含义，所以得到了高度的肯定和赞扬。它的空想的狂热，以及无限膨胀的夸张的形容，是后来“文革”中的诗歌“假、大、空”倾向的滥觞。

当时的文艺界领导人郭沫若和周扬联名主编了《红旗歌谣》。他们在《编者的话》中指出：“诗歌和劳动在社会主义、共产主义新思想的基础上重新结合起来，正是在这个意义上，新民歌可以说是群众共产主义文艺的萌芽。”他们高度评价说：“这种新民歌与旧时代的民歌比较，具有迥然不同的新内容和新风格，在它们面前，连诗三百篇也要显得逊色了。”②周扬预言：“未来的民间歌手和诗人，将会源源不断地出现，他们中间的杰出者将会成为我们诗坛的重镇。民间歌手和知识分子之间的界线

① 作为一种提倡和证实，作家出版社于1958年7月编辑出版了《诗风录》。收集郭沫若、柯仲平、萧三、袁水拍、田间、李季、阮章竞、邵子南、公木、张志民、严辰、魏巍、臧克家、戈壁舟、邹荻帆、丹辉、刘岚山、巴牧和丁力的作品。编者在该书的《序》中说：“新诗还没有能够很好地和工农兵群众相结合，还没有真正地做到为工农兵群众所喜闻乐见。主要原因，就是诗人们过去没有很好地做到像今年4月14日人民日报社论所所说的‘和群众相结合，拜群众为师，向群众自己创造的诗歌学习。’”

② 见《红旗歌谣》，红旗出版社，1959年。

将会逐渐消泯。"①

评论者为此不惜作出极高的评价。贺敬之说:"'大跃进'的民歌的出现,及其在整个诗歌创作上的影响,已经使我们看到:前无古人的诗的黄金时代揭幕了。这个诗的时代,将会使'风'、'骚'失色,'建安'低头。使'盛唐'诸公不能望其项背,'五四'光辉不能比美。"②袁水拍说:新民歌"真实地反映了"大跃进"中中国人民的英雄气概,丰功伟绩。它们体现了党所提倡的革命的现实主义和革命的浪漫主义相结合的精神。在艺术形式上具有充分的民族传统风格。它的作者,集体的诗人,是超越了屈原、李白和杜甫的,在当前世界诗坛上,也可以称得上是出类拔萃的大诗人"③。

周扬和郭沫若把"大跃进"民歌叫做共产主义文艺的萌芽,有其明确的政治含义。当日蓬勃开展的"大跃进",被称为是向着共产主义进军的运动,新民歌以诗歌的方式配合并证实这一运动的合理性。这是就其整体而言,从局部的意义看,自40年代提出工农兵的文艺方针,直至50年代,总在始终不渝地推广这一"唯一正确"的经验,以期达到建立统一模式的目的。新民歌的出现,使原先模糊和不确定的意图,变得更为具体明晰了。

新民歌所昭示的,质而言之,就是它体现了工农兵作为创作主体的理想格局,以及以民间歌谣为基本形式的诗歌模式的形成。文人诗人的主流地位受到了挑战,他们整体被明确无误地置放于"被改造"的位置。他们被告知,除了接受这种诗歌秩序,别无选择。这种形势极大地刺激了中国诗歌界,诗人们只能被动地(当然也有主动的)放弃自己以往的风格,重新开始学写这种新民歌体的诗歌。40年代以来孜孜以求的诗歌大一统的梦想,终于在这个特殊的年代以特殊的方式"实现"了。

这究竟是祸?是福?历史自有评判。

自由与格律再思考

新诗和自由体原本就是一枚铜币的两面。因为胡适等人当初创造新诗,其意即在打破旧诗的格律之约束,用白话写诗。打碎了格律的枷锁,诗体自由了,新诗也就成立。但是后来的事实发展,却使初衷有了改变。新诗的毫无章法可寻,它的过于"自由"而导致的韵致全失,逐渐招来了不满。一些人在新诗的自由体之外别立新体,这才有了新诗格律体的尝试。这路诗人,以新月派实践最力,成就也最著。因是之故,朱自清才在《中国新文学大系—诗集》的导言中最后说:"若要强立名目,这十

① 周扬:《新民歌开拓了诗歌的新道路》,原载《红旗》创刊号。引自《诗刊》编辑部编:《新诗歌的发展问题》第一集,作家出版社,1959年,第13页。

② 贺敬之:《关于民歌和"开一代诗风"》,《处女地》1958年7月号。

③ 袁水拍:《成长发展中的社会主义的民族新诗歌》,《文艺报》1959年第19—20期。

年来的诗坛,不妨分为三派:自由诗派,格律诗派,象征诗派。"①

但不论实践是如何多样,新诗建立之后的"主体"仍是自由诗。这不仅在"五四"的最初十年是如此,(20世纪)30年代之后的中国诗歌会诗人、以胡风为代表的"七月派"和艾青、田间等人,以至于晋察冀边区的诗人们的创作也如此,统一形成并奠定了中国新诗自由体的基本的、权威的地位。重大的改变和质疑发生在40年代初期,延安的讲话提出了"喜闻乐见"和民族形式的主张。延宕到50年代,进一步提出了新诗要在民歌和古典诗歌的基础上发展的道路方向的问题。这才使问题发生了逆转。

50年代初期,战事基本结束,开始了和平建设的时期。这样的形势诱导人们思考文艺和诗歌如何适应新的时代的问题。创刊不久的《文艺报》举行了题为《新诗歌的一些问题》的笔谈。② 这是新中国建立之后举行的首次关于诗歌问题内容广泛的讨论,而且参加讨论的又是一些具有代表性的诗人,所以这次讨论具有不可忽视的意义。

《文艺报》的笔谈中,给人最为突出的印象,是对于自由体的批评和异议,以及对于格律诗的期望。萧三认为:"现在我们的新诗和中国千年以来的诗的形式(或者说习惯)太脱节了,所谓的'自由诗'也太'自由'到完全不像诗了。和中国古典诗脱节,和民间的诗歌也脱节,因此新诗直到现在还没有能在这块土壤里生根。"③田间原是自由诗的坚定实行者,他现在也转过身来主张"注意格律,创造格律"。他说:"'五四'以来,我们曾经反对过格律,认为它是枷锁,它是牢狱,而主张自然的韵律,这在当时不能说完全错。当时我们是不甘心做庸俗的绣花匠,不同意格律即等于诗的看法。现在我们对于我们过去的那些血汗,不必一笔抹杀。我们要把自己所声明不要的东西,再拣一部分回来重新研究。"④

田间的意见具有明显的反思历史的意味,是很有代表性的。他是被闻一多喻为擂鼓的诗人。在战争年代,田间的那些自然、短促、热烈、坚定有力的"鼓点",能够非常有力地〔地〕传达那种热情的追求、坚定的信念、坚强的抗争。田间的自由诗成为那个时代的号角。现在他开始改变这种追求,转而向格律寻求对于新生活的配合。

当一个个性解放、张扬自我的时代开始的时候,人们自会在打破一切束缚中得到一种释放的快意。自由体诗的出现,是与"五四"狂飙突进的时代精神相和谐的。而50年代与之不同,这是一个重新建立秩序,讲求社会整饬的时代。严格的纪律,

---

① 见《中国新文学大系—诗集—导言》,上海良友图书印刷公司,1935年。

② 该专栏在《文艺报》第1卷第12期刊出,时间是1950年3月10日。参加这次笔谈的有:萧三、田间、冯至、马凡陀、邹荻帆、贾芝、林庚、彭燕郊、王亚平、力扬、沙鸥。

③ 萧三:《谈谈新诗》,《文艺报》第1卷第12期,1950年3月10日。

④ 田间:《写给自己和战友》,《文艺报》第1卷第12期,1950年3月10日。

建设的思路，井然有序的等级区分，以及稳定的社会格局，正是建立律化诗歌的适当环境。就这样，诗人们开始了对于自由与格律的重新思考。

关于现代格律诗的提倡，此前，何其芳有过这方面的探讨，随后，臧克家也发表了类似的建议。现代格律诗（也有叫做“新格律诗”或“半格律体”、“半自由体”的，所指近似）在一些诗人如闻捷、臧克家、李季、何其芳那里有过初步的实践。其样式大体是：句式大体整齐，四行一节（节数不拘），每行字数相近（最好顿数一致），押大体接近的韵。这种体例与后来提倡的“精炼、押韵、大体整齐”的主张相似，其模式与闻一多当年的《死水》几无差异。

这种思考当然与延安的倡导以及目前开展的新诗发展道路的讨论有关。而讨论的核心，就不能不是眼下出现并受到极大关注的“大跃进”民歌。这样，如何评价和对待新民歌就成了问题的焦点。何其芳和卞之琳就是这样被推到了前沿的。他们被认为是对民歌有“保留”和有“怀疑”的代表人物。① 当日的热狂，使人们很难冷静地对待他们那些有分析的、慎重的，同时也是符合新诗实际状况的意见。

周扬在《新民歌开拓了诗歌的新道路》中批评新诗：“群众不满意诗读起来不上口，特别不满意那些故意雕琢、晦涩难懂，读起来头痛的诗句，总之，群众厌恶洋八股。有些诗人却偏偏醉心于模仿西洋诗的格调，而不去正确地继承民族传统。”以此为发端，从 1958 年春开始直至 1959 年底，在全国范围内开展了声势浩大的“新诗歌的发展问题”的讨论。国内重要报刊、各界代表人物，都卷入了这场内容广泛的、当然是以“大跃进”民歌为核心的论战。② 从新诗的历史看，涉及的报刊和参与的人数之多，讨论的问题之广泛、规模之大、历时之久，都是空前的。《诗刊》编辑部为此编

---

① 前后意见和引录甚多，不可能一一枚举。这里分别择要引出何、卞两人的文章片段以为左（佐）证。何其芳：“今年五月号的《人民文学》上，公木有一篇谈诗歌的文章，说我‘反对或怀疑’过‘歌谣体的新诗’。为了证实我的记忆可靠与否，我翻出我 1950 年写的《话说新诗》、1954 年写的《关于现代格律诗》来看了一下。在《话说新诗》里，我说民歌体比五七言诗的限制要小一些，可能有发展的前途，因而可能成为新诗的一种重要形式，并且认为说书、大鼓、快板等民间韵文，对于农民群众和文化水平比较低的群众是一些很可利用的形式，写得好也就是诗。在《关于现代格律诗》里，我再一次肯定突破了五七言诗的字数整齐的民歌体可以作为新诗的体裁之一而存在，并且认为在文化水平不高的群众中间，民歌体和其他民间韵文形式完全可能比现代格律诗更容易被接受。这样的意见是不能叫做‘反对’，也不能叫做‘怀疑’的。”（《处女地》1958 年 7 月号）卞之琳：“我们学习民歌，并不是要我们依样画葫芦来学‘写’民歌，因为那只能是伪造，注定要失败。”（《处女地》1958 年 7 月号）

② 就报刊而言：有《人民日报》《文汇报》《文艺报》《诗刊》《人民文学》《文学评论》《星星》《长江文艺》《处女地》《蜜蜂》《雨花》等，或辟专栏或发表笔谈。就发表文章的人，这里只是不完全的名单：周扬、邵荃麟、袁水拍、田间、徐迟、贺敬之、郭小川、方冰、阮章竞、何其芳、卞之琳、萧殷、力扬、沙鸥、宋垒、闻山、丁力、郭沫若、张光年、臧克家、唐弢、赵景深、傅东华、天鹰、冯至、茅盾、李霁野、李希凡、李冰、骆文、林庚、王力、朱光潜、罗念生、周煦良、金克木、季羡林、搂（楼）适夷、曼晴、徐景贤等。

辑了四集的《新诗歌的发展问题》讨论文集①，总字数约 80 万字。

新诗中的自由体或格律体，前者是“五四”草创时期的成果，后者则是旧日的投影。在中国，新诗的建立犹如打破精致的古瓷瓶，以换取适用的粗陶罐。人们在享用陶罐带来的自由时，却依然迷恋那失去的曾经的辉煌。这就是中国在诗歌生产方面的心理落差。路已开辟且畅通，而人们总还是怀旧。此即所谓新诗与生俱来的“老问题”。

这些问题积蓄已久，一旦遇着一种新的提倡，例如“回到民族传统”、“工农兵喜闻乐见”、“新民歌的新道路”等等，便会立即“反弹”。20 世纪中叶这次空前规模的大讨论，似乎意在以“大跃进”为契机，在全民学习新民歌的环境中迅疾地推进新诗的“一体化”。而可预料的是，这次不会、并没有成功，而且，看来今后也不会。

现代主义幽灵

与中国大陆诗歌的格律化倾向相反，在中国的台湾和香港，新诗基本上是继续在自由体的轨道上运行。50 年代初期台湾地区和大陆的诗歌呈现出鲜明的两极反差的景观。在大陆，为了适应为政治服务的需求，诗的“颂”的功能被空前地强化。诗歌的抒情和叙事的作用，被集纳在颂扬和肯定现有秩序的框架内。在民歌和古典诗歌的基础上发展新诗的理论的提出及其实践，使新诗与“五四”的诗歌革命的传统形成了“反向”的行进——即向着它原先否定的方向复归。这是诗歌的“反祖”现象——尽管其中有着深刻的历史渊源，以及可以理解的、合理的因素。

而台湾地区则全然不同。虽然在 50 年代初期台湾地区的诗歌环境与大陆有相似之处。战争造成的两岸对峙的、紧张的局面，使台湾地区的文艺也充满了矛盾和冲突。在“战斗文艺”的号召下出现的“战斗诗”的写作，同样是政治意识化的产物。台湾地区学者把 1950 年至 1959 年这一时期的台湾地区文学归总为“反共怀乡文学时期”，就突显了它的政治因素。②

> 国民党政府于 1949 年撤退台湾海岛后，颁布戒严令。既为鼓舞士气巩固军心也为掌控言论，于是透过党政军等管道发行各种刊物，五零年代文坛生态，最大特色是，由官方支持的文艺出版机构接二连三成立。短短十年间陆续创刊约三十种文艺杂志，除了诗刊，很高比率来自官方经费。

---

① 均由作家出版社出版。第一集 1959 年 1 月；第二集 1959 年 9 月；第三集 1959 年 12 月；第四集 1961 年 12 月。

② 应凤凰：《戒严时期台湾文艺杂志发展历程及谱系》。郭枫主编：《新地文学季刊》第 1 期，2007 年 9 月。应凤凰在这篇论文中把当代台湾地区文学作了如下分期：1950—1959 年反共怀乡文学时期；1960—1969 年现代主义文学时期；1970—1979 年乡土写实文学时期；1980—1987 年多元文化文学时期。见该刊第 74、75 页。

政府动用大笔预算推行文艺运动与文艺教育，如成立“中国文艺协会”、“中国青年写作协会”、“中国妇女写作协会”等作家团体。党部每年拨经费给各团体办刊物之外，也动员作家到各地办座谈会，到电台广播，到前线劳军，以配合国家政策，发扬战斗精神。①

这些叙述，对我们不仅不陌生，倒是似曾相识。② 台湾“战斗诗”的写作并没有产生奇迹，相反，由于反感它的意识形态化，而促使诗人寻求排除了杂质的作为艺术的真诗。50年代由诗人带头重新燃起对于现代主义的热情，究其缘由，不能排除这种“逆反”的隐曲的心理因素。“战斗诗”因为内容浅露空洞，也缺乏诗意的提炼，很快就沦为“反共八股”而被唾弃。代之而起、并以一道亮光跃入人们眼帘的是《现代诗》《蓝星》和《创世纪》共同推进的现代主义诗潮。

现代派诗歌的幽灵重新游荡在中国的台湾。这情景从近的方面来看，是带有高层文化色彩的纯文学对于“非诗”的反驳和对抗；从远的方面来看，则是中国新诗的现代主义血脉在台湾地区诗歌的延续和伸张。与此形成鲜明对照的是，此时现代主义在中国大陆已经基本销声匿迹。以穆旦和杜运燮为代表的、后来被称为“九叶诗派”的诗人群体已遭重创。③ 一些受到西方诗歌影响较多的诗人也被动地、或“主动”地开始写“新民歌”，其中包括卞之琳、徐迟和蔡其矫。

在大陆，现代主义在“民族作风民族气派”的抑制下，已无藏身之地。倒是有一个“例外”，那就是汪曾祺。他在《诗刊》发表组诗《早春》④，其中一首是《彩旗》——

当风的彩旗，
像一片被缚住的波浪。

还有一首是《杏花》——

杏花翻着碎碎的瓣子
仿佛有人拿了一桶花瓣撒在树上。

前一首诗在当日遍地“写实”的环境中，唤起了人们对于非凡想象力的记忆。后

---

① 应凤凰:《戒严时期台湾文艺杂志发展历程及谱系》。郭枫主编:《新地文学季刊》第1期，2007年9月。应凤凰在这篇论文中把当代台湾地区文学作了如下分期:1950—1959年反共怀乡文学时期;1960—1969年现代主义文学时期;1970—1979年乡土写实文学时期;1980—1987年多元文化文学时期。见该刊第74、75页。

② 有趣的是，应凤凰的论文谈到，1950年6月创刊的《军中文摘》，出版58期后于1953年改名为《军中文艺》。改名后的《军中文艺》称，它旨在“建立时代化、大众化、革命化、战斗化的民族文艺”。这“四化”我们就很眼熟。1956年《军中文艺》再改名为《革命文艺》。这“革命文艺”我们也不陌生。见《新地文学季刊》第1期，第76页。

③ 这里指的是(20世纪)50年代对穆旦的《葬歌》和杜运燮的《解冻》的批判，这些批判使“九叶诗派”整体受挫。

④ 原载《诗刊》1957年6月号。

者简直就是庞德《在一个地铁车站》①的毫无贬义的"中国制造"。也许是汪曾祺的小说家的身份保护了他,使他成为一个"漏网者"。

现在回到台湾地区。台湾地区的现代派活动,最早可以追溯到1951年覃子豪、钟鼎文等首创的《新诗月刊》,以及1952年由纪弦独资创办的、仅出了一期的《诗志》。② 到了1953年,仍由纪弦独资创办的《现代诗》出版。它的出版给台湾地区诗坛吹进了一股抒情的纯正之风,很快就在它的周围集合起一批艺术追求者。纪弦声称:"用白话或口语写了的本质上的唐诗宋词元曲之类,我们不要","凡是贩卖西洋古董到中国市场上来冒充新的——我们也一概拒绝接受","唯有向世界诗坛看齐,学习新的表现手法,急起直追,迎头赶上,才能使我们的所谓新诗到达现代化"③。

1956年1月,《现代诗》出满12期,纪弦发起召开现代诗人第一届年会。宣布成立"现代派"。最初加盟者83人,后增至115人。成为台湾地区规模最大的诗人团体。④ 会上纪弦发表了他的诗歌观点,这些观点概括为著名的"现代派六大信条"⑤。六大信条举波德莱尔为现代诗的出发点,以及否定继承的"横的移植"的断言,具有极大的挑战性,其余诸条如"创新"、"知性"和"纯粹性"等,均与中国新诗史上的象征派和现代派的传统有关。知性是30年代现代主义反对浪漫主义的重要概念。徐迟曾提出"放逐抒情"的主张,认为由此可导致诗的"间接性"、"客观性"和"戏剧性情景",从而使诗不是以情动人,而是以思启人。⑥ 纪弦即路易士,⑦是他把

---

① 庞德的《在一个地铁车站》:人群中这些面孔幽灵一般呈现,湿漉漉的黑色枝条上的许多花瓣。(杜运燮译)

② 此处资讯,参考了由黄重添、徐学、朱双一合著的《台湾新文学概观》,鹭江出版社,1991年。同时参考的,还有由刘登翰、庄明萱、黄重添、林承璜主编的《台湾文学史》,海峡文艺出版社,1991年。特此一并致谢。

③ 《现代诗》创刊号《宣言》(1953年2月1日),《中外文学》第10卷第12期(1982年5月)。转引自刘登翰等主编的《台湾文学史》下卷,海峡文艺出版社,1993年,第109页。

④ 据《台湾新文学概观》介绍,1956年1月由纪弦发起正式宣布成立"现代派","几乎网罗了台湾大部分知名诗人,其中包括方思、林亨泰、郑愁予,林泠、曹阳、黄荷生、季红、罗马(商禽)、白秋、德星(楚戈)、罗行、辛郁、杨允达、黄仲宗(羊令野)、叶泥、秀陶、沙牧、张拓芜(沈甸)、朱沉冬等。"见该书第104页。

⑤ "现代派六大信条"发表在《现代诗》第13期(1956年2月1日出版):

第一条:我们是有所扬弃并发扬光大地包容了自波德莱尔以降一切新兴诗派之精神与要素的现代派之一群。

第二条:我们认为新诗乃横的移植,而非纵的继承。

第三条:诗的新大陆之探险,诗的处女地之开拓,新的内容之表现,新的形式之创造,新的工具之发现,新的手法之发明。

第四条:知性之强调。

第五条:追求诗的纯粹性。

第六条:爱国。反共。拥护自由与民主。

⑥ 徐迟:《抒情的放逐》,《顶点》第1期,1939年7月。

⑦ 纪弦(路易士),1913年生,原名路逾,河北清苑人。诗作甚丰,著有《易士诗集》(1934年)、《行过的生命》(1935年)等。

现代主义的火种从大陆带到了台湾地区，在那里燃起了现代派的烈火，一扫当日“战斗诗”的颓风，从而给台湾地区诗坛注入了新鲜的空气。

稍后成立的是1954年3月由覃子豪、钟鼎文、余光中等发起的蓝星诗社。① 覃子豪早年参加过“新诗歌运动”，钟鼎文早年曾以番草的笔名在《现代》（上）发表作品，是现代派的一员。他们都是传递现代诗的火种的人。1954年10月，“创世纪”在左营成立，张默、洛夫和痖弦是创世纪诗社的“三架（驾）马车”。到了1959年4月，创世纪诗社吸收了“现代派”和“蓝星”的一些成员，阵容大为扩大，成为推动现代诗运动的中坚力量。②

也和大陆的新诗运动一样，台湾地区现代诗的发展也始终伴随着激烈的论争。论争来自诗歌界内外各个方面。从现代诗内部看，最初起而反驳“六大信条”的是覃子豪。他在《新诗向何处去?》③的长文中有针对性地提出“六项正确原则”。而最激烈的抨击来自苏雪林，她在《新诗坛象征派创世者李金发》中批判说：“大陆沦陷，这个象征诗的幽灵，又渡海飞来台湾，传了无数徒子徒孙，仍然大行其道。”她指责台湾地区现代诗“晦涩暧昧到了漆黑一团的地步”④。对此，覃子豪与苏雪林，以及更多的人对此有过反复的交叉评论。论战一直延续到70年代。

关于现代诗的论争，诚如痖弦所言，“论战似乎都是从诗的语言开始，但争论到最后，几乎全胶着在传统与现代的思辨上”⑤。这种论争不论发生在中国的什么地方、什么时候，总与中国新诗的发生和发展的背景有关。“五四”当年，先哲们“以夷为师”，从西方盗来火种，其中就有现代主义的幽灵。不想“谬种”流传，留下诸多“祸患”。人们抚今追昔，总被那瑰丽华贵的传统所“折磨”，对于这来自西洋的“不明飞行物”更是始终心存芥蒂，遇有机会，总要痛击。在台湾地区有苏雪林这样的前辈，在大陆，这样的前辈就更多了。但看80年代关于朦胧诗的争论便知，此是后话。

---

① 据白少帆、王玉斌、张恒春、武治纯主编的《现代台湾文学史》介绍：“属‘蓝星’成员并经常为之撰稿的有：覃子豪、余光中、钟鼎文、吴望尧、夏菁、梁云坡、郑愁予、黄用、罗门、周梦蝶、向明、张健、林泠、阮囊、季红、蓉子、叶泥、覃红、旷中玉、王宪阳等。”辽宁大学出版社，1987年，第309页。

② 《现代台湾文学史》：“在张默、洛夫、痖弦的倡导下，于1954年10月在高雄左营成立了‘创世纪’诗社，并于同年10月10日出版了《创世纪》诗刊。其主要成员有：季红、商禽、叶维廉、叶珊、白秋、管管、大荒、菩提、碧果、羊令野、李英豪、彩羽、朵思等。”见该书第310页。

③ 覃子豪的《新诗向何处去?》发表在1957年8月出版的《蓝星诗选》创刊号。

④ 苏雪林的文章见《自由青年》第22卷第1期，1959年7月。此处引文转引自白少帆等的《现代台湾文学史》第314页。本文写作时还参阅了刘登翰等的《台湾文学史》下册第123页。

⑤ 痖弦：《现代诗的反省——当代中国新文学大系导言》，转引自白少帆等：《现代台湾文学史》，辽宁大学出版社，1987年，第316页。

彼岸悲情

时间制造欢乐，时间也制造悲情。那时，并不是全中国都在欢呼时间的开始，在中国最大的一座岛屿上，那里的时间成了过去式，时间被“锁定”在1949年。这一年对于一个民族而言，并不是真实的狂欢节，它可能意味着是一个旷古的悲剧：国土被分成了两半，心被分成了两半，诗也被分成了两半。一部分中国人在此岸欢祝胜利，另一部分中国人在彼岸流着思乡的泪。台湾地区高擎现代主义大旗的、如今已臻95高龄的纪弦，他的不老的心中深藏着《一片槐树叶》：

这是全世界最美的一片，
最珍奇，最可宝贵的一片，
而又是最使人伤心的，最使人流泪的一片：
薄薄的，干的，浅灰黄色的槐树叶。

忘了是在江南，江北，
是在哪一个城市，哪一个园子里拣来的了，
被夹在一册古老的诗集里，
多年来，竟没有些微的损坏。
蝉翼般轻轻滑落的槐树叶，
细看时，还沾着故国的泥土哪。
故国哟，啊啊，要到何年何月何日
才能让我再回到你的怀抱里
去享受一个世界上最愉快的
飘着淡淡的槐花香的季节？①

诗人们把亲爱的大陆放在了身后。在记忆的深处，秋天的落叶纷飞。此刻，诗人面对这夹在古老诗集之中、珍藏了数十年的这片槐树叶，时间被“定格”在那枯黄的叶片上了。遥想那槐花飘香的清晨或傍晚，遥想那变得遥远的熟悉的、热爱的土地和亲人，这里传达的是旷古的哀愁。在另一位诗人那里，他的念想更遥远，那里是宣统年间的风，吹动悬挂在屋檐下的那串红玉米——

它就在屋檐下
挂着
好像整个北方

① 见《纪弦自选集》，黎明文化事业股份有限公司，1978年。此诗作于1954年。

整个北方的忧郁

都挂在那儿①

就这样，整个北方的忧郁，整个中国的忧郁，就悬挂在那座记忆中的、永远的屋檐下。彼岸的悲情对当日中国辽阔的国土上的“欢乐颂”，产生了极大的反差。20世纪50年代的中国新诗，就由这样巨大的反差所构成。从诗歌情感的内质来看，是欢乐与悲哀的交错；从诗歌的走向来看，是“一体化”的诉求与现代主义的展开的交错；从诗歌的总体结构来看，是由内容到形式的整饬与对于自由表达的冲破的交错。反差造就了丰富。正是这种丰富使我们在大陆的诗歌贫乏之中，得到了来自彼岸的同样是中国诗人给予的补偿。

有时我们反顾50年代的整体上的诗歌成就，常常慨叹那个时代留下的过多的缺憾。以“大跃进”的狂热为例，今日反思竟有不敢相信的、梦幻般的错觉。而那是事实，是的确在中国大地上发生过的事实。由这样的政治狂热所生发出来的诗歌狂热，也是事实。从鸦片战争以来，中国就在做着强国之梦。因为积弱甚久，忧患弥深，诸方探路，往来冲突。为了实现这个百年梦想，竟然无所不用其极！在社会的改造上如此，在意识的普及上亦如此。

回想这一个时段的诗歌历史，一个新生的政权雄心勃勃地要在辽阔的国土上建立一种它所认定的文学的和诗歌的模式，即此处我们所谓的“梦想”，的确是深深地植根于这片土地、并符合这个民族百年来的追求的：

> 从现代的社会角度看，中国的民族主义已经成熟，更因中国普遍存在的文化主义、文化特性意识和以往的优越感而高涨起来。社会结构中的深刻变化已经削弱了扩大的父系家族世系对妇女和青年的控制。军人、工商业者、教师、从事文艺工作的知识分子、出版商和新闻工作者，甚至革命者和党派成员的新的职业的作用已得到承认。②

这是域外的历史学家对当时社会环境的分析，这些分析证明了中国实现包括诗歌“一体化”在内的宏大目标的条件已经具备。我们此刻加以辨识的、自1949至1959年间的这段诗歌历史，就是为了一个梦想而实施的诗歌策略的历史。梦还在继续，梦还不到醒的时候。诗歌将伴随着中国的痛苦和欢乐，一直走向“中国梦”的成为现实。

——原载《当代视野》2008年第8期

① 痖弦：《红玉米》。此诗作于1957年12月19日。选自《痖弦诗集》，洪范书店，1985年。

② R.麦克法夸尔、费正清编：《剑桥中华人民共和国史——革命的中国的兴起》，中国社会科学出版社，1998年，第37页。

林建法

《二十一世纪中国文学大系·文学批评》序三篇

回到问题,回到学理

——《二十一世纪中国文学大系·二〇〇六年文学批评》序

在《二〇〇四年文学批评》的序中,我曾经提出一个问题:我们的当代文学研究离当代文学学科化的目标有多远?这自然是一个现在还无法准确回答的问题。在阅读和编选《二〇〇六年文学批评》时,我回溯了前几年的编选工作,掩卷之余,不免有些兴奋。可以说,今年的批评选是我到目前为止最满意的一个选本。这样说,并非突出我所做的编选工作,而是指2006年的当代文学研究是新世纪以来最富成效的一年,它所呈现的状态以及由此预示的当代文学研究的发展路向,都是值得我们重视和检讨的。

我作出这样的评价,无疑是依据了我对当代文学研究的两个期待,或者说是一种学术理想的选择。当代文学研究的学科化包含了多方面的因素,但我认为是否能够面对文学研究中的"中国问题"以及如何在学理层面上阐释这些问题是不可缺少的两个"考核"标准。显然,我们不必过多地纠缠"中国"与"世界"的关系,或者"中国"与"西方"的关系,在"西学"已经差不多成为我们文学研究的基本的知识背景和方法时,我们的文学研究无论如何也要警惕自己成为西方话语的转述。现在比较紧迫的任务是,批评家或者学者教授需要重视理论阐释"中国问题"的能力。所以,如何贴近中国文化语境,如何贴近文学史,如何贴近文本,如何去伪存真,在发现问题中,提炼出若干关键性的命题并且加以阐释,是当代文学研究近年来的一个趋向。以我自己的阅读来看,学术研究中的"伪问题"实在太多了。"伪问题"的存在和炒作,会制造许多热闹非凡的场景,也会制造出无数学术泡沫。为什么许多论文的意义会稍纵即逝,为什么许多论文在发表之初就失去了学术的意义,为什么许多论文的影响力难以持续？我想，这恐怕与问题的提出和命题的概括不当有关，“伪问题”和“假命题”自然与学术价值无缘。在谈到这个问题时，我想直截了当地说：文学研究和文学写作一样是需要沉潜的。“伪问题”的产生，自然不只是个学术研究的态度问题，很大程度上是研究者的学术能力问题。如果再作进一步的深究，今天的学术生产方式和学术评价制度也催生了学术泡沫化现象。当我们能够认真面对学术研究中的“中国问题”时，我们究竟有怎样的学理背景又如何在学理层面上阐释问题，就会成为一个“焦点”。从（20世纪）80年代到90年代再到新世纪，人文学科的一个变化，便是学院化学科化。逐渐形成的学术制度未必合理，但其中对文学研究学术化的要求应该不宜否定。我不赞成把学术与思想分开，也不认为一旦学术化就会放弃“问题”与“思想”，相反，我觉得文学研究中的许多问题之所以讲不清讲不透，正是因为缺少了学术的力量，或者学术研究的路径错位。

因此，文学研究的“内部”问题实际上是与学术生态的建设有关。如果从媒介的角度看，当代文学研究是与会议场景、批评杂志和大学的文学教育紧密相连的。我无力对这三个大的环节做出深入的考察，但我可以说些若即若离的话题。在当下的文学研究中，学术会议几乎成为主渠道之一。今天的学人很少不是会议中人，这与当代社会文化结构的新特点有关。学术会议和新闻媒体的结合，一方面扩大了研究的影响力，但是另外一方面，也常常把文学研究“话题化”、“现象化”和“新闻化”。我也是个不断与会的人，而且通常是一个倾听者。从去年开始，我在思考一个常识性的问题：学术会议的有效性，即研究的对象是否有效，会议上的讨论是否有效。因为，只有把“有效性”的品格突出出来，才能有效地制止“泡沫化”现象，才能不是制造话题而是讨论话题。大学、杂志社、作家协会之类的组织通常是这些会议的组织者，也承担着有效性的责任。正是怀有这样的想法，我会拒绝一些会议，也会组织一些会议。以我自己的经验看，“会议”作为一种学术生产的方式或者学术研究的场景，正在朝一个有利于良好的学术生态形成的方向转换。收在《二〇〇六年文学批评》中的不少论文，都是一些会议的学术成果。比如，关于长篇小说文体的讨论，关于贾平凹、莫言的研究等文章，关于媒体与文学教育的文章等。据我所知，关于《秦腔》《碧奴》《兄弟》《笨花》等作品的讨论都有可观的成绩——这一现象传递了当代文学研究学术转向的部分信息。

收在《二〇〇六年文学批评》一书中的论文，有以下几个方面的内容和特点值得我们关注：

一、关于长篇小说的文体研究。如何看待长篇小说写作，是考察90年代以来文学的一个重要视点。这个栏目中的文章，除了张承志、苏童、铁凝的外，基本上是渤海大学会议上的笔谈。当长篇小说成为当下最流行的文体，也成为印刷数量最大的出版物时，它日益暴露出来的问题已经无法回避，几乎可以说我们需要关心长篇小说。其中多数文章又出自作家之手，因此更多地触及长篇小说写作中的具体问题，更多地表达了小说家自己的甘苦、困惑和期许。由这些基于个别经验的论述，从不同侧面追问了长篇小说写作的普遍性问题。莫言的《捍卫长篇小说的尊严》尤其值得一读，这是继当年“保卫先锋”之后的一次“捍卫”。

二、关于作家作品的研究。这部分的工作是当代文学研究的基本层面。本栏目中的论文有这样两个特点：一是文学史的视野，如陈思和的《从鲁迅到巴金：新文学精神的接力与传承——试论巴金在现代文学史上的意义》和孙郁的《莫言：与鲁迅相逢的歌者》，都体现了写作者在文学史论述中研究作家作品的学术个性；陈晓明的《本土、文化与阉割美学》，论述了从《废都》到《秦腔》的贾平凹，同时也有批评家自身的反省。二是多元的声音。关于王安忆《遍地枭雄》、余华《兄弟》和迟子建《额尔古纳河右岸》等作品都是引起关注而无定评的作品，本书中的几篇论文，呈现了批评家理解的差异。不少作品的争论已经持续了一段时间，而且逐渐沉淀下来，应该可以心平气和地讨论了。王安忆的文章总是有自己的看法和表述的特点，《城市与小说》亦然。王鸿生的论文是他的系列研究之一，其理论与方法的意义需要我们留意。

三、文学思潮与文学史研究。这部分内容是本书的两个重点。韩少功的讲演录举重若轻，纵横捭阖，其穿透力再次显示了一个思想者的智慧和责任。他的每次发言，都让我们感叹有“想法”的作家太少了。南帆的论文把一个已经存在但始终没有说清楚的问题论述得周详透彻，作了系统的“知识考古”；王光东的论文深化了他在“民间”领域的研究；张清华以“时间修辞”论当代文学的美学演变，其理论品格令人赞赏。关于文学史研究的几篇论文，可以视为本年度当代文学研究的重要收获。王晓明的论文是他的学术转向文化研究之后的力作，大气而深刻；陈平原在他的文学与大学研究之间找到了一个点，别开生面；郜元宝的论文带来的争议已经超出他所批评的三本文学史之外。这些论文的价值从不同层面显示了当代文学研究的学术品格。

诗歌研究、文学传媒研究及海外汉学研究的论文虽然没有成为文学批评的主流，但它们同样不可缺少。我在几年的文选中始终保持这几个栏目，是企图重视和强化这样的研究。和80年代不同，今天我们对海外现代中国文学研究的接受已经有成熟的学术立场。这次入选的《中国文学（一九四九—一九九九）的英译本出版情况述评》是一篇重要的文献，可以从一个侧面看“当代文学”在“西方”。

回到问题，回到学理——这是我对2006年文学批评的印象，也是我对新一年文学批评的期待。

——原载《当代作家评论》2007年第1期

批评的转型

——《二十一世纪中国文学大系·二〇〇七年文学批评》序

在编选这本年度批评选时,我和几个朋友同时在酝酿为 2008 年第 1 期的《当代作家评论》开设一个反思 90 年代以来文学批评的专栏。事实上,当下的批评状况是 90 年代以来文学批评蜕变的延续,批评正在转型之中。我在这篇序言里没有可能详细论述这个蜕变的轨迹,但我觉得我这些年编选的年度文学批评,也基本呈现了 90 年代以来文学批评的大势。叙述 80 年代以来的文学批评史,以及洞察和揭示文学批评的发展态势,这些艰巨的工作留给学者和批评家们。当然我亦有自己的文学批评观,在筛选论文时我的批评观也一览无遗。所以,我突然觉得,做这样的工作也是自己和文学批评的一种对话。作为一个选本,无疑是局限的,但总会提供认识文学批评的一种角度。这也是多年坚持编选年度批评选本的动力。

按照这几年编选年度文学批评的体例,今年仍然分成"文学思潮与现象"、"当代作家批评"、"文学史写作与研究"、"文学对话录"、"现代汉诗研究"和"海外汉学研究"等栏目,但所收论文不外文学的基本问题与方法、作家作品论(文体论)、文学史写作、当代作家与文学传统的关系等。当然,这样的划分不是截然的。

近几年来,对文学基本问题的理解再兴波澜,何谓"文学性"是争论的焦点,更早些的关于"纯文学"的讨论其实也是"文学性"之争。对文学性的理解作为文学理论的基本问题,不仅关系到文学理论体系的重建,也直接影响到文学史的写作和文学批评,因为确立什么样的"文学性"决定了文学"经典"的选择和文本解读的方向。我们都注意到,在后现代主义的影响下,文学理论对"文学性"的历史主义的论述已经成为一种趋向,而与之对应的则是本质主义的"文学性"论述,所以,"文学性"之争大致成为本质主义和非本质主义之争。我想,这个争论反映了文学理论在新的文化语境中知识谱系的变更,而文学批评的种种现象其实也暗含了批评者本质主义或者非本质主义的"文学"观。南帆的《文学研究:本质主义,抑或关系主义》,承接了他前几年的基本思路和观点,他反本质主义的立场鲜明,提出了"关系主义"的"文学性"以及文学研究的思路,从而解构了形而上学论述中的本质主义的"文学性"。当然,现在已经没有可能把某种观点、理论至尊至上,但反本质主义的论述在文学批评中的影响已经非常强大。一段时期以来,关于文学的文化研究之争,其实也见出本质主义和非本质主义文学观的差异。

在谈到文学研究的知识背景时,无疑必须提到"中国"与"西方"学界的关系,特别是中国现当代文学研究与海外汉学的关系。不必说很远,80 年代以来,西方的文学理论、西方的中国现代文学研究对国内学界的影响是深远的,这种影响的正面与负面效应自然而然地出来了。这几年,学界对海外汉学的批评声音日隆,显示建立学术自主性的迫切。我个人觉得,建立在对话关系上的批评是必须的;但与此同时,我又认为海外汉学对中国文学研究的意义仍然是不能低估的。我这样说并非折中调和,只是强调包容的必要,强调学理的立场总是胜过意气用事的做法。因此,本书收录了温儒敏《文学研究中的"汉学心态"》一文。这两年,温儒敏的论文常常会发出不同的声音,比如他对文学的文化研究、文学的思想史研究等问题都提出了有见地的意见。我自己一直重视对海外汉学研究的译介,这次又选了李欧梵的《光明与黑暗之门——我对夏氏兄弟的敬意和感激》、王德威研究阎连科的论文以及郭冰茹译刘剑梅《革命加恋爱:政治与性别身份的互动》。陈平原在他的现代文学研究学术史课程中提到的夏、李、王三位,本书都涉及〔到〕了,也可为认识"海外汉学"提供几个文本。

作家作品论一直是文学批评的主要部分。在文学史的框架中研究当代作家是学者型批评家的本色,陈晓明《遗忘与召回:现代传统与当代作家》、王尧《"重返八十年代"与当代文学史论述》、程光炜《王安忆与文学史》、吴俊《〈人民文学〉与国家文学》和洪治纲《多重文体的融会与整合》,都是宏观着眼微观落笔,学院派批评的分量十足。孙郁、谢有顺、吴义勤、黄发有、耿占春等人的作家诗人论,张清华论诗歌,都有显著的个人学术特色。我还特别要推荐何言宏的《王安忆的精神局限》这篇论文,他的批评为我们认识一个重要作家提供了另外一种阐释。批评家这样那样说王安忆,而王安忆又如何说她的同代人,自然是值得我们关心的,王安忆和张新颖的对话录别开生面,饶有意味。

可能有朋友注意到,在我的年度文学批评选本中,我比较多地选用了《当代作家评论》的论文,这是毋庸讳言的。我这样做,丝毫没有贬低其他刊物的意义,许多杂志都有一些比较好的论文,我编选时也兼顾到了这一点。我想说的是,《当代作家评论》上的这些论文,基本呈现了文学研究中的前沿问题以及国内学者、批评家研究这些问题的水准。这固然与杂志的编辑方针有关,但更重要的是这些学者、批评家文学批评的意义。因此,好的批评文章从来不属于一个杂志,就我自己的工作而言,我关注的也是批评本身的价值,在这个意义上,《当代作家评论》也只是当代文学批评史这根链条上的一个小小的环节。

所以,在做了这么多年的编辑以后,我想到了一个杂志的"文化身份"问题。现在大家比较多的关心作家的文化身份,其实一个杂志也是有自己的文化身份的,这个身份决定了杂志以什么样的姿态置身于文学活动之中,以什么样的学术理想参与学术生态的建设,以什么样的方式进行知识生产,以及这个杂志作为中介如何来建立文学批评与文学写作的关系等。90年代以后,不仅文学杂志格局重组,文学理论批评刊物也已分道扬镳。纯粹的文学批评刊物所剩无几，文学批评的责任除了学院以外，批评刊物的负担其实是很重的。换言之，专业的文学批评刊物在文学活动中的状况直接影响到文学批评的建设。如果要反思文学批评，就不能不反思一份文学批评杂志的得失。以此观之，我觉得包括《当代作家评论》在内的杂志，应当承担的引领作用远远没有能够发挥好。

2007 年 10 月 22 日

——原载《当代作家评论》2008 年第 1 期

我们这个时代的写作与批评

——《二十一世纪中国文学大系·二〇〇八年文学批评》序

2008 年的文学批评因为改革开放 30 年的到来也显得气象万千。这在很大程度上，决定了本年度文学批评的话题以及一些文学事件的产生。因此，今年的选本，也可以说是以文学的方式纪念改革开放 30 年。

尽管关于“新时期文学”的下限划到哪一年充满了争议，但我们暂时可以搁置争议，用“新时期文学三十年”来命名 1978 年以来的文学，姑且把“新时期文学 30 年”当做一个最大的“公约数”。这个包含了“八十年代文学”、“九十年代文学”和“新世纪文学”的历程，是在改革开放 30 年的大语境中展开的，文学有其自身的话题，但作为中国当代文学的特色，新时期文学显然无法从这一大语境中剥离出去。包括《文艺研究》《当代作家评论》《南方文坛》等在内的不少刊物，今年都有不少篇幅讨论“新时期文学三十年”的专题。在我看来，这些举措既与我们的传统习惯吻合，比如重视时代的标志性年份，强调文学的责任与使命，突出文学对政治、经济、思想文化等重大问题的关注与发言等，因此，在关键时期文学并未完全放弃“宏大叙事”的意识；但另一方面文学更为关注置身其中的自己的过去、现在和未来。所以，我始终认为，文学界讨论“新时期文学三十年”是以文学的方式而不是别的方式纪念“改革开放”30 年历程。我认为，强调这一点是必要的。考虑到这方面的论文众多，而其中许多问题的讨论也散布在其他文论中，我想突出“新时期文学三十年”作为一个事件的意义，而没有选取专门的论文。

我这样的分析，也可以从年度选几个专题中的论文看出。比如说，在“文学思潮与现象”专题中，董健等《略论启蒙及其与文学的关系》、王尧《关于“底层写作”的若干质疑》、黄发有《九十年代小说的城市焦虑》、洪治纲《新时期作家的代际差别与审美选择》、王光东《“主题原型”与新时期小说创作》、何言宏《当代中国文学的“再政治化”问题》等，都涉及〔到〕“新时期文学”30 年历程中的重要问题，而又不局限在这个时期。在文化保守主义思潮日渐高涨，以及对“五四”质疑之声不断的情形下，肯定启蒙的意义并论述文学与启蒙的关系，有着特别的意义。(20 世纪)80 年代中期以后，当代文学实际就已明显分化，而“底层写作”的提倡与反对，“去政治化”与“再政治化”的纷争，都涉及〔到〕近 30 文学的一些基本问题。这意味着，即使在有了 30 年的发展之后，关于文学的许多基本问题仍然有很大的学术空间，而新因素的出现，又让这些基本问题具有了当下的特征。

多年来，我一直既重视文本的细读，也倡导文学与文化研究之间的连接，朴素的想法是，我们应当在社会文化的总体结构中讨论文本，又通过文本的分析进一步阐释相关的文学问题。这实际上也是许多批评家和学者的想法，而近几年来的作家作品论便呈现了与以往不同的特征，一种更大气与深刻的气象。作为年度批评选的一个相对固定的专题，“当代作家批评”一直在反映这样的变化。在某种意义上说，当代作家批评构成了文学批评的主要内容，也是文学批评杂志的基本内容。选取这类论文时，在“就事论事”与“由此及彼”的两种之间，我更看重后者，看重那些宏观着眼微观落笔的论文，这类论文应当更见学术分量。本年度所选论文，和往年一样，比较多地强调了微观与宏观相结合的作家批评。张学昕论苏童，谈到了中国当代短篇小说的发展问题；南帆论范小青，说到了良知与无知；丁帆、施龙由《狼图腾》发现了人生与生态的悖论，揭示了乡土小说转型中的文化伦理蜕变现象；贺绍俊论《笨花》，关注的是“叙述”的革命性意义，而且兼及了关于《笨花》的评论；梁鸿在乡村叙事层面上，由《石榴树上结樱桃》看当代乡土文学的美学裂变；张莉论毕飞宇，施战军论王手，也都能见微知著。作家作品论作为现代以来的一种批评形式，近 30 年早突破原有的框架，无论是理论背景、学术含量还是视角与论述方法，都不可同日而语，不必说新世纪以来，80 年代文学批评中的作家作品论业已进入新的境界。因此，作家作品论的水平很大程度上反映了当代文学批评的成就。

随着文学研究的学科化，门类之间的界限似乎越来越分明；但与此同时，打破藩篱的努力在学界也从来没有松懈过。以文学研究内部而言，文学史、理论与批评的壁垒曾经不断地被确立，但三者之间的密切关系似乎又难以割舍，韦勒克在他的《文学理论》中曾经对这三者之间的关系有过很精辟透彻的阐释。我个人在文学史、理论与批评之间从不厚此薄彼，我强调理论的重要，也重视作家作品论的意义，但我不把文学史写作与研究屏除在我的选本之外，关于文学史写作与研究的论述实际上是综合了理论与批评的一种“文学批评”。这也是年度选本多年来一直把“文学史写作与研究”作为一个重要专题之一的原因。陈思和《我们的学科：已经不再年轻，其实还很年轻》、程光炜《当代文学学科的“历史化”》均为本年度讨论现当代文学学科的代表作。这些论文对我们重新认识文学史以及在文学史中重新认识当代作家作品,都有相当的启示。这类论文的争夺以及水平的提高,将在学理层面上改变当代文学研究的面貌。

近几年来,关于文学研究中的“汉学心态”问题有过许多争论,我在去年的序言中似也所涉及。我们仍然把“海外汉学研究”作为一个专题,是想表明海外中国文学研究对我们的参考价值依然存在。我们不必迷信海外的汉学研究,但也没有理由将这类研究拒之门外,多一种参照总是有益的。

我对所选论文的解释远比我阅读和选择取舍时轻松。我自己也读出了困惑,这种困惑既来自文学研究,也来自文学本身以及它所处的时代。可以说,作家、批评家与编辑家都不无这样的困惑。因此,我在序言的最后一部分,要说到的是年度选的第一个专题“我们这个时代的写作与批评”。这一组文章是本年度作家与批评家对文学写作(创作)与批评最具个人见地的表达,不仅涉及面广,表达方式也特别,更重要的是它从不同的角度对我们这个时代以及文学创作与批评做了有力的穿透与超越。我想,我们可以从中找到许多观察时代与文学的视角与方法。

“我们这个时代的写作与批评”,又是“当代中国文学批评家奖”的一个主题。今年的奖项前有“华语文学传媒大奖”,中间有“茅盾文学奖”,后有“当代中国文学批评家奖”。作为《当代作家评论》创刊25周年的纪念活动,“当代中国文学批评家奖”虽然是一个刊物的奖项,但它所评选的批评家以及评选的方式不只属于《当代作家评论》。在这30年中,《当代作家评论》也只是文学进程中的一个环节和侧面。如果能够由此折射出30(年)文学的光照,也就见微知著,由此及彼了。

是为序。

——原载《当代作家评论》2009年第1期

程光炜

如何理解"先锋小说"

我们所知道的"先锋小说",某种意义上也可以说是(20 世纪)80 年代作家、批评家和编辑家根据当时历史语境需要而推出,经"文学史共识"所定型的那种"先锋小说"。它"在文学观念上颠覆了旧的真实观","放弃对历史真实和历史本质的追寻"①。"是为了更好地表达作者独特的人生体验和社会感受。在这个意义上,叙述方式的试验无疑具有正面的价值。"②显然,从这些评述中可以明显看出人们更愿意与"非文学"/"纯文学"、"旧真实观"/"叙述方式"等问题相联系来论述先锋小说的"超越性意义"。但是 1985 年前后,"城市改革"、"计件工资"、"消费浪潮"、"超越历史叙述"、"文化热"、"美学热"、"出国热"、"进藏热",以及"作家与编辑部故事"等非文学因素正在密集形成,它们拥挤在文学的内部或外部,即使宣布是"纯文学"的先锋小说的生产也再难"单独"完成。鉴于主张者更愿意在"文学"层面上理解,先锋小说的含义实际已经被不少文学研究所"窄化",它从当时"多元"的历史语境中脱轨成为一个无可否认的事实。所以,彼得·比格尔警告说,"当人们回顾这些理论时,就很容易发现它们清楚地带有它们所产生的那个时代的痕迹",然而"历史化也并不意味着人们可以将所有以前的理论都看成走向自身的步骤。这样做了之后,以前的理论的碎片就从它们原先的语境中脱离开来,并被放到新的语境之中,但是,这些碎片的功能和意识的变化则还没有得到充分的反思"③。

---

① 朱栋霖、丁帆、朱晓进主编:《中国现代文学史 1917—1997》(下册),高等教育出版社,1999 年,第 133 页。

② 董健、丁帆、王彬彬主编:《中国当代文学史新稿》,人民文学出版社,2005 年,第 458 页。

③ 彼得·比格尔:《先锋派现论》,商务印书馆,2005 年,第 79、80 页。这本书是在我课堂上旁听的北师大文艺学硕士生杨帆同学推荐给我读的,尽管因为翻译的问题,它非常晦涩和绕口,但对我"重新理解"(20 世纪)80 年代中国文学中的"先锋小说",仍有不少帮助。

一、"先锋小说"与上海

我首先想到的一个问题是"先锋小说"之发生与上海的关系。这在现代文学研究者看来已经不是新鲜的"研究题目",但对认识80年代的"先锋小说"还不失其有效性。当时先锋作家主要分布在北京、上海、江浙和西藏等地,显然,就像20世纪30年代曾经发生过的一样,它的"文学中心"无疑在上海①。据统计,仅1985到1987年间,《上海文学》发表了30篇左右的"先锋小说",这还不包括另一文学重镇《收获》上的小说②,差不多占据着同类作品刊发量的"半壁江山"。另外,"新潮批评家"一多半出自上海,例如吴亮、程德培、李劼、蔡翔、周介人、殷国明、许子东、夏中义、王晓明、陈思和、毛时安等。正如作家王安忆描绘的,那时上海的生活景象是:"灯光将街市照成白昼,再有霓虹灯在其间穿行,光和色都是溅出来的","你看那红男绿女,就像水底的鱼一样,徜徉在夜晚的街市。他们进出于饭店、酒楼、咖啡座、保龄球馆、歌舞厅,以及各种专卖店,或是在街头磁卡电话亭里谈笑风生",这"才是海上繁华梦的开场"③。而当时北京和大多数内地城市,各大商场夜晚7点钟前已经熄灯关门,很多地方还是"黑灯瞎火"的情形。某种程度上,城市的功能结构对这座城市的文学特征和生产方式有显著的影响。所以,无论从杂志、批评家,还是作为现代大都市标志的生活氛围,上海在推动和培育"先锋小说"的区位优势上,要比其他城市处在更领先的位置。这些简单材料让人知道,即使在20世纪80年代,上海的文化特色仍然是西洋文化、市场文化与本土市民文化的复杂混合体,消费文化不仅构成这座城市的处世哲学和文化心理,也渗透到文学领域,使其具有了先锋性的历史面孔。

从这一时期的文学杂志上,我们可以看到在小说观念上,上海批评家比其他地方的批评家有更明确的先锋意识。吴亮的《马原的叙述圈套》、李劼的《论中国当代新潮小说的语言结构》等文章率先确立了先锋小说的内涵和文体特征,他们对其"形式"、"语言"、"叙述"等价值的重视,与其他批评家仍在强调"历史"、"美感"截然不

---

① 近年来,关于上海与现当代文学关系的研究有很多成果,如李欧梵的《上海摩登》、李今的《海派小说与现代都市文化》、王德威对王安忆与"海派"关系的研究、杨庆祥的《读者"与"新小说"之发生——以〈上海文学〉(1985年)为中心》等论述。

② 1985到1987年在《上海文学》上发表的"先锋小说"(当时叫"新潮小说")有:郑万隆《老棒子酒馆》,陈村《一个人死了》《初殿(三篇)》《一天》《古井》《捉鬼》《琥珀》《死》《蓝色》,阿城《遍地风流(之一)》,张炜《夏天的原野》,王安忆《我的来历》《海上繁华梦》《小城之恋》《鸠雀一战》,韩少功《女女女》,马原《海的印象》《冈底斯的诱惑》《游神》,刘索拉《蓝天绿海》,张辛欣、桑晔《北京人(七篇)、(十篇)》,孙甘露《访问梦境》,残雪《旷野里》,李锐《厚土》,莫言《猫事荟萃》《罪过》,苏童《飞越我的枫杨树故乡》等。

③ 王安忆:《海上繁华梦》,《接近世纪初》,浙江文艺出版社,1998年,第53、54页。

同。当许多批评家在历史参照视野里谈论“主体性”、“伪现代派”等话题时，上海批评家已经意识到先锋小说对“历史”的超越恰恰是与中国正在发生的“城市改革”紧密联系着的，先锋小说之所以是“消费”、“孤独”、“个人性”所催生的产物，是因为它的形式感、语言感更符合城市那种量化、具象化的特征。“我更侧重于文学作品的社会历史方面与美感形式方面的有机把握。”（黄子平）①“当前社会生活中的一个引人瞩目的重大变化发生在消费领域”，“最能体现市场机制的莫过于通俗文学了，从定货、写作、付印出版、发行乃至出现在各种零售书摊上”都莫不如此（吴亮）。② 虽然同为先锋文学战壕中的“战友”，黄子平这时主要关心的是《“诂”诗和“悟”诗》《艺术创造和艺术理论》《论中国当代短篇小说的艺术发展》（都写于1985年）等空灵抽象的文学问题，而吴亮对小说的认识明显在向更具象和生活化的城市层面转移。我这里拿吴亮和黄子平来比较，不是说吴更先锋，而黄不先锋，而是意识到了当时的先锋阵营内部已经存在着某种差异性。也就是说，上海的“先锋派”与北京的“先锋派”究竟是不一样的。或者说北京的先锋派是“学院型”的先锋派，而上海的先锋派应该是那种“城市型”的先锋派。我们知道，20世纪80年代的吴亮曾经是“社会历史”和“美感”的坚定信仰者，但现在，一种久居城市却前所未有的“孤独感”突然打垮了这位强势批评家：“今年初秋的某天下午，我一个人匆匆地走在大街上，突然感到了一种惊奇：因为我发觉自己置身于陌生人的重围之中，而那熙熙攘攘的‘陌生人的洪流’并没有与我敌对。”③当黄子平沐浴在文化气氛浓厚的北京学院式生活的风景中时，吴亮却对缺乏温情和历史联系的人际关系感到揪心：“尽管我广交朋友，可我仍然时时感到有孤独袭来”，“建筑在相同的或互惠的利益基础上，仅仅在计划、意见、观点、规约等等超个性的社会性内容方面进行繁忙认真的交流，而许多个人的东西则被掩盖起来”④。显然，他的“先锋意识”除来自翻译和阅读的影响，还直接来自一种强烈的“都市虚无感”。80年代虽有持续高涨的“思想解放”和“文化热”思潮，但他的精神生活已经无法抵抗重新复活的“上海都市文化”的腐蚀，他发现，“先锋姿态”不单是指那种与历史生活传统相“对立”的方式，可能还像本雅明在评价法国先锋作家时指出的：“波德莱尔高出同代作家的地方则在于，他今天高喊‘为艺术而艺术’，明天已一变而成‘艺术与功利不可分割’的鼓吹者”，“文人通过报刊专栏在资本主义市场里占据了一席之地，从而在社会生活中占据了一个位置。他的订货性

① 黄子平：《沉思的老树的精灵·代自序》，浙江文艺出版社，1986年。

② 吴亮：《文学与消费》，《上海文学》1985年第2期。

③ 吴亮：《城市人：他的生态与心态》，《上海文学》1986年第1期。就在这个“吴亮评论小辑”中，作者特别加上了一个提示性的副标题“文学的一个背景或参照系”。

④ 吴亮：《城市与我们》，《上海文学》1986年第11期。

质和他的产品的内在规律已暗示了他同这个时代的关系”①。应该说,在认识“先锋小说”与“上海”的多管道秘密联系的问题上,吴亮是最早也是最敏锐的批评家之一。

众所周知,对吴亮、程德培、李劼、蔡翔、周介人、殷国明、许子东、夏中义、王晓明、陈思和、毛时安等批评家来说,《上海文学》的“理论批评版”就是这样一种非同寻常的“资本市场”的“杂志专栏”。他们80年代在全国文学批评家中所具有的“领先性”,一定程度上是和这家杂志“理论批评专栏”的文学市场敏感性和高端位置,以及与文坛的密切互动分不开的。同样道理,《上海文学》《收获》等具有市场规划性的“杂志专栏”,对马原、扎西达娃、孙甘露、余华、王朔等正在“崛起”的先锋作家来说也同样重要。他们与这些文学杂志“小说专栏”编辑的“密切关系”,反映了他们与这座大都市密切的互动关系。而加强与这座在西方文化资源和现代影响方面都比中国的任何城市具有超前性、独特性的大都市的联系,显然就建立了与全国新华书店、大专院校、读者这个“文学流通管道”的联网式“订货发售”关系。《收获》杂志编辑程永新在写文学回忆录《一个人的文学史》时也许没有意识到,他告诉人们的正是文学史背后这个“作家与杂志互动史”的秘密。在1987年、1988年,先锋作家们“致程永新”的信,发展到了“密集轰炸”的程度。扎西达娃告曰:“二期的稿子我已写好,三两天内寄出,两万字的短篇。如不能用请转《上海文学》,或退回。”“谢谢你对我的期望,我的名利思想较之许多人淡薄,我永远不急躁,过去如此,将来亦如此,红不红是别人封给的,想也无用。”马原焦急地询问:“长篇真那么差吗?李劼来信讲你和小林都不满意,我沮丧透顶,想不出所以然来。”因此,“很想知道其他稿件的情况,鲁一玮的、苏童的、洪峰的、孙甘露的、冯力的、启达的”。孙甘露谦虚地坦承:“《访问梦境》不是深思熟虑之作,这多少跟我的境遇有关。感谢你的批评,你的信让我感到真实和愉快。”苏童说:“《收获》已读过,除了洪峰、余华,孙甘露跟色波也都不错。这一期有一种‘改朝换代’的感觉。”临末,他不忘对“盛极一时”的莫言说点“坏话”:“《逃亡》在南京的反应还可以,周梅森说莫言的文章,马尔克斯的痕迹重了,而费振钟、黄毓璜(两个搞评论的)反而认为莫言的马尔克斯痕迹不重。告诉你这些,也不知道想说明什么。”王朔则露骨地说:“你在上影厂的朋友是导演还是文学部编辑?史蜀君曾给我来信表示对《一半是火焰一半是海水》(《啄木鸟》1986年第2期)有兴趣,但我们至今没有进一步联系,如果你认识她,不妨问问她的态度。”又叮嘱:“仅一处拙喻万望手下留情,超生一下,即手稿三百一十九页第四行:‘眼周

---

① 本雅明:《发达资本主义时代的抒情诗人·中译本序》,张旭尔译,魏文生校,生活·读书·新知三联书店,1989年,第5、7页。

围的皱纹像肛门处一样密集'此行下被铅笔画了一线,我想来想去,实难割舍","老兄若再来北京,一定通知我,一起玩玩"①。

自然,我们在考察"先锋小说"之"发生史"的过程中,也能找到很多同类先锋作家与其他城市(如北京、南京、广州、沈阳、拉萨等)"密切互动"的材料,因为这些城市的《北京文学》《人民文学》《文学评论》《钟山》《花城》《当代作家评论》和《西藏文学》等都参与了先锋小说的生产。不过,不应该忘记,1984 年后中国社会"改革"的重心已经向"城市"转移,上海虽然在企业改制和重组、引进外资方面暂时落后于广东,但作为"老牌"现代大都市,它的"都市意识"却遥遥领先于前者,这可在《上海文学》《收获》《上海文论》比《花城》更为频繁的"栏目"调整,组稿明显向"先锋小说"倾斜,"先锋批评家"规模和影响力大大超过后者的现象中见出一斑。不管人们愿不愿意承认,这些杂志的编辑家、批评家事实上已经具有了某种现代"出版商"、"书商"的面目。吴亮前面的"预见"和"不安"在这里得到了证实。埃斯卡皮的论断非常精辟地揭示了文学与都市的"秘密关系":"因此,高雅文学的圈子呈现出一环套一环的连续选择的面貌。出版商对作者创作的挑选也限制着书商的挑选,而书商自己又限制读者的挑选;读者的选择,一方面由书商反映给商业部门,另一方面,又让批评界表述出来并加以评论,随后,读者的选择再由审查委员会加以表达和扩大,反过来限制出版商此后的选择方向。结果是,各种可能性呈现于有才能的人面前。"②至于后者,人们大概已在先锋作家与《收获》杂志编辑的通信中隐约觉察。

二、"先锋小说"与"新潮小说"、"探索小说"

这一部分,我准备对"先锋小说"与"新潮小说"、"探索小说"之间繁复交叉的关系,也即是说对"先锋小说"的多元化理解是如何被集中和简化了的,而这种理解上的变异性究竟与当时的文化状况是一种什么关系作一些讨论。进一步说,经过这么一个"去粗存精"的过程,这些被"精选"的作家和作品是如何被看做"先锋小说"的。显然,这里存在着一个它被从上述各种"新潮小说"中"分离"的过程,而它为什么被分离,这正是我们感兴趣的一个问题。

"先锋小说"(当时叫"先锋派文学")的名称可能最早出现在《文学评论》和《钟山》编辑部 1988 年 10 月召开的一次"现实主义与先锋派文学"的研讨会上③。(20

---

① 见程永新编著:《一个人的文学史·1983—2007》,天津人民出版社,2007 年,第 32—44 页。

② 埃斯卡皮:《文学社会学》,浙江人民出版社,1987 年,第 61 页。

③ 见李兆忠:《旋转的文坛——"现实主义与先锋派文学"研讨会纪要》,《文学评论》1989 年第 1 期。

世纪)90年代后,密集使用这一概念的是陈晓明、张颐武等批评家①。它是一个带有追授性色彩的历史性命名。它之所以被“追授”,说明它本来包含着矛盾而多样、大家当时无法解释清楚的丰富的文学史信息。也就是说,1979至1988年出现的被称做“意识流小说”、“实验小说”、“现代派小说”、“探索小说”、“新小说”、“新潮小说”的小说实验,一开始携带着各种不同的历史目的,有不同的文学诉求,而后来所说的“先锋小说”就是从这些命名中分离出来的;但在当时,即使在上面这次“研讨会”上,人们还不会注意这个复杂问题,更不会对它作历史分析。我们先从王蒙对“意识流小说”的“自我命名”作些了解。1980年,针对有人对王蒙和宗璞“意识流小说”的批评,王蒙在《对一些文学观念的探讨》一文中指出:“过去曾把恩格斯的命题译为‘典型环境中的典型性格’”,即“认为塑造典型性格乃是文学的最高要求”,但这种“传统的文学观念,需要探讨”。文学要写人这没有问题,然而人是否就等于“人物”、“性格”?他认为写人也可以通过“人的幻想”、“奇想”、“心理”和“风景”等来表现②。王蒙对“先锋小说”的理解,是通过将“意识流小说”与“经典现实主义文学”相对立的方式来进行的。这种理解显然与“文革”后当代文学对“经典现实主义”理论的深刻质疑有极大关系。如果我们了解王蒙、宗璞这代作家与“十七年”“干预型现实小说”的“历史渊源”,就会明白,他们的“意识流小说”其实仍然还在“干预型现实主义”的文学规划之中,即人们今天所说的“形式的意识形态”。

但这种状况到1983年前后有了一个变化,原因是身居北京的一些青年作家和艺术家,受到开始转型的城市生活的鼓励,不愿再在“文学意识形态”的简单框架中来定义“探索小说”。他们渴望走出“历史恐惧”,把小说当做描述他们个人现代心理和生活的一种中介形式(类似于今天的“信息公司”、“婚介所”等等似乎试图逃脱社会控制而貌似“中立性”的机构)。当时,在社会上和艺术院校校园里,已开始流行青年叛逆的情绪,还出现一些有意规避主流社会意识的“边缘人”、“局外人”。于是,一种把“探索小说”、“现代派小说”理解成“个人”可以通过某种“逃避方式”而游离于“社会群体”的相当前卫的文学意识,一时间密集出现在刘索拉《你别无选择》、徐星《无主题变奏》和张辛欣《在同一地平线》等小说中,它们令在“文学转型”上找不出良策的文学批评大吃一惊。刘武以相当推崇和肯定的口吻写道:“当刘索拉、徐星、张辛欣等一系列心态小说出来时,我们应该由他们塑造的人物体味出一种深刻的怀疑意识。”他认为这是由于80年代社会主义价值观念与因城市改革而兴起的现代社会价值观念没有衔接所出现的“价值断裂”造成的,“这些迷惘的青年正处

---

① 在陈晓明的成名作《无边的挑战》一书中,他大量采用了“先锋小说”,而不是此前的“意识流小说”、“新潮小说”、“新小说”、“探索小说”等说法。该书1993年由长春的时代文艺出版社出版。

② 王蒙:《对一些文学观念的探讨》,《文艺报》1980年第9期。

在由自然经济结构社会向商品经济结构社会（即传统文学向现代文学）过渡的转型期，新的价值体系尚未建立，他们抱着对旧价值体系的鄙夷与嘲笑，急于摆脱它们，但却找不到新的大陆立住脚跟”。他认为，随着“改革开放”转向城市后力度的加大，文学的“干预功能”不再被年轻作家所理睬，而城市改革所催生的“现代人危机”，将成为他们定义“现代派小说”的一个独特的视角①。

“城市改革”对文学的冲击还有“女性问题”。1985 年后，中国社会的“离婚率”、“婚外恋”持续升温，“探索小说”、“新潮小说”被匆忙贴上了新的历史标签。李宏林的报告文学《八十年代离婚案》是这方面最直接的反映。而且那时候到处都可以看到以“离婚启示录”为名来吸引读者的报告文学、纪实文学，这使刚刚从封闭时代走来的广大读者，尤其是年轻读者的感官大受刺激。“女性解放”、“女性自由”成为继“五四”和新中国成立初之后的又一股社会潮流，它因为在大胆女作家的作品里越来越“实录化”，而在“主题”、“题材”上产生了激动人心的文学效果。张洁的中篇小说《祖母绿》借女主人公曾令儿在生活重压下的坚毅形象，来凸现“女性意识”的全面复苏。她的《方舟》则通过三位离异女性的婚变，尖锐提出了“女性身份危机”这一社会问题。像王蒙的“意识流小说”，刘索拉、徐星和张辛欣的“现代人危机”一样，“女性问题”这时被文学界正式纳入“探索小说”的文学谱系。“爱情”、“情欲”等等在“当代文学”中未曾真正品尝的“尖端命题”，就这样在特殊年代和文学认定机制的急促推动下被赋予了“探索”的历史特征。正像白亮在分析遇罗锦《一个冬天的童话》的“内在困境”时所指出的：“作品以文学的形式描写并歌颂自己的婚外恋和‘第三者’是不符合社会主义道德规范的，作者孜孜以求的爱情不仅带有明显的私人色彩，而且是突出了强烈的‘情欲’特点的‘爱情’，此外，作者的立场和观念也超出了国家和民众的期待和认定。”②他认为，由于作家叙述的个人生活成为“社会焦点”，造成了文学与社会的新的对立，“社会舆论”作为一种变形的“文学批评”开始进入文学作品的评价系统。同样理由，“离婚”、“婚外恋”、“独身主义”等社会思潮因为深度介入女性文学的创作（如伊蕾引起轰动的组诗《独身女人的卧室》，因受到有关方面的严厉批评，她的创作陷于停顿，不得不下海到俄罗斯经营油画作品），使这些充塞着大量社会问题的文学作品进一步凸现出“先锋文学”的色彩。在当时，人们还没有今天这么清楚的文体辨别意识、认定文学类型的文学史意识，所以，人们往往都会把这种与传统文学观念、社会习俗和道德伦理关系紧张，带有一定挑战性

① 刘武：《怀疑的时代》，《当代文艺思潮》1986 年第 4 期。在 1985 年到 1988 年间，“怀疑”曾是人们评论现代派文学创作时使用频率最高的专用词之一。

② 白亮：《“私人情感”与“道义承担”之间的裂隙——由遇罗锦的“童话”看新时期之初作家身份及其功能》，《南方文坛》2008 年第 3 期。

的文学创作，统统想象为“探索”、“新潮”、“现代派”的小说。在这种情况下，“探索小说”、“新潮小说”的“文学选本”多如牛毛，指认范围相当地宽泛，而且从没有人对这种过于随意的文学主张表示过怀疑。因此，连一向有敏感批评触觉的批评家吴亮也在不同版本的“探索小说”面前，表现出“选择”的犹豫和无奈：“确实，在既定理论规范势力范围之外还有更为宽广的天地。我真对那些小说心悦诚服：概念把握不了、把握不全的东西，由他们的语言叙述来整个儿呈现了。”①

不过，“探索小说”、“新潮小说”这种“群雄并起”的混杂局面到1987年有了一个急刹车。原因是西方结构主义理论开始被中国知识界接受，结构主义推崇的“语言”、“形式”、“神话结构”很大程度上声援了正在兴起的“纯文学”思潮。它使“纯文学”批评家们意识到，“意识流小说”、“现代人危机”、“女性问题”等涉及的仍然是“社会内容”，而非“文学本体”。这些“社会小说”在文学渊源上与“干预生活小说”、“伤痕”、“反思”小说实际如出一辙。出于这种不满，李劼有意识把“内容小说”推到“形式小说”的对立面上，他要采取“分身术”的方法使“形式”脱离“内容”的历史束缚：“人们以往习惯于从一种社会学、文化学的角度看待一个新的文学运动”，“即便谈及这种文学形式的革命，也总是努力把它引向”“大众化、平民化之类的社会意义和人道主义立场，很少有人从文学语言本身的更新来思考新文学的性质”。他说：“当内容不再单向地决定着形式，形式也向内容出示了它的决定权的时候”，它就会“因为叙述形式的不同竟会产生截然不同的审美效果”。在这种情况下，他感觉自己终于为“先锋派小说”创立了一个“正确”的命名：“从一九八五年开始的先锋派小说是一种历史标记。这种标记的文学性与其说是在‘文化寻根’或者现代意识，不如说在于文学形式的本体性演化。也即是说，怎么写在一批年轻的先锋作家那里已经不是一种朦胧不清的摸索，而是一种十分明确的自觉追求了。”②当实验性比前面几批作家更加激烈和异端的马原、洪峰、余华、孙甘露等新人出现在面前时，吴亮的“态度”也在急剧转变。在批评文字中，各种“探索”、“新潮”小说的社会问题被弱化，它们被强制地“归化”和“集中”到一体化的“先锋小说理论”中。他明确提出了自己关于“先锋小说”的观点：“在我的印象里，写小说的马原似乎一直在乐此不疲地寻找他的叙述方式，或者说一直在乐此不疲地寻找他的讲故事方式。他实在是一个玩弄叙述圈套的老手，一个小说中偏执的方法论者。”“马原确实更关心他故事的形式，更关心他如何处理这个故事，而不是想通过这个

---

① 吴亮、程德培编：《新小说在1985年·前言》，上海社会科学院出版社，1986年。可以说，这是“新时期”第一部已经具有“先锋小说”价值倾向和审美规范的文学选本，从中能够隐约感觉到编选者后来“先锋小说”批评意识之形成的来龙去脉。

② 李劼：《试论文学形式的本体意味》，《上海文学》1987年第3期。

故事让人们得到故事以外的某种抽象观念。”①一年前,一向谨小慎微的先锋批评家南帆也意识到让各种形态的“探索小说”在那里“各自表述”是一场严重的灾难:“文学批评的具体化既可能是一种感受,一种宣泄,一种鉴赏,也可能是一种选择”,“可是,当这些形形色色的批评活动尚未分化之前,它们是否可能来自一种共同的缘起?”他发现,就在批评家从浩如烟海的作品中对“先锋小说”加以“挑选”的时候,一种比单纯追求“社会轰动效应”更具有先锋企图的文学生产方式出现了:“批评家所探究的并非纯粹的作品,而是作品加读者的文学现象。无论肯定抑或否定,批评家所摄取的考察对象都只能是那些拥有相当读者的作品。批评家时常乐于承认:这些作品比之那些默默无闻、虽生犹死的作品更有价值。所以,吸引批评家的与其说是作品本身,毋宁说是作品在读者中的成功。”②他们敏锐地意识到,“探索小说”、“新潮小说”、“新小说”、“现代派小说”说到底仍然是一个“写什么”的问题(经典现实主义文学观念),而“先锋小说”却是“怎么写”的问题(现代主义文学观念),而它恰恰标明了回到“文学本身”的“历史性要求”。

在这里,“先锋小说”从繁杂多元的“探索小说”、“新潮小说”中被“分离”的过程,正是80年代中期中国社会各个阶层、社会观念开始“分化”的过程。“城市改革”某种程度上在争夺、分享或淡化传统意识形态对文学垄断权的迷恋,而它直接催生的“边缘人”、“局外人”、“女性自由”、“独身主义”等社会思潮,则帮助作家摆脱了意识形态的精神捆绑,于是正式公布了“纯文学”思潮的诞生。而先锋小说强调“形式”、“语言”就是“文学本体”的主张,则为“纯文学”提供了一个最为理想的“文学文本”。因此,在文学界很多人的心目中,“形式”、“语言”正是从“社会内容”中被“净化”出来的文学观念,它距离“社会”越远,越能阻断文学与社会的历史联系,是使文学真正获得“自主性”的重要保证。1985年、1986年后,更加繁重而多极的城市改革相当程度上缓解了文学与意识形态的紧张关系,西方“现代语言学”、“叙事学”、“修辞学”理论的大量涌进,使小说生存发展与认知空间得以更新,因此它面对的时代语境,与“探索小说”、“新潮小说”相比已有天壤之别。也就是说,“先锋小说”意义上的“纯文学”思潮在这里呈现出一个根本性的历史位移,它开始被文学界理解成一个“纯粹”的“写作问题”。进一步说,“纯粹写作”被文学界理解为是一种比“社会写作”更高级的文学存在,人们普遍认为这是促使当代文学真正“转型”的最强劲的动力。这是“先锋小说”被从“探索”、“新潮”等小说中分离出来的一个重要理由。黄子平1988年初为回应“伪现代派”指责所写的著名的《关于“伪现代派”及其批评》一文,对当时人们困惑的“先锋小

① 吴亮:《马原的叙述圈套》,《当代作家评论》1987年第3期。

② 南帆:《批评:审美反应的解释》,《当代作家评论》1986年第5期。

说”与“探索小说”、“新潮小说”之间存在的不同点作了更为细致的理论区分。他说：“从中国社会的‘经济’角度来判断一部作品是否‘伪现代派’，除了上述以现实工业化为依据外，还有以中国普通老百姓的生活状况和心理要求为标尺的”，“因而当代中国的大部分探索性作品，就陷入了如下的内在矛盾”。针对有些人对“先锋小说”的形式实验有“脱离现实”危险倾向的责难，他反驳道：“用胃的满足程度来限制文学的想象力和超越性，其有效性是值得怀疑的。以中国现代文学史为例，我们能否说，在战乱频仍、民不聊生的年代里写下的《野草》(鲁迅)、《十四行集》(冯至)、《诗八首》(穆旦)等等，是不真诚的作品呢?”①

当然我们必须看到，“先锋小说”观念之建立，是以对“探索小说”、“新潮小说”、“现代派小说”、“新小说”、“试验小说”的丰富存在的彻底剪裁为代价的。“语言”、“形式”、“本体”、“暴力”、“异质”等“纯文学”观念，对处在当代中国社会这一转型过程中千百万普通人的痛苦、矛盾和困惑，显然实施了新一轮的压制和排斥。文学史经验告诉我们，“新时期文学三十年”事实上已经变成了一个以“先锋小说为中心”的历史叙述。80年代的“文学思潮”被理解成是“先锋小说”不断克服“非文学干扰”而最终获得“文学性”的历史性结果。但在这一历史叙述过程中，它的文学“前史”，堆积在文学史断层周围的大量文学知识碎片，则由于后来文学史“分析”、“归纳”、“总结”等功能的“过滤”和“筛查”，而很可能已经永远地消失。大家已经看到，刘索拉、徐星已经不被归入“先锋文学”的章节，张洁变成了一个“无法归位”的作家，遇罗锦更是在这种文学知识重新的整合中淡出了人们的视线。当然我们也能够理解，不将某一文学现象从混乱不堪的“小说思潮”中分离出来，就无法完成对于它的“经典化”工作，我们所谓的“文学史叙述”就难以建立起来。所以，正如海登·怀特在评价列维·施特劳斯认为所有历史叙述中都有一个神话和诗歌的结构时说的那样：“只有决定‘舍弃’一个或几个包括在历史记录中的事实领域，我们才能建构一个关于过去的完整的故事。因此，我们关于历史结构和过程的解释与其说受我们所加入的内容的支配，不如说受我们所漏掉的内容的支配。”②

三、离乡进城与“超越历史”

在前两部分，我主要围绕“城市改革”中的物质层面和社会风俗层面来谈人们对“先锋小说”的理解。因为小说，尤其是“现代”、“先锋”小说都是在“城市”发生，而且是与城市的现代出版业、图书市场、读者密切结合的一个行业，本雅明和埃斯卡皮

① 黄子平：《关于“伪现代派”及其批评》，《北京文学》1988年第2期。

② 海登·怀特：《后现代历史叙事学》，陈永国、张万娟译，中国社会科学出版社，2003年，第173页。

对此有许多精辟的论述。但当代文学在80年代的“转型”，还不止上述方面，也包含着“先锋小说”对“十七年”文学、“文革文学”作为“农村包围城市”社会实践的最成功叙述的这一结论的强烈反弹和质疑。人们认为，当代历史固然已经“进城”，可它的思维方式、伦理经验和道德追求仍然顽强坚持着非常浓厚的中国乡村的习气，这是很长一个时期内农村题材小说、军事题材小说非常繁盛而城市小说相对萎缩的深层原因。如果说“十七年”文学、“文革”文学是“进城”后写的一个“乡村故事”，那么“先锋小说”就把自己“超越”历史叙述的最主要标志，定位在重新“离乡进城”来讲一个“都市故事”上（某种意义上，余华的小说、马原的小说可以说是充满都市经验的小镇和西藏叙事）。因此，我这里所说的“超越历史”，指的就是对“十七年”、“文革”文学叙述那种旧乡村历史意识的“超越”。当然，我这种看法的形成，可能也受到了“城市改革”的某种影响。

讨论80年代的“先锋小说”，必然会涉及〔到〕“历史问题”。因为对历史的看法、见解和处理方式，往往决定了它的出场方式、历史内涵和审美特征。在这里，我不会直接讨论作家和批评家的历史观问题，而会以我惯常的方式注意他们是“怎么处理”历史难题的。

1985年至1987年间，先锋小说家和批评家的“历史态度”是值得推敲的，它不像我们所理解的那么简单。我查看过这一期间的《上海文学》《当代作家评论》两份杂志，发现并不像研究者“后来想象”的，他们对“历史”采取的并不是一味激烈拒绝、否定的态度，而是相反，那是一种“混杂交叉”的犹豫的姿态。我注意这一时期的吴亮，既写“叙述的圈套”、“新模式的兴起”、“李杭育印象”、“文学与消费”、“城市与我们”等先锋文学批评的文章，也写《花园街五号》《男人的风格》等跟踪现实主义文学的评论。李劼对路遥小说《人生》主人公高加林形象的“现实精神”大加赞扬，但是，他的那些探索“文学形式”、“本体意味”、“理论转折”、“裂变”、“分化”等等的文章，又试图树立另一个激进的“先锋小说”批评家的形象。程德培、蔡翔、王晓明的情况大同小异。他们可能在《上海文学》上表现得相当“激进”和“先锋”，而到了《当代作家评论》上，又与很多“跟踪”或“扫描”文坛趋势、动态的批评家没有差别①。这些文章给人一个印象，80年代文学并没有一个“固定”的先锋文坛，大家更多时候

① 据统计，吴亮在两家杂志上发表的文章是：《文学与消费》（《上海文学》1985年第2期）、《城市人：他的生态与心态》《文学外的世界》（《上海文学》1986年第1期）、《城市与我们》（《上海文学》1986年第11期）、《爱的结局与出路》（《上海文学》1987年第4期）、《〈金牧场〉的精神哲学》（《上海文学》1987年第11期）、《〈花园街五号〉和〈男人的风格〉的比较分析》（《当代作家评论》1985年第2期）、《新模式的兴起和它的前途》（《当代作家评论》1985年第3期）、《孤独与合群——李杭育印象》（《当代作家评论》1985年第6期）、《马原的叙述圈套》（《当代作家评论》1987年第3期）、《人的尴尬境况——评李庆西的〈人间笔记〉》（《当代作家评论》1987年第5期）。

还是那种“传统文坛”上的批评家。例如，1986年1月，李劼在题为《新的建构　新的超越》的文章里宣布：“中国的二十世纪文学在其文学思潮意义上就将从1985年小说创作所作出的这种从时代精神到审美心理的新构建开始。正是在这个意义上，似乎可以认为，一九八五年的小说创作将成为新时期文学的一个新的历史起点。”① 但同时，他又赞扬了“一九八五年以前”的路遥的小说《人生》：“作为一个当代青年的形象，在七八十年代之交出现的许多青年诗作里可以看到高加林的胚胎。当人民谛听着那一支支或深沉明快、或哀婉或缠绵、或雄浑或宁静的旋律时，眼前浮现的是一个个年轻诗人的自我形象”，“《人生》也会因此成为一部足以跻身世界名著之林的杰作”②。这种“混杂交叉”的多元化历史态度不只出现在李劼一个人身上，在其他先锋作家和批评家身上也普遍存在。对于已经“熟悉”今天文学史概述的人，一定会感觉非常诧异和奇怪的：不是说“先锋小说”已经与1985年以前的“新时期文学”完全“断裂”了吗？它不是已经成为“一个新的历史起点”了吗？人们时而“先锋”、时而“传统”，他们的历史态度如此暧昧、矛盾和犹豫不决究竟是因为什么呢？这就是我们重新观察“先锋小说”的一个角度。也就是说，它的所谓“超越历史”的叙述，其实是一种“后预设”的“叙述”。当然也可以说，当时的先锋作家和批评家为了强调自己与“过去”的“传统”的不同，他们是把“埋藏在历史学家内心深处的想象性建构”（海登·怀特语）当做一种“文学真实”，从而感觉自己已经完成了对“历史”的“超越”。

海登·怀特在论述新历史主义批评家时的一段话，可能对我们有一点“解惑”作用。他认为，建构这种印象的最直接的原因是：“一种超验主体或叙事自我，它超越对现实的各种对立阐释”，“这个概念的优点在于它暗示了话语、话语的假定主题，以及对这种主题的各种对立阐释之间的一种似乎不同的关系”③。海登·怀特在这里给了我们很好的提示：如果设置一个“假定主题”，那么它作为一种“脱离”了“现实环境”的“超验主体或叙事自我”也就成立了，也就“不成问题”了。例如，马原的“自述”就有一定的代表性，读完它，你会感觉他不仅在“自我辩解”，实际也反映了那代作家和批评家当时在处理“历史问题”时的普遍方式。当有人敏锐地问道：“我以为你大学毕业后从辽宁去西藏，使你获得了占有一种奇特的生活的优势”，于是更“想了解你是怎样‘深入生活’的”。马原对这一当代文学的“理论问题”做了规避，他回

---

① 李劼：《新的建构　新的超越》，《个性·自我·创造》，浙江文艺出版社，1989年，第249页。此为著名的“新人文论”丛书中的一本。当时许多批评家都喜欢用“个性”、“自我”等等“超越历史”的术语作书名，以显示自己与“历史”之间紧张、冲突和断裂的关系。他们也喜欢经常宣布一个“新时代”的开始。

② 李劼：《高加林论》，《当代作家评论》1985年第1期。

③ 海登·怀特：《后现代历史叙事学》，陈永国、张万娟译，中国社会科学出版社，2003年，第6页。

答:“我是个随意性很强的男人”,但对“把握对混沌状态的感知,再比如对超验事物的想象还原”,相信“比别人略占优势”。他还“假定”了一种与他原籍辽宁完全不同的生活经验,从而为对他作品主人公不能“构成主要矛盾”、“结构松散”、“结尾随意”等等的批评性指责予以“辩护”。他强调说:“我其实在假想中还原,这是一个从高度抽象到高度具象的意识过程”,其根据是,“西藏确是神话、传奇、禅宗、密教的世界,这里全民信教”,“他们的精神生活与物质生活没有任何因果关系”,可以随意“把辛辛苦苦几十年积攒下的房屋和牲畜、财物一下全部变卖”,目的就是为了“喝酒唱歌调情”和“作为路费去拉萨朝佛”。所以,在先锋小说的意义上,“好的棋并不拘泥于一子一地的得失,大势在他心里”,“我想写没人写过的东西。索性顺着自己的‘气’写,气到哪,笔到哪,竟成了《冈底斯的诱惑》这三万多字”①。他还以一种“调侃”的口气对人们说:“我想要求那些想问我什么意思的读者和批评家不要急于弄清什么意思,不要先试图挖掘涵义,别试图先忙着作哲学意义的归纳;我要求你们先看看我的小说是否文通字顺?是否故事没讲清楚明白?”②

在读这些文字时,我发现自己越来越不喜欢马原对文学界这种“居高临下”的口吻(从很多文章看,马原那时在批评家面前表现得是比较“傲慢”的,自我“优越感”也很强)。不过,恰恰是这种姿态让我们对他们“超越历史”的策略有更深的理解和同情。因为,无论在今天还是明天,对大多数的中国人来说,谁能“真正”超越自己所生存的历史环境?没有一个人(即使是“伟人”)能做到这点。于是,在对历史的困惑中出现了一个“假定主题”,这就使“超越”在这个层面上产生了可能性。而当时人们对“先锋小说”毫无保留的阅读和理解,不就是从这多种可能中生发出来的吗?也就是说,上述在“先锋文坛”和“传统文坛”之间犹豫不决的批评家的矛盾行为在这个意义上是可以理解的。在现实生活层面上,他们像高加林、花园街五号的主人公一样是生活、挣扎在新旧历史的交换点上的;但在文学层面上,“超越历史”不光在文学界是最激动人心的重新设计,也是随着城市变革而喷发的一股新的社会浪潮。于是,在现实生活层面上不能“超越”,而在文学层面上却能“超越”,就在这种文学与历史的“假定主题”中被建立了起来,它对80年代大多数作家、批评家、学者、思想家的头脑形成了强大的“统治”。具体到文学理论和文学批评来说,他们特别喜欢在文章中使用“故事”、“形式本体”、“语言自觉”、“语言意识”、“观念”、“《树王》ABC”、“微观分析”、“解读分析”、“虚构”、“自足”、“表层语感”、“深层语感”、“隐喻性”、“符号”、“意象”、“物象”、“心象”、“理论的观照”、“情节模式”、“审视”、“叙述

① 许振强、马原:《关于〈冈底斯的诱惑〉的对话》,《当代作家评论》1985年第5期。

② 马原:《哲学以外》,《当代作家评论》1987年第3期。从这篇文章可以看出当年“先锋小说”家们的自信和傲气,大有“这点事情”你们“还不懂”的智力优越感。

圈套”等等;特别喜欢用“反思”这个攻击性武器把对复杂问题的讨论推到一边,十分相信“形式本位”就能处理文学的所有难题;还特别喜欢使用一些花哨并略带一点霸道、为文学事业担当又故意装着历史“局外人”的批评性语言,给人留下与现实环境“没有任何关系”的印象。而使用西方哲学和美学术语、借用反思话语优势而担任“各种对立阐释”的仲裁者,以及用“边缘表述”来偏离、疏远“中心表述”等等做法的目的,就是要挣脱历史无休止的纠缠,在一种假定的后设前提中建立一个 80 年代文学中的“超验主体或叙事自我”,目的是要把“先锋小说”单独从整个“当代文学”中拿出来,当做不用经过后者检验、过滤和监督的“文学性”的标志。李劼偏激地声称:“文化的批判再偏激再深刻也不能代替文学自身的张扬和伸展,这时应该有一种新的革命,它将产生诸如小说叙事学、创作发生学”,“我个人认为,新的突破也许就在形式和语言的研究上。”①吴亮尖锐地说:“大一统的旧理论把人们的思维禁锢得太久了”,批评的精神“革命性并非单单指向外在或历史上的权威,而且也包括着它自己的反思”②。程德培表示:“当我们审视作品所反映的生活时,别忘了那渗透其中的主体意识”,“当我们总结作品的社会历史内容时,也别忘了那与个人经历密不可分的情绪记忆”③。蔡翔写道:“当代创作的研究即是我们通常所说的批评”,它“对无规则的实践比对有规则的继续投注了更多的热情”,还依靠“理论的假定和自身的自觉”④。在如何解决“先锋小说”与“历史”的复杂关系的难题时,王晓明更是明白无误地表明了立场:“文学首先是一种语言现象。这不但是指作家必须依靠文字来表达自己的审美感受,一切所谓的文学形式首先都是一种语言形式;更是说作家酝酿自己的审美感受的整个过程,它本身就是一种语言的过程”,如果没有这种认识,“一切所谓思想的深化、审美的洞察就都无从发生”⑤。今天看来,这些议论非常“武断”、“幼稚”且“问题成堆”,然而在当时却都不会成为“问题”。

但我们也不会满意这些结论,而会反问:上述批评话语的“混杂交叉”、文学“假定主题”以及宣布“文学是语言现象”等等的背后倒(到)底潜藏着什么?对它含混和复杂的历史面目应该怎么去分辨?我以为这都是 80 年代的特殊语境造成的。80 年代,是一个新/旧、传统/现代等等观念大碰撞的年代,同时也是“前社会主义”向“后社会主义”发生“转型”的年代。这是一个漫长而难耐的历史“等待期”,同时,也是一次当代中国包括其文学“重新进城”的隆重的历史仪式。某种意义上,“进城”

① 李劼:《写在即将分化之前——对“青年评论队伍”的一种展望》,《当代作家评论》1987 年第 1 期。
② 吴亮:《新模式的兴起和它的前途》,《当代作家评论》1985 年第 3 期。
③ 程德培:《被记忆缠绕的世界——莫言创作中的童年视角》,《上海文学》1986 年第 4 期。
④ 蔡翔:《理论对文学的解释》,《当代作家评论》1985 年第 5 期。
⑤ 王晓明:《在语言的挑战面前》,《当代作家评论》1986 年第 5 期。

就要斩断与"乡村"的历史血脉,将抛弃前者的沉重负担和不良形象设定为自己"再出发"的起点。而"进城"的"先锋小说"要巩固自己的"滩头阵地",就要建立另一套文学/城市的文学规则和文学理论。先锋作家和批评家意识到,假如再在立场、感情、主张等问题上无休止地争辩下去,只会深陷历史的泥潭,重蹈当代文学前30年的命运。这是假定主题、超验主体和叙事自我之出现的历史前提,这是先锋文学所推出的另一套不同的"当代文学"的操作规则,这是能够回避重大的历史牺牲的一种最为理想的文学方案,也是足以被各方所接受或默认的"文学的真实"。就在这种情景下,先锋小说突然间"跨"过了历史的泥沼,"超越"了自己的现实处境,而把"当代文学"推进到了"新的历史起点"上。但我们不能不承认,这实在是一种"魔方式"的文学历史变动;我们也不能不指出,这被当时人们匆忙翻过的历史的一页,和其中诸多矛盾性地纠结的许多个细节,实际上一直没有得到应有的反省和清理。例如,"历史"能够被"超越"吗?超越的条件、准备和可能在哪里?超越之后又将会存在哪些问题?怎样看待"超越历史"这种表达方式、话语形态和体系,以及这种过分奢侈的话语狂欢对当时和后来文学发展有什么复杂的影响?如此等等。

四、怎样理解余华、马原的"小镇"、"西藏""先锋小说"

这又回到我第三部分的问题上。前面说,"进城"后的"当代文学"通过"都市经验"的文化洗脑,已经使一切"小镇"、"乡村"、"异地"的文学经验"充分都市化",进而把"先锋小说"变成一种更为"有效"的文学叙述。这里,我希望了解的是,余华和马原的"小镇"、"西藏"文学作品,是如何通过接受"都市经验"的"筛查"而成为"先锋小说"的。

不久前,虞金星对马原小说创作的"前史"——西藏文学小圈了进行了细致的梳理。他说:"我们可以注意到,由马原、扎西达娃、金志国、色波、刘伟等人组成的这个'西藏新小说'的'小圈子',在对西藏人文地理的描述与对小说艺术形式的探索方面,几乎是同时进行的。"①在1985年前的"当代文学"中,很少有来自西藏的小说家们的身影,历史倒是记载过饶阶巴桑等诗人的名字。虞金星的研究使我们想到,小说在西藏当代文学史上是非常萧条的,而小说的"兴起"与80年代的"进藏热"有直接的关系。这是因为,20世纪五六十年代的"援藏"主要出于政治目的,而80年代大学生的"进藏热"则把"城市"、"现代化建设"等等带到了这块原始神秘的土地。在这个意义上,马原和他的难以计数的"进藏战友"无疑成为带有城市标志的一批

① 虞金星:《以马原为对象看先锋小说的前史》,未刊。在文章中,他叙述了马原进藏后的生活和文学交友情况,对我们了解西藏"先锋文学"圈子以及他们与上海"先锋文学"批评的关系,颇有帮助。

"访问者",他们无疑是一代浪漫、理想的西藏的"旅游者"(之所以称他们是"西藏的旅游者",是因为后来,很多人在80年代中期后又纷纷返回内地工作,并没有把前者当成自己的定居地)。80年代,随着国内经济建设浪潮的高涨,港台地区旅游者也把西藏作为主要旅行地之一。因此,除日益明确的小说"先锋意识",马原编选小说选本的"旅游意识"也同时萌生。他告诉程永新:"正在编西藏这本集子,二十八万字,几乎包括了我所有西藏题材的小说。""另外还有的两部分,一是以往内地生活的,一部长篇几个中篇;二就是这里的已经被国内多种选本选过的西藏部分,以传奇及想象的生活为主。我选这部分,主要考虑到读者的兴趣,海外华人多为西藏所迷惑,权为满足这种好奇心吧。"①我们不能说马原因为有历史性的"旅游者"身份就一定会为"海外旅游者"写小说,但起码已证明经由"旅游者"经验他已开始拥有了"都市意识",这在他的小说写作中悄悄安装了一个"都市意识"的特殊装置(此为张伟栋语)。他已经在有意识地用这个装置检验、过滤并规训自己的小说,他虽说不是单为旅游者写作,但起码是为"上海"这个80年代中国"先锋文学"的"制造地"而写作的。"西藏的人文地理"正好与"上海"先锋文学批评和先锋小说本身的"艺术形式的探索"发生了秘密的历史接轨。

我们再来看余华以浙江小镇海盐为背景,以暴力、凶杀为叙述基调的"先锋小说"描写。研究者喜欢把它称为"暴力叙述"、"极端叙述"。这都是在"先锋小说"内部所作出的解释,认为"先验"、"虚构"可以营造另一种在日常生活中看来非常"陌生化"然而又是非常"真实"的生活。对此我以前也深信不疑,但我又发现他80年代小说中还有另一个文学型人际关系网络:"小镇"/"上海"、"自卑生活"/"都市消费"。它们之间的"秘密协议",某种程度上正是余华后来崛起为"著名作家"的一种巨大推动力。余华1960年4月3日出生,浙江海盐人。1977年中学毕业,从第二年起从事了五年牙医工作,没有什么"学历"。1983年进海盐县文化馆,1989年调嘉兴市文联。这就是他多年的小镇生活。80年代他常去上海并与格非等人交往。第一篇小说《十八岁出门远行》发表在《北京文艺》上,但他受到《收获》更积极的提携。在他与文学界友人的频繁通信中,记述了他几年间辛苦往返于上海与海盐和嘉兴之间,并同格非、程永新等交往的各种有趣故事:"这次来上海才得以和你深入交往,非常愉快,本来是想趁机来上海一次,和你、格非再聚聚,但考虑到格非学外语,不便再打扰,等格非考完后我们再相约一次如何?""我的长篇你若有兴趣也读一下,我将兴奋不已,当然这要求是过分的。我只是希望你能拿出当年对待《四月三日事件》的热

① 见马原致程永新并李小林信,程永新编著:《一个人的文学史·1983—2007》,天津人民出版社,2007年,第34、38页。

情,来对待我的第一部长篇”,“刊物收到,意外地发现你的来信,此信将在文学史上显示出重要的意义,你是极其了解我的创作的,毫无疑问,这封信对我来说是定音鼓。确实,重要的不是这部作品本身怎么样,它让我明白了太多的道理”,“你总是在关键的时刻支持我”①。上海在使余华获得“先锋”眼光、翻译读本和文学知识的同时,也把无比奢侈的都市生活景象推到了这位野心勃勃的年轻作家面前。这使他愈加讨厌家乡小镇琐碎、平庸和单调的现实生活,加剧了它们之间的紧张关系。在上海与众多朋友进行的现代派小说的精神会餐,更给了他一种乌托邦式脱离凡世,当然也近于抽象的“现实观感”,而小镇只会使他生出永远离开此地的强烈愿望。与此同时,也使他意识到正在走向“消费化”的上海对文学需要什么东西。在上海、海盐和嘉兴等地之间这么无休止地辛苦奔波,使他更加深信他“本来”的“现实生活”所具有的“虚幻”的性质(在80年代的先锋作家那里,都曾发生过这种“过去生活”与“旅居生活”之间的断裂感,而后者被认定是一种“先锋意识”),他愤愤不平地写道:“长期以来,我的作品都是源出于和现实的那一层紧张关系。我沉湎于想象之中,又被现实紧紧控制,我明确感受着自我的分裂”,“这过去的现实虽然充满魅力,可它已经蒙上了一层虚幻的色彩,那里面塞满了个人想象和个人理解”②。

以上叙述令我想到在“当代文学”中从未出现过的一个专用词:消费。我不否认现实主义文学/先锋文学、集体认同/个人反抗至今仍然是对“先锋小说”之兴起原因的一种有效的解释,不过,我也想提醒人们,另一历史维度此时也许正在成为先锋小说的强劲的助力:这就是“文学消费”正在取代“政治需要”而变成促使“当代文学”转型的全新因素。在前面,吴亮已经发出过最为敏锐的警告:“当前社会生活中的一个引人瞩目的重大变化发生在消费领域”,“消费浪潮的兴起已对我们的社会生活发生了深远的影响”,“最能体现市场机制的莫过于通俗文学了,从定货、写作、付型出版、发行乃至出现在各种零售书摊上”都无不如此③。以“先锋小说”为标志的“纯文学”的新浪潮尽管当时还以压制“通俗文学”的状态而存在,但是以“消费“为圭臬的通俗文学却在用更露骨的方式帮助先锋小说反抗并结束“当代文学”对文坛的统治。“文学消费”开始成为一种无所不在的紧箍咒,一种“文学规律”,它使“伤痕”、“反思”、“改革”等文学样式的历史能量在一夜之间几乎耗尽。法国社会学家让·波德里亚在《消费社会》一书中提出了一个对我的研究而言非常重要的概念:“集体开支与重新分配。”他认为,社会中潜在存在的“等级结构”造成了各阶层之间

① 见余华与程永新的通信,程永新编著:《一个人的文学史·1983—2007》,天津人民出版社,2007年,第45、46页。

② 余华:《活着·前言》,长江文艺出版社,1993年。

③ 吴亮:《文学与消费》,《上海文学》1985年第2期。

的紧张关系,那么怎样缓解和消除这种紧张对立呢?“人们试图把消费、把不断享用相同的物质和精神财富以及相同的产品,作为缓和社会不平等、等级以及权利和责任不断加大的东西。”①事实上,此前的“当代文学”是一个具有“等级结构”的文学形态,各类权威性文学现象、潮流和流派通过掌握自己独有的“社会资源”(如“十七年”文学的“革命叙述”,伤痕、反思文学的“文革叙述”,改革文学的“改革叙述”等)的解释权的同时,也在垄断着文学话语权和生产传播权,并拼命阻止其他文学现象的成长,并对其他文学现象实行着统治。1985年后,在中国社会各个阶层中开始出现的“消费热”,促使传统社会“重新分配”他单一的权力的同时,也在大力地促使“伤痕”、“反思”、“改革”等文学的“放权”。在这种情况下,“先锋小说”在享受文学权力的“重新分配”的同时,其实也在借助“消费浪潮”获得对文学的新的垄断地位。

陌生而神秘的边地、落后小镇、玄奇叙事、暴力、恐怖等等,某种程度上正是先锋作家推销给上海、北京等都市社会的最为成功的“消费文化产品”。在余华小说《现实一种》里,“小镇”居民山岗4岁的儿子皮皮因为厌烦躺在摇篮中的堂弟的吵闹,在一种“潜意识”的驱使下谋杀了他。山岗得知消息后求弟弟山峰原谅皮皮。山峰让皮皮趴在地上舔死去的堂弟的血痕来羞辱他,山岗妻子代他舔了,恶心得连连呕吐。但山峰还不想放过哥哥全家,他从厨房拿出菜刀冲出来,要与哥哥决斗。这种无休止的报复、羞辱终于将山岗激怒,他瞅住机会反败为胜。他抓住山峰并用麻绳将他狠命地捆在树干上:

> 接着山峰感到一根麻绳从他胸口绕了过去,然后是紧紧将他贴在树干上,他觉得呼吸都困难起来,他说:“太紧了。”
>
> “你马上就会习惯的。”山岗说着将他上身捆绑完毕。
>
> 山峰觉得自己被什么包了起来。他对山岗说:“我好像穿了很多衣服。”

几个小时后,山峰就这样死了。以前的研究者都对作家余华这种“极端叙述”表达了欣赏,但我觉得除了作家的非凡叙述才能、他对当代文学“叙述类型”的积极贡献外,他似乎也在无意识地把它当做极端、新颖的“消费产品”拿给上海、北京的文学杂志编辑和广大读者。我们可以设想一下,作为在“小镇”上出生并长大的余华,即使稍微出名后调入更大一点的“小镇城市”嘉兴的余华,他拿什么东西来打破“等级社会”(上海/嘉兴)和“等级文学结构”(《收获》《上海文学》/县市文化馆和文联)对他的窒息般的精神和心理统治?这就是他必须拿出大城市作家和小市民们普遍缺乏的小镇怪异故事和暴力叙述。某种意义上,越是“暴力”、“极端”,就越能在消费产品堆积如山、高

① 让·波德里亚:《消费社会》,南京大学出版社,2001年,第15、45页。

度雷同的大城市文学市场(上)赢得批评家、读者的刺激性文学需求和广泛好评。也正是在这个意义上,余华参与了对处在历史短暂停滞时期的"当代文学"的"重新分配"过程,并获得前所未有的成功。这种成功在批评家樊星和赵毅衡那里得到了认可:"余华以冷酷的《现实一种》震动了文坛。有人这么谈自己的读后感:'他的血管里流动着的,一定是冰碴子。'的确不错。""如果说《现实一种》至今是余华最出色的作品,余华的新作使我们有信心将他在中国文学史上站稳地位。"①

马原中篇小说《冈底斯的诱惑》发表于《上海文学》1985 年第 2 期。它是"先锋小说"的重要作品。小说总共 16 节,老兵作家、穷布、陆高、姚亮、小河、央金、顿珠、顿月、尼姆和儿子等都不是贯穿作品始终的人物,在小说中基本没有什么联系,但他们都是"自己故事"的叙述者。这种结构的故意混乱,出自作者的小说主张。这种混乱疑似马原那种个人变幻无常的游历。20 世纪 80 年代初毕业的大学生秉承五六十年代的理想主义余脉,掀起了一股"进藏热"。短短几年,进藏学生迅速增长到近五千人,拉萨一度被人称为"中国大学生占人口比例最高的城市"。由于后来政策调整和商品经济大潮的冲击,他们中的很多人消沉下来开始争取内调。1985 年后,自愿申请进藏的大学生人数骤减。马原也在寻找自己的"退路"。从 1987 年 5 月 30 日、7 月 10 日致程永新的信可以看出,他正在积极活动调回家乡的辽宁省作家协会。可作协负责人金河不知怎么态度暧昧,没有准确回音,"好像存心过不去了"。接着他又试图去春风文艺出版社。性急又缺少招数的马原只能嘱咐友人把信"寄沈阳市省委院内《共产党员》杂志赵力群转我"②。信件透露出心灵的真实,它进一步证明了马原暂时性"西藏游客"的社会身份。别的游客可能只在西藏呆上几天,马原与他们的区别是呆了 7 年。时间虽有差异,"身份"却完全相同,具有惊人的一致性。从这个角度看,《冈底斯的诱惑》在文体上实际是先锋作家马原的"游记体小说",他惊羡于西藏山川、神话和传说的诡秘神奇,以一个"外来者"的眼光和笔调记下了自己的感触。他以"消费西藏"的文学方式,成为 80 年代先锋小说"家族"的一员。他更是通过"消费西藏"的方式,使西藏这个偏远的边地在人们对小说的刺激性阅读中被充分地"都市化",因为任何足不出户的中产阶级妇女和大学生读者都会以为老兵作家、穷布、陆高、姚亮、小河、央金、顿珠、顿月、尼姆就是自己身边的人物,这是"发生"在身边的故事。借助这次"漫长旅游"的"西藏消费",马原如愿以偿地进入当代文学史的长廊。但离开西藏之后,除几篇零星的作品之外,马原几乎再写不出小说。他转向了影视改编、制作等大众文化的生产领域,但最终

---

① 樊星:《人性恶的证明——余华小说论(1984—1988)》,《当代作家评论》1989 年第 2 期;赵毅衡:《非语义化的凯旋——细读余华》,《当代作家评论》1991 年第 2 期。

② 见马原致程永新并李小林信,程永新编著:《一个人的文学史 · 1983—2007》,天津人民出版社,2007 年,第 35、36 页。

以失败而告终。这种历史分析好像背离了小说文本，然而在某种程度上，它把陆高、姚亮的“小说故事”与作家本人的“现实故事”串联到了一起。小说不光是作家天马行空的想象和虚构，同时也是作家生活的某种隐喻。所有的作家都通过描写“自己的生活”来影射“所有人的生活”，进而揭示社会、时代生活的深刻真相。苏珊·桑塔格在《疾病的隐喻》一书中曾谈到各种传染性流行病如何被一步步“隐喻化”的问题，她提醒人们注意从“仅仅是身体的一种病”转换成一种道德评判或者政治态度，这样就会从对疾病的关注转化成对关于疾病的“隐喻”的关注①。《冈底斯的诱惑》如果这样看，可能更大意义上是一种对先锋小说无法真正归化中国文化土壤和文学大地的命运的隐喻。正像苏珊·桑塔格所说，如果把疾病转换成一种道德评判或政治态度，就会把对疾病的关注转化成为关于疾病的隐喻的关注一样，某种程度上，80 年代人们对先锋小说的“关注”，实际转化成了对关于先锋小说“隐喻”的“关注”本身。这就是，凡是与传统的“社会主义现实主义文学”不同，凡是规避革命、乡村、城市等宏大文学场景而转向陌生神秘边地、落后小镇、玄奇叙事、暴力、恐怖，手法怪异且作家感官异常的“文学书写”，而且宣称是“先锋小说经验”的，读者都会把他们看做“真正”的“先锋作家”或“先锋小说”。

从以上叙述可以发现，当年存在的“先锋小说”，实际正是 80 年代中国的“城市改革”所催生，并由上海都市文化、众多“探索小说”、“新潮小说”、“超越历史”假定主题，以及马原、余华小说奇异故事等纷纷参与其中的非常丰富而多质的先锋实验。但“城市改革”的多元文化主张，并没有真正促成“先锋小说”向着多样性的方向发展，形成百舸争流的文学流派，相反它最后却被树为一尊。这种一派独大的文学现象，有可能会在文学史撰写、教育和传播中长期地存在。虽然我在文章中力图“还原”它文学生态的驳杂性，呈现当时人们对它不同的甚至分歧很大的理解，然而它的“历史形象”早已经被固定化，要想“改写”将会遇到极大的困难。在此基础上我进一步认识到，“今天”的当代文学史，事实上被塑造成了一部以“先锋趣味”、“先锋标准”为中心而在许多研究者那里不容置疑的文学史。它已经相当深入地渗透到目前的文学批评和文学史观念之中，正在潜移默化地影响和支配着今天与明天的文学。

2008 年 10 月 21 日于北京森林大第

2008 年 11 月 13 日修改

2008 年 11 月 20 日再改

——原载《当代作家评论》2009 年第 2 期

① 苏珊·桑塔格:《疾病的隐喻·译者卷首语》，程巍译，上海译文出版社，2003 年。

何言宏

“正典结构”的精神质询

——重读靳凡《公开的情书》和礼平《晚霞消失的时候》

谁是靳凡？谁又是礼平？

对于今天的很多年轻人来说，“靳凡”和“礼平”，肯定是两个全然陌生的名字。至于《公开的情书》和《晚霞消失的时候》，也一定是两部闻所未闻的作品。即使是对那些中文系的青年学子们来说，情况也会基本上如此。但是在另一方面，对于我们这些成长于20世纪80年代——或者说，径可以命名为“八十年代的精神之子”的我们来说，“靳凡”和“礼平”却是两个富有传奇色彩和激动人心的名字，他们的上两部作品，也一定会唤起我们诸多美好、亲切，而且也不无复杂和相当深刻的精神记忆与文学记忆。

作为关于我们的精神记忆与文学记忆的一种相当特殊的记忆整理和记忆保存方式，中国当代文学史的历史编撰工作已经取得了很多重要的成就，这些成就，虽然在某些方面多有差异，但却在根本上共同构成了关于中国当代文学史的“主流叙述”。这些“主流叙述”在当代文学的历史发展与基本格局、当代文学的“经典作家”与“经典作品”等很多关键性的问题上，似乎已经基本上达成了共识。特别是在构成了文学史叙述之实际基础的“经典作家”与“经典作品”方面，已经俨然形成了一个基本稳定的“正典结构”。正是在这样的“正典结构”中，很多作家和作品都“各就各位”、“荣登正典”，形成了具有一定的等级关系和内在脉络的文学史结构。而另有一些非常重要甚至可能更加重要的作家作品，则由于政治、文化、意识形态和文学观念等方面的原因而被打入“另册”，排斥在“正典结构”之外，造成了相当严重的文学史遮蔽。我以为在这样的意义上，靳凡的《公开的情书》和礼平的《晚霞消失的时候》，就是两部即使穿过漫长的历史时空仍然难掩其光芒的不容遮蔽、具有突出的“正典品质”的重要作品，作为一种相当独特的精神存在，一直在质询着中国当代文学史中俨然堂正的“正典结构”。

一

《公开的情书》初稿于“文化大革命”时期的1972年，是当时在“知青”间流传的“手抄本”之一，1979年9月修改定稿后发表于1980年第1期的《十月》杂志，作者靳凡，实际上就是后来从事思想史研究的著名学者刘青峰。而《晚霞消失的时候》则构思和发表于“文革”以后，也刊载于1981年第1期的《十月》杂志。作者礼平，潘旭澜主编的《新中国文学词典》曾经有过这样的介绍：“礼平（1948— ）小说家。四川人。1969年参加中国人民解放军，曾任海军某部战士。1981年转业到北京某单位工作。1981年发表中篇小说《晚霞消失的时候》，引起较大反响，受到一些批评。后曾在《人民文学》等刊物发表过小说，但数量不多，影响也不大。”①长期以来，在我们的很多文学史编撰中，这两个作家和他们的作品都曾经被严重忽视，近乎成了文学史上的“失踪者”。也只是在近些年来，这样的状况才有改观，一些具有新的学术理念与历史意识的文学史著作开始注意到他们的存在，从而被编入新的文学史叙述。但在这些著作中，这两部作品的“地位”仍很“尴尬”，与那些占据章节、身份显赫的“正典”相比，它们仍然“底气不足”和“聊备于无”地处身于文学史“主流”外的历史边角，与它们的实际成就和文学史意义远不相称。

在《西方正典》一书中，哈罗德·布鲁姆曾经提出一项屡试不爽的测试经典的基本方法，那就是看一部作品是否能够经得起重读？② 而卡尔维诺在《为什么读经典》一文关于经典的十多条定义中，首先指出的也正是这一点，认为“经典是那些你经常听人家说‘我正在重读……’而不是‘我正在读……’的书”③。文学作品是否能够经得起重读，确实是衡量其是否是经典的一个最为重要和最基本的标准，在此意义上，《公开的情书》和《晚霞消失的时候》恰正具有这样的品格。

有一点我们应该很清楚，每一部作品的能够被重读，都可能是由于它们的虽然复杂但却又很独特的具体原因，对于《公开的情书》和《晚霞消失的时候》来说，它们的鲜明、强烈而又非常独特的精神特征，无疑是其中最主要的因素。时隔多年，我对它们的每一次阅读，都仿佛是一次精神还乡，是一次激动人心和荡气回肠的精神洗礼。我想每一个在精神上都曾经与（20世纪）80年代有着深刻关联的“八十年代人”，不管他属于哪一个代群，不管他是“红卫兵—知青”一代，还是“红小兵”或“右派”一代，一定都会有这样的感觉，正是在这样的意义上，我以为《公开的情书》和《晚霞消失的时候》“起码”是我们“八十年代人”的文学经典。

① 潘旭澜主编：《新中国文学词典》，江苏文艺出版社，1993年。

② 哈罗德·布鲁姆：《西方正典：伟大作家和不朽作品》，译林出版社，2005年，第21页。

③ 卡尔维诺：《为什么读经典》，译林出版社，2006年。

作为一代人的文学经典,“八十年代人”对《公开的情书》与《晚霞消失的时候》的重读,肯定会有着相当突出的怀旧感和精神回访的意味。我们应该承认,无论是怀旧,还是对它们的精神回访,都会具有一定的情绪性特征,而这样的特征,自然又会使人们怀疑我们的重读在精神体验方面的深刻性与丰富性,怀疑作品的真正内涵。如果情况真的是人们所怀疑的这样,那它们的经典性意义,也就只能局限于被称为“八十年代人”的这一批人,就真的只能是一代人的文学经典了。但是在实际上,这两部作品的意义与价值绝对不只是可资怀旧和偶供回访,它们的精神意义——以及与此相应的文学史意义,要更加重要,也更加深刻与丰富。我们完全有理由认为,它们绝不仅仅是一代人的文学经典,而是中国现当代文学史上的两部非常重要,并且具有鲜明的历史特点的启蒙主义的文学经典。现代中国启蒙主义文学的精神承担与历史使命,它所往往具有的思想意识、主题话语和相应的文本特征,在这两部作品中,都有着非常突出的体现。

在《公开的情书》和《晚霞消失的时候》发表的当时,中国社会刚刚走出“文化大革命”的历史恶(噩)梦,广大民众的精神与生存实际上还处于各种各样的蒙昧状态,迫切需要思想启蒙,这便形成了20世纪80年代的中国在思想文化与知识分子精神方面的启蒙特点。而当时的文学,正如它在“五四”时期所曾承担的历史使命一样,成了思想文化和精神启蒙的重要手段。很多作家,因此便与思想文化界的其他一些启蒙主义知识分子一道,成了亟待启蒙的广大民众的“精神领袖”。

在悼念陀思妥耶夫斯基的一次演讲中,索洛维约夫曾经高度评价陀思妥耶夫斯基对于俄国社会的“精神领袖”的意义,认为“在陀思妥耶夫斯基身上,俄国社会失去的不仅是一位诗人或者作家,而是自己的精神领袖”。而对陀思妥耶夫斯基这样的精神领袖对于社会历史和他对一个时代、一个民族乃至于整个人类的重要意义,索洛维约夫接着又做了这样的阐述,认为“只要社会发展的历史进程尚在继续,恶就无可避免。和恶斗争有两种权力:世俗的和精神的。世俗权力是以恶制恶,用惩罚和暴力与恶斗争,仅仅维持某种外在的社会秩序。第二种权力——精神权力,则不承认这种外在秩序表达了绝对真理,执意通过内在的精神力量,也就是使恶不仅受制于外在的秩序,而是彻底臣服于善,以实现绝对真理。就像至高无上的世俗权力总是集中在一个人——国家元首身上,至高无上的精神权力,在每个时代一般在全体国民中也只属于一个人,他比任何人都更清晰地意识到人类的精神理想,比任何人都更自觉地追求这些理想,比任何人都更强有力地用自己的言论影响他人。这样的精神领袖对俄罗斯人来说,在最近一段时期便是陀思妥耶夫斯基”①。如果我们回首80年代,甚至是回首80年代以来中国的思想文化历程和中国知识分子精神的历史变迁,再比照一下索洛维约夫所为陀思妥耶夫斯基赋予的“精神领袖”这样的称号,我们便会不无沮丧地发现,我们似乎并没有这样一个伟大的拥有着“至高无上的精神权力”的“唯一者”,在近30年来的中国历史上,似乎并没有谁能够“比任何人都更清晰地意识到人类的精神理想,比任何人都更自觉地追求这些理想,比任何人都更强有力地用自己的言论影响他人”。但是在另一方面,我们似乎又并不应该因此而绝望。我们虽然没有像陀思妥耶夫斯基那样的“唯一者”,但却有着一个同样“清晰地意识到”并且“自觉地追求”着我们这个民族的精神理想,同时也承担着启蒙使命的“精神共同体”。在这个“共同体”中,每一个个体虽不是太阳,但却像是星辰。他们共同组成了我们这个民族的“精神领袖”。恰正是他们,以自己的思想和精神的光芒照彻了我们的生存。也正是在这样的意义上,我以为仅仅以他们的这两部影响巨大的启蒙主义作品,靳凡和礼平就足以位列于这样一个“精神共同体”之中。

二

《公开的情书》与《晚霞消失的时候》的启蒙主义价值,最为突出地表现在它们的精神特征与思想探索上。某种意义上,我们完全可以说《公开的情书》是“一代青年的精神启示录”,而《晚霞消失的时候》,则不仅是这样的“精神启示录”,还是一部痛苦和真诚的“精神忏悔录”。

《公开的情书》由作品中的四个人物真真、老久、老邪门和老嘎在1970年2月至8月间的40余封通信所组成,带有强烈的自我渲(宣)叙和思想探索的色彩。在这些通信中,作品中的人物一方面叙说着自己的生活道路,另一方面,又以充满激情的话语表达着自己对人生、理想、事业与爱情的深切追问与独特思考,俨然是在召开一场气氛热烈的“纸面上”的会议,非常充分地袒露了这几个人物的内心世界,显示出一代青年的精神觉醒。

“文化大革命”时期,中国社会的广大民众特别是其中青少年们的精神与思想都被当时的意识形态所“塑造”与“给定”,在意识形态的信仰体系之外,每一个生命个体都不允许有自己的独立精神与独立思想,当时的每一种“合法”的写作,也都只能是意识形态的简单复制和话语回声。《公开的情书》初稿于“文革”期间的1972年,在那样一个异常严酷的年代里,它的写作与传抄不仅是对当时作为一种“世俗之恶”

① 索洛维约夫:《一八八一年一月三十日在高级女子讲习班悼念费·米·陀思妥耶夫斯基的演讲》,索洛维约夫等:《精神领袖:俄罗斯思想家论陀思妥耶夫斯基》,上海译文出版社,2009年。

的专制性意识形态的挑战与反叛,还是我们这个民族在那个年代里的精神奇迹和思想传奇,即使是在1980年前后,对当时的很多读者来说,它的发表,仍然是一场非常巨大的精神震撼与思想启蒙。

《公开的情书》最为重要的启蒙意义,就在于它率先在革命的主流意识形态之外展开了对于现实人生道路的独特思考。这些思考,一方面超越了"文革"意识形态的粗暴限制,另一方面,也不尽符合1980年前后的主流意识形态的重新"勘定"。实际上,在《公开的情书》正式发表的1980年,"文化大革命"甫才结束,"新的历史时期"刚刚开始,当时的主流意识形态在匆忙之间,在广大青年的人生道路和人生意义的问题上,不仅尚未来得及建立一套成熟和完备的思想体系,甚至连青年人真正的思想状况也不尽了然,因此才有旨在于此的各种各样的座谈会的召开和诸多刊物的有关讨论,可以说,在当时很多年轻人的精神深处与思想深处,实际上是一块杂乱无章和有待占领与整理的思想空场与精神飞地。从青年人自身的角度来看,随着他们对"文革"的幻灭,原有的将自己的人生道路和人生意义紧密联系和纳入于共产主义这一宏大历史进程的自我想象终于崩溃,当年的《中国青年》杂志围绕着"人生的路呵,怎么越走越窄……"这样的问题所开展的轰轰烈烈的"潘晓讨论",便是一个很好的说明。而具体在《公开的情书》中,不管是小说中的真真,还是作者靳凡,她们对自己人生道路的思考和人生意义的追问则要发生得更早。无论是小说的故事时间(1970年)、初稿时间(1972年),还是它的定稿时间(1979年),都要早于或远早于"潘晓讨论"的1980年。在此意义上,《公开的情书》真像是一部先知般的作品,很早就预示和提出了潘晓式的追问。

潘晓的追问引发了一场影响深巨和波及全国的关于人生道路与人生意义问题的大讨论,被后来的人们追认为"一代中国青年的思想初恋"①。而在《公开的情书》中,真真的"思想初恋"却发生得更早。与潘晓相比,她的"思想初恋"也更加动人,更加深刻与复杂。

真真是《公开的情书》中最为核心的主角,在作品发表的当时,曾有论者根据作品的内容对她的形象做过如下很好的概括:

> 女主人公真真,是作者塑造得最成功的艺术典型。正像真真这个名字所显示的,她有一颗真诚的、勇敢地追求真理的心……她是年轻主人公中最纯洁、最真诚、最善良的一个,像水晶一样透明……她是人民共和国成立前最后的战争年代里诞生的革命后代,吮吸革命的乳汁长大,血液里渗透了父辈们的革命信仰。她的生活有过一个美丽的开端。正当少年时代培

---

① 彭波主编:《潘晓讨论:一代中国青年的思想初恋》,南开大学出版社,2000年。

养起来的对科学的热爱，为建设强大的社会主义祖国献身的理想将要通过自己的努力学习变为现实的时候，道路中断了。“文化大革命”的巨浪，把她从高干家庭和名牌大学冲到社会底层。父亲被监禁，姨夫成了“反动权威”，自己成了“黑帮子女”和“精神贵族的臭小姐”，由于反抗受到镇压，又被打成“二月逆流”伸向群众组织的“黑手”。她在被批斗中不肯屈服，逃出专案组的监视，奔向祖国大江南北的壮丽山河……

上面的文字虽然不可避免地带有着那个时代的话语特点，但它对真真的形象与命运的把握却相当准确。作为一个“血液里渗透了父辈们的革命信仰”、“像水晶一样透明”的“最纯洁、最真诚、最善良”的“革命后代”，当真真由于“文革”的冲击而“道路中断”，和当年的很多知青一样在一所山区中学里接受“再教育”后，她所产生的是一种幻灭、迷茫和不无消沉的情绪，关于人生道路和人生意义的思考成了她的最为重大的精神焦虑。正如她在分别给老久和老嘎的信中所说的：“我的苦恼是缺乏一个具体的目标来鼓舞我的意志和能力。我恼恨自己”；“我总在想：行动？不错。可我的目标呢？通往未来的路在什么地方呢？我活着又是为什么呢？我不知道，我不知道呵！”正是在这样的困惑中，真真遇到了老嘎和老久们。频繁的通信和热烈的讨论在使真真与老久产生爱情的同时，也终于使真真结束迷途，找到了新的道路。

实际上，《公开的情书》是一部交织着丰富的“性别政治”与“话语政治”问题的复杂文本。在真真的人生历程中，与其有关并且对其有所“企图”的每一个异性都代表着一种话语力量，代表着这种话语力量所相应的人生哲学。小说中的童汝是“一个在政治大动荡中涌现的精神流氓”和“虚伪的政治骗子”；而真真的恋爱对象石田，则只是一个没有什么高远理想与人生追求的“庸俗的好人”；与老久一样同时深爱着真真的老嘎，是一个虽然有着艺术追求但却仍在途中、四处漂泊，仍然在寻求着自己人生道路的艺术青年；而老久，则是“一个面对现实而顽强地寻找光明的人，一个正视生活、意识到应负的历史使命的人，一个听从祖国召唤的人”，勇于思考，相信科学，自觉地学习和掌握世界上最新的理论思潮，并且把自己的爱情、事业、理想和人生道路与自己所意识到的历史使命和祖国的召唤结合起来，做一个“公民和战士”，是其坚定的人生哲学与人生理想。在这样一场以真真为中心的“多角恋爱”中，只有老久，才在最后真正获得了真真的爱情。

以三角或多角恋爱的角力来申明和体现叙述者的话语立场，是中外小说中常见的模式。在《公开的情书》中，不同的人生哲学和话语力量对纯洁得“像水晶一样透明”的真真的“争夺”与“涂抹”，终于以操持着启蒙主义话语的老久（以及背后的精神领袖老邪门）的胜利为结局，这正是作者在真真的故事中所要完成的思想演绎。

但真真的故事，不禁使我想起了《青春之歌》中林道静的故事。在《青春之歌》

中，杨沫同样通过以林道静为中心的多角恋爱的故事，分别书写了以余敬唐、于永泽和卢嘉川、江华等为代表的不同的话语力量对于林道静这样一个同样纯洁的女性主体的“涂抹”与“争夺”。经过种种曲折的“涂抹”与“争夺”，林道静这样的小资产阶级女性终于走上了“革命者的”人生道路。① 而真真的故事，恰正是对林道静故事的巨大“翻转”。在《青春之歌》中，林道静由起初的一个小资产阶级女性成长为一个坚定的革命者。而在《公开的情书》中，真真却由起初的一个“吮吸革命的乳汁长大，血液里渗透了父辈们的革命信仰”的“革命后代”，“蜕变”为一个接受了西方资产阶级思想影响的、已经全然“去革命化”了的小资产阶级女性。②

至此我们发现，实际上和林道静的故事一样，真真的故事更是寄予了作者对知识分子道路问题的思考。“五四”以来，道路问题一直是中国知识分子的巨大焦虑。作为这种焦虑的形象表达，从鲁迅开始，中国现当代小说就经常会出现一些寻找道路的知识分子形象，但由于作者话语立场的差异，这些作品对知识分子道路问题的思考又多有不同。在鲁迅那里，知识分子道路焦虑的表现（如《伤逝》）和他们的孤独、彷徨与失败命运的悲剧性揭示（如《伤逝》《孤独者》和《在酒楼上》），实际上是一位伟大的启蒙主义者基于启蒙主义的精神立场对于知识分子自身问题的批判与拷问；而在《青春之歌》中，作家的话语立场显然只是当时的主流意识形态，是要求知识分子弃绝个性解放的局促道路与偏（褊）狭人生，从而走向革命并且与工农相结合的革命话语；到了《公开的情书》，似乎是经历了一个相当有趣的轮回，革命的主流意识形态此前所为知识分子规定好了的革命道路反而又被老久、老嘎、真真和老邪门们所抛弃，在他们的通信中频仍出现的道路焦虑不仅无关革命，反倒更多的是诸如“相信科学”、“坚持个性”、“争取爱的权利”和“反对庸众”之类“五四”时期的启蒙话语。这样一来，《公开的情书》便很突出地在话语主张和精神立场上接通了“五四”时期的启蒙主义文学，成了启蒙主义文学在新时期的一个经典文本。

三

不同于《公开的情书》的是，《晚霞消失的时候》的启蒙意义，主要体现在它以其含义复杂的“启蒙话语”对已经成为历史了的“文化大革命”进行独特思考的同时，深刻反省了以李淮平为代表的“红卫兵—知青”一代的人生道路。这一点，正如作家在一篇“创作谈”中所指出的，这部作品的一个非常明确的创作目的，便是“集中在

---

① 李杨：《50—70年代中国文学经典再解读》“第三章”，山东教育出版社，2003年。

② 在《公开的情书》中，老久和老邪门的思想虽然庞杂，但他们的主要资源显然来自于西方资产阶级的启蒙思想，同时也融合了一些当时较新的西方现代思潮。

对于‘文化大革命’及其‘红卫兵运动’的反省”①。

我一直以为,《晚霞消失的时候》中真正的主人公并不是人们谈论较多的南珊②,而是李淮平。与《公开的情书》中的真真一样,李淮平也是一位革命的后代。小说的叙事进程,实际上就是李淮平由起初的一个单纯得近乎疯狂与蒙昧的“革命信徒”(红卫兵)不断被启蒙的过程,因此它在发表的当时,就被称为是“一个老红卫兵的启示录”③。

对于李淮平来说,小说中的几乎每一个比较重要的人物都是他的启蒙者。不管是在政治地位、政治身份,还是在精神性格与思想意识方面存在着怎样的天渊之别,李淮平的作为革命将领的父亲、南珊、楚轩吾和南岳长老,都对他这个“文革”中的“革命信徒”的思想启蒙起到了非常重要的作用。当然在其中,南珊是一位最为重要的启蒙者。

小说开始于李淮平的一个神奇梦境。梦境中的李淮平“步履飘然地”踏上一条小路,“来到了一个神话般美丽的地方”。正是在这里,李淮平听到了“一阵轻柔缥缈的歌声”并为她所引领:

> 这歌声在微风中抖动着,由小而大,渐渐传遍整个湖面和山谷。在这安详的夜色中,那歌声显得十分遥远而清晰,抑扬宛转,然而我却一个字都无法听清,我努力向歌声响起的地方望去,只见在那边山脚的林木中,正泛出一层微明。
>
> 我断定,那歌声一定便是这片山林湖谷的主人,并且是这一切奇妙景色的操纵者。于是我拨开遍地的花草,踏着清寒的泥土,毅然决然地沿着湖岸向那歌声响起的地方走去……
>
> 然而正当我努力要在那浓密的天涯芳草中寻找一条小道的时候,似乎是从天外传来的一个熟悉而亲切的声音在我耳边大声响了起来。同时我的身体受到一阵摇撼。

歌声的引领与错失是李淮平故事的主要内容。真切而又粗暴地惊醒他的,并不是女神虚无缥缈的歌声,而是他“熟悉而亲切”的革命父母的教导。这才是他所面临的真正现实。在小说的结尾,当李淮平与南珊令人惊喜和欣慰地偶遇泰山,他们间所发生的,却是又一次令人怅惘的彻底的错失。李淮平和南珊间的“爱情故事”,实

---

① 礼平:《我写〈晚霞消失的时候〉的得与失》,《青年文学》1982年第3期。

② 1983年,王若水曾与礼平就南珊的形象有过两个回合的交锋与讨论,更加强化了这样的印象。具体请参若水:《南珊的哲学》,《文汇报》1983年9月27—28日;礼平:《谈谈南珊》,《文汇报》1985年6月24日;若水:《再谈南珊的哲学》,《文汇报》1985年6月24日。

③ 何志云:《一个老红卫兵的启示录》,《青年文学》1982年第3期。

际上只是不多的几次偶遇与错失,错失使故事增加了美,不仅使得他们的爱情凄美动人,也更加突出和强化了其中的精神内涵。但正是在这种悲剧性的错失之中,李淮平的精神获得了成长。所以在小说的最后,当他们之间彻底地告别,他目送着南珊"在昏暗中迈着轻盈而端庄的脚步,踏着秋草,很快地消失在苍茫的夜色中"的时候,他所听到的,已经不再是梦中女神的缥缈歌声,而是南珊的"平静的声音":

> ……在那远远传来的谈笑声中又开始响起南珊平静的声音。
>
> 我独自一人站在天街的岔口上,透过重重夜雾注视着南珊消失的地方,追记着她留给我的并没完全听懂的话语。此刻,我的心是平静、安详、而且充满了力量的。
>
> 从此,南珊便一去不返地从我的生活中远去了……是的,往事已经过去;从今天开始,我们的视野应该转向更加广阔的未来。

由起初在梦境中的"踏着清寒的泥土"在"天涯芳草中寻找一条小道",而到对于"更加广阔的未来"的展望,李淮平的"道路",显然离不开歌声和话语的引领。实际上和《公开的情书》一样,《晚霞消失的时候》所写的,仍然是一位革命后代接受不同的"话语启蒙"的过程。只是在《公开的情书》中,"话语启蒙"的基本方式是几位同代人之间的频繁通信,而在《晚霞消失的时候》中,话语启蒙的完成却是通过南珊和几位长者对于李淮平的直接和间接的教导。"道路"与"话语",就是这样以不同的方式发生了密不可分的联系。

但与《公开的情书》不同的还在于,因为携带着更加痛切的人生经验和对历史悲剧的深刻思考,《晚霞消失的时候》中的"启蒙话语"显然要比《公开的情书》更加复杂:文明、野蛮、阶级、革命、道德、暴力、历史、科学与宗教……构成了它的主要内容。但正是这些内涵复杂的话语启蒙,使李淮平对自己在"文革"中的行动产生了真诚的忏悔。实际上,作家的基本目的就是要通过这样的方式来反省"文革",来使李淮平这样的一个曾经的"革命信徒"实现精神的拯救与复活。

《晚霞消失的时候》对"文革"的反省主要集中在一个具体的方面,这就是对"文革"时期群众暴力的批判。小说非常详细地描写了李淮平在"红卫兵时代"所组织的一次抄家行动,文本的叙事进程,几乎都是在表现这一行动对于李淮平和南珊的精神、命运的影响,在展示他们对人类暴力理性思考的同时,抒写了李淮平对其亲自参与和组织的群众暴力的深刻忏悔。当年的李淮平在抄家动员时,竭力强调他们是"承担着一种伟大的任务,这就是要以我们的力量,形成一种革命的洪流……我们今晚的抄家行动,就正是这洪流的一个巨大洪峰"。李淮平们不仅通过对作为"阶级敌人"楚轩吾,而且还进一步通过对"落后分子""眼镜"等人"革命身份"的剥夺,来强化自己身份与行动的"革命性"。李淮平在抄家时,曾经对南珊姐弟有过这样的说明:“今天来抄你们的家,对于革命来说是完全必要的,或者说,这是一次必须进行的革命行动。”当时的李淮平所操持与聒噪的,显然是“文革”时期的“革命话语”。“革命”的神魔,已经完全占据和控制了李淮平的精神世界。通过自己的“革命认同”,或者说以革命的名义、以喧嚣不已的“革命话语”作为自己的精神支持,群众暴力才实现了自己的合法化。正因为如此,礼平对李淮平们“革命行动”的反思才集中于这样一种非常深刻的思考,即人们是否有权将自己认为是“革命”的信念和理想“强加到别人的意志和心愿之上”?小说通过楚轩吾和南珊关于这一问题的讨论和对李淮平的触动,实际上已经作出了相当明确的回答。另一方面,作品还通过南岳长老对宗教信仰的“向善性”和“虚构本质”的揭示,以及贯穿作品始终的关于“文明与野蛮”的思考,不断表现出对李淮平们“革命行动”的合法性的深刻怀疑,这样一来,作品对群众暴力的批判与反思便具有了一定的抽象色彩,形成了对于包括群众暴力在内的所有人类暴力的总体性怀疑。不仅是“文革”时期的抄家行动,就是发生于20世纪40年代的国共两党的生死决战,甚至是古希腊的战争,以及军人的身份与使命这样的问题,也被纳入到反省的范围。或者也可以说,小说是将“文革”中的抄家行为作为人类暴力的一种特殊形式予以反省的。应该说,小说的内涵相当复杂,但是对李淮平来说,有一点却又非常简单,那就是他终于通过自己的艰苦反省,放弃和破除了早年的“革命蒙昧”,接受了南珊、楚轩吾和南岳长老等人的话语启蒙。

在《晚霞消失的时候》发表的当时,当年的中国作家协会书记处书记和《文艺报》主编、著名的文学批评家冯牧曾经用“才华横溢,思想混乱”这样的说法来批评这部作品。① 似乎正如冯牧所说的,《晚霞消失的时候》的思想确实很“混乱”。李淮平所接受的启蒙,不仅仅是“南珊的哲学”②,还有“楚轩吾的哲学”、“长老的哲学”,甚至还(有)他的革命父亲李聚兴的“哲学”和那个作为游客的外国军人的“哲学”。在这些复杂的“哲学”中,既有来自于基督教和佛教的宗教思想,也有来自西方18世纪的启蒙主义思想,还有来自于我们祖先的儒家思想……作品中的“启蒙话语”无疑呈现出相当复杂的局面。但我以为,我们并不能据此来否定这部作品。

“文化大革命”时期,当时的“革命话语”几乎曾“总体性”地占据和覆盖了“红卫兵—知青”一代的精神空间,在这种“总体性”退场或崩溃后,伴随着精神觉醒而来的,便是他们对不同话语资源饥不择食般的广泛吸纳,表现在《晚霞消失的时候》中,便是其所呈现出的思想的驳杂或“混乱”。实际上我们回头想想,在我们前面所讨论的《公开的情书》之中,那几个年轻人的思想,不正是有着同样的“混乱”?在“革命

---

① 礼平:《写给我的年代——追忆〈晚霞消失的时候〉》,《青年文学》2002年第1期。

② 若水:《南珊的哲学》,《文汇报》1983年9月27—28日。

蒙昧”破除后的时代和精神真空中，通过自己的独立思考而不是以往那样的对意识形态的盲目信奉来自觉吸纳广泛的思想资源，不正是启蒙的应有之义与必然过程？更何况，文学作品对思想的言说并不一定要以正确为务。对于这一点，正如一位西方学者所曾阐述的：“一般说来，文学家更为关心的是引起我们对思想的注意，而不是他自己对思想进行论证或分析。而在哲学上，对思想的反映则表现为知识、见解或信仰，也就是说，通常都包含某种确定的主张。但在文学里却常是另外一种情况：我们所关心的思想并不要求我们对其进行任何符合逻辑的评价。在这种情况下，纯粹的‘欣赏’代替了接受或拒绝。所蕴含的思想受到人们的赞羡而不是维护。”①确乎如此！《晚霞消失的时候》和《公开的情书》的美，最主要的正是来自它们充满激情和不无“混乱”的思想。也正是它们的这些不无“混乱”的思想在对以李淮平和真真为代表的“革命后代”进行思想启蒙的同时，不仅获得了一代人的“欣赏”与“赞羡”，更是奠定了它们启蒙主义文学经典的重要地位。但这样的经典，却不仅在当时备受指责，在迄今为止的中国当代文学史研究和文学史编撰中，也未获得公正的评价。

这两部作品在发表的当时，都曾受到严厉的批评。特别是《晚霞消失的时候》，当时的很多报刊都发表了批评其思想上“错误倾向”的文字，在此之外，更加重要的还在于，它的问题还引起了当时的意识形态领导人胡乔木和当时的团中央书记陈昊苏、冯牧、赵朴初、王若水等政治权威和思想理论权威的“关注”，这些“关注”恩威兼备，既有爱护，也有批评②，再加之当时特殊的“反对资产阶级自由化”和后来“清除精神污染”的思想文化语境，不禁会使作家产生一种如履薄冰的紧张和焦虑，非常严重地扼杀了一位才华横溢的作家的创作生命。这一点，正如礼平在后来所回忆的：

> 在随后的时间里，当我准备让关于这个小说的一切全都成为过去，自己静下心来，准备再写一些新的作品的时候，我突然惊慌地发现，我再也写不出那么自如的文字了。我开始进入一种写作的“失语”状态……至此，我已经打定主意淡出江湖，不再写作。③

在本文的开头部分，我曾征引过潘旭澜主编的《新中国文学词典》对礼平的介绍。如果我们把这样的介绍视为一种特殊的文学史编撰的话，那这样的编撰，无疑会获得我们的敬意。但在其中，并不是没有值得我们进一步追问的问题。“1981 年发表中篇小说《晚霞消失的时候》，引起较大反响，受到一些批评。后曾在《人民文

---

① 牛顿·P. 斯托尔克奈特：《文学与思想史》，张隆溪选编：《比较文学译文集》，北京大学出版社，1982 年。

② 礼平：《写给我的年代——追忆〈晚霞消失的时候〉》，《青年文学》2002 年第 1 期。

③ 礼平：《写给我的年代——追忆〈晚霞消失的时候〉》，《青年文学》2002 年第 1 期。

学》等刊物发表过小说，但数量不多，影响也不大”——这样一段可堪玩味的文字，无疑与真正的文学史真相相去甚远。《晚霞消失的时候》的发表到底引起了怎样的反响？受到了怎样的批评？作家在后来的写作，为什么又“数量不多，影响也不大”？这是因为才能？还是因为其他？词典编撰所要求的简洁当然可以非常自然地省略掉这些背后的东西，欲说还休的文字也许也隐含着编撰者的“苦衷”，但是，更应丰富也更应深入的文学史研究和文学史编撰却不应该随意忽略。在这两个作家和这两部作品命运的背后，实际上还隐藏着一个相当重要的文学史秘密。

《公开的情书》和《晚霞消失的时候》的成就与影响，都在于它们对启蒙精神的继承和它们的启蒙思想，在于它们的写作和发表的年代，起码——其实也不止——这两个作家和他们的作品与整个社会的思想状况是息息相通的，他们继承了启蒙主义文学对于蒙昧的揭示与批判，但正如我们前面所揭示的，这样的“思想”不仅难以获得主流意识形态的真正的“欣赏”与“赞羡”，还会因为其所谓的“错误”与“混乱”频遭阻扼，最后的结局就是，不仅作家自身的创作生命半途夭折，甚至连很多学者也难对它们公正评价。这样的后果，一方面造成了“文革”后中国文学“思想性”追求的顾虑重重和文学的“思想性”在总体上的贫弱；另一方面，也造成了那些虽不很多但却相当可贵的以“思想性”取胜的作家作品隐而不彰，难入正典。实际上，如果我们真正充分地考虑到鲁迅以来启蒙主义文学的重要意义，并且在这样的历史流脉中来考察，《公开的情书》和《晚霞消失的时候》——以及另外一些亟待重评的重要作品——无疑具有相当突出的经典性意义。

——原载《上海文化》2009 年第 3 期

李建军

再论《百合花》

——关于《红楼梦》对茹志鹃写作的影响

自从1958年3月在《延河》杂志刊发以来,短篇小说《百合花》就一直受到读者的喜爱和专家的好评。尤其是茅盾和侯金镜等人的高度评价,不仅给作品带来声誉,也使它避免了可能遭遇的误读和猛烈批判。那么,《百合花》与《红楼梦》的“谱系”关联到底是怎样的?作者的人生体验和精神气质对这篇小说的写作有着怎样的影响?《百合花》的技巧经验的特点到底是什么?它是否还存在着更大的阐释空间?本文尝试在作家的创作资源和人生经验中寻找答案,以回应中国古典文学对当代不同历史时期文学的影响。

一 《百合花》的文学谱系与茹志鹃的精神气质

1979年,冬晓向茹志鹃提出了这样两个问题:“你最喜欢看的是哪一类书?哪一个作家对你影响最大?”她的回答是:“开始时我只读《红楼梦》,在初中时一度喜欢过庐隐的作品。她写的作品不多,思想比较悲观、厌世,故事性不太强。听说这个作家后来自杀了。后来我读得最多的,一个是鲁迅的短篇小说,我觉得真是百读不厌;第二就是苏联卫国战争时期的小说,尤其是那时的短篇小说,和他们十八世纪、十九世纪的古典文学。这两方面对我的影响相当大。”①

正像茹志鹃自己所说的那样,她的写作受到三种文学经验的支持。其中对她影响最大、时间最长的,无疑是“苏联”文学模式。收入《静静的产院》(中国青年出版社,1962年)、《高高的白杨树》(上海文艺出版社,1964年)、《百合花》(人民文学出版社,1978年)和《茹志鹃小说选》(四川人民出版社,1983年)中的28篇短篇小说中的大部分作品,无论在主题上,还是叙事姿态上,它们都显示出与“苏联”文学的亲

① 冬晓:《女作家茹志鹃谈短篇小说创作》,香港地区《开卷》文学杂志1979年第7期。

缘性和相似性——革命战争、政治生活和生产建设被视为重要的题材内容，用集体主义精神教育读者被视为文学的任务，对敌人的仇恨、对英雄的赞美，对领袖的崇拜则构成了作品的情感底色。这类作品主要以《里程》《第二步》《同志之间》《新当选的团支书》《黎明前的故事》和《给我一支枪》等为代表。

鲁迅无疑是茹志鹃喜爱的作家，但是，在新的写作模式的规范下，学习鲁迅冷峻的反讽姿态和深刻的怀疑精神，已经成为一件非常困难的事情。在茹志鹃按照"苏联"经验模式进行创作的较长时段里，她只是在《三走严庄》等小说里，借鉴了"第一人称"结构技巧和叙事策略。"文革"浩劫结束以后，茹志鹃开始以怀疑和反思的态度审视复杂的生活和自己的创作："过去，我的大部分作品都是用非常天真非常纯洁的眼光来看社会主义，歌颂那些美的东西……现在在我的作品里慢慢出现了另外一种主题，就是反面的东西，要鞭打的东西出现了。这在我过去的东西里，在《百合花》的集子里，是很少的。但现在经过'四人帮'这十几年的摧毁破坏，如果还看不到这一点，还是一切都好，一切都歌颂，起码是脑子太迟钝。"①这种反思给她的写作带来巨大的变化，开启了她的反讽写作的新阶段。1979 年 1 月，她写出了第一篇具有反讽意识和批判精神的小说《剪辑错了的故事》，虽然这篇小说的反讽，像聂华苓所说的那样，不过是一种"温柔敦厚的讽意和诙谐"②，但对茹志鹃来讲，却标志着写作路向的重大转折。此后，她的写作便极大地摆脱了"苏联"模式的消极影响，表现出对个人遭遇尤其是知识分子命运的热情关注。在短短的时间里，她先后写出了《草原上的小路》《着暖色的雪》和《家务事》等叙述"反右"和"文革"期间知识分子命运和境遇的作品，表现出对极"左"政治进行反思、对特权和腐败现象进行批判的自觉意识。

从文学谱系上看，独石成峰的《百合花》则属于另外一种文学传统和气质类型。这个文学生命的诞生其实是一件极为自然的事情。《红楼梦》是茹志鹃读得最早最多，也是与她的精神气质最为契合的作品。《她从那条路上来》是茹志鹃篇幅最长的小说，也是一部自传色彩最浓的作品。在这部小说里，那个名叫也宝的小女孩"从刘先生那里借到了一部《红楼梦》，一有空就看得如醉如痴"③。事实上，茹志鹃自己就是这样读《红楼梦》的。她说"像《红楼梦》我看过九遍，里边的诗词一类的东西都背过。虽然很多东西当时我并不理解，但我喜欢，多读多背慢慢就理解了"④。她写过

---

① 冬晓：《女作家茹志鹃谈短篇小说创作》，香港地区《开卷》文学杂志 1979 年第 7 期。

② 聂华苓：《中国大陆小说在技巧上的突破——谈〈剪辑错了的故事〉》，香港地区《七十年代》1980 年 11 月号。

③ 茹志鹃：《她从那条路上来》，上海文艺出版社，1983 年，第 231 页。

④ 冬晓：《女作家茹志鹃谈短篇小说创作》，香港地区《开卷》文学杂志 1979 年第 7 期。

一篇题为《紫阳山下读“红楼”》的文章，比较详细地记录了《红楼梦》对自己内心生活的巨大影响：“在那个时候，在紫阳山下，‘红楼’真像一股清泉，滋润过我，支持过我，使我在那样一个世界里，鼓足了勇气。不仅活了下来，而且对那种半饥半寒的生活，尚能留下一抹美好的记忆，连同那个光秃秃的紫阳山在内。”①其实，《红楼梦》对茹志鹃的影响，绝不止于此。她在《百合花》中所表现出来的那种对生活的温柔而细腻的情感态度，那种从容、优雅的叙事语调，那种对于美好事物的精微的感受能力和充满诗意的表现能力，都无疑是受了《红楼梦》影响的结果。虽然，在那个万马齐喑的时代，正像茹志鹃在一篇《后记》中所说的那样：“连《红楼梦》都带上了‘黄色’的帽子，我这一点点小不点儿的东西，又何足道哉！”②但是，茹志鹃还是利用女性特有的感受能力，从《红楼梦》里获得了足够的经验支持。

比较起来，茹志鹃与张爱玲都曾接受过《红楼梦》的影响，都从《红楼梦》里获得了文学的真传，领悟了小说的神髓，但她们吸纳到的东西以及表现这种影响的方式，却很是不同。如果说，《红楼梦》对张爱玲的《金锁记》的影响显而易见，从外在的语言层面就可以看出来③，那么，在《百合花》里，由于叙事形制的短小，由于受特殊的叙事内容的限制，《红楼梦》的影响却是潜在的、隐约的，需要仔细地体味，才能感受得到，才能发掘出来。

其实，就其天性来看，茹志鹃本来就是具有“红楼”气质的人。用母性的温情的目光看世界，爱一切美好的事物，具有内倾的感伤主义倾向，这些弥散在《红楼梦》中的精神之光，在茹志鹃的内心世界，似乎都可以看得到。王安忆在分析母亲茹志鹃的日记的时候说：“我应当承认，我妈妈身上带有小资产阶级知识分子的成分，她受教育并不多，可她喜欢读书，敏于感受，飘零的身世又使她多愁善感。年青时代的她，甚至是感伤主义的。她喜欢《红楼梦》……虽然是在动荡和困窘中的少女时代，无一刻不为生计所苦，但我妈妈依然保持了清丽的精神。生活的压榨没有使这精神萎缩，反而将它过滤得更加细致和纯粹。这（是）源于天性的结果。我妈妈天性严格，对感情要求很高，她生来不容忍低级趣味。”④内心纯洁的唯美主义者和慈悲为怀的人道主义者，更难忍受那些低俗和冷酷的东西，对世态的炎凉和人间的不幸，也更为敏感。所以，在女儿王安忆的眼里，茹志鹃自然就是这样子的：“她一直不快乐，甚至是抑郁的，住在人家家里，别人无意的一句话，都会使她流泪，引起她对身世的

---

① 茹志鹃：《紫阳山下读“红楼”》，《中国青年报》1980 年 4 月 1 日第 4 版。

② 茹志鹃：《百合花》，人民文学出版社，1978 年，第 317 页。

③ 正像吕启祥所说的那样：“翻开《金锁记》等张爱玲的小说，给人一个强烈印象是，到处都活跳着我们见惯了的《红楼梦》的语言……这是张爱玲自己的，又的的确确是从《红楼梦》化出的。”吕启祥：《红楼梦寻》，文化艺术出版社，2005 年，第 420—421 页。

④ 王安忆整理：《茹志鹃日记》（1947—1965），大象出版社，2006 年，第 25—26 页。

感触。她真有点像林黛玉了。”①

从茹志鹃自己的日记里,人们看到的,则不仅是一个多愁善感的人,甚至还是一个有着悲观厌世倾向的人。1954 年 7 月 22 日,茹志鹃在日记中这样写道:“夫妻相对默坐,仍觉有趣,此乃好夫妻也;如夫妻相对默坐,双方觉得闷闷,或想找话说,或想找朋友玩,此乃恶兆。”②这里多少透露出了她对自己的婚姻的失望,透露出了她自己在日记中多次宣泄的因夫妻关系不睦而来的内心苦闷。同年 8 月 2 日,她在日记中写道:“这几天,两个孩子生病,烦得我心神不宁,不想睡不想吃,如我有病的话,有谁来为我呢！真是‘侬今葬花人笑痴,他年葬侬知是谁’?”③寥寥数语,道出了无尽的忧伤。孩子的入托,也会给敏感的茹志鹃带来巨大的不安,也会使她对自己的未来产生悲观的情绪和消极的联想。她在 9 月 13 日的《日记》中写道:

> 我为什么呢?为什么心会这样难受?我想到一个人也没有的地方去痛哭一场,倒也许会痛快起来。
>
> 四年前的今天,我正在那种幸福的朦胧中,又带一些淡淡的离愁,想不到四年后,我会变得像今天这般,人生啊！你将还给我多少经历和苦恼呢！我似乎已经厌倦了,对一切都厌倦了。
>
> 将我的能力,除了为人民服务外,能得我和我孩子的温饱,安安静静地过下去,也不希望从谁身上取得幸福,等孩子长大了,飞去的时候,我也将离开这个人生了,人生的全面貌已显示给我看,就是这副样子。
>
> 我可能是在胡说,不过这是我现在心中真实的话,即使不对也让它留下痕迹吧!④

可以说,正是因为有着这样的敏感气质,茹志鹃才在人人自危的时代,在独自向隅的寂寥的夜晚,在对往日生活感伤的追怀中,看见了青翠水绿的庄稼,闻到了清鲜湿润的香味,发现了三个素不相识的年轻人——一个小战士与新媳妇和“我”——之间的微妙的心理碰撞与情感交织;也正因为有着这样的气质,所以她才能打通时代与《红楼梦》之间的高高的界壁,写出了《百合花》这篇抒情诗一样优美的小说,讲述了一个关于纯洁无瑕的爱的故事。

二 “摆事实”:茹志鹃领悟到的《红楼梦》经验

从风格和技巧上看,《百合花》尽管通体弥散着浓浓的诗意,但是,它却清纯自

① 王安忆整理:《茹志鹃日记》(1947—1965),大象出版社,2006 年,第 27 页。
② 王安忆整理:《茹志鹃日记》(1947—1965),大象出版社,2006 年,第 71 页。
③ 王安忆整理:《茹志鹃日记》(1947—1965),大象出版社,2006 年,第 75 页。
④ 王安忆整理:《茹志鹃日记》(1947—1965),大象出版社,2006 年,第 77—78 页。

然,不事雕琢,体现出一种令人赞叹的朴实与优雅。联想到它所产生的1958年,联想到那个时代喧闹、夸张、浮躁的风气,它所表现出的克制和平静,实在是难能可贵。

《百合花》成功的经验,就是用白描手法对人物和物象进行简洁而准确的描写。这种由《史记》和《红楼梦》等经典作品传承而来的描写技巧,“有真意,去粉饰,少做作,勿卖弄”①,极大地过滤了作者的简单而随意的主观判断,排除了作者的缺乏真实性的消极想象,而是以一种切实、客观的方式,来写人物的神态,语言和动作。聂华苓在评价茹志鹃的《剪辑错了的故事》的时候说:“这篇小说所表达的是客观的‘真实’,而不是作者现身说法主观的‘真实’。”②事实上,早在《百合花》中,茹志鹃就已经开始这样写了。

关于“小说的特点”,茹志鹃说:“它只是需要你摆事实,不需你讲道理的,就是要你把事实都摆出来,然后让读者从你摆出的事实中去领悟出你所想告诉读者的那个道理来,让读者自己去领会,你千万不能告诉读者。这一点、这一要求是检验我们这篇小说的形象、人物、细节够不够,我觉得是一个标准。”③事实上,《红楼梦》就是这样写的。直接“摆事实”,也是《红楼梦》在艺术上的重要特点和叙事经验。所谓“摆事实”就是用朴素、直接的方式描写人物的动作和话语,通过人物自己的行为,来显示他们性格和内心世界。尤其是人物之间的对话,做(作)为一种人物心里活动的直观的“事实”,更是有助于小说家用来塑造人物。韦士指出:“小说的对话,在一个人物的性格和身份的描写技术方面,常常居于最重要的地位。此即所谓个性的直接描写,其给人的观感,是直觉的,一目了然的。《红楼梦》便是一部关于此种描写技术的代表作……《红楼梦》以善于个性的描写而著称,而其所以能够把任何一个人物的个性极清晰地刻画出来者,大部分实不可不归功于它的对话。与其说曹雪芹善写人性,不宁说他善写人物的对话,对话的安排,在他的笔下是极有分寸的。”④李辰冬甚至认为,《红楼梦》“描写的地方很少,一个人物的性格与行为,只要能给我们一种印象的,都是由他的言谈而来。所以我们与其说《红楼梦》是一部小说,不如说它是一篇戏剧。因为小说注重结构,而戏剧注重冲突,小说注重描写而戏剧注重对话”⑤。李辰冬无疑揭示了《红楼梦》的一个极为重要的特点。

《百合花》就继承了《红楼梦》的叙述方式以及描写对话和细节的技巧。茅盾在1958年5月发表的题为《谈最近的短篇小说》的文章中,给予《百合花》以极高的评

---

① 《鲁迅全集》第四卷,人民文学出版社,1981年,第614页。

② 聂华苓:《中国大陆小说在技巧上的突破——谈〈剪辑错了的故事〉》,香港地区《七十年代》1980年11月号。

③ 茹志鹃:《漫谈我的创作经历》,《新文学论丛》1980年第1期。

④ 吕启祥、林东海主编:《红楼梦研究稀见资料汇编》下卷,人民文学出版社,2001年,第706—707页。

⑤ 吕启祥,林东海主编:《红楼梦研究稀见资料汇编》上卷,人民文学出版社,2001年,第558页。

价，对作者在细节描写上的成功，大加赞赏："这些细节描写，安排得这样自然和巧妙，初看时不一定感觉到它的分量，可是后来它就嵌在我们的脑子里，成为人物形象的有机部分，不但描出了人物的风貌，也描出了人物的精神世界"①。的确是这样，茹志鹃是一个会用文字画像的人，一个会用文字传递声音的人，她对新媳妇的描写，就给人一种绘画才有的生动、逼真的印象：

我们走进老乡的院子里，只见堂屋里静静的，里面一间房门上，垂着一块蓝布红额的门帘，门框两边还贴着鲜红的对联。我们只得站在外面向里"大姐、大嫂"的喊，喊了几声，不见有人应，但响动是有了。一会，门帘一挑，露出一个年轻媳妇来。这媳妇长得很好看，高高的鼻梁，弯弯的眉，额前一溜蓬松松的刘海。穿的虽是粗布，倒都是新的。我看她头上已硬挠挠的挽了髻，便大嫂长大嫂短地向她道歉，说刚才这个同志来，说话不好别见怪等等。她听着，脸扭向里面，尽咬着嘴唇笑。我说完了，她也不作声，还是低头咬着嘴唇，好像忍了一肚子的笑料没笑完。这一来，我倒有些尴尬了，下面的话怎么说呢！我看通讯员站在一边，眼睛一眨不眨地看着我，好像在看连长做示范动作似的。我只好硬了头皮，讪讪地向她开口借被子了，接着还对她说了一遍共产党的部队，打仗是为了老百姓的道理。这一次，她不笑了，一边听着，一边不断向房里瞅着。我说完了，她看看我，看看通讯员，好像在掂量我刚才那些话的斤两。半晌，她转身进去抱被子了。

通讯员趁这机会，颇不服气地对我说道："我刚才也是说的这几句话，她就是不借，你看怪吧！……"②

在这里，所有的描写都是朴素、平实的，充满了如其所是的事实感，没有哪一个物象是抽象的、模糊的，没有哪一个对人物的动作和表情的描写是似是而非的，而是一切都宛然如在目前，我们就好像一个参与者和见证者，站在近旁，听得见屋子里的"响动"，看得见通讯员"颇不服气"的样子，窥见了新媳妇内心的"尽咬着嘴唇笑"的秘密。

《红楼梦》的通过"摆事实"以获得真实效果的白描经验，几乎影响了茹志鹃一生的写作。在茹志鹃那里，这种技巧甚至被发展成为一种类似于世界观的精神力量，给她的文学写作带来一种稳定的清晰、自然的风格特点。

三 体情状物：《百合花》的象征描写

许多伟大的小说，都有一个象征的世界。象征既是一个外在的具象的世界，也

---

① 茅盾：《茅盾论创作》，上海文艺出版社，1980年，第344—345页。

② 作家出版社编辑部编选：《1958年短篇小说选》，作家出版社，1959年，第465—466页。

是一个内在的情感的和观念的世界。或者准确地说,是一个旨在含蓄而诗意地表现人物的内心世界和作者的情感态度的形象体系。

月亮是我们在《百合花》中看到的第一个具有象征意味的物象。月亮象征着深情的思念和无边的眷恋,象征着内心的清洁与沉静,象征着羽化登仙、遗世独立的追求自由和解放的冲动。在中国古人的诗文里,也许很难找到哪个意象像月亮那样,被频繁地描写着、吟咏着。

月亮无疑也是《红楼梦》的一个具有重要意义的象征。在《红楼梦》中,月亮主要被用来渲染一种令人恐怖的神秘力量。最具代表性的,就是第七十五回和第七十六回里的描写了。正是在这两回里,我们听到了令人"悚然疑畏"的"异兆发悲音",看见了林黛玉和史湘云在"凹晶馆"下"联诗悲寂寞"。有时,月亮也会被用来强化渲染悲剧的氛围,例如,第九十八回写林黛玉"魂归离恨天"之际,"唯有竹稍风动,月影移墙,好不凄凉冷淡",作者只用了"月影移墙"四个字,就极富感染力地写出了黛玉死时的悲惨情景。

但是,《红楼梦》的伟大就在于,无论写人还是写事,它都能一时并写两面,能始终维持观察和描写生活的统一而完整的平衡感。所以,在《红楼梦》中,中秋节也是快乐的日子,月亮则是团聚和快乐的象征,这一天,贾府里"月明灯彩,人气香烟,晶艳氤氲,不可形状",贾母则率众上山赏月,团圆取乐。凸碧山庄"明月清风,天空地净","真令人烦心顿解,万虑齐除"。

中秋是月亮最圆的一天,是人们团圆的日子。于是,在《百合花》里,就像《红楼梦》在"悚然疑畏"的夜晚同时写出人们的欢乐那样,茹志鹃也能在战斗的紧张氛围里,从容地将笔墨荡开,平静地描写这个战时的中秋,赋予它一种喜庆的色彩和思念的性质。作者首先把我们引领到了"我的故乡",以充满祝福感和盎然诗意的描写,赞美了中秋的快乐和美好:

> 乡干部又来了,慰劳了我们几个家做的干菜月饼。原来今天是中秋节了。
>
> 啊,中秋节,在我的故乡,现在一定又是家家门前放一张竹茶几,上面供一副香烛,几碟瓜果月饼。孩子们急切地盼那炷香快些焚尽,好早些分摊给月亮娘娘享用过的东西,他们在茶几旁边跳着唱着:"月亮堂堂,敲锣买糖……"或是唱着:"月亮嬷嬷,照你照我……"我想到这里,又想起我那个小同乡,那个拖毛竹的小伙,也许,几年以前,他还唱过这些歌吧!……我咬了一口美味的家做月饼,想起那个小同乡大概现在正趴在工事里,也许在团

指挥所,或者是在那些弯弯曲曲的交通沟里走着哩!……①

作者通过跨越时空的想象,先是将我们带到了一个远离战争和死亡的生活场景,让我们感受到了和平生活的温馨与美好,也表现了作者自己面对世界的家常而亲切的母性情怀。

接下来,就是对月亮的更富情感内容和象征意味的描写:“前面的枪声,已响得稀落了。感觉上似乎天快亮了,其实还只是半夜。外边月亮很明,也比平日悬得高。”在作者笔下,月亮像一双眼睛,它看见了一切;它的光芒使这里发生的战斗,显得更加惊心动魄,甚至给人带来一种淡淡的悲伤。最终,“在月光下,我看见她眼里晶莹发亮,我也看见那条枣红底色上洒满白色百合花的被子,这象征纯洁与感情的花,盖上了这位平常的、拖毛竹的青年人的脸。”正是这种对月亮的简洁而充满诗意的描写,营造出了一种月光流照,万物生情的意境。月亮的光芒把一个静默无声的世界,变成了安详而美好的有情世界。

正像《红楼梦》通过对花草树木来彰显人物的性格,来暗示人物的境遇和命运一样,茹志鹃也通过对自然景观的描写,来表现人物的美好的内心世界。在《百合花》里,茹志鹃描写了大量的自然物象:有雨后的秋庄稼,有通讯员步枪筒里稀疏地插着的几根树枝,有“一片绿雾似的竹海”,有包扎所房间周围的“许多野草”,直到最后我与通讯员分别的时候:“我走过去拿起那两个干硬的馒头,看见他背的枪筒里不知在什么时候又多了一枝野菊花,跟那些树枝一起,在他耳边抖抖地颤动着。”作者用这些物象,象征性地表现了大自然与人的亲近而美好的关系,表现了小说中的人物对自然和生活中一切美好事物的热爱。

用《百合花》来对小说进行命名,这本身就显示着作者对“百合花”的象征意义的强调。而在接下来的叙述中,“百合花”一共出现了三次,这种反复的强调,有效地深化了人们对这一象征的印象:

这原来是一条里外全新的新花被子,被面是假洋缎的,枣红底,上面撒满白色百合花。②

我看见她把自己那条白百合花的新被,铺在外面屋檐下的一块门板上。③

在月光下,我看见她眼里晶莹发亮,我也看见那条枣红底色上洒满白色百合花的被子,这象征纯洁与感情的花,盖上了这位平常的、拖毛竹的青

① 作家出版社编辑部编选:《1958年短篇小说选》,作家出版社,1959年,第468—469页。
② 作家出版社编辑部编选:《1958年短篇小说选》,作家出版社,1959年,第466页。
③ 作家出版社编辑部编选:《1958年短篇小说选》,作家出版社,1959年,第468页。

年人的脸。①

对中国人来讲,百合花是充满温馨感的幸福之花,因为它象征着对新婚夫妇"百年好合"的祝福,象征着人们对于美满婚姻的向往。而在《百合花》中,"百合花"至少可以被读解出两个层面的象征意义:一个是对勇敢的牺牲者深情的赞美,一个是对纯洁而惋伤的母性之爱的表达。这个象征甚至还隐含着这样一个意义层面:一个稚气未脱的年轻战士,尚未体验过爱情的欢乐,尚未感受过婚姻的幸福,就被残酷的战争夺去了生命,实在死得太早了,死得太可惜了。在《百合花》中,作者用"新媳妇"这个在年龄上更接近小战士的女性,暗示了在正常的生活状态下,小通讯员这样的年轻人也该开始恋爱,也该享受纯洁的爱情和婚姻的幸福,从而使人们对他的牺牲产生深深的惋惜之情。

我们有太多的关于战争和死亡的文学叙事,但却往往过于"宏大",过于空洞,甚至过于冷漠。在那些坚硬、冰冷的战争叙事文本里,生命的毁灭不曾留下些许的疼痛与抚慰。所以,在茹志鹃这里,这种由"百合花"象征着的充满母性之爱的伟大情感,就令人特别感动,就有了一种永恒的性质。

四　日常事象里的母性之爱

外在地看,《百合花》表现的主题,似乎就是表现单一而纯粹的"军民鱼水情"。这也是当时许多学者和批评家几乎众口一词的说法。茅盾就曾说它:"有声有色地而且有层次地写出了一个农家少妇对于解放军的真挚的骨肉般的热爱;而且,这种表达热情的方式——为死者缝好衣服上的破洞——正表现了农民的淳朴的思想感情,而不是知识分子的思想感情。"②在他看来,"这样简单的故事和人物却反映了解放军(通过那位可敬可爱的通讯员),和人民爱护解放军的真诚(通过那位在包扎所服务的少妇)。这是许多作家曾经付出了心血的主题,《百合花》的作者用这样一个短篇来参加这长长的行列,有它独特的风格"③。茅盾的分析和判断,显然受了时代的拘制,因此,他虽然也看到了《百合花》与众不同的"清新、俊逸"的风格,但是,却对这篇小说主题的丰富性和情感的深厚性,缺乏足够的认识,甚至表现出对"知识分子的思想感情"的简单否定的态度。事实上,《百合花》所表现的感情,不仅远远超出了"农民的淳朴的思想感情"与"知识分子的思想感情"狭隘的对立,而且还丰富地表现了一些普遍的人性内容和永恒的情感内容。

其实,从《百合花》曲折艰难的发表过程,也能看出它并不十分符合那个时代的

① 作家出版社编辑部编选:《1958 年短篇小说选》,作家出版社,1959 年,第 471 页。

② 茅盾:《茅盾论创作》,上海文艺出版社,1980 年,第 346 页。

③ 茅盾:《茅盾论创作》,上海文艺出版社,1980 年,第 344 页。

文学风尚，(它)不仅不是一篇单纯歌颂军民关系的小说，而且还与当时的评价尺度存在距离。茹志鹃后来这样回忆《百合花》面世的艰难过程以及她当时忐忑不安的沉重心情：

> 我把它寄给了别的刊物，但是寄出去退回来了，再寄出去又退回来了，他们的意见是这篇作品感情阴暗，不能发表，这样一来，作品连修改的余地也没有了。我为《百合花》伤心，同时，也发觉自己对文艺的看法和那些编辑部存在距离，这一点很使我苦恼，甚至对自己能否写作也发生了怀疑。①

用诗意的方式表现正常的人性和美好的情感，却被当做“感情阴暗”，这说明《百合花》并不是一篇符合时代尺度的小说，并不是一篇纯粹的“歌颂”性质的作品，也足以证明歌颂“军民关系”之说并不能概括《百合花》的主题。事实上，反映“军民关系”只是这篇小说所承载的极为有限的一部分情感内容，而更深层、更丰富的主题内容，却是对战争时期的正常的人际关系和富有人情味的日常生活场景的描写，是对平凡而温暖的“母性之爱”的赞美。

事实上，《百合花》的写作还包含着一种与时代情绪形成鲜明对照的心情：既是表达对人人自危的现实状况的失望，也是抒发对往昔的燃情岁月的追怀。她说：“我写《百合花》的时候，正是反右派斗争处于紧锣密鼓之际，社会上如此，我家庭也如此。啸平处于岌岌可危之时，我无法救他，只有每天晚上，待孩子睡后，不无悲凉地思念起战时的生活和那时的同志关系。脑子里像放电影一样，出现了战争中接触到的种种人。战争使人不能有长谈的机会，但是战争却能使人深交。有时仅几十分钟，几分钟，甚至只来得(及)瞥一眼，便一闪而过，然而人与人之间，就在这个一刹那里，便能肝胆相照，生死与共。”②在《百合花》里，茹志鹃着力表现的，就是人与人之间的这种同甘共苦、相濡以沫的关系与融洽、密切的感情。

《百合花》的具有核心意义的主题，就是赞美人们之间的淳朴的感情，尤其是表现那种纯洁而美好的“没有爱情的爱情”。在小说里，“我”对通讯员是爱着的，新媳妇对这个孩子似的战士也是爱着的。这里既有两位女性对于通讯员的基于母性意识的疼爱③，也有模模糊糊的异性之间的纯洁的喜爱——只是后者像火花一样，刚刚闪现，就熄灭了，然而，也正因为稍纵即逝，它越发显得美好，越发显得宝贵。这种羞涩而敛抑的爱的情感，乃是《红楼梦》中描写得最成功也最感人的一种情感。正因为有了《红楼梦》的经验支持，她才能在《百合花》中，“麻里木足地”、却也是近乎完

---

① 茹志鹃：《今年春天》，《解放日报》1962年5月17日。

② 茹志鹃：《我写〈百合花〉的经过》，《青春》1980年第11期。

③ 茹志鹃在《我写〈百合花〉的经过》中说：“‘我’带着类似手足情，带着一种女同志特有的母性，来看待他，牵挂他。这个感情建立得越有说服力，那么，小通讯员这一人物在读者心目中也(越)具有感染力。”

美地叙写了这种特殊性质的情感,正像她自己在《我写〈百合花〉的经过》中所说的那样:“……我感到庆幸的是,在当时那种向左转,向左转,再向左传的形势下,我站在原地没有及时动,(后来也动的,怎敢不动!)原因绝对不是自己认识高明,而是出于年轻无知的一种麻木。在那种情况下,我麻里木足地爱上了一个要有一个新娘子的构思。为什么要有新娘子,不要姑娘也不要大嫂子?现在我可以坦白交待,原因是我要写一个处于爱情的幸福漩涡中的美神,来比衬这个年轻的、尚未涉足爱情的小战士。”①那么,用“美神”来“比衬”的目的是什么呢?是为了显示青春的美好,是为了对年轻的生命表达温柔的爱意和怜惜,用茹志鹃的话说:“一位刚刚开始生活的青年,当他献出一切的时候,他也就得到了一切。洁白无瑕的爱,晶莹的泪……在那个时候,难怪有些编辑部不敢用它,它实实在在是一篇没有爱情的爱情牧歌。”②

《百合花》所讲述的“爱情”故事,正像一位研究“十七年”文学的学者所准确阐释的那样:“曲终人散,淡得不着痕迹,但却在无意间打破两情相悦,就一定要‘大团圆’的俗套,流露出一种感伤的美。”③这种“没有爱情的爱情”,因而超越了“两情相悦”就一定要“大团圆”的世俗性。因其一尘不染的纯洁性,很容易升华为“母性之爱”,即用包容与呵护的态度对待生命。这种爱是点点滴滴渗透到细节中的爱。它倾向于从生活中最细小的方面来体贴和关心人。小说中的“我”尽管是一个军人,但在她身上,我们看到的不是一个脸谱化的女战士,而是一位亲切的女性,她与通讯员的谈话中,没有普遍流行的“仇恨话语”,而是令人觉得亲切的家常话。《百合花》里的人物对话之所以让人觉得有趣,之所以让人觉得亲切,就在这“随便”〔这〕两个字。一位母亲式的大姐姐,面对一个懵懵懂懂、腼腆可爱的小同乡,随随便便地唠家常,有一搭没一搭的,便让人觉得有人情味,觉得真实。这就是母性之爱在日常生活中最普遍的表现。《红楼梦》一个了不起的特点,就是善写“家常话”,就是在寻常的对话里,写出了生活的情调。

与“我”的拉家常一样,新媳妇给通讯员缝衣服,也是《百合花》中最能表现“没有爱情的爱情”尤其是母性之爱的一个细节。这与《红楼梦》第五十二回写晴雯夤夜抱病给宝玉补“雀金裘”何其相似!在《红楼梦》里,曹雪芹正是通过这个令人感动和难忘的细节,展示了“风流灵巧”的晴雯,除了孤傲甚至过于尖刻的“女儿性”之外,还有另外一面,那就是能坚韧耐劳、牺牲自我的“母性之爱”:

……(晴雯)一面坐起来,挽了一挽头发,披了衣裳。只觉头重身轻,满

① 茹志鹃:《我写〈百合花〉的经过》,《青春》1980 年第 11 期。
② 茹志鹃:《我写〈百合花〉的经过》,《青春》1980 年第 11 期。
③ 董之林:《旧梦新知:“十七年”小说论稿》,广西师大出版社,2004 年,第 191 页。

眼金星乱迸，实实掌不住。待不做，又怕宝玉着急，少不得狠命咬牙捱着。便命麝月只帮着拈线……一时只听自鸣钟已敲了四下，刚刚补完，又用小牙刷慢慢的剔出绒毛来。麝月道："这就很好，要不留心，再看不出的。"宝玉忙要了瞧瞧，笑说："真真一样了。"晴雯已嗽了几声，好容易补完了，说了一声："补虽补了，到底不像。我也再不能了！""嗳哟"了一声，就身不由主睡下了。

假如没有晴雯补衣的这个情节，晴雯的形象不会像现在这样生动。像《红楼梦》一样，《百合花》也通过补衣服这样一个情节，表现了新媳妇令人感动的"母性之爱"：

她低着头，正一针一针地在缝他衣肩上那个破洞。医生听了听通讯员的心脏，默默地站起身说："不用打针了。"我过去一摸，果然手都冰冷了。新媳妇却像什么也没看见，什么也没听到，依然拿着针，细细地、密密地缝着那个破洞。我实在看不下去了，低声地说："不要缝了。"她却对我异样地瞟了一眼，低下头，还是一针一针地缝。我想拉开她，我想推开这沉重的氛围，我想看见他坐起来，看见他羞涩的笑。但我无意中碰到了身边一个什么东西，伸手一摸，是他给我开的饭，两个干硬的馒头。①

同样可以肯定的是，如果没有这个经典的细节描写，那么，《百合花》肯定不会像现在这样打动读者的心灵，肯定不会在半个世纪之后，披卷读来，仍然让人觉得温暖和感动。

弗洛姆说："只有在那种不服务于任何目的的爱中，真正的爱才开始显露。"②在爱的精神上，《百合花》与《红楼梦》是相通的、相近的。茹志鹃用古典的精神叙述了一个现代的故事，用现代的故事确证了爱的永恒的精义。《百合花》既是一首"没有爱情的爱情牧歌"，是对逝去的温暖岁月的追忆，也是对《红楼梦》的一次遥远的回应，是对其中古典文学精神庄严的致敬。

——原载《文学评论》2009 年第 4 期

① 作家出版社编辑部编选：《1958 年短篇小说选》，作家出版社，1959 年，第 471 页。
② 弗洛姆：《爱的艺术》，刘福堂译，安徽文艺出版社，1986 年，第 40 页。

编 后 记

中国当代文学批评与研究进入二十一世纪，刚好整整十个年头。毫无疑问，这十年，是文学批评走向多元、呈现复杂丰富状态的十年，也是文学批评与研究更为自觉、富于成效的十年。尽管有关文学批评和研究的“缺席”、“泡沫化”、“批评的尴尬”之声不时响起，但十年来文学批评和当代文学研究所表现出的种种鲜活的元素，多姿多彩的风格，学术沉潜力和影响力，以及所预示的发展路向和前景，都足以令我们感到欣慰和自信。

我以为，这个阶段的文学批评在喧嚣和浮躁的世景和文化语境中，正以自己的实践，寻找并获得新的阐释空间、学术品格和深入发展的可能性，并努力建立起新世纪文学批评新的秩序和格局。可以说，对不断变幻的生活与存在的多元理解，对文学世界的多元阐释，文学批评在丰富的文学现场对这个时代的写作与批评进行了有效的把握。学理背景的开阔，思想的深邃，学术水准的不断提高，促进了当代文学学科的发展，也加速了当代文学的经典化过程。正像林建法先生所概括的那样，批评的真实状态是，批评正渐渐地开始“回到问题，回到学理”，迈向一个成熟的层面和轨道，健康地发展和演进。这十年，的确是当代文学批评极为重要的十年。

当我重新梳理、阅读这十年的当代文学批评和研究文字的时候，我十分感慨批评家和学者充满学术激情和历史感的叙述，其别开生面的文本正是对文学的厚实积累。编选的过程中，既有一种紧张感，又有一种幸福感，我甚至怀疑这项工作我是否能够胜任。尤其是许多精彩的篇章，都因篇幅的限制而成为“遗珠之憾”，更令我惴惴不安。但我坚信，文学以及文学批评，只要真诚而厚重，学理而激情，沉实而大气，它都一定会凭借自己独特的表现，以不同的形式留存下来，成为一种极有价值的精神传承。

张学昕

2009 年 6 月 19 日